古诗词名句源流

李敬尧　著

内蒙古人民出版社

图书在版编目(CIP)数据

　　古诗词名句源流 / 李敬尧著. —— 呼和浩特：内蒙
古人民出版社, 2018.8

　　ISBN 978-7-204-15609-2

　　Ⅰ.①古… Ⅱ.①李… Ⅲ.①古典诗歌–鉴赏–中国
Ⅳ.①I207.2

　　中国版本图书馆 CIP 数据核字(2018)第 192528 号

古诗词名句源流

作　　者	李敬尧
责任编辑	王世喜
责任校对	李向东
封面设计	宋双成
出版发行	内蒙古人民出版社
地　　址	呼和浩特市新城区中山东路 8 号波士名人国际 B 座
印　　刷	呼和浩特市铭泰精工印务有限公司
开　　本	880×1230　1/16
印　　张	103.5
字　　数	3000 千
版　　次	2018 年 8 月第一版
印　　次	2018 年 12 月第 1 次印刷
印　　数	1—2000 册
书　　号	ISBN978-7-204-15609-2
定　　价	280.00 元

如出现印装质量问题,请与我社联系。

联系电话:(0471)3946230　3946120

网址:http://www.nmgrmcbs.com

作者小传

李敬尧(又名或或老人),教授,我国著名教学法专家。男,1933年生,内蒙古赤峰市人,中共党员,毕业于东北师范大学。现任职于赤峰学院,曾任原赤峰教育学院党委宣传委员、教研部主任、科研处主任。

主要贡献:毕生致力于语文教学改革。80年代初研究叶圣陶语文教育思想,创立"导学式教学体系",经15年全国20余个省区近1000个教学班实验证明,是取代"注入式"教学,培养学生多种能力,发展现代人才的教育体系,适用于中小学各科"导学式"教学,是从应试教育向素质教育转轨的具有高效性和可操作性的优化教学体系。先后在北京、扬州、温州、太原等地交流了"导学式"。此体系已被收入《语文教学法词典》《中外各科实用教学法手册》《语文教学方法论》《全国中学语文教学研究优秀论文集》。《安徽教育报》《内蒙古教育》发表了概要、论文。《中学语文教学》(首都师大版)首篇发表了《李敬尧和"导学式教学体系"》,《语文教学论坛》(全国中学语文教学研究会会刊)发表了《叶圣陶语文教育思想与"导学式教育体系"》,《中国教育报》发表了《从"注入"到"导学"》。《江西教育科研》和《山西省教育学院学报》载文评价我国当代教学模式将"导学式"列于首位。全国中学语文教学研究会专家组考察认定"导学式"教学在全国实属优秀教学法之一。山西师大《语文教学通讯》把他作为封面人物发表,首篇文章是《一个在教学改革中创造辉煌的人》。"导学式"被收入《新中国中学语文教育大典》。承担教育部"中师各科教学实施素质教育"课题研究已结题。20年后赤峰市出版了《导学式在赤峰》。2016年,人教社编审、语文教育大师张定远在文集中发表了《谈谈语文教育改革专家李敬尧和他的〈导学式教学体系〉》,2017年语文教育专家徐长林在《内蒙古教育》6、7期发表了《山那边有珍宝》,对"导学式"作了深入评价。此外,有网文多篇介评"导学式"的。语言学方面,他两次为赤峰市《地方志》撰写方言部分,为赤峰4个区志撰写了方言,为《内蒙古方言志》撰写了赤峰方言,并兼任《内蒙古方言志》的副主编。他编选了《语海钩沉》,收录450多条古代新成语。他以充分的实例论证了中国古代"的"字几种实词用法,写出《实词的"的"》一文,他的《古诗词名句源流》是创新文学巨著,也是创新语言学巨著。他出版了《写作趣谈》《读书趣话》《导学式教学体系》等8本书,他的300万字的《古诗词名句源流》,收"源流名句"4000余条,发前人所未发,填补了中华文化之空白,具有学术价值、欣赏价值、认识价值、资料价值和工具价值。他发表了《论创造教育》《谈现代教学规律》等论文70余篇。他获行政奖20余次、科研奖20余项,先后荣获内蒙古社会科学奖、全国优秀教师奖、乌兰夫奖金银奖、曾宪梓基金奖。他被收入《赤峰教育志》《赤峰人物志》《内蒙古社会科学人名录》《内蒙古英模录》《华夏诗魂》《中等教育名师大典》《中国当代教育名人辞典》《中国当代教育名人传略》《中国当代知名学者辞典》及《世界名人录》等人物典多部。

序　言

　　中华民族是一个诗的国度,诗的传统源远流长:从《诗经》、楚辞、汉乐府到唐诗、宋词、元曲、明清诗词,诗的数量浩如烟海;从屈原、宋玉、三曹父子、陶渊明、李白、杜甫、白居易到苏轼、陆游、辛弃疾、元好问、吴伟业、纳兰性德以至王国维,优秀的诗人无以数计。诗是中华民族的血脉,在我们每一个人的身上流淌;诗也是中华民族的心灵,记述着世世代代的喜乐悲伤;诗又如同中华大地上的一条长江大河,它从洪荒远古中发源而来,一路上汇集了无数条小溪,浩浩荡荡地流入大海,无论我们从何处掬起一杯,它里面都含有源头之水,都带着这块土地上的丰富营养。毛泽东有词曰:"往事越千年,魏武挥鞭,东临碣石有遗篇。萧瑟秋风今又是,换了人间。"千年的往事早已逝去,"人间"早已换了多少次样子。但是往昔的历史却没有被后人忘记,当年魏武帝曹操东临碣石横槊赋诗故事不知多少次重复出现在后人的诗里,在毛泽东的词里又再一次出现。这就是中国诗歌的民族传统,它不仅包含着一代代的诗词中不断出现的语言、意象、人物、故事,还包括这首词所使用的"浪淘沙"这一词牌形式。所以,要真正读懂中国古典诗歌,不但要熟悉中国古代的历史与文化、中国古代人的生活及情感,还要熟悉中国诗歌的语言,要知道它们所包含的丰富内涵。

　　要熟悉中国古代的历史文化与生活,进而理解中国古典诗词,对于古代人来讲也许并不是那么困难,因为他们从小接受的就是传统的教育,受到的就是传统文化的薰陶。但是,经过20世纪的文化断裂,在已经"换了人间"的今天,这对于当代的读者来讲就不是那么容易的事情。面对着那些优秀的古典诗词名篇和名句,许多人却不知其中所云:它们源出于何处? 有哪些丰富的历史内涵? 有多少诗人运用过同样的词语或者相近的句子? 他们能够准确地读懂每一首古诗,最佳的方法也许就是有一部相关的工具书供读者使用,让他们明其源流,知其所以。不过这又谈何容易! 要编成这样一部著作,在浩如烟海的古典诗词中厘清一个个经典诗词名句的来龙去脉,没有长年累月在古典文献中的剔抉梳理是不可能的。它不仅需要编撰者有极高的中国古典诗词修养,更需要有吃苦耐劳的精神,有不计名利,为学术事业而献身的勇气和力量。

　　前辈乡贤李敬尧先生自20世纪80年代后期开始,历经20余个寒暑撰成这部《古诗词名句源流》,总字数逾300万字,收入古今源流名句4000余条。这项工作,在古籍电子化已经实现的今天,看起来很容易,但是在20世纪末期,还是一件让人望而生畏的事情。李敬尧先生以年过花甲之躯,并以一己之力,完成这项让常人看起来难以完成的事业,可想他付出了多少辛苦,克服了多少困难! 更何况,李敬尧先生所做的工作,并不是可用当今的古籍电子化完全取代的。他将收入的4000余条名句分门别类,辨析文义,溯其原始,述其流变。一书在手,可以让读者明晓源流,知其所以,增长古典文学知识,提高传统文化修养,特别是对于大中小学校学生学习来讲更为实用。其书之撰,对于探讨古典诗词名句源流,普及传统文化,均可谓大有助益。

　　我乃李敬尧先生的同乡晚辈,有幸在出版之前拜读先生大作,甚感荣幸。我虽然至今尚未见过李敬尧先生,但是已经被他这种对于学问事业的不懈追求精神所感动,也为我有这样的前辈乡贤而自豪。更令我感动的是,先生不耻下问,向晚生索序。余诚惶诚恐,略述片言,一来祝愿先生的大著早日出版,二来表达对先生深深的敬意。

北京首都师大博士生导师
中国诗歌研究中心理事长　　赵敏俐
2007 年 8 月 25 日于北京常青园寓所

自　序

我一生喜读古诗词,默然感到诗人词家惯用前贤名句。于1987年顿生"探海寻珠"之初衷,并开始从《诗经》读起,继而《楚辞》《汉乐府》《魏晋南北朝诗歌》《全唐诗》《全宋词》《全宋诗》乃至元、明、清时期的诗词曲,广读全集,钩沉索隐,采句撷语,摘录卡片半吨。终于完成了《古诗词名句源流》,300万字含源流句4000余条,串起诗词10余万句。形成"源流句"之大系:以时代与作家为序,分"物类"(如花类、鸟类),再列"句族"(如花类有各种花族,鸟类有各种鸟族)。各名句均寻其源,逐其流。

本书特点:

一、体例创新——做为"句典",近年虽有问世,却仅从古籍中摘录语句。既不做解读,也各自孤立,彼此没有联系。"源流"句典则无前例。南宋·吴曾在《能改斋漫录·沿袭》中列举了百余条"寻源句"("沿袭语")极不完整。多家诗词选集的注释寻源,实属凤毛麟角。

二、理论创新——中国传统诗学理论中有一种观念:用前人名句就是"抄袭剽窃",就是"拾人之牙慧",视同"文贼",为人所不齿。拙稿列举了辗转应用而产生的源流句群,证明这种现象正反映了人类运用语言的规律,无可厚非。例如《王安石全集》中,仅用前人原句竟达58句次之多,这是借语表达的需要,就如人们运用成语格言一样,是正常的,并不能由此而否定王安石的诗歌成就。

社会价值:

一、文学价值。这是一种特殊形式的文学作品,由大量的名句,为后人辗转运用,语句语意转采承华,从名句中衍生、嬗变出种种词型语态,进入了全新的韵文艺术境界,纵赏横读,比较欣赏,比较研究,会感到别有一番风味,产生一种新奇的艺术享受。

二、义史价值。此书为对诗词家的比较与评定,提供了大量的第一手资料。如徐陵与庾信,史称南朝双璧。而从"源流句"中可知庾信的诗词成就远高于徐陵。庾信对唐代诗人,特别是对杜甫影响极深,可证"庾信文章老更成"之论。再如李白与杜甫,孰高孰低,定论不一。而"源流句"为杜甫更胜一筹,提供了佐证,后人用杜句最多,可知为何有"千家注杜"一说了。宋代王安石诗歌成就高于苏轼吗?其实恰恰相反,苏轼的影响更大。

三、注释学价值。无论选集、全集,对运用前人名句的注释,不过只鳞片爪,极度缺失。以王安石诗为例,他用杜甫、韩愈、白居易等唐人诗原句达58句之多,为研究王安石提供了珍贵资料。注家(包括王安石的研究家)由于不熟悉《全唐诗》,也难完全发现。

四、语义学价值。古今汉语著作中讲同义词、反义词,而没讲同义句、近义句、反义句,原因无资料可循。而此稿的源流句中,恰恰由大量的同义句、近义句、反义句(反其义而用之)组成,堪辟这一语言学之范畴。

同时,从此稿中可发现词义变迁实例。如"窈窕"一语,除写女、写人之外,还写山壑、写水流、写花形、写春风、写流云、写月色、写柳路、写歌声,而今词义缩小了,只写女子。

再如"风流"一词,魏晋时代只表示"风的流动",而到唐代开始表示风度与才华,因有"王谢风流满晋书"之句,以至出现"文采风流""风流儒雅""风流潇洒""风流慷慨""风流人物""尊俎风流"等诸多"源流句",说明词义扩大了。

五、语源学价值。"源流句"4000余条(组)都有句源,这是多次复读全集时发现的。其中多不为人所知者不论,仅以"风流"为例,其源应为屈原的"凌大波而流风","流风"即流动的风,到魏·王粲写"风流云散"字序变了,成了风的流动,而含义未变。

再如"洞房",庾信的"洞房花烛明","洞房"为幽深的内室、卧室。而在"洞房花烛夜"中成了婚房。不过"洞房"最早出现在晋·陆机的"洞房结阿阁"句中。

六、训诂学价值。"源流句"系中有许多训诂资料。以《诗经》名句"嘤其鸣矣,求其友声"为例,后来何人改成"莺其鸣矣"了呢?是唐人张九龄。

付梓感言:

考诸中国出版史,虽然中国最先发明草制纸,最先发明印刷术,出书却并不容易。司马迁作《史记》,由于秉笔直书,揭示了汉景帝、汉武帝之过,一部"史家之绝唱,无韵之离骚"不得不"藏之名山,传之其人"。《红楼梦》作者曹雪芹著书"字字看来皆是血,十年辛苦不寻常",而且完稿过程中"举家食粥酒常赊"。《聊斋志异》作者蒲松龄,几十年做塾师,穷困潦倒中著书,以致"聊斋有屋仅容膝"。这两部不朽之作,开始仅仅是传抄而已。龚自珍说"著书都为稻粱谋",其实"谋稻粱"是很难的。

拙稿难比那些不朽之作,论价值比起历史名著也仅仅是沧海一粟、万木之一叶;当此即将与读者见面之际,回顾18年完稿之后,有许多友人曾为其出版付出过辛勤:王占荣副总编、阎晓丽编审、敖其尔主任努力促成其付梓,赵敏俐博士热情为之作序,巴易尘校长、梁谦总经理、王诚教授、张福厂长、张宝花总工及梁君峰校长都曾尽心尽力,在此一并致以深切的谢忱!最后,还要感谢内蒙古人民出版社为此书问世做出了贡献。

作　者

2012 年 4 月

凡　例

一、《古诗词名句源流》收入名句4685条,含43000联句(双句),共300万字。远远超出传统的多则数百条、少则几十条的名句范畴,大部分诗句不为人所熟悉。在一条名句源流中,有的第一句(最早的)就是名句,有的最末的为名句,有的名句则在中间突兀而出,其中又有些诗句难分伯仲,面对这么多没有评定的诗句,哪一个是名句? 笔者只好依个人所好选一代表句以充之。

二、名句源流编排体例,以文学史的顺序为纵序,从诗经、楚辞、汉魏、两晋、南朝、北朝各代诗歌,先依同一时代的诸位作家的名句序次排列,而各个时代的名句所形成的"物类""句族"亦含在其中,依次排列。有部分超出该"物类句族"的名句,只因属近形(句式相同)句、近义句也列入其内。再有上下联句全是名句,其一没有其他物类句族可依,也两句连排在一起。但是事实上作家作品的史序很难完全排定,如作家,《全唐诗》近3000名作家,多以举进士顺序排列,有些虽有其名,却"无爵里世次可考",更有"无名氏"的(多出于下层文士),所以有些作家的先后顺次难定。再如作品,43000余双句,出自数万首诗词曲赋,由于多无撰写年月,难于编年,所以同时代的作家、甚至同一位作家的作品很难准确地排出史的顺序,这就难免出现"逆流",后出的诗句列在前面,当然总体上还是顺流的。

三、"源流"的横向分类,是由同类句组成,称为"物类",如写鸟的归一类,写花的归一类。其中的同义句、近义句、反义句组成"同族句"、由"同族句"组成的一组句称之为"句族"。同类句、同族句都便于检索,含在史序之中"物类句族"由于是插入史序之中,因而前加一"含"字。这些同类句、同族句依次为:淑女、禽鸟、杨柳、湖水、花木、仪容、文赋、舞乐、冠帽、断肠、魂梦、酒醉、流风、雨雪、门、剑、浮萍、转蓬、人生、马蹄、王孙芳草、芳草池塘、明月、残照、游子、古墓、游丝、蛛网、金钱、远隔、孤烟、渔樵、绮罗、重文、梨栗、蜗舍、三径、云、烂漫、寂寞、楼兰、苏小、六朝、金陵、扬州、笑口、金屋、陆沉、玉壶、书、洞房、掩扉、猿鸣、泪、山、钟声、诘句。这些类句、族句,都是落笔较多的源流句。

四、在源流句群中,残流、断流是必然的,源非其源者抑或有之,这就是由于全集不全。"诗三百"是经孔子删存的,《诗经》不全。"屈原死后,楚有宋玉、唐勒、景差之徒者,皆好辞而以赋见称。"(《史记·屈原贾生列传》)却未传唐勒辞作,说景差作《大招》尚存疑。《楚辞》不全。《容斋续笔》卷一云:"韩文公《送李础序》云:'李生温然为君子,有诗八百篇,传咏于时。'又《庐尉墓志》云:'君能为诗,自少至老,诗可录传者,在纸凡千余篇。然上用以资为诗。任登封尉,尽写所为诗,投守郑余庆,郑以书荐于宰相。'观此,则李、卢二子之诗多而可传。又裴迪与王维同赋网川诸绝,载于维集,此外更无存者。杜子美有寄裴十诗云:'知君苦思缘诗瘦',乃迪也,其能诗可知。今考之《唐史·艺文志》,凡别集数百家无其书,其姓名亦不见于他人文集,诸类诗文中亦无一篇。白乐天作《元宗简集序》云:'著格诗一百八十五,律诗五百九。'至悼其死,曰:'遗文三十轴,轴轴金玉声。'谓其古常而不鄙,新奇而不怪。今世知其名者寡矣,而况于诗乎! 乃知前贤遗稿,淹没非一,真可惜也!"唐诗不全。还有唐诗宋词中有人只收入一首,怎么会是一生之作? 总之,部分源非源、流不全现象是必然的。

五、在每一条源流句中,重点诠释名句(代表句),引述前人的评说也主要引述有关名句的点评。其他源流句,有的作作简释,有的依意分类,有的则留下空白,作为读者解读、赏读的余地。应该说明,"诗无达诂",加之许多"名句",前人无解,余亦力不从心,错解者难免,恳望名家指点。

前 言

《古诗词名句源流》问世了。所谓"名句源流",就是诗词中辗转反复运用名句而形成的一种源流。本书收入从诗经、楚辞到汉魏晋南北朝、唐宋元明清诗词中的名句(或代表句)4000 余条,容纳同义句、近义句、反义句43000 余联句,形成了长者数十百句、短者三二句的源流群。它们犹如繁复纷纭的无数潜流,涌动于诗词瀚海之中,千百年来,鲜为人知。本书收容之披露之,这些"源流句群"跃然于今人眼前,文学史上诗歌创作中语句语意转采承借的状况,不仅具有欣赏性,更具有资料性、工具性,可供诗词研究家、诠释家、语言学家及诗词爱好者解读、品评、审视,可鉴知诗词创作中的一大特征:应用前人名句(含事典——历史人物事件;诗典——诗词中的成语佳句)是何等的频繁,何等的普遍,许多人都会产生意想不到的惊奇。

语言是人类共同创造又共同占有的交流工具,它能不翼而飞,不胫而走,穿破时空,为人广泛应用,尤其语言中的精华——成语、格言、俗语、谚语,更是为人广泛运用,绵延不绝。散语如此,韵语也如此;经典的诗词语言,为人们在诗词中辗转应用,也不过是一种自然的语言现象,无论你赞成还是反对,事实是无可改变的。

中国古代一些诗文评论家,对用前人名句,评为"蹈袭前人之语句""拾他人之牙慧",反对说别人说过的话,用别人用过的语,主张"务去陈言",说"文章最忌随人后"。

"务去陈言",语出唐·韩愈《答李翊书》,这段话是"当其取于心而注于手也,惟陈言之务去,戛戛乎其难哉!其观于人,不知其非笑之为非笑也,如是者亦有年,犹不改,然后识古书之正伪与虽正而不到焉,昭昭然白黑分矣,而务去之,乃徐有得也。"这里讲的"陈言",是指"古书之伪"及"虽正而不至焉"者,显然是从内容方面讲的,所以说当"昭昭然白黑分矣,而务去之"。"白黑"即"正伪",主要不是指语言。所以无论如何不能认为文起八代之衰的大散文家把前人的名句佳篇视作"陈言"。清人许印芳则认为"陈言如贼",会偷袭而来,把"陈言"说得如此可怕,不仅过分,还有偷换概念之嫌了。

真正提出不蹈袭前人的是北宋"参禅派"诗人黄庭坚,他提出"文章最忌随人后""随人作计终后人"(王构《修辞鉴衡》)。这"随人后"必含用前人语。其后,南宋戴复古《论诗绝名》之四说:"须教自我胸中出,切忌随人脚后行。"又说:"锦囊言语虽奇绝,不是人间有用诗。""锦囊言语"即指熟悉的前人名句。金·元好问《论诗三十首》说:"纵横正有凌云笔,俯仰随人亦可怜。""凌云笔"中也含前人名句之语言。明·都穆《学诗诗》:"学诗浑似学参禅,笔下随人世岂传。好句眼前吟不尽,痴人犹自管窥天。""学参禅",强调打坐凝思,搜肠刮肚,反对"笔下随人"。清·赵翼《论诗五绝》云:"只眼须凭自主张,纷纷花苑慢雌黄。矮人看戏何曾见,都是随人说短长。"

用前人句,被看作"抄袭""蹈袭"。唐·李肇《国史补》评说:"(王)维有诗名,然好取人文章嘉句。……漠漠水田飞白鹭,阴阴夏木啭黄鹂,李嘉祐诗也。"宋·叶梦得《石林诗话》评价相反:"此两句好处正好在添'漠漠''阴阴'四字,此乃摩诘为嘉祐点化以自见其妙。如李光弼将郭子仪军,一号令之,精采数倍。"王维《积雨辋川庄作》有"漠漠水田飞白鹭,阴阴夏木啭黄鹂"二句,而李集中,宋人即不见此诗,仅《全唐诗》亦据《国史补》收入李嘉祐之二句,仅此二句且无题。谁袭用谁,成了公案。南宋·刘克庄《后村诗话》云:周美成"颇偷古句"。周美成即周邦彦,所谓"偷古句"岂止他一人。南宋·周密《浩然斋雅谈》引贺方回(贺铸)语云:"吾笔端驱使李商隐、温庭筠常奔命不暇。"金·刘祁《归潜志》云:"赵(秉文)诗多犯古人语","诗不宜用前人语"。但是他对词中用前人语则不反对:"若夫乐章,则剪裁古人语亦无害,但要能使用尔,如彦高(金·吴激)《人月圆》半是古人句,其思致含蓄甚远,不露马脚,不犹胜于宇文自作者哉。"请读彦高《人月圆》(宴北人张侍御家有感)词:"南朝千古伤心事,犹唱后庭花。旧时王谢、堂前燕子,飞向谁家? 恍然一梦,仙肌胜雪,宫鬟堆鸦。江州司马,青衫泪湿,同是天涯。"用杜牧句以"商女犹歌"代宋宗室女儿在张侍御席上歌唱,用刘禹锡句惜宋宗室女落入别家,用白居易句,以"江州司马"自比。有人把它比作《哀江南赋》巧妙地以古喻今,隐含地表达了作者沉痛心情。宋人作词就喜犯唐人诗句,到吴激这里,已不足为奇了。

宋·姜夔《白石道人说诗》云:"人所易言,我寡言之,人所难言,我易言之,自不俗。"清·叶燮《原诗》云:"人未尝言之,而自我言之。"清·方董《山静居诗话》也说:"诗固病窠臼,无须推陈出新,不免流于下劣。"上述凡讲作诗贵创新者,当然是正确的,但不能据此反对用前人句,这是因为创新有限度,不可能篇篇创新,句句创新。

辗转应用诗词语言,是一种不以主观意志为转移的文学现象。名人名诗名句效应,主要表现为较高的欣赏价值和较广的播扬性质,从而产生极强的文学影响和语言影响。东汉文学家王逸在《楚辞章句》中指出:"屈原之辞,诚博远矣。自终没以来,名儒博达之士,著造词赋,莫不拟其仪表,祖式其模范;取其要妙,窃其华藻。"说一些文人仿写屈原之辞,"取其要妙,窃其华藻",即指语言。马茂元《楚辞选》前言中统计:宋玉《九辩》里有直接袭用屈原作品或接近屈原作品的句子,计有《离骚》十例,《哀郢》四例,《惜诵》《惜往日》《思美人》各一例。至于复述屈原论调,规仿屈原语言的地方,更不可胜数"。南朝·梁·刘勰在《文心雕龙·辩骚》中说:屈原、宋玉他们在文学创造中超越的步伐,后人难以企及,"故其叙情怨,则郁伊而易感;述离居,由怆怏而难怀;论山水,则循声而得貌;言节候,则披文而见时。是以枚(乘)、贾(谊)追风以入丽,马(司马相如)、杨(雄)沿波而得奇;其衣被词人,非一代也,故才高者菀其鸿裁,中巧者猎其艳词,吟讽者衔其山川,童蒙者拾其香草。""中巧者""吟讽者""童蒙者"都在学用屈宋的语言。下面仅列举部分名人用名句之例证:

晋·潘岳用宋玉句。南宋·洪迈《容斋续笔》卷第三载:"宋玉《九辩》词云:'瞭栗兮若在远行,登山临水兮送将归。'潘安仁《秋兴赋》引其语,继之曰:'送归怀慕徒之恋,远行有羁旅之愤'……"

魏·阮籍《咏怀诗八十二首》不知感染了后来的多少诗人,南朝·梁·江淹就有《效阮公诗十五首》,这"阮公诗"即《咏怀诗八十二首》。江淹此"效",含有大量的取意用句,请看对照:

《咏怀诗八十二首》	《效阮公诗十五首》
其一　夜中不能寐, 　　　起坐弹鸣琴。 　　　薄帷鉴明月, 　　　清风吹我襟, 　　　孤鸿号外野, 　　　翔鸟鸣北林。	其一　岁暮怀感伤, 　　　中夕弄清琴。 　　　戾戾曙风急, 　　　团团明月朝。 　　　孤云出此山, 　　　宿鸟惊东林。
徘徊将何见, 　　　忧思独伤心。	谁谓人道广, 　　　忧慨自相寻。 　　　宁知霜雪后, 　　　独见松竹心。
其十五　晨鸡鸣高树, 　　　命驾起旋归。	其三　鸡鸣夜已啼, 　　　总驾命宾仆。
其二三　夏后乘灵舆, 　　　夸父为邓林。	其七　夏后乘雨龙, 　　　高会在帝台。

其二九	昔余游大梁， 登于黄华颠。	其八	昔余登大梁， 西南望洪河。
其五九	河上有丈人， 纬萧弃明珠。	其十六	至德所以贵， 河上有丈人。
其五九	朝生衢路旁， 夕瘗横街隅。	其十一	朝生舆马间， 夕死衢路滨。
其六一	少年学击刺， 妓伎过曲城。	其十	少年学击剑， 从师至幽州。
其七一	蟋蟀吟户牖， 螇蛄鸣荆棘。	其十四	夕云映西山， 蟋蟀吟桑梓。

江淹如此密集地运用前人的语意、语句，并不说明"江郎才尽"，而是在诗词发展过程中出现的普遍而正常的现象。唐代"诗圣"杜甫，人们称他的诗作"无一字无来历"，他用魏、晋、南北朝诗人的诗多达40余句，王嗣奭《杜臆》评曰："祖述三百，而旁搜诸家以集其成。如楚骚、汉魏诗、乐府其诗，齐梁以来，甚多仿效，而公(杜甫)独无之。然读其诗，皆三百之嫡派、古人之雁行也，其所师可知矣。"杜甫自己说"转益多师是汝师"，不能不包涵语言借鉴。

宋·宋祁《鹧鸪天》不止一次用前人成句：

画毂雕鞍狭路逢，
一声肠断绣帘中。
身无彩凤双飞翼，}
心有灵犀一点通。} 用李商隐《无题二首》二原句
金作屋，玉为笼，
车如流水马游龙。 用李煜《望江南》句
刘郎已恨蓬山远，}
更隔蓬山几万重。} 用李商隐《无题四首》二原句

宋代两位著名的诗人王安石、苏轼，直用前人原句已经达到惊人的地步。

王安石用前人原句达57句次。对照如下：

秦末项羽《垓下歌》 王安石《虞美人》

骓不逝兮可奈何，
虞兮虞兮奈若何！ 虞兮虞兮奈若何！
不见玉颜空死处。

唐·王勃《滕王阁序诗》 王安石《送吴显道五首》

滕王高阁临江渚，
佩玉鸣鸾罢歌舞。 滕王高阁临江渚，
东边日出西边雨。

唐·王勃《滕王阁序诗》 王安石《金陵怀古》

闲云潭影日悠悠，
物换星移几度秋。 烟浓草远望不尽，
物换星移几度秋。

唐·骆宾王《帝京篇》 王安石《虞美人》

秦塞重关一百二，
汉家离宫三十六。 汉家离宫三十六，
缓歌慢舞凝丝竹。

唐·王维《送元二使安西》

> 劝君更尽一杯酒，
> 西出阳关无故人。

唐·李白《山中与幽人对酌》

> 两人对酌山花开，
> 一杯一杯又一杯。

唐·李白《山中与幽人对酌》

> 我醉欲眠卿且去，
> 明朝有意抱琴来。

李白《襄阳歌》

> 遥看汉水鸭头绿，
> 恰似葡萄初发醅。

唐·李白《登金陵凤凰台》

> 吴宫花草埋幽径，
> 晋代衣冠成古丘。

李白《登金陵凤凰台》

> 三山半落青天外，
> 一水中分白鹭洲。

李白《登金陵凤凰台》

> 总为浮云能蔽日，
> 长安不见使人愁。

李白《少年行》

> 看取富贵眼前者，
> 何用悠悠身后名。

李白《北风行》

> 燕山雪花大如席，
> 片片吹落轩辕台。

李白《把酒问月》

> 青天有月来几时？
> 我今停杯一问之。

王安石《送吴显道南归》

> 劝君更尽一杯酒，
> 明日路长山复山。

王安石《春风》

> 一杯一杯复一杯，
> 笑言溢口何欢哈。

王安石《招叶致远》

> 最是一年春好处，
> 明朝有意抱琴来。

王安石《忆元度四首》

> 舍南舍北皆春水，
> 恰似葡萄初发醅。

宋·王安石《南乡子》

> 四百年来成一梦，堪愁，
> 晋代衣冠成古丘。

王安石《示黄吉甫》

> 三山半落青天外，
> 势比凌歊宋武台。

王安石《怀元度四首》

> 时独看云泪横臆，
> 长安不见使人愁。

王安石《春日即事》

> 细思扰扰梦中事，
> 何用悠悠身后名。

王安石《胡笳十八拍十八首》

> 燕山雪花大如席，
> 与儿洗面作光泽。

王安石《送吴显道五首》

> 公今此去何时归？
> 我今停杯一问之。

唐·杜甫《小寒食舟中作》

　　春水船如天上坐，
　　老年花似雾中看。

杜甫《短歌行赠王郎司直》

　　青眼高歌望吾子，
　　眼中之人吾老矣。

杜甫《登高》

　　万里悲秋常作客，
　　百年多病独登台。

杜甫《江雨有怀郑典设》

　　宠光蕙叶与多碧，
　　点注桃花舒小红。

杜甫《乐游园歌》

　　此身饮罢无归处，
　　独立苍茫自咏诗。

杜甫《贫交行》

　　翻手作云覆手雨，
　　纷纷轻薄何须数？

杜甫《醉时歌》

　　相如逸才亲涤器，
　　子云识字终投阁。

杜甫《哀江头》

　　昭阳殿里第一人，
　　同辇随君侍君侧。

宋·王安石《即事五首》

　　犹有数葩红好处，
　　老年花似雾中看。

王安石《送刘贡甫谪官衡阳》

　　船头朝转暮千里，
　　眼中之人吾老矣。

王安石《怀元度四首》

　　不见秘书心若失，
　　百年多病独登台。

王安石《赠张轩民赞善》

　　潮打空城寂寞回，
　　百年多病独登台。

王安石《送吴显道五首》

　　百年多病独登台，
　　知有归日眉放开。

王安石《胡笳十八拍十八首》

　　点注桃花舒小红，
　　与儿洗面作华容。

王安石《沈坦之将归溧阳值雨留吾庐久三首》

　　床床屋漏无干处，
　　独立苍茫自咏诗。

王安石《老人行》

　　翻手作云覆手雨，
　　当面输心背面笑。

王安石《与北山道人》

　　子云识字终投阁，
　　幸是元无免破除。

王安石《虞美人》

　　同辇随君侍君侧，
　　六宫粉黛无颜色。

杜甫《客至》

> 舍南舍北皆春水，
> 但见群鸥日日来。

杜甫《哀江头》

> 黄昏胡骑尘满城，
> 欲往城南望城北。

杜甫《咏怀古迹》

> 一去紫台连朔漠，
> 独留青冢向黄昏。

唐·韩翃《寄柳氏》

> 章台柳，章台柳，
> 昔日青青今在否？

唐·顾况《短歌行》

> 边城路，
> 今人犁田昔人墓。

唐·李益《竹窗闻风寄苗发司空曙》

> 开门复动竹，
> 疑是故人来。

唐·崔护《题都城南庄》

> 人面不知何处去，
> 桃花依旧笑春风。

唐·王驾《雨晴》

> 蛱蝶飞来过墙去，
> 却疑春色在邻家。

王安石《忆元度四首》

> 舍南舍北皆春水，
> 恰似葡萄初酦醅。

王安石《送吴显道五首》

> 欲往城南望城北，
> 此心炯炯君应识。

王安石《胡笳十八拍十八首》

> 欲往城南望城北，
> 三步回头两步坐。

王安石《明妃曲》

> 独留青冢向黄昏，
> 颜色如花命如叶。

王安石《送吴显道五首》

> 春风两岸水杨柳，
> 昔日青青今在否？

王安石《虞美人》诗

> 青天漫漫覆长路，
> 今人犁田昔人墓。

王安石《花下》

> 雪英飞落尽，
> 疑是故人来。

王安石《送张明府》

> 南去北来人自老，
> 桃花依旧笑春风。

王安石《胡笳十八拍十八首》

> 欲求平安无使来，
> 桃花依旧笑春风。

王安石《晴景》

> 蜂蝶纷纷过墙去，
> 却疑春色在邻家。

唐·韩愈《早春呈水部张十八员外》

最是一年春好处，
绝胜烟柳满皇都。

韩愈《赠崔立之评事》

可怜无益费精神，
有似黄金掷虚牝。

唐·刘禹锡《西塞山怀古》

王濬楼船下益州，
金陵王气黯然收。

刘禹锡《石头城》

山围故国周遭在，
潮打孤城寂寞回。

刘禹锡《竹枝词》

东边日出西边雨，
道是无晴却有晴。

唐·白居易《陵园妾·怜幽闭也》

陵园妾，
颜色如花命如叶。

白居易《长恨歌》

回眸一笑百媚生，
六宫粉黛无颜色。

白居易《长恨歌》

马嵬坡下泥土中，
不见玉颜空死处。

白居易《琵琶行》

低眉信手续续弹，
谈尽心中无限事。

王安石《招叶致远》

最是一年春好处，
明朝有意抱琴来。

王安石《韩子诗》

力去陈言夸未俗，
可怜无补费精神。

王安石《金陵怀古》

六代豪华空处所，
金陵王气黯然收。

王安石《赠张轩民赞善》

潮打孤城寂寞回，
百年多病独登台。

王安石《送吴显道五首》

滕王高阁临江渚，
东边日出西边雨。

王安石《胡笳十八拍十八首》

中郎有女能缵业，
颜色如花命如叶。

王安石《明妃曲》

独留青冢向黄昏，
颜色如花命如叶。

王安石《虞美人》诗

同辇随君侍君侧，
六宫粉黛无颜色。

王安石《虞美人》

虞兮虞兮奈若何，
不见玉颜空死处。

王安石《胡笳十八拍十八首》

低眉信手续续弹，
弹看飞鸿劝胡酒。

白居易《琵琶行》

　　同是天涯沦落人,
　　相逢何必曾相识。

唐·杜牧《九日齐山登高》

　　江涵秋影雁初飞,
　　与客携壶上翠微。

杜牧《九日齐山登高》

　　尘世难逢开口笑,
　　菊花须插满头归。

杜牧《题宣州开元寺水阁、
阁下宛溪,夹溪居人》

　　六朝文物草连空,
　　天淡云闲今古同。

杜牧《题宣州开元寺……》

　　惆怅无因见范蠡,
　　参差烟树五湖东。

杜牧《汉江》

　　南去北来人自老,
　　夕阳长送钓船归。

唐·严恽《落花》

　　尽日问花花不语,
　　为谁零落为谁开?

唐·崔涂《旅怀》

　　自是不归归便得,
　　五湖烟景有谁争?

王安石《胡笳十八拍十八首》

　　眼长看地不称意,
　　同是天涯沦落人。

王安石《望之将行》

　　江涵秋影雁初飞,
　　沙尾长樯发渐稀。

王安石《示黄吉甫》

　　尘世难逢开口笑,
　　生前相遇且衔杯。

王安石《江口》

　　六朝文物草连空,
　　今古无端入望中。

王安石《江口》

　　江上晚来堪画处,
　　参差烟树五湖东。

王安石《送吴显道五首》

　　其二　杏花杨柳年年好,
　　　　　南去北来人自老。
　　其三　杏花杨柳年年好,
　　　　　南去北来人自老。

王安石《送张明府》

　　南去北来人自老,
　　桃花依旧笑春风。

王安石《梅花》

　　白玉堂前一树梅,
　　为谁零落为谁开?

王安石《浣溪沙》

　　山桃溪杏两三栽,
　　为谁零落为谁开?

王安石《招元度》

　　自是不归归便得,
　　陆乘肩舆水乐舟。

王安石《送吴显道五首》

　　眼中了了见乡国，
　　自是不归归便得。

宋·林逋《山园小梅》

　　疏影横斜水清浅，
　　暗香浮动月黄昏。

王安石《即事五首》

　　唯有多情枝上雪，
　　暗香浮动月黄昏。

　　这58句次中，或信手拈来，或脱口而出，有些甚至连续应用前人名句成句，以抒自己情怀，或表达自己的观瞻。在一首20句的《虞美人》诗中，竟用了6句唐人诗。

　　宋代另一位大诗人苏轼，他的诗词总体成就，论价值和影响，比照起来，应是居王安石之上的，然而他用取唐人名句也是相当的可观。据粗略统计，他独用杜甫诗120余句，李白诗30余句，韩愈诗45句，刘禹锡诗25句，白居易诗80余句，且用前人成句有20句之多。对照如下：

唐·张志和《渔父词》

　　西塞山前白鹭飞，
　　桃花流水鳜鱼肥。
　　青箬笠，绿蓑衣，
　　斜风细雨不须归。
＊苏轼将此词化入《浣溪沙》词，
五句全用原句。

宋·苏轼《浣溪沙》（渔父）

　　西塞山边白鹭飞，
　　散花州外片帆归。
　　桃花流水鳜鱼肥。
　　自庇一身青箬笠，
　　相随到处绿蓑衣，
　　斜风细雨不须归。

唐·李白《月下独酌》

　　我歌月徘徊，
　　我舞影凌乱。

苏轼《水调歌头》

　　我歌月徘徊，
　　我舞影凌乱。

唐·韩愈《早春呈水部张十八员外》

　　天街小雨润如酥，
　　草色遥看近却无。
　　最是一年春好处，
　　绝胜烟柳满皇都。

苏轼《减字木兰花》

　　莺初解语，
　　最是一年春好处，
　　微雨如酥，
　　草色遥看近却无。

韩愈《听颖师弹琴》

　　昵昵儿女语，
　　恩怨相尔汝。

苏轼《水调歌头》

　　昵昵儿女语，
　　灯火夜微明。
　　恩怨尔女来去，
　　弹指泪和声。

唐·元稹《会真记·莺莺诗》

　　不为旁人羞不起，
　　为郎憔悴却羞郎。

苏轼《定风波·感旧》

　　不信归来却自见，
　　怕见，为郎憔悴却羞郎。

唐·刘禹锡《赠看花诸君子》

玄都观里桃千树，
尽是刘郎去后栽。

苏轼《南乡子·席上劝李公择酒》

着取桃花春二月，争开，
尽是刘郎去后栽。

刘禹锡《赠看花诸君子》

紫陌红尘拂面来，
无人不道看花回。

苏轼《南歌子·暮春》

紫陌寻春去，
红尘拂面来。
无人不道看花回。

唐·白居易《村中留李三固言宿》

请君少踟蹰，
系马门前树。

苏轼《和陶拟古九首》

有客扣我门，
系马门前柳。

唐·杜牧《九日齐山登高》

江涵秋影雁初飞，
与客携壶上翠微。

苏轼《定风波·重阳》

与客携壶上翠微，
江涵秋影雁初飞。

杜牧《九日齐山登高》

古往今来只如此，
牛山何必独沾衣？

苏轼《定风波·重阳》

古往今来谁不老，
牛山何必更沾衣？

杜牧《九日齐山登高》

尘世难逢开口笑，
菊花须插满头归。

苏轼《定风波·重阳》

尘世难逢开口笑，
菊花须插满头归。

五代·冯延巳《更漏子》

梧桐树，三更雨，
不道离情最苦。

苏轼《木兰花令》

梧桐叶上三更雨，
惊破梦魂无觅处。

宋·苏轼《辘轳歌》

唐·顾况《悲歌六首》
其三、四、五、六首又别题作《远思曲》。

新系青丝百尺绳，
心在君家辘轳上。
我心皎洁君不知，
辘轳一转一惆怅。

此为顾况《悲歌六首》之三四个原句。

何处春风吹晓暮，
江南绿水通珠阁。
美人二八颜如花，
泣向花前畏花落。

此为顾况《悲歌六首》之四，原句为"朱阁"
"面如花""泣向春风"。

临春风,听春鸟,
别时多,见时少。
愁人一夜不得眠,
瑶井玉绳相对晓。

此为《悲歌六首》之五,"一夜"原作"夜永"。

此《辘轳歌》等于抄袭了《远思曲》。

黄庭坚作为"参禅派"诗人主张"最忌随人后",另一方面又认为"自作语最难",这种理念上的矛盾,在实践中统一了。请看他用前人诗:

南朝·梁·徐陵《鸳鸯赋》

山鸡映水那相得,
天下真成长会合。
孤鸾照镜不成双,
无胜比翼两鸳鸯。

黄庭坚《题画睡鸭》

山鸡照影空自爱,
天下真成长会合。
孤鸾舞镜不作双,
两凫相倚睡秋江。

宋·洪迈《容斋随笔》卷一评黄庭坚此举云:"全用徐语点化之,末句尤工。"这是称赞。"又有《黔南十绝》,尽取白乐天语,其七篇全用之,其三篇颇有改易处。乐天诗《寄行简》凡八韵,后四韵云:'相去六千里,地绝天邈也。十书九不达,何以开忧颜!渴人多梦饮,饥人多梦餐。春来梦何处?合眼到东川。'鲁直剪为两首,其一云:'相望六千里,天地隔江山。十书九不到,何用一开颜?'其二云:'病人多梦医,囚人多梦赦。如何春来梦,合眼在乡社!'乐天《岁晚》诗七韵,首句云:'霜降水返壑,风落木归山。冉冉岁将晏,物皆复本源。'鲁直改后两句七字,作'冉冉岁将晚,昆虫皆闭关。'"以上说明黄庭坚用白居易诗多。下面说明用前人句还有多例:

黄庭坚《木兰花令》:"梅花破萼便回春,似有黄鹂鸣翠柳。"	用杜甫"两个黄鹂鸣翠柳"句。
黄庭坚《蓦山溪》:"而今老矣,花似雾中看。"	用杜甫"老年花似雾中看"句。
黄庭坚《西江月》:"断送一生惟有,破除万事无过。"	用韩愈"断送一生惟有酒"句。
黄庭坚《品令》:"记取江州司马,坐中最老。"	用白居易"江州司马青衫湿"句。
黄庭坚《忆帝京》(赠弹琵琶妓):"慢撚复轻拢,切切如私语。"	用白居易"轻拢慢撚抹复挑""小弦切切如私语"。
黄庭坚《南方子》:"满酌不须辞,莫待无花空折枝。"	用唐·杜秋娘"莫待无花空折枝"句。
黄庭坚《鹧鸪天》:"菊花须插满头归。"又《南方子》:"乱折黄花插满头。"	用杜牧"菊花须插满头归"句。
黄庭坚《减字木兰花》:"笑口须开,几度中秋见月来。"又《清平乐》:"几回笑口能开,少年不肯重来。"又《南方子》:"招唤欲千回,暂得尊前笑口开。"	三用杜牧"尘世难逢开口笑"句。
黄庭坚《归田乐引》:"为伊聪俊,销得人憔悴。"	用柳永"为伊销得人憔悴"句。
黄庭坚《浪淘沙》(荔枝):"日辟轻红三百颗,一味甘寒。"	用苏轼"日啖荔枝三百颗"句。

宋·辛弃疾也多次用前人语。

《碧溪漫志》引《明皇杂录》："安禄山兴兵犯阙，朝议迁都，唐玄宗置酒楼上，命作乐。有进水调歌者曰：'山川满目泪沾衣，富贵荣华能几时？不见只今汾水上，惟有年年秋雁飞！'乃李峤作也。玄宗闻之，不终饮而罢。"辛弃疾在《木兰花慢》(席上呈张仲固帅兴元)："追亡事，今不见，但山川满目泪沾衣……君思我，回首处，正江涵秋影雁初飞。"用了李峤"泪沾衣"句，又用了杜牧的"雁初飞"句。杜甫的"云卧衣裳冷"一句，在辛词中被两度运用：

《贺新郎》(赋水仙)："云卧衣裳冷，看萧然，风前月下。"

《菩萨蛮》："山房连石径，云卧衣裳冷。"

宋·戴复古曾强调"切忌随人脚后行"，然而他也常用前人之句。元·韦居安《梅石间诗话》卷上载：戴复古《赠叶竹山》："山中便是清凉国，松竹合封萧洒侯"，系用陆龟蒙"溪山自是清凉国，松竹合封萧洒侯"句。其《舟中》的"云为山态度，水借月精神"，系用王铚的："云气是山为态度，月华借水作精神。"其《都中冬日》："一冬天气如春暖，昨日街头卖杏花"，用陆游《临安春雨初霁》："小楼一夜听风雨，深巷明朝卖杏花"句。

明清戏曲中的曲文，也有合盘抄来的。如：明·汤显祖《牡丹亭》第十六出惊梦：

《皂罗袍》

姹紫嫣红开遍，
似这般都付与断井颓垣。
良辰美景奈何天，
赏心乐事谁家院！
朝飞暮捲，云霞翠轩；
雨丝风片，烟波画船——
锦屏人忒看的这韶光贱！

《好姐姐》

遍青山啼红了杜鹃，
茶蘼外烟丝醉软。
牡丹虽好，他春归怎占得先。
闲凝眄，生生燕语明如翦，
呖呖莺歌溜的圆。

清·孔尚任《桃花扇》第二出传歌几乎一字不易地用了《牡丹亭》中的《皂罗袍》《好姐姐》两支曲子。

明·汤显祖《牡丹亭》	清·孔尚任《桃花扇》
《前腔·懒画眉》： 为甚呵，玉真重溯武陵源？ 也则为水点花飞在眼前。 是天公不费买花钱， 则咱人心上有啼红怨， 咳！辜负了春三二月天。	第二十五出选优《懒画眉》： 为甚的玉真重溯武陵源？ 也只为水点花飞在眼前。 是他天公不费买花钱， 则咱人心上有啼红怨。 咳！辜负了春三二月天。

两首《懒画眉》只差三个字。

日本学者丸山清子先生著《源氏物语与白氏长庆集》："据丸山先生统计，《源氏物语》中引用中国文学典籍者凡一百八十五处，涉及著作二十余种，其中涉及白居易的诗四十七篇，引用一百零六处。"(申非《译者前言》)白居易《长恨歌》一百二十句八百四十字中，宫廷女官在《源氏物语》中引用、借用、仿用者达36句。可见这种运用成句、乃至全诗，古今中外皆以为常。

诗人词家重用自己的语句也非偶然。

"明日黄花蝶也愁"是苏轼名句，他在《九日次韵王巩》诗中用了："相逢不用忙归去，明日黄花蝶也愁。"又用于《南乡子》词中："万事到头都是梦，休休，明日黄花蝶也愁。"

"节去蜂愁蝶不知"，是黄庭坚的名句。他在《南乡子》中用了："寂寞酒醒人散后，堪悲，节去蜂愁蝶不知。"又在《鹧鸪天》中再用："节去蜂愁蝶不知，晓起环绕折残枝。"

上引各例，都是名人用名句、名诗。惊奇吗？然而当你翻阅了本典四千六百多条名句源流之后，就不觉惊奇了。

　　宋词隐括前人诗文者,苏轼开例,林正大最多。所谓隐括,即改用原诗文之句,依韵入词,而表达其原意。苏轼《水调歌头》序云:"建安章质夫家善琵琶者,乞为歌词。余久不作,特取退之词稍加隐括,使就声律,以遗之。"即改韩愈《听颖师弹琴》一诗成词。欧阳修的《醉翁亭记》,由黄庭坚、林正大隐括入词,可以一读:

　　黄庭坚《瑞鹤仙》:环滁皆山也。望蔚然深秀,琅琊山也。山行六七里,有翼然泉上,醉翁亭也。翁之乐也,得之心,寓之酒也。更野芳佳木,风高日出,景无穷也。游也,山肴野蔌,酒冽泉香,沸筹觥也。太守醉也,喧哗众宾欢也。况宴酣之乐,非丝非竹,太守乐其乐也。问当时、太守为谁? 醉翁是也。

　　林正大《贺新郎》:环滁皆山也,望西南,蔚然深秀者,琅琊也。泉水潺潺峰路转,上有醉翁亭也。亭、太守自名之也。试问醉翁何所乐,乐在乎、山水之间也。得之心、寓之酒也。四时之景无穷也,看非霏,日出云归,自朝暮也。交错觥筹酣宴处,肴蔌杂然陈也。知太守,游而乐也。太守醉归宾客从,拥苍颜白发颓然也,太守谁? 醉翁也。

　　下面是隐括诗文简表:

民歌《木兰辞》	有文人改作的《木兰辞》(《乐府诗集》)
晋·王羲之《兰亭序》	宋·林正大括为《贺新郎》 宋·方岳括为《沁园春》
晋·陶渊明《归去来兮辞》	宋·苏轼括为《哨遍》 宋·叶梦得括为《念奴娇》 宋·林正大括为《酹江月》 宋·葛长林括为《沁园春》 宋·米友仁括为《念奴娇》
陶渊明《饮酒二十首》之五	宋·米友仁括为《诉衷情》
唐·王勃《滕王阁序》	金·高咏括为《大江东去·滕王阁》
唐·李白《春夜宴诸从弟桃李园序》 　李白《襄阳歌》 　李白《蜀道难》 　李白《将进酒》	宋·林正大括为《临江仙》 林正大括为《水调歌头》 林正大括为《意难忘》 林正大括为《木兰花慢》
唐·杜甫《醉时歌》	宋·林正大括为《酹江月》 又括为《满江红》 又括为《水调歌》
唐·杜甫《饮中八仙歌》	宋·林正大括为《一丛花》
唐·张志和《渔父》	宋·黄庭坚括入《鹧鸪天》
唐·韩愈《听颖师弹琴》	宋·苏轼括入《水调歌头》
唐·白居易《庐山草堂记》	宋·林正大括入《沁园春》

唐·杜牧《汉江》	宋·贺铸括入《钓船归》
唐·李贺《金铜仙人辞汉》	宋·刘将孙括入《满江红》
宋·范仲淹《岳阳楼记》	宋·林正大括入《水调歌》
范仲淹《严先生祠堂记》	林正大括入《沁园春》
宋·王禹偁《黄州竹楼记》	宋·林正大括入《水调歌》
宋·欧阳修《醉翁亭记》	宋·黄庭坚括入《瑞鹤仙》 宋·林正大括入《贺新郎》
欧阳修《庐山高》	宋·林正大括入《水调歌》
欧阳修《明妃曲》	宋·林正大括入《江神子》
宋·苏轼《前赤壁赋》	宋·林正大括入《贺新郎·黄州赤壁》 宋·刘将孙括入《沁园春》 宋·无名氏括入《贺新郎·黄州赤壁》
宋·苏轼《书林和靖诗后》	宋·林正大括入《贺新郎》
苏轼《海棠》	林正大括入《满江红》
宋·常某《春日》	宋·赵孟坚括入《花心动》
宋·黄庭坚《水仙花》	宋·林正大括入《朝中措》
宋·秦观《满庭芳》	宋·琴操改写《满庭芳》

此外,名句还被集句入诗,许多诗文标题及词格也取材于名句。

上述是名人用名句的事实,所以一一列举,并非否定这些名人,而仅仅是说明这是一种很自然的文学现象,凡是"拾他人之牙慧""窃他人之成果"之类的帽子理当摘去。

在诗歌史上,有一种"无一字无来历"说,用来称道杜甫诗。杜甫《渝州候严六侍御不到先下峡》:"不知云雨散,虚费短长吟。"清·仇兆鳌《杜诗详注》卷六十四此诗后引"顾注"云:"杜诗一字一句皆有来历,如'尽室畏途边','尽室'出《左传》,'畏途'出庄子。此诗'云雨散''长短吟',俱本古诗。"江西派领袖黄庭坚《答洪驹父书》中说:"自作语最难。老杜作诗,退之作文,无一字无来处。盖后人读少,故谓韩、杜自作此语耳。""无一字无来历"成了江西派诗人作诗的纲领。《历代诗余》卷一百一十七引《朝野遗记》云:"张孝祥紫微雅词,汤衡称其平昔未尝著稿,笔酣兴健,顷刻即成,却无一字无来处。一日,在建康留守席上作《六州歌头》,张魏公读之,罢席而入。"蔡嵩云:"集中各词,皆经千锤百炼而出,正如韩文、杜律,无一字无来历。"清初学者王士禛也称道"无一字无来历"。所谓"无一字无来历",是说诗词中用字,尽出自古籍经典,这种评价标准弊端有之:一是概念模糊,前人造字,后人用字,是平常事,不足称道,古籍经典中的字亦如此,"无一字"这"字"属于哪一个人,哪一著作?二是夸大其辞,字字都有其"非凡"的来历,事实并非如此，因为很难做到。三是这种"标准"实是羁绊，缚住诗人的思路。所以"无一字无来历"的评价不可取。然而，如从应用前人语角度看，倒并不反对佳句名句的辗转运用了。

用前人句，原因大致有二：一、不能超越前人语言。唐人马异《答卢仝结交诗》云："喙长三尺不得语，因君今日形素句。"清·袁枚诗："我口欲有言，已出古人口；我手欲有书，已书古人手。"面对浩瀚的诗词作品，这种情况是常有的。自己造语，不及前人，取而用之，是自然的事。二是利用名人佳句效应，为己诗己词增加色彩，个别的也不排除以用名句而自炫或附庸风雅。此外在唱和之作中，对某一情景，你写了，我也写写。这种情况并不普遍。用前人的叙事句、写景句、抒情句、议理句，或全用半用，或明用暗用，或正用反用，或用句用意，超过前人者为数寥寥，尽管欲"借古人之境界为我之境界"（清·王国维《人间词话》），其实，即是用人之句，在人是创新的，在己则很难有创新之意了。正如马茂元在《楚辞选》前言中所说："为什么这些话在屈原的作品里，使我们读起来感到惊心动魄，一字千金，而在《九辩》里则显得浮声泛响，软弱无力呢？从作品的整体来看，这就是外加的，多余的成分。"当然有许多用句虽音律熨贴，不见凿痕，也难超前人。文学史上用前人句而耀眼者也有，如：宋·林逋《山园小梅》："疏影横斜水清浅，暗香浮动月黄昏。"是用五代江为《句》："竹影横斜水清浅，桂香浮动月黄昏。"林逋只换掉"竹""桂"二字以写梅，便成了出蓝之句。宋·晏几道《临江仙》："落花人独立，微雨燕双飞。"用五代·翁宏《宫词》中的原二句，都大放了光彩。

什么是名句？名句应是众人喜爱、广泛流传的佳句。一篇诗词作品，句句皆佳者寥若晨星。南宋·胡仔《苕溪渔隐丛话》卷一《词话从编》谓："词句欲全篇皆好，极为难得。"即使是名诗佳词，也概莫能外。一篇作品，佳句不过一二句，三四句佳者也极鲜见。

名句具有一些什么样的特点呢？窃以为：

一、创意新颖。

名句是诗人词家独具匠心的艺术创造，是一篇之中的神来之笔，精华之所在。"辞约而旨丰，事近而喻远。"（《文心雕龙》）名句必言简意赅，内涵深阔，具象鲜明，发人深省，余味隽永，魅力无穷，为前人所未道，给人以完美的艺术享受。其中有许多相当于成语、格言的价值，成为诗典、事典。如：云想衣裳花想容、梨花一枝春带雨、心有灵犀一点通、桃花依旧笑春风。

二、平淡晓畅。

名句必然是通俗晓畅，平淡无奇。苏轼《评韩柳诗》曰："似淡而美。"宋·戴复古《读放翁先生剑南诗草》曰："入妙文章本平淡，等闲言语变瑰奇。"清·沈德潜《唐诗别裁》曰："语淡而味终不薄。"今人闻一多《孟浩然》中曰："淡得看不见诗。"元·房颕《老逸堂诗话》："眼前景物口头语，便是诗家绝妙词。"名句就是平淡、晓畅的佼佼者，如：绕树三匝，无枝可依；前村深雪里，昨夜一枝开；落花时节又逢君；竹外一枝斜更好；才饮长沙水，又食武昌鱼。这类语句，正如清·刘熙载《诗概》中所说："深入而浅出之，奇入而平出之。""浅中有深，平中有奇，故足令人咀嚼。"

三、自然天成。

名句总是自然天成，不事雕琢，不见斧痕。宋·贺铸《瀛奎律髓》倡导"无刻画之迹"，但求字字工稳。宋·陆游《读近人诗》认为"雕琢自是文章病，奇险尤伤骨气多"。金·元好问《论诗三十首》说："一语天成万古新，豪华落尽见真淳。"名句不待思虑而工，不待雕琢而丽，终成不朽。如：一叶落知天下秋；可怜无定河边骨，尽是春闺梦里人；问君能有几多愁，恰似一江春水向东流。

四、音律谐协。

"遣词必中律"（杜甫《桥陵诗三十韵因呈县内诸官》），名句当是平仄优合，字字中律，韵味甘浓，朗朗上口，易记易诵，绝非晦涩艰深，诘屈聱牙。名句形式契合内容，浑然一体，其音韵美，拨动着读者心弦，产生共鸣。如：嫦娥应悔偷灵药，碧海青天夜夜心；落花人独立，微雨燕双飞；把酒酹滔滔，心潮逐浪高。

五、传播应用。

唯名句才传播，当其随着篇什流传过程中，如沙里淘金，名句由于上述特点而最终留在人们的记忆中，以至永志不忘。名句的流传首先是在诗人词家中流传，为诗人词家所称道、所赞赏。如果仅指少长咸知的那几十条乃至几百条诗句才算名句,而大量佳句被界定在名句之外,那么活跃于诗词瀚海里的瑰宝,就尽被弃置了。

运用诗词名句,就如运用成语、格言,随文随意,强化自己作品的表现力。其用法很多:全用或半用(指原句)、正用或反用(指原意)、明用或暗用(指原句痕迹鲜明与否)、用句或用意(用其意而不用其句,也有用其句而不用其意的),所谓"脱出""化出",即稍变其句其意而出新句。"化"是变化,"脱"是脱胎。

上述五个特点,一个名句不一定尽备,有许多名句只具备一二特点。有些句只被应用一次,因为它独具某种表达优势,可并不出色,既可被用,又已被用,至多可称作"次名句"。

作 者

目 录

1

注意

1. 窈窕淑女,君子好逑

《诗经·国风·关雎》:"关关雎鸠,在河之洲。窈窕淑女,君子好逑。"这是《诗经》首篇诗的篇首一节。前二句描写水鸟和鸣以作比兴。晋·陆机《燕歌行》曾用此句:"夜禽赴林匹鸟栖,双鸠关关宿河湄。""窈窕淑女",是美好善良的女子。马瑞辰《通释》:"《方言》'……秦晋之间,美心为窈,美状为窕。'"一说"善心为窈,善容为窕"。其义是相同的。"窈窕"是女子既有美好的心性,又有美丽的容颜。至于《关雎》诗,有一说是喻"求贤"的,闻一多考证,"好逑"意同《国风·周南·兔罝(jū)》中的"好仇"("仇"同"逑",伴侣之意),即"腹心","淑女"喻贤者或良士。长沙马王堆墓中的帛书《老子甲本卷后古佚(yì)书》认为《关雎》诗是以思"色"喻思"礼",喻思具有仁、义、礼、智、信的贤者。"琴瑟",婚礼不用,钟鼓为迎宾乐。诸侯宴宾、祭祀规定用《鹿鸣》《关雎》等诗。因此,《关雎》是求贤诗,不是爱情诗。这样,其中的"淑女"同楚辞中的"美人"用法近同了。不过,后来多解作爱情诗。明代汤显祖《牡丹亭》第七出《闺塾》就写塾师陈最良为杜丽娘讲解此诗的情景。"窈窕淑女"句诵传千古而不衰。汉以后,更多的用"窈窕"一语写人,除了"云有第三子,窈窕世无双"(《孔雀东南飞》)等极少数写男子外,多是写女子,一至于今。而"苗条"不过有人简化其字(又讹读其音)罢了。句如:

汉·辛延年《羽林郎》:"两鬟何窈窕,一世良所无。"

汉·杜笃《京师上巳篇》:"窈窕淑女美胜艳,妪戴翡翠珥明珠。"

汉·古诗《伤三贞诗》:"间关黄鸟,爰集于树。窈窕淑女,是绣是黼(fǔ)。"

汉乐府《淮南王》:"少年窈窕何能贤,扬声悲歌音绝灭。"南朝·宋·汤惠休《白纻歌三首》:"少年窈窕舞君前,容华艳艳将欲然。"用《淮南王》句。

晋·张华《感婚诗》:"窈窕出闺女,嬛婉姬与姜。"

晋·支遁《入关斋诗三首》:"窈窕入关客,无棦自绸缪。"

晋·乐府《夏歌二十首》其五:"轻袖拂华妆,窈窕登高台。"其十六:"窈窕瑶台女,冶游戏凉殿。"

晋·乐府《春歌二十首》之三:"情人戏春月,窈窕曳罗裙。"

晋·乐府《阿子歌三首》:"风流世希有,窈窕无人双。"

晋·乐府《团扇郎六首》其四:"团扇薄不摇,窈窕摇蒲葵。"

晋·乐府《八月歌》:"夜闻捣衣声,窈窕谁家妇。"

南朝·宋·谢灵运《会吟行》:"鷁首戏清沚,肆呈窈窕容。"

南朝·梁·吴钧《赠柳真阳诗》:"联翩骖赤兔,窈窕驾青骊。"

又《咏少年诗》:"不道参差菜,谁论窈窕淑。"

南朝·梁·江淹《学魏文帝诗》:"幽燕非我国,窈窕为谁贤。"

南朝·梁·费昶《有所思》:"北方佳丽子,窈窕能回顾。"

唐·张九龄《郢城西北有大古冢数十观其封域多是楚时诸王而年代久远不复可识唯直西有樊妃冢因后人为植松柏故行路尽知之》:"惠问终不绝,风流独至今。千春思窈窕,黄鸟复哀音。"

唐·任希古《和李公七夕》:"便妍耀井色,窈窕凌波步。"

唐·阎立本《巫山高》:"台上朝云无定所,此中窈窕神仙女。"

唐·吴女微《古意》:"可怜窈窕女,不作邯郸娼。"

唐·张柬之《与国贤良夜歌》:"窈窕凤凰姝,倾城复倾国。"

唐·贺知章《奉和御制春台望》:"广画蛾眉夸窈窕,罗生玳瑁象昆仑。"

唐·张潮《江风行》:"巴东有巫山,窈窕神女颜。"

唐·李白《清平乐》:"谁道腰肢窈窕,折旋笑得君王。"

唐·王勣《咏妓》:"妖姬饰靓妆,窈窕出兰房。"

唐·张文成《又赠十娘》:"含娇窈窕迎前去,思笑妟(ān)�返却回。"

唐·白居易《续古诗十首》:"窈窕双鬟女,容德俱如玉。"

唐·鲍溶《李夫人歌》:"葳蕤(ruí)半露芙蓉色,窈窕将期环佩身。"

唐·温庭筠《女冠子》词:"含娇含笑,宿翠残红窈窕。"

唐·陆龟蒙《圣姑庙》:"空登油壁车,窈窕谁相亲。"

唐五代·李珣《南台子》:"带香游女偎伴笑,争窈窕,竞折团荷遮晚照。"

唐五代·孙光宪《应天长》:"翠凝仙艳非凡有,窈窕年华方十九。"

宋·杜安世《踏莎行》:"窈窕身轻,怎禁烦恼。"

宋·王安石《慈圣光献皇后挽辞二首》:"关雎求窈窕,卷耳念勤劳。"

宋·曾布《水调歌头》:"窈窕佳人,独立瑶阶。掷果潘郎,瞥见红颜横波盼,不胜娇软倚银屏。"

宋·苏轼《游庐山次韵章传道》:"虽无窈窕驱前马,还有鸱夷挂后车。""窈窕"指官妓,"鸱夷"指酒瓶。

2.绣阁纱窗人窈窕

宋·王安中《蝶恋花》:"绣阁纱窗人窈窕,翠楼红丝,斗剪旛(fān)儿小。""人窈窕"组句自然流畅,为后人所钟爱。句如:

宋·蔡伸《定风波》:"玉貌冰姿人窈窕,一笑,清狂岂减少年时。"

又《愁倚阑》:"天如水,月如钩,正新秋。月影参差人窈窕,小红楼。"

又《江城子》(独夜观牛女星作):"满院蛩吟风露下,人窈窕,月婵娟。"

宋·王之道《渔家傲》:"箫鼓喧阗歌舞姬,人窈窕,也应引动南窗傲。"

宋·郭应祥《渔家傲》(用覆斋韵赠邵惜惜):"自古余杭多俊俏,风流不独夸苏小。又见尊前人窈窕,花枝袅,贪看忘却朱颜老。"

清·王国维《蝶恋花》:"独倚栏干人窈窕,闲中数尽行人少。"

3.既窈窕以寻壑

晋·陶渊明《归去来兮辞》:"既窈窕以寻壑,亦崎岖而经丘。"这里"窈窕"表示空间的幽深。有时则表现为深远、深邃。句如:

晋·枣据《诗》:"下窥幽谷底,窈窕一何深。"

晋·郑愔《从弟别诗》:"辽落隔脩途,窈窕阒丘谷。"

晋·李颙《涉湖诗》:"窈窕寻湾漪,迢递望峦屿。"

晋·支遁《咏怀诗五首》:"中路高韵益,窈窕钦重玄。"

晋·乐府《团扇郎六首》其五:"御路薄不行,窈窕决横塘。"

南朝·宋·谢瞻《于安城答灵运诗》:"迢递封畿外,窈窕承明内。"

南朝·宋·谢灵运《魏太子》:"罗缕岂阙辞,窈窕究无人。"

南朝·梁·吴均《和萧洗马子显古意诗六首》:"春机思窈窕,夏鸟鸣绵蛮。"

南朝·梁·释法云《三洲歌》:"三洲断江口,水从窈窕河旁流。"

唐·张九龄《入庐山仰望瀑布水》:"雷吼何喷薄,箭弛入窈窕。"

又《晚憩王少府东阁》:"窈窕生幽意,参差多异容。"

唐·陈子昂《夏日晖上人房别李参军崇嗣》:"至人独幽鉴,窈窕随昏明。"

唐·綦毋潜《茅山洞口》:"窈窕穿苔壁,差池对石坛。"

唐·沈佺期《兵馆》:"空蒙朝气合,窈窕夕阳开。"

唐·杜甫《柴门》:"长影没窈窕,余光散唅呀。"

唐·韦应物《答崔主簿倬》:"窈窕云雁没,苍茫河汉横。"

又《贵游行》:"轻裾含碧烟,窈窕似云浮。"

4.椒房窈窕连金屋

唐·骆宾王《帝京篇》:"桂殿嵚岑对玉楼,椒房窈窕连金屋。"写帝京殿阁的豪华、壮丽。唐·崔国辅也有句:"董贤女弟在椒风,窈窕繁华贵后宫。"(《白纻辞二首》)其义极近。杜甫也写过宫室:"窈窕清禁闼,罢朝归不同。"(《奉答岑参补阙见赠》)《诗正义》解前句说:"所居之宫,形状窈窕,幽深而闲静也。""窈窕"用之于殿堂台阁,表示秀美华丽之义。自南朝·陈·江总起,已从"人窈窕"迁移到"室窈窕"了:"窈窕怀贞室,风流挟琴妇。"(《病妇行》)唐宋时代用"窈窕"写殿堂台阁者颇盛。句如:

唐·宗楚客《奉和人日清晖阁宴群臣遇雪应

制》："窈窕神仙阁，参差云汉间。"

唐·上官仪《酬薛舍人万年宫晚景寓直怀友》："奕奕九成台，窈窕绝尘埃。"

唐·张柬之《东飞伯劳歌》："窈窕玉堂褰翠幕，参差绣户悬珠箔。"

唐·李峤《拟古东飞伯劳西飞燕》："谁家窈窕住园楼，五马千金照陌头。"

唐·乔知之《从军行》："窈窕九重闺，寂寞十年啼。"

唐·陈子昂《酬晖上人夏日林泉》："闻道白云居，窈窕青莲宇。"

唐·沈佺期《长歌》："璇闺窈窕秋夜长，绣户徘徊明月光。"

唐·司马逸客《雅琴篇》："窈窕楼台临上路，妖娆歌舞出平阳。"

唐·萧至忠《奉和幸安乐公主山庄应制》："西郊窈窕凤凰台，北渚平明法驾来。"

唐·储光羲《同王十二维偶然作十首》："窈窕高台中，时闻拂新瑟。"

唐·孟浩然《长乐宫》："秦城旧来称窈窕，汉家更衣应不少。"

唐·杜甫《古柏行》："崔嵬枝干郊原古，窈窕丹青户牖空。"

唐·鲍溶《汉宫词二首》："柏梁宸居清窈窕，东方先生夜待诏。"

唐·陆龟蒙《长门怨》："后宫多窈窕，日日学新声。"

唐·李德裕《追和太师颜公同清远道士游虎丘寺》："冥搜既窈窕，回望何萧散。"

宋·田锡《风筝歌》："三十六宫深窈窕，绣楣藻井光相照。"

宋·梅尧臣《寄西京通判宋次道学士》："嵯峨嵩色云常在，窈窕宫墙草又侵。"

又《再寄歙州潘伯恭》："高楼虽窈窕，古树已溟濛。"

宋·贺铸《想车音》（冗令）："携手别院重廊，窈窕花房小，任碧罗窗晓。"

宋·辛弃疾《水调歌头》（题晋臣真得归、方是闲二堂）："十里深窈窕，万瓦碧参差。青山屋上，流水屋下，绿横溪。"

宋·吴文英《丹凤吟》（赋陈宗之芸居楼）："丽景长安人海，避影繁华，结庐深寂。……更上新梯窈窕，暮山淡著城外色。"

5. 窈窕桃李花

唐·杜甫《喜晴》："青荧陵陂麦，窈窕桃李花。""窈窕"句自杜甫始又用以写花的美。写人的美，言其俊俏，写楼堂美，言其壮观，写花的美，言其艳丽。其后如：

唐·武元衡《八月十五夜与诸公锦楼望月》："桂香随窈窕，珠缀隔玲珑。"写月中桂。

唐·柳宗元《戏题阶前芍药》："倚红醉露浓，窈窕留余春。"

又《红蕉》："以兹正阳色，窈窕凌清霜。"

唐·鲍溶《山居》："窈窕垂涧萝，蒙茸黄葛花。"

唐·皇甫松《竹枝》："山头桃花谷底杏，两花窈窕遥相映。"

宋·范仲淹《献百花洲图上陈州晏相公》："百花争窈窕，一水自涟漪。"

宋·毛滂《蓦山溪》（元夕词）："梅花初谢，雪后寒微峭。谁送一城春，绮罗香、风光窈窕。"

又《玉楼春》："晓寒料峭，尚欺人，春态苗条先到柳。""苗条"柔美修条，与"窈窕"是同义词，至今二词仍并用。此处描绘初春嫩柳长条。毛滂用"苗条"是较早的。

宋·张炎《木兰花慢》（为静春赋）："净几明窗，穿窈窕，染芬芳。"

宋·吴文英《花犯》（谢黄复庵除夜寄古梅枝）："行云梦中认琼娘，冰肌瘦，窈窕风前纤缟。"

6. 文窗窈窕纱犹绿

唐·元稹《连昌宫词》："舞榭倚倾基尚在，文窗窈窕纱犹绿。""文窗"即"纹窗"，饰有花纹的窗棂、窗幔，用"窈窕"写其华丽。唐·罗隐的《七夕》："香帐簇成排窈窕，金针穿罢拜婵娟"，亦写帐幔之美。宋·范仲淹《玉女窗》诗写："窈窕玉女窗，想象玉女妆。"想象天上仙女居住处，隔着华美的窗子可见华美的仙女妆束。后人常用作"绿窗窈窕""窈窕红窗"。

宋·毛滂《踏莎行》（早春即事）："醉轻梦短枕闲倚，绿窗窈窕风光转。"

宋·蔡伸《愁倚栏》："木犀绽幽芳，西风透、窈窕红窗，恰似个人鸳鸯被里，玉肌香。"

宋·侯寘《凤凰台上忆吹箫》（末阳节至戏呈同官）："窈窕红窗髻影，添一线，组绣工闲。"

宋·吴文英《风流子》(芍药):"窈窕绣窗人睡起,临砌脉无言。"

又《塞翁吟》(赠宏庵):"归来共酒,窈窕纹窗,莲卸新蓬。"

又《天香》(寿筼塘内子):"碧藕藏丝,红莲并蒂,荷塘水暖香斗。窈窕文窗,深沉书幔,锦瑟华依旧。"

宋·张枢《壶中天》(月夕登绘幅堂,与赟(yún)房各赋一解):"窈窕西窗谁弄影,红冷芙蓉深苑。"

宋·张炎《扫花游》(赋高疏寮东墅园):"烟霞万壑,记曲径幽寻,霁痕初晓,绿窗窈窕。"

又《春从天上来》(己亥春,复回西湖,饮静传董高士楼作此解以写我忧):"烟霞,自延晚照,尽换了西林,窈窕纹纱。"

又《声声慢》(和韩竹闲韵赠歌者关关在两水居):"两水犹存三径,叹绿窗窈窕,谩长新蒲。"

宋·无名氏《花心动》(连昌宫有感):"画栋暗尘,锦瑟空弦,窈窕故窗红绿。"

7. 后庭歌声更窈窕

唐·王建《白纻歌二首》:"月明灯光两相照,后庭歌声更窈窕。""歌声窈窕",写歌声宛转动人,歌声美丽,已使"窈窕"形容视觉美迁移到听觉美了。

用"窈窕"写音乐,至少从南朝就开始了,陈·江总《今日乐相乐》就写:"郑态逶迤舞,齐弦窈窕瑟。"唐·岑参《裴将军宅芦管歌》:"弄调啾飕胜洞箫,发声窈窕欺横笛",写芦管吹出动人的音乐。下如:

唐·韩愈《岐山下二首》:"和声随祥风,窈窕相飘扬。"

唐·陆龟蒙《奉和袭美酬前进士崔潞盛制见寄因赠至一百四十言》:"清词忽窈窕,雅韵何虚徐。"而白居易的"仙去逍遥境,诗留窈窕章"(《昭德皇后挽歌词》)则只言文采之美了。

唐·孟郊《尧歌》:"翠韵仙窈窕,岚漪出无端。"

宋·欧阳修《定风波》:"粉面丽姝歌窈窕,清纱,尊前信任醉醺醺。不是狂心贪燕乐,自觉、年来白发满头新。"

宋·梅尧臣《依韵和禁烟近事之计》:"窈窕踏歌相把袂,轻浮赌胜各飞堶(tuó)。"

宋·辛弃疾《水调歌头》(寿韩南涧七十):"醉淋浪,歌窈窕,舞温柔。"

宋·刘子寰《醉蓬莱》(寿史令人):"窈窕笙歌,拥新鲜珠翠。"

宋·胡翼龙《洞仙歌》:"觅芳菲,歌窈窕,独立莎根,剩一掬、闲情凄楚。"

宋·毛滂《蝶恋花》(听周生鼓琵琶):"闻说君宗传窈窕,秀色天真,更夺丹青妙。"

宋·禅峰《百字谣》(贺彭谦仲八月生子):"玉果犀钱排绮宴,窈窕歌珠舞雪。"

宋·刘应李《祝英台近》(登武夷平林):"濯沧浪,歌窈窕,云日弄微霁。"

宋·无名氏《水调歌头》:"斟凿落,歌窈窕,舞蹁(pián)跹。"

宋·无名氏《鹧鸪天》(三月初二):"歌窈窕,舞婵娟,芝兰满庆团圆。"

宋·无名氏《鹧鸪天》(八月十九):"歌窈窕,舞娇娆,迭将寿酒酌金蕉。"

8. 三山窈窕步云涯

唐·赵嘏《赠王先生》:"九鼎阑干窥马齿,三山窈窕步云涯。"写太一真人隐在仙山,可直步云涯。"窈窕"同"窈窕",属同素词,写山境秀美。宋·周紫芝《渔家傲》:"路入云岩山窈窕,岩花滴露花头小。"前句近赵嘏句义。宋初王禹偁《游仙娥峰后戏题》诗:"为爱一峰形窈窕,岂辞十里路崎岖?"写出游窈窕的仙娥峰之兴致。

唐·宋之问《嵩山天门歌》:"纷窈窕兮岩倚,披以鹏翅;洞膠葛兮峰陵,层以龙鳞。"山岩掩倚,异彩纷呈,又有飞岩展翅。这是最早写"山窈窕"的。

唐·李颀《送暨道士还玉清观》:"空山何窈窕,三秀日氛氲。"

唐·杜甫《虎牙行》:"巫峡阴岑朔漠气,峰峦窈窕溪谷黑。"

唐·司空图《纤秾》:"窈窕深谷,时见美人。"

唐·乔备《秋夜巫山》:"江山空窈窕,朝暮自纷氲。"从前面李颀句变来。

宋·释智圆《远山》:"崔嵬微有状,窈窕莫知名。"

宋·侯寘《水调歌头》(题岳麓法华名):"窈窕深林幽谷,诘曲危亭飞观,俯首视尘寰。长啸望天末,余响下云端。"

宋·杨万里《归去来兮引》:"告两畴有要耘籽,容老子舟车,取意任委蛇。历崎岖窈窕,丘壑随宜。"

9. 窈窕越溪深

唐·张九龄《湞阳峡》:"行舟傍越岑,窈窕越溪深。""水窈窕"不是写水之美,而是写水曲折深远。张九龄还有《入庐山仰望瀑布水》:"雷吼何喷薄,箭驰入窈窕",也写瀑布水入长河。

唐·李白《送王孝廉觐省》:"窈窕晴江转,参差远岫连。"

又《游泰山六首》(天宝元年从故御道上山):"黄河从西来,窈窕入远山。"

唐·杜甫《白沙渡》:"参差上舟楫,杳窕入云汉。"

唐·吴筠《登庐山东峰观九江合彭蠡湖》:"江妃弄明霞,仿佛呈窈窕。"

唐·无名氏《湖下溪》:"湖水下为溪,溪小趣更幽,窈窕林中回。"

宋·向子諲《八声甘州》(中秋前数夕久雨方晴):"懒崎岖林麓,则窈窕溪边。"

10. 春风最窈窕

唐·杜牧《茶山下作》:"春风最窈窕,日晓柳村西。"春风也是美好的,它不仅给万物带来生机,而且又有和煦美,这是触觉的感受美。

宋·李祁《减字木兰花》:"花深人静,帘锁御香清昼永。红药阑干,玉案春风窈窕间。"

宋·张炎《霜叶飞》(毗陵客中闻老妓歌):"未忘得春风窈窕,却恰张绪如今老。"

宋·无名氏《花心动》(得于江西歌者而不知名氏):"记得东风窕窈,曾夜踏横斜,醉携娇女。"

清·姚范《山行》:"百道飞泉喷雨珠,春风窈窕绿蘑芜。"

11. 流云春窈窕

唐·崔湜《赠苏少府赴任江南余时还京》:"流云春窈窕,去水暮逶迤。""云窈窕"写云幽远多变,是一种变幻美。最早见于崔此诗。

唐·孟郊《和薛先辈送孤独秀才上都赴嘉会》:"秦云攀窈窕,楚桂搴芳馨。"

唐·鲍溶《周先生画洞庭歌》:"帝子应哀窈窕云,客人似得婵娟梦。"

唐·青童《与赵旭叩柱歌》:"白雪飘飘星汉斜,独行窈窕浮云东。"

宋·毛滂《临江仙》(宿僧舍):"过云闲窈窕,斜月静婵娟。"

12. 蹊径窈窕安从通

汉乐府《乌生八九子》:"人民安知乌子处,蹊径窈窕安从通。""窈窕"写路径曲折深远。

南朝·宋·谢灵运《于南山往北山经湖中瞻眺诗》:"侧径既窈窕,环洲亦玲珑。"

唐·李峤《早发苦行馆》:"开门听潺湲,入径寻窈窕。"

唐·高适《张公洞》:"一径深窈窕,上升翠微中。"

唐·杜甫《谒文公上方》:"窈窕入风磴,长芦纷卷舒。"

宋·苏轼《碧落洞》:"幽龛入窈窕,别户穿虚明。"

宋·辛弃疾《蓦山溪》:"行穿窈窕,时历小崎岖。斜带水,半遮山,翠竹栽成路。"

宋·吴文英《倦寻芳》(上元):"念窈窕,东邻深巷,灯外歌沉,月上花浅。""窈窕"写巷径。

13. 柳村穿窈窕

唐·杜牧《题茶山》(在宜兴):"柳村穿窈窕,松涧渡喧豗(huī)。""窈窕"写柳树繁茂的村落,是参差美。唐·温庭筠《洞户二十二韵》:"醉乡高窈窕,棋阵静愔愔。""窈窈"同"窈窕"。宋·韩淲《采桑子》:"含情更觉沧洲远,欲语谁论。窈窕孤村,细雨梅花只断魂。""窈窕"为渺远之意。

唐·杜甫《客堂》:"舍舟复深山,窅窕一林麓。"五代·孙光宪《南歌子》:"窈窕一枝芳柳,入腰身。"都写林木之美。

14. 缺月向人舒窈窕

宋·苏轼《浣溪沙》(新秋):"缺月向人舒窈窕,三星当户照绸缪。""窈窕"形容月华之美。初秋的新月,向人间舒展着窈窕的光,这就是明媚美。

又《中秋月寄子由三首》:"徘徊巧相觅,窈窕穿房栊。"意同前句。

唐·陆龟蒙《新竹》:"晴月窈窕入,曙烟霏微生。"首写"月窈窕","窈窕"月光曲折而入竹林,使新竹增彩了。

15. 烟生窈窕深东第

唐·杜牧《长安杂题长句六首》:"烟生窈窕深东第,轮撼流苏下北宫。""烟窈窕"写烟袅袅升腾变幻,东第被深掩在轻烟之中。

唐·鲍溶《玉山谣奉送王隐者》:"万古分明对眼开,五烟窈窕呈祥远。"首用"烟窈窕",写"玉山"之祥瑞。

16. 石洞何窈窕

唐·无名氏《题仙人洞石钟》:"石洞何窈窕,云是仙人庭。"表现仙人洞之深邃曲折。

宋·高惟月《念奴娇》:"岩扃不锁,算空洞深窈,是谁初凿?""深窈"即深邃。

17. 出其东门,有女如云

《诗经·郑风·出其东门》:"出其东门,有女如云。虽则如云,匪我思存。缟衣綦巾,聊乐我员。"走出那城的东门,那游女多如云。虽然游女多如云,却都不合我的心。身着白衫青巾的,才是我心上的人。

宋·辛弃疾《新荷叶》(上巳日,子似谓古今无此词,索赋):"曲水流觞,赏心乐事良辰。兰蕙光风,转头天气还新。明眸皓齿,看江头、有女如云。折花归去,绮罗陌上芳尘。"

宋·杨泽民《虞美人》(红莲):"花间有女恰如云,不惜一生常作、采花人。"红莲花朵朵盛开,似有女如云,不惜一生都作采莲人。

18. 汉有游女,不可求思

《诗经·周南·汉广》:"汉有游女,不可求思。"汉水上有游女,不能追求。

唐·张九龄《感遇》第十:"汉上有游女,求思安可得?"他因反对李林甫任用牛仙客而被玄宗谪往荆州,离京前作了这首诗。用《诗经·周南·汉广》句,借思慕"汉女",寄托忧国忧君之情。

19. 之子于归,宜其家人

《诗经·周南·桃夭》:"桃之夭夭,其叶蓁蓁。之子于归,宜其家人。"这是诗的第三节,影响最大。前两节"桃之夭夭""之子于归"两句已反复运用。"之子于归,宜其家人"意为这位姑娘出嫁了,和和美美一家人。而"之子于归"在《诗经》中几次

被应用。

《诗经·周南·汉广》:"之子于归,言秣其马。"写追求汉水游女,终于失望。

《诗经·召南·鹊巢》:"之子于归,百两御之""之子于归,百两将之""之子于归,百两成之",写贵族女子出嫁时迎送的豪华。

《诗经·召南·江有汜》:"江有汜,之子归。""江有渚,之子归。""江有沱,之子归。""之子归"指诸侯女儿出嫁。全诗写媵女不得从嫁的怨词。

《诗经·邶风·燕燕》:"之子于归,远送于野""之子于归,远于将之""之子于归,远送于南",写卫国庄姜远送归妾的情景。

20. 彼其之子,美如玉

《诗经·魏风·汾沮洳》:"彼汾一曲,言采其莫。彼其之子,美如玉。"写一女子在水湾采摘泽泻,想到所爱的人如玉一样美,容貌似玉,品质似玉。这是以玉比男子。"彼其之子"意为"他这个人"或"家中这个人"。

《诗经·王风·扬之水》:"彼其之子,不与我戍申。""彼其之子,不与我戍甫。""彼其之子,不与我戍许。"周平王之母亲家属申国,与楚国相邻,屡次受楚国侵伐。平王即征人去守申国(甫、许都是申国的地名),征役使人民遭家室离散之苦,作此诗讽之怨之。"彼其之子",《集传》解:"戍人指其家室而言。"即指戍人家乡的亲人。由于不能一起出征,离散了。

《诗经·郑风·羔裘》:"彼其之子,舍命不渝。""彼其之子,邦之司直。""彼其之子,邦之彦兮。""彼其之子",穿着羔裘的那个人,舍命为公而不动摇,是主持正义的人、才华出众的人,只出现于古代,郑国没有这样的人。借古以喻今。

21. 故人似玉由来重

唐·李白《怨情》:"新人如花虽可宠,故人似玉由来重。花性飘扬不自持,玉心皎洁终不移。……"新人如花,虽美却不久长,故人似玉,虽老却坚定不移,用花喻外貌,用玉比品质。玉纯洁而坚实,表现心地之美,品格之美,如冰清玉洁。"如花似玉"后形容美女。宋·史浩《杏花天》:"梦魂飞过屏山曲,见依旧、如花似玉。""如花似玉"句出于李白此诗。

《诗经·魏风》中的"彼其之子,美如玉",写男

子之美。《诗经·召南·野有死麕(jūn)》："林有朴樕(sù)，野有死鹿。白茅纯束，有女如玉。"写男子用白茅捆着死鹿作礼物，送给所爱的姑娘；这姑娘美如玉，从心灵到外貌都如玉一样美。李白的"人似玉"句概出于《诗经》中这两首诗。后人用"人如玉"写男人品格高尚，美玉无瑕，写女人则重在容貌美。

唐·杜甫《佳人》："夫婿轻薄儿，新人美如玉。"

唐·韦应物《雪中闻李儋过门不访聊以寄赠》："已想人如玉，遥怜马似骢。"

唐·唐彦谦《怀友》："冰壶总忆人如玉，目断重云十二楼。"

宋·苏轼《千秋岁》（湖州暂来徐州重阳作）："坐上人如玉，花映花奴肉。"

宋·晁端礼《小重山》："人如玉，一见已心惊。"

宋·贺铸《江南曲》（踏莎行）："黄帝绛幕掩香风，当筵粲粲人如玉。"

宋·沈蔚《小重山》："人如玉，相对月明中。"

宋·米友仁《阮郎归》："人似玉，醉如泥，一枝随鬓倚。"

宋·王庭珪《柳梢青》："兰亭丝竹，高会群贤，其人如玉。"

又《感皇恩》："长亭把酒，却倩阿谁留住。尊前人似玉，能留否？"

宋·周紫芝《渔父词》："人似玉，醉如泥，闲歌五色线中诗。"

宋·李纲《丑奴儿》（木犀）："步摇金翠人如玉，吹动珑璁。"

宋·蔡伸《卜算子》："人如玉，忍负一春闲。"

宋·王之道《南歌子》（端午二首）："好在佳人如玉，映长春。"

宋·杨无咎《於中好》："坐中已自清堪掬，更潇洒、人如玉。"

宋·曾觌《忆秦娥》："倚阑相对人如玉；人如玉，锦屏罗幌，看成不足。"

宋·王之望《念奴娇》："美景良辰，赏心乐事，更有人如玉。"

宋·赵彦端《虞美人》（刘帅生日）："酒中卧倒南山绿，起舞人如玉。"

宋·姚述尧《好事近》："茶罢竹间携手，有佳人如玉。"

宋·吕胜己《满江红》："仰高风，寂寂奠生刍，人如玉。"

宋·辛弃疾《归朝歌》："梦中人似玉，觉来更忆腰如束。"

又《上西平》："尊如海，人如玉，诗如锦，笔如神。"

宋·赵善括《满江红》（和坡公韵）："况南州高士是西邻，人如玉。"

宋·韩玉《贺新郎》（咏水仙）："绰约人如玉，试新妆，娇黄半绿，汉宫匀注。"

宋·赵师侠《卜算子》："更箸如花似玉人，艳态娇波注。"

宋·吴泳《满江红》："人似玉，神如水；歌古调，传新意。"

宋·葛长庚《鹧鸪天》（灯夕天谷席上作）："人似玉，酒如饧(xíng)，果盘簌钉不知名。"

宋·刘克庄《满江红》（题范尉梅谷）："叹出群风韵，背时装束，竞爱东邻姬傅粉，谁怜空谷人如玉。"

宋·冯取洽《贺新郎》："想有人如玉，已过南市；无人伴我，重醉西阼。"

宋·吴潜《贺新郎》（寓言）："可意人如玉，水帘栊，轻匀淡泞，道家装束。"

宋·陈著《摸鱼儿》（寿虚谷）："竹洲西，有人如玉，南柯一觉归早。"

宋·邓剡《促拍丑奴儿》："从今岁岁称觞处，人如玉雪，花如锦绣，福寿如山。"

宋·赵必璨《贺新郎》："绿鬓朱颜春不改，彼美人兮如玉。"

又《贺新郎》："天上姻缘千里会，喜乘槎、先入银河路。人似玉，衣金缕。"

宋·陈纪《贺新郎》（听琵琶）："铁拨鹍弦春夜永，对金钗钟乳人如玉。"

宋·无名氏《忆秦娥》："香馥馥，尊前有个人如玉。"

宋·无名氏《千秋岁》（十二月三十）："东君将到处，只隔邮亭宿。谁知道，此时延个人如玉。"

明·史鉴《临江仙》（赠余洁）："最是采莲人似玉，相逢并著莲舟。"

清·王国维《应天长》："紫骝却照春波绿，波上荡舟人似玉。"

22. 美者颜如玉

汉《古诗》："燕赵多佳人，美者颜如玉。"燕赵地方,多俊美女子,她们的颜容白嫩润泽,有如美玉。《诗经》中"彼其之子,美如玉"是写男子之美,更侧重写人的总体。"颜如玉"从"美如玉"脱出,特写容颜,而且《古诗》首先用"颜如玉"写女子。

晋·陆机《赠纪士诗》:"修姱(kuā)协姝丽,华颜婉如玉。"

南朝·宋·鲍照之妹鲍令晖《拟青青河畔草》:"明志逸秋霜,玉颜艳春红。"

南朝·梁·梁武帝萧衍《东飞伯劳歌》:"女儿年几十五六,窈窕无双颜如玉。"

南朝·梁·沈约《咏筝诗》:"徒闻音绕梁,宁知颜如玉。"

唐·刘希夷《春女行》:"春女颜如玉,怨歌阳春曲。"

唐·李白《幽歌行上新平长史兄粲》:"吾兄行乐穷曛旭,满堂有美颜如玉。"

唐·元稹《紫踯躅》:"山空月午夜无人,何处知我颜如玉。"

唐·白居易《清明日观妓舞听客诗》:"看舞颜如玉,听诗韵似金。"

又《霓裳羽衣舞歌》:"案前舞者颜如玉,不著人家俗衣服。"

又《续古诗十首》:"窈窕双鬟女,容德俱如玉。"

唐·李宣古《杜司空席上赋》:"能歌姹女颜如玉,解引萧郎眼似刀。"

五代·阎选《谒金门》:"美人浴碧沼,莲开芬馥,双髻绾云颜似玉,素娥辉淡绿。"

宋真宗赵恒《劝学篇》中歌:"富家不用买良田,书中自有千钟粟;安居不可架高堂,书中自有黄金屋;娶妻莫恨无良媒,书中自有颜如玉。"这里"颜如玉"指代美女。清·蒲松龄依宋真宗这几句歌,演绎出一篇聊斋故事《书痴》,嘲讽那些书呆子迷恋"书中自有千钟粟;书中自有黄金屋;书中自有颜如玉"。招致更为愚昧的县宰大焚其书,重蹈"祖龙之虐"。痴哉?愚哉?然而,宋真宗《劝学篇》中这三句歌,不知有多少读书人把它做为仕进的动力。

宋·盼盼《惜花容》:"坐中美女颜如玉,为我一歌金缕曲。"

宋·辛弃疾《满江红》:"共何人、对饮五三钟,颜如玉。"

宋·赵以夫《贺新郎》:"帝子双双来洞户,炯

肌肤、冰雪颜如玉。"

宋·卫宗武《金缕曲》:"兰已种成香满砌,更藓华,得偶颜如玉。"

宋·蒋捷《贺新郎》:"轻薄儿郎为夫婿,爱新人,窈窕颜如玉。"

宋·无名氏《壶中天》(寿伯母):"福比湖深,寿齐南山,岁岁颜如玉。""颜如玉"意为永葆青春。

元·王实甫《西厢记》第二本第三折:"小生何慕金帛之色,却不道'书中有女颜如玉'?"用宋真宗语。

23.谁怜越女颜如玉

唐·王维《洛阳女儿行》:"谁怜越女颜如玉,贫贱江头自浣纱!"意西施已获荣华,而旧伴越女仍然贫苦。用"颜如玉"写越女之美。

清·曹雪芹《红楼梦》第六十四回林黛玉《西施》:"效颦莫笑东村女,头白溪边尚浣纱。"兼用王维《西施咏》:"当时浣纱伴,莫得同车归。持谢邻家子,效颦安可希!""效颦女"不得同车归意,说西施虽美,却逐流水逝去,而东村丑女尚活到白头。后句反用王维句意。

24.车中见玉人

唐·陈子昂《上元夜效小庾体》:"楼上看珠妓,车中见玉人。"写上元夜见玉人之游。"玉人"洁白如玉的人,指美人。当源自"美如玉""人如玉""颜如玉"。以后用"玉人"称青年女子。

唐·武元衡《送裴戡行军》:"珠履三千醉不欢,玉人犹若夜冰寒。"

唐·杜牧《寄扬州韩绰判官》:"二十四桥明月夜,玉人何处教吹箫?"

五代·李珣《定风波》:"惟恨玉人芳信阻,云雨屏帷。"

五代·孙光宪《思越人》:"想象玉人空处所,月明独上溪桥。"

五代·冯延巳《忆江南》:"玉人贪睡隧钗云,粉消妆薄见天真。"

宋·柳永《甘州令》:"玉人歌,画楼酒。对此景,骤增高价。"

宋·杜安世《端正好》:"兰堂静悄珠帘宰,想玉人、归何处?"

宋·强至《渔家傲》:"浑似玉人常淡竚,菱花相对盈清楚。"

宋·晏几道《诉衷情》："玉人团扇恩浅,一意恨秋风。"

又《扑蝴蝶》："玉人应在,明月楼中画眉懒。"

宋·魏夫人《减字木兰花》："玉人何处?又见江南春色暮。"

宋·苏轼《减字木兰花》(花)："玉房金蕊,宜在玉人纤手里。"

宋·黄庭坚《定风波》："且共玉人斟玉醑,休诉,笙歌一曲黛眉低。"

又《定风波》(客有两新鬟善歌者,请作送汤曲,因戏二物)："冠帽斜倚辞醉去,邀定、玉人纤手自磨香。"

宋·贺铸《采桑子》："玉人望月凝销处,应在西厢。"

又《小重山》："玉人千里共婵娟,清琴怨,肠断亦如弦。"

又《减字浣溪沙》："淡黄杨柳暗栖鸦,玉人和月摘梅花。"

宋·毛滂《青玉案》(戏赠醉妓)："玉人为我殷勤醉,向醉里,添姿媚。"

宋·曾纡《念奴娇》："六出冰姿,玉人微步,笑里轻轻折(梅)。"

宋·玉安中《虞美人》："尊前新唱更新妍,况有玉人相劝、拼酡颜。"

宋·李光《南歌子》(重九日宴琼台)："且看花经眼,休辞酒满杯,玉人低唱管弦催。"

宋·朱敦儒《采桑子》："玉人为我调琴瑟,颦黛低鬟。"

又《春晓雪》："玉人酒渴嚼春冰,晓色入帘横宝瑟。"

宋·宋徽宗赵佶《声声慢》(梅)："劳梦想,似玉人羞懒,弄粉妆迟。"

宋·李祁《如梦令》："不见玉人清晓,长啸一声云秒。"

宋·李清照《渔家傲》："雪里已知春信至,寒梅点缀琼枝腻。香脸半开娇旖旎。当庭际,玉人浴出新妆洗。""玉人"喻梅。

宋·吕本中《西江月》(熟水词)："玉人歌断恨轻分,欢意渐渐未尽。"

宋·邵叔齐《鹧鸪天》(蜡梅)："玉人插向乌云畔,浑似灵犀正透芽。"

宋·蔡伸《浣溪沙》："窗外桃花烂熳开,年时曾伴玉人来,一枝斜插凤凰钗。"

又《小重山》："玉人不见坐长叹,箫声远,明月满空山。"

又《临江仙》："帘幕深深清昼永,玉人不耐春寒。"

又《临江仙》："玉人相对绿尊前,素娥有恨,应是妒婵娟。"

又《临江仙》："玉人相对自生凉,翠鬟琼佩,绰约蕊珠妆。"

又《浪淘沙》："淡烟笼月晚凉天,曾共玉人携素手,同倚栏干。"

宋·吕渭老《思佳客》："持蟹股,破霜橙。玉人三弄,小市收灯、欲三更。"

宋·王之道《玉楼春》(和李宜仲)："一卮芳酒送清歌,楼下玉人相去近。"

又《南歌子》(书所见)："谁家池馆睡鸳鸯,还有玉人相对、坐传觞。"

宋·杨无咎《扫花游》："玉人去,遍徙倚旧时,曾并肩处。"

宋·李石《谢池春》："金柔玉困,舞腰肢相向,似玉人、瘦时模样。"

宋·康与之《风入松》(春晚)："玉人应是数归期,翠敛愁眉。"

宋·曾觌《念奴娇》(席上赋林檎花)："记得当时曾共赏,玉人纤手轻摘。"

又《诉衷情》(夜直殿庐晚雪因作)："玉人今夜,滴粉搓酥,应敛眉山。"

又《清平乐》："玉人小立帘栊,轻匀媚脸妆红。"

又《菩萨蛮》："高楼目断南来翼,玉人依旧无消息。"

宋·侯寘《醉落魄》(夜静闻琴)："玉人酒晕消香雪,促轸调弦,弹个古离别。"

宋·张孝祥《定风波》："见说墙西歌吹好,玉人扶坐劝飞觞。"

宋·辛弃疾《鹧鸪天》："玉人好把新妆样,淡画眉儿浅注唇。"

又《鹧鸪天》："玉人今夜相思否,想见频将翠枕移。"

又《霜天晓角》："玉人还伫立,绿窗生怨泣。"

宋·姜夔《暗香》："唤起玉人,不管清寒与攀摘。"

宋·吴礼之《渔家傲》(闺思)："料得玉人肠已断,眉峰敛,晓妆镜里春愁满。"

宋·史达祖《燕归梁》:"玉人只在楚云傍,也著旧、过昏黄。"

宋·高观国《烛影摇红》:"误玉人,高楼凝恨。"

宋·李从周《玲珑四犯》:"尽日芳情,萦系玉人怀抱。须待化作杨花,特地过、旧家池沼。"

宋·吴文英《浣溪沙》:"冰骨清寒瘦一枝,玉人初上木兰时。"

又《浣溪沙》:"波面铜花冷不收,玉人垂钓理纤钩。"

又《永遇乐》:"青楼旧日,高歌取醉,唤出玉人梳洗。"

宋·黄升《鹧鸪天》(暮春):"玉人只怨春归去,不道槐云绿满庭。"

宋·何梦桂《酹江月》:"因念璧月琼枝,对玉人何处,绣帘珠幕。"

宋·汪元量《疏影》:"寂寞孤山月夜,玉人万里外、空想前约。"

宋·仇远《南歌子》:"玉人楼上倚愁看,移得浅颦深恨、上眉间。"

宋·无名氏《扑蝴蝶》:"玉人应在,明月楼中画眉懒。"

25. 玉人何处教吹箫

唐·杜牧《寄扬州韩绰判官》:"二十四桥明月夜,玉人何处教吹箫?"戏说韩绰:月夜中,美人在何处教你吹箫。"玉人"后喻歌妓。

元·狄君厚散曲《夜行船·扬州忆旧》:"忆昔扬州廿四桥,玉人何处也吹箫。绛烛烧春,金船吞月,良夜几番欢笑。"诗中"玉人"怀古。

元·张可久散曲《人月圆·春日湖上》:"昨宵入梦,那人如玉,何处吹箫?"诗中"玉人"怀人。

元·徐再思《双调·卖花声》:"楼台如故,教吹箫玉人何处?"诗中"玉人"怀人。

26. 玉颜不及寒鸦色

唐·王昌龄《长信秋词五首》:"玉颜不及寒鸦色,犹带朝阳日影来。"借汉班婕妤被弃长信宫故事,写唐宫宫女之痛苦,美玉般洁白的容颜,不如寒鸦;寒鸦黑丑却还可以承受阳光。

宋·晁端礼《西江月》:"国艳枉教无语,玉颜不待施朱。"

宋·史浩《感皇恩》(除夜):"玉颜长向此,迎新岁。"

清·王鹏运《齐天乐》(鸦):"是几度朝昏,玉颜轻换。"八国联军侵占北京,寒鸦的"玉颜"几个晨昏便寒伧了;皇宫主宰,几天变成了寒鸦。

27. 玉容寂寞泪阑干

唐·白居易《长恨歌》:"玉容寂寞泪阑干,梨花一枝春带雨。"这是《长恨歌》中名句之一。为唐明皇寻找杨贵妃的方士在海上仙山中见到了杨贵妃。此句写见到的杨贵妃形象,"玉容",即"玉颜"。"寂寞",百无聊赖。"泪阑干",泪纵横。《韵会》说:"眼眶亦谓之阑干。"泪水夺眶而出,同样是伤心泪。唐·韦庄《浣溪沙》:"隔墙梨雪又玲珑,玉容憔悴惹微红。""玉容憔悴"也写一女子的容颜,女子容颜洁白细腻,用"玉容"以喻。其他用"玉容"句如:

宋·杜安世《山亭柳》:"玉容淡妆添寂寞,檀郎孤愿太情薄。"

宋·晏几道《菩萨蛮》:"玉容长有信,一笑归来近。"

宋·王之道《蝶恋花》:"犯雪凌霜芳意展,玉容似带春寒怨。"

宋·秦观《调笑令》(十首并诗)诗曰:"汉宫选女适单于,明妃敛袂登毡车。玉容寂寞花无主,顾影低回泣路隅。"写昭君出塞。其《曲子》仍用此句:"玉容寂寞花无主,顾影偷弹玉箸。"

宋·史达祖《玉楼春》(赋梨花):"玉容寂寞谁为主,寒食心情愁几许。"秦观变用白居易句写昭君,史达祖又用秦观原句写梨花。白居易以梨花喻人,史达祖则以人喻梨花。

金·董解元《西厢记》卷七《雪里梅花》:"暗暗觑地,玉容如花,不施朱粉。"

元·王实甫《西厢记》第二本第三折《离亭宴带歇指煞》:"从今后玉容寂寞梨花朵,胭脂浅淡樱桃颗。"写莺莺。

又《西厢记》第三本第二折《小梁州》:"罗衣不奈五更寒,愁无限,寂寞泪阑干。"

清·张惠宗《风流子》(出关见桃花):"念玉容寂寞,更无人处,经他风雨,能几多番。"词人在山海关外,见"一树桃花",笑迎行人,然而在人少天寒的塞外,桃花不仅寂寞,而且又怎能经得住几番风雨呢。"玉容寂寞"喻塞外桃花。

28. 彼其之子,美如英

《诗经·魏风·汾沮洳》:"彼汾一方,言采其桑。彼其之子,美如英;美如英,殊异乎公行。"我在汾水岸边,采摘桑叶。那是我的男人,他美得像花一样,他的品质和才能,超过了贵族的将军。

"美如英"即"美如花"。《诗经·郑风·有女同车》:"有女同车,颜如舜华。……彼美孟姜,洵美且都。""有女同行,颜如舜英。……彼美孟姜,德音不忘。""舜华""舜英"为木槿花,花有紫红色和白色。"颜如舜华(英)"即"颜容如木槿花"。《诗经·汾沮洳》中的"美如花"是写男子之美。"美"不仅写容颜,也含品格。《诗经·有女同车》中的"颜如花"是写女子孟姜的容颜之美。二者都是用花之美比人之美。古希腊神话中,那里没有把人比作花的,把人比作花的最早只有两千五百多年以前中国的《诗经》。《诗经》不仅在把人比作花上开了个艺术源头,也为人类世界的艺术与美学增添了因子,填补了空白。这就是首创人花之比的贡献和不朽。

中国有句古话:"第一个把人比作花的是天才,第二个把人比作花的是庸夫,第三个把人比作花的是笨蛋。"这话旨在倡导创新,反对蹈袭。倡导创新无疑是可贵的,反对蹈袭则不然,纵观人类前进的步履,从石器到铁器,从蒸汽机到电动机,直到电子计算机,总有不间断的蹈袭。没有蹈袭,就没有继承;没有继承,也不会有创新和发展。文学艺术也一样,就说把人比作花的描写吧,《诗经》中的"美如英""颜如舜华",除其首创意义,毕竟比较简单,而后来者的人花之喻,斑斓绚丽,异彩纷呈,如入百花园中。

29. 美人如花隔云端

唐·李白《长相思》:"卷帷望月空长叹,美人如花隔云端。"诗人离开长安以后,并没有完全失望,还在追求美好的理想,然而这理想却是遥远的,可望不可即的。"美人如花"正喻这种理想。这是写"美人如花"的名句。"人如花"句如:

北朝·周·庾信《奉和赵王美人春日》:"直将刘碧玉,来过阴丽华。只言满屋里,并作一园花。"言美人超过了刘宋汝南王之碧玉和光武帝之后阴丽华,如花一般,屋子竟成了花园。

李白写"人如花"最多:

《于阗采花》:"于阗采花人,自言花相似。明妃一朝西入胡,胡中美女多羞死。"

《携妓登梁王栖霞山孟氏桃园中》:"谢公自有登山妓,金屏笑坐如花人。"

《鲁郡尧祠送窦明府薄华还西京》(时久病初起作):"门前长跪双石人,有女如花日歌舞。"

《寄远十一首》(阳台隔楚水):"遥将一点泪,远寄如花人。"

《春女怨行》:"西门秦氏女,秀色如琼花。"

《怨情》:"新人如花虽可宠,故人似玉由来重。"后来描写女子如花似玉,盖出于此。

唐·王昌龄《浣纱女》:"钱塘江畔是谁家?江上女儿全胜花。吴王在时不得出,今日公然来浣纱。"

唐·白居易《母别子》(刺新间旧也):"敕赐金钱二百万,洛阳迎得如花人。"

又《感故张仆射诸妓》:"黄金不惜买蛾眉,拣得如花三四枝。"三四妓都如花枝。

唐·施肩吾《上礼部侍郎陈情》:"晴天欲照盆难反,贫女如花镜不知。"

唐·沈如筠《句》:"渔阳燕旧都,美女花不如。"花不如美女美。

唐·李群玉《哭小女痴儿》:"平生来省梦熊罴,稚女如花坠晓枝。"

唐·贾邠《四怨三愁五情十二首》:"美人新如花,许嫁还独守。"

唐·韦在《菩萨蛮》:"劝我早回家,绿窗人似花。"

又《长安春》:"家家楼上如花人,千枝万枝红艳新。"

五代·李珣《浣溪沙》:"红藕花香到槛频,可堪闲忆似花人。"

宋·苏轼《老人行》:"美人如花弄弦索,只恨尊前明月落。"

宋·蔡伸《卜算子》:"遐想似花人,阅岁音尘阻。物是人非空断肠,梦入芳洲路。"

宋·韩玉《水调歌头》(自广中出,过庐陵,赠歌妓段云卿):"有美如花客,容饰尚中州。"

宋·郭应祥《西江月》:"休羡一枝高折,尽教十里遥闻。尊前若有似花人,乞与些儿插鬓。"

宋·吴文英《声声慢》(赠藕花洲尼):"端的旧莲深藕,料采菱、新曲羞夸。秋澉滟,对年年,人胜似花。"

明·汤显祖《牡丹亭》第十出惊梦《山桃红》："则为你如花美眷,似水流年,是答儿闲寻遍。"

明·唐龙《明妃篇并引》："美人如花还如云,自恃弗肯抛黄金。"

明·魏偁《王昭君》："王嫱有艳色,天下花不如。"

清·龚自珍《能令公年行》："美人十五如花秾,湖波如镜能照容。"

现代剧作家老舍《五律三首》："工农相祝酒,儿女尽如花。"

30. 嫔嫱左右如花红

唐·杜甫《杜鹃行》："岂思昔日居深宫,嫔嫱左右如花红。"(一作司空曙诗)蜀望帝魂化杜鹃,对花哀鸣,是否还思念深宫嫔妃之乐呢?写宫女如花的又有:

唐·李白《越州览古》："越王勾践破吴归,义士还家尽锦衣。宫女如花满春殿,只今唯有鹧鸪飞。"感慨古代越王满殿"宫女如花",而今唯有鹧鸪飞了。叹盛衰兴亡。清·曹贞吉《留客经》(鹧鸪)："记否越王春殿,宫女如花,只今惟剩汝。""汝"直指鹧鸪,暗代其弟申吉。用李白句,说边廷众多官员,只有你屈辱地挣扎。

唐·冷朝光《越溪怨》："越王宫里如花人,越水溪头采白频;白频未尽人先尽,谁见江南春复春。"

清·沙张白《征衣曲》："敦煌亦有如花女,未必郎腰瘦到今。"

清·刘献廷《王昭君》："宫中多少如花女,不嫁单于君不知。"指出错在君王,错在宫女制度。

31. 越女颜如花

唐·宋之问《浣纱篇赠陆上人》："越女颜如花,越王闻浣纱。国微不自宠,献作吴宫娃。"写浣纱越女西施,容颜十分美丽,由于越国力弱,勾践把她献给了强大的吴国,做了夫差的妃子。"颜如花"主要以花喻容颜,虽义近"人如花",而"人如花"应主要表示容颜,但又可表示全身如一枝花。

"颜如花"出自《诗经·郑风·有女同车》："颜如舜华"(木槿花)、"颜如舜英"(木槿花)句,木槿花有红色,有白色。

汉乐府《陇西行》："好妇出迎客,颜色正敷愉。"颜色如盛开的鲜花。

南朝·陈·张正见《白头吟》："颜如花落槿,鬓似雪飘蓬。"衰颜如落花。用"颜如花"句如:

唐·王昌龄《越女》："摘取芙蓉花,莫摘芙蓉叶。将归问夫婿,颜色何如妾。"

唐·王谊《后庭怨》："红颜旧来花不胜,白发如今雪相似。"

唐·李白《前有一尊酒行》："胡姬貌如花,当垆笑春风。"

又《邯郸才人嫁为厮养卒妇》："妾本丛台女,扬蛾入丹阙。自倚颜如花,宁知有凋歇。"

又《飞龙引二首》其一："云愁海思令人嗟,宫中彩女颜如花。"其二："古人传道留其间,后宫婵娟多花颜。"

唐·刘长卿《戏赠干越尼子歌》："五年持戒长一食,至今犹自颜如花。"

唐·李端《送单少府赴扶风》："少年趋盛府,颜色比花枝。"喻男子。

唐·刘商《不羡花》："花开花落人如旧,谁道容颜不如花?"

唐·卢仝《有所思》："当时我醉美人家,美人颜色娇如花。"

唐·李贺《有所思》："君心未肯镇如石,妾颜不久如花红。"

唐·白居易《长恨歌》："云鬓花颜金步摇,芙蓉帐暖度春宵。"

又《劝酒》："昨与美人对尊酒,朱颜如花腰似柳。"

唐·李商隐《戏题枢言草阁三十二韵》："青楼有美人,颜色如玫瑰。"

唐·唐彦谦《春日偶成》："歌舞留春春似海,美人颜色正如花。"

宋·张咏《二月二日游宝历寺马上作》："春游千万家,美女颜如花。"

宋·张方平《搓客歌》："回看乃在织女家,织女投梭颜如花。"

宋·王安石《胡笳十八拍十八首》："中郎有女能传业,颜色如花命如叶。"

宋·贺铸《小梅花》："思前别,记时节,美人颜色如花发。"

宋·晁补之《洞仙歌》(填卢仝诗)："当时我醉,美人颜色,如花堪悦。今日美人去,恨天涯离别。"

金·元好问《鹧鸪天》(妾薄命)："颜色如花画

不成,命如叶薄可怜生。"用王安石"命如叶"句。

元·萨都剌《燕姬曲》:"燕京女儿十六七,颜如花红眼如漆。"

明·汤显祖《牡丹亭》第十出惊梦《隔尾》:"可惜妾身颜色如花,岂料命如一叶乎?"用来比喻命如叶薄。

32. 美人二八面如花

唐·顾况《悲歌》之四:"何处春风吹晓幕,江南绿水通朱阁。美人二八面如花,泣向春风畏落花。"写少女悲春归,畏花落。"二八"一十六岁,指妙龄女子。用此句式如:

唐·李昂《赋戚夫人楚舞歌》:"定陶城中是妾家,妾年二八颜如花。"

唐·刘禹锡《寄赠小樊》:"花面丫头十三四,春来绰约向人时。"

唐·权德舆《薄命篇》:"婵娟玉貌二八余,自怜颜色花不如。"

元·萨都剌《燕姬曲》:"燕京女儿十六七,颜如花红眼如漆。"

宋·苏轼《辘轳歌》:"美人二八颜如花,泣向花前畏花落。"几用顾况原句。

"面如花"同"颜如花","颜"本指"额",后引申为"面容""脸色",所以有"颜面""容颜"之语。"颜如花""面如花",都比喻面容红润,鲜嫩如红花。二者仅仅是用字不同,因分作不同句族。顾况《春游曲》还有:"褰裳踏露草,理鬓回花面。"

唐·白居易《劝我酒》:"洛阳儿女面似花,河南大尹头如雪。"

唐·曹邺《自退》:"寒女面如花,空寂常对影。况我不嫁容,甘为瓶堕井。"

又《金井怨》:"西风吹急景,美人照金井。不见面上花,却恨井中影。"

唐·于濆《越溪女》:"妾家基业薄,空有如花面。"

宋·柳永《凤栖梧》:"帘下清歌帘外宴,虽爱新声,不见如花面。"

又《洞仙歌》:"倾城巧笑如花面,恣雅态,明眸回美盼。同心绾,算国艳仙材,翻恨相逢晚。"

又《御街行》(圣寿):"朦胧暗想如花面,欲梦还惊断。"

宋·张先《清平乐》(李阁使席):"细看玉娇人面,春光不在花枝。"写娇面胜花枝。宋·高观国

《御街行》用此句:"窥春偷倚不胜情,仿佛见、如花娇面。"

宋·欧阳修《蝶恋花》:"越女采莲秋水畔,窄袖轻罗,暗露双金钏。照影摘花花似面,芳心只共丝争乱。"

宋·杨备《齐云观》:"倚栏红粉如花面,不见巫山空暮云。"

又《青溪姑》:"柳如眉黛花如面,闻是清溪一小姑。"

宋·毛滂《点绛唇》(家人生日):"几见花开,一任年光换。今年见,明年重见,春色如人面。""春色"即花色。

宋·丘崈《诉衷情》:"更添月照,人面花枝,疑在蓬壶。"

宋·李之仪《蝶恋花》:"为爱梅花如粉面,天与工夫,不似人间见。几度拈来亲比看,工夫却是花枝浅。"

宋·袁去华《垂丝钓》:"记西园饮处,微云弄月,梅花人面争好。"

宋·刘辰翁《忆秦娥》:"春三月,花如人面,自羞余发。"

宋·陈深《沁园春》(次白兰谷韵):"任从来萧散,闲心似水,何堪妩媚,笑面如花。"

元·张可久《一枝花》(湖上晚归):"长天落彩霞,远水涵秋色。花如人面红,人似佛头青。"

明·李濂《王昭君》:"世途皆用略,错倚面如花。"

少量的也用"颊如花":

唐·王勃《采莲归》:"叶翠本羞眉,花红强如颊。"

唐·于濆《客怨》:"谁怜颊似桃,孰知腰胜柳。"

33. 花面丫头十三四

唐·刘禹锡《寄赠小樊》:"花面丫头十三四,春来绰约向人时。终须买取名春草,处处将行步步随。""小樊"当是一小妓,花面绰约,很美,要把她买来,取名春草,像春草那样可以走到哪里追随到哪里。"花面"即"面如花"。

明·汤显祖《牡丹亭》第九出肃苑《一江风》之后的四句引诗用刘禹锡诗写春香所唱:"花面丫头十三四,春来绰约省人事。终须等著个助情花,处处相随步步觑。""花面"一解少女面上贴花作饰。

"助情花"，《开元天宝遗事》云为安禄山献给唐明皇的春药。这里似指爱人。

34. 胡姬貌如花

唐·李白《前有一尊酒行二首》："胡姬貌如花，当垆笑春风。笑春风，舞罗衣。君今不醉将安归。""貌如花"即"面如花"。

唐·吕岩《题广陵妓屏二首》："嫫母西施共此身，可怜老少隔千春。他年鹤发鸣皮娼，今日玉颜花貌人。"

唐·杜牧《为人题赠二首》："有貌虽桃李，单栖足是非。"

唐·孙元晏《分宫女》："可怜无限如花貌，重见世间桃李春。"

五代·李珣《中兴乐》："教人花貌，虚老风光。"

宋·陈允平《青玉案》（采莲女）："自棹轻舟穿柳去，绿裙红袄，与花相似，撑入花深处。妾家住在鸳鸯浦，妾貌如花被花妒。"

明·兰陵笑笑生《金瓶梅》第五十八回偶句写郑爱月儿："腰肢袅娜，犹如杨柳轻盈；花貌娉婷，好似芙蓉艳丽。"

又《金瓶梅》第六十一回："初相会，可意娇，月貌花容，风尘中最少。""花容"即"花貌"。

清·孔尚任《桃花扇》第二十三出寄扇《雁几落》："得保住这无瑕白玉身，免不得揉碎如花貌。"

35. 燕赵多佳人

汉《古诗》《燕赵多佳人》："燕赵多佳人，美者颜如玉。""燕赵"代表北方。写一北方女子的美丽。刘履《选诗补注》认为"此不得志而思仕进者之诗"。可备一说。因为《楚辞》中就常用"美人"替代所喜爱的人或有才华的人。"佳人"句有些就指美女，有些则别有所指。

"佳人"就是指美女的：

西汉·李延年《北方有佳人》："北方有佳人，绝世而独立。"写其胞妹李夫人。"燕赵多佳人"概源于此。

晋·张华《情诗五首》："北方有佳人，端坐鼓鸣琴。"写一思女鸣琴。用李延年句。

南朝·梁·刘孝绰《古意》："燕赵多佳丽，白月照红妆。"用古诗句，写一贤德女子。

南朝·梁·梁元帝萧绎《燕歌行》："燕赵佳人

本自多，辽东少妇学春歌。"

唐·卢照邻《辛法司宅观妓》："南国佳人至，北堂罗荐开。"写妓人。

写怀才自喻的"佳人"句：

曹植《杂诗七首》："南国有佳人，容华若桃李。"此作者恃才自伤。

魏·阮籍《咏怀诗八十二首》："西方有佳人，皎若白日光。"喻美好理想。

晋·傅玄《吴楚歌》："燕人美兮赵女佳，其室则迩兮限层崖。"喻贤才难以为用。

北朝庾信《拟咏怀二十七首》："南国美人去，东家枣树完。"《汉书》："王吉少时学问，居长安。东家大枣树垂吉庭中，吉妇取枣以啖吉。吉后知之，乃去妇。东家闻而欲伐其树，邻里共止之，因固请吉令还妇。里中为之歌曰：'东家有树，王阳妇去；东家枣完，去妇复还。'"庾信诗中"南国美人"喻梁元帝兵败被杀；"东家枣完"喻己在长安如出妇不还。这两句表达他爱国思君之情。

唐·李白《美人出南国》："美人出南国，灼灼芙蓉姿。"以美人自喻，受臣僚妒嫉，怀才不遇。

唐·杜甫《承闻河北诸道节度入朝欢喜口号绝句十二首》："燕赵休矜出佳丽，宫闱不拟选才人。"规谏君心，不应侈天下以自奉。

36. 绝代有佳人，幽居在空谷

唐·杜甫《佳人》："绝代有佳人，幽居在空谷。""绝代"从李延年"北方有佳人，绝世而独立"中的"绝世"脱出，写在战乱中一位被遗弃的女子，容貌出色，世上少有，幽居于山谷之中过着清寒的生活，却又坚贞不渝。

又《听杨氏歌》："佳人绝代歌，独立发皓齿。"再用"绝代佳人"写歌女。

唐·韦庄《荷叶杯》："绝代佳人难得，倾国。花下见无期，一双愁黛远山眉，不忍更思惟。"用杜诗"绝代佳人"写女子久别。

宋·苏轼《寓居定惠院之东，杂花满山，有海棠一株，土人不知贵也》："也知造物有深意，故遣佳人在空谷。"以杜句喻山中海棠。

元·张翥《六州歌头》（孤山寻梅）："空谷佳人，独耐朝寒峭。"用杜甫句喻孤山寒梅。

清·黄宗羲《题徽音诗稿》："绝代佳人空谷中，梅花为谷雪为容。"喻诗稿主人的才华与品格。

37. 南国有佳人,容华若桃李

魏·曹植《杂诗六首》其四:"南国有佳人,容华若桃李。"此诗抒怀才不遇之悲,前人多以为是自伤,也有人认为是为曹彪而发。曹彪曾任吴王,吴,也称南国,即江南。《楚辞·橘颂》:"受命不迁,生南国兮。""南国"即指江南。此二句意:南方有位美人,容貌如桃李花。"美人"代指贤才。

"容华若桃李"之喻也源出《诗经》。《诗经·周南·夭桃》:"桃之夭夭,灼灼其华。之子于归,宜其室家。"以红艳艳的桃花比兴,写女子归宁。《诗经·召南·何彼秾矣》:"何彼秾矣,华如桃李。平王之孙,齐侯之子。"写平王的外孙、齐侯的娇女浓艳如桃李。后用桃李描绘女子的红颜之美。

南朝·梁·刘遵《繁华应令诗》:"鲜肤胜粉白,脸若桃红。"

南朝·陈·周弘正《看新婚》:"莫愁年十五,来聘子都家。婿颜如美玉,妇色如桃花。"

南朝·陈·陈后主叔宝《紫骝马》:"红脸桃花色,客别重羞看。"

南朝·陈·江总《闺怨篇》:"愿君关山及早度,念妾桃李片时妍。"

北朝民歌《高阳乐人歌》:"何处磔(tà)舕来?两颊色如火。自有桃花容,莫言人劝我。"

唐·陈子良《新成安乐宫》:"柳叶来眉上,桃花落脸红。"以动写静,别具特色。

唐·长孙文德皇后《春游曲》:"井上新桃偷面色,檐边嫩柳学身轻。"反用,以脸色喻桃红。

唐·皮日休《赠》:"愁眉对照烟上柳,嫩脸初开露井桃。"从《春游曲》中翻出,以新桃喻脸。

唐·武则天《赋得北方有佳人》:"由来称独立,本自号倾城。柳叶眉间发,桃花脸上生。"从唐初陈子良句翻出。

唐·张潮《长干行》(一作李白、李益诗):"自怜十五余,颜色桃花红。"

唐·严武《班婕妤》:"贱妾如桃李,君王若岁时。"

唐·白居易《赠言》:"镜中桃李色,不得十年好。"

唐·张仲素《赠毛仙翁》:"毛仙翁,毛仙翁,容貌常如二八童。几岁头梳云鬓绿,无时面带桃花红。"写毛仙翁的容颜。

唐·施肩吾《佳人览镜》:"每坐台前见玉容,

今朝不与昨朝同。良人一夜出门宿,减却桃花一半红。"从杜甫"一片飞花减却春"意翻出。

唐·温庭筠《碌碌古词》:"春风破红意,女颊如桃花。"

唐·韩偓《复偶见三绝》:"桃花脸薄难藏泪,柳叶眉长易觉愁。"五代·和凝《句》用韩偓句:"桃花脸薄难成醉,柳叶眉长易搅愁。"

唐·李建勋《送喻炼师归茅山》:"休粮知几载,脸色似桃红。半醉离城去,单衣行雪中。"写喻炼师辟谷数年,仍脸色红润。

唐·寒山《诗三百三首》:"玉堂挂竹帘,中有婵娟子。其貌胜神仙,容华若桃李。"用曹植原句。

唐·韦庄《女冠子》:"依旧桃花面,频低柳叶眉。"

唐·吕岩《七言》:"碧潭深处一真人,貌似桃花体似银。鬓发未斑缘有术,红颜不老为返神。"

五代·李珣《酒泉子》:"寻思往事依稀梦,泪脸露桃红色重。"

五代·欧阳炯《女冠子》:"薄妆桃脸,满面纵横花靥。"

宋·苏轼《和鲜于子骏〈鄂州新堂月夜〉二首》:"使人如桃李,蝴蝶入衫袖。"

宋·赵子发《虞美人》:"飞云流水来无信,花发年年恨。小桃如脸柳如眉,记得那人模样、旧家时。"

宋·徐俯《鹧鸪天》:"宜笑宜颦掌中身,能歌能舞恶精神。脸边红入桃花嫩,眉上青归柳叶新。"

宋·杨泽民《少年游》:"能言艳色如桃李,曾折最先枝。"

宋·蔡伸《菩萨蛮》:"凝羞隔水抛红豆,嫩桃如脸腰如柳。"

宋·张渠《水龙吟》:"更喜南墙,杏腮桃脸,含羞微露。"

宋·吕胜己《蝶恋花》(长沙送同官先归邵武):"到得故园春正好,桃腮杏脸迎门笑。"用张渠"杏腮桃脸"句。

宋·张炎《渡江云》(山阴久客,一再逢春,回忆西杭,渺然愁思):"常疑即见桃花面,甚近来、翻笑无书。"

清·黄遵宪《今别离》:"揽镜妾自照,颜色桃花红。"

38. 人面桃花相映红

唐·崔护《题都城南庄》:"去年今日此门中,人面桃花相映红。人面不知何处去,桃花依旧笑春风。"唐·孟棨《本事诗·情感》载崔护《题都城南庄》故事:"博陵崔护,资质甚美,而孤洁寡合。举进士下第,清明日,独游都城南,得居人庄。一亩之宫,而花木丛萃,寂若无人。扣门久之,有女子自门隙窥之,问曰:'谁耶?'以姓字对,曰:'寻春独行,酒渴求饮。'女入,以杯水至,开门设床命坐,独倚小桃树柯伫立,而意属殊厚,妖姿媚态,绰有余妍。……崔辞去,送至门,如不胜情而入。……及来年清明日,忽思之,情不可抑,迳往寻之,门墙如故,而已锁扃之。因题诗于左扉曰(即此诗)……后数日,偶至都城南,复往寻之,闻其中有哭声,扣门问之,有老父出曰:'君非崔护耶?'曰:'是也。'又哭曰:'君杀吾女!'崔惊怛,莫知所答。父曰:'吾女笄年知书,未适人。自去年已来,常恍惚若有所失。比日与之出,及归,见在左扉有字,读之,入门而病,遂绝食数日而死。吾老矣,惟此一女,所以不嫁者,将求君子,以托吾身。今不幸而殒,得非君杀之耶?'又持崔大哭,崔亦感恸。请入哭之,尚俨然在床。崔举其首枕其股,哭而祝曰:'某在斯。'须臾开目,半日复活。老父大喜,遂以女归之。"此事后又收入宋初所辑《太平广记·情·崔护》条目。尽管这诗"本事"被人疑其真,由于诗的构思极巧,流畅清新,在"人面"与"桃花"并比中流露了无限恋情,又兼"本事"中的一见钟情,一往情深,堪称千古佳话,所以此诗、此事一直广为流传,同时将此事编作戏剧,题作《人面桃花》。京剧《人面桃花》依"本事"又增补了两首诗:"博陵崔护是何人,不该题诗至寒门。用石磨去门上字,难磨女儿心上痕。""今年今日此门中,万树桃花一片红。愁思尽随流水去,同开笑口对春风。"

唐末张立(一作玄)《咏蜀都城上芙蓉花·又叹》:"去年今日到都城,城上芙蓉锦绣舒。今日重来旧游处,此花憔悴不如初。"此诗显然依崔护诗而创意,却无精采处了。

宋代词人韩元吉敷衍崔护《题都城南庄》诗之意境,追怀昔日美好情事,作一首《六州歌头》(桃花)词:"东风著意,先上小桃枝。红粉腻,娇如醉,依朱扉。记年时,隐映新妆,面临水岸。春将半,云日暖,斜桥转,夹城西。草软莎平跋马,垂杨渡、玉

勒争嘶。认蛾眉凝笑,脸薄只燕支。绣户曾窥,恨依依。共携手处,香如雾,红随步,怨春迟。锁瘦损,凭谁问,只花知,泪空垂。旧日堂前燕,和烟雨,又双飞。人自老,春长好,梦佳期。前度刘郎,几许风流地,花也应悲。但茫茫暮霭,目断武陵溪,往事难追。"

清·朱彝尊《高阳台》序中介绍了叶元礼的故事,同崔护所遇极其相似:"吴江叶元礼,少日过流虹桥,有女子在楼上,见而慕之。竟至病死。气方绝,适元礼复过其门,女之母以女临终之言告叶。叶入哭,女目始瞑。友人为作传,余记以词。"词曰:"桥影流虹,湖光映雪,翠帘不卷春深。一寸横波,断肠人在楼阴。游丝不系羊车住,情何人传话青禽?最难禁,倚遍雕栏,梦遍罗衾。重来已见朝云散,怅明珠佩冷,紫玉烟沉。前度桃花,依然开满江浔。钟情怕到相思路,盼长堤草尽红心。动愁吟,碧落黄泉,两处难寻。"前度桃花依旧,而人面无存了。这是写叶元礼。朱彝尊《望湘人》则写自己:"浑不见,人面重门,虚忆画中眉妩。"作者早年游江阴,在浣纱溪曾与一位美丽的女子有一段情缘,所以说今天全不见桃花人面出现于门中,只能忆起那双眉妩媚的画面了。

"人面桃花相映红"并非崔护首次命意。南朝·梁·昭明太子萧统《林下作妓诗》(一作《和林下妓应和诗》):"泉将影相得,花与面相宜。"寓红花与人面色彩相适,相当。梁·简文帝萧纲《采莲曲》:"桂楫兰桡浮碧水,江花玉面两相似。"意同"面相宜"。北朝·周·庾信《春赋》:"钗杂多而讶重,髻鬟高而畏风。眉将柳而争绿,面共桃而竞红。"人面与桃花争红。至崔护演化出"相映红"。在崔护之前,唐人独孤及《和赠远》诗,早已表达了崔护诗的意思:"忆得去年春风至,中庭桃李映琐窗。美人挟瑟对芳树,玉颜亭亭与花双。今年新花如旧时,去年美人不在兹。借问离居恨深浅,只应独有庭花知。"这里用人花并比,去年今年对照,"花如旧"而"人不在"。觉得崔护诗就是此诗的提炼与升华。

后人用"人面桃花"最多,都指美貌女子。其次用"相映红",侧重写女子美如桃花。用作者"崔护"如"谒浆崔护""题诗崔护""前年崔护""崔护重来",当然代指男方,有的就是词人自谓。但共同表达男女相遇有情又随即痛别之况。

"人面桃花"句:

宋·柳永《满朝欢》:"因念秦楼彩凤,楚观朝云,往昔曾迷歌笑。别来岁久,偶忆欢盟重到。人面桃花,未知何处,但掩朱扉悄悄。尽日伫立无言,赢得凄凉怀抱。"凡用"何处"都表达怀思美人而难得重逢。

宋·晏殊《清平乐》:"斜阳独倚西楼,遥山恰对帘钩。人面不知何处,绿波依旧东流。"

宋·欧阳修《减字木兰花》:"去年残腊,曾折梅花相对插;人面而今,空有花开无处寻。"

宋·晏几道《御街行》:"落花犹在,香屏空掩,人面不知何处。"

宋·晁端礼《醉桃源》:"又是青春将暮,望极桃溪归路。洞户悄无人,空锁一庭红雨。凝伫,凝伫,人面不知何处。"

宋·贺铸《卷春空·定风波》:"墙上夭桃簇簇红,巧随轻絮入帘栊。自是芳心贪结子,翻使、惜花人恨五更风。露萼鲜浓妆脸靓,相映。隔年情事此门中,粉面不知何处在,无奈,武陵流水卷春空。"

宋·赵企《感皇恩》:"骑马踏红尘,长安重到。人面依前似花好,旧欢才展,又被新愁分了。"反用"人面"句,写会而又别。

宋·蔡伸《柳梢青》:"阴阴柳下人家,人面桃花似旧。但愿年年,春风有信,人心长久。"反用"人面"句。

又《点绛唇》:"人面桃花,去年今日津亭见……今日重来,不见如花面。空肠断、乱红千片,流水天涯远。"

又《极相思》:"相思情味堪伤,谁与话衷肠,明朝见也,桃花人面,碧藓回廊。"

又《苏武慢》:"忆旧游、邃馆朱扉,小园香径,尚想桃花人面。"

又《洞仙歌》:"莺莺燕燕,本是于飞伴,风月佳时阻幽愿。但人心坚固后,天也怜人,相逢处,依旧桃花人面。"

宋·袁去华《瑞鹤仙》:"伤离恨,最愁苦,纵收香藏镜,他年重到,人面桃花在否?"

宋·辛弃疾《昭君怨》:"人面不如花面,花到开时重见。"

宋·石孝友《谒金门》:"风又雨,断送残春归去。人面桃花在何处,绿阴空满路。"

宋·刘镇《水龙吟》(丙戌清明和章质夫韵):"前度桃花,去年人面,重门深闭。记彩鸾别后,青骢归去,长亭路,芳尘起。"

宋·柴望《摸鱼儿》(景定庚申会使君陈碧栖):"想旧日日桃花,而今人面,都是梦儿里。"

宋·无名氏《桃源》:"桃花零乱如红雨,人面不知何处。"(集句)

元·关汉卿《新水令》:"酒劝到根前,只办得推延。桃花去年人面,偏怎生冷落了今年?"怀人。

元·马致远《寿阳曲》:"思今日,想去年,依旧绿杨庭院。桃花嫣然三月天,只不见去年人面。"

元·周文质《叨叨令》:"去年今日题诗处,佳人才子相逢处。世间多少伤心处,人面不知归何处。"是抒发好景无常。

元·刘时中《朝天子》:"杨柳宫眉,桃花人面,是半生未了缘。"

元·张可久《寨儿令》(感旧):"曾此中,记行踪,桃花去年人面红,门闭重重。"叹好景不再。

又《小梁州》(郊行纪事):"新诗欲写东墙上,奈桃花未识刘郎。"郊游遇酒家女,欲题诗墙上,又怕不解其意。类崔护郊游。

明·余怀《摸鱼儿》(和辛幼安):"莺无语,谁传道,桃花人面黄金缕。"谁传如花美女的音信呢?

清·孔尚任《桃花扇》第二十九出《玉芙蓉烽》:"徘徊久,问桃花昔游,这江乡,今年不似旧温柔。"暗用崔护句。

又《桃花扇》第二十八出《题画》尾诗:"美人公子飘零尽,一树桃花似往年。"桃花依旧,人面无踪。

清·王夫之《摸鱼儿》(东洲桃浪):"盈盈侍春花靥,人面年年如故。"桃花似人面,见人面而思桃花。也是一种反用法。

清·黄宗羲《三月望纪行》:"锦瑟无题初放笔,桃花人面正斜阳。"

清·谭献《渡江云》(大观亭同阳湖赵敬甫、江夏郑赞任):"春幡颤袅,怜旧时、人面难寻。"忆起家乡人情往事。

用"相映红":

唐·杜牧《柳长句》:"不嫌榆荚共争翠,深与桃花相映红。"写柳与桃相映。

宋·王安石《独行》(赠吴显道):"朱颜日夜不如故,深感杏花相映红。"朱颜褪色,只有杏花相映红了。

宋·韩琦《寒食》:"人面映花谁感事,客心燃火独成篇。"到城南忆起崔护名句。

宋·晁端礼《感皇恩》:"醉中但记,红围绿绕,人面桃花斗相照。"写女子如桃花。

宋·贺铸《忆秦娥》:"凌波人去,拜月楼空。去年今日东门东,鲜妆辉映桃花红;桃花红,吹开吹落,一任东风。"忆别。

清·孔尚任《桃花扇》第二十八出《题画》(刷子序尾):"应有娇羞人面,映着桃树红妍。"侯朝宗进了媚秀楼院门,猜想李香君还在楼内。

今人臧克家《劳动大军早发》:"长堤蜿展落长虹,大旗朝霞相映红。"

用"崔护题诗"或"崔护重来"事,喻离别。附元杂剧及以后有关的戏曲《人面桃花》。

宋·苏轼《留别释迦院牡丹呈赵倅》:"年年岁岁何穷已,花似今年人老矣。去年崔护若重来,前度刘郎在千里。"

宋·陆游《卖珠帘》词:"侧帽燕脂坡下过,料也说前年崔护。"

宋·洪王茶《永遇乐》:"小桃朱户,题诗在吾?尚忆去年崔护。"写闺中女子送春思别离。

宋·李演《八六子》(次笪房韵):"正细柳青烟,旧时芳陌,小桃朱户。去年人面,谁知此日重来系马,东风淡墨刳鸦。黯窗纱,人归绿阴自斜。"用"小桃朱户"表村女之家。

宋·无名氏戏文《崔护觅水》以崔护事为剧目。今存残曲十六支。

元·白朴《清平乐》:"桃花门外重重,一言半语相通。萦损题诗崔护,几回南陌春风。"

又白朴杂剧名《十六支曲崔护谒浆》,已佚。

元·尚仲贤《崔护谒浆》,已佚。

以上"崔护"剧、曲,或为今日《人面桃化》戏剧之前模。

39. 桃花依旧笑春风

唐·崔护《题都城南庄》:"人面不知何处去,桃花依旧笑春风。""笑春风",桃花在春风中绽开,"笑"喻花开,花开如女笑,拟人化法。宋·杜安世《更漏子》:"脸如花,花不笑,双脸胜花能笑。"写花不笑,唯双脸能笑,因而人脸之美胜于花。

唐·李商隐《嘲桃》:"无赖千桃面,平明露井东,春风为开了,却拟笑东风。"

五代·孙光宪《生查子》:"为惜美人娇,长有如花笑。"反以花笑喻人。

五代·欧阳詹《汝川行》:"垂空玉腕若无骨,映叶朱唇似花发。"朱唇映衬于绿叶之中,唇美如花开,唇笑亦花笑。

宋·王安石《送张明府》:"舣船一棹百分空,十五年前此会同。南去北来人自老,桃花依旧笑春风。"用崔护原句。

又《胡笳十八拍十八首》:"欲问平安无使来,桃花依旧笑春风。"再用原句。

又《胡笳十八拍十八首》:"春风似旧花似笑,人生岂得长年少。"用崔护句比人生易老。

宋·阮阅《洞仙歌》:"惜伊情性好,不解嗔人,长带桃花笑。"以"桃花笑"喻人常带笑容。

宋·蔡伸《水调歌头》:"为问桃花脸,一笑为谁容?"以桃花喻笑容之美。

宋·吕渭老《惜分飞》(元夕):"帘映春窈窕,雾香残腻桃花笑。""桃花笑"喻女子笑容。

宋·陈亮《采桑子》:"桃花已作东风笑,小蕊嫣然。"用崔护句描绘桃花放蕊。

40. 索共梅花笑

宋·朱敦儒《点绛唇》:"醉倚纱帽,索共梅花笑。""索",寻求。醉卧倚纱帽,心情畅快,竟要寻求同梅花共同欢笑,这是借酒顿时萌生的快感。"梅花笑",梅花正开似笑,从"桃花笑春风"衍生而来。

又《西湖曲》:"平分两月是新春,却共梅花依旧笑。"用"依旧笑春风"句。

又《减字木兰花》再用:"刘郎已老,不管梅花依旧笑。"主人已老,赏花无趣,任那梅花又开。

宋·张元干《点绛唇》:"此欢应少,索共梅花笑。"用朱敦儒原句。

宋·辛弃疾《丑奴儿》:"年年索尽梅花笑,疏影黄昏。"用朱敦儒句,写年年在开放的梅花中寻求乐趣。

41. 芙蓉向脸两边开

唐·王昌龄《采莲曲》:"荷叶罗裙一色裁,芙蓉向脸两边开。乱入池中看不见,闻歌始觉有人来。"这是一幅采莲图,但不写采莲,只写采莲女。碧色的短裙同田田的荷叶如一色裁成,辨不清哪是荷叶哪是少女;艳艳的荷花向红红的面庞开放,花与面浑然一体,女与莲完全融融而合了。写法独辟蹊径,不用比喻,而用比连和映衬,采莲女竟成了美艳的荷花。所以隐隐现现,有有无无,人花难辨了,唯有一阵阵歌声,才告诉人们采莲女在荷塘之中。

这正如前人崔国辅《小长干曲》所写:"菱歌唱不彻,知在此塘中。"

"芙蓉"指水芙蓉,即荷花,用芙蓉写美女,亦源出《诗经》,《国风·陈风·泽陂》中写"彼泽之陂,有蒲与荷""彼泽之陂,有蒲与蕑""彼泽之陂,有蒲菡萏"。"荷",郑笺云:"当作莲,芙蕖实也。"所以三句都咏荷。郑玄说是形容女子的容体、秉性和颜色的。王昌龄的《越女》诗又写:"摘取芙蓉花,莫摘芙蓉叶。将归问夫婿,颜色何如妾?"这是自比芙蓉。《西京杂记》载:"文君脸际,常若芙蓉。"或对后人的描写也起了作用。

晋·傅玄《美女篇》:"美人一何丽,颜若芙蓉花。"

北朝·周·庾信《春和赠曹美人》:"讶许能含笑,芙蓉宜熟看。"

唐·李康成《五华仙子歌》:"紫阳仙子名玉华,珠盘承露饵丹砂。转态凝情五云里,娇颜千岁芙蓉花。"

唐·高适《效古赠崔二》:"美人芙蓉姿,狭室兰麝气。"

唐·白居易《长恨歌》:"归来池苑皆依旧,太液芙蓉未央柳。芙蓉如面柳如眉,对此如何不泪垂。"唐玄宗见芙蓉与柳而思念杨贵妃。

又《上阳白发人》:"皆云入内便承恩,脸似芙蓉胸似玉。未容君王得见面,已被杨妃遥侧目。"原注引李传:"天宝五载已后,杨贵妃专宠后宫,人无复进幸矣。六宫有美色者,辄置别所,上阳是其一也。"

又《醉题沈子明壁》:"不爱君池东十丛菊,不爱君池南万竿竹;爱君帘下唱歌人,色似芙蓉声似玉。"

宋·晏几道《菩萨蛮》:"香莲烛下匀丹雪,妆成笑弄金阶月。娇面胜芙蓉,脸边天与红。"

宋·李石《生查子》:"荷花人面红,月影波心见。"

宋·曹冠《柳梢青》(游湖):"波光万顷溶溶,人面与、荷花共红。"

宋·黄机《鹊桥仙》(次韵湖上):"黄花似钿,芙蓉如面,秋事凄然向晚。"写芙蓉之美。

元·关汉卿《桂枝香》:"泪痕流,滴破芙蓉面,却似珍珠断线头。"

元·张可久《塞鸿秋·春情》:"疏星淡月秋千院,愁云恨雨芙蓉面。"

42.腰如细柳脸如莲

五代·顾敻《荷叶杯》:"腰如细柳脸如莲,怜摩怜怜摩怜。""莲"本为莲实、莲子,《尔雅·释草》云:"荷……其实莲。"荷花之实为"莲"。后"莲"也通用作荷花,如"莲花"。这里的"脸如莲"即脸如荷花。

《旧唐书·杨再思传》载:张易之的弟弟张昌宗(六郎)以美好的姿容受到则天皇帝的宠幸。杨再思阿谀说:"人言六郎面似莲花,再思以为莲花似六郎,非六郎似莲花也。"意为人胜于莲。宋·周纯《菩萨蛮》:"梅花韵似才人面,为伊写在春风扇,人面似花妍,花应不解言。"人胜于花,花逊于人,用《旧唐书》"人胜于莲"语。后多用"莲脸"句。

唐·李华《咏史十一首》:"电影开莲脸,雷声蕙熏心。"

唐·元稹《代九九》:"昔年桃李月,颜色共花宜。回脸莲初破,低蛾柳并垂。"

唐·张鷟《舞词》:"眉上冬天出柳,颊中旱地生莲。"

五代·欧阳炯《春光好》:"胸铺雪,脸分莲,理繁弦。"

又《赤枣子》:"莲脸薄,柳眉长,等闲无事莫思量。"

五代·花蕊夫人《宫词》:"小小宫娥到内园,未梳云鬓脸如莲。自从配与夫人后,不使寻花乱入船。"

南宋·王清惠《满江红》:"名播兰簪妃后里,晕湖莲脸君王侧。"(一作张琼英词)

43.素奈花开西子面

唐·王建《故梁国公主池亭》:"素奈花开西子面,绿柳枝散沈郎钱。"(一作姚合诗)"奈",一种水果,《本草纲目》:"奈与林檎,一类二种也。"俗名沙果,诗意为白果之花有如西施面颊一样美。这是以西施喻花。下如:

唐·施肩吾《玩花词》:"今朝造化使春风,开折西施面上红。"

唐·皮日休《咏白莲》:"吴王台下开多少,遥似西施上素妆。"

44.梨花一枝春带雨

唐·白居易《长恨歌》:"玉容寂寞泪阑干,梨花一枝春带雨。"唐玄宗从四川归来,思念杨贵妃,派方士寻踪。方士在海上仙山找到了贵妃,看到她玉容忧郁,雨泪纵横就像初春的一枝带雨的梨花。以一枝花喻美女,始于李白《清平调》:"一枝红艳露凝香"。此以含香带露、娇艳鲜红的牡丹花喻沉香亭上的杨贵妃。"阑干",《韵会》解"眼眶亦谓之阑干"。但这里应作"纵横"解,更畅当。"梨花一枝春带雨"写出了杨玉环的冷落凄凉美,也是《长恨歌》中的名句之一,而且被后人应用得最多。

用"玉容寂寞"句:

宋·赵以夫《扬州慢》(诸贤咏赏琼花之次日,复得牡丹数枝,方兹溪又以词来索和,遂并为二花著语):"梁苑吟新,高阳饮散,玉容寂寞妆楼,故人应念我,折赠水晶毬。"

宋·无名氏《惜寒梅》:"天涯再见素萼,似凝然向人,玉容寂寞。"

宋·无名氏《喜迁莺》:"放开独占严景,不使混同凡卉。微雨素,似玉容寂寞,无言有泪。"

"梨花带雨"句,源出唐·李白《访戴天山道士不遇》诗"犬吠水声中,桃花带雨浓"句,"桃花带雨"是写桃花,并未喻人。清·曹雪芹《红楼梦》第四回贾迎春的《牙牌令》:"左边'四五'成花九,——桃花带雨浓。"引李白句。喻牌点色不像,也不协韵,结果罚了酒。白居易用"梨花带雨"写女子"垂泪美",正如西施的"颦眉美",后人用以写泪人者最多,也有写雨花的。

写泪人句:

宋·柳永《倾杯》:"算人生,悲莫悲于轻别。最苦正欢娱,便分鸳侣。泪流琼脸,梨花一枝春带雨。"用原句。

宋·欧阳修《渔家傲》:"三月芳菲看欲暮,胭脂泪洒梨花雨。"

宋·苏轼《木兰花令》(次马中玉韵):"故将别语恼佳人,要看梨花枝上雨。""枝上雨"为"佳人泪"。

宋·黄庭坚《调笑歌》(诗曰:海上神山字太真,昭阳殿里称心人。犹思一曲霓裳舞,散作中原胡马尘。方士归来说风度,梨花一枝春带雨。分钗半钿愁杀人,上皇倚栏独无语):"无语,恨如许,方士归时肠断处,梨花一枝春带雨。"诗与词均用原句。

宋·秦观《阮郎归》:"挥玉箸,洒真珠,梨花春雨余。人人尽道断肠初,那堪肠已无。"

宋·赵令畤《蝶恋花》:"曲未成声先怨慕,忍泪凝情,强作霓裳序。弹到离愁凄咽处,弦肠俱断梨花雨。"

宋·谢逸《江神子》:"飞鸿数点拂云端,倚栏看,楚天寒,拟倩东风,吹梦到长安。恰似梨花春带雨,愁满眼,泪阑干。"

宋·王安中《蝶恋花》(六花冬词):"嗅蕊撚枝无限思,玉真未洒梨花泪。"

宋·周紫芝《青玉案》(凌歊台怀姑溪老人李端叔):"秋江渺渺高台暮,满壁栖鸦醉时句。飞上金銮人谩许,清歌低唱,小蛮犹在,空湿梨花雨。"

宋·邓肃《临江仙》(登泗州岭九首):"带雨梨花看上马,问人底事忽忽。于飞有愿恨难从,大鹏抟九万,鹦鹉锁金龙。"

又《蝶恋花》(代送李状元):"执手长亭无一语,泪眼汪汪,滴下阳关句。牵马欲行迎复往,春风吹断梨花雨。"

宋·吕渭老《情久长》:"甚近日,带红移眼,梨脸择雨。"

又《满江红》:"春未透,梅先拆。……数著佳期愁入眼,雨珠零乱梨花湿。"

宋·朱淑真《江城子》(赏春):"斜风细雨作春寒,对樽前,忆前欢,曾把梨花、寂寞泪阑干。"用"玉容寂寞"句,说情人已去,寂寂无欢,只手把梨花,泪水横流。

宋·耿时举《喜迁莺》(送阜卿显谟知镇江府):"芳酌,为公寿。带雨梨花,未用啼红袖。"

宋·张良臣《采桑子》:"别后黄昏,燕子楼高月一痕。年年依旧梨花雨,粉泪空存。流水孤村,不著寒鸦也断魂。"兼用秦观"寒鸦万点,流水绕孤村"句。

宋·程垓《青玉案》(用贺方回韵):"匀面照溪心已许,欲凭锦字,写人愁去,生怕梨花雨。"

宋·陈亮《洞仙歌》(雨):"似蓬山去后,方士来时,挥粉泪,点点梨花香润。断送得,人间夜霖铃,更叶落梧桐,孤灯成晕。"

宋·高观园《思佳客》(题太真出浴图):"写出梨花雨后晴,凝脂洗尽见天真。春从翠髻堆边见,娇自红绡脱处生。"

宋·杨泽民《还京乐》:"深诚密约堪凭委,意正美,娇眼又洒、梨花春泪。"

宋·吴大有《点绛唇》(送李琴泉):"江上旗亭,送君还是逢君处。……漠漠萧萧,香冻梨花雨,添愁绪。断肠柔橹,相逐寒潮去。"

宋·陈允平《芳草渡》:"芳草渡,渐迤逦分飞,驾俦凤侣。洒一枝香泪,梨花寂寞春雨。"

宋·刘辰翁《鹊桥仙》:"长空皓月,小风斜露,寂寞江头独步。人间何处得飘然,归梦入、梨花春雨。"

宋·王沂孙《锁窗寒》(春寒):"问如今,山馆水村,共谁翠幄熏蕙炷。最难禁,向晚凄凉,化作梨花雨。"

宋·张炎《鹧鸪天》:"劳劳燕子人千里,落落梨花雨一枝。"

宋·无名氏《踏莎行》:"夜寒无处著相思,梨花一树人如削。"

宋·无名氏《云鬟松合》(送傅国华奉使三韩):"鬟云松,眉叶聚,一曲离歌,不为行人驻。檀板停时君取、数尺鲛绡,果是梨花雨。"

宋·无名氏《伊州曲》:"泪流琼脸,梨花带雨,仿佛霓裳初试。""泪流琼脸"用柳永句。

金·王特起《喜迁莺》(别内):"红泪洗妆,雨湿梨花面。"

元·曾瑞《醉太平》:"苏堤堤上寻芳树,断桥桥畔沽醽(líng)醁(lù),孤山山下醉林逋,洒梨花暮雨。"

元·刘庭信《醉太平》:"景阑珊绣帘风软杨花散,泪阑干绿窗雨洒梨花绽。"

又《春日送别》:"丝丝杨柳风,点点梨花雨,梨花如雨落,女子送夫落泪。"

元明小说话本依托宋人申纯词《石州引》:"梨花粉泪溶溶,知是为谁轻别。"

写"雨花"句:主要写花,而非喻泪人。

宋·文彦博《寒食游压沙寺雨中席上偶作》:"沙路无泥地侧金,满园香雪照琼林。一枝带雨樽前看,还是去年寒食心。"

宋·郑伯玉《清明林下》:"一番轻雨洗梨花,啼出玉真无限泪。"

宋·晏几道《鹧鸪天》:"一醉醒来春又残,野棠梨雨泪阑干。"

宋·赵令畤《浣溪沙》:"一朵梦云惊晓鸦,数枝春雨带梨花,坐来残月冷窗纱。"

宋·赵鼎《蝶恋花》:"一朵红梅春带雪,玉软云娇,姑射肌肤洁。"用句式。

宋·李子正《减兰十梅》(雨):"琼腮微腻,疑是凝酥初点缀;冷艳相宜,不似梨花带雨时。"

宋·邓肃《菩萨蛮》:"微雨湿昏黄,梨花啼晚妆。"

宋·韩元吉《鹧鸪天》(雪):"山绕红城腊又残,朔风垂地雪成团。莫将带雨梨花认,且作临风柳絮看。"

宋·李弥逊《蝶恋花》(拟古):"消息未来池阁暮,濛濛一饷梨花雨。"

又《十月桃》(同富季申赋梨花):"梨花带雨难并,似玉妃、寂寞微潜。"

宋·王质《满江红》(春日):"惨淡轻阴,都养就、朱朱白白。最好是、梨花带雨,海棠映日。"

宋·高观国《杏花天》:"远山学得修眉翠,看展眉、春愁无际。雨痕半湿东风外,不管梨花有泪。"

宋·无名氏《最高楼》:"司春有序,排次到荼蘼。……无不逊,梅花浮月影,也知妒、梨花带雨枝。"

宋·无名氏《浪淘沙》:"雪里暗香浓,……素艳有谁同。不并妖红。应如褒姒笑时容,绝胜梨花春带雨,旖旎东风。"

元·程景初《醉太平》:"闷淹淹散心出户闲凝伫,昏惨惨晚烟装点雪模糊,淅零零洒梨花暮雨。"

元·李琳《六幺令》(京中清明):"梨花著雨,柳花飞絮,梦绕栏干满园雪。"

元·无名氏《醉太平》(春雨):"响琮琤滴碎瑶阶玉,细溟濛润透纱窗绿,湿模糊洗淡画栋朱:这的是梨花暮雨。"

明·夏完淳《烛影摇红》:"上扁舟,伤心欸(ǎi)乃。梨花带雨,柳絮迎风,一番愁债。"

45.一枝春雪冻梅花

唐·韦庄《浣溪沙》:"暗想玉容何所似:一枝春雪冻梅花。"一梦醒来,望见斜月下闪着灯光的小楼,楼中女主人正是意中人,于是想象她该是什么样子:她像一枝迎霜耐雪的洁白的梅花?满身香雾如聚集的朝霞?不难看出,是从白居易的"玉容寂寞""梨花带雨"句中翻衍而来。明·汤显祖评本《花间集》卷一评:"以'暗想'句问起,见下二句形容快绝。"明·沈际飞《草堂诗余别集》卷一云:此句"为花锡宠","美人洵花真身,花洵美人小影"。近人李冰若《栩庄漫记》说:"'梨花一枝春带雨''一枝春雪冻梅花',皆善于拟人,妙于形容,视'滴粉搓酥'以为美者,何啻仙凡。""梨花带雨"主要写泪水淋漓而不掩其美,"雪冻梅花"即"梅花带雪",则喻其淡雅、清新、洁白之美。

韦庄在《春陌二首》其一诗中曾再度用此句:"满街芳草卓香车,仙子门前白日斜。肠断东风各回首,一枝春雪冻梅花。"写陌上送别,回首而见离去的女子洁白剔透的形象。这样美好的离别时的形象,更令人痛楚,令人难忘。此句虽不如白居易的"梨花一枝春带雨"知名,却不难看出,"春雪梨花"是从"春雨梨花"句翻出,差可与之媲美。大凡诗人自己非常喜欢的句子,常常再用。即如苏轼的"明日黄花蝶也愁",诗中用了,词中又用。

用"梅花"喻美人,唐代卢仝早于韦庄,他在《有所思》中是这样写的:"美人兮美人,不知为暮雨兮为朝云? 相思一夜梅花发,忽到窗前疑是君。"误初绽的梅花为立于窗前的美人,写出刹那间、稍纵即逝的感受,喻法亦极妙。

宋·张孝祥《减字木兰花》词中写:"人间奇绝,只有梅花枝上雪;有个人人,梅样风标雪样新。"应从"春雪梅花"句衍生而来。

以梅花喻美人并不多见,而最少见的是以"朝霞"喻美人。曹植《洛神赋》写:"远而望之,皎若太阳升朝霞。"洛神如太阳伴朝霞冉冉而升,红晕光艳,耀眼而动人。

46. 云想衣裳花想容

唐·李白《清平调词三首》其一:"云想衣裳花想容,春风拂槛露华浓。"李白在长安供奉翰林时,沉香亭前木芍药(牡丹)盛开,唐玄宗与杨贵妃在沉香亭上赏花,命李白别创新词,于是作此词。首句描绘"云衣花容",说看到天空斑斓的彩云,就想到服饰,看到亭前瑰丽的牡丹,就联想到容颜。这是以联想形式作的比喻,以云喻衣,以花喻容。其二首句"一枝红艳露凝香",一枝红艳艳的牡丹花,花露凝结着芳香,以花拟人,赞贵妃如一枝牡丹花。虽不如白居易的"梨花一枝春带雨"和韦庄的"一枝春雪冻梅花"有名,却是开先河之笔法。

南朝·梁元帝萧绎《采莲曲》:"莲花乱脸色,荷叶杂衣香。"写脸写衣,刻画采莲女之美。王琦认为李白"云想衣裳花想容"从此句脱出,我以为至少开启了李白的思路。

以云喻衣,除了"霓裳羽衣"外,唐初已有人运用这种手法。李乂(yì)《陪幸临渭亭遇雪应制》:"水如银度烛,云似玉披衣。"沈佺期《奉和圣制幸礼部尚书窦希玠宅》:"水从余穴吐,云是玉衣来。"都是以衣喻云。后来,杜甫《复愁十二首》之二:"月生初学扇,云细不成衣。"钱起《江行无题一百首》:"楼空人不归,云似去时衣。"也是云与衣之喻。

用李白此句如:

唐·殷尧藩《赠歌人郭婉二首》:"云满衣裳月满身,轻盈归步过流尘。"

宋·贺铸《花想容·武陵春》:"南国佳人推阿秀,歌醉几相逢。云想衣裳花想容,春未抵情浓。"用原句。

宋·向子諲《浣溪沙》:"花想仪容柳想腰,融融曳曳一团娇。绮罗丛里最妖娆。"

清·刘允升《香溪观月》:"明月溪光开镜匣,芙蓉山色想衣裳。"昭君的铜镜如明月溪光,衣裳如芙蓉山色。

47. 春风拂槛露华浓

唐·李白《清平调词三首》:"云想衣裳花想容,春风拂槛露华浓。若非群玉山头见,会向瑶台月下逢。""春风拂槛",春风和煦,吹拂着沉香亭的栏干,吹动了栏干上花气凝结的浓露。"露华",阳光下闪亮的露珠。多表示露水、露气。

唐·张九龄《西江夜行》:"念归林叶换,愁坐露华生。"首用"露华"。

宋·蔡伸《虞美人》:"月华澄淡露华浓,寂寞小池烟水,冷芙蓉。"

宋·张元干《浣溪沙》:"翡翠钗头缀玉虫,秋蟾飘下文赛宫,数枝金粟露华浓。"

又《浣溪沙》(蔷薇水):"月转花枝清影疏,露华浓处滴真珠。"

宋·侯寘《菩萨蛮》:"一夜露华浓,香销兰菊丛。"

宋·石孝友《夜行船》:"漏永迢迢清夜,露华浓,洞房寒乍。"

宋·韩淲《朝中措》:"霓裳霞佩淡丰容,云冷露华浓。"

宋·卢祖皋《小栏干》(种桂戏成):"露华深酿古香浓,一树口云丛。"

宋·刘克庄《临江仙》(潮惠道中):"夜来月冷露华浓,都忘屋下,但记画船中。"

宋·吴潜《贺新郎》:"絺葛清泠襟袖冷,露华浓,暗袭人肌理。"

48. 秋高露华清

宋·赵长卿《洞仙歌》(木犀):"看天阔,秋高露华清。见标致风流,更无尘意。""清"与"浓"是反义关系。这里的"露华"是露气、水气、雾气。

又《菩萨蛮》(赏梅):"香与露华清,露浓愁杀人。"

又《夏云峰》(初秋有作):"露华清,天气爽,新秋已觉凉生。"

宋·张栻《水调歌头》:"起披衣,瞻碧汉,露华清。"

其他"露华"句:

宋·张元干《浣溪沙》:"花气蒸浓古鼎烟,水沉香透露华鲜。"

宋·韩淲《眼儿媚》:"东风拂槛露犹寒,花重湿栏干。"用李白句。

49. 一顾倾人城

《诗经·大雅·瞻仰》:"哲夫成城,哲妇倾城。"男子有才可以立国,女子有才可以毁社稷。这是古代士大夫视女子为"祸水"的偏见。后来楚国王宫里把美人比作蔷薇花,因此宋代词人周邦彦《六丑》(落花)中写:"为问花何在,夜来风雨,葬楚宫倾国。"意即"夜来风雨葬鲜花"。

《列女传》记有恸哭倾城的传说:春秋时,杞梁战死于莒,其妻在城下枕尸而哭。十天之后,城墙竟被她哭倒。魏·曹植《精微篇》曾写哭倒梁山:"杞妻哭死夫,梁山为之倾。"李白《东海有勇妇》:"梁山感杞妻,恸哭为之倾。"此故事后来演化为孟姜女哭倒万里长城。

西汉宫廷音乐家李延年在宫廷宴会上载歌载舞,唱了《北方有佳人》这支歌:"北方有佳人,绝世而独立。一顾倾人城,再顾倾人国。"这支歌,事实上是向汉武帝推荐了自己的胞妹李夫人。歌中的美女所以那样引起汉武帝的关注,就因为说她是世上唯一的美人:看她一眼,城廓就要倾覆,再看她一眼,国家就要灭亡。变用"哲妇倾城",别创夸张之语,写美女之美,而不再如"褒姒一笑失天下"那样的美女之害了。从此对女子倾国倾城之美的描绘广为后人沿用。

魏·阮籍《咏怀诗八十二首》:"燕婉同衣裳,一顾倾人城。从容在一时,繁华不再荣。"阮籍本有救世之志,而魏晋之际,天下多事,名士少有保全者,所以他选取了狂醉避世之行。八十二首咏怀诗,作非一时,意蕴广博,为其代表作。后来的"咏怀诗"多受其开启。此为第三十首,主旨是避弃名利荣华。这数句述荣华只一时,不会再有。首用"倾城"句,意在以美女喻繁华。另,其二:"倾城迷下蔡,容好结中肠。"其二十七:"睎昳有光华,倾城思一顾。"亦写美女。

晋·傅玄《美女篇》:"美人一何丽,颜若芙蓉花。一顾乱人国,再顾乱人家;未乱犹可奈何?"

晋·张华《轻薄篇》:"一顾倾城国,千金不足多。"

南朝齐·陆厥《中山王孺子妾歌二首》:"一笑倾城,一顾倾市,倾城不自美,倾市复为容。"

唐·刘希夷《公子行》:"倾国倾城汉武帝,为云为雨楚襄王。"首次合用"倾国倾城"。

唐·李白《古风》(燕赵有秀色):"眉目艳皎月,一笑倾城欢。"

唐·白居易《李夫人》:"人非草木皆有情,不如不遇倾城色。"上句是谚语"人非草木,岂能无情"的源出,下句貌似悔恨,实抒真情。此二句,句工、理精、情挚。王实甫《西厢记》第四本第一折《油葫芦》中就直用其下句:"早知道无明无夜因他害,想当初'不如不遇倾城色。'"

五代·薛昭蕴《浣溪沙》:"倾国倾城恨有余,几多红泪泣姑苏,倚风凝睇雪肌肤。"

宋·辛弃疾《水龙吟》(爱李延年歌、淳于髡语,合为词,庶几高唐、神女、洛神赋之一意云):"昔时有佳人,翩然绝世而独立。未论一顾倾城,再顾又倾人国。宁不知其、倾城倾国,佳人难得。"作者作此词,希望如《高唐赋》《神女赋》《洛神赋》一样,可那三篇赋都不过是空灵虚无的。

宋·汪元量《孙殿帅从魏公出师》:"勿为儿女态,一笑欲倾城。"

元·王嘉甫《八声甘州·六么遍》:"更身儿倬,庞儿俏,倾国倾城,难画难描。"

元·赵孟頫《黄钟·人月圆》:"缓歌金缕,轻敲象板,倾国倾城。"

元·于伯渊《点绛唇·寄生草》:"他生的倾城貌,绝代容,弄春情漏泄的秋波送。"

倾国倾城,不仅描写女子之美,也形容花美,如形容牡丹:

唐·刘禹锡《思黯南墅赏牡丹》:"有些倾城好颜色,天教晚发赛诸花。"

宋·柳永《木兰花慢》:"拆桐花烂漫,乍疏雨,洗清明。正艳杏烧林,缃桃绣野,芳景如屏。倾城、尽寻胜去,骤雕鞍绀幰出郊坰。"

50.秦氏有好女,自名为罗敷

汉乐府《陌上桑》:"日出东南隅,照我秦氏楼。秦氏有好女,自名为罗敷。"《陌上桑》是乐府名篇,生动地描绘了罗敷这一美丽、勤劳、智慧的女子。开始四句介绍罗敷的身世。后人常用"秦氏有好女"句,正是由于罗敷形象深刻感人。

晋·左延年《秦女休行》:"始出上西门,遥望秦氏楼,秦氏有好女,自名为女休。休年十四五,为宗行报仇。"女休为燕王妇,为宗亲报仇,杀人市朝,燕人感于义行,终宽于刑戮。变用《陌上桑》起句。

晋·傅玄《秦女休行》:"庞氏有烈妇,义声弛雍凉。"仿左延年又写一烈女:酒泉烈女庞娥亲,其父为李寿所杀,她终于手刃李寿。官府感于义行,宥释无罪。

唐·李白《秦女休行》:"西门秦氏女,秀色如琼花。手挥白扬刀,清昼杀仇家。"用"秦氏女",如休行,也是一位复仇烈女。

隋·薛道衡《昔昔盐》:"采桑秦氏女,织锦窦家妻。"写闺怨。

唐·岑参《敷水歌送窦渐入京》:"罗敷昔时秦氏女,千载无人空处所。昔时流水至今流,万事皆逐东流去。"怀古感时。

51.日出东南隅

《陌上桑》首句写日出照高楼,后人有时用这一句式。

唐·骆宾王《久戍边城有怀京邑》:"云浮西北盖,月照东南隅。"

唐·常建《白湖寺后溪宿云门》:"日出城南隅,青青媚川陆。"

唐·李白《日出行》:"日出东方隈,似从地底来。"隈(wēi),角落。

52.行者见罗敷,下担捋髭须

《陌上桑》:"行者见罗敷,下担捋髭须;少年见罗敷,脱帽著帩头。耕者忘其犁,锄者忘其锄。"通过写老人、少年、耕者、锄者的变化表现,侧面描写罗敷的美丽动人。这是历来脍炙人口的名句。

魏·曹植《美女篇》:"顾盼遗光彩,长啸气若兰。行徒用息驾,休者以忘餐。"美女光彩照人,吐气如兰,路人见她都下了车子,休息的人见她都忘了吃饭,仿用《陌上桑》间接写法。

53.罗敷前致词

《陌上桑》:"罗敷前致词:'使君一何愚!……'""使君"欲倚权势,占有罗敷。此句写罗敷侃侃陈词。"前致词",上前回话。

唐·杜甫《石壕吏》:"老妇前致词",仿用《陌上桑》句式。

54.为人洁白皙

《陌上桑》:"三十侍中郎,四十专城居。为人洁白皙,鬑鬑颇有须。"罗敷为拒绝"使君"的无理,假托自己的"夫婿"相貌堂堂,官居高位。后用"白皙""有须""专城居"代太守。

唐·王维《送雀五太守》:"使君年纪三十余,少年白皙专城居。"

唐·韩翃《送端州冯使君》:"白皙风流似有须,一门豪贵领苍梧。"

55.自古圣贤多薄命

唐·杜甫《锦树行》:"自古圣贤多薄命,奸雄恶少皆封侯。"清·仇兆鳌《杜诗详论注》引王嗣奭语:"此等诗,皆有避忌,故朦胧颠倒其辞。大抵有武夫恶少,乘乱得官,而豪横无忌,观膂力风尘语,可见。"诗人于大历二年客居东屯写其所见所闻所感。他看到一些武夫恶少,投机得官,而后横行无忌;想到许多贤达仕途坎坷,于是想到"自古圣贤多薄命",真正有才干又道德高尚的人却无缘为国献力。"薄命",命运不济,遭遇不幸,为此深感不平。

南朝宋·鲍照《对案不能食》(《拟行路难》之六):"自古圣贤尽贫贱,何况我辈孤且直!"自古以来,圣德贤明之人全都处境困顿,何况我们这样的人孤愤不屈?杜甫句从此化出。

唐·白居易《李白墓》:"但是诗人多薄命,就中沦落不过君。"面对李白墓,深感李白遭遇不幸,惋惜不已。

56.颜色如花命如叶

唐·白居易《陵园妾·怜幽闭也》:"陵园妾,

颜色如花命如叶;命如叶薄将如何,一奉寝宫年月多。"侍奉陵园的姬妾,她们"颜色如花"却"命薄如叶",幽闭在陵园之中。"命如叶"从杜甫"自古圣贤多薄命"中翻出。

宋·王安石《胡笳十八拍十八首》:"中郎有女能绩业,颜色如花命如叶。命如叶薄将奈何?一生怀抱常咨嗟。"用白居易全诗结构,"颜色如花命如叶"则用了原句。

又《明妃曲》:"独留青冢向黄昏,颜色如花命如叶。"再用原句。

57. 自古佳人多薄命

宋·苏轼《薄命佳人》:"自古佳人多薄命,闭门春尽杨花落。"前有杜甫的"自古圣贤多薄命"句式,后有白居易的"颜色如花命如叶"句意,此句应运而生了。后在明清小说中常被用作"自古红颜多薄命"或"红颜自古多薄命"。

宋·欧阳修《明妃曲和王介甫作二首》:"红颜胜人多薄命,莫怨东风当自嗟。"容颜美丽过人的女子命运多是不幸的,就如"枝上花"在"狂风"中"飘泊",不过也怨不得"春风",只能怪自己命运不佳。欧公此句使人们对"红颜薄命"的认识受到了启发。《红楼梦》第六十三回林黛玉签芙蓉——风露清愁:"莫怨东风当自嗟"。以风露中的芙蓉自喻,略去欧公"红颜胜人多薄命",只用其"莫怨东风当自嗟",如其《葬花词》,感叹自己的身世。苏轼的"自古佳人多薄命",直从欧句而生,亦很有影响。

宋·辛弃疾《贺新郎》(送杜叔高):"自昔佳人多薄命,对古来,一片伤心月。金屋冷,夜调瑟。"用苏句,只换一字。

宋·韩玉《临江仙》:"自古佳人多薄命,枉教傲雪凌霜。从来林下异闺房,何须三弄笛,云断九回肠。"用苏轼原句。

清·曹雪芹《红楼梦》第六十四回林黛玉《五美吟·明妃》:"绝艳惊人出汉宫,红颜命薄古今同。"黛玉诗前云:"我曾见古史中有才色的女子,终身遭际,令人可欣、可羡、可悲、可叹者甚多……胡乱凑几首诗,以寄感慨。"宝玉题为《五美吟》。"红颜命薄古今同"有感于王昭君,也概括了所有"终身遭际"不幸的女子的命运。

清·顾贞观《金缕曲》(寄吴汉槎宁古塔,以词代书,丙辰冬寓京师千佛寺冰雪中作):"此似红颜多命薄,更不如今还有。"意为比起其他因江南乡试作弊案受牵连而被杀头灭族者,还算幸运得多。吴汉槎即吴兆骞,因江南科场案而流徙宁古塔十余年。虽身在天涯,与其妻子还能团圆,比"红颜薄命"还好些,可得以慰籍了。

58. 天寒翠袖薄,日暮倚修竹

唐·杜甫《佳人》:"天寒翠袖薄,日暮倚修竹。"全诗写在战乱中遭遗弃的女子。清人黄生认为:"偶有此人、有此事,适切放臣之感,故作此诗。"就是说,杜甫于乾元二年(759)秋,安史之乱已历五年,不得不辞却华州司功参军职务,携家到边远的秦州,这段经历与这一弃女的遭际相类,所以此诗也蕴含着诗人的自我寄托。此二句说:"佳人"在日暮天寒时刻,翠袖单薄,背倚修竹,迎风而立。这位时乖命舛的女子,孤独凄苦又志节凛然。

"日暮"是常使忧人生愁的时刻。汉末王粲《七哀诗》其二就写:"方舟溯大江,日暮愁我心。"其《杂诗》也写:"日暮游西园,莫写忧思情。"唐·韦应物《闻门怀古》则写:"凄凉千古事,日暮倚闻门。"唐·于良史《自吟》:"日暮倚朱门,从朱污袍赤。"后人对"翠袖寒""倚修竹"多有运用,一般表示冷落凄寒的孤独处境,有的写人,有的喻花。

宋·苏轼《赵昌四季·芍药》:"倚竹佳人翠袖长,天寒犹著薄罗裳。扬州近日红千叶,知是风流时世妆。""时世妆"用白居易"时世妆,时世妆,自出城中传四方"句。

宋·史浩《杏花天》:"天寒翠袖倚修竹,两点春山斗绿。"

宋·向滈《念奴娇》(木樨):"日暮天寒垂翠袖,愁倚萧萧修竹。"

宋·王质《一斛珠》(十一月十日知郡宴吴府判坐中赋海棠):"天寒修竹斜阳后,翠袖中间,忽有人红袖。"

又《苏幕遮》:"明月前,斜阳后,竹露秋声,拂拂寒生袖。"暗用。

又《真珠帘》(栽竹):"北池之畔西墙曲,与主人、呼青吸绿。恨我,无天寒翠袖,共倚修竹。"

宋·张孝祥《浣溪沙》:"倚竹袖长寒卷翠,凌波袜小暗生尘。十分京洛旧家人。"

宋·范成大《落鸿》:"只道一番新雨过,谁知双袖倚楼寒。"

宋·杨无咎《生查子》:"翠袖怯春寒,修竹萧萧晚。"

宋·姜夔《疏影》:"客里相逢,篱角黄昏,无言自倚修竹。"

宋·蒋捷《贺新郎》:"彩扇红牙今都在,恨无人、解听开元曲。空掩袖,倚寒竹。""掩袖"拭泪。

宋·张炎《月下笛》(孤游万竹山中,闲门落叶,愁思黯然,因动黍离之感。时寓甬东积翠山舍):"只愁重洒西州泪,问杜曲、人家在否? 恐翠袖,正天寒,犹倚梅花那树。"

元·赵孟頫《江城子·水仙》:"恨谁传,遥夜清霜,翠袖怯春寒。"

又《浣溪沙》(李叔固丞相会间,赠歌者贵贵):"罗袖染将修竹翠,粉香须上小梅枝。"

元·乔吉《小桃红·孙氏壁间画竹》:"空谷乍寒,美人无梦,翠袖倚西风。"

元·刘时中《折桂令·疏斋同赋木犀》:"似娟娟日暮娥皇,翠袖天寒,静倚修篁。"喻木犀花倚竹而开。

明·叶小鸾《南柯子》(秋夜):"云散青天瘦,风来翠袖寒。"

清·黄景仁《都门秋思》:"寒甚更无修竹倚,愁多思买白杨栽。"写自己穷苦贫寒。友人毕沅读此句,立即送钱援助。

59. 关东有贤女,自字苏来卿

魏·曹植《精微篇》:"关东有贤女,自字苏来卿。壮年报父仇,身没垂功名。"写苏来卿报父仇,名垂后世。此女事迹已无文字可考。

唐·李白《东海有勇妇》:"东海有勇妇,何惭苏子卿。"写一东海女子报杀夫之仇的勇武行为。此女可比苏来卿了。"子"为"来"之误。

60. 借问女何居,乃在城南端

魏·曹植《美女篇》:"借问女何居,乃在城南端。"刘履《选诗补注》说:"子建志在辅君匡济,策功垂名,乃不克遂。虽受爵封,而其心犹为不仕,故托处女以寓怨慕之情焉。"此诗借写美女盛年未嫁,抒志士不遇、怀才难展的感伤。此句写美女家居城南。

杜甫《洗兵马》:"淇上健儿归莫懒,城南思妇愁多梦。"围攻邺城的兵士快些归来吧,居住在城南的妻子切盼着你。用"城南"句而非其本义。

61. 容华耀朝日

曹植《美女篇》:"容华耀朝日,谁不希令颜!"写"美女"容光闪烁如耀眼的朝阳,光彩动人,谁不羡慕她的美貌!此句出于传为宋玉的《神女赋》:"耀乎若白日初出照屋梁。"今人以为后人假托宋玉之作。

晋·阮籍《咏怀》:"西方有佳人,皎若白日光。"亦以白日光咏佳人之美。

南朝·梁·萧衍《东飞伯劳歌》:"开颜照闾里,南窗北牖挂明光。"以明光代白日,写佳人容颜光丽。

62. 只得徐妃半面妆

唐·李商隐《南朝》:"地险悠悠天险长,金陵王气应瑶光。休夸此地分天下,只得徐妃半面妆。"此诗主旨在:南朝虽将天下分为南北,据天险地险,金陵王气又著名,然而也不过是占有半边天下,未使国家统一。"只得徐妃半面妆",只得半个天下,如只得徐妃半面妆一样,很不完整,很不完美。"分天下"使山河破碎,无可夸耀之处。《南史·元帝徐妃传》:"妃以(梁元)帝眇一目,每知帝将至,必为半面妆以俟。帝见则大怒而出。"李商隐巧用梁元帝萧绎不满"半面妆",双关"分天下"并非好事。

后用"徐妃半面妆"多喻花半开半落。

宋·宋祁《落花》:"将飞更作回风舞,已落犹成半面妆。"(一作张先诗)花落去了一半,如美人半面妆束。

宋·钱惟演《荷花》:"徐娘羞半面,楚女妒纤腰。"喻荷花美过徐娘半面、楚女纤腰。

宋·李洪《卜算子》(和宋子闲早梅):"愁忆故园芳,梦断扬州远。不御铅华自出尘,赛过徐妃面。"描绘早梅花开之红艳。

宋·史达祖《夜合花》:"念前事,怯流光。早春窥、酥雨池塘。向销凝里,梅开半面,情满徐妆。"以早梅半开比徐娘半面,以寓离情。

明·陈子龙《诉衷情》(春游):"玉轮碾平芳草,半面恼红妆。"落花飞去一半,春天只余"半面红妆",写女子伤春而自怜。

63. 徐娘身老谩多情

宋·陈克《浣溪沙》:"小院春来百草清,拂墙桃李已飘零,绝知春意总无凭。卢女嫁时终薄命,徐娘身老谩多情,洗香吹粉转娉婷。"此词描写暮春景色。"徐娘身老谩多情","谩"同"慢",相当于"不要","卢女""徐娘"似都喻残花。

《南史·元帝徐妃传》云:"(梁)元帝徐妃讳昭佩","与荆州后壹瑶光寺智远道人私通。""帝左右暨季江有姿容,又与淫通。季江每叹曰:'柏直狗虽老犹能猎,萧溧阳马虽老犹骏,徐娘虽老尚多情。'"陈克用其否定义。

后用作"徐娘半老,犹尚多情"一语,称中年妇女,仍不失风采。

宋·管鉴《念奴娇》:"追念往昔佳辰,尊前绝唱,未觉徐娘老。聚散悲欢回首异,今岁古台谁到。"题下注云:"夷陵九日忆去岁金石之游,用旧韵寄汉卿、叔信。盖尝归饮任道家,故有徐娘及悲欢之句。"称任道家之歌女。

宋·刘克庄《汉宫春》(秘书弟家赏红梅·四和):"墙角残红,恍徐娘虽老,尚有风姿。"墙角那枝红梅,虽仅存残红,仿佛徐娘虽老,风韵犹存。

宋·周密《忆旧游》(落梅赋):"梨云已成梦,谩蝶恨凄凉,人怨黄昏。燃残枝重嗅,似徐娘虽老,犹有风情。不禁许多芳思,青子渐成阴。"以"徐娘"喻落梅。

宋·刘将孙《满江红》(建安戏用林碧山韵):"莲子擘开谁在薏,徐娘一笑来何暮。又争知寂寞白头吟,寒机素。"

清·黄梨洲《童王两校书乞诗》:"舞榭村村红烛明,徐娘发薄尚多情。"

64. 风情虽老未全销

唐·白居易《梦得前所酬篇有炼尽美少年之句因思往事兼咏今怀重以长句答之》:"生事纵贫犹可过,风情虽老未全销。""风情",人的神采、风韵。《晋书·庾亮传》述:"元帝为镇东时闻其(庾亮)名,辟西曹掾。及引见,风情都雅,过于所望,其甚器重之。"也用作"文采"。

又《题峡中石上》:"诚知老去风情少,见此争无一句诗。"

又《湖上招客送春泛舟》:"欲送残春招酒伴,客中谁最有风情?"

又《奉和汴州令狐令公二十二韵》:"眷爱人人遍,风情事事兼。"

又《题笼鹤》:"岂是风情少,其如尘事多。"

又《酬刘和州戏赠》:"政事素无争学得,风情旧有且将来。"

宋·苏轼《被酒独行遍至手云威徽先觉四黎之舍三首》:"符老风情奈老何,朱颜减尽鬓丝多。"

又《和致仕张郎中春画》:"投绂归来万事轻,消磨未尽只风情。"

65. 碧玉小家女

晋·孙绰《情人碧玉歌二首》(《乐府诗集》作宋·汝南王作)其一:"碧玉小家女,不敢攀贵德。感郎千金意,惭无倾城色。"其二:"碧玉破瓜时,相为情颠倒。感郎不羞赧(一作"郎"),回身就郎抱。"《乐苑》云:"《碧玉歌》者,宋汝南王之所作也。碧玉,汝南王妾名,以宠爱之甚,所以歌之。"梁元帝萧绎《采莲曲》:"碧玉小家女,来嫁汝南王。"北周庾信《结客少年场行》:"定知刘碧玉,偷嫁汝南王。"又说碧玉姓"刘"。《碧玉歌》中的碧玉,虽非名门闺秀,却温顺谦和,具有朴实美。后以碧玉作出身寒门的下层女子的代称,"小家碧玉"即"小家女"。

唐·刘长卿《戏赠干越尼子歌》:"自用黄金买地居,能嫌碧玉随人嫁。"戏写尼子还俗。

唐·王维《洛阳女儿行》:"自怜碧玉亲教舞,不惜珊瑚持与人。"写侍妾。

唐·司空曙《秋园》:"伤秋不是惜年华,别忆春风碧玉家。"

唐·杨巨源《乌夜啼》:"可怜杨叶复杨花,雪净烟深碧玉家。"

又《观妓人入道二首》:"碧玉芳年事冠军,清歌空得隔花闻。"

唐·白居易《盐商妇》:"本是扬州小家女,嫁得西江大商客。"

66. 美人在时花满堂

唐·李白《寄远》:"美人在时花满堂,美人去后余空床。床中绣被卷不寝,至今三载闻余香。香亦竟不灭,人亦竟不来。相思黄叶落,白露湿青苔。"这是"思妇"诗,"美人"指其丈夫(古代男性亦称美人),"花满堂"与"余空床"成鲜明对照。"花满堂",室内布满鲜花,以美化环境,增加欢乐、喜庆气氛。

宋·苏轼《种德亭》:"但喜宾客来,置酒花满堂。""花满堂"指摆满鲜花的庭堂。

67. 还将旧来意,怜取眼前人

唐·元稹《会真记》莺莺赠张生诗:"弃置今何道,当时且自亲。还将旧来意,怜取眼前人。"由于"张生"始乱终弃,崔委身于人,张亦有所娶。一次,张经过崔所居,崔拒而不见,作此以赠,对张生的道德是一种讥刺。"怜取眼前人",指爱怜其所需。后用此句表示所面对的人。

宋·晏殊《浣溪沙》:"满目山河空念远,落花风雨更伤春,不如怜取眼前人。"

又《木兰花》:"不如怜取眼前人,免更劳魂兼役梦。"

宋·贺铸《群玉轩·小重山》:"风月夜,怜取眼前人。"

宋·周紫芝《木兰花》(长安狭邪中,有高自标置者,客非新科不得其门,时颇称之。予尝语人曰:相马失之肥,相士失之瘦,世亦岂可以是论人物乎!戏作此词,为花衢狭客一笑):"嫦娥天上人谁识,家在蓬山烟水隔。不应著意眼前人,便是登瀛当日客。"反用其意。

金·董解元《西厢记》卷六莺莺送别诗:"弃置今何道,当时且自来。还将旧来意,怜取眼前人。""董西厢"依《会真记》改编,此处取原诗。

68. 为郎憔悴却羞郎

唐·元稹《会真记》崔莺莺"潜赋一章,词曰:'自从消瘦减容光,万转千回懒下床;不为旁人差不起,为郎憔悴却羞郎。'"张生经崔居所,求以外兄见,崔终不出,作此诗以回绝张生。

用"为郎憔悴"句如:

宋·苏轼《定风波》(感旧):"不信归来却自见,怕见,为郎憔悴却羞郎。"用原句。

宋·赵令畤《蝶恋花》:"不为旁人移步懒,为郎憔悴羞郎见。"

宋·周邦彦《忆旧游》:"也拟临朱户,叹因郎憔悴,羞见郎招。"

69. 争教红粉不成灰

唐·白居易《燕子楼》三首之三:"今春有客洛阳回,曾到尚书墓上来。见说白杨堪作柱,争教红粉不成灰?"这年春,张仲素从洛阳回来,谈到去张愔尚书墓上,见墓地的白杨长得粗可作柱了。于是联想到花容月貌的关盼盼怎么不会化为灰尘呢?

作者当年曾在张愔那里作客,怀旧之情油然而生。

宋·汪元量《莺啼序》(重过金陵):"临春结绮,可怜红粉成灰!"忆南陈而怀亡宋。

70. 妆成每被秋娘妒

唐·白居易《琵琶行》:"十三学得琵琶成,名属教坊第一部。曲罢曾教善才伏,妆成每被秋娘妒。""秋娘",唐代歌舞妓的代称,此句说"琵琶女",姿容美貌,琵琶弹得好,而被其他乐妓嫉妒。

"秋娘"仅作为诗歌中的乐妓代称,并非凭空杜撰的,白居易时代就有"杜秋娘"其人,唐代杜牧就有《杜秋娘诗并序》,叙述唐金陵杜秋娘,原为节度使李奇之妾,善唱《金缕衣》曲。曾入宫,有宠于宪宗。后又遣回故乡,穷老无依,后以"秋娘"泛指年老色衰的妓女。

唐·元稹《赠吕三校书》:"共占花园争赵辟,竞添钱贯定秋娘。"

唐·白居易《江南喜逢萧九彻因话长安旧游戏赠五十韵》:"名情推阿轨,巧语许秋娘。"

宋·周邦彦《瑞龙吟》:"访邻寻里,同时歌舞,惟有旧家秋娘,声价如故。"

又《拜星月慢》:"竹槛灯窗,识秋娘庭院。"

宋·蒋捷《一剪梅》(舟过吴山):"一片春愁待酒浇,江上舟摇,楼上帘招。秋娘渡与泰娘桥,风又飘飘,雨又萧萧。"

明·张綖(yán)《临江仙》:"访邻休问杜家秋。"欲寻故人,人已不在。

71. 唯有旧家秋娘,声价如故

宋·周邦彦《瑞龙吟》:"前度刘郎重到,访邻寻里,惟有旧家秋娘,声价如故。"此词为"寻情"诗的代表作,笔法细腻,用语生动,虽《宋四家词选》评:"不过桃花人面,旧曲翻新耳。"(周济)未出"侧艳"范围,却仍是"脱俗"之雅作。词人旧地重游,寻访当年的歌舞故人,唯有当时女伴还是那样高的声价,而"故人"已人去楼空了。"前度刘郎",借刘禹锡句,称从前来过的人。"秋娘",唐金陵歌妓杜秋娘(杜牧有《杜秋娘诗》并序),代指所寻"故人"——女伴。"声价",名声。

宋·史达祖《三姝媚》:"又入铜驼,遍旧家门巷,首询声价。"《洛阳记》载:"洛阳有铜驼街,汉铸铜驼三枚,在宫西四会道相对。俗语曰:'金马门外集众贤,铜驼陌上集少年。'"铜驼陌如章台街都是歌舞游乐地。此处取周邦彦词意,到临安(杭州)寻访旧好,首先询访旧好的声价很高的姐妹,而人已如"闲花"为东风吹谢。

72. 试结同心寄谢娘

唐·唐彦谦《离鸾》:"庭前佳树名槟子,试结同心寄谢娘。"谢娘,歌妓,作者的情人。远离之后,欲以槟子树之枝叶花结成"同心"(二心相连)寄给谢娘。

"谢娘",原为谢秋娘,为唐代李德裕妾。《乐府杂录》云:"《望江南》本名《谢秋娘》,李德裕镇浙西,为妾谢秋娘所制,后改为《望江南》。"亦称《忆江南》。后谢秋娘(谢娘)泛指歌妓。

唐·韩翃《送李舍人携家归江东觐省》:"承颜陆郎去,携手谢娘归。""谢娘"代李舍人之妻,可见中唐大历时代就有"谢娘"之称。

唐·温庭筠《河传》:"谢娘翠蛾愁不消,终朝,梦魂迷晚潮。"

唐·韦庄《浣溪沙》:"惆怅梦余山月斜,孤灯照壁背红纱,小楼高阁谢娘家。"

又《荷叶杯》:"记得那年花下,深夜,初识谢娘时。水堂西面画帘垂,携手暗相期。""谢娘"为韦庄的"宠人",此刻已被蜀主王建夺去。庄追念悒怏,作《荷叶杯》《小重山》词,情意凄怨。

五代·李珣《南乡子》:"谢娘家接越王台,一曲乡歌齐抚掌。"

宋·张先《谢池春慢》:"尘香拂马,逢谢女,城南道。秀艳过施粉,多媚生轻笑。""谢女",指谢媚卿,张先于玉仙观道中逢谢媚卿,作此词,一时传唱。

宋·史达祖《绮罗香》(咏春雨):"隐约遥峰,和泪谢娘眉妩。"以"谢娘眉妩"喻烟雨中远峰的秀美。

宋·许斐《喜迁莺》:"鸠雨细,燕风斜,春悄谢娘家。一重帘外即天涯,何必暮云遮。"

73. 墙头马上遥相顾

唐·白居易《井底引银瓶》(止淫奔也):"妾弄青梅倚短墙,君骑白马傍垂杨。墙头马上遥相顾,一见知君即断肠。"女倚墙头,男骑马上,遥遥一面,彼此钟情,于是女随男私奔而去,结果为夫家所不容,陷于走投无路之悲惨境地。"止淫奔"即主题。

"墙头马上",后借喻男女一见则相爱,并由此而定情,瞬间接触便成姻缘。

宋·柳永《少年游》:"墙头马上初相见,不准拟、恁多情。"

又《长相思》(京妓):"娇波艳冶,巧笑依然,有意相迎。墙头马上,漫迟留、难写深诚。"

宋·晁端礼《水龙吟》:"当时体态,如今情绪,多应瘦损。马上墙头,纵教瞥见,也难相认。"

宋·赵长卿《胜胜慢》(柳词):"别后长堤目断,空记得当时、马上墙头。细雨轻烟,何处夕系扁舟?"

元·姚燧《凭栏人》:"马上墙头瞥见他,眼角眉夹拖逗咱。"

元·白朴《裴少俊墙头马上》杂剧,描述裴少俊同李千金于墙头马上相会,私奔而去。在裴家后花园生一子一女。后千金被逐,待裴高中之后才得团圆。此杂剧是白居易诗的演绎。

74. 聘则为妻奔为妾

唐·白居易《井底引银瓶》:"聘则为妻奔为妾,不堪主祀奉苹蘩。"苹蘩,都是水草、水菜,此作祀品。私奔为妾,没有资格参与祭祀。

明·汤显祖《牡丹亭》第三十二出冥誓:"俺则怕聘则为妻奔则妾,受了盟香说。"

75. 六宫粉黛无颜色

唐·白居易《长恨歌》:"回眸一笑百媚生,六宫粉黛无颜色。"杨贵妃回转眼珠一笑顿生百媚千娇,六宫的宫人全然失去了色彩。

宋·王安石《虞美人》:"同辇随君待君侧,六宫粉黛无颜色。"用白居易原句。全诗写"虞美人"从受宠到死亡,表现人世翻覆。

76. 侍儿扶起娇无力

唐·白居易《长恨歌》:"春寒赐浴华清池,温泉水滑洗凝脂。侍儿扶起娇无力,始是新承恩泽时。""娇无力"是沐浴之后的娇弱。

唐·李白《口号吴王美人半醉》:"西施醉舞娇无力,笑倚东窗白玉床。"首写由于"醉舞"而"娇无力",白居易诗取语于此。

用"娇无力"多写女子娇弱疲乏,也描绘娇花。

唐·无名氏《宫词》:"金钱掷罢娇无力,笑倚栏干屈曲中。"从李白二句中脱出。

宋·柳永《法曲献仙音》:"饶心性,镇厌厌多病,柳腰花态娇无力。"

又《临江仙引》:"鲛丝雾吐渐收,细腰无力转娇慵。"

宋·黄庭坚《千秋岁》:"欢极娇无力,玉软花倚坠。"

宋·秦观《满江红》(姝丽):"翠绾垂螺双髻小,柳柔花媚娇无力。"

宋·陈克《菩萨蛮》:"赤栏桥尽香街直,笼街细柳娇无力。"

宋·王之道《菩萨蛮》:"晴窗睡起炉烟直,香云堕髻娇无力。"

宋·曾觌《忆秦娥》:"新来多病娇无力,娇无力,浅红转黛,自然标格。"

宋·曾协《酹江月》(咏芍药):"弱质欹风,芳心带露,酒困娇无力。"

宋·张孝祥《柳梢青》(探梅):"溪南溪北,玉香消尽,翠娇无力。"

宋·赵长卿《花心动》(荷花):"半敛半开,斜立斜倚,好似困娇无力。"

宋·郭应祥《菩萨蛮》(邹伯源园木犀次彭孚先韵):"涂黄仙子娇无力,秋花不敢争颜色。"

宋·韩偓《忆秦娥》(茉莉):"香滴滴,肌肤冰雪娇无力,娇无力,秋风凉冷,有谁消得。"

宋·刘克庄《六州歌头》(客赠牡丹):"夺尽群花色,浴才出,醒初解,千万态,娇无力,困相扶。"

宋·赵以夫《满江红》(牡丹和梁质夫):"倾国精神,娇无力、亭亭向谁?"写牡丹花。

宋·史可堂《声声慢》:"春思苦,倚晴娇无力,如待韩郎。"

宋·仇远《眼儿媚》:"云鬟倭堕娇无力,此醉不禁重。""倭堕",一种发髻。

宋·宋丰之《小冲山》:"窥人佯整玉搔头,娇无力,舞罢却成羞。"

元明小说话本依托宋人申纯《撷芳词》:"春衫窄,庭院阒,独步回廊,体娇无力。"

明·王彦贞《摘翠百咏小春秋》(小桃红·西厢百咏·五十五云雨初歇):"蹙双眉,侍儿扶起娇无力。"用白居易原句。

77.恰似杨妃初试出兰汤

宋·辛弃疾《虞美人》(赋荼蘼):"露华微渗玉肌香,恰似杨妃初试、出兰汤。"荼蘼花玉肌上的露华渗透出淡淡的芳香,恰似杨妃从沐浴的兰汤中刚刚出来。

宋·赵长卿《清平乐》(忠孝堂雨过,荷花烂然,晚晴可人,固呈李宜山同舍):"倖约藕花初过雨,出浴杨妃无语。"写雨后清荷如杨妃出浴,皎皎洁洁。辛词用此意。

78.三千宠爱在一身

唐·白居易《长恨歌》:"后宫佳丽三千人,三千宠爱在一身。"杨玉环入宫,既使"六宫粉黛无颜色",必然获得专宠:"三千宠爱在一身","春从春游夜专夜"。

清·孔尚任《桃花扇》第二十七出逢舟《琐窗寒》:"一身宠爱,尽压钗裙。"写贞娘打扮之美。

79.不重生男重生女

唐·白居易《长恨歌》:"遂令天下父母心,不重生男重生女。"《史记·外戚世家(褚少孙补)》载歌谣:"生男无喜,生女无怨,独不见卫子夫,霸天下!"唐代当时有两首歌谣:"生女勿悲酸,生男勿喜欢。""男不封侯女作妃,看女却为门上楣。"杨妃受宠,"兄弟姐妹"皆封侯,竟改变了重男轻女的观念。

清·郁永河《台湾土番竹枝词》:"不重生男重生女,家园原不愿与儿郎。"

80.渔阳鼙鼓动地来

唐·白居易《长恨歌》:"渔阳鼙鼓动地来,惊破霓裳羽衣曲。""鼙鼓",军中小鼓。安禄山在渔阳叛乱,叛军向长安进发,打破了唐玄宗的安乐。

唐·王翰《饮马长城窟行》:"遥闻鼙鼓动地来,传道单于夜犹战。"白居易从此取句。

用"鼙鼓"句,写动乱,含本事。

宋·辛弃疾《摸鱼儿》(观潮上叶丞相):"望飞来,半空鸥鹭,须臾动地鼙鼓。"

宋·王清惠《满江红》:"忽一声、鼙鼓揭天来,繁华歇。"南宋灭亡。

元·张可久《落梅风·天宝补遗》:"妇娥面,天宝年,闹渔阳鼓声一片。"

又《折桂令·太真病齿图》:"贬李白因他口伤,闹渔阳为我唇亡。"

清·文廷式《广谪仙怨》:"早避渔阳鼙鼓,后人休笑开天。"甲午战败后第二年,作者主张迁都入蜀,学唐明皇。

清·曹贞吉《满庭芳》(和人潼关):"泥丸封来得,渔阳鼙鼓,响入华清。"潼关陷落,唐王朝岌岌可危了。

81. 不见玉颜空死处

唐·白居易《长恨歌》:"马嵬坡下泥土中,不见玉颜空死处。"马嵬坡,在今陕西省兴平县西。玄宗从蜀返回长安,途经马嵬坡,只见杨妃死处而不见杨妃。

宋·王安石《虞美人》:"虞兮虞兮奈若何,不见玉颜空死处。"用白诗原句,写虞美人之死。

82. 上穷碧落下黄泉

唐·白居易《长恨歌》:"上穷碧落下黄泉,两处茫茫皆不见。"教方士寻觅杨妃,寻遍了天上(碧落)和地下(黄泉),两处茫茫,不见杨妃踪影。

清·朱彝尊《高阳台》:"动愁吟,碧落黄泉,两处难寻。"低吟《长恨歌》,追思少女之死。

83. 楼阁玲珑五云起

唐·白居易《长恨歌》:"楼阁玲珑五云起,其中绰约多仙子。"玲珑的楼阁耸立于五彩祥云之中,楼阁里有许多美丽的仙子。

清·曹雪芹《红楼梦》第十八回大观园题咏:贾惜春《文章造化》:"山水横拖千里外,楼台高起五云中。"用白句写楼台之高。

84. 花冠不整下堂来

唐·白居易《长恨歌》:"闻道汉家天子使,九华帐里梦魂惊。揽衣推枕起徘徊,珠箔银屏逦迤开。云鬓半偏新睡觉,花冠不整下堂来。"方士以天子使者访"太真",太真出迎,匆忙之中,未及理妆,所以"花冠不整"。

宋·陆淞《瑞鹤仙》:"脸露红印枕,睡觉来,冠儿还是不整。"用白居易句。

85. 夜半无人私语时

唐·白居易《长恨歌》:"临别殷勤重寄词,词中有誓两心知。七月七日长生殿,夜半无人私语时:在天愿作比翼鸟,在地愿为连理枝,天长地久有时尽,此恨绵绵无绝期。"这里道出了唐明皇与杨贵妃在一个"七月七日"的忠贞的誓言。一为证明

确为杨贵妃身分,一为提示二人难以击碎的爱情。

宋·柳永《二郎神》:"钿合金钗私语处,算谁在,回廊影下。愿天上人间,占得欢娱,年年今夜。"取白诗意写情爱之坚贞。

清·陈维崧《师师令》(汴京访李师师故巷):"夜半无人莺语脆,正绿窗风细。"述宋徽宗与师师欢情正浓。

86. 天长地久有时尽

唐·白居易《长恨歌》:"天长地久有时尽,此恨绵绵无绝期。"这是"为歌长恨"的点睛之笔,把李隆基、杨玉环的坚贞爱情推向高峰。天地是长久的,却不如此恨绵长,天地有时尽,恨无绝期,恨比天地还久长。

"天长地久"语出《老子》:"天长地久,天地所以能长且久者,以其不自生,故能长生。"南朝·梁·虞羲《咏霍将军北伐》:"天长地自久,人道有盈亏。"在诗中首用"天长地久"。下如:

唐·卢照邻《怀仙引》:"天长地久时相忆,千龄万代一来游。"

又《释疾文三歌》:"岁去忧来兮东流水,地久天长兮人共死。"

唐·张说《杂诗四首》:"天长与地久,欢乐能几朝。"

唐·杜审言《大酺》:"火德云官逢道泰,天长地久属年丰。"

唐·孟云卿《行路难》:"君不见高山万仞连苍昊,天长地久成埃尘。"

唐·孟郊《远愁曲》:"此地有时尽,此哀无处容。"以"此地"取代"天长地久"。

宋·晏殊《玉楼春》(春恨):"无情不似多情苦,一寸还成千万缕。天涯地角有穷时,只有相思无尽处。"用其意而换其句。

宋·杨备《东冶亭》:"忍泪相看酒共持,一生心事几人知。年年折尽东亭柳,此别绵绵无尽期。"用下句。

宋·秦观《风流子》:"谁念断肠南陌,回首西楼。算天长地久,有时有尽;奈何绵绵,此恨难休。"用二句。

宋·赵令畤《蝶恋花》:"地久天长终有尽,绵绵不似无穷恨。"用二句。

宋·蔡伸《飞雪满群山》(即《扁舟寻旧约》):"彩鸾须凤友,算何日、丹山共归。未酬深愿,绵绵

此恨无尽期。"只用下句。

87. 娉娉袅袅十三余

唐·杜牧《赠别二首》:"娉娉袅袅十三余,豆蔻稍头二月初。春风十里扬州路,卷上珠帘总不如。"首句写一妓女身姿窈窕,正当芳龄。

宋·方千里《蝶恋花》:"一搦腰肢初见后,恰似娉婷,十五藏朱牖。"娉婷"十五"从杜牧诗中化出。

88. 赢得青楼薄倖名

唐·杜牧《遣怀》:"落魄江湖载酒行,楚腰纤细掌中轻。十年一觉扬州梦,赢得青楼薄幸名。"此诗自省扬州十年幕僚生涯中出入青楼、放荡不羁的行为。"扬州梦"醒了,悟了,以至落个"青楼薄倖",负心忘情。其实"扬州十年"是作者大志难申,心情抑郁所致,并非是一种堕落。

"青楼",原指华贵的楼房。魏·曹植《美女篇》:"青楼临大路,高门结重关。"《晋书·麴允传》:"西州为之语曰:'麴与游,牛羊不数头,南开朱门,北望青楼。'"清·袁枚《随园诗话》云:"齐武帝于兴光楼上施青漆,世谓之青楼。"唐·骆宾王《帝京篇》:"小堂绮帐三千户,大道青楼十二重。"所以袁枚说:"今以妓院为青楼,实是误矣。"

最早称"青楼"为妓院的约是南朝·梁·刘邈《万山见采桑人》:"倡女不胜愁,结束下青楼。""倡女"即娼女、妓女。唐·李白《在水军宴韦司马楼船观妓》:"对舞青楼妓,双鬟白玉童。"都写"青楼女子"。

用杜牧"青楼薄倖",多表示情爱不专。

宋·秦观《满庭芳》:"销魂,当此际,香囊暗解,罗带轻分。谩赢得、青楼薄幸名存。"《全宋词》又收作琴操(杭州妓,后为尼)词。

宋·晁端礼《雨中花》:"怎奈向,赢得多情怀抱,薄倖声名。"

宋·张孝祥《满江红》:"红叶题诗谁与寄,青楼薄倖空遗迹。"

宋·康与之《捣练子》:"江汉佩,洞庭舟。香名薄倖寄青楼。"

宋·赵善括《摸鱼儿》:"娇莺百啭飞鸿去,何处可寻芳信?心自省,念咫尺,青楼应怪人薄倖。"

宋·石孝友《水调歌头》:"空对残云冷雨,何限重山叠水,一梦到无由。遗怨写红叶,薄倖记青楼。"

宋·孙维信《南乡子》:"霜冷栏干天似水,扬州,薄倖声名总是愁。"

89. 纵豆蔻词工,青楼梦好,难赋深情

宋·姜夔《扬州慢》:淳熙丙申至日,予过维扬。夜雪初霁,荠麦弥望。入其城则四顾萧条,寒水自碧。暮色渐起,戍角悲吟。予怀怆然,感慨今昔,因自度此曲。千岩老人以为有黍离之悲也。"杜郎俊赏,算而今,重到须惊。纵豆蔻词工,青楼梦好,难赋深情。"淳熙三年(1176)冬,作者初访扬州,经过两次战争洗礼的扬州,一片萧条,同杜牧笔下那繁华的扬州相比,已判然而异,即使杜牧再生,再唱出"豆蔻梢头""青楼薄倖"那样的好句,也难表达此时悲怆的感情。

元·梁曾《木兰花慢》(西湖送春):"一枕青楼好梦,又教风雨惊回。"好梦不长。

90. 嫦娥应悔偷灵药

唐·李商隐《嫦娥》:"嫦娥应悔偷灵药,碧海青天夜夜心。"嫦娥每夜只能独处于碧海青天之中,孤独而冷清,她应该懊悔自己不该偷药奔月了。

唐·曹唐《小游仙诗九十八首》:"嫦娥若不偷灵药,争得长生在月中?"用李商隐句意而不用其句式。

唐·李白《把酒问月》:"白兔捣药秋复春,嫦娥孤栖与谁邻?"这是最早写嫦娥孤独的诗。

91. 碧海青天夜夜心

唐·李商隐《嫦娥》:"嫦娥应悔偷灵药,碧海青天夜夜心。"神话说嫦娥为后羿的妻子,因偷吃了后羿从王母那里得到的"不死灵药"而奔往月宫,成了月中的仙子。然而她面对"碧海青天",独守月宫,夜夜都会产生孤凄之情,还不"应悔"吗?当然,这样咏嫦娥,并没什么意思,而是借嫦娥隐喻孤寂的处境。处在"李党""牛党"夹缝之中,政治上产生了孤独感。

唐·杜牧《青冢》:"青冢前头陇水流,燕支山上暮云愁。娥眉一坠穷泉路,夜夜孤魂月下愁!"王昭君青冢中的孤魂,夜夜月下愁,同写嫦娥在月中愁,两句异曲同工。

唐·唐彦谦《无题十首》:"满园芳草年年恨,剔尽灯花夜夜心。"写闺思,年年恨,夜夜愁。

宋·欧阳修《夜夜曲》:"浮云吐明月,流影玉阶阴。千里虽其照,安知夜夜心。"写月照下的人,夜夜怀思。

92.此夜姮娥应断肠

唐·李商隐《月夕》:"草下阴虫叶上霜,朱栏迢递压湖光。兔寒蟾冷桂花白,此夜姮娥应断肠。"这是深秋月色,从"草下""叶上""朱栏""湖光"写到月宫;月宫里,"兔寒""蟾冷""桂花"无绿,一片冷落凄清,嫦娥应该伤心断肠。这同"嫦娥应悔偷灵药,碧海青天夜夜心(愁)"(《嫦娥》)一样,写嫦娥之愁。

宋·晏殊《中秋月》:"一轮霜影转庭梧,此夕羁人独向隅。未必素娥无怅恨,玉蟾清冷桂花孤。"从李商隐《月夕》二句变化而生,并写嫦娥之愁。

宋·王沂孙《眉妩》(新月):"画眉未稳,料素娥、犹带离恨。"这"新月",就是月中素娥未画完的眉,仍含着离恨。"画眉未稳"用吴文英"新弯画眉未稳"(《声声慢》)句。

毛泽东《蝶恋花·答李淑一》(1957年5月11日)"寂寞嫦娥舒广袖"句意,应出于此。

93.却嫌脂粉涴颜色

唐·张祜《集灵台二首》其二:"虢国夫人承主恩,平明骑马入宫门。却嫌脂粉涴颜色,淡扫娥眉朝至尊。"杨贵妃专宠,杨氏一门受封,"并承恩泽,出入宫城,势倾天下"。(《旧唐书·杨贵妃传》)此诗揭示了虢国夫人(贵妃三姐)自由出入宫门的特殊举动,反映了她与玄宗的特殊关系。"涴",玷污、污染。写虢国夫人自恃"天生丽质"。

宋·苏轼《西江月》(梅):"素面常嫌粉涴,洗妆不褪唇红。"写惠州之梅天然去雕饰的本色,暗喻侍妾朝云不饰粉涴。

94.不将朱粉污天真

宋·向子諲《浣溪沙》(酴醿和狄相叔韵赠陈宋邻):"翡翠衣裳白玉人,不将朱粉污天真。清风为伴月为邻。"赞酴醿花洁白如玉,不污天然素质。

唐·齐己《寄梁先辈》:"爱惜麻衣好颜色,未教朱紫污天然。"写"梁先辈"麻衣隐居,不着朱紫官服。向子諲用此句写花。

宋·赵彦端《鹧鸪天》(文秀):"丹脸嫩,黛眉新,肯将朱粉污天真。"用向句写人。

宋·赵长卿《南歌子》:"梅萼和霜晓,梨花带雪春。玉肌琼艳本无尘,肯把铅华容易、污天真。"用赵彦端句写梅花。

95.可怜无定河边骨

五代·陈陶《陇西行四首》其二:"誓扫匈奴不顾身,五千貂锦丧胡尘。可怜无定河边骨,犹是春闺梦里人。"反映唐代西北战事频仍,给人民带来的苦难。"貂锦",汉代羽林军着貂裘锦衣,此代边防战士。"无定河",源出内蒙古鄂尔多斯,东南经陕西榆林流入黄河。因流沙滚动,河床深浅、宽狭不定,而得此名。"陇西"指甘肃、宁夏一带,连"无定河"统指西北边疆。"无定河边骨"同"春闺梦里人"形成强烈的对比效果,已是河边白骨,还作梦里生人,撕肝裂肺,凄凉惨淡。有人说寥寥二十八字,胜过一篇《吊古战场文》,毫不为过。

宋·苏轼《闻捷》:"故知无定河边柳,得共中原雪絮春。"上句用句而不用意。

96.尽是春闺梦里人

五代·陈陶《陇西行四首》其二:"可怜无定河边骨,犹是春闺梦里人。"

唐·卢纶《过玉贞公主影殿》(《全唐诗》在"无考"作者中收有"卢尚书"《题安国观》:"东都政平坊安国观玉真公主所建女冠多上阳退宫嫔御"一诗与卢纶诗尽同,"卢尚书"应为卢纶,疑此诗重收了):"夕照临窗起暗尘,青松绕殿不知春。君看白发诵经者,半是宫中歌舞人。"后白居易有《上阳人》诗。陈陶诗对比诗句从此后二句翻出。

97.似频见千娇面

宋·柳永《凤衔杯》:"更宝若珠玑,置之怀袖时时看。似频见,千娇面。"视女子"瑶卿"所寄"小诗长简"为珠玑,见诗如见人——"千娇面"。"千娇面",容颜美好,娇态万千。也写花。

又《采莲令》:"千娇面,盈盈伫立,无言有泪,断肠争忍回顾。"

又《木兰花》(杏花):"东风吹露千娇面,欲绽红深开处浅。"喻杏花齐放。

宋·张先《清平乐》:"细看玉人娇面,春光不在花枝。"

宋·晁端礼《苏幕遮》:"百和烟中,细想千娇面。"

98. 占得人间千娇百媚

宋·柳永《玉女摇仙佩》(佳人):"细思算、奇葩艳卉,惟是深红浅白而已。争如这多情,占得人间、千娇百媚。"以美女比"名花",名花不过"深红浅白",而美女多情,且千娇百媚。"千娇百媚",形容女子表情丰富,姿容多变,呈一种变态美。

南朝·陈·徐陵《杂曲》:"绿黛红颜两相发,千娇百态情无歇。""千娇百媚"从此衍生。唐代张文成《游仙窟》:"千娇百媚,造次无可比方;弱体轻身,谈之不能备尽。"首用此语。

柳永《西施》:"柳街灯市好花多,尽让美琼娥。万娇千媚,的的在层波。"

又《小镇西》:"是笑时、媚靥深深,百态千娇,再三偎著,再三香滑。"变序用徐陵的"千娇百态"。

宋·陈济翁《踏青游》:"晕轻红,留浅素,千娇百媚。"

宋·岳岢《洞仙歌》(庚申乐静锦棠盛开作):"最娉婷,偏艳冶,百媚千娇。谁道许,须要能歌解舞。"喻锦棠花。

宋·起长卿《醉蓬莱》(赏郡圃芍药):"倚槛轻盈,万娇千媚,故整霞裙,笑花寂寞。"喻芍药。

元·孔文昇《折桂令·赠千金奴》:"倾国倾城,百媚千娇。"

明·冯惟敏《咏所见》:"掩不尽千娇百媚,今日里,这场事委实希奇。"

99. 只作飞尘向马嵬

唐·张蠙《青冢》:"倾国可能胜效国,无劳冥寞更思回。太真虽是承恩死,只作飞尘向马嵬。"对昭君和亲和杨妃之死作了比较,一个"胜效国",一个"作风尘",价值不同。"只作飞尘向马嵬"很有分寸,没有把"乱国"罪名加在杨妃头上。

元·张可久《寨儿令》:"翠车前白囊驼,雕笼内锦鹦哥,他、强似马嵬坡!"

清·史谷贻《王昭君》:"红颜得向胡尘老,免似杨妃辱马嵬。"

100. 玉环飞燕皆尘土

宋·辛弃疾《摸鱼儿》:"长门事,准拟佳期又误。蛾眉曾有人妒。千金纵买相如赋,脉脉此情谁诉?君莫舞。君不见,玉环飞燕皆尘土。"朝中谗

佞主和,对主战者形成一种压抑,作者如被打入"长门"。他在《论盗贼札子》中说:"平生刚拙自信,年来不为人所容,恐言未脱口,而祸不旋踵。"然而"君莫舞"警告群小,不见玉环、飞燕,早已成尘土。

明·余怀《摸鱼儿》(和辛幼安):"苏台暮,君不见,夷光少伯皆尘土。斜阳无主。"全词同辛词貌合神似。此数句说,姑苏台已是沉沉暮色,斜阳无主。那西施(名夷光)范蠡(字少伯)早已化为尘土了。用辛词句式。

101. 唤取红巾翠袖揾英雄泪

宋·辛弃疾《水龙吟》(登建康赏心亭):"可惜流年,忧愁风雨,树犹如此。倩何人,唤取红巾翠袖,揾英雄泪。"时光正如桓温所叹息的那样,在风雨飘摇中,在忧愁中,人已经老了。请谁唤来美人,用红巾翠袖抹去英雄的泪呢!此刻作者极其悲壮。

明·汤显祖《牡丹亭》第五十六出闹宴《前腔》:"闪英雄泪渍盈盈袖,伤心不为悲秋瘦。"用"揾英雄泪"句。

102. 与奴方便寄卿卿

唐·韩偓《偶见》:"千金莫惜早莲生,一笑从教下蔡倾。仙树有花难问种,御香闻气不知名。愁来自觉歌喉咽,瘦去谁怜舞掌轻。小叠红笺书恨字,与奴方便寄卿卿。"歌女思念情人,红笺书恨,托人送给他。"卿卿"为爱称。《世说新语·惑溺》:"王安丰妇常卿安丰,安丰曰:'妇人卿婿,于礼为不敬,后勿复尔。'妇曰:'亲卿爱卿,是以卿卿;我不卿卿,谁当卿卿?'遂恒听之。""寄卿卿"指寄给所爱的那人。

宋·苏轼《次韵柳子玉二首》(地炉):"闻道床头惟竹几,夫人应不解卿卿。"自注:"俗谓竹几为竹夫人。""不解卿卿",不知道爱人。

元·卢挚《蟾宫曲·醉赠乐府珠帘秀》:"系行舟谁遣卿卿,爱林下风姿,云外歌声。"

元·赵孟頫《人月圆》:"一枝仙桂香生玉,清得唤卿卿。"

清·曹雪芹《红楼梦》第五回《聪明累》:"机关算尽太聪明,反算了卿卿性命。""卿卿"指代王熙凤。

103. 机关算尽太聪明

清·曹雪芹《红楼梦》第五回《聪明累》:"机关

算尽太聪明,反算了卿卿性命。"写王熙凤用尽心机,计算策划,玩弄权术,过分聪明,反计算掉了自己的性命。

宋·苏轼《洗儿戏作》:"人皆养子望聪明,我被聪明误一生。惟愿孩儿愚且鲁,无灾无难到公卿。""聪明反被聪明误"源此。"聪明累"出自"聪明误"。

104. 惺惺的自古惜惺惺

元·王实甫《西厢记》第一本第三折《圣药王》:"那语句清,音律轻,小名儿不枉了唤作莺莺。他若是共小生、厮觑定,隔墙儿酬和到天明。方信道'惺惺的自古惜惺惺。'""惺惺",聪慧的人,聪慧的人怜惜聪慧的人,也指才貌、性格、境遇相同相近的人互相关爱、敬重。

《传灯录》载:"惺惺直然惺惺,历历直然历历。"说明唐时已有此语。闵遇五曰:"元乐府有'葫芦提怜惺懂,惺惺的惜惺惺。'"

《水浒全传》一十九回:"古人有言:'惺惺惜惺惺,好汉惜好汉。'量这一个泼男女,腌臜(zàn)畜生,终作何用!"

《红楼梦》八十七回:"宝姐姐不寄与别人,单寄与我,也是'惺惺惜惺惺'的意思。"

105. 每日价情思睡昏昏

元·王实甫《西厢记》第二本第一折《油葫芦》:"昨宵个锦囊佳制明勾引,今日个玉堂人物难亲近。这些时坐又不安,睡又不稳,我欲待登临又不快,闲行不闷。每日价情思睡昏昏。"情思令人百无聊赖,昏昏欲睡,失魂落魄。

明·汤显祖《牡丹亭》第二出言怀:"每日情思昏昏,忽然半月之前,做下一梦。梦到园,梅花树下,立着个美人,不长不短,如送如迎。"用"情思昏昏"说神志不清。

106. 自愿的生则同衾,死则同穴

元·王实甫《西厢记》第四本第四折《折桂令》:"想人生最苦离别,可怜见千里关山,独自跋涉。似这般割肚牵肠,倒不如义断恩绝。虽然是一时间花残月缺,休猜做瓶坠簪折。不恋豪杰,不羡骄奢,自愿的生则同衾,死则同穴。"表示"生死与共"的坚贞爱情。

《诗经·王风·大车》:"谷则异室,死则同穴。"生不同房,死也要同穴。王实甫二句化用此句。

明·汤显祖《紫钗记》(花院盟香):"生则同衾,死则同穴。"用《西厢记》语,表现霍小玉的坚贞。

107. 愿天下有情人终成眷属

元·王实甫《西厢记》第五本第四折《清江引》:"谢当今盛明唐圣主,勅赐为夫妇。永老无别离,万古常完聚,愿普天下有情的都成了眷属。"后简缩为"愿天下有情人终成眷属"。

元·宋方壶《清江引》(托咏):"是必常团圆,休着些儿缺。愿天下有情底都似你者。"用王实甫法语,托一女子的语言,表愿天下有情人终成眷属的美好愿望。

108. 只要你满头花,拖地锦

元·王实甫《西厢记》第三本第四折《幺篇》:"你口儿里漫沉吟,梦儿里苦追寻。往事已沉,只言目今,今夜相逢管教怎。不图你甚白璧黄金,只要你满头花,拖地锦。"

"满头花"是命妇出外时之盛装,"拖地锦"是女子婚礼时之披红。闵遇五曰:"满头花妆杂,拖地锦裙长,掩足之不纤也。"

元·白朴《墙头马上》第三折《驻马听》:"也强如带满头花,向午门左右把状元接;也强如挂拖地红,两头来往交媒谢。"

元杂剧《两世姻缘》第四折《新水令》:"拖地锦是凤尾旗,撞门羊是虎头牌。"

"满头花"与"拖地锦"似乎是元代富家女子的某种时尚。

109. 女大不中留

元·王实甫《西厢记》第四本第二折《圣药王》:"这其间何必苦追求,常言道'女大不中留'。"女子(姑娘)大了不宜留家,应当出嫁了。

元杂剧《李逵负荆》第一折《赏花时》:"世上有三不留:蚕老不中留,人老不中留,女大不中留也。"

110. 陟彼高冈,我马玄黄

《诗经·周南·卷耳》:"陟彼高冈,我马玄黄。"郑玄笺:"玄马病则黄。"《集传》:"玄黄,玄马

而黄,病极变色也。"闻一多《通义》:"眼花亦谓之玄黄。"总之是马正登上高冈却生了病之意。

魏·曹植同曹彪一起朝见其兄魏文帝曹丕后,返回封地。出都之后,中途下令,不许他们同路行走。曹植作《赠白马王彪》诗:"修坂造云日,我马玄以黄。玄黄犹能进,我思郁以纾。郁纾将何念,亲爱在离居。"意谓马病了还可以前行,兄弟异宿离居却使我烦恼苦闷。

111. 终风且霾,惠然肯来

《诗经·邶风·终风》:"终风且霾,惠然肯来。"郑玄笺:"肯,可也。有顺心,然后可以来至我旁。"此诗述女子对狂暴丈夫的怨愤,"终风"二句说,狂风扬尘,天地昏暗,你如愿意,就回到我身旁。

"惠然肯来","惠"原作顺从解,后又有新意,作"惠临",敬词为"赐",含"赏光"意,能赏光莅临,肯于光临。唐·韩愈《与少室李拾遗书》:"想拾遗公,冠带就车,惠然肯来。"

用"惠然"句如:

唐·独孤及《夏中酬于逖毕问病见赠》:"离别隔云雨,惠然此相逢。"

唐·耿㵴《酬李文》:"多惭惠然意,今日肯相亲。"

唐·卢纶《喜从弟激初至》:"儒服策羸车,惠然过我庐。"

唐·权德舆《卧病喜惠上人李炼师茅处士见访因以赠》:"方外三贤人,惠然来相亲。"

唐·皎然《寒栖子歌》:"今日惠然来访我,酒榼书囊肩背荷。"

宋·赵善括《沁园春》:"问舍东湖,招隐西山,惠然肯来。"

112. 我心匪石,不可转也

《诗经·邶风·柏舟》:"我心匪石,不可转也;我心匪席,不可卷也。"传为齐侯之女"卫寡夫人守节自誓之作"。诗序说:"柏舟,言仁而不遇也。卫顷公之时,仁人不遇,小人在侧。"这应是后人的理解,常用以表坚贞。

汉·秦嘉《赠妇诗三首》其一:"忧来如寻环,匪席不可卷。"

晋·陶渊明《拟古九首》:"我心固匪石,君情定何如?"

113. 我思古人,俾无訧兮

《诗经·邶风·绿衣》:"我思古人,俾无訧兮。"《绿衣》是悼亡诗,这两句说:我怀念亡妻,亡妻匡正我,使我无过失。

《红楼梦》第八十七回林黛玉琴曲"之子与我兮心焉相投,思古人兮俾无尤"。表达思念故友之情。"尤"同"訧"。

114. 燕燕于飞,差池其羽

《诗经·邶风·燕燕》:"燕燕于飞,差池其羽。之子于归,远送于野。瞻望弗及,泣涕如雨。"《诗序》说:"《燕燕》,卫庄姜送归妾也。"《左传·鲁隐公三年》载:卫庄公妻庄姜无子,以庄公妾戴妫之子完为己子。庄公死,完即位,不久被州吁所杀。此诗写完被杀后,庄姜送戴妫归陈之作。一说卫定姜送子妇归宁之作。总之是写一位贤良女子归宁,"寄言飞鸟"(曹丕《秋胡行》),以抒惜别之情,真挚而感人。姚际恒《通论》解:"张舒其尾翼""燕尾双岐如剪,故曰'差池'。""差池其羽"是说飞行时翅尾舒张舞动的情景。宋·辛弃疾《贺新郎》词"看燕燕,送归妾",用王昭君辞别汉室、陈皇后退居冷宫、卫庄姜送归等史迹,表述自己南归之后报国无门的愁怨。后人多用"差池"(参差)写燕雁远飞或人要远行。

三国·魏·阮籍《咏怀八十二首》:"不见南飞燕,羽翼正差池。"

南朝·齐·刘绘《入琵琶峡望积布矶呈玄晖诗》:"差池若燕羽,崛屼似龙鳞。"

南朝·梁·吴均《与柳恽相赠答诗六首》:"罳胃蚕饵茧,差池燕吐泥。"

南朝·梁·陆罩《咏笙诗》:"所美周王子,弄羽一参池。"

南朝·梁·何逊《嘲刘郎诗》:"宁知早朝客,差池已雁行。"

梁武帝萧衍《古意诗二首》其一:"飞鸟起离离,惊散忽差池。"其二:"飞飞双蛱蝶,低低两差池。差池低复起,此芳性不移。飞蝶双复双,此心人莫知。"

梁·简文帝萧纲《双燕离》:"双燕有雄雌,照日两差池。"

梁·庾肩吾《和晋安王咏燕诗》:"可怜幕上燕,差池弄羽衣。"

梁·沈约《会圃临春风》:"蝶逢飞遥扬,燕值羽参池。"

南朝·陈·江总《宛转歌》:"别燕差池自有返,离蝉寂寞讵含情。"

唐·李白《献从叔当涂宰阳冰》:"群凤怜客鸟,差池相哀鸣。"

唐·韦应物《送洛阳韩丞东游》:"仙鸟何飘飘,绿衣翠为襟。顾我差池羽,咬咬怀好音。"

唐·杜甫《九日杨奉先会白水崔明府》:"晚酣留客舞,凫舄共参差。"

唐·李岑《东峰亭各赋一物得栖烟鸟》:"从来养毛羽,昔日曾飞迁。变转对朝阳,差池栖夕烟。"

唐·卢纶《赋得白鸥歌送李伯康归使》:"今日还同看鸥鸟,如何羽翮复参差。"

唐·刘禹锡《酬令狐相公秋怀见寄》:"寂寞蝉声静,差池燕羽回。"

又《朗州窦员外见示与澧州元郎中郡斋赠答长句二篇因以继和》:"鸳鹭差池出建章,彩旗朱户蔚相望。"

唐·李绅《江南暮春寄家》:"江鸿继续翻云去,海燕差池拂水回。"

唐·杜牧《江上偶见绝句》:"草色连云人去住,水纹如縠燕差池。"

唐·李商隐《池边》:"玉管葭灰细细吹,流莺上下燕参差。"

唐·李咸用《秋夕书怀寄所知》:"三岛路遥身汩没,九天风急羽差池。"

唐·郑袤《好鸟鸣高枝》:"上林如可托,弱羽愿差池。"

宋·史达祖《双双燕》(咏燕):"过春社了,席帘幕中间,去年尘冷。差池欲住,试入旧巢相并。"

清·梁启超《金缕曲》(丁未五月归国,旋复东渡,却寄沪上诸子):"惟有年时芳涛在,一例差池双剪。"写群燕飞翔的情态,喻志同道合者的重聚。

115. 东飞伯劳西飞燕

南朝·梁武帝萧衍《东飞伯劳歌》:"东飞伯劳西飞燕,黄姑织女不相见。"伯劳,又名伯鹩、伯赵、姑恶、苦吻。《尔雅·释鸟》:"鵙,伯劳也。"鵙是能捕蛇、很雄健的鸟。鵙与燕不同类,东飞西飞,相见而不相亲。黄姑,即河鼓的转音,星名,就是牵牛星,在银河南与"北岸"的织女星遥遥相对,时时相见,却难得相聚。这两句喻一位男子经常见到一位

青年女子,虽生爱慕之心,却不得亲近。南唐后主李煜诗:"迢迢牵牛星,渺在河之阳。粲粲黄姑女,耿耿遥相望。"系误以黄姑星为织女星了。萧衍的乐府诗《东飞伯劳歌》有些人仿作,"东飞伯劳"句也多有仿句,而且多表示青年男女相爱难相见或友人别后难逢。

南朝·梁·简文帝萧纲《东飞伯劳歌》:"西飞迷雀东羁雉,倡楼秦女乍相随。"

南朝·陈后主陈叔宝《东飞伯劳歌》:"池侧鸳鸯春日莺,绿珠降树相逢迎。"

隋·江总《东飞伯劳歌》:"南飞鸟鹊北飞鸿,弄玉兰香时会同。"

唐·张柬之《东飞伯劳歌》:"青田白鹤丹山凤,婺女姮娥两相送。"

唐·李峤《东飞伯劳歌》:"传书青鸟迎箫凤,巫岭荆台数通梦。"

唐·李暇《东飞伯劳歌》:"秦王龙剑燕后琴,珊瑚宝匣镂双心。"

唐·岑参《青门歌送东台张判官》:"借问使乎何时来?莫作东飞伯劳西飞燕。"不要去而不回。又《送玉著赴淮西幕府作》:"燕子与伯劳,一西复一东。"各自西东。

唐·杜甫《春日戏题恼郝使君兄》:"东流江水西飞燕,可惜春光不相见。"宝应元年十一月,杜甫至通泉,郝招饮,出二姬以侑樽。次年春,杜甫在梓州,作此诗以戏之。"春光"喻二姬。

唐·戴叔伦《闲思》:"伯劳东去鹤西还,云总无心亦度山。"

唐·孟郊《临池曲》:"罗裙婵鬓倚迎风,双双伯劳飞向东。"变用,写眼前景。

唐·李绅《莺莺歌》(一作《东飞伯劳西飞燕歌为莺莺作》):"伯劳飞迟燕飞疾,垂杨绽金花笑日。"

唐·薛涛《春郊游眺寄孙处士二首》:"何事碧溪孙处士,伯劳东去燕西飞。"

宋·秦观《江城子》:"南来飞燕北归鸿,偶相逢,惨愁容。绿鬓朱颜,重见两衰翁。"

宋·陈师道《菩萨蛮》(七夕):"东飞鸟鹊西飞燕,盈盈一水经年见。"兼用《古诗》:"盈盈一水间,脉脉不得语。"

金·元好问《满江红》:"恨伯劳东去燕西归,空相忆!"

元·王实甫《西厢记》第二本第四折《圣药

王》:"他曲未终,我意转浓,争奈伯劳飞燕各西东。尽在不言中。"又《西厢记》第四本第三折《耍孩儿》:"伯劳东去燕西飞,未登程先问归期。"

116.出帘飞小燕

隋·魏澹《初夏应诏诗》:"出帘飞小燕,映户落残花。"唐·杜甫《李监宅二首》变句型而用之:"杂花分户映,娇燕入帘回。"魏句写初夏,杜诗则写孟春。燕子自由出入帘幕,这类句表意如以下几个方面:燕为候鸟,燕来必已春来,燕子报春,并为一道春景。燕居人家屋梁庭院,燕近人,人喜燕,人燕关系比人与其他鸟雀更密切,也因此,人乐,见燕更乐,人忧,见燕更忧。有时也表示离人在外,唯见帘燕,无限孤寂;有时又表示庭院荒芜,阒寂无人。魏澹句有"残花",是初夏之燕;杜甫脱出之句,有"入帘回",应是早春方归之燕。都写时令。

唐·崔湜《同李员外春闺》:"卷帘双燕入,披幌百花惊。"

唐·李廓《长安少年行》:"歌人踏月起,语燕卷帘飞。"

唐·张若虚《代 闺梦还》:"燕入窥帘幕,蜂来上画衣。"

唐·李白《寓言三首》:"海燕入秦宫,双飞入帘栊。"

五代·欧阳炯《献忠心》:"恨不如双燕,飞舞帘栊。"

五代·冯延巳《鹊踏枝》(六曲阑干偎碧树):"谁把钿筝移玉柱,穿帘海燕双飞去。"(《全宋词》收作晏殊词,而且误入《阮郎归》词牌)

又《采桑子》:"林间戏蝶帘间燕,各自双双。"

又《采桑子》:"玉堂香暖,珠帘卷,双燕来归。"

又《清平乐》:"双燕飞来垂柳院,小阁画帘高卷。"《全宋词》又收作欧阳修词。

宋·陈尧佐《踏莎行》:"翩翩又见新来燕,……主人恩重珠帘卷。"

宋·晏殊《殢人娇》:"朱帘细雨,尚留归燕。"

又《踏莎行》:"翠叶藏莺,朱帘隔燕。"

又《蝶恋花》:"草际露垂虫响遍,珠帘不下留归燕。"

又《蝶恋花》:"帘幕风转双语燕,午醉醒来,柳絮飞撩乱。"

宋·欧阳修《采桑子》:"垂下帘栊,双燕归来细雨中。"

又《蝶恋花》:"帘幕风轻双语燕,午后醒来,柳絮飞撩乱。"与晏殊《蝶恋花》(帘幕风轻燕语)只结句二句不同,其余也只有数字之差。

又《渔家傲》:"深深院,真珠帘额初飞燕。"

又《渔家傲》:"初荷出水清香嫩,乳燕学飞帘额峻。"

宋·王琪《望江南》:"江南燕,轻扬绣帘风。"

宋·杜安世《丑奴儿》:"燕子归来,几处风帘绣户开。"

宋·韩维《胡捣练令》:"燕子渐归春悄,帘幕垂清晓。"

宋·晏几道《蝶恋花》:"双燕来时还念远,珠帘绣户杨花满。"

又《菩萨蛮》:"红日又平西,画帘遮燕泥。"

宋·李之仪《如梦令》:"春意已无多,斜日满帘飞燕。不见,不见,门掩落花庭院。"

宋·王齐愈《虞美人》(寄情):"卷帘飞燕未归来,客去醉眠倚枕、斝残杯。"

宋·晁端礼《清平乐》:"莫把绣帘垂下,妨它双燕归来。"

又《菩萨蛮》(回文):"卷帘风入双双燕,燕双双入风帘卷。"

宋·秦观《一斛珠》(秋闺):"纷纷木叶风中落,别巢燕子辞帘幕。"

宋·赵令畤《虞美人》(光化道中寄家):"可堪春事满春怀,不似珠帘新燕、早归来。"

宋·周邦彦《浣溪沙》:"风约帘衣归燕急,水摇扇影戏鱼惊。"

宋·晁冲之《感皇恩》:"寒食不多时,牡丹初卖,小院重帘燕飞碍。"

宋·毛滂《玉楼春》:"翠帘绣暖燕归来,宝鸭花香蜂上下。"

又《惜分飞》:"花影低徊帘幕卷,惯了双来燕燕。"

又《调笑》(盼盼):"帘前归燕看人立,却趁落花飞入。"

宋·沈蔚《不见》:"春日已无多,斜日满帘飞燕。"

宋·赵子发《浣溪沙》:"断梦不知人去处,卷帘还有燕来时。"

宋·陈克《摊破浣溪沙》:"帘额好风低燕子,窗油晴日打蜂儿。"

宋·朱敦儒《减字木兰花》:"双燕帘栊,金鸭香沈客泪中。"

宋·周紫芝《生查子》:"帘幕卷东风,燕子双双语。"

又《宴桃源》:"花上雨帘纤,帘幕燕来时候。"

宋·蔡伸《菩萨蛮》:"杏花零落清明雨,卷帘双燕来迎去。"

宋·张元干《柳梢青》:"入户飞花,隔帘双燕,有谁得知。"

又《青玉案》:"燕子入帘飞画栋,雨余深院,漏催清夜,更轧春筝送。"

又《西楼月》:"半闲鸳被怯余寒,燕子来时窥绣户。"

宋·吕渭老《满江红》:"萤绕井栏帘入燕,荷香兰气供摇箑(jié)。"

又《祝英台》:"宝蟾明,朱阁静,新燕近帘语。"

又《百宜娇》:"燕拂帘旌,鼠窥窗纲,寂寂飞萤来去。"

又《思佳客》:"薄薄山云欲湿花,双双燕子入帘斜。"

宋·王之道《南乡子》(寄和潘教授元宾喜晴):"初霁卷帘时,巷陌泥融燕子飞。"

宋·李石《生查子》:"今年花发时,燕子双双语。谁与卷珠帘,人在花间住。"

宋·毛开《浪淘沙》:"帘幕燕双飞,春共人归。"

宋·侯寘《菩萨蛮》(小女淑君索赋晚春词):"未见海棠开,卷帘双燕来。"

又《鹧鸪天》:"风帘不碍寻巢燕,雨叶偏禁斗草人。"

又《点绛唇》(金陵府令鼓子词):"绿娇红浅,帘幕飞新燕。"

又《眼儿媚》(效易安体):"无端燕子,怯寒归晚,闲损帘钩。"

宋·赵彦端《谒金门》:"燕子还来帘幕畔,闲愁天不管。"

宋·吴儆《浣溪沙》:"帘额风微紫燕通,楼头柳暗碧云重。"

宋·陆游《隔浦莲近拍》:"飞花如趁燕子,直度帘栊里。"

又《真珠帘》:"燕子入帘时,又一番春暮。"

宋·陆游诗:"杨花穿户入,燕子避帘低。"

宋·赵长卿《鹧鸪天》(咏燕):"梁上双双海燕归,故人应不寄新诗。柳梧阴里高还下,帘幕中间

去复回。"又《浪淘沙》:"帘外飞来双语燕,不寄归音。"

宋·张震《蝶恋花》(惜春):"小院绣垂帘半举,衔泥燕子双飞去。"

又《鹧鸪天》(怨别):"伤心不及风前燕,犹解穿帘席幕飞。"

宋·辛弃疾《生查子》:"去年燕子来,帘幕深深处。香径得泥归,都把琴书污。"

又《菩萨恋》(赠周国辅侍人):"帘幕燕双双,绿杨低映窗。"

又《贺新郎》(和吴明可给事安抚):"正值春光二三月,两两燕穿帘幕。"

宋·程垓《南歌子》:"雨燕翻新幕,风鹃绕旧枝。"

宋·黄人杰《酹江月》:"风帘斜处,有时新燕来往。"

宋·卢炳《谒金门》:"楼上卷帘双燕入,断魂愁似织。"

宋·汪莘《满庭芳》(雨中再赋牡丹):"仙宫、深几许,黄莺问道,紫燕窥帘。"

宋·吴琚《浪淘沙》:"时有入帘新燕子,明日清明。"

宋·刘仙伦《满江红》:"向风帘羞见,一双归燕。"

宋·韩淲《浣溪沙》(满院春):"芍药醲醲满院春,门前杨柳媚晴曛,重帘双燕语沉沉。"

宋·史达祖《东风第一枝》(咏春雪):"料故园、不卷重帘,误了乍来双燕。"

又《双双燕》(咏燕):"过春社了,席帘幕中间,去年尘冷。"

宋·卢祖皋《鹧鸪天》:"池塘少歇鸣蛙雨,帘幕轻回舞燕风。"

又《鹧鸪天》:"杏梁知有新来燕,下却重帘不放归。"

宋·洪咨夔《满江红》:"帘影动、归来双燕,似悲还笑。笑我不知人意变,悲人空为韶华老。"

又《卜算子》:"帘卷疏风燕子归,依旧卢全屋。"

宋·刘镇《清平乐》(赵园避暑):"柳阳庭院,帘约风前燕。"

宋·方千里《秋蕊香》:"翠帘卷香萦线,碍飞燕。"

宋·吴文英《点绛唇》:"雨常不卷,空碍调雏

燕。"

又《绛都春》(燕亡久矣,京口适见似人,怅怨有感):"南楼坠燕,又灯晕夜凉,疏帘空卷。"

又《花心动》:"卷帘不解招新燕,春须笑,酒悭歌涩。"

又《朝中措》:"燕子不归帘卷,海棠一夜孤眠。"

宋·柴望《桂枝香》:"记牡丹时候,归燕帘幕。"

宋·王泳祖《风流子》:"东风长是客,帘栊静,燕子一双飞。"

宋·陈允平《清平乐》:"有约不来梁上燕,十二绣帘空卷。"

又《瑞鹤仙》:"燕归帘半卷,正漏约琼籤,笙调玉琯。"

又《扫花游》:"看窥帘燕妥,妒花蝶舞。"

又《玉楼春》:"玉楼人远绿腰闲,帘幕深沉双燕老。"

宋·奚𥰁《醉蓬莱》:"燕子愁多,在重重帘幕。"

宋·赵闻礼《隔浦莲近》:"帘卷层楼探旧燕,肠断,花枝和闷重撚。"

宋·周密《浣溪沙》:"不下珠帘怕燕瞋,旋移芳槛引流莺。"

宋·危复之《永遇乐》:"悄无言,春归无觅处,卷帘见双飞燕。"

宋·陈德武《浣溪沙》(春思):"庭院深沉绝俗埃,绿苔因雨上层阶,画帘低卷燕归来。"

宋·张炎《解连环》(孤雁):"未羞他,双燕归来,画帘半卷。"

宋·无名氏《阮郎归》:"帘半卷,燕双归。"

宋·无名氏《更漏子》:"雨初晴,帘半卷,两两衔泥新燕。"

清·王国维《阮郎归》:"阴阴帘　万家垂,穿帘双燕飞。"

117. 微风燕子斜

唐·杜甫《水槛遣兴二首》:"细雨鱼儿出,微风燕子斜。"清·仇兆鳌《杜诗详注》引叶石林语:"诗语忌过巧,然缘情体物,自有天然之妙,如老杜,'细雨鱼儿出,微风燕子斜'此十字,殆无一字虚设。细雨着水面为沤,鱼常上浮而淰。若大雨,则伏而不出矣。燕体轻弱,风猛则不胜,惟微风乃

受以为势,故又有'轻燕受风斜'之句。"这种评说不谓不确。两句诗写出了生活的真实,毫无雕饰,以见天然之美。

"轻燕受风斜",出自杜甫的《春归》:"远鸥浮水静,轻燕受风斜。"南朝·梁·何逊《赠王左丞僧孺》:"游鱼乱水叶,轻燕逐风花。"此句取其风中轻燕之意。《杜诗详注》引何逊句作"轻燕受风花"误。《莹雪丛说》评:"老杜诗,酷爱下'受'字。如'修竹不受暑''轻燕受风斜''吹面受和风''野航恰受两三人',自得之妙,不一而足。东城尤爱'轻燕受风斜'句,以为燕迎风低飞,乍前乍后,却非'受'字不能形容。"杨德周曰:"'微风燕子斜'正与此句同看,咏之不尽,味之有余。"《杜诗详注》引黄生语:"'轻燕'句,宋人所极称。上句之工秀,人未见实鸥去人,故久浮不动也。"这是赞上句"远鸥浮水静"的。

"微风燕子斜""轻燕受风斜"两句异曲同工,诗眼在"斜"字上,轻燕低飞,虽受微风,仍难完全抵御,只斜翼减阻而飞。"斜"字之妙即在表现之细微处。杜甫《入乔口》诗慨叹自己客老他乡,不如禽鸟,也用了"斜"字:"树蜜早蜂乱,江泥轻燕斜。"宋人用此句都不弃"斜"字:

宋·万俟咏《诉衷情》(送春):"夜来小雨新雾,双燕舞风斜。"

宋·张镃《柳梢青》:"何处开尊,海堂亭小,飞燕风斜。"

宋·吕渭老《选冠子》:"雨湿花房,风斜燕子,池阁昼长春晚。"

118. 樯燕语留人

唐·杜甫《发潭州》:"岸花飞送客,樯燕语留人。"诗人乘船自潭州赴衡,将行之际,岸边飞花送客,桅杆语燕留人。一送一留,显有回首伤神之叹。此句从南朝梁的何逊诗中翻出。何逊《赠诸游旧诗》:"旅客长憔悴,春物自芳菲。岸花临水发,江燕绕樯飞。"诗中这四句,"岸花"与"江燕"是反衬人憔悴的,杜甫翻用以表离人的情怀。清·仇兆鳌《杜诗详注》卷之二十二注:"送客但花飞,留人惟燕语,本属寥落之感,却能出以鲜俊之辞。"这是中肯的,杜句虽感送别无人,却伤而不悲,透出达观心态。

唐·贾岛《句》:"长江风送客,孤馆雨送人。""花燕"换作"风雨",显然又从杜句化出,也透出孤

寂冷落之情。杨氏《丹铅录》云:贾岛此二句:"为平生之冠,而集中不载,仅见于坡诗注所引。"《全唐诗》从《杨升庵集》引入,有句无题。可见确为贾岛之作。自何逊至杜甫又到贾岛,辗转用句,"固知诗学递有源流也"。(清·仇兆鳌《杜诗详注》)

119.燕外晴丝卷

唐·杜甫《春日江村》:"燕外晴丝卷,鸥边水叶开。"写江村春景:燕旁卷着游丝,鸥边开出水叶。此景很有些特征。

清·朱彝尊《望湘人》:"晚绵扑柳,晴丝卷燕,尽自飞来飞去。"缩用"燕外晴丝卷"句,写昔日恋人已无觅处,只有柳棉、游丝在飞扬。

120.旧时王谢堂前燕

唐·刘禹锡《乌衣巷》:"朱雀桥边野草花,乌衣巷口夕阳斜。旧时王谢堂前燕,飞入寻常百姓家。"这是最有影响的怀古名篇之一。白居易读到它,"掉头苦吟,叹赏良久"。朱雀桥横跨秦淮河上,是通往乌衣巷(河南岸)必由之路。桥上饰两只铜雀的重楼为谢安所建。桥南的乌衣巷,是东晋开国元勋和指挥淝水之战的谢安聚族而居之地。昔日从朱雀桥到乌衣巷车水马龙,最为繁华,而今,乌衣巷废墟上建了民宅。当年王、谢两大世族早已败落。不过诗人并未直书,而是用"燕子"作为侧面描写,只通过"旧时王谢堂前燕,飞入寻常百姓家"以感慨沧桑之变。燕为候鸟,去而复来,不忘旧巢。晋人傅咸《燕赋序》云:"有言燕今年巢在此,明年故复来者。其将逝,剪爪识之。其后果至焉。"当年王谢堂前燕子的后代,仍返旧巢,而巢已易主,属于寻常百姓了。不写人而写燕,更引发人们无尽的遐思和联想。唐·沈佺期《古意呈补阙乔知之》:"卢家少妇郁金香,海燕双栖玳瑁梁。"卢家为六朝富户,王谢衰败后,燕子飞向卢家的玳瑁梁上。可见燕子会另寻主人。宋·王沂孙《琐窗寒》(眷思):"认小帘朱户,不如飞去,旧巢双燕。"则写燕归旧巢。

宋以下用"旧时王谢堂前燕,飞入寻常百姓家",除怀古外,多喻世事迁移,沧桑变化。

宋·陈辅《访杨湖阴不遇因题其门》:"身似旧时王谢燕,一年一度到君家。"以燕自喻。

宋·苏轼《和陶使都经钱溪》(游城北谢氏废园作):"谢家堂前燕,对话悲宿昔。"侧写谢园之废,谢家之衰。

又《次韵子由赠吴子野先生二绝句》:"江令苍苔围故宅,谢家语燕集华堂。"燕集华堂,无人居住。

宋·贺铸《第一花》:"青雀舫,紫云车,暗期归路指烟霞。无端却似堂前燕,飞入寻常百姓家。""第一花"喻女子误嫁。

又《台城游·水调歌头》:"访乌衣,成白社,不容车。旧时王谢,堂前又燕过谁家。"乌衣巷今非昔比。

宋·周紫芝《摊破浣溪沙》:"莫愁艇子何处,烟树杳无边。王谢堂前双燕,空绕乌衣门巷,斜日草连天。只有台城月,千古照婵娟。"怀古。

宋·仲并《鹧鸪天》(为鲍子山侍妾燕燕作):"小泊横塘日欲斜,一枝犹有未残花。几年燕子无消息,今日飞来王谢家。"反用原句,写燕燕来鲍子山家。

宋·毛开《薄幸》:"奈当时消息,黄姑织女,又成王谢堂前燕。"写"黄姑织女"离去。

宋·韩元吉《六州歌头》(桃花):"共携手处,香如雾,红随步。怨春迟,锁瘦损。凭谁问,只花知,泪空垂。旧日堂前燕,和烟雨,又双飞。"望桃花开而思人,以堂前燕又双飞衬孤独。用刘句却反用其意。

宋·张孝祥《燕归梁》:"风柳摇丝花缠枝,满目韶辉。离鸿过尽百劳飞,都不似、燕未归。旧来王谢堂前地,情分独依依。画梁雕拱启朱扉,看双舞、羽人衣。"燕又回旧巢。

宋·吕胜己《如梦令》(同官新得故官故姬):"王谢堂前旧燕,毕竟情意远。只悲宠恩深,后会不教人见。"旧燕喻"故姬",仍恋旧巢。

宋·辛弃疾《八声甘州》(为建康胡长文留守寿。时方阅拆红梅之舞,且有锡带之宠):"把江山好处付公来,金陵帝王州。想今年燕子,依然认得,王谢风流。"仅用以"王谢"比胡长文。

又《减字木兰花》(纪壁间题):"盈盈泪眼,往日青楼天样远。秋月春花,输与寻常姐妹家。"用其句式。

宋·姜夔《念奴娇》(毁舍后作):"曾见海作桑田,仙人云表,笑汝真痴绝。说与依依王谢燕,应有凉风时节。"舍既毁,燕宜南飞。

宋·刘克庄《沁园春》(十和·林卿得女):"倩似凝之,媲如道韫,帘卷燕飞王谢堂。"生女如燕飞来。

宋·张榘《摸鱼儿》(送邵瓜坡赴含山尉且坚后约):"风前千点离亭恨,惟有落梅知得。王谢宅,记前度斜阳,燕子曾相识。"约重聚首处。

宋·吴文英《三姝媚》(过都城旧居有感):"对语东邻,犹是曾巢、谢堂双燕。"对旧居之深情。

宋·文天祥《金陵驿》:"满地芦花和我老,旧家燕子傍谁飞!"祥兴二年(1279),作者被押赴燕京,路过金陵,深感"旧家燕子"无处可归。暗用。

宋·汪元量《洞仙歌》(毗陵赵府兵后僧多作佛屋):"西园春暮,乱草迷行路。风卷残花堕红雨。念旧巢燕子,飞傍谁家?斜阳外,长笛一声今古。"赵府被占,燕难归旧巢。

又《莺啼序》(重过金陵):"乌衣巷口青芜路,认依稀、王谢旧邻里。"金陵已非旧貌。

宋·张炎《风入松》(陈文卿酒边偶赋):"啸歌且尽平生事,问东风,毕竟如何?燕子寻常巷陌,酒边莫唱西河。"指寻常家庭。

又《清平乐》:"去年燕子天涯,今年燕子谁家?"以燕子自喻,抒倦旅之情。

又《高阳台》(西湖春感):"当年燕子知何处,但苔深韦曲,草暗斜川。"当年燕子飞向何方,西湖已非旧时景象。

宋·周密《高阳台》(寄越中诸友):"雪霁空城,燕归何处人家。"仍表倦游之情。张炎"今年燕子谁家"用此句。

宋·赋梅《齐天乐》(令狐金迁新廨):"明年春燕归早,卷帘应认得、旧家王谢。"燕可认新居?

金·吴激《人月圆》(宴张待御家有感):"旧时王谢、堂前燕子,飞向谁家?"原宋宣和殿之小宫姬,今为他国张待御家侍儿,宫姬流落,以燕子失去旧主为喻,感沧桑痛变。

金·李晏《赠燕》:"王谢堂前燕,秋风送又归。……不知从此去,几日到乌衣。"借北雁南归,喻繁华难再,对历史和人生沧桑之感,油然而生。

元·卢挚《蟾宫曲·丽华》:"燕舞莺啼,王谢堂前,待得春归。"怀古伤时。

元·马致远《拨不断》:"旧时王谢堂前燕,再不复海棠庭院。"慨沧桑之变。

元·赵善庆《山坡羊·燕子》:"春风堂上寻王谢,巷陌乌衣夕照斜。"写燕子归来。

元·乔吉《水仙子》(游越福王府):"乱云老树夕阳下,燕休寻王谢家,恨兴亡怒煞些鸣蛙。"福王

赵与芮,宋太祖十世孙,其府在绍兴山阴县。叹宋亡。

元·萨都拉《满江红》(金陵怀古):"王谢堂前双燕子,乌衣巷口曾相识。"似曾相识的旧燕易主,感人世无常。

元明小说话本依托宋人陶上舍《金缕曲》:"市朝迁变成陵谷,问东风,旧家燕子,飞归谁屋?"慨世事变迁。

明·屈大均《念奴娇》(秣陵吊古):"任尔燕子无情,飞归旧国,又怎忘兴替?"燕子飞去,并非无情,就是飞回故国,却也旧巢易主矣!

明·张煌言《柳梢青》:"故苑莺在,旧家燕子,一例阑珊。"喻败落凋零。

又《辛丑秋虏迁闽浙沿海居民,壬寅春,余舣棹海滨,春燕来巢于舟,有感而作》:"最怜寻常百姓家,荒烟总似乌衣巷。"写百姓流离失所,无家可归。

明·朱一是《二郎神》(燕子矶秋眺):"燕子堂前,凤凰台畔,冷落丹枫白露。"贵族府第、帝王宫苑颓败萧条。

明末·吴绮《浣溪沙》(有感):"人间何事有兴亡?可怜燕子只寻常。"叹兴亡,寄故国之思。

清·黄遵宪《日本杂事诗》:"堂前燕子亦飞去,金屋主人多半非。"述德川氏时的东京旧藩邸宅,皆没入官舍、民居。自注曰:"因记杜工部诗曰:'王侯邸宅皆新主,文武衣冠异昔时',甚切近事也。"

清·孔尚任《鹧鸪天》:"不知烟水村西舍,燕子今年宿傍谁?"用周密、张炎句,写无家可依,一片乡愁。

清·杜文澜《台城路》(秦淮秋柳):"飘零燕子,认六代斜阳,倦魄醒来。"以燕自喻。燕子曾见过六代繁华,而今却是"斜阳正在烟柳断肠处"了,失落感不禁涌上心头。

清·朱彝尊《卖花声》(雨花台):"秋草六朝寒,花雨空坛。更无人处一凭栏。燕子斜阳来又去,如此江山。"燕子无巢,江山失主,喟然而叹。

近代邓镕《赠宝熙》:"高帝子孙龙有种,旧时王谢燕无家。"

121. 相对如说兴亡斜阳里

宋·周邦彦《西河》(金陵):"酒旗戏鼓甚处市?想依稀、王谢邻里。燕子不知何世,入寻常、巷

陌人家,相对如说兴亡,斜阳里。"此处将"朱雀桥边野草花,乌衣巷口夕阳斜。旧时王谢堂前燕,飞入寻常百姓家"四句入词。写在金陵见"酒旗戏鼓",联想到当年比邻而居的王谢二族,这双燕,不知何世从王谢堂前飞到这寻常百姓家,它们在斜阳里,还切切私语,述说着世事的兴亡更替。这里借燕语抒发金陵古都朝代兴亡之感慨。

宋·邓剡《唐多令》:"寂寞,古豪华,乌衣日又斜。说兴亡、燕入谁家!"南宋灭亡,金陵再度易主,那对南宋"说兴亡"的燕又飞入了谁家?

宋·黎廷瑞《水龙吟》(金陵雪落西望):"璧月琼花,世间消息,几多朝夜。笑乌衣,不管春寒,只管说、兴亡语。"用周邦彦句,表示其否定意义。

又《南乡子》(乌衣园):"画栋珠帘成昨梦,谁知,百姓人家几度非。""相对语斜晖,肠断江城柳絮飞。"述说兴亡。

122.不见当时王谢宅

宋·邓剡《浪淘沙》:"梦断古台城,月淡潮平。便携酒访新亭,不见当时王谢宅,烟草青青。"王谢旧宅,一片茫茫烟草,暗喻南宋灭亡。

宋·梅尧臣《金陵有美堂》:"废基台殿不可识,玉燕旧栖王谢堂。"

宋·侯寘《念奴娇》:"金暖香篆,玉鸣舞珮,春笋调丝竹。乌衣宴会,远追王谢高躅。"

宋·刘辰翁《摸鱼儿》:"渺斜阳、村烟酒市,独教王谢如此。"王谢凋零,邓剡词与之意近。

元·郏经《醉太平·警世》:"叹乌衣一旦非王谢,怕青山两岸分吴越。"写世态变化之大、之速。

元·迺贤《京城燕》:"君不见旧时王谢多楼阁,青琐无尘卷珠箔。"当年王谢子孙沦为平民,其楼阁也空寂无人了。

123.海燕双栖玳瑁梁

唐·沈佺期《古意赠补阙乔知之》:"卢家少妇郁金香,海燕双栖玳瑁梁。"写燕子转向新主人。

清·秋瑾《咏燕》:"飞向花间两翅翔,燕儿何用苦奔忙?谢王不是无茅屋,偏向卢家玳瑁梁!"用沈佺期句。

124.去年天气旧亭台

宋·晏殊《浣溪沙》:"一曲新词酒一杯,去年天气旧亭台。夕阳西下几时回?"此阕《浣溪沙》是

晏殊的名词,这上阕写情境,"去年天气旧亭台",天气同去年一样,亭台仍然是旧亭台,夕阳即将落去,几时垂照人间?流露出淡淡的伤感。

"去年天气旧亭台"原是唐人诗。郑谷《和知己秋日伤怀》:"流水歌声共不回,去年天气旧亭台。梁尘寂寞燕归去,黄蜀葵花一朵开。"这是一首怀旧诗。这"亭台"是去年曾和友人一道欢歌乐舞的地方,而今物是人非,人去台空了。晏殊用其原句。

125.似曾相识燕归来

宋·晏殊《浣溪沙》:"无可奈何花落去,似曾相识燕归来。小园香径独徘徊。"前二句均用倒装:花落去,无可奈何;燕归来,似曾相识。倒装句,使语势曲折,感情因素突前,着力地表达了寂寥伤春之意绪。作诗"虚处难工","无可""似曾"虽虚语,却对得工巧。所以明人杨慎在《词品》中评曰:"二语工丽,天然奇偶。"近人唐圭璋在《唐宋词简释》中亦评:"谐不邻俗,婉不嫌弱。"

《浣溪沙》中"无可奈何花落去,似曾相识燕归来"二句同"小园香径独徘徊",作者又曾把它们写入《假中示判官张寺丞王校勘》一诗中:

上巳清明假未开,小园幽径独徘徊。

春寒不定斑斑雨,宿醉难禁滟滟杯。

无可奈何花落去,似曾相识燕归来。

梁园赋客多风味,莫惜青钱万选才。

同样两句,用在词中则显,用在诗中却隐,这是为什么?清人张宗橚在《词林纪事》卷三中已有评说:元献尚有示张寺丞王校勘七律一首:"中三句与此词同,只易一字。细玩'无可奈何'一联,情致缠绵,音调谐婉,的是倚声家语,若作七律,未免弱矣。""倚声家语"即词家语。清人王士禛《花草拾蒙》曾说:"或问诗、词、曲分界,予曰'无可奈何花落去,似曾相识燕归来',定非香奁诗;'良辰美景奈何天,赏心乐事谁家院',定非草堂词也。"胡薇元《岁寒居词话》亦云:此二句"本公七言律中腹联,一入词即成妙句,在诗中即为不工"。又云:"此诗词之别,学者须于此参之,则他词亦可由此会悟矣。"张、王、胡三人所见略同。对照晏殊此词此诗,由于全篇诗不如词,谋句虽工,入诗则被全篇平平所淹没,入词因通篇感人,佳句也应运而著。清·永瑢等人所纂《四库全书提要·珠玉词提要》亦及此事:"集中《浣溪沙·春恨》词'无可奈何花

落去,似曾相识燕归来'二句,乃殊《示张寺丞王校勘》七言律诗中腹联,《复斋漫录》中尝述之。今复填入词内,岂自爱其造语之工故不嫌复用耶?考唐许浑集中,'一尊酒尽青山暮,千里回书碧树秋'二句,亦前后两见,知古人原有此例矣。"许浑这两句诗先后用在《京口闲居寄京洛友人》和《送无昼上人归苏州兼寄张厚二首》二诗中,确属重用。然而重用现象岂止许浑、晏殊?

"似曾相识燕归来",似非出于晏殊之手。南宋·胡仔《苕溪渔隐丛话》后集卷二十引《复斋漫录》文:晏元献赴杭州,道过维扬,憩大明寺,瞑目徐行,使侍史诗壁间诗板,戒其勿言爵里姓氏,终篇者无几。又俾诵一诗云:"水调隋宫曲,当年亦九成。哀音已亡国,废沼尚留春。仪凤终陈迹,鸣蛙只沸声。凄凉不可问,落日下芜城。"徐问之,江都尉王琪诗也。召至,同饭,饭已,又同步池上。时春晚,已有落花。晏云:"每得句,书墙壁间,或弥年未尝强对,且如'无可奈何花落去',至今未能对也。"王应声曰:"似曾相识燕归来。"自此辟置馆职,遂跻侍从矣。这个故事说明"似曾相识燕归来"是晏殊得句于王琪,用之于词,又用之于诗,这一璧合句在词中大放异彩。

应该说明,许多名句产生的过程都不是很单一的,常常是在取意选句上有所借鉴,有所吸收,运用前人某些成果。唐·孟浩然《耶溪泛舟》:"白首垂钓翁,新妆浣纱女。相看似相识,脉脉不得语。"这当是"似曾相识"之句源。宋·欧阳修《叔平少师去后会老堂独坐偶成》:"爱酒少师花落去,弹琴道士月明来。"同"花落去""燕归来"岂非如出一辙。

"花落去"这一句式,最早见于晋乐府《清商辞曲》,其《夏歌二十首》之十二写:"春桃初发红,惜色恐浓摘。朱夏花落去,谁复相寻觅。"桃花落去,化为鸟有了。南朝·宋乐府《读曲歌八十九首》:"春风扇芳条,常念花落去。"继用这一句式,说春风不停地摇动芳条,担心花被摇落。

"燕归来"句,当取意于南朝梁人诗。梁·徐陵《玉台新咏》收梁人吴均的《赠杜容成》诗:"一燕海上来,一燕高堂息;一朝相逢遇,依然旧相识。"作者以海燕自比,堂燕比杜容成,两燕相遇,喻旧友重逢。(此诗《帝王集》则作梁简文帝《咏燕》诗)。

后用"花落去""燕归来""曾相识"句如:

宋·田为《南柯子》(春景):"柳外都成絮,栏边半是苔。多情帘燕独徘徊,依旧满身花雨、又归来。"

宋·李清照《声声慢》:"雁过也,正伤心,却是旧时相识。"写"雁","相识"之意同。

宋·方千里《苏幕遮》:"燕归来,花落去,几度逢迎,几度伤羁旅。"

宋·曹逢《瑞鹤仙》:"自秦台箫咽,汉皋珮冷,断雨零云难觅。但杏梁、双燕归来,似曾相识。"

宋·王奕《贺新郎》:"帆卸西湾侧,望康庐、老峰面目,旧曾相识。"识"燕五峰"。

宋·杨泽民《大辅》:"雕梁新来燕,恣呢喃不住,似曾相熟。但双去并来,漫萦幽恨,枕单衾独。"

宋·周密《祝英台近》(赋览秀园):"曲折花房,莺燕似相识。"

元·何可视《蝶恋花》:"燕子多情相识早,杏梁依旧双双到。"含"旧时王谢堂前燕,飞入寻常百姓家"之义,暗指社会败乱,生黍离之悲。陈廷焯《白雨斋词话》评:"黍离麦秀之悲,暗说则深,明说则浅。"

清·蒲松龄《聊斋志异·莲香》:"乃拍其项而呼曰:'莲姐,莲姐!十年相见之约当不欺吾!'女忽如梦醒,豁然曰:'咦!'因熟视燕儿。生笑曰:此'似曾相识'之'燕归来'也。"小说中人用晏殊句,用燕子双关"燕儿"极风趣。

"似曾相识"句源实出于北周庾信《忽见槟榔》诗:"绿房千子熟,紫穗百花开,莫言行万里,曾经相识来。"不过不是写燕而是写槟榔。

"似曾相识"除指燕(候鸟,去而复来)外,还常用于其他反复可见的事物,如桃李、杨柳、花鸟、山园,等等。

唐·李白《对酒》:"劝君莫拒杯,春风笑人来。桃李如旧识,倾花向我开。"

南唐后主李煜《赐宫人庆奴》:"风情渐老见春羞,到处销魂感旧游。多谢长条似相识,强垂烟态拂人头。"《墨庄漫录》云:"煜尝书黄罗扇上,至今藏在贵人家。"

宋·苏轼《惠州近城数小山如蜀道》:"花曾识面香仍好,鸟不知名声自呼。"

宋·王炎《念奴娇》(海棠,时过江潭):"簌簌轻红一片,便觉临风凄恻。莫道无情,嫣然一笑,也似曾相识。惜花无主,自怜身是行客。"

宋·吴文英《瑞鹤仙》:"西园有分,断柳凄花,似曾相识。"

宋·刘宰《过龙溪》:"十载归来儿女换,似曾相识有青山。"

宋·周密《秋霁》(乙丑秋晚,同盟载酒为水月游,商令初肃,霜风戒寒。抚人事之飘零,感岁华之摇落,不能不以之兴怀也。酒阑日暮,忱然成章):"重到西泠,记芳园载酒,画船横笛,水曲芙蓉,渚边鸥鹭,依依似曾相识。"

宋·李太古《永遇乐》:"玉砌标鲜,雪园风致,似曾相识。"

清·黄景红《买陂塘》(归鸦,同蓉堂、少云作):"曾相识,谁傍米门贵宅?上林谁更栖息?"

"似曾相识"也用于人。

唐·孟浩然《耶溪泛舟》:"白首垂钓翁,新妆浣纱女。相看似相识,脉脉不得语。"

唐·张潮《采莲词》:"朝出沙头日正红,晚来云起半江中。赖逢邻女曾相识,并著莲舟不畏风。"

唐·钱起《送兴平王少府游梁》:"旧识相逢情更亲,攀欢甚少怆离频。"

唐·韦应物《有所思》:"莫道无相识,要非心所亲。"

宋·张炎《壶中天》(送赵寿父归庆元):"故国荒城,斜阳古道,可奈花狼藉。他时一笑,似曾何处相识。"

明·汤显祖《牡丹亭》第二十六出《二郎神慢》:"成惊愕,似曾相识,向俺心头笑。"

126. 儿童相见不相识

唐·贺知章《回乡偶书》:"少小离家老大回,乡音未改鬓毛衰。儿童相见不相识,笑问客从何处来?"作者少小离开家乡,三十七岁中进士,一直在外为官。天宝初,因不满奸相李林甫专权,上疏求度为道士,后返故乡,已八十五岁。全诗语言平易,感情深沉,一直传诵不绝。"儿童相见不相识,笑问客从何处来?"孩童憨态可掬的质疑,正写出作者久客他乡,老而返里,感叹衰老的复杂心境。

"相逢不相识",当出自唐·刘希夷(庭芝)诗。刘与贺为同时代人,而刘早年遇害,贺作此诗已八十五岁,刘读不到此诗。刘诗《采桑》:"相逢不相识,归去梦青楼。"写美丽的采桑女与"南陌头"的"使君"相逢不相识的情景。后用此语或表示萍水相逢的遗憾,或表示故旧衰微的感慨。

唐·李白《和卢侍御通塘曲》:"相逢不相识,出没绕通塘。"

唐·高适《自淇涉黄河途中作十三首》其五:"自昔有贤才,相逢不相识。"

又《行路难》:"相逢未相识,何用强相猜。"

唐·白居易《东南行一百韵》:"相逢应不识,满颔白髭须。"

宋·欧阳修句:"滁人思我虽未忘,见我今应不能识。"

宋·苏轼《谢运使仲适座上送王敏仲北使》:"相逢不相识,下马须眉黄。"下句用白居易意。

又《庐山五咏》(庐敖洞):"还在此山中,相逢不相识。"兼用贾岛《寻隐者不遇》"只在此山中,云深不知处"句。

又《子由将赴南都》:"犹胜相逢不相识,形容变尽语音同。"后句用贺知章意。

又《台头寺雨中送李邦直赴史馆分韵得忆字人字兼寄孙巨源二首》:"凭君说向鬐将军,衰病相逢应不识。"

127. 相逢何必曾相识

唐·白居易《琵琶行》:"同是天涯沦落人,相逢何必曾相识?"一个长安妓远嫁商人为妇,一个长安官员,远谪九江为小吏,因而他们是同病相怜,同气相求,同是沦落天涯,遭遇有共同之处。因此虽初次相逢,却成了不幸命运的相知者,大有一见如故之势。所以说相逢不必曾是故交。

宋·王安石《奉酬杨乐道》:"相知不必因相识,所得如今过所闻。"用白居易句,说明虽不相识亦可相知。

128. 路逢相识人

唐·杜甫《前出塞九首》:"路逢相识人,附书与六亲。哀哉两决绝,不复同苦辛。"写从军西北边陲的士兵,路遇熟人,带信给父母兄弟妻子(六亲),表长别之苦。古诗有"道逢乡里人"语,杜甫用其意。

129. 相逢知几年

北周·庾信《别周尚书弘正》:"此中一分手,相逢知几年!"不知几年相逢。

又《送周尚书弘正》:"共此无期别,知应复几年。"再用,送周弘正。

130. 当时相见恨晚

宋·方千里《六幺令》："当时相见恨晚,彼此萦心目。"相见后情投意合,恨没有早日相见。

宋·吴徽《念奴娇》："相逢恨晚,人谁道,早有轻离轻折。""相见恨晚"即"相逢恨晚",方千里用吴徽句。《史记·平津侯主父列传》:"天子召见三人,谓曰:'公等皆安在?何相见之晚也!'""相逢恨晚"取此意。

元·王实甫《西厢记》第四本第三折《滚绣球》:"恨相见得迟,怨归去得疾。"用"相见恨晚"意。

131. 微雨燕双飞

宋·晏几道《临江仙》上片:"梦后楼台高锁,酒醒帘幕低垂。去年春恨却来时。落花人独立,微雨燕双飞。"写怀念去年春天离去的歌妓小苹,而今人去楼空。"落花"示春光已尽;"微雨"示天色阴沉。"独立"之人,面对"双飞"之燕:无知之燕,犹得双飞;有情之人,反而独处。相形之下,百般凄怆!

清·陈廷焯《白雨斋诗话》卷一评曰:"小山词,如'去年春恨却来时,落花人独立,微雨燕双飞'……既娴婉,又沉着,当时更无敌手。"近人唐圭璋《唐宋词简释》评曰:"景极美,情极苦。"此两句工整华美,情景双生,对比执著而精巧:落花缤纷,微雨蒙蒙,疏淡而空灵之中,人孑然独立,唯燕子比翼双飞,更加重孤寂之情。宋人杨万里《诚斋诗话》就点出此句之情真:"晏叔原云:'落花人独立,微雨燕双飞',可谓好色而不淫矣。"

清·谭献《复堂词话》中选评周济的《词辩》称"落花""微雨"句时说:"名句,千古不能有二。"其实,恰恰相反,小晏句已是二出了。五代入宋的翁宏在《宫词》中首创此二句:

又是春残也,如何出翠帷。

落花人独立,微雨燕双飞。

寓目魂将断,经年梦已非。

那堪乡秋夕,萧飒暮蝉辉。

翁宏此诗绝非劣作。他的友人廖融在《谢翁宏以诗百篇见示》中赞曰:"离奇一百篇,见造化工全。""休叹不得力,离骚千古传。"就如这两句诗,若非意凿词工,也不会被小山一字不易地嵌入自己的词中。谭献却不知其句源出自翁宏诗,断言"不

能有二"。所以,近人吴世昌在《罗音室读书偶记》(1935 年 10 月 31 日天津《盖世报·读书周刊》)中首次指出小山用五代翁宏句这一事实后,又在《罗音室诗词存稿》序文中批评谭献:"富于才情而窘于知力。"

那么,"落花""微雨"句,首创者并未得名,在小山的《临江仙》中却享名句了呢?就是说,二句在原诗中平淡无奇,到词里,却成了千古绝唱,何也?沈祥龙《论词随笔》中说,晏叔原之"落花人独立,微雨燕双飞","非诗句也"。"非诗句"又是何意?近人沈祖棻《宋词赏析》中评说得很中肯:"拿晏词和翁诗作一比较,就不难看出,它们之间,不仅全篇相比,高下悬殊,而且这两句放在诗中,也远不及放在词中那么和谐融贯。""在翁诗里,这么好的句子,由于全篇不称,所以有句无篇,它们也随之被埋没了;而由于晏词的借用,它们就发出了原有的光辉,而广泛流传,被人称道。"句与篇的关系是辅之成之的。句因篇而得名,篇因句而得传,这是一种普遍现象。

然而名句往往并非出自一人之手,实有一个嬗变过程,其中经过多人的锤炼。即如"落花微雨"句之源,还并非翁宏诗,或者说,翁宏诗又有所本:

唐·温庭筠《酒泉子》:"草初齐,花又落,燕双飞。"已写了"花落燕飞"。

唐·赵嘏《遣兴二首》其二:"在花前独立无人会,依旧去年双燕来。"这"花前独立"与"双燕飞来"应是翁宏句的基本之意。

唐·郑谷《朝直》诗:"落花夜静宫中漏,微雨春寒廊下班。"其中的"落花……""微雨……"对用句型已确立。

其后"落花双燕"或"微雨落花"句层出:

唐·王棨《曲江春望》:"落风花片片,掠水燕双双。"

唐·张窈窕《句》:"满院花飞人不到,含情欲雨燕双双。"

五代·李珣《菩萨蛮》:"隔帘微雨双飞燕,砌花零落红深浅。"

五代·孙光宪《浣溪沙》:"风递残香出绣帘,团窠金凤舞襜襜,落花微雨恨相兼。"

上述又都是翁宏诗的雏义句、近义句。

宋·欧阳修《采桑子》:"垂下帘栊,双燕归来,细雨中。"似出自温庭筠《蕃女怨》:"万枝香雪开已遍,细雨双燕。"同"微雨燕双飞"比照,就是"细雨

燕双飞"了,句义也极相近,只是有文野、工拙之分而已。

宋·王安石《太湖恬亭》:"日落断桥人独立,水涵幽树鸟相依。"显然用翁宏句,只是独立桥上而不是花前。

晏几道以后用"落花微雨"句的如:

宋·贺铸《九回肠》:"倚高楼,望断章台路,但垂杨永巷,落花微雨,芳草斜阳。"

宋·王炎《江城子》(癸酉春社):"帘箔四垂庭院静,人独处,燕双飞。"

宋·韩淲《一丛花》:"双燕未来,断鸿何在,微雨又天涯。"

宋·陈亮《虞美人》(春愁):"水边台榭燕新归,一口香泥、湿带落花飞。"

宋·万俟咏《武陵春》:"燕子飞来花在后,微雨退、掩重门。正满院梨花雪照人。独自个,怯黄昏。"

清·谭献《金缕曲》(江干待发):"断肠是、空楼微雨。"自己燕去楼空,人家微雨双飞。因而断肠。这是暗用"微雨燕双飞"。

132. 落花人独立

宋·晏几道《临江仙》:"落花人独立,微雨燕双飞。""燕花人独立",但见其孤寂和凄凉。

五代·翁宏《宫词》:"落花人独立,微雨燕双飞。"

用"落花人独立"句如:

唐·贯休《秋晚泊石头驿有寄》:"萧索漳江北,何人慰寂寥。北风人独立,南国信空遥。"

唐·皮日休《夜看樱桃花》:"刘阮不知人独立,满衣清露到明香。"

唐·李建勋《独夜作》:"佳人一去无消息,梦觉香残愁复入。空庭悄悄月如霜,独倚栏干伴花立。"

唐·吕岩《题京师景德寺东廊三学院壁》:"明月斜,秋风冷,今夜故人来不来,教人立尽梧桐影。"

五代·李中《访洞神宫邵道者不遇》:"羽客不知何处去,洞前花落立多时。"

五代·冯延巳《采桑子》:"目断遥天,独立花前,更听笙歌满画船。"

又《醉花间》:"独立阶前星又月,帘椸偏皎洁。"

又《醉花间》:"晓风寒不音,独立成憔悴。"

宋·柳富《最高楼》(别妓王幼玉):"人间最苦、最苦是分离。伊爱我,我怜伊。青草案头人独立,画船东去橹声迟。"

宋·石孝友《谒金门》:"飒飒白苹风正急,断肠人独立。"

清·郑文焯《谒金门》:"瑶殿琼楼波影直,夕阳人独立。"

133. 独立沙洲旁

唐·李白《白鹭鹚》:"白鹭下秋水,孤飞如坠霜。心闲且未去,独立沙洲旁。""白鹭鹚"即白鹭。白鹭下飞,如白霜坠下,悠闲地独自立在沙洲旁边。这是白鹭鸟儿"独立",后来则多写"人独立"。如五代翁宏《春残》诗:"落花人独立,微雨燕双飞",被晏几道用于《临江仙》词中而出名,是写"人独立"的名句。

"独立"句多略去主语。

唐·李商隐《过伊仆射旧宅》:"何能更涉泷江去,独立寒流吊楚宫。"

五代·张泌《浣溪沙》:"独立寒阶望月华,露浓香泛小庭花。"

五代·冯延巳《醉花间》:"独立阶前星又月,帘椸偏皓洁。"

又《采桑子》:"独立花前,更听笙歌满画船。"

134. 独立苍茫自咏诗

唐·杜甫《乐游园歌》:"此身饮罢无归处,独立苍茫自咏诗。"慨叹自己年老不遇,"无归处"正是没有"归宿"。"苍茫",旷远迷茫,"独立苍茫",似已离开这"乐游园",而置身于空旷境地。"自咏诗",游园无友,尤有孤独感。

"独立苍茫"都表示旷远渺茫。

宋·王安石《沈坦之将归溧阳值雨留吾庐久之三首》:"床床屋漏无干处,独立苍茫自咏诗。"用原句"独立苍茫"面对大雨。

宋·辛弃疾《一剪梅》:"独立苍茫醉不归,日暮天寒,归去来兮。"

宋·魏了翁《八声甘州》:"鸿燕依人正急,不奈稻粱稀。独立苍茫外,数遍群飞。"

宋·张炎《台城路》:"危阑漫抚,正独立苍茫,半空飞翼。"

135. 黯相望、断鸿声里,立尽斜阳

宋·柳永《玉蝴蝶》:"黯相望、断鸿声里,立尽斜阳。"全词悲秋而怀友,故人何处? 在断鸣声里,黯然相望,以至立尽斜阳,悠思渴盼,满蓄这一行动细节之中。

又《临江仙》:"凝情望断泪眼,尽日独立斜阳。"

宋·苏轼《哨遍》(春词):"昼永人闲,独立斜阳,晚来情味。"

136. 独立西风犹忆旧家时节

宋·张炎《绮罗香》:"独立西风,犹忆旧家时节。"此词"席间代人赋情",思亲怀人之情。"独立西风",秋色凄凉,忆起往夕相聚的时光。

"独立风中",源出应是五代冯延巳《蝶恋花》的描绘:"独立小楼风满袖,平林新月人归后。"这是独立于楼栏风中。后亦有:

宋·张先《庆春泽》:"飞阁危桥相倚,人独东风,满衣轻絮。"

宋·卢祖皋《谒金门》:"独立晚风谁会,心事悠悠,人好在、画桥流水外。"

宋·魏了翁《贺新郎》:"独立西风里,渺无尘,明河挂斗,碧水如洗。"

宋·刘学箕《醉落魄》(用范石湖韵):"角中醉里从倚剑,独立东风,天际露岑碧。"

宋·张炎《柳梢青》:"独立回风,东栏惆怅,莫是梨花。"

137. 双燕双飞绕画梁

唐·卢照邻《长安古意》:"双燕双飞绕画梁,罗帏翠被郁金香。"写长安豪贵人家舞女的华丽的居处,双飞燕绕着画梁,帏被薰染着名贵香料。唐·沈佺期《独不见》:"卢家少女郁金堂,海燕双栖玳瑁梁。""卢家"一意出自古乐府《河中之水歌》:"卢家兰室桂为梁,中有郁金苏合香。""燕双栖"又源于卢照邻句。"玳瑁梁"是玳瑁色彩的画梁。沈句亦写豪贵人家的居处华贵。"燕双飞"句,含义有所不同,有的喜欢双燕带来春意,有的羡慕双燕翩翩自在,有的感伤形单影只不如双燕……

唐·张鷟《咏燕》:"从来赴甲第,两起一双飞。"

唐·崔液《代春闺》:"寂寂春花烟色暮,檐燕双双落花度。"

唐·李白《双燕离》:"双燕复双燕,双飞令人羡。"

唐·梁锽《艳女词》:"露井桃花发,双双燕并飞。"

唐·高适《燕衔泥》:"双燕碌碌飞入屋,屋中老人喜燕归。"

唐·杨凝《春怨》:"绿窗孤寝难成寐,紫燕双飞似弄人。"

唐·武元衡《春日偶作》:"飞花寂寂燕双双,南客衡门对楚江。"上句缩用崔液句。

唐·权德舆《玉台体十二首》:"檐前双燕飞,落妾相思泪。"

唐·杨巨源《艳女词》:"露井桃花发,双双燕并飞。"同梁锽诗。

又《宫燕词》:"几处野花留不得,双双飞向御炉前。"

唐·刘禹锡《乐天寄忆旧游因作报白君以答》:"江南春色何处好,燕子双飞故宫道。"

唐·赵嘏《昔昔盐》(空梁落燕泥):"谁能长对此,双去复双栖。"

唐·李群玉《感春》:"吴宫新暖日,海燕双飞至。"

唐·张窈窕《春思二首》:"双燕不知肠欲断,衔泥故故傍人飞。"

五代·毛文锡《纱窗恨》词:"新春燕子还来至,一双飞。"

又《更漏子》:"宵雾散,晓霞晖,梁间双燕飞。"

五代·冯延巳《蝶恋花》:"泪眼倚楼频独语,双燕飞来,陌上相逢否。"

五代·无名氏《后庭宴》:"双双燕子归来,应解笑、人幽独。"

宋·晏殊《清平乐》:"双燕欲归时节,银屏昨夜微寒。"

又《踏莎行》:"日高深院静无人,时时海燕双飞去。"

又《蝶恋花》:"罗幕轻寒,燕子双飞去。明月不谙离恨苦,斜光到晓穿朱户。"

又《燕归梁》:"双燕归飞绕画堂,似留恋虹梁。"

宋·柳永《玉蝴蝶》:"念双燕、难凭远信指暮天,空识归航。"

宋·欧阳修《蝶恋花》:"画阁归来春又晚。燕

子双飞,柳软桃花浅。细雨满天风满院。"

宋·杜安世《朝玉阶》:"高空双燕舞翩翩,天风轻絮隧,暗苔钱。"

宋·秦观《蝶恋花》:"紫燕双飞深院静,箪枕纱厨,睡起娇如病。"

宋·舒亶《虞美人》(寄公度):"背飞双燕贴云寒,独向小楼东畔、倚栏看。"

宋·毛滂《武陵春》(正月七日,武都雪雾立春):"桃花髻暖双飞燕,金字巧宜春。"

宋·吕渭老《眼儿媚》:"石城堂上双双燕,应傍莫愁飞。"

宋·蔡伸《浣溪沙》:"紫燕双双掠水飞,廉纤小雨未成泥。"

又《菩萨蛮》:"双双紫燕米华屋,雨余芳草池塘绿。"

宋·王千秋《满江红》:"认去年、乳燕又双双,飞华屋。"用蔡伸句。

宋·曹冠《喜朝天》:"芹泥带湿燕双飞,杜鹃啼诉芳心怨。"

宋·赵功可《曲游春》:"酒醒后,栏干独倚,时见双燕飞来,斜阳满地。"

138. 空梁落燕泥

隋·薛道衡《昔昔盐》:"晴潬悬蛛网,空梁落燕泥。"丈夫远去,思妇的闺房尘封,居室不整,窗户不修,蛛网高悬,空梁无燕,芹泥自落,生动地描绘出破落不堪的状态。唐人刘𫗧《隋唐嘉话》载:隋炀帝能文,他不喜欢有人超过他。薛道衡诗文称世,因而得罪,后因事为隋炀帝所诛,炀帝说:"更能作'空梁落燕泥'语否?"这已经说明其佳句的地位了。

写"燕泥"始于汉代,《古诗·燕赵多佳人》:"思为双飞燕,衔泥巢君屋。"表达追随情人的渴望。但"燕泥"句当取义《诗经·豳风·东山》诗:"伊威在室,蟏蛸在户。"地虱房中爬,蛛网门上挂。写士兵从征怀念家室破败。清人沈德潜《古诗源》曾揭示,暗潬句从张景阳"青苔依空墙,蜘蛛网四屋"化出,而其发源,则在"伊威在室,蟏蛸在户,但后愈巧耳"。这是准确的,张景阳即晋代张协,他的《杂诗十首》写:"……君子从远役,佳人守茕独。……青苔依空墙,蜘蛛网四屋。"写男子远出服役,家境荒凉。唐代赵嘏曾以《空梁落燕泥》作题写了"帷卷闲窥户,床空暗落泥。"此句也直脱胎于薛道

衡句。唐·卢照邻《文翁讲堂》:"空梁无燕雀,古壁有丹青。"上句也用其意。宋代用"空梁落燕泥"句有的直用,有的变用:

宋·晏殊《采桑子》:"晚雨微微,待得空梁宿燕泥。"

宋·王安中《清平乐》(和晁倅):"解慢不成幽梦,燕泥惊落雕梁。"

宋·陈克《菩萨蛮》:"翠被香烟里,幽恨有谁知,空梁落燕泥。"

宋·赵以夫《念奴娇》:"闻道管领多才,清词好句,泥落空梁燕。"喻清词好句。

宋·陈允平《望江南》:"满地落花春雨后,一帘飞絮夕阳西,梁燕落香泥。"因雨湿而落燕泥。

宋·赵闻礼《瑞鹤仙》:"花漏远,春静风鸣凤铎,空梁燕泥落。"

清·王夫之《望梅》(忆旧):"漫倩游丝,邀取定巢燕子。更空梁泥落,竹影梢空,才栖还起。"用薛诗"空梁落燕泥",写"泥落""梢空",燕子也已与春俱去了。

139. 双双燕子共衔泥

唐·张谔《延平门高斋亭子应岐王教》:"片片仙云来渡水,双双燕子共衔泥。""燕子衔泥"此为亭中一景。

"燕泥"句,除一般景物外,也有的表示节令,有的表示孤寂,有的表示荒芜。

又《即事》:"黄莺过水翻回去,燕子衔泥湿不妨。"

又《乘雨入行军六第宅》:"水花分堑弱,巢燕得泥忙。"

又《入乔口》:"树蜜早蜂乱,江泥轻燕斜。"

又《燕子来舟中作》:"湖南为客动经春,燕子衔泥两度新。"

又《春日梓州登楼二首》:"双双新燕子,依旧已衔泥。"

又《双燕》:"旅食惊双燕,衔泥入此堂。"

唐·顾况《春鸟词送元秀才入京》:"别有无巢燕,犹窥幕上泥。"

唐·姚合《过李处士山居》:"少逢人到户,时有燕衔泥。"

宋·柳永《女冠子》(夏景):"画梁紫燕,对对衔泥,飞来又去。"

宋·晏殊《采桑子》:"燕子双双,依旧衔泥入

杏梁。"

宋·赵长卿《朝中措》:"羞对绿阴庭院,衔泥燕子于飞。"

140. 衔泥点涴琴书内

唐·杜甫《绝句漫兴九首》其三:"熟知茅斋绝低小,江上燕子故来频。衔泥点涴琴书内,更接飞虫打著人。"草堂低矮,燕子频来筑巢,以至点污了琴书。

明·汤显祖《牡丹亭》第九出肃苑《前腔》:"你寻常到讲堂,时常向琐窗,怕燕泥香点涴在琴书上。"用杜甫"燕泥点涴琴书"句。

141. 衔泥犹得带残红

宋·陆游《花时遍游诸家园》:"输与新来双燕子,衔泥犹得带残红。"花落泥中,燕子衔泥,犹带残红。既有残红,也该有余香了。

北魏·胡武灵后《白杨花》:"春去秋来双燕子,原衔杨花入窠里。"春燕双双衔着杨花,飞入燕窠里。这是很动人的场景,陆游笔下的衔带残花,与此燕衔杨花,意境极近。

142. 钩帘归乳燕

宋·苏轼《次韵定慧钦长老见寄八首》:"钩帘归乳燕,穴纸出痴蝇。"当卷起帘子挂到帘钩上的时候,正当哺乳期的雏燕飞归了。

唐·杜甫《题桃树》:"帘户最宜通乳燕,儿童莫信打慈鸦。"又《水阁朝雾奉简严云安明府》:"钩帘宿鹭起,丸药流莺转。"苏诗用"帘户最宜通乳燕"句意,表达了对乳燕爱惜之情,又兼用了"钩帘"一语。

143. 燕辞归客尚淹留

宋·吴文英《唐多令》(惜别):"燕辞归、客尚淹留。垂柳不系裙带住,漫长是、系行舟。"晚秋的燕子都已回家,远人为什么还在外滞留?垂柳的长丝,不把离人的裙带扣住,而当他要返乡时,却偏偏系住他的归舟?巧妙之处在于连用"归燕"和"垂柳"两种事物作为"情语",以拟人手法,抒写了主观情怀。

魏·曹丕《燕歌行》:"群燕辞归鹄南翔,念君客游多思肠。慊慊思归恋故乡,君何淹留寄他方!"此是二首之一中的四句。写女子秋夜思念远方的丈夫,见燕辞北方,鹄亦南翔,唯不见丈夫归来。吴文英用"燕辞归""君何淹留"语。

144. 呢喃燕子语梁间

宋·刘秀孙《题屏》:"呢喃燕子语梁间,底事来惊梦里闲。"燕子在梁间双双对语,无端惊醒了我梦里的悠闲,主人——我却毫无厌燕之情。此"燕语梁间"组句谐协而工,是写呢喃燕语的佳句。燕筑巢梁间,以它秀美的身姿,灵巧的叫声讨得人喜欢,也常常引发人的感触,寄种种情怀,抒复杂的心绪。南朝·梁·简文帝萧纲《戏作谢惠连体十三韵》:"春燕双双舞,春心处处扬。"最早写双燕飞舞。写"梁燕""燕语""燕舞"应在唐初。

唐·徐彦伯《春闺》:"暗梁闻语燕,夜烛见飞蛾。"

唐·乔知之《定情篇》:"故岁雕梁燕,双去今来只。"

唐·刘长卿《九日题蔡国公主楼》:"年年通梁燕,来去岂无心。"

唐·贺兰进明《行路难》:"君不见梁上泥,秋风始高燕不栖。"

唐·柳宗元《行路难》:"星躔奔走不得上,奄忽双燕栖虹梁。"

唐·戴叔伦《独不见》:"玉户看早梅,雕梁数归燕。"

唐·杜牧《村舍燕》:"何处营巢夏将半,茅檐烟里语双双。"

唐·温庭筠《酒泉子》:"一双娇燕语雕梁,还是去年时节,绿杨浓,芳草歇,柳花狂。"宋·刘几《花发状元江慢》:"巧莺喧翠管,娇燕语雕梁。"用温庭筠句。

五代·冯延巳《长命女》:"三愿如同梁上燕,岁岁长相见。"

五代·张泌《酒泉子》:"旧巢中,新燕子,语双双。"

宋·苏轼《次韵杨公济奉梅花十首》:"多情好与风流伴,不到双双燕语时。"

宋·米芾《菩萨蛮》(拟古):"沙边临望处,紫燕双飞语。"

宋·周邦彦《应天长》(寒食):"梁间燕,社前客,似笑我、闭门愁寂。"

宋·向子諲《南歌子》:"窥人双燕语雕梁,笑看小荷翻处、戏鸳鸯。"

宋·李弥逊《虞美人》(咏古):"肠断一双飞燕,在雕梁。"

宋·毛开《谒金门》:"愁对画梁双语燕,故人不见。"

宋·张仲宇《如梦令》(秋怀):"送过雕梁归燕,听到妆楼新雁。"

宋·刘过《贺新郎》(春思):"金鸭香浓喷宝篆,惊起雕梁语燕。"

宋·陈克《菩萨蛮》:"玉钩双语燕,宝甃扬花转。"

宋·王澜《念奴娇》(避地溢江,书于新亭):"燕子归来,雕梁何处,底事呢喃语。"

宋·吴潜《贺新郎》:"燕子呢喃语,小园林,残红剩紫,已无三数。"

宋·杨泽民《苏幕遮》:"帘幕中间,紫燕呢喃语。"

又《大酺》:"雕梁新来燕,恣呢喃不住。"

宋·王之道《千秋岁》(伯母刘氏生日):"双燕飞还语,似庆良辰遇。"

145. 柳陌莺初啭,梅梁燕始归

唐·李峤《二月奉教作》:"柳陌莺初啭,梅梁燕始归。"早春二月,柳陌已能听到莺声,梅梁也可见到燕来,万物复苏了。莺、燕对用这是较早的。莺、燕报春使者,是喜人的。

唐·沈佺期《杂诗三首》:"燕来红壁语,莺向绿窗啼。"

唐·谢偃《乐府新歌应教》:"紫燕欲飞先绕梁,黄莺始啭即娇人。"

唐·李白《宫中行乐词》:"宫莺娇欲醉,檐燕语还飞。"

唐·权德舆《二月二十七日社兼春分端居有怀简所思者》:"社日双飞燕,春分百啭莺。"

唐·白居易《闺怨词》:"朝憎莺百啭,夜妒燕双栖。不惯经春别,谁知到晓啼。"在思妇心中,莺、燕反而厌人了。

五代·张泌《思越人》:"燕双飞,莺百啭,越波堤下长桥。"

146. 棠梨宫中燕初至

唐·崔颢《渭城少年行》:"棠梨宫中燕初至,葡萄馆里花正开。念此使人归更早,三月便达长安道。"诗人在"洛阳三月花正飞"的时候,从驿使那里知道长安还是早春风光,立即萌生思归长安之念。三月洛阳已近晚春,而长安还如早春。

唐·张纮《行路难》:"春风吹尽燕初至,此时自谓称君意。秋露萎草鸿始归,此时衰暮与君违。人生翻覆何常足,谁保容颜无是非。"

唐·上官仪《八咏应制二首》:"瑶笙燕始归,金堂露初晖。"唐·徐彦伯《闺怨》:"褪暖蚕初卧,巢昏燕欲归。"唐·李峤《二月奉教作》:"柳陌莺初转,梅梁燕始归。"二者句式、句意相近。

147. 燕鸣莺啼人乍远

宋·辛弃疾《蝶恋花》(客有"燕语莺啼人乍远"句,用为首句):"燕语莺啼人乍远,却恨西园,依旧莺和燕。"此为"客人"之句,客人为谁,今不得而知了。词人喜爱,所以"用为首句"。人在燕语莺啼之中渐渐远去了,只余下燕、莺在西园里。惜别之情,意在言外。

唐·刘长卿《赋得》(一作唐·皇甫冉《春思》诗):"莺啼燕语报新年,马邑龙堆路几千。"这是用"莺啼燕语"较早的。此语暗含春令,表现欢闹气氛,多数令人欣喜,有时也令人烦躁。"莺×燕×"或"燕×莺×"句式应用中富于变化,莺、燕活动多样。

唐·王建《宫中调笑》:"红树,红树,燕语莺啼日暮。"

唐·孟郊《伤春》:"千里无人旋风起,莺啼燕语荒城里。"

唐人敦煌曲子词《云谣集·杂曲子·天仙子》:"燕语莺啼三月半,烟蘸柳条金线乱。"又《天仙子》:"燕语莺啼惊觉梦,羞见鸾台双舞凤。"

五代·后蜀·毛熙震《后庭花》:"莺啼燕语芳菲节,瑞庭花发。"

宋·苏轼《续丽人行》(李仲谋家有周昉画背面欠伸内人,极精,戏作此诗):"美人睡起薄梳洗,燕语莺啼空断肠。"

又《和文与可洋川园池三十首》(报锦亭):"烟红露绿晓风香,燕舞莺啼春日长。"

宋·姜夔《杏花天影》:"金陵路,莺吟燕舞,算潮水知人最苦。"

宋·吴潜《朝中措》:"莺残燕懒,蜂慵蝶褪,漫等闲看。"已不是春天了。

宋·李昂英《摸鱼儿》:"燕忙莺懒春无赖,懒为好花遮护。"

宋·李彭老《浪淘沙》:"画舫载花花解语,绾燕吟莺。"

宋·陈著《庆春泽》:"回首宣和,宫莺掖燕相迎。"

赵·赵闻礼《玉漏迟》:"彩柱秋千散后,恨尘锁、燕帘莺户。"

宋·柴望《贺新郎》:"红药当阶,明似锦、觉娇莺舞燕皆称寿。"

宋·陈允平《摸鱼儿》(西湖送春):"春已暮,纵燕约莺盟,无计留春住。"

宋·应瀹孙《贺新郎》:"宿雾楼台湿,晓晴初,花明柳润,燕飞莺集。"

元·张碧山《春游》曲:"燕语莺啼,和风迟日,郊外踏青,禁烟寒食。"

明·无名氏《浣花溪》三折:"狂风浪蝶檐外舞,绿杨堤燕语莺呼。"

清·王鹏运《鹊踏枝》:"燕睨莺鞶春不管,敢辞弦索为君断。"

人民领袖毛泽东《水调歌头》(重上井冈山·1965 年 5 月):"到处莺歌燕舞,更有潺潺流水,高路入云端。"写革命圣地井冈山变化极大,"旧貌换新颜"了。

"莺燕"并提合写,不再分述,是一种紧缩用法。

唐·孙觌《长乐寺》:"寂寂花絮乱,匆匆莺燕忙。"

元·张养浩《寒食游廉园》:"花柳巧为莺燕地,管弦遥递绮罗风。"

148.乳燕流莺相间飞

唐·韩翃《赠别王侍御赴上都》:"青青树色傍行衣,乳燕流莺相间飞。"想象王侍御离洛阳赴上都途中景色:一路伴着青青树色,乳燕流莺此落彼飞。乳燕,幼燕。流莺,行动中的莺。

宋·辛弃疾《满江红》(暮春):"庭院静,空相忆,无处说,闲愁极。怕流莺乳燕,得知消息。"怕莺燕知道春天即将过去。

宋·王之道《江城子》:"流莺娇婉燕双飞,雨晴时。"

149.莺莺燕燕,本是于飞伴

宋·蔡伸《洞仙歌》:"莺莺燕燕,本是于飞伴。"莺燕都活跃在春天,因此是"于飞伴"。这里以重叠形式,表示亲切、喜爱之情。

宋·辛弃疾《念奴娇》(谢王广文双姬词):"燕燕莺莺相并比,的当两团儿雪。"

宋·石孝友《蓦山溪》:"莺莺燕燕,摇荡春光懒。"

宋·陈著《庆春泽》:"莺莺燕燕,从他巧舌声。"

宋·姜夔《踏莎行》:"燕燕轻盈,莺莺娇软,分明又向华胥见。""华胥",这里指梦境。"燕燕""莺莺"分句用叠字。

宋·周密《大酺》:"燕燕归迟,莺莺声懒,闲冒秋千红索。"分句用。

宋·史达祖《南浦》:"娇昒隔东风,无人会,莺燕暗中心性。"莺燕并举合用。下同。

宋·杨泽民《应天长》:"惯来往,柳外花间,莺燕初相见。"

宋·周密《祝英台近》(赋揽秀园):"曲折花轻,莺燕似相识。"

宋·刘壎《满庭芳》:"暖日柔风好景,行云绕、莺燕翩翩。"

又《买陂塘》:"念莺燕悲吟,凤鸾仙去,空负摘花手。"

又《贺新郎》:"别拥双鸾迎素月,教明年,不恨今憔悴。莺共燕,汝知来未?"

150.紫燕西飞欲寄书

唐·顾况《短歌行》:"紫燕西飞欲寄书。"古代"鱼雁传书"广为流传,燕子传书故事则鲜为人知。五代王仁裕《开元天宝遗事·传书燕》载:"长安豪民郭行先,有女子绍兰,适巨商任宗。为贾于湘中,数年不归,复音信不达。绍兰目睹堂中有双燕戏于梁间,兰长吁而语于燕曰:'我闻燕子自海东来,往复必经由于湘中。我婿离家不归数岁,蔑有音耗。生死存亡,弗可知也,欲凭尔附书投于我婿。'言讫泪下。燕子飞鸣上下,似有所诺。兰复问曰:'尔若相允,当泊我怀中。'燕遂飞于膝上。兰遂吟诗一首云:'我婿去重湖,临窗泣血书。殷勤凭燕翼,寄与薄情夫。'兰遂小书其字,系于足上,燕遂飞鸣而去。任宗时在荆州,忽见一燕飞鸣于头上,宗讶视之,燕遂泊于肩上。见有一小封书系在足上,宗解而示之,乃妻所寄之诗,宗感而泣下。燕复飞鸣而去。宗次年归,首出诗示兰。后文士张说传其说,而好事者写之。"这就是感人的燕子传书故事。

唐初阎朝隐《奉和立春游苑迎春应制》中写:"鹊入朝中言改岁,燕衔书上道宜新。""燕衔书"指传递诏令,而写"燕传书"则本此传说。

唐·李白《捣衣篇》:"忽逢江上春归燕,衔得云中尺素书。"

唐·陆龟蒙《春歌》:"望尽南飞燕,佳人断信息。"

宋·史达祖《双双燕》(咏燕):"应自栖香正稳,便忘了、天涯芳信。"

151. 春深有燕捎飞蝶

宋·范成大《金氏庵》(庵废无人居):"醉墨题窗侧暮鸦,蔓藤缘壁走青蛇。春深有燕捎飞蝶,日暮无人扫落花。"写废庵景色,墨窗如暮鸦,蔓藤走青蛇,燕低掠飞蝶,无人扫落花。"捎",掠、拂。燕低飞而掠过飞蝶。"燕低飞"则是无人居住的表象。

唐·杜甫《重过何氏五首》:"花妥莺捎蝶,溪喧獭趁鱼。"范诗用"捎蝶"。

152. 鴥彼晨风,郁彼北林

《诗经·秦风·晨风》:"鴥彼晨风,郁彼北林。来见君子,忧心钦钦。"这是女子怀念外出未归的丈夫的诗。"鴥"(yù),疾飞的状态。"晨风",《说文解字》作"鷐风",鸟名。晋·陆机《毛诗草木鸟兽虫鱼疏》卷下解:"晨风一名鹯(zhān),似鹞,青黄色,燕颔钩喙。"此句,疾速飞翔的晨风,飞落在北林的树荫。是起兴句。

汉代古诗中还写"晨风"鸟:

古诗《东城高且长》:"晨风怀苦心,蟋蟀伤局促。"

古诗《凛凛岁云暮》:"亮(谅)无晨风翼,焉能凌风飞?"

古诗《别诗三首》其二:"晨风鸣北林,熠耀东南飞。"

古诗《别诗三首》其三:"忧心常惨戚,晨风为我悲。"

153. 交交黄鸟止于棘

《诗经·秦风·黄鸟》:"交交黄鸟止于棘。谁从穆公? 子车奄息。交交黄鸟止于桑。谁从穆公? (子车仲行。)……交交黄鸟止于楚,谁从穆公? 子车铖虎。……"周襄王三十一年(前621年),秦穆

公任好卒,以死(殉葬)者177人,其中有子车氏之三子:奄息、仲行、铖虎。《左传·文公六年》载:三子"皆秦之良也,国人哀之,为之赋《黄鸟》"。此诗为秦人哀悼"三良",控诉殉葬制之罪恶的。

"黄鸟",《尔雅·释鸟》释:"皇,黄鸟。"郭璞注:"俗呼黄离留,亦名搏黍。""黄离留"即黄鹂(黄莺)。郝懿行义疏:"按此即今之黄雀,其形如雀而黄,故名黄雀,又名搏黍。非黄离留也。"余冠英认为或指黄莺或指黄雀。黄雀群飞群集。此诗中当指黄莺。用复沓法写黄莺叽叽飞落在枣林中、桑树上、荆树上,是起兴手法。《诗经》中四处写黄鸟,另三处是:

《小雅·绵蛮》:"绵蛮黄鸟,止于丘阿。道之云远,我劳如何,……绵蛮黄鸟,止于丘隅。岂敢惮行,畏不能趋。……绵蛮黄鸟,止于丘侧。岂敢惮行,畏不能极。……"亦用"止"字,写行役之劳顿,艰苦。小小的黄鸟落在山坳、山腰、山旁,也是复沓兴起。

《小雅·黄鸟》:"黄鸟黄鸟,无集于穀,无啄我粟。……黄鸟黄鸟,无集于桑,无啄我粱。……黄鸟黄鸟,无集于栩,无啄我黍。……"写周宣王末年,民不聊生,有迁居异国者,饱受欺凌,觉得不如归故乡好。"黄鸟"句仍用复法兴起,这里含"比兴"意。

《周南·葛覃》:"维叶萋萋,黄鸟于飞。集于灌木,其鸣喈喈。"写女仆回家探望父母,路上见黄雀欢鸣的情景,烘托她的愉悦心情。

154. 伐木丁丁,鸟鸣嘤嘤

《诗经·小雅·伐木》:"伐木丁丁,鸟鸣嘤嘤。出自幽谷,迁于乔木。"伐木响丁丁,鸟儿叫嘤嘤;从幽谷中飞出,落到高高的树上。鸟儿飞出来,是为了寻找伙伴。此诗写宴请亲朋故旧,开头数句以鸟儿作比兴。后用"伐木丁丁"喻寻求、怀念友人。

唐·杜甫《题张氏隐居二首》:"春山无伴独相求,伐木丁丁山更幽。"

宋·黄庭坚《戏答俞清老道人寒夜三首》:"闻道一稊米,出身缚簪缨。怀我伐木友,寒衾梦丁丁。"

155. 出自幽谷,迁于乔木

《诗经·小雅·伐木》:"伐木丁丁,鸟鸣嘤嘤。出自幽谷,迁于乔木。嘤其鸣矣,求其友声。"鸟儿

飞出深谷,迁升到高高的乔木上。这是乔迁,高迁。后"乔迁之喜"喻人自徙居。

清·曹雪芹《红楼梦》第十八回"大观园题咏"薛宝钗《凝晖钟瑞》(匾):"高柳喜迁莺出谷,修篁时待凤来仪。"喻元春升迁:走出深闺,进入皇宫。

156. 嘤其鸣矣求其友声

《诗经·小雅·伐木》:"嘤其鸣矣,求其友声。相彼鸟矣,犹求友声。矧伊人矣,不求友声。"此诗述写宴请宾朋。这几句说,人应当讲和穆,重友情,以鸟为喻。鸟儿嘤嘤鸣叫,是求寻朋友;人怎么能不结交朋友呢?总要寻求志趣相投的人。后人以为此鸟为莺(黄鹂)因而多作"莺求友"。

汉·梁鸿《思友》:"鸟嘤嘤兮友之期,念高子兮作怀思,想念恢兮爰集兹。"

唐·卢照邻《山行寄刘李二参军》:"彼美参卿事,留连求友诗。"

唐·张九龄《登乐游原春望书怀》:"豹变焉能及,莺鸣非可求。"

又《武司功初有幽亭春日宣见贻夏首获见以诗报焉》:"赠李情无间,求莺思有余。"

唐·韦嗣立《自汤还都经龙门北溪赠张左丞崔礼部崔光禄》:"多愧春莺曲,相求意独存。"

唐·储光羲《酬李处士山中见赠》:"好鸟鸣翩翩,同声既求友。"

又《田家即事答崔二东皋作四首》:"念别求须臾,忽至嘤鸣时。"

唐·李白《忆旧游寄谯郡元参军》:"莺飞求友满芳树,落花送客何纷纷。"

唐·刘长卿《春过裴虬郊园》(时裴不在,因以寄之):"听莺情念友,看竹恨无君。"

唐·杜甫《追酬故高蜀州人日见寄》:"叹我凄凄求友篇,感时郁郁匡君略。"

唐·元稹《春晚寄杨十二兼呈赵八》:"迁莺恋嘉木,求友多好音。"

唐·孔温业《鸟散余花落》:"求友声初去,离枝色可嗟。"

唐·刘兼《春游》:"羞听黄莺求善友,强随绿柳展愁眉。"

唐·张琰《春词二首》:"垂柳鸣黄鹂,关关若求友。"

五代·冯延巳《金错刀》:"黄莺求友啼林前,柳条搦搦拖金钱。"

宋·刘敞《风雨》:"何处莺求友,时闻嗍一声。"

宋·韩淲《醉桃源》(昌甫有曲,名之濯缨,因和):"人不见,句还成,又听求友莺。濯缨曲,可流行,何须观我生。"

宋·范成大《咏河市歌者》(优伶歌者北宋称为河市乐人):"可怜日晏思饮面,强作春深求友声。"歌者面带饥色,还要唱歌求人来听。

元·谷子敬《集贤宾·闺情》:"猛听的透帘栊卖花声唤起,将好梦却惊回。更加那迁乔木莺声偏碎,上纱窗日影偏移。"暗喻相思之情。

清·蒲松龄《驱蚊歌》:"摇身鼓翼呼其朋,翩然来集声嘤嘤。"蚊子呼友,嘤嘤来集。

157. 暮春三月,江南草长,杂花生树,群莺乱飞

南朝·梁·丘迟《与陈伯之书》,是用骈文写的著名劝降书。《梁书·陈伯之传》载此书全文,其末段云:"暮春三月,江南草长,杂花生树,群莺乱飞。见故国之旗鼓,感平生于畴日,抚弦登陴,岂不怆悢!所以廉公之思赵将,吴子之泣西河,人之情也。将军独无情哉!想早励良图,自求多福。"陈伯之原为丘迟好友。他起兵反梁,兵败降北魏。梁武帝之弟萧宏北伐,陈伯之屯兵寿阳相拒。萧宏让陈伯之的好友丘迟(咨议参军、领记室)写信劝降,这信即《与陈伯之书》。史载陈伯之"不识书",迟文藻徒佳,却明珠暗投。但陈还有两个儿子在北魏,接到丘迟的书信,竟率兵八千降梁。足见这封书信的力量。上引末段,描绘了陈伯之故国江南的美景,继而引述廉颇、吴起怀恋故国之情,激发起陈伯之的故国之思。此事也收入《南史》和《昭明文选》中,此书影响深远。"暮春三月……"四句骈文描绘出一幅江南暮春美景图:绿草如茵,林花百艳,莺儿成群,欢快地飞舞于茂草杂花之中,言简而意博,仅十六个字即揭示了江南三月的美景。然而此四句景语,所以为人们久久流传,广为应用,还同陈伯之后来见书而降梁,得以回返故国相联系,才更具生命力。

唐·刘希夷《江南曲八首》其六:"暮春三月晴,维扬吴楚城。城临大江汜,回映洞浦清。晴云曲金阁,珠楼碧烟里。月明芳树群鸟飞,风过长林杂花起。可怜离别谁家子,于此一至情何已。"丘迟四句尽融入此诗之中。

唐·李峤《莺》:"芳树杂花红,群莺乱晓空。"

用后二句。

唐·杜甫《即事》:"暮春三月巫峡长,晶晶行云浮日光。"写巫峡的"暮春三月"。

唐·崔鲁《春晚岳阳楼言怀》:"江国草花三月暮,帝京尘梦一年闲。"上句缩用丘迟句,下句暗用"京洛多风尘"。

唐·吴融《莺》:"惯识江南春草处,长惊蓟北梦回时。"暗用"草长莺飞"意。

宋·欧阳修《赠许道人》:"洛城三月乱莺飞,颍阳山中花发时。"用丘迟句写江北。

宋·刘敞《雨中》:"想似江南景,草长莺乱飞。"写江北春色。

宋·徐元杰《湖上》:"花开红树乱莺啼,草长平湖白鹭飞。"用丘迟句写湖上风光。

宋·宋庠《送上元勾簿吴昌卿》:"长洲纷藉草,故树杂花生。"

宋·苏轼《常润道中有怀钱塘寄述古五首》:"草长江南莺乱飞,年年事事与心违。"用丘迟句反用其意。"事与心违"用嵇康《幽愤诗》:"事与愿违,遘自淹留"句。

金·元好问《木兰花慢》:"江头花落乱莺飞,南望重依依。渺无际归舟,云间汀树,水绕山围。"被蒙古兵羁留聊城,送南归友人而作,面对"落花飞莺",依依难舍。

元·赵孟頫《纪旧游》:"三月江南莺乱飞,杂花满树柳依依。"忆南宋时一次江南春游,引发故国之思。

明·夏完淳《婆罗门引》(春尽夜):"辞却江南三月,何处梦堪温?""江南三月"代草长莺飞的良辰美景。"辞却"说繁华已尽,往事不堪回首。

清·周济《蝶恋花》:"柳絮年年三月暮,断送莺花,十里湖边路。"叹春天即去。

现代作家施蛰存《浮生杂咏》二十三"暮春三月江南意,草长花繁莺乱飞"。用丘迟语,追忆自己幼年在国文课本中读丘迟名句,始知造句之美。后来又读杜甫的"清词丽句必为邻",愈信文章之思想内容当饰之以丽句。

158. 花少莺亦稀

唐·白居易《发东村古冢》:"花少莺亦稀,年年春暗老。"初春,百花竞开,莺声纷鸣,正是江南春色。古人遂把莺与花视为青春的标志。"花少莺亦稀",说明春天悄悄老去。此句即写古冢暮春景象。白诗《赠裴淄州》也有"今年相遇莺花月"句,"莺花月"当指三月。而"花少莺稀"必指三月以后的事了。

"莺"与"花"并用,源出丘迟的"杂花生树,群莺乱飞"句。亦见丘迟四句骈文的影响。后人用"莺花"描绘春天(有的直接代表春天)极多。南朝·陈·阴铿《侯司空宅咏妓》:"莺啼歌扇后,花落舞衫前。"莺花为歌舞增彩,也暗示春时。

"莺花老"常表春归,"莺花少"常表春晚或早春。

唐·孙逖《同洛阳李少府观永乐公主人蕃》:"边地莺花少,年来未见新。"

唐·孟浩然《初春汉中漾舟》:"倾杯鱼鸟醉,联句莺花续。"说与鱼鸟同醉,与莺花联诗。

唐·杜甫《陪李梓州王阆州苏遂州李果州四使君登惠义寺》:"莺花随世界,楼阁倚山颠。"

唐·杜牧《春怀》:"莺花潜运老,荣乐渐成尘。"

宋·寇准《踏莎行》:"春色将阑,莺声渐老,红英落尽青梅小。"

宋·柳永《女冠子》:"淡烟飘薄,莺花谢,清和院落。"

宋·王禹偁《春日官舍偶题》:"莺花愁不觉,风雨病先知。"

宋·杜安世《凤栖梧》:"苒苒光阴似流水,春残莺老人千里。"

又《杜韦娘》:"暮春天气,莺老燕子忙如织。"

宋·苏轼《玉津园》:"还逢迟日莺花乱,空想疏林雪月光。"

又《游恒山》:"东郊欲寻春,未见莺花迹。"

宋·黄庭坚《赠黔南贾使君》:"春入莺花空自笑,秋成梨枣为谁攀?"

宋·仲殊《夏云峰》(伤春):"纵留得莺花,东风不住,也则眼前愁闷。"

宋·万俟咏《木兰花慢》:"恨莺花渐老,但芳草、绿汀洲。"

宋·朱敦儒《柳梢青》:"洛浦莺花,伊川云水,何时归得。"

宋·蔡伸《菩萨蛮》:"一义摆花风,莺花满树红。"偏义语,只指花。

宋·吕渭老《选冠子》:"珍珠戏掷,彩笔搜奇,不觉暮春莺老。"

又《二郎神》:"过了莺花休则问,风共月、一时闲却。"

又《梦玉人引》:"懒约无凭,莺花都不知。"

又《惜分钗》:"莺花谢,春残也,等闲泣损香罗帕。"

宋·史浩《感皇恩》:"对此况当,莺花缭绕。"

宋·李石《如梦令》(忆别):"别后有谁怜,一任春残莺老。""春残莺老"用杜安世句。

宋·曾觌《朝中措》:"莫问莺花俱老,今朝犹是春风。"

宋·洪适《渔家傲引》:"渔父笑时莺未老,提鱼入市归来早。"

宋·王千秋《生查子》:"都无鱼雁书,又过莺花阵。"

宋·管鉴《洞仙歌》(夜宴梁季全大卿赏牡丹作):"看明年、紫禁绕莺花。谩相望、春风五云深。"

宋·陆游《汉宫春》(张园赏海棠作,园故蜀燕王宫也):"朱颜绿鬓,作红尘、无事神仙。何妨在、莺花海里,行歌闲送流年。"

又《齐天乐》(左绵道中):"藏鸦柳暗,叹轻负莺花,谩劳书剑。"

又《风入松》:"万金造胜莺花海,倚疏狂、驱使青春。"

又《乌夜啼》:"绣屏惊断潇湘梦,花外一声莺。"

宋·赵长卿《踏莎行》(春暮):"莺花已过苦无多,看看又是春归去。"

又《雨中花慢》(春雨):"东君底事,无赖薄倖,著意残害莺花。"

宋·王炎《蓦山溪》(巢安寮毕工):"莺啼花谢,断送春归去。"

宋·辛弃疾《菩萨蛮》:"旌旗依旧长亭路,尊前试点莺花数。"

又《出塞》(春寒有感)词:"莺未老,花谢东风扫。"

宋·汪莘《玉楼春》(赠别孟仓使):"一片江南春色晚,牡丹花谢莺声懒。"

宋·汪晫(zhuó)《念奴娇》(清明):"枝上花稀,柳间莺老,是处春狼藉。"

宋·郑域《桃源忆故人》(春愁):"憔悴怕他春见,一任莺花怨。"

宋·高观国《临江仙》(东越道中):"寄语长安风月道,莺花缓作青春。"

宋·卢祖皋《鹧鸪天》:"杏花帘外莺将老,杨柳楼前燕不来。"

又《鹧鸪天》:"一春醉得莺花老,不似年时怨玉容。"

宋·张榘《水龙吟》:"算莺花世界,都来十亩。规模好,何须大。"

宋·刘子寰《醉蓬莱》:"访莺花陈迹,姚魏遗风,绿荫成幄。"

宋·李曾伯《兰陵王》:"故看林下休官一。与莺花分界、渔樵争席。"

宋·吴文英《倒犯》:"茂苑、共莺花醉吟,岁华如许。"

又《金盏(zhǎn)子》:"流光转、莺花任乱委。"

又《绛都春》:"又上苑,春生一苇,便教接宴莺花、万红镜里。"

又《声声慢》:"莺花翰林千首,彩毫飞,海雨天风。"

宋·杨泽民《少年游》:"山水屏中,莺花堆里,相与下临安。"

宋·陈著《满江红》:"趁莺花、时节绮罗筵,年年作。"

宋·张矩《应天长》(苏堤春晓):"曙林带暝,晴霭弄霏,莺花未认游客。"

宋·陈允平《汉宫春》:"莺花燕柳,占年年、三月长安。"

宋·萧元之《渡江云》:"司空见惯浑如梦,笑几回、索苇吹葭。山中乐,从渠恣赏莺花。"

宋·周密《杏花天》:"东风一枕游仙睡,换却莺花人世。"

宋·刘壎(xūn)《惜余春慢》(春雨):"莺花过眼,蚕麦当头,朝日浓阴笼晓。"

宋·仇远《忆旧游》:"莫待青春晚,趁莺花未老,觅醉寻欢。"

清·蒲松龄《大圣乐》(闺中越幅被黜,蒙毕八兄关情慰藉,感而有作):"所堪恨、者莺花渐去,灯火仍辜。"

清·王国维《浣溪沙》:"夹岸莺花迟日里,归船萧鼓夕阳间。一生难得是春闲。"

159. 怎奈花残又莺老

宋·杜安世《菊花新》:"怎奈花残又莺老,槛里青梅数枝小。"用"莺老花残(谢)"的还有:

宋·黄庭坚《忆帝京》(黔州张倅生日):"况坐

上,玉鳞金马,更莫问莺老花谢。"

宋·晁端礼《一落索》："鹣鹊楼边初到,未花残莺老。"

宋·晁补之《安公子》(和次膺叔):"不恨千金轻散尽,恨花残莺老。"

宋·赵彦端《新荷叶》："春若归来,任他莺老花飞。"

宋·刘仙伦《贺新郎》："暗伤怀、莺老花残,几番春暮。"

宋·刘镇《绛都春》(清朝):"更莫待、花残莺老。"

160. 春事付莺花,曾是莺花主

宋·蔡伸《卜算子》："春事付莺花,曾是莺花主。"莺花是春光的主体、代表。"莺花主"有时还表现为做莺花的主宰、主人,受东君主宰,或主宰春光。

又《御街行》："东君不锁寻芳路,曾是莺花主。"重用此句。

宋·张元干《渔家傲》："客里从来无意绪,催归去,故园正要莺花主。"

宋·李石《生查子》："莺飞莺去时,谁与花为主。守等却飞来,再见花开处。"

宋·洪适《生查子》："红紫渐阑珊,恋恋莺花主。"

宋·管鉴《虞美人》："风流莲幕莺花主,持送花深处。"

宋·周必大《谒金门》："归访赤松辞万户,莺花犹是主。"

宋·陈造《虞美人》(呈赵帅):"凝香仙伯莺花主,雅意怜羁旅。"

宋·石孝友《鹧鸪天》："太平朝野都无事,且与莺花作主人。"有暇赏春。

宋·刘克庄《贺新郎》(游水东周家花园):"客子虽非河阳令,也随缘、暂作莺花主。"赏春。

宋·卫宗武《摸鱼儿》："纵带玉围腰,印金系肘,急电似莺花主。"

宋·陈允平《谒金门》："春自悠悠人自苦,莺花谁是主。"

161. 莺入新年语

唐·杜甫《伤春五首》其二:"莺入新年语,花开满故枝。"原注:"巴阆僻远,伤春后始知春前已收宫阙。"广德二年(764年)春,土蕃攻陷长安,作者远在阆中,虽"巴山春色静",却为帝京失守而伤心。此二名写阆中美好的春色。"莺入新年语",立春后,莺儿开始鸣叫,此时的"莺语"是最动听的,因为有"报春"的意味。

唐·刘长卿《赋得》(一作皇甫冉《春思》诗):"莺啼燕语报新年,马邑龙堆路几千。"莺啼燕语报知新年之春已经到来。

宋·吴文英《祝英台近》(除夜立春):"剪红情,裁绿意,花信上钗股。残日东风,不放岁华去。有人添烛西窗,不眠侵晓,笑声转、新年莺语。"用杜甫句。

宋·张炎《蝶恋花》(秋莺):"乔木萧萧梧叶雨,不似寻芳,翻落花心露。认取门前杨柳树,数声须入新年语。"说秋莺须晚啼,一入新年可以报春。

162. 便觉莺语太丁宁

唐·杜甫《绝句漫兴九首》其一:"眼见客愁愁不醒,无赖春色到江亭。即遣花开深造次,便教莺语太丁宁。"代宗上元二年(761年),诗人寓居成都草堂第二年作此"绝句"。第一首,写客愁难耐。虽草堂安定,又值春时,由于国难未除,故园难返,于是充满了恼春情绪,客愁未醒,又兼春色无赖:"深造次,过于忙迫;太丁宁,厌其繁数。"(《杜诗详注》)人失意,春色也恼人了。"丁宁"亦作"叮咛",一再嘱托,这里写莺啼不休,令人烦躁。

唐·鲍溶《范真传待御累有寄因奉酬十首》:"黄莺似传语,劝酒太叮咛。"用杜甫句。

163. 百般言语啼空枝

唐·白居易《惜花》："可怜夭艳正当时,刚被狂风一夜吹。今日流莺来旧处,百般言语啼空枝。"鲜花被狂风吹落,连流莺也为空枝而啼,这亦是移情笔法,以莺之惜花喻托人之惜花。"百般言语",曲折宛转,不断鸣叫,啼声极多。"莺语"写法,从"燕语"迁移而来,最初写燕语,是因为燕叫"呢喃似语",后把莺啼也写作莺语,人们猜测莺啼似在说话。在今天看来,各种生物的声音都是相当于语言可以交流的一种信息、信号。

唐·温庭筠《河传》："春已晚,莺语空断肠。"

宋·王安国《清平乐》："留春不住,费尽莺儿语。"

宋·叶梦得《贺新郎》："睡起流莺语,掩青苔,

房栊向晚,乱红无数。"

宋·周邦彦《瑞鹤仙》:"有流莺劝我,重解绣鞍,缓引春酌。""劝"必用"语",但此处不是莺语,"流莺"借代语如莺声的歌女。

清·王国维《蝶恋花》:"老尽莺雏无一语,飞来衔得樱桃去。""老尽莺雏"用周邦彦词:"风老莺雏,雨肥梅子,午阴嘉树清园。"(《满庭芳》)周邦彦用杜牧诗:"露蔓虫丝多,风蒲燕雏老。"(《赴京初入汴口晓景即事先寄兵部李郎中》)

164. 黄莺解语凭谁说

唐·白居易《和雨中花》:"桃李无言难自诉,黄莺解语凭君说。莺虽为说不分明,叶底枝头谩饶舌。""黄莺解语",黄莺知道说话,黄莺开始啼叫。

唐·司空图《偶书五首》:"莺也解啼花也发,不关心事最堪憎。"

又《杏花》:"诗家偏为此伤情,品韵由来莫与争。解笑亦应兼解语,只应慵语倩莺声。"

宋·苏轼《减字木兰花》:"莺初解语,最是一年春好处。微雨如酥,草色遥看近却无。"用韩愈《初春小雨》中二句,写初春景色特点。

165. 绿窗残梦晓闻莺

唐·李益《奉和武相公春晓闻莺》:"蜀道山川心易惊,绿窗残梦晓闻莺。分明似写文君恨,万怨千愁弦上声。"此诗和武元衡《春晓闻莺》诗,一作《蜀川闻莺》,因为在蜀地闻莺,武元衡有"寥寥兰台晓梦惊,绿林残月思孤莺"句,把听到的莺声喻作古代蜀主魂化杜鹃之悲鸣。李益闻蜀莺则喻为卓文君在成都的琴中之怨愤。"窗残梦"扣"晓"字,写闻莺声的感受、联想,调子都悲,李益诗略胜一筹。

其他"闻莺"句如下:

唐·元稹《春晓》:"半欲天明半未明,醉闻花气睡闻莺。"

唐·杜荀鹤《旅怀》:"蒹葭月冷时闻雁,杨柳风和日听莺。"

166. 绿杨枝上晓莺啼

宋·无名氏《探春令》:"绿杨枝上晓莺啼,报融和天气。被数声、吹纱窗里,又惊起娇娥睡。"句式似曾相识,当从宋祁的"绿杨烟外晓寒轻"(《玉楼春》)句脱出。"晓莺啼"一意则取五代梁意娘

"晓莺窗外啼杨柳"(《茶瓶儿》)句意。

宋·陆游《家园小酌》:"旋作园庐指顾成,柳阴已复看啼莺。"看柳中莺。

167. 黄莺久住浑相识

唐·戎昱《移家别湖上亭》:"好去春风湖上亭,柳条藤蔓系离情。黄莺久注浑相识,欲别频啼四五声。"写迁徙前对旧居"湖上亭"的惜别之情。用拟人移情手法,写"柳条藤蔓""相识的黄莺"都不忍旧主人离去,曲折地表达了诗人的情感。

宋·苏轼《赠别》:"青鸟衔巾久欲飞,黄莺别主更悲啼。""黄莺别主"从戎昱句概括而出,应是赠别一女子。清·王文诰《苏轼诗集》:"王注援曰:唐韩滉镇浙西,戎昱为部内刺史。有酒妓,善歌,色亦妙,昱情属甚厚。滉闻其能,召至藉中,昱不敢留,为歌词以送云:'好去春风湖上亭,柳条藤蔓系离情。黄莺久住浑相识,欲别频啼四五声。'妓至,唱戎此词,滉即时归之。"因而戎昱此诗又题《赠妓》,诗中的"黄莺"喻酒妓。

168. 昔日韝上鹰,今似槛中猿

南朝·宋·鲍照《代东武吟》:"昔日韝上鹰,今似槛中猿。"写汉代一老兵,昔日如"韝上鹰"英勇矫健,而今如"槛中猿"困苦孤独。韝上鹰,猎人皮革臂套上的猎鹰;槛中猿,木栅中困起的猿。喻劳苦功高的老兵晚景凄凉。

"槛中猿"出自《淮南子》:"置猿槛中,非不巧捷,无所肆其能。"才能受到束缚,不得施展,发挥。鲍照取其"束缚"意。唐·杜甫《奉赠太常张卿垍二十韵》:"槛束哀猿叫,枝惊夜鹊栖。"写才能难施,困顿异常。

隋炀帝杨广《咏鹰》:"虽蒙韝上荣,无复凌云志。""韝"同"韝"。

唐·杜甫《去矣行》:"君不见韝上鹰,一饱即飞掣。"意为猎鹰旷荡不拘。

又《有怀台州郑十八司户》:"昔如水上鸥,今为置中兔。"只仿鲍照句式,把鸥的安闲同兔的被拘作比。

宋·苏轼《送张嘉父长官》:"再见江湖间,秋鹰已离韝。"

169. 鹰隼亦屈猛

唐·杜甫《苦雨奉寄陇西公兼呈王征士》:"鹰

隼亦屈猛,乌鸢何所蒙。"写苦雨中鹰隼不再凶猛,乌鸢也不知所措。

晋·张华《鹪鹩赋》:"苍鹰鸷而受绁(xiè),屈猛志以服养。"苍鹰被缚,鹰扬税减,猛志不存,杜诗"鹰隼屈猛志"出于此。

170. 细叶隐鹂黄

南朝·梁·吴均《拟古四首·陌上桑》:"袅袅陌上桑,荫陌复垂塘。长条映斜日,细叶隐鹂黄。"此诗写采桑女之"离恨"。开头四句写陌上桑树枝叶茂密,细叶中隐落着黄鹂,"鹂黄"为谐韵而变序。鹂,即黄莺、黄鸟。

南朝·梁·萧子范《落花》:"因风乱蝴蝶,未落隐鹂黄。"用吴均句。

171. 阴阴夏木啭黄鹂

唐·王维《积雨辋川庄作》:"漠漠水田飞白鹭,阴阴夏木啭黄鹂。"写自己隐居地辋川庄(今陕西蓝田终南山中)初夏雨后田园风光,白鹭在广漠的水田上翩跹飞舞,黄鹂在幽深的林木中宛转讴歌,一白一黄,有形有声,空旷与幽深相对照,真是诗中有画,画中有诗。

《国史补》卷上载:唐人李肇见李嘉祐集中有"水田飞白鹭,夏木啭黄鹂"句,曾讥笑王右丞(维):"好取人文章嘉句。"明代胡应麟则云:"摩诘(王维)盛唐,嘉祐中唐,安得前人预偷来者?此正嘉祐用摩诘诗。"(《诗薮内编》卷五)王维(701-765年)开元九年及进士第,值公元721年(20岁)。李嘉祐生年不详,天宝七年(748年)进士,及第晚27年。而《全唐诗》纂者不见李嘉祐集中有此诗,仅依李肇语收此二句。至于二诗之优者,南宋叶梦得《石林诗话》卷上有评:"此两句好处,正在添'漠漠''阴阴'四字,此乃摩诘为嘉祐点化,以自见其妙。"当然,可见他也认为李嘉祐句在前。

写"啭黄鹂"句如:

唐·王昌龄《古意》:"欲暮黄鹂啭,伤心玉镜台。"

唐·王维《瓜园诗》:"黄鹂啭深木,朱槿照中园。"

唐·武元衡《发阆间古城》:"全盛已随流水去,黄鹂空啭旧春声。"

唐·温庭筠《洛阳》:"巩树先春雪满枝,上阳宫柳啭黄鹂。"

五代·和凝《喜迁莺》:"严妆欲罢,啭黄鹂、飞上万年枝。"

宋·洪适《蝶恋花》:"漠漠水田飞白鹭,夏木阴阴,巧啭黄鹂语。"以王维两句诗入词。

宋·李处全《朝中措》(初夏):"薰风庭院燕双飞,园柳啭黄鹂。"

宋·赵长卿《眼儿媚》:"槐阴密处啭黄鹂,午日正长时。"

宋·吴礼之《杏花天》(春思):"烟光散、湖光潋滟。映绿柳、黄鹂巧啭。"

宋·韩淲《醉桃源》:"扶疏夏木既啼莺,更逢鱼计成。"

172. 百啭无人能解

宋·黄庭坚《清平乐》:"春无踪迹谁知?除非问取黄鹂;百啭无人能解,因风飞过蔷薇。"作者惜春、恋春,以拟人法写对春天的追寻,问讯黄鹂,而黄鹂百啭,却难知其意,黄鹂无奈,飞过蔷薇去。想象新奇,构思曲折,失望而无遗恨,轻松而富余味。"百啭",曲折宛转,鸣声延续不断,唐人已用。

唐·武元衡《长安叙怀寄崔十五》:"百啭黄鹂细雨中,千条翠柳衡门里。"

又《和杨弘微春日曲江南望》:"朱戟千门闭,黄鹂百啭愁。"

唐·刘禹锡《同留守王仆射各赋春中一物从一韵至七》:"千门万户垂杨里,百啭如簧烟景晴。"

又《百舌吟》:"笙簧百啭音韵多,黄鹂吞声燕无语。"

宋·韩维《锄园寄京师友人》:"黄鹂何处来,百啭绕林梢。感彼求友声,慨然念吾文。"

宋·曾巩《旬休日过仁王寺》:"杂花飞尽绿阴成,处处黄鹂百啭声。"

宋·王安石《独卧二首》:"百啭黄鹂看不见,海棠无数出墙头。"

宋·叶梦得《醉蓬莱》:"欲寄离愁,绿阴千啭,黄鹂空语。""千啭"意同"百啭"。

宋·吕渭老《好事近》:"谁见黄鹂百啭,索东君评伯。"

宋·袁去华《八声甘州》:"正阴阴、夏木听黄鹂,百啭语惺鬆。"用王维"夏木阴阴啭黄鹂"句,换上"百啭"。

又《安公子》:"念永昼春闲,人倦何度。闲傍枕、百啭黄鹂语。唤觉来厌厌,残照依然花坞。"

173. 两个黄鹂鸣翠柳

唐·杜甫《绝句四首》其三:"两个黄鹂鸣翠柳,一行白鹭上青天。窗含西岭千秋雪,门泊东吴万里船。"安史之乱平定,严武还镇成都,诗人也重返草堂。他心情愉快,即兴写下四首绝句。此首写草堂周围远远近近的景象:一双黄鹂在翠柳枝条上对唱,一行白鹭在青天的映衬下高翔,初春的盎然生机,立即跃然纸上,黄与翠映衬,白与青对比,色彩明丽,音容兼美,与王维的"漠漠水田飞白鹭,阴阴夏木啭黄鹂"境界近似,却有过之无不及,语言更流畅,音韵更谐协。

唐·温庭筠《杨柳枝》:"两个黄鹂色似金,袅枝啼露动娇音。"

宋·黄庭坚《木兰花》:"黄金捍拨春风手,帘幕重重音韵透。梅花破萼便回春,似有黄鹂鸣翠柳。"

宋·曹组《如梦令》:"门外绿荫千顷,两两黄鹂相应。"

宋·韩淲《朝中措》:"花外一声鹈鴃,柳边几个黄鹂。"

元·张养浩《庆东原·失题四首》:"鹤立花边玉,莺啼树梢弦,喜沙鸥也解相留恋。一个(鹤)冲开绵川,一个(莺)啼残翠烟,一个(沙鸥)飞上青天。"

174. 一行白鹭上青天

唐·杜甫《绝句四首》其三:"两个黄鹂鸣翠柳,一行白鹭上青天。"

宋·辛弃疾《清平乐》(书王德由主簿扇):"片帆千里轻船,行人想见敧眠。谁似先生高举,一行白鹭青天。"借杜甫句,喻王德由飞黄腾达。

175. 隔叶黄鹂空好音

唐·杜甫《蜀相》:"蜀相祠堂何处寻,锦官城外柏森森。映阶碧草自春色,隔叶黄鹂空好音。三顾频烦天下计,两朝开济老臣心。出师未捷身先死,长使英雄泪满襟。"此诗写蜀相祠堂,集中写人而不是祠。写人,虽有对诸葛亮颂扬之语,而更多的则是缅怀与追悼。"出师未捷身先死"是全诗主旨,因为道出千古遗恨。那么祠堂内碧草茸茸,春色映阶;黄鹂宛转,隔叶传音,这美音美色,都没有什么实际意义,触景生情,反增加对先贤"出师未

捷"的萦怀,从而以今日之景反托历史之人。"自春色"与"空好音"正表达了这样的理念。

后用"隔叶黄鹂空好音"句,表示相类意义的,唯宋·刘克庄《沁园春》(偶读孔明传,戏成):"到得市朝,变为陵谷,千载丞相尝丞堂。锦城外,有啼鹂音好,古柏皮苍。"此长调,作者说是"戏成",实则认真地概述了诸葛亮的毕生功业,结末用杜甫句写锦官城外有诸葛祠堂,将永为人们垂念。与杜诗不同,此词旨在颂扬。

其他则一般写黄鹂了。

宋·黄庭坚《次单韵盖郎中率郭郎中休官二首》:"世态已更千变尽,心源不受一尘侵。青春白日无公事,紫燕黄鹂俱好音。"

宋·吕渭老《极相思》:"西园斗草归迟,隔叶啭黄鹂。"

宋·袁去华《谒金门》:"春寂寂,尽日蜂寻窗隙,隔叶黄鹂声历历。"

176. 不意忽有黄鹂鸣

唐·柳宗元《闻黄鹂》:"倦闻子规朝暮声,不意忽有黄鹂鸣。一声梦断楚江曲,满眼故园春意生。……乡禽何事亦来此,令我生心忆乡梓。闭声回翅归务速,西林紫椹行当熟。"诗人因王叔文改革失败而被贬为永州司马,后又移永州刺史,卒于任上。此诗写黄鹂一鸣,联想故乡(河东,今山西永济)春天已经到来,思乡之情油然而生。诗末嘱黄鹂回返故乡,乡情之深,溢于言表。

元·杨载《到京师》:"城雪初消荠菜生,角门深卷少人行。柳梢听得黄鹂语,此是春来第一声。"也是一种联想。

177. 上有黄鹂深树鸣

唐·韦应物《滁州西涧》:"独怜幽草涧边生,上有黄鹂深树鸣。春潮带雨晚来急,野渡无人舟自横。"此诗为山水诗之名篇,作于唐德宗建中二年(781年)出任滁州刺史以后,写滁州城西郊之涧,最爱涧边幽草,它生于涧边,不为人瞩目;而深树中的黄鹂,位居高上,鸣声显赫,当别有喻托。黄鹂常常隐身树木的"深处",杜甫《柳边》就写"紫燕时翻翼,黄鹂不露身"。

后人用此句,除了写"深处黄鹂",还用句式。

唐·熊孺登《青溪村居二首》:"深树黄鹂晓一声,林西江上月犹明。"

宋·苏舜钦《淮中晚泊犊头》:"春阴垂野草青青,时有幽花一树明。"用句式。

又《初晴游沧浪亭》:"帘虚日薄花竹静,时有乳鸠相对鸣。"用句式。

宋·王珪《温成皇后阁》:"御柳依然绿,宫苔取次生。黄鹂深处语,不似旧时声。"用句式。

宋·王安石《金陵报恩大师西堂方丈二首》:"檐花映日午风薰,时有黄鹂隔竹闻。"

又《清明辇下怀金陵》:"春阴天气草如烟,时有飞花舞道边。"用句式。

又《黄鹂》:"野花吹尽竹娟娟,尚有黄鹂最可怜。"用句式。

宋·赵令畤《浣溪沙》:"水满池塘花满枝,乱香深里语黄鹂。"

清·康熙皇帝玄烨《春日舟行》:"黄鹂鸣茂树,归雁戏青莎。"意近"深树鸣"。

178.黄鹂三两声

宋·王安石《菩萨蛮》:"稍稍新月偃,午醉醒来晚。何物最关情,黄鹂三两声。"全词写安闲的农村生活。此下阕,写午醉醒来,已是一弯新月挂上梢头。这还是几声黄鹂鸣叫唤醒的。

宋·刘仙伦《菩萨蛮》:"芳树雨初晴,黄鹂三两声。"用王安石句。

宋·曾几《三衢道中》:"绿荫不减来时路,添得黄鹂四五声。"亦写啼声。

宋·秦观《八六子》:"那堪片片飞花弄晚,蒙蒙残雨笼晴。正销凝,黄鹂又啼数声。"

清·蒲松龄《山村》:"只有家家新酒醉,从来不解听黄鹂。"唐人冯贽《去仙杂记》引《高隐外传》云:南朝诗人戴颙,在一个春天,携带双柑、斗酒出门。有人问他做什么去,他说:"往听黄鹂声。此俗耳针砭,诗肠鼓吹,汝知之乎?""不解听……"意为山村的人,单纯朴实,不懂得文人的雅趣。

179.花上有黄鹂

宋·黄庭坚《水调歌头》:"瑶草一何碧,春入武陵溪;溪上桃花无数,花上有黄鹂。"全词写春游,追求高越超迈,出离凡俗,如登仙境。清·姚范《援鹑堂笔记》评:"涪翁以惊创为奇,其神兀傲,其气崛奇,玄思瑰句,排斥冥筌,自得意表。"清·黄苏《蓼园词选》评:"一往深秀,吐属隽雅绝伦。"众评无不中肯。至于桃花黄鹂,比之武陵,更添一彩。

宋·晁补之《浣溪沙》(樱桃):"荔子天教生处远,风流一种阿谁知,最红深处有黄鹂。"境界极近黄句。

宋·秦观《好事近》(梦中作):"行到小溪深处,有黄鹂千万。"亦近黄句。

180.黄鹂飞上野棠花

唐·窦巩《宫人斜》:"离宫路远北原斜,生死恩深不到家。云雨今归何处去,黄鹂飞上野棠花。"写一所离宫的萧条冷落,宫人不见,唯有"黄鹂飞上野棠花"。

写黄鹂飞于花中自窦巩始,后如:

宋·王安石《东皋》:"草长流翠碧,花远没黄鹂。"

宋·黄庭坚《定风波》:"花外黄鹂能密语,休诉,有花能得几回斟。"

181.绕树黄鹂鸣不得

宋·梅尧臣《吴冲卿出古饮鼎》:"丝声不断玉筝繁,绕树黄鹂鸣不得。"反用杜甫"黄鹂鸣翠柳"句,写玉筝的繁弦惊扰了黄鹂的安宁,只绕树而飞。

宋·王安石《送春》:"黑貂裘敝归几时,相见绿树题黄鹂。"写回归已晚,相见只能为绿树上的黄鹂题诗了。

清·钱谦益《西湖杂感》:"树上黄鹂今作友,枝头杜宇昔为君。"

182.正销凝,黄鹂又啼数声

宋·秦观《八六子》:"无端天与娉婷。夜月一帘幽梦,春风十里柔情。怎奈向、欢娱渐随流水,素弦声断,翠销香减,那堪片片飞花弄晚,濛濛残雨笼晴。正销凝,黄鹂又啼数声。"这是离情词之"绝唱",宋·张炎《词源》卷下认为"离情当如此作"。元丰三年(1080),秦观游扬州,曾与一歌女相识,别后北归,途中离思愈浓,作此词以抒发。这里所引为词之下阕。写"素弦声断",欢娱随水,用杜牧的"春风十里扬州路"和杜甫的"一片飞花减却春"句,更增惆怅、失落之情。结句,写正黯然凝神,忽而传来黄鹂啼叫数声。这声音带来的是刺痛的凄凉。宋·洪迈《容斋随笔》卷十三:"秦少游《八六子》词云:'片片飞花弄晚,濛濛残雨笼晴。正销凝,黄鹂又啼数声。'语句清峭,为名流推激。予家旧有建本《兰畹曲集》,载杜牧之一词,但记其末句云:'正销魂,梧桐又移翠阴。'秦公盖效之,似差不及也。"明·陈霆《清山堂词话》评:"少游《八六子》词阕云:'正销凝,黄鹂又啼数声。'唐杜牧之一词,其末云:'正销魂,梧桐又移翠阴。'秦词全用杜格。然秦首句云:'倚危亭,恨如芳草,萋萋划尽还生。'二语妙甚,故非杜可及也。"洪迈说末句效杜牧词,不及原句。陈霆说,末句用杜牧格,但首句"非杜可及",都有道理。

杜牧词《八六子》:"辇路苔侵,绣帘垂,迟迟漏传丹禁。蕣华偷悴,翠鬟羞整;愁坐望处,金舆渐远,何时彩仗重临?正销魂,梧桐又移翠阴。"这也是下阕,写宫女送走主子,还望"彩仗重临"。看得出,秦观取其结句句式,含义虽近,叙事不同。结句并未超越杜牧,但全词确"非杜可及",这下阕亦非杜牧《八六子》可比。

183. 女曰鸡鸣,士曰昧旦

《诗经·郑风·女曰鸡鸣》:"女曰鸡鸣,士曰昧旦。子兴视夜,明星有烂。将翱将翔,弋凫与雁。"写一对猎人夫妇,相唤早起狩猎,射鸭捉雁,表现了相互关爱之亲情。这是最早写"鸡鸣"的名句。

《诗经·郑风·风雨》:"风雨凄凄,鸡鸣喈喈(jiē)。……风雨潇潇,鸡鸣胶胶。……风雨如晦,鸡鸣不已……"此诗以"鸡鸣……"为兴起句,写女子盼回亲人时的愉悦情怀。

《诗经·齐风·鸡鸣》:"鸡既鸣矣,朝既盈矣;匪鸡之鸣,苍蝇之声。"写"鸡既鸣矣",已至清晨,妻子呼唤丈夫上朝。全诗讥讽在朝者的怠惰。

184. 山鸡晨鸣,野雉朝雊

东汉·马融《长笛赋》:"山鸡晨鸣,野雉朝雊。"李善注:"雄鸡之鸣雊(gòu)。""雊"为雄鸡司晨"雊雊"声。写笛声宛转尖利,如同晨鸡争鸣,起落蝉联。《诗经·小雅·小弁》:"雉之朝雊,尚求其雌。"意雄鸡晨鸣,为了寻找雌鸡。马融的"朝雊"源出《诗经》。

魏·曹丕《十五》:"雊雊山鸡鸣,虎啸谷风起。"合用马融两句诗,写登山闻见。"虎啸"用《淮南子》:"虎啸谷风至。"

又《善哉行二首》(一作《苦哉行》):"野雉群雊,猴猿相追。"山鸡成群鸣叫,猿猴蹦跳追逐,表现采薇山上之荒凉。

185. 三更津吏报潮鸡

唐·李德裕《谪岭南道中作》:"五月畲(yú)田收火米,三更津吏报潮鸡。"作者晚年被谪崖州经五岭之南途中作此诗,写岭南风物特点。此二句意:五月即收获种之谷米,三更有河津小吏通知鸡鸣报潮水到来。

鸡鸣报潮来,潮来则鸡鸣,此事多有记载。《神异经·东方经》载:"扶桑山有玉鸡。玉鸡鸣则金鸡鸣;金鸡鸣则石鸡鸣;石鸡鸣则天下之鸡悉鸣,潮水应之矣。"这当然是传奇。《述异记》(上)载:"伺潮鸡,潮水上则鸣。孙绰《望海赋》曰'石鸡清响而应潮'是也。"《舆地志》载:"爱州移风县有潮鸡,鸣长且清,如吹角。每潮至则鸣。"都记古代江海有潮的地方有"潮鸡"词潮、报潮。

南朝·陈后主叔宝《估客乐》:"恒随鷁(yì)首舫,屡逐鸡鸣潮。"鷁舟几次逐鸡鸣报潮而行。

186. 鸡鸣外欲曙

汉乐府杂曲《焦仲卿妻》:"鸡鸣外欲曙,新妇起严妆。"写刘兰芝被遣归,早起整妆。"鸡鸣",司晨雄鸡报晓,天刚亮。古人云:"三更灯火五更鸡,正是男儿立志时。""五更鸡鸣",在黎明之前。

晋·乐府《吴郡民为邓攸歌》:"纻如打五鼓,鸡鸣天欲曙。"用"鸡鸣外欲曙"句,只换一字。

唐·杜甫《江边星月二首》:"鸡鸣还曙色,鹭浴自晴川。"

唐·权德舆《古离别》:"鸡鸣东方曙,凤驾临通逵。"

187. 车如鸡栖马如狗

《后汉书·陈蕃传》载:陈蕃友人陈留的朱震"字伯厚,初为州从事,奏济阴太守单匡臧罪,并连匡兄中常侍车骑将军超。桓帝收匡下廷尉,以谴超,超诣狱谢"。朱伯厚清廉贫困,出门只有破车瘦马。参倒了单匡、单超兄弟之后,深得民心,所以"三府谚曰:'车如鸡栖马如狗,疾恶如风朱伯厚。'"赞扬朱伯厚乘的车像鸡窝,破烂而小,架车的马瘦弱得像一条狗,而他痛恨恶吏贪官,采取行动雷厉风行。

唐·李贺《开愁歌》:"我当二十不得意,一心愁谢如枯兰。衣如飞鹑马如狗,临歧击剑生铜吼。"李贺的父亲名晋肃,因"晋""进"同音讳,"父名晋肃,子不得举进士",绝了进仕之路,于是"长安有男儿,二十心已朽"。(李贺《赠陈商》)都表现他抑郁之情怀。"衣如飞鹑马如狗"变用"三府谚"句,写他衣衫褴褛,骑瘦小的马,连"鸡栖"般的车也没有。

宋·贺铸《行路难》(又名"小梅花"):"缚虎手,悬河口。车如鸡栖马如狗。"贺铸青年时期,很有才干,又有一身侠气,然而仕途极其艰难。这几句就写他自己虽有才气却生不逢时,不能进达。用"三府谚"原句,喻说地位卑微。

188. 斗鸡东郊道

魏·曹植《名都篇》:"斗鸡东郊道,走马长楸间。"讽京洛子弟整天斗鸡走马,宴饮嬉戏。"斗鸡东郊道",在都城东郊斗鸡。

宋·苏轼《蒙恩责授检校水部员外郎黄州团练副史》:"塞上纵归他日马,城东不斗少年鸡。"反用曹植"斗鸡"句,言不会斗鸡走马消沉下去。

189. 狗吠深巷中,鸡鸣桑树颠

晋·陶渊明《归田园居五首》其一:"狗吠深巷中,鸡鸣桑树颠。"作者归田后第二年作此诗,表达村居生活之愉悦。此二句,写"鸡鸣""犬吠",充满了农村活生生的气息。因为这幅农村风景画鲜活自然,苏轼曾评:"'暖暖远人村,依依墟里烟;狗吠深巷中,鸡鸣桑树颠'四句如大匠运斤,无斧凿痕。"张戒评:"渊明'狗吠深巷中,鸡鸣桑树颠',本以言郊居闲适之趣,非以咏田园。"可见此二句很引人们的关注。

然而"狗吠深巷中,鸡鸣桑树颠"的语言创造并不属于陶渊明。汉乐府相和歌辞《鸡鸣》诗有句"鸡鸣高树颠,狗吠深宫中"。陶诗显然用此二句。仅变更二句之句序("狗吠"句置于"鸡鸣"之前),又换了两个字("高"换作"桑"、"宫"换作"巷")就成了桑园里巷的农村风光,平添了平易朴实的诱人魅力。

陶渊明之前,用汉乐府《鸡鸣》中"鸡鸣"句者还有:

东汉·张衡《古离别》:"鸡鸣庭树枝,客子振衣起。"

魏·阮籍《咏怀诗八十二首》:"晨鸡鸣高树,命驾起旋归。"

晋·陆机《赴洛阳道中》:"虎啸深谷底,鸡鸣高树颠。"用乐府原句。

晋以后用"鸡鸣高树"句如:

南朝·宋·鲍照《登庐山诗二首》:"鸡鸣清涧中,猿啸白云里。"用句式。

南朝·梁·简文帝萧纲《鸡鸣篇》:"埘鸡识将曙,长鸣高树颠。""埘"是墙壁挖洞作的鸡巢。《诗经·王风·君子于役》有"鸡栖于埘"句。"长鸣高树颠"即用乐府句。萧纲另有一诗则以"鸡鸣高树颠"为题。

唐·杜甫《冬末以事之乐都湖城东遇孟云卿复归刘颢宅宿宴饮散因为醉歌》:"人生会合不可常,庭树鸡鸣泪如霰。"

又《羌村三首》:"驱鸡上树木,始闻扣柴荆。"

清·何澄(chéng)《台阳杂咏》:"谷莺早许栖鸡树,海燕何年浴凤池。""栖鸡树",有鸡栖的树,鸡居住的树。《三国志·魏书·刘放传》裴松之注:魏中书监刘放与中书令孙资两人很亲近,又都久任要职。夏侯献和曹肇心中不平,见殿中有鸡栖于树,就说:"此亦久矣,其能复凤!""鸡栖树",由于夏侯献等以其指代中书令,后遂常代中书省官署,与"凤凰池"为同义语。张文淙《和杨舍人咏中书花树》:"影照凤池水,香飘鸡树风。"就是把"鸡树"与"凤池"并提的。而何澄句意是:"莺"已高迁"鸡树","燕"何时入"凤池"?都指升迁。

"鸡鸣高树颠","高树"当是乔木。鸡可以在乔木顶梢栖息吗?这必须有高飞的本领,或许是灌木,"高"是相对的。今天"驱鸡上树木",还有这种情形,但不普遍,北方就没有这种现象。清人高士奇《天禄识余》中记:"宋碑中载淮南谚曰:'鸡寒上树,鸭寒下水。'然而南宋陆游《老学庵笔记》卷二说:'淮南谚曰:鸡寒上树,鸭寒下水。'验之皆不然。有一媪曰:'鸡寒上距,鸭寒下嘴耳。'上距谓缩一足,下嘴谓藏其喙于翼间。"

190. 打杀长鸣鸡,弹去乌臼鸟

南朝乐府《读曲歌》:"打杀长鸣鸡,弹去乌臼鸟;愿得连冥不复曙,一年都一晓。"写男女欢会时殊异心理:恨不能打死报晓的雄鸡,弹走天明的黎雀,但愿把黑夜连起来不见天明,一年只天亮一次。表达了情人挚爱之常情,天真而又大胆。乐府《乌夜啼》:"可怜乌臼鸟,强言知天曙。无故三更啼,欢子冒闇去。"由于乌臼鸟误啼了时间,使男子冒黑离去,把别怨归罪于乌臼鸟。

宋·严羽《闺怨》："欲作辽阳梦，愁多自不成。错嫌乌臼鸟，半夜隔窗啼。"边梦难成，是因"愁多"，而不是由于乌臼夜啼。不是为乌臼平冤，而是反衬"愁多"。前二句用金昌绪《春怨》诗意。

191. 打起黄莺儿，莫教枝上啼

唐·金昌绪《春怨》："打起黄莺儿，莫教枝上啼。啼时惊妾梦，不得到辽西。"这是一首别具一格的闺怨诗，她不怨远戍的丈夫，而怨啼时惊梦的黄莺，痴情天真，憨态可掬。李锳《诗话易简录》评"唯梦中得为辽西，则相见无期可知，言外意须微参。不怨在辽西者之不得归，而但怨黄莺之惊梦，乃深于怨者"。马鲁《南苑一知集》："望辽西，情也，欲到辽西，情紧矣。除是梦中可到辽西，又恐莺儿惊起，使梦不成，须于预先安排莫教它啼。夫梦中未必即到辽西，莺儿未必即来惊梦，无聊极思，故至若此较思归望归者不深数层乎？"黄叔灿《唐诗笺注》："忆辽西而怨思无邪，闻莺语而迁怒相惊，天然白描文笔，无可移易一字。"宋宗元评："真情发天籁，一句一意，似一首如一句。"俞陛云评："此等诗虽分四句，实系一事，蝉联而下，脱口一气呵成。五七绝句中，如'松下问童子'诗、'君自故乡来'诗、'少小离家老大回'诗，纯是天籁，唐诗中不易得也。"这些评价够充分了，也比较准确。

"啼莺惊梦"，唐人多有描绘，不限于莺，以莺为多，所以多为春梦。

唐·杜审言《赋得妾薄命》："啼鸟惊残梦，飞花搅独愁。"

唐·李元纮《相思怨》："燕语时惊妾，莺啼转忆君。交河一万里，仍隔数重云。"

唐·岑参《送王著作赴淮西幕府》："逆旅悲寒蝉，客梦惊飞鸿。"

唐·秦系《春日闲居三首》："碍冠门柳长，惊梦院莺啼。"

唐·杜牧《即事》："春愁兀兀成幽梦，又被流莺唤醒来。"

唐·陆扆《禁林间晓莺》："绣户惊残梦，瑶池啭好音。"

唐·温庭筠《菩萨蛮》："觉来闻晓莺……春梦正关情。"

唐·鱼玄机《暮春有感寄友人》："莺语惊残梦，轻妆改泪容。"

五代·顾夐《虞美人》："晓莺啼破相思梦，帘卷金泥凤。"

五代·冯延巳《蝶恋花》："浓睡觉来莺乱语，惊残好梦无寻处。"

宋·苏轼《水龙吟》（次韵章质夫杨花词）："梦随风万里，寻郎去处，又还被、莺呼起。"

宋·辛弃疾《谒金门》："遥想归舟天际，绿鬓珑璁慵理，好梦未成莺唤起，粉香犹有孲。"

清·魏学洙《鹧鸪天》（闺思）："黄莺枝上休频唤，人在辽西梦里行。"

清·陈闻《浣溪沙》："半溪残月杜陵花，晓莺啼梦破窗纱。"

192. 啼时惊妾梦，不得到辽西

唐·金昌绪《春怨》："啼时惊妾梦，不得到辽西。""辽西"，古代辽河一带边防地区，诗中也用"辽阳""渔阳""边城""关塞""沙场"等等。

唐以前已有人写"到辽西"：

南朝·梁·吴均《与柳恽相赠答诗六首》："愿逐东风去，飘荡到辽西。"

南朝·梁·萧子晖《春宵》："传语长安驿，辛苦寄辽西。"

唐·许景先《阳春怨》："藁砧当此日，行役向辽西。"

写"梦到辽西"（含其他地方）则比较多了。

唐·沈佺期《杂诗三首》："妾家临渭北，春梦著辽西。"

唐·戴叔伦《闺怨》："看花无语泪如倾，多少春风怨别情。不识玉门关外路，梦中昨夜到边城。"

唐·令狐楚《闺人赠远》："倚席春眠觉，纱窗晓望迷。朦胧残梦里，犹自在辽西。"

唐·孟郊《征妇怨》："生在丝罗下，不识渔阳道。良人自戍来，夜夜梦中到。"

唐·张仲素《秋闺思》："碧窗斜日霭深晖，愁听寒螀泪湿衣。梦里分明见关塞，不知何路向金微。"

又《春闺思》："袅袅边城柳，青青陌上桑。提笼忘采叶，昨夜梦渔阳。"

唐·顾非熊《关山月》："深闺此宵梦，带月过辽西。"

唐·于武陵《宿江口》："自惊归梦断，不得到天涯。"一作于邺诗。

唐·于濆《辽阳行》："辽阳在何处，妾欲随君

去。"

近人俞陛云《诗境浅说》云:"唐人集中,多咏征夫思妇,宋以后颇稀,殆意境为前人说尽也。"写思妇之梦,仅为一系。

193. 忽见陌头杨柳色

唐·王昌龄《闺怨》:"闺中少妇不知愁,春日凝妆上翠楼。忽见陌头杨柳色,悔教夫婿觅封侯。""不知愁"一作"不曾愁"。春天早晨,少妇无忧无愁地着意妆扮,登上青楼。忽然看到陌头的柳色绽出新绿,才感到又是一年的春天来临了,离家求官的丈夫杳无音信,而春去春来,人生易老,于是后悔让丈夫外出求官。"忽见"一句,写本来是登楼领略春光,而见到初春的柳色,这时光的变化,激起了心底波澜,心态全然改变了,闺怨油然而生。这是著名的闺怨诗。

"忽见陌头杨柳色"是有所本的。唐·郭震《子夜四时歌·春歌》就已写了"陌头杨柳"引发的离情:"陌头杨柳枝,已被春风吹;妾心正断绝,君怀那得知!"王昌龄从此诗的创意中得到了启示。

后人写"杨柳陌"(田间杨柳路、杨柳埂)一表别离,亦绘春光。

唐·宋之问《登禅定寺阁》:"东京杨柳陌,少别已经年。"

唐·王维《观别者》:"青青杨柳陌,陌上别离人。"

唐·李白《早春寄王汉阳》:"昨夜东风入武阳,陌头杨柳黄金色。"

唐·韦应物《陪元侍御春游》:"往来杨柳陌,犹避昔年骢。"

唐·李端《晦日同苗员外游曲江》:"可怜杨柳陌,愁杀故乡人。"

唐·杨凝《春情》:"水添杨柳色,花绊绮罗香。"

唐·白居易《离别难》:"绿杨陌上送行人,马去车回一望尘。"

唐·司空图《偶书五首》:"渡头杨柳知人意,为惹官船不放行。"

宋·秦观《虞美人》:"陌头柳色春将半,枝上莺声唤。"

清·吴伟业《圆圆曲》:"可怜思妇楼头柳,认作天边粉絮看。"

194. 悔教夫婿觅封侯

唐·王昌龄《闺怨》:"忽见陌头杨柳色,悔教夫婿觅封侯。"俞陛云《诗境浅说·续编》评:"凡闺侣伤春,诗家所习咏。此诗不作直写,而于第三句以'忽见'二字,陡转一笔,全首皆生动有致。绝句中每有此格。"

用"悔教夫婿觅封侯"句如:

唐·李频《春闺怨》:"红妆女儿灯下羞,画眉夫婿陇西头。自怨愁容长照镜,悔教征戍觅封侯。"

元·王实甫《西厢记》第五本第一折《浪里来煞》:"他那里为我愁,我这里因他瘦。昨行时啜赚人的巧舌头,指归期约定九月九,不觉的过了小春时候。到如今'悔教夫婿觅封侯'。"

清·曹雪芹《红楼梦》第二十八回《"女儿"酒令》,贾宝玉"酒令":"女儿愁,悔教夫婿觅封侯。"

195. 早知潮有信,嫁与弄潮儿

唐·李益《江南曲》:"嫁得瞿塘贾,朝朝误妾期。早知潮有信,嫁与弄潮儿。"唐代"闺怨"诗多写思征夫,也写思贾人。此诗即写嫁了"瞿塘贾"的忧伤与怨愤之情。"早知"二句,波澜陡转,由"潮有信"想到"嫁与弄潮儿","潮"去"潮"来有期,"弄潮儿"必如期弄潮,这不过是天真的遐想、奇想而已,用以反衬她的怨情之深之切。贺裳《皱水轩词筌》评此诗:"无理而妙。"钟惺《唐诗归》评此想"荒唐之想",写怨情却真切。黄叔灿《唐诗笺注》评:"不知如何落想,得此急切情至语。"俞陛云《诗境浅说续编》评:"潮来有信而郎去不归,喻巧而怨深。"当然潮有信,所以产生"嫁与弄潮儿"之想无非表达怨愤之极。用"潮有信"句:

唐·白居易《浪淘沙》:"相恨不如潮有信,相思始觉海非深。"

宋·张先《浣溪沙》:"楼倚春江百尺高,烟中还来见归桡,几时期信似江潮。"

宋·贺铸《木兰花》:"佳期学取弄潮儿,人纵无情潮有信。"

196. 空中闻天鸡

唐·李白《梦游天姥吟留别》:"半壁见海日,空中闻天鸡。""天鸡"是传说中物。《述异记》载:"东南有桃都山,上有大树曰桃都,枝相去三千里,

日初出照此木,天鸡则鸣,天下之鸡皆随之鸣。"这是解释"鸡司晨"的远古传说。李白此诗定"梦游",表达了对山境的向往,因之写入了《述异记》中的传说。

又《游泰山六首》(天宝元年四月,从故御道上泰山):"海色动远山,天鸡已先鸣。"

又《秋浦歌》其三:"秋浦锦驼鸟,人间天上稀。山鸡羞渌水,不敢照毛衣。"《博物志》载:山鸡(雉)十分欣赏自己美丽的羽毛,终日映水,结果目眩溺死。李白诗写锦驼鸟的羽毛美极了,山鸡惭愧,不敢照水。

清·王又曾《经天姥寺》:"禅榻茶烟成凤世,天鸡海日又春负。"上句缩用杜牧"今日鬓丝禅榻畔,茶烟经扬落花风"(《醉后题僧院》)二句。下句缩用李白诗。王经天姥、过僧院,自然记起李、杜这两首诗。

197. 绛帻鸡人报晓筹

唐·王维《和贾至舍人早朝大明宫之作》:"绛帻鸡人报晓筹,尚衣方进翠云裘。"贾至有《早朝大明宫》诗,王维、杜甫、岑参都有和诗。王维此诗写大明宫早朝的庄严华贵。首联写早朝前的活动:"鸡人"送"晓筹",告知天已拂晓,"尚衣"为皇帝备下了彩饰皮裘,庄严而有序。"鸡人"古代官名,《周礼·春官·鸡人》:"掌共鸡牲,辨其物,大祭祀,夜呼旦以叫百官。"陆倕《新刻漏铭》:"属传漏之音,响鸡人之响。"周代的"鸡人"有二职:选供鸡牲和宫中报晓。唐代宫中,拂晓时,鸡人用红布包头如鸡冠状,于朱雀门外高声呼喊,像似鸡鸣,以警百官。"尚衣",官名,隋唐时代设尚衣局,掌管皇帝的衣装。

唐·李贺《李夫人歌》:"玉蟾滴水鸡人唱,露华兰叶参差光。"古代记时用"滴漏法",设两个铜壶,上壶盛水,水由小孔滴入下壶,下壶放一浮标,上有刻度,浮标逐渐浮水上升,依上面刻度确定时刻。"玉蟾滴水",玉蟾为上壶滴水孔。李贺《浩歌》:"漏催水咽玉蟾蜍,卫娘发薄不胜梳。"也写蟾蜍嘴滴漏情况。李贺《十二月乐词·九日》:"鸡人唱罢晓珑璁,鸦啼金井下疏桐。"同《李夫人歌》中"鸡人唱"都写时至凌晨。

写"鸡人"句还如:

唐·储光羲《贻王侍御出台椽丹阳》:"旌戟俨成行,鸡人传发煦。"

唐·王岳灵《闻漏》:"徐闻传凤诏,晓唱辨鸡人。"

唐·杜甫《送许八拾遗归江宁觐省》:"春隔鸡人昼,秋期燕子凉。"

唐·张叔良《长至日上公献寿》:"凤阙晴钟动,鸡人晓漏长。"

唐·戴叔伦《晓闻长乐钟声》:"近杂鸡人唱,新传鬼氏文。"

唐·雍裕之《了语》:"鸡人唱绝残漏晓,仙乐拍终天悄悄。"

198. 听鸡更忆君

唐·杜甫《舟中夜雪有怀卢十四侍御弟》:"不识山阴道,听鸡更忆君。"大历四年冬,卢侍御送韦大夫归葬,杜甫在舟中对着夜间大雪,作了怀念卢的诗。"不识"句写雪之大,"听鸡"句表达夜里怀思。

清·仇兆鳌《杜诗详注》卷之二十三引郭璞诗:"夜梦江山远,闻鸡更忆君。"然《郭璞集》不载。如真,则杜甫用其句。

199. 茅屋午时鸡

唐·刘禹锡《秋日送客至潜水驿》:"枫林社日鼓,茅屋午时鸡。"写送客周边景物,伴着农村社日的鼓声,听着茅舍午间的鸡鸣,向驿地而去。鸡鸣,不止晨时报晓,午时虽不似早晨此起彼伏,也常有啼声。写午时鸣的:

宋·王安石《经暖》:"静憩鸡鸣午,荒寻犬吠昏。"

宋·陆游《幽居初夏》:"陂塘晨饮牸,门巷午鸣鸡。"

明·郭登《过西樵贾氏隐居》:"梨花千树雪,茅屋数声鸡。"用刘句。

清·黄宗羲《不寐》:"年少鸡明方就枕,老人枕上待鸡明。转头三十余年事,不道销磨只数声。"写每日只消磨在数声鸡鸣中。

200. 听唱黄鸡与白日

唐·白居易《醉歌示妓人商玲珑》:"歌罢胡琴掩素瑟,玲珑再拜歌初毕。谁道使君不解歌,听唱黄鸡与白日。黄鸡催晓丑时鸣,白日催年酉时没。腰间红绶挂未稳,镜里朱颜看已久。玲珑玲珑奈老何,使君歌了汝更歌。"诗人听罢商玲珑的歌,对歌者述说:你的歌我不懂,听我唱唱"黄鸡与白日"歌吧。"黄鸡""白日"二句意为:黄鸡丑时催晓,迎来新的一天;白日西时落山,新的一天又过去了。就这样催促着时光,天复一天,年复一年,人老了,有什么办法呢? 这是叹老歌。他在《寄殷协律》(多叙江南旧游)诗中写:"几度听鸡歌白日,亦曾骑马咏红裙。"自注:予在杭州日有歌云:"听唱黄鸡与白日",又有诗云:"著红骑马是何人。"说明他在杭州的日子里,有忧伤,也有欢乐。

宋·苏轼《次韵苏伯固主簿重九》:"只有黄鸡与白日,玲珑应识使君歌。"用白居易诗意,述自己情怀。

又《与临安令宗人同年剧饮》:"试呼白发感秋人,令唱黄鸡催晓曲。""白发感秋人"即白居易,因白写过《初见白发感秋》诗。

苏轼这两首诗都作于杭州,白居易在杭州任职作的歌,在苏轼这里引起了共鸣,因为他们有共同的遭遇。

201. 黄鸡催晓丑时鸣

唐·白居易《醉歌示妓人商玲珑》:"黄鸡催晓丑时鸣,白日催年西时没。"黄鸡丑时催晓,白日西时催年,其实,两句写了一天的时光,而"催晓"与"催年"为两句共有之意,运用了"互文"修辞法,即鸡与日都在"催天",也都在"催年"。因而时光易逝,红颜易衰,老之将至。

宋·严仁《鹧鸪天》(别意):"寒淡淡,晓胧胧,黄鸡催断丑时钟。"用白居易句,写离别凄寒的天候和紧迫的时间。黄鸡丑时啼鸣,遮断了晨钟之声。

202. 休将白发唱黄鸡

宋·苏轼《浣溪沙》(游蕲水清泉寺,寺临兰溪,溪水西流):"谁道人生无再少,门前流水尚能西。休将白发唱黄鸡。""黄鸡",即代白居易慨叹年华易逝的"黄鸡白日"歌。苏轼游清泉寺,见兰溪水向西流去,感悟人生也可以返回少年,所以反用白居易句,说即使年老,也不要唱黄鸡而悲伤,表现他贬谪中达观态度。

又《浣溪沙》(公守湖,辛未上元日,作会于伽蓝中,时长老惠在坐。时有献剪伽花彩甚奇,谓有初春之兴。因作二首寄袁公济):"莫唱黄鸡并白发,且呼张丈唤殷兄,有人归去欲卿卿。"反用白居

易句,以抒"初春之兴"。

又《过密州次韵赵明叔、乔禹功》:"黄鸡催晓凄凉曲,白发惊秋见在身。"黄鸡催晓,年复一年,人随鸡唱声而老去;因为是"凄凉曲",黄鸡唱,则白发生。

203. 临池寻已厌家鸡

唐·柳宗元《殷贤戏批书后寄刘连州并示孟崙二童》:"书成欲寄庾安西,纸背应劳手自题。闻道近来诸子弟,临池寻已厌家鸡。"诗注云:"家有右军书,每纸背,庾翼题云:王会稽六纸,二月三十日。"家藏王羲之书法墨迹,纸背有庾翼题署。庾翼,晋人,长于王羲之,为晋镇武昌将军庾亮之弟,后继亮镇武昌,功绩显赫。他的"纸背题字",说明他重王羲之书法。但起初并不如此。《太平御览》卷九十八引《晋书》云:庾家子弟均学王羲之书,庾云:"小儿辈贱家鸡,爱野雉,皆学逸少书。""家鸡"自家书法,"野雉"指王羲之书法。柳诗述庾事以戏。

宋·苏轼《次韵答舒教授观余所藏墨》:"异时长笑王会稽,野鹜膻腥污刀几。暮年却得庾安西,自厌家鸡题六纸。"用柳宗元诗及注之意,述说自己不大看重自己写的字。

204. 鸡声茅店月,人迹板桥霜

唐·温庭筠《商山早行》:"晨起动征铎,客行悲故乡。鸡声茅店月,人迹板桥霜。槲叶落山路,枳花明驿墙。因思杜陵梦,凫雁满回塘。"诗人于唐宣宗大中末年离开长安,经过商山(今陕西商县东南),作此诗,抒写旅人的情怀。三、四两句,是不朽名句。旅人宿于商山茅店里,闻鸡鸣而起,戴着明月上路,实在够"早"了。跨过茅店附近的板桥,在桥上的夜霜上印下了足迹。两句全用名词(鸡、声、茅、店、月、人、迹、板、桥、霜)却写出鸡鸣、月挂、霜生、人去诸多动态,这是奇妙的表现手法。而"鸡声"在月下,"人迹"在霜上,又蕴含着旅人的艰辛与凄冷,就更奇妙了。宋·欧阳修《六一诗话》引述梅尧臣评论说:最好的诗,"状难写之景如在目前,含不尽之意见于言外",温庭筠的"鸡声茅店月,人迹板桥霜"和贾岛的"怪禽啼旷野,落日恐行人"就是这样的诗句,"道路辛苦,羁旅愁思,岂不见于言外乎?"明·李东阳《怀麓堂文集·诗话》评:"'鸡声茅店月,人迹板桥霜',人但知其能道羁

愁野况于言意之表,不知二句中不用一二闲字,止提掇出紧关物色字样,而音韵铿锵,意象具足,始为难得。若强排硬叠,不论其字面之清浊,音韵之谐舛,而云我能写景用事,岂可哉!"这两家的评论,从内容表达到语言艺术,对这两句诗已作了较为深入的剖析。

温庭筠之前的诗人已有写野店、茅屋、板桥、鸡鸣等旅人所见所闻的山村风光的了。

唐·杜甫《将赴成都草堂途中有作先寄严郑公五首》:"书籤药裹封蛛网,野店山桥送马蹄。"

唐·顾况《过山农家》:"板桥人渡泉声,茅檐日午鸡鸣。"

唐·刘郇伯《早行》:"钟静人犹寝,天高月自凉。一星深成火,残月半桥霜。"月光落照,半桥如霜。

后人,主要是宋代以后,用温庭筠此二句者,有的增字用原句,有的用茅店、鸡声、板桥、霜月,更有名家仿制的。如:

唐·韦庄《东阳酒家赠别》:"明日五更孤店月,醉醒何处各沾巾。"

唐·唐求《发邛州寄友人》:"晓鸡鸣野店,寒叶堕秋枝。"

宋·欧阳修《送张秘书归庄》:"鸟声梅店雨,柳色野桥春。"南宋人何汶《竹庄诗话》引"三山老人语录"云:"六一居士(欧阳修)喜温庭筠诗云'鸡声茅店月,人迹板桥霜',尝作诗云:'鸟声梅店雨,野色柳桥春。'效其体也。""鸡声"换作"鸟声","茅店"换作"梅店","月"换作"雨";"人迹"换作"柳色","板桥"换作"野桥","霜"换作"春",仿制痕迹晰然,而境界却不同了。

宋·释智圆《早行》:"断桥残月在,孤店晓鸡鸣。"写桥、月、店、鸡,有温诗的笔痕。

宋·司马光《早行》:"寒犬吠柴门,荒鸡鸣远村。"写远远近近鸡犬之声,在行人耳目之中响起。不用温诗,独辟蹊径。

宋·李纲《望江南》(池阳道中):"归去客,迁骑过江乡。茅店鸡声空逗月,板桥人迹晓霜凝。一望楚天长。"增字变序用温句。

宋·曹勋《选冠子》(宿石门):"还是关河冷落,斜阳衰草,苇村山驿。又鸡声茅店,鸦啼露井重唤起。"用上句。

宋·范成大《自横塘桥过黄山》:"阵阵轻寒细马骄,竹林茅店小帘招。"只用"茅店"。

宋·辛弃疾《西江月》(夜行黄沙道中):"旧时茅店社林边,路围转溪桥忽见。"只用"茅店"。

宋·赵蕃《菩萨蛮》(送游季仙归东阳):"鸡声茅店炊残月,板桥人迹霜如雪。此是古人诗,身经老忘之。君行当此境,令我昏成醒。乘月犯霜来,诗真误尔哉!"增字引温庭筠二句,说游季仙归东阳早行,正当温诗之境界,而"乘月犯霜"却太苦了,不像诗中写的那么动人,受骗了。

宋·刘克庄《沁园春》(送包尉):"明日相思,山重水复,古道人稀茅店鸡。元龙老,有高楼百尺,谁共登梯!"用温句"茅店鸡",兼用陆游"山重水复疑无路"句,写包尉踏上旅途。

宋·张榘《青玉案》(被檄出郊题陈氏山居):"西风乱叶溪桥树,秋在黄花羞涩处。满袖尘埃推不去。马蹄浓露,鸡声淡月,寂历荒村路。""鸡声淡月",暗用温庭筠句。

宋·李曾伯《满江红》(甲申春侍亲来利州道间):"奈吴帆望断,秦关声杳,不恨碧云遮雁绝,只愁江雨催莺老。最苦是、茅店月明时,鸡声晓。"用"鸡声茅店月"写旅程劳苦。

宋·赵必豫象《朝中措》(戏赠东郊刘生再聚板桥):"桔肥梅小蜡橙黄,薄薄板桥霜。"用"板桥霜"写相聚地点。

金·吴激《诉衷情》:"夜寒茅店不成眠,残月照吟鞭。"用"茅店"。

元·耶律楚材《早行》:"雁迹印开沙岸月,马蹄踏破板桥霜。""板桥霜"踏上的不是"人迹",而是"马蹄"。

元·方夔《早行》:"开门半山月,立马一庭霜。"用温句之"月""霜"二字韵。顾奎光《元诗选》引陶玉禾评:"亦从'鸡声茅店月,人迹板桥霜'化出。"

元·滕宾《鹊桥仙》:"残鸦古渡,荒鸡村店,渐觉楼头远。""荒鸡村店",暗用温庭筠句。

清·张问陶《晓行》:"人语梦频惊,辕铃动晓征。飞沙沉露气,残月带鸡声。""残月""鸡声"实在是早行之人都会遇到的景象。

清·赵翼《高黎贡山歌》:"解鞍且就茅店眠,惊看繁星比瓜大。"云南怒江西有高黎贡山,与缅甸接壤。作者行军宿山中茅店。

清·翁方纲《韩庄闸二首》:"秋浸空明月一湾,数椽茅店枕江关。"用"茅店"。

清·厉鹗《角招》:"近来偏忆着,并马去程,茅店山郭。"忆往昔并马同行的情景。

清·蒋春霖《蝶恋花》(北游道上)："沙外斜阳车影淡,红杏深深,人语黄茅店。""黄茅店",黄草苫房的客店,即"茅店"。

205.野客思茅宇

唐·王勃《赠李十四四首》："野客思茅宇,山人爱竹林。""宇"原是层檐,这里是房舍意。"茅宇"即茅屋。此句意为闲居的人喜欢居住草房。

唐·杜甫《有客》："有客过茅宇,呼儿正葛巾。"从王勃句化出,说有客人经过家中的草房。

206.半床秋月一声鸡

唐·胡曾《早发潜水驿谒中员外》："半床秋月一声鸡,万里行人费马蹄。"从潜水驿起程时,驿站客室里还有半床秋月,雄鸡报晓,刚刚啼叫第一声。写人行之早。

唐·顾非熊《秋月陕中道中作》："关河午时路,村落一声鸡。"用"一声鸡"写中午鸡鸣。

唐·司马扎《道中早发》："野店鸡一声,萧萧客车动。"也写人行早。

宋·梅尧臣《鲁山山行》："人家在何许,云外一声鸡。"从云外传来一声鸡鸣,才知人家在山的远方,写山行孤寂。

207.起舞闻鸡酒未醒

宋·张元干《卜算子》："起舞闻鸡酒未醒,潮落秋江冷。"学闻鸡起舞,实现北伐中原报国之志,已经不能。"酒未醒",失落心情,更增愁苦。"起舞闻鸡"即"闻鸡起舞"。《晋书·祖逖传》云:"(祖逖)与司空刘琨俱为州主簿,情好绸缪,共被同寝。中夜闻鸡鸣,蹴琨觉曰:'此非恶声也。'因起舞。"祖逖矢志报国,与刘琨互勉,半夜闻鸡啼,起而舞剑,后喻有志之士及时奋发。张元干取其否定意义。他的《贺新郎》(寄李伯纪丞相)："怅望关河空吊影,正人间、鼻息鸣鼍鼓。谁伴我,醉中舞。"暗用此典,深感孤立无援。

唐·姚合《剑器词三首》其一："今日当场舞,应知是战人。"其二："今朝重起舞,记得战酣时。"

宋·辛弃疾《贺新郎》(同文见和,再用前韵):"我最怜君中宵舞,道男儿、到死心如铁。"

宋·松洲《念如娇》(题钟山楼)："击楫誓清,闻鸡起舞,毕竟英雄得。"

宋·刘克庄《沁园春》(梦孚若)："饮酣画鼓如雷,谁信被晨鸡轻唤回。"

明·沈德符《祝唐二赋》："欢娱嫌夜短,惟求却日挥戈;寂寞恨更长,那计闻鸡起舞。"

清·蒲松龄《读书效樊堂》："狂情不为闻鸡舞,壮志全因伏枥消。"用否定意,以抒科场失意之情。

208.击楫誓中流

宋·张孝祥《水调歌头》(和庞佑父)："赤壁矶头落照,肥水桥边衰草,渺渺唤人愁。我欲乘风去,击楫誓中流。"作者任健康留守,因赞助张浚北伐而被免职,从此报国无门。此词有感于历史上周瑜破曹、谢安御苻坚之功绩,欲学祖逖渡江作战的意志与行为。这三个历史将领都与长江狙击有关。

"击楫誓中流",《晋书·祖逖传》载:晋元帝时祖逖自请统兵北伐,渡江时"中流击楫而誓曰:'祖逖不能清中原而复济者,有如大江!'辞色壮烈,众皆慨叹"。做为东晋杰出人物,他屡破石勒,收复黄河以南失地,做豫州刺史,深受人民爱戴。"击楫"一语做为一种战斗必胜的誓言,影响后世。

唐·李白《南奔书怀》："感遇明主恩,颇高祖逖言:过江誓流水,志在清中原。"参加永王幕府,要像祖逖一样,收复中原。

宋·刘仙伦《念奴娇》(感怀呈洪守)："击楫凭谁,问筹无计,何日宽忧顾。"

宋·赵善括《醉蓬莱》(辛卯生日二首)："有志澄清,誓击中流楫。谈笑封侯,雍容谋国,看掀天功业。"

又《满江红》(辛卯生日二首)："天赋与、飘然才气,凛然忠节。颖脱难藏冲斗剑,誓清行击中流楫。"

宋·吴琚《酹江月》："黄屋天临,水犀云拥,看击中流楫,晚来波静,海门飞上明月。"

宋·张榘《安庆摸》："楼船飞渡波稳,中流击楫酬初志,此去君王高枕。"

宋·李好古《江城子》："击楫中流,曾记泪沾裳。欲上治安双阙远,空怅望,过维扬。"

宋·李曾伯《朝中措》(送管顺甫赴漕)："勉力中流击楫,直须连钓鳌头。"

又《木兰花慢》(送朱子木叔归池阳)："中流江涛衮衮,藉谁徒,共楫属之谁。"

宋·方岳《水调歌头》(九日多景楼用吴侍郎

韵）："醉我一壶玉，了此十分秋。江涛还此，当时击楫渡中流。"

宋·文及翁《贺新郎》（西湖）："簇乐红妆摇画艇，问中流、击楫谁人是？"

209. 草木黄落兮雁南飞

这是汉武帝的名句，汉武帝刘彻在《秋风辞》中写："秋风起兮白云飞，草木黄落兮雁南飞。"他率臣下游弋汾水，迎秋风望雁飞，功业未竟，而感时伤老。此句为以雁表示时令景色的代表句。

"木落"而雁南飞，几同时而发，刘彻捉对应用，反映生活的真实，对后代文人自然带来启示。南朝·梁·刘潜《从军行》用此句："木落雕弓燥，气秋征雁肥。"唐人也用此句。虞世南《结少年场行》写："云起龙沙暗，木落雁行秋。"李百药《晚渡江津》："索索风叶下，离离早鸿秋。"唐·张说《蜀路二首》："叶落苍江岸，鸿飞白露天。"唐·袁朗《秋日应诏》："叶落商飙观，鸿归明月池。"唐·孟浩然《早寒江上有怀》："木落雁南度，北风江上寒。"唐·李白《荆州贼乱临洞庭言怀作》："风悲猿啸苦，木落早鸿飞。"唐·钱起《宿毕侍御宅》："落叶寄秋菊，愁云低夜鸿。"又《和万年成少府寓直》："一叶兼萤度，孤云带雁来。"唐·贾至《答严大夫》："今夕秦天一雁来，梧桐坠叶捣衣摧。"唐·刘长卿《晚次湖口有怀》："秋风今已至，日夜雁南度。"用汉武帝"秋风"句。唐·李峤《汾阴行》："不见只今汾河上，唯有年年秋雁飞。"回应《秋风辞》，感帝王"荣华富贵能几时"。

魏晋南北朝人写雁，主要用雁的来去写时令。曹操的《步出夏门行》（冬十月）："鹍鸡晨鸣，鸿雁南飞。"写他北征乌桓，九月自柳城凯旋南归，次年正月抵邺城，归途十月初冬的时令，禽鸟准备过冬了。晋·陶渊明《九日闲居》："往燕无遗影，来雁有余声。"正是江州刺史王宏重阳送酒的日子。又《杂诗四首》："边雁悲无所，代谢归北方。"来者为"代"去者为"谢"。此句说行役不止。南朝江淹《恨赋》："白日西匿，陇雁少飞。"写景色阴沉凄凉。宋·刘克庄《贺新郎》（九日）用江淹句"鸿北去，日西匿"，写事业落空，国势将危。

210. 举翅万余里，行止自成行

汉·曹操《却东西门行》："鸿雁出塞北，乃在无人乡。举翅万余里，行止自成行。冬节食南稻，

春日复北翔。"写雁的习性、特点，说明雁安享自然，自由自在，无忧无虑。雷同此义的"雁句"，多表向往隐逸安闲，不受羁绊。如：

唐初韦渠牟《步虚词》："羽驾正翩翩，云鸿最自然。"

唐·宋之问《洞庭湖》："风恬鱼自跃，云夕雁相呼。"

唐·王昌龄《出郴山口至叠石湾野人室中寄张十一》："寒月波荡漾，羁鸿去悠悠。"

唐·李白《感时留别从兄徐王延年从弟延陵》："小子谢麟阁，雁行忝肩随。"喻不受仕途羁约。

唐·孟浩然《同曹三御史行泛湖归越》："杳冥云外去，谁不羡飞鸿？"仕进淡漠，向往隐逸。唐·钱起《沐阳古渡作》用孟句："翩翩青冥去，羡彼高飞鸿。"

宋·朱敦儒《好事近》（渔父词）："千里水天一色，看孤鸿明灭。"抒疏放宽松的怀抱。

清·蒲松龄《水调歌头》（饮李希梅斋中）词："为问往来雁，何事太奔忙？"反用，言不应为功名太奔忙。又《家居》："明月初弦犹似客，飞鸿向暖不知家。"在毕家坐馆，相处得很融洽。又《郡城南郊偶眺》："池边绿冷黄花发，郭外天空白雁来。"眺济南千佛山，悠闲无聊。

211. 踌躇而雁行

汉·曹操《蒿里行》："军合力不齐，踌躇而雁行。"首次用"雁行"喻军伍。写关东各州郡将领于初平元年（190）春，联合起兵讨伐董卓，推渤海太守袁绍为盟主，但诸将各有打算，观望不前，甚至互相残杀。军队像雁飞的行列，不能齐头并进。"踌躇而雁行"即此意。

南朝·宋·鲍照《代出蓟门行》："雁行缘石径，鱼贯度飞梁。""雁行"喻军旅。又《赠傅都曹别》："轻鸿戏江潭，孤雁集洲沚。邂逅而相亲，缘念共无已。"轻鸿喻傅，孤雁自比，写友谊。

唐·沈佺期《送卢管记仙客北伐》："雁行度幽谷，马首向全徽。"喻军伍。又《和韦舍人早朝》："玉珂龙影度，珠履雁行来。"鱼贯式入朝。

唐·杜甫《冬日洛城北谒玄元皇帝庙》："五圣联龙衮，千官列雁行。"写庙中吴道子画《五圣图》中众官排班。又《遣兴五首》："仰看云中雁，禽鸟亦有行。"推崇秩序。

宋·黄庭坚《题子瞻枯木》:"折冲儒墨阵堂堂,书入颜杨鸿雁行。"苏轼书法已加入唐颜真卿、五代杨凝式的行列。

212. 孤雁独南翔

魏·曹丕《杂诗二首》:"草虫鸣何悲,孤雁独南翔。"写自己如失群之雁,流落他乡,十分孤独。首用孤雁喻孤独。曹植《杂诗六首》其一:"孤雁飞南游,过庭长哀吟。"作者异母兄弟曹彪,封吴王,在南方。用南方"孤雁"喻曹彪,表示作者的怀念。

唐·钱起《李四劝为尉氏尉李七勉为开封尉》:"采兰花萼聚,就是雁行联。"赞李劝、李勉兄弟美政,用"花萼聚""雁行联"表示。用"雁行"喻兄弟,已从曹植开始了。

孤雁,即断雁,离群之雁,失伴之雁。唐初萧翼《答辨才探得拓字》:"谁怜失群雁,长苦业风飘。"唐·贺兰进明《行路难五道》其五:"群雁徘徊不能去,一雁悲鸣复失群。人生结交在终始,莫为升沉中路分。"都写失群之孤苦,并及交友之道。

写"孤雁"不乏佳句。唐·崔涂《孤雁》诗写:"暮雨相呼失,寒塘欲下迟。"孤雁失群,又遇暮雨,欲下寒塘,宿于洲浦已经来不及了。失群又遇逆境,写孤雁之困苦。宋·张矣炎《解连环》(孤雁)词用此句:"自顾影,欲下寒塘。"金·施宜生《题平沙落雁》一诗也用此句:"欲下未下风悠扬,影落寒潭三两行。天涯是处有菰米,如何偏爱来潇湘?"喻身居金朝高位而心驰故国。"三两行"不也是孤雁处境吗?

唐·温庭筠《苏武庙》诗写:"云边雁断胡天月,陇上羊归塞草烟。"苏武被羁北海(今贝加尔湖畔),如一只孤雁徘徊在北方月下,长期地去国,在寒烟衰草中从事牧羊生活,而永不变节,这"断雁"也写得好。

继曹氏之后,写孤雁的是隋·薛道衡《出塞曲》,诗中写"寒夜哀笛曲,霜天断雁声"。写得也很凄苦。宋人蒋捷《虞美人》(听雨):"壮年听雨客舟中。江阔云低,断雁叫西风。"用薛诗"断雁"意。以下的"孤雁"句如:

唐初贺朝《奉和九月九日应制》:"晓霜惊断雁,晨吹结栖鸟。"

唐·张九龄《感遇十二首》:"孤鸿海上来,池潢不敢顾。"

唐·刘长卿《秋杪江亭有作》:"寒渚一孤雁,夕阳千万山。"又《宿怀仁县南湖寄东海荀处士》:"寒塘起孤雁,夜色分盐田。"

唐·李白《别中都明府兄》:"取醉不辞留夜月,雁行中断惜离群。"古人写"雁行""雁序"常喻兄弟,用离群、失行表示兄弟分离。李白《单父东楼秋夜送族弟沈之秦》:"沈弟欲行凝弟留,孤飞一雁秦云秋。"族弟李凝留下,李沈去秦地,所以"孤飞一雁"。唐·武元衡《八月十五酬从兄常望月有怀》:"地远惊金奏,天高失雁行。"唐·权德舆《和河南罗主簿送校书兄归江南》:"断云无定处,归雁不成行。"唐·白居易《自河南经乱,关内阻饥,兄弟离散,各在一处。因望月有感,聊书所怀,寄上浮梁大兄,於潜七兄,乌江十五兄,兼示符离及下邽弟妹》:"吊影分为千里雁,辞根散作九秋蓬。"都喻兄弟分离。手法更高明的是柳宗元。他的《过衡山见新花开却寄弟》:"故国名园久别离,今朝楚树发南枝。晴天归路好相逐,正是峰前回雁时。"有人以为只写"雁至衡阳,遇春而回"。宋·吴曾《能改斋漫录》卷五"辨误"云:"子厚自永还阙,过衡州,正春时,适是雁自南而北,故其诗云云,岂专谓雁至此而回乎? 乃古今考柳诗不精故耳。"柳诗意为雁尚能于归路群飞,自己却兄弟分离,欲返故园而不可得。

写离群之痛的另有:

唐·杜甫《月夜忆舍弟》:"戍鼓断人行,秋边一雁声。"喻孤独感。

又《孤雁》:"孤雁不饮啄,飞鸣声念群。"失群之雁。

唐·刘禹锡《秋风引》:"何处秋风至,萧萧送雁群? 朝来入庭树,孤客最先闻。"见雁群,孤客有如孤雁。

唐·杨凭《寄别》:"晚烟洲雾共苍苍,河雁惊飞不作行。"雁离喻人离。

唐·陆希声《山居即事》:"五鹿归来惊岳岳,孤鸿飞去入冥冥。"

宋·朱敦儒《卜算子》:"旅雁向南飞,风雨群初失。"以旅雁失群自喻。

宋·辛弃疾《水龙吟》(登建康赏心亭):"落日楼头,断鸿声里,江南游子。"喻远离抗金前线,南来之孤苦。

213. 翩若惊鸿,婉若游龙

魏·曹植《洛神赋》:"翩若惊鸿,婉若游龙。"

描绘传说中女神宓妃的形象:翩翩而来,如惊鸿轻翔;窈窕急行,如游龙婉曲。《文选》李善注:"翩翩然若鸿雁之惊。"惊什么?惊秋、惊风、惊寒、惊霜、惊雷、惊人?赋中喻女神惊生人之意。"惊鸿"句多用来喻代女子、舞女。

南朝·齐乐府《西曲歌》(共戏乐):"长袖翩翩若鸿惊,纤腰袅袅会人情。"

隋·薛道衡《和许给事善心戏场转韵》:"惊鸿出洛水,翔鹤下伊川。"喻进入"戏场"的歌舞艺人。

唐·李群玉《长沙九日登东楼观舞》:"翩若兰苕翠,婉若游龙举。"写"南国佳人"动人的舞姿。

宋·聂冠卿《多丽》(李良定公席上赋):"有翩若轻鸿体态,暮为行雨标格。逞朱唇、缓歌妖丽,似听流莺乱花隔。"用洛水仙子、巫山神女喻席上歌女之美。

宋·梅尧臣《恼侬》:"果然南陌头,翩若惊鸿度。"写与之相约踏青的女子在陌头相遇,她行止轻盈,举措羞涩。

宋·孙道绚《醉思仙》(寓居妙湛悼亡作此):"动翩翩风袂,轻若惊鸿。心似鉴,鬓如云;弄清影,月明中。"墓前如见亡妻的身影。

宋·赵瘫斋《买陂塘》(寿监丞):"闻掀髯、岭头长啸,梅花一夜香吐。正看鸣凤朝阳影,何事惊鸿翩举。"写"岭头"奇景。

214. 曾是惊鸿照影来

宋·陆游《沈园》:"伤心桥下春波绿,曾是惊鸿照影来。"陆游初娶唐婉儿,夫妇情爱甚笃。因陆母不喜欢唐氏,迫使离异。绍兴二十五年(1155),在沈园,陆游偶遇唐婉儿,作《钗头凤》一词以赠。不久,唐婉儿抑郁而死。陆游作《沈园》一诗以悼念。此上句用《洛神赋》:"灼若芙蕖出绿波"之"绿波"意。下句用《洛神赋》:"惊鸿",兼用杜甫的"鸿雁影来"句。杜甫《舍弟观归蓝田迎新妇送示两篇》:"即今萤已乱,好与雁同来。"以雁喻新妇,喻女子。又《舍弟观赴蓝田取妻子到江陵喜寄三首》:"鸿雁影来连峡内,鹡鸰飞急到沙头。""鸿雁影来"喻接来弟妇,喻女子身影。陆游《沈园》诗作于庆元五年(1199),距与唐婉儿在沈园相逢已四十四年,想起当年唐婉儿在沈园桥上照影的形象,极其哀伤。"惊鸿照影"融会了曹植、杜甫的诗句,写唐婉儿的美丽。

唐代用"惊鸿"多指受惊之鸿雁。

唐·任希古《和东观群贤七夕临泛昆明池》:"惊鸿绕蒲弋,游鲤入庄筌。"

唐·韦应物《秋夜二首》:"惊鸿千里来,萧条凉叶下。"

唐·刘禹锡《泰娘歌》:"舞学惊鸿水榭春,歌传上客兰堂暮。"

唐·杜牧《寄澧州张舍人笛》:"楼中威风倾冠听,沙上惊鸿掠水分。"

唐·李绅《泛五湖》:"依滩落叶聚,立浦惊鸿散。"

唐·鲍溶《客途逢乡人旋别》:"惊鸿一断行,天远会无因。"喻分别。

唐·李群玉《长沙九日登东楼观舞》:"唯愁捉不住,飞去逐惊鸿。"

宋代词人则多把"惊鸿"直代舞女、女子。

宋·张先《凤栖梧》:"红翠斗为长袖舞,香檀柏过惊鸿翥。"

宋·晏殊《木兰花》:"惊鸿去后生离恨,红日长时添酒困。"(一作欧阳修词)。

宋·苏轼《哨遍》:"看紧约罗裙,急趣檀板,霓裳入破惊鸿起。"

又《次韵王忠玉游虎丘绝句三首》:"若共吴王斗百草,使君未敢借惊鸿。"

宋·贺铸《下水船》:"凭栏语,草草蘅皋赋,分首惊鸿不住。"

宋·惠洪《西江月》:"玉笺佳句敏惊鸿,闻道衡阳价重。"

宋·吕渭老《减字木兰花》:"前溪夜舞,化作惊鸿留不住。"

宋·黄谈《念奴娇》(过西湖):"缥缈惊鸿飞燕举,却怨严城钟鼓。"

宋·林正大《括摸鱼儿》:"霜云雾色横无际,别鹄惊鸿无数。"

宋·刘克庄《清平乐》(赠陈参义师文侍儿):"宫腰束素,只怕能轻举。好筑避风台护取,莫遣惊鸿飞去。"

宋·徐经孙《点绛唇》:"一帘香缕,边影惊鸿度。"

宋·黄孝迈《水龙吟》:"惊鸿去后,轻抛素袜,杳无音信。"

宋·吴文英《高山流水》:"徽外断肠声,霜霄暗落惊鸿。"

又《八声甘州》:"井梧彫,铜铺低亚,映小眉、瞥见立惊鸿。"

"曾是惊鸿照影来"句式有其源。唐·白居易《花楼望雪命宴赋诗》："输将虚白堂前鹤，失却樟亭驿后梅。别有故情偏忆得，曾经穷苦照书来。"陆游取此末句句式。

新派评剧《花为媒》中有一句唱词："惊鸿一去无踪影"，是喻张五可离开花园的。

215. 目送归鸿，手挥五弦

魏·嵇康《赠秀才入军》："目送归鸿，手挥五弦。"此诗是写给其兄嵇喜的，诗人推想军旅生活：眼睛凝视着归鸿，手弹着五弦琴，倒也逍遥自得，充满了情趣。

陈·江总《遇长安使寄裴尚书》："去云徒目送，离琴手自挥。"写他避难岭南，闲居无聊。从嵇康二句脱出。

宋·贺铸《六州歌头》："恨登山临水，手寄七弦桐，目送归鸿。"写一充满豪侠之气的人，请缨无路，报国无门，用嵇康句，说只能弹五弦，望归鸿，寄托自己不遇之苦了。

"目送归鸿"句为唐宋人多次应用，表现悠闲无为，宁静淡泊，思乡怀友及送人远去。唐以后写"雁"的句子同写"月"、写"柳"一样多，都是古人寄托种种情思的事物，而在"雁"句中，"目送归鸿"又为最。

唐·王维《寄荆州张丞相》："目尽南飞雁，何由寄一言。"写怀思。

唐·王昌龄《独游》："手携双鲤鱼，目送千里雁。"写独闲。

唐·李颀《野老曝背》："百岁老翁不种田，惟知曝背乐残年。有时扪虱独搔首，目送归鸿篱下眠。"写悠闲。又《送綦毋三谒房给事》："手持莲花经，目送飞鸟余。"写送行。

唐·李白《鞠歌行》："奈何今之人，双目送飞鸿。"写不遇。又《游溧阳北湖亭望瓦屋山怀古赠同旅》："目色送飞鸿，邈然不可攀。"写攀登之难。

唐·钱起《仲春宴王补阙城东小池》："醉来倚玉无余事，目送归鸿笑复歌。"

唐·顾况《送大理张卿》："越禽唯有南枝分，目送孤鸿飞向西。"写送别。又《从江西至彭蠡入浙西淮南界道中寄齐相公》："心清百丈泉，目送孤飞鸿。"写宁静。

唐·任华《寄李白》："身骑天马多意气，目送飞鸿对豪贵。"写豪放。

唐·戴叔伦《登楼望月寄凤翔李少尹》："心送情人趋凤阙，目随阳雁极烟霄。"怀远。

唐·武元衡《春暮郊居寄朱舍人》："目随鸿雁穷苍翠，必寄溪云任卷舒。"写闲适。

唐·权德舆《早发杭州泛富春江寄陆三十公佐》："俯见触耳鳞，仰目凌霄鸿。"写旅景。又《奉和礼部尚书酬杨著作竹亭歌》："风入松，云归栋，鸿飞天处犹目送。"写闲适。

唐·白居易《北亭》："口咏独酌谣，目送归飞翮。"写悠闲。

唐·赵嘏《茅山道中》："门前便是仙山路，目送归云不得游。"换"鸿"为"云"，写向往。

唐·韩偓《山院避暑》："何人识幽抱，目送冥冥鸿。"写悠闲。

唐·李咸用《送从兄入京》："云帆高挂一挥手，目送烟霄雁断行。"写送行。

唐·詹琲《追和秦隐君辞荐之韵上陈侯乞归凤山》："心随倦鸟甘栖宿，目送征鸿远奋飞。"写乞归赋闲。

五代·孙光宪《浣溪沙》："目送征鸿飞杳杳，思随流水去茫茫。"写闲适。

宋·林逋《暮春寄怀曹南通任寺丞》："江湖今日还劳结，目送归飞点点鸿。"写悠闲。

宋·刘筠《无题二首》："身轻近识吴宫燕，目断还惊洛浦鸿。"安适。

宋·杨亿《勤公亭》："浮蚁酡颜数，飞鸿送目劳。"悠闲。

宋·释智圆《寄净慈寺悟真师》："别来音信无由寄，目断遥天雁一行。"怀思。

宋·欧阳修《伤春》："卷箔高楼惊燕入，挥弦远目送鸿归。"伤春归。

又《南征道寄相送者》："云含江树看迷所，目逐归鸿送不休。"远送。

宋·黄庶《下棋》诗："黑白胜负无已时，目送孤鸿出云外。"闲适。

宋·刘敞《晚过深甫》："有时寄一笑，目送南飞鸿。"旅途轻快。

宋·曾巩《甘露寺多景楼》："老去衣襟尘土在，只将心目羡冥鸿。"

宋·王安石《次韵和张仲道见寄三绝句》："默默此时谁会得，坐凭江阁看飞鸿。"看鸿而思人。

宋·苏轼《襄阳乐》："北人闻道襄阳乐，目送飞鸿应断肠。"向往。

又《人日猎南城》:"放弓一长啸,目送孤鸿矫。"射鸿。

又《郭熙秋山平远二首》:"目尽归鸿落照边,遥知风雨不同川。此间有句无人识,送与襄阳孟浩然。"望秋山远景。

宋·黄庭坚《青玉案》(至宜州次韵上酬七兄):"烟中一线来时路,极目送、归鸿去。"怀念"七兄"。

又《听宋宗儒摘阮歌》:"手挥琵琶送飞鸿,促弦聒醉惊客起。"写琵琶弹得极动人。

宋·秦观《调笑令》(昭君):"未央宫殿知何处,目送征鸿南去。"述昭君出塞思南国。

宋·叶梦得《贺新郎》:"万里云帆何时到?送孤鸿、目断千山阻。"写送远人。

又《永遇乐》(蔡州移守颖昌与客会别临芳观席上):"纶巾羽扇,一尊饮罢,目送断鸿千里。"饯别。

宋·朱敦儒《桃源忆故人》:"一曲广陵弹遍,目送飞鸿远。"写悠闲。

宋·周紫芝《感皇恩》(送晁别驾赴朝):"今朝何事,目送征鸿轻举。"送行。

又《一剪梅》(送杨师醇赴官):"早是霜华两鬓秋,目送飞鸿,那更难留。"送行。

宋·蔡绅《满庭芳》:"烟锁长堤,云横孤屿,断桥流水溶溶。凭栏凝望,远目送征鸿。"怀思。

宋·王以宁《满庭芳》(邓州席上):"霜秋晓,凉生日观,极目送飞鸿。"写轻松。

宋·张元干《水调歌头》:"莫变姓名吴市,且向渔樵争席,与世共沉浮。目送飞鸿去,何用画麒麟。"写安闲。

宋·王之道《凤箫吟》(和彦时兄重九):"行藏休借问,且徘徊、目送飞鸿。"怀思。又《卜算子》:"堂上老诗翁,客至劳相管,风喘西头客自东,目送云中雁。"送客。

宋·韩元吉《念奴娇》:"湖山泥影,弄晴丝,目送天涯鸿鹄。"又《薄倖》(送安伯弟)词:"任鸡鸣起舞,乡送何在,凭高目尽孤鸿去,漫留君住。"送行。

宋·法常《渔父词》:"而今忘却来时路,江山暮,天涯目送鸿飞去。"怀思。

宋·王质《西江月》(感怀):"乾坤遗恨渺难平,目断塞鸿孤影。"

宋·杨冠卿《水调歌头》(春日舟行):"目送孤鸿杳霭,景意与俱闲。"写悠闲。

宋·赵善括《柳梢青》(用万元亨送冠之韵):"一尊良夜匆匆。怎忍见、轻帆短篷。汉水无情,楚云有意,目断飞鸿。"送别。

宋·江莘《浪淘沙》(与外甥吴晋良游落石):"日现山西留不住,且送飞鸿。"闲适。

宋·韩淲《朝中措》(梅月圆):"但愿人生长久,挥弦目送飞鸿。"怀思。

宋·戴复古《木兰花慢》:"相思谩然自苦,算云烟、过眼总成空。落日楚天无际,凭栏目送飞鸿。"怀思忆旧。

宋·刘克庄《贺新郎》(送陈真州子华):"空目送,塞鸿去。"送陈子华北去而感惭愧。

宋·林淳《水调歌头》(次赵师开西湖韵):"目送孤鸿远,心与白鸥闲。"悠闲。

宋·李伯曾《水调歌头》(丁未沿檄过颖寿):"回首白云何处,目送孤鸿千里,去影为徘徊。"送别。

宋·史可堂《蓦山溪》:"山翁醉矣,一笛小楼空。思往事,看孤云,目断征鸿去。"思忆。

宋·吴文英《木兰花慢》(送翁五峰游江陵):"向暮江目断,鸿飞渺渺,天色沉沉。"送别。

宋·翁孟寅《摸鱼儿》:"举目送飞鸿,幅巾老子,楼上正凝伫。"老来旧地重游,心事重重。

宋·黄升《南柯子》(丙申重九):"落帽参军醉,空尊靖节贫。世间那复有斯人。目送归鸿去、一伤神。"写感触。又《西河》(己亥秋作):"且挥弦寄兴,氛埃之外,目送萤鸿归天际。"写感触。

宋·无名氏《失调名》:"徘徊无语倚南楼,目送归鸿泪转流。"写感伤。

金·李俊民《乱后寄兄》诗:"此生不识连昌乐,目送孤鸿空断肠。"连昌,唐宫。元稹《连昌宫词》叙述唐明皇、杨贵妃乐极生悲,遭安史之乱。作者写金朝倾覆。

金·元好问《临江仙》(自洛阳往孟津道中作):"幽怀谁苦语,远目送归鸿。"满腔愁绪无处诉,只凝视归鸿,感到落寞、惆怅。

元·萨都拉《木兰花慢》(彭城怀古):"回首荒城斜日,倚栏目送飞鸿。"吊古伤今,感人生如寄,陷入深思遐想。

明末吴绮《满江红》(金山):"上危楼,极目送归鸿,吹横笛。"雁归人难归,吹笛以寄愁思。

216. 嗷嗷晨雁翔

晋·左思《杂诗》："披轩临前庭,嗷嗷晨雁翔。"《文选》李善注:"冲于时贾充征为记室,不就,因感人年老,故作此诗。"其实,贾充死时,左思才三十岁左右。征左思的人应是齐王司马冏。《晋书·文苑传》记:左思晚年(约五十余岁)被"齐王冏命为记室督,辞疾不就。"此诗当作于此时。左思青年时曾怀有为国建功立业之大志,但他出身寒门,仕途坎坷;到了晚年,理想破灭,哀凉顿生。此句写诗人一夜未眠,清晨出门,正遇嗷嗷的鸣雁,雁的哀鸣更添凄凉。

鸿雁哀鸣出自《诗经·小雅·鸿雁》："鸿雁于飞,哀鸣嗷嗷。"用雁鸣之哀,烘托劳役之悲。魏·阮籍《咏怀》诗写:"孤鸿号外野,翔鸟鸣北林。"孤鸿悲号,令人哀伤。

唐·刘长卿《九日登李明府北楼》："霜降鸿声彻,秋深客思迷。"鸿声唤起客思。

唐·杜甫《曲江三章章五句》："白石素沙亦相荡,哀鸿独叫求其曹。"清·仇兆鳌《杜诗详注》注:"沙石相荡,自比飘流。哀鸿求曹,念及同气也。"杜句即祢衡赋"哀鸿感类"之义。

唐·李端《古别离》："木落雁嗷嗷,洞庭波浪高。"

唐·韩愈《鸣雁行》："嗷嗷鸣雁鸣且飞,穷秋南去春北归。去寒就暖识所处,天长地阔栖息稀。"

清·蒲松龄《忧荒》："嗷嗷携儿女,死徙离故乡。"用雁的哀鸣喻儿女的哀啼。写逃离故乡,不计生死。嗷嗷待哺既用于幼鸟,也用于幼婴。

217. 北风驱雁天雨霜

南朝·宋·鲍照《代白纻曲二首》："穷秋九月落叶黄,北风驱雁天雨霜。夜长酒多乐未央。"写深秋夜晚,"邯郸女"为"洛阳少童"歌舞的情景。外面虽已寒凉,室内却欢乐异常。"北风吹雁"说明雁已南飞。

宋·周邦彦《庆春宫》："衰柳啼鸦,惊风驱雁,动人一片秋声。""惊风驱雁"用鲍照句。

218. 先念鸿陆之远

北周·庾信《小园赋》："不雪雁门之踦,先念鸿陆之远。"言自己将远去而不复返了。此取义于

《诗经·豳风·九罭(yù)》："鸿飞遵陆,公归不复"句,意为鸿雁沿着陆地飞去,公爷去了不再返回。

《易经·渐卦》九三爻辞曰:"鸿渐于陆,夫征不复。"虞翻曰:"高平称陆。谓初已变,坎水为平,三动之坤,故鸿渐于陆。""渐"为"进",即鸿飞到陆地,后取"进"义,"鸿渐"又表官职晋升。"鸿渐"表"鸿飞",则是诗中常用之义。如:

唐·孟浩然《长安早春》："鸿渐看无数,莺歌听欲频。"鸿来无数,莺歌不止。又《赠萧少府》:"鸿渐升仪羽,牛刀列下班。"平常之辈升居高位,有才的人反列下品。

唐·卢僎《初出京邑有怀旧林》："外忝文学知,鸿渐鹓鹭间。"又《冬季送户部郎中使黔府选补》:"马遂霜鸿渐,帆沿晓月空。"

219. 唯有河边雁,秋来南向飞

北周·庾信《重别周尚书》："阳关万里道,不见一人归。唯有河边雁,秋来南向飞。"诗人羁留长安,不得南归,见秋来北雁南翔,即唤起思乡之情,此诗是一例。又如《晚秋》:"可怜数行雁,点点远排空。"望着向南远去的雁行而伤情。《秋夜望单飞雁》:"失群寒雁声可怜,夜半单飞在月边。无奈人心复有忆,今暝将渠俱不眠。"喻自己为失群之雁,不能同返南国。

雁,做为候鸟,春来南雁北归;秋至北雁南翔。人们据此特点,望雁归而产生思乡、怀人之情,为"雁(鸿)归人未归"或"雁去人难去"而感伤。此类"雁"句,形式繁多。

晋·陶渊明《联句》："鸿雁乘风去,去去当何极;念彼穷居士,如何不叹息。"见飞雁而怀人。

南朝·宋·谢庄《怀园引》："鸿飞从万里,飞飞河岱起。"以鸿飞远去带起乡情。

南朝乐府《西洲曲》："忆郎郎不至,仰首望飞鸿;鸿飞满西洲,望郎上西楼。"怀人而望雁,人无归期。

南朝·陈·江总《于长安归还扬州九月九日行薇山亭赋韵》："心遂南云逝,形随北雁来。"思念长安。

唐·王适《古别离》："频年雁度无消息,罢却鸳文何用织。""离人数年无音信,织成鸳鸯又给谁呢?"

唐·卢照邻《九月九日登玄武山》："九月九日眺山川,归心归望积风烟。他乡共酌金花酒,万里

同悲鸿雁天。"同家人共望鸿雁飞,却分处异地。

又《关山月》:"寄言闺中妇,时看鸿雁天。"共看鸿雁天与共看明月一样以寄相思。

又《赠益府裴录事》:"雁度何时还,晚桂不同攀。"怀念裴录事。

又《昭君怨》:"愿逐三秋雁,年年一度归。"推想昭君思归。

唐·杨师道《侍宴赋得起坐弹鸣琴二首》:"变作离鸿声,还入思归引。"琴奏"离鸿声",引发了思归之心。

唐·许敬宗《拟江令于长安归扬九日赋》:"本逐征鸿去,还随落叶来。菊花应未满,请待诗人开。"江令逐征鸿(春天)去长安,秋日归来,扬州菊花正迎接诗人。借物以抒怀人之情。

唐·王勃《寒夜思友三首》:"鸿雁西南飞,如何故人别。"怀念"故人"。

唐·孙逖《宴越府陈法曹西亭》:"江南归思逼,春雁不堪闻。"人留南而春雁北归,因而"不堪闻"。

唐·李林甫《秋夜望月怀韩席等诸侍郎因以报赠》:"鸿雁飞难度,关山曲易长。"因难得见面而备加思念。

唐·李颀《送从弟游江淮兼谒鄱阳太守》:"浔阳北望鸿雁回,溢水东流客心醉。"离情。

又《送魏万之京》:"鸿雁不堪愁里听,云山况是客中过。"人别如雁去。

又《古从军行》:"胡雁哀鸣夜夜飞,胡儿眼泪双双落。"古战场之凄凉。

唐·王昌龄《春怨》:"寒雁春深归去尽,出门肠断草凄凄。"雁归人未归。

又《秋山寄陈谠言》:"思君若不及,鸿雁今南翔。"怀人。

唐·张谓《辰阳即事》:"自恨不如湘浦雁,春来即是北归时。"思归。

唐·刘长卿《移使鄂州次岘阳馆怀旧居》:"万里通秋雁,千峰共夕阳。"思归。

又《登润州万岁楼》:"江客不堪频北望,塞鸿何事又南飞。"(一作皇甫冉诗)在安史之乱中,思念北方。

唐·李白《秋日鲁郡尧祠亭上宴别杜补阙侍郎》:"云归碧海夕,雁没青天时。相失各万里,茫然空尔思。"痛别离。

唐·杜甫《客堂》:"老马终望云,南雁意在

北。"在蜀思长安。

又《天末怀李白》:"鸿雁几时到,江湖秋水多。"在秦州怀李白,想知其流浪音讯。

又《归雁》:"肠断江城雁,高高正北飞。"居成都数年,见雁北归而思乡。

唐·韦应物《登郡寄京师诸季淮南子弟》:"迨兹闻雁夜,重忆别离秋。"忆别。

唐·钱起《登复州南楼》:"客心湖上雁,思归日边花。"思归。

唐·郎士元《郢城秋望》:"白首思归归不得,空山闻雁声声哀。"思归。

唐·鲍溶《夜寒吟》:"旅鸿迷雪绕枕声,远人归梦既不成。"鸿惊归梦,人如雁迷,不得归。

唐·施肩吾《望夫词二首》:"看看北雁又南飞,薄倖征夫久不归。"望归。

唐·戴叔伦《昭君词》:"惆怅不如边雁影,秋风犹得向南飞。"假托昭君思归不得归。

唐·司空曙《寒塘》:"乡心正无限,一雁度南楼。"加剧乡心。

唐·刘商《胡笳十八拍》(第十一拍):"几回鸿雁来又去,肠断蟾蜍方复圆。"叹人不能归。

唐·雍陶《秋怀》:"南国望中生远思,一行新雁去汀洲。"怀远。

唐·孟郊《车遥遥》:"旅雁忽叫月,断猿寒啼秋。""旅雁",喻托征夫未归。

唐·薛奇童《思归乐二首》:"万里春应尽,三江雁亦稀。连天汉水广,孤客未言归。"雁已北去,人不能归。

唐·皎然《古别离》(代人答阎士和):"云离离兮北断,鸿渺渺兮南多。"思归。

唐·赵嘏《昔昔盐》(长垂双玉啼):"雁出居延北,人犹辽海西。"思征人。

又《昔昔盐》(风月守空闺):"魂飞沙帐外,肠断玉关中。"思征人。

唐·韩翃《和高平朱参军思归作》:"一雁南飞动客心,思归何待秋风起。"

五代·孙光宪《浣溪沙》:"目送征鸿飞杳杳,思随流水去茫茫。兰红波碧忆潇湘。"忆江南。

宋·柳永《曲玉管》:"断雁无凭,冉冉飞汀洲,思悠悠。"怀情人。

又《夜半乐》:"凝泪眼,杳杳神京路,断鸿声远长天暮。"惜远别。

宋·晏几道《少年游》:"飞鸿影里,捣衣砧外,

总是玉关情。"怀征人。

又《南乡子》:"楼依暮云初见雁,南飞,漫道行人雁后归。"怀人。

宋·贺铸《捣练子》:"收锦字,下鸳机,净拂床砧夜捣衣。马上少年今健否,过瓜时见雁南飞。"雁已南飞,而人过瓜时未还。

宋·万俟咏《长相思》(山驿):"几叶秋声和雁声,行人不要听。"思乡。

宋·陆游《枕上偶成》:"自恨不如云际雁,南来犹得过中原。"思中原。

宋·鲁逸仲《南浦》(旅怀):"数声惊雁,下离烟水,嘹唳度寒云。"思乡。

宋·王珪《楼上述怀》:"数鸿秋入衡阳云,一帆暮过潇湘雨。"思乡。

宋·陈亮《水龙吟》(春恨):"寂寞凭高念远,向南楼、一声归雁。"怀念故国(北宋)山河。

宋·姜夔《江梅引》(诣淮不得以志梦思):"湿红恨墨浅封题,宝筝空,无雁飞。"诣淮会友而不能。

宋·方岳《水调歌头》:"芦叶蓬舟千重,菰菜莼羹一梦,无语寄归鸿。"思乡。

宋·蒋兴祖女《减字木兰花》:"飞鸿过也,万结愁肠三昼夜;渐近燕山,回首乡关归路难。"思乡。

宋·刘克庄《忆秦娥》:"梅谢了,塞垣冻解鸿归早;鸿归早,凭伊问讯、大梁遗老。"思北宋故国。

宋·周密《高阳台》(寄越中诸友):"归鸿自趁潮回去,笑倦游、犹是天涯。"思友。

220. 恒思昔日稻粱恩

南朝·陈·阮卓《赋得黄鹤——远别》:"恒思昔日稻粱恩,理翮整翻上君轩。"写"寡鹤偏栖",感昔日"稻粱恩""乘轩惠"。似隐含人间事。"稻粱"《韩诗外传》:"田饶谓鲁哀公曰:黄鹤止君园池,啄君稻粱。"阮卓用此"黄鹤啄稻粱"意。"稻粱恩",指受人赠给食物的恩德,鹤如此,人也如此。写鹤也常常喻人。

唐·张众甫《寄兴园池鹤上刘相公》:"不随淮海变,空愧稻粱恩。"

唐·孙昌胤《遇旅鹤》:"希君惠稻粱,欲并离丹丘。不然奋飞去,将适汗漫游。"

唐·白居易《感鹤》:"不惟怀稻粱,兼亦竞腥膻。"

唐·项斯《病鹤》:"幸念翅因风雨困,岂教身临稻粱肥。"

唐·薛能《失鹤二首》:"曾啄稻粱残粒在,旧翅泥潦半踪稀。"

唐·李群玉《赠方处士》:"白衣方外人,高闲溪中鹤。无心恋稻粱,但似林泉乐。"

又《池州封员外郡斋双鹤丹顶霜翎仙熊浮旷罢政之因呈此章》:"顾慕稻粱惠,超遥江南情。"

又《送处房士闲游》:"羡君随野鹤,长揖稻粱愁。"

又《旅游番禺献凉公》:"野鹤栖飞天远近,稻粱多处是恩深。"

221. 各有稻粱谋

唐·杜甫《同诸公登慈恩寺塔》:"君看随阳雁,各有稻粱谋。"诗中以黄鹄哀鸣自比,叹谋生不如阳雁,阳雁还能够寻觅到自己的食物。"阳雁"喻趋炎附势、善于自谋温饱的人。清·仇兆鳌《杜诗详注》评:"少陵则格法严整,气象峥嵘,音节悲壮,而俯仰高深之景,盱衡今古之势,感慨身世之怀,莫不曲尽篇中,真足压倒群贤,雄视千古矣。……杜于末幅,另开眼界,独辟思议,力量百倍于人。""稻粱"出于《韩诗外传》"黄鹤啄稻粱",后也用于"雁"寻觅食物,如喻人则指谋求衣食、俸禄。

最早把"稻粱"用于雁的是北周诗人庾信。他的《咏雁》(《先秦汉魏晋南北朝诗》〈逯钦立辑校〉又收作南陈周弘正《于长安咏雁》诗。《庾子山集注》亦收作庾信诗):"南思洞庭水,北想雁门关。稻粱俱可恋,飞去复飞还。"《荆州记》:"雁塞,北接阳州汶阳郡,其间东西岭属天无际,雁飞翥至此即回翼。惟一处稍下,每雁飞达,则矫翼裁度下处而过,故名雁塞。"《山海经》:"雁门之水,出于雁门之山,雁出其间。"郭璞注云:"雁门山即北陵、西隅,雁之所出,因此名之。在高柳北。"庾信诗意为雁或到南方或到北方,都可以寻到使它们留恋的食物。其他如:

唐·陈子昂《鸳鸯篇》:"鸿燕来紫塞,空忆稻粱肥。"

唐·张九龄《二弟宰邑南海见群雁南飞因成咏以寄》:"鸿雁自北来,嗷嗷度烟景。常怀稻粱惠,岂惮江山永。"

唐·骆宾王《同张二咏雁》:"阵照通宵月,书封几夜霜。天复能鸣分,空知愧稻粱。"

唐·杜甫《重简王明府》:"君听鸿雁响,恐致稻粱难。"

又《官地春雁二首》:"自古稻粱多不足,至今鸂鶒乱为群。"

唐·韩愈《鸣雁》:"风霜酸苦稻粱微,毛羽摧落身不肥。"

宋·刘过《雁》:"岁晚客途营一饱,稻粱多处却为家。"

宋·魏了翁《阮郎归》(送赵监丞赴利路提刑):"西风吹信趣征鞍,日高鸿雁寒,稻粱,啄尽不留残,依归阿那边。"又《浣溪沙》(茂叔兄生日):"云外群鸿逐稻粱,独乘下泽少游乡。赤心片片为人忙。"

宋·刘克庄《八声甘州》(雁):"物微生处远,往还来,非但稻粱求。似爱长安日,怕阴山雪,善自为谋。"

除鹤、雁外,"稻粱"也用在描述鸡、鸭、鹅等禽鸟上。

唐·卢照邻《赠益府群官》:"常思稻粱遇,愿栖梧桐树。"写"鸟"以喻人。

唐·杜甫《花鸭》:"稻粱沾汝在,作意莫先鸣。"

唐·吕温《道州北池放鹅》:"能自远飞去,无念稻粱为。"

唐·白居易《山雉》:"即有稻粱恩,必有牺牲患。"

宋·司马光《鸡》:"羽短笼深不得飞,久留宁为稻粱肥。"

222. 著书都为稻粱谋

清·龚自珍《咏史》:"避席畏闻文字狱,著书都为稻粱谋。"读书人惧怕"文字狱",不敢议论时政,即使著书,也不过为了衣食。"稻粱"用于人,则表示衣食。

隋·庾自直《初发东都应诏》:"稻粱叨岁月,羽翮仰恩光。后尘归旧里,还如仙鹤翔。"直接以鸟喻人。

唐·韦嗣立《偶游龙门北溪忽怀骊山别业因以言示弟淑呈诸大僚》:"稻粱仍欲报,岁月坐空损。"

唐·杜甫《重过何氏五首》:"手自移蒲柳,家才足稻粱。"

又《寄李十二白二十韵》:"稻粱求未足,薏苡

谤何频。"

又《到村》:"稻粱须就列,榛草即相迷。"

宋·范成大《南塘冬夜倡和》:"绝笑儿痴生活淡,略无岁晚稻粱谋。"

又《晓出古岸呈宗伟、子文》:"稻粱亦易谋,烟霞乃难痼。"

宋·辛弃疾《水调歌头》(提幹李君索余赋野秀、绿绕二诗。余诗寻医久矣,姑合二榜之意,赋《水调歌头》以遗之。然君才气不减流辈,岂求田问舍而独乐其身耶?):"文字觑天巧,亭榭定风流。平生丘壑,岁晚也作稻粱谋。"

223. 惊雁落虚弦

唐·李世民《帝京篇》:"惊雁落虚弦,啼猿悲急箭。"写箭法高超,勇力无比。又《咏弓》(《唐诗纪事》作董思恭诗)也写落雁啼猿,仿前句,咏弓箭精良。又《句》:"近日毛虽暖,闻弦心已惊。"这是写雁了。

《国语·魏语》记:战国人更赢善射,一次他同魏王出行,见一雁从东方飞来。即引弓虚发,雁随弓声而落。他对魏王解释说:这雁飞得很悲哀,可知它受了伤,又失群已久。听弓弦之声,它旧伤未愈,心有余悸,要尽力高飞,结果旧伤发作,掉了下来。《战国策·楚策》魏加引此故事说明临武军曾被秦打得大败,不宜再当主将。"惊弓之鸟"或"伤弓之鸟"常为后人用作成语。《晋书·符生载记》:"伤弓之鸟,落于虚发。"《晋书·王鉴传》:"黩武之众易动,惊弓之鸟难安。"诗词中写"虚弓落雁"(也有实弦),表示武功高超、弓箭精良、狩猎有获及劳苦疲蔽、考场落第等等。

唐·杨师道《奉和咏弓》:"鸟飞随帝辇,雁落逐鸣弦。"和李世民《咏弓》。

唐·李峤《少年行》:"尘生马影灭,箭落雁行稀。"写射猎。

唐·张九龄《荆州作二首》:"胡为复惕息,伤鸟畏虚弓。"写怯畏心态。

唐·储光羲《同诸公秋日游昆明池思古》:"羽发鸿雁落,桧动芙蓉披。"写弓术高超。

唐·袁朗《秋夜独坐》(一作邢邵诗):"危弦断客心,虚弹落惊禽。"写惶惶不安。

唐·陈子昂《落第西还别魏四懔》:"转蓬方不定,落羽自惊弦。"又《落第西还别刘祭酒高明府》:"莫言长落羽,贫贱一交情。"二诗中的"落羽",原

指飞鸟落地,这里喻科考落第。

唐·刘长卿《落第赐杨侍御兼拜员外仍充安大夫判官赴范阳》:"泣连三献玉,疮惧再伤弓。"喻落第。

又《观校猎上淮西相公》:"箛随晚吹吟边草,箭没寒云落塞鸿。"写射猎。

唐·李白《赠崔侍郎》:"高风催秀木,虚弹落惊禽。""虚弹落惊禽"用袁朗原句,写自受谗离京到山东,几似惊弓之鸟。

又《单父东楼秋夜送族弟沈之秦》:"折翮翻飞随转蓬,闻弦虚坠下霜空。""折翮""坠空"亦喻政治上受挫折而出京。

又《雁鸣行》:"闻弦虚坠良可吁,君更弹射何为乎?"对闻弦而落的雁为什么又加弹射呢?同情于雁,实为自伤。

唐·鲍溶《鸣雁行》:"江南羽族本不少,宁得网罗此客鸟。"对网中之雁深切同情。

唐·柳中庸《春思赠人》:"落雁惊金弹,抛杯泻玉缸。"自叹身世。

唐·王建《寄旧山僧》:"猎人箭底求伤雁,钓户竿头乞活鱼。"写善行。

唐·李频《赠长城庾将军》:"逆风走马貂裘卷,望塞悬弧雁阵分。"射散雁行。

唐·郑锡《出塞曲》:"玉靶半开鸿已落,金河欲渡马连嘶。"写勇武。

唐·杨巨源《赠浑钜中允》:"马盘旷野弦开月,雁落寒原箭在弓。"勇武的骑射。

唐·张玉娘《塞上曲》:"落雁行银箭,开月响镰环。"写发弓。

唐·张祜《观徐州李司空猎》:"背手抽金镞,翻身控角弓。万人齐指处,一雁落长空。"写射猎。

唐·无名氏《生查子》:"落雁一张弓,百支金花箭。"写武士戎装。

清·蒲松龄《风流子》(元宵雪):"仿佛射残素雁,猎罢银獐。"花灯披雪,如射残素雁、猎获白獐。

又《大江东去》(寄王如水):"病鲤暴腮,飞鸿铩羽。""铩羽"羽毛伤残,无力奋飞,写考场失利,同陈子昂诗中"落羽"。常说"铩羽而归"。

224. 雁阵惊寒,声断衡阳之浦

唐·王勃《滕王阁序》:"雁阵惊寒,声断衡阳之浦。"雁群为天寒而惊恐,鸣声一直到衡阳水边。

宋·王琪《斗百花》(江行):"雁阵惊寒,乱落平沙深处。"

宋·石孝友《满江红》:"雁阵惊寒,故唤起,离愁万斛。"

元·鲜于必仁《普天乐》(平沙落雁):"雁阵惊寒埋云岫,下长空飞满沧洲。"

225. 风严征雁远

唐·褚亮《晚别乐记室彦》:"风严征雁远,云晴去篷迟。他乡有歧路,游子欲何之。"乐彦将要远行,作者作此诗以送,他们友谊之深,离情之重,溢满全篇。这是惜远别诗,"风严征雁远"里"严"是急的意思。急风催送征雁远去。"征雁"即远行之雁。用征雁喻乐彦即将远去。由于雁在春秋季从南往北或从北往南迁徙甚远,因而也常常喻相距渺远、远道而行,也写空旷渺远的境遇。

唐·骆宾王《艳情代郭氏答卢照邻》:"归云已落涪江外,还雁应过洛水瀍。""瀍"为洛河支流。

唐·宋之问《酬李丹徒见赠之作》:"赠曲南袅新,征途北雁催。"

唐·储光羲《登商丘》:"鸣鸿念急浦,征旅暮前俦。"

唐·王维《使至塞上》:"征蓬出汉塞,归雁入胡天。"

唐·李白《送裴十八图南归嵩山》:"举手指飞鸿,此情难具论。"含人去如飞鸿远去之意念。

又《登新平楼》:"秦云起岭树,胡雁飞沙洲。苍苍几万里,目极令人愁。"

又《闻李太尉大举秦兵百万出征东南懦夫请缨冀申一割之用半道病还留别金陵崔侍御十九韵》:"孤凤向西海,飞鸿辞北溟。"喻随军远行。

又《寄崔侍御》:"独怜一雁飞南海,却羡双溪解北流。"

唐·顾况《从军行二首》:"回首家不见,候雁空中鸣。"

唐·高适《别董大二首》:"千里黄云白日曛,北风吹雁雪纷纷。"

唐·王建《入破第一》:"细节河边一飞雁,黄龙关里挂戎衣。"

唐·韦应物《淮上遇洛阳李主簿》:"寒山独过雁,暮雨远来舟。"

又《夕次盱眙县》:"人归山郭暗,雁下芦洲白。"

又《往富平伤怀》:"飘风忽截野,嘹唳雁起

飞。"

唐·刘商《胡笳十八拍》（第十六拍）："平沙四顾自迷惑，远近悠悠随雁行。"

唐·耿沣《之江淮留别京中亲故》："长云迷一雁，渐远向南行。"

唐·卢纶《秋中野望寄舍弟绶兼令呈上西川尚书舅》："人随雁迢递，栈与云重叠。"

唐·鲍防《杂感》："雁飞不到桂阳岭，马走先过林邑山。"

唐·颜粲《白露为霜》："应钟鸣远寺，拥雁度三湘。"

唐·李绅《宿扬州》："嘹唳塞鸿经楚泽，浅深红树见扬州。"

宋·晁补之《梁州令叠韵》："平芜一带烟光浅，过尽南归雁。俱远，凭栏送目空肠断。"

宋·朱敦儒《采桑子》（彭浪矶）："扁舟去作江南客，旅雁孤云。"言只身远行。

宋·苏庠《木兰花》："白沙烟树有无中，雁落沧洲何处所？"

226. 不及孤飞雁，独在上林中

南朝·陈·江总《秋日登广州城南楼》："不及孤飞雁，独在上林中。"侯景寇梁京师，作者避往广州，遥望北方，思自己远离京师，还不如孤飞雁，可以栖于皇家上林苑。江总诗风绮靡，多宫廷艳体，此危难中不忘故园，实属不多。

隋·侯夫人《妆成》："不及杨花意，春来到处飞。"亦用江总对比句式以抒怀。

唐·坂上会雄《秋朝听雁寄渤海入朝高判官释录事》："大海途难涉，孤舟未得回。不如关陇雁，春去复秋来。"

227. 为有传书意，联翩入上林

唐·虞世南《秋雁》："为有传书意，联翩入上林。"写秋雁飞入上林，是不是有传书之意呢？用"雁足传书"故事。

《汉书·苏武传》："昭帝即位数年，匈奴诡言武死。后汉使复至匈奴，常惠请其守者与俱，得夜见汉使，具自陈道，教使者谓单于言：'天子射上林中得雁，足有系帛书，言武等某泽中。'使者大喜，如惠语以让单于。单于视左右而惊，谢汉使曰：'武等实在。'于是放苏武返汉。这假托的"雁足传书"的故事，由于使羁困匈奴十九年而志节不屈

的苏武终于得脱，对后世影响极深。从唐代诗人起，纷纷用"雁书"表示音讯。虞世南用其本事。唐·李峤《素》："雁足上林飞"，亦述其本事。下面列出"雁书"句。

唐·卢照邻《西使兼送孟学士南游》："徘徊闻夜鹤，怅望待秋鸿。"写盼信。

唐·崔湜《早春边城怀归》："路向南庭远，书因北雁稀。"音讯稀。

唐·王勃《九日怀封元寂》："九秋良会少，千里故人稀。今日龙山外，当忆雁书时。"

唐·骆宾王《畴昔篇》："莺啭蝉吟有悲望，鸿来雁度无音息。"又《同张二咏雁》："阵照通宵月，书封几夜霜。"又《咏雁》："阵去金河冷，书归玉塞寒。"

唐·庾抱《别蔡参军》："人世多飘忽，沟水易西东。今日欢娱尽，何年风月同。悲生万里外，恨起一杯中。性灵如未失，南北有征鸿。"南北通音息。

唐·宋之问《渡吴江别王长史》："剑别龙出没，书成雁不传。"又《登逍遥楼》："北去衡阳三千里，无因雁足系书还。"

唐·沈佺期《塞北二首》其一："形影随鱼贯，音书在雁群。"

唐·李颀《送郝判官》："鸿雁向南时，君乘使者传。"

唐·沈如筠《闺怨二首》："雁尽书难寄，愁多梦不成。"

唐·王湾《次北固山下》："乡书何处达，归雁洛阳边。"

唐·王维《伊州歌》："征人去日殷勤嘱，归燕来时数附书。"此诗又作薛逢诗，下句为"归雁来时数寄书"。

唐·张说《代书寄薛四》："孤雁东飞来，寄我信与素。"

又《代书寄吉十一》："一雁雪上飞，值我衡阳道。口衔离别字，远寄当归草。"

唐·常建《鄂渚招王昌龄张偾》："春雁又北飞，音书固难闻。"

唐·王昌龄《寄穆侍御出幽州》："莫道蓟门书信少，雁飞犹得至衡阳。"

又《巴陵别刘处士》："湘中有来雁，雨雪候音旨。"

唐·郑遂初《别离怨》："系书春雁足，早晚到

云中。"

唐·郑愔《秋闺》:"音书秋雁断,机杼夜蛩催。"

唐·乔知之《从军行》:"宛转结蚕书,寂寥无雁行。"

唐·刘长卿《送杨于陵归宋汴州别业》:"离乱要知君到处,寄书须及雁南飞。"

唐·李白《淮南卧病书怀寄蜀中赵征君蕤》:"寄书西飞鸿,赠尔慰离析。"

又《千里思》:"鸿雁向西北,因书报天涯。"

又《送友人游梅湖》:"莫惜一雁书,音尘生胡雁。"

又《将游衡岳过汉阳双松亭当别族弟浮屠谈皓》:"寄书访衡峤,但与南飞鸿。"

又《寄远十一首》:"念此送短书,愿因双飞鸿。"

又《南流夜郎寄归》:"北雁春归看欲尽,南来不得豫章书。"

又《学古思边》:"白雁从中来,飞鸣苦难闻。足系一札书,寄言难离群。"

又《苏武》:"白雁上林飞,空传一札书。"

又《洞庭醉后送绛州吕使君果流澧州》:"送君不尽意,书及雁回峰。"

又《送樊待御使丹阳便觐》:"驿舫江风引,乡书海雁催。"

唐·岑参《巴南舟中夜书事》:"见雁思乡信,闻猿积泪痕。"

唐·杜甫《收家书》:"凉风新过雁,秋雨欲生鱼。"暗示已收家书。

又《赠王二十四侍御契四十韵》:"书成无过雁,衣故有悬鹑。"

又《寄高三十五詹事》:"天上多鸿雁,池中多鲤鱼。相看过半百,不寄一行书。"

又《十二月一日三首》:"一声何处送书雁,百丈谁家上水船。"

又《夜》:"南菊再逢人卧病,北书不至雁无情。"

又《潭州送韦员外牧韶州》:"洞庭无过雁,书疏莫相忘。"

又《酬韦韶州见寄》:"虽无南去雁,看取北来鱼。"没有去信,却"重得故人书"。

又《秋日别荆南送石首薛明府辞满告别奉寄薛尚书颂德叙怀斐然之作三十韵》:"岁满归凫舄,

秋来把雁书。"

又《遣兴》:"鹿门携不遂,雁足系难期。"

唐·孟浩然《人日登南阳驿门亭子怀汉川诸友》:"东有雁南飞,裁书欲寄谁。"

唐·乔琳《绵州越王楼即事》:"行雁南飞似乡信,忽然西向笑秦关。"

唐·高适《送李少府贬峡中王少府贬长沙》:"巫峡啼猿数行泪,衡阳归雁几封书。"叮嘱王少府要多写信。

唐·萧妃《夜梦》:"故宫如梦里,赖得雁书飞。"

唐·刘商《随阳雁歌送兄南游》:"南州风土复何如,春雁归来早寄书。"

唐·钱起《宿新里馆》:"度烛萤时灭,传书雁更低。"又《寄永嘉王十二》:"愿得回风吹海雁,飞书一宿到君边。"

唐·韦迢《早发湘潭寄杜员外院长》:"相忆无南雁,何时有报章。"

唐·胡曾《车遥遥》:"玉枕夜残鱼信绝,金钿秋尽雁书遥。"

唐·李益《春日晋祠同声会集得疏字韵》:"中州有辽雁,好为系边书。"

唐·独孤及《代书寄上李广州》:"鸿雁飞不到,音尘何由达。"

唐·包何《送韦侍御奉使江岭诸道催青苗钱》:"回雁书应报,愁猿屡夜听。"

唐·郎士元《送李敖湖南岳书记》:"莫信衡湘书不到,年年秋雁过巴东。"

唐·赵嘏《昔昔盐》(关山别荡子):"倘见西征雁,应传一字还。"

唐·薛逢《送裴评事》:"此别不应书断绝,满天霜雪有鸿飞。"

唐·张祜《濮阳女》:"雁来书不至,月照独眠房。"

唐·罗隐《登复州城楼》:"离心不忍听边马,往事应须问塞鸿。"

唐·卢仝《萧二十三赴歙州婚期》:"相思莫道无来使,回雁峰前好寄书。"

唐·杜牧《赠猎骑》:"凭君莫射南来雁,恐有家书寄远人。"

唐·李商隐《春雨》:"玉珰缄札何由达,万里云罗一雁飞。"层云如网罗,一雁怎能带来玉珰呢?玉珰为耳珠,此取义于汉代繁钦《定情诗》:"何以致区区,耳中双明珠。"李商隐还有《夜思》:"寄恨一尺素,会情双玉珰。"及《燕台诗》(秋):"双珰丁丁联尺素。"意相同。

唐·唐彦谦《寄友三首》:"无情最恨东来雁,底事青书不肯传。"

唐·曹松《南海旅次》:"为官正当无雁处,故园谁道有书来。"

唐·黄滔《闺怨》:"雁来虽有书,衡阳越不得。"

唐·贯休《临高台》:"雁来不得书,空寄声哀哀。"

唐·韦庄《章台夜思》:"乡书不可寄,秋雁又南回。"又《寄江南诸弟诗》:"万里逢归雁,乡书忍泪封。"

唐·温庭筠《苏武庙》:"云边雁断胡天月,陇上羊归塞草烟。"写苏武"丁年奉使,皓首不归",十九年音讯不通。

宋·晏殊《清平乐》:"红笺小字,说尽平生意。鸿雁在天鱼在水,惆怅此情难寄。"

宋·晏几道《思远人》:"飞云过尽,归鸿无信,何处书得?"又《蝶恋花》:"欲尽此情书尺素,浮雁沉鱼,终了无凭据。"清·陈廷焯《蝶恋花》用小晏意:"欲寄相思凭尺素,雁声凄断衡阳浦。"又《生查子》:"关山魂梦长,鱼雁音尘少。"

宋·黄庭坚《望江东》:"灯前写了书无数,算没个人传与。直饶寻得雁分时,又还是秋将暮。"

宋·秦观《阮郎归》:"衡阳犹有雁传书,郴阳和雁无。"古有传说"雁至衡阳而回",衡阳因有"回雁峰"。唐·柳宗元《春日过衡州》有句:"正见峰头雁回时。"秦观贬郴州一年多,音书不通,孤独凄苦。这两句说衡阳还有雁传书,郴州连雁也没有,委婉曲折地表达远谪南乡、音书断绝的孤独苦闷。冯煦《宋六十一家词选例言》评:"淮海(秦观)、小山,真古之伤心人也。其淡语皆有味,浅语皆有致,求之两宋词人,实罕其匹。""衡阳"句正是浅淡之语。

宋·周邦彦《关河令》:"伫听寒声,云深无雁影。"又《浪淘沙慢》:"念汉浦离鸿去何许?经时信音绝。"

宋·李清照《一剪梅》:"云中谁寄锦书来?雁字回时,月满西楼。"她登上兰舟遣愁,雁字自云中来,却无锦书,唯有月满西楼。又《念奴娇》:"征鸿过尽,万千心事难寄。"

宋·李纲《苏武令》:"驿使空驰,征鸿归尽,不寄双龙消耗。"

宋·张元干《贺新郎》(送胡邦衡待制赴新州):"雁不到,书成谁与?"

宋·万俟咏《忆少年》(陇首山):"上陇首、凝眸天四阔。更一声塞雁凄切,征书待远寄,有知心明月。"

宋·李甲《帝台春》:"又还问鳞鸿,试重寻消息。"

清·蒲松龄《寄家》:"雁足帛书何所寄?布帆无恙旅愁新。"

228. 何时似春雁,双入上林中

唐·张说《南中别陈七李十》:"何时似春雁,双入上林中。""上林"是皇家园林"上林苑",用春雁双入上林勉励陈七李十晋阶朝廷做官。

唐·钱起《见上林春雁翔青云寄杨起居李员外》:"上林春更好,宾雁不知归。"说杨、李应回京城。

又《喜李侍御拜郎官入省》:"应怜后行雁,空羡上林枝。"祝晋升。

229. 长河落雁苑,明月下鲸池

唐·卢照邻《和王奭秋夜有所思》:"长河落雁苑,明月下鲸池。"这是把雁与鲸对举。"雁苑",雁栖息地,"鲸池",大海,长河斜落,明月下海,写秋夜已深。古诗中写鲸是常见的。

唐·苏颋《恩制尚书省僚宴昆明池》:"雁似衔红叶,鲸疑喷海潮。"用雁、鲸并举句,写昆明池奇观。

230. 蝉鸣稻叶秋,雁起芦花晚

唐·骆宾王《在江南赠宋五之问》:"蝉鸣稻叶秋,雁起芦花晚。"稻叶发黄而蝉鸣,芦花飞白而雁起。写时令在深秋。

雁是候鸟,蝉为秋虫,时令性都很强。《礼记·月令》云:"孟秋之月寒蝉鸣,仲秋之月鸿雁来,季秋之月霜始降。"秋季第一个月古称孟秋,孟、仲、季秋大致在夏历七、八、九三个月内。所以诗人常把雁与蝉并举,描绘晚秋景色和时令,也含带某种感情。最早对写蝉与雁的是晋·陶渊明《己酉岁九月九日》:"哀蝉无留响,丛雁鸣云宵。"写暮秋时节,含感时悲逝之情。"蝉""雁"对举句下如：

唐太宗李世民《秋日二首》："将秋数行雁,离夏几林蝉。"

唐·上官仪《奉和秋日即目应制》："落叶飘蝉影,平流写雁行。"奉和李世民《秋日二首》而作。

唐·骆宾王《畴昔篇》："莺啭蝉吟有悲望,鸿来雁度无音息。"

又《送刘少府游越州》："露下蝉声断,寒来雁影连。"

唐·阴行先《和张燕公湘中九日登高》："寂寞风蝉至,连翩霜雁来。"

唐·岑参《秋夕读书幽兴献兵部李侍郎》："惊蝉也解求高树,旅雁还应厌后行。"喻仕进。

唐·武元衡《送李秀才赴滑州诣大夫舅》："长亭叫月新秋雁,官渡含风古树蝉。"

唐·司空曙《题江陵临沙驿楼》："雁惜楚山晚,蝉知秦树秋。"

唐·薛逢《祓禊曲》："蝉声犹未断,寒雁已成行。"

宋·王禹偁《即席送许制之曹南省兄》："到时自是雁成行,别处休听满树蝉。"写节候,也写别情。

231. 初闻征雁已无蝉

唐·李商隐《霜月》："初闻征雁已无蝉,百尺楼高水接天。"写仲秋、季秋即夏历八九月之景象:落霜之月,北雁开始南征,而此刻,秋蝉已停止了鸣声,形迹已敛。"闻"即"听到",用"闻"是写实的,因为常常是未见雁影而先闻雁声。

前人用"闻雁"已非一人:

唐·卢照邻《狱中学骚体》："见河汉之西落,闻鸿雁之南翔。"身在狱中,不能见,只能"闻"。

唐·王维《秦寄韦太守涉》："天高秋日迥,嘹唳闻秋鸿。"

唐·李昂《从军行》："夜闻鸿雁南渡河,晓望旌旗北临海。"

唐·储光羲《晦日任桥池亭》："未有孤蒲生,即闻袅雁游。"

唐·刘长卿《秋夜有怀高三十五适兼呈空上人》："北渚三更闻过雁,西城万里动寒砧。"

唐·刘禹锡《秋风引》："何处秋风至,萧萧送雁群。朝来入庭树,孤客最先闻。"

唐·皇甫冉《送陆澧郭郊》："才见吴洲百草春,已闻燕雁一声新。"

又《送李录事赴饶州》："北人南去雪纷纷,雁叫沙汀不可闻。"

唐·郎士元《送麴司直》："曙雪苍苍兼曙云,朔风烟雁不堪闻。"

唐·韦应物《闻雁》："淮南秋夜雨,高斋闻雁来。"

唐·刘沧《咸阳怀古》："天空绝塞闻边雁,叶尽孤村见夜灯。"

232. 望尽芦花无雁

宋·张炎《清平乐》："候蛩凄断,人语西风岸。月落沙平江似练,望尽芦花无雁。""候蛩凄断""芦花无雁"是深秋景色,"无雁",无音讯,念北方故人杳无音信。此词赠给了陆行直。

《珊瑚网·名画题跋》卷八载:(元)陆行直《清平乐·重题碧梧苍石图并序》:"'候虫凄断,人语西风岸。月落平沙、流水漫,惊见芦花来雁。可怜瘦损兰成,多情只为卿卿。只有一枝梧叶,不知多少秋声!'此友人张叔夏(张炎)赠余之作也,余不能记忆,于至治元年仲夏二月十四日,戏作碧梧苍石,与冶仙(陆笛)西窗夜坐,因语及此。转瞬二十一载,今卿卿(陆行直家妓)、叔夏皆成故人,恍然如隔世事,遂书于卷首,此记一时之感慨云。"后词人对此《清平乐》词又作了许多改动,"望尽芦花无雁"就是后改的。

雁不仅宿于水边沙地上,也宿于水边芦苇丛中,骆宾王已写过"雁起芦花晚"(《在江南赠宋五之问》),写雁从芦花中飞起。张炎句似承此意,说芦花中的雁全飞去了。

233. 惟有年年秋雁飞

唐·李峤《水调歌》："山川满目泪沾衣,富贵荣华能几时?不见只今汾水上,惟有年年秋雁飞。"郑处海《明皇杂录》载:"禄山犯顺,明皇议迁幸于花萼楼上,命作乐。有进《水调歌》者曰:'山川满目泪沾衣,富贵荣华能几时?不见只今汾水上,惟有年年秋雁飞!'明皇问谁为此词,曰李峤。上曰:'真才子也。'遂不终饮而去。"李峤此词写出了安史之乱给唐代社会造成的破坏,也揭示了唐朝由盛到衰的某些迹象。"惟有年年秋雁飞"有力地表现了萧条和凄凉。

宋·王安石《明妃曲二首》："寄声欲问塞南

事,只有年年鸿雁飞。"用李峤句,说明妃除了看到鸿雁,对塞南的事难得知道。

宋·汪元量《忆王孙》:"满槛山川漾落晖,昔人非,惟有年年秋雁飞。"这是"集句数首"中一首之句,集李峤句表现南宋灭亡后的凄凉。

234. 只今惟有鹧鸪飞

唐·李白《越中览古》:"越王勾践破吴归,义士还家尽锦衣。宫女如花满春殿,只今惟有鹧鸪飞。"变用李峤句,把镜头推向历史时空,感越王破吴胜利事件已成过去,至今除鹧鸪翻飞,没有什么痕迹了。

"鹧鸪飞"在诗词中的内涵较复杂,有的表示孤独、凄凉,有的表思乡、送别,不一而足。

唐·李峤《鹧鸪》(一作韦应物诗):"可怜鹧鸪飞,飞向树南枝;南枝日照暖,北枝霜露滋。"

唐·常建《岭猿》:"杳杳袅袅清且切,鹧鸪飞处又斜阳。"

唐·刘长卿《北归次秋浦物界清溪馆》:"渐知行近北,不见鹧鸪飞。"

唐·李嘉祐《送评事十九叔入秦》:"把手闲歌香桔下,空山一望鹧鸪飞。"

唐·张叔卿《空灵岸》:"今朝下湘岸,更逐鹧鸪飞。"

唐·戴叔伦《巡诸州渐次空灵戍》:"明朝下湘岸,更逐鹧鸪飞。"(全诗与张叔卿《空灵岸》只差四个字)

唐·李益《山鹧鸪词》:"湘江斑竹枝,锦翅鹧鸪飞。处处湘云合,郎从何处归。"

唐·孟郊《梦泽中行》:"骐骥思北首,鹧鸪愿南飞。"

唐·张籍《湘江曲》:"送人发,送人归,白苹茫茫鹧鸪飞。"

唐·李涉《鹧鸪词二首》:"何处鹧鸪飞,日斜斑竹阴。"

唐·张祜《江西道中作三首》:"无复是乡井,鹧鸪聊自飞。"

唐·杜牧《越中》(一作许浑诗):"石城花暖鹧鸪飞,征客春帆秋不归。"

唐·李商隐《桂林路中作》:"欲成西北望,又见鹧鸪飞。"

又《李卫公》:"今日致身歌舞地,木棉花暖鹧鸪飞。"

唐·孟迟《闺情》:"山上有山归不得,湘江暮雨鹧鸪飞。"

唐·李群玉《大庚山岭别友人》:"谁念火云千嶂里,低身犹傍鹧鸪飞。"

唐·成彦雄《会友不至》:"独上郊原人不见,鹧鸪飞过落花溪。"

宋·刘辰翁《八声甘州》:"都是旧时行乐,漫烟销日出,水流山围。看人情荏苒,不似鹧鸪飞。"

宋·蒲寿宬《渔父词》:"江渚,春风淡荡时,斜阳芳草鹧鸪飞。"

宋·陈德武《浣溪沙》(送春):"月落桐梢杜宇啼,云埋芳树鹧鸪飞。"

元·杨维桢《夜行船·吊古》:"越王百计吞吴地,归去层台高起,只亦是鹧鸪飞处。"用李白诗意并句。

235. 鹧鸪飞上越王台

唐·窦巩《南游感兴》:"日暮东风春草绿,鹧鸪飞上越王台。"从李白句翻出,仍表达原意。

宋·汪元量《忆王孙》:"鹧鸪飞上越王台,烧接黄云惨不开。"用窦巩句写宋亡后的凄凉。

236. 莫向春风唱鹧鸪

唐·郑谷《席上贻歌者》:"花月楼台近九衢,清歌一曲倒金壶。座中亦有江南客,莫向春风唱鹧鸪。"在繁华都市(或是长安)中的一座楼台上,洒着月光,布着鲜花,歌女唱一支歌,斟一杯酒。请注意,座中有位江南客,不要唱那引发离情的《鹧鸪曲》。《异物志》载:"鹧鸪其志怀南,不思北徂(往),南人闻之则思家。故郑谷诗云:'坐中亦有江南客,莫向春风唱鹧鸪。'"郑谷是江南(袁州,今江西宜昌)人,此刻已有思乡之情,莫唱鹧鸪是一种曲折表达方式,鹧鸪的特性是"飞必南翥",鸣声如"行不得也哥哥"。《鹧鸪曲》效鹧鸪之声,哀婉清怨。

清·曹雪芹《红楼梦》第九十一回贾宝玉《答黛玉禅话》:"禅心已作沾泥絮,莫向春风舞鹧鸪。"用郑谷句,说不思乡,决心做和尚。

237. 山深闻鹧鸪

宋·辛弃疾《菩萨蛮》(书江西造口壁):"青山遮不住,毕竟东流去。江晚正愁予,山深闻鹧鸪。"淳熙十四年(1176年),词人任江西提点刑狱时作此词。上片忆四十年前金兵侵犯赣西南人民流下的血泪,想到今天中原沦陷;下片暗示时势之艰难。鹧鸪常在雨中啼叫,人们把它的啼声附会为:"行不得也哥哥。"《本草纲目》卷四十八《禽经》云:"随阳(鹧鸪),越雉也,飞必南翥。"古代传说此鸟飞必南向,而不向北飞,一说借此影射南宋不思北伐。宋·罗大经《鹤林玉露》甲编卷一以为:"'闻鹧鸪'之句,谓恢复之事,行不得也。"今人颇不以为然。俞平伯《唐宋词选释》评:"'闻鹧鸪'云云,心怀不惬可知,惟罗(大经)云:'恢复之事行不得'过于着实,未免附会。"而唐圭璋《唐宋词简释》则认为:"下片,将山水打成一片,慨叹不尽。末以愁闻鹧鸪作结,尤觉无限悲愤。""增愁"一说较为确当。写"闻鹧鸪"是与"正愁予"(我正愁)相衔的,正愁时又听到鹧鸪叫声,会愁上添愁。而且唐人写"鹧鸪"也都与"愁"相关。唐·李群玉《九子坂闻鹧鸪》:"落照苍茫秋草明,鹧鸪啼处远人行。……此时为尔肠千断,乞放今宵白发生。"这是写愁。唐·郑谷《鹧鸪》:"游子乍闻征袖湿,佳人才唱翠眉低。"也写愁。所以如果把"山深鹧鸪",解释为"北伐行不得"或"南逃而不北伐",总不免牵强。

唐·殷尧藩《旅行》:"堠长堠短逢官马,山北山南闻鹧鸪。"辛词用此"闻鹧鸪"句。殷诗又题《金陵道中》,"闻鹧鸪"表示孤寂凄凉。

238.衡阳雁去无留意

宋·范仲淹《渔家傲》(秋思):"塞下秋来风景异,衡阳雁去无留意。四面边声连角起,千嶂里,长烟落日孤城闭。"在深秋傍晚千嶂遮蔽的孤城中,看到北雁南归,向衡阳方向远翔,毫无逗留之意,而守边的将士却不得归,故令将军头白,征夫泪下。雁南归而人难回,更加浓了思乡之情。魏泰《东轩笔录》卷十一说,欧阳修称此词为"穷塞上之词"。其中"衡阳雁去"句,也是望雁归而思归之著者。

"衡阳雁去":湖南衡阳市北的衡山有七十二峰,首峰名"回雁峰"。相传大雁南飞,至此而止,逾冬即北归。宋人陆佃《埤雅》卷六《释鸟》载:"雁霜降南翔,冰泮北徂。其性恶热,故中国始寒而北至。旧说鸿雁南翔不过衡山,今衡山之旁有峰曰:'回雁',盖南北极燠,人罕识雪者,故雁望衡山而止。""雁至衡阳而回"这一传说颇有影响,以至衡山上还有"回雁峰"。可有两位宋人却不以为然。一位是寇准,他的《春陵闻雁》诗说:"谁道衡阳无雁过,数声残日下春陵。"春陵在衡阳南,雁飞去了。另一位是李纲,他的《江城子》词写:"去年九月在衡阳,满林霜,俯潇湘。回雁峰头,依约雁南翔。"他们二人的亲历说明,并非"雁至衡阳而回"。

唐·杜甫《归雁》:"闻道今春雁,南归自广州。"诗中的雁自广州(岭南)归来,并非写实,而是别有寓意。据《唐会要》记载:"大历二年,岭南节度使徐浩奏:'十一月二十五日,当管怀集县阳雁来,气编入史。'从之。先是五岭之外,朔雁不到。浩以为阳为君德,臣归君之象也。"对此"兆象",杜甫颇不以为然,史称浩实贪而佞,作此诗予以讥刺。"南归自广州",是针对徐浩的"当管怀集县阳雁来","臣归君之象"的逢迎语而言的。

古代诗词中写"雁至衡阳而回"者却很多,以衡阳为点,写秋雁南来,春雁北去,或表行程之远,或表离情之深,也有的表音讯难通。

唐·宋之问《题大庾岭北驿》:"阳月南飞雁,传闻至此回。我行殊未已,何日复归来。"慨叹流放之远。

又《登道遥楼》:"此去衡阳二千里,无因雁足系书还。"音讯难通。

唐·李百药《途中述怀》:"目送衡阳雁,情伤江上桐。"为远行而哀伤。

唐·沈佺期《遥同杜员外审言过岭》:"南浮涨海人何处,北望衡阳雁几群。"写与杜审言相隔甚远。

唐·李峤《雁》:"春晖满朔方,归雁发衡阳。"写南雁北飞。

唐·储光羲《山居贻裴十二迪》:"衡阳今万里,南雁将何归?"写自己贬官后山居偏远。

唐·刘长卿《送李秘书却赴南中》:"独逢回雁去,犹作旧行飞。"回雁北飞仍依原来的行列,而李远谪南中,兄弟多已殁去。

又《自江南归至旧任官舍赠袁赞府》:"湘路来过回雁处,江城卧听捣衣声。"

唐·杜甫《舟出江陵南浦奉寄郑少尹审》:"溟涨鲸波动,衡阳雁影徂。"述行踪未定。

又《归雁二首》:"万里衡阳雁,今年又北归。"见南雁北归而思乡。

唐·贾至《送王道士还京》:"一片仙云入帝乡,数声秋雁至衡阳。"表时为清秋。

又《送夏侯参军赴广州》:"闻道衡阳外,由来雁不飞。送君从此去,书信定应稀。"雁不过五岭,去岭南广州音讯难通。

唐·韩翃《送刘评事赴广州使幕》:"前临瘴海无人过,却望衡阳少雁飞。"说刘少威去岭南这个艰苦的地方。

唐·耿沣《岳祠送薛近贬官》:"遥思桂浦人空去,远过衡阳雁不随。"薛近贬地遥远。

唐·吕温《自江华之衡阳作》:"人生随分为忧喜,回雁峰南是北归。"不以远为远。

唐·李群玉《将之吴越留别坐中文酒诸侣》:"回随衡阳雁,南入洞庭天。"喻远行。

唐·温庭筠《赠僧云栖》:"衡阳寺前雁,今日到长安。"喻云游远行。

唐·陆龟蒙《雁》:"南北路何长,中间万弋张。不知烟雾里,几只到衡阳?"写雁程之艰难。

宋·王安石《送刘贡甫谪官衡阳》:"万里衡阳雁,寻常到此回。行逢二三月,好与雁同来。"愿刘贡甫春日归来。

239. 正是峰前回雁时

唐·柳宗元《过衡山见新花开却寄弟》:"故国名园久别离,今朝楚树发南枝。晴天归路好相逐,正是峰前回雁时。"雁至秋分南飞,至春分北归。雁至衡阳,遇春而回。此刻正是春花初放、雁群向北、"归路相逐"的时令。而自己身处南方,难返故园,兄弟分离。宋·吴曾《能改斋漫录》卷五辨误云:"子厚自永还阙,过衡州,正春时,适见雁自南而北,故其诗云云。岂专谓雁至而回乎?乃古今考柳诗不精故耳。"柳诗意为雁行尚能于归路群飞,而自己却兄弟分离。

"雁行",又喻兄弟。《礼记·王制》云:"父之齿,随行;兄之齿,雁行。"引申为兄弟。兄长弟幼,年齿有序,如雁之平行而有序。所以柳宗元见雁行北去而感慨兄弟分离是很自然的。

唐·钱起《李四劝为尉氏尉李七勉为开封尉》:"采兰花萼聚,就日雁行联。"喻李四、李七兄弟。

唐·李绅《逾岭峤止荒陬抵高要》:"衡山截断炎方北,回雁峰南瘴烟黑。"

240. 织为云外秋雁行

唐·白居易《缭绫》(念女工之劳也):"去年中使宣口勒,天上取样人间织;织为云外秋雁行,染作江南春水色。"写皇帝的特使传达命令,"天上取样"要"越溪寒女"织造"缭绫",要求"地铺白烟花簇雪",织上"云外秋雁行",染成"江南春水色"。这"秋雁行"是缭绫上之一景。

宋·晏几道《玉楼春》:"红绡学舞肢软,旋织舞衣宫样染。织成云外雁行斜,染作江南春水浅。"用白居易句,写舞女舞衫舞裙之高贵华美。

241. 雁下平沙万里秋

唐·翁绶《关山月》:"笛吹远戍孤峰灭,雁下平沙万里秋。"写戍边士卒思乡的哀愁,远方戍楼传来声声胡笛,孤峰已消失在夜幕之中,南归的大雁正宿于沙滩之上,万里山河全是一派秋天的景象。写"悲笛"与"归雁",正是为了烘托士卒们的思乡情绪。"雁下平沙"即"雁落平沙"。

"雁落平沙"又作"平沙落雁",是古乐曲名。陕西民间唢呐曲有《雁落沙滩》,广东"粤乐"有《雁落平沙》。"平沙"在夜晚,温度、湿度都适于雁群落宿,所以写雁有时也写雁落平沙的活动。雁群南归或北飞,夜晚落在平坦的沙滩上,密密的,一大片一大片的,这是一种自然的静谧美、新奇美,所以"雁落平沙"不仅入诗,而且入乐。

唐·宋之问是写"雁落平沙"较早的。他的《自湘源至潭州衡山县》写:"杳障连夜猿,平沙覆阳雁。"他沿湘水而下,往衡山途中,见岸边平沙之上落满了阳雁。"阳雁"即衡阳之雁,或自衡阳而来或向衡阳而去的雁。

唐·常建《泊舟盱眙》:"平沙依雁宿,候馆听鸡鸣。"平沙宿雁意。

宋·周邦彦《渡江云》:"晴岚低楚甸,暖回雁翼,阵势起平沙。"平沙上腾起雁阵,展翼向北,才知春已到来。

宋·陈亮《渔家傲》(重阳日作):"漠漠平沙初落雁,黄花浊酒情何限。"

宋·蔡伸《苏武慢》:"雁落平沙,烟笼寒水,古垒鸣笳声断。"

宋·黎廷瑞《水龙吟》(九日登城):"拍栏干,空羡平沙落雁,沧波归鹭。"

宋·蒋捷《金蕉叶》(秋夜不寐):"枕屏那更,画了平沙断雁落。"

宋·无名氏《鹧鸪天》:"山色晴岚景物佳,暖烘回雁起平沙。"

清·陈维淞《满江红》(汴京怀古十首·官渡):"又几行,雁影落沙洲,多于豆。"

242. 一雁报寒声

唐·刘长卿《同诸公登楼》："千家同霁色，一雁报寒声。"登楼俯瞰，千家万户笼罩在一片晴朗之中。一雁北来，啼叫着，报知寒秋已经到来。"报寒声"表示时令，两句也写景色。"寒声"是一种"秋声"。唐·李义府诗："边马秋声急，征雁晓阵斜。"（《和边城秋气早》）唐·皇甫曾诗："晓色寒芜远，秋声候雁多。"（《郑秀才贡举》）唐·令狐楚诗："晓色霞千片，秋声雁一行。"（《九日言怀》）唐·顾况诗："柚桔在南国，鸿雁遗秋音。"（《游子吟》）都是写这种"寒声"的。唐·张仲素诗："黄山一夜雪，渭水雁声多。"（《宫中乐》）唐·常建诗："迟回渔父问，一雁声嘹唳。"（《湖中晚餐》）唐·储光羲诗："一雁过连营，繁霜覆古城。"（《关山月》）唐·贾至诗："云归帝乡远，雁报朔方寒。"（《长沙别李侍御》）五代·孙光宪词："杜若洲，香郁烈，一声宿雁霜时节。"（《渔歌子》）都近刘长卿句义。

唐人喜欢写雁，写雁之多可以说前无古人后无来者。刘长卿"一雁报寒声"写时写景。写时写景在"雁句"中居多。雁是一种候鸟，在南方雁秋来春去，在北方秋去春来。雁来雁去，常常牵动古人的心，因此表示时景的雁句也寓托某种情绪。诗句中，有的侧重写景，有的侧重写时，也有的兼而写之。唐·卢照邻的《送郑司仓入蜀》："关塞疲征马，霜氛浇早鸿。"唐·沈佺期的《塞北二首》："冰壮飞狐冷，霜浓候雁哀。"主要表时令、天候。卢照邻的《晚渡渭桥寄示京邑游好》："长虹掩钓浦，落雁沿星州。"唐·张若虚的《春江花月夜》："鸿雁长飞光不度，鱼龙潜跃水成文。"主要是写景。兼而写之的如唐·上官仪《奉和山夜临秋》："云飞送断雁，月上净疏林。"唐·张九龄的《旅宿淮阳亭口号》："暗草霜华发，空亭雁影过。"既写景又写时。

"雁句"中带"秋"字，直接点明时令，并含某种感情。由于观察点不同，有的写雁南归，有的写鸿北来。除用"秋雁"外，也用"秋风""秋色""秋江""秋雨"之类。唐·王勃《采莲曲》："采莲归，绿水芙蓉衣，秋风起浪凫雁飞。"唐·张均《岳阳晚景》："晚景塞鸿集，秋风旅雁归。"都用"秋风"。唐·刘长卿《禅智寺上方怀演和尚寺即和尚所创》："雁来秋色里，曙起早潮东。"唐·李白《寻鲁城北范居士失道落苍耳中见范置酒摘卷耳作》："雁度秋色远，

日静无云时。"都用"秋色"。其他"秋"字雁句如：唐·张说《荆州亭入朝》："九辨认犹摈，三秋雁始过。"唐·沈佺期《七夕》："秋近雁行稀，天高鹊夜飞。"唐·刘长卿《送常十九归嵩少故林》："秋天苍翠寒飞雁，古堞萧条晚噪鸦。"唐·杜甫《天池》："九秋惊雁序，万里狎渔翁。"又《重送刘十弟判官》："分源豕书派，别浦雁宾秋。"唐·韦应物《西楼》："高阁一长望，故园何时归？烟尘拥函谷，秋雁过来稀。"唐·钱起《送襄阳卢判官奏开河事》："晚阳过微雨，秋水见新鸿。"唐·李益《水宿闻雁》："早雁忽为双，惊秋风水窗。"唐·郎士元《石城馆酬王将军》："连雁沙边至，孤城江上秋。"唐·窦巩《早秋江行》："暮潮江势阔，秋雨雁行斜。"

唐·杜牧有一秋雁名句："江涵秋影雁初飞，与客携壶上翠微。"（《九日齐山登高》）写秋来江水变色，水不那么绿了，沙也不那么多了，因此显得更澄澈，而且由于雨小无洪，也更平稳。这就是"江涵秋影"之义。杜句写江水水容一变则"雁初飞"，即此刻北方之雁开始南飞。唐·杨炯《和酬虢州李司法》："平野芸黄遍，长州鸿雁初。"唐·储光羲《题陆山人楼》："暮声杂初雁，夜夜舍早秋。"唐·陆龟蒙《寒夜文宴得惊字》："霜月满庭人暂起，汀洲半夜雁初惊。"都是"雁初飞"意。唐·李峤《桥》："势疑虹出现，形似雁初飞。"这是喻桥形如雁展双翅。

唐·魏承庆《江楼》："谁惊一行雁，冲断过江云。"写雁行切断云层。唐·李峤《八月奉教作》："鹤鸣初警候，雁上欲凌云。"也写入云。

唐·王德真《奉和圣制过温汤》："骊阜疏缇骑，惊鸿映彩旃。""彩旃"即彩旗。李峤《奉和幸大荐福寺应制》："雁沼开香域，鹏林降彩旃。"

唐·李峤《奉和幸望春宫送朔方总管张仁亶》："露下鹰初击，风高雁欲宾。"《礼记·月令》："鸿雁来宾"，郑玄注"来宾，言其客止未去也"。故常称"宾鸿""宾雁"。这里指留止。唐·陆景初《奉和九日幸临渭亭登高应制》："圣化边陲谧，长州鸿雁宾。"连雁也安居。

唐·孟浩然《赴京途中遇雪》："落雁迷沙渚，饥乌集野田。"杜甫《晚行口号》用孟下句："落雁浮塞水，饥乌集戍楼。"

描写时景的"雁句"，如万花筒，色彩斑斓，雅文可共赏。

唐初杨师道《奉和圣制春日望海》："碣石朝烟

灭,之罘归雁翔。"

唐·许敬宗《奉和宴中山应制》:"塞门朱雁入,郊薮紫麟游。"

唐·苏颋《奉和圣制至长春宫登楼望稼穑之作》:"见龙垂渭北,辞雁指河东。"又《边秋薄暮》:"海外秋鹰去,霸前旅雁归。"

唐·李百药《和许侍郎游昆明池》:"差池下凫雁,掩映生云烟。"

唐·元万顷《奉和太子纳妃太平公主出降》:"象辂初乘雁,璇宫早结褵。"

唐·王勃《秋夜长》:"北风受节雁南翔,崇兰委质时菊芳。"

唐·骆宾王《在军中赠先还知己》:"落雁低秋塞,惊枭起溟湾。"

唐·张易之《出塞》:"一春莺度曲,八月雁成行。"

唐·李峤《秋山望月酬李骑曹》:"寒催数雁过,风送一萤来。"又《九月奉制作》:"曲池朝下雁,幽砌夕吟蛩。"又《王屋山第之侧杂构山亭暇日与群公同游》:"狎水惊梁雁,临风听楚鸣。"又《和杜学士旅次淮口阻风》:"水雁衔芦叶,沙鸥隐荻苗。"又《刘侍读见和山邸十篇重申此赠》:"对岩龙岫出,分壑雁池深。"

唐·杜之松《和卫尉寺柳》:"高枝拂远雁,疏影度遥星。"

唐·沈佺期《洛州萧飞兵谒兄还赴洛城礼作》:"未成鸿雁聚,去作凤凰飞。"喻人离散。又《早发平昌岛》:"阳鸟出海树,云雁下江烟。"

唐·宋之问《故赵王属赠黄门侍郎上官公祯词二首》:"周原乌相冢,越岭雁随车。"又《夜渡吴松江怀古》:"棹发鱼龙气,舟冲鸿雁群。"又《送赵司马赴蜀州》:"桥寒金雁落,林曙碧鸡飞。"

唐·于经野《奉和九日幸临渭亭登高应制得樽字》:"遵渚归鸿度,承云舞鹤骞。"

唐·崔湜《塞垣行》:"雨雪雁南飞,风尘景西迫。"又《唐都尉山池》:"雁翔蒲叶起,鱼拨荇花游。"

唐·邵大震《九日登玄武山旅眺》:"寒雁一向南去远,游人几度菊花丛。"

唐·张说《和尹懋秋夜游灉湖》:"朔风吹飞雁,芳草亦云歇。"又《柏州前池别许郑二羊官景先神力》:"数家圆塘水,双鸿戢羽仪。"又《晦日》:"寄书题此日,雁过洛阳飞。"又《同赵侍御乾湖作》:"昨暮飞霜下北津,今朝行雁度南滨。"

唐·张均《和尹懋登南楼》:"白云谢归雁,驰怀洛阳道。"

唐·李颀《送皇甫曾游襄阳山水兼谒韦太守》:"白雁暮冲雪,青林寒带霜。"又《寄司勋卢员外》:"归鸿欲度千门雪,侍女新添五夜香。"

唐·储光羲《采莲词》:"春雁时隐舟,新萍复满湖。"又《秋庭贻马九》:"万里鸿雁度,四邻砧杵鸣。"又《秋次霸亭寄申大》:"南听鸿雁尽,西见招摇转。"又《敬酬陈掾亲家翁秋夜有赠》:"雪尽宇宙暄,雁归沧海春。"又《同诸公登慈恩寺塔》:"冠上闻阊开,履下鸿雁飞。"

唐·崔液《代春闺》:"江南日暖鸿始来,柳条初碧叶半开。"

唐·杨师道《初秋夜坐应诏》:"雁声风处断,树影月中空。"

唐·张仲素《塞下曲五首》其二:"猎马千群雁几双,燕然山下碧油幢。"

唐·王维《送刘司直赴安西》:"三春时有雁,万里少行人。"又《送友人南归》:"万里春应尽,三江雁亦稀。"又《过始皇墓》:"有海人宁渡,无春雁不回。"

唐·孙逖《和左司张员外自洛使入京中路先赴长安逢立春日赠韦侍御等诸公》:"忽睹云间数雁回,更逢山上正花开。"又《宿云门寺阁》:"画壁余鸿雁,沙窗宿斗牛。"

唐·孟浩然《南归阻雪》:"孤烟村际起,归雁天边去。"

唐·李白《陪族叔刑部侍郎晔及中书贾舍人至游洞庭》:"洞庭湖西秋月辉,潇湘江北早鸿飞。"又《登新平楼》:"秦云起岭树,胡雁飞沙洲。"

唐·高适《同韩四薛三东亭玩月》:"明河带飞雁,野火连荒村。"

唐·韦应物《秋夜二首》:"朔风中夜起,惊鸿千里来。"又《突厥三台》:"雁门山上雁初飞,马邑阑中马正肥。"

唐·杜甫《遣兴五首》:"朔风飘胡雁,惨淡带砂砾。"又《得家书》:"凉风新过雁,秋雨欲生鱼。"又《秦赠萧二十使君》:"停骖双阙早,回雁五湖春。"又《薄游》:"遥空秋雁灭,半岭暮云长。"

唐·贾至《西亭春望》:"日长风暖柳青青,北雁归飞入窅冥。"

唐·钱起《晚次宿预馆》:"回云随去雁,寒露滴鸣蚩。"

唐·李华《咏史十一首》:"社宫久芜没,白雁犹飞翻。"

唐·张籍《凉州词》:"边城暮雨雁飞低,芦笋初生渐欲齐。"

唐·白居易《村雪夜坐》:"寂寞深村夜,残雁雪中间。"

唐·许浑《早秋》:"残萤栖玉露,早雁拂金河。"

唐·鲍溶《鸣雁行》:"七月朔方雁心苦,联影翻空落南土。"

唐·长孙佐辅《关山月》:"拂晓朔风悲,蓬惊雁不飞。"

唐·李益《春夜闻笛》:"洞庭一夜无穷雁,不待天明尽北飞。"托迁客思归。

唐·张祜《思归乐》:"万里春应尽,三江雁亦稀。"

唐·杜牧《江楼晚望》:"不欲登楼更怀古,斜阳江上正飞鸿。"

唐·温庭筠《菩萨蛮》:"江上柳如烟,雁飞残月天。"

又《商山早行》:"因思杜陵梦,凫雁满回塘。"

唐·翁承赞《汉上登舟忆闽》:"参差雁阵天初碧,零落渔家蓼欲红。"

宋·柳永《玉胡蝶》:"黯相望,断鸿声里,立尽斜阳。"

宋·晏殊《诉衷情》:"凭高目断,鸿雁来时,无限思量。"

又《玉楼春》:"燕鸿过后莺归去,细算浮生千万绪。"

宋·王安石《千秋岁引》:"东归燕从海上去,南来雁向沙头落。"

宋·晏几道《鹧鸪天》:"初雁过,已闻砧,绮罗丛里胜登临。"

宋·晁冲之《汉宫春》:"惟是有,南归雁,年年长见开时。"

宋·周邦彦《玉楼春》:"烟中列岫青无数,雁背夕阳红欲暮。"

又《氏州第一》:"乱叶翻鸦,惊风破雁,天角孤云缥缈。"

宋·叶梦得《水调歌头》:"却恨悲风时起,冉冉云边新雁,边马怨胡茄。"

宋·姜夔《凄凉犯》:"漫写羊裙,等新雁来时系著。"

宋·王沂孙《水龙吟》(落叶):"啼蛩未歇,飞鸿欲过,此时怀抱。"

清·蒲松龄《东归》:"人踏垂杨涧后路,菊留鸿雁过时香。"雁过时菊香正浓。又《家居》其一:"愁逢霜信头逾白,梦到松窗眼亦青。"北方白雁,似雁而小,至则霜降,因称"霜信"。

243.江天渺渺雁初去

唐人刘长卿善于写雁喻别,他写得最多,也最好。"江天渺渺雁初去,漳水悠悠草欲生。"这是他《送卢侍御赴河北》诗中句。卢侍御戎行北去,作者赋诗以送。这两句貌似写北去的时间,其实含义丰富。"鸿"初去,江天渺渺,暗示征程之远;"草"欲生,暗用芳草述离义,说不知何时回来,令人玩味。他的另外几首也写得"别雁情深":《江州重别薛六柳八二员外》:"江上月明胡雁过,淮南木落楚山多。"《送舍弟之鄱阳居》:"南去逢回雁,应怜相背飞。"《宿严维宅送包佶》:"何事随阳雁,汀洲忽背飞。"《送史判官奏事之灵武兼寄巴西亲故》:"阳雁南渡江,征骖去相背。"《送从弟贬袁州》:"独结南枝根,应思北雁行。"都写与雁相背而行。《青溪口送人归岳州》:"洞庭何处雁南飞,江菼(tǎn)苍苍客去稀。"《闻虞沔州将归上都寄赠》:"早雁初辞旧关塞,秋风先入古城池。"《送孔巢父赴河南军》:"江南相送隔烟波,况复新秋一雁过。"

唐·李百药《送别》:"雁行遥上月,虫声回映秋。"

唐·骆宾王《畴昔篇》:"知音何所托,木落雁南飞。"

唐·王季子《南行别弟》:"万里人南去,三春燕北飞。"用"燕"喻"弟"。

唐·张九龄《道逢北使题赠京邑新知》:"故人怜别日,旅雁逐归时。"

唐·王勃《秋日仙游观赠道士》:"待余逢石髓,从尔命飞鸿。"

唐·刘希夷《饯李秀才赴举》:"自怜穷浦雁,岁岁不随阳。"

唐·张说《奉和圣制幸望春宫送朔方大总管张仁亶》:"北风吹早雁,日夕渡河飞。"

唐·薛稷《饯徐州宋司马赴任》:"别序闻鸿雁,离章动鹡鸰。"

唐·赵冬曦《奉答燕公》:"我逐江漂雁,君随海上鸥。"

唐·苏颋《奉和圣制幸望春宫送朔方大总管张江宣》:"北风吹早雁,日夕渡河飞。"

唐·张纮《闺怨》:"去年离别雁初归,今夜裁缝萤已飞。"写离别时间近一年。晚唐鱼玄机《闺怨》:"别日南鸿才北去,今朝北雁又南飞。"也别了一年了。

唐·徐坚《饯许州宋司马赴任》:"辞燕依空绕,宾鸿入听哀。"

唐·王维《灵云池送从弟》:"自叹鹡鸰临水别,不同鸿雁向池来。"

唐·李颀《送刘昱》:"行人夜宿金陵泊,试听沙边有雁声。"又《送刘方平》:"漳水桥头值雁鸣,朝歌县北少行人。"又《送魏万之京》:"鸿雁不堪愁里听,云山况是客中过。"

唐·李澄之《秋庭夜月有怀》:"从来不惯别,况属雁南飞。"

唐·萧至忠《送张暄赴朔方应制》:"凉风过雁苑,杀气下鸡田。"

唐·李白《送张舍人至江东》:"天清一雁远,海阔孤帆迟。"

唐·李嘉祐《送樊兵曹潭州谒韦大夫》:"塞鸿归欲尽,北客始辞春。"又《送王谏议充东都留守判官》:"背河见北雁,到洛向东人。"

唐·高适《送蔡十二之海上》:"尚有南飞雁,知君不忍看。"

唐·杜甫《冬晚送长孙渐舍人归州》:"云晴鸥更舞,风逆雁无行。"又《赠苏四徯》:"君令下荆扬,独帆如飞鸿。"

唐·钱起《送李秀才落第游荆楚》:"上潮吞海日,归雁出湖云。"

唐·贾至《江南送李卿》:"愿值回风吹羽翼,早随阳雁及春还。"

唐·曹邺《湖口送友人》:"去雁远冲云梦雪,离人独上洞庭船。"

唐·郎士元《送洪州李别驾之任》:"夏口帆初上,浔阳雁正过。"又《周至县郑礒宅送钱大》:"荒城背流水,远雁入寒云。"

唐·皇甫冉《送志弥师往淮南》:"眷属空相望,鸿飞已杳冥。"又《李二侍御丹阳东去新亭》:"人归极浦寒流广,雁下平芜秋野闲。"又《送孔巢父赴河南军》:"江城相送阻烟波,况复新秋一雁过。"

唐·耿沛《送友贬岭南》:"湖上北飞雁,天涯南去人。"用"相背飞"意。又《送友人游江南》:"汀洲更有南回雁,乱起联翩北向秦。"亦"背飞"之意。

唐·戎昱《送王端公之太原归觐相公》:"也知人惜别,终羡雁成行。"

唐·戴叔伦《送郭太祝中孚归江东》:"乡人去欲北,北雁又南飞。"

唐·李益《送贾校书东归寄振上人》:"北风吹雁数声悲,况指前林是别时。"

唐·崔峒《送韦八少府判官归东京》:"鸿雁南飞人独去,云山一别岁将阑。"

五代·冯延巳《酒泉子》:"归鸿飞,行人去,碧山边。"

宋·廖世美《烛影摇红》:"寒鸿唯问,岸柳河穷,别愁纷绪。"

宋·辛弃疾《木兰花慢》(滁州送范倅):"目断秋霄落雁,醉来时响空弦。"

244. 雁引愁心去

唐·李白《与夏十二登岳阳楼》:"楼观岳阳尽,川回洞庭湖。雁引愁心去,山衔好月来。"李白因永王璘案流放夜郎,中途遇赦,从江陵至岳阳,心情舒畅。此刻望雁,雁归人亦归,愁苦全消。所以说"雁引愁心去"。

"雁引愁心去"这是特殊情境。前举诸条,如远离、送别、思归、落雁乃至时景,无不寓哀愁于鸿雁,见雁而喜悦者绝无仅有,虽然句中不见"愁"字。有些"雁句"直用"愁"字,也都含"莫名"之愁(其实是"有名")。不同李白写销愁。

唐·宋之问《明河篇》:"鸳鸯机上疏萤度,乌鹊桥边一雁飞。雁飞萤度愁难歇,坐见明河渐微没。"

唐·高适《登百丈峰二首》:"唯见鸿雁飞,令人伤怀抱。"

唐·韦应物《冬夜》:"晚岁沦夙志,惊鸿感深哀。"

唐·李群玉《长沙九日登东楼观舞》:"唯愁捉不住,飞去逐惊鸿。"虽舞姿妙曼,却难以销愁。句类"雁引愁心"而其义相反。

宋·王禹偁《点绛唇》:"天际征鸿,遥认行如缀。平生事,此时凝睇,谁会凭栏意。"带平生之愁。

宋·李清照《声声慢》："雁过也,正伤心,却是旧时相识。"

宋·周紫芝《踏莎行》："雁过斜阳,草迷烟渚,如今已是愁无数。"

245. 鸿雁几时到,江湖秋水多

唐·杜甫《天末怀李白》："鸿雁几时到,江湖秋水多。"诗人在秦州(今甘肃天水)怀念李白而作。时李白流放夜郎,途经长江、洞庭。诗人急切想知道李白的音信,然而鸿雁不到,江湖多险,音问难通,关切备至。

宋·苏轼《武昌西山》："山人帐空猿鹤怨,江湖水生鸿雁来。"用杜甫句,而不用其意,只云秋水涨而雁南来。

246. 归心伴塞鸿

唐·韦应物《送崔押衙相州》："别路怜芳草,归心伴塞鸿。"一颗回返京城的心,伴着边塞南归的鸿雁飞回来了。见雁归,身未归而心归,心随雁而飞回。这亦为古人情之常。这种抒情笔法,前人已普遍应用。

唐·骆宾王《边夜有怀》："惟余北叟意,欲寄南飞雁。""意"这里与"心"同。

唐·宋之问《晚泊湘江》："路逐鹏南转,心依北雁还。"

唐·张说《同赵侍御巴陵早春作》："意随北雁云飞去,直待南州蕙草残。"

唐·张九龄《秋怀》："忆随鸿向暖,愁学马思边。"

唐·钱起《适楚次徐城》："去家随旅雁,几日到南荆。"

唐·孙逖《下京口埭夜行》："行程从兹去,归情入雁群。"

唐·黄滔《旅怀》："乡心随去雁,一一到江南。"

宋·欧阳修《花山寒食》："归心随北雁,先向洛阳家。"

宋·苏轼《壬寅重九,不预会,独游普门寺僧阁,有怀子由》："忆弟泪如云不散,望乡心与雁南飞。"

金·刘迎《莫州道中》："白发媚亲依门处,梦魂千里付归鸿。"

清·蒲松龄《射阳湖》："春归远陌莺声外,心在寒空雁影边。翘首乡关何处是?渔歌声断水云天。"

247. 残星几点雁横塞

唐·赵嘏《长安秋望》："残星几点雁横塞,长笛一声人倚楼。"赵嘏也是善于写雁的。凌晨,天上还有几点残星,塞北之雁已经南来,横塞于空。一"横"字表明是雁群,只此一句写出长安秋晚,以谐全诗的伤秋情绪。因之此句知名度极高。《唐诗纪事》卷五十六载:"杜紫微览嘏《早秋》诗'残星几点雁横塞,长笛一声人倚楼',吟味不已,因目嘏为'赵倚楼'。"这里不说"人倚楼",只说"雁横塞"。

"塞雁"或"塞鸿",指北方之雁。"塞",泛指北方。唐宋人写"塞雁"表北雁南飞,或南雁北归,并无特殊含义。而"阳雁"则指"衡阳之雁",南雁。

唐·刘长卿《送李将军》："身逐塞鸿来万里,手披荒草看孤坟。"悼已故李将军。

唐·李白《白仁辞二首》："寒云夜卷霜海空,胡风吹天飘塞鸿。"

唐·杜甫《公安送李二十九弟晋肃入蜀余下沔鄂》："樯乌相背发,塞雁一行鸣。"又《清明二首》："旅雁上云归紫塞,家人钻火用青枫。"南雁北去。

唐·耿沣《发绵津驿》："欲问长安今远近,初年塞雁有归行。"

唐·温庭筠《更漏子》："惊塞雁,起城乌,画屏金鹧鸪。"

宋·范仲淹《渔家傲》："塞下秋来风景异,衡阳雁去无留意。"也写塞雁南归。

宋·朱敦儒《临江仙》："年年塞雁,一十四番回。"塞鸿南回,一年一次,十四年了。

宋·刘克庄《忆秦娥》："梅谢了,塞垣冻解鸿早归。"鸿归塞北。又《贺新郎》(送陈真州子华):"空目送,塞鸿去。""塞鸿"代指陈子华,陈北去为恢复中原事业,以自己胆怯而惭愧。

并写星与雁的,有唐人刘元叔的《妾薄命》:"北斗星前横度雁,南楼月下捣塞衣。"近赵嘏义。宋·晏几道《南乡子》:"新月又如眉,长笛谁教月下吹!楼倚暮云初见雁,南飞,漫道行人雁后归。"暗用赵嘏诗句。

248. 江涵秋影雁初飞

唐·杜牧《九日齐山登高》："江涵秋影雁初飞，与客携壶上翠微。尘世难逢开口笑，菊花须插满头归。但将酩酊酬佳节，不用登临恨落晖。古往今来只如此，牛山何必独沾衣！"唐武宗会昌五年（845），杜牧任池州刺史时重阳节登齐山（今安徽贵池县）而作此诗。前人评此诗："抑郁之思以旷达出之"，是较为准确的。"江涵秋影雁初飞"句很有名，登上"翠微"（齐山），俯瞰江水，江水几乎涵尽一切秋色，初飞之秋雁也在江中漂影。江中秋影如此鲜明，正是由于秋江澄澈，而告示着秋的到来。人们喜欢它，以致有几位名家取用了原句。

宋·王安石《望之将行》："江涵秋影雁初飞，沙尾长樯发渐稀。"

宋·苏轼《定风波》（重阳）："与客携壶上翠微，江涵秋影雁初飞。"变序用原二句。

宋·辛弃疾《木兰花慢》（席上赠张仲固帅兴元）："更草草离筵，匆匆去路，愁满旌旗。君思我、回首处，正江涵秋影雁初飞。"

又《木兰花慢》："与客携壶且醉，雁飞秋影江寒。"变用二句。

又《水调歌头》（醉吟）："鸿雁初飞江上，蟋蟀还来床下，时序百年心。"暗用"雁初飞"句。

宋·卢祖皋《贺新郎》："江涵雁影梅花瘦。四无尘，雪飞风起，夜窗如昼。"已是初冬了。

宋·李曾伯《沁园春》："牙樯喜色津津，正江影涵秋无点尘。"

宋·方岳《蝶恋花》："秋水涵空如镜净，满镜清寒，倒碧摇山影。"仍是水涵秋影。

宋·李昂英《满江红》（和刘朔斋节亭韵）："池碎瀑声荷捧雨，径涵秋影篁筛月。"小路月影。

金·刘仲尹《鹧鸪天》："川老带晚虹垂雨，树影涵秋鹊唤风。"用"涵秋"意。

元·鲜于必仁《普天乐》（平沙落雁）曲："山光凝暮，江影涵秋。"

清·孙致弥《同晙思大年访华天御》："白露为霜枫欲脱，澄江如练雁初飞。"

249. 事与孤鸿去

唐·杜牧《题安州浮云寺楼寄湖州张郎中》："恨如春草多，事与孤鸿去。"登浮云寺楼，回忆去年夏日雨后与张郎中倚楼共话的情景，而今却天各一方，当时的情谊及活动如孤鸿一样飞向缥缈的远方，无影无踪了。杜牧喜欢用"鸿去"比喻事已成过，不可再来，如《题宣州开元寺》："亡国去如鸿，遗寺藏烟坞。""事与孤鸿去"是"事随流水"的同义语。用此句如：

宋·韩维《废烽台》："耆老不可问，高台荆棘间。一时戎马散，千古暮鸦还。事往孤鸿断，人来落照间。兴亡无限恨，惨淡对河关。"

宋·舒亶《菩萨蛮》："宝车空辗驻，事逐孤鸿去。"

宋·秦观《望海潮》："往事逐孤鸿，但乱云流水，萦带离宫。"

宋·周邦彦《瑞龙吟》："知谁伴、名园露饮，东城闲步。事与孤鸿去，探春尽是伤离情绪。"

又《西平乐》（小石）："叹事逐孤鸿尽去，身与塘蒲共晚。争知向此，征途迢递，伫立尘沙。"

宋·洪迈《十二时》："中兴大业，巍巍稽古成功。事去孤鸿，忍听宵析晨钟。"

宋·吴儆《满庭芳》（寄叶蔚宗）："任金貂醉脱，不放杯空。谁信风流一别，当时事、已逐飞鸿。"

宋·刘辰翁《贺新郎》（赠建康郑玉脱籍）："新来镜里惊如许。暗伤怀、莺老花残，几番春暮。事逐孤鸿都已往，月落千山杜宇。"

宋·林表民《玉漏迟》（和赵立之）："事逐征鸿，几度悲欢休数。"

宋·洪瑹《菩萨蛮》（宿水口）："浮生长客路，事逐孤鸿去。又是黄昏月，寒灯人闭门。"

宋·李彭老《壶中天》："谁念病损文园，岁华摇落，事与孤鸿去。"

宋·柴望《摸鱼儿》（景定庚申会使君陈碧栖）："闲情已付孤鸿去，依旧被莺呼起，谁料理？"

宋·黄廷琇(shū)《琐窗寒》："记相逢，画堂宴开，乱花影入帘初卷。正小池涨绿，丝纶曾试，事随鸿远。"

250. 天边雁一行

唐·杜牧《寄兄弟》："江城红叶尽，旅思倍凄凉。孤梦家山远，独眠秋夜长。道存空倚命，身未来归乡。南望仍垂泪，天边雁一行。"诗人远离家山，兄弟遥隔异地，看天边雁行，更感兄弟分散，不禁流下泪来。"雁一行"喻兄弟同行、同住，而不分离。

唐·许浑《寄小弟》同杜牧诗差三字,题目差一字:"江城红叶尽,旅思复凄伤。孤梦家山远,独眠秋夜长。道存空倚命,身贱未归乡。南望空垂泪,天边雁一行。"做为五言律诗,不当用两个"空"字。不过杜牧称许浑为先辈(有诗《春日寄许浑先辈》,杜牧为晚生)。许浑另有"雁一行"句:《南陵留别段氏兄弟》:"更羡君兄弟,参差雁一行。"羡段氏兄弟不分散别离。又《别秀才》:"灯照水莹千点灭,棹惊滩雁一行斜。"这则是写雁飞了。

251. 一行斜字早鸿来

唐·张继《九日巴丘杨公台上宴集》:"万叠银山寒浪起,一行斜字早鸿来。"秋雁南翔,结成"一"字形,一个斜"一"字,向南飞来。雁群飞翔,不是散乱的,总是组成的"一"字形或"人"字形。而且飞行中这"字"常常是斜着的。

唐·韦庄《登咸阳城楼望雨》:"尽日空濛无所见,雁行斜去字联联。"用"斜字"。

宋·吴文英《高阳台》(丰乐楼分韵得如字):"凭栏浅画成图,山色谁题?楼前有雁斜书。""斜书"即雁行斜字。

唐·白居易《江楼晚眺影物鲜奇吟玩成篇寄水部张员外》:"风翻白浪花千片,雁点青天字一行。""字一行",也应是排成"一"字形。"点"字妙,雁高如"点",点点相联,即成"一行"。

252. 犹倚营门数雁行

唐·令狐楚《少年行》:"少小边城惯放狂,骊骑蕃马射黄羊。如今年老无筋力,犹倚营门数雁行。"写一终生驻守边城的老战士,回忆当年骑烈马,拉强弓,射杀黄羊时的勇武狂放,而今年老气衰,心有余而力不足。战功难立,还是倚着营门数计着飞来的大雁,有想望,也含寂寥。这是《少年行四首》之第一首,是令狐楚的代表作,成功地刻画了老战士的形象,表现了老战士的心态。

"数雁行"句出自唐·周瑀诗:《潘司马别业》:"湖畔闻渔唱,天边数雁行。""闻渔唱""数雁行"写别业中幽雅闲适。令狐楚赋予了深刻内涵。

"倚营门"句出自唐郎士元诗《塞下曲》:"萧条夜静边风吹,独倚营门望秋月。"写戍卒功而无显倚门望月的复杂情怀。令狐楚"犹倚营门数雁行"句从此句化出。

后用此句如"倚营门""数雁行""数飞鸿",有

的表现军旅生涯,有的表现思乡怀人心绪。

唐·许浑《征西旧卒》:"晓风听戍角,残月倚营门。"

唐·温庭筠《菩萨蛮》:"时节欲黄昏,无寥独倚门。"

又《旅次盱眙县》:"外杜三千里,谁人数雁行。"

宋·贾蓬莱《谢姊惠莲》:"弓弯著上无行处,独立花阴看雁行。"

253. 数尽归鸿人未到

宋·马子严《鱼游春水》(怨别):"池塘生春草,数尽归鸿人未到。"盼亲人归来,可数尽了归鸿,鸿已尽归去,还不见人来,鸿即是雁,"数雁行",侧重孤寂无聊,"数归鸿"则是有所企盼。用"数归鸿"句如:

宋·辛弃疾《满江红》(暮春):"凭画栏,一线数飞鸿,沉空碧。"

又《菩萨蛮》(乙巳冬前间举似前作,因和之):"锦书谁寄相思语,天边数尽飞鸿数。"

又《鹧鸪天》:"谁知止酒停云老,独立斜阳数过鸿。"

宋·赵师侠《卜算子》:"目断平芜无际愁,数尽征鸿点。"

宋·赵以夫《烛影摇红》:"万里关河,朔风吹到边声远。倚楼脉脉数归鸿,谁会愁深浅。"

清·尤侗《金人捧露盘》(卢龙怀古):"参军岸帻,戍楼上、独数飞鸿。"数点远去的飞鸿,表宿志之高,乡思之远。

254. 佳人何处,数尽归鸦

宋·辛弃疾《玉蝴蝶》(叔高书来戒酒用韵):"向空江、谁捐玉佩,寄离恨、应折疏麻。暮云多,佳人何处,数尽归鸦。""佳人"优秀的人,指"叔高","数尽归鸦"写怀念至深,候鸟尽归,人却不见。"数尽归鸦"同"数尽归鸿"意义相近。

又《上西平》:"起来极目,向弥茫、数尽归鸦。"

宋·黄升《卖花声》(忆旧):"数尽归鸦人不见,落木萧萧。"用马子严"人不见"句式。

金·张澄《永宁王赵幽居》:"烟村寂寞无人语,独倚寒藤数暮鸦。"

元·乔吉《折桂令》(荆溪即事)曲:"白水黄沙,倚遍阑干,数尽归鸦。"

明·冯维敏《蟾宫曲》(四景闺词)曲:"正青春人在天涯,添一度年华,少一度年华。近黄昏数尽归鸦,开一扇窗纱,掩一扇窗纱。"

清·李昌恒《鹧鸪天》(重阳晚眺遇雨):"西风吹换江州鬓,独醉东篱数暮鸦。""暮鸦",辛弃疾《鹧鸪天》(代人赋)有"斜日寒林点暮鸦"句。

255.独立苍苔数落红

宋·刘学箕《鹧鸪天》:"两眉新恨无分付,独立苍苔数落红。"词人目睹"一年花事又匆匆",伤春情绪油然而生,带着"无分付"(难以排遣)的春恨数着落花。"数落红"即"数落花",应从"数雁行""数飞鸿"换字而来。

先用"数落花"的是宋·王安石《北山》诗:"细数落花因坐久,缓寻芳草得归迟。"而"坐久"句则用唐人王维《过杨氏别业》诗:"兴阑啼鸟换,坐久落花多"句。下有:

宋·陈三聘《减字木兰花》:"游仙梦杳,啼鸟声中春又晓,未著乌纱,独坐溪亭数落花。"

清·王国维《好事近》:"人间何苦又悲秋,正是伤春罢。却向春风亭畔,数梧桐叶下。"伤春未了又悲秋。

256.人北雁南飞

宋·欧阳修《送贾推官》:"白云汾水上,人北雁南飞。"贾推官北去,正值雁南飞,不仅暗指时在深秋,也含诗人与友离别之情。

魏文帝曹丕《杂诗二首》:"草虫鸣何悲,孤雁独南翔。"孤雁南飞,游子自喻。

唐·韦承庆《南中咏雁诗》:"万里人南去,三春雁北飞。不知何岁月,得与尔同归。"写"人南去雁北飞"。

宋·苏轼《谢运使仲适座上送王敏仲北使》:"聚散一梦中,人北雁南翔。"用欧阳修句。

257.镜归人不归

隋·徐德言破镜重圆诗:"镜与人俱去,镜归人未归。无复嫦娥影,空留明月辉。"据唐·孟棨《本事诗》载:"陈太子舍人徐德言之妻,后主陈叔宝之妹,封乐昌公主,才色冠绝。时陈政方乱,德言知不相保,谓其妻曰:'以君之才容,国亡必入权豪之家,斯永绝矣!倘情缘未断,犹冀相见,宜有以信之。'乃破一镜,人执其半,约曰:'他日必以正月望

日卖于都市,我当在,即以是日访之。'及陈亡,其妻果入越公杨素之家,宠嬖殊厚。德言流离辛苦,仅能至京,遂于正月望日访于都市。有苍头卖半镜者,大高其价,人皆笑之。德言直引至其居,设食具言其故,出半镜以合之,乃题诗曰:'镜与人俱去,镜归人未归。无复嫦娥影,空留明月辉!'陈氏得诗,涕泣不食。素知之,怆然改容,即召德言,还其妻,仍厚遗之。"这就是"破镜重圆"的故事,喻夫妻离而复合。后常用"破镜""分镜"表示夫妻、情侣分离、离散,情断缘绝。

元·商衢《夜行船·尾声》:"俏家风,说与那小后生,识破这酒愁花病,再不留情,分开宝镜。"喻断情。

元·商挺《双调·潘妃曲》:"早是离愁添秋兴,那堪镜破金钗另。"亦喻分离。

元·贯云石《点绛唇·闺怨》:"琼簪折,宝鉴分,今春又惹前春恨。"分离。

元·曾瑞《四时闺怨·春》:"分钗破鉴别离谶,泪满襟,鸾拆衾,鸳拆枕。"作别离象征。

又《青杏子·骋怀》:"簪遗佩解,镜破钗分。"分离。

元·乔吉《折桂令》:"云雨期一枕南柯,破镜分钗,对酒当歌。"即分离。

元·薛昂夫《闺怨·滚绣球》:"吉了的掂折玉簪,扑冬的井坠银瓶,分开鸾镜。"分别。

258.潮归人不归

唐·刘长卿《送丘为归上都》:"潮归人不归,独向空塘立。"用"镜归人未归"句式。诗人独立空塘,望丘为远去,想到潮还要归来,而人去却不返了。这是一种深沉的失落的离情。望日涨潮,即潮归,朔日落潮,即潮去。所以潮虽去而归来有日,人呢,一旦离去,即可成为永别。

又《和州送人归复郢》:"独过浔阳去,潮归人不归。"再用此语送友人。"潮归"时间即在望月,在每月夏历十五月圆时,那么"人不归"或可是短期的,如一月之内回不来。

259.雁归人不归

五代·阎选《河传》:"几回邀约,雁来时违期,雁归人不归。"用"镜归人未归"句式。写美人离去时,曾相约雁归人亦归,却违了约期,今雁已归来,而人却未归。雁为候鸟,春归北方,秋归南方,因而

约期或春或秋,此词中之约为秋天。

"雁归人不归"一意,隋人薛道衡在《人日思归》诗中已先有所用:"人归雁落后,思发在花前。"句式不同,其意却是"雁落人未归。"

阁选以后,此句,有的用其原句,有的用其本意。

宋·张先《三字令》:"人不见,雁空归,负佳期。"

宋·王安石《送刘贡甫谪官衡阳》:"万里衡阳雁,寻常到此回。行逢二三月,好与雁同来。雁来人不来,如何不饮令心哀。"

宋·邓肃《长相思令》:"菊花开,菊花残。雁已西飞人未还,一帘风月闲。"

宋·黄昇《阮郎归》:"桃叶曲,柳枝词,芳心空自知。湘皋月冷,佩声微,雁归人不归。"

宋·周密《高阳台》(送陈君衡被召):"东风渐绿西湖柳,雁已还,人未南归。"陈被召去元大都未归。

宋·王沂孙《高阳台》(陈君衡远游未还,周公谨有怀人之赋,倚歌和之):"江雁孤回,天涯人自归迟。"步周密(字公谨)《高阳台》韵作此词以怀陈君衡。

清·蒋春霖《高阳台》:"几日西风,雁归客未还家。"

260. 燕归人未归

宋·晏几道《更漏子》:"人去日,燕西飞,燕归人未归。"燕,也是候鸟,从此词下阕"弹指一年春事"看,去春人与燕俱去,而今春燕归人未归,已别一年了,此句与"雁归人未归"意义相同,惟另有"燕"句之源。

魏·曹丕《燕歌行》:"群燕辞归鹄南翔,念君客游多思肠。慊慊思归恋故乡,君何淹留寄他乡。"写女子思念远行的丈夫,用候鸟(燕)知归,反托丈夫不返。"淹留"即滞留、久留。宋·吴文英《唐多令》(惜别)用此句:"燕辞归,客尚淹留。"即燕归人不归之意。

唐·刘禹锡《浪淘沙》:"衔泥燕子争归舍,独自狂夫不忆家。"唐·戴叔伦《独不见》:"窗残夜月人何处?帘卷西风燕复来。"都是"燕归人未归"之意。用晏几道句如:

宋·苏庠《阮郎归》:"波连春渚暮天垂,燕归人未归。"

宋·赵长卿《菩萨蛮》:"双燕运芹泥,燕归人未归。"

宋·汪元量《忆王孙》:"独坐纱窗刺绣迟,泪沾衣,不见人归见燕归。"变式用其意。

宋·无名氏《长相思》:"花满枝,柳满枝,眼底春光似旧时,燕归人未归。"

261. 常恨春归人不归

宋·欧阳修《和陆子履再游城西李园》(至和二年):"京师花木类多奇,常恨春归人不归。车马喧喧走尘上,园林处处锁芳菲。残红已落春犹在,羁客多伤涕自挥。我亦悠然无事者,约君联骑访郊圻。"此诗为1055年在京任参政知事时作。游李园已是晚春,羁留京师的人思家不得归,"常恨春归人不归",抒自己思乡之情。"常恨"非止一春(一年),"春归人不归"亦从"镜归人未归""雁归人未归"句衍生。

《全宋诗》(北京大学出版社版)六六五一页又收作王安石《次韵再邀城西李园》诗,疑为误收。嘉祐四年,欧阳修初游李园,曾作《清明前一日韩子华以靖节斜川诗见招游李园》(《全宋诗》三六五二页),此次是他"再游"。"春归人不归"当出自欧公手笔。

"春归人不归",其句源已如上举,然而还有其意源。

唐·戴叔伦《巡诸州渐次空灵岸》:"寒尽鸿先至,春回客未归。"(《全唐诗》又收作张叔卿《空灵岸》诗,第二句"江回客未归","江"字不如"春"字更衔接上句,似误收)应是"春归人未归"句意之所本。

用"春归人未归"及其变式句如:

唐·温庭筠《达摩支曲》:"万古春归梦不归,邺城风雨连天草。"

宋·邓肃《长相思令》:"红花飞,白花飞,郎与春风同别离,春归郎不归。""郎与春风同别离"同晏几道"人去日,燕西飞"句意。

宋·赵长卿《虞美人》(春寒):"可堪连夜子规啼,唤得春归人未归。"

宋·郭应祥《菩萨蛮》:"底事最堪悲?春归人未归。"

宋·仇远《减字木兰花》:"莫留春住,问春归去家何处?春与人期,春未归时人未归。"反其意而用,人与春同未归。

宋·续雪谷《长相思》:"织就回文不下机,花飞人未归。""花飞"即春归。

宋·史达祖《阮郎归》(月下感事):"旧时月底似梅,梅春人不春。"梅花可再度迎春,人的青春则去而不返。仅用"春归人不归"句式,而不用其意。

宋·无名氏《菩萨蛮》:"半夜得春归,屏山人未归。"分二句以用之。

262.潇湘人不归

唐·姚合《友人南游不回因寄》:"相思春树绿,千里亦依依。鄠杜月频满,潇湘人不归。桂花风畔落,烟草蝶双飞。一别无消息,水南车迹稀。""鄠",地名,在今陕西户县北。"杜"古国名,在今陕西西安东南。"鄠杜"指长安一带的北方。"潇湘"在此指多水的南方。"月频满"月多次由缺到圆,而南去的友人却不归来。

唐·于武陵《友人南游不回因寄》,《全唐诗》又收入武陵诗中,却未作任何说明。"人不归"作"人未归"。

263.君问归期未有期

唐·李商隐《夜雨寄北》:"君问归期未有期,巴山夜雨涨秋池。何当共剪西窗烛,却话巴山夜雨时。"《万首唐人绝句》题作《夜雨寄内》,是寄给他妻子的。从全诗看,如不是寄给他妻子,也当是情谊无间的至友。

此诗作于他巴东游览时,先述对归期的答问,写客中夜雨;又写归后谈资,追忆客中夜雨之凄凉。从家乡到客地,又从客地到家乡,再于家乡话及客地,在时间、空间上往复回环,有力地表达了归心与离情。姚培谦《李义山诗集笺》评:"'料得闺中夜深坐,多应说着远行人'(白居易《邯郸冬至夜思家》),是魂飞到家里去。此诗则又预飞到归家后也,奇绝!"徐德泓《李义山诗疏》评:"翻从他日而话今宵,则此时羁情,不写而自深矣。""君问归期未有期",是先写来自家乡的讯问并答,言归期难卜。

宋·文彦博《偶书答岐守吴卿》(几复·北京作):"君说归期未有期,西风又是鲙鲈时。何当会集香山伴,同赴松窗烛下棋。"用李商隐全诗各句结构写给吴卿,首句之"君"指吴卿。

264.吾归便却扫

宋·苏轼《与周长官、李秀才游径山,二君先

以诗见寄,次其韵二首》:"吾归便却扫,谁踏门前路。"我回去就闭门谢客,少作交往,谁还踏我门前的路呢!

"却扫",不扫庭径,不迎客人,杜门谢客,减少交往。"闭门却扫"为成语。《文选》李善注引司马彪《续汉书》云:"赵壹闭门却扫,非德不交。"说赵壹不与德行不高者交往。此语不见《后汉书·赵壹传》,当出于晋以后。《晋书·葛洪传》云:"(葛洪)为人木讷,不好荣利,闭门却扫,未尝交游。"《南史·沈炯传》云:沈炯被魏所虏,"以母在东,恒思归国,恐以文才被留,闭门却扫,无所交接"。《北史·李谧传》:"每曰:'丈夫拥书万卷,何假南面百城!'遂绝迹下帷,杜门却扫,弃产营书,手自删削。"都是杜门谢客,不事交往之意。

南朝·梁·江淹《恨赋》:"至乃敬通见抵,罢归田里,闭关却扫,塞门不仕。""闭关"即"闭门"。

265.云随雁字长

宋·晏几道《阮郎归》:"天边金掌露成霜,云随雁字长。绿杯红袖称重阳,人情似故乡。""金掌"是汉武帝在建章宫所建仙人掌承露盘,这里代秋露。秋露成霜,说明时在深秋,所以雁已南飞。而那云在天空一抹,如雁字那样长长的。"雁字"亦即雁行,排列成字的雁行。"雁字"句又如:

宋·张耒《楚城晓望》:"山川摇落霜华重,风日晴明雁字高。"

宋·李清照《一剪梅》:"云中谁寄锦书来,雁字回时,月满西楼。"

宋·赵鼎《满江红》:"凄望眼,征鸿几字,暮投沙碛。"亦为"雁字"。

266.过尽飞鸿字字愁

宋·秦观《减字木兰花》:"黛蛾长敛,任是春风吹不展。困倚危楼,过尽飞鸿字字愁。"借"春风"与"飞鸿"写愁,并不乏人,如春风吹出柳浓花零,春老春归,"飞鸿"远去,鸿归人不归,等等。而此词不蹈袭前人之法,别出心裁,写春风吹不展愁眉,以出夸张之新;写飞鸿字字含愁,以尽移情之巧,深得评家之赏识。近代俞陛云《唐五代两宋词选释》评:"结句含蕴有情。"现代唐圭璋《唐宋词简释》评:"下片两句,言愁眉难展。'困倚'两句,叹去人无信。断尽香炉,过尽飞鸿,皆愁极伤极之语。"台湾汪中《宋词三百注析》评:"下片,则尽是愁恨,任

好春和煦之风,此心不展。鸿归人不归,更不可忍,怨情满纸。"

宋·辛弃疾《菩萨蛮》:"西风都是行人恨,马头渐喜归期近。试上小红楼,飞鸿字字愁。"用秦观句。

267.写不成书,只寄得相思一点

宋·张炎《解连环》(孤雁):"楚江空晚,怅离群万里,恍然惊散。自顾影,欲下寒塘,正沙净草枯,水平天远。写不成书,只寄得相思一点。料因循误了,残毡拥雪,故人心眼。""写不成书","书"即雁字、雁行。孤雁独飞,排不成行,列不成字,只是一点,而写不成书。"书"字双关雁字和家书,绝妙。"一点"亦双关孤影与归心,又绝妙。全词以"孤雁"单飞自喻,写旅居之苦,思归之切。成功之处,颇受赞誉,元·孔齐《至正直记》卷四评:"(张炎)尝赋《孤雁》词,有'写不成书,只寄得相思一点',人皆称之曰'张孤雁'。"清·许昂霄《词综偶评》称:"写不成书"二句"奇警"。清·李佳《左庵诗话》评:"张炎词'写不成书,只寄得相思一点',沈昆词'奈一绳雁影斜飞,点点又成心字',周星誉词'无赖是秋鸿,但写人人,不写人何处'。三词咏雁字,各具巧思,皆不落恒蹊。"近代俞陛云《唐五代两宋词选释》:"《孤雁》与《春水》词,皆玉田少年擅名之作,晚年无此精湛矣。孔行素云:'玉田以此词得名,人以张孤雁称之。''写不成书'二句,写孤字入妙,即怀人之作,亦极缠绵幽渺之思,况咏孤雁?人雁双关,允推绝唱。"现代唐圭璋《唐宋词简释》评:"'写不'两句,言雁寄相思,写出孤雁之神态。"而更感人的是,述说自己飘泊困窘的生活中,饱蕴着国破家亡的哀凉。

张炎《水龙吟》(寄袁竹初):"几番问竹平安,雁书不尽相思字。""雁书"双关雁字与信函,雁字传书,也表达不尽相思之情。与"寄得相思一点"有异曲同工之妙。

清·朱彝尊《长亭怨慢》(雁):"一绳云杪,看字字,悬针垂露。渐敧斜,无力低飘,正目送、碧罗天暮。写不了相思,又蘸凉波飞去。"用张炎句,说"写不了相思"一点,便匆匆离去,处境尤其悲惨。

268.缥缈孤鸿影

宋·苏轼《卜算子》(黄州定慧院寓居作):"缺月挂疏桐,漏断人初静,时见幽人独往来,缥缈孤鸿影。"全词上下二阕,均先写人,后写鸿,写鸿是喻人,是写人的延续。词人在黄州任团练副使,闲居无聊,夜阑人静,"幽人"索居,像"孤鸿"缥缈无踪,漂泊不定,正是贬谪中的坎坷之感。这就是上阕的含义。宋·黄庭坚《山谷题跋》卷二评:"东坡道人在黄州时作,语意高妙,似非吃烟火食人语,非胸中有万卷书,笔下无一点尘俗气,孰能至此?"清·王士禛《花草蒙拾》评:"东坡《孤鸿词》,山谷以为'非吃烟火食人'句,良然。"清·黄苏《蓼园词选》:"此东坡自写在黄州之寂寞耳。初从人说起,言如孤鸿之冷落,下专就鸿说,语语双关,格奇而语隽,斯为超诣神品。"

苏轼在《水调歌头》(黄州快哉亭赠张偓佺):"长记平山堂上,欹枕江南烟雨,杳杳没孤鸿。认得醉翁语,山色有无中。""杳杳没孤鸿"意近"缥缈孤鸿影",但这是忆扬州平山堂景色,与"山色有无中"相应的。

苏轼《单同年求德兴俞氏聚远楼诗三首》:"幽人隐几寂无语,心在飞鸿灭没间。"至宜兴访单锡,登聚远楼,而生卜居之想。"心在飞鸿灭没间。"正是一种空旷虚无的感觉和意念。唐·刘禹锡有赋云:"送飞鸿之灭没",苏轼用此句。

269.野火时明灭

宋·寇准《早行》:"严钟将报曙,游子已登程。野火时明灭,残星似有无。"写出行之早,晨钟即将报晓,野外的火光时明时灭,天上的星星似有若无,游子在此刻已登程了,可见旅途之苦。

宋·辛弃疾《念奴娇》:"酒罢归对寒窗,相留昨夜,应是梅花发。赋了高唐犹想像,不管孤灯明灭。"把"野火"换作"孤灯"。

270.看孤鸿明灭

宋·朱敦儒《好事近》(渔父词):"晚来风定钓丝闲,上下是新月。千里水天一色,看孤鸿明灭。"写渔父月夜停钓,望着远方的奇景:水与天浑成一色,孤鸿时隐时现,空旷而幽静。用寇准"野火时明灭"句,而"孤鸿明灭"其原因与月光、飞行方位有关,情景复杂些了。

宋·辛弃疾《念奴娇》(用东坡赤壁韵):"醉里重揩西望眼,惟有孤鸿明灭。"

又《贺新郎》(听琵琶):"马上离愁三万里,望昭阳、宫殿孤鸿没。"

宋·沈与求《浣溪沙》(和郑庆袭雪中作):"云幕垂垂不掩关,落鸿孤没有无间。"

271. 应似飞鸿踏雪泥

宋·苏轼《和子由渑池怀旧》:"人生到处知何似,应似飞鸿踏雪泥。泥上偶然留指爪,鸿飞那复计东西?""飞鸿踏雪泥",鸿雁落在雪地上,踏出的爪印。以飞鸿雪爪喻人生是匆匆过客,不过如雪泥上留下几点鸿爪。"雪泥鸿爪"成了成语,喻人做过的事所留下的痕迹。

"踏雪泥"用欧阳修诗《班春亭》:"信马寻春踏雪泥,醉中山水弄清辉。"又《病中代书奉寄圣俞二十五兄》:"萌芽不待杨柳动,探春马蹄常踏雪。"又《寄阁老刘舍人》:"明朝雨上花应在,又踏春泥向凤池。"前二首写"踏雪",后一写"踏泥"。"马踏雪泥","踏"是有很大力度的,而"鸿踏雪泥","踏"字本不妥,显然是借用了"踏雪泥",才不换字的。唐·李峤《燕》:"勿惊留爪去,犹冀识吴宫。"《吴地记》载:"吴宫中剪燕爪留之,以记更来。"这是人留燕爪,燕再来否,有爪为志。

元·倪瓒《怀归》:"鸿迹偶曾留雪渚,鹤情原只在芝田。"雪泥鸿爪,到处奔波,不如还家。

明·宋濂《大天界寺住持白庵禅师行业碑铭》:"生死去来兮不碍真圆,飞鸿印雪兮爪趾宛然。"

清·陈维崧《风入松》(纳凉):"浮世飞鸿雪爪,故山乱叶茅庵。"

清·黄梨洲《赠天岳禅师》:"三度山中二十年,雪泥鸿爪记难全。树犹如此松巢鹤,予欲无言月印川。"

清·黄遵宪《人境庐散曲》:"满蓬蒿,二百年来事尽消。风花过眼,雨水融痕,雪泥散爪。"

清·郭麐《清溪》:"雪里飞鸿新指爪,门前垂柳旧腰身。"

今人柳亚子《碧云寺谒孙先生衣冠墓》:"痴儿重为留光影,雪爪鸿泥尚未妨。"

今人叶剑英元帅《重游延安》:"王家坪上杨家岭,鸿爪从头细细看。"中国共产党中央机关驻延安十余年,此次重游,作者要仔细看看延安面貌、工作旧迹。

今人林以龙《访郏县三苏坟》:"不是雪泥鸿爪遍,江山哪得任高吟。"诗人留下的"雪泥鸿爪"是诗,三苏留下的是广为流传的不朽诗篇。

272. 宁为雁奴死

宋·陆游诗:"宁为雁奴死,不作鹤媒生。""雁奴"指群雁夜栖沙渚,一雁值警,以防猎捕。猎人多次点火,雁奴报警失效,不是雁奴被啄死,就是群雁落网。《禽经》载:"(雁群)夜栖川泽中,千百为群,有一雁不瞑,以警众也。"《骈字类编·鸟兽》引《玉堂闲话》亦载:专司警戒,鸣叫报警之雁为"雁奴"。金·元好问《惠崇芦雁》:"雁奴辛苦候寒更,梦破黄芦雪打声。"就写"雁奴"之苦。鹅是古代的雁驯养成的,所以人们也称鹅为"雁鹅"。欧洲古代就有一只鹅救了一座城市的故事:敌人夜袭,鹅子惊叫,人们击退了敌人,保全了城市。"鹤媒"指人们利用驯养的鹤作囮子(鸟媒),诱捕野鹤。陆游诗意为:宁愿作雁奴而死,不作鹤媒诱杀同类而活着,以喻自己之志。

今人陈毅元帅《感事》(一九六四年十月):"为群荣雁奴,作伥耻鹤媒。"要作"雁奴"为人民群众谋利益,不作鹤媒为虎作伥。即"雁奴"为群体而光荣,"鹤媒"作伥而可耻。

273. 枕上数声新到雁

宋·陆游《悲秋》:"枕上数声新到雁,灯前一局欲残棋。"新雁数声,残棋一局,都是凄冷之状。

又《行饭至新塘夜归》:"云湿一声新到雁,林昏数点后栖鸦。"再写"新到雁"。

274. 风急江天无过雁

宋·陆游诗:"风急江天无过雁,月明庭户有疏砧。""无过雁"或因晚秋风急,雁不能过;或因时至深秋,雁已过完。

清·曹雪芹《红楼梦》第六十二回林黛玉《酒令》:"落霞与孤鹜齐飞,风急江天过雁哀,却是一只折足雁,叫得人九回肠。——这是鸿雁来宾。榛子非关隔院砧,何来万户捣衣声?"此令首句用王勃语,末句用李白诗,第二句反用陆游"风急江天"句。

275. 凉雁过留声

清·王夫之《月斜》:"归云飞带雨,凉雁过留声。"写秋夜悲凉的景色,云带雨而飞,雁留声而过,寓托着哀凉的情绪。有一格言云:"人过留名,雁过留声",后一句出于王夫之语。

唐·于邺《秋夕闻雁》："忽闻凉雁至,如报杜陵秋。"写"凉雁报秋","凉雁",指凉秋之雁,寒秋之雁,时雁在北方。

276. 城上乌,哺父母

东汉《会稽童谣》："城上乌,哺父母,府中诸吏皆孝友。"赞会稽太守张霸在家孝顺父母,为官举贤劝教,政绩显赫。《东观汉记》载:"张霸,字伯饶,蜀郡成都人。年数岁,有所噉(dàn),必先让父母。乡里号曰张曾子。后作会稽太守,儿童歌曰……"《益都耆旧传》曰:"张霸为会稽太守,举贤士劝教讲授。一郡慕化,但闻诵声,又野无遗寇。民语曰云云。"说明会稽流传此歌,成都也作了记载。"城上乌"含"乌鸦反哺"之喻。不过后用"城上乌",意义并不确定。

汉桓帝初《城上乌》童谣:"城上乌,尾毕逋。公为吏,子为徒。""尾毕逋",乌尾全拖在城上。《后汉书》云:"桓帝之初,京师童谣。按此皆为政贪也。城上乌,尾毕逋者,处高利独食,不与下共。谓人主多聚敛也。"这里"城上乌"喻上层统治者的贪婪。

汉乐府《鸡鸣歌》:"千门万户递鱼钥,宫中城上飞乌鹊。"《乐府广题》云:"汉有鸡鸣卫士,主鸡唱宫外。"这是汉代"鸡鸣卫士"(鸡人)唱的歌,"城上飞乌"说天就亮了。

南朝·梁·王筠《和卫尉新渝侯巡城口号》:"栖乌城上返,晚雀林中度。"写巡城所见,说明时已入夜。

唐·杜甫《发秦州》:"日色隐孤戍,乌啼满城头。"夕阳西下,鸦啼城头,写天色已晚。

277. 御史府中乌夜啼

唐·卢照邻《长安古意》:"御史府中乌夜啼,廷尉门前雀欲栖。"《汉书·朱博传》载:长安御史府中柏树上,有乌鸦栖宿,数以千计。《史记·汲郑列传》载:"始翟公为廷尉,宾客阗门;及废,门外可设雀罗。"诗人托古寓今,写长安都城几种阶层人的生活,这里连用二典,写"御史""廷尉"这些执法官门庭冷落,可啼乌栖雀,难以履行职责,因而违法乱纪者为所欲为。

北周·庾信《乌夜啼》:"御史府中何处宿,洛阳城头那得栖?……讵不自惊长泪落,到头啼乌恒夜啼。"卢照邻反用"御史府中"句。尾联说弹琴的

文君、织锦的苏蕙一度被遗弃,闻乌夜啼而流泪,可是啼乌却不管这些,仍然长夜啼鸣。

"乌夜啼"为南朝乐府诗题。南朝·宋·刘义庆因事触怒宋文帝,被囚。其妾夜闻乌啼以为吉兆,获释后,遂作此曲。后歌词多写恋情。而"乌啼"亦多以为是不祥之兆,或因其色不雅,其声不美,才成了凶兆。诗中写乌夜啼,为了渲染悲伤,也有的只表时景。

唐·贺兰进明《行路难》:"独宿自然堪下泪,况复时闻乌夜啼。"

唐·刘洎《安德山池宴集》:"无劳指长袖,直待夜乌啼。"表时间。

唐·杜甫《过南岳入洞庭湖》:"莫怪啼痕数,危樯逐夜乌。"

又《出郭》:"江城今夜客,还与旧乌啼。"

唐·李嘉祐《和袁郎中破贼后经剡溪县山水上太尉》:"地闹春草绿,城静夜乌啼。"

唐·刘复《杂曲》:"娇多不肯别,更待乌夜啼。"

唐·元稹《听庾及之弹乌夜啼引》:"君弹乌夜啼,我传乐府解。"

唐·贾岛《送张道者》:"生来不识山人面,不得一听乌夜啼。"

唐·罗虬《比红儿诗》:"欲知此恨无穷处,长倩城乌夜夜啼。"

唐·刘沧《边思》:"娥眉一没空留怨,青冢月明啼夜乌。"

又《题古寺》:"长天月影高窗过,疏树寒鸦半夜啼。"

唐·王偃《夜夜曲》:"青槐陌上行人绝,明月楼前乌夜啼。"

宋·贺铸《菩萨蛮》:"虚堂向壁青灯灭,觉来惊见横窗月。起看月平西,城头乌夜啼。"

278. 啼杀后栖鸦

唐·杜甫《遣怀》:"夜来归鸟尽,啼杀后栖鸦。"此诗唐乾元二年作于秦州。《杜诗详注》引"赵汸曰":"时客秦州,欲于东柯谷西枝村寻置草堂而未遂。末托意于栖鸦,所遣之怀在此。""后栖鸦"无处可栖而啼,作者求草堂而不得,不是如同无处可栖的啼鸦一样堪悲吗!

宋·陆游《行饭至新塘夜归》:"云湿一声新到雁,林昏数点后栖鸦。"用"后栖鸦"写"夜归"之晚。

清·朱祖谋《鹧鸪天》(庚子岁除)："抛枕坐，卷书嗟，莫嫌啼煞后栖鸦。"庚子岁(1900)，八国联军攻占北京，国事堪哀。诗人寄居王鹏远处，除夕之夜，岁酒难进，长夜难眠，鸦声虽令人烦躁，而"后栖鸦"却令人同情。推己及物，移情于鸦，自己不眠，也不该嫌"后栖"之鸦啼。反用杜甫句。

279. 乌啼白门柳

唐·李白《杨叛儿》："君歌杨叛儿，妾劝新丰酒。何许最关人？乌啼白门柳。"这是李白为数不多的爱情诗之一。六朝乐府《杨叛儿》："暂出白门前，杨柳可藏乌。欢作沉水香，侬作博山炉。"李白改写了此诗。"白门"为六朝时金陵西门。六朝乐府中写男女幽会之地。"乌啼白门柳"缩用了"暂出白门前……"二句，仍指幽会之地。

清·钱谦益《吴门春仲送李生还长干》："夜乌啼断门前柳，春鸟衔残花外樱。"用李白句。后句反用王维《敕赐百官樱桃》："木是寝园春荐后，非关御苑鸟衔残。"含对亡明怀念之情。

280. 越鸟巢南枝

汉《古诗》(行行重行行)："胡马依北风，越鸟巢南枝。相去日已远，衣带日已缓。"北方的胡马，南方的越鸟，各自依恋自己的故乡。"南枝"常用来表示思恋故乡，有的则表示怀有政治抱负。又由于南枝向阳早发，也表温暖环境或节候时令。

晋·潘岳《在怀县作诗二首》："徒怀越鸟志，眷恋想南枝。"用"越鸟巢南枝"句，表达任怀县令对京城高位的向慕。其他"南枝"句：

隋·杨素《赠薛播州》："君见南枝巢，应思北风路。"

唐·李峤《鹧鸪》(一作韦应物诗)："可怜鹧鸪飞，飞向树南枝。南枝日照暖，北枝霜露滋。"

又《梅》："大庾敛寒光，南枝独早芳。"

唐·刘长卿《晚次苦竹绽却忆干越旧游》："谁怜却回首，步步恋南枝。"

又《奉送卢员外之饶州》："风土无劳问，南枝黄叶稀。"

又《送蔡侍御赴上都》："秦地看春色，南枝不可忘。"

又《廨中见桃花南枝已开北枝未发因寄杜副端》："年光不可待，空羡向南枝。"

又《送从事贬袁州》(一作皇甫冉诗)："独结南枝恨，应思北雁行。"

唐·孙昌胤《越裳献白翟》(一作丁仙芝诗)："北阙欣初见，南枝顾未回。"

唐·李嘉祐《韦润州后亭海榴》："寂寂山城风日暖，谢公含笑向南枝。"

唐·杜甫《元日寄韦氏妹》："春城回北斗，郢树发南枝。"

唐·独孤及《伤春怀归》："思归吾谁诉，笑向南枝花。"

唐·耿沣《岳祠送薛近贬官》："庾岭梅花翻向北，回看不见树南枝。"

唐·戴叔伦《送孙直游郴州》："孤舟上水过湘沅，桂岭南枝花正繁。"

唐·朱湾《送陈偃赋得白鸟翔微》："正好南枝住，翩翩何处飞。"

唐·元稹《忆云之》："万里潇湘魂，夜夜南枝鸟。"

唐·刘元载妻《早梅》："南枝向暖北枝寒，一种春风有两般。"观梅女仙《题壁》同此句，只后句为"一种春花有两般"。

唐女道士元淳《寄洛中诸姊》："谁堪离乱处，掩泪向南枝。"

元·郝经《听角行》："听此空令双泪垂，中原雁断无消息。南枝越鸟莫惊飞，牢落天涯永相失。"

清·王士禛《息斋夜宿即景有怀故园》："此夕南枝鸟，无因到故乡。"

有些"南枝"句只写景色节候：

唐·刘长卿《奉酬辛大夫喜湖南腊月连日降雪见示之作》："柳絮三冬先北地，梅花一夜遍南枝。"

又《岁日见新历因寄都官裴郎中》："若道平分四时气，南枝为底发春偏。"

唐·李白《咏邻女东窗海石榴》："愿为东南枝，低举拂罗衣。无由共攀折，引领望金扉。"

唐·卢纶《天长地久词》："春光解天意，偏发殿南枝。"

唐·刘媛《句》："春风报梅柳，一夜发南枝。"

281. 巢林栖一枝

晋·左思《咏史》其八："饮河期满腹，贵足不愿金。巢林栖一枝，可为达士模。"八首《咏史》都在抒写自己的政治理想，抨击门阀，举称贤臣，艰难自慰。其八末四句,写在困顿中"饮河期满腹","巢林栖一枝",慰己况人,并奉为"达士"高节。"巢林"句,用《庄子》义而不用"鹪鹩",从"鹪鹩巢于深林,不过一枝"句中简约而出。后用"栖息一枝"(或"一枝栖")、"巢林一枝"(或"一枝巢")者为多。一般表示知足寡欲,毫不贪婪。

隋·杨素《赠薛播州》:"所欲栖一枝,禀分丰诸己。"

唐·李义甫《咏鸟》:"上林如许树,不借一枝栖?"《唐语林》载:"贞观中,蜀人李义甫,八岁号神童。至京师,太宗在上林苑,便对,有得鸟者,上赐义府。义府登时进诗曰:'日里扬朝采,琴中伴夜啼。上林多许树,不借一枝栖?'上笑曰:'朕以全树借汝。'后相高宗。"

唐·马周《句》:"何惜邓林树,不借一枝栖。"用《咏鸟》中全句。

唐·常建《赠三侍御》:"孤鹤在积棘,一枝非所安。"否定式,枝枝满生棘刺,哪一枝都"非所安"。

唐·杜甫《宿府》:"已忍伶俜十年事,强移栖息一枝安。"自天宝十四载安禄山反叛,已忍受了十年的飘零生活,现任严武幕中节度参谋,不过是勉强求得暂时的安居。

又《偶题》:"经济渐长策,飞栖假一枝。"

唐·独孤及《送陈兼应辟寄高适贾至》:"不知故巢燕,决起栖何枝。"

宋·范仲淹《鄱阳酬泉州曹使君见寄》:"身甘一枝巢,心苦千仞翔。"

宋·苏轼《和孔周翰二绝》(观静观堂效韦苏州诗):"弱羽巢林在一枝,幽人蜗舍两相宜。""弱羽"用唐·柳宗元句:"每忆纤鳞游尺泽,翻愁弱羽上丹霄。"(《诏追赴都回寄零陵亲故》)

宋·辛弃疾《沁园春》(再到期卜筑):"老鹤高飞,一枝投宿,长笑蜗牛戴屋行。"

元·朱庭玉《贫乐·六么遍》:"鸠巢一枝,鹏程万里,堪叹人生同物类,何异?幻躯白甚苦驱驰。"

282. 直用东南一小枝

北周·庾信《杨柳歌》:"谁言从来荫数国,直用东南一小枝。"写梁武帝在东南统治有方,致使梁国兴盛。

"荫数国""一小枝",语出齐王宪碑文:"若木一枝,旁荫数国。"意为大树一枝,荫蔽数国。赞人之政治功德。"若木",大树名。《山海经》:"灰野之山,上有赤树,青叶赤华,名曰若木。"

"直用"句喻游刃有余。"用",使用。宋·黄庭坚诗:"归燕略无三月事,高蝉正用一枝鸣。""用"最初是"抱"字,又改作"占",改作"在""带""要",最后落在"用"字上。这"用"即使用、占用意。

283. 常念鹪鹩鸟,安身在一枝

唐·寒山《诗三百三首》:"常念鹪鹩鸟,安身在一枝。"说人的欲求,不应过分,不应贪婪。语出《庄子·逍遥游》:"鹪鹩巢于深林,不过一枝;偃鼠饮河,不过满腹。""鹪鹩"是一种益鸟,又名"巧妇鸟",《诗疏》说:"今鹪鹩,微小黄雀也。"句义为:应自我知足,不要无限地追求功名,否则"一枝"之地、"满腹"之食也不会得到。"鹪鹩"之喻一般如此。

唐·高适《淇上酬薛三据兼寄郭少府微》:"且欲同鹪鹩,焉能志鸿鹄。"欲作鹪鹩而安,不求鸿鹄远翔。

唐·杜甫《秦州杂诗二十首》:"为报鸳行旧,鹪鹩在一枝。"弃官隐居意。

唐·詹敦仁《劝王氏入贡宠予以官作辞命篇》:"江山有待早归去,好向鹪林择一枝。"劝王氏不要贪图高位。

五代·徐铉《和萧少卿见庆新居》:"新诗问我偏饶思,还念鹪鹩得一枝。"回答萧少卿,虽入新居,也是"一枝"而安,没有更高要求。

宋·宋祁《晨赴书局》诗:"鹪鹩自有志,不羡帝梧枝。"亦表不求高位之意。

宋·梅尧臣《送崔秀才》:"晨风无定巢,远寄鹪鹩枝。"晨风即鸇风鸟,一名"鹯",说它没有巢,寄居在鹪鹩那一枝上。

宋·邵雍《自述二首》:"难攀骐骥日千里,易足鹪鹩巢一枝。"写自己自安自足。

又《属事吟》:"鹪鹩分寄一枝巢,不信甘言便易骄。"还是说要安分,不能听到好听的话就飘飘然。

宋·曾巩《送宣州杜都官》:"鹪鹩一枝亦自得,去矣黄鹄高飞鸣。"自己如鹪鹩,杜都官如黄鹄。

宋·苏轼《雷州八首》:"鹪鹩一枝足,所恨非入林。"但恨远谪。

284. 有翠禽小小，枝上同宿

宋·姜夔《疏影》："苔枝缀玉，有翠禽小小，枝上同宿。客里相逢，篱角黄昏，无言自倚修竹。"此词为应范成大之请所作咏梅诗。全词以美人喻梅花，是成功之作。且用了五位美人："梅花仙子"、"空谷佳人"、王昭君魂化幽梅、寿阳公主梅花妆、金屋藏阿娇（梅花），自然而不堆砌。"翠禽小小"用"梅花仙子"事，《龙城录》载：隋代赵师雄，在罗浮山松林酒店旁，遇一淡妆女子。时天寒日暮，残雪对月，二人进酒店共饮。稍后有一绿衣童子，歌舞助兴。"师雄醉寐，但觉风寒相袭。久之，东方已白。起视，大梅花树上，有翠羽剌嘈相顾。所见盖花神。月落参横，惆怅而已。"这美人即梅花神，绿衣童子即翠鸟。"客里相逢"即指赵师雄逢花神事。姜词用"翠禽"故事写苔梅枝上之花。

清·郑文焯《永遇乐》（春夜梦落梅，感忆，因题）："枝南枝北，眼看摇落，不为翠禽啼住。"枝上翠鸟也无力留住梅花。

285. 月明星稀，乌鹊南飞

汉末曹操《短歌行》："月明星稀，乌鹊南飞。绕树三匝，无枝可依。"此篇是曹操的代表作，是曹操酾酒临江、横槊赋诗的产物。这四句即景生情，情寓景中，月光下，南飞的乌鹊，环绕大树飞来飞去，却找不到可以依栖之枝。所托之情其说不一。清·沈德潜《古诗源》说："'月明星稀'四句，喻客子无所依托。"也有人说是作者自喻，言其功业未成、求贤不得的彷徨期待之情。也有人说写汉末人才四处流动，不得其所。还有的以为纯写景。宋人辛弃疾《鹧鸪天》（峡石用前韵答子似）："最怜乌鹊南飞句，不解风流见二乔。"前面我们说过，杜牧的"铜雀春深锁二乔"至少是戏误，因为史实是赤壁之战在前，建铜雀台在后，曹操伐吴绝不会以攫取二乔为目的，"志在千里"之志决不在此。所以辛弃疾《鹧鸪天》词中就写"最怜乌鹊南飞句，不解风流见二乔"。

诗人用"月明星稀，乌鹊南飞"多表景色、时令，有的也抒写怀才不遇之情。

魏·阮籍《咏怀诗十三首》："月明星稀，天高气寒。"

南朝·梁元帝萧绎《寒闺》："乌鹊夜南飞，良人行未归。"

唐·杜甫《月三首》："南飞有乌鹊，夜久落江边。"既然"无枝可依"，只好落在江边。

唐·刘沧《八月十五日夜玩月》："中秋朗月静天河，乌鹊南飞客恨多。"

唐·李端《闺情》："月落星稀天欲明，孤灯未灭梦难成。"

唐·李咸用《秋日送严湘侍御归京》："谁听宁戚敲牛角，月落星稀一曲歌。"

唐·姚月华《有期不至》："月落星稀竟不来，烟柳胧瞳鹊飞去。"

唐·无名氏《胡笳曲》："月明星稀霜满野，毡车夜宿阴山下。汉家自失李将军，单于公然来牧马。"

宋·魏了翁《鹧鸪天》："月落星稀露气香，烟销日出晓光凉。"

宋·晁端礼《绿头鸭》（咏月）："露坐久，疏萤时度，乌鹊正南飞。"

宋·邵雍《日月吟》："月明星自稀，日出月亦微。既有少正卯，岂无孔仲尼。"含哲理味。

宋·杨备《乌鹊桥上元》："月满星移水照天，南飞乌鹊影翩翩。"

宋·宋自逊《贺新郎》（题雪堂）："周郎英发人间少，谩依然、乌鹊南飞，山高月小。"

宋·谢逸《鹊桥仙》："月胧星淡，南飞乌鹊，暗数秋期天上。"

宋·辛弃疾《水龙吟》（过剑南双溪楼）："我觉山高，潭空水冷，月明星淡"，星因"淡"而"稀"。

宋·无名氏《菩萨蛮》："梦断绣帘垂，月明乌鹊飞。"

286. 绕树三匝，无枝可依

"绕树"句，多喻人才投靠无门，归宿无着，前途无望。也作景。

北朝·周·庾信《乌夜啼》："独怜明月夜，孤飞犹未栖。"

隋·孙万寿《远戍江南寄京邑亲友》："绕树乌啼夜，雊麦雉飞朝。"

隋·魏瞻《园树有巢鹊戏以咏之》："夜飞还绕树，朝鸣且向风。"

隋·诸葛颖《奉和圣制月夜观星示百僚》："时闻送筹柝，屡见绕枝禽。"

唐·骆宾王《月夜有怀简诸同病》："栖枝犹绕

鹊,遵渚未来鸿。"

又《望乡夕泛》:"今夜南枝鹊,应无绕树难。"

唐·李白《赠柳圆》:"竹实满秋浦,风来何苦饥,还同月下鹊,三绕未安枝。"

唐·皇甫冉《途中送权三兄弟》:"同悲鹊绕树,独作雁随阳。"

唐·蒋冽《夜飞鹊》:"何啻飞三匝,犹言未得枝。"

唐·王建《春来曲》:"光风暾暾蝶宛宛,绕树气匝枝柯软。"

唐·张南史《西陵怀灵一上人兼寄朱放》:"同悲鹊绕树,独坐雁随阳。"与皇甫冉诗尽同。

唐·卢仝《苦雪寄退之》:"柴门没胫昼不扫,黄昏绕树栖寒鸦。"

唐·卢殷(宋时避讳改作隐)《月夜》:"树绕孤栖鹊,窗飞就暗萤。"

唐·马戴《边馆逢贺秀才》:"空馆夕阳鸦绕树,荒城寒色雁和云。"

唐·刘沧《秋日夜怀》:"砧杵寥寥秋色长,绕枝寒鹊客情伤。"

唐·罗隐《思故人》:"故人不可见,聊复拂鸣琴。鹊绕风枝急,萤藏露草深。"

唐·吴融《雪十韵》:"夜迷三绕鹊,书断一行鸿。"

宋·钱惟演《鹤》:"自许一鸣闻迥汉,可随三匝绕空枝。"

宋·宋祁《感怀》:"心随月树乌三匝,病费仙山药一丸。"

宋·梅尧臣《送崔秀才》:"秋蓬随野转,寒鸦绕林飞。"

宋·杨亿《鹤》:"瑞世鸾黄徒自许,绕枝乌鹊未成飞。"

又《七夕》:"共瞻月树怜飞鹊,淮泛星槎见饮牛。"七夕飞鹊与众不同,有"引渡"之任。

宋·梅挚《题南园二首》:"月临夕树乌频绕,风揭珠帘燕未归。"

宋·苏轼《和人雪晴书事》:"可怜乌鹊饥无食,日暮空林何所依。"

宋·范成大《次韵边公辨》:"双鹊绕枝应也倦,一蛩吟壁已能豪;新秋只合添诗兴,莫学潘郎叹二毛。"

宋·李弥逊《感皇恩》(次韵尚书兄老山堂作):"星稀云净,玉树惊乌三绕。广寒风露近,秋

光老。"

宋·韩驹《和李上含冬日书事》:"倦鹊绕枝翻冻影,飞鸿摩月堕孤音。"

清·黄遵宪《游丰湖》:"飞鸟求枝栖,三匝方绕树。"作者赴广州参加乡试,经惠州游丰湖,触发身世、前途之慨。

清·黄景仁《都门秋思》:"为语绕枝乌鹊道,天寒休倚最高枝。"自己气盛恃才而终不被人所解,因诫后人。

清·赵翼《赤壁》:"乌鹊南飞无魏地,大江东去有周郎。"句意:曹操南征失败,真正英雄是周瑜。

清·张景祁《秋霁》(基隆秋感):"月华当天,空想横槊。卷西风、寒鸦阵里。青林凋尽息栖托?"法国人占基隆,人民遭受劫难,无处栖身。

清·王鹏运《齐天乐》(鸦):"新巢安否漫省,绕枝栖未定,珍重霜霰。"八国联军侵入北京,人民流离失所。

今人叶剑英元帅《远望》:"昏鸦三匝迷枯树,回雁兼程溯旧踪。"

287. 三绕未安枝

唐·李白《赠柳圆》:"还同月下鹊,三绕未安枝。"用曹操"绕树三匝,无枝可依"句,喻人四处飘泊,行止不定。

宋·苏轼《次韵蒋颖叔》:"月明惊鹊未安枝,一棹飘然影自随。""未安枝"用李白句以自喻。

又《杭州牡丹开时仆犹在常、润,周令作诗见寄次其韵,复次一首送赴阙》:"天静伤鸿犹戢翼,月明惊鹊未安枝。"再用《次韵蒋颖叔》中原句。

288. 乌鹊绕枝惊

唐·李华《海上生明月》:"素娥尝药去,乌鹊绕枝惊。""素娥"指月里嫦娥,此处代明月。明月升腾,使乌鹊"绕树惊飞",不敢栖息。这是从曹操《短歌行》"绕树"句化出,但添一"惊"字,受月华之惊,而曹操诗是强调无栖身之地。"惊"这一用法,始于南朝·梁·江淹,他的《效阮公诗十五首》写:"孤云出北山,宿鸟惊东林。"一朵孤云升起,惊动了林鸟。

乌鹊因月光而飞,诗中不带"惊"字的也有。如唐·李颀《琴歌》:"月照城头乌半飞,霜凄万树风入衣。"杜甫《夜二首》:"斗斜人更望,月细鹊休

飞。"钱起《效古秋夜长》:"檐前碧云静如水,月吊栖乌啼鸟飞。"皆写因月明而干扰乌鹊的活动。而杜甫句,写新月微光,乌鹊也停止飞动了。上引各例,都表现了古人对乌鹊观察之细微。而用心于这种观察,也多半是《短歌行》中名句产生的效应。

月明而鹊飞,虽因果关系明晰,唯未用"惊"字。自江淹之"宿鸟惊东林"句起,"惊鸟""惊鹊"之描绘不断被应用。下面是"月明惊鹊"句:

唐·孟浩然《秋宵月下有怀》:"秋空明月悬,惊鹊栖未定。"

唐·杜甫《玩月呈汉中王》:"关山同一照,乌鹊自多惊。"

唐·韦应物《秋斋独宿》:"山月皎如烛,风霜时动竹。夜半鸟惊栖,窗间人独宿。"或"月惊",或"竹惊"。

唐·钱起《县内水亭晨兴听讼》:"昨夜明月满,中心如鹊惊。"以月明惊鹊喻己之不安。

唐·姚伦《感秋》:"试向疏林望,方知节候殊。乱声千叶下,寒影一巢孤。不蔽秋天雁,惊飞夜月乌。"

唐·张南史《和崔中丞中秋月》:"秋夜月偏明,西楼独有情。……不知飞鹊意,何用此时惊。"

唐·徐放《奉和武相公中秋锦楼玩月》:"鹊惊初泛滥,鸿思共徘徊。""泛滥",月光散播。

唐·方干《月》:"桂轮秋半出东方,巢鹊惊飞夜未央。"

唐·陈羽《中秋夜临镜湖望月》:"圆光珠入浦,浮照鹊惊林。""浮照",即月光。

唐·吕温《同舍弟恭岁暮寄晋州李六协律三十韵》:"阳乌下西岭,月鹊惊南枝。"

唐·姚合《赋月华临静夜》:"长空埃壒灭,皎皎月华临。……高人应不寐,惊鹊复何心。"

唐·蒋防《秋月悬清辉》:"秋月沿霄汉,亭亭委素辉。……入牖人偏揽,临枝鹊正飞。"含"惊"意。

唐·雍陶《寒食夜池上对月怀友》:"海内无烟夜,天涯有月时。跳鱼翻荇叶,惊鹊出花枝。"

唐·方干《同中寄吴磻十韵》:"石溪鱼不大,月树鹊多惊。"

又《送叶秀才赴举兼呈吕少监》:"尊尽离人看北斗,月寒惊鹊绕南枝。"

唐·清江《月夜有怀黄端公兼简朱孙二判官》:"月照疏林惊鹊飞,羁人此夜共无依。"

唐·张文成《扬州青铜镜留与十娘》:"月下时惊鹊,池边独舞鸾。"

唐·刘云《望月》:"天汉凉秋夜,澄澄一镜明。山空猿屡啸,林静鹊频惊。"

宋·宋祁《感秋》:"别燕风帘静,惊乌月树危。"

宋·苏轼《江月五首》:"三更山吐月,栖乌亦惊起。"

宋·林景熙《独夜》:"残夜月枝乌未稳,故乡水草雁多饥。"

宋·程垓《满庭芳》(时在临安晚秋登临):"南月惊乌,西风破雁,又是秋满平湖。"

清·宋琬《蝶恋花》(旅月怀人):"月去疏帘才数尺,乌鹊惊,一片伤心白。"怀起义人于七。诗人曾受株连入狱。此句喻自己孤独无依。

写"因月惊禽"的:

唐·钱起《送征雁》:"风急翻霜冷,云开见月惊。"写"惊雁"。

又《陶六辞秩归旧居见柬》:"花禽惊曙月,邻女上鸣机。"

唐·卢崇道《新都南亭别郭七元振》:"碧潭秀初月,素林惊夕栖。""夕栖"借代晚间栖息林中的鸟。

唐·李绅《早发》:"沙洲月落宿禽惊,潮起风微晓雾生。""禽"则是统称。"月落"也"惊禽"。

唐·张蠙《宿山驿》:"月白翻惊鸟,云闲欲就人。""鸟"也是统称。

唐·怀浦《初冬旅舍早怀》:"月没栖禽动,霜晴冻叶飞。"

写"月色惊蝉"的:

唐·岑参《送永寿王赞府迳归县》:"夜深露湿簟,月出风惊蝉。"

唐·钱起《静夜酬通上人问疾》:"惊蝉出暗柳,微月隐回廊。"

有些"鹊惊"句没有写明"惊"之缘由。

唐·杜甫《奉赠太常张卿二十韵》:"槛束哀猿叫,枝惊夜鹊栖。"

唐·戎昱《桂州岁暮》:"重谊人愁别,惊栖鹊恋枝。"

唐·刘商《乌夜啼》:"绕树哑哑鹊惊栖,含烟碧树高枝齐。"

唐·武元衡《酬谈校书长安秋夜对月寄诸故旧》:"惊鹊绕枝风满幄,寒钟送晓月当极。"

唐·方干《月》："桂轮秋半出东方，巢鹊惊飞夜未央。"

唐·李吉甫《夏夜北园即事寄门下武相公》："鹊绕惊还止，虫吟思不喧。"

唐·李商隐《赋得月照冰池》："鹊惊俱欲绕，狐听始无疑。"

唐·韩偓《洞庭玩月》："寒惊乌鹊离巢噪，冷射蛟螭换窟藏。"

宋·释智圆《玩月》："鸣蛩沉古砌，惊鹊绕寒枝。"

宋·张耒《破幌》："高眠寻断梦，邻树乌鹊惊。"

宋·刘敞《月夜二首》："惊鹊时翻树，悲笳远过城。"

宋·蔡襄《梦游洛中十首》："枯丛鸦鹊休惊噪，日暮分持走兔回。"

宋·苏轼《和鲁人孔周翰题诗二首》："更邀明月说明年，记取孤吟孟浩然。此去宦游如传舍，栋枝惊鹊几时眠。"

又《和陶赴假江陵夜行》："惊鹊再三起，树端已微明。"

宋·李刘《水调歌头》（寿丘漕，九月初三）："腾腾渐渐，绕枝乌鹊不须惊。"

289. 惊禽栖不定

唐·王昌龄《途中作》："惊禽栖不定，寒兽相因依。"诗人几遭贬谪，一生坎坷，辗转南北，途中诗不止一首。此句写途中所见。"惊禽""惊鹊"因外物而惊，突出一个"惊"字，不写"绕枝"。"惊禽栖未定"，应直源于孟浩然《秋宵月下有怀》："惊鹊栖未定，飞萤卷帘入。"只换一字。韦应物《再游西郊渡》："惊禽栖不定，流芳寒未遍。"完用王昌龄句。刘禹锡《送韦秀才道冲赴制举》："惊禽一出巢，栖息无少安。"扩用王昌龄句。

较早写"惊禽"的是唐太宗李世民。如他的《重幸武功》："代马依朔吹，惊禽愁昔丛。"《出猎》："怖兽潜幽壑，惊禽散翠空。"《冬狩》："兽忙投密树，鸿惊起砾洲。"这些诗句，或写行军或写狩猎，骚扰了禽鸟，因而惊飞了。下面列"惊禽"句：

唐·韦应物《夜偶诗客操公作》："惊禽翻暗叶，流水注幽丛。"

唐·钱起《春夜过长孙绎别业》："不觉星河转，山枝惊曙禽。"

唐·皇甫冉《送裴员外往江南》："岸草知春晚，沙禽好夜惊。"

唐·孔德绍《夜宿荒村》："秋草思边马，绕枝惊夜禽。"

宋·宋祁《春夕雨歇》："文波弱荇浮清濑，珍树惊禽绕暗枝。"

宋·强至《挺山道中早行有感》："野水分微白，巢禽惊稳栖。"

290. 明月别枝惊鹊

宋·辛弃疾《西江月》："明月别枝惊鹊，清风半夜鸣蝉。稻花香里说丰年，听取蛙声一片。"这是词人"夜行黄沙道中"所见的山村夜景，鹊飞，蝉鸣，蛙鼓，构成了欢快、热闹而不喧嚷的夏夜氛围。此是这首名词的上阕。"别枝"之"别"，其义有二，一作动词，辞别、离开意，如钱起《哭辛霁》："流水辞山花别枝，随风一去绝还期。"一作名词或代词，如元·仇远《齐天乐》（赋蝉）："尚有残声，蓦然飞过别枝去。"辛词中作动词，鹊原栖于一枝之上，有月光笼照，随着月轮流转，月光从鹊枝上移走，顷刻由明转暗。这种明暗的刹那变化，惊动了栖鹊。观察细腻，落笔生动，意境鲜明。

"明月别枝惊鹊"的句源，从月鹊关系的描述上，"月明星稀，乌鹊南飞"可作远源。苏轼有"月明惊鹊未安枝"（《杭州牡丹·次韵蒋颖叔》），周邦彦有"月皎惊乌栖不定"（《蝶恋花·秋思》），有人以为辛句从此化出。其实，"惊鹊"句唐人就写了很多，上面"惊"字句诸条足以说明。

"明月别枝"，辛词首用，后无再者。前人曾写过"明月绕枝"：唐·骆宾王在《秋夜送阎五还润州》中写："素风啼迥堞，惊月绕疏枝。"宋·梅尧臣在《依韵和秋夜对月》中写："横阁渐看河影转，绕枝还见鹊惊无。"他们都写"明月绕枝"，梅尧臣写出"明月绕枝惊鹊"之意，既是"绕枝"，必有"别枝"，梅诗此句当是"明月别枝惊鹊"之近源。

唐·李贺《七夕》："鹊辞穿线月，花入曝衣楼。"写月光筛入叶枝间，鹊辞枝而去，也是"惊鹊"的一种写法。

291. 风枝惊暗鹊

鸟惊必有其因，且原因甚多，"因风而惊"，即其一种。

唐·戴叔伦《客夜与故人遇集》："风枝惊暗鹊,露草覆寒蛩。"风吹动树枝,惊吓了隐蔽在枝间的乌鹊,这是常有的现象。

"风枝",风摇树枝。唐·王绩《古意六首》:"风惊西北枝,雹陨东南节。""惊"为"吹动"之意。唐·武则天《从驾幸少林寺》:"风枝不可静,泣血竟何追。"这是她"聊题即事,用述悲怀"的。"风枝不可静"即"树欲静而风不止"。

下面是"风惊"句:

唐·皇甫冉《同李三月夜作》:"霜风惊度雁,月露皓疏林。"

唐·白居易《答梦得秋庭独坐见赠》:"霜草欲枯虫思急,风枝未定鸟栖难。"

唐·张渭《道林寺送莫侍御》:"霜引台乌集,风惊塔雁飞。"

唐·高蟾《旅夕》:"风散古陂惊宿雁,月临荒戍起啼鸦。"

唐·王邑《燕》:"月树风枝不栖去,强来言语泥雕梁。"

唐·曹松《金陵道中寄》:"峤翠藏幽瀑,枝风下晓禽。"

又《与胡汾坐月期贯休上人不至》:"静夜人相语,低枝鸟暗迁。""低枝"或因风。

宋·胡宿《井桐》:"露叶游丝断,风枝宿鸟惊。"

宋·梅尧臣《拟李益竹窗闻风寄苗发司空曙》:"惊雀枝未定,彩蜂窠暂翻。"

宋·史达祖《齐天乐》(中秋宿真定驿):"忧心耿耿,对风鹊残枝,露莠荒井。"

宋·王圭《月夜有寄》:"鸟惊危树栖无定,人倚空楼望更长。"

清·黄遵宪《人境庐杂诗》:"露湿寒蛩寂,枝摇暗鹊惊。"

292. 鸟飞直为惊风叶

叶落而鸟惊,又是一种原因。

唐玄宗李隆基《春日出苑游瞩》:"鸟飞直为惊风叶,鱼没都由怯岸人。"风吹落叶,鸟惊而飞。此句原为唐·张说《先天应令》:"鸟惊直为飞风叶,鱼跃都由怯岸人。""惊风叶"始于张说句,唐玄宗换了几个字,"鸟飞"句换得好。

用"落叶惊鸟"句还如:

唐·李白《三五七言》:"落叶聚还散,寒鸦栖

复惊。"

唐·赵嘏《晓发》:"星残萤共映,叶落鸟惊飞。"

唐·白居易《秋月》:"落叶声策策,惊鸟影翩翩。栖禽尚不稳,愁心安可眠。"

唐·王涯《秋思二首》:"月度天河光转湿,鹊惊秋树叶频飞。"

唐·李昌符《秋中夜坐》:"病叶先秋落,惊禽背月飞。"

金·党怀英《行路难·宿旧县四更而归道中撼所见作》:"单衣短褐风凄清,响踏黄叶栖禽惊。"踏叶的响声远大于落叶之声。

293. 白鹭惊丝桐

音乐又是一种惊鸟的原因。唐·李颀《与诸公游济渎泛舟》:"晴山傍舟楫,白鹭惊丝桐。"

唐·岑参《与鄠县群官泛渼陂》用李颀句:"闲鹭惊箫管,潜虬傍酒樽。"

又《与鄠县源少府泛渼陂》:"吹笛惊白鹭,垂竿跳紫鳞。"

又《奉陪封大夫九日登高》:"横笛惊征雁,娇歌落塞云。"

又《送郭仆射节制剑南》:"山鸟惊吹笛,江猿看洗兵。"

唐·羊士谔《夜听琵琶三首》:"忽似摐(chuāng)金来上马,南枝栖鸟尽惊飞。"

294. 攀折畏惊鸟

人的行为更是惊鸟之原因。唐·张谓《官舍早梅》:"摘子防人到,攀枝畏鸟惊。"面对早梅,十分喜爱,既不能"摘子",也不能"攀枝"。唐·李益《金吾子》也用"攀折惊鸟"句:"黄昏莫攀折,惊起欲栖鸟。"

更早些的是宋之问写"采花惊鸟",《江南曲》:"采花惊曙鸟,摘叶喂春蚕。"唐·赵彦昭《奉和圣制立春日侍宴内殿出剪彩花应制》写剪彩花"惊鸟":"嫩色惊衔燕,轻香误采人。"

唐·秦系《徐侍郎素未相识时携酒命馔兼命诸诗客同访会稽山居》:"洗砚鱼仍戏,移樽鸟不惊。"移樽也不能惊鸟,此写气氛热烈,鸟也欲参与了。

唐·李颀《宋少府东溪泛舟》:"登岸还入舟,水禽惊笑语。"写"笑语惊禽"。宋·无名氏《鹧鸪

天》:"春入江梅破晚寒,冻枝惊鹊语声乾。"惊鹊不独"冻枝",也有"语声"。

唐·岑参《观楚国寺璋上人写一切经院南有曲池深竹》:"挥毫散林鹊,研墨惊池鱼。"夸张写挥毫之有力。

唐·沈颂《早发西山》:"喧呼溪惊鸟,沙上或骞骞。"秦系《山中奉寄钱起员外兼简苗发员外》:"高吟丽句惊巢鹤,闲闭春风看落花。"贾岛《卢秀才南台》:"新晴登啸处,惊起宿枝禽。"以上写喧呼吟啸而惊禽鸟。

唐·王建《乌夜啼》:"庭树乌,尔何不向别处栖?夜夜夜半当户啼。家人把烛出洞户,惊栖失群飞落树。"唐·张蠙《经荒驿》:"夜灯移宿鸟,秋雨集行人。"写灯光惊鸟。

宋·刘筠《刘校理属疾》:"风檐鸥啸厨烟绝,月树鸟惊药杵喧。"树鸟惊于药杵声。

295. 月出惊山鸟

唐·王维《鸟鸣涧》:"人闲桂花落,夜静春山空。月出惊山鸟,时鸣春涧中。"这是一首名诗,描绘了一幅由人闲、花落、月出、鸟鸣构成的幽静画。此句写由于春山极其寂静,月亮一出,这样一种有形无声的细微变化,也足使鸟儿立即觉察,并为这种微变而惊讶。从而反衬出一个"静"字。在静谧的情境中,又充满了清晨的生机。《皇甫岳云溪杂题五首》是王维极有特色的山水诗,而《鸟鸣涧》又是五首之中的名作。绍兴南的东湖中曾有小山叫鸟鸣山,《鸟鸣涧》即写此山。山上多桂树,即若耶溪(云溪)边的四季桂,初春少花,香气也淡。人在闲静中才会觉察到林花落下。

唐·张九龄《冬中至泉山寺属穷阳冰闭崖谷无色及仲春行县复往焉故有此作》:"松间鸣好鸟,竹下流清泉。"写鸟鸣松间,泉流竹下的自然风光。

唐·杜甫《送韦十六评事充同郡防御判官》:"鸟惊出树死,龙怒拔老湫。"

唐·韦应物《同褒中秋斋独宿》:"夜半鸟惊栖,窗间人独宿。"

唐·萧颖士《重阳陪元鲁山德秀登北城瞩对新霁因以赠别》:"渐闻惊栖羽,坐叹清夜月。""羽"代鸟。

唐·顾况《代佳人赠别》:"已成残梦随君去,犹有惊鸟半夜啼。"

又《酬起居前后见寄二首》:"愁人空望国,惊鸟不归林。"

唐·戴叔伦《麓山寺会送尹秀才》:"飘蓬惊鸟那自定,强欲相留云树间。"

又《赴杭州对酬崔法曹夜雨滴空阶五首》:"雨落湿孤客,心惊比鸟栖。"

宋·王珪《金陵会月》:"危楼人未下,独树鸟频惊。"

金·赵秉文《和韦苏州》(秋斋独宿):"惊鸟一时鸣,寒枝不成宿。"

296. 星影低惊鹊

自然现象也是惊鸟的一种原因。

写星影惊鹊:唐·钱起《秋夜梁七兵曹同宿》:"星影低惊鹊,虫声傍旅衣。卑栖岁已晚,共羡雁南飞。"写鹊惊于星光闪烁。钱起《偶成》:"繁星入疏树,惊鹊倦秋风。"写繁星入树隙而惊鹊。

写阳光惊鹊:唐·钱起《闲居寄包何》:"林眠多晓梦,鸦散初惊阳。"

写露滴惊鹊:唐·钱起《秋夜送赵洌归襄阳》:"斗酒忘言良夜深,红萱露滴鹊惊林。"

写翻浪惊鸟:唐·张众甫《送李观之宣州谒袁中丞赋得三州渡》:"翻浪惊飞鸟,回风起绿苹。"

写天晓惊禽:唐·李嘉祐《和韩郎中扬子津玩雪寄严维》:"夜禽惊晓散,春物受寒催。"宋·周密《六幺令》(次韵刘养源赋雪):"白战清吟未了,寒鹊惊枝晓。"

写人惊春柳:唐·王适《古离别》:"昔岁惊杨柳,高楼悲独守。"唐·周思钧《晦日宴高氏林亭》:"早春惊柳穟,初晦掩蒉华。"唐·周彦昭《晦日宴高氏林亭》:"御柳惊春色,仙筝掩月华。"这一"惊"字,是"突然发现""突然感到"之意。

写人惊秋色:宋·王安石《黄花》:"四月扬州芍药多,先时为别苦风波。还家忽忽惊秋色,独见黄花出短莎。"王安石《送西京签判王著作》:"却想山川常在梦,可怜颜发已惊秋。"此"秋"字喻颜苍发白。唐·李嘉祐《九日送人》:"受节人逾老,惊寒菊半黄。""惊"字为"经受""经历"之意,"惊寒"意近"惊秋"。

297. 聚空仓而鹊噪

北周·庾信《小园赋》:"聚空仓而雀噪,惊懒妇而蝉嘶。"此句用汉·苏伯玉妻《盘中诗》句:"空仓雀,常苦饥。"空仓无稻粱,鸟雀常受饥饿之苦,喻人之困顿。崔豹《古今注》云:"蟋蟀,一名吟蛩,秋初生,得寒则鸣。一云齐南呼为懒妇。"宋均曰:"促织,蟋蟀也。立秋女功急,故趣之。"《诗》疏:"络纬鸣,懒妇惊,促织也。"惊懒者本为蟋蟀。庾信用"蝉嘶"以代促织,写他的困境。又《和何仪同讲竟述怀》:"饥噪空仓雀,寒惊懒妇机。"再用。

298. 飞鹊乱填河

唐·沈佺期《牛女》(一作宋之问诗):"奔龙争度日,飞鹊乱填河。""飞鹊填河",在天河上架起鹊桥,使织女七月七日渡河与牛郎相会。韩鄂《岁华纪丽》卷三引《风俗通》:"织女七夕当渡河,使鹊为桥。"《淮南子》云:"乌鹊填河,成桥而渡织女。"这是中国古代一个美好的神话传说,依天上银河两侧的牵牛星座和织女星座,传说成"七夕牛女相会"的故事,由乌鹊搭桥,引渡织女过河,更为此故事增添了美丽色彩。"牛女故事"常比有情人久别重逢,"鹊桥"也常引申作婚姻的媒介。

唐·李邕《奉和初春幸太平公主南庄应制》:"织女桥边乌鹊起,仙人楼上凤凰来。"

唐·李峤《奉和七夕两仪殿会宴应制》:"查来人泛海,桥渡鹊填河。"

又《桥》:"乌鹊填应满,黄公去不归。势疑虹初见,形似雁初飞。"喻人间之桥。

唐·杜甫《玉台观》:"江光隐现鼋鼍窟,石势参差乌鹊桥。"写江水之深,石桥之古。明·汤显祖《牡丹亭》第五十四出闻喜:"要问鼋鼍窟,还过乌鹊桥。"用杜甫二句写钱塘江及江桥。

唐·权德舆《七夕》:"今日云軿(píng)渡鹊桥,应非脉脉与迢迢。"

唐·李郢《七夕》:"乌鹊桥头双扇开,年年一度过河来。"

唐·温庭筠《更漏子》:"宫树暗鹊桥横,玉签初报明。"写晨星。

宋·苏轼《浣溪沙》(方响):"远汉碧云轻漠漠,今宵人在鹊桥头,一声敲彻绛河秋。"

又《虚飘飘》:"虚飘飘,画稀蛛结网,银汉鹊成桥。"

宋·李之仪《浣溪沙》:"白雪幽兰犹有韵,鹊桥星渚可无人。金莲移处任尘昏。"

宋·黄裳《洞仙歌》(七夕):"爽气御西风,众乐难寻。乘槎看,鹊桥初度,过几刻良时,早已分飞。"

宋·秦观《鹊桥仙》:"柔情似水,佳期如梦,忍顾鹊桥归路。"

又《水龙吟》:"几时待得,信传青鸟,桥通乌鹊。"

宋·贺铸《寒松叹·声声慢》:"鹊惊桥断,凤怨箫闲,彩云薄晚苍凉。"

又《摊破木兰花》:"佳期应待鹊成桥,为问行云,谁伴朝朝。"

宋·陈师道《菩萨蛮》:"今夕是何宵,龙东乌鹊桥。"

宋·谢逸《蝶恋花》(留董之南过七夕):"后夜鹊桥知暗渡,持杯乞与开愁绪。"

又《定风波》(七夕莫莫堂席上呈陈虚中):"今夕银河凭鹊度,相遇,玉钩新吐照银屏。"

宋·葛仲胜《鹊桥仙》(七夕):"鹊桥仙偶,天津轻渡,却笑嫦娥孤皎。"

宋·周紫芝《鹧鸪天》(七夕):"乌鹊桥边河汉流,洗车微雨湿清秋。"

宋·李清照《行香子》:"星桥鹊驾,经年才见,想离情、别恨难穷。"

宋·林季仲《倾杯乐》:"看河桥鹊架,重会双星嬿婉。"

宋·杨无咎《鹊桥仙》:"云容掩帐,星辉排烛,待得鹊成桥后,匆匆相见夜将阑,更应副、家家乞巧。"

宋·韩元吉《水调歌头》(七月六日与范至能会饮垂虹):"人言天上今夕,飞鹊渐成桥。"

宋·李流谦《洞仙歌》(忆别):"不见鹊桥边,只为隔年,翻赢得、年年风露。"

宋·袁去华《虞美人》(七夕悼亡):"鹊桥初会明星上,执手还惆怅。"

又《忆秦娥》(七夕):"鹊桥初就,玉绳低侧。"

宋·沈瀛《念奴娇》:"玉女行春娇渡马,休是鹊桥轻别。"

宋·李漳《鹊桥仙》(七夕):"迢迢郎意,盈盈妾恨,今夕鹊桥欲度。世间儿女一何痴,斗乞巧、纷纷无数。"

宋·赵长卿《菩萨蛮》(七夕):"今夕是何宵,龙车乌鹊桥。"(与陈师道词尽同。)

宋·京镗《满江红》(壬子年成都七夕):"银汉桥成乌鹊喜,金夵丝巧蜘蛛吐。"

宋·程垓《菩萨蛮》:"去年恰好双星节,鹊桥未渡人离别。"

宋·郭应祥《鹊桥仙》(乙丑七夕):"银河自有鹊为桥,又那要、兰舟桂楫。"

宋·洪咨夔《朝中措》(送同官满归):"天上桥成喜鹊,云边帆认归鸿。"

宋·葛长庚《贺新郎》:"鹊桥半夜寒云妒,到晓来、千岩万壑,了无认处。"

宋·吴潜《鹊桥仙》(己未七夕):"双星缥缈,霎时聚散,有向鹊桥回首。"

宋·赵以夫《鹊桥仙》(富沙七夕为友人赋):"寻思不似鹊桥人,犹自得、一年一度。"

宋·方岳《最高楼》:"前十日,鹊桥飞宝镫;后一月,免夋开玉镜。"

元·马致远《乔牌儿·碧玉箫》:"便有敕牒官诰,则是银汉鹊成桥。"

299. 画檐鹊起梧桐落

唐·耿玉真《菩萨蛮》:"玉京人去秋萧索,画檐鹊起梧桐落。"写秋日离情冷落凄凉。"鹊起",《太平御览》卷九二一引《庄子》:"鹊上高城之垝,而巢高榆之颠。城坏巢折,陵风而起。故君子居世也,得时则蚁行,失时则鹊起也。"后用"鹊起"表示见机而行或乘时崛起。而原义"陵风而起"是为险境所迫。耿玉真词用此意。

南朝·宋·谢朓《和伏武昌登孙权故城》:"鹊起登吴山,凤翔陵楚甸。"

宋·晁补之《临江仙》(用韵和韩求红南都留别):"忽惊鹊起落梧桐,绿荷多少恨,回首背西风。"

宋·王安中《洞仙歌》:"深庭夜寂,但凉蟾如画,鹊起高槐露华透。"

宋·王千秋《南歌子》(寿广文):"鹊起惊红雨,潮生涨碧阔。"

宋·杜旟《酹江月》(石头城):"江山如此,是天开万古。东南王气,一自髯孙横短策,坐使英雄鹊起。"

后用"名声鹊起",绘述名声远播。

300. 涂抹诗书如老鸦

唐·卢仝《示添丁》:"闲来案上翻墨汁,涂抹诗书如老鸦。"《诗话》载:"卢仝举子名添丁,其幼,喜涂抹诗书,往往令黑。仝戏赋诗曰:'忽来案上翻墨汁,涂抹诗书似老鸦。'"(与上引《全唐诗》所载有异文)说年幼的添丁喜欢涂抹书中的字,笔锋

乱出,使字成了一只只形态各异的乌鸦。嘲戏添丁无知,在书上胡涂乱抹。"涂鸦"这个比喻生动而形象,后为人用作字写得不成形体或文作得不像样子,有时用作谦词。

宋·苏轼《和董传留别》:"得意犹堪夸世俗,诏黄新湿字如鸦。"黄诏一湿,上面文字的墨迹湮展出去像乌鸦了。用卢仝诗意。

宋·滑炳诗:"病日涂鸦不成字,粉香墨写乌丝。"病中用香墨在粉笺上的乌丝栏中写字如涂鸦一样,字不成形。

301. 壁上遗墨如栖鸦

宋·苏舜钦《哭曼卿》:"归来悲痛不能食,壁上遗墨如栖鸦。"为石曼卿离世而悲伤,看壁上石曼卿的遗墨也不清晰,如栖息的乌鸦。"栖鸦"从卢仝的"涂鸦"变化而出。

宋·黄庭坚《同元明过洪福寺戏题》:"洪福僧园拂绀纱,旧题尘壁似昏鸦。"旧日题壁的文字,模模糊糊,有如昏鸦,用苏舜钦壁上题字如鸦之意。

宋·辛弃疾《满江红》(题冷泉寺):"琴里新声风响珮,笔端醉墨鸦栖壁。"醉后挥墨题壁,字如壁上栖鸦。

302. 涂窗行暮鸦

宋·黄庭坚《嘲小德》:"中年举儿子,漫种老生涯。学语啭春鸟,涂窗行暮鸦。"小德是黄庭坚的稚子。黄庭坚中年得子,爱之如珍。写稚子学语如鸟叫,写字像晚鸦——写在窗上的字如涂出的飞行着的暮鸦。显然用卢仝"涂鸦"描述小德之字不端正。

宋·范成大《金氏庵》(庵废无人居):"醉墨题窗侧暮鸦,蔓藤缘壁走青蛇。"反用黄庭坚句,写暮鸦栖集于废庵之窗如题窗墨字,蔓藤缘着庵壁盘桓如爬行的青蛇,以字喻鸦。

303. 人静乌鸢自乐

宋·周邦彦《满庭芳》:"人静乌鸢自乐,小桥外、新绿溅溅。凭栏久,黄芦苦竹,拟泛九江船。"此词是元祐八年(1093)"夏日溧水无想山作","溧水"即今江苏溧水县,当时是词人的任所。此词写他倦旅的情怀,淡淡然而含蓄,景语细腻,情托景中,足为名篇,清人评价极高。"乌鸢"即乌鸦。清·陈廷焯《白雨斋词话》评曰:"乌鸢虽乐,社燕

自苦,九江之船,卒未尝泛。此中有多少说不出处,或是依人之苦,或有患失之心,但说得虽哀怨却不激烈,沈郁顿挫中别饶蕴藉。后人为词好作尽头语,令人一览无余,有何趣味?"近代梁启超《艺蘅馆词选》(乙卷)亦评:"最颓唐语,却最含蓄。"

"人静乌鸢自乐",周邦彦《片玉集》(原名《清真集》,刘肃更作此名),南宋陈元龙注云:"杜甫诗'人静乌鸢乐'",说明周邦彦增字用杜甫句。

304. 杨柳可藏乌

《玉台新咏》卷十南朝乐府读曲歌《杨叛儿》:"暂出白门前,杨柳可藏乌。欢作沉水香,侬作博山炉。"这是一首情歌。白门,是南朝刘宋都城建康的城门。白门外,杨柳枝繁叶茂,可以藏住乌鸦了,说明春色已深。此歌之"乌"又双关戴乌帽的情郎。读曲歌第三十首就写"白门前,乌帽白帽来。白帽郎,是侬,良不知乌帽郎是谁。"唐·李白也写了一首《杨叛儿》:"君歌《杨叛儿》,妾劝新丰酒。何许最关人,乌啼白门柳。乌啼隐杨花,君醉留妾家。博山炉中沉香火,双烟一气凌紫霞。""杨叛儿"是南朝乐府《杨叛儿》中女子对男子的称呼。李白诗是对乐府《杨叛儿》的扩写,也是情歌。

"杨柳藏乌",即杨柳藏鸦,多描写中晚春的时令和风光。初春的杨柳枝疏叶细,落在树上的鸟雀是藏不住的。待到中晚春(仲春季春),杨柳枝繁叶茂,密密的枝,肥肥的叶,鸟雀方可荫蔽其中,这就是所谓的"藏"。最早用此"藏"字的是晋乐府《上声歌八首》:"三月寒暖适,杨柳可藏雀。"这是"藏乌(鸦)"之句源。不过在南北朝时代,用"杨柳可藏雀"句,不写"藏乌(鸦)",多写"藏"其他鸟雀:

南朝·梁·丘迟《玉阶春草》:"杂叶半藏蜻,丛花未隐雀。""半藏""未隐",早春叶细花瘦。

南朝·梁·简文帝萧纲《双桐生空井》:"晚叶藏栖凤,朝花拂曙鸟。"用凤栖梧桐的传说,描述梧叶肥大。

南朝·陈·江总《梅花落》:"金谷万株连绮翼,梅花密处藏娇莺。"写藏雏莺。

南朝·陈·乐府《黄督》:"乔客他乡人,三春不得归。愿看杨柳树,已复藏班雏。"写藏斑鸠。

唐·周渭《赋得花发上林》:"净时空结雾,疏处未藏禽。"写花疏不能藏禽。

在种种"藏鸟"句中,"藏鸦"句具有极强的生命力。"杨柳正藏鸦"堪为诗典。

最先写"藏鸦"的,是南朝·梁·简文帝萧纲。他在《金乐歌》中开头写:"槐香(一作"花")欲覆井,杨柳正藏鸦。"槐花已开,杨柳浓郁,表现时间正是春末夏初,自此句一出,写"杨柳藏鸦"者继继不穷。

南朝·梁·王筠《春游诗》:"丛兰已飞蝶,杨柳半藏鸦。""半藏",一般在孟春晚期,写春游所见景色。

唐以后,"藏鸦"句式繁多,各具特色,呈变化美,偶而也用"藏乌"。

唐·韩翃《送客还江东》:"池畔花深斗鸭栏,桥边雨洗藏鸦柳。"

唐·陈素风《观承福园》:"三行故柳藏鸦树,一带长波灌竹泉。"

宋·宋祁《清明》:"晓日东南欲照梁,藏鸦密柳暗横塘。"

宋·文彦博《闲斋偶作》:"梧高唯待风,柳密只容鸦。"用简文帝"栖梧"句。"容鸦"意近"藏鸦"。

宋·曾巩《早起赴行香》:"微破宿云犹度雁,欲深烟柳已藏鸦。"

又《雨中王驾部席上》:"浴雁野塘新浪细,藏鸦宫柳嫩条深。"

宋·杨亿《次韵和係郡斋书事之什係今化名》:"密叶藏啼鸟,澄潭跃戏鱼。"

又《小园秋夕》:"玉井梧倾犹待风,金塘柳密更藏鸦。""待凤"又用文彦博句。

宋·蔡襄《和答孙推官久病新起见过钱塘之什二首》:"烟云已过同归雁,杨柳初藏并宿鸦。"

宋·司马光《柳枝词十三首》:"宣阳门前三月初,家家杨柳绿藏乌。"用南朝乐府《杨叛儿》"藏乌"句。

宋·欧阳修《重赠刘原父》:"新年花发见回雁,归路柳暗藏娇鸦。"

又《即日》:"晚乌藏柳栖残照,远燕伤风失故楼。"

宋·王安石《东门》:"迢迢陌头青,空复可藏鸦。"

又《暮春》:"白下门东春已老,莫嗔杨柳可藏鸦。"

又《次韵平甫村墅春日》:"陂梅弄影争先舞,叶鸟藏身自在啼。""叶鸟藏身",写鸟隐蔽叶间。

宋·晏几道《浣溪沙》:"绿柳藏乌静掩关,鸭炉香细琐窗闲。那回分袂月初残。"

宋·苏轼《浣溪沙》:"照日红深暖见鱼,连溪绿岸晚藏鸦。"

宋·黄庭坚《采桑子》:"杨柳藏鸦,又是无言飐落花。"

宋·吴则礼《踏莎行》(晚春):"生憎杨柳要藏鸦,东风只遣横笛怨。"

宋·周邦彦《锁窗寒》:"暗柳藏鸦,单衣伫立,小帘朱户。"

又《渡江云》:"千万丝、陌头杨柳,渐渐可藏鸦。"

又《蝶恋花》(柳):"桃萼新主梅落后,暗叶藏鸦,苒苒垂亭牖。舞困低迷如著酒,乱丝偏近游人手。"

宋·杨无咎《琐窗空》:"柳暗藏鸦,花深见蝶,物华如绣。"

宋·陆游《齐天乐》(左绵道中):"藏鸦柳暗,叹轻负莺花。"

宋·吴琚《浪淘沙》:"岸柳可藏鸦,路转溪斜。"

宋·汪晫《沁园春》(次韵李明府劝晨):"春务急,见溪头杨柳,已可藏鸦。"

宋·姜夔《琵琶行》:"千万缕、藏鸦细柳,为玉樽起舞回雪。"

宋·高观国《解连环》(柳):"爱细缕,先窣轻黄,渐拂水藏鸦,翠阴相接。"

宋·曹邍(yuán)《兰陵王》(雨中登龟溪乾元寺阁赋):"杏花坼,烟柳藏鸦翠陌。"

宋·王沂孙《绮罗香》(秋思):"屋角疏星,庭阴暗水,犹记藏鸦新树。"

金·朱弁《春阴》:"花带露寒无戏蝶,草连云暗有藏鸦。"

明·吴稼澄《金陵酒肆赠茅平仲》:"梨花雨湿红襟燕,杨柳春藏白项乌。"

清·吴伟业《琴河感旧》:"白门杨柳如藏鸦,谁遣扁舟荡桨斜。""白门"用《杨叛儿》句。

清·谭献《渡江云》(大观亭同阳湖赵敬甫、江夏郑赞侠):"何处有、藏鸦细柳,系马平林?"

反用"杨柳可藏鸦"句的是"杨柳未藏鸦",描绘杨柳(或其他)枝叶尚未丰满,时令只在初春。此外还有两种情景:一是枝叶极其繁茂,密不透风,鸦无栖处,也难穿越,一是枝老叶稀,难于藏鸦,以

深秋万木凋零表破败景象。句如:

唐·孟郊《招文士饮》:"梅芳已流管,柳色未藏鸦。"

唐·皇甫冉《谢韦大夫柳栽》:"比雪花应吐,藏乌叶未成。"写新栽之柳。

唐·李商隐《谑柳》:"长叶须拂马,密处少藏鸦。"

宋·宋祁《和晏太尉西园晚春》:"林下觅春春已晚,绿杨枝暗不通鸦。"枝密鸦已不能飞入,夸张写法。宋·司马光《君倚示诗有归吴之兴为诗三十二韵以赠》:"稻肥初断蟹,桑密不通鸦。"写桑之繁茂。

宋·宋祁《和叶道卿连日阴曀坐曹无绪见寄》:"上林已暖先催雁,细柳犹疏不碍鸦。"与"不通"相反。

宋·梅尧臣《青梅》:"梅叶未藏禽,梅子青可摘。"梅叶稀疏。

宋·韩维《累日不到中国晚步闲咏》:"泉溜柏地初跳鲤,柳枝含雨不胜鸦。"承受不了鸦栖了。

宋·郑獬《春》:"雪后清风特地斜,柳条疏瘦未藏鸦。"

明·于谦《春日大风感赋》:"层冰犹度马,弱柳未藏鸦。"

明·瞿佑《过汴梁》:"废苑草荒堪牧马,长沟柳老不藏鸦。"柳老枝稀,写汴梁破败荒芜。

305. 繁枝当宿鸟

唐·卢纶《郊居对雨寄赵涓给事包佶郎中》:"繁枝当宿鸟,碎浪出寒鱼。""杨柳藏鸦"描述主体是"杨柳",而"繁枝当宿鸟"既写"繁枝",也写"宿鸟"。鸟拣繁枝而宿,是因为"繁枝"可以蔽身,"宿"亦含"藏"身之意。

唐·王储《赋得花发上林》:"秾枝藏宿鸟,香蕊拂行车。"用卢纶句。

306. 淡黄杨柳暗栖鸦

宋·贺铸《减字浣溪沙》:"楼角初销一缕霞,淡黄杨柳暗栖鸦,玉人和月摘梅花。"明·杨慎《词品》评:"此词句句绮丽,字字清新,当时赏之以为《花间》《兰畹》不及,信然。"句句皆佳,然有最佳之句?南宋·胡仔《苕溪渔隐丛话》前集卷五十九评:"词句欲全篇皆好,极为难得。如贺方回'淡黄杨柳带栖鸦''柔处度藕叶,清香胜花气'二句,写

景咏物,可谓造微入妙。若其全篇,皆不逮此矣。"
"栖鸦"句佳在何处? 明笔写景、杨柳有生机;暗笔写时间,"淡黄"示初春,"栖鸦"示天晚,可谓巧妙了。元代著名剧作家、曲作家王实甫在《西厢记》第三本第三折《驻马听》中用了近似原句:"不近喧哗,嫩绿池塘藏睡鸭;自然幽雅,淡黄杨柳带栖鸦。"这两句很精彩,一半是贺铸的笔力。

唐人李商隐《隋宫》:"于今腐草无萤火,终古垂杨有暮鸦。"隋炀帝杨广在东都景华宫征集萤火虫数斛,夜游放出,光照山谷,萤火虫竟被征绝。诗人夸张地说:"于今腐草无萤火(古有"腐草化为萤"之说)。"隋炀帝开洛渠、邗沟,旁筑御道,遍植柳树,后称隋堤。杨广游江都,二百里内水上锦帆成林,岸上千乘万骑,乐声远扬,灯火通明,以致隋堤柳树无鸦栖息。"终古垂杨有暮鸦",写隋亡以后,杨广的豪华早覆为尘土,只有垂柳上栖息的暮鸦了。李商隐此句也极有名。清·孔尚任《桃花扇》第二十五出选优《前腔——掉角儿》用"垂杨暮鸦"句:"锁重门垂杨暮鸦,映疏帘苍松碧瓦。"写南明福王选优,在宫中演戏,李香君感到同侯方域再难相会。

唐·韦庄《延兴门外作》:"王孙归去晚,宫树欲栖鸦。"归期太晚。

宋·文彦博《古寺清秋日》:"密树惊晨鹊,幽轩耿夜螀。"惊起栖鸦。古寺秋天十分荒凉。

宋·欧阳修《即日》:"晚乌藏柳栖残照,远燕伤风失故楼。"也写栖鸦,又兼用"藏柳"句。

宋·秦观《乌夜啼》(春思):"年年春事关心事,肠断欲栖鸦。"

宋·吕本中《清平乐》(柳塘书事):"傍人几点飞花,夕阳又送栖鸦。"

清·顾春《早春怨》(春夜):"杨柳风斜,黄昏入静,睡隐栖鸦。"

清·阿男(映淮,诗人伯紫之妹)幼年作《秋柳》诗,写"栖鸦流水点秋光"。以后作《秦淮柳枝诗》首句再用"栖鸦流水点秋光"。清·王士祯《秦淮杂诗》用此句怀念作者:"十里清淮水蔚兰,板桥斜日柳毵毵。栖鸦流水空萧瑟,不见题诗纪阿男。"阿男诗写岸柳栖鸦,秦淮流水,点兆秋光,王诗引句怀人。

今人彭世科《爆破》诗:"荒山万古树栖鸦,历代愚公未动它。石破天惊开坦道,顿时天女撒鲜花!"用"栖鸦"写环境无大改变,自然未被开发。

307. 绿叶晚莺啼处密

"柳叶藏莺"是从"藏鸦"句变来,莺在早春最活跃,诗人常常写莺以示春去春归。写藏莺佳者是宋代文学家欧阳修的《西园石榴盛开》句:"绿叶晚莺啼处密,红房初日照时繁。"写在石榴绿叶密处晚莺在啼鸣。但此句不表时令,只表枝繁叶密,石榴树好。石榴盛开也不是春天。

南朝·陈·江总《梅花落》:"金谷万株连绮甍,梅花密处藏娇莺。"

唐·郑愔《奉和春日幸望春宫》诗中写:"百草香心初冒蝶,千林嫩叶始藏莺。"这是早春景象。

唐·元稹《古艳诗二首》其一:"莺藏柳暗无人语,惟有墙花落树红。"其二:"深院无人草树光,娇莺不语趁阴藏。"都写旧时庭院阒寂无人。

宋·晏殊《踏莎行》:"翠叶藏莺,朱帘隔燕,炉香静逐游丝转。"写早春寂寥。

宋·赵长卿《浣溪沙》(呈赵状元):"雨过西湖绿涨平,环湖密柳暗藏莺,麦秋天气似清明。"写西湖景色如初春。

宋·赵抃《春日陪宴会春园亭》:"骄马花间系,啼莺柳下藏。"写春景。又《送蔡门长官赴任丹徒》:"柳深莺老暮春天,巷侍慈亲解画船。"已是晚春。

宋·元绛《过牛光禄故居》:"林风光动藏莺叶,溪涨痕生宿鹭沙。"写林叶。

清·杜文澜《台城路》(秦淮秋柳):"旧院藏莺,长桥系马,攀折游踪难记。"绿柳成荫,已遮藏了乳莺,而这旧游之地却不见前游的痕迹。

308. 接叶暗巢莺

唐·杜甫《陪郑广文游何将军山林十首》其二:"卑枝低结子,接叶暗巢莺。"游山林,此首主写"千章夏木",密叶接连,荫荫郁郁,可做莺巢了。"遮蔽莺栖"是"藏莺"的细致写法。也解作莺筑巢于密叶之中。

宋·张炎《高阳台》(西湖春感):"接叶巢莺,平波卷絮,断桥斜日归船。"宋·曾允元《月下笛》(次韵):"柔条折尽成轻别,向空外、瑶簪一掷。算无情更苦,莺巢暗叶,啼破幽寂。"都用杜句。

309. 门前高柳鸣春鸦

唐·岑参《感遇二首》:"凤凰城头日欲斜,门前高柳鸣春鸦。"此诗写贵公主虽贵极一时,却难免死后凄凉。"凤凰城头""门前高柳"喻贵家宅第,"日欲斜""鸣春鸦"正画出凄凉晚景。后人用"鸣",也用"噪",更多的是用"啼"。用"高柳啼鸦",多写凄凉景象,抒哀凉情感。

唐·高适《重阳》:"真成独坐空搔首,门柳萧萧噪暮鸦。"

唐·李贺《答赠》:"沈香熏小像,杨柳伴啼鸦。"

唐·李绅《毗岭东山》:"依旧秋风还寂寞,数行衰柳宿啼鸦。"

唐·张祜《和杜使君九华楼见寄》:"孤城高柳晓鸣鸦,风帘半钩清露华。"

唐·唐彦谦《罗江驿》:"数枝高柳带鸣鸦,一树山榴自落花。"

唐·韩偓《再上庙居》:"颓垣古柏疑山观,高柳鸣鸦似水村。"

宋·秦观《如梦令》:"门外鸦啼杨柳,春色著人如酒。"

宋·周邦彦《庆春宫》:"衰柳啼鸦,惊风驱雁,动人一片秋声。"

又《锁窗寒》:"暗柳啼鸦,单衣伫立,小帘朱户。"

宋·辛弃疾《鹊桥仙》(送祐之归浮梁):"啼鸦衰柳自无聊,更管得离人断肠。"

宋·吴文英《诉衷情》:"阴阴绿润暗啼鸦,陌上断香车,红云深处春在,飞出建章花。"

宋·刘辰翁《浣溪沙》(春日即事):"远远游蜂不记家,数行新柳自啼鸦,寻思旧事即天涯。"

宋·杜龙沙《雨霖铃》:"窗影珑璁,画楼平晓,翳柳啼鸦。"

宋·仇远《塞翁吟》:"又负了赏花心,听高树鸣禽。"

宋·陈亮《虞美人》(春愁):"黄昏庭院柳啼鸦,记得那人和月、折梨花。"

宋·张炎《渡江云》(次赵元父韵):"闲过了、黄昏时候,疏柳啼鸦。"

又《朝中措》:"燕帘莺户,云窗雾阁,酒醒啼鸦。"

金·董解元《西厢记》卷六:"无端怪鹊高枝噪,一枕鸳鸯梦不成。"

明·金堡《八声甘州》:"若个唤春归去,高柳足啼鹃。"

清·周亮工《舟中与胡元润谈秦淮盛时事次元润韵》:"渡口桃花新燕语,门前杨柳旧乌啼。"

清·黄梨洲《童生两校书乞诗》:"拍板红牙子夜天,鸟啼枯树欲生烟。"又《剡中筑墓杂言》:"此身久不关天壤,犹有鸦声到树头。"

清末民初李叔同《金缕曲》(东渡留别祖国):"披发佯狂走,莽天涯,暮鸦啼彻、几株衰柳。山河破碎谁收拾,零落风雨依旧。"作者1905年东渡日本前作此词,祖国正面临列强瓜分,处于山河破碎、风雨飘摇之中。

清末民初黄侃《寿楼春》(去国已将一年,故乡秋色,未知何似。登眺远,万感填胸。古人有言:悲歌当哭,望远当归。无聊之极,赖有此耳):"想故国衰芜,长亭旧柳,惟有数行鸦。"想到故国一定是满目荒凉。

310. 梁园日暮乱飞鸦

唐·岑参《山房春事二首》其二:"梁园日暮乱飞鸦,极目萧条三两家。"写凄凉萧条的景色。"乱鸦"写群鸦飞得乱,叫得乱。写晚色,写秋深,有的也表凄凉、烦乱、思归。

唐·刘长卿《恩敕重推使慄追赴苏州次前溪馆作》:"乱鸦投落日,瘦马向空山。"

唐·钱起《题郎士元半日吴村别业兼呈李长官》:"半日吴村带晚霞,闲门高柳乱飞鸦。"

唐·耿沣《题杨著别业》:"柳巷向陂斜,回阳噪乱鸦。"

唐·元稹《生春二十首》:"宫树栖鸦乱,城楼带雪融。"

唐·于武陵《洛中晴望》:"乱鸦归未已,残日半前轩。"

唐·温庭筠《开圣寺》:"山寺马嘶秋色里,向陵乱鸦夕阳中。"

又《题西明寺僧院》:"新雁参差云碧处,寒鸦撩乱叶红时。"用"寒鸦撩乱"句还有:唐·蒋吉《出塞》:"瘦马羸童行背秦,暮鸦撩乱入残云。"唐·唐彦谦《秋晚高楼》:"晚蝶飘零惊宿雨,暮鸦凌乱报秋寒。"

唐·陈季卿《题禅窟兰若》:"霜钟鸣时夕风急,乱鸦又望寒林集。"

宋·宋庠《独坐郡圃北斋》:"城头八九子,日昃乱啼鸦。"

宋·苏过《点绛唇》:"君知否?乱鸦啼后,归

兴浓于酒。"（又作汪藻词）

宋·僧挥《柳梢青》（吴中）："行人一棹天涯，酒醒处、残阳乱鸦。"

宋·辛弃疾《鹧鸪天》（黄沙道中）："乱鸦毕竟无才思，时把琼瑶蹴下来。"

宋·吴文英《八声甘州》："水涵空，阑干高处，送乱鸦、斜日落渔汀。"

宋·刘辰翁《兰陵王》："乱鸦过，斗转城荒，不见来时试灯处。"

元·萨都拉《满江红》（金陵怀古）："但荒烟衰草，乱鸦斜日。"

明末王夫之《蝶恋花》（衰柳）："阵阵寒鸦飞乱影，总趁斜阳，谁肯还留恋。"清兵南下，人如"乱鸦"各寻栖身之所。

清·郑燮《小廊》："寂寂柴门秋水阔，乱鸦揉碎夕阳天。"

清·凌廷堪《雨霖铃》（真州城南访柳三变墓，询之居人并无知者）："剩凄迷、野草年年绿。无人解道陈迹，唯只见、乱鸦相逐。指点吟魂，一缕斜阳，挂在疏木。"没有柳墓，只有荒草、乱鸦、斜阳。

清·莫玉文《百字令》（白沟河吊古）："一片土花埋断镞，极目乱鸦残树。"吊古战场之凄凉。

清·杜文澜《台城路》（秦淮秋柳）："无那西风，乱鸦啼又起。"乱鸦无巢，如自己漂泊天涯。

清·于晓霞《水调歌头》："乱鸦阵阵归去，鸟道暗相通。"乱鸦已归去，人也应该归来了。

311. 鸦背夕阳多

唐·温庭筠《春日野行》："蝶翎朝粉尽，鸦背夕阳多。"鸦晚归巢，飞得低，夕阳平射，落在鸦背上的就多。

清·易顺鼎《踏莎行》（京口舟行作）："断霞鱼尾画金蕉，残阳鸦背分吴楚。"用温庭筠句。

312. 古木寒鸦噪夕阳

唐·徐凝《苏小小墓》："古木寒鸦噪夕阳，六朝遗恨草茫茫。"苏小小是南朝著名歌妓，死葬西湖畔。"古木寒鸦"写墓地悲凉景色，木为"古木"，鸦为"寒鸦"，在晚秋的夕阳中喧噪不停，徒增哀凉气氛。荒草茫茫，似含着六朝覆亡的无穷遗恨。怀古抚昔，感慨万千。啼鸦与噪鸦。"啼"多一分悲哀，"噪"添一分烦乱。后人写"噪鸦"，多含厌恶情绪。

唐·杜牧《秋晚江上遣怀》："家蝉吟秋色，树鸦噪夕阳。"

唐·吕岩《空心杉》："自从白日飞升去，几处寒鸦噪晚风。"

唐·僧远国《伤废国》："两朝基业都成梦，林木苍苍噪暮鸦。"

五代·张泌《河渎神》："古树噪寒鸦，满庭枫叶芦花。"

宋·杨备《华山》："岩屏晚树噪寒鸦，岚翠楼台释子家。"

宋·吕渭老《南歌子》："远色连朱阁，寒鸦噪夕阳。"

宋·范成大《田舍》："儿童眠落叶，鸟雀噪夕阳。"

金·董解元《仙吕调·赏花时》："落日平行噪晚鸦，风袖翩翩吹瘦马，一径入天涯。"

元·关汉卿《大德歌·冬景》："密洒堪图画，看疏林噪晚鸦。"蒲向东评此曲："语景皆寄情，曲终意犹存。""意"应是愤世嫉俗，对世事不屑一顾。

元·孙周卿《水仙子》（山居自乐）："西风篱菊灿秋花，落日枫林噪晚鸦，数椽茅屋青山下。"此"噪"可解作"唱"，因为主人很高兴。

清·张尔田《满庭芳》（丁丑九月客燕京书感）："残阳一霎，怎不为人留？几点昏鸦噪晚，荒村外、鬼火星稠。"国势衰危，一片凄凉。

现代文学家鲁迅《无题》（一九三二年）："'英雄'多故谋夫病，泪洒崇陵噪暮鸦。"国民党内部吵吵嚷嚷，勾心斗角。

写"晚鸦""暮鸦"与"夕阳""残照"并用。徐凝的"古木寒鸦噪夕阳"已开先河。日晚又兼鸦噪，易于引发人们悲凉冷落心境，因而夕阳暮鸦总是哀凉景象，至多有时表示天光已晚，从不作美景。用夕阳暮鸦句如：

唐·李建勋《踏青尊前》："薄暮忘归路，垂阳噪乱鸦。"

宋·欧阳修《奉使契丹初至雄州》："古关衰柳聚寒鸦，驻马城头日欲斜。"塞外晚景之荒凉。

宋·僧宝月《柳梢青》："行人倚棹天涯，酒醒处、残阳乱鸦。"

宋·奚淢(hàn)《长相思慢》："怕上高楼，归思远，斜阳暮鸦。"

宋·王沂孙《大江东去》（题项羽庙）："古庙颓垣，斜阳老树，遗恨鸦声里。"（一作宋·黎廷瑞词）

宋遗民·真山人《晚步》:"归鸦不带残阳老,留得林梢一抹红。"

金·王庭筠《秋郊》:"寒草留归犊,夕阳送去鸦。"

元·张可久《折桂令》(九日):"回首天涯,一抹斜阳,数点寒鸦。"

元·张弘范《点绛唇》:"愁无语,野鸦烟树,一点斜阳暮。"

明·汤显祖《牡丹亭》第八出劝农《前腔》:"春鞭打,笛儿吵,倒牛背斜阳闪暮鸦。"

清·郑燮《满江红》(金陵怀古):"剩古碑荒冢,淡鸦残照。"

清·万锦雯《满庭芳》(九日):"疏枝外,淡烟残照,肠断欲栖鸦。"

诗人词家笔下的"鸦",多为深秋傍晚之鸦,因而习惯于称"寒鸦""暮鸦""晚鸦""归鸦"。

唐·刘长卿《步登夏口古城作》:"但见荒郊外,寒鸦暮暮飞。"

又《题虎丘寺》:"日映千里帆,鸦归万家树。"

唐·郎士元《酬王季友题半日村别业兼称李明府》:"村映寒原日已斜,烟生密竹早归鸦。"

唐·严维《丹阳送韦参军》:"日晚江南望江北,寒鸦飞尽水悠悠。"

唐·顾况《小孤山》:"古庙枫林江水边,寒鸦接饭雁横天。"

唐·窦巩《寄南游兄弟》:"独立衡门秋水阔,寒鸦飞去日衔山。"

又《洛中即事》:"寂寂天桥车马绝,寒鸦飞入上阳宫。"

唐·李建勋《感故府二首》:"高楼暮角断,远树寒鸦集。"

宋·柳永《竹马子》:"极目霁霭微,瞑鸦零乱,萧索江城暮。"

宋·苏轼《詹守携酒见过用前韵作诗聊复和之》:"孤云落日西南望,常羡归鸦自识村。"

宋·范成大《寓直玉堂拜赐御酒》:"归鸦陆续堕宫槐,帘幕参差晚不开。"

宋·辛弃疾《鹧鸪天》(代人赋):"平冈细草鸣黄犊,斜日寒林点暮鸦。"晚景。

宋·戴复古《淮村兵后》:"小桃无主自开花,烟草茫茫带晚鸦。"金兵劫后,一片凄凉,不见人迹。

清·岳骧《小重山》(冬日即景):"古寺寒林缀晚鸦,南溪排雁阵、下平沙。"严冬的冷落凄凉。

清·敦敏《河干集饮题壁兼吊雪芹》:"凭吊无端频怅望,寒林萧寺暮鸦飞。"敦诚、敦敏兄弟都是曹雪芹生前挚友。雪芹殁后,二人十分感伤,此诗写只见寒林、萧寺、暮鸦而不见挚友,顿觉无限凄凉。

313. 枯木寒鸦几夕阳

宋·文天祥《沁园春》(至元间留燕山作):"古庙幽沉,仪容俨雅,枯木寒鸦几夕阳。"此题又作"题潮阳张、许二公庙",张、许指唐英烈张巡、许远,韩愈贬官潮州作《张中丞传后序》,表彰张巡、许远的功业。当地遂建张许双庙。文天祥潮阳抗敌,被执北行,途经双庙,有感而作。宋亡之际,南宋官员望风而降,文天祥作此词明死节之志,又警世人,词人形象凛然于天地之间。"枯木寒鸦"用唐·徐凝"古木寒鸦噪夕阳"句,只易二字,写对张、许二公塑容经历了多少夕阳的无限感慨。

从徐凝的"古木寒鸦"到文天祥的"枯木寒鸦",用两种衰败事物表现衰败凄凉的手法,不时为后人应用,如:

宋·秦观《渔家傲》:"离肠暗逐车轮转,古木荒烟鸦点点。"

宋·葛长庚《满江红》(咏武夷):"烟寂寂,斜阳数尺,寒鸦枯木。"

宋·石孝友《临江仙》:"残阳明远水,古木集栖鸦。"

宋·张炎《高阳台》(庆乐园即韩平原南园,戊寅岁过之,仅存丹桂百余株,有碑记在荆榛中,故未有亦犹今之视昔之感,复叹葛岭贾相之故庐也):"古木迷鸦,虚堂起燕,欢游转眼惊心。"

宋·无名氏《花心动》:"断魂晚,寒鸦又啼古木。"

金·元好问《昆阳》:"古木荒烟集暮鸦,高城落日隐悲笳。""古木荒烟"用秦观句。

明·王盘《古调蟾宫曲》(元宵):"哪里有闹红尘香车宝马,只不过送黄昏古木寒鸦。"寒寂凄凉,元宵日已是千家愁怨。

清·黄梨洲《赠王允章》:"今日赠君无好句,江村古木带啼鸦。"

又《同周子结文与也裘殷玉芝儿至虎丘遇蔡九霞张茂深》:"只此枯木寒鸦景,偏宜修琴买药流。"

"几夕阳",寒鸦栖于古(枯)木,度过了几个傍晚,引申为多少凄凉的日子。

宋·王娇红《送别》:"小楼记取梅花约,目断江山几夕阳。"

宋·陈允平《丑奴儿》:"西湖十二栏干曲,倚偏寒香,白鹭横塘,一片孤山几夕阳。"

又《西河》:"乌衣苍陌几斜阳,燕闲旧垒。"

宋·王沂孙《齐天乐》(蝉):"病翼惊秋,枯形阅世,消得斜阳几度。"

314. 枯藤老树昏鸦

元·马致远《天净沙》(秋思):"枯藤老树昏鸦,小桥流水人家,古道西风瘦马。夕阳西下,断肠人在天涯。"四幅秋景图,含十种事物:枯藤、老树、昏鸦、小桥、流水、人家、古道、西风、瘦马、夕阳西下,勾勒出一幅晚秋日暮图。而断肠人就在这样的环境里,乘瘦马而流荡,深刻地表现了天涯游子孤寂凄楚的心境。元人周德清在《中原音韵》中称之为"秋思之祖""元人之冠"。清代国学大师王国维在《宋元戏曲考》中推之为"元曲令曲之表率"。"纯是天籁,仿佛唐人绝句。"王又在《人间词话》中评此曲"深得唐人绝句妙境"。

"昏鸦",即黄昏之鸦,傍晚之鸦。唐·杜甫《复愁十二首》:"钓艇收缗尽,昏鸦接翅稀。"说晚鸦孤飞少伴,因为多已归巢。据清代著名杜诗研究家仇兆鳌《杜诗详注》中注,杜甫的"昏鸦"句,是出自南朝·梁·何逊诗:"昏鸦接翅飞"句。那么,杜甫就是反其义而用之了。杜甫在《野望》一诗中也用了"昏鸦":"独鹤归何晚,昏鸦已满林。"此刻的昏鸦全部归巢了。

"枯藤老树昏鸦,小桥流水人家"句出自唐人韦元旦《雪梅》诗(上海古籍出版社出版的明人黄凤池辑《唐诗画谱·六言画谱》收):"古木寒鸦山径,小桥流水人家。昨夜前村深雪,阳春又到梅花。""小桥"句径取原句,而却在马致远曲小令中放出异彩。

"枯藤老树"句,前人也有描绘。唐·韩愈《闲游二首》:"萍盖污池净,藤笼老树新。"宋·晏殊《白云庵》诗:"眼界豁开无畛域,枯藤古木暮烟浮。"元·白朴《天净沙》(秋):"孤村落日残霞,轻烟老树寒鸦。"

后人用"老树昏鸦"句如:元·徐再思《普天乐》(吴江八景·西山夕照):"凝烟暮景,转晖老树,背影昏鸦。"元·白贲《百字折桂令》:"动羁怀,西风木叶,秋水蒹葭。千点万点,老树昏鸦。"明末徐允贞《破阵子》(远眺):"点点寒鸦争晚树,片片轻帆落远洲,黄昏犹倚楼。"明末夏完淳《卜算子》:"立尽黄昏泪几行,一片鸦啼月。"又《婆罗门引》(春尽夜):"晚鸦飞去,一枝花影送黄昏。"都写晚鸦、昏鸦、黄昏之鸦。清·黄景仁《买陂塘》(归鸦,同蓉裳、少云作):"倚柴门,晚天无际,昏鸦归影如织。"今人阚家蓂《高阳台》:"夕照沉山,金晖漾晚,疏林点点昏鸦。"

清·朱彝尊《消息》(度雁门关):"问长途,斜阳瘦马,又穿入、离亭树。"雁门古道,斜阳瘦马,步履艰难。

"断肠人"句,宋·柳永《凤凰阁》词:"断肠人在栏干角,山远水远人远,音信难托。这滋味、黄昏又恶。"马致远用此句式。清·朱彝尊《高阳台》:"一寸横波,断肠人在楼阴。"亦用柳永句式。

用《天净沙》全曲意或近于全曲意的,元代著名曲作家郑光祖在《蝶宫曲》(梦中作)中就有,请看:"千点万点老树寒鸦,……断桥东下傍溪沙,疏篱茅舍人家。……正是凄凉时候,离人又在天涯。"还有金·董解元《仙吕调·赏花时》:"落日平行噪晚鸦,风袖翩翩吹瘦马,一径入天涯……桥横流水,茅舍映荻花。"郑与董的曲中各用《天净沙》十种事物中近五种,明·陈霆《踏沙行》:"晚景""荒城古道,槎牙老木鸟鸢噪。夕阳倒影射疏林,江边一带芙蓉老。"也用三种事物以上。

315. 归鸦占尽绿杨枝

清·俞陛云《浣溪沙》(忆苕溪旧游):"薄晚轻舟任所之,沿流村屋上灯迟,归鸦占尽绿杨枝。"诗人家乡在东苕溪,杭嘉湖西缘,溪水流经德清县,即其故乡。西苕溪则流经吴兴县。此诗忆家乡风貌。鸦全归而人尚羁留异地,暗含感慨。

唐·刘长卿《题武丘寺》:"日映千里帆,鸦归万家树。""归鸦占尽绿杨枝"意与此句同。

316. 寒蝉鸣高柳

晋·陆机《拟明月何皎皎》:"凉风绕曲房,寒蝉鸣高柳。"诗人从南方北赴洛阳,思归之情无刻不有,在寒凉的秋风中,从高柳上传来秋蝉的嘶鸣,风寒、声寒,游子乡思之心也寒。

在古代韵文作品中,雁、猿、鸦、蝉是四大笔触生物,许多生物中唯有它们倍受文人的青睐,它们入诗词曲赋是最多的。写蝉,除了《蝉赋》《蝉赞》《咏蝉》之类专门写蝉的篇什之外,更多的是作为篇中一景来描绘的。"寒蝉鸣高柳"就是诗中一景,以景寓情。

"蝉鸣高柳"同"鸦啼杨柳"两类诗句属于近义句,组句、命义极相似。如都表时序,表思乡,表怀远,表送别等等。只是写鸦多春鸦,写蝉多秋蝉。陆机就是写的秋蝉。

最先写"蝉鸣高树"的是晋初人傅玄《杂诗三首》:"蝉鸣高树间,野鸟号东厢。"晋·潘岳《河阳县作诗二首》也写:"鸣蝉厉寒音,时菊耀秋华。"

南北朝时期,宋·鲍照《代别鹤操》:"鹿鸣在深草,蝉鸣隐高枝。"

齐·王融《后园作回文诗》:"花余拂戏鸟,树密隐鸣蝉。"

梁·张率《短歌行》:"秋风悴林,寒蝉鸣柳。"

梁·萧子云《赠海法师游甑山》:"秋至蝉鸣柳,风高露起尘。"

陈·江总《秋日游昆明池》:"蝉噪金堤柳,鹭饮石鲸波。"

又《赋得一日成三赋应令诗》:"树密寒蝉响,檐暗雀声愁。"

隋·王胄《雨晴诗》:"风度蝉声远,云开雁路长。"

隋·杨素《赠薛播州诗》:"园树避鸣蝉,云开雁路长。"

唐·孟浩然《荆门上张丞相》:"始慰蝉鸣柳,俄看雪涧眉。"

唐·刘长卿《送元八游汝南》:"繁蝉动高柳,匹马嘶平泽。"

唐·杜甫《与任城许主簿游南池》:"晚凉看洗马,森木乱鸣蝉。"

唐·姚合《假日书事呈院中司徒》:"寒蝉近衰柳,古木似高人。"

唐·雍陶《蝉》:"高树蝉声入晚云,不唯愁我亦愁君。"

唐·杜牧《惜春》(一作薛能诗):"小丛初散蝶,高柳即闻蝉。"春去夏来。

又《将赴京题陵阳王氏水居》(一作许浑诗):"马蹄不道贪西去,争向一声高树蝉。"

唐·赵嘏《自遣》:"晚树疏蝉起别愁,远人回首忆沧州。"

唐·贾岛《闻蝉感怀》:"新蝉忽发最高枝,不觉立听无限时。"

唐·陆畅《别刘端公》:"连骑出都门,秋蝉噪高柳。"

唐·刘沧《秋日山斋书怀》:"蝉吟高树雨初霁,人忆故乡山正秋。"

又《匡城寻薛闵秀才不遇》:"匹马东西何处客,孤城杨柳晚来蝉。"

唐·马戴《题吴发原南居》:"何日远游罢,高枝已噪蝉。"

唐·李咸用《金谷园》:"鸟度野花迷锦障,蝉吟古树想歌声。"

唐·韦庄《听赵秀才弹琴》:"蜂簇野花吟细韵,蝉移高树迸残声。"拟写琴音。

唐·刘昭禹《句》:"危楼聊侧耳,高柳又鸣蝉。"

宋·柳永《少年游》:"长安古道马迟迟,高柳乱蝉栖。"

宋·文彦博《早夏言怀》:"翠岑应解鹿,高树欲鸣蜩。""蜩"(tiáo)即蝉。

宋·梅尧臣《蕲州广济刘主簿》:"安知不离恨,高柳正鸣蝉。"

又《次韵和景彝省闱宿斋二首》:"新月斜光依约见,夜蝉高树有时鸣。"

宋·苏轼《次韵刘贡父独直省中》:"明窗畏日晓先瞰,高柳鸣蜩午更喧。"

又《阮郎归》(初夏):"绿槐高柳咽新蝉,薰风初入弦。"

宋·黄庭坚《题学海寺》:"一段秋蝉思高柳,夕阳元在竹阴西。"

宋·赵彦端《虞美人》:"断蝉高柳斜阳处,池阁丝丝雨。"

宋·赵长卿《满庭芳》(荷花):"雨收池上,高柳乱蝉嘶。"

宋·辛弃疾《菩萨蛮》(昼眠秋水):"葛巾自向沧浪濯,朝来漉酒那堪著,高柳莫鸣蝉。"

宋·汪藻《点绛唇》:"高柳蝉嘶,采菱歌断秋风起。"

宋·姜夔《惜红衣》(吴兴号水晶宫,荷花盛丽。陈简斋云:"今年何以报君恩,一路荷花相送、到青墩。"亦可矣。丁未之夏,予游千岩,数往来红香中。自度此曲,以无射宫歌之):"墙头唤酒,谁问讯、城南诗客。岑寂,高柳鸣蝉,说西风消息。"

宋·高似孙《临江仙》(寄德新文):"清泉明月晓,高树乱蝉秋。"

宋·吴文英《风栖梧》(甲辰七夕):"高树数声蝉送晚,归家梦向斜阳断。"

宋·鄱阳护戎女《望海潮》:"云收飞脚,日祛怒暑,新蝉高柳鸡时。"与盛夏环境。

宋·刘辰翁《水龙吟》(寓兴和巽吾韵):"绕蝶东墙,啼莺修竹,疏蝉高树。"入夏怀旧,倍感凄凉。

金·元好问《临江仙》(寄德新文):"故人多在玉溪头。清泉明月晓,高树乱蝉秋。"回忆与旧友玉德新聚会嵩山玉溪的时光;月轮西坠的早晨和蝉声欢叫的清秋,暗透遗恨。蝉表时序、环境。

元好问有《骤雨打新荷》曲:"老燕携雏弄语,有高柳鸣蝉相知。"这是写老燕弄语,鸣蝉相和,是大自然发出的协奏曲,是良辰美景、赏心乐事。《骤雨打新荷》一时曾脍炙人口,广为歌唱。廉希宪平定陇蜀,进拜中书平章政事。他在京郊万柳堂置酒,邀著名词曲家卢挚和书画家、文学家赵孟頫赴会。席间一歌女刘氏,左手折荷花持献,右手执杯行酒,唱元好问《骤雨打新荷》,诸公则欣欣然即席赋诗。赵孟頫诗云:"万柳堂前数亩池,平铺云锦盖涟漪。主人自有沧洲兴,游女仍唱白雪词。手把荷花来劝酒,步随芳草去寻诗。谁知咫尺京城外,便有无穷万里思。"并作《万柳堂图》一时传为佳话。元好问这一曲名也佳,元盍西村《小桃红》(临川八景,莲塘雨声)用"雨打新荷"句:"忽闻疏雨打新荷,有梦都惊破。"

元·卢挚《沉醉东风》(重九)曲:"衰柳寒蝉一片愁,谁肯教白衣送酒。"

清·王夫之《徐合素自南来远讯船山代书答之》:"梦里短衣着射虎,重来高柳怨鸣蝉。"清·朱祖谋《长亭怨慢》(苇湾重到,红香顿稀,和半塘老人):"乱蝉高柳,凄咽断、赟洲谱。"都述写一片凄情。

清·彭孙遹《画屏秋色》(芜城秋感):"听柳外哀蝉,风高响殢,如诉兴亡旧恨,声声无力。"也写高柳鸣蝉,声音薄弱,吊古伤今。

317. 蝉噪林逾静

南朝·梁·王籍《入若耶溪》诗:"蝉噪林逾静,鸟鸣山更幽。"这是以动写静的名句。蝉噪唧唧,鸟鸣啾啾,为什么"逾静""更幽"呢?这是因为除此再无任何声响。众声喑哑,唯有蝉声、鸟声,单调的音响反衬余籁皆寂,特别是人声阒寂,才使蝉声、鸟声得显。这样写幽静手法就足见高超了。因为这是在特定环境中人的特定感受。所以颜之推在《颜氏家训·文章》中引述"(梁)简文(帝)吟咏不能忘之",其实凡读过的人都不容易忘。宋·刘敞在他的诗中曾两用此意,《夏晚》:"月出空堂静,蝉鸣深树幽。"《新蝉》:"五月微阴妙,鸣蝉高树幽。"

晋·张载《七哀诗》则用寒蝉无音写静:"秋风吐商气,萧瑟扫前林。阳鸟收和响,寒蝉无余音。"这是影射西晋的政治形势。静中孕动,死寂萧条正预示着西晋政权岌岌可危。

唐·张籍《法雄寺东楼》:"四十年来车马绝,古槐深巷暮蝉愁。"写旧宅为寺,多年清寂。唐·姚合《闲居》:"过门无马迹,满宅是蝉声。"写闲居之寂静,只有一片蝉声,而无人来往。用"车马绝"意。唐·刘沧《寓居寄友》兼用张籍、姚合句:"芳草衡门无马迹,古槐深巷有蝉声。"写寓居孤寂。

宋·惠崇《国清寺秋居》:"惊蝉移别柳,斗雀堕闲庭。"《吟斋夜话》评:"置静意于喧动中。"而此句原从唐·雍陶《和刘补阙秋园寓兴六首》:"雀斗翻檐散,蝉惊玉树飞"句取义的。

王籍之后,用蝉声烘托寂静成了惯用的艺术手段。这类"蝉句",情有独发,也各自成趣,而孤独寂寥是共同的"主题"。

唐·王维《辋川闲居赠裴秀才迪》:"数家茅屋清溪上,千树蝉声落日中。"(一作戴叔伦《题友人山居》诗)

唐·杜甫《夏日李公见访》:"巢岁众鸟斗,叶密鸣蝉稠。苦遭此物聒,孰谓吾庐幽。"蝉噪聒耳,是幽中之乱。

又《和裴迪登新津寺寄王侍郎》:"蝉声集古寺,鸟影度空塘。"

唐·卢仝《新蝉》:"泉溜潜幽咽,琴鸣乍往还。长风剪不断,还在树枝间。"写静寂。

唐·周贺《寄金陵僧》:"行登总到诸山寺,坐听蝉声满四稜。"写寺中寂静。

唐·李频《避暑》:"蝉从初伏噪,客向晚凉吟。"写幽岑。又在《夏日周至郊居寄姚少府》再用此句:"蝉从初伏噪,客向晚凉吟。"二诗还有重用句,但并非一首诗。

唐·李昌符《闷书》:"病来难处早秋天,一径无人树有蝉。"病中寂聊。

唐·郑谷《巴赏旅寓寄朝中从叔》:"独倚临江树,初闻落日蝉。"旅居孤独。

宋·胡宿《水馆》:"雨汀翘睡鹭,风树咽嘶蝉。"安静。

宋·释智圆《湖西杂感诗》:"闲庭庭畔植梧桐,上有新蝉噪晚风。"写空寂。

金·元好问《山居杂诗》:"鹭影兼秋静,蝉声带晚凉。"山居静寞。

318. 玉阶人静一蝉鸣

唐·韩偓《夏日》:"庭树新阴叶未成,玉阶人静一蝉鸣。"初夏,新阴叶小,蝉亦寥寥。庭内一蝉忽鸣,反平添寂寞。

"一蝉鸣",源出唐·李端《茂陵山行陪韦金部》:"盘云双鹤下,隔水一蝉鸣。"又作"一枝蝉""一声蝉""一树蝉",多烘托环境寂寞,有的又兼表时令。

烘托寂寞的:

唐·周贺《晚题江馆》:"病寄曲江居带城,傍门孤柳一蝉鸣。"

唐·杜牧《题扬州禅智寺》:"雨过一蝉噪,飘萧松桂秋。"

唐·贯休《陋巷》:"坠叶如花欲满沟,破篱荒井一蝉幽。"

唐·伍乔《庐山书堂送祝秀才还乡》:"归思几随千里水,离情空寄一枝蝉。"

唐·李九龄《旅舍卧病》:"病来旅馆谁相问,牢落闲庭一树蝉。"

唐·杜荀鹤《秋夕病中》:"病中枕上谁相问,一一蝉声槐树头。"

又《离家》:"槐柳路长愁杀我,一枝蝉到一枝蝉。"一路蝉声相伴。

唐·韦庄《和薛先辈见寄初秋寓怀即事之作二十韵》:"一声蝉到耳,千炬火然心。"

宋·苏轼《溪阴堂》:"白水满时双鹭下,绿槐高处一蝉吟。"

宋·赵子发《忆王孙》:"日长高柳一蝉声,翡翠空帘宝篆清。"

表时令的,多写秋来:

唐·白居易《闲夕》:"一声雯时早发,数点新萤度。"

五代·李中《海上从事秋日书怀》:"千里梦随残月断,一声蝉送早秋来。"

又《江行晚泊寄溢城知友》:"野渡帆初落,秋风蝉一声。"

宋·释重显《送僧》:"寺静孤鹦远,高柳一蝉新。"

319. 鸣蝉抱木兮雁南飞

魏·曹植《秋思赋》:"鸣蝉抱木兮雁南飞。"写晚秋蝉抱木声悲,北雁南飞,凄凉之景加剧凄凉之情。物悲人更悲,借景抒怀,情寓景中。唐·杜甫《秦州杂诗二十首》用曹植句:"抱叶寒蝉静,归山独鸟迟。"写边郡蝉静、鸟迟,只闻角声,一片凄慄。"抱叶"从"抱木"化出。

唐·萧颖士《听早蝉赋》写蝉声:"足令志士伤怀,征夫伫立;动闺人之夜悲,垂塞客之秋泣。"唐·白居易《早蝉》诗:"月出先照山,风生先动水。亦如早蝉声,先入闲人耳。一闻愁意结,再听乡心起。渭上新蝉声,先听浑相似。衡门有谁听,日暮槐花里。"乱蝉齐噪,唧唧不断,这种纷乱而又单调的刺激,疲人神经,乱人心绪,足以唤起人的种种哀愁。怀乡思友,感秋嗟老,种种愁苦都会泛上心头。以下就是表达种种愁苦、孤独的蝉句,多用"蝉声""蝉鸣""蝉噪"。

南朝·宋·谢灵运《燕歌行》:"悲风入闺露依庭,秋蝉噪柳燕辞楹,念君行役怨边城。"蝉噪更增闺怨。

唐·杨凝《与友人会》:"蝉吟槐蕊落,的的是愁端。"蝉吟引愁绪。

唐·司空曙《残莺百啭歌同王员外耿拾遗吉中孚李端游慈恩各赋一物》:"此时断绝为君惜,明日玄蝉催发白。"唐·武元衡《立秋日与陆华原于县界南馆送邹十八》用"催白发"句:"明朝独向青山郭,唯有蝉声催白头。"司空曙又有《新蝉》:"今朝蝉忽鸣,迁客差为情。便觉一年老,能念百感生。"还有唐·刘郇白《早行》:"客老愁尘下,蝉寒怨路傍。"都是闻蝉而感时嗟老。

唐·刘禹锡《酬令狐相公新蝉见寄》:"相去三千里,闻蝉同此时。"写两地同时闻蝉,以托思友之情。

又《酬滑州李尚书秋日见寄》:"一入石渠署,三闻宫树蝉。""三闻"表"三秋",用"蝉"说明心情并不舒畅。

又《乐天以愚相访沽酒致欢因成七言聊以奉答》:"犹胜独居荒草院,蝉声听尽到寒蝥。"唯闻秋蝉、寒蛰鸣叫,孤寂无聊。"寒蛰"即"寒蝉"。

唐·张籍《寄故人》:"静曲闲房病客居,蝉声满树槿花疏。"病居孤寂。

又《和崔司马闻蝉》:"应为昨来身暂病,蝉声得到耳傍边。"病中人静而蝉声愈噪。

又《病中寄白学士拾遗》:"秋庭病客眠,庭树满枝蝉。"再写病中蝉噪。

又《夏日闲居》:"早蝉声寂寞,新竹气结凉。"写孤寂。

又《思远人》:"杨柳别离处,秋蝉今复鸣。"送别处今又蝉鸣,蕴阔别一年之感。

唐·元稹《闲二首》:"连鸿尽南去,双鲤本东流。北信无人寄,蝉声满枝头。"怀人。

又《哭子十首》:"独在庭中倚闲树,乱蝉嘶噪欲黄昏。"烘托思子之悲。

又《遗病》:"蜕骨龙不死,蜕皮蝉自鸣。"烘托病苦。

唐·贾岛《酬姚合》:"故人相忆僧来说,杨柳无风蝉满枝。"思友。

唐·白居易《寄李十一建》:"别时残花落,及此新蝉鸣。""残花落",夏初相别;"新蝉鸣",又至夏初,念别。

又《答梦得闻蝉见寄》:"人貌非前日,蝉声似去年。"叹别后人老。

又《立秋夕有怀梦得》:"一与故人别,再见新蝉鸣。"叹别已一年。怀刘禹锡。

又《开成二年夏闻新蝉赠梦得》(十年来,常与梦得索居,在洛下,每闻蝉,多有寄答。今喜以此篇唱之):"十载与君别,常感新蝉鸣。"思友。

唐·李涉《柳枝词》:"锦池江上柳垂桥,风引蝉声送寂寥。不必如丝千万缕,只禁离恨两三条。"别恨。

唐·张祜《夕次竟陵》:"肠断巴江月,夜蝉何处声。"旅愁。

唐·许棠《蝉》:"噪柳鸣槐晚未休,不知何事爱悲秋。"蝉悲喻人悲。又《夏日寄江上新友》:"雨过前山日未斜,清蝉噎噎落槐花。"思亲。

唐·陆畅《闻早蝉》:"落日早蝉急,客心闻更愁。一声来枕上,梦里故园秋。"思乡。

唐·顾非熊《送友人归汉阳》:"自有归期在,蝉声处处催。"思归。

唐·朱庆余《送崔秀才游江陵》与顾非熊诗仅四字之异。此二句尽同。

唐·郑谷《哭进士李洞二首》:"冢树僧栽后,新蝉一两声。"哀伤。

唐·罗邺《夏晚望嵩亭有怀》:"尽日不妨凭栏望,终年未必有家归。青蝉渐傍幽丛噪,白鸟时穿返照飞。"烘托怀旧情绪。

又《蝉》:"才入新秋百感生,就中蝉噪最堪惊。……故园闻处犹惆怅,况是经年万里行。"怀乡。

唐·王涣《悼亡》:"今日青门葬君处,乱蝉衰草夕阳斜。"悼亡之情。

唐·杜荀鹤《感秋》:"冷烟黏柳蝉声老,寒渚澄星雁叫新。"悲秋。

又《乱后出山逢高员外》:"窗回旅梦城头角,柳结乡愁雨后蝉。"蝉声更增思乡之情。

又《隽阳道中》:"客路客路何悠悠,蝉声向背槐花愁。"蝉声更添客路上的乡愁。

唐·吴融《离岐下题西湖》:"送夏迎秋几醉来,不堪行色被蝉催。"写蝉声催归,喻归心正迫。

又《岐山蒙相国对宅因抒怀投献》:"已得静居从马歇,不堪行色被蝉催。"再用"被蝉催"句,写不愿起程。

唐·张乔《蝉》:"先秋蝉一悲,长是客行时。"思乡。

唐·徐夤《长安即事三首》:"须随莺羽三春化,只说蝉声一度愁。"

又《潘丞相旧宅》:"秋槐影薄蝉声尽,休谓龙门待化鳞。"良臣已故无可再生之叹。

唐·黄滔《旅怀寄友人》:"鸣蝉似会悠扬意,陌上声声怨柳衰。"

唐·曹松《荆南道中》:"如何住在猿声里,却被蝉吟引下来。"

唐·贯休《怀卢延让》(时延让新及第):"姓名归紫府,妻子在沧洲。又是蝉声也,如今何处游?"

宋·释智圆《寄余秀才》:"去秋曾访我,一别又一年。落日无来信,西风满耳蝉。"

宋·苏轼《槐》:"高槐虽惊秋,寒蝉犹抱叶。"

宋·曹组《点绛唇》词:"疏柳残蝉,助人离思斜阳外,淡烟疏霭,节物随时改。"

宋·张炎《长亭怨》(旧居有感):"晓窗分袂处,同把带鸳亲结。……恨西风不庇寒蝉,便扫尽、一林残叶。"

宋·王沂孙《齐天乐》(蝉):"一襟余恨宫魂断,年年翠阴庭树。乍咽凉柯,还移暗叶,重把离愁倾诉。……甚独抱清商,顿成凄楚。"《中华古今注》："昔齐后忿而死，尸变为蝉，登庭树嘒唳而鸣。王悔恨。故世名蝉为齐女焉。"王沂孙词述其事，写凄楚幽怨。宋·周密《齐天乐》(蝉)用王词意："槐熏忽送清商怨，依稀正闻还歇。……凄凄切切，渐迤逦黄昏，砌蛩相接。露洗余悲，暮寒声更咽。"

金·董解元《西厢记》卷七《水龙吟》："碧云黯淡，楚天空阔，征鸿南渡，飞过兼葭浦。暮蝉噪烟迷古树。"

320. 蝉曳残声过别枝

唐·方干《旅次洋州寓居郝氏林亭》："鹤盘远势投孤屿，蝉曳残声过别枝。"写蝉动声移，表思江南之情。

宋·吕渭老《一落索》："蝉曳残声移别树，晚凉房户。秋风有意染黄花，下几点、凄凉雨。"凄寒背景而生怀思，用方干句。

清·严遂成《安肃道中》："高柳乱蝉风不住，残声曳过浣衣塘。"风送残蝉过水塘。寒秋景象。

321. 蝉鸣远驿残阳树

唐·朱庆余《送浙东周判官》："蝉鸣远驿残阳树，鹭起湖田片雨秋。"两句点明送行时在秋天傍晚，残阳映射远方驿站的树梢，就在那里传出唧唧蝉鸣，湖边田地落起丝丝细雨，送行者的心情是沉闷的，阴郁郁的。"蝉鸣"作为送别的环境，用得是出色的。

送别写"蝉声"最早的是南朝·梁·吴均，他《赠鲍春陵别诗》写："落叶思纷纷，蝉声犹可闻。……所忧别离意，白露下沾裙。"虽深秋叶落，犹有蝉声，此刻更增离别之忧。唐以后写送别之蝉声的多起来了。

唐·杨凌《送客往睦州》："惊秋路旁客，日暮数声蝉。"

唐·司空曙《别张赞》："今日山晴后，残蝉菊发时。"写别离的环境，含"残蝉"。

唐·韩愈《送刘师服》："蝉声入客耳，惊起不可留。"

唐·元稹《送卢戡》："红树蝉声满夕阳，白头相送倍相伤。"唐·白居易《社日关路作》："青岩新有燕，红树欲无蝉。"唐·郑巢《送李式》："绿云天外鹤，红树雨中蝉。"都用"红树"代霜秋。

唐·郑巢《送魏校书赴夏口从事》："西风吹远蝉，驿路在云边。"又《送衡州薛从事》："遥分高岳

色，乱出远蝉声。"

唐·周贺《送僧》："衡阳旧寺秋归去，门锁寒潭几树蝉。"(一作刘昭禹诗。)

唐·刘沧《留别崔潞秀才昆仲》："汐阳离思水之穷，去住情深梦寐中。岁晚虫鸣寒露草，日西蝉噪古槐风。"

唐·李咸用《送人》："盈耳暮蝉催别骑，数怀浮蚁咽离肠。"

唐·刘禹锡《送分司陈郎中只召直史馆重修三圣实录》："蝉鸣官树引行车，言自成周赴玉除。"

唐·马戴《摅情留别并州从事》："秋光独鸟过，暝色一蝉悲。"

唐·朱晦《秋日送别》："唯有河边衰柳树，蝉声相送别扬州。"

宋·欧阳修《送余姚陈寺丞最》："鸣蝉汴河柳，画鹢越乡船。"

322. 寒蝉凄切，对长亭晚

宋·柳永《雨霖铃》："寒蝉凄切，对长亭晚，骤雨初歇。"这是写蝉名句。晚上长亭送别，骤雨刚刚停下来，只有蝉声那么凄切。"凄切"也还是送别之情。所以既写送别气氛，也写送别心绪。《雨霖铃》是柳永著名的送别词，这词首几句也为人熟知。后人用"寒蝉凄切"句如：

宋·朱敦儒《念奴娇》："晚凉可爱，是黄昏人静，风生苹叶。谁做秋声穿细柳，初听寒蝉凄。"

宋·万俟咏《忆少年》(陇首山)："上陇首，凝眸四天阔，更一声寒雁凄切。"改用"雁"。

南宋·周密《玉京秋》："烟水阔，高林弄残照，晚蜩凄切。""蜩(tiáo)"即蝉。

金·董解元《西厢记》卷六《玉翼蝉》："雨儿乍歇，向晚风如漂冽，那闻得衰柳蝉鸣凄切！"全用柳句意思。

清末黄人《风流子》(城西见杨柳)："凉蝉凄如语，道金销翠减，愁绪难删。"意为寒蝉凄凄切切，在诉说什么。

323. 初闻征雁已无蝉

唐·李商隐《霜月》诗："初闻征雁已无蝉，百尺高楼水接天。青女素娥俱耐冷，月中霜里斗婵娟。"这是一首名诗，写在深秋或初冬季节，登楼临水，观赏霜月交映的夜景之美，"青女"(霜神)"素娥"(月女)迎寒争红斗艳的景状。如此活写霜月，

是艺术想象的功能。"初闻征雁已无蝉",征雁南飞,寒蝉已尽,暗含一个"寒"字,不仅写时序,更具争芳斗艳的背景。魏庆之《诗人玉屑》卷十五引《诗眼》评李商隐诗:"高情远意",从此诗中透视到诗人在污浊的环境中追求光明的渴望。

写蝉表示时序、时令,又是一种艺术手段。蝉生于初夏,绝于深秋,季节性强,同候鸟一样,可以表时。诗人笔下的"蝉景"各具特色,有时也专写环境。

最先写蝉表时的还是南朝·梁·吴均:《秋念诗》写:"树青草未落,蝉凉叶已危。"写已临近深秋。

唐·王昌龄《塞上曲》:"蝉鸣空桑林,八月萧关道。"中秋景色。

唐·杜甫《与任城许主簿游南池》:"晚凉看洗马,森木乱鸣蝉。""鸣蝉"句主要绘景,后句有"蒲荒八月天",当是中秋。

唐·司空曙《和王卿立秋即事》:"暗入蝉鸣树,微侵蝶绕兰。"又《杂言》:"燕拂青芜地,蝉鸣红叶枝。"景中示时令。

唐·武元衡《旬假南亭寄熊郎中》:"草木散幽气,池塘鸣早蝉。"早蝉鸣是初夏。

唐·权德舆《初秋月夜中书宿直因呈杨阁老》:"倚枕直庐暇,风蝉迎早秋。"初秋景色。

唐·羊士谔《酬卢司门晚夏过永宁里弊居林亭见寄》:"风蝉一清暑,应喜脱朝簪。""清暑"指盛夏刚过。

唐·元稹《春鸠》:"犹知化工意,当春不生蝉。"又《春蝉》:"作诗怜化工,不遣春蝉生。"造化之工,今义为自然,春日无蝉,后诗写春蝉,当是春末、晚春。又《种竹》:"鸣蝉聒暮景,跳蛙集幽阑。"夏景。又《解秋十首》:"日暮江上立,蝉鸣枫树黄。"已届晚秋。

唐·白居易《曲江感秋》:"早蝉已嘹唳,晚荷复离披。"又《宴散》:"残暑蝉催尽,新秋雁带来。"又《秋池二首》:"社近燕影稀,雨余蝉声歇。"又《秋游原上》:"留连向暮归,树树风蝉声。"又《永崇里观居》:"萧飒风雨天,蝉声暮啾啾。"又《酬牛相公宫城早秋寓言见示兼星梦得》:"碧树未摇落,寒蝉始悲鸣。"又《秋霁》:"林晴有残蝉,巢冷无秋燕。"白诗侧重写景的多。

唐·李廓《夏日途中》:"初蝉数声起,戏蝶一团飞。"初夏。

唐·郑巢《陈氏园林》:"蝉鸣槐叶雨,鱼散菱

荷风。"侧重夏景。

唐·许浑《咸阳城东楼》:"鸟下绿芜秦苑夕,蝉鸣黄叶汉宫秋。"写晚秋。

唐·刘沧《与重幽上人话旧》:"庭树蝉声初入夏,石床苔色几经秋。"初夏。

唐·许棠《闻蝉十二韵》:"报秋凉渐至,嘶月思偏清。"蝉悲报秋。

唐·罗隐《初夏寄顾绍宗》:"郢浦雁寻过,镜湖蝉又鸣。"初夏。又《秋霁后》:"蝉已送行客,雁应辞主人。"深秋。

唐·郑谷《江际》:"万顷白波迷宿鹭,一林黄叶送残蝉。"又《郊野》:"蓼水菊篱边,新晴有乱蝉。"前者写时,后者绘景。

唐·李商隐《乐游园》:"万树鸣蝉隔岸虹,乐游园上有西风。"

唐·杜荀鹤《秋日闲居寄先达》:"风驱早雁冲湖色,雨挫残蝉点柳枝。"写秋景。

宋·魏野《渭上秋夕闲望》:"残阳初过雨,何树不鸣蝉。"(一作潘阆诗)秋雨初霁,树树鸣蝉,写秋景。

宋·欧阳修《述怀送张总之》:"落花已尽莺犹啭,垂柳初长蝉欲鸣。"春末夏初。又《忆焦陂》(汝阴作,熙宁元年):"清河两岸柳鸣蝉,直到焦陂不下船。"

宋·邵雍《秋怀三十六首》:"九气乍肃,衰柳犹有蝉。"深秋景色。

宋·吕同老《齐天乐》(赋蝉):"一声声断续,频报秋信。"

宋·徐俯《滕王阁》:"蝉鸣枯柳外,天地晚风秋。"深秋景色。

清·孙鼎臣《燕山亭》(畅园):"鱼浪吹香,更蝉影藏云深树。"秋蝉树间藏影,写畅园秋色。

324. 露重飞难进,风多响易沉

唐·骆宾王《在狱咏蝉》:"露重飞难进,风多响易沉。无人信高洁,谁为表予心。"骆宾王受诬入狱,婉转附物,以蝉自喻。清·施补华《岘佣说诗》称"患难人语"。此句写患难。

唐·李商隐《蝉》:"本意高难饱,徒看恨费声。""烦君最相警,我亦举家清。"诗人宦途失意,悲感身世,以蝉自比。

唐·贾岛《病蝉》:"病蝉飞不得,向我掌中行。"《全唐诗话》卷三评:"岛久不第,吟《病蝉》之

句,以刺公卿。"亦以蝉自况。

唐人许棠《闻蝉十二首》较为全面地揭示了蝉的特性"繁音人已厌,朽壳蚁犹争"。"此时吟立者,不觉万愁生。""乱依西日噪,多引北归情。"写蝉寓托出复杂的感情。

325.饮露非志清,轻身易知足

南朝·梁·褚云《赋得咏蝉》:"饮露非志清,轻身易知足。""饮露""轻身"正是蝉的特点,而"非志清""易知足"是蝉的表现,也喻人自谦、自乐的品质。古人不仅感到"蝉噪"刺人的一面,如以上各"蝉"字条,也看到了蝉的超俗的一面。晋·陆云《寒蝉赋》:"含气饮露则其清也。"褚云的"非志清",反用其意。

诗人写蝉,集中赞其"清廉"。陆云写"含气饮露",气与露,不含食物,所以为"清"。陆云赋又云:"黍稷不享,则其廉也;处不巢居,则其俭也。"正是颂其堪为楷模的清廉节俭之美德。《寒蝉赋》也因此成为赋之名篇。

南朝·梁·昭明太子萧统《蝉赞》:"兹虫清絜,惟露是餐。"赞蝉餐露之清洁。

唐·戴叔伦《画蝉》:"饮露身何洁,吟风韵更长。"不仅赞蝉饮露洁身,连蝉鸣也是动听的音乐了。唐人徐坚《初学记》卷三十引徐广《车服杂注》云:"侍臣加貂蝉者,取其清高饮露而不食也。""貂蝉"是汉代侍从官帽子上的装饰物。《后汉书·舆服志下》:"附蝉为文,貂尾为饰"含有"清高饮露"之意。为官"饮露"以自廉,应该是当时进步的社会观念。

唐·贾岛《病蝉》:"露华凝在腹,尘点误侵晴。"《全唐诗话》卷三评:"岛久不第,吟《病蝉》之句,以刺公卿。""露华"句是以病蝉志清自况。

宋·王沂孙《齐天乐》(蝉):"饮露身轻,吟风翅薄,半剪冰笺谁寄。"写"饮露轻身",用褚云句,表示远拒世俗。

晋·傅玄《蝉赋》:"美滋蝉之纯洁兮,禀阴阳之微灵。"赋蝉之纯洁。宋·苏轼《定惠院颙师为竹下开啸轩》:"饮风蝉至洁,长吟不改调。"赞其纯洁,矢志不改。

326.飞来双白鹄,乃从西北来

汉乐府《艳歌何尝行》:"飞来双白鹄,乃从西北来。十十将五五,罗列不成行。"喻夫妻惨别。

后人用"飞来"句表示种种意义:

唐·虞世南《飞来双白鹤》:"飞来双白鹤,奋翼远陵烟。"换一"鹤"字。

唐·杜甫《铜官渚守风》:"飞来双白鹤,过去杳难攀。"

又《暇日小园散病将种秋菜督勒耕牛兼书触目》:"飞来两白鹤,暮啄泥中芹。"

南朝何逊诗:"可怜双白鸥,朝夕水上游。"杜甫《独立》:"空外一鸷鸟,何问双白鸥。飘飘搏击便,容易往来游。"都变用了"双飞"句。

327.念与君离别,气结不能言

汉乐府《艳歌何尝行》:"念与君离别,气结不能言。"想到要与君生别了,就声气阻咽,说不出话。古诗还有"悲与亲友别,气结不能言"。

曹植《送应氏二首》:"念我平常居,气结不能言。"作者随曹操西征马超,途经洛阳,遇应瑒、应璩兄弟,洛阳遭严重破坏,目不忍睹。此二句代应氏言,悲痛得说不出话。

328.五里五返顾,六里一徘徊

汉乐府《艳歌何尝行》:"五里一返顾,六里一徘徊。"古诗中写夫妇离别,常用双鸟起兴。如《别诗四首》:"黄鹄一远别,千里顾徘徊。"飞鸟相别,不时地徘徊、反顾,喻人不愿离去。汉乐府《焦仲卿妻》开篇句以孔雀起兴:"孔雀东南飞,五里一徘徊。""黄鹄西北来"与"孔雀东南飞",意极相近。这种形式的原句、变句为许多人应用,主要表惜别伤离。

北朝庾信《别周尚书弘正》:"黄鹄一返顾,徘徊应怆然。"变用《别诗四首》句,感伤自己不能回返故乡。它如:

唐·李白《赠蔡舍人雄》:"千里一回首,万里一长歌。"

唐·王维《陇西行》:"十里一走马,五里一扬鞭。"

唐·钱起《病鹤篇》:"三山侣伴能远翔,五里徘徊忍为别。"

唐·独孤及《官渡柳歌送李员外承恩往扬州觐省》:"攀条倘相忆,五里一回首。"

唐·李益《立春日宁州行营因赋朔风吹飞雪》:"龙山不可望,千里一徘徊。"

唐·刘禹锡《和浙西李大夫伊川卜居》:"徒令

双白鹄,五里自翩翩。"

唐·李商隐《行次西郊作一百韵》:"五里一换马,十里一开筵。"

唐·李绅《忆西湖双鸂鶒》:"一去东南别离苦,五里徘徊竟何补。"直承"孔雀东南飞"句意。

宋人刘敞更惯于用这一句式:

刘敞《寄书》诗:"十里一返顾,五里一徘徊。悠悠三千里,莫知我心哀!"

又刘敞《王昭君》:"一步一反顾,百步一徘徊。"

又刘敞《秋意四首》:"千里一悲鸣,一里一彷徨。"

又刘敞《风雨寄贡甫》:"百步一踟蹰,十步一徘徊。"

又刘敞《赠黄子温别》:"双鸿俱异乡,来集清川流。鸣声偶邂逅,形影共沈浮。……五里一敛翼,十里一回头。"

宋·梅尧臣《送司马学士君实通判郓州》:"十里马一歇,五里车一脂。"

清·陆耀《王昭君》:"征鸿西北飞,襁褓沙上月。千里一徘徊,回见汉宫阙。"

用其句式,意义不同或不尽同的:王维《陇西行》:"十里一走马,五里一扬鞭。"李白《书情题蔡舍人雄》:"千里一回首,万里一长歌。黄鹤不复来,清风愁奈何。"

329. 十三能织素,十四学裁衣

汉乐府《陌上桑》写罗敷之夫:"十五府小吏,二十朝大夫,三十侍中郎,四十专城居。"这是说晋身之经历。不能说不受《论语》的启示。《论语》中记孔子概括自己一生成长与发展时说:"吾十有五而志于学,三十而立,四十而不惑,五十而知天命,六十而耳顺,七十所欲不逾矩。"这种用具体数字表示阶段性,总带有概略、约略性质,不一定都是绝对数字。这种表达方式在古诗歌中应用较多,为什么?可以使句式整齐,适于诗歌语言。

应用上述"数字"句感人最深、影响最大的是《焦仲卿妻》中对刘兰芝的勤劳、好学的描写:"十三能织素,十四学裁衣,十五弹箜篌,十六诵诗书,十七为君妇,心中常苦悲。"而且这一成长过程,通过刘母之口又重复一次:"十三教汝织,十四能裁衣,十五弹箜篌,十六知礼仪,十七遣汝嫁,谓言无誓违。"这两段内容相同而角度、感情却不一样,前

者是妇对夫表述自己是称职的妻子,后者是母对女责罪"不图子自归"。这种反差,更加深了悲剧性质,也唤起人们对刘兰芝的更强烈的同情。随之,这种语言形式也产生了不小的影响,诸如:

南朝·梁·萧衍《河中之水歌》就是用这种"数字"句式描绘了莫愁女:"河中之水向东流,洛阳女儿名莫愁。莫愁十三能织绮,十四采桑南陌头,十五嫁为卢家妇,十六生儿字阿侯。"

南朝·梁·颜之推《古意》写:"十五好读书,二十弹冠位。"《汉书·王吉传》:"五阳在位,贡公弹冠。"颜师古注:"弹冠者,且入仕也。"即弹掉帽上尘埃,准备出仕做官了。《古意》用乐府年龄数字句,暗喻受萧绎赏识而授了官。

唐·崔颢《邯郸宫人怨》:"母兄怜爱无俦侣,五岁名为阿娇女。七岁丰茸好颜色,八岁黠惠能言语。十三兄弟教诗书,十五青楼学歌舞。"写建章宫女,由人世翻覆,被放他乡的不幸经历。用乐府句式表达近于刘兰芝成长的过程。

唐·杜甫《送李校书二十六韵》:"十五富文史,十八足宾客,十九授校书,二十声辉赫。"写李舟少年时超乎常人,声名显赫。

唐·白居易《朱陈村》:"十岁解读书,十五能属文。二十举秀才,三十为谏臣。"又《简简吟》:"苏家小女名简简,芙蓉花腮柳叶眼。十一把镜学点妆,十二抽针能绣裳,十三行坐事调品,不肯迷头白地藏。"

唐·綦毋潜《早发上东门》:"十五能行西入秦,三十无家作路人。"

唐·李商隐《无题》写一聪慧少女,有美好的资质和才华,却只藏之深闺。作者"五年读经书,七年弄笔砚",却难以伸志,借此《无题》以自况。录如下:

八岁偷照镜,长眉已能画。

十岁去踏青,芙蓉作裙衩。

十二学弹筝,银甲不曾卸。

十四藏六亲,悬知犹未嫁。

十五泣春风,背面秋千下。

宋·双渐《豫章逢故人歌》:"十岁清歌已遏云,十一朱颜姹桃李,十二能描新月眉,十三解绾乌云髻。"

330. 孔雀东南飞

汉乐府《焦仲卿妻》:"孔雀东南飞,五里一徘

徊。"这是"长诗之圣"（明·王世贞）、"古今第一首长诗"（清·沈德潜）的开篇比兴句。这两句诗首先创造了一种悲剧气氛:孔雀徘徊往返,难以离去,正预示着刘兰芝无理被遣,同焦仲卿诀别的悲凉。

汉乐府《古艳歌》:"孔雀东飞,苦寒无衣。为君作妻,中心恻悲。夜夜织衣,不得下机。三日载匹,尚言吾迟。"逯钦立注云:"《古诗为焦仲卿妻作》即继承此歌。"确实是《焦仲卿妻》首段的影子。

梁·简文帝萧纲《咏中妇织流萤》诗:"浮云西北起,孔雀东南飞。"

李白《庐江主人妇》:"孔雀东飞何处栖,庐江小吏仲卿妻。为客裁缝君自见,城乌独宿夜空啼。"大约写一位如仲卿妻一样贤德的庐江女主人,或对游人李白有过帮助。

331. 非为织作迟,君家妇难为

《焦仲卿妻》:"非为织作迟,君家妇难为。""三日断五匹,大人故嫌迟。"所以不是我织作太慢,是君家的媳妇难当。此话有理有节,委婉中一针见血。

唐·乔知之《定情篇》:"人间丈夫易,世路妇难为。"在男尊女卑的封建制度下,"妇难为"就是普遍的了。

唐·李白《寒女吟》:"不是妾无堪,君家妇难作。"用乐府"妇难为"句意。

332. 妾有绣腰襦,葳蕤自生光

《焦仲卿妻》:"妾有绣腰襦,葳蕤自生光。"我有自绣的短袄,上面的金缕闪烁生光,可以随便送给什么人。

唐·张潮《长干行》:"妾有绣花裳,葳蕤金缕光。"乐府诗"葳蕤自生光"又作"葳蕤金缕光"。

333. 红罗复斗帐,四角垂香囊

《焦仲卿妻》:"红罗复斗帐,四角垂香囊。"有红色丝罗双垂小帐,四角挂着香袋。（都可送给什么人。）

南朝乐府《长乐佳》:"红罗复斗帐,四角垂朱珰。"换"垂香囊"为"垂朱珰",其余用原句。

宋·杨亿《无题二首》:"铜盘蕙草起青烟,斗帐香囊四角悬。"下句只变语序。

334. 新妇初来时,小姑始扶床

《焦仲卿妻》:"新妇初来时,小姑始扶床。今日被驱遣,小姑如我长。"通俗中寓深情。但同诗中另外地方的"新妇"不谐,似已不再是新妇了。

唐·李白《去妇词》:"忆昔初嫁君,小姑才倚妆。今日妆辞君,小姑如妾长。回头望小姑,莫嫁如兄夫。"后增二句,弃妇态度鲜明,当然原诗罪责在其母。

唐·顾况《弃妇辞》:"记得初嫁君,小姑始扶床;今日君弃妾,小姑如妾长。"与李白诗小异。有人以为二诗实为一诗,出于李、顾中一人之手。

335. 枝枝相覆盖,叶叶相交通

《焦仲卿妻》:"东西植松柏,左右种梧桐。枝枝相覆盖,叶叶相交通。"写连理树,喻夫妇永不分离。

东汉宋子侯《董娇娆》中有类似的描写:"洛阳城东路,桃李生路旁。花花自相对,叶叶自相当。"语言形式相近,但这里只写花繁叶茂,不表连理之义。

唐·王绩《古意六首》之五:"桂树何苍苍,秋来花更芳。自有岁寒性,不知露与霜。……枝枝相纠缠,叶叶不相当。"这里写连理枝。

唐·杜甫《柳边》:"枝枝总到地,叶叶自开春。"写初春之柳,叶青枝嫩,不含连理义。

唐·李白《古意》:"女萝发馨香,菟丝断人肠。枝枝相纠结,叶叶竟飘扬。"以两种缠绕枝植物喻男女爱情之坚贞,有"连理枝"之喻。

336. 中有双飞鸟,自名为鸳鸯

《焦仲卿妻》:"枝枝相覆盖,叶叶相交通。中有双飞鸟,自名为鸳鸯。仰头相向鸣,夜夜连五更。"喻刘兰芝、焦仲卿殉情之后,如连理枝、比翼鸟永不分离。

《古绝句四首》:"南山一桂树,中有双鸳鸯。千年长交颈,欢爱不相忘。"意同"双飞鸟"句。

古别诗《骨肉缘枝叶》:"况我连枝树,与子同一身。昔为鸳与鸯,今为参与辰。"寓兄弟之情。

魏明帝曹叡《猛虎行》:"双桐生空井,枝叶自相加。……上有双栖鸟,交颈鸣相和。"写"连理枝""双栖鸟",喻不宜伤害兄弟之情。

唐·卢照邻《望宅中树有所思》:"我家有庭

树,秋叶正离离。上舞双栖鸟,中秀合欢枝。"用曹叡"双栖鸟"句。

唐·王绩《古意六首》:"枝枝相纠缠,叶叶通相当。去来双鸿鹄,栖息两鸳鸯。"用《焦仲卿妻》诗尾句。

唐·李白《古意》:"枝枝相纠结,叶叶竞飘扬。……中巢双翡翠,上宿紫鸳鸯。"近王绩诗。

337. 鸳鸯相对浴红衣

唐·杜牧《齐安郡后池绝句》:"菱透浮萍绿锦池,夏莺千啭弄蔷薇。尽日无人看微雨,鸳鸯相对浴红衣。"写微雨中"后池"景色:池上飘洒着微雨,池边蔷薇中啭着夏莺;池中菱萍铺锦,一对鸳鸯雨中浴着红色羽衣,小池绚丽多彩,而绿萍与红衣相映成妍,实在美极了!然"尽日无人"已透出孤寂,"鸳鸯相对"又显出人的幽独,极其含蓄。焦循的《秋江曲》:"时看鸳鸯飞,暮看鸳鸯宿。鸳鸯有时飞,鸳鸯有时宿。"就过于直。韦庄的《菩萨蛮》:"桃花春水渌,水上鸳鸯浴。凝恨对残晖,忆君君不知。"情感则外露。韦庄避黄巢起义,离开长安,到了洛阳,又流落"他乡"。此刻忆洛阳之美,又有长安之思,不失为好词。"鸳鸯浴"当从"鸳鸯相对浴红衣"简化而出。杜牧的"浴红衣"是写鸳鸯的名句。但后人用它不全写鸳鸯。

宋·祖可《菩萨蛮》:"鸳鸯如解语,对浴红衣去。去了更回头,教侬特地愁。"

宋·廖世美《好事近》(夕景):"鸳鸯相对浴红衣。短棹弄长笛,惊起一双飞去,听波声拍拍。"用原句。

宋·向滈《南乡子》(白石铺):"临水窗儿,与卷珠帘看画眉。雨浴红衣惊起后,争知,水远山长各自飞。"这是写"画眉"。

宋·王质《青玉案》(池亭):"凫雏深傍苹根住,浴罢红衣褪残缕。"这是写"凫雏"。

宋·魏了翁《临江仙》(约李彭州兄弟看荔丹有赋):"双荔堂前呼大撖,虬(qiú)枝看取垂垂。帝怜尘土著冰姿,故教冻雨过,浴出万红衣。"这是"荔丹"。

宋·吴文英《江神子》(送翁五峰自鹤江还都):"西风一叶送行舟,浅迟留,舣汀州。新浴红衣,绿水带香流,应是离宫城外晚,人伫立,小帘钩。"有人在水中洗浴红衣,因而"绿水带香"。

宋·无名氏《九张机》:"四张机,鸳鸯织就飞,

可怜未老头先白。春波碧草,晓寒深处,相对浴红衣。"这又是"鸳鸯"相对浴红衣了。

清·王士禛《菩萨蛮》(咏《青溪遗事画册》同羡门程郊其年·乍遇):"东风入柳三眠起,秋千小院重门里。对对浴红衣,鸳鸯塘上飞。"这是写女子在塘中洗红衣。

338. 愿为双黄鹄

《古诗·步出城东门》:"愿为双黄鹄,高飞还故乡。"黄鹄,一名天鹅,飞翔极高。古人常引为高远之志向。此句只指高飞远翔,后人用此句有的也指夫妇比翼齐飞。

《古诗·黄鹄一远别》:"黄鹄一远别,千里顾徘徊。……愿为双黄鹄,送子俱远飞。"

《古诗·西北有高楼》:"愿为双鸿鹄,奋翅起高飞。"作者听到楼上哀乐而深感无知音,愿为双鸟共飞,以示对歌者的同情。

魏·徐干《于清河见挽船士新婚与妻别诗》:"愿为双黄鹄,此翼戏清池。"

魏·曹植《送应氏诗二首》:"愿为比翼鸟,施翮起高翔。"

晋·傅玄《拟四愁诗四首》:"我所思兮在瀛洲,愿为双鹄戏中流。""我所思兮在珠崖,愿为比翼浮清池。"末句用徐干诗。

《晋书·乐志》(乐府淮南王篇):"愿为双黄鹄,还故乡;还故乡,入故里。徘徊故乡,苦身不已。繁歌奇舞无不泰,徘徊桑梓游天外。"远离故乡的游子,但愿如黄鹄飞回故乡,然而故乡也并非久居之地。

南朝·梁·范云《望织女诗》:"愿作双青鸟,共舒明镜前。"望盈盈一水边的织女,引发个人孤独之苦,居外无功,不如作双鸟团圆。

南朝·梁·沈约《四时白纻》《秋白纻》《冬白纻》《夜白纻》反复运用以下四句:"翡翠群飞飞不息,愿在云间长比翼。佩服瑶草驻容色,舜日尧年欢无极。"

南朝·陈·江总《秋日新宠美人应令诗》:"愿作还春比翼燕,常作照日同心花。"

唐·李白《白纻辞三首》:"愿作天池双鸳鸯,一朝飞去青云上。"

唐·郎大家宋氏《宛转歌》:"愿为双鸿鹄,比翼共翱翔。"前句用《古诗》原句,后句用阮籍原句。

唐·崔湜《拟古神女宛转歌》:"愿为双鸿鹄,

比翼共翱翔。"近上句。

唐·新林驿女《吟示欧阳训》:"谁是骞翔人,愿为比翼鸟。"用曹植句。

339. 在天愿作比翼鸟

唐·白居易《长恨歌》:"在天愿作比翼鸟,在地愿作连理枝。天长地久有时尽,此恨绵绵无绝期!"李隆基同杨玉环不同于其他皇帝与嫔妃的关系,他们的爱情是坚贞的专一的,因而白居易"为歌长恨"。结尾这四句揭示二人在长生殿里的"誓言",用接翅而飞的鸟和连干而生的树作喻,以表达他们生死不渝的爱情,同时切点"绵绵长恨"的主题。借鉴了《焦仲卿妻》结尾的喻法,又青出于蓝,跃出一个艺术高峰,因而千百年来成了爱情的格言。

最早写"比翼鸟"入诗的是曹丕、曹植。"比翼鸟"是雌雄二鸟接翅而飞。《尔雅》云:"南方有比翼鸟焉,不比不飞。"郭璞注:"一目一翼,相得乃飞。"如此则如"比目鱼"了,"比翼鸟"也是一种天然的鸟。《诗经·秦风·晨风》:"鴥彼晨风,郁彼北林。"写晨风鸟疾速地飞入北方阴蔽的林中。曹丕用其句写双飞鸟:"愿为晨风鸟,双飞翔北林。"(《清河作》)曹植《豫章行二首》:"鸳鸯自朋亲,不若比翼连。"喻兄弟之亲密。他的《送应氏诗二首》:"愿为比翼鸟,施翮起高翔。"则喻友人之情谊。"愿为比翼鸟"应是白句之句源,并从写友情转入写爱情。

"比翼鸟"在诗词中,并非《尔雅》中的"比翼鸟",而是鸳鸯、翡翠、去燕、归鸿,甚而是任何双飞鸟。其含义,最初不是爱情,如曹氏兄弟诗,后来也不尽喻爱情。由于白居易"上天愿作比翼鸟"的艺术魅力,渐渐地"比翼鸟"就专喻夫妻比翼双飞的坚贞了。"比翼"句如:

晋·傅玄《青青河边草篇》:"梦君如鸳鸯,比翼云间翔。""梦君结同心,比翼游北林。"

晋·张华《杂诗三首》:"游雁比翼翔,归鸿知接翮。"

晋乐府《长乐佳七首》:"比翼交颈游,千载不相离。"

南朝·梁·沈约《四时纥歌五首》(《春白纥》《夏白纥》《秋白纥》《冬白纥》《夜白纥》)均用:"翡翠群飞飞不息,愿在云间长比翼。"《古今乐录》载:"沈约云:白纥五章,敕臣约造。武帝造后两句。"

梁武帝萧衍二句为"佩服瑶草驻容色,舜日尧年欢无极。"亦重用于五首之中,树君臣共作诗之例。

南朝·梁·萧子显《春别诗四首》:"翻莺度燕双比翼,杨柳千条共一色。"

南朝·梁·王枢《古意应萧信武教诗》:"何由及新燕,双双还共飞。"

隋·虞世基《赋得戏燕俱宿诗》:"千里争飞会难并,聊向吴宫比翼飞。"

唐·钱起《病鹤篇》:"不及川凫长比翼,随波双泛复双归。"

唐·元稹《台中鞫狱忆开元观旧事呈损之兼赠周兄四十韵》:"旦夕不相离,比翼若飞鸾。"

唐·李绅《忆西湖双鸂鶒》:"双鸂鶒,锦毛斑斓长比翼。"

又《翡翠鸟》:"直上层空翠影高,还向云间双比翼。"

唐·刘义《怨诗》:"鸟有比翼飞,兽有比肩行。"

唐·鲍溶《秋思三首》:"生世不如鸟,双双比翼翎。"

宋·张先《怨春风》:"愿身不学相思树,但愿罗衣、化作双飞羽。"

340. 在地愿为连理枝

连理枝,枝干连生,异根同干。《后汉书·安帝纪》载:"东平陆上言木连理。"魏·曹植《木连理篇》:"有木连理,别干同枝。"《晋书·元帝纪》:"一角之兽,连理之木。"人们最初把连理之木视为吉祥之兆,后来喻不可分离的爱情。晋乐府《子夜歌四十二首》:"不见连理树,异根同条起。"白居易《长恨歌》:"在天愿作比翼鸟,在地愿作连理枝"最有名。写"连理枝"如:

南朝·陈·江总《杂曲三首》:"合欢锦带鸳鸯鸟,同心绮袖连理枝。"

隋·辛德源《东飞伯劳歌》:"合欢芳树连理枝,荆王神女乍相随。"

唐·孟郊《感兴》:"昔为连理枝,今为断弦声。"

唐·白居易《古意》:"昔为连理枝,今作分飞翮。"

又《长相思》:"愿作深山木,枝枝连理生。"

又《潜离别》:"深笼夜锁独栖鸟,利剑春断连理枝。"

唐·郑畋《麦穗两歧》:"愿依连理树,俱作万年枝。"连理麦穗。

唐·段成式《嘲飞卿七首》之五:"愁机懒织同心苣,闷绣先描连理枝。"

唐·刘驾《寄远》:"雪花岂结子,徒满连理枝。"这是雪挂。

唐·皮日休《鸳鸯二首》:"双丝绢上为新样,连理枝头是故园。"这是写鸳绣。

唐·徐夤《再幸华清宫》:"年来却恨相思树,春至不生连理枝。"华清宫联想李、杨情缘作古。

又《剪刀》:"初栽连理枝犹短,误绾同心带不长。"绣香囊。

唐·韩襄客《句》:"连理枝前同设誓,丁香树下共论心。"

唐·孙长史女与焦封赠答诗:"鹊桥织女会,也是不多时。今日送君处,休言连理枝。"

五代·和凝《江城子》:"迎得郎来入绣闱,语相思,连理枝。"

宋·周紫芝《西江月》(席上赋双荔子):"连理枝头并蒂,同心带上双垂。"

又《踏莎行》(和人赋双鱼花):"合欢凤子也多情,飞来连理枝头住。"

宋·朱淑真《落花》:"连理枝头花正开,妒花风雨便相催。"

宋·无名氏《九张机》:"合欢树上枝连理,双头花下,两心同处,一对化生儿。"

连理比翼合用的:

宋·石孝友《鹧鸪天》:"相思树上双栖翼,连理枝头并蒂花。"

宋·张炎《瑶台聚八仙》(咏鸳鸯菊):"连枝愿比翼,问因甚寒城独自花。"写鸳鸯菊。

宋·刘宰《石翁姥》:"比翼鸟,连理枝,年多物化徒尔为,长生殿里知不知?"石翁石姥只"对峙夹冈道",当初长生殿里誓愿也只是幻想。

宋·杨无咎《鹧鸪天》:"当时比翼连枝愿,未必风流得似君。"

元·查德清《寄生草》(间别)写男女间别后,女子的心态:"姻缘薄剪做鞋样,比翼鸟搏了翅翰。火烧残连理枝成炭,针签瞎比目鱼眼,手揉碎并头莲花瓣。"

元·商衢(古文"道"字)《一枝花·远寄》:"合欢连理枝,两意相投,美满夫妻相似。"喻恋人情投意合。

元·徐琰《一枝花·间阻》:"再几时能够那柔条上再接上连枝树,再几时能够那暖水儿重温比目鱼。"喻情人重聚。

元·周文质《蝶恋花·悟迷》:"分薄,连枝树柯,斫来烧祆庙火。"缘分薄,就是连枝树,也会被砍下去烧祆庙火,喻爱情受挫。"祆庙"是波斯拜火教的庙宇。

元·兰楚芳《粉蝶儿·思情》:"傲风霜分不开连枝树,宜雨露栽培并蒂花。"喻恋情之坚贞。

341.双凫相背飞

《古别诗》:"双凫相背飞,相远日已长。尔行西南游,我独东北翔。"写亲人相别,正如两只野鸭相背而飞,一向西南,一向东北,越飞相距越远,时隔越长。以鸟喻人,后多指友人分别各东西,是一种巧妙的艺术联想。另一首《别诗》写:"双凫俱北飞,一凫独南翔。"也是"相背飞"之意。

南朝·梁·刘孝绰《答张左西》:"持此连枝树,暂作背飞鸿。"

南朝·梁·何逊《送褚都曹联句》:"君随结客去,我乃倦游归。本愿同栖息,今成相背飞。"

又《日夕出富阳浦口和朗公》:"独鹤凌空逝,双凫出浪飞。""出浪飞"从"相背飞"化出。

南朝·陈·阴铿《奉送始兴王》:"背飞伤客念,临歧悯圣情。"

隋·孔德绍《送蔡君知入蜀诗二首》:"金陵已去国,铜梁忽背飞。"

隋·刘斌《送刘员外同赋陈思王诗得好鸟鸣高枝》:"安知背飞远,拂雾独晨征。"

唐·刘长卿《送舍弟之鄱阳居》:"南去逢回雁,应怜相背飞。"

又《宿严维宅送包结》:"何事随阳雁,汀洲忽背飞。"

唐·李益《洛阳河亭奉酬留守群公追送》:"迎似汀洲雁,相逢又背飞。"(一作李逸诗)兼用刘长卿句。

唐·司空曙《分流水》:"与君相背飞,去去心如此。"(一作元稹诗)

唐·杜牧《贺崔大夫崔正字》:"登龙有路水不峻,一雁背飞天正寒。"

唐五代孙光宪《北梦琐言》卷九载徐月英《送人》诗:"惆怅人间万事违,两人同去一人归。生平憎望亭前水,忍照鸳鸯相背飞。"

宋·舒亶《虞美人》："背飞双燕贴云寒,独小桥东畔、倚阑干。"

宋·元名氏《望远行》："但涓涓珠泪,滴湿仙郎羽衣。怎忍见、双鸳相背飞。"

342. 不及衔泥燕,从来相逐飞

南朝·梁·庾肩吾《赋得有所思》："佳期竟不归,当春坐芳菲。……不及衔泥燕,从来相逐飞。"这是闺怨诗,所思之人,佳期不归,不如双燕,相逐而飞,不分不离。此喻同"相背"相反,写决不分离。

南朝·梁·何逊《门有车马客》："寸心将夜鹊,相逐向南飞。"

唐·刘禹锡《醉答乐天》："莫嗟雪里暂时别,终拟云间相逐飞。"

五代·顾敻《河传》："岸花汀草共依依,雨微,鹧鸪相逐飞。"

343. 别至惜分飞

唐·苏颋《送吏部李侍郎东归》："赏来荣扈从,别至惜分飞。"皇帝出游一同荣耀地做扈从,而今你东归别去,怎忍各自分飞。"惜分飞"怜惜分别,亦以鸟喻人,是"相背飞"的近义句。"背飞"应是方向相反,"分飞"则不论方向。

用"惜分飞"句如:

宋·周邦彦《定风波》(美情):"苦恨城头更漏永,无情岂解惜分飞。"

宋·梦萝得《雨中花慢》(寒食前一日小雨,牡丹已将开,与客置酒坐中戏作):"可是盈盈有意,只应真惜分飞。"

用"分飞"的如:

唐·白居易《古意》："昔为连理枝,今作分飞翮。"

又《如梦令》："说著暂分飞,蹙损一双眉黛。"

唐·杜牧《见吴秀才与池妓别因成绝句》："万里分飞两行泪,满江寒雨正萧骚。"

唐·温庭筠《咏山鸡》："不知春树伴,何处又分飞。"

唐·罗隐《送人归湘中兼寄旧知》："万里分飞休掩袂,两旬相见且开颜。"

唐·吴融《鸳鸯》："长短死生无两处,可怜黄鹄爱分飞。"

五代·李珣《虞美人》："金笼莺报天将曙,惊起分飞处。"

宋·欧阳修《渔家傲》："早是水寒无宿处,须回步,枉教雨里分飞去。"

宋·杜安世《凤衔杯》："人生不似月初圆,叹分飞、容易经年。"

又《更漏子》："情既重,却分飞,争如不见伊。"

又《浪淘沙》："碧池惊散睡鸳鸯,当初容易分飞去。"

又《苏幕遮》："早是幽欢多障碍,更遣分飞,脉脉如天外。"

宋·韩缜姬《蝶恋花》："正恁双栖,又遣分飞去。"用杜安世的"遣"字句。

宋·晏几道《临江仙》："去年花下客,今似蝶分飞。"

又《蝶恋花》："谁管天边,隔岁分飞苦。"

又《点绛唇》："天与多情,不与长相守。分飞后,泪痕和酒,占了双罗袖。"

又《虞美人》："可怜蝴蝶易分飞,只有杏梁双燕、每来归。"

又《采桑子》："当时月下分飞处,依旧凄凉。"

宋·黄裳《霜叶飞》(冬日闲宴):"休道行且分飞,共乐还一岁,见影长是欢聚。"

又《洞仙歌》(七夕):"过几刻良时,早已分飞。向月下何辞、十分芳醑。"

宋·晁端礼《吴音子》："却何期、恩情陡变,中路分飞。"

宋·赵令畤《蝶恋花》："碧沼鸳鸯交颈舞,正凭双栖,又遣分飞去。"(叙《莺莺传》写张、崔之别离)

宋·王安中《洞仙歌》："早促分飞霎时休,便恰似阳台、梦云归后。"

宋·朱敦儒《临江仙》："直自凤凰城破后,擘钗破镜分飞,天涯海角信音稀。"

宋·向子諲《鹧鸪天》(宣和已亥代人赠别):"说著分飞百种猜,泥人细数几时回。"

宋·蔡伸《虞美人》："渡江桃叶分飞后,马上犹回首。"

宋·王之道《惜奴娇》："说著分飞,背面偷弹玉筋。""说著"用向子諲句。

宋·康与之《金菊对芙蓉》："只念独守孤帏,把枕前嘱付,一旦分飞。"

宋·管鉴《临江仙》："情知难舍弃,何以莫分飞。"

宋·王质《燕归梁》(送别):"利成名逐在何时,早赢得、两分飞。"

宋·李泳《贺新郎》:"彩舫凌波分飞后,别浦菱花自老。"

宋·郭应祥《踏莎行》(寄远):"此生永愿不分飞,傍人一任胡瞋怪。"

宋·刘镇《蝶恋花》(丁丑七夕):"人在江南烟水路,头白鸳鸯,不道分飞苦。"

344. 昏鸦接翅归

唐·杜甫《复愁十二首》:"钓艇收缗尽,昏鸦接翅归。""归"又作"稀"。钓艇收网已经完结,晚鸦接翅归巢也少了。写夜色已晚,一派寂寥。旧本杜集诗人自注:"用何逊诗'城阴度堑黑,昏鸦接翅归。'""昏鸦接翅稀(归)"近于用何逊原句了。"比翼"是并翼,只指双鸟,多喻情侣;"接翅"也作"接翼",表现鸟群密集飞行,翅翼相接。杜甫《续得观书迎就当阳居止正月中旬定出三峡》:"飞鸣正接翅,行序密衔芦。"喻将排舟出峡。

五代·顾敻《更漏子》:"晚霞微,江鸿接翼飞。"

宋·蔡伸《浣溪沙》(昆山月华阁):"沙上塞鸿接翼飞,潮生潮落水东西。"

宋·李弥逊《水调歌头》(次向伯茶芗林见寄韵):"飞奴接翼,为我三度下南州。"

345. 头白鸳鸯失伴飞

宋·贺铸《半死桐》(思越人亦名鹧鸪天):"重过阊门万事非,同来何事不同归。梧桐半死清霜后,头白鸳鸯失伴飞。"熙宁元年,词人娶济良恪公赵克彰之女妻。大观二年,铸曾大虎丘白莲池石壁题名,三年致仕卜居苏州,夫人赵氏之殁,似在此时期。不久,故地重游,作此词以悼亡。"头白"句写年老丧妻。"失伴飞"也表分离,不全是永别。唐人早已应用。

唐·王建《调笑令》:"船头江水茫茫,商人少妇断肠;肠断肠断,鹧鸪夜飞失伴。"

唐·鱼玄机《送别》:"惆怅春风楚江暮,鸳鸯一只失群飞。"

五代·孙光宪《清平乐》:"愁肠欲断,正是青春半。连理分枝鸾失伴,又是一场离散。"

346. 独鸟背人飞

唐·刘长卿《余干旅舍》:"孤城向水闭,独鸟背人飞。""背人飞"写鸟受惊,翩翩而去,向与人相背的方向飞去。用此句的如:

唐·杜甫《归雁二首》:"万里衡阳雁,今年又北归。双双瞻客上,一一背人飞。"

唐·李端《闻吉道士还俗因而有赠》:"还乡见鸥鸟,应愧背船飞。"

唐·项斯《泛溪》:"动水花连影,逢人鸟背飞。"

唐·皎然(谢灵运十世孙,与韦应物同时)《酬秦山人出入见呈》:"若是出山机已息,岭云何事背君飞。"云背人飞。

唐·温庭筠《渭上题三首》:"桥上一通名利迹,至今江鸟背人飞。"

宋·王安石《江宁府园示元度》:"行到月台逢翠碧,背人飞过子城东。"

又《黄鹂》:"娅姹不知缘底事,背人飞过北山前。"

又《乘日》:"胡皆跃马去,雁却背人飞。"

宋·舒亶《菩萨蛮》(次莹中元归韵):"斜日画船归,背人双鹭飞。"

宋·黄裳《锦堂春》(玩雪):"面旋不禁风力,背人飞去还来。"雪花飞。

宋·贺铸《花心动》:"鸳鸯相将故故,背人飞去。"

宋·韩无咎《菩萨蛮》(青阳道中作):"山路有黄鹂,背人相唤飞。"

宋·姜特立《画堂春》:"无情燕子背人飞,似愧春迟。"

宋·辛弃疾《鹧鸪天》:"背人白鸟都飞去,落日残□。"

宋·吴潜《小重山》:"谁家舟子采莲归,双白鹭、惊起背人飞。"

宋·潘牥《洞仙歌》:"渐倚遍,西风晚潮生,明月里,鹭鹚背人飞下。"

宋·萧元元《水龙吟》:"休望当年,溪边俱载,降中三顾。怕群鸥微觉,见人欲起,背人飞去。"

347. 愿假飞鸿翼

晋·石崇《王明君辞》:"愿假飞鸿翼,弃之以遐征。"以昭君自述的笔调写:愿意借飞雁的羽翼,舍弃这荒漠之地而飞向遥远的南方。石崇是写"昭君怨"的第一人。以他狭隘的民族偏见,错误地理解了昭君。也引发了踵继而来的许多诗人的

"昭君怨"。石崇《思归引》："思归引,归河阳。假余翼鸿鹤高飞翔。"写借给我翅膀像鸿鹤一样回故乡,表达急切归乡之情。

"假翼"(或直用"羽翼"),在交通不发达的古代,人们幻想一有一副翅膀,能高飞远翔,或回归、聚首,或超越、升腾,以缩短时空。也有的借以表达实现某种宏愿的意向。下面带"假"字的、不带"假"字的诗句表意相近。

晋·陆机《为顾彦光赠妇诗二首》："愿假归鸿翼,翻飞浙江汜。"

南朝·梁·江淹《清思诗五首》："愿乘青鸟翼,径出玉山岑。"

南朝·陈·张正见《赋得山卦名诗》："寻师不失路,咸欲驭飞鸿。"

唐·陈季《鹤警露》："未假搏扶势,焉知羽翼轻。"

唐·杜甫《奉寄别马巴州》："独把鱼竿终远去,难随鸟翼一相过。"

唐·贾至《江南送李卿》："愿值回风吹羽翼,早随阳雁及春回。"

唐·窦牟《花发上林》："宁知幽谷羽,一举欲依林。""依林"句又如《时兴》："凤心旷何许,日落欲依林。"

唐·李端《将之泽潞留别王郎中》："幸到龙门下,须因羽翼飞。"

唐·窦参《迁谪江表久未归》："谁能假羽翼,使我畅怀抱。"

唐·孟郊《春日同韦郎中使君送邹儒立少府扶侍赴云阳》："独惭病鹤羽,飞送力难崇。"

又《送崔爽之湖南》："何当逸翮纵,飞起泥沙中。"

唐·李德裕《此闻龙门敬善寺有红桂树》："君子知我心,因之为羽翼。"

唐·李涉《寄荆娘写真》："良人翻作东飞翼,却遣江头问消息。"

唐·鲍溶《织妇词》："影响随羽翼,双双绕君飞。"

唐·杜牧《雁》："年年辛苦来衡岳,羽翼摧残陇塞霜。"写雁。

唐·李商隐《幽居冬暮》："羽翼摧残日,郊园寂寞时。"用杜牧句喻已无力振作。

唐·贾岛《游仙》："归来不骑鹤,身自有羽翼。"

唐·方干《赠孙百篇》："羽翼便从吟处出,珠玑续向笔头生。"

唐·罗邺《巴南旅舍言怀》："后时若有青云望,何事偏教羽翼摧。"

唐·李搏《贺裴廷裕蜀中登策诗》："天上已张新羽翼,世间无复旧尘埃。"

唐·唐彦谦《四老庙》："举朝公将无全策,借请闲人羽翼成。"

唐·吴融《平望蚊子》："谁能假羽翼,直上言洪炉。"

348. 倏忽搏风生羽翼

唐·骆宾王《帝京篇》："倏忽搏风生羽翼,须臾失浪委泥沙。"说一些权贵自以为一旦腾达即可永世富贵,其假借风浪生了翅膀,风浪一停,他们便委落泥沙之中。"生羽翼"一般作为某种愿望,去完成力所不及的事。南朝·梁·何逊《赠江长史别诗》："安得生羽毛,从君入宛许。"这是最早的"生羽翼"句。唐·王勃《观内怀仙》："自能成羽翼,何必仰云梯!""成"即"生"意。以下有:

唐·刘长卿《对两赠济阴马少府考城蒋少府兼献成武五兄南华二兄》："此心欲引托,谁为生羽翼。"

唐·李白《题雍丘崔明府丹灶》："九转但能生羽翼,双凫飞去定何依。"

又《献从叔当涂宰阳冰》："焉知高光起,自有羽翼生。"

唐·崔融《吴中好风景》(一作李乂《次苏州》诗)："无因生羽翼,轻举托还飚。"

唐·韦应物《谢栎阳令归西郊赠别诸友生》："徒有排云心,何由生羽翼。"

唐·高适《酬庞十兵曹》："忆昔游京华,自言生羽翼。……许国不成名,还家有惭色。"

又《同吕判官从哥舒大夫破洪济城回登积石军多福寺七级浮图》："君怀生羽翼,本欲附骐骥。"

又《同诸公登慈恩寺浮图》："言是羽翼生,迥出虚空上。"

唐·钱起《玛瑙杯歌》："繁弦急管催献酬,倏若飞空生羽翼。"

唐·韦渠牟《步虚词十九首》："何须生羽翼,始得上瑶台。"

唐·韩愈《忽忽》："安得长翮大翼如云生,我身乘风振奋出。"

唐·元稹《寄乐天》:"安得故人生羽翼,飞来相伴醉如泥。"

又《江陵三梦》:"纵我生羽翼,网罗生挚维。"

唐·李绅《转寿春守》:"那遇八公生羽翼,空悲七子委坐泥。"

唐·姚合《寄狄拾遗时为魏州从事》:"鸡飞不得远,岂要生羽翼。"

唐·许浑《王居士》:"即应生羽翼,华表在人间。"

唐·温庭筠《鸿庐寺有开元中锡宴堂楼台池沼雅为胜绝荒凉遗址仅有存者偶成四十韵》:"顾盼生羽翼,叱嗟回雪霜。"

唐·聂夷中《胡无人行》:"更愿生羽翼,飞身入青冥。"

唐·方干《送何道者》:"必拟一身生羽翼,终看陆地作波涛。"

唐·吴武陵《题路左佛堂》:"自谓能生千里翼,黄昏依旧委蓬蒿。"

宋·柳永《归朝歌》:"一望乡关烟水隔,转觉归心生羽翼。"

349. 羡尔归飞翼

晋·陆机《东宫作诗》:"仰瞻凌霄鸟,羡尔归飞翼。"陆机是东吴名将陆逊的孙子,晋太康末年,他携弟陆云北上洛阳谋官,宦游生活,时时怀恋故乡。他看到飞鸟凌空,深羡飞鸟可以归飞。只惜他思归未归,终遭杀身之祸。唐·岑参《寄左省杜拾遗》:"白发悲花落,青云羡鸟飞。""羡鸟飞"用陆机句意,称任左拾遗的杜甫。而后人用的"归飞翼"盖出此句。

南朝·梁·江淹《阮步兵籍咏怀》:"浮沉不相宜,羽翼各有归。"

又《拟西北有高楼诗》:"思驾归鸿羽,比翼双飞翰。"

南朝·梁·昭明太子萧统《长相思》:"寸心无以因,愿附归飞翼。"

南朝·梁·张率《赋书峡》:"朝映出岭云,莫聚飞归翼。"

隋·孙万寿《早发扬州还望乡邑》:"无复归飞羽,空悲沙塞尘。"

唐·张九龄《郡舍南有园畦杂树聊以永日》:"我愿从归翼,无然坐自沉。"

唐·宗务光《海上作》:"魏阙渺云端,驰心附归翼。"

归翼。"

唐·刘长卿《晚泊湘江怀故人》:"扁舟宿何处,落日羡归翼。"

又《桂阳西州晚泊古桥村主人》:"故山隔何处,落日羡归翼。"重用"羡归翼"句。

唐·杜甫《晚》:"归翼飞栖定,塞灯亦闭门。"

唐·卢纶《颜侍御厅丛篁咏送薛存诚》:"何事凤凰雏,兹焉理归翼。"

唐·白居易《晚凉偶咏》:"飘萧过云雨,摇曳归飞翼。"

唐·贾岛《洛阳道中寄弟》:"翻鸿有归翼,极目仰联翩。"

350. 袖中有短书,愿寄双飞燕

南朝·梁·江淹《杂体诗三十首·李都尉陵从军》:"而我在万里,结友不相见。袖中有短书,愿寄双飞燕。"凭飞燕寄短书,事实上本不能,只表示一种愿望,一片心。因此,托飞翼寄书、寄心、寄思属同一意义。

南朝·梁·张率《白纻歌九首》:"但坐空闺思何极,欲以短书寄飞翼。"缩用了江淹的"短书"句。

南朝·梁·萧琛《饯谢文学诗》:"相思将安寄,怅望南飞鸿。"

唐·张九龄《感遇十二首》之十:"袖中一札书,欲寄双飞翼。"变用江淹句。

唐·刘长卿《对雨赠济阴马少府考城蒋少府兼献成武五兄南华二兄》:"此心欲引托,谁为生羽翼。"

唐·任华《寄李白》:"今朝忽遇东飞翼,寄此一章表胸臆。""东飞翼"代指捎诗之人。

唐·戴叔伦《崇德道中》:"客心双去翼,归梦一扁舟。"

唐·李涉《六叹》:"欲传一札孤飞翼,山长水远无消息。"

351. 身无彩凤双飞翼

唐·李商隐《无题二首》:"身无彩凤双飞翼,心有灵犀一点通。"写昨夜欢宴中遇到一位身份高于自己的人,却彼此倾心,彼此通情。这两句说,自己无彩凤那样的羽翼,难飞得很高。言外意为秘书省小官,地位卑微,内心里却彼此沟通着,亲密无间。后人用此句多表不能相聚。

宋·宋祁《鹧鸪天》:"画毂雕鞍狭路逢,一声肠断绣帘中。身无彩凤双飞翼,心有灵犀一点通。"搬来原句,说相逢而不能相聚,心却是相通的。

宋·周邦彦《南浦》:"无言对月,皓彩千里人何处?恨无凤翼身。只待而今,飞将归去。"化用原句写分手难聚。

明·汤显祖《牡丹亭》第一二出《寻梦》:"梦无彩凤双飞翼,心有灵犀一点通。"梦彩凤而不能得,身不能相聚,唯有心是相通的。

今人聂绀弩《水浒人物五题》(林冲娘子):"身无彩凤双飞翼,泪透萧郎一纸书。"也用原句写难以聚首。

"惜无羽翼"古已用之,到李商隐达到艺术高峰。而此句更多地表示诗人的意愿难以实现,无羽翼,不能升腾,不能超越,也不能回归。

南朝·梁·何逊《仰赠从兄兴宁寘南诗》:"相顾无羽翮,何由总奋飞。"

隋·孙万寿《远戍江南寄京邑亲友》:"欲飞无假翼,思鸣不值晨。"

唐·张九龄《感遇十二首》之九:"白云愁不见,沧海飞无翼。"

唐·杜甫《梦李白二首》:"君今在罗网,何以有羽翼。"

又《大麦行》:"安得如鸟有羽翅,托身白云还故乡。"

唐·钱起《东陵药堂寄张道士》:"愿言金丹寿,一假鸾凤翼。"

又《南中春意》:"惜无鸿鹄翅,安得凌苍梧。"

唐·刘复《出东城》:"双戏水中凫,和鸣自翱翔。我无此羽翼,安可以比方。"

唐·刘禹锡《送前进士蔡京赴学究科》:"幸遇天官旧丞相,知君无翼上虚空。"

唐·卢仝《蜻蜓歌》:"念汝小虫子,造化借羽翼。……吾若有羽翼,则上扣天关。"

唐·李涉《寄荆娘写真》:"恨无羽翼飞,使我徒怨沧浪波。"

唐·滕倪《留别吉州太守宗人迈》:"羽翼雕零飞不得,丹霄无处接差池。"

唐·杜牧《大雨行》:"车楼耸首看不足,恨无羽翼高飞翔。"

352. 心有灵犀一点通

《神州异物志》记:"犀有神异,表灵以角,因曰灵犀。"犀牛的"神异"在角上,所以称犀角为灵犀。指犀角中白色髓质如一条白线贯通上下,这就是"灵犀一点通"。此句说心如灵犀是相通的。后用以表示心心相通,心心相连。

宋·苏轼《南乡子》:"应许逐鸡鸡莫怕,相逢,一点灵犀必暗通。"苏轼序云:沈强辅雯上出犀丽玉作胡琴,送元素还朝,同子野各赋一首。"犀丽玉"有犀角花纹的玉。弹奏这样的玉制胡琴送元素,用"一点灵犀"表达情感相通,爱情相通。

宋·贺铸《绮筵张》:"不减丽华标韵,更能唱、想夫怜。认情通、色受缠绵处,似灵犀一点,吴蚕八茧,汉柳三眠。"情感相通,持久不变。

又《定情曲》(春愁):"拥膝浑忘羞,回身就郎抱,两点犀心颠倒。"代情爱。

宋·秦观《阮郎归》:"宫腰袅袅翠鬓松,夜堂深处逢。天端银烛殒秋风。灵犀得略通。"爱情得通。

宋·朱敦儒《鹧鸪天》:"通处灵犀一点真,欣随紫囊步红茵。个中自是神仙住,花作帘栊玉作人。"心向幽园之美境。

宋·江致和《五福降中天》:"徘徊步懒,奈一点、灵犀未通。怅望七香车去,慢辗春风。"元宵遇美人,仅爱慕而不通灵犀。

宋·吕渭老《早梅芳近》:"犀心通密语,珠唱翻新调。"舞妓传情。

宋·董颖《第七煞衮》:"正一点犀通,遽别恨何已。"情感初通即别,空添遗恨。

宋·杨无咎《卜算子》:"谁识灵心一点通,手撚空无语。"爱花而花不知。

宋·沈瀛《减字木兰花》(三劝):"上苑春风,宝带灵犀点点通。"杨子拜司业,两子又登科,杨家三喜(犀)带通天。这是别样用意。

宋·张孝祥《减字木兰花》:"马上墙阴通半面,玉立娉婷,一点灵犀寄目成。"眼神传达心声。

宋·赵长卿《西江月》(夏日有感):"稳唱巧翻新曲,灵犀密意潜通。"心灵里默默通情。

宋·陈允平《感皇恩》:"体态玉精神,惺憁言语,一点灵犀动人处。"写女子心灵美好。

元·丁伯渊《点绛唇·赚煞》:"花月巧梳妆,脂粉娇调弄。没乱杀看花的眼睛,更那堪心有灵犀一点通。"心心相印。

元·王实甫《西厢记》第三本《楔子·赏花时》:"春恨压眉尖,若得灵犀一点,敢医可了病恹恢。"若得爱情,可以医病了。

今人赵朴初《故宫惊梦》(套曲·前腔):"心有灵犀,老谱新翻一局棋。"

353. 终当拂羽翰

唐·王昌龄《酬鸿胪裴主簿雨后北楼见赠》(一作高适诗):"终当拂羽翰,轻举随鸿鹄。""翰"为长而大的羽毛,"羽翰"表示飞得高远,用于表达高远的志趣。

唐·顾况《酬本部韦左司》:"安得凌风翰,肃肃宾天京。"

唐·窦参《登潜山观》:"丹成五色光,服之生羽翰。"

唐·刘禹锡《宣上人远寄和礼部王侍郎放榜后诗因而继和》:"自吟白雪诠词赋,指示青云借羽翰。"

唐·孟郊《出门行》:"参辰出没不相待,我欲横天无羽翰。"

354. 并负垂天翼

唐·高适《酬秘书弟兼寄幕下诸公》:"并负垂天翼,俱乘破浪风。"夸赞其弟及诸公有"垂天"之志,"破浪"之才,然而却极难施展。"垂天翼"即翼大如垂天之云。出于《庄子·逍遥篇》:"北冥有鱼,其名为鲲。鲲之大,不知其几千里也。化为鸟,其名为鹏。鹏之背,不知其千里也。怒而飞,其翼若垂天之云。是鸟也,海运则将徙于南冥。南冥者,天地也。"后人把"鲲鹏"的故事视为寓言,寓托人之大志。

宋·苏轼《次韵周开祖长官见寄》:"海南未起垂天翼,涧底仍依径寸麻。"

宋·张元干《水调歌头》(丁丑春与钟离少翁张元鉴登垂虹):"洗尽人间尘土,扫去胸中冰炭,痛饮读《离骚》。纵有垂天翼,何用钓连鳌。"

宋·辛弃疾《满江红》(建康史致道留守席上赋):"鹏翼垂天空,笑人世、苍然无物。"

又《满江红》(病中俞山甫教授访别病起寄之):"莫信蓬莱风浪隔,垂天自有扶摇力。"

又《水调歌头》(寿韩南涧七十):"看取垂天云翼,九万里风在下,与造物同游。"

宋·赵长卿《瑞鹤仙》(张宰生辰):"鹏程九万,摩空展、垂天翼。"

355. 村墟过翼稀

唐·杜甫《夜二首》其二:"城郭悲笳暮,村墟过翼稀。""过翼"经过的飞鸟。连飞鸟都很少飞来,说明村野之荒凉。

宋·周邦彦《六丑》:"愿春暂留,春归如过翼,一去无迹。"用"过翼"喻春归如飞鸟一样快。

356. 翼短不能飞

清·黄遵宪《今别离》:"地长不能缩,翼短不能飞。"他任驻英国参赞时作。写男女别离,地不能缩,翼不能飞,难以聚首。宋·赵整《琴歌》:"地长翼短不能飞",黄诗从此句化出。

357. 好鸟鸣高枝

曹植《公宴》诗:"潜鱼跃清波,好鸟鸣高枝。"此诗是作者在邺城随曹丕铜雀园宴游而作,与宴者还有王粲、阮禹、刘桢、应瑒等人。这两句描绘园中景色,鱼跃清波、鸟鸣高枝,都是超乎向上的景色,含积极进取之义。诗人们用以表示奋发有为、吉祥如意,地位很高,有的则是一道风景。

南朝·梁·昭明太子萧统《和武帝游钟山大爱敬寺》:"舒华迎长阪,好鸟鸣乔枝。"

南朝·陈·贺循《赋得庭中有奇树》:"香风飘舞花间度,好鸟和鸣枝上飞。"

唐·张九龄《在郡秋怀二首》:"秋风入前林,萧萧鸣高枝。""鸣高枝"者非鸟,风也。秋风萧瑟,高枝鸣响,倍增凄楚。作者受李林甫妒嫉,贬官京外,正郁郁不得志。

唐·王勃《落花落》:"盛年不再得,高枝难重攀。"用"高枝"句,亦不是鸟,而是花。作者曾两次被除官名,深感志高难展,虽仅20岁,却觉得盛年难再了。

唐·储光羲《贻丁主簿仙芝别》:"高名处下位,逸翮栖卑枝。""卑枝"与"高枝"对用,说名位不合。

唐·杜甫《桥陵诗三十韵因呈县内诸官》:"瑞芝产庙柱,好鸟鸣岩扃。"好鸟在高高的门楣上鸣叫,写桥陵祯祥之兆。

唐·钱起《送河南陆少府》:"朝夕诏书还柏署,行看飞华集高枝。"对陆少府的勉励。

又《送毕侍御谪居》:"百鸟喧喧噪一鹗,上林高枝亦难托。"说毕侍御受众人诽谤而遭贬谪。

唐·郑衮《好鸟鸣高枝》:"养翮非无待,迁乔信自卑……委质经三岁,先鸣在一枝。上林如可托,弱羽愿差池。"兼用钱起"上林高枝"句,表达政治愿望。

宋·吴潜《水调歌头》:"骐骥思长坂,好鸟择高枝。"用曹植句以明志。

358.飞鸟翔故林

魏·王粲《七哀诗三首》:"狐狸驰赴穴,飞鸟翔故林。"这是三首中之第二首,写他怀才不遇,思返故乡之情。他从十六岁避难荆州,依附刘表,作了十年清客不得重用。用狐狸回洞、飞鸟归林以喻心志。

晋·王赞《杂诗》:"人情怀旧乡,客鸟思故林。"从王粲句化出。

南朝·宋·谢灵运《晚出西射堂》:"羁雌恋旧侣,迷鸟怀故林。"从王赞句化出。

唐·杜甫《西枝村寻置草堂地夜宿赞公土室二首》:"天寒鸟已归,月出山更静。"《杜诗详注》注:"鲍照诗:天寒幽鸟归。"

359.鸟倦飞而知还

晋·陶渊明《归去来兮辞》:"云无心以出岫,鸟倦飞而知还。"云毫不在意地从山中飞出,鸟远飞疲倦而要归巢,生动地表达了作者厌弃官场而挂冠归田的迫切愿望与必然归宿。用"倦鸟知还"一般用喻义。

唐·刘长卿《送薛据宰涉县》:"鸟倦自归飞,云闲独容留。""容"即"溶",",溶"指闲云动荡。

唐·武元衡《秋日书怀》:"倦鸟不知归去日,青芜白露满郊园。"反用。

唐·郎士元《将还越当别豫章诸公》:"客鸟倦飞思旧林,徘徊犹恋众花荫。"

宋·苏轼《哨遍》:"云出无心,鸟倦知还,本非有意。"也说是必然的。

又《归去来集字十首》:"鸟还知己倦,云出欲何之?"变用"云出"意。

又《九日袁公济有诗次其韵》:"笑指西南是归路,倦飞弱羽久知还。"

又《行宿泗间见徐州张天骥次旧韵》:"孤松早偃原非痛,倦鸟虽还定是林。"

又《七月九日自广陵召还乃复用前韵三首》:"东南此去几时归,倦鸟孤云定有期。"

宋·米友仁《念奴娇》(裁成渊明归去来辞):"三径荒凉怀旧里,我欲扁舟归去。鸟倦知还,寓形宇内,今已年如许。"

宋·叶梦得《念奴娇》(南归渡扬子作,杂用渊明语):"倦鸟知还,晚云遥映,山气欲黄昏。"

宋·朱淑真《西江月》(春半):"恰如飞鸟倦知还,淡荡梨花深院。"

宋·毛开《水调歌头》(和人新堂):"鸟知归,云出岫,两忘情。"

宋·辛弃疾《柳稍青》:"鸟倦飞还平林去,云肯无心出岫。"

又《贺新郎》:"鸟倦飞远矣,笑渊明、瓶中储粟,有无能几。"

宋·陈三聘《浪淘沙》:"年少跃金鞭,咫尺关山,倦飞如我已知还。"直接写人。

宋·吴潜《天仙子》(舟行阻风):"不用寻思闲宇宙,倦鸟入林云返岫。""返"字与"入"字谐义。

又《满江红》:"闲看白云归岫去,静观倦鸟投林宿。"

又《满江红》:"叹暮林,飞鸟也知还,寻归宿。"

又《渔家傲》:"遍阅芳园闲半昼,残花尚有榴裙皱,倦鸟投林云返岫。"

又《虞美人》:"东风催客呼前渡,宿鸟投林暮。"

宋·杨万里《归去来兮引》:"浮云出岫岂心里思,鸟倦亦归飞。"

清·舒位《读〈文选〉诗九首》:"云浮鸟倦早怀田,乡里儿来巧作缘。"

360.朝看飞鸟暮飞还

唐·李颀《寄韩鹏》:"为政心闲物自闲,朝看飞鸟暮飞还。"此诗为任新乡县尉时作,写政事无多,心随物闲,清晨看鸟儿飞去,傍晚又看鸟儿飞回。过不了这种悠闲生活,后来终于辞归故里。

明·汤显祖《牡丹亭》第五出延师《浣溪沙》:"山色好,讼庭稀,朝看飞鸟暮飞回。"用李颀句意。

361.惊雀无全目

南朝·宋·鲍照《拟古·幽并重骑射》:"石梁有余劲,惊雀无全目。"赞少年精湛的射技。"没石梁":《文选》李善注引《阚子》云:宋景公让一匠人制弓,九年乃成。宋景公登虎圈之后,援弓向东一射,箭穿过西霜之山,到彭城之东,余力很大,竟射入石梁之中。"无全目"：《文选》卷三十一李善注引《帝王世纪》云：后羿有穷氏与吴贺北游，贺使羿射雀，并要他射左目，结果误中右目。后羿为此"仰首而愧，终身不忘"。此传说意为射技之高，可使双目不全。

唐·王维《老将行》："昔时飞箭无全目，今日垂杨生左肘。"老将当年箭法极精，而今臂膀如生垂杨，运转不灵了。

宋·苏轼《和王斿二首》："气吞余子无全目，诗到诸郎尚绝伦。"

362. 鸟鸣山更幽

南朝·梁·王籍《入若耶溪》诗："蝉噪林逾静，鸟鸣山更幽。"《梁书·文学传》：王"籍除湘东王谘议参军，随府会稽。郡境有云门天柱山，籍尝游之，或累月不反。至若耶溪赋诗，其略云：'蝉噪林逾静，鸟鸣山更幽。'当时以为文外独绝"。若耶溪在浙江绍兴南若耶山下。一部正史记载一个作者一首诗的写作，并单独引出这两句，足见确确"当时以为文外独绝"。此句所以问世即轰动，是因为其艺术手法高明，以"蝉噪""鸟鸣"烘托"林静""山幽"正是一种反衬手段，寂静的山林，蝉噪越清晰，越说明山林阒寂无余音；鸟鸣越嘹亮，越说明山林静雅幽邃。这种反意烘托手法，在并不多用的古代，无疑会产生特殊的艺术效果，更激发人们的欣赏欲望。

唐代大诗人杜甫曾用此句：《题张氏隐居二首》其一："其山无伴独相求，伐木丁丁山更幽。"下句用《诗经·小雅·伐木》"伐木丁丁，鸟鸣嘤嘤"句，以伐木声代鸟鸣声。

宋代著名诗人王安石对"鸟鸣山更幽"句独钟其爱，他在《老树》诗中写道："禽鸟无时不可数，雌雄各自应律吕。我床拨书当午眠，能惊我眼聒我语。古诗鸟鸣山更幽，我念不看鸟声收。"《梦溪笔谈·艺文》记："古人诗有'风定花犹落'之句，以谓无人能对，王荆公（安石）以对'鸟鸣山更幽'"。

然而王安石（半山）喜欢王籍（文海）的妙句，却不一定完全理解其妙，他在《钟山即事》诗中写道："涧水无声绕竹流，竹西花草弄春柔。茅檐相对坐终日，一鸟不鸣山更幽。"这种反用难免大失水准，所以黄庭坚讥之为："真点金成铁手也！"清人顾嗣立《寒厅诗话》甚至说："王半山改王文海'鸟鸣山更幽'句为'一鸟不鸣山更幽'，直是死句矣。"

363. 啼鸟惊残梦，飞花搅独愁

唐·杜审言《赋得妾薄命》："啼鸟惊残梦，飞花搅独愁。"对用"啼鸟""飞花"，表现思妇对残春的感受，思妇伤春情绪正浓，又受到"啼鸟""飞花"的惊扰，更添愁苦。后缩用为"啼鸟落花"或"鸟啼花落"，表示凄凉景象。

唐·权德舆《题柳郎中茅山故居》："鸟啼花落人声绝，寂寞山窗掩白云。"

唐·崔珏《器李商隐》："虚负凌云万丈才，一生襟抱未曾开。鸟啼花落人何在，竹死桐枯凤不来。"

五代·李珣《河传》："落花深处啼鸟，似逐离歌。"

宋·郑獬《自贻》："啼鸟落花应怪问，绿尘何事满金壶。"

宋·吕渭老《满路花》："鸟啼花落，春信遣谁传。"

宋·辛弃疾《蓦山溪》："野花啼鸟，不肯入诗来。还一似、笑翁诗、句没安排处。"

宋·龚大明《缺调名》（山居）："坐分苔石树阴凉，闲数落花听啼鸟。"

宋·张辑《沁园春》："但平生心事，落花啼鸟；多年盟好，白石清泉。"

宋·葛长庚《贺新郎》（怀仙楼）："坐见四山烟雾散，是处落花啼鸟。"

宋·詹玉《汉宫春》（题西山玉隆宫）："红云甚家院落，一片笙箫。晋时言语，问何人，还肯逍遥？知几度，落花啼鸟，乡歌犹在儿曹。"

宋·张炎《玉漏迟》（登无尽上人山楼）："幽趣尽属闲僧，浑未识人间、落花啼鸟。"

364. 处处闻啼鸟

唐·孟浩然《春晓》："春眠不觉晓，处处闻啼鸟。夜来风雨声，花落知多少。"诗人春晓醒来，听到窗外啼鸟嘤嘤，风声萧萧，雨声飒飒，立即想到这一夜风雨，不知吹落多少花朵！想象随着春声，生着忧虑，飞出室外，直指落花。语言朴实无华，如天工巧制。内容含蓄深邃，令人玩味不已。以致仅仅20个字的小诗，如涓涓细流，沁人心田，永远为人传诵。

用"处处闻啼鸟"句：

宋·欧阳修《踏莎行》："乍凉天气未寒时，平明窗外闻啼鸟。"

又《寄谢晏尚书二绝》:"绿荫深处闻啼鸟,犹得追闲梁下骊。"

宋·苏轼《蝶恋花》:"小院黄昏人忆别,落红处处闻啼鸟。"

宋·秦观《渔家傲》:"遥忆故园春到了,朝来枝上闻啼鸟。"

宋·贺铸《西笑吟》:"桃叶园林风日好,由径珍丛,处处闻啼鸟。翠珥金丸委芳草,袜罗尘动香裙扫。"

又《连理枝》:"绣幌闲眠晓,处处闻啼鸟。枕上无情,斜风横雨,花落多少。想灞桥,春色老于人,怅江南梦杳。"

宋·惠洪《凤栖梧》:"碧瓦笼晴烟雾绕,水殿西偏,小立闻啼鸟。"

用"啼鸟"句:

"啼鸟"本是"啼叫的鸟",由于"闻啼鸟"即表"闻鸟啼"之意,因而用"啼鸟",亦多表"鸟啼",只有少数指"鸟"。句如:

唐·张祜《登金山寺》:"返潮千涧落,啼鸟半空闻。"

宋·苏轼《瑞鹧鸪》:"城头月落尚啼鸟,朱舰红船早满潮。"

宋·李之仪《踏莎行》:"几声啼鸟又催耕,草长柳暗春将暮。"

宋·秦观《念奴娇》:"携壶自饮,闲听山畔啼鸟。"

又《鹧鸪天》(漫寿):"蜂翅乱,蝶眉颦,花间啼鸟劝游人。"

宋·曹组《点绛唇》:"纱窗晓,洞房人悄,花外空啼鸟。"

宋·辛弃疾《贺新郎》:"啼鸟还知如许恨,料不啼清泪长啼血。"

365.是谁家绿树,数声啼鸟

宋·柳永《留客住》:"烟村院落,是谁家绿树,数声啼鸟?""数声啼鸟"在这里是很动人的声音。作者客居他乡,登楼远眺,从一家烟村院落的绿树中传来数声鸟鸣,与下阕"春又老"呼应,增添了思乡之情。"数声啼鸟"是通常现象,一般鸟啼只数声而止。用此句多是抒恨或托静。

宋·欧阳修《桃源忆故人》:"枝上数声啼鸟,妆点愁多少。"

宋·贺铸《南歌子》:"十里青山远,潮平路带沙。数声啼鸟怨年华。"

宋·李弥逊《谒金门》(寄远):"此恨欲愁谁道,柳外数声啼鸟。"

宋·石孝友《清平乐》:"落日数声啼鸟,香风满路梅花。"宋人有依托吕洞宾《西江月》用此二句,只"梅花"改作"吹花"。

宋·汪莘《好事近》:"阆苑梦回时,窗外数声啼鸟。"

宋·李仲虺《如梦令》:"人悄,人悄,隔叶数声啼鸟。"

宋·曾揆《西江月》:"午眠仿佛见金翘,惊觉数声啼鸟。"

宋·赵崇嶓《谒金门》:"晴意早,帘外数声啼鸟。"

宋·陈允平《昼锦堂》(北城韩园即事):"唤醒乡心,无奈数声啼鸟。"

宋·王沂孙《扫花游》:"搅怀抱,听蒙茸,数声啼鸟。"

宋·陈德武《望远行》:"觉来时,帘外数声啼鸟。"

宋·无名氏《句》:"数声啼鸟不堪闻。"

366.年年啼鸟怨东风

唐·张继《金谷园》:"老尽名花春不管,年年啼鸟怨东风。"写金谷园的荒芜无主,园中名花老尽,唯啼鸟发出怨声。"怨东风",在春风中鸣叫,如哀似怨,实托人的凄凉之感。

唐·杜牧《金谷园》:"日暮东风怨啼鸟,落花犹似坠楼人。"从张继二句中变化而出,"落花"句过之,"啼鸟"句不及。

367.山光悦鸟性

唐·常建《题破山寺后禅院》:"山光悦鸟性,潭影空人心。"写禅院景色特点:映照阳光的山色十分明艳,是鸟儿喜欢栖居的地方,山光又倒映潭水之中,空空旷旷,令人杂念俱静。此诗是常建著名的山水诗,"破山寺"是江苏常熟的兴福寺,是南齐郴州刺史倪德光施舍宅园改建的。"山光潭影"句反映了诗人净化的心态。

唐·杜甫《移居夔州作》:"农事闻人说,山光见鸟情。"诗人看到鸟儿喜欢春日的山光,内心也泛起暖流。从常建句脱出。《杜臆》云:"见鸟情,属人;悦鸟性,属鸟。"

368. 非关御苑鸟衔残

唐·王维《敕赐百官樱桃》:"才是寝园春荐后,非关御苑鸟衔残。"作者任文部郎时,值御场百官樱桃。此二句意:御苑樱桃春熟,十分鲜嫩,绝非被鸟衔啄剩下的残果。

清·钱谦益《吴门春仲送李生还长干》:"夜鸟啼断门前柳,春鸟衔残花外樱。"反用王维句,写鸟啼柳断,鸟衔樱残喻明王朝破灭。

369. 身轻一鸟过

唐·杜甫《送蔡希鲁都尉还陇右因寄高三十五书记》:"身轻一鸟过,枪急万人呼。"写蔡希鲁行动轻盈而勇武。以飞鸟喻人身姿轻快敏捷。

宋·欧阳修《六一诗话》载:"陈舍人从易,偶得杜集旧本,文多脱误。《送蔡都尉》诗'身轻一鸟'其下脱一字。陈公与数客各用一字补之,或云'疾'或云'落',或云'下',莫能定。后得一善本,乃是'过'字。陈叹服,以为虽一字,诸君亦不能到也。""过"字,是用鸟飞过即鸟在飞行之中喻武士行动的疾驰,因而极准确。

写"鸟过"最早的是晋人张协《杂诗十首》:"人生瀛海内,忽如鸟过目。"喻人生之快速。

南朝·梁·江淹《效阮公诗十五首》:"落叶纵横起,飞鸟时相过。"写自然景色。

写"一鸟"句有的写鸟,有的喻人。

南朝·陈·韦鼎《长安听百舌》:"万里风烟异,忽如一鸟惊。那能对远客,还作故乡声。"作者自比。

唐·虞世南《侍宴应诏赋韵》:"横空一鸟度,照水百花燃。"写鸟。

唐·张九龄《登城楼望西山作》:"檐际千峰出,云中一鸟闲。"写鸟。

唐·刘长卿《送荀八过山阴旧县兼寄剡中诸官》:"晚景千峰暗,晴江一鸟迟。"喻人。

又《送沈少府之任淮南》:"一鸟飞长淮,百花满云梦。"喻沈少府。

又《京口怀洛阳旧居兼寄广陵二三知己》:"天涯一飞鸟,日暮南徐客。"喻己。

又《李侍御河北使回至东京相访》:"天涯一鸟夕,惆怅知何已。"自喻。

又《送裴四判官赴河西军试》:"万里看一鸟,

旷然烟霞收。"喻裴四判官。

又《使还渡菱陂驿泗水作》:"孤烟飞广泽,一鸟向空山。"喻己。

又《送薛据宰涉县》:"一鸟向灞陵,孤云送行骑。"喻薛据。

唐·杜牧《东兵长句十首》:"落雕都尉万人敌,黑稍将军一鸟轻。"用杜甫句意。

又《独酌》:"长空碧杳杳,万古一飞鸟。"

唐·韦庄《赠边将》:"昔因征远向金微,马出榆关一鸟飞。"用杜甫句意。

清·黄景仁《贺新郎》(太白墓和雅存韵):"语罢看君长揖去,顿身轻、一叶如飞鸟。"梦中遇李白,又如一叶同飞鸟一般飘然而去了。

370. 水宿鸟相呼

唐·杜甫《倦夜》:"暗飞萤自照,水宿鸟相呼。"顾陶的《类编》中作:"飞萤用照水,宿鸟竞相呼。""飞萤自照",王符《潜夫论》有"萤飞耀自照"语。傅咸《萤火赋》有"期自照于陋形"。飞萤自照是萤火虫的特点,"自照"寓托孤凄。"鸟相呼",已至黎明,暗点人无伴侣。似信手拈来的事物,却饱蘸着诗人的情感。北宋人王直方《王直方诗话》评:"东坡云'司空表圣自论其诗,以为得味外味,"绿树连村暗,黄花入麦稀"此句最善。又云:'棋声花院闭,幡影石幢高。'吾尝独游五老峰,入白鹤观,松荫满地,不见一人,惟闻棋声,然后知此句之工,但恨其寒俭有僧态。若子美'暗飞萤自照,水宿鸟相呼','四更山吐月,残夜水明楼',才力富健,去表圣之流远矣。'"《杜诗详注》引"慈水姜氏曰:朱文公谓'暗飞萤自照',语自是巧,不如韦苏州'寒雨暗深更,流萤度高阁',此景为可想,却说得自在了。据此,可见诗家身分,当作三层看,苏与司空尚是就诗论诗,晦翁则与诗外别有见解矣。"依愚之见,"晦翁"朱熹之"谓"黑白倒置了。

写"鸟相呼"最先着笔的是李白,如《秋浦清溪雪夜对酒客有唱山鹧鸪者》:"清风动窗竹,越鸟起相呼。"写由于风动窗竹,惊动竹间越鸟,呼叫而起。后用"鸟相呼"者都用杜甫句:

唐·白居易《东南行一百韵》:"山歌猿独叫,野哭鸟相呼。"

宋·苏轼《腊日游孤山访惠勤惠思二僧》:"水清石出鱼可数,林深无人鸟相呼。"

元·赵孟頫《和姚子敬秋怀》:"野旷天高木叶

疏,水清沙白鸟相呼。"

371. 渚清沙白鸟飞回

唐·杜甫《登高》:"风急天高猿啸哀,渚清沙白鸟飞回。"此诗于大历二年(767)秋作于夔州,通过登高所见深秋景色,表达了老病成愁、孤寂流落的心情,却大声镗鞳,激越感人。此二句写高处的猿啸和江边的鸟飞。由于"渚清沙白",景物和美,鸟儿展翼回旋,如同一帧画幅。全诗极有名,杨伦在《杜诗镜铨》中称此诗为"杜集七言律诗第一"。胡应麟在《诗薮》中评此诗:"精光万丈",是古今七律之冠。

元·赵孟頫《和姚子敬秋怀》:"野旷天高木叶疏,水清沙白鸟相呼。"用此句写深秋。

372. 青鸟飞去衔红巾

唐·杜甫《丽人行》:"杨花雪落覆白苹,青鸟飞去衔红巾。"暗讽杨国忠、虢国夫人的暧昧关系。"杨花"句,南北朝时期北魏胡太后与杨华私通,杨华畏罪南奔,胡太后作《杨白华歌》,中有"杨花飘荡落南家""愿衔杨花入窠里"句,这里暗指杨国忠兄妹的私情。"青鸟"是衔着红帕暗传消息之意。《山海经·大荒西经》:西有王母之山"有三青鸟,赤首黑目"。注曰:"皆王母所使也。"《汉武故事》:"七月七日,上于承华殿斋坐中,忽有青鸟从西方来集殿前。有顷,王母至,有二青鸟如乌,夹侍王母旁。"据此传说,人们把"青鸟"作为消息的传递者。有的表示"仙鸟",也有的代普通鸟。

宋·苏轼《赠别》:"青鸟衔巾久欲飞,黄莺别主更悲啼。"用杜句云一女子欲离去。

其他"青鸟"句:

唐·张易之《奉和圣制夏日游石淙山》:"青鸟白云王母使,垂藤断葛野人心。"喻石淙山如仙境。

唐·李峤《幸白鹿观应制》:"伫看青鸟入,还陟紫云梯。"喻白鹿观如仙境。

唐·崔国辅《七夕》:"遥思汉武帝,青鸟几时过。"

唐·刘长卿《自紫阳观至华阳洞宿侯尊师草堂简同游李延年》:"青鸟来去闲,红霞朝夕变。"以仙鸟喻鸟。

唐·李康成《玉华仙子歌》:"不学兰香中道绝,却教青鸟报相思。"

373. 青鸟殷勤为探看

唐·李商隐《无题》:"蓬山此去无多远,青鸟殷勤为探看。"全诗写暮春时节同所爱女子离别及别后执着的思念,而且"相见"无期。末二句说双方相隔不远,可以通过青鸟殷勤探视。这种伤别之情,或寄托着政治受挫又执着追求的矛盾心态。

清·康熙皇帝玄烨《织·第九图·炙箔》:"炉头更爇松明火,老妪殷勤日探看。"蚕性喜温燥,要用火炙蚕箔。这里写老妪点燃松明火加热,每天还多次去探看蚕的生长情况。用李商隐句而不用意。《织》计二十三首,从"浴蚕"到"成衣"描述了蚕农生产的全过程,一位帝王如此熟知养蚕织帛、成衣情况,实不多见。

374. 青鸟不传云外信

南唐中主李璟《摊破浣溪沙》:"青鸟不传云外信,丁香空结雨中愁。回首绿波三楚暮,接天流。"此词写一女子暮春卷帘、凝望怀远的情思,为人评为"词中神品"。(唐圭璋《唐宋词简释》)此二句说:青鸟不传云外远方人的信息,雨中的丁香徒然凝结着无限愁思。"青鸟"本是信使,却不能传信,这是一种夸张笔法;愁多难解,如丁香结不解,这是一种比喻手段。组句流畅、自然。明·王世贞《艺苑卮言》评:"'细雨梦回鸡塞远,小楼吹彻玉笙寒''青鸟不传云外信,丁香空结雨中愁''无可奈何花落去,似曾相识燕归来',非律诗俊语乎? 然是天成一段词也,著诗不得。""青鸟"是王母传信的使者,后除用本事外,常用作人间传信,有的不用"青鸟"只用李璟句式。

晋·陶渊明《读山海经十三首》:"翩翩三青鸟,毛色奇可怜。朝为王母使,暮归三危山。我欲因此鸟,具向王母言:在世无所须,惟酒与长年。"欲借青鸟向王母传言。

隋·薛道衡《豫章行》:"偏讶思君无限极,欲罢欲忘还复忆。愿作王母三青鸟,飞来飞去传消息。"写"荡子"久出不归,思妇愿作青鸟,传送消息。

唐·李峤《拟古东飞伯劳西飞燕》:"传书青鸟迎箫凤,巫岭荆台数通梦。"写"园楼"女子盼亲人。

五代·顾复《浣溪沙》:"青鸟不来传锦字,瑶姬何处锁兰房。忍教魂梦两茫茫。"写男子在外思念妻子,不见锦字传来。

宋·周紫芝《浣溪沙》(今岁冬温,近腊无雪,而梅殊未放。戏作浣溪沙三叠,以望发奇秀):"幺凤不传蓬岛信,杜鹃空办鹤林秋。便须千杖打梁州。"用李璟句式,写春信不来,花开之信不来。

宋·刘仙伦《江神子》:"红叶不传天上信,空流水,到人间。"用李璟句式,写无红叶传情。

宋·葛长庚《贺新郎》(贺大卿生日):"青鸟密传云外信,王母夜临香案。"反用李璟句,写王母也来祝寿。

元·张子益《鹧鸪天·催花乐》:"银笺写恨凭谁传?青鸟不来,芳音难遣。"女子芳音无从传递。

元·王德信《四块玉·乌夜啼》:"又不见青鸟书来,黄犬音乖。"未见家书。

元·阙志学《赏花时·煞尾》:"青鸾信远,紫箫声转,画楼中闲煞月明天。""青鸾"即"青鸟"。"信远"指丈夫在远方。

元·贯云石《点降唇·闺怨》:"花落黄昏,暮云将尽,专盼青鸾信。"闺中少妇盼离人书信。

元·张可久《满庭芳·次韵》:"信杳青鸾,赋离恨花笺短短,散清愁柳絮漫漫。"青鸾杳然,音信不至。

元·高轼《集贤宾·怨别》(金菊香):"盼青鸾不至阻了佳期,想黄犬无音失了配对。"思念离人音信不至。

元·赵雍《江城子》:"青鸟能传云外信,凭说与,带围宽。"反用。

375. 白鸟去边明

唐·杜甫《雨四首》:"微雨不滑道,断云疏复行。紫崖奔处黑,白鸟去边明。"鸟飞云边,羽翼更亮。清·仇兆鳌《杜诗详注》引陈师道语曰:"余登多景楼,南望丹徒,有大白鸟飞近青山而得句云:'白鸟过林分外明。'谢朓亦云'黄鸟度青林',语巧而弱。老杜云'白鸟去边明',语少而意广。"

宋·周密《闻鹊喜》(吴山观涛):"白鸟明边帆影直,隔江闻夜笛。"用杜甫"白鸟去边明"句。

376. 得食阶除鸟雀驯

唐·杜甫《南邻》:"惯看宾客儿童喜,得食阶除鸟雀驯。"写南邻朱山人家情景,鸟雀在阶上啄食,遇人不惊,十分驯顺。说明朱山人家已融入了自然,饲养着自由自在的野鸟,人鸟关系十分融洽。

宋·范成大《雪晴呈子永》:"碧空无处泊同云,晴入荒园鸟雀驯。"用杜句写雪后鸟入荒园驯顺地觅食。

377. 千山鸟飞绝

唐·柳宗元《江雪》:"千山鸟飞绝,万径人踪灭。孤舟蓑笠翁,独钓寒江雪。"大雪漫天盖地,所有的山中看不到鸟飞,所有的道路没有人行。以此幽寂的环境烘托"孤舟独钓",舍蓄地表述诗人政治改革失败后,不屈服于压力又孤独无侣的心态。

"千山鸟飞绝",用岑参《天山雪歌送萧治归京》"交河边城鸟飞绝,轮台路上马蹄滑"句。岑诗写边城大雪,飞鸟绝迹。柳诗用"鸟飞绝"句,突出幽独,而不在写雪大。这也正是柳句有名之缘由。

宋·辛弃疾《念奴娇》(和南涧载酒见过雪楼观雪):"兔园旧赏,怅遗踪,飞鸟千山都绝。缟带银杯江上路,惟有南枝香别。"

宋·张炎《摸鱼子》(春雪客中寄白香岩、王信父):"又孤吟,灞桥深雪,千山绝尽飞鸟。"

元·沈禧《一枝花·咏雪景》:"千山鸟罢飞,四野云同暝。"

明·冯梦龙《警世通言·杜十娘怒沉百宝箱》:"千山云树灭,万径人踪绝。扁舟篷笠翁,独钓寒江雪。"用柳宗元全诗,写舟行"彤云密布,狂雪飞舞"。阻舟遇恶人的环境背景。

378. 鸟宿池中树

唐·贾岛《题李凝幽居》:"鸟宿池中树,僧敲月下门。""鸟宿"句说明时间已是夜晚,因"僧敲"句而为人熟知。

"鸟宿池中树"有其句源。唐·孟浩然《经七里滩》:"猿饮石下潭,鸟还日边树。"贾岛把"鸟还"换作"鸟宿","日边"换作"池中",这样"鸟"的活动时间,便由白天换成夜晚。

唐·卢纶《落第后归山下旧居当别刘起居昆季》:"鸟归山外树,人过水边村。""鸟归"句,亦从孟浩然句化出。"鸟宿池中树",也可以从卢纶句脱来。

379. 鸟语人言无不通

唐·白居易《新乐府·秦吉了》:"秦吉了,出南中,彩笔青墨花颈红。耳聪心慧舌端巧,鸟语人言无不通。""秦吉了"这种鸟,学舌胜过鹦鹉。"鸟语人言",主要说它善于学舌,学说人的语言。"耳聪心慧""鸟语人言"用拟人手法。

宋·辛弃疾《千年调》："学人言语,未会十分巧。看他们,得人怜秦吉了。""秦吉了"喻趋炎附势、争荣逐宠的小人。

380.长空淡淡孤鸟没

唐·杜牧《登乐游原》："长空淡淡孤鸟没,万古消沉向此中。看取汉家何事业,五陵无树起秋风。""乐游原",汉宣帝立乐游庙,又称乐游苑、乐游阙、鸿固原。原势很高,可望长安全景,是当时登高望远的游览之地,许多诗人都作过"乐游园"诗,以李商隐的为最有名。与李商隐的"夕阳无限好,只是近黄昏"不同,杜牧此诗是咏叹悠悠已去的"万古"历史,他望长空孤鸟飞没,把思绪引向历史的长河,觉得历史如这只"孤鸟"转瞬无踪无迹了,感情空虚而深沉。

宋·苏轼《海市》："斜阳万里孤鸟没,但见碧海磨青铜。"用"孤鸟没"。写夕阳中海空远景。

金·高永《大江东去》(滕王阁)："长空淡淡,去鸿嘹唳谁数?"用"长空淡淡",写鸣鸿运去,叹世事沧桑。

381.风暖鸟声碎

唐·杜荀鹤《春宫怨》："早被婵娟误,欲妆临镜慵。承恩不在貌,教妾若为容。风暖鸟声碎,日高花影重。年年越溪女,相忆采芙蓉。"此诗写宫女不得幸而苦闷、幽怨的心理,"风暖"一联写春声春色,并不令人欣慰。《诗人玉屑》卷三把此联列入"绮丽"格中。其实"鸟声碎",是唧唧喳喳,音尖而密,更增烦躁;"花影重",不见花艳只见影重,花影重重叠叠,阴阴郁郁,倍觉沉重。此诗写宫女失宠,似隐含着仕途不畅之意。

宋·秦观《千秋岁》："水边沙外,城郭春寒退。花影乱,莺声碎。"从杜荀鹤句脱出。

宋·章良能《小重山》："柳暗花明春事深。小栏红芍药,已抽簪。雨余风暖碎鸣禽。"用"风暖鸟声碎"句。

宋·无名氏《汉宫春》："风暖鸟声和碎,更日高院静,花影重重。"用杜荀鹤二句。

382.安识鸿鹄游

魏·曹植《鰕鳝篇》："燕雀戏藩柴,安识鸿鹄游。""鸿鹄":《史记·陈涉世家》:"陈涉少时,尝与人佣耕,辍耕之垄上,怅恨久之,曰:'苟富贵,无相忘。'庸者笑而应曰:'若为庸耕,何富贵也?'陈涉太息曰:'嗟乎,燕雀安知鸿鹄之志哉!'"曹植用此意,喻小人不识壮士之志。

唐·钱起《送任先生任唐山丞》："鸿鹄志应在,荃兰香未衰。"用其意。

南朝·宋·鲍照《咏双燕二首》："可怜云中燕,旦去暮未归。自知羽翅弱,不与鹄争飞。"反其意而用,当别有寓托。

383.凤凰集南岳

魏·刘桢《赠从弟诗三首》："凤凰集南岳,徘徊孤竹根。于心有不厌,奋翅凌紫氛。岂不常勤苦,羞与黄雀群。何时当来仪,将须圣明君。"此诗是刘桢的代表作。此首以凤凰为喻,主张人在动荡时代中保持高洁的品格。从政要待择"圣明君"。"凤凰"是传说中的最高贵的鸟,其地位仅次于传说中的龙。

唐·杜甫《赠虞十五司马》："仁鸣南岳凤,欲化北溟鲲。"用"南岳凤"化"北溟鲲"称虞司马之才干。

384.凤鸟虽不至,礼乐暂得新

晋·陶渊明《饮酒二十首》之二十:"凤鸟虽不至,礼乐暂得新。"凤凰在古代传说中是神鸟,是祥瑞的化身。凤凰飞来,则预兆盛世出现。殷朝末年,就有"凤鸣岐山"的传说,后武王伐纣灭殷建立大周。孔子曾慨叹:"凤鸟不至,河不出图,吾已矣夫!"(《论语·子罕》)"孔子之时,周室微而礼乐废",经孔子追迹上古,弥缝补合,礼乐才可得而述。(《史记·孔子世家》)陶诗此二句即述此事。

唐·李白《悲歌行》："凤鸟不至河无图,微子去之箕子奴。"咏史,叹贤臣不为所用,正是乱世之必然。

385.愿君弄影凤凰池

唐·卢照邻《失群雁》并序:温县明府以雁诗垂示余,以为古之郎官出宰百里,今之墨绶入应千官,事止雁行,未宜伤叹,至如赢卧空岩者,乃可为失群恸耳。聊因伏枕多暇,以斯文应之。"愿君弄影凤凰池,时忆笼中摧折羽。"温县令(唐人称县令为"明府")诗感叹自己离开帝京出任县令如失群之雁。卢照邻诗末此二句说:但愿你能回到京城做官,不过不要忘掉身处笼中容易摧折羽毛,受到伤害。"凤凰池"指代京城。"凤凰池"即魏晋时的中书省,掌管一切机要。因接近皇帝,故称"凤凰池"。《晋书·荀勖传》载:"勖自中书监除尚书令,人贺之。勖曰:'夺我凤凰池,诸君贺我耶?'"《通典·职官典》记:"中枢省地在枢近,多承宠任,是以人因其位,谓之凤凰池也。"到唐代,中书省沿称凤凰池,简称"凤池"。"凤池"常指京城,朝廷或皇帝身边。写"凤池"的诗句如:

南朝·齐·谢朓《直中书省》:"兹言翔凤池,鸣佩多清响。"

南朝·梁·范云《古意赠王中书》:"摄官青琐闼,遥望凤凰池。"

北周·王褒《入朝守门开》:"凤池通复道,严驾早凌晨。"

唐·魏承庆《直中书省》:"清切凤凰池,扶疏鸡树枝。"

唐·张文琮《和杨舍人咏中书省花树》:"影照凤池水,香飘鸡树风。"

唐·宋之问《送合宫苏明府颋》:"谓称羔雁族,继入凤凰池。"

唐·杜审言《送和西蕃使》:"使出凤凰池,京师阳春晚。"

唐·张说《崔司业挽歌二首》:"凤池伤旧草,麟史注遗篇。"

又《奉裴中书光庭酒》:"讵知鸡树后,更接凤池欢。"

唐·张子容《赠司勋萧郎中》:"凤池真水镜,兰省得华滋。"

唐·崔颢《代闺人答轻薄少年》:"亲家近隔凤凰池,粉壁纱窗杨柳垂。"

唐·李颀《听董大弹胡笳声兼寄语弄房给事》:"长安城连东掖垣,凤凰池对青琐门。"

唐·卢象《和徐待郎丛　咏》(一作蒋涣诗):"色连鸡树近,影落凤池深。"

唐·王维《和贾舍人早期大明宫之作》(一作杜甫《和前》诗):"朝罢须裁五色诏,佩声归向凤池头。"

唐·李白《赠江夏太守良宰》:"君登凤池去,勿弃贾生才。"

又《窜夜郎于乌江留别宗十六璟》:"一回日月顾,三入凤凰池。"

又《张相公出镇荆州寻除太子詹事余时流夜

郎行至江夏与张公去千里因太府丞王昔使东寄罗衣二事及五月五日赠余诗余答以此诗》:"凤凰忆故池,荣乐一如此。"

唐·杜甫《寄薛三郎中》:"凤池日澄碧,济济多士新。"

又《紫宸殿退朝口号》:"宫中每出归东省,会送夔龙集凤池。"《雍录》记:"政事堂在东省,属门下。至中宗时,裴炎以中书令执政事笔,故徙政事堂于中书省,则堂在右省也。公(杜甫)为拾遗时,政事堂已在中书,其自宫中退朝而归东省(实是中书省)者,以本省言也。"夔、龙为舜二臣,龙在纳言,实中书之始。"夔龙"代称中书省官员。

又《和前》:"独有凤凰池上客,阳春一曲和皆难。"

又《奉和贾至舍人早朝大明宫》:"欲知世掌丝纶美,池上于今有凤毛。"贾诗言凤池,杜甫用凤毛,言父子继美。贾至父贾曾两度做中书舍人。

唐·贾至《早朝大明宫呈两省僚友》:"共沐恩波凤池上,朝朝染翰侍君王。"

又《送南给事贬崖州》:"畴昔丹墀与凤池,即今相见两相悲。"

唐·钱起《京兆尹厅前甘棠树降甘露》:"何必凤池上,方看作霖时。"

又《秋霖曲》:"凤凰池里沸泉腾,苍龙阙下生云根。"

唐·武元衡《酬韦胄曹登天长寺上方见寄》:"今日重烦相忆处,春光和绕凤池浓。"

宋·柳永《望海潮》:"异日图将好景,归去凤池夸。"

宋·刘昌言《上吕相公蒙正》:"一举首登龙虎榜,十年身到凤凰池。"

元·马谦斋《快活三过朝天子四边静·秋》:"赏风光帝里,贺恩波凤池,喜生在唐虞世。"

元·马致远《粉蝶儿·喜春来》:"凤凰池暖风光丽,日月袍新扇影低,雕栏玉砌彩云飞。"

元·张养浩《朱履曲》:"鹦鹉杯从来有味,凤凰池再也休提。"

又《庆东原》:"惊觉因公梦,辞却凤凰池,跳出醯鸡瓮。"

"凤池"也作"凤沼":

唐·杨师道《中书寓直咏雨简褚起居上官学士》:"窗临凤凰沼,飒飒雨声来。"

唐·翁绶《行路难》:"君看西归翟丞相,凤沼朝辞暮省罗。"

唐·杨巨源《贺田仆射子弟荣拜金吾》:"凤沼九重相喜气,雁行一半入祥烟。"

386. 牙璋辞凤阙

唐·杨炯《从军行》:"牙璋辞凤阙,铁骑绕龙城。""牙璋"牙旗、旌旗,写将军辞别京城,戍守边疆。"凤阙",原汉代宫阙名,《太平御览》卷一七九引《阙中记》:汉武帝在建章宫圆阙上设置金凤,"建章宫临北道,凤在上,故号曰凤阙也。"后用指代京城,也称"凤城""凤凰城"。

唐·李巘《少年行》:"朝游茂陵道,暮宿凤凰城。"

唐·卢照邻《首春贻京邑文士》:"寒辞杨柳陌,春满凤凰城。"

唐·沈佺期《独不见》:"白狼河北音书断,丹凤城南秋夜长。""丹凤城"这里指都城长安,唐代居民多住城南。

唐·李白《感时留别从兄徐王延年从弟延陵》:"冠剑朝凤阙,楼船侍龙池。"

唐·钱起《夕发箭场岩下作》:"懿尔青云士,垂缨朝凤阙。"

唐·李商隐《为有》:"为有云屏无限娇,凤城寒尽怕春宵。"

387. 凤凰初下紫泥诏

唐·李白《玉壶吟》:"凤凰初下紫泥诏,谒帝称觞登御筵。"写唐玄宗下诏书召见李白,他进谒玄宗。"紫泥诏",古代文书、公函,用泥封缄,加盖印章。诏书用紫泥封。《西京杂记》卷四:"中书以武都紫泥为玺室,加绿绨其上。""紫泥"有时直代诏书。宋·王禹偁《谪居感事》:"紫泥从天降,朱绂御前披。""凤凰初下紫泥诏",即初下凤凰诏。《十六国春秋》载:后赵武帝石虎下诏书,坐在很高的台上,用一只木头做成的凤凰衔着诏书飞下去。后来称诏书为凤诏。

唐·钱起《送边补阙东归省觐》:"凤凰衔诏下,才子采兰归。"说补阙做了官,回家省亲。"采兰赠药"指男女互赠信物,这里引申作省亲。又《送陈供奉恩勅放归觐省》:"采兰兼衣锦,何似买臣还。"

又《送张员外出牧岳州》:"凤凰衔诏与何人,喜政多才宠冠恂。"

又《县中池竹言怀》:"却愁丹凤诏,来访漆园人。"

唐·畅当《奉送杜中丞赵洪州》:"诏出凤凰宫,新恩连帅雄。"

388. 凤凰台上凤凰游

唐·李白《登金陵凤凰台》:"凤凰台上凤凰游,凤去台空江自流。"这首"凤凰台"诗可以同崔颢"黄鹤楼"相媲美,是一首名诗。"凤凰台"在金陵(今南京)凤凰山上,相传南朝刘宋永嘉年间,有凤凰集于此山,乃筑台。因为古人以为凤凰来游是祥瑞之兆,象征着王朝的兴盛。此七律首联写,过去曾是凤凰来游的地方,如今早已凤去台空,六代繁华,一去不返了。唯长江之水依然流荡不停。诗人感慨良多。唐·杜甫《凤凰台》:"亭亭凤凰台,北对西康州。"也写此台。

"凤凰台"又有一传说故事,北魏·郦道元《水经注·渭水二》:"阚骃曰:又有凤台、凤女祠。秦穆公时有萧史者,善吹箫,能致白鹄、孔雀。穆公女弄玉好之,公为作凤台以居之。积数十年,一旦随凤去云。雍宫世有箫管之声焉。今台倾祠毁,不复然矣。""凤台"故址在今陕西省宝鸡市东南。由此,"凤凰台"不仅表示祥瑞之地,也指称神仙之境。也用作"凤凰楼"。

北周·庾信《奉和示内人》:"燃香郁金屋,吹管凤凰台。"

唐·上官仪《安德山池宴集》:"雨霁虹桥晚,花落凤台春。"

唐·崔日用《凝碧池侍宴看竞渡应制》:"舞曲依鸾殿,箫声下凤楼。"

唐·宋之问《寿阳王花烛图》:"仙媛乘龙日,天孙捧雁来。可怜桃李树,更绕凤凰台。"又《奉和春初幸太平公主南庄应制》:"青门路接凤凰台,素浐宸游龙骑来。"

唐·崔液《上元夜六首》:"鳷鹊楼前新月满,凤凰台上宝灯燃。"

唐·张说《奉和圣制同玉真公主游大哥山池题石壁》:"神藻飞为鹡鸰赋,仙声扬出凤凰台。"

唐·孙逖《故右丞相赠太师燕文贞公挽词二首》:"已成冠盖里,更有凤凰楼。"

唐·吴少微《古意》:"今日阳春一妙曲,凤凰台上与君弹。"

唐·苏颋《春晚紫微省直寄内》:"花间燕子栖

鹓鶋,竹下鸾雏绕凤凰。"

金·完颜璹《朝中措》:"梦到凤凰台上,山围故国周遭。"

元·张可久《湘妃怨·次韵金陵怀古》:"凤不至空台上,燕飞来百姓家。"

元·汤式《普天乐·金陵怀古》:"台空江自流,凤去人不至,晋阙吴宫梁王寺。"

元·庾天锡《商角调·黄莺儿》:"一线寄乌衣,二水分白鹭。台上凤凰游,井口胭脂污。想《玉树后庭花》,好金陵建康府。"

元·无名氏《新水令》:"凤凰台上忆吹箫,似钱塘梦魂初觉。花月约,凤鸾交,半世疏狂。"

389.彩凤肃来仪

唐太宗李世民《帝京篇十首》之四:"彩凤肃来仪,玄鹤纷成列。"写帝京的声歌乐舞,引得彩凤来仪,玄鹤成列,一派升平景象。"彩凤来仪",一般作"有凤来仪"或"凤凰来仪"。《尚书·益稷》:"《箫韶》九成,有凤来仪。"舜的乐曲《箫韶》演奏九次,凤凰就会来展示仪容而舞。乐曲之佳换来吉祥凤鸟,而兆示祥瑞到来。

相传凤凰来仪,还由于凤凰喜竹实,唐·张九龄《和黄门卢侍御咏竹》:"高节人相重,虚心世所知。凤凰佳可食,一去一来仪。"清·曹雪芹《红楼梦》第十七回写潇湘馆"数楹修舍,有千百竿翠竹遮映",因此宝玉为此馆题扁额为"有凤来仪"。暗示做了皇妃的元春省亲。《红楼梦》第十八回"大观园题咏"薛宝钗为《凝晖钟瑞》匾额题咏:"高柳喜迁莺出谷,修篁时待凤来仪。"喻元春省亲,如凤凰飞落竹林,兆征祥瑞。

《凤凰来仪》还是琴曲名,又名《神凤操》。《乐府诗集》卷五十七:"《神凤操》一曰《凤凰来仪》。《古今乐录》曰:'周成王时,凤凰翔舞,成王作此歌。'"《太平御览》卷五七八引《大周正乐》中亦有此记载。应从"《箫韶》九成,凤凰来仪"取乐题。古有"凤箫",为排箫。文学作品中的"凤凰来仪"多不指乐曲,而兆吉祥。

汉乐府《南风操》:"鸟兽跄跄兮凤凰来仪,凯风自南兮喟其增悲。"

唐·苏颋《侍宴安乐公主山庄应制》:"箫鼓宸游陪宴日,和鸣双凤喜来仪。"

唐·张说《韦谯公挽歌二首》:"国骋双骐骥,庭仪两凤凰。"

唐·许景先《奉和御制春台望》:"兰叶负龟初荐社,桐花集凤更来仪。"

唐·杜甫《游人》:"灵凤在赤霄,何当一来仪。"

唐·张贾《和太原山亭怀诗》:"唯当蓬莱阁,灵凤复来仪。"

唐·李群玉《别获佩》:"圣人奏云韶,祥凤一来仪。"

五代·和岘《六州》词:"殊祥萃,九苞丹凤来仪。"

宋·刘敞《丁右丞挽词二首》:"遽闻麟掩袂,犹觇凤来仪。绝笔流风在,遗音后世知。"

宋·苏轼《次韵孔文仲推官见赠》:"今朝枉诗句,粲如凤来仪。"

又《联》:"凤凰来仪,嘉禾合穟。"

"来仪"也用之于"天马":

唐·张说《舞马千秋万岁乐府词三首》:"圣恩至德与天齐,天马来仪自海西。"

390.归凤求凰意

唐·杜甫《琴台》:"归凤求凰意,寥寥不复闻。"作者在成都凭吊司马相如琴台作此五律。这是尾联,慨叹卓文君与司马相如冲决世俗结成伉俪的纯真爱情不复存在了。清·仇兆鳌《杜诗详注》引黄生语云:"作此诗有二种语:轻薄之士,慕其风流;道学之儒,讥其淫佚。"杜甫则讴歌了真正的爱情。琴台,据《寰宇记·益都耆旧传》载:"相如宅在州西管桥北百许步,有琴台在焉。"《成都记》:"旧台,在城外浣花溪之海安寺南。"距杜甫草堂不远。"凤求凰"用司马相如《琴歌》意,《玉台新咏》载:"相如琴歌曰:'凤兮凤兮归故乡,遨游四海兮求其凰,时未遇兮无所将。何悟今日登斯堂,有艳淑女在闺房。室迩人遐愁我肠,何缘交颈为鸳鸯。'又歌曰:'凤兮凤兮从我栖,得托孳尾永为妃。交情通体心相怡,中夜相从知者谁。双羽俱起翻高飞,无感我心使予悲。'"《史记索隐》载此《琴曲》与之小异。"凤求凰"应缘于此。凤凰本为古代传说中的瑞鸟,雄鸟为凤,雌鸟为凰。"凤求凰"后喻男女对爱情的追求。

宋·贺铸《凤求凰·胜胜慢》:"南薰难销幽恨,金徽上,殷勤彩凤求凰。便许卷收行雨,不恋高唐。"

又《画眉郎·好女儿》:"五马徘徊长路,漫非意、凤求凰。"

391. 叹凤嗟身否，伤麟怨道穷

唐玄宗李隆基《经邹鲁祭孔子而叹之》："叹凤嗟身否，伤麟怨道穷。"举孔子"叹凤""伤麟"，惜孔子宏愿未遂。《论语·子罕》记："子曰：'凤鸟不至，河不出图，吾已矣夫！'"传说凤鸟至象征圣人出而受瑞，可凤鸟不至，因而孔子遂有身不能亲见圣人之叹。《史记·孔子世家》记：春秋时，鲁人于荒野获得一麟。孔子见了哭泣说：麟也，胡为来哉！胡为来哉！子贡问他为什么哭泣，他说：麟原是为圣明君主而出现的，现在却来得不是时候，结果遭到捕获。他感到自己身处乱世，政治主张已无望实现。后用"叹凤伤麟"表示生不逢时。

晋·刘琨《重赠卢谌》："宣尼悲获麟，西狩泣孔丘。"此二句诗义互见，借孔子伤麟怨道抒自己志业难成，以托卢谌。

唐·李白《答王十二寒夜独酌有怀》："孔圣犹闻伤凤麟，董龙更是何鸡狗。"用叹凤伤麟抒写贤人之哀，用董龙之奸暗指谗人之卑。苻秦宰相王驱者堕骂董龙（荣）："何种鸡狗"；董龙时为右仆射，奸佞之臣。李白用以比况杨国忠、李林甫之流。

又《上崔相百忧章》："骥不骤进，麟何来哉！"说自己入永王幕府，出非其时。

392. 云逐凤箫飞

唐·张说《道家》："香随龙节下，云逐凤箫飞。"凤箫，排箫。《风俗通·声音》："《尚书》'舜作《箫韶》九成，凤凰来仪。其形参差，象凤之翼'。"箫如参差凤翼，因而当是排箫。

唐·李峤《舞》："仪凤皆清曲，回鸾应雅声。"

唐·皇甫冉《玄元观送李凤还奉先华阴》："莫辞别酒倾琼液，乍唱离歌和凤箫。"

393. 应得文箫驾彩鸾

《唐人传奇集》载：太和末年，有书生文箫遇仙女彩鸾，吟诗道："若能相伴涉仙坛，应得文箫驾彩鸾。自有绣襦并甲帐，琼台不怕雪霜寒。"后二人登仙而去。

宋·刘辰翁《宝鼎现》（春月）："箫声断，约彩鸾归去，未怕金吾呵醉。"回忆前宋元宵夜游的欢乐场面，以乐景托哀情。

394. 赵后楼中赤凤来

唐·李商隐《可叹》："梁家宅里秦宫入，赵后楼中赤凤来。"《赤凤来》，歌曲名，又双关燕赤凤其人。《飞燕外传》载：汉成帝皇后赵飞燕和其妹昭仪赵合德都私通宫奴燕赤凤。一次赵合德与燕赤凤幽会出来，被赵飞燕碰见，她非常气愤。后来在一次宫中宴会上，歌都唱《赤凤来》，赵飞燕故意问她妹妹合德，合德说："赤凤当然为姐姐来。"把赵飞燕气坏了。"赵后楼中赤凤来"，诗人与友人宴会东城，有感于宫廷中的奢靡。

元·王恽《王昭君出塞图》："人生正有新知乐，犹胜昭阳赤凤来。"用"赤凤来"，说昭君出塞以呼韩邪为"新知"，总比汉宫中的后妃们追求不正当的欢乐好得多。

395. 鹦鹉能言争似凤

宋·毕文简上联："鹦鹉能言争似凤。"《邵氏闻见合录》卷十七载：王元之（禹偁），济州人，年七八岁已能文。毕文简公为郡从事，大奇之。留于子弟中讲学。一日，太守席上，出诗句："鹦鹉能言争似凤"，坐客皆未有对。文简写上（上联）屏间，元之书其下云："蜘蛛虽巧不如蚕。"可谓妙极。

唐·元稹《寄赠薛涛》："言语巧偷鹦鹉舌，文章分得凤凰毛。"赞蜀地文君与薛涛，主要称薛涛的口才与文才。

396. 搏摇直上九万里

唐·李白《上李邕》："大鹏一日同风起，搏摇直上九万里。假令风歇时下来，犹能簸却沧溟水。"天宝四载（745），诗人游北海时写此诗给北海太守李邕的。李邕曾作御史，为官清正。李白此时44岁，正当中年，此诗是明志的。他离开长安不久，大志并未因挫折而泯灭。"搏摇"即"扶摇"，巨大的旋风，"直上九万里"，正是他政治上的凌云壮志。"大鹏"，《庄子·逍遥游》："鹏之徙于南冥也，水击三千里，搏扶摇而上者九万里。"李白用此句明志，充满了豪迈感。李白在《大鹏赋》中也用过："激三千以崛起，向九万而迅征。"此赋即依庄子笔下的大鹏而展开。

用庄子大鹏句可以同李白媲美的是宋·李清照的《渔家傲》："我极路长嗟日暮。学诗漫有惊人句，九万里风鹏正举。风休住，蓬舟吹取三山去。"

作为一位女子,不仅作词如前代大诗人,还如前人那样,有更高的追求,这虽难能可贵,在那个时代却是绝难实现的。她出色地研究过金石,如从政则"难于上青天"了。语言上"鹏举"一语概出自李清照句。

用"鹏腾九万"的,李白前后还有人,有的写强风。

晋·陶渊明《联句》:"虽欲腾九万,扶摇竟何方。"

唐·卢象《青雀歌》:"逍遥饮啄安涯分,何假扶摇九万为?"

唐·杜甫《送杨六判官使西蕃》:"归来权可取,九万一朝抟。"

唐·白居易《劝酒》:"春闲未了冬登科,九万抟风谁与继。"

唐·李群玉《登蒲涧寺二岩三首》:"遐想鱼鹏化,开襟九万风。"只写岩上风之强。

唐·李咸用《投所知》:"谁能借与抟扶势,万里飘飘试一飞。"

唐·徐夤《将入城灵口道中作》:"高风九万程途近,与报沧洲欲化鲲。"

宋·沈瀛《减字木兰花》(迟速):"九万鹏风,六月天池一息通。"

宋·辛弃疾《柳梢青》:"九万里风斯在下,翻覆云头雨脚。"

宋·陈亮《水调歌头》:"安识鲲鹏变化,九万里风在下;如许上南溟,斥鷃旁边笑,河汉一头倾。"

宋·刘仙伦《沁园春》:"图南事,看抟风九万,击水三千。"

宋·黄机《鹊桥仙》(寿葛莘):"凌云壮志,垂天健翼,九万扶摇路稳。"

宋·张榘《金缕曲》:"渐养就、抟风鹏翼,任你祖鞭先著了。占鸥天,浩荡观浮没。"

宋·崔中《沁园春》:"自然妙,若三川龙跃,九万鹏飞。"

宋·张炎《台城路》(饯于寿道应举):"带雪絮归来,满庭春意,事业方新,大鹏九万里。"

宋·刘将孙《满江红》:"虽只是,鹏抟九万,天池春碧。"

397.九万鹏程才振翼

宋·廖刚《望江南二首》(贺毛检讨生辰):"九万鹏程才振翼,八千椿寿恰逢春。貂裘睸公荣。"说毛检讨前程远大。"九万鹏程",喻不平凡的人生历程。用此句如:

宋·韩淲《菩萨蛮》:"九万有鹏程,沈香天上亭。"

宋·赵福元《沁园春》(庆赵运干):"洛殿催班,燃灯赐对,九万鹏程瞬息通。"

宋·无名氏《促拍满路花》:"水击三千里,九万鹏程,化成元是冥鲲。"

398.万里寄鹏程

宋·洪适《临江仙》:"十年迟凤诏,万里寄鹏程。"题为"会黄魁",此诗祝黄魁远来鄱阳上任,说他前程远大。"万里鹏程"从"九万鹏程"简化而来,多指平步青云,踏上仕途。

宋·葛立方《减字木兰花》又《江城子》(黄宪生日代作):"当年乌府振冠缨,秣英声,起鹏程,垂上丹霄,回首志澄清。"(四俉过省候廷试席上作):"万里鹏程,南省今书淡墨名。"

宋·王千秋《好事近》(寿黄仲符):"来年秋色起鹏程,一举上晴碧。"用洪适"起鹏程",意为鹏程起步。

元·朱庭玉《祆神急·贫乐》:"鸠巢一枝,鹏程万里,堪叹人生同物类,何异,幻躯白甚苦驱驰。"元代起,"鹏程万里"已成成语。

明·杨珽《龙膏记·开阁》:"莫叹儒冠久误身,鹏程万里终当奋。"

399.物我俱忘怀,可以狎鸥鸟

南朝·梁·江淹《孙廷尉绰杂述》:"寔寔玄思清,胸中去机巧。物我俱忘怀,可以狎鸥鸟。"孙绰,东晋人,少好隐居,作官到晚年仍好老庄。江淹诗末四句即概述孙绰性格特点:胸无机巧,物我俱忘,可以与鸥鸟相狎倚,完全避开尘世了。

"狎鸥鸟"出于《列子·黄帝篇》,其中讲了一个"好鸥"的故事:"海上之人好沤(鸥)鸟者,每旦之海上从沤鸟游,沤鸟之至者,百住而不止。其父曰:'吾闻沤鸟皆以汝游,汝取来,吾玩之。'明日之海上,沤鸟舞而不下也。"《三国志·魏书·高柔传》注引孙盛曰:"机心内萌,则鸥鸟不下。"江淹的"物我俱忘怀,可以狎鸥鸟",正是对"好鸥"故事的概括,并以之喻孙绰。

后用"狎鸥""盟鸥"或"以鸥鸟为群",表达出

尘离世,脱开尘俗扰扰,以求闲适的情怀。"狎鸥"句如:

南朝·宋·谢灵运《登石室饭僧》:"忘怀狎鸥鲕,摄生驯兕虎。"

隋炀帝杨广《望海》:"训鸥旧可狎,卉木足为群。"

唐·李白《古风》:"摇裔双白鸥,鸣飞沧江流。宜飞海人狎,岂伊云鹤俦。……吾亦洗心者,忘机从尔游。"

唐·杜甫《倚杖》:"狎鸥轻白浪,归雁喜青天。"

《夔州歌十绝句》:"晴浴狎鸥分处处,雨随神女下朝朝。"

唐·皮日休《背篷》:"甘从鱼不见,亦任鸥相狎。"

唐·杜牧《渔父》:"终年狎鸥鸟,来去且无机。"

唐·温庭筠《题韦筹博士草堂》:"玄晏先生已白头,不随鹓鹭狎群鸥。"

唐·罗隐《忆夏》:"襟带可怜吞吴塞,风烟只好狎江鸥。"

唐·韩偓《息虑》:"息虑狎群鸥,行藏合自由。"

唐·贯休《明进士北斋避暑》:"只应江海上,还作狎鸥人。"

唐·翁承赞《晨兴》:"披襟徐步一萧洒,吟绕盆池想狎鸥。"

唐·冀金《沧浪》:"千里放心随野鹤,五湖秉兴狎沙鸥。"

五代·刘兼《去年今日》:"圣主若容辞重禄,便归烟水狎群鸥。"

宋·王安石《次韵答陈正叔二首》:"忘机自许鸥相狎,得祸谁期鹤见媒。"

宋·倪偁《蝶恋花》:"我已忘机狎鸥鹭,溪山买得幽深处。"

宋·曹冠《宴桃源》(游湖):"西湖避暑棹扁舟,忘机狎白鸥。"

宋·王炎《水调歌头》(送魏倅):"早晚挂冠去,江上狎浮鸥。"

宋·辛弃疾《水调歌头》:"散尽黄金身世,不管秦楼人怨,归计狎沙鸥。"

宋·雷应春《沁园春》(官满作):"茅亭低压平湖,有狎鹭驯鸥尚可呼。"

宋·吴潜《满江红》:"又何妨、时暂狎沧波,轻鸥并。"

400. 鸥鸟自为群

唐·张九龄《初发江陵有怀》:"扁舟从此去,鸥鸟自为群。"作者本是唐玄宗时代有政绩的宰相,后因受李林甫的排斥,贬为荆州长史。此诗即赴荆州任所而作。"鸥鸟自为群",即自己要同鸥鸟为群,与鸥鸟为伍,摆脱政事,追求隐闲的情绪。《列子·黄帝篇》中的"好鸥"的故事告诉人们,鸥鸟是可以与之为群的。唐·杜甫《清江》诗中写:"自来自去梁上燕,相亲相近水中鸥。"说明鸥鸟的悠闲、狎谐,相聚在一起,无忧愁,无苦痛,正如人的淡泊宁静。诗人笔下多写"鸥鸟",总有某种寓托,更多的是表现一种超尘脱俗,求安求闲的心态。同"狎鸥"句极为近同,张九龄还有:

《溪行寄王震》:"丛桂林间待,群鸥水上迎。"

《自豫章南还江上作》:"浦树遥如待,江鸥近若迎。"

上引二诗,句中用"待"与"迎",移情于鸥,表达近身鸥鸟、田林之愿望。后人以鸥寄情的诗句如:

唐·李白《江上吟》:"仙人有待乘黄鹤,海客无心随白鸥。"

又《赠王判官时余归隐居庐山屏风叠》:"明朝拂衣去,永与海鸥群。"

又《鸣皋歌送岑君》:"白鸥兮飞来,长与君相亲。"

唐·杜甫《去蜀》:"万事已黄发,残生随白鸥。"

又《巴西驿亭观江涨呈窦十五使君》:"赖有杯中物,还同海上鸥。"

唐·李嘉祐《竹楼》:"南风不用蒲葵扇,纱帽闲眠对水鸥。"

唐·刘长卿《负谪后登干越亭作》:"牢落机心尽,惟怜鸥鸟亲。"

唐·岑参《过王判官西津所居》:"赋诗忆楚老,载酒随江鸥。"

唐·顾况《南归》:"鲈鱼消宦况,鸥鸟识归心。"

唐·戴叔伦《闲思》:"何似严陵滩上客,一竿长伴白鸥闲。"

又《宿灌阳滩》:"今朝未遇高风便,还与沙鸥宿水湄。"

唐·唐彦谦《野行》："蝶恋晚花终不去,鸥逢春水同难飞。野人心地都无著,伴蝶随鸥亦不归。"

唐·罗邺《偶题离亭》："谁是雨蓬蓬底客,渚花汀鸟自相亲。"用杜甫"相亲相近水中鸥"句。

唐·韦庄《婺州水馆重阳作》："白衣虽不至,鸥鸟自相寻。"

又《过樊川旧居》："能说乱离惟有燕,解偷闲暇不如鸥。"

又《含香》："却去金銮为近侍,便辞鸥鸟不归来。"

宋·欧阳修《长相思》："烟霏霏,风凄凄,重倚朱门听马嘶,寒鸥相对飞。"

宋·李甲《击梧桐》："群鸥聚散,征航往来,隔水相望楚越。"

宋·晁补之《菩萨蛮》："鸥鸟共烟波,田夫与醉歌。"

宋·李流谦《朝中措》："鸥鸟不知许事,清江仍绕青山。"

宋·王炎《水调歌头》(登石鼓合江亭)："输与沧浪叟,长伴白鸥闲。"

宋·方岳《道中连雨》："自知机事浅,或可共鸥波。"

宋·吴文英《江神子》："湘浪莫迷花蝶梦,江上约、负轻鸥。"

宋·杨泽民《满庭芳》："烟波友,扁舟过我,相伴白鸥眠。"

宋·陈允平《疏影》："江上轻鸥似识,背昭亭两两、飞破晴渌。"

宋·张炎《渡江云》："闲趣好,白鸥尚识天随。"

又《祝英台近》："几回独立长桥,扁舟欲唤,待招取、白鸥归去。"

又《台城路》(为湖天赋)："扁舟忽遇芦氏浦,闲情便随鸥去。"

又《浪淘沙》(秋江)："三两点鸥沙外月,闲意难同。"

又《渔歌子》："沽酒去,闭门休,从此清闲不属鸥。"

401.忘机鸥鸟群

唐·刘长卿《送路少府使车京便应制举》："谁念沧洲吏,忘机鸥鸟群。"又作"自是无机者,沙鸥已可群"。"宪自无机事,沙鸥已可群。"作者时贬潘州南邑尉,送路使者,以抒自己无所作为之情。"鸥鸟忘机""鸥鹭忘机"出自江淹"胸中去机巧"句,表示隐闲无事。

唐·牟融《送沈翔》："谩有才华嗟未达,闲寻鸥鸟暂忘机。"

唐·李商隐《赠田叟》："鸥鸟忘机翻浃洽,交亲得路昧平生。"

唐·陆龟蒙《酬袭美夏首病愈见招次韵》："除却伴谈秋水外,野鸥何处更忘机。"

唐·崔涂《云》："得路直为霖济物,不然闲共鹤忘机。""鹤"也喻"闲"。

宋·文彦博《忆东溪》："可怜鸥鸟知人意,料得无机总不猜。"

宋·欧阳修《狎鹤亭》(熙宁三年)："岂止忘机鸥鸟信,陶钧万事本无心。"

宋·贺铸《钓船归》："溶溶漾漾白鸥飞,两忘机。"

宋·史浩《渔父舞》："鸥鹭忘机为主伴,无羁绊,等闲莫许金章换。"

宋·陆游《乌夜啼》："镜湖西畔秋千顷,鸥鹭共忘机。"

宋·吴琚《浪淘沙》："忘机鸥鹭立汀沙,咫尺钟山迷望眼,一半云遮。"

宋·李曾伯《沁园春》："回首乌樯外,鸥鸟自忘机。"

宋·百兰《雨中花》(贺鸥文建楼与桥)："高趁鹜霞舒啸,低群鸥鹭忘机。"

元·卢挚《蟾宫曲·襄阳怀古》："憾慨兴衰,欲问沙鸥,正自忘机。"

元·乔吉《满庭芳·渔夫词》："吴头楚尾,江山入梦,海鸟忘机,闲来得觉胡伦睡。"

明·余怀《摸鱼儿》(和辛幼安)："看鸥鸟忘机,飞来飞去,只在烟深处。"

402.偶随鸥鹭便成家

唐·温庭筠《西江上送渔父》："不见水云应有梦,偶随鸥鹭便成家。"写渔父的水上生涯,随鸥鹭栖宿,到处皆可为家,鹭与鸥皆为水禽,鹭生活于岸边、泽地,涉水觅鱼。也比较闲适,鸥鹭并提,同写鸥的含义。

宋·柳永《安公子》："拾翠汀洲人寂静,立双双鸥鹭。"

宋·欧阳修《采桑子》："天容水色西湖好,云物俱鲜,鸥鹭闲眠。"

宋·朱敦儒《鹧鸪天》："日长几案琴书静,地避池塘鸥鹭闲。"

又《好事近》："红尘今古转船头,鸥鹭已陈迹。不受乱世拘束,任东西南北。"

又《满庭芳》："要老伴,浮江载酒,舣棹观澜。倩轻鸥假道,白鹭随轩。"

宋·胡舜陟《渔家傲》(江行阻风)："渚鹭沙鸥多旧识,行未得。"

宋·张元干《临江仙》："江边鸥鹭莫相猜,上林消息好,鸿雁已归来。"

宋·曾觌《隔浦莲》(咏白莲)："多少芳心待怨诉,无语,飞来一片鸥鹭。"

宋·倪偶《减字木兰花》(和文伯兄咏新亭)："下瞰平湖,鹭立鸥飞意自如。"

宋·张抡《朝中措》："何事沙边鸥鹭,一声欸乃惊飞。"

宋·李流谦《洞仙歌》(忆别)："平生鸥鹭性,细雨疏烟,惯了江头自来去。"

宋·袁去华《风流子》："吴山新摇落,湖光净、鸥鹭点连漪。"

宋·高观国《西江月》："飞来鸥鹭是知音,一笑歌边醉醒。"

宋·葛长庚《贺新郎》："漫输与鹭朋鸥友,已办扁舟松江去,与鲈鱼、蒪菜论交旧。因念此、重回首。"宋·方岳《贺新郎》："五十到头公老矣,只可鹭朋鸥友。"用葛长庚句。

宋·张榘《贺新郎》："何尚友、沧波鸥鹭。"

宋·吴潜《满江红》(送李御带琪)："湖海上,一汀鸥鹭,半帆烟雨,报国无门空自怨,济时有策从谁吐?"

又《水调歌头》："惟有汀边鸥鹭,不管人间兴废,一抹度青霄。"

又《南乡子》："黄耳讯初收,为说鸥汀与鹭洲。"

又《贺新郎》："想山中,猿呼鹿啸,鹭翔鸥舞。"

宋·李曾伯《醉蓬莱》："老子平生,萍流蓬转,昔去今来,鸥鹭都识。"

又《沁园春》(庚寅为亲庭寿)："门前,咫尺长安,但只恐纶音催禁班。把鹭鬓数茎,更因民白,鸥心一片,犹为君丹。"

又《沁园春》："凤阙天高,鹭洲潮落,约取白鸥归去来。"

又《沁园春》："鸥鹭眠沙,渔樵唱晚,不管人间半点愁。"

又《贺新郎》："两两只只鸥鹭里,拍拍船儿一羽。"

宋·方岳《满江红》(乙巳生日)："重省起,西山笋;终负却,东山屐。把草堂借与、鹭眠鸥歇。"

又《木兰花慢》："不道鹭嘲鸥笑,归来鬓已卷苍。"

又《贺新郎》："留得钓竿西日手,梦落鸥旁鹭侧。"

宋·吴文英《莺啼序》："眼隍空,轻把斜阳,总还鸥鹭。"

宋·柴望《摸鱼儿》："但一舸芦花,数声霜笛,鸥鹭自来去。"

又《齐天乐》："正马上相逢,杏花狼藉。惟有沙边,旧时鸥鹭似相识。"

宋·张矩《应天长》(南屏晚钟)："前渡涌金楼,笑傲东风,鸥鹭半相识。"

宋·陈允平《蓦山溪》(花港观鱼)："濠梁兴在,鸥鹭笑人痴。"

又《渡江云》(三潭印月)："总输与、鸥眠菶蓼,鹭立孤蒲。"

宋·周密《秋霁》："水曲芙蓉,渚边鸥鹭,依依似曾相识。"

宋·赵从橐《摸鱼儿》："要见我何心,西湖万顷,来去自鸥鹭。"

宋·李居仁《水龙吟》(浮翠山房拟赋白莲)："雪鸥沙鹭,夜来同梦,晓风吹醒。"

宋·赵汝钠《水龙吟》(浮翠山房拟赋白莲)："雪空冰冷,此情唯许、鹭知鸥见。"

宋·曹稀孙《贺新郎》："故寝荒凉成一梦,问来鸥去鹭无知者。"

宋·张炎《三姝媚》："莫趁江湖鸥鹭,怕太乙炉荒,暗消铅虎。"

又《水龙吟》(白莲)："几度消凝,满湖烟月,一汀鸥鹭。"

又《声声慢》(赋渔隐)："门当竹径,鹭管苔矶,烟波自有闲人。"只写鹭。

又《春从天上来》："海上回槎,认旧时鸥鹭,犹恋兼葭。"

又《清波引》："怕教冷落芦花,谁招得旧鸥鹭。"

又《忆旧游》(寄友):"认得旧时鸥鹭,重过月明桥。"

又《南楼令》(送杭友):"风雪脆荷衣,休教鸥鹭知。"

又《长亭怨》(别陈行之):"归去,问当初鸥鹭,几度西湖霜露。"

宋·周伯阳《摸鱼儿》(次韵送别):"江鸥沙鹭,若问我重来,明年有约,今日是前度。"

宋·无名氏《西江月》(待雪):"萧萧风叶乱黄芦,寒入一滩鸥鹭。"

宋·无名氏《水调歌头》(生日自寿):"说与门前鸥鹭,护我山中杞菊,日日长心苗。"

清·王国维《点绛唇》:"落日中流,几点闲鸥鹭。"

403. 陶然共忘机

唐·李白《下终南山过斛斯山人宿置酒》:"我醉君复乐,陶然共忘机。"主客一乐一醉,陶醉于此刻的友情,身外之事全然忘却了。"机"机心,为谋求尘事、名利的心境、心计。"忘机"泯除机心,忘掉了一切谋求,常表示淡泊宁静、无为无争的心态、志趣。此直写人"忘机"。

唐·陈子昂《酬晖上人秋夜山亭有赠》:"多谢忘机人,尘忧未能整。"晖上人为脱尘超俗、与世无争的隐士,称他为"忘机人",而自己还难以摆脱尘世之扰。这是用"忘机"最早的。

唐·韦应物《园内览物》:"守此幽栖地,自是忘机人。"

唐·楼颖《东郊纳凉乙左威卫李录事收昆季太原崔参军三首》:"想是忘机者,悠悠在兴中。"

唐·杜甫《遣兴二首》:"但讶鹿波翁,忘机对芳草。"

唐·钱起《谢张法曹万顷小山暇景见忆》:"退食不趋府,忘机还在林。"

唐·韩翃《寻胡处士不遇》:"说法思居士,忘机忆丈人。"

唐·权德舆《田家即事》:"婚嫁毕渚烟,溪月共忘机。"

唐·柳宗元《禅堂》:"山花落幽户,中有忘机客。"

唐·刘禹锡《送春词》:"万古至今同此恨,无如一醉忘机。"

又《和乐天洛下雪中宴集寄汴州李尚书》:"笙歌要请频何爽,笑语忘机拙更欢。"

唐·吕温《道州夏日郡内北桥新亭书怀赠何元二处士》:"齐物鱼何乐,忘机鸟不惊。"写鱼鸟悠闲。

唐·白居易《对酒五首》:"巧拙贤愚相是非,何如一醉尽忘机。"

唐·姚合《山中述怀》:"此情对春色,尽醉欲忘机。"

唐·杨发《秋晴独立南亭》:"如今有待终身贵,未若忘机尽日闲。"

唐·许浑《题官舍》:"簟瓢贫守道,书剑病忘机。"

唐·李商隐《赠从兄阆之》:"怅望人间万事违,私书幽梦约忘机。"

唐·温庭筠《渭上题三首》:"轻桡便是东归路,不肯忘机作钓船。"

又《赠隐者》:"不问人间事,忘机过此生。"

又《题泰恭禅院二首》:"出门还有泪,看竹暂忘机。"

又《利州南渡》:"谁解乘舟寻范蠡,五湖烟水独忘机。"

唐·陆龟蒙《奉和袭美题达上人药圃二首》:"一风一雨皆遂性,花开花落尽忘机。"

唐·方干《登雪窦僧家》:"谁能忘轩冕,来此便忘机。"

唐·罗隐《秋日怀贾随进士》:"知君安未得,聊且示忘机。"

又《览晋史》:"惆怅途中无限事,与君千载两忘机。"

又《题凿石山僧院》:"日夜潮声送是非,一回登眺一忘机。"

又《第五将军于余杭天柱宫入道因题寄》:"亦知得意须乘鹤,未必忘机便钓鱼。"

唐·周朴《桐柏观》:"欲识蓬莱今便是,更于何处学忘机。"

唐·郑谷《池上》:"丧志嫌孤宦,忘机爱谈交。"

唐·李洞《寄淮海惠泽上人》:"他日愿师容一榻,煎茶扫地学忘机。"

宋·苏轼《和子由送春》:"芍药樱桃俱扫地,鬓丝禅榻两忘机。"

404.寻盟鸥鹭,爱此风标格

宋·刘一止《念奴娇》:"闻说高情,寻盟鸥鹭,爱此风标格。""鸥鹭"并举,始于唐·温庭筠"偶随鸥鹭便成家"(《西江上送渔父》)句。"寻盟鸥鹭",寻求与鸥鹭为友。作者乘舟水行,顿然想到"寻盟鸥鹭"的高尚情操,而忘掉了自己的"身世形迹"。宋·陈三聘《念奴娇》(和徐尉游石湖):"扁舟此计,问当年、谁与寻盟鸥鹭。"宋·卢祖皋《满庭芳》:"盘古居成,辋川图就,便从鸥鹭寻盟。"都用刘一止"寻"字句。

只用"盟鸥"的,亦不乏其人。如宋·陆游《雨夜怀唐安》:"小阁帘栊频梦蝶,平湖烟水已盟鸥。"宋·辛弃疾《水调歌头》(壬子三山被召):"富贵非吾事,归与白鸥盟。"都是有名的。其他"盟鸥鹭"和"盟鸥"句如:

宋·曾惇《浣溪沙》:"紫禁正须红药句,清江莫与白鸥盟。"

宋·李石《醉蓬莱》:"又是征帆,万里行去,旧恨鲈鱼,昔盟鸥鹭。"

宋·洪适《满庭芳》:"盘洲怨,盟鸥闲阔,瘞鹤立新碑。"

宋·范成大《临江仙》:"明年我去白鸥盟,金闺三玉树,好问紫霄程。"

宋·辛弃疾《水调歌头》(盟鸥):"带湖吾甚爱,千丈翠奁开。……凡我同盟鸥鸟,今日既盟之后,来往莫相猜。"

又《丑奴儿》:"野鸟飞来,又是一般闲暇。却怪白鸥,觑着人,欲下未下。旧盟都在,新来莫是,别有说话。"

又《贺新郎》:"回头鸥鹭瓢泉社,莫吟诗、莫抛樽酒,是吾盟也。"

宋·姜夔《庆宫春》:"呼我盟鸥,翩翩欲下,背人还过木末。"

宋·吴琚《念奴娇》:"未辨鱼簑,先盟鸥鹭,奈卜邻无地。"

宋·徐仲渊《水调歌头》(怀山中):"闲却五湖风月,鸥鸟负盟。"

宋·戴复古《沁园春》:"任江湖浪迹,鸥盟雁序。功名到手,凤阁鸾台。"

宋·高观国《青玉案》:"一堤风月,六桥烟水,鹭约鸥盟在。"

宋·黄机《西江月》(泛洞庭青草):"白鸥容我同作盟,占取两湖清影。"

宋·葛长庚《摸鱼儿》:"问苍江、旧盟鸥鹭,年来景物谁主。"

宋·吴潜《水调歌头》(闻子规):"去处人物两忘机,昨日既盟鸥鹭,今日又盟猿鹤,终久以为期。"

又《满江红》(乌衣园):"唤出山来,把鸥鹭、盟言轻食。"

宋·李曾伯《沁园春》:"把方略评梅,工夫课柳,精神伴鹤,谈笑盟鸥。"

又《念奴娇》:"只恐鸥盟,难忘鹤怨,未是闹时节。"

又《满江红》:"薇柳诸关成底事,菊松三径犹堪主。办篮舆,尚可樵渔樵,盟鸥鹭。"

又《最高楼》:"溪南北,本自一渔舟,烟雨几盟鸥。"

宋·吴文英《浪淘沙》:"离亭春草又秋烟,似与轻鸥盟未了,来去年年。"

又《齐天乐》:"叹蝶难追,鹭盟重换。一片斜阳,送人归骑晚。"

宋·陈允平《木兰花慢》:"相看,倦羽久知还,回首鹭盟寒。"

宋·谭方平《水调歌头》:"管甚轮云世变,管甚风波世态,沙渚且盟鸥。"

宋·马廷鸾《水调歌头》:"老子早知退,鸥鹭未盟寒。"

宋·文天祥《酹江月》:"正为鸥盟留醉眼,细看涛生云灭。"

宋·赵必{王象}《齐天乐》:"休休蕉鹿梦省,早牛衣无恙,鸥盟未冷。"

又《贺新郎》(贺小山纳妇):"沙上盟鸥鹭,笑吟翁,梦今不到、草堂深处。"

宋·王易简《水龙吟》:"别浦重寻,旧盟唯有、一行鸥鹭。"

宋·张炎《长亭怨》(为任次山赋驯鹭):"笑海上、白鸥盟冷。"

又《台城路》:"快料理归程,再盟鸥鹭。"

又《甘州》:"一自盟鸥别后,甚酒瓢诗锦,轻误年华。"

又《台城路》:"寄语盟鸥,问春何处好。"

又《月下笛》:"别后都依旧,但靖节门前,近来无柳。盟鸥尚有,可怜西塞渔叟。"

又《台城路》:"欠竹谁家,盟鸥某水,白月光涵圆峤。"

又《木兰花慢》:"抱瑟空行古道,盟鸥顿冷清波。"

又《声声慢》(寄叶书隐):"百花洲畔,十里湖边,沙鸥未放盟寒。"

又《声声慢》(中吴感旧):"白鸥旧盟未冷,但寒沙、空与愁堆。"

宋·萧仲昺《沁园春》(庆宁乡令):"笑问鸥盟,所不同心,有如大江。"

宋·刘将孙《满江红》:"鸾侣凤明争快睹,鸥盟鹭宿空曾识。"

宋·吴编修《八声甘州》(解任):"芳州外,溪风山月,鸥鹭盟同。"

宋·无名氏《沁园春》(寿赵宰):"有银潢公子,摩挲石刻,金华仙伯,主掌鸥盟。"

405. 浴凫飞鹭晚悠悠

唐·杜甫《涪城县香积寺官阁》:"小院回廊春寂寂,浴凫飞鹭晚悠悠。"写"官阁"春天傍晚的寂静,凫在池中自由地沐浴,鹭在院中自在地飞翔。

宋·周邦彦《菩萨蛮》(梅雪):"银河宛转三千曲,浴凫飞鹭澄波绿。"用杜甫的"浴凫飞鹭"句。

406. 拍手笑沙鸥,一身都是愁

宋·辛弃疾《菩萨蛮》(赏心亭为叶丞相赋):"人言头上发,总向愁中白;拍手笑沙鸥,一身都是愁。""沙鸥"即"白鸥",一身白色羽毛。词的下阕说,头上的白发,是从愁中来的,可笑那沙鸥,全身都是愁了。曲折表达自己之愁。

宋·张炎《高阳台》(西湖春感):"当年燕子知何处,但苔深韦曲,草暗斜川。见说新愁,如今也到鸥边。"借暮春之景抒"离黍"之悲,"当年燕子"已不见踪迹,而湖边的白鸥也添了新愁。暗用辛弃疾句,写白鸥之愁,实为移情于鸟。

407. 惊起一滩鸥鹭

宋·李清照《如梦令》:"兴尽晚回舟,误入藕花深处。争渡,争渡,惊起一滩鸥鹭。"忆起往日,溪亭沉醉,日暮归舟,驶入荷花深处,奋力驶出花丛,惊起了河滩夜宿的鸥鹭。写出了一幅活泼生动的生活画面。然而"惊起"句是用他人语,宋·赵令畤《虞美人》(光化道中寄家):"紫烟深处数峰横,惊起一滩鸥鹭,照川明。"也是"画船"惊起了鸥

鹭。李清照用此原句。

"惊鸥鹭"出于唐·白居易《立春日酬钱员外曲江同行见赠》:"机尽笑相顾,不惊鸥鹭飞。"其游曲江,心情畅快,相视而笑,唯恐惊动水边的鸥鹭,不骚扰鸟儿的安闲。宋人多用此"惊"字,表现人、物相谐的情怀。

晁端礼《满庭芳》:"长歌去,机心尽矣,鸥鹭莫相惊。"

又《洞仙歌》:"向蓬窗独坐,不觉徊惶,鸥与鹭、想一齐惊怪。"

宋·米友仁《临江仙》:"墙趺围瓦砾,鸥鹭见人惊。"

宋·李纲《水调歌头》:"衰疾卧江海,鸥鸟莫惊猜。"

宋·蒋璨《青玉案》:"欲过松江呼小渡,莫惊鸥鹭,四桥都是、老子经行处。"

宋·姚述尧《青玉案》:"莫惊鸥鹭,四桥尽是,老子经行处。"此词同蒋璨词,又作苏轼词。

宋·曹冠《青玉案》:"渔翁欸乃,却惊鸥鹭,飞起澄波面。"

宋·赵长卿《朝中措》:"征帆一缕转弯斜,惊鹭起汀沙。点点随风逆上,满江飞破残霞。"

又《如梦令》(汉上晚步):"何处一声鸣舻,惊起满川寒鹭。"

宋·林淳《浣溪沙》(忆西湖):"却忆西湖烂漫游,水涵山影翠光浮,轻舟短棹不惊鸥。"

宋·京镗《念奴娇》(上巳日游北湖):"棹歌声发,飞来鸥鹭惊散。"

宋·辛弃疾《菩萨蛮》:"心事莫惊鸥,人间千万愁。"

又《满庭芳》:"还堪笑、机心早觉,海上有惊鸥。"

宋·陈三聘《浣溪沙》(新安驿席上留别):"不怕春寒更出游,兰桡飞动却惊鸥。"

宋·李曾伯《柳梢青》:"若到松江,莫惊鸥鹭,记取坡词。"

宋·叶润《莺啼序》:"独醉难继山公,上马旌旗动,又还惊起鸥鹭。"

宋·陈著《如梦令》(舟泊成池):"风剪雨丝轻,江上潮生船去。看取,看取,湿鮥不惊鸥鹭。"

宋·刘辰翁《桂枝香》:"茫茫角动,回盘兴尽,未惊鸥鹭。"

408. 终郁羡鱼心

唐·骆宾王《过张平子墓》："惟叹穷泉下，终郁羡鱼心。"张平子生前曾有所抱负，死后则不会有所作为了。"羡鱼心"源出《淮南子·说林训》："临河而羡渔，不如归家结网。"意为只空有想望，而不动手去做。《汉书·董仲舒传》："古人有言曰：'临渊羡渔，不如退而结网。'""羡鱼"即从这句话中引出。用此常用二义：一是希图有所作为，一是喻人追逐名利。

表示要有所作为的：

晋·郭璞《游仙诗十九首》："希贤宜励德，羡鱼当结网。"

南朝·齐·谢朓《和刘西曹望海台》："临川徒可羡，结网庶时营。"

唐·孟浩然《望洞庭湖赠张丞相》："坐观垂钓者，空有羡鱼情。"

表示追逐名利的：

唐·李颀《送人归河南》："可即明时老，临川莫羡鱼。""明时"之人不羡名利。反其意而用之。

唐·顾非熊《崔卿双白鹭》："刷羽竞生堪画势，依泉各有取鱼心。"以白鹭喻人。

唐·罗隐《鹭鸶》："不要向人夸素白，也知常有羡鱼心。"同上。

唐·许浑《卜居招书侣》："忆昨乍知道，临川每羡鱼。"悔过。

唐·黄庭坚《池口风雨留三日》："孤城三日风吹雨，小市人家只菜蔬。翁从旁舍来收网，我适临渊不羡鱼。"自甘淡泊，不求仕进。

409. 终思隐君子

唐·储光羲《贻余处士》："此地日逢迎，终思隐君子。""隐君子"即隐士。出于《史记·老子韩非列传》："老子，隐君子也。"

又《寄孙山人》："借问故园隐君子，时时来往住人间。"

宋·范仲淹《访陕郊魏处士》："云夫嗣孤风，复为隐君子。"

宋·鲍当《题和靖隐居》："如何隐君子，长啸掩柴门。"

宋·欧阳修《书怀》(一作《思颍寄常处士》)(治平四年)(自注：常夷甫也)："况有西邻隐君子，轻蓑短笠伴春锄。"

宋·苏轼《岐亭五首》："下有隐君子，啸歌方自得。"

又《书林逋诗后》："不论世外隐君子，傭儿贩妇皆冰玉。"

410. 便欲息微躬

南朝·梁·沈约《游沈道士馆》："曰余知止足，是愿不须丰。遇可淹留处，便欲息微躬。"写沈道士劝戒作者，追求功利，宜适可而止。遇到可以驻足的地方，就要停息下来。"微躬"，微小的身躯。"息微躬"停下身子不再做事。"息微躬"也用于使身体得到休息。

唐·孟浩然《彭蠡湖中望庐山》："我来限于役，未暇息微躬。"

唐·储光羲《至闲居精舍呈正上人》："大师假惠照，念以息微躬。"

唐·杜甫《遣闷奉呈严公二十韵》："不成寻别业，未敢息微躬。"

唐·许浑《泛溪》："才华毕婚嫁，还此息微躬。"

411. 忽思鲈鱼脍，复有沧洲心

唐·王维《送从弟蕃游淮南》："归来见天子，拜爵赐黄金；忽思鲈鱼脍，复有沧洲心。"此诗述王蕃行迹，这四句说王蕃有功，受到朝廷封赏，忽而又生退隐之心。"鲈鱼"，产于太湖三江支流之一的松江。《太平御览》九三七卷引唐·杜贤《大业拾遗录》云："鲈鱼肉白如雪，不腥，所谓金齑玉脍，东南之佳味也。""鲈鱼脍"，西晋张翰(字季鹰，苏州人)在京城洛阳做官见秋风起而思归，思家乡鲈鱼脍(鱼块、鱼片)的典故。《晋书·张翰传》载：张翰任齐王司马冏的大司马车曹掾，他看到"天下纷乱，祸难未已"，不愿险居官位，"因见秋风起，乃思吴中菰菜(茭白)、莼羹(莼菜汤)、鲈鱼脍，曰：'人生贵得适志，何能羁宦数千里以要名爵乎！'遂命驾而归。"不久齐王冏兵败被杀，"人皆谓之见机。"《中吴纪闻》卷三载："张翰，吴人，仕齐王冏，不乐居其官。一日，在京师，见秋风忽起，因作歌曰：'秋风起兮佳景时(《岁华纪丽》卷三"佳景时"作"木叶飞")，吴江水兮鲈正肥。三千里兮家未归，恨难得兮仰天悲！'"(《思吴江歌》)由于张翰在西晋"八王之乱"中，预见英明，为求自适，及时隐退，最终保全了自己，成了后世的楷模。同秦亡后的邵平一样,被诗人所称道,为官者常借以思归,不为官者常引以自慰,于是鲈鱼、菰菜、莼(蒪)羹乃至张翰、季鹰其名都频频入诗。所以,李白在《金陵送张十一再游东吴》一诗写:"张翰黄花句,风流五百年。谁人今继作,夫子世称贤。"以张翰的清名美誉比张十一,不过张翰的影响岂止五百年呢。

在用"鲈鱼脍"的诗中,除了王维的"忽思鲈鱼脍",称名句的还有唐李白的"此行不为鲈鱼脍,自爱名山入剡中"(《秋下荆门》)。"剡"即今浙江嵊县。诗说到那里(也是古吴地)并不是隐居,而是游历。这是反用。唐赵嘏的"鲈鱼正美不归去,空戴南冠学楚囚"(《长安秋思》)。他身居长安思念南方山阴(今江苏淮安市)故里,诗中说为什么不归去,而空羁留北方呢?

"鲈鱼"句,句型多,表示思乡、爱乡者为主流。

唐·孙逖《淮阴夜宿二首》:"宿莽非中土,鲈鱼岂我乡。孤舟行已倦,南越尚茫茫。""鲈鱼"指代产地江南。

唐·崔颢《维扬送友还苏州》:"渚畔鲈鱼舟上钓,羡君归去向东吴。"

唐·李颀《送山阴姚丞携妓之任兼寄苏少府》(一作韩翃诗):"加餐共爱鲈鱼肥,醒酒仍怜甘蔗熟。"

唐·刘长卿《送许拾遗还京》:"暂容乘驷马,谁许恋鲈鱼。"

唐·杜甫《洗兵马》:"东走无复忆鲈鱼,南飞觉有安巢鸟。"后用"忆"者较多。

又《夜二首》:"暂忆江东鲙,兼怀雪下船。""鲙"即"脍",指鲈鱼脍。

唐·郎士元《送张光归吴》:"秋来多见长安客,解爱鲈鱼能几人。"

唐·刘禹锡《三阁辞四首》:"朱门漫临水,不可见鲈鱼。"

唐·元稹《醉题东武》:"因循未归得,不是恋鲈鱼。"

唐·李群玉《将之吴越留别坐中文酒诸侣》:"非思鲈鱼脍,且弄五湖船。"

唐·罗隐《新安投所知》:"长剑一寻歌一奏,此心争肯为鲈鱼。"

唐·储嗣宗《得越中书》:"扁舟恋南越,岂独为鲈鱼。"

唐·韩偓《招隐》:"时人未会严陵志,不钓鲈鱼只钓名。"合用严子陵、张翰事以讥沽名钓誉的时人。

唐·吴融《即事》:"何须一箸鲈鱼脍,始挂孤帆问钓矶。"

又《晚泊松江》:"如何不及前贤事,却谢鲈鱼在洛州。"

五代·徐铉《送净道人》:"乔木人谁在,鲈鱼我未还。"

又《送礼部潘尚书致仕还建安》:"名遂功成累复轻,鲈鱼因起旧乡情。"

宋·杨亿《弟偓归乡》:"江湖去为思鲈脍,雾雨还归养豹姿。"

宋·胡宿《有怀松江》(《全宋诗》二一○七页,《全唐诗》卷七七五署张怀作,宋·范成大《吴郡志》卷一八亦署唐人张怀作):"鲈鱼未得乘归兴,鸥鸟惟应信此心。"

宋·文彦博《余前此二纪保釐西郊与剡台李少师及洛社诸君游龙门饮伊上有渔者献鳜鱼十数尾因作羹脍坐客有思鲈之兴》:"一尊江上思鲈酒,两首伊滨忆鳜诗。"

宋·张方平《送苏学士钱塘监郡》:"洞庭霜天柑桔熟,松江秋水鲈鱼肥。"

宋·韩维《和孙廷平坦嵩山十首·渔舟火》:"起我江湖心,鲈鱼方可脍。"

宋·苏舜钦《望太湖》:"笠泽鲈肥人脍玉,洞庭柑熟客分金。"从张方平诗翻出,鲈鱼内白,因曰"脍玉",柑桔皮黄,固曰"分金"。

宋·苏轼《咏张翰》:"不须更说知机早,直为鲈鱼也自贤。何时却逐桑榆暖,社酒寒灯乐未央。"

宋·范成大《将至吴中亲旧多来相讶感怀有作》:"不须更说桑榆暖,霜后鲈鱼也自肥。"用苏轼诗中二句,反用"桑榆晚"句。

宋·赵彦端《水调歌头》(秀州坐上作):"忆得鲈鱼来后,杂以洞庭新桔,月堕酒杯中。宾客可人意,歌舞转春风。""鲈鱼"与"洞庭新桔"对写,同张方平、苏舜钦诗。

宋·姜夔《湘月》:"鲈鱼应好,旧家乐事谁省?"

宋·史达祖《秋霁》:"故园信息,爱渠入眼南山碧。念上国,谁是鲙鲈江汉未归客?"

宋·吴文英《木兰花慢》(钱赴山台):"争似西风小队,便乘鲈鲙秋肥。"

元·马致远《失牌名·碧玉箫》:"凉意入郊

墟,便可忆鲈鱼,量有无,好风光不可辜。"

清·王士禛《真州绝句五首》其四:"好是日斜风定后,半江红树卖鲈鱼。"写渔家卖鱼,夕阳染红了江边树和半个江面。

清·宗梅岑《读阮亭先生真州绝句漫作》:"我爱新城诗句好,半江红树卖鲈鱼。""阮亭"是王士禛的号,其别号为"渔洋山人",山东新城(今桓台)人。"半江"句是作者喜欢的诗句。

清·陈澧《百字令》(夏日过七里泷,飞雨忽来,凉沁肌骨。推篷看山,新黛如沐,岚影入水,扁舟行绿颇黎(玻璃)中。临流洗笔,赋成此阕):"不为鲈香兼酒美,只爱岚光呼吸。"用李白"此行不为鲈鱼脍"句意。

清·曹尔堪《满江红》(题柳村渔乐图):"湖上纶手惟钓月,盘中鲈脍全堆玉。"

412. 秋风悔不忆鲈鱼

唐·白居易《端居咏怀》:"贾生俟罪心相似,张翰思归事不如。斜日早知惊鹏鸟,秋风悔不忆鲈鱼。"写被贬谪中的心绪,"悔不忆鲈鱼"为悔不辞官归故里。"鲈鱼"添上"秋风"用张翰"见秋风起而思归"意。"秋风鲈鱼"句比独用"鲈鱼"句,唯多用一"秋风"。而唐人用此句往往加一"忆"字,杜甫有"东走无复忆鲈鱼"(《洗兵马》),羊士谔亦有"兽作江南步从事,秋来还复忆鲈鱼"(《忆江南旧游二首》)。这"忆"字很有影响。

唐·张南史《陆胜宅秋暮雨中探韵同作》:"已被秋风教忆脍,更闻寒雨劝飞觞。"

唐·郑谷《献大京兆薛常侍能》:"唯有明公赏新句,秋风不敢忆鲈鱼。"反其意而用之。

唐·黄滔《辇下书事》:"秋风满林起,谁道有鲈鱼。"

宋·王禹偁《寄潘阆处士》:"烂醉狂歌出上都,秋风时节忆鲈鱼。"

宋·陈尧佐《吴江》:"平波渺渺烟苍苍,孤蒲才熟杨柳黄。扁舟系岸不忍去,秋风斜日鲈鱼乡。"

宋·杨亿《杭州严从事己》:"柳岸兰桡片席飞,秋风泽国季鹰归。"

又《义门胡生南归》:"归思鲈鱼脍,离筵竹叶尊。秋风正摇落,楚客莫销魂。""摇落"兼用宋玉句。

宋·范仲淹《和并州大资政郑侍郎秋晚书事》:"太原兵重压强胡,莫对秋风忆脍鲈。"

宋·张先《醉眠亭》:"秋风老蓴鲈,扁舟何日归。"蓴即莼菜。

宋·文彦博《嘉祐中,余尹河南与少师李公明龙图董巨源集贤王伯初同游龙门。渔者得鳜鱼数十尾,以助杯杓,饮兴皆欢。日月云迈几二十年,感旧念游作忆鲈诗乃思鲈之比也》:"西风一棹思鲈兴,抖擞尘缨归旧庐。"

又《偶书答岐守吴卿》:"君说归期未有期,西风又是鲙鲈时。"全诗套用李商隐《夜雨寄北》诗格。见"君问归期未有期"条。

宋·欧阳修《初出真州泛大江作》:"蓴菜鲈鱼方有味,远来犹喜及秋风。"

宋·沈逊《和》:"晓露生兰苑,秋风动鲙鱼。"

宋·陶弼《句》:"黄柑鲈鲙金膏蟹,使我秋风未拂衣。"

宋·杨蟠《虹桥》:"栏干独立秋风早,岂待鲈鱼始拂衣。"反用陶弼"拂衣"句。

宋·黄庶《元伯示清水之什因和酬》:"秋风鲈肥美无价,莫怪张翰不可留。"

宋·刘敞《送上元张孟侯著作》:"忽忆东南行,秋风熟鲈鱼。"

又《送人之会稽》:"江南秋风鲈鱼美,庖脍炊粳东入吴。"

又《寄苏颂兄弟》:"秋风生眼前,客子思悠然。"暗用。

宋·司马光《送张学士师中字吉老两浙提点刑狱》:"秋风鲈鱼美,昼日锦衣荣。"

宋·王安石《旅思》:"看云心共远,步月影同孤。慷慨秋风起,悲歌不为鲈。"

宋·强至《次刘才郡送魏彦成韵》:"秋风乡思动,请郡向江左。"暗用。

宋·苏轼《忆江南寄纯如五首》其五:"未许季鹰高洁,秋风直为鲈鱼。"

又《满庭芳》(公旧序云:元丰七年四月一日,余将去黄移汝,留别雪堂邻里二三君子。会李仲览自江东来别,遂书以遗之):"云何,当此去,人生底事,来往如梭。待闲看、秋风洛水清波。"暗用。

宋·陆游《双头莲》(呈范至能待制):"纵有楚拖吴樯,知何时东逝。空怅望,鲙美菰香,秋风又起。"

宋·范成大《次韵温伯谋归》:"随风片叶乡心动,过雨千峰病眼明。"暗用其意。

宋·辛弃疾《满江红》:"纸帐梅花归梦觉,莼羹鲈鲙秋风起。问人生、得意几何时,吾归矣。"

又《水龙吟》(登建康赏心亭):"休说鲈鱼堪脍,尽西风、季鹰归未。"

宋·姚镛《醉高歌》:"十年燕月歌声,几点吴霜鬓影。西风吹起鲈鱼兴,已在桑榆晚景。"《朝野新声·太平乐府》卷四说此首《醉高歌》乃元人姚燧所作水令。此词确见于元曲。

元·乔吉《满庭芳·渔父词》:"莼鲈高兴西风动,挂起风篷,梦不到青云九重。"

元·张可久《沉醉东风·静秀堂看雨》:"乘落日村翁捕鱼,感西风倦客思鲈。"

明·吴绮《清平乐》(太湖):"烟波谁是吾徒?西风吹出鲈鱼。"

413.菰饭莼羹亦共餐

唐·张志和《渔父歌》:"松江蟹舍主人欢,菰饭莼羹亦共餐。"作者的《渔父歌》计五首,除"西塞山前白鹭飞"一首脍炙人口外,其他四首也很精彩。此是第四首中句,写松江渔人的生活。松江是太湖五大源流之一,盛产鲈鱼,也产菰菜和莼菜。莼菜即莼菜,"莼"是"莼"的异体字。用张翰故事,除了用"鲈鱼""秋风鲈鱼(莼菰)"外,还有独用菰、莼、鲈、莼鲈的,其含意大体与鲈鱼、秋风句近同,表示思乡、归隐或江南美味。而"思乡"的乡并非全是吴地,多指各自的故乡。

唐·杜甫《与李十二白同寻范十隐居》:"向来吟《桔颂》,谁与讨莼羹?"

唐·岑参《送张秘书充刘相公通汴河判官便赴江外觐省》:"鲈鲙胜堪忆,莼羹殊可餐。"

唐·钱起《送外甥范勉赴任常州长史兼觐省》:"桔花低客舍,莼菜绕归舟。"

唐·郎士元《赠万生下第归吴》:"莼羹若可忆,惭出掩柴扉。"

唐·元稹《酬友封话旧叙怀十二韵》:"莼菜银丝嫩,鲈鱼雪片肥。"

唐·白居易《偶吟》:"犹有鲈鱼莼菜兴,来春或拟往江东。"

唐·许浑《九日登樟亭驿楼》:"鲈鲙与莼羹,西风片席轻。"此"西风"指鼓席之风。

五代·李中《寄赠致仕沈彬郎中》:"莼羹与鲈鲙,秋兴最宜长。"

宋·郭昭务《送当即端兄南还见自诧有仙授异丹故篇中及之》:"鸿雁几时才北向,莼鲈有约竟南达。"

宋·王禹偁《松江亭二首》:"莼菜鲈鱼好时节,晚风斜日旧烟光。"

宋·司马光《送章伯镇知湖州》:"莼羹紫丝滑,鲈鲙雪花肥。"

宋·韩缜《文湖渔唱》:"莼菜鲈鱼供一醉,掉头归去卧烟簑。"

宋·苏轼《金门寺中见李西台与二钱(惟演、易)唱和四绝句戏用其韵跋之》:"未肯将盐下莼菜,已应知雪似杨花。"此典非出张翰。《晋书·陆机传》:陆机尝诣王济,济指羊酪谓机曰:"卿吴中何以敌此?"答曰:"千里莼羹,未有盐豉。"时人以为名对。二钱,都是吴地钱塘人,所以以二陆(陆机、陆云)作比,"莼羹"用陆氏语,"杨花"则用钱氏语。二钱族人钱昭度诗云:"南人如问雪,向道似杨花。"此诗确含"戏"意。顺引于此条之中,实与乡情无关。

又《忆江南寄纯如五首》其二:"若话三吴胜事,不惟千里莼羹。""千里莼羹"仍用陆机语。

又《次韵王安国书丹之子宁极斋》:"南游若不早,倘及莼鲈新。"

又《四月十一日初食荔枝》:"我生涉世本为口,一官久已转莼鲈。"

又《送吕昌朝知嘉州》:"得句会应缘竹鹤,思归宁复为莼鲈。"

宋·叶梦得《临江仙》(熙春台与王取道、贺方回、曾公衮会别):"鲈莼新有味,碧树已惊秋。"

宋·朱敦儒《好事近》:"失却故山云,索手指空为客。莼菜鲈鱼留我,住鸳鸯湖侧。"

宋·袁去华《兰陵王》(次周美成韵):"重来怆陈迹,又水褪沙痕,风满帆席,鲈肥莼美曾同食。"

宋·陆游《真珠帘》:"菰菜鲈鱼都弃了,只换得、青衫尘土。休顾,早收身江上,一蓑烟雨。"

宋·辛弃疾《沁园春》(带湖新居将成):"意倦须还,身闲贵早,岂为莼羹鲈鲙哉?"

又《六幺令》(用陆氏事,送玉山令陆德隆):"酒群花队,攀得短辕折。谁怜故山归梦,千里莼羹滑。"

又《木兰花慢》(滁州送范倅):"无情水、都不管,共西风、只等送归船。秋晚莼鲈江上,夜深儿女灯前。"

宋·刘过《念奴娇》(留别辛稼轩):"白璧追欢,

黄金买笑,付与君为主。莼鲈江上,浩然明日归去。"

宋·郑梦协《八声甘州》:"甚云间,平安信少。到黄昏,偏映落霞红。莼鲈美,扁舟归去,相伴渔翁。"

宋·葛长庚《贺新郎》:"已办扁舟松江去,与鲈鱼、莼菜论文交旧。"

宋·赵以夫《风流子》(中秋群贤集于蜗舍值雨作和刘随如):"桂殿风笙,妙音何处;莼羹鲈脍,清兴谁同。"

宋·方岳《蝶恋花》:"世路只催双鬓白,莼菜莼羹,正自令人忆。归梦不知江水隔,烟帆飞过平如席。"

又《水调歌头》(平山堂用东坡韵):"芦叶蓬舟千重,莼菜莼羹一梦,无语寄归鸿。"

宋·李曾伯《木兰花慢》(送朱子木叔归池阳):"渐吾乡秋近,正莼美,更鲈肥,顾安得相从,征帆衔尾,飞盖相随。"

宋·吴文英《木兰花慢》(送翁五峰游江陵):"一尊莼丝脍玉,忍教菊老松深。"

宋·陈允平《氏州第一》:"见说西湖鸥鹭少,孤山路,醉魂飞绕。荻蟹初肥。莼鲈更美,尽酒怀诗抱。"

宋·赵必璩《贺新郎》(寿陈新渌):"随意种、荼薇蹢躅。莼菜可羹,鲈可脍,听渔舟、晚唱清溪曲。"

宋·张炎《忆旧游》(寓毗陵有怀澄江旧友):"自怜此来何事,不为忆鲈莼。但回首当年,芙蓉城里,胜友如云。""胜友如云"用《滕王阁序》语。

又《木兰花慢》(归隐湖山书寄陆处梅):"秋痕尚悬鬓影,见莼丝、依旧也思鲈。"

明·严嵩《食山薯偶作》:"频年京国莼鲈意,归向袞乡日饱尝。"嘉靖四十一年(1562年),严嵩为御史邹应龙参倒,回到江西分宜家乡作此诗。

明·陆深《念奴娇》(秋日怀乡用东坡韵):"鲈鱼莼菜,一任江天岁月。"

明·"天随子"(陆龟蒙自号,借称)《南乡子》(华亭吊古):"闻说莼鲈秋更好,凄清。漫忆风流张步兵。"为陆机遇害而伤情;慕张翰逍遥适志得怡养天年。

清·夏孙桐《南楼令》(秋怀次韵):"活莼鲈、空自低回。"

清·王凯泰《台湾杂咏》:"最是秋风好时节,

教人无奈忆莼鲈。"

414.张翰逢秋忆故园

唐·赵嘏《松江》:"松江菰叶正芳繁,张翰逢秋忆故园。"作者到松江见菰菜正繁,想到张翰,产生厌倦宦游而欲归隐的念头。此类句点出张翰,且以"张翰思(忆)鲈鱼"之句为多。"翰"也指代人或其友人。

唐·王昌龄《赵十四兄见访》:"嵇康殊寡识,张翰独知终;忽忆鲈鱼鲙,扁舟往江东。"

唐·王初《书秋》:"往来未若奇张翰,欲鲙霜鲸碧海东。"

唐·李商隐《赠郑谠处士》:"浪迹江湖白发新,浮云一片是吾身。……越桂留烹张翰鲙,蜀豉供煮陆机莼。""陆机莼"即"千里莼羹,未有盐豉"之莼。

唐·李郢《立秋后自京归家》:"西江近有鲈鱼否,张翰扁舟始到家。"

唐·陆龟蒙《松江秋书》:"张翰深心怕祸水,不缘莼脆与鲈肥。"

唐·罗邺《趁职单于留别阙下知己》:"逢秋不拟同张翰,为忆鲈鱼却叹嗟。"反用,抒发作者报国愿望。

唐·罗隐《送舒州宿松县傅少府》:"留取余杯待张翰,明年归棹一从容。"

唐·郑谷《漂泊》:"鲈鱼斫鲙输张翰,桔树呼奴羡李衡。"

唐·韩偓《闲居》:"刀尺不亏绳墨在,莫疑张翰恋鲈鱼。"

唐·韦庄《江边吟》:"陶潜政事千杯酒,张翰生涯一叶舟。"

又《江行西望》:"欲将张翰秋江雨,画作屏风寄鲍昭。"

五代·李中《新秋有感》:"张翰思鲈兴,班姬咏扇情。"

五代·刘兼《偶闻官吏举请辄取有一篇寄从弟舍人》:"张翰鲈鱼因醉忆,孟光书信近春稀。"

五代·谭用之《河楼桥赋得群公夜宴》:"满座马融吹笛月,一楼张翰过江风。"

宋·罗处约《吴江圣寿寺》:"张翰思乡应有意,几多屏障水为乡。"

宋·赵瑞《赠胡侍郎致仕》:"张翰莼鲈偏入兴,陶潜松菊意休闲。"

宋·释智圆《赋得送人自阙下还吴》："尊羹鲈鱼美，张翰忽思归。"

宋·刁约《如归亭》："张翰鲈鱼闲适兴，庄周鸥鸟尽忘机。"

宋·宋祁《官月钱不足经费》："天极包荒思未报，敢随张翰忆秋鲈。"

宋·钱仙芝《句》："乘秋张翰思归国，垂老龟蒙毕著书。"

宋·李觏《屈原》："秋来张翰偶思鲈，满筋鲜红含有余。"

宋·陈襄《和张莲使题长乐台》："知君才业非张翰，莫为鲈鱼有意归。"

宋·韩维《和微之》："欢余笑张翰，迢递想江东。"

宋·方岳《满庭芳》（擘蟹醉题）："草泥，行郭索，横戈曾怒，张翰浮夸。笑鲈鱼虽好，风味争些，醉嚼霜前鬆雪。江湖梦、不枉归槎。"

元·沈禧《一枝花·题张思恭》："且休说唐时仁杰专前美，谁知道晋代张翰有远孙。""远孙"喻张思恭怀念家乡和亲人。

415.季鹰可是思鲈鲙

唐·郑谷《舟行》："季鹰可是思鲈鲙，引退知时自古难。"乘舟所感所思，称道季鹰（张翰之字）"引退知时"，"思鲈鲙"不过是一种偶然的诱因，这类句直称"季鹰"以用之。

唐·刘长卿《九日岳阳待黄遂张涣》："季鹰久疏旷，叔度早畴昔。"

唐·孟浩然《永嘉别张子容》："何时一杯酒，重与季鹰倾。"

唐·吴融《渡汉江初尝鳊鱼有作》："啸父知机先忆鱼，季鹰无事已思鲈。"

宋·王赟《过吴江》："吴江秋水灌平湖，水阔烟深恨有余。因想季鹰当日事，归来未必为尊鲈。"

宋·马彝《次吴江驿》："鲁望旧踪追感叹，季鹰前事入思量。……散发未能归未遂，鲈鱼时节负秋光。"

宋·王珪《南海馆中》："何时片棹一归去，江有鲈尊岸有风。"

宋·杨蟠《墨池怀古》："灵运也思轻印绶，季鹰还解忆鲈鱼。"

宋·贺铸《弄珠英·蓦山溪》："季鹰久负鲈鱼兴，不住今秋，已办归舟，伴我江湖作胜游。"

宋·吴则礼《减字木兰花》（简天牗）："鲈鱼正美，白发季鹰聊启齿。"

宋·赵善括《鹧鸪天》（和朱伯阳）："画鹢翩翩去似飞，季鹰何事忽思归。"

宋·李彭老《摸鱼子》（紫云山房拟赋尊）："归期早，谁似季鹰高致，鲈鱼相伴菰米。"

元·张可久《普天乐·秋怀》："钓鱼子陵，思莼季鹰，笑我飘零。"

416.昔人已乘黄鹤去

唐·崔颢《黄鹤楼》："昔人已乘黄鹤去，此地空余黄鹤楼。黄鹤一去不复返，白云千载空悠悠。晴川历历汉阳树，芳草萋萋鹦鹉洲。日暮乡关何处是，烟波江上使人愁。""昔人"，传说有二：一说仙人子安乘鹤经过此地（《齐谐志》），一说费祎驾鹤于此地登仙（《太平寰宇记》引《图经》）。陆游《入蜀记》云："黄鹤楼旧传费祎飞升于此，后忽乘黄鹤来归，故以名楼。"诗人借"昔人"（仙人）已去，只余黄鹤楼，抒写自己的空灵之感。

俞陛云的《诗境浅说·丙编》和高步瀛的《唐宋诗举要》都认为此诗与沈佺期的《龙池篇》的格调相同。沈诗是："龙池跃龙龙已飞，龙德先天天不违。池开天汉分黄道，龙向天门入紫微。邸第楼台多气色，君王凫雁有光辉。为报寰中百川水，来朝此地莫东归。"

写"黄鹤已去"句如：

唐·李白《自梁园至敬亭山见会公谈陵阳山水兼期同游因有此赠》："黄鹤久不来，子安在苍茫。"

又《登敬亭山南望怀古赠窦主簿》："白龙降陵阳，黄鹤呼子安。"

又《书情赠蔡舍人雄》："千里一回首，万里一长歌。黄鹤不复来，清风奈愁何？"

宋·范成大《鄂州南楼》："谁将玉笛弄中秋，黄鹤飞来识旧游。"上句用李白的"黄鹤楼中吹玉笛"句，下句反用崔颢句，喻自己万里归来。

用"昔人已乘黄鹤去"句式的：

唐·陆羽《会稽东山》："昔人已逐东流去，空见年年江草齐。"

唐·李昌符《三月尽日》："落日已将春色去，残花应逐夜风飞。"

唐·方干《感时三首》："夜雨旋驱残热去，江风吹送早寒来。"

417. 黄鹤一去不复返

唐·崔颢《黄鹤楼》："黄鹤一去不复返,白云千载空悠悠。"仙人跨鹤,去而不返;仙去楼空,唯天际白云,悠悠千载,正是面对名楼,产生时空茫然之感。"黄鹤"与"白云"对写的前人已有。而影响深远的唯有崔颢诗,明清以后的"黄鹤楼"诗常以"白云""黄鹤"作对用语,而"白云黄鹤"已成武昌乃至武汉的代名。而在唐宋时代,用"白云""黄鹤",含义则比较宽泛,如表达闲逸、飘泊、分别、结友等等。

唐·卢照邻《送幽州陈参军赴任寄呈乡曲父老》："人同黄鹤远,乡共白云连。"写人离乡远去,如黄鹤与白云远隔一般。这是最早对用白云、黄鹤的诗。

唐·钱起《送张五员外东归楚州》："杳然黄鹤去,未负白云期。"则写黄鹤追逐白云而去,喻张归楚州。这是黄鹤不返、唯余白云一意从反面化出。

唐·储嗣宗《送道士》："黄鹤有归语,白云无忌心。"喻道士归去。

唐·李群玉《汉阳春晚》："白云蔽黄鹤,绿树藏鹦鹉。"白云遮住了黄鹤楼,绿树掩盖了鹦鹉洲,写汉阳晚春景象。

唐·皎然《春日杼山寄赠李员外纵》："黄鹤有心多不住,白云无事独相亲。"只与"白云"结友而已。皎然名谢昼,谢灵运十世孙。唐贞元时人。

唐·牟融《题孙君山亭》："林壑能忘轩冕贵,白云黄鹤好相亲。"写"孙君山亭"幽僻,可与"白云黄鹤"结友。"相亲"意近皎然诗。由于牟融亦为贞元时人,难分二诗写作之先后。

宋·张俞《白云庵·句》："欲作外臣谁是友,白云孤鹤在岩扉。"以"白云孤鹤"为友。

宋·张炎《浣溪沙》(写墨水仙二纸寄曾心传并题其上)："零落依稀倾凿落,碎琼重叠缀搔头,白云黄鹤思悠悠。"由画产生的联想。

宋·尹公远《齐天乐·赠庐天隐》："江湖千里秋风客,翩然白云黄鹤。"喻萍踪难定的远游。

明·万士和《临江仙》(同杨魏村出参登桐君山)："笑携黄鹤伴,来坐白云间。"喻如仙人之隐逸。

明·杨基《雪中再登黄鹤楼》："白云飞尽黄鹤去,此景不见今千年。""白云""黄鹤"早已渺茫,

"我"哪里寻"骑鹤仙"?

明·夏言《秦凤山招饮黄鹤楼次西涯公韵》："白云黄鹤向来闻,晴川芳草今始见。"过去只从诗中知道白云黄鹤,而今登上这名楼了。

清·陶之典《辛酉中秋登黄鹤楼作九老会》："客棹送来黄鹤月,词场擢入白云秋。"喻登楼作诗。

清·张维屏《黄鹤楼》："仙人去后词人去,但见长江日夜流。江上白云应万变,楼前黄鹤自千秋。""白云"早不是崔颢时代的白云了,唯黄鹤(楼)永存。

清·觉慧和尚《黄鹤楼》："白云尚剩当年迹,黄鹤犹名此日楼。"崔颢诗中的"白云"尚有遗迹,黄鹤楼依然矗立。

今人邹荻帆《黄鹤楼》(自度曲)："四十年风雨归舟。白云有意归旧土,黄鹤无忧回画楼。恰正似绘龙点睛,添花锦绸。"黄鹤楼更增魅力。

李鑫《楹联》:

楼榭依然,不共白云千载去;

仙灵如在,问骑黄鹤几时来?

抱蜀居士《楹联》:

黄鹤去来无所定;

白云今古拥高楼。

佚名《楹联》:

黄鹤飞去且飞去;

白云可留不可留。

418. 欲骑鹤背觅长生

唐·白居易《酬赠李炼师见招》："曾犯龙鳞容不死,欲骑鹤背觅长生。"李炼师原为司直,因谏而触怒皇帝被贬,于是炼丹求道,隐居起来。"骑鹤"句用"骑鹤飞升"以仙去的传说,叙评李炼师的隐遁生涯,流露出作者羡慕之情。

又《同微之赠别郭虚舟炼师五十韵》："朱顶鹤一只,与师云间骑。云间鹤背上,故情若相思。"表示对郭虚舟离去之怀念。

宋·苏轼《次韵袁公济谢芎椒》："羡君清瘦真仙骨,更助飘飘鹤背躯。"清瘦更便于骑鹤,用"骑鹤背"意。

宋·米芾《洞庭秋月》："我来更欲骑黄鹤,直上高楼一醉眠。"写一种向往。

419. 却归来,再续汉阳游,骑黄鹤

宋·岳飞《满江红》(登黄鹤楼有感)："何日请

缨提锐旅？一鞭直渡清河洛！却归来,再续汉阳游,骑黄鹤。"此词作于南宋高宗绍兴八年(1138),岳飞再度还军鄂州之时,登楼抒怀,抚剑请缨,重整山河之志,慷慨壮烈,溢于言表。结尾,满怀信心地表示,胜利归来,再度登此楼。"骑黄鹤",登上黄鹤楼。

宋·戴复古《水调歌头》(题李季允侍郎鄂州吞云楼):"骑黄鹤,赋鹦鹉,谩风流。岳王祠畔,杨柳烟锁古今愁。"宋宁宗嘉定十四年(1221),金兵侵扰黄州、蕲州一带,李季允出任沿江制置副史兼知鄂州,负责规划边防军事。诗人此刻正在武昌,心情激奋,而南宋朝廷却畏缩不前,以致坐失良机。诗人愤慨万分,作此词以抒怀。"骑黄鹤"用岳飞语以赞岳飞抗金之豪气。

"追黄鹤"则别有含义。宋·苏轼《满江红》:"愿使君,还赋谪仙诗,追黄鹤。"李白《赠韦使君》有"我且为搥碎黄鹤楼,君亦为我倒却鹦鹉洲"句,苏轼词鼓励使君朱寿昌写诗超过李白的"黄鹤诗"。"追黄鹤"中的"黄鹤",非楼非鹤,而是指李白的诗。

420. 孤云将野鹤,岂向人间住

唐·刘长卿《送方外上人》:"孤云将野鹤,岂向人间住。莫买沃洲山,时人已知处。""沃洲山",在今浙江新昌县东,相传晋代名僧支遁曾于此放鹤养马。道家以沃洲为第十二福地。作者在《送灵游上人》诗中写"青山独归远",就指灵澈远去沃洲山。此诗说不要去名山,还要远去。"孤云"携着"野鹤",就该离开人间了。"孤云"没牵碍,"野鹤"无阻拦,都可以高飞远翔,自由自在。后人多喻分手后各自飘泊,行踪不定。

唐·李颀《望鸣皋山白云寄洛阳卢主簿》:"饮马伊水中,白云鸣皋上……远映村更失,孤高鹤来傍。"

唐·韦应物《赠丘员外二首》:"迹与孤云远,心将野鹤俱。"喻超尘脱俗。

唐·戎昱《送李参军》:"一东一西如别鹤,一南一北似浮云。"

唐·武元衡《立秋日与陆华原于县界南馆送邹十八》:"风入昭阳池馆秋,片云孤鹤两难留。"

唐·权德舆《寄侍御从舅》:"野鹤无俗质,孤云多异姿。"

唐·施肩吾《秋夜山中别友人》:"独鹤孤云两难说,明朝又作东西别。"

唐·齐己《林下留别道友》:"片云孤鹤东西路,四海九州多少山。"

唐·皎然《送大宝上人归楚山》:"独鹤翩翩飞不定,归云萧散会无因。"

唐·张祜《寄灵澈诗》:"独树月中鹤,孤舟云外人。"

唐·杜光庭《偶题》:"似鹤如云一个身,不忧国家不忧贫。"

五代·谭用之《送丁道士归南中》:"孤云无定鹤辞巢,自负焦桐不说劳。"

五代·徐铉《送汪处士还黟歙》:"孤云野鹤任天真,乘兴游梁又适秦。"

宋·释智圆《孤山闲居即事寄已师》:"回首权豪绝相识,野云孤鹤自相於。"

宋·祖元择《自咏二首》:"山中深僻无人到,自有闲云共鹤飞。"

宋·陶弼《寄桃园管明菩》:"野鹤孤云无定踪,桃花流水合相容。"

宋·朱熹《鹧鸪天》(叔怀尝梦飞仙,为之赋此。归日以呈茂献侍郎当发一笑):"生羽翼,上烟霏,回头只见冢累累。未寻跨凤吹箫侣,且伴孤云独鹤飞。"

宋·葛长庚《南乡子·爱阁赋别二首》:"聚散与谁同,野鹤孤云有底踪。别处要知相忆处,无穷。总在青山夕照中。"

又《醉江月》:"惊觉百年浑似梦,空被利名蒙绕。野鹤纵横,孤云自在,对落花芳草。"

宋·无名氏《减字木兰花》(寿隐士):"一丘一壑,野鹤孤云随处乐。"

清·黄黎洲《五老峰顶万松坪同阎古古夜话限韵》:"闲云野鹤常无定,箭镞刀痕尚在肌。"

421. 孤云独鹤自悠悠

唐·皇甫冉《酬张二仓曹扬子所居见寄兼呈韩郎中》:"孤云独鹤自悠悠,别后经年尚泊舟。"写自己如"孤云独鹤",到处漂泊,事无专职,居无定所,孤独地浪迹天涯。

唐·严维《送薛居士和州读书》:"孤云独鹤共悠悠,万卷经书一叶舟。"用皇甫冉句,说薛居士如"孤云独鹤"悠悠而去。

422. 独鹤归何晚

唐·杜甫《野望》:"独鹤归何晚,昏鸦已满林。"乾元二年在秦州作,写日暮鸟还,晚鸦满林,唯独鹤未归。鹤孤飞寡侣,未见归来,乃想象之物,含"羁栖自况"之意。

"独鹤"出于南朝·梁·何逊《日夕出富阳浦口和朗公诗》:"独鹤凌空逝,双凫出浪飞。"何诗首用"独鹤",后多写孤独。

唐·戴叔伦《松鹤》:"独鹤爱清幽,飞来不飞去。"写独鹤巢松。

423. 一飞冲霄天

魏·阮籍《咏怀诗八十二首》写了"冲天鹤":"挥袂抚长剑,仰视浮云征。云间有玄鹤,抗志扬哀声。一飞冲霄天,旷世不再鸣。"《晋书·阮籍传》:"籍本有济世志,属魏晋之际,天下多故,名士少有全者,籍由是不与世事,遂酣饮为常。"他不愿参与司马氏政权,"一飞冲霄天,旷世不再鸣"正表达了他的这种态度。

唐·孟浩然《岘山送萧员外之荆州》:"再飞鹏激水,一举鹤冲天。"用"冲天"句愿萧赴荆州使成功。

唐·韦庄《喜迁莺》:"家家楼上簇神仙,争看鹤冲天。""喜迁莺"词牌又名"鹤冲天"。

424. 晴空一鹤排云上

唐·刘禹锡《秋词二首》:"自古逢秋悲寂寥,我言秋日胜春朝。晴空一鹤排云上,便引诗情到碧霄。"此诗为被贬朗州作。虽身处逆境,却毫无感伤情绪。"晴空一鹤"二句,正表现他奋发向上、豪气冲天的胸怀。

"排空",原指鸟儿在空中排列飞行,后表示鸟儿在高空飞翔或腾向高空。

北周·庾信《晚秋》:"可怜数行雁,点点远排空。"雁儿在空中排列成行。

南朝·梁·何逊《赠记室黯别诗》:"无因生羽翰,千里暂排空。"

隋·魏瞻《园树有巢鹊戏以咏之》:"早晚时应至,轻举一排空。"

唐·张渐《省试白云起封中》:"冉冉排空上,依依叠影重。"白云排空。

唐·刘长卿《登扬州栖灵寺塔》:"稍登诸劫尽,若骋排霄翮。"

用"一鹤飞空"或"鹤飞唳天"表示独行气势或超尘之举。

唐·李白《答高山人兼呈权顾二侯》:"双萍易飘转,独鹤思凌厉。"

唐·韦应物《鹪鹠啼》:"愿逢云中鹤,衔我向寥廓。"

唐·孟郊《上包祭酒》:"愿将黄鹤翅,一借飞云空。"

唐·司空图《李居士》:"万里无云唯一鹤,乡中同看却升天。""万里无云"一语源出此句。

唐·吕洞宾(岩)《赠陈处士》:"云归入海龙千尺,云满长空鹤一声。"

唐·曲龙山仙《玩月诗》:"青城丈人何处游,玄鹤唳天云一缕。"

宋·陈与义《浣溪沙》(离杭日,梁促谋惠酒,极清而美。七月十二日,晚卧十阁,已而月上,独酌数杯):"送了栖鸦复暮钟,栏干生影曲屏东。卧看孤鹤驾天风。"

宋·葛长庚《贺新郎》:"一鹤横空云漠漠,见梅梢、万粒真珠滴。"

425. 老鹤万里心

唐·杜甫《遣兴》:"蛰龙三冬卧,老鹤万里心。"老鹤腾飞万里,喻人之志存高远。用"万里心"句如:

唐·贾至《南州有赠》:"极浦三春草,高楼万里心。"

唐·李远《失鹤》:"秋风吹却九皋禽,一片闲云万里心。"

宋·陆游《绝胜亭》:"登高忽据三江会,飞动从来万里心。"

明·林鸿《送友人》:"落日扁舟去,秋风万里心。"

426. 华表千年鹤未归

唐·骆宾王《代女道士王灵妃赠道士李荣》:"君心不记下山人,妾欲空期上林翼。上林三月鸿欲稀,华表千年鹤未归。"长安的王灵妃与李荣两位还俗的男女道士已经结合,后李荣去了成都,一去不归。骆宾王代作此诗。"上林"二句,意为已是春深时候,可人儿仍未归来。"华表千年鹤未归",喻李荣久别不归,是生动的夸张。骆宾王还有一篇《艳情代郭氏答卢照邻》诗,代卢照邻为前妻郭氏而作。白居易《长恨歌》语言风格与骆宾王这两篇诗极近。

"华表千年鹤未归",反用了一神话传说。晋·陶渊明《搜神后记》卷一载:"丁令威,本辽东人,学道于灵虚山。后化鹤归辽,集城门华表柱。时有少年,举弓欲射之。鹤乃飞,徘徊空中而言曰:'有鸟有鸟丁令威,去家千年今始归。城郭如故人民非,何不学仙去,空伴冢垒垒。'遂高上冲天。今辽东诸丁云,其先世有升仙者,但不知名字耳。"唐·李白《灵墟山》诗:"丁令辞世人,拂衣向仙路。伏炼九成丹,方随五云去。松萝蔽幽洞,桃杏深隐处。不知曾化鹤,辽海归九度。"述丁令威炼丹化鹤故事,隐约流露了诗人的道家思想。

"华表",相传古代用以表示王者纳谏或指路的木柱、木牌,设于交通要道。《淮南子·主术训》:"尧置敢谏之鼓,舜立诽谤之木。"崔豹《古今注》载:"程雅问曰:'尧设诽谤之木,何也?'答曰:'今之华表木也。以横木交柱头,状若花也,形似桔槔,大路交衢悉施焉。或谓之表木,以表王者纳谏也,亦以表识衢路也。'"后来在桥梁、宫殿、城垣、陵墓前面立华表,以作标志和装饰。也作屋外的装饰。《述异记》载:"广州东界有文种之墓,墓下有石华表柱。"《搜神记》载:"燕昭王墓前有千年华表树。"

北周·庾信《燕歌行》:"定取金丹作几服,能令华表得千年。"这不是写"华表鹤",而是表示长寿。而唐初写"华表""华表千年",多用以表示对死者的悼念、祝愿,取"墓表"义。

唐·骆宾王《乐大夫挽词五首》:"华表迎千岁,幽扃送百年。"

唐·陈元光《太母魏氏半径题石》:"华表瑶池冥,清漳玉树枝。"

唐·张九龄《故刑部李尚书挽词三首》:"同盟会五月,华表记千年。"

唐·李颀《杂兴》:"千年魑魅逢华表,九日茱萸作佩囊。"

唐·朱湾《同达奚宰游窦子明仙坛》:"华表问栽何岁木,片云留著去时衣。"

唐·杜甫《入衡州》:"华表云鸟阵,名园花草香。"述衡州城门外之华表。

写"鹤归华表"语,为数较多,以用"丁令威化鹤"为最,但亦另有源出,所表达的意义也见繁多,如写景、写画、写悼亡、写归乡、写变迁或喻道士、隐者的行踪。

唐·杜甫《陪李七司马皂江上观造竹桥即日成往来之人免冬寒入水聊题短作简李公》:"天寒白鹤归华表,日落青龙见水中。""华表"指桥柱。刘叔敬《异苑》:"晋太康二年冬,大雪,南州人见二白鹤语于桥下曰:'今兹寒不减尧崩年也。'于是飞去。"梁昭明太子启:"虹入汉而藏形,鹤临桥而送语。"李义山诗:"灞水桥边倚华表",均出《异苑》鹤。

唐·钱起《画鹤篇》:"借问飞鸣华表上,何如粉缋彩屏中。"

唐·张继《秋日道中》:"道边白鹤来华表,陌上苍麟卧古丘。"

唐·戴叔伦《哭朱放》:"碧窗月落琴声断,华表云深鹤梦长。"

唐·刘商《归山留别子侄二首》:"不逐浮云不羡鱼,杏花茅屋向阳居。鹤鸣华表应传语,雁度霜天懒寄书。"

唐·刘禹锡《步虚词二首》:"华表千年一鹤归,凝丹为顶雪为衣。星星仙语人听尽,却向五云翻翅飞。"《全唐诗》又收作李涉《无题》诗,"星星"换作"泠泠",疑为误收。

唐·张祜《寄王尊师》:"曾对浦云长昧齿,重来华表不知年。"

唐·李远《失鹤》:"华表柱头留语后,更无消息到如今。"

又《过旧游见双鹤怆然有怀》:"他日若来华表上,更添多少令威愁。"

唐·杜牧《八月十二日得替后移居雪溪馆因题长句四韵》:"千岁鹤归犹有恨,一年人住岂无情。"

又《王居士》:"即应生羽翼,华表在人间。"

唐·许浑《经故丁补阙郊居》:"鹏上承尘才一日,鹤归华表已千年。"

唐·赵嘏《舒州献李相公》:"鹤归华表山何在,气返青云雨露全。"

唐·姚鹄《送费炼师供奉赴上都》:"已同化鹤临华表,又观骖龙向玉清。"

唐·刘沧《宿题天坛观》:"华表鹤声天外迥,蓬莱仙界海门通。"

唐·曹邺《寄嵩阳道人》:"华表千年孤鹤语,人间一梦晚蝉鸣。"

唐·于陵《赠王道士》:"归来华表上,应笑北邙尘。"

唐·李郢《和皮日休悼鹤》:"人间华表堪留

语,剩向秋风寄一声。"

唐·郑璧《和袭美伤顾道士》:"空留华表千年约,才毕丹炉九转功。"

唐·司空图《长亭》:"梅雨和乡泪,终年共酒衣。殷勤华表鹤,羡尔亦曾归。"

唐·韩偓《余寓汀洲沙县病中》:"桑田变后新舟楫,华表归来旧路歧。"

又《失鹤》:"几时翔集来华表,每日沉吟看画屏。"

唐·黄滔《寄杨赞图学士》:"华表柱头还有鹤,华歆名下别无龙。"

唐·中寤《赠王仙柯》:"弄日却归华表语,待教凡俗普闻名。"

唐·若虚《乐仙观》:"松倾鹤死桑田变,华表归乡未有年。"

唐·许学士《东洛货丹》:"华表他时却归日,沧溟应恐变桑田。"

唐·吕岩(洞宾)《归鹤峰》:"鹤归华表几千年,鸡犬随月尽上天。"

五代·熊皎《赠胥尊师》:"他年华表重归日,却恐桑田已变更。"

五代·李中《鹤》:"归当华表千年后,怨在瑶琴别操中。""别鹤"为琴曲。

五代·徐铉《送萧尚书致仕归庐陵》:"鹤归华表望不尽,玉笥山头多白云。"

宋·韩维《诗一首》:"鹤使晓来华表上,分明说得帝都春。"

宋·陈襄《和咏鹤》:"千年华表曾留语,万里青云此息肩。"

宋·王安石《千秋岁引》:"当初谩留华表语,而今误我秦楼约。"

宋·苏轼《和陶〈移居〉二首》:"我岂丁令威,千岁复还兹。"

宋·贺铸《念良游·满江红》:"想见徘徊华表下,个身似是辽东鹤。"

宋·张元干《兰陵王》(春恨):"怅别后,那回双鹤。相思除是,向醉里、暂忘却。"

宋·吴文英《金缕歌》(陪履斋先生沧浪看梅):"华表月明归夜鹤,叹当时、花竹今如此。枝上露,溅清泪。"

宋·彭子翔《千秋岁》(寿圆北山六十):"六十今朝是,甲子从头起。堂堂去,千千岁。是非华表鹤,深浅蓬莱水。翁不管,年年先共黄花醉。"

金·元好问《癸巳四月二十九日出京》:"华表鹤来应有诰,铜盘人去亦何心!"

元·虞集《挽文丞相》:"云暗鼎湖龙去远,月明华表鹤归迟。"愿文天祥魂归江南。

元·张可久《满庭芳·山中杂咏》:"人生可怜,流光一瞬,华表千年。"

清·康熙皇帝玄烨《巡幸辽阳》:"欲问襄平阳郓郭,千年华表鹤飞翔。"

清·张尔田《玉漏迟》:"锦鲸仙去,鹤归华表。"与鹤结友,表隐者之风。

427. 遥望辽东鹤,千年往复回

唐·张说《赠工部尚书冯公挽歌三首》:"遥望辽东鹤,千年往复回。"喻亡人仙去,化鹤归来。"辽东鹤",本是丁令威化鹤回返辽东故里,后人用以表示盼归、变迁等意。

唐·李白《题许宣平庵壁》:"应化辽天鹤,归当千岁余。"

唐·杜甫《卜居》:"归羡辽东鹤,吟同楚执珪。"

唐·韦应物《送丘员外还山》:"灵芝非庭草,辽鹤委池鸳。"

唐·司空曙《送王尊师归湖州》:"莫学辽东华表上,千年始欲一回归。"

唐·刘禹锡《重送浙西李相公》:"凤从池上游沧海,鹤到辽东识旧巢。"

唐·白居易《清明日登老君阁望洛城赠韩道士》:"冢墓累累人扰扰,辽东怅望鹤飞还。"

又《九老图诗》:"雪作须眉云作衣,辽东华表鹤双归。"

又《吴七郎中山人待制班中偶赠绝句》:"第三松树非华表,那得辽东鹤下来。"

唐·李赤《灵墟山》:"不知曾化鹤,辽海几度归。"

唐·鲍溶《寄卢给事汀吴员外丹》:"姓丁黄鹤辽东去,客倩仙翁海上人。"

唐·唐彦谦《贺李昌时禁苑新命》:"尘中旧侣无音信,知道辽东鹤姓丁。"

宋·邵雍《首尾吟》:"南溟万里鹏初举,辽海千年鹤乍归。"

宋·周邦彦《点绛唇》(伤感):"辽鹤归来,故乡多少伤心事。寸书不寄,鱼浪空千里。"

宋·刘辰翁《满江红》:"海底月沉天上兔,辽东人化扬州鹤。记龙云、波浪岂能平,天难托。"

宋·何梦桂《八声甘州》:"自辽东鹤去,算何人、插得翅能飞。"

金·李俊民《乱后寄兄》:"丁鹤未归辽已冢,杜鹃犹在蜀堪王。"

金·李纯甫《子端山水同裕之赋》:"辽鹤归来万事空,人间天地着诗翁。"

元·范梈《王氏能远楼》:"游莫羡天地鹏,归莫问辽东鹤。人生万事须自为,跬步江山即寥廓。"

428. 城郭人非鹤未还

清·丘逢甲《得颂臣台湾书却寄》:"波涛道险鱼难寄,城郭人非鹤未还。"写久离家乡,音信难通,事已变换,而人未能归。"城郭"句,说家乡变化了,而人未归来,这是借以表达思乡之情。用《搜神后记》丁令威化鹤归来语:"有鸟有鸟丁令威,去家千年今始归,城郭如故人民非。"丘诗反用其意。"城郭"后表示故乡、故地、故国。

唐·司空曙《送曲山人之衡州》:"千年城郭如相问,华表峨峨有夜霜。"

宋·欧阳修《采桑子》:"归来恰似辽东鹤,城郭人民,触目皆新,谁识当年旧主人。"

宋·苏轼《送刘寺丞赴余姚》:"别来聚散如宿昔,城郭空存鹤飞去。"

宋·贺铸《念良游·满江红》:"想见徘徊华表下,个身似是辽东鹤。访旧游,人与物俱非,空城郭。"

宋·陆游《好事近》:"华表又千年,谁记驾云孤鹤。回首旧曾游处,但山川城郭。"

金·元好问《木兰花慢》(拥都门冠盖):"追随,旧家谁在,但千年辽鹤去还归。"

金·王若虚《还家五首》:"伤心何害辽东鹤,不但人非物亦非。"

今人霍松林《题孙雨廷先生〈壶春乐府〉》:"莫怪鸣声忒凄咽,江山如此鹤归来!"江山变化之大,如鹤归来所见。

"化鹤归来"并非全是辽东鹤(丁令威典)。宋·黄庭坚《次韵宋楙宗三月十四日到西池都人盛观翰林公出邀》:"人间化鹤三千岁,海上看羊十九年。"化鹤者是苏耽。《神仙传》记载苏耽成仙后又化鹤回到郡楼。"海上看羊"《汉书·苏武传》:"武杖汉节牧羊,当匈奴十九岁。"指苏武。用此二

苏事喻苏轼为神仙中人被谪到黄州。

429. 华亭鹤唳讵可闻

唐·李白《行路难》其三:"陆机雄才岂自保,李斯税驾苦不早;华亭鹤唳讵可闻,上蔡苍鹰何足道。"此诗写世路艰难,古人"功成不退"如伍子胥、屈原、陆机、李斯等杰出人物,结局极其悲惨,都不如张翰"秋风忽忆江东行",还吴以自全。此诗表现了对黑暗政治的戒惧。"华亭鹤唳"是陆机、陆云兄弟二人共同游览过的地方,华亭即陆机的故乡。《晋书·陆机传》载:陆机,吴郡华亭(今上海松江县)人,由吴入晋,为著名作家,作《文赋》。晋初"八王之乱"中,遭孟玖挟私诬陷,成都王颖派牵秀秘密收捕。陆机自知必死,叹道:"华亭鹤唳,岂可复闻乎!"悔恨难得故乡的闲适生活了。《晋书·陆机传》末尾《制曰》:"上蔡之犬,不诫于前;华亭之鹤,方悔于后。"李白二句取意于此。"华亭鹤唳讵可闻",整化了"华亭鹤唳,岂可复闻乎"句,借指陆机之悲惨。元·张养浩《双调·沉醉东风》:"李斯有黄犬悲,陆机有华亭叹。"亦并举此二人事。

"鹤唳",鹤鸣。北周·庾信《枯树赋》:"临风亭而唳鹤,对月峡而吟猿。"即写鹤唳。"华亭鹤唳",后用"华亭鹤"为多,而且多以"华亭鹤"指代鹤,指代一般的鹤,极少取其原意。

唐·刘长卿《喜朱拾遗承恩拜命赴任上都》:"闾阖九天通奏籍,华亭一鹤在朝行。"

唐·刘禹锡《和裴相公寄白侍郎求双鹤》:"皎皎华亭鹤,来随太守船。"

又《酬太原令狐相公见寄》:"鹤唳华亭月,马嘶榆塞风。"

又《郡内书情献裴守侍中留守》:"心寄华亭一双鹤,日陪高步绕池塘。"

唐·白居易《苏州故吏》:"不独使君头似雪,华亭鹤死白莲枯。"

又《寄庾侍郎》:"一双华亭鹤,数片太湖石。"

又《池上作》:"华亭双鹤白矫矫,太湖四石青岑岑。"

唐·李商隐《曲江》:"死忆华亭闻唳鹤,老忧王位泣铜驼。"述原意。

宋·范仲淹《谢柳太傅惠鹤》:"万里华亭思去伴,千年辽海识归程。鸡群与处曾非辱,鹏路将翔孰谓荣。"用华亭、辽东二"名鹤"写所赠之鹤。

宋·苏轼《宿州次韵刘泾》："为君垂涕君知否？千古华亭鹤自飞。"（原注：泾之兄汴，亦有文，亦死矣。）

清·严复《送沈涛园备兵淮扬》："垂涕为君通一语，华亭千载鹤孤飞。"陆机虽死，孤鹤犹自奋飞，喻改良派是杀不完的。

430. 化鹤千龄早

唐·王勃《出境游山二首》："化鹤千龄早，元龟六代春。"此诗又作《题玄武山道君庙》。鹤龄、龟寿都是很长的，"千龄"，夸张语。诗人政治上失意，几经出游探父，在道君庙题此诗，萌生仙道如龟鹤延年的思考，这是很自然的。

"化鹤千龄"，或"鹤寿千年"，意出《淮南子·说林训》："鹤寿千岁，以极其游。"后人写"千岁鹤"表示道家思想、道观景象，也用鹤表示时间。

唐·陈子昂《春日登金华观》："鹤舞千年树，虹飞百尺桥。还疑赤松子，天路坐相邀。"

唐·李峤《鹤》："翱翔一万里，来去几千年。"

唐·张说《道家四首奉敕撰》："唯有三山鹤，应同千载归。"

唐玄宗李隆基《送玄同真人李抱朴谒灊山仙祠》："归期千载鹤，春至一朝来。"

唐·张南史《送侍御入茅山采药》："莫令千岁鹤，飞到草堂前。"

唐·王建《闲说》："桃花百叶不成春，鹤寿千年也未神。"

唐·施肩吾《秋夜山居二首》："千年独鹤两三声，飞下岩前一枝柏。"

唐·贾岛《辞二知己》："一双千岁鹤，立别孤翔鸿。"

431. 轩墀曾宠鹤

唐·杜甫《投赠哥舒开府翰二十韵》："轩墀曾宠鹤，畋猎旧非熊。""轩墀"，指轩车。《邵氏闻见录》："鹤乘轩，指轩车言，非轩墀之轩。"《左传·闵公二年》："卫懿公好，鹤有乘轩者。"轩车，大夫所乘之车。后用"轩鹤"喻滥承禄位，滥置禄位。杜甫此语以轩鹤喻安禄山、安思顺，哥舒翰为畋猎的"非熊"（《史记·齐世家》："文王将猎，卜曰：'所获非龙、非鹿、非虎、非熊，乃霸王之辅。'果遇太公于渭阳，载与俱归。"），讥讽唐玄宗如卫懿公宠鹤——宠安禄山、安思顺，而不专任哥舒翰。

南朝·宋·谢庄《怀园引》："轩鸟池鹤恋阶墀，岂忘河渚捐江湄。""轩鸟"即轩鹤。轩鹤虽恋阶墀（阶下平台），却时念江河，人虽恋官禄，而不忘故园。

唐·沈佺期《移禁司刑》："宠迈乘轩鹤，荣过食稻凫。"

唐·孟浩然《夏日与崔二十一同集卫明府宅》："舞鹤乘轩至，游鱼拥钓来。"

唐·白居易《官俸初罢亲故见忧以诗谕之》："七年为少傅，品高俸不薄。乘轩已多惭，况是一病鹤。"

又《知微之》："一黜鹤辞轩，七年鱼在诏。"

宋·王禹偁《阁下咏怀》："官清自比乘轩鹤，心小还同畏网鱼。"

432. 凫短鹤长真个定

宋·毛滂《蝶恋花》（秋晚东归，留吴会甚久，无一人往还者）："凫短鹤长真个定，勋业来迟，不用频看镜。""凫短鹤长"，凫脚短，鹤脚长，又作"鹤长凫短"，语出《庄子·骈拇第八》："长者不为有余，短者不为不足。是故凫胫虽短，续之则忧；鹤胫虽长，断之则悲。"喻事物各有所长，各有所短，不宜强求一律。毛滂词意为，人建功立业有早有迟，不必总去看鬓发白了多少。

宋·周紫芝《渔家傲》："遇坎乘流随分了，鸡虫得失能多少？儿辈雌黄堪一笑；堪一笑，鹤长凫短从他道。"

又《浪淘沙》（己未除夜）："红烛一灯垂，应笑人衰。鹤长凫短怨他谁？明日江楼春到也，且醉南枝。"

宋·赵善括《沁园春》："平生，何辱何荣？且一任三才和五行。有鹃飞鹏奋，鹤长凫短；朱颜富贵，白发公卿。"

433. 永怀鸾鹤姿

唐·白居易《怀钱舍人》："因咏松雪句，永怀鸾鹤姿。"听过钱舍人吟咏松雪的诗句，留下了难忘的印象，永远怀念他那超逸不群的风姿。"鸾鹤"都是举翼凌空、高飞远翔的超俗之鸟。此喻称钱舍人。

宋·苏轼《送张职方吉甫赴闽漕六和寺中作》："羡君超然鸾鹤姿，江湖欲下还飞去。"用白居易"鸾鹤姿"句比张吉甫。

434．紫云深彩鸾仙去

元·张可久《小上楼·春思》："花前相遇，紫云深彩鸾仙去。"述相爱女子离他而去。"彩鸾仙去"原是一个人神相恋的传奇故事。唐·裴刑《传奇》记："文箫抵钟陵。西山有许真人上升第。每岁中秋，士女栉比，名召名姝，夜与丈夫同立，握臂连踏而唱。文生睹一姝，歌曰：'若能相伴陟仙坛，应得文箫驾彩鸾。自有绣襦并甲帐，琼台不怕雪霜寒。'歌罢，秉烛穿大松陟山扪石，生亦潜蹑其踪。姝顾曰：'非文箫耶？'引至绝顶，侍卫甚广……有仙持天书判云：'吴彩鸾以私欲泄天机，谪为民妻一纪。姝与生携禾下山。'"人们用"文箫彩鸾"喻爱情。

元·薛昂夫《朝天曲》："彩鸾，怕寒，甲帐无人伴，文箫连累堕人间。"即述其事。

435．尘散鲤鱼风

南朝·梁·徐陵《玉台新咏·梁简文帝·艳歌篇》："灯生阳燧火，尘散鲤鱼风。"写风尘中散发着鲤鱼气味。"鲤鱼风"，是太湖特色，《石溪漫志》云："鲤鱼风起春夏之交。"春末夏初，风起则太湖金鲤浮头，跳浪，桃花汛来，鲤鱼风起，正是垂钓良机。鲤鱼繁盛季节之风，即称鲤鱼风。后凡江海湖泊之风有的也以"鲤鱼风"代之。

隋·李孝贞《鸣雁行》："即并玄云曲，复变海鱼风。"

唐·李贺《江楼曲》："楼前流水江陵道，鲤鱼风起芙蓉老。"此风当为夏末之风。

唐·李商隐《河内诗二首》："后溪暗起鲤鱼风，船旗闪断芙蓉干。"

唐·陆龟蒙《江行》："醉帆张数幅，唯待鲤鱼风。"

宋·贺铸《忆仙姿》："向晚鲤鱼风，断送彩帆处！"

宋·葛胜仲《西江月》："恨寄飞花簌簌，情随流水迢迢。鲤鱼风送木兰桡，回棹荒鸡报晓。"

宋·罗愿《先调名》："九月江南秋色，黄雀雨，鲤鱼风。"九月风。

宋·无名氏《失调名》："瑞霞成绮，映舴艋棹轻，鲜果鱼狂风起。"

明·吴荣《渔歌子》："桃花水，鲤鱼风，短笛横吹细雨中。"仿张志和之作。张志和在太湖东南岸

西塞山（今浙江吴兴、湖州一带），吴荣在太湖西北的武进县。

明·张逸《桂枝香》（寄友村居）："鲤鱼风起天横雁，待一叶、寻他剡曲。"也指九月风。

436．鱼吹细浪摇歌扇

唐·杜甫《城西陂泛舟》："鱼吹细浪摇歌扇，燕蹴飞花落舞筵。"鱼吹细浪，轻摇着舟中歌扇，燕蹴飞花飘落在舞筵上，伴随人泛舟歌舞，又增添了鱼燕吹浪蹴花，更显得欢乐喜庆。"鱼吹细浪"应是鱼呼吸涌出水面的气泡，抑或有鱼游摆尾掀起的微澜。

最早写"吹浪"的是唐·苏颋，他在《昆明池晏坐答王兵部珣三韵见示》写："石鲸吹浪稳，玉女步尘归。"石鲸，据《三辅旧事》记：昆明："池中有石鲸，刻石为鲸鱼，长三丈，每至雷雨，常鸣吼，鬐尾皆动。"杜甫也写过石鲸，《秋兴》："织女机丝虚夜月，石鲸鳞甲动秋风。"后来也有写水豹江豚吹浪的，唐·顾况《送从史使新罗》："水豹横吹浪，花鹰迥拂霄。"唐·许浑《金陵怀古》："石燕拂云晴亦雨，江豚吹浪夜还风。"清·钱谦益《金陵秋兴八首次草堂韵》："十年老眼重磨洗，坐着江豚蹴浪花。"写"鱼吹浪"者为多，而且表示江河中掀起的风浪。

唐·赵嘏《越中寺居》："水静鱼吹浪，枝闲鸟下空。"

唐·胡曾《洞庭》："五月扁舟过洞庭，鱼龙吹浪水云腥。"

宋·梅尧臣《阻风》："老鱼吹浪不肯休，一夜南风打篷响。"

宋·王安石《宿雨》："鱼吹塘水动，雁拂塞垣飞。"

宋·苏轼《韩康公坐上侍儿求书扇上二首》："窗摇细浪鱼吹日，手弄黄花蝶透衣。"

宋·晁冲之《渔家傲》："风淡荡，鳜鱼吹起桃花浪。"

宋·辛弃疾《念奴娇·西湖和人韵》："飞鸟翻空，游鱼吹浪，惯趁笙歌席。坐中豪气，看公一饮千石。"

宋·张炎《台城路》（为湖天赋）："鱼龙吹浪自舞，渺然凌万顷，如听风雨。"

宋·薄寿成《渔父词十三首》："飘忽狂风一霎间，长鱼吹浪势如山。"

金·元好问《南冠行》："鱼龙吹浪三山役,万里西风入华发。"喻元军灭金,国土沦陷的灾难。

元·萨都剌《过嘉兴》："芦芽短短穿碧沙,船头鲤鱼吹浪花。"

又《芙蓉曲》："鲤鱼吹浪江波白,霜落洞庭飞木叶。"写采莲女遇风浪,喻正人君子遇到困难。

明·邝露《洞庭酒楼》："江白鱼吹浪,滩黄雁踏沙。"

清·孙鼎臣《燕山亭》(畅园)："鱼浪吹香,更蝉影藏云深。"岳麓山附近有苍筤谷,谷有吹香亭,后为孙氏家居。

437. 鲸鱼跋浪沧溟开

唐·杜甫《短歌行赠王郎司直》："豫章翻风白日动,鲸鱼跋浪沧溟开。"乔木翻风,白日也颤动,鲸鱼跃浪,沧海也张开,奇才终当大用,何必抚剑悲歌呢?激励王司直振作起来,不必悲哀。"鲸鱼跋浪",显示一种气势和力量。

清·宋湘《入洞庭》："灯前欲续悲秋赋,又恐鱼龙跋浪听。"《悲秋赋》,指宋玉《九辨》首句"悲哉秋之为气也"。"鱼龙跋浪"用杜甫句。

438. 若逢李白骑鲸鱼

唐·杜甫《送孔巢父谢病归江东兼呈李白》："若逢李白骑鲸鱼,道甫问讯今何如。"在蔡侯席上,作此诗送孔巢父归江东并托孔向李白带好。一作"南寻禹穴见李白,道甫问讯今何如"。孔巢父少时曾与李白、韩准、裴政、张叔明、陶沔等隐居徂徕山,时称"竹溪六逸"。天宝间李白曾到过会稽(亦有禹穴),孔回江东,所以托他如遇李白就说杜甫问候他。而"骑鲸鱼",李白曾自署"海上骑鲸客",后有传说李白醉骑鲸鱼溺死浔阳,则纯属附会。"骑鲸"典出汉·扬雄《羽猎赋》："乘巨鳞,骑鲸鱼。""骑鲸"初谓仙道方外遨游,后用作高人远游,有的也表登上青云之梯。

宋·苏轼《水龙吟》："八表神游,浩然相对,酒酣箕踞。待垂天赋就,骑鲸路稳,约相将去。"

又《南歌子》(八月十八日观潮再用前韵)："方士三山路,渔人一叶家。早知身世两聱牙,好伴骑鲸公子、赋雄夸。"

又《次韵张安道读杜诗》："骑鲸遁沧海,捋虎得绨袍。"

宋·刘一止《虞美人》(族兄无言赴召)："浪花云叶交加舞,身近青冥路。天知此客解骑鲸,今夜一江明月、送行行。"

又《水调歌头》(和李泰发尚书泊舟岩陵)："听江边,鸣宝瑟,想英皇。骑鲸仙裔,高韵绝胜风篁。"

宋·周紫芝《青玉案》(凌歊台怀姑溪老人李瑞叔)："青鞋忍踏江沙路,恨人已、骑鲸去。"

又《渔家傲》(送李彦恢宰旌德)："休惜骑鲸人已远,风流都被仍云占。腰下锦縧缠宝剑,光闪焰。人间莫作牛刀看。"

宋·赵鼎《好事近》(再和)："骑鲸却下大荒来,天风乱吹发。慨念故人非是,漫尘埃城阙。"

宋·向子諲《八声甘州》(丙寅中秋对月)："扫长空,万里静无云,飞镜上天东。欲骑鲸与问,一株丹桂,几度秋风。"

宋·吕渭老《水调歌头》(十月十日,同周元发谒姚氏昆季,多不遇。因与说道小饮,出其兄进道作水调歌头一韵,几二十首,读之殆不胜情。次其韵作一篇,怀其人,亦以赠元发、说道)："谁信骑鲸高逝,空对笔端风雨,如泛楚江船。老子穷无赖,端欲把降竿。"

宋·李弥逊《水调歌头》(次李伯纪韵趣开东阁)："昂霄气概,古来无地可容才。不见骑鲸仙伯,唾手功名事了,猿鹤与同侪。"

宋·王以宁《南歌子》(李左司生日)："阳功阴德好栽培,他日骑鲸仙路、指蓬莱。"

宋·张元干《浣溪沙》(武林送李似表)："燕掠风樯款款飞,艳桃秾李闹长堤。骑鲸人去晓莺啼。"

宋·王之道《好事近》(王昭美生日)："坐上酒豪诗敌,尽骑鲸仙客。"

宋·倪偁《减字木兰花》："天公济胜,明月当空开宝镜。咏谪仙诗,醉里骑鲸也大奇。"

宋·王千秋《喜迁莺》："未挹瑶台风露,且借琼林栖倚,眩银海,待斜披鹤氅,骑鲸寻李。"

宋·李流谦《青玉案》(和雅守塞少刘席上韵)："虚无指点骑鲸路,个是骚人不凡处。画栋飞云帘卷雨,风流千古,一时人物。好记尊前语。"

宋·陆游《秋波媚》(七月十六日晚登高兴亭望长安南山其二)："东游我醉骑鲸去,君驾素鸾从。垂虹看月,天台采药,更与谁同。"

又《长歌行》："人生不作安期生,醉入东海骑长鲸。"

又《八十吟》之二："饮敌骑鲸客，行追缩地仙。"

又《七月一日坐舍北水涯戏作》："斥仙岂复尘中恋，便拟骑鲸返玉京。"

宋·京镗《满江红》(浣花因赋)："料饱看，阶前雀食，篱边渔网。跨鹤骑鲸归去后，桥西潭北留佳赏。"

宋·王炎《水调歌头》(夜泛湘江)："禹穴骑鲸仙去，东海钓鳌人远，此意与谁同。"

金·刘著《至日》："燕巢幕上终非计，雉畜樊中政可怜。安得绝云行九万，却骑鲸背上青天。"

金·赵秉文《水调歌头》："四明有狂客，呼我谪仙人。俗缘千劫不尽，回首落红尘。我欲骑鲸归去，只恐神仙官府，嫌我醉时真。""四明"二句用李白《对酒忆贺监》"四明有狂客，风流贺季真。长安一相见，呼我谪仙人"之一、四句，先以李白自喻，"我欲骑鲸归去"三句，从苏轼《水调歌头》(中秋)"我欲乘风归去，又恐琼楼玉宇，高处不胜寒"三句中脱出，抒自己之怀抱。

元·马致远《青杏子·姻缘》："骄鸾仙子骑鲸友，琼姬子高，巫娥宋玉，织女牵牛。""骑鲸友"喻才郎。

439. 锦鲸仙去，怕展金笺

宋·周密《玉漏迟》："老来欢意少，锦鲸仙去，怕展金笺，依旧故人怀抱。"此词："题吴梦窗霜花腴词集"，悼吴文英，"锦鲸仙去"，喻奇才吴文英逝去。"锦鲸"，华贵的鲸鱼。唐·杜甫《太子张舍人遗织成褥段》："奈何田舍翁，受此厚贶情。锦鲸卷还客，始觉心和平。"张舍人赠织有"掉尾鲸"的毛褥，诗人不受，卷起来客。"锦鲸"指织鲸的彩色毛褥。周密引申用"锦鲸"指代有才华的人。

清·张尔田《玉漏迟》："乱离词客少，锦鲸仙去，鹤归华表。"用周密句，悼念朱祖谋，说人才本少，祖谋又逝。

440. 空持钓鳌心

唐·李白《同友人舟行游台越作》："不知青春度，但怪绿芳歇。空持钓鳌心，从此谢魏阙。"诗人离开长安，流浪飘泊，漫游到吴越，舟行之中，深感自己空怀济世之志，从此与朝廷隔绝了。"钓鳌心"：《列子·汤问篇》：渤海之东有五山，天帝"使巨鳌十五举首而戴之"，龙伯之国有大人，举足数步而至五山。"一钓而连六鳌，合负而趣归其国，灼其骨以数焉，于是岱舆、员峤二山流于北极，沉于大海……"《河图玉板》云：龙伯之国在昆化以北九万里，其大人"长四十丈，生万八千岁始死，顶天立地"。后用龙伯国大人钓鳌(钓鳌客)喻抱负远大，才华横溢，举动豪迈。宋·赵德麟《侯鲭录》载：开元中，李白谒宰相，封一版，上题曰："海上钓鳌客李白。"宰相问他，你钓巨鳌用什么作钓线？他回答："以虹霓为丝，以明月为钓。"表达了青年李白的豪情壮志。

宋·孔平仲《谈苑》卷四载："王严光有才不达，自号钓鳌客。巡游都邑求麻铁之资，以造钓具。有不应者，辄录姓名置箧中，曰：'下钩时取此蒙汉为饵。'其狂诞类此。张祜谒李绅，亦称'钓鳌客'。李怒曰：'既解钓鳌，何以为竿？'曰：'以虹为竿。''以何为钩？''以明月为钩。''以何为饵？'曰：'以短李相为饵。'绅默然，厚遣之。"

"钓鳌客"：喻胸怀大志又疏放孤傲之士。

唐·杜甫《荆南兵马使太常卿赵公大食刀歌》："苍水使者扪赤絛，龙伯国人罢钓鳌。"以喻大食刀之锋利尖锐。《搜神记》载有秦时"横刀而去"身长丈余的"苍水使者"。

宋·释重显《颂一百则》："孤危不立道方高，入海还须钓巨鳌。"

宋·张元干《水调歌头》(追和)："举手钓鳌客，削迹种瓜侯。"

宋·刘克庄《满江红》(和王实之韵送郑伯昌)："怪雨盲风，留不住、江边行色。烦问讯、冥鸿高士，钓鳌词客。"

元·马致远《女冠子》："著领布袍虽故旧，仍存两枚宽袖，且遮藏钓鳌攀桂手。"

元·贯云石《红绣鞋》："将屠龙剑，钓鳌钩，遇知音都去做酒。"

441. 应驾小车骑白羊

唐·李白《送萧三十一之鲁中兼问稚子伯禽》："我家寄在沙丘傍，三年不归空断肠。君行既识伯禽子，应驾小车骑白羊。"李白离开长安又南游三载，值萧三十一回归鲁中，托他看望爱子伯禽。伯禽原名玻璃，改作伯禽，正用周公之子的名字。时约十一二岁，正是淘气骑羊的年龄。

"骑羊""骑羊子"，在李白诗中与"峨眉山"相关：《留别曹南群官之江南》："知恋峨眉去，弄景偶骑羊。"《登峨眉山》："倘逢骑羊子,携手凌白日。"

442. 驼背锦模糊

唐·杜甫《送蔡希鲁都尉还陇右因寄高三十五书记》："云暮随开府,春城赴上都。马头金匼匝,驼背锦模糊。""匼(kē)匝",缠绕,指马头金络。哥舒翰镇陇右,每遣使入奏,常乘白橐驼,日驰五百里。这里写都尉蔡希鲁入朝,骆驼背上披挂锦帕,色彩斑斓。"模糊",闪烁不清。这是当时塞外行军的特点。

宋·汪元量《水龙吟》(淮河舟中夜闻宫人琴声)："驼背模糊,马头匼匝,朝朝暮暮。"用杜甫句,写被掳北上长途跋涉之苦。

443. 弓摧南山虎

唐·李白《白马篇》："弓摧南山虎,手接太行猱。"写豪侠的勇武气概,能箭杀南山虎,面射太行猱。"太行猱",《尸子》载古代黄伯能左手执太行之猱,右手搏雕虎。

"南山虎",述古代英雄故事。《史记·李将军列传》载:汉飞将军李广罢官住蓝田南山家中,闻家乡有虎,就去把虎射杀。《晋书·周处传》载:周处年轻时,横行乡里。乡人把他和"南山白额猛兽""长桥下蛟"称为"三害",后他悔过自新,杀南山虎,斩桥下蛟。从此"三害"并除。李白用"南山虎"托写英雄射技。

宋·陆游《三月十七日夜醉中作》："去年射虎南山秋,夜归急雪满貂裘。"乾道九年(1173)在成都任参议官时作此诗,提到乾道八年(1172)冬任四川宣抚使幕僚时南山射虎事,写自己勇武可以收复失地。

又《闻虎乱有感》："前年从军南山南,夜出驰猎常半酣,玄熊苍兕积如草,赤手曳虎毛氉氉。"再次展示自己猎熊曳虎的力量,抒写抗金的壮志。

又《十月二十六日夜梦行南郑道中既觉恍然揽笔作此诗时且五鼓矣》："奋戈直前虎人立,吼裂苍崖血如注。"淳熙八年(1181)在山阴再度忆起当年猎虎情景,虽年老多病,仍怀复国壮心。

又《汉宫春》(初自南郑来成都作)："羽箭雕弓,忆呼鹰古垒,截虎平川。"此词为乾道九年(1173)春,从南郑前线调成都安抚司参议官时作,写在南郑时弯弓射猎、"截虎平川"事,为写在后方壮志难酬张本。前三首诗中写南山射虎;此词更

早,写截虎平川,没有打死。就是陆游曾打死过一只虎。

宋·辛弃疾《水调歌头》(舟次扬州,和杨济翁、周显先韵)："二客东南名胜,万卷诗书事业,尝试与君谋:莫射南山虎,直觅富民侯。"淳熙五年(1178):"舟次扬州"作,此时壮志虽存,而北伐无望,不胜感慨。结二句,劝友人弃武修文作"富民侯",说明对朝廷抗金已不抱幻想。"莫射南山虎",故作反语,实非本意。清·陈廷焯《云韶集》卷五有评:"笔力高绝。落地有声,字字警绝,笔致疏散,而气甚遒炼。结笔有力如虎。"

清·王士禛《赠尤侗》："旗亭被酒何人识,射虎将军右北平。"尤侗任永平府(古卢龙塞,今河北喜峰口一带)推官仅三年即被黜免。王诗以李广喻他的遭遇。

清·尤侗《金人捧露盘》(卢龙怀古)："想榆关、血战英雄。南山射虎,将军霹雳吼雕弓。"赞李广,李广曾守卢龙塞。

又《苏幕遮》(塞上)："蛮府将军穷塞主。匹马随他,看射南山虎。"写观猎。

444. 应写黄庭换白鹅

唐·李白《送贺宾客归越》："镜湖流水漾清波,狂客归舟逸兴多。山阴道士如相见,应写黄庭换白鹅。"送贺知章回返山阴(今浙江绍兴)故里,贺也是书法家,因诗末以王羲之故事作比以称道贺知章。《晋书·王羲之传》:"羲之"性爱鹅,会稽有孤居姥养一鹅,善鸣,求市未能得,遂携亲友命驾就观。姥闻羲之将至,烹以待之,羲之叹惜弥日。又山阴有一道士,养好鹅,羲之往观焉,意甚悦,固求市之。道士云:"为写道德经,当举群相赠耳。"羲之欣然写毕,笼鹅而归,甚以为乐。《书法要录》载:"王羲之性好鹅,山阴县石襄村有道士养好者十余,王往,求书易。道士言府君若能自屈书《道德经》各两章,便合群以奉。羲之往半日,为写毕,笼鹅而归。"《白帖》又载:"右军王羲之尝见山阴道士有群鹅,求之。邀右军书《黄庭》以换,遂与之。"正史说书写《道德经》,不知何为确实。《黄庭经》不是道家主要经典,不过自李白诗起,只用"黄庭换鹅"。李白送贺知章回山阴,贺工草隶,是书法家,因而说黄庭换鹅的佳话又将在山阴发生了,以称道贺的书法,并给贺以慰藉。

应该说明,王羲之为什么爱鹅呢?他在居室旁

辟一泓池水,题为"鹅池",养鹅与一代书圣的书法有着美妙的关系。鹅善于转腕。据传"鹅项舒,笔妙徐;鹅项转,笔妙展;鹅项鸣,笔妙惊;鹅项曲,笔妙独"。"鹅掌游,墨韵流;鹅掌步,墨韵度;鹅掌眠,墨韵妍;鹅掌立,墨韵逸"。鹅游水如人舞剑,对书法极具启示作用。

用"黄庭换鹅"如:

唐·景审《题所书黄庭经后》:"金粉为书重莫过,黄庭旧许右军多。请着今日酬恩德,何似当年为爱鹅。"这是一首"善书名诗",以"泥金正书"写了《黄庭经》,并题此诗,说不是为了"爱鹅"。活用王右军故事。

宋·梅尧臣《答绍元老示太玄图》:"鹅湖有鹅吾不问,鹅湖无鹅吾不疑。道士须换黄庭经,释子自中太虚辞。""太玄图"不为换鹅,用典以增趣。

宋·赵抃《游戒珠寺悼右军故宅》:"因山盛起浮屠舍,遗像仍当内史祠。笔塚近应为塔塚,墨池今已作莲池。书楼观在人随远,兰渚亭存世几移。数纸黄庭谁不重,退之犹笑博鹅诗。"

宋·杨蟠《五马坊》:"人爱使君好,换鹅非俗书。"赞"使君"书法。

宋·苏轼《宝墨亭》:"山阴不见换鹅经,京口空传瘗鹤铭。"宝墨亭宋初建,原覆《瘗鹤铭》后废。苏诗说,"换鹅经""瘗鹤铭"这样的著名书法墨迹已不复见到,唯存此亭的"四体银钩"了。

宋·黄庭坚《送舅氏多之宣城二首》:"谢公(朓)歌舞处,时对换鹅经。"说野夫在宣城可以写字读经。

元·马致远《哨遍·张玉岩草书》:"谁堪比,写黄庭换取、道士鹅归。"赞张玉岩草书之珍贵,可与书换鹅经相比。

元·张可久《寨儿令·山中分韵得声字》:"贺青牛自取丹经,换白鹅谁写黄庭?"钦慕王羲之风尚。

清·金埴《不下带编》:"要作王家墨妙徒,如何鹅把右军呼。"不赞成呼右军为"鹅"。

445.写就黄庭不换鹅

宋·周紫芝《鹧鸪天》(李彦恢生日):"新来学得长生诀,写就黄庭不换鹅。"说李彦恢有长生诀,不需要《黄庭经》。

宋·黄庭坚《鹧鸪天》:"拖远岫,压横波,何时传酒更传歌?为君写就黄庭了,不要山阴道士

鹅。"只换歌与酒,反用"黄庭换鹅"意。周紫芝缩用此二句。

446.池养右军鹅

唐·孟浩然《宴荣二山池》:"枥嘶支遁马,池养右军鹅。"写荣隐居养马饲鹅。"支遁"即支道林,西晋佛教著名学者,与谢安、王羲之都有交往。所以这里把支遁与右军并提。"池养右军鹅",从"黄庭换鹅"分离而出,只写鹅。"右军鹅"还有主人爱鹅一义。

孟浩然《晚春题远上人南亭》:"林栖居士竹,池养右军鹅。"再用"养鹅"句写隐者居处环境。

写"养鹅"者又如:

唐·杜甫《得房公池鹅》:"房相西池鹅一群,眠沙泛浦白如云。凤凰池上应回声,为报笼随王右军。"

唐·裴通《金洞庭》:"鱼吞左慈钓,鹅踏右军池。"从孟浩然两句中翻出。

唐·张祜《闲居作五首》:"唯精左氏传,不养右军鹅。"反用孟浩然句,写自己闲居只读书,不养鹅。

元·刘秉忠《蟾宫曲》:"右军观鹅,散诞逍遥。"写夏日闲适观鹅,十分逍遥。

447.闷杀没头鹅

元·王实甫《西厢记》第二本第三折《江儿水》:"佳人自来多薄命,秀才们从来懦。闷杀没头鹅,撇下陪钱货;下场头那答儿发付我!""没头鹅",没有群鹅中领头的鹅——"头鹅",则群鹅不知所措,意近"群龙无首"。俗语云:"人无头不走,鸟无头不飞。""头"就是领头者。剧中说,张生懦弱,莺莺万分尴尬,无计可施。

元·关汉卿《包待制智斩鲁斋郎》第一折《赚煞》:"吓的我似没头鹅热地上蚰蜒。""没头鹅",喻不知如何是好。

《雍熙乐府》卷四《点绛唇》(弟子收心套):"恰便似无头鹅绝了翎,无脚蟹挤了黄。"王伯良曰:"天鹅群飞,以首一只为引领,谓之头鹅。……鹅群中打去头鹅,为无头之鹅。"

448.又惊鹅去海东青

清·黄遵宪《夜起》:"正望鸡鸣天下白,又惊鹅去海东青。""鹅"谐俄,指沙俄。"海东青",雕鸟

的一种，产于辽东，这里指代东北。“又惊”句写沙俄不仅参与八国联军侵入北京，又出兵强占了我国东北全境。

元·杨元孚《滦京杂咏》：“新腔翻得凉州曲，弹出天鹅避海青。”作者自注：“海青击天鹅，新声也。海东青者，出于女真，辽极重之。”海东青，为东北之珍禽，此诗中作为乐曲名，使“海青”与“天鹅”（两鸟名）相对。

449. 香稻啄余鹦鹉粒

唐·杜甫《秋兴八首》之八：“香稻啄余鹦鹉粒，碧梧栖老凤凰枝。”大历元年（766），诗人五十五岁，严武去世，离开成都，滞留夔州，面对唐王朝日益衰落，自己年老多病，心境悲壮而苍凉。此二句写夔州秋景秋色。意即：鹦鹉啄余香稻粒，凤凰栖老碧梧枝，一派老秋景象。再变语序，如：“鹦鹉啄香稻余粒，凤凰栖碧梧老枝。”“香稻鹦鹉啄余粒，碧梧凤凰栖老枝”，“香稻余粒鹦鹉啄，碧梧老枝凤凰栖”，句式变了，而其意不变，对仗亦都工稳，然而“鹦鹉粒”“凤凰枝”句更含蓄、隽永。相传凤凰非梧桐不栖，用以常喻志节高尚的人。《庄子·秋水》载：“惠子相梁，庄子往见之。或谓惠子曰：‘庄子来，欲代子相。’于是惠子恐，搜于国中三日三夜，庄子往见之，曰：‘南方有鸟其名为鹓鸰，子知之乎？夫鹓鸰发于南海而飞于北海，非梧桐不止，非练实不食，非醴泉不饮。于是鸱得腐鼠，鹓鸰过之，仰而视之曰：‘吓！今子欲以子之梁国而吓我邪?’”这“非梧桐不止”的“鹓鸰”即指像凤凰一类的鸟。杜诗中凤凰栖老碧梧枝则喻秋光已老。

用“香稻啄余”句如：

宋·叶适《西江月》（和李参政）：“周后数茎命粒，鲁儒一点芳心。啄残栖老付谁论，谩要睡余支枕。”

金·杨兴宗《出剑门》：“山鹏啄残红杏粉，杜鹃啼破绿杨烟。”仿句式而用之。

明·汤显祖《牡丹亭》第十二出寻梦（贴捧茶食上）：“香饭盛来鹦鹉粒，请茶擎出鹧鸪斑。”上句代指米饭。下句用黄庭坚《满庭芳》（咏茶）：“冰磁莹玉，金缕鹧鸪斑。”喻茶色。

清·王士祯《春不雨》：“春来谷赋复伤农，不见饥鸟啄余粒。”“余粒”，田中收获后的残粒。此句写天旱。

清·陈一揆《黄鹤楼二首》：“鹦鹉啼残芳草洲，凤凰栖老碧山头。”从杜句化出。

清·杨揆《摸鱼儿》（陇山道中见鹦鹉）：“怅梦断帘钩，去来何处，香粒啄红稻。”联想陇山鹦鹉的主人定会思念它到哪里觅食——“啄稻粒”去了。

450. 碧梧栖老凤凰枝

唐·杜甫《秋兴八首》之八：“香稻啄余鹦鹉粒，碧梧栖老凤凰枝。”鹦鹉在田园里啄食剩余的稻粒，凤凰在梧桐老枝上栖息。“凤凰”本是传说中的吉祥之鸟，“凤栖梧”也是传说中的事了。

元·乔吉《小桃红·楚仪来因戏赠之》：“碧梧月冷凤凰枝，空守风流志，楚雨湘云总心是。”喻楚仪志向。

元·张可久《寨儿令·秋日宫词》：“碧梧枝白凤凰，翠荷叶锦鸳鸯。”描绘宫苑景色。

元·张鸣善《粉蝶儿·思情》（尧民歌）：“休将这凤凰栖老碧梧寒，投至的雁鸣莺呖杏花残。”点出秋景。

元·詹时雨《一枝花·丽情》：“红豆啄残鹦鹉粒，碧梧桐栖老凤凰枝。”从杜诗二句脱出，写秋天景色。

451. 䴔䴖鸂鶒满晴沙

唐·杜甫《曲江陪郑八丈南史饮》：“雀啄江头黄柳花，䴔䴖鸂鶒满晴沙。”䴔（jiāo）䴖（jīng），水鸟池鹭。鸂（xī）鶒（chì），水鸟紫鸳鸯。《资治通鉴》载：“玄宗初年，遣宦者诣江南，取䴔䴖、鸂鶒等置苑中。”这里指曲江奇丽的鸟。《杜诗详注》引申涵光曰：“两句三用鸟名，顿挫有致。”

明·张綖《风流子》：“林莺啼暖树，渚鸭睡晴沙。”“晴沙”，干燥的沙滩，用杜甫句。

452. 穿花蛱蝶深深见

唐·杜甫《曲江二首》：“穿花蛱蝶深深见，点水蜻蜓款款飞。”蛱蝶穿花，时隐时现，蜻蜓点水，徐徐起落。明·邵宝《杜诗集注》评：“深深摹其翩翻隐见，款款状其上下往来。”第二首写曲江风光仅此二句。蛱蝶、蜻蜓在诗人笔下自由自在，生动活泼，表现了诗人仕途不畅，寄情山水之兴。

把“蛱蝶”与“蜻蜓”对举描写，最早是南朝·梁·简文帝萧纲的《晚日后堂》诗：“花留蛱蝶粉，竹翳蜻蜓珠。”

唐·王勃《临高台》：“鸳鸯池上两两飞，凤凰楼下双双度。""深深见""款款飞"句式源于此。

杜甫二句,取萧纲诗中之物、取王勃诗之句式,终成不朽。

杜甫《秋兴八首》之三再用这一句式:"信宿渔人还泛泛,清秋燕子故飞飞。"

453. 自在娇莺恰恰啼

唐·杜甫《江畔独步寻花七绝句》:"黄四娘家花满蹊,千朵万朵压枝低。留连戏蝶时时舞,自在娇莺恰恰啼。"此诗是"独步寻花"之六,"黄四娘"是作者所熟悉的邻居。诗中主要写黄四娘家春花繁茂,花中戏蝶翩翩,娇莺恰恰,虽说"独步"无伴,却也为这种花繁、蝶戏、莺啼的热闹、欢快景象而感到愉悦。是作者饱经乱离之后,能够安居草堂,去自由漫步,寻花开心的情绪的折射。"恰恰"和谐的啼叫声。

宋·杨无咎《上林春令》(鲁师文生辰):"流莺恰恰娇啼,似为劝、百觞进酒。"

宋·杨冠卿《生查子》(闻莺用竹坡韵):"娇莺恰恰啼,过水翻回去。欲共诉芳心,故绕池边树。"

宋·汪元量《鹧鸪天》:"潋滟湖光绿正肥,苏堤十里柳丝垂。轻便燕子低低舞,小巧莺儿恰恰啼。"

454. 邻鸡还过短墙来

唐·杜甫《王十七侍御抡许携酒至草堂奉寄此诗便请邀高三十五使君同到》:"老夫卧稳朝慵起,白屋寒多暖始开。江鹳巧当幽径浴,邻鸡还过短墙来。"前四句写草堂阒寂之景,孤寂之情,表现对王抡携酒邀高适同来以酒会友之渴盼。江鹳在院中洗浴,邻鸡又飞过了短墙,正写草堂环境之阒寂。仇兆鳌《杜诗详注》:"补注"云:"诗家用短墙,不避俗字,但有工拙之不同。杜公此句,语率而近俚。元仇仁近云:'桃柳参差出短墙,小楼突兀看湖光。'自觉风趣嫣然。"仇以为"邻鸡过墙"太直太俗,评价不高。

南朝·梁·乐府《慕容垂歌辞》:"愿作墙里燕,高飞出墙外。"写"飞出墙外"以此诗为最早,写的是人的愿望。杜甫的"过短墙"句虽"俗近俚语",却生发出种种"过墙"来。

宋·贺铸《和崔若拙四时田家乐词四首》:"野蔓牵花过短墙,麦秋时节并蚕忙。"草本蔓生植物,牵花过墙,也是农家风景。

宋·范成大《四时田园杂兴》:"土膏欲动雨频催,万草千花一饷开。舍后荒畦犹新秀,邻家鞭笋过墙来。"竹根叫鞭,笋自鞭生。此写邻家一竹过墙生笋。

455. 又逐流莺过短墙

唐·郑谷《燕》:"年去年来来去忙,春寒烟暝渡潇湘。低飞绿岸和梅雨,乱入红楼拣杏梁。闲几砚中窥水浅,落花径里得泥香。千言万语无人会,又逐流莺过短墙。"这是写燕的佳作。庭院中的燕子,由于无人懂得它的语言,随流莺过短墙而去。似有弦外之音。"过短墙"即用杜甫句。

宋·吴文英《双双燕》:"杨柳岸,泥香半和梅雨。落花风软,戏促乱红飞舞。多少呢喃意绪,尽日向、流莺分诉。还过短墙,谁会万千言语。"此词由郑谷诗生意:"杨柳岸""和梅雨""流莺""过短墙""万千言语"尽出自郑谷诗。

金·辛愿《乱后还》:"莺衔晚色啼深树,燕掠春阴入短墙。"亦写燕,"入短墙",是归巢。刘祁《归潜志》卷二评"莺衔晚色啼深树,燕掠春阴入短墙"为"佳句"。

456. 蛱蝶飞来过墙去

唐·王驾《雨晴》:"雨前初见花间蕊,雨后兼无叶里花。蛱蝶飞来过墙去,却疑春色在邻家。""飞来"一作"纷纷"。苦雨连绵,丛花现蕊下雨,雨晴已有叶无花了。蛱蝶为寻花越墙而去,猜疑邻家尚有春色——花。"疑"字,其实是产生的联想,联想是由"蛱蝶过墙"引发的。蛱蝶过墙,是为了寻春,"却疑春色在邻家"为全篇之妙语,流露出诗人惜春之愿望。宋·王安石《晴景》一诗几乎用了王驾的原句:"蜂蝶纷纷过墙去,却疑春色在邻家。"王驾诗:"蛱蝶飞来"一作"蜂蝶纷纷"。

写"蛱蝶过墙"的还有:

唐·姚合《赏春》:"娇莺语足方离树,戏蝶飞高始过墙。"

宋·郑獬《东园招孙中叔》:"绿杨成穗点著地,蝴蝶作团飞过墙。"

宋·欧阳修《望江南》:"江南蝶,斜日一双双。……微雨后,薄翅腻烟光。才伴游蜂来小院,又随飞絮到东墙,长是为花忙。"

宋·朱淑真《书窗即事二首》:"花落春无语,春归鸟自啼。多情是蛱蝶,飞过粉墙西。"

宋·真山民《闲居》："风动鸟移树，花香蝶过墙。"

元·吴澄《渡江云》(揭浩斋送春)："问春春道何曾去，任蜂蝶飞过东墙。"

元·谢宗可《卖花声》："忽被卷帘人唤住，蝶蜂随担过墙阴。"兼用李清照《如梦令》："试问卷帘人，却道海棠依旧。"这里"卷帘人"指去买花的婢女，"担"指花担。

457. 夜深还过女墙来

唐·刘禹锡《石头城》："山围故国周遭在，潮打空城寂寞回。淮水东边旧时月，夜深还过女墙来。"石头城，即金陵(今之南京)，六朝古都，曾极尽繁华，而今，诗人笔中唯有旧时的山，旧时的潮，旧时的月，空城寥落，帝都无存了。在这荒漠苍茫的景色描绘中，蕴蓄着国势衰颓的悲凉。白居易赞此诗："我知后之诗人无复措辞矣。"

"淮水东边旧时月，夜深还过女墙来。""女墙"亦作"女垣"，旧时城墙上边矮墙，即墙垛。那六朝时代的月，透过女墙，照射这残破黯淡的石城。李白《苏台览古》写"只今惟有西江月，曾照吴王宫里人。"刘诗用其意而不用其句。

唐·任翻《三游中子山寺感述》："唯有前峰明月在，夜深犹过半江来。"用刘禹锡句式。他的《宿中子山禅寺》："前峰月映半江水，僧在翠微开竹房。"月初出前峰，只映半江水，升高了，即"过半江来"，用"半江瑟瑟半江红"句(自居易《暮江吟》)。

宋·周邦彦《西河》(金陵)："空余旧迹郁苍苍，雾沉半垒。夜深月过女墙来，赏心东望淮水。"周邦彦写金陵，取刘禹锡二诗入词：上阕入《石头城》，下阕入《乌衣巷》，此二句(夜深……)把刘句换序而用之。

宋·范成大《中秋清晖阁静坐因思前二年石湖、四明赏月》："漂泊相逢重一笑，秦淮东畔女墙西。"用刘禹锡句，写海滨月色。

又《胭脂井三首》："春色已从金井去，月华空上石头来。""胭脂井"即金井，又名辱井，在金陵玄武湖侧台城内景阳楼下。南朝后主陈叔宝同张丽华、孔贵嫔为避隋兵投入此井，被俘获。范诗意陈朝之亡标志着六朝覆灭，唯月光照着石头城。用刘禹锡句意。

元·倪瓒《人月圆》："当时明月，依依素影，何处飞来。"只有元初的明月，还没有变化，用刘禹锡句意。

句意。

458. 飞入宫墙不见人

唐·刘禹锡《杨柳枝词九首》之六："炀帝行宫汴水滨，数株残柳不胜春。晚来风起花如雪，飞入宫墙不见人。"写隋炀帝汴水行宫的杨柳，在春风中杨花柳絮漫天飞扬，飞入隋宫，宫中阒寂无人，一片凄凉、寥落。此诗巧妙地以杨花柳絮作见证，抒发对腐败的隋朝覆亡的感触。"飞入宫墙不见人"已成名句。

唐·白居易《令公南庄花柳正盛欲偷赏先寄二篇》："只愁花里莺饶舌，飞入宫城报主人。""飞入宫城"写莺，"报主人"其旨不在"有人"，不属反用刘禹锡句("不见人")。

唐·温庭筠《题柳》："羌笛一声何处曲，流莺百啭最高枝。千门九陌花如雪，飞过宫墙雨自(一作"不")知。"取"飞入宫墙"意。

宋·蔡襄《耕园驿》："白发却攀临砌树，青条犹放过墙花。"用杨花过墙一意。

宋·李元膺《鹧鸪天》："思往事，入颦眉。柳梢阴重又当时。薄情风絮难拘束，飞过东墙不肯归。"用"柳絮过墙"，喻负情人放荡远去不肯归来。

宋·陈与义《城上晚思》："无数柳花飞满岸，晚风吹过洞庭湖。"亦写柳花飞越。

宋·武衍《宫词补遗》："梨花风动玉兰香，春色沉沉锁建章。唯有落红官不禁，尽数飞舞出宫墙。"写宫禁森严，只有落花才能飞出宫墙。

459. 乱红飞过秋千去

宋·欧阳修《蝶恋花》："门掩黄昏，无计当春住。泪眼问花花不语，乱红飞过秋千去。"这是惜春词，人为留春而垂泪，花因春残而凋零。"问花"是移情于花，"乱红飞过秋千去"，人无奈，花也无奈，花惜春恰是人惜春。这种移情笔法，古诗中并不罕见，仿欧阳修留春、惜春词的有：

宋·朱淑真《蝶恋花》(送春)："楼外垂杨千万缕，欲系青春，少住春还去。犹自风前飘柳絮，随春且看归何处。"写杨柳系春不住，柳絮飘飞，无奈随春而去了。

金·段克己《渔家傲》(送春六曲)："怪底春归留不住，莺作驭，朝来引过西园去。"是莺儿将春带过西园去了。

460. 拣尽寒枝不肯栖

宋·苏轼《卜算子》(黄州定慧院寓居作):"缺月挂疏桐,漏断人初静。谁见幽人独往来?缥缈孤鸿影。惊起却回头,有恨无人省。拣尽寒枝不肯栖,寂寞沙洲冷。"写词人贬谪黄州,寓居定慧院,夜深难寐,倍感自己的孤寂,如那孤雁一样。清·黄苏《蓼园词选》评:"此东坡自写在黄州之寂寞耳。初从人说起,言如孤鸿之冷落;下专就鸿说。语语双关,格奇而语隽,斯为超诣神品。""拣尽寒枝"宿有异议。宋·胡仔《苕溪渔隐丛话前集》卷三十九云:"'拣尽寒枝不肯栖'之句,或云:'鸿雁未尝栖宿树枝',唯在田野苇丛间,此亦语病也。'此词本咏夜景,至换头但只说鸿……盖其文章之妙,语意到处即为之,不可限以绳墨也。"金·王若虚《滹南诗话》卷二亦云:"东坡《雁词》云:'拣尽寒枝不肯栖',以其不栖木,故云尔。盖激诡之致,词人正贵其如此。而或者以为语病,是尚可与言哉!""以其不栖木",可谓中的之论,"不肯栖"木,未违雁之习性,何来语病?不栖寒枝而栖冷沙,恰恰是雁的生活习惯。《唐宋诸贤绝妙词选》评:"此东坡在黄州作。峒阳居士云:'拣尽寒枝不肯栖',不偷安于高位也。'寂寞沙洲冷',非所安也。"可备一家之言。

明·吴绮《换巢鸾凤》(有遗予诗者不敢答且不忍答。用史邦卿韵):"清悄,鸿缥缈,门掩苧萝、空把灵犀抱。拣尽寒枝,压残金线,幽怨寄怀香草。"用孤鸿"拣尽寒枝"不肯栖喻女子爱情专一的品格。

461. 又拣深枝飞去

宋·陆游《鹊桥仙》(夜闻杜鹃):"(杜宇)催成清泪,惊残孤梦,又拣深枝飞去。故山犹自不堪听,况半世、飘然羁旅。"此词抒写自己去国离乡,异地漂泊之痛苦。"夜闻杜鹃",使他清泪涌流,孤梦难续,"不如归去"的啼声,更使他痛苦不堪。清·许昂霄《词综偶评》谓:"感愤语,妙以蕴藉出之。结句翻用贺知章事,而感慨意即寓其中。'故山犹自不堪听'衬簟一句,不惟句法曲折,而意变更深。""又拣深枝飞去",从苏轼的"拣尽寒枝不肯栖"反用而出,词中起过渡作用,由眼前的杜鹃声,引出即使在故乡都不忍听这种悲啼,更何况半世飘泊的人呢,从而加深了愁思。

宋·杨万里《昭君怨》(赋松上鸥):"俄顷忽然飞去,飞去不知何处。我已乞归休,报沙鸥。"词序云:"晚饮诚斋,忽有一鸥来泊松上,已而复去,感而赋之。"幽静中,一鸥飞来,意外欣喜,可又忽而飞去,不知去向。从而引发归去后同沙鸥为伴之情。

清·朱彝尊《长亭怨慢》(雁):"写不了相思,又蘸凉波飞去。"表现士大夫如孤雁一样凄苦。

清·曹贞吉《玉楼春》(春晓):"画梁燕子睡方浓,落尽香泥却飞去。"写燕子"无情"。

462. 因风飞过蔷薇

宋·黄庭坚《清平乐》:"春无踪迹谁知?除非问取黄鹂。百啭无人能解,因风飞过蔷薇。"这也是一首惜春词。"寻春"贯穿全篇,下阕写"春无踪迹",人不知,问黄鹂,寻春之迫切可知。黄鹂百啭,人不解,可奈何!只好凭风飞去。其实,黄鹂不就是黄莺吗,"春归"时刻,也正是莺老花残的季节,它的"百啭"似应饱含苦楚。这里,对照欧阳修的"泪眼问花花不语,乱红飞过秋千去",看到黄庭坚是取其命意的。

宋·陈梅庄《述怀二首》:"黄莺知我无情绪,飞过花梢禁不声。"则从黄词中翻出。

463. 又闻子规啼夜月

唐·李白《蜀道难》:"问君西游何时还?畏途馋岩不可攀,但见悲鸟号古木,雄飞雌从绕林间;又闻子规啼夜月,愁空山。蜀道之难,难于上青天,使人听此凋朱颜。"写蜀道难攀,蜀道凄凉,鸟号鹃啼。"杜鹃"啼鸣,人们感受的是凄凉。《华阳国志·蜀志》载:"后有王曰杜宇,号曰望帝。法尧舜禅授之义,遂禅位于开明。帝升西山隐焉。时适二月,子鹃鸟鸣。故蜀人悲子鹃鸟鸣也。"《禽经》载:"江左曰子规,蜀右曰杜宇,瓯越曰怨鸟,一名杜鹃。"后常以此鸟托寓故国、故乡之思,又称"思归""催归"。又因此鸟口中有血色斑点,称它"啼鸣"为"啼血",总是表达一种怨恨。"杜鹃"(子规)句如:

南朝·宋·鲍照《拟行路难》其七:"中有一鸟名杜鹃,言是古时蜀帝魂。"以蜀帝杜宇禅位于开明,喻晋恭帝禅位给刘裕,自废为陵零王,反被刘裕杀掉。

唐·李白《奔亡道中》其五:"谁忍子规鸟,连声向我啼?"烘托凄凉心境。

唐·杜甫《玄都坛歌寄元逸人》:"子规夜啼山竹裂,王母昼下去旗翻。"子规夜啼如山竹裂声。宋·林景熙《冬青花》:"蜀魂飞绕百鸟臣,夜半一声山竹裂。"用杜甫之喻。

又《杜鹃行》:"君不见蜀天子,化作杜鹃似老乌。""四月五月偏号呼,其声哀痛口流血。"

唐·白居易《琵琶行》:"其间旦暮闻何物,杜鹃啼血猿哀鸣。"

又《送春归》:"今年杜鹃花落子规啼,送春何处西江西。"杜鹃有鸟,也有杜鹃花,花红色。

又《山石榴寄元九》:"山石榴,一名山踯躅,一名杜鹃花,杜鹃啼时花扑扑。九江三月杜鹃来,一声催得一枝开。"

唐·李商隐《锦瑟》:"庄生晓梦迷蝴蝶,望帝春心托杜鹃。"这是名句,意为:借杜鹃啼叫传递伤春之心,不过是幻想。

唐·李群玉《黄陵庙》:"风回日暮吹芳芷,月落山深哭杜鹃。"黄陵庙周围景色凄寂。

唐·无名氏《杂诗》:"等是有家归来得,杜鹃休向耳边啼。"隐含"不如归去"却"归未得"。

宋·周邦彦《浣溪沙》:"新笋已成堂下竹,落花都上燕巢泥,忍听林表杜鹃啼。"

宋·辛弃疾《贺新郎》:"啼鸟不知如许恨,料不啼清泪长啼血。"借"杜鹃声切",抒年老悲壮之情。

宋·康与之《满江红》(杜鹃):"恼杀人,东风里,为谁啼血。正青春未老,流莺方歇。"写思归之情。

宋·刘克庄《忆秦娥》(暮春):"枝头杜宇啼成血,陌头杨柳吹成雪。吹成雪,淡烟微雨,江南三月。""杜鹃啼血",为暮春之一景。

宋·文天祥《酹江月》(和邓剡):"故人(邓剡)应念,杜鹃枝上残月。"思念残破的国土,杜鹃暗指国君、国土。

清·黄遵宪《赠梁任父同年》:"寸寸山河寸寸金,瓜离分裂力谁任?杜鹃再拜忧天泪,精卫无穷填海心。"杜鹃啼为忧天,为国家前途和命运担忧。

清·董元恺《酷相思》(两江代内):"想杜鹃声里人何处?春山也,留君住;秋山也,留君住。"不知行人在"不如归去"声中,走到何处了。

清·屈大均《浣溪沙》(杜鹃):"(杜鹃)血洒青山尽作花,花残人影未还家。"杜鹃鸟啼叫流血,

血洒土中,化作杜鹃花。表不屈的意志。

464.遍青山啼红了杜鹃

明·汤显祖《牡丹亭》第十出惊梦《好姐姐》:"遍青山啼红了杜鹃,荼蘼外烟丝醉。牡丹虽好,他春归怎的占先! 闲凝眄,生生燕语明如翦,呖呖莺歌溜的圆。"从杜鹃鸟啼血联想到开遍了红色的杜鹃花。其中只重复二句。

清·孔尚任《桃花扇》第一卷二出《好姐姐》:"遍青山啼红了杜鹃,荼蘼外烟丝醉软。牡丹虽好,他春归怎占得先。牡丹虽好,他春归怎占得先。闲凝盼,生生燕语明如翦,呖呖莺声溜的圆。"重复两句,换一"盼"字,此外,全抄《牡丹亭》的《好姐姐》。

465.听杜宇声声,劝人不如归去

宋·柳永《安公子》:"游宦成羁旅,短樯吟倚闲凝伫。万水千山迷远近,想乡关何处。自别后,风亭月榭孤欢聚。刚断肠、惹得离情苦。听杜宇声声,劝人不如归去。"此词写羁旅行役,上阕写所见,此下阕写所感。今人沈祖棻《宋词赏析》云:"这首词是游宦他乡,暮春怀归之作。笔下的春景,不以绚烂浓丽见长,这和他长年过着落魄江湖的生活,怀着名场失意的心情是有关的。"这一分析是中肯的。作者游宦早倦,遥思乡关,孤欢已成肠断,又惹起离思,借杜鹃啼语,传达出"不如归去"的急迫愿望。明代李时珍《本草纲目》云:"杜宇其鸣若不如归去。"杜鹃啼声凄厉,人们拟它的啼声为"不如归去",每每听到杜鹃啼声,就感到它在催归、劝归,更激起旅游或宦游的思归之情。于是"不如归去"成了"归去来兮"的同义语。

唐·戴叔伦《暮春感怀》:"杜宇声声唤客愁,故园何处此登楼。"暮春登楼,远远望去,不见故园形影,杜鹃啼声唤起客居他乡之人的乡思。柳词用此"杜宇声声"。而这"声声"就是"不如归去",表达思归之情。

宋·柳永《思归乐》:"共君把酒听杜宇,解再三、劝人归去。""劝人归去"不是拟音,而是代述。

宋·梅尧臣《杜鹃》:"蜀帝何年魄,千春化杜鹃。'不如归去'语,亦自古来传。"他不相信这一传说。

又《依韵和吴季野马上口令》:"莫信杜鹃花上鸟,人归犹道'不如归'。"

宋·程师孟《入涌泉道中》:"人意不如毛羽意,声声犹道不如归。"

宋·邵雍《春暮吟》:"不意子规禽,犹能道归去。"

宋·晏几道《鹧鸪天》:"十里楼台倚翠微,百花深处杜鹃啼……惊觉梦,弄晴时,声声只道不如归。天涯岂是无归意,争奈归期未可期。"

宋·苏轼《减字木兰花》(送东武令赵晦之):"不如归去,二顷良田无觅处;归去来兮,待有良田是几时。"

又《浣溪沙》(感旧):"无可奈何新白发,不如归去旧青山。"

用"杜鹃"句,主要有三种形式:"杜宇声声"(柳永),"道不如归"(晏几道)和"不如归去"(苏轼)。

宋·黄庭坚《醉蓬莱》:"杜宇声声,催人到晓,不如归是。"

宋·晁端礼《春晴》:"恨满东风,谁识此时情绪? 数声啼鸟,劝我不如归去。纵写香笺,付谁寄与。"

又《水调歌头》:"不如归去,无限云水好生涯。"

宋·贺铸《摊破浣溪沙》:"绿树隔巢黄鸟并,沧州带雨白鸥飞。多谢子规劝我:'不如归'。"

宋·晁补之《临江仙》(信州作):"青山无限好,犹道不如归。"

宋·陈瓘《满庭芳》:"春鹃语,从来劝我,常道不如归。"

又《卜算子》:"只解劝人归,都不留人住。南北东西总是家,劝我归何处。"

宋·周紫芝《品令》:"且莫劝人归去,坐来未久。"反思归而用之。

宋·赵鼎《贺圣朝》(道中闻子规):"征鞍南去天涯路,青山无数。更堪月下子规啼,向深山深处……,更阑人静一声声,道不如归去。"

宋·吴淑姬《小重山》(春愁):"不如归去下帘钩,心儿少,难著许多愁。"

宋·王之道《桃源忆故人》:"门外远山无数,谁道不如归去,咫尺长安路。"

宋·康与之《望江南》:"落帽孟嘉寻蒻笠,漉巾陶令买蓑衣,都道不如归。"

又《满江红》(杜鹃):"镇日叮咛千百遍,只将一句频频说,道不如归去不如归,伤情切。"

宋·倪偶《蝶恋花》:"枝上幽禽相对语,细听声声,道不如归去。"

宋·葛立方《水龙吟》(游钓台作):"羊裘自贵,龙章难换,不如归去。"

宋·李处全《菩萨蛮》(续前意,时溧阳之行有日矣):"杜鹃只管催去,知渠教我归何处。"

宋·吕胜己《木兰花慢》:"正杜宇催归,行人贪路,天气轻阴。"

宋·赵长卿《虞美人》(春寒):"可堪连夜子规啼,唤得春归,人却未成归。"

宋·辛弃疾《念奴娇》(梅):"不如归去,阆苑有个人忆。"

又《定风波》:"野草闲花不当春,杜鹃却是旧知闻。漫道不如归去住。梅雨,石榴花又是离魂。"

又《添字浣溪沙》(三山戏作):"绕屋人扶行不得,闲窗学得鹧鸪啼。却有杜鹃能劝道:'不如归'。"

宋·赵善括《南浦》:"可堪杜宇,空只解声声,催他春去。"写杜宇催春。

宋·程垓《南歌子》:"不堪村落子规啼,问道行人一去、几时归。"

宋·石孝友《谒金门》:"早是行人贪道路,声声闻杜宇。"

宋·赵师侠《鹧鸪天》:"栏干倚遍东西曲,杜宇一声肠断人。"

又《清平乐》(阳春亭):"若恨无情杜宇,声声叫断斜阳。"杜鹃啼晓。

又《鹊桥仙》(同敫国华饮闻啼鹃即席作):"斜阳芳树翠烟中,又听得,声声杜宇。"

又《谒金门》:"回念故园如旧否,不堪闻杜宇。"闻杜宇更增故园之思。

宋·韩淲《生查子》(晴色入青山):"杜宇一声,楼下沧波远。"

宋·洪咨夔《沁园春》:"归去来兮,杜宇声声,道不如归。"

宋·方千里《解连环》:"杜宇声中,动多少、客情离索。"

宋·吴潜《水调歌头》(闻子规):"蜀魂不知我,犹道不如归。"

又《谒金门》(枕上闻鹃赋):"纱窗晓,杜宇数声声悄,真个不如归去好,天涯人已老。"

宋·郑熏初《氏州第一》:"猛拍栏干,诉天知、声声杜宇。"

宋·方岳《酹江月》:"不如归去,檐花深春酌。"

宋·李昂英《摸鱼儿》:"怎忍听,声声杜宇深深树。"

宋·翁孟寅《烛影摇红》:"乱鸦归后,杜宇啼时、一声声怨。"

宋·杨泽民《一落索》:"识尽人间甘苦,不如归去。"

又《满庭芳》:"不如归去好,良田二顷,茅舍三椽。任高歌月下,痛饮花前。"元人滕斌《归去来》诗用杨泽民"良田二顷,茅舍三椽"句。

又《宴清都》:"封侯万里,金堆北斗,不如归去。"

又《庆春宫》:"佳景良辰,无寥虚度,谁怜客里凄清。不如归去,任儿辈、功名遂成。"

宋·柴望《摸鱼儿》:"更听得杜宇,一声声切,流水画桥畔。"

宋·陈人杰《沁园春》(问杜鹃):"为问杜鹃,抵死催归,汝胡不归。"

宋·陈允平《荔枝香近》:"杜宇声声频唤,春渐去。暗碧柳色依依,湖上迷青雾。"

又《扫花游》:"剪剪愁红,万点轻飘泪雨。怕春去,问杜宇唤春,归去何处。"托杜宇问春归何处。

又《解连环》:"正天涯、数声杜宇,断肠院落。"

宋·施翠岩《沁园春》:"莫问荣华,不如归去,短棹孤篷乘夜潮。"

宋·刘辰翁《青玉案》(暮春旅怀):"渐远不知何杜宇,不如归去,不如归去,人在江南路。"

又《祝英台近》(水后):"从初错铸鸱夷,不如归去,到今此、欲归何处。"

又《金缕曲》(闻杜鹃):"听长亭,青山落日,不如归去。"

宋·张涅《祝英台近》:"若取留春,欲去去何处?也知春亦多情,依依欲住。子规道:'不如归去'。"

宋·柴元彪《海棠春》(客中感怀):"阳关可是登高路,算到底,不如归去。"

宋·赵必璖《宴清都》:"有秋田二顷,菊松三径,不如归。"从杨泽民"良田二顷,茅舍三椽"句翻出。

宋·张炎《祝英台近》(与周草窗话旧):"长年

息影空山,愁入庾郎句。玉老田荒,心事已迟暮。几回听得啼鹃,不如归去。终不似、旧时鹦鹉。"

宋·李太古《永遇乐》:"青青白白,关关滑滑,寒损铁衣狂客。尽声声,不如归去,归也怎生归得。"

元·王实甫《西厢记》第五本第四折《落梅风》:"不信呵去那绿杨影里听杜宇,一声声道'不如归去'。"

元·阿鲁威《蟾宫曲》(旅况):"漫劳动空山子规,一声声犹劝人归。"

清·曹雪芹《红楼梦》第七十回林黛玉《桃花行》:"一声杜宇春归尽,寂寞帘栊空月痕。"

清·孙点《沁园春》:"痛饮此杯,便声声杜宇,不如归去。"

466.狐裘蒙戎,非车不东

《诗经·邶风·旄丘》:"狐裘蒙戎,非车不东。"狐裘毛乱,已经破蔽,不是我的车不向东去。此诗意为,黎国人流落卫国,十分困苦,责怪卫国人不予救助。

唐·高适《营州歌》:"营州少年厌原野,狐裘蒙茸(戎)猎城下。"身着毛茸茸的狐皮袍狩猎于城下。用"狐裘蒙戎"句写猎装。

467.女子有行,远父母兄弟

《诗经·邶风·泉水》:"女子有行,远父母兄弟。"本诗为卫宣公之女许穆夫人怀念亲人,思慕故国的诗。两句意为,女儿出嫁了,远离了父母兄弟。

唐·韦应物《送杨氏女》:"女子令有行,大江溯轻舟。"用"女子有行"句写杨氏女乘轻舟溯流而去。

468.爱而不见,搔首踟蹰

《诗经·邶风·静女》:"爱而不见,搔首踟蹰。"全诗主旨,众说不一。一说刺卫宣公纳媳,一说青年男女约会。这两句意为,爱她却总见不到她,心情急迫,搔首彷徨。"搔首踟蹰"是一特征性行为。

清·蒲松龄《抱病》诗:"朝朝问讯唯良友,搔首踟蹰意暗伤。"用"搔首"句写除良友外,少有人来,心绪烦乱,暗自伤神。

469. 鹑之奔奔,鹊之彊彊

《诗经·鄘风·鹑之奔奔》:"鹑之奔奔,鹊之彊彊。"鹌鹑、喜鹊各自都是双宿双飞。全诗写卫宣公上烝母夷姜,下纳媳伋妻,讽刺其淫乱,不如鹑鹊、禽兽。

唐·李白《雪谗诗赠友人》:"彼人之猖狂,不如鹊之彊彊,彼妇人之淫昏,不如鹑之奔奔。"用"鹑之奔奔"句原意。宋·洪迈《随笔》认为,李白此句是讥讽杨贵妃的。

470. 巧笑倩兮,美目盼兮

《诗经·卫风·硕人》:"手如柔荑,肤如凝脂,领如蝤蛴,齿如瓠犀。螓首蛾眉,巧笑倩兮,美目盼兮。"卫庄公夫人庄姜初嫁卫国,她美丽动人,受到国人的称赞。以上七句全面描绘庄姜的美丽形象,"巧笑"两句写她的容貌:一副笑脸十分俏丽,一双俊眼黑白分明。这七句诗连用六种喻象描绘了手、肤、颈、齿、首、眉,末二句直接描写。是文学史上细致具体描写美人的最早的启蒙之作,对以后影响昭著。"巧笑"常为人用。《论语·八佾》曾引用"巧笑倩兮,美目盼兮,素以为绚兮"。晋·乐府《子夜歌四十二首》也变用了"巧笑美目"句:"巧笑蒨两犀,美目扬双蛾。"写女子笑得美,露着鲜白的牙齿;眼睛美,扬起秀气的双眉。此句从"硕人"化出。其后用"巧笑"句者如:

南朝·梁武帝萧衍《子夜歌二首》:"巧笑蒨两犀,美目扬双蛾。"

南朝·陈·江总《宛转歌》:"谁能巧笑时窥井,乍取新声学绕梁。"又《雉子斑》:"暂往如皋路,当令巧笑开。"写面容美,应当露出笑靥。陈·毛处约《雉子斑》:"能使如皋路,相逢巧笑归。"陈·萧有《射雉诗》:"今日如皋路,能将巧笑回。"均用江总句。

陈·张正见《置酒高殿上》:"千金一巧笑,百万两鬟姝。"写笑容。

陈·许倪《破扇》:"不堪障巧笑,犹足动衣香。"指面容。

唐·袁晖《二月闺情》:"园中花巧笑,林里鸟能歌。"喻花开,花笑即花开。

唐·王谌《长信怨》:"飞燕倚身轻,争人巧笑名。"容颜美。

又《后庭怨》:"幸得君怜巧笑,披香殿里荐蛾眉。"

唐·许敬宗《七夕赋咏成篇》:"灼灼新妆鉴月辉,情催巧笑开星靥。"

宋·黄庭坚《河传》:"巧笑靓妆,近我衰容华鬓。"

宋·郑僅《调笑转踏》:"相慕,酒家女,巧笑明眸年十五。"

元·张可久散曲《满庭芳·歌者素娟》:"玉蟾惊秋月扬辉,绝纤翳,巧笑倩兮,无地着明妃。"

471. 岂无膏沐,谁适为容

《诗经·卫风·伯兮》:"岂无膏沐,谁适为容?"哪是没有脂粉,只是为谁饰容。写丈夫久役不归,妻子怀念之深切。

魏·徐幹《情诗》:"君行殊不返,我饰为谁容。"用以表示同类感情。

472. 焉得谖草,言树之背

《诗经·卫风·伯兮》:"焉得谖草,言树之背。"哪里得到忘忧草,北堂那儿栽种着。虽说"谖草人忘忧",却忘不了出征的丈夫。

南朝·梁·吴均《酬别江主簿屯骑》:"何用赠分手,自有北堂谖。"用什么赠别呢?用令人忘忧的北堂谖。

473. 投我以木瓜,报之以琼琚

《诗经·卫风·木瓜》:"投我以木瓜,报之以琼琚,匪报也,永以为好也。投我以木桃,报之以琼瑶,匪报也,永以为好也。投我以木李,报之以琼玖,匪报也,永以为好也。"有说是卫人思报齐桓公复国之恩而作。更多是认为男女互相赠誉,永结情好之诗。诗中人赠我微物,报以重宝,犹未足为报,这种朴实真切的美德很感人,加之通俗流畅,朗朗上口的语言,给后代诗人留下深刻的影响,其中以"木瓜"句为最。

东汉桓帝时秦嘉充郡上计,赴洛阳前给其病妇留诗。南朝徐陵《玉台新咏》诗前序云:秦嘉"为郡上计,其妻徐淑寝疾还家;不获面别,赠诗云尔"。诗为《赠妇诗三首》其三之末二句即用《木瓜》诗意表达对妻子之情:"诗人感木瓜,乃欲答琼瑶。愧彼赠我厚,惭此往物轻。虽知未足报,贵用叙我情。"赠重报轻,有愧于"木瓜"精神,然而我的情是深重的。

《木瓜》诗的内涵彼后人生发延用到亲友关系、君臣关系之中。东汉安帝时张衡借用《木瓜》诗中名句创作了《四愁诗》,《文选》中后人作序说:张衡"依屈原以美人为君子,以珍宝为仁义,以水溪雪雾为小人。思以道术相贻于时君,而惧逸邪不得通。"序说,张衡任河间王相时作,郁郁不得志,借写怀人的愁思,以抒为国效力的抱负。《四愁诗》在《木瓜》诗的源流中如突起一峰,对后人产生了广泛影响。《四愁诗》是:

我所思兮在太山,欲往从之梁父艰,侧身在望涕沾翰。美人赠我金错刀,何以报之英琼瑶。路远莫致倚逍遥,保为怀忧心烦劳?

我所思兮在桂林,欲往从之湘水深。侧身南望涕沾襟。美人赠我琴琅玕,何以报之双玉盘。路远莫致倚惆怅,何为怀忧心烦怏!

我所思兮在汉阳,欲往从之陇坂长。侧身西望涕沾裳。美人赠我貂襜褕,何以报之明月珠。路远莫致倚峙踟,何为怀忧心烦纡!

我所思兮在雁门,欲往从之雪雾雾。侧身北望涕沾巾。美人赠我锦绣段,何以报之青玉案。路远莫致倚增叹,何为怀忧心烦惋!

直用"木瓜"句的如:

晋·郑丰《答陆士龙诗四首》:"授我木瓜,报尔琼瑶。"

晋·陆机《为陆思远妇作诗》:"敢忘桃李陋,侧想瑶与琼。"

晋·潘尼《送大将军椽卢晏诗》:"琼琚尚交好,桃李贵在还。"

北周·庾信《将命至邺酬祖正员》:"投琼实有慰,报李更无蹊。"他在受聘东魏之前,想到梁武帝的功绩以及对自己的厚遇,深感难于"投琼报李",无法报偿了。

唐初·杨师道《中书寓直咏雨简褚起居上官学士》:"思君赠桃李,于此冀琼环。"图思重报。

唐·张九龄《叙怀二首》:"木瓜诚有报,玉楮论无实。"

唐·韦应物《善福精舍答韩司录清都观会宴见忆》:"忽因西飞禽,赠我以琼琚。"

唐·钱起《重赠赵给事》:"能迁驺驭寻蜗舍,不惜瑶华报木桃。"

唐·司空曙《酬张芬有赦后见赠》:"劳君故有诗相赠,欲报琼瑶恨不如。"憾难以更好的诗回报。(又作司空图诗)

唐·白居易《岁暮枉衢州张使君书并诗因以长句报之》:"贫薄诗家无好物,反投桃李报琼琚。"谦指以劣诗相报。

唐·贾岛《投张太祝》:"欲买双琼瑶,惭无一木瓜。"叹情薄。

宋·苏轼《张近几仲有龙尾子石砚以铜剑易之》:"不如无情两相与,永以为好譬之桃李与琼华。"

元·郑光祖《梧桐树·题情》:"呀!哪个投以木桃,报以琼瑶?我便是日影内捕金鸟,月轮中擒玉兔,云端思觅黄鹤。"

元·徐再思《柳营曲·春情》:"投木桃,报琼瑶,风流为听紫凤箫。"

直用《四愁诗》句的如:

《古诗》:"客从远方来,遗我一端绮。"宋·苏轼《次韵毛滂法曹感雨》:"江南佳公子,遗我锦绣端。"均用张衡"美人赠我锦绣段"句。

晋·张载《拟四愁诗》:"美人赠我绿绮琴,何以报之双南金。"意为虽抱南金亦无所用,虽怀忠心亦无效。

唐·宋之问《放白鹇篇》:"故人赠我绿绮琴,兼致白鹇鸟。琴是峰山桐,鸟出吴溪中。我心松石清霞里,弄此幽弦不能已。我心河海白云垂,怜此珍禽空自知……玉徽闭匣留为念,六翮开笼任尔飞。"大意是友人赠的绿绮琴和白鹇鸟,都极珍贵,琴还可留用,鸟则不忍把它囊之笼中,打开笼子,任它飞去。

清·钱谦益《还神曲十二首》:"三年蜀血肯销沉,我所思兮在桂林。"南明桂王朱由榔一度都桂林,清兵南下,瞿式耜留守桂林死难。作者用张衡句表示想的这件事。

清·恽敬《浣溪沙》:"不见美人青玉案,空闻游女《白铜鞮》。"作者在金陵白门春游,春色虽好,历史人物和事迹早已不见,用"不见美人青玉案"指代只听到游女的歌声。

鲁迅于1924年仿张衡《四愁诗》写了《我的失恋——拟古的新打油诗》,他在《三闲集·我和语丝的始终》里说写这首诗的用意是反对思想感情不健康的失恋诗:"《我的失恋》,是看见当时'阿呀阿育,我要死了'之类的失恋诗盛行,故意做一首用'由她去罢'收场的东西,开开玩笑的。"是对这种不健康的创作潮流的尖锐嘲讽。全诗如下:

我的所爱在山腰;想去寻她山太高,低头无法泪沾袍。爱人赠我百蝶巾;回她什么:猫头鹰。从此翻脸不理我,不知何故兮使我心惊。

我的所爱在闹市;想去寻她人拥挤,仰头无法泪沾耳。爱人赠我双燕图;回她什么:冰糖壶卢。从此翻脸不理我,不知何故兮使我胡涂。

我的所爱在河滨;想去寻她河水深,歪头无法泪沾襟。爱人赠我金表索;回她什么:发汗药。从此翻脸不理我,不知何故兮使我神经衰弱。

我的所爱在豪家;想去寻她没有汽车,摇头无法泪如麻。爱人赠我玫瑰花;回她什么:赤练蛇。从此翻脸不理我,不知何故兮——由她去吧。

《我的失恋》与《四愁诗》句数一样,除末二句,句式也相近。《四愁诗》贯穿一个"愁"字,《我的失恋》滑稽幽默,地道打油诗风格。

474. 彼黍离离,彼稷之苗

《诗经·王风·黍离》首句。首章"彼黍离离,彼稷之苗。行迈靡靡,中心摇摇。知我者,谓我心忧。不知我者,谓我何求。悠悠苍天,此何人哉。""彼黍离离"为全诗三章起句。毛诗序云:"《黍离》,闵宗周也。周大夫行役至于宗周,过故宗庙宫室,尽禾黍。闵周室之颠覆,彷徨不忍去,而作是诗也。"西周幽王腐乱而灭亡。平王东迁,政遂微弱。《黍离》诗是周大夫行役镐京,见宫室黍稷繁茂,感慨西周之亡而作此诗。中心摇摇,如醉如噎,感人至深! 后人用黍离之悲表家国残破之痛。

对"离黍"还有其他解读法。今文"韩诗"云:"昔尹吉甫信后妻之谗,而杀孝子伯奇,其弟伯封求而不得,作《黍离》之诗。"(曹植《令鸟恶禽论》)《鲁诗》云:"卫宣公子寿,闵其兄伋之且见害,作忧思之诗,《黍离》是也。"(刘向《新序·节士》)而信"闵宗周"者为多。

曹植《情诗》:"游者叹《黍离》,处者歌《式微》。"远行的人感叹《黍离》,为行役而悲伤;家中的人歌吟《式微》,盼我归去。

杜牧《扬州慢序》:"千岩老人以为有黍离之悲也。"许浑《金陵怀古》:"松楸远近千官冢,禾黍高低六代宫。"松树长满了官贵的坟冢,禾黍生遍了六朝的宫墟。这是面对六朝废宫发出的黍离之叹。

又《故洛城》:"禾黍离离半野蒿,昔人城此岂知劳。"一名《登故洛阳城》,写自东汉建都的古城破败了,以寄幽情。

宋·苏轼《渚宫》:"秦兵西来取钟簴,故宫禾黍秋离离。"叹古代楚宫郢城废墟,寓兴亡之变。

宋·张元干《贺新郎》(送胡邦衡待制赴新州):"怅秋风、连营画角,故宫离黍。"北宋故宫已荒凉不堪,心中无限感伤。

宋·姜夔《征召》:"去得几何时,黍离离如此。"故国之悲。

宋·文及翁《贺新郎》(西湖):"回首洛阳花世界,烟渺黍离之地。"故国之哀。

宋·谢翱《过杭州故宫》:"禾黍何人为守阍,落花台殿暗销魂。"感南宋灭亡。

元·乔吉《折桂令·丙子游越怀古》:"蓬莱老树苍云,禾黍高低,狐兔纷纭。"用许浑句。

元·查德卿《柳营曲·金陵故址》:"四周小山围绕,几处树高低,谁曾赋黍离离。"叹六朝兴亡。

金·宇文虚中《题平辽碑》:"行人立马空惆怅,禾黍离离满故宫。"辽亡之感慨。

清·钱谦益《西湖杂感》:"行都宫阙荒烟里,禾黍丛残似石头。"悼亡明。

475. 一日不见,如三秋兮

《诗经·王风·采葛》:"彼采葛兮,一日不见,如三月兮;彼采萧兮,一日不见,如三秋兮;彼采艾兮,一日不见,如三岁兮。"是思念情人之诗。在作者心中,设想她在采葛、采萧、采艾,一天见不到,有如分别三月、三秋、三岁,思念之切,不久亦久。这种夸张在《诗经·郑风·子衿》中又见到:"青青子衿,悠悠我心,……一日不见,如三月兮。"其中名句是"一日不见如三秋"。"三秋":余冠英《诗经选译》解:"通常以一秋为一年。后又有'三秋'指秋季三月的用法。在这首诗里'三秋'该长于'三月',短于'三岁',义同'三季'。"据此"三秋"是九个月,概指时间之长久。此句应用于后代韵文中的有:

魏·曹植《朔风》:"别如俯仰,脱欲三秋。"诗里流露他屡经迁徙的郁闷之情,已度过的时光如在俯仰之间,正度过的时光像过三季,很慢很长。

晋初阮籍《咏怀》三十二:"朝阳不再盛,白日忽西幽。去此若俯仰,如何似九秋?"这里他感到时间流驰之速,反用原意:自朝至暮如俯仰间之短,怎么能说一日九秋呢?"九秋"指秋季九十天。

唐·赵征明《思归》:"违别未几日,去日如三秋。"他讲分别未几日却如三秋长,用原意。

宋·吕渭老《卜算子》:"一日抵三秋,半月如千岁。"又推出"半月如千岁",表感受中的时间之长。

宋·赵抃《再用韵》:"一别三秋如一日,望中红叶已萧疏。"他写别离时间过得太快了。

476. 风雨如晦,鸡鸣不已

《诗经·郑风·风雨》:"风雨凄凄,鸡鸣喈喈。既见君子,云胡不夷。风雨潇潇,鸡鸣胶胶。既见君子,云胡不瘳。风雨如晦,鸡鸣不已。既见君子,云胡不喜。"此诗写女子迎新人即来时的喜悦,而"小序"云:"思君子也,乱世则思君子。"

"风雨潇潇,鸡鸣胶胶。"潇潇风雨之中,响起了鸡鸣声。明·刘基《水龙吟》:"鸡鸣风雨潇潇,侧历天地无外表。"元末的刘基处于乱世,没有可以托身的刘表式的人物。表现思君子、忧乱世之情。

"风雨如晦,鸡鸣不已。"风雨黑沉沉,鸡儿喔喔啼。清·黄景仁《短歌别华峰》:"鸡鸣喔喔风雨晦,此恨别久君自知。"诗人借"鸡鸣"句写与友人离别的思念之情。清·文廷式《浣溪沙》(旅情):"绳床聊借一宵安,鸡鸣风雨曙光寒。"晚清荡动时代,他旅途中既能随遇而安,又预感到前途的艰险。

477. 青青子衿,悠悠我心

《诗经·郑风·子衿》:"青青子衿,悠悠我心。纵我不往,子宁不嗣音?"全诗三章,这是首章。《诗序》说:"子衿,刺学校废也。乱世则学校不修焉。"余冠英《诗经选译》说"一个女子在城楼等候情人……",余说可信。

魏·曹操《短歌行》:"青青子衿,悠悠我心。但为君故,沈吟至今。"他渴思贤才,为要得到贤才,一直低吟着"青青子衿……"。"青青子衿"原系周代学生穿的青色衣领,这里指代人才。

478. 有美一人,婉如清扬

《诗经·郑风·野有蔓草》:"有美一人,清扬婉兮。""有美一人,婉如清扬。"清为目之美,扬为眉之美。句意为有一位美丽的女子,她的眉眼是那么清秀。诗写男女情人不期而遇。

《诗经·陈风·泽陂》:"有美一人,伤如之何?""有美一人,硕大且俨。"写女子在满是蒲草荷花的河塘边遇到一位壮美的青年,产生了爱慕之情。"有美一人"表思遇贤人或"贤者自况",应是

到"楚辞"时代的后起之义。

屈原作品中常以美人、香草比况,喻品德高尚的人或喻君主。宋玉在《九辨》中有"悲忧穷蹙兮独处廓,有美一人兮心不绎"。就是用"有美一人"以自比。

《楚辞》中的"美人"也有指美女的。《九歌·少司命》"生美人兮未来"里的"美人"就指女神少司命。而《少司命》中这几句:"与女沐兮咸池,晞女发兮阳之阿,望美人兮未来,临风恍兮浩歌。"南朝谢灵运在《夜宿石门》诗中用作"美人竟不来,阳阿徒晞发"。是共赏无人,独游山景,孤独高傲情感的抒发。

魏·曹丕《秋胡行三首》其二用《野有蔓草》原句:"有美一人,婉如清扬。"表现什么呢?朱嘉微《乐府广序》中说:"《秋胡行》歌'汛汛绿池',乐众贤之来辅也。"所以《秋胡行》作为怀人之作,其中"美女"系指贤才。而曹丕的《善哉行》其二同样用了"有美一人,婉如清扬",作为爱情诗则写了美貌又知音乐的女子。唐·贯休《善哉行》:"有美一人兮,婉如清扬",感伤古曲没有知音。

晋·羊徽《赠傅长猷傅时为太尉主簿入为都官郎诗》:"有美一人,翻飞云阁。"喻贤才之升迁。

479. 东方未明,颠倒衣裳

《诗经·齐风·东方未明》:"东方未明,颠倒衣裳。颠之倒之,自公召之。"此诗写徭役之苦,东方还未放亮,在主人催促下,不得不起身穿衣。古称上衣为衣,下衣为裳,"颠倒衣裳",上衣下衣穿颠倒了,看得出当时紧张忙乱的情形。

唐·杜甫《至日遣兴奉寄北省旧阁老两院故人二首》:"无路从容陪笑语,有时颠倒著衣裳。"冬至日回忆去岁两院朝班时的紧张窘迫情景。

唐·白居易《初与元九别后忽梦见之及寝而书适至兼寄桐花诗怅然感怀因以此寄》(元九初谪江陵):"觉来未及说,叩门声冬冬。言是商州使,送君书一封。枕上忽惊起,颠倒著衣裳。开缄见手札,一纸十三行。"写开门纳信的忙乱情景。

宋·刘克庄《汉宫春》(题钟肇长短句):"谢病归来,便文殊相问,懒下禅床。雀罗晨有剥啄,颠倒衣裳。"描绘一副狼狈相。

480. 胡取禾三百廛兮

《诗经·国风·魏风·伐檀》:"不稼不穑,胡

取禾三百廛兮！"既不耕种也不收获，为什么捞取禾谷三百束！是对不劳而获者的抨击。

宋·苏轼《和陶饮酒二十首》："每用愧渊明，尚取三百禾。"用"三百禾"说明陶渊明归田还可以收获到粮食。

又《次韵段缝见赠》："细思种薤五十本，大胜取禾三百廛。"种五十棵薤可作菜入药，比种禾好。

481. 今夕何夕，见此良人

《诗经·唐风·绸缪》一诗是描写新婚夫妇的爱情的："今夕何夕"，意为这个夜晚是怎样一个夜晚！含有这个夜晚很不一般，非同寻常，新婚夫妇结合于新婚的夜晚，这个夜晚是有特殊性的。后人用此句表示亲人、友人相逢、相会的时刻是难得的，极其珍贵的。

西汉刘向《说苑·善说篇》载《越人歌》："今夕何夕兮，搴舟中流；今日何日兮，得与王子同舟？"楚襄成君始封之日，楚大夫庄辛对他说了鄂君子晰不懂越语，这是译成楚语的歌，表示对晰的喜悦和拥戴之心，于是晰与之交欢甚密，过去拥抱船夫，又给船夫披上绣被。全诗表达越人对王子拥戴之情。"今夕何夕""今日何日"说明这日子珍贵。

南朝·梁·王台卿《陌上桑四首》："君行亦宜返，今夕是何时。"

唐·杜甫《赠卫八处士》："今夕复何夕，共此灯烛光。少壮能几时，鬓发各已苍。"

又《今夕行》："今夕何夕岁云徂，更长烛明不可孤。"

唐·钱起《中书王舍人辋川旧居》："今夕复何夕，归休寻旧欢。"

唐·顾况《悲歌》："越人翠被公何夕，独立沙边江草碧。"用《越人歌》。

唐·韩愈《咏灯花同侯十一》："今夕知何夕，花燃锦帐中。"

唐·元稹《金陵三梦》："今夕亦何夕，梦君相见时。"

唐·贾岛《友人婚杨氏催妆》："不知今夕是何夕，催促阳台近镜台。"

唐·马戴《集宿姚殿中宅期僧无可不至》："今夕夏何夕，人谒去难追。"

唐·独孤遐叔妻白氏《梦中歌》："今夕何夕，存耶没耶？良人去兮天之涯，园树伤兮三见花。"

毛文锡《醉花间》："风摇玉佩清，今夕何夕。"

宋·柳永《玉楼春》："皇都今夕何夕，特地风光盈绮陌。"

宋·周紫芝《摊破浣溪沙》(茶词)："天如水，云似扫，素魄流。不知今夕何夕，相对语羁愁。"

宋·范端臣《念奴娇》："寻常三五，问今夕何夕，婵娟都胜。"

宋·范成大《三登乐》："今夕何朝，披岫幌，云关重启。"

宋·张孝祥《念奴娇》(过洞庭)："扣舷独笑，不知今夕何夕。"

宋·李处全《水调歌头》："今夕定何夕，今夕岁还除。"

宋·丘崈《念奴娇》："烛花渐暗，似梦来非梦，今夕何夕。"

宋·赵长卿《水调歌头》(中秋)："今夕知何夕，秋色正平分。"

宋·赵师侠《东坡引》(龙江赵去非席上)："杯行情意密，今宵是何夕。"

宋·姜夔《秋宵吟》："但盈盈、泪洒单衣，今夕何夕恨未了。"

宋·王迈《水调歌头》(寿黄殿讲母)："天上一灯满，引起万灯明。不知今夕何夕，平地有蓬瀛。"

宋·葛长庚《瑶台月》："烟霄凝碧，问紫府清都，今夕何夕。"

又《永遇乐》(寄鹤林靖)："指烟霄，不如归去，不知今夕何夕。"

又《贺新郎》："芙蓉池馆梧桐井，悄不知、今夕何夕。"

宋·冯取洽《贺新郎》："今日不知何日也，便戊申、重见何须赏。"

宋·李曾伯《沁园春》："今夕果何夕，非夏亦非春。"

宋·方岳《鹊桥仙》："雪边试问是耶非，笑今夕、不知何夕。"

宋·吴文英《六幺令》(七夕)："今夕何夕，杯残月堕，但耿银河漫天碧。"

宋·陈允平《兰陵王》："今夕、是何夕，正月满庭槐，凉透楝席。"

宋·周密《齐天乐》："想翠宇琼楼，有人相忆。天上人间，未知今夕何夕。"

宋·梅坡《水调歌头》(寿马守)(五月十八)："不知今夕何夕，嵩岳庆生申。"

宋·贾应《水调歌头》："不知今夕何夕，灯火万家同。"

明·汤显祖《牡丹亭》第三十六出婚走《胜如花》(生):"今夕何夕?"(旦):"直恁的急色秀才。"同一出《急板令》(合):"问今夕何夕? 此来,魂脉脉,意哈哈。"

清·蒲松龄《聊斋志异·凤仙》:"女嫌肤冰,微笑曰:'今夕何夕,见此凉人!'刘曰:'子兮子兮,如此凉人何!'"用同音代替的方法,改《绸缪》中的"良"人为"凉"人,改变了原意,也增添了风趣。

482.不知今夕是何年

唐·戴叔伦《二灵寺守岁》:"已悟化城非乐界,不知今夕是何年。"这是"今夕何夕"的变式,"夕"换作"年",时间放大了,也模糊了,意类"什么时候""什么时刻"。诗人用此句写在二灵寺守岁,辞旧岁迎新年,一夜连双岁,换作"年"字极确,并表现诗人飘然忘时之感。

唐·牛僧孺《汉文帝母薄太后庙赋诗》:"具道人间惆怅事,不知今夕是何年。"表示对时光推移、历史变迁的慨叹。唐·吕岩《忆江南》:"不知今夕是何年,海水又桑田。"也是慨叹时间的流逝。

宋·苏轼《念奴娇》(中秋):"起舞徘徊风露下,今夕不知何夕。"言外意是中秋之夜美极了。他的《水调歌头》是一首名词,中有"不知天上宫阙,今夕是何年"含着深远的想象色彩,也唤起人们幽远的想象。元·乔吉《折桂令》曲:"试问尊前,月落参横,今夕何年?"借苏轼"天上宫阙"意,喻罗真真为天上仙子。

宋·洪适《六州歌头》:"严更永,今夕是何年。"

宋·韩元吉《水调歌头》(席上次韵王德和):"笑指云阶梦,今夕是何年?"

宋人依托仙人吕洞宾《望江南》:"唱彻步虚清燕罢,不知今夕是何年,海水又桑田。"其实就是用唐末吕岩(洞宾)词。

元·赵孟頫《次韵舜举春日感兴》:"飞花冉冉催华发,宿草青青失古阡。回首旧欢如梦过,不知今日是何年!"感于时光迅速,岁月飘忽。

483.未知归日是何年

唐·李白《奔亡道中》:"万重关塞断,何日是归年?"安史之乱中,诗人参加了永王璘幕府。永王璘兵败,诗人逃亡彭泽,途中作此诗,以苏武、田横的爱国行为表明自己的心迹。此二句感叹自己处境困厄,无日回到朝廷,报效国家。"何日是归年"也问时间,但只问归期,表回归无路、回归无期之意。杜甫《绝句二首》用此句:"今春看又过,何日是归年!""归年"就是归期。晋·陆机《挽歌诗三首》之三:"人往有返岁,我行无归年。""岁"与"年"都指大跨度的时间。"归年"概出于此。

此句用得出色的应数初唐的崔滌。他的《望韩公堆》诗:"韩公堆上望秦川,渺渺关山西接连。孤客一身千里外,未知归日是何年。"写诗人立于韩公堆上,遥望八百里秦川,见关山相连,渺然远去,不禁联想到只身千里,不知何日是归期,思归之情油然而生。句式连通,浑然一贯,语言艺术,当占魁首。

宋·严仁《多丽》(记恨)词:"念别离,千里万里,问何日是归期。关情处,鱼来雁往;断肠是,兔走乌飞。"意近崔滌句。

宋·华清淑《望江南》:"万里妾心愁更苦,十春和泪看蝉娟,何日是归年!"

484.寒尽不知年

唐·太上隐者《答人》:"偶来松树下,高枕石头眠。山中无历日,寒尽不知年。"山中无历日即山中无甲子(古代干支纪年),不知日月的推移,以至寒冬已尽,还不知新年到来。活画出隐者超然物外、不计岁月的生活状态。《苏轼诗集》一二九五页注:"王注援曰:'太上隐者,人莫知其本末。好事者从之问姓名,不答。留一绝云:偶来松树下,高枕石头眠。山中无历日,寒尽不知年。'"又引王十朋语曰:"《池阳集》载滕宗谅《寄隐者诗序》云:历山有叟,无姓名,为歌篇。近有人传《山居书事》诗,诗与上四句同。"可见太上隐者其人其诗,到宋代仍在传说。

"山中无历日,寒尽不知年",意出晋·陶渊明《桃花源记并诗》:"草荣识节和,木衰知风厉。虽无纪历志,四时自成岁。"写桃花源中秦人"不知有汉,无论魏晋"的情景,"寒尽不知年"反用"四时自成岁"意。

南朝·梁·荀济《赠阴梁州》诗:"年来空自老,岁去不知春。"这是写给梁州刺史阴子春长诗中句,意为旧岁已去,却不知新春来临,述说自己失志之后过隐遁生活的状况。"寒尽不知年"当从"岁去不知春"句翻出。后用此意者如:

唐·沈佺期《岭表逢寒食》："岭外无寒食,春来不见饧。洛阳新甲子,何日是清明。"

唐·李白《下途归石门旧居》："数人不知几甲子,昨夜犹带冰霜颜。"

唐·高适《寄宿田家》："鬓白未曾记日月,山青每到识春时。"

唐·邹象先《河中晚霁》："微兴从此惬,悠然不知岁。"

唐·白居易《上阳人》："莺归燕去长悄然,春往秋来不记年。"

宋·苏轼《赠梁道人》："寒尽山中无历日,雨斜江上一渔蓑。"上句用"太上隐者"语,下句暗用张志和诗。

宋·叶采《暮春即事》："双双瓦雀行书案,点点杨花入砚池。闲坐小窗读周易,不知春去几多时。"这是一首名诗。主人闲居家中,苦读周易,还不知道春天何时已经过去了。

485. 云间犹一日,尘里已千年

唐·周朴《王霸坛》："云间犹一日,尘里已千年。"这是道家的一种时间反差观。是一种仙人长寿观的反映。表现这种时间反差的诗都张扬仙境尤优,非人境可比。还如:

唐·耿沣《仙山行》："看毕初围局,归逢几世孙。"

唐·曹唐《小游仙诗九十八首》之十八:"笙歌暂向花间尽,便是人间一万年。"

五代·沈彬《麻姑山》："闲倾云液十分日,已过浮世一万年。"

近代演化成:"洞中方七日,世上几千年。"

486. 今我不乐,日月其除

《诗经·唐风·蟋蟀》："今我不乐,日月其除。""今我不乐,日月其迈。""今我不乐,日月其慆。"除、迈、慆三字同为"过去""逝去"之意。句意:现在我不及时行乐,岁月就快逝去。《蟋蟀》勉已诚人及时行乐,但主张节制,不能过度而误正业。

魏·曹丕《善哉行二首》："今我不乐,岁月如驰。"取"今我不乐"句,表现客子怀乡难归,以及时行乐,自我宽慰。

487. 往者不可谏,来者犹可追

《论语·微子·楚狂接舆歌》："往者不可谏,

来者犹可追。"是说过去的已经过去,不可挽回,未来的还可以追补、纠正,这是接舆劝阻孔子周游列国、竭诚政事的话。《晋书·王羲之传》载:王羲之与会稽王笺陈(殷)浩不宜北伐,并论时事中引用了《论语》原文:"往者不可谏,来者犹可追。"

楚·屈原《远游》："往者余弗及兮,来者吾不闻。"过去的我已无法追及,未来的又难于知道。虽是"往者""来者"句式,"来者"却反用其意。

汉·东方朔《七谏》："往者不可及兮,来者不可待。"以前的圣主追随莫及,以后的明主我也等不上。

汉·庄忌《哀时命》："往者不可扳援兮,来者不可与期。"用《远游》句式,伤痛述以前的圣贤不可攀及,后世的明主也难期望。

魏·嵇康《述志诗二首》："往事既已谬,来者犹可追。"

魏·阮籍《咏怀诗八十二首》："出者余不及,来者吾不留。"用句式。

晋·陶渊明《归去来兮辞》："悟已往之不谏,知来者之可追;实迷途其未远,觉今是而昨非。"懂得过去的失误已难补救,未来的事尚可以追回。

唐·张九龄《骊山下逍遥公旧居游集》："往事诚已矣,道存犹可追。"

又《感遇十二首》："所怀诚已矣,既往不可追。"

唐·钱起《陪南省诸公宴殿中李监宅》："莫惜留余兴,良辰不可追。"

唐·张楚金《逸人歌赠李山人》："吾欲知往古之不可追,自悠悠于凡梦。"

488. 弃我去者,昨日之日不可留

唐·李白《宣州谢朓楼饯别校书叔云》："弃我去者,昨日之日不可留;乱我心者,今日之日多烦忧。"昨日已去,时光不待,而今日又满怀烦忧,无可奈何。流畅的笔调,奔放的感情,充满了生不逢时、怀才不遇的苦闷,却又毫不抑郁。

唐·卢仝《叹昨日三首》："昨日之日不可追,今日之日须臾期。"用李白句叹时光疾逝。

489. 志士惜日短,愁人知夜长

晋·傅玄《杂诗三首》："志士惜日短,愁人知夜长。""惜日短"是有做不完的事;"知夜长"则是

难以入睡。

又《秋胡行》:"人言生日短,愁者苦夜长。"复以"短""长"收句,第二句重用其意。

490. 王事靡盬,不能艺稷黍

《诗经·唐风·鸨羽》:"王事靡盬,不能艺稷黍。""王事靡盬,不能艺黍稷。""王事靡盬,不能艺稻粱。"《鸨羽》一诗反映农民劳于王事,不能种田,不能养父母。"王事靡盬"复唱三次,意为王事没有终止。"盬"止息。《诗经》中还有两篇用了这句。

《诗经·小雅·四牡》:"王事靡盬,我心伤悲。""王事靡盬,不遑启处。""王事靡盬,不遑将父。""王事靡盬,不遑将母。"《诗序》说此诗彰扬使臣勤于王事。看语气又似使臣勤王而不顾家我的自咏。"王事靡盬"四章中四唱。

《诗经·小雅·杕杜》:"王事靡盬,继嗣我日。""王事靡盬,我心伤悲。""王事靡盬,忧我父母。"丈夫为王事出征,妻子切盼早归,这三组句型与《四牡》句近同。

《诗经·采薇》用与《四牡》相同的"王事靡盬,不遑启处",表达为王事出征的人的心态。

491. 蒹葭苍苍,白露为霜

《诗经·秦风·蒹葭》:"蒹葭苍苍,白露为霜。"全诗三章,均以"蒹葭"(没长穗的芦苇)"白露"为起句变式。写秋色寒凉萧索。全诗表现渴思远人而终不得见,《集疏》引魏源语:秦襄公急霸西戎,而贤人不至,"不遵礼教。至春秋,诸侯终以夷狄摈秦,故诗人兴霜露焉。"后人用"蒹葭""白露"句多表时令。

用"白露"句者:

东汉宋子侯《董娇饶》:"高秋八九月,白露变为霜。"

曹丕《燕歌行二首》其一:"秋风萧瑟天气凉,草木摇落露为霜。"

曹植《情诗》:"始出严霜结,今来白露晞",写冬景。

晋·左思《杂诗》:"秋风何冽冽,白露为朝霜。"一片悲秋气氛。

唐·徐敞《白露为霜》:"早寒青女至,零露结为霜。"

唐·颜粲《白露为霜》:"悲秋将岁晚,繁露已成霜。"

宋·晏几道《阮郎归》:"天边金掌露成霜,云随雁字长。"

用"蒹葭"句者:

唐·张九龄《和苏侍郎小园夕霁寄诸弟》:"兴逐蒹葭变,文因棠棣飞。"表时令。

唐·苏味道《始背洛城秋郊瞩目奉怀台中诸侍御》:"蟋蟀秋风起,蒹葭晚露深。"

唐·王维《送綦毋秘书弃官还江东》:"和光鱼鸟际,淡尔蒹葭丛。"

唐·李颀《临别送涟人蜀》:"梦里蒹葭渚,无边桔柚村。"

又《与诸公游济渎泛舟》:"霜凝远村渚,月净蒹葭丛。"

唐·储光羲《泊舟贻潘少府》:"四泽蒹葭深,中州烟火绝。"

唐·颜真卿《登平望桥下作》:"际海蒹葭色,终朝凫雁声。"

唐·李嘉祐《九日》:"蒹葭百战地,江海十年人。"

又《送皇甫冉往安宜》:"楚地蒹葭连海迥,隋朝杨柳映堤稀。"

唐·杜甫《秋行官张望督促东渚耗稻向毕清晨遣女奴阿稽竖子阿段往问》:"北风吹蒹葭,蟋蟀近中堂。"

唐·皇甫冉《使往寿州淮路寄刘长卿》:"蒹葭曙色苍苍远,蟋蟀秋声处处同。"

元·虞集《题柯博士画》:"矶头风急潮水长,蒹葭苍苍系鱼榜。"

492. 如可赎兮,人百其身

《诗经·秦风·黄鸟》:"交交黄鸟,止于棘。谁从穆公,子车奄息。维此奄息,百夫之特。临其穴,惴惴其栗。彼苍者天,歼我良人。如可赎兮,人百其身。"《黄鸟》诗全三章,反映秦穆公死宋三良殉葬,秦人作此诗以示反抗。事见《左传·文公六年》:"秦伯任好卒,以子车氏之三子奄息、仲行、鍼虎殉葬;国人哀之,为之赋《黄鸟》。"《毛诗·黄鸟》小序说:"《黄鸟》,哀三良也。国人刺穆公以人从死,而作是诗。"这句说,如能赎回这好人之命,人愿替百死。

晋·陶渊明《咏三良》:"荆棘笼高坟,黄鸟声正悲;良人不可赎,泫然沾我衣。"张祎不忍向零陵王进毒酒,自饮而死。陶渊明用"三良"典故哀悼张祎。用《黄鸟》句叹"良人不可赎",人死不能再生。

493.衡门之下,可以栖迟

《诗经·陈风·衡门》:"衡门之下,可以栖迟。泌之洋洋,可以乐饥。"这是全诗三章之首章。《衡门》一诗多以为是赞安贫乐道的,郭沫若认为是末落贵族自我安慰之作。衡门,横木为门,说其简陋。全句说简陋的环境也可以安居。

南北朝·庾信《小园赋》:"连珠细菌,长柄寒匏,可以疗饥,可以栖迟。"庾信羁留魏、周,愿求隐居,写独处小园,席绿茵可以居栖,食草实可以疗饥,无求于安饱。用《衡门》句意。

494.呦呦鹿鸣,食野之苹

《诗经·小雅·鹿鸣》:"呦呦鹿鸣,食野之苹。我有嘉宾,鼓瑟吹笙。"这是首章开篇四句。《淮南子》载"鹿鸣兴于兽而君子美之,取其见食而相呼也"。鹿在原野上见到艾蒿,于是呦呦相呼。后多取其宴会宾客、招纳贤才之意。《鹿鸣》诗反映统治者大宴群臣宾客的场景。唐代诸州贡士行"乡饮酒"礼时,歌《鹿鸣》诗。明清时代,乡试放榜第二天,主考以下到考取的举人举行"鹿鸣宴"。

东汉《别诗四首》(《文选》收作苏武诗),其一:"鹿鸣思野草,可以喻嘉宾。我有一樽酒,欲以赠远人。"借以举酒为兄弟送行。

魏·曹操《短歌行》:"呦呦鹿鸣,食野之苹。我有嘉宾,鼓瑟吹笙。"用原句抒发平定天下的抱负,暗示对贤才将给予很高的礼遇。

魏·曹丕《短歌行》:"呦呦游鹿,草草鸣麚。翩翩飞鸟,挟子巢枝。"是悼念其父曹操的诗。母鹿呼唤小鹿,以禽兽爱子衬托失亲之痛苦。

南朝·宋·谢灵运《过白岸亭》:"交交止栩黄,呦呦食萍鹿。"写白岸亭周边景色。

唐·李颀《听董大弹胡笳兼寄语弄房给事》:"进泉飒飒飞木末,野鹿呦呦走堂下。"喻胡笳声转入低沉,而与本意无涉了。

唐·杜甫《题张氏隐居二首》:"雾潭鼋发发,春草鹿呦呦。"写张氏隐居之所鱼跃鹿鸣,充满了大自然气象。

宋·宋祁《鹿鸣筵饯诸秀才赴举》:"今日真良宴,欢持鹿鸣杯。"对赴举诸秀才的美好祝愿。

元·张可久《[中吕·朝天子]夜坐寄芝田禅师》:"呦呦鹿鸣,写我林泉兴。"表现林泉环境的幽邃。

495.采薇采薇,薇亦作止

《诗经·小雅·采薇》:"采薇采薇,薇亦作止。"此诗写征战生活,结尾写战士归来。"采薇"采摘巢菜。

魏·曹丕《善哉行二首》其一:"上山采薇,薄暮苦饥。"上山采薇,傍晚十分饥饿。写军旅之苦。

唐·常建《空灵山应田叟》:"白水可洗心,采薇可为肴。"写山人生活清苦却很满足。

496.忧心孔疚,我行不来

《诗经·小雅·采薇》第三章:"忧心孔疚,我行不来。"写征戍的愁苦。

魏·曹丕《短歌行》:"忧心孔疚,莫我能知。"悼念其父曹操之死,写内心万分悲痛,却没有人能够知道。

497.心之忧矣,疢如疾首

《诗经·小雅·小弁》:"心之忧矣,疢如疾首。"心中过分忧愁,烦躁得使我头痛。"疢",病。

魏·曹植《赠白马王彪》:"忧思疾疢,无乃儿女仁。"如果极度忧思以致生病,那就是儿女之情了。变式用《小弁》句意。"仁",爱。

498.巧言如簧,颜之厚矣

《诗经·小雅·巧言》:"蛇蛇硕言,出自口矣。巧言如簧,颜之厚矣。"轻率的大话,信口而出,如奏笙簧的巧言,脸皮也太厚了。

唐·李白《雪谗诗赠友人》:"坦荡君子,无悦簧言。"李白一些傲岸行为,受到世俗毁谤,他作此诗洗雪。此句说,胸怀坦荡的人对"簧言"泰然处之。

唐·白居易《可度·恶诈人也》:"但见丹诚赤如血,谁知伪言巧似簧。"

宋·张先《西江月》:"娇春莺舌巧如簧,飞在四条弦上。"喻琴音如飞在四条弦上的莺鸣。

499.虽则七襄,不成报章

《诗经·小雅·大东》:"跂彼织女,终日七襄;虽则七襄,不成报章。"织女虽终日七移辰光,却织不成纹章。《大东》揭示周人与东方诸侯国人的不公平,并举天上星宿有其名而无其实,说明不合理的事无所不在,以怨愤周室。《古诗》也有"札札弄机杼""终日不成章"句,织布机不停地转动,却整日织不成布来。

魏·曹植《杂诗六首》:"西北有织妇,绮缟何缤纷;明晨秉机杼,日昃不成文。"以织女星起兴,借《大东》《古诗》句表现苦思征夫的织妇心绪烦乱,整日也织不成布。

500. 如南山之寿,不骞不崩

《诗经·小雅·天保》:"如南山之寿,不骞不崩;如松柏之茂,无不尔或承。"如南山一样长寿,不亏蚀不崩陷,如松柏一样葱郁,什么都由你承受。这是群臣祝颂君王的诗。

魏·曹操《陌上桑》:"景未移,行数千,寿如南山不忘愆。"这是游仙诗,写天上遇仙人。此句说日影未移却飘行数千里,仙人之寿可比南山,却不忘过失。用《天保》"如南山之寿"义,兼用《诗经·大雅·假乐》"不愆不忘,率由旧章"句义。

唐·马怀素《九日幸临渭亭登高应制》:"幸齐东户庆,希荐南山寿。"

宋·宋仁宗赵祯《合宫歌》:"唐舜华封祝,如南山寿永。"

宋·晁端礼《并蒂芙蓉》:"愿君王,寿与南山齐比。"

宋·元名氏《满朝欢》(寿韩尚书出守):"功成了,笑傲南山,寿如南山松柏。"

宋·无名氏《壶中天》(寿伯母):"犹子不能歌盛美,但借湖山为祝。福比湖深,寿齐山耸,岁岁颜如玉。"

宋·无名氏《万年欢慢》:"萧韶韵,九奏钧天。愿王永寿,比南山,更奏延年。"

宋·无名氏《天下乐令》:"满斟寿酒,我意殷勤来祝寿。问寿如何?寿比南山福更多。"

"福如东海长流水,寿比南山不老松。"是近代祈福祝寿的名联。

501. 俶载南亩,播厥百谷

《诗经·小雅·大田》:"俶载南亩,播厥百谷。"开始到南面土地上耕作,播种各种种子。

《诗经·豳风·七月》:"同我妇子,馌彼南亩,畯田至喜。"携妻带子,送饮食到南亩,却被农官所享受。"馌",给耕田的人送饭。"畯",田官。

"南亩",一般解为田亩南开以向阳,即向阳的土地,另一解,田地在农家的南面,这是中国农村的特点。"南亩"也泛指农田。

元·关汉卿《四块玉·闲适》:"南亩耕,东山卧,世态人情经历多。"

元·汪元亨《朝天子·归隐》:"南亩躬耕,东皋舒啸,看青山终日饱。"

502. 二月初吉,载离寒暑

《诗经·小雅·小明》:"二月初吉,载离寒暑。"这首诗是大夫感伤久役,书怀念友。此句说二月朔日是吉期,而今经历寒与暑。言艰苦历时已是一年了。

魏·曹植《朔风》:"风飘蓬飞,载离寒暑。"用《诗经》句,写自己像蓬草随风飘飞,经历了一年四季。

503. 终朝采绿,不盈一抱

《诗经·小雅·采绿》:"终朝采绿,不盈一抱。"女子思怀逾期未返的丈夫,采绿一个早晨,绿还不满一捧。心不在采绿而在怀人,《诗经·周南·卷耳》:"采采卷耳,不盈顷筐。"也是怀思未归的亲人所致。

古诗《新树兰蕙葩》:"终朝采其华,日暮不盈抱。采之欲遗谁?所思在远道。"女子思念远方的亲人,采兰蕙花、杜衡草,一天采了一小把。"采华"为赠远人,可远人无法收到,所以不多采。这里用了《采绿》句意。

504. 济济多士,文王以宁

《诗经·大雅·文王》第三章:"……思皇多士,生此王国。……济济多士,文王以宁。"这是周代祭祀时颂扬文王的歌。但愿在这个王国里多生贤才,人才多了,文王也安宁。表现为文王思贤,为国家思贤。

唐·杜甫《陪李北海宴历下亭》:"海右此亭古,济南名士多。""济南名士多"历史有征。《汉书·儒林传》载:"济南伏生传《尚书》,其时张生、欧阳生、林尊皆传其学,皆济南人也。"李邕为北海太守。北海后改济南郡。因宴有佳宾,邑人塞处士在坐。杜甫用《诗经》句称道济南古今人物。

唐·杜甫《自京赴奉先县咏怀五百字》:"多士

盈朝廷,任者宜战慄。"讽赐予之滥。李长祥云:"多士无人心矣,仁者能无战慄乎!"杜甫《奉赠鲜于京兆二十韵》:"王国称多士,贤良复几人。"二诗中的"多士"均与《诗经》句义反。

505. 绵绵瓜瓞,民之初生

《诗经·大雅·绵》:"绵绵瓜瓞,民之初生。"瓜瓞绵绵不绝,就像周民代代而生。是周人自颂周朝开国创业的诗。

晋·阮籍《咏怀诗八十二首》(其四十五):"幽兰不可佩,朱草为谁荣。修竹隐山阴,射干临增城。葛藟延幽谷,绵绵瓜瓞生。"幽兰既不为世所识,还不如修竹隐于山阴,射干立于增城;瑞草既不知为谁荣生,还不如葛藟在山谷中蔓延,瓜瓞在田野里繁衍。大有生不逢时之慨。借用"绵绵"句喻作平常人。

宋·洪适《临江仙》(寿周材):"瓜瓞绵绵储庆远,闲平代有名人。"

506. 昔我往矣,杨柳依依

《诗经·小雅·采薇》:"昔我往矣,杨柳依依;今我来思,雨雪霏霏。"写征人伐狁,久战归来,尚有余哀。出征的时候,春柳正繁茂,归来已是漫天飞雪了。说明征战之长久、艰苦。《小雅》还有两篇写出征的诗,用《采薇》之上句表达共同的主题,即《出车》篇"昔我往矣,黍稷方华;今我来思,雨雪载途"。《小明》篇:"昔我往矣,日月方除;曷云其还,岁聿云莫。""昔我往矣,日月方奥;曷云其还,政事愈蹙。"

"杨柳依依",《采薇》中是初春垂柳枝繁叶茂,表示春天节令。后人也作喜人的良辰美景,由于垂杨柳的枝条至春轻柔而密集,春风吹拂,摇来摆去,不分不舍,依依贴贴,后人渐渐用"杨柳依依"喻人难舍难分,亲亲近近。

用"繁茂"一义的句如:

汉·张衡《歌》:"浩浩春阳发,杨柳何依依。"

晋·潘岳《金谷集作诗》:"绿池泛淡淡,青柳何依依。"

晋·傅玄《杂诗》:"浮萍蔽绿水,杨柳何依依。"

南朝·梁·萧子显《燕歌行》:"思君昔去柳依依,至今八月避暑归。"

梁·费昶《和萧记室春旦有所思诗》:"杨柳何时归,袅袅复依依。"

北朝·周·庾信《谨赠司寇淮南公》:"回轩入故里,园柳始依依。"唐·卢照邻《折杨柳》:"倡楼启曙扉,园柳正依依。""园柳"出自南朝·宋·谢灵运的"园柳变鸣禽"(《登池上楼诗》)句。

隋·隋炀帝杨广《四时白苎歌二首》(东宫春):"含露桃花开未飞,临风杨柳自依依。"

唐·李嘉祐《伤吴中》:"夏见花开人又老,横塘寂寂柳依依。"

唐·李白《送客归吴》:"岛花开灼灼,汀柳细依依。"

唐·岑参《草堂村寻罗生不遇》:"数株溪柳色,依依深巷斜。"

唐·贾至《对酒曲二首》:"梅发柳依依,黄鹂历乱飞。"

唐·张又新《春草池》:"且谓飞霞游赏地,池塘烟柳正依依。"

唐·崔道融《寒食客中有恨》:"江上闻莺禁火时,百花开尽柳依依。"

宋·李师中《送桂州安抚余靖侍郎还京》:"昔往今来亦何速,长亭杨柳尚依依。"

宋·王之道《桃源忆故人》(和张文伯送春二首):"依依杨柳青青草,梦断画桥春晓。"

宋·辛弃疾《一剪梅》:"今我来思,杨柳依依。"

宋·赵善扛《重叠金》(春游):"楚宫杨柳依依碧,遥山翠隐横波溢。"

宋·赵师侠《行香子》:"夭桃灼灼,杨柳依依。"

宋·李伯曾《水龙吟》:"把诗书帷幄,期年坐啸,尘不动、柳依依。"

又《贺新郎》:"才过黄花雨,问长堤、依依万柳,未春何絮。"

宋·方千里《浣溪沙》:"杨柳依依窣地垂,斓尘波影渐平池。"

宋·马廷鸾《沁园春》(为洁堂寿):"杨柳依依,我生之辰,与公共之。"

宋·李彭老《一萼红》:"北阜寻幽,青津问钓,多情杨柳依依。"

今人未艾《出征》:"际此全民呼抗战,同声杨柳赋依依。"

今人李允久《山花子》(答友人):"杨柳依依破寒绿,请君看!"

今人王昌松《新春》:"小桃灼灼蓁蓁叶,垂柳依依习习风。"上句用《诗经·周南·桃夭》"桃之夭夭,其叶蓁蓁"句。

今人陈侣白《七绝》(十年四到武夷赋):"溪山无恙词人老,杨柳依依拂鬓丝。"

用"惜别"一义的句如:

最先用"杨柳依依"表达惜别之情的人是南朝·陈·江总,他的《折杨柳》诗:"万里音尘绝,千条杨柳结。不悟倡园花,遥同天岭雪。春心自浩荡,春树聊攀折。共此依依情,无奈年年别。""折柳赠别"是古代送别亲友的习俗,唐人写得最多,但此俗不始自唐代。江总诗写远在他乡的人,思念故土,看到"攀折杨柳"的行为,联想到人的依恋正如这枝条的依恋,发出年年不得不离别的叹息。"共此依依情,无奈年年别。"正是首用"依依"喻难舍难离之情。这是移情作用。

唐初宋璟继用这种表达方法。他在《送苏尚书赴益州》一诗中写:"园亭若有送,杨柳最依依。"送友人上路,惜别之情移于园亭杨柳:嫩柳枝条,迎风摇曳,如粘如连,不解不分,似人之情意缠绵,难割难舍。古人有折柳赠别之习俗,见到"依依"杨柳,自然借《采薇》句表达,寓情于景,情由景生,可谓取义绝妙。

唐·刘长卿《夏口送徐郎中归朝》:"离心与杨柳,临水更依依。"

唐·李季兰《送韩揆之江西》(一作晚唐李冶作):"相看指杨柳,别恨转依依。"

唐·岑参《题平阳郡汾桥边柳树》:"此地曾居住,今来宛似归。可怜汾上柳,相见也依依。"作者曾居此郡八年,重来如归,连垂柳也如有因久别重逢而依依来迎。唐·钱起《下第题长安客舍》:"空余主人柳,相见却依依。"用岑参句。

唐·韦应物《赠别河南李功曹》:"今朝章台别,杨柳亦依依。"

唐·贾至《送崔十三东游》:"官柳依依两乡色,谁能此别不相忆。"

唐·沈回《小苑春望宫池柳色》:"濯濯方含色,依依若有情。"

唐·李敬方《太和公主还宫》:"礼怜禁园柳,相见倍依依。"

唐·李咸用《送钱契明尊师归庐山》:"何曾有别恨,杨柳自依依。"

唐·吴融《东归次瀛上》:"回首青门不知处,向人杨柳莫依依。"

唐·狄归昌《题马嵬驿》:"马嵬烟柳正依依,重见銮舆幸蜀归。"

唐·孟迟《寄浙右旧幕僚》:"惭愧故人同鲍叔,此心杨柳尚依依。"以鲍叔牙举荐管仲事,写幕僚之贤。深表怀念之情。

唐·薛能《留题汾上旧居》:"难说累牵还却去,可怜榆柳尚依依。"

唐·贯休《别杜将军》:"濛濛花雨兮莺飞飞,一汀杨柳同依依。"

宋·吴泳《满江红》(仓江分韵送晏钤辖词):"杨柳依依烟在眼,檀车啴啴春浮脚。更何妨、二十五长亭,横冰槊。"

宋·张孝祥《丑奴儿》:"杨柳依依,何日文箫共驾归?"

宋·方君遇《风流子》:"回首别离容易过,杨柳又依依。"

宋·李伯曾《沁园春》:"长亭路,又何须回首,折柳依依。"

宋·李彭老《一萼红》(寄弁阳翁):"北阜寻幽,青津问钓,多情杨柳依依。"

宋·陈允平《西平乐慢》:"漠漠蒹葭,依依杨柳,天涯总是愁遮。"

又《迎春乐》:"依依一树多情柳,都未识行人事。"

宋·王回《浙江有感》:"日暮彷徨不能去,连堤疏柳更依依。"

元·张养浩《天净沙》:"昨朝杨柳依依,今朝雨雪霏霏。"

元·阿鲁威《蟾宫曲》(旅况):"正春风杨柳依依,听彻阳关,分袂东西。"

用"杨柳依依"句感人至深的是宋·戴复古妻的《祝英台近》。下面是全词:

惜多才,怜薄命,无计可留汝。揉碎花笺,忍写断肠句。道旁杨柳依依,千丝万缕,抵不住一分愁绪。

如何诉?便教缘尽今生,此身已轻许。捉月盟言,不是梦中语。后日君若重来,不相忘处,把杯酒、浇奴坟土。

这是一首饱含生离死别的绝命词。元人陶宗仪《南村辍耕录》记:"戴石屏先生复古未遇时,流寓江右武宁,有富家翁爱其才,以女妻之。居二三年,忽欲作归计。妻问其故,告以曾娶。妻白之父,父怒。妻宛曲解释,尽以奁具赠夫,仍饯以词云:'惜多才,怜薄命,……'夫既别,遂赴水死。可谓贤烈也矣。"这就是此词的背景。此女虽不该做"贤烈"的牺牲品,然而词却极感人。上阕结句,写无限的离愁别绪,即使那千丝万缕的依依杨柳也不抵其一分。"依依"也含惜别之情。

"依依"还从"杨柳"中脱壳而出,独立表达难舍难分的惜别之情,或泛表依依不舍之意。

晋·陶渊明《归田园居》:"暧暧远人村,依依墟里烟。"此处写烟在村舍中绵延缭绕。写田园殊景。

唐·王维《渭川田家》:"田夫荷锄至,相见语依依。"用"依依"直述人与人之间亲近之情。

唐·刘长卿《宿严维宅送包佶》:"江湖同避地,分首自依依。"

唐·杜甫《奉赠卢五丈参谋琚》:"未解依依袂,还斟泛泛瓢。"把袂依依之情。

唐·张祜《题山水障子》:"端然是渔叟,相向更依依。"

又《咏风》:"何似琴中奏,依依别带情。"风声如琴声,依依有情。

唐·杜牧《逢故人》:"故交相见稀,相见倍依依。"

又《中途寄友人》:"道傍高术尽依依,落叶惊风处处飞。"写"高木"不一定是杨柳。木叶依依,却惊风而落。

唐·司空图《长命缕》:"他乡处处堪悲事,残照依依惜别天。"夕阳即西下,残照依依,不愿离去。

又《杨柳枝寿杯词十八首》:"渡头残照一行新,独自依依向北人。"

507.折梅逢驿使,寄与陇头人

《太平御览》引南朝·宋·盛弘之《荆州记》云:"陆凯与范晔相善,自江南寄梅花一枝,诣长安与晔。并赠花诗曰:'折梅逢驿使,寄与陇头人。江南无所有,聊赠一枝春。'"据此,此诗是陆凯寄给范晔的。

唐汝谔《古诗解》注云:"晔为江南人,凯字智君,代北人。当是范寄陆耳。凯在长安,安得梅花寄晔?"范晔祖籍顺阳(今河南淅川县),自祖父迁居丹阳(今安徽当涂县东北)。范晔从小生长在江南,后一直在南朝宋为官,不在长安。陆凯为代北

人(今河北蔚县东),在北魏为官,长安时属北魏,陆凯有机会在长安。所以此诗应是范晔赠陆凯。就是说作者应是范晔。汉末三国时代也有一陆凯,吴郡(今江苏苏州)人,生于汉建安三年(198),范晔生于晋隆安二年(398),两人相距200年。寄梅人当然不是这个陆凯,但是否误之为江南与此有关呢?

"折梅逢驿使,寄与陇头人",折梅一枝托驿使赠北方的友人,以寄思念之情。此意并非陆凯(范晔)所创。汉代古诗《涉江采芙蓉》就写"涉江采芙蓉,兰泽多芸草。采之欲遗谁?所思在远道。"是要折赠芙蓉。古诗《庭中有奇树》写"庭中有奇树,绿叶发华滋。攀条折其荣,将以遗所思",也写了折枝远寄。这应是陆(范)句之意源。

宋人郭茂倩《乐府诗集》中《穆护歌》引《历代歌辞》曰"曲犯角",其语曰:"玉管朝朝弄,清歌日日新。折花当驿路,寄与陇头人。"此诗产生时代不详,似陆(范)诗之缩用。《乐府诗集》卷七十二《杂曲歌辞》有《西洲曲》,首二句:"忆梅下西洲,折梅寄江北。"署为"古辞",古辞产生于何时?南朝·陈·徐陵《玉台新咏》编在南朝·梁·江淹名下。清人沈德潜《古诗源》编入梁武帝作品,注说"一作晋辞"。如是晋代民歌,后经文人加工,也可看作"折梅远寄"的直接意源。附带说明,唐人张祜《穆护砂》与郭茂倩所收归"玉管朝朝弄"四句歌辞全同,或属误收。

"折梅远寄"以梅代书,以梅托情,友谊深挚,情操纯尚。其内涵有如今日之"赠花"。唐人徐寅在《别》诗中写离别之情也真挚感人:"酒尽歌终问后期,泛萍浮梗不胜悲。东门匹马夜归处,南浦片帆飞去时。赋罢江淹吟更苦,诗成苏武思何迟。可怜范陆分襟后,空折梅花寄所思。"江淹有《别赋》,苏武有《别诗》,都自然借用来,尾联又借范陆故事,说既已远别,虽折梅寄情,也相会无期。陆(范)全诗对后人影响很深,一因诗好,语出天然,一因情深,传为佳话。所以四句诗分别为人化用,有的直用原句。

唐·张九龄《和王司马折梅寄京邑昆弟》:"独攀南国树,遥寄北风时。……还闻折梅处,更有棣华诗。"暗用陆(范)句。

唐·宋之问《题大庾岭北驿》:"明朝望乡处,应见陇头梅。"大庾岭气候早暖,十月中可见梅花。"陇头人"换作"陇头梅",表思乡情切。

唐·许景先《折柳篇》:"折芳远寄相思曲,为惜容华难再持。""折芳",代折柳、折花,也代折梅。唐·皇甫冉《酬张二仓曹扬子所居见寄兼呈韩郎中》:"折芳远寄三春草,乘兴闲着万里流。""折芳远寄"是一种概括。唐·贾岛《辞二知己》:"何以代远诚,折芳腊雪中。"唐·欧阳詹《小苑春望宫池柳色》:"芳意堪相赠,一枝先远人。"

唐·袁晖《正月闺情》:"绕砌梅堪折,当轩木未攀。"

唐·杜甫《和裴迪登蜀州东亭送客逢早梅相忆见寄》:"幸不折来伤岁暮,若为看去乱乡愁。"裴迪寄给杜甫的逢早梅诗中似提到惜不能折梅相赠,因此杜诗说,幸亏没折来梅花,免得动岁暮之感。看了梅花撩起乡愁,怎么能忍受呢?赠梅收梅同样引起愁思。

唐·李白《江夏送张丞》:"藉草依流水,攀花赠远人。"

宋·张先《庆春泽》词:"寒梅落尽谁寄,方春意无穷,青空千里。"

宋·徐铉《送之道人归江西》:"岁暮定知回未得,信来凭为寄梅花。"以梅作信。

宋·范仲淹《依韵和提刑张太博寄梅》:"数枝梅寄寂寥人,多谢韶华次第均。"又《凤笛》诗:"无为落梅调,留寄陇头人。"

宋·宋祁《腊后书见》:"鼓声催遍江南草,驿路传残陇首梅。"

宋·陈执中《惠安县斋咏梅》:"去年边上见梅花,醉眼淹留未到家。今日岭南攀折得,忽惊身又在天涯。"折梅而思乡。

宋·欧阳修《西行道中送陈舅秀才北归》:"望驿早梅迎远使,指鞍衰柳拗归鞭。"

宋·韩维《谢人惠金桔》:"寄谢岭头人,梅花惭赠远。"谢人赠桔。

宋·刘敞《暮冬寄盐城弟二首》:"北风吹雪尽,遥想折梅花。"

宋·司马光《梅花三首》:"驿使何时发,凭君寄一枝。陇头人不识,空向笛中吹。"

宋·强至《次韵答正老》:"一纸清风惠佳句,殷勤胜寄陇头枝。"诗一首,胜似陇头枝。

宋·胡宿《寄子高秦州从事》:"一枝春色无由寄,手弄梅花却自薰。"

宋·林槩《西村》:"江上晚风三弄笛,陇头春信一枝梅。"

宋·王安石《雪中游北山呈广州使君和叔同年》:"看取钟山如许雪,何须持寄岭头梅。"梅雪的品格是一致的。

宋·苏轼《阮郎归》(梅词):"折花欲寄岭头人,江南日暮云。"环境不佳,折花难寄。

宋·舒亶《虞美人》(寄公度):"故人(黄公度)早晚上高台,赠我江南春色、一枝梅。"

宋·秦观《踏莎行》(郴州旅舍):"驿寄梅花,鱼传尺素,砌成此恨无重数。"贬谪的苦闷情思无处诉说。

宋·贺铸《舞迎春》(迎春乐):"深折梅花曾寄远,问谁为、倚楼凄怨。身伴未归鸿,犹顾恋、江南暖。"怀人。

宋·周邦彦《解连还》:"水驿春回,望寄我、江南梅萼。"怀江南友人。

宋·毛滂《南歌子》(正月二十八日宅空寺赏梅):"暮霰寒倚树,娇云冷傍人。江南谁寄一枝春,何似珑璁千里、更无尘。"

宋·邢俊臣《临江仙》(陈朝桧):"江南无好物,聊赠一枝春。"用原句。

宋·卢祖皋《木兰花慢》(别西湖两诗僧):"何日还寻旧约,为余先寄梅技。"又《木兰花慢》:"吟寄疏梅驿外,思随飞雁行边。"

宋·范成大《次韵杨同年秘书监见寄二首》:"韶江石老萧音在,庾岭梅残驿使迟。"信使难达。

宋·程垓《酷相思》:"问江路梅花开也未,春到也,须频寄。"折梅以寄深情。

宋·石孝友《如梦令》:"折寄陇头春信,水浅绿柔红嫩,添得几多风韵。"

宋·姜夔《暗香》:"江国,正寂寂。叹寄与路遥,夜雪初积。"欲寄梅托情,可路途遥远难通。

宋·杨炎正《念奴娇》:"更约明年,凤凰池上,去作称能客。梅花折得,赠君调鼎消息。"用梅花报告政绩。

宋·刘辰翁《江城子》(西湖感怀):"驿使不来春又老,南共北、断人肠。"

宋·周密《高阳台》(送陈君衡被召):"最关情,折尽梅花,难寄相思。"陈被元朝征召北上,提醒他不忘江南:折尽梅花,也难寄相思,而陈是否有故国之思?

宋·史达祖《秋霁》词:"但可恰处,无奈苒苒魂惊。采香南浦,剪梅烟驿。"赠远人,表心迹。

宋·张炎《壶中天》(寿月溪)词:"书染芝香,

驿传梅信，次第来云北。"

宋·无名氏《木兰花慢》："似怨感芳姿，山高水远，折赠何迟。分明为传驿使，寄一枝春色写新词。"

宋·无名氏《满庭霜》："音书杳，天涯望断，折寄拟凭谁。"

宋·无名氏《辊红》："一枝折寄，故人虽远，辄莫使江南信断。"

宋·无名氏《临江仙》："一枝无处赠，折得自孤吟。"

元·关汉卿《新水令》："浅浅江梅驿使传，乱剪碎鹅毛片。"

元·王实甫《西厢记》第一本第一折《四煞》："不闻黄犬音，难传红叶诗，驿长不遇梅花使。"音讯难通。

明·汤显祖《牡丹亭》第二十二出旅寄："要寄乡心值寒岁，岭南南上半枝梅。"

清·朱祖谋《石州慢》（周东山韵）："江南信息沉沉，水驿芳梅谁折？"信使沉沉，谁能折梅寄我？

折梅寄远人，后也有折梅送行人的，以表即将远别的离情。如：唐·孟郊《赠竟陵卢使君虔别》："赠别折楚芳，楚芳摇衣襟。"楚芳即梅。唐·武无衡《鄂渚送友》："江上梅花无数落，送君南浦不胜情。"又《送张谏议》："今日送君魂断处，寒云寥落数株梅。"送友与落梅离情有涉。宋·晁端礼《喜迁莺》："帝城春信早，随处有、江梅攀折。"宋·强至《席上呈正老》诗："去年赠别折寒梅，尽道行人不再来。"折梅送别，偶而为之，不成习俗，不同于折柳。

508.一枝芳信应难寄

宋·王沂孙《高阳台》（陈君衡远游未还，周公谨有怀人之赋，倚歌和之）："一枝芳信应难寄，向山边水际，独抱相思。""一枝芳信"，以花为信，当从"折梅远寄"衍生而出。"难寄"之难，或由于路远，或由于不知所在，只能"独抱相思"怀念友人了。

宋·无名氏《一落索》："腊后东风微透，越梅时候，一枝芳信到江南，来报先春秀。"用"一枝芳信"。

509.纤纤折杨柳，持此寄情人

唐·张九龄《折杨柳》："纤纤折杨柳，持此寄

情人。一枝何足贵，怜是故园春。"写女子折柳枝赠远方的情人，柳枝虽不为贵，却是故园的春色。感情朴实而深厚。

"折柳远赠"当属"折梅远赠"的一种转用。唐人就常常梅柳并写，上官婉儿《游长宁公主流杯池二十五首》之九："斗雪梅先吐，惊风柳未舒。"唐·孟浩然《早春润州送从弟还乡》："乡国欲有赠，梅柳欲先攀。"唐·崔知贤《晦日宴高氏林亭》："柳摇风处色，梅散日边花。"唐·高绍《晦日宴高氏林亭》："岸柳开新叶，庭梅落早花。"徐皓同题用同样句式："萍早犹藏叶，梅残正落花。"唐·高瑾《晦日重宴》："柳叶风前弱，梅花影处危。"唐·罗邺《冬日江上言事五首》："风柳俗生阳面叶，冻梅先绽岭头枝。"宋人也有梅柳并写的。欧阳修《踏莎行》词："侯馆梅残，溪桥柳细，草薰风暖摇红辔。"辛弃疾《沁园春》（送赵江陵东归再用前韵）："记我行南浦，送君折柳；君逢驿使，为我攀梅。"上句用江淹句"送君南浦，伤之如何"写南浦折柳；下句用陆凯句写驿使传梅：我现在送君折柳，君以后要为我传梅，表浓烈的送别之情。

梅、柳在诗词中对举并写，是因为人们常常是用折柳送别，传梅怀思，也由于初春正是梅残柳弱并存时节。

"折柳远赠"又可以从"折柳送别"中进行情感迁移，即由折柳表送别之情迁移到表怀念远方的亲人友人。"折柳送别"的习俗，汉代就有记载。据《三辅黄图·六·桥》载："霸桥在长安东，跨水长桥。汉人送客至此桥，折柳赠别。"因何有此习俗？史无明录。诗经的"杨柳依依"引申依依不舍，表示惜别。有说："柳""留"谐音，折柳表示留客。清·褚人获《坚瓠广集》卷四记："送行之人，岂无他枝可折而必于柳者，非谓津亭所便，亦以人之去乡正如木之离本，望其随处皆安，一如柳之随地可活，为之祝愿耳。"或许，折柳挽留、惜别、祝愿之意兼而有之。

"折杨柳"是乐府古题。汉乐府《折杨柳行》内容不及杨柳，北朝乐府《折杨柳歌辞》："上马不捉鞭，反折杨柳枝。"有意折柳作鞭，惜别之意十分含蓄。明白地写折柳远赠与折柳送别，是南朝时代。

南朝·陈·岑之敬《折杨柳》："曲成攀折处，唯言怨别离。"

南朝·陈·江总《折杨柳》："春心自浩荡，春树聊攀折。共此依依情，无奈年年别。"这里可见，

"折杨柳"乐府曲是写别离的,同"杨柳依依"有意脉联系。

到了唐代,"折柳送行"习俗或许更广泛流行了,折柳一多,离别亦多,致使诗人们发出感慨:

唐·戴叔伦《赋得长亭柳》:"赠行多折取,那得到深秋!"

唐·许浑《送客双峡中》:"津亭多离别,杨柳半无枝。"

唐·赵嘏《东亭柳》:"拂水斜烟一万条,几随春色倚河桥。不知别后谁攀折,犹自风流胜舞腰。"

唐·鱼玄机《折杨柳》:"朝朝送别泣花钿,折尽春风杨柳烟。愿得西山无树木,免教人作泪悬悬。"

他们从不同角度写杨柳被折之剧,隐含着离别之苦。

"折杨柳",到底是折杨？还是折柳？《三辅黄图》中说"折柳赠别",分明是折柳,可为何"杨柳"并提呢？古人是区分杨、柳的,梁元帝《折杨柳》诗:"巫山巫峡长,垂柳复垂杨。"北魏胡太后追思杨华诗《杨白花》:"阳春二三月,杨柳齐作花。"都分明写杨与柳。而"折杨柳"专指"折柳",形成了一种双举而偏指的习惯,如偏义词"窗户""兄弟"之类。但也并非全无依据,南宋·郑樵《通志》中载:"柳名天棘,南人谓之杨柳。"为什么这样称谓柳？杨与柳随处可活,杨有垂杨,柳也有垂柳,习性相近如木之昆仲,因而杨柳偏指柳,也是很自然的事,且增一字以调整韵语的音节也是常有的。特别是表离愁别绪的杨柳,必然偏指柳。

"折柳远寄"多不是通过驿站将柳枝传到远方人之手,一般"折梅远赠"也如此,而是以折柳之举或作折柳之诗,抒发离怀,表一颗心愿。少数"折枝"句只表游兴。

唐·卢照邻《折杨柳》:"攀折聊将寄,军中书信稀。"

唐·乔知之《折杨柳》:"可怜濯濯春杨柳,攀折将来就纤手。妾容与此同盛衰,何必君恩能独久。"

唐·崔湜《折杨柳》:"年华妾自惜,杨柳为君攀。"

唐·李白《折杨柳》:"攀条折春色,远寄龙庭前。"

又《书情寄从弟邠州长史昭》:"自笑客行久,我行定几时。绿杨已可折,攀取最长枝。"

唐·郎士元《闻吹杨叶者二首》:"吹向别离攀折处,当应合有断肠人。"借以抒怀远之情。

唐·戴叔伦《堤上柳》:"垂柳万条丝,春来识别离。行人攀折处,闺妾断肠时。"与郎士元句近,借以抒离妇闺思。

唐·李益《逢归信遇寄》:"无事将心寄柳条,等闲书字满芭蕉。"

唐·李端《折杨柳》:"赠君折杨柳,颜色岂能久。"

唐·张祜《折杨柳》:"怀君重攀折,非妾妒腰身。"又《塞姑》:"都护三年不归,折尽江边杨柳。"

唐·刘禹锡《杨柳枝》:"御陌青门拂地垂,千条金缕万条丝。如今绾作同心结,将赠行人知不知。"

唐·韦承庆《折杨柳》:"不忍掷年华,含情寄攀折。"

唐·朱庆余《归故园》:"桑柘骈阗数亩间,门前五柳正堪攀。"长条堪攀而未攀,人已归来。

唐·布燮《思乡作》:"泸北行人绝,云南信未还。庭前花不扫,门外柳谁攀？"怀乡急切而引发臆测。

唐·令狐楚《春游曲》:"相将折杨柳,争取最长条。"写游兴。

唐·欧阳瑾《折杨柳》:"嫩色宜新雨,轻半伴落梅。朝朝倦攀折,征戍几时回。"

宋·晏几道《点绛唇》:"花信来时,恨无人似花依旧,又成春瘦。折断花前柳。"

宋·刘敞《雄州留寄醉翁》:"聊将曾折柳,留待未归人。"

宋·李之仪《踏莎行》:"离恨相寻,酒狂无素,柳条又折年时数。"

除折梅、折柳外,也有写折赠琼枝、松枝及折槿、桐、萸、草、芦的。

寄赠琼枝。唐·卢纶《和李使君三郎早秋城北亭楼宴崔司士因寄关中弟张评事时遇》:"为谢登龙客,琼枝寄一攀。"琼枝为玉枝,这里含人才之义。赠琼枝,祝升迁。唐·李端《长安书事薛戴》:"千里寄琼枝,梦寐青山郭。"寄琼枝只是诗中的祝愿,不是行为。

折赠松枝。唐·戴叔伦《妻亡后别妻弟》:"杨柳青青满路垂,赠行惟折古松枝。"折松赠别。唐·卢纶《早春归周至旧居却寄耿拾遗沣李校书端》:"可怜荒岁青山下,惟有松枝好寄君。"松枝寄远以示怀念。

折赠其他花的有：

唐·戎昱《红槿花》："今日惊秋自怜客，折来持赠少年人。"折槿。

唐·戴叔伦《送吕少府》："深山古路无杨柳，折取桐花寄远人。"折桐。

唐·武元衡《长安贼中寄题江南所居茱萸树》："今来独向秦中见，攀折无时不断肠。"折萸。

唐·杨谏《赠知己》："江南折芳草，江北赠佳期。"折草。

宋·张炎《甘州》："折芦花赠远，零落一身秋。"折芦。

510. 手折衰杨悲老大

唐·刘长卿《七里滩垂送》："手折衰杨悲老大，故人零落已无多。"这是"折柳送行"之句，写老友南归，折柳以送，深感华年已逝，故人存世无多，而今老友又别，怎不痛楚万分。这是折柳送别触动人心的诗句。

"折柳送别"至少起于汉代。汉代的灞桥折柳送别是很有名的。此句至少沿续到唐、宋。唐建都长安，长安东郊，汉文帝陵寝霸陵附近，就是灞桥。灞桥送别，主要送离京的宦友。李白《忆秦娥》词曾写"年年柳色，霸陵伤别"。灞桥畔的柳枝年年为送行者所折，因而这里总是令人伤别的地方。宋代晁补之《鹧鸪天》词也写："灞桥杨柳年年恨，鸳浦芙蓉叶叶愁。"高观国《解连环》（柳）："依依灞桥怨别，正千丝万绪，难禁愁绝。"

陆游在汉中前线，遥望已陷落的长安，写了《秋波媚》："灞桥烟柳，曲江池馆，应待人来。"灞桥送行，曲江游览，都是长安名胜，指代收复长安。唐宋时代"折柳送行"已不限于灞桥，也不止于宦友，可谓"古已有之，于今为烈"了。

唐·郑愔《折杨柳》："忽闻边使出，枝叶为君攀。"

唐·李颀《送人尉闽中》："闽门折垂柳，御苑听残莺。"

唐·李白《宣城送刘副史入秦》："无令长相忆，折断绿杨枝。"

唐·独孤及《官渡柳歌送李员外承恩往扬州观省》："远客折杨柳，依依两含情。"

唐·牟融《送范启东还京》："官桥杨柳和愁折，驿路梅花带雪看。"

唐·雍裕之《折柳赠行人》："欲识千条恨，和烟折一枝。"

唐·施肩吾《山中送友人》："欲折杨枝别恨生，一重枝上一啼莺。"

唐·朱庆余《夏末留别洞庭知己》："此地折高柳，何门听暮蝉。"

唐·杜牧《送别》："溪边杨柳色参差，攀折年年赠别离。"

唐·刘绮庄《扬州送人》："恩君折杨柳，泪尽武昌楼。"

唐·储嗣宗《赠别》："东城草木绿，南浦柳无枝。"

唐·翁绶《折杨柳》："殷勤攀折赠行客，此去关山雨雪多。"

唐·汪遵《杨柳》："攀折赠君还有意，翠眉轻嫩怕春风。"

唐·徐夤《东归出城留别知己》："欲别未攀杨柳赠，相留拟待牡丹开。"

唐·谢仲宣《送钟员外》："送人多折柳，唯我独吟松。"

宋·寇准《阳关引》："指青青杨柳，又是轻攀折。"

宋·梅尧臣《送王克宪奉职之彭泽》："折柳赠子行，况闻彭泽去。"

宋·梅花《送陆子履学士通判宿州》："已看画舸逐流水，不惜长条折与人。"

宋·刘敞《送客不及》："欲折杨柳枝，赠言别所思。"

宋·蜀中妓《市桥柳》（送行）词："欲寄意，浑无所有，折尽市桥官柳。"

宋·周邦彦《兰陵王》（柳）词："长亭路，年去岁来，应折素条过千尺。"

又《浪淘沙》："正拂面垂杨堪揽结，掩红泪、玉手亲折。"

宋·释重显《送僧二首》："离亭不折依依柳，况有春山送又迎。"

511. 年年柳色，灞陵伤别

唐·李白《忆秦娥》："箫声咽，秦娥梦断秦楼月。秦楼月，年年柳色，灞陵伤别。""灞陵"，汉文帝刘恒陵墓，墓地有桥，称"灞桥"。《三辅黄图》载：灞桥在长安东，跨水作桥。汉人送客至此桥，折柳赠别。李白此词写长安女子，月夜楼上思别，想到灞桥上的柳色,年年春天,折柳送人东去,更令人伤别。此词内涵深远。清人刘熙载云:"想其情境,殆作于明皇西幸后乎?"李白此词连同《菩萨蛮》是词的开源之作。宋人黄升在《唐宋诸贤绝妙词选》卷一说"《菩萨蛮》《忆秦娥》二词为百代词曲之祖"。清人刘熙载《艺概》卷四说:"梁武帝《江南弄》、陶宏景《寒夜怨》、陆琼《饮酒乐》、徐孝穆《长相思》,皆具词体,而堂庑未大,至太白《菩萨蛮》之繁情促节,《忆秦娥》之长吟远慕,遂使前此诸家悉归环内。""灞陵柳色,年年伤别"亦含"长吟远慕"之义。

宋·柳永《少年游》:"参差烟树灞桥,风物尽前朝。衰杨古柳,几经攀折,憔悴楚宫腰。"用"灞桥折柳"句,说由于送别多,折柳也多,柳亦憔悴了。"楚宫腰"代柳枝。所谓"衰杨"则是连类而及。《本草纲目》说:"杨枝硬而扬起,柳枝弱而垂流,一类二种也。"送别柳是古代主要是汉唐的风习,虽也有垂杨,却并不折杨枝。

512. 唯有垂杨管别离

唐·刘禹锡《杨柳枝》:"长安陌上无穷树,唯有垂杨管别离。"春日傍晚,长安城外,送人远去,离情迁移到陌柳上,觉得垂柳牵系着一切离别,此刻见垂柳而苦痛了,"唯有垂杨管别离",不直写"折杨柳"赠别,曲折含蓄地表达了送别之情,拟人手法巧妙。唐·唐彦谦《柳》:"晚来飞絮如霜鬓,恐为多情管别离。"以柳絮代垂杨,从刘禹锡句化出。飞絮是粘人的。所以它也可以"管离别"。宋·欧阳修《玉楼春》:"游丝有意苦相萦,垂柳无端争赠别。"游丝萦人,垂柳留人,移情于物,也称拟人佳品。唐·戴叔伦《堤上柳》:"垂柳万条丝,春来织别离。"用"织别离",写柳丝似编织别离之情,借柳丝多而密的特点而命意。后有"离怨如织"句。

"唯有垂杨管别离",应该说是富有概括力的,许多写杨柳的句子,都与别离联系着。如:

唐·刘希夷《采桑》诗:"杨柳送行人,青青西入秦。"又《公子行》:"可怜杨柳伤心树,可怜桃李断肠花。"唐·戎昱《江上柳送人》:"江柳断肠色,黄丝垂未齐。""断肠"即因别离。

宋·张先《江南柳》:"今古柳桥多送别,见人分袂亦愁生,何况自关情。"

宋·晏几道《清平乐》:"渡头杨柳青青,枝枝叶叶离情。"

宋·廖世美《烛影摇红》:"塞鸿难问,岸柳何穷,别愁纷绪。"

宋·吴文英《八声甘州》(送春韵):"青青柳,留君如此,如此匆匆!"

513. 年年攀折为行人

唐·戎昱《途中寄李二》:"杨柳烟含灞岸春,年年攀折为行人。"此诗《全唐诗》收在三人名下。收入李益名下的同题,"烟含"作"含烟"。又收在杨巨源名下,题为《赋得灞岸柳留辞郑员外》也作"含烟"。三者有其二为误收无疑。

"年年攀折为行人"句,多不是写作者送别,而是直接写"柳",写"折柳之多",感送别之频。寄柳感时,或同情柳之无辜。五代毛文锡《柳含烟》:"映水含烟拂路,几回折赠行人。"用戎昱句。宋·文彦博《折杨柳》:"长忆都门外,低垂拂路尘。更思南陌上,攀折赠行人。"用毛文锡句。金·雷琯《商歌》:"灞水河边杨柳春,柔条折尽为行人。"用戎昱句,写金哀宗正大七年(1230),元兵攻陷凤翔,长安百姓避兵东逃之多。

写见他人折柳而感伤独成一类。侧重柳枝被折状态。

唐·王翰《子夜春歌》:"落花吹欲尽,垂柳折还长。"唐·刘商用此句式,《柳条歌送客》:"几回离别折欲尽,一夜东风吹又长。"

唐·王之涣《送别》:"杨柳东风树,青青夹御河。近来攀折苦,应为别离多。"

唐·戴叔伦《赋得长亭柳》:"赠行多折取,那得到深秋。"

唐·张籍《蓟北旅思》:"客亭门外柳,折尽向南枝。"送南归的人很多,而自己却留蓟北。

唐·孟郊《折杨柳》:"杨柳多短枝,短枝多别离。赠远屡攀折,柔条安得垂。"唐·白居易《题州北路旁老柳树》:"皮枯缘受风霜久,条短为应攀折频。"

唐·许浑《送客归陕中》:"津亭多离别,杨柳半无枝。"

唐·孙鲂《杨柳枝》:"未曾得向行人道,不为离情莫折伊。"

唐·李观《御沟新柳》:"畏逢攀折客,愁见别离辰。"

唐·姚合《杨柳枝图》:"江上东西离别绕,旧条折尽折新条。"

唐·李频《酬姚覃》："年年送别处,杨柳少垂条。"

唐·施肩吾《折柳枝》："伤见路边杨柳春,一重折尽一重新。今年还折去年处,不送去年离别人。"

唐·李商隐《离亭赋得折杨柳》："含烟若雾每依依,万绪千条拂落晖。为报行人休尽折,半留相送半迎归。"

唐·李山甫《柳十首》："寻常送别无余事,争忍攀将过与人。"

唐·鱼玄机《折杨柳》："朝朝送别泣花钿,折尽春风杨柳烟。愿得西山无树木,免教人作泪悬悬。"

唐·修睦《长安柳》："雨重依依舞态低,任人攀折路东西。"

五代·许宏《柳》："垂阴千树少,送别一枝多。"

五代·毛文锡《柳含烟》："直与路边江畔别,免被离人攀折。"

五代·孟宾子《句》："去年曾折处,今日又垂条。"

五代·徐铉《柳枝词十首》："樱桃未绽梅花老,折得柔条百尺长。"宋·周邦彦《兰陵王》(柳)："长亭路,年去岁来,应折柔条过千尺。"折柳送人太多了。

宋·舒亶《菩萨蛮》："莫折长亭柳,折尽愁依旧。"

宋·石延年《咏柳》："天下风流无绿杨,一春生意多离乡。柔根恐是离肠结,未折长条先断肠。"

宋·辛弃疾《菩萨蛮》(送祐之弟归浮梁)："无情最是江头柳,长条折尽还依旧。"

元·曹明善《清江引》曲："离别复离别,攀折更攀折,苦无多旧时枝叶也。"其二："长门柳丝千万缕,总是伤心树。行人折嫩条,燕子衔轻絮,都不由凤城作主。"元·陶宗仪《辍耕录》载:元顺帝时,太师伯颜专权,剡王彻彻都、高昌王帖木儿不花,都无罪被杀。曹明善在都中作《岷江绿》二首以刺伯颜,书于军门之上。伯颜大怒,到处肖形缉捕。此即《清江引》,明写被弃女子,实借长门柳任人攀折,凤城春无人作主,暗刺奸佞。

元末王蒙《忆秦娥》："钱塘江上潮声歇,江边

杨柳谁攀折?谁攀折?西陵渡口,古今离别。"据沈原理《苏小小歌》："西陵墓下钱塘潮,潮来潮去夕复朝。墓前杨柳不堪折,春风自绾同心结。"王蒙词义极近惋苏小小,人在墓中,"杨柳谁攀折"。此词又作明末方以智词(见程千帆主编《金元明清词鉴赏词典》)。

514. 也应攀折他人手

唐·韩翃《章台柳》(寄柳氏)："章台柳,章台柳,往日依依今在否?纵使长条似旧垂,也应攀折他人手。"用庾信"别有长条亸地垂"句,这是写给他的姜柳氏的。柳氏,天宝中李生姬,后赠给韩翃。遭乱,为番沙吒利所劫。许俊以计取之,复归于翃。韩翃作此《章台柳》诗以赠。说柳氏虽不失往日风韵,却也一定受到他人的玩弄,含有调笑意味。柳氏作诗以答云："杨柳枝,芳菲节,可恨年年赠离别。一叶随风忽报秋,纵使君来岂堪折。"说自己像杨柳枝本来充满了青春的芳菲,然而由于饱尝离别攀折之苦,已经老了,不值得你再攀折了。此故事写入唐人小说《柳氏传》,并用原诗。韩柳故事据《异闻录》载:"韩翃将柳氏(柳氏居长安章台路)置郡下,三年不逾,寄以诗曰:'章台柳,章台柳,昔日青青今在否?'"唐人许尧佐《章台柳传》记妓女柳氏事。后来因章台为歌女聚居之地,"章台柳"也成了歌女的别称。

唐代敦煌曲子词《望江南》："莫攀我,攀我大心偏。我是曲江临池柳,这人折去那人攀,恩我一时间。"此词首用"攀杨折柳"隐喻爱情。此词于五代后梁末年收入《云溪集杂曲子》。唐人李宣古《句》："冉冉池上烟,盈盈池上柳。生贵非道旁,不断行人手。"说池上柳贵于道旁柳,道旁柳不断为行人攀折。"行人手"也与韩翃"他人手"句近。

宋以后多用"昔日青青今在否""也应攀折他人手"。

宋·王安石《送吴显道二首》："春风两岸水杨柳,昔日青青今在否?"

宋·黄庭坚《木兰花令》："风开水面鱼纹皱,暖入草心犀点透。乍看晴日弄柔条,忆得章台人姓柳。"见柔条而联想到章台柳氏。

宋·秦观《青门饮》："一句难忘处,可怜又学、章台杨柳。"

宋·晁端礼《蓦山溪》："重来一梦,池馆皆依旧。幽恨写新诗,托何人、章台问柳。"

宋·晁补之《江城子》(赠次膺叔家娉娉)："章台休咏旧青青,惹离情,恨难平。无事飞花,撩乱扑旗亭。"

又《声声慢》(家妓荣奴既出有感)："还记章台往事,别后纵青青,似旧时垂。"

又《斗百草》："纵章台、青青似昔,重寻事、前度刘郎转愁寂。"

宋·李之仪《千秋岁》(咏畴昔胜会和人韵,后篇喜其归)："眉压供波皱,歌断青青柳。"

又《千秋岁》(再和前意)："泪浥回纹皱,好在章台柳。"

宋·蔡伸《点绛唇》："忍使孤芳,攀折他人手。"

又《上阳春》(柳)："忆自灞陵别后,青青依旧。万丝千缕太多情,忍攀折,行人手。"借写柳氏语写柳。

宋·杨泽民《一落索》："谱里知名自久,真情难有。纵然时下真情,又还似、章台柳。"情不专一。

宋·赵文《莺啼序》(春晚)："断桥外,小院重帘,那人正在柳边往。问章台、青青在否。"

宋·杨端臣《渔家傲》："有个人人情不久,而今已落他人手。"直写人。

宋·陈允平《迎春乐》词："依依一树多情柳,都未识行人手。对青青,共结同心就。更共饮、旗亭酒。"反用,写爱情坚贞。

元·关汉卿《一枝花》曲："攀出墙朵朵花,折临路枝枝柳。花攀红蕊嫩,柳折翠条柔。浪子风流,凭着我折柳攀花手。直煞得花残柳败休。半生里折柳攀花,一世里眠花卧柳。"从韩翃诗衍生意义,写浪子的放荡生活。

元·汪元亨《醉太平》曲："折垂杨几度赠别,少年心示歇。"讽追求骄奢人的心态。

金·董解元《西厢记》卷七《仙吕调·尾》："莺莺悄似章台柳,纵使柔条依旧,而今折在他人手。"

明·林金兰(金陵歌妓秋香)《题扇》(扇面画柳)："昔日章台舞细腰,任君攀折嫩枝;如今写入丹青里,不许东风再动摇。"《三笑》写"唐伯虎点秋香",实际上秋香年龄比唐伯虎大二十余岁,因此是虚构故事。《正史丛刊》记载:秋香姓林,名金兰,又名奴儿,"秋香"是她的号,亭中人,出身官宦之家。她从小聪明伶俐,熟读史书,酷爱书画,又无兄妹,父母视如掌上明珠。不幸父母早丧,被伯父

带到南都金陵,做了官妓。她一心想做一个脱籍的自由人,数年后终于从良。一些旧相识仍想见她,她一概不见,因以扇面画柳题诗拒之。

明·屈大均《梦江南》："纵使归来花满树,新枝不是旧枝时。"悼继室王华姜,从韩翃诗中化出新意,又双关对亡明的悼念。

清·王国维《满庭芳》："纵使长条无恙,重来处、攀折堪嗟。"

515. 颜色青青今在否

唐·韩翃《寄柳氏》："章台柳,章台柳,颜色青青今在否?""颜色"又作"往日"、"昔日"。韩翃与柳氏的故事见前条。"昔日青青",喻柳氏当年的青春风采。

宋·王安石《送吴显道五首》："春风两岸水杨柳,昔日青青今在否?"用韩原句,表示送吴显道南归再见面时会什么样。

516. 章台折杨柳

唐·崔国辅《长乐少年行》："章台折杨柳,春草路旁情。"韩翃诗(见前条)。"章台柳"的"章台"是秦国宫名,因宫里有章台而得名。"章台"有花纹装饰的台,"章台"是便殿,秦王在此接见蔺相如轻慢赵国,所以蔺相如斥秦王不在正殿接见他,秦王无言可对。旧址在陕西长安县故城西南角。围绕章台宫的章台街、章台路,路边柳称"章台柳",唐代也很著名。写"章台柳",常作一道风景。如崔国辅此句,也表离别。后成柳的别名。

唐·卢照邻《还赴蜀中贻示京邑游好》："籞宿花初满,章台柳向飞。"

宋·郑獬《梅花》诗："梅爱山旁水际栽,非因弱柳近章台。"

宋·方千秋《浪淘沙》："柳条在、思使攀折,但怅惘章台路多少,极思拼愁绝。"

宋·韩淲《谒金门》(次韵郑婺源)："坐上风流张绪,留我我还难去。却忆章台柳絮,只愁紫暮雨。"

宋·刘学箕《菩萨蛮》："只恐后期愆,章台飞柳绵。"

宋·刘辰翁《点绛唇》："恨不能言,只是天相负。天知否,卷中人瘦,一似章台柳。"

宋·陈允平《一落索》："舞腰销减不禁愁,怕一似、章台柳。"同刘辰翁"一似……"句。

宋·张炎《虞美人》(余昔赋柳儿词,今有杜牧重来之叹。刘梦午诗云:"春尽絮飞当不住,随风好去落谁家。"作忆柳曲):"那回错认章台下,却是阳关也。待将新恨趁杨花,不识相思一点、在谁家。"

元·关汉卿《一枝花·不伏老》曲:"我玩的是梁园月,饮的是东京酒,赏的是洛阳花,攀的是章台柳。"

清·黄人《风流子》(城西见杨柳):"空移得、章台千万柳,毕竟托根难。"

517. 走马章台日半斜

唐·崔颢《渭城少年行》:"斗鸡下杜尘初合,走马章台日半斜。章台帝城称贵里,青楼日晚歌钟起。"写帝城晚景。"章台走马"原说汉代(宣帝时)京兆尹张敞"无威仪",《汉书·张敞传》说张敞"时罢朝令,走马过章台街,使御史驱,自以便面拊马"。张敞还常为妻子画眉。所以北周庾信《和宇文京兆游田》诗以张敞故事作比:"小苑禁门开,长杨猎客来。悬知画眉罢,走马向章台。"此类句有二:一"章台路",二"章台走马"。

"章台路"句:

唐·韩翃《少年行》:"鸣鞭晚出章台路,叶叶青依杨柳风。"

五代·冯延巳《鹊踏枝》:"玉勒雕鞍游冶处,楼高不见章台路。"(一作欧阳修《蝶恋花》词。《蝶恋花》为《鹊踏枝》又名)

宋·魏夫人《瑞龙吟》:"章台路,还见褪粉梅梢,试花桃树。"(一作周邦彦词)

宋·刘镇《柳梢青》(戏简高菊礀):"瞥眼光阴,章台旧路,杨柳春深。"

元·王实甫《西厢记》第五本第四折《雁儿落》曲:"若说着丝鞭仕女园,端的是塞满章台路。"

"走马章台"句表街游、闲散、出游、观览等意。含游花街柳巷。

宋·钱惟演《别墅》:"走马章台柳,停车陌上桑。"

宋·欧阳修《雪中寄友人》:"遥迎便面逢人处,走马章台失路归。"

又《丛翠亭》:"走马章街晓,翻鸿洛浦晴。"

宋·黄庭坚《清平乐》(重九):"且乐尊前见在,休思走马章台。"

宋·盼盼《惜花容》:"少年看花双鬓绿,走马

章台管弦逐。"

宋·吴文英《水龙吟》(过秋壑湖上旧居寄赠):"看章台走马,长堤种取,柔丝千树。"

宋·杨泽民《蝶恋花》(柳):"几叶小梅春已透,信是风流,占尽人间秀。走马章台还举首,可人标韵强如旧。"

宋·柴元彪《蝶恋花》(己卯菊节得家书欲归未得):"去年走马章台路,送酒无人,寂寞黄花雨。"

宋·无名氏《卜算子》:"会倩春风展柳眉,回马章台路。"

元·卢挚《朱履曲·雪中黎正卿招饮赋此五章命杨氏歌之》:"便章台街闲信马,曲江岸误随车,且不如竹窗深闲听雪。"

元·马致远《集贤宾·思情》:"柳叶眉儿好,等你过章台。"

元·吴弘道《青杏子·闺情》:"问章台何处停骖?薄倖不顾咱,有谁画青山两眉淡。"

元·周德清《一枝花·遗传伯元》:"犬胸襟进覆圯桥,壮游玩乘槎大海,老风波走马章台。"

明·汤显祖《牡丹亭》第二出《九回肠》:"那时节走马在章台内,丝儿翠,笼定个百花魁。"

清·孙点《沁园春》:"轻补团扇,走马章台。"

518. 北风初秋至,吹我章华台

汉乐府杂曲《古八变歌》:"北风初秋至,吹我章华台。"此诗似文人所作的悲秋思乡之歌,此首二句写初秋的悲凉。"章华台"是春秋时楚灵王筑的"台"式行宫。原址诗家多注为"在今湖北监利县西北"。历代说法不一,提到的有六处:湖北潜江、宜城、沙市、监利和安微亳县、河南商水。1984年,在湖北潜江龙湾区发掘出一处220万平方米的遗址,湖北考古专家认定为古章华台遗址。整个遗址是古宫殿建筑群,有放鹰台、水章台、打鼓台、徐公台、郑家台、小黄家台等等,是楚灵王宴饮、狩猎、习武、练兵的场所,建于公元前535年。又据上世纪八十年代初《花卉报》载:此台于公元前537年征十万工匠在郢都(今湖北宜城东南)郊外建"章华宫",方圆四十里修起犬围墙。中央有一高台,楼台亭阁三千多间,四季奇花一千多种,宫女、卫士、花工、礼宾人员三千多人,着西周装,腰束很细。人称"细腰宫"。这就有些描绘成分了。这两种资料差异很大,但却都说明"章华宫"是二千四百多

年前的一所规模宏大、美轮美奂的花园式的历史名宫。因此汉唐的诗人们写"章华台"不断，有的怀古叹变，有的即指当代宫廷。

北朝·颜之推《古意》："楚王赐颜色，出入章台里。"喻自己受梁元帝的青睐，可以出入宫廷。

唐·牛峤《杨柳枝》："章华台畔隋堤上，倚得春风尔许多。"这是写柳。

唐·袁朗《秋日应诏》："一奉章台宴，千秋长望斯。""章台宴"指宫宴。

唐·陈子昂《度荆门望楚》："遥遥去巫峡，望望下章台。"也指章华台。

唐·杜审言《登襄阳城》："冠盖非新里，章华即旧台。"对古老的楚城襄阳的感受。

唐·李颀《绝缨歌》："楚王宴客章华台，章华美人善歌舞。"讽君王爱美不爱贤。

唐·刘长卿《南楚怀古》："群看章华宫，处处生蓬蒿。"（一作陶翰诗）感繁华易逝。

唐·李白《荆州贼乱临洞庭言怀作》："郢路方丘墟，章华亦倾倒。"乾元二年八月，襄州守将康楚之、张嘉延叛唐，袭破荆州，战乱带来极大破坏。此二句即述此乱之害。

又《司马将军之歌》："狂风吹古月，窃弄章华台。"全诗写平定康楚之、张嘉延之乱。此首二句写叛军在楚地作乱。"古月"为"胡"，据王琦注为胡人，或因叛军中安史降兵。

唐·王建《送从侄拟赴江陵少尹》："应向章华台下醉，莫冲云雨夜深寒。"江陵为楚地，用章华台代之。

唐·张籍《楚宫行》："章华宫中九月时，桂花半落红桔垂。"写楚宫，应有所隐。

519. 莫待无花空折枝

唐·杜牧《杜秋娘诗》序云："杜秋娘，金陵女也，年十五，为李锜妾。尝为锜歌曰：'劝君莫惜金缕衣，劝君须惜少年时。花开堪折直须折，莫待无花空折枝。'"此一作无名氏《杂诗》，"花开"一作"有花"。全诗是关于享乐的、情爱的，劝人及时行乐。其影响在于畅晓的语言，通俗的比喻，这比喻就是"折花"。唐·元稹《辛夷花》："韩员外家好辛夷，开时乞取两三枝。折枝为赠君莫惜，纵君不折风亦吹。"也写"折花"，却极见粗俗。

"花开堪折直须折，莫待无花空折枝"，以"折花"喻求爱，语言含蓄而鲜明，情感率直而爽朗，为人喜爱，有的竟用原句。

宋·欧阳修《减字木兰花》："爱得芳时，莫待无花空折枝。"

宋·苏轼《杭州牡丹开时仆犹在常、润，周令作诗见寄次其韵复次一首送赴阙》："玉台不见朝酣酒，金缕犹歌空折枝。"

宋·吴感《折红梅》（梅花馆小寰）："闻有花堪折，劝君须折。"

宋·黄庭坚《南乡子》："满酌不须辞，莫待无花空折枝。"

宋·陈克《好事近》："淡云疏雨苦无情，得折便须折。"

宋·王灼《虞美人》："姚黄真是花中主。……莫遣无花空折、断肠枝。"

写"折花"，也如"折梅""折柳"一样，都含着某种思想感情。唐·韩愈《风折花枝》："春风也是多情思，故拣繁枝折赠君。"春风折断繁枝，诗人因势附之以赠人意，倒也风趣。清·龚自珍《鹊踏枝》（过人家废园）："绣院深沉谁是主，一朵孤花，墙角明如许。莫怨无人来折取，花开不合阳春暮。"以孤花自比，孤花虽美，开不应时，无人采摘。清·顾春《沁园春》（落花）："惯为花愁，谁禁又落，空对长条不思攀。"春花既落，不思折枝，惜花，惜春。

写折花最早的是折桃李。东汉宋子侯在《董娇娆》中写："纤手折其枝，花落何飘扬。"写折枝而花落，花落尚可重开，而人的盛年却不再至。此花为桃李。唐·赵嘏《昔昔盐》（花飞桃李蹊）："远期难可托，桃李自依依。……欲折枝枝赠，那知归不归。"写折枝赠远。唐·李白《寄东鲁二稚子》（在金陵作）："娇女字平阳，折花倚桃边。折花不见我，泪下如流泉。"设想娇女思父折桃花。宋·朱敦儒《念奴娇》："桃李无言，不堪攀折，总是风流客。"别离却又不折无言桃李。唐·元稹《折枝花送行》："樱桃花下送君时，一寸春心逐折枝。"折樱桃花送别，心托花枝。

520. 步入蟾宫折桂花

金·董解元《西厢记》卷七《正宫·梁州令缠令》："步入蟾宫折桂花，举手平拿。《长杨》赋罢日西斜。"赞张君瑞才高，定会科举得中。

"蟾宫折桂"折月中桂。"蟾宫"指月宫，传说月中有蟾蜍。李俊民《中秋》诗："鲛室影寒珠有泪,蟾宫风散桂飘香。"即写月宫之桂。"折桂"喻中试,出自晋人郤诜。《晋书·郤诜传》:"武帝于东堂会送,问诜曰:'卿自以为何如?'诜对曰:'臣举贤良对策,为天下第一,犹桂林之一枝,昆山之片玉。'"后用"折桂""蟾宫折桂"喻名列第一,科举高中。

南朝·齐·范云《送沈记室夜别》:"扪萝正忆我,折桂方思君。""折桂"明说折桂花,暗称沈约为文坛领袖。唐·李白《秋山寄卫尉张卿及王徵君》:"何以折相赠,白花青桂枝。"为什么赠桂枝呢?因为桂在月中,月华如雪,想到夜雪山阴乘兴访友之故事,以寄托思念友人,这里折桂赠友表示怀念。

唐·温庭筠《春日将欲东归寄新及第苗绅先辈》:"犹喜故人先折桂,自怜羁客尚飘蓬。"写及第。

唐·林藻《梨岭》:"弟兄各折一枝桂,还向岭南联影飞。"祝兄弟二人同时科中。

五代·李中《送黄彦才》:"蟾宫须展志,渔艇莫牵心。"祝蟾宫得志。

元·汤式《对玉环带清江引·闺怨》:"坠却青云志,烟花惹梦魂。风月关心事,便那里攀蟾宫折桂枝。"

元·马致远《女冠子》:"著领布袍虽故旧,仅存两枚宽袖,且遮藏著钓鳌折桂手。"

元·于伯渊《点绛唇·六幺序》:"几时得鸳帏里锦帐中,愿心儿折桂乘龙。"

元·荆幹臣《醉花阴·闺情》:"攀蟾折桂为卿相,成就了风流情况,永远团圆昼锦堂。"

521. 灵椿一株老,丹桂五枝芳

宋代窦仪兄弟五人相继登科。《宋史·窦仪传》载:"(窦)仪学问优博,风度峻整。弟俨、侃、偁、僖,皆相继登科。冯道与禹钧有旧,尝赠诗,有'灵椿一株老,丹桂五枝芳'之句,缙绅讽诵之。当时号为窦氏五龙。"窦仪之父窦禹钧,其五子相继中进士,老友冯道作诗以贺。"椿":《庄子·逍遥游》:"上古有大椿者,以八千岁为春,八千岁为秋。"后称父为"椿",含长寿之义。"灵椿"言聪明的父亲。二句诗说:一株灵椿虽老,五枝丹桂开花,喻五子连科及第。

元·刘时中《水仙操·为平章南谷公寿福楼赋》:"那堪辈辈为丞相,是皇家真栋梁,看灵椿丹桂齐芳。"称父子为相。

元·蒲道原《人月圆·赵君锡再得雄》:"灵椿未老,丹桂先芳。"诗称赵家父子显贵。

元·孙周卿《蟾宫曲·寿友人》:"丹桂多栽,五福齐来。"祝子孙满堂。

522. 跳龙门独占鳌头

元·卢挚《沉醉东风·举子》:"脱布衣,披罗绶,跳龙门独占鳌头。""独占鳌头",得中状元。清·洪亮吉《北江诗话》:"俗语为状元独占鳌头语,非尽无稽。胪传毕、赞礼官引东班状元、西班榜眼二人,前趋至殿陛下迎殿试榜抵陛,则状元稍前进,立阶石上。正中镌升龙及巨鳌,盖禁跸出入所由,即古时所谓螭首矣。俗语本此。"

元·大食惟寅《燕引雏·奉寄小山先辈》:"词林谁出先生右,独占鳌头。"言小山为曲中状元。

523. 隋家宫树拂金堤

唐·刘禹锡《杨柳枝》:"扬子江头烟景迷,隋家宫树拂金堤。嵯峨犹有当时色,半蘸波中水鸟栖。""隋柳",隋炀帝下扬州,在运河岸植柳,又称隋堤柳。后人用以慨叹隋朝灭亡,引以为奢侈亡国的教训。刘禹锡《杨柳枝》:"炀帝行宫汴水滨,数枝残柳不胜春。昨来风起花如雪,飞入宫墙不见人。"用隋柳写隋宫的空寂凄凉。

唐·白居易《隋堤柳》(悯亡国也):"隋堤柳,岁久年深尽衰朽。风飘飘兮雨潇潇,三株两株汴河口。老枝病叶愁杀人,曾经大业年中春。大业年中炀天子,种柳成行夹流水。西自黄河东至淮,绿阴一千三百里。大业末年春暮月,柳色如烟絮如雪。……后王何以鉴前王,请看隋堤亡国树。"作者"悯亡国"为王者引出教训,通过对已衰朽的隋堤柳的描写,表现炀帝的盛衰,隋王朝的灭亡。

写"隋堤柳"还如:

唐·李涉《感兴》:"君看汴河路,尚说隋家柳。"

唐·薛能《折杨柳十首》:"汴水高悬百万条,风清两岸一时摇。隋家柳尽虚栽得,无限春风属圣朝。"

唐·段成式《折杨柳七首》:"隋家堤上已成尘,汉将营边不复春。"

唐·刘沧《晚秋洛阳客舍》:"隋朝古陌铜驼柳,石氏荒原金谷花。"

唐·罗邺《流水》:"隋家柳畔偏堪恨,东入长淮日又曛。"

唐·吴融《彭门用兵后经汴路三首》:"隋堤风物已凄凉,堤下仍多旧战场。"

又《隋堤》:"搔首隋堤落日斜,已无余柳可藏鸦。"

宋·裴湘《浪淘沙》(汴州):"别有隋堤烟柳暮,千古含情。"

宋·曾觌《沁园春》(初冬夜坐闻淮上捷音次韵):"看锐师云合,妖氛电扫;隋堤宫柳,依旧成行。"闻扬州抗金大捷,以隋柳无恙表现胜利。

宋·陈铸《兰陵王》:"隋堤杨柳犹春色,嗟十载人事,几番棋局,青油年少已鬓白。"叹个人经历。

表赠别的如:

唐·李嘉祐《送侍御史四叔归朝》:"攀折隋宫柳,淹留秦地人。"写淮南送别。

唐·鲍溶《送僧南游》:"且攀隋宫柳,莫忆江南春。"用李嘉祐句。

唐·裴夷直《杨柳枝词》:"隋家不合栽杨柳,长遣行人春恨多。"

唐·温庭筠《送淮阴孙令之官》:"隋堤杨柳烟,孤棹正悠然。"

宋初潘阆《酒泉子》:"别来隋柳几经秋,何日得重游。"

宋·周邦彦《兰陵王》(柳):"柳阴直,烟里丝丝弄碧。隋堤上,曾见几番,拂水飘绵送行色。"

又《蝶恋花》(柳):"何日隋堤萦马首,路长人倦空思旧。"

宋·许庭《临江仙》:"不见隋河堤上柳,绿阴流水依依。"

作一般风景描写的如:

唐·许浑《送上元王明府赴任》:"日照兼葭明楚塞,烟分杨柳见隋堤。"

唐·温庭筠《题城南杜邠公林亭》:"卓氏垆前金线柳,隋家堤畔锦帆风。"

唐·贾岛《送朱可久归越中》:"吴山侵越众,隋柳入唐疏。"

唐·汪遵《杨柳》:"亚夫营畔柳,濛濛隋主堤。"

524.万条犹舞旧春风

唐·韩琮《杨柳枝》:"梁苑隋堤事已空,万条犹舞旧春风。"梁王的园林,隋炀帝的堤柳,它们的主人及其权势已成过去,唯余杨柳在春风中舞动了。诗人触景生情,感慨历史的变迁。

"隋堤古柳缆龙舟。"宋·传奇《开河记》:"龙舟既成,泛江沿淮而下。至大梁,又别加修饰,砌以七宝金花之类。于吴越间取民女年十五六岁者五百人,谓之殿脚女。至于龙舟御织,即每船用彩缆十条,每条用殿脚女十人,嫩羊十口,令殿脚女与羊相间而行,牵之。时恐盛暑,翰林学士虞世基献计,请用垂柳栽于汴渠两堤上,一则树根四散,鞠护河堤,二则牵船之人,护其阴凉,三则牵舟之羊食其叶。上大喜,诏民间有柳一株赏一缣。百姓竞献之。又令亲种,帝自种一株,群臣次第种,方及百姓,时有谣言曰:'天子先栽,然后万姓栽。栽毕,帝御笔写赐垂杨柳姓杨,曰杨柳也。"这就是关于"隋堤柳"的传说。后世则有隋宫柳、隋堤柳之称。写隋柳,分别表达三种意义:一、隋朝覆亡,只余残柳,以史为鉴,歌赞新朝。二、"折柳"赠行。三、作为一道风景。表第一义的,除韩琮诗外,还如:"柳濛濛,隋主堤边四疏通。"

唐·郑谷《咸通十四年府试木向荣》:"梅岭梅先觉,隋堤柳暗惊。"

唐·吴仁璧《衰柳》:"金风渐利露珠圆,广陌长堤黛色残。水殿狂游隋炀帝,一千余里可堪看。"

唐·韦庄《河传》:"何处烟雨,隋堤春暮,柳色葱茏,画桡金缕翠。"

唐·慕幽《柳》:"隋皇堤畔依依在,曾惹当时歌吹声。"

元·张可久《卖花声·怀古》:"阿房舞殿翻罗袖,金谷名国起玉楼,隋堤古柳缆龙舟。"

元·卢挚《蟾宫曲·夷门怀古》:"汴水烟波,隋堤园柳,枉共争春。"

525.别有长条踠地垂

北周·庾信《杨柳歌》:"河边弱柳百丈枝,别有长条踠地垂。""踠",弯曲。说河柳枝干百丈参天,柔条长长又弯曲垂地。极赞普通垂柳之蔚为壮观。

南朝·梁元帝萧绎《绿柳》诗也有"长条拂地垂,轻花上逐风"的描写。"拂"拂试,拂扫,也是表现柔条之长。

后人用"踠地垂""拂地垂"句写杨柳之盛之

美。

隋·大业末无名氏《送别诗》："杨柳青青着地垂,杨花漫漫搅天飞。""杨花"用梁元帝句。

唐·苏颋《长相思》："杨柳青青疏地垂,桃红李白花参差。""杨柳青青"用隋人句。

唐·沈佺期《折杨柳》："拭泪攀杨柳,长条疏地垂。"(一作宋之问诗。)

唐·崔颢《行路难》："君不见建章宫中金明枝,万万长条拂地垂。"

宋·王安石《送方劭秘校》："南浦柔条拂地垂,攀翻聊寄我西悲。"

宋·韩琮《杨柳枝词》："霸陵原上多离别,少有长条拂地垂。"反用。言折柳送别极多,长条几尽,少有垂地的了。

宋·方千里《浣溪沙》："杨柳依依窣地垂,麹尘波影渐平池。"亦用庾信句。窣:窸窸垂地之声。

清·宋荦《永遇乐》(柳絮)："枉垂著长条疏地,绾伊不住。"虽长条垂地,也绾不住柳絮、芳春。

526. 狂风挽断最长条

唐·杜甫《绝句漫兴》："谁谓朝来不作意,狂风挽断最长条。"狂风也似有情,牵挽柳枝,竟挽断长条。嫩柳柔柔长长的枝条,风可以牵挽,人也可以牵挽。

唐·唐彦谦《采桑女》："侵晨探采谁家女,手挽长条泪如雨。"手挽长条,泪珠如雨,因为官家催丝急。

今人钟树梁《都门柳》(调寄望江南)："都门柳,遥念日月潭。百尺长条共牵挽,一钩新月盼团圆。如此好河山!"思念台湾,渴盼台湾回归。

527. 无数长条乱晓风

宋·韩维《洛城杂诗五首》："无数长条乱晓风,谁将紫锦覆春丛?"写洛阳春色,柳条长长,在晓风中乱舞。南朝·梁·简文帝萧纲《诗》："绮花非一种,风丝乱百条。"写风乱百花枝,是用这一"乱"字的先例。

"长条"多指代春天的柳条。

唐·杜甫《雨不绝》："阶前短草泥不乱,院里长条风乍稀。"

唐·李咸用《同友生春夜闻雨》："滴繁知在长条柳,点重愁看破朵花。"

唐·温庭筠《杨柳枝》："宜春苑外最长条,闲

袅春风伴舞腰。"

唐·顾云《咏柳》："灞桥晴来送别频,相偎相依不胜春。自家飞絮犹无定,争把长条伴得人。"

宋·寇准《柳》："长条别有风流处,窗映钱塘苏小家。"

宋·文同《送范尧夫》："亭前有杨柳,秋风减长条。折以持赠君,莫厌霜叶阔。"

528. 碧玉妆成一树高

唐·贺知章《咏柳》："碧玉妆成一树高,万条垂下绿丝绦。""碧玉"写柳树青皮如碧玉,又是南朝刘宋汝南王之小妾名。此说柳枝之美。

宋·郑獬《田家》："数亩低田流水浑,一树高花明远村。"从贺句翻出。

宋·吕胜己《蝶恋花》(观雪作)："白玉装成全世界,江湖点染微瑕纇。"从"碧玉妆成"翻出,写满天下皑皑白雪。

529. 万条垂下绿丝绦

唐·贺知章《咏柳》："碧玉妆成一树高,万条垂下绿丝绦。"春柳有如用碧绿色美玉妆饰而成,万条垂地又如碧绿色丝绦。这普普通通的柳树,在诗人妙笔之下,竟如此之美,观赏价值竟如此之大。

垂柳,魏文帝曹丕写得最早,他的《玄武陂诗》写:"柳垂重阴绿,向我池边生。"最初写了绿柳成荫。

唐·陈希烈《奉和圣制三月三日》："风摇垂柳色,花发异林香。"

唐·卢象《杂诗二首》："君家御沟上,垂柳夹朱门。"

又《驾幸温泉》："细草终朝随步辇,垂杨几处绕行宫。"

唐·赵冬曦《和燕公别灉湖》："秋风赪桂竦,春景绿杨垂。"

唐玄宗李隆基《春日出苑游瞩》："梅花百树障去路,垂柳千条暗回津。"

唐·储光羲《送恂上人还吴》："虚宝香花满,清川杨柳垂。"

唐·李白《送友生游峡中》："风静杨柳垂,看花又别离。"

唐·杜甫《有感》："宛溪垂柳最长枝,曾被春风尽日吹。"

柳丝,就是柳树细长柔弱的枝条,垂柳即这种

枝条的下垂。明人杨升庵说:“柳可言丝,只在初春。若茶瓜留客之日,江莲白羽之展,必是深夏,柳已老叶阴浓,不可言丝矣。”“丝”即蚕丝,特点是细而柔。以柔丝比初春弱柳,应该描绘贴切。最早用此喻的是南朝梁代诗人沈约。他在《春咏诗》中写:“杨柳乱如丝,绮罗不自持。”就比喻春柳如丝。“绮罗”是丝织的花色绸缎及其制成品衣装,也是衣着这种制成品的女子的借代。由于柳条“乱如丝”,也引发了女子烦乱的心绪。梁元帝萧绎《春别应令诗四首》以增词法用了沈约句:“门前杨柳乱如丝,直置佳人不自持。”

用“柳丝”句的还如:

北周·庾信《奉和赵王途中五韵》:“村桃拂红粉,岸柳被青丝。”

又《上益州上柱国赵王二首》:“穿荷低晚盖,衰柳挂残丝。”秋天残柳,叶落丝出,所以秋柳也可言丝了。

梁·简文帝《和湘东王横吹曲三首》(折杨柳):“杨柳乱成丝,攀折上春时。”

唐·李白《侍从宜春苑奉诏赋龙池柳色新莺百啭歌》:“池南柳色半青青,萦烟袅娜拂绮城。垂丝百尺挂雕楹,上有好鸟相和鸣。”

又《下途归石门归居》:“欲知怅别心易苦,向暮春风杨柳丝。”

唐·杨系《小苑春望宫池柳色》:“拂地青丝嫩,萦风绿带轻。光含烟色远,影透水文清。”

唐·孟郊《古离别》:“杨柳织别愁,千条万条丝。”

唐·杜荀鹤《维扬春日再遇孙侍御》:“洛岸柳丝悬细雨,绣田花朵弄残春。”

530. 如丝如线正牵恨

唐·李商隐《柳》:“如丝如线正牵恨,王孙归路一何遥。”游子远离故乡,那密密的长长的柳条,如丝如线,牵挽着离恨,难解难消。

明·王彦泓《满江红》:“隔云山牵挽,寸心如线。”用李商隐句写思心被遥遥地牵系着。

531. 万条寒玉一溪烟

唐·雍陶《韦处士郊居》:“门外晚晴秋色老,万条寒玉一溪烟。”韦处士郊外居所秋色美好,溪边的万条柳枝,在烟雾迷蒙之中展现出玉色的寒条。

五代·张泌《洞庭阻风》:“青草浪高三月渡,绿杨花朴一溪烟。”用“一溪烟”写杨花飞舞。

清·沈莲溪《南中春暮》:“燕子桃花三月雨,河豚柳絮一溪烟。”亦用雍陶语。

532. 嫩柳池边初拂水

唐·贵妃杨玉环《赠张云容舞》:“轻云岭上乍摇风,嫩柳池边初拂水。”贵妃从幸绣岭宫时赠此诗。张云容是她的侍儿,善为霓裳羽衣舞。此句夸张云容舞姿轻灵,如轻云摇风,嫩柳拂水;在风中摇,向水面拂。柔弱飘忽,喻意生动。这是拟物手法。唐·沈回《小苑春望宫池柳色》诗则直用此句中“拂水”“摇风”写柳:“拂水枝偏弱,摇风丝已生。”唐·杜牧《独柳》又连用“拂地摇风”:“含烟一株柳,拂地摇风久。”都表现了初春垂柳的特性,可见杨玉环拟物之确当。

初春柳树的枝条细长而柔嫩,依依下垂,如麈如帚,随风而拂,近水拂水,近窗拂窗,近人拂人,脉脉如有情。这“拂”,不知引发了多少人的诗兴。

南朝梁元帝萧绎《登江州百亭怀荆楚诗》:“落花洒行路,垂柳拂砌尘。”

又《赵荆州三江口诗》:“柳条恒拂岸,花气尽熏舟。”梁元帝最先用了“拂”字。

北周·王褒《燕歌行》:“蔷薇花开百叶重,杨柳拂地数千条。”

唐·骆宾王《代女道士王灵妃赠道士李荣》:“落花泛泛浮灵沼,垂柳长长拂御沟。”

唐·张均《江上逢春》:“惊花翻霁日,垂柳拂烟波。”

唐·崔堤《折杨柳》:“落絮萦衫袖,垂条拂鬓鬟。”

唐·李白《折杨柳》:“垂杨拂绿水,摇艳东风年。”

唐·万齐融《送陈七还广陵》:“落落馥河道,垂柳拂水窗。”

唐·欧阳瑾《折杨柳》:“垂柳拂妆台,葳蕤叶半开。”

唐·雍陶《天津桥望春》:“津桥春水浸红霞,烟柳风丝拂岸斜。”

唐·韩翃《宴杨驸马山池》:“垂杨拂岸草茸茸,绣户帘前花影重。”

唐·元稹《过襄阳楼呈上府主严司空楼在江陵节度使宅业隅》:“拂水柳花千万点,隔墙莺舌两

三声。"

唐·杜牧《不饮赠官妓》:"无端千树柳,更拂一条溪。"

又《初春雨中舟次和州横江裴使君见迎李赵二秀才同来因书四韵兼寄江南许浑先辈》:"芳草渡头微雨时,万株杨柳拂波垂。"此诗《全唐诗》又收入许浑诗,题末为"兼寄江南",杜诗题末则是"兼寄江南许浑先辈",据此当作杜牧诗。

唐·李商隐《柳》:"清明带雨临官道,晚日含风拂野桥。"

又《离亭赋得折杨柳二首》:"含烟惹雾每依依,万绪千条拂落晖。"

宋·寇准《洛阳有怀岐山旧游》:"山横远翠疑歌黛,柳拂轻梢认细腰。"

宋·欧阳修《望江南》:"江南柳,花柳两相柔。花片落时黏酒盏,柳条低处拂人头。"

宋·杨万里《明发房溪》:"多情也恨无人赏,故遣低枝拂面来。"

533. 园柳变鸣禽

南朝·宋·谢灵运《登池上楼》:"池塘生春草,园柳变鸣禽。"宋文帝景平元年(423)初春,出任永嘉太守的谢灵运久病初愈,登楼眺望,孤寂中寄情山水。此句写园中柳枝上,各种鸟儿啼叫着。啾啾唧唧不断地变换鸣叫声。谢灵运"池塘生春草"句为千古绝唱,"园柳变鸣禽"也随之播扬。

隋·王曲礼《赋得高柳鸣蝉》:"园柳吟凉久,嘶蝉应序惊。"用"园柳"写蝉吟。

宋·辛弃疾《水调歌头》(醉吟):"池塘春草未歇,高树变鸣禽。"变用全二句。

元·王恽《过沙沟店》:"高柳长途送吟客,暗惊时序变鸣禽。"高柳上的鸟儿鸣叫着在送行客,鸣禽已不同于前时,暗觉时序已经变换了。

清·王鹏运《三姝媚》:"暝入西园,容易又、林禽声变。"林鸟啼声变了,时光容易,又临春风了。

534. 朔风鸣衰柳

唐·储光羲《狱中贻姚张薛李郑柳诸公》:"疏萤出暗草,朔风鸣衰柳。"这个"鸣"字,不是禽鸣,而是柳鸣。北风疾吹,衰柳发出丝丝鸣声,这秋末冬初景象,正是他狱中心绪。

唐·孟浩然《宿桐庐江寄广陵旧游》:"风鸣两岩叶,月照一孤舟。"风吹两岸的木叶哗哗作响,写

孤独。唐·高适《宋中十首》:"九月桑叶尽,寒风鸣树枝。"无叶桑枝,在寒风中鸣声飒飒。

535. 二月杨花满路飞

北周·庾信《春赋》:"新年鸟声千种啭,二月杨花满路飞。"这是庾信早期在梁朝时的作品,描写宫苑春色。二月早春,已是"杨花满路飞"了。这是较早的"杨花飞"句。

隋炀帝宫人侯夫人《妆成》:"妆成多自惜,梦好都成愁。不及杨花意,春来到处飞。"喻她深居宫禁,不如杨花。她才貌俱佳,求自由不得,终于自缢而死。用庾信句意。

宋·晏殊《踏莎行》:"二月春风,正是杨花满路,更那堪、别离情绪。"直用庾信句,衬离愁。

清·徐灿《踏莎行》:"芳草才芽,梨花未雨,春魂已作天涯絮。"以早春飞絮喻春归之早。

清·吴翌凤《虞美人》(丁巳春尽):"前年黄鹤楼边路,香絮飞无数。"絮飞当在晚春。

536. 榆叶杨花扑面飞

唐·白居易《别杨同州后却寄》:"春风怪我君知否,榆叶杨花扑面飞。"春风太疾,使榆叶杨花扑面而飞,"榆叶"似为"榆钱儿"。"扑面"必作横飞,横飞只有风疾。

唐·李贺《出城寄权璩杨敬之》:"草暖云昏万里春,宫花拂面送行人。"这里"拂面"花是高花,灌木花树之花。

唐·武昌妓《续韦蟾句》:"武昌无限新栽柳,不见杨花扑面飞。"因此续句惊坐,被韦蟾纳作妾。

宋·晏殊《踏莎行》:"春风不解禁杨花,濛濛乱扑行人面。"

宋·张震《蓦山溪》(春半):"杨花扑面,香糁一帘风。"

宋·辛弃疾《杏花天》:"杨花也笑人情浅,故故沾衣扑面。"

清·张惠言《水调歌头》(春日赋示杨生子掞):"游丝飞絮无绪,点点碧云钗。"落于钗上。

537. 春风摇荡惹人衣

晚唐·薛涛《柳絮》:"二月杨花轻复微,春风摇荡惹人衣。"杨花轻而细微,在春风中摇摇荡荡,飘飞在人的衣服上,粘着不去。"惹"招惹,沾惹,似有意沾衣,有了人情味儿。"惹"字是诗眼。后

用"杨花惹衣"句的如：

唐·韦庄《题袁州谢秀才所居》："但将竹叶消春恨,莫遣杨花上客衣。"

宋·蔡襄《凝祥池上晚归》："绿径阴阴落景微,杨花凌乱上人衣。"

宋·许庭《临江仙》："不见隋河堤上柳,绿阴流水依依。……记得当年春去也,锦帆不见西归。故抛轻絮点人衣。如将亡国恨,说与路人知。"

宋·范成大《菩萨蛮》(寓直晚对内殿)："暖扇遮微雨,香雾扑人依。"花香或殿香,而不是杨花。

宋·辛弃疾《摸鱼儿》："怨春不语,算只有殷勤、画檐蛛网,尽日惹飞絮。"用薛涛"惹"字,写蛛网粘絮。

清·郭麟《新晴即事》："游罢回船泊钓矶,濛濛晴雪扑人衣。春阳亦未全无用,留住杨花一日飞。"

538. 扑人风絮飞

宋·秦观《阮郎归》："褪花新绿渐团枝,扑人风絮飞。秋千未拆水平堤,落红成地衣。"新绿、风絮、落红,都是暮春景象。"扑人风絮飞",风飘絮飞,扑人而来,不仅扑衣,扑面。其实是笔法稍异,"扑"原是一样的,扑衣也扑面,扑衣、扑面即是扑人,只是感受不同,着眼点有别。

宋·杨无咎《醉花阴》："扑人飞絮浑无数,总是添愁绪。"

宋·赵长卿《小重山》(杨花)："枝上杨花糁玉尘,晚风扶起处,雪轻盈。扑人点点细无声。"

宋·葛立方《朝中措》(回至汴京喜而成长短句)："时节马蹄归路,杨花乱扑征鞯。""扑人"拘人,"扑征鞯",承上句"马蹄"。仍用"扑"字。"鞯",鞍垫。

539. 颠狂柳絮随风舞

唐·杜甫《绝句漫兴九首》其五："颠狂柳絮随风舞,轻薄桃花逐水流。""颠狂""轻薄"拟人化,或又托物讽人,讽行无准则、举止无定的人。清·仇兆鳌《杜诗详注》引许彦周语："梁·江从简为《采荷调》云:'欲持荷作柱,荷弱不胜梁。欲持荷作镜,荷暗本无光。'此语嘲何敬从,而波及莲荷矣。……老杜云'颠狂柳絮随风舞,轻薄桃花逐水流'。不知缘谁而波及桃花与杨柳矣。"意为影射某种人。

写柳枝杨花随风"舞"的,唐·卢纶《和赵给事白蝇拂歌》："此时满筵看一举,获花忽旋杨花舞。"五代韩琮《杨柳枝》："梁苑隋堤事已空,万条犹舞旧春风。那堪更想千年后,谁见杨花入汉宫。"从梁孝王刘武筑梁苑的"文景盛世"到蜀主王衍在位,时值千余年。此词讽王衍偏安一隅,声色犬马,致使国土分裂,满目萧条。王衍不解此意,宴饮时自唱此词。内侍宋光溥咏胡曾诗:"吴王恃霸弃雄才……一宵西送越兵来。"他方有所悟,怒而罢宴。宋·叶梦得《贺新郎》："吹尽残花无人见,惟有垂杨自舞。"残花吹尽,垂杨自舞。

用"轻狂柳絮"的:

宋·张公庠《宫词》："潇洒梅花无耐雪,轻狂柳絮不嫌风。""不嫌风",应了唐人吴融《杨花》中的诗句:"百花长恨风吹落,唯有杨花独爱风。"风给杨花创设了狂舞的机会。

宋·李之仪《留春令》："香阁深沉,红窗翠暗,莫羡颠狂絮。"

宋·向希尹《祝英台近》："请他轻薄杨花,与愁结伴,直吹到、那人根底。"

明·陈子龙《忆秦娥》："轻狂无奈东风恶。"

清·蒲松龄《元宵雪》："料人间岁始,天宫春暮;瑶池杨柳,飞絮颠狂。"喻暴雪。

清·宋荦《永遇乐》(柳絮)："望去非花,飘来疑雪,轻狂如许。"

今人张建德《春游》："割下云霓饰碧峦,颠狂柳絮舞姗姗。"

540. 轻薄桃花逐水流

唐·杜甫《绝句漫兴九首》其五："颠狂柳絮随风舞,轻薄桃花逐水流。"写活跃的春色,当另有寓托(见前条)。

宋·周紫芝《洞仙歌》："最嫌他、无数轻薄桃花,推不去,偏守定、东风一处。"

宋·杨泽民《红林檎近》(雪)："兆丰穰和气,来呈美瑞,莫同轻薄飞絮看。"因喻雪,把桃花换作"飞絮"。

541. 榆荚新开巧似钱

北周·庾信《燕歌行》："桃花颜色好如马,榆荚新开巧似钱。"《春秋元命苞》:"三月,榆荚落。"《汉书》载:"汉兴,以为秦钱重难用,更令民铸榆钱。"汉代造榆荚钱,本为仿生而来的钱,庾诗又以钱反喻榆荚,并称其巧妙。唐·岑参《送楚丘少府赴官》:"桃花色似马,榆荚小于钱。"自"汉五铢"取代"秦半两"(一枚半两,很重了)之后的周圆孔方之仿榆荚钱,多大于榆荚。岑参用庾信句,再用桃花喻马,后人便有"桃花马"之称。"榆荚小于钱"已不尽然。

北周·越王宇文招《从军行》:"水冻菖蒲未生节,关寒榆荚不成钱。"喻天寒榆荚未生成。

唐·李白《春感诗》:"榆荚钱生树,杨花玉糁街。"后句用何逊"谁言非玉尘"句。

唐·李贺《残丝曲》:"榆荚相催不知数,沈郎青钱夹城路。"喻榆荚为"沈郎青钱"。《晋书·食货志》载,东晋吴人沈光,铸为小钱,大小同榆荚相近。后人称这种钱为"沈郎钱"。宋·张炎《忆旧游》(新朋故识,诗酒迟留,吴山苍苍,渺渺兮余怀也。寄沈尧道诸公):"淡风暗收榆荚,吹下沈郎钱。"

唐·岑参《戏问花门酒家翁》:"道傍榆荚仍似钱,摘来沽酒君肯否?"以榆荚当真钱沽酒,戏言耳。

唐·白居易《晚春重到集贤院》:"满砌荆花铺紫毯,隔墙榆荚撒金钱。"

又《靖安北街赠李二十》:"榆荚抛钱柳展眉,两人并马语行迟。"

唐·施肩吾《定情乐》:"不惜榆荚钱,买人金步摇。"

唐·李商隐《和人题真娘墓》:"柳眉空吐效颦叶,榆荚还飞买笑钱。"

宋·王禹偁《杏花二首》:"春来自得风流伴,榆荚休抛买笑钱。"用李商隐句。

宋·陈允平《渡江云》:"庭闲,东风榆荚,夜雨苔痕,满地欲流钱。"

金·董解元《西厢记》卷一《哨遍》:"满地榆钱,算来难买春光驻。"清·王鹏运《点绛春》(钱春):"抛尽榆钱,依然难买春光驻。"用董句。

542. 杨花榆荚无才思

唐·韩愈《晚春》:"草树知春不久归,百般红紫斗芳菲。杨花榆荚无才思,惟解漫天作雪飞。"草木知道春天即将过去,开出各种鲜花争芳斗妍,杨花榆荚开不出好花,只懂得漫天飞舞。把晚春风光描写得活泼明快,生意盎然,耐人寻味。

先把杨花榆荚并写的是李白《春感诗》:"榆荚钱生树,杨花玉糁街。"榆荚串串如树上生了铜钱,杨花糁糁如街道铺了玉粉。李白笔下杨花榆荚产生了珍贵美,唐·卢纶《送浑炼归觐却赴阙庭》用李白句:"榆荚钱难比,杨花雪不如。"用"杨花榆荚"句的还有,有的合句用,有的分句用。

唐·白居易《南院》诗:"杨花飞作穗,榆荚落成堆。"

又《别杨同州却寄》:"春风怪我君知否,榆叶杨花扑面飞。"唐·武昌妓《续韦蟾句》:"悲莫悲兮生别离,登山临水送将归。武昌无限新栽柳,不见杨花扑面飞。"反用白居易"扑面飞"句。

唐·李商隐《戏题枢言草阁三十二韵》:"榆荚乱不愁,杨花飞相随。"

唐·路德延《小儿诗》:"杨花争弄雪,榆叶共收钱。"

宋·文彦博《春日偶作》:"榆荚深堆砌,杨花乱扑衣。"

宋·辛弃疾《临江仙》(侍者阿钱将行,赋钱字以赠):"杨花榆荚雪漫天,从今花影下,只看绿苔园。"

又《鹧鸪天》(黄沙道中):"松菊竹,翠成堆,要擎残雪斗疏梅。乱鸦毕竟无才思,时把琼瑶蹴下来",并用"无才思"意。

宋·章桀《水龙吟》:"正堤上,柳花飘隧,轻飞点画青林,谁道全无才思。"反用韩愈句。

元·贯云石《塞鸿秋》:"展花笺欲写几句知心事,空教我停霜毫半晌无才思。"移用于人。

543. 秋千竞出绿杨里

唐·王维《寒食城东即事》:"蹴踘屡过飞鸟上,秋千竞出绿杨里。"写寒食日长安城东活跃景象,蹴踘高过飞鸟,荡秋千从绿荫中飞出,都是健体游乐活动。

五代·冯延巳《上行杯》:"落梅暑雨消残粉,云重烟深,寒食近。罗幕遮香,柳外秋千出画墙。"写秋千出墙。

宋·欧阳修《浣溪沙》:"堤上游人逐画船,拍堤春水四垂天,绿杨楼外出秋千。"用王维句,也写春游所见。元·白朴《天净沙》(春):"杨柳秋千院中",也写杨柳秋千。

544. 不种千株桔

唐·孟浩然《南山下与老圃期种瓜》:"不种千

株桔,惟资五色瓜。邵平能就我,开径剪蓬麻。"《襄阳耆旧传》记:三国时吴国丹阳太守李衡在龙阳洲(今湖南汉寿县)上种柑桔一千株,称之为"木奴"。他临终前告诉儿子,洲里有千头木奴,每年能换回千匹绢,可供日常用度。据《史记·货殖传》载:"封者食租税,千户之君岁率二十万。蜀汉江陵千树桔,其人皆与千户侯等。"《汉书·货殖传》亦载:"蜀汉江陵千树桔,渭川千亩竹,此其人与千户侯等。"虽说"千株桔"相当于"千户侯"的经济收入,却没有"千户侯"的权位与势力。所以,北周庾信《移树》诗说:"虽言有千树,何处似封侯?"唐·杜甫《暮春题瀼西新赁草屋五首》诗也说:"此邦千树桔,不见比封君。"这样,或许连价值也不可比。也有相反看法。宋·和岘《题义门胡氏华林书院》:"墨客回来深慕义,木奴千树等封侯。南昌旧令曾羁宦,悔不当初命驾游。"宋·李曾伯《水调歌头》(幕府诸公有和再用韵谢之):"人生适意,封君何似桔千头。"他们说做官不如种桔。双方看法都是从不同的角度,在不同条件下产生的。

"千头木奴"本为越人谚语:"种千亩木奴,不如一龙珠。""龙珠"为何?南朝·齐·任昉《述异记》卷上说:"凡珠有龙珠,龙所吐者;蛇珠,蛇所吐者。南海俗谚云:'蛇珠千枚,不及玫瑰。'言蛇珠贱也。""龙珠"应是传说之物。历史上有的名家也植"木奴",但目的不在于利。

唐·柳宗元《柳州城西北隅种柑桔》:"手种黄柑二百株,春来新叶遍城隅。方同楚客怜皇树,不学荆州利木奴。""楚客怜皇树":屈原在《桔颂》中曾赞颂"后皇嘉树"——桔:"后皇嘉树,桔来服兮;受命不迁,生南国兮。"屈原说生于南国的桔树,有不可改变的品格,以此自况。柳宗元种二百株黄桔,正是为赞美屈原"独立不迁"的品德,而不是为求"木奴"之利,以屈原自况。唐·顾况《谅公洞庭湖孤桔歌》:"不种自生一株桔,谁教渠向阶前出。不羡江陵千木奴,下生白蚁子,上生青雀雏。"只喜爱一株自生桔。宋·司马光《送光禄王卿因致仕归荆南》:"千金尽与乡人费,不向江头买木奴。"散尽千金,不留积蓄。以上都是反用"千头木奴"一义。

"木奴"句,有的沿用原义,有的赋予新义;有的表退隐归田,有的表黄桔景观。如下:

唐·钱起《九日冥浙江西亭》:"木奴向熟悬金实,桑落新开泻玉缸。"

唐·杜甫《驱坚子摘苍耳》:"加点瓜薤间,依稀桔奴迹。"

唐·严维《送崔峒使往睦州兼寄薛司户》:"木奴花映桐庐县,青雀舟随白露涛。"

又《九日登高》:"木奴向熟悬金实,桑落新开泻玉缸。"同钱起诗。

唐·卢纶《送陈明府赴萍县》:"梅花成雪岭,桔树当家僮。""僮"即"奴"。

唐·李端《送友人宰湘阴》:"唯须千树桔,暂救李衡贫。"

唐·刘禹锡《伤愚溪三首》并引:故人柳子厚之谪永州,得胜地,结树疏,为沼沚,为台榭,目曰"愚溪"。柳子没三年,有僧游零陵,告余曰:"愚溪无复曩时矣!"一闻僧言,悲不能自胜,遂以所闻为七言以寄恨:"草圣数行留坏壁,木奴千树属邻家。"

唐·张籍《赠殷山人》:"已种千头桔,新开数脉泉。"

唐·李贺《感讽》:"合浦无明珠,龙洲无木奴。"太守榨取无度,穷造化(自然物)之力也难于供给。

唐·李商隐《陆发荆南始至商洛》:"青辞木奴桔,柴见地仙芝。"

唐·皮日休《陈先辈故居》:"千株桔树唯沽酒,十顷莲塘不买鱼。"

宋·杨亿《次韵奉和知府温尚书送致政朱侍郎十六韵》:"岁计将何资伏腊,龙阳千树木奴洲。"

又《慎大詹以吴柑见贶》:"龙阳休说木奴洲,震泽黄柑占上流。"

宋·宋庠《送苗郎中出漕江西》:"露桔千头半岁籍,江鲈百尾饫盘鲭。"

宋·刘敞《西风》:"李衡千树桔,张翰一渔舟。亦自人间乐,功名安足谋。"

宋·苏轼《留题显圣寺》:"幽人自种千头桔,远客来寻百结花。"

又《次韵黄鲁直寄题郭明父府推颖州西斋二首》:"春梦屡寻湖十顷,农家新报桔千头。"

又《次韵送张山人归彭城》:"何日五湖从范蠡,种鱼万尾桔千头。"

又《食甘》:"坐客殷勤为收子,千奴一掬奈吾贫。"

又《忆江南寄纯如五首》:"湖目也堪供眼,木奴自足为生。"

又《赠王子直秀才》:"水底笙歌蛙两部,山中奴婢桔千头。"南宋胡仔《苕溪渔隐丛话》引《石林诗话》云:"苏子瞻尝两用孔稚圭鸣蛙事,如'水底笙歌鸣两部,山中奴婢桔千头',虽以笙歌易鼓吹,不碍其意同。至'已遣乱蛙成两部',则不知谓何物,亦是歇后语,盖用事与出处语小异而意同,不可尽牵出处语而意不显也。""蛙鼓"以蛙鸣代替鼓吹,表示一种闲适的情趣。《南史·孔珪传》载:孔稚珪"门庭之内,草莱不剪,中有蛙鸣。或问之曰:'欲为陈蕃乎?'(《后汉书·陈蕃传》:"蕃年十五,尝闲处一室,而庭宇荒秽。薛勤谓蕃曰:'孺子何不洒扫以待宾客?'蕃曰:'大丈夫处世,当扫除天下,安事一室乎!'")珪笑答曰:'我以此当两部鼓吹,何必效蕃?'"苏诗用"蛙两部"代闲居。

宋·李清照《瑞鹧鸪》(双银杏):"风韵雍容未甚都,尊前甘桔可为奴。"

宋·辛弃疾《水调歌头》(送杨民瞻):"岁晚问无恙,归计桔千头。"

又《水调歌头》(舟次扬州和人韵):"今老矣,搔白首,过扬州。倦游欲去江水,手种桔千头。"旧地重游,想到当年壮志未能实现,而宦游生活又觉于国事无补,不如退隐江上为好。

宋·杨炎正《玉人歌》:"长天不恨江南远,苦恨无书寄。最相思、盘桔千枚,脍鲈十尾。""千枚"变用"千头"木奴句,"脍鲈"缩用张翰事,以表乡思。

宋·李曾伯《水调歌头》(蒲制帅以喜雨韵为寿,和以谢之):"想见吴中稚子,已办秋田数顷,更种桔千头。堪笑新亭酒,空效楚人囚。"

宋·方岳《最高楼》(壬寅生日):"帝乡五十六朝暮,人间四十四春秋,问何如,茅一把,桔千头。"

明·汤显祖《牡丹亭》第十三出柳梦梅说白:"家徒四壁求杨意,树少千头愧木奴。"杨意是荐司马相如的人。

545. 亦种洛阳千本花

宋·苏辙《司马君实独乐图》:"公今归去事农圃,亦种洛阳千本花。""千本花"实指牡丹,洛阳牡丹发展到宋代成为鼎盛。

元·王实甫《西厢记》第一本第一折《天下乐》:"滋洛阳千种花,润梁园万顷田,也曾浮槎到日月边。"用苏辙句。"千种"指种类极多。

546. 小书楼下千竿竹

唐·白居易《竹楼宿》:"小书楼下千竿竹,深火炉前一盏灯。""竹楼"的特点是,楼外竹林围绕。"千竿竹"言竹之多。"竿"为古代习惯运用的竹子的计量单位。杜甫《将赴成都草堂途中有作先寄严郑公五首》:"新松恨不高千尺,恶竹应须斩万竿。"这两句写离开草堂已三年,草堂荒芜,也该修整了。"万竿"也表多数,但"千竿竹"更用之广泛。白居易又有:

《泛春池》:"霜竹百千竿,烟波六七首。"

《醉题沈子明壁》:"不爱君池东十丛菊,不爱君池南万竿竹。"

《池上篇》:"十亩之宅,五亩之园。有水一池,有竹千竿。有叟在中,白须飘然。"

宋·苏轼《赠惠山僧惠表》:"欹枕落花余几片,闭门新竹自千竿。"

又《答任师中、家汉公》:"门前万竿竹,堂上四库书。"

明·解缙《门联》:"门对千竿竹,家藏万卷书。"从苏轼二句中脱出,成出蓝之句。据传竹是富家的,见此联,一气斩去一半,解缙又加了两个字:"门对千竿竹短,家藏万卷书长。"富家把竹连根拔掉,解缙又加了两个字:"门对千竿竹短无,家藏万卷书长有。"

547. 门前学种先生柳

唐·王维《老将行》:"路旁时卖故侯瓜,门前学种先生柳。"言老将征战一生,退役后生活无着,依靠卖瓜种柳、勤苦农耕以维持生计,自给晚年。"故侯瓜",邵平瓜与"先生柳",陶潜柳,指代瓜柳,暗示为平民。举事动人,对仗极工。

"先生柳"即"五柳先生"之柳。晋·陶潜撰《五柳先生传》,开篇曰:"先生不知何许人也,亦不详其姓字。宅边有五柳树,因以为号焉。"这"五柳先生"即渊明自号。《晋书·陶潜传》云:"尝著《五柳先生传》以自况曰:'先生不知何许人也,不详姓字,宅边有五柳树,因以为号焉。''时人谓之实录。"隐去姓名,自号"五柳"云云,足见他深爱五柳,专志躬耕,淡泊名利,不为五斗米折腰,表现他自庄、自重、自持的标格。清代文学家袁枚在七律《春柳》中云:"五株一入先生传,不学柔枝乱折腰。"刻画了"五柳先生"的品质。

"宅边五柳",多被用作"门前五柳",因为依习惯,门前植柳更普遍。常用作家门官舍或高士所居,只用"五柳"不用"门"表意近同。

用"门前五柳"句如:

南朝·陈·江总《南还寻草市宅》:"见桐犹识井,看柳尚知门。"王维《慕容承携素馔见过》:"门看五柳识,年算六身知。"同江总句意,凭柳识家门。

唐·刘长卿《送柳使君赴袁州》:"五柳闭门高士去,三苗按节选人归。"说柳离家远去。

又《使次安陆寄友人》:"君在江南相忆否,门前五柳几枝低?"问友人思乡否。

又《至饶州寻陶十七不在寄赠》:"孤蓬向何处,五柳不开门。"寻陶十七不遇。

唐·崔峒《题桐庐李明府宦舍》:"讼堂寂寂对烟霞,五柳门前聚晚鸦。"写官舍凄清。明·居节《春寒》:"重楼燕子隔天涯,五柳疏阴未聚鸦。"反用崔峒句,切春寒。

唐·王维《田园乐七首》:"一瓢颜回陋巷,五柳先生对门。"自谓。

唐·李白《赠崔秋浦三首》:"吾爱崔秋浦,宛然陶令风。门前五杨柳,井上二梧桐。"赞崔隐士之风。

唐·白居易《杨柳枝》:"陶令门前四五树,亚夫营里百千家。"指柳。

唐·朱庆余《归故园》:"桑柘骈阗数亩间,门前五柳正堪攀。"

唐·司空图《杨柳枝二首》:"陶家五柳簇衡门,还有高情爱此君。""衡门",仅一根衡木作门。

唐·汪遵《隋柳》:"君看靖节高眠处,只向衡门种五株。""靖节"是渊明号。

唐·徐夤《闲》:"一瓢挂树傲时代,五柳种门吟落晖。"

宋·王安石《五柳》:"五柳柴桑宅,三杨白下亭。""柴桑宅",渊明家。

又《移柳》:"移柳当门何啻五,穿松作径适成三。"

宋·辛弃疾《洞仙歌》:"人生行乐耳,身后虚名,何似生前一杯酒。便此地,结吾庐,待学渊明,更手种、门前五柳。"

宋·杨泽民《选官子》:"念松荒三径,门低五柳,故山犹远。"

宋·张炎《水龙吟》(春晚留别故人):"那知

又、五柳门荒,曾听得,鹃啼丁。"

又《如梦令》(渊明行径):"出岫本无心,迟种门前杨柳。"

元·郑光祖《塞鸿秋》(失题)曲:"门前五柳侵江路,庄儿紧靠白苹渡。"以渊明自况。

明·袁宗道《咏怀》:"矫矫陶彭泽,飘飘赋归田。六月北窗下,五柳衡门前。"直述陶潜。

清·蒲松龄《荒园小构落成,有丛柏当门,颜曰绿屏斋》:"且喜先生门外柳,春来也自发长枝。"作者家贫嗜酒,不慕荣利,好读书,"常著文章自娱,颇示己志,忘怀得失",如渊明,因以自况。

548.陶令日日醉,不知五柳春

唐·李白《戏赠郑溧阳》:"陶令日日醉,不知五柳春。"只用"五柳",写自己不问世事的生活。又《寄韦南陵冰余江上乘兴访之遇寻颜尚书笑有此赠》:"梦见五柳枝,已堪挂马鞭。何日到彭泽,长歌陶令前。"向往隐逸,此类句只用"五柳"。

北周·庾信《和王少保遥伤周处士》:"三山犹有鹤,五柳更应春。"描写周处士生前隐居地。

唐·孟浩然《寻梅道士》:"彭泽先生柳,山阴道士鹅。"写梅道士居处环境。

唐·李颀《答高三十五留别便呈于十一》:"妻子欢同五株柳,云山老树一床书。"写家居。

唐·王维《戏赠张五弟諲三首》:"秋风自萧索,五柳且高疏。"指柳。

又《辋川闲居赠裴秀才迪》:"复值接舆醉,狂歌五柳前。"辋川生活。

又《过沈居士山居哭之》:"曙月孤莺啭,空山五柳春。"人却无存。

唐·刘长卿《过前安宜张明府郊居》:"寂寥东郊外,白首一先生。解印孤琴在,移家五柳城。"隐居处。

又《送金昌宗归钱塘》:"惟有陶潜柳,萧条对掩扉。"家门柳。

又《罢摄官后将还旧居留辞李侍御》:"交亲迹已疏,独愁看五柳。"

唐·钱起《秋园晓沐》:"五株衰柳下,三径小园深。"园中柳。

唐·皇甫冉《谢韦大夫柳栽》:"比雪花应吐,藏乌叶未成。五株蒙远赐,应使号先生。"赞柳栽之珍贵。

唐·李端《折杨柳》:"隋家两岸尽,陶宅五株荣。"崇尚归隐。

唐·司空曙《逢江客问南中故人因以诗寄》："五柳终期隐,双鸥自可亲。应怜折腰吏,冉冉在风尘。"慰南中故人。

唐·权德舆《送韦十二丈赴襄城令三韵》："旧业传一经,新官栽五柳。"指功业。

唐·孙鲂《杨柳枝》："彭泽初栽五柳时,只应闲看一枝枝。"田居。

唐·李商隐《大卤平后移家到永乐县居书怀十韵》："依然五柳在,况值百花残。"家柳。

唐·薛能《杨柳枝》："陶家旧日应如此,一院春条绿绕厅。"家柳。

唐·李群玉《同张明府游楼水亭》："何当五柳下,酌醴吟庭筠。"

唐·汪遵《彭泽》："栽成五柳吟归去,漉酒巾边伴菊闲。"

唐·皮日休《新秋言怀寄鲁望三十韵》："应同五柳归,莫舍三茅涧。"指五柳先生。

唐·方干《同萧山陈长官县楼登望》："一县繁花香送雨,五株垂柳绿牵风。"

五代·李建勋《柳花寄宋明府》："遥知陶令宅,五树正离披。"

宋·杨亿《福州古田宰李堪》："五柳不须轻授印,七闽聊且访图经。"又《黄旦宰江州德化县》："二林重结遗民社,五柳闲寻靖节居。"

宋·梅尧臣《寄题张令阳翟希隐堂》："潜本太尉孙,心远迹亦去。不希五年粟,自种五株树。"

宋·王安石《题仪真致政孙学古归来亭》："却寻五柳先生传,柴水区区但可哀。"

宋·范成大《余杭道中》："五柳能消多许地,客程何苦镇匆匆。"

宋·黄昇《贺新郎》(菊)："柴桑心事君知否?把人间、功名富贵,付之尘垢,不肯折腰营腹,一笑归欤五柳。"

宋·石鳞《金缕词》(寿南楼)："轩筑易安栽花药,不坠家声五柳。"虽家居,仍栽花药,不植五柳。

元·马致远《四块玉·恬退》："三径修,五柳栽,归去来。"欲效隐居。

元·曾瑞《四块玉·述怀》："七里滩,五柳宅,名万载。"赞严子陵、陶渊明这样的高士。

元·李致远《粉蝶儿·拟渊明》："栽五柳闲居隐迹,抚孤松小院徘徊。"效法渊明。

元·关汉卿《新水令·枣乡词》："露春纤把花笑撚,捧金杯酒频劝,畅好是风流如五柳庄前。"喻普通生活之乐趣。

元·鲜于必仁《寨儿令》："五柳庄月朗风清,七里滩浪稳潮平。"隐居之所最安定。

元·张养浩《沽美酒兼太平令》："这几个百般,要安,不安,怎如俺五柳庄逍遥散淡。"

元·乔吉《五交枝》(闲适四首)："萧萧五柳疏篱寨,撒金钱菊正开。先生拂袖归去来,将军战马今何在?"家居闲适。

清·舒位《读〈文选〉诗九首》："五株柳树羲皇上,一水桃花魏晋前。"

549. 手种桃李非无主

唐·杜甫《绝句漫与九首》(《冷斋诗话》云:"漫兴"应作"漫与","言即景率意之作也。苏轼、黄庭坚、杨廷秀袭用之,俱押入语韵。姜尧章《蟋蟀词》与段复之词亦然。元以前未有读作'兴'字者。迨杨廉之始作'漫兴'七首。妄云学杜,其徒吴复从而傅会之。于是世人尽改杜集之'与'为'兴'矣)："手种桃李非无主,野老墙低还似家。恰似春风相欺得,夜来吹折数枝花。"诗人写草堂中自己手种桃李,被春风吹折数枝,借春风以惜孤羁。清人仇兆鳌《杜诗详注》云:"王元之在商州,尝赋诗云:'两株桃杏映篱斜,装点商州副使家。何事春风容不得,和莺吹折数枝花。'其子嘉祐谓后二句与杜语相似,欲请易之。元之欣然更诗曰:'本与乐天为后进,敢期杜甫是前身。'卒不复易。"无论王元之(王禹偁)"敢期杜甫"与否,其后二句总似从杜句脱出。

"手种桃李"诗句平常,然而这事却也是许多人所为的,因而用此句者遂多,而且多用"手种"语。除"桃李"外,也"手种"其他。

唐·耿沣《代园中老人》："林园手种唯吾事,桃李成荫归别人。"赞老圃的辛勤,如常言所说:前人栽树,后人纳凉;前人栽树,后人吃果。

唐·戴叔伦《别郑谷》："朝阳斋前桃李树,手栽清阴接北邻。"

唐·司空曙《遇谷口道士》："自说名因石,谁逢手种桃。"

唐·白居易《云居寺孤桐》："自云手种时,一颗青桐子。"

宋·晁端礼《一丛花》："手栽露桃,亲移云杏,真是种星榆。"

宋·叶梦得《临江仙》(四园右春亭新成):"手种千株桃李树,参差半成阴。"

宋·李清照《满庭霜》:"手种江梅更好,又何必、临水登楼。"

宋·韩淲《浣溪沙》(霜菊黄):"霜后黄花尚自开,老年情绪为何哉,株株浑是手亲栽。"

宋·赵长卿《鹧鸪天》(梅):"手种梅花三四株,要看冰霜照清臞。朝来几朵茅檐下,竹外江头恐不如。"

宋·王炎《临江仙》(吴宰生日):"手种河阳桃李树,暂时来看春妍。"

宋·魏了翁《临江仙》(杜安人生日):"尽是当年亲手种,如今满院芬芳。"以下祝寿句雷同。

又《临江仙》(杨子有母夫人生日):"知是几年培植底,如今满院芬芳。"

又《临江仙》(张邛州生日):"浩荡春风生玉树,蒸成满院芬芳。"

宋·陈允平《鹧鸪天》:"庭前手种红兰树,看到春风第二芽。"

宋·何梦桂《声声慢》:"尚记得,那年时手种、蟠桃千叶。"

宋·刘辰翁《宴春台》(寿周耐轩):"手种蟠桃,明年看取,实大如柑。"

550. 手种堂前杨柳

宋·欧阳修《朝中措》(送刘仲原甫出守维杨):"平山栏槛倚晴空,山色有无中。手种堂前杨柳,别来几度春风!"作者在扬州时建平山堂,壮丽的淮南第一,又手种杨柳。宋·张邦基《墨庄漫录》卷二记:"扬州蜀冈上大明寺平山堂前,欧阳文忠公植柳一株,谓之'欧公柳'。公祠所谓'手种堂前杨柳,别来几度春风'者。薛嗣昌作守,相对亦种一株,自榜曰'薛公柳',人莫不嗤之。嗣昌既去,为人伐之。不度德有如此者!"欧公送刘贡父出守扬州,忆起"堂前杨柳",忆起平山堂,忆起扬州,油然而滋深情,禁不住慨叹"别来几度春风"。

"手种堂前杨柳"用杜甫"手种桃李"句。白居易《题开元寺上方》:"最怜新岸柳,手种未全成。"已是"手种杨柳"之意了,但此句不如欧句知名,宋·苏轼《如梦令》(春思):"手种堂前桃李,无限绿阴青子。"用欧公句写"种桃李"。

用"手种杨柳"句如:

宋·辛弃疾《贺新郎》(福州游西湖):"记风流、重来手种,绿阴成也。"

又《水调歌头》:"种柳人今天上,对酒歌翻水调,醉墨卷秋澜。"

又《水调歌头》:"买山种云树,山下炊烟来。"

又《满江红》:"种柳已成陶令宅,散花更满维摩室。"

宋·周密《西江月》:"江潭杨柳几东风,犹记当年手种。"用欧二句。

551. 有手栽双柳

宋·苏轼《醉蓬莱》(重九上群献):"此会应须烂醉,仍把紫菊茱萸,细看重嗅。摇落霜风,有手栽双柳。"重阳佳会,应抛却一切烦恼,赏"紫菊茱萸",烂醉方休,即使菊萸摇落了,还有自己手栽的双柳,仍是可欣慰的。苏轼在逆境中也总开朗豁达。宋·韩淲《浣溪沙》:"却忆'手栽双柳'句,真成云汉抉天章,苏仙何在立苍茫。"忆苏轼"双柳",赞苏轼人格与文章。

用"栽柳"句又有:

宋·吕渭老《水调歌头》:"记得平生谈笑,夹岸手栽杨柳,同泛夜深船。"

宋·杨万里《念奴娇》(上章乞休致,戏作《念奴娇》以自贺):"主守清风,监临明月,兼管栽花柳。"

"手栽",唐·刘禹锡《和乐天南园试小乐》:"花木手栽偏有兴,歌词自作别生情。"这可为自渊明以来对亲手栽培柳树桃花之情作注解。

552. 最忆门前柳,闲居手自栽

唐·刘长卿《酬秦系》:"家室归海燕,人老发江梅。最忆门前柳,闲居手自栽。"故乡此刻,海燕已归,江梅正发,我最怀念的是家门前的杨柳,因为那是亲手栽植的。思乡之情与家门杨柳相维系,因而思乡之情更深更切了。"手自栽"蕴含着无限深情。刘长卿首用此语。

唐·皇甫冉《秋日东郊作》:"闲看秋水心无事,卧对寒松手自栽。"

宋·王安石《书湖阴先生壁二首》:"茅檐长扫静无苔,花木成畦手自栽。一水护田将绿绕,两山排闼送青来。"此诗抄自《宋诗三百首》,《千家诗》题作"茅檐",二句作"茅詹常扫净无苔,花木成畦手自栽。"诗人退居金陵时作,写"半山"的景色风光。"手自栽"表达了满足和欣慰。

宋·苏轼《柳》:"今年手自栽,问我何年去;他年我复来,摇落伤人意。"

又《惜花》:"有僧闲门手自栽(牡丹),千枝万叶巧剪裁。"

553. 留待先生手自栽

宋·辛弃疾《沁园春》:"要小舟行钓,应先种柳。疏篱护竹,莫碍观梅。秋菊堪餐,春兰可佩,留待先生手自栽。"写诗人在"东冈"建隐居之"茅斋"。为了便于小舟垂钓,先在水边种上一排柳树。插上稀疏的篱笆护竹,却不妨碍观梅。秋菊可以餐,春兰可以佩,这类高洁的花待我亲手来栽。用屈原"夕餐秋菊之落英"(《离骚》)和"春兰兮秋菊,长无绝兮终古"(《九歌》)句,以喻自己保持晚节。

宋·刘克庄《贺新郎》:"太息攀翻长亭树,是先生、手种合如此。君不乐,欲何俟?"用"先生手自栽"句。

554. 愁共柳条新

唐·宋之问《桂州陪王都督晦日宴逍遥楼》:"意随蓂叶尽,愁共柳条新。""蓂",传说的瑞草。兴致随蓂叶落尽,愁苦同柳条新生,写他因附张易之而谪南方之心绪,贬谪途中已有这种心绪。且《途中寒食题黄梅临江驿寄崔融》:"故园肠断处,日夜柳条新。"

用"柳条新"写生愁的如刘长卿《送马秀才落第归江南》:"南客怀归乡梦频,东门怅别柳条新。"写远别之惆怅。又《负谪后登干越亭作》:"天南愁望绝,亭上柳条新。"因贬而愁绝。唐·豆卢复《落第归乡留别长安主人》:"客里愁乡不记春,闻莺始叹柳条新。"落第之愁致忘掉时令。

写"柳条新"也并不全写愁。如唐·苏颋《先是新昌小园期京兆尹一访兼郎官数子自顷沈痾年复一年慈愿不果率然成章》:"不疑丹火变,空负绿条新。"表柳条新了又新。唐·乔知之《人日登高》:"登高一游园,始觉柳条新。"刚觉春来。唐·张说《恩赐乐游园宴》:"池台草色遍,宫观柳条新。"唐·张子容《长安早春》:"何当桂枝擢,迎及柳条新。"又作孟浩然诗,句有变化:"何当遂荣擢,归及柳条新。"

555. 柳条将白发,相对共垂丝

唐·戴叔伦《赠李唐山人》:"柳条将白发,相对共垂丝。"写李唐山人的孤寂,面对柳条,共同垂丝。唐·张敬忠《边词》:"五原春色旧来迟,二月垂杨未挂丝。即今河畔冰开日,正是长安花落时。""未挂丝"未成长条。

"柳丝",新柳长条,即春柳垂条,多表千条万缕的愁绪思端,"思"借"丝"以代,形成思丝双关。

唐·刘希夷《春女行》:"愁心伴杨柳,春尽乱如丝。"

唐·孟浩然《春意》:"愁心极杨柳,一种乱如丝。"愁绪同杨柳丝一样纷乱。用刘希夷句。

唐·孟郊《古离别》:"杨柳织别愁,千条万条丝。"别愁千条万条,如柳丝织成。

唐·薛能《柳枝四首》:"数首新诗带恨成,柳丝牵我我伤情。"柳丝牵惹心思。

唐·温庭筠《菩萨蛮》:"杨柳又如丝,驿桥春雨时。"也是情牵意惹。

五代·李珣《望远行》:"琼窗时听语莺娇,柳丝牵恨一条条。"柳丝牵愁。

五代·冯延巳《归国谣》:"江上晚山三四点,柳丝如剪华如染。"

宋·戴复古妻《祝英台近》:"道傍杨柳依依,千丝万缕,抵不住、一分愁绪。"愁思远比柳丝多。

宋·吴文英《风入松》:"楼前绿暗分携路,一丝柳,一寸柔情。"喻柔情之多。

元·张可久《红绣鞋》(春日湖上)曲:"杨柳千万丝,记年时曾到此。"触"丝"生"思"。

"丝"也作"缕"。五代冯延巳《鹊踏枝》:"烦恼韶光能几许,心若垂杨千万缕。"又《鹊踏枝》:"六曲栏干偎碧树,杨柳风轻,展尽黄金缕。"又《思越人》:"酒醒情怀恶金缕,褪玉肌如削。"又《金错刀》:"黄莺求友啼林前,柳条嫋嫋拖金线。"金线即金缕。宋·王沂孙《齐天乐》:"甚独抱清音,顿成凄楚。漫想薰风,柳丝千万缕。"写家国之叹。

556. 千门柳色连青琐

唐·岑参《西掖省即事》:"千门柳色连青琐,三殿花香入紫微。""青琐"古代宫门上的青色连环纹装饰,这里代宫门。写一派柳色春光。

唐·贾至《早朝大明宫呈两省僚友》:"千条弱柳垂青琐,百啭流莺绕建章。"用岑参句,写宫柳之盛景。唐·李郢《江亭春霁》:"春风掩映千门柳,晓色凄凉万井烟。"用岑句"千门柳"。清康熙皇帝玄烨《柳絮》:"眠柳垂青琐,流莺啭碧泓。"用贾至青琐流莺句。

唐·牟融用"垂青琐"为"垂金缕"句式:《送沈侯之京》:"关河弱柳垂金缕,水驿青帘拂画楼。"又《春融》:"楼前弱柳垂金缕,林外遥山隔翠风。"再用上句。

557. 问柳寻花别野亭

唐·杜甫《严中丞枉驾见过》:"元戎小队出郊坰,问柳寻花到野亭。"宝应元年,严武任两川节度,到蜀,轻骑简从,去看望杜甫,杜甫作此诗。严武到杜甫村居,"问柳寻花",要经过花丛柳陌之类的田间小路。后人用"寻花问柳"一表鉴赏风光,一表花街柳巷嫖妓宿娟。

唐·王有初《赠在贺先辈》:"频醉管弦三月暮,远寻花柳五湖来。"

蜀后主王衍《醉妆词》:"者边走,那边走,只是寻花柳。"

宋·柳永《笛家弄》:"未省、宴处能忘管弦,醉里不寻花柳。"

又《倾杯乐》:"向道我别来,为伊牵系,度岁经年。偷眼觑、也不忍觑花柳。"

宋·李纲《水龙吟》(上巳日出郊,呈知宗安抚、张参、观文汪相二首):"向碧山深处,寻花问柳,有佳气、随旌旆。"

宋·洪适《满庭芳》(辛丑春日作):"六旬过四,七十古来稀。问柳寻花兴懒,松筇杖、闲绕围池。"

宋·赵长卿《菩萨蛮》:"悄寒春未透,不能寻花柳。"

宋·石孝友《醉落魄》:"友莺梦蝶,寻花问柳深相结。"

宋·杨炎正《水调歌头》:"杖屦觅春色,行遍大江西,访花问柳,都自无语欲成蹊。"

宋·葛长庚《沁园春》:"去燕来鸿,寻梅问柳,寸念从他寒暑熬。"

宋·徐经孙《水调歌头》(致士得请):"寒则拥炉曝背,暖则寻花问柳,乘兴狎沙鸥。"

元明话本依托宋人申传《摸鱼儿》:"向此地嬉游,寻花问柳,须是有奇遇。"

558. 傍花随柳过前川

宋·程颢《春日偶成》:"云淡风轻近午天,傍花随柳过前川。""傍花随柳"是"问柳寻花"的变

式,表意相近。云淡风轻,已近中午,一路伴着鲜花,随着柳林,走过前边的川上。

宋·张孝忠《杏花天》(刘司法喜咏北湖次其韵):"看花随柳湖边去,似邂逅、水晶宫住。"

宋·赵文《洞仙歌》(寿须溪。是年,其子受鹭洲山长):"但唤取、心斋老门生,向城北城南,傍花随柳。"

宋·仇远《解连环》:"莫思量,寻花傍柳,旧时杜曲。"

559. 胜日寻芳泗水滨

宋·朱熹《春日》:"胜日寻芳泗水滨,无边光景一时新。""寻芳"多指寻芳草,也指寻鲜花。唐人多用"寻芳草",朱熹用于《春日》诗,清新流畅,"寻芳"因以得名。

唐·李峤《萱》:"屣步寻芳草,忘忧自结丛。"写寻萱草。这是最早的寻芳句。

唐·孟浩然《留别王侍御维》:"欲寻芳草去,惜与故人违。"

唐·韦应物《送魏广落地归扬州》:"晚对青山别,遥寻芳草行。"

唐·钱起《仲春晚寻履釜山》:"王孙寻芳草,步步忘路远。"

唐·刘禹锡《吐绶鸟词》:"春和秋霁野花开,玩景寻芳处处来。"

唐·姚合《游春十二首》:"趁暖檐前坐,寻芳树底行。"

唐·朱庆余《同友人看花》:"寻花不问春深浅,纵是残红也入诗。"

唐·杜牧《叹花》:"自恨寻芳到已迟,往年曾见未开时。"

唐·薛能《柳枝词五首》:"西园高树后庭根,处处寻芳有折痕。"

唐·伊璠《及第后寄梁烛处士》:"绣毂寻芳许史家,独将羁事达江沙。"

唐·唐彦谦《无题十首》:"寻芳陌上花如锦,折得东风第一枝。"

五代·刘兼《寄长安郑员外》:"乘醉几同游北内,寻芳多共谒东邻。"

五代·毛文锡《甘州遍》:"花蔽膝,玉衔头,寻芳逐胜,欢宴丝竹不曾休。"

宋·范仲淹《定风波》:"罗绮满城春欲暮,百花洲上寻芳去。"

宋·柳永《荔枝香》："甚处寻芳赏翠，归去晚。缓步罗袜生尘，来绕琼筵看。"

又《长寿乐》："竞寻芳选胜、归来向晚，起通衢近远，香尘细细。"

宋·晏殊《扑蝴蝶》："思归倦客，寻芳来最晚。"

宋·王安石《北山》："细看落花因坐久，缓寻芳草得归迟。"

宋·则禅师《满庭芳》："只管寻芳逐翠，奔驰后，不顾倾危。"

宋·晏几道《菩萨蛮》："却寻芳草去，画扇遮微雨。"

又《玉楼春》："华罗歌扇金蕉盏，记得寻芳心绪惯。"

又《踏莎行》："斜雁朱弦，孤鸾绿镜，伤春误了寻芳兴。"

又《踏莎行》："绿径穿花，红楼压水，寻芳误到蓬莱地。"

宋·苏轼《一丛花》："游人便作寻芳计，小桃杏、应已争先。"

宋·黄庭坚《阮郎归》："黔中桃李可寻芳，摘茶人自忙。"

又《一落索》："愁来即便去寻芳，更作甚、悲秋赋。"

又《蓦山溪》（春情）："追思年少，走马寻芳伴。"

宋·秦观《踏莎行》："踏翠郊原，寻芳野涧，风流旧事嗟云散。"

又《蝶恋花》："厌见兵戈争鼎足，寻芳共把遗编躅。"

又《沁园春》："暖日高城，东风旧侣，共约寻芳。"

宋·贺铸《河传》："被美个人，的的风流心眼，恨寻芳来晚。"

宋·欧阳阙《临江仙》："寻芳须未晚，与客目携筇。"

宋·葛胜仲《江城子》（呈刘无言焘）："赖是寻芳无素约，端不恨，绿阴重。"

宋·曾纡《上林春》："南枝上，又见寻芳消息。"

宋·曹组《蓦山溪》："寻芳拾翠，绮陌自青春。"

又《小重山》："寻芳行乐忆当时，联镳处，飞鞚绿杨堤。"

又《卜算子》（兰）："似共梅花语，尚有寻芳侣。"

宋·朱敦儒《满庭芳》："问今日何事，斗草寻芳。"

又《清平乐》："西邻姊妹丁宁，寻芳更约清明。"

宋·蔡伸《满庭芳》："东城、携手地，寻芳选胜，赏遍珍丛。"

又《念奴娇》："冶叶倡条，寻芳选胜，是处曾攀折。"

宋·张元干《天仙子》："少年油壁记寻芳，梁苑路；今何处，千树红云空梦去。"

宋·曾觌《蝶恋花》（惜春）："年少疏狂，载酒寻芳路。"

宋·侯实《青玉案》（东园钱母舅晁阁学镇临川）："寻芳宾客，对花杯酌，回首西江路。"

宋·袁去华《念奴娇》（和人韵）："踏雪寻芳村路永，竹屋西头遥识。"

宋·曹冠《满江红》："称邀宾，明日去寻芳、频欢宴。"

宋·赵长卿《念奴娇》（梅）："踏雪寻芳村路永，竹屋西头遥识。"（全词同袁去华《念奴娇》，属误收）。

宋·赵善扛《青玉案》（春暮）："一年陌上寻芳意，想人在东风里。"

宋·赵善括《摸鱼儿》："云影住，任绣勒香轮，且阻寻芳路。"

宋·陈垓《生查子》："情知送客来，又作寻芳去。"

宋·陈三聘《蝶恋花》："独恨寻芳来较晚，柘老桑稠，农务村村遍。"

宋·张镃《烛影摇红》（灯夕玉照堂梅花正开）："嫩云扶日破新晴，旧碧寻芳草。"

宋·刘过《浣溪沙》："著意寻芳已自迟，可堪容易送春归。"

宋·卢炳《蝶恋花》（和人探梅）："何日寻芳溪畔路，挈榼携筇，写景论心素。"

宋·刘镇《花心动》（临安新亭）："障泥步廊寻芳路，称来往，纵横珠翠。"

又《汉宫春》："寻芳拾蕊，胜伴陌上鲜妍。"

宋·吴文英《如梦令》："春光，春光，正是拾翠寻芳。"

宋·柴望《祝英台》:"自从翠袖香消,明珰声断,怕回首,旧寻芳处。"

宋·王沂孙《扫花游》:"算寻芳较晚,倦怀难赋。"

又《应天长》:"寻芳地,来去熟。尚仿佛、大堤南北。"

宋·张炎《探春慢》:"次第寻芳去,灞桥外,惠香波暖。犹妒檐声,看灯人在深院。"

560. 漏泄春光有柳条

唐·杜甫《腊日》:"侵陵雪色还萱草,漏泄春光有柳条。"至德二年十二月,作者从贼中脱身,回到长安,即任左拾遗。此年腊日暖而解冻,柳条放青,暗示春光早来。他的心情是喜悦的。"漏泄春光",当春天似乎还很遥远的时候,报告了春来的信息。宋·刘敞《题庭前药栏》诗:"碧萱红药饶情态,泄漏春光已满栏。"用杜句写萱碧药红之早,似春光已来。

最早"漏泄春光"的是柳吗?梅为报春花,是东风第一枝。寒梅开在严冬,梅花开放正预报春即到来。

宋·齐唐《句》(望远亭):"唯有梅花报春早,雪中传信到江干。"宋·范仲淹《和提刑赵学士探梅三绝》:"百花争早孰过梅,无与芳时岂待催。"都说只有梅是报春花。杜甫是在"暖腊"的条件下写了柳的。

宋·晏殊《滴滴金》用杜甫写柳句写梅:"梅花漏泄春消息,柳丝长,草芽碧,不觉星霜鬓边白,念时光堪惜。"梅报春来,又是一年,时光催老,应当惜时。

宋·王安石《江梅》诗:"江南岁尽多风雪,也有红梅漏泄春。"

宋·苏轼《和述古冬日牡丹四首》:"漏泄春光私一物,此心未信出天工。"冬日牡丹花开。

宋·吕渭老《浣溪沙》:"春意愁梅漏泄,客愁尤怕病禁持。"

宋·吕胜己《谒金门》(早梅):"芳信拆,漏泄东君消息。"

宋·沈瀛《念奴娇》:"须信漏泄风光,百花头上,报一枝消息。"

宋·何梦桂《水龙吟》(和邵清溪咏梅见寿):"算知心、只许东风,漏泄一分春信。"

宋·无名氏《定风波慢》:"漏新春,消息前村,

数枝楚梅轻绽。"

宋·无名氏《鹊踏枝》:"南国轻寒山自碧,庭际梅花,先报春消息。"

宋·无名氏《浪淘沙》:"泄漏清香方有思,别是春光。"

宋·无名氏《浪淘沙》:"不似东君先倚槛,漏泄春光。"

宋·无名氏《东风第一枝》:"腊雪犹凝,东风递暖,江南梅早先拆。一枝经晓芬芳,几处漏春信息。"

宋·无名氏《击梧桐》梅:"清标暗折芳心,又是轻泄、江南春信。"

宋·无名氏《梅花引》:"园林静,萧索景,寒梅漏泄东君信。"

宋·无名氏《千秋岁》:"腊残春近,江上梅开粉,一枝漏泄东君信。"

宋·无名氏《胃马索》:"晓窗明,庭外寒梅向残月。吴溪庾岭,一枝偷把阳春泄。"

宋·无名氏《早梅香》:"北帝收威,又探得早梅、漏春消息。"

宋·无名氏《摸鱼儿》:"前村昨夜漏春光,楚梅先放南枝。"

宋·无名氏《采桑子》:"霜风漏泄春消息,折破孤芳。"

宋·无名氏《满江红》(梅词):"北陆正当风凛冽,南枝却漏春消息。"

宋人依托紫姑词《白苧》:"又是东君,暗遣花神,先报南国,昨夜江梅,漏泄春消息。"

元·王实甫《西厢记》第一本第二折《要孩儿》曲:"本待要排心事传幽客,我只怕漏泄春光与乃堂。"怕泄私情给老夫人。

元·钟嗣成《南吕·骂王郎带感皇恩采茶歌·四时佳兴(春)》:"梅花漏泄阳和信,才残腊又新春。"

561. 唯有梅花报春早

宋·齐唐《句》(望远亭):"唯有梅花报春早,雪中传信到江干。"江岸的梅花在雪中怒放,报告春天即将到来、已经到来,梅花报告春天消息是最早的。因此,人们称梅花是"报春花"。"漏泄春光"是俏俏的,是在不知不觉中给人以暗示。"报春"则是公然地直接地报告春天的消息。当然,二者都运用拟人手法,描写或说明春天即将或已经来

临了。不同之处，"漏泄"更巧妙，"报告"更直接，表现手法上有差别。

用"报告春消息"句如：

宋·无名氏《绿头鸭》："破腊雪霁前村。吕阳和，孤根先暖，数枝已报新春。"

宋·无名氏《醉落魄》："不随桃李开红白，我为东君，来报春消息。"

宋·无名氏《万年欢》："潇洒寒梅，偷报艳阳消息。"

宋·无名氏《临江仙》："欲知春信息，庾岭一枝斜。"

宋·无名氏《鹧鸪天》："微雨过，早春回，阳和消息自天来。才根多谢东风力，琼蕊苞红一夜开。"

宋·无名氏《浣溪沙》："梅粉初娇拟嫩腮，一枝春信腊前开。"

宋·无名氏《采桑子》："江南春信梅先赋，休道春迟。"

562. 杨柳青青江水平

唐·刘禹锡《竹枝词二首》："杨柳青青江水平，闻郎江上踏歌声。"后两句是"东边日出西边雨，道是无晴却有晴"。这是妙语双关的名句。天一边悬日，一边落雨，说是无晴却还有晴。"晴"字兼含"情"义，就使具有民歌风的这首《竹枝词》的爱情描写巧妙自然，胜人一筹。而"杨柳青青"句因与之一体而为人熟知。

隋大业末无名氏《送别诗》用"杨柳青青"最早："杨柳青青着地垂，杨花漫漫搅天飞。"

唐·刘希夷《陌上桑》："杨柳送行人，青青西入秦。"

唐·王维《寒食汜上作》："落花寂寂啼山鸟，杨柳青青渡水人。"

唐·王翰《春日归思》："杨柳青青杏花发，年光误客转思家。"

唐·李康成《江南行》："杨柳青青莺欲啼，风光摇荡绿频新。"

唐·李白《侍从宜春苑奉诏赋龙池柳色初青听新莺百啭歌》："池南柳色半青青，萦裛弱娜拂绮城。"

唐·韦应物《有所思》："借问堤上柳，青青为谁春。空游昨日池，不见昨日人。"

唐·高适《苦雪四首》："苦愁正如此，门柳复青青。"

又《送田少府贬苍梧》："江山到处堪乘舆，杨柳青青那足悲。"

唐·沈宇《代闺人》："杨柳青青鸟乱吟，春风香霭洞房深。"

唐·韩翃《送客之潞府》："宫柳青青匹马嘶，回风暮雨入铜鞮。"

唐·刘禹锡《纥那曲》："杨柳郁青青，竹枝无限情。"

唐·唐彦谦《无题十首》："杨柳青青映画梁，翠眉终日锁离愁。"

宋·司马光《兴宗约游会灵久不闻问以诗趣之》："腊醅已老久未厌，杨柳青青不待人。"

宋·晏几道《清平乐》："渡头杨柳青青，枝枝叶叶离情。"也是名句。渡头杨柳，多历送别，因而枝枝叶叶都带着离别之情。人情寄物情，这种移情很细腻。

宋·石孝友《江城子》："青青杨柳水边桥。水迢迢，柳摇摇。缓引离舠，频驻木兰桡。"

宋·刘长卿《鹧鸪天》(夜钓月桥赏荷花)："共携纤手桥东路，杨柳青青一径风。"

宋·李曾伯《谒金门》："春且驻，休惜残红无主。柳色青青还未絮，牡丹犹待雨。"

宋·刘清之《鹧鸪天》(子寿母)："柳色青青罩翠烟，花光灼灼映临川。"

元·揭傒斯《杨柳青青谣》："杨柳青青河水黄，河流两岸苇蓠长。"

清·玄烨《郑州杂诗五首》其一："条风鼓棹动清漪，夹岸青青杨柳垂。"又《苑西杨柳二首》其二："轻烟漠漠柳青青，半拂虹桥半拂亭。"

563. 客舍青青柳色新

唐·王维《送元二使安西》："渭城朝雨浥轻尘，客舍青青柳色新。"渭城(咸阳)早晨下了一场微雨，湿润了地上的浮尘，驿站客舍周围杨柳苏生，一片青青。也写"杨柳青青"，由于《阳关三叠》的广泛传播，此句尤为人所熟知。

"客舍青青"应是"青青柳色"辉映的结果，从句法上看，宜作：客舍——青青柳色新。后人用此句有的直用"客舍青青"以概括全句之意。

宋·蔡襄《城西射弓挺之以病不至简示新诗有"唯应欠我渭城歌"之句谨吟一篇以答佳意》："知君病起心犹壮，独背船窗唱渭城。"

宋·王崇《王才元入京》:"渭城杨柳已青青,强驻行人听渭城。不问使车归路远,且从尊酒满杯倾。"

宋·刘敞《渭城》:"举世几人歌渭城,流传江浦是新声。柳色青青人送别,可怜今古不胜情。"

又《答杜九重过东门船戏作》:"却寻陈迹愁先乱,况复青青柳色新。"

宋·周邦彦《蝶恋花》(柳):"雨过朦胧斜日透,客舍青青,特地添明秀。莫话扬鞭回别首,渭城荒远无交旧。"用王维诗意。

宋·杨无咎《夜行船》(吕倩):"花落江南,柳青客舍,多少旧愁新怨。"

宋·洪适《长相思》:"柳青青,酒清清,雨脚涔涔忆渭城,一尊和泪倾。"

宋·葛郯《念奴娇》(和人):"阳关西路,看垂阳客舍,嫩浮波毂。"

宋·徐宝之《莺啼序》:"此时此意,危魂黯黯,渭城客舍青青树,问何人、把酒看别。"

564. 春风知别苦,不遣柳条青

唐·李白《劳劳亭》:"天下伤心处,劳劳送客亭。春风知别苦,不遣柳条青。"严冬一过,万物苏生,是古人一年中出行的开始。柳条放青,天候转暖,多是送行时节。送行折柳,如春风也不堪其苦,于是就不让柳条发青。这是托情于物的笔法。

唐·戎昱《湖南日二首》:"羁客春来心欲碎,东风莫遣柳条青。"用李白句。

唐·韩偓《晦日呈诸判官》:"年年老向江城寺,不觉春风换柳条。"这里的"春风柳条"则表时会变化推移。

565. 斜柳细牵风

南朝·梁·何逊《伤徐主簿诗》:"世上逸群士,人间彻悟贤。毕池论赏赐,蒋径笃周旋。一日辞东序,千秋送北邙。客箫虽有乐,邻笛遂还伤。提琴就阮籍,载酒觅扬雄。直荷行罩水,斜柳细牵风。"盛赞徐主簿超脱的德能人品,对徐的死深感悲伤。结二句描写景物,"杨柳细牵风",杨柳细纤的长条,被风斜斜地牵动着,斜停着,落不下去,动中有静,作者注视而沉思,伤情也凝住了。"杨柳牵风"被风牵动之意。

唐·方干《路入剡中作》:"波涛漫撼长潭月,杨柳斜牵一岸风。"用何逊句。

又《同萧山陈长官县楼登望》:"一县繁花香送雨,五株垂柳绿牵风。"再用"牵风"句。

566. 旦别河桥杨柳风

唐·宋之问《寒食还陆浑别业》:"旦别河桥杨柳风,夕卧伊川桃李月。"早晨迎着河边桥侧的杨柳风上路,晚上已经卧在伊州别业的月下。"杨柳风"多指春风,杨柳垂下柔嫩的长丝,在春风中拂动,即风似乎可以捕捉,可以显现,而且柔弱和煦,使人温凉,令人振奋。这种美好感觉,终为文人把它入诗,宋之问是用"杨柳风"较早的。

唐·陈子昂《送客》:"故人洞庭去,杨柳春风生。"

唐·孙逖《山阴县西楼》:"一见湖边杨柳风,遥忆青青洛阳道。"

唐·王维《不遇咏》:"且此登山复临水,莫问春风动杨柳。"也是"杨柳风"。

唐·韦应物《东郊》:"杨柳散如风,青山淡吾虑。""散如风"其源也是风。

唐·韩翃《少年行》:"鸣鞭晓出章台路,叶叶春依杨柳风。"

又《赠别王侍御赴上都》:"残花片片细柳风,落日疏钟小槐雨。"

唐·李端《山中期吉中孚》:"水暗兼葭雾,月明杨柳风。"

唐·元稹《送孙胜》:"桐花暗澹柳惺憁,池带轻波柳带风。"

唐·朱放《秣陵送客入京》:"日日相思处,江边杨柳风。"

唐·姚合《夏日登楼远望》:"数带长江水,千条弱柳风。"夏风。

唐·贾岛《酬姚合》:"故人相忆僧来说,杨柳无风蝉满枝。"用反意。

唐·杜荀鹤《旅怀》:"兼葭月冷时闻雁,杨柳风和日听莺。"

唐·陆龟蒙《润州送人往长洲》:"汀洲月下菱船疾,杨柳风高酒旗轻。"

唐·张乔《越中赠别》:"别离吟断西陵渡,杨柳秋风两岸蝉。"秋风。

唐·韦庄《贵公子》:"金铃犬吠梧桐月,朱鬣马嘶杨柳风。"

唐·牛峤《更漏子》:"香阁掩,杏花红,月明杨柳风。"

五代·冯延巳《蝶恋花》:"六曲栏干偎碧树,杨柳风轻,展尽黄金缕。"

宋·晏几道《菩萨蛮》:"满地落英红,万条杨柳风。"

宋·苏轼《西江月》(平山堂):"欲吊文章太守,仍歌杨柳春风。"

宋·张抡《菩萨蛮》:"满路野花红,一帘杨柳风。"

宋·侯寘《昭君怨》(亦名宴西园):"晴日烘香花睡,花艳浮杯人醉,杨柳绿丝风,水溶溶。"

宋·刘学箕《菩萨蛮》:"是处绿阴浓,春深杨柳风。"

宋·吴泳《祝英台》(春日感怀):"小池塘,闲院落,薄薄见山影。杨柳风来,吹彻醉魂醒。"

宋·张榘《浪淘沙》:"烟缕暗蒙茸,杨柳轻风,雨声多在夜窗中。"

金·辛愿《乱后还》:"棠梨妥雪沾新雨,杨柳飘棉扬晚风。"

567. 鱼戏芙蓉水,莺啼杨柳风

唐·张说《三月二十日诏宴乐游园赋得风字》:"鱼戏芙蓉水,莺啼杨柳风。""芙蓉",水芙蓉,荷花,这里"芙蓉水"与"杨柳风"对用,描写春景。

唐·陈子昂《春晦饯陶七于江南同用风字》:"芙蓉生夏浦,杨柳送春风。"首次对用"芙蓉"与"杨柳"。张说用入"杨柳风",后亦有效用者。

唐·刘长卿《昭阳曲》:"芙蓉帐小云屏暗,杨柳风多水殿凉。"

唐·赵嘏《宿僧舍》:"高僧夜滴芙蓉漏,远客窗含杨柳风。"

唐·温庭筠《舞衣曲》:"芙蓉力弱应难定,杨柳风多不自持。"

唐·崔致远《兖州留献李员外》:"芙蓉零落秋池雨,杨柳萧疏晓岸风。"

568. 吹面不寒杨柳风

宋·僧志安《绝句》:"古木阴中系短篷,杖藜扶我过桥东。沾衣欲湿杏花雨,吹面不寒杨柳风。"这是著名的春游诗。作者驾驶短篷小舟,至桥边系舟于古木,登岸扶杖向桥东漫步,此刻细雨星星,沾衣欲湿而未湿,杨柳风来,轻轻拂人,吹面而不寒。此刻,游人清爽、愉悦、心旷神怡。绝句写一个人物,三二场景,通明晓畅,朗朗上口,诗味不

朽,语言常新,后二句足成经典,为"杨柳风"句之上乘。

此句除"杨柳风"外,尚另有源出。唐·杜甫《上巳日徐司录林园宴集》:"薄衣临积水,吹面受和风。"志安诗又从"吹面受和风"取意而成。不过或许不是直源。《杜诗详注》卷之二十一注引"赵汸曰:邵康节诗'梧桐月向怀间照,杨柳风来面上吹'。僧志高诗'沾衣欲湿杏花雨,吹面不寒杨柳风'。意本邵,亦为朱子所赏。老杜'吹面受和风'句,已道之矣,乃知子美无所不有也。"又引"刘逴曰:唐诗'霜重柳条疏',刻画固佳,不如'秋深万木疏',浑然无迹。又如'芙蓉露下落,杨柳月中疏',有何深意?但视'月到梧桐上,风来杨柳边',气象自殊。'薄衣临积水,吹面受和风',有何深意?视"吹面不寒杨柳风",已殊,视'杨柳风来面上吹',愈殊愈远。能辨此,方可言诗。"其直源或是邵康节的"杨柳风来面上吹"。不过,无论如何,"吹面不寒杨柳风"都是出蓝之句。

宋·卢祖皋《太常引》(赵省闻桂偶成):"天低绛阙,云浮碧海,残月尚朦胧。吹面桂花风,峭不似、红尘道中。"

569. 杨柳从风疑举袂

唐·刘禹锡《和乐天春词依忆江南曲柏为句》:"弱柳从风疑举袂,丛兰裛露似沾巾。"和白居易《忆江南拍》,写春去惜别。春天去了,弱柳随风扬起枝条,似举袂送别,丛兰带露似滴泪沾巾以相留。情依物发,物以托情,是典型的移情写法。

刘禹锡对这一移情写法,极为喜爱,所以在《和乐天题真娘墓》中再用:"幡盖向风疑舞袖,镜灯临晓似妆台。"在真娘墓前,真娘似乎活灵活现了。

又《送春词》:"兰蕊残妆含露泣,柳条长袖向风挥。"写法不同了,这里用拟人法表现诗人送春又留春。

五代·毛文锡《应天长》:"兰棹今宵何处,罗袂从风轻举,愁杀采莲女。"用"举袂"句写采莲女。

570. 春尽絮飞留不得

唐·刘禹锡《杨柳枝词九首》:"春尽絮飞留不得,随风好去落谁家。"春天将尽,柳絮纷纷飞去,留也留不住,由它随风飘落在哪里;说是白居易的一位家妓樊素辞去,刘禹锡作此语以叹以慰。

宋·苏轼《次韵答元素并引》:"不愁春尽絮随风,但喜丹砂入颊红。"引曰:"余旧有赠元素词云,'天涯同是伤流落',元素以为今日之先兆,且悲当时六客之存亡。""六客"中张先等三人已卒,苏轼用刘句说,不必愁春尽絮飞,只求注意健身才是。

571.寒食东风御柳斜

唐·韩翃《寒食》:"春城无处不飞花,寒食东风御柳斜。"寒食节春风吹动御苑绿柳,柳枝随风而斜,柳花满城飞舞,因为家家门口都插着柳枝。

"东风吹柳斜"句源自唐·窦巩《襄阳寒食寄宇文籍》诗:中有"烟水初消见万家,东风吹柳万条斜"。唐·张众甫《送李司直使吴》也用窦巩句:"水萍千叶散,风柳万条斜。"唐·武元衡《长安春望》用韩翃句:"草色金堤晚,莺声御柳斜。"

572.绿柳才黄半未匀

唐·杨巨源《城东早春》:"诗家清景在新春,绿柳才黄半未匀。"诗人们最喜景色清新的早春,柳色虽绿,却刚刚吐芽,而且黄芽尚有一半还未吐露。这种在萌生中细微处发现早春之美,被人们喻为善于早期发现人才。

"柳半黄"出自唐·柳中庸《幽院早春》:"草短花初拆,苔青柳半黄。"写草、花、苔、柳四种可暗示春天脚步的事物,"短""青""初拆""半黄"都是早春的征志。杨巨源句应从"柳半黄"出。

唐·白居易喜用初黄、微黄写早春:《小岁日对酒吟钱湖州所寄诗》:"杨柳初黄日,髭须半白时。"《宿窦使君在水亭》:"使君何在在江东,池柳初黄杏欲红。"唐·清江《赠淮贾兵马使》用"初黄"句:"阶下斗鸡花乍发,营南试马柳初黄。"白诗《腊后岁前遇景咏意》:"海梅半白柳微黄,冻水初融日欲长。"《立春日酬钱员外曲江同行见赠》:"柳色早黄浅,水文新绿微。"《忆微之》:"又被新年劝相忆,柳条黄软欲春风。"《长安春》:"青门柳枝软无力,东风吹作黄金色。"

白居易《苏州柳》诗中写晋石崇金谷园柳:"金谷园中黄袅娜,曲江亭畔碧婆娑。"写得好。又《早春晚归》:"金谷风光依旧在,无人管领石家春。"

唐·卢汝弼《和李秀才边庭四时怨》:"八月霜飞柳半黄,蓬根吹断雁南翔。"这是秋柳半枯。

宋·晏殊《句》:"腊雪半含梅粉白,春风先著柳梢黄。"宋·谢逸《菩萨蛮》:"满院落梅香,柳梢初弄黄。"用晏殊句。

宋·王安石《南浦》:"含月鸭绿粼粼起,弄日鹅黄袅袅垂。"鸭绿为水色,鹅黄为柳色,皆早春之色。前有"物华撩我有新诗",应"诗家清景",用杨巨源诗,又意有独创。

王安石《春风》又有:"日借嫩黄初著柳,雨催新绿稍归田。"

清·宋荦反复用"鹅黄"句:《高阳台》(章江舟次读玉田词步集中韵):"垂杨不负东君约,袅鹅黄一色堪怜。"又《永遇乐》(柳絮):"还思往日,鹅黄初染,变态顿分今古。"从鹅黄初染到柳老飞棉,转瞬分今古。

唐·裴达《小苑春望宫池柳色》:"御路韶光发,宫池柳色轻。""轻"或浅黄,或嫩绿,也是初春柳色。唐·杨凌与裴达同题:"上苑闲游早,东风柳色轻。"

573.映水疑分翠,含烟欲占春

唐·刘遵古《御沟新柳》:"映水疑分翠,含烟欲占春。"写御沟边的春柳绽出新绿,映在水中的倒影如同把翠色分去,含烟的柳枝似乎要独占春光。写新柳"映水""含烟",没有平叙即止,而是用"分翠""占春"开阔了意境,更加生动动人。

"柳含烟"烟是什么?烟就是柳絮或叫柳花,白色的细细密密的柳花在枝间飞腾、弥漫,不是如烟似雾吗?唐·张仲素《春游曲三首》中写"烟柳飞轻絮,风榆落小钱"。就是写轻絮成烟。五代张泌《洞庭阻风》中写"青草浪高三月渡,绿杨花扑一溪烟"。绿杨之多,杨花扑出满溪都含烟了。

第一个写"柳含烟"的,是唐太宗李世民,他在《赋得日半西山》写:"晚烟含树色,栖鸟杂流声。"太阳半落西山,余光映照树中的烟,烟光更浓,因此"含树色"。在"烟柳"句中,柳含烟为最多。

唐·阎朝隐《奉和圣制春日幸望春宫应制》:"宫梅间雪祥光遍,城柳含烟淑气浓。"

唐·高正臣《晦日置酒林亭》:"柳翠含烟叶,梅芳带雪花。"

唐·苏颋《奉和春日幸望春宫应制》:"东望望春春可怜,更逢晴日柳含烟。"

唐·孟浩然《陪姚使君题惠上人房》:"带雪梅初暖,含烟柳尚青。"

唐·李白《长相思》:"日色已尽花含烟,月明欲素愁不眠。""花含烟",未明写什么花。

唐·包何《和程员外春日东郊即事》:"直到闲关朝谒去,莺声不散柳含烟。"

唐·顾况《登楼望水》:"鸟啼花发柳含烟,掷却风光忆少年。"

唐·李贺《浩歌》:"青毛骢马参差钱,娇春杨柳含细烟。"

唐·杨系《小苑春望宫池柳色》:"拂地青丝嫩,萦风绿带轻。光含烟色远,影透水文清。"

唐·韦同则《仲月赏花》:"梅花似雪柳含烟,南地风光腊月前。"

唐·于武陵《早春日山居寄城郭知己》:"残云带雨轻飘雪,嫩柳含烟小绽金。"

唐·顾云《咏柳二首》:"带露含烟处处垂,绽黄摇绿嫩参差。"

五代·徐铉《柳枝辞十二首》:"濛濛堤畔柳含烟,疑是阳和二月天。"

宋·欧阳修《和对雪忆梅花》:"长河风色暖将动,即看柳绿含春烟。"

574. 莺啼柳带烟

唐·昭宗李晔《巫山一段云》:"蝶舞梨园雪,莺啼柳带烟,小池残日艳阳天。""柳带烟"意同"柳含烟"。

唐·皇甫冉《闲居》:"桃红复含宿雨,柳绿更带春烟。"

唐·崔绩《小苑春望宫池柳色》:"柔条依水弱,远色带烟轻。"

唐·令狐楚《郡斋左偏栽竹百余竿,炎凉已周,青翠不改,而为墙垣所蔽,有乖爱赏,假日命去斋居之东墙,由是俯临轩阶,低映维户,日夕相对。颇有倏然之趣》:"风惊晓叶如闻雨,月过春枝似带烟。"月色透竹林,似有烟生。

575. 江上柳如烟

唐·温庭筠《菩萨蛮》:"江上柳如烟,雁飞残月天。""柳如烟"柳即是烟,比"柳含烟""柳带烟"其烟更浓,已是柳影迷蒙了。

唐·寒山《诗三百三首》:"垂柳暗如烟,飞花飘似霞。"

宋·王千秋《西江月》(小鹿鸣):"明年春晚柳如烟,看取胪传金殿。"

宋·邹应龙《鹧鸪天》:"帝里风光别是天,花如锦绣柳如烟。"

576. 绝胜烟柳满皇都

唐·韩愈《初春小雨》:"最是一年春好处,绝胜烟柳满皇都。"此诗是韩愈名诗,写初春最好,雨微,草浅,胜过烟柳满城。"草色遥看近却无"是名句,使全诗有名,此句也为人熟知,"烟柳满皇都"虽也宜人,然而远不如初春景色清心醒目。下面请欣赏诗人笔下多种烟柳形象。

唐·刘宪《折杨柳》:"碧烟杨柳色,红粉绮罗人。"

唐·崔融《吴中好风景》:"夕烟杨柳岸,春水木兰桡。"

唐·苏颋《人日重宴大明宫恩赐彩楼人胜应制》:"七叶仙蓂依月吐,千株御柳拂烟开。"

唐·包何《长安晓望寄崔补阙》(一作司空曙诗):"风吹晓漏经长乐,柳带晴烟出禁城。"

唐·李白《送别》:"梨花千树雪,杨叶万条烟。"(一作岑参诗。)

唐·顾况《露青竹杖歌》:"金鞍玉勒锦连乾,骑入桃花杨柳烟。"陈羽《春日晴原野望》:"渐变池塘色,欲生杨柳烟。"用"杨柳烟"。

唐·令狐楚《宫中乐》:"柳色烟相似,梨花雪不如。"

唐·韩翃《送万巨》:"高柳垂烟桔带霜,朝游石渚暮横塘。"

唐·冷朝阳《登灵善寺塔》:"空闻指归路,烟处有垂杨。"

唐·张籍《送远曲》:"关门向西流水长,水长柳暗烟苍苍。"又《寄苏州白二十二使君》:"阊门柳色烟中远,茂苑莺声雨后新。"

唐·孟郊《同年春燕》:"红雨花上滴,绿烟柳际垂。"

唐·李商隐《晓坐》:"梅应来假雪,柳自不胜烟。"

唐·韦庄《金陵园》:"无情最是台城柳,依旧烟笼十里堤。"又《古离别》:"晴烟漠漠柳毵毵,不那离情酒半酣。"

唐·唐彦谦《寄蒋二十四》:"二月云烟迷柳色,九衢风土带花香。"

唐·段成式《嘲飞卿七首》:"柳烟梅雪隐青楼,残日黄鹂语未休。"

唐·吕牧《泾渭扬清浊》:"岸虚深草掩,波动晓烟轻。"

五代·徐铉《王三十七自京垂访作此送之》："烟生柳岸将垂缕,雪压梅园半是花。"

五代·顾夐《酒泉子》词:"杨柳舞风,轻惹春烟残雨。"

宋·寇准《南阳春日》:"千门柳色春烟淡,独倚高楼闻暮莺。"

宋·僧惠供《秋千》:"花板润沾红杏雨,采绳斜挂绿杨烟。"

宋·周邦彦《兰陵王》:"柳阴直,烟里丝丝弄碧。"

宋·方岳《水调歌头》(平山堂用东坡韵):"不见当时杨柳,只是从前烟雨。"前句用欧阳修《朝中措》"手种堂前杨柳,别来几度春风"句,后句用苏轼《水调歌头》(黄州快哉亭)"长记平山堂上,倚枕江南烟雨"句。

577. 花须柳眼各无赖

唐·李商隐《二月二日》诗:"花须柳眼各无赖,紫蝶黄蜂俱有情。"诗人在蜀地二月二日踏青节郊游,看到花蕊柳芽苗壮,似执意挑逗,紫蝶黄蜂活跃,如充满深情。然而他身羁客地,抑郁失意,欲归不能,与勃勃春色形成反差,反觉春光无赖,倍添愁绪。

"柳眼",早春初生的柳叶芽,芽细曲如眼,因称柳眼。用"柳眼",活写柳芽,赋以人情。唐·元稹《寄乐天》用之最早:"冰销天地芦锥短,春入枝条柳眼低。"应是好句。

唐人杜荀鹤《江下初秋寓泊》:"也知柳欲开春眼,争奈萍无入土根。"作者离家多年,寻求公路未遂。"朱门"之人即使"欲开春眼",只惜自己"萍飘无根"。初秋不会开春眼,用以喻世事。南唐后主李煜《虞美人》:"风回小院庭芜绿,柳眼春相续。"庭草渐绿,嫩柳拆芽,春光相续。

唐·韦庄《含香》:"微红几处花心吐,嫩绿谁家柳眼开。"对仗工巧。

五代·欧阳炯《春光好》:"柳眼烟来点绿,花心日与妆红。""柳眼""花心"用韦庄句。

宋·柳永《柳初新》:"柳抬烟眼,花匀露脸,渐觉绿娇红姹。""烟眼"用欧阳炯句意。

又《减字花木花》:"花心柳眼,郎似游丝常惹绊。""花心柳眼"仍出于韦庄句。

宋·司马光《感春》:"波头何事白,柳眼为谁青。"

宋·欧阳修《玉楼春》:"池塘隐隐惊雷晓,柳眼未开梅萼小。"

又《玉楼春》:"绿杨娇眼为谁回,芳草深心空自动。"

宋·韩琦《上巳会许公亭二首》:"寻春自失花颜素,爱客偏回柳眼青。"用欧阳修的"回"字。

宋·韦骧《醉蓬莱》(廷评庆寿):"漏新春消耗,柳眼微青,素梅犹小。"用欧阳修句。

宋·王观《高阳台》:"红入桃腮,青回柳眼。韶华已破三分。""回眼"用欧阳修句。

宋·李元膺《洞仙歌》:"雪云散尽,放晓晴池院,杨柳于人便青眼。"

宋·晁补之《木兰花》(退观楼):"人间应未觉春归,楼上已先变柳眼。"

宋·周邦彦《蝶恋花》(柳):"爱日轻明新雪后,柳眼星星,渐欲穿窗牖。"

宋·张纲《朝中措》:"梅吐芳心半笑,柳含青眼相撩。"

宋·李清照《蝶恋花》:"暖日晴风初破冻,柳眼梅腮,已觉春心动。"

宋·向子谨《南歌子》:"柳眼风前动,梅心雪后寒。"

宋·王之道《青玉案》(对雪追和谢幼槃):"柳条青眼,梅梢粉面,得恁于人好。"

宋·张表臣《蓦山溪》:"寻柳眼,觅花英,春色知何处。"

宋·杨无咎《望江南》(张节使生辰):"淡薄梅腮娇可爱,依微柳眼喜窥情,和气满江城。"

宋·曾协《踏莎行》(春归怨别):"柳眼传情,花心蘗恨,春风处处关方寸。"

宋·张孝祥《生查子》:"远山眉黛横,媚柳开青眼。"

宋·李处全《水调歌头》:"春事已如许,柳眼早依依。"

宋·张震《蓦山溪》(初春):"柳眼弄晴晖,笑梅老、落英无数。"

宋·程垓《玉漏迟》:"门外星星柳眼,看还似、当时风月。"

又《蝶恋花》:"杨柳满城春又绿,可人青眼还相属。"

宋·赵师侠《少年游》:"花心柳眼知时节,微露向阳枝。"用韦庄"花心柳眼"句。

宋·史达祖《东风第一枝》:"青未了,柳回白眼;红欲断,杏开素面。""回"字用欧阳修句,柳眼,初生为青色,之后吐出白芽,所以"青未了,柳回白眼"。"柳眼""杏面"造语亦工,写春光不失为名句。兼用杜甫"齐鲁青未了"句。

宋·葛长庚《蝶恋花》:"管领风光谁是伴,一堤杨柳开青眼。"

宋·冯取洽《贺新郎》(和答吕柳溪):"何妨傍竹依梅,待青眼回青尚浅,小桃腮晕红将入。"

金·高汝励临终留诗:"寄谢东门千树柳,安排青眼送行人。"(见金·元好问《中州集》)

元·王实甫《西厢记》第四本第二折[且念]:"寄语西河堤畔柳,安排青眼送行人。"用高汝励句。

578. 柳絮时依酒,梅花乍入衣

南朝·梁元帝萧绎《和刘上黄春日诗》:"新莺隐叶啭,新燕向窗飞。柳絮时依酒,梅花乍入衣。玉珂逐风度,金鞍映日晖。无令春色晚,独望行人归。"诗旨在春日盼行人归来。前四句尽写春色:莺燕柳梅,柳梅二句,柳絮不时地漂浮在酒上,梅花开始落入衣中,标志着已近晚春。梅柳并写春色,也不乏好句。

唐·杜审言《大酺》:"梅花落处疑残雪,柳叶开时任好风。"刚刚察知春的到来。这是杜甫祖父杜审言的名句。

唐·赵彦昭《苑中人日遇雪应制》:"今日回看上林树,梅花柳絮一时新。"

唐·张说《送赵二尚书彦昭北伐》:"梅花吹别引,杨柳赋归诗。""梅花""杨柳"双关送行乐。

又《春雨早雷》:"东北春风至,飘飘带雨来。拂黄先变柳,点素早惊梅。"

唐·李白《携妓登梁王栖霞山孟氏桃园中》:"碧草已满地,柳与梅争春。"

唐·杜甫《西郊》:"市桥官柳动,江路野梅香。"

宋·苏轼《和王斿二首》:"野梅官柳何时动,飞盖长桥待子闲。"用杜甫"野梅""官柳"句。

宋·辛弃疾《汉宫春》(立春日):"却笑东风从此,便薰梅染柳,更没闲些。"

579. 柳翠含烟叶,梅芳带雪花

唐·高正臣《晦日置酒林亭》(是宴凡二十一人,皆以华字为韵,陈子昂为之序):"柳翠含烟叶,梅芳带雪花。"高正臣在自家林亭举行过两次宴会,规模很大,第一次二十一人,第二次九人,有陈子昂等著名诗人参加,旨在以诗会友,歌赞良辰美景。主人此二句写柳叶梅花,有五位友人也附和花叶韵。

唐·韩仲宣《晦日宴高氏林亭》:"柳处云疑叶,梅间雪似花。"

唐·高瑾《晦日重宴》:"柳叶风前弱,梅花影处危。"

唐·郎余令《晦日宴高氏林亭》:"尊开疏竹叶,管应落梅花。"

唐·高绍《晦日宴高氏林亭》:"岸柳开新叶,庭梅落早花。"

唐·徐皓《晦日宴高氏林亭》:"苹早犹藏叶,梅残正落花。"

580. 校猎下长杨

隋炀帝杨广《白马篇》:"射熊入飞观,校猎下长杨。""长杨"古宫,旧址在今陕西省周至县东南三十里。《三辅黄图·秦宫》:"长杨宫……本秦旧宫,至汉修饰之以备行幸。宫中有垂杨数亩,因为宫名。"汉成帝、汉哀帝喜出狩猎。侵占农田,破坏农耕。《汉书·扬雄传》载:汉帝驱使人民广为张网,网罗野兽。送至长杨宫射熊馆,圈起来,令胡人手搏之,"上亲临观焉"。扬雄作《长杨赋》以讽谏。后用"长杨(长条垂杨)"表示狩猎或游览,有的就指垂杨、或长杨宫。

杨广即写狩猎。还如:

唐·李世民《出猎》:"楚王云梦泽,汉帝长杨宫。"均为狩猎场。

唐·李白《温泉侍从归逢故人》:"汉帝长杨苑,夸胡羽猎归。"述汉帝事。

唐·卢纶《皇帝感词》:"校猎长杨苑,屯军细柳营。"

唐·李益《从军有苦乐行》:"时逢汉帝出,谏猎至长杨。"

唐·韦应物《逢杨开府》:"骊山风雪夜,长杨羽猎时。"

唐·唐彦谦《岐王宅》:"云低雍畤祈年去,雨细长杨纵猎归。"

宋·苏轼《铁沟行赠乔太博》:"臂弓腰箭南山下,追逐长杨射猎儿。"

写游苑的:

唐太宗李世民《赋得夏首启节》:"早荷向心卷,长杨就影舒。"垂杨。

唐·杨师道《咏马》:"春草初生驰上苑,秋风欲动戏长杨。"

又《赋终南山》:"草绿长杨路,花疏五柞宫。"

唐·沈佺期《夜游》:"经过犹未已,钟鼓出长杨。"

唐·郑愔《奉和幸望春宫送朔方大总管张仁亶》:"长杨跨武骑,细柳接戎轩。"

唐·许景先《折杨柳》:"长杨西连建章路,汉家村苑纷无数。"

唐·王维《同比部杨员外十五夜游有怀静者季》:"竞向长杨柳市北,肯过精舍竹林前。"

唐·李白《鲁郡尧祠送窦明府薄华还西京》:"长杨扫地不见日,石门喷作金沙潭。"

又《忆旧游寄谯郡元参军》:"此时行乐难再遇,云游图献长杨赋。"

唐·刘禹锡《敬宗睿武昭愍孝皇帝挽歌三首》:"长杨收羽骑,太液泊龙舟。"

581. 占兵出细柳

南朝·梁·徐悱《白马篇》:"占兵出细柳,转战向楼兰。"统领士兵出离军纪严明的军营。"细柳营"典出西汉:汉文帝派刘礼、徐芳、周亚夫三将军分驻灞上、棘门、细柳三地,以防匈奴。一次文帝亲去劳军,车驾到前二地直驰而入,到细柳(今陕西咸阳市西南),却阻止文帝入内。文帝亲自下诏,周亚夫才开门迎接,却不准车驾在营中奔驰,只能缓辔徐行。亚夫只行揖礼。过后文帝对群臣说:"这才是真正的将军啊!"后用"细柳"代军营、将军营。

隋·明余庆《从军行》:"风卷常山阵,笳喧细柳营。"

唐·魏征《赋西汉》:"驱传渭桥上,观兵细柳屯。"

唐·刘知己《仪坤庙乐章》:"校猎长杨苑,屯军细柳营。"

唐·王维《观猎》:"忽过新丰市,还归细柳营。"

唐·李白《上之回》:"前军细柳北,后骑甘泉东。"又《司马将军歌》:"细柳开营揖天子,始知灞上为婴孩。"

唐·李嘉祐《奉酬路五郎中院长新除工部员

外见简》:"问捐莲花府,扬旗细柳营。"

唐·杜甫《奉送郭中丞兼太仆卿充陇右节度使三十韵》:"箭入昭阳殿,笳吹细柳营。"用隋·明余庆句,写安忠顺入长安,京城败乱。

唐·卢纶《皇帝感词》:"校猎长杨苑,屯军细柳营。"(同刘知己异题诗。)

唐·施肩吾《赠边将》:"犹恐犬戎临虚塞,柳营时把阵图看。"

唐·裴翻《和主司酬周侍郎》:"乍得阳和如细柳,参差长近亚夫营。""细柳"指营旁春柳。

唐·温庭筠《经五丈原》:"铁马云雕共绝尘,柳营高压汉宫春。"写诸葛亮屯兵五丈原,给曹魏的军事压力。

元·赵禹圭《雁儿落过清江引碧玉箫·美河南王》:"诸葛亮八阵图,周亚夫细柳营。"赞河南王的军事才能。

元·周德清《斗鹌鹑·小拜门》:"把门似临潼会里,颏如细柳军营。""打双陆"中一种局势。"双陆",双六,古代一种博戏。

582. 春迟柳暗催

唐·宋之问《奉和晦日幸昆明池应制》:"节晦蓂全落,春迟柳暗催。"春催柳枝青,柳是春来的迹象。说柳催春,柳枝放绿,方知春天来迟。话反说,着眼于对春的感知。

唐·杜甫《移居夔州作》:"春知催柳别,江与放船清。"春知别意,江与放清,抒送别之情,用"催柳"而不用其意。

583. 糁径杨花铺白毡

唐·杜甫《绝句漫兴九首》其七:"糁径杨花铺白毡,点溪荷叶叠青钱。笋根雉子无人见,沙上凫雏傍母眠。"散落在小径上的杨花,密密的厚厚的,像铺上白毡;点染着溪水上的荷叶,层层的圆圆的,像叠起的青钱,两个准确、生动、形象的比喻描绘出初夏的景物特点,透出诗人安闲的心态。

宋·刘辰翁《沁园春》(送春):"江南正是堪怜,但满眼杨花化白毡。"用杜句写春光老尽,喻国破家亡不可收拾。

584. 今日垂杨生左肘

唐·王维《老将行》:"昔时飞箭无全目,今日垂杨生左肘。"老将当年曾有精妙的射技,而今由于多年不用,臂上像生了瘤似地运转不灵了。"垂杨生肘"用古代传说。《庄子·外篇·至乐》载:"支离叔与滑介叔观于冥伯之丘,昆仑之虚,黄帝之所休。俄而柳生其左肘,其意蹶蹶然恶之。"王先谦注:"瘤作柳。""垂杨"即垂柳。沈德潜以为:"柳,瘘也,非杨柳之谓。"高步瀛说:"或谓柳为瘤之借字,盖以人肘无生柳者。然支离、滑介本无其人,生柳寓言亦无不可。"臂肘不用,以至生出垂杨。王维《胡居士卧病遗米因赠》又用此句:"徒言莲花目,岂恶杨枝肘。"又《能禅师碑铭》:"莲花承足,杨枝生肘。"

用"柳枝生肘""垂杨生肘"表示事物陈旧古老或肌体瘫痪难动,或长期不动。

唐·白居易《初病见》:"六十八衰翁,乘衰百疾攻。朽株难免蠹,空穴易来风。肘痹宜生柳,头旋剧转蓬。恬然不动处,虚白在胸中。"

宋·刘敞《昆丘台》:"访古寻幽复观化,垂杨生肘未曾惊。"

宋·苏轼《记所见开元寺吴道子画佛天度,以答子由,题画文殊、普贤》:"当时修道颇辛苦,柳生两肘乌巢肩。"

又《吴子野将出家赠以扇山枕屏》:"浮游云释峤,宴坐柳生肘。"

宋·辛弃疾《贺新郎》:"肘后俄生柳。叹人生,不如意事,十常八九。"

宋·刘克庄《念奴娇》(和诚斋体致韵):"岁晚筋力都非,任空花眩眼,枯杨生肘。"

585.楼前弱柳摇金缕

唐·牟融《春游》:"楼前弱柳摇金缕,林外遥山隔翠岚。"春风吹拂,弱柳摇动着金黄色的密密枝条。以"金缕"喻初春叶小的柳条,不自牟融始,以"金"喻柳最早的是南朝·梁元帝萧绎,他的《自江州还入石头诗》已写:"槐垂御沟道,柳缀金堤岸。"柳条把堤岸点缀成金色。

唐代牟融之前的"金缕"句:

戴叔伦《长亭柳》:"雨搓金缕细,烟袅翠条云。"

刘禹锡《杨柳枝》:"御陌门前拂地垂,千条金缕万条丝。"

白居易《杨柳枝》:"一树春风万万枝,嫩于金色软于丝。"

牟融之后的"金缕"句:

唐·牛峤《杨柳枝》:"吴王宫里色偏深,一簇纤条万缕金。"

五代·和凝《杨柳枝》:"青青自是风流主,漫飐金线待洛神。"

宋·史浩《满庭芳》(立春):"梅萼冰融,柳丝金线,绪风还报初春。"

宋·杨泽民《蝶恋花》(柳):"腊尽江南梅发后,万点黄金,娇眼初窥牖。"

"金缕"句,用牟融"摇金缕"句为多,还有"垂金缕""拖金缕""袅金缕"以及"毵毵金缕""瘁金缕"等。"摇金缕"句如:

宋·张景修《选冠子》:"红粉墙头,柳摇金缕,纤柔舞腰低软。"

宋·晁端礼《玉女摇仙珮》:"宫梅弄粉,御柳摇金,又喜皇州春早。"

又《喜迁莺》:"嫩柳初摇翠,怪朝来早有:飞花零绥。"换作"摇翠"。

宋·秦观《风流子》:"见梅吐旧英,柳摇新绿。"同"摇翠"。

宋·曹勋《胜胜令》:"梅风吹粉,柳影摇金,渐看春意入芳林。"

宋·史浩《满庭芳》(立春词,时方狱空):"柳摇金缕,梅绽五腮寒。"

宋·葛立方《风流子》:"况良辰渐有,梅舒琼蕊,柳摇金缕,巧缀新蟠。"

宋·赵长卿《点绛唇》(春半):"轻暖轻寒,赏花天气春将半。柳摇金线,求友莺相唤。"

又《探春令》(赏梅十首):"冰澌池面,柳摇金线,春光无限。"

宋·袁去华《卓牌子近》:"金万缕,摇摇风柳,还是燕子归时,花信来后。"

宋·王齐愈《虞美人》(寄情):"黄金柳嫩,摇金丝软,永日堂堂掩。"

宋·石孝友《望海潮》:"柳色摇金,梅香弄粉,依稀满眼春归。"用晁端礼句。

宋·卢炳《西江月》:"倚岸野梅坠粉,蘸溪宫柳摇金。""野梅弄粉"亦用晁端礼几句。

宋·戴复古《满江红》:"几度东风吹世唤,千年往事随潮去。问道旁、杨柳为谁春,摇金缕。"

宋·章谦亨《念奴娇》:"丝过摇金,带铺新翠,雅称莺调舌。"

宋·何梦桂《满江红》:"又早见、亭台绿水,柳摇金色。"

用"垂金缕(线)"句的：

五代·顾夐《醉公子》："岸柳垂金线,雨晴莺百啭。"

五代·毛熙震《何满子》："曲栏丝垂金柳,小窗弦断银筝。"

宋·万俟咏《三台》(清明应制)："东风静,细柳垂金缕。"

宋·陈亮《水龙吟》(春恨)："春归翠陌,平莎茸嫩,垂杨金线。"

宋·刘过《望江南》(元宵)："元宵景,天气正融融。柳线正垂金落索,梅花初谢玉玲珑。明月映高空。"

宋·无名氏《一斛珠》："休逞随风、柳絮垂金线。"

用"拖金线"句的：

五代·冯延巳《金错刀》："柳条袅袅拖金线,花蕊茸茸簇锦毡。"

宋·欧阳修《鹤冲天》："梅谢粉,柳拖金,香满旧园林。"晁端礼"梅粉"句源于此。

宋·赵希俦《点绛唇》："又是寒食,冷烟寒食梨花院。柳拖金线,一曲珠歌转。"

用"窣金缕"句的(窣,跃动)：

五代·无名氏《鱼游春水》："嫩草方抽碧玉茵,媚柳轻窣黄金缕。"

宋·杜安世《鹊桥仙》："阴阴亭榭,暖烟轻柳,万缕黄金窣地。"

用"袅金缕"句的(袅,飘动)：

宋·刘褒《满庭芳》(留别)："柳袅金丝,梨铺香雪,一年春事方中。"

宋·姜夔《一萼红》："记曾共、西楼雅集,想垂杨、还袅万丝金。"

用"毲毲金线"句的：

唐·温庭筠《杨柳枝》："苏小前门柳万条,毲毲金线拂平桥。"

五代·孙光宪《杨柳枝》："骎骎金带谁堪比,还笑黄莺不较多。"毲,细长的样子;骎应为"毲"的假借字。

用"黄金缕"句的：

五代·冯延巳《鹊踏枝》："杨柳风轻,展尽黄金缕。"

宋·史介翁《菩萨蛮》："柳丝轻扬黄金缕,织成一片纱窗雨。"用冯延巳句。

宋·辛弃疾《青玉案》(元夕)："蛾儿雪柳黄金缕,笑语盈盈暗香去。"

586. 门外柳花飞

五代·牛峤《菩萨蛮》："画梁语燕惊残梦。门外柳花飞,玉郎犹未归。"柳花,即柳絮。柳花飞扬,正是春残时候,自然引发了思妇的离情,不禁怀念未归的远人。牛峤很喜欢用"柳花飞"句：

又《感恩多》："陌上莺啼蝶舞柳花飞;柳花飞,愿得郎心忆家,还早归。"同前句意近。

又《菩萨蛮》："柳花飞处莺声急,晴街春色香车立。"

五代·欧阳炯《凤楼春》："倚栏凝望,暗牵愁绪,柳花飞起。"写柳花牵愁。

587. 枝头薄薄柳绵飞

宋·欧阳修《浣溪沙》："叶底青青杏子垂,枝头荡荡柳绵飞。""绵"丝绵,《广韵》说："精(丝)曰绵,粗(丝)曰絮。"所以柳绵、柳絮都是以丝绵丝絮喻柳花的。以往多用柳絮,欧公首用柳绵。又《玉楼春》："两翁相遇逢佳节,正值柳棉飞似雪。"以下用柳绵的如：

宋·晏几道《南乡子》："恰向柳绵撩乱处,相逢。笑靥旁边心字浓。"

宋·李之仪《南乡子》："欲问此情何所似,缘延。看取窗间坠柳绵。"

宋·李清照《浣溪沙》："海燕未来人斗草,江海已过柳生棉。"

宋·赵长卿《画堂春》(辇下游西湖有感)："舞风杨柳欲撕绵,依依起翠烟。"

宋·刘学箕《蝶恋花》(北津夜雪)："道是柳绵春尚浅,此看梅花,花已都零乱。"(写雪花)

宋·方千里《齐天乐》："岸柳飘绵,庭花堕雪,惟有平芜如剪。"

宋·张榘《摸鱼儿》(荼醿)："正莓墙、柳绵低度,枝头红紫飞尽。"

又《祝英台近》(赋牡丹)："柳绵稀,桃锦淡,春事在何许。"

宋·周密《浣溪沙》："生怕柳绵萦舞蝶,戏抛梅弹打啼莺,最难消遣是残春。"

清·孔尚任《桃花扇》第四十二出骂筵："桃片随风不结子,柳绵浮水又成萍。"

588. 枝上柳棉吹又少

宋·苏轼《蝶恋花》(春景)："枝上柳绵吹又

少,天涯何处无芳草。"柳绵即被风吹尽,芳草漫生天涯,正是晚春季节。此"柳绵"因"芳草"句远播而得名,"吹"字尤为人所用。

宋·蔡伸《风流子》:"风暖昼长,柳绵吹尽。"

宋·辛弃疾《唐河传》(效花间集):"太狂颠,那岸边,柳绵被风吹上天。""狂颠"用杜甫句。

宋·陈三聘《秦楼月》:"青楼缺,楼心人待黄昏月;黄昏月,入帘无奈,柳绵吹雪。"

宋·石孝友《谒金门》:"著雨柳绵吹易动,风帘花影弄。"

宋·赵师侠《菩萨蛮》:"还恐怨韶华,吹绵作柳花。"

宋·李彭老《清平乐》:"帐底柳绵吹满,不教好梦分明。"

宋·黄升《花发沁园春》(芍药会上):"荼䕷褪雪,杨柳吹绵,迤逦麦秋天气。"

宋·赵以夫《念奴娇》:"榆火传新,柳绵吹老,愁绪空千亿。"

589. 弱柳飞绵,繁花结子

宋·贺铸《问歌颦》(雨中花令):"弱柳飞绵,繁花结子,做弄伤春瘦。""飞绵"也正是残春,所以"伤春瘦"。此句用"飞"字。

宋·韩淲《祝英台近》:"溪岸点点飞绵,杨柳无重数。带得愁来,莫凭空休去。"

宋·葛长庚《贺新郎》(咏雪二首):"玉龙战罢,柳绵飞起。"(写飞雪。)

宋·张榘《唐多令》:"斜阳淡芜烟,重阳又一年。怅垂杨、几度飞绵。"

宋·冯伟寿《春风袅娜》(春恨):"倚红栏故与,蝶围风绕,柳绵无数,飞上搔头。"

宋·陈允平《蝶恋花》:"落尽樱桃春去后,舞絮飞绵,扑簌穿帘牖。"

宋·何梦桂《八声甘州》(伤春):"倚栏干立尽,看东风、吹度柳绵飞。"

宋·莫仑《卜算子》:"红底过丝明,绿外飞绵小。不道东风上海棠,白地春归了。"

宋·蒋捷《洞仙歌》:"自鹅黄千缕,数到飞绵。闲无事、谁管将春迎送。"

590. 撩乱春愁如柳絮

五代·冯延巳《蝶恋花》:"撩乱春愁如柳絮,悠悠梦里无寻处。"这是一首思夫词,游子久出不归,春闺中的少妇盼其归来,遇双燕也要探询消息。春愁撩乱,如漫天飞絮,点点片片,飘飘忽忽,纷纷扬扬,纷繁麻乱,如在梦中难以捕捉,理不出头绪。以絮喻愁,实在确切。宋·欧阳修一首《蝶恋花》与此词相同,只是"双燕飞来",换作"双燕来时","悠悠梦里"换作"依依梦里",可断为误收。

"撩乱"就是纷乱,没有规则,没有秩序。唐·元稹《兔丝》:"百鸟撩乱鸣",就是群鸟叫声杂乱。宋·寇准《春晚书事》:"林花经雨香犹在,堤柳无风絮自飘。"千万柳花飘浮游弋,徐徐下落,就是一片撩乱。

唐·朱放《送魏校书》:"杨花撩乱扑流水,愁杀行人知不知?"首写"杨花撩乱"。

宋·晏殊《蝶恋花》(一作欧阳修词):"帘幕风轻双燕语。午醉醒来,柳絮飞撩乱。心事一春犹未见。"用"絮飞撩乱"。

又《婛人娇》:"二月春风,正是杨花满路。那堪更、别离情绪。"命意与冯延巳词近同。

591. 无情最是台城柳

唐·韦庄《台城》:"无情最是台城柳,依旧烟笼十里堤。"写六朝繁华,早成梦境,只有台城古建康宫遗址的柳树不感到亡国之苦。

宋·张耒《秋蕊香》:"此情不及墙东柳,春色年年依旧。"反用韦庄意,写他离许州时留恋官妓刘淑奴,别后不如东墙柳。

592. 无数杨花过无影

宋·张先《木兰花》(乙卯吴兴寒食):"中庭月色正清明,无数杨花过无影。"此词上阕写吴兴寒食春游所见活动风俗,下阕写游人散去,行云已远,笙歌已止,庭月正明,杨花飘落,却不见影迹。杨花如稀薄的棉绒,飘飘浮浮,缥缥缈缈,似实若虚,似有若无,似动若静,给人以静谧轻松之感。所以清人朱彝尊《静志居诗话》中说:"张子野(即张先)吴兴寒食词'中庭月色正清明,无数杨花过无影',余尝叹其工绝,在世所传'三影'之上。"清人李调元《雨村词话》说:"张三影已胜称人口矣,尚有一词云:'无数杨花过无影',合之应名'四影'。"

何谓"张三影"?宋·胡仔《苕溪渔隐丛话》前集卷三十七引宋·李颀《古今诗话》云:"有客谓子野曰:'人皆谓公张三中,即心中事、眼中泪、意中人也。'公曰:何不目之为张三影?客不晓,公曰:

"'云破月来花弄影;娇柔懒起,帘压残花影;柳径无人,堕风絮无影。此余平生所得意也。'"起初人们谓之"张三中",是他在《行香子》一词结句用了"奈心中事,眼中泪,意中人"语,仅此一词,对后世亦有影响(见"心中事"本条。)后经张先自我评说,人们才发现"影"字,公认了"张三影",而且评论纷纭。

宋·陈师道《后山诗话》说:"尚书郎张先善著词,有云:'云破月来花弄影','帘压卷花影','堕轻絮无影'。世称诵之,号'张三影'。"这"三影"句是张先自引句。宋·曾慥《高斋诗话》说:"子野尝有诗云:'浮云断处见山影',又长短句云:'云破月来花弄影',又云'隔墙送过秋千影',并脍炙人口,世谓'张三影'。"宋·胡仔《苕溪渔隐丛话》前集卷三十七认为:"细味三说,当以《后山》《古今》二诗话所载三影为胜。"综上述,已是"五影"句,唯"柳径无人"句查《全宋词》为"柔柳摇摇,坠轻絮无影"。诗:"浮云断处"句《全宋诗》(北京大学出版社版第三卷)则作"浮萍破处见山影",是水中山倒影。今人谓三影,五影都不是,应是"六影",这当作主要"影"句数看。事实上张先诗词中共用了二十一"影",多写花影,还有絮影、月影、山影、水影、桥影、灯影、旗影、人影、秋千影,他不仅是写"影"最好,也是写"影"情有独钟。下面全部列出二十一条"影"之句;

《木兰花》(乙卯吴兴寒食):"中庭月色正清明,无数杨花过无影。"

《天仙子》:"沙上并禽池上暝,云破月来花弄影。"

《青门引》(春思):"那堪更被明月,隔墙送过秋千影。"

《剪牡丹》(舟中闻双琵琶):"柔柳摇摇,坠轻絮无影。"

《归朝歌》:"日瞳瞳,娇柔懒起,帘押残花影。"《全宋诗》作"残"。

《木兰花》:"弄妆俱学闲心性,固向鸾台同照影。"

《劝金船》:"绿定见花影,并照与、艳妆争秀。"

《题西溪无相院》:"浮萍破处见山影,小艇归时闻棹声。"

《吴江》:"桥南水涨虹垂影,清夜灯光照太湖。"

《吴兴元夕》:"铜漏春声唤,银潢晓影斜。"

《卜算子慢》:"小影横池馆,对静夜无人,月高云远。"

《谢池春慢》:"日长风静,花影间相照。"

《宴春台慢》:"蓬莱犹有花上月,清影徘徊。"

《醉桃源》:"隔帘灯影闲门时,此情风月知。"

《采桑子》:"风影轻飞,花发瑶林春未知。"

《卜算子慢》:"水影横池馆,对静月无人,月高云远。"

《庆春泽》(与善歌者):"花影滟金尊,酒泉生浪。"

《鹊桥仙》:"重城闭月,青楼夸乐,人在银潢影里。"

《画堂春》:"水天溶漾画桡迟,人影镜中移。"

《天仙子》:"樯竿渐向望中疏,旗影乱。"

《木兰花》:"草树争春红影乱,一唱鸣声千万怨。"

然而"影"字句却非张先首创,唐·顾况《舞》:"汗湿新妆画不成,丝催急节舞夜轻。落花绕树疑无影,回雪从风暗有情。"张先的"无数杨花过无影"与此何其相似。

593. 隔墙分送一枝春

唐·戴叔伦《旅次寄湖南张郎中》:"闭门茅底偶为邻,北阮那怜南阮贫。却是梅花无世态,隔墙分送一枝春。""南阮"指暂居茅屋的作者,"北阮"代茅屋之邻家。"阮",晋人阮孚,《韵府群玉·阳韵》:"阮孚持一皂囊,游会稽。客问:'囊中何物?'曰:'但有一钱看囊,恐其羞涩。'"此处"阮"都喻贫寒的人家。主家贫寒,邻家贫寒,得不到彼此的救助,梅花却没有人间的世态,隔墙送过一枝花,从而也同邻家分享春色。

写善邻共享不乏佳句:

唐·杜牧《街西长句》:"游骑偶同人斗酒,名园相倚杏交花。"

五代·徐铉:"井泉分地脉,石杆共秋声。"

宋·梅圣俞:"隔篱分井水,穿壁共灯光。"

宋·吴企晋:"两岸人烟分主色,一溪灯火共书声。"

594. 绿杨宜作两家春

唐·白居易《欲与元八卜邻先有是赠》:"平生纵迹最相亲,欲隐墙东不为身。明月好同三径夜,绿杨宜作两家春。每因暂出犹思伴,岂得安居不择邻。何独终身数相见,子孙长作隔墙人。"这是一首卜邻名诗,写与元八结邻的缘由和意向,堪为结邻楷模。三四句最佳。清·俞陛云《诗境浅说·与元八卜邻》评:"三四言素月当天,绿杨拂地,虽佳景天然,只能独赏。今与卜邻,三径则清辉同照,两家则春色平分,其乐弥多。""杜牧《街西诗》'名园相倚杏交花'与'绿杨'句同妙,而工细过之。"俞评中肯。

"绿杨宜作两家春",史有其事,《南史·陆慧晓传》:"慧晓与张融并宅,其间有池,池上有二株杨柳。(何)点叹曰:'此池便是醴泉,此木便是交让。'""醴泉"即甘泉,"交让"即彼此礼让。白诗描绘两家之间的杨树,给两家带来春色,寓两家结邻美好。"两家春"成为美好喻语。

唐·吴融《买带花樱桃》:"粉红轻浅靓妆新,和露和烟别近邻。万一有情应有恨,一年荣落两家春。"花落两家。

宋·韩淲《鹧鸪天》(寿福国陈夫人):"静乐堂中禅悦身,相享庆袭两家春。"

595. 壶中别是一家春

宋·向子諲《浣溪沙》(酴醾和狄相叔韵赠陈宋邻):"枕上解随良夜梦,壶中别是一家春。""清风为伴月为邻",酴醾,独为一家春色。"一家春"代花。

宋·张先《感皇恩》(徐铎状元):"玉树莹风神,同时棠棣萼,一家春。"向子諲用此"一家春"。

596. 雪花浮动万家春

宋·苏轼《浣溪沙》:"玉粉轻黄千岁药,雪花浮动万家春。醉归江路野梅新。"公旧序云:"绍兴元年十月二十三日,与程乡令侯晋叔,归善簿谭及同游大云寺。野饮树下,设松黄汤,作此阕。""千岁药"指松黄汤,"万家春"代酒。

又《和陶己酉岁九月九日》:"持我万家春,一酬五柳陶。"再次以"万家春"称酒。

597. 闲逐春风捉柳花

唐·白居易《前有别杨柳枝绝句梦得继和云:"春尽絮飞留不得,随风好去落谁家?"又复戏和》:"柳老春深日又斜,任他飞向别人家。谁能更学孩童戏,寻逐春风捉柳花。"作者小妾樊素辞他而去,刘禹锡作《杨柳枝词》(九首之九)云:"春尽絮飞留

不得,随风好去落谁家。"作者复和而作此诗,针对刘诗之意,白居易说:"任他飞向别人家",怎么能到处去寻找他呢?"谁能更学孩童戏,寻逐春风捉柳花":既然"春尽絮飞",怎么能像孩子一样随风到处去捕捉呢?"飞絮"喻出走的小妾。两人的赠答豁达而高雅。

宋·杨万里《初夏睡起》:"日常睡起无情思,闲看儿童捉柳花。"用白居易句之字面意义。

598. 明年飞絮作浮萍

宋·苏轼《予少年颇知种松》:"为问何如插杨柳,明年飞絮作浮萍。"同种松比较,杨柳飞絮不过作浮萍而已。

又《次韵章质夫杨花词》:"晓来雨过,遗踪何在,一池萍碎。"注云:"旧说杨花入水为浮萍,验之信然。""浮萍"又称"青萍",根生于水中,叶浮于水面,杨花与浮萍本非一物。苏轼却认定杨花落水作浮萍。

599. 禅心已作沾泥絮

宋·参寥《即席》(答杭妓):"多谢尊前窈窕娘,好将幽梦恼襄王。禅心已作沾泥絮,肯逐春风上下狂!"苏轼在徐州时,参寥(道济和尚)从杭州特地来拜访。酒席上,苏轼想跟参寥开开玩笑,就叫一个歌妓走向他讨诗,他当即口占一诗,如上。絮性狂飞乱舞,但落地之后沾泥作土,再飞不起来了,喻"禅心"不可动摇。唐·皎然《答李季兰》:"天女来相识,将花欲沾衣。禅心竟不起,还捧旧花归。"参寥取意于此。

清·曹雪芹《红楼梦》第九十一回(高鹗续)贾宝玉《答黛玉禅话》:"禅心已作沾泥絮,莫向春风舞鹧鸪。"用参寥原句。

600. 衰柳数行遮酒店

清·黄梨洲《至六一泉谒先忠端公神位》:"游人十月西湖少,来拜两朝忠烈祠。衰柳数行遮酒店,斜阳一半照残碑。""衰柳""斜阳"句写"忠烈祠"荒凉凄冷。

唐·李白《忆秦娥》有"西风残照,汉家陵阙"句,黄梨洲取此意。

宋·柳永《少年游》:"衰杨古柳,几经攀折,憔悴楚宫腰。""衰杨古柳"一派凄凉。

宋·李曾伯《满庭芳》:"几许无穷秋思,空凝

仁。衰柳斜阳。"

601. 故都乔木泣秋风

清·赵翼《题元遗山集》:"行殿幽兰悲夜火,故都乔木泣秋风。国家不幸诗家幸,赋到沧桑句便工。"金代诗人元好问(遗山)亲历了金朝灭亡,历史更替。在《元遗山集》中有对故国哀伤的诗作,他的《壬辰十二月车驾东狩后即事五首》中就有"乔木他年怀故国"之句,抒故国之思,亡国之痛。赵诗前二句说金代汴京宫殿幽兰轩被焚。金亡,只余乔木在秋风中悲泣。后二句称元好问以高超的诗才反映了"沧桑之变"。

"乔木":古代建国要树立城社,栽植社木(乔木),国祚长则社木长成高大的乔木,乔木与国家命运联系着,成了国家的标志,后也标志故乡。南朝·陈·阴铿《和侯司空登楼望乡》:"瞻云望鸟道,对柳忆家园。"柳属乔木。

下用"乔木"句如:

隋·虞世基《秋日赠王中会》:"虚薄忝官联,乔木遂同迁。"

隋·孙万寿《和张丞奉诏于江都望京口》:"流波去无限,乔木不胜悲。"

唐·崔国辅《杭州北部戴氏荷池送侯愉》:"乔木故园意,鸣蝉穷巷悲。"

唐·于逖《野外行》:"寒鸦噪晚景,乔木思故乡。"

唐·孟浩然《归至郢中》:"日夕见乔木,乡关在伐柯。"

唐·储光羲《终南幽居献苏侍郎三首时拜太祝未上》:"虚室若无人,乔木自成林。"

唐·刘长卿《哭陈歙州》:"空山寂寂开新垅,乔木仓仓掩旧门。"

唐·李商隐《送从翁从东川弘农尚书幕》:"皆辞乔木去,远逐断蓬飘。"

602. 谁谓河广,一苇杭之

《诗经·卫风·河广》:"谁谓河广,一苇杭之;谁谓宋远,跂予望之。谁谓河广,曾不容刀;谁谓宋远,曾不崇朝。"卫宣姜之女为宋桓公夫人,生襄公,而出归于卫。襄公即位,夫人思之,而义不可往。盖嗣承父之重,与祖为体,出与庙绝,虽卫在河北,宋在河南,只隔一条黄河,亦不可以私返。故作此诗。又一说,宋人侨居卫国,故国隔河相望却不得归,作此诗以抒怀恋之情。前二句意为:谁说黄河宽,乘一苇叶即可航过。夸张写黄河之窄,本不足为阻,后人用以表示渡船轻小或渡河容易。

魏·嵇康《四言赠兄秀才入军》:"谁谓河广,一苇可航。"用原意。

南朝·宋·谢庄《怀国引》:"念卫风于河广,怀邶诗于毖泉。"故国虽近却不得归。

南明·陈·阴铿《渡青草湖》:"滔滔不可测,一苇讵能航?"反用其意,说此湖非小舟可渡。

唐·段成式《河出荣光》:"渐没孤槎影,仍呈一苇航。"言船之小。一作邵偃诗。

宋·苏轼《次韵王晋卿奉诏押高丽宴射》:"天山自可三箭取,海国何劳一苇杭。"赴高丽不难。

明·陶宗仪《题双松独钓图》:"一叶钓舟轻似苇,短蓑烟雨老江南。"写图中钓舟之轻小。

今人沈鹏《徐福东渡2210年诗》:"寻仙求药两虚妄,海外三山一苇航。"徐福求仙求不得,远航而去。

603. 水至清则无鱼

《大戴礼记》(子张问入宫):"水至清则无鱼,人至察则无徒。"汉·东方朔《答客难》:"水至清则无鱼。"用原句。水太清了就不会有鱼,因为水中再没有其他赖以生存的营养。

杜甫《五盘》:"地僻无网罟,水清反多鱼。"反而用之,"多鱼"是由于"无网"。

604. 语卿且勿眄,水清石自见

汉乐府《艳歌行》:"语卿且勿眄,水清石自见。"旅人接受女主人缝衣,受到男主人的怀疑。这两句是表白:您不必这样看我,情况总会搞明白的。"水清石自见"同"水落石出"。

唐·李白《扶风豪士歌》:"抚长剑,一扬眉,清水白石何离离。"借用乐府句意:清水中的石块是那样清晰,表白自己的胸怀光明磊落。

宋·苏轼《腊月游孤山访惠勤惠思二僧》:"水清石出鱼可数,林深无人鸟相呼。"写孤山之水十分清澈,连鱼都可数。这两句写二僧所居环境幽静无比。

明·汤显祖《牡丹亭》第二十九出旁疑:"水清石见,无半点瑕疵。"如清水中看石头,清清白白,亦用乐府句意。

605. 黄河千年始一清

北周·庾信《徵调曲》:"圣人千年始一生,黄河千年始一清。"圣人难得,黄河难清。语出《王子年拾遗记》:"丹丘千年一烧,黄河千年一清,至圣之君以为大瑞。"以为"大瑞"正说明"圣人出,黄河清"之难。然而黄河不清是由于流经黄土高原的地理条件,"圣人"之出则无须千年,因为"时势造英雄",社会在激烈的斗争发展中可锤炼出英才。

庾信《奉和平邺应诏》:"阵云千里散,黄河一代清。"《周书》本纪载:"建德六年,帝至邺,率诸军围之。齐人拒守,诸军奋击,大破之,遂平邺。"诗句写北周平北齐之邺城,如"阵云散","黄河清"。有"圣人出而黄河清"意,喻英雄治世,天下太平。

"黄河信有澄清日"也是名句。吴越王钱镠《句》:"黄河信有澄清日,后代难应继此才。"《全唐诗》注云:"罗隐寝疾,镠临问,题其壁云云(即此二句)。隐以红纱罩其上,谢诗有'壁间章句动风雷',此也。隐身后无文嗣,镠诗为之谶。"称罗隐卧病,其才难以为继。

黄河,由于挟带黄土高原的黄土,水总呈浑黄色,于是"黄河清"就成为人们的愿望,又喻为一种祥兆,也表示成事之艰难。李康《命运论》云:"黄河清而圣人生",喻圣人难出。汉·赵壹《秦客诗》:"河清不可俟,人命不可延。"首先在诗中写"河清"之难。庾信《徵调曲六首》:"圣人千年始一生,黄河千年始一清。"似乎总想把谶语作预言,而愿望亦含其中。后也喻政治清明。"黄河清"句又如:

南朝·齐·王融《长歌引》:"紫烟四时合,黄河万里清。"

北朝·周·庾信《拟咏怀二十七首》:"千年水未清,一代人先改。"

唐·张说《东都酺宴》:"人间知几代,今日见河清。"

唐·张九龄《奉和圣制经函谷关作》:"函谷虽云险,黄河已复清。圣心无所隔,空此置关城。"

唐·李白《西岳云台歌送丹丘子》:"荣光休气纷五彩,千年一清圣人在。"

唐·钱起《送李兵曹赴河中》:"秋日黯将暮,黄河如欲清。"

唐·徐夤《读史》:"须知饮啄由天命,休问黄河早晚清。"

唐·刘采春(越州妓)《啰唝曲六首》:"黄河清有日,白发黑无缘。"

宋·宋白《宫词》:"近臣人奏新祥瑞,昨夜黄河彻底清。"

宋·欧阳修《感二子》:"黄河一千年一清,岐山鸣凤不再鸣。"

宋·王以宁《鹧鸪天》(刘远判生日):"洗教双眼明如镜,看取黄河几度清。"

606. 湛湛江水兮上有枫

楚·屈原《招魂》:"青骊结驷兮齐千乘,悬火延起兮玄颜烝。……皋兰被径兮斯路渐。湛湛江水兮上有枫。目极千里兮伤春心。魂兮归来哀江南!"往昔每辆猎车驾着四匹青马,千辆猎车整齐前行。举火点燃野兽藏身的树林,火势蔓延蒸腾,连天空也黑中透红。……岸边覆盖着芳香的兰草,道路全被遮掩。清清的江水不停地流淌,岸边还有一片枫林。纵目遥望千里之外的远方,人不见,春色中更令人伤心,魂魄啊归来吧,快回到可爱的江南故里。这是《乱》,全诗的尾声中数句。尾声,追怀同楚怀王一同出猎的盛况,写出招魂的环境和心情。

魏·阮籍《咏怀》十一:"湛湛长江水,上有枫树林,皋兰被径路,青骊逝骎骎。"此四句组用了《楚辞·招魂》中的三个句子:"青骊结驷兮齐千乘""皋兰被径兮斯路渐""湛湛江水兮上有枫"。长江水清清澈澈,岸边是发了青的枫树林,泽畔的兰草被覆到小路上,青马驾车疾驰而去。描绘一派生机盎然的春光,而作者"远望令人悲,春气感我心",景与情形成了极大的反差。咏楚国败落的史实,意在言外,寓托着对曹魏失败的痛惜和对司马氏擅权的不满。

607. 沧浪之水清兮可以濯吾缨

《楚辞·渔父》:屈原在江畔遇渔父,渔父劝屈原"与世推移",受到拒绝,"渔父莞尔而笑,鼓枻而去,歌曰:'沧浪之水清兮,可以濯吾缨;沧浪之水浊兮,可以濯吾足。'""沧浪",《水经注·沔水注》云:"武当县西北汉水中有洲名沧浪洲,水曰沧浪水。"卢文绍《钟山札记》云:"沧浪,青色:在竹曰苍筤,在水曰沧浪。"朱琦《小万卷斋文集》则辨沧浪并非地名。窃以为《水经注》所记当为可信,语言风格属楚歌,"沧浪"应为楚地水名。此歌意为水清就洗冠,水浊就洗足,要随机而变,依势而行。"渔父"是要屈原随应潮流,不必强执己见。

"沧浪"二句意源出于孔子。孔子有云:"小子听之,清斯濯缨,浊斯濯足矣,自取之也。"《孟子·离娄》:"有孺子歌曰:沧浪之水清兮,可以濯我缨;沧浪之水浊兮,可以濯我足。"接着就引用孔子上面所引的话。"孺子歌"应是楚地古谣。而影响深远的则是《楚辞·渔父》中的沧浪歌。后人用"沧浪濯缨"句,表脱尘超俗,洁身自好。用"濯足"者亦表洁身。也用"沧浪"表达这种意思。

晋·左思《咏史》其五:"振衣千仞冈,濯足万里流。"上句用《渔父》:"新浴者必振衣",言抖落衣尘之意。下句用"可以濯吾足"句,表示走出京华,涤除杂尘,隐居高蹈,赴身广阔天地,而不攀龙附凤。

南朝·梁·沈约《新安江至清浅见底贻京邑同好》:"沧浪有时浊,清济涸无津。岂若乘斯去,俯映石磷磷。纷吾隔嚣滓,宁假濯衣巾?愿以潺湲水,沾君缨上尘。""沧浪有时浊",而新安江即清见底。我将离开京师的尘嚣去往东阳,无须借此水洗濯衣巾了,留在京师里的"同好",由于沾满了尘嚣,需用此水洗洗帽缨了。这里取"沧浪歌"之意,用之于自身与同好。

南朝·陈·阴铿《观钓》:"寄言濯缨者,沧浪终滞游。"此处水清,可以留下濯缨,当别有含意。

唐人用"濯缨"句最多,各自角度不同,含意也有所不同。

唐·骆宾王《夏日游目聊作》:"讵假沧浪上,将濯楚臣缨。"

唐·张九龄《自豫章南还江上作》:"津途别有趣,况乃濯吾缨。"

唐·李乂《钱唐州高使君赴任》:"淮源之水清,可以濯君缨。"

唐·苏颋《题寿安王主簿池馆》:"愿言随狎鸟,从此濯吾缨。"

唐·赵冬曦《答张燕公翻著葛巾见呈之作》:"傲然歌一曲,一醉濯缨人。"

唐·孙逖《和登会稽山》:"愿奉濯尘心,长谣反招隐。"

唐·李颀《渔父歌》:"浦沙明濯足,山月静垂纶。"

又《东京寄万楚》:"濯足岂长往,一尊聊可依。"

唐·孟浩然《陪张丞相自松滋江东泊渚宫》:"洗帻岂独古,濯缨良在兹。"

唐·李白《答长安崔少府叔封游终南翠微寺太宗皇帝金沙泉见寄》:"涉雪搴紫芳,濯缨想清波。"

又《观鱼潭》:"何必沧浪去,兹焉可濯缨。"

又《酬崔五郎中》:"举身憩蓬壶,濯足弄沧海。"

唐·刘长卿《长沙早春雪后临汀水呈同游诸子》:"君问渔人意,沧浪自有歌。"

又《江中晚钓寄荆南一二相识》:"既怜沧浪水,复爱沧浪曲。不见眼中人,相思心断续。"

唐·窦群《同王晦伯朱遐景宿慧山寺》:"予洗肠中酒,君濯缨上尘。"

唐·皇甫冉《途中送权三兄弟》:"由来濯缨处,渔父爱沧浪。"

唐·杜甫《惜别行送向卿进奉端午御衣之上部》:"卿到朝廷说老翁,漂零已是沧浪客。"

唐·吕牧《泽渭扬清浊》:"御猎思投钓,渔歌好濯缨。"

唐·戴叔伦《春江独酌》:"荷衣尘不染,何用濯沧浪。"

唐·张南史《西陵怀灵一上人兼寄朱放》:"由来濯缨处,渔父爱沧浪。"

唐·张聿《圆灵水镜》:"濯缨何处去,鉴物自堪妍。"

唐·权德舆《晓发武阳馆即事书情》:"哲士务缨弁,鄙夫恋蓬藜。终当税尘驾,盥濯依春溪。"终当归隐。

唐·韩愈《县斋有怀》:"濯缨起江湖,缀佩杂兰麝。"

唐·刘禹锡《寄朗州温右史曹长》:"史笔枉将书纸尾,朝缨不称濯沧浪。"

唐·柳宗元《衡阳与梦得分路赠别》:"今朝不用临河别,垂泪千行便濯缨。"

唐·孟郊《立德新居》:"晓碧流视听,夕清濯衣袍。"

唐·白居易《答元八宋简同游曲江后明日见赠》:"何必沧浪去,即此可濯缨。"

又《初下汉江舟中作寄两省给舍》:"终使沧浪水,濯吾缨上尘。"

又《池上夜境》:"但问尘埃能去否,濯缨何必问沧浪。"

又《春池闲泛》:"莫唱沧浪曲,无尘可濯缨。"

唐·李敬方《题黄山汤院》:"濯缨闲更入,漱齿渴仍吞。"

唐·张祜《感河上兵》:"莫为无媒者,沧浪不濯缨。"

唐·杜牧《贻迁客》:"门外长溪水,怜君又濯缨。"

唐·许浑《赠裴处士》:"门外沧浪水,知君欲濯缨。"

又《郊居春日有怀府中诸公并柬王兵曹》:"欲学渔翁钓艇新,濯缨犹惜九衢尘。"

唐·薛能《题汉州西湖》:"西湖天下名,可以濯吾缨。"

唐·李群玉《大云池泛舟》:"未知斯水上,可以濯吾缨?"

唐·温庭筠《题韦筹博士草堂》(一作薛逢《韦筹博书斋》诗):"沧浪未濯尘缨在,野水无情处处流。"

唐·刘驾《钓台怀古》:"澄流可濯缨,严子但垂纶。"

唐·司马扎《沧浪峡》:"可以濯吾缨,斯言诚所慕。"

又《题清上人》:"空怜濯缨处,阶下水潺潺。"

唐·于濆《感怀》:"濯缨易为水,何必泛沧浪。"

唐·李咸用《自愧》:"缨尘徒自满,欲濯待清波。"

唐·郑谷《郊墅》:"渼陂水色澄于镜,何必沧浪始濯缨?"

唐·吴融《访贯休上人》:"自觉尘缨顿潇洒,南行不复问沧浪。"

唐·褚载《南徐晚望》:"如今未免风尘役,宁敢匆匆便濯缨。"

唐·韦庄《题颖源庙》:"临川试问尧年事,犹被封人劝濯缨。"

唐·无可《奉和段著作居呈诸同志三首次本韵》:"足垂岩顶石,缨濯洞中渠。"

唐·齐己《秋江》:"浩然心自合,何必濯吾缨。"

又《湘中感怀》:"乱世难逸迹,乘流拟濯缨。"

五代·伍乔《闻杜牧赴阙》:"开翅定期归碧落,濯缨宁肯问沧浪。"

宋·范仲淹《清风谣》:"清风何处来,先此高台。……沧浪比其清,可以濯吾缨。"

又《天池》:"乘此澄清间,吾缨可以濯。"

宋·苏轼《次韵答参寥》:"莫作孺子歌,沧浪濯吾缨。"

又《送钱藻出守婺州》:"耻纡东阳绶,一濯沧浪缨。"

又《送欧阳辩监潭州酒》:"君家江南英,濯足沧浪水。"

宋·黄庭坚《次韵答曹子方杂言》:"何时解缨濯沧浪,换取张侯来平章。烹茶煮饼坐僧房。"

宋·辛弃疾《水调歌头》:"门外沧浪水,可以濯吾缨。"

宋·王谌《渔父词》:"醒还醉,醉还醒,笑指沧浪可濯缨。"

宋·刘辰翁《沁园春》:"盘之水,盘之水,清可濯吾缨。"

元·卢挚《殿前欢》:"作闲人,向沧浪濯尽利名尘,回头不睹长安近,守分清贫。"

元·张可久《折桂令·读史有感》:"沧浪可濯缨,叹千里波波,两鬓星星。"

608.一谢沧浪水

唐·骆宾王《同卒薄简仰酬思玄上人林泉四首》:"一谢沧浪水,安知有逸人。"说离开这沧浪水(林泉),怎么会知道有隐逸之人呢?以思玄上人比隐士"渔父"。"沧浪",青苍色的水。晋·陆机《塘上行》:"发藻玉台下,垂影沧浪泉。"《文选》李善注:"孟子曰:'沧浪之水清',沧浪,水色也。"有说沧浪水在湖北境内。"沧浪"后用作"沧浪水",多表隐居江湖,隐居者所处的环境。

唐·戴戣《清溪馆作》:"何必沧浪水,庶兹浣尘襟。"

唐·常建《白龙窟泛舟寄天台学道者》:"扁舟沧浪意,淡淡花影没。"

唐·岑参《至大梁却寄匡城主人》:"无由谒天阶,却欲归沧浪。"

又《上嘉州青衣山中峰题惠净上人幽居寄兵部杨郎中》:"君子满天朝,老夫忆沧浪。"

又《太一石鳖崖口潭旧庐招王学士》:"何必濯沧浪,不能钓严滩。"

唐·杜甫《同元使君舂陵行》:"色阻金印大,兴含沧浪清。"

又《惜别行送向卿进奉端午御衣之上都》:"卿

到朝廷说老翁,漂零已是沧浪客。"

又《魏十四侍御就弊庐相别》:"时应念哀疾,书疏及沧浪。"

唐·贾至《闲居秋怀寄阳翟陆赞府封丘高少府》:"枕席相远游,聊欲浮沧浪。"

唐·钱起《适毕侍御谪居》:"沧浪之水见心清,楚客辞天泪满缨。"

又《闲居寄包何》:"去名即栖遁,何必归沧浪。"

唐·严维《送李秘书往儋州》:"玄成知必大,宁是泛沧浪。"

唐·窦郡《初人谏司喜家室至》:"一旦悲欢见孟光,十年辛苦伴沧浪。"

唐·戴叔伦《偶成》:"沧浪者谁子,一曲醉中听。"

唐·刘商《合肥至日愁中寄郑明府》:"鱼竿今尚在,行此掉沧浪。"

唐·孟郊《吊卢殷》:"清浊俱莫追,何须骂沧浪。"

唐·白居易《长庆二年七月自中书舍人出守杭州路次蓝溪作》:"因生江海兴,每羡沧浪水。"

唐·杜牧《渔父》:"白发沧浪上,全忘是与非。"

唐·贾岛《重酬姚少府》:"沧浪愚将还,知音激所习。"

唐·李频《陕州题河上亭》:"逍遥每尽日,谁识爱沧浪。"

唐·刘沧《与重幽上人话旧》:"自喜他年接巾舄,沧浪地近虎头溪。"

唐·司马扎《沧浪峡》:"我殊惺惺者,犹得沧浪趣。"

又《渼陂晚望》:"因知帝城下,有路向沧浪。"

唐·郑谷《水》:"晚晴一行连莎绿,悔与沧浪有旧期。"

609. 青枫江上沧浪吟

唐·储光羲《酬李壶关奉使行县忆诸公》:"青枫江上沧浪吟,白月宫中鹦鹉林。""沧浪吟",李壶关水上吟诗。诗人多用"吟""唱""歌""咏"等拟写"渔父"所唱"沧浪歌,或抒歌赞隐逸之情"。

唐·常建《晦日马镫曲稍次中流作》:"扣船应渔父,因唱沧浪吟。"

又《湖中晚霁》:"试唱沧浪清,遂觉乾坤细。"

唐·刘长卿《洞庭驿适郴州使还寄李汤司马》:"莫使沧浪叟,长歌笑尔容。"

又《长沙早春雪后临湘水呈同游诸子》:"君门渔人意,沧浪自有歌。"

又《江中晚钓寄荆南一二相识》:"既怜沧浪水,复爱沧浪曲。"

唐·李白《送储邑之武昌》:"沧浪吾有曲,寄入櫂歌声。"

又《笑歌行》:"君不见沧浪老人歌一曲,还道沧浪濯吾足。"

唐·钱起《避暑纳凉》:"无事始然知静胜,深垂纱帐咏沧浪。"

唐·白居易《得微之到官后书备知通州之事怅然有感因成四章》:"莫遣沉愁结成病,时时一唱濯缨歌。"

唐·李群玉《送人隐居》:"鹏鶒喻中消日月,沧浪歌里放心神。"

宋·辛弃疾《沁园春》(弄溪赋):"芳草春深,佳人日暮,濯发沧浪独浩歌。"

610. 沧浪学钓翁

唐·薛据《句》:"省署开文苑,沧浪学钓翁。"宋·陈师道曰:"'省署开文苑,沧浪学钓翁',即薛璩诗也。"《全唐诗》收此句。"璩"字应有误。唐代另有薛璩。唐·杜甫《解闷十二首》其四:"独当省署开文苑,兼泛沧浪学钓翁。"这是怀念薛据的,薛据天宝六年及第,任尚书水部郎中。南朝·梁·何逊也曾任尚书水部郎,何逊、薛据同为水部,何有知音,而薛无同调,因此用薛二句诗惜其孤独。"沧浪学钓翁"多表示退居林泉,过隐居闲适生活的理想或行为。

用"沧浪学钓"句如:

唐·李白《沐浴子》:"沧浪有钓叟,吾与尔同归。"

又《赠刘都使》:"主人若不顾,明发钓沧浪。"

又《金陵望汉江》:"今日任公子,沧浪罢钓竿。"

又《留别广陵诸公》:"狂歌自此别,垂钓沧浪前。"

又《和卢侍御通塘曲》:"何处沧浪垂钓翁,鼓掉渔歌趣非一。"

唐·常建《渔浦》:"别家投钓翁,今世沧浪情。"

唐·杜甫《惜别行送向卿进奉端午御衣之上都》："卿到朝廷说老翁,漂零已是沧浪客。"

又《将赴荆南寄别李剑州》："路经滟滪双蓬鬓,无入沧浪一钓舟。"

唐·皇甫冉《归渡洛水》："澧浦饶芳草,沧浪有钓舟。"

唐·刘禹锡《白舍人见酬拙诗因以寄谢》："烟水五湖如有伴,犹应堪作钓鱼翁。"

唐·白居易《题喷玉泉》："何时此岩下,来作濯缨翁。""濯缨翁"虽非"钓翁",含义却相同。

唐·元结《欸乃曲》："溪口石颠堪自逸,谁能相伴作渔翁。"

唐·朱庆余《送崔约下第归淮南觐省》："回期须及来春事,莫向江边逐钓翁。"

唐·杜牧《李给事中敏二首》："曲突徙薪人不会,海边今作钓鱼翁。"

又《齐安郡晚秋》："可怜赤壁争雄渡,唯有蓑翁坐钓鱼。"

唐·许浑《送岭南卢判官罢职归华阴山居》："关西旧友如相问,已许沧浪伴钓翁。"

又《汉水伤稼》："才微分薄忧何益,却欲回心学钓翁。"

唐·刘威《旅怀》："物态人心渐渺茫,十年徒学钓沧浪。"

唐·刘沧《赠天台隐者》："看书饮酒余无事,自乐樵渔狎钓翁。"

又《赠颛顼上人》："知君济世有长策,莫问沧浪隐钓矶。"

又《罢华原尉上座主尚书》："自怜生计事悠悠,浩渺沧浪一钓舟。"

又《题王校书山斋》："栖迟惯得沧浪思,云阁还应梦钓矶。"

唐·皎然《访朱放山人》："应非瞿铄翁,或是沧浪客。"

又《访陆处士羽》："莫是沧浪子,悠悠一钓船。"

唐·司马扎《白马津阻雨》："功名倘遂身无事,终向溪头伴钓翁。"

唐·吴融《赴阙次留献荆南成相公三十韵》："涣汗沾明主,沧浪别钓翁。"

又《送知古上人》："不似投荒憔悴客,沧浪无际问钓翁。"

唐·杜荀鹤《下第东归别友人》："怀亲暂归

去,非是钓沧浪。"

又《秋日寄吟友》："青云旧知己,未许钓沧浪。"

唐·韦庄《关河道中》："平生志业匡尧舜,又拟沧浪学钓翁。"

又《解维》："三年辛苦烟波里,赢得风姿似钓翁。"

又《将卜兰芷村居留别郡中在仕》："从今隐去应难觅,深入芦花作钓翁。"

唐·徐夤《和人经隋唐间战处》："伤魄何为者,五湖垂钓翁。"

宋·李曾伯《沁园春》："休说射雕手,且学钓鱼翁。"

宋·张嗣初《水调歌头》："公办中兴事业,我向沧浪学钓,各自寄吾真。"

宋·夏元鼎《满江红》："砂碛畔,蒹葭茂,烟波际,垂钓傍寒汀,牵星斗。"

611. 莫问沧浪隐钓矶

唐·刘沧《赠颛顼山人》："知君济世有长策,莫问沧浪隐钓矶。"称"颛顼山人"是济世之才,不应安于隐居。"隐钓矶",隐居之意。"矶"是岸边巨石。"钓矶"渔钓之人坐在岸边巨石上垂钓,把这种矶石称作钓矶。唐·孟浩然《经七里滩》诗就写过"钓矶":"钓矶平可坐,苔磴滑难步。""钓矶"代表"渔隐",多表露一种归隐情志。

唐·李咸用《投所知》："挂檐晚雨思山阁,拂岸烟岚忆钓矶。"

唐·方干《送婺州许录事》："笑我十年更愚僻,醉醒多在钓渔矶。"

又《陪李郎中夜宴》："人间有此荣华事,争遣渔翁恋钓矶。"

唐·韩偓《汉江行次》："竹园目接春波暖,痛忆家乡旧钓矶。"

唐·吴融《即事》："何须一箸鲈鱼脍,始挂孤帆问钓矶。"

唐·韦庄《旅中感遇寄呈李秘书昆仲》："怀乡不怕严陵笑,只待秋风别钓矶。"

又《题沔阳马跑泉李学士别业》："九霄歧路忙于火,肯恋斜阳守钓矶。"

唐·鱼玄机《闻李端公垂钓回寄赠》："自惭不及鸳鸯侣,犹得双双近钓矶。"

唐·李郢《钱塘青山题李隐居西斋》："湖山绕

屋犹嫌浅,欲棹渔舟近钓台。""钓台"即"钓矶"。

唐·温庭筠《送李先生归旧居》:"莫却严滩意,西溪有钓矶。"

唐·许棠《寄江上弟妹》:"垂老登云路,犹胜守钓矶。"

唐·郑谷《寄赠杨夔处士》:"结茅依约钓鱼台,浅水鸬鹚去又回。"

宋·欧阳修《初夏西湖》:"林僧不用相迎送,吾欲台头坐钓矶。"

612. 天际识归舟,云中辨江树

南朝·齐·谢朓《之宣城郡出新林浦向板桥》:"天际识归舟,云中辨江树。"诗人出任宣城太守经三山,又渡湘浦,过新林浦至板桥浦写途中所见,远眺西南江路,远而且高,归舟航行天际,江树隐约云中。江、树、舟俱在云天之中,这就写出了奇观。或谓李白的"孤帆远影碧空尽""黄河之水天上来""疑是银河落九天"等名句由此句开启而生。然而直用其句者并不乏人。

南朝·梁·王僧孺《中州长望》:"岸际树难辨,云中鸟易识。"用谢朓句意。

南朝·梁元帝萧绎《出江陵县还诗二首》:"远村云里出,遥船天际归。"用"识归舟"句。

唐·李商隐《风》:"归舟天外有,一为戒波涛。"用其意。

宋·柳永《八声甘州》:"想佳人,妆楼颙望,误几回,天际识归舟? 争知我、倚栏干处,正恁凝愁。"

又《玉蝴蝶》:"未知何处是潇湘? 念双燕、难凭远信;指暮天、空识归航。"盼人远归。

宋·王安石《示俞秀老二首》:"不见故人天际舟,小亭残日更回头。"盼人远归。

宋·黄庭坚《次韵马荆州》:"他日江梅腊前破,还从天际望归舟。"但愿马荆州梅开时归来。

宋·秦观《望海潮》:"天际识归舟,泛五湖烟月,西子同游。茂草台荒,苧萝村冷起闲愁。"写范蠡携西施漫游五湖事。

宋·贺铸《忆仙姿》:"江上湖回风细,红袖倚楼凝睇。天际认归舟,但见平林如荠。迢递,迢递,人更远于天际。"

宋·赵长卿《虞美人》(江上对景):"目断征帆,犹未识归舟。"

宋·游次公《满江红》:"看明年,天际下归舟,

应先识。"

宋·陈亮《南乡子》:"天际目归舟,浪卷涛翻一叶浮。也似我侬魂不定,悠悠。宋玉方悲庾信愁。"唐·许浑《和崔大夫新广北楼登眺》诗:"庾公恋阙怀乡处,目送归帆下远滩。"义有近同。

宋·静山《水龙吟》(送人归江西):"片帆天际归舟,好风动、吹来消息。"

金·吴激《满庭芳》:"看看是,珠帘暮卷,天际识归舟。"兼用柳永意,写妻子期待的失望。

金·元好问《木兰花慢》:"渺天际归舟,云间汀树,水绕围。"用谢朓两句,并暗用刘禹锡《石头城》:"山围故国周遭在"句,空灵渺茫,抒亡国之痛。

清·蒋春霖《琵琶山》:"天际归舟,悔轻与、故国梅花为约。"泛舟黄桥,与故乡江阴一水之隔,却咫尺天涯,有家难归,与故乡梅花有约难赴。

清·庄棫《凤凰台上忆吹箫》:"天际音书久断,还望断、天际归舟。"

宋·周邦彦《菩萨蛮》(梅雪):"何处是归舟,夕阳江上楼。"宋·陈三聘《南柯子》:"等闲来上水边楼,怅望天涯,何处有归舟?"用周句。宋·张元干《满江红》(自豫章阻风吴城山作):"想小楼,终日望归舟,人如削。"皆为"盼归舟"意。唐·温庭筠《忆江南》:"梳洗罢,独倚望江楼。过尽千帆皆不是,斜晖脉脉水悠悠。"似为宋人取意之源。

南宋周密变用"云中辨江树"句:《高阳台》(寄越中诸友):"萋萋望极王孙草,认云中烟树,鸥外春沙。"

613. 谁见鸱夷子,扁舟去五湖

唐·陈子昂《感遇诗三十八首》:"谁见鸱夷子,扁舟去五湖。""鸱夷子"指范蠡。原指古代鸱形盛酒的皮袋。《国语·吴语》:"王愠曰:'孤不使大夫有见也。'乃使取申胥之尸,盛以鸱鵋,而投之于江。""申胥"即封于申地的伍子胥,因劝吴王拒绝越国求和并停止伐齐,而被赐死,其尸被装入鸱夷,投入江中。《史记·越王勾践世家》载:"范蠡事越王勾践,既苦身戮力,与勾践深谋二十余年,竟灭吴,报会稽之耻。……称上将军,还反国,范蠡以为大名天下,难以久居,且勾践为人可与同患,难与处安,……乃装其轻宝珠玉,自与其私徒属乘舟浮海以行,终不反。浮海出齐,变姓名,自谓鸱夷子皮,耕于海畔。"吴王用鸱夷装了吴子胥的尸体

投之于江。范蠡自以为罪同子胥,所以用"鸱夷子皮"自称,改名换姓。后以"鸱夷子"或"鸱夷"为范蠡代称,咏功成身退,遁迹江湖的事迹、情操。陈子昂句叹某些时人追名逐利,极少有如鸱夷子者。

唐·崔国辅《宿范浦》:"鸱夷近何去,空山临沧溟。"住范浦而追怀范蠡。述鸱夷子本事以寄托作者之意。

唐·李颀《赠别高三十五》:"焉知汉高士,莫识越鸱夷。"惜高适浪迹江湖。

唐·李白《古风》:"何如鸱夷子,散发棹扁舟。"

又《答高山大兼呈权顾二侯》:"我与鸱夷子,相去千余岁。运阔英达稀,同风遥执袂。"

唐·杜甫《奉酬薛十二丈判官见赠》:"欲学鸱夷子,待勒燕山铭。"

唐·羊士谔《题松江馆》:"扁舟一去鸱夷子,应笑分符计日程。"

唐·李贺《昌谷诗》:"刺促成纪人,好学鸱夷子。"

唐·李德裕《思归赤松村呈松阻子》:"昔人思避世,惟恐不深幽。禽庆潜名岳,鸱夷漾钓舟。"

又《洛中士君子多以平泉见呼愧获方外之名因以此诗为报奉寄刘宾客》:"不及鸱夷子,悠悠烟水间。"

又《思平泉树石杂咏十一首·舴艋舟》:"无轻舴艋舟,始自鸱夷子。"

唐·曹邺《题舒乡》:"功名若及鸱夷子,必拟将舟泛洞庭。"

唐·司马扎《美刘太保》:"不知鸱夷子,更入五湖去。"

唐·赵嘏《赠曹处士幽居》:"何须更学鸱夷子,头白江湖一短船。"

唐·皮日休《奉献致政裴秘监》:"既为逍遥公,又作鸱夷子。"

唐·方干《早发洞庭》:"却忆鸱夷子,当时此泛舟。"

又《上张舍人》:"他年莫学鸱夷子,远泛扁舟用铸金。"

又《题陶详校书阳羡隐居》:"便泛扁舟应未得,鸱夷弃相始垂名。"

唐·章碣《变体诗》:"今古若论英达算,鸱夷高兴固无边。"

唐·韦庄《泛鄱阳湖》:"鸱夷去后何人到,爱者虽多见者稀。"

宋·苏轼《次韵代留别》:"他年一舸鸱夷去,应记侬家旧住西。"

又《西湖寿星院此君轩》:"一舸鸱夷江海去,尚余君子六千人。"《史记·越王勾践世家》:"用范蠡计,发习流二千人,教士四万人,君子六千人,诸御千人伐吴。""六千君子"此中喻竹。

宋·京镗《定风波》:"若不擎为八柱,且学鸱夷、归泛五湖舟。"

宋·毛开《水调歌头》(送周元特):"更学鸱夷子,一舸下东吴。"

元·曹德《沉醉东风·隐居》:"鸱夷革屈沉了伍胥,江鱼腹葬送了三闾。"

元·刘时中《水仙操》:"得一革鸱夷去,载苎罗山下女,便改姓陶朱。"

《越绝书》载:"西施亡吴国后,复归归蠡,同泛五湖而去。"唐·陆广征《吴地记》载:"县南一百里,有'语儿亭'。勾践令范蠡取西施以献夫差,西施于路与范蠡潜通,三年始达于吴,遂生一子,至亭。其子一岁能言,因名'语儿亭'。"

614. 范蠡何智哉

唐·王绩《赠梁公》:"范蠡何智哉,单舟戒轻装。"称赞范蠡功成身退以告戒梁公。《史记·越王勾践世家》载:范蠡辞齐人相印,"怀其重宝,间行以去,止于陶",自称朱公,三次营利三千金,后称陶朱公。"陶朱事业"至到近代还为商人们所标榜。后人诗称范蠡,有的愿望功成身退,有的劝勉弃官远祸,有的追求隐居安逸,有的想望应变才华,也有的追怀范蠡业迹,内涵极丰。

唐·刘长卿《汉阳献李相公》:"几人犹忆孙弘阁,百口同乘范蠡舟。"

唐·李白《留别曹南群官之江南》:"范蠡说勾践,屈平去怀王。"

又《留别王司马嵩》:"陶朱虽相越,本有五湖心。"

又《悲歌行》:"范子何曾爱五湖,功成名遂身自退。"

唐·王维《送张舍人佐江州同薛璩十韵》:"范蠡常好之,庐山我心也。"

唐·高适《古乐府飞龙曲留上陈左相》:"天地庄生马,江湖范蠡舟。"

唐·杜甫《观李固清司马弟山水图三首》:"范

蠡舟偏小,王乔鹤不群。"

又《赠韦七赞善》:"洞庭春色悲公子,鰕菜忘归范蠡船。"

唐·袁傪《喜陆侍御破石埭草寇东峰亭赋诗》:"因知越范蠡,湖海意何如。"

唐·薛据《泊震泽口》:"伍胥既仗剑,范蠡亦乘流。"

唐·窦庠《酬韩愈侍郎登岳阳楼见赠》:"轩黄曾举乐,范蠡几扬舲。"

唐·韩愈《奉和仆射裴相公感恩言志》:"自然无不可,范蠡尔其谁。"

唐·白居易《和微之诗二十三首》:"久为云雨别,终拟江湖去。范蠡有扁舟,陶潜有篮舆。"

又《代诸妓赠送周判官》:"莫泛扁舟寻范蠡,且随五马觅罗敷。"

唐·李德裕《怀山居邀松阳子同作》:"范恣沧波舟,张怀赤松列。"

唐·鲍溶《淮南卧病闻李相夷简移军山阳以靖东寇感激之下因抒长句》:"教闻清静萧丞相,计立安危范大夫。"

唐·厉玄《从军行》:"几时逢范蠡,处处是通津。"

唐·杨乘《吴中书事》:"名归范蠡五湖上,国破西施一笑中。"

唐·李远《吴越怀古》:"姑苏一败无颜色,范蠡长游水自波。"

唐·杜牧《西江怀古》:"范蠡清尘何寂寞,好风唯属往来商。"

又《行经庐山东林寺》:"他岁若教如范蠡,也应须入五湖烟。"

又《题宣州开元寺水阁,阁下宛溪,夹溪居人》:"惆怅无因见范蠡,参差烟树五湖东。"

唐·赵嘏《长洲》:"范蠡湖中树,吴王苑外云。"

唐·孟迟《寄浙右旧幕僚》:"勾践岂能容范蠡,李斯何暇救韩非。"

唐·王铎《罢都统守镇滑州作》:"腰间尽解苏秦印,波上虚迎范蠡船。"

唐·温庭筠《利州南渡》:"谁解乘舟寻范蠡,五湖烟水独忘饥。"

又《和友人题壁》:"三台位缺严陵卧,百战功高范蠡归。"

唐·李频《镜湖夜泊有怀》:"想当战国开时

有,范蠡扁舟只此中。"

唐·李咸用《和人湘中作》:"一棹塞波思范蠡,满尊醇酒忆陶唐。"

唐·唐彦谦《任潜谋隐之作》:"黄金范蠡曾辞禄,白首虞翻未信方。"

唐·孙偓《寄杜先生诗》:"我行同范蠡,师举效浮丘。"

唐·贯休《秋末入匡山船行八首》:"因思范蠡辈,未免亦飘零。"

又《绣州张相公见访》:"出师暂放张良箸,得罪惟撑范蠡船。"

唐·徐夤《退居》:"笑他范蠡贪婪甚,相罢金多始退闲。"

唐·韦庄《赠渔翁》:"曾向五湖期范蠡,尔来空阔久相忘。"

唐·吴商浩《宿山驿》:"好同范蠡扁舟兴,高挂一帆归五湖。"

唐·恒超《辞郡守李公恩命》:"他时随范蠡,一棹五湖清。"

五代·刘兼《春宵》:"五湖范蠡才堪重,六印苏秦道不同。"

宋·苏轼《和欧阳少师寄赵少师次韵》:"何日扬雄一廛足,却追范蠡五湖中。"

又《正辅既见和复次前韵慰鼓盆劝学佛》:"君方卒功名,一泛范蠡舟。"

又《失题三首》:"曾学扁舟范蠡,五湖深处鸣榔。"

宋·辛弃疾《洞仙歌》:"十里涨春波,一棹归来,只做个、五湖范蠡。是则是,一般弄扁舟;争知道、他家有个西子。"

又《摸鱼儿》(观湖上叶丞相):"谩教得陶朱,五湖西子,一舸弄烟雨。"

宋·韩淲《祝英台近》(寒食词):"馆娃宫,采香径,范蠡五湖侧。"

元·卢挚《蟾宫曲》:"碧波中范蠡乘舟,殢酒带花,乐以忘忧。"

又《蟾宫曲·西施》:"范蠡坚哉,社稷功成,烟水船开。"

元·马致远《四块玉·洞庭湖》:"高哉蠡乘船去,那里是泛五湖,若纶竿不钓鱼,便索他学楚大夫。"

元·张养浩《朱履曲》:"正胶漆当思勇退,到参商才说归期,只恐范蠡张良笑人痴。"

元·沈和《赏花时·潇湘八景》:"远害全清风万古,堪羡范蠡归湖。"

元·张可久《齐天乐过红衫》:"学范蠡归湖,张翰思莼。"

清·蒲松龄《荒园小构落成,有丛柏当门,颜曰绿屏斋》:"瓜壶秋傲陶朱富,煤火冬夸韦杜尊。"

615. 西子下姑苏

唐·杜牧《杜秋娘》:"西子下姑苏,一舸逐鸱夷。"杜秋娘,据作者《杜秋娘诗·序》云:乃金陵女子,曾入宫,后赐归,一生坎坷,晚年极穷困。杜牧感叹她身世赋此。诗中叹人生之变化无常,西子是诗中一例。宋·辛弃疾《摸鱼儿》:"人道是,子胥冤愤终于千古。功名自误,谩教得陶朱,五湖西子,一舸弄烟雨。"写伍子胥功成受戮,范蠡吸取教训,功成隐退,携西施以游五湖。由于叶衡曾引荐自己,后叶又罢相,所以感慨良多。关于"西子",《荀子·正论》云:"以人之情为欲此五綦者而不欲多,譬之是犹以人之情为欲富贵而不欲货也,好美而恶西施也。"东汉·赵晔《吴越春秋》卷九《勾践阴谋外传》载:"十二年,越王谓大夫种曰:'孤闻吴王淫而好色,惑乱沉湎,不领政事,因此而谋,可乎?'种曰:'可破。夫吴王淫而好色,宰嚭佞以曳心。往献美女,其必受之。惟王选择美女二人而进之。'越王曰:'善。'乃使相者国中得,苧萝鬻薪女曰西施、郑旦,以罗縠,教以容步,习于土城,临于都巷,三年学服而献于吴。乃使相国范蠡进曰:'越王勾践窃有二遗女,越国洿下困迫,不敢稽留,谨使臣蠡献之。大王不以鄙陋寝容,愿纳以供箕帚之用。'吴王大悦,曰:'越贡二女,乃勾践尽忠于吴之征也。'子胥谏曰:'不可。……臣闻,贤士国之宝,美女国之咎。夏亡以妹喜,殷亡以妲己,周亡以褒姒。'吴王不听,遂受其女。"又据《吴越春秋》和《越绝书》载:吴亡后,西施与范蠡偕入五湖。后代文人多以此传说撰入诗文剧作。西施成了美女的代称。而《修文御览》引《吴越春秋》逸篇云:吴亡后,越浮西子于江,令随鸱夷以终。因子胥死,盛以鸱夷;沉西施为报子胥之忠,因而说"令随鸱夷以终"。如此,西施乃沉江而逝。

唐·万楚《五日观妓》:"西施谩道浣春纱,碧玉今时斗丽华。"以西施衬托妓人之美。

唐·李白《子夜吴歌·夏歌》:"五月西施采,人看隘若耶。回舟不待月,归去越王家。"

又《鸣皋歌送岑征君》:"嫫母衣锦,西施负薪。"寓才华无用。

又《答族侄僧中孚赠玉泉仙人掌茶》:"清镜独无盐,顾惭西子妍。"

又《口号吴王美人半醉》:"西施醉舞娇无力,笑倚东窗白玉床。"

唐·韦应物《广陵遇孟九云卿》:"西施且一笑,众女安得妍。"

唐·杜甫《赠崔十三评事公辅》:"暗尘生古镜,拂匣照西施。"

唐·李贺《美人梳头歌》:"西施晓梦绡帐寒,香鬟堕髻半沈檀。"

唐·长孙佐辅《古宫怨》:"拊心却笑西子颦,掩鼻谁忧郑姬谤。"

唐·施肩吾《山石榴花》:"莫言无物堪相比,妖艳西施春驿中。"

唐·杜牧《鹤》:"丹顶西施颊,霜毛四皓须。"

唐·刘驾《姑苏台》:"西施舞初罢,侍儿整金钗。"

唐·曹邺《四怨三愁五情诗二十首·情》:"阿娇生汉宫,西施住南国。"

又《登岳阳楼有怀寄座主相公》:"常闻诗人语,西子不宜老。"

唐·于濆《越溪女》:"枉破吴王国,徒为西子身。"

唐·司空图《村西杏花二首》:"东风狂不惜,西子病难医。"

唐·罗隐《庭花》:"南威病不起,西子老兼至。"喻庭花将谢。

唐·罗虬《比红儿诗》:"越山重叠越溪斜,西子休怜解浣纱。"

唐·唐彦谦《牡丹》:"那堪更被烟蒙蔽,南国西施泣断魂。"

唐·吴融《蔷薇》:"馆娃人尽醉,西子始新妆。"

唐·韦庄《叹落花》:"西子去时遗笑靥,谢娥行处落金钿。"

又《残花》:"十日笙歌一宵梦,苧萝因雨失西施。"

唐·贯休《偶作五首》:"君不见西施绿珠颜色可倾国,乐极悲来留不得。"

唐·吕岩《题广陵妓屏二首》:"嫫母西施共此身,可怜老少隔千春。"

宋·苏轼《水龙吟》:"五湖闻道,扁舟归去,仍携西子。"

宋·秦观《望海潮》:"天际识归舟,泛五湖烟月,西子同游。"

宋·李曾伯《朝中措》:"藕花时候,五湖烟雨,西子扁舟。"

宋·杜旟《摸鱼儿》(湖上):"待学取鸱夷,仍携西子,来动五湖兴。"

616. 浮游五湖内

唐·王绩《古意六首》:"浮游五湖内,宛转三江里。""五湖"出于范蠡故事。东汉·赵晔《吴越春秋》卷十《勾践伐吴外传》载:灭吴后,范蠡"乃乘扁舟出三江,入五湖,人莫知其所适"。"五湖"一般以为是太湖。"五湖"喻功成身退,也泛指纵情山水、向往隐逸或水程。王绩句写"宝龟"浮游。

唐·张九龄《登荆州城楼》:"枕席夷三峡,关梁豁五湖。"

唐·萧颖士《送张翚下第归江东》:"客愁千里别,春色五湖多。"

唐·李泌《长歌行》:"请君看取百年事,业就扁舟泛五湖。"

唐·崔颢《长干曲四首》:"三江潮水急,五湖风浪涌。"

唐·李颀《送乔琳》:"菱歌五湖远,桂树八公邻。"

唐·孟浩然《自浔阳泛舟经明海》:"因之泛五湖,流浪经三湘。"

又《北涧泛舟》:"沿洄自有趣,何必五湖中。"

唐·王维《送张五谞归宣城》:"五湖千万里,况复五湖西。"

唐·刘长卿《饯别王十一南游》:"长江一帆远,落日五湖春。"

又《夜宴洛阳程九主簿宅送杨三山人往天台寻智寺禅师隐居》:"羡尔五湖夜,往来闲扣舷。"

又《赠秦系》:"明日东归变名姓,五湖烟水觅何人。"

唐·陶翰《赠房侍御》:"扁舟入五湖,发缆洞庭前。"

唐·李白《越中秋怀》:"不然五湖上,亦可乘扁舟。"

又《答王十二寒夜独酌有怀》:"少年早欲五湖去,且此弥将钟鼎疏。"

又《书情赠蔡舍人雄》:"我纵五湖棹,烟涛恣崩奔。"

又《赠韦秘书子春二首》:"终与安社稷,功成去五湖。"

唐·杜甫《八哀诗·赠田司空王公礼》:"永系五湖舟,悲甚田横客。"

又《草堂》:"孤矢暗江海,难为游五湖。"

又《归雁》:"年年霜露隔,不过五湖秋。"

又《奉赠萧二十使君》:"停骖双阙早,回雁五湖春。"

唐·钱起《送褚大落第东归》:"顷来荷策干明主,还复扁舟归五湖。"

唐·皇甫冉《赋得荆溪夜湍送蒋逸人归义兴山》:"方同七里路,更遂五湖心。"

唐·戎昱《秋日感怀》:"日下未驰千里足,天涯徒泛五湖舟。"

唐·卢纶《陪中书李纾舍人夜泛东池》:"何言奉杯酒,得见五湖心。"

又《观袁修侍郎涨新池》:"微风月明夜,知有五湖心。"

唐·裴度《窦七中丞见示初至夏口献元戎请辄戏和之》:"须为九皋鹤,莫上五湖船。"

唐·刘商《姑苏怀古送秀才下第归江南》:"莫便五湖为隐沦,年年三十升仙人。"

唐·郑巢《送韦弇》:"知君当永夜,独钓五湖隅。"

唐·刘禹锡《酬李相公喜归乡国自鞏县夜泛洛水见寄》:"且无三已色,犹泛五湖舟。"

唐·朱庆余《湖中闲夜遣兴》:"谁知此中兴,宁羡五湖人。"

又《送惠雅上人西游》:"五湖僧独往,此去与谁期。"

唐·雍陶《和刘补阙秋园寓兴六首》:"功成他日后,何必五湖归。"

唐·杜牧《闻开江相国宋下世二首》:"毕竟功成何处是,五湖云月一帆开。"

又《云梦泽》:"直是超然五湖客,未如终始郭汾阳。"

唐·许浑《朱坡故少保杜公池亭》:"高岫乍疑三峡近,远波初似五湖通。"

又《闻韶州李相公移拜柳州因寄》:"青汉梦归双阙曙,白云吟过五湖秋。"

唐·李商隐《陆发荆南始至商洛》:"向来忧际

会，犹有五湖期。"

唐·刘威《题许子正处士新池》："巧分孤岛思何远，欲似五湖心易迷。"

唐·李群玉《将之吴越留别坐中文酒诸侣》："非思鲈鱼脍，且弄五湖船。"

又《寄张祜》："越水吴山任兴行，五湖云月挂高情。"

唐·温庭筠《元处士池上》："愁红一片风前落，池上秋波似五湖。"

又《题友人居》："若教烟水无鸥鸟，张翰何由到五湖。"

又《河中陪帅游亭》："添得五湖多少恨，柳花飘荡似寒梅。"

又《赠楚云上人》："烟波五湖远，瓶屦一身闲。"

唐·刘沧《赠隐者》："五湖仙岛几年别，九转药炉深夜开。"

唐·李频《宛陵东峰亭与友人话别》："乱水通云楚，归帆挂五湖。"

唐·李郢《赠羽林将军》："五湖归去孤舟月，六国平来两鬓霜。"

唐·曹邺《碧寻宴上有怀知己》："莫怪当欢却惆怅，全家欲上五湖舟。"

唐·高骈《写怀二首》："却恨韩彭兴汉室，功成不向五湖游。"

唐·皮日休《相得之欢送和之微旨也》："主知万钟禄，不博五湖船。"

又《乌龙养和》："料君携去处，烟雨太湖舟。"

唐·陆龟蒙《和袭美新秋即事次韵三首》："还须待致升平了，即住扁舟放五湖。"

又《和过张祜处士丹阳故居》："一代交游非不贵，五湖风月合教贫。"

又《新秋杂题六首·眠》："魂清雨急梦难到，身在五湖波上头。"

唐·张乔《别李参军》："王孙游不遇，况我五湖人。"

唐·胡曾《杜邮》："五湖烟月无穷水，何事迁延到陆沉。"

唐·罗隐《曲江春感》："一船明月一竿竹，家住五湖归去来。"

又《东归》："双阙往来慚请谒，五湖归后耻交亲。"

唐·郑损《钓阁》："谁知一沼内，亦有五湖心。"

唐·唐彦谦《东韦曲野思》："九陌要津劳目击，五湖闲梦诱心期。"

唐·郑谷《秘阁伴值》："闲看薛稷鹤，共起五湖心。"

又《春暮咏怀寄集贤韦起居衮》："五湖烟网非无意，未去难忘国士知。"

又《偶怀寄台院孙端公棨》："雨露瞻双阙，烟波隔五湖。"

又《送张逸人》："芦笋鲈鱼抛不得，五陵珍重五湖春。"

唐·韩偓《过临淮故里》："五湖竟负他年志，百战空垂异代名。"

唐·杜荀鹤《早发》："青云快活一未见，争得安闲钓五湖。"

又《出关投孙侍御》："不为感恩酬未得，五湖闲作钓鱼师。"

唐·崔涂《春夕》："自是不归归便得，五湖烟景有谁争？"

唐·周昙《范蠡》："迹高尘外功成处，一叶翩翩在五湖。"

唐·杨损《临刑赋》："市东便是神仙窟，何必乘舟泛五湖。"

五代·欧阳炯《定风波》："志在烟霞慕隐沦，功成归看五湖春。"

宋·徐积《无一事》："论得失，问荣枯，争似侬家占五湖。"

宋·王安石《中年》："南望青山知不远，五湖春草人扁舟。"

又《藏春坞诗献刁十四文学士》："遥约勾吴亭下路，春风深驻五湖舟。"

又《江口》："六朝文物草连空，今古无端入望中。江上晚来堪画处，参差烟树五湖东。"末句用杜牧原句。

宋·苏轼《书皇亲画扇》："十年江海寄沉浮，梦绕江南黄苇林。谁谓风流贵公子，笔端还有五湖心。"唐人用"五湖心"非止一人，如唐人《题韩信庙》："隆准早知同鸟啄，将军应有五湖心。"

又《和林子中待制》："共把鹅儿一尊酒，相逢卵色五湖天。"五代·孙光宪《河渎神》："一方卵色楚南天，数行斜柳雁联翩。"苏轼用此句。

又《十月五日观月黄楼席上次韵》："未成短棹还三峡，已约轻舟泛五湖。"

又《忆江南寄纯如五首》："未卜柴桑旧宅,须乘五湖扁舟。"

又《菩萨蛮》："莫便向姑苏,扁舟下五湖。"

宋·黄庭坚《洞仙歌》(沪守王补之生日)："正注意,得人雄,静扫河山,应难纵、五湖归棹。"

又《双井茶送子瞻》："为君唤起黄州梦,独载扁舟向五湖。"

又《阮郎归》(曾勇文既晒陈湘,歌舞便出其类,学书亦进。来求小楷,作阮郎归词付之)："它年未厌白髭须,同舟归五湖。"

宋·晁端礼《临江仙》："从此五湖归去好,一杯酒送生涯。"

又《诉衷情》："片时篷底幽梦,即是五湖船。"

宋·贺铸《负心期》(浣溪沙)："可胜摇落长年悲,回首五湖乘兴地、负心期。"

又《临江仙》："行拥一舟称浪士,五湖春水如天。"

宋·晁补之《离亭宴》(次韵吊豫章黄鲁直)："却上五湖船,悲歌楚狂同调。"

宋·毛滂《七娘子》(和贺方回登月波楼)："云外归鸿,烟中飞桨,五湖秋兴心先往。"

宋·叶梦得《念奴娇》："汹涌三江,银涛无际,遥带五湖深。"

又《临江仙》："自笑天涯无定准,飘然到处迟留,兴阑却上五湖舟。"

宋·朱敦儒《桂枝香》(南都病起)："念壮节、漂零未稳。负九江风雷,五湖烟艇。"

宋·李祁《鹊桥仙》："碧山学士,云房娇小,须要五湖同去。"

又《水龙吟》(郎官湖)："扫尽云南梦北,看三江五湖秋水。"

宋·蔡伸《踏莎行》(题团扇)："五湖归去共扁舟,何如早早酬深愿。"

宋·张元干《水调歌头》(同徐师川泛大湖舟中作)："莫道三伏热,便是五湖秋。"

宋·吕渭老《念奴娇》(赠希文宠姬)："五湖何日,小舟同泛春绿。"

又《水调歌头》："松竹雨荒三径,却忆五湖船。"

又《柳梢青》："五湖自有深期,曾指定、灯花细说。"

宋·李纲《江城子》："扁舟归去五湖东,狎樵童,侣渔翁。不管人间、荣辱与穷通。"

宋·杨无咎《甘草子》："谁与浮家五湖去,尽醉眠秋雨。"

宋·王之望《洞仙歌》(范丞相夫人生日)："飘然乘彩凤,东望蓬莱,曾共扁舟五湖泛。"

又《满庭芳》："人间世,风帆月棹,同泛五湖船。"

宋·毛开《满庭芳》(自宛陵易倅东阳,留别诸同僚)："回头笑,浑家数口,又泛五湖舟。"

宋·韩元吉《临江仙》(寄张安国)："五湖莫便具扁舟,玉堂红蕊在,还胜百花洲。"

又《水调歌头》："剩买五湖月,吹笛下沧洲。"

又《水调歌头》："白首待君老,同泛五湖船。"

宋·王千秋《临江仙》："未说珥貂横玉事,勋名且勒燕然。归来方卜五湖闲。"

宋·袁去华《水调歌头》："做个终焉计,谁羡五湖游。"

宋·韦能谦《虞美人》："功名英隽满凌烟,省事应须速上、五湖船。"

宋·管鉴《蓦山溪》(甲辰生日醉书示儿辈)："君恩未报,何日赋归欤。三径乐,五湖游。趁取身强健。"

宋·陆游《青玉案》："千岩高卧,五湖归棹,替却凌烟像。"

宋·范成大《满江红》："算五湖,今夜只扁舟、追千古。"

宋·陈居仁《水调歌头》："少报期年政,行泛五湖船。"

宋·张孝祥《鹧鸪天》(荆州别同官)："又向荆州住半年,西风催放五湖船。"

宋·杨冠卿《贺新郎》："西子五湖归去后,泛仙舟,尚许寻盟否。"

宋·辛弃疾《满庭芳》："明日五湖佳兴,扁舟去,一笑谁知。"

又《贺新郎》(赋海棠)："转越江,划地迷归路。烟艇小,五湖去。"

宋·杨炎正《水调歌头》："准拟五湖去,为乞钓鱼竿。"

又《水调歌头》："谁是中州豪杰,借我五湖舟楫,去作钓鱼翁。"

又《浣溪沙》："三径闲情傲落霞,五湖高兴不浮家。"

宋·姜夔《湘月》(念奴娇过腔)："五湖旧约,问经年底事,长负清景。"

宋·吴礼之《风入松》（江景）："五湖景物供心眼，几曾有、一点闲愁。"

宋·赵以夫《桂枝香》："不如归去，扁舟五湖，钓竿渔笛。"

宋·吴文英《大酺》（荷塘小隐）："归隐何处，门外垂杨天窄，放船五湖夜色。"

又《倦寻芳》："寄新吟，莫空回，五湖春雁。"

又《八声甘州》："宫里吴王沈醉，倩五湖倦客，独钓醒醒。"

宋·杨泽民《满庭芳》："平生志，功名未就，去觅五湖船。"

宋·奚𣿰《解连环》（姑苏怀古）："道世间，多少闲愁，总输与扁舟，五湖游乐。"

宋·赵必𤩽《齐天乐》："相越平吴，终成底用，不似五湖舟稳。"

又《念奴娇》（钱朱沧洲）："相越平吴，终成底事，一舸五湖差乐。"重用前二句。

宋·周密《一萼红》（登蓬莱阁有感）："岁华晚，飘零渐远。谁念我，同载五湖舟。"

宋·蒋捷《贺新郎》："五湖有客扁舟舣，怕群仙、重游到此。"

明·唐寅《巴陵》："数占征帆天际落，不知谁是五湖舟。"

617. 五湖烟水觅何人

唐·刘长卿《赠秦系》："明日东归变姓名，五湖烟水觅何人。"秦系天宝末年避安史之乱隐居剡溪、泉州，晚年又东渡秣陵。时人把他在泉州南安隐居过的山称"高士峰"。刘长卿与秦系友善，用范蠡事寓秦系隐遁，行迹难觅。"五湖烟水"，写隐居之境迷茫不定。后用"五湖烟月""五湖烟景""五湖烟浪""五湖烟艇"写这种游隐环境。

唐·薛逢《惊秋》："五湖烟水盈归梦，芦荻花中一钓舟。"

唐·温庭筠《利州南渡》："谁解乘舟寻范蠡，五湖烟水独忘机。"

唐·胡曾《杜邮》："五湖烟月无穷水，何事延迁到陆沉。"

唐·郑谷《春暮咏怀寄集贤韦起居袞》："五湖烟网非无意，未去难忘国士知。"

唐·崔涂《春夕旅怀》："自是不归归便得，五湖烟景有谁争？"

宋·柳永《风归云》："幸有五湖烟浪，一船风

月，会须归去老渔樵。"

宋·王安石《答韩持国芙蓉堂二首》："乞得胶胶扰扰身，五湖烟水替风尘。"

宋·秦观《望海潮》："天际识归舟，泛五湖烟月，西子同游。"

宋·朱敦儒《桂枝香》："负九江风笛，五湖烟艇。"

宋·蔡伸《点绛唇》："樊笼外，五湖烟水，好作扁舟计。"

又《西江月》："凭肩密语两心知，一棹五湖烟水。"《水调歌头》（丁丑春与钟离少翁、张元鉴登垂虹）："长羡五湖烟艇，好是秋风鲈脍，笠泽久蓬蒿。"

宋·李石《醉蓬莱》："楚水楼台，巫山宫殿，五湖烟渺。"

宋·曾协《秦楼月》（留别海陵诸公）："伤离别，五湖烟水，伴人愁绝。"

宋·耿时举《满江红》："道五湖烟浪，胜游溢浦。"

宋·李洪《南乡子》（盐田渡）："却忆五湖烟浪里，扁舟，第四桥南云水秋。"

宋·李处全《贺新郎》："我爱五湖烟水阔，待扁舟寻到揸机处。"

宋·俞国宝《贺新郎》（梅）："依前海风吹落，浮到五湖烟月上，刚被梅香醉着。"

宋·程珌《壶中天》（寿丘枢密）："晚岁佛地功深，人间富贵，五湖烟水阔。"

宋·高观国《酹江月》（灵岩吊古）："五湖波淼，远空依旧倾碧。"

宋·张辑《忆萝月》（寓清平乐）："新凉窗户，闲对琴言语。弹到无人知得处，两袖五湖烟雨。"

宋·吴潜《点绛唇》："五湖烟浪，不是鸱夷错。"

宋·周弼《二郎神》："五湖万里，谁问烟艇。"

宋·徐宝之《莺啼序》："便永谢，五湖烟艇，只有吟诗。曲坞煎茶，小窗眠月。"

宋·张炎《瑶台聚八仙》（为野舟赋）："他年五湖访隐，第一是吴淞第四桥。玄真子，共游烟水，人月俱高。"

618. 扁舟乘兴客

唐·刘长卿《酬张夏雪夜赴州访别途中苦寒作》："扁舟乘兴客，不惮苦寒行。"写张夏雪夜造

访,因乘兴而来,不怕在寒雪中跋涉。《晋书·王微之传》载:微之"尝居山阴,夜雪初霁,……忽忆戴逵,逵时在剡,便乘小舟诣之,经宿方至。造门不前而返。人问其故,微之曰:本乘兴而来,兴尽而返,何必见安道耶?"安道即戴逵。"乘兴扁舟"(扁舟乘兴)后表示兴致勃勃地乘舟而往。"扁舟"即小舟,《史记·货殖列传》载:"范蠡即雪会稽之耻,……乃乘扁舟,浮于江湖。""扁舟"概出于此,形状扁扁而小,因名。刘长卿首先把两个典故语连用起来。后用于愉快地乘舟。

唐·刘商《送人之江东》:"尽室随乘兴,扁舟不计程。"

宋·康与之《丑奴儿令》(促养直赴雪夜溪堂之约):"山阴此夜明如昼,月满前村。莫掩溪门,恐有扁舟乘兴人。"

宋·耿时举《满江红》中秋泛月太湖:"兰台旧,扁舟乘兴,处留奇语。"

宋·辛弃疾《玉楼春》:"几时秋水美人来,长恐扁舟乘兴懒。"

宋·陈人杰《沁园春》(吴兴怀古):"落月都门,买得扁舟,乘兴而东。"

宋·黄公绍《念奴娇》(月):"乘兴著我扁舟,山阴夜色,渺渺流光溯。"

宋·张炎《风入松》:"宜啸咏,莫徘徊,乘兴扁舟好去来。"

619.明朝散发弄扁舟

唐·李白《宣州谢朓楼饯别校书叔云》:"人生在世不称意,明朝散发弄扁舟。"陪其叔李云登宣州(今安徽宣城)谢朓楼,作此抒写情怀。尾二句直抒自己怀才不遇、壮志难酬,要远离世俗、飘然远去的思想。"扁舟"句出自范蠡故事,后人用以表示独乘小舟,轻装远行,有些表示去隐居,想隐居,有些表示水路离别而去。唐·杜甫《暮归》:"年过半百不称意,明日看云还杖藜。"用李白句式,写飘泊江陵,辗转栖息,深感生活极不安定。这是仅用句式而未用扁舟。下面是"扁舟"句。

唐·孙逖《丹阳行》:"丹阳古郡洞庭阴,落日扁舟此路寻。"

又《夜宿浙江》:"扁舟夜入江潭泊,露白风高气萧索。"

唐·崔国辅《杭州北部戴氏荷池送侯愉》:"扁舟竟何待,中路每迟迟。"

唐·王昌龄《江上闻笛》:"横笛怨江月,扁舟何处寻。"

又《送别刘十五之郡》:"扁舟事洛阳,窅窅含楚月。"

又《送李五》:"扁舟乘月暂来去,谁道沧浪吴楚分。"

又《赵十四兄见访》:"忽忆鲈鱼脍,扁舟往江东。"

又《送薛大赴安陆》:"遥送扁舟安陆郡,天边何处穆陵关。"

又《卢溪主人》:"武陵溪口驻扁舟,溪水随君向北流。"

又《别辛渐》:"别馆萧条风雨寒,扁舟月色渡江看。"

又《送姚司法归蜀》:"但令意远扁舟近,不道沧江百丈深。"

唐·张若虚《春江花月夜》:"谁家今夜扁舟子,何处相思明月楼。"

唐·孟浩然《渡浙江问舟中人》:"湖落江平未有风,扁舟共济与君同。"

唐·常建《古兴》:"唯留扁舟影,系在长江湄。"

又《白龙窟泛舟寄天台学道者》:"扁舟沧浪意,淡淡花影没。"

又《渔浦》:"扁舟与天际,独往谁能名。"

唐·刘长卿《晚次湖口有怀》:"白发生扁舟,沧波满归路。"

又《留题李明府雪溪水堂》:"从此扁舟去,谁堪江浦猿。"

又《入白沙渚舂缘二十五里至石窟下怀天台陆山人》:"吾亦从此去,扁舟何所之。"

又《湖上遇郑田》:"还乡返为客,扁舟伊独往。"

又《东湖送朱逸人归》:"山色湖光并在东,扁舟归去有樵风。"

又《送张栩扶侍之睦州》:"遥忆新安归,扁舟复却还。"

又《刘处士归州因寄林山人》:"旧邑云山里,扁舟来去过。"

又《送崔处士先适越》:"徒羡扁舟客,微官事不同。"

又《送人游越》(一作郎士元诗):"西陵待潮处,落日满扁舟。"

又《赴江西湖上赠皇甫之宣州》："莫恨扁舟去，川途我更遥。"

又《横龙渡》："独见一扁舟，樵人往来渡。"

又《晚泊湘江怀故人》："扁舟宿何处，落日羡归翼。"

唐·韦应物《答李瀚三首》："想子今何处，扁舟隐荻花。"

又《自巩洛舟行入黄河即事寄府具僚友》："为报洛桥游宦侣，扁舟不系与心同。"

又《送李二归楚州》："好去扁舟客，青云何处期。"

唐·高适《奉酬睢阳李太守》："寸心仍有适，江海一扁舟。"

唐·杜甫《绝句六首》："扁舟轻褭缆，小径曲通村。"

又《白帝城楼》："彝陵春色起，渐拟放扁舟。"

又《送裴二　作尉永嘉》："扁舟吾已就，把钓待秋风。"

又《秋日刑南述怀三十韵》："伏枕因超忽，扁舟任往来。"

又《夜宴左氏庄》："诗罢闻吴咏，扁舟意不忘。"

又《严中丞枉驾见过》："扁舟不独如张翰，白帽还应似管宁。"

又《野望》："扁舟空老去，无补圣明朝。"

又《奉送王信州崟北归》："解龟踰卧辙，遣骑觅扁舟。"

唐·钱起《江行无题一百首》（一作钱珝诗）："隐放扁舟去，江天自有涯。"

又《送李秀才落第游荆楚》："昏日扁舟去，江山几路分。"

唐·戴叔伦《江上别张欢》："今日扁舟到，俱为沧海人。"

唐·权德舆《奉和许阁老酬淮南崔十七端公见寄》："尽室扁舟客，还家万里途。"

唐·许浑《早发寿安次永寿渡》："会待功名就，扁舟寄此身。"

又《旅怀》："犹有扁舟思，前年别若耶。"

唐·李商隐《安定城楼》："永忆江湖归白发，欲回天地入扁舟。"

唐·温庭筠《巫山神女庙》："古树芳菲尽，扁舟离恨多。"

宋·梅尧臣《月夜与兄公度纳凉闲行至御桥》："明当拂衣去，试与问扁舟。"

宋·王安石《散发一扁舟》："散发一扁舟，夜长眼屡起。"直用李白句。

又《世故》："钟山北绕无穷水，散发何时一钓舟。"再用李白"散发"句。

宋·苏轼《莘老葺天庆观小园有亭北向道士山宗说乞名与诗》："扁舟去后花絮乱，五马来时宾从非。"

又《书李世南所画秋景二首》："扁舟一棹归何处？家在江南黄叶村。"

宋·侯寘《醉落魄》："扁舟明日清溪泊，归来依旧情怀恶。"

宋·严羽《沁园春》："还须把、扁舟借我，散发沧浪。""散发"用李白句。

620. 欲买扁舟归去

宋·苏轼《惠崇芦雁》："惠崇烟雨芦雁，坐我潇湘洞庭。欲买扁舟归去，故人云是丹青。"面对"潇湘洞庭"中的"芦雁"，引发了乡思，因而"欲买舟归去"，可人提醒说，那是一幅丹青。"买舟"，雇船，租船。后用"扁舟归去"，多含"归隐"之意。

宋·叶梦得《虞美人》（赠蔡子因）："唤取扁舟归去，与君同。"用苏轼句。

宋·周紫芝《渔家傲》："花姑溪上人空老，唤取扁舟归去好；归去好，孤篷一枕秋江晓。""唤取"，用叶梦得句。

宋·李纲《江城子》："扁舟归去五湖东，狎樵童，侣渔翁，不管人间、荣辱与穷通。"

宋·侯寘《柳梢青》（赠张丞）："我自西风，扁舟归去，看君寥廓。"

宋·陆游《真珠帘》："悔当年，早不扁舟归去，醉下白苹洲，看夕阳鸥鹭。"

宋·张孝祥《水调歌头》（泛湘江）："吴山楚泽行遍，只欠到潇湘。买得扁舟归去，此事天公付我，六月下沧浪。"

宋·高观国《酹江月》（灵岩吊古）："风月荒凉罗绮梦，输与扁舟归客。"

621. 扁舟落吾手

唐·杜甫《将适吴楚留别章使君》："不意青草湖，扁舟落吾手。"《元和郡县志》载："巴丘湖，又名青草湖，在巴陵县南，周围二百六十五里，俗名，即古云梦泽。"诗人离蜀去吴楚，留别章留守而作此诗。"扁舟落吾手",得乘扁舟之意。

唐·白居易《泛春池》:"天与爱水人,终焉落吾手。""落吾手"用杜句,说春池可泛舟了。

宋·苏轼《次韵周邠寄〈雁荡山图〉二首》:"此生的有寻山分,已觉温台落手中。"得图如得山。

622. 轻舟已过万重山

唐·李白《早发白帝城》:"朝辞白帝彩云间,千里江陵一日还。两岸猿声啼不往,轻舟已过万重山。"唐肃宗乾元二年(759)春,作者因永王璘案被流放夜郎。至四川白帝城遇赦,心情畅快,旋即放舟东下。然而高妙之处是,喜悦心情一字未抒,全是以"轻舟"疾驶,轻而且快烘托出来,这"轻"与"快"饱蕴着乘舟人在欢欣之中的感受,高妙即在此。

清·蒲松龄《雨后次岩庄》:"系马斜阳一回首,故园已隔万重山。"用句式。

623. 桃花春水木兰桡

南朝·陈·江总《乌栖曲》:"桃花春水木兰桡,金羁翠盖聚河桥。"行人即将远去,装饰华美的木兰舟正在春天的桃花水中停泊待发。"木兰桡",用木兰树之木制造的船,高雅又带有微香。

"木兰桡":南朝·梁·任昉《述异记》卷下载:"木兰川在浔阳江中,多木兰树。昔吴王阖闾植木兰于此,用构宫殿也。七里洲中有鲁班刻木兰为舟,舟至今在洲中。诗家用木兰舟出于此。"木兰桡,又称"木兰舟""木兰船""兰桡""兰舟",诗中多指轻巧便捷的小船。

唐·王勃《采莲曲》:"桂棹兰桡下长浦,罗裙玉腕轻摇橹。"

唐·骆宾王《晚泊河曲》:"通波竹箭水,轻舸木兰桡。"

又《早发淮口望盱眙》:"背流桐柏远,逗浦木兰轻。"

唐·施肩吾《古典五首》:"摇荡木兰舟,双凫不成浴。"

唐·李颀《送马录事赴永阳》:"听歌送离曲,且驻木兰船。"

唐·韩翃《送丹阳刘太真》:"相访不辞千里远,西风好借木兰桡。"

唐·郎士元《送元诜还丹阳别业》:"一别沧洲远,兰桡几岁归。"

又《石城馆酬王将军》:"谁能绣衣客,肯住木兰舟。"

又《朱方南郭留别皇甫冉》:"萦回枫叶岸,留滞木兰桡。"(一作皇甫冉《润州南郭留别》诗)

唐·戴叔伦《临流送顾东阳》:"兰桡起唱逐流去,却恨山溪通外江。"

唐·李端《送周长史》:"别有空园落桃杏,知将丝组系兰桡。"

唐·畅当《九日陪皇甫使君泛江宴赤岸亭》:"同倾菊花酒,缓棹木兰桡。"

唐·冷朝阳《送红线》:"采菱歌怨木兰舟,送客魂销百尺楼。"

唐·权德舆《杂言同用离骚体送张评事襄阳觐省》:"君之去兮不可留,五采裳兮木兰舟。"

唐·刘禹锡《采菱行》:"争多逐胜纷相向,时转兰桡破轻浪。"

又《竹枝》:"日出三竿春雾消,江头蜀客驻兰桡。"

唐·张籍《春别曲》:"江头桔树君自种,那不长系木兰船。"

唐·许浑《闻韶州李相公移拜郴州因寄》:"诏移丞相木兰舟,桂水潺暖岭北流。"

唐·李商隐《木兰花》:"几度木兰舟上望,不知元是此花身。"

唐·郑史《秋日零陵与幕下诸宾游河夜饮》:"汀沙渐有珠凝露,缓棹兰桡任夜深。"

唐·赵嘏《送沈单作尉江都》:"炀帝都城春水边,笙歌夜上木兰船。"

唐·马戴《楚江怀古三首》:"猿啼洞庭树,人在木兰舟。"

唐·刘绮庄《扬州送人》:"桂楫木兰舟,枫江竹箭流。"

唐·贾岛《寄韩潮州愈》:"此心曾与木兰舟,直到天南潮水头。"

又《和韩吏部泛南溪》:"木兰船共山人上,月映渡头零落云。"

唐·陆龟蒙《江南二首》:"待得江餐闲望足,日斜方动木兰桡。"

唐·曹唐《汉武帝思李夫人》:"夜深池上兰桡歇,断续歌声彻太微。"

唐·罗隐《秋晓寄友人》:"更见南来钓翁说,醉吟还上木兰舟。"

又《湖州裴郎中赴阙后投简寄友生》:"锦帐郎

官塞诏年,汀洲曾驻木兰船。"

唐·齐己《怀洞庭》:"今来欲长往,谁借木兰舟。"

又《送人往长沙》:"好听鹧鸪啼雨处,木兰舟晚泊春潭。"

五代·欧阳炯《南乡子》:"洞口谁家,木兰船系木兰花。"

五代·孙光宪《河传》:"木兰舟上何处,吴娃越艳,藕花红照脸。"

又《菩萨蛮》:"一只木兰船,波平远浸天。"

五代·冯延巳《喜迁莺》:"香已寒,灯已绝,忽忆去年离别。石城华雨倚江楼,波上木兰舟。"

五代·毛文锡《应天长》:"渔灯明远诸,兰棹今宵何处?"

宋·潘阆《酒泉子》:"美姬个个是神仙,竞泛木兰船。"

宋·欧阳修《浣溪沙》:"红粉佳人白玉杯,木兰船隐棹歌催,绿荷风里笑声来。"

宋·王琪《望江南》(江景):"寒夜愁倚金带枕,暮江深闭木兰船,烟浪远相连。"

宋·晏几道《生查子》:"闲荡木兰舟,误入双鸳浦。"

又《清平乐》:"留人不住,醉解兰舟去。"

宋·魏夫人《菩萨蛮》:"荡漾木兰船,船中人少年。"

宋·苏轼《六月二十七日望湖楼醉书五绝》:"献花游女木兰桡,细雨斜风湿翠翘。"

宋·贺铸《更漏子》:"便兰舟独上,洞府人间,素手轻分。"

又《六幺令》(宛溪柳):"波平天渺,兰舟欲上,回首离愁满芳草。"

又《吴门柳》(渔家傲):"依依照影临南浦,留取木兰舟少住。"

宋·晁补之《蓦山溪》(和王定国朝散忆广陵):"兰舟归后,谁与春为主。"

又《阮郎归》:"人家烟雨西,不成携手折芳菲,兰桡惆怅归。"

宋·叶梦得《贺新郎》:"无限楼前沧波意,谁采苹花寄取?但怅望兰舟容与。"

宋·吴则礼《虞美人》(送晁适道):"东风明日木兰船,想见阳关声彻、雁连天。"

宋·慕容嵓妻《浣溪沙》:"满目江山忆旧游,汀洲花草弄春柔,长亭舣住木兰舟。"

宋·李清照《一剪梅》:"红藕香残玉簟秋,轻解罗裳,独上兰舟。"

宋·蔡伸《南歌子》:"肠断圆蟾空照、木兰舟。"

宋·范成大《南柯子》:"可惜高楼,不近木兰舟。"

宋·赵师侠《水调歌头》(春野亭送别):"江亭送行客,肠断木兰舟。"

宋·洪瑹《踏莎行》(别意):"醉中扶上木兰船,醒来忘却桃源路。"

宋·姜夔《鬲溪梅令》(仙吕调):"木兰双桨梦中云,小横陈。"

元·杨果《小桃红》:"采莲人和采莲歌,柳外兰舟过。"

又《小桃红》:"满城烟水月微茫,人倚兰舟唱。"

元·姚燧《凭栏人》:"这些木兰舟,怎装如许愁。"用李清照"载不动,许多愁"句。

624. 万里风波一叶舟

唐·李商隐《无题》:"万里风波一叶舟,忆归初罢更夷犹。"一叶扁舟,万里飘泊,由于思归心切,而犹豫不前了。"一叶舟"形容小舟轻轻如一片叶子。"万里风波一叶舟","万里"与"一叶"形成强烈反差,突出了旅途之艰难。

最先以叶喻舟的,是隋人薛道衡,他在《敬酬杨仆射山斋独坐》诗中写:"遥原树苦茏,远水舟如叶。"望远方水上小船,有如一叶浮动、飘飘,此喻十分恰切。用"扁舟一叶"的还有,特别是宋代更多。

唐·刘长卿《秋杪江亭有作》:"扁舟如落叶,此去未知还。"

唐·贾至《初至巴陵与李十二白裴九同泛洞庭湖三首》:"明月清风洞庭水,孤鸿落叶一扁舟。"

唐·杨凌《梅里旅夕》:"谁忍持相忆,南归一叶舟。"

唐·白居易《泛春池》:"波上一叶舟,舟中一尊酒。"

又《重修香山寺毕题二十二韵以纪之》:"千花高下塔,一叶往来舟。"

又《舟夜赠内》:"三声猿后垂乡泪,一叶舟中载病身。"

唐·于璟《和绵州于中丞登越王楼作》:"远雾

千岩雪,随波一叶舟。"

唐·卢楈《和于中丞登越王楼作》:"云岛孤征雁,烟帆一叶舟。"

唐·李群玉《送房处士闲游》:"花月三江水,琴尊一叶舟。"

唐·韦庄《江边吟》:"陶潜政事千杯酒,张翰生涯一叶舟。"

宋·柳永《夜半乐》:"冻云暗淡天气,扁舟一叶,乘兴离江渚。"

又《迷神引》:"一叶扁舟轻帆卷,暂泊楚江南岸。"

又《瑞鹧鸪》:"西子方来,越相功成去,千里沧江一叶舟。"

宋·王琪《斗百花》(江行):"一叶扁舟前去,经过乱峰无数。"

宋·苏轼《南歌子》(湖景):"佳节连梅雨,余生寄叶舟。"

又《南歌子》:"方士三山路,渔人一叶家。"

又《行香子》(过七星滩):"一叶轻舟,双桨鸿惊,水天情,影湛波平。"

又《九日舟中望见有美堂上鲁少卿饮以诗戏之二首》:"谁知爱酒龙山客,却在渔舟一叶中。"

又《与孟震同游常州僧舍三首》:"知君此去便归耕,笑指孤舟一叶轻。"

又《次韵孔毅父久旱已而甚雨三首》:"万里随身惟两膝,一叶扁舟任飘突。"

又《书王定国所藏〈烟江叠嶂图〉》:"行人稍度乔木外,渔舟一叶江吞天。"

又《和陶饮酒二十首》:"小舟真一叶,下有暗浪喧。……天明问前路,已度千重山。""已度"句用李白"轻舟已过万重山"句。

又《自雷适廉宿于兴廉村净行院》:"晨登一叶舟,醉兀十里溪"。

又《雨夜宿净行院》:"芒鞋不踏利名扬,一叶轻舟寄渺茫。"

又《次旧韵赠清凉长老》:"送我长芦舟一叶,笑看雪浪满衣巾。"

宋·黄庭坚《浣溪沙》:"一叶扁舟卷画帘,老妻学饮伴清谈。人传诗句满江南。"

宋·晁端礼《满庭芳》:"有时乘兴,波上叶舟轻。"

宋·郑仅《调笑转踏》:"渔歌齐唱催残照,一叶归舟轻小。"

宋·秦观《风流子》:"歌声横笛,一叶扁舟。"

宋·周邦彦《华胥引》(秋思):"川原澄映,烟月冥濛,去舟如叶。"

宋·陈瓘《卜算子》:"身如一叶舟,万事潮头起。"

宋·李纲《水龙吟》(次韵任世初送林商叟海道还闽中):"际天云海无涯,经从一叶舟中渡。"

宋·蔡伸《南乡子》:"去路指南州,万顷云涛一叶舟。"用李商隐句。

宋·王以宁《虞美人》(宿龟山夜登秋汉亭):"幽人独立瞰长淮,谁棹扁舟一叶,趁潮来。"

宋·邓肃《临江仙》:"剑水泠泠行碧玉,扁舟一叶吹风。玉人招手画桥东。"

又《菩萨蛮》:"短艇卧吹风,生涯一叶中。"

又《南歌子》:"晓雨双溪涨,归舟一叶轻。"

宋·杨无咎《忆秦娥》:"扁舟一叶,别愁千斛。"

宋·高登《南歌子》:"良辰何处寄萍踪,短艇飘摇一叶、浪花中。"

宋·李石《八声甘州》(怀归):"向吴天万里,一叶归舟,岁月尽悠悠。"

宋·袁去华《玉团儿》:"独著我,扁舟一叶,步袜凌波,芙蓉仙子,绿盖红颊。"

宋·陆游《长相思》:"桥如虹,水如空,一叶飘然烟雨中。"

宋·范成大《满江红》(雨后携家游西湖,荷花盛开):"山倒影,云千叠,横浩荡,舟如叶。"

宋·王质《长相思》(渔父):"风泠泠,露泠泠,一叶扁舟深处横,垂杨鸥不惊。"

又《念奴娇》:"一叶扁舟谁念我,今日天涯飘泊。"

又《眼儿媚》:"半竿残日,两行珠泪,一叶扁舟。"

宋·吕胜己《点绛唇》:"一叶扁舟,浮家来向江边住。"

宋·赵长卿《夜行船》(送张希舜归南城):"一叶扁舟烟浪里,曲滩头,此情无际。"

宋·方有开《点绛唇》(钓台):"七里滩边,江光漠漠山如戟,渔舟一叶,径入寒烟碧。"

宋·赵善括《沁园春》:"叹扁舟如叶,漂流如梗,片帆如箭,聚散如萍。"

宋·程垓《临江仙》(合江放舟):"送我南来舟一叶,谁教催动鸣榔。"

宋·杨泽民《渡江云》：“明年秋暮，一叶扁舟，望平川北下。”

又《点绛唇》（集句）：“一叶扁舟，过尽莺啼处。”

又《虞美人》（红莲）：“扁舟一叶过吴门，只向花间高卧、度朝昏。”

又《兰陵王》（渔父）：“翠竿直，一叶扁舟漾碧。”

宋·赵师侠《酹江月》：“一叶扁舟，数声柔橹，陡觉红尘远。”

宋·卢炳《念奴娇》：“时有一叶渔舟，收纶垂钓，来往何幽独。”

宋·程珌《沁园春》（别陈总师）：“怪一舟如叶，元无浊物，依然姑射，满载冰壶。”

宋·魏了翁《贺新郎》：“又一叶扁舟去国，许史庐前车成雾。未如公，正怕云霄逼。”

宋·刘学箕《长相思》（西湖夜醉）：“湖山横、湖水平，买个湖船一叶轻，傍湖随柳行。”

宋·林正大《括酹江月》：“一叶中流，听其所止，适有孤飞鹤。”

宋·曾揆《谒金门》：“一叶扁舟急，转头无觅处。”

宋·方千里《三部乐》：“断魂别浦，自上孤舟如叶。”

宋·王迈《瑞鹤仙》：“便张韩刘岳传名，何如一叶。”

宋·吴文英《声声慢》：“六铢衣细，一叶舟轻，黄芦堪笑浮槎。”

又《醉落魄》：“一叶波心，明灭淡妆束。”

宋·刘辰翁《念奴娇》：“沧洲一叶，待借君、回我炉亭春意。”

宋·王沂孙《水龙吟》：“试乘风一叶，重来月底，与修花谱。”

宋·张炎《清平乐》：“五湖一叶，风浪何时歇？”

宋·黄子行《西湖月》：“湖光冷浸玻璃，荡一饷薰风，小舟如叶。”

宋·无名氏《水调歌头》：“拟把匣中长剑，换取扁舟一叶，归去老渔蓑。”

金·赵秉文《大江东去》（用苏东坡先生韵）：“一叶扁舟波万顷，四顾粘天无壁。”

元·孙周卿《折桂令》（渔父）：“浪花中一叶扁舟，到处行窝天也难留。”

625. 孤舟一系故园心

唐·杜甫《秋兴》：“丛菊两开他日泪，孤舟一系故园心。”离开成都近两年，第一年留居云安，现在又留居夔州，忆往昔而落泪，乘坐孤舟，心系长安，故国之思油然而生。“孤舟”，独行无侣，强调“孤”字。

唐·储光羲《洛中送人还江东》：“孤舟从此去，客思一何长。”

又《寄孙山人》：“新林二月孤舟还，水满清江花满山。”

唐·王昌龄《送韦十二兵曹》：“看君孤舟去，且欲歌垂纶。”

又《东京府县诸公与綦毋潜李颀相送到白马寺宿》：“鞍马上东门，徘徊入孤舟。”

又《留别武陵袁丞》：“从此武陵溪，孤舟二千里。”

又《送李擢游江东》：“清洛日夜涨，微风引孤舟。”

又《沙范南渡头》：“孤舟未得济，入梦在何年。”

又《送万大归长沙》：“青山隐隐孤舟微，白鹤双飞忽相见。”

唐·陶翰《送金卿归新罗》：“落日谁同望，孤舟独可亲。”

唐·刘长卿《酬张夏》：“孤舟且莫去，前路水云深。”

又《酬李待御登岳阳见寄》：“想见孤舟去，无由此路寻。”

又《送行军张司马罢使回》：“千里沧波上，孤舟不可寻。”

又《喜李翰自越至》：“久别长相忆，孤舟何处来。”

又《别李氏女子》：“天涯远乡妇，月下孤舟人。”

又《金陵西泊舟临江楼》：“异乡共如此，孤帆难久游。”

又《晚次湖口有怀》：“南望天无涯，孤帆落何处。”

又《夕次檐石湖梦洛阳亲故》：“万里云海空，孤独向何处。”

唐·豆叔向《表兄话旧》：“明朝又是孤舟别，愁见河桥酒幔青。”

"孤舟一系故园心","系"字双关,系舟也系心,"故园",指故乡、故国(京城)。杜甫的"故园"句还有:

《忆弟二首》:"故园花自发,春日鸟还飞。"

《江梅》:"故园不可见,巫岫郁嵯峨。"

《赠虞十五司马》:"书籍终相与,青山隔故园。"

《春日梓州登楼二首》:"天畔登楼眼,随春入故园。"

用"故园"较早的是唐人刘长卿《时平后春日思归》:"故园柳色催南客,春水桃花待北归。"又《北归入至德州界偶逢洛阳邻家李光宰》:"华发相逢俱若是,故园秋草复何如。"又《客舍喜郑三见寄》:"遥想故园今已尔(桃花飞),家人应念行人归。"又《送蒋侍御入秦》:"因君乡里去,为扫故园扉。"以下如:

唐·岑参《见渭水思秦川》:"凭添两行泪,寄向故园流。"

又《逢入京使》:"故园东望路漫漫,双袖龙钟泪不干。"

唐·韦应物《答端》:"坐忆故园人已老,宁知远郡雁还来。"

又《楼中阅清管》:"姑遇兹管赏,已怀故园情。"

又《夜对流萤作》:"还思故园夜,更度一年秋。"

又《见紫荆花》:"还如故园树,忽忆故园人。"

又《听莺曲》:"谁家懒妇惊残梦,何处愁人忆故园。"

唐·柳宗元《零陵早春》:"凭寄还乡梦,殷勤入故园。"

唐·白居易《江上笛》:"江上何人夜吹笛,声声似忆故园春。"

唐·独孤及《丙戌岁正月出洛阳书怀》:"唯将四方志,回首谢故园。"

626. 丛菊两开他日泪

用杜甫《秋兴八首》此句的:

清·夏孙桐《南楼令》(秋怀次韵):"丛菊漫淹词客泪,偏多傍,战场开。"

清·朱祖谋《金缕曲》:"莫费乡园丛菊泪,伴孤云,老卧沧江暮。"反用其意。

627. 一叶虚舟寄渺茫

宋·苏轼诗:"芒鞋不踏利名物,一叶虚舟寄渺茫。""虚舟",空舟无物,没有财产。

晋·陶渊明《五月旦作和戴主簿》:"虚舟纵逸棹,回复逐无穷。"写虚舟可以纵棹游弋,如日月往复无穷。"虚舟"出此。

宋·戴复古《望江南》:"自谓虎头须食肉,谁知猿臂不封侯。身世一虚舟。"以虚舟喻身世,意为徒有漂泊,别无长物。

628. 方舟泛河广

南朝·宋·谢灵运《王粲》:"并载游邺京,方舟泛河广。"写王粲经过远行,投靠曹操。"方舟"两船并行,则呈方形。《后汉书·班固传》:"方舟并鹜,俯仰乐极。"李贤注:"方舟,并两舟也。"

最先写"方舟"的是魏·曹丕《清河作》:"方舟戏长水,淡淡自沉浮。"方舟稳而不速。此写方舟在长河中游弋,随波沉浮荡漾。

魏·曹植《杂诗六首》:

其一:"方舟安可报,离思故难任。"任鄄城王时怀异母弟曹彪而作:方舟怎能抵达,离思难以承受。

其五:"愿欲一轻济,惜哉无方舟!"时在洛阳,欲渡江征吴,而不可得。

又《盘石篇》:"方舟寻高价,珍宝丽以通。"方舟可搜寻异宝,奇珍靠它流通。

南朝·梁元帝萧绎《鸟名诗》:"方舟去 鹊,鹊引欲相要。"

隋·卢思道《棹歌行》:"方舟共采摘,最得可怜名。"

唐·张潮《采莲词》:"赖逢邻女曾相识,并着莲舟不畏风。""并着莲舟"已成方舟。

629. 取乐喧呼觉船重

唐·杜甫《陪王侍御登东山》:"三更风起寒浪涌,取乐喧呼觉船重。"登山返程,乘船而归,人们欢呼喧闹,感到船身加重了。

宋·苏轼《次韵王巩颜复同舟》:"蹒跚身轻山上走,欢呼船重醉中归。""欢呼船重"用杜甫句。

630. 春潮带雨晚来急

唐·韦应物《滁州西涧》:"独怜幽草涧边生,

上有黄鹂深树鸣。春潮带雨晚来急,野渡无人舟自横。"此诗作于唐德宗建中二年(781)作者出任滁州刺史期间,西涧在滁州城(今安徽滁县)西郊,全诗写春游西涧所见涧边幽草、深树黄鹂、春潮晚急、野渡横舟等景色,是山水诗的名篇。此诗有无寓托,其说不一,一种认为通篇比兴,刺"君子在下,小人在上",一种认为"此偶赋西涧之景,不必有所托意"。前说似有牵强。只是景物写了"幽草"(清·陆风翥解:"日照所不及之菖蒲草。"),写了"暮雨""晚潮",写了清寂的"野渡",透出了一种幽独、冷寂的情绪。

《唐诗会要》载:"唐·万楚《过滁州西涧》:"石涧菖蒲掩绿苔,间关莺语出林隈。潮来欲渡人何在,岸畔空留不系舟。"写了"幽草""黄莺""春潮""野渡",韦应物所描绘的景物及有舟无人情状明显地与万楚诗相同。韦应物诗源当在此,韦诗从这里取意而不是取句。

唐·孟浩然《陪张丞相自松滋江东泊渚宫》:"江山辨四维,晚来风稍急。"韦应物"晚来急"用此句,由风改写作"带雨"之"潮"。

唐·张祜《夕次桐庐》:"晚潮风势急,寒叶雨声多。"用"晚来急"。

唐·许浑《岁首怀甘露寺自省上人》:"客棹春潮急,斋厨暮雪高。"用"春潮急"。

宋·范成大《浙江小矶春日》:"春潮不管天涯恨,更卷西兴暮雨来。"写"春潮""暮雨",暗用。

宋·史达祖《绮罗香》(咏春雨):"春潮晚急,难寻官渡。"缩用。

宋·张炎《瑶台聚八仙》(为野舟赋):"带雨春潮,人不度,沙外晓色迢遥。自横深静,谁见隔柳停桡。"用"春潮""舟横"二句。

631.常恨朝来寒雨晚来风

南唐·后主李煜《乌夜啼》:"林花谢了春红,太匆匆。常恨朝来寒雨晚来风。""常恨"一作"无奈"。后主入宋,常恨家国之失,几次用伤春表达这种失落感,此为一例。由于晚风朝雨,摧残了林花,"又是春残也",亡国之速,不正如这匆匆来去的春光吗?

"晚来风",从"春潮带雨晚来急"脱出,由"晚来潮"用作"晚来风"。

宋·苏轼《望海楼晚景五绝》:"江上秋风晚来急,为传钟鼓到西兴。"融刘禹锡、李煜二句而生。

宋·李清照《浣溪沙》:"莫许杯深琥珀浓,未成沉醉意先融。疏钟已应晚来风。"用李煜句。

又《声声慢》:"乍暖还寒时候,最难将息。怎敌他、晚来风急。"兼用苏轼句。

632.晓来急雨春风颠

唐·杜甫《偪仄行赠毕四曜》:"晓来急雨春风颠,睡美不闻钟鼓传。"写晓雨急,晓风狂。

宋·苏轼《约公择饮是日大风》:"晓来颠风尘暗天,我思其由岂坐悭。""晓来颠风",从杜甫"晓来急雨春风颠"句中剔出。

633.野渡无人舟自横

唐·韦应物《滁州西涧》:"春潮带雨晚来急,野渡无人舟自横。"相传宋代画院,曾以"野渡无人舟自横"为题,考试画师。画师皆以为容易,有的画一只小船系在江岸孤树下;有的画一只鹭鸶栖息在船篷上。使人感到百般寂寞,四野悄然无声。都以为写出了"无人",谁知都落了选。唯有一幅画:一个船工正坐在船尾吹笛,笛声引来了小鸟,除了船工,再无一人。写出"野渡无人",没有人渡河,而不是没有船工。其实,"无人"也含连船工也没有。万楚诗:"潮来欲渡人何在,岸畔空留不系舟",恰是人欲渡却不见船工。

后人用此句,多用其"野渡舟横"句义,也有的仅用其句式。

唐·许浑《赠李伊阙》:"舟横野渡寒风急,门掩荒山夜雪深。"

唐·皮日休《芳草渡》:"溪南越乡青,古柳渡江深。日晚无来客,闲船系绿阴。"暗用其意。

五代·孙光宪《竹枝词二首》:"门前春水白苹花,岸上无人小艇斜。商女经过江欲暮,散抛残食饲神鸦。""岸上无人"句用其意。

宋·寇准《春日登楼怀归》:"远水无人渡,孤舟尽日横。"这是作者在巴东时所作律诗的领联,化用韦应物"野渡无人舟自横"句,多以为巧妙而自然。而葛立方《韵语阳秋》卷十八中却说:"固以公辅(三公和辅相)自期矣,奈何时未有知者。"何文焕《历代诗话考索》反对葛的看法:"葛公谓其以公辅自期,强作解矣。"吴子良《荆溪林下偶谈》卷二评:"然韦应物亦有'野水无人舟自横'之句,岂亦便可拟其为宰相耶?"所以说把这两句诗说成"以公辅自期",完全是一种附会。

宋·欧阳修《采桑子》："残霞夕照西湖好,花坞苹汀,十顷波平,野岸无人舟自横。"换一字用韦应物句。

又《下山》："渡口晚无人,系舸芳洲树。"用其意。

宋·苏舜钦《淮中晚泊犊头》："春阴垂野草青青,时有幽花一树明。晚泊孤舟古祠下,满川风雨看潮生。"宋·刘克庄《后村诗话前集》说:"此诗极似韦苏州。"应该说其诗每句都含韦应物诗意。陈衍《宋诗精华录》以为:"视'春潮带雨晚来急',气势过之。"蔡正孙《诗林广记》引《复斋漫录》说这"一树明"句和郑獬《田家》第二句"一树高花明远村"恰相类,皆清绝可爱。

宋·苏轼《孤山二咏·竹阁》："海山兜率两茫然,古寺无人竹满轩。""古寺无人"句式用韦应物的,句意则取自白居易《竹阁》诗:"晚坐松檐下,宵眠竹阁间。"

又《大雪独留尉氏有客入驿呼与饮至醉诘旦客南去竟不知其谁》："古驿无人雪满庭,有客冒雪来自北。""古驿无人"仍用韦应物句。

又《与秦太虚参寥会松江》："平生睡足连江雨,尽日舟横擘岸风。"用寇准"孤舟尽日横"句。擘岸即开岸、离岸。

宋·谢逸《江神子》："杏花村馆酒旗风,水溶溶,扬残红。野渡舟横,杨柳绿阴浓。望断江南山色远,人不见,草连空。"首句用杜牧"水村山郭酒旗风"句。

宋·廖世美《烛影摇红》(题安陆浮云楼):"晚雾波声带雨,悄无人,舟横野渡。"用韦应物二句。

宋·吴芾《水调歌头》(寿徐大参九月二十六日):"歇了付岩霖雨,闲了孤舟野渡,疏冕合知心。"

宋·陆游《晚登横溪阁》："空桑客士生秋草,野渡虚舟集晚鸦。"

宋·张孝祥《踏莎行》(送别刘子思):"古屋丛祠,孤舟野渡,长年与客分携处。漠漠愁阴岭上云,萧萧别意溪边树。"

宋·卢祖皋《满庭芳》："夜雪何时访戴,梅花下,同款柴扃。还知否,清时未许,野渡有舟横。"

宋·刘子寰《齐天乐》(寿史沧洲):"碧水吟哦,沧洲梦想,未放舟横野渡。"

宋·赵长卿《菩萨蛮》(霜天旅思):"孤舟移野渡,古木栖鸦聚。"

宋·李曾伯《水龙吟》(甲午寿尤制使):"几年野渡孤舟,萧然袖此经纶手。"

宋·赵子发《点绛唇》："野岸孤舟,断桥明月穿流水。"

宋·吴文英《满江红》(饯方蕙岩赴阙):"莲荡折花香未晚,野舟横渡水初晴。"

宋·张炎《声声慢·西湖》(别作"与王碧山泛舟鉴曲,王截吹箫,余倚歌而和。三阕秋高,光景奇绝,与姜白石垂虹夜游,同一情致也"):"晴光转树,晓气分岚,何人野渡横舟。断柳枯蝉,凉意正满西州。"

又《控春慢》(雪霁):"野渡回舟,前村门掩,应是不胜清苑。"

元人依托宋人赵旭词《江神子》："旗亭谁唱渭城诗,两相思,怯罗衣。野渡舟横,杨柳折残枝。"

元·王实甫《西厢记》第五本第一折《逍遥乐》："见苍烟迷树,衰草连天,野渡横舟。"

清·赵怀玉《双调江城子·舟夜》："庞山湖上水连空,惜孤踪,守孤篷,野渡无人,渔火一灯红。"

清·蒋春霖《台城路》："江间奔浪怒涌,断笳时隐隐,相和呜咽。野渡舟危,空村草湿,一饭芦中凄绝。"

634.我乘素舸同康乐

唐·李白《劳劳亭歌》："我乘素舸同康乐,朗咏清川飞夜霜。"写在劳劳亭抒怀。这两句说,我像谢灵运那样乘大船而高吟。"劳劳亭"故址在南京市南。"康乐",谢灵运袭封康乐公,世称谢康乐。

南朝·宋·谢灵运《东阳溪中赠答诗二首》:"可怜谁家郎,缘流乘素舸。但问情若为?月就云中堕。"李白用"缘流乘素舸"以抒怀。

635.画舸亭亭待发

宋·辛弃疾《贺新郎》(赋琵琶):"凤尾龙香拨,自开元、霓裳曲罢,几番风月?最苦浔阳江头客,画舸亭亭待发。记出塞、黄云堆雪。马上离愁三万里,望昭阳宫殿孤鸿没。弦解语,恨难说。"上片,不是一般赋琵琶,而是围绕三支著名琵琶曲(霓裳琵琶、浔阳琵琶、马上琵琶)抒家国之怨恨,借唐比宋,感慨今昔之盛衰。"画舸亭亭"高大的彩绘船。

宋·郑文宝《柳枝词》："亭亭画舸系春潭。"辛词用此句。

636.沉舟侧畔千帆过

唐·刘禹锡《酬乐天扬州初逢席上见赠》:"巴山楚水凄凉地,二十三年弃置身。怀旧空吟闻笛赋,到乡翻似烂柯人。沉舟侧畔千帆过,病树前头万木春。今日听君歌一曲,暂凭杯酒长精神。"作者于永贞元年(805)被谪出京,至宝历二年(826)共二十二个年头,到京就是二十三年了,这段被贬时间迁徙多次,曾任郎州(今常德,战国时为楚地)司马、夔州(今四川,秦汉时为巴州)刺史。白居易赠诗对刘远谪二十三年深表遗憾,中有"举眼风光长寂寞,满朝官职独蹉跎"句,说你在荒凉的地方寂寞地度过了二十三年,朝廷那么多官职,却没有你的份。刘答诗以"沉舟""病树"自比,说许多新贵登了台是必然的。表现出一种豁达的胸怀。

宋·晏殊《句》(《青箱杂记》卷五):"楼台侧畔杨花过,帘幕中间燕子飞。"用刘句式。宋·史达祖《双双燕·咏燕》:"过春社了,度帘幕中间,去年尘冷。差池欲住,试入旧巢相并。"用晏殊"帘幕中间"语。

宋·苏轼《至真州再和二首》:"流落千帆侧,追思百尺巅。"用刘禹锡句,把自己比作"沉舟",不幸"流落"于"千帆侧"。

宋·陆游《读胡基仲旧诗有感》:"沉沙侧畔千帆过,剪翮笼边百鸟翔。"上句用刘禹锡诗,后句用刘句式另举新事,其意与刘诗同。

637.病树前头万木春

宋·宋庠《自讼一首》:"孤萤难助日,病木独依春。""孤萤""病木"均为自喻,"病木"句拓出新意。

638.泛乎若不系之舟

《史记·屈原贾生列传》载西汉贾谊《鵩鸟赋》(此赋又见《昭明文选》):"其生若浮兮,其死若休;淡乎若深渊之静,泛乎若不系之舟。"传尾"太史公曰":"读《鵩鸟赋》("鵩"同"朋")同死生,轻去就,又爽然自失矣。"这是一个较为确切的注脚。贾谊贬谪长沙,奇才而无所用,改变了他的人生观,漠视生死,轻看去就,止如深渊之静默,行如泊舟之自由,这是被冷落了的人才的必然选择。

"泛乎若不系之舟"源出于战国时代庄周,在《庄子·杂篇·列御寇第三十二》中有这样的论述:"巧者劳而知者忧,无能者无所求,饱食而遨游,泛若不系之舟,虚而遨游者也。"无为者,无劳无忧,无所求索,故能无拘无束地交游。这是一种精神超脱、达观处世法。贾谊用此义。后人用"泛若不系舟"表示摆脱利禄羁绊,闲居散处,漫游随意,自由自在。如:

晋·史宗《咏怀诗》:"浮游一世间,泛若不系舟。"

南朝·陈·江总《别南海宾化侯》:"终谢能鸣雁,还同不系舟。其如江海泣,惆怅徒离忧。"

唐·李颀《谒张果先生》:"应物云无心,逢时舟不系。"

唐·韦应物《自巩洛舟行入黄河即事寄府县僚友》:"为报洛桥游宦侣,扁舟不系与心同。"不系舟于岸边如同心无所眷恋一样。

唐·钱起《送李谏议归荆州》:"归舟同不系,纤草剩忘忧。"

又《新丰主人》:"自欲归飞鹬,当为不系舟。"

唐·张籍《春别曲》:"江头桔树君自种,那不长系木兰船。"

唐·严维《无常》:"观身岸额离恨草,论命江头不系舟。"

唐·司空曙《江村即事》:"钓罢归来不系船,江村月落正堪眠。纵然一夜风吹去,只在芦花浅水边。"写泊舟情景,任舟船行驶。有的抒发离情。

唐·独孤及《寒夜溪行舟中作》:"孤舟独系,风水夜相逐。"

又《将赴京答李纾赠别》:"甘作远行客,深惭不系舟。"

又《送何员外使湖南》:"前路舟休系,故山云不归。"

唐·白居易《偶吟》:"无情水任方圆器,不系舟随去住风。"

唐·鱼玄机《暮春即事》:"安能追逐人间事,万里人同不系舟。"

唐·崔道融《溪居即事》:"篱外谁家不系船,春风吹入钓鱼湾。"此"不系船"未结缆。

宋·苏轼《次韵赵景贶春思且怀吴越山水》:"飘然不系舟,乘此无尽兴。"

又《次韵阳行先》:"用舍俱无碍,飘然不系舟。"再用"飘然"句。

又《老人行》:"浪迹常如不系舟,地角天涯知自跳。"

宋·贺铸《浪淘沙》:"可惜芳年桥畔柳,不系兰舟。"惜"柳丝不系兰舟",借物以抒离情。此法始于方回此句。

又《念良游》(满江红):"时易失,今犹昨;欢莫再,情何薄。扁舟幸不系,会寻佳约。"

宋·朱敦儒《鹧鸪天》:"不胜虚舟取性颠,浮河泛海不知年。"

宋·张孝祥《浣溪沙》:"已是人间不系舟,此心元自不惊鸥。"

宋·魏了翁《贺新郎》:"似江头,泛乎不系、扁舟一叶,将我东南西北去,都任长年旋折。"

明·李雯《凤凰台上忆吹箫》:"春风度也,者千万垂杨,不系扁舟。"

639. 系舟身万里

唐·杜甫《九日五首》:"系舟身万里,伏枕泪双痕。"大历二年,诗人已久居夔州,思念樊川故里,痛感身居万里之外,不禁泪痕满面。"系舟"为"不系舟"之反用,表示停泊、羁留,而且不尽指水程。此处以"系舟"喻羁身。

又《泊松滋江亭》:"纱帽随鸥鸟,扁舟系此亭。"

又《奉寄别马巴州》:"扁舟系缆沙边久,南国浮云水上多。"

唐·齐己《游桔洲》:"渔家好生计,檐底系扁舟。"

宋·王安石《江宁夹口三首》:"侧出岸沙枫半死,系船应有去年痕。"

宋·苏轼《郁孤台》:"他年三宿处,准拟系归舟。"

又《再过泗上二首》:"系舟淮北雨折轴,系舟淮南风断桥。"

宋·晁端礼《满庭芳》:"堤边柳,从今爱惜,留待系归舟。"取苏轼《郁孤台》句意。

又《百宝装》:"枫叶初丹,苹花渐老,蘅皋谁系扁舟。"

宋·秦观《江城子》:"西城杨柳弄春柔。动离忧,泪难收,犹记多情,曾为系归舟。"

又《长相思》(一作贺铸《望扬州》词):"曲槛俯清流,想花阴、谁系兰舟?"

宋·晁补之《惜分飞》(代别):"谁解连红袂,大家都把兰舟系。"

宋·沈蔚《梦玉人引》:"好傍垂杨,系画船桥侧。"

宋·周紫芝《踏莎行》:"一溪烟柳万丝垂,无因系得兰舟住。"

宋·蔡伸《菩萨蛮》(广陵盛事):"柳丝摇曳春无力,柳岸系行舟,吹箫忆旧游。"

宋·张孝祥《水调歌头》(垂虹亭):"欲酹鸥夷子,未办当年功业,空系五湖船。"此句意为欲系船五湖,效法范蠡,可未建范蠡那样的功业。

又《西江月》:"岸边杨柳最怜伊,忆得船儿曾系。"

又《霜天晓角》:"柳丝无力,冉冉萦愁碧。系我船儿不住,楚江上、晚风急。"

宋·辛弃疾《水龙吟》(过南剑双溪楼):"千古兴亡,百年悲笑,一时登览,问何人又卸,片帆沙岸、系斜阳缆。"

宋·陈三聘《浣溪沙》(新安驿席上当别):"屏曲未曾歌醉里,眉尖空只锁闲愁,从教柳丝伴行舟。""伴"此处相当"系"之意。

宋·陈亮《南乡子》(谢永嘉诸友相饯):"北尽平芜南似画,中流,谁系龙骧万斛舟。"

宋·卢炳《满江红》(送赵季行赴金坛):"柳丝无力,系惹画船都不住,从教兰桡双飞急。"

宋·姜夔《浣溪沙》(辛亥正月二十四日发合肥):"钗燕笼云晚不忺,拟将裙带系郎船。"

宋·韩淲《水调歌头》(清明严濑):"今古钓台下,行客系扁舟。"

宋·戴复古《清平乐》:"今朝欲去,忽有留人处。说与江头杨柳树,系我扁舟且往。"

宋·卢祖皋《谒金门》:"兰棹举,相趁落红飞去。一隙轻帘凝睇处,柳丝牵不住。""牵"近"系"。

宋·黄机《临江仙》:"船系芳草岸,始信是官身。"

宋·张辑《祝英台近》:"更添杨柳无情,恨烟颦雨,却不把、扁舟偷系。"

又《临江仙》(望庐山):"迢递关山身历遍,烟霞胜处曾游,九江江畔系孤舟。"

宋·吴潜《满江红》(送李御带珙):"过垂虹亭下系扁舟,鲈堪煮。"

又《沁园春》:"正水涨溪肥系钓船,纵葵榴花闹,菖蒲酒美,都成客里,争似家边。"

又《贺新郎》:"三岛十洲虽铁铸,难把归舟系取。"

又《水调歌头》："柳径荷溆畔,灯火系渔舟。"

宋·杨济翁《蝶恋花》："弱柳系船都不住,为君愁绝听鸣橹。"

宋·吴文英《唐多令》(惜别)："垂柳不萦裙带住,漫长是、系行舟"。

宋·越汝荛《恋绣衾》："柳丝空有千万丝,系不住、溪头画桡。"

宋·章谦亨《念奴娇》："垂杨及地,在楼台侧畔,无人攀析。不似津亭舟系处,只伴客愁离别。"

宋·李演《摸鱼儿》(太湖)："吴亭旧树,又系我扁舟。渔乡钓里,秋色淡归鹭。"

宋·陈允平《木兰花》："相逢才系柳边舟,相别又倾花下酒。"

宋·何梦桂《八声甘州》："折尽长亭柳,莫系行舟。"

宋·谭宣子《江城子》："短长亭外短长桥,驻金镳,系兰桡、可爱风流、年纪可怜宵。"

宋·向希尹《浪淘沙》："结客去登楼,谁系兰舟。半篙清涨雨初收。"

宋·赵与仁《清平乐》："柳丝摇露,不绾兰舟住。"

宋·周密《声声慢》："脆柳无情,不堪重系行舟。"

宋·丁羲叟《渔家傲》："却系兰舟深处住,歌声惊散鸳鸯侣。"

640.夕阳斜系钓鱼船

清·冯金伯《词苑萃编》有《题柳村渔乐图》绝句："雅啼屋角柳藏烟,一带人家住水边。最爱春晴三月暮,夕阳斜系钓鱼船。"夕阳光照钓船如系,另解夕阳斜照停泊的钓船。

清·曹尔堪《满江红》(题柳村渔乐图)："醉香醪,船系夕阳斜。"

641.系马高楼垂柳边

唐·王维《少年行四首》："新丰美酒斗十千,咸阳游侠多少年。相逢意气为君饮,系马高楼垂柳边。"写长安少年在酒肆饮酒时表现出来的豪爽。"系马垂柳"或"系马绿杨",表示驻足、停留。"系马"与"系舟"仅有陆与水之分,而"系马"内涵较狭。

唐·韦庄《江皋赠别》："江亭系马绿杨短,野岸维舟春草齐。"

宋·欧阳修《戏赠》："堂上金尊邀丘客,门前白马系垂杨。"

宋·苏轼《定风波》(感旧)："薄倖只贪游冶去,何处?垂杨系马恣轻狂。"

又《和陶拟古九首》："有客扣我门,系马门前柳。"《苏轼诗集》注引白居易《留李固言》诗:"系马前门柳"(《全唐诗》不载),说明苏轼用白居易原句。

宋·晏几道《浣溪沙》："户外绿杨春系马,床前红烛夜呼庐。"

宋·张景修《选冠子》："章台系马,灞水维舟,追念凤城人远。""章台"即含"章台柳"。

宋·辛弃疾《念奴娇》(书东流村壁)："曲岸持觞,垂杨系马,此地曾轻别。"

又《清平乐》(检校山园书所见)："行人系马疏篱,折残犹有高枝。"

又《念奴娇》："月下凭肩,花边系马,此兴今休矣。"

宋·黄人杰《念奴娇》(游西湖)："画舫藏春,垂杨系马,幽处笙箫处。"

宋·姜夔《月下笛》："凝仁、曾游处,但系马垂杨,认郎鹦鹉。"

宋·方千里《六丑》："系马青门,停车紫陌,年华转头堪惜。"

宋·吴文英《声声慢》："暗柳回堤,何须系马金狨。"

又《忆旧游》："西湖断桥路,想系马垂杨,依旧倚斜。"

又《高阳台》："修竹凝妆,垂杨驻马,凭栏浅画成图。"

宋·无名氏《风流子》："遇有时系马,垂杨影下,风前伫立,惆怅佳期。"

《元曲选·两世姻缘》第三折《调笑令》："何处绿杨曾系马。"

明·汤显祖《牡丹亭》第二十八出《幽媾·红纳袄》："是人家彩凤暗随鸡,敢其处里绿杨曾系马?"

清·钱琦《折杨柳》："折杨柳,怨杨柳,如何短长条,只系妾心头,不系郎马首?"

清·杜文澜《台城路》(秦淮秋柳)："旧院藏莺,长桥系马,攀折游踪难记。"

642.柳丝长玉骢难系

元·王实甫《西厢记》第四本第三折《滚绣

球》："柳丝长玉骢难系,恨不倩疏林挂住斜晖。"人即去,那长长的柳丝却系不住离人的骢马,表现出莺莺由衷而发的离恨。《滚绣球》此句也是《西厢记》中名句。明·施绍莘《谒金门》："万种消魂多寄与,斜阳天外树。"暗用"倩疏林"句,寄希望远树能留住斜阳,留住时间。

"系马垂阳""垂阳系马"都是行人系马驻足。"柳丝长玉骢难系"则含带责怪柳丝空长之意。南宋人已用青丝(柳丝),却还未创《滚绣球》中此意。如黄机《沁园春》(送徐孟坚秩满还朝)："青丝系马庭柯,为小驻寿君金叵罗。"尹焕《眼儿媚》(柳)："垂杨袅袅蘸清漪,明绿染春丝。市桥系马,旗亭沽酒。无限相思。"

643. 柳条藤蔓系离情

唐·戎昱《移家别湖上亭》："好是(一作"去")春风湖上亭,柳条藤蔓系离情。黄莺久住浑相识,欲别频啼四五声。"写离别故乡时的眷恋之情。将与湖上亭分别了,那熟悉的亭间景物:柳条藤蔓,长长地纠葛着,都牵系着离别之情,人舍不得离开它们,它们也似不愿人离去。主人离情移于物,物也有情恋主人。这是举家迁徙时之常情,而戎昱写得较多。他的《移家别树》诗中也写:"手种庭前树,人移树不移。看花愁作别,不及未栽时。"物本无情而人有情,人不忍离物,总觉物也牵肠挂肚,"物系人情"之缘由即在此。下如:

宋·晏殊《相思儿令》："谁教杨柳丝,就中牵系人情。"

又《浣溪沙》："只有醉吟宽别恨,不须朝暮促归程,雨条烟叶系人情。"

又《诉衷情》："一春芳意,三月和风,牵系人情。"

宋·王之道《朝中措》(和张文伯寒食日雨)："昨夜满城风雨,惜花还系心情。"

宋·赵彦端《菩萨蛮》："绣罗裙上双鸳带,年年长系春心在。"

宋·张孝祥《天仙子》："三月灞桥烟共雨,拂拂依依飞到处。雪球轻扬弄精神,扑不住,留不住,常系柔肠千万缕。"

宋·郭应祥《踏莎行》："花不重开,萍难再聚,垂杨只管牵离绪。"

宋·周密《齐天乐》："恨柳外游缰,系情何许?"

清·董士锡《江城子》(里中作)："折尽垂杨千万缕,留不住、此情。"反用其义。

644. 何曾系得行人住

宋·晏殊《踏莎行》："天长不禁迢迢路,垂杨只解惹春风,何曾系得行人住?"这是闺思词,凭栏女子,见在春风中舞动的垂杨,于是发出感慨:垂杨只知牵动春风,却不能牵住行人,致使行人去而不返。自此,从"不系舟"又衍生出"不系行人"。

宋·晏几道《梁州令》："南楼杨柳多情绪,不系行人住。"

宋·苏轼《浣溪沙》(端午)："团扇只堪题往事,新丝那解系行人。"

宋·王炎《蝶恋花》(崇阳县圃夜饮)："柳暗西湖春欲暮,无数青丝,不系行人住。"

宋·程垓《虞美人》："柳丝无赖舞春柔,不系离人只解、系离愁。"

宋·萧允之《满江红》："芳草易添闲客恨,垂杨难系行人脚。"

645. 待放柔条系取长春在

宋·王宷《蝶恋花》："花为年年春易改,待放柔条、系取长春在。"由系舟、系马、系情、系人到了系春。系情是抽象事物,系春则是综合性事物。花不愿春早去,要用柔条把春系往。惜春、恋春,怕春归去而欲系春、留春,这是至少唐宋文人的愿望,并把这做为共同的创作意向。

宋·孙恢《点绛唇》："愁如缕,系春不住,又折冰枝去。""冰枝"指梅枝。

宋·吴潜《南柯子》："有人独立画桥东,手把一枝杨柳、系春风。"

宋·吴文英《西子妆慢》："垂杨漫舞,总不解、将春系住。"

宋·赵文《瑞鹤仙》(刘氏园西湖柳)："记菩提寺路,段家桥水,何时重到梦处。况柔条老去,争奈系春不住。"

宋·王沂孙《摸鱼儿》："便快折湖边、千条翠柳,为我系春住。"

清·王夫之《望梅》(忆旧)："早已知疏柳垂丝,绾不住春光,斜阳烟际。"

清·张惠言《木兰花慢》："但牵得春来,何曾系住,依旧春归。"

646. 登山临水兮送将归

战国·楚·宋玉《九辩》:"憭慄兮若在远行,登山临水兮送将归。"心境凄凉似在远行,又如登山临水送别故人。此二句表现作者在秋风萧瑟、草木变衰的环境中,悲苦凄凉的心态。"登山临水"攀山赴水意。这平常的语言,普通的行为,由于在诗中夹带着浓厚的感情,因而多为后人所应用,加之它又是游山玩水的最简炼、最庄重的表达形式,几乎成了韵语的诗典。"登山临水"作为一种活力、行为,在诗词中,多数与感伤相联系,既取宋玉之句意,也有一部分写一般游览山水,表达喜悦的情致。句如:

唐·张九龄《忝官二十年尽在内职及为郡尝积恋因赋诗焉》:"揽衣步前庭,登陴临旷野。"用"登……临……"句式。

唐·王维《不遇咏》:"且此登山复临水,莫问春风动杨柳。"

唐·郎士元《赠韦司直》:"昨日风光还入户,登山临水意如何?"

唐·刘禹锡《酬马大夫登涴口戍见寄》:"新辞净印拂朝缨,临水登山四体轻。"

唐·白居易《龙门下行》:"筋力不将诸处用,登山临水咏诗行。"

又《将归渭村先寄舍弟》:"咏月嘲风先要减,登山临水亦宜稀。"

又《送嵩客》:"登山临水兮无期,泉石烟霞今属谁?"

又《春来频与李二宾客郭外同游因赠长句》:"可惜济时心力在,放教临水复登山。"

唐·武昌妓《续韦蟾诗》:"悲莫悲兮生别离,登山临水兮送将归。"用宋玉全句。

唐·张乔《甘露寺僧房》:"临水登山路,重寻旅思劳。"

宋·柳永《曲玉管》:"每登山临水,惹起平生心事。一场消黯,永日无言,却下层楼。"

又《戚氏》:"当时宋玉悲感,向此临水登山。远道迢递,行人凄楚,倦听陇水潺。"

宋·张先《临江仙》:"自古伤心惟远别,登山临水迟留。"

宋·王安石《春日席上》:"十年流落负归期,临水登山各有思。"

宋·苏轼《哨遍》:"富贵非吾志,但知临水登

山啸咏,自引壶觞自醉。"

宋·贺铸《减字浣溪沙》:"临水登山漂泊地,落花中酒寂寥天,个般情味已三年。"

又《六州歌头》:"恨登山临水,手寄弦桐,目送归鸿。"

又《蕙清风》:"何许最悲秋,凄风残照,临水复登山,莞然西笑。"

宋·陈袭善《渔家傲》:"红粉佳人伤别袂,情何已,登山临水年年是。"

宋·赵彦端《喜迁莺》(秋望):"登山临水,正桂岭瘴开,苹洲风起。"

宋·袁去华《水龙吟》:"儿辈何知,便休说似、登山临水。"

宋·杨万里《归去来引》:"独临水登山,舒啸更哦诗。"

又《念奴娇》:"登山临水,作诗三首两首。"

宋·丘崈《沁园春》:"动天涯羁思,登山临水,惊心节物,极目尘埃。"

宋·辛弃疾《忆王孙》(集句):"登山临水兮送将归,悲莫悲兮生别离。"用宋玉原句(集句)。

宋·姜夔《乳燕飞》:"想见登山临水处,醉把茱萸攀摘。"宋·刘镇《木兰花慢》:"襟怀静吞八表,莫登山临水易惊秋。"

宋·刘克庄《贺新郎》:"笑斯翁,皇皇汲汲,登山临水。"

又《贺新郎》(九日与二弟二客郊行):"尚喜暮年腰脚健,不碍登山临水。"

宋·吴潜《水调歌头》(闻子规):"日日登山临水,夜夜早眠晏起,岂得不便宜。"

宋·李昂英《贺新郎》:"天地中间大,纵遨游、登山临水,散人一个。"

又《水龙吟》:"最癖登山临水,又何心、蜗名蝇利。"

647. 况在登临地,复及秋风年

南朝·梁·刘孝绰《奉和昭明太子钟山解讲诗》:"况在登临地,复及秋风年。"写昭明太子萧统在钟山精采解讲事。此二句写解讲的地点(钟山)和时间(秋天)。"登临"是宋玉"登山临水"的简缩,这里主要指登临钟山。"登临"有时用作"登山临水",但多数指登山,也有的指去一般游览地,即非水非山,如城、寺等等。

唐·杨师道《赋终南山》:"登临日将晚,兰桂

起香风。"

唐·张九龄《登总持寺阁》:"登临信为美,怀远独悠哉。"

又《陪王司马登薛公逍遥台》:"闲情多感叹,清景暂登临。"

唐·宋之问《桂州三月三日》:"越中山海高且深,兴来无处不登临。"

唐·杜审言《度石门山》:"有异登临赏,徒为造化功。"

唐·孙逖《丹阳行》:"暮来山水登临遍,览古愁吟泪如霰。"

唐·徐安贞《奉和喜雪应制》:"两宫斋祭近登临,雨雪纷纷天昼阴。"

唐·崔国辅《登越州城》:"越嶂绕层城,登临万象清。"

唐·苏颋《九月九日望蜀台》:"自昔登临湮灭尽,独闻忠孝两能传。"

唐·徐晶《送友人尉蜀中》:"理闲无别事,时寄一登临。"

唐·孟浩然《与诸子登岘山》:"江山留胜迹,我辈复登临。"

又《岘山送萧员外之荆州》:"自古登临处,非今独黯然。"

唐·崔颢《题潼关楼》:"向晚登临处,风烟万里愁。"

唐·李白《鲁郡东石门送杜二甫》:"醉别复几日,登临遍池台。"

唐·崔曙《九日登望仙台呈刘明府容》:"汉文皇帝有高台,此日登临曙色开。"

唐·岑参《登总持阁》:"高阁逼诸天,登临近日边。"

唐·韦应物《酬郑户曹骊山感怀》:"登临起遐想,沐浴欢圣情。"

又《义演法师西斋》:"山水旷萧条,登临散情性。"

唐·杜甫《陪李梓州王阆州苏遂州李梁州四使君登惠义寺》:"迟暮身何得,登临意惘然。"

又《奉酬严公寄题野亭之作》:"谢安不倦登临赏,阮籍焉知礼法疏。"

又《送严侍郎到绵州同登杜使君江楼》:"归朝送使节,落景惜登临。"

又《登楼》:"花近高楼伤客心,万方多难此登临。"

又《秋日夔府咏怀奉寄郑监李宾客(郑蕃、李之芳)一百韵》:"登临多物色,陶冶赖诗篇。"

唐·戴叔伦《江上别刘驾》:"回首风流地,登临少一人。"

唐·刘禹锡《忆乐天》:"每遇登临好风景,羡他天性少情人。"

唐·牟融《访请上人》:"不能尘鞅脱,聊复一登临。"

唐·张祜《题金山寺》:"皆是登临处,归航酒半醺。"

唐·许浑《将归姑苏南楼饯送李明府》:"无处登临不系情,一凭春酒醉高层。"

唐·薛能《咏岛》:"登临有新句,公退与谁论。"

又《和杨中丞早春即事》:"贵宅登临地,春来见物华。"

唐·李朋《奉酬绵州中丞以江山小园远垂赐及兼寄诗》:"日想登临处,高耸不可攀。"

唐·牛征《登越王楼即事》:"谁会登临恨,从军白发生。"

唐·郑谷《舟次通泉精舍》:"劳倦孤舟里,登临半日间。"

唐·许彬《同友人会裴明府县楼》:"登临兴未足,喜有数年因。"

唐·崔涂《金陵晚眺》:"何必登临更惆怅,此来身世只如浮。"

唐·吴融《题兖州泗河中石床》:"迩来多少登临客,千载谁将胜事论。"

又《岐州安西门》:"今日登临须下泪,行人无个草萋萋。"

宋·王安石《桂枝香》:"登临送目,正故园晚秋,天气初肃。"

又《酬净因长老楼上玩月见怀有疑君魂梦在清都之句》:"登临更欲邀元亮,彼写还能拟惠休。"

又《平山堂》:"不知岘首登临处,壮观当时有此否?"

又《寄袁州曹伯玉使君》:"宜春城郭绕楼台,想见登临把一杯。"

又《登西楼》:"情多自悔登临数,目极应惊怅望赊。"

又《东冈》:"东冈岁晚一登临,共望长河映远林。"

又《金山三首》:"天日苍茫海气深,一船西去此登临。"

宋·晏几道《玉楼春》:"谁知错管春残事,到处登临曾费泪。"

宋·苏轼《虔州八境图八首》:"倦客登临无限思,孤云落日是长安。"

又《归去来集字十首》:"寓形知己老,犹未倦登临。"

又《初自径山归述古召引介亭以病先起》:"迟暮赏心惊节物,登临病眼怯秋光。"

又《与梁先、舒焕泛舟二首》:"彭城古战国,孤客倦登临。"

宋·曹组《忆少年》:"念过眼光阴难再得,想前欢、尽成陈迹。登临无语,把阑干暗拍。"

宋·周邦彦《兰陵王》(柳):"登临望故国,谁识京华倦客?长亭路、年去岁来,应折柔条过千尺。"

宋·姜夔《一萼红》:"夜老林泉,故王台榭,呼唤登临。"

宋·辛弃疾《水龙吟》(登建康赏心亭):"把吴钩看了,栏干拍遍,无人会、登临意。"

宋·刘克庄《水龙吟》(自和已亥自寿):"除了登临吟啸,事如天、莫相谙报。"

宋·刘辰翁《踏莎行》(九日牛山作):"日月跳丸,光阴脱兔,登临不用深怀古。"

清·朱祖谋《齐天乐》(已丑九日,庸庵——陈夔龙——招集江楼):"戍火空村,军笳坏堞,岁难登临何地?"写战乱频仍,登多无地。

648. 临水一枝春占早

唐·殷尧藩《友人山中梅花》:"临水一枝春占早,照人千树雪同青。"满山梅花,唯临水一枝开得最早,开得最艳,春天像只属于它。这类句中,"临水"的不是人,而是物,如茅屋、人家、夭桃、梅花,"临水一枝"则指一枝花。而只用"临水"则不一定指花。

唐·赵嘏《题横水驿双峰院松》:"更忆葛洪丹井畔,数枝临水欲成龙。"

唐·吴融《闲望》:"三点五点映山雨,一枝两枝临水花。"

唐·慕幽《柳》:"临水带烟藏翡翠,倚风兼雨宿流莺。"

宋·王禹偁《梅花》(句):"带月一枝斜弄影,背风千片远随人。""临水一枝"换作"带月一枝"。

宋·王安石《菩萨蛮》:"数家茅屋闲临水,单衫短帽垂杨里。"

宋·黄庭坚《踏莎行》:"临水夭桃,倚墙繁李,长杨风掉青骢尾。"

宋·贺铸《清平乐》:"临水朱门花一径,尽日鸟啼人静。"

宋·周邦彦《花犯》(梅花):"但梦想,一枝潇洒,黄昏斜照水。""临水"必"照水";"照水"必有倒影。意近王禹偁"一枝斜弄影"。

又《玉烛新》(梅花):"终不似,照水一枝清瘦。"

宋·程垓《蝶恋花》:"满路梅英飞雪粉,临水人家,先得春光嫩。"

又《蝶恋花》:"拄杖不妨舒客意,临水人家,问有花开未。"

宋·关礼之《柳稍青》(席上):"轩窗临水人家,更门掩、青春杏花。"

宋·吴文英《暗香疏影》(赋墨梅):"记五湖、清夜推篷,临水一痕月。"

宋·陈著《小重山》(咏梅):"松是交朋竹是邻,横枝临水瘦,月黄昏。"兼用林逋句。

宋·王沂孙《无闷》(雪意):"清致,悄无似。有照水一枝,已挽春意。"

宋·无名氏《蓦山溪》:"忆得去年冬,数枝梅,低临水畔。"

清·王国维《人月圆》(梅):"月中霜里,数枝临水,水底横斜。"兼用李商隐"月中霜里斗婵娟"(《霜月》)句和林逋"疏影横斜水清浅"(《山园小梅》)句。

649. 便娟之修竹兮,寄生于江潭

汉·东方朔《七谏》:"便娟之修竹兮,寄生于江潭。"那婆娑修长的美竹,只能寄生在江潭之畔。意为只做无用之材。

清·钱谦益《西湖杂感》:"修竹便娟调鹤地,春风蕴藉养花天。"黄宗羲与钱谦益议定,招金华马进宝共图抗清,钱访马途中经杭州。此借《七谏》句写西湖虽是调鹤养花之地,但只有承平时节才适宜。

650. 公无渡河,公竟渡河

汉乐府《公无渡河》:"公无渡河,公竟渡河。随河而死,当奈公何!"崔豹《古今注》记:朝鲜津卒

（管渡口的士兵）霍里子高早起摆渡，见一个白首狂夫，被发提壶，闯进河中。他妻子赶来，制止不及，那人被淹死了。他妻子弹起箜篌作《公无渡河》一曲（歌辞如上）。唱完也投河而死。霍里子高回家告诉妻子丽玉。丽玉为之悲伤。拿过箜篌模仿《公无渡河》的曲调弹奏，闻者莫不哭泣。丽玉把这首曲子传给邻女丽容，名为《箜篌引》。这个家庭悲剧是感人的，《箜篌引》更增加了悲剧气氛。因此后人有些用此乐府原题写诗，再写这个故事，或含某种现实情调。

南朝梁乐府《公无渡河》："请公无渡河，河广风威厉。"

李白《公无渡河》："被发之叟狂而痴，清晨径溪欲奚为？旁人不惜妻止之，公无渡河苦渡之。虎可搏，河难凭，公果溺死流海湄。"以"暴虎"同"凭河"比"河难凭"，终于溺死。寄予深切同情。

唐·王建《公无渡河》："舟沉身死悔难追，公无渡河公自为。"惜自为渡河。

唐·温庭筠《公无渡河》："二十五弦何太哀，请公勿渡立徘徊。"二十五弦指箜篌。

唐·王叡《公无渡河》："浊波洋洋兮凝晓雾，公无渡河兮苦渡。"

用其他题目的：李白《横江词》："惊波一起三山动，公无渡河归去来！"洪波惊险，劝公归来。元稹《六年春遣怀八首》之三："公无渡河音响绝，已隔前春复去秋。"宋·李曾伯《满江红》（八撞叔和再韵）："今老矣，儒冠宁误，戎装徒著。掷起鲸鲵江海事，放教禽鸟山林乐。问尚堪、舞剑渡河无，公应莫。"劝八撞叔退老山林。

651. 滟滪大如襆，瞿塘不可触

汉乐府《滟滪歌》："滟滪大如襆，瞿塘不可触。"瞿塘峡口有一块大礁石名滟滪堆，阴历五月，江水上涨，滟滪堆淹没水下，船只不易辨识，易触礁致祸。

唐·李白《长干行》："十六君远行，瞿塘滟滪堆。五月不可触，猿声天上哀。"用乐府诗意说明远行之艰险。

唐·张渭《别韦郎中》："峥嵘洲上飞黄蝶，滟滪堆边起白波。"也是写旅途情况。

652. 盈盈一水间

古诗《迢迢牵牛星》："迢迢牵牛星，皎皎河汉女""河汉清且浅，相去复几许？盈盈一水间，脉脉不得语。"河汉女是银河北的天琴星主星，同牵牛星相对。大约西汉时代，人们传说牵牛、织女为隔河相望的夫妻，每年七月七日跨鹊桥相会一次。"盈盈一水"句借牛女故事写夫妇离别之情，仅仅一水之隔只能脉脉相视而不能对话。后"盈盈一水"句被用以表达离隔难聚的苦痛。

南朝·梁·范云《望织女》："盈盈一水边，夜夜空自怜。"

唐·岑参《夜过盘豆隔河望永乐寄闺中效齐梁体》："盈盈一水隔，寂寂二更初。"在二更时分，在黄河南岸北望永乐，仅一水之隔，想到与妻子离别。

唐·李白《秋夜宿龙门香山寺奉寄王方城十七丈奉国莹上人从弟幼成令问》："流恨寄伊水，盈盈焉可穷。"离恨如盈盈伊水，虽清且浅却流无穷尽。

唐·白居易《续古诗十首》之七："盈盈一尺水，浩浩千丈河。"

又《除官赴阙留赠微之》："两乡默默心相别，一水盈盈路不通。"

唐·陆龟蒙《秋荷》："盈盈一水不得渡，冷翠遗香愁向人。"

宋·谢迈《蝶恋花》（留董之南过七夕）："一水盈盈牛与女，目送经年，脉脉无由语。"

宋·陈师道《菩萨蛮》（七夕）："东飞乌鹊西飞燕，盈盈一水经年见。"

宋·石孝友《茶瓶儿》："要对盈盈一水。多声价，开名得字。"

金·赵可《望海潮》（赠妓）："银汉会双星。尚相看脉脉，似隔盈盈。"暗用"盈盈"句示两人感情由陌生走向亲密。

清·朱祖谋《金缕曲》："盈盈一水终无语。尽留连沙昏石冷，旧盟谁主。"留连小园，无人伴语。写孤寂。

清·纳兰性德《浣溪沙》："记绾长条欲别难，盈盈自此隔银湾。便无风雪也摧残。"女子与恋人别难，会亦难。一水盈盈如隔银汉，没有风雪也受到凄凉的摧残了。

653. 蹀躞御沟上，沟水东西流

汉乐府《白头吟》："蹀躞御沟上，沟水东西流。"女子责备负心丈夫并与之决绝，她徘徊在水

沟边,过去的爱情如沟水东流,一去不返了。

李白《妾薄命》:"君情与妾意,各自东西流。"评汉武帝与陈皇后分离,说明色衰爱弛是一种普遍现象,因为爱情没有基础。

654.百川东到海,何时复西归

汉乐府《长歌行》:"百川东到海,何时复西归?少壮不努力,老大徒伤悲!"这是一首名诗。用百川之水东去不归,喻时间去而不返。人生不能再少,启示人应少壮努力。

南朝乐府《子夜歌》:"不见东流水,何时复西归?"用《长歌行》句。

宋·田中行《风入松》:"寒鸿不到双鱼远,恨楼前、流水难西。"(一作康与之《风入松》春晚词。)

宋·周紫芝《一剪梅》(送杨师醇赴官):"问君尺素几时来,莫道长江,不解西流。"

655.东流不作西归水

唐·李白《白头吟》:"东流不作西归水,落花辞条羞故林。"此《白头吟》为乐府曲,《西京杂记》载:司马相如:"将聘茂陵女为妾,卓文君作《白头翁》以自绝,相如乃止。"李白此句前是"一朝将聘茂陵女,文君因赠白头吟",之后用《子夜歌》句写夫妇一旦离异,便难再聚合了。如流水难再西归,落花难再返枝。

宋·范成大《南柯子》:"缄素双鱼远,题江片叶秋。欲凭江水寄离愁,江已东流,那肯更西流。"水不西流,则离愁难托。

656.天生江水向东流

唐·杜甫《石犀行》:"自古虽有压胜法,天生江水向东流。"中国地形西高东低,水源多在西部,虽有李冰作石犀以压水灾,水还是东流不息。这是江水东流现象。

唐·于武陵《远水》:"因知人易老,为有水东流。"

又《长信宫》:"惟应东去水,不改旧时声。"

唐·韦庄《河清县河亭》:"人事任成陵与谷,大河东去自滔滔。"

宋·史浩《朝中措》(雪):"凭高试望,楼台改观,山径迷踪。唯有碧江千里,依然不住东流。"

宋·黄公绍《念奴娇》(月):"世事浮沉,人生圆缺,得似烟波趣。兴怀赤壁,大江千古东注。"直

用苏轼《念奴娇》(赤壁)"大江东去"句。

清·凌廷堪《国香慢》:"浩浩长江声壮,荡明月,千古东流。"

657.流水无心西复东

唐·刘长卿《长沙赠衡岳祝融峰般若禅师》:"桂花寥寥闲自落,流水无心西复东。"写般若禅师祝融峰所居环境幽静、安闲。"流水"句,写水自然地自西向东流。"无心"用陶渊明的"云无心而出岫"的"无心",这里意为"不自主""不自禁"。

宋·寇准《途次三绝》:"边云时断续,流水自东西。"写北方边塞行程。"流水自东西","东西"为谐韵而变序,应是"自西东"之意。

658.禹力不到处,河声流向西

唐·周朴《董岭水》:"禹力不到处,河声流向西。"中国的江河水,由于地势西高东低,都从西向东流。而董岭上的水从岭头向西流下。古代大禹奉舜之命治水,疏通江河,开掘沟渠,使江河顺畅地向东流下,而岭上水却向西流,所以说这是"禹力不到"。

唐·贯休《怀张为周朴》:"人传禹力不到处,河声流向西。"张、周二人隐形匿迹,常出入僧寺。用周朴句含蓄说明他们的行为品格不合常例。

唐·吕牧《泾渭扬清浊》:"合流知禹力,同共到沧瀛。"泾水、渭水,源于甘肃,流经陕西合流汇入黄河。古传泾水清,渭水浊,合流后泾渭分明。其实都经流黄土高原,不会有清水。此句写泾渭合流是大禹治水的结果。周朴反用其意。

宋·朱炎《赠史骧》:"古人不到处,吾子独留心。"上句用周朴句式,而不用其意。

659.门前流水尚能西

宋·苏轼《浣溪沙》(游蕲水清泉寺,寺临兰溪,溪水西流):"谁道人生无再少,门前流水尚能西。休将白发唱黄鸡。"元丰五年(1082)三月,苏轼谪居黄州患臂肿病,去麻桥求庞安常医治,过数日治愈。与庞同游清泉寺,作此词。见兰溪之水西流,联想到"流水不能西,人生不再少"之常言,即生发反意,充分表现他在逆境中的达观态度,也反映了臂痛初愈轻快心情。(《东坡士林》)

"兰溪西流"这是一种局部的特殊现象。而海潮形成的逆流则蔚为大观。枚乘《七发》云:"江水

逆流,海水上潮。盖江水本自东流,潮自海门逆入,江势不能敌,往往随潮西流。"著名的钱塘江大潮即如此形成。苏轼《八月十五日看潮五绝》:"江边身世两悠悠,久与沧波共白头。造物亦知人易老,故教江水向西流。"据《乌台诗案》载:熙宁六年,苏轼任杭州通判,因八月十五日观潮作此五绝。这潮即是钱塘江大潮。"造物"二句见"江水西流"之感慨。

唐·李白《江上吟》:"功名富贵若长在,汉水亦应西北流。"说富贵无常。"西北流"是假设性比喻。

660. 携手上河梁

汉·李陵《与苏武诗》:"携手上河梁,游子暮何之!"二人携手走上河梁。"河梁"汉代称桥。

北朝·周·庾信《郊行值雪》:"寒关日欲暮,披雪上河梁。"

661. 陇头流水,鸣声呜咽

《乐府诗集·梁鼓角横吹曲》的《陇头歌辞》:"陇头流水,鸣声呜咽。遥望秦川,心肝断绝。"宋代《太平御览》引《辛氏三秦记》:"陇西关,其坂九回,不知高几里,欲上者,七日乃越。高处可容百余户,下处数十万户。其上有清水四注,所谓陇头水也。俗歌曰:'陇头流水,鸣声幽咽。遥望秦川,肝肠欲绝。'去长安千里,望秦川如带。关中人上陇者,还望故乡,悲思而歌,则有绝死者。"陇坂(阪),即陇山,在今陕西陇县西北和甘肃东南,绵亘于陕西陇县、宝鸡和甘肃镇原、清水、秦安、静宁等县。陇头是陇阪的最高顶,上有清泉,泉流四注,鸣声呜咽。《秦川记》载:"陇西郡陇山,其上悬岩吐溜,于中岭泉渟,因名万石泉。北人升此而歌,有云:'陇头流水,鸣声幽咽。遥望秦川,肝肠断绝。'"此诗上述三见,文字小异。出处之多,说明其影响极深,流传至广。

《乐府诗集》另一首《陇头歌辞》是:"陇头流水,流离四下。念吾一身,飘然旷野。"《太平御览》卷五十引《周地图记》中:"陇头泉水,流离四下。念吾一身,飘然旷野。"《续汉书·郡国志》注引《秦州记》中《陇水歌》:"陇头流水,分离四下。念我行役,飘然旷野。登高远望,涕零双堕。"多二句。此与三出前四句文字小有出入。"念我行役"是戍士口吻。此诗当写戍子思乡之苦。

《乐府诗集》又一首《陇头歌辞》:"朝发欣城,暮宿陇头。寒不能语,舌卷入喉。"表现陇头高寒艰苦。《乐府诗集》卷二十五北朝乐府《陇头流水歌辞》:"西上陇阪,羊肠九回。山高谷深,不觉脚醉。手攀弱枝,足踏弱泥。"余冠英认为:"末二句另是一曲,但文义和上四句相连,本是一首诗。"(《乐府诗选》)此诗写陇坂、陇山、陇首崎岖艰险。

乐府"陇头歌",是描写古代西北人、秦地人、征战人行经陇山时的感受的民间歌谣。有人判定《陇头歌辞》产生于汉代,自汉代起,西北、北方戍守繁重,战事频仍,行役人远离故乡戍守边疆的愁苦心境,恰恰同陇坂陇水的凄凉环境相契合,这种民歌、民谣于是应运而生了。尽管边防地址并不一定尽在陇山,而其中蕴含的悲凉氛围、悲凉情调却有普遍意义。

《乐府诗集》有《陇上歌》:"陇上壮士有陈安,躯干虽小腹中宽,爱养将士同心肝。"陈安是西晋将领,爱护士卒,深受拥戴,战死后,士卒作此歌以悼。这是唯一写实人实事的一首《陇上歌》:"善于接抚,吉凶夷险与众同之,及其死,陇上歌之。"

写陇山,常写陇水、陇坂、陇云、陇月及陇头人,而以写陇水为多。"陇水呜咽""陇水断肠",呜呜咽咽,如泣如诉,一片泪泪悲声,足令闻者断肠。北周·庾信的《哀江南赋》就写:"莫不闻陇水而淹泣,向关山而长叹!"唐·皎然《陇头水》:"陇头水欲绝,陇水不堪闻!"都直述了陇水的悲剧气氛。

"陇水"句又如:

南朝·陈·徐陵《陇头水》(一作张正见诗):"陇头流水急,水急行难渡。"写陇水流急。

唐·储光羲《陇头水送别》:"相送陇山头,东西陇水流。"以陇水分流东西而喻人各自东西。

唐·高适《登陇》:"陇头远行客,陇上分流水。流水无尽期,行人未云已。"边塞诗人,登上陇首,倍感行军不止,如陇水不尽。

662. 秦水别陇首,幽咽多悲声

唐·李白《古风·秦水别陇首》:"秦水别陇首,幽咽多悲声。"用"陇头流水,鸣声幽咽"意,写陇水(陇山顶之山泉)从陇首流下时所发出的泪泪悲声。

写"陇水呜咽"句如:

南朝·陈·谢燮《雨雪曲》:"应随陇水流,几过空呜咽。"

唐·李白《胡无人》:"空余陇头水,呜咽向人悲。"

唐·贺朝《军行》:"陇头流水呜呜咽,边树萧萧不觉春。"

唐·司马逸客《雅琴篇》:"陇水悲风已呜咽,离鹍别鹤更凄清。"

唐·岑参《登北庭北楼呈幕中诸公》:"平明发咸阳,暮及陇水头。陇水不可听,呜咽令人愁。"

唐·杜甫《前出塞》:"磨刀呜咽水,水赤刃伤手。欲轻肠断声,心绪乱已久。""呜咽水"指陇水。

唐·王建《陇头水》:"陇水何年陇头别,不在山中亦呜咽。"陇水远离陇山,仍在呜咽。

唐·雍裕之《自君之出矣》:"思君如陇水,长闻呜咽声。"思君哭泣如陇水之呜咽,悲极。一作辛弘智诗。

唐·于濆《陇头吟》:"借问陇头水,终年恨何事。深疑呜咽声,中有征人泪。"陇水本无悲声,呜咽乃是征人之泪。

唐·罗隐《陇头水》诗同唐·于濆《陇头吟》诗。

又《陇头水》:"行人何彷徨?陇头水呜咽。寒沙战鬼愁,白骨风霜切。"陇水为白骨而呜咽。唐·李咸用《陇头行》同于濆《陇头吟》诗。

唐·韦庄《赠峨嵋山弹琴李处士》:"凄凄清清松上风,咽咽幽幽陇头水。"

唐·陈陶《胡无人行》:"空流陇头水,呜咽向人悲。"

唐·崔膺《别佳人》:"陇上流泉陇下分,断肠呜咽不堪闻。"(一作崔涯《别妻诗》)

宋·范仲淹《听真上人琴歌》:"陇头瑟瑟咽流泉,洞庭萧萧落寒木。"喻琴歌之音。

宋·欧阳修《玉楼春》:"陇头呜咽水声繁,叶下间关莺语近。"喻音乐。

宋·司马光《上郡南三十里;有相思亭在太行之麓,二水所交平原皋之上;往来者徒飞其名,莫详其义。庆历甲申岁,余适延安,过于时夏虏梗边,纪戍未息。窃或东山采薇之义,叙其情而愍其劳,因作五诗,庶几不违周公之指,且以释亭之名尔》:"那堪陇头水,呜咽断人肠。"

宋·王安石《送董传》:"悠悠陇头水,日夜向西流。"又《陇东西二首》:"陇东流水向东流,不肯相随过陇头。只有月明西海上,伴人征戍替人愁。""陇西流水向西流,自古相传到此愁。添却征

人无限泪,怪来呜咽已千秋。"

宋·万俟咏《忆少年》(陇首山):"陇云溪浅,陇山峻秀,陇泉呜咽。"

宋·贺铸《子夜歌·忆秦娥》:"王孙何许音尘绝,柔桑陌上吞声别。吞声别,陇头流水,替人呜咽。"

新中国元帅兼诗人陈毅《过临洮》(一九五六年三月):"陇头无复呜咽水,汉藏自由过临洮。"赴西藏参加西藏自治区筹备委员会成立大会途中,反用"陇水呜咽"句,写新中国统一、和平,汉藏人民过上欢乐自由的生活。

663. 陇水则肝肠断绝

北周·庾信《小园赋》:"关山则风月凄怆,陇水则肝肠断绝。""关山月"与"陇头水"并举,都是北方边陲的哀凉景色与风光。表达作者羁留北方,怀念南国之情。

"陇水断肠",多出于"陇水呜咽",陇水凄凉。

南朝·陈·江总《姬人怨》:"非为陇水望秦川,直置思君肠自断。"

唐·骆宾王《久戍边城有怀京邑》:"陇阪肝肠绝,阳关亭候迁。"思念京师之痛苦。

唐·李白《学古思边》:"衔悲上陇首,肠断不见君。流水若有情,幽哀从此分。"代戍边十年的士卒抒思归之情。又《秋浦歌》:"青溪非陇水,翻作断肠流。"清溪也作断肠流。又《猛虎行》:"肠断非关陇头水,泪下不为雍门琴。"不因思乡而肠断,只为宴别。

唐·岑参《经陇头分水》:"陇水何年有,潺潺逼路旁。东西流不歇,曾断几人肠。"

唐·李益《从军有苦乐行》:"仆本居陇上,陇水断人肠。"写从军之苦。

唐·白居易《和思归乐》:"峡猿亦何意,陇水复何情。为入愁人耳,皆为肠断声。"猿鸣与陇水并举,二者本无愁事,断肠者只是愁人自己。

664. 不言登陇首,惟得望长安

北周·庾信《拟咏怀二十七首》二十二:"不言登陇首,惟得望长安。"登上陇首,只能望见长安,而见不到南国。写乡关之思。其三:"燕客思辽水,秦人望陇头。"南国之人必思建康。也写浓烈的乡情。他的《伤心赋》中又用此意:"望陇首而不归,出都门而长送。"写出使西魏而难复归。下边

是陇首(头)、陇坂句:

北周·王褒《渡河北》:"心悲异方乐,肠断陇头歌。"

南朝·陈·何胥《被使出关》:"出关登陇坂,回首望秦川。"

南朝·陈·谢燮《陇头水》:"陇坂望咸阳,征人惨思肠。咽流喧断岸,游沫聚飞梁。"

南朝·陈·江总《陇头水二首》:"陇头万里外,天崖四面绝。"

南朝·张正见《陇头水二首》:"陇头鸣四注,征人逐贰师。羌笛含流咽,胡笳杂水悲。"

唐·卢照邻《早渡分水岭》:"陇头闻戍鼓,岭外咽飞烟。"已是战场氛围。又《陇头水》:"陇阪高无极,征人一望乡。"写思乡。

唐·骆宾王《伤祝阿王明府》:"谁堪孤陇外,独听白杨风。"写凄凉。

唐·沈佺期《陇头水》:"陇山飞落叶,陇雁度寒天。"写凄寒。

唐·乔知之《定情篇》:"千载陇西头,以兹常惕惕。"纵横千载,陇头始终给人带来心理伤痕。

唐·李白《学古思边》:"衔悲上陇首,肠断不见君。"

唐·杜甫《上后园山脚》:"自我登陇首,十年经碧岭。"

唐·刘长卿《见故人李均所借古镜恨其未获归府斯人已亡怆然有作》:"所恨平生还不早,如今始挂陇头枝。"镜未还,人已故,悼亡。

唐·储光羲《明妃曲四首》:"西行陇上泣胡天,南向云中指渭川。"托写昭君出塞(以"陇上"代)思望长安。

唐·岑参《河西太守杜公挽歌四首》其三:"至今闻陇外,戎虏尚亡魂。""陇外"代塞外,称杜太守有威名。

又《故仆射裴公挽歌三首》其二:"先时剑已没,陇树久苍然。"连陇树也似因凭吊苍老。

665.胡笳夜听陇山头

唐·李贺《凉州歌》其二:"征马长思青海北,胡笳夜听陇山头。""青海北""陇山头"都代指西北边陲。"胡笳"为"边声",边地军营号角,诗词中常借以表达边地悲声,"陇头笳声",声、地俱凄凉,此诗中"征马""胡笳"都是边地风光。

唐·余延庆《折杨柳》:"莫吹胡笳曲,愁杀陇头人。"

唐·王贞白《胡笳曲》:"陇地悲笳引,陇头鸣北风。"

666.陇水潺湲陇树秋

唐·张仲素《塞下曲五首》:"陇水潺湲陇树秋,征人到此泪双流。""潺湲",流泪的样子,此写陇水流动如眼泪喷洒,征人见此水而泪垂。

唐·翁绶《陇头吟》:"陇水潺湲陇树黄,征人陇上尽思乡。"用张仲素句。

宋·柳永《戚氏》:"远道迢递行人凄楚,倦听陇水潺湲。"

667.秦山遥望陇山云

唐·岑参《胡笳歌送颜真卿使赴河陇》:"胡笳怨兮将送君,秦山遥望陇山云。""陇山云"是颜真卿出使处,"遥望"说明很远,寄离别的思念。写"陇云"寄托对远方人的思念,还如:

唐·赵嘏《入破第四》:"日晚笳声咽戍楼,陇云漫漫水东流。行人万里向西去,满目关山空自愁。"唐·戎昱《逢陇西故人忆关中舍弟》:"急难何日见,遥哭陇西云。"

南朝·梁·柳恽《捣衣》有"陇首秋云飞"句,是写陇云最早的。金·完颜璹《朝中措》:"霜清玉塞,云飞陇首,风落江皋。"用柳恽句。

陈毅元帅《夏夜由王家坪归杨家岭》(一九四四年):"十里辉煌延市火,数峰聚散陇头云。""陇头云"使他联想起"廿年"的征战风云。

668.陇头秋月明

唐·杨师道《陇头水》:"陇头秋月明,陇水带关城。"秋月照着陇头,陇水绕着关城。这是一派边塞风光。庾信是写"关山月"最早的,他还有《荡子赋》:"陇水恒冰合,关山唯月明。"也写"关山月"。杨师道的"陇头月"义近"关山月"。

唐·骆宾王《边夜有怀》:"夜关明陇月,秋塞急胡风。"陇月照关山,双含"关山月"与"陇山月"。又《咏怀》:"十万庭芳敛,三秋陇月圆。"

唐·储光羲《陆著作挽歌》:"华亭有明月,长向陇头悬。"写"陇月"凄凉。

唐·卢汝弼《和李秀才边庭四时怨》:"陇头流水关山月,泣上龙堆望故乡。"此处"陇头"与"关山"互文。

669. 寄与陇头人

唐·张祜《穆护砂》诗:"玉管朝朝弄,清歌日日新。折花当驿路,寄与陇头人。"显然用了陆凯的"驿寄梅花"诗。"陇头人"在陆凯诗中指西北长安(近陇头),在张祜诗中泛指远方人。

张祜还有写"陇头人"句:《金殿乐》:"不缘楼上月,应为陇头人。"《边思》:"苏武节旄尽,李陵音信稀。花当陇上发,人向陇头归。"

670. 籍乃岭头泷

唐·韩愈《病中赠张十八》:"君乃昆仑渠,籍乃岭头泷。""泷"湍急的水流。张十八(不知何人)的诗如"昆仑渠",大气磅礴;张籍的诗如"岭头泷",细流湍急。张籍长于乐府,受到白居易的称赞:"尤工乐府诗,举代少其伦。"(《读张籍古乐府》)韩愈与张籍是同龄人,都生于公元768年,张地位卑微,但韩愈同他关系朴实亲密,韩愈诗写得多的唯两个人:孟郊和张籍,孟郊年长,大他们十七岁,韩对孟是尊重的,对张则平平实实。

宋·苏轼《寒食日合李公择三绝次韵》:"诗似悬河供不办,故欺张籍陇头泷。"李公择罢齐州,寒食日至徐州,苏轼公出,"公择立成三诗,以促公还。公和诗全寓此意。""诗似悬河供不办",公择吟诗如悬河,录诗的人录之不及。"欺张籍"用韩愈句反衬李公择成诗之速。

671. 宁饮建业水,不食武昌鱼

《三国志·吴书·陆凯传》:"凯上疏曰:'又武昌土地,实危险而瘠确,非王都安国养民之处;船泊则沉漂,陵居则峻危。'且童谣言:'宁饮建业水,不食武昌鱼;宁还建业死,不上武昌居。'"孙皓穷奢极欲,于公元266年,从建业迁都武昌,物资要从扬州百姓供给,怨声载道,痛恨至极,因有此童谣。左丞相陆凯因而上疏,年底又迁回建业。这"武昌"指鄂城,武昌鱼盛产于鄂城附近的樊口,即苏轼在《赤壁赋》中说的"西望夏口,东望武昌"那个武昌。公元220年孙权曾自建业迁都鄂城并改名武昌。公元229年孙权又还都建业。此《吴孙皓初童谣》又见于《三国志·晋书·五行志》。后人用此句,一种是变用"建业水""武昌鱼"之义,一种是借用其句式。

变用其义如:

北周·庾信《奉和永丰殿下言志十首》:"还思建业水,终忆武昌鱼。"庾信羁长安,建业、武昌,故国故都皆可思,这是一种变用法。作者任郢州别驾时,从建业至江陵、武昌,途之所经,故可回忆。清·倪璠《庾子山集注》评:"建业旧宫,似渴江流之水;武昌鱼味,不啻秋风之鲈矣。"进一步揭示庾信的故国之思。

唐·徐寅《吴》:"建业龙盘虽可贵,武昌鱼味亦何偏。"建业与武昌并好,吴地佳丽。

宋·王安石《寄岳州张使君》:"昔人宁饮建业水,共道不食武昌鱼。"举称吴"童谣"。又《别方劭秘校》:"迢迢建业水,中有武昌鱼。别后应相忆,能忘数寄书。"

宋·苏辙《赋黄鹤楼赠李公择》:"谁道武昌岸下鱼,不如建业城边水。"

宋·杨备《大初宫》:"三军不食武昌鱼,万骑时迁建业居。"

宋·岳甫《水调歌头》(编修楼公易镇武昌,安阳岳甫作歌头一阕,奉祖行色,甫再拜):"鲁口天下壮,襟楚带三吴。……鹦鹉洲前处士,黄鹤楼中仙客,拍手试招呼。莫诵前人句:不食武昌鱼。"反用原义。

明·何景明《送卫进士推武昌》:"此去但随彭蠡雁,何须不食武昌鱼。"反用原义。

仿用其句式如:

南朝江总《秋月登广州南楼》:"徒怀建业水,复思洛阳宫。"

唐·储光羲《临江亭五首》:"潮生建业水,风散广陵烟。"

唐·卢纶《送从叔士准赴任润州司士》:"风吹建业雨,浪入广陵船。"

唐·岑参《送费子归武昌》:"秋来倍忆武昌鱼,梦者只在巴陵道。"

唐·独孤及《下弋阳江阴舟中代书寄裴侍御》:"得餐武昌鱼,不顾浔阳田。"

唐·刘禹锡《送从弟郎中赴浙西》:"又食建业水,曾依京口居。"

宋·宋祁《和登山城望京邑》:"叶愿洛阳飞,鱼宁武昌食。"

宋·范成大《鄂州南楼》:"却笑鲈乡垂钓手,武昌鱼好便淹留。"自讽宦游不归。

人民领袖毛泽东《水调歌头·游泳》(一九五六年六月):"才饮长沙水,又食武昌鱼。"写视察

从长沙到武汉。"长沙水"：作者自注"民谣，常德德山山有德，长沙沙水水无沙"。长沙城东有"白沙井"。

672. 蛟龙得云雨，终非池中物

《三国志·吴书·周瑜传》载："周瑜上疏曰：'刘备以枭雄之姿，得关张为之辅，蛟龙得云雨，终非池中物。'""池中物"喻蛰居一隅，无远大抱负的人。

唐·杜甫《奉赠严八阁老》："蛟龙得云雨，雕鹗在秋天。"《淮南子》："秋风下霜，鹰雕搏鸷。"杜甫称颂严武，亦表示自己遇主称时。

《挥尘录》云"蛟龙得云雨，雕鹗在秋天"一联，已见《晋书》载记，昔人不以蹈袭为非也。此指杜甫赠严武诗。《晋书·刘元海传》只云："蛟龙得云雨，非复池中物也。"其实都是用周瑜语。

杜甫《二十一曹长》："吾子得神仙，本是池中物。"

又《上韦左相二十韵》："岂是池中物，由来席上珍。"

唐·白居易《四月池水满》："况吾与尔辈，本非蛟龙匹。假如云雨来，只是池中物。"反用以自评。

五代·徐铉《酬郭先辈》："雷雨不下施，犹作池中物。"

宋·张咏《解嘲》："蛟龙岂是池中物，风雨不来狂不得。"

宋·文天祥《酹江月》："乾坤能大，算蛟龙，无不是池中物。……横槊赋诗，登楼作赋，万事空中雪。"说人才要待机而出。

673. 北辞千金，东蹈沧海

曹丕《煌煌京洛行》："峨峨仲连，齐之高士。北辞千金，东蹈沧海。"称高士鲁仲连事。《史记·鲁仲连邹阳列传》载：战国时齐国鲁仲连说服赵国平原君和魏国的辛垣衍放弃降秦计划，使赵国免受屈辱。平原君"以千金为连寿"，他谢绝了。后又帮助齐将田单攻燕国的聊城，齐王要给他封爵，他又跑到海边隐居去了。司马迁就称他为"齐国的高士"，即品行高尚的人。曹丕诗即评价这位高士功高而不受赏。

曹植《箜篌引》："主称千金寿，宾奉万年酬。"用"千金寿"与主人以厚礼赠宾客，宾客祝主人长寿，用其句而不用其义。

唐·陈子昂《感遇三十八首》十六："鲁连让齐爵，遗组去邯郸。"

唐·李白《赠从兄襄阳少府皓》："却秦不受赏，救赵宁为功。"

唐·李颀《行路难》："鲁连所以蹈东海，古往今来称达人。"

674. 渌水扬洪波

三国·魏·阮籍在《咏怀》诗："徘徊蓬池上，还顾望大梁。渌水扬洪波，旷野莽茫茫。……羁旅无俦匹，俛仰怀哀伤。"写动乱的政局中前途渺茫，独孤无依的悲观情绪。"渌水"清澈的水，"扬洪波"隐含政治形势。唐·李白在《梁园吟》中写："却忆蓬池阮公咏，因吟'渌水扬洪波'。洪波浩荡迷旧国，路远西归安可得？"李白政治上失意后，同杜甫、高适同游大梁（今河南开封一带），自感遭际近似于阮籍，因引咏"扬洪波"句以抒怀，阮诗引起了共鸣。

"流水扬波"句最早见于《楚辞》，屈原在《九歌·河伯》中写："与汝游兮九河，冲风志兮水扬波。"意为同你一起漫游黄河（相传禹开黄河九道），暴风骤起黄水掀起波涛。《楚辞·渔父》："世人皆浊，何不淈其泥而扬其波？众人皆醉，何不哺其糟而歠其醨？"则是反映了渔父避世隐身的人生哲学。用"渔父"句的有：魏·嵇康《合二郭诗三首》："朔戒贵尚容，渔父好扬波。"南朝·陈后主叔宝《独酌谣四首》："宁学世人醉，扬波去我遥。"

汉武帝刘彻到汾阳巡幸，放身中流，写了《秋风辞》，有句云："兰有秀兮菊有芳，怀佳人兮不能忘。泛楼船兮洛汾河，横中流兮扬素波，箫鼓鸣兮发棹歌。"是写泛舟中流的盛况。汉·刘向《九叹》中反复用"扬波"，写急流汹涌，大水翻腾：《离世》有："披澧澧而扬浇兮，顺长濑之浊流。"《惜贤》有："挑榆扬汰，荡迅疾兮。""扬浇""扬汰"都为扬波之意。

"流水扬波"又有发扬政风之意。晋·陆机《吴趋行》："太伯导仁风，仲雍扬其波。"这是写周太王（周文王的祖父）三个儿子的事。据《史记》载，周太王有三个儿子：长曰太伯，次曰仲雍，少曰季历（周文王之父）。太伯、仲雍为了把王位让给季历，逃到南方，太伯被吴人拥戴为王。太伯死，仲雍立，发扬太伯的治世遗风。"扬其波"即发扬治世遗风之意。李白《叙旧赠江阳宰陆调》:"太伯让天下,仲雍扬波涛。清风荡万古,迹与星辰高。开吴食东溟,陆氏世英髦。"用陆机句,写太伯治吴遗风,类比陆调之祖吴人陆逊、陆机都是世代英杰,以激励、赞美陆调。李白《五松山送殷淑》诗:"仲文了不还,独立扬清波。"也是写发扬政风的。

"流水扬波"多写江河之水或水波之洪大。有时也用"扬素波"。

汉乐府《琴操·将归操》:"狄之水兮风扬波,船楫颠倒更相加,归来归来胡为斯。"含风险意。

汉《风雨诗》:"从恣蒙水诚江河,州流灌注兮转扬波。"

汉古诗《张公神碑歌》:"縈水汤汤扬清波,东流口折口于河。"

魏·王粲《杂诗》:"曲池扬素波,列树敷丹荣。"

晋·王彬之《兰亭诗二首》:"渌水扬波,载浮载沉。"

晋·傅玄《诗》:"有女殊代生,涉江采菱花。上翳青云景,下鉴渌水波。"

晋·陆冲《杂诗二首》:"清芬乘风散,艳藻映绿波。"

南朝·梁·吴均《同柳吴兴何山集送刘余杭诗》:"君随缘波远,我逐清风归。"

南朝·梁·王规《大言应令诗》:"嘘八风为气,吹四海而扬波。"

隋·李巨仁《赋得方塘舍白水诗》:"白水溢方塘,森森素波扬。"

唐·李白《和卢侍御通塘曲》:"长吟白雪望星河,双垂两足扬素波。"

又《赠友人三首》:"长号易水上,为我扬波澜。"

又《留别贾舍人至二首》:"鳌抃山海倾,四溟扬洪流。"

唐·岑参《送张秘书充刘相公通汴河判官使赴江外觐省》:"刘公领舟楫,汴水扬波澜。万里江海通,九州天地宽。"

唐·柳宗元《闻黄鹂》:"目极千里无山河,麦芒际天摇清波。"写麦浪。

675. 高山安可仰,徒此揖清芬

唐·李白《赠孟浩然》:"高山安可仰,徒此揖清芬。"孟浩然垂暮之年离开长安,李白作了这首

赠诗,赞美他的品格。"高山"句用《诗经·小雅·车辖(xiá 辖)》:"高山仰止,景行行止"句。清芬,喻芬芳的美德,句意即景仰你高尚的品格,尊重你清新的道德。李白喜欢用"清芬"称许人的美德。他在《送王屋山人魏万还王屋》中写:"吾友扬子云,弦歌播清芬。"以扬雄代称其友江宁宰杨利物,并赞他道德高尚,不同俗吏。又《赠瑕丘王少府》:"无由接高论,空此仰清芬。"《送张秀才谒高中丞》:"英谋信奇绝,夫子扬清芬。"《同王九题就师山房》:"归途未忍去,携手恋清芬。"《赠张公洲革处士》:"斯为真隐者,吾党慕清芬。"《题元丹丘颖阳山居》:"之子合逸趣,我亦钦清芬。"《古风》:"鲁连及柱史,可以蹑清芬。"他一个人的诗中竟用了这么多"清芬",所以宋代词人冯伟寿也用"清芬"赞颂他:《玉连环》(忆李谪仙):"云月仰清芬,揽虬髯、尚友千载。"

"清芬"一语,最早见于晋·陆冲《杂诗二首》:"清芬乘风散,艳藻映绿波。"写清新纯洁的芳香在野原中乘风播散。南朝·宋·鲍照《代陈思王京洛篇》:"扬芬紫烟上,乘彩绿云中。"是写京洛景象。南朝·陈·张正见的《应龙篇》诗才始有喻义:"譬彼野兰草,幽居常独香。清风播四远,万里望芬芳。"写"应龙"隐居时,有如兰草,远播着芬芳。明确写"兰草芬芳"。后人以"清芬"喻品格者,李白之后见多,也有直写梅菊的。

唐·司空曙《晦日益州北池陪宴》:"岂令南岘首,千载播余芳。"

唐·杨巨源《野园献果呈员外》:"持此赠佳期,清芬罗袖里。"

唐·孟郊《憩淮上观公法堂》:"不惜青翠姿,为君扬芬芳。"

唐·黄滔《书怀寄友人》:"寂寞一生中,千载空清芬。"

又《出京别崔学士》:"欲逐飘蓬向歧路,数宵垂泪恋清芬。"

宋·李曾伯《摸鱼儿》(送窦制幹赴漕趁班):"燕山桂种清芬在,人物翩翩如许。"

宋·杨泽民《丑奴儿》(梅花):"清芬不是先桃李,桃李无香。"又《虞美人》:"清芬不逐火云消,看了一重姿媚、一重娇。"

宋·陈郁《声声慢》(应制赋芙蓉、木樨):"天阙清芬,何事早飘岩壑。"

宋·陈德武《鹧鸪天》(咏菊):"三径芳根自不

群,每于霜后播清芬。"

676. 逝者如流水

汉·刘桢《赠五官中郎将诗四首》:"逝者如流水,哀此遂离分。追问何时会,要我以阳春。"此诗是赠曹丕的。曹丕于建安十六年为五官中郎将。刘桢为"建安七子"之一,同曹氏兄弟常常以诗会友,而且刘桢又是曹魏集团政治上的著名人物,从而彼此结成了深厚友谊。此诗即是对曹丕抒怀之作。此四句写离分之哀。"逝者如流水"说往事如流水。用孔子语:《论语·子罕》:"子在川上曰:'逝者如斯夫,不舍昼夜!'""逝者"指时光岁月,亦可指万事万物乃至整个历史,都如流水一样永不停息。面对长川而生这种动象感受的,孔子是第一人。对后世的影响是深远的,因为这句看来普通又普通的话,道破了事物规律,也道出了人们的通感。魏·阮籍《咏怀八十二首》(其三十二)写:"孔圣临长川,惜逝忽若浮。"感时光逝去之快。南朝·宋·何承天《石流篇》:"石上流水,潺潺其波。发源幽岫,永归长河。瞻彼逝者,岁月其偕。子在川上,惟以增怀。"简直把孔子的话作了展开描述,以叹自己岁月如流却"有志不遂"。毛泽东《水调歌头·游泳》(1956 年 6 月):"子在川上曰:逝者如斯夫!"巧妙地将《论语》原文入词,一反古人伤感情绪,只认同其真理。刘桢以后,咏"逝波"以感岁月、兴亡、荣辱者又如:

晋·郭璞《游仙诗》:"临川哀年迈,抚心独悲咤。"

晋·陆机《顺东西门行》:"感朝露,悲人生,逝者若斯安得停。"

南朝·梁·萧子范《夏夜独作》:"一伤年志罢,长嗟逝波速。"

唐·王勃《秋江送别二首》:"已觉逝川伤别念,复看津树隐离舟。"

唐·钱起《故相国苗公挽歌》:"盛业留青史,浮荣逐逝波。"

唐·温庭筠《苏武庙》:"茂陵不见封侯印,空向秋波哭逝川。"

五代·欧阳炯《江城子》:"六代繁华,暗逐逝波声。"

宋·蔡襄《元日过浦城西阳岭》:"逝者东流水,情知有无回。"

人民领袖毛泽东《七律二首·送瘟神》(1958

年 7 月 1 日):"牛郎欲问瘟神事,一样悲欢逐逝波。"

今人刘蕙孙《绝句》:"只因解挽天河水,逝者如斯可断肠。"

677. 常是惜流年

唐·宋之问《玩郡斋海榴》:"徒缘滞遐郡,常见惜流年。"任越州长史时作,由于滞官越州,距京城遐远,因此常常惜岁月流逝之不速。"流年",年光如水一样流动不息,即"似水流年""岁月如流",常指川流不息的岁月。宋之问首用"流年"这一浓缩了的语言。后人用"流年"也不乏名句。唐·戴叔伦《酬周至耽少府沨见寄》:"流年不尽人自老,外事无端心已空。"唐·柳宗元《岭南江行》:"从此忧来非一事,岂容华发待流年。"二者都较好。用"流年"表示"一年",则是少数。

唐·张子容《除日》:"腊月今知晦,流年此夕除。"

唐·王维《赠从弟司库员外俅》:"欲缓携手期,流年一何驶。"

唐·杜甫《雨》:"悠悠边月破,郁郁流年度。"

唐·钱起《省中春暮酬嵩阳焦道士见招》:"流年催素发,不觉映华簪。"

唐·张继《安公房问法》:"流年一日复一日,世事何时是了时。"

唐·耿沣《春日书情寄元校书伯和相国之子》:"流年不可驻,惆怅镜中丝。"

唐·戴叔伦《岁除日奉推事使牒追赴抚州辨对当别崔法曹陆大祝处士上人同赋人字口号》:"上国杳未到,流年忽复新。"

唐·韦应物《叹杨花》:"旧赏逐流年,新愁忽盈素。"

唐·鲍溶《首夏》:"幽人惜时节,对此感流年。"

唐·杜牧《南楼夜》:"玉楼金樽夜不休,如悲昼短惜年流。"

唐·罗隐《寒食日早出城东》:"向谁夸丽景,只是叹流年。"

唐·李群玉《将之吴越留别坐中文酒诸侣》:"岁华坐摇落,寂寂感流年。"

唐·方干《送从兄郜》:"流年莫虚掷,华发不相容。"

宋·陆游《谢池春》:"烟波无际,望秦关何处,叹流年又成虚度!"

宋·丘崟《点绛唇》(戊子之春,同官皆拘文,不暇游集。春暮,皆兴牢落之叹,予亦颇叹之,作此,乃三月九日也。是日,杨花甚盛,盖风云):"花落花开,等闲不管流年度。旧游何处?浅立空凝伫。"

明·汤显祖《牡丹亭》第十出惊梦《山桃红》:"则为你如花美眷,似水流年,是答儿闲寻遍,在幽闺自怜。"

678. 人间岁月如流水

唐·岑参《客舍悲秋有怀两省旧游呈幕中诸公》:"人间岁月如流水,客舍秋风今又起。""岁月如流水"就是"流年"的涵义,也是"逝者如斯"的通俗诠释。诗中此句言岁月运行之速。唐·萧微《题少陵别墅》:"人间岁月如流水,何事频行此路中。"用岑参原句。"岁月如流水"句比"流年"多加用了"水"字。

唐·李白《普照寺》:"门外一条溪,几回流岁月。"

又《兴唐寺》:"槛外一条溪,几回流碎月。"同前二句相近。

唐·独孤及《伤春赠远》:"去水流年日并驰,年光客思两相随。"

唐·戴叔伦《南宾送蔡侍御游蜀》:"积云藏险路,流水促行年。"

唐·李端《忆故山赠司空曙》:"云在高天风会起,年如流水日长催。"

唐·白居易《西楼夜》:"年光东流水,生计南枝鸟。"

又《不二门》:"流年似江水,奔注无昏昼。"

唐·张祜《华清宫和杜舍人》:"祝寿山犹在,流年水共伤。"

唐·许浑《将赴京留赠僧院》:"空悲浮世云无定,多感流年水不还。"

唐·韩琮《暮春浐水送别》:"行人莫听宫前水,流尽年光是此声。"

唐·许棠《重归江南》:"岁月逐流水,山川空夕阳。"

唐·唐彦谦《咸通中始闻褚河南归葬阳翟追叙风概因成二十韵》:"流年随水逝,高谊薄层霄。"

唐·杜荀鹤《题开元寺门阁》:"云山已老应长在,岁月如波只暗流。"

宋·宋庠《次韵范纯仁和郭昌朝寺丞见寄二首》:"老去风光似流水,病来世味薄如云。"

宋·苏颂《冬至日瓦桥与李綖少卿会饮》:"风霜正急偏催老,岁月如流又过冬。"

又《己未九月予赴鞫御史闻子瞻先已被系予昼居三院东阁而子瞻在知杂南廊才隔一垣不得通音息因作诗四篇以为异日相遇一噱之资耳》:"怅离岁月如流水,柳郁情怀积似烟。"

清·施国章《舟中立秋》:"垂老畏闻秋,年光逐水流。"

679. 暗觉年华似水流

唐·许浑《竹林寺别友人》:"骚人吟罢起乡愁,暗觉年华似水流。花满谢城伤共别,蝉鸣萧寺喜同游。""年华"常指"年龄""年岁",与人直接联系,而不是"岁月""时光"。所以引发乡愁是由于年龄增长之快如流水,叹时不我待。表人老思乡的感情。

唐·方干《感时三首》:"不觉年华似箭流,朝看春色暮逢秋。"用许浑句式,不过这"年华"指时光。

唐·唐彦谦《秋日感怀》:"无情最恨东流水,暗逐芳年去不还。"

唐·罗隐《秋日汴河客舍酬友人》:"年如流水催何急,道似危途动即穷。"

宋·宋庠《春晚坐建隆寺北池亭上》:"城外东风卷落花,更临春水惜年华。"

宋·贺铸《东吴乐·尉迟杯》:"念怀县、青鬓今无几。枉分将、镜里华年,付与楼前流水。"

宋·冯时行《天仙子》(荼蘼已凋落赋):"一片初飞情已悄,可更如今纷不扫。年随流水去无踪,恨不了,愁不了,楼外远山眉样小。"

680. 只恐流年暗中换

五代后蜀主孟昶《木兰花》:"屈指西风几时来,只恐流年暗中换。"计算着秋风何时来,不要忘记春去秋来,为的是流年悄悄更换,而没有察知。因之应警惕时光流逝。《全唐诗》第一函第二册又题作《避暑摩诃池上作》。

孟昶这首词很有名。《漫叟诗话》载:孟昶曾作《玉楼春》一词:"冰肌玉骨清无汗,水殿风来暗香满。绣帘一点月窥人,欹枕钗横云鬓乱。起来琼户启无声,时见疏星渡河汉。屈指西风几时来,只恐流年暗中换。"宋·苏轼《洞仙歌》自序云："仆七岁时，见眉山老尼，姓朱，忘其名，年九十余。自言尝随其师入蜀主孟昶宫中。一日大热，蜀主与花蕊夫人夜起避暑摩诃池上，作一词，朱具能记之。今四十年，朱已死，人无知此词者。但记其起首两句，暇日寻味，岂《洞仙歌令》乎？乃为足之。"苏轼《洞仙歌》云："冰肌玉骨，自清凉无汗。水殿风来暗香满，绣帘开、一点明月窥人。人未寝、欹枕钗横鬓乱。起来携素手，庭户无声，时见疏星渡河汉。试问夜如何？夜已三更，金波淡、玉绳低转。但屈指西风几时来？又不道、流年暗中偷换。"苏轼把原词揣臆为《洞仙歌》，就不如《木兰花》精炼了，不过还记住一些词句，词意也极贴近。

"流年暗换"是说岁月不知不觉中悄悄地转换了。

宋·晏几道《蝶恋花》："绿柱频移弦易断，细看素筝，正似人情短。一曲啼鸟心绪乱，红颜暗与流年换。"流年暗换，红颜也暗换了。

宋·秦观《望海潮》："梅英疏淡，冰澌溶泄，东风暗换年华。"东风吹来，新春悄悄来临了。

宋·管鉴《西江月》："苦无春恨可萦牵，只数年华暗换。"意近秦观句。

宋·曹组《青玉案》："田园有计归须早，在家纵贫亦好。南来北去何日了。光阴送尽，可怜青鬓，暗逐流年老。"青鬓悄悄变白，随流年老去。

681.锦瑟年华谁与度

宋·贺铸《青玉案》："凌波不过横塘路。但目送、芳尘去。锦瑟年华谁与度？月桥花院，琐窗朱户，只有春知处。"《中吴纪闻》云：贺铸："有小筑在盘门之南十余里，地名横塘，方回往来其间，尝作《青玉案》词云。"此为上阕，意为：一位女子，脚步轻盈，却没有走向我居住的横塘。我只能目送她远去，她留下一道芳尘。是谁同她共度那美妙的年华？她居住在何处？月桥花院？琐窗朱户？只有春天才会知道。"锦瑟年华谁与度"，就是词人见这女子而引发的遐想。"锦瑟年华"，指美好的青春时代。语出唐人诗。

唐·李商隐《锦瑟》(亦即"无题")："锦瑟无端五十弦，一弦一柱思华年。""锦瑟"彩绘的瑟，《周礼·乐器图》："饰以宝玉者曰宝瑟，绘文如锦者曰锦瑟。"相传古瑟为五十条弦，后减作二十五弦。"一弦一柱"是一音一节，"五十弦"音节繁富，

音域广泛，可以弹奏出极复杂的乐曲。听到这锦瑟繁弦奏出的音响，禁不住思念起华年之往事，倍感凄凉。一说"五十弦"表示诗人年岁，实无所据，因为弦不止一根一根弹，而事也不必一年一年去想。

"锦瑟"与"华年"被后人组合在一起，表示美妙年华，首见贺铸此句。从此李商隐"锦瑟"句就为人紧缩作"锦瑟华年"或"锦瑟年华"。

宋·吴文英《天香》："窈窕文窗，深沉书幔，锦瑟年华依旧。"

又《谒金门》："紫燕红楼歌断，锦瑟华年一箭。"

金·元好问《论诗三十首》："佳人锦瑟怨华年。"

元·张翥《六州歌头》(孤山寻梅)："唤起春娇扶醉，休辜负锦瑟年华。"

清·况周颐《寿楼春》："任锦瑟华年，青山故国，回首梦都迷。"甲午战争失败，爱姬桐娟之死，使诗人顿觉锦瑟华年、故国青山，皆成一梦。

682.烟波江上使人愁

唐·崔颢《黄鹤楼》："日暮乡关何处是？烟波江上使人愁。""烟波江上"，烟雾笼罩着的江波，简括为"烟波"，杜牧的"烟笼寒水月笼沙"，即此种景象。烟与柳称"烟柳"，烟与花称"烟花"，烟与水称"烟波"，"烟"在诗人笔下，领域极开阔。"烟波"多是远景现象，常给人以涉远朦胧之感。宋·赵善括《菩萨蛮》(西亭)："烟波江上西亭小，晓来雨赤惊秋早。"今人李曙初《祝湘潭大桥通车》："恰似飞虹下九天，烟波江上一桥悬。"都用崔颢句，当然更多的是抒写"烟波之愁"。

唐·孟浩然《宿扬子津寄润州长山隐士》："日夕望京口，烟波愁我心。"孟、崔同时，二诗先后难考，不过首用"烟波"的不是他们。

唐·刘长卿《昆陵送邹结先赴河南充判官》："东西此分手，惆怅恨烟波。"

唐·张祜《胡渭川》："亭亭孤月照行舟，寂寂长江万里流。乡国不知何处是，云山漫漫使人愁。"用崔颢句，只是"云山"远隔，而不用"烟波江山"。

唐·白居易《秋江送客》："不醉浔阳酒，烟波愁杀人。"

唐·薛莹《秋日湖上》："落日五湖游，烟波处处愁。浮沉千古事，谁与问东流。"

五代·孙光宪《菩萨蛮》："极浦几回头,烟波无限愁。"

五代·李中《姑苏怀古》："歌舞一场梦,烟波千古愁。"

宋·杨亿《陈小著从易知邵武军》："岁月天涯乡树老,烟波江上客帆孤。"

宋·贺铸《减字木兰花》："谁共登楼,分取烟波一段愁。"

宋·晁补之《迷神引》(贬玉溪对江山作)："余霞散绮,向烟波路、使人愁。"

宋·晁冲之《汉宫春》："无情渭水,问谁教、日日东流。常是送、行人去后,烟波一向离愁。"

宋·陆游《谢池春》："漫悲歌、伤怀吊古。烟波无际,望秦关何处?"

宋·吴潜《卜算子》："极目烟波万顷愁,此意谁知道。"

明·盛鸣世《题岳阳酒家壁》："莫上高楼望湖月,烟波二月已愁人。"

清·黄遵宪《上黄鹤楼》："洒尽新亭楚囚泪,烟波风景总生愁。"

清·纳兰性德《南乡子》(孤舟)："别自有人桃叶渡,扁舟,一种烟波各自愁。"江河上都有别愁。"各自愁"兼用唐·李商隐《代赠二首》"芭蕉不展丁香结,同向春风各自愁"语。

683. 秦川秦塞阻烟波

唐·骆宾王《从军中行路难二首》其一："南中南斗映星河,秦川秦塞阻烟波。三春边地风光少,五月泸中瘴疠多。"此诗写随军经过西南的危山险路,行程艰难。"秦川"句,写遥望西北长安,有烟波阻障,杳无影踪。"烟波"虽在崔颢"烟波江上使人愁"句著名,而其首用者却是骆宾王此诗,后被广泛应用。

唐·孟浩然《夜泊牛渚趁薛八船不及》："溆浦尝同宿,烟波忽间之。"

唐·刘长卿《昆陵送邹洁先赴河南充判官》："东西此分手,惆怅恨烟波。"

又《初至洞庭怀霸陵别业》："昨夜梦中归,烟波觉来阔。"

唐·韦应物《答杨奉礼》："烟波见栖旅,景物具昭陈。"

唐·刘禹锡《到郡未浃日登西楼见乐天题诗因即事以寄》："烟波洞庭路,愧彼扁舟人。"

又《古有长干行》："烟波与春草,千里同一色。"

唐·元稹《和乐天招钱蔚章看山绝句》："人间还有大江海,万里烟波天上无。"

唐·白居易《泛春池》："霜竹百千竿,烟波六七亩。"

又《再到襄阳访问旧居》："独有秋江水,烟波似旧时。"

又《岁晚旅望》："烟波半露新沙地,鸟雀群飞欲雪天。"

唐·张又新《中界山》："愁人到此劳长望,何处烟波是祖州。"

唐·杜牧《自宣州赴官入京路逢裴坦判官归宣州因题赠》："江湖酒伴如相问,终老烟波不计程。"

唐·许浑《示弟》："文字何人赏,烟波几日归。"

又《留别赵端公》："却愿烟波阻风雪,待君同拜碧油幢。"

唐·李商隐《少将》："烟波别墅醉,花月后门归。"

又《春深脱衣》："减衣怜蕙若,展帐动烟波。"

唐·顾非熊《崔卿双白鹭》："我乡多傍门前见,坐觉烟波思不禁。"

唐·杨汉公《登郡中销暑楼寄东川汝士》："岩峣下瞰雪溪流,极目烟波望梓州。"

唐·薛能《清河泛舟》："绕郭烟波浮泗水,一船丝竹载凉州。"

唐·李群玉《湘阴江亭却寄友人》："烟波自此扁舟去,小酌文园杏未期。"

唐·贾岛《送刘知新往襄阳》："花木三层寺,烟波五相楼。"

唐·李山甫《沧浪峡》："烟波莫笑趋名客,为爱朝宗日夜忙。"

唐·罗隐《寄酬邺王罗令公五首》："湘浦烟波无旧迹,邺都兰菊有遗风。"

唐·崔涂《放鹧鸪》："满身金翠画不得,无限烟波何处归。"

宋·钱惟演《木兰花》："城上风光莺语乱,城下烟波春拍岸。"

宋·柳永《曲玉管》："陇首飞江边月晚,烟波满目凭栏久。"

又《少年游》："孤棹烟波,小楼风月,两处一般心。"

宋·晏殊《相思儿令》:"春色渐芳菲也,迟日满烟波。"

宋·欧阳修《玉楼春》:"西湖南北烟波阔,风里丝簧声韵咽。"

宋·苏轼《水龙吟》:"念故人老大,风流未减,独回首、烟波里。"

宋·黄裳《减字木兰花》:"鼓击春雷,直烟波远远回。"

宋·秦观《玉烛新》:"几年淮海,烟波境、贮此风流标韵。"

又《摸鱼儿》(重九):"烟波望断无人见,惟有风吹疏柳。"

宋·晁补之《离亭宴》:"怅望采莲人,烟波万重吴岫。"

宋·朱敦儒《柳梢青》:"浩浩烟波,堂堂风月,今夕何夕。"

又《相见欢》:"秋风又到人间,叶珊珊,回望烟波无尽、欠青山。"

宋·谭意芳《长相思令》:"正消黯,无言自感,凭高远意,空寄烟波。"

宋·张元干《念奴娇》:"水本无情山又远,回首烟波云木。"

又《水调歌头》:"搔首烟波上,老去任乾坤。"

又《渔家傲》:"烟波老,谁能惹得闲烦恼。"

宋·邓肃《一剪梅》(题泛碧斋):"尊酒时追李郭游,醉卧烟波万事休。"

宋·曾觌《采桑子》(清明):"万点愁红,乱逐烟波总向东。"

宋·侯寘《鹧鸪天》:"西湖苍莽烟波里,来岁梅时痛忆君。"

又《渔家傲》(小舟发临安):"两处烟波天一色,云幂幂,吴山不似湘山碧。"

宋·袁去华《剑器近》:"偷弹清泪寄烟波,见江头故人,为言憔悴如许。"

宋·蔡伸《水调歌头》:"肠断云山西去,目送烟波东注,千里接长淮。"

宋·向滈《朝中措》:"长记月斜风劲,小舟犹渡烟波。"

宋·京镗《念奴娇》:"自笑与蜀缘多,沧浪亭下,饱看烟波阔。"

宋·辛弃疾《水调歌头》:"寄语烟波旧侣,闻道莼鲈正美,休制芰荷衣。"

宋·陈亮《南乡子》:"当日袜尘何处去?溪楼,怎对烟波不泪流。"

宋·戴复古《满庭芳》:"三国英雄安在?而今但、一目烟波。"

宋·高观国《西江月》:"几度烟波共酌,半生风月关心。"

宋·方千里《宴清都》:"暮色闻津鼓,烟波碧、数行征雁时度。"

宋·吴潜《西河》:"问昔年,贺老疏狂,何事轻寄平生、烟波里。"

宋·吴文英《宴清都》:"烟波桃叶西陵路,十年断魂潮尾。"

宋·黄公绍《念奴娇》(月):"世事浮沉,人生圆缺,得似烟波趣。"

宋·张炎《声声慢》:"渺渺烟波无际,唤扁舟欲去,且与凭栏。"

又《瑶台聚八仙》:"明朝柳岸酒醒,又知烟波第几桥。"

金·完颜璹《临江仙》:"倚栏凝思久,渔笛起烟波。"

684.乐是烟波钓是闲

唐·张松龄《渔父》词:"乐是烟波钓是闲,草堂松桧已胜攀。太湖水,洞庭山,狂风浪起且须还。"相传此词是对其弟张志和招还的。"狂风浪起且须还"是针对张志和《渔父》词"斜风细雨不须归"的。宋·向子谋《浣溪沙》(题下注云:渔父词,张志和之兄张松龄所作也。有招玄真子(张志和之号)归隐之意。居士为姑苏郡守,浩然有归志。因广其声为浣溪沙,示姑苏诸友。):"乐在烟波钓是闲,草堂松桂已胜攀。梢梢新月几回弯。一碧太湖三万顷,屹然相对洞庭山。狂风浪起且须还。"此词用了张松龄词中三句。

张松龄词中的"烟波"(水),主要叙述垂钓水中,写隐逸、闲适。所以离不开一个"钓"字。同时与张志和这位人称"烟波钓叟"也不无关系。

唐·喻凫《和段学士南亭春日对雨》:"经夕江湖思,烟波一钓舟。"

唐·赵嘏《虎丘寺赠渔处士》:"唯思闲胜我,钓艇在烟波。"

宋·周紫芝《渔父词》:"人间何物是穷通,终向烟波作钓翁。"

宋·李纲《望江南》:"远岸参差风扬柳,平湖清浅露翻荷,移棹钓烟波。"

宋·范成大《念奴娇》:"家世回首沧洲,烟波渔钓,有鸥夷仙迹。一笑闲身物外,来访扁舟消息。"

宋·崔敦礼《念奴娇》(和徐尉):"吴松江畔,对烟波浩渺,相忘鸥鸟。"

宋·程垓《满江红》:"茸屋为舟,身便是、烟波钓客。"

685. 江南相送隔烟波

唐·刘长卿《送孔巢父赴河南军》:"江南相关隔烟波,况复新秋一雁过。"孔巢父赴河南军,只能隔江相望了。"隔烟波"为烟波(如大江大河)所隔。

唐·白居易《雪中即事和微之》:"莫道烟波一水隔,何妨气候两乡殊。"

唐·裴夷直《扬州寄诸子》:"千里隔烟波,孤舟宿何处?"

唐·赵嘏《山阴韦中丞罢郡因献》:"今日尊前无限思,万重云月隔烟波。"

唐·贾岛《寄江上人》:"烟波千里隔,消息一朝通。"

唐·张乔《题灵山寺》:"一宿秋风里,烟波隔捣衣。"

五代·孙光宪《河传》:"大堤狂杀襄阳客,烟波隔渺渺。"

宋·严仁《贺新郎》:"渺洞庭,青草烟波隔,空怅望、楚天碧。"

宋·吴潜《酹江月》:"画鼓舟移,金鞍人远,一饷烟波隔。"

686. 寄身烟波里

唐·刘长卿《夕次檐石湖梦洛阳亲故》:"万里云海空,孤帆向何处。寄身烟波里,颇得湖山趣。"湖上舟中梦见亲故,醒后作此诗以藉慰。"寄身烟波里",水上行客的处境与感受,只写身在烟波中,不是垂钓。

宋·晁端礼《踏莎行》:"衰柳残荷,长山远水,扁舟荡漾烟波里。"

宋·史浩《渔父舞》:"济涉还渠渔父子,生涯只在烟波里。"

687. 烟波浩淼鱼鸟情

唐·刘禹锡《送鸿举游江南》:"烟波浩淼鱼鸟情,东去三千三百里。"鸿举为诗人贬谪朗州时之故交,今欲游江西,诗人"为赋七言,以为游地"。"烟波浩淼",水程渺远,"淼"即"渺",一般指水面宽阔,渺无涯际。

唐·裴夷直《别蕲春王判官》:"今日一杯成远别,烟波渺渺恨重重。"

唐·袁皓《寄岳阳严使君》:"南亭宴罢笙歌散,回首烟波路渺茫。"

五代·刘沧《经过建业》:"烟波浩渺空亡国,杨柳萧条有几家。"

宋·寇准《夜度娘》:"烟波渺渺一千里,白苹香散东风起。"

宋·柳永《洞仙歌》:"乘兴,闲泛兰舟,渺渺烟波东去。"

宋·叶梦得《卜算子》(五月八日夜凤凰亭纳凉):"欲寄新声问采菱,水润烟波渺。"

又《卜算子》(并涧顷种木芙蓉几月旦盛开):"作态低昂好自持,水阔烟波远。"此处"远"与"渺"意近。

宋·周铢《蓦山溪》:"松陵江上,极目烟波缈。""缈"与"渺"此处意近。

宋·李祁《南歌子》:"雾雨沉云梦,烟波渺洞庭。可怜无处问湘灵。"

宋·张纲《青门饮》(京师送王敏求归乡):"南北烟波远,愿无忘、音书频寄。"

宋·蔡伸《念奴娇》:"淼淼烟波吴会远,极目江淮无际。"

宋·汪莘《点绛唇》:"秋风袅,湘君来了,一曲烟波渺。"

宋·王沂孙《摸鱼儿》:"姑苏台下烟波远,西子近来何许。"

688. 引出烟波万里心

唐·张乔《鹭鸶障子》:"剪得机中如雪素,画为江上带丝禽。闲来相对茅堂下,引出烟波万里心。""障"同"幛"。用白色丝织物剪作鹭鸶贴在幛子上以成画幅,挂于茅堂下,面对这雪白的鹭鸶,引出烟波万里的遐想。"烟波万里",水域辽阔、渺远。意近"烟波浩渺"。

唐·白居易《南湖晚秋》:"万里何时来,烟波白浩浩。""烟波万里"源出此句。

唐·刘鲁风《江西投谒所知为典客所阻因赋》:"万卷书生刘鲁风,烟波万里谒文翁。无钱乞与韩知客,名纸毛生不肯通。""烟波万里"指水程迢远。张乔直用此句。

宋·柳永《雨霖铃》:"念去去,千里烟波,暮霭沉沉楚天阔。""千里""万里"都是渺远意。

又《祭天神》:"念千里烟波,迢迢前约,旧欢备省,一向无心绪。"

689.楼外烟波万顷秋

宋·向滈《武陵春》(藤州江月楼):"楼外烟波万顷秋,高槛冷飕飕。""万顷"写烟波的面积广阔。意近"千里""万里"。

宋·胡仔《满江红》:"占云山万叠,烟波千顷。"

宋·丘崈《水调歌头》:"烟波万顷,縠纹轻皱湿斜阳。"

宋·辛弃疾《蝶恋花》:"有底风光留不住,烟波万顷春江舻。"

宋·刘将孙《沁园春》:"开户视,但寂寥回顾,万顷烟波。"

宋·张炎《长亭怨》:"定莫负、归舟同载,烟波千顷。"

690.烟水茫茫,千里斜阳暮

宋·苏轼《点绛唇》:"烟水茫茫,千里斜阳暮。山无数,乱红如雨,不记来时路。"信流而去,已是暮春傍晚,眼前烟水茫茫,岸上青山无数,来时之路已记不得了。"烟水"即"烟波"意。此词又作秦观词,题为"桃源"。《全宋词》分别收入二人作品,却未加注明。宋·韩玉《贺新郎》(咏水仙):"烟水茫茫斜照里,是骚人、九辩招魂处。"用苏轼句。

"烟水茫茫"源出宋·柳永《玉蝴蝶》:"故人何在?烟水茫茫。"又《临江仙引》:"指帝城归路,但烟水茫茫。"柳永词中"烟水茫茫"都是相距遥远之意。后有用"烟水微茫""烟水弥茫"者,意近。

宋·晁冲之《玉蝴蝶》:"目断江南千里,灞桥一望,烟水微茫。"

宋·杭州妓琴操《满庭芳》:"多少蓬莱旧侣,频回首、烟霭茫茫。"此词极近秦观著名的《满庭芳》(山抹微云)词,只是换了韵脚字。秦观词为"十五痕"韵,"人辰"辙,琴操词为"十六唐"韵,"江阳"辙。秦观此二句是"多少蓬莱旧事,空回首、烟霭纷纷。"

宋·蔡伸《极相思》:"云雨不成巫峡梦,望仙乡、烟水茫茫。"

宋·侯寘《风入松》(西湖戏作):"重来一觉黄粱,空烟水微茫。"

又《风入松》:"霏霏小雨恼春光,烟水更弥茫。"

宋·吴文英《龙山会》:"小桥和梦过,仙佩查、烟水茫茫城下。"

宋·张枢《木兰花慢》:"待采叶题诗,含情赠远,烟水茫茫。"

宋·赵文《望海潮》:"恨王孙去后,烟草茫茫。"

691.槛外长江空自流

唐·王勃《滕王阁》诗:"阁中帝子今何在,槛外长江空自流。"当年建阁的滕王坐着马车,挂着玉佩来阁设宴的豪华已成过去,唯余楼栏外的赣江流淌不息,这就是兴亡盛衰的必然。

唐·李白《送别》:"云帆望远不相见,日暮长江空自流。"如果说王勃句回到了历史,而李白用王勃"长江空自流"句,触到了现实,送友,远帆不见了,唯余水空流,难免怅然若失。

唐·刘长卿《送李补缺之上都》:"惆怅离心远,沧江空自流。"也是人已去,水空流的惆怅。

又《从军六首》其三:"回首不无意,溽河空自流。"登戍楼以望乡不见,唯见"水空流"。

宋·蔡伸《菩萨蛮》:"千古恨悠悠,长江空自流。"这则是历史变迁的慨叹。

692.人不见,水空流

宋·秦观《江城子》:"碧野朱桥当日事,人不见,水空流。"站在碧野、朱桥上,记起当年的"多情"人,却"人不见,水空流"。短短六个字,不见人影,唯见水流,含无限深情。"水空流"从"空自流"化出。

元·王实甫《西厢记》第五本第一折《金菊花》:"长安望来天际头,倚遍西楼,人不见,水空流。"用秦观句,写不见张君瑞归来。

693.不尽长江滚滚来

唐·杜甫《登高》:"无边落木萧萧下,不尽长江滚滚来。"作者于大历二年秋在夔州作此诗。他登高望远,那望不到边际的秋林落叶萧萧而下,流不尽的长江之水滚滚而来。绘声(萧萧)绘形(滚滚),生动工整,被誉作古今独步的句中化境。《古诗》:"大江日夜流,客心悲未央。"杜句延展了《古诗》之意。明人胡应麟《诗薮》以为《登高》"当为古今七律第一"。而元人评:《登高》:"一篇之内,句句皆奇;一句之中,字字皆奇。"

宋·苏轼《次韵前篇》:"长江滚滚空自流,白发纷纷宁少借。""长江滚滚",用杜甫句,兼用王勃"空自流"句。

宋·管鑑《水调歌头》(夷陵九日):"滚滚长江不尽,叠叠青山无数。"以杜句入词。

宋·辛弃疾《南乡子》(登京口北固亭有怀):"何处望神州,满眼风光北固楼。千古兴亡多少事,悠悠。不尽长江滚滚流。"仅易一"流"字,喻千古兴亡事,如流水尽去。

694.古来万事随流水

唐·李白《梦游天姥吟留别》:"世间行乐亦如此,古来万事随流水。"此诗是作者离别东鲁家乡,告别东鲁诸公时所作。"梦游"仙境般的天姥山,有超脱现实的奇美,然而"世间行乐亦如此",因为"古来万事随流水",一切将随流水而逝。"万事随流水"没有超出"逝者如斯"之本意。用"事逐东流"语如:

唐·岑参《敷水歌送窦渐入京》:"罗敷昔时秦氏女,千载无人空处所。昔时流水至今流,万事皆逐东流去。此水东流无尽期,水声还似旧来时。"

唐·高适《古大梁行》:"年代凄凉不可问,往来唯有东流水。"

唐·耿沣《登乐游原》:"岂知千载后,万事水东流。"言未来。

唐·戎昱《苦辛行》:"谁家有酒判一醉,万事从他江水流。"讲现实。

唐·翁绶《婕妤怨》:"繁华事逐东流水,团扇悲歌万古愁。"

唐·章孝标《题杭州樟亭驿》:"世事日随流水去,红花还似白头人。"

唐·薛莹《秋日湖上》:"沉浮千古事,谁与问东流。"

唐·刘禹锡《西塞山怀古》:"人世几回伤往事,山形依旧枕寒流。"

唐·许浑《咸阳城东楼》:"行人记得当年事,故国东来渭水流。"

又《京口闲居寄京洛友人》:"聚散有期云北去,浮沉无计水东流。"

唐·薛逢:"年光与物随流水,世事如花落晓风。"

唐·韦庄《哭麻处士》:"百年流水尽,万事落花空。"

唐·罗邺《叹流水二首》:"却最堪是悲流水,便同人事去无回。"

五代·沈彬《题苏仙山》:"千古是非无处问,夕阳西去水东流。"

南唐后主李煜《锦棠春》:"世事漫随流水,算来一梦浮生。"

五代·冯延巳《采桑子》:"年光往事如流水,休说情迷,玉箸双垂,只是金笼鹦鹉知。"

宋·司马光《长安送尧夫同年》:"事随流水滔滔度,鬓结繁霜戢戢新。"

宋·江休复《牟驼冈闻马》:"当时英豪辈,事逐东波流。"

宋·韩元吉《水调歌头》(雨花台):"中原何在,极目千里暮云重。今古长干桥下,遗恨都随流水,西去几时东。"

宋·赵善括《青玉案》(春暮):"青翰飞去,紫元凝伫,往事如流水。"

宋·彭耜《喜迁莺》:"今古事,似一江流水,此怀难诉。"

宋·戴复古《满江红》(赤壁怀古):"几度东风吹世换,千年往事随潮去。"

宋·陈郁《念奴娇》:"一夜东风,三竿暖日,万事随流水。"

又《暗香》:"人事空随逝水,今古但、双流一碧。"

宋·詹玉《一萼红》:"往事水流云去,叹山川良是、富贵人多。"

宋·赵必琭《菩萨蛮》(戏菱生):"往事水东流,菱花晓带秋。"

又《贺新郎》(和陈新渌观竞渡韵):"往事已随流水去,眇愁予,郁郁哀时俗。恨千缕,泪一掬。"

元·刘敏中《黑漆弩·村居遗兴一》:"闲将得失思量,往事水流东去。"

明·余怀《桂枝香》(王介甫):"繁华往事空流水,最飘零,酒狂诗瘦。"

清·黄梨洲《赠楚人屠宗舆其父官蜀中死献贼之难求余作传而宗舆当父殁时年数龄耳不能知节目向余流涕久之》:"旧事已随流水尽,茫然执笔共咨嗟。"

清·蔡琬《江西坡》："梦断层霄空漠漠,事随流水去茫茫。"

695.六朝旧事随流水

宋·王安石《桂枝香》："千古凭高,对此谩嗟荣辱。六朝旧事随流水,但寒烟、衰草凝绿。至今商女,时时犹唱后庭遗曲。"作者于宋英宗治平四年(1067)知江宁府时作此词,是咏史词之绝唱。清·沈辰垣等编《历代诗余》一百四十引宋人杨湜《古今词话》云:"金陵怀古,诸公寄调《桂枝香》者三十余家,惟王介甫为绝唱。东坡见之,叹曰:'此老乃野狐精也。'"今人唐圭璋《唐宋词简释》评:"此首为金陵怀古之词,以笔力峭劲,为东坡所叹赏。……历述古今盛衰之感,清空一气。'门外楼头'句,用杜牧之'门外韩擒虎,楼头张丽华'诗意。'六朝'句,用窦巩诗意。'商女'句,用杜牧之《泊秦淮》诗意。"用之精,可以说熨贴无隙,浑然天成。

"六朝旧事随流水",句式用李白的"古今万事随流水"句,只是"六朝旧事"属"古今万事"之一。而且李白《登金陵凤凰台》中有"吴宫花草埋幽径,晋代衣冠成古丘"句,李白《金陵三首》又有"古殿吴花草,深宫晋绮罗,并随人事灭,东逝与沧波"。都写六朝。唐·窦巩《南游感兴》诗意虽近李白诗:"伤心欲问前朝事,惟见江流去不回。日暮东风春草绿,鹧鸪飞上越王台。"而"越王台"却并不在六朝古都。唐·张祜《过石头城》:"累累墟墓葬西原,六代同归蔓草根。唯是岁华流尽处,石头城下水千痕。"此诗也写金陵,与窦巩泛写"江南"不同。所以王安石此二句句意更近于李白与张祜诗。而说取意窦巩诗似不确切。

"六朝"指东吴(43年)、东晋(103年)、宋(59年)、齐(23年)、梁(55年)、陈(32年),计315年。六朝统治者都建都金陵(建康、江宁),即今南京。各朝统治者纸醉金迷,奢侈豪华,从东吴末年起,差不多转瞬即逝。因而常作诗人喟叹兴衰成败的通用题材,感古抚今,微示现实。王安石的"六朝旧事随流水",算是最有名的了。其实五代初文人已作此咏。

五代·欧阳炯《江城子》:"六代繁华,暗逐逝波声。"

宋初·刘洞《石城怀古》:"石城古岸头,一望思悠悠。几许六朝事,不禁江水流。"

宋·潘阆《金陵禁林有感》:"六代繁华难重问,此时兴废动吟情。空流一带秦淮水,朝暮惟闻呜咽声。"

宋·陈襄《悼古》:"七国战争人不见,六朝兴废水长流。"

宋·王珪《书四望亭》:"废朝风物依依在,客路江波滚滚流。"

又《金陵怀古》:"控带洪流古帝城,欲寻旧事半榛荆。六朝山色青终在,千古江声恨未平。"

宋·杨冠卿《水龙吟》(金陵作):"笑六朝旧事,空随流水。千古恨无人记。"

宋·张榘《青玉案》(被檄出郊,题陈氏山居):"六朝旧事,一江流水,万感天涯暮。"

宋·黎廷瑞《八声甘州》(金陵怀古):"问六朝陵阙,何处是遗踪?后庭花,更无留响。渺春潮、残照笛声中。"

宋·陈德武《水龙吟》(和雪后过瓜洲渡韵):"问津扬子江头,滔滔潮汐东流去。六朝文物,千年陈迹,几更乌兔。"

清·康熙皇帝玄烨《金陵旧紫金城怀古》:"一代规模成往迹,六朝兴废逐流坡。"康熙二十三年(1684)十一月初二日,作者往谒明太祖陵,经明故宫,见故国荆榛,感慨系之,作此诗并《过金陵论》,不无警戒之意。

清·施闰章《燕子矶》:"六朝流水急,终古白鸥闲。"

清·龚鼎孳《上巳将过金陵》:"兴怀何限兰亭感,流水青山送六朝。"

清·袁枚《抵金陵》:"黄金埋老变烟霞,一片长江六帝家。""六帝"此即"六朝"。"黄金埋老":《太平御览·州郡部》:楚威王初置金陵邑,相传因地有"五气",埋金镇之。

696.六朝文物草连空

唐·杜牧《题宣州开元寺水阁阁下宛溪夹溪居人》:"六朝文物草连空,天淡云闲今古同。鸟去鸟来山色里,人歌人哭水声中。深秋帘幕千家雨,落日楼台一笛风。惆怅无因见范蠡,参差烟树五湖东。"作者任宣州(今安徽宣城)团练判官游开元寺(永乐寺)作。此句说六朝繁华,今天只余草色连空,唯"天淡云闲"一如即往。

宋·王安石《江口》:"六朝文物草连空,今古无端入望中。江上晚来堪画处,参差烟树五湖东。"此四句诗竟用杜牧诗中二句。

元·萨都拉《满江红》(金陵怀古):"六代豪华,春去也,更无消息。"

又《酹江月》(登凤凰台怀古用前韵):"六朝形胜,想倚云楼阁,翠帘如雾。"

697.思君如流水

魏·徐干《杂诗五首·室思》:"自君之出矣,明镜暗不治。思君如流水,何有穷已时。"写思妇之思,如水流无尽。之后,大量以流水比情喻思如离愁别绪、国恨家愁的诗句词语不断涌现,源即在此。

南朝·梁·何逊《野夕答孙郎椓》:"思君意不穷,长如流水注。"用徐幹句,写思念友人。

唐·李颀《题綦毋校书别业》:"倏忽令人老,相思河水流。"亦用徐幹句。

698.古情不尽东流水

唐·李白《劳劳亭歌》:"金陵劳劳送客堂,蔓草离离生道旁。古情不尽东流水,此地悲风愁白杨。""劳劳亭"故址在今南京市南,是古代送别处。此诗借东晋谢尚奖掖袁宏事,抒写自己怀才不遇之情。"古情"句说怀古之情不随东流之水而消失,或者说怀古之情如东流之水,无穷无尽。

唐人用水喻情,唐代较早的是宋之问,他在《邓国太夫人挽歌》中写:"悲端若能减,渭水亦应穷。"从负面明此意:悲如减弱待渭水断流。宋·洪迈《容斋随笔》卷第四《李颀诗》:"欧阳公好称诵唐严维诗'柳塘春水慢,花坞夕阳迟'及杨衡'竹径通幽处,禅房花木深'之句,以为不可及。予绝喜李颀诗云:'远客坐长夜,雨声孤寺秋。清量东海水,看取浅深愁。'且作客涉远,适当穷秋,暮投孤村古寺中,夜不能寐,起坐凄恻,而闻檐外雨声,其为一时襟抱,不言可知,而此两句十字中,尽其意态,海水喻愁,非过语也。"以情比海之浅深,固然确当,而喻短长者则更多。其中以李白为最,并且起到开源作用。

唐·李白《金陵酒肆留别》:"请君试问东流水,别意与之谁短长。"此诗人在酒肆里留别金陵子弟。这结二句用设问不定的句式,抒发别意绵长如东流之水。"谁短长",与东流一样长,甚或比东流还长。清人沈德潜《唐诗别裁》云:"语不必深,写情已足。"此二句效果即如此。

又《忆旧游寄谯郡元参军》:"问余别恨知多少,落花春暮争纷纷。"以落花比别恨,"问余"句却是李煜"问君能有几多愁"之句源。

又《秋夜宿龙门寺奉寄王方城十七丈奉国莹上人从弟幼成令问》:"流恨寄伊水,盈盈焉可穷。"

又《口号》:"东流若未尽,应见别离情。"

又《送王屋山人魏万还王屋》:"黄河若不断,白首长相思。"

又《泾川送族弟锌》:"寄情与流水,但有长相思。"

又《横江词六首》:"横江欲渡风波恶,一水牵愁万里长。"以流水比情思愁恨,句式极为丰富,如一束万花筒。

唐·杜甫《忆弟二首》:"即今千种恨,惟共水东流。"

又《题郑十八著作虔》:"第五桥东流恨水,皇陂岸北结愁亭。"

唐·高适《送柴司户充刘卿判官之岭外》:"别恨随流水,交情脱宝刀。"

唐·郎士元《石城馆酬王将军》:"何处看离思,沧波日夜流。"

唐·窦群《北地》:"何事到容州,临池照白头。兴随年已往,愁与水长流。"

唐·戴叔伦《寄中书李舍人纾》:"水流归思远,花发长年悲。"

又《过三闾庙》:"沅湘流不尽,屈宋怨何深。"

又《织女词》:"难得相逢容易别,银河争似妾愁深。"

唐·韦应物《拟古诗十二首》:"白日淇上没,空闺生远愁。寸心不可限,淇水长悠悠。"

唐·刘禹锡《叹水别白二十二》:"两心相忆似流波,潺湲日夜无穷已。"

唐·卢仝《车遥遥》:"风含霜月明,水泛碧天色。此水有尽时,此情无终极。"

唐·李涉《宿武关》:"关门不锁寒溪水,一夕潺湲送客愁。"

宋·赵嘏《经汉武泉》:"尽把归心付红叶,晚来随水向东流。"

又《曲江春望怀江南故人》:"此时愁望情多少,万里春流绕钓矶。"

唐·李群玉《洞庭入沣江寄巴丘故人》:"听凭东流水,日夜寄相思。"

唐·司马扎《晓过伊水寄龙门僧》:"龙门树色

暗苍苍,伊水东流客恨长。"

唐·胡曾《不周山》:"遂使世间多感客,至今哀怨水东流。"

唐·齐己《寒节日寄乡友》:"沧浪与湘水,归恨共无涯。"

唐·萧静《三湘有怀》:"世情已逐浮云散,离恨空随江水长。"

唐·鱼玄机《江陵愁望寄子安》:"忆君心似两江水,日夜东流无歇时。"

宋·寇准《追思柳恽汀洲之咏尚有遗妍因书一绝》:"日落汀洲一望时,愁情不断如春水。"

宋·张先《玉联环》(送临淄相公):"玉峰山下水长流,流水尽,情无尽。"

宋·周敦颐《江上别石郎中》:"别离情似长江水,远亦随公日夜流。"

宋·沈唐《雨中花》:"身在碧云西畔,情随陇水东流。"

宋·晏几道《丑奴儿》:"恨如去水空长,事与行云渐远。"

宋·秦观《千秋岁》:"忆昔西池会,鹓鹭同飞盖。携手处,今谁在?日边清梦断,镜里朱颜改。春去也,飞红万点愁如海。"此词作于绍圣二年(1095)春。在处州,秦瀛《淮海先生年谱》记:少游"尝游府治南园,作《千秋岁》。"后孔毅甫、洪觉范、晁补之、黄庭坚、苏轼都有和词,多抒远谪之恨。此词居众和词之冠,写暮春忆别,贬谪之愁,饱蕴字里行间。"落红万点愁如海"是名句,其源众说纷纭,其实"意源"极多(如前),"句源"以李顾的"请量东海水,看取浅深愁"为确,而前人之句多用"江""水",极少用"海"字。

南宋人胡仔《苕溪渔隐丛话》卷三十三引宋人《复斋漫录》云:"山谷守当涂日,郭功甫寓焉,日过山谷论文。一日山谷云少游《千秋岁》词,叹其句意之善,欲和之而'海'字难押。功甫连举数'海'字,若孔北海之类。山谷颇厌,未有以却之。次日功甫又过山谷,问焉。山谷答曰:'昨偶寻得一海字韵。'功甫问其所以,山谷云:'羞杀人也爷娘海。'自是功甫不论文于山谷矣,盖山谷用俚语以却之。"

宋·曾季狸《艇斋诗话》云:"秦少游词云:'春去也,落红万点愁如海。'今人多能歌此词。方少游作此词时,传至余家丞相。丞相曰:'秦七必不久于人世,岂有"愁如海"而可存乎?'已而少游累

下世。少游第七,故云秦七。"按秦观1095年作此词,1100年死,相隔5年,似不应说"不久"。

清·黄苏《蓼园词选》评:"按此乃少游谪虔州思京中友人而作也。起从虔州写起,自写情怀落寞也。'人不见'即指京中友,故下阕直接'忆昔'四句,'日边',比京师也。'梦断''颜改''愁如海',俱自叹也。"清·先著、程洪《词诘》卷二评:"'落红万点愁如海'此七字衔接得力,异样出精采。"总之此句评者不一而足。

宋·贺铸《于飞乐》:"武陵源,回头何处?情随流水无穷。"

又《木兰花》:"漫将江水比闲愁,水尽江头愁不尽。"

宋·毛滂《浣溪沙》(泛舟还余英馆):"略钓断时分岸色,蜻蜓去处过汀花。此情此水共天涯。"

宋·李新《摊破浣溪沙》:"脉脉春情不断,水东流。"

宋·王之道《鹊桥仙》(七夕):"长江滚滚向东流,写不尽、别情离状。"

宋·洪适《临江仙》:"人随秋易老,情寄水东流。"

宋·韩元吉《水调歌头》(雨花台):"今古长干桥下,遗恨都随流水,西去几时东。"

宋·朱淑真《西楼》:"闲情俱付东流水,愁看春山画不长。"闲情已去。

宋·陆游《黄州》:"江声不尽英雄恨,天意无私草木秋。"

宋·辛弃疾《念奴娇》(书东流村壁):"旧恨春江流未断,新恨云山千叠。"

宋·马子严《月华清》(忆别):"人何处、千里婵娟;愁不断、一江流水。"

宋·赵长卿《临江仙》(秋日有感):"青山沥沥水茫茫,情随流水远,恨逐暮山长。"

宋·赵师侠《醉江月》(丙午螺川):"不堪肠断,恨如江水东流。"

又《水调歌头》(春野亭送别):"此恨无重数,和泪付东流。"

宋·严仁《鹧鸪天》(别意):"行尽春山春事空,别愁离恨满江东。"

宋·王澜《念奴娇》(避地溢江书于新亭):"故国伤心,新亭泪眼,更洒潇潇雨。长江万里,难将此恨流去。"

宋·陈云厓《玉楼春》:"欲将此恨寄湘流,又

恐湘流不尽。"

宋·李曾伯《水调歌头》(丁亥重阳登益昌二郎庙楼):"对长江,流不尽、古今愁。凭栏正拟一笑,襟抱怯于秋。"

宋·翁孟寅《齐天乐》:"恨水东流,楚江憔悴乱云暝。"

宋·谭宣子《春声碎》(南浦送别自度腔):"津馆宁轻寒,脉脉离情如水。"

宋·无名氏《扑蝴蝶》:"恨随去水东流,事与行云共远。罗衾旧香犹暖。"

金·移剌霖《骊山有感》:"渭水都来细如线,若为流得许多愁。""若为",如何。

元·倪瓒《江城子》:"堪将何物比愁长?渌泱泱,绕秋江。流到天涯,盘曲九回肠。"

元·阿鲁威《折桂令·旅况》:"云树濛濛,春水东流,有似愁浓。"

元·耶律楚材《过青冢用先君文献公韵》:"滔滔天堑东流水,不尽明妃万古愁。"

明·屈大均《浣溪沙》:"一片花含一片愁,愁随江水不东流,飞飞长伴景阳楼。"重重愁情不随流水去,而飞向景阳楼——国破家亡之地。

明·夏完淳《采桑子》:"暗将亡国伤心事,诉与东流。诉与东流,万里长江一带愁。"

清·郭麟《西湖春感》:"二月落花如梦短,一湖春水比愁多。"

清·叶燮《客发苕溪》:"客心如水水如愁,容易归舟趁疾流。"

699. 水流无限似侬愁

唐·刘禹锡《竹枝词》:"山桃红花满上头,蜀江春水拍山流。花红易衰似郎意,水流无限似侬愁。"这是一首清新活泼具有民歌风的情诗。先以"红花满枝""春水拍山"起兴,而后喻"郎意易衰""侬愁无限"倾诉出真情,一位初恋少女的狐疑与坚定兼而表达出来了。

清·陆坣《凤凰台上忆吹箫》:"悠悠,相思何处,怎剩枕残衾,独自淹留。听更阑横笛,声彻高楼。楼外青骢去路,空博得、盼断双眸。念惟有,盈盈溪水,长似侬愁。"用刘禹锡句,写思妇如溪水之长愁。

700. 恰似一江春水向东流

南唐后主李煜《虞美人》:"春花秋月何时了,往事知多少。小楼昨夜又东风,故国不堪回首月明中。雕栏玉砌应犹在,只是朱颜改。问君能有几多愁?恰似一江春水向东流!"这是李煜最后一首词。宋太宗太平兴国三年,七夕之夜,李煜四十二岁生日。他命故妓在小楼作乐,含泪唱了这首《虞美人》,声闻于外,太宗大怒,遂派人送药酒把他毒死。李煜不像西蜀刘禅"乐不思蜀",他总是不忘故国,为君虽然荏弱,却还留一点气节。

"问君能有几多愁?恰似一江春水向东流!"其意并不新了,自徐幹以来,唐人已多用此意(已见李白的"古情不尽东流水"条),然而李煜此句,非但咏叹的是亡国之大"愁",更重要的是气韵流畅,词句本身就如江河,一泄千里。宋人罗大经《鹤林玉露》评说:"诗家有以山喻愁者,杜少陵云:'忧端齐终南,澒洞不可掇。'赵嘏云:'夕阳楼上山重叠,未抵闲愁一倍多。'是也。有以水喻愁者,李颀云:'请量东海水,看取浅深愁。'李后主云:'问君能有几多愁,恰似一江春水向东流。'秦少游云:'落红万点愁如海'是也。贺方回云:'试问闲愁都几许?一川烟草,满城风絮,梅子黄时雨',盖以三者比之愁多也,尤为新奇,兼兴中有比,意味更长。"此评盛赞贺铸成功地运用了博喻格收的效果。可笔者以为贺铸词仅轰动一时,莫如李煜词播之千古。尽管后人为避帝王亡国之痛,极少用其原句,评者却颇多。宋人王楙《野客丛书》卷十一云:"《后山诗话》载王平甫子旂谓秦少游'愁如海'之句,出于江南李后主'问君能有几多愁,恰似一江春水向东流'之意。仆谓李后主之意,又有所自。乐天诗曰:'欲织愁多少,高于滟预堆。'刘禹锡诗曰:'蜀江春水拍山流,水流无限似侬愁。'得非祖此乎?则知好处前人皆已道过,后人但翻而用之耳。"现代俞平伯《论诗词曲杂著》云:"问君"两句,"刘继增《笺注》所引《野客丛书》以为本于白居易、刘禹锡,直梦呓耳。胡不曰本于《论语》'子在川上'一章,岂不更现成吗?此所谓'直抒胸臆非傍书史'者也。后人见一故实,便以为'因在是矣',何其陋耶。"以上都在讨论李句句源,窃以为此句难定出于何源。从"逝者如斯"到"思君如流水",到"古情不尽东流水""请君试问东流水""水流无限似侬愁"等等,还有许多流水如情长句(见前数条),都有可能成为句源,应该说有前人反复锤句炼意的基础,从而突起异峰。就是说近义句已经很多,还没有句式语型上更贴近的,只能是用其意而创新句。因此评价也是最高的。明人王世贞《弇州山人词评》评："'归来休放烛花红，待踏马蹄清夜月。'（《玉楼春》）致语也。'问君能有几多愁，却似一江春水向东流。'情语也。后主真是词手。"今人俞平伯《论诗词曲杂著》评："诗词之作，曲折似难而不难，唯直为难。直者何？奔之谓也。直不难，奔放亦不难，难在于无尽。'恰似一江春水向东流'，无尽之奔放，可谓难矣。"这些评论都见仁见智。

"几多愁"出于李商隐《代赠二首》："东南日出照高楼，楼上离人唱石州。总把春山扫眉黛，不知供得几多愁。"

宋·晏几道《诉衷情》："人脉脉，水悠悠，几多愁。雁书不到，蝶梦无凭，漫倚高楼。"缩用。

元·吕止庵《后庭花》（怀古八首）："几多愁，白云飞尽，吴江月夜流。"抒故国之思。

用"春水向东流"句如：

宋·晏殊《浣溪沙》："红蓼花香夹岸稠，绿波春水向东流。""一江"换作"绿波"，写春水的形态。

又《清平乐》："人面不知何处，绿波依旧东流。"再用"绿波"句。

701. 人生长恨水长东

南唐后主李煜《相见欢》（一名《乌夜啼》）："林花谢了春红，太匆匆。常恨朝来寒雨晚来风。胭脂泪，留人醉，几时重。自是人生长恨水长东。"这是一首伤春小词，伤春自伤，结作"人生长恨"，有家国沦丧之恨，有由人主降为囚徒之恨，有失落一切荣华、富贵、权柄之恨，这"人生长恨"如"水之长东"，无休止，无折返，道出了一切悲惨人生之共"恨"。近代俞陛云《唐五代两宋词选释》评："后主为樊若水所卖，举国与人。词借伤春为喻，恨风雨之催花，犹逆臣之误国。迨魁柄一失，如水之东流，安能挽沧海尾闾，复鼓回澜之力耶！"近代王国维《人间词话》评："词至李后主而眼界始大，感慨遂深，遂变伶工之词而为士大夫词。周介存置诸温韦之下，可谓颠倒黑白矣。'自是人生长恨水长东''流水落花春去也，天上人间'，《金荃》《浣花》能有如此气象耶！"他认为清人周济（介存）《介存斋论词杂著》中虽云："后主词则粗服乱头""粗服乱头，不掩国色"，却把他置于温庭筠、韦庄之后是不当的。温的《金荃词》、韦的《浣花词》哪有李后主词"自是人生长恨水长东"这种气象。今人唐圭璋

《唐宋词简释》评："以水之必然长东，喻人之必然长恨，语最深刻。'自是'二字，尤能揭示出人生苦闷之义蕴。此与'此外不堪行''肠断更无疑'诸语，皆以重笔收束，沉哀入骨。"加拿大·叶嘉莹《灵溪词说》评："王国维《人间词话》称李后主'俨然有释迦、基督担荷人类罪恶之意'盖即指此一类作品而言者也。然而李煜在词中虽曾写出全人类共有之悲哀，但其所表现的人生，却实在并不出于理性之观察，而是出于深情之直觉的体认。即如此词中所叙写的由林花红落而引发的一切有生之物的苦难无常之哀感。李煜之所以体认及此，即是由于其自身所经历过的一段破国亡家之惨痛的遭遇，而并非由于理性之思索与观察。"这种剖析，对于"人生长恨水长东"一句，很是确当。

宋·周邦彦《长相思》："但连环不解，流水长东，难负深盟。"

金·元好问《临江仙》（自洛阳往孟津道中作）："今古北邙山下路，黄尘老尽英雄，人生长恨水长东。"用李煜原句，写在人生道路上奔波的英雄们有着共同的悲剧。感叹人生有无尽的憾恨。

702. 流不尽，许多愁

宋·秦观《江城子》："韶华不为少年留，恨悠悠，几时休？飞絮落花时候，一登楼。便做春江都是泪，流不尽，许多愁。"宋绍圣元年（1094）三月，作者坐党籍，将贬往杭州。行前重游西城之金明池、琼林苑，触景生情，昔日同游的旧友多因党祸谪迁他方（原于元祐七年与旧友宴集西城），而今这里已是"人不见，水空流"了，因此当"飞絮落花时候，一登楼"，便悲从中来。"便做春江都是泪，流不尽，许多愁。"泪如春江，流不尽泪，流不尽愁。含着深沉的凄凉和激烈的痛楚。结句用苏轼《江城子》（别徐州）："欲寄相思千滴泪，流不到，楚江东。"明·杨慎《草堂诗余》云："此结语又从坡公结语转出，更进一步。"明·李攀龙《草堂诗余隽》卷二《眉批》："只为人不见，转一番思。种种景，种种情，如怨如诉。"《评》："碧野朱桥，正是离别之处。'飞絮落花'言其景，'春江'二句言其情也。"明·张綖："词人佳句，多是翻古人语。如淮海此词'便做春江都是泪，流不尽，许多愁'，可谓警句。虽用李密《数隋檄》语，亦自李后主'问君能有几多愁，恰似一江春水向东流'变化而来。名家如此类者，不可枚举，亦一法也。"（明刻《淮海长短

句》卷上附注)近代俞陛云《唐五代两宋词选释》云:"结尾二句,与李后主之'恰似一江春水向东流',徐师川之'门外重重叠叠山,遮不断来路',皆言愁之极致。"其实愁如流水之喻,前人诗词中已不少见,而句式从苏词中翻出是确当的。

宋·赵师侠《武陵春》(信丰揖翠阁):"滚滚闲愁逐水流,流不尽,许多愁。"用秦观句。

703. 载不动,许多愁

宋·李清照《武陵春》(春晚):"闻说双溪春尚好,也拟泛轻舟。只恐双溪舴艋舟,载不动,许多愁。"此词作于绍兴五年(1135)今浙江金华。"双溪"即在金华。"舴艋舟"即"蚱蜢舟",小船。唐·张志和《渔父》:"钓台渔父褐为裘,两两三三舴艋舟。"即写小船。小船载不动太多太多的愁,愁多而重,是反用郑文宝的"载将离恨过江南",或苏轼的"只载一船离恨向西州"。前人评述亦多。明·沈际飞《草堂诗余正集》卷一:"与'载取愁归去'相反,与'遮不断愁来路''流不到楚江去'相似,分帜词坛,孰辨雄雌。"清·王士禛《花草拾蒙》:"'载不动,许多愁'与'载取暮愁归去''只载一船离恨向西州',正可互观。"句源应是秦观的"流不尽,许多愁"。

历代一些评家,把李清照"再适张汝舟"同此词相联系,如明人叶盛《水东日记》卷十一说:"文叔不幸有此女,德夫不幸有此妇,其语言文字,所谓不详之具,遗讥千古矣。"这就言重了,两个"不幸"几乎毁了女词人的声节。古代文人凡有一定地位者,都有小妾(或不止一位),从白居易到苏轼皆然,那么即使女词人夫死再醮,于情于理都无可非难了。难怪清·吴衡照《莲子居词话》断叶文庄(盛)是"不察之论"。清·陈迁焯《白雨斋诗话》卷二评:"易安《武陵春》后半阕云:'闻说双溪春尚好,也拟泛轻舟,只恐双溪舴艋舟,载不动许多愁',又凄婉又径直。观此,益信无再适张汝舟事。即讽人:'岂不尔思,畏人之多言'意也。投綮公一启,后人伪撰,以诬易安耳。"此说女人再嫁与否,至少与此词无关。(李清照再嫁事,可见《建炎以来系年要录》和《苕溪渔隐丛话》)

反用"载愁"以突出愁更多更重的还如:

元·王实甫《西厢记》第四本第三折《收尾》:"四围山色中,一鞭残照里。遍人间烦恼胸臆,量这些大小车儿如何载得起?"言"车载"。

清·陈迁焯《鹧鸪天》:"无心再续《西洲曲》,有恨还登舴艋舟。"又反用李清照句,恨多难遣,不嫌泛江船小。

清·麦孟华《解连环》(酬任公用梦窗留别石帚韵):"怕春波,载愁不去,怎生见得?"怎么知道春波不能将你(梁启超)的忧愁载去呢?

704. 柔情不断如春水

宋·寇准《夜度娘》:"烟波渺渺一千里,白苹香散东风起。日暮汀洲一望时,柔情不断如春水。"站在江水边,一望千里烟波,一股柔情脉脉涌动,像这春水久久地流淌。"柔情"即温情,缠绵而不激昂。"柔情似水"盖出于此。

宋·秦观《鹊桥仙》:"柔情似水,佳期如梦,忍顾鹊桥归路。两情若是长久时,又岂在朝朝暮暮。"缩用为"柔情似水",咏七夕牛女会,情意缠绵。从此"柔情"多写男女之情。

宋·韩玉《鹧鸪天》:"柔肠欲断愁多少,未比湘江烟水深。""柔肠"即柔情。

宋·方岳《鹊桥仙》(七夕送荷花):"银河无浪,琼楼不暑,一点柔情如水。"

清·王时翔《临江仙》:"不断柔情春似水,迢迢那计西东。"

今人羊春秋《鹧鸪天》(春日和岩石韵):"柔情似水由来淡,大笔如椽触处春。"别赋"柔情似水"为"淡"薄,实是反用。

705. 暗随流水到天涯

宋·秦观《望海潮》:"但倚楼极目,时见栖鸦。无奈归心,暗随流水到天涯。"宋哲宗绍圣元年(1094)春三月作。作者与苏轼等十六人于元祐二年曾"集于西园",不久坐元祐党籍,而渐次被逐。作者此刻亦预感远谪临迹。忆西园雅集,旧友星散,不胜悲凉,又无可奈何。歇拍此句,写顿生归乡之情,并已悄悄地随着流水到了天涯。明人李攀龙《草堂诗余隽》卷四眉批云:"自梅英吐、年华换,说到春色乱分处,兼以华灯、飞盖、酒旗,一寓目尽是旅客增怨,安得不归思如流耶?"

"心(思)随流水"意,前人已用,秦观为后来居上者。

五代·孙光宪《浣溪沙》:"目送征鸿飞杳杳,思随流水去茫茫,兰红波碧忆潇湘。""潇湘"令人神往处。

宋·苏舜钦《寄王几道同年》:"眼看好景懒下马,心随流水先还家。"

宋·何桂梦《八声甘州》(送王野北归):"百年心事,长逐水东流。"

706. 功名事迹随东流

唐·李白《金陵歌送别范宣》:"四十余帝三百秋,功名事迹随东流。"从吴建都金陵,后有东晋、宋、齐、梁、陈,金陵作为国都335年,概称"三百秋"。"功名事迹"即"六朝旧事"。"功名"含成败、兴亡等等,都随流水而去。此类句如:

五代·沈彬《题苏仙山》:"千古是非无处问,夕阳西去水东流。"

宋·秦观《八六子》:"夜月一帘幽梦,春风十里柔情。怎奈向,欢娱渐随流水。"

宋·慕容嵓卿妻《浣溪沙》:"好梦易随流水去,芳心空逐晓云愁。"

宋·吴潜《西河》:"越栖吴沼古难凭,兴亡都付流水。"

707. 万事尽随风雨去

宋·黄庭坚《南乡子》:"万事尽随风雨去,休休,戏马台南金络头。""万事随风雨",从"万事随流水"变化而来。

宋·周紫芝《水龙吟》(题梦云轩):"但丁宁莫似、阳台梦断,又随风去。"

708. 只有滩声似旧时

宋·陆游《楚城》:"江上荒城猿鸟悲,隔江便是屈原祠。一千五百年间事,只有滩声似旧时。"遥望江南,想见屈原祠,有感于热爱祖国的屈原,已去1500年了,只有江滩的水声仍似当年。

宋·王安石《松江》:"只有松江桥下水,无情长送去来船。"江水送别,是无情的,而人则不同。陆游句与此意近。

709. 试问闲愁都几许

宋·贺铸《横塘路》(青玉案):"飞云冉冉蘅皋暮,彩笔新题断肠句。若问闲愁都几许?一川烟草,满城风絮,梅子黄时雨。"宋·龚明之《中吴纪闻》载:贺铸"徙姑苏(今苏州)之醋坊桥","有小筑在盘门之南十余里,地名横塘。方回往来其间,尝作《青玉案》词。"此词写一女子步履轻盈地远

去,杳不知其所之。词人提笔要写下令人断肠的词句。在这朦朦胧胧中,引发出来的"闲愁"有多少呢?如一川烟草,遍地皆是,如满城风絮,漫天纷飞,又如梅子黄时雨,铺天盖地,这三种比喻构成博喻,喻愁之多,难数难计,无穷无尽。黄庭坚对此叹为观止,在《寄贺方回》诗中写道:"少游醉卧古藤下,谁与愁眉唱一杯?解道江南断肠句,只今惟有贺方回。"宋·罗大经《鹤林玉露》卷七评:"贺方回云:'试问闲愁都几许?一川烟草,满城风絮,梅子黄时雨',盖以三者比愁之多也,尤为新奇,兼兴中有比,意味更长。"清·刘熙载《艺概·词曲概》评:"末句好处,全在'试问'句呼起及与下'一川'二句并用耳。或以方回有'贺梅子'之称,专赏此句,误矣。且此句原本寇莱公'梅子黄时雨如雾'诗句,然则何不目莱公为'寇梅子'耶?"近代陈匪石《宋词举要》评:"'一川烟草'是二三月间,'满城风絮'是三四月间,'梅子黄时雨'是四五月间。历时如此,则'谁与度'之神味,更为完足。""'一川'以下十三字写愁之多且久,虚意实作,外结轖而内空虚,即梦窗所自出。至全篇皆情,只此三句是景,而用景仍以写情,方回融景入情之妙用,尤耐人寻味。"这些评论各具其长。而现代词学家王洪主编的《唐宋词精华分卷》在此词《总案》中评说:"贺铸赋词,善于言'愁'。在他的笔下,'愁'有长度,能够伸展:'江上暮潮,隐隐山横南岸,奈离愁、分不断。'(《河传》)有面积,会蔓延:'愁随芳草,绿遍江南。'(《怨三三》)有体积,堪用斗量:'万斛闲愁量有剩。'(《减字木兰花》)有重量,可以船载:'斗酒才供泪,扁舟只载愁。'(《南柯子》)有颜色,能抹在纸上:'小华笺,付与西飞去,印一双愁黛……'(《九回肠》)……至如本篇以博喻手法写出己之'愁'无时不在,无处不在,充斥于时空,就更是公认的千古绝唱了。"这就全面揭示出贺铸写"愁"之高超,算是斫轮巨手了。于是,人们赞赏之余,效用者踵继而来。

宋·葛胜仲《点绛唇》(县斋愁坐):"闲愁几许?梦逐芭蕉雨。"从贺词脱出,"芭蕉雨"是无限空间之雨,雨打芭蕉,有无限愁苦。

宋·吴潜《青玉案》:"为问新愁愁几许?酒边成醉,醉边成梦,梦断前山雨。"酒而醉,醉而梦,解不了雨样的愁。

金·段克己《渔家傲》(送春六曲):"愁几许?满川烟草、和风絮。"缩用。

金·董解元《西厢记》(安公子赚):"愁何似?似一川烟草黄梅雨。"缩用。

明·万寿祺《浣溪沙》:"遯渚西边桥户开,夜迎凉月唱歌回。一川烟草自徘徊。"冷月悲歌,愁如一川烟草。

明·陈子龙《柳梢青》(春望):"十年梦断婵娟,回首处,离愁万千:绿柳新蒲,昏鸦暮雁,芳草连天。"回首望到的蒲柳、鸦雁、芳草这些春天景色全是离愁。仿效。

710. 一川烟草,满城风絮,梅子黄时雨

宋·贺铸《横塘路·青玉案》:"君问闲愁都几许,一川烟草,满城风絮,梅子黄时雨。""烟草""风絮"与"梅雨",不是同时的事物,集用在一起,喻"闲情"之多,这种连用、并用,语势强劲有力。

仿用此语式如:

宋·仲殊《诉衷情》(寒食):"晴日暖,淡烟浮、恣嬉游:三千粉黛,十二栏干,一片云头。"

宋·朱淑真《眼儿媚》:"午窗睡起莺声巧,何处唤春愁:绿杨影里,海棠亭畔,红杏梢头。"

711. 载将离恨过江南

宋·郑文宝《柳枝词》:"亭亭画舸系寒潭,直到行人酒半酣。不管烟波与风雨,载将离恨过江南。"人乘画舸,奔赴江南,而画舸所载全是"离恨"。画舸载人,人满怀离恨,言"载恨",似虚却实。"恨"成了"人"的借代。作者为宋初人,"载恨"这一借代,当属他首创。宋·周邦彦《尉迟杯》(离恨):"无情画舸,都不管,烟波隔南浦。等行人,醉拥重衾,载将离恨归去。"用郑文宝诗句。

宋·苏轼《虞美人》:"无情汴水自东流,只载一船离恨向西州。"此句亦应从郑文宝句翻出。宋·陈与义《虞美人》:"明朝酒醒大江流,满载一船离恨向衡州。"又从苏轼句化出。"载愁"句又如:

宋·贺铸《清平乐》:"无端不系孤舟,载将多少离愁!"

又《南柯子》(别恨):"斗酒才供泪,扁舟只载愁。"

又《点绛唇》:"小小兰舟,荡桨东风快,和愁载。"

宋·查荎《透碧霄》:"舣兰舟,十分端是载离愁。"

宋·辛弃疾《水调歌头》:"明夜扁舟去,和月载离愁。""和月载愁"用贺铸"和风载愁"("荡桨东风快、和愁载")。

宋·陈三聘《梦玉人引》:"晚日溪亭,清晓便挂帆席。满载离愁,指去程,还作江南行客。"

元·卢挚《黑漆弩》(晚泊采石,醉歌田不伐《黑漆弩》,因次其韵,寄蒋长卿金司、刘芜湖巨川):"舣归舟唤醒湖光,听我蓬窗春雨。故人倾倒襟期,我亦载愁东去。"

712. 空水共澄鲜

南朝·宋·谢灵运《登江中孤屿》:"云日相辉映,空水共澄鲜。"作者站在江中孤屿上,上下望去,白云与红日相互辉映;蓝天与碧水一样清澈鲜亮。这里写天水的壮阔场景为开山之作。

南朝·梁·伏挺《行舟值早雾》:"日中氛霭尽,空水共澄鲜。"用谢原句写早雾尽消。

南朝·梁·王籍《入若耶溪》:"余皇何泛泛,空水共悠悠。"

宋·程颢《秋月》:"清溪流过碧山头,空水澄鲜一色秋。"

713. 天容水色西湖好

宋·欧阳修《采桑子》:"天容水色西湖好,云物俱鲜。"天的容颜水的色调,都是西湖最美的。又《采桑子》:"行云却在行舟下,空水澄鲜。"用唐·韩愈《东都遇春》句:"水容与天色,此处皆绿净。""俱鲜""澄鲜"用谢灵运句。也用作"云容水态""山容水态"。

唐·元稹《和乐天重题别东楼》:"山容水态使君知,楼上从容万状移。"

唐·杜牧《齐安郡晚秋》:"云容水态还堪赏,啸志歌怀亦自如。"

又《怀归》:"尘埃终日满窗前,水态山容思浩然。"

宋·苏轼《六月二十日夜渡海》:"云散月明谁点缀,天容海色本澄清。""澄清"从谢灵运"澄鲜"来。"本澄清",《晋书·谢重传》载:"谢重与会稽王司马道子坐谈,于时月夜明净,道子叹以为佳。重率尔曰:'意谓乃不如微云点缀。'道子因戏重曰:'卿居心不净,乃复强欲滓秽太清耶?'"《东坡志林》卷八重述其意云:"青天素月,固是人间一快,而或者乃云:'不如微云点缀。'乃知居心不净

者,常欲淬秽太清。"这里用"谁点缀""本澄清",说自己本来心地光明,是谁在使浮云蔽月。

宋·李之仪《临江仙》:"九十日春都过了。寻常偶到江皋,水容山态两相饶。"

元·张翥《摸鱼儿》(春日西湖泛舟):"山容水色依然好,惟有绮罗云散。"

清·郭麟《水调歌头》(望湖楼):"其上天如水,其下水如天。天容水色渌净,楼阁镜中悬。"用韩愈《东都遇春》"水容与天色,此处皆绿净"句。

714. 半亩方塘一鉴开

宋·朱熹《观书有感》:"半亩方塘一鉴开,天光云影共徘徊。问渠那得清如许,为有源头活水来。"用方塘之水清喻读书明理。"半亩"句说,半亩大小的方形水塘,就像打开一面镜子,明亮而透彻。

宋·杨备《夏驾湖》:"湖面波光鉴影开,绿荷红芰绕楼台。"又《蒙汜池》:"春条拂岸柳如金,一鉴澄空照底深。"朱熹用"鉴影开"句。

715. 天光云影共徘徊

宋·朱熹《观书有感》:"半亩方塘一鉴开,天光云影共徘徊。问渠那得清如许,为有源头活水来。"陈衍《宋诗精华录》评:"晦翁登山临水,处处有诗,盖道学中之最活泼者。然诗语终平平无奇,不如选其寓物说理而不朽之作。"这就是一首说理诗,如杂感短论。"源头活水"已作成语用。"天光云影"在方塘中晃漾徘徊,用唐人句。

唐·韩愈《盆池五首》:"池光天影共青青,拍岸才添水数瓶。"盆池虽小也容天影。朱熹用天云倒影。

清·康熙皇帝玄烨《长江夜月》:"天光起水色,云影共波流。"用朱熹"天光云影"句。

716. 为有源头活水来

宋·朱熹《观书有感》:"问渠那得清如许,为有源头活水来。"问方塘之水怎么如此之清明?因为有源头活水不断流入塘中,喻观书,有无穷的新知,使人更对事理透彻明了。

唐·韩愈《酬王二十舍人雪中见寄》:"三日柴门拥不开,阶平庭满白皑皑。今朝踏作琼瑶迹,为有诗从凤沼来。"王舍人诗送来。朱熹用此句式。

清·宋湘《说诗八首》:"三百诗人岂有师,都成绝唱沁心脾。今人不讲源头水,只问支流派是谁。"此诗反对翁方纲的"诗法论"(正本清源),也针对清·何世璂《然灯纪闻》"为诗要穷源溯流,先辨诸家之派"的观点(实为王世祯的诗学主张),举《诗经》三百篇的作者全"无师"、无派为例,说明不应效法古人,而应注重"源头水",注重生活,才会有所创新。

人民领袖毛泽东《七律·和郭沫若同志》(一九六一年十一月十七日):"今日欢呼孙大圣,只缘妖雾又重来。"也同是一种因果关系、先果后因的句式。

717. 江天自如合

南朝·梁·范云《之零陵郡次新亭》:"江干远树浮,天末孤烟起。江天自如合,烟树还相似。"江边远树与天末孤烟掩映交织,使江与天似乎合而为一体。这又是一种壮观。

唐·宋之问《洞庭湖》:"地尽天水合,朝及洞庭湖。"

唐·刘长卿《清明后登城眺望》:"草色无空地,江流合远天。"

唐·刘复《送黄晔明府岳州湘阴赴任》:"花县到时铜墨贵,叶舟行处水云合。"

唐·朱湾《九日登青山》:"水将空合色,云与我无心。"

唐·白居易《东楼南八韵》:"风涛生有信,天水合无痕。"

唐·陆龟蒙《奉和袭美太湖诗二十首》(初入太湖):"东南具区雄,天水合为一。"

718. 落花与芝盖同飞

北朝·周·庾信《三月三日华林园马射赋》:"落花与芝盖同飞,杨柳共春旗一色。"作者随周武帝在华林园马射而作此赋。华林园是魏明帝所建芳林园,后周改称华林园。园址一说在洛阳,一说在长安。此赋似写长安城西的别苑。"马射",骑马射猎,是展示骑射之术的隆重盛大的活动。"芝盖",用香草编织的车盖,用以遮阳障雨。"春旗"即青旗,是周武帝马队出行的仪仗旗。"与""共"连两个联合式短语分别作主语。描写华林园春天的盛景,自然与人融溶的景观。

"与共"句式,为南朝·梁·刘勰所创,他的《文心雕龙·物色》云:"岁有其物,物有其容,情以物迁,辞以情发。一叶且或还意,虫声有足引心,况清风与明月同夜,白日与春林共朝哉?"刘勰生卒年约公元465－532年,《文心雕龙》成书于南齐末年(南齐479－502年有国)。而庾信生卒为公元513－581年,晚于刘勰,所以用刘勰的"与共"句。

用"与共"句式的如:

唐·王勃《滕王阁序》:"落霞与孤鹜齐飞,秋水共长天一色。"从庾信句子化出,立成"出兰"之句。(见下条)

唐·张说《岳阳石门墨山二山相连有禅堂观天下绝境》:"草共林一色,云与峰万变。"

明·兰陵笑笑生《金瓶梅》第八回:"密云迷晚岫,暗雾琐长空;群星与皓月争辉,绿水共青天同碧。僧投古寺,深林中嚷嚷鸦飞;急奔荒村,闲巷内汪汪犬吠。"

写"芝盖"的诗句:

唐·沈佺期《幸白鹿观庆制》:"天流芝盖下,山转桂旗斜。"从庾信句化出。

唐·郑愔《奉和幸大荐福寺》:"兰图奉叶偈,芝盖拂花楼。"

唐·杜牧《洛阳长句二首》:"芝盖不来云杳杳,仙舟何处水潺潺。"

宋·徐铉《早春句假独直寄江舍人》:"春光已堪探,芝盖共谁飞。"

宋·曹组《鹧鸪天》:"辇路薰风起绿槐,都人凝望满天街。云韶杳杳鸣鞱肃,芝盖亭亭障扇开。"

写"春旗"的诗句:

唐·李义府《在巂州遥叙封禅》:"岩花飘曙辇,峰叶荡春旗。"

唐·苏颋《春和圣制过晋阳宫应制》:"高殿彩云合,春旗祥风翻。"

唐·储光羲《述降圣观》:"玉殿俯玄水,春旗摇素风。"

又《望幸亭》:"云中仰华盖,栉下望春旗。"

唐·杜甫《晚出左掖》:"画刻传呼线,春旗簇仗齐。"

719. 落霞与孤鹜齐飞

唐·王勃《滕王阁序》:"落霞与孤鹜齐飞,秋水共长天一色。"此《序》原题是《秋日登洪府滕王阁饯别序》。王勃作此《序》年仅二十六岁。这年秋天,洪州(今南昌)都督阎伯屿于重九之日,设宴高阁,广邀宾客。为了炫耀他女婿吴子章的才华,令吴在宴前为阁写成一篇序,准备假托即席之作,一鸣惊人。席间,公为了做做面子,供奉纸笔,一一请宾客作序。宾客虽皆名流,因已预知公用意,都推说不能作。唯王勃,去南方探父,途经南昌,临时赴宴,不解内情,于是跃然命笔。公对此大为不满,随即命人监看王勃下笔,并逐句呈报给他。开头一、二联,公说不过"老生常谈";尔后数联"稍异之";又数联"则大奇之";至"落霞与孤鹜齐飞,秋水共长天一色"联,乃惊叹曰:"此天才也!"公高兴地要王勃把序作完,这场"笔会"算是在欢快气氛中收束。

《滕王阁序》博得了阎公的赏识,"落霞秋水"联震惊了四座,据说王勃有点骄傲了,从而还引出一段传奇。说王勃南去探父(越南学者太允晓,于1986年7月30日,在宜静省宜禄县宜海乡意外地发现了王勃祠遗址。王勃之父王福曾在交趾欢州,即今越南宜安一带任刺史,王勃是位孝子,又喜游山玩水,常来探父。最后一次,公元676年,他带领七名家人乘坐帆船,利用重阳时节的顺风,渡海直奔欢州。快到海岸时,突遇风暴,船沉人亡。尸体和帆船残骸漂至同龙江(今越南中部的兰江)会通口(入海口)。王福是位好官,欢州百姓感其恩德,又痛惜才子王勃英年早逝,便隆重地把王勃遗体安葬在当地。不久王福也因痛失爱子,悲伤过度而死。百姓建祠,为王勃父子雕像。——引自仰修译越南《文艺》周刊第29期太允晓文《王勃死于何处》),海上遇风,翻船溺水而死。此后,常常听到水边有人高诵"落霞与孤鹜齐飞,秋水共长天一色"。百余年后,有一恒河少年,闻此高诵,说:"只云'落霞孤鹜齐飞,秋水长天一色。',何必'与共'!"少年既去,后不复诵。这个故事多出杜撰,无非说名句并非无瑕,不该"恃才自傲"。其实,不用"与共"为六言句,节奏嫌平直,古代名句中六言句极少,而此七言句,句式参差,富节奏感,所以"与共"不是废字,后来的名家也用原句,或用二句缩合,用"落霞孤鹜"者尤盛。

用二句者:

宋·胡曾《能改斋漫录》载:东坡在杭州,携妓琴操游西湖,"戏琴曰:'我作长老,尔试来问。'琴云:'何谓湖中景?'东坡答云:'秋水共长天一色,落霞与孤鹜齐飞。'琴又云:'何谓景中人?'东坡云:'裙拖六幅潇湘水,鬓弹巫山一段云。'又云:

'何谓人中意?'东坡云:'惜他扬学士,憋杀鲍参军。'琴又云:'如此究竟如何?'东坡云:'门前冷落车马稀,老大嫁作商人妇。'琴大悟,即削发为尼。"这里换语序用原句写湖中景。

宋·辛弃疾《沁园春》(答余叔良):"白发重来,画桥一望,秋水长天孤鹜飞。"缩合二句绘景。

宋·无名氏《倾盆序》:"报云落霞并飞鹜,秋水长天,一色澄素。"

明·汤显祖《牡丹亭》第二十八出幽媾:"你看美人呵,神含欲语,眼注微波,真乃'落霞与孤鹜齐飞,秋水共长天一色'。"喻"美人"面似"落霞",眼如"秋水"。

清·曹雪芹《红楼梦》第六十二回林黛玉《酒令》:"落霞与孤鹜齐飞,风急江天过雁哀。"以霞鹜齐飞反衬寒江孤雁,喻自己之孤凄。

今人徐高祖《贺新郎》(敬步徐迅同志咏滕王阁):"孤鹜落霞秋水外,共长天一色消寒暑。"

今人黄耀武《滕王阁重修喜赋》:"落霞孤鹜传千古,秋水长天合四围。"

单用"落霞"或"孤鹜"句,写滕王阁者多:

唐·钱起《江行无题一百首》:"今日滕王阁,分明见落霞。"

宋·胡宿《寄题公仪西溪》:"更助吟毫无限思,落霞犹共夕阳低。"

又《江城春日》:"游骑自穿官柳去,落霞常伴彩桡归。"

宋·杨炎《水调歌头》(呈辛隆兴):"回首滕王阁,空对落霞飞。"

宋·吴潜《青玉案》(和刘长翁右司韵):"苇汀芦岸,落霞残照,时有鸥来去。"

元·虞集《滕王阁》:"空翠远凝江树小,落霞飞送酒杯宽。"

清·喻周《登新修滕王阁》:"江南何处盛临观,千帆远共孤霞落。"

清·陈有年《登滕王阁》:"唯见秋江外,西逐紫霞落。"

今人刘天锡《滕王阁重修落成登临感赋步王勃诗原韵》:"落霞碧水韵悠悠,名句一吟万木秋。"

今人洪源《题滕王阁·鹧鸪天》:"天漠漠,思悠悠,落霞尽染赣江秋。"

用"孤鹜"句:

明·吴桂芳《登滕王阁》:"槛外孤鹜起,争趋赋笔雄。"

今人萧朝晶《滕王阁晚眺》:"长吟孤鹜句,遥祭子安魂。"

用"落霞孤鹜"者最多:

宋·宋祁《送江西转运李定度支》:"双笔巨能藏藻思,落霞孤鹜向萧辰。"

宋·黄裳《桂枝香》(延平阁闲坐):"休诧滕王看处,落霞孤鹜。"

宋·史浩《秋蕊香》(生日):"倚栏见,新雁已南来,落霞孤鹜徘徊。"

宋·贺铸《减字木兰花》:"鹜外初消一楼霞,淡黄杨柳暗藏鸦。"

宋·李之仪《朝中措》(望新开湖有怀少游用樊良道中韵):"故人一去,高名万古,长对屠颜。惟有落霞孤鹜,晚年依旧争还。"

宋·周邦彦《蕙兰芳引》:"寒莹晚空,点清境、断霞孤鹜。"

宋·张元干《念奴娇》:"梦绕西园,魂飞南浦,自古情难足,旧游何处,落霞空映孤鹜。"

宋·袁去华《谒金门》:"清汉曲,天际落霞孤鹜。"

宋·吕胜己《满江红》:"芳草连云迷远树,断霞散绮飞孤鹜。"兼用"余霞成散绮"句。

宋·辛弃疾《贺新郎》:"王郎健笔夸翘楚,到如今、落霞孤鹜,竟传佳句。"

宋·陈三聘《满江红》:"滕阁暮霞孤鹜举,庾楼明月乌飞绕。"

宋·石孝友《鹧鸪天》:"家在东湖湖上头,别来风月为谁留。落霞孤鹜齐飞处,南浦西山相对愁。"词人是南昌人,用王勃数句写家乡。

又《满江红》:"对长天远水,落霞孤鹜,主尽西风无好意,遥山也学双眉蹙。"

宋·蔡幼学《念奴娇》:"四顾青冥天地阔,唯有残霞孤鹜。"

宋·葛长庚《贺新郎》:"桂社兰乡白苹里,月冷波寒之夕,有孤鹜、落霞知得。"

又《贺新郎》(西湖作呈章判镇、留知县):"两见西风客京国,多在红楼金屋。凝情处、落霞孤鹜。"

宋·陈允平《夜飞鹊》:"虹收霁色,渐落霞孤鹜飞齐。"

又《庆春宫》:"孤鹜披霞,归鞍卸日,晚香菊自寒城。"

又《扫花游》(雷峰落照):"日斜处,望孤鹜断霞,初下芳杜。"

宋·无名氏《秋霁》(秋晴):"孤鹜高飞,落霞相映,远状水乡秋色。"

元·卢挚《沉醉东风》(秋景)曲:"挂绝壁松枯倒倚,落残霞孤鹜齐飞。"

元·张可久《天净沙》:"嗈嗈落雁平沙,依依孤鹜残霞。"

明·周复俊《泊滕王阁》:"鹜影霞前逝,渔歌烟际生。犹怜王勃句,秀并暮山清。"

明·杨基《登豫章城忆滕王阁故基》:"若对画图悲蛱蝶,落霞孤鹜正见君。"

明·谭之春《同社二十八人招集滕王阁》:"霞添鹜影人人句,晴发檐光岁岁山。"

今人萧立卿《滕王阁》:"霞举鹜掀浔池翼,神临风送马当舟。"

今人魏紫《水龙吟》(题欧阳公衡《落霞孤鹜、秋水长天》图):"是谁图画,把长天秋水,落霞孤鹜。"

今人吴幸之《贺新郎》(用辛稼轩原韵奉和畏迟咨臣滕王阁新词):"重建落霞邀孤鹜,笑看西山暮雨。"

今人吴亚卿《望海潮》(滕王阁):"孤鹜落霞,珠帘画栋,原堪竞艳钱塘。"

今人王全声《滕王阁重修喜赋》:"孤鹜落霞新拓展,生花妙笔壮雄州。"

今人马传纲《赞新滕王阁》:"俊彩星驰牛斗光,鹜飞霞落衡庐雨。"

今人陈世旭《风流子》(滕王阁复兴感赋):"凭栏望,又秋水长天,不是旧山河。几度落霞,几度孤鹜,千古兴废,槛外烟波。"

今人叶西《临江仙》:"唐宋八家韩与柳,王杨卢骆齐名,落霞孤鹜引人惊。"

今人何铮彦异《为重建滕王阁感赋》:"一炮红霞飞彩鹜,千秋故郡起'狂徒'。"

今人王春霖《喜见滕王阁重建》:"落霞孤鹜飞南浦,紫电清霜耀北辰。"

今人王子壮《重逢滕王阁》:"孤鹜落霞常讽诵,朱帘画栋久湮沦。"

今人孙斌《为重建滕王阁喜赋》:"秋水长天浑似鱼,落霞孤鹜总宜诗。"

今人吴宏谋《喜登重建滕王阁依王勃诗原韵》:"水天一色白帆悠,霞鹜齐飞碧宇秋。"

今人张波《重修滕王阁感赋》:"孤鹜落霞嬉碧

水,长天秋水映归帆。"

今人杨济民《西江月》(喜闻滕王阁重建):"警句通篇孰是,落霞秋火堪惊。"

今人徐新杰《滕王阁》:"落霞孤鹜落,长天秋水长。"

今人蔡炳文《喜颂南昌滕王阁重建》:"举酒欲呼年少客,落霞秋水续斯文。"

今人王巧林《重建滕王阁感怀》:"冷水落霞吟不尽,长天孤鹜画中游。"

今人咏滕王阁诗词中多用"落霞""秋水"两句,以赞20世纪80年代重修滕王阁落成。

720. 秋水共长天一色

王勃《滕王阁序》:"落霞与孤鹜齐飞,秋水共长天一色。"这是珠联璧合句,缺一则减色。"秋水长天"句,写秋天的水与长空呈同一颜色,都是碧兰的,秋水一碧万顷,长天一碧万顷,摄入诗中便具有辽阔美、壮观美了。写"水天一色"最早的是南朝·梁人吴均《与朱元思书》:"风烟俱净,天水共色,从流飘荡,任意东西。""秋水共天长一色"即"天水共色"的展开句。"秋水长天"句如:

宋·方岳《满庭芳》(寿通判·七月二十日):"星昴呈祥,山川钟秀,果然生此真贤。精神莹沏,秋水共长天。"

宋·无名氏《买坡塘》(和李玉田韵):"家山望断知何处?渺渺长天秋水。"

宋·无名氏《琵琶》(集句):"满船明月芦花白,秋水长天一色。"

今人余耕水《滕王阁感怀》:"兴衰几度如斯逝,秋水长天气宇新。"

今人董晋《重建滕王阁题咏》:"琼楼画阁此登临,秋水长天变古今。"

今人黄继常《欣庆滕王阁重建》:"秋天长天在望,赣江滚滚北流。"

今人熊盛元《贺新郎》(读徐迅先生重建滕王阁词,心窃慕焉,因步其韵奉和):"秋水长天风送爽,沐清凉,四季无寒暑。"

今人赵石麟《欢迎参加洞庭诗会各位来宾》:"盛会岳阳楼,水天一色秋。"写洞庭湖景色。

721. 江天一色无纤尘

唐·张若虚《春江花月夜》:"江天一色无纤尘,皎皎空中孤月轮。"江天一色,而清净无尘,就在这江水和天空连成一片的广阔世界上,高悬着一轮皎洁的明月,组成了大自然的一种奇观,空空荡荡,漂漂缈缈,似乎连诗人自己也融溶其中了,多么美妙空灵!"江天一色"亦应源出吴均的"天水共色",至少直源于王勃的"秋水共长天一色"。不过不一定是"秋"水了,在一定的云气水色、阳光月光、或阴或晴的条件下,水天即成一色。

唐·张九龄《送窦校书见饯得云中辨江树》:"江水连天色,无涯净野氛。"

唐·张说《游洞庭湖》:"江寒天一色,日静水重纹。"

唐·刘长卿《喜晴》:"湖天一种色,林鸟百般声。"

唐·岑参《陪群公龙冈寺泛舟》:"汉水天一色,寺楼波底看。"

唐·卢仝《蜻蜓歌》:"黄河中流日影斜,水天一色无津涯。"

唐·韩偓《晓日》:"天际霞光入水中,水中天际一时红。"即水天一色。

宋·欧阳修《月》:"天高月影浸长江,江阔风微水面凉。天水相连为一色,更无纤霭隔清光。"用张若虚句。

宋·秦观《念奴娇》(赤壁舟中咏雪):"正江天飞雪,远水长空连一色,使我吟怀逸发。"

又《念奴娇》:"水天一色,坐来肌骨清彻。"

宋·朱敦儒《好事近》(渔父词):"晚来风定钓丝闲,上下是新月。千里水天一色,看孤鸿明灭。"

宋·范成大《四时田园杂兴六十首》:"身外水天银一色,城中有此月明无?"

宋·王质《满江红》:"生觳平铺,吹不起、轻风无力。西江上,牛斗相射,水天一色。"

宋·孙居敬《临江仙》(西湖):"仙去坡翁山耐久,烟霏空翠凭栏。日斜尚觉酒肠宽,水云天共色,欸乃一声间。"

宋·赵以夫《桂枝香》(四明鄞江楼九日):"水天一色,正四野秋高,千古愁极。"

宋·李曾伯《水调歌头》(丁亥送方子南出蜀):"远水长空一色,风顺波平如掌,雁序际天游。"

又《满江红》(用前韵送刘仓):"宇宙中间无点翳,水天上下俱同色。"

宋·陈允平《秋霁》(平湖秋月):"千顷玻璃,远送目斜阳,渐下林隩。题叶人归,采菱舟散,望中水天一色。"

今人宗璞《黄鹤楼四绝句》:"黄鹤楼头望大江,水天一色两茫茫。"

今人鲁兮《北戴河中海滩即景》:"碧海银波翻浪花,水天一色望无涯。"

唐人岑参《与鄠县源少府泛渼陂》:"载酒入天色,水凉难醉人。""入天色"即入同天一色的水中,是暗用"水天一色"。

722. 淮海长波接远天

唐·骆宾王《畴昔篇》:"吴江拂潮接白日,淮海长波接远天。"淮海在远方与天相接。"水天相接",虽接成一片,却似有痕。相接后,或者水天一色,或者水天异色,也是一种壮观景象。

唐·李商隐《霜月》:"初闻征雁已无蝉,百尺楼高水接天。"此诗著名,此句也为人知。

唐·子兰《河梁晚望二首》:"雨添一夜秋涛阔,极目茫茫似接天。"

唐·罗隐《春日独游禅智寺》:"树远连天水接空,几年行乐旧隋宫。"

宋·释智圆《寄题梵无圣果二寺兼简昭梧二上人并序》:"江色杳无极,渺渺接遥天。"

宋·苏轼《南望》:"客来梦觉知何处,挂起西窗浪接天。""浪接天"即水接天。

宋·朱敦儒《念奴娇》:"闲云收尽,海光天影相接。"

宋·陆游《上巳临川道中》:"五更敧枕一凄然,梦里扁舟水接天。""水接天"生于梦幻之中。

明·唐寅《题画》:"秋水接天三万顷,晚山连树一千重。"

清·蒲松龄《去宝应途中》:"一声欸乃江林暮,秋色平湖绿接天。"

清·沙维约《月夜渡太湖》:"湖水接天天不分,水禽夜呼烟际闻。"

723. 江南春水碧于天

宋·黄庭坚《演雅》:"江南春水碧于天,中有狎鸥闲似我。"从苏轼"江南春尽水如天"变化而生,"碧于天",碧蓝比天色还浓。

明·杨基《寓江宁村居》:"无数白鸥闲似我,一江春水碧于天。"两句全用黄庭坚诗,只各更换头两个字。

724. 江天渺不分

唐·张九龄《初发江陵有怀》:"极望涔阳浦,江天渺不分。"江与天在渺茫之中分清界限,已是天如水,水如天了。正同"共澄鲜""水天合""水接天""水天一色"相近似。

唐·宋务光《海上作》:"氛霞绕诡色,天波混莫分。"

唐·崔峒《清江风内一绝》:"极目不分天水色,南山南是岳阳城。"

唐·崔季卿《晴江秋望》:"尽日不分天水色,洞庭南是岳阳城。"用崔峒二句。

明·袁中道《岳阳晚眺》:"下无波浪上无云,积水长空两不分。"

725. 洞庭春尽水如天

唐·柳宗元《别舍弟宗一》:"桂岭瘴来云似墨,洞庭春尽水如天。"元和十一年(816)春,柳宗元在柳州送别其堂弟柳宗一去江陵作此诗。全诗充溢悲壮情绪。此律之颈联是"景语",景中寓情,景语即情语。"桂岭"在今广西贺县西北,此处代指柳州地方。此句说柳州山林瘴气一来,乌云漫天;你所去的江陵一带,洞庭晚春,湖色如天,一片湛蓝。暗蕴自己处境险恶,而兄弟一别,远隔千里,无缘再会了。"水如天",即"水天一色",以水喻天,或以天喻水。

南朝·梁元帝萧绎《赴荆州泊三江口》:"水际含天色,虹光入浪浮。"唐·李白《秋日鲁郡尧祠亭上宴别杜补阙、范侍御》:"山将落日去,水与晴空宜。"既是相含、相宜,当然可以互喻了。

唐·李涉《题水月台》:"水似晴天天似水,两重星点碧琉璃。"水天互喻。天上星和水中影为"两重星""碧琉璃"指天也指水。

唐·李贺《贝宫夫人》:"秋肌稍觉玉衣寒,空光帖妥水如天。"

唐·陶雍《望月怀江上旧游》:"为看今夜天如水,忆得当时水似天。"

唐·赵嘏《江楼感旧》:"独上江楼思悄然,月光如水水如天。"

宋·晏几道《虞美人》:"曲栏干外天如水,昨夜还曾倚。"

宋·苏轼《寄蔡子华》:"江南春尽水如天,肠断西湖春水船。"用柳句。

又《连雨江涨二首》:"越井冈头云出山,牂牁江山水如天。"

又《六月二十七日望湖楼醉书五绝》:"卷地风来忽吹散,望湖楼下水如天。"

宋·米芾《蝶恋花》(海岱楼玩月作):"千古涟漪清绝地,海岱楼高。下瞰秦淮尾;水浸碧天天似水,广寒宫阙人世间。"

宋·徐俯《鹧鸪天》:"七泽三湘碧草连,洞庭江河水如天。朝廷若负元真子,不在云边则酒边。"

宋·锦溪《壶中天》(寿陈碧山十一月五日):"万里无云,一天如水,拥出新团月。"

宋·张舜民《江神子》(癸亥陈和叔会于赏心亭):"七朝文物旧江山,水如天,莫凭栏。千古斜阳,无处问长安。"又《卖花声》(题岳阳楼):"回首夕阳红尽处,应是长安。"再用斜阳长安句。

726. 疑是湖中别有天

宋·欧阳修《采桑子》:"行云却在行舟下,空水澄鲜。俯仰留连,疑是湖中别有天。"云映水中,怀疑湖中还有一个天。写水中倒影。并用谢灵运"空水共澄鲜"句。

南朝乐府《西州曲》:"卷帘天自高,海水空摇绿。"碧绿的晴空倒映水中。虽然海水摇动着这碧绿,而天仍然很高很高。写海水中的天空此是最早的。

唐·温如《题龙阳县青草湖》:"西风吹老洞庭波,一夜湘君白发多。醉后不知天在水,满船清楚压星河。"

唐·贾岛诗:"棹穿波底月,船压水中天。"(清·王文诰《苏轼诗集》注引)

宋·苏轼《半月泉》:"请得一日假,来游半月泉。何人施大手,擘破水中天。"

又《武昌酌菩萨泉送王子立》:"何处低头不见我,四方同此水中天。"

又《次韵黄鲁直寄题郭明父府推颍州西斋二首》:"早晚西湖映华发,小舟翻动水中天。"

宋·朱敦儒《临江仙》:"莫笑衰客双鬓改,自家风味依然。碧潭明月水中天。谁闲如老子,不肯作神仙。"

727. 故乡不可见,云水空如一

唐·王维《和使君五郎西楼望远思归》:"故乡

不可见，云水空如一。"西楼望远，却不见故乡，只见天边云水连成一体，空旷渺远。思念远方的故乡是人之常情，云水如一又是常有的自然现象。只见云水茫茫而不见故乡，这种乡情是急切的。"云水"或"水云"都是茫远的，唐宋人合用"云水"多表示四野空旷或行程茫远。王维《送贺遂员外甥》又写："苍茫葭菼外，云水与昭丘。"

唐·李颀《塞下曲》："马嘶云水帐下饮，蒲萄平生寸心是。"

唐·孟浩然《晓入南山》："瘴气晓氛氲，南山复水云。"水一般的云。

唐·王昌龄《巴陵送李十二》："山长不见秋城色，日暮蒹葭空水云。"

唐·刘长卿《赴新安别侍郎》："新安君莫问，此路水云深。"

又《酬张夏》："孤舟且莫去，前路水云深。"

又《泛曲阿后湖简同游诸公》："水云去仍湿，沙鹤鸣相留。"

又《湖上遇郑田》："湛湛江色寒，蒙蒙水云夕。"

又《初贬南巴至鄱阳题李嘉祐江亭》："水云初起重，暮鸟远来迟。"

唐·杜甫《八哀诗》（赠司空王公思礼）："千秋汾晋间，事与云水白。"称王思礼镇太原，功不可没，与云水长留。唐人徐彦伯有"楚山云水白"句（《杜诗详注》1379页注引），杜甫用此"云水白"。

又《醉为马坠诗公携酒相看》："白帝城门水云外，低身直下八千尺。"

又《刈稻了咏怀》："稻获空云水，川平对石门。"

又《奉送十七舅下郡桂》："昏昏阻云水，侧望苦伤神。"

唐·司空曙《发渝州却寄韦判官》："平明分手空江转，唯有猿声满水云。"

唐·韩愈《晚次宣溪》："韶州南去接宣溪，云水苍茫日向西。"

唐·白居易《郡亭》："终朝对云水，有时听管弦。"

又《过昭君村》："惨淡晚云水，依稀旧乡园。"

又《夜闻筝中弹潇湘送神曲感旧》："万重云水思，今夜月明前。"

又《入寺半月复去俯视朱绶仰睨白云有愧于人遂绝句》："云水埋藏思德洞，簪裾束缚使君心。"

又《龙门送别皇甫泽州赴任韦山人南游》："惆怅香山云水冷，明朝便是独游人。"

唐·张祜《题惠山寺》："殷勤望城市，云水暮钟和。"

又《夜宿溢浦逢崔升》："况是相逢雁天夕，星河寥落水云深。"

唐·杜牧《张好好诗》："门馆恸哭后，水云秋景初。"

又《将赴池州道中作》："青阳云水去年寻，黄绢歌诗出翰林。"

又《江南送左师》："惆怅不同尘土别，水云踪迹去悠悠。"

唐·李商隐《滞雨》："故乡云水地，归梦不宜秋。"

唐·许浑《南楼春望》："南楼春一望，云水共昏昏。"

唐·赵嘏《宛陵寓居上沈大夫二首》："溪树参差绿可攀，谢家云水满东山。"

唐·刘沧《题四皓庙》："雪鬓仙侣何深隐，千古寂寞云水重。"

唐·崔珏《岳阳楼晚望》："乾坤千里水云间，钓艇如萍去不还。"

唐·陆龟蒙《白鹭》："见欲扁舟摇荡去，倩君先作水云媒。"要白鹭引航。

唐·聂夷中《华清词》："太上符箓龙蛇踪，散花天女侍香童。隔烟遥望见云水，弹璈吹凤清珑珑。"

唐·胡曾《洞庭》："五月扁舟过洞庭，鱼龙吹浪水云腥。"

唐·罗隐《秋晓寄友人》："洞庭霜落水云秋，又泛轻涟任去留。"

唐·秦韬玉《题邢部李郎中山亭》："依家云水木相知，每到高斋强展眉。"

唐·郑谷《驾部郑郎中三十八大尹贰东周荣加金紫谷以末孤之外恩旧事深因贺送》："纵游云水无公事，贵买琴书有俸钱。"

唐·黄滔《雁》："洞庭云水潇湘雨，好把寒更一一知。"

唐·虚中《句》："老负峨眉月，闲看云水心。"

唐·窦巩《自京师将赴黔南》："西南一望云和水，犹道黔南有四千。"

唐·韦庄《上行杯》："惆怅异乡云水，满酌一杯，劝和泪。"

唐·丰干《壁上诗二首》:"一身如云水,悠悠任去来。"

五代·李珣《定风波》:"一叶舟中吟复醉,云水此时方认自由身。"

又《渔歌子》:"水云间,山月里,棹月穿云游戏。"

五代·李煜《木兰花》:"风箫声断水云闲,重按霓裳歌遍彻。"

宋·潘阆《酒泉子》:"别来闲整钓鱼竿,思入云水寒。"

宋·杨亿《少年游》:"江南节物,水昏云淡,飞雪满前村。"

宋·欧阳修《晚泊岳阳》:"正见空江明月来,云水苍茫失江路。"

宋·王安石《乌石》:"乌石冈边缭绕山,紫荆细路水云天。"

又《江宁夹口三首》:"月堕浮云水卷空,沧洲夜泝五更风。"

又《寄碧岩道光法师》:"去马来车扰扰尘,自难长寄水云身。"

又《致仕虞部曲江谭君挽辞》:"它日白衣霄汉志,暮年牛缓水云身。""水云"身,宦游不止。

宋·晏几道《鹧鸪天》:"云渺渺,水茫茫,征人归路许多长。"

又《清平乐》:"锦衣才子西征,万里云水初程。"

又《留春令》:"画屏天畔,梦回依约,十洲云水。"

宋·苏轼《江神子》:"玉人家在凤凰山,水云间,掩门关。"

又《瑞鹧鸪》:"鼓吹未容迎五马,水云先已漾双凫。"

又《寒食雨二首》:"小屋如渔舟,濛濛水云里。"

又《赠李道士》:"故教世世作黄冠(李播弃隋为道士,号黄冠子),布袜青鞋弄云水。""黄冠子"见《唐书·李淳风传》:"布袜青鞋"用杜甫"青鞋布袜从此始"(《刘少府山水障歌》)句。

又《成都进士杜暹伯升出家名法通,狂来吴中》:"欲识当年杜伯升,飘然云水一孤僧。"

又《单同年求德兴俞氏聚远楼诗三首》:"云山烟水苦相亲,野草幽花各自春。"

宋·黄庭坚《渔家傲》:"今后水云人欲晓,非

玄妙,灵云合破桃花笑。"

又《渔家傲》(题船子钓滩):"深入水云人不到,吟复笑,一轮明月长相照。"

宋·秦观《满江红》:"万顷水云翻白鸟,一蓑烟雨耕黄犊。"

宋·毛滂《于飞乐》(和太守曹子方):"水边山,云畔水,新出烟林……放衙隐几,谁知共、云水无心。"

宋·葛仲胜《临江仙》:"水云光中修禊事,犹记,转头不觉已三秋。"

宋·朱敦入《满庭芳》:"鹏海风波,鹤巢云水,梦残身寄尘寰。"

又《鹧鸪天》:"寻汗漫,听潺湲,淡然心寄云水间。"

又《醉思仙》(淮阴与杨道孚):"南歌客,新丰酒,但万里、云水俱东。"

宋·周紫芝《浪淘沙》:"千里水云寒,正绕烟鬟。"

宋·张元干《虞美人》:"迢迢云水横清浅,不遣愁眉展。"

宋·曹勋《沁园春》(早春):"幸隐居药馆,孙登啸咏,从容云水,无负年光。"

宋·史浩《临江仙》(题道隆观):"故山凝望水云迷,数堆苍玉髻,千顷碧琉璃。"

宋·关注《水调歌头》:"一笑尘埃外,云水远相忘。"

宋·葛立方《浪淘沙》(子直新第落成席上作):"休看辋川图,未是幽居,何如云水绕储胥。"

宋·洪适《渔家傲引》:"家云水,更无王役并田税。"

宋·侯寘《念奴娇》:"须信闲少忙多,壶觞并赋咏,莫辜云水。"

又《朝中措》(为云庵寿):"早办荆钗布袖,共为云水闲人。"

宋·姚宽《菩萨蛮》(别恨):"衫薄暖香销,相思云水遥。"

宋·向滈《忆秦娥》:"肝肠空断,水云辽邈。"

宋·韦能谦《虞美人》:"闲亭小立望溪山,画出明湖深秀、水云间。"

宋·吴儆《浣溪沙》(题余干传舍):"画楯朱栏绕碧山,平湖徙倚水云宽。"

宋·丘崈《夜行船》:"一舸鸥夷云水路,贪游戏,悄忘尘数。"

宋·赵长卿《花心动》(客中见梅寄暖香书院):"最是系心,婉娩精神,伴得水云仙侣。"

又《新荷叶》(咏荷):"水云千里,不堪更、回首思量。"

宋·辛弃疾《玉楼春》(隐湖戏作):"不辞长向水云来,只怕频烦鱼鸟倦。"

又《贺新郎》:"碧海成桑野,笑人间、江翻平陆,水云高下。"

宋·程垓《忆秦娥》:"万重云水,一寸归心。"

宋·杨冠卿《菩萨蛮》:"天阔水云长,风飘舞袖长。"

又《水调歌头》:"万里家何许,天阔水云长。"又用此句。

宋·陈三聘《三登乐》:"倚藤枝,撑艇子,昔游曾到。江山自古,水云转好。"

宋·赵师侠《水调歌头》(春野亭送别):"海山长,云水阔,思难收。"

又《促拍满路花》:"箪瓢云水,时与话东西。"

宋·张镃《贺新郎》(次稼轩韵寄呈):"何日相从云水去,看精神峭紧芝田鹤。"

宋·吴礼之《风入松》(江景):"恬然云水无贪吝,笑腰缠、骑鹤扬州。"

宋·戴复古《祝英台近》:"水云际,遥望一片飞鸿,苦是失群地。"

宋·刘学箕《忆王孙》(清明病酒):"怀人有恨水云深,又绿暗、桥西柳。"

宋·葛长庚《菩萨蛮》:"听彻太清弦,断肠云水天。"

又《水调歌头》:"一个江湖客,万里水云身。"

宋·刘克庄《满庭芳》:"扁舟乘兴,莫计水云程。"

宋·赵以夫《角招》:"水云寒漠漠,底处群仙,飞来霜鹤。"

又《征招》(雪):"记忆当时,剡中情味,一溪云水。"

宋·黄载《隔浦莲》(荷花):"玉骨清无汗,亭亭碧波千顷,云水摇扇影。"

宋·刘子寰《齐天乐》(寿史沧洲):"楼台北渚,似画出西湖,水云深处。"

宋·吴潜《满江红》:"昔壮志,今华发。有江湖征棹,水云深阔。"

宋·利登《风流子》:"如今知何处,三山远,云水一望迢迢。"

宋·杨泽民《大酺》:"任梦想、频登台榭,遍倚栏干,水云千里空流目。"

又《六丑》:"纵麟鸿托意,云水犹隔。"

又《西河》(岳阳):"二妃祠宇隔黄陵,精魂遥接云水。"

宋·叶润《莺啼序》:"倚东风,愁长笑短,水云深、春江日暮。"

宋·陈人杰《沁园春》:"雪山面面迎逢,便回首旧游云水空。"

宋·陈允平《蓦山溪》(花港观鱼):"三湘梦,五湖心,云水苍茫处。"

宋·奚淢《长相思慢》:"雁影水云斜,算相思,一点愁赊。"

又《声声慢》:"桐竹鸣骚音韵,水云空觅。"

宋·吴文英《扫花游》(春雪):"水云共色,渐断岸飞花,雨声初峭。"

宋·刘辰翁《临江仙》:"旧日采莲羞半面,至今回首匆匆,梦穿斜月水云红。"

又《沁园春》:"明月清风,晴春暖日,出入千重云水身。"

宋·仇远《阮郎归》:"断桥落日水云昏,归舟个个轻。"

宋·无名氏《鹧鸪天》:"人间暂识东风信,梦绕江南云水村。"指水乡。

人民领袖毛泽东《满江红·和郭沫若同志》(1963年1月9日):"四海翻腾云水怒,五洲震荡风雷激。"喻世界革命形势。

728. 故山云水乡

唐·杜牧《长兴里夏日寄南邻避暑》:"永日一倚枕,故山云水乡。"一作许浑诗。"云水乡"有云水的遥远的地方。这里说故乡在那云水茫茫的地方,表达对故乡的怀思。

宋·苏轼《定风波》:"绿鬓苍颜同一醉,还是、六人吟笑水云乡。"

又《南歌子》:"窈窕高明玉,风流郑季庄,一时分散水云乡。"

又《和章七出守湖州二首》:"方丈仙人出森茫,高情犹爱水云乡。"

宋·周邦彦《红林檎近》:"冷落词赋客,萧索水云乡。"

宋·苏庠《浣溪沙》(书虞元翁书):"红蓼渡头青嶂远,绿萍波上白鸥双,淋浪淡墨水云乡。"

又《鹧鸪天》："秋入蒹葭小雁行，参差飞堕水云乡。"

宋·李德载《眼儿媚》："雪儿魂在水云乡，犹忆学梅妆。"

宋·叶梦得《水调歌头》："须信超然杨外，容易扁舟相踵，分占水云乡。"

宋·李光《水调歌头》："旁有湖光千顷，时泛舟一叶，啸傲水云乡。"

宋·向子谦《采桑子》(芗林为牧庵舅作)："霜须七十期同老，云水之乡，总挂冠裳，闲里光阴一倍长。"

宋·权无染《凤凰台上忆吹箫》："水国云乡，冰魂雪魄，朝来新领春还。"

宋·蔡伸《水调歌头》(时居莆田)："慨念平生豪放，自笑如今霜鬓，漂泊水云乡。"

又《水龙吟》："寂寞危栏独倚，望仙乡、水云无际。"

宋·李弥逊《小重山》(学士生日)："江山风月伴行藏，无人识、高卧水云乡。"

宋·曹勋《鹧鸪天》(咏桄)："直须满劝三山酒，更喜持杯云水乡。"

宋·曾觌《定风波》："领略大堤花好处，无绪，也应回首水云乡。"

宋·管鉴《水调歌头》："唤起江南梦，先到水云乡。"

宋·赵长卿《江神子》(忆梅花)："而今冷落水云乡，念平康，转情伤。"

宋·廖行之《水调歌头》："缓造鹓鸿地，高卧水云乡。"

宋·辛弃疾《鹧鸪天》(送元省斡)："诗酒社，水云乡，可堪醉墨几淋浪。"

宋·陈亮《朝中措》："蓼花风淡水云纤，倚阁卷重帘。"

宋·韩淲《一剪梅》(腊前梅)："玉溪山外水云乡，茅舍疏篱，不换金章。"

又《浣溪沙》："人远山长言外意，曲传书恨醉时妆，倩谁闲寄水云乡。"

宋·魏了翁《水调歌头》："鹤阙十洲风露，回薄水云乡。"

宋·岳珂《木兰花慢》："孤山西畔水云乡，篱落亚疏篁。"

宋·陈著《糖多令》："幸有菊窗堪一醉，争又滞、水云乡。"

宋·陈允平《风入松》："西清人住水云乡，心静月偏长。"

宋·詹玉《多丽》(念念)："共锈帘吹絮未久，却孤剑水云乡。"

宋·张炎《浪淘沙》(题陈汝朝百鹭画卷)："玉立水云乡，尔我相忘，披离寒羽庇风霜。"

729. 东涧水流西涧水，南山云起北山云

唐·白居易《寄韬光禅师》："一山门作两山门，两寺原从一寺分。东涧水流西涧水，南山云起北山云。前台花发后台见，上界钟声下界闻。遥想吾师行道处，天香桂子落纷纷。"写韬光禅师的西湖灵隐寺东西有两涧水，西湖附近有南高峰、北高峰。一寺分为二，门向一南一北。两涧一源水，双峰一片云，云水合一，景观奇特。宋·刘过《沁园春》(寄稼轩承旨)："爱东西双涧，纵横水绕，两峰南北，高下云堆。"

"云"与"水"分句对仗使用或描述，自此始。

宋·杨亿《少年游》："江南节物，水昏云淡，飞雪满前村。"

宋·毛滂《于飞乐》(和太守曹子方)："水边山，云畔水，新出烟林。……放衙稳几，谁知共、云水无心。"

宋·陆游《长相思》："云千重，水千重，身在千重云水中，月明收钓筒。"

又《恋绣衣》："幽栖莫笑蜗庐小，有云山、烟水万重。"

宋·赵磻老《满江红》："想无心不竞，水流云出。物外烟霞供啸咏，个中鱼鸟同休逸。"

宋·京镗《水调歌头》："后日相思处，烟水与云山。"

又《水调歌头》："云山旁，烟水畔，肯渝盟。"

宋·刘褒《水龙吟》(桂林元夕呈帅座)："绣縠雕鞍，飞尘卷雾，水流云过。"

宋·葛长庚《水调歌头》："天下云游客，气味偶相投。暂时相聚，忽然云散水空流。"

宋·郑子玉《八声甘州》："尽教更、行人远，也相伴、连水复连云。"

宋·张绍文《壶中天》："底事来游人世界，为爱风云水月。"

宋·陈允平《思佳客》："偏婀娜，太温柔，水情云意两绸缪。"

又《长相思》："云迢迢，水遥遥，云水迢迢天尽

头,相思心上秋。"

宋·王沂孙《疏影》(咏梅影):"离魂分破东风恨,又梦入水孤云闲。"

730. 收取云泉身

唐·白居易《自题写真》(时为翰林学士):"宜当早罢去,收取云泉身。""云泉"多在深山,常作隐居之地,与"云水"有别。

又《香山寺二绝》:"且共云泉结缘境,他生当此作山僧。"

又《游仙游山》:"自嫌恋者未全尽,犹爱云泉多在山。"

宋·苏轼《李颀秀才善画山以两轴见寄仍有诗次韵答之》:"诗句对君难出手,云泉劝我早抽身。"

"林泉"同"云泉"。

白居易《岁暮》:"名宦意已矣,林泉计何如?拟近东林寺,溪边结一庐。"

又《昔与微之在朝日同蓄休退之心》:"常于荣显日,已约林泉期。况今齐流落,身病齿发衰。不作卧云计,携手欲何之。"

731. 余霞散成绮

南朝·齐·谢朓《晚登三山还望京都》:"余霞散成绮,澄江静如练。"这是名诗名句。齐明帝建武二年,诗人出任宣城太守,从金陵京都溯江而西,途经三山,登山临水,遥望京都,看到晚霞的余彩披散成为红色的锦;澄清的江水静无波澜如白色的一条延展的帛。在彩色的绮、白色的练的映衬下,京都更娇娆了,这霞与江如红绮白绸一上一下构成了美妙的世界,喻法贴切,对仗工整,色彩斑斓,给人以美的享受。因此为人广泛传咏,效用者绵延不绝。

用"余霞散成绮"句的:

唐·杜甫《大历三年春白帝城放船出瞿唐峡久居夔府将适江陵漂泊有诗凡四十韵》:"落霞沉绿绮,残月坏金枢。"只用句式。"绿倚"应指瞿塘峡之江流。"落霞"沉入江中,"金枢"西方月没处。

又《宇文晁、崔彧重泛郑监前湖》:"尊当霞绮轻初散,掉拂荷珠碎复圆。"用"霞绮初散"句写暮天景色。申涵光则批评:"'尊当霞绮轻初散'补缀不成语;'掉拂荷珠碎复圆',景真而近矣。"有其道理。

白居易《秋寄微之十二韵》:"余霞数片绮,新月一张弓。""散绮"换"数片绮",对"一张弓"亦工。

又《秋日与张宾客舒著作同游龙门醉中狂歌凡三百三十八字》:"嵩峰余霞锦绮卷,伊水细浪鳞甲生。"

唐·杜牧《题白云楼》(一作许浑《汉水伤稼》诗):"西北楼开四望通,残霞成绮月悬弓。"

宋·杨亿《郡斋即事书怀十二韵呈诸官》:"黛铺远岫秋将晚,绮散余霞日欲曛。"秋景。

宋·夏竦《喜迁莺》:"霞散绮,月沉钩,帘卷未央楼。"

宋·晁补之《迷神引》:"余霞散绮,向烟波路,使人愁。"后句用崔颢《黄鹤楼》"烟波江上使人愁"句。

宋·朱敦儒《芰荷香》(金陵):"六朝浪语繁华,山围故国,绮散余霞。"用刘禹锡"山围故国周遭在"句,"绮散"句说美景破败。

宋·李弥逊《诉衷情》(次韵李伯纪桃花):"小桃初破两三花,深浅散余霞。"用以喻小桃初放。

又《醉花阴》(学士生日):"池面芙蓉红散绮,鹊噪朱门喜。"喻芙蓉花色。

宋·张元干《菩萨蛮》:"微云红衬余霞绮,明星碧侵银河水。"云衬红霞,星侵碧水。

宋·曹勋《西江月》(丹桂):"霞绮浓披翡翠,晨光巧上珊瑚。"喻丹桂。

宋·赵彦端《喜迁莺》(秋望):"目断处,见遥峰蘸翠,残霞浮绮。"秋霞。

宋·洪迈《满江红》(立夏前一日借坡公韵):"长长是、非霞散绮,岫云凝碧。"绮景而不是霞。

宋·袁去华《风流子》:"残日衬霞,散成锦绮。"日光衬霞色。

又《红林檎近》:"望极霞散绮,坐待月侵廊。"霞光漫衍。

宋·曹冠《青玉案》:"山映斜阳霞绮散,醉吟乘兴,锦囊诗满,爱月归来晚。"以散霞喻斜阳。

宋·沈瀛《减字木兰花》:"水平池,风到卷涟漪,荷花一望如霞绮。"喻荷花。

宋·张孝祥《多丽》:"无言久,余霞散绮,烟际帆收。"表时度。

宋·吕胜己《满江红》:"芳草连云迷远树,断霞残绮飞孤鹜。"兼用王勃"落霞孤鹜"句。

宋·陈三聘《念奴娇》:"余霞飞绮,望长天,顷刻云容凝碧。"

宋·卢炳《鹊桥仙》(七夕):"余霞散绮,明河翻雪,隐隐鹊桥初结。"

宋·刘克庄《贺新郎》(九日与二弟二客郊行):"老去光阴驶,向西风、疏林变缬,残霞成绮。"

宋·周端臣《喜迁莺令》(西湖):"青嶂绕,翠隄斜,晴绮散余霞。"

宋·吴潜《如梦令》:"雨过远山如洗,云散落霞如绮。"

又《宝鼎现》:"晚风微动,净扫天际,云裾霞绮。"

宋·陈允平《齐天乐》(南屏晚钟):"余霞散绮,正银钥停关,画船催舣。"

清·贺双卿《惜黄花慢》(孤雁):"碧尽遥天,但暮霞散绮,碎剪红鲜。"

清·周济《渡江云》(杨花):"东轮落日,散绮余霞,渐都迷幻景。"

清·孔尚任《桃花扇》第二十八出题画《玉芙蓉》:"春风上巳天,桃瓣轻如剪。正飞绵作雪,落红如成霰。"仿用"余霞散成绮"句式,写桃花凋谢"落红如成霰"。

732. 澄红静如练

唐·李白对"澄红静如练"句倍加欣赏、珍爱。他的《金陵城西楼月下吟》写:"解道澄江净如练,令人长忆谢玄晖。"李白崇拜谢朓,并以之自况。曾称"中间小谢又清发"。(《宣州谢朓楼饯别校书叔云》)谢朓的《晚登三山还望京邑》诗题中"京邑"就是建康(金陵),"澄江"景色,就是金陵一段长江。今天李白站在金陵城西楼,看到如练的长江,立即浮现出"澄江静如练"的名句,觉得更怀念谢朓了。他在《秋夜板桥泛月独酌怀谢朓》中写:"汉水旧如练,霜江夜清澄。"怀谢朓又联想到汉水也如谢朓名句所喻。而且反复用"如练"句:《秋浦歌》写:"水如一匹练,此地即平天。"《江夏寄汉阳辅录事》写:"谁言此水广,犹如一条练。"《雨后望月》:"万里舒霜合,一条江如练。"

唐·岑参《入蒲关先寄秦中故人》:"秦山数点似青黛,渭上一条如白练。"

唐·杜甫《赠王二十四侍御契四十韵》:"湔口江如练,蚕崖雪似银。"

唐·张正一《和武相公中秋锦楼玩月》:"远水澄如练,孤鸿迥带霜。"

唐·李贺《摩多楼子》:"天白水如练,甲丝双串断。"

唐·李伟《岳麓》:"归来登吾舟,长江静如练。"

唐·李商隐《和韦潘前辈七月十二日夜泊池州城下先寄上李使君》:"正是澄江如练处,玄晖应喜见诗人。"

唐·徐凝《庐山瀑布》:"虚空落泉千仞直,雷奔入江不暂息。今古长如白练飞,一条界破青山色。"

唐·杜牧《池洲送孟迟先辈》:"大江吞天去,一练横坤抹。"最有气势。

宋·林逋《秋怀》:"搔首旧游堪入画,一樯如练下澄江。"

宋·范仲淹《雕鹗在秋天》:"长河匹练小,太华一拳低。"

宋·王安石《桂枝香》:"登临送目,正故国晚秋,天气初肃。千里澄江似练,翠峰如簇。"

宋·晏几道《蝶恋花》:"日日露荷凋绿扇,粉塘烟水澄如练。"

宋·齐廓《如归亭》诗:"岫列千螺出,江涵匹练平。"

宋·齐唐《观潮》诗:"直应待得澄如练,会有安流往济时。"

宋·晁冲之《汉宫春·梅》:"清浅小溪如练,问玉堂何似、茅舍疏篱?"

宋·赵以夫《薄媚摘遍》(重九登九仙山和张为剌韵):"桂香消,梧瘦,黄菊迷深院。倚西风,看落日,长江东去如练。"

宋·赵彦端《喜迁莺》(秋望):"江上澄波似练,沙际行人如蚁。目断处,见遥峰蠶翠,残霞浮绮。"用两句。

宋·王千秋《满江红》(和诸公赏心亭待月):"楼压层城斜阳敛,帆收南浦。最好是,长江澄练,远山新雨。"

宋·朱雍《瑶台第一层》(上元扈跸同宗室仲御作):"汉陂澄练影,问是谁、独立江皋。"

宋·贺铸《江如练·蝶恋花》:"两桨往来风与便,潮平月上江如练。"

宋·净端《渔家傲》:"浪静西溪澄似练,片帆高挂乘风便。"

宋·谢逸《点绛唇》:"九日登高,倚楼人在秋空半。汝江如练,碧影涵云巘。"

宋·向子諲《鹊桥仙》（七夕）："澄江如练，远山横翠，一段风烟如昼。"

宋·辛弃疾《水调歌头》（席上为叶仲洽赋）："解道澄江如练，准备停云堂上，千首买秋光。""解道"用李白句。

宋·陈武德《水龙吟》（和雪后瓜洲渡韵）："翘首石头城北，簇楼台、远连芳树。雪销天气，澄江如练，碧峰无数。"

宋·张炎《清平乐》："候蛩凄断，人语西风岸。月落沙平江似练，望尽芦花无雁。"词中句群是最好的。

元·王恽《小桃红》曲："采菱人语隔秋烟，波静如横练。"

元·周德清《正宫·塞鸿秋》（浔阳即景）曲："长江万里白如练，淮山数点青如淀，江帆几片疾如箭，山泉千尺飞如电。""淀"，青色染料。

元·薛昂夫《山坡羊》（西湖杂咏·春）："山光如淀，湖光如练。"兼用周德清句。

元·滕宾《鹊桥仙》："斜阳一抹，青山数点，万里澄江如练。"

明末彭孙贻《西河》（金陵怀古次美成韵）："秦淮日夜向东流，澄江如练无际。"

清·张之洞《翠微亭》（长江）："明光曳地来，长如一匹练。"

清·史承谦《解佩令》（登大别山）："澄江如练，碧峰孤拥。"

733. 昆明夜月光如练

南朝·梁元帝萧绎《春别应令诗四首》："昆明夜月光如练，上林朝花色如霰。""练"为古代对白色丝料的称呼。用"练"的皎洁而有光泽比喻月色，主要形容月光皎洁明亮。古人用"练"喻水，也喻月。萧绎诗是描绘月光明丽。

最先以"练"比月的是南朝·齐·王融《别王丞僧孺诗》（一作谢朓诗）："花树杂为锦，月池皎如练。"是说照射在池水表面的月光如练。唐·武元衡《古意》："荡子未言归，池塘月如练。"即用"月池"句。南朝·梁·吴均《遥赠周承诗》："练练波中月，亭亭云上枝。"可见南朝人最初用"练"比映在江河池水之中随水流动的月光。唐人写"月如练"已离开了水：

唐·崔颢《七夕》诗："长安城中月如练，家家此夜持针线。"

唐·岑参《银山碛西馆》："银山碛口风似箭，铁门关西月如练。"作者赴安西途中。经银山碛（今新疆吐鲁番西南库木什附近）在客馆中作此诗。首二句写那里的劲风与明月。"月如练"，喻铁门关西的月色。

写"月如练"的下如：

唐·权德舆《秋闰月》："三五二八月如练，海上天涯应共见。"

唐·武元衡《古意》："荡子未言归，池塘月如练。"

唐·王涯《闺人赠远五首》："洞房今夜月，如练复如霜。"

唐·欧阳詹《荆南夏夜水楼怀昭丘直上人云梦李莘》："云尽月如练，水凉风似秋。"

五代·冯延巳《鹊踏枝》："残酒欲醒中夜起，月明如练天如水。"

宋·范仲淹《御街行》："年年今夜，月华如练，长是人千里。"

734. 野极空如练

唐·司空曙《望水》："野极空如练，天遥不辨波。"喻长空如练。

唐·杨巨源《张郎中段员外初直翰林报寄长句》："秋空如练端云明，天上人间莫问程。"

元·张鸣善《天净沙》："碧天如练，光摇北斗阑干。"

其他：李白《赠武十七谔》："马如一匹练，明日过吴门。"马，当是飞奔的白马。

735. 大江流日夜，客心悲未央

南朝·齐·谢朓《暂使下都，夜发新林至京邑，赠西府同僚》："大江流日夜，客心悲未央。"客心思归，如江流日夜，永无止息。《冀氏风角》有云："木落归本，水流向东。"此道其必然性。这两句为起句，明人杨慎《升庵集》曾评："五言律诗，起句最难。六朝人称谢朓工于发端，如'大江流日夜，客心悲未央'，雄压千古矣！"

宋·范成大《客中呈幼度》："草色有无春最好，客心去住水长东。谢朓用"江流"比"客心"，周汝昌说："石湖似用此意。"这是无疑的。但岂范石湖（成大），谢朓句应是"心随流水到天涯""人生长恨水长东"诸多名句之远源。范成大之下句，也兼用杜甫《送贾阁老出汝州》"艰难归故里，去住损春心"之"去住"句,和李煜《乌夜啼》"自是人生长恨水长东"之"水长东"句。

清·潭献《渡江云》(大观亭同阳湖赵敬甫、江夏郑赞侯):"大江流日夜,空亭浪卷,千里起悲心。"用原句。

736. 送君南浦,伤之如何

南朝·梁·江淹《别赋》:"惟世间兮重别,谢主人兮依然。下有芍药之诗,佳人之歌。桑中卫女,上宫陈娥。春草碧色,春水渌波;送君南浦,伤之如何!""浦",水畔,在南面水畔送君别去,该是怎样的悲伤啊!

江淹《别赋》并非写送别哪一个人,而是概述了"复仇别""从征别""去国别""情爱别""仙去别"等不同情状的离别。"送君南浦"句写人间春日送别的忧伤,激人离怀。由此"南浦"成了一切分别地之代称。

"南浦"句源于《楚辞·九歌·河泊》:"予交手兮东行,送美人兮南浦。"写欢送河伯:同你执手送别向东方去,送你送到南方的水滨。江淹缩用"南浦"句。"南浦"《文选》张铣注:"南浦,送别之地。"古代南浦有二:一是福建浦城县南门外,一是江西南昌市西南。唐·王勃《滕王阁诗》:"画栋朝飞南浦云,珠帘暮卷西山雨。"滕王去后阁中冷落了。写的是南昌西南的南浦,"南浦"隐含别去之意。用"南浦"主要写送别,也有的抒发离情。

唐·骆宾王《畴昔篇》:"北梁俱握手,南浦共沾衣。"

唐·张说《李赵公峤》:"南浦去莫归,嗟嗟蔑孙秀。"

唐·王维《齐州送祖二》:"送君南浦泪如丝,君向东川使我悲。"

唐·武元衡《鄂渚送友》:"江上梅花无数落,送君南浦不胜情。"

又《送柳郎中裴起居》:"南浦别离处,东风兰杜多。"

唐·孟郊《南浦篇》:"南浦桃花亚水红,水边柳絮由春风。"

唐·许浑《将归姑苏南楼饯送李明府》:"花落西亭添别恨,柳阴南浦促归程。"

又《酬和杜侍御》:"正把新诗望南浦,棹歌应是木兰舟。"

又《晨起白云楼寄龙兴江淮上人兼呈窦秀才》:"东岩月在僧初定,南浦花残客来回。"

唐·温庭筠《清平乐》:"上马争劝离觞,南浦莺声断肠。"

唐·马戴《客行》:"芦荻晚汀雨,柳花南浦风。"

五代·李珣《河传》:"春暮微雨,送君南浦。"

五代·欧阳炯《春光好》:"红粉相随南浦晚,莫辞行。"

五代·冯延巳《三台令》:"南浦南浦,翠鬟离人何处。"

宋·贺铸《下水船》:"回想当年离绪,送君南浦,愁几许。"

宋·王庭珪《感皇恩》:"一叶下西风,寒生南浦,椎鼓鸣桡送君去。"

宋·周紫芝《酹江月》:"送君南浦,无情空恨江水。"

宋·吕本中《生查子》(离思):"人分南浦春,酒把阳关盏。"

宋·杨适《南柯子》(送淮漕向伯恭):"怨草迷南浦,愁花傍短亭。"

宋·张元干《贺新郎》(送胡邦衡待制):"天意从来高难问,况人情、老易悲如许。更南浦、送君去。"

又《念奴娇》:"梦绕西园,魂飞南浦,自古情难足。"

宋·杨无咎《滴滴金》:"萋萋芳草迷南浦,正风吹、打船雨。"

宋·康与之《洞仙歌令》:"想南浦,潮生画桡归,正月晓风清,断肠凝伫。"

宋·王之望《念奴娇》(别妓):"伤心南浦,断肠芳草如积。"

宋·韩元吉《瑞鹤仙》(送王季夷):"西风吹暮雨,正碧树凉生,送君南浦。"

宋·朱淑真《江城子》:"芳草断烟南浦路,和别泪、看青山。"

宋·赵彦端《减字木兰花》:"送人南浦,日日客亭风又雨。"

宋·赵长卿《临江仙》(暮春):"短篷南浦雨,疏柳断桥烟。"

宋·辛弃疾《祝英台近》(晚春):"宝钗分,桃叶渡,烟柳暗南浦。"

又《沁园春》:"记我行南浦,送君折柳;君逢驿使,为我攀梅。"

宋·赵善括《满江红》(饯京仲远赴湖北澧):"雨沐风梳,正梅柳、弄香逗色。谁忍听、送君南浦,阳关三叠。"

宋·姜夔《玲珑四犯》:"江淹又吟恨赋,记当时、送君南浦。万里乾坤,万年身世,唯有此情苦。"

又《念奴娇》:"只恐舞衣寒易落,愁入西风南浦。"

宋·刘镇《水龙吟》(庚寅寄远):"客情怀远,云迷北树,草连南浦。离合悲欢,去留迟速,问春无语。"

宋·方千里《三部乐》:"断魂别浦,自上孤舟如叶。""别浦"即南浦。

宋·严仁《好事近》(舟行):"卯酒一杯经醉,又别召南浦。"

宋·杨泽民《苏幕遮》:"欲唱菱歌,发棹归南浦。"

又《点绛唇》:"舣舟南浦,忘却来时路。"

宋·柴望《摸鱼儿》:"何人折尽丝丝柳,此日送君南浦。"

宋·陈允平《荔枝香近》:"天际,渐迤逦,片帆南浦。一笑蔷薇,别后酒杯慵举。"

又《尉迟杯》:"晴丝飐暖,芳草外,斜阳自南浦。望孤帆,影接天涯,一江潮带愁去。"

又《芳草渡》:"还顾,夕阳冉冉,恨逐潮回南浦路。"

宋·施岳《水龙吟》:"正凄凉望极,中原路杳,月来南浦。"

宋·刘辰翁《乳燕飞》:"渺渺美人兮南浦,耿余怀,感泪伤离索。"

宋·詹玉《桂枝香》:"夕阳芳草,落花流水,依然南浦。"

宋·王沂孙《摸鱼儿》:"方才送得春归去,那又送君南浦。"

又《南浦》(春水):"别君南浦,翠眉曾照波痕浅。""南浦"已作词牌。

宋·仇远《木兰花令》:"一声啼鴂无芳草,南浦晴波云渺渺。"

宋·董嗣杲《齐天乐》:"记轻别西湖,笑离南浦。"

宋·张炎《甘州》:"总休问、西湖南浦,渐春来,烟水入天流。"又《长亭怨》:"有多少相思,都在一声南浦。"

宋·刘将孙《满江红》:"南浦绿波,只断送、行人行色。"又《摸鱼儿》:"留春住,买得绿波南浦。"

元·邵亨贞《齐天乐》:"立马东风,送人南浦,认得当年杨柳。"

元·徐再思《梧叶儿》(春思二首):"芳草思南浦,行云梦楚阳,流水恨潇湘。"

元·曾瑞《哨遍·思乡》:"羡孤云易举离南浦,无双翼高飞过渭城。"

元·张可久《水仙子·春晚》:"西山暮雨暗苍烟,南浦春风舣画船,水流人去空恋。"用《滕王阁序》句。

清·徐钰《江城子》(闺怨):"话离忧,卷帘钩,犹记别时南浦系扁舟。"

737. 送君如昨日

南朝·梁·江淹《杂体诗三十首·古别离》:"送君如昨日,檐前露已团。"思妇怀念征夫,送君从征的情景,虽已久远,却还如昨日,清晰如在目前,可现在已到了秋露团团时刻了。

唐·杜甫《送远》:"别离已昨日,因见古人情。"送别之情,恍如昨日,所以同古人江淹的感情一样。

738. 银塘泻清溜

南朝·梁·简文帝萧纲《和武帝宴诗二首》:"银塘泻清溜。"银白色的池塘里流淌着清波。

宋·王沂孙《南浦》(春水)词用萧纲句:"清溜满银塘,东风细、差参縠纹初遍。"银塘满注清流,东风微拂,细细的波纹绽满池塘水面。

739. 渡河光不没

南朝·梁·庾肩吾《望月》诗:"渡河光不没",写水中月影,不失光彩。

唐·杜甫《月》诗:"入河蟾不没,捣药兔长生。"月又名蟾宫,用庾肩吾句。

740. 山泉鸣石涧

唐·虞世南《奉和幽山雨后应令》:"山泉鸣石涧,地籁响岩风。"山泉在石涧上汩汩鸣叫,地籁随着岩风丝丝响动。都写幽山雨后大自然的声响。

唐·刘长卿《喜鲍禅师自龙山至》:"犹对山中月,谁听石上泉。"用"山泉鸣石涧"句。

741. 襟三江而带五湖

唐·王勃《滕王阁序·并诗》："襟三江而带五湖,控蛮荆而引瓯越。"三江,《尚书·禹贡》:"自彭蠡江分为三。"彭蠡即鄱阳湖,在豫章附近。五湖指太湖、鄱阳湖、青草湖、丹阳湖、洞庭湖,洪州居其中。这里洪都以三江五湖为襟带,处于重要地理位置。"襟带"形象比喻江为带,湖为襟,说明地处要冲。

唐·王丘《春和圣制合张说扈从南出鼠雀谷之作》："襟带三秦接,旗常万乘过。"

唐·皇甫冉《独孤中丞筵陪饯韦君赴升州》:"地控吴襟带,才高汉缙绅。"

宋·石孝友《玉楼春》(冬日上江西漕鲁大卿):"江湖襟带蛮荆控,摩抚民劳输土贡。"用王勃句。

今人何铮彦异《为重建滕王阁感赋》:"襟带三江控五湖,滕王高阁显宏图。"亦用王勃句。

742. 萍水相逢,尽是他乡之客

唐·王勃《滕王阁序》:"关山难越,谁悲失路之人;萍水相逢,尽是他乡之客。"关山难以越过,谁怜我这失意之人;萍水邂逅相逢,都是来自异乡的客人。

宋·石孝友《一剪梅》(送晁驹父):"萍水相逢无定居,同在他乡,又问征途。离歌声里客心孤。"

743. 槛外长江空自流

唐·王勃《滕王阁序》诗:"阁中弟子今何在,槛外长江空自流。"

唐·超慧《滕王阁》:"槛外长江去不回,槛前杨柳后人栽。"

宋·王安石《南乡子》:"往事悠悠君莫问,回头,槛外长江空自流。"用原句。

今人潘兴嗣《滕王阁偶成》:"眼看孤鹜云中没,坐见长江槛外来。"

744. 愿得乘槎一问津

唐·宋之问《明河篇》:"明河可望不可亲,愿得乘槎一问津。""槎"用竹木做的筏。这是欲上天河,当"星槎",即神话中往来于天上的筏。《纪事》云:"武后时,之问求为北门学士,不许,乃作此篇(《明河篇》)以见意。后见之谓崔融曰:'非不知之

问有奇才,但恨有口过耳。'之问终身耻之。"所以此句喻欲作北门学士。

唐·杜甫《寄李十二白二十韵》:"莫怪思波隔,乘槎与问津。"用宋之问句为李白鸣不平。

745. 春江潮水连海平

唐·张若虚《春江花月夜》:"春江潮水连海平。海上明月共潮生。"春江涨潮,江水与海水齐平。

隋炀帝杨广《春江花月夜》:"暮江平不动,春花满正开。流波将月去,潮水带星来。"写了"春江""潮水",张若虚诗用此。

746. 春江花月征人愁

清·黄景仁《短歌别华峰》:"今年送我黄山游,春江花月征人愁。""春江花月夜"是乐府《清商歌辞·吴声歌曲》,据《旧唐书·音乐志》说为南朝陈后主创制,极写民间离别之苦。又据郭茂倩《乐府诗集》所录,还有隋炀帝二首,诸葛颖一首,张子容二首,温庭筠一首,但都不如张若虚的一首。也写了思妇之离情。黄景仁面对"春江花月"而生愁,就是取此意。把春、江、花、月、夜五种事物入句以抒离情,最早是南朝·齐·王融《饯谢文学离夜》诗:"春江夜明月,还望情如何?"句中只无"花"。

清·王鹏运《沁园春》:"叹春江花月,竞传宫体;楚山云雨,枉托微词。"句义为:竞作陈后主《春江花月夜》那样宫体乐章;假托楚山云雨那般深微之词。

747. 香炉初上月,瀑布喷成虹

唐·孟浩然《彭蠡湖中望庐山》:"香炉初上月,瀑布喷成虹。""彭蠡湖"即今江西鄱阳湖。"香炉"即庐山香炉峰。《太平寰宇记》载:"在庐山西北,其峰尖圆,烟云聚散,如博山香炉之状。"作者在鄱阳湖中,目触红日从香炉峰放射出光芒,映照着喷薄向下的瀑布如彩虹腾飞。

唐·李白《望庐山瀑布水二首》:"两登香炉峰,南见瀑布水。挂流三百丈,喷壑数十里。欻如飞电来,隐若白虹起。初惊河汉落,半洒云天里。"也同时写了香炉与瀑布。"喷法"一意用孟浩然诗。

748.飞流直下三千尺

　　唐·李白《望庐山瀑布水二首》其二:"日照香炉生紫烟,遥看瀑布挂前川。飞流直下三千尺,疑是银河落九天。"慧远《庐山记》:"香炉山孤峰独秀,气笼其上,则氤氲若香烟。"这"香烟"承以"日照"就如"紫烟"了。唐·张九龄《湖口望庐山瀑布泉》写"万丈红泉落,迢迢半紫氛"亦写这种景象。他已用"万丈"写其高,"紫氛"绘其色,而这种描绘在李白诗中作了升华。后来唐人徐凝写了一首《庐山瀑布》:"虚空落泉千仞直,雷奔入江不暂息。千古长如白练飞,一条界破青山色。"虽也写出瀑布特色,但与李白比,则嫌气势不足。苏轼《戏徐凝瀑布诗》:"帝遣银河一派垂,古来唯有谪仙诗。飞流溅沫知多少,不与徐凝洗恶诗。"也并非全部"戏"语,"古来唯有谪仙诗"倒是中肯的,有多少写庐山瀑布的作品,在李白诗面前,都相形见绌。仅这"飞流直下三千尺"句,气势就够宏大的了,源高而流长,奔涌直下,给人以极深的直观感受,其壮观美,无与伦比。所以后人试笔者不少。

　　唐·杜甫《醉为马坠诸公携酒相看》:"白帝城门水云外,低身直下八千尺。"自白帝城下驰瞿塘约八千尺。

　　唐·赵居贞《云门山报龙诗》:"晓登云门山,直上一千尺。"写登山之高。

　　唐·施肩吾《瀑布》:"豁开青暝颠,写出万丈泉。如裁一条素,白日悬秋天。"

　　宋·毕田《朱陵洞水帘》:"洞门千尺挂飞流,玉碎珠联冷喷秋。"用李白句。

　　金·王庭筠《游黄华》:"挂镜台西挂玉龙,半山飞雪舞天风。寒云直上三千尺,人道高欢避暑宫。"用于反向。

　　元·郯韶《题庐山图》:"青山直下九江流,吹落银河二千尺。"从李白句化出。

　　明·陈沂《瀑布泉》:"云间瀑布三千尺,天久回峰十二重。满耳怒雷飞雨急,转头红日在高峰。"用李白句写庐山黄龙潭瀑布。

　　清·康熙皇帝玄烨《景山积雪侍卫下趋如飞》:"直下数千尺,飞腾跨玉龙。"用李白句写侍卫们从积雪的景山上飞腾而下。

　　李白《当别金陵诸公》还写香炉与瀑布:"香炉紫烟灭,瀑布落太清。"就没有那种气势了。

749.疑是银河落九天

　　唐·李白《望庐山瀑布水二首》其二:"飞流直下三千尺,疑是银河落九天。"如果说"飞流"句是夸张的直感,那么"银河"句则是夸张的想象。由"飞流"之高,联想到天上的"银河"倒挂、倾泻,扩大了瀑布的空间,轻快中饱含着豪气,景色虚中有实,增强了读者的壮观感。

　　李白《庐山谣寄卢侍御虚舟》:"金阙前开二峰长,银河倒挂三石梁。香炉瀑布遥相望,回崖沓嶂凌苍苍。""二峰"指香炉峰、双剑峰。"瀑布"指三叠泉。王琦说:"今三叠泉在九叠屏之左,水势三折而下,如银河之挂石梁,与李白诗句正相吻合。"这是李白又一次以"银河"喻瀑布。"银河"之喻下如:

　　唐·褚载《瀑布》:"争知不是青天阙,扑下银河一半来。"

　　唐·窦牟《洛下闲居夜晴观雪寄四远诸兄弟》:"雪月相辉云四开,终风助冻不扬埃。万重琼树宫中接,一直银河天上来。"喻落雪。

　　唐·方干《石门瀑布》:"直是银河分派落,兼闻碎滴溅天台。"

　　唐·曹松《山寺引泉》:"劈碎琅玕意有余,细泉高引入香厨。山僧未肯言根本,莫是银河漏泄无。"

　　宋·葛胜仲《虞美人》(题灵山广禅院):"丁公潭下百雷霆,疑是银河挽下、一齐倾。"

　　元·王实甫《西厢记》第一本第一折《天下乐》:"只疑是银河落九天,渊泉云外悬,入东洋不离此径穿。"

　　今人李开铭《辛酉六月四川大水灾纪实》:"一夜银河泻九天,奔腾万里卷良田。"写暴雨。

750.黄河之水天上来

　　唐·李白《将进酒》:"君不见,黄河之水天上来,奔流到海不复回!"此诗作于天宝十一载(752)与友人岑勋在嵩山元丹丘的颍阳山居作客,登高畅饮,咏此篇。颍阳去黄河不远,远眺北方,可以想见黄河奔腾宣泻,一日千里,涌入大海,不再回流。水从天上来,势不可挡;流入大海去,势不复回。有夸张,有想象,造成一种急剧变化的形势。岁月如此,世事如此,为下面"人生得意须尽欢"张了本,抒发了"天生我材"却不被用的必然的情怀。他在《西岳云台歌送丹丘子》已经写过："西岳峥嵘何壮哉，黄河如丝天上来。"天宝五载在越地送元丹丘去华山，把黄河写得大气磅礴。

后人效用者如：

唐·顾况《黄鹤楼歌送独孤助》："故人西去黄鹤楼，西江之水天上流。"上句用李白《送孟浩然之广陵》："故人西辞黄鹤楼，烟花三月下扬州"句，易"去"字，似独孤助不是东下而是西上。"西江"指将沿江而上的长江。用李白句式。

唐·窦牟《洛下闲居夜晴观雪寄四远诸兄弟》："万重琼树宫中接，一直银河天上来。"用"天上来"写雪花飘落。

唐·温庭筠《公无渡河》："黄河怒浪连天来，大响硖硖如殷雷。"变用李白句。

唐·张蠙《登单于台》："白日地中出，黄河天外来。"用李白句。

宋·刘敞《送邻几》："黄河从天来，太华出云上。"缩用。

金·元好问《南冠行》："黄河之水天上流，何物可煮人间愁。撑霆裂月不称意，更与倒翻鹦鹉洲。安得酒船三万斛，与君轰饮太湖秋。"暗取《将进酒》某些诗句之意，黄河句则只换一"流"字。

元·范德机诗："黄河东去从天下，华岳西来拔地高。"

751. 奔流到海不复回

唐·李白《将进酒》："君不见，黄河之水天上来，奔流到海不复回。""不复回"，东流到海，去而不回，一泻千里，气势壮阔。

唐·岑参《登古邺城》："城隅南对望陵台，漳水东流不复回。"写漳河之水，东流不返。

752. 遥看汉水鸭头绿

唐·李白《襄阳歌》："遥看汉水鸭头绿，恰似蒲萄初酦醅。此江若变作春酒，垒曲便筑糟丘台。"此诗是诗人游襄阳时酒后作的"醉歌"，醉眼朦胧中见襄阳城外的汉水，一派碧绿如鸭头上的绿色绒毛，就像新酿的葡萄酒。如果这江水都是春酒，那酿酒的曲子便可以堆成山丘了。"鸭绿"，鸭头上绿毛，又用以称一种染料。《新唐书·东夷传》："有马訾水靺鞨粗之白山，色若鸭头，号鸭绿水。"李白视汉水色如鸭头绿，或与醉眼有关，不过除鸭绿水（今东北鸭绿江）之外，水中绿色植物、岸

边芳草倒影都可能使水呈鸭绿色。所以诗人们也大写特写。

唐·温庭筠《昆明池水战词》："渺莽残阳钓艇归，绿头江鸭眠沙草。"这是写鸭。

又《罩鱼歌》："悠溶杳若去无穷，五色澄潭鸭头绿。"

唐·白居易《新春江次》："粉片妆梅朵，金丝刷柳条。鸭头新绿水，雁齿小红桥。"

宋·梅尧臣《送少卿知宣州先归雪上》："汴水清明上，宣城太守行。鸭头吴荡绿，燕尾楚船轻。"又《送周谏议知襄阳》："雄鸭绿头看汉水，肥鳊缩项出渔查。"

宋·文同《重进》："燕尾归艎正稳，鸭头春水方深。"用梅尧臣"鸭头""燕尾"句。

宋·晏几道《虞美人》："闲敲玉镫隋堤路，一笑开朱户。素云凝淡月婵娟。门外鸭头春水，木兰船。"

宋·王安石《南浦》："含风鸭绿粼粼起，弄日鹅黄袅袅垂。"

宋·苏轼《次韵王巩独眠》："何人吹断参差竹，泗水茫茫鸭头绿。"

又《送别》："鸭头春水浓如染，水面桃花弄春脸。"

又《乘舟过贾收水阁收不在见其子》："小舟浮鸭绿，大杓泻鹅黄。"

又《岐亭五首》："家有红颊儿，能唱《绿头鸭》。"这是一支曲。

宋·陈三聘《西江月》："梨花寒食雨余天，鸭绿含风浪浅。"

宋·王炎《水调歌头》（送魏倅）："新涨鸭头绿，春满白苹洲。小停画鹢，莫便折柳话离怨。"

753. 门外春波涨绿

五代·孙光宪《风流子》："茅舍槿篱溪曲，鸡犬自南自北。菰叶长，水葓开，门外春波涨绿。听织、声促，轧轧鸣梭穿屋。"明·汤显祖《手批〈花间集〉》评："田家乐耶？丽人行耶？青楼曲耶？词人藻，美人容，都在尺幅中矣。"近代·李冰若《栩庄漫记》评："《花间集》中，忽有此淡朴咏田家耕织之词，诚为异采。盖词境至此，已扩放多矣。""淡朴"极确切，全词描绘出一幅农家图。此句写篱门外溪水泛着澄绿的春波。实在为农家增色。

五代·冯延巳《玉楼春》："北枝梅蕊犯寒开，

南浦波纹如酒绿。"写"绿波"。

又《浣溪沙》:"回首绿波三楚暮,接天流。"

宋·王沂孙《南浦》(春水):"再来涨绿迷旧处,添却残红几片。"分手处已依稀难辨,只剩了几片落花。

754. 抽刀断水水更流

唐·李白《宣州谢朓楼饯别校书叔云》:"抽刀断水水更流,举杯消愁愁更愁。人生在世不称意,明朝散发弄扁舟。"谢朓楼,又称北楼,南齐谢朓任宣州太守时建。诗人在此楼与其叔李云饯别。楼临宛溪,水流不绝,他想举杯消愁,反而更增加了愁苦,正如抽刀断水,水反流得更快了,这是别出心裁的想象。"抽刀"句是"举杯"句的比况,也是兴起。李白《自代内赠》:"宝刀截流水,无有断绝时。妄意逐君行,缠绵亦如水。"写妻子对丈夫的离情不断,即用"以刀断水"意。

唐·戴叔伦《相思曲》:"将刀斫水水复连,挥刃割情情不断。"仿用李白二句。

金·刘昂《都门观别》:"买酒消闲愁,剪刀剪流水;闲愁不可消,流水无穷已。"用"剪刀剪水",从李白句脱出。

金·元好问《西楼曲》:"并刀不剪东流水,湘竹年年泪痕紫。"喻情人死后,愁情难断,泪眼难干。

755. 剪取吴松半江水

唐·杜甫《戏题王宰画山水图歌》:"焉得并州快剪刀,剪取吴松半江水。"索靖见顾恺之的画画得好,说:恨不带并州快剪刀来,剪松江半纹练归去。张彦远《名画记》说蜀中王宰多画蜀山:"玲珑嵌空,巉嵯巧峭。"杜甫用索靖语赞此画之美。

唐·李贺《罗浮同山人诗》:"欲剪湘中一尺天,吴娥莫道吴刀涩。"南宋·洪迈《客斋随笔》(续笔卷第十五)认为:"长吉非蹈袭人后者,疑亦偶同,不失自为好语也。"

元·卢挚《蟾宫曲·太初次韵见寄复和以答》:"论诗家剪取吴淞,与众鸟孤云,琢句谁工?"与丁太初议诗人炼字的道理。例句为"剪取吴松半江水"与"众鸟高飞尽,孤云独去闲"。

756. 三万里河东入海

宋·陆游《秋夜将晓出篱门迎凉有感》:"三万里河东入海,五千仞岳上摩天。遗民泪尽胡尘里,南望王师又一年!"此诗于绍熙三年(1192)秋在作者家乡山阴(今浙江绍兴)作。"三万里河"指黄河,"五千仞岳"指华山,诗意是雄伟的中原河山尽已沦丧,那里的人民泪流干,年复一年盼望宋军来恢复中原。又《寒夜歌》:"三万里之黄河入东海,五千仞之太华磨苍旻。坐令此地没胡虏,两京宫阙悲荆榛。"于庆元二年(1196)再用此二句表达同样的感情。

757. 终归大海作波涛

唐宣宗李忱《四面寺瀑布》:"千岩万壑不辞劳,远看方知出处高。溪涧岂能留得住,终归大海作波涛。"《全唐诗》卷一题下注:"《诗史》云:帝游方外,至黄檗,与黄檗禅师同观瀑布联句(一二句为黄檗咏,三四句为李忱咏)。《佛祖统纪》云:帝至庐山,与香严闲禅师咏,时黄檗在海昌。《诗史》误。"此题系《全唐诗续补遗》卷十载,《全唐诗》题为"瀑布联句"。此瀑布亦似在庐山上。李忱,即唐穆宗李恒之弟,唐武宗李炎之叔。武宗时李忱曾遁迹为僧,与禅师黄檗观瀑布联句,表达了终践帝位的宿愿。武宗死后,他终继帝位,即唐宣宗。宋·陈岩肖《庚溪诗话》卷上记载较详:"唐宣宗微时,以武宗忌之,遁迹为僧。一日游方,遇黄檗禅师同行,因观瀑布。黄檗曰:'我咏此得一联,而下韵不接。'宣宗曰:'当为续成之。'黄檗云:'千岩万壑不辞劳,远看方知出处高。'宣宗续云:'溪间岂能当得住,终归大海作波涛。'其后宣宗竟践位,志先见于此诗矣。"

唐·杜甫《千秋节有感二首》(八月二日为明皇千秋节):"圣主他所贵,边心此日劳。桂江流向北,满眼送波涛。"大历四年八月作于潭州。写明皇生日豪华与欢喜,结果乐极生悲,招致逆臣叛乱。作者随桂水北流,目送波涛,北望伤神。

唐·羊士谔《登楼》:"槐柳萧疏绕郡城,夜添山雨作江声。"写山洪暴发之声。

唐·刘禹锡《竹枝词》:"长恨人心不如水,等闲平地起波澜。"人心险恶,掀起的波澜比瞿唐水还凶险,给他人带来坎坷,造成灾难。

唐·方干《送何道者》:"必拟一身生羽翼,终看陆地作波涛。"

唐·白居易《白云泉》:"天平山上白云泉,云自无心水自闲。何必奔冲山下去,更添波浪向人间。"李忱写"终归大海作波涛",白居易说"更添波浪向人间",前者是瀑布归入大海,后者是泉水流向人间。前者仅"终其流"而已,而后者不希望为人间添波增浪,似含深意。"人间波浪"寓世事不宁静。

758．孤帆远影碧空尽

唐·李白《黄鹤楼送孟浩然之广陵》:"故人西辞黄鹤楼,烟花三月下扬州。孤帆远影碧空尽,惟见长江天际流。"孟浩然同李白可谓忘年交,孟欲去广陵(扬州),李白作此诗送行,分别地在武昌黄鹤楼。"西辞",向西告别,东下扬州。"故人"句,顾况《黄鹤楼歌送独孤助》"故人西去黄鹤楼"换一"去"字用此句。"孤帆"句,写孟之孤舟远去,极目遥望,那帆影在东方的碧空中消失了。宋·陆游《入蜀记》云:"太白登此楼送孟浩然诗云:'征帆远映碧山尽,唯见长江天际流。'盖帆樯映远山尤可观,非江行久不能知也。"也说明李白送挚友注目很久很久。李白的《江夏行》:"去年下扬州,相送黄鹤楼。眼看帆去远,心逐江水流。"如果说这是送别一年后再致孟浩然也很合意,其实是写商人之妇忆别之意。李白用此诗句意的还有《送别》:"云帆望远不相见,日暮长江空自流。"《秋日登扬州西陵塔》:"目随征路远,心逐去帆扬。"《赠崔郎中宗之》:"日从海傍没,水向天边流。"但同此诗比,无出其右者。

"孤帆远影碧空尽"句意,南朝人已有所描述,唐人也不少表现,虽各具色彩,却也全拜倒在李白笔下。

南朝·梁·何逊《赠韦记室黯别》:"去帆若不见,试望白云中。"这当是李白诗之祖意。

南朝·陈·阴铿《广陵岸送北史》:"海上春云杂,天际晚孤舟。"

唐·姚崇《夜渡江》(一作柳中庸诗):"唯看孤帆影,常似客心悬。"

唐·刘长卿《别严士元》(一作李嘉祐诗):"日斜江上孤帆影,草绿湖南万里情。"他用此意最多。

又《严陵钓台送李康成赴江东使》:"新安江上孤帆远,应逐枫林万余转。"

又《湘中忆归》:"迢递万里帆,飘飘一行客。"

又《孙权故城下怀古兼送友人归建业》:"惆怅不能归,孤帆没云久。"

又《湖上遇郑田》:"沧洲不可涯,孤帆去无

迹。"

又《饯别王十一南游》:"长江一帆远,落日五湖春。"

又《晚次湖口有怀》:"南望天无涯,孤帆落何处。"

又《夕次檐口湖梦洛阳亲故》:"万里云海空,孤帆向何处。"

又《金陵西泊舟临江楼》:"异乡共如此,孤帆难久游。"

唐·孟浩然《早寒江上有怀》:"乡泪客中尽,孤帆天际看。"又《宿永嘉江寄山阴崔少府国辅》:"相去日千里,孤舟天一涯。"

唐·王昌龄《送李十一尉临溪》:"天际一帆影,预悬离别心。"

唐·常建《西山》:"一身为轻舟,落日西山际。常随去帆影,远接长天势。"

唐·李白《丹阳湖》:"天外贾客归,云间片帆起。"

唐·岑参《楚夕旅泊古兴》:"独鹤唳江月,孤帆凌楚云。"

唐·李嘉祐《送严员外》(一作刘长卿诗):"日斜江上孤帆影,草绿湖南万里情。"

唐·薛据《登秦望山》:"茫茫天际帆,栖泊何时同。"又《西陵口观海》:"孤帆或不见,棹歌犹想象。"

唐·张祜《富阳道中送王正夫》:"孤帆天外出,远成日中昏。"

唐·许棠《日暮江上》:"孤帆收广岸,落照在遥峰。"

唐·李隮《慧山寺肆业送怀坦上人》:"缅思孤帆影,再往重江路。"

清·吴翌凤《玉楼春》:"凭栏渐觉春光暝,怅望碧天帆去尽。"

今人邹荻帆《黄鹤楼》(自度曲):"别矣江城他乡走,破帽漏船,难忘孤帆远影碧空秀;残车瘦马,岂效阮籍涕泪愁!"兼用鲁迅《自嘲》:"破帽遮颜过闹市,漏船载酒泛中游。"又《双翼》(晴川饭店眺黄鹤楼):"'孤帆远影'千古流芳的诗句。"

759．惟见长江天际流

唐·李白《黄鹤楼送孟浩然之广陵》:"孤帆远影碧空尽,惟见长江天际流。"帆影消失在远方的碧空,此刻只见到长江在天边流去。人不见,水空

流,送友之深情脉脉,怅然若有所失。"天际流"现象,总是在视线的远方水天相接处呈现出来,此处,水就如在天边流去。"天际流"是对这种景色的概括。

唐·武元衡《酬李十一尚书西亭暇日书怀见寄十二韵之作》:"巴岭云外没,蜀江天际流。"

唐·许浑《郊国秋日寄洛中友人》:"楚水西来天际流,感时伤别思悠悠。"

唐·张乔《题贾岛吟诗台》:"一径草中出,长江天外流。""天外"写江流之远。意近"天际流",因为既流入"天际",亦必流出"天外"。

宋·刘敞《翠钟亭二首》:"空城风雨晦如秋,漠漠长江天际流。"

760. 孤帆一片日边来

唐·李白《望天门山》:"天门中断楚江开,碧水东流至此回。两岸青山相对出,孤帆一片日边来。"天门山夹长江(楚江)而耸立,江东岸是安徽当涂西南东梁山(古称博望山),江西岸是安徽和县的西梁山。两个梁山隔江对峙,长江从中流过,如天门大开,故称天门山。诗人乘舟向东(日边)而下,天门山由远至近,渐渐出现在诗人的视野,如"相对而出"。"孤帆"句一帆离日,缩短了空间,给人以激流猛进、飞驰无阻之感,直是痛快淋漓。

清·徐石麟《祝英台近》(难后怀蕙庵):"指尽征帆,都向日边去。"反向用李白句写长江里点点白帆,都向东驶去。

761. 千里江陵一日还

唐·李白《早发白帝城》:"朝辞白帝彩云间,千里江陵一日还。"乾元二年(759),因永王璘案,诗人被流放夜郎,至四川奉节东白帝城忽然遇赦,回返江陵。《水经注》:"自三峡七百里中,两岸连山,略无阙处。……有时朝发白帝,暮宿江陵,其间千二百里,虽乘奔御风,不以疾也。"诗人遇赦,从彩云宠罩的高高的白帝城乘船而东,一日抵达江陵,意外的惊喜,转化为轻松的心态,加之船行疾速,更为畅快了。明·杨慎《升庵诗话》评此诗:"惊风雨而泣鬼神矣。"

清·玄烨《东八闸遇顺风志喜》:"千里途程数日还,岸回转转抱清湾。"从"千里江陵一日还"句化出。

762. 两水夹明镜

唐·李白《秋登宣城谢朓北楼》:"两水夹明镜,双桥落彩虹。"天宝十三载(754)中秋,李白从金陵再度来到安徽宣城,此诗写登谢朓北楼望宣城所见所感。"两水"指宛溪和句溪。宛溪源出峄山,流经宣城东北与句溪相会,绕城合流。澄清的秋水,晶莹闪光,如明镜般明亮。此句意:如明镜般的秋水夹城而流,宣城真是奇丽如画了。

唐·上官婉儿《驾幸三会寺应制》:"四山缘塞合,二水夹城流。"李白取此句意。

763. 临流不肯渡

唐·李白《紫骝马》:"紫骝行且嘶,双翻碧玉蹄。临流不肯渡,似惜锦障泥。"写乘马远行,马临流不渡。《晋书·王济传》:"济善解马性,尝乘一马,著连乾障泥,前有水,终不肯渡。济云:'此必是惜障泥',使人解去,便渡。故杜预谓济有马癖。"后用"惜障泥"言马不渡水。

宋·苏轼《与周长官、李秀才游经山二君先以诗寄次其韵二首》:"痴马惜障泥,临流不肯渡。"用李白原句。

764. 横江欲渡风波恶

唐·李白《横江词》:"横江欲渡风波恶,一水牵愁万里长。"横江即安徽和县东南的横江浦,与长江南岸采石矶相对,形势险要。又兼此刻凶风恶浪,无法渡江,这就牵动了行人的愁苦,如万里江水一样悠长。

宋·苏轼《李行中秀才醉眠亭三首》:"从教世路风波恶,贺监偏工水底眠。"用"风波恶",切"醉眠亭"意,言"世路"险恶。

765. 水覆难重收

唐·李白《妾薄命》:"雨落下上天,水覆难重收。君情与妾意,各自东西流。"借汉武帝与陈皇后故事,讽喻色衰爱弛现象。李白的《白头吟》亦写"复水再收岂满杯,弃妾已去难重回"。警示男女爱情婚姻应坚贞,而不应轻弃。"覆水难收",喻破裂即难愈合。语出《后汉书·光武帝纪上》:"反水不收,后悔何及。"《后汉书·何进传》:"国家之事,亦何容易?覆水不可收,宜深思之。"后被演绎成故事。

宋·王楙《野客丛书·心坚石穿,覆水难收》说姜太公吕尚妻马氏,不堪其贫而去。太公既贵,妻复来。太公取一壶水倾于地,令妻收之,乃语之曰:"若言离更合,覆水定难收。"清·翟灏《通俗篇》卷二十庾吉甫《买臣卖薪》剧,亦用马前泼水、覆水难收事。以上故事均史无所载。

晋·潘岳《伤弱子辞》:"叶落永离,覆水不收。赤子何辜,罪我之由?"这是诗歌中首用此语。

宋·柳永《八六子》:"已是断弦难续,覆水难收。"

宋·苏轼《芙蓉城》:"一朝覆水不返瓶,罗中别泪空荧荧。"

又《诸公饯子敦轼以病不往复次前韵》:"后会知何日,一欢如覆水。"

明·崔时佩《西厢记·堂前巧辩》:"自古来沉舟可补,如今覆水难收。"

766. 涛似连山喷雪来

唐·李白《横江词六首》其四:"浙江八月何如此,涛似连山喷雪来。"写浙江即钱塘江大潮。此潮每年八月最猛烈,它所掀起的涛澜如"连山"起伏奔涌,而且如"喷雪",这是极其壮美的。诗人在这六首《横江词》中还写巨浪如山:"白浪如山那可渡,狂风愁杀峭帆人。"他在《九日登山》中把连山比作大波:"连山似惊波,合沓出溟海。"南朝·卢肇赋《海潮赋》:"激水而潮,坐涌雪山。"最早以雪比潮。

唐·刘禹锡《浪淘沙九首》之七:"八月潮声吼地来,头高数丈促山回。须臾却入海门去,卷起沙堆似雪堆。"写退潮卷起的沙堆如雪,以雪喻沙。而后人多用李以雪比浪。

唐·白居易《题牛相公归仁里宅新成滩》:"翻浪雪不尽,澄波空共鲜。"又《和春深二十首》:"涛翻三月雪,浪喷四时花。"

唐·殷尧藩《襄口阻风》:"雪浪排空接海门,孤舟三日阻龙津。"

唐·温庭筠《送卢处士游吴越》:"试逐渔舟看雪浪,几多江燕荇花开。"

宋·柳永《望海潮》:"东南形胜,三吴都会,钱塘自古繁华。烟柳画桥,风帘翠幕,参差十万人家。云树绕堤沙,怒涛卷霜雪,天堑无涯。市列珠玑,户盈罗绮竞豪奢。"这是写钱塘(杭州)绝唱,不忘雪涛这钱塘特点。

宋·王琪《斗百花》(江行):"危坐中流,堆起雪浪如山。尽被橛头冲破,胸次廓千古。"

宋·苏轼《望海晚景五绝》:"海上涛头一线来,楼前指顾雪成堆。从今潮上君须上,更看银山二十回。"

又《次韵和王巩六首》:"记取北归携过我,南江风浪雪山倾。"

又《西山诗和者三十余人再用前韵为谢》:"遥知二月春江阔,雪浪倒卷云峰摧。"

又《和王晋卿送梅花次韵》:"此间风物君未识,花浪翻天雪相激。"

又《水调歌头》:"我梦扁舟浮震泽,雪浪摇空千顷白。"

又《庐山二胜·开先漱玉亭》:"乱沫散霜雪,古潭摇晴空。"

又《浴日亭》:"坐看旸谷浮金晕,遥想钱塘涌雪山。"用卢肇赋《海潮赋》"坐涌雪山"句。

宋·秦观《念奴娇》(过小孤山):"长江滚滚,东流去,激浪飞珠溅雪。"

宋·曹冠《蓦山溪》:"连天雪浪,直上银河去。"

宋·李处全《柳梢青》(茶):"九天圆月,香尘碎玉,素涛翻雪。"写茶花如雪浪。

宋·韩淲《一丛花》:"翻空雪浪送飞花,春晓媚霜华。"

宋·戴复古《贺新郎》:"雪浪舞从三峡下,乍逢迎、海若淡秋水。"

清·高士奇《水龙吟》(松花江望雨):"咫尺苍茫,狂飙骤卷,怒涛喷雪。"

767. 江带峨眉雪

唐·李白《经乱离后天恩流夜郎忆旧游书怀赠江夏韦太守良宰》:"江带峨眉雪,川横三峡流。万舸此中来,连帆过扬州。送此万里目,旷然散我愁。"乾元二年(759)诗人遇赦至江夏,受到江夏太守韦良宰的热情款待,作此诗以述怀。此数句写江行到江夏,长江到这里,带着峨眉山的雪,横荡着三峡流来的水。这不纯是想象,因为他从上游来,是他经过的地方,而峨眉山又是作者当年曾经登临过的,所以到了长江中游引发这种联想是自然的。

宋·苏轼《满江红》:"江汉西来,高楼下蒲萄深碧。犹自带、岷峨雪浪,锦江春色。"苏轼也是四川人,生于眉山,其西南不远就是峨眉山。所以用李白诗意,表达对长江"雪浪"的亲切感,也是很自然的。

又《南乡子》:"认得岷峨春雪浪,初来,万顷蒲萄涨绿醅。"

宋·李纲《喜迁莺》(晋师胜淝上):"长江千里,限南北,雪浪云涛无际。"

768. 卷起千堆雪

宋·苏轼《念奴娇》(赤壁怀古):"乱石穿空,惊涛拍岸,卷起千堆雪。江山如画,一时多少豪杰。"此写赤壁(黄州赤壁)处长江激扬澎湃的水势,以雪喻涛,"千堆",太壮阔了。读之给人以豪壮感。

"千堆雪"取自唐·孟郊《有所思》诗:"古镇刀攒万片霜,寒江浪起千堆雪。"

唐·元稹《遭风二十韵》:"俄惊四面云屏合,坐见千峰雪浪堆。"

南唐后主李煜《渔父》词:"浪花有意千重雪,桃花无言一队春。""千重雪",一作"千里雪"。

前人虽已对"千堆雪浪"句作了锤炼,却都不如"卷起千堆雪",这并不全是由于它是名词中句,"卷"字占了优势。

宋·韩元吉《江神子》(金山会饮):"鹏翼倚天鳌背隐,惊浪起,雪成堆。"用"堆"字。

现代文学评论家林默涵《咏太平湖》:"船头溅起千堆雪,如火丹枫笑逐颜。"用苏句,换一"溅"字。

769. 海上明月共潮生

唐·张若虚《春江花月夜》:"春江潮水连海平,海上明月共潮生。"闻一多《宫体诗的自赎》评此诗为"诗中的诗,顶峰上的顶峰。"写春、江、花、月、夜,其中"江月"的描绘,实在是绝唱。而发端写"江月"两句,就把宏大的场景展示在读者面前:江潮浩瀚,与大海平连;海上明月同江潮一样跃起升腾,这是何等壮观!说"起句不凡",这就是一例。

用《春江花月夜》为题作诗的最先是隋炀帝杨广《春江花月夜》二首之第一首:"暮江平不动,春花满正开。流波将月去,潮水带星来。"从"潮水带星来"化出"海上明月共潮生",成"出蓝"之句,而从全诗比照,杨广诗虽也写春、江、花、月、夜,然其势不足,显得平淡。

770. 八月涛声吼地来

唐·刘禹锡《浪淘沙九首》之七:"八月涛声吼地来,头高数丈触山回。须臾却入海门去,卷起沙滩雪作堆。"亦写钱塘江大潮,"八月涛声"怒吼而来,浪高数丈触山而回,也写得气势汹汹。

唐·李珣《渔父歌三首》:"终日醉,绝尘芳,曾见钱塘八月涛。"

宋·范仲淹《和运使舍人观潮》:"何处潮偏盛,钱唐无与俦。谁能问天意,独此见涛头。海浦吞未尽,江城打欲浮。势雄驱岛屿,声怒战貔貅。万迭云才起,千寻练不收。长风方破浪,一气自横秋。"写涛势涛声。

宋·胡宿《寄浙漕晋卿李二部》:"谁与二天相对饮,看看八月弄涛头。"

金·元好问《水调歌头》(赋三门津):"峻似吕梁千仞,壮似钱塘八月,直下洗尘寰。"

771. 弄潮儿向涛头立

宋·潘阆《酒泉子十首》其十:"长忆观潮,满郭人争江上望。来疑沧海尽成空。万面鼓声中。弄潮儿向涛头立,手把红旗旗不湿。别来几向梦中看,梦觉尚心寒。"清·沈辰垣《历代诗余》卷一百十四引《古今词话》评:"潘逍遥狂逸不羁,往往有出尘之语。自制忆余杭三首,一时盛传。东坡爱之,书于玉堂屏风,石曼卿使画工绘之作图。""乙余杭三首"即《酒泉子》十首中之四、五、六三首。不含"咏潮"(之十)。清·张思岩《词林纪事》卷三引《皇朝类苑》评潘阆"咏潮"云:"好事者以阆遨游逝江,咏潮著名,以轻绡写其形容,谓之潘阆咏潮图。"这是提到的"咏潮"或含此"长民观潮"词。关于"观潮",据吴自牧《梦粱录·观潮》记:临安"西有湖光可爱,东有江潮堪观,皆绝景也。每岁八月内,潮怒胜于常时。都人自十一日起,便有观者。至十六、十八日倾城而出,车马纷纷。十八日最为繁盛。"周密《武林旧事·观潮》:"吴儿善泅者数百,皆披发文身,手持十幅大彩旗,争先鼓勇,溯迎而上,出没于鲸波万仞中,腾身百变,而旗尾略不沾湿,以此夸能。"潘阆此词即写这种"弄潮"盛况。写"弄潮儿"的还如:

宋·梅尧臣《青龙海上观潮》:"何时更看弄潮儿,头戴火盆来就湿。"

宋·贺铸《木兰花》:"朝来著眼沙头认,五两竿摇风色顺。佳期学取弄潮儿，人纵无情潮有信。"

宋·陆游《一落索》："识破浮生虚妄，从人讥谤。此身恰似弄潮儿，曾过了、千重浪。"

宋·张孝祥《浣溪沙》(亲旧蕲口相访)："六客西来共一舟，吴儿踏浪剪轻鸥。水光山色翠相浮。"写"踏浪"。

772.锦帆冲浪湿

唐·刘希夷《江南曲八首》之二："锦帆冲浪湿，罗袖拂行衣。""锦帆"，彩色船帆，行进中被船掀起的浪花沾湿。

唐·李白《江上赠窦长史》："闻道青云贵公子，锦帆游戏西江水。"

773.组练长驱十万夫

宋·苏轼《催试官考较戏作》："八月十八潮，壮观天下无。鲲鹏水击三千里，组练长驱十万夫。""组练"，白色着装的战士。《左传·襄公三年》：古代乘车的兵士用阔带(组)缀甲，称"组甲"；步行的兵士用白练缀甲，称"练甲"。苏词用"组练"喻白浪，以写钱塘大潮白浪汹涌，如十万长驱而进的白装甲兵，潮势蔚为壮观。

宋·辛弃疾《摸鱼儿》(观潮上叶丞相)："截江组练驱山去，鏖战未收貔虎。"不定期大潮汹涌，江水被拦，白浪如千军万马涌过山头，如冲奔怒吼的猛兽势不可挡。"组练"取苏轼之喻。

又《水调歌头》(舟次扬州和杨济翁用显先韵)："落日塞尘起，胡骑猎清秋。汉家组练十万，列舰耸高楼。""汉家"代南宋王朝，宋高宗绍兴三十一年(1161)，完颜亮大举南侵，南宋军队在采石水陆并进，击退敌人，想"立马吴山第一峰"的完颜亮兵败被杀。用苏轼的"组练十万"写宋军坚不可摧，回到"组练"本义，写兵士，不喻浪花。

774.鲲鹏水击三千里

宋·苏轼《催试官考较戏作》："鲲鹏水击三千里，组练长驱十万夫。""鲲鹏"句源出《庄子·逍遥游》："北冥有鱼，其名为鲲，鲲之大，不知其几千里也。化而为鸟，其名为鹏。鹏之背，不知其几千里也。""鹏之徙于南冥也，水击三千里，抟扶摇而上者九万里……"，通过想象中巨大鲲鹏及其巨大能力，表达"水击三千里"，升腾"九万里"之自由的意

愿。后人用其句而赋其义。苏诗写潮水之猛烈。又《次韵子由送赵昑觌钱塘遂赴永嘉》："已击三千里，何须四十强。"喻赵山几早达。

毛泽东《沁园春·长沙》(1925年)："到中流击水，浪遏飞舟。"自注："击水：游泳。那时初学，盛夏水涨，几死者数。一群人终于坚持，直到隆冬，犹在江中。当时有一篇诗，都忘记了，只记得两句：'自信人生二百年，会当水击三千里。'""到中流击水，浪遏飞舟"，与"会当水击三千里"，都在讲游泳，却饱含着一位革命青年的凌云壮志。

775.九万里风鹏正举

宋·李清照《渔家傲》："九万里风鹏正举，风休住、蓬舟吹取三山去。"这是一首言志诗，尾句说，如扶摇直上的大鹏，翱翔在九万里的太空，风不要停，要把我吹送到蓬瀛三岛去，豪气凌云，踌躇满志。正如梁启超在《艺蘅馆词选》中云："此绝似苏辛派，不类《漱玉集》中语。""九万里"用《庄子·逍遥游》句。

唐·李白《大鹏赋》："激三千以崛起，向九万而迅征。"宋·钱公辅《众乐亭二首》："谁把江湖付此翁，江湖更在广城中。葺成世界三千景，占得鹏天九万风。"用句式。

776.梦逐潮声去

宋·姜夔《玲珑四犯》："扬州柳，垂官路。有轻盈换马，端正窥户。酒醒明月下，梦逐潮声去。"

明·杨慎《词品》评：《玲珑四犯》云：'有轻盈换马，端正窥户。酒醒明月下，梦逐潮声去。'其腔皆自度者，传至今不得其调，难入管弦，只爱其句之奇丽耳。""换马"，古乐府有《爱妾换马六首》。《异闻实录》载：鲍生爱蓄声妓，韦生擅养骏马。鲍、韦一日对饮，乃以妓女换马。后常用"换马"代妓女。词人于宋光宗绍熙四年(1193)在越中作此词。以独造的优美的音律抒写情怀：时已岁暮，深感自己年近四十，却一事无成，反落得个羁身天涯，"梦"已逐潮声远去了。

宋·毛滂《惜分飞》："今夜山深处，断魂分付潮回去。"此词题为《富阳僧舍代作别语》，代作别词，代抒别意，结句"魂付潮回去"，姜夔翻作"梦逐潮声去。"

宋·周密《高阳台》(寄越中诸友)："归鸿自趁潮回去，笑倦游，犹是天涯。"鸿随潮回而人未归。

宋·汪元量《金人捧露盘》(越州越王台):"新愁旧恨,一时分付与潮回。"新愁旧恨,随潮水澎湃。

777. 燕外晴丝卷,鸥边水叶开

唐·杜甫《春日江村五首》其四:"燕外晴丝卷,鸥边水叶开。""丝",细缕,如蚕丝、蛛丝、藕丝、尘丝,还有菟丝、女萝之类蔓生植物的丝。这里是蛛丝、尘丝之类,鸥浴水中,水中植叶分披。

《杜诗详注》引阮籍句:"浴鸥开水叶,戏蝶避风丝。"(不见阮集)杜诗从此化出。

778. 清江一曲抱村流

唐·杜甫《江村》:"清江一曲抱村流,长夏江村事事幽。"诗人经过四年的流离,终于于唐肃宗上元元年(760)回到了成都浣花溪畔建起草堂,与家人团聚在安静幽雅的环境里,无比欣慰。开头二句清江曲抱江村,江村一片幽静。这是饱经离乱的人对"幽静"的敏锐感受。

宋·陆游《草堂拜少陵遗像》:"清江抱孤村,杜子昔所馆。虚堂尘不扫,小径门可款。"描绘草堂,缅怀杜甫,首句取自《江村》诗。

779. 寒鸦万点,流水绕孤村

宋·秦观《满庭芳》:"山抹微云,天连衰草,画角声断谯门。暂停征棹,聊共引离尊。多少蓬莱旧事,空回首、烟霭纷纷。斜阳外,寒鸦万点,流水绕孤村。销魂,当此际,香囊暗解,罗带轻分。谩赢得、青楼薄幸名存。此去何时见也?襟袖上,空惹啼痕。伤情处,高城望断,灯火已黄昏。"所以全文录出此长调,是要作一对照。《全宋词》从《能改斋漫录》卷十六收入宋杭州妓女琴操《满庭芳》词如:"山抹微云,天连衰草,画角声断斜阳。暂停征辔,聊共饮离觞。多少蓬莱旧侣,频回首、烟霭茫茫。孤村里,寒鸦万点,流水绕红墙。魂伤,当此际,轻分罗带,暗解香囊。谩赢得,青楼薄幸名狂。此去何时见也?襟袖上、空有余香。伤心处,高城望断,灯光已昏黄。"此词换了全部韵脚字,由"人辰"辙"痕"韵换作"江阴"辙"唐"韵。当属于妓女歌唱时的改动,原作仍是秦观。

宋·黄升《花庵词选》载:"秦少游自会稽入京,见东坡。坡曰:'久别当作文甚胜,都下盛唱公山抹微云之词。'秦逊谢。坡遽云:'不意别后,公却学柳七作词。'秦答曰:'某虽无识,亦不至是。先生之言,无乃过乎?'坡云:'"销魂当此际",非柳七句法乎?'秦惭服。然已流传,不复可改矣。"这里说苏轼不满此词。明·李攀龙《草堂诗余隽》卷四评:"少游叙此事,有寒鸦流水之语,已令人赏目赏心。至下襟袖泪痕,只为秦楼薄幸,情思迫切。坡公最爱此词。"最爱此词,不知何据。

"寒鸦万点,流水绕孤村",实为隋炀帝《诗》:"空鸦飞数点,流水绕孤村。斜阳欲落处,一望黯消魂。"见逯钦立辑校《先秦汉魏晋南北朝诗》。后人都作"寒鸦千万点"。宋·严有翼《艺苑雌黄》载:"其词极为东坡所称道,取其首句,呼之为'山抹微云君'。中间有'寒鸦万点,流水绕孤村'之句,人皆以为少游自造此语。殊不知亦有所本。予在临安,见平江梅知录云:'隋炀帝诗云:"寒鸦千万点,流水绕孤村",少游用此语也。'"清·贺贻孙《诗筏》评:"余谓此语在隋炀帝诗中,只属平常。入少游词,特为妙绝。盖少游之妙,在'斜阳外'三字见闻空幻。又'寒鸦''流水',炀帝以五言划为两景,少游用长短句错落,与'斜阳外'三景合为一景,遂如一幅佳图。此乃点化之神,必如此,乃用古语耳。""寒鸦""流水"与杨广诗所差甚微,然而却成了"出蓝"之句,除三景合一之外,还与全词景界有关。整体美增益了局部美,极似林逋之"疏影""暗香"二句。

"流水绕村",秦观之前也有人写,因为这种景象并不罕见。

唐·李白《送友人》:"青山横北郭,白水绕东城。"

唐·杜甫《江村》:"清江一曲抱村流,长夏江村事事幽。"

宋·冯京《咏张昌宗》:"一水潆回绕沌村,子房苗裔此间存。"

宋·苏轼《蝶恋花》(春景):"花褪残红青杏小,燕子飞过,绿水人家绕。"

用"寒鸦""流水"两句的:

宋·葛郯《洞仙歌》:"丹青明灭,霜著谁家树。满眼风光向谁许?送寒鸦万点,流水孤村。归来晚,月影三人舞。"

宋·杨泽民《渡江云》:"渔乡回落照,晚风势急……回望时,绕村流水,万点舞寒鸦。"

宋·王奕《贺新郎》:"买扁舟,邵泊津头,向秦邮去。流水孤村鸦万点。忆少游、回首斜阳树。"

清·王国维《满庭芳》:"水抱孤城,雪开远戍,垂柳点点栖鸦。"

单用"寒鸦"句的:

宋·贺铸《石州引》:"长亭柳色才黄,远客一枝先折。烟横水际,映带几点归鸦。"鸦少,用"几点"。

宋·王千秋《念奴娇》(荷叶浦雪中作):"扁舟东下,正岁华将晚,江湖清绝。万点寒鸦高下舞,凝住一天云叶。"

宋·韩淲《贺新郎》(十三日小园梅枝微红点缀,便觉可句):"寒鸦万点霜风起。正人家、园收芋栗,小槽初美。"

宋·刘镇《江神子》(三月晦月西湖饯春):"柳外归鸦,点点是离愁。空倚阳关三叠曲,歌不尽、水东流。"

又《阮郎归》:"寒阴漠漠夜来霜,阶庭风叶黄。归鸦数点带斜阳,谁家砧杵忙。"兼用"斜阳外"。

宋·蒋捷《贺新郎》(兵后寓吴):"望断乡关知何处。羡寒鸦、到著黄昏后,一点点,归杨柳。"写归鸦点点。

金·蔡珪《雪川道中》:"小渡一声橹,断霞千点鸦。"

清·玄烨《入乌喇境》:"几点寒鸦宿枯树,半湾流水傍行旌。"

清·黄梨洲《过塔子岭》:"西风飒飒卷平沙,惊起斜阳万点鸦。"兼用"斜阳外"。

用"流水绕孤村"的:

宋·叶梦得《八声甘州》(寿阳楼八公山作):"故都迷岸草,望长淮依然绕孤城。"

宋·李光《水调歌头》:"闭柴扉,窥千载,考三皇,兰亭胜处,依旧流水绕修篁。"

宋·刘一止《点绛唇》:"认是桃源,绿水红云绕。真会到,漾舟人老,应被桃花笑。"

宋·王炎《浪淘沙令》(开禧丙寅在大坂作):"流水绕孤村,杨柳当门。昔年此地往来频。认得绿杨携手处,笑语如存。"用原句。

宋·韩淲《浣溪沙》(次韵伊一):"水绕孤村客路赊,一楼风雨角中斜,举觞无复问煎茶。"

宋·张炎《梅子黄时雨》(病后别罗江诸友):"流水孤村,爱尘事顿消,来访深隐。向辟里谁扶,满身花影。"

又《绮罗香》(红叶):"万里飞霜,千林落木,寒艳不招春妒。枫冷吴江,独客又吟愁句。正船舣,

流水孤村,似花绕、斜阳归路。"

宋·无名氏《金明池》(春游):"更水绕人家,桥当门巷,燕燕莺莺飞舞。"

元·张养浩《寨儿令》(绰然亭独坐):"映青山茅舍疏篱,绕孤村流水花堤。"

明·陈霆《踏莎行》(晚景):"流水孤村,荒城古道,槎牙老木乌鸢噪。……风暝寒烟,天低衰草,登楼望极群峰小。"

清·黄梨洲《三月望纪行》:"一湾流水绕村庄,岂料相逢此一方。"

今人(剧作家)田汉《虞美人》(狱中赠伯修):"故乡流水绕孤村,应有幽花数朵最销魂。"

780. 波涛万顷堆琉璃

唐·杜甫《美陂行》:"天地黯惨忽异色,波涛万顷堆琉璃。"应岑参之邀,共游美陂——长安西南的水塘,泛舟而入,忽而天地昏暗,掀起万顷波涛,如剔透玲珑的琉璃,堆砌而起。"琉璃"即玻璃,喻水则为"碧色琉璃",杜甫首用。白居易、苏轼用得最多。

唐·白居易《崔十八新池》:"忽看不似水,一泊稀琉璃。"

又《泛太湖书事寄微之》:"黄夹缬林寒有叶,碧琉璃水净三风。"

又《答尉迟少监水阁重宴》:"水轩平写琉璃镜,草岸斜铺翡翠茵。"

又《题龙门堰西涧》:"一条秋水琉璃色,阔狭才容小舫回。"

宋·欧阳修《初至颍州西湖》:"平湖十顷碧琉璃,四面清阴乍合时。"

又《和昭文相公上巳宴》:"红琥珀传杯潋滟,碧琉璃莹水斋沦。"

宋·王安石《送春》:"断桥人行夕阳路,楼观琉璃水中见。"

宋·苏轼《次韵周长官寿星院同钱鲁少卿》:"琉璃百顷水仙家,风静湖平响钓车。"

又《与子由同游寒溪西山》:"空山古寺亦何有,归路万顷青玻璃。"

又《潮中观月》:"璃玻千顷照神州,此夕人间别是秋。"

元·刘因《游郎山》:"玉井烂赏金芙蕖,日观倒影青玻璃。"用宋·陆游"翠屏倒影青玻璃"句。

781. 波平未生涛

唐·白居易《初领郡政衙退登东楼作》:"山冷微有雪,波平未生涛。水心如镜面,千里无纤毫。"退衙后登楼望江水如镜,微澜不生,于是"烦襟"与"滞念"尽皆消除。

"波平",表示水面平静,没有大的波澜。后人多为应用,亦直用其意。唯苏轼《过泗上喜见张嘉父二首》:"眉间冰雪照淮明,笔下波澜老欲平。"用"波平"喻老年写诗为文不起"波澜",语言不锐利,不激昂,棱角锋芒皆无,胸怀更坦荡了。

唐·韩愈《学诸进士作精卫衔石填海》:"口衔山石细,心望海波平。"心想把海水填平,即水被填干。白诗:"波平"出于此,用来表示水面平静。沿用此意的如:

唐·殷尧藩《送白舍人渡江》:"海门日上千峰出,桃叶波平一棹轻。"

宋·欧阳修《采桑子》:"残霞夕照西湖好,花坞苹汀,十顷波平,野岸无人舟自横。"

宋·钱明逸《垂虹亭》:"千里波平瑟瑟风,纤云不解翳虚空。"

宋·梅尧臣《依韵和达观文鉴雨中见怀》:"出浦候波平,石尤风未止。"

宋·龚宗元《捣砧词》:"长信宫中叶满阶,洞庭湖上波平水。"

宋·苏轼《行香子》(过七里滩):"一叶舟轻,双桨鸿惊。水天清,影湛波平。"

宋·晁端礼《玉胡蝶》:"牵萦伤春怀抱,东邻烟暖,南浦波平。况有良朋,载酒同放彩舟行。"

宋·朱敦儒《朝中措》:"鸳鸯湖上,波平岸远,酒酽鱼肥。好是中秋圆月,分明天下人知。"

宋·曾觌《柳梢青》(临安春会泛舟湖中胡帅索词因赋):"倚席从容。兰舟摇曳,稳泛波平。"

宋·王质《鹧鸪天》(咏渔父):"华堂只见灯花好,不见波平月上时。"

宋·张孝祥《西江月》(蕲倅李君达才,当靖康、建炎之间,以诸生起兵河东,屡摧强敌,盖未知其事,重为感叹,赋此):"幸有田园故里,聊分风月江城。西湖西畔晚波平,袖手时来照影。"

宋·张镃《柳梢青》(秋日感兴):"烟淡波平,蓬松岸蓼,红浅红深。"

宋·姜夔《探春慢》:"雁迹波平,渔汀人散,老去不堪游冶。"

宋·徐鹿卿《贺新郎》(钱郭府判趋朝):"解组轻千里,趁朝来、风高气爽,波平如砥。"

宋·陈允平《暗香》:"弥望澄光练净,分付与、玄晖才笔。烟溆阔,云远波平,归鸟趁风席。"

782. 绿水波平花烂漫

宋·张先《蝶恋花》:"绿水波平花烂漫,照影红妆,步转垂杨岸。别后深情将为断,相逢添得人留恋。"写送别一女子。"绿水波平花烂漫"描绘送别的早春环境,烘托"照影红妆"。"绿水"点明水色之美,有时代"春水"。张先《山亭宴》(湖亭宴别)又用:"镜面绿波平,照几度,人来去。"

宋·晏殊《相思儿令》:"昨日探春消息,湖上绿波平。无奈绕堤芳草,还向旧痕生。"

宋·欧阳修《感庭秋》:"绿波平远,暮重迭,算难凭鳞翼,倚危楼极目,无情细草长天色。"

宋·仲殊《南徐好》(渌水桥):"南徐好,桥下渌波平。画柱千年尝有鹤,垂杨三月未闻莺。行乐过清明。"

783. 波平风软望不到

宋·苏轼《出颍口初见淮山是日至寿州》(注:熙宁四年(1071)赴杭州途中作):"我行日夜向江海,枫叶芦花秋兴长。长淮忽迷天远近,青山久与船低昂。寿州已见白石塔,短棹未转黄茅冈。波平风软望不到,故人久去烟苍茫。"作者出判杭州,从颍河入淮河,写将至寿州(今安徽寿县)时的情景。"向江海"意味离京都日远。清·王文诰《苏轼诗集》案云:"此极沉痛语,浅人自不知耳。"进入淮河,已是瑟瑟秋天,水程已辨不出远近,青山随着行船起伏,寿州白塔的影子已映入眼帘。由于"波平风软"却一时不能到达,以致友人在苍茫的烟色中久久地伫立着。"波平风软",水流平稳,风吹无力。唐·杜牧《六言》诗:"河桥酒旆风软,候馆梅花雪娇。""风软"出于此,即风弱。苏轼对此是很满意的,或许是由于此诗录下了长淮之行的特点。元代施元之注苏诗披露:"东坡尝纵笔书此诗且题云:'予年三十六,赴杭倅过寿,作此诗。今年五十九,南迁至虔,烟雨凄然,颇有当年气也。'""烟雨凄然",道出了他"当年""日夜向江海"的感情基调。

作者也喜欢这诗中的某些语句。他于作此诗七年之后写的《李思训画长江绝岛图》一诗中又用

"沙平风软望不到,孤山久与船低昂",只换了两个字。再次看到"当年"他舟行长淮时的印象之深。

"风软",取语于杜牧,而"波平风软"应取意于欧阳修。欧词《南乡子》:"雨后斜阳,细细风来细细香。风定波平花映水,休藏,照出轻盈半面妆。"从此,人们常把"风"与"波"连写,有"波平风软","波平风细""波平风静"。

宋·晁补之《醉落魄》(用韵和李季良泊山口):"谁家红袖栏干曲,南陵风软波平绿。"

宋·毛滂《感皇恩》(解秀州郡印次王倅韵):"夜分月冷,一段波平风细。忆君清兴满,无由寄。"

宋·李纲《望江南》:"烟艇稳,浦溆正清秋。风细波平宜进楫,月明江静好沈钩。横笛起汀洲。"

宋·张孝祥《多丽》:"去国虽遥,宁亲渐近,数峰青处是吾州。便乘取,波平风静,茎棹且夷犹。关情有、冥冥去雁,拍拍轻鸥。"

784. 不知平地有风波

唐·杜荀鹤《将过湖南经马当山庙因书三绝》:"贪残官吏虔诚谒,毒害商人沥胆过。只怕马当山下水,不知平地有风波。"马当山庙,什么人都可以来虔诚拜谒,沥胆披肝,然而马当山下的水,哪里知道人世间的种种"风波"呢?顾云《唐风集序》评他的诗能使"贪夫廉,邪臣正",此诗也深含刺世疾邪之意。"平地有风波"正寓托着人间的贪婪和不平,特别是为逐名攫利而勾心斗角,相互倾轧。

"风波"即"风浪"。《楚辞·九章·哀郢》:"顺风波以从流兮,焉洋洋而为客。"首用"风波"语。后常用于人事不谐协、社会不安定。唐·白居易《除夜寄微之》:"家山泉石寻常忆,世路风波子细谙。"

宋·赵师侠《菩萨蛮》:"电光云际掣,白浪天相接。不用怯风波,风波平地多。"

又《鹊桥仙》(归舟过六和塔):"风波平地,尘埃扑面,总是争名竞利。"

元·马谦斋《柳营曲》(叹世):"今日个,平地起风波。"

明·冯班《题友人〈听雨舟〉》:"莫道陆居原是屋,如今平地有风波。"由画中景转入现实,说陆地也会波澜起伏,动荡不安。

785. 浣纱春水急,似有不平声

唐·崔道融《西施滩》:"宰嚭亡吴国,西施陷恶名。浣纱春水急,似有不平声。"作者对西施亡吴的说法很不赞成,他认为亡吴者宰嚭,说西施连她浣纱的春水也发出不平之声。唐·罗隐《西施》也持同样看法:"家国兴亡自有时,吴人何苦怨西施?西施若解倾吴国,越国亡来又是谁?"西施:浙江诸暨县南有苎萝山,下临浣江,江中有浣纱石,相传西施常在这里浣纱。

唐·王昌龄《浣纱女》:"吴王在时不得出,今日公然来浣纱。"以西施比浣纱女,浣纱女今日得宽余。

唐·王维《洛阳女儿行》:"城中相识尽繁华,日夜经过赵李家。谁怜越女颜如玉,贫贱江头自浣纱。"此诗写唐代东都洛阳贵族妇女的骄奢生活。结二句说美丽的贫家女子自是贫穷。"越女",指西施。西施浣纱时是贫女。

唐·罗隐《晚眺》:"天如静面都来静,地似人心总不平。"晚眺远天与大地的感受。地不平如心不平,心不平是由于世事不平。

786. 萍散鱼时跃,林幽鸟任歌

唐·张说《湘州北亭》:"萍散鱼时跃,林幽鸟任歌。"萍散开鱼可以跃出水面,林幽静鸟可以自由歌唱。又《先天应令》:"鸟惊直为飞风叶,鱼跃都由怯岸人。"这"鸟惊"与"鱼跃"其动因相反。近代流行的格言"海阔随鱼跃,天高任鸟飞。"达义更开扩,语言更洗练了,而其源当出自张说诗。

宋·苏轼《迁居之夕闻邻舍儿诵书欣然而作》:"海阔尚挂斗,天高欲横参。"

787. 我行已水滨,我仆犹木末

唐·杜甫《北征》:"我行已水滨,我仆犹木末。"唐肃宗至德二年(757),杜甫在朝廷所在的凤翔,时任左拾遗,回鄜州探亲。此诗即写此事。这二句说他已走到水边。随从才到树林之梢,这种情形当是下山时才会有。山下是河,他已到河边,而随从尚未下山,说明归心急切,走得疾快。

宋·范成大《黄黑岭》:"木末见前驱,可望不可追;跻攀百千盘,有顷可及之。"乾道九年赴桂林途中作。从杜诗翻出,写自己落在后面。

788. 安得壮士挽天河

唐·杜甫《洗兵马》："安得壮士挽天河，尽洗甲兵长不用！"此诗作于乾元二年（795）春二月，当时诸将会战，收复两京，平安史之乱已胜利在望。这结尾二句，希望战乱平息，尽洗甲兵，以求得长治久安，使人民永享和平安定的生活。反映了诗人在长期战乱之后的心境。唐汝询评《洗兵马》一篇"有曲有则，雄深阔大，足称唐雅。"宋代王安石《王临川集》卷八四《老杜诗后集序》认定此诗为压卷之作。

"安得壮士"句，《杜诗详注》注："李尤歌：安得壮士翻日东。"句式极近。"洗甲兵"出自姜尚语。《六韬》载："武王问太公：'雨辎重至轸，何也？'曰：'洗甲兵也'。"《说苑》载："武王伐纣，风霁而乘以大雨。散宜生曰：'此非妖与？'王曰：'非也，天洗兵也'。"是说行军中，天降大雨，是洗刷兵士、武器及辎重。杜甫把"雨"换作"天河"，而且但愿"壮士"——人力去牵下天河以洗涤甲兵血污，永不发生战争。

杜甫以前的"安得壮士"句：

汉·李尤《九曲歌》："年岁晚暮时已斜，安得壮士翻日车。"翻日车，翻转太阳的运行，留住时光。幻想得到这样的英雄。他首创这种句式。

南朝·宋·沈约《上巳华光殿诗七言》："朱颜始给景将移，安得壮士驻奔曦。""驻奔曦"亦为留住时光之意。

杜甫《石犀行》又用此句式："安得壮士提天纲，再平水土犀奔茫。"

唐·岑参《献封大夫破播山凯歌六章》："洗兵鱼海云迎阵，秣马龙堆月照营。""洗兵"在水中洗涮兵器上的血污。

又《送郭仆射节制剑南》："山鸟惊吹笛，江猿看洗兵。"

又《奉和相公发益昌》："朝登剑阁云随马，夜渡巴江雨洗兵。"兵士渡江遇雨。

宋·苏轼《和子由次王水韵》："欲把天河聊自洗，尘埃满面鬓眉黄。"用杜甫句，但不是洗兵，而是洗面。洗面用"天河"水，说明"除尘"欲之强烈。

宋·张元干《石州慢》（巳酉秋吴兴舟中作）："欲挽天河，一洗中原膏血。"击退金兵，收复中原。

宋·陆游《陇头水》："陇头十月天雨霜，壮士力挽绿沉枪。卧听陇水思故乡，三更起坐泪数行。"

又《庚子正月十八日送梅》："恨无壮士挽斗柄，坐令东指催年华。"挽住时光。

宋·李处全《水调歌头》（冒大风渡沙子）："我常欲，利剑卓，斩蛟鼍。胡尘未扫，指挥壮士挽天河。谁料半生忧患，成就如今老态，白发逐年多。"用杜甫句写洗"胡尘"。

宋·郑雪岩《水调歌头》（甲辰皖山寄治中秋招客）："去年秋，如此夜，有谁陪。欲挽天河无路，满眼总尘埃。"亦用挽天河洗尘意。

宋·无名氏《水调歌头》："欲泻三江雪浪，净洗胡尘千里，不用挽天河。"反用杜句，言收复金人占领之地，不必去挽天河水。

金·王渥《水龙吟》（从商帅国器猎，同裕之赋）："万里天河，更须一洗，中原兵马。"用杜句意，愿中原永息兵戈。

元·王冕《悲苦行》："安得壮士挽天河，一洗烦郁清九区，坐令尔辈皆安居。"用杜诗原句，写一洗烦郁。

明·汤显祖《牡丹亭》第五十六出闹宴《前腔》："看洗兵河汉，接天高手。"用杜诗意，用天河水洗兵器，以得天下太平。

清·康熙皇帝玄烨《入关见雨膏润泽，禾苗茂遂，喜而有作》："甘雨时霖为洗兵，恰逢战胜武功成。"康熙三十五年（1696），玄烨第一次亲征噶尔丹，胜利班师，入关遇雨，既润泽禾苗，又洗清甲兵，喜悦之情，溢于言表。

789. 安得广厦千万间

唐·杜甫《茅屋为秋风所破歌》："安得广厦千万间，大庇天下寒士尽欢颜。风雨不动安如山！呜呼！何时眼前突兀见此屋，吾庐独破受冻死亦足！"结尾一节，显露出诗人高尚的灵魂，伟大的人格，他绝非仅哀叹"吾庐独破"，而是同情那"天下寒士"，没有官职，无法谋生的贫寒的读书人。这是杜甫的"广厦庇寒士"的美好理想。

又《大麦行》："安得如鸟有羽翅，托身白云归故乡。"忧边寇，欲东归以避之。句式同上。

唐·白居易《新制布裘》："丈夫贵兼济，岂独善一身。安得万里裘，盖裹周四垠。稳暖皆如我，天下无寒人。"作者新制棉衣，在温暖中想到天下"寒人"（受冻的人），从杜甫"广厦"句生出"安得万里裘"句。中年时代的白居易，境界之高堪比杜甫。

又《新制绫袄成感而有咏》:"争得大裘长万丈,与君都盖洛阳城。"再申此意。

清·叶舒璐《读杜白二集》:"子美千间厦,香山万里裘。迥殊魏晋士,熟醉但身谋。"杜甫、白居易都关心民间疾苦,不同于那些魏晋名士为保身而烂醉佯狂。

790. 似狂澜欲倒

宋·李曾伯《沁园春》(丙辰归里和八窗叔韵):"万里戍边,八载去家,始遂一归。……当时事,似狂澜欲倒,孰障东之。"丙辰,是南宋宝祐四年(1256),约述任沿海制置使时作。"狂澜欲倒",喻形势岌岌可危。又《沁园春》(乙卯初度和程都大韵):"耆旧二三,甲兵百万,力障狂澜回巨川。"叙写这一时期带兵御敌情况。

"力障狂澜""狂澜欲倒",大浪高腾,落下呈压倒之势,"力障"即全力阻止,原为"回""挽",常作"力挽狂澜""挽狂澜于既倒",即阻止颓势,挽回危局。语源出自唐·韩愈《进学解》:"觝排异端,攘斥佛老,补苴罅漏,张皇幽眇,寻坠绪之茫茫,独旁搜而远绍,障百川而东之,回狂澜于既倒,先生之于儒,可谓有劳矣。"原意为排斥异端邪说,捍卫儒家理念,起了决定作用。

清·孙朝庆《满江红》(渡黄河):"手挽狂澜原不易,石填大海终何补?"

今人林从龙《骊山五间房》:"力挽狂澜众望归,义旗高举壮军威。"

今人王和政《感事兼答湘鄂诸老友》:"男儿不负平生志,共挽狂澜赴上游。"

今人魏予珍《赠周谷城教授》:"峥嵘犹记挽狂澜,劫后征途老更酣。"

791. 四海之水皆立

唐·杜甫《三大礼赋朝献太清宫》:"九天之云下垂,四海之水皆立。""云垂"且是"九天之云";"水立"且是"四海之水",简直是地覆天翻的气势。南宋·洪迈《容斋随笔》记:"东坡有美堂会客诗,读者疑海不能立。"黄鲁直曰:"九天之云下垂,四海之水皆立"句,语雄峻,前无古人。杜句虽"雄峻",却又惊而不险,峻而不危。南朝·梁·简文帝萧纲《怨歌行》:"秋风吹海水,寒霜依玉除。""四海之水皆立"其因为风。

《容斋随笔》所举苏轼《有美堂暴雨》:"游人脚底一声雷,满座顽云拨不开。天外黑风吹海立,浙东飞雨过江来。"虽用杜句,也独具气魄。《容斋四笔》评苏轼和陶《停云》诗:"云屯九河,雪立三江"句"亦用此也"。"雪立"即如雪般的江水。苏轼《送冯判官之昌国》诗亦用此语:"惊涛怒浪尽壁立,楼橹万艘屯战船。"

宋·蔡绦《西清诗话》、马永卿《嫩真子》、吴曾《能改斋漫录》均评:苏轼"天外黑风吹海立"句点化了杜甫《三大礼赋》中:"九天之云下垂,四海之水欲立"和关子阳"天去人尚远,而黑风吹海"之句。

宋·周密《闻喜鹊》(吴山观涛):"天水碧,染就一江秋色。鳌戴雪山龙起蛰,快风吹海立"用苏轼句。

792. 高浪垂翻屋

唐·杜甫《观李固清司马第山水图》:"高浪垂翻屋,崩崖欲压床。"写山水画中之水,高浪掀天翻越屋脊而下,言水之大之猛。

宋·辛弃疾《念奴娇》(登建康赏心亭呈史致道留守):"江头风怒,朝来波浪翻屋。"用杜甫句喻世途险恶。

793. 不废江河万古流

唐·杜甫《戏为六绝句》其二:"王杨卢骆当时体,轻薄为文哂未休。尔曹身与名俱灭,不废江河万古流。"杨炯、王勃、卢照邻、骆宾王以诗文齐名,人称为"初唐四杰"。《玉泉子》:"王、杨、卢、骆有文名,人议其疵。曰:'杨好用古人姓名,谓之点鬼符。骆好用数目作对,谓之算博士。'"即后生自为轻薄之文,反而讥笑前贤。杜甫此诗批评这些后生说,岂不知尔辈身与名很快就要消亡,而那前贤将如江河万古长垂,不废不朽。

宋·黄庭坚《病起荆江亭即事十首》:"形模弥勒一布袋,文字江河万古流。"用杜句说文章永存。

794. 江间波浪兼天涌

唐·杜甫《秋兴八首》:"江间波浪兼天涌,塞上风云接地阴。"大历元年(766)诗人困于夔州时所作。是时安史之乱刚平,吐蕃、回纥又侵,藩镇拥兵割据。又兼严武已死,诗人再无依托,于是沿江而下,羁居夔州。国事家事,都使他忧郁、哀愁。

"江间"二句为第一首七律之颈联，《杜诗详注》引"顾注"曰："波浪在地而曰兼天，风云在天而曰接地，极言阴晦萧森之状。""兼"为并吞之意，波浪高耸而吞天，风云下压而遮地，这动荡、萧森的氛围，烘托甚至融入了诗人无限的孤寂、凄冷和哀愁。第一首作为"兴起"，此二句也为以后"俱发隐衷"（王嗣奭《杜臆》）起了有力的铺垫作用。前人评宋·朱淑真诗："水光激浪高翻雪，风力吹沙远涨烟。"说"其峭拔惊奇、亦堪步趋少陵矣"，其实在描写方法上是不同的。

清·曹雪芹《红楼梦》第六十二回史湘云《酒令》："奔腾而砯湃，江间波浪兼天涌。"道出了她早孤，又夫妻离异，如江上孤舟，几经风波的苦衷。用了杜甫原句。

795. 峡束沧江起

唐·杜甫《秋日夔府咏怀奉寄郑监李宾客一百韵》："峡束沧江起，岩排古树圆。"三峡两岸隆山，江道狭窄，水受束缚，江水随之而高起，水势飞腾。

宋·苏舜钦诗用杜句："峡束沧渊深贮月，岩排红树巧装秋。"清·仇兆鳌《杜诗详注》以为"只增移数字，而语却冗赘"。

宋·辛弃疾《水龙吟》（过南剑双溪楼）："峡束苍江对起，过危楼，欲飞还敛。"用杜句写高峡对起，夹束江水，江水收敛变窄了。

796. 蓝天远从千涧落

唐·杜甫《九日蓝田崔氏庄》："蓝水远从千涧落，玉山高并两峰寒。"乾元元年，作者为华州司功时至蓝田而作。此二句状蓝田山水。《三秦记》云："蓝田有水，方三十里，其水北流，出玉石，合溪谷之水，为蓝水。"蓝田有"玉山"，"两峰"指云台山。《华山志》："岳东北有云台山，两峰峥嵘，四面悬绝，上冠景云，下通地脉。"蓝水远来飞千涧而落，玉山高耸峙两峰而寒，一派壮阔。宋·杨万里《诚斋诗话》评此二句："入至颈联，笔力多衰，复能雄杰挺拔，唤起一篇精神。"这是中肯之论。

清·陈澧《水龙吟》（是月十九日，皓庭招集学海堂，为补重阳之会。醉后叠前韵）："是谁前度登高？苍苔屐齿当岩际。兴来此日，也堪重咏，玉山蓝水。"忆起前度登临粤秀览胜抒怀的情景，而今日再度登临，诗兴不减，正可吟咏"蓝水远从千涧落，玉山高并两峰寒"这样的佳句。缩用杜句以表示吟山咏水。

797. 一卧沧江惊岁晚

唐·杜甫《秋兴八首》其五："一卧沧江惊岁晚，几回青琐点朝班。"仇兆鳌《杜诗详注》引"陈泽州注"："一卧沧江，是代宗时事。青琐朝班，是肃宗时事。"肃宗时曾任左拾遗，几回列班殿中，"青琐"是宫门，这里代朝廷。代宗时远离朝廷，在严武属下任参谋、检校工部员外郎，居成都草堂，后到夔州受困，"一卧沧江"当指此。这两句概括了他后期经历，"惊岁晚"言已老。

清·朱祖谋《金缕曲》："莫费乡园丛菊泪，伴孤云，老卧沧江暮。"用杜甫《秋兴八首》其一："丛菊两开他日泪，孤舟一系故园心"之反意，说故园菊花已开过，不再为它流思乡之泪了，又用"沧江"句表白安心过隐居生活。

798. 秋水清无底

唐·杜甫《刘九法曹郑瑕丘石门宴集》："秋水清无底，萧然净客心。"兖州石门清水澄清，深不见底，客心也随之十分清净。"萧然"即清净的样子。

隋·卢思道《棹歌行》："秋江见底清，越女复倾城。"杜句从此诗翻出。

宋·胡宿《井桐》："一水清无底，双桐碧有情。"用杜甫句。

799. 在山泉水清，出山泉水浊

唐·杜甫《佳人》："在山泉水清，出山泉水浊。"写一"绝代佳人"被夫婿遗弃，幽居于幽谷，情操之高洁，如山泉之清澄。

《诗经·小雅·四月》："相彼泉水，载清载浊。"看泉水细流，时而清，时而浊。杜甫析清浊而用之。

800. 邮签报水程

唐·杜甫《宿青草湖》："洞庭犹在目，青草续为名。宿桨依农事，邮签报水程。"大历四年赴衡岳时，宿洞庭湖；"更等"，古报时工具；"邮签"，驿馆更筹。水程夜泊，闻驿馆更筹报时。

明·汤显祖《牡丹亭》第四十二出移镇："羽檄从参赞，牙签报驿程。"

801. 积水驾三峡

唐·杜甫《别蔡十四著作》:"积水驾三峡,浮龙倚长津。""驾"陵驾、超越。这两句写蔡十四扶郭英义之枢还京,舟行水路情形。

晋·郭璞《游仙诗十九首》:"吞舟涌海底,高浪驾蓬莱。"杜甫用此句。

"浮龙"即浮舟。《晋书》:王濬造楼船,时谣曰:"不畏地上虎,只畏水中龙。""龙"即舟。杜诗:"浮龙"即取此意。

802. 渭北春天树,江东日暮云

唐·杜甫《春日怀李白》:"渭北春天树,江东日暮云。何时一尊酒,重与细论文?"天宝三载(944)杜甫与李白结识于洛阳,并同游梁(开封)、宋(商邱)。天宝四载(745)秋又在兖州重会。天宝五载(746)李白赴江东,杜甫去渭北,杜甫在长安怀李白而作此诗。这两句点明二人一南一北,天各一方,未言"怀"而"怀"意郁然。

宋·刘过《贺新郎》:"唤起杜陵风月手,写江东渭北相思句。"如杜甫怀李白那样,写下两地相思句。

803. 寒水各依痕

唐·杜甫《冬深》:"花叶惟天意,江溪共石根。早霞随类影,寒水各依痕。"朝霞随花影变化,寒水涨到了原来的旧痕。

宋·张无幹《石州慢》:"寒水依痕,春意渐回,沙际烟阔。"用"寒水各依痕"句写春回水涨,又用杜甫《阆水歌》:"正恰日破浪花出,更复春从沙际归。"写水边沙际春烟升腾。春回大地,引发思念妻子之情。

804. 凝碧池头奏管弦

唐·王维《菩提寺禁裴迪来相看说逆贼等凝碧池上作音乐供奉人等举声便一时泪下私成口号诵示裴迪》:"秋槐叶落空宫里,凝碧池头奏管弦。"凝碧池在唐洛阳禁苑内。《唐西京城坊考》卷五记:"苑内最东者凝碧池。……禄山入东都,宴其群臣于凝碧池。"《明皇杂录》载:"天宝末,禄山陷西京。大会凝碧池。梨园子弟,歙觑泣下。乐工雷海青掷乐器西向大恸。王维陷贼中,潜赋诗云:'秋槐零落深宫里,凝碧池头奏管弦。'"唐·计有功《唐诗纪事》亦载:天宝十五载六月,安禄山入长安,玄宗奔蜀。诗人王维为敌所获,拘于菩提寺中。一日好友裴迪前来探望,谓安禄山在凝碧池大宴,命唐玄宗宫廷乐队梨园乐工演唱,梨园子弟举声泪下。乐工雷海青掷乐器,面向帝所而泣,被肢解于试马殿。王维闻之大恸,随口吟成七绝《菩提寺禁私成口号诵示裴迪》:"万户伤心生野烟,百官何日再朝天。秋槐叶落空宫里,凝碧池头奏管弦。"这末句,饱含着诗人对洛阳失守、乐工被害的痛楚。后人写"凝碧池头",也多表破国之痛。

宋·韩元吉《好事近》(汴京赐宴闻教坊乐有感):"凝碧旧池头,一听管弦凄切。多少梨园声在,总不堪华发。杏花无处碧春愁,也傍野烟发。惟有御沟声断,似知人呜咽。"宋孝宗乾道九年(1173)三月,宋派礼部尚书韩元吉、利州观察史郑兴裔等出使金国贺万春节,到金人统治下的故都汴京。金人赐宴,教坊奏乐侑觞。作者在沦陷了近半个世纪的旧都汴京金国举办的宴会上,听到了原北宋宫廷教坊子弟的演奏,想起唐代乐工雷海青在凝碧池头摔琴的史实,不禁愁从中来,那凄切之音使他这年迈人不堪承受。杏花也避不开春愁,伴着野烟开放,唯有御沟水断断续续,同愁人一样呜咽。用王维"凝碧池头"与"万户伤心生野烟"二句。

宋·辛弃疾《声声慢》(余儿时尝入京师禁中凝碧池,因书当时所见):"管弦凝碧池上,记当时,风月愁侬。翠华远,但江南草木,烟锁深宫。"写宋代汴京亦有凝碧池,词人身在江南,忆当年"所见",而今已沦入金人之手,潜含着无限的悲辛。

宋·柴望《念奴娇》(山河):"闻道凝碧池边,宫槐叶落,舞马衔杯酒。旧恨春风吹不断,新恨重重还又。"用王维"秋槐叶落空宫里,凝碧池头奏管弦"二句抒北宋南宋灭亡之痛。

宋·刘辰翁《忆旧游》(和巽吾相忆寄韵):"渺山城故苑,烟横绿野,林胜青油。甚相思只在,华清泉侧,凝碧池头。"思友人,更思故国。

又《沁园春》(送春):"看兔葵燕麦,华清宫里,蜂黄蝶粉,凝碧池边。"兔葵燕麦长满华清宫里,黄蜂粉蝶飞绕凝碧池头,感慨南宋亡国。

805. 太液芙蓉未央柳

唐·白居易《长恨歌》:"归来池苑皆依旧,太液芙蓉未央柳。芙蓉如面柳如眉,对此如何不泪垂。""太液池"汉代宫苑,唐代长安大明宫中亦有太液池。太液池中的芙蓉,未央宫中的杨柳,依然如故,而面如芙蓉、眉如柳叶的杨妃却不见了,顿落物是人非之泪。

宋·王清惠《满江红》:"太液芙蓉,浑不似、旧时颜色。"作者南宋度宗时昭仪。恭帝德祐二年(1276)临安陷落被俘解往大都。自请为道士号冲华。词中自比芙蓉而今憔悴了。

806. 太液池犹在

宋·王沂孙《眉妩》(新月):"太液池犹在,凄凉处、何人重赋清景。"南宋灭亡,太液池虽在,但已荒凉残破,面对这亡国的凄凉,谁赋得出当年盛景呢?

当年曾有人赋太液盛景。宋太祖时的衬相卢多逊《咏月》诗:"太液池头月上时,晚风吹动万年枝。何人玉匣开金镜,露出清光些子儿。"

宋·吕同老《水龙吟》(吸取翠山房拟赋白莲):"大液波翻,霓裳舞罢,断魂流水。"慨南宋灭亡。

宋·唐珏《水龙吟》(浮翠山房拟赋白莲):"太液池空,霓裳舞倦,不堪重记。"

807. 谢家池上无多景

宋·郭祥正《金陵》:"洗尽青春初变晴,晓光微散淡烟横。谢家池上无多景,只有黄鹂一两声。""谢家池"即"谢家庄",是晋谢安在金陵的山庄。后二句意同刘禹锡《乌衣巷》:"旧时王谢堂前燕,飞入寻常百姓家。"写谢家池之萧索。王安石晚年罢官亦家居于此,并很喜欢郭祥正(功甫)此诗。南宋·胡仔《苕溪渔隐丛话》前集卷三十七引《遁斋闲览》云:功甫曾题人山居一联云:"谢家庄上无多景,只有黄鹂三两声。"荆公命绘为图,自题其上云:"此是功甫题山居诗处。"即遣人以金酒钟并图遗之。王安石所以喜爱此诗,就是因为志趣相合。

808. 遥忆美人湘江水

唐·岑参《春梦》:"洞房昨夜春风起,遥忆美人湘江水。枕上片时春梦中,行尽江南数千里。"洞房深邃,昨夜已感到春风送来的温暖,从而回忆起远隔湘江水的"美人"(友人或爱人)。因忆成梦,梦中片刻,为远寻"美人"而走遍了江南数千里。其结果虽说朦胧,却也痛快淋漓。此诗由于写

梦很具特点而知名。

唐·杜甫《寄韩谏议注》:"美人娟娟隔秋水,濯足洞庭望八荒。"韩注,岳阳人。思念韩注,韩注已遁世,欲见不能,已"濯足洞庭"做隐士了。韩注本有治世之才能,所以结尾又写"美人胡为隔秋水,焉得置之贡玉堂。"这里寄托着诗人良好的祝愿。"美人"一语自《楚辞》以来,时而指男子、有才华的人,此即指韩注。

唐·卢仝《有所思》:"梦中醉卧巫山云,觉来泪滴湘江水。"亦写梦,用"湘江水"。

唐·李群玉《同郑相并歌姬小饮戏赠》:"裙拖六幅湘江水,发挽巫山一段云。"用语近卢仝句,其意则不同,喻裙如流动之水,发如高耸之云。

宋·范成大《湘阴桥口市别游子明》:"遥忆美人湘水梦,侧身西望剑门诗。"别后思君游于湘中;自己将入蜀。前用岑参句,后用李白《蜀道难》中的"侧身西望长咨嗟"句。

809. 欸乃一声山水绿

唐·柳宗元《渔翁》:"烟销日出不见人,欸乃一声山水绿。"《全唐诗续编》卷上引惠洪《冷斋夜话》中苏轼评:"诗以奇趣为宗,反常合道为趣。熟味此诗有奇趣。""欸乃"为唐宋时渔歌唱答声音。渔翁"夜宿西岩",凌晨"烟销日出"之后,却不见人,只听到"欸乃一声",响彻了青山绿水。唐·元结有《欸乃曲》:"谁能听欸乃,欸乃感人情。"最早写"欸乃"入诗。

"山水绿"句,用唐·韦皋《天池晚棹》:"舟浮十里芰荷香,歌发一声山水绿。"柳宗元只换了两个字,使渔歌特点更鲜明。下用"欸乃"句,多用柳句"一声欸乃"。

宋·王以宁《感皇恩》(和才仲西山子):"骑鲸诗客,浩气决云飞雾。背人歌欸乃,凌空去。"

宋·张素臣《蓦山溪》:"欸乃数声歌,但渺漠、江山烟树。"

宋·倪偁《蝶恋花》:"夜久望湖桥上语,欸乃渔歌,深入荷花去。"

宋·洪适《渔有傲引》:"西塞山边飞白鹭,烟横素,一声欸乃山深处。"

宋·张抡《朝中措》(渔父十首):"何事沙边鸥鹭,一声欸乃惊飞。"

宋·葛郯《满庭霜》:"看一声欸乃,落日收筒。"

又《水调歌头》："欲伴渔翁钓艇，欸乃一声江上，寒碧点轻鸥。"

宋·沈端节《谒金门》："欸乃一声何处起，风铃相应语。"

宋·丘崈《水调歌头》："何处渔舟唱晚，最是芦花风断，欸乃一声长。"

宋·杨冠卿《水调歌头》（归自罗浮，舟过于湖，哭张安国。至采石，吊李谪仙，悼今昔二贤豪之不复见了。月夜酌酒江濆，慨然而去，作长短句。）："无奈渔溪欸乃，唤起苹洲昨梦，风雨趁归航。"

宋·张镃《蝶恋花》："慢台轻摇风不定，渔歌欸乃谁同听。"

宋·刘仙伦《贺新郎》："恍若乘槎河汉上，怕客星、犯斗蛟龙怒。歌欸乃，过江去。"

宋·卢祖皋《满庭芳》："微吟罢，渔歌响答，欸乃醉中听。"

宋·孙居敬《临江仙》（西湖）："水云天共色，欸乃一声间。"

宋·夏元鼎《满江红》："欸乃一声虚谷应，夷犹短棹关心否。"

宋·吴潜《点绛唇》："欸乃吴歌，艇子当溪泊。"

宋·吴文英《三部乐》："翠罂汲晓，欸乃一声秋曲。"

又《满江红》："又一声、欸乃过前岩，移钓篷。"

又《贺新郎》："欸乃一声山水绿，燕无言、风定垂帘昼。"用原句。

宋·王湛《渔父词》："声欸乃，间鸣榔，侬家只合岸西旁。"

宋·陈允平《扫花游》（雷峰落照）："欸乃菱歌乍起，兰桡竞举。"

宋·刘辰翁《金缕曲》："欸乃渔歌斜阳外，几书生、能办投湘赋。"

又《金缕曲》："天上玉堂人间改，漫欸乃声千里。"

宋·赵必璙《华胥引》："烟晚欸乃渔歌，和橹声伊轧。"

宋·张炎《声声慢》（赋渔隐）："欸乃一声归去，对笔床茶灶，寄傲游幽情。"

元·贯云石《芦花波》："青绫莫为鸳鸯妒，欸乃声中别有春。"

清·蒲松龄《途中》（去宝应途中）："一声欸乃江村暮，秋色平湖绿接天。"

又《泛邵伯湖》："遥堤欸乃声陆续，镗鞳近接湖东隈。"

清·陈廷焯《鹧鸪天》："残月堕，晓烟浮，一声欸乃入中流。"

清·何绍基《春江》："几处渔村欸乃歌，轻烟染就万峰螺。"

810. 独钓寒江雪

唐·柳宗元《江雪》："千山鸟飞绝，万径人踪灭。孤舟蓑笠翁，独钓寒江雪。"此诗作于永州，作者被贬永州之后，政治上失意，郁闷寂寞，诗中写"渔父"之幽独，鸟飞绝，人踪灭，孤舟独钓，突出一个"孤"字，而独钓又在雪中，又突出一个"寒"字。后用"独钓寒江雪"，多表示孤独。

唐·郑谷《雪中偶题》："乱飘僧舍茶烟湿，密洒歌楼酒力微。江上晚来堪画处，渔人披得一蓑归。""一蓑归"而不"独钓"系反用。郑谷《予尝有雪景一绝，为人所讽吟，段赞善小笔精微，忽为图画，以诗谢之》："爱予风雪句，幽绝写渔蓑。"所谓"雪景一绝"即《雪中偶题》。宋·苏轼《东坡题跋》卷二："郑欲诗云'江上晚来堪画处，渔人披得一蓑归。'此村学中诗也。柳子厚云'千山鸟飞绝，万径人踪灭。孤身蓑笠翁，独钓寒江雪。'人性有隔也哉，殆天所赋，不可及也已。"此意郑谷诗难与柳宗元诗同日而语。

有人依柳诗意境作《寒江钓雪图》。明·孙承宗诗曰："呵冻提篙手未苏，满船凉月雪模糊。画家不解渔家苦，好作寒江钓雪图。"

近人王文濡《唐诗评注读本》卷三："雪大则鸟断飞，人迹绝迹，独此蓑笠老翁，犹棹孤舟而钓寒江之雪，其高旷为何如耶？子厚远谪江湖，宦情冷淡，因举此以自况云。"这是评柳全诗。

宋·李纲《望江南》："江上雪独钓渔翁。箬笠但闻冰散响，蓑衣时振玉花空，图画若为工。"

又《六么令》（次韵贺方回金陵怀古鄱阳席上作）："高楼谁没，倚栏凝望，独立渔翁满江雪。"

宋·李弥逊《水调歌头》（次向伯恭芗林见寄韵）："正是天寒日暮，独钓一江残雪。"

宋·洪适《生查子》："顷刻暗同云，不觉红炉热。隐隐绿蓑翁，独钓寒江雪。"用原句。

又《渔家傲引》："昨夜醉眠西浦月，今宵独钓南溪雪。"

宋·韩淲《贺新郎》(次韵昌甫雪梅曲):"又见年年雪,水浮桥、南岸幽处,周遭森列。横碧轩中空旧话,独钓寒江愁绝。"

宋·方岳《一剪梅》:"昨夜寒些,今夜寒些。孤舟簔笠钓烟沙。待不思家,怎不思家。"

宋·张炎《凤凰台上忆吹箫》(赵主簿,姚江人也。风流蕴藉,放情花柳。老之将至,况味凄然。以其号孤篷,嘱余赋之):"风渺渺,云施暮雪,独钓寒清。"

宋·冯时行《青玉案》(和贺方回《青玉案》寄果山诸公):"相思难寄,野航簔笠,独钓巴江雨。"

元·鲜于枢《仙吕·八声甘州》:"纶竿簔笠,落梅风里钓寒江。"

元·薛昂夫《蟾宫曲·雪》:"寻梅懒去,独钓无聊。"反用柳宗元句,写雪天寂寞,寻梅、独钓都不愿去。

811. 渔人披得一簑归

唐·郑谷《雪中偶题》:"乱飘僧舍茶烟湿,密洒歌楼酒力微。江上晚来堪画处,渔人披得一簑归。"苏轼评此诗为"村学中诗"。然而也有好评者,唐人段赞善将诗意入了画,宋人柳永又将诗意入了词:

《望远行》:"乱飘僧舍,密洒歌楼,迤逦渐迷鸳瓦。好是渔人,披得一簑归去,江上晚来堪画。"

812. 曾经沧海难为水

唐·元稹《离思五首》其四:"曾经沧海难为水,除却巫山不是云。取次花丛懒回顾,半缘修道半缘君。"悼念亡妻韦丛,用"沧海之水"与"巫山之云"喻同韦丛的爱情是专一的,经历过沧海的人,不屑于顾其它地方的水了。语出《孟子·尽心》:"观于海者难为水,游于圣人之门者难为言。"除了巫山之云外,不屑于顾其它地方的云了。楚·宋玉《高唐赋序》云:巫山有朝云峰,其云为神女所化,上属于天,下入于渊,非其它云所比。用此二喻,表白:除了韦丛,不会爱别人。

晋·陆云《为顾彦先赠妇往返》:"浮海难为水,游林难为观。"这里首用《孟子·尽心》语。

宋·柴宗庆《句》:"曾观大海难为水,除去梁园总是村。"

813. 瀼西春水縠纹生

唐·刘禹锡《竹枝词九首》:"江上朱楼新雨晴,瀼西春水縠纹生。桥东桥西好杨柳,人来人去唱歌行。"

"縠",绉纱一类丝织品。"縠纹"薄而带皱缩,这里喻水纹如波光鳞鳞,水纹皱皱。

唐·杜牧《江长偶见绝句》:"草色连云人去住,水纹如縠燕差池。"

宋·苏轼《和张昌言喜雨》:"禁林夜直鸣江濑,清洛朝回起縠纹。"

又《庚辰岁正月十二日天门冬酒熟予自漉之》:"点灯更试淮南语,泛溢东风有縠纹。"

宋·范成大《插秧》:"种密移疏绿毯平,行间清浅縠纹生。"稻田中的水纹。

814. 幽咽泉流冰下难

唐·白居易《琵琶行》:"间关莺语花底滑,幽咽泉流冰下难。"琵琶弹拨音乐,时而发生"间关"声滑有如"莺语花底";时而发出"幽咽"声涩有如"泉流冰下"。

元·张可久《一枝花,湖上晚归》:"万籁寂,四山静,幽咽泉流水下声,鹤怨猿惊。"用白居易语。

815. 春来江水绿如蓝

唐·白居易《忆江南》:"江南好,风景旧曾谙。日出江花红似火,春来江水绿如蓝。能不忆江南!""蓝",即染蓝。春初的江水湛蓝而澄清,水色美极了。

唐·李白《鲁郡尧祠送窦明府薄华还西京》:"笑夸故人指绝境,山光水色青于蓝。"《荀子·劝学篇》:"青,取之于蓝而青于蓝,冰,水为之而寒于水。""青于蓝":蓝是能提炼蓝色颜料的蓼蓝。靛青从蓼蓝中提炼出来比蓼蓝还要深。李白用此喻青山绿水颜色之浓。

唐·李商隐《望喜驿别嘉陵江》:"千里嘉陵江水色,会烟带月碧如蓝。"用"绿如蓝"。

唐·张祜《上巳》:"为忆绿江春水色,更随宵梦向吴洲。""绿江春水色"即"绿如蓝"色。

宋·范仲淹《送常熟钱尉》:"姑苏台下水如蓝,天赐仙乡奉旨甘。梅淡柳黄春不浅,王孙归思满江南。"

宋·梅尧臣《陈浩赴福州幕》:"远山犹带雪,野水已如蓝。"

宋·冯介《句》:"坐上击瓯清似玉,槛前流水碧如蓝。"用李商隐"碧如蓝"。

宋·苏轼《东湖》："吾家蜀江上，江上清如蓝。"

宋·贺铸《怨三三》："玉津春水如蓝，宫柳毵毵。桥上东风侧帽檐，记佳节，约是重三。"

元·王恽《越调·平湖乐》："鉴湖秋水碧如蓝，心赏随年淡。"

816. 秋风江上浪无限

唐·白居易《江南遇天宝乐叟》："秋风江上浪无限，暮雨舟中酒一尊。"天宝年间唐宫中的乐人流浪江南，现在人已成叟，作者与他相遇，舟中饮酒，百感交集。

宋·苏轼《次韵蒋颖叔》："江上秋风无限浪，枕中春梦不多时。"用白居易句。

817. 白浪掀天尽日风

唐·白居易《风雨晚泊》："青苔扑地连春雨，白浪掀天尽日风。"春雨连绵打青苔扑地，强风劲吹掀白浪冲天。

宋·苏轼《送张职方吉甫赴闽漕六和寺中作》："门前江水去掀天，寺后清池碧玉环。""掀天"用白居易句。后句用刘禹锡"水绕亭台碧玉环"句。

818. 渭流涨腻弃脂水

唐·杜牧《阿房宫赋》："明星荧荧，开妆镜也；绿云扰扰，梳晓鬟也；渭流涨腻，弃脂水也；烟斜雾横，焚椒兰也；雷霆乍惊，宫车过也；辘辘远听，杳不知其所之也。"渭水水流涨起，浮出一层油腻，那就是阿房宫人泼洒的胭脂水。这段排比句，是运用夸张手法的名句。

宋·方岳《水龙吟》（和朱行父海棠）："记华清浴起，渭流通波暖，红涨腻，弃脂水。"

宋·吴文英《八声甘州》（陪庾幕诸公游灵岩）："箭径酸风射眼，腻水染衣腥。"

819. 枫落吴江冷

唐·崔信明句："枫落吴江冷。"《新唐书·崔信明传》载："信明蹇亢，以门望自负，尝矜其文，谓过李百药，议者不许。扬州录事参军郑世翼者，亦鸷倨，数陵轻忤物，遇信明江中，谓曰：'闻公有"枫落吴江冷"，愿见其余。'信明欣然多出众篇，世翼览未终，曰：'所见不逮所闻！'投诸水，引舟去。"两

位高傲的人演出的这幕活报剧，使"枫落吴江冷"成了名句传世。《全唐诗》仅收崔信明一首诗另这一名句，其余是否为郑世翼"投诸水"了。

宋·辛弃疾《玉楼春》（客有游山者，志携具。以词索酒，用韵以答。时余有事不往）（再和）："旧时枫叶吴江句，今日锦囊无著处。""枫叶吴江句"，以崔信明名句，说今日无好句。

宋·苏轼《卜算子》："惊起却回头，有恨无人省。拣尽寒枝不肯栖，枫落吴江冷。"题为《黄州定慧院寓居作》，"定慧院"在今湖北黄冈县东南，作者贬谪黄州在此寓居数日。宋·黄庭坚《山谷题跋》卷二云："东坡道人在黄州时作，语意高妙，似非吃人间烟火食人语。非胸中有万卷书，笔下无一点尘俗气，孰能至是？"清·王士禛《花草拾蒙》云："坡'孤鸿词'，山谷以为非吃烟火食人句，良然。鄱阳居士云：'缺月，刺明微也；漏断，暗时也；幽人，不得志也；独往来，无助也；惊鸿，贤人不安也。此与《老檗》相似'云云，村夫子强作解事，令人欲呕。"显然对那位"居士"的解释很不满意。

"枫落吴江冷"，一作"寂寞沙洲冷"。全词写孤鸿飘泊，"沙洲冷"更切，鸿常落沙洲；而写鸿又是喻人之遭遇不幸，贬谪黄州，"吴江冷"写人更宜。所以《全宋词》所收就是"枫落吴江冷"（二九五页）。崔信明此句，经苏轼一用，而且用在名词之中，更使此句活了起来。

宋·赵长卿《菩萨蛮》（初冬旅中）："客帆卸尽风初定，夜空霜落吴江冷。"

宋·曹勋《花心动》（瑞香）："玉井生寒，正枫落吴江，冷侵罗幕。"

又《鹧鸪天》（咏桃）："枫落吴江肃晓霞，洞庭波静耿云光。"

宋·洪适《渔家傲引》："九月芦香霜旦旦，丹枫落尽吴江岸。"

宋·姜特立《声声慢》（岩桂）："云迷越岫，枫冷吴江，天香忽到人寰。"

宋·吴文英《新雁过妆楼》："江寒夜枫怨落，怕流作题情肠断红。"

又《惜黄花慢》："送客吴皋，正试霜夜冷，枫落长桥。"

宋·杨泽民《扫花游》："素秋渐老，正叶落吴江，雁横南浦。"

宋·张炎《绮罗香》（红叶）："枫冷吴江，独客又吟愁句。"

元·张可久《普天乐》(秋怀):"青天蜀道难,红叶吴江冷。"

820. 鱼龙寂寞秋江冷

唐·杜甫《秋兴八首》其四:"鱼龙寂寞秋江冷,故国平居有所思。""鱼龙寂寞"即"秋江寂寞"。《水经注》云:"鱼龙以秋日为夜,龙秋分而降,蛰寝于渊,故以秋为夜也。"其以为鱼龙入秋而蛰伏,如夜卧,喻秋江冷落。

杜甫《草阁》又写:"鱼龙回夜水,星月动秋山。"草阁夜月,秋水回旋,秋山月影。

又《秦州杂诗》:"水落鱼龙夜,山空鸟鼠秋。"秦州景色:水位低落,山无鸟鼠。

宋·苏轼《方张山人二首》:"鱼龙随水落,猿鸟喜君还。"水浅。

宋·张元干《卜算子》:"起舞闻鸡酒未醒,潮落秋江冷。"

宋·姜特立《卜算子》(用坡仙韵):"争奈姮娥不嫁人,寂寞孤衾冷。"

金·无好问《横波亭》:"疏星淡月鱼龙夜,老木清霜鸿雁秋。"用杜甫句写失地之凄清冷落。

清·孔尚任《桃花扇》第三十七出劫宝《前腔》:"寂寞鱼龙,潜立江头,乞食村庄。"南明弘光帝出逃南京,引杜甫"鱼龙寂寞"以自比。

清·左辅《南浦》(夜寻琵琶亭):"只听琵琶响断,鱼龙寂寞不曾醒。"伤心嘉庆、道光年间的国事。

821. 惆怅香山云水冷

唐·白居易《龙门送别皇甫泽州赴任韦山人南游》:"惆怅香山云水冷,明朝便是独游人。""云水冷",环境冷落凄凉。用"冷"字韵句还如:

宋·向子谖《卜算子》(中秋欲雨还晴,惠力寺江月亭用东坡先生韵示诸弹老,寄徐师川枢密):"独立沧浪忘却归,不觉霜华冷。"

又《卜算子》(重阳后数日,避乱行双源山间,见菊,复用前韵。时以九江郡恳辞,未报):"若个知余懒是真,心已如灰冷。"

又《卜算子》(督战泗水,再用前韵,第三首示草堂):"古道无人著脚行,禾黍秋风冷。"

又《卜算子》(复自和第四首):"月落乌鸡出户飞,万里关河冷。"

宋·赵长卿《点绛唇》:"瓦湿鸳鸯,夜深霜重江风冷。"

又《点绛唇》:"当日相逢,枕衾清夜纱窗冷。"

宋·葛长庚《卜算子》(景泰又次韵东坡三首):"独倚栏干啸一声,毛发萧萧冷。"

又《卜算子》:"此夕行藏独倚楼,风雨凄凄冷。"

又《卜算子》:"江汉飘浮二十年,一枕西风冷。"

822. 风吹白露衣裳冷

唐·白居易《晚秋夜》:"凝情不语空所思,风吹白露衣裳冷。"晚秋凝神思索,夜风携露吹来,顿觉衣裳寒凉。用"露湿衣裳冷"句如:

宋·范成大《好事近》:"不惜骖鸾玉箫,露湿衣裳冷。"

宋·赵长卿《卜算子》(秋深):"夜半骖鸾弄玉笙,露湿衣裳冷。"用范成大句。

宋·洪适《渔家傲》:"略略风来剖航艋,渔父醒,月空露下衣裳冷。"

823. 云卧衣裳冷

唐·杜甫《游龙门奉先寺》:"天阙象纬通,云卧衣裳冷。""龙门"指河南伊阙,因称"天阙",诗人夜宿奉先寺,绘其夜景,龙门星象经纬相通,天地相接,高寒至极,所以"云卧衣裳冷"。"云卧":南宋蔡绦及《庚溪诗话》引韦述《东都记》:证"龙门若天阙""言天阙迥而象纬逼近,云卧山而衣裳冷也。"张缵认为"云卧"即"云室"。文翔凤《药溪谈》说:"伊阳之北山,即鸣皋之派,长殆百里,如云卧然。"都不确。"云卧"应是人卧云中,言所居之高。谢灵运有"被云卧石门"句(《石门新营所住四面高山回溪石濑茂林修竹》),显然,披云而卧者是指人,言居处之高。明·杨慎《谭苑醍醐》云:'天阙','云卧'乃倒字法:言窥天则星辰垂地,卧云则空翠湿衣,见山寺高寒,殊于人境也。""窥"应作"阙","倒字"则是对的。杜诗说:龙门牛头山两峰之间(天阙)星象经纬相通,夜宿寺中高寒环境(卧云),衣裳倍感寒凉。用杜甫句如:

宋·辛弃疾《贺新郎》(赋水仙):"云卧衣裳冷,看萧然风前月下,水边涵影。"

又《菩萨蛮》(重到云岩戏徐斯远):"山房连石径,云卧衣裳冷。"

宋·韩淲《卜算子》:"手启柴门倦复关,云卧衣裳冷。"

宋·卢祖皋《卜算子》(忆梅花):"想见江南万斛愁,云卧衣裳冷。"

宋·刘之才《玲珑四犯》:"算谁念,卧云衣冷,香压金蟾小。"缩用杜句。

宋·仇远《石城路》(寄子发):"自卷荷衣,石床高卧翠微冷。"

824. 云卧恣天行

南朝·宋·鲍照《代升天行》:"风餐委松宿,云卧恣天行。"写隐居深山者餐风、宿松、卧云,自由自在地生活。"云卧"(卧云),指居于高山,卧于云雾,出离世外,悠然无扰。南朝·宋·谢灵运《石门新营所住四面高山回溪濑茂林修竹》(后用"茂林修竹"概出此题):"路险筑幽居,披云卧石门。"写石门之高,须披开云层而卧。"卧云"当始于此。

唐·孟浩然《白云先生王迥见访》:"闲归日无事,云卧昼不起。"

唐·李白《白云歌着刘十六归山》:"湘水上,女萝长,白云堪卧君早归。"

又《赠韦秘书子春二首》:"斯人竟不起,云卧以所适。"

又《望九华赠青阳韦仲堪》:"君为东道主,于此卧云松。"

又《秋夜独坐怀故山》:"天书访江海,云卧起咸京。"

又《日夕山中忽然有怀》:"久卧青山云,遂为青山客。"

唐·刘长卿《吴中闻潼关失守因奉寄淮南萧判官》:"不如归运山,云卧饭松栗。"

唐·高适《送郭处士往莱芜兼寄苟山人》:"云卧临峰阳,山行穷日观。"

唐·秦系《即事奉呈郎中韦使君》:"久卧云间已息机,青袍忽著狎鸥飞。"

唐·戴叔伦《精舍对雨》:"空门寂寂谈吾身,溪雨微微洗客尘。卧向白云晴未尽,任地黄鸟醉芳春。"

唐·吴筠《商山四皓》:"四皓同无为,丘中卧白云。"

唐·崔峒《送贺兰广赴选》:"而今用武尔攻文,流辈千时独卧云。"

唐·刘商《山中寄元二侍御二首》:"心期汗漫卧云扃,家计漂零水上萍。"

唐·白居易《寄隐者》:"归去卧云人,谋身计非误。"

又《咏史》:"可怜黄绮入商洛,闲卧白云歌紫芝。"

又《侍中晋公欲到东洛先蒙书问期宿龙门思往感今辄献长句》:"功成名遂来未久,云卧山游去未迟。"

又《寄举之公垂二相公》:"故交海内只三人,二坐岩廊一卧云。"

又《出山吟》:"卧云坐白石,山中十五宿。"

又《昔与微之在朝日同蓄休退之心迨今十年沦落老大追寻前约且结后期》:"不作卧云计,携手欲何之。"

又《酬元郎中同制加朝散大夫书怀见赠》:"终身拟作卧云伴,逐月须收烧纸钱。"

唐·杜牧《送故人归山》:"三清洞里无端别,又拂尘衣欲卧云。"

唐·许浑《送从兄归隐蓝溪二首》:"无人知此意,甘卧白云中。"

唐·李群玉《经费拾遗所居呈封员外》:"云卧竟不起,少微空陨光。"

唐·贾岛《青门里作》:"若无攀桂分,只是卧云休。"

唐·皮日休《寄毗陵魏处士朴》:"醉少最因吟月冷,瘦多偏为卧云寒。"

唐·李咸用《和人游东林》:"一从张野卧云林,胜概谁人更解寻。"

唐·李昭象《赴举出山留寄山居郑参军》:"时泰难云卧,随看急诏行。"

唐·杜荀鹤《途中有作》:"百岁此身如且健,大家闲作卧云翁。"

唐·韦庄《婺中和陆谏议将赴阙怀阳羡山居》:"道开烧药鼎,僧寄卧云衣。"

唐·杨适《送邹尊师归洞庭》(一作杨达诗):"近闻飞檄急,转忆卧云深。"

唐·虞有贤《送卧云道士》:"卧云道士来相辞,相辞倏忽何所之。"

宋·苏轼《轼欲以石易画晋卿难之复次前韵》:"卧云行归休,破贼见神速。"

又《赠清凉寺和长老》:"代北初辞没马尘,江南来见卧云人。""卧云人"指"长老",佛隐之人。

又《失题三首》:"木落沙明秋浦,云卧烟淡潇湘。"

宋·贺铸《诉衷情》："不堪回首卧云乡，羁臣负清狂。""卧云乡"指远离朝廷的地方。

宋·朱敦儒《菩萨蛮》："想见卧云人，松黄落洞门。"

又《如梦令》："我是卧云人，悔到红尘深处。"

宋·周紫芝《减字木兰花》（雨中熟睡）："无计医贫，长作云山高卧人。"

宋·张元干《水调歌头》（癸酉虎丘中秋）："倦游回首，向来云卧两星周。"

宋·侯寘《水调歌头》："问鼎何似，卧云攲石。"

宋·沈瀛《念奴娇》："横卧云峰千叠嶂，风旆槽香新压。"

宋·张孝忠《杏花天》（刘司法喜咏北湖次其韵）："爱寻水竹添情况，任云卧、溪边石上。"

宋·张颐《水调歌头》（徐高士游洞霄）："他日倘然归老，乞取一庵云卧、随分了生涯。"

宋·方岳《沁园春》："云卧空山，梦回孤驿，生怕渠嗔未敢诗。"

又《最高楼》："秋崖低，云卧欲生苔。"

宋·吴文英《沁园春》："松江上，念故人老矣，甘卧闲云。"

宋·陈著《庆春泽》："羡花花，好岁寒交，有卧云亭。"

宋·陈允平《满路花》："重暖香篝，绣被拥银屏，彩鸾空伴云卧。"

宋·周密《浣溪沙》（题紫清道院）："静养金芽文武火，时调玉轸短长清，石床闲卧看秋云。""卧云"即近于此意，但"闲卧看云"不全同于"卧云"。

825. 山深云湿衣

北朝·周·庾信《和宇文内史春日游山》："风逆花迎面，山深云湿衣。"春日骑马游山，逆风而上，花迎面相向，行到高山深处，云雾湿了衣裳。云为水蒸气，云湿了人的衣裳，说明人登山极高，已入山颠之云雾弥漫处。用"云湿衣"句如：

唐·陈润《宿北乐馆》："栋里不知浑是云，晓来但觉衣裳湿。"

宋·辛弃疾《满江红》："清可漱，泉长滴；高欲卧，云还湿。"

826. 云似玉披衣

唐·李乂《陪幸临渭亭遇雪应制》："水如银度

烛，云似玉披衣。"这两句喻雪，写水、云覆雪的奇观：水如度银之蜡，云似披玉之衣，大雪使水成了银，使云成了玉，地上铺银，空中飘玉，此喻美极。"云似玉披衣"，首先把云比作了衣，定会想到李白的"云想衣裳"（《清平调》）和杜甫的"云细不成衣"（《复愁》）。前有李义府的"裁云作舞衣"。此喻曾盛行。

唐·沈佺期《奉和圣制幸礼部尚书窦希玠宅》："水从金穴吐，云是玉衣来。"

唐·钱起《江行无题一百首》："楼空人不归，云似去时衣。"

827. 空翠湿人衣

唐·王维《山中》："山路元无雨，空翠湿人衣。"初冬的秦岭山脉，郁郁葱葱，一片翠色，浓翠中饱含水气，打湿了人的衣服。"翠湿人衣"当从庾信"云湿人衣"来。

宋·范成大《晓出古城山》："空翠滴尘缨，何必濯沧浪。"用王维"空翠"句写濯缨。

828. 轻轻柳絮点人衣

唐·杜甫《十二月一日三首》："短短桃花临水岸，轻轻柳絮点人衣。""点"字极精，写柳絮落在衣上之轻，如轻轻点上。

宋·晁补之《声声慢》（家妓荣奴既出有感）："断肠如雪，撩乱去点人衣。"用"点人衣"句写柳絮轻轻，喻荣奴飞去。"撩乱"兼用欧阳修"撩乱挽人衣"句。

829. 玉钗撩乱挽人衣

宋·欧阳修《阮郎归》："浓香搓粉细腰肢，青螺深画眉，玉钗撩乱挽人衣。""挽人衣"从"点人衣"来。

又《定风波》："春睡觉来情绪恶，寂寞，杨花缭乱拂珠帘。"

830. 高枕听江流

唐·张说《深渡驿》："旅泊青山夜，荒庭白露秋。洞房悬月影，高枕听江流。"夜泊深渡驿，枕上即听到哗哗的江水声。

唐·杜甫《客夜》："入帘残月影，高枕远江声。"从张说二句脱出。

831. 渔梁渡头争渡喧

唐·孟浩然《夜归鹿门山歌》："山寺钟鸣昼已昏,渔梁渡头争渡喧。"黄昏渡头,争渡人喧哗不已。

唐·岑参《巴南舟中夜书事》："渡口欲黄昏,归人争渡喧。"用孟句。

832. 欲把一麾江海去

唐·杜牧《将赴吴兴登乐游原一绝》："清时有味是无能,闲爱孤云静爱僧。欲把一麾江海去,乐游原上望昭陵。"唐宣宗大中四年(850),杜牧从吏部员外郎将出任湖州(即吴兴,今浙江省湖州市)刺史登长安南乐游原所作。他很有政治抱负,可员外郎却是一个闲职,因而自请出京。"欲把一麾江海去",出任刺史(相当于汉时太守)依制行装是一车二幡,麾就是幡、旌旗。"江海":湖州北有太湖、长江,东南是东海,去湖州用"江海去"以代。此句意为出任湖州刺史。而登山乐游原,远远望唐太宗的陵寝昭陵(在长安西醴泉县九嵕山),并非眷恋而深思,言外意是追怀"贞观盛世",深感自己生不逢辰。

宋·苏轼《次韵答黄安中兼简林子中》："老去心灰不复燃,一麾江海意方坚。"作此诗时,黄履(字安中)知苏州,林希(字子中)自润州移知杭州,而苏轼为翰林承旨。此诗这二句表明自己心迹。"麾江海"用杜牧句意。

833. 寒塘欲下迟

唐·崔涂《孤雁》："几行归塞尽,念尔独何之?暮雨相呼失,寒塘欲下迟。"写失群孤雁之凄楚,雁行尽已北归,孤雁可飞向何方?它在春天的暮雨中挣扎着,呼叫着,不见同伴踪影。飞下芦塘去寻伴或栖息?芦塘还有早春的寒凉,更会增加凄冷。近人俞陛云《诗境浅说·甲编》评："暮雨苍茫,相呼失侣,将欲寒塘投宿而孤踪自怯,几度排徊。二句皆替雁着想,如在庄周之以身化蝶,故入情入理,犹咏鸳鸯之'暂分烟岛犹回首,只渡寒塘亦并飞',替鸳鸯着想,皆妙入毫颠也。"作者籍属浙江,一生却羁旅巴、蜀、湘、鄂、秦、陇各地,思雁之孤苦,感同身受,写此雁以自喻,借物抒情,很成功,就是自然的了。

唐·温庭筠《雪夜与友生同宿晓寄近邻》："寂

寞寒塘路,怜君独阻寻。"这"寒塘"是写人的。

宋·赵令畤《菩萨蛮》："轻鸿欲下寒塘,双双飞破春烟绿。"用崔涂句。

宋·张炎《解连环》(孤雁)："楚江空晚,怅离群万里,恍然惊散。自顾影,欲下寒塘,正沙净草枯,水平天远。……暮雨相呼,怕蓦地、玉关重见。"此词不仅用崔涂诗题、诗句,并衍发其诗意。

834. 到来唯饮长溪水

唐·方干《献浙东王大夫》："到来唯饮长溪水,归去应将一个钱。"这是献给鉴湖太守王龟的诗,称王龟到任只"喝长溪水",离任不过"带一个钱",十分清廉。《晋书·邓攸传》载邓攸任吴郡太守,"载米之郡俸禄无所受,唯饮吴水而已。""后称疾去职。郡常有送还钱数百万,攸去郡,不受一钱。"此诗用邓攸清廉为民事迹,以赞王龟。

明·汤显祖《牡丹亭》第三出《训女》："到来只饮官中水,归去惟看屋外山。"这是剧中人南安太守杜宝出场诗中末二句,用方干句以示自己清廉。

835. 水村山郭酒旗风

唐·杜牧《江南春》："千里莺啼绿映红,水村山郭酒旗风。"全诗解释在酒类此条。"水村山郭",傍水的村庄,依山的城郭,概括了所有的乡村和城市。用此句如:

宋·杨无咎《柳梢青》："绕遍江南,缭墙深苑,水郭山村。"

宋·孙道绚《忆秦娥》(季温老友归樵阳人来闲书因以为寄)："西飞鸿,故人何在,水村山郭。"

宋·史浩《念奴娇》(次韵商筑叟秋香)："碧玉扶疏囗万朵,偏称水村山郭。"

宋·黎廷瑞《秦楼月》(梅花十阕)："春来了,孤根矫树花开早。花开早,水村山郭,嫩红清晓。"

其它换字句如:

宋·黄大临《青玉案》(和贺方回韵送山谷弟贬宜州)："水村山馆,夜阑无寐,听尽空阶雨。"

宋·曹勋《二郎神》："凝伫,山村水馆,难堪羁旅。"

又《选冠子》(宿石门)："还是关河冷落,斜阳衰草,苇村山驿。"

宋·张抡《菩萨蛮》："人间何处难忘酒,山村野店清明后。"

宋·陆游《真珠帘》："山村水馆参差路,感羁游、正似残春风絮。"

又《望梅》词:"寿非金石,恨天教老向、水程山驿。"

宋·陈亮《品令》(咏雪梅):"十分春色,依约见了、水村竹坞。"

宋·方岳《贺新郎》:"水驿山村还要我,料理松风竹雪。"

宋·刘颉《满庭芳》:"十年,羁旅兴,舟前水驿,马上烟村。"

宋·柴望《齐天乐》:"几度刘郎,当年曼倩,迢递水村烟驿,寻踪访迹。"

宋·王沂孙《锁窗寒》:"问如今、山馆水村,共谁翠幄熏蕙炷。"

宋·无名氏《鼓笛慢》:"正水村山馆,倚栏愁寄,有多少、春情意。"

宋·无名氏《念奴娇》:"欲探疏梅,独自个、寻访山村水驿。"

宋·无名氏《沁园春》:"山驿萧疏,水亭清楚,仙姿太幽。"

宋·无名氏《雨中花慢》:"今夜里,清风明月,水村山驿。"

836. 水村渔市,一缕孤烟细

宋·王禹偁《点绛唇》(感兴):"雨恨云愁,江南依旧称佳丽。水村渔市,一缕孤烟细。"此词约作于被贬黄州之后。上阕写江南虽依然是"佳丽地",而雨带恨,云含愁,那水边渔村里,只袅起一缕细细的炊烟,令人感到孤零而凄楚。清·沈雄《古今词话》上卷评此词:"宋初以词章早著名者,梓州苏易简作《越江吟》,载《百琲明珠》,蜀之大魁自此始。钜野王禹偁作《点绛唇》,见《小畜集》,谓其文章重于当世。"说明此词在宋初有开山意义。清·王奕清《历代词话》卷四引《词苑》评:"王元之(王禹偁)有《小畜集》,其《点绛唇》词'水村渔市,一缕孤烟细'之句,清丽可爱,岂止以诗擅名。"水村渔市即水乡渔街,就是江南水乡。用"水村山郭"句法结构而独具一格。

宋·柳永《洞仙歌》:"羁旅,渐入三吴风景,水村渔市。"

又《雪梅香》:"渔市孤烟袅寒碧,水村残叶舞秋红。"分句用。

宋·贺铸《更漏子》:"明朝水馆渔村,凭谁招断魂。"

宋·韩驹《昭君怨》:"昨日樵村渔浦,今日琼川银渚。"

宋·黄公度《青玉案》:"霜桥月馆,水村烟市,总是思君处。"

宋·游次公《满江红》:"望渔村樵市隔平林,寒烟色。"

宋·赵长卿《临江仙》(日暮舟中月明寒甚忆暖春围炉):"水村渔浦舣孤篷,单衾愁断,无梦转愁浓。"

宋·陆游《春晚即事》:"渔村樵市过残春,八十三年老病身。"

宋·史达祖《八归》:"想半属、渔市樵村,欲暮竞然竹。"

宋·方千里《宴清都》:"轻榔聚网,长歌和楫,水村渔户。"

宋·陈允平《夜游宫》:"窄索楼儿傍水,渐秋到、渔村桔里。"

837. 竹篱茅舍自甘心

宋·王淇《梅》:"不受尘埃半点侵,竹篱茅舍自甘心。只因误识林和靖,惹得诗人说到今。"说梅花一尘不染,却也普普通通,只因林逋以为梅妻鹤子,又写了《山园小梅》名诗,后人就不断地写起梅来,"误识"为戏谑性反语。"竹篱茅舍"是当时典型的江南民居,竹编的篱笆,围起草房的院落。宋人多以之入词。

宋·王安石《清平乐》:"云垂平野,掩映竹篱茅舍。"这是运用最早的,"竹篱茅舍"与"水村山郭"有相同的语言结构,即"定名定名"型短语。后人也用换字换序的变式。

宋·苏轼《浣溪沙》(咏桔):"菊暗荷枯一夜霜,新苞绿叶照林光,竹篱茅舍出青黄。"

又《山村五绝》:"竹篱茅屋趁溪斜,春入山村处处花。"

宋·晁冲之《汉宫春》(梅):"清浅小溪如练,问玉堂何似、茅舍疏篱。"(一作李邴词)

宋·曹组《青玉案》:"竹篱茅舍,酒旗沙岸,一簇成村市。"

又《好事近》:"茅舍竹篱边,雀噪晚枝时节。"

宋·王庭珪《满庭芳》(梅):"东阁官梅,玉栏朱槛,未如山馆疏篱。"

宋·朱敦儒《感皇恩》:"槿篱茅舍,便有山家风味。"

宋·周紫芝《虞美人》:"山城寒夜不烧灯,时见竹篱茅舍,两三星。"

宋·张升《离亭燕》:"蓼岸荻花中,隐映竹篱茅舍。"

宋·邵博《念奴娇》:"一年一度,首作东君客,竹篱茅舍,典型别是清白。"

宋·杨无咎《柳梢青》:"茅舍疏篱,半飘残雪,斜卧低枝。"

宋·刘羲《蓦山溪》(寄宝学):"平台戏马,无处问英雄。茅舍底,竹篱东,伫立时搔首。"

宋·史浩《满庭芳》(茅舍):"柴作疏篱,茅编小屋,绕堤苦竹黄芦。"

宋·王千秋《好事近》(和李清宇):"寒入竹窗茅舍,听琴弦声绝。"

宋·管鉴《念奴娇》(丙申十二月六日赏梅,闻岑守得祠,下政将赴,代归有日,喜见于辞):"茅舍疏篱,故园开处,两岁关山隔。"

宋·吴儆《浣溪沙》(咏梅):"茅舍疏篱出素英,临风照水眩精神。"

宋·范成大《浣溪沙》:"茅店竹篱开席市,绛裙青袂断姜田。"

宋·丘崈《沁园春》:"何时竹屋茅斋,去相傍为邻三径开。"

又《锦帐春》(己未孟冬净见梅英作):"著棕亭临水,宛然郊野,竹篱茅舍。"

宋·赵长卿《探春令》(赏梅十首):"溪桥山路,竹篱茅舍,凄凉风雨。"

又《柳梢青》(过何郎石见早梅):"茅店儿前,竹篱巴后,初见横枝。"

宋·辛弃疾《鹧鸪天》:"点尽苍苔色欲空,竹篱茅舍要诗翁。花余歌舞欢娱外,诗在经营惨淡中。"

又《念奴娇》:"茅舍疏篱江上路,清夜月高山小。"

又《洞仙歌》(红梅):"向竹篱茅舍,几误佳期,招伊怪、满脸颜红微带。"

宋·韩玉《霜天晓月》:"竹篱茅屋,一树扶疏玉。"

宋·卢柄《踏莎行》(过黄花渡,沾白酒,因成,呈天休):"茅舍疏篱,竹边低户,谁家酒滴真珠露。"

宋·王莘《蓦山溪》:"竹篱茅舍,鸡犬两三家。寻渔父,问湘灵,挂杖斜阳里。"

又《满江红》:"离不得,春和腊;少不得,烟和雪。更茅檐低亚,竹篱轻折。"

又《沁园春》:"流水小桥,茅屋竹窗,纸帐蒲团。"

宋·张镃《八声甘州》(九月末南湖对菊):"唤汝,东山归去,正灯明,松户竹篱。"

宋·汪莘《满庭芳》(雨中再赋牡丹):"似太真姊妹,半醒微酣。须信生来富贵,何曾在、草舍茅庵。"

宋·韩淲《一剪梅》(腊前梅):"玉溪山外水云乡,茅舍疏篱,不换金章。"

宋·郑域《昭君怨》:"冷落竹篱茅舍,富贵玉堂琼树,两地不同栽(梅),一般开。"

宋·吴潜《满江红》(梅):"问竹篱、茅舍景何如?惟渠识。"

又《暗香》:"终是茅檐竹户,难指望、凌烟金碧。"

又《水调歌头》:"竹篱茅舍,窗户不用玉为钩。"

宋·李曾伯《沁园春》:"我有竹溪茅舍,办取金风玉露,一笑四并全。"

宋·黄升《贺新郎》(梅):"清癯不恋华亭树,待与君、白发相亲,竹篱茅舍。"

宋·杨泽民《红林檎近》(雪):"浑加瑶台阆苑,更无茅舍蓬窗。"

宋·陈著《大酺》:"炊脱粟,黄鸡白酒,补菊栽梅。碧溪绕、竹篱茅屋。"

宋·陈允平《蕙兰芳引》:"故山鹤怨,流水自、菊篱茅屋。"

宋·何梦桂《蓦山溪》(和雪):"无言相对,这岁暮心期,茅舍外玉堂,处处风流好。"

又《水龙吟》:"玉堂茅舍,风流随处,年年孤另。"

宋·杨韶父《伊州三台令》:"水村月淡云低,为爱寒香晚吹,瘦马立多时,是谁家、茅舍竹篱。"

宋·刘壎《贺新郎》:"忽飘来,暗香万斛,春浮江浦。茅舍竹篱词客老,拟傍东风千树。"

宋·蔡士裕《金缕曲》:"茅舍竹篱容不得,移向华堂深悄。"

宋·无名氏《蓦山溪》:"疏篱茅舍,回首试轻辞。争望远,嫁东风,对玉堂同处。"

宋·无名氏《蓦山溪》:"竹篱茅舍,斜倚为谁愁。"

宋·无名氏《蓦山溪》："竹篱茆舍，底是藏春处。"

宋·无名氏《蓦山溪》（画梅）："孤村冬杪，有景真堪画。茅舍绕疏篱，见一枝、寒梅潇洒。"

宋·无名氏《凤凰台上忆吹箫》："小桥斜渡，潇洒处、苇篱茅舍三间。"

宋·无名氏《选冠子》："因动感、野水溪桥，竹篱茅舍，何似玉堂金阙。"

宋·无名氏《洞仙歌》："望孤村，两三间、茅屋疏篱。溪水畔，一簇芦花照。"

宋·无名氏《西地锦》："幽香远远散西东，惟竹篱茅屋。"

宋·无名氏《青玉案》："玉堂金马，竹篱茅舍，总是无心处。"

宋人话本小说中人物词刘锜《鹧鸪天》："竹引牵牛花满街，疏篱茅舍月光筛。"

元·白朴《天净沙》（冬）："竹篱茅舍，淡烟衰草孤村。"

元·郑光祖《蟾宫曲》："断桥东下傍溪沙，疏篱茅舍人家。"

元·张养浩《寨儿令·倬然亭独坐》："映青山茅舍疏篱，绕孤村流水花堤。"兼用秦观"流水绕孤村"句。

元·卢挚《沉醉东风·闲居》："恰离了绿水青山那搭，早来到竹篱茅舍人家。"

明·汤显祖《牡丹亭》第八出劝农《排歌》："竹篱茅舍酒旗儿叉，雨过炊烟一缕斜。"

元明小说话本依托宋人作《临江仙》："快活无过庄家好，竹篱茅舍清幽。"

838. 泛宅浮家何处好

宋·胡仔《满江红》："泛宅浮家何处好，苕溪清境。""浮家泛宅"出自张志和语。《新唐书·张志和传》："颜真卿为湖州刺史，志和来谒，真卿以舟敝漏，更请之。志和曰：'愿为浮家泛宅，往来苕、雪间。'"意为以船家，浪迹江湖，过着渔钓生活以隐居。张志和就是这样做的。宋·叶梦得《八声甘州》："问浮家泛宅，自玄真去后，有谁来？"称赞了张志和之真隐。至于"有谁来？"南宋的胡仔就"来"了。胡仔也做过一些如奉议郎，知常州晋陵县一类小官，但他的志趣极近张志知，不久便隐居苕溪（今浙江湖州），号"苕溪渔隐"，著《苕溪渔隐丛话》，补救了《诗总》之缺漏，完善了北宋的诗

话理论研究。其父胡舜陟《渔家傲》（江行阻风）曾偶而联想到"我本绿蓑箬笠，浮家泛宅烟波逸。"不过是一时"阻风"，滞留行舟，想起了张志和的"浮家泛宅"，他曾任监察御史，广西经略使。胡仔做官就是受其父的荫恩。

后人用"浮家泛宅"，要么述张志和本事，要么抒自己的志趣，要么描绘水程。

宋·王灼《恨来迟》："似泛宅浮家，水平风软，咫尺蓬莱。"

宋·张元干《临江仙》（送宇文德和被召赴行在所）："泛宅浮家游戏去，流行坎止忘怀。"

又《醉落魄》："浮家泛宅，旧游记雪溪踪迹。此生已是天涯隔，投老谁知，还作三吴客。"

又《渔家傲》（题玄真子图）："明月太虚同一照，浮家泛宅忘昏晓。"

宋·程大昌《好事近》（会娄彦发）："浮家泛宅在他乡，难得会瓜葛。"

宋·陆游《秋夜怀吴中》："更堪临水登山处，正是浮家泛宅时。"

宋·曹冠《蓦山溪》（鉴湖）："浮家泛宅，它日效陶朱。"

宋·程垓《满江红》："葺屋为舟，身便是、烟波钓客。况人间元似、泛家浮宅。"

宋·蒲寿宬《渔父词》："莼菜滑，白鱼肥，浮家泛宅不曾归。"

宋·韦居安《摸鱼儿》："杨柳外，羡泛宅浮家，当日元真子。"

宋·张炎《瑶台聚八仙》（为野舟赋）："泛宅浮家更好，度孤薄影里，濯足吹箫。"

宋·元名氏《水仙子》（寿贩迷运舟人·四月廿三）："浮家泛宅生涯好，聚米堆盐多积宝。"

839. 独上子陵滩

唐·刘长卿《却归睦州至七里滩下作》："南归犹谪宦，独上子陵滩。""子陵滩"即东汉初年严光（字陵）垂钓处。《后汉书·严光传》记载，严光"少有高名，与光武同游学，及光武即位，乃变姓名，隐身不见。"后被寻到请来，他与光共卧，"以足加帝腹上"，帝封他谏议大夫，不受，"乃耕于富春山（后改'富阳'）"。"后人名其钓处为严陵濑"。顾野王《舆地志》云："七里濑在东阳江下，与严陵濑相接，有严山。桐庐县南有严子陵渔钓处，今山边有石，上平，可坐十人。临水，名为严陵钓坛。""濑"，

沙石上流过的急水；"滩"，水流过沙石的地方。此诗中的"滩"与"濑"通用。刘长卿曾任临察御史等官职，因吴仲孺诬奏，贬潘州南巴尉。由于有人为之辩，除睦州司马，终于随州刺史。此诗即写这位谪官赴睦州上任途经子陵滩的心绪。"独上子陵滩"，由于宦海沉浮，使他冷落仕进，面对严光隐居处，不无感触。刘长卿写严陵滩较多，又如：

《对酒寄严维》："门前七里滩，早晚子陵过。"喻严维。

《送顾长往新安》："严子千年后，何人钓旧滩？""新安"即睦州，严陵隐居地。借顾长去严陵滩，而表明心迹。(一作皇甫冉诗)

《严子濑东送马处直归苏州》："秋色姑苏台，寒流子陵濑。"写秋寒。

《泛曲阿后湖简同游诸公》："且习子陵隐，能忘生事忧。"透露为官之烦恼。

《京口怀洛阳旧居，兼寄广陵二三知己》："严陵七里滩，携手同所适。"表达同友人一起隐居的愿望。

《使还七里濑上逢薛承规赴江西贬官》："迁客归人醉晚寒，孤舟暂泊子陵滩。"

南朝·宋·谢灵运《七里濑》："目睹严子濑，想属任公钓。"作者游浙江桐庐县富春江，经七里濑，其下数里有严陵滩。他身受迁斥，因而以古人严子陵不肯出仕为风格高尚，表达自己对隐居不仕生活的向往。这是诗中首用严陵滩的句例。"严陵滩"遗迹，影响着有唐一代许多诗人，他们用此典表达种种思绪。

唐·崔颢《发锦沙村》："行行泊不可，须及子陵滩。"

唐·李白《赠从孙义兴宰铭》："他日一来游，因之严光濑。"

又《送王屋山人魏万还王屋》："乱流新安口，北指严光濑。"

唐·岑参《送严维下第还江东》："严子滩复在，谢公文可追。"

又《终南山双峰草堂作》："缅怀郑生谷，颇忆严子濑。"

又《太一石鳖崖口潭旧庐招王学士》："何心濯沧浪，不能钓严滩。此地可遗老，劝君来考槃。"

又《宿关西客舍寄东山严、许二山人时天宝初七月初三日在内学见有高道举征》："滩上思严子，山中忆许由。"

唐·杜甫《夔府书怀四十韵》："钓濑疏坟籍，耕岩进奕棋。"

唐·戴叔伦《闲思》："何似严陵滩上客，一竿长伴白鸥闲。"喻自己闲适。

唐·秦系《耶溪书怀寄刘长卿员外》："拟共钓竿长往复，严陵滩上胜耶溪。"向往渔隐。

唐·权德舆《宿严陵》："今夜子陵滩下泊，自惭相去九牛毛。"

唐·白居易《新小滩》："江南客见生乡思，道似严陵七里滩。"

唐·皮日休《钓侣》："严陵滩势似云崩，钓具归来放石层。"

元·鲜于必仁《寨儿令》："五柳庄月朗风清，七里滩浪稳潮平。"赞陶、严的平静生活。

元·张养浩《朝天乐》："严子陵钓滩，韩元帅将坛，那一个无忧患。"

840. 永愿坐此石，长垂严陵钓

唐·李白《独酌清溪江石上寄权昭夷》："永愿坐此石，长垂严陵钓。"天宝十三载(764)，诗人来到池州(今安徽贵池县)，游池州府城北的清溪。此诗写他坐在溪边最高的石岩上产生的想法。他坐在石上，面对清溪流水，想到自己生不逢辰，于是想到如严子陵那样，永远隐居垂钓。李白对严光不入仕途、挚意垂钓隐居的生活与品格是敬佩的、仰慕的，并引以自况。如：

《松梢本孤直》(古风第十二)："昭昭严子陵，垂钓沧波间。身将客星隐，心与浮云闲。长揖万乘君，还归富春山。清风洒六合，邈然不可攀。"

《酬崔侍御》："严陵不从万乘游，归卧空山钓碧流。"

《翰林读书言怀呈集贤诸学士》："严光桐庐溪，谢客临海峤。功成谢人间，从此一投钓。"作者遭高力士、张垍等人的谗言之后，作此诗以表白，但望立业建功后寄身林泉，如严光一样投钓江边。

《书情赠蔡舍人雄》："梦钓子陵湍，英风缅犹存。徒希客星隐，弱植不足援。"

唐人用"严陵钓"，赞不逐名利、退隐江湖等意。

唐·卢象《家叔征君东溪草堂二首》："水深严子钓，松挂巢父衣。"比隐士卢征君。

唐·郎士元《送孙愿》："若访新安路，严陵有钓矶。"

唐·吕温《道州敬酬何处士书情见赠》:"严陵钓处江初满,梁甫吟时月正高。"比何处士。

唐·白居易《秋池独泛》:"严子垂钓日,苏门长啸时。"喻泛舟闲适自得。

唐·殷尧藩《寄许浑秀才》:"汉廷累下征贤诏,未许严陵老钓矶。"预期许浑会受到朝廷征用。

唐·周贺《早春越中留故人》:"清夜芦中客,严家旧钓台。"喻留故人于越中。

唐·许浑《重伤杨攀处士二首》:"读书新树老,垂钓旧矶平。"缅怀杨处士。

唐·温庭筠《渭上题三首》:"吕公荣达子陵归,万古烟波绕钓矶。"吕尚与严光同事垂钓,唯严光垂钓终生。

又《送李生归旧居》:"莫却严滩意,西溪有钓矶。"赞成李生归隐。

唐·曹邺《题山居》:"只应光武恩波晚,岂是严君恋钓鱼。"反用以表自己怀才不遇。

唐·罗邺《题沧浪峡》:"可怜严子持竿处,云水终年锁钓台。"沧浪峡有人光顾,子陵钓台却一片荒凉。

唐·韩偓《招隐》:"时人未会严陵志,不钓鲈鱼只钓名。"批评时人沽名钓誉。

唐·韦庄《旅中感遇寄呈李秘书昆仲》:"怀乡不怕严陵笑,只待秋来别钓矶。"即将离严陵濑而回返杜陵故乡。

元·冯子振《鹦鹉曲·处士虚名》:"子陵滩钓得虚名,几度桐江春雨。"说严光不该去朝中逗留,后来徒了虚名。

元·马致远《般涉调·哨遍》:"虽无诸葛卧龙冈,原有严陵钓鱼矶。"安于渔隐,不求世功。

又《双调·拨不断》:"浙江亭,看潮生,潮来潮去原无定,唯有西山万古青。子陵一钓多高兴,闹中取静。"兴亡如潮来潮去变化之速,唯严光隐居,尚可终生平稳。

841.天子送严光

唐·王绩《赠李征君大寿》:"副君迎绮季,天子送严光。"以李征君受到皇帝的礼遇,比光武与严光。这类诗句或表示少有的君臣关系,或赞扬严陵的风尚。

唐·孔绍安《伤顾学士》:"今日严夫子,哀命不哀时。"以严夫子比顾学士。

唐·崔曙《登水门楼见亡友张贞期题望黄河诗因以感兴》:"严子好真隐,谢公耽远游。"喻亡友张贞期。

唐·李华《杂诗六首》:"何忍严子陵,羊裘死荆棘。"痛社会之不公。

唐·李白《箜篌谣》:"贵贱结交心不移,唯有严陵及光武。"赞光武帝刘秀与严子陵的友谊,感于贫富之间人情冷暖。

又《送岑征君归鸣皋山》:"光武有天下,严陵为故人。虽登洛阳殿,不屈巢由身。"称道岑征君归隐。

又《酬崔侍御》:"严陵不从万乘游,归卧空山钓碧流。自是客星辞帝座,无非太白醉扬州。"伴君不如隐居。

又《答王十二寒夜独酌有怀》:"严陵高揖汉天子,何必长剑拄颐事玉阶。"不愿屈身事君。

唐·钱起《同严逸人东溪泛舟》:"子陵江海心,高迹此闲放。"同严逸泛舟有严陵般的"江海心"。

唐·顾况《严公钓台作》:"汉后虽则贵,子陵不知高。"称严光不慕名利。

唐·耿沣《秋夜喜卢司直严少府访宿》:"严子多高趣,卢公有盛名。"称严少府、卢司直留宿。

唐·戎昱《闰春宴花溪严侍御庄》:"一团青翠色,云是子陵家。"称喻严侍庄。

唐·徐凝《伤画松道芬上人》:"昨来闻道严陵死,画到青山第几重。"以严陵比道芬上人,伤其辞世。

唐·李德裕《钓石》:"严光隐富春,山色溪又碧。"仰慕严光垂钓不仕。

唐·张祜《七里濑渔家》:"莫恨无名姓,严陵不卖鱼。"借指渔父。

唐·许浑《晚泊七里濑》:"荣华暂时事,谁识子陵心。"寄托自己淡泊名利。

唐·温庭筠《和友人题壁》:"三台位缺严陵卧,百战功高范蠡归。"隐居不仕。

又《薛氏池垂钓》:"朱瑀空偷玉沟水,锦鳞红尾属严光。"钓鱼有获。

唐·罗隐《秋日富春江行》:"严陵亦高见,归卧是良图。"称道严陵归卧。

唐·韩偓《此翁》:"严光一唾垂绂紫,何胤三遗大红带。"喻"此翁"蔑视功名。

宋·陆游《鹊桥仙》:"时人错把比严光,我自是无名渔父。"自谦不敢比严光。

842. 勿云江汉有垂纶

唐·杜甫《奉寄章十侍御》:"朝觐从容问幽仄,勿云江汉有垂纶。"原注:章彝"时初罢梓州刺史、东川留后,将赴朝廷。"杜甫作此诗以赠。据《旧唐书·严武传》载:严武"恣行猛政","小不副意",便把章彝杖杀。如此章未成行便死去。"纶",钓丝,"垂纶"即垂钓。吕尚遇文王之前,在渭水垂钓。因后以"垂钓""垂纶"喻隐居。诗中说,你去朝觐,不要说"江汉垂纶"的我。

魏·嵇康《史秀才公穆入军赠诗》:"流磻平皋,垂纶长川。"首用"垂纶"。

唐·刘长卿《送郑司直归上都》:"因君报情旧,闲慢欲垂纶。"

唐·张众甫《送李观之宣州谒袁中丞赋是二州渡》:"君看波上客,岁晚独垂纶。"

唐·柳宗元《酬娄秀才将之淮南见赠之什》:"只应西涧水,寂寞但垂纶。"

唐·姚合《闲居遣怀十首》:"看月嫌松密,垂纶爱水深。"

唐·白居易《渭上偶钓》:"况我垂钓意,人鱼又兼忘。"

843. 万里寄沧洲

唐·刘长卿《松江独宿》:"洞庭初下叶,孤客不胜愁。明月天涯夜,青山江上愁。一官成白首,万里寄沧洲。久被浮名系,能无愧海鸥。"仕途险恶,宦游困顿,使作者滋生了退隐"沧洲"的意绪。"沧洲",滨水的地方,古代用以代指隐居的场所。"万里寄沧洲,"向往到边远地方去隐居。

魏·阮籍《为郑冲晋王笺》:"然后临沧洲而谢支伯。"在诗中首用"沧洲"的是南朝·宋·谢灵运《之宣城郡出新林浦向板桥》:"既欢怀禄情,复协沧洲趣。""怀禄情"与"沧洲趣"矛盾着。唐人用"沧洲"句为多,其中最多的就是刘长卿,多达20余次。用"沧洲",除表隐居地外,更多的则是表示远离京城在近海做事、偏远为官,或士人在野、官人下野等意。下为刘长卿"沧洲"句。

《送卢判官南湖》:"已作沧洲调,无心恋一官。"

《更被奏留淮南送从弟罢使江东》:"王事何时尽,沧洲羡尔行。"

《海盐宦舍早春》:"小邑沧洲吏,新年白首翁。"居官已如居沧洲了。

《送路少府使东京便应制举》:"谁念沧洲吏,忘机鸥鸟群。"

《重过宣峰寺山房寄灵一上人》:"寒光生极浦,暮雪映沧洲。"

《送张判官罢使东归》:"白首辞知己,沧洲忆旧居。"

《奉和赵给事使君留赠李婺州舍人兼谢舍人别驾之什》:"绛阙辞明主,沧洲识近臣。"

《送贾御克复后入京》:"因之报亲爱,白发生沧洲。"

《题萧郎中开元寺新构幽寂亭》:"旷然见沧洲,自运来清风。"

《送史判官奏事之灵武兼寄巴西亲故》:"空使沧洲人,相思减衣带。"

《题王少府尧山隐处简陆鄱阳》:"故人沧洲吏,深与世情薄。"

《登扬州栖灵寺塔》:"向是沧洲人,已为青云客。"

《吴中闻潼关失守因奉寄淮南萧判官》:"一身寄沧洲,万里看白日。"

《哭张员外继》:"白简曾连拜,沧洲每共思。"

《奉送从兄罢官之淮南》:"玄发他乡换,沧洲此路遐。"

《初贬南巴至鄱阳题李嘉祐江亭》:"白首看长剑,沧洲寄钓丝。"

《奉饯郑中丞罢浙西节度还京》:"沧洲浮云暮,杳杳去帆发。"

《送郑说之歙州谒薛侍郎》:"老得沧洲趣,春伤白首情。"

《江州重别薛六柳八二员外》:"寄身且喜沧洲近,顾影无如白发何。"

《送郭六侍从之武陵郡》:"澧浦荆门行可见,知君诗兴满沧洲。"

《送崔昇归上都》:"白发经多难,沧洲欲暮春。"

从初唐开始诗人们的"沧洲"句:

唐·陈子昂《题居延古城赠乔十二知之》:"沧洲今何在,华发旅边城。"

唐·宋之问《称心寺》:"问予金门客,何事沧洲畔。"

唐·徐彦伯《和李适答宋十一入崖口五渡见赠》:"我怀沧洲想,懿尔白云吟。"

唐·刘希夷《夜集张谞所居》："沧洲自有趣，谁道隐须招。"

唐·张说《九日巴丘登高》："客心惊暮序，宾雁下沧洲。"

唐·闾丘均《临水亭》："气似沧洲胜，风为青春好。"

唐·孟浩然《宿天台桐柏观》："缅寻沧洲趣，近爱赤城好。"

又《与黄侍御北津泛舟》："闻君荐草泽，从此泛沧洲。"

又《岁暮海上作》："为问乘槎人，沧洲复谁在。"

又《韩大使东斋会岳上人诸学士》："沧洲趣不远，何必问蓬莱。"

唐·李颀《题綦毋校书别业》："常称挂冠吏，昨日归沧洲。"

唐·王昌龄《淇上酬薛据兼寄郭微》："天长沧洲路，日暮邯郸郭。"（一作高适诗）

唐·储光羲《同诸公秋霁曲江俯见南山》："逍遥沧洲时，乃在长安城。"

唐·王维《秋夜独坐怀内弟崔兴宗》："吾生将白首，岁晏思沧洲。"

又《送从弟蕃游淮南》："忽思鲈鱼鲙，复有沧洲心。"

又《送崔三往密州觐省》："鲁连功来报，且莫蹈沧洲。"

唐·李白《玉真公主别馆苦雨赠卫尉张卿二首》："功成拂衣去，摇曳沧洲旁。"

又《酬谈少府》："壮心屈黄绶，浪迹寄沧洲。"

又《夜泊黄山闻殷十四吴吟》："朝来果是沧洲逸，沽酒提盘饭霜栗。"

又《春日独酌二首》："我有紫霞想，缅怀沧洲间。"

唐·岑参《虢州送郑兴宗弟归扶风别庐》："平生沧洲意，独有青山知。"

又《送颜平原》："此地邻东溟，孤城吊沧洲。"

又《过王判官西津所居》："何心到清溪，忽来见沧洲。"

又《送严维下第还江东》："且归沧洲去，相送青门时。"

又《终南东溪中作》："兴来从所适，还欲向沧洲。"

唐·杜甫《幽人》："往怀惠苟辈，中年沧洲期。"

又《江涨》："轻帆好去便，吾道付沧洲。"

又《西阁二首》："懒心似江水，日夜向沧洲。"

唐·皇甫曾《和谢舍人雪夜寓直》："沧洲归客梦，青琐近臣心。"

又《过刘员外长卿别墅》："沧洲自有趣，不便哭穷途。"上句用刘希夷语。

唐·钱起《奉和杜相公移长兴宅奉呈元相公》："觉路径中得，沧洲梦里寻。"

又《赠张南史》："紫泥何日到沧洲，笑向东阳沈隐侯。"

唐·韩翃《送李秀才归江南》："无数沧洲客，如君达者稀。"

唐·独孤及《癸卯岁赴南丰道中闻京师失守寄权士繇韩幼深》："但令逆难康，不负沧洲期。"

又《答李滁州见寄》："白发俱生欢未再，沧洲独往意何坚。"

唐·郎士元《送元诜还丹阳别业》："一别沧洲远，兰桡几岁归。"

唐·皇甫冉《曾东游以诗寄之》："沧洲未可行，须售金门策。"

又《登石城戍望海寄诸暨严少府》："即此沧洲路，嗟君久折腰。"

又《夜集张谞所居》："沧洲自有趣，谁道隐须招。"同刘希夷诗。

唐·刘眘虚《海上诗送薛文学归东海》："日暮骊歌后，永怀空沧洲。"

又《越中问海客》："风雨沧洲暮，一帆今始归。"

唐·顾况《幽居弄》："独去沧洲无四邻，身婴世网此何身。"

唐·耿湋《雨中宿义兴寺》："沧洲总不去，何处有知音。"

唐·权德舆《新月与儿女夜会听琴举酒》："乃知大隐处，宛若沧洲心。"

宋·陆游《诉衷情》："胡未灭，鬓先秋，泪空流。此生难料，心在天山，身老沧洲。"这是被弹劾去职，家居山阴时作。他志在中兴，却"身老沧洲"，正如近人俞平伯《唐宋词选释》云："（末三句）有'老骥伏枥，志在千里'意。"

844. 潇湘帝子游

南朝·齐·谢朓《新亭渚别范零陵云》："洞庭

张乐地,潇湘帝子游。云去苍梧野,水还江汉流。"作者在建之(齐都·今南京)江上送范云赴任零陵内史,诗开头便写所去零陵是什么地方:洞庭之畔,潇湘之地,正是轩辕黄帝行乐和帝尧二女游览寻夫的地方,以给去荒漠的零陵的友人以慰藉。"帝子",即帝尧二女娥皇与女英,同嫁舜帝。舜帝死葬于苍梧之野。二女曾去洞庭潇湘寻舜,滴泪而成斑竹。"潇湘帝子游",即帝子游潇湘之意,或潇湘曾是帝子游览过的地方。"潇湘",《图经》记:湘水自阳海发源,至零陵北而湘水会之,二水合流,谓之潇湘。"潇水源出湖南蓝山县九嶷山,北流到零陵苹州入湘江。《水经注》记:"潇者,水清深也。"

"潇湘帝子游",是一个传说。用此传说的还如:

唐·吴兢《永泰公主挽歌二首》:"河汉天孙合,潇湘帝子游。"用谢朓原句,喻永泰公主。

唐·刘禹锡《潇湘神》:"斑竹枝,斑竹枝,泪痕点点寄相思。楚客欲听瑶瑟怨,潇湘深夜月明时。"

又《浪淘沙》:"令人忽忆潇湘渚,回唱迎神三两声。"

唐·刘沧《江楼夜闻笛》:"河汉夜阑孤雁度,潇湘水阔二妃怨。"

845. 潇湘夜月圆

南朝·梁元帝萧绎《和王僧辩从军诗》:"洞庭晚风急,潇湘夜月圆。"写夜行所见景色,艰辛中有乐趣,潇湘夜月,是很美的。唐人对"潇湘",爱有独钟,写潇湘景色,或途经潇湘即为一例。

唐·骆宾王《在江南赠宋五之问》:"潇湘一超忽,洞庭多苦辛。"

唐·尹懋《同燕公泛洞庭》:"幸奏潇湘云壑意,山旁容与动仙桡。"

唐·卢照邻《明月引》:"荆南兮赵北,碣石兮潇湘。"

唐·张若虚《春江花月夜》:"斜月沉沉藏海雾,碣石潇湘无限路。"

唐·王昌龄《寄穆侍御出幽州》:"一从恩谴度潇湘,塞北江南万里长。"

又《岳阳别李十七越宾》:"时在身未充,潇湘不盈画。"

唐·李希仲《东皇太一词》:"回波送神曲,云雨满潇湘。"

唐·李白《陪族叔刑部侍郎晔及中书贾舍人至游洞庭五首》:"洞庭湖西秋月辉,潇湘江北早鸿飞。"

又《答高山人兼呈权顾二侯》:"明晨去潇湘,共谒苍梧帝。"

又《当涂赵炎少府粉图山水歌》:"洞庭潇湘意渺绵,三江七泽情洄沿。"

唐·刘长卿《酬李侍御登岳阳见寄》:"绿水潇湘阔,青山鄂杜深。"

又《送康判官往新安》:"猿声近庐霍,水色胜潇湘。"

又《弄白鸥歌》:"朝飞潇湘水,夜宿洞庭月。"

又《岳阳馆中望洞庭湖》:"孤舟有归客,早晚达潇湘。"

又《夏口送屈突司直使湖南》:"雾露行人少,潇湘春草生。"

又《浮石濑》:"秋月照潇湘,月明闻荡桨。"

又《入桂渚次砂牛石穴》:"扁舟傍归路,日暮潇湘深。"

唐·杜甫《奉先刘少府新画山水障歌》:"得非玄圃裂,无乃潇湘翻?"

又《岁晏行》:"岁去暮矣多北风,潇湘洞庭白雪中。"

又《追酬故高蜀州人日见寄》:"潇湘水国傍鼋鼍,鄂北秋天失雕鹗。"

又《病桔》:"尝闻蓬莱殿,罗列潇湘姿。"

又《望岳》:"泊吾隘世网,行迈越潇湘。"

又《去蜀》:"如何关塞阻,转作潇湘游。"

又《长江二首》:"色借潇湘阔,声驱滟滪深。"

又《暮春》:"卧病拥塞在峡中,潇湘洞庭虚映空。"

又《即事》:"飞阁卷帘图画里,虚无只少对潇湘。"

又《寄韩谏议》:"芙蓉旌旗烟雾乐,影动倒景摇潇湘。"

又《忆昔行》:"更讨衡阳董炼师,南浮早鼓潇湘柁。"

又《朱凤行》:"君不见潇湘之山衡山高,山巅朱凤声嗷嗷。"

唐·贾至《巴陵早秋寄荆州崔司马吏部阎功曹舍人》:"谪居潇湘渚,再见洞庭湖。"

唐·皇甫冉《归阳羡兼送刘八长卿》:"云梦春山遍,潇湘过客稀。"

唐·郎士元《题刘相公三湘图》:"今朝平津邸,兼得潇湘游。"

五代·李珣《渔歌子》:"荻花秋,潇湘夜,桔洲佳景如画屏。"

宋·张孝祥《水调歌头》(泛湘江):"吴楚泽行遍,只欠到潇湘。"

846. 湘水无情吊岂知

唐·刘长卿《长沙过贾谊宅》:"三年谪宦此栖迟,万古惟留楚客悲。秋草独寻人去后,寒林空见日斜时。汉文有道思犹薄,湘水无情吊岂知。寂寂江山摇落处,怜君何事到天涯。"此诗作于由鄂岳观察史受谗谪潘州南巴尉期间,过贾谊宅(《元和郡县志》:"贾谊宅在县南四十步。")而有感,深切悼念贾谊。汉文帝虽是明主,反贬了才子。贾谊过湘水曾作《吊屈原赋》以吊屈原。《史记·屈原贾生列传》:"又以适去,意不自得,为赋以吊屈原。"然而湘水无知(屈原自沉汨罗江,江与湘水通),不过空自凭吊而已。面对两位受谪先人,刘长卿刚刚受谪,感触良深。

用"贾谊吊屈平"多为贬谪之人学贾谊以抒怀。

唐·宋之问《送杜审言》:"别路追孙楚,维舟吊屈平。"

唐·孟浩然《自浔阳泛舟经明海》:"观涛壮枚发,吊屈痛沉湘。""枚发",枚乘七发。

又《经七里滩》:"五岳追向子,三湘吊屈平。"

唐·李白《赠崔秋浦三首》:"应念金门客,投沙吊楚臣。"

又《赠汉阳辅录事二首》:"应念投沙客,空余吊屈悲。"

唐·皇甫冉《送从第豫贬远州》(一作刘长卿《送从弟贬袁州》):"游吴经万里,吊屈过三湘。"

清·黄遵宪《长沙吊贾谊宅》:"楚庙欲呼天再问,湘流空吊水无情。"用刘长卿句,赞梁启超之才华,抒发自己抑郁不平之气。诗称梁启超为变法革新的奇才。

847. 春风无限潇湘意

唐·柳宗元《酬曹侍御过象县见寄》:"破额山前碧玉流,骚人遥驻木兰舟。春风无限潇湘意,欲采苹花不自由。""骚人"原为《梦辞》作者,"潇湘"原为屈子行吟之地。诗中"骚人"代称曹侍御,"春风无限潇湘意",正是怀念曹侍御之意,"无限"极深切。"欲采苹花"相赠,却难相会。"不自由",要做的事做不到。清人沈德潜《唐诗别裁集》评:"欲采苹花相赠,尚牵制不能自由,何以为情乎?言外有欲以忠心献之于君而未由意,与《上萧翰林书》同意,而词特微婉。"这是符合作者被贬柳州,仍遭诽谤,动辄得咎的境遇。他在《得卢衡州书因以诗寄》一诗中又写"非是白苹洲畔客,还将远意问潇湘。"语意仍很含蓄。

南朝·梁·柳恽《江南曲》:"汀洲采白苹,日暖江南春。洞庭有归客,潇湘逢故人。故人何不返,春花复应晚。不道新知乐,只言行路远。"这本是一首情诗,写思妇之情,后人用作思友人。唐·司空曙《和李员外与舍人咏玫瑰花寄徐侍郎》:"如传采苹咏,远思满潇湘。""采苹曲"即指柳恽的《江南曲》,柳宗元继用此意,写思友人。明·杨缜《风流子》:"念鳞鸿不见,谁传芳信;潇湘人远,空采苹花。"鲜明地写出所怀之人已远,采苹亦无可遗赠。

"潇湘",表达、寄托种种忧伤的情感,最多的就是离情别绪。

唐·刘希夷《巫山怀古》:"愁思潇湘浦,悲凉云梦田。"愁巫山梦断,悲荣华易去。

唐·张说《赠崔二安平公乐世词》:"宁知宿昔思华乐,变作潇湘离别愁。"借用《江南曲》中之"潇湘离别"。

唐·王昌龄《送胡大》:"荆门不堪别,况乃潇湘秋。""潇湘秋"更增别友之凄凉。唐·刘长卿《桂阳西州晚泊古桥村主人》:"惆怅增暮情,潇湘复秋色。"用意同王昌龄。

又《送魏二》:"忆君遥在潇湘月,愁听清猿梦里生。"怀友。

又《送高三之桂林》:"留君夜饮对潇湘,从此归舟客梦长。"送别。

唐·李白《秋夕书怀》:"感此潇湘客,凄其流浪情。""潇湘客"自称,慨南游孤旅。

又《古风》(美人出南国):"归去潇湘沚,沉吟何足悲。"用曹植《杂诗》:"夕宿潇湘沚"等数句,写"美人受妒"喻怀才不遇。

又《同友人舟行游台越作》:"楚臣伤江枫,谢客临海月。怀沙去潇湘,挂席泛溟渤。"叹政治失意,"怀沙",屈原投汨罗前所作楚辞题目,这里取"绝望"意。

唐·刘长卿《洞庭驿逢郴州使还寄李汤司

马》:"远客潇湘里,归人何处逢。"送别。

又《送蔡侍御赴上都》:"迟迟立驷马,久客恋潇湘。"蔡不忍离去。

唐·钱起《送费秀才归衡州》:"南望潇湘渚,词人远忆家。"费秀才思念家乡。

唐·杨巨源《别鹤词送令狐校书之桂府》:"影摇江汉路,思结潇湘天。"对令狐去南方的怀念。

唐·刘禹锡《送曹璩归越中旧隐》:"行尽潇湘万里余,少逢知己忆吾庐。"孤旅思乡。

唐·杜牧《兰溪》:"楚国大夫憔悴日,应寻此路去潇湘。"吊古伤怀,追忆前贤屈原。

唐·刘方平《西乌曲》:"门前月色映横塘,感郎中夜渡潇湘。"思念丈夫远行。

宋·赵师侠《菩萨蛮》:"应记合江滨,潇湘别故人。"念别。

848. 潇湘何事等闲回

唐·钱起《归雁》:"潇湘何事等闲回,水碧沙明两岸苔。二十五弦弹夜月,不胜清怨却飞来。"这是咏雁名篇。作者家籍江南吴兴(今属浙江),却一直在北方长安等地为官。托雁以抒乡情。雁至潇湘(代衡阳),那里"水碧沙明",芳草丰美,却为什么又飞回北方呢?原来是不胜"湘灵鼓瑟"的清怨,而湘灵之瑟流露出思念亲人之悲伤。这样婉转地表达他羁旅之情。

唐·王建《江南杂体》:"潇湘回雁多,日夜思故乡。"思念北方故乡。

849. 君向潇湘我向秦

唐·郑谷《淮上别友人》:"扬子江头杨柳春,杨花愁杀渡江人。数声风笛离亭晚,君向潇湘我向秦。"诗人在扬州(淮上)和友人分别,不同于一般送别,而是各奔前程,友人渡江向潇湘(湖南)南行,自己则向长安而北赴。"君向潇湘我向秦",是二人在离亭握别,风笛数声,天色临暮,含有互道珍重意。一南一北,分手而去,离情深切,却无悲伤。音谐韵美,初读便可永记。宋词中就用了原句:

美奴《卜算子》:"送我出门,乍别阳关道。两岸垂杨锁暮烟,正是秋光老。一曲古阳关,莫惜金尊倒。君向潇湘我向秦,鱼雁何时到。"

黄公度《卜算子》(别士季弟之官):"愁共落花多,人逐征鸿去。君向潇湘我向秦,后会知何处。"

一句诗写出两个人不同的去向,这种表达方式

源于李白《鲁郡尧祠送窦明府薄华还西京》诗:"尔向西秦我东越,暂向瀛洲访金阙。"作者在瀛州的尧祠送窦县令薄华去长安,而自己久病初愈,也拟南游东越,求仙访道。只是二人并非同时上路。郑谷句当出于此。

后人用郑谷句型的如:

唐·顾非熊《瓜洲送朱万言》:"渡头风晚叶飞频,君去还吴我入秦。"

唐·罗隐《途中送人东游有寄》:"离骖莫惜暂逡巡,君向池阳我入秦。"

唐·李郢《送李商隐侍御奉使入关》:"梁国相遇管弦中,君踏仙梯我转蓬。"不写各自行进的方向,而是写行程的不同景况:一个红红火火地入关,一个孤孤零零地流浪。

850. 为谁流下潇湘去

宋·秦观《踏莎行》:"郴江幸自绕郴山,为谁流下潇湘去。"郴江在郴州,东北流入耒水,向北汇入湘江。作者在"郴州旅舍",有感而作。他坐党籍,南迁郴州,离恨重重。结尾二句:"幸自",《诗词曲语辞汇释》卷二解:"幸,犹本也正也……幸自,本自也。"郴江本来绕着郴山,又为何抛下郴山,流向潇湘呢?暗喻自己被迁。明·沈际飞《草堂诗余正集》卷一评:"少游坐党,安置郴州,谓郴江与山相守,而不能不流,自喻最凄切。"宋·僧惠洪《冷斋夜话》披露:"少游到郴州,作长短句云:'雾失楼台……'东坡绝爱其尾两句,自书扇,曰:'少游已矣,虽万人何赎!'"清·王士禛《花草拾蒙》亦云:"'郴江幸自绕郴山,为谁流向潇湘去',千古绝唱。秦殁后,坡公尝书此于扇,云:'少游已矣,虽万人何赎!'高山流水之悲,千载而下,令人腹痛。"足见此词此句影响之深远。

汲古阁本此词附注:"释天隐注《三体唐诗》,谓此两句实自'沅湘日夜东流去,不为愁人少住时'变化而来。所引句为唐人戴叔伦《湘南即事》。还有唐人杜审言《渡湘江》'独怜京国人南窜,不似湘江水北流。'"都写愁人与流水,秦观似取义于此。

851. 不知何日到潇湘

唐·姚合《欲别》:"惆帐与君烟景迥,不知何日到潇湘。"与友人将别,赠此诗。写分别后,与友人将天各一方,可不知何日到达远方。"潇湘"代

指茫茫的远方。

宋·柳永《玉蝴蝶》："海阔山遥，未知何处是潇湘。"不知友人在什么地方。

852. 东观扶桑曜，西临弱水流

魏·曹植《游仙》："东观扶桑曜，西临弱水流。"这是一篇游仙诗。黄节《曹子建诗注》："游仙之作始于屈原。……而子建《游仙》《五游》《远游》诸篇，则尤极意模仿屈原者也。"作者借游仙事以求自我排遣。陈仁锡云："意之所往，靡不届，是之谓游仙。"此二句说东看扶桑日出，西到弱水流动，是仙人才可以做到的，表达开阔豁朗的境界与情怀。曹植首先在作品中写入弱水。

史料中对弱水多有记载。《尚书·夏书·禹贡》记："弱水既西"，"导弱水至于合黎，余波入于流沙。"《山海经》："海内昆仑之墟弱水出西南隅。"《史记·大宛传》："安息长老传闻条支有弱水。"史记索隐引《魏略》云："弱水大秦西。"《玄中记》云："天下之弱者，有昆仑之弱水，鸿毛不能载也。"《大荒西经》："弱水有二源，俱在女国北阿耨达山，南流，会于女国东，去国一里，深丈余，阔六十步，非毛舟不可济。南流入海。""阿耨达山"一名昆仑山。东方朔《十洲记》载："凤麟洲在西海之中央。……洲四面有弱水绕之，鸿毛不浮，不可越也。"综上所引，弱水在西部，源于昆仑，渡弱水，一说"非毛舟不可济，"一说"鸿毛不能载"，都说明弱水浮力极小，同一般水不同。也为弱水增加了神秘色彩。因而古人写弱水诗句之多，仅次于长江、黄河。然而弱水到底在哪里？打开现代地图就看到，在内蒙古阿拉善盟额济纳旗境内，过去称额济纳河为弱水，现在是额济纳河之东源。《寰宇记》载："弱水，东自删丹县界，流入张掖县北二十三里。""删丹"是汉旧县，属张掖郡。这一记载应是准确的。一般写弱水可分两条：一是西部弱水，一是东方弱水，西部弱水句一般写西方之远。

晋·张华《游仙诗四首》："游仙返西极，弱水隔流沙。"

南朝·宋·孔甯子《前缓声歌》："弱水时一濯，扶桑聊暂舍。"

北周·庾信《宫调曲》："金波来白兔，弱水下苍乌。"

又《羽调曲》："踰桂林而驱象，济弱水而承鸿。"

唐·卢照邻《西使兼送孟学士南游》："地道巴陵北，天山弱水东。相看万余里，共倚一征蓬。"

唐·骆宾王《晚度天山有怀京邑》："交河浮绝塞，弱水侵流沙。"

唐·杜甫《送人从军》："弱水应无地，阳关已近天。"

又《白帝城最高楼》："扶桑西枝对断石，弱水东影随长流。"用曹植诗，对写"扶桑"与"弱水"。

又《送韦六评事充同谷防御判官》："西扼弱水道，南镇枹罕陬。"

唐·储光羲《同王十三维偶然作十首》："黄河流向东，弱水流向西。"

宋·杨亿《汉武》："汉武银阙浪漫漫，弱水回风欲到难。"

宋·刘敞《杂诗二十二首》："弱水不可梁，大荒旷无崖。"

又《闻张隐直率范十九佑之游边寄之三首》："莫怪黄河无积石，又疑弱水隔昆仑。"

宋·王安石《酬和甫祥源观醮罢见寄》："钧天忽忽清都梦，方丈寥寥弱水风。"

宋·曹勋《菩萨蛮》："天台不是登长道，浑如弱水烟波渺。"

宋·史浩《水洞吟》（洞天）："弱水沉冥，瑞云遮隔，几人曾到。"

宋·张炎《临江仙》："剪剪春冰出万壑，和春带出芳丛。谁分弱水洗尘红。"

清·陈维崧《水调歌头》："三十载，怜弱水、几回干？"以力不胜负芥、不胜鸿毛之水，喻复明力量软弱。

今人刘伯利《行香子》（一九七一年塞外作）："北注居延，弱水潺缓。访黑城，只剩风烟。"

853. 蓬莱弱水今清浅

唐·何仙姑《有道士自罗浮之增城口占三绝寄家》："蓬莱弱水今清浅，满地花阴护月明。""何仙姑"，相传为"增城何泰女"，"游罗浮为仙"。后被演绎为"八仙"之一。有关她的传说，《太平广记》《舆地纪胜》《古今图书集成》许多书中都有记载。《太平广记》载："广州有何二娘，以织鞋为业。后飞去上罗浮山为仙。"《全唐诗续补遗》卷二题下有注云："有道士来自罗浮，见姑在麻姑石上。顾谓道士曰：'而至增城，属吾亲收拾井上履。（何氏出走，家人只寻见'井上履'）口占三绝寄其家……"此诗为第二绝,前两句是:"寄语童童与阿琼,休将尘世恼闲情。"告诉她的亲人"童童阿琼",她居处环境是仙境。"蓬莱清浅",《太平广记》引神仙传云:"向到蓬莱,水又浅于往者。"(详见"蓬莱向清浅"条)诗中把弱水与蓬莱连在一起,这弱水从此也是仙境了,并且又在东方,即传说中的东方弱水。

宋·苏轼《金山妙高台》:"蓬莱不可到,弱水三万里。"

又《次丹元姚先生韵二首》:"蓬莱在何许,弱水空相望。"

宋·周邦彦《满庭芳》(忆钱塘):"登临处,全胜瀛海,弱水侵蓬莱。"

宋·张孝祥《水龙吟》(望九华山作):"缥缈珠幢羽卫,望蓬莱、初无弱水。仙人拍手,山头笑我,尘埃满袂。"

又《念奴娇》(欲雪呈朱漕元顺):"朔风吹雨,送凄凉天气,垂垂欲雪。万里南荒云雾满,弱水蓬莱相接。"

宋·蔡绅《瑞鹤仙》:"奈弱水、蓬山路隔。似瑶林琼树,韶华正好,一枝先折。"

宋·杨无咎《青玉案》(次贺方回韵):"五云楼阁蓬瀛路,空相望,无由去。弱水渺茫、谁可渡。君家徐福,荡舟寻访,却是曾知处。"

宋·史浩《宝鼎现》:"况对峙、鳌峰翙屃,不隔蓬莱弱水。"

宋·李石《南乡子》(醉歌):"裹帽撚吟须,我是蓬莱旧酒徒。……弱水渺江湖。"

宋·葛立方《满庭芳》:"尘寰,何处有、方壶圆峤,弱水波翻。"

宋·洪适《浴日亭》(前头诗):"蓬莱可望不可亲,安得轻舟凌弱水。"

宋·韩元吉《瑞鹤仙》(自寿):"骑鲸后约,追评漫,记寥廓。便风帆高挂,云涛千里,谁道蓬莱水弱。任蟠桃、满路千花,自开自落。"

宋·张抡《剪字木兰花》:"弱水茫茫三万里,遥望蓬莱,浮动烟霄外。"

宋·袁去华《思佳客》(王宰席上赠歌姬):"银烛烂,玉山颓,谁言弱水隔蓬莱。"

宋·姜特立《感皇恩》:"赢得乞食,歌姬一笑,旧衲云山伴红袖。蓬莱弱水,试问神仙何有。"

宋·李处全《醉蓬莱》(毛氏女兄生朝三月二十八日):"沆瀣朝霞,蓬莱弱水,酿为春酒。"

宋·杨冠卿《贺新郎》(秋日乘风过垂虹时,与一羽士俱,因泛言弱水蓬莱之胜。旁有溪童,具能歌张仲宗目尽青天等句,音韵洪畅,听之慨然。戏用仲宗韵呈张君量府判):"万顷云涛风浩荡,笑整羽轮飞渡。问弱水、神仙何处?"

宋·卢炳《临江仙》(寿老人):"弱水蓬莱真胜地,祥烟闪烁霓旌。"

宋·程垓《水龙吟》(寿李尚书):"道家弱水蓬莱,鲸波万里谁知得。"

宋·葛长庚《菊花新》:"弱水去蓬莱,四万八千里。远漠漠,俯仰天水青无际。鸟飞不到船去难,渺无依。"

又《水调歌头》(石知院生辰):"人皆道是,昭庆一个老仙翁,暂别蓬弱水,自氢星冠月帔,玉佩舞薰风。醉入桃源路,归去不知踪。"

又《水调歌头》:"住我旧时庵子,碗水把柴升米,活火煮教浓。笔指归时路,弱水海之东。"

宋·黄师参《沁园春》(饯郑金部去国):"语高天上惊传,早斥去人间伴谪仙。念赤诚丹籍,香名空在;蓬莱弱水,欲到无缘。"

宋·黎道静道士《城头月》:"阳光子夜开清昼,照了无何有。弱水蓬莱,河车忽动,万顷金波皱。"

宋·吴文英《无闷》(催雪):"霓节飞琼,鸾驾弄玉,杳隔平云弱水。"

又《木兰花慢》(饯韩似斋赴江东缦幕):"袖中秘宝。遣蓬莱、弱水变飞霞。"

宋·张炎《清平乐》(赠云麓麓道人):"一粒粟中休道好,弱水竟通蓬岛。"

又《浪淘沙》(余画墨水仙并题其上):"弱水夜寒多,带月曾过。羽衣飞过染余波。"

宋·无名氏《十二时》:"神仙何在,蟠桃已远,弱水何长。"

宋·无名氏《朝中措》(贺周姓娶祝氏):"几年弱水望蓬莱,心事喜同谐。佳婿欣逢公瑾,新婚喜近英台。"

清·曹雪芹《红楼梦》第二十五回《跛道人赞》:"相逢若问家何处?却在蓬莱弱水西。"

清·周济《渡江云》(杨花):"相逢只有浮云好,奈蓬莱东指,弱水盈盈。"弱水不浮鸿,杨花怕也难渡。

854. 任凭弱水三千

清·曹雪芹《红楼梦》第九十一回:"宝玉答

道:'任凭弱水三千,我只取一瓢饮。'"喻尽管女子众多,我只和黛玉一个人好。

"弱水三千",当为"弱水三千里",因为前人都用数字写弱水之长。理解为"弱水三千条"也通,只是前人没这样写过。如:宋·苏轼《金山妙高台》:"我欲乘飞车,东访赤松子。蓬莱不可到,弱水三万里。"元·杨载《宗阳宫望月》:"不信弱流三万里,此身今夕到蓬瀛。"反用苏轼句。宋·史达祖《风流子》:"遣人怒,乱云天一角,弱水路三千。"都写水路之长。

855. 撩乱浮槎在高树

唐·柳宗元《雨晴至江渡》:"江雨初晴思远步,日西独向愚溪渡。渡头水落村径成,撩乱浮槎在高树。"雨暴江水急遽上涨,渡头水位升至树梢,渡头上的竹伐木槎漂起来,水落了,它们搭挂在树上。

宋·苏轼《河复》:"楚人种麦满河淤,仰看浮槎栖古木。"用柳句,亦写河水暴涨。

856. 折戟沉沙铁未销

唐·杜牧《赤壁》:"折戟沉沙铁未销,自当磨洗认前朝。"赤壁之战后,折戟断戈沉入江中沙底,应当磨洗掉锈迹,认认前朝,了解当年这场战争。

宋·郑梦协《八声甘州》:"欲问周郎赤壁,叹沙沉断戟,烟锁艨艟。"有感赤壁之战已无迹可寻,反用杜牧句意。

清·吴伟业《满江红》(蒜山怀古):"人事改,寒云白;旧垒废,神鸦集。尽沙沉浪洗、断戈残戟。"蒜山在丹徒县西九华里。作者登蒜山所见,断戈残戟,已受沙沉浪洗。战争已结束,从而产生了故国沦亡之悲。靳荣藩《吴诗觅览》评:"此首咏镇江府事,声情悲壮,不必点煞明末事也。"

清·龚鼎孳《贺新郎》(和曹实庵舍人赠柳敬亭词):"江东折戟沉沙后,过青溪,留床烟月,泪珠盈斗。"南京失陷后,战事已成过去,只有断戈残戟,沉入沙下。

857. 自将磨洗认前朝

唐·杜牧《赤壁》:"折戟沉沙铁未销,自将磨洗认前朝。东风不与周郎便,铜雀春深锁二乔。"作者经过赤壁这一三国时期孙刘联军战败曹军的赤壁古战场,咏史怀古。捕捉住江边一支锈迹斑斑

的断戟,写出那场战争。赤壁之战发生于汉献帝建安13年(208)10月,而建邺城(今河北省临漳县西)铜雀台是两年以后即建安15年(210)的事。就是赤壁之战时铜雀台尚未建造。不过诗人毕竟不同于史家,用"锁二乔"生动地表现双方的胜与败,是诗的形象性。诗中委婉地赞赏了"周郎"是显而可见的。"磨洗认前朝",是形象地说考察一下赤壁之战的胜负结局,并非说仅"磨洗"便可"认知"。这种高超的表现技法,很令人佩服。

唐·罗隐《隋堤柳》:"夹路依依千里遥,路人回首认前朝。"用杜牧句式,通过隋堤柳认识隋朝的腐败。

宋·王安石《登中茅山》:"兴罢日斜归亦懒,更磨碑藓认前朝。"用杜牧句,说通过碑文认识前朝。

858. 鲛人潜织水底居

唐·李颀《鲛人歌》:"鲛人潜织水底居,侧身上下随游鱼。"鲛人,传说中的人鱼。《太平御览·珠宝部二·珠下》引晋人张华《博物志》云:"鲛人从水出,寓人家积日,卖销将去,从主人索一器,泣而成珠满盘,以与主人。"南朝·梁·任昉《述异记》:"南海中有鲛人室,水居如鱼,不废机织。其眼能注,则出珠。"这是一种奇异的传说。李颀诗就是写居于水底还能纺织的鲛人。曹植《七启》中写:"然后采菱华,擢水苹,弄珠蚌,戏鲛人。"这是文中写鲛人最早的。诗中写"鲛人"(鲛织)、"鲛绡"、"鲛珠"(鲛泪),有的写水,有的喻人。写"鲛人"句如:

唐·李峤《太平公主山亭侍宴应制》:"龙舟下瞰鲛人室,羽节高临凤女台。"

唐·储光羲《采莲词》:"浪中海堂语,流下鲛人居。"

唐·孟浩然《登江中孤屿赠白云先生迥》:"鲛人潜不见,渔父歌自逸。"

唐·岑参《送杨瑗尉南海》:"楼台重蜃气,邑里杂鲛人。"

唐·杜甫《美陂西南台》:"仿像识鲛人,空蒙辨鱼艇。"

又《阆乡姜七少府设脍戏赠长歌》:"饔人受鱼鲛人手,洗鱼磨刀鱼眼红。"

又《雨四首》:"神女花钿落,鲛人织杼悲。"

唐·刘禹锡《韩十八侍御见示岳阳楼别窦司

直诗因令属和重以自述故足成六十二韵》："鲛人弄机杼,见阙骈红紫。"

859. 鲛人织绡采藕丝

唐·顾况《龙宫操》："鲛人织绡采藕丝,翻江倒海倾吴蜀。"写大历中"壬子癸丑二年大水""鲛人织绡",传说鲛人织成的薄纱。梁·任昉《述异记》载："南海出鲛绡纱,泉室潜织,一名龙纱。其价百余金。以为服,入水不濡。"顾况《送从兄使新罗》："帝女飞衔石,鲛人卖泪绡。""泪绡"就是可以接泪的鲛绡。宋·陆游的名词《钗头凤》："春如旧,人空瘦,泪痕鲛绡透。"言滴泪之多连善于接泪的鲛绡也湿透了。"鲛绡"常用作手帕。

写织绡的又如:

唐·李峤《素》："妙夺鲛绡色,光腾月扇辉。"写白绢之色泽。

唐·刘禹锡《伤秦姝行》："冯夷蹁跹舞绿波,鲛人出听傍绡梭。"

唐·鲍溶《寄福州从事殷尧藩》："几回入市鲛绡女,终岁啼花山鹡鸰。"

唐·李贺《秦王饮酒》："花楼玉凤(歌女)声娇伫,海绡红文香浅清,董娥跌舞千年觥。""海绡"即"鲛绡",代舞衣。

唐·温庭筠《张静婉采莲曲》："掌中无力舞衣轻,剪断鲛绡破春碧。"

唐·罗隐《升平公主第》："两轮水砠光明照,百尺鲛绡换好诗。"

元·乔吉《折桂令·帘内佳人瞿子成索赋》："鲛绡不卷闲情,翠织玲珑。"喻帘。

元·杨果《赏花时》："唱道则听得玉漏声频,搭伏定鲛绡枕头儿盹。"精纱制的枕。

元·商挺《潘妃曲》："冷冷清清人寂静,斜把鲛绡凭。"枕。

元·赵雍《人月圆》(黄种)："最伤情处,鲛绡遗恨,翠靥留香。"手帕。

860. 暗滴鲛珠坠

宋·刘辰翁《宝鼎现》(春月)："等多时春不归来,到春时欲睡。又说向、灯前拥髻,暗滴鲛珠泪。"元大德元年(1279)作,宋亡已20年(1216),思念故国,无限凄伤。明·杨慎《词品》评:"词意凄婉,与《麦秀》歌殊?"近人唐圭璋《唐宋词简辞》评:"第三片,回忆旧游,恍如一梦,灯前想象,不禁

泪堕。"用"鲛人珠"喻感伤之泪。

唐·刘商《姑苏怀古送秀才下第归江南》："兴来下笔到奇景,瑶盘进酒蛟人珠。""蛟人"即"鲛人"。

861. 车如流水马如龙

南唐后主李煜《忆江南》(又名望江南、梦江南、江南好、梦江口、望江梅、归塞北、谢秋娘、春去也)："多少恨,昨夜梦魂中。还似旧时游上苑,车如流水马如龙,花月正春风。"后主被俘后,充满了家国之恨。《乐府纪闻》说:"后主归宋后,与故宫人书云,此中日夕,只以眼泪洗面。"可知有"多少恨"。而在梦中,才又回到了帝王生活中去,暂得解脱。"还似旧时游上苑,车如流水马如龙。"简炼而生动地概括了当帝王出游的豪华场景。他难忘的是故国的"帝王",(当然不是故国的人民)这就是他终于被害的原因。清·俞陛云评:"'车水马龙'句为世传诵,当年之繁盛,今日之孤凄,欣戚之怀,相形而益见。"

"车如流水马如龙"原作"车如流水,马如游龙"。《后汉书·明德马皇后纪》:马太后诏中云:"前过濯龙门上,见外家问起居者,车如流水,马如游龙,仓头衣绿褠,领袖正白,顾视御者,不及远矣。故不加谴怒,但绝岁用而已,冀以默愧其心。"表示贵戚不应奢华。"车如流水,马如游龙"是揭示贵戚奢华的。

"车如流水马如龙"后多描写车马往来极多,市态十分繁华。用法灵活,最后定型为"车水马龙"。宋以前用车马如龙者为多。

晋·傅玄《秋胡行》："君子倦仕归,车马如龙骧。"只云车马之速。

南朝·宋·鲍照《代结客少年场行》："日中市朝满,车马若川流。"车马如流水。

南朝·齐·王融《望城行》："车马若飞龙,长衢无极已。"

唐·苏颋《夜宴安乐公主新宅》："车如流水马如龙,仙史高台十二重。"苏颋始缩为七言句,李煜用此句。

唐·武平一《侍宴安乐公主新宅应制》："马既如龙至,人疑学凤来。"

唐·李白《古风》："鞍马如飞龙,黄金络马头。"写马行之速。

宋·司马光《皇太后阁六首》："肯使外家矜侈

靡,车如流水马如龙。"取马太后本意,表示奢华。

又《次韵和复古春日五绝句》:"车如流水马如龙,花市相逢咽石道。"

宋·宋祁《鹧鸪天》:"金作屋,玉为笼,车如流水马游龙。刘郎已恨蓬山远,更隔蓬山几万重。"后二句取自李商隐诗。

宋·晁端礼《鹧鸪天》:"车流水,马游龙,万家行乐醉醒中,何须更待元宵到,夜夜莲灯十里红。"

宋·王嵎《夜行船》:"曲水溅裙三月二,马如龙,钿车如水。风扬游丝,日烘晴昼,人共海棠俱醉。"

宋·丘崈《洞仙歌》(辛卯嘉禾元夕作):"见九衢、车马流水如龙。喧笑语,罗绮香尘载路。"

宋·无名氏《鹧鸪天》(上元词):"车流水,马游龙,欢声浮动建章宫。谁怜此夜春江上,魂断黄梁一梦中。"

金·李献能《昆阳元夜寺小集》:"雪消梁苑想春红,车如流水马游龙。"

清·黄梨洲《陌上桑为马昼初作》:"使君有车马,车马如龙驱。"

今人陈凤梧《满庭芳》(国庆中秋):"巴陵道上,车马去如龙。"

今人李白珩《南京大桥》:"车如流水人如海,奔向康庄路一条。"

862.三十六陂春水

宋·王安石《题西太乙宫壁》:"柳叶鸣蜩绿暗,荷花落日红酣。三十六陂春水,白头想见江南。""西太乙宫"又作"西大一宫",宋仁宗时建,祭祀天神之所。此诗表达了王安石怀念江南水乡,怀念金陵的深情。宋·苏轼《西太一见王荆公旧诗偶次其韵》:"秋早川原净丽,雨余风日清酣。从此归耕剑外,何人送我池南。"王安石生前曾约苏轼去金陵结邻而居,如今王已辞世,苏欲归蜀,见题壁诗,想到无人送行了,产生了深切的怀念之情。二人原来曾有重大的政见分歧,而他们的私人感情还是很深厚的。

"三十六陂","陂"有二义,一是池塘,一是山坡,此处指池塘。"三十六陂春水",言江南池水之多。最早指"荷塘":《诗经·陈风·泽陂》:"彼泽之陂,有蒲与荷。"后用"三十六陂"描绘多池多水。

宋·刘敞《登新河桥诗》(此河受三十六陂水):"三十六陂冰雪解,鱼龙鳞鬣动春风。""受三十六陂水","陂"当指山坡,山雪融解,水入此河,刘敞与王安石同时,据注"此河受三十六陂水",当是水源极丰。

又《安福院二首》:"三十六陂秋水来,龙蛇奔走起风雷。"

宋·姜夔《念奴娇》(予客武陵,湖北宪治在焉。古城野水,乔木参天。予与二三友日荡舟其间,薄荷花而饮。意象幽闲,不类人境。秋水且涸,荷叶出地寻丈,因列坐其下,上不见日。清风徐来,绿云自动。间于疏处,窥见游人画船,亦一乐也。朅来吴兴,数得相羊荷花中。又夜泛西湖,光景奇艳。故以此句写之):"三十六陂人未到,水佩风裳无数。"这是西湖赏荷的名词,寓意很深。

又《惜红衣》:"可惜渚边沙外,不共美人游历。问甚时同赋,三十六陂秋色。"

宋·高观国《解连环》:"三十六陂,锦鳞渺、芳音难续。"

宋·吴文英《瑞龙吟》(德清清明竞渡):"桃花三十六陂,鲛宫睡起,娇雷乍转。"

宋·陈允平《酹江月》(赋水仙):"渺渺予怀,迢迢良夜,三十六陂风。九疑何处,断云飞度千峰。"

又《玉楼春》:"迢迢归梦频东里,堪恨洛阳花渐已。斜阳日日自相思,三十六陂芳草地。"写芳草陂。

宋·王沂孙《水龙吟》:"三十六陂烟雨,旧凄凉、向谁堪诉。"

宋·王易简《摸鱼儿》(紫云山房拟赋蓴):"澄波荡桨,人初到,三十六陂烟雨。"

宋·张炎《凄凉犯》(过邻家见故园有感):"因甚忘归,谩吹裂、山阳夜笛。梦三十六陂流水去未得。"

宋·刘辰翁《水调歌头》(和巽吾观荷):"陂六六,三十六,渺何穷。"

宋·周密《西江月》(延祥观拒霜拟稼轩):"绿绮紫丝步障,红鸾彩凤仙城。谁将三十六陂春,换得两堤秋锦。"

清·康有为《蝶恋花》:"三十六陂飞细雨,明朝颜色难如故。"

863.三十六峰如不到,青城还似不曾游

宋·赵雄诗:"三十六峰如不到,青城还似不曾游。""三十六峰"指嵩山或黄山,此指青城天仓

峰。天仓峰,峰三十六,各有一洞。前十八为阳峰,后十八为阴峰。吕大防诗云:"天仓三十六,寒拥翠微间。"

宋·范成大《范氏庄园》:"夕阳尘士涨郊墟,六六峰头梦觉余。"

864.十八滩头一叶身

宋·苏轼《八月七日初入赣过惶恐滩》:"七千里外二毛人,十八滩头一叶身。山忆喜欢劳远梦,地名惶恐泣孤臣。长风送客添帆腹,积雨浮舟减石鳞。便合与官充水手,此生何止略知津。"《万安县志》:"赣州二百里,至岑县,又一百里至万安。其间滩有十八。""十八滩头一叶身",过十八滩,人身如一叶飘泊,言行程难苦。《卢陵志》记:"二十四滩,自下而上。第一滩在万安县,前名黄公滩,坡乃改为惶恐,以对'喜欢'。"后文天祥经过此地,作《过零丁洋》诗有句:"惶恐滩头说惶恐,零丁洋里叹零丁。"文天祥对"惶恐滩"感受很深。又有七律"遥知岭外相思处,不见滩头惶恐声。"(《名胜志》引)

明·边贡《重赠吴国宾》:"汉江明月照归人,万里秋风一叶身。"用苏轼句。

865.年来古井不生澜

宋·苏轼《臂痛谒告作三绝句示四君子》:"心有何求遣病安,年来古井不生澜。""古井不生澜",喻求心地平静,如古井无波。

唐·白居易《赠元稹》:"岂无山上苗,径寸无岁寒。岂无要津水,咫尺有波澜。之子异于是,久处誓不谖。无波古井水,有节秋竹竿。""无波古井水",就是井中之水没有波澜,喻人之沉稳、文静。苏轼用此意。

866.水上苍龙偃

元·王实甫《西厢记》第一本第一折《油葫芦》:"竹索缆浮桥,水上苍龙偃。"写黄河浮桥,桥影沉偃水底,如卧下一条苍龙。

唐·杜牧《阿房宫赋》:"长桥卧波,未云何龙?复道行空,不霁何虹?"喻长桥为龙,是首创。王实甫从此句翻出。

元·徐再恩《普天乐·吴江入景(垂虹夜月)》:"玉华寒,冰壶冻。云间玉兔,水面苍龙。"用王实甫喻桥法。

867.万里桥边女校书

唐·王建《寄蜀中薛涛校书》:"万里桥边女校书,枇杷花里闭门居。扫眉才子知多少?管领春风总不如。"唐代女诗人薛涛,父死家道零落,沦为乐伎,终生未嫁,惟书诗赋为伴。韦皋镇蜀,召令侍酒赋诗,称为"女校书"。"扫眉才子",因女子扫眉,所以用作才女之称。诗末说薛涛在才女中无可比拟。

清·攀增祥《满庭芳》(明利《薛涛集》为正庵题):"万里桥边,枇杷花底,闭门消尽炉香。"用王建诗称道薛涛。

868.朱雀桥边野草花

唐·刘禹锡《金陵五题·乌衣巷》:"朱雀桥边野草花,乌衣巷口夕阳斜。旧时王谢堂前燕,飞入寻常百姓家。""乌衣巷"在今南京市东南,是东晋以下王、谢两大望族的聚居地。"朱雀桥"在乌衣巷附近,是六朝都城金陵的正南门朱雀门外的大桥。当时车水马龙,是繁华的要道。而今只见野草开花,冷落荒凉了。《晋书》载:孝武帝建朱雀门,上作两铜雀,故朱雀桥以之得名。

宋·苏轼《次韵许遵》:"蒜山渡口换归舻,朱雀桥边看道装。"送许赴金陵。

869.被翻红锦浪

宋·辛弃疾《临江仙》(醉宿崇福寺,寄祐之以仆醉先归):"四更露月太寒生,被翻红锦浪,酒在玉壶冰。""被翻红锦浪",辗转反侧,难以入睡,人在被中翻来滚去,使锦被如波浪翻动。语出柳永词。

宋·柳永《风栖梧》:"酒力渐浓春思荡,鸳鸯绣被翻红浪。"

宋·周邦彦《花心动》:"象床稳鸳食谩展,浪翻红绉。"

宋·李清照《凤凰台上忆吹箫》:"香冷金猊,波翻红浪,起来人未梳头。"

宋·仇远《忆旧游》:"被池半卷红浪,衣冷覆熏篝。"

金·董解元《西厢记》卷五《绣带儿》:"锦被翻红浪,最美是玉臂相交,偎香恣怜宠。"

870.蜻蜓点水鱼游畔

宋·晏殊《渔家傲》:"嫩绿堪裁红欲绽,蜻蜓点水鱼游畔。"蜻蜓在水面上掠过,鱼儿在岸边游动。"点"字用得确当,表示轻轻沾水,而后立即离开。后来"蜻蜓点水"比喻做事不深入、不持久。

宋·万俟咏《芰荷香》:"款放轻舟闹红里,有蜻蜓点水,交颈鸳鸯。"

宋·李之仪《南乡子》(夏日作):"绿水满池塘,点水蜻蜓避燕忙。"

清·康熙皇帝玄烨《清河荒亭》:"蛱蝶从枝舞,蜻蜓点水轻。"

871. 清江无限好,白鸟不胜闲

宋·王安石《江亭晚眺》:"清江无限好,白鸟不胜闲。"立于江亭之上,远眺江水清清,无限美好,白鹭在江边静立,有不尽的悠闲。绘出一幅闲静的画面。

宋·范成大《白鹭亭》:"倦游客舍不胜闲,日日清江见倚栏。"近人周汝昌《范成大诗选》评:"读此诗须知石湖意中暗用王安石《江亭晚眺》诗:'清江无限好,白鸟不胜闲'之句。'闲'本谓白鸟之逸致。但石湖取其字面而双关语意,则为诗家脱换之常法。"

872. 水光潋滟晴方好

宋·苏轼《饮湖上初晴后雨》:"水光潋滟晴方好,山色空濛雨亦奇。欲把西湖比西子,淡妆浓抹总相宜。"清·王文诰《苏轼诗集》评:"此是名篇,可谓前无古人,后无来者。公凡西湖诗,皆加意出色,变尽方法,然皆在《钱塘集》中。其后帅杭,劳心赈灾,已无复此种结构,但云:'不见跳珠十五年'而已。""水光潋滟晴方好",晴空无雨,在微风吹拂下,湖面之水微波拥进,细密的水纹"前赴后继",水光极美。

又《次韵仲殊雪中游西湖二首》再用"水光潋滟"与"山色空濛":"水光潋滟犹浮碧,山色空濛已敛昏。"

清·钱谦益《西湖杂感》:"潋艳西湖水一方,吴根越角两茫茫。"

清·康熙皇帝玄烨《玉河春水》:"春回冻解玉河清,潋滟情光绕凤城。"

又《泛舟西湖》:"一片湖光潋滟开,峰峦三面送青来。"后句用王安石《书湖阴先生壁二首》:"一水护田将绿绕,两山排闼送青来"句。

又《歊蒸暑气,赋得"漠漠水田飞白鹭"》:"日

射湖光潋滟余,三庚修景未应除。"

又《西湖》:"湖光开潋滟,临幸及芳时。"

今人阚家蕶《明潭泛舟》:"雨后苍山凝碧空,波光潋滟漾晴风。"

今人吴丈蜀《宴集君山席上喜赋》:"奇峰七十竞标青,潋滟湖光浪不兴。"

873. 山色空濛雨亦奇

宋·苏轼《饮湖上初晴后雨二首》:"水光潋滟晴方好,山色空濛雨亦奇。"南朝·齐·谢朓《观朝雨诗》:"空濛如薄雾,散漫似轻埃。"写细雨形成的雨雾濛濛、空空旷旷的景象。"山色空濛",雨雾弥漫,山影模糊,此景亦奇特。

宋·胡铨《鹧鸪天》(和陈景卫忆西湖):"空濛山色烟霏晚,淡泊湖光雾 轻。"

元·张可久《殿前欢·湖上宴集》:"山空濛雨亦奇,水潋滟天无际。"

又《红绣鞋·西湖雨》:"删抹了东坡诗句,糊涂了西子妆梳。山色空濛水模糊。行云神女梦,泼墨范宽图。挂黑龙天外雨。"反用苏诗写西湖雨景。

874. 欲把西湖比西子

宋·苏轼《饮湖上初晴后雨》:"欲把西湖比西子,淡妆浓抹总相宜。"西施是春秋时越国的女子,作为著名美女,至今几乎家喻户晓。以西湖比西子,人与水之通点为"淡妆浓抹",西子之美在此,西湖之美亦在此。西湖"淡妆浓抹"形象如何?湖水是"淡妆",四周三面环山,山上红花绿树,郁郁匆匆,还不是"浓抹"?宋·陈善《扪虱新话》评曰:"要识西子,但看西湖;要识西湖,但看此诗。"此诗为"西湖千古定评",为西湖之美定了格。陈衍《宋诗精华录》亦云:"后二句遂成为西湖定评。"即确切地写出了西湖美。又兼苏诗先后三次把西湖比作西子,"西子湖"便成了杭州西湖的代称。金性尧选注《宋诗三百首》评:"以一语道绝西施之美者恐怕只有苏轼,所以此诗既写西湖又写西施,刘熙载《艺概》所谓'打通后壁说话'。"是说以西湖比西施,同时透出西施之美。

苏轼另两次以西湖比西子诗如:

《次前韵答马忠玉》:"只有西湖似西子,故应宛转为君容。"

《再次德麟新开西湖》:"西湖虽小亦西子,萦

流作态清而丰。"指赵德麟兴建的颖州西湖。

用这种比拟的,元人极盛。

元·贯云石《蟾宫曲》:"春景扶疏,秋色模糊,若比西施,西子何如?"

元·奥敦周卿《蟾宫曲》:"宜雨宜晴,宜西施淡抹浓妆。"

元·睢玄明《耍孩儿·咏西湖》:"山旖旎妖妍如西子,水回环妩媚似杨妃。"山比西子,水比杨妃。

元·薛昂夫《阳春曲·苦雨》:"西湖也怕西施妒,天也为他巧对付。"

元·汤式《满庭芳·武林感旧》:"西湖若此,何以比西施。"杭州西湖今不如昔了。

元·杨果《小桃红》:"淡妆浓抹,轻颦微笑,端的胜西施。"

元·于伯渊《点绛唇·哪咤令》:"缕金妆七宝环,玉簪挑双珠凤,比西施宜淡宜浓。"

875. 浪淘尽千古风流人物

宋·苏轼《念奴娇》(赤壁怀古):"大江东去,浪淘尽千古风流人物。"赤壁之战大败曹军的战场,一说在今湖北蒲圻,一说在今湖北黄冈的赤矶。苏轼所到赤壁为后者,首二句,诗人立于赤壁,面对浩瀚的长江,看到奔腾东去的巨浪,想到千古英雄人物,都如这波浪一样,消逝得无影无踪了。进而联想到赤壁之战的时代,曾涌现出多少叱咤风云的英雄。接着集中写出类拔萃的周瑜。起句就具有浩瀚磅礴的气势,千百年来,一直在读者心中翻卷着波澜。

宋·韩世忠《满江红》:"万里长江,淘不尽、壮怀秋色。"反用。

宋·沈瀛《满江红》(九日登凌歊台):"隐隐西州增远望,长江一带平如席。怅英雄、千古到如今,空遗迹。"用句意。

宋·陈堂《满江红》:"孟德舳舻烟赤壁,佛狸心胆寒瓜步。问波涛,说尽几英雄,今犹古。"暗用。

宋·岳珂《祝英台近》(登多景楼):"古来多少英雄,平沙遗恨,又总被、长江流尽。"用苏轼词意。

明·杨慎《历代史略十段锦词话》第三段《说秦汉》开场词:

滚滚长江东逝水,浪花淘尽英雄。是非成败转头空:青山依旧在,几度夕阳红。

白发渔樵江渚上,惯看秋月春风。一壶浊酒喜相逢:古今多少事,都付笑谈中。

起句用苏轼词意。清人毛纶、毛宗岗父子评刻本《三国演义》卷首引词,调寄《临江仙》,用杨慎原词,并增加了"天下大势,分久必合,合久必分"的楔子。

876. 江上愁心千叠山

宋·苏轼《书王定国所藏〈烟江叠嶂图〉》:"江上愁心千叠山,浮空积翠如云烟。山耶云耶远莫知,烟空云散山依然。"江上千峰叠嶂,如云如烟,景色奇特。对《叠嶂图》的描绘。

《唐文粹》载张说的《江上愁心赋》:"江上之峻山兮,郁崎嵬而不极。云为峰兮烟为色,歘变态兮心不识。"苏诗借用此赋之意。

877. 曲池流水细鳞鳞

宋·苏轼《和文与可洋川园池三十首》(禊亭):"曲池流水细鳞鳞,高会传觞似洛滨。"写"曲水流觞",而水流呈现出细细的鱼鳞纹。

南朝·梁·何逊《下方山》:"鳞鳞逆去水,弥弥急还舟。"首用"鳞鳞"喻水纹,苏诗用此。

878. 一举渺江海

宋·苏轼《高邮陈直躬处士画雁二首》:"弋人怅何慕,一举渺江海。""弋人",射鸟人。画中雁举翼远翔,渺于江海之中,令射雁人空自怅望。

汉·扬雄《法言·问明》:"鸿飞冥冥,弋人何篡焉?"《后汉书·逸民传序》云:"扬雄曰:'鸿飞冥冥,弋者何篡焉!'言其违患之远也。"李贤注引宋衷语:"篡,取也。鸿高飞冥冥薄天,虽有弋人,何施巧而取也。""篡"字也作"慕"。此段文字意为:王莽篡位,贤人远去。苏轼诗用此意,雁有自况之意。

唐·张九龄《感遇》:"今我游冥冥,弋者何所得。"亦以雁自况。

宋·范成大《清逸江》:"微生本渔樵,长日渺江海。"用苏轼"渺江海"句,自比渔夫。

879. 病闻吹枕海涛喧

宋·苏轼《次韵答邦直子由五首》:"闲坐闭门僧舍冷,病闻吹枕海涛喧。"病卧床头,海涛喧嚣声吹击枕边。

又《监试呈诸试官》："聊歌废书眠,秋涛春午枕。"亦写涛声击枕,涛声近耳。

宋·范成大《宴坐庵四首》："五更风竹闹轩窗,听作江船浪隐床。"风竹之声,误以为水拍击船头,意同涛声击耳。

880. 百尺飞涛泻漏天

宋·苏轼《广州蒲涧寺》："千章古木临无地,百尺飞涛泻漏天。"写涧水飞涛,自空而下,如天漏了一般。

唐·白居易《多雨春空过》："浸淫天似漏,沮洳地成疮。"淫雨连绵,象天漏了水,水洼泥涂,如地生了疮。苏诗用此"天似漏"意。

881. 惟见秦淮碧

宋·苏轼《和王巩〈南迁初归〉》："归来万事非,惟见秦淮碧。"万事皆非,惟秦淮依旧。

宋·王沂孙《高阳台》(陈君衡远游未还,周公瑾有怀人之赋,倚歌和之)："归来依旧秦淮碧,问此愁,还有谁知。"缩用苏轼二句为一句。

882. 惊看水明楼

宋·叶梦得《临江仙》(诏芳亭赠坐客)："一声云外留,惊看水明楼。"同章几道、朱三复(坐客)会诏芳亭作。追怀去岁中秋月夜之游。"水明楼",月色明水,水色明楼。

宋·李弥逊《水调歌头》："下视人间世,万户水明楼。"

又《满庭芳》："笙歌散,风帘自上,寒水满明楼。"

宋·赵善括《水调歌头》："雨霁彩虹卧,半夜水明楼。"

883. 一条衣带水

宋·胡宿《桃叶渡》："怅望情人曲,空留此渡名。一条衣带水,千古石头城。""桃叶渡"在今江苏南京秦淮河与清溪合流处。晋代王献之妾名桃叶,欲过江,王献之作歌送行曰："桃叶复桃叶,渡江不用楫。但渡无所苦,我自迎接汝。"后人把此渡口称"桃叶渡"。此诗前二句即感此事。"一条衣带水",喻桃叶渡口之水如一条衣带。《南史·陈后主纪》载:杨广将出兵攻陈,对高颎说:"我为百姓父母,岂可限一衣带水,不拯之乎?""一衣带水",指长江,如一条衣带宽,言水程不远。用"一衣带水"句如:

唐·唐彦谦《汉代》："不因衣带水,谁觉路迢迢。"一水之隔,使路远了。反用。

五代·王周《巴江》："巴江江水色,一带浓蓝碧。"一带水之颜色。

宋·文彦博《谢假新舟·赠远使陈金部知俭》："深惭一水如衣带,不称君家旧济川。"言水窄。

宋·文及翁《贺新郎》(西湖)："余生自负澄清志,更有谁,磻溪未遇,傅岩未起。国事如今谁倚仗,衣带一江而已。"南宋只靠长江维持。

宋·王奕《水调歌头》(过鲁港丁家洲,乃德佑渡江之地,有感)："长江衣带水,历代鼎彝功。"长江在军事上的作用。

884. 我住长江头,君住长江尾

宋·李之仪《卜算子》："我住长江头,君住长江尾。日日思君不见君,共饮长江水。此水此时休,此恨何时已。只愿君心似我心,定不负相思意。"此词清淡而深婉,二人居处未离长江,饮水未离长江,相思之恨又如长江,托长江而抒情。即水切情,语言平易,大有民歌风,乐府味。明·毛晋《宋六十名家词·姑溪词跋》评:之仪词"中多次韵小令,更长于淡语、景语、情语。……至若'我住长江头,君住长江尾。日日思君不见君,共饮长江水'真是古乐府俊语矣"。现代唐圭璋《唐宋词简释》评:"此首因长江以写真情,意新语妙,真类古乐府。起言相隔之远,次言相思之深。换头,仍扣定长江,言水无休时,恨亦无已时。末句,言两情不负,实本顾太尉语。"起二句,同住长江,却一在头一在尾,似近而远,虽共饮长江水,相隔却迢迢千万里,相见之难可知。

晋·陆云《为顾彦先赠往返》："我在三川阳,子居五湖阴。山海一何旷,譬彼飞与沉。"顾彦先即顾荣"顾太尉"。此诗写顾与其妇相距之远。李之仪用此句式。

现代元帅陈毅《赠缅甸友人》(1957年12月14日)："我住江之头,君住江之尾,彼此情无限,共饮一江水。我吸川上流,君喝川下水。川流永不息,彼此共甘美。"用李之仪的起句,表达中缅人民的"胞波"深情。缅甸的主要河流,其上游都在中国的云南、西藏,所以说:"我住江之头,君住江之尾。"借用得准确,巧妙,亲切。

今人余光中《乡愁》诗,表达了游子思归的深情:

小时候,
乡愁是一枚小小的邮票——
我在这头;
母亲在那头!

长大后,
乡愁是一张窄窄的船票——
我在这头;
新娘在那头!

后来阿,
乡愁是一方矮矮的坟墓——
我在外头;
母亲在里头!

而现在,
乡愁是一湾浅浅的海峡——
我在这头;
大陆在那头!

此诗生动地运用了复唱法。反复强调了时空之苦隔,以时间为经,以空间为纬,交织成回归祖国,实现统一的强烈的愿望。

随着时间的推移,年龄的增长,情境也随之变化。南宋·蒋捷《虞美人》(听雨)已这样写了:

少年听雨歌楼上,红烛昏罗帐。壮年听雨客舟中,江阔云低、断雁叫西风。

而今听雨僧庐下,鬓已星星也。悲欢离合总无情,一任阶前、点滴到天明。

不同的时间、在不同的处所听雨,含蓄地表达了不同的心境。

885. 我居巷南子巷北

唐·杜甫《偪侧行赠毕曜》:"偪侧何偪侧,我居巷南子巷北。""偪侧"逼近,言同毕曜两家居处极近。

宋·苏轼《次韵段缝见赠》:"若得与君连北巷,故应终老忘西川。"愿与段缝为近邻,"连北巷",南巷、北巷相连。

886. 君子之交淡如水

宋·辛弃疾《洞仙歌》(丁卯八月病中作):"味甘终易坏,岁晚还知,君子之交淡如水。"高尚的人志向高远,不求私利,彼此结交纯净淡雅,如水一样,又能维持久远,不轻易破裂。

《礼记·表记》:"故君子之接如水,小人之接如醴(甜酒);君子淡以成,小人甘以坏。"《庄子·山木》:"且君子之交淡苦,小人之交甘若醴。君子淡以亲,小人甘以绝,彼无故以合者,则无故以离。"《庄子》中这段活是"子桑户"答复孔子的话,用《礼记》中的道理。辛词是写他晚年病中理性的思考,写他对"淡以成""甘以坏"的深悟。从此"君子之交淡如水"成了定型的格言。

《礼记》《庄子》中"君子之交淡若水"一意,为后代诗人所认同。

唐·储光羲《贻崔太祝》:"遇雨吹嘘何以知,君子之交复淡如。"

唐·白居易《张十八员外以新诗二十五首见寄郡楼月下吟玩通夕因题卷后封寄微之》:"阳春曲调高难和,淡水交情老始知。"

宋·范质《诫儿侄八百字》:"忿怨容易生,风波当时起。所以君子心,汪汪淡如水。"

宋·王禹偁《和冯中允炉边倡作》:"我爱中庸君子心,心与人交淡如水。"

宋·刘敞《寄因甫》:"知君淡如水,非是故忘予。"

元·费唐臣《贬黄州》三折:"我止望周人之急紧如金,君子之交淡如水。"

清·乔莱《鹧鸪天》(喜友人过访村斋):"翛然相对如清水,坐听林间春鸟鸣。"

887. 卷长波一鼓困曹瞒

宋·戴复古《满江红》(赤壁怀古):"卷长波,一鼓困曹瞒,今如许!"赤壁鏖兵,曹操困败于赤壁,赤壁只落得今天这个样子。

宋·姜夔《满江红》:"却笑英雄无好手,一篙春水走曹瞒。"词前有序云:"按曹操至濡须口,孙权遗操书曰:'春水方生,公宜速去。'操曰:'孙权不欺孤。'乃撤军还。"用"春水走曹瞒"事说明濡须口江湖汇流处春水之猛。

888. 小桥流水人家

元·马致远《天净沙·秋思》:"枯藤老树昏鸦,小桥流水人家。古道西风瘦马。夕阳西下,断肠人在天涯。"曲作者在深秋经过一个荒村,小桥流水,几户人家。枯藤缠绕一棵老树,树上落着几只晚鸦,游子乘一匹瘦马,蹒跚在崎岖坎坷的古道上,瑟瑟西风,在暮色中劲吹。使断肠游子更加断肠了。全曲仅用了"西下""在"两个动词,却用了十二个名词,其中大部分是"枯""老""昏""古""瘦""夕"这样一些令人凄寒、萧索的字眼儿,写晚秋景色应是前无古人。《顾曲尘谈》卷下第四章《谈曲》推此曲为"直空今古"。清·王国维《人间词话》评此曲"深得唐人绝句妙境"。

"枯藤老树昏鸦,小桥流水人家。"也属"出蓝"之句,出自唐人韦元旦之《雪梅》诗。韦诗《全唐诗》不载,明·黄凤池辑《唐诗画谱·六言画谱》(1985年上海古籍出版社)收入;《雪梅》诗如下:

古木寒鸦山径,
小桥流水人家。
昨夜前村深雪,
阳春又到梅花。

第一句"古木寒鸦"换作"老树昏鸦",第二句则通被用。韦诗只客观描述梅雪迎春,而马曲则集中写孤旅之悲凉,感人至深,脍炙人口。

"小桥流水人家"是典型的乡村景象,有村必有水,有水多有桥,在马致远以前,多有人写,似带韦诗中此句的影子。

五代·刘兼《访饮妓不遇招酒徒不至》:"小桥流水接平沙,何处行云不在家。"

宋·陈师道《临江仙》:"曲巷斜街信马,小桥流水谁家。线衫深袖倚门斜,只缘些子意,消得百般夸。"

宋·贺铸《将进酒》(小梅花二首):"岸头沙,带蒹葭。漫漫昔时,流水今人家。"

宋·白侍郎《赠丁和》:"步入罗湖石径斜,阴阴乔木锁烟霞。小桥流水君须记,便是丁和处士家。"

宋·陆游《定风波》(进贤道上见梅赠王伯寿):"欹帽垂鞭送客回,小桥流水一枝梅。"

宋·刘学箕《桃源忆故人》:"小桥流水人来去,沙岸浴鸥飞鹭。"

宋·张炎《玲珑四犯》(杭友促归,调此寄意):"流水人家,乍过了斜阳,一片苍树。"

又《长亭怨》(旧居有感):"望花外,小桥流水,门巷悄悄,玉箫声绝。"

元·白朴《天净沙·春》:"啼莺舞燕,小桥流水飞红。"

元·鲜于必仁《普天乐·潇湘八景——山市晴岚》:"依依村市,簇簇人家,小桥流水间,古木疏烟下。"

元·张可久《人月圆》(三衢道中有怀会稽):"小桥流水,残梅剩雪,清似西湖。"

元·白贲《百字折挂令》(失题):"断桥东壁傍溪山,竹篱茅舍人家。"兼用"竹篱茅舍"。

明·王屋《临江仙》(顾四城北新居):"独访柴门深竹里,板桥流水斜通。"

清·蒲松龄《山中》:"芳草斜阳游子路,小桥流水野人家。"

889. 古道西风瘦马

元·马致远《天净沙·秋思》:"古道西风瘦马,夕阳西下,断肠人在天涯。"这是凄然孤旅的游子形象。唐人卢纶《送万巨》诗:"把酒留君听琴,难堪岁暮离心。霜叶无风自落,秋云不雨空阴。人愁荒村路细,马怯寒溪水深。望断青山独立,更知何处相寻?"用诗的形式,用另样的语言,另样的景象,描绘出凄然孤旅的游子形象,然而诗与曲都景融融,情融融,堪称姊妹篇了。

用"古道西风瘦马,夕阳西下"句意的如:

元·王实甫《西厢记》第四本第三折《四煞》:"到晚来闷把西楼倚,见了些夕阳古道,衰柳长堤。"缩用。

又《西厢记》第四本第三折《一煞》:"夕阳古道无人语,禾黍秋风听马嘶。"

清·朱彝尊《消息·度雁门关》:"问长途,斜阳瘦马,又穿入、离亭树。"

890. 青山行不尽,绿水去何长

唐·崔颢《舟行入剡》:"青山行不尽,绿水去何长。"在今浙江嵊县剡溪行舟,两岸有行不尽的青山,绿水似乎也长得望不到尽头。"青山""绿水"句,表示路极长,美也无限。

又《赠卢八象》:"青山满蜀道,绿水向荆州。""青山""绿水",这两种事物是大自然中最多、最常见的,就具有概括力,并道出山水之美。

唐·王湾《次北固山下》:"客路青山下,行舟绿水前。"

唐·王维《别辋川别业》:"忍别青山去,其如绿水何。"

唐·李白《广陵赠别》:"天边看绿水,海上见青山。"

891. 折疏麻兮瑶华

屈原《九歌·大司命》:"折疏麻兮瑶华,将以遗兮离居。"折下开玉色花的疏麻,将赠给远离家乡的隐居人。

晋·谢灵运《从斤竹涧越岭溪行》:"握兰勒徒结,折麻心莫展。"用"折麻"句说握兰折麻无人可赠,心情抑郁。

892. 春兰兮秋菊

《九歌》(礼魂):"春兰兮秋菊,长无绝兮终古。"兰花、菊花盛开时的祭祀,永远不会断绝。王夫之指出:"而言终古无绝,则送神之曲也。"后人用"春兰秋菊"则脱出祭祀之意,只表不同季节兰与菊次第开落。《烟花录》:陈后主问炀帝:丽华与萧妃何如?帝曰:"春兰秋菊,亦各一时之美也。"唐·石贯《和主司王起》:"绛帐青衿同日贵,春兰秋菊异时荣。"当用此意。

唐·徐夤《尚书会仙亭咏蔷薇寅坐中联四韵晚归补缀所联因成一篇》:"海棠若要分流品,秋菊春兰两恰平。"

宋·苏轼《次韵鲁直书伯时画王摩诘》:"诗人与画手,兰菊芳春秋。"

又《集英殿秋宴教坊词致语口号》:"菊有芳兮兰有秀,从臣谁知《白云篇》?"

宋·蔡伸《浣溪沙》(赋向伯恭芗林木犀二首):"木以文犀感月华,寸根移种自仙家,春兰秋菊浪矜夸。"

宋·辛弃疾《沁园春》:"秋菊堪餐,春兰可佩,留待先生手自栽。"此为题带湖新居,学渊明栽柳而栽植兰菊,流露出高雅情怀。

宋·王质《沁园春》(闲居):"竹斋,向背松斋,须次第、春兰秋菊开。"

893. 兰有秀兮菊有芳

汉武帝刘彻巡幸汾水,放舟中流,作《秋风辞》。汾河泛舟,感慨良多,尤叹自己之衰老。辞中"兰有秀兮菊有芳,怀佳人兮不能忘。泛楼船兮济汾河,横中流兮扬素波,箫鼓鸣兮发棹歌。"描绘在秋天汾水上游乐的景场。"兰菊"句写兰草菊花争鲜斗艳,香飘四野,充满了勃勃生机。《秋风辞》文情并茂,清人沈德潜评之为"《离骚》遗响。"

(《古诗源》)

宋·苏轼《集英殿秋宴教坊词致语口号》:"菊有芳兮兰有秀,从臣谁和《白云篇》?""菊有芳兮兰有秀",变序用汉武帝句。《白云篇》,代《秋风辞》。《秋风辞》首句是"秋风起兮白云飞",因而也称"白云篇"。见"晴窗检点白云篇"条。

清·文廷式《忆旧游》(秋雁·庚子八月作):"遥想横箫鼓,兰菊尚芳馨。"暗用《秋风辞》句,写光绪避兵山西,表达了作用眷念君王的无限忠心。

894. 嘉树下成蹊,东园桃与李

魏·阮籍《咏怀》之三:"嘉树下成蹊,东园桃与李。秋园吹飞藿,零落从此始。"嘉树就指桃李,桃李不会招人来,而当果实累累时,人们纷纷到来,以至踏出路来,喻世事之繁盛。而当秋风吹来,豆叶飘落时,桃李凋零了,也便不再成蹊。张玉毅在《古诗赏析》中说,全诗:"言世事有盛有衰,避乱宜早也。"

阮籍"桃李成蹊"句源出古谚语。司马迁《史记·李将军列传》文末"赞曰:余睹李将军悛悛如鄙人,口不能道辞。及死之日,天下知与不知,皆为尽哀。彼其忠实心诚信于士大夫也!谚曰:'桃李不言,下自成蹊。'此言虽小,可以谕大也。"唐人司马贞《史记索隐》载:"姚氏云:'桃李本不能言,但以华实感物,故人不期而往,其下自成蹊也。'比喻广虽不能出辞,能有所感,而忠心信物故也。"是说李广虽不善言辞,却以诚信赢得人心,如人趋桃李而成蹊,踏出小径。后用此语喻待诚信,造访则多;道德高尚,必为人拥戴;也表示人们常走的路,愿意去的地方,去的人多等等。用"桃李成蹊"句如:

南北朝·北周·王褒《和从弟祐山家诗二首》:"箭筱时通径,桃李复成蹊。"说其从弟虽隐居山林,却"结交非俗士,仙侣自相携。"箭竹林中踏出了小径,桃李树下走出了小路。

南朝·陈·刘删《侯司空宅咏妓》:"将人当桃李,何处不成蹊。"

唐·卢照邻《长安古意》:"俱邀侠客芙蓉剑,共宿娼家桃李蹊。""桃李"喻美色,"桃李蹊"代娼家居处,是人来人往的地方。

唐·张九龄《郡舍南有园畦杂树聊以永日》:"成蹊谢李径,卫足感葵荫。"写整日多沿园中小径散步。

唐·贺知章《望人家桃李花》："桃李从来露井傍,成蹊结影矜艳阳。"赞桃李花之娇艳。

唐·李白《赠从弟冽》："桃李寒未开,幽关岂来蹊。"家门冷落,因桃李尚未开花作实。

唐·杜甫《寒雨朝行视园树》："桃蹊李径年虽故,椵子红椒艳复殊。"园中仍有桃蹊李径。

唐·卢纶《书情上大尹十兄》："芳室芝兰茂,春蹊桃李开。"称大尹室如芝兰,人如桃李。

唐·顾况《瑶草春》："露桃秾李自成蹊,流水终天不向西。"写李迅纳监奴,监奴投井而死,人和美则可成蹊,否则有如水不向西。

唐·戎昱《上寺常侍》："桃李不须令更种,早知门下旧成蹊。"称李常侍德高望重,政声远播。

唐·李贺《奉和二兄罢使遣马归延州》："自是桃李树,何畏不成蹊。"慰二兄有德,不愁不会受重视。

唐·朱景云《双楮亭》："未肯惭桃李,成阴不待春。"赞双楮树。

宋·杨亿《郡斋西亭即事十韵招丽水殿丞武功从事》："桃李成蹊春尽后,鱼盐为市日中时。"写盛时已过。

又《送张彝宪归乡》："到家为问田园事,桃李犹应有旧蹊。"说张归乡后广有生路。

宋·陈襄《桐苓》："时人羡桃李,下自成蹊径。而我爱梧桐,亦以成乎性。"不羡桃李,独爱梧桐。

宋·郑獬《乌龙老栽松既以诗三首》："但恐长安无地种,人家桃李自成阴。"写桃李太盛。

宋·黄庭坚《谒金门》(对赠知命)："君似成蹊桃李,入我草堂松桂。"写声望极高。

宋·舒亶《一落索》："后园桃李谩成蹊,问占得、春多少。"后园桃李占据了春光。

895. 桃李无言花自红

五代·冯延巳《舞春风》词："蕙兰有恨枝犹绿,桃李无言花自红。"这是写闺怨的,一位严妆少妇,如"蕙兰有恨""桃李无言",内心忧思深藏,愁绪不言,却依然是美艳的:蕙兰犹绿,桃李自红,不失动人风貌。《全宋词》又作欧阳修词,应是误收。宋·韩琦《眼儿眉》:"芙蓉面瘦,蕙兰心病,柳叶眉颦"用"蕙兰"句。

独用"桃李无言"句,始于唐初。用以喻人,也用以比花,所表达的意义是很丰富的,与"桃李成蹊"不尽同。

唐·骆宾王《早秋出塞寄东台详正学士》："数奇何以托,桃李自无言。"时运不济,也要抱诚守信。

唐·陈子昂《感遇诗三十八首》："去去桃李花,多言死如麻。"告世人学桃李,勿多言,以免招祸。

唐·李白《赠范金卿二首》："桃李君不言,攀花愿成蹊。"称范以诚信取悦于人。

又《江夏赠韦南陵冰》："昨日绣衣倾绿尊,病如桃李竟何言?"诗人夜郎赦还,已年近六十,抱负落空,因此在酒筵上对旧友说"病如桃李竟何言",表达失望心情。

又《览镜书怀》："桃李竟何言,终成南山皓。"终老无成,无可奈何。

唐·窦庠《段都尉别业》："春来欲问林园主,桃李无言鸟自啼。"曾"几场花下醉如泥",而今却是有园无主了。

唐·白居易《和雨中花》："桃李无言难自诉,黄莺解语凭君说。"莺虽为说不分明,叶底村头谩绕舌。"

唐·王质《金谷园花发怀古》："山川终不改,桃李自无言。"晋人石崇的金谷园犹在,而豪华无存了。

唐·杜牧《紫微花》："桃李无言又何在,向风偏笑艳阳人。"没有桃李,紫微花一枝独秀。

又《金谷园》："繁华事散逐香尘,流水无情草自春。"句式同。

唐·司空图《敷溪桥院有感》："青山满眼泪堪碧,绛帐无人花自红。"最先用"花自红"。

唐·周弘亮《曲江亭望慈恩寺杏园花发》："愿莫随桃李,芳菲不为言。"愿杏花比桃李更芬芳。

唐·曹著《曲江亭望慈恩寺杏园花发》："谁复争桃李,含芳自不言。"与周弘亮共赏同题而作,亦赞杏花。

唐·侯冽《金谷园花发怀古》："金谷千年后,春花发满园。……殷勤问前事,桃李竟无言。"昔日繁华罄尽,桃李不能述说缘由。

唐·卢渥《梅》(一作韦蟾诗)："何须是桃李,然后欲忘言。"梅花品格不亚桃李。

唐·王毂《牡丹》："曷若东园桃与李,果成无语自垂阴。"反衬牡丹"娇艳乱人心"。

唐·韦庄《北原闲眺》："欲问向来陵谷事,野桃无语泪花红。"问起时事变迁状况,野桃也似含悲。

宋·范仲淹《行歌》："花前人自乐，桃李岂须言。"人可自乐，无须桃李助兴。

宋·魏兼《和范公希文怀庆朔堂》："桃李无言争不怨，满园红白为谁开?"触景感怀。

宋·苏颂《撷芳亭》诗："春来何处最花繁，湖水西头百亩园。无限游人折红蕊，可怜桃李自无言。"怜花被折撷。

宋·舒亶《临江仙》(送鄞令李易初)："江山如消恨，桃李自无言。""有恨""无言"都是离情。

宋·黄庭坚《寺斋睡起二首》："桃李无言一再风，黄鹂惟见绿葱葱。"

宋·吕本中《木芙蓉》："小池南畔木芙蓉，雨后霜前著意红。犹胜无言旧桃李，一生开花任东风。""木芙蓉"即木莲，秋天开花，比桃李"任东风(春风)"好。

唐·白居易《木芙蓉花下招客饮》曾赞木莲："莫怕秋天伴愁物，水莲花尽木莲开。"

宋·毛滂《西江月》(次韵孙使君赏花见寄，时仆武康待次)："雅歌谁解继投壶，桃李无言满路。"写游乐赏花。

宋·范成大《枫桥》："朱门白壁枕弯流，桃李无言满屋头。"写隔绝的寂静。

宋·杨炎正《水调歌头》(送张史君)："可怜桃李千树，无语送归舟。"烘托别情。

宋·魏了翁《与同官饮于海堂花下烧烛照花即席赋·临江仙》："花不能言还自笑，何须有许多般。"海棠自美，无须烛照。

宋·陈允平《渡江云》(送蔡泉使)："爱墙阴，成蹊桃李，春自无言。"祝愿蔡做"成蹊桃李"。

896.东园桃李片时春

唐·王勃《临高台》："娼家少妇不须矍，东园桃李片时春。"娼家少女不必为年华而愁苦，东园桃李的春花也是短暂的。"东园桃李"意指一般园中桃李。所以逐渐出现了"南园桃李""西园桃李""后园桃李"句，写花开花落，作春天景色，有的抒发某种情感。

用"东园桃李"的：

唐·徐彦伯《钱唐永昌》："斗鸡香陌行春倦，为摘东园桃李花。"

唐·崔湜《大漠行》："北堂萱草不寄来，东园桃李长相忆。"(一作胡皓诗)

唐·苏颋《将赴益州题小园壁》："可惜东园树，无人也作花。"也指东园桃李。

唐·贺知章《望人家桃李花》："仙源夜雨度仙家，朝发东园桃李花。"

唐·李白《寄远十一首》："忆昨东园桃李红碧枝，与君此时初别离。"

唐·杨巨源《杨花落》："东园桃李芳已歇，独有杨花娇暮春。"

唐·薛蕴《赠郑女郎》："笑开一面红粉妆，东园几树桃李花。"

唐·王叡《牡丹》："曷若东园桃与李，果成无语自垂泪。"

五代·王周《春答》："剩向东园种桃李，明年依旧为君来。"

五代·韩溉《松》："莫向东园竞桃李，春光还是不容君。"

宋·周邦彦《锁窗寒》："旗亭唤酒，付与高阳俦侣。想东园桃李自春，小唇秀靥今在否?"

宋·辛弃疾《江城子》："过尽东园桃与李，还见此、一枝春。"

写西、南、北、后、满园桃李的：

唐·骆宾王《艳情代郭氏答卢照邻》："柳叶园花处处新，洛阳桃李应芳春。""洛阳"则为实指。

唐·崔颢《孟门行》："北园新栽桃李枝，根株未固何转移。成阴结实君自取，若问旁人那得知。"

唐·杨凌《句》："南园桃李花落尽，春风寂寞摇空枝。"唐·崔涂《涧松》："南园桃李虽堪羡，争奈春残又寂寥。"

唐·刘禹锡《夏日寄宣武令狐相公》："长忆梁王逸兴多，西园花兴如何。"唐·裴夷直《漫作》："梁园桃李虽无数，断定今年不看花。"宋·朱孙《真珠帘》："算几度、吴乡烟水。无寐，试明朝说与，西园桃李。"

唐·元稹《陪诸公游故江西韦大夫通德旧居有感》："唯有满园桃李下，膺门偏拜阮元瑜。"宋·文同《北园》："春风有多少，尽入使君家。当与郡人乐，满园桃李花。"宋·张孝祥《好事近》(木犀)："满园桃李闹春风，漫红红白白，争似淡妆娇面，伴蓬莱仙客。"

宋·夏竦《初夏有作》："后园无限桃兼李，留待新恩得意时。"

宋·梅尧臣《后园桃李花》："后园桃李花，灼灼复皎皎。"

897.故园桃李为谁开

宋·范成大《浙江小矶春日》:"客里无人共一杯,故园桃李为谁开。"写自己客中独处,遥念故乡。"故园桃李"成了他思乡的情感所系,又概括了他全部家国之思。宋·黄公度《好事近》:"好在故园桃李,为谁开谁落。"用范成大全句意。

写"故园桃李"最早的是唐人顾况《洛阳早春》:"故园桃李月,伊水向东流。""故园"指家园,写"故园"多与家乡、故乡相联系,有些抒思乡之情。

宋·强至《临洺驿雨中作》:"故乡桃李应满园,烂漫香风随处著。"

宋·史浩《粉蝶儿》(元宵):"玉容似花,全胜故园桃李。"喻人。

又《喜迁莺》(清明):"夹岸香红,登墙粉白,开遍故园桃李。"

宋·管鉴《朝中措》(立夏日观酗酿作):"寄语故园桃李,明年留待归来。"

宋·李处全《水调歌头》:"故园桃李何似,芳蕊想团枝。"

宋·赵长卿《浣溪沙》(宠姬小春):"料得主人偏爱惜,也应冰雪好精神,故园桃李莫生嗔。""小春"如"江梅"喜人,请"故园桃李"谅解。

宋·辛弃疾《满江红》:"春正好,故园桃李,待君花发。"

宋·刘弇《内家娇》:"应念故园桃李,羞怨春工。"

宋·赵必𤩽《锁窗寒》:"长安道,载酒寻芳,故园桃李还忆否。"

宋·无名氏《风流子》:"遇有时系马,垂杨影下,风前伫立,惆怅佳期。回望故园桃李,应待人归。"

898.桃花水上春风出

南朝·宋·汤惠休《白纻歌三首》:"桃花水上春风出,舞袖逶迤鸾照日。""桃花水"指春二三月之水。《礼记·月令》载:"仲春之月,始雨水,桃始华。"《汉书·沟洫志》记:"来春桃华水盛,必羡溢,有填淤反壤之害。"唐·颜师古《汉书·音义》云《月令》:'仲春之月,始雨水,桃始华。'盖桃方华时,既有雨水,川谷冰泮,众流猥集,波澜盛长,故谓

之'桃花水'耳。老杜诗云'春岸桃花水',又曰:'三月桃花浪'。"

宋·陈元靓《岁时广记》卷二《水衡记》云:"黄河水二月、三月名'桃花水'。"据上所记,桃花水是指二、三月间桃花盛开时涨水的春汛,一般指春水春光。严师古《汉书·音义》所引"老杜"二句,前句出自《南征》诗:"春岸桃花水,云帆枫树林。"后句出自《春水》:"三月桃花浪,江流复旧痕。"(桃花浪即桃花水。)其实杜甫不是用"桃花水"最早的,最早的是汤惠休。唐以前还有用其意的:北周·庾信《乐府·对酒歌》:"春水望桃花,春洲籍芳杜。"梁元帝萧绎《芳树》:"桂影含秋月,桃花染春源。"隋·薛道衡《渡北河》:"桃花长新浪,竹箭下奔流。"然而更多是直用"桃花水"。

北朝·齐·卢询祖《赵郡王配郑氏挽词》:"春艳桃花水,秋度桂枝风。"

南朝·陈·江总《乌栖曲》:"桃花春水木兰桡,金羁翠盖聚河桥。"

唐·王维《桃源行》:"春来遍是桃花水,不辨仙源何处寻。""桃花水"指陶渊明笔下的桃花源。

唐代日本人藤井竹外《花朝下淀江》:"桃花水暖送轻舟,背指孤鸿欲没头。雪白比良山一角,春风犹未到江州。"

唐·白居易《彭蠡湖晚归》:"彭蠡湖天晚,桃花水气春。"

唐·罗邺《春日过寿安山馆》:"归期不及桃花水,江上何曾鲙雪鳞。"

唐·韩偓《野钓》:"细雨桃花水,轻鸥逆浪飞。"

宋·韩维《和况之》:"喜君不负持杯约,正是桃花水满溪。"

宋·苏轼《次韵王定国南迁回见寄》:"相逢为我话留滞,桃花春涨孤舟起。"

宋·张元干《菩萨蛮》(戏呈周介卿):"拍堤绿涨桃花水,画船稳泛东风里。"

元·马彦良《一枝花·春雨》:"看一阵锁层峦行云北岭,一片片泛桃花流水桥西。"

元·汤式《一枝花·题崇明顾彦昇洲上居》:"荡炎蒸青苹风六月凄凄,翻渤澥红桃浪三春汹汹。""红桃浪"即"桃花浪"。

清·康熙皇帝玄烨《潞河三首》:"潞河三月桃花水,正是乘舟荐鲔时。"

又《水淀杂诗四首》:"昨夜桃花新水,鲤鱼跃

入兰舟。"

清·王夫之《徐合素自南来抵郡城远讯船上代书答之》:"归舟知泛桃花水,荒经将寻箭答天。"

899. 流水桃花色,春洲杜若香

北朝·周·庾信《咏画屏诗二十五首》之九:"流水桃花色,春洲杜若香。"写画屏之画的色与香,流水芳洲一派春色。"桃花色",水色粉红。又《咏画屏风诗二十五首》之十六:"水似桃花色,山如甲煎香。"再写香色,再用"桃花色"。

南朝·陈·张正见《赋得鱼跃水花生》:"漾色桃花水,相望濯锦流。"这里"桃花水"亦漾出桃花色。

又《赋得岸花临水发》:"漾色随桃水,飘香入桂舟。"写岸花与水色相同。

南朝·陈·阴铿《渡青草湖》:"沅水桃花色,湘流杜若香。"用庾信二句写沅水流经桃源县,水染桃花色,流入洞庭湖。

900. 夹岸桃花锦浪生

唐·李白《鹦鹉洲》:"烟开兰叶香风暖,夹岸桃花锦浪生。"上元元年春,诗人流放赦回返至江夏(今湖北武昌)作此诗。前二句说鹦鹉洲中的鹦鹉已归陇西鹦鹉山(相传为鹦鹉产地),鹦鹉洲上芳草花树还一片青青。此二句说暖风吹开烟雾送来兰香,夹岸桃花映水翻着锦浪。"锦浪",如绢绸一样色彩缤纷的波浪。"锦"字用南朝·陈·张正见"相望濯锦流"(《赋得鱼跃水花生》)句。

李白《荆门浮舟望蜀江》:"正是桃花流,依然锦江色。"

杜甫《送路六待御入朝》:"不忿桃花红胜锦,生憎柳絮白于绵。"

又《诸将五首》:"锦江春色逐人来,巫峡清流万壑哀。"

901. 杏园风细,桃花浪暖

宋·柳永《柳初新》:"杏园风细,桃花浪暖,竞喜羽迁鳞化。"

桃杏、风浪、鱼鸟的动态充满了初春的生机。"桃花浪暖"用杜甫《春水》诗:"三月桃花浪"句,喻春光暖人。

宋·赵师侠《酹江月》(丙午螺川):"归棹去去难留,桃花浪暖,绿涨迷南浦。"

又《汉宫春》(壬子莆中鹿鸣宴):"桃花浪暖,更平地,听一声雷。"

宋·高宗赵构《渔父词》:"舒柳眼,落梅腮,浪暖桃花夜转雷。"

宋·黄机《木兰花慢》(为同年赵必达寿):"桂子香浓秋月,桃花浪暖春风。"

902. 桃花流水鳜鱼肥

唐·张志和《渔歌子》:"西塞山前白鹭飞,桃花流水鳜鱼肥。青箬笠,绿蓑衣,斜风细雨不须归。"大历九年(774),颜真卿任湖州刺史,大宴宾客,张志和也在座。酒至半酣,颜真卿吟起张志和的《渔歌子》,张志和即兴又连吟五章,三位诗友也连吟五章,由张志和依诗作成画。自此《渔歌子》风靡全国诗坛。宋·黄升《唐宋诸贤绝妙词选》载:"张志和字子同,婺洲金华人。居江湖,自称烟波钓徒。著玄真子,亦以为号。每垂钓,不设饵,志不在鱼也。"又云:"张志和尝作《渔歌》一词,极能道渔家事。"黄蓼园《蓼园词选》评:"数句只写渔家之自乐其乐,无风波之患,面对己有不能已者,隐跃言外,蕴藏不露,笔墨入化,超然坐世之外。"

西塞山在湖洲慈湖镇道山矶,在今浙江省吴兴县西南。吴兴东北即太湖。张志和常往来于太湖附近各地。并非晋将王睿破吴千寻铁锁的那个西边的西塞山。

"桃花流水"一同"桃花水",即桃花盛开时,春水猛涨的所谓"桃花汛"。另解,大量桃花落水而流。

唐·吕岩《桃花溪》:"东风昨夜落奇葩,散作春江万倾霞",十分壮美。(诗见《全唐诗续补遗》卷十四)。

唐·牟融《天台》:"碧溪流水泛桃花,树绕天台迥不赊。"就是第二种"桃花流水",与"桃花水"不同。清·俞陛云《唐词选释》评张志和诗云:"'桃花流水'句,尤为世所传诵。"这是事实。前人也用过"桃花流水",都相形见绌。如北周王褒《燕歌行》:"初春丽景莺欲娇,桃花流水没河桥。"写春水之盛。北周·庾信《忝在司水看治渭桥》:"春洲鹦鹉色,流水桃花香。"写落水之桃花。应该看到,他们写"桃花流水"是比较早的。

公元832年(张志和死后13年),日本遣唐史将《渔歌子》传入日本,嵯峨天皇十分喜爱这短词,随即仿作了五首,"深入到张志和原作的骨髓中

去,那境界使人为之倾倒。"(夏承焘《域外词选》)并命大臣和皇室都学写词。

天皇诗为:"寒江春晓片云间,两岸飞花夜更明。鲈鱼脍,莼菜羹,餐罢醋歌带月行。"

天皇十七岁的女儿智子诗为:"春水洋洋沧浪清,渔翁从此独濯缨。何乡里?何姓名?潭里闲歌送太平。"

清·刘熙载《艺概》卷四云:"张志和《渔歌子》'西塞山前白鹭飞'一阕,风流千古。东坡尝以其成句用入《鹧鸪天》,又用于《浣溪沙》,然其所足之句,犹未若原词之妙通造化也。"苏轼扩写张志和《渔歌子》为《浣溪沙》(渔父)词如:

西塞山边白鹭飞,散花洲外片帆微。桃花流水鳜鱼肥。

自庇一身绿箬笠,相随到处绿蓑衣,斜风细雨不须归。

然而说"用入《鹧鸪天》"则错了。补足《渔歌子》的《鹧鸪天》本是黄庭坚所为,最早收入山谷《琴趣外篇》卷二。《全宋词》(三九五页)案:"此首别收入曾慥本东坡词卷下。"说明黄庭坚这首词被曾慥误收作苏轼词,刘熙载之误也便由此而生。黄庭坚《鹧鸪天》词是:

西塞山边白鹭飞,桃花流水鳜鱼肥。朝廷尚觅玄真子,何处如今更有诗。

青箬笠,绿蓑衣,斜风细雨不须归。人间底是无波处,一日风波十二时。"

诗前作者自序云:"表弟李如箎云:'玄真子渔父语,以《鹧鸪天》歌之,极入律,但少数句耳。'因以玄真子遗事足之。宪宗时,画玄真子像,访之江湖,不可得,因令集其歌诗上之。玄真之兄松龄,惧玄真放浪而不返也,和答其渔父云:'乐在风波钓是闲,草堂松桂已胜攀。太湖水,洞庭山,狂风浪起且须还。'此余续成之意也。"张志和词说"斜风细雨不须归",张松龄和词说"狂风浪起且须还",黄庭坚续成《鹧鸪天》词说人间处处时时都有风波,黄词直抒己见,定存含意。相比之下,苏轼的《浣溪沙》则显得粗糙了,"未若原词之妙通造化"之评还是有道理的。

刘熙载之"东坡以其成句入《鹧鸪天》"之误,还有一篇佐证,出自《乐府雅词》卷中。此词集为南宋人曾慥所辑,刘熙载如果读到它,便不致沦于讹误之中了。苏轼与黄庭坚为《渔歌子》引出一段词话,这段词话又使黄庭坚的外甥徐俯(东湖老人)填了两阕《浣溪沙》、两阕《鹧鸪天》。下边就是《乐府雅词》中这篇文字:

张志和《渔父词》云:"西塞山前白鹭飞,桃花流水鳜鱼肥。青箬笠,绿蓑衣,斜风细雨不须归。"顾况《渔父词》云:"新妇矶边月明,女儿浦口潮平。沙头鹭宿鱼惊。"东坡云:"元真语极丽,恨其曲度不传。"加数语以《浣溪沙》歌之云:"西塞山前白鹭飞,散花洲外片帆微。桃花流水鳜鱼肥。自庇一身青箬笠,相随到处绿蓑衣。斜风细雨不须归。"山谷见之,击节称赏,且云:"惜乎'散花'与'桃花'字重叠,又渔舟少有使帆者。"乃取张、顾二词,合为《浣溪沙》云:"新妇矶边眉黛愁,女儿浦口眼波秋,惊鱼错认月沉钩。青箬笠前无限事,绿蓑衣底一时休。斜风细雨转船头。"东坡跋云:"鲁直此词清新婉丽,问其最得意处,以山光水色,替却玉肌花貌,真得渔父家风也。然才出新妇矶,便入女儿浦,此渔父无乃太澜浪乎?"山谷晚年亦悔前作之未工,因表弟李如箎言,《渔父词》以《鹧鸪天》歌之,甚协律,恨语少声多耳。因以宪宗画像求元真子文章及元真之兄松龄劝归之意,足前后数句云:"西塞山前白鹭飞,桃花流水鳜鱼肥。朝廷尚觅元真子,何处如今更有诗。青箬笠,绿蓑衣,斜风细雨不须归。人间欲避风波险,一日风波十二时。"东坡笑曰:"鲁直乃欲平地起风波也。"东湖老人因坡、谷互有异词之论,故作《浣溪沙》《鹧鸪天》各二阕云。"东湖老人(徐俯)四阕词仍是一种扩写。四词除因元真原句外,也用顾况、黄庭坚句与意。其《浣溪沙》二阕如:

西塞山前白鹭飞,桃花流水鳜鱼肥。一波才动万波随。

黄帽岂如青箬笠,羊裘何似绿蓑衣。斜风细雨不须归。

新妇矶边秋月明,女儿浦口晚潮平。沙头鹭宿戏鱼惊。

青箬笠前明此事,绿蓑衣底度平生。斜风细雨小舟轻。

其《鹧鸪天》二阕如:

西塞山前白鹭飞,桃花流水鳜鱼肥。朝廷若觅玄真子,晴在长江理钓丝。

青箬笠,绿蓑衣,斜风细雨不须归。浮云万里烟波客,惟有沧浪孺子知。

七泽三湘碧草连，洞庭江汉水如天。朝廷若觅元真子，不在云边则酒边。

明月棹，夕阳船，鲈鱼恰似镜中悬。丝纶钓耳都收却，八字山前听雨眠。

这里不厌其详地举引，并非张扬这段词话，主要是从中察知张志和《渔歌子》词的深远影响。其它用《渔歌子》句典的如：

宋·苏轼《和文与可洋川园池三十首》："还有江南风物否？桃花流水鮆鱼肥。""鮆"，刀鱼。

宋·晁冲之《渔家傲》："危樯半落帆游漾，水调不知何处唱。风淡荡，鳜鱼吹起桃花浪。"

宋·张抡《朝中措》（渔父十首）："杨柳风轻日永，桃花浪暖鱼肥。"

宋·刘敞《华山隐者图》："安知全真子，近在西山垂。一千二百年，修身未尝衰。"

宋·周密《木兰花慢》（花港观鱼）："六桥春浪暖，涨桃雨，鳜初肥。"

又《满江红》（寄剡中自醉兄）："流水桃花西塞隐，茂林修竹山阴路。"

宋·蒲寿宬《渔父词二首》（书玄真祠壁）："白水塘边白鹭飞，龙湫山下鲫鱼肥。欹雨笠，著云衣，玄真不见又空归。"

宋·韦居安《摸鱼儿》："垂钓饵，这春水生时，剩有桃花鳜。"

宋·张炎《声声慢》（赋渔隐）："欸乃一声归去，对笔床茶灶，寄傲幽情。雨笠风蓑，古意谩说玄真。"

又《风入松》："旧家三径竹千竿，苍雪拂衣寒。绿蓑青笠玄真子，钓风波、不是真闲。得似壶中日月，依然只在人间。"

又《瑶台聚八仙》（为野舟赋）："他年五湖访隐，第一是吴淞第四桥。玄真子，共游烟水，人月俱高。"

元·赵显宏《满庭芳》（牧）："青箬笠西风渡口，绿蓑衣暮雨沧州。"

又《殿前欢》（闲居）（小令·同题重头曲四首）之一："去来兮！东林春尽蕨芽肥。"之二："去来兮！桃花流水鳜鱼肥。"

元·白朴《沉醉东风》（渔夫）："傲杀人间万户侯，不识字的烟波钓叟。"

元·乔吉《满庭芳·渔父词》："桃花浪里，春水鳜鱼肥。"

元·刘时中《折桂令·渔》："鳜鱼肥流水桃花，山雨溪风，漠漠平沙。"

明·杨基《清平乐》："归来茅屋三间，桃花流水潺潺。莫向窗前种竹，先生要看西山。"仿张志和陶然忘机。"种竹""西山"用王徽之典。《世说新语·任诞》："王子猷（徽之）尝暂寄人空宅住，便令种竹。或问暂住何烦尔，王啸咏良久，直指竹曰：'何可一日无此君？'"《世说新语·简傲》："王子猷作桓车骑参军。桓谓王曰：'卿在府久，此当相料理。'初不答，直高视，以手版拄颊云：'西山朝来，致有爽气。'"

明·吴兖《渔歌子》："桃花水，鲤鱼风，短笛横吹细雨中。"亦为仿张志和之作。张志和词写太湖东南岸的西塞山（今浙江吴兴、湖州一带）。吴兖生活在太湖西北部的武进县。

903. 桃花流水杳然去

唐·李白《山中问答》："问余何意栖碧山，笑而不答心自闲。桃花流水杳然去，别有天地非人间。"问为何栖息碧山，"笑而不答"表现蕴藉、含蓄的气度，其实并非不答，"桃花流水"，"别有天地"是不答而答了。原来是为了避开尘世，安守淡泊宁静，寻求闲适自得。元·贯云石《桃花岩》："神游八极栖此山，流水杳然心自闲。解剑狂歌一壶外，知有洞府无人间。"化用李白诗，抒超脱豪放之情。明人李东阳说："诗贵意，意贵远不贵近，贵淡不贵浓；浓而近者易识，淡而远者难知。"李太白"桃花流水杳然去，别有天地非人间"等"皆淡而愈浓，近而愈远，可与知者道，难与俗人言。"所谈淡浓近远的义理令人玩味。

"桃花流水"，语出不一，"武陵桃花"为一源，"天台桃花"为一源，"桃花水"亦为一源。其含义有的表幽境，有的指仙境，更多的是表现眼前实景。宋·苏轼《书王定国所藏烟江叠嶂图》："丹枫翻鸦伴水宿，长松落雪惊昼眠。桃花流水在人世，武陵岂必皆神仙。"宋·胡仔《苕溪渔隐丛话》："前集卷三以为苏轼此意，盖辨正唐人以桃源为神仙之境，如王维、刘禹锡、韩愈的《桃源行》。其实，唐人笔下的"桃花流水"，并不仅是指仙境，更多的则"在人世"。"

"桃花流水"不同于"桃花水"，多表现桃花纷落水中，随水面流动，"桃花流水杳然去"，即桃花随流水流向茫茫远方意。唐人张旭《桃花溪》："隐隐飞桥隔野烟,石矶西畔问渔船:桃花尽日随流水,洞在清溪何处边?"借陶渊明笔下的桃花源,写桃花流水,追寻桃源洞,表达对美好事物的探求。近中有远,实中有虚,美妙的遐想,令人神驰,不失为名句。宋·蔡襄《度南涧》诗竟与张旭诗全同。(《全宋诗》三九一)

其它"桃花流水"句如:

唐·刘禹锡《寄朗州温右史曹长》:"城边流水桃花过,帘外春风杜若香。"

又《和乐天春词依忆江南曲拍为句》:"犹有桃花流水上,无辞竹叶醉尊前,惟待见青天。"

唐·白居易《春晚寄微之》:"三月江水阔,悠悠桃花波。""桃花波"即"桃花浪","桃花流水。"

唐·牟融《题道院壁》:"神枣胡麻能饭客,桃花流水荫通津。"

又《天台》:"碧溪流水泛桃花,树绕天台迥不赊。"

唐·贯休《偶作因怀山中道侣》:"是是非非竟不真,桃花流水送青春。"

唐·韦庄《菩萨蛮》:"桃花春水绿,水上鸳鸯浴。""桃花春水"即桃花流水或桃花水。

唐·曹唐《仙子洞中有怀刘阮》:"玉沙瑶草连溪碧,流水桃花满涧香。"

又《刘阮再到天台不复见仙子》:"桃花流水依然在,不见当时劝酒人。"

五代·和凝《天仙子》:"懒烧金,慵篆玉,流水桃花空断续。"

五代·毛文锡《诉衷情》(一名"桃花水"):"桃花流水绿纵横,春昼彩霞明。"同"桃花水"意。

五代·欧阳炯《春光好》:"流水桃花情不已,待刘郎。"

宋·龙靓《送周韵》:"桃花流水本无尘,一落人间几度春。"

宋·陈襄《春日书事》:"谁向武陵归未得,桃花流水路绵绵。"

宋·吴颐《明逸宣义披仙馆》:"红泉瑶草春常在,流水桃花路弗迷。"

宋·魏夫人《减字木兰花》:"玉人何处?又见江南春色暮;芳信难寻,去后桃花春水深。"

宋·苏轼《宿九仙山》:"玉室金堂余汉士,桃花流水失秦人。""玉室金堂",指仙人住的地方。传说左元放、许迈等人曾在九仙山住过,留下不少精舍洞室。

宋·晁端礼《水龙吟》:"天都观里,武陵溪上,空随流水。"回应前面"小桃一种",略去桃花。

宋·蔡伸《小重山》:"流水桃花小洞天,壶中春不老,胜尘寰。"

宋·吴儆《满庭芳》:"水满池塘,莺啼杨柳,燕忙知为泥融。桃花流水,竹外小桥通。"元·滕宾《鹊桥仙》:"桃花流水小桥东,是那个、柴门半掩。"用吴儆句。

宋·张炎正《洞仙歌》(寿稼轩):"见桃花流水,别是春风。笙歌里、谁信东君会老。"

宋·葛炎《满庭霜》(述怀):"归去来兮……月桥烟野,家在五湖东。试觅桃花流水,鸡犬静、人迹才通。"

宋·翁合《贺新郎》(寿蔡参政):"沧州万顷舟横渡,对和风、桃花流水,一蓑烟雨。"

宋·张炎《南楼令》(送黄一峰游灵隐):"流水桃花随处有,终不似、隐烟萝。"

又《木兰花慢》:"灯前恍疑旧梦,好依然只著旧渔蓑。流水桃花渐暖,酒船不去如何。"

又《南楼令》(有怀西湖,且叹客游之飘泊):"买扁舟,重楫鱼蓑,欲趁桃花流水去,又却怕、有风波。"

又《法曲献仙音》(题姜子野雪溪阁):"野屋萧萧,任楼中、低唱人笑。渐东风解冻,怕有桃花流到。"

元·王恽《双鸳鸯》:"问春工,二分空,流水桃花飏晓风。"

明·王夫之《青玉案》(忆旧):"桃花春水湘江渡,纵一艇,迢迢去。"

清·朱芳霭《卖花声》(过尧峰女真院):"一夜雨余春水足,流去桃花。"喻为武陵胜境。

904. 桃花潭水深千尺

唐·李白《赠汪伦》:"李白乘舟将欲行,忽闻岸上踏歌声。桃花潭水深千尺,不及汪伦送我情。"天宝十四载(755),李白从秋浦(今安微贵池)去泾县(今安徽境内)游桃花潭,当地人汪伦酿美酒热情款待,临行踏歌相送,于是作此诗。据宋人杨齐贤说,宋代汪伦的子孙还珍重地保存着这首诗。"桃花潭水深千尺"句喻汪伦之深情。至今桃花潭东岸还有"踏歌岸阁",上有"踏歌古岸"横额。后来人们用"桃花潭水"表示人们的深情厚意。

唐·唐彦谦《留别》:"龙潭千尺水,不似别情深。"用李白句说水深不如情深。

清·蒲松龄《临江仙》(送宣四兄东归)："旦暮不曾长握手,君归似觉邻空,桃花潭水意无穷。"兄弟离情无限。

清·康熙皇帝玄烨《松花江网鱼最多颁赐从臣》："松花江水深千尺,桹舵移舟网亲掷。"用李白句写松花江水深,水深而鱼多,康熙亲自网鱼。

905. 轻薄桃花逐水流

唐·杜甫《漫兴》："肠断春江欲尽头,杖藜徐步立芳洲;颠狂柳絮随风舞,轻薄桃花逐水流。"这是《绝句漫兴九首》其五,写从草堂徐步芳洲,见柳絮随风,桃花逐水,春光殆尽了。"颠狂""轻薄"以人比物,又托物讽人。仇兆鳌《杜诗详注》卷之九引许彦周云:世间花卉,无踰莲花者,盖诸花皆藉喧风暖日,独莲花得意于水月,其香清凉,虽荷叶无花,亦自香也。梁·江从简为《采荷调》云:"欲持荷作柱,荷弱不胜梁;欲持荷作镜,荷暗本无光。"此语嘲何敬从,而波及莲荷矣。春时浓丽,无过桃柳。桃之夭夭,扬柳依依,诗人言之矣。老杜云:"颠狂柳絮随风舞,轻薄桃花逐水流。"不知缘谁而波及桃花与杨柳矣。无论"缘谁","颠狂柳絮""轻薄桃花"总是表达作者一种鄙夷之心态。

"落花逐水流",用"逐(或随)"字始于晋代。

晋乐府《前溪歌七首》："黄葛结蒙笼,生在洛溪边。花落逐水去,何当顺流还,还亦不复鲜。"写黄葛花落逐水而去。似为爱情之喻。

南朝·梁·费昶《和萧记室春旦有所思诗》:"水逐桃花去,春随杨柳归。"花逐水,水逐花,角度不同。

北周·庾信《奉和泛江诗》:"湿花随水泛,空巢逐树流。"

唐·张说《奉和圣制初入秦川路寒食应制》:"上阳柳色唤春归,临渭桃花拂水飞。""泛"与"拂"都是浮水面而流去。

唐·刘长卿《送子婿崔真甫李穆往扬州四首》:"落花逐流水,共到茱萸湾。"

唐·顾况《桃花曲》:"君王夜醉春眠晏,不觉桃花逐水流。"

唐·戴叔伦《相思曲》:"落红乱逐东流水,一点芳心为君死。"

唐·施肩吾《临水亭》:"欲知源上春风起,看取桃花逐水来。"

又《同张炼师溪行》:"每见桃花逐流水,无回不忆武陵人。"

唐·李群玉《桃源》:"紫云白鹤去不返,唯有桃花溪水流。"

唐·陆龟蒙《有别二首》:"江上有楼君莫上,落花随浪正东流。"

唐·曹唐《小游仙诗九十八首》:"细擘桃花逐流水,更无言语倚彤云。"

又《题武陵洞五首》:"寄语桃花与流水,莫辞相送到人间。"

五代·谭用之《秋日圃田送人随计》:"明年二月仙山下,莫遣桃花逐水流。"

宋·张士逊《麻姑山》:"人擎绿玉简齐立,水带碧桃花乱流。"

宋·范仲淹《风水洞》:"春尽桃花无处觅,空余流水到人间。"已无桃花可逐流水了。

宋·李石《朝中措》(赠别):"莫似桃花溪畔,乱随流水人间。"

宋·辛弃疾《满江红》(暮春):"流水暗随红粉去,园林渐觉清阴密。"

宋·向希尹《浪淘沙》:"试问落花随水去,还能西流。"

元·王冕《梅花屋》:"花落不随流水去,鹤归常带白云来。"反用,梅花不去,少失落感。

清·王夫之《菩萨蛮》:"苍烟飞不起,花落随流水。石烂海还枯,孤心一点孤。"

清·曹雪芹《红楼梦》第五回警幻仙姑《春梦歌》:"春梦随云散,飞花逐水流;寄言众儿女,何必觅闲愁。"

清·孔尚任《桃花扇》第二十三出寄扇《锦上花》:"一片片消魂,流水漂愁。"

906. 落花流水共添悲

唐·李嘉祐《闻逝者自惊》:"亦知死是人间事,年老闻之心自疑。黄卷清琴总为累,落花流水共添悲。"这是七律的前两联,写作者听到有人逝去,叹年老而自伤。此刻"黄卷清琴"反成拖累,看到"落花流水"亦更添悲。他首用"落花流水",花落去,水流走,视为颓败景象。更多是花落水中,与水同逝,表达三种意思:残春景象、境况悲惨或遭到惨败。"花",泛指。与"桃花流水"仅一字之差,表义却迥乎不同。唐·万楚《河上逢落花》:"河水浮落花,花流东不息。应见浣纱人,为道长相忆。"描绘落花流水,寄相忆之情。唐·储光羲《答王十三维》:"落花满春水,疏柳映新塘。"写残春景色,水中满是落花。

唐·郑锡《送客之江西》:"草深莺断续,花落水东西。"喻离散漂泊,"花落"喻离散,"水流"喻漂泊,境况悲惨。用此意者还如:宋·柳永《雪梅香》:"雅态妍姿正欢洽,落花流水忽东西。"宋·秦观《江城子》:"饮散落花流水各西东,后会不知何处是?烟浓远,暮云重。"用柳永句。

唐·熊孺登《题逍遥楼伤故韦大夫》:"利及人生无更为,落花流水旧城池。"

唐·李群玉《奉和张舍人送秦炼师归岑公山》:"兰蒲苍苍春欲暮,落花流水怨离琴。"

唐·高骈《访隐者不遇》:"落花流水认天台,半醉闲吟独自来。"

唐·曹唐《小游仙诗九十八首》:"云鹤冥冥去不分,落花流水恨空存。"

唐·吕岩(洞宾)《减字木兰花》:"春来春去,人在落花流水处。花满前溪,藏尽神仙人不知。"

宋·释重显《颂一百则》:"落花流水太茫茫,剔起眉毛何处去。"

宋·欧阳修《夜行船》:"满眼东风飞絮,催行色、短亭春暮。落花流水草连云,看看是、断肠南浦。"

宋·贾希德《游古观》:"两两相逢皆不合,落花流水石炉烟。"

宋·邵雍《年老逢春十三首》:"红日坠时风更急,落花流处水仍流。"

宋·苏轼《书艾宣画四首》:"太华西南第几峰,落花流水自重重。"

又《再用前韵》:"酒醒梦断何所有,落花流水空青山。"

宋·李之仪《临江仙》:"酒到强寻欢日路,坐来谁为温存。落花流水不堪论。"

宋·黄裳《宴琼林》(东湖春日):"桃溪近、幽香远远。谩凝望、落花流水。"

宋·王雱《倦寻芳慢》:"忆高阳,人散后。落花流水仍依旧。这情怀,对东风、尽在消瘦。"

宋·黄庭坚《步蟾宫》(妓女):"醉归来、恰似出桃源,但目送、落花流水。"

宋·谢逸《如梦令》:"门外落花流水,日暖杜鹃声碎。"

宋·毛滂《最高楼》(春恨):"漫良夜,月圆空

好意。悲落花、流水终寄恨,悲欢往往相随。"

宋·赵鼎《浣溪沙》(美人):"暮雨朝云相见少,落花流水别离多。"

宋·潘汾《花心动》:"倦游只怕春归去,怎忍见、水流花落。梦魂远,韶华又还过却。"

宋·邓肃《南歌子》:"比翼曾同梦,双鱼隔异乡。玉楼依旧暗垂阳,楼下落花流水、自斜阳。"

宋·向滈《踏莎行》:"钱塘江上客归迟,落花流水青春暮。"

宋·史浩《喜迁莺》(清明):"一瞬光阴,霎时蜂蝶,还付落花流水。"

宋·冯时行《点绛唇》(闲居十七年,或除蓬州。二月到官,三月罢归。同官置酒,为赋《点绛唇》作别):"世事无凭,偶尔成忧喜。歌声里、落花流水,明日人千里。"

宋·赵长卿《鹧鸪天》(送春):"真个去,不留,落花流水一春休。自怜不及春江水,随到滕王阁下流。"

宋·陈亮《点绛唇》:"烟雨楼台,晓来独上无滋味,落花流水,掩映渔樵市。"

宋·高观国《喜迁莺》(代人吊西湖歌者):"绮陌断魂名在,宝箧返魂香远。此情苦,问落花流水,何时重见!"

宋·陈以庄《贺新郎》:"画桥西畔多春意,记年年、曾来几度,落花流水。"

宋·汤恢《倦寻芳》:"宿粉残香随梦冷,落花流水和天远。但如今,病厌厌、海棠池馆。"

宋·刘辰翁《金缕曲》(古岩取后村和韵示余如韵和之):"少年未解留人意,恍出山、红尘吹断,落花流水。"

宋·无名氏《虞美人》:"落花流水认前溪,想见五云为路,静无泥。"

无明小说话本依托宋人无名氏词《昼夜乐》:"濯锦江头,恶风翻雨,无情落花流水。"

元·王实甫《西厢记》第二本第四折《秃斯儿》:"其声幽,似落花流水溶溶。"

今人李镜明《追春》:"落花流水过桥去,悄悄神伤四月初。"

907. 流水落花春去也

五代南唐后主李煜《浪淘沙》(一名"卖花声"):"独自莫凭栏,无限江山,别时容易见时难。流水落花春去也,天上人间。"此为下阕,毫无隐晦

地抒发难见"无限江山"的故国之思、亡国之痛。结句用流水落花慨叹春天已去，而且永不复返，痛惜自己身世、地位的变化，如天上人间般悬殊。明人李攀龙《草堂诗余隽》云："结云'春去也'，悲悼万状，为之泪不收久许。"清·王国维《人间词话》："'流水落花春去也，天上人间。'《金荃》《浣花》能有此气象耶？"

"流水落花"即"落花流水"的变序语，有时意思尽同，有时则显著不同。前者多表春残，引申美好的时光已经过去，美好的事物已不复在，而不表残败意。最先用"流水落花"的是唐人司空曙《题鲜于秋林园》："远山芳草外，流水落花中。"其下如：

唐·吕岩《桃川仙隐》："岩洞石洞今还在，流水落花经几年。"

又《仙迳亭》："山门深锁无人到，流水落花春昼闲。"

宋·秦观《蝶恋花》："流水落花无问处，只有飞云、冉冉还来去。"

宋·田为《江神子慢》："落尽庭花春去也！银蟾回，无情圆又缺。"用"春去也"。

宋·向子諲《减字木兰花》（政和癸巳）："欢心不已，流水落花愁又起；离恨如何，细雨斜风晚更多。"

又《相见欢》："桃源深闭春风，信难通。流水落花余恨、几时穷。"

宋·王质《定风波》（赠将）："流水落花都莫问，等取、榆林沙月静边尘。"

宋·魏了翁《即席和李潼川埴韵·水调歌头》："流水落花去路，画象棠阴陈迹，霄观傍楼台。"

宋·周端臣《春归怨》（越调）："问春为谁来、为谁去，匆匆太速。流水落花，夕阳芳草，此恨年年相触。"

宋·葛长庚《沁园春》："梦中作梦知么，忆往事落花流水呵。"

宋·赵以夫《二郎神》（次方时父送春）："但碧草淡烟，落花流水，不堪回伫。"同上"落花流水"，均用李煜"流水落花"意。

宋·翁元龙《谒金门》："流水惜花流不远，小桥红欲满。"

宋·周密《武林旧事》（乾淳奉亲）："为怜流水落花香，衔将归画梁。"

908.天上人间不相见

唐·崔颢《七夕》："仙裙玉佩空自知，天上人间不相见。"写长安七月七日，家家女子持针乞巧，空闻天上仙裙玉佩，牛女相会，可天人之隔何得相见。李煜《浪淘沙》："流水落花春去也，天上人间"，用此意，感叹自己沦为阶下囚，同春天相隔如天上人间。

最早用"天上人间"的并非崔颢，而是骆宾王。骆宾王《代女道士王灵妃赠道士李荣》写王灵妃对李荣的爱情追求，白居易《长恨歌》语言风格极近此诗，或者说《长恨歌》就是运用这种笔触写成的。中如"别有众中称黜帝，天上人间少流例"。从天上贬入人间，其例太少。首用"天上人间"，后人用之极多，下仅举数例：

唐·杨巨源《张郎中段员外初直翰林报寄长句》："秋空如练瑞云明，天上人间莫问程。"

唐·贯休《山居诗二十四首》："已得真人好消息，人间天上更无疑。"

唐·白居易《长恨歌》："但教心似金钿坚，天上人间会相见。"反用崔颢句。

五代·张泌《浣溪沙》："天上人间何处去？旧欢新梦觉来时，黄昏微雨画帘垂。"

宋·柳永《二郎神》："钿合金钗私语处，算谁在、回廊影下？愿天上人间，占得欢娱，年年今夜。"

909.水流花谢两无情

唐·崔涂《旅怀》："水流花谢两无情，送尽东风过楚城。"水流去，花谢掉，无情地送尽春光，过楚城楚地而逝了。唐·温庭筠《宿城南亡友别墅》："水流花落叹浮生，又伴游人宿杜城。"崔涂用其句而不用其意。意源取自唐·白居易《过元家履信宅》："鸡犬丧家分散后，林园失主寂寞时。落花不语空辞树，流水无情自入池。"这首七律的第二联（颔联）首次把"落花""流水"拟人描绘，赋予生命、情感。宋·辛弃疾《酒泉子》（无题）："流水无情，潮到空城头尽白，离歌一曲怨残阳，断人肠。"直用白居易"流水无情"句。而白诗："流水无情"衍生出"水流花谢两无情"也是很自然的，都是拟人感情的描写。

"落花"与"流水"对句用并不始自白居易。唐人刘眘虚《阙题》诗已写："时有落花至，远随流水香。"五代人谭用之《句》："流水物情谙世态,落花春梦厌尘劳。"亦对句用。宋人潘汾《花心动》："倦游只怕春归去,怎思见,水流花落。梦魂远、韶华又还过却。""水流花落"则用崔涂句。

"落花有意,流水无情"显然由"流水无情"一意对比而生,多用来表达爱情中一冷一热,如落花被流水送远。《群音类选〈访友记·山伯访祝〉》:"你倒做了落花有意,我反做了流水无情。"《醒世恒言·卖油郎独占花魁》小说中亦用:"谁知朱重是个老实人,又且兰花腌臜丑陋,朱重也看不上眼。似此落花有意,流水无情。"

五代·陈陶《送秦炼师》:"水流宁有意,云泛本无心。"变换写法。

宋·苏轼《和文与可洋川园池三十首·涵虚亭》:"水轩花榭两争妍,秋水月春风各自偏。"仿句式。

又《失题二首》:"浮云有意藏山顶,流水无声入稻田。"仿句。

910. 花落水流红

元·王实甫《西厢记》第一本楔子《幺篇》:"花落水流红,闲愁万种,无语怨东风。"莺莺出场唱词,表达一位闺中及笄少女,面对东风吹落残花的晚春时节而黯然伤情。"花落水流红",就是落花流水的残春景象。"红"字点明花落水中,水也成了红色。

"花落水流红"句,源自宋人黄亢《临水》诗:"人生朝复暮,水波流不驻。去年昨日水,今日到何处。惆怅雨残花,嫣红随水去。花落水东流,识尽人生事。"诗人临水生情,感落红随水去而不返,人生亦如此。元·刘致《山坡羊》(西湖醉歌次郭振卿韵):"六桥都是经行处,花落水流深院宇。"用"花落水流"写高门大第也会逝去。

"花落水流红"的"红"字,前人多有运用,却多不如王实甫句流畅明快。

宋·韩维《后园杂花特献辄书呈子华兄》:"新芽展尽枝头绿,落蘤飘成水面红。""蘤",花的异体字。

宋·范成大《余杭道中》:"落花流水浅深红,尽日帆飞绣浪中。"

宋·杨冠卿《霜天晓角》(次韵李次山提举渔社词):"渔舟簇簇,西塞山前宿。流水落红香远,春江涨、葡萄绿。"

又《水调歌头》(春日舟行):"桂棹桃溪归后,流水落红香寂。"再用"流水落红香"。

宋·刘澜《齐天乐》(吴兴郡宴遇旧人):"落翠惊风,流红逐水,谁信人间重见。"

宋·陈德武《蝶恋花》(送春):"好鸟如歌花解舞,花鸟无情,也诉离愁苦。流水落花芳草渡,明年好记归时路。"

宋·张炎《虞美人》(忆柳曲):"断丝无力绾韶华,也学落红流水、到天涯。"

911. 春风桃李花开日

唐·白居易《长恨歌》:"春风桃李花开日,秋雨梧桐叶落时。""春风桃李"表示美好的春天到来,"秋雨梧桐"表示凄凉的秋天又至。表现李隆基对杨玉环的无尽思念。

春风可以吹开桃李:宋·冯时行《点绛唇》:"十日春风,吹开一岁闲桃李。"春风也可以吹落桃李:唐·杨凌《木槿》:"绿树竞扶疏,红姿相照灼。不学桃李花,乱向春风落。"所以"春风"与"桃李"也便常在诗词中结缘。表示艳春,或春风,或桃李。

唐·罗邺《早梅》:"满园桃李虽堪赏,要且东风唤始生。"宋·管鑑《水龙吟》(夷陵雪作):"梅花过了,东风未放,满城桃李。""满城桃李",唐·罗隐首写:《丁亥岁作》(中元甲子):"满城桃李君看取,一一还从旧处开。"

宋·苏轼《芙蓉城》:"春风花开秋叶零,世间罗绮纷膻腥。"

宋·黄庭坚《寄黄几复》:"桃李春风一杯酒,江湖夜雨十年灯。"元·倪瓒《怀旧》用此句:"三杯桃李春风酒,一榻菰蒲夜雨船。"

宋·苏庠《清平乐》(咏岩桂):"断崖流水,香度青林底。元配骚人兰与芷,不数东风桃李。"

宋·叶梦得《永遇乐》:"指点栽成,东风满院,总是新桃李。"

宋·朱敦儒《减字木兰花》:"东风桃李,春水绿波花影外。"

宋·吕渭老《减字木兰花》:"琐窗重见,桃李春风三月面。"

宋·曾觌《江神子》(赠章邃道):"桃李春风将近也,如后会、醉青楼。"

宋·赵彦端《满江红》:"桃李春风吹不断,烟露秋兴清无极。"

宋·张孝祥《好事近》(木犀):"满园桃李闹春

风,漫红红白白。""闹春风"用宋郊"春意闹"句。

宋·高观国《吉花无》(吉花):"飘零翠径红千点,桃李春风已晚。"

宋·赵崇嶓《菩萨蛮》:"桃花相向东风笑,桃花忍放东风老。"

宋·杨泽民《瑞龙吟》:"忆桃李春风,梧桐秋雨,又还过却、落花飘絮。"用白居易二句。

宋·陈著《浪淘沙》(与前人):"直到梅花飞过也,桃李春风。"

宋·无名氏《满庭芳》(寿梅监税、丙戌登第):"标格清高,性姿雅淡,群芳独步惟梅。当年秀气,付作此奇材。还逐东风桃李信,冰霜里、弹压春回。"

宋·无名氏《伊洲曲》:"夜对行宫皓月,恨最恨、春风桃李。"

金·元好问《吕国材家醉饮》:"去国衣冠有今日,春风桃李是谁家。"

912. 情催桃李艳

唐·张若虚《春江花月夜》:"情催桃李艳,心寄管弦飞。"情催桃李。意为但愿桃李花开得更艳丽。后用作"春催桃李",即春风催开桃李花。

宋·程垓《蝶恋花》:"苦恨东风无意绪,只解催花,不解催人去。"

又《一丛花》:"伤春时候一凭阑,何况别离难。东风只解催人去,也不道、莺老花残。青笺未约,红绡忍泪,无计锁征鞍。"反用上句。

唐·白居易《真娘墓》:"霜摧桃李风折莲,真娘死时犹少年。"与"催开桃李"相反,是摧残桃李。

913. 桃红李白若朝妆

南朝·梁·简文帝萧纲《和萧侍中显春别诗四首》其四:"桃红李白若朝妆,羞持憔悴比新芳。不惜暂住君前死,愁无西园更生香。"萧子显有《春别诗四首》其四曰:"衔悲揽涕别心知,桃花李花任风吹。本知人心不似树,何意人别似花离?"说人别如花散。萧纲诗就此意说桃李正鲜而人却憔悴,无法同花相比。梁元帝萧绎也作《春别应令诗四首》和简文帝,都是惜别的。

"桃红李白"常用作写盛春季节桃李花开之鲜艳。

唐·苏颋《长相思》:"杨柳青青宛地垂,桃红李白花参差。"

唐·刘禹锡《杨柳枝》:"桃红李白皆夸好,须得垂杨相发挥。"用苏颋句意。

唐·贺知章《望人家桃李花》:"桃花红兮李花白,照灼城隅复南陌。"

唐·羊士谔《山阁闻笛》:"李白桃红满城郊,马融闲卧望京师。"

唐·陆畅《疾愈步庭花》:"桃红李白觉春归,强步闲庭力尚微。"

唐·李绅《滁阳春日怀果园闲宴》:"西园到处栽桃李,红白低枝拂酒杯。"

清·黄黎州《避乱海滨清明不得上墓》:"李白桃红花已遍,如何不到映山红。"

914. 桃花红若点

南朝·梁·简文帝萧纲《戏作谢惠连体十三韵》:"桃花红若点,柳叶乱如丝。"桃花之鲜红、殷红如天工点注、点染。这一"点"字,前人已用。

南朝·梁·何逊《咏杂花》:"正如薄紫拂,复似轻红点。"杂花有紫有红,紫如用薄紫拂拭,红如用轻红点注。

南朝·梁·萧子显《乌栖曲应令三首》其二:"浓黛轻红点花色,还欲令人不相识。"用何逊"轻红点"句,写"浓黛"点叶,"轻红"点花,"花色"含绿叶。

句子的表现力,都不如"桃花红若点。"

915. 点注桃花舒小红

唐·杜甫《江雨有怀郑典设》:"宠光蕙叶与多碧,点注桃花舒小红。"江雨落于蕙叶,蕙叶碧绿生光,落于桃枝上,点注桃枝舒发小红,雨水点注得桃花含苞欲放,已露出红色蓓蕾。"点注"用钟会《孔雀赋》:"五色点注,华羽参差。""点"字同"复似轻红点"之"点",不过一是"点红",一是"点雨"。"小红",微小的红色花或果。杜甫《雨晴》:"塞柳行疏翠,山梨结小红。"这"小红"便是小红果。红,以颜色为花、果的借代。

宋·王安石《胡笳十八拍十八首》:"点注桃花舒小红,与儿洗面作华容。"用了杜诗原句。

宋·王震《雪》:"未送余寒归嶰谷,先传春信到花丛。侵凌竹色回新绿,点注梅梢破小红。"春雪飘飘,似传春信,使竹回新绿,梅破小红。"小红"句从杜句化出。

宋·苏轼《红梅三首》:"故作小红桃杏色,尚余孤瘦雪霜姿。"只用"小红。"

宋·王琪《桃花茶》:"梅花既扫地,桃花露微红。""微红"这里即"小红。"

916. 春风著意,先上小桃枝

宋·韩元吉《六州歌头》(桃花):"东风著意,先上小桃枝。红粉腻,娇如醉,倚朱扉。"全词上阕写桃花,下阕写怀人。首数句写桃花初绽,娇红动人。春风特意先上桃枝,写春催桃花开,桃枝初绽又是春来的象征。"东风先上小桃枝"立意不凡。

清·陈维崧《浣溪沙》:"绿剪堤边杨柳丝,红堆门外小桃枝。"用"小桃枝",写繁花盛开。李清照的"满地黄花堆积",写落花。而"堆"在枝上的则是鲜花。

917. 粉香须上小梅枝

元·赵孟頫《浣溪沙》:"罗袖染就修竹翠,粉香须上小梅枝。"贵人的香粉飞上小梅枝头,小梅枝头染上了粉香。

唐·秦韬玉《春雪》:"惹砌任他香粉妒,萦丛自学小梅娇。"写春雪落砌,白如香粉,萦绕丛中,似小梅娇艳。即"雪花飞上梅枝"。赵孟頫取其句而未用其意。

918. 红入桃花嫩,青归柳叶新

唐·杜甫《奉酬李都督表丈早春作》:"红入桃花嫩,青归柳叶新。"写早春的红桃绿柳,"嫩"与"新"准确地揭示出"早"的固有特色。不用"嫩"与"新,"就不一定是早春的桃柳了。李都督之诗但悲早春,杜诗则说早春极美,并不可悲;悲在四海未宁,望乡未归。宋·徐俯《鹧鸪天》:"脸边红入桃花嫩,眉上青归柳叶新。"用杜甫二句描绘女子的面容桃嫩,眉黛柳新。

"桃红柳绿"始出于晋·谢尚《大道曲》诗:"青阳二三月,柳青桃复红。车马不相识,音落黄埃中。"并写"柳青桃红",是"柳绿桃红"之始祖语。

南朝·梁·简文帝萧纲《旦出兴业寺讲诗》:"水照柳初碧,烟含桃半红。"写早春的"碧柳红桃",用"初"与"半"表示早,而杜甫之"嫩"与"新"则胜于蓝矣。简文帝《侍游新亭应令》再并写"桃""柳":"柳叶带风转,桃花含雨开。"

宋·苏轼《四时词》:"渐看远水绿生漪,未放小桃红入萼。"用"红入桃花嫩"意。

明·无名氏《大劫牢》四折:"试看这柳绿桃红,佳人罗绮,更和紫陌红尘,青山绿水,宝马香车,游人共喜。""柳绿桃红"在明代被应用。

《群音类选〈清腔类·北新水令〉》:"断么何处觅,绝六甚时逢柳绿桃红,羞睹那穿花风。"

919. 红桃初下地,绿柳半垂沟

唐·沈佺期《三日独坐驩州思忆旧游》:"红桃初下池,绿柳半垂沟。"写清明日思忆京城盛景。此句说红桃初放,绿柳刚垂。"红桃绿柳"又是一种对盛春的概括语。又《上巳日祓禊渭滨应制》:"宝马香车清渭滨,红桃碧柳禊堂春。"

唐·赵冬曦《奉和圣制同二相已下群官乐游园宴》:"柳翠堪垂洁,桃红卷欲舒。"

唐·王维《洛阳女儿行》:"画阁朱楼尽相望,红桃绿柳垂相向。"

又《田园乐七首》:"桃红复含宿雨,柳绿更带朝烟。"

宋·史浩《菩萨蛮》(清明):"提壶漫欲寻芳去,桃红柳绿年年事。"

宋·无名氏《捣练子》(八梅):"捣练子,赋梅芳,柳绿桃红谩点妆。"

920. 不将桃李共争春

唐·戎昱《红槿花》:"花是深红叶曲尘,不将桃李共争春。今日惊秋自怜客,折来持赠少年人。"红槿于夏秋开花,因此不同春天开花的桃李争春。而到秋天花开了,就可以折来赠给年轻人。"不争春",是因为春天不开花。

唐·刘商《哭韩淮端公兼上崔中丞》:"挺生岩松姿,孤直凌雪霜。亭亭结清阴,不竞桃李芳。"岩松凌雪结阴而不开花,所以不同桃李争芳。

人民领袖毛泽东《卜算子·咏梅》(1961年12月读陆游咏梅词,反其意而用之):"俏也不争春,只把春来报。"寒梅在"悬崖百丈冰"的严冬,开得那么"俏",然而并不是同百花争春,只做报春之花。

921. 花须连夜发

唐·武则天《腊日宣诏幸上苑》:"明朝游上苑,火急报春知。花须连夜发,莫待晓风吹。"《全唐诗》题下注云:"天授二年腊,卿相欲诈称花发,请幸上苑,有所谋也。许之,寻疑有异图。乃遣使

宣诏云云。于是凌晨，名花布苑。群臣咸服其异。后托术以移唐祚。此皆妖妄，不足信也。大凡后之诗文，皆元万顷、崔融等为之。"

宋·苏轼《次韵吴传正枯木歌》："梦回疏影在东窗，惊怪霜枝连夜发。"

明·汤显祖《牡丹亭》第二十八出幽媾《耍鲍老》："幽谷寒涯，你为俺催花连夜发。"用武则天句。

922. 桃枝缀红糁

唐·韩愈《送元本师归范阳》："始见洛阳春，桃枝缀红糁。""糁"，颗粒。洛阳的春，到处是桃枝上缀满了颗颗红桃。这是独特的美丽的景色。

宋·周邦彦《大酺》："红糁铺地，门外荆桃如菽。"写"红糁"遮地，荆桃为樱桃，"菽"，桃果如豆。

923. 江心桃竹倚从容

清·沈曾植《临江仙》（彊村词来，调高意远，讽味不足，聊复继声）："不是凭栏无下意，新来筋力添慵。江心桃竹倚从容。"对彊村词踵事增华，倚桃竹手杖从容而立，展现出安闲风度。"江心桃竹"用杜甫诗。

唐·杜甫《桃竹杖引赠章留后》："江心磻石生桃竹，苍波喷浸尺度足。轩根削皮如紫玉，江妃水仙惜不得。"章公赠诗人两条桃竹杖，这桃竹生于江心磻石上。桃竹指有节的草竹。沈曾植用此句。

924. 今年初试花

唐·张籍《新桃行》："植之三年余，今年初试花。"三年前院中植的桃树，虽"高未出墙头"，却已开出喜人的花。"初试花"，第一次开花。

宋·周邦彦《瑞龙吟》（大石）："章台路，还见褪粉梅梢，试花桃树。"第一年开花的桃树。

宋·赵彦端《诉衷情》："江梅初试两三花，人意竟年华。春工未敢轻放，深院拥吴娃。"

925. 无人不道看花回

唐·刘禹锡《元和十年自朗州至京戏赠看花诸君子》："紫陌红尘拂面来，无人不道看花回。"长安城内通玄都道观的路上，花木和尘土拂面而来，熙熙攘攘的人都说看观里桃花归来。为下句"桃千树"铺张气氛。当然"桃千树"喻朝中新贵之多。用"看花回"句式的如：

唐·白居易《早出晚归》："早起或因携酒出，晚归多是看花回。"

唐·薛涛《春郊游眺寄孙处士二首》："满地满头兼手把，教人识是看花回。"

宋·辛弃疾《鹧鸪天》："上巳风光好放杯，忆君犹未看花回。"

926. 令公桃李满天下

唐·白居易《奉和令公绿野堂种花》："绿野堂开占物华，路人指道令公家。令公桃李满天下，何用堂前更种花。"令公即裴度，他为丞相时，力主削藩，政绩显著。晚年退居洛阳，绿野堂即为他晚年所建。此诗就绿野堂前的花，赞裴度"桃李满天下"。司马光主编《资治通鉴·唐纪·则天后久视元年》载：武则天时代的宰相狄仁杰荐张柬之、姚元崇等数十人，后多成名臣。时人语云："天下桃李，悉在公门矣。""桃李"喻人才，说狄仁杰善于培育、擢拔人才，天下人才几乎都成了他的门生。《论语·子张》："夫子之墙数仞，不得其门而入。"意为夫子学问高深。后"门"常喻"师门"，把师门显赫的弟子称为"门墙桃李"或"桃李门墙"。明汤显祖《牡丹亭》第七出《闺塾》："桃李门墙，险把负荆人吓煞。"

"桃李"，或喻人才，或喻政绩。

宋·邵雍《和人闻韩魏公出镇永兴过洛》："佐命三朝为太宰，名垂千古号无功。栽培桃李满天下，出入风涛半海中。"用白居易句。

宋·李绚《句》："收得桑榆归物外，种成桃李满人间。"换上"人间"二字。

宋·范仲淹《即席呈太傅相公》："白傅歌诗传海外，晋公桃李满人间。"

宋·强至《依韵和栽花二阕》："桃李我公天下满，不须偏待此中开。"用白居易二句之意。

宋·刘过《满江红》（寿）："一柱独擎梁栋重，十年整顿乾坤了。种春风、桃李满人间，知多少。"

宋·史浩《满庭芳》（代乡大夫报劝）："坐上笙歌屡合，须拼到、晓日酣红。公今去，恩波四海，桃李尽东风。"

宋·徐鹿卿《水调歌头》（贺史宰受荐）："公为政，民不扰，吏无欺。春风桃李满县，当路几人知。"

"桃李满天下"后喻学校、教师培养出许多人才。并已作成语。

927. 即是河阳一县花

北朝·周·庾信《枯树赋》："建章三月火,黄河万里搓。若非金谷满园树,即是河阳一县花。"建章宫被大火烧尽,黄河搓万里漂流,应是当年的金谷密树或河阳繁花。《白孔六帖》卷七十七载:"潘岳为河阳令,树桃李花,人号曰'河阳一县花。'"后用"河阳一县花"喻政绩斐然或写桃花盛开。

唐·杜甫《萧八明府实处觅桃栽》:"奉乞桃栽一百根,春前为送浣花村。河阳县里虽无数,濯锦江边未满园。"助萧县令栽桃。

宋·欧阳修《和应之同年兄秋日雨中潘岳曾称生白发为"二毛"登广爱寺阁寄梅圣俞》(明道二年):"纵使河阳花满县,亦应当滞感潘毛。"

宋·文彦博《谢留守相公尧夫惠书及诗意爱勤重》:"河阳满县花称好,仰望山川难比肩。"自愧不如潘岳的德能。

又《次韵留守相尧夫促令归路》:"三城争似洛城乐,只是安仁一县花。""三城"所以不如洛城,只是由于潘安仁(岳)留下一县花。

又《谢留守王宣徽寄花》:"开篇读到安仁传,方信河阳浪得名。"读了潘安仁传,确信他在河阳的德名。

宋·苏轼《次韵孙巨源寄涟水李、盛二著作并以见寄五绝》:"诗豪正值安仁在,空看河阳满县花。"

宋·吴泳《洞庭春色》(三神泉元夕):"不似潘郎花作县,且管勾江当主人。"

宋·徐鹿卿《减字木兰花》(杜南安和昌仙词见示次韵酬之):"狂吟江浦,不食人间烟火语;韦曲名家,也试河阳一县花。"

元·马谦斋《柳营曲·太平即事》:"傲河阳潘岳栽花,效东门召平种瓜。"

元·宋方壶《雁儿落过得胜令》:"遍栽渊明柳,多栽潘令花。"

元·钟嗣成《骂玉郎过感皇恩采茶歌·花》:"遇君逢时随意赏,也胜潘岳在河阳。"此地赏花更好。

元·刘庭信《雁儿落过得胜令》:"懒栽潘岳花,学种攀迟稼。"

928. 不栽桃李种蔷薇

唐·贾岛《题化寺园亭》:"破却千家作一池,

不栽桃李种蔷薇。蔷薇花落秋风起,荆棘满亭君自知。"唐文宗时裴度任中书令,建兴化寺园亭。此诗说,"不栽桃李种蔷薇",桃李开花结实,而蔷薇却生满荆棘。暗示"破却千家"占地修园,必然出现恶果。孟棨《本事诗·怨愤》评"岛《题兴化寺园亭》以刺裴度。"

《韩诗外传》卷七引赵简子语:"春种桃李者,夏得阴其下,秋得其实;春种蒺藜者,夏不可采其叶,秋得其刺焉。"对比了两种因果关系,正如俗谚所云:"种葫芦得瓜,种蒺藜得刺。"贾岛诗取赵简子语。

唐·张九龄《感遇》第七"徒言树桃李,此木岂无阴?"说丹桂不仅可以结果实,而且四时不凋,美荫长在。哪里不如桃李呢?取赵简子的对比形式,另作对比。

929. 桃花脸薄难藏泪

唐·韩偓《复偶见三绝》:"桃花脸薄难藏泪,柳叶眉长易觉愁。形迹未成当面笑,几回台眼又低头。"写一女子容颜举止:俊美、羞怯、纯真。唐·徐凝《忆扬州》诗:"萧娘脸下难藏泪,桃叶眉头易觉愁。天下三分明月夜,二分无赖是扬州。"就全诗而论,徐凝的是名诗。就一二句言,韩偓成功地改写了徐凝诗,更为工绝了。"桃花脸薄难藏泪"是写流泪,"柳叶眉长易觉愁"是写愁苦。

宋·康与之《曲游春》:"脸薄难藏泪,恨柳风,不与吹断行色。……但掩袖转面面啼红,无言应得。……哭得浑无气力。"写思妇痛哭。

930. 花红柳绿宴浮桥

唐·薛稷《饯唐永昌》:"河洛风烟壮市朝,送君飞凫去渐遥。更思明年桃李月,花红柳绿宴浮桥。"愿明春会面,在花红柳绿的浮桥下宴乐一番。"花红柳绿"从"桃红柳绿"演化而来,表春天的美色。

唐·岑参《西亭子送李司马》:"坐来一望天端倪,红花绿柳莺乱啼。"

五代·魏承班《生查子》:"花红柳绿间晴空,蝶舞双双影。"

宋·曾觌《金人捧露盘》(庚寅岁春奉使过京师感怀作):"解衣沽酒醉弦管,柳绿花红。"

宋·周邦彦《留客住》(无题):"昨见花红柳绿,处处茂林。又睹霜前篱畔,菊散余香。看看又还春暮。"

宋·释普济《五灯会元》卷八:"秋至山寒水冷,春来柳绿花红。"

宋·无名氏《武陵春》(句):"柳绿花红春烂熳。"

明·刘基《春思》:"忆昔东风入芳草,柳绿花红总好看。"

931.草绿花红上鸟鸣

唐·郎士元《郢城西楼吟》(一作张继诗):"沙洲枫岸无来客,草绿花红山鸟鸣。""草绿花红"意近"柳绿花红"。

宋·吴中复《众乐亭二首》诗:"烟波空阔岸低回,草绿花红处处堆。"

宋·王沂孙《青房并蒂莲》:"草绿兰红,浅浅小汀洲。"

932.花随红意发,叶就绿情新

唐·赵彦昭《奉和圣制立春日侍宴内殿出剪彩花应制》:"花随红意发,叶就绿情新。"写剪彩花之美。剪彩花即春幡。《岁时风土记》载:"立春之日,士大夫之家,剪裁为小幡,或悬于家人之头,或缀于花之下。"是迎春的。宋·辛弃疾《汉宫春》:"春已归来,看美人头上,袅袅春幡。""红意""绿情"是剪彩花时,女子依自己的情意剪出红花和绿叶。后也用以表示春花开放,春日来临。

宋·王以宁《南歌子》(李左司生日):"未折江南柳,先开陇上梅。绿意红情到根荄。昨夜春随和气、已归来。"

宋·赵长卿《醉蓬莱》(春半):"蕊洞珠宫,媚人桃李,趁青春绰约。绿意红情,成阴结子,五云楼阁。"

宋·吴文英《祝英台近》(除夜立春):"剪红情,裁绿意,花信上钗股。"

又《解语花》(立春风雨中饯处静):"征帆去、似与东风相避。泥云万里,应剪断、红情绿意。"

宋·洪瑹《阮郎归》(壬辰邵武试灯夕):"东风吹破藻池冰,晴光开五云。绿情红意逢迎,扶春来远林。"

元·张可久《小上楼·春思》:"玉漏迟,翠管吹,绿情红意,月儿高海棠初睡。"

933.自春来惨绿愁红

宋·柳永《定风波》:"自春来,惨绿愁红,芳心

是事可可。"写思妇春天来临时怕见绿叶、愁见红花,对一切都毫无心绪。"惨绿愁红",见花而更生烦恼。有的则以花拟人。这类句式是在"红""绿"前或后附以表示心理活动的词语。

宋·袁去华《鹊桥仙》:"十分心事有谁知,暗恼得、愁红怨绿。"

宋·赵长卿《临江仙》:"人在梦云楼上别,残灯影里迟留,依稀绿惨更红羞。"一作石孝友词。

宋·赵善括《鹧鸪天》(和冠之韵):"淮南路,楚江分,离尊相属更论文。明朝一棹人千里,多少红愁与翠颦。"

宋·杨冠卿《蝶恋花》(次韵张俊臣):"绿怨红愁春不管,天涯芳草人肠断。"

宋·赵师侠《柳梢青》(螺川从善席上叙别):"聚散有时思夜雨,留连无计劝流霞,红愁绿惨一川花。"

宋·曾协《点绛唇》(汪汝冯置酒请赋芍药):"怨绿啼红,总道春归去。君知否?画栏幽处,留得韶光住。"

宋·范成大《窗前木芙蓉》诗:"更凭青女留连得,未作愁红怨绿看。"霜神不至,木芙蓉不会成为"愁红怨绿"。

宋·石孝友《念奴娇》:"闷红颦翠,惜流年、忍对艳阳时节。"

宋·高观国《喜迁莺》(代人吊西湖歌者):"感绿惊红,颦烟啼月,长是为春消黯。"

宋·赵必璂《贺新郎》(用张小山韵贺小山纳妇):"第一风信春事觉,莫遣绿羞红汗。"

宋·赵崇嶓《南柯子》:"曲槛花方落,河桥柳未阴,红羞绿困不能禁,恼乱东风无计、等春深。"

宋·吴文英《三姝媚》(姜石帚馆水磨方氏,会饮总宜堂即事寄毛荷塘):"彩箑翻歌,最赋情,偏在笑红颦翠。"

元·刘庭信《水仙子》(相思)曲"绕雕栏倚画楼,怕春归、绿惨红愁。"

明末清初·沈谦《江头金桂》(孤山吊小青墓作)曲"直弃得红啼绿怨,翠减香消,今来教人空泪抛!"冯小青遭人间冷遇,郁闷而死。面对薄命红颜,只空抛泪水而已。

934.翠减红衰愁杀人

唐·李商隐《赠荷花》:"世间花叶不相伦,花入金盆叶作尘。唯有绿荷红菡萏,卷舒开合任天

真。此花此叶常相映,翠减红衰愁杀人。"赞美荷花的花与叶匹配掩映,惜叶减花衰。"翠减红衰"表示花叶凋残。"翠"与"红"均以颜色代叶与花。后用此句多易一、二字,有的喻人。

宋·柳永《倾杯乐》:"算伊别来无绪,消悄红减,双带长抛掷。"喻女削瘦。

又《清平乐》:"繁华锦烂,已恨归期晚。翠减红稀莺似懒,特地柔肠欲断。"

又《八声甘州》:"是处红衰翠减,苒苒物华休。惟有长江水,无语东流。"

又《卜算子》:"江枫渐老,汀蕙半凋,满目败红衰翠。"

宋·田为《江神子慢》:"教人红销翠减,觉衣宽金缕,都为轻别。"写女子减色。

宋·石孝友《念奴娇》:"万顷琉璃秋向冷,忍便翠销红歇。"

宋·曹冠《喜朝天》:"翠老红稀,歌慵笑懒,溟濛烟雨秋千院。"

宋·姜夔《凄凉犯》:"追念西湖上,小船携歌,晚花行乐。旧游在否?想如今、翠凋红落。"

宋·葛长庚《贺新郎》:"何处莺啼不断?探后园,红稀翠减,青稠绿满。蝶在花间犹死恋。"

宋·吴文英《梦芙蓉》(赵昌芙蓉图,梅津所藏):"自别霓裳,应红销翠冷,霜枕正慵起。"

又《法曲献仙音》(秋晚红白莲):"风拍波绿,露零秋觉,断绿衰红江上。"

宋·杨子咸《木兰花慢》(雨中荼䕷):"紫凋红落后,忽十丈、玉虬横。"

宋·洪瑹《水龙吟》(追和晁次膺):"可风流薄命,镜台前、茜桃凝粉,蕙兰涨腻,翠愁红损。"写人。

宋·陈允平《意难忘》:"千种恨,九回肠,云雨梦犹妨。误少年、红销翠减,虚度风光。"

935. 绿暗红稀出凤城

唐·韩琮《暮春浐水送别》:"绿暗红稀出凤城,暮云楼阁古今情。"出凤城至浐水送友人别去,正值"绿暗红稀"的暮春。"绿暗",绿叶浓暗;"红稀",红花稀少。

宋·欧阳修《蝶恋花》:"尝爱西湖(颍州西湖,今安徽阜阳市西北)春色早。腊雪方销,已见桃开小。顷刻光阴都过了,如今绿暗红英少。"

宋·田中行《风入松》:"一宵风雨送春归,绿暗红稀。"

宋·朱敦儒《朝中措》:"红稀绿暗掩重门,芳径罢追寻。已是老于前岁,那堪穷似他人。"

宋·李之仪《临江仙》(病中存之以长短句见调因次其韵):"病里不知春早晚,惊心绿暗红稀。"

宋·蔡伸《朝中措》:"章台杨柳月依依,飞絮送春归。院宇日长人静,园林绿暗红稀。"

宋·李清照《怨王孙》:"湖上风来波浩渺,秋已暮,红稀香少。"只写花多已凋谢。

宋·曾觌《念奴娇》(赏芍药):"绿暗红稀春已去,赢得星星头白。醉见狂歌,花前起舞,拼罚金杯百。"

宋·陆游《上西楼》(一名相见欢):"江头绿暗红稀。燕交飞,忽到当年行处、恨依依。"

宋·李处全《朝中措》(初夏):"薰风庭院燕双飞,园柳转黄鹂。是处蜂狂蝶乱,元来绿暗红稀。"

宋·王炎《木兰花慢》(暮春时分在宁):"春难住,人易老,又等闲过了踏青时,枝上红称绿暗,杜鹃刚向人啼。"

宋·程垓《瑶阶草》:"帘幕风轻,绿暗红又尽。自从别后,粉销香腻,一春成病。"

宋·葛长庚《蝶恋花》:"绿暗红稀春已暮,燕子衔泥,飞入谁家去?"

宋·张绍文《水龙吟》(春晚):"牡丹谢了,酴醾开后,红稀绿暗。"

宋·陈允平《摸鱼儿》(西湖送春):"伤春倦旅,趁暗绿稀红,扁舟短棹,载酒送春去。"

元明小说话本依托宋人无名氏词《行香子》:"雨后风微,绿暗红稀。燕巢成,蝶绕残枝。"

元·关汉卿《(中吕)古调石榴花·怨别》:"颠狂柳絮扑帘飞,绿暗红稀,垂杨影里杜鹃啼。"兼用杜甫"颠狂柳絮随风舞"句。

明·王彦贞《摘翠百咏小春秋》(小桃红·西厢百咏三十莺莺染病):"红稀绿暗总关愁,正是伤春时候。"

清·黄梨洲《题狮林壁》(乙丑):"绿暗红稀社鼓阗,子规啼彻酒垆边。"

936. 红深绿暗径相交

唐·温庭筠《寒食日作》:"红深绿暗径相交,抱暖含芳披紫袍。"寒食一到,暮春将即,仲春的"红深"将为暮春的"绿暗"所取代。一般指盛春景色。

宋·方千里《迎春乐》:"红深绿暗春无迹,芳心荡,冶游客,记摇鞭跋马铜驼陌。"

宋·吴文英《瑞鹤仙》(丙午重九):"想重来新雁,伤心湖上,销减红深翠窈。""窈",美,重九深秋红翠已销减殆尽。

宋·仇远《破阵子》:"好是烂游浓醉后,画口阑干见小红,红明绿暗中。"

今人阚家蓂《浪淘沙》:"细雨桃花萦碧水,绿暗红鲜。"雨中桃花更鲜艳。

937.嫩绿深红小窠匀

唐·裴说《蔷薇》:"一架长条万朵春,嫩绿深红小窠匀。""嫩绿深红"正是花盛开之时。

宋·李纲《水龙吟》(上巳日出郊,呈知宗安抚、张参、观文汪相二首):"对残红嫩绿,开怀笑语,且须同醉。""残红"之花已过盛期。

宋·黄公度《点绛唇》:"嫩绿娇红,砌成别恨千千斗,短亭回首,不是缘春瘦。""娇红"即鲜红,写花盛开。

宋·吴潜《解连环》:"嫩绿殷红,但回首、一川波暖。""殷(yān)"即深。

宋·张枢《瑞鹤仙》:"风光又能几?减芳菲、都在卖花声里。吟边眼底,被嫩绿、移红换紫。"

宋·陈著《洞仙歌》(次韵苏子瞻):"漫伫立,无言对荷花,看转眼秋风,翠移红换。"

938.不妨倚绿偎红

宋·辛弃疾《临江仙》:"春色饶君白发了,不妨倚绿偎红。""倚绿偎红",生活在花丛之中,尽赏春色。

五代·尹鹗《清平乐》:"偎红敛翠,尽日思闲事。髻滑凤凰钗欲坠,雨打梨花满地。"写思妇偎红敛翠,倚偎花丛之中。这是最早的"倚偎"句。

"偎红倚翠"也用于生活在妓女罗绮丛中,宋人陶谷《清异录·释族》记:五代南唐后主李煜微行倡家,自题为"浅斟低唱,偎红倚翠大师、鸳鸯寺主。""偎红倚翠"即狎妓之意。此意被宋·柳永用于《鹤冲天》词中:"且恁偎红依翠,风流事、平生畅。青春都一饷,思把浮名,换了浅斟低唱。"

宋·罗椿《酹江月》(贺杨诚斋):"不用翠倚红围,舞裙歌袖,共理称觞曲。"

宋·郭应祥《鹊桥仙》:"堆盘红缕,浮杯绿蚁,自有及时风味。从今日日是东风,待拼了、偎红倚翠。"

宋·无名氏《一萼红》:"恁时节,占断与、偎红倚翠。"

元明小说话本依托宋人无名氏词《昼夜乐》:"羡甚楚馆秦楼,长是偎红倚翠。"

939.绿阴红影,共展双纹簟

宋·欧阳修《凉州令》(东堂石榴):"翠树芳条飐,的的裙腰初染。佳人携手弄芳菲,绿阴红影,共展双纹簟。"在绿阴红影下,展开双纹竹席,赏石榴的芳菲。"绿阴红影",此指榴叶榴花的阴影。

宋·赵长卿《青玉案》(社日客居):"绿阴红影,暖香繁蕊,伴我醺醺醉。"忆去年社日在桃李阴下醉酒情景。

940.红娇翠软,谁顿悟天机此理

宋·黄裳《宴琼林》(东湖春日):"遽暖间俄寒,妙用向园林,难问春意。万般声与色,自闻雷、便作浮华人世。红娇翠软,谁顿悟、天机此理。"写东湖初春景象变化,叙述中兼抒情和议论。"红娇翠软"写初春的花。

宋·沈端节《醉落魄》:"红娇翠弱,春寒睡起慵匀掠。"

宋·石孝友《醉落魄》:"红娇翠弱,怨人珠泪频偷落。"

宋·无名氏《青玉案》(二月十五):"红娇绿软芳菲遍,正荏苒、春方半。"

941.爱莲香送晚,翠娇红妩

宋·陈允平《扫花游》(雷峰落照):"数峰蘸碧,记载酒甘园,柳塘花坞,最堪避暑。爱莲香送晚,翠娇红妩。"莲花正翠娇红妩,随晚风送来清香。"翠娇红妩"表示花开正鲜正盛。陈允平《法曲献仙音》词又用:"沁月楼台,带山城郭,西湖翠娇红妩。"宋·周密《一枝春》词也用:"芳程乍数,唤起探花情绪,东风尚浅,甚先有、翠娇红妩。"

"翠娇红妩",是概括娇花美叶的鲜花的,也指早春初开乍坼的新花。与之意同的还有"绿娇红妩""绿媚红深""娇红嫩紫""妖红媚绿""翠娇红冶""柔红娇绿"等语。写花也喻人。如:

宋·柳永《柳初新》词:"东郊向晓星杓亚,报帝里、春来也。柳台烟眼,花匀露脸,渐觉绿娇红妩。"

又《瑞鹧鸪》:"宝髻瑶簪,严妆巧,天然绿媚红深。"喻女妆。

宋·杨无咎《柳梢青》:"只应自惜高标,似羞伴,娇红媚绿。藏白收香,放他桃李,漫山粗俗。"

宋·卢炳《满江红》(贺赵县丞):"花共柳,著工夫染,嫩红轻翠。""轻翠"写柳。

宋·赵以夫《探春慢》(四明除夜):"飞絮悠扬,散花零乱,绝胜翠娇红冶。"

宋·刘壎《六么令》(云舍赵使君同赋):"锦瑟银屏何处,花雾翻香曲。柔红娇绿,魂销往梦,羞向孤梅说幽独。"

942. 嫩紫娇红还解语

宋·曾觌《念奴娇》(裳芍药):"须信殿得韶光,只愁花谢,又作经年别。嫩紫娇红还解语,应为主人留客。""嫩紫娇红"代芍药花。

宋·曹勋《朝中措》:"琉璃万朵,娇红嫩紫,总是嘉名。"写荼蘼,曾觌用此语。

又《诉衷情》(宫中牡丹):"绮罗金殿,醉赏浓春,贵紫娇红。"

943. 烟滋露染,翠娇红溜

宋·吴文英《花心动》(柳):"乍看曳金丝细,春浅映、鹅黄如酒。嫩阴里,烟滋露染,翠娇红溜。""翠娇红溜"写柳荫下的鲜花,"溜"光滑、光泽。

宋·赵必瓛《菩萨蛮》(戏菱生):"红娇翠溜歌喉急,旧弦拨断新腔入。"用吴文英句喻歌女。

944. 应是绿肥红瘦

宋·李清照《如梦令》:"昨夜雨疏风骤,浓睡不消残酒。试问卷帘人,却道海棠依旧。知否,知否?应是绿肥红瘦。"骤风疏雨,送晚春到来,海棠虽然花叶尚存,却已是绿肥红瘦。"绿肥红瘦"以鲜明的色彩、生动的形象表现出海棠花花瘦叶肥,春天将去的情景。女词人吸取了唐人赵彦昭"红情绿意"以来的"红×绿×"语格,又青出于蓝,超越了前人。

宋·胡仔《苕溪渔隐丛话》前集卷十六评:"近时妇人能文词如李易安,颇多佳句。小词云:'昨夜风疏雨骤……应是绿肥红瘦。''绿肥红瘦'此语甚新。又《九日》词云:'帘卷西风,人似黄花瘦。'此语亦妇人所难道。"宋·陈郁《藏一话腴甲集》

评:"李易安工造语,故'绿肥红瘦'之句,天下称之。余爱赵彦昭《剪彩花》诗云:'花随红意发,叶就绿情新。''绿情''红意'似尤胜于李云。"明·蒋一葵《尧山堂外记》卷五十四评:"李易安又有《如梦令》云:'昨夜雨疏风骤……应是绿肥红瘦。'当时文人莫不击节称赏,未有能道之者。"明·沈际飞《草堂诗余正集》卷二评:"'知否'二字,叠得可味。'绿肥红瘦'创获自妇人,大奇!"清·王士禛《花草拾蒙》评:"前辈谓史梅溪之句法,吴梦窗之字面,固是确论。尤须雕组而不失天然。如'绿肥红瘦''宠柳娇花',人工天巧,可称绝唱。若'柳腴花瘦''蝶凄蜂惨',即工,亦'巧匠斫山骨'矣。"("柳腴花瘦"为宋·汤恢《八声甘州》语。"蝶凄蜂惨"为宋·杨缵《八六子》语)。清·黄苏《蓼园词选》评:"一问即有情,答以'依旧',答得极淡。跌出'知否'二句来,而'绿肥红瘦'无限凄婉,却又妙含蓄。短幅中藏无数曲折,自是圣于词者。"清·袁枚《随园诗话》主张"作诗文贵曲",例如"方蒙章《访友》诗:'轻舟一路绕烟霞,更爱山前满涧花。不为寻君也留住,那知花里即君家。'此曲也,若知是君家,便直矣。"李清照此词从"风疏雨骤"到"海棠依旧"一曲,从"海棠依旧"到"绿肥红瘦"又一曲。"曲"则出人意外,妙趣横生。当然对此词也有不同评价。清人陈廷焯《云韶集》卷十说:"只数语中层次曲折有味。世徒称其'绿肥红瘦'一语,尤是皮相。"他又在《白雨斋词话》中评:"词人好作精艳语,如左与言(左誉)之'滴粉搓酥',姜白石(姜夔)之'柳怯云松',李易安之'绿肥红瘦''宠柳娇花'等句,造句虽工,然非大雅。"不过,"绿肥红瘦"一语在宋词中大量的"绿×红×"和"×红×绿"定格语中却是佼佼者。用"肥""瘦"这样写人的词汇,更易于引起人的关注。这就是妙处。

我读《全唐诗》发现李清照此词是取意于韩偓的《闺意》诗:

百舌唤朝眠,春心动几般。

枕痕霞黯淡,泪粉玉阑珊。

笼绣得烟歇,屏山烛焰残。

暖嫌罗袜窄,瘦觉锦衣宽。

昨夜三更雨,今朝一阵寒。

海棠花在否?侧卧卷帘看。

最后四句就是李词的意源。后来知道前人已有发现。《草堂诗余别录》就说:"韩偓诗云:'昨夜三更雨,临明一阵寒。海棠花在否?侧卧卷帘看。'此词盖用其语点缀。"而在李清照之前,已有用韩偓语意的,如宋·周邦彦《少年游》:"一夕东风,海棠花谢,楼上卷帘看。"宋·晁冲之《感皇恩》:"几多春色,禁得许多风雨,海棠花谢也,君知否?"其后宋人李石《一剪梅》也有:"后院棠梨昨夜开,雨急风忙次第催。"然而这些都不知名,惟李词独成"出蓝"之作,恰恰是"绿肥红瘦"深受众赏:

宋·赵长卿《鹧鸪天》(春残):"绿肥红瘦春归去,恨逼愁侵酒怎宽。"

宋·辛弃疾《满江红》:"春未老,已惊台榭,瘦红肥绿。"

宋·吴礼之《桃源忆故人》(春暮):"红瘦绿肥春暮,肠断桃源路。"

宋·赵善括《满江红》(和李颖士):"传语风光:须少驻,共君流转。谁忍见、绿肥红瘦,鲜欢多感。"

又《好事近》(暮春):"雨风做春愁,桃杏一时零落,是处绿肥红瘦。"

宋·黄机《谒金门》:"风雨后,枝上绿肥红瘦。"

宋·吴潜《摸鱼儿》:"满园林,瘦红肥绿,休休春事无几。"

元·赵善庆《双调落梅风》:"叶春山杜鹃何太愁,直啼得绿肥红瘦。"

明·杨基《夏初临》:"瘦绿添肥,病红催老,园林昨夜春归。"用"绿肥"。

清·况周颐《苏武慢》(寒夜闻角):"料南枝明日,应减红香一半。"用"红瘦"之意。

945. 花比人应瘦

宋·苏轼《菩萨蛮》:"人怜花似旧,花比人应瘦。莫凭小栏干,夜深花正寒。"此词又作朱淑真《菩萨蛮·咏梅》词,"莫凭小栏干"作"独自凭栏干",前三句也略有差异。此词写初春之梅,人瘦而梅花更瘦,瘦则更堪怜了。"花比人应瘦"是怜惜"花瘦",无论春花、秋花,瘦就要凋落,凋落时间在冬末(梅),春暮(百花)、秋晚(菊)。下面是形形色色的"花瘦"句:

宋·黄庭坚《蓦山溪》(赠衡阳妓陈湘):"娉娉袅袅,恰近十三余。春未透,花枝瘦,正是愁时候。"用杜牧《赠别》诗:"娉娉袅袅十三余"句,写陈湘之美,又以"花枝瘦"双关陈湘芳龄之小。宋·秦湛《卜算子·春情》:"春透水波明,寒峭花枝瘦。"

极目烟中百尺楼,人在楼中否?"概法黄庭坚句。

宋·陈师道《卜算子》:"把酒问梅花,知我离情否?若使梅花知我时,料得花须瘦。"移情于花,以"花瘦"烘托人之离情。

宋·舒亶《一落索》(蒋园和李朝奉):"只应花好似年年,花不似,人憔悴。"但愿花不瘦。

宋·周邦彦《一落索》:"莫将清泪湿花枝,恐花也、如人瘦。"

宋·刘一上《夜行船》:"今度何郎,尊前疑怪,花共那人俱瘦。"

宋·向子諲《虞美人》:"花知此恨年年有,也伴人春瘦。"

宋·陆游《齐天乐》(三荣人日游龙洞作):"漫禁得梅花,伴人疏瘦。"

宋·程垓《雨中花令》:"花与人期,人怜花病,瘦似人多少。"

宋·赵以夫《贺新郎》:"一夜朔风吹石裂,惊得梅花也瘦,更衣袂、严霜寒透。"

宋·陈允平《思佳客》(和俞菊坡海棠韵):"柳边莺语如何说,莫笑梅花太瘦生。"

宋·钱氵孙《踏莎行》:"萧疏堤柳不禁霜,江梅瘦影清相伴。"

宋·周密《探芳讯》(西泠春感):"东风空结丁香怨,花与人俱瘦。"

宋·黎廷瑞《蝶恋花》:"小雨轻寒风满袖,下却帘儿,莫遣梅花瘦。"

宋·张炎《探春慢》(雪霁):"才放些晴意,早瘦了梅花一半。"

946. 人比黄花瘦

宋·李清照《醉花阴》:"东篱把酒黄昏后,有暗香盈袖。莫道不消魂,帘卷西风,人比黄花瘦。"元·伊世珍《琅嬛记》卷中载:"易安以重阳醉花阴词幽致明诚。明诚叹赏,自愧弗逮,务欲胜之,一切谢客,忘食寝者三日夜,得五十阕,杂易安作以示友人陆德夫。德夫玩之再三,曰:'只三句绝佳。'明诚诘之,答曰:'莫道不消魂,帘卷西风,人似黄花瘦。'正易安作也。"《醉花阴》这下半阕写得很出色,而其中后三句更具艺术魅力。陆德夫已经猜中了。"人比黄花瘦"又作"人似黄花瘦",或许自此开始。而这后三句,也成了后人评赏的焦点。

明·杨慎批点《草堂诗余》说:结尾二句"凄语,怨而不怒。"明·沈际飞《草堂诗余正集》说:

词"帘卷西风,人比黄花瘦"同康与之词"比梅花、瘦几分""一婉一直,并峙争衡"。所举"康词",实际是宋人程垓《摊破江城子》词中句:"只有床前,红烛伴啼痕。一夜无眠连晓角,人瘦也,比梅花,瘦几分。"《全宋词》案:"此首类编《草堂诗余》卷二误作康与之。"此误又误了清·沈辰垣,沈在《历代诗余》卷一百十七、《词苑萃编》卷五说:"康伯可'人瘦也,比梅花,瘦几分'与李清照'帘卷西风,人比黄花瘦'同妙。"康伯可即康与之。明·王世贞《弇州山人词评》说:"词内'人瘦也,比梅花,瘦几分?'又'天还知道,和天也瘦。'又'莫道不消魂,帘卷西风,人比黄花瘦。'三'瘦'字俱妙。"清·沈祥龙《论词随笔》评:"写景贵淡远传神,勿堕而奇情;言情贵蕴藉,勿浸而淫亵。……'黄花比瘦'言情之善者也。"清·叶申芗《本事词自序》:"若更萝尾静姝,兰闺秀媛,既不协律,亦擅离词,瘦比黄花,寓幽情于爱菊。"以上都在赞美"帘卷西风,人比黄花瘦"。而明人茅暎《词的》卷一则提出自己的看法:"但知传诵结句,不知妙处全在'莫道不消魂'。"这样认为,或许是因为"消魂"是"人瘦"的缘由。清人许昂霄《词综偶评》寻找句源说:"结句亦从'人与绿杨俱瘦'脱出,但语意较工妙耳。"此"源"嫌远了。如果不是"花比人应瘦"的反用的话(因为此句亦可能是晚于李清照的朱淑真的词作),如果不是从前人不少"花瘦"句化出的话,那么北宋晁补之《洞仙歌》(温园赏海棠):"醉犹倚柔柯,怯黄昏,这一点愁,须共花同瘦",即可以化出"人比黄花瘦"来。何况朱敦儒《桃源忆故人》中有"今夜月明如昼,人共梅花瘦"句呢。换一二字不是极容易吗?

"人比(似)黄花瘦"是以人比菊花,人更瘦。表现愁苦太多,忧伤太重,消魂太大,令人极度消瘦。人们多以梅花作比,因为梅花骨多,以瘦著称。宋人王质《一斛珠》词中就写:"梅花元是群花首,细细商量,只怕梅花瘦。"

宋·曾觌《点绛唇》(庆即席上):"璧月香风,万家帘幕烟如昼。闹蛾雪柳,人似梅花瘦。"

宋·蔡伸《好事近》:"人似一枝梅瘦,照冰壶清彻。"

宋·赵长卿《朝中措》(梅):"梅花岂管人消瘦,只惩自芬芳。"曲折地表示人比梅花瘦。

又《永遇乐》(霜词):"争知人,临鸾试罢,与梅共瘦。""临鸾"即临镜。

宋·吴文英《夜游宫》:"春淡情浓半中酒,玉痕销,似梅花、更清瘦。"

又《喜迁莺》:"绣帘人、怕惹飞梅翳镜。为春瘦、更瘦如梅花。花应知否。"

宋·卫宗武《水龙吟》(和野渡生朝):"桑蓬扫尽闲愁,未应人比梅花瘦。"

宋·柴望《念奴娇》(山河):"燕子楼高,乐昌镜远,人比花枝瘦。"

宋·何梦桂《水龙吟》(和何逢原见寿):"问梅花与我,是谁瘦绝,正风雨、年时候。"

宋·周密《桃源忆故人》:"相思漫寄流红杏,人瘦梅花多少。郎马未归春老,空怨王孙草。"

又《玲珑四犯》(戏调梦窗):"寻芳较晚,东风约、还在刘郎后。凭问柳陌旧莺,人比似、垂杨谁瘦。"

元·王实甫《西厢记》第五本第一折《挂金索》:"杨柳眉颦,人比黄花瘦。"用李清照原句。

元·乔吉《山坡羊》(冬日写怀):"冬寒前后,雪晴时候,谁人相伴梅花瘦?"伴"梅花瘦",含"比"意。

明·陈子龙《虞美人》:"枝头残雪全寒透,人影花枝瘦。"

清·张船山妻子林佩环《题画像》诗:"修到人间才子妇,不辞清瘦似梅花。"

宋·张元干《眼儿媚》:"娇波暗落相思泪,流破脸边红。可怜瘦似、一枝春柳,不奈东风。"以瘦柳比人之瘦。

947. 新来瘦非关病酒

宋·李清照《凤凰台上忆吹箫》:"新来瘦,非关病酒,不是悲秋。""新来"一作"今年"。"瘦"因为何由?是"闲愁暗恨"。

明·汤显祖《牡丹亭》第五十出闹宴《前腔》:"闪英雄泪渍盈盈袖,伤心不为悲秋瘦。"用李清照句。

948. 自从消瘦减容光

唐·元稹《会真记》:"崔知之,潜赋一章,词曰:'自从消瘦减容光,万转千回懒下床。不为旁人羞不起,为郎憔悴却羞郎。'"由于极度相思,清瘦不堪,容颜减色。

宋·周邦彦《意难忘》:"些个事,恼人肠,试说与何妨。又恐伊,寻消问息,瘦减容光。"用元稹句。

949. 已觉绿深红浅

宋·朱淑真《西江月》："办取舞裙歌扇,赏春只怕春寒。卷帘无语对南山,已觉绿深(一作肥)红浅。"初至"春半",仍带春意。南山已显现出绿深红浅了。"绿深红浅"是"绿肥红瘦"的同义语。标志春天即将归去。清·陈廷焯《白雨斋词话》卷二评:"朱淑真词,才力不逮易安,然规模唐、五代,不失分寸。"此语即就"卷帘无语对南山,已觉绿深红浅"而言。而"绿深红浅"并非朱淑真语。请看:

宋·柳永《河传》:"翠深红浅愁蛾黛蹙,娇波力剪。"

宋·韩维《累日不到西园瑞香忽已烂熳》诗:"锦官翻样出新机,浅绿深红各自宜。""浅绿深红"同"绿深红浅"相反,花正盛开春正好。

宋·王诜《花发沁园春》:"桃腮杏脸,嫩英万叶,千村绿浅红深。"

宋·沈蔚《不见》:"回首芜城旧苑,还是绿深红浅。"

宋·晁端礼《醉蓬莱》:"粉淡香波,翠深红浅,是那回梳裹。"喻女子。

宋·李石《朝中措》(闻莺):"飘飘仙袂缕黄金,相对弄清音。几度教人误听,当窗绿暗红深。"

宋·侯寘《点绛唇》(金陵府令鼓子词):"春日迟迟,柳丝金淡东风软。绿娇红浅,帘幕飞新燕。"

宋·吕胜己《感皇恩》(雁汉泊舟作):"远山低岸,贪看浅红深绿。"岸上风光。

宋·赵崇嶓《摸鱼儿》:"一年芳事如朝梦,容易绿深红褪。"

宋·陈著《声声慢》(次韵黄子羽咏凤花):"翠浅红深,婉婉步空金落。"

宋·王义山《乐语·唱》:"奇香喷,阶前芍药,频繁红深绿浅。"花叶很密。

宋·陈允平《谒金门》:"春又晚,枝上绿深红浅。燕语呢喃明似剪,采香人渐远。"

又《过秦楼》:"倦柳梳烟,桔莲蘸水,芙蓉翠深红浅。"

宋·无名氏《定风波》:"蝉噪日斜林影转。溪岸,绿深红浅画屏间。"

950. 绿萼红葩晚态新

宋·种放《桃木·句》(《全宋诗八二一页》):"绿萼红葩晚态新,风流如阵战杀人。""萼",保护花朵的绿色外轮,"葩"是花朵。写桃林如阵,桃花晚媚。这种句格还用花、叶、苞、枝、蕊等组合。

宋·释智圆《戏题夜合树》:"绿叶红葩古墙畔,风光羞杀石楠枝。"

宋·晏殊《浣溪沙》:"绿叶红花媚晓烟,黄蜂金蕊欲披莲,水风深处懒回船。""绿叶红花"虽诗词中不多见,生命力却最强。

宋·刘敞《和府公多叶榴花》:"翠条红蕊映贫家,笑绮熏风拂露华。"

宋·张元干《醉落魄》:"绿枝红萼,江南芳信年年约。""萼"代花。

宋·陆游《解连环》:"风雨无情,又颠倒、绿苔红萼。"

宋·赵师侠《永遇乐》(为卢显文家金林檎赋):"绿丛红萼,芳鲜柔媚,约略试妆深浅。"

宋·方千里《霜叶飞》:"少年心事转头空,况老来怀抱。尽绿叶红英过了。"

宋·郭应祥《念奴娇》(次贾子洛韵):"谢女才情,如何只道、柳絮因风起? 比梅差可,但无绿萼红蕊。"

宋·吴潜《满江红》(赋后圃早梅):"问信红梅,渐推出、红苞绿萼。"

951. 翠隐红藏春尚薄

宋·吴泳《渔家傲》(寿季武博):"翠隐红藏春尚薄,百花头上梅先觉。"早春百花未放,正"翠隐红藏",唯梅枝放花。"翠隐红藏"意未绽叶开花,或花叶尚小,或花朵被遮掩。

宋·沈端节《洞仙歌》:"抖下俏和娇,掩翠凌红,真个是、从前可见。"

宋·吴文英《绛都春》(为李禹房量珠贺):"艳阳归后,红藏翠掩,小坊幽院。"

宋·赵闻礼《鱼游春水》:"玉铭珠箔,密密锁红藏翠。"

宋·蒋捷《昼锦堂》(荷花):"鸳鸯笑,何似留双楫,翠隐红藏。"

952. 望十里红围绿绕

宋·王诜《踏春游》:"极目高原,东风露桃烟岛,望十里,红围绿绕。"远望十里桃林,红围绿绕,一片壮美。"红围绿绕"言花木成林。

宋·晁补之《望海潮》(扬州芍药会作):"结蕊

当屏,联葩就幄,红遮绿绕华堂。花面映交相。"

宋·向子谌《最高楼》:"尽花奴,天教芍药来骖乘,一春桃李作先驱。尽红遮绿拥驻江都。""红遮绿拥"与"红围绿绕"为近义语。

宋·曹勋《安平乐》(圣节):"正金屋妆成,翠围红绕,香霭高散狻猊。"

宋·吕胜己《南歌子》:"湛露凉馆,香风散芰荷。晚来月色似金波。间绿围红、同伴雪儿歌。"

宋·辛弃疾《念奴娇》(赋白牡丹和范廓之韵):"对花何似?似吴宫初教、翠围红阵。"

宋·赵善括《满江红》(和坡公韵):"湖上路,柳浓花艳,绿围红簇。"

宋·郭应祥《采桑子》(赠丽华):"饯筵绿绕红围处,只这孩儿,两泪垂垂,不忍教人遽别离。"

宋·卢祖皋《临江仙》(韩蕲王之曾孙市船招饮,女乐颇盛。夜深出一小姬……):"洞府堂深花气满,娉婷绿展红围。"写"女乐"之盛。

宋·徐照《清平乐》:"绿围红绕,一枕屏山晓。怪得今朝偏起早,笑道牡丹开了。"

宋·施岳《曲游春》(清明湖上):"傍断桥、翠绕红围,相对半篙晴色。"

宋·铁笔翁《庆长春》(寿戴一轩):"绿幕红围,妙歌细舞,且醉三千客。"

宋·无名氏《风入松》(寿刘倅)(九月初九):"称觞歌袖三千指,屏星畔、绕绿围红。"歌舞盛况。

953. 入眼绿娇红小

宋·王之道《西江月》(和张文伯腊日席上):"北陆藏冰欲竟,东风解冻非遥。一时芳意巧相撩,入眼绿娇红小。"腊日尚寒,唯梅花初绽。"绿娇红小"即叶嫩花微,常表花之娇嫩,也写女子柔弱。

宋·石孝友《踏莎行》:"钗凤摇金,髻螺分翠。铢衣稳束宫腰细。绿柔红小不禁风,海棠无力贪春睡。"

宋·赵必璩《念奴娇》(贺陈新渌再娶):"人生能几欢娱,趁良辰美景,绿娇红小。洞里桃花应笑道,前度刘郎未老。"

954. 万紫千红总是春

宋·朱熹《春日》:"胜日寻芳泗水滨,无边光景一时新。等闲识得东风面,万紫千红总是春。"诗人去泗水(今山东泗水县)之滨踏青寻芳,阵阵

春风拂面而来,百花怒放,万紫千红,端的是一派明媚春光。"万紫千红"形容色彩斑斓,景物缤纷,多用于表鲜花种类繁多,竞相开放。后引申为事物美好,气象万千,成了应用频次极高的成语。朱熹的"万紫千红"句最有名,曾被后人组成"五风十雨皆为贵,万紫千红总是春"的楹联。然而"万紫千红"一语并非朱熹首创,而是出自北宋邵雍的《落花吟》一诗:"万紫千红处处飞,满川桃李漫成蹊。狂风猛雨日将暮,舞榭歌台人乍稀。水上漂浮安有定,径边狼籍更无依。流莺不用多言语,到了一番春已归。"邵雍以哲理诗著称,此首七律写暮春景象,首联二句也是有影响的,成了"万紫千红"之源。用此语之韵句如(含变序):

宋·辛弃疾《水龙吟》:"人间得意,千红万紫,转头春尽。"变序。

宋·康与之《荷叶铺水面》:"春光艳冶,游人踏绿苔,千红万紫竞香开。"

宋·韩元吉《虞美人》(叶梦锡园十月海棠盛开):"破寒滴滴娇如醉,不比春饶睡。万红千紫莫嫌迟,看取满城花送、衮衣归。"

宋·程珌《减字木兰花》:"如今正好,万绿千红深处坐。也使春工,唤作天地五月风。"换一"绿"字。

宋·黄机《满江红》:"呀鼓声中,又妆点、千红万绿。"

宋·洪咨夔《临江仙》:"万紫千红鬓上粉,聚成一撮精神。"

又《谒金门》(寿梦祥):"春正美,满眼万红千紫。收拾群香归瓮蚁。长年花信里。"

宋·俞文豹《喜迁莺》:"任他万红千紫,句引狂蜂游蝶。准只共、竹和松,同傲岁寒霜雪。"

宋·李曾伯《满江红》(招云岩、朔斋于雷园,二公用前雪韵赋梅):"万紫千红,都不似、玉奴一白。三数萼、有冰霜操,无脂粉色。"

宋·杨缵《被花恼》:"正千红万紫竞芳妍,又迎似、年时被花恼。"

宋·刘壎《贺新郎》:"万紫千红嫌妒早,羡仙标、岂比人间侣。"

宋·刘将孙《八声甘州》(和人春雪词):"任是万红千紫,无力与争春。"

元·钟嗣成《骂玉郎过感皇恩采茶歌·花》:"千红万紫都争放,要占断早春光。"

元·曾瑞《套数·赠老妓》:"忽惊风雨夜来

时,零落了千红万紫。"

元·赵文《意行》:"千红万紫随春去,独立溪头看荔花。"

元·无名氏《七贤过关·四时思情》曲:"春风花草香,迟日江山丽,万紫千红总是伤情处。"

清·俞樾《金缕曲》:"万紫千红飘零尽,凭仗东风送去。"

《清朝野史大观·卷十·挽联汇志》:"某御史挽伶云:'生在百花先,万紫千红齐俯首;春归三月暮,人间天上总销魂。'"

"万紫千红"一语的前模当是"万红千翠":

宋·柳永《剔银灯》:"何事春工用意,绣画出,万红千翠。艳杏夭桃,垂杨芳草,各斗雨膏烟腻。"

宋·张元干《好事近》:"春色到花房,芳信一枝偏好。句引万红千翠,为化工呈巧。"

宋·张伦《点绛唇》(咏春十首):"花满名园,万红千翠交相映。"

宋·程垓《八声甘州》:"忍见万红千翠,容易涨桃溪。花自随流水,无计追随。"

宋·石孝友《茶瓶儿》:"刚能见得,也还抛弃。负了万红千翠。"

"万紫千红"之前是"百紫千红":

宋·王安石《越人以幕养花因游其下二首》:"幕天无日地无尘,百紫千红占得春。"

宋·李元膺《洞仙歌》:"到清明时候,百紫千红花飞乱,已失春风一半。"

宋·晁补之《夜合花》(和李浩季良牡丹):"百紫千红,占春多少,共推绝世花王。西都万家俱好,不为姚黄。"

宋·葛胜仲《蝶恋花》(再次韵千里照花):"百紫千红今烂熳,举烛辉花,莫厌烧令短。"

宋·赵彦端《欧懿·鹧鸪天》:"春光九十羊城景,百紫千红总不如。"

宋·辛弃疾《定风波》(杜鹃花):"百紫千红过了春,杜鹃声苦不堪闻。却解啼叫春小住,风雨。空山招得海棠魂。"

宋·汪晫《江城子》(咏木犀):"百紫千红春富贵,无半点、似渠香。"

宋·陈德武《清平乐》(咏蝶):"百紫千红人未问,先与芳心折损。"

955. 春到红蔫绿苗

宋·程大昌《好事近》(会娄彦发):"桃柳旧根

株。春到红蔫绿苗,一似老年垂白,带少容鬟发。""红蔫绿苗"意同"绿暗红稀""绿肥红瘦""翠深红浅",红花蔫瘦绿叶苗肥,正是暮春景象。

宋·方岳《沁园春》(赋子规):"店舍无烟,楚乡寒食,一片花飞那可禁。小凝伫,黯红蔫翠老,江树阴阴。""红蔫翠老"亦为暮春。寒食近于清明,清明一到,暮春即来,在"暮春三月,江南草长"之际,红绿变化很鲜明。北方则不同。

956. 漫栽红点翠,闲题金缕

宋·陆游《真珠帘》:"乐府初翻新谱,漫栽红点翠,闲题金缕。"已到暮春,不必作《金缕曲》裁红点翠了。"裁红点翠"咏春花春色。

宋·冯取洽《摸鱼儿》(玉林君为遗蜕山中桃花赋也。花与主人,何幸如之。用韵和谢):"记刻羽流商,裁红剪翠,山径日将暮。""裁红剪翠"指工赋桃花。

宋·吴文英《高山流水》(丁基仲侧室善丝桐赋咏,晓达音吕,备歌舞之妙):"徽外断肠声,霜宵暗落惊鸿。低鬟处、剪绿裁红。"

957. 正红疏绿密,浪软波肥

宋·李流谦《醉蓬莱》(同幕中诸公劝虞宣威酒):"正红疏绿密,浪软波肥,放舟时节。载地擎天,识堂堂人杰。""红疏绿密"正是暮春时节。

宋·李太古《永遇乐》:"向绿密、红疏处,喜相逢,飞下一双。"用李流谦句写青梅树。

宋·丘崈《夜合花》:"贺荷万柄,芙蓉困倚轻柔。暮葭映,日初收。更满意、绿密红稠。"写繁茂。

958. 转眼红朋栖碧友

宋·王恽《秋涧集·花工王氏歌》:"平生有技真可人,好个春风接花手。木翁夺秀孕黄婆,转眼红朋栖碧友。"赞扬花工王氏栽花接木的技艺。"红朋栖碧友"即栖红朋碧友,栽植花木。

金·王郁《春日行》:"春日飞、春野寂,红朋碧友元胎湿。""元胎"即大地,为"元气"之所生,大地湿润。"红朋碧友"指春天的花木。

959. 泛绿依红无个事

宋·郑域《念奴娇》(戊午生日作):"泛绿依红无个事,时舞斑衣而已。""泛绿依红"表示追求奢华。全句说不追求奢华,维持俭朴生活。

宋·朱涣《百岁令》(寿丁大监):"运了多少兵筹,依红泛绿,向俭池客与。"用郑域句。

960. 姹紫嫣红开遍

明·汤显祖《牡丹亭》第十出惊梦之曲文《皂罗袍》:"原来姹紫嫣红开遍,似这般都付与断井颓垣。良辰美景奈何天,赏心乐事谁家院!""姹紫嫣红"句,意为红红紫紫、色彩斑斓的百花已经遍开。写杜丽娘私出游园所见到的绚烂春光。汤显祖创用了"姹紫嫣红"一语,"嫣红姹紫"则是变序式。

清·孔尚任《桃花扇》卷一《皂罗袍》:"原来姹紫嫣红开遍,似这般都付与断井颓垣。良辰美景奈何天,赏心乐事谁家院!"以上用了汤显祖的原曲,而且以下"朝飞暮卷,去霞翠轩;雨丝风片,烟波画船。锦屏人忒看的这韶光贱!"也与《牡丹亭》尽同。因为"小旦"为"杨老爷"唱的正是《牡丹亭》里的《皂罗袍》曲。

清·顾禄《桐桥倚棹录》卷十二:"蒋承志诗云:'蘼芜香径唱斜曛,姹紫嫣红艳十分。只有梨花寒不语,乱吹香雪洒人坟。'"

清·钱泳《履园谭诗·以人存诗·十六》:"一日同往城南看菜花,(张)铁琴有诗去:'嫣红姹紫弥天下,关系苍生只此花。'其抱负如此。"

清·陈夔龙《花朝后三日,花近楼社集,适伯严至自邓尉》:"今年花朝冷更添,嫣红姹紫皆闭箍。"

961. 枝头叶底,斗红争绿

宋·刘镇《贺新郎》:"翠葆摇新竹。正榴花,枝头叶底,斗红争绿。"榴花叶底争绿,枝头斗红,竞相开放。"斗"字用韩愈"百般红紫斗芳菲"句。

宋·无名氏《张协状元》一出:"陌上争红斗紫,窗外莺啼燕语,花落满庭空。"由"斗红争绿"衍生出"争红斗紫",今又有"争红斗艳"。

962. 红纷绿闹东风透

宋·赵必瓛《齐天乐》(簿厅壁灯):"红纷绿闹东风透,暖得枳花香也。"初春的东风送暖,枳花红纷绿闹,充满了生机。

宋·方岳《烛影摇红》(立春日束高内翰):"笑语谁家帘幕,镂冰丝、红纷闹绿。"赵必瓛用方岳句。

963. 不负春盟,红朝翠暮

宋·吴文英《宴清都》(连理海棠):"人间万感幽单,华清惯浴,春盎风露。连鬟并暖,同心共结,向承恩处。凭谁为歌长恨,暗殿锁。秋灯夜语。叙旧期、不负春盟,红朝翠暮。"上片描绘海棠连理,下片联想到唐玄宗李隆基同杨玉环的爱情,从连理海棠想到白居易《长恨歌》中写到的"在地愿为连理枝","赞"红朝翠暮"永不凋落的爱情之花。"红朝翠暮"从连理海棠借用以表达美好的爱情。

元·张可久《百字令》(春日湖上):"扣舷惊笑,想当年行乐,绿朝红暮。"用吴文英语,忆过去朝暮行乐,连理不分。

964. 双燕乍归,寄与绿笺红豆

宋·黄机《传言玉女》(次岳总幹韵):"双燕乍归,寄与绿笺红豆,那堪又是、牡丹时候。""绿笺"是书信,"红豆"寄托相思。"绿笺红豆",寄托相思的信息。

宋·无名氏《花心动》(得于江西歌者,而不知名氏):"惆怅旧欢,回首俱非,忍看绿笺红豆。"用黄机句。

965. 绿倒红飘欲尽

唐·陆龟蒙《和胥口即事》诗:"绿倒红飘欲尽,风斜雨细相逢。"荷塘垂钓、采莲,莲叶披倒,莲花飘浮,已经没有一枝完美的荷花了。"绿倒红飘"就是描绘荷花残败现象。

"红×绿(翠)×""×红×绿(翠)"句格,到了宋词(诗)里,被广泛应用,极其丰富,内容也很广博,有些似乎近同,却有细微差异。这些"四字句格",开扩了读者的思路,也拓宽了人们的想象,应是一种艺术享受。

宋·欧阳修《渔家傲》:"南国粉蝶能无数,度翠穿红来复去。"

又《玉楼春》:"红莲绿芰亦芳菲,不奈金风兼玉露。"

宋·柳永《长寿乐》:"尤红殢翠,近日来、陡把狂心牵系。"

又《长寿乐》:"繁红嫩翠,艳阳景,妆点神州明媚。"又《西平乐》:"正是和风丽日,几许繁红嫩绿,雅称嬉游去。"

宋·蒋堂《过叶道卿侍读小园》诗:"秀野亭连

小隐堂,红蕖绿荼媚沧浪。"

宋·陈希亮《和范公希文怀庆朔堂》:"弱柳奇花递间栽,红芳绿翠对树开。"

宋·文同《野花叹》诗:"岩隈水侧自成列,红丑紫贱何交加。"

又《菡萏亭》:"交红映绿满渠下,各有意态随低昂。"

又《答马子山节推见寄》:"石渠金马余何者,绿水红莲子尚然。"

宋·张公庠《宫词》:"闹紫繁红裹绿枝,一番风雨尽离披。"

宋·刘敞《荼蘼二首》:"明红暗紫竟芳菲,送尽东风不自知。"

宋·晏几道《行香子》:"晚绿寒红,芳意匆匆。惜年华、今与谁同。"

宋·苏轼《定风波》:"诗老不知梅格在,吟咏,更看绿叶与青枝。""青枝绿叶"今常用于树木稼禾茂盛。

宋·毛滂《夜行船》(全英溪泛舟):"涨绿流红空满眼,倚兰桡,旧愁无限。莫把鸳鸯掠飞去,要歌时,少低檀板。"

宋·刘一止《点绛唇》:"认是桃源,绿水红云绕。真曾到,漾舟人老,应被桃花笑。"

宋·朱敦儒《临江仙》:"绿池红径雨初收,秾桃偏会笑,细柳几曾愁。"

宋·杨无咎《殢人娇》(李莹):"妒雪凝霜,凌红掩翠。看不足,可人情味。"

宋·曹勋《清风满桂楼》(丹桂):"凉飙霁雨,万叶吟秋,团团翠深红聚。"

宋·张抡《醉落魄》(咏秋十首):"红芳紫陌,韵华□□□□。"

宋·王千秋《青玉案》(送人赴黄冈令):"起手栽花花定许,艺香披翠,灌红疏绿,趁取清明雨。"

宋·管鉴《水调歌头》(后十日,子仪相招游仓司后圃,舟堤岸,醉中再赋):"一抹晚山残照,十顷醉红香绿。"

宋·吴儆《满庭芳》(寄叶蔚宗):"年年,春好处,联镳荡桨,掩翠挼红。"

宋·辛弃疾《满江红》(游清风峡和赵晋臣敷文韵):"更满眼、云来鸟去,涧红山绿。"

宋·程垓《青玉案》(用贺方回韵):"咏绿书红知几度。行云归后,碧云遮断、寂寞人何处!"

又《清平乐》:"绿深红少,柳外横桥小,双燕不知幽梦好,惊好碧窗春晓。"

宋·石孝友《虞美人》:"睡红醒翠春风面,咫尺无由见。"

又《品令》:"困无力,几度偎人,翠鬟红湿。低低句,几时么,道不远、三五日。"

又《清平乐》:"醉红宿翠,鬓亸鸟云坠。管是夜来不得睡,那怕今朝早起。"

宋·赵师侠《酹江月》(丙午螺川):"趣柳催花,摧红长翠,多少风和雨。"

宋·姜夔《凄凉犯》:"追念西湖上,小舫携歌,晚花行乐。旧游在否?想如今翠凋红落。"

宋·史达祖《金盏子》:"奖绿催红,仰一番膏雨,始张春色。"

宋·高观国《浪淘沙》(杜鹃花):"冉冉断魂招不得,翠冷红斜。"

宋·卢祖皋《水龙吟》:"世间谁似蓬仙,坐问八袠齐眉寿,兰阶更喜,孙枝相映、红芳绿秀。"

宋·陈以庄《水龙吟》(记钱塘之恨):"听一声杜宇,红殷绿老,雨花风絮。"

宋·周端臣《贺新郎》(代寄):"菱花憔悴羞人觑,叹红低翠黯,不似旧家眉妩。"

宋·赵崇嶓《清平乐》:"妒红欺绿,轻浪潮温玉。"

宋·吴文英《扫花游》(赋瑶圃万象皆春堂):"正梁园未雪,海棠犹睡,藉绿盛红,怕委天香到地。"

又《采桑子》:"心期偷卜新莲子,秋入眉山,翠破红残。"

宋·杨泽民《氐州第一》:"徐整鸾钗,向凤鉴、低回斜照。情态方浓,憨痴不管,绿稀红老。"喻人。

又《夜游宫》:"那更轻帆底,一路上,翠飘红坠。"

宋·陈允平《醉蓬莱》(寿越帅谢恕斋):"骑竹欢迎,贺家湖上,绿香红茜。"

又《迎春乐》:"带眼宽移腰似束,怪何事,褪红销绿。"喻人。

又《水龙吟》(奉川寔化风花):"飞花乱点,东风枝上,红翔翠翥。"

宋·陈坦之《柳梢青》:"绿弱红癯,暖云沁雨,乍有还无。""癯",瘦。

宋·周密《曲游春》:"燕约莺期,恼芳情偏,翠深红隙。"

宋·赵必瓛《风流子》(赣上饮归用美成韵)："底用十分迷弶、翠阵红行。"

宋·蒋捷《满江红》："新绿旧红春又老,少玄老白人生几。"

宋·无名氏《青玉案》："绿暗红嫣浑可事。绿杨庭院,暖风帘幕,有个人憔悴。"

金·景覃《天香》："炊黍烹鸡自劳,有脆绿甘红荐芳液。"

明·张倩倩《蝶恋花》(寒夜怀君庸)："试问过肠何样断? 残红碎绿西风片。"

清·项廷纪《兰陵王》(春晚)："任笺绿销红,心事难托。""笺绿销红"是题诗写信之载物。

966. 绿盖红幢笼碧水

宋·赵长卿《夜行船》(送张希舜归南城)："绿盖红幢笼碧水,鱼跳处、浪痕匀碎。""绿盖"指荷叶,"红幢"指荷花,叶如"盖","幢",帘幕,这里代荷花。"红幢"也用作"红蕖""红苞"。"绿盖"代荷叶,是柳永首用。他的《多丽》词写:"凤凰箫,新声远度兰桡。漾东风、湖光十里,参差绿盖红桥。"十里湖光,错落地分布着红桥与绿荷。写荷花除了"绿盖红幢"外,还有"红渠绿盖""红苞翠盖"。

宋·万俟咏《芰荷香》："小潇湘,正天影倒碧,波面容光,水仙朝罢,间列绿盖红幢。"赵长卿直用此语。

宋·杨无咎《水龙吟》(武宁瑞莲)："晓来雨欲风生,素商乍入鸳鸯浦。红蕖绿盖,不知西帝、神游何处。"

宋·葛郯《江神子》："亭亭鹤羽戏芝田,看群仙,起青涟。绿盖红幢,千垂去朝天。"

宋·赵师侠《双头莲令》(信丰双莲)："太平和气兆嘉祥,草木总成双。红苞翠盖出横塘,两两斗芬芳。"

967. 翠盖红妆窈窕

宋·袁去华《八声甘州》："乍钩窗意适,临池倒影,竹树青葱。翠盖红妆窈窕,香引一帘风。向晚追凉处,月挂梧桐。""翠盖红妆"指池塘里的荷花,"翠盖",荷叶;"红妆",以女子的红妆喻荷花。

宋·王庭珪《江城子》(再和呈马守)："翠幕红妆,歌管玉为箫。""翠幕红妆"最早在这里只表示民间歌舞的概况。

宋·张元干《水龙吟》(周总领生朝)："水晶宫映长城,藕花万顷开浮蕊,红妆翠盖。生朝时候,湖山摇曳。"此首用"红妆翠盖"指绘"藕花",即荷花、莲花。袁去华用此语。

宋·史浩《芰荷香》(中秋)："过横塘,见红妆翠盖,柄柄擎香。"写荷花盛开。

宋·袁去华《玉团儿》又用:"吴江渺渺疑天接,独著我、扁舟一叶。步袜凌波,芙蓉仙子,绿盖红颊。""水芙蓉"即荷花。

968. 绿酒红灯自画楼

清·姚燮《檀怕》："谁怜风雨屯军苦,绿酒红灯自画楼。"一面是凄风苦雨中屯边戍守,一面却在绿酒红灯中彻夜寻欢。"绿酒红灯"古代酒浮绿蚁(即喻作"绿蚁"的酒),红灯表示夜晚。后常用"灯红酒绿"表示生活极奢华。此语姚燮始用。

"红绿"语格中带"酒"字,出于唐人韦庄《题酒家》诗:"酒绿花红客爱诗,落花春岸酒家旗。"

宋·韩维《景仁招况之闻用歌舞望门而反作此戏之》诗:"知君不久承宽诏,始柰红裙绿酒何。""红裙绿酒"是歌舞酒会。

宋·郭应祥《踏莎行》："明月清风,绿尊红袖,厌厌夜饮胜如昼。""绿尊红袖"已近于"灯红酒绿"意。

近人柳亚子《送曼殊东渡》："红灯绿酒几旬醉,海水天风万里行。"

969. 绿索红旗双彩柱

宋·欧阳修《渔家傲》："绿索红旗双彩柱,行人只偷回顾,肠断楼南金锁户。天欲暮,流莺飞到秋千处。""绿索红旗"是秋千的索饰。"红红绿绿"语格并非只用于花与叶上,也用于其它事物。

宋·柳永《慢卷袖》："红茵翠被,当时事、一一堪垂泪。"

宋·晏殊《连理枝》："玉酒频倾,朱弦翠管,移宫易调。"

宋·朱敦儒《水调歌头》(淮阴作)："当年五陵下,结客占春游。红缨翠带,谈笑跋马水西头。"

宋·康与之《丑奴儿令》(自岭表还临安作):"红楼紫陌青春路,柳色皇州。"

宋·侯寘《水龙吟》(老人寿词)："桔绿橙黄,袖红裙翠,一堂欢笑。"

宋·方千里《瑞龙吟》："追想向来欢娱,怀抱非故。题红寄绿,魂断江南句。"

宋·陈著《庆春泽》:"栏干可是妨飞去,怕惊尘浣却、翠羽红翎。"

970. 桃叶复桃叶

《乐府诗集》卷四十五《桃叶歌三首》:"桃叶复桃叶,渡江不用楫。但渡无所苦,我自迎接妆。"意为桃叶啊桃叶,渡江不用舟楫。(水浅)不要太痛苦,我一定接回你。南朝陈·释智匠《古今乐录》说:《桃叶歌》者,晋王子敬之所作也。桃叶,子敬妾名,缘于笃爱,所以歌之。"《玉台新咏》卷十也载晋王献之《情人桃叶歌二首》其一即上引诗。相传王献之(字子敬)送桃叶的渡口后称"桃叶渡",在今南京秦淮河与青溪合流处,《隋书·五行志上》记"陈时,江南盛歌王献之《桃叶》之词",其词与上尽同。然而后人多不信此诗为王献之之作。《桃叶》诗另一首为:"桃叶复桃叶,桃树根连根。相怜两乐事,独使作殷勤。"这种民间情爱式的诗风语调,都不似王献之的作品。南朝乐府《吴声歌曲》中"桃叶"只作歌名,不题作者姓名,当是江南民歌。然而既有传说和记载,也会产生名人效应。后人用"桃叶""桃根"写别地,抒别情,或咏歌妓,赞歌声。

唐·刘禹锡《堤上行》:"桃叶传情竹枝怨,水流无限月明多。"喻男女惜别。

唐·皇甫冉《怨回纥歌二首》:"隔烟桃叶泣,吹管杏花飘。"桃叶代恨别女子。

唐·张登《上巳泛舟》:"竹枝游女曲,桃叶渡江词。"歌声伴泛舟。

唐·杨巨源《寄申州卢拱使君》:"小船隔水催桃叶,大鼓当风舞拓枝。"王献之曾任吴兴太守,以卢拱比王献之,说他善歌。

唐·皇甫松《江上送别》:"隔筵桃叶泣,吹管杏花飘。"同皇甫冉仅仅差一字,写歌女惜别。

唐·孟郊《答昼上人止谗作》:"欲侣唱桃叶,隐士鸣桂琴。"反衬昼上人高雅。

唐·李贺《染丝上春机》:"彩线洁茸背复叠,白袷玉郎寄桃叶。"指"玉郎"所恋女子。

唐·徐凝《忆扬州》:"萧娘脸下难胜泪,桃叶眉尖易得愁。"说扬州妓女多愁善感。

唐·李涉《京口送朱昼之淮南》:"君到扬州见桃叶,为传风水渡江难。"代旧日相识的歌妓。

唐·施肩吾《春日钱塘杂兴二首》:"昨夜雨多春水阔,隔江桃叶唤何人。"女子隔江难渡。

唐·李群玉《江南》:"鳞鳞别浦起微波,泛泛轻舟桃叶歌。"轻舟上传来情歌。

唐·方干《赠美人四首》:"含歌媚盼如桃叶,妙舞轻盈似柳枝。"写女子讴歌美态。又《赠赵崇待御》:"却教鹦鹉呼桃叶,便遣婵娟唱竹枝。"代赵崇的家伎。又《侯郎中新置西湖》:"虽云桃叶(歌)歌还醉,却被荷花笑不言。"代歌妓。

唐·罗虬《比红儿诗》:"总传桃叶渡江时,只为王家一首诗"。宋·辛弃疾《祝英台令》(晚春):"宝钗分,桃叶渡。烟柳暗南浦。"女子分钗(擘为两半)作离别纪念。王明清《玉照新志》卷四载:绍兴己卯,"春日,诸友同游西湖,至善安寺,于窗户间得玉钗半股,青蚨半文,想是游人欢洽时所分授,偶遗之者"。说明南宋时确有分钗赠别之俗。辛词说,在桃叶渡口,女子分钗别去,送行处,只余一片烟柳渺茫。对此句评者不止一人。宋人魏庆之《诗人玉屑》卷二十一:"'宝钗分,桃叶渡,烟柳暗南浦……'此辛稼轩词也。风流妩媚,富于才情,若不类其为人矣。""盖其天才既高","无适而不宜,故能如此。"宋·张炎《词源》卷下"'宝钗分,桃叶渡,……'皆景中带情,而存骚雅。故其燕酣之乐,别离之愁,回文题叶之思,岘首西州之泪,一寓于词。"清·沈谦《填词杂说》:"稼轩词以激扬奋厉为工,至'宝钗分,桃叶渡'一曲,昵狎温柔,魂销意尽,才人伎俩,真不可测。"当然都是评全词的。此三句连用三典,恰切而自然,浑然表达了送别女子的景场情怀。"桃叶渡"多说送别之地,窃以为"桃叶"代行人更好,即女子渡江而去,江浦只余烟柳,句法上"渡"作动词,又与"分"相应。

宋、元人写"桃根桃叶"者略如:

宋·姜夔《琵琶仙》:"双桨来时,有人似桃根桃叶。歌扇轻约飞花,娥眉正奇绝。"用"莫愁双桨"事,写船上情歌。

宋·吴文英《莺啼序》:"记当时,短楫桃根渡。"以"根"代"叶",为韵所求。

宋·黄孝迈《湘春夜月》:"天长梦短,问甚时、重见桃根。""桃根"意同"桃叶",写相思。

元·范居中《金殿喜重重·秋思》:"往事后期空记省,我正是桃叶桃根各尽伤。"代妓女。

元·张可久《寨儿令·春思》:"怪桃根翠袖罗裙,伴梅花檀板金尊。"喻歌女。

又《折桂令·开元馆石上红梅》:"想桃叶桃根谁家,有姑射山人,笑上山槎。"喻桃花,以人喻花。

971. 落叶向纷纷

南朝·梁·吴均《发湘州赠亲故别诗三首》其三"流萍方绕绕,落叶向纷纷。"流萍在水中正旋旋绕绕,落叶已乱乱纷纷。用"流萍""落叶"喻别离难。

又《赠鲍春陵别诗》:"落叶思纷纷,蝉声犹可闻。"再用"落叶纷纷"句。

972. 几逢秋叶黄

南朝·梁·何逊《塘边见古冢》:"行路一孤坟,路成坟欲毁。寒疑年代积,不知陵谷徙。几逢秋叶黄,骤见春流泷。"写塘边路侧一座古代孤坟,不知经过多少年代了。"几逢秋叶黄",不知遇到过多少次秋天黄叶,含有丝丝感慨。唐·杜甫《和裴迪登新津寺寄王侍郎》:"何恨倚山木,吟诗秋叶黄?"用"秋叶黄"说明此诗作于草木黄落的深秋。"倚山木",《淮南子》载:赵王流迁于房陵,思故乡,作山木之歌,闻之者莫不陨涕。杜诗用此意,说我有何愁而倚木吟诗呢?是为了故友身边的裴迪和远方的王缙呀。

"秋叶黄"即"黄叶",表示晚秋时令,或晚秋的凄冷。唐·王勃《山中》诗写:"长江悲已滞,万里念将归。况属高风晚,山山黄叶飞。"抒晚秋的悲凉。"黄叶"句如:

唐·张说《同贺八送衮公赴荆州》:"此别黄叶下,前期安可知。"

又《送王晙自羽林赴永昌令》:"白云向伊阙,黄叶散昆明。"

又《岳州看黄叶》:"白首看黄叶,组颜复几何。"

唐·张均《和尹懋秋夜游灉湖二首》:"黄叶鸣凄吹,苍葭扫暗州。"

唐·苏颋《奉和圣制登骊山高顶寓目应制》:"丰树连黄叶,函关入紫云。"

唐·员半千《陇头水》:"雾卷白云出,风吹黄叶翻。"

唐·章玄同《流所赠张锡》:"黄叶因风下,甘从洛浦限。"

唐·李峤《十月奉教作》:"林枯黄叶尽,水耗绿池空。"

唐·李白《长相思三首》:"相思黄叶落,白露点青苔。"

又《自梁园至敬亭山见会公谈陵阳山水兼期同游因有此赠》:"渡江如昨日,黄叶向人飞。"

唐·刘长卿《酬皇甫侍御见寄时前相国姑臧公初临郡》:"离别江南此,汀洲叶再黄。"

又《和洲留别穆郎中》:"世交黄叶散,乡路白云重。"

又《秋日夏口涉汉阳献李相公》:"十年犹去国,黄叶又纷纷。"

又《过裴舍人故居》:"惨惨天寒独掩扃,纷纷黄叶满空庭。"

唐·李白《寄从弟宣州长史昭》:"五落洞庭叶,三江游未还。"

唐·皇甫曾《早朝日寄所知》:"共荷发生同雨露,不应黄叶久随风。"

唐·杜甫《遣兴三首》:"风悲浮云去,黄叶坠我前。"

又《朝二首》:"树疏黄叶坠,野静白鸥来。"

又《凭孟仓曹将书觅土娄旧庄》:"北风黄叶下,南浦白头吟。"

唐·耿沣《许下书情寄张韩二舍人》:"绕院绿苔闻雁处,满庭黄叶闭门时。"

唐·戎昱《宿湖江》:"金风浦上吹秋叶,一夜纷纷满客舟。"

唐·戴叔伦《送郎士元》:"黄叶蝉吟晚,沧江雁送秋。"

唐·李端《古别离》:"水国黄叶时,洞庭霜落夜。"

唐·司空曙《过庆宝寺》:"黄叶前朝寺,无僧寒殿开。"

唐·杨凌《江上秋月》:"惊秋黄叶遍,愁暮碧云深。"

唐·白居易《雨中题衰柳》:"湿屈青条折,寒飘黄叶多。"

又《晚秋闲居》:"秋庭不扫携藤杖,闲踏梧桐黄叶行。"

又《凶宅》:"苍苔黄叶地,日暮多旋风。"

唐·许浑《送元昼上人归苏州兼寄张厚二首》:"经岁别离心自苦,何堪黄叶落清潭。"

唐·李商隐《访隐者不遇成二绝》:"玄蝉去尽叶黄落,一树冬青人未归。"

唐·李群玉《江楼闲望怀关中亲故》:"年貌暗随黄叶去,时情深付碧波流。"

唐·李咸用《题陈正字林亭》:"晓烟轻翠拂帘

飞,黄叶飘零弄所思。"

　　唐·薛能《中秋旅舍》:"是时兄弟正南北,黄叶满阶来去风。"

　　又《秋溪独坐》:"黄叶分飞砧上下,白云零落马东西。"

　　唐·贾岛《送厉宗上人》:"高顶白云尽,前山黄叶多。"

　　唐·刘沧《秋日山寺怀友人》:"风生寒渚白萍动,露落秋山黄叶深。"

　　唐·储嗣宗《孤雁》:"关河正黄叶,消息断青楼。"

　　宋·苏轼《书李世南所画秋景二首》:"扁舟一棹归何处?家在江南黄叶村。"

　　宋·周邦彦《点绛唇》:"孤馆迢迢,暮天草露沾衣润。夜来秋近,月晕通风信。今日原头,黄叶飞成阵。"

973. 雨中黄叶树,灯下白头人

　　唐·司空曙《喜外弟卢纶见宿》:"雨中黄叶树,灯下白头人。"在孤苦荒居中,表弟卢纶又来看望他,他作此诗以抒感受。此二句用"黄叶"托"白发",生动表现孤寂冷落的情景。明人谢榛《四溟诗话》载:"韦苏州(韦应物)曰:'窗里人将老,门前树已秋。'白乐天曰:'树初黄叶日,人欲白头时。'司空曙曰:'雨中黄叶树,灯下白头人。'三诗同一机杼,司空为优。差状目前之景,无限凄人,见乎言表。"

　　"黄叶"与"白发"对用,一个共同的主题就是感秋而叹老。别人也用过此句,即如:

　　唐·卢纶《同李益伤秋》:"岁去人头白,秋来树叶黄。"

　　唐·李嘉祐《暮秋迁客增思寄京华》:"倚树看黄叶,逢人活白头。"

　　唐·韦应物《淮上遇洛阳李主簿》:"窗里人将老,门前树叶黄。"

　　唐·白居易《途中感秋》:"树初黄叶日,人欲白头时。"

974. 依前黄叶西风

　　宋·晏殊《清平乐》:"酒阑人散忡忡,闲阶独倚梧桐。记得去年今日,依前黄叶西风。"迎面黄叶西风,记起去年今日,生发出脉脉离情。"黄叶西风"是残秋两种代表性事物,从"黄叶"句衍生。

　　宋·邵雍《首尾吟》诗:"眼观秋水斜阳远,洒洒西风黄叶飞。"

　　宋·韩维《和曼叔昆阳城》诗:"屋瓦无遗处,秋风卷黄叶。"用此表古战场的凄凉。

　　宋·秦观《喜迁莺》:"西风落叶,正组席将收,离歌三叠。"

　　宋·贺铸《国门东·好女儿》:"信人间,自古销魂处。指红尘北道,碧波南浦,黄叶西风。"

　　又《罗敷歌·采桑子》:"谁家水调声声怨,黄叶西风。"

　　又《清平乐》:"指似归期庭下柳,一叶西风前后。"

　　又《小重山》:"一叶西风生嫩凉,彩舟旗影动,背斜阳。溪流几曲似回肠。"

　　宋·晁补之《古阳关》:"空庭雨过西风紧,飘黄叶。"

　　宋·葛郯《洞仙歌》:"纵西风,黄叶满庭秋,也不碍凝眸,乱山多处。"

　　宋·辛弃疾《玉楼春》:"至今有句落人间,渭水西风黄叶满。"兼用贾岛"西风渭水"句。

　　又《品令》:"西风黄叶,淡烟衰草,平沙将暮。"

　　又《昭君怨》:"落叶西风时候,人共青山都瘦。""西风落叶"与"西风黄叶"意同。

　　宋·葛长庚《沁园春》:"唱白苹红蓼,庐山日暮,西风黄叶,渭水秋深。"亦兼用贾岛句。

　　清·黄黎洲《五老峰万松坪同阆古古夜话限韵》:"相遇青连飞瀑地,正当黄叶寄秋风。"

975. 不如著书黄叶村

　　清·敦诚《寄怀曹雪芹》:"劝君莫弹食客铗,劝君莫叩富儿门。残杯冷炙有德色,不如著书黄叶村。"此诗作于乾隆二十二年(1757)秋,作者正在喜峰口替他父亲瑚玎做松亭关征税的差使,曹雪芹早已由北京城内移居到西郊香山健锐一带。敦诚诗先叙友情,结四句劝慰曹雪芹一心写作《石头记》,少与宦门富家交往。"不如著书黄叶村",此诗作于秋天,秋天正是多黄叶的季节,"黄叶村"指雪芹所居农村。

　　"黄叶村"出自宋·苏轼《书李世南所画秋景》诗:"扁舟一棹归何处?家在江南黄叶村。"指秋色美好的乡村。

　　康熙年间,有因善写黄叶而号之以"黄叶"的。如崔黄叶(不雕)、王黄叶(苹)。《清碑类钞·文学类》第二十九册有王苹写黄叶的诗："乱泉声里才通屧,黄叶林间自著书。"敦诚句直从此句翻出。

976. 嫩叶下牵裾

南朝·梁元帝萧绎《看摘蔷薇》："横枝斜绾袖,嫩叶下牵裾。"深入花丛采摘蔷薇花,蔷薇是带针刺的,所以牵衣缀裳。

唐·储光羲《蔷薇歌》："高处红须欲就手,低边绿刺已牵衣。"用"牵裾"句。

宋·周邦彦《六丑》(蔷薇谢后作)："长条故意惹行客,似牵衣待话,别情无极。"这"长条牵衣"已移入人的情绪。

977. 碧叶喜翻风

南朝·梁·江洪《咏荷》："碧叶喜翻风,红英宜照日。"肥大的荷叶随风翻卷,堪称一道风景。宋人杨万里的"接天莲叶无穷碧,映日荷花别样红。"(《晓出净慈寺送林子方》)上句写叶,下句写花,如出此辙,却增加了铺天而去、盖地而来的宏远浩大的气势。反转来想象那"碧叶喜翻风",如果是一碧万顷,层叠翻动,不是很美妙吗?"翻叶",绿叶随风翻卷飘落,也充满了生机和活力,这一自然美,终于为诗人们捕捉了。写"翻叶"有的表翻卷,有的表飞落。

南朝·梁·何逊《九日侍宴乐游苑诗为西侯作》："疏树翻高叶,寒流聚细文。"

唐·郭澹《东峰亭各赋一物得临轩桂》："向日阴还合,从风叶乍翻。"

唐·常衮《晚秋集贤院即事寄徐二侍郎》："翻黄桐叶老,吐白桂花初。"

唐·顾况《芙蓉榭》："文鱼翻乱叶,翠羽上危栏。"

唐·卢纶《秋幕中夜独坐迟明因陪陈翃郎中晨谒上公因书即事兼呈同院诸公》："叶翻萤不定,虫思草无边。"

唐·章八元《酬刘员外月下见寄》："过月鸿争远,辞枝叶暗翻。"

唐·李益《诣红楼院寻广宣不遇留题》："柿叶翻红霜景秋,碧天如水倚红楼。"

唐·朱湾《同清江师月夜听坚正二上人为怀州转法华经歌》："风翻乱叶林有声,雪映闲庭月无色。"

唐·武元衡《夜坐闻雨寄严十少府》："风翻凉叶乱,雨滴洞房深。"

又《慈恩寺起上人院》："池澄山倒影,林动叶翻风。"

又《秋日书怀》："杯中壮志红颜歇,林下秋声绛叶翻。"

宋·文同《山园》："西风满高林,败叶惊已翻。"

978. 夕阳枫叶见鸦翻

宋·苏轼《庚辰岁人月作,时闻黄河已复北流,老臣旧数论此,今斯言巧验,二首》："春水芦根看鹤立,夕阳枫叶见鸦翻。"又《雪后书北台壁二首》："城头初月始翻鸦,陌上晴泥已没车。"东汉·张衡《西京赋》："众鸟翩翻","翻"即"飞"。苏轼二句"鸦翻""翻鸦",鸦翻翅而飞,都写傍晚飞鸦,多为归巢。

宋·周邦彦《氐州第一》："波落寒汀,村渡向晚,遥看数点帆小。乱叶翻鸦,惊风破雁,天角孤云缥缈。"

宋·邓肃《临江仙》："画桥烟柳忽翻鸦,醉鬟倾绿醑,参月共横斜。"

金·邢具瞻《出塞》："楼外青山半夕阳,寒鸦翻墨点林霜,平沙细草三千里,一笛西风人断肠。""墨"为鸦色。

金·张建《送张子玉》："蝉嘶西风柳,鸦翻落日城。"

979. 落花辞条羞故林

唐·李白《白头吟》："东流不作西归水,落花辞条羞故林。"此诗主题与古辞《白头吟》同。《西京杂记》载:"相如将聘茂陵人女为妾,卓文君作《白头吟》以自绝,相如乃止。"汉乐府《白头吟》(本辞):"皑皑山上雪,皎若云间月。闻君有两意,故来相决绝。……"李白诗以长门买赋与文君赠诗为例写女子遭遇的不幸。这两句水不西归、花羞故林,喻夫妇一旦分离,便不会再重新结合了。

"辞条"或"辞枝",是花、叶离开枝条,表示一旦离开便不会返回故枝了。

唐·杜甫《得舍弟消息》："风吹紫荆树,色与春庭暮。花落辞故枝,风回返无处。"风吹紫荆树,花落辞故枝,而风吹去可又吹来,花却不能随风返回故枝。这是作者得到舍弟消息而深感分离难聚。荆花难返枝,喻兄弟分离。《续斋谐记》载:田广、田真、田庆兄弟三人欲分财产，其夜庭前连根三荆树枯死了。兄弟感念此景而不再分财产，荆树也复荣了。周景式《孝子传》述：古有兄弟要分异，出门见三树同株，枝叶连阴，叹曰："木犹欣聚，况我而殊哉！"二事相近。杜甫用此事，表达了他乱离中对兄弟的深情重意。"花辞枝"喻兄弟别易会难。杜甫在《秋梦》中写"孤鸿秋出塞，一叶暗辞林。"意为叶落。（一作杜牧诗）

南朝·陈·阴铿《和樊陵伤妾》："画梁朝日尽，芳树落花辞。"落花辞树，喻妾亡。首用这一"辞"字。用这一"辞"的还有：

唐·孟郊《春愁》："故花辞新枝，新泪落故衣。"写春花落。

唐·白居易《途中题山泉》："似叶飘辞树，如云断别根。"

又《过元家履信宅》："落花无语空辞树，流水无情自入池。"兼用"落花有意，流水无情"句。

又《冬夜对酒寄皇甫十》："有风空动树，无叶可辞枝。"叶已落尽。

又《惜玉蕊花有怀集贤王校书起》："芳意将阑风又吹，白云离叶雪辞枝。"

宋·苏轼《常润道中有怀钱塘寄述古五首》："应须火急回征棹，一片辞枝可得黏。"

清·王国维《蝶恋花》："最是人间留不住，朱颜辞镜花辞树。"

980. 更看绿叶与青枝

宋·苏轼《定风波》（咏红梅）："诗老不知梅格在，吟咏。更看绿叶与青枝。""绿叶青枝"或"青枝绿叶"展现绿色生物的鲜活、茁壮。后不仅用来描绘花木，也用来描绘稼禾。

宋·洪皓《点绛唇》（咏梅）："绿叶青枝，辩认诗亏价。休催也，忍寒郊野，留待东坡马。"用苏轼语咏梅。洪皓为洪适、洪迈之父，存词不多，忆梅、话梅、怜梅、咏梅不少。苏轼《咏红梅》意为不咏红花而枝叶，是"不知梅格"。所以洪皓有"辩认诗亏价"语。

981. 飞上金枝玉叶

唐·王建《宫中调笑》（即调笑令）："胡蝶，胡蝶，飞上金枝玉叶。君前对舞春风，百叶桃花树红。红树，红树，燕语莺啼日暮。""金枝玉叶"指娇嫩华美的枝叶，蝴蝶时而飞上，时而对舞。《后汉书·蔡邕传》："拥华盖而奉皇枢"，李贤注引晋·崔豹《古今注》（舆服）云："黄帝与蚩尤战于涿鹿之野，常有五色云气，金枝玉叶止于帝上，因而作华盖。"后常指皇帝后裔或贵家子女这样一些娇贵的人。又称玉叶金柯，琼枝玉叶。

唐·萧颖士《为扬州李长史贺立皇太子表》："况琼枝挺秀，玉叶资神。"

宋·吕胜己《瑞鹤仙》（鄂州）："金枝联玉叶，世代有宗英，声华烨烨。"

宋·牟巘《水调歌头》："玉叶金枝方茂，瑶沼丹壶如画，老景镇长新。"

宋·无名氏《满江红》（寿赵安人）："萱草堂开，仙姿秀、金枝玉叶。"

982. 落叶满阶红不扫

唐·白居易《长恨歌》："西宫南内多秋草，落叶满阶红不扫。"唐玄宗四川避乱归来，失去帝位，失去贵妃，幽居宫中，宫院无人清理，此二句写其破败荒凉。

唐·裴迪《宫槐陌》诗："秋来山雨多，落叶无人扫。"这是最早的"扫叶"句，白居易用此。以下：

唐·岑参《送费子归武昌》："汉阳归客悲秋草，旅舍叶飞愁不扫。"

唐·薛能《和曹侍御除夜有怀》："叶多庭不扫，根在迳新锄。"

唐·鱼玄机《感怀寄人》："门前红叶地，不扫待知音。"

宋·袁去华《垂丝钓》："江枫秋老，晓来红叶如扫。"红叶落尽。

宋·刘辰翁《千秋岁》："当年青鸟去，落叶无人扫。"

宋·王易简《酹江月》："渔樵深处，满庭红叶休扫。"

983. 桐花落尽无人扫

唐·刘云《有所忍》："浮云遮却阳关道，向晚谁知妾怀抱。玉井苍台春院深，桐花落尽（一作"地"）无人扫。"春天傍晚，浮云满天，苍苔满院，思妇凄凉冷落，思绪不佳，以至满地桐花无人扫。"不扫落花"，表现人的心绪不畅而慵懒怠惰。"落叶"一般是秋天，"落花"则多指春天。"不扫落花"是以"扫落花"的活动叙述衍生出来的。又有"风扫落花"句，直写残春。

唐·苏颋《景龙观送裴士曹》："池旁坐客穿丛荙,树下游人扫落花。"这是最早写"扫花"的。

唐·李白《扶风豪士歌》："东方日出啼早鸦,城门人开扫落花。"

又《寄王屋山人孟大融》："愿随夫子天坛上,闲与仙人扫落花。"

唐·杜甫《客至》："花径不曾缘客扫,蓬门今始为君开。"

唐·白居易《日长》："爱水乡棹舟,惜花不扫归。"

唐·郑谷《南宫寓直》："僧携新茗伴,吏扫落花迎。"

唐·温庭筠《木兰花》："笼中娇鸟暖犹睡,帘外落花闲不扫。"

五代·尹鹗《满宫花》："风流帝子不归来,满地禁花慵扫。"

五代·李珣《西溪子》："春已老,人未到,满地落花慵扫。"用尹鹗句。

五代·孙光宪《菩萨蛮》："小庭花落无人扫,疏香满地东风老。"

宋·欧阳修《洞天春》："莺啼绿树声早,槛外残红未扫。"

宋·王安石《谒金门》："遍地落花浑不扫,梦回情意悄。"

宋·晏几道《清平乐》："满路落红不扫,春色渐随人老。"

宋·苏轼《寄高令》："满地春风扫落花,几番曾醉长官衙。"

又《骊山》："我上朝元春半老,满地落花无人扫。"

宋·舒亶《卜算子》："谁把青钱衬落红,满地无人扫。"

宋·叶梦得《水龙吟》(三月十日西湖宴客作)："一片飘时,已知消减,满庭谁扫。"兼用杜甫"一片飞花城却春"句。

宋·朱敦儒《桃源忆故人》："西楼几日无人到,依旧红围绿绕,楼下落花谁扫。"

宋·周紫芝《卜算子》(西窗见剪榴花)："絮尽柳成空,春去花如扫。"

又《忆王孙》(绝笔)："梅子生时春渐老,红满地、落花谁扫。"

又《渔家傲》："谁道水南花不好,犹胜金蕊深如扫。"

宋·李纲《水调歌头》："花径不曾扫,蓬户为君开。"

宋·李子正《减兰十梅》(残)："香苞渐少,满地残英红不扫。"

宋·蔡伸《踏莎行》："水满青钱,烟滋翠葆,残英满地无人扫。"

宋·李弥逊《谒金门》(寄远)："春又老,愁似落花难扫。"

宋·范成大《金氏庵》(废庵无人居)："春深有燕捎飞蝶,日暮无人扫落花。"

宋·王之道《桃源忆故人》(和文伯送春二首)："风里落花如扫,莫厌寻芳早。"写"风扫落花",下亦有此例。

宋·冯时行《天仙子》："一片初飞情已悄,可更如今纷不扫。"

宋·管鉴《点绛唇》(拉同官赏海棠)："晚风如扫,忍见枝头少。"

宋·陆游《菩萨蛮》："小院蚕眠春欲老,新巢乳燕花如扫。"

又《谢池春》："连宵风雨,春残红如扫。"

宋·石孝友《如梦令》："风猎乱香如扫,又是粉梅开了。"

宋·刘光祖《踏莎行》(春暮)："扫径花零,闭门春晚,恨长无奈东风短。"

宋·马子严《鱼游春水》(怨别)："庭际香红倦扫,乾鹊休来枝上噪。"

宋·龚大明《缺调名》："泠泠碧涧响空泉,蕲蕲落花风自扫。"

宋·史达祖《控芳信》："正一阶梅粉,都未有人扫。"

宋·吴泳《鱼游春水》(神泉春日赋)："满地松花不扫,镇日春愁萦怀抱。"

宋·刘克庄《祝英台近》："白白红红,满地无人扫。"

宋·陈允平《探春》(苏堤春晓)："画栏闲立,东风旧红谁扫。"

又《垂杨》："恨隔无涯,几回惆怅苏堤晓,飞花满地谁为扫。"

宋·刘辰翁《品令》(闻莺)："满庭芳草,更昨日、落红如扫。"

又《花犯》："任海角荒荒,都变瑶草,落梅天上无人扫。"

宋·王沂孙《扫花游》(绿阳)："小庭荫碧,遇骤雨疏风,胜红如扫。"

宋·张炎《珍珠令》:"满院飞花休扫,传留与、薄情知道。怕一似飞花、和春都老。"

宋·无名氏《怨王孙》:"门外谁扫残红,夜来风。"

宋·无名氏《点绛唇》:"莺踏花翻,乱红堆径无人扫。"

其它如不扫"雪花""碧云""柳棉":

宋·郑獬《夜寒》诗:"满地雪花寒不扫,恨无明月对婵娟。"

宋·吴儆《减字木兰花》:"碧梧老,满地琅玕纷不扫。""琅玕",石块。

宋·陆游《菩萨蛮》:"江天淡碧云如扫,苹花零落蓴丝老。"

宋·赵长卿《蝶恋花》(春深):"燕子归来深院悄,柳棉铺径无人扫。"

宋·何梦桂《玉漏迟》(和何君元寿梅):"何处玉堂,满地苍苔不扫。"

984. 青草湖中月正圆

唐·张志和《渔歌子》:"青草湖中月正圆,巴陵渔父棹歌连。钓车子,橛头船,乐在风波不用仙。"这是五首中之五,写水中有月、船上有歌,正是"烟波钓徒"之乐趣所在。"月正圆"写湖中月影,表示望日之月。

唐·张耒《圆灵水镜》:"回首看云液,蟾蜍势正圆。""蟾蜍",月的别名。

唐·杜牧《怀钟陵旧游四首》:"歌谣千里春长暖,丝管高台月正圆。"

唐·许浑《鹤林寺中秋夜玩月》:"待月东林月正圆,广庭无树草无烟。"

唐·李商隐《西亭》:"此夜西亭月正圆,疏帘相伴宿风烟。"

唐·温庭筠《李羽处士故里》:"愁肠断处春何限,病眼开时月正圆。"

唐·韦庄《和侯秀才同友生泛舟溪中相招之作》:"凭君不用回舟急,今夜西江月正圆。"

又《听赵秀才弹琴》:"不须更奏幽兰曲,卓氏门前月正明。"五代·孙光宪《望梅花》:"帘外欲三更,吹断离愁月正明,空听隔江声。"

唐·徐夤《露》:"朝垂苑草烟犹重,夜滴宫槐月正圆。"

宋·晏殊《雨中花》:"玉露金风月正圆,台榭早凉天。"

宋·贺铸《愁风月》:"风清月正圆,信是佳时节。"

宋·吕渭老《豆叶黄》:"刻烛题诗花满笺,小神仙,对倚阑干月正圆。"

宋·魏子敬《生查子》:"云归月正圆,雁到人无信。"

宋·黄机《满江红》:"月正圆时羞独照,夜偏长处怜孤宿。"

宋·李曾伯《水调歌头》:"月正圆时固好,人欲闲时须早,毋作陇西羞。"

宋·无名氏《鹧鸪天》(寿江司马。正月十三):"呼童快秣朝天马,后夜端门月正圆。"

清·玄烨《中秋望月》:"坐望中秋月正圆,玲珑丹桂植当天。"

又《织·第二图·二眠》:"柔桑初剪绿参差,陌上归来日正迟。""日正迟"亦此句式。

985. 万里西风夜正长

唐·李商隐《王十二兄与畏之员外相访见招小饮时予以悼亡日近不去因寄》:"愁霖腹疾俱难遣,万里西风夜正长。"愁苦难眠,则倍感秋夜之长。

又《席上作》:"淡云轻雨拂高唐,玉殿秋来夜正长。"再用"夜正长"。

986. 割尽黄云稻正青

宋·王安石《壬戌五月与和叔同游齐安》:"缲成白雪桑重绿,割尽黄云稻正青。"夏割黄云(小麦穗黄如黄云,成熟了,麦浪金黄)。

宋·黄庭坚《慈孝寺钱子敦席上奉同孔经父八韵》:"黄云喜麦秋",取"黄云"之喻,喻小麦成熟。

宋·范成大《田舍》:"乐哉今岁事,天末稻云黄。"秋天稻子成熟了,也如"黄云",稻浪金黄。

987. 围树伤心兮三见花

唐·独孤遐叔妻歌:"今夕何夕,存耶没耶?良人去兮天之涯,围树伤心兮三见花。"《梦游录》载:"贞元中,进士独孤遐叔家于长安崇贤里。新娶白氏女,家贫。下第至蜀,羁栖不偶,逾二年乃归。至金光门五六里,天色已暝。……方见少年举杯属之,其妻宽抑悲愁而歌曰:'今夕何夕,存耶没耶？良人去兮天之涯，围树伤心兮三见花。'比平明至，家人并无恙，妻卧床犹未兴。说梦中聚会言语，与遐叔所见并同。""三见花"，三次见到开花，时间表示三年。

用"几见花"表示年度，最早见于唐·王勃《羁春》诗："客心千里倦，春事一朝归。还伤北国里，重见落花飞。""重见落花"，春天再度逝去。

唐·储光羲《重寄虬上人》："一作云峰别，三见花柳朝。"

唐·李白《以诗代书答元丹丘》："离居在咸阳，三见秦草绿。"

又《久别离》："别来几春未回家，玉窗五见樱桃花。"

又《学古思边》："离群心断绝，十见花成雪。"

唐·岑参《送绵州李司马秩满归京因呈李兵部》："眼看春光老，羞见梨花飞。"

又《春兴思南山旧庐招柳建正字》再用："自怜蓬鬓改，羞见梨花开。""开"是早春、"飞"是暮春。

唐·孟郊《望远曲》："行人未去植庭梅，别来三见庭花开。"

唐·白居易《樱桃花下有感而作》（开成三年春季美周宾客南池者）："蔼蔼美周宅，樱繁春日斜。一为洛下客，十见池上花。"

又《池上闲吟二首》："高卧闲行自在身，池边六见柳条新。"

又《西明寺牡丹花时忆元九》："一作芸香吏，三见牡丹开。"

又《客中月》："客从江南来，来时月上弦；悠悠行旅中，三见清光圆。"

宋·魏夫人《菩萨蛮》："绿杨堤下路，早晚溪边去。三见柳棉飞，离人犹未归。"

宋·苏轼《送家安国教授归成都》："一落戎马间，五见露叶零。"

又《书王定国所藏王晋卿画〈著色山〉二首》："君归岭北初逢雪，我至江南五见春。"

宋·周朴《边塞曲》："黄河九曲冰先合，紫塞三春不见花。"

清·志锐《探春慢》："伴我微吟，乍见柳棉飞舞。"

988. 蔷薇几度花

唐·李白《忆东山》："不向东山久，蔷薇几度花。白云还自散，明月落谁家？""东山"在浙江省上虞县西南，是东晋谢安隐居的地方。李白很赞赏谢安的才干与为人，他又曾在越地剡中隐居过。此诗是离开越地之后，回忆东山情景，抒发自己归隐的思想。离开东山已经几年了，山上的白云是否已经消散？那里的明月不知落到了谁家？"白云""明月"是谢安在东山建起的二堂。此处双关，暗含白云堂，明月堂。"蔷薇几度花"，东山上有蔷薇洞，蔷薇一年一度开花，"度"，次、回。"几度花"即几年。以上都表示对谢东山的怀思。

"几度（番）花"，不确指年数，却饱含着思忆之情。

唐·岑参《送颜韶》："一从襄阳住，几度梨花飞。"

唐·戴叔伦《客中言怀》："夜雨孤灯梦，春风几度花。"这是宦游思归名诗中的两句。"春风几度花"，即几度春花开，几年之意。

唐·卢纶《题兴善寺后池》："月照何年树，花逢几遍人。"以月与花为立意点。

唐·杜牧《江上逢友人》（一作许浑诗）："到时若见东篱菊，为问经霜几度开。"

唐·章孝标《春原早望》："东风生故里，又过几花开。""几花"是"几度花"而不是"几枝花"。

宋·王禹偁《赠虚已》诗："溪边幽树好烟霞，别后春风几度花。"用戴叔伦句。

宋·欧阳修《详定幕次呈同舍》："来时宫柳绿初匀，坐见红芳几番新。""几番"指几番花信。

宋·司马光《九日怀聂之美》（时余在河南，聂在陈州）："钱塘江里扁舟上，别后篱花几度黄。"经过几个重阳。

又《梅花二首》："从与夫君别，寒花几度春。"经过几度冬春。

宋·王安石《耿天骘许浪山千叶梅见寄》："闻有名花即漫栽，殷勤准拟故人来。故人岁岁相逢晚，知复同看几度开。"

宋·李防《送陈瞻知永州》："昔年同醉杏园春，别后花枝几度新。"

宋·秦观《沁园春》："忆那处园林，旧家桃李，知他别后、几度花开。"

宋·王庭珪《临江仙》："家住天门阊阖外，别来几度花开。"用秦观句。

宋·李曾伯《沁园春》："对御沟红叶，一番木落，宫墙黄菊，几度花开。"

宋·廖行之《临江仙》（元宵作）："春意茫茫春

色里,又迎几度花期"。"花期"即"花信"。

宋·柴元彪《惜分飞》(客怀):"此恨难分说,能禁几度黄花别。"

金·赵秉文《大江东去》:"回首赤壁矶边,骑鲸人去,几度山花发。"感苏轼已仙去多年。

清·秋瑾《秋海棠》:"平生不借春光力,几度开来斗晚风。"

"两度""三度""四度""五度""七度"则实指年数。

唐·白居易《过刘三十二故宅》:"不见刘君来近远,门前两度满枝花。"

又《移山樱桃》:"上佐近来多五考,少应四度见花开。"

又《和元九与吕二同宿话旧感赠》:"八人云散俱游宦,七度花开尽别离。"

又《和杨师皋伤小姬英英》:"自从娇骇一相依,共同杨花七度飞。"

唐·王建《岁晚自感》:"沥酒愿从今日乐,更逢二十度花开。"

唐·李频《春日旅舍》(一作刘沧诗):"如何一别故园后,五度花开五处看。"

宋·贺铸《浣溪沙》:"双鹤横桥河那边,静坊深院闭婵娟。五度花开三处见,两依然。"用李频句。

唐·罗隐《寄郑补阙》:"别来愁悴知多少,两度槐花马上黄。"

唐·齐己《答长沙丁秀才书》:"如何三度槐花落,未见故人携卷来。"

宋·宋祁《将归二首》:"远假西南守,三逢梅柳新。""逢"即"遇"。又《续抒感怀》:"出案屯营卧治州,黄去三结塞垣秋。""三结"也指三年。

宋·晏几道《鹧鸪天》:"故园三度群花谢,曼倩天涯犹未归。"

宋·贺铸《河满子》:"桃叶青山长在眼,几时双楫迎来。如待碧兰红药,一年两度花开。"喻再来。

989. 落尽蟠桃几度花

唐·韩屋《赠进士李守微》:"如何蓬阁不归去,落尽蟠桃几度花。"神话说王母的蟠桃三千年一开花,三千年一结果,此喻"仙游不归"。

后用"蟠桃"句祝长寿:

宋·无名氏《鹧鸪天》(寿尊长。十月初十):"点头更问儿孙看,慈母蟠桃几度红。"

宋·无名氏《小木兰花》(寿亲戚):"为问仙翁,今岁蟠桃几度红。"

990. 曾见寒梅几度花

唐·吕岩(洞宾)《减兰》(减字木兰花):"暂游大庾,白鹤飞来谁共语。岭畔人家,曾见寒梅几度花。"此诗收入《全唐诗》中,又见于《全宋词》宋人依托神仙鬼怪词中,认为属宋人依托之作。"曾见寒梅几度花",看到寒梅开过多少年了,说岭畔人家在这里居往已久。"几度花"即"几度开"。宋·邵雍《东轩黄红二梅正开,坐上书呈友人》:"一年一度见双梅,能见双梅几度开。"

唐·韩偓《湖南梅花一冬再发偶题于花援》:"湘浦梅花两度开,直应天意别栽培。玉为通体依稀见,香号返魂容易回。寒气与君霜里退,阳和为尔腊前来。夭桃莫倚东风势,调鼎何曾用不材。"这首七律赞湘人水梅树一冬之内两度花开,凌霜傲雪,如栋梁之材,为桃李所不及。诗人因不依附朱全忠而遭贬谪,晚年复官亦不赴。赞梅,含自负品格与才华之意。"梅开二度"非梅之生理常规,因而十分珍贵,一般用作连续两次获得成功。已作成语,当源出于此诗。

梅花一年一度开则是常观,因而"一度"表示一年。运用"一度"最早的是唐·骆宾王《畴昔篇》:"上苑频终柳絮飞,中园几见梅花落。"

宋·吴则礼《秦楼月》(送别):"怅离阕,淮南三度梅花发;梅花发,片帆西去,落英如雪。"

宋·汪莘《好事近》(雪后金叔润相挽溪行):"别业三度见梅花,今日共君说。只这溪山十里,剩几多风月。"

宋·李曾伯《水龙吟》(戊申寿八槐叔):"归来三见梅花,年年借此花为寿。"

宋·彭正大《琐寒窗》(寿欧阳孝授):"千里儒流,称觞此际,梅花三度。"

金·刘著《鹧鸪天》:"江南几度梅花发,人在天涯鬓已斑。"

991. 物换星移几度秋

唐·王勃《滕王阁诗》:"闲云潭影日悠悠,物换星移几度秋。阁中帝子今何在?槛外长江空自流。""帝子"即唐高祖李渊之子滕王李元婴,他任洪州都督时建滕王阁。此四句说阁边闲云潭水悠悠流动,风物不断变换,星辰不断移动,建阁已多少年了。"几度秋",多少个秋天。宋·汪元量《忆王孙》词:"长安不见使人愁,物换星移几度秋。"作者是南宋宫廷琴师,宋亡随幼帝及太后被元军带往燕京。此词上句用李白诗说不见宋都,下句用王勃语,说来燕京已有数载。"几度秋",写诗时正值秋天,用季节纪年法,慨叹岁月之迁移。后亦用"秋风""秋色"。

宋·王安石《金陵怀古》:"烟浓草远望不尽,物换星移几度秋。"用王勃原句,其"几度秋",含六朝以来的千百个秋天,年代久远。

又《寄题杭州明庆院修广师明碧轩》:"明碧轩南竹数丛,别来江外几秋风。"

宋·周紫芝《朝中措》(登西北高峰作):"多谢湖边霜菊,伴人三见秋风。"

宋·辛弃疾《贺新郎》:"王郎健笔夸翘楚,到如今、落霞孤鹜,竞传佳句。物换星移知几度,梦想珠歌翠舞。"

宋·李彭老《西江月》:"往事星移物换,旧游雨冷云沉。真娘墓草几回青,问著寒潮不应。"

宋·邓有功《过秦楼》:"年时恨雨愁云,物换星移,有谁曾忆。"

宋·文天祥《满江红》(和王夫人满江红韵,以庶几后山妾薄命之意):"燕子楼中,又捱过、几番秋色。"

宋·赵功可《柳梢青》(怀青山兄,时在东湖):"别来三度秋风,怕看见、云间过鸿。"

宋·程珌《倾盆》(丁亥自寿):"问天上,西风几度,金盘光满,露浓银井。""西风"即"秋风"。

又《六州歌头》(送辛稼轩):"问前回归去,已笑白发成篷。不识如今、几西风。"

元·查德卿《柳营曲·金陵故址》:"物换星移,城是人非,古今一枰棋。"

元·吴西逸《天净沙》(闲题):"长江万里归帆,西风几度阳关。"用程珌"西风几度"。

今人周国强《滕王阁重修志庆》:"物换星移循旧律,地灵人杰看今朝。"

今人王云侠《贺重建滕王阁落成》:"物换星移寻帝子,洪都美景甲神州。"

今人刘国藏《滕王阁第二十九次兴建喜赋》:"朝飞暮卷千秋罪,物换星移百代功。"

今人刘伟业《江城子》(重读《滕王阁序》感赋):"俏神州,灿千秋,玉缕新楼。倩影瑞光柔,物

换星移今胜昔。"

992. 一别江南两度春

唐·白居易《忆江柳》:"曾栽杨柳江南岸,一别江南两度春。""两度春"即两个春天,二年之意。"几度春(风)"与"几度秋(风)"涵意相同,只差在作诗的季节不同。此外,在古人心态中,秋天总伴凄凉,总觉得"一年容易又秋风"。而春光又总是美好的,总觉得春天去的太疾。宋·陆游《初夏行平水道中》:"老去人间乐事稀,一年容易又春归。"所以度过春天与度过秋天在心态上有所不同。

最早用"几度春"的是李白,他的《少年行》写:"桃李栽来几度春,一回花落一回新。"而"几度春"当从王勃的"几度秋"化出。李白《答湖州迦叶司马问白是何人》又有:"青莲居士谪仙人,酒肆藏名三十春。""三十春"即三十年。

白居易《题西亭》:"我今幸作西亭主,已见池塘五度春。"

又《微之就拜尚书居易续除刑部因书贺意兼咏离怀》:"老去一时成白首,别来七度换春风。"

又《杏花园下赠刘郎中》(一作张籍《赠刘郎中》诗):"怪君把酒偏惆怅,曾是贞元花下人。自别花来多少事,东风二十四回春。"

唐·杜牧《题桃花夫人庙》(即息夫人):"细腰宫里露桃新,脉脉无言几度春。"

唐·贾岛《送于总持归京》:"却见旧房阶下树,别来二十一春风。"

唐·李咸用《春日喜逢乡人刘松》:"故人不见五春风,异地相逢岳影中。"

宋·欧阳修《朝中措》(送刘仲原甫出守维扬):"平山栏槛倚晴空,山色有无中。手种堂前垂柳,别来几度春风。"此词为送别刘仲原出守扬州而作,是一首影响很大的名词。宋人叶梦得《避暑录话》说明:"欧阳文忠公在扬州作平山堂,壮丽为淮南第一。堂据蜀冈,下监江南数百里,真、润、金陵三州,隐隐若可见。公每暑时,辄凌晨携客往游。遣人走郡伯,取荷花千余朵,以画盆分插百许盆,与客相间。遇酒行,即遣妓取一花传客,以次摘其叶,飞翔处则饮酒。往往侵夜戴月而归。"足见欧阳修对平山堂及其中活动的喜爱。不久移颍州,数年后送刘贡父守扬州作此词,仍充满一种豪情。宋人张邦基《墨庄漫录》卷二记:"扬州蜀冈上大明寺平山堂前,欧阳文忠公手种柳一株,谓之'欧公柳',公

词所谓'手种堂前杨柳,别来几度春风'者。薛嗣昌作守,相对亦种一株,自榜曰'薛公柳',人莫不嗤之,嗣昌既去,为人伐之。不度德有如此者!""手种堂前杨柳,别来几度春风"表露了欧公对平山堂的深切感情。由此"别来几度春风"随之给人留下很深的印象。宋·都下妓《朝中措》(改欧阳修词):"手种庭前桃李,别来几度春风"换一"庭"字.

欧阳修《清明赐新火》(嘉祐六年):"自怜惯识金莲烛,翰院曾经七见春。"

宋·强至《人日立春輂下作》:"天边梅柳应相关,两度东风不在家。"

宋·晏几道《浪淘沙》:"霜鬓知他从此去,几度春风。"

宋·王安石《杂咏五首》:"歌舞可怜人暗换,花开花落几春风。"

宋·周紫芝《鹧鸪天》(予少时酷喜小晏词,故其所作,时有似其体制者,此三篇是也。晚年歌之,不甚如人意,耻载于此,为长短句体之助云):"楼上细桃一萼红,别来开谢几东风。""东风"一般指春风。

又《朝中措》(移桃花作):"休倚半岩烟树,能消几度东风。"

宋·陈与义《墨菊》诗:"粲粲江南万玉妃,别来几度见春归。"

宋·王沂孙《高阳台》(和周草窗寄越中诸友韵):"更消它,几度东风,几度飞花。"

金·段克己《望月婆罗门引》:"繁华梦断,醉几度春风双鬓斑。"

元·王从叔《阮郎归》(忆别):"无限事,可怜生,能消几度春。"无限伤心事,可怜人生苦短,还能几度逢春!

又《昭君怨》:"门外春风几度,马上行人何处?休更卷珠帘,草连天。"

993.辞家见月两回圆

唐·岑参《碛中作》:"走马西来欲到天,辞家见月两回圆。今夜不知何处宿,平沙万里绝人烟。"赴安西途中沙漠行军而作。西行越高越远了,离开长安已经见到两次月圆。"见月两回圆"说行军之久,"两回圆"间隔一个月,一个多月,或两个月。用月的圆缺数表现时间,又是一种写法。

唐·张九龄《南还以诗代书赠京师旧寮》诗首用此

写法:"一从关作限,两见月成规。""规"即制正圆形之器,用作"圆"。岑参句由此而产生。以下均为此句型。

唐·韦应物《寄李儋无锡》:"闻道欲来相问讯,西楼望月几回圆。"

又《善福精舍秋夜迟诸君》:"如何日夕待,见月三四圆"。

唐·张继《冯翊西楼》(一作郎士元诗):"北风吹雁声能苦,远客辞家月再圆。"

唐·朗士元《答滁州见寄》:"愁看郡内花将歇,忍过山中月屡圆。"

唐·朝翃《寄徐州郑使君》:"虽卧郡斋千里隔,与君同见月几圆。"只表空间不表时间。

唐·白居易《客中月》:"悠悠行旅中,三见清光圆。"

又《八月十五日夜湓亭望月》:"西北望乡何处是,东南见月几回圆。"

唐·许浑《和河南杨少尹奉陪薛司空石笋诗》:"闻道诗成归已夕,柳风花露月初圆。"

唐·于武陵《寄北客》:"家去几千里,月圆十二回。"

唐·惠文太子《宴大哥宅》:"清冷池里冰初合,红粉楼中月未圆。"

唐·李洞《客亭对月》:"游子离魂陇上花,风飘浪卷绕天涯。一年十二度圆月,十一回圆不在家。"

唐·王氏妇《与李章武赠答诗》:"水不西归月暂圆,令人惆怅古城边。"表月不长圆。

宋·李流谦《朝中措》:"相思两地费三年,明月几回圆。"

宋·冯时行《虞美人》(重阳词):"愿君只似月赏圆,还使人人一月、一回看。"喻团聚。

宋·周密《浣溪沙》:"鱼素不传新信息,鸾胶难续旧因缘,薄情明月几回圆"。喻团聚。

宋·向子谦《浣溪沙》:"乐在风波钓是闲,草堂松桂已胜攀,梢梢新月几回弯。"词前小序云:"渔父词,张志和之兄松龄所作也,有招玄真子归隐之意。居士为姑苏郡守,浩然有归志,因广其声为浣溪沙,示姑苏诸友。""几回弯"同"几回圆"所表示的时间数。

宋·吕渭老《南歌子》:"片片云藏雨,重重雾隐山,可怜新月似眉弯。今夜断肠凝望,小楼寒。"喜新月。

宋·黄子行《满江红》(归自湖南题富春馆)："算别来,几度月明时,相思梦。""月明",一指月圆,一指月夜。

994.八度重阳在旧山

唐·司空图《重阳山居》："此身逃难入乡关,八度重阳在旧山。"黄巢起义后,唐王朝更见衰落,作者退隐中条山,屡征不仕。此诗写隐居中条已经"八度重阳",在重阳到来之际,回首度过了八个重阳节。计算某种节日,也是表现时间的一种方法。

唐·白居易《九日醉吟》："有恨头还白,无情菊自黄。一为州司马,三见岁重阳。"贬任江州司马,重阳日,想到已在江州过了三个重阳了。司空图取此句。

又《寒食》："我归故园来,九度逢寒食。"

唐·殷尧藩《同州端午》："鹤发垂肩尺许长,离家三十五端阳。"

宋·方岳《满江红》(九日冶城楼)："且问黄花,陶令后、几番重九。"

还有一些,不用节日表示,用一些特定的时间语表示。

宋·柳永《巫山一段云》："人间三度见河清,一番碧桃成。"

宋·苏轼《满庭芳》："坐见黄州再闰,儿童尽、楚语吴歌。"

宋·李之仪《踏莎行》："一别芳容,五经寒暑。"

宋·赵抃《忆松溪三兄县尉》："忆别扬州六月中,倏今三已换春冬。"

宋·杨亿《送僧归天宁万年禅院》："暂别云山几度瓜,方袍初日耀兰芽。"瓜,"瓜时",瓜成熟的时候。

宋·赵德麟《清平乐》："断送一生憔悴,只能几度黄昏。""黄昏"代表日子、夜晚。

元·王实甫《西厢记》第二本第一折《仙吕·八声甘州》："罗衣宽褪,能消几个黄昏。"

元明小说话本依托宋人郑意娘词《好事近》："何处最堪怜肠断,是黄昏时节。"

995.燕子衔泥两度新

唐·杜甫《燕子来舟中作》："湖南为客动经春,燕子衔泥两度新。"由燕子入舟,想到为客间燕子两度衔泥了,即两个春天,至少是一整年。用燕、雁这类候鸟的活动规律,表示时间。

宋·洪迈《客斋随笔》引《续树萱录》载李白诗："芙蓉露浓红压枝,幽禽感秋花畔啼。玉人一去未回马,梁间燕子三见归。"此《全唐诗》不载。

唐·姚合《山中寄友人》："几看春草绿,又见寒鸿过。"

宋·朱敦儒《临江仙》："月解重圆星解聚,如何不见人归?今春还听杜鹃啼。年年看塞雁,一十四番回。"春去一回,秋来一回,一年二回,一十四番回,过七年之久,望雁回,想人归,人却杳无音信。

996.去年花里逢君别

唐·韦应物《寄李儋元锡》："去年花里逢君别,今日花开已一年。"唐德宗建中四年(738)暮春,作者从尚书比部员外郎调任滁州刺史,与好友殿中侍御史杨儋(字元锡)在长安告别。后李曾托人问候,韦应物作此诗以答。结尾说"闻道欲来相问讯,西楼望月几回圆",在切盼李儋的到来。"花里",春天花里,表示春天,所以"今日花开已一年",写他们分别的时间已一年了。用花开花落,叙述人物活动时间、时刻,也是常用的诗词手法。又《酬柳郎春日发扬州南郭见别之作》："广陵三月花正开,花里逢君醉一回。"又用"花里逢君"。

唐·杜甫《入奏行赠西山检察使窦侍御》："省郎京尹必俯拾,江花未落还成都。""江花",荷花,写侍御省亲时在初秋。

唐·白居易《醉中归周至》："数日非关王事系,牡丹花尽始归来。"

又《重寻杏园》："杏花结子春深后,谁能多情又独来。"

唐·杜牧《留赠》："不用镜前空有泪,蔷薇花谢即归来。"

唐·李商隐《无题二首》："曾是寂寥金烬暗,断无消息石榴红。"石榴开花了,人还没有消息。

唐·温庭筠《长安春晚》："杏花落尽不归去,江上东风吹柳丝。"

唐·陆龟蒙《勅勒歌》："勅勒金陨壁,阴山无岁华。帐外风飘雪,营前月照沙。羌儿吹玉笛,胡姬踏锦花。却笑江南客,梅落不回家。"

唐·刘云《有所思》："玉井苍苔春院深,桐花落尽无人扫。"

唐·崔仲容《句》："桐花落尽春又尽,紫塞征人犹未归。"

宋·寇准《江上》:"空江极目望不尽,枫叶半红人未归。"

宋·黄庭坚《定风波》:"庭榭清风明月媚,须记,归时莫待杏花飞。"

清·黄景仁《贺新郎》(太白墓和稚存韵):"梦中昨夜逢君笑,把千年、蓬莱清浅,旧游相告。"梦中见李白。

997. 落花时节又逢君

唐·杜甫《江南逢李龟年》:"岐王宅里寻常见,崔九堂前几度闻。正是江南好风景,落花时节又逢君。"李龟年是开元全盛时期"特承顾遇"的著名歌唱家,杜甫曾在岐王李范和秘书监崔涤府邸几次听过他的歌声。而今遭安史之乱,"明皇幸岷山,百官皆窜辱,李龟年奔泊江潭,杜甫以诗赠之"。(《云溪友议》)而二人潭州再遇,正当离乱之中,此时李龟年,亦"常为人歌数阕,座上闻之,莫不掩泣罢酒。"(《明皇杂录》)杜甫与李龟年从长安见面到江南相遇,李龟年从开元全盛日歌舞升平到天宝年间的歌声酸楚,正反映了唐王朝由盛到衰的变化。这短短的四句诗,抚今追昔,内涵极广,感慨极深。孙洙评:"世运之治乱,华年之盛衰,彼此之凄凉流落,俱在其中。"很中肯。沈德潜说此诗:"含意未申,有案未断。"也说明内容含蓄,感情蕴藉。"正是江南好风景,落花时节又逢君",在这风景秀丽的江南,与君相遇却是落花时节了。"落花"正应着社会离乱。"落花时节"指暮春,示"逢君"的时间。

人民领袖毛泽东《七律·和柳亚子先生》:"三十一年还旧国,落花时节读华章。"作者于1918年至1919年到过北京,1949年北京(旧都)解放,再来,相距31年。1949年4月29日作此诗前,于1949年3月28日柳亚子作《感事呈毛主席》一诗,正值暮春,所以说"落花时节读华章"。用"落花时节"句还如:

唐·吴融《浙东筵上有寄》:"襄王席上一神仙,眼色相当语不传。更被东风劝惆怅,落花时节定翩翩。"

唐·韦庄《清平乐》:"莺啼残月,绣阁香灯灭。门外马嘶郎欲别,正是落花时节。"

唐·贯休《送刘相公朝觐二首》:"唯杜荆州最惆怅,柳门回首落花时。"

宋·范镇《端居》诗:"落花时节掩关初,清绝

江城旧酒徒。"

宋·郑獬《离蔡州》:"已过落花时节晚,不须再拜苦相留。"(前二句为"风吹醉面出南州,两行红裙立马头。")

宋·辛弃疾《上西平》(送杜叔高):"江南好景,落花时节又逢君。夜来风雨,春归似欲留人。"用杜诗二句写与杜叔高别。

又《踏歌》:"旧家事、却对何人说。告弟弟莫趁蜂和蝶,有春归花落时节。"

又《婆罗门引》:"落花时节,杜鹃声里送春归。"

宋·尹焕《眼儿媚》(柳):"云梳雨洗风前舞,一好百般宜。不知为甚,落花时节,都是颦眉。"

宋·刘辰翁《点绛唇》(题画):"只影年深,也作关山别,翻成拙。落花时节,倩子规声绝。"

宋·刘将孙《忆旧游》:"正落花时节,憔悴东风,绿满愁痕。"

宋·王炎《阮郎归》:"落花时节近清明,南园芳草青。"

元·任昱《红绣鞋》(春情)曲:"落花时节怨良宵。"

清·徐钪《江城子》(闺怨):"从今羞整玉搔头,恨悠悠,懒凝眸。非是落花时节怕登楼。"非是怕见残春景象,而是别有伤心事。

"好风景",唐·王维《林园即事寄舍弟纮》已用:"颓思茅檐下,弥伤好风景。"宋·苏轼《十月十五日观月黄楼席上次韵》亦用:"为问登临好风景,明年还忆使君无?""又逢君",苏轼《和流杯石上草书小诗》:"醉里自书醒自笑,如今二绝更逢君。"

998. 清明时节雨纷纷

唐·杜牧《清明》:"清明时节雨纷纷,路上行人欲断魂。借问酒家何处有,牧童遥指杏花村。"游人清明遇雨,纷纷不停,神魂散乱,心绪不佳,欲寻酒家避雨消寒,牧童伸手指向远远的杏花村。"清明时节"同"落花时节"都在暮春,不过前者仅指清明节一天,后者则指一段时间。

五代·魏承班《谒金门》词:"烟水阔,人值清明时节,雨细花零。"

宋·吕胜己《谒金门》:"燕语莺啼都歇,又过清明时节。"

宋·方岳《如梦令》(海棠):"雨洗海棠如雪,又是清明时节。"

宋·张炎《朝中措》:"清明时节雨声哗,潮拥渡头沙。翻被梨花冷看,人生苦恋天涯。"

杜牧《清明》一诗,虽非镗鞳之作,却也深印人心。相传宋代有一位书法家,题此《清明》诗于扇面,一个朋友给加了标点,成了一阕词:

"清明时节雨,纷纷路上行人,欲断魂。借问酒家何处?有牧童,遥指杏花村。"

明末一个地方官,看到明朝行将覆亡,想投清。他侄子李文固听到此事,便在一次宴会上借向父敬酒之机,随口诵了一句诗:"清明时节两纷纷。"他叔父纠正说:"错了,应为'清明时节雨纷纷。'"李文国正色道:"不,'清'和'明'要两纷纷(分)了,叔叔,我们要尽盅(忠)啊!"这一番双关暗语,说得他叔父低下了头。

近人把《清明》诗改编为一个电影镜头:

清明时节。雨纷纷。路上。

行人:(欲断魂):"借问酒家何处有?"

牧童:(遥指):"杏花村"。

999. 杏花时节雨纷纷

宋·刘仙伦《一剪梅》:"杏花时节雨纷纷,山绕孤村,水绕孤村。""雨纷纷"句用杜牧诗。"绕孤村"用秦观"流水绕孤村"句。写山村早春的杏花雨。

"杏花时节"亦出自杜牧诗:《寓言》中写:"何事明朝独惆怅,杏花时节在江南。"之后用"杏花时节"的还有:

唐·吴融(渡淮作):"红杏花时辞汉苑,黄梅雨里上淮船。""红杏花时"对"黄梅雨里"。

五代·毛熙震《南歌子》:"娇羞爱问曲中名,杨柳杏花时节,几多情。"

宋·吴泳《青玉案》(寿季永弟):"杏花时候匆匆别,又欲返、黄花节。"

清·王凯泰(原名敦敏)《台湾杂咏》:"犹忆软红尘里过,杏花时节地沟开。"(郡城沟道得以清理)

1000. 菊花时节羡君回

唐·白居易《送王十八归山寄题仙游寺》:"惆怅旧游那复到,菊花时节羡君回。"作者过去曾于深秋游历仙游寺,现在王十八深秋归经仙游寺,十分羡慕。"菊花时节"即"重阳时节",又称"黄花时节"。

宋·刘克庄《临江仙》(庚子重阳):"今岁三家村市里,故人各自西东。菊花时节酒樽空,可怜双雪鬓,禁得几秋风。"用白居易句。

宋·王炎《水调歌头》(登石鼓合江亭):"把酒一听欸乃,过了黄花时节,水国倍生寒。"

宋·李曾伯《八声甘州》:"幸对黄花时节,喜宾朋晤语,烽火平安。"

宋·陈允平《四园竹》:"纵如其,黄花时节归来,因循已误心期。"

唐代已开始用"菊黄时"纪时:

皇甫冉《寄刘八山中》:"茅檐燕去后,樵路菊黄时。"

司空曙《别卢纶》:"有月多同赏,无秋不共悲。如何与君别,又是菊黄时。"

章碣《癸卯岁毗陵登高会中贻同志》:"流落常嗟胜会稀,故人相遇菊花时。"

金·吴徽《诉衷情》:"黄花细雨时候,催上渡头船。"深秋时候乘船探家。

1001. 芦花时节秋风起

五代·欧阳炯《渔歌子》:"九疑山,三湘水,芦花时节秋风起。"芦苇在秋初放花,"芦花时节"也表示时间。一些花木开花放叶时间是定时的,因此可用以纪时。

唐·岑参《送王昌龄赴江宁》:"君行到京口,正是桃花时。"王昌龄谪江宁,冬日从长安出发,桃花开放(初春)时候到达。

唐·白居易《渭村酬李十二见寄》:"柳条绿日君相忆,梨叶红时我始知。"

宋·苏轼《定风波》:"更问尊前狂副使,来岁,花开时节与谁来。"

宋·张才翁《雨中花》:"正好花时节,山城留滞,忍负归心。"

宋·范成大《菩萨蛮》:"黄梅时节春萧索,越罗香润吴纱薄。"

宋·辛弃疾《好事近》:"春意满西湖,湖上柳黄时节。"

宋·程垓《好事近》:"何事山城留滞,负好花时节。"用张才翁句。

宋·谢逸《如梦令》(陈虚中席上作,赠李商老):"不见谪仙人,孤负梅花时节。愁绝!江上落英如雪。"

宋·李好古《酹江月》(鸥鹭):"梅花时节,试来相与寻觅。"用谢逛句。

宋·哀长吉《瑞鹤仙》:"小春天雪,见两蕊三花,放梅时节。"

宋·晏殊《相思儿令》:"春色渐芳菲也,迟日满烟波。正好艳阳时节,争奈落花何。""艳阳"春天艳丽的风光。南朝·宋·鲍照《学刘公幹体》:"艳阳桃李节,皎洁不成妍。"《白雪遗音·艳阳天》:"艳阳天,和风荡荡,杨柳依依。"指春天。"艳阳时节"即指春天。

宋·石孝友《念奴娇》:"闷红颦翠,惜流年,忍对艳阳时节。"用晏殊句。

1002. 年年岁岁花相似

唐·刘希夷《代悲白头翁》:"古人无复洛阳东,今人还对落花风。年年岁岁花相似,岁岁年年人不同。寄言全盛红颜子,应怜半死白头翁。"这是全诗中间的六句。此诗又收作宋之问《有所思》诗,仅数字之差。《全唐诗》注云:希夷善琵琶,尝为白头咏云:"今年花落颜色改,时年花开复谁在?"既而悔曰:"我此诗似识,与石崇白首同所归何异。"乃更作云:"年年岁岁花相似,岁岁年年人不同。"既而叹曰:"复似向识矣!"诗成未周岁,为奸人所杀。或云宋之问害希夷而以白头翁之篇为己作。至今有载此篇在之问集中者。《全唐诗》亦同时收入宋之问诗中。相传,刘希夷的舅父宋之问很欣赏"年年岁岁"句,想趁此诗尚未传开之际,据为己有。希夷不许,宋之问便遣人用土囊把刘压死,刘死时不足三十岁。窃以为宋之问不致为一首诗而谋杀亲甥吧。当然诗的创作权应属刘希夷。《全唐诗》183页又以《有所思》为题收作贾曾诗,从开篇"洛阳城东桃李花"到"岁岁年年人不同",凡五韵。贾曾同宋之问有诗交往。如据《全唐诗》注"复似向识""年年岁岁"句出自谁手,倒难判定了。

其实,刘希夷觉得"复似向识",也并非子虚乌有,毫无所据。"岁岁年年"这种重叠形式,在唐初并不少见。如:

唐·卢照邻《长安古意》:"寂寂寥寥扬子居,年年岁岁一床书。"

唐·骆宾王《从军中行路难二首》:"夜夜朝朝斑鬓新,年年岁岁戎衣故。"

又《畴昔篇》:"容鬓年年异,春华岁岁同。"此意极近刘希夷句。

唐·乔知之《羸骏篇》:"岁岁年年奔远道,朝朝暮暮催疲老。"

唐·上官婉儿《驾幸新丰温泉献诗三首》:"岁岁年年常扈跸,长长久久乐升平。"

以后用此句式句意的如:

唐·耿沣《夏日寄东溪隐者》:"处处山依旧,年年事不同。"

宋·梅尧臣《依韵诸公寻灵济重台梅》:"重重叶叶花依旧,岁岁年年客又来。"

宋·郑獬《梅花》:"重重叶叶花依旧,岁岁年年客又来。"同梅尧臣诗句。

宋·苏轼《留别释迦院牡丹呈赵倅》:"年年岁岁何穷已,花似今年人老矣。"此如刘希夷句之延伸。在《苏轼诗集》中有注:唐人诗:"菊花一岁岁相似,人貌一年年不同。"这亦应是刘希夷句之变式。

又《常润道中有怀钱塘寄述古五首》:"休惊岁岁年年貌,且对朝朝暮暮人。"

明·屈大均《梦江南》:"岁岁叶飞还有叶,年年人去更无人。"

1003. 今年花似去年好

唐·岑参《韦员外家花树歌》:"去年人到今年老,今年花似去年好。"此句从刘希夷句翻出,从"岁岁年年"人花对比,化作"去年今年"两年的人花对比,系赏花树而感人易老。

唐·独孤及《和赠远》:"今年新花如旧时,去年美人不在兹。"亦为"今年""去年"人花比照的一种形式。

宋·梅尧臣《正月十日五更梦中》:"今年花似去年新,今年人比去年老。"从岑参句翻出。

1004. 辛夷花尽杏花飞

唐·刘长卿《晚春归山居题窗前竹》(一作钱起《暮春归故山草堂》诗):"溪上残春黄鸟稀,辛夷花尽杏花飞。始怜幽竹山窗下,不改清阴待我归。""辛夷"不知何花。如"黄"则属秤类植物。"杏花飞"即杏花落,已是暮春。

宋·寇准《江南春》:"波渺渺,柳依依。孤村芳草远,斜日杏花飞。"

宋·黄庭坚《定风波》:"庭树清风明月媚,须记、归时莫待杏花飞。"

宋·王沂孙《一萼红》(红梅):"甚春色、江南太早,有人怪、和雪杏花飞。"

唐·温庭筠喜用"杏花稀":

《酒泉子》:"楚女不归楼,枕小河春水孤月明。风又起,杏花稀。"

《河传》:"同伴相唤杏花稀,梦里每愁依违。"

宋·曾觌《好事近》(仰赓圣制)写"杏花风":"摇扬杏花风,迟日淡阴双阙。"早春的风,杏花开时的风。

1005. 桃花净尽菜花开

唐·刘禹锡《再游玄都观》:"百亩庭中半是苔,桃花净尽菜花开。"作者由于写了《戏赠看花诸君子》讥讽了朝中新贵,再度被贬一十四年。召回长安后,再游玄都观,作这首诗。写观中百亩庭院半是青苔,满观桃花,"荡然无复一树"(诗前序语),代之生长的尽是菜花。当年的权贵不复存在了。"桃花净尽菜花开",这种句式表示两种花木兴残、盛衰的接替,常用以展现某种风物、节候的变化,前人已有所用。

唐·杜甫《曲江对酒》:"桃花细逐杨花落,黄鸟仍兼白鸟飞。"

唐·戴叔伦《薪州行营作》:"薪水城西向北看,桃花落尽柳花残。"

唐·武无衡《与崔十五同访裴校书不遇》:"梨花落尽柳花时,庭树流莺日过迟。"

唐·卢纶《春日题北叟山下别业》:"云影断来峰影出,林花落尽草花生。"

唐·韩愈《梨花下赠刘师命》:"洛阳城外清明节,百花寥落梨花发。"

唐·刘禹锡《酬宣州崔大夫见寄》:"遥想敬亭春欲暮,百花飞尽柳花初。"

唐·白居易《木芙蓉花下招客饮》:"莫怕秋无伴醉物,水莲花尽木莲开。"

唐·唐彦谦《寄友三首》:"客里相逢一惘然,梅花落尽柳如烟。"

唐·韩偓《夜深》:"恻恻轻寒剪剪风,小梅飘雪杏花红。"

又《意绪》:"绝代佳人何寂寞,梨花未发梅花落。"

又《青春》:"樱桃花谢梨花发,肠断青春两地愁。"

唐·清江《送韦参军江陵》(一作戴叔伦诗):"槐花落尽柳阴清,萧索凉天楚客情。"

唐·张琰《春词二首》:"昨日桃花飞,今朝梨花吐。"

宋·杜安世《丑奴儿》:"樱花谢了梨花发,红白相催。"

宋·苏轼《赠岭上梅》:"梅花开尽百花开,过尽行人君不来。"

又《和文与可洋川园池三十首》(寒芦港):"溶溶晴巷漾春晖,芦笋生时柳絮飞。"宋·梅圣俞《河豚》有"春州生荻芽,春岸飞杨花"句,意同句不同。

宋·朱敦儒《行香子》:"裙腰暗减,眉黛长颦。看梅花过,梨花谢,柳花新。"

宋·王千秋《虞美人》:"海棠开尽野棠开,匹马崎岖还入、乱山来。"

宋·韩淲《菩萨蛮》:"海棠欲谢棉飞柳,柳丝自拂行人首。"

1006. 百亩庭中半是苔

唐·刘禹锡《再游玄都观》:"百亩庭中半是苔,桃花净尽菜花开。"序云:"余贞元二十一年为屯田员外郎时,此观未有花。是岁出牧连州,寻贬朗州司马。居十年,召至京师。人人皆言,有道士手植仙桃满观,如红霞,逐有前篇,以志一时之事。旋又出牧。今十有四年,复为主客郎中,重游玄都观,荡然无复一树,惟兔葵燕麦动摇于春风耳。因再题二十八字,以俟后游。时大和二年三月。"十四年前"玄都观里桃千树",而今则是"桃花净尽菜花开",而且"百亩庭中平是苔""荡然无复一树",变得幽静、朴实了,诗人笔下玄都观里的桃花,是喻那满朝新贵的,"外褒实贬",以美披丑,这种曲笔运用得如此之好,实为难能可贵。而"百亩庭中半是苔",显然是荒芜少人的景象,可这正是道观应有的幽静面目。

唐·白居易《池上竹下作》:"穿篱绕舍碧逶迤,十亩闲居半是池。"同刘禹锡句式。

宋·田为《南柯子》(春景):"柳外都成絮,拦边半是苔",这是晚春景色了。

1007. 梅花如雪柳如丝

唐·骆宾王《代女道士王灵妃赠道士李荣》:"梅花如雪柳如丝,年去年来不自持。"花开花落,年复一年,深感华年易逝,倍受痛苦折磨。连用两种花(或其他)作喻,描绘色彩、状态。一句二喻,以"如"字明喻。

唐·杜牧《残春独来南亭因寄张祜》:"暖云如粉草如茵,独步长堤不见人。"

唐·许浑《寄桐江隐者》:"潮去潮来洲渚春,山花如绣草如茵。"

五代·马延巳《归国谣》:"春艳艳,江上晚山三四点,柳丝如剪花如染。"一作欧阳修《归自谣》。

又《阮郎归》:"青梅如豆柳如丝,日长蝴蝶飞。"一作晏殊词,"青梅如豆柳如眉"换一"眉"字。又收作欧阳修词。

又《蝶恋花》:"残酒欲醒中夜起,月明如练天如水。"

又《芳草渡》:"山如黛月如钩,笙歌散,梦魂断,倚高楼。"

宋·苏轼《浣溪沙》:"空腹有诗衣有结,湿薪如桂米如珠。"

1008.芙蓉如面柳如眉

唐·白居易《长恨歌》:"归来池苑皆依旧,太液芙蓉未央柳。芙蓉如面柳如眉,对此如何不泪垂。"唐玄宗李隆基从四川返回长安,太液池里的芙蓉就如杨妃的面容,未央宫畔的柳叶就如杨妃的眉黛,然而物在人亡,怎不让人流泪呢!"芙蓉如面柳如眉",连用两种比喻,喻体在前,被喻体在后,貌似写花木,实际是人。这种连喻句式的应用,当属骆宾王的"梅花如雪柳如丝"为最早。自白居易"芙蓉如面柳如眉"句之后,常用来描绘女子的体态、容颜、眼神、眉黛、鬓发等形象,用"……如……如……"句式(一句双喻)。

唐·韦庄《天仙子》:"金似衣裳玉似身,眼如秋水鬓如云。"

唐·李鹰《虞美人令》:"好风如扇雨如帘,时见岸花汀草,涨痕添。"喻风雨。

五代·顾敻《荷叶杯》:"腰如细柳脸如莲,怜摩怜,怜摩怜。"

又《荷叶杯》:"花如双脸柳如腰,娇摩娇,娇摩娇。"

五代·魏承班《渔歌子》:"柳如眉,云似发,鲛绡雾縠笼香雪。"

五代·欧阳炯《南乡子》:"二八花钿,胸前如雪脸如莲。"

五代·孙光宪《应天长》:"鬓如云,腰似柳,妙对绮弦歌绿酒。"

宋·杜安世《浣溪沙》:"模样偏宜掌上怜,云如双鬓玉如颜。"

宋·秦观《醉桃源》:"碧天如水月如眉,城头银漏迟。"

宋·赵子发《虞美人》:"小桃如脸柳如眉,记得那人模样、旧家时。"

宋·蔡伸《菩萨蛮》:"凝羞隔水抛红豆,嫩桃如脸腰如柳。"

1009.吴盐如花皎如雪

唐·李白《梁园吟》:"玉盘杨梅为君设,吴盐如花皎如雪。"此诗又题《梁苑醉酒歌》。天宝三载(744)李白离开长安,和杜甫、高适同游大梁(今河南开封)览梁国(汉梁孝王建,一名梁范)作,"吴盐"概指淮盐,吴盐如花,皎洁如雪,以配置"玉盘杨梅"。

宋·周邦彦《少年游》:"并刀如水,吴盐胜雪,纤手破新橙。"亦把雪白的吴盐与新橙配置。

清·陈维崧《贺新郎》(秋夜呈芝麓先生):"我在京华沦落久,恨吴盐、只点离人发。""吴盐"喻发白。兼用李贺"吴霜点归鬓"句意。

1010.欲把西湖比西子

宋·苏轼《饮湖上初晴后雨》:"水光潋滟晴方好,山色空濛雨亦奇。欲把西湖比西子,淡妆浓抹总相宜。"以湖比人,苏轼为第一人,由于人与湖形体上反差极大,其难度可知。此诗:"淡妆"喻西子面,"浓抹"则喻湖周之山林花卉,这就成功地运用了"艺术通感"。用西子之美(淡妆浓抹)去感受西湖之美;以西湖之美(淡妆浓抹)去联想西子之美,所以清人王文诰在《苏轼诗集》中评"此是名篇,可谓前无古人,后无来者。公凡西湖诗,皆加意出色,变尽方法。"此篇确为居咏西湖之首。在诗词史上无可与匹敌者。宋·陈善《扪虱新话》云:"要识西子,但看西湖;要识西湖,但看此诗。"就是说此诗写西湖,也写了西施,真是文以地生辉,地以文益秀;西湖得人而显,人亦因西湖而传。

苏轼离开杭州后,出守颍州(今安徽阜阳),颍州也有西湖,他在《再次韵德麟新开西湖》把此西湖亦比作西子:"西湖虽小亦西子,荣流作态清而平。"他对许州西湖也写:"西湖小雨晴,滟滟春渠长。"所以秦少游之弟秦少章称苏轼:"十里薰风菡苕初,我公所至有西湖。"杨万里也说:"东坡原是西湖长,钱塘汝颍及罗浮。"然而他的西湖诗中,比起杭州西湖诗却无出其右者。正如宋人武衍《正月二日泛舟湖上》诗中所评：“除却淡妆浓抹句，更将何语比西湖？”所以元人张可久《一枝花·湖上晚归》曲中云：“东坡才调，西子娉婷，总相宜千古留名。”说西湖之美，苏诗之美，流芳千古。

后人用“欲把西湖比西子，淡妆浓抹总相宜”，除了喻湖之外，也喻美人，乃至喻花。

宋·晁补之《喜朝天》（秦宅作·海棠）：“如有意、浓妆淡抹，斜倚栏干。”换用“浓妆淡抹”拟人写海棠，为用苏轼句写花之始。

宋·周紫芝《南柯子》（方钱唐出侍儿，范谢州要予作此词）：“蝉薄轻梳鬓，螺香浅画眉。西湖人道似西施，人似西施浓淡、更相宜。”说有人（指苏轼）用西施比西湖，莫如以西施比眼前人（侍儿）。这是喻人的先例。

宋·杨无咎《夜行船》：“晴放湖色，雨添山色，谁识总相宜处。……若把西湖比西子，这东湖，似东邻女。”化用苏诗，并以“西湖比西子”引出“东湖比东邻女”。“东邻女”指宋玉东邻之美女。

宋·王十朋《点绛唇》（清香莲）：“十里西湖，淡妆浓抹如西子。藕花簪水，清净香无比。”用苏轼原意。

宋·毛开《水龙吟》（登吴江桥作）：“只今谁会，水光山色，依然西子。”用苏句说今天人们是不是看明白，西湖仍如西子。

宋·袁去华《深溪沙》（梅）：“玉骨冰肌比似谁？淡妆浅笑总相宜。一枝清绝照涟漪。”以美女拟梅花。

宋·赵长卿《醉落魄》（重午）：“淡妆浓抹，西湖人面两奇绝。菖蒲角黍家家节，水戏鱼龙，十里画帘揭。”端午游湖，人湖皆美。

宋·辛弃疾《贺新郎》（福州游西湖）：“烟雨偏宜晴更好，约略西施未嫁。”用苏轼意以西施少女喻福州西湖。

又《水调歌头》（三山用赵丞相韵答帅幕王君，且有感于中秋近事，并见之末章）：“说与西湖客，观水更观山。淡妆浓抹西子，唤起一时观。”写湖。

宋·刘过《沁园春》（寄稼轩承旨）：“斗酒彘肩，风雨渡江，岂不快哉。被香山居士，约林和靖，与东坡老，驾勒吾回。坡谓西湖正如西子，浓抹淡妆临镜台。二公者，皆掉头不顾，只管衔杯。”宋宁宗嘉泰二年（1202），辛弃疾被起用知绍兴府兼浙东安抚史，招刘过去相会。刘过在杭州寄此词，表

示他不愿离开杭州。但并未直说，而是假托历史上三位曾居杭州、热爱西湖的诗人白居易、林逋、苏轼“贺勒吾回”的挽留，婉曲地表示出来。宋·岳珂《桯史》中说他此词“仿辛体”“下笔逼真”“辛得之，大喜”。其后终于邀他做了一段“座上客”。宋人俞文豹《吹剑录》评：“此词虽粗而局段高。与三贤游，固可睨视稼轩。视林，白之清致，则东坡所谓‘淡妆浓抹’已不足道，稼轩富贵，焉能挽我哉？”而引“淡妆浓抹”，直接表现白、林之“清致”。

守·卢炳《蓦山溪》：“淡妆西子，怎比西湖好，南北两长堤，有罨画、楼台多少。翠光千顷，一片净琉璃。泛兰舟，摇画桨，尽日金尊倒。”西湖比西子更好。

宋·冯取洽《贺新郎》（送别定轩）：“到得皇州风景异，只有湖山似旧。把感慨、寓之杯酒。雨抹晴妆西子样，且平章、胜赋诗千首。”写湖山美。

宋·吴文英《西河》（陪鹤林登袁园）：“漫将西子比西湖，溪边人更多丽。”人更美。

宋·陈人杰《沁园春》：“懒学冯君，弹铗歌鱼。如今五年，为西湖西子，费人料理；东林东老，特地留连。”喜隐居西湖。

宋·陈允平《八声甘州》（麴院风荷）：“一片天机云锦，见凌波碧翠，照日胭脂。是西湖西子，晴抹雨妆时。”喻荷花。

宋·黎廷瑞《酹江月》（题永平监前刘氏小楼）：“远山如簇，对楼前、浓抹淡妆新翠。应是西湖湖上景，移过江南千里。”喻远山。

元·张可久《红绣鞋》（湖上）：“无是无非心事，不寒不暖花时，妆点西湖似西施。”写湖。

元·奥敦周卿《蟾宫曲》：“西湖烟水茫茫，百顷风潭，十里荷香。宜雨宜晴，宜西施淡抹浓妆。”写湖。

明·汤显祖《牡丹亭》第十四出《普天乐》：“摆列著照容阁文房四宝，待画出西子湖眉月双高。”以“西子湖眉月”喻杜丽娘之眉。

清·康熙皇帝玄烨《春日有所思二首》：“淡抹浓妆总是新，自须慵懒度三春。”写西湖美。

清·黄遵宪《不忍池晚游》：“山色湖光一例奇，莫将西子笑东施。”不忍与杭州西湖一般奇丽，如不忍湖亦称西子而不笑她为东施。

现代·郁达夫《咏西子湖》（1935年春）：“楼外楼头雨似酥，淡妆西子比西湖；江山也要文人捧，堤柳而今尚姓苏。”把西湖称“西子湖”，是“捧”出

的,似别有韵味。

1011. 葵藿仰阳春

晋·傅玄《豫章行苦相篇》:"情合同云汉,葵藿仰阳春。"写女子仰赖丈夫的爱情。葵花,称向日葵,向阳而生。藿叶,即向阳之豆叶。《广雅·释草》:"豆角谓之荚,其叶谓之藿。"葵花豆叶俱向阳,因此二者并举。魏·曹植《求通亲亲表》:"若葵藿之倾叶,太阳虽不为之回光,然终向之者,诚也。"说"葵藿向阳至诚"是人的理解,而脱开了植物生理的向阳性,注入人的主观意愿,表示忠诚不二或志向不变。

南朝·梁·江淹《游黄檗山》:"秦皇慕隐沦,汉武愿长年。皆负雄豪威,弃剑为名山。况我葵藿志,松术在眼前。"乃作者被建平王刘景素贬为建安(今福建瓯县)令后游黄檗山而作。此句表达甘于贫穷,淡泊功名之志。其《杂拟诗》亦写"处富不忘贫,有道在葵藿。"矢志不移。

唐·李世民《赋秋日悬清光赐房玄龄》:"还当葵藿志,倾叶自相依。"

又《赋得白日半西山》:"藿叶随光转,葵心逐照倾。"

唐·张九龄《杂诗五首》:"酷在兰将蕙,甘从葵与藿。"

又《酬周判官巡至始兴会改秘书少监见贻之作兼呈耿广州》:"葵藿是倾心,豺狼何反噬。"

又《园中时蔬尽皆锄理唯秋兰数本委而不顾彼虽一物有足悲者遂赋二章》:"场藿已成岁,园葵亦向阳。"

唐·辛替否《和九月九日登慈恩寺浮图应制》:"别有秋原藿,长倾雨露缘。"

唐·郑愔《奉和春日幸望春宫》:"幸同葵藿倾阳早,愿此盘根应候荣。"

唐·储光羲《田家杂兴八首》其二:"满园植葵藿,绕屋树桑麻。"只写种植。

唐·杜甫《自京赴奉先县咏怀五百字》:"葵藿倾太阳,物性固难夺。"志趣不变。

唐·李贺《日出行》:"徒照葵藿心,不照游子悲。"

五代·和凝《宫词百首》:"葵藿一心期捧日,强搜狂斐似宫词。"

五代·孙顾《清露被皋兰》:"为感生成惠,心同葵藿倾。"

宋·宋祁《朝阳》:"可是梧桐长得地,也应葵藿久倾心。"

1012. 惟有葵花向日倾

宋·司马光《客中初夏》:"四月晴和雨乍晴,南山当户转分明。更无柳絮因风起,惟有葵花向日倾。"四月初夏,再无飘忽不定的柳絮,只有葵花倾向太阳。暗暗寄托着忠君爱国,一心不二。"柳絮"句用东晋才女谢道韫"未若柳絮因风起"喻雪句,而用以喻飘泊摇摆,毫无操持。"葵花"句当用杜甫"葵藿倾太阳,物性困难夺"句意。独用"葵花向日"。

唐·李元纮《奉和圣制送张说上集贤学士赐宴》:"自惊一何幸,太阳还及葵。"写太阳对葵花的照射,以喻皇恩。

唐·杜甫《夔府书怀四十韵》:"赏月延秋桂,倾阳逐露葵。"象露葵一样倾阳。唐·王维《积雨辋川庄作》:"山中习静观朝槿,松下清斋析露葵。"指经露的葵菜。

唐·白居易《续古诗十首》:"中国何所有,满地青青葵。阳光委云上,倾心欲何依。"云遮太阳,葵心何倾。

唐·唐彦谦《秋葵》:"倾阳一点丹心在,承得中天雨露多。"丹心倾阳,又承受雨露。

宋·宋祁《自咏》:"危心正似葵倾日,衰质先于柳望秋。"表白"倾日"之心。

又《和延州庞龙图见寄》:"惊残鸟翮虚弓笑,倾尽葵心白日知。"赞许忠诚。

宋·刘敞《葵花》:"黄花冷淡无人看,独自倾心向太阳。"写葵花一心向阳。

宋·苏轼《奉和陈贤良》:"望穷海表天还远,倾尽葵心日愈高。"暗喻一片忠心却不为人知。

宋·刘克庄《葵》:"生长古墙阴,园荒草树深。可曾沾雨露,不改向阳心。"葵花虽长在僻远之处,难承雨露,可向阳之心却坚定不移。

1013. 曾是洛阳花下客

宋·欧阳修《七律·戏答元珍》:"曾是洛阳花下客,野芳虽晚不须嗟。"作者曾任洛阳留守推官,作《洛阳牡丹记》,说牡丹出于洛阳者为天第一。此诗说,曾同在洛阳花下作客,赏尽了洛阳牡丹,今远谪山城,野花虽晚开,也不必为之感叹。欧阳修《夷陵书事寄谢三舍人》:"曾是洛阳花下客,欲夸风物向君羞。"再用此句。

"花下客"此典出于唐代。五代·王仁裕等擢《开无天宝遗事十种》中《看花马》载:"长安侠少,每至春时,结朋联党,各置矮马,饰以锦鞯金络,并辔于花树下往来,使仆从执酒皿而随之,遇好花则驻马而饮。"后"花下相逢""花下饮酒"皆出此典。

欧阳修《南乡子》:"花下相逢,忙走怕人猜,遗下弓弓小绣鞋。"

又《玉楼春》:"一回忆著一拈看,便似花前重见面。"

宋·晏几道《忆闷令》:"月底相逢花下见,有深深良意。"

1014. 手撚黄花无意绪

宋·辛弃疾《临江仙》:"手撚黄花无意绪,等闲行尽回廊,卷帘芳桂散余香。枯荷难睡鸭,疏雨暗池塘。"写深秋时节,只身独处,百无聊赖,虽"手撚黄花"却毫无情绪。

"撚花"即"拈花",用手搓拈花枝,这是人人常作、常见的动作,是玩花、赏花的行为。

宋·柳永《尾犯》:"咏新诗,手撚江梅,故人赠我春色。"首写"拈花"。

宋·晏几道《醉落魄》:"归时定有梅堪折,欲把高愁,细撚花枝说。"

宋·杨冠卿《好事近》(代人书扇):"手撚花枝笑,问青鸾音信。"

宋·陈亮《蝶恋花》(甲辰寿元晦):"手撚黄花还自笑,笑比渊明,莫也归来早。"

宋·戴复古《行香子》(永州为魏深甫寿):"满斟寿酒,笑撚梅枝,管年年、长见花时。"

宋·周端臣《贺新郎》:"手撚梅花春又近,料人间、别有安排处。"

宋·吴潜《浣溪沙》:"可惜今宵无皓月,尚怜向晓有繁霜。何妨手撚一枝香。"

宋·江开《浣溪沙》:"手撚花枝忆小苹,绿窗空销旧时春。满楼飞絮一等尘。"

宋·周密《清平乐》:"手撚一枝春色,东风怨入江南。""春色"即花。

宋·王□□《汉宫春》(九日登丰乐楼):"手捻黄花,对西风无语,双鬓萧萧。"

宋·无名氏《浣溪沙》:"楼上风轻,帘不卷,酒红销尽妆残,玉人斜撚一枝看。"

宋·无名氏《南乡子》:"醉撚一枝春,此意谁

人会得君。"

清·蒲松龄《风流子》(元霄雪):"想天女散花,将花撚碎。"喻雪花。

1015. 松花落衣巾

宋·苏轼《送襄阳从事李友谅归钱塘》:"幽梦随子去,松花落衣巾。"送李友谅回杭州,作者曾居杭州五年,"自意本杭人",因而结尾写"幽梦随子去,松花落衣巾",友人已去,有寥落之感。

唐·刘眘虚《寄阎防》:"深路入古寺,乱花随暮春。纷纷对寂寞,往往落衣巾。"苏轼用此"落衣巾"句。

1016. 更寻终不见,无异桃花源

北周·庾信《徐报使来止得一见》:"一面还千里,相思那得论。更寻终不见,无异桃花源。"南朝徐陵来使,千里一面,再会无期,如渔夫再寻桃源了。此句不仅表明南北朝文坛两位巨匠的友谊之深,而且透出庾信如何心系南国。"更寻终不见",用晋·陶渊明《桃花源记》:"寻向所志,遂迷,不复得路"句义。庾信是用"桃花源"典的第一人,他用了"桃源迷路"义。

"桃花源"何处是?至今仍是一个迷。据《述异记》载:"武陵源在吴中,山无他木,尽生桃李,俗呼为桃李源。源上有石洞,洞中有乳水。世传秦末丧乱,吴中人于此避难,食桃李,食者皆得仙。"食桃李而"得仙",显然是不经之说。唯"避秦乱"事为《桃花源记》所撰。《方舆胜览》载:桃源,在鼎州县南二十里,旁有秦人洞。唐朗州,即宋鼎州,今为常德府桃源县。湖南常德桃源,至今知名度最高,可陶渊明未到其地。宋《南康图经·纪游集》载:"康王者,楚怀王之子也,秦灭楚时,王避难谷中,秦将王翦追之急,天忽大风雨。翦人马不能前,康王得脱,遂陷居谷中不出。"这谷是康王谷,又名楚王谷,位于庐山西南部,全长十余公里,谷中遍长野樱桃花,并有溪流、田畴和屋舍。陶渊明是浔阳柴桑(今江西九江)人,后隐居庐山脚下,康王谷有可能成为素材之一,再加上《述异记》中的"避秦",亦可完成《桃花源记》。而又有人认为素材来自传闻。清人郑文焯《陶集郑批录》说:"考六朝时,士君子颇有喜闻之风,桃源亦是当时喧传之异闻,而陶公聆此,乃为记之。"这是一种臆测。清人方坤《桃源避秦考》说:"任安贫《武陵记》备载渔人黄道

真、太守刘歆姓名。安贫与渊明同时,渊明闻其语而作记。"今人陈寅恪《桃花源记旁证》认为主要来自渊明的朋友羊松龄"衔使秦川"后,所谈西北人民避苻秦暴虐统治的情形。无论"桃花源"是有实据还是凭传闻,都并不重要,因为陶渊明笔下的"桃花源"才是永传于世的,并且产生了涵义丰富的诗典,"桃源路迷"就是其中之一。

"桃源路迷"句主要表达寻求隐居之义。

唐·卢照邻《过东山谷口》:"桃源迷处所,桂树可淹留。"桃源难寻,谷口可居,亦如世外。又《酬杨比部员外暮宿琴堂相跻书阁率尔见赠之作》:"桃源迷汉姓,松径有秦宫。"(一作王维诗)写世外隐居地。

唐·陈子良《夏晚寻于政世置酒赋韵》:"一返桃源路,别后难追寻。"一别隐者无缘再见。

唐·苏味道《嵩山石淙侍宴应制》:"隐暖源花迷近路,参差岭竹扫危坛。"暗用"桃花源"写嵩山僻景。

唐·王维《和宋中丞夏日游福贤观天长寺即陈左相宅所施之作》:"桃源勿遽返,再访恐君迷。"天长寺如桃源。

又《春日与裴迪过新昌访吕逸人不遇》:"桃源一向绝风尘,柳市南头访隐沦。"写吕逸人所居在"世外"。

唐·裴迪《春日与王右丞过新昌访吕逸人不遇》:"闻说桃源好迷客,不如高卧晒庭柯。"未遇逸人。

唐·刘长卿《送姚八归江南》:"桃花迷旧路,萍叶荡归舟。"花繁。

唐·孟浩然《南还舟中寄袁太祝》:"桃源何处是,游子正迷津。"指袁太祝所居。

唐·李白《赠从弟南平太守之遥二首》:"谪官桃源去,寻花几处行。"喻贬官出离世外。又《拟古十二首》其十"海水三清浅,桃源一见寻。"找自己隐居之地。

唐·杜甫《春日江村五首》其一:"茅屋还堪赋,桃源自可寻。"桃源可寻,就在浣花溪。又《不寐》:"多垒满山谷,桃源无处求。"何为安居之处。

唐·钱起《岁暇题茅茨》:"桃源应渐好,仙客许相寻。"喻自家山居。

唐·秦系《春日闲居三首》:"一似桃源隐,将令过客迷。"喻隐居之所。

唐·戎昱《送吉州阎使君入道二首》:"莫遣桃花迷客路,千山万水访君难。"入武陵桃源莫令外人迷失道路。

唐·戴叔伦《汉宫人入道》:"霄汉九重辞凤阙,云山何处访桃源。"宫人入道所之。

唐·韩愈《游青龙寺赠崔大补阙》:"桃源迷路竟茫茫,枣下悲歌徒纂纂。"青龙寺难得再游。

唐·李涉《赠长安小主人》:"仙路迷人应有求,桃源不必在深山。"仙境就在长安闹市。

唐·张贲《和袭美醉中先起次韵》:"何事桃源路忽迷,惟留云雨怨空闺。"用刘、阮误入仙境,戏皮日休酒醉如入天台。

唐·李群玉《恼从兄》:"武陵洞里寻春客,已被桃花迷不归。"怨从兄迷而不返。

宋·杨亿《别赋赏花一首不曾进》:"曾识壶中旧春色,桃源重到路犹迷。"因繁花而迷途。

宋·秦观《踏莎行》:"桃源望断无寻处,可堪孤馆闭春寒。杜鹃声里斜阳暮。"欲避世桃源而不可得。

宋·蒋捷《摸鱼子》(寿东轩):"尘缘误,迷却桃源旧步。"误入尘世,难返桃源。

1017. 桃源惊往客

南朝·陈·徐陵《山斋诗》:"桃源惊往客,鹤峤断来宾。"写山斋如桃源幽僻而美好。后用"桃源"赞居处环境的幽美。

唐·卢照邻《三月曲水宴》:"门开芳杜径,室距桃花源。"喻曲江春景幽美。

唐·张说《翻著葛巾呈赵尹》:"桃花春径满,误识武陵溪。"亦写环境幽美。

唐·陆希声《桃花谷》:"何必武陵源上去,洞边好过落花中。"

唐·萧颖士《蒙山作》:"方驰桂林誉,未暇桃源美。"昔日未暇到蒙山访胜。

唐·乔侃《人日登高》:"杜陵犹识汉,桃源不辨秦。"登高后如置身世外了。

唐·王维《送钱少府之蓝田》:"草色日向好,桃源人去稀。"喻蓝田幽僻。

唐·刘长卿《石围峰》:"渡口问渔家,桃源路浅深。"幽境。

又《题大理黄主簿湖上高斋》:"桃源君莫爱,且作汉朝臣。"湖上高斋之幽美不亚秦人所居桃源。

又《和袁郎中破贼后军行过剡中山水谨上太

尉》："兰渚催新幄，桃源识故蹊。"剡中山水幽美如桃源。

又《奉陪萧使君入鲍达洞寻灵山寺》："徘徊未能去，畏共桃源隔。"鲍达洞灵云寺胜景如桃源，不思离去。

又《自紫阳观至华阳洞宿侯尊师草堂简同游李延年》："千载空桃花，秦人深不见。"暗写华阳洞草堂之幽美。

又《郑山人所居》："寂寂孤莺啼杏园，寥寥一犬吠桃源。"郑山人居所幽僻如桃源。

唐·李白《博平郑太守自庐山千里相寻入江夏北市门见访却之武陵立马赠别》："去去桃花源，何时见归轩。"武陵桃源，指所去之地。

又《闻丹丘子于城北营石门幽居中有高风遗迹仆离群远怀亦有栖遁之志因叙旧以寄之》："方以桂树隐，不羡桃花源。"桃源虽美，石门幽居亦佳。

又《之广陵宿常二南郭幽居》："绿水接柴门，有如桃花源。"南郭幽居之美如桃源。

唐·杜甫《岳麓山道林二寺行》："桃源人家易制定，桔洲田土仍膏腴。"喻岳麓佳境。

又《奉留赠集贤院崔于二学士》："故山多药物，胜概忆桃源。"喻指故山佳美。

又《春日江村五首》："茅屋还堪赋，桃源自可寻。"喻浣花溪。

又《不寐》："少垒满山谷，桃源无处求。"喻指定居之所。

唐·钱起《寻华山云台观道士》："桃源数曲尽，洞口两岸坼。"云台观桃源。

又《初黄绶赴蓝田县作》："居人散山水，即景真桃源。"山居佳境。

又《岁暇题茅茨》："桃源应渐好，仙客许相寻。"喻山居之美。

又《中书王舍人辋川旧居》："谁谓桃源里，天书问击檗。"辋川旧居幽美。

又《题嵩阳焦道士石壁》："幸入桃源因去世，方期丹诀一延年。"焦道士山居如桃源。

唐·戴叔伦《过友人隐居》："春花正夹岸，何必问桃源？"隐居处胜似桃源。

唐·元稹《春分投简阳明洞天作》："幸有桃花源，全家肯去无。""阳明洞天"幽美如桃源。

唐·刘商《题水洞二首》："今看水入洞中去，却是桃花源里人。"见水洞而臆想桃源。

唐·奚贾《寻许山人亭子》："桃源若远近，渔子棹轻舟。""亭子"已在眼前。

唐·于鹄《南溪书斋》（一作杨发诗）："曾逢异人说，风景似桃源。"南溪佳景。

唐·李君何《曲江亭望慈恩寺杏园花发》："地闲分鹿苑，景胜类桃源。"杏园胜境。

唐·李群玉《送秦炼师》："锦洞桃花远，青山竹叶深。"炼师去处幽美。

唐·章碣《桃源》："绝壁相依是洞门，昔人从此入仙源。"联想。

唐·李质《宿日观东房诗》："曾入桃溪路，仙源信少双。"日观东房幽美无双。

宋·刘敞《祠部王郎中送山水枕屏作》："如浮武陵水，卧向桃花源。"枕屏山水幽美如桃源。

宋·辛弃疾《水龙吟》（题雨岩，岩类今所画观音补陀，岩中有泉飞出，如风雨声）："怒涛声远，落花香在，人疑是、桃源路。"疑雨岩飞泉流水、落花缤纷如通桃源之路。

又《寨儿令·湖上》："养花天云淡风轻，胜桃源水秀山明。"

元·张可久《水仙子·小园春晚》："吟魂随溪上云，小桃源别是乾坤。"

1018. 一往桃花源，千春隔流水

唐·李白《古风》："秦人相谓曰，吾属可去矣。一往桃花源，千春隔流水。"《桃花源记》写秦人为避乱而隐居于世外桃源，竟不知有汉，无论魏晋。这种隐居思想对后人影响极大。李白此诗正表现他政治失意而远避世外的愿望。后人常用"桃源"表示避世愿望，避世处所，又表示居处偏远，如谪居之地。

唐·李峤《送司马先生》："蓬阁桃源两处分，人间海上不相闻。"喻司马先生隐居山林。

唐·裴迪《崔九欲往南山马上口号与别》："莫学武陵人，暂游桃源里。"愿崔九入南山，不要像渔人立即返回，以致迷路。

唐·孟浩然《高阳池送朱二》："殷勤为访桃源路，予亦归来松子家。"朱二访隐居之处。

又《山中闻道士云公》："忽闻荆山子，时出桃花源。"喻道士云公所居。

唐·祖咏《清明宴司勋刘郎中别业》："何必桃源里，深居作隐沦。""桃源"指原来意义上的隐居之地。

唐·王维《菩提寺禁口号又示裴迪》:"悠然策藜杖,归向桃花源。"从菩提寺安史叛军中逃出,如返桃源,获得自由。

唐·李白《答杜秀才五松见赠》:"从兹一别武陵去,去后桃花春水深。"写归隐而去。

又《秋夕书怀》:"桃花有源水,可以保吾生。"隐居得其所。

又《赠从弟南平太守之遥二首》:"谪官桃源去,寻花几处行。秦人如相识,出户笑相迎。"从弟贬官到远僻地方。

又《闻丹丘子于城北营石门幽居中有高风遗迹仆离群远怀亦有栖遁之志因叙旧以寄之》:"方以桂树隐,不羡桃花源。"石门亦利幽居。

唐·李嘉祐《送韦邕少府归钟山》:"祈门官罢后,负笈向桃源。"归钟山别业。

又《送韦司直西行》:"湘浦眠销日,桃源醉度春。"韦司直往湘地山林。

唐·刘长卿《贾侍郎自会稽使回》:"柏树荣新垅,桃源忆故蹊。"抒归隐之情。

又《会赦后酬主簿所问》:"重见太平身已老,桃源久往不能归。"喻谪居偏远之地。

唐·杜甫《赤谷西崦人家》:"如行武陵暮,欲问桃源宿。"偏远人家。

唐·钱起《送毕侍御谪居》:"桃花洞里举家去,此别相思复几春。"谪居偏远之地。

唐·独孤及《送别荆南张判官》:"欲识桃花最多处,前程问取武陵儿。"暗切偏远的荆南,即今湖南洞庭湖以西一带。

唐·戴叔伦《过友人隐居》:"春花正夹岸,何必问桃源。"隐居处已如桃源。

又《赠韩道士》:"桃源寂寂烟霞闲,天路悠悠星汉斜。"韩道士如归桃源。

又《晚春》:"桃源宁异此,犹恐世间闻。"喻闭塞的山居。

又《汉宫人入道》:"霄汉九重辞凤阙,云山何处访桃源。"入道之所。

唐·李端《闻吉道士还俗因而有赠》:"柳市名犹在,桃源梦已稀。"代道士原来之所居。

又《送郭参军赴绛州》:"蒲泽逢胡雁,桃源见晋人。"绛州古属晋国,因以晋渔人入桃源代绛州人。

唐·武元衡《春斋夜雨忆郭通微》:"桃源在在阻风尘,世事悠悠又遇春。"喻郭通微隐居处。

唐·卢纶《送吉中孚校书归楚中旧山》:"为问桃源客,何人见乱时。"楚中山居。

唐·张仲方《赠毛仙翁》:"待我休官了婚嫁,桃源洞里觅弟兄。"毛仙翁隐居处。

唐·白行简《赠毛仙翁》:"更说桃源更深处,异花长占四时天。"亦指毛仙翁修炼处。

唐·施肩吾《送绝尘子归旧隐二首》:"云水千重绕洞门,独归何处是桃源。"绝尘子居处。

唐·李群玉《自浦东游江表途出巴丘投员外从公虞》:"谁昔探花源,考槃西岳阳。"李虞昔日隐处。

宋·李之仪《鹧鸪天》:"从今认得归田乐,何必桃源是故乡。"归田不必只是去桃源。

明·薛蕙《孙氏沱西别业》:"卜居何日从公去,拟向桃源处处寻。"寻孙氏隐居处。

今人连横《题桃源洞》:"匹夫亦有兴亡责,忍看桃花自隐居。"批评避世思想。

1019. 武陵桃花未曾落

南朝·陈·张正见《神仙诗》:"当阳杏花终难朽,武陵桃花未曾落。"此为游仙诗,写想象中、传说中的仙境,杏花不朽,桃花未落,只有"仙境"中才有的景象。

陶渊明的《桃花源记》所述并非仙境,所谓世外桃源,也无非是秦人之境。当然,由于境界之奇,也往往为人附会为"仙境"。同时晋代传说,刘晨、阮肇入天台山失路,遇二仙女结缘,天台山亦有桃花流水("桃花源"即此义),那么天台桃源,必然是"仙境"了。因而"桃源"又代表仙境。这就是"武陵桃源"与"天台桃源"的牵合。由于天台桃源洞府有情爱佳话,"桃源"也喻爱情,或闺房。

唐·王绩《游仙四首》:"斜溪横桂渚,小径入桃源。"

唐·钱起《洞仙谣》:"秦人入云去,知向桃源里。"山洞高高如桃源洞。

唐·于武陵《赠王道士》:"浮世度千载,桃源方一春。"仙境。

唐·张贲《和袭美醉中先起次韵》:"何事桃源路忽迷,惟留云雨怨空闺。"戏称皮日休醉入天台遇桃源仙女。

唐·韩偓《六言三首》:"桃源洞口来否,绛节霓旌久留。"写妓女所居。

唐·曹唐《小游仙诗九十八首》:"玉皇赐妾紫

衣裳,教向桃源嫁阮郎。"咏刘阮入天台以切"游仙"。

宋·张炎《风入松》(与王彦常游会仙亭):"一瓢春水山中饮,喜无人、踏破苍苔。开了桃花半树,此游不是天台。"会仙亭有如仙境。

元·王实甫《西厢记》第五本第四折《落梅风》:"你硬撞入桃源路,不言个谁是主,被东君把你个蜜蜂儿拦住。""桃源路"代闺房。用刘阮误入桃源,讥讽郑恒来娶莺莺。杂剧《玉壶春》有"硬撞入武陵溪"句。

元·荆干臣《醉花阴·闺情》套曲:"鸳鸯浦莲开并蒂长,桃源洞春光艳阳。"喻闺房。

元·姚燧《新水令·冬景》:"朔风掀倒楚王宫,冻雨埋藏神女峰,雪雹打碎桃源洞。"写少妇闺思。

元·周文质《蝶恋花·悟迷》套曲:"蓝桥路千里烟波,桃源洞百结藤萝。"烟波千里,藤萝百结,喻难以相会。

元·任昱《清江引·题情》:"桃源水流清似玉,长恨姻缘误。"婚姻不如愿。

元·无名氏《集贤宾·忆佳人》套曲:"路迢迢雾锁桃源洞,团圆梦总成空。"佳人相距遥远。

元明小说话本依托宋人申纯作《念奴娇》词:"乱红飞尽,桃源从此迷路。"恋情全然消散了。

1020. 桃源之说诚荒唐

唐·韩愈《桃花源图歌》:"神仙有无何渺茫,桃源之说诚荒唐。世俗那知伪与真,至今传者武陵人。"似否定"天台桃源"。

宋·苏轼《书王定国所藏〈烟江叠嶂图〉》:"桃花流水在人世,武陵岂必皆神仙。"近韩愈意。

1021. 中有鸡犬秦人家

唐·包融《武陵桃源送人》:"武陵川径入幽遐,中有鸡犬秦人家。"点明桃源胜境,此诗又作武元衡诗、唐无名氏诗。虽系误收,足见其影响。此句用"桃源鸡犬"。

唐·王昌龄《武陵开元观黄炼师院三首》其二:"为访桃源入溪路,忽闻鸡犬使人疑。"所访寺院地处胜境。

唐·李白《和卢侍御通塘曲》:"疑是武陵春碧流,秦人鸡犬桃花里。"喻通塘佳境。

宋·梅尧臣《桃花源诗并序》:"武陵源中深隐人,共将鸡犬栽桃花。"写武陵胜境。

清·蒲松龄《贺新郎》(喜宣四兄扶病能至,挑灯伏枕,吟成四阕,用秋水轩唱和韵)其一:"幽似武陵溪畔路,止少村庄鸡犬。"毕家石隐园非常幽雅,胜似桃源。

1022. 桃花源里人家

唐·王维《田园乐七首》其三:"杏树坛边渔父,桃花源里人家。"农家耕作之乐如桃源人。用"桃源人家"句还如:

唐·刘长卿《送常十九归嵩少故林》:"他日山中逢胜事,桃源洞里几人家。"喻常十九归隐的嵩少故林。又《送子婿崔真甫李穆往扬州四首》:"般勤嘱归客,莫话桃源人。"不要说隐者的事。又《自紫阳观至华阳洞宿侯尊师草堂简同游李延年》:"千载空桃花,秦人深不见。"写草堂幽深。

唐·独孤及《伤春怀归》:"源桃不余欺,先发秦人家。"居所春桃先开。

唐·李白《桃源》:"可怜渔父重来访,只见桃花不见人。"慨桃源本事。又《下途归石门旧路》:"石门流水遍桃花,我亦曾到秦人家。"以桃源喻石门路之美。

唐·钱起《洞仙谣》:"秦人入云去,知向桃源里。"山洞高高如桃源洞。

宋·苏轼《宿九仙山》:"玉室金堂余汉士,桃花流水失秦人。"

1023. 寻得桃源好避秦

宋·谢枋得《庆全庵桃花》:"寻得桃源好避秦,桃红又是一年春。花飞莫遣随流水,怕有渔郎来问津。"看到庆全庵桃花之盛,联想其如避秦之桃源,继而想到飞花如不随流水而出,渔郎也就不会进入了。两层意思皆用前人句,用得好,又因而选入《千家诗》,所以许多读者便"不知有汉,无论魏晋"了。其实"寻得桃源好避秦""怕有渔郎来问津"两句,并非谢枋得首创。

"避秦"一义当然始于《桃花源记》,北周·庾信《拟咏怀二十七首》已暗用其义:"由于千种意,并是桃花源。"平生怀抱皆不足论,唯有避秦而已。"避秦"指避世,脱离政治现实。庾信的"桃源"意向是痛伤远离故国而唯求退隐。

首用"避秦"的是隋·卢思道,他在《城南隅宴》中写:"即是消声地,何须远避秦。"三国·曹植

《赠丁翼》诗有："嘉宾填城阙,平膳出中厨。吾与二三子,曲宴此城隅。"诗人应邀宴饮于城南一角,远离闹市喧嚣,又风景秀丽,于是以"公孙饮弥月,平原宴浃旬(十日)"作比,说已是世外桃源了,"何须远避秦"?

唐·王绩《田家三首》:"不知今有汉,唯言昔避秦。"

唐·沈佺期《入少密溪》:"伐木丁丁一樵叟,自言避喧非避秦。"

唐·李白《酬王补阙惠翼庄庙宋丞泚赠别》:"薜带何楚辞,桃源堪避秦。"

唐·李益《寻纪道士偶会诸叟》:"见说桃源洞,如今犹避秦。"戏隐居诸叟。

唐·秦系《山中赠耿拾遗沨兼两省故人》:"如今非是秦时世,更隐桃花亦笑人。"自己隐居不同于秦世,非"避秦"。

唐·刘商《袁十五远访山门》:"僻居谋道不谋身,避病桃源不避秦。"宣隐居之目的不为"避秦"。

唐·麹信陵《移居洞庭》:"重林将迭嶂,此处可逃秦。"洞庭新居十分幽僻。

唐·崔涂《江南望花》:"避秦不是无归意,一度逢花一断肠。"又《王逸人隐居》:"不逢秦世乱,未觉武陵深。"王逸人隐居不似桃源。

唐·吴融《偶书》:"只此无心便无事,避人何必武陵源。"青牛关畔的孤村隐居不为"避秦"。又《山居即事四首》:"无邻无里不成村,水曲云重掩石门。何用深求避秦客,吾家便是武陵源。"山上独居已是武陵源了。

唐·苏广文《自商山宿隐居》:"闻道桃源堪避秦,寻幽数日不逢人。"商山也是可以"避秦"的桃源了。

唐·灵一《题黄公陶翰别业》:"闻说花源堪避秦,幽寻数日不逢人。"与苏广文诗同题异。

宋·苏轼《再过常山和昔年留别诗》:"却寻泉源去,桃花应避秦。"常山僻远。又《送王伯扬守虢》:"华山东麓秦遗民,当时依山来避秦。"借用。

宋·朱显之《句》(桃源):"空寻晋客维舟岸,不见秦朝避世人。"写常德桃源,不见秦人。

明末清初王夫之《摸鱼儿》(东洲桃浪):"风狂雨妒,便万点落英,几湾流水,不是避秦路。"清兵攻势凶猛,无处可以避乱。

清·丘逢甲《春日杂诗》:"何处仙源容避世,嫌人毕竟是桃花。"说"仙源"只容桃花而不容人。

清·马清枢《台阳杂兴》:"信有仙源避秦,土番半是女真人。"注:"元灭金,金人有浮海避兵者,为飓风飘至,遂孳种类。"

清·张尔田《鹧鸪天》(六十自述):"寄生槐国原无梦,避世桃源岂有津。"处于槐安国没有富贵梦,欲避桃花源又无处问津,无可奈何。

清·谭嗣同《崆峒》:"四望桃花红满谷,不应仍问武陵源。"即满谷桃花,不应再寻求避世,国难当头,不能逃避。

清·黄梨洲《应炯先九十寿》(四月十五日):"弟唱兄酬真乐事,桃源何必纪秦时。"喻人间乐园。

今人王延杰《答海外黄中一兄》(七律二首):"人间何处桃源路,况复而今不避秦。"寻世外桃源无路,而况新中国快乐详和,已非"避秦"之世。

今人郭味农《游桃花源》:"清狂陶令善文章,一记留传百世芳。秦乱已随流水渺,桃花犹作晋时香。"乱世已去,桃花更香。

1024. 陶令好文常对酒

唐·张继《冯翊西楼》(一作郎士元诗):"陶令好文常对酒,相招那惜醉为眠。"相招饮酒,不妨学陶令一醉。《莲社高贤传》载:陶渊明隐居彭泽里(江西彭泽县),曾为彭泽令八十七天,因不愿"为五斗米折腰,拳拳事乡里小儿",弃官归庐山脚下的柴桑田园隐居。称"陶令",就是因为他做过彭泽县令,后也作诗人自况。

唐·顾况《拟古三首》:"陶令何足录,彭泽归已迟。"

唐·钱起《罢章陵令山居过中峰道者二首》:"宁辞园令秩,不改渊明调。"

1025. 安能摧眉折腰事权贵

唐·李白《梦游天姥吟留别》:"安能摧眉折腰事权贵,使我不得开心颜。"向往名山,傲视权贵,一舒长安三年的抑郁之气,决不处于屈辱地位,虽身无半职,却顶天立地,这正是白衣士人的豪迈之气。唐·杜甫《独酌成诗》:"苦被微官缚,低头愧野人。"其意与李白语近同。"折腰"出于晋·陶渊明语。《莲社高贤传》载:陶渊明曾任彭泽县令,不久因不愿"为五斗米折腰,拳拳事乡里小儿"而归田园居。

唐·韦应物《杂言送黎六郎》:"莫言去做折腰

官,岂似长安折腰客。"又《任洛阳丞请告一首》:"折腰非吾事,饮水非吾贫。"

唐·李嘉祐《同皇甫冉赴官留别灵一上人》:"能令折腰客,遥赏竹芳春。"

1026. 花飞莫遣随流水

宋·谢枋得《庆全庵桃花》:"花飞莫遣随流水,怕有渔郎来问津。"庵寺是幽静之地,怕凡尘干扰,如果飞花随流水而下,就会引来外人破坏这里的安静。此句用晋人陶渊明《桃花源记》中写渔人王道真逐桃花而入桃源事,表现了诗人风趣的想象。

《桃花源记》中桃源人曾嘱渔人"不足为外人道也"。其实渔夫就是凭桃花而寻源的。唐人已用此意。

唐·刘长卿《寻张逸人山居》:"桃源定在深处,涧水浮来落花。"渔人见"落英缤纷"而寻源,这里表示寻张逸人隐居处,也凭涧水落花。"桃花"成了寻访者的媒介。

唐·独孤及《送别荆南张判官》:"欲识桃花最多处,前程问取武陵儿。"也在先寻桃花。

唐·陈羽《伏翼西洞送夏方庆》:"殷勤好去武陵客,莫引世人相逐来。"媒介不是花而是人了。

唐·杜牧《酬王秀才桃花园见寄》:"此花不逐溪流出,晋客无因入洞来。"婉言无因去赏桃花。

唐·曹唐《又游仙诗一绝》:"春风流水还无赖,偷放桃花出洞门。"春风流水传递出仙境中的桃花讯息。

唐·储嗣宗《和茅山高拾遗忆山中杂题五首》(山泉):"春风莫泛桃花去,恐引凡人入洞来。"山中如桃源一般静谧。

用桃花表达其他意义:

唐·曹唐《题五陵洞五首》之一:"寄语桃花与流水,莫辞相送到人间。"客意缠绵。之二:"殷勤重与秦人别,莫使桃花闭洞门。"深愿再来。之三:"白鸡黄犬不将去,且寄桃花深洞中。"白鸡、黄犬留在仙境。

宋·孙抗《栖霞洞》:"不独云霞可招隐,溪流常送落花来。"栖霞洞有迹可寻。

1027. 只恐桃花误客舟

宋·吕渭老《思佳客》:"情渺渺,梦悠悠,重寻罗带认银钩。挂帆欲伴渔人去,只恐桃花误客舟。"词前序语说:"竹西从人去数年矣,今得归,偶以此烦全美达之。"歌女竹西从人而去,词人思念有加。竹西归来后,作此词转达。这下阕意为:思念之极,原欲往探。只恐怕行迹难寻。"桃花误客舟",即随桃花而寻踪不遇,是反用渔人寻源事。"武陵桃花"与"天台桃花",都是以桃花而结缘的,所以后常写这"媒介桃花",此已见"花飞莫遣随流水"条。而桃花失去媒介作用,则是反其意用之。

宋·蔡襄《城南春会》:"芳草有情迷谢客,落花无处问秦人。"即写寻求隐逸而未得。又《闻福昌院春日一川花卉最盛》:"山前溪上最宜春,千树夭桃一雨新。争取扁舟随水去,乱花深处问秦人。"再用"问秦人",写"一川花卉如桃源"。

1028. 疑入武陵源

唐·张九龄《与生公寻幽居处》:"疑入武陵源,如逢江阴老。""武陵源"即武陵桃花。《桃花源记》开篇:"晋太元中,武陵人捕鱼为业。"武陵为当时郡名,在今湖南省常德县。"武陵"为陶渊明作记假托的地名。后人写"桃源"常用"武陵"替代,其含义同"桃花源",表隐逸地、隐逸人、隐逸情等。张九龄首用"武陵源"于诗中。"疑入武陵源",疑幽居处为武陵源,或如武陵源一样幽僻、隔世。用"疑"字的还有:

宋·王安石《径暖》:"归来向人说,疑是武陵源。"因有"鸡犬相闻"现象,由此而联想。

宋·范成大《四时田园杂兴六十首》:"忽见小桃红似锦,却疑侬是武陵人。"疑置身武陵源。

元·王实甫《西厢记》第一本第一折《赚煞》:"春光在眼前,争奈玉人不见,将一座梵王宫疑是武陵源。"用刘晨、阮肇事喻情思。

元·白朴《东墙记》第三折:"东墙相见后,疑是武陵源。"此"武陵源"亦代天台山。

唐·张九龄又有《城南隅山池春中田袁二公盛称其美夏首获赏果会凤言故有此咏》:"且言临海郡,兼话武陵溪。"只写"武陵溪""武陵源""武陵川",而无"疑"字。

唐·宋之问《宿清远峡山寺》:"寥寥隔尘市,何异武陵源。"

唐·骆宾王《同辛簿简仰酬思玄上人林泉四首》:"闻君招隐地,仿佛武陵春。"

唐·陈子昂《江上暂别萧四刘三旋欣接遇》:"宁期此相遇,尚接武陵州。"

唐·张说《翻著葛巾呈赵尹》:"桃花春径满,误识武陵源。"

唐·郑愔《奉和辛上官昭容院献诗四首》:"天云秦汉隔,别访武陵花。"

唐·包融《赋得岸花临水发》:"春来武陵道,几树落仙家。"

唐·祖咏《题韩少府水亭》:"宁知武陵趣,宛在市朝间。"

唐·綦毋潜《若耶溪逢孔九》:"人言上皇代,犬吠武陵家。"

唐·储光羲《玉真公主山居》:"不言沁园好,独隐武陵花。"

唐·裴迪《送崔九》:"莫学武陵人,暂游桃源里。"

唐·王维《桃源行》:"居人共住武陵源,还从物外起田园……春来遍是桃花水,不辨仙源何处寻。"

唐·王昌龄《当别武陵袁丞》:"从此武陵溪,孤舟二千里。"又《武陵开元观黄炼师院三首》:"先贤盛说桃花源,尘忝何堪武陵郡。"

唐·刘长卿《秦系倾以家事获谤因出旧山每荷观察崔公见知欲归未遂感其流寓诗以赠之》:"初迷武陵路,复出孟尝门。"又《湘中纪行十首》(云母溪):"深藏武陵客,时过洞庭人。"又《奉陪郑中丞自宣州解印与诸侄宴余干后溪》:"何劳问秦汉,更入武陵溪。"又《送台州李使君兼寄题国清寺》:"露冕新丞明主恩,山城别是武陵源。"

唐·孟浩然《送袁太祝尉豫章》:"相逢武陵客,独送豫章行。"又《武陵泛舟》:"武陵川路狭,前棹入花林。"又《登楚山最高顶》:"云梦掌中小,武陵花处迷。"

唐·李白《当涂赵炎少府粉图山水歌》:"若待功成拂衣去,武陵桃花笑杀人。"又《登金陵冶城西北谢安墩》:"功成拂衣去,归入武陵源。"又《赠别从甥高五》:"功成解相访,溪水桃花流。"又《书情赠蔡舍人雄》:"别离解相访,应在武陵多。"又《和卢侍御通塘曲》:"行尽绿潭潭转幽,疑是武陵春碧流。"又《答杜秀才五松见寄》:"从兹一别武陵去,去后桃花春水流。"

唐·韦应物《答徐秀才》:"一枝非所贵,怀书思武陵。"

唐·高适《同熊少府题卢主簿茅斋》:"自堪成独往,何必武陵源。"

唐·张渭《同诸公游云公禅寺》:"不知樵客意,何事武陵溪。"

唐·张南史《寄静虚上人云门》:"方同沃洲去,不自武陵迷。"

唐·杜甫《水宿遣兴奉呈群公》:"丹心老未折,时访武陵溪。"又《寄从孙崇简》:"宠公隐时尽世去,武陵春树他人迷。"又《奉汉中王手札》:"悲秋宋玉宅,失路武陵源。"

唐·钱起《登覆釜山遇道人二首》:"忽忆武陵事,别家疑数秋。"又《山居新种花药与道士同游赋诗》:"宛谓武陵洞,潜应造化移。"又《石井》:"那知幽石下,不与武陵通。"

唐·皇甫冉《春早》:"草遍颍阳山,花开武陵水。"

唐·窦群《假日寻花》:"武陵缘源不可到,河阳带县讵堪夸。"

唐·戴叔伦《桂阳北岭偶过野人所居聊书即事呈王永州邕李道州圻》:"他时愿携手,莫比武陵源。"

唐·李端《归山居寄钱起》:"谁知武陵路,亦有汉家臣。"又《送马尊师》:"武陵花木应长在,愿与渔人更一寻。"

唐·张南史《寄静虚上人云门》:"方同沃洲去,不自武陵迷。"

唐·孟郊《题陆鸿渐上饶新开山舍》:"惊彼武陵状,移归此岩边。"

唐·韦处厚《桃坞》:"终期王母摘,不羡武陵深。"

唐·贾岛《夏夜上谷宿开元寺》:"带月时闻山鸟语,郡城知近武陵溪。"

唐·李群玉《恼从兄》:"武陵洞里寻春客,已被桃花迷不归。"

唐·汪遵《短歌吟》:"匣里有琴樽有酒,人间便是武陵溪。"又《东海》:"同作危时避秦客,此行何似武陵滩。"

唐·司空图《丁末岁归王官谷》:"将取一壶闲日月,长歌深入武陵溪。"又《春山》:"可是武陵溪,春芳着路迷。"

唐·聂夷中《题贾氏林泉》:"地非樵者路,武陵又何逢。"

唐·曹唐《题武陵洞五首》:"桃花夹岸杳何之,花满春山水去迟。三宿五陵溪上月,始知人事有秦时。"

唐·胡曾《早发潜水驿谒郎中员外》:"已是大仙怜后进,不应来向武陵迷。"

唐·方干《睦州吕郎中郡中环溪亭》:"为是仙才登望处,风光便似武陵春。"

唐·罗虬《比红儿诗》其八十一:"疏属便同巫峡路,洛川真是武陵溪。"

唐·崔涂《王逸人隐居》:"不逢秦世乱,未觉武陵深。"

唐·吴融《花村六韵》:"依稀有小洞,邂逅武陵源。"

唐·陆希声《阳羡杂咏十九首·桃花谷》:"何必武陵源上去,洞边好过落花中。"

唐·薛涛《牡丹》:"常恐便同巫峡散,因何重有武陵期。"

唐·法振《月夜泛舟》:"荡舟人不见,卧入武陵花。"

唐·皎然《西白溪期裴方舟不至》:"应向秦时武陵路,花间寂历一人行。"又《兵后西日溪行》:"我来隐道非隐身,如今世世天风尘。路是武陵路,人非秦代人。"

唐·贯休《江边道士》:"何妨将我去,一看武陵春。"

唐·胡宿《残花》:"长乐梦回春寂寂,武陵人去水迢迢。"

五代·谭用之《贻费道人》:"他日凤书何处觅,武陵烟树半桃花。"

宋·冯信可《桃源图》:"寻源未许武陵人,隐者但作桃花主。"

宋·解旦《句》:"便作武陵溪上看,春来何处不开花。"

宋·刘敞《桃源》:"武陵溪水清无尘,武陵桃树花长春。"

宋·张景《题董真人》:"桃花谩说武陵源,误教刘郎不得仙。争似莲花峰下客,栽成红杏上青天。"

宋·王安石《达本》:"枯木岩前犹失路,那堪春入武陵源。"又《奉和景纯十四丈三绝》:"诏怅老年尘世累,无因重到武陵溪。"

宋·黄庭坚《水调歌头》:"瑶草一何碧,春入武陵溪。"

宋·李清照《凤凰台上忆吹箫》:"念武陵人远,烟锁秦楼。""武陵人"借刘晨、阮肇入天台山遇二女事,说爱人已经远去。

宋·陈亮《青玉案》:"武陵溪上桃花路。见征骑、匆匆去,嘶入斜阳芳草渡。"

宋·李石才《一箩金》:"武陵春色浓如酒,游冶才郎,初试花间手。"

元·陶宗仪《南浦》:"欲问渔郎无恙否?回首武陵何许。"

今人刘操南《题灵栖洞》:"仙境漫夸心目眩,武陵欣已遍神州。"

今人郭味农《游桃花源》:"古洞居民是否虚,不须寻问武陵渔。"

1029. 刘郎已恨蓬山远

唐·李商隐《无题四首》之一:"刘郎已恨蓬山远,更隔蓬山一万重。"写所思念的女子远隔天涯,相会无期。刘晨恨蓬莱仙境太远,而其所思念的人比蓬莱山还远一万重。他在另一首《无题》诗中写:"蓬山此去无多路,青鸟殷勤为探看。"此诗反用之,或寄托政治理想渺茫之感慨。

古代诗词中,写了五个"刘郎",即"蓬山刘郎"(天台刘郎)、"玄都刘郎""茂陵刘郎""前度刘郎"和"嗜酒刘郎"。李商隐写了"蓬山刘郎"。

"蓬山刘郎"是用刘晨、阮肇去天台山的神仙故事。《太平御览》引南朝·宋·刘义庆《幽明录》说:东汉明帝永平年间,浙江剡县人刘晨、阮肇同入天台山采药,远不得返。山上有桃树,山下有一大溪,溪边有二女子,如旧相识,称二人"刘郎""阮郎",邀还其家,留居半年。及还乡,子孙已历七世(《太平广记》(天台二女)引《神仙记》说"已十世")。西晋太康年间,刘、阮二人又重返天台山,复求仙女,已不可寻,唯溪水落花而已。宋·晁端礼《鹧鸪天》:"不封虢国并秦国,应嫁刘郎与阮郎。"即用其事。"刘郎""阮郎"成了诗词中女子思念的情人。《桃花源记》写武陵人到桃花源,路有溪水桃花,刘、阮到天台山,也有溪水桃花,又都称"仙境",都是奇遇,因此诗词中二事常被牵合混写,前"桃源""武陵"条已有此例。如宋·张辑《洞仙歌》:"有洞口,桃花识刘郎,共一笑相迎,朱颜如旧。""洞口桃花"也是《桃花源记》所描述的,而"一笑相迎"则是用天台仙女事了。有的把刘禹锡的"前度刘郎"也混用起来。因为刘、阮也是"前度""再度"两去天台山。如宋·李石《醉蓬莱》:"九月江南,上蓬莱仙岛。三度刘郎,黄花醉里,问我几时来到。""蓬莱仙岛"指刘、阮事。"三度刘郎"则从"前度刘郎"中衍生。宋·李清照《凤凰台上忆吹箫》:"念武陵人远,烟锁秦楼。"《桃花源记》中的"武陵人"成了天台佳客。这都是明里牵合。唐·王维《桃源行》:"坐看红树不知远,行尽青溪忽值人。"暗中牵合了"桃源"(红树)、"天台"(青溪)二事。宋·吴文英《莺啼序》:"溯红渐,招入仙溪,锦儿偷寄幽素。"用王维句也是暗中牵合。宋·周邦彦《玉楼春》:"桃溪不作从容住,秋藕绝来无续处。""桃溪"暗合天台山上有桃花,山下有青溪,而"桃源"也有桃溪,溪水有夹岸桃花。

诗词中用"刘郎"为多。东汉明帝永平年间,浙江剡县人刘晨被天台仙女唤做"刘郎",唐人刘禹锡借用这个"刘郎"以自称。两个"刘郎"又都与桃花相联系,因此在后来的诗词中两个"刘郎"也常常牵合起来。而多取"刘郎桃花"义,写女子对男子的怀恋,或写感旧思友,有些也用"刘郎"陪赞桃花、梅花。"刘郎"可随意用在刘姓人身上。宋·苏轼《戏赠孙公素》:"披扇当年笑温峤,握刀晚岁战刘郎。"这"刘郎"则指刘备。《三国志·法正传》:"孙权以妹妻先主。妹才捷刚猛,有诸兄之风,侍婢百余人,皆亲执刀侍立。先主每入,衷心常凛凛。"

"刘郎"句如:

唐·施肩吾《赠女道士郑玉华二首》:"世间风景那堪恋,长笑刘郎漫忆家。"

唐·薛逢《题春台观》:"便拟寻溪弄花去,洞天谁更待刘郎。"

唐·薛能《许州题观察判官厅》:"刘郎别后无遗履,丁令归来有旧巢。"

唐·李郢《张郎中宅戏赠二首》:"一声歌罢刘郎醉,脱取明金压绣鞋。"又《醉送》:"无限柳条多少雪,一将春恨付刘郎。"

唐·崔珏《和人听歌》:"莫辞更送刘郎酒,百斛明珠异日酬。"

唐·曹邺《姜薄命》:"刘郎马蹄疾,何处去不得。"

唐·罗虬《比红儿诗》:"神仙得似红儿貌,应免刘郎忆世间。"

唐·温庭筠《天仙子》:"刘郎此日别天仙,登绮席,泪珠滴,十二晚峰青历历。"

唐·牛峤《女冠子》:"醮坛春昼绿,药院杏花香。青鸟传心事,寄刘郎。"用李商隐句。

唐·李建勋《句》:"桃花流水须长信,不学刘郎去又来。"

宋·文彦博《雨中湖上绯桃盛开舟子维缆于树因书二十八言》:"武陵不放刘郎去,更就桃根系小舟。"写桃花留客。又《提举刘司封监牧张帜方咏醁醽诗皆以微文形于善谑辄成累句奉呈聊用解纷》:"刘郎曾入仙源路,又到唐昌观里来。"谑刘司封。

宋·张方平《桃源二客厅》:"刘郎阮郎丹篆客,桃花源中有旧宅。"自喻避世。

宋·强至《予官司将满婢子始植小柏于堂下因感而书》:"犹胜夭桃情意薄,刘郎去后始花开。"自比。

宋·苏轼《刁景纯赏瑞香花忆先朝侍宴次韵》:"上苑夭桃自作行,刘郎去后几回芳。"自比。又《次韵刘贡父西省种竹》:"要知面披承平事,记取刘郎种竹初。"称刘贡父。又《用前韵作雪诗留景文》:"刘郎去后谁复来,花下有人心断绝。"挽留刘景文。又《三月二十日多叶杏盛开》:"刘郎归何日,红桃烁残霞。"自谓。又《次韵杨公济奉议梅花十首》:"而今纵老霜根在,得见刘郎又独来。"《南乡子》(席上劝李公择酒):"看取桃花春二月,争开。尽是刘郎去后栽。"刘禹锡原句。又《殢人娇》(王都尉席上赠侍人):"满院桃花,尽是刘郎未见。于中更、一枝纤软。"又《减字木兰花》(送别):"天台旧路,应恨刘郎来又去。"

宋·张景修《虞美人》:"春风曾见桃花面,重见胜初见。两枝独占小春开,应怪刘郎迷路、又重来。"咏赏桃花。

宋·黄庭坚《满庭芳》(妓女):"刘郎恨,桃片片,随水染尘埃。"

宋·晁端礼《虞美人》:"木兰舟稳桃花浪,重到清溪上。刘郎惆怅武陵迷,无限落英飞絮、水东西。"又《鹧鸪天》:"辞汉曲,别高唐。芳心应解妒鸳鸯。不封虢国与秦国,应解刘郎与阮郎。"

宋·郑僅《调笑转踏》:"烟暖,武陵晚。洞里春长花烂漫,红英满地溪流浅,渐听云中鸡犬。刘郎迷路香风远,误到蓬莱仙馆。"赞花。

宋·谢逸《西江月》:"桃源不禁昔人游,曾是刘郎邂逅。"写赏花。

宋·舒亶《浣溪沙》:"游女谩能歌白纻,使君不学野鸳鸯。桃花空解误刘郎。"自比。

宋·韩元吉《水龙吟》(题三峰阁咏英华女子):"问分香旧事,刘郎去后,知谁来、风前醉。"自比。又《水龙吟》(溪中有浣衣石):"乱山深处逢春,断魂更入桃源路。……花里莺啼,水边人去,落红无数,恨刘郎鬓点、星星华发,空回首伤春暮。"自比。

宋·贺铸《减字木兰花》:"风香月影,信是瑶台清夜永。深闭重门,牵伴刘郎别后魂。"自比。

宋·晁补之《暮山溪》(谯国饮酒为守令作):"刘郎莫问,去后桃花事。司马更堪怜,掩金觞,琵琶催泪。"又《行香子·梅》:"芳樽移就,幽葩折取,似玉人,携手同归。扬州应记,东阁逢时。恨刘郎误,题诗句,怨桃溪。"咏梅。

宋·王安中《小桃口号·词》:"肯与刘郎仙去否,武陵回路相思瘦。"

宋·周紫芝《鹧鸪天》:"楼上细桃一尊红,别来开谢几东风。武陵春尽无人处,犹有刘郎去后踪。"喻桃花。

宋·吕渭老《醉桃源》:"山不尽,水无情,锦河隔锦茵。刘郎仙骨未应轻,桃花已误人。"又《水龙吟》(寄竹西):"借问刘郎,心期则甚,一成无据。"

宋·袁去华《菩萨蛮》:"莫嫌彭泽令,不似刘郎韵,把酒赋新诗,花前知是谁。"自比彭泽。又《清平乐》(赠游簿侍儿):"桃花流水茫茫,归来愁杀刘郎。尽做风情减尽,也应未怕颠狂。"自比。

宋·赵汴《忘归洞》:"看取桃源刘郎去,旧乡虽是故人非。"自喻。

宋·赵师侠《武陵春》(和王叔度桃花):"零乱分飞贪结子,芳径自成蹊。消得刘郎去路迷,肠断武陵溪。"写桃花。

宋·刘过《水龙吟》(寄陆放翁):"任菜花葵麦,刘郎去后,桃开处,春多少。"用刘禹锡句写隐逸。

宋·卢炳《鹧鸪天》(席久戏作):"刘郎莫恨相逢晚,且喜桃源路已通。"自比。

宋·刘镇《水龙吟》(庚寅寄远):"回首画桥烟水,念故人、匆匆何处。客情怀远,云迷北树,草连南浦。离合悲欢,去留迟速,问春无语。笑刘郎,不道无桃可种,苦留春住。"自比。

宋·辛弃疾《六么令》(用陆氏事,送玉山令陆德隆待亲东归吴中):"长喜刘郎马上,肯听诗书说。谁对叔子风流,直把曹刘压。"又《水调歌头》:"百炼都成绕指,万事直须称好,人世几舆台。刘郎更堪笑,刚赋看花回。"又《新荷叶》(和赵德庄韵):"兔葵燕麦,问刘郎、几度沾衣。翠屏幽梦,觉来水绕山围。"

宋·苏洞《摸鱼儿》(忆刘改之):"望关河、试穷遥眼,新愁似丝千缕。刘郎豪气今何在,应是九疑三楚。"自喻。

宋·刘克庄《贺新郎》(游水东周家花园):"趁取群芳未摇落,暇日提鱼就煮。叹激电、光阴如许。回首明年何处在,问桃花、尚记刘郎否?公莫笑,醉中语。"自比。又《一剪梅》(余赴广东,实之夜饯于风亭):"天寒路滑马蹄僵,元是王郎,来送刘郎。"刘自比。

宋·姜夔《侧犯》(咏芍药):"寂寞刘郎,自修花谱。"刘郎代刘攽。(《宋史·艺文志》记刘攽《芍药谱》一卷。)

宋·高观国《水龙吟》(为楚庵寿):"蓬莱误入,群仙争问,刘郎安否?"代楚庵。

宋·方君遇《风流子》:"回首别离容易过,杨柳又依依……桃源今何在,刘郎去,应念瘦损香肌。"代情人。

宋·陈允平《垂丝钓》:"武陵溪上路,娉婷婀娜,刘郎依约曾遇。"又《意难忘》:"连环未结双,似桃源误入,初嫁刘郎。"

宋·朱用之《意难忘》(和清真韵):"桃花结子成双,纵题经去后,枉误刘郎。"

宋·魏了翁《刘左史光祖夫人生日·念奴娇》:"刘郎初度随春到,尚纪彩衣春立。又上夫人千岁寿,相望不争旬日。"

宋·张辑《洞仙歌》(游大涤赋):"有洞口、桃花识刘郎,共一笑相迎,朱颜如旧。"

宋·刘辰翁《摸鱼儿》:"刘郎惯是瑶池客,又醉碧桃三度。花下数,记三度三千,结子多红雨。"

宋·周密《探芳讯》(西泠春感):"步晴昼,向水院维舟,津亭唤酒,叹刘郎重到,依依漫怀旧。"又《满庭芳》(赋湘梅):"笑李凡桃俗,蝶喜蜂忙。莫把杏花轻比,怕杏花、不敢承当。飘零处、还随流水,应去误刘郎。"

宋·王沂孙《露华·碧桃》:"嫩绿渐满溪阴,蕲蕲粉云飞出,芳艳冷,刘郎未应认得。"

宋·赵必豫《朝中措》(戏赠东邻刘生再聚板桥谢女):"旧情如纸,新情如海,冷热心肠。谁为移根换叶,桃花自识刘郎。"

宋·仇远《西江月》:"犹记春风庭院,桃花初识刘郎。"又《糖多令》:"问刘郎、别后何如?纵有桃花千万树,也不似、旧玄都。"

宋·陈德武《水龙吟》(十月二十三日阻雨、住长乐兴宁驿馆舍,寂甚。偶见窗外桃花数朵,遂成此调以寓意焉):"驿楼岁暮萧条,小桃何事迎人笑。……自刘郎去后,天台路隔,知孤负、春多少。"驿花罕有人赏。

宋·张炎《台城路》(迁居):"桃花零落玄都观,刘郎此情无语。"又《踏莎行》(郊行,值游女以花掷水,余得之,戏作此解):"不随烟水不随风,不教轻把刘郎误。"自比。

宋·无名氏《贺新郎》(庆新婚又生日四月廿七):"鸾凤初成匹,想桃源、刘郎仙女,新欢稠密。"

宋·无名氏《沁园春》(寿刘宰):"天下知名,今日刘郎,胜如旧时。记当年幕府,元戎高会,万花围席,争看题诗。"

宋·无名氏《玉楼春》(蜡梅):"刘郎只解误桃花,怅恨今年春又尽。"

宋·无名氏《苏幕遮》:"流水落花,不管刘郎到。"

金·李晏《虞美人》:"飘零又送青春暮,怅望刘郎去。教人不恨五更风,只恨马蹄无处、避残红。"

元·白朴《驻马听·舞》:"锦缠头,刘郎错认风前柳。"

元·马致远《四块玉·天台路》:"怨感刘郎下天台,春风再到人何在?桃花又不见开。"

元·肖淑兰《菩萨蛮二首》:"天教刘郎迷蓬岛,桃花片片依芳草。芳草若春思,王孙知不知。"

元·徐再思《水仙子》(红指甲):"雪藕丝霞十缕,镂枣斑血半点(红指甲),搯刘郎春在纤纤。"游戏文字。

元明小说话本依托宋人张道南词《青玉案》:"缟衣女子来何处,咫尺近、桃源路。说是武陵溪畔住。……邂逅刘郎垂一顾,何事匆匆便归去。"

今人富寿荪《鹧鸪天》(游龙华):"刘郎莫道寻芳晚,犹有桃花几树红。"

1030. 教他唤阮郎

唐·刘长卿《过白鹤观寻岑秀才不遇》:"应向桃源里,教他唤阮郎。"岑秀才不在白鹤观,何处去了?戏写他被仙女留在桃源。"桃源"是"牵合"用法。"阮郎"戏称岑秀才。前面说过"刘郎"有四个,"阮郎"只有一个。但也常为后人用来写艳遇、写仙境,阮肇也成了"替身"。如:

唐·张子容《送苏倩游天台》:"遥知神女问,独怪阮郎归。"切苏倩游天台,如阮肇,却无刘晨。

唐·秦系《题女道士居》:"共知仙女丽,莫是阮郎妻。"比女道士为仙女。

唐·卢纶《酬金部王郎中省中春日见寄》:"更有阮郎迷路处,万株红树一溪深。"唐人称郎中为仙郎,喻"省中春日"为仙境。

唐·李端《山下泉》:"明朝更寻去,应到阮郎家。"喻如仙境。

唐·武元衡《同苗郎中送严侍御赴黔中因访仙源之事》:"莫问阮郎千古事,绿杨深处翠霞红。"写仙源已难寻找。又《代佳人赠张郎中》:"心爱阮郎留不住,独将珠泪湿红铅。"代"佳人"伤别。

唐·刘言史《赠成炼师四首》:"大罗过却三千岁,又向人间魅阮郎。"将仙女比成炼师。

唐·李山甫《陪郑先辈华山罗谷访张隐者》:"不是陪仙侣,无因访阮郎。"阮郎"比张隐者。

唐·韩偓《梦仙》:"每嗟阮肇归何速,深羡张骞去不疑。"恋仙境。

唐·红绡妓《忆崔生》:"深洞莺啼恨阮郎,偷来花下解珠珰。""阮郎"代崔生,诉相思之情。

唐·李冶《送阎二十六赴剡溪》:"归来重相访,莫学阮郎迷。"愿阎二十六归来。

宋·张日损《寄天台王炼师兼呈宰邑》:"百里凄情古县城,阮郎陶令自相应。""阮郎"比王炼师。

"刘晨""阮肇"也合用做"刘阮":

宋·凌策《丁家山访李璨》:"当年刘阮应惆怅,不识桃源第一家。"写丁家山李璨家之美。

宋·冯信可《桃源图》:"明年此日桃花开,何人净扫溪阴苔。我亦天台约刘阮,春风一棹酒船来。"

宋·王沂孙《绮罗香》:"空一似、零落桃花,又等闲、误他刘阮。"

宋·张炎《南楼令》(寿邵素心席间赋):"休近七香车,年华已破瓜,怕依然、刘阮桃花。"又《台城路》(归杭):"路改家迷,花空荫落,谁识重来刘阮。"

1031. 前度刘郎今又来

唐·刘禹锡《再游玄都观》(并引):"百亩庭中半是苔,桃花净尽菜花开。种桃道士归何处,前度刘郎今又来。"《引》云:"余贞元二十一年为屯田员外郎时此观未有花,是岁出牧连州,寻贬郎州司马,居十年召至京师，人人皆言有道士手植仙桃满观如红霞。遂有前篇以志一时之事。旋又出牧，今十有四年，复为主客郎中，重游玄都观，荡然无复一树，唯兔葵燕麦动摇于春风耳。因再题二十八字以俟后游。"其中"前篇"指《戏赠看花诸君子》："紫陌红尘拂面来，无人不道看花回。玄都观里桃千树，尽是刘郎去后栽。"诗中"桃花"比朝中某些新贵。作者同柳宗元参加王叔文改革集团失败后，新贵攀附而起，作此诗，"诗语讥忿"，又遭贬谪。柳宗元说他"自取之"，表现不畏权势的斗争精神。贬十四年召回长安，皇帝由宪宗、穆宗、敬宗到了文宗时代。政治斗争仍在继续。他此诗重提旧事，毫不妥协。刘禹锡借用"刘郎"以自代，十四年后，"桃花净尽""种桃道士"，那些当权者有的死掉，有的失势，荡然无存了。而"前度刘郎"又回到长安。这简直是一种挑战了。宋·梅尧臣《陆子履见过》："刘郎谪去十年归，长乐钟声下太微。"直述其事。"前度刘郎"即前次来这的刘郎。诗词中表示旧地重游、去而复来或过去曾来的人。有时换用"几度""三度"。最早应用始于宋代。

宋·张伯玉《右后池荷》："纵教颜色明年在，前度刘郎肯再来。"

宋·张式《九鲤湖》："昔年道士何时去，前度游人今又来。"写旧地重游。

宋·苏轼在《留别释迦院牡丹呈赵倅》一诗中首用"前度刘郎"——"去年崔护若重来，前度刘郎在千里"。由于"蓬莱刘郎"曾重返天台山，"玄都刘郎"曾再去玄都观，即都有"前度"，因此后人应用中也被牵合。

宋·贺铸《诉衷情》："不堪回首卧云乡，羁宦负清狂。……秦塞险，楚山苍，更斜阳，画桥流水，曾见扁舟，几度刘郎。"

宋·晁补之《斗百草》："纵章台，青青似昔。重寻事，前度刘郎转愁寂。"

宋·周邦彦《瑞龙吟》（大石）："前度刘郎重到，访邻寻里，同时歌舞。唯有旧家秋娘，声价如故。"

宋·周紫芝《鹧鸪天》："闲院静，小桃开，刘郎前度几回来。"又《醉落魄》（重午日过石熙明，出侍儿鸳鸯）："人生只有尊前乐，前度刘郎，莫负重来约。"

宋·李石《醉蓬莱》："九日江南，上蓬莱仙岛，三度刘郎，黄花醉里，问我几时来到。"

宋·王灼《酒泉子》（送诣夫成都作·重九）："锦水花林，前度刘郎行乐处。当时梅李卧莓苔，又重来。"

宋·辛弃疾《贺新郎》："前度刘郎今重到，问玄都，千树花存否。"

宋·王千秋《虞美人》（和姚伯和）："尊前人物胜前度，谁记桃花句。"又《点绛唇》（刘公宝生日）："玄都路，桃花栽取，来看千千度。"

宋·刘将孙《摸鱼儿》（甲申客路闻鹃）："人生几许，且赢得刘郎，看花眼惯，懒复前度。"

宋·刘克庄《鹧鸪天》："前度看花白发郎，平生痼疾是清狂。"

宋·曹冠《水调歌头》："游燕赏谭洞，舒啸对群峰。瀑飞下银汉，一水净涵空。前度刘郎诗句，只咏丹青摹写，佳境未亲逢。""前度"是"从前"之意，"刘郎"指刘禹锡。刘禹锡《寄题涵碧诗》有"远写丹青到雍州"之句，曹诗述此。

宋·李廷忠《沁园春》（刘总干会饮同僚，出示新词，席上同韵）："幕府增辉，前度刘郎，又还到来。"

宋·魏了翁《新亭落成约刘左史光祖和见惠生日韵·醉蓬莱》："又一番雨过，倚阁炎威，探支秋色。前度刘郎，为故园一出，黄发丝丝，赤心片片，俨中朝人物。"

宋·吴文英《西子妆慢》（湖上清明薄游）："一前流光，又趁寒食去。不堪衰鬓著飞花，傍绿阴、冷烟深树。玄都秀句，记前度刘郎曾赋。"又《惜红衣》（余从姜石帚游苕雪间三十五年矣，重来伤今感昔，聊以咏怀）："南陌，前度刘郎，寻流花踪迹。"

宋·柴望《齐天乐》（戊申百五王野处酌别）："青青杨柳丝丝雨，他乡又逢寒食。几度刘郎，当年曼倩，迢递水村烟驿。寻踪访迹，正马上相逢，杏花狼藉。"

宋·韩元吉《六州歌头》："前度刘郎，几许风流地，花也应悲。"

宋·赵文《大酺》（感春）："相思无奈著，重访旧，谁遣车生角。暗记省、刘郎前度，杜牧三生，为何人、顿乖芳约。"又《莺啼序》（春晚）："自怪情怀，近日顿懒，忆刘郎前度。"

宋·刘辰翁用"前度"句最多。《青玉案》（微晴渡观桃，非复前日弥望之盛，独可十数树耳。盖以此间人摘实之苦，自伐去也。归途悄然念之，作此以示同行）："稠塘旧是花千树，曾泛入、溪深误。

前度刘郎重唤渡,漫山寂寂,年时花下,往往无寻处。"又《摸鱼儿》(酒边留同年徐云屋三首):"东风似旧。问前度桃花、刘郎能记,花复认郎否。"又《金缕曲》(绝江观桃,座间和韵):"破手一杯花浮面,不觉三三四五。更竹里、颠狂崔护。试语看花诸君子,但如今、俯仰成前度。"又《八声甘州》(和汪士安海棠下先归,前是观桃水东,至其乡真常观):"问海棠花下,又何如、玄都观中游。叹倦巢蜀锦,当时不数,前度何稠。"又《摸鱼儿》(水东桃花下赋):"玄都纵有看花便,耿耿自羞前度。"又《兰陵王》(丙子送春):"叹神游故国,花记前度。"重回沦陷的临安,"桃花净尽",美景全无了。

宋·张炎《玲珑四犯》(杭友促归,调此寄意):"因甚尚客殊乡,自吴我、被谁留住。问种桃、莫是前度,不拟桃花轻误。"又《南浦》(春水):"前度刘郎归去后,溪上碧桃多少。"又《还京乐》(送陈行之归吴):"正翠阴迷路,光阴荏苒成孤旅,待趁燕樯,休忘了、玄都前度。"又《三姝媚》(海云寺千叶杏二株,奇丽可观,江南所无。越日,过傅告起清晏堂。见古瓶中数枝,云自海云来,名芙蓉杏。因爱玩不去,告起索赋此曲):"傍水开时,细看来、浑似阮郎前度。"

宋·梁栋《一萼红》(芙蓉和友人韵):"自前度、王郎去后,旧游处、烟草接吴宫。"

元明小说话本依托宋人陶上舍词《金缕曲》:"前度刘郎今尚在,不带看花之福。"

明·汤显祖《牡丹亭》第四十八出《遇母》:"桃树巧逢前度客,翠烟真是再来人,月高风定影随身。""前度客"指柳梦梅。

清初女诗人徐灿《永遇乐》(舟中感旧):"无恙桃花,依然燕子,春景多别。前度刘郎,重来江令,往事何堪说!"徐灿的丈夫陈之遴降清后,徐灿一度为相国夫人。清顺治十三年(1656),陈之遴发遣辽阳,不久召还。徐灿作此词,写流戍之感触:"前度刘郎能无感慨,重来江令(江总历梁、陈、隋三朝),当惭臣节。"影射自己和陈之遴降清不节。

清·孔尚任《桃花扇》第二十八出题画《尾犯序》:"旧桃花刘郎又撚,料得新吴宫西施不愿。"变用"前度"句,写侯方域重寻李香君,香君不愿入宫。

清·董俞《满江红》(重到西湖忆旧):"还记得、桃花满院,刘郎前度。"去而复返的"前度刘郎"。

1032. 前度刘郎应老矣

宋·贺铸《渔家傲》:"请问尊前桃与李,重来若个相记。前度刘郎应老矣,行乐地,兔葵燕麦春风里。"用刘禹锡诗意,叹年华已晚。"刘郎老矣"表人已老迈。

宋·欧阳修《戏刘原甫》:"洞里新花莫相笑,刘郎今是老刘郎。""刘郎"戏称刘原甫。

宋·苏轼《阮郎归》(苏州席上作):"他年桃李阿谁栽,刘郎双鬓衰。"又《书黄筌画〈翎毛花蝶图〉二首》:"惆怅刘郎今白首,时来看卷觅余春。"

宋·晁补之《忆少年》(别历下):"罨画园林溪绀碧,算重来、尽成陈迹。刘郎鬓如此,况桃花颜色。"写重来已人老花残。

宋·朱敦儒《减字木兰花》:"刘郎已老,不管桃花依旧笑。"后句用唐·崔护"桃花依旧笑春风"句,写花盛开而人已老。

宋·陈与义《虞美人》(亭下桃花盛开,作长短句咏之):"应恨人空老,心情虽在只吟诗,白发刘郎孤负、可怜枝。"

宋·吕渭老《暮山溪》:"吴霜点鬓,春色老刘郎。云路远,晚溪横,谁见桃花笑。"

宋·韩元吉《江神子》(建安县戏赵德庄):"十年此地看花时……前度刘郎今度客,嗟老矣,鬓成丝。"

宋·赵善括《鹧鸪天》:"重来休厌刘郎老,明月清风有素盟。"

宋·吴礼之《暮山溪》(感旧):"刘郎老矣,倦入繁华地。触目愈伤情,念陈迹,人非物是。"

宋·史达祖《贺新郎》:"前度刘郎虽老矣,奈年来、犹道多情句。"

宋·刘澜《齐天乐》(吴兴郡宴遇旧人):"刘郎今度更老,雅怀都不到,书带题扇。"

宋·李彭老《祝英台近》:"忍重见,描金小字题情,生绡合欢扇。老了刘郎,天远玉箫伴。"

宋·黄升《摸鱼儿》(为遗蜕山中桃花作寄冯云月):"刘郎老去,待有日重来,同君一笑,拈起看花句。"

宋·刘镇《庆春泽》(丙子元夕):"客里情怀,伴人闲笑闲吟。小桃未静刘郎老,把相思、细写瑶琴。怕归来,红紫欺风,三径成阴。"

宋·张枢《木兰花慢》:"须觅流莺寄语,为谁老却刘郎。"

宋·史深《木兰花慢》："前度刘郎易老,旧时飞燕难寻。"

"刘郎未老"反"刘郎老去"之义,表示重来之可能。宋·苏轼《减字木兰花》(送别)首用此句:"刘郎未老,怀恋仙乡重得到。"

宋·姜夔《送范仲讷往合肥三首》："小帘灯火屡题诗,回首青山失后期。未老刘郎定重到,烦君说与故人知。"欲再去淮南。

宋·曹邍《齐天乐》(和翁时可悼故姬)："绿玉弹棋,红牙按拍,乐事欢情终少。刘郎未老,要鬓翼堆玄,腕酥凝皓。"

宋·赵必璂《念奴娇》(贺陈新渌再娶)："洞里桃花应笑道,前度刘郎未老。"

1033. 紫陌红尘拂面来

唐·刘禹锡《戏赠看花诸君子》："紫陌红尘拂面来,无人不道看花回。"写通往玄都观的路上沸沸攘攘,红尘扑面,拥满了看花回来的人。后用"紫陌红尘"写行人繁多。

宋·苏轼《南歌子》(暮春)："紫陌寻春去,红尘拂面来,无人不道看花回。惟见石榴新蕊、一枝开。"

宋·司马光《新买叠石溪庄再用前韵招景仁》："鹿裘藜杖偏宜老,紫陌红尘不称闲。"

宋·赵抃《题毛维瞻懒归阁》："紫陌红尘行不顾,白云青嶂坐忘归。"

1034. 玄都观里桃千树

唐·刘禹锡《戏赠看花诸君子》："玄都观里桃千树,尽是刘郎去后栽。"此诗讥讽新得势的权贵,不数日,作者又被贬为连州刺史。此句形式上格外自然,因此唐人就有仿其句式者。

唐·胡曾《沙苑》："谁知此地凋残柳,尽是高欢败后栽。"用句式。

唐·温庭筠《经故翰林袁学士居》："西州城外花千树,尽是羊昙醉后春。"用句式。

宋·苏轼《北归度岭寄子由》："青松盈尺间香梅,尽是先生去后栽。"用句式。

"玄都桃花",常被人比作栽种桃花的地方,甚至作人间桃源来写。

宋·文同《和子山种花》："红霞照地清香起,似到玄都观里时。"写桃花之盛的玄都观。

宋·王千秋《点绛唇》："玄都路,桃花栽取,来

看千千度。"赏桃花。

宋·范成大《木兰花慢》(送郑伯昌)："昔年连辔柳边归,陈迹恍难追。况种桃道士,看花才子,回首皆非。"言莫忆往昔。

宋·刘克庄《沁园春》(和吴尚书叔永)："宣室厘残,玄都花谢,回首旧游存几人。"宣室祭肉已残,玄都桃花亦谢,表时过境迁。又《鹊桥仙》(桃巷弟生日)："移来芳树,摘来珍果,压尽来禽青李。三千年一荐金盘,又不是玄都栽底。"寿桃来历不凡。又《鹊桥仙》(答桃巷弟和篇)："阁中芸冷,观中桃谢,谁问贞元朝士。"刘禹锡贞元九年进士。又《念奴娇》(居厚弟生日)："客又疑这仙翁,唐玄都观里,咏桃花底。"居厚似有刘禹锡的遭遇。又《解连环》(甲子生日)："小车万花引路,又谁能记得、观里千树。"写从京都退居。

宋·冯取洽《摸鱼儿》(玉林君为遗蜕山中桃花赋也。花与主人,何幸如之,用韵和谢)："叹刘郎、那回轻别,霏霏三落红雨。玄都观里应遗恨,一抹断烟残缕。"喻遗蜕山桃花已过三载。

宋·周文谟《念奴娇》："犹胜玄都人去后,空怨残红零落。绿叶成阴,桃花结子,狂恨东风恶。"喻爱姬为史弥远夺去。"玄都人"自喻。

宋·吴潜《贺新郎》(再和翁处静桃源洞韵)："宇宙原无外,问当年,渠缘底事,强逃人世。争似刘郎栽种后,长恁玄都观里。何用羡,武陵溪水。""玄都观"喻人间桃源。

宋·龙端是《忆旧游》(题南楼)："浩歌拍手归去,风月两长桥。算此会何时,刘郎去后多嫩桃。"写与游友相别。

宋·吴文英《高阳台》(寿毛荷塘)："风月襟怀,挥毫倚马成章。仙都观里桃千树,映麹尘、十里荷塘。"喻长寿仙桃。

宋·刘辰翁《摸鱼儿》(春暮)："东风起,东风起,种桃千树皆流水。"桃花俱落。又《水调歌头》(游洞岩,夜大风雨,彭明叔索赋,醉墨颠倒)："苍浪向来半掩,厚意复谁容。欲说正元旧事,未必玄都千树,得似洞中红。檐语亦颠倒,洗尔不平胸。"衬托洞岩。又《内家娇》(寿王城山)："春风里,种他红与白,笑我懒中忙。供奉后来,玄都桃改,佳人好在,庾岭梅香。"说植梅种桃。又《摸鱼儿》(和谢李同年)："记玄都,看花君子,一生恨奈何许。"述刘禹锡之恨。

宋·张炎《露华》(碧桃)："玄都观里,几回错

认梨云。花下可怜仙子,醉东风,犹自吹笙。残照晚,渔翁正迷武陵。"赞碧桃。

金·元好问《人月圆·卜居外家东园》:"玄都观里桃千树,花落水空流。"用原句写东园。

元·周文质《小桃红·咏桃》:"东风有恨致玄都,吹破枝头玉。"暗述桃花。

明末顾景星《满江红》(和王昭仪韵):"向玄都观里,偷弹泪血。"影射新贵。

清·舒位《初春吴门归舟即事》:"我是玄都痴道士,替人前度种桃花。"喻闲居。

清·黄逢昶《台湾竹枝词》:"当年种得桃千树,又向梧桐井上开。"注云:"朱干隆树梧大令,湖南人,前宰彰化,多善政,今又重来,颂声达于行路。"种得桃千树喻善政开花。

1035. 茂陵刘郎秋风客

唐·李贺《金铜仙人辞汉歌》:"茂陵刘郎秋风客,夜闻马嘶晓无迹。"这是第三个"刘郎",指汉武帝刘彻。"茂陵"是刘彻的墓地,因有"茂陵刘郎"之称。他曾作《秋风辞》,其中有"欢乐极兮哀情多,少壮几时兮奈老何"。言事业未竟,而年华已秋。李贺诗谓:悲秋的秋风客刘彻,夜间魂魄出入汉宫,人们可以听到他的马嘶声。李贺在《苦昼短》诗中亦写:"刘彻茂陵多滞骨,嬴政宰棺费鲍鱼。"说汉武帝求仙好道难免一死,以讥唐宪宗李纯好神仙。"茂陵刘郎"指刘彻无疑。

宋·苏轼《过莱州雪后望三山》:"茂陵秋风客,劝尔麾一杯。"又《安期生》:"茂陵秋风客,望祖犹蚁蜂。"

宋·李纲《水龙吟》(光武战昆阳):"豁达刘郎大度,对勍敌,安恬无惧。"指刘秀。这是第四个"刘郎"。

宋·刘将孙《满江红》:"独出携盘谁送客,刘郎陵上烟迷草。"茂陵刘郎陵墓。

明·汤显祖《牡丹亭》第十六出《诀谒》:"(生)你说打秋风好?'茂陵刘郎秋风客',到大来做了皇帝。"这里的"秋风"即"抽丰",利用各种关系向人索取叫"打秋风"。科举时代,新进学的秀才、新中试的举人以"拜客"为名,要人送贺礼、贺金,就是"打秋风",拜客者被称作"秋风客"。此处,用李贺原句双关"打秋风"。

唐·温庭筠《李羽处士寄新酝走笔戏酬》:"已恨流莺欺谢客,更将浮蚁与刘郎。"这是第五个"刘

郎"。《世说新语·简傲》:"王戎弱冠诣阮籍,时刘公荣在坐。阮谓王曰:'偶有二斗美酒,当与君共饮。彼公荣者,无预焉。'二人交觞酬酢,公荣遂不得一杯,而言谈戏谑,三人无异。或有问之者,阮答曰:'胜公荣者,不得不与饮酒;不如公荣者,不可不与饮酒;唯公荣,可不与饮酒。'"刘公荣即曹魏时的刘昶。温诗中自比刘公荣("刘郎"),反用阮籍不与刘酒事,以谢李羽赠酒。

1036. 沈郎多病不胜衣

南唐中主李璟《浣溪沙》:"风压轻云贴水飞,乍晴池馆燕争泥,沈郎多病不胜衣。"南朝·沈约《与徐勉书》云:"老病百日,数围革带,常应移孔,以手握臂率,计月小半分。"此词据《南唐二主词校订》注,为苏轼《春情》词。

宋·苏轼《次韵王巩颜复同泛舟》诗中又用:"沈郎清瘦不胜衣,边老便便带十围。"

1037. 从此萧郎是路人

唐·崔郊《赠去婢》:"公子王孙逐后尘,绿珠垂泪滴罗巾。侯门一入深如海,从此萧郎似路人。"唐·范摅《云溪友议》载:"(崔)郊寓居汉上。其姑有婢端丽。郊有阮咸之惑。姑鬻之连帅于公頔。郊思慕无已。其婢因寒食偶出,值郊;郊赠诗云云。或写之于座,公睹诗,令召崔生。及见郊握手曰:'萧郎是路人'是公作耶?何不早相示也?遂命婢同归。"崔诗中用"萧郎"以自代。

"萧郎"又指何人?指传说中秦穆公时的萧史。《列仙传》卷上云:"萧史者,秦穆公时人,善吹箫,能致孔雀、白鹤于庭。穆公有女字弄玉,好之。公遂以女妻焉。日教弄玉作凤鸣,居数年,吹似凤声,凤凰来止其屋。公为作凤台。夫妇止其上不下数年,一旦皆随凤凰飞。"后人称萧史为"萧郎",以"萧郎"代称英俊男子或女子所爱慕的人。

唐·于鹄《题美人》:"秦女窥人不解羞,攀花趁蝶出墙头。胸前空带宜男草,嫁得萧郎爱远游。"用"秦女(弄玉)""萧郎(萧史)"代女子和男子。

唐·白居易《池上清晨候皇甫郎中》:"屏除无俗物,何人拟相访。瞻望唯清光,嬴女从萧郎。"

唐·施肩吾《赠仙子》:"欲令雪貌带红芳,更取金瓶泻玉浆。凤管鹤声来未足,懒眠秋月忆萧郎。"

唐·上元夫人《留别》："萧郎不顾凤楼人,云涩回车泪脸新。愁想蓬瀛归去路,难窥旧苑碧桃春。"

唐·蜀宫群仙《弄玉》："采凤飞来到禁闱,便随王母驻瑶池。如今记得秦楼上,偷见萧郎恼妾时。"

当然,"萧郎"也指其他萧姓人:

唐·白居易《画竹歌·并引》(协律郎萧悦病况画竹……):"萧郎笔下独逼真,丹青以来唯一人。……野塘水边碕岸侧,森森两丛十五茎。"此诗赞萧悦画竹。因萧悦为协律郎而称"萧郎"。白居易《忆杭州梅花因叙旧游寄萧协律》又称:"歌伴酒徒零散尽,唯残头白老萧郎。"

宋·苏轼《孤山二咏·竹阁》："两丛恰似萧郎笔,十亩空怀渭上村。"用白居易"萧郎笔"与"森森两丛"赞竹阁之丛如萧悦画得一样好。

1038. 惊花乱眼飘

北周·庾信《狭客行》："细尘障路起,惊花乱眼飘。"写"狭客骑马狂奔,细尘飞腾障路,惊花飘翻乱眼"。

唐·杜甫《朝雨》："凉气晓萧萧,江云乱眼飘。"用"乱眼飘",但写乱云,境象全不同庾诗。

1039. 独慰檐前花

南朝·梁·江淹《当春四韵同□左丞》："友人殊未还,独慰檐前花。"友人未还,孤独一人,好在檐前花可以给我慰藉。"檐前花"即屋檐前面的花朵,近屋檐栽植、开放的花。又如:

南朝·梁·丘迟《答徐侍中为人赠妇》："俱看依井蝶,共取落檐花。"

南朝·梁·刘邈《见人织聊为之咏》："檐花初照月,洞户垂朱帷。"

唐·祖咏《清明宴司勋刘郎中别业》："檐前花覆地,竹外鸟窥人。"

唐·李白《赠崔秋浦三首》："山鸟下厅事,檐花落酒中。"

唐·杜甫《题新津北桥楼》："白花檐外朵,青柳槛前梢。"又《春归》："苔径临江竹,茅檐覆地花。"

唐·李嘉祐《与从弟正字以兄兵曹宴集林园》："檐前花落春深后,谷里莺啼日暮时。"

唐·戎昱《湖南春日二首》："光景却添乡思

苦,檐前数片落梅花。"这是唯一写出檐花是什么花(梅)的诗。

唐·刘商《代人村中悼亡二首》："花落茅檐转寂寥,魂随暮雨此中销。"

唐·白居易《严十八郎中在郡日,改制东南楼,因名清辉,未立标榜,徵归郎署。予既到郡,性爱楼居,宴游其间,颇有幽致。聊成十韵,兼戏寄严》："院柳烟婀娜,檐花雪霏微。"又《伤春词》："深浅檐花千万枝,碧纱窗外啭黄鹂。"

宋·周邦彦《丹凤吟》："那堪昏螟暝,簌簌半檐花落。"

宋·张元干《点绛唇》(呈洛滨、筠溪二老):"清夜沉沉,暗蛩啼处檐花落。"

宋·王之道《汉宫春》(雪):"飘飘弱絮,杂檐花、飞上宾筵。"

宋·高观国《卜算子》："屈指数春来,弹指惊春去。檐外蛛丝网落花,也要留春住。"

宋·吴泳《水龙吟》(六月宴双溪):"一夜檐花落枕,想鱼天、涨痕新露。"

宋·吴潜《隔浦莲》："檐花闹,一片萍铺沼,燕雏小。"

宋·周密《大酺》："傍鸳径鹦笼,一池萍碎,半檐花落。"

1040. 灯前细雨檐花落

唐·杜甫《醉时歌》："清夜沉沉动春酌,灯前细雨檐花落。"诗注云:"赠广文馆博士郑虔。"郑虔是杜甫好友。天宝十三载(754)春,二人共饮排遣苦闷,此诗即写此事。"檐花"句一作"檐前细雨灯花落。"《杜臆》解为"沿水落,而灯光映之,如落银花。"非是。春夜小饮,灯光下看到细雨蒙蒙,也看到随细雨不时而落的檐花,烘托了二人饮酒的静谧环境。南朝·梁·江淹以来的"檐花"句(见前条)都写檐花,没有写水花的,唐·杜甫句后人应用亦都写檐花。

宋·贺铸《忆秦娥》："风惊幕,灯前细雨檐花落。檐花落,玉台请镜,泪淹妆薄。"用唐·杜甫原句,衬托思妇之忧伤。

宋·王庭珪《柳梢青》(和张元晖清明):"曲水流觞,灯前细雨,檐花蔌蔌。"

宋·赵鼎《乌夜啼》："檐花点滴秋清,寸心惊。"

宋·吕渭老《小重山》："雨洗檐花湿画帘,知他因甚地,瘦厌厌。"

宋·王之望《惜分飞》(别枝):"弹到离肠断处,细落檐花雨,夜阑清唱行云住。"

宋·杨冠卿《好事近》:"细雨落檐花,帘卷金泥江湿。"

宋·李壁《满江红》:"一纸素书来问我,数峰苍玉何如昨。更几时,夜雨落檐花、同春酌。"

宋·林正大《满江红》:"清夜永,开春酌。听细雨,檐花落。"又《括酹江月》:"好是清沉沉,共开春酌,细听檐花雨。"

宋·黄机《南乡子》:"花落画檐鸣细雨,岑岑,滴破相思万里心。"

宋·吴文英《解语花》:"檐花旧滴,帐烛新啼,香润残冬破。"又《秋思》:"欢酌,檐花细滴,送故人,粉黛重饰。"

宋·邓剡《摸鱼儿》:"尽不碍灯前,痛饮檐花雨。"

清·王鹏运《鹊踏枝》:"老去吟情深寂寞,细雨檐花,空忆灯前酌。"

1041. 香度落花前

唐·王勃《圣泉宴》:"影飘垂叶外,香度落花前。"登上石磴,观赏圣泉,树影在垂叶外飘浮,馨香从落花前飞来。"落花前",花即落而未落,盛春即去未去,表现这种光景、时光。

唐·崔湜《喜入长安》:"赖逢征路尽,归在落花前。"

唐·徐彦伯《采莲曲》:"春歌弄明月,归棹落花前。"

唐·杜牧《睦州四韵》:"残春杜陵客,中酒落花前。"

唐·贾岛《清明日园林寄友人》:"几时能命驾,对酒落花前。"又《送唐秀才》:"俱为落第年,相识落花前。"时间在"落花前"。

宋·赵彦端《鹧鸪天》(送王漕侍郎奏事):"渺渺东风拂画船,不堪临雨落花前。"

宋·赵长卿《临江仙》(暮春):"多情忍对落花前,酴醾飘暖雪,荷叶媚晴天。"

宋·李彭老《木兰花慢》:"朱弦,几换华年,扶浅醉、落花前。"

1042. 重见落花飞

唐·王勃《羁春》:"迎伤北园里,重见落花飞。"客居千里之外,已到暮春,想到故家北园又是落花飘飞了。又《落花落》:"落花飞,撩乱入中帷。落花春已满,春人归不归。落花度,氛氲绕高树。落花春已繁,春人归不归。"全诗用了九个"落花",再用"落花飞"。"落花飞"正是暮春时节。

宋·王安石《遇雪》:"岂知花发是归期,不奈归心日日归。风雪岂知行客恨,向人更作落花飞。"雪花如落花。

宋·魏夫人《阮郎归》:"夕阳楼外落花飞,晴空碧四垂。"

宋·苏轼《哨遍》:"任满头红雨落花飞,渐鸒鹊楼西玉蟾低。"

宋·秦观《江城子》:"玉笙初度颤鸾篦,落花飞,为谁吹？月冷风高,此恨只天知。"

宋·陈亮《虞美人》(春愁):"水边台榭燕新归,一口香泥湿带、落花飞。"

宋·汪莘《八声甘州》:"多谢黄鹂旧友,相逐落花飞。"

1043. 花落知多少

唐·孟浩然《春晓》:"春眠不觉晓,处处闻啼鸟。夜来风雨声,花落知多少。"一夜风雨,摧残花落,不知落了多少花。惜花正是惜春。

宋·毛滂《忆秦娥》:"明朝花落知多少,莫把残红扫。"句中含入"花落知多少"。

用"知多少"句式:

唐·王建《寄薛涛校书》:"扫眉才子知多少,管领春风总不如。"

唐·李商隐《同学彭道士参军》:"月中挂树知多少,试问西河斫树人。"

元·萨都剌《宫词》:"故人情怨知多少,扬子江头月满船。"

1044. 往事知多少

南唐后主李煜《虞美人》:"春花秋月何时了,往事知多少。"面对无尽的春花秋月,多少往事涌上心头。

金·张中孚《蓦山溪》:"听楚语,厌蛮歌,往事知多少。"入金后流落江南,不堪回首。

1045. 孤城尽日空花落

唐·刘长卿《使次安陆寄友人》:"孤城尽日空花落,三户无人自鸟啼。"写安陆城的凄凉——遭战乱之劫,人烟寂寂,唯花落鸟啼而已。

唐·李华《春行寄兴》:"燕子不来花自落,春山一路鸟空啼。"题目又作《春行即兴》,此末二句又作"芳树无人花自落,春山一路鸟空啼"。此诗写宜阳城(今河南省宜阳县附近)的景象。此二句极近刘长卿句,李诗的"花自落""鸟空啼",在刘诗中为"空花落""自鸟啼",渊源关系极明。但两人同时代,李华稍长,作诗何先何后,难于辨清了。

1046.长安二月花满城

唐·刘禹锡《伤秦姝行》:"长安二月花满城,插花女儿弹秦筝。""花满城"即"满城花",全城花开遍了。

宋·苏轼《和孔密州五绝·东栏梨花》:"梨花淡白柳深青,柳絮飞时花满城。"用刘禹锡"花满城",写梨花遍开。

1047.淡烟疏雨落花天

唐·牟融《陈使君山庄》:"流水断桥芳草路,淡烟疏雨落花天。"仅两句,即勾勒出山庄暮春景色,表现陈使君"新卜幽居"之美。"落花天"是暮春天色。

宋·柳永《促拍满路花》:"画堂春过,悄悄落花天。"暮春悄悄到来。

宋·舒亶《临江仙》(送鄞令李易初):"孤村啼鸠日,深院落花天。"

宋·周紫芝《风入松》:"禁烟过后落花天,无奈轻寒。"

宋·陆游《极相思》:"江头疏雨轻烟,寒食落花天。翻红坠素,残霞暗锦,一段凄然。"

宋·赵长卿《临江仙》(暮春):"怀家寒食夜,中酒落花天。"

宋·高观国《诉衷情》:"西楼杨柳未胜烟,寒峭落梅天。"这是早春天气。

宋·吴龙翰《喜迁莺》:"微雨后,落花天,娇态病恹恹。怕人猜着是相思,成日不开帘。"

1048.霏霏雾雨杏花天

唐·温庭筠《阳春曲》:"霏霏雾雨杏花天,帘外春威著罗幕。"杏花盛开,正值早春,又兼霏霏雾雨,春寒侵袭着帘幕。"杏花天"是早春天气的独具特征的形象的代称。

唐·李商隐《评事翁寄赐饧粥走笔为答》:"粥香饧白杏花天,省对流莺坐绮筵。""饧",是糖,如麦芽糖。他最先用"杏花天"。

宋·汪莘《好事近》:"不寒不暖杏花天,花到半开处。正是太平风景,为人间留住。"

宋·程垓《上平西》(惜春):"海棠明月杏花天,更惜浓芳。"

宋·徐似道《瑞鹤仙令》:"就他弦管里,醉过杏花天。"

"杏花天"这种表示天气、时令的具有特征性的方法,应该说是初唐卢照邻首创:

《关山月》:"寄言闺中妇,时看鸿雁天。"

《九月九日登玄武山》:"他乡共酌金花酒,万里同悲鸿雁天。"

"鸿雁天"是晚秋时光。"万里同悲鸿雁天",九九登高望乡,相距万里,在深秋季节同悲分离。

1049.持杯坐醉菊花天

唐·方干《宋从事》:"倚枕卧吟荷叶雨,持杯坐醉菊花天。"写悠闲地度过时光。"菊花天"表示九月深秋,菊花迎寒开放的日子,同"鸿雁天"接近了。

宋·欧阳修《秋怀》(治平二年):"节物岂不好,秋怀何黯然。西风酒旗市,细雨菊花天。感事悲双鬓,包羞食万钱。鹿车终自驾,归去颍东田。"感时悲老,引人注目。《瀛奎律髓》卷十二"秋日类"载:"欧阳永叔《秋怀》诗'西风酒旗市,细雨菊花天'。原评,俗间有云:'香橙螃蟹月,新酒菊花天。'本此。"《通俗编》卷三十"新酒"作"细雨"。其实方干用"菊花天"最早。

唐·赵嘏《重阳》:"还向秋山觅诗句,伴僧吟对菊花风。""菊花风"极近"菊花天"。

宋·石孝友《鹧鸪天》:"一别青尘两杳然,不堪虚度菊花天。"

宋·陈亮《卜算子》(九月十八日寿徐子才):"悄静菊花天,洗尽梧桐雨。"

宋·黄机《满庭芳》:"二十年间,旧游踪迹,梦飞岳麓湘湾。征衫再理,秋老菊花天。"

宋·杨韶父《如梦令》:"门外儿重山,山外行人千里。归来,归来,又是菊花天气。"

宋·黄公绍《花犯》(木芙蓉):"且趁此,菊花天气,年年寻醉伴。"

1050.芳草无人花自落

唐·李华《春行寄兴》:"芳草无人花自落,春山一路鸟空啼。""芳草落花"写山中空寂。

唐·刘长卿《过郑山人所居》:"落花芳草无寻处,万壑千峰独闭门。"写孤寂。李华用此"落花芳草"。

元·赵孟𫖯《绝句》:"燕子不来花自落,一庭风雨自黄昏。"用李华句。

1051. 江城五月落梅花

唐·李白《与史郎中钦听黄鹤楼上吹笛》:"黄鹤楼中吹玉笛,江城五月落梅花。"乾元元年(758),李白流放夜郎经武昌游黄鹤楼时作。楼中闻《梅花落》笛曲,更增去国远谪的凄凉之情。江城五月,早无梅花。而笛声传来,逼似梅花纷落,增添无限的寒凉。李白《襄阳歌》:"千金骏马换小妾,笑坐雕鞍歌落梅。"又《司马将军歌》:"羌笛横吹阿𫘦回,向月楼中吹落梅。"《阿𫘦回》《梅花落》都是汉代从异域传来的笛曲。曲调雄壮,常作军乐。南朝·宋·鲍照、南朝·陈·江总都写过《梅花落》诗。唐代有《大梅花》《小梅花》。宋时茶坊以鼓乐吹奏《梅花引》卖茶。宋人洪迈《容斋五笔》记:《江城梅花引》北庭亦佳之。先忠宣公(洪迈之父洪皓)使金被留,在侍御家宴,侍妾歌之,感其'念此情,家万里'句,怆然曰:'此词殆为我作!'"说明"梅花"曲在不断演变。在诗中描述此曲,李白的"江城五月落梅花"最有名。《唐诗直解》评:"无限羁情笛里吹来。"《唐诗别裁》卷二十云:"七言绝句以语近情遥,含吐不露为贵,只眼前景、口头语,而有弦外音,使人神远,太白有焉。""吹玉笛""落梅花"都远播了弦外之音。李白以前歌"落梅"的如:

北朝·周·庾信《杨柳歌》:"欲与梅花留一曲,共将长笛管中吹。"意欲将《折杨柳》《梅花落》同在笛中吹奏。"梅花"代替曲。

唐·骆宾王《代女道士灵妃赠道士李荣》:"鹦鹉杯中浮竹叶,凤凰琴里落梅花。"李白的"落梅花"应出于此。

唐·郭利贞《上元》:"更逢清管发,处处落梅花。"

唐·上官仪《八咏应制二首》:"共待新妆出,清歌送落梅。"

李白以后的歌"落梅"句也异彩纷呈。

唐·李益《扬州送客》:"笛里望乡闻不得,梅花暗落岭头云。"

唐·张祜《塞上闻笛》:"一夜梅花笛里飞,冷纱晴槛月光辉。"

唐·许浑《闻薛先辈陪大夫看早梅因寄》:"涧梅寒正发,莫信笛中吹。"不是笛吹梅花落,而是梅花开。

唐·李商隐《忆雪》:"咏笛飞絮后,歌唱落梅前。"

唐·刘得仁《听歌》:"朱槛满明月,美人歌落梅。"

唐·张乔《笛》:"剪雨裁烟一节秋,落梅杨柳曲中愁。"

唐·韦庄《淋阳间》:"牧童何处吹羌笛,一曲梅花出塞声。"

五代·冯延巳《菩萨蛮》:"梅花吹入谁家笛,行云半夜凝空碧。"

宋·晏几道《清平乐》:"醉弄影娥池水,短箫吹落残梅。"

宋·黄庭坚《撼庭竹》(宰太和日吉州城外作):"呜咽南楼吹落梅,闻鸦树惊栖。"

宋·叶梦得《鹧鸪天》(元夕次韵干誉):"夹路行歌尽落梅,篆烟香细袅寒灰。"

宋徽宗赵佶《眼儿媚》:"花城人去今萧索,春梦绕胡沙。家山何处,忍听羌笛、吹彻梅花。"

宋·李纲《喜迁莺》(塞上词):"画楼数声残角,吹彻梅花霜晓。"

宋·吕渭老《木兰花慢》(七夕):"回首丁宁晓角,未宜吹动梅花。"这里指梅花,而不是梅曲。又《天仙子》(代人送希文):"雪中梅下定重来,烟暝暝,肠寸寸,莫放笛声吹落尽。"亦指梅花。

宋·史浩《喜迁莺》(立春):"谯门残月,正画角晓寒,梅花吹彻。"

宋·曾觌《好事近》:"莫问落梅三弄,喜一枝曾折。"又《忆秦娥》(赏雪席上):"一声羌管,落梅簌簌。"

宋·刘翰《清平乐》:"玉箫吹落梅花,晓寒犹透轻纱。"

1052. 人闲桂花落

唐·王维《鸟鸣涧》:"人闲桂花落,夜静春山空。"人声寂寂,人心闲适,寂然飘落的桂花,人也会感知。这是闲静的名句。

唐·刘长卿《长沙赠衡岳祝融峰般若禅师》:"桂花寥寥闲自落,流水无心西复东。""桂花闲自落"意近王维句。

宋·欧阳修《送梅龙图公仪知杭州》："日暖梨花催美酒,天寒桂子落空山。"取王维意。

1053. 聊题一片叶,寄与有情人

《全唐诗》十一函十册1954页"天宝末洛苑宫娥题诗梧叶,随御沟流出。顾况见之,亦题诗叶上。泛于波中。后十余日,于叶上又得持一首,后闻于朝,遂得遣出。《题洛苑梧叶上》诗为:

一入深宫里,年年不见春。

聊题一片叶,寄与有情人。

一作:

旧宠悲秋扇,新恩寄早春。

聊题一片叶,将寄接流人。

又题:

一叶题诗出禁城,谁人酬和独含情。

自嗟有及波中叶,荡漾乘春取次行。"

《全唐诗》四函十册顾况确有《叶上题诗从苑中流出》："花落深宫莺亦悲,上阳宫女断肠时。君恩不闭东流水,叶上题诗寄与谁?"这就是所谓"顾况见之,亦题诗叶上,泛于波中"。《又题》则指"后十余日,于叶上又得诗一首"。这一佳话的结果,只题叶宫女"遂得遣出"。

《全唐诗》第十一函第十册德宗宫人《题花叶诗》："一入深宫里,无由得见春。题诗花叶上,寄与接流人。"文字与天宝宫人诗大同小异。"德宗宫人"指"奉恩院王才人养女凤儿"。注云:"贞元中,进士贾全虚于御沟得一花叶,上有诗句。悲想其人,徘徊沟上,为街吏所获,金吾奏其事。德宗询之,知为凤儿所作。因召全虚,授金吾卫兵曹,遂以妻之。"这一佳话的结果,贾全虚没有答诗题,却得一官职,并受赐凤儿。

《全唐诗》十一函十册宣宗宫人韩氏《题红叶》诗:

流水何太急,深宫尽日闲。

殷勤谢红叶,好去到人间。

注云:"卢渥应举时,偶临御沟,得一红叶,上有绝句,置于巾箱。及出宫人,渥得韩氏,睹红叶,吁嗟久之。曰:'当时偶题,不谓郎君得之。'"《全唐诗》续补遗卷十三诗文亦同。此佳话,出于唐末范摅的笔记《云溪友议》。

北宋人刘斧《青琐高议》笔记小说和宋人张实《流红记》传奇又有新的佳话:唐僖宗时,儒士于祐,晚步御沟,临流浣手,得一题诗之秋叶,诗曰:

流水何太急,深宫尽日闲。

殷勤谢红叶,好去到人间。

于祐蓄于笥中,亦题二句,书于红叶:"曾闻叶上题红怨,叶上题诗寄阿谁?"置御沟上流水中,流入宫内。有人笑他情痴,为他作诗曰:"君恩不禁东流水,流出宫情是此沟。"题叶宫人韩氏得于祐诗,又题一首:"独步天沟岸,临流得叶时。此情谁会得,肠断一联诗。"藏入筐中。僖宗后将得罪宫女三十余人开禁使各适人。韩氏寄居河中贵人同姓韩泳家。于祐累举不捷,亦仍依韩泳门馆。韩泳托媒将韩氏嫁给于祐。韩氏于于祐笥中见红叶,又取出所得于祐诗,相对惊叹感泣。韩泳要二人谢媒,韩氏曰:"非媒氏之力也。"遂索笔为诗曰:"一联佳句题流水,十载幽思满情怀。今日却成鸾凤友,方知红叶是良媒。"后宰相张容作诗云:

长安百万户,御水日东注。

水上有红叶,子独得佳句。

子复题脱叶,流入宫中去。

深宫千万人,叶归韩氏处。

出宫三十人,韩氏籍中数。

回首谢君恩,泪洒胭脂雨。

寓居贵人家,方与子相遇。

通媒六礼具,百岁为夫妇。

儿女满眼前,青案盈门户。

兹事自古无,可以传千古。

以上四则佳话,都是一个"红叶题诗"故事,分出于玄宗、德宗、宣宗、僖宗时。题叶诗四首两种。故事越演越烈,以至巧无可巧,天宝末顾况事尚未可信。佳话一传,一系列的巧合成趣,杜撰痕迹处处可见。然一唐四代都出现红叶题诗虽不可信,却说明"红叶题诗"故事在唐宋时代风靡状况。从而"红叶题诗"为后人广泛应用。当然并不完全表示爱情,不少是表示友情、乡情、物情及时令的,题意极宽,都具欣赏价值。

唐·刘长卿《李侍御河北使回至东京相访》:"草色官道边,桃花御沟里。"可作"红叶题诗"的开蒙语。刘长卿时代,那故事尚未发生。但此后"红叶"常作题诗载体。

唐·胡杲《七老会诗》:"搜神得句题红叶,望景长吟对白云。"

唐·许浑《长庆寺遇常州阮秀才》:"晚收红叶题诗遍,秋待黄花酿酒浓。"

唐·赵嘏《南池》:"照影池边多少愁,往来重见几塘秋。芙蓉苑外新经雨,红叶相随何处流?"

唐·齐己《送泰禅师归南岳》:"有兴寄题红叶上,不妨收拾别为编。"又《寄怀东林寺匡白监寺》:"闲搜好句题红叶,静敛霜眉对白莲。"

唐·郑谷《郊野》:"题诗满红叶,何必浣花笺。"

唐·钱珝《江行无题一百首》第八十三:"停舟搜好句,题叶赠红枫。""搜好句"用齐己句。

唐·李建勋《宫词》:"却羡落花春不管,御沟流得到人间。"

唐·韦毂《经汉武泉》:"尽把归心付红叶,晚来随水向东流。"

唐·任氏《书桐叶》:"搦管下庭除,书成相思字。此字不书石,此字不书纸。书在桐叶上,愿逐秋风起。"

宋·张先《系裙腰》:"欲寄西江题叶字,流不到、五亭前。"

宋·晏几道《诉衷情》:"凭觞静忆去年秋,桐花故溪头。诗成自写红叶,和恨寄东流。"又《虞美人》:"一声长笛倚楼时,应恨不题红叶、寄相思。"先用赵倚楼句。

宋·周邦彦《六丑》(落花):"漂流处、莫趁潮汐,恐断红、尚有相思字,何由见得。"落红应趁缓流,才可见得"相思字"。

宋·田中行《风入松》:"新恨欲题红叶,东风满院花飞。"

宋·蔡楠《鹧鸪天》:"惊瘦尽,怨归迟,休将红叶更题诗。不知桥下无情水,流到天涯是几时。"又《浣溪沙》(昆山月华阁):"望断碧云无锦字,谩题红叶有新诗,黄昏微雨倚栏时。"又《念奴娇》:"弄水题红传密意,宝墨银钩曾寄。"

宋·吕渭老《梦玉人引》:"自检罗囊,要寻红叶留诗。"

宋·康与之《风入松》(春晚):"新恨欲题红叶,东风满院花飞。"

宋·范成大《南柯子》:"缄素双鱼远,题红片叶秋。"

宋·赵长卿《小重山》(残春):"柳陌记年时,行云音信杳。与心违,空教攒恨入双眉。人已远,红叶莫题诗。"又《瑞鹧鸪》(遣情):"浓欢已散西风远,忆泪无多为尔垂。各自从今好消遣,莫教红叶浪题诗。"

宋·石孝友《念奴娇》:"墨痕红淡,忆曾题遍红叶。"

宋·马子严《月华清》(忆别):"数遍丹枫,不见叶间题字。"

宋·杨炎正《玉人歌》:"风西起,又老尽篱花,寒轻香细。漫题红叶,句里意谁会?"

宋·姜夔《翠山溪》(咏柳):"翠眉织锦,红叶浪题诗。"用赵长卿句。

宋·刘仙翁《江神子》:"红叶不传天上信,空流水、到人间。"

宋·史达祖《绮罗香》(咏春雨):"临断岸、新绿生时,是落红、带愁流处。"触景生情,暗用"红叶"句。

宋·刘学箕《念奴娇》:"红叶题诗,紫云传恨,密意渠能诉。"

宋·吴文英《朝中措》:"粉字情深题叶,红波香染浮萍。"

宋·利登《过秦楼》:"巢燕春归,剪花词在,难寄题红一片。""一片"即一叶。

宋·陈允平《翠山溪》(花港观鱼):"宫沟泉滑,怕有题红句。"又《思佳客》:"题红未托相思约,明月空归第五桥。"又《糖多令》:"心事寄题红,画桥流水东,断肠人、无奈秋浓。"又《塞翁吟》:"山万叠,水千重,一叶漫题红。"又《南乡子》:"旧恨却凭红叶去,飕飕,春水多情日夜流。"

宋·徐理《瑞鹤仙》:"雁来多,音书苦少。试看尽,水边红叶,不见有诗流到。"

宋·周密《南楼令》:"湖外霜林秋似锦,一片片、认题红。"

宋·王沂孙《水龙吟》(落叶):"前度题红杳杳,溯宫沟、暗流空绕。"又《琐窗寒》(春思):"试凭他,流水寄情,溯红不到春更远。"

宋·张炎《甘州》:"短梦依然江表,老泪洒西州。一字无题处,落叶都愁。"又《绮罗香》(红叶):"甚荒沟,一片凄凉,载情不去载愁去。"又《祝英台近》(重过西湖书所见):"谩留一掬相思,待题红叶,奈红叶、更无题处。"

宋·无名氏《千秋岁》(十二月三十):"红叶题宫墨,流入人间曲。"

宋·无名氏《鹧鸪天》(车中):"欲题红叶无流水,别是桃源一段愁。"

宋·无名氏《祝英台近》："可怜泪湿青绡,怨题红叶。"

元·王实甫《西厢记》第五本第二折《四煞》："不闻黄犬音,难传红叶诗,驿长不遇梅花使。"

元·孙梁《后庭花破子》："水东流,新诗维寄,相思红叶秋。"

元·卢挚《沉醉东风·重九》："题红叶清流御沟,赏花人醉歌楼。"

元·马致远《集贤宾·思情》："倦题红叶字,羞见海堂开。"

元·张可久《湘妃怨·苏堤即事》："一叶流诗句,百花裁舞衣。同赏苏堤。"

元·童童学士《新水令·念远》："空传红叶诗,枉卜金钱卦,凄凉日加。"

清·纳兰性德《台城路》(塞外七夕)："连理千花,相思一叶,毕竟随风何处。"

清·朱祖谋《声声慢》："香沟旧题红处,拼禁花、憔悴年年。"珍妃如客中禁花,年年憔悴。

清·升寅《青冢行》："御沟红叶水融融,团扇秋风处处同。"

清·王嘉谟《青冢拥黛》："为问六宫新旧恨,御沟红叶不胜愁。"

当代元帅、诗人陈毅《题西山红叶》(1966年)："题诗红叶上,为颂革命红。"题红叶推陈出新,不落私情。

1054. 叶上题诗寄与谁

唐·顾况《叶上题诗从苑中流出》："花落深宫莺亦悲,上阳宫女断肠时。君恩不闭东流水,叶上题诗寄与谁?"上阳宫系唐高宗在洛阳所建,失宠宫人尽送于此。天宝五载以后,杨贵妃专宠,人无复进,六宫有美色者,即置别所,上阳宫为其一。李绅、元稹、白居易都写过《上阳白发人》,述宫人之悲苦。此诗用"红叶题诗"事,写御沟之水虽不封闭,叶上题诗也难脱困境。"寄与谁"正是说无人可寄。

唐·施肩吾《赠别王炼师往罗浮》："却愁仙处人难到,别后音书寄与谁?"用"寄与谁"句式。

唐·吴融《山居即事四首》："故人尽向蟾宫折,独我攀条欲寄谁?"也是"寄与谁"之意。

1055. 红叶添愁正满阶

唐·白居易《酬皇甫郎中对新菊花见寄》："黄花助兴方携酒,红叶添愁正满阶。"这不是御沟红叶。又如:

唐·许浑《赠闲诗》："初到庚楼红叶坠,夜投萧寺碧云随。"

1056. 春城无处不飞花

唐·韩翃《寒食》："春城无处不飞花,寒食东风御柳斜。"写长安寒食一片暮春景色,全城无处不落红飘紫。这座唐代的花城,到了暮春几乎成了花的海洋、花的世界,展现了"无处不飞花"双重否定句的表现力。

唐·顾况《奉和韩晋公晦日呈诸判官》："江南无处不闻歌,晖日中军乐更多。"用其句式。

唐·房孺复《酬窦大闲居见寄》："来自三湖到五溪,青枫无树不猿啼。"亦用其句式。

南宋·吴文英《水龙吟》："算归期末卜,青烟散后,青城咏,飞花句。"用韩句说寒食已过,归期末卜。

1057. 颠倒青苔落绛英

宋·王安石《即事五首》："欲知前面花多少,颠倒青苔落绛英。"落花之多,覆住并压倒青苔。

宋·朱熹《题榴花》："五月榴花照眼明,枝间时见子初成。可怜此地无车马,颠倒苍苔落绛英。"用原句,只换一"苍"字。

1058. 桃花乱落如红雨

唐·李贺《将进酒》："吹龙笛,击鼍鼓;皓齿歌,细腰舞。况是青春日将暮,桃花乱落如红雨。"应该欢歌乐舞度生涯,因为人生短暂。正如那乱落如雨的花,不正宣告青春将暮了吗!作者看彻了人生之不平,从而产生了及时行乐的认识。"桃花乱落如红雨"即"桃花红雨""桃花雨",是美丽的,又是凄凉的,为诗词中表现暮春平添了一道风景。

唐·储光羲《汉阳即事》："江水带冰绿,桃花随雨飞。"这是第一次写"桃花"和"雨",但不是以"雨"喻"桃花落"。最早写"桃花雨"的是唐人戴叔伦《兰溪棹歌》："兰溪三日桃花雨,半夜鲤鱼来上滩。"应对李贺"桃花雨"句的酿成发生启迪。"桃花乱落如红雨"句问世后,"桃花雨"多带有它的影子。这就是"名句效应"。

唐·殷尧藩《襄口阻风》："鸥散白云沉远浦,花飞红雨送残春。"

唐·韦庄《归国遥》:"春欲暮,满地落花红带雨。""红带雨"取白居易"梨花一枝春带雨"句式。

宋·王安石《暮春》:"雨花红半堕,烟树碧相依。"

宋·苏轼《点绛唇》(一作秦观词):"乱红如雨,不记来时路。"又《次韵正辅表兄江行见桃花》:"净眼桃花,纷纷堕红雨。"

宋·韦骧《减字木兰花》:"风笙鼍鼓,况是桃花落红雨。"

宋·晁端礼《水龙吟》:"惆怅如红雨,风不定、五更天气。"又《春晴》:"燕子来时,清明过了,桃花乱飘红雨。"又《玉胡蝶》:"乱治衣,桃花雨闹;微弄袖,杨柳风轻。"

宋·贺铸《木兰花》:"纷纷花雨红成阵,冷酒青梅寒食近。"

宋·周邦彦《蝶恋花》:"此会未阑须记取,桃花几度吹红雨。"又《一落索》:"杜宇思归声苦,和春催去。倚栏一霎酒旗风,任扑面、桃花雨。"

宋·赵彦端《菩萨蛮》(集句):"青春背我堂堂去,桃花乱落如红雨。"用原句。又《减字木兰花》:"绿阳红雨,黯淡衣裳花下舞;花月佳时,舞破东风第几枝。"

宋·杨无咎《点绛唇》(紫苏熟水):"梦寻何处,门掩桃花雨。"

宋·赵长卿《菩萨蛮》(春深):"赤栏干外桃花雨,飞花已觉春归去。"

宋·张孝忠《鹧鸪天》:"多应没个藏娇处,满镜桃花带雨红。"兼用"梨花一枝春带雨"笔法写人。

宋·葛胜仲《蝶恋花》:"便请催尊鸣醽鼓,明朝风恶飘红雨。"

宋·赵子发《洞仙歌》:"更长啸、余声振林溪,见乱红惊飞、半岩花雨。"

宋·周紫芝《点绛唇》(西池桃花落尽赋此):"燕子风高,小桃枝上花无数,乱溪深处,满地飞红雨。"

宋·蔡伸《青玉案》(和贺方回韵):"桃花依旧,出墙临水,乱落如红雨。"

宋·如晦《卜算子》(送春):"风急桃花也似愁,点点飞红雨。"

宋·张元干《念奴娇》(丁卯上巳,燕集叶尚书蕊香堂赏海棠,即席赋之):"蕊香深处,逢上巳,生怕花飞红雨。"

宋·邓肃《浣溪沙》:"且因乐事惜光阴,明朝红雨已春深。"

宋·王之道《蝶恋花》(和张文伯上巳雨):"厌浥小桃如泣诉,东风莫漫飘红雨。"又《桃源忆故人》:"庭巷落花如雨,斗乱穿窗户。"

宋·何大圭《蝶恋花》:"此会未阑须记取,蟠桃几度吹红雨。"《全宋词》原作周邦彦词,后又收入何大圭词,二词仅三个异字。

宋·史浩《水龙吟》:"人间空爱,夭桃繁李,雪飞红雨。"

宋·郭世模《念奴娇》:"枝上残花,胭脂满地,乱落如红雨。"

宋·王炎《清平乐》(越上作):"呢喃燕语,共诉春归去。春去从他留不住,落尽枝头红雨。"

宋·刘过《蝶恋花》:"行过短墙回首认,醉撼花梢,红雨飞成阵。"又《临江仙》:"数叠小山亭馆静,落花红雨园林。"

宋·韩淲《蝶恋花》:"小院横窗香噀雾,胆瓶曲几花如雨。"又《虞美人》:"晓来一阵催花雨,正桃李、横塘处。"真雨。

宋·岳珂《六州歌头》:"海棠开后,红雨洒江渍。"

宋·严仁《好事近》(舟行):"肠断斜阳渡口,正落红如雨。"

宋·吴文英《蝶恋花》:"明月枝头香满路。几日西风,落尽花如雨。"又《祝英台近》:"可怜千点吴霜,寒销不尽,又相对、落梅如雨。"

宋·李彭老《踏莎行》:"庾信书愁,江淹别赋,桃花红雨梨花雪。"

宋·李莱老《扬州慢》(琼花次韵):"笑红紫,纷纷成雨。溯空如蝶,恐堕珠尘。"

宋·卫宗武《摸鱼儿》(咏小园晚春):"小林峦、一年芳事,乱红还又飞雨。"

宋·陈著《沁园春》:"奈东风轻劣,催红雨去;西园次第,放绿阴回。"又《青玉案》:"时光渐渐春如许,何用怜春怕红雨。"

宋·陈允平《瑞龙吟》:"深院静,东风落红如雨。"又《扫花游》:"剪剪愁红,万点轻飘泪雨。"

宋·徐□《真珠帘》:"落红几阵清明雨,忆花期、半被晴悭寒阻。"

宋·汪元量《洞仙歌》:"西园春暮,乱草迷行路。风卷残花堕红雨。"

宋·黄公绍《喜迁莺》(荼蘼):"乱红飞雨,怅春心一似,腾腾闷暑。"

宋·无名氏《调笑集句》(桃源):"桃花零乱如红雨,人面不知何处。"

元·王实甫《西厢记》第五本《楔子·仙吕·赏花时》:"相见时红雨纷纷点绿苔。"

清·王国维《蝶恋花》:"小阁重帘天易暮,隔帘阵阵飞红雨。"

人民领袖毛泽东《七律二首》(送瘟神)(1958年7月1日):"读了六月三十日人民日报,余江县消灭了血吸虫。浮想联翩,夜不能寐,微风拂煦,旭日临窗:遥望南天,欣然命笔。"其二"春风杨柳万千条,六亿神州尽舜尧。红雨随心翻作浪,青山着意化为桥。天连五岭银锄落,地动三河铁臂摇,借问瘟神欲何往,纸船明烛照天烧。""红雨""青山"二句写自然风光的美妙变化,喻新中国社会的发展。邹问轩《诗话》(1962年版)说,这两句诗中,"随心"原为"无心","着意"原为"有意",改后足见炼句炼字功夫。

1059. 沾衣欲湿杏花雨

宋·僧志安《绝句》:"古木阴中系短篷,杖藜扶我过桥东。沾衣欲湿杏花雨,吹面不寒杨柳风。"系舟登岸,一支藤杖扶着我走过桥的东面,此刻啊,杏花初放,细雨沾衣欲湿,杨柳风吹,拂面不寒。这二月早春景色实在是令人心旷神怡。这是一首著名的春游诗。南宋·葛长庚《沁园春》一词用志安三四句填次:"吹面不寒,沾衣不湿,岂不快哉。正杏花雨嫩,红飞香砌,柳枝风软,绿映芳台。"

"杏花雨""杨柳风"太美了。宋代仲殊《鹧鸪天》:"每月青楼醉梦中,不知城外又春浓。杏花初落疏疏雨,杨柳轻摇淡淡风。浮画舫,跃青骢,小桥门外绿阴笼。行人不入神仙地,人在珠帘第几重?"此词同宋·张孝祥《鹧鸪天》(春情)词仅差异十余字。请读张孝祥词:"日日青楼醉梦中,不知楼外已春浓。杏花未遇疏疏雨,杨柳初摇短短风。扶画鹢,跃花骢,涌金门外小桥东。行行又入笙歌里,人在珠帘第几重?"两词相比,"杏花初落疏疏雨,杨柳轻摇淡淡风"为佳。

"沾衣欲湿杏花雨","沾衣"一意源自唐·刘长卿《送陆澧还吴中》一诗"瓜步寒潮送客,杨柳暮雨沾衣"。宋·僧惠洪《秋千》诗:"花板润沾红杏雨,彩绳斜挂绿杨烟。"不是雨沾衣,而是雨沾秋千

的花板。

后人用"杏花雨"者较多,或是用"杏花雨"同"桃花雨"一样宜人。

宋·辛弃疾《满江红》(暮春):"昼永暖翻红杏雨,风晴扶起垂杨力。"

宋·韩玉《且坐令》:"闲院落,误了清明约,杏花雨过胭脂绰。"

宋·陈亮《品令》(咏雪梅):"怎向江南,更说杏花烟雨。"

宋·韩淲《桃源忆故人》(杏花风):"杏花雨里东风峭,不比寻常开了。枝上飞来多少,人与春将老。"

宋·高似孙《眼儿媚》:"梨花新月,杏花新雨,怎奈黄昏。"

宋·张辑《倚秋千》(寓好事近):"帘外杏花微雨,罩春红愁湿。"

宋·张矩《浪淘沙》:"风色转东南,翠拥层峦,杏花疏雨逗清寒。"

宋·楼采《玉漏迟》:"深院宇,黄昏杏花微雨。"(一作赵闻礼词。)又《好事近》:"帘外杏花细雨,罩春红愁湿。"同张辑词,又作赵闻礼词。

宋·牟子才《风瀑竹》(元宵):"阁住杏花雨,便新晴,等闲勾引,香车成雾。"

宋·李彭老《祝英台近》:"载轻寒,低鸣橹,十里杏花雨。"

元明小说话本依托宋人俞良《鹊桥仙》:"杏花红雨,梨花白雪,差对短长亭路。"

元·虞集《腊日偶题》:"为报道人归去也,杏花春雨在江南。"又《风入松》(寄柯敬仲):"为报先生归也,杏花春雨江南。"再用。

清·吴梅《临江仙》:"苦对南云思旧雨,杏花消息阑珊。"

1060. 花英坠,碎红无数

宋·柳永《归去来》:"一夜狂风雨,花英坠,碎红无数。垂杨漫结黄缕,尽春残,萦不住。""碎红无数",又是一种残春的表现法。柳永《夜半乐》再用"舞腰困力,垂杨绿映,浅桃浓李夭夭,嫩红无数"写"嫩红"在枝无数,而不是"落红"。后用"落红无数"者最多。

宋·强至《送镇叔》:"暗绿几行迎去马,乱红无数落征衣。"

宋·李元膺《茶瓶儿》:"歌罢花如雨,翠罗衫

上,点点红无数。"

宋·叶梦得《贺新郎》:"掩青苔、房拢向晚,乱红无数。吹尽残花无人见,唯有垂杨自舞。"

宋·韩元吉《水龙吟》(溪中有浣衣石):"花里莺啼,水边人去,落红无数。"

宋·赵长卿《谒金门》(暮春):"风又雨,满地残红无数。花不能言莺解语,晓来啼更苦。"

宋·辛弃疾《摸鱼儿》:"惜春长恨花开早,何况落红无数。"

宋·韩淲《朝中措》:"翠径乱红无数,频啼枝上黄鹂。"

宋·黄机《谒金门》:"风又雨,墙外落红无数。"兼用赵长卿句。

宋·何梦桂《喜迁莺》:"悄无语,倚栏干立尽,落红无数。"

宋·张涅《祝英台近》:"晓来绿水桥边,青门陌上,不忍见、落红无数。"

清·董元恺《酷相思》(西江代内):"帘卷帘垂朝复暮,断送落红无数。"

1061. 明日落红应满径

宋·张先《天仙子》:"重重帘幕密遮灯,风不定。人初静。明日落红应满径。"暮春傍晚,疾风阵阵,灯光需重重帘幕遮掩。"明日应是落红满径","径"是花中小径,落花一多,小径满了。张先《归朝欢》又有:"西园人语夜来风,丛英飘坠红成径。""红成径",径上满布落红,亦"红满径"之意。句源是唐人杜牧《题茶山》(在宜兴)诗中句:"树阴香作帐,花径落成堆。"茶树叶香足成帐幕,茶花纷落堆满小径。张先取意于此。下如:

宋·秦观《画堂春》:"落红铺径水平池,弄晴小雨霏霏。"

宋·仇远《满庭芳》:"落红堆径,小槛立移时。"

宋·刘铉《蝶恋花》(送春):"只道送春无处,山花落得红成路。"

宋·张炎《渔家傲》(病中未及过毗陵):"见说落红堆满径,不知何处游人盛。"

1062. 落红满地胭脂冷

元·王实甫《西厢记》第二本第二折《耍孩儿》:"俺那里落红满地胭脂冷,休辜负了良辰媚景。""落红满地胭脂冷",暮春时节,落英缤纷,正

是游玩观赏的美好时刻,"落红满地"也是"良辰媚景"。元·无名氏《游四门》:"落红满地湿胭脂,游赏正宜时。""胭脂"喻刚刚落地之花。明·兰陵笑笑生《金瓶梅》第二十一回《水仙子》:"因二士入桃源,惊散了花开蝶满枝,只做了满地胭脂冷。"用王实甫句。

"落(残)红满地"近于"满径",但落花成片,满地皆是,与"径"有别,主要是着眼点不同。此句源出唐人韦庄《归国遥》:"春欲暮,满地落花红带雨。"用"落红(花)满地"句下如:

五代·毛熙震《浣溪沙》:"弱柳万条垂翠带,残江满地碎香钿。"

五代·冯延巳《采桑子》:"斜月朦胧,雨过残花落地红。"

宋·王珪《宫词》:"残红满地无人扫,一半随风落御沟。"

宋·舒亶《卜算子》(分题得苔):"池台小雨干,门巷香轮少,谁把青钱衬落红,满地无人扫。"

宋·无名氏《点绛唇》:"莺踏花翻,乱红堆径无人扫。杜鹃来了,梅子枝头小。"

宋·赵长卿《点绛唇》(春雨):"夜雨如倾,满溪添涨桃花水,落红铺地,枝上堆浓翠。"

金·董解元《西厢记》卷一《哨遍》:"乱红满地任风吹,飞絮蒙空有谁主。"

明·王彦贞《摘翠百咏小春秋》(小桃红·西厢百咏·五十生得莺书):"春寒恻恻掩重门,满地残红衬。"

明·汤显祖《牡丹亭》第十二出《寻梦》:"一径行来,喜的园门洞开,守花的都不在,则这残红满地呵。"

1063. 纷纷花雨红成阵

宋·贺铸《木兰花》:"纷纷花雨红成阵,冷酒青梅寒食近。""阵"指由群体组成的阵容。"花雨红成阵",落花纷纷,密密麻麻,繁多之意。

宋·苏轼《瑶池燕》:"飞花成阵,春心困,寸寸、别肠多少愁闷。"一作宋·廖正一《瑶池宴会》词。贺铸用此"飞花成阵"句。

宋·秦观《水龙吟》:"卖花声过尽,斜阳院落,红成阵,飞鸳鸯。"

宋·周邦彦《点绛唇》:"今日原头,黄叶飞成阵。"

宋·李吕《调笑令》:"帘外冷成红阵,银釭挑

尽睡未肯,肠断秦郎归信。"

宋·杨无咎《传言玉女》(王显之席上):"看犹未足,早觉枝头吹尽,曲栏幽榭,乱红成阵。"

宋·刘辰翁《谒金门》:"游赏竞,看到落红阵阵。"此"阵"是量词,一阵一阵地落花。

宋·王同祖《摸鱼儿》:"记年时、荔枝香里,深红一片成阵。"

庄械《思佳客》(春雨):"花几簇,锦千锦几堆,落红成阵映香腮。"

清·丘逢甲《春日杂诗》:"乱红成阵满天涯,黯黯春帆细雨斜。"

1064. 一片飞花减却春

唐·杜甫《曲江二首》:"一片飞花减却春,风飘万点正愁人。且看欲尽花经眼,莫厌伤多酒入唇。"这两首七律是肃宗乾元元年(758)暮春三月作。时作者重任左拾遗,其实是闲职浮名。清·仇兆鳌《杜诗详注》引张綖注:"二诗以仕不得志,有感于暮春而作。"又引王嗣奭语:"公虽授一官,而志不得展。直浮名耳,何用以此绊身哉。不如黄衣沽酒,日游醉乡,以送此有限之年。时已暮春,至六月遂出为华州椽,其诗云'移官岂至尊',知此时已有谮之者。二诗乃忧谗畏讥之作也。"杜甫复任左拾遗不到半年,便有暮春之感,应是"仕不得志",至于"忧谗畏讥"或是深层含义了。此四句是第一首的首联、颔联,写暮春愁人,莫厌酒醉。"一片飞花"已经足使春光逝色,而这暮春时节万点飞花,岂不更令人生愁吗?"一片飞花",飞下一片花瓣,这是极其细微的变化,却预示着春天将逝,朴实而有力地道破了自然规律,毫无半点夸张,因而极具艺术魅力。清人王文浩《苏轼诗集》第五册一六八一页注引"王注倬曰:丘豫见庭中花落,谓友人曰:'飞此一片,减却青春色,不趁行乐,复待何时耶?'"丘豫何时人,难考,不知与杜句何者先后。

后来的诗词中有的用了原句:

宋·米芾《鹧鸪天》(漫寿):"觞多莫厌频频劝,一片花飞减却春。"只变一字序,写好景不长。

宋·韦骧《减字木兰花》:"莫自因循,一片飞花减却春。"亦写好景不长。

宋·毛滂《忆春娥》(二月二十三日夜松轩作):"愁人,一片花飞减却春。"如米芾"飞花"变作"花飞"。

元·王元鼎《大石调·雁传书》:"一片飞花减

却春,对东风无语销魂。"

"一片飞花"句的变式:

宋·欧阳修《寄张至秘校》:"柳棉飞后春应减,兰径荒时客倦游。"

宋·张先《离亭宴》:"三月花飞几片,又减却、芳菲过半。"

宋·程颢《郊行即事》:"莫辞盏酒十分劝,只恐风花一片飞。"

宋·苏轼《次韵刘景文、周次元寒食同游西湖》:"絮飞春减不成年,老境同乘下濑船。"

宋·吴则礼《踏莎行》(晚春):"一片飞花,青春已减,可堪南陌纤千点。"

宋·李弥逊《临江仙》(杏花):"一片飞花春已减,那堪万点愁人。"用杜诗两句。又《浪淘沙》:"乐事信难逢,莫放匆匆,飞红撩乱减春容。"

宋·康与之《感皇恩》(幽居):"淡阴未解,园林清润,一片飞花堕红影。"

宋·向滈《减字木兰花》:"真个愁人,一片轻飞减却春。"

宋·程垓《八声甘州》:"念春风枝上,一分花减,一半春归。"用其意。

宋·葛长庚《兰陵王》:"减却春光多少,空自有,满树山茶,似语如愁、卧晴昼。"

宋·方岳《沁园春》(赋子规):"店舍无烟,楚方寒食,一片花飞那可禁。"

宋·吴文英《祝英台近》:"一片花飞,人驾彩云去。"

宋·仇远《烛影摇红》:"便归来,也过清明,花飞春减。"

宋·陈德武《水调歌头》(叹惜花春起早):"遥想韶光九十,只恐花飞一片,瘦减玉颜温。"

金·段克己《渔家傲》(送春六曲):"一片飞花春已暮,那堪万点飘红雨。"用杜甫二句。

元·王实甫《西厢记》第二本第一折《混江龙》:"落红成阵,风飘万点正愁人。"用下句。

元·张可久《迎仙客》:"吃刺刺辗香车,慢腾腾骑骏马。一片飞花减动西风价。"写暮春。

1065. 梅花落尽千千片

宋·欧阳修《渔家傲》:"腊近探春春尚远,闲庭院,梅花落尽千千片。"冬将去,梅花迎春而落。"片",散落的花瓣儿,"千千片"言花落之多。

唐·白居易《江楼晚眺景物鲜奇吟玩成篇寄

水部张员外》:"风翻白浪花千片,雁点青天字一行。"以"白浪花千片"喻鳞鳞浪花。首用"花千片"。而"梅花千万片""乱(落)红千片""飞花千片"均从欧句衍生。

宋·杜安世《玉楼春》:"晴景融融春色浅,落尽梅花千万片。"用欧阳修二句。又《蝶恋花》:"篱落繁枝千万片,犹似多情,似雪随风转。"

宋·苏轼《蜉人娇》(王都尉席上赠侍人):"浓睡起,惊飞乱红千片。"宋·蔡伸《点绛唇》:"乱红千片,流水天涯远。"

宋·晁端礼《水龙吟》:"深院帘垂雨,愁人处、碎红千片。"

宋·秦观《八六子》:"翠销香减,那堪片片飞花弄晚。"

宋·张纲《惜分飞》(次韵丁希闵):"年少春心花里转,只恐飞花片片。"

宋·卢祖皋《洞仙歌》:"问何事东君,先与春心,还又是、容易飞花片片。"

宋·严仁《木兰花慢》(社日有怀):"飞花片片走潺暖,问何日西还。"

宋·谢明远《踏莎行》:"楚树芊绵,江云芜漫,晓风吹堕梅千片。"

宋·毛开《玉楼春》:"行寻香径不逢人,唯有落红千万片。"

宋·李处全《蓦山溪》:"藉草倒芳尊,衬香茵、落红千片。"

宋·吴礼之《谒金门》(春晚):"风乍扇,帘外落红千片,飞尽落花春不管,斗忙莺与燕。"

宋·洪适《满庭芳》:"龟巢,添绿皱,残梅片片,新柳丝丝。"

宋·辛弃疾《祝英台令》(晚春):"断肠片片飞红,都无人管,情谁唤、流莺声住。"

宋人依托神怪珍娘《浣溪沙》:"风扬游丝随蝶翅,雨飘飞絮湿莺唇,桃花片片送残春。"

1066.飞红万点愁如海

宋·秦观《千秋岁》:"忆昔西池会,鹓鹭同飞盖。携手处,今谁在?日边清梦断,镜里朱颜改。春去也,飞红万点愁如海。"写暮春时节,更思念久别的情侣。"飞红万点愁如海"从杜甫的"一片飞花减却春,风飘万点正愁人"二句缩合而来。用了上句的"飞花"和下句的"万点""愁"。唐·罗隐《野花》(一作罗邺诗):"万点红芳血色殷,为无名

字对空山。"写万点殷红的野花,言花之多。

宋·姜夔《眉妩》(一名百宜娇):"乱红万点,怅断魂、烟水遥远。"

宋·方千里《过秦楼》:"料相思此际,浓似飞红万点。"

宋·葛长庚《水调歌头》:"满目飞花万点,回首故人千里,把酒沃愁肠。"

金·董解元《西厢记》卷七《大圣乐》:"闲愁似海!况是暮春天色,落红万点,风儿细细,雨儿微筛。这些光景,与人妆点愁怀。"

金·朱弁《春阴》:"诗情莫写愁如海,酒薄难将梦到家。"只用"愁如海"。

明·陈子龙《诉衷情》(春游):"一双燕舞,万点飞花,满地斜阳。"

1067.落花飞絮成春梦

唐·戴叔伦《暮春感怀》:"落花飞絮成春梦,剩水残山异昔游。"诗人在异乡登楼眺望,满眼落花飞絮,已是晚春景色,那剩水残山,亦不是昔日的面目,一片感伤笼罩着他的心头,落花飞絮使春光成了梦。

"落花飞絮"变序为"飞絮落花",这是清明过后,残春的普遍现象——无处不飞花,无处不飞絮。因而此句被广泛应用("落花"与"飞絮"也作对句用)。

唐·钱起《送孙千尉温县》:"飞花落絮满河桥,千里伤心送客遥。"

唐·雍陶《访友人幽居二首》:"落花门外春将尽,飞絮庭前日欲高。"

唐·郑谷《结绶鄂郊糜摄府署偶有自咏》:"推却簿书搔短发,落花飞絮正纷纷。"

五代·魏承班《渔歌子》:"几多情,无处说,落花飞絮清明节。"

五代·张泌《江城子》:"碧栏干外小中庭,雨初晴,晓莺声,飞絮落花时节、近清明。"

五代·孙光宪《浣溪沙》:"落絮飞花满帝城,看看春尽又伤情。"

五代·王周《无题二首》:"冰雪肌肤力不胜,落花飞絮绕风亭。"

宋·欧阳修《瑞鹧鸪》:"更被春风送惆怅,落花飞絮两翩翩。"(《全宋词》注云:"此词本李商隐诗,公尝笔于扇云,可入此腔歌之。")又《江神子》:"落花飞絮,天气近清明。"

宋·杜安世《凤栖梧》:"飞絮落花和细雨,凄凉庭院流莺度。"又《浪淘沙》:"又是春暮,落花飞絮,子规啼尽断肠声。"又《剔银灯》:"洞云深处,暗回首、落花飞絮。"

宋·魏夫人《减字木兰花》:"落花飞絮,杳杳天涯人甚处?"

宋·苏轼《渔父四首》:"渔父醒,春江午,梦断落花飞絮。"又《三月二十日开园三首》:"鹤睡觉时风露下,落花飞絮满衣襟。"又《和人回文五首》:"中酒落花飞絮乱,晓莺啼破梦匆匆。"又《水龙吟》:"行尽九州四海,笑纷纷、落花飞絮。"又《昭君怨》(送别):"欲去又还不去,明日落花飞絮;飞絮送行舟,水东流。"又《江神子》(孤山竹阁送述古):"飞絮落花,春色属明年。"

宋·郑僅《调笑转踏》:"当垆春永寻芳去,门外落花飞絮。"

宋·秦观《江城子》:"韶华不为少年留,恨悠悠,几时休?飞絮落花时候、一登楼。"又《如梦令》:"池上春归何处,满目落花飞絮。"又《夜游宫》:"何事东君又去,空满院、落花飞絮。"

宋·毛滂《上林春令》(十一月三十日见雪):"落花飞絮蒙蒙,长忆著、灞桥别后。"

宋·葛胜仲《西江月》:"中天楼观共跻攀,飞絮落花春晚。"

宋·李光《鹧鸪天》:"飞花逐水归何处,落絮沾泥不解狂。"

宋·吕本中《如梦令》(忆旧):"海雁桥边春苦,几见落花飞絮。"

宋·向子諲《七娘子》:"满地落花,漫天飞絮,谁知总是离愁做。"

宋·李弥逊《虞美人》:"明日落花飞絮、满长安。"

宋·朱松《蝶恋花》(醉宿郑氏阁):"清晓方塘开一镜,落絮飞花,肯向春风定。"

宋·侯寘《朝中措》:"飞絮落花时候,扁舟也到孤山。"

宋·管鑑《西江月》:"夜雨落花满地,晓风飞絮连天。"

宋·沈端节《虞美人》:"东君都不管闲愁,一任落花飞絮、两悠悠。"

宋·王炎《好事近》:"柳外一声鹈鴂,怨落花飞絮。"

宋·汪莘《水龙吟》:"自昔侯王将相,几番成、落花飞絮。"

宋·郭应祥《鹊桥仙》:"赏心乐事四时同,又管甚、落花飞絮。"

宋·韩淲《风入松》:"疏雨冷烟寒食,落花飞絮清明。""清明"用魏承班句。

宋·魏了翁《满江红》:"任多少双袅乘雁,落花飞絮。"

宋·孙维信《清平乐》:"小别殷勤留不住,恨满飞花落絮。"

宋·吴潜《满庭芳》(西湖):"又是飞花落絮,芳草暗、万绿成丛。"又《长相思》:"怨东风,笑东风,落花飞絮两无踪,分付与眉峰。"

宋·方岳《如梦令》(春思):"知是谁家燕子,直凭惺忪言语,深入绣帘来,无奈落花飞絮。春去,春去,且道干卿何事。"

宋·许斐《夜行船》:"文君自被琴心误,却惆怅、落花飞絮。"

宋·翁孟寅《摸鱼儿》:"轻裘岘首陪登眺,马上落花飞絮。"

宋·卫宗武《酹江月》:"便好剪刻漫空,落花飞絮,滚滚随风起。"

宋·陈著《宝鼎现》:"算世事、消把春看,还有落花飞絮。"

宋·陈允平《玲珑四犯》:"惆怅二十四桥,任落絮飞花乱点。"

宋·赵文《扫花游》:"老子婆娑,长与春风作主。彩衣舞,看人间、落花飞絮。"

宋·王沂孙《如梦令》:"无语同心,满地落花飞絮。归去,归去,遥指乱云遮处。"

宋人依托神怪宋媛《蝶恋花》:"莫学飞花兼落絮,摇荡春风,迤逦抛人去。"

元明小说话本依托宋人俞良《鹊桥仙》:"杏花红雨,梨花白雪,羞对短长亭路。东君也解数归程,遍地落花飞絮。"

明·余怀也《摸鱼儿》(和辛幼安):"最伤情、落花飞絮,牵惹春光不住。"

清·李雯《凤凰台上忆吹箫》(次清炤韵):"应念别时清泪,登临处,回首江流;江流下,落花飞絮,遍写离愁。"

清·文廷式《水龙吟》:"落花飞絮茫茫,古来多少愁人意。"

"落花飞絮"有很多变式,其意俱近同,语言则多姿多彩。如:"乱花飞絮""残花飞絮""雨花风絮""飞花舞絮""紫花惹絮""吹花卷絮""花谢絮飞"等等。请读这些变式句：

宋·柳永《昼夜乐》："况值阑珊春色暮,对满月、乱花狂絮。"

宋·欧阳修《定风波》："昨日红芳今绿树,已暮,残花飞絮两纷纷。"

宋·晏几道《浣溪沙》："白纻春衫杨柳鞭,碧蹄骄马杏花鞯,落英飞絮冶游天。"

宋·苏轼《定风波》(感旧)："花谢絮飞春又尽,堪恨。断弦法管伴啼妆。"

宋·李之仪《蓦山溪》："拨尽火边灰,搅愁肠、飞花舞絮。"

宋·晁端礼《虞美人》："刘郎惆怅武陵迷,无限落英飞絮。"又《鹊桥仙》："多情应解,留连春意,满地紫花惹絮。"

宋·李元膺《茶瓶儿》："乱红飞絮,相逐东风去。"

宋·秦观《河传》："乱花飞絮,又望空斗合,离人愁苦。"

宋·李甲《过秦楼》："卖酒炉边,寻芳原上,乱花飞絮悠悠。"

宋·陈师道《清平乐》："吹花卷絮无踪,晚妆知为谁红。"

宋·叶梦得《醉蓬莱》："遥想湖边,浪摇空翠,弦管风高,乱花飞絮。"

宋·万俟咏《三台》(清明应制)："向晚骤,宝马雕鞍,醉襟惹、乱花飞絮。"

宋·曹组《渔家傲》："水上落红时片片,江头雪絮飞缭乱。""落红""絮飞"分句用。

宋·王之道《贺新郎》(送郑宗承)："又是春残去,倚东风、寒云淡日,堕红飘絮。"

宋·管鑑《木兰花》(唐守生日)："乱花飞絮,却是一年春好处。"

宋·周紫芝《浣溪沙》："飞絮乱花闲院宇,舞鸾歌凤小娉婷。"

宋·程垓《南浦》："浓绿涨瑶窗,东风外,吹尽乱红飞絮。"

宋·洪王茶《谒金门》(春晚)："风共雨,催尽乱红飞絮。百计留春春不住,杜鹃更苦。"

宋·吴泳《八声甘州》(和季永弟思归)："满朱檐、残花败絮。欲问君、移取石榴栽。"

宋·陆游《送七兄赴扬州帅幕》："岂知今日淮南路,乱絮飞花送客舟。"

宋·彭耜《喜迁莺》："吾家何处,对落日残鸦,乱花飞絮。"

宋·杨泽民《瑞龙吟》："忆桃李春风,梧桐秋桐秋雨,又还过却、落花飘絮。"

宋·何梦桂《满庭芳》(初夏)："数尽落红飞絮,摘青梅、煮酒初尝。"

宋·陈以庄《水龙吟》(记钱塘之恨)："听一声杜宇,红殷绿老,雨花飞絮。"

宋·施岳《水龙吟》："两岸花絮舞,度春风满城箫鼓。"

宋·张师师《西江月》(和柳永)："飞花舞絮弄春和,全没些儿定个。"

1068. 乱红不管花消瘦

宋·杨炎正《蝶恋花》："门外马嘶人去后,乱红不管花消瘦。"别词,写送别。人已去,而乱红纷落,花消瘦了。"不管",拟人；"花消瘦"双关,喻人。"乱(落)红"指落花,"乱"言其多而杂乱。用"乱(落)红"句如:

宋·王之道《长相思》："吴江枫,吴江风,索索秋声飞乱红。"

宋·高观国《玲珑四犯》："恨燕莺、不识闲情,却隔乱红飞去。"

宋·魏了翁《谒金门》："兰桌举,相趁落红飞去。"

宋·沈唐《霜叶飞》："望中闲想,洞庭波面,乱红初坠。"

唐宋人写落花是煞费苦心的。还有些落花句都各有特点,不妨一赏。

唐·綦毋潜《宿龙兴寺》："天花落不尽,处处鸟衔飞。"写落花多。

唐·杜牧《初冬夜饮》："砌下梨花一堆雪,明年谁此凭栏干。"写雪如梨花。

宋·王安石《北山》："细数落花因坐久,缓寻芳草得归迟。"写游兴。

宋·朱淑真《落花》："愿教青帝常为主,莫遣纷纷点翠苔。"但愿花儿不落。

1069. 乱花渐欲迷人眼

唐·白居易《钱塘湖春行》："乱花渐欲迷人眼,浅草才能没马蹄。"此诗为诗人任杭州刺史(长庆三年或长庆四年)时游钱塘湖(西湖)所作,时值春日,西湖边繁花似锦,绿草铺茵。用"迷人眼"

"没马蹄"加以描绘。

唐·王建《江陵即事》:"寺多红药灼人眼,地足青苔染马蹄。夜半独眠愁在远,北看归路隔蛮溪。"白居易取此"灼人眼""染马蹄"句式。

1070. 雨湿落红飞不起

宋·王安国《减字木兰花》:"画桥流水,雨湿落红飞不起;月破黄昏,帘里余香马上闻。"落红经雨湿,风来吹不起了。

元·萨都刺《燕姬曲》:"夜来小雨润天街,满院杨花飞不起。"上句用柳宗元"天街小雨润如酥"句,下句用王安国"雨湿落红飞不起"句,喻燕姬如飘零衰落之杨花。

1071. 梨花落尽成秋苑

唐·李贺《河南府试十二月乐词并闰月》:"曲水飘香去不归,梨花落尽成秋苑。"此诗写暮春时节宫中游乐景况,结二句写曲江上的香风隔风飘去不返,梨花落尽,池苑已是一片秋色了。从繁华迅速走向衰落的描绘,似含深意。宋·谭宣子《渔家傲》中用了李贺原句:"最忆来时门半掩,春不暖,梨花落尽成秋苑。"

"梨花落尽"取李白"杨花落尽"句。李白《闻王昌龄左迁龙标遥有此寄》:"杨花落尽子规啼,闻道龙标过五溪。"龙标是今湖南省黔阳县,唐代此地很荒远。天宝年间,王昌龄被贬为龙标县尉。李白闻讯作此诗致慰。"杨花落尽"句说作诗时间在春末。唐·温庭筠《鄠杜郊居》:"寂寞游人寒食后,夜来风雨送梨花。"梨花落在寒食、清明之间。宋·晏几道《生查子》:"消息未归来,寒食梨花谢。"因此"梨花落尽"已至春末,夏日就要来临。

唐·郑谷《下第退居二首》:"落尽梨花春又了,破篱残雨晚莺啼。"用李贺句写退居时令。

宋·梅尧臣《苏幕遮》:"落尽梨花春又了,满地残阳,翠色和烟老。"用郑谷原句。

宋·晏殊《破阵子》(春景):"燕子来时新社,梨花落后清明,池上碧苔三四点,叶底黄鹂一两声。"

宋·杨徽之《句》:"开尽菊花秋色老,落残凋叶雨声寒。"

宋·姜夔《淡黄柳》(客居合肥南城赤栏桥之西,巷陌凄凉,与江左异。唯柳色夹道,依依可怜。因度此阕,以纾客怀):"正岑寂,明朝又寒食。强

携酒、小桥宅。怕梨花落尽成秋色。"换一"色"字,因为不是宫苑了。

宋·汪元量《莺啼序》(重过金陵):"更落尽梨花,飞尽杨花,春也成憔悴。"写暮春之凄凉。

宋·王沂孙《三姝媚》[次周公谨(周密)故京送别韵]:"总是飘零,更休赋、梨花秋苑。"

宋·张炎《探春慢》(雪霁):"也知不做花看,东风何事吹散,摇落似成秋苑。"以"秋苑"喻残雪。

元·赵雍《摊破浣溪沙》:"春草萋萋绿渐浓,梨花落尽晚来风。"闺怨,有青春迟暮之情。

1072. 红叶黄花秋意晚

宋·晏几道《思远人》:"红叶黄花秋意晚,千里念行客。飞云过尽,归鸿无信,何处寄书得?"霜叶并菊花,已值深秋季节,尤思念远在千里之外的行人。云已飞尽,雁已归来,信收不到也寄不出。此阕叙远别,为下阕写离苦作了有力的张本。又《碧牡丹》:"事何限,怅望秋意晚,离人鬓华将换。"又用"秋意晚"。

"红叶黄花秋意晚"之句意句式,应从唐人诗句中提炼而成。唐·李峤《菊》有"黄花今日晚,无复白衣来"句;唐·武无衡《送徐员外还京》有"蕙兰秋意晚,关塞别魂惊"句;唐·于濆《旅馆秋思》有"何事觉归晚,黄花秋意深"句。这些五言句已含"秋意晚"句意。唐·刘沧《罢华原尉上座主尚书》中的"白露黄花岁时晚,不堪霜鬓镜前愁",唐·郑谷《重阳日访元秀上人》中的"红叶黄花秋景宽,醉吟朝夕在樊川",都提供了句意句式。而宋人张先《少年游》:"红叶黄花秋又老,疏雨更西风。"小晏句直从此句化出。以后用此句的:

宋·苏轼《台头寺雨中送李邦直赴史馆兼寄孙巨源》:"红叶黄花秋正乱,白鱼紫蟹君须忆。"又《代书答梁先》:"别来红叶黄花秋,夜梦见之起坐愁。"

宋·王之道《蝶恋花》(和王冲之木犀):"庭院雨余秋意晚,一阵风来,到处清香遍。"

宋·曹勋《武陵春》(重阳):"红叶黄花满意秋,真是巧装愁。"又《选冠子》(宿石门):"红叶黄花,水光山色,常爱晓云晴霁。"

金·段克己《水龙吟》(寿舍弟菊轩):"黄花红叶,输香泛滟,恰过重九。"

元·郑光祖《蟾宫曲》(梦中作):"见满山满谷,红叶黄花。"

元·白朴《天净沙》（秋）："青山绿水，白草红叶黄花。"

清末民初马素苹《鹧鸪天》："才几日、又重阳，黄花红叶感流光。"

1073. 枫叶荻花秋瑟瑟

唐·白居易《琵琶行并序》："浔阳江头夜送客，枫叶荻花秋瑟瑟。"枫叶与荻花在秋风中颤抖，"瑟瑟"意同瑟缩。有以为同"半江瑟瑟半江红"的"瑟瑟"，即碧色，但"红枫紫荻"中"紫荻"实为芦苇，荻茎为黄色，花为白色。所以一律写作"碧色"不合事实，也无意义。"枫叶荻花"多写深秋的冷落凄凉，以烘托作者冷落凄凉的心绪。

宋·欧阳修《减字木兰花》："扁舟岸侧，枫叶荻花秋索索。"欧公几用原句，换"索索"，亦说明"瑟瑟"不是碧色。宋·张孝祥《减字木兰花》（琵琶亭林守、王倅送别）又用欧公语："江头送客，枫叶荻花秋索索。弦索休弹，清泪无多怕湿衫。"计用白居易《琵琶行》中三句，除"枫叶荻花"句外，又用"浔阳江头夜送客"和"江州司马青衫湿"句。用"枫叶荻花"句还如：

宋·苏轼《出颍口初见淮山是至寿州》："我行日夜向江海，枫叶芦花秋兴长。"这是唯一有秋兴的"枫叶"句。换"芦"字意近。"秋兴长"用杜甫的《寄彭州高三十五》"秋来兴甚长"句。又《次韵景文山堂听筝三首》："荻花枫叶忆秦娥，切切么弦细欲无。"

宋·秦观《南乡子》："月色满湖村，枫叶芦花共断魂。"用苏轼的"芦"字。又《蝶恋花》："枫叶芦花，的是凄凉地。"

宋·王之道《沁园春》（和彦时兄）："纵荻花枫叶，强撩归思；有莼羹菰饭，归更何忧。"下句用张翰语。又《望海潮》（重九和彦时兄）："枫叶露痕，荻花风色，人言今日重阳。"分句用"枫叶""荻花"。又《念奴娇》（和鲁如晦中秋）："谁使琵琶声到耳，轻赋荻花枫叶。"

宋·石孝友《西地锦》："两岸荻花枫叶，争舞红吹白。"荻花为白色，枫叶为红色。又《水调歌头》："琵琶亭畔，正是枫叶荻花秋。"

宋·刘过《贺新郎》："莫鼓琵琶江上曲，怕荻花、枫叶俱凄怨。"

宋·葛长庚《贺新郎》："枫叶荻花动凉思，又寻思、江上琵琶泪。"又《贺新郎》："此秋来、荻花枫叶，令人凄惋。"又《酹江月》（送周舜美）："我今流落江南，朝朝还暮暮，千愁万结。那更荻花枫叶景，观长亭短驿。"

宋·李曾伯《沁园春》："西风里，对一番新月，又荻花秋。"又《眼儿媚》："公归东里我西州，枫荻楚天秋。"

清·左辅《南浦》（夜寻琵琶亭）："一例苍茫吊古，向荻花枫叶又伤心。"

今人刘文约《琵琶亭》（浔阳怀咏古迹六首）："荻花枫叶秋江畔，一曲琵琶无限情。"

1074. 未必秋香一夜衰

唐·郑谷《十日菊》："节去蜂愁蝶不知，晓庭还绕折残枝。自缘今日人心别，未必秋香一夜衰。"古人九月九日重阳节习俗——赏菊饮菊酒。而到九月十日刚过重阳，便菊花皆残，无可欣赏了。其实仅隔一夜，菊花怎么会剧然零落了呢，实在是人的心理发生了变化。九日赏过，十日再无心赏菊了。郑谷此诗抒写这种见解。重阳一去，蜂儿采蜜虽难，而蝴蝶还绕枝翩翩，不会是秋菊一夜之间就衰落了吧，只是人心不同了。宋·黄庭坚《鹧鸪天》（重九日集句），竟将此诗一字不易地抄作上阕，满有兴致地赏十日菊。唐·钱起《江行无题一百首》："晚菊绕江垒，忽如开古屏。莫言时节过，白日有余馨。"早已说明"未必秋香一夜衰"了。宋人又有用此原句者：

宋·黄叔达《南乡子》："芳意正徘徊，传与西风且慢吹。明日余尊还共倒，重来，未必秋香一夜衰。"黄叔达是黄庭坚之弟。

宋·晁端礼《丑奴儿》："归来应过重阳也，菊有残枝，纤手重携，未必秋香一夜衰。"

宋·曹勋《武陵春》（重阳）："只恐秋香一夜衰，须插满头归。"反用其意。

1075. 红衣落尽渚莲愁

唐·赵嘏《长安晚秋》："紫艳半开离菊静，红衣落尽渚莲愁。""红衣"源出《楚辞·离骚》："制芰荷以为衣兮，集芙蓉以为裳。""芰荷"，出水的荷叶荷花。用"芰荷缝上衣""荷衣蓉裳"喻高洁的品格。荷为红色，后称"红衣"。最早用"红衣"的是北周·庾信《入彭城馆》："槐庭垂绿穗，莲蒲落红衣。"莲荷落了红花，用《楚辞》句称"落红衣"。赵嘏句写"紫菊半开""红莲凋落"，"静"与"愁"拟人之行,拟人之情。"渚莲"指荷花枝叶整体,花落了怎会不"愁"。

唐·羊士谔《郡中即事三首·玩荷花》:"红衣落尽暗香残,叶上秋光白露寒。越女含情已无限,莫教长袖倚栏干。"三首都写秋景,这首为最。红衣尽脱,只余残香。用"红衣落尽"早于赵嘏,或者说赵嘏用羊士谔句。但赵嘏因《长安晚秋》一诗被人誉作"赵倚楼",其诗中句也广为人熟知。宋人贺铸《芳心苦》:"断无蜂蝶慕幽香,红衣脱尽芳心苦。"从赵嘏句脱出,也为人所喜爱。"芳心苦"更强似"渚莲愁"。宋·史达祖《玉胡蝶》:"恨随团扇,苦近秋莲。"用贺铸句喻人之"苦"。"落红衣""红衣落尽"是落花句,只写荷花落。

唐·元稹《夜池》:"荷叶团圆茎削削,绿萍面上红衣落。"

宋·姜夔《念奴娇》:"日暮青盖亭亭,情人不见,争忍凌波去。只恐舞衣寒易落,愁入西风南浦。"这是一首名词。"舞衣"从"红衣"衍化而出,写出红荷如人的舞态。"愁"亦用赵嘏句。姜夔写荷花是名家,用"红衣"句还有《惜红衣》:"虹梁水陌,鱼浪吹香,红衣半狼藉。"

宋·陈允平《八声甘州》(麹院风荷):"便相将、无情秋思,向菰蒲深处落红衣。"又《丁香结》:"莲塘风露,渐入粉艳,红衣落尽。"

宋·周密《木兰花慢》:"采芳旧恨,怕红衣、夜冷落横塘。"

金·元好问《迈陂塘》:"怕载酒重来,红衣半落,狼藉卧风雨。"荷花凋落,喻情人已殒。

明·彭孙贻《西河》(金陵怀古次美成韵):"红衣落尽,只洲前、一双鹭起。"写衰败景象。

清·陈廷焯《鹧鸪天》:"一夜西风古渡头,红莲落尽使人愁。"亦写衰败景象。

1076. 东风无力百花残

唐·李商隐《无题》:"相见时难别亦难,东风无力百花残。春蚕到死丝方尽,蜡炬成灰泪始干。"这是一首著名的七律《无题》诗的前二联。"春蚕""蜡炬"二句早成千古不朽名句。首联叙述暮春离别之苦。从"别易会难"中翻成"会难别更难"一意,表达"伤春更伤别"的苦痛。"东风无力百花残",春风已减弱无力,百花纷纷凋谢,是典型的暮春景象。暮春已令人感伤,而暮春之别更添悲伤的情怀。后常用"东风无力"表示残春,也表风弱。

唐·章碣《长安春日》:"春日皇家瑞景迟,东风无力雨微微。"

宋·葛立方《好事近》(和子直惜春):"归日指清明,肯把话言轻食。正是飞花时候,赖东风无力。"

宋·范成大《眼儿媚》(萍乡道中乍晴,卧舆中,困甚,小憩柳塘):"春慵恰似春塘水,一片縠纹愁,溶溶泄泄,东风无力,欲皱还休。"

宋·谢懋《忆少年》(寒食):"游丝卷晴昼,系东风无力。"

宋·王质《满江红》:"生縠平铺,吹不起、轻风无力。"

宋·陈克《谒金门》:"帘外落花飞不得,东风无气力。"

宋·方千里《少年游》:"东风无力扬轻丝,芳草雨余姿。"

宋·施岳《兰陵王》:"凭高处,愁销断桥,十里东风无力。"

宋·吴文英《浣溪沙》:"千盖笼斗胜春,东风无力扫香尘。"

清·周之琦《好事近》(纸鸢):"莫羡儿童牵引,怕东风无力。"

"百花残",唐·吴融《春词》中应用,说明春光疾速:"春期莫相误,一日百花残"。

1077. 不恨此花飞尽

宋·苏轼《水龙吟》(咏杨花):"不恨此花飞尽,恨西园落红难缀。"不恨杨花飞,只恨红花落。用"不恨……只恨……"句式如:

宋·吴文英《高阳台》:"南楼不恨吹横笛,恨晓风千里关山。"

清·朱祖谋《长亭怨慢》(苇湾重到,红香顿稀,和半塘老人):"迟暮,隔微波不恨,恨别旧家鸥侣。""隔微波"用曹植《洛神赋》"无良媒以接欢兮,托微波而通辞"句,说不恨荷花凋落,恨不见旧家鸥侣。

1078. 红豆生南国

唐·王维《相思》:"红豆生南国,春来发几枝?愿君多采撷,此物最相思。""红豆",红豆树,是海红豆、相思子的总称。红豆结实如豌豆而微扁,色鲜红如珊瑚,可作饰物,多生于岭南。人们常用红豆象征爱情与相思。王维此诗即写红豆象征相思这一特点,表达对南方友人的怀思。

"相思"一语,最早用于朋友之间相互想念。

汉·李陵(假托)《送苏武归》:"行人难久留,各言长相思。"

南朝·梁·沈约《别范安成》:"梦中不识路,何以慰相思!"

唐·孟浩然《送新郎中迁京》:"意气今何在,相思望斗牛。"

唐·李白《泾川送族弟》:"寄情与流水,但有长相思。"又《长相思》:"长相思,在长安,络纬秋啼金井栏。卷帷望月空长叹,美人如花隔云端……长相思,摧心肝。"想望理想的政治人物。

唐·刘长卿《饯别王十一南游》:"谁见汀洲上,相思愁白苹。"

唐·杜甫《巴岭答杜二见忆》:"卧向巴山落月时,两乡千里楚相思。"

唐·李商隐《宿骆氏亭寄怀崔雍崔衮》:"竹坞无尘水槛清,相思迢递隔重城。"

唐·刘沧《送友人罢举赴蓟门从事》:"此去黄金台上客,相思应羡雁南归。"

唐·薛涛《牡丹》:"只欲栏边安枕席,夜深闲共说相思。"指牡丹。

唐·严羽《临川逢郑遏之云梦》:"明发又为千里别,相思应尽一生期。"

唐·韦庄《清河县楼作》:"故人此地扬帆去,何处相思雪满头。"

唐·王维多次用"相思"表怀友:

《赠裴迪》:"相忆今如此,相思深不深?"

《赠祖三咏》:"良会讵几日,终自长相思。"

《送沈子福归江东》:"唯有相思似春色,江南江北送君归。"

《送宇文太守赴宣城》:"何处寄相思,南风吹五两。"

王维以后,人们用"红豆相思"多指情侣相思。

唐·温庭筠《南歌子词二首》:"玲珑骰子安红豆,入骨相思知不知。"清·李叔同《金缕曲》(东渡留别祖国):"行矣临流重太息,说相思,刻骨双红豆。"离别时对祖国怀有双倍思念,用温庭筠"入骨相思"句。

唐·韩偓《玉合》:"中有兰膏渍红豆,每回拈着长相忆。"

五代·牛希济《生查子》:"红豆不堪看,满眼相思泪。"

五代·欧阳炯《南乡子》:"两岸人家微雨后,收红豆,树底纤纤抬素手。"写采撷红豆。

宋·李之仪《蓦山溪》(少孙咏鲁直长沙旧词因次韵):"醉乡路稳,常是身偏后。谁谓正欢时,把相思、番成红豆。"

宋·刘过《江城子》:"万斛相思红豆子,凭寄与个中人。"

明·屈大均《南歌子》:"珠泪成红豆,香心作彩云。"用"红豆""彩云"相思句,隐喻对亡明之怀思。

清·郑燮《贺新郎》(述诗):"回首少年游冶习,采碧云、红豆相思料。深愧杀、杜陵老。"回想少年时常写艳情作品,实在有愧杜甫。

清·陈维崧《浣溪沙》:"事去已荒前日梦,情多犹忆少年时,江南红豆最相思。"用王维句,忆起少年时江南的一位情侣。

1079.愿君多采撷

唐·王维《相思》:"愿君多采撷,此物最相思。"多采摘红豆。由于红豆含相思之意,多采便表示怀念。

南朝·齐·谢朓《同咏坐上所见一物·席》:"遇君时采撷,玉座奉金卮。"坐中柳恽咏同,王融咏幔,虞炎咏廉,谢朓咏席。此句写采撷芦苇制成席。

1080.落花犹似坠楼人

唐·杜牧《金谷园》:"日暮东风怨啼鸟,落花犹似坠楼人。""坠楼人",指晋代石崇的爱妾绿珠,她善吹笛。赵王伦专权时,伦党孙秀向石崇索取绿珠,石崇拒绝,因而被逮捕。绿珠闻之,坠楼而亡。绿珠一弱女子爱情忠专、不羡权贵的品格,深为后人感佩。杜牧《题桃花夫人(息夫人)庙》:"细腰宫里露桃新,脉脉无言度几春。竟至息亡缘底事,可怜金谷坠楼人。"借绿珠以悼息夫人。诗人此观金谷园,不见绿珠,唯见落花,由落花联想绿珠坠楼,灵感所至,生此妙语。

诗人写绿珠的不在少数。唐·刘希夷《洛川怀古》:"绿珠不可夺,白首同所归。"唐·孟浩然《同张明府碧溪赠答》:"还看碧溪答,不羡绿珠歌。"唐·李白《鲁郡尧祠送窦明府薄华还西京》:"君不见绿珠潭水流东海,绿珠红粉沉光彩,绿珠楼下花满园,今日曾无一枝在。"唐·蒋冽《经埋轮地》:"时人欣绿珠,诗满金谷园。"

宋·黄庭坚《和陈君仪读太真外传五首》:"朝廷无事君臣乐,花柳多情殿阁春。不觉胡雏心暗动,绮罗翻作坠楼人。"写安禄山"心动"叛乱,杨妃作了坠楼的绿珠,用杜牧句。

元·郝经《落花》:"玉楼烟冷空千树,金谷香销谩一尊。"以落花喻绿珠,"金谷香销",绿珠死去,如千树花空。

元·范康《寄生草》(酒色财气·财):"绿珠娇人无比,石崇富祸有余。"财可招祸。

元·张可久《一半儿·落花》:"酒边红树碎珊瑚,楼下名姬坠绿珠。""碎珊瑚"与"坠绿珠"均喻落花,以绿珠坠楼喻落花。

1081. 落红不是无情物

清·龚自珍《己亥杂诗》:"浩荡离愁白日斜,吟鞭东指即天涯。落红不是无情物,化作春泥更护花。""己亥",指道光十九年(1839),龚自珍四十八岁,因不满官场黑暗,辞京返杭,不久为迎眷属又往返京杭一次。这一年途中共写了315首七绝,写离京返杭途中所思所感,总题《己亥杂诗》,此其一。"落红"句说,花朵萎落尘埃,并非中止了生命,当它化作春泥之后,还会滋哺百花生长,喻语自己虽已辞官,还要为社会尽竭全力,多做些事。

唐·李商隐《寄蜀客》:"君到临邛问酒垆,近来还有长卿无?金徽却是无情物,不许文君忆故夫。""金徽",琴名。南朝·梁·梁元帝《杂咏》:"金徽调玉轸,兹夜抚离鸿。"唐·孟浩然《赠道士参寥》:"丝脆弦将断,金徽色尚荣。"原指琴身。这里指司马相如弹过的琴。当年,文君新寡,相如以琴心挑之,二人终成伉俪。而今,琴已无存,何有文君忆故夫呢?用意隐晦,或有所托,或为戏言。"落红不是无情物",反用其句,另创新意。

唐·唐彦谦《春草》:"萋萋总是无情物,吹绿东风又一年。"用李商隐句。

1082. 残花犹发万年枝

唐·窦庠《陪留守韩仆射巡内至上阳宫感兴二首》:"薄暮毁垣春雨里,残花犹发万年枝。"陪韩皋傍晚巡查内宫,到上阳宫,见雨中断垣残壁,唯万年枝上留有残花。字里行间透出了浓重的悲凉。上阳宫,白居易《上阳人》(一作《上阳白发人》)注

引李传:"天宝五载已后,杨贵妃专宠后宫,人无复进幸矣。六宫有美色者,辄置别所,上阳是其一也。贞元中尚存焉。"上阳宫为唐高宗所建洛阳行宫,凡失宠及未进御之宫人尽送于此。元稹亦写了《上阳白发人》,都是哀怜被幽闭者的终生痛苦。白诗中"上阳人,上阳人,红颜暗老白发新。……玄宗末岁初选入,入时十六今六十……"就是宫女这种命运的写照。窦庠"感兴二首"已潜含着无限的哀凉。

"万年枝",指长青树,多年老树、冬青树之类。唐·沈佺期《立春日出彩花应制》最先用了"万年枝":"轻生承剪拂,长伴万年枝。"长青不老之意。同一时期,"万年"句颇盛。唐·赵彦昭《奉和人日清晖阁宴群臣遇雪应制》:"幸承今日宴,长奉万年春。"又《奉和元日赐群臣柏叶应制》:"但将千岁叶,常奉万年杯。"唐·武平一《奉和正旦赐宰臣柏叶应制》:"愿持柏叶寿,长奉万年欢。"唐·刘宪《奉和春日幸望春宫应制》:"欢娱节物今如此,愿奉宸游亿万年。"唐·司马逸客《雅琴篇》:"愿持东武宫商韵,长奉南熏亿万年。"这些"万年"句,多为"应制"意,表示对皇帝的尊崇而已。

用"万年枝"句还如:

唐·许景先《奉和圣制春台望》:"瑞气朝浮五云阁,祥光夜吐万年枝。"

唐·崔兴宗《和王维敕赐百官樱桃》:"朱实初传九华殿,繁花旧杂万年枝。"

唐·韩翃《汉宫曲二首》:"五柞宫中过腊看,万年枝上雪花残。"

又《赠别太常李博士兼寄两省旧游》:"暂夸五首军中诗,还忆万年枝下客。"

唐·李嘉祐《江湖秋思》:"素浪遥疑八溪水,清枫忽似万年枝。"

又《晚发咸阳寄院遗补》:"回首青山独不语,羡君谈笑万年枝。"

唐·皇甫曾《奉送杜侍御还京》:"寒生五湖道,春入万年枝。"

又《奉和杜相公移入长兴宅奉呈诸宰执》:"才分五夜漏,遥隔万年枝。"

唐·杨巨源《春日奉献圣寿无疆词十首》:"瑞凝三秀草,春入万年枝。"

1083. 百尺傍无枝

唐·张九龄《杂诗五首》:"孤桐亦胡为,百尺

傍无枝。疏阴不自覆,修干欲何施。"此诗不是赞美孤桐挺拔,而是感叹它的孤苦危弱,似含有深意。

唐·宋之问《题张老松树》:"百尺无寸枝,一生自孤直。"这是写松树之孤直而凄楚,张九龄诗与此意近,堪作姊妹篇。而宋、张同时,宋长于张,"百尺无寸枝"与"百尺傍无枝"何者先出,难得而知。

1084. 摘蕊牵花来并笑

南朝·陈·江总《梅花落》:"桃李佳人欲相照,摘蕊牵花来并笑。"桃李般艳丽的美人欲同梅花媲美,摘着花蕊,牵着花枝,在花丛中笑。

宋·洪皓《忆江梅》:"空怅遐想笑摘蕊,断回肠,思故里。"作者为洪迈之兄,留金朝已十四年,常思故国。词前《江梅引》说,作此词一组三首——《忆江梅》《访寒梅》《怜落梅》,"多用古人诗赋,各有'笑'字"。此句用江总诗,写北方无梅,空想"笑摘蕊"。

1085. 冷蕊疏枝半不禁

唐·杜甫《舍弟观赴兰田取妻子到江陵喜寄三首》:"巡檐索共梅花笑,冷蕊疏枝半不禁。"喜迎杜观携妻子南来。兴奋中欲与梅花共笑,只是"冷蕊疏枝"半未开呢。《杜诗详注》引卢世㴑语曰:"他乡就我,故国移居,还题明净,而意更温深。欢剧喜多,尚与弟相隔许程,于是步绕檐楹,索梅花共笑。此时梅花半开,即冷蕊疏枝,亦若笑不能禁矣。说得无情有情,极迂极切。"梅花半开,强颜为笑,无情有情,真可谓会人意。这就是移诗人之情于"冷蕊疏枝"以使之"半不禁"了。

宋·范成大《卜算子》:"冷蕊疏枝半不禁,更著横窗影。"用杜甫原句,说冷蕊疏枝已令人难禁春寒,横斜梅影,更增凉意。表达思乡情绪。

又《虞美人》(寄人觅梅):"疏枝冷蕊风情少,却称衰翁老。"早梅虽少风采,却同衰公相称。

又《雪晴呈子永》:"尘容俗状长为客,冷蕊疏枝又作春。"上句用孔稚圭《北山移文》"抗尘容而走俗状"句,写旅途艰辛,风尘仆仆;下句用杜甫语意又到了春天。"作春",开花,生叶。

宋·沈端节《卜算子》(梅):"冷蕊疏枝,一笑何时共。"延用杜甫意,早梅花尚未开。

宋·无名氏《落梅慢》:"疏枝冷蕊压群芳,年年常占春色。"写早梅独占春光。

1086. 浮花浪蕊镇长有

唐·韩愈《杏花》:"浮花浪蕊镇长有,才开还落瘴雾中。"见古寺杏花开而忆起流谪岭南(湖州)所见才开即落的浮花浪蕊。花很不安定。

宋·苏轼《贺新郎》:"石榴半吐红巾蹙,待浮花浪蕊都尽,伴君幽出。"用"浮花浪蕊"代石榴花以前的种种花。

又《次韵王廷老退居见寄》:"浪蕊浮花不辨春,归来方识岁寒人。"

元·乔吉《水仙子·菊舟》:"泛清香满棹秋,此浮花浪蕊优游。"指水中浮泛的花。

元·兰楚芳《粉蝶儿》:"浮花浪蕊我也曾多见,不似这风流的业冤。""浮花浪蕊"代品貌平常的妓女。

1087. 飒洒林花落

隋炀帝杨广《舍舟登陆示慧日道场玉清玄坛德众》:"飒洒林花落,逶迤风柳散。""飒洒",相当于"簌簌",象声词,落花声。"林花",树花,木本花。

唐·杜甫《别房太尉墓》:"惟见林花落,莺啼送客闻。"用"林花落"。花落莺啼,一片凄凉。

又《上白帝城》:"谷鸟鸣还过,林花落又开。"

唐·戴叔伦《山行》:"野鸟啼还歇,林花堕不飞。"

唐·卢纶《春日题杜叟山下别业》:"云影断来峰影出,林花落尽草花生。"

唐·武元衡《春晚奉陪相公西亭宴集》:"林花春向阑,高会重邀欢。"

唐·刘禹锡《鱼腹江中》:"远水自澄终日绿,晴林长落过春花。"

唐·卢仝《楼上女儿曲》:"林花撩乱心之愁,卷却罗袖弹箜篌。"

1088. 林花谢了春红

南唐后主李煜《相见欢》:"林花谢了春红,太匆匆。无奈朝来寒雨晚来风。"近代俞陛云《唐五代两宋词选释》评:"后主为樊若水所卖,举国与人。词借伤春为喻,恨风雨之催花,犹逆臣之误国,迨魁柄一失,如水之东流,安能挽沧尾间,复鼓回澜之力耶?"此评应是。林花是木本之花,所以匆匆谢去,是由于无力抵御"朝来寒雨晚来风"之摧残,即喻亡国厄运必然到来。

唐·杜甫《曲江对雨》:"林花著雨胭脂湿,水荇牵风翠带长。""胭脂",红花。李煜《相见欢》一词又有"胭脂泪,留人醉",说"林花谢了春红",红花下落如女子洒下的"胭脂泪",此数句从杜甫诗中脱出。杜甫喜欢写林花。如《喜雨》:"巢燕高飞尽,林花润色分。"

唐·吴融《送杜鹃花》:"春红始谢又秋红,息国忘来入楚宫。应是蜀冤啼不尽,更凭颜色诉西风。""谢了春红"一语当从此化出。

宋·康与之《风入松》:"早是相思瘦损,梅花谢了春寒。"用句式。

宋·曾觌《朝中措》:"林花谢了,明年春到,依旧芳容。"用李煜句。

1089. 树头树底觅残红

唐·王建《宫词》:"树头树底觅残红,一片西飞一片东。自是桃花贪结子,错教人恨五更风。"桃花乱落,是因为贪于结子,而不是五更风吹的过错。诗人见落花而怨风,这里为风平了反。

明·汤显祖《牡丹亭》第十二出闹殇《尾声》:"怕树头树底不到的五更风,和俺小坟边立断肠碑一统。"用王建句说满树花朵,不待五更风吹就纷纷落尽了。

1090. 无可奈何花落去

宋·晏殊《浣溪沙》词:"一曲新词酒一杯,去年天气旧亭台。夕阳西下几时回?无可奈何花落去,似曾相识燕归来。小园香径独徘徊。"

又《假中示判官张寿丞、王校勘》诗:"元已清明假未开,小园幽径独徘徊。春寒不定斑斑雨,宿醉难禁滟滟杯。无可奈何花落去,似曾相识燕归来。游梁赋客多风味,莫惜青钱万选才。"

"无可奈何花落去,似曾相识燕归来"两句诗词中再用,表示韶光易逝,好景不常。说明他对这两句珍爱有加,而且也确是名句。可"似曾相识"句是否是他的创语呢?南宋·胡仔《苕溪渔隐丛话》后集卷二引《复斋漫录》云:"晏元献赴杭州,道过维扬,憩大明寺,暝目徐行,使侍史读壁间诗板。戒其勿言爵里姓氏,终篇者无几。又俾诵一诗云:'水调隋宫曲,当年亦九成。哀音已亡国,废沼尚留春。仪凤终陈迹,鸣蛙只沸声。凄凉不可问,落日下芜城。'徐问之,江都尉王琪诗也。召至,同

饭,饭已,又同步池上。时春晚,已有落花。晏云:'每得句,书墙壁间,或弥年未尝强对。且如"无可奈何花落去",至今未能对也。'王应声曰:'似曾相识燕归来。'自此辟置馆职,遂跻侍从矣。"如此,或下句为王琪语。对此二句,后人多有评者。

明·杨慎《词品》评:"'无可奈何'二语工丽,天然奇偶。"明·卓人月、徐士俊《古今词统》评:"实处易工,虚处('无可''似曾')难工,对法之妙无两。"明·沈际飞《草堂诗余正集》卷一评:"'无可奈何花落去',律诗俊语也,然自是天成一段词,著诗不得。"这里已经提到此二句在诗中不如在词里。清人此评愈多,大体是此二句先写在诗中,并未醒目,入词之后则成名句。清·王士禛《花草拾蒙》云:"或问诗词、词曲分界。予曰:'无可奈何花落去,似曾相识燕归来'定非香奁诗;'良辰美景奈何天,赏心乐事谁家院'定非草堂词也。"清·刘熙载《艺概》卷四云:"词中句与字有似触著者,所谓极炼如不炼也。晏元献'无可奈何花落去'二句,触著之句也;宋景文'红杏枝头春意闹'之'闹'字,触著之句也。"清·胡薇元《岁寒居词话》云:"晏元献《珠玉词》集中《浣溪沙·春恨》'无可奈何花落去,似曾相识燕归来',本公七言律中腹联,一入词,即成妙句,在诗中即不为工。此诗词之别,学者须于此参之,则他词亦可由此会悟矣。"清·张宗橚《词林纪事》卷三云:"元献尚有《示张寺丞王校勘》七律一首(见前引),……细玩'无可奈何'一联,情致缠绵,音调谐婉,的是倚声家语。若作七律,未免软弱矣。"清·永瑢等《四库全书提要·珠玉词提要》云:"集中《浣溪沙·春恨》词'无可奈何花落去,似曾相识燕归来'二句,乃殊《示张寺丞王校勘》七言律中腹联。《复斋漫录》尝述之,今复填入词内,岂自爱其词语之工,故不嫌复用耶?考唐·许浑集中'一尊酒尽青山暮,千里书回碧树秋'二句,亦前后两见,知古人原有此例矣。"

上述评价,集中为以下几点:一是"无可奈何花落去,似曾相识燕归来",对仗难而工稳。二是诗中先用,而后又入词。三是同样二句,诗中无名,词中鲜活了。所以,如此,我以为仍与词的整体效应有关。词中用了诗中三句,除此二句之外,还用了"小园幽径独徘徊"("幽"换作"香");又用了唐·郑谷《和知己秋日伤怀》中"流水歌声共不回,去年天气旧亭台"下句的原句。同诗相比,此词句句生动、音韵协谐、结构流畅、情致缠绵的优化整体艺

术效应,足成不朽之作。

1091. 花落花开自有时

宋·严蕊《卜算子》:"不是爱风尘,似被前缘误。花落花开自有时,总赖东君主。"严蕊为营中妓女。地方官、理学家朱熹却以有伤风化罪把她投入监狱。她悲愤不平,作此小令向继任官岳霖申诉,岳霖释放了她。"花落"喻她入狱,"花开"喻她获释。"东君"是总领百花的春神,用"东君"暗代岳霖,意在恳求清官为她做主。妓女的产生是社会原因,而朱熹以"有伤风化"为由,加罪于个人,联系鲁迅《祝福》中的鲁四老爷,看得出那些封建礼教卫道士们的脸孔。

"花落花开"也作"花开花落",二者都合于自然规律,唐人已多运用,表示时间的推移或事物的变迁及某种感伤。

唐·武元衡《闻王仲周所居牡丹花发因戏赠》:"花开花落无人见,借问何人是主人?"表示花事变迁例。

唐·牛仙客《宁国院》:"花开花落非僧事,自有清流对碧流。"

唐·罗隐《铜雀台》:"强歌强舞竟难胜,花落花开泪满膺。"表示感伤。

唐·薛涛《春望词四首》:"花开不同赏,花落不同悲。欲问相思处,花开花落时。"

唐·徐夤《梦断》:"梦断纱窗半夜雷,别君花落又花开。"表示时间例。

宋·郑獬《病中》:"休问游人春早晚,花开花落不相关。"

又《巽亭小饮》:"花开花落何须问,劝尔东风酒一杯。"

宋·王安石《杂咏五首》:"歌舞可怜人暗换,花开花落几春风。"

宋·晏几道《浪淘沙》:"花开花落昔年同,惟恨花前携手处,事成空。"

宋·陈瓘《满庭芳》:"槁木形骸,浮云身世,一年两到京华。又还乘兴,闲看洛阳花。闻道黎苫红最好,春归后、终委泥沙。忘言处、花开花谢,不似我生涯。"

宋·司马槱《黄金缕》:"家在钱塘江上住,花落花开,不管年华度。"

宋·康与之《风入松》(闺思):"花开花谢任东风,此恨无穷。梦魂拟逐杨花去,绊人休下帘栊。"

宋·赵文敏《木兰花慢》(和李赏房韵):"但愿朱颜长在,任它花落花开。"

宋·陈德武《西江月》(春暮):"客里月圆月缺,尊前花落花开。春来何处带愁来,春去此愁还在。"

又《忆旧游》(大都长春宫即旧之太极宫也):"别有长生路,看花开花落,何处无春。"

元·张可久《殿前欢》(次酸斋韵二首):"二十年多少风流怪,花落花开。""风流怪"指俊杰,异常人物。

元·孙周卿《水仙子》(山居自乐):"朝吟暮醉两相宜,花开花落总不知,虚名嚼破无滋味。"嚼破虚名,淡然忘世。

1092. 水殿风来珠翠香

唐·王昌龄《西宫秋怨》:"芙蓉不及美人妆,水殿风来珠翠香。谁分含啼掩秋扇,空悬明月待君王。"写宫女秋怨。前两句写宫女之美,西宫池水里的芙蓉虽美,却不如宫中美人美,水殿不时吹来微风,夹带着宫女衣妆的香气。"水殿"句源出南朝·徐陵《奉和简文帝山斋》诗:"竹密山斋冷,荷开水殿香。"

宋·苏轼《洞仙歌》词前注云:"仆七岁时,见眉山老尼,姓朱,忘其名,年九十岁。自言尝随其师入蜀主孟昶宫中。一日大热,蜀主与花蕊夫人(孟昶的贵妃,姓徐,"花蕊夫人"为别号)夜起纳凉摩诃池上,作一词,朱具能记之。今四十年,朱已死久矣,人无知此词者。但记其首两句,暇日寻味,岂《洞仙歌》令乎?乃为足之云"。词中用了王昌龄"水殿风来"句:

"冰肌玉骨,自清凉无汗。水殿风来暗香满。绣帘开,一点明月窥人,人未寝,欹枕钗横鬓乱。起来携素手,庭户无声,时见疏星渡河汉。试问夜如何?夜已三更,金波淡,玉绳低转。但屈指西风几时来,又不道流年暗中偷换。"

孟昶词传下来了吗?《全唐诗》第十二函十册八九〇页(总二一六三页)载孟昶《木兰花》词:

"冰肌玉骨清无汗,水殿风来暗香满。绣帘一点月窥人,欹枕钗横云鬓乱。起来琼户启无声,时见疏星渡河汉。屈指西风几时来,只恐流年暗中换。"

词后有注云:"苏轼《洞仙歌》即概括此词。"事实是苏轼仅记住前二句,又记些梗概,七岁的孩童已是不错了。其余则是四十年后补足而成《洞仙歌》。不见原词,怎会概括?所以南宋人张邦基《墨庄漫录》和胡仔《苕溪渔隐丛话》均把苏词收作孟昶的《玉楼春》词,只"帘开明月独窥人,欹枕钗横鬓乱"两句比《全唐诗》所收换几个字,少一个字,应为《全唐诗》所本。而南宋人所收正是把苏轼《洞仙歌》改写为《玉楼春》的。

苏轼《洞仙歌》是依凭眉山老尼的述说,写孟昶与花蕊夫人夜起消暑的情景。"水殿风来暗香满"(无论出自谁手,都是用王昌龄句)描绘蜀宫夜晚微风从水面吹送荷香的怡人之境。

"水殿风"即"水面风",凉爽而湿润,沁人心脾。

唐·刘长卿《昭阳曲》:"芙蓉帐小云屏暗,杨柳风多水殿凉。"从王昌龄句脱出。

唐·李白《口号吴王美人半醉》:"风动荷花水殿香,姑苏台上宴吴王。西施醉舞娇无力,笑倚东窗白玉床。"

唐·韩偓《雨后月中玉堂闲坐》:"绿香慰齿冰盘果,清冷侵饥水殿风。"

唐·陈陶《小笛弄》:"江南一曲罢伶伦,芙蓉水殿春风起。"

宋·欧阳修《采桑子》:"莲芰香清,水面风来酒面醒。"

宋·刘过《四犯剪梅花》(上建康钱大郎寿):"水殿风凉,赐环归、正是梦熊华旦。"

清·张尔田《木兰花令》:"何处笙歌?水殿风来散败荷。"

1093. 殿阁生微凉

唐·柳公权《夏日联句》:"熏风自南来,殿阁生微凉。""熏风"指东南风、暖风、和风。和风吹入殿阁就变成了凉风。唐·白居易《首夏南池独酌》:"熏风自南至,吹我池上林。"柳用此"熏风"句。

宋·范成大《六月七日夜起坐殿庑取凉》:"风从何处来?殿阁微凉生。"用柳公叔"殿阁"句。

1094. 冰肌玉骨清无汗

后蜀主孟昶《木兰花》:"冰肌玉骨清无汗,水殿风来暗香满。"此作苏轼记忆中孟昶句。"冰肌玉骨"或云描绘花蕊夫人,或云描绘芙蓉(荷花),都表现洁白晶莹,出污泥而不染。清·孔尚任《桃花扇》第八出闹榭《八声甘州》"描花照楼如火喷,暑汗难沾白玉人"就是写人"清凉无汗"的。后人用"冰肌玉骨"及其变式("冰姿玉态""玉骨冰姿""玉质冰肌""烟姿玉骨")写人写花者如蜂拥,花以梅为多。

宋·杨亿《少年游》:"寿阳妆罢,冰姿玉态,的的写天真。"

宋·苏轼《洞仙歌》:"冰肌玉骨,自清凉无汗。"

又《西江月》:"玉骨那愁瘴雾,冰姿自有仙风。"

宋·李之仪《蝶恋花》:"玉骨冰肌天所赋,似与神仙、来作烟霞侣。"

宋·毛滂《玉楼春》(红梅):"当时岭头相见处,玉骨冰肌元淡伫。近来因甚要浓妆,不管满城桃李妒。"

宋·莫将《独脚令》:"惜芳晨,玉骨冰姿别是春。"

宋·李清照《瑞鹧鸪》(双银杏):"谁怜流落江湖上,玉骨冰肌未有枯。"

宋·向子諲《鹊桥仙》:"冰肌玉骨照人寒,更做弄、一帘风雨。"

宋·陈东《西江月》:"冰肌玉骨信俱融,不比巫山闲梦。"

宋·南山居士《永遇乐》(客答梅):"玉骨冰肌,野墙山径,烟雨萧索。"

宋·张元干《鹧鸪天》:"不怕微霜点玉肌,恨无流水照冰姿。"

宋·王之道《浣溪沙》(代人作):"玉骨冰肌软更香,一枝丹棘映青裳,相逢归去未须忙。"

又《东风第一枝》(梅):"玉骨冰肌,绛跌檀口,玲珑亚竹当户。"

宋·杨无咎《柳梢青》(梅):"玉骨冰肌,为谁偏好,特地相宜。"

宋·史浩《水龙吟》(冰韵弥大梅词):"看冰肌玉骨,诗家漫道,银蟾莹,白驹皎。"

宋·葛立方《沙塞子》(咏梅):"天生玉骨冰肌,瘦损也、知他为谁。"

宋·袁去华《浣溪沙》(梅):"玉骨冰肌比似谁,淡妆浅笑总相宜。"后句用苏轼句。

宋·张孝祥《鹊桥仙》(邢少连送末利):"冰骨玉肌岁寒时,情间止、堂中留住。"

宋·吕胜己《虞美人》(月下听琴,西湖作):

"藕丝衫子水沉香,坐久冰肌玉骨、起微凉。"

宋·李光《念奴娇》(符昌言写寄朱胡梅词,酬唱语皆不凡,次其韵):"玉骨清羸,冰容冷落,似恨关山隔。"

又《水龙吟》(梅词):"烟姿玉骨尘埃外,看自有神仙桥。"

又《醉蓬莱》(新荔枝):"玉骨冰肌,风流蕴藉,直宜消得。"

宋·辛弃疾《洞仙歌》(红梅):"冰姿玉骨,自是清凉□。"

又《鹧鸪天》:"若将玉骨冰姿比,李蔡为人在下中。"

宋·杨炎正《柳梢青》:"玉骨冰肌,好天良夜,怎不怜伊。"

宋·葛长庚《洞仙歌》(鹤林赋梅):"向竹梢疏处,瘦影横斜,真个是,潇洒冰肌玉骨。"

宋·吴潜《秋雾》(己未六月九日雨后赋):"枕边茉莉,满尘奁,贮香能腻。也不用、玉骨冰肌,人伴佳眠尔。"

宋·李曾伯《声声慢》(赋红梅):"迥出红尘,轻盈玉骨冰肌。"

宋·陈著《洞仙歌》(次韵花蕊夫人):"冰肌玉骨,自清凉无汗。云影髩鬓山远。"

又《洞仙歌》(次韵苏子瞻):"冰肌玉骨,自清凉无汗,午梦醒来盼娇满。"

又《西江月》:"当此朱炎火日,恨无玉骨冰肌。"

宋·陈允平《侧犯》:"冰肌玉骨,衬体红绡莹。"

宋·何梦桂《水龙吟》(咏梅):"天工付与,冰肌雪骨,暗香凝寒。"

宋·刘辰翁《酹江月》(梅):"冰肌玉骨,笑嫣然、总是风尘中物。"

宋·赵文《阮郎归》(梨花):"冰肌玉骨淡裳衣,素云生翠枝。"

宋·刘壎(埙)《贺新郎》:"玉骨冰肌终是别,犹带孤山瑞露。"

宋·詹玉《庆清朝慢》:"偏廊称,霓裳霞佩,玉骨冰肌。"

宋·赵必豫《朝中措》(饯梅):"冰肌玉骨为谁癯,只为故人疏。"

宋·白君瑞《柳梢青》(曹溪英墨梅):"玉骨冰姿,天然清楚,雪里曾看。"

宋·无名氏《沁园春》:"凭阑处,对冰肌玉骨,姑射来游。"

宋·无名氏《蓦山溪》:"冰肌玉骨,不与凡花数。"

宋·无名氏《蓦山溪》:"冰肌玉骨,不假铅黄借。"

宋·无名氏《愁倚栏》:"冰肌玉骨精神,不风尘。"

宋·无名氏《临江仙》(梅):"漏出春光三四朵,冰肌玉骨偏宜。"

宋·无名氏《贺新郎》(赵聚温氏):"自是振振佳公子,冰肌玉骨相辉映。"

1095.玉雪为骨冰为魂

宋·苏轼《再用前韵》:"罗浮山下梅花村,玉雪为骨冰为魂。"梅花村,满是梅花,为梅花所笼罩,那么这个村子,"骨"是"玉雪"般的梅花,"魂"也是"冰"样的梅花。

《唐摭言》载,僧栖白《吊刘得仁》:"忍苦为诗身到此,冰魂雪魄已难招。""冰魂雪魄"是对刘得仁品格的赞誉。苏轼诗用此法喻梅花村美玉冰雪般的喜人面貌。

1096.玉质冰肌婀娜

宋·赵长卿《水龙吟》(酴醾):"最堪怜、玉质冰肌婀娜,江梅漫休争妒。""酴醾"亦玉质冰肌,同江梅一样,请江梅不要妒忌。"玉质冰肌"意近"玉骨冰肌",并从"玉骨冰肌"变化而来,多写梅。

宋·刘学箕《贺新郎》(再韵赋梅):"竹外一枝更好,玉质冰肌粲雪。"

宋·王沂孙《一萼红》(红梅):"青风衔丹,琼奴试酒,惊唤玉质冰姿。"

宋·陈纪《念奴娇》(梅花):"清乾坤能有几,都被梅花占了。玉质生香,冰肌不栗,韵在霜天晓。"

宋·蔡士裕《金缕曲》:"玉质冰姿依然在,算暗中、只欠香频到。"

1097.冰容玉艳不相饶

宋·向子谔《浣溪沙》(政和癸巳仪真东园作):"折得一枝归绿鬓,冰容玉艳不相饶。索人同去醉金蕉。"折一枝春梅,插入绿鬓,梅的"冰容"与人的"玉艳",互不相左,相辅相成了。"冰容"(肌姿)"玉艳"也都写花。

宋·王十朋《点绛唇》(暗香梅):"玉艳冰姿,妆点园林景。"

宋·赵汝钠《水龙吟》(浮翠山房拟赋白莲):"风裳水佩,冰肌玉艳,清凉不汗。"

1098. 独自倚修竹, 冰清玉洁

宋·无名氏《念奴娇》:"日暮天寒,独自倚修竹,冰清玉洁。"先用杜甫"日暮倚修竹"句。"冰清玉洁"出于《初学记》卷十二引《晋中兴书》:"(贺)循冰清玉洁,行为俗表。"又用作"冰清玉润"。高濂《玉簪记·琴挑》:"果然是冰清玉润。"都指人的品格清白高洁。这里写梅的资质。也用作"冰清玉丽"。宋·无名氏《汉宫春》(咏梅):"冰清玉丽,自然赋得幽香。"

"冰"与"玉"都洁白,冰无尘滓,玉无瑕疵,常常作为"冰肌玉骨"的近义语写梅花,写美人。"冰"与"玉"有时对用,有时单用。

宋·黄庭坚《忆帝京》(私情):"花带雨,冰肌香透。"一作秦观《御街行》词,多三个字。

又《沁园春》:"添憔悴,镇花销翠减,玉瘦香肌。"

宋·辛弃疾《鹧鸪天》(用韵赋梅·三山梅开时,犹有青叶甚盛,予时病齿):"冰作骨,玉为容,当斗宫额鬓云松。"

宋·李璆《满庭霜》:"白玉肌肤,清冰神彩,仙妃何事烟村。"

宋·蔡伸《念奴娇》:"因念邃馆香闺,玉肌花貌,有盈盈仙子。"

又《喜迁莺》:"明窗外,伴疏梅潇洒,玉肌香腻。"

宋·赵长卿《探春令》(赏梅十首):"更那堪,冰姿玉貌、痛与惜则个。"

宋·魏杞《虞美人》:"冰肌玉面孤山裔,肯到人间世。天然不与百花同,却恨无情轻付、与东风。"

宋·王沂孙《水龙吟》:"甚人间、别有冰肌雪艳,娇无奈、频相顾。"

宋·无名氏《鼓笛慢》:"念冰肤秀骨,人间要见,除非是真仙子。"

宋·无名氏《万年欢》:"神仙乍离姑射,更琼妆翠佩,冰莹肌骨。"

宋·无名氏《胜胜慢》(咏梅):"应是酒阑人

静,香散处、惟见玉肌冰格。"

宋·无名氏《柳梢青》(贺人生女):"分明秋水精神,好属取、红叶殷勤。觅个檀郎,屏开金雀,玉润冰清。"

宋·无名氏《望梅》:"剪玉裁冰,已占断、江南春色。"梅花初放,如玉剪就、冰裁成。写其洁白晶莹。

宋·无名氏《婆罗门》:"江南地暖,数树先得岭头春。分付似、剪玉裁冰。"

1099. 冰雪肌肤谁复见

宋·叶梦得《定风波》(与干誉、才卿步西园,始见青梅):"破萼初惊一点红,又看青子映帘栊。冰雪肌肤谁复见,清浅,尚余疏影照晴空。"写青梅。"冰雪肌肤"喻梅树如冰雪一样洁白纯净。"冰雪肌肤",语出《庄子·逍遥游》:"藐姑射之山有神人居焉,肌肤若冰雪,淖约若处子。""姑射",山名,在今山西临汾西,又名石孔山。古代传说山上有神女,肌肤晶莹雪白,体态柔弱娇美如少女。"冰雪肌肤"即出于此。义近"冰肌玉骨",写人,更多写梅花。"姑射"常指仙人美女之所居,有的也表现女子美貌。《桐江诗话·畅道姑》载秦观诗:"超然自有姑射姿,回看粉黛皆尘俗。"用作美貌,后句用白居易"回眸一笑"二句。

宋·晁端礼《舜韶新》:"香篆烟消昼永,锁深院、榴花半吐。映绛绡、冰雪肌肤,自是清凉无暑。"

宋·向子諲《点绛唇》:"冰雪肌肤,靓妆喜作梅花面。"

又《浣溪沙》:"冰雪肌肤不受尘,脸桃眉柳暖生春。"

宋·李弥逊《洞仙歌》(登临漳城咏梅):"尽凝酥砌粉,不似真香,分明对、冰雪肌肤姑射。"

宋·赵长卿《江神子》(忆梅花):"冰雪肌肤消瘦损,愁满地,对斜阳。"

宋·刘克庄《汉宫春》:"休懊恼、丹铅褪尽,本来冰雪为肌。"

宋·吴潜《洞仙歌》:"月边偏爱惜,冰玉肌肤,应对姮娥共搔首。"

宋·无名氏《南乡子》:"把酒对红梅,个是花中第一枝,冰雪肌肤潇洒态,须知姑射仙人正似伊。"

1100. 折与冰姿绰约人

宋·史远道《独脚令》："墙头梅蕊一枝新，宋玉东邻算未真，折与冰姿绰约人。"用宋玉"东邻之女"事喻墙头梅花之美，折与如花女子。"冰姿绰约"用《庄子·逍遥游》："肌肤若冰雪，绰约若处子"句，写洁白柔弱的女子或洁白娇美的花朵。

宋·蔡伸《浣溪沙》（壬寅五月西湖）："双佩雷文拂手香，青纱衫子淡梳妆，冰姿绰约自生凉。"

又《临江仙》："仙品不同桃李艳，移来月窟云乡，幽姿绰约道家妆。"

宋·王之道《西江月》（赏梅）："冰肌绰约月朦胧，彷佛暗香浮动。"

宋·赵长卿《一丛花》（杏花）："芳心婉婉，媚容绰约，桃李总消声。"

宋·赵以夫《角招》："芳姿绰约，正月满、瑶台珠箔。"

宋·黄公绍《汉宫春》（郡圃赏白莲）："池上方壶仙伯，是珊珊月佩，绰绰冰姿。"

宋·无名氏《醉落魄》："冰肌绰约疑姑射，铅华消尽见真色。不随桃李开红白，我为东君、来报春消息。"

1101. 冷艳幽香，分过溪南春色

宋·无名氏《声声慢》（咏梅）："寒应消尽，丽日添长，百花未敢先拆。冷艳幽香，分过溪南春色。"写早梅独占春色。"冷艳幽香"正是早梅之香的特色。

宋·无名氏《汉宫春》："幽香冷艳，纵孤高、却遣谁知。"

1102. 那更春来，玉减香消

宋·蔡伸《一剪梅》："嬛嬛一袅楚宫腰，那更春来，玉减香消。"孤独忧伤，腰身已如楚腰，特别是春天到来，更令人玉减香消。"玉减香消"形容女子容颜衰退，体态荏弱。

宋·潘汾《玉蝴蝶》："匆匆，庾郎去后，香消玉减，是事疏慵。"

宋·蔡伸《点绛唇》："玉肌清瘦，夜久轻寒透。""玉肌清瘦"亦香消玉减近义语。

宋·无名氏《汉宫春》："玉减香消，被婵娟误我，临镜妆慵。"

1103. 清水出芙蓉

唐·李白《经乱离后天恩流夜郎忆旧游书怀赠江夏韦太守良宰》："览君荆山作，江鲍堪动色。清水出芙蓉，天然去雕饰。"称韦太守描写荆州的作品朴实无华，十分感人，连江淹、鲍照这样的历史名家读了也会为之惊叹动容。"清水出芙蓉"指出水的莲花呈现一种纯静美，喻诗文不事斧凿，不加雕琢，朴实而自然。

"清水出芙蓉"句源在何处？南齐·陆厥《中山王孺子妾歌二首》写："岁暮寒飙及，秋水落芙蕖。""秋水落芙蕖"原是写秋荷凋落的，李白却推陈出新，换一"落"字，便赋予了生命力。

"清水出芙蓉，天然去雕饰"用于比喻诗文的朴实无华，后也用于写女子的天生丽质，也用于写芙蓉自身。

唐·耿沣《晚秋宿裴员外寺院》："仲言多丽蕖，晚水多芙蓉。"

唐·陆长源《乐府誉孟东野戏赠》："芙蓉初出水，菡萏露中花。"

唐·李端《赠郭驸马》："杨柳入楼吹玉笛，芙蓉出水妒花钿。"

唐·韦渠牟《赠窦五判官》："终须撰取新诗品，更比芙蓉出水花。"

唐·韦庄《有所思》："芙蓉出水时，偶尔便分离。自此无因见，长教挂所思。"喻美人。

宋·欧阳修《鹧鸪天》："学画宫眉细细长，芙蓉出水斗新妆。只知一笑能倾国，不信相看有断肠。"

宋·苏轼《章质夫寄惠崔徽真》："玉钗半脱云垂耳，亭亭芙蓉在秋水。"崔徽为蒲女，裴敬中使蒲，徽一见动情，后写真以寄裴。此写崔徽之美。

又《和陶饮酒二十首》："芙蓉在秋水，时节自阖开。"

宋·洪适《思佳客》（次韵蔡文同集钱漕池亭）："花信今无一半风，芙蓉出水几时红。"

宋·洪咨夔《沁园春》（用周潜夫韵）："濂溪家住江湄，爱出水芙蓉清绝姿。好光风霁月，一团和气，尸居龙见，神动天随。"

1104. 自从花颜去，秋水出芙蓉

唐·白居易《感镜》："美人与我别，留镜在匣中。自从花颜去，秋水出芙蓉。""芙蓉"喻"美人"，

美人别去，秋水失去了芙蓉。秋水以清静为特征，概从李白"清水"而来，仅用"清水出芙蓉"句。白居易长于用"芙蓉"喻美好，如，"脸似芙蓉胸似玉"（《上阳白发人》），"芙蓉如面柳如眉"（《长恨歌》）。后来的韦庄的"芙蓉出水时，偶尔便分离"（《有所思》）就是用李白句，取白居易此句意。唐·施肩吾《冬词》"锦绣堆中卧初起，芙蓉面上粉犹残"句亦用白居易"芙蓉如面"句。但后人用"秋水芙蓉"多写秋水芙蓉花自身，有的写秋水芙蓉之美，有的写秋水芙蓉之衰。

五代后周·孟贯《寄李处士》："夜堂悲蟋蟀，秋水老芙蓉。"

宋·林逋《钱塘仙尉谢君咏物楼成寄题二韵》："若向湖宾属佳句，莫忘秋水落芙蓉。"

宋·晏几道《临江仙》："长爱碧阑干影，芙蓉秋水开时。"

宋·苏庠《临江仙》："秋水芙蓉聊荡桨，一尊同破愁城。"

宋·向子谉《相见欢》："亭亭秋水芙蓉，翠围中。"

宋·蔡伸《诉衷情》："亭亭秋水玉芙蓉，天际水浮空。"

宋·陈允平《齐天乐》（南屏晚钟）："戏鼓才停，渔榔乍歇，一片芙蓉秋水。"

明·史鉴《临江仙》（赠余浩）："秋水芙蓉江上饮，怜渠无限风流。"

1105. 满园深浅色，照在绿波中

唐·王涯《春游曲二首》："万树江边杏，新开一夜风。满园深浅色，照在绿波中。"江边无数杏树，一夜之间，俱已开放，深深浅浅的，倒映绿波之中。水边杏园有粉白，有深红，万花齐开，深浅交隔，错落有致，显露一种参差美；倒映绿波之中，又是一种壮丽美。唐人司空曙已写花木深浅：《云阳寺石竹花》："高低俱出叶，深浅不分丛。"高低深浅的石竹花，错错落落，十分喜人。后写花木深浅的如：

唐·元稹《表夏十首》："新简紫长短，早缨红浅深。"

又《桃花》："桃花浅深处，似匀深浅妆。春风助断肠，吹落白衣裳。"

唐·崔护《郡斋三月下旬作》（一作张又新诗）："残红披独坠，嫩绿间浅深。"

唐·白居易《菩提寺上方晚眺》："楼阁高低树浅深，山光水色暝沉沉。"

又《伤春词》："深浅檐花千万枝，碧纱窗外啭黄鹂。"

唐·李伸《宿扬州》："嘹唳塞鸿经楚泽，浅深红树见扬州。"

又《海棠》："浅深芳萼通宵换，委积红英报晓开。"

唐·鲍溶《春日》："径草渐生长短绿，庭花欲绽浅深红。"

又《秋怀五首》："客鸟投本枝，生生复深浅。"

唐·薛涛《棠梨花和李太尉》："日晚莺啼何所为，浅深红腻压繁枝。"

唐·杜牧《酬王秀才桃花园见寄》："桃满西园淑景催，几多红艳浅深开。此花不逐溪流出，晋客无因入洞来。"

唐·杜荀鹤《春草碧色》："习习东风扇，萋萋草色新。浅深千里碧，高下一时春。"

五代·李珣《菩萨蛮》："隔帘微雨双飞燕，砌花零落红深浅。"

宋·宋祁《四季花》："聊披浅深艳，不易冬春虑。"

宋·胡翼龙《鹧鸪天》："风月夜，短长亭，也须闻得子规声。归时莫看花梢上，但看芳洲绿浅深。"

1106. 南行更入山深浅

唐·张继《留别》（一作皇甫冉诗）："南行更入山深浅，歧路悠悠水自分。""山深浅"其因有二：一是山中的绿色植物有深绿、黄绿等深浅颜色；二是光线明暗不同。

唐·秦系《题章野人山居》（一作马戴诗）："门前山色能深浅，壁上湖光自动摇。"

唐·顾况《笙》："江南曲尽归何处，洞水山云知浅深。"

唐·杜荀鹤《春日山居寄友人》："高下麦苗新雨后，浅深山色晚晴时。"

唐·李郢《骊山怀古》："青嶂浅深当雨静，古松疏密向风悲。"

唐·杨牧《入洞庭望岳阳》："黛色浅深山远近，碧烟浓淡树高低。"

宋·刘敞《微雨登城》："浅深山色高低树，一片江南水墨图。"

1107. 花水自深浅

唐·卢纶《同吉中孚梦桃源》:"花水自深浅,无人知古今。""花水"指桃花水,水有深浅也是常态。

唐·白居易《闲游》:"澄清深浅好,最爱夕阳时。"

唐·许浑《恩德寺》:"萝洞浅深水,竹廊高下风。"

唐·刘禹锡《鄂渚留别李二十一表臣大夫》:"欲问江深浅,应如远别情。"

唐·李群玉《雨夜呈长官》:"清量东海水,看取浅深愁。""浅深愁"是无穷尽的浅浅深深的东海水"量"出来的,"愁"也无穷尽。

唐·韩偓《花时与钱尊师同醉因成二十字》:"桥下浅深水,竹间红白花。"

宋·戴敏《初夏游张园》:"乳鸭池塘水浅深,熟梅天气半晴阴。东园载酒西园醉,摘尽枇杷一树金。"成群的小鸭嬉戏池塘,水浅浅深深。

清·朱彝尊《鸳鸯湖棹歌》:"招宝塘湖水清浅,会骸山古冢销沉。都缘世上钱神贵,地下刘伶改姓金。"运用鸳鸯湖(浙江嘉兴南湖,称作"招宝塘")、会骸山(古有金牛入山,皋伯通兄弟凿山取宝,一同葬身,故名"会骸")和刘伶改姓"金"(晋刘伶墓在嘉兴,五代吴越王钱镠(音刘)为避讳改成"金伶墓","金"字双关金钱)讽拜金主义。

1108. 应防啼与笑,微露浅深情

唐·李商隐《代越公房妓嘲徐公主》:"应防啼与笑,微露浅深情。"啼笑中表达了浅浅深深的情感。"浅深"表示程度不同的感情。

唐·顾况《瑶草春》:"瑶草春,丹井远别后,相思意浅深。"李商隐用顾况的"浅深"表示情意的程度。

1109. 画眉深浅入时无

唐·朱庆余《近试上张水部》:"妆罢低声问夫婿,画眉深浅入时无?"用闺房事喻应试,自比新娘,把张籍比作新郎。"画眉深浅",请张籍评断自己的才华,以求举荐。

"深浅"也用在其他方面。

唐·李商隐《潭州》:"湘泪浅深滋竹色,楚歌重叠怨兰丛。"

唐·陈润《宿北乐馆》:"欲眠不眠夜深浅,越鸟一声空山远。"

唐代日本遣唐人员岛田忠臣《同营侍郎醉中脱衣赠裴大使》:"浅深红翠自裁成,拟别交亲赠远情。"

1110. 河汉清且浅

汉·乐府《迢迢牵牛星》:"河汉清且浅,相去复几许。盈盈一水间,脉脉不得语。"写牛女隔河相望之深情。"河汉"即银河、天河。银河清澄而浅淡。古《绝句四首》:"日暮秋云阴,江水清且深。"句式相同。"河汉清浅"有的表达离思,表现时令、天象,有的叙牛女传说本事。

南朝·宋·谢灵运《燕歌行》:"谁知河汉浅且清,展转思服悲明星。"

南朝·陈后主叔宝《同管记陆瑜七夕四韵》:"河汉言清浅,相望恨烟霄。"

唐·宋之问《明河篇》:"八月凉风天气晶,万里无云河汉明。昏见南楼清且浅,晓落西山纵复横。"

唐·李白《游泰山六首》:"举手弄清浅,识攀织女机。明晨坐相失,但见五云飞。"

唐·窦庠《奉酬侍御家兄东洛闲居夜晴观雪之什》:"清浅乍分银汉近,辉光渐觉玉绳低。""玉绳",星名。此用谢朓《暂使下都夜发新林至京邑赠西府同僚》"金波丽鳷鹊,玉绳低建章"句。

唐·吴融《即席七韵》:"银河正清浅,霓节过来无。""银河"即"银汉"。

五代·毛文锡《浣溪沙》:"七夕年年信不违,银河清浅白云微。"

宋·柳永《戚氏》:"孤馆度日如年,风露渐变,悄悄至更阑。长天净,绛河清浅,皓月婵娟。""绛河"即"银河"。

宋·徽宗赵佶《聒龙谣》:"紫阙苕峣,绀宇邃深,望极绛河清浅。"

1111. 山涧清且浅

晋·陶渊明《归田园居》(其五):"山涧清且浅,遇以濯吾足。"水清且浅,是山泉小溪。"山涧"就指山间溪流。诗人遇到溪流,洗洗脚,倍感清新。唐·沈佺期《三日独坐骢州思忆旧游》:"濯秽怜清浅,迎祥乐献酬。"用此意。五代·丘为的"竹影横斜水清浅"亦用此"清浅",意写池水、塘水。渊明

以后用此"清浅"意者很多。有些直代"水"。

南朝·宋·谢灵运《从斤竹涧越岭溪行》:"苹萍泛沉深,菰蒲冒清浅。"

南朝·宋·谢惠连《秋怀》:"高台骤登践,清浅时凌乱。"用水混喻由于政局不清,族兄谢灵运受践踏,新友受株连。

南朝·梁·丘迟《严陵濑》:"清浅既涟漪,激石复奔状。""清浅"指水。

唐·庾光先《奉和刘采访缙云南岭作》:"悬萝弱条垂清浅,宿雨朝暾和翠微。"指水。

唐·赵璜《七夕诗》(一作李郢诗):"别时旧路长清浅,岂肯离情似死灰。"指水程。

唐·孟浩然《送张祥之房陵》:"日夕弄清浅,林湍逆上流。"

唐·刘长卿《严陵钓台送李康成赴江东》:"古台落日共萧条,寒水无波更清浅。"

唐·王维《白石滩》:"清浅白石滩,绿蒲向堪把。"

唐·韦应物《慈恩寺舍南池作》:"石发散清浅,林光动涟漪。"

唐·高适《同薛司直诸公秋霁曲江俯见南山作》:"深沉俯峥嵘,清浅延阻修。"

唐·贾至《赠裴九侍御昌江草堂弹琴》:"鸣琴草堂响,小涧清且浅。"

唐·独孤及《酬皇甫侍御望天灊山见示之作》:"山色月夜绿,下有清浅濑。"

又《同徐侍郎五云溪新庭重阳宴集作》:"万峰苍翠色,双溪清浅流。"

唐·刘禹锡《韩十八侍御见示岳阳楼别窦司直诗因令属和重以自述故足成六十二韵》:"积涨在三秋,混成非一水。冬游见清浅,春望多洲沚。"

唐·崔护《五月水边柳》:"结根挺涯溪,垂影覆清浅。"

唐·权德舆《富阳陆路》:"倚石临清浅,晴云出翠微。"

唐·欧阳詹《赋得秋河曙耿耿送郭秀才应举》:"雁叫疑从清浅惊,凫声似在沿洄泊。"

唐·孟郊《送豆卢策归别墅》:"力买奇险地,手开清浅溪。"

又《古意》:"未得渡清浅,相对遥相望。"

唐·白居易《官舍内新凿小池》:"清浅可狎弄,昏烦聊漱涤。"

又《对小潭寄远上人》:"彼惟清且浅,此乃寂

而深。"

又《赠思黯》(前以履道新小滩诗寄思黯,报章云:请向归仁砌下看。思黯归仁宅,亦有小滩):"为怜清浅爱潺湲,一日三回到水边。若道归仁滩更好,主人何故别三年。"

又《立秋夕凉风忽至》:"河秋稍清浅,月午方徘徊。"

唐·鲍溶《望江中金山寺》:"近南溪水更清浅,闻道游人未忍还。"

又《南塘二首》:"南塘旅舍秋清浅,夜深绿苹风不生。"

又《白露》:"一悲纨扇情,再想清浅忆。"

又《越女词》:"越女芙蓉妆,浣纱清浅水。"

唐·杜牧《鸳鸯》:"好育顾栖息,堪怜泛浅清。"

唐·姚合《渚上竹》:"叶叶新春筠,下复清浅流。"

唐·王损之《赋得浊水求珠》:"瞪目思清浅,褰裳恨暗投。"

唐·李商隐《右夏》:"但闻北斗声回环,不见长河水清浅。"

唐·薛逢《嘉陵江》:"但教清浅源流在,天路朝宗会有期。"

唐·李德裕《芳荪》(芳荪,花紫色,生浅水中):"叶抽清浅水,花照暄妍节。"

唐·薛能《春日使府寓怀二首》:"何事故溪归来得,几抛清浅泛红桃。"

唐·曹邺《送曾德迈归宁宜春》(一作曹松诗):"筵开灞岸临清浅,路去兰关入翠微。"

唐·刘沧《从郑郎中高州游东潭》:"一溪寒水涵清浅,几处晴云度翠微。"

唐·皎然《浣纱女》:"清浅白沙滩,绿蒲尚堪把。"

唐·唐彦谦《兴元沈氏庄》:"清浅萦纤一水间,竹冈藤树小跻攀。"

唐·李洞《题薛少府庄》:"清浅蒲根水,时看鹭啄鱼。"

唐·周元范《句》:"路出胥门深浅浪,月残吴苑两三星。"又一"深浅"。

唐·无名氏《盘石》:"清浅绕细泉,阴森倚长松。"

五代·陈陶《句》:"江湖水清浅,不足掉鲸尾。"

五代·徐铉《又和游光睦院》:"寺门山水际,清浅照屏颜。"

宋·陈尧咨《题三桂亭》:"扶疏已问新栽柳,清浅犹寻旧漱泉。"

宋·梅询《冷泉亭》:"开窗弄清浅,吹鬓疑风雨。"

宋·章得象《植萱亭》:"凌江清浅绕城流,庾岭南边第一州。"

宋·杜衍《莲》:"谁种幽花傍清浅,含红怨绿影亭亭。"

宋·释重显《日暮游东涧五首》:"谁知清浅流,别有沧海深。"

又《经古堰偶作》:"飞棹清浅中,孤影自相对。"

宋·胡宿《溪竹》:"可爱坛东行,更笼清浅流。"

宋·宋庠《后园秋物》:"秋水清能浅,秋声断复寻。"

宋·梅尧臣《天池》:"安知最高顶,清浅水池开。"

又《依韵和武平别后见寄》:"已同雁鹜依清浅,共看鸾凰上沕寥。"

宋·王安石《蒲叶》:"蒲叶清浅水,杏花和暖风。地偏缘底绿,人老为谁红。"

宋·王安礼《万年欢》:"清浅溪流倒影,更黯淡、月笼香。"

宋·秦观《调笑令》:"柳岸、水清浅,笑折荷花呼女伴。"

宋·谢逸《七娘子》:"风剪冰花飞零乱,映梅梢、素影摇清浅。"

宋·李邴《汉宫春》:"清浅小溪如练,问玉堂何似、茅舍疏篱。"

宋·朱雍《亭前柳》:"归路临清浅,在塞塘、同水月照虚廊。"

宋·张震《鹧鸪天》(春暮):"横素桥边景最佳,绿波清浅见琼沙。衔泥燕子迎风絮,得食鱼儿趁浪花。"

宋·陈亮《浪淘沙》(梅):"清浅小堤湾,瘦竹团栾,水光疏影有天间。"

宋·汪莘《满庭芳》(寿金黄州):"竹外一枝更好,应回首、清浅池塘。"

宋·赵崇嶓《恋乡衾》(梅):"江烟如雾水满汀,早梅花、偏占清浅。倚翠竹、寒无力,想潇湘、斜日暮云。"

宋·吴文英《永遇乐》(探梅次时斋韵):"吴台直下,缃梅无限,未放野桥香度。重谋醉,揉香弄影,水清浅处。"

宋·李彭老《法曲献仙音》(官圃赋梅,继草窗韵):"云木槎枒,水荭摇落,瘦影半临清浅。"

宋·赵文《最高楼》(寿刘介叔):"田园尽可渊明栗,弓刀何似邵平瓜。但年年、清浅水,看梅花。"

宋·张炎《洞仙歌》(寄茅峰梁中砥):"只今谁最老,种玉人间,消得梅花共清浅。"

宋·无名氏《蓦山溪》:"郊居牢落,一水流清浅。忆得去年冬,数枝梅、低临水畔。"

元·朱晞颜《一萼红》(贫梅):"那得似、空山静夜,傍疏篱、清浅小溪横。"

元·虞集《苏武慢》:"待鸡鸣日出,罗浮飞渡,海波清浅。"

1112. 蓬莱向清浅

唐·沈佺期《哭道士刘无得》:"蓬莱向清浅,桃杏欲芳菲。"写刘道士所居如仙境。《太平广记》引《神仙传》述,东汉时,仙人王方平降于蔡经家,召麻姑至。麻姑曰:"接待以来,已见东海三为桑田。向到蓬莱,水又浅于往昔,会时略半也。岂将复还为陵陆乎?"说"蓬莱水浅"有变桑田、复还陵陆之趋向。后用"蓬莱清浅"一喻沧桑之变,一喻蓬莱仙境。

唐·李白《拟古十二首》:"海水三清浅,桃源一见寻。"

又《赠王汉阳》:"吾曾弄海水,清浅嗟三变。"

又《古风》:"乃知蓬莱水,复作清浅流。"

唐·鲍溶《怀仙二首》:"乃知东海水,清浅谁能问。"

唐·李群玉《洞庭二首》:"借问蓬莱水,谁逢清浅年。"

唐·陆龟蒙《和袭美初冬偶作寄南阳润卿次韵》:"不知海上今清浅,试与飞书问洛公。"

又《高道士》:"东游借得琴高鲤,骑入蓬莱清浅中。"

唐·无名氏《绝句》:"尽日会稽山色里,蓬莱清浅水仙家。"

宋·柳永《巫山一段云》:"昨夜麻姑陪宴,又话蓬莱清浅。"

又《破阵乐》:"霁色荣光,望中似靓,蓬莱清浅。"

宋·苏轼《坤成节集英殿宴教坊词致语口号》:"欲采蟠桃归献寿,蓬莱清浅半桑田。"《续通鉴长编》载:"元祐四年五月,蔡确辨所作《东盖亭》诗,言古今诗句用海变桑田者稍多。只如近年苏轼作《坤成节大宴》诗语,亦云'欲采蟠桃归献寿,蓬莱清浅半桑田',盖祝寿之辞犹用之,何得谓之用此故事尤非佳句。先是安焘尝语同列曰:'海变桑田事,苏轼亦尝用作圣节乐语。'于是确果以轼为言,众皆疑焘实密风之也。"

又《乞数珠赠南禅湜老》:"适从海上回,蓬莱又清浅。"

宋·毛滂《临江仙》(都城元夕):"蓬莱清浅对觚棱,玉皇开碧落,银界失黄昏。"

又《清平乐》:"天连翠潋,九折玻璃软。回抱金堤清宛转,疑共蓬莱清浅。"

宋·王庭珪《雨霖铃》(雪):"蓬莱又还水浅,鲸涛静见,银宫如许。"

宋·朱敦儒《桃源忆故人》:"几度蓬莱清浅,侧翅曾傍着。"

又《西江月》(石夷仲去姬复归):"隔河彼此事经年,且说蓬莱清浅。"

宋·赵长卿《鹊桥仙》(上张宣机):"和羹调味早归来,坐看取、蓬莱清浅。"

宋·曹勋《大椿》(大母庆七十):"亿万斯年,常蓬莱、海波清浅。"

宋·王之望《满庭芳》:"蓬莱清浅,看取变桑田。"

宋·韩淲《菩萨蛮》:"蓬壶清浅水,笑指云阶喜。"

宋·张辑《瑞鹤仙》:"把蓬莱一笑,几番清浅,绿野为花作谱。"

元·周景《水龙吟》(前题得"细"字):"且相期共看、蓬莱清浅,更三千岁。"

清·黄景仁《贺新郎》(太白墓和稚存韵):"梦中昨夜逢君笑,把千年、蓬莱清浅,旧游相告。"

1113. 疏影横斜水清浅

宋·林逋《山园小梅》:"众芳摇落独暄妍,占尽风情向小园。疏影横斜水清浅,暗香浮动月黄昏。霜禽欲下先偷眼,粉蝶如知合断魂。幸有微吟可相狎,不须檀板共金尊。""霜禽"一作"寒禽"。

唐人齐己《早梅》有"风带幽香去,禽窥素艳来"句,或为"霜禽"句所本。这是咏梅七律,却被后人作为《瑞鹧鸪》词来唱。一、二句用之于梅,也可用之于菊("众芳摇落"),五、六句流于俗浅。《蔡宽夫诗话》评:"疏影一联,诚为警绝,然下联霜禽云云,则与上联气格全不相类,若出两人。乃知诗全篇佳者诚难得。"王世贞《艺苑卮言》卷四则讥为:"直五尺童耳。"足见全诗并不见佳。唯三、四句出色。宋·王诜认为桃杏皆可用,《东坡题跋》则认为"决非桃李"。《王直方诗话》载,王君卿与苏东坡、孙巨波相聚,谈话间,王对林逋此二句诗评曰:"如咏杏与桃李皆可用也。"苏东坡笑了笑说:"可则可,只是杏、李、桃花不敢承担。"东坡是对的,三、四句只写梅花盛开的景色。

林逋,钱塘(今杭州)人,少孤力学,恬淡好古。早年浪游江淮间,后隐杭州,结庐西湖孤山,相传二十年足迹不到城市,以布衣终身。《诗话总龟》说他"无妻无子,住所多植梅蓄鹤,以为伴侣,谓之梅妻鹤子"。他喜欢咏梅,如《梅花三首》之一:"雪后园林才半树,水边篱落忽横波。"之三:"湖水倒窥疏影动,屋檐斜入一枝低。"他自己就说,"吟怀长恨负芳时,为见梅花辄入诗"。(《梅花》)所以后人对林逋的梅诗评价极高。宋·辛弃疾《浣溪沙》(种菊梅)词说:"自有渊明方有菊,若无和靖即无梅。"宋·汪莘《满江红》(客有索赋梅词者,余应之曰:"自林和靖诗出,光前绝后矣。姑以此意赋之可也"):"唐宋诸公,谁道得、梅花亲切。到和靖、先生诗出,古人俱拙。写照乍分清浅水,传神初付黄昏月。尽后来,作者斗尖新,仍重叠。"宋·王淇《梅》:"只因误识林和靖,惹得诗人说到今。"这些极高的评价,事实上都是由于"疏影横斜水清浅,暗香浮动月黄昏"二句的巧夺天工。上句,清而且浅的水中倒映着横斜的疏枝之影,写出了梅树有花无叶的特点。下句,昏黄的月色下浮动着幽香,揭示了具体环境中的氛围。而且上、下句对仗极工,使水中的梅影、月下的梅香栩栩如生,楚楚动人。所以宋代词人姜夔就以《疏影》《暗香》自度二曲。

"疏影""暗香"句出有源,并非林逋独创。五代诗人江为有《句》:"竹影横斜水清浅,桂香浮动月黄昏。"写月夜下的"竹影"与"桂香"。明人李日华《紫桃轩杂缀》卷四指出:"江为诗'竹影横斜水清浅,桂香浮动月黄昏',林君复改二字为'疏影''暗香'以咏梅,遂成千古绝调。"《全唐诗外编》下亦从《紫桃轩杂缀》摘收。

"疏影横斜"概括了梅树的特点。清·龚自珍《病梅馆记》云：梅花"以曲为美，直则无姿；以欹为美，正则无景；以疏为美，密则无态。"曲、欹（斜）、疏就是梅树的美之所在，将梅"斫直""删密""锄正"，则成"病梅"了。所以前人写梅，已写其"横枝""疏影"：

南朝·梁·何逊《扬州早梅》："枝横却月观，影动凌风台。"

南朝·梁元帝萧绎《望春》："叶浓知柳密，花尽觉梅疏。"

南朝·梁·王僧孺《春日寄乡友》："翠树结斜影，绿水散圆文。"

隋·释智炫《游三学山》："叶密风难度，树疏影易穿。"

唐·骆宾王《秋风》："乱竹摇疏影，萦池织细流。"写竹。

又《秋蝉》："自怜疏影断，寒林夕吹塞。"用"疏影"亦非写梅。

唐·杜甫《覆舟二首》："羁使空斜影，龙宫闷积流。"

如上，将"竹影"改作"疏影"已有前人写"疏影"的启示。而一经林逋之手，后来的"疏影"便大都写梅了。

"疏影横斜水清浅"句，有用"疏影横斜"的，有用"窗前疏影"的，有用"竹外横枝"的。

宋·晏几道《胡捣练》："小亭初报一枝梅，惹起江南归兴。遥想玉溪风景，水漾横斜影。"

宋·苏轼《三月二十日多叶杏盛开》："恼客香有无，弄妆影横斜。"写杏花。

宋·江藻《点绛唇》："起来搔首，梅影横窗瘦。"

宋·曹组《蓦山溪》："月边疏影，梦到销魂处。"

宋·谢逸《采桑子》："抱墙溪水弯环碧，月色清华，疏影横斜，恰似林逋处士家。"

宋·郑少微《鹧鸪天》："池塘疏影伤幽独，何似横斜酒盏中。"

宋·吴则礼《满庭芳》（立春）："江南芳信，疏影月横斜。"

宋·刘一止《踏莎行》："淡月精神，疏梅风韵，粉香融脸胭脂润。"喻人。

宋·王庭珪《临江仙》（梅）："月寒疏影淡，整复斜斜。"

宋·周紫芝《虞美人》（西池见梅作）："小池疏影弄寒沙，何似玉台鸾镜、对横斜。"

宋·莫将《木兰花》（十梅·晴天）："夕阳恰似过清溪，一树横斜影卧。"

宋·李清照《满庭霜》："莫恨香消雪减，须信道、扫迹情留。难言处、良宵淡月，疏影尚风流。"

宋·李邴《汉宫春》："潇洒江梅，向竹梢疏处、横两三枝。"

宋·向子諲《卜算子》："临镜笑春风，生怕梅花妒。疑是西湖处士家，疏影横斜处。"

又《好事近》（绍兴辛未病起见梅）："多病卧江干，过尽春花秋叶。又见横斜疏影，弄阶前明月。"

宋·李坦然《风流子》："更嫦娥为爱，寒光满地，故移疏影，来伴南枝。"

宋·谢逸《西江月》："振芳堂下月盈庭，踏碎横斜疏影。"

宋·陈与义《竹》："昨夜嫦娥更潇洒，又携疏影过窗纱。"

宋·朱淑真《元夜三首》："归来禁漏逾三四，窗上梅花瘦影横。"

宋·陆游《幽居春夜》："三弄笛声初到枕，一枝梅影正横窗。"

又《梅花绝句》："月中疏影雪中看，只为无言更断肠。"

宋·范成大《雪后守之家梅未开呈宗伟》："北邻小横斜，苏地可班荆。"

又《卜算子》："冷蕊疏枝半不禁，更著横窗影。"

又《虞美人》（寄人觅梅）："疏枝冷蕊风情女，都称衰翁老。"

宋·郭仲宣《江神子》："谁见月斜人去后，疏影乱，蘸寒塘。"

宋·李弥逊《蓦山溪》（宣城丞厅双梅）："竹边柳外，两两寒梅树，疏影上帘栊。"

宋·王之道《汉宫春》（雪）："何处梅梢点白，弄横斜疏影，竹外溪边。"

宋·杨无咎《柳梢青》："月堕霜飞，隔窗疏瘦，微见横枝。"

宋·曹勋《武陵春》："陇信不来寒日晚，疏影照澄江。肯借横斜伴酒筋，应共月商量。"

又《一剪梅》："不占前村占宝防，善影横斜积渐开。"

又《御街行》(和陆判院梅词):"溪流清浅暮云低,玉落横斜风定。"

宋·曾觌《西江月》(元夕醉中走笔):"焕烂莲灯高下,参差梅影横斜。"

宋·葛立方《满庭芳》(评梅):"北枝方半吐,水边疏影,绰约娉婷。"

宋·吴淑姬《长相思令》:"醉眼开,睡眼开,疏影横斜安在哉!从教塞管催。"

宋·洪适《浣溪沙》(以鸳鸯梅送曾守,是日,曾守携家游南园):"报道倾城出洞房,水边疏影弄清香。"

宋·侯寘《凤凰台上忆吹箫》(蜡梅用前韵):"休夸瘦枝疏影,湘裙窄,一钩龙麝随鞍。"

宋·赵彦端《虞美人》(刘帅生日):"疏梅淡月年年好,春意今年早。"用刘一止句式。

宋·朱雍《八声甘州》:"人在东风伫立,悄悄独凝眸。多少横斜影,萦绕江流。"

宋·邵伯雍《虞美人》(赏梅月夜有怀):"月下几枝疏影,透纱窗。"

宋·曹冠《海宫春》(梅):"一品天香……先春为传息,压尽群芳。……因念广平曾赋,爱浮香胧月,疏影横窗。"

宋·王质《生查子》(见梅花):"见汝小溪湾,修竹连疏影。"

又《清平乐》(梅影):"一枝相映孤灯,灯明不似花明。细看横斜影下,如闻溪水泠泠。"

宋·李洪《卜算子》(和宋子闲早梅):"南国小春时,常是寒威浅。玉缀香苞已有梅,疏影无人见。"

宋·李处全《水调歌头》(咏梅):"松下凌霜古干,竹外横窗疏影,同是岁寒姿。"

宋·岳甫《蝶恋花》(西堂竹阁,日气温然,戏作):"逼气筠窗围小院,日照花枝,疏影重重见。"

又《一剪梅》(梅):"浅浸横斜,净几明窗,何妨三弄点苔苍,但有疏枝、依旧清香。"

宋·吕胜己《谒金门》(早梅):"点缀枯梢的皪,疏影荡摇寒碧。"

又《江城子》(盆中梅):"年年腊后见冰姑,玉肌肤,点琼酥。……向背稀稠如画里,明月下,影疏疏。"

宋·程垓《浪淘沙》:"老去懒寻花,独自生涯。几枝疏影浸窗纱。昨夜月来人不睡,看尽横斜。"

宋·姜夔《小重山令》(赋潭州江梅):"人绕湘皋月坠时,斜横花树小,浸愁漪。"

宋·高观图《花心动》(梅意):"犹念横斜性格,恼和靖吟魂,自来清绝。"

宋·阳枋《临江仙》(涪州北岩玩易有感):"看梅休用隔窗纱,清光辉皎洁,疏影自横斜。"

宋·赵以夫《念奴娇》:"暗忆孤山今夜月,疏影横斜境面。"

宋·吴潜《贺新郎》(吴中韩氏沧浪亭和吴梦窗韵):"皎皎风流心自许,尽何妨、瘦影横斜水。"

宋·王柏《酹江月》(题泽翁梅轴后):"可惜横斜清浅处,谁访孤山仙客。"

宋·黄子行《西湖月》(探梅):"谩赢得,疏影寒窗,夜深孤寂。"

宋·葛长庚《洞仙歌》(鹤林赋梅):"向竹梢疏处,瘦影横斜,真个是、潇洒冰肌。"

宋·方岳《一剪梅》(客中新雪):"园林晓树凭横斜,道是梅花,不是梅花。"

宋·吴文英《烛影摇红》(赋德清县圃古红梅):"横斜无分照溪光,珠网空凝遍。"

宋·施枢《疏影》(催梅):"东君须自怜疏影,又何待、山前积雪。"

宋·刘辰翁《汉宫春》(岁尽得巽吾寄溪南梅相忆韵):"疏影横斜,似故人安道,只在溪前。"

宋·王沂孙《高阳台》:"但凄然,满树幽香,满地横斜。"

又《西江月》(为赵元父赋雪梅图):"溪上横斜影淡,梦中落莫魂销。"

宋·张炎《南乡子》(为处梅作):"风月似孤山,千树斜横水一环。"

又《瑶台聚八仙》(余昔有梅影词,今重为模写):"近水横斜,先得月,玉树宛若笼纱。"

宋·邵桂子《沁园春》(李娶塘东曾):"这水姿一样,玉颜双好,月明静夜,疏影横斜。"

宋·胡平仲《减字木兰花》(咏梅·东坡咏梅成三十篇,红梅诗有云:"诗老不知梅格在,更看绿叶与青枝。"谓石曼卿有"认桃无绿叶,辨杏有青枝"之句也。夫梅红与艳杏、夭桃固异,不待观枝叶,而辨已明矣。然人常言所不能到,予甚爱之,乃集其词句作《减字木兰花》二曲,一咏红梅,一咏江梅,仍同韵,以贻好事者):"怕愁贪睡,谁会伤春无限意。乞与徐熙,画出横斜竹外枝。"

宋·赵士暕《好事近》(蜡梅):"玉人挨鬓一枝斜,不忍更多摘,酒面暗沉疏影,照鹅儿颜色。"

宋·无名氏《鹧鸪天》:"几枝疏影溪边见,一拂清香马上闻。"

宋·无名氏《忆秦娥》:"横枝疏影,动人清彻。"

宋·无名氏《绛都春》:"横斜疏影当池沼,似弄粉、初临鸾照。"

宋·无名氏《折红梅》:"盈盈水畔,疏影蘸、横斜清浅。"

宋·无名氏《品令》:"晓来风定,竹枝相亚、残阳影里,多少风流、都在冷香疏蕊。"

宋·无名氏《雪梅香》:"疏影横斜,照水溶溶。"

宋·无名氏《望梅》:"仙姿更谁并列,有幽香映水,疏影笼月。"

宋·无名氏《醉落魄》:"横斜疏影溪边窄,剪碎白云,分付陇头客。"

宋·无名氏《采桑子》:"黄昏小院谁攀折,疏影斜敧。"

宋·无名氏《洞仙歌》:"想不是、付人赏幽姿。纵竹外横斜,是谁知道。"

宋·无名氏《蝶恋花》:"休待玉英飞四散,且移疏影横金盏。"

宋·无名氏《蓦山溪》(画梅):"临溪疏影,都是前人语。此外更何如,更须索、良工描下。"

宋·无名氏《喜迁莺》:"标韵尤耿耿,月观水亭,谁解怜疏影。"

宋·无名氏《绛都春》(早梅):"几度醉吟,独倚栏干黄昏后,月笼疏影横斜照。"

宋·无名氏《踏莎行》(和赵制机赋梅):"瘦影横斜,断桥路小,如今梦断孤山了。冷魂趁鹤不归来,荒山没尽深深草。"

宋·无名氏《太常引》:"江梅开似蕊珠宫,报桃李、又是春风。蓦岫看前峰,待摘取、横斜盏中。"

宋·无名氏《瑞鹧鸪》(蜡点梅花):"衣麝暗薰香仿佛,山峰误认影横斜。"

宋·无名氏《冒马索》:"多情立马,待得黄昏,疏影斜斜微酸结。"

宋·无名氏《东风第一枝》:"青萼点,绛唇疏影,潇洒喷、紫坛龙麝。"

元·景元启《殿前欢》(梅花):"月如牙,早庭前疏影印窗纱。梅花是我,我是梅花。"

元·杨朝英《水仙子》(自足):"杏花村里旧生

涯,瘦竹疏梅处士家。"

元·马致远《落梅风》(又名《寿阳曲·洞庭秋月》):"人初静,月正明,纱窗外玉梅斜映。"

元·张可久《一枝花》(湖上晚归):"但携将旖旎浓香,何必赋横斜瘦影?"

元·马谦斋《[中吕]快活三带朝天子四边静》(夏):"竹影横斜,荷香飘荡,一襟满意凉。"用丘为句。

明·陈子龙《虞美人》:"香云黯淡疏更歇,惯伴纤纤月。"海南梅花称"香雪梅"。此词写梅香淡薄,梅花稀疏,暗用"疏影"。

明人钱谦益妻柳如是《次韵永兴寺看绿萼梅作》:"折赠可怜疏影好,低回应惜薄寒赊。"

清·高士奇《苑西集》卷十引元·王冕《题墨梅》诗:"不分山野与溪桥,乱写横枝一两条。酒醒只疑疏影落,朦胧烟月伴寒宵。"

清·萧山王端履《重论文斋笔录》卷二:"余旧藏王元章(冕)墨卷,草草数笔,老干横斜,疏花暗淡。"说王冕画墨梅有"老干横斜"的特点。

清·黄燮清《俞叟石庵,老而健画,以二丈余纸写梅一本,为黄鹤补壁,乞予题入》:"横斜疏影妙入神,来与江楼斗月色!"

今人杨凭墙《春·曲寄四块玉》:"一天残雪跌,数点花如血,瞧疏枝出了墙头也横斜,想做个踏枝的喜鹊争时节。"

1114. 暗香浮动月黄昏

五代诗人丘为的"桂香浮动月黄昏"是写在昏黄的月色下,桂花香浓,四处浮动,这种"浮动"不是视觉察知的,而是味觉嗅到的。林逋把"桂香"改作"暗香",由桂转而写梅,"暗"字不仅与"月黄昏"呼应,也点出这浮动的梅香只能嗅出。又兼林逋爱梅、植梅、咏梅,以"梅妻鹤子"著名,这咏梅佳句便不胫而走、不翼而飞了。甚至一些著名词人也用了原句或近原句。

宋·王安石《即事五首》(《全宋诗》六七五七页):"唯有多情枝上雪,暗香浮动月黄昏。""枝上雪"即白梅花。

宋·苏轼《阮郎归》(梅词):"暗香浮动月黄昏,堂前一枝春。东风何事入西邻,儿家常闭门。"

宋·无名氏《踏莎行》(寄姊妹):"孤馆深沉,晓寒天气,解鞍独自阑干倚。暗香浮动月黄昏,落梅风送沾衣袂。"

宋·韩维《晏相公西园雪后载梅三首》："寒芳准拟临风折，佳句安排对酒论。知想钱塘林处士，暗香浮动月黄昏。"

宋·莫将《木兰花》（十梅·月下）："暗香浮动黄昏后，更是月明如白昼。看来都坐玉壶冰，折赠徐妃丹桂手。"

宋·赵鼎《蝶恋花》："一朵江梅春带雪。……照影凌波微步怯，暗香浮动黄昏月。"

元·张可久《小上楼·春思》："曲未终，酒不空，罗浮山梦，月黄昏暗香浮动。"原句变词序。

又《满庭芳·山中杂兴》："浮桥上，东风暗香、浮动月黄昏。"句中嵌入原句。

"暗香浮动"句也极受赏识。宋人刘过《沁园春》（寄辛承旨。时承旨招，不赴）："斗酒彘肩，风雨渡江，岂不快哉？被香山居士约林和靖，与东坡老，驾勒吾回。坡谓：'西湖，正如西子，浓抹淡妆临照台。'二公者，皆掉头不顾，只管传杯。白言：'天竺去来，图画里峥嵘楼阁开，爱纵横二涧，东西水绕；两峰南北，高下云堆。'逋曰：'不然，暗香浮动，不若孤山先访梅。'须晴去，访嫁轩来晚，且此徘徊。"这是一篇少有的"叙事"词，事非实有，只借以称道词中人物的名句，"暗香浮动"是其一。

"月黄昏"写月色，中唐的韦皋在《天池晚棹》诗中已用："扣舷归载月黄昏，直至更深不假烛。"写月色可以代替灯烛。

用"暗香"与"黄昏"句如：

宋·韩维《明叔昆仲特惠梅花聊赋小诗三篇为谢》："玉罂久期繁艳至，筠笼先漏暗香来。"

宋·王安石《梅花》："墙角数枝梅，凌寒独自开。遥知不是雪，为有暗香来。"

宋·孔夷《南浦》（旅怀）："故国梅花旧梦，愁损绿罗裙。为问暗香闲艳，也相思、万点付啼痕。"

宋·左纬《许少尹被召追送至白少不及》："水边人独自，沙上月黄昏。"

宋·朱雍《浣溪沙》："小梅春早压群花。一槛风声清玉管，数枝月影到窗纱，隔帘时度暗香些。"

宋·王之道《西江月》（相山集题作别诗）："梅花池馆暗香浮，酒入朱唇红透。"

又《西江月》（赏梅）："酒面初潮蚁绿，歌唇半启樱红。冰肌绰约月朦胧，仿佛暗香浮动。"

宋·赵长卿《念奴娇》（梅）："暗香消尽，和羹心事谁表。"

宋·王炎《浪淘沙令》（开禧丙寅在大坂作）："梅花香里月黄昏，白首重来谁是伴，独自销魂。"

宋·杨炎正《水调歌头》（送张史君）："问君侯，今几日，到东州？还家时侯，次第梅已暗香浮。"

宋·李廷忠《霜天晓角》（庆高尉）："洞天仙伯，总是梅标格。来索东风一笑，香浮动、潜溪月。"

宋·侯寘《踏莎行》（约云菴寻梅）："亭儿真下玉生烟，暗香归去沾襟袖。"

宋·高观国《贺新郎》（赋梅）："一杯正要吴姬捧，想见那、柔酥弄白，暗香偷送。"

宋·韩淲《菩萨蛮》（梅花句）："风前觅得梅花，香来自是相分付。片月动黄昏，一枝横酒尊。"

又《菩萨蛮》（胡教生朝）："南枝已见春消息，今年为寿方知得。俾尔炽而昌，流露浮暗香。"

又《菩萨蛮》（寿昌甫生朝）："兄弟寿杯同，暗香明月风。"

宋·葛长庚《沁园春》（题湖头岭菴）："料驿舍旁边，月痕白处，暗香微度，应是梅花。"

宋·赵以夫《角招》（姜白石制《角招》《徵招》二曲，仆赋梅花以《角招》歌之。盖古乐府有大小梅花，皆角声也）："晓风薄，苔枝上，剪成万点冰萼，暗香无处著。"

宋·李曾伯《满江红》（甲午宜兴赋僧舍墨梅）："最孤高不受、多情轻折。只有暗香天靳予，黄金作指难为术。"

宋·陈允平《木兰花慢》（丙辰寿叶制相）："付与雪襟怀，消得暗香来。算知心惟有、青松瘦竹，白石苍苔。"

宋·刘辰翁《临江仙》（访梅）："却忆临塘桥下马，暗香不是黄昏。"

宋·赵必象《醉落魄》（用韵赋九月见梅）："满袖西风，吹动暗香月。"

宋·仇远《酹江月》（梅和彦国）："孤影棱棱，暗香楚楚，水月成三绝。"

宋·张炎《蝶恋花》（赠杨柔卿）："昨夜月明香暗度，相思忽到梅花树。"

又《清平乐》（赠处梅）："暗香千树，结屋中间住。"

宋·无名氏《婆罗门》："暗香旋生，对淡月与黄昏。寂寞谁家院宇，斜掩重门。"

宋·无名氏《浣溪沙》："疑是佳人燺麝月，起来风味入怀浓。暗香依旧月朦胧。"

宋·无名氏《东风第一枝》:"暗香空写银笺,素绝谩传妙笔。"

宋·无名氏《落梅慢》:"暗香浮动冰姿,明月里、想无花比高格。"

宋·无名氏《望梅》:"剪玉裁冰,已占断、江南春色。恨风前素艳,雪里暗香,偶成抛掷。"

宋·无名氏《小重山》:"溪边浮动处,绝纤尘。等闲休付寿阳人,潇洒处,月淡又黄昏。"

宋·无名氏《月上海棠》:"南枝昨夜光回暖。便临寒、开花暗香远。"

宋·无名氏《桃源忆故人》:"墙梅未落春先纵,欲寄一枝谁送。月夜暗香浮动,似作离人梦。"

宋·无名氏《点绛唇》:"春日芳心,暗香偏向黄昏逗,玉肌寒透,抵死添清瘦。"

宋·无名氏《好事近》:"潇洒小楼东,斜亚一枝梅雪……行客几回搔首,认暗香浮月。"

宋·无名氏《小重山》:"花儿清瘦影儿孤,多情处、时有暗香浮。"

宋·无名氏《感皇恩》:"间竹横溪自清瘦,黄昏时候,拂拂暗香微透。"

宋·无名氏《玉楼人》:"先春似与群芳斗,暗度香、不待频嗅。"

宋·无名氏《满江红》:"谁道无情应也妒,暗香埋没教谁识?"

宋·无名氏《木兰花慢》:"山路相逢驻马,暗香微染征衣。"

宋·无名氏《喜迁莺》:"月明暗香浮动,休使龙吟声苦。"

金·李献能《江梅引》(为飞伯赋青梅):"璧月浮香摇玉浪,拂春帘莹绮窗。"暗用。

元·乔吉《水仙子》(寻梅):"酒醒惊寒梦,笛凄春断肠。淡月黄昏,梅香幽幽。"

元·商衢《天净沙》:"潇洒寒塘月淡,暗香幽意,一枝雪里偏宜。"

明·吴承恩《临江仙》(题红梅):"颜色虽殊风格在,一痕水月黄昏。"

清·纳兰性德《念奴娇》:"无分暗香深处住,悔把兰襟亲结。"

今人刘大杰《哭郁夫》:"关山千万里,淡淡月黄昏。"

1115. 疏影横斜,暗香浮动

"疏影横斜水清浅,暗香浮动月黄昏"两句诗常常被人缩用、合用。

宋·强至《渔家傲》:"冷浸瘦枝清浅处,香暗度,妆成处士横斜句。"

宋·晁端礼《水龙吟》:"夜来深雪前村路,应是早梅初绽。故人赠我,江头春信,南枝向暖。疏影横斜,暗香浮动,月明溪浅。"

宋·周邦彦《玉烛新》(梅花):"前村昨夜,想弄月、黄昏时候。孤岸峭,疏影横斜,浓香暗沾衣袖。"

又《花犯》(梅花):"但梦想、一枝潇洒,黄昏斜照水。"

宋·孔夷《水龙吟》:"疏影沉波,暗香和月,横斜浮动。怅别来,欲把芳菲寄远,还羞管、吹三弄。"

宋·孔榘《鼓笛慢》:"南州故苑,何郎遗咏,风台月观。疏影横斜,暗香浮动,水寒云晚。"

宋·谢逸《虞美人》:"角声吹散梅梢雪,疏影黄昏月。"

宋·曾纡《念奴娇》:"东陌西溪长记得,疏影横斜时节。六出冰姿,玉人微步,笑里轻轻折。兰房沉醉,暗香曾共私窃。"

宋·吴则礼《虞美人》(送晁适道):"平安小字几时回?空有暗香疏影、陇头梅。"从此,"暗香"与"疏影"的缩合句增多。

宋·周紫芝《好事近》(青阳道中见梅花,是日微风,花已有落者):"竹溪斜度尽篮舆,疏梅暗香入。何处最关心事,恨落梅风急。"

又《汉宫春》:"都占得、横斜乱影,伴他月下黄昏。"

宋·李纲《一剪梅》:"横斜疏影月黄昏,谁使天香,暗淡飘飘。"

宋·李子正《减兰十梅》(月):"寒蝉初满,正是枝头开烂熳。……暗香疏影,冰府萧萧山驿静。"

宋·薛几圣《渔家傲》(梅影):"雪月照梅溪畔路,幽姿背立无言语。冷浸瘦枝清浅处,香暗度,妆成处士横斜句。"

宋·杨无咎《柳梢青》:"却忆年时,月移清影,人立黄昏。"

又《柳梢青》:"傲雪凌霜,平欺寒力,搀借春光。……媚媚月转回廊,消无处,安排暗香。一夜相思,几枝疏影,落在寒窗。"

宋·史浩《白苧》(次韵真书记梅花):"栏干遍

倚,月淡黄昏,水边清浅,不放红尘染污。"

宋·王十朋《点绛唇》(暗香梅):"暗香疏影,孤压群芳顶。"

宋·仲并《好事近》:"暗香疏影想公家,人与梅超绝。"

宋·葛立方《风流子》:"月里暗香,水边疏影,淡妆宜瘦,玉骨禁寒。"

又《多丽》(赏梅):"傍黄昏、暗香浮动,照清浅、疏影低昂。"

宋·张抡《西江月》(咏冬十首):"江梅何事向严冬,早有清香浮动。"

宋·赵长卿《浣溪沙》(腊梅):"疏影卧波波不动,暗香浮月月微明。"

宋·王炎《鹧鸪天》(梅):"淡淡疏疏不惹尘,暗香一点静中闻。"

宋·辛弃疾《念奴娇》:"疏影横斜,暗香浮动,把动春消息。"

又《丑奴儿》:"年年索尽梅花笑,疏影黄昏。疏影黄昏,香满东风月一痕。"

宋·刘光祖《江城子》(梅花):"只有梅花,依旧吐幽芳。迎喜无边春信漏,疏影下,觅浮香。"

宋·陈亮《点绛唇》(咏梅月):"一夜相思,水边清浅横枝瘦。小窗如昼,情共香俱透。"

宋·卢炳《武陵春》(舟行三衢间,江干梅盛开,为风雨所妒,赋此以惜之):"常记江南春欲到,消息付南枝。疏影横斜照水时,月淡暗香迟。"

宋·汪莘《满江红》(客有索赋梅词者,余应之日,自林和靖诗出,光前绝后矣。姑以意赋之可也):"写照乍分清浅水,传神初付黄昏月。"

宋·韩淲《好事近》(同仲至和探梅):"湖上有孤山,合把探梅词刻。清浅黄昏时候,冷疏枝寒色。"

又《好事近》(红梅):"记取疏花横处,有暗香飘馥。"

宋·张侃《月上海棠》:"横溪浸疏影,月黄昏、暗香浮动,真仙种、不与梨花同梦。"

宋·刘克庄《汉宫春》(秘书弟家赏红梅):"春莺去也,玉参差、分付谁吹? 空传得、暗香疏影,琐窗卷了还披。"

宋·钟将之《浣溪沙》(南湖席上次韵二首):"不怕满堂佳客醉,只愁灭烛翠眉颦,更期疏影月黄昏。"

宋·应傃《失调名》(江路野梅香):"横斜淡月黄昏,漏泄早春消息。"

宋·葛长庚《汉宫春》(次韵李汉老咏梅):"潇洒江梅,似玉妆珠缀,密蕊疏枝。……黄昏顾影,说横斜、清浅今谁?"

又《酹江月》(咏梅):"冷艳寒香空自惜,后夜山高月小。满地苍苔,一声哀角,疏影归幽渺。世无和靖,三花两蕊不少。"

宋·吴潜《满江红》(郑园看梅):"六出不妨添羽翼,百花岂愿当头角。尽暗香、疏影了平生,何其乐。"

宋·黄载《东风第一枝》(探梅):"殷勤片月飞来,更随暗香细索。横斜瘦影,看尽未开时消息。"

宋·吴文英《解语花》(梅花):"暮寒如剪,临溪影,一一半斜清浅。飞霙弄晚,荡千里,暗香平远。"

宋·姚勉《声声慢》(和徐同年梅):"西湖有人觅句,但知渠、清浅昏黄。奇绝处,五更初、横月带霜。"

宋·陈著《小重山》(次韵定海赵簿咏梅):"松是交朋竹是邻,横枝临水瘦,月黄昏。"

宋·刘壎《贺新郎》:"忽飘来、暗香万斛,春浮江浦……流水村中清浅处,称横斜疏影相容与。"

宋·陈纪《念奴娇》(梅花):"断桥流水,见横斜与清浅,一枝孤袅。"

宋·王梦应《摸鱼儿》(寿王尉):"问谁歌、暗香疏影,此花堪照人世。"

宋·张炎《祝英台近》(余老矣,赋此为猿鹤问):"爱闲休说山深,有梅花处,更添个、暗香疏影。"

又《尾犯》(山庵有梅古甚,老僧云:此树近百年矣。余盘礴花下,竟日忘归。因有感于孤山,为赋此调):"独爱老来,疏瘦偏宜,古月黄昏,许松竹相依。……岁华凋谢,水边篱落,雪后忽横枝。"

又《一枝春》(为陆浩斋赋梅南):"竹外横枝,并阑干、试数风才一信。……明月飞来,瘦却旧时疏影。……东阁谩撩诗兴,料西湖树老,难认和靖……须酿成、一点春映,暗香在鼎。"

宋·无名氏《洞仙歌》:"暗香浮动,疏影横斜,只这些儿意不浅。"

宋·无名氏《尉迟杯》:"忆溪边月下徘徊,暗香疏影庭户。"

宋·无名氏《蓦山溪》:"当时马上,回首曾凝顾,水浅月黄昏,倚琼枝、谁家亭户。"

宋·无名氏《蓦山溪》(野梅):"疏枝残蕊,犹懒不娇春。水清浅月黄昏,冷淡从来惯。"

宋·无名氏《婆罗门》:"暗香旋生,对淡月与黄昏,寂寞谁家院宅,斜掩重门。"

宋·无名氏《雨中花》:"梦破江南春信,渐入江梅,暗香初发。乞与横斜疏影,为怜清绝。"

宋·无名氏《胜胜慢》:"严凝天气,近腊时节,寒梅暗绽疏枝。……暗香远,把荒村幽圃,景致妆迟。"

宋·无名氏《望远行》:"重阴未解,又早是、年时梅花争绽。暗香浮动,疏影横斜,月淡水清亭院。"

宋·无名氏《浪淘沙》:"雪里暗香浓,乍吐琼英,横斜疏影月明中。"

宋·无名氏《泛兰舟》:"寒影低横,轻香暗度,疏篱幽院何在。"

宋·无名氏《蓦山溪》:"梅传春信,又报年华晚。……香黯淡,月朦胧,谁是黄昏伴。"

宋·无名氏《十月梅》:"独对霜天,冒寒先占花期。清香映月浮动,临浅水、疏影斜敧。"

宋·无名氏《鼓笛慢》:"鸾台晓鉴,人花相对,何须更比。疏影斜,暗香浮动,月低风细。"

宋·无名氏《蓦山溪》:"小桥斜渡,人静销魂处。淡月破黄昏,影扶疏、清香暗度。"

宋·无名氏《喜迁莺》:"素苞暗香浮动,别有风流标致。谢池月,最相宜,疏影横斜临水。"

宋·无名氏《月上海棠》:"横斜影蘸清溪浅,似玉人、临鸾照粉面。"

宋·无名氏《品令》:"疏影横斜,隐隐月溪清浅。"

宋·无名氏《浣溪沙》:"明月泛将疏影去,暗香疑是那人来。"

宋·无名氏《西地锦》:"小院黄昏时节,暗香浮、疏影横斜。"

宋·无名氏《踏莎行》:"枝绿初匀,萼红犹浅,化工妆点年华晚。暗香疏影水亭边,黄昏月下依稀见。"

宋·无名氏《七娘子》:"清香浮动到黄昏,向水边、疏影梅开尽。"

宋·无名氏《浪淘沙》:"疏影浸横塘,月暗浮香。"

宋·无名氏《惜双双》:"月下疏影横斜,幽香远。"

宋·无名氏《点绛唇》:"烟淡黄昏,小移疏影横斜去。暗香微度,点缀梢头雨。"

宋·无名氏《点绛唇》:"曲岸横斜,清浅波相应。风不定、暗香疏影,占断花中韵。"

宋·无名氏《点绛唇》:"破萼江梅,迥然标格冰肌莹,暗香疏影,月张银塘静。"

宋·无名氏《梅词》(满江红):"影横处,寒窗夕。香浮处,寒梢雪。"

宋·无名氏《虞美人》:"夜深斜月印窗纱,好在数枝疏瘦两三花。"

宋·无名氏《喜团圆》:"瘦影生香,黄昏月馆,清浅溪沙。"

宋·无名氏《真珠帘》(庆游讷斋以梅为寿·九月三十):"疏影暗香中,谁与花为主。"

金·完颜踌《青玉案》:"冻云封却驼冈路。有谁访、溪梅去。梦里疏香风暗度,觉来唯见,一窗凉月,瘦影无寻处。"

金·董解元《西厢记》卷一《耍孩儿》:"黄昏后,风清月淡,竹瘦梅疏。"

明·文征明《满江红》:"池面盈盈清浅水,柳梢淡淡黄昏月。"

清·周之琦《惜红衣》(访姜白石葬处):"凄忆,香暗影疏,掩梅花仙魂。"

1116. 约林和靖,与东坡老,驾勒吾回

宋·刘过《沁园春》(题又作寄稼轩承旨):"被香山居士,约林和靖,与东坡老,驾勒吾回。"此词另传一题为"风雪中欲诣稼轩,久寓湖上,未能一往,因赋此词以自解"。此句说,本欲渡过钱塘江去拜诣您,可却被白居易、林逋、苏轼三老把我的车拉了回去。三老都在西湖居留过,又都有名句:白居易有"东涧水流西涧水,南山云起北山云",林逋有"疏影横斜水清浅,暗香浮动月黄昏",苏轼有"欲把西湖比西子,淡妆浓沫总相宜"。意思是我被三位热爱西湖并留有咏湖名句的诗人留住了,惜未能拜访您去。这是一种婉曲的致憾方式。宋·岳珂《桯史》云:"嘉泰癸亥岁,改之在中都。时辛稼轩弃帅越,闻其名,遣介招之。适以事不及行,作书归辂者,因仿辛体《沁园春》一词,并缄往,下笔便逼真。……辛得之大喜,致馈数千百,竟邀之去,馆燕弥月,酬唱盦盦,皆似之。愈喜,垂别赒之千缗。曰:'以是为求田之资。'改之归,竟荡于酒,不问也。"说明刘过终被辛弃疾邀去。近人俞

陛云《唐五代两宋词选释》评此句："借苏、白、林三人之语，往复成词，逸气纵横。如宜僚弄丸，靡不如意。虽非正调，自是创格。"这一评价较为中肯；至于岳珂说"然恨无刀圭药疗君白日见鬼症"（《桯史》）不过戏言耳。

林逋隐居孤山二十年。足不及城市，以梅为妻鹤为子，不仅是佳话，也足成某些人的楷模。因此，其人其事常为人举称，以抒发种种情志。元朝初年，竟有人自称"林和靖七世孙。"于是杭州有人作诗讽之："和靖从来不娶妻，如何七代有孙儿？若非童种与鹤种，定是瓜皮与李皮！"到了明代，又出现了林逋的"后裔"。据焦雄《玉堂丛语》卷八载：有一人求见太史陈嗣初，自称林逋十世孙。陈嗣初找出林逋传让人读，读至"和靖终身不娶，无子"时，那人狼狈尴尬，无地自容。陈嗣初也赠诗一首："和靖当年不娶妻，如何后代有儿孙？想君自是闲花草，不是孤山梅树枝。"

自南宋以后，"林逋""处士""孤山"等，都成了"梅语"。

宋·马子岩《桃源忆故人》："几年闲作园林主，未向梅花著语。雪后又开半树，风递幽香去。……我是西湖处士，长恨芳时误。"

宋·姜夔《鬲溪梅令》（丙辰自无锡归，作此寓意。）："漫向孤山山下觅盈盈，翠禽啼一春。"

宋·刘镇《沁园春》（题西宗云山楼）："仙翁，心事谁同？付鱼鸟相望一笑中。向月梅香底，招邀和靖；云山高处，问讯梁公。"用刘过意。

又《贺新郎》（题王守西湖书院）："文章太守归来也，似当年、和靖风流。小孤山下，问讯佩兰餐菊友，曾约梅兄入社。"

宋·吴泳《贺新郎》（游西湖和李微之校勘）："一片湖光净，被游人、撑船刺破，宝菱花镜。和靖不来东坡去，欠了骚人逸韵。"反用刘过句。

宋·刘克庄《满江红》（题范尉梅谷）："叹出群风韵，皆时装束。竞爱东邻姬傅粉，谁怜空谷人如玉。笑林逋、何逊漫为诗，无人读。"

宋·吴渊《沁园春》（梅）："林逋在，倩诗人此去，为语湖山。"

宋·吴潜《满江红》（再用韵怀安晚）："犹记长安，共攀折。琼林仙尊。人已去，年年梅放，怨怀谁托？和靖吟魂应未醒，补之画手何能摸。更堪怜、老子此时来、愁难著。"

宋·方岳《贺新郎》（别吴侍郎。吴时闲居，数

夕前梦枯海成林，一枝独秀）："见竹外、一枝横蕊，已占百花头上了。……除却林逋无人识，算岁寒、只是天知己。"

又《贺新郎》（寄两吴尚书）："云外空山知何似，料清寒、只与梅花约，逋老句，底须作。"

又《汉宫春》（寿王尉）："江南春早，想梅花，不肯欺吾。疑便是，孤山之北，水香月影林逋。"暗用"暗香浮动"句。

宋·吴文英《大酺》（荷塘小隐）："任岁晚，陶篱菊暗，逋家梅荒，总输玉井尝甘液。"

又《西江月》（丙午冬至）："小帘沽酒看梅花，梦到林逋山下。"

宋·陈允平《柳梢青》（和禅四首）："尊前暗忆年时，算笛里、关情是伊。何逊风流，林逋标致，一二联诗。"

又《柳梢青》："孤山往事谁论，但招得、逋仙断魂。客里相逢，数枝驿路，千树江村。"

宋·文及翁《贺新郎慢》："借问孤山林处士，但掉头，笑指梅花蕊。天下事，可知矣。"

宋·詹玉《一尊红》："钓船在、绿杨阴下，暮听得、扇底有吴歌。一段风情，西湖和靖，赤壁在坡。"

宋·柴元彪《高阳台》（怀钱塘旧游）："倩阿谁，为我起居，坡柳逋梅。"

宋·赵必璩《朝中措》（钱梅分韵得疏字）："聚能几日，匆匆又散骑鹤西湖。整整一年相别，到家传语林逋。"

宋·黎廷瑞《醉江月》（呈谭龙山）："且说西湖湖上路，香沁梅梢新雪。驾白麒麟，鞭青鸾凤，次第孤山客。吾今西啸，寄诗先与林逋。"

宋·张炎《木兰花慢》（归隐湖山，书寄陆处梅）："林逋，树老山孤，浑忘却、隐西湖。"

又《声声慢》（寄叶书隐）："江南又听夜雨，怕梅花、零落孤山。归最好，甚闲人、犹自未闲。"

又《壶中天》（咏周静镜园池）："树老梅荒，孤山人共，隔浦船归未。"

又《清平乐》（题处梅家藏所南翁画兰）："香心淡染清华，似花还似非花。要与闲梅相处，孤山山下人家。"

宋·无名氏《江城梅花引》（和赵制机赋梅）："逋仙千载独知心，别无人，泪痕深，长是自开自落自成阴。白石后来疏影句，饶绮丽，总输他、清浅吟。"姜白石访范成大，范"授简索句，且征新声"，

于是白石作二曲,名之曰《暗香》《疏影》。此曲意为白石二词逊于林逋句。

元·马致远《新水令·题西湖》:"但得孤山寻梅处,苫间草厦,有林和靖是邻家。喝口水西湖上快活。"

元·贯云石《粉蝶儿》:"一壁厢嵌平堤连绿野,端的有亭台百座,暗想东坡、逋仙诗有谁酬和?"

又《蟾宫曲》:"问胸中谁有西湖?算诗酒东坡、清淡林逋。"

元·曾瑞《醉太平》:"孤山下醉林逋,洒梨花鲁雨。"

元·张可久《水仙子·孤山宴集》:"相逢越少年,问孤山何处逋仙?"

又《沉醉东风·湖上晚眺》:"林君复先生故居,苏子瞻学士西湖。"

元·张翥《六州歌头》(孤山寻梅):"孤山岁晚,石老树槎牙,逋仙去,谁为主?"

又《多丽》(西湖泛舟夕归,施成大席上,以"晚山青"为起句,各赋一词):"自湖上、爱梅山远,鹤梦几时醒?空留得六桥疏柳,孤屿危亭。"

元·詹正《齐天乐》(赠童瓮天兵后归杭):"吹香弄碧,有坡柳风情,逋梅月色。""东柳风情"指苏轼咏柳词使朝云流泪事。《林下词谈》载:"子瞻在惠州,时落木萧萧,凄然有悲秋之意。命朝云把大白唱'花褪残红',朝云歌喉将转,泪满衣襟。子瞻诘其故,答曰:'奴所不能歌者,是"枝上柳棉吹又少,天涯何处无芳草"也'"。

元·杨朝英《水仙子》(失题七首):"雪晴天地一冰壶,竟往西湖探老逋。"

又《水仙子》(自况):"杏花村里旧生涯,瘦竹疏梅处士家,深耕浅种收成罢。"

元·刘因《观梅有感》:"东风吹落占尘沙,梦想西湖处士家。只恐江南春意减,此心无不为梅花。"

元·袁桷《送孙道士归杭》:"东野先生愁外句,西湖处士梦中缘。"

元·郑元祐《西湖竹枝词》(望郎不见见栖鸦):"孤山若有奢华日,不种梅花种杏花。"

元·王冕《自题墨梅图》:"幽人得句兴不浅,招得老逋携酒来。"清·萧山王瑞履《重论文斋笔录》卷二引王冕题墨梅图:"大庚苍崖顶,逋仙老屋旁。一枝开傲雪,谁敢敌奇芳。"

元·汤式《一枝花·咏素梅》(尾声):"打不动裁冰剪雪林和靖,冲不过击玉敲金宋广平。"宋广平指唐睿宗、玄宗时的宰相宋璟。其《梅花赋》曾名噪一时。唐·皮日休《桃花赋序》云:"余尝慕宋广平之为相,贞姿劲质,刚态毅状,疑其铁石心,不解吐婉媚辞。然睹其文而有《梅花赋》,清便富艳,得南朝徐庾体,殊不类其为人也。后苏相公味道得而称之,广平之名遂振。"

又《一枝花·题白梅深处》(梁州):"何水曹一生心爱得绸缪,林和靖两句诗联得巧妙,宋广平八韵赋撰得风骚。"何逊、宋璟、林逋三位爱梅写梅有名的人,都写来以增表现力。

清·钱谦益《西湖杂感》:"孤山鹤去花如雪,葛岭鹃啼月似霜。"

清·蒲松龄《家居》:"元以鹤梅当妻子,直将家舍作邮亭。"

清·黄梨洲《题唐在湘湖海楼》:"湖海兼收此一家,元龙百尺卧豪华。砚磨苏小坟前雨,帘卷林逋陌上花。"

清·秋瑾《梅》:"如何不遇林和靖,飘泊天涯更水涯。"

1117. 惊花雪后梅

南朝·陈·江总《岁暮还宅》:"玩竹春前笋,惊花雪后梅。"诗人岁暮归家所见所为:春前竹笋已经早生,雪后梅枝正在盛开。这是写梅较早的。

唐·杜甫《十二月一日三首》:"未将梅蕊惊愁眼,要取椒花媚远天。""惊"字用江总句,"眼惊梅蕊"意,不过全句"未将……"是反用。

1118. 梅花一夜遍南枝

唐·刘长卿《奉酬辛大夫喜湖南腊月连日降雪见示之作》:"柳絮三冬先北地,梅花一夜遍南枝。"湖南降雪并不多见,一旦降雪则令人欣喜。"柳絮""梅花"皆喻雪。"柳絮"飘飘,早于北方,"梅花"开放,遍于南枝。都写雪之美。一夜之间枝上挂满了雪花。

"南枝"在此句中不仅指树南面之枝。刘长卿写"南枝"句最多。"南枝"为向阳枝,春花应早开,春色来得早。所以"南枝"常常成为一种得天独厚的环境和条件。

刘长卿《岁日见新历因寄都官裴郎中》:"若道平分四时气,南枝为底发春偏。"

又《晚次苦竹馆却忆干越旧游》:"谁怜却回首,步步恋南枝。"

又《廨中见桃花南枝已开,北枝未发,因寄杜副端》:"年光不可待,空羡向南枝。"

又《送蔡侍御赴上都》:"秦地看春色,南枝不可忘。"

又《送从弟贬袁州》:"独结南枝恨,应思北雁行。"(一作皇甫冉《送从弟豫贬远州》诗):"南枝"代袁州,被贬之地。

又《奉送卢员外之饶州》:"风土无劳问,南枝黄叶稀。"

唐·李白《咏邻女东窗海石榴》:"愿为东南枝,低举拂罗衣。无由共攀折,引领望金扉。"

唐·孙昌胤《越裳献白翟》(一作丁仙芝诗):"北阙欣初见,南枝顾未回。"

唐·刘元载妻《早梅》:"南枝向暖北枝寒,一种春风有两般。"

唐·刘媛《句》:"春风报梅柳,一夜发南枝。"

1119. 十月先开岭上梅

唐·樊晃《南中感怀》:"南路蹉跎客来回,常嗟物候暗相催。四时不变江头草,十月先开岭上梅。"这是一首思归诗。四时运转,物候催人,客居难返,看看岭梅又开,又一枝难寄,归心寓于其中。

清·曹雪芹《红楼梦》第四十回薛姨妈《牙牌令》:"左边是个大长五(骨牌上下都是五点)——梅花朵朵风前舞。(梅花如雪暗喻'薛'氏。右边是个大五长(点数同'大长五')——十月梅花岭上香。"用樊晃思归句。

1120. 墙角数枝梅,凌寒独自开

宋·王安石《梅花》:"墙角数枝梅,凌寒独自开。遥知不是雪,为有暗香来。"梅花似雪不是雪,它凌寒开放,是"香雪",远远送来暗香。百花之香,其实都是无形无痕的暗香,梅花暗香最为珍贵,因为它是凌寒第一香。

南朝·陈·苏子卿《梅花落》:"中庭一树梅,寒多叶未开。只言花是雪,不悟有香来。"王诗反用"香来"句。

金·王庭筠《谒金门》:"瘦雪一痕墙角,青子已妆残萼。"用王安石句写墙角一株梅,残萼已妆上青子,含苞待放了。

1121. 诗老不知梅格在

宋·苏轼《红梅三首》其一:"怕愁贪睡独开迟,自恐冰容不入时。故作小红桃杏色,尚余孤瘦雪霜姿。寒心未肯随春态,酒晕无端上玉肌。诗老不知梅格在,更着绿叶与青枝。"自注:"石曼卿《红梅》诗云:认桃无绿叶,辨杏有青枝。"苏诗用"绿叶与青枝"是前六句写梅花的补写以作结。《苏轼诗集》诰案:"本集论咏物诗,以曼卿此联为至陋语,乃村学堂中体。合观此诗,乃自诮其前六句,谓非曼卿之所知也。然入结愈见窘步,似又持意讨巧,取其(石曼卿)四字(绿叶青枝)作收也。"就是说苏轼言"诗老……"非是贬曼卿诗,而是对自己前六句的"自诮"。

"诗老不知梅格在",诗风老化,写不出梅花的标格,所以只看到绿叶和青枝。苏轼《定风波》(咏红梅)词中又把上首《红梅》诗八句改动入词:"好睡慵开莫厌迟,自怜冰脸不时宜。偶作小红桃杏色,闲雅、尚余孤瘦雪霜姿。休把闲心随物态,何事、酒生微晕沁瑶肌。诗老不知梅格在,吟咏,更看绿叶与青枝。"此词可证,用石曼卿句不贬其诗,而是评价自己的诗。

"诗老"源出唐·孟郊《看花》诗五首其二:"芍药谁为婿,人人不敢来。唯应待诗老,日日殷勤开。""诗老":作诗的老人、老诗人。苏轼诗词中的"诗老"出于此,解读时亦可用孟郊本意。我解作"诗风老化"是为了让人避免把"不知梅格"直指石曼卿而违苏轼之意。苏轼对石曼卿的诗是很赏识的。

1122. 山驿官梅破小寒

宋·黄庭坚《送曹子方福建路远判兼简运使张仲祺》:"山驿官梅破小寒。"驿馆的官梅在小寒中破尊而开。

宋·范成大《窗前木芙蓉》:"辛苦孤花破小寒,花心应似客心酸。"用黄庭"破小寒"句。

"小寒"为二十四节气的第二十三节气,属晚冬,一月以后立春,此时气候还是比较寒冷的。

1123. 才有梅花便不同

宋·杜耒《寒夜》:"寒夜客来茶当酒,竹炉汤沸火初红。寻常一样窗前月,才有梅花便不同。"寒夜客来,煮茶当酒。窗外月光,平日普普通通的

月色,今夜不同了,因为窗下梅花初绽,花光月色相互辉映,别是一番风韵。

苏洞《金陵》诗:"人家一样垂杨柳,种在宫墙自不同。"与杜末句之句法相近。宋·黄升《玉林诗话》认为杜末的"寻常一样窗前月,才有梅花便不同"与苏召叟的"人家一样垂杨柳,种在宫墙自不同""二联一意"。其实只"句同"而非"意同"。

1124. 傲雪凌霜,平欺寒力

宋·杨无咎《柳梢青》:"傲雪凌霜,平欺寒力,揆借春光。"写梅花凌霜傲雪,压倒冬寒,硬是抢占了春光。"揆"即抢,宋·刘过《过早禾渡》:"梅欲揆春菊送秋,早禾渡口晚烟收。"即"抢春"之意,可引申作"迎春"。

宋·朱敦儒《念奴娇》:"千林无伴,漠然独傲霜雪。"首用"独傲霜雪"写梅。全篇赞梅,不失为一首好词。杨无咎开始用作"傲雪凌霜"。

宋·丘崈《江城梅花引》(枕屏):"水外几家篱落晚,半开关,有梅花、傲峭寒。"用一"傲"字。

宋·赵长卿《鹧鸪天》(咏荼蘼五首):"羞傅粉,贱香囊,何劳傲雪与凌霜。"反用其意,写荼蘼。

宋·韩玉《临江仙》:"自古佳人多薄命,枉教傲雪凌霜。"

宋·汪莘《西江月》(赋红梅):"曾把江梅入室,门人不敬红梅。清香一点入灵台,傲雪家风犹在。"

宋·俞文豹《喜迁莺》:"任他万红千紫,句引狂蜂游蝶。惟只共、竹和松,同傲岁寒霜雪。"梅与松竹称"岁寒三友"。

宋·李曾伯《声声慢》(和韵赋红梅):"修洁孤高,凌霜傲雪,潇然尘外姿。"

宋·杨泽民《丑奴儿》(梅花):"冰姿冠绝人间世,傲雪凌霜。"

宋·陈允平《汉宫春》(寿乡帅范尚书、邵有苍之室,因右柏得名):"天赋与、凌霜傲雪,曜然山泽风姿。"

元·吴昌龄《张天师》第三折:"梅花云:我这梅花……玉骨冰肌谁可匹?傲雪欺霜夺第一。"用"欺"字,杨无咎"平欺寒力"的"欺"。

元·无名氏《玩江亭》第一折:"如麝如兰香喷喷,端的有欺霜傲雪精神。"

1125. 湘浦梅花两度开

唐·韩偓《湖南梅花一冬再发偶题于花援》:

"湘浦梅花两度开,直应天意别栽培。玉为通体依稀见,香号返魂容易回。寒气与君霜里退,阳和为尔腊前来。夭桃莫倚东风势,调鼎何曾用不才。"诗人欣睹汀水之滨梅树一个冬春间两度开花,即兴作此七律。首联写梅开两度是天工栽培;颔联写玉色肌骨,香花返魂;颈联写二度梅花,驱走腊寒;尾联写肥桃开花只借东风之势,不像梅花傲霜斗雪,怎么能作调鼎之材呢!诗人另一首《梅花》诗仍盛赞梅花,贬斥桃李:"梅花不肯傍春光,自向深冬著艳阳。龙笛远吹胡地月,燕钗初试汉宫妆。风虽强暴翻添思,雪欲侵凌更助香。应笑暂时桃李树,盗天和气作年芳。"诗人曾因不依附朱全忠而遭贬,晚年复官不赴而南依王审知。他赞美梅花,更喜梅开二度,一再贬斥如刘禹锡笔下的"桃花",其含义是不言而喻的。

"梅开二度"并非梅花生理常则,因而十分珍贵,十分难得。人们把它用作成语,表示连续两次获得成功。

1126. 已是黄昏独自愁

宋·陆游《卜算子》(咏梅):"驿外断桥边,寂寞开无主。已是黄昏独自愁,又著风和雨。无意苦争春,一任群芳妒。零落成泥碾作尘,只有香如故。"此是咏梅名词,词人把梅的品格,焦聚于仅仅44个字的一首小令之中。这枝梅处于驿外、断桥、黄昏、风雨之中,孤独无主,十分艰难,然而它淡泊宁静,与世无争,一切泰然处之,即使零落成泥,也不减芳香,保持节操。这梅格不正是词人的人格吗!"已是黄昏独自愁"正是艰难环境之一角。

宋·朱敦儒《卜算子》:"古涧一枝梅,免被围林锁。路远山深不怕寒,似共春相躲。幽思有谁知,托契都难可。独自风流独自香,明月来寻我。"陆游的《卜算子》应从此词中翻出,首先,都写一枝野梅——无主梅;其次,二梅都与春无缘;第三,孤独自处中都有自己的表现。所谓"翻出",如"古涧一枝梅"出"断桥一枝梅";"免被园林锁"出"一任群芳妒";"似共春相躲"出"无意苦争春";"独自风流独自香,明月来寻找"出"零落成泥碾作尘,只有香如故。"翻出了什么新义呢?朱词落结到"孤芳自赏"上,陆词则落结到"高格操持"上。而毛主席《卜算子·咏梅》(读陆游咏梅词,反其意而用之):"风雨送春归,飞雪迎春到。已是悬崖百丈冰,犹有花枝俏。俏也不争春,只把春来报。待到山花烂漫时,她在丛中笑。"又从陆词翻出新意。"驿外断桥边,寂寞开无主"出"风雨送春归,飞雪迎春到",由消沉变为进取;"已是黄昏独自愁,更著风和雨"出"已是悬崖百丈冰,犹有花枝俏",不畏黄昏、风雨及"百丈冰",花枝俏丽,满怀信心;"无意苦争春,一任群芳妒"出"俏也不争春,只把春来报",由洁身自好变作向人们"报春之花",更属难能可贵;"零落成尘碾作泥,只有香如故"出"待到山花烂漫时,她在丛中笑",由"香如故"换作笑在"山花烂漫"丛中,这完全是境界的升华,品格更其崇高了。

以上三词粗略一比,看得出陆游词境界高于朱敦儒词,毛主席词境界又高于陆游词,这极其显然。由于时代不同,经历不同,事业的成败不同,这种差异是很自然的,这是正确的主题论和文学观,基于此,陆游词仍不失为一首名词。

1127. 相思一夜梅花发

唐·卢仝《有所思》:"美人兮美人,不知为暮雨兮为朝云。相思一夜梅花发,忽到窗前疑是君。"思美人,美人不见,如迷如痴,夜不能寐,窗外梅花鲜然绽放,忽而疑是美人的身影。这种误梅花为美人的幻影产生于极度相思的心理状态,语言平易而工,为后人所喜爱。诗中"美人"代表作者所向往追求的事物。"一夜梅花发",唐·刘长卿《奉酬辛大夫喜湖南腊月连日降雪见示之作》:"柳絮三冬先北地,梅花一夜遍南枝。"唐·顾况《白苹洲送客》:"莫信梅花发,由来谩报春。"都是先于卢仝写梅花发的。宋·谢逸《菩萨蛮》(梅):"相思一夜庭花发,窗前忽认生尘袜。"变一字、化一句,用卢仝诗。

宋·林正大《括满江红》:"忽窗前、一夜寄相思,梅花发。"

宋·王沂孙《高阳台》(和周草窗寄越中诸友韵):"相思一夜窗前梦,奈个人、水隔天遮。但凄然、满树幽香,满地横斜。"

1128. 忽到窗前疑是君

唐·卢仝《有所思》:"相思一夜梅花发,忽到窗前疑是君。"(解见前条)用"疑是君"句如:

宋·贺铸《小梅花》:"漏将分,月窗明,一夜梅花忽开、疑是君。"缩用二句。

宋·王灼《画堂春》(春思):"小窗瞥见一枝梅,疑误君来。"缩用二句。

宋·无名氏《愁倚栏》:"昨夜窗前都折尽,忽疑君。"

宋·无名氏《减字木兰花》:"雪中风韵,皓质冰姿真莹静;月下精神,来到窗前疑是君。"

1129. 行到阶前知未睡

唐·无名氏《杂诗》:"行到阶前知未睡,夜深闻放剪刀声。"这是侧写画面。丈夫深夜归来,走到阶前,忽闻剪刀声声,知道妻子剪裁衣衫,尚未就寝,表现出妻子的辛劳。

明·汤显祖《牡丹亭》第三十出欢挠:(旦)"行到窗前知未寝",(生)"一心惟待月夫人。"前句用唐人句,换一"窗"字和一"寝"字。下句用唐·皮日休《寒夜文谦润卿有期不至》:"料得焚香无别事,存心应降月夫人。""月夫人"指月,是拟人化称谓。

1130. 梅花万里外,雪片一冬深

唐·杜甫《寄杨五桂州潭》:"五岭皆炎热,宜人独桂林。梅花万里外,雪片一冬深。"自成都写给桂林的杨潭诗。这四句写岭南唯桂林气候宜人,梅花开时,白雪皑皑,可消除炎热和瘴气。宋·范成大《喜雪示桂人》:"腊雪同云岭外稀,南人北客尽冬衣。从今老杜诗犹信,梅片飞时雪也飞。"复合杜诗之意,亦用杜甫之句。

梅雪并存,在岭南独桂林有雪,而在岭北则较为普遍。唐太宗李世民《于太原召侍臣赐宴守岁》就写太原的梅和雪:"送寒余雪尽,迎岁早梅新。"梅雪并写之作很多,唐·牟融的"驿路梅花带雪看"即是,宋诗中的佼佼者,如:

宋·王十朋《水仙花》诗:"叶抽书带秀文房,玉表黄中耐雪霜。得水成仙最风味,与梅为第各芬香。"

宋·吴可《小醉》:"小醉初醒过竹村,数家残雪拥篱根。风前有恨梅千点,溪上无人月一痕。"

1131. 驿路梅花带雪看

唐·牟融《送范启东还京》:"官桥杨柳和愁折,驿路梅花带雪看。"送友至官桥驿路,折柳和愁,又见梅花带雪。"梅花带雪"是景中之奇,而此刻却平添了寒凉。古代驿站是通讯联络的官家设施,驿站之间的路也称驿路。官员赴任返京多住驿

站走驿路。当然驿路并非只官员行走。用"驿路"句还如：

唐·柳宗元《诏追赴都二月至灞亭上》："诏书许逐阳和至，驿路开花处处新。"首写"驿路"。

唐·姚合《送贾岛及钟浑》："春风驿路归何处，紫阁山边是草堂。"

又《寄陆浑县尉李景先》："地偏无驿路，药贼管仙山。"

唐·张祜《江西道中作三首》："问人孤驿路，驱马乱山峰。"

唐·薛逢《送薛耽先辈归谒汉南》："云绕千峰驿路长，谢家联句待檀郎。"

1132.更教踏雪看梅花

宋·苏轼《次韵杨公济奉议梅花十首》："秾李争春犹办此，更教踏雪看梅花。"梅是唯一迎霜傲雪而开的花，雪中赏梅是十分愉悦的。因此古代文人常常"踏雪寻梅""踏雪赏梅"。苏诗即述此意。同时，又有骑驴踏雪过灞桥故事。五代孙光宪《北梦琐言》卷七载："或曰：'相国（唐·郑綮）近有新诗否？'对曰：'诗思在灞桥风雪中驴子背上，此处可以得之。'"程羽文《诗本事》云："诗思，孟浩然诗思在灞桥风雪中驴子背上。"元人作品中认为"踏雪寻梅"是孟浩然故事，也有作杜甫故事。从而把"灞桥骑驴"与"踏雪寻梅"联系起来。钟嗣成《录鬼簿》记：马致远著有《踏雪寻梅》杂剧，题目是"春献赋攀蟾宫桂，冻吟诗踏雪寻梅。"词曲中用"踏雪寻梅"句如：

宋·王安石《次韵微之即席》："风亭对竹酬孤峭，雪径寻梅认暗香。"以"认暗香"寻梅。

又《与微之同赋梅花得香字三首》："风亭把盏酬孤艳，雪径回舆认暗香。"再用上二句句型。

宋·辛弃疾《一剪梅》："日暮天寒，归去来兮，探梅踏雪几何时。"

元·马致远《拨不断》："孟襄阳（浩然），兴何狂，冻骑驴灞陵桥上。"

元·张养浩《朝天曲·冬》："还避风寒，将诗寻觅，笑襄阳老子痴。"用马致远意。

元·薛昂夫《朝天曲》："杜甫，自苦，踏雪寻梅去。吟肩高耸冻来驴，迷却前村路。"末句用唐人齐己《早梅》"前村深雪里"句。

元·张可久《金字经·偕王公实寻梅》："探梅千百番，家僮懒，灞桥驴背寒。"以王公实比孟浩然。

元·王伸之《普天乐·春日多雨》："瞥见游春杜甫，只疑是寻梅浩然。"写游人雅兴。

元·汪元享《醉太平·警世》："自休官懒上长安道，但探梅常过灞陵桥。"只求探幽寻胜，而不入仕途。

1133.一树寒梅白玉条

唐·张谓《早梅》："一树寒梅白玉条，迥临村路傍溪桥。不知近水花先发，疑是经春雪未销。"（一作戎昱诗）写一树寒梅枝条如玉。

唐·蒋维翰《春女怨》："白玉堂前一树梅，今朝忽见数花开。""一树寒梅"当从此化出。

1134.共作寒梅一面妆

唐·崔涂《初识梅花》："江北不如南地暖，江南好断北人肠。燕脂桃颊梨花粉，共作寒梅一面妆。""一面妆"指脸面的粉饰，梅花具桃红梨粉之色。唐·刘媛《句》："旁人那得知心事，一面残妆空泪痕。"也写"一面妆"。宋·舒亶《蝶恋花》（置酒别公度座间探题得梅）："仿佛临风妆半面，冰帘斜卷谁庭院。""半面梅妆"写帘中人。

"梅妆"出于南朝宋武帝之女寿阳公主事。《宋书》记："武帝女寿阳公主人日卧于含章檐下，梅花落公主额上，成五出之花，拂之不去，皇后留之。自后有'梅花妆'，后人多效之。大自然给人以启示，从此宫中多效梅花妆。后时咏面妆，时咏公主，时咏梅花。

唐·张贲《和鲁望白菊》："自知终长清香在，更出梅妆弄晚霞。"写白菊之久香。

唐·罗隐《人日新安道中见梅花》："不上寿阳公主面，怜君开得却无端。"喻自己不得入仕。

唐·罗虬《比红儿诗》："若教貌向南朝见，定却梅妆似等闲。"杜红儿之美，足使寿阳公主逊色。

唐·牛峤《红蔷薇》："若缀寿阳公主面，六宫争肯学梅妆。"红蔷薇胜似梅花。

唐·吴融《个人三十韵》："额点梅花样，心通棘刺情。"装扮入时。

唐·韦庄《春愁》："露沾湘竹泪，花坠越梅妆。"满面愁泪，梅妆褪去。

唐·徐夤《追和白舍人咏白牡丹》："雪句岂须征柳絮，粉腮应恨贴梅妆。"白牡丹更美，贴额一定超过梅妆。

元·乔吉《水仙子·赠孙梅哥》:"寿阳宫额试新妆,萼绿仙音整旧腔。"寿阳妆即梅花妆,应妓女孙梅哥之"梅"而写。

元·张可久《折桂令·红梅次疏斋学士韵》:"寿阳妆何似环儿,快语传花神,换却南枝。""环儿"指杨玉环。

元·杨朝英《水仙子》:"寿阳宫额得魁名,南浦西湖分外清。"

1135. 前村深雪里,昨夜一枝开

唐·齐己《早梅》:"万木冻欲折,孤根暖独回。前村深雪里,昨夜一枝开。风递幽香去,禽窥素艳来。明年如应律,先发映春台。"梅开先于"万木",一枝又先于众朵,可谓"早梅"了,而且以"素艳"之姿,凌"前村深雪"而绽开,写出了早梅的气质。全诗表达科举失利之后,志欲"明年"夺魁的精神。《唐才子传》记:齐己以此诗就教于郑谷,郑谷说:"'数枝'非早也,未若'一枝'佳。"齐己深为佩服,便将"数枝"改作"一枝",并尊郑谷为"一字师"。或许由于这一改诗佳话广为流传,所以后人、特别是宋代词人用"前村深雪里,昨夜一枝开"者源源而来。

宋·王益柔《喜长新》:"庭前粉艳有寒梅,一枝昨夜先开。"这样暗用的极少,而明用"前村雪""昨夜梅""一枝开"的却很多,个别用了原句。

宋·晏几道《鹧鸪天》:"云高未有前村雪,梅小初开昨夜风。"反用其意。"前村雪"已成了深雪的代称。

宋·王安石《题宝岩寺寒碧寺二首》:"风吹洞口人,水动山头月。野老时间出,前村多少雪。"

宋·王庭珪《满庭芳》(梅):"谁知深雪里,玉妃粲粲,初下瑶池。"

宋·朱敦儒《忆秦娥》:"梅花白,寒溪残月,次村深雪。"

宋·莫将《木兰花》(十梅):"前村雪里虽然早,争似横斜开处好。直饶隔水是江南,也恐一枝春未到。"

宋·赵佶《声声慢》(梅):"前村夜来雪里,殢东君,须索饶伊。烂漫也,算百花、犹未自知。"

宋·赵鼎《惜双双》(梅):"深雪前村里,一枝昨夜传芳信。"

宋·万俟咏《梅花引》(冬怨):"寒梅惊破前村雪,寒鸦啼破西楼月。"

宋·李子正《减兰十梅》(日):"三竿已上,点缀胭脂红荡漾。刚道宜寒,不似前村雪里看。"

宋·范梦龙《临江仙》(成都西园):"试问前村深雪里,小梅未放云英。"

宋·张鎡《踏莎行》:"阳复寒根,气回枯杆,前村昨夜梅初绽。"

宋·王之道《归朝欢》(对雪追和东坡词):"前村昨夜访梅花,东邻休更夸容色。""东邻"指宋玉"东邻之女"。

宋·朱雍《迷神引》:"前村暮雪,霁梅林道,涧风平,波声渺。"

宋·姚述尧《阮郎归》:"江村昨夜一枝梅,先传春回信。"

宋·赵长卿《浣溪沙》(赋梅):"雪压前村曲径迷,万山寒立玉参差,孤舟独钓一蓑归。"

又《霜天晓角》(和梅):"雪花飞歇,好向前村折。"

宋·辛弃疾《蓦山溪》:"人间万事,先觉者贤乎。深雪里,一枝开,春事梅先觉。"

宋·李曾伯《满江红》(和立春韵简云岩):"春自何来,深雪里,南先白。"

宋·方岳《行香子》(癸卯生日):"梅自生春,雪立前村。道此杯、酒也须温。"

宋·刘辰翁《酹江月》(北客用坡韵改赋访梅):"憔悴梦断关山,有何人报我,前村夜发。"

宋·张炎《一萼红》(赋红梅):"步夜雪、前村问酒。几消凝、把做杏花看。"

又《疏影》(梅影):"依稀倩女离魂处,缓步出、前村时节。看夜深、竹外横斜,应妒过云明灭。"

宋·无名氏《蓦小溪》:"占断陇头光,正雪里、前村独步。一枝竹外,日暮怯轻寒。"

宋·无名氏《鼓笛慢》:"昨夜一枝开处,正前村、雪深幽曙。"

宋·无名氏《蓦山溪》:"前村雪里,度一枝春信。"

又《蓦山溪》:"前村昨夜,先报春消息。庾岭一枝开,见行人、频频顾惜。"

宋·无名氏《蓦山溪》:"前村雪里,漏泄春光早。似待故人来,束芳心、幽香未老。"

宋·无名氏《蓦山溪》(蜡梅):"东风漏泄,休更殢垂杨。深雪里,一枝开,谁占先春处。"

宋·无名氏《木兰花慢》:"向雪里,一枝才苞,素艳已占春台。""占春台"亦用齐己句。

宋·无名氏《望远行》："好是前村，雪里一枝开处，昨夜东风布暖，动行人、多少离愁肠断。"

宋·无名氏《庆清朝》："北陆严凝，东郊料峭，化工争付归期。前村夜来雪里，先建纤枝。"

宋·无名氏《柳初新》："孤根向暖，前村雪里，昨夜一枝凝白。"

宋·无名氏《洞仙歌》："向纷纷、雪里开，一枝见。"

宋·无名氏《望梅》："信早梅偏占阳和，向日暖临溪，一枝先发。"

宋·无名氏《万年欢》："一枝向、雪里初开，纤说清香寻得。"

宋·无名氏《雪梅香》："千片逞姿向江国，一枝无力倚邻墙。凝眸望，昨夜前村，雅态难忘。"

宋·无名氏《南乡子》："昨夜前村深雪里，春回。庾岭南枝绽早梅。"

宋·无名氏《忆人人》："前村深雪，难寻幽艳，无奈清香漏绽。"

宋·无名氏《燕归梁》："雪中昨夜一枝开。探春色、岁前来。"

宋·无名氏《人月圆》："一枝清淡，疏疏带雪，昨夜初开。"

宋·无名氏《点绛唇》："万木凋残，早梅独占银暖。前村雪满，昨夜南枝绽。"

宋·无名氏《点绛唇》："昨夜寒梅，一枝雪里多风措。"

宋·无名氏《武林春》："昨夜前村深雪里，春信为谁传。"

宋·无名氏《临江仙》："爱日新添春一线，化工先到寒梅。不随桃李傍熙台。前村深雪里，昨夜一枝开。"

宋·无名氏《春光好》："看看腊尽春回，消息到、江南早梅。昨夜前村深雪里，一朵花开。"

宋·无名氏《二色宫桃》："正万木、园林萧索。惟有一枝雪里开，江南有信凭谁说。"

宋·无名氏《采桑子》："群芳尽老园林烬，独有寒梅，探得春回。昨夜前村一朵开。"

宋·无名氏《采桑子》（再雪中）："人间尽变为银海，此景偏奇，姑射冰姿。昨夜前村见一枝。"

宋·无名氏《西江月》："万木经霜冻折，孤根独报春来。前村雪里一枝开，将缓月华光彩。"

宋·无名氏《踏莎行》："蕚被前村，枝横江路，铁心应也频凝佇。"

宋·无名氏《孤鸾》："东君相留厚意，倩年年、与传消息。昨夜前村雪里，有一枝先折。"

宋·无名氏《贺新郎》（贺喜）："料想梅花先得了，昨夜一枝开早。"

宋·无名氏《长相思》（贺生子）："昨夜北枝开雪里，朝来青子又南枝。"

元·赵孟頫妻管道升《画梅》："雪后琼枝懒，霜中玉蕊寒。前村留不得，移入月中看。"

1136.一枝梅花不算春

清·乐钧《南乡子》（题水南村舍图）："冷雨寒风兼小雪，黄昏。一树梅花不算春。"水南村舍图中，黄昏时分，寒风之中，冷雨夹雪，虽开一树梅花，怎么能算春天呢！

清·陈文述《减字木兰花》（吴门元夕）："何处清游，一树梅花拥画楼。"元夕对月独自赏梅，吴地梅枝高高，拥着画楼。

乐钧用"一树梅花"赋出新意，创出"一树梅花不算春"，万紫千红才是春的新意。

1137.柳外秋千出画墙

五代·冯延巳《上行杯》："落梅着雨消残粉，云重轻烟寒食近。罗幕遮香，柳外秋千出画墙。"上阕写闺中少女荡秋千的景色：梅花满地，雨化残粉，云重烟轻，寒食临近，闺中罗幕重重，遮挡着居室的香气。少女荡秋千的轻捷身影有节奏地荡出柳外的画墙。"出"字跃出了闺阃，荡出了高度。这种用法始于唐人王维《寒食城东即事》："蹴踘屡过飞鸟上，秋千竞出垂杨里。"写"溪上人家"球踢得很高，秋千荡得很远。"竞出"似荡秋千者不止一人。冯延巳句自此翻出。"柳外"，柳树之外，柳条之外，写柳外之景，而柳亦在画面中，很有层次，景色丰满。"外"字这种用法，较为常见，如山外、云外、窗外、岛外等。杜甫大历元年春晚自云安造居夔州时作《船下夔州郭宿雨湿不得上岸别王十二判官》就写"晨钟云外湿，胜地石堂烟。在有关"外"的句中，"柳外""楼外""竹外""帘外""花外"为多。冯延巳"柳外"，效之者不在少。此词一作晏几道词，疑为误收。用"柳外"句如：

宋·晏几道《两同心》："心心在，柳外青帘，花下朱门。"

宋·苏轼《江城子》："柳外残阳，回照动帘勾。"

宋·秦观《虞美人》："鸳鸯惊起不无愁，柳外一双飞去、却回头。"

宋·贺铸《忆仙姿》："柳外出秋千，度日彩旗风飐。"

宋·沈蔚《不见》："午醉却醒来，柳外一声莺啭。"

宋·徐俯《卜算子》："柳外重重叠叠山，遮不断、愁来路。"

宋·刘一止《临江仙》(饯别王景源赴临江军)："柳外双旌斜照日，匆匆去意难留。"

宋·陈克《鹧鸪天》(阳羡竞渡)："柳外东风不满旗，青裙白面出疏篱。"

宋·李弥逊《蓦山溪》(宣城丞厅双梅)："竹边柳外，两两寒梅树。"

宋·朱敦儒《木兰花慢》："正柳外闲云，溪头淡月，映带疏钟。"

宋·周紫芝《踏莎行》(谢人寄梅花)："柳外朱桥，竹边深坞，何时却向君家去。"

宋·王之道《南歌子》(和陈勉仲)："柳外断桥流水，几家村。"陆游《卜算子》用作"驿外断桥边"。

宋·赵彦端《满庭芳》(道中忆钱塘旧游)："柳外栏干相望，弄东风、倚遍斜晖。"

宋·王炎《好事近》："柳外一声鸧鹒，怨落花飞絮。"

宋·辛弃疾《念奴娇》："柳外斜阳，水边归鸟，陇上吹乔木。"

又《满庭芳》："柳外寻春，花边得句，怪公喜气轩眉。"

又《鹧鸪天》："何人柳外横双笛，客耳那堪不忍闻。"

宋·程垓《四代好》："记柳外、人家曾到，凭画栏、那更春好花好，酒好人好。"

宋·石孝友《玉楼春》："花间照夜簇红纱，柳外踏青摇彩旆。"

宋·葛长庚《八六子》(戏改秦少游词)："念柳外青鸾去后，洞中白鹤归来，恍然暗惊。"

宋·许棐《谒金门》："柳外一莺啼昼，约略情怀中酒。"

元·杨果《越调·小桃红》："采莲人和采莲歌，柳外兰舟过。"

1138. 绿杨楼外出秋千

宋·欧阳修《浣溪沙》："堤上游人逐画船，拍堤春水四垂天。绿杨楼外出秋千。"宋·吴曾《能改斋漫录》卷十六载：晁无咎评本朝乐章，"欧阳永叔《浣溪沙》云'堤上游人逐画船，拍堤春水四垂天。绿杨楼外出秋千'要皆绝妙。然只一'出'字，自是后人不到处"。《侯鲭录》卷八亦引此段，文字小异。"后人不到处"，其实前人已作出范例，王维的"秋千竞出垂杨里"，冯延巳的"柳外秋千出画墙"即是。清末国学大师王国维《人间词话》卷上云："欧九《浣溪沙》词'绿杨楼外出秋千'，晁补之谓一'出'字，便后人所不能道。余谓此本正中《上行杯》词，但欧阳语尤工耳。"如果说冯延巳(字正中)词有欠工之处，是两用"重"字，而不是"柳外秋千出画墙"，相反此句影响颇大(见前本条)。至于"此本正中"，则忽略了王维的"秋千竞出垂杨里"一句。不仅如此，"绿杨楼外出秋千"还有一句源。唐·李商隐《定安城楼》："迢递高城百尺楼，绿杨枝外尽汀洲。"与欧公同时的宋祁(长欧公9岁)的名诗《玉楼春》也有"绿杨烟外晓寒轻"的诗句，都是"绿杨×外"语式。

欧阳修《玉楼春》："湖边柳外楼高处，望断云山多少路？""柳外楼高"是"绿杨楼外"的变式。宋·李重元《忆王孙》(春词)"萋萋芳草忆王孙，柳外楼高空断魂"用此句。用"绿杨楼外秋千"句还如：

宋·秦观《画堂春》："柳外画楼独上，凭栏干撚花枝。放花无语对斜晖，此恨谁知。"

宋·向子諲《鹧鸪天》："几处秋千懒未收，花梢柳外出纤柔。"

宋·康与之《风入松》："红杏墙头院落，绿杨楼外秋千。"用原句减去"出"字。

宋·吴文英《木兰花慢》："向晓东风霁色，绿杨楼外青山。"

宋·陈允平《虞美人》："柳外东边楼阁，燕飞来。"

宋·刘辰翁《绮罗怨》："当年未知行乐，无日夜、望乡音，何期至今。绿杨外、芳草庭院深。"

1139. 绿杨烟外晓寒轻

宋·宋祁《玉楼春》："绿杨烟外晓寒轻，红杏枝头春意闹。""红杏枝头"是名句，"绿杨烟外"必然被掩其彩。其实，"杨柳"句写出了初春的景色，对"杏枝"是一种陪衬，"晓寒轻"则写得很细腻。五代人顾夐《虞美人》写："黄鹂娇啭泥芳妍，杏枝如画倚轻烟,锁窗前。"杏枝映衬着轻烟,色调更浓郁。

唐·李商隐《安定城楼》:"迢递高城百尺楼,绿杨枝外尽汀洲。"作者在其岳父王茂元幕府中,王任泾州(安定,今甘肃泾县北)节度使,作者登城楼,见绿杨枝外的平静的水渊。最早写隔绿杨而见其他。

用"绿杨烟"句:

宋·僧惠洪《秋千》:"花板润沾红杏雨,彩绳斜挂绿杨烟。"

清·周之琦《好事近》(纸鸢):"偏是绿杨烟外,有流莺窥得。"

用"晓寒轻"句:

宋·赵长卿《浣溪沙》(春暮):"柳老抛棉春已深,夹衣初试晓寒轻。"

宋·刘辰翁《临江仙》(晓晴):"不知春睡美,为爱晓寒轻。"

用其句式:

宋·吴文英《丑奴儿慢》(麓翁飞翼楼观雪):"醉眼重开,玉钩帘外晓峰青。"

宋·无名氏《探春令》:"绿杨枝上晓莺啼,报融和天气。"

唐·李商隐《安定城楼》:"迢递高城百尺楼,绿杨枝外尽汀洲。""绿杨枝外"当是"绿杨烟外"之祖式。

1140. 竹外一枝斜更好

宋·苏轼《和秦太虚梅花》:"江头千树春欲暗,竹外一枝斜更好。"这是和秦观《和黄法曹忆建溪梅花同参寥赋》咏梅诗。此句说早春的江头千树已绽放葳蕤绿叶,而竹外一枝怒放的梅花斜枝明丽,更为好看。《诗人玉屑》(南宋魏庆之撰)云:"东坡《咏梅》诗'竹外一枝斜更好',语虽平易,颇得梅之幽独闲静之处。凡诗人咏物,虽平淡巧丽不同,要能以随意造语为工。"清·纪昀曰:"实是名句,在和靖'暗香''疏影'一联上,故无愧色。"这种评价够高了。而此句"一枝斜",亦出自林逋《梅花》诗:"湖水倒窥疏影动,屋檐斜入一枝低。""竹外一枝斜更好"确实比林逋此句更好。

"竹外",或是竹树外,或是竹篱外,"竹"在这里是"梅"的环境背景,是陪衬红花的绿叶。"竹外"多是"梅",与"柳外"不同。用苏轼此句有"竹外一枝"和"竹外",有的兼用林逋的"疏影""横斜"。

"竹外一枝"(含"竹间""竹里")句:

宋·苏轼《红梅三首》:"乞与徐熙画新样,竹间璀璨出斜枝。"

又《惠崇春江晚景二首》:"竹外桃花三两枝,春江水暖鸭先知。"

宋·晁端礼《水龙吟》:"名园相倚,初开繁杏。一枝遥相见,竹外斜穿,柳间深映,粉愁香怨。"写杏。

宋·曹组《蓦山溪》:"洗妆真态,不在铅华御。竹外一枝斜,想佳人,天寒日暮。"

宋·赵温之《踏青游》:"竹外溪边,一枝破寒冲腊。"

宋·王庭珪《满庭芳》(梅):"水边竹外,斜出两三枝。"

宋·陈克《好事近》:"竹外小溪深处,倚一枝寒月。"

宋·李祁《如梦令》:"碧水满塘,竹外一枝风袅。"

宋·向子谭《鹧鸪天》(咏红梅):"绝怜竹外横斜处,似与芳林慰寂寥。"

宋·房舜卿《玉交枝》:"竹外冰清斜倒影,江头雪里暗藏春。"

宋·王之道《汉宫春》(雪):"何处梅梢点白,弄横斜疏影,竹外溪边。"

宋·曹勋《酒泉子》:"霜护云低,竹外斜枝初璀璨,仙风吹堕玉钿新,度清芬。"兼用苏轼"竹间璀璨出斜枝"句。

又《一剪梅》:"不占前村占宝阶,芳影横斜积渐开,水边竹外冷摇春。"

宋·史浩《水龙吟》(次韵弥大梅词):"算功高调鼎,不如竹外、一枝斜好。"

宋·朱淑真《卜算子》(咏梅):"竹里一枝斜,映带林逾静。"

宋·袁去华《蓦山溪》:"江南岁晚,垂地冻云黄,修竹外,一枝斜,流水桥边路。"

宋·朱熹《水调歌头》(次袁仲机韵):"寻梅去,疏竹外、一枝横。与君吟弄风月,端不负平生。"

宋·张孝祥《浪淘沙》:"梅花还被晓寒禁,竹里一枝斜向我,欲诉芳心。"

宋·李处全《水调歌头》:"松下凌霜古干,竹外横窗疏影,同是岁寒姿。"

宋·赵长卿《念奴娇》(梅)："竹外孤衾一枝，古念解道，只有东坡老。"兼用李祁"竹外一枝风衾"句赞苏轼句。

宋·辛弃疾《念奴娇》："惆怅立马行人，一枝最爱，竹外横斜好。"

宋·汪莘《满庭芳》(寿金黄州)："雪消赤壁，春动黄冈。有新翻杨柳，细抹丝簧。竹外一枝更好，应回首、清浅池塘。"

宋·郑域《昭君怨》："道是花来春未，道是雪来香异，竹外一枝斜、野人家。"

宋·刘学箕《贺新郎》(再韵赋梅)："竹外一枝斜更好，玉质冰肌粲雪。"用原句。

宋·赵与洽《江城梅花引》："竹外溪边，低见一枝横。"

宋·赵以夫《孤鸾》(梅)："幽香不知甚处，但迢迢、满汀烟草。回首谁家竹外，有一枝斜好。"

又《玉烛新》："家山月色依然，思竹外横枝，玉明冰薄。"

宋·黄载《东风第一枝》(探梅)："一枝竹外，似欲诉、经年相忆。"

宋·方岳《贺新郎》(别吴侍郎吴时闲居，数夕前梦枯梅成林，一枝独秀)："梦著翠霞寻好句，新雪栏干独倚，见竹外、一枝横蕊。"

宋·刘辰翁《醉江月》："偃蹇风前，沉吟竹外，直待天骄雪。白家人至，一枝横出终杰。"

宋·颜奎《摸鱼儿》(尘梅)："偏有意，把竹外一枝，飞洒轻烟里。"

宋·赵文《扫花游》(李仁山别墅)："探梅去，竹外一枝，春意如许。"

宋·张炎《疏影》(梅影)："看夜深、竹外横斜，应妒过云明灭。"

又《一枝春》(赋梅南)："竹外横枝，并栏干，试数风才一信。"

又《壶中天》(白香岩和东坡韵赋梅)："半树篱边，一枝竹外，冷艳凌苍雪。"

宋·胡平仲《减字木兰花》："乞与徐熙，画出横斜竹外枝。"

宋·无名氏《洞庭春色》："绛萼欺寒，暗传春信，一枝乍芳。向篱边竹外，前村雪里，青梢犹瘦，疏影溪旁。"

宋·无名氏《蓦山溪》："一枝竹外，日暮怯轻寒，山色远，水声长，寂寞江头路。"

宋·无名氏《蓦山溪》："墙外一枝斜，对兰堂、绮罗隐映。"

宋·无名氏《戛金钗》："风韵减，酒醒花老。可杀多情要人道，疏竹外、一枝斜更好。"

宋·无名氏《洞仙歌》："想不是、诗人赏幽姿，纵竹外横斜，是谁知道。"

宋·无名氏《武林春》："竹外一枝斜更好，偏称玉人攀。"

宋·无名氏《渔家傲》："蕙死兰枯篱菊槁，返魂香入江南早，竹外一枝斜更好。谁解道，只今唯有东坡老。"

宋·无名氏《定风波》："又是春归烟雨村，一枝香雪度黄昏，竹外云低疏影亚。"

清·陈奇芳《梅影》："竹外横斜空色明，水边隐约认香魂。一枝欲寄人难折，三匝无依雀自喧。"

只用"竹外"。"竹外"景色极多，所以不全写梅。

宋·陈偕《八声甘州》："衬琅玕锦院，竹外蔷薇。"

宋·李德载《眼儿媚》："水边竹外愁多少，不断俗人肠。"

宋·朱敦儒《风流子》："倚危楼纵目，绣帘初卷，扇边寒减，竹外花明。"

宋·邓肃《临江仙》："小池凝翡翠，竹外跨飞虹。"

宋·毛开《醉落魄》(梅)："冷蕊孤香，竹外朦胧月。"

宋·赵彦端《好事近》(乘风亭作)："竹外有些亭榭，置酒尊棋局。"

宋·朱雍《梅花引》："竹外孤根，犹与幽径通。"

宋·吴儆《满庭芳》："桃花流水，竹外小桥通。"

宋·赵长卿《鹧鸪天》(梅)："朝来几朵茅檐下，竹外江头恐不如。"

又《如梦令》："竹外半窥娇面，真个出尘体段。"

宋·廖行之《如梦令》(咏梅)："竹外见红腮，芳意与香撩乱。"

宋·卢炳《鹧鸪天》(题广文官舍竹外梅花呈万教)："莫嫌竹外萧然处，忍有幽香透鼻清。"

宋·姜夔《暗香》："但怪得、竹外疏花，香冷入瑶席。"

宋·高观国《留春令》(红梅):"玉妃春醉,夜寒吹堕,江南风月。一自留情馆娃宫,在竹外、尤清绝。"

宋·魏了翁《木兰花慢》:"夜静花间明露,晓凉竹外晴烟。"

宋·吴潜《沁园春》(江西道中):"萧萧处,更柴门草店,竹外松边。"

宋·方岳《西江月》(以两鹤寿老人):"竹外山童敲臼,梅边溪友传觞。"

宋·陈允平《柳梢青》:"两蕊三花,松边傍石,竹外临溪。"

又《风入松》:"竹外椿前舞彩,柳边槐底鸣珰。"

宋·周密《齐天乐》:"竹外凝情,墙阴照影,谁见嫣然一笑。"

宋·无名氏《喜团圆》:"轻攒碎玉,玲珑竹外,脱去繁华。尤殢东君,最先点破,压倒群花。"

1141. 帘外雨潺潺

南唐后主李煜《浪淘沙》:"帘外雨潺潺,春意阑珊。"帘外雨声潺潺,春天将老,就要归去。这种凄冷的环境,致使楼中孤独的人"罗衾不耐五更寒"。宋·胡仔《苕溪渔隐丛话》前集引《西清诗话》云,"南唐李后主归朝后,每怀江国,且念嫔妾散落,郁郁不自聊,尝作长短句云:'帘外雨潺潺……'含思凄惋,未几下世"。明·沈际飞《草堂诗余正集》卷一:"梦觉语妙,那知半生富贵,醒亦是梦耶?""帘外"虽是屋外,却不同于屋外,帘外景物是隔帘可闻、隔帘可见的,所以帘内人写帘外景者宋人极盛,由于源于"帘外雨潺潺",因此写帘外风雨者为多。

宋·张先《双燕儿》:"榴花帘外飘红,藕丝罩、小屏风。"

宋·苏轼《临江仙》(冬日即事):"坐中人半醉,帘外雪将深。"

又《蝶恋花》(密州冬夜文安国席上作):"帘外东风交雨霰,帘里佳人,笑语如莺燕。"

又《虞美人》:"帘外潇潇微雨,做轻寒。"

宋·李之仪《蝶恋花》(席上代人送客,因载其语):"帘外飞花湖上语,不恨花飞,只恨人难住。"

宋·黄庭坚《千秋岁》:"雨稀帘外滴,香篆盘中字。"

宋·秦观《如梦令》:"无绪,无绪,帘外五更风雨。"

宋·晁补之《凤凰台上忆吹箫》:"都休说,帘外夜久春寒。"

宋·毛滂《临江仙》(客有逢故者,代书其情):"便是旧时帘外月,却来小槛低窗。"

又《何满子》(夏曲):"辘轳金井卷甘冽,帘外翠阴遮遍。"

又《散余霞》:"帘外时有风儿,趁杨花不定。"

宋·赵子发《惜分飞》:"数点雨声惊残暑,帘外秋光容与。"

宋·王庭珪《临江仙》:"帘外东风吹梦断,卷帘人探春还。"

宋·向子谟《生查子》:"镜里弄妆迟,帘外花移影。"

宋·邓肃《临江仙》:"帘外报言天色好,水枕已染罗裳。"

宋·吕渭老《倾杯令》:"帘外蟾华如扫,枝上啼鸦催晓。"

又《夜游宫》:"帘外繁霜未扫,楼角动,玉绳横晓。"

宋·曹勋《谒金门》:"春待去,帘外连天飞絮。"

宋·陆游《昭君怨》:"帘外蹴花双燕,帘下有人同见。"

宋·赵长卿《更漏子》(暮春):"日彤彤,风荡荡,帘外柳花飞飏。"

宋·石孝友《如梦令》:"那更,那更,帘外月斜风横。"

又《如梦令》:"情悄,情悄,帘外数声啼鸟。"

宋·陈亮《好事近》:"横玉叫清窗,帘外月侵残烛。"

宋·张履信《谒金门》:"帘外雨声花积水,薄寒犹在里。"

宋·韩淲《临江仙》(闺怨):"倚疏明薄幕,帘外雨潺潺。"用李煜原句。

宋·戴复古《鹊桥仙》:"檐外雨声初断,喧喧两部乱蛙鸣。""檐外"意近"帘外"。

宋·吴文英《双双燕》:"帘外余寒未卷,共斜入、红楼深处。"

宋·陈允平《永遇乐》:"斗草庭空,抛梭架冷,帘外风絮香。"

又《江城子》:"帘里春深,帘外雨声寒。"

又《思佳客》:"庭前芳草空惆怅,帘外飞花自往还。"

1142. 花外东风起

宋·张先《百媚娘》:"绿皱小池红叠砌,花外东风起。"满砌堆红,风从花外来,吹皱小池绿水。"绿皱",用五代冯延巳"风乍起,吹皱一池春水"句。用"花外"如:

宋·欧阳修《浪淘沙》:"花外倒金翘,饮散无僇。"

宋·贺铸《鹤冲天》:"鼕鼕鼓动,花外沉残漏。"

宋·王庭珪《点绛唇》:"春入西园,数重花外红楼起。"

又《点绛唇》:"花外红楼,当时青鬓颜如玉。"再用"花外红楼"。

宋·李弥逊《虞美人》(咏古):"上阳迟日千门锁,花外流莺过。"

宋·侯寘《朝中措》:"年来玉帐罢兵筹,灯市小迟留。花外香随金勒,酒边人倚红楼。"

宋·胡仲弓《谒金门》:"渐次梅花开遍,花外行人已远。"

1143. 一汀烟雨杏花寒

唐·戴叔伦《苏溪亭》:"苏溪亭上草漫漫,谁倚东风十二栏。燕子不归春事晚,一汀烟雨杏花寒。"燕子春末夏初北飞,时近晚春,却还没有到来,亭下溪边平地上的杏花在烟雨中给人以寒凉之感。"一汀烟雨杏花寒"以其描绘凄寒景色而为人传诵。

唐·唐彦谦《无题十首》:"云色鲛绡拭泪颜,一帘春雨杏花寒。"只是杏花从亭畔改为院内。

唐·韩偓《寒食夜有寄》:"云薄月昏寒食夜,隔帘微雨杏花香。"舍其"寒"而写其"香"。

又《绕廊》:"绕廊倚柱堪惆怅,细雨轻寒花落时。"

宋·赵彦端《千秋岁》:"杏花风下,独立春寒夜。"近义句。

宋·王千秋《西江月》:"老去频惊节物,乱来依旧江山,清明雨过杏花寒。"用"杏花寒"。

宋·方岳《春寒》:"客又不来春又老,一帘新雨杏花寒。"近原句。

宋·邬虑《翻杏令》:"丁宁告,东风道,小楼空,斜月杏花寒。"

宋·岳珂《满江红》:"正黄昏时候杏花寒,帘纤雨。"

明·王世贞《望江南》(都下思家):"半艇春洲芦笋绿,一楼风雨杏花寒。"

1144. 杏花零落香

唐·温庭筠《菩萨蛮》:"南园满地堆轻絮,愁闻一霎清明雨。雨后却斜阳,杏花零落香。"这是一幅由堆絮、阵雨、斜阳、零落的杏花构成的暮春图。唯清明阵雨给女主人带来丝丝愁绪,除此,并没有浓厚的伤春情绪。微雨过后,斜阳返照,杏花零落,阵阵飘香,已缓解了"愁"绪。宋·秦观《画堂春》(春情):"东风吹柳日初长,雨余芳草斜阳。杏花零落燕泥香,睡损红妆。"显然脱胎于温词。清末王国维《人间词话》评说:"温飞卿《菩萨蛮》'雨后却斜阳,杏花零落香'。少游之'雨余芳草斜阳。杏花零落燕泥香'。虽自此脱胎,而实有出蓝之妙。"其实少游增入"芳草""燕泥",新意并不多,而且不如飞卿词明快。另说少游词乃山谷"年十六作",不过学用前人之语而已。温庭筠此词,《全宋词》九一五页又作何篯《菩萨蛮》(春闺)词,疑误收。

"零落"出自楚辞《离骚》:"惟草木之零落兮,恐美人之迟暮。"王逸注:"零落,皆坠也。草曰零,木曰落。"即凋零、凋落、凋谢意,或脱落、飘落意。偶而用于人的死亡、飘散,用于草木者居多,诗词中多写落花,如"杏花零落""桃花零落""海棠零落"。写雪则是飘落意。

南朝·宋·鲍照《梅花落》:"念尔零落逐寒风,徒有霜华无霜质。"写梅花。

南朝·梁·范云《咏桂树》:"不识风霜苦,安知零落期。"写桂花。

南朝·陈·江总《姬人怨》:"庭中芳树憔悴叶,井上疏桐零落枝。"桐花。

唐·王绩《秋池一枝莲》:"秋至皆零落,凌波独吐红。"百花。

唐·张籍《哭孟寂》:"今日春光君不见,杏花零落寺门前。"

唐·纥干著《赏残花》:"零落多依草,芳香散著人。低檐一枝在,犹占满堂春。"残花。

唐·宋雍《失题》:"荷花开尽秋光晚,零落残红绿沼中。"荷花。

唐·牛殳《琵琶行》:"夜深霜露锁空庙,零落一丝斑竹风。"竹。

唐·薛涛《牡丹》："去年零落暮春时,旧湿红笺怨别离。"写牡丹。

唐·谦光《赏牡丹应教》："艳异随朝露,馨香逐晓风。何须对零落,然后始知空。"

唐·吕岩《豆叶黄》："二月江南山水路,李花零落春无主。"

唐·朱雍《梅花引》："当时曾傅新妆薄,而今一任花零落。"

五代·欧阳炯《凤楼春》："罗幌香冷粉屏空,海棠零落、莺语残红。"

五代·冯延巳《思越人》："酒醒情怀恶,金缕褪、玉肌如削。寒食过却海棠零落。"

又《虞美人》："杨花零落月溶溶,尘掩玉筝弦柱,画堂空。"

五代·许岷《木兰花》："小庭日晚花零落,倚户无聊。"

宋·苏易简《越江吟》："神仙神仙瑶池宴。片片,碧桃零落春风晚。"

宋·柳永《合欢带》："桃花零落,溪水潺湲,重寻仙境非遥。"

又《阳台路》："楚天晚,坠冷枫败叶,疏红零乱。"

又《夜半乐》："败荷零落,衰杨掩映。"

宋·杜安世《安公子》："又是春将半,杏花零落闲庭院。"

宋·晁端礼《水龙吟》："小桃零落春将半,双燕却来池馆。"

宋·贺铸《减字浣溪沙》："鹦鹉无言理翠襟,杏花零落昼阴阴。"

宋·晁补之《朝天子》："寒食过却,海棠花零落。"

宋·毛滂《南歌子》(席上和衢守李师文)："淡烟疏雨冷黄昏,零落荼蘼花片、损春痕。"

宋·葛胜仲《减字木兰花》(病起不见杏花作)："杏花零乱,拟把百觚来判断。""零乱"用"零落"。

宋·朱敦儒《水龙吟》："晓来极目同云,暖空降雪花零乱。"

又《浪淘沙》："直待群芳零落后,独殿东篱。"

宋·李纲《减字木兰花》："瑶池罢宴,零落碧桃香片片。"

宋·蔡绅《菩萨蛮》："杏花零落清明雨,卷帘双燕来还去。"

又《减字木兰花》："门掩东风,零落桃花满地红。"

宋·吕渭老《好事近》："心事已成空,春尽百花零落。"

宋·俞处俊《百字令》："今日天涯,黄花零乱,满眼重阳泪。"

宋·康与之《忆秦娥》："东风恶,胭脂满地,杏花零落。"

宋·曾觌《蝶恋花》："桃李飘零风景暮,只有闲愁,不逐流年去。"

又《鹧鸪天》(奉和伯可耶郎中席上见赠)："桃李飘零春已深,可怜轻负惜花心。"

宋·姚述尧《瑞鹧鸪》："司花著意惜春光,桃杏飘零此独芳。"

宋·陆游《菩萨蛮》："江天淡碧云如扫,苹花零落莼丝老。"

宋·谢懋《杏花天》："海棠枝上东风软,双双燕子归来晚,零落红香过半。"

宋·王质《相见欢》(薄霜)："霜花零落全稀,不成飞。"

宋·赵长卿《青玉案》(春暮)："山桃寂寞,海棠零乱,飞尽胭脂雨。"

又《醉蓬莱》(赏郡圃芍药)："是春已暮,浪蕊雕残,牡丹零落。"

宋·赵善括《好事近》(春暮)："风雨做春愁,桃杏一时零落。"

宋·马子严《水龙吟》："东君直是多情,好花一夜都开尽。杏梢零落,药栏迟暮,不教宁静。"

宋·何澹《鹧鸪天》(绕花台)："冰照座,玉横空,雪花零落暗中。"

宋·赵师侠《永遇乐》(为卢显文家金林擒赋)："海棠零乱,梨花淡伫,初听闹空莺燕。"

宋·郭应祥《朝中措》："海棠零落场花繁,春意已将阑。"

宋·刘克庄《汉宫春》："回头笑他桃杏,太赤些儿。而今零落,更禁当、多少风吹。"

宋·方君遇《风流子》："红烛怨歌,鬓花零落,青绫牵梦,屏影参差。"

宋·陈允平《宴桃源》："零落海棠花,愁梦欲随春去。"

宋·王沂孙《绮罗香》："空一似、零落桃花,又等闲、误他刘郎。"

宋·赵必𤩽《锁窗寒》:"海棠开遍,零乱一帘红雨。"

宋·张炎《浪淘沙》:"寒食不多时,燕燕才归,杏花零落水痕肥。"

又《谒金门》:"晚晴薄,一片杏花零落。"

宋·无名氏《摸鱼儿》:"被风触,一叶两叶,杏花零乱对残景。"

宋人依托吕洞宾《渔家傲》:"二月江南山水路,李花零乱春无主。"即唐·吕岩《豆叶黄》词。

明·陈子龙《山花子》(春恨):"杨柳迷离晓雾中,杏花零落五更钟。"

又《江城子》(病起春尽):"一帘病枕五更钟,晓云空,卷残红。"再用"五更钟"。

明·汤显祖《牡丹亭》第三十六出婚走《意难忘》:"土花零落旧罗裳,睡损红妆。"用秦观句。

1145. 牧童遥指杏花村

唐·杜牧《清明》:"借问酒家何处有,牧童遥指杏花村。""遥指"句前人已有应用。唐·李端的《赠郭驸马》:"日暮吹箫杨柳陌,路人遥指凤凰楼。"唐·王建《田侍郎归镇》:"万里双旌汾水上,玉鞭遥指白云庄。"杜牧用此"遥指"句,使"牧童遥指杏花村"成不朽。

宋·宋祁《锦缠道》:"醉醺醺,尚寻芳酒。问牧童、遥指孤村,道杏花深处,那里人家有。"《全宋词》三七三七页又作"无名氏"词。化杜牧两句诗入词。

宋·张炎《风入松》(赋嫁村):"门前少得宽闲地,绕平畴、尽是桑麻。却笑牧童遥指、杏花深处人家。"

又《杏花天》(赋疏杏):"带柳色、愁眉暗恼,谩遥指、孤村自好。"

1146. 红杏园中醉似泥

唐·韦庄《江上逢故人》:"前年送我曲江西,红杏园中醉似泥。"逢故人,忆往事,前年送别,曾大醉红杏园中。唐·杜荀鹤《遣怀》:"红杏园中终似醉,白云山下懒归耕。""似醉"不因酒,而因"红杏园中"之美景。韦庄之句式与之相近。韦庄还写了杏花与酒:

《洪州送西明寺省上人游福建》:"新春阙下应相见,红杏花中觅酒仙。"在杏花中饮酒。

1147. 日边红杏倚云栽

唐·高蟾《下第后上永崇高侍郎》:"天上碧桃和露种,日边红杏倚云栽。芙蓉生在秋江上,不向东风怨未开。"《唐才子传》记,高蟾"初累举不上,题诗省墙间曰:'冰柱数条楷白日,天门几扇锁明时。阳春发处无根蒂,凭仗东风次第吹。'怨而切。是年人论不公,又下第。上马侍郎云(即此诗)"。唐代科举考试之前,举子须先自"投卷"给名僚,呈诗文以求举荐,才有录取之可能。此办法弊多,晚唐尤甚。"阳春发处无根蒂,凭仗东风次第吹"已暗含借力之意。此诗写如要做"天上碧桃""日边红杏"(喻中进士获高位),必须"和露种""倚云栽"(喻须凭借另外一种力量),才能春风得意,倍承恩宠。而落了第的自己则如秋江上的"芙蓉",芙蓉虽美却浸在水中,同"碧桃""红杏"有天壤之别,然而骨气犹存,"不向东风怨未开"。当然,"芙蓉"在春去夏来的时候还是要开花的。果然,作此诗的第二年(乾符三年)终于蟾宫折桂,直上青云。乾宁间为御史中丞。后人用"天上碧桃""日边红杏"表达出类超凡之意。

宋·张景《题董真人》:"桃花谩说武陵源,误教刘郎不得仙。争似莲花峰下客,栽成红杏上青天。"以刘阮对比董真人,董真人才是登"仙人"之境。

宋·秦观《虞美人》:"碧桃天上栽和露,不是凡花数。"赞乐妓"碧桃"韵高态雅,不是凡花。

宋·魏了翁《水调歌头》(建康留守陈尚书晬生日):"时贤白尽须发,老子抑名斋。更取堂名淇绿,要把北山万竹,一日倚云栽。自处只如此,将相任时来。"魏了翁性情放朗,词风慷慨,极类幼安,似不为人所注。他极重视人才的作用,词中多有表述。此词写他抑名淇绿斋,栽倚云竹万竿自处,而不自悲。

清·曹雪芹《红楼梦》第五回《虚花悟》:"说什么,天上夭桃盛,云中杏蕊多!"用高蟾二句喻荣华、富贵机遇极多,但可惜命运不济。

1148. 红杏枝头春意闹

宋·宋祁《玉楼春》(春景):"绿杨烟外晓寒轻,红杏枝头春意闹。"这是名词中的名句。"绿杨烟外"飘浮着早春的轻寒,红杏枝头,枝繁叶茂,春意盎然,充满了无限的生机。"闹"字的动态是腾跃,静态是繁盛,枝头春意十分浓烈。宋人胡仔《苕溪渔隐丛话》前集卷三十七引《遁斋闲览》载宋·范正敏评:"张子野郎中,以乐章擅名一时。宋子京尚书奇其才,先往见之,遣将命者,谓曰:'尚书欲见"云破月来花弄影"郎中乎?'子野屏后呼曰:'得非"红杏枝头春意闹"尚书耶?'遂出,置酒尽欢。盖二人所举,皆其警策也。""红杏枝头春意闹"尚书因张先称谓而得名。清人王士禛《花草拾蒙》云:"'红杏枝头春意闹'尚书,当时传为美谈。吾友公勇极叹之,以为卓绝千古。然实本花间'暖觉杏梢红',特有青蓝冰水妙耳。"即"青,取之于蓝而青于蓝,冰,水为之而寒于水"(《荀子·劝学》)。清人刘体仁《七颂堂词绎》评:"'红杏枝头春意闹',一'闹'字卓绝千古。"清末王国维《人间词话》:"红杏枝头春意闹,著一'闹'字而境界全出。"可清人李渔《窥词管见》对"闹"字却持否定论:"琢句炼字,虽贵新奇,亦须新而妥,奇而确。妥与确总不越一理字。欲句之惊人,先求理之服众。……著红杏之在枝头,忽然加一'闹'字,此语殊难解。争斗有声之谓闹,桃李争春到则之,红杏闹春,予实未见之也。'闹'字可用,则'吵'字、'斗'字、'打'字,皆可用矣。……予谓'闹'字极粗俗,且听不入耳。非但不可加于此句,并不当见之诗词。近日词中争尚此字,皆子京一人之流毒也。"然而,宋人"闹"字用之于诗词,已非宋祁一人,晏殊有"宿蕊斗攒金粉闹"句,苏轼有"繁灯闹荷塘"句,韩琦有"风定晓披蝴蝶闹"句,秦观有"纷披枳与棘,尔复鼓狂闹"句。而"加于此句"之"闹",亦不在少。如:

宋·葛胜仲《减字木兰花》(病起不见杏花作):"病卧漳滨,不见枝头闹小春。"

宋·曾觌《春光好》(侍宴苑中赏杏花):"胭脂腻,粉光轻,正新晴。枝上闹红无处著,近清明。"

宋·赵师侠《浪淘沙》(杏花):"夭桃繁李一时同,独向枝头春意闹,娇倚东风。"

宋·张元干《浣溪沙》(武林送李似表):"燕掠风樯款款飞,艳桃稼李闹长堤。"

宋·程垓《谒金门》(杏花):"芳意枝头偏闹,用尽蜂须莺爪。"

元·刘埙《菩萨蛮》(和詹天游):"胡笳吹汉月,北语南人说。红紫闹春风,湖山一梦中。"

元·滕宾《普天乐》(失题):"柳丝柔,莎茵细,数枝红杏、闹出墙围。"兼用宋·叶绍翁《游园不值》:"一枝红杏出墙来"句。

不仅"闹"字为人所用,"红杏尚书"也为人认同。南宋·吴泳《祝英台》(春日感怀):"猛深省,但有竹屋三间,莲田二顷,便可休官。日对漏壶水,假饶是,红杏尚书,碧桃学士,买不得、朱颜芳景。"

清·王士禛说"红杏枝头春意闹""实本花间'暖觉杏梢红'"也是不正确的,"枝头春意"早在"花间派"词人之前,就有人描写,创意人远在隋代。隋炀帝宫女侯夫人,才貌俱佳,一直不见幸于君王,最后自缢而死。她的《春日看梅二首》诗中写:"砌雪无消日,卷帘时自颦。庭梅对我有怜意,先露枝头一点春。"表达梅枝有意而白雪无情。"枝头春意"句自此始。唐人还有近义句。

唐·宋之问《春日芙蓉园侍宴应制》(一作李峤诗):"年光竹里遍,春色杏间遥。"

唐·李峤《晦日宴游》:"日晦随蓂荚,春情著杏花。"

唐·温庭筠《题望苑驿》:"弱柳千条杏一枝,半含春雨半香枝。"

五代·王周《早春西园》:"引步携筇竹,西园小径通。雪倚梅蒂绿,春入杏梢红。"

从宋祁句变化而出的"枝头春意"句,不仅"红杏",还有梅、桃、杨柳等,因为它们的枝头也有春意。如:

宋·欧阳修《蝶恋花》:"红杏梢头,二月春犹浅。望极不来芳信断,音书纵有争如见。"

宋·晏几道《鹧鸪天》:"绿桔梢头几点春,似留香蕊送行人。"

又《蝶恋花》:"残杏枝头花几许,啼红正恨清明雨。"

宋·韩维《和子华对雨有感》:"小桃零乱逐东风,繁杏梢头次第红。"

宋·刘敞《即事》:"墙头红杏春多少,醉看愁吟意总醒。"

宋·赵令畤《蝶恋花》:"欲减罗衣寒未去,不卷珠帘,人在深深处。红杏枝头花几许,啼痕止恨清明雨。"后二句用晏几道语。

宋·周邦彦《少年游》:"而今丽日明金屋,春色在桃枝。"

宋·李新《临江仙》:"杨柳枝头春色重,紫骝嘶入残花。"

宋·李纲《喜迁莺》(自池阳泛舟):"手撚江梅,枝头春信,欲寄算应难到。"

宋·石耆翁《鹧鸪天》："借问枝头昨夜春,已传消息到柴门。"

又《蝶恋花》："玉粉枝头春意早,东风未绿瀛洲草。"后句反用李白语。

宋·李子正《减兰十梅》(月)："寒蟾初满,正是枝头开烂熳。"

又《减兰十梅》(残)："东风吹暖,南北枝头开烂熳。"

宋·李弥逊《十样花》："陌上风光浓处,繁杏枝头春聚。"

宋·朱淑真《眼儿媚》："午窗睡起莺声巧,何处唤春愁?绿杨影里,海棠枝畔,红杏梢头。"

宋·赵彦端《减字木兰花》："送人南浦,日日客亭风又雨。相见如何,梅子枝头春已多。"

又《浣溪沙》(辛卯会黄运属席上作)："梅子枝头应有恨,柳花风底不堪嗟,盖公堂下净无尘。"

又《点绛唇》(瑞昏)："护雨烘晴,紫去缥缈来深院,晚寒准见,红杏梢头怨。"

宋·范成大《西江月》："遮风藏雨晚云天,应怕杏梢红浅。"

宋·赵长卿《菩萨蛮》(初夏)："测测杏园春,梢头一捻红。"

宋·赵善括《菩萨蛮》(惜春)："东君著意在枝头,红紫风流。贪引游蜂舞蝶,几多春事都休。"

宋·吴潜《贺新郎》(春感)："桃杏枝头春才半,寒食清明又是。"

宋·李曾伯《满江红》："问不知,春意到花梢、深多少。"

宋·董升《贺新郎》(乙巳正月十日,双溪携酒遗蜕亭,桃花方开,主人浩歌酌客,欢甚,即席作此)："问讯花梢春几许,半在诗人杖屦。"

宋·陈允平《小重山》："莺声里,春在杏花梢。"

宋·薛梦桂《醉落魄》："春浅春深,都向杏梢觉。"

宋·何梦桂《八声甘州》："明日东津归路,正梅花霜暖,春上枝头。"

宋·赵汝茪《恋绣衾》："玉箫台榭春多少,溜啼红、脸霞未消。怪别来,胭脂慵傅,被东风、偷在杏梢。"

宋·无名氏《鹧鸪天》："堤上柳,未藏鸦,寻芳趁步到山家。陇头几时红梅落,红杏枝头未著花。"

宋·无名氏《苏幕遮》："陇云沉,新月小,杨柳梢头、能有春多少?"

金·段克己《蝶恋花》(闻莺有感)："早是残红枝上少,飞絮无情,更把人相恼。"

元·梅花尼《咏梅花》："终日寻春不见春,芒鞋踏破岭头云。归来笑念梅花嗅,春在枝头已十分。"

清·查慎行《金缕曲》(客窗初夏触景思乡)："翠叶枝头红相亚,尽殷鲜不受蜂须触。"樱桃累累红熟,寓事毕当归。

清·郑文焯《玉楼春》："断红还逐晚潮回,相映枝头红更苦。"落花逐潮,枝头残红兆暮春之苦。

1149.墙外花枝压短墙

唐·元稹《嘉陵驿二首》(篇末有怀)其二："墙外花枝压短墙,月明还照半张床。无人会得此时意,一夜独眠西畔廊。"作者旅居嘉陵江畔驿站,一夜独眠,唯花枝、明月是伴,表达了淡淡的孤寂之情。墙外花枝探入驿所,密密丛丛压住短墙。"花枝压墙"是官邸、民居常有的现象,称之为"墙花"。元稹是写"墙花"最多的。他的《酬翰林白学士代书一百韵》："山岫当衔翠,墙花拂面枝。"自注:"昔予赋诗云'为见墙头拂面花'时惟乐天知此。"这就是他的《压墙花》诗:"野性大都迷客巷,爱将高树记人家。春来偏认平阳宅,为见墙头拂面花。"此外,在《酬孝甫见赠十首》之四再用"拂面花枝":"曾经绰立侍丹墀,绽蕊宫花拂面枝。""拂面"写花枝低矮又似有情。他写"墙花"还有《古艳诗二首》:"莺藏柳暗无人语,惟有墙花满树枝。"《代九九》:"谩掷庭中果,虚攀墙外枝。"

最先写"墙花"的诗是南朝·梁·刘孝威《望隔墙花》:"隔墙花半隐,犹见动花枝。"写"隔墙见半花"的情景。"墙花"多写"隔墙花",或花隔墙而出,或人隔墙看花。花写桃、梨、竹、柳,有的只写"花"。

唐·常建《春词》:"阶下草犹短,墙头梨花白。"

唐·杜甫《风雨香舟前落花戏为新句》:"江上人家桃树枝,春寒细雨出疏篱。"

又《句》(《全唐诗续补遗》卷四):"君看墙头桃树花,尽是行人眼中血。"

又《严郑公宅同咏竹》:"绿竹半含箨,新梢才出墙。"

唐·张继《洛阳作》(一作《初出徽安门》)："洛阳天子县,金谷石崇乡。草色侵官道,花枝出苑墙。"

唐·王建《春日五门西望》："馆松枝重墙头上,御柳条长水面齐。"松枝压墙头。

唐·白居易《府中夜赏》："白粉墙头花半出,徘纱烛下水平流。"

唐·郑谷《长门怨二首》："春来却羡庭花落,得逐晴风出禁墙。"落花出墙,而人却不如落花。

唐·聂夷中《公子行二首》："花树出墙头,花里谁家楼。"

唐·韦庄《延兴门外作》："绿奔穿内水,红落过墙花。"

唐·温宪(温庭筠之子)《梨花》："一枝横野路,数树出江村。"

宋·欧阳修《玉楼春》："莺啼宴席似留人,花出墙头如有意。"移情于花。

宋·王安石《杏花》："垂杨一径紫苔封,人语萧萧院落中。独有杏花如唤客,倚墙斜日数枝红。"拟人。

宋·晏几道《更漏子》："出墙花,当路柳,借问芳心谁有?"移情于花、柳,也可谓"寻花问柳"。

宋·苏轼《黄州春日杂书四绝》："清晓披衣寻杖藜,隔墙已见最繁枝。"桃杏繁枝。

宋·黄庭坚《留春令》："谢客池塘春都未,微微动、短墙桃李。"尚未"出墙"。

宋·晁冲之《都下追感往昔因成二首》："系马柳低当户叶,迎人桃出隔墙花。"拟人。用晏殊"舞低杨柳楼头月,歌尽桃花扇底风"中柳与桃对写句式,意义则迥乎不同。

宋·仇仁近诗："桃柳参差出短墙,小楼突兀看湖光。"

1150. 隔岸两三家,出墙红杏花

宋·魏夫人《菩萨蛮》："隔岸两三家,出墙红杏花。"立于楼台之上,见溪山掩映,斜阳移影,鸳鸯飞起。而隔岸两三人家,红杏花开,枝枝伸出墙垣,动人春色,清晰可见。"出墙红杏花"写春色之美,同结句"离人犹未归"形成反衬。宋·曾慥《乐府雅词》评此词:"其尤雅正者,则有《菩萨蛮》云'溪山掩映斜阳里,楼台影动鸳鸯起。隔岸两三家,出墙红杏花。……'深得国风《卷耳》之遗。"宋人评价魏夫人同李清照齐名。清·沈雄《古今词话》上卷引朱熹语:"本朝妇人能词者,惟李易安、魏夫人二人而已。"宋·黄升云:"李易安、魏夫人使在衣冠之列,当与秦七、黄九争雄,不徒擅名于闺阁也。"

"隔岸两三家,出墙红杏花"当取意于宋初张先《更漏子》词,即"黛眉长,檀口小,耳畔向人轻道。柳阴曲,是儿家,门前红杏花"。这女子住在曲屈的柳阴下,门前的红杏花就是标记。"红杏花"句从此化出。宋·辛弃疾《唐河传》："觉来村巷夕阳斜,几家、短墙红杏花。"用魏夫人句,写舟行所见村巷,与魏夫人所见岸边小村之景略同。

魏夫人之前,已非止一人写"墙头杏花"了。

宋·欧阳修《梁州令》："红杏墙头树,紫蕊香心初吐。"

宋·宋庠《池上雨过》："墙头早杏青丸小,水面新蒲绀尾长。"

宋·陈襄《寒食日常州宴春园》："洞里桃花春叶嫩,墙头杏火绿烟新。"

宋·王安石《金陵》："最忆春风石城坞,家家桃李过墙开。"

宋·韩维《和景仁》："垂箔屡销檀炷紫,出门时看杏梢红。"

又《和杜孝锡展红亭三首》："贾家园里花应谢,绿遍墙头野杏梢。"

宋·晏几道《木兰花》："墙头丹杏雨余花,门外绿杨风后絮。"

又《清平乐》："蕙心堪怨,也逐东风转。丹杏墙东当日见,幽会绿窗题遍。"

又《河满子》："那日杨花陌上,多时杏子墙头。"

宋·苏轼《浪淘沙》："昨日出东城,试探春情,墙头红杏暗如倾。"

宋·晁补之《洞仙歌》："昨夜前村,都恐东皇未曾见。正倚墙红杏,芳意浓时、惊千片。"

宋·曹组《小重山》："疏疏晴雨弄斜阳,凭栏久,墙外杏花香。"

宋·杨无咎《於中好》："墙头艳杏花初试,绕珍丛、细按红蕊。"

宋·康与之《风入松》："红杏墙头院落,绿杨楼外秋千。"

宋·曹冠《满江红》："艳杏墙头红粉媚,幽兰砌下飘香暖。"

宋·陈允平《朝中措》："红杏墙头燕语,碧桃

枝上莺声。"

宋·刘辰翁《清平乐》(石榴):"深红半面,一似墙头见。"

元·徐再思《阅金经》(春):"他,问前村沽酒家。秋千下,粉墙红杏花。"

清·孔尚任《桃花扇》第五出访翠《缠道》:"隔春波,碧烟染窗;倚晴天,红杏窥墙。"

今人彭卤簧《参加长沙颁发证书和给奖大会感赋》:"三春桃李茂风华,红杏墙头更吐葩。"

1151. 一枝红杏出墙来

宋·叶绍翁《游园不值》(一作《游小园不值》):"应怜屐齿印苍苔,小扣柴扉久不开。春色满园关不住,一枝红杏出墙来。"似乎园主人嫌我木屐把青苔印上齿痕,所以十次来扣柴门九次不开。然而满园春色怎么能关得住呢?看那一枝红色的杏花飘然跃出墙来了。"红杏出墙"句早成千古名句。

叶绍翁是江湖派诗人,第一任江湖派诗人、早于叶绍翁的张良臣有诗《偶题》:"一段好春藏不尽,粉墙斜露杏花梢。"叶句从此翻出。唐·温庭筠《杏花》:"杏杏艳歌春日午,出墙何处隔朱门。"又《春日将欲东归寄新及第苗绅先辈》:"三春月照千山道,十日花开一夜风。知有杏园无路入,马前惆怅满枝红。"贺苗绅已蟾宫折桂,恨自己无路入园,"马前惆怅满枝红"正是这种感慨。唐·吴融《途中见杏花》:"一枝红艳出墙头,墙外行人正独愁。"此义近温庭筠句。宋·陆游《雨霁春晓》用吴融句:"杨柳不遮春色断,一枝红杏出墙头。"叶绍翁"一枝红杏出墙来"比吴融句只差二字,同陆游句只差一字,由于上句都抵不住"春色满园关不住",所以叶绍翁句才成"出兰之句"。只是其渊源关系倒清晰可见。

吴融的"一枝红艳"又用李白句。李白的《清平乐》其二:"一枝红艳露凝香,云雨巫山枉断肠。""一枝红艳"喻杨玉环。清·升寅《青冢行》:"一枝秾艳别椒园,三千粉黛皆委靡。"这"一枝秾艳"则代王昭君。

中国杏园,树临墙者,干在墙内,枝出墙外,此现象在中国农家极普遍。所以出自诗人笔下的"红杏出墙"或"墙头杏花"近义句很多,也有写梅的。

唐·戴叔伦《旅次寄湖南张郎中》:"却是梅花无世态,隔墙分送一枝春。"

唐·王建《春意二首》:"谁是杏园主,一枝临古歧。从伤早春意,乞取欲开枝。"

唐·白居易《日渐长赠周殷二判官》:"日渐长,春尚早,墙头半露红萼枝。"

唐·贺兰朋吉《故白岸禅师院》:"花树不随人寂寞,数枝犹自出墙来。"一作唐人王鲁复诗,又作王梦园诗。

唐·曹邺《寄刘驾》:"怅望美人不携手,墙东又发数枝花。"

唐·鱼玄机《访赵炼师不遇》:"殷勤重回首,墙外数枝花。"

唐·吴融《杏花》:"独照影时临水畔,最含情处出墙头。"

五代·冯延巳《浣溪沙》:"春到青门柳色黄,一梢红杏出低墙。"此句亦从吴融"一枝红艳出墙头"翻出。

宋·欧阳修《玉楼春》:"莺啼宴席似留人,花出墙头如有意。"从吴融"最含情处出墙头"翻出。

宋·杜安世《忆汉月》:"红杏一枝遥相见,凝露粉态愁香怨。"兼用李白"露凝香"语。

宋·王安石《杏花》:"垂杨一径紫苔封,人语萧萧院落中。独有杏花如唤客,倚墙斜日数枝红。"

宋·蔡襄《过剑南州芋阳铺见桃花》:"七年相别复相逢,墙外千枝依旧红。"

宋·强至《二月十二日城西送韩玉汝龙图马上作》:"绿垂波面官桥柳,红出墙头御苑花。"

宋·苏轼《雨中花慢》:"今夜何人,吹笙北岭,待月西厢。空怅望处,一株红杏,斜倚低墙。"

宋·洪惠《浣溪沙》(妙高墨梅):"日暮江空船自流,谁家院落近沧州?一枝闲暇出墙头。"

宋·曹组《蓦山溪》:"草薰风暖,楼阁笼轻雾。墙短出花梢,映谁家、绿杨朱户。"

宋·徐俯《虞美人》:"梅花元自江南得,还醉江南客。雪中雨里为谁香,闻道数枝清笑、出东墙。"

宋·史远道《独脚令》:"墙头梅蕊一枝新,宋玉东邻算未真。"

宋·朱淑真《下湖即事》:"隔岸谁家修竹里,杏花斜映一枝红。"兼用魏夫人句。

宋·赵彦端《鹧鸪天》:"一枝红杏拆朱阑,天台迥生刘郎路,因忆前缘到世间。"

宋·管鉴《虞美人》(送杏花与陆仲虚):"一枝繁杏千红蕊,醮笑春风里。"

宋·范成大《菩萨蛮》:"檐佩可怜风,杏梢烟雨红。"

元·王实甫《西厢记》第三本第一折《幺篇》:"你看人似桃李春风墙外枝,卖俏倚门儿。"喻人。

元·滕斌《中吕·普天乐》:"数枝红杏,闹出墙围。""闹"字兼用"红杏枝头春意闹"意。

元·冯子振《鹦鹉曲》:"好花枝半出墙头,几点清明微雨。"

元·贯云石《醉高歌喜春来·题情》:"蜂媒蝶使空迤逗,燕子莺儿不自由。恰便似一枝红杏出墙头,不能够折入手。"用陆游句。

元·无名氏《沉醉东风》:"拂水面千条柳线,出墙头几朵花枝。"

明·叶小鸾《虞美人》(看花):"隔墙影送一枝红,却是杏花消瘦旧东风。"

民国初年,上海一位报人以诗为媒与一名媛结为夫妇。新婚之夜,新娘要求作诗。新郎吟,"急急哪得有诗来,且把唐诗借作材:春色满园关不住,一枝红杏出墙来"。新娘也对一首,"急急哪得有诗来,也把唐诗借作材:花径不曾缘客扫,蓬门今始为君开。"

"红杏出墙",渐渐作成语用,有时表示美人显露容颜、步出闺闱,有时也表示人才华出众、成就显赫。

1152. 独怜幽草涧边生

唐·韦应物《滁州西涧》:"独怜幽草涧边生,上有黄鹂深树鸣。"诗人任滁州太守时作此诗。游滁州西涧,写了幽草、黄鹂、春潮、野渡。有无寄托?有认为"君子在下,小人在上",有认为"偶赋西涧之景,不必有所托意"。然而为什么独怜涧边幽草?是不是羡慕默默无闻、普普通通的生活?

唐·李商隐《晚晴》:"天意怜幽草,人间重晚晴。"难见天日的幽草充满了生机,是天意如此吧?用韦应物"怜幽草"句。

1153. 应怜屐齿印苍苔

宋·叶绍翁《游园不值》:"应怜屐齿印苍苔,小扣紫扉久不开。""屐齿",古代木制拖鞋底上带的齿。南朝·宋·谢灵运常着木鞋登山,底上带齿防滑。底上的齿有多齿的,有双齿(前后各一齿)

的,可用作日常的拖鞋。最初是无齿的。《晋书·宣帝纪》:"关中多蒺藜,帝使军士二千人著软材平底木屐前行,蒺藜悉著屐。"唐宋人登山、日常也有着木屐的。李白《梦游天姥吟留别》:"脚著谢公屐,身登青云梯。"虽是梦游,也见一斑。叶绍翁此诗说:"应怜屐齿印苍苔,小扣柴扉久不开。"推断主人杜门谢客的原因是怕屐齿辗踏青苔,说明平日着木屐的人不在少。

"应怜屐齿印苍苔",当从王安石《竹窗》诗中化出。王诗是:"竹窗红苋两三根,山色遥供水际门。只我近知墙下路,能将屐齿记苔痕。"意为:依山色到竹窗人家,只能到隔着水的门。唯我知道墙下的近路,我足着木屐,屐齿印痕就留在墙下路的苍苔上。叶绍翁句反用其意,猜测小园主人怕着屐客人践损了苍苔,因此才"小扣柴扉久不开"。用"屐齿印苍台"句者如:

宋·葛立方《满庭芳》(探梅):"须勤探,呼吾筇杖,屐齿上苍苔。"

宋·洪适《生查子》:"屐齿满莓苔,避湿开新路。"

宋·姜夔《清波引》:"屐齿印苔藓,渐为寻花来去。"

清·朱祖谋《金缕曲》:"惨结秋阴朦胧月,隐印苔花夕步。"苔花隐约印下了足迹。

1154. 幽阶一夜苔生

宋·吴文英《风入松》:"惆怅双鸳不到,幽阶一夜苔生。""双鸳",女鞋,代女子。鸳鞋不踏台阶,所盼之人不来,一夜之间,阶上长满了青苔。这是有约不来的焦急心态的反映。

南朝·梁·庾肩吾《咏长信宫中草》:"金曲履迹少,并欲上阶生。"吴文英取此意。

1155. 春色满园关不住

宋·叶绍翁《游园不值》:"春色满园关不住,一枝红杏出墙来。"

此二句另一句源是唐·戴叔伦《题净居寺》诗:"玉壶山下云居寺,六百年来选佛场。满地白云关不住,石泉流出落花香。"(《全唐诗》六九二页)净居寺虽在山下,亦是白云笼罩,却关不住泉水流出的落花,"春色满园关不住"岂不由此而产生。

宋·张俞《游灵岩》一诗几乎照搬戴叔伦全

诗:"玉文山后灵容寺,四百年来选佛场。满地白云关不住,石泉流出落花香。"(《全宋诗》四七一九页)仅仅更换了地点和时间,远不如后来的叶绍翁手法高妙。

唐人熊孺登《寒食野望》:"冢头莫种有花树,春色不关泉下人。"这个"不关"是毫无牵连之意。

1156. 杏花如有意,偏落舞衫多

唐·韩偓《大辅乐》:"晚日催弦管,春风入绮罗。杏花如有意,偏落舞衫多。"歌舞伴饮宴,杏花不断落在舞衫上,好像杏花也很情多意。这是拟人名句。韩偓的《御制春游长句》:"柳带似眉全展绿,杏苞如脸半开香。"以脸比喻杏苞。

宋·欧阳修《玉楼春》:"莺啼宴席似留人,花出墙头如有意。"用韩偓"杏花如有意"句。

宋·王安石《杏花》:"独有杏花如唤客,倚墙斜日数枝红。"亦为拟人句。

1157. 晚妆楼上杏花残

元·王实甫《西厢记》第三本第二折《石榴花》:"当日个晚妆楼上杏花残,犹自怯衣单,那一片听琴心清露月明间。"红娘送"待月西厢下"书简,唱《石榴花》描绘莺莺心态,在春寒中展"一片听琴心"。"琴心"用卓文君听司马相如弹琴而生爱慕之心意。

清·孔尚任《桃花扇》第五出访翠:"(净唱介)晚妆楼上杏花残,犹自怯衣单。"用王实甫原句。

1158. 桃花一簇开无主

唐·杜甫《江畔独步寻花七绝句》:"黄师塔前江水东,春光懒困倚微风。桃花一簇开无主,可爱深红爱浅红?"在蜀中浣花溪作。七首都写"寻花"。此第五首作于黄师塔前,塔为僧人墓。春光令人倦怠,因倚风少憩。塔下一簇桃花盛开,黄师已故,桃花无主,喜欢深红还是喜欢浅红,任人欣赏,又目不暇接啊。"花开无主",表示花失去栽植主人,无人管护,无人养育,有时任风霜摧残,表达一种爱花惜花之情。宋·陆游的名词《卜算子》(咏梅)就写:"驿外断桥边,寂寞开无主。已是黄昏独自愁,更著风和雨。"惜驿外无主之梅惨着风雨以寄自己的情怀。

"花主"句有"花开无主""花开有主""与花为主""为花作主"等内容和形式。有的诗句也是有味的。

唐·刘禹锡《伤桃源薛道士》:"手植红桃千树发,满山无主任春风。"

又《吟乐天自问怆然有作》:"洛阳城里多池馆,几年花开有主人?"

又《酬思黯代书见戏》:"少年留取多情兴,诗待花时作主人。""花时",开花的时候。

唐·白居易《重到毓材宅有感》:"欲入中门泪满巾,庭花无主两回春。"

唐·李群玉《和吴中丞悼笙妓》:"多情草色怨还绿,无主杏花春自红。"

唐·陆畅《句》:"蝉噪入云树,风开无主花。"

南唐中主李璟《浣溪沙》:"手卷珠帘上玉钩,依前春恨锁重楼。风里落花谁是主?思悠悠。"

宋·苏轼《次韵王晋卿(诜)惠花栽栽所寓张退傅第中》:"若问此花谁是主?天教闲客管青春。"

又《六月二十七日望湖楼醉书五绝》:"放生鱼鳖逐人来,无主荷花到处开。"

宋·黄裳《蝶恋花》(牡丹):"蝶乱蜂忙红粉妒,醉眼吟情,且与花为主。"

宋·秦观《一落索》:"肯如薄倖五更风,不解与、花为主。"

宋·丘崈《定风波》(咏丹桂):"浪说锦城无自少,不道,只今何啻五枝芳。试问司花谁是主?传语,且烦都与十分香。"

宋·张孝祥《念奴娇》:"风帆更起,望一天秋色,离愁无数。明日重阳尊酒里,谁与黄花为主。"

宋·许左之《失调名》:"谁知花有主,误入花深处。放直下,酒杯干,便归去。"

宋·辛弃疾《定风波》(杜鹃花):"毕竟花开谁作主,记取、大都花属惜花人。"

宋·高观国《点绛唇》:"憔悴潘郎,不解花为主。知何处,梦云愁雨、怕向西楼去。"

1159. 采菊东篱下

这是陶渊明《饮酒诗二十首》其五之五、六句:"采菊东篱下,悠然见南山。"语无雕饰,情多洒脱,是"心远地偏"环境中必有的行为,采菊,见山,悠然自得。苏轼在《东坡题跋》中说:"因采菊而见山,境与意会,此处最有妙处。近岁俗本皆作'望南山',则此一篇神气都索然矣。"

苏轼的评价是中肯的。然而"采菊东篱"的深

远艺术价值,更应透视到陶渊明独具魅力的人格力量。宋人周敦颐在《爱莲说》中说:"陶渊明独爱菊",可他是由于爱菊才弃官归田的吗?当然不是。而是归田后才对菊盎然生趣,并把菊作为田园生活的美好陪衬,甚至成了他隐居生活的象征,从而使后来者把菊和陶潜永远联系在一起,为一些生不得志、向往隐居的人所推崇。

"篱菊"同陶渊明则更多被诗人写在一处,正如唐人孟郊《秋怀》诗所写:"清诗既名眺,金菊亦姓陶。"清诗即是谢眺,金菊亦为陶潜了。唐人黄滔《木芙蓉三首》:"谁怜不及黄花菊,只遇陶潜便得名。"木芙蓉不逊于黄花菊,黄花菊得名是遇到了陶潜。宋人辛弃疾《浣溪沙》(种梅菊):"自有渊明方有菊,若无和靖即无梅。"再度说明陶潜笔下的菊,林逋笔下的梅,都起了开源作用,他们使菊和梅大有名气。我们可以说,文学史上难以数计的菊诗中,除了写"重九菊",就是写"陶潜菊"了。"陶潜菊"又分成"陶菊"(出现陶潜名字)和"篱菊"(陶诗:"采菊东篱下"的综合),都成诗典,内涵极丰,主要是赞爱菊情操、隐居品格,以赏菊、爱菊的高雅情致自况,不乏精美感人的诗句。

写"陶菊"的:

唐·王维《送张舍人佐江州同薛据十韵》:"董奉杏成林,陶潜菊盈把。"暗点张舍人去江州(陶家正在此地浔阳)正是好时候。

唐·皇甫曾《酬窦拾遗秋日见呈》:"欲送近臣朝魏阙,犹怜残菊在陶家。"窦虽晋升朝臣,又不忍离去。

唐·杜甫《秋尽》:"篱边老却陶潜菊,江上徒逢袁绍杯。"袁绍大会宾客,郑玄后至,倾倒一座。杜甫以郑玄自比,叹草堂菊老。

唐·钱起《九日田舍》:"今日陶家野兴偏,东篱黄菊映秋田。"

唐·崔峒《题桐庐李明府官舍》:"可惜陶潜无限酒,不逢篱菊正开花。"李县令有酒无菊。

唐·郎士元《周至县郑羲宅送钱大》:"陶令门前菊,余花可赠君。"

唐·元稹《菊花》:"秋丛绕舍似陶家,遍绕篱边日渐斜。不是花中偏爱菊,此花开尽更无花。"以陶家自喻。

唐·杜牧《将赴湖州留题亭菊》:"陶菊手自种,楚兰心有期。"将离开"陶菊",奔往"楚兰","楚兰"指屈原作品中之兰,代楚地湖州。

唐·公乘亿《赋得秋菊有佳色》:"陶令篱边菊,秋来色转佳。"以陶菊喻家菊。

唐·李渤《喜淑弟再至为长歌》:"朝走安公柝上驹,暮伴陶令篱边菊。"以菊为伴。

唐·李德裕《早秋龙兴寺江亭间眺忆龙门山居寄崔张旧从事》:"渊明菊犹在,仲蔚蒿莫剪。"山菊犹存,主人该归去。

唐·李商隐《和马郎中移白菊见示》:"陶诗只采黄金实,郢曲新传白雪英。"以咏黄菊比马郎中移白菊。

唐·徐夤《菊花》:"陶公岂是贫居者,剩有东篱万朵金。"借陶菊金贵以自慰。

唐·温庭筠《赠郑处士》:"醉收陶令菊,贫卖邵平瓜。"述郑处士隐居生活。

唐·司空图《歌者十二首》:"夕阳似照陶家菊,黄蝶无穷压故枝。"喻家菊。

唐·皮日休《奉献致政裴秘监》:"黄菊陶潜酒,青山谢公妓。"写闲适。

唐·齐己《早莺》:"羽毛新刷陶潜菊,喉舌初调叔夜琴。"写莺羽毛之新、鸣声之美。

宋·张咏《旅怀》:"犹喜陶潜绕篱菊,带霜开得数枝新。"喻家菊。

宋·杨亿《次韵和昭收寄银台李舍人之什》:"菊径顿疏陶靖节,月楼偏忆庾元规。"喻品节高尚的人少了。

宋·王之道《醉蓬莱》(追和东坡重九呈彦时兄):"千载渊明,风流称昔,吟绕东篱。白衣何处,谁复当年偶。"追忆当年风采。

宋·吕胜己《满江红》:"君不见,渊明归去后,一觞自泛东篱菊。"向往归隐。

宋·王炎《念奴娇》(菊):"因念爱酒渊明,东篱雅意,千载无人续。"慕渊明志趣。

宋·辛弃疾《念奴娇》(重九席上):"须信采菊东篱,离情千载,只有陶彭泽。"赞陶潜品格高雅,后无来者。

宋·赵善括《醉落魄》:"举觞一笑真难得,归兮学取陶彭泽。采菊东篱,悠然见山色。"

宋·郭应祥《西江月》(赋木犀次季功韵):"碎影乱筛月地,浓香时度风檐。渊明有菊径开三,不似此花雅淡。"以陶菊托木樨花。

宋·韩琦《次韵答提举王郎中》:"东篱秋晚黄花盛,陶令思归兴念浓。"用陶菊表思归。

宋·姚述尧《念奴娇》(冬日赏菊次前韵):"应

笑陶潜孤负了,多少傲霜余色。"以陶自比。

元·白朴《得胜乐·秋》:"寒雁儿长空嘹唳,陶元亮醉在东篱。"

元·卢挚《沉醉东风·闲居》:"学召平坡前种瓜,学渊明篱下栽花。"

元·滕斌《普天乐》:"蜗角名,蝇头利,输与渊明陶醉,尽黄菊围绕东篱。"

元·赵宏显《殿前欢·闲居》:"黄花似得渊明意,开遍东篱。"

清·龚自珍《己亥杂诗》:"陶潜酷似卧龙豪,万古浔阳松菊高。莫信诗人竟平淡,二分《梁父》一分《骚》。"龚自珍对陶潜爱菊的真谛作了深刻的揭示。

1160. 篱下黄花菊

南朝·梁·庾肩吾《赠周处士》:"九丹开石室,三径没荒林。仙人翻可见,隐士更难得。篱下黄花菊,丘中白雪芹。方欣松叶酒,自和游山吟。"写隐士周弘所居的"篱菊"。后人所写"篱菊",菊并非尽在篱下,只借"采菊东篱下"之名而已。"篱菊"的语言流量可观,作为诗典,借以表示绘园菊、度重九、抒雅兴、思归隐等。

南朝·陈·张正见《秋晚还彭泽》:"自有东篱菊,还持泛浊醪。"

南朝·陈·江总《于长安归还扬州九月九日微山亭赋韵》:"故乡篱下菊,今日几花开。"入隋南还,思念家乡。

唐·卢照邻《山林休日田家》:"南涧泉初冽,东篱菊正芳。"写田家之美、田家之乐。

唐·张九龄《林亭寓言》:"更怜篱下菊,无如松上萝。"讥"凌霜"不如"攀附"的世风。

唐·储光羲《仲夏饯魏四河北觐叔》:"东篱摘芳菊,想见竹林游。"

唐·孟浩然《九日怀襄阳》:"谁采篱下菊,应闲池上楼。"怀念故乡襄阳,想象中寂寂无人。

唐·刘长卿《过湖南羊处士别业》:"自有东篱菊,年年解作花。"写羊处士别业。

唐·李白《感遇四首》其二:"可叹东篱菊,茎疏叶且微。虽言异兰蕙,亦自有芳菲。未泛盈尊酒,徒沾清露辉。当荣君不采,飘落欲何依。"痛惜篱菊的遭遇。

唐·韦应物《赠令狐士曹》:"到家俱及东篱菊,何事先归半日程。"戏说令狐先归半日。

唐·高适《九日酬颜少府》:"檐前白日应可惜,篱下黄花为谁有。"思乡之情。

唐·杜甫《九日寄岑参》:"是节东篱菊,纷披为谁秀。"想篱菊,念岑参,岑参兴在诗酒,不采黄花是一憾事。又《九日登梓州城》:"且酌东篱菊,聊祛南国愁。"菊下一酌,聊以自慰。

唐·皇甫冉《寄权器》:"节近重阳念归否,眼前篱菊带秋风。"思归。

唐·钱起《九日田舍》:"今日陶家野兴偏,东篱黄菊映秋田。"有篱菊之雅兴。

唐·刘眘虚《九日送人》:"从来菊花节,早已醉东篱。"醉饮菊下。

唐·耿沣《秋中雨田园即事》:"空余去年菊,花发在东篱。"思怀田园。

唐·秦系《答泉州薛播使君重阳日赠酒》:"欲强登高无力也,篱边黄菊为谁开?"登高无力,篱边又无酒,赏菊无趣,此刻薛送来酒。"篱边黄菊为谁开",此句有代表性,许多"篱菊"句合此意。

唐·李端《和张尹忆东篱菊》:"若为篱边菊,山中有此花。"忆山中菊。又《夜宴虢县张明府宅逢宇文评事》:"更爱疏离下,繁霜湿菊丛。"称张尹篱菊雅兴。

唐·白居易《晚秋夜》:"花开残菊傍疏篱,叶下衰桐落塞井。"晚秋衰败景象。

唐·杜牧《折菊》:"篱东菊径深,折得自孤吟。"吟赏菊花。

又《江上逢友人》:"到时若见东篱菊,为问径霜几度开。"乡思。

与赵嘏《联句》:"别后东篱数枝菊,不知闲醉与谁同。"思赏菊。

唐·严武《巴岭答杜二见忆》:"江头赤叶枫愁客,篱外黄花菊对谁?"望菊而怀人。

唐·朱庆余《旅中过重阳》:"故山篱畔菊,今日为谁黄?"思乡。

唐·司空图《五十》:"漉酒有巾无黍酿,负他黄菊满东篱。"无酒唯赏菊了。

唐·黄滔《九日》:"莫言黄菊花开晚,独占尊前一日欢。"雅兴极浓。

唐·无可《菊》:"东篱摇落后,密艳被寒催。"咏残菊。

唐·皎然《九日与陆处士羽饮茶》:"九日山僧院,东篱菊也黄。"写重九菊黄。

又《寻陆鸿渐不遇》:"近种篱边菊,秋来未看花。"憾事。

唐·朱湾《秋夜宴王郎中宅赋得露中菊》："晚成犹待赏,欲采未过时。思弃东篱下,看随秋草衰。"为弃菊未赏而憾。

唐·刘商《送王贞》："槿花亦可浮杯上,莫待东篱黄菊开。"菊虽未开,酒也要饮好。

唐·刘沧《送李秀才归岭中》："故园新过重阳节,黄菊满篱应未凋。"故园黄菊正待李秀才归去。

唐·广宣《九日菊花咏应制》："可讶东篱菊,能知节候芳。"菊已报节令。

宋·寇准《九日群公出游郊外余方卧郡斋听水因寄——绝呈诸官》："菊老东篱人病酒,西风黄叶满荒田。""菊老东篱"喻作者卧斋病酒。

又《九日不饮》："病来不饮空凄感,独绕东篱咏菊花。"独赏菊、咏菊而不饮酒。

宋·欧阳修《渔家傲》："九月霜秋秋已尽,烘林败叶红相映,唯有东篱黄菊盈。"

又《霜》："耐寒唯有东篱菊,金蕊繁开晚风清。"耐霜唯有菊。

宋·李昉《偶书口号寄秘书郎》："望君偷暇来相访,犹有东篱残菊花。"恳切邀友。

宋·胡宿《题承诏亭》："主人令醉葡萄酒,篱下秋风菊自疏。"贻误赏菊。

宋·陈襄《重阳席上赋菊花》："折菊东篱下,携觞为燕邀。"用"采菊东篱"句。

宋·王安石《九月登东山寄昌叔》："渊明久负东篱醉,犹分低心事折腰。"

宋·朱敦儒《相见欢》："深秋庭院初凉,近重阳,篱畔一枝金菊、露微黄。"

宋·周紫芝《鹧鸪天》："篱边黄菊关心事,触误愁人到酒边。"

宋·叶梦得《鹧鸪天》："携浊酒,绕东篱,残菊犹有绕霜枝。"携酒赏菊。

宋·李清照《鹧鸪天》："不知随分尊前醉,莫负东篱菊蕊香。"醉酒赏花,不负篱菊。

宋·吕本中《南歌子》："短篱残菊一枝黄,正是乱山深处、过重阳。"山居度重阳。

又《满江红》："疏篱下,丛丛菊。虚檐外,萧萧竹。"写环境。

宋·洪适《生查子》："缓步绕东篱,看蕊金重叠。"写菊花之盛。

宋·袁去华《六州歌头》(渊明词)："且流行坎上,人世任相违,采菊东篱。"隐居。

宋·向滈《念奴娇》(木樨)："九畹衰丛,东篱落蕊,到此成粗俗。"兰、菊皆不如木樨。

宋·葛郯《满江红》："难独唱,篱边菊。谁与咏,阶前竹。"

宋·杨万里《水调歌头》："泛以东篱菊,寿以漆园椿。"泛菊酒。

宋·王炎《浪淘沙令》(菊)："秋色满东篱,露滴风吹。"秋菊。

宋·辛弃疾《水调歌头》："岁岁有黄菊,千载一东篱。"赞陶菊。

宋·陈亮《桂枝香》："芙蓉只解添愁思,况东篱、凄凉黄菊。"芙蓉、黄菊都使人凄苦。

宋·姜夔《乳燕飞》："一自东篱人去后,算人间、黄菊空凌落。"赞陶潜篱菊。

又《满江红》："不觉吹将头上帽,可来共采篱边菊。""吹帽"用晋人孟嘉故事。憾重九无伴赏菊。

宋·郭应祥《鹧鸪天》："且同北海邀佳客,共向东篱看落英。"邀友赏菊。

又《虞美人》："梅桃未利东篱菊,著个瓶儿簇。寻常四物不同时,恰似西施二赵、太真妃。"一个瓶儿插着梅花、桃花、茉莉和菊花,别有风味。寻常这四花如西施、赵飞燕姊妹、杨玉环四女一样不同时。

宋·刘克庄《水龙吟》(自和己亥自寿)："节序摧人,东篱把菊。西风吹帽,做先生处士,一生一世,不论资考。"慕陶潜、孟嘉般的逍遥、潇洒。

又《贺新郎》："赖有多情篱下菊,待西风,不肯先开了。"百花虽落,尚有菊花未开。

又《贺新郎》(癸亥九日)："尊有葡萄簪有菊、西凉州、不似东篱下。"西凉州无菊无酒。

宋·胡翼龙《八声甘州》："正小山已桂,东篱又菊,秋为人清。"秋已来临。

宋·陈允平《齐天乐》："明篱菊初黄,涧蓴堪荐。"慨难归田园。

宋·潘希白《大有》(九日)："戏马台前,采花篱下,问岁华、还是重九。"述重九到来。

宋·刘辰翁《双调望江南》(寿王秋水)："篱下菊,醉把一枝枝。"把菊醉酒。

又《菩萨蛮》(秋兴)："正是菊堪看,东篱独自寒。"孤寂。

又《莺啼序》："登高一笑,把菊东篱,且复聊尔耳。"聊且欢欣。

又《沁园春》："留得东篱晚节,笑倒龙山秃帽,一醉插茱萸。"菊花象征晚节。写家居志趣。

宋·刘将孙《南乡子》(重阳效东坡作):"山色泛秋光,点点东篱菊又黄。"重阳已届。

宋·无名氏《朝中措》:"尊前羞损,篱边野菊,池上芙蓉。"

元·关汉卿《碧玉箫》:"秋景堪题,红叶满山溪。松径偏宜,黄菊绕东篱。"慕隐居。

元·刘秉忠《蟾宫曲》:"梧桐一叶初凋,菊绽东篱,佳节登高。"

元·滕斌《普天乐》:"尽黄菊围绕东篱,良田数顷,黄牛二只,归去来兮。"

元·曾瑞《正宫端正好·自序》:"黄菊东篱栽数科,野菜西山锄几陀。"

清·况周颐《鹧鸪天》(重阳不登高,示绵初、密文两女):"何如偃蹇东篱下,犹有南山照酒杯。"登高惹愁,不如东篱把菊。

清·史惟圆《望海潮》(九日遥知次京山寺登楼):"天付闲身,醉来篱外伴黄花。"表闲适雅兴。

1161.黄菊残花欲待谁

唐·刘长卿《感怀》:"秋风落叶正堪悲,黄菊残花欲待谁?"秋风落叶,已值深秋,黄菊凋残了,还待何人来赏呢? 感自己之老迈过时,还有谁人看重呢! 古人的习俗,重阳之菊最美,重阳一过则视之为残菊。像五代人徐铉《十日和张少监》"黄菊后期香未减,新诗捧者眼还开"句称赞"香未减"的太少了,多数都写"残花"。

唐·杜甫《叹庭甘菊花》:"明日萧条醉尽醒,残花烂熳开何盖。"

唐·李嘉祐《游徐城河忽见清淮因寄赵八》:"初过重阳惜残菊,行看旧浦识群鸥。"

唐·李益《九月十日雨中过张伯佳期柳维未至以诗招之》:"唯有角巾沾雨至,手持残菊向西招。"

唐·羊士谔《九月十日郡楼独酌》:"嘉辰怅已失,残菊谁为惜。"

唐·陈羽《九月十日即事》:"节过重阳人病起,一枝残菊不胜愁。"

南唐后主李煜《九月十日偶书》:"黄花冷落不成艳,红叶飕飕竞鼓声。"

宋·晁补之《忆秦娥》(和留守赵无愧送别):"黄菊虽残堪泛蚁,乍寒犹有重阳味。"

宋·李清照《声声慢》:"满地黄花堆积,憔悴

损、如今有谁堪摘?"

1162.老年花似雾中看

唐·杜甫《小寒食舟中作》:"春水船如天上坐,老年花似雾中看。"大历五年(770年),杜甫淹留潭州时作,距去世不到一年。虽落魄江湖,仍然关注着唐王朝之安危。"小寒食"是寒食的后一天、清明的前一天。身在舟中,春水涨流,水天一色,舟如天上行。老眼昏花,看岸上春花如隔一层迷雾,朦胧不清。《后汉书·张楷传》:"性好道术,能作五里雾。"后用"如堕五里雾中"喻遇到迷离恍惚、不知所以的情景。"老年花似雾中看",除自叹衰老外,又暗含对扑朔迷离、动荡不定的时局的关切。此七律的尾联就写"云白山清万余里,愁看直北是长安。""雾中看"亦成为后人应用的名句。

唐·白居易《眼病二首》:"纵逢晴景如看雾,不是春天亦见花。"这不是"老眼",而是"病眼"。

宋·王安石《即事五首》:"犹有数葩红好处,老年花似雾中看。"用杜甫原句。

宋·苏轼《生查子》:"酒罢月随人,泪湿花如雾。"这是"泪眼"看花。

又《古别离送苏伯固》再用上二句于此诗:"酒罢月随人,泪湿花如雾。"

又《减字木兰花》(送别):"如今未见,归去东园花似霰。""花似霰"句式同"花如雾",但意为花落,而不是"眼花"。

宋·黄庭坚《蓦山溪》(春晴):"而今老矣,花似雾中看,戏喜浅。"

宋·向子諲《南歌子》:"年光深似雾中看,报答风光无处、可为欢。"风光模糊。

宋·王之道《浪淘沙》(和鲁如晦):"高髻堕香鬟,遗恨眉山,老年花似梦中看。"换一"梦"字。

宋·范成大《正月十四日雨中与正夫、朋元小集夜归》:"老去尊前花隔雾,春来句里鬓成丝。"

宋·史浩《临江仙》:"居士近来心绪懒,不堪老眼看花。"

宋·韩淲《谒金门》:"把酒问春春几许,老年花似雾。"

宋·仇远《极相思》:"有谁知我,花明眼暗,如雾中看。"

金·段克己《渔家傲》(送春六首):"醉眼看花如隔雾,明朝酒醒那堪觑。"

明·屈大均《江城梅花引》:"老去看花如雾

里,被花恼、总断肠。"

清·孔尚任《鹧鸪天》:"院静窗寒睡起迟,秣陵人老看花时。"《牡丹亭》写侯方域虽仅二十几岁,却如杜甫作《小寒食舟中作》五十九岁时一样衰老。

今人鲁兮《势利眼》(作于1988年):"雾里看花烟雨蒙,旁观目未识英雄。""雾里看花"已作成语。清人王国维《人间词话》(三九)说白石写景之作"虽格韵高绝,然如雾里看花,终隔一层"。又"觉白石《念奴娇》《惜红衣》二词,犹有隔雾看花之恨"。白石即南宋词人姜夔。

1163. 花非花,雾非雾

唐·白居易《花非花》诗:"花非花,雾非雾,夜半来,天明去。来如春梦不多时,去似朝云无觅处。"此诗用博喻法:先以花、雾喻形象,后以春梦、朝云喻行为。似花又非花,以花喻其美艳;似雾非雾,以雾喻其迷蒙。"来如春梦",喻其虽美却短暂;"去似朝云",喻其虽灿却易逝。四种喻体喻什么?惜无明示。然而这种现而复隐、纵而即逝的意象,已流露出对美好的人物或事物的追怀与求索。宋人用此句,恰恰都用了这种隐晦笔法,似乎写人,又不知何人,都扑朔迷离,空空灵灵。

宋·晏几道《采桑子》:"非花非雾前时见,满眼娇春,浅笑轻颦,恨隔垂帘看未真。"

宋·贺铸《鸳鸯语》:"凄凉渌水桥南路,奈玉壶、难扣鸳鸯语。行云行雨,非花非雾。为谁来为谁还去?"

宋·向子諲《生查子》:"近似月当怀,远似花藏雾。"花、雾写在一起。

宋·王灼《七娘子》:"花明雾暗非花雾,似春屏、梦短无凭据。"

宋·吴文英《东风第一枝》:"倾国倾城,非花非雾,春风十里独步。胜如西子妖娆,更比太真淡泞。"

1164. 似花还似非花

宋·苏轼《水龙吟》(次韵章质夫杨花词):"似花还似非花,也无人惜从教坠。抛家傍路,思量却是,无情有思。"这是苏轼著名的杨花词中句,杨花"似花还似非花",即白居易"花非花"之意。杨花是花又不是花,道出了杨花的特点。宋·张炎《词源》卷下《句法》云:"词中句法,要妥精粹。……如

东坡《杨花词》云:'似花还似非花,也无人惜从教坠。'又云:'春色三分,二分尘土,一分流水。'……此皆平易中有句法。"正因为杨花似花又似非花,所以它的坠落不像其他春花落被人怜惜,这起句已经抒写出诗人内心抑郁、幽怨之情。这正如清人沈谦《填词杂说》中所评:"东坡'似花还似非花'一篇,幽怨缠绵,直是言情,非复赋物。"也如清·刘熙载《艺概》卷四的评定:"东坡《水龙吟》起云'似花还似非花',此句可作全词评语,盖不离不即也。""思量却是,无情有思",则用杜甫"落絮游丝亦有情"句,这"思"应是词人之思。当然也有不同评论,清·先著、程洪《词洁》卷五说:"起句入魔,'非花'矣而又'似',不成句也;'抛家傍路'四字欠雅;'缀'字韵不隐;'晓来'以下,真是化工神品。"不过"似花还似非花",却早已为宋人吸收了。

宋·刘学箕《念奴娇》(次韵范正之柳絮):"遥认仿佛飞花,花非还似,恼乱多情客。"写杨花。

宋·张炎《满江红》(蝴蝶):"蝴蝶一生花里活,似花还却似非花。"

又《清平乐》(题处梅家藏所南翁画兰):"香心淡染清华,似花还似非花。要与闲梅相处,孤山山下人家。"写"画兰",因系"处梅家藏",就与宋初居于孤山下终日与梅相处的林逋的故事沟通了。

又《瑶台聚八仙》(余昔有梅影词,今重为模写):"误入罗浮身外梦,似花又却似非花。"梅影非花。

1165. 天低五里雾

宋·宋庠《晚归驰道遇雨马上作》:"天低五里雾,日晦九成台。"《后汉书·张楷传》:"性好道术,能作五里雾。"后用"五里雾"表示迷离恍惚,失去目标,失去方向。常用"如堕五里雾中"。此诗中意为云浓雨密,视线被遮。

宋·文彦博《玉梁》:"濛濛五里皆金雾,岌岌三休是宝楼。"

宋·刘敞《同河中府签判刘状元廷平访华阴云台观陈博先生故居是时云务不尽见诸峰》:"过客仍迷五里雾,真人与效二茅龙。"

1166. 菊花须插满头归

唐·杜牧《九日齐安登高》:"尘世难逢开口笑,菊花须插满头归。"这是深受词家喜爱的两句诗。唐武宗会昌五年(845年),杜牧任池州刺史,

诗人张祜来访,二人重阳节携壶登高作此诗。杜牧抱负难酬,张祜已受元稹排斥,二人同是抑郁的。"尘世难逢开口笑,菊花须插满头归"正是以旷达之言安自己并慰张祜。

诗人写插花,至少起于梁代。南朝·梁·朱超《咏镜》写:"折花须自插,不用暂临池。当由可怜面,偏与镜相宜。"南朝·梁·汤僧济《咏渫井得金钗》:"昔日倡家女,摘花露井边。摘花还自插,照井还自怜。"南朝·陈·江总《秋日新宠美人应令》:"秋树相思一枝绿,为插贱妾两鬓中。"

宋·严蕊《卜算子》:"若得山花插满头,莫问奴归处。"元末人陶宗仪《说郛》"卷五十七引邵桂子《雪舟脞语》云,唐仲友与朱晦庵(朱熹)不和,朱捕送仲友眷官妓严蕊奴于囹圄。提刑岳霖疏决,蕊奴请自便。岳问"去将安归?"蕊赋《卜算子》:"不是爱风尘,似被前身误。花开花落自有时,总是东君主。去也终须去,住也如何住。若得山花插满头,莫问奴归处。"《朱子大全》卷十九《按唐仲友第四状》:"每逢仲友筵会,严蕊进入宅堂,因此密熟,出入无间,上下合于人并无阻节。今年二月二十六日筵会,深夜,仲友因与蕊偷滥,欲行落籍,遣归婺州永康县亲戚家。说与严蕊:'如在彼处不好,却来投奔我。'至五月十六日筵会,仲友亲戚高宣教撰曲一首,名《卜算子》。后一段云:'去又如何去,住又如何住,但得山花插满头,休问奴归处。'"(《四部备要》本)高宣教"撰曲",应入唱,《卜算子》仍应是严蕊作。《说郛》所载是信。"若得山花插满头"用杜牧句,言得自由快乐。

杜牧的"菊花须插满头归"深受后人钟爱,用原句、近原句及变式句者,宋人极盛。

唐·唐彦谦《高平九日》:"乌纱频岸西风里,笑插黄花满鬓秋。"

宋·晏几道《武陵春》:"梁王苑路香英密,长记旧嬉游,曾看飞琼戴满头。"变式。

宋·苏轼《定风波》(重阳):"尘世难逢开口笑。年少,菊花须插满头归。"用原二句。

又《谢郡人田贺二生献花》:"何当镊双鬓,强插满头回。"

又《答王巩》:"子有千瓶酒,我有万株菊。任子满头插,团团见花不见目。醉中插花归,花重压折轴。"

又《次韵苏伯固主簿重九》:"髻重不嫌黄花满,手香新喜绿橙搓。"

宋·黄庭坚《鹧鸪天》:"无闲事,即芳期,菊花须插满头归。宜将酩酊酬佳节,不用登临送落晖。""菊花"句以下三句均用杜牧句,只"但将"换作"宜将","恨落晖"换作"送落晖"。

又《南乡子》:"白发又扶红袖醉,戎州,乱折黄花插满头。"近原句,写醉态。

又《西江月》:"转盼惊翻长袖,低徊细踏红鞋。舞余犹颤满头花,娇学男儿拜谢。"变式。

又《定风波》:"莫笑老翁犹气岸,君看,几人黄菊上华颠。""华颠"即白头。

宋·晁端礼《木兰花》:"拼却栏边醉倒,共伊插满头归。"

又《浣溪沙》:"醉倒任眠深径里,醒时须插满头归。"近原句。

宋·黄裳《蓦山溪》(腊日游尧山):"开口笑,插花归,更候清秋晚。"

宋·晁补之《临江仙》:"自古齐山重九胜,登临梦想依依,偶来恰值菊花时。难逢开口笑,须插满头归。"近原二句,写游齐山。

又《虞美人》(用韵答秦令):"平台珠履登处,犹自怀人否?且簪黄菊满头归,惟有此花风韵、似年时。"

宋·周邦彦《玉烛新》(梅花):"好乱插、繁花盈首。"变式。

又《蝶恋花》:"拟插芳条须满首,管交风味还胜旧。"

宋·葛仲胜《浪淘沙》(十月十九夜赏菊):"只愁一夜便香衰,待插满头年大也,且泛芳卮。""只愁"句反用郑谷"未必秋香一夜衰"句。

又《南乡子》(九月用玉局翁韵作呈坐上诸公):"溪上清风楼上醉,飔飔,共折黄花插满头。"

宋·李新《浣溪沙》(秋怀):"千古人生乐事稀,露浓烟重薄寒时,菊花须插两三枝。"

宋·王之道《南乡子》(追和东坡重九):"醉帽尽从吹落去,幸有黄花插满头。"

又《减字木兰花》:"钗头花满,舞罢梅英飞入盏。"

宋·曹勋《武陵春》(重阳):"只恐秋香一夜衰,须插满头归。"上句反用郑谷"未必秋香一夜衰"句。

宋·朱熹《水调歌头》(概括杜牧之齐山诗):"尘世难逢一笑,况有紫萸黄菊,堪插满头归。"

宋·高宣教《卜算子》:"去又如何去,住又如何住,但得山花插满头,休问奴归处。"《全宋词》已收,故列出。

宋·严蕊《卜算子》:"去也终须去,住也如何住。若得山花插满头,莫问奴归处。"《全宋词》亦收入。

宋·辛弃疾《玉楼春》:"黄花不插满头归,定倩白云遮且住。"

宋·赵善扛《重叠金》:"花戴满头归,游蜂花上飞。"

宋·马子严《感皇恩》(自寿):"深约海棠开,一庭儿女,共插头笑相语。"

宋·郭应祥《鹧鸪天》:"满头插菊掀髯笑,笑道齐山浪得名。"此句以杜牧齐山诗得名。

宋·韩淲《鹧鸪天》:"年年眉寿登高后,醉帽常留菊满簪。"

宋·魏了翁《南乡子》:"民气乐时天亦好,休休,为尔簪花插满头。"

宋·陈著《江城子》:"醉也从他儿女手,争把菊、满头簪。"

宋·周密《声声慢》(九日松涧席):"人生最难一笑,拼尊前、醉倒方休。待醉也,带黄花、须带满头。"

宋·汪元量《琴调相思引》(越上赏花):"惜花人醉,头上插花归。"

宋人话本小说中人物杏俏《满庭芳》(嘲梅娇):"堪赏处,玉楼人醉,斜插满头归。"

1167. 长条插鬓垂

唐·杜牧《杏园》:"莫怪杏园憔悴去,满园多少插花人。"

宋·晏殊《破阵子》:"忆得去年今日,黄花已满东篱。曾与玉人临小槛,共折香英泛酒卮,长条插鬓垂。"头(鬓)上插花,于古有之,于宋为烈,而且不分男女。青年人在节日、庆日、欢宴日都有钗头鬓边插花的习俗和情趣。

宋·柳永《木兰花》(海棠):"美人纤手摘芳枝,插在钗头和风颤。"

宋·晏几道《西江月》:"庭花犹有鬓边枝,且插残红自醉。"

宋·苏轼《送笋与芍药与公择二首》:"还将一枝春,插向两髻丫。"

又《劝金船》(和元素韵自撰腔名):"纤纤素手如霜雪,笑把秋花插。"

宋·黄庭坚《惜余欢》(茶词):"犹整醉中花,借纤手重插。"

宋·晁端礼《菩萨蛮》(回文):"云鬓插花新,新花插鬓云。"

又《诉衷情》:"手挼柳带,鬓插梅梢,探得春来。"

宋·赵令畤《鹧鸪天》:"船槛内,月明中,插花归莫匆匆。"

宋·赵子发《点绛唇》:"去年吾家,曾插黄花醉。今那是,杖藜西指,看即成千里。"

宋·叶梦得《满江红》:"霜鬓不辞重插满,他年此会何人忆。记多情、曾伴小阑干,亲攀摘。"

宋·朱敦儒《水调歌头》(淮阴作):"落日经过桃叶,不管插花归去,小袖挽人留。"

又《鹧鸪天》:"玉楼金阙慵归去,且插梅花醉洛阳。"

又《减字木兰花》:"长楫忘言,回棹桃花插满船。"

又《沙塞子》(大悲,再作):"席地插花传酒,日西催。"

宋·曾慥《调笑》(破子):"赏心乐事知多少,乱插繁华晴昊。"

宋·韩元吉《南柯子》:"一枝长伴荔枝来,付与玉人和笑、插鸾钗。"

宋·范成大《浣溪沙》:"看十分秋月,重阳更插黄花。"

宋·沈端节《卜算子》:"谁插菊花枝,谁带茱萸佩。独倚栏干醉不成,日暮西风起。"

宋·程垓《减字木兰花》:"几回心曲,选胜摘来情自足。插向云鬓,要与仙郎比并看。"

宋·石孝友《如梦令》:"折寄陇头春信,香浅绿柔红嫩,插向鬓云边,添得几多风韵。"

宋·韩淲《贺新郎》:"试著春衫从酒伴,乱插繁英嫩萼。"

又《柳梢青》:"且插梅花,自烧银烛,沉水香飘。"

宋·李廷忠《沁园春》:"有黄花插鬓,何妨倚帽。"

宋·刘克庄《贺新郎》:"追数尊前插花客,人物并皆佳妙。"

又《最高楼》:"漫摘取,野花簪一朵,更拣取、小词填一个。"

"走马插花"常常显示一种荣耀、喜庆。

宋·毛开《贺新郎》:"走马插花当年事,池畹空余旧迹。"

宋·辛弃疾《定风波》(暮春漫兴):"少日春怀似酒浓,插花走马醉千钟。"

1168. 人老簪花却自羞

宋·苏轼《答陈述古》:"城西亦有红千叶,人老簪花却自羞。"花未老而人已老,"人老簪花"总是有些羞惭了,多表对花而叹人老的感情。初先表达这种感情的是唐人独孤及《得李滁州书以玉谭庄见托因书春思以诗代答》:"朱颜因酒强,白发对花惭。"用"惭"字,羞惭之意。唐·杜甫《九日》:"苦遭白发不相放,羞见黄花无数新。"因白发见黄花而羞。始用"羞"字。苏轼取源于此。人不分男女,青年人都可以插花,而老年人则应与插花绝缘了。唐人刘得仁《悲老宫人》:"白发宫娃不解悲,满头犹自插花枝。""不解悲"也带讥讽意味。这里又用个"悲"字。"惭""羞""悲"三词义近,后人用"羞"字为多,如在重九插黄花于鬓,硬着头皮,乘兴而插,也难免"羞"老。

不过也有例外。宋·苏轼《千秋岁》(湖州暂来徐州重阳作):"美人怜我老,玉手簪黄菊。"因"怜老"而簪黄菊于鬓,意在重现青春的风采,至少也是一种慰籍。宋·辛弃疾《满江红》:"有玉人怜我,为簪黄菊。"用苏轼句。当然人老羞花之感是普遍的,而且写人羞花也羞,"花也羞"是移情句。

宋·苏轼《吉祥寺赏牡丹》:"人老簪花不自羞,花应羞上老人头。"

又《立春日病中邀安国仍请率禹功同来,仆虽不能饮,当请成伯主会,某当杖策倚几于其间,观诸公醉笑,以拨滞闷也二首》:"白发欹簪羞彩胜,黄耆煮粥荐春盘。"

宋·吕渭老《豆叶黄》:"轻罗团扇掩微羞,酒满玻璃花满头。"

宋·黄庭坚《南乡子》:"莫笑插花和事老,摧颓,却向人间耐盛衰。"用其反义。

宋·京镗《洞仙歌》(重九药市):"□不羞华发,不照衰颜,聊满插、黄花一醉。"用其反义。

宋·韩淲《朝中措》(九日周国正席间赋长短句):"年年羞插菊花游,华发不禁秋。"

宋·陈允平《汉宫春》(芍药):"双鬓改,一枝帽底,如今应为花羞。"

宋·辛弃疾《水调歌头》(醉吟):"白发短如

许,黄菊倩谁簪。"叹白发短而不能簪菊。

宋·赵以夫《龙山会》:"白发苦欺人,尚堪插,黄花盈首。"反用其意。

金·段克己《鹧鸪天》(九日寄彦衡济之,兼简仲坚景纯二弟):"绿醅轻泛红萸好,黄菊羞簪白发稠。"

1169. 黄花不笑贫

唐·顾况《闲居自述》:"荣辱不关身,谁为疏与亲。有山堪结屋,无地可容尘。白发偏添寿,黄花不笑贫。一尊朝暮醉,陶令果何人。"此诗述写安于隐遁贫困生活。虽生白发却可以增添寿命,喜爱黄花因为它不讥笑贫穷。

唐·严维《岁初喜皇甫侍御至》:"湖上新正逢故人,情深应不笑家贫。"这里的"不笑家贫"是因为遇到了情深谊厚的故友。

1170. 看花叹老忆年少

宋·苏轼《安国寺寻春》:"看花叹老忆年少,对酒思家愁老翁。"寻春看花,花总是年轻人的赏物,而老年人看花自然想起年轻时代。

宋·欧阳修《希真堂东手种菊花十月始开》(庆历四年):"种花勿种儿女花,老大安能逐年少。"写老年种花。"儿女花",或指年轻人喜爱的春花,春花"斗紫夸红",为"儿女"所喜爱;或指菊花这样的"晚开之花"。似用前意。

古人看花叹老。老怕看花,并非人性习俗或心理定势,而是一种反衬法,有感自己年迈体衰,"年老羞花"亦与此同。这种笔法,唐人应用更多。

唐·顾况《早春思归有唱竹枝歌者坐中下泪》:"渺渺春生楚水波,楚人齐唱竹枝歌。与君皆是思归客,拭泪看花奈老何。"

唐·孟郊《杂怨》三首其二:"树有百年花,人无一定颜。花送人老尽,人悲花自闲。"

1171. 花应羞上老人头

宋·苏轼《吉祥寺赏牡丹》:"人老簪花不自羞,花应羞上老人头。醉归扶路人应笑,十里珠帘半上钩。"作者《牡丹记叙》云:"熙宁五年三月二十三日,予从太守沈公,观花于吉祥寺僧守璘之圃。"见满圃盛开的牡丹,作者笑"人老簪花",设想人不自羞花应羞,移情拟人,别出一格。"花应羞上老人头",花显示着青春、娇艳、活力,簪花是年轻人的事；人老簪花，花临白发，极不和谐，因而花也应羞。

唐·刘禹锡《看牡丹》："今日花前饮，甘人醉数杯。只愁花有语，不为老人开。"苏诗取此命意。

用"花应羞上老人头"句如：

宋·黄庭坚《南乡子》（重阳日宜州城楼宴集即席作）："花向老人头上笑，羞羞，白发簪花不解愁。""不解愁"即不知愁。

宋·晁补之《万年欢》："花似何郎鬓白，恐花笑、逢花羞摘。"

宋·张耒《风流子》："奈愁人庾肠，老侵潘鬓，谩簪黄菊，花也应羞。"

宋·袁去华《南柯子》："簪花莫怪老人羞，直是黄花、羞上老人头。"

宋·韩元吉《鹧鸪天》（九日双溪楼）："不惜黄花插满头，花却为老人羞。"

宋·无名氏《朝中措》："看取星星潘鬓，花应羞上人头。"

1172. 花向老人头上笑

宋·黄庭坚《南乡子》（重阳日宜州城楼宴集即席作）："花向老人头上笑，羞羞，白发簪花不解愁。"花笑白发簪花，仍是拟人，也是叹老的移情笔法。用此笔法（花笑人）如：

宋·李清照《蝶恋花》（上巳召亲族）："醉莫插花花莫笑，可怜春似人将老。"

宋·曾觌《感皇恩》（重到临安）："依旧惜春心，花枝常好，只恐尊前被花笑。"

宋·管鑑《念奴娇》（癸巳重九，同陈汉卿、张叔信、王任道登金石台作）："惆怅紫菊红萸，年年簪发，应笑人空老。"

宋·范成大《水调歌头》（燕山九日作）："黄花为我，一笑、不管鬓霜羞。"

元·白朴《庆东原》："白发凋骚，则待强簪花，又恐旁人笑。"不是花笑，是"人笑"。

1173. 黄花白发相牵挽

宋·黄庭坚《鹧鸪天》（坐中有眉山隐客史应之和前韵，即席答之）："身健在，且加餐，舞裙歌板尽清欢。黄花白发相牵挽，付与时人冷眼看。"白发入黄花丛中或黄花簪于白发之上，即成"相牵挽"之势。意为白发老人头尽可以簪上菊花。就让时人冷眼看去。

"白首（发）"与"黄花"前人已对用入诗，白发是老年，黄花是秋花，但入诗之后往往表现对生活的达观态度。一般用于重九赏菊的老人。

宋·韩琦《重九与诸亲会别陈桥驿》："莫悲白首分行袂，且伴黄花入醉乡。"劝诸亲莫悲白首分离，应伴黄花痛饮一醉。

宋·韩维《和伯寿秘监》："黄花一醉犹能否，白首相逢是偶然。"

又《哭曾令绰三首》："黄花频采掇，白发共淹留。"

宋·王安石《愁台》："万事因循今白发，一年容易即黄花。"

宋·强至《九日作》："黄花若解怜多病，白发应嗟老去年。"

宋·陈师道《木兰花》（汝阴湖上同东坡用六一韵）："不将白发并黄花，拟下清流揽明月。"

1174. 云鬟一枝斜

宋·张元干《醉花阴》（咏木犀）："霜刀剪叶呈纤巧，手撚迎人笑。云鬟一枝斜，小阁幽窗，是处香了。"（一作李弥逊词）手撚纤巧的一枝木犀，斜插在云鬟上，于是小阁幽窗里，便处处都洋溢着花香了。这委委地叙述，细腻的描绘，是好词，又是幽美的散文了。

宋·丘崈《醉花阴》（木犀）用了张元干的三句："铜壶冷侵宜深窈，人试新妆巧。云鬟一枝斜，小阁幽窗，是处都香了。"

"云鬟一枝斜"，女子云鬟上斜插一枝花，就具有自然美。如果说"菊花插满头"是出于爱菊，那么"斜插一枝"则是爱美，因为真正的美不在于"插满头"，而在于"一枝斜"。"一枝"是点缀，是陪衬，"满头"则喧宾夺主了。用"一枝斜插"（也简化作"斜插"）的如：

宋·晏几道《于飞乐》："娇蝉鬓畔，插一枝、淡蕊疏梅。"首写"鬓插一枝"。

宋·舒亶《醉花阴》："拟插一枝归，只恐风流、羞上潘郎鬓。"

宋·谢逸《虞美人》（九日和董彦远）："黄花香返岭梅魂，好把一枝斜插、向乌云。"

宋·葛胜仲《临江仙》："一枝斜插映头峰，不辞连夜赏，银烛透纱笼。"

宋·叶梦得《临江仙》（正月二十四日晚至湖上）："一枝重插去年花，此身江海梦，何处定吾家。"

宋·赵士暕《好事近》(蜡梅):"玉人挼髯一枝斜,不忍更多摘。"

宋·王之道《渔家傲》(和孔任光三首):"左右青娥来巧笑,注唇涂额新妆了,斜插梅化仍斗妙。"

宋·杨无咎《惜黄花慢》:"横斜为插乌纱,更碎揉,泛入金尊琼蚁。"

宋·葛立方《沙塞子》(咏梅):"拼沉醉,帽帘斜插,折取南枝。"

宋·张镃《念奴娇》(宜雨亭咏千叶海棠):"犹记携手芳阴,一枝斜戴,娇艳波双秀。"

宋·刘过《浣溪沙》:"竹里绝怜闲体态,月边无限好精神,一枝斜插坐生春。"

宋·刘学箕《浣溪沙》(木犀):"密密翠罗攒玉叶,团团黄粟刻金花,一枝归插鬓云斜。"

宋·陈允平《月中行》:"鬓云斜插映山红,春重淡香融。"

宋·无名氏《西江月》(蜡梅):"翠鬓斜插一枝香,似簇蜂儿头上。"

宋·无名氏《添字浣溪沙》(红梅):"折得一枝斜插鬓,坠金钗。"

宋·无名氏《点绛唇》:"折取一枝,与插多情鬓。临鸾镜,粉容相并,试问谁端正。"

宋·无名氏《定风波》:"折赠美人临宝鉴、云脸,鬓边斜插最相宜。"

宋·无名氏《玉交枝》(蜡梅):"有人潇洒,插向鬓边宜。"

元明小说话在依托宋人王翠鸾《后庭花》:"碧桃花,鬓边斜插,伴人憔悴杀。"

1175. 节去蜂愁蝶不知

唐·郑谷《十日菊》:"节去蜂愁蝶不知,晓庭还绕折残枝。自缘今日人心别,未必秋香一夜衰。"九日刚过,蜂愁菊花多已被折去,而蝴蝶却不知此事,还在绕着清晨庭院里的残枝飞舞。只是由于十日人已无心赏菊,未必是一夜之间菊花就衰败了。"世情儿女无高韵,只看重阳一日花。"宋人范成大为郑谷诗作了注解。而唐人刘沧《送李休秀才归岭中》:"故园新过重阳节,黄菊满篱应未凋。"也不仅是安慰李休,同时也写了晚菊之美。所以唐·贾岛《对菊》写:"九日不出门,十日见黄菊。灼灼尚毓英,美人无消息。"宋·黄庭坚《鹧鸪天》(明日独酌自嘲呈史应之)写:"茱萸菊蕊年年事,

十日还将九日看。"

黄庭坚很喜欢郑谷的《十日菊》,竟把全诗四句都移植入《鹧鸪天》词中:"节去蜂愁蝶不知,晓庭环绕折残枝。自然今日人心别,未必秋香一夜衰。"作为"九日集句"词,竟用全诗作了半阕。

又《南乡子》再用了郑谷句:"寂寞酒醒人散后,堪悲,节去蜂愁蝶不知。"

1176. 明日黄花蝶也愁

宋·苏轼《九日次韵王巩》:"相逢不用忙归去,明日黄花蝶也愁。"重阳留客,诚挚地表明九九佳节不可错过,不然十日的黄花凋败,连蝴蝶也要发愁了。他在《南乡子》(重九·涵辉楼呈徐君猷)再用"明日黄花"句:"万事到头都是梦,休休,明日黄花蝶也愁。"说明诗人自己尤喜爱此句。而后者更深沉,更富于人生哲理,也是作者对自己人生经历的消沉的体验。"明日黄花"后作为成语,表示衰老的人物或陈旧的事物,也用作"昨日黄花"。

唐·杜牧《十日菊》:"节去蜂愁蝶不知,晓庭还绕折残枝。"苏轼"蝶也愁"句意义与之相反。唐·吴仁璧《凤仙花》:"香红嫩绿正开时,冷蝶饥蜂两不知。"不是不知凋落,而是不知"正开"。

唐人写花与蝶的还有:

司空曙《过卢秦卿旧居》:"黄花寒后难逢蝶,红叶晴来忽有蝉。"

方干《题睦州环溪亭》:"闲花半落犹邀蝶,白鸟双飞不避人。"

崔涂《残花》:"蜂蝶无情极,残香更不寻。"

张贲《奉和袭美题褚家林亭》:"百本败荷鱼不动,一枝寒菊蝶空迷。"

罗隐《清溪江令公宅》:"莺怜胜事空啼巷,蝶恋余香舞好枝。"为什么"蝶恋余香"?因为"未必秋香一夜衰"。

于贲《对花》(一作武瓘《感事》诗):"花开蝶满枝,花落蝶还稀。唯有旧巢燕,主人贫亦归。"

王贞白《冯氏书斋小松二首》:"自秉霜雪操,任他蜂蝶嫌。"

宋·林逋《梅花》:"霜禽欲下先偷眼,粉蝶如知合断魂。"

宋·宋庠《独坐郡圃北斋》:"残蜩初去柳,寒蝶尚寻花。""寒蝶寻花"也是常例。

又《小圃雨霁》:"黄花沉暮蝶,苍柳啸孤蝉。"

以上"花蝶"句虽也有立意新颖的,但都不如

"明月黄花蝶也愁",一个"愁"字,以"蝶"拟人,抒发了人的愁情。用此句的如:

宋·陈师道《南乡子》(九日用东坡韵):"登览却轻酬,剩作新诗报答秋。人意自阑花自好,休休,今日看时蝶也愁。"用苏轼《南乡子》词中句。

宋·杨无咎《惜黄花慢》:"对佳节,惟应欢醉。看睡起、晓蝶也愁花悴。"用"蝶也愁。"

又《倒垂柳》(重九):"黄花明日,纵好无情味。"用"明日黄花"。

宋·彭子翔《临江仙》(寿六十二):"八千秋老又从头,明朝无尽在,蝴蝶不须愁。"反用。

元·张可久《折桂令》(九日):"人老去西风白发,蝶愁来明日黄花。"

清·朱祖谋《洞仙歌》(丁末九日):"故国霜多,怕明日黄花开瘦。"

又《齐天乐》(乙丑九日庸庵招集江楼):"明日黄花,清晨白发,飘渺苍波人事。"

1177. 余菊尚浮杯

北周·庾信《聘齐秋晚馆中饮酒》:"残秋欲屏扇,余菊尚浮杯。"古代饮菊花酒,当始于汉初。晋·葛洪《西京杂记·高帝侍儿言宫中乐事》云:"九月九日,佩茱萸,食蓬饵,饮菊华酒,令人长寿。菊华舒时,并采茎叶,杂黍米酿之,至来年九月九日始熟。就饮焉,故谓之菊华酒。"魏·曹丕《九日与钟繇书》云:"岁往月来,忽复九月九日。九为阳数,而日月并应,俗嘉其名,以为宜于长久,故以享宴高会。"这就是"九九重阳",登高饮酒的来历。九九饮菊花酒初起于汉宫,后延习于民间,借"重阳"之吉,求"长寿"之利。"菊花"又称"黄花",《史正志菊谱前序》云:"菊,草属也,以黄为正,所以概称黄花。"庾信的"余菊"当在重阳节以后。他的《卧疾穷愁》诗又写"有菊翻无酒,无弦则有琴。"是以陶渊明事自况。《续晋阳秋》载:"陶潜尝九月九日出宅边菊丛中,坐久之,满手把菊。值王弘送酒至,即便就酌,醉而归。渊明不解音律,而蓄之弦琴一张,每酒适辄,抚弄以寄其志。"写"菊花酒"以唐人为盛。

唐·苏瓌《奉和九日幸临渭亭登高应制》:"菊气先熏酒,萸香更袭衣。"

唐·郭元振《秋歌二首》:"辟恶茱萸囊,延年菊花酒。"

唐·张九龄《九月九日登龙山》:"凡泛篱下菊,还聆郢中唱。"

唐·杨炯《和酬虢州李司法》:"菊花宜泛酒,浦叶好裁书。"

唐·李峤《饯骆二首》:"人追竹林会,酒献菊花秋。"

又《九日应制》:"仙杯还泛菊,宝馔且调兰。"

唐·王绩《赠学仙者》:"春酿煎松叶,秋杯浸菊花。"

唐·宋之问《奉和九日幸临渭亭登高应制》:"令节三秋晚,重阳九日欢。仙杯还泛菊,宝馔且调兰。"(同李峤诗)

又《奉和圣制闰九月九日登庄严总持二寺阁》:"帝歌云稍白,御酒菊犹黄。"

唐·韦元旦《奉和九日幸临渭亭登高应制》:"欣承解愠词,圣酒黄花发。"

唐·阎朝隐《奉和九日幸临渭亭登高应制》:"愿因荣萸酒,相守百千年。"

唐·李适《奉和九日登慈恩寺浮图应制》:"天文见叶写,圣泽菊花浮。"

唐·骆宾王《畴昔篇》:"相将菌阁卧青溪,且用藤怀泛黄菊。"

唐·张说《奉和御制与宋璟源乾曜同日上官命宴东堂赐诗应制》:"菊花吹御酒,兰叶捧天词。"

又《岳州宴姚绍之》:"翠罍吹黄菊,珊盘鲙紫鳞。"

又《岳州九日宴道观西阁》:"佳此黄花酌,酣余白道吟。"

又《九日进茱萸山诗五首》其二:"黄花家泛酒,青岳好登高。"其三:"菊酒携山客,萸囊系牧童。"

又《湘州九日城北亭子》:"宁知沉水上,复有菊花杯。"

唐·韦嗣立《奉和九日幸临渭亭登高应制》:"枝上萸新采,尊中菊始斟。"

唐·李乂《奉和九日侍宴应制》:"捧箧萸香遍,称觞菊气浓。"

唐·卢藏用《九日幸临渭亭登高应制》:"萸依佩里发,菊向酒边开。"

又《奉和幸安乐公主山庄应制》:"菊浦香随鹦鹉泛,箫楼韵逐凤凰吟。"

唐·马怀素《九日幸临渭亭登高应制》:"兰将叶布席,菊用香浮酒。"

唐·杨廉《奉和九日幸临渭亭登高应制》:"既

开黄菊酒,还降紫微星。"

唐·上官婉儿《九月九日上幸慈恩寺登浮图群臣上菊花寿酒》:"却邪萸入佩,献寿菊传杯。"

唐·窦希玠《奉和九日幸临渭亭登高应制》:"玉旗蒙桂叶,金杯泛菊英。"

唐·刘长卿《酬屈突陕》:"藜杖懒迎征骑客,菊花能醉去官人。"不用菊酒,菊花亦醉人。

唐·萧颖士《重阳陪元鲁山德秀登北城瞩对新霁因以赠别》:"赖慈琴堂暇,傲睨倾菊酒。"

1178. 我花开后百花杀

唐·黄巢《菊花》:"待到秋来九月八,我花开后百花杀。冲天香阵透长安,满城尽是黄金甲。"此诗据明·郎瑛《七修类稿》卷三十七引《清暇录》说是黄巢落第后所作,中心是咏菊以言志,《全唐诗》题为《不第后赋菊》。黄巢参加唐末农民大起义后,曾称"冲天大将军",概从此诗得名。公元881年,确实"冲天香阵透长安",在长安建立了大齐。"我花开后百花杀",自比菊花,菊花开时,百花已凋谢,隐含着冲天之志。

五代吴越王钱镠《百花亭题梅二首》(《金唐诗续补遗》卷十六):"农华园里万株梅,含蕊经霜待雪催。莫讶玉颜无粉态,百花中最我先开。"其二:"吴山越岫种寒梅,玉律含芳待候催。为应阳和呈雪貌,游蜂难觉我先开。"钱镠早年曾在董昌军中参与镇压黄巢农民起义,任镇海节度使。此诗写梅"百花中最我先开""游蜂难觉我先开",而黄巢写菊"我花开后百花杀",这一先开(梅),一后开(菊),算是对立的巧合吧。

宋·李遵勖《望汉月》:"黄菊一丛临砌……此花开后更无花,愿爱惜、莫同桃李。"意不同于黄巢诗,只写菊花之珍贵,句却与"我花开后"近同。

明·朱元璋《咏菊》:"百花发,我不发;我若发,都骇杀。要与西风战一场,遍身穿就黄金甲。"此诗为作者在皇觉寺为僧时作,取黄巢《菊花》诗语、意和志,后参加元末农民大起义,建立了明朝。但诗的韵味则逊色。

1179. 三十年前草上飞

唐·黄巢《自题像》:"三十年前草上飞,铁衣著尽著僧衣。天津桥上无人问(一作"识"),独倚危栏看落晖。"此诗为起义军攻克洛阳时作。"僧衣""铁衣"代表他为僧和军旅经历,"草上飞",马

不停蹄,辗转各地。此诗从元稹诗中来。

唐·元稹《智度师诗》其一:"四十年前马上飞,功名藏尽拥禅衣。石榴园下擒生处,独自闲行独自归。"其二:"三陷思明三突围,铁衣抛尽纳禅衣。天津桥上无人问,闲凭栏干望落晖。"黄巢诗改易其第一首的一句和第二首的二、三、四句而成。

人民领袖毛泽东《七律·吊罗荣桓同志》(一九六三年十二月):"记得当年草上飞,红军队里每相违。"用黄巢句说当年在急速的战争行动中很少见面。

1180. 且看黄花晚节香

宋·韩琦《九日水阁》:"不羞老圃秋容淡,且看黄花晚节香。"这是写老圃秋容以抒怀明志的。老圃秋容,虽已失去艳丽,却不觉羞惭,因为那黄花到了晚节仍留有清香。江少虞《宋朝事实类苑》卷三十六录此联后又云:"公居尝谓保初节易,保晚节难。故晚节事尤奏效,所至特完。""黄花晚节香"写黄花双关人的节操。"晚节"指晚年、末世,这里指人晚年的节操。黄花(菊花)到了晚节仍留有芳香,人到了晚年仍保持清白,这就是韩琦"且看黄花晚节香"名句的内涵。此句一作"虽惭老圃秋容淡,且看寒花晚节香"。用此句或近此意的如:

宋·邵雍《秋日雨霁闲望》:"水冷云疏霜意早,岁华虽晚黄花好。"意近。

宋·杨万里《清虚子此君轩赋》:"愿坚晚节于岁寒。"意近。

宋·李曾伯《沁园春》(甲辰寿王总侍):"为公寿,有黄花不老,长伴香名。"用其意。

宋·姚勉《沁园春》(寿程丞相):"似青山流水,涑川贤相,黄花晚节,魏国元臣。"

宋·叶路钤《水调歌头》(寿太守黄少卿):"闲展黄庭一卷,自爱黄花晚节,黄阁日偏长。"

宋·无名氏《满朝欢》(寿韩尚出守):"称觞处,晚节花香。月周犹待五夕。"

清·康熙皇帝玄烨《初秋咏竹》:"寒风不变终身节,绿叶纷然映晚凉。"写竹不变节。

时人彭卣簧《参加长沙颁发证书和给奖大会感赋》:"蜡炬有心长照客,春蚕垂老吐丝忙。只缘化雨东风劲,赢得黄花晚节香。"

1181. 残菊飘落满地金

宋·王安石《残菊》:"黄昏风雨打园林,残菊

飘落满地金。"黄昏时,一阵强风急雨,残菊之花纷纷落地,犹如满地黄金。《苕溪渔隐丛话》前集卷三十四引《高斋诗话》云:欧阳修嘲弄曰:"秋花不比春花落,为报诗人仔细吟。"(《戏王介甫》)王安石不以为然,曰:"欧公久不学之过也。岂不见楚辞云:'夕餐秋菊之落英'?"其实二人之论均有商榷处:菊花之疏散者,也如落春花。屈子之"落英"是始开之花。《史正志菊谱后序》云:"意落英之落,盖谓始开之花耳。"

菊花粉白都有,以黄色为主,人们喜欢黄菊,喻为金色。宋·梅尧臣《颂菊》诗:"黄金碎剪千万层,小树婆娑嘉趣足。""黄金"就是未落的黄花。

1182. 林间花欲燃

南朝·梁元帝萧绎《宫殿名诗》:"林间花欲燃,竹径露初圆。""花欲燃",喻花如火焰燃烧一样殷红。用"燃"字如:

唐·杜甫《绝句二首》:"江碧鸟逾白,山青花欲燃。"青与红对比映衬,花更红。

宋·苏轼《游鹤林招隐二寺》:"睡余柳花堕,目眩山樱然。""然"为古今字。

后也有把花喻为"火"的。如"五月榴花红似火"。宋·苏轼《邵伯梵行寺山茶》:"山茶相对阿谁栽,细雨无人我独来。说似与君君不会,烂红如火雪中开。"

1183. 五月榴花照眼明

唐·韩愈《榴花·题张十一旅舍三咏》:"五月榴花照眼明,枝间时见子初成。"石榴花开红似火,火红鲜亮,照耀人眼。此句写出榴花的靓丽、生动。宋·朱熹《题榴花》诗用了原二句:"五月榴花照眼明,枝间时见子初成。"韩愈《榴花》诗见《全唐诗》五函十册三四三页。而朱熹《题榴花》则收入《千家诗》,二诗文字全同,疑有误收。

"花照眼"即花耀眼,前人已写。南朝·梁武帝萧衍《春歌》中首先写了"花照眼":"阶上香入怀,庭中花照眼。"

唐·丘为《送阎校书之越》:"湖边好花照,山口细泉飞。"

唐·李颀《听安万善吹觱篥歌》:"变调如闻杨柳春,上林繁花照眼新。"

唐·杜甫《酬郭十五判官》:"药里关心诗总废,花枝照眼句还成。"

唐·柳宗元《酬徐二中丞普宁郡内池馆即事见寄》:"落日明朱槛,繁花照羽觞。"用李颀句。

唐·李德裕《芳荪》:"叶抽清浅水,花照暗妍节。"

唐·殷尧藩《端午日》:"鬓丝日日添头白,榴锦年年照眼明。"用韩愈句。

南唐后主李煜《望远行》:"碧砌花光照眼明,朱扉长日镇长扃。"

宋·欧阳修《渔家傲》:"五月榴花妖艳烘,绿杨带雨垂垂重。"用"五月榴花",说明《榴花》诗为韩愈的作品。从北宋黄庭坚等人的用句中亦可说明非朱熹诗。

宋·黄庭坚《南歌子》:"槐绿低窗暗,榴红照眼明。"

宋·米友仁《小重山》:"榴花红照眼,向人明。一枝低映宝钗横。"

宋·叶梦得《临江仙》(次韵答幼安、思诚、存之席上梅花):"一枝临晚照歌台,眼明浑未见,弦管莫惊催。"

又《南歌子》(四月二十六日集客临芳观):"绿槐重叠午阴清,更有榴花一朵、照人明。"

宋·张纲《清平乐》(上元):"红莲照晚,花底明人眼。"

宋·王之道《满庭芳》(代人上高太尉,时在太学):"良辰好,榴花照眼,绿柳隐啼莺。"

又《南歌子》(赵叔全生日):"榴花高下照红妆,花外飞云馥郁、水沉香。"

又《小重山》(彦逢弟生日):"花艳嫣然照坐红,池光高下见、木芙蓉。"

宋·曾觌《南柯子》(将出行,陆丈知府置酒,出姬侍,酒半索词):"绿阴侵檐净,红榴照眼明。"

宋·张抡《菩萨蛮》:"山花明照眼,更有提壶劝。"

宋·赵彦端《瑞鹧鸪》:"榴花五月眼边明,角簟流冰午梦清。"

宋·王千秋《瑞鹤仙》(韩南涧生日):"红消梅雨润,正榴花照眼,荷香成阵。"

宋·王质《清平乐》:"断桥流水,香满扶疏里,忽见十枝明眼底。"

宋·赵长卿《念奴娇》(梅):"点点枝头光照眼,恼损柔肠情客。"

又《浣溪沙》(为王参议寿):"密叶阴阴翠幄深,梅黄弄雨正频频,榴花照眼一枝新。"

宋·赵师侠《菩萨蛮》(玉山道中):"潇洒小旗亭,山花照眼明。"

宋·刘之才《声声慢》(五日):"曾是榴裙误写,怕照眼枝头,绛绡花并。"

清·孔尚任《桃花扇》第八出闹榭《八声甘州》:"榴花照楼如火喷,暑汗难沾白玉人。"

1184. 日向花间留返照

唐·李商隐《写意》:"日向花间留返照,云从城上结层阴。"日落西山之际,回光返照,照着花间无比明亮。

宋·张先《谢池春慢》(玉仙观道中逢谢媚卿):"日长风静,花影间相照。"写花光掩映,是"花间留返照"的变式。

宋·宋祁《玉楼春》:"为君持酒劝斜阳,且向花间留晚照。"用原句,换"且""晚"二字句。

宋·黄庭坚《定风波》:"涧草山花光照生。春过,等闲桃李又累累。"草色花光相照,亦一变式。

宋·晁端礼《感皇恩》:"醉中但记、红围绿绕,人面花光斗相照。"意同"人面桃花相映红"。

宋·张元干《望海潮》:"银烛暖宵,花光照席,谯门莫报更筹。"

1185. 踯躅花开红照水

唐·皇甫松《天仙子》:"踯躅花开红照水,鹧鸪飞绕青山觜。""踯躅"花名,即"羊踯躅",又称"闹羊花"。"红照水",红花映照水面,映入水底,水光使花鲜亮,花红使水增色。这是临岸近水之花独特的韵味。所以写各种临水之花者不在少。

唐·吴融《杏花》:"独照水时临水畔,最含情处出墙头。"

唐·陆希声《桃花谷》:"君阳山下足春风,满谷仙桃照水红。"

宋·陈济翁《踏青游》:"濯锦江头,羞杀艳桃秾李。……照绿水,恰如下临鸾镜,妃子弄妆犹醉。"

宋·苏轼《荷华媚》(荷花):"重重青盖下,千娇照水,好红红白白。"

宋·周邦彦《玉烛新》(梅花):"终不似,照水一枝清瘦,风娇雨秀。"

又《花犯》(梅花):"但梦想、一枝潇洒,黄昏斜照水。"

又《荔枝香近》(歇指):"照水残红零乱,风唤

去,尽日测测轻寒,帘底吹香雾。"

宋·朱敦儒《清平乐》:"胡蝶成团飞照水,睡鸭无人惊起。"写蝶照水。

宋·周紫芝《水调歌头》(雨后月出西湖作):"不堪老去,依旧临水照衰容。"写人照水。

又《西江月》(和孙子绍拒霜词):"更深绿水照红妆,便是采莲船上。"写水照采莲女。

宋·李弥逊《感皇恩》(次韵尚书兄老山堂作):"入夜月华清,中天方好,更著山光两相照。"写月光山光相照。

宋·吕渭老《河传》:"斜红照水,似晴空万里。"

又《鼓笛慢》:"渐横枝照水,清绿弄日,都点缀、江南岸。"

宋·王之道《减字木兰花》:"江梅清远,潇洒一枝尊俎畔。雪里风前,照水窥檐巧耐寒。"

宋·曹勋《竹马子》(柳):"娇黄照水,经渭城朝雨。"写柳照水。

宋·张抡《醉落魄》:"湖光湛碧,亭亭照水芙蕖拆。"

宋·袁去华《减字木兰花》(梅):"微红嫩白,照水横枝初摘索。"

宋·吴徵《浣溪沙》(咏梅):"茅舍疏篱出素英,临风照水眩精神。"

宋·赵长卿《虞美人》(双莲):"二乔姊妹新妆了,照水盈盈笑。"喻"双莲"为二乔。

又《蝶恋花》(和任路分荷花):"忆昔临平山下过,无数荷花,照水无纤翳。"

宋·赵昂《婆罗门引》:"暮霞照水,水边无数木芙蓉。"写霞。

宋·韩淲《谒金门》:"一曲荒山清照水,瀰渠杯酒旨。"

宋·卢祖皋《倚阑令》:"朱栏畔,斜弹琼簪,笑摘梨花闲照水,贴眉心。"写人。

宋·吴潜《水调歌头》(小憩袁氏园):"几树榴花发,映水色偏明。"

宋·杨泽民《侧犯》:"九衢艳质,看来怎比他闲靓。清韵,似照水横斜暮临镜。"

宋·周密《疏影》(梅影):"冰条木叶,又横斜照水,一花初发。"

宋·王沂孙《无闷》(雪意):"清致,悄无似,有照水一枝,已挽春意。"

宋·无名氏《望梅》:"画阑人寂,喜轻盈照水,

犯寒先拆。"

宋·无名氏《小重山》："竹里清香帘影明,一枝照水弄精神。"

宋·无名氏《摊破浣溪沙》："映地残霞红照水,断魂芳草碧连云。"

1186. 豆蔻梢头二月初

唐·杜牧《赠别二首》："娉娉袅袅十三余,豆蔻梢头二月初。春风十里扬州路,卷上珠帘总不如。"此诗为歌女张好好赠别。写这位十三岁的歌女,娉婷袅娜,窈窕轻盈,有如二月初至豆蔻梢头含苞待绽的花蕾。清·吴景旭《历代诗话》记述:"张好好年十三,杜牧以善歌置乐籍中,吟一绝句云:'娉婷袅娜十三余,豆蔻梢头二月初。春风十里扬州路,卷上珠帘总不如。'刘孟熙引《本草》云:豆蔻花开未大者,谓之含胎花,言年少而娠身也。杨升庵谓其所引《本草》,是言少而娠非也。牧之本咏娟女,言其美而且少,未经事人,如豆蔻花之开耳。此为风情言,非为求嗣而言也。若娟而娠,人方厌之,以为绿树成阴矣,何事入咏乎?……杨廉夫艳词云:'从今不带宜男草,豆蔻含胎恐太并',总是戏言耳。黄山谷广陵早春用其意作诗云:'春风十里朱帘卷,仿佛三生杜牧之。红药梢头初茧栗,扬州风物鬓成丝。'按《礼记》'祭天地之牛,角茧栗。'《汉书》'天地牲,角茧栗',颜师古注:'牛角之形,或如茧,或如栗,言其小。'山谷借用以言花苞之小,末句谓风物如此,惜其身之老也;则知豆蔻、含胎、红药、茧栗同出一意。高续古《红药词》云'红翻茧栗梢头遍',姜尧章《芍药词》云'茧栗梢头弄',张伯雨诗'微雨催开茧栗花',吴文可诗'药栏茧栗怯春寒',犹是用山谷诗耳。如张思廉诗'胡姬年十五,芍药正含葩',直脱换牧之、山谷间矣。"而用豆蔻喻少女影响最大,后有"豆蔻年华"之谓。

杜牧扬州赠别一诗,是极有名的。宋代姜夔的名词《扬州慢》:"杜郎俊赏,算而今、重到须惊。纵豆蔻词工,青楼梦好,难赋深情。"借杜牧之行,称豆蔻之词,写扬州遭逢劫难之余,已破败不堪。纵使杜牧重来,欲再寄豆蔻之诗,薄倖青楼之梦,也会由于这里人迹寥落而没有逸兴歌咏缠绵之情了。

早春二月,是个美好时刻,唐人早有写"二月初"时光之美的了。

唐·刘庭琦《奉和圣制瑞雪篇》:"奕奕纷纷何所如,顿忆杨园二月初。"

唐·孟浩然《送卢少府使入秦》:"愿及芳年赏,娇莺二月初。"

唐·郎士元《送郴县裴明府之任兼元宣慰》:"白萍楚水三湘远,芳草秦城二月初。"

唐·白居易《玩新庭树因咏所怀》:"霭霭四月初,新树叶成阴。"这已是晚春景色了。

宋·黄庭坚《蓦山溪》(赠衡阳妓陈湘):"鸳鸯翡翠,小小思珍偶。眉黛敛秋波,尽湖南,山明水秀。娉娉袅袅,恰近十三余,春未透。"这是用"娉娉袅袅"句仅有的。用"豆蔻梢头"句则很多。

五代·陈陶《寄岳部任畹郎中》:"常思剑浦越清尘,豆蔻花红十二春。"清·吴伟业《扬州》:"豆蔻梢头春十二,茱萸湾口路三千。"用陈陶句。

宋·晏几道《玉楼春》:"琵琶弦上语无凭,豆蔻梢头春有信。"

宋·苏轼《南乡子》(集句):"寒玉细凝肤(吴融),清歌一曲倒金杯(郑谷)。冶叶倡条遍相识。争如,豆蔻花梢二月初(杜牧)。"

宋·王雱《眼儿媚》:"相思只在,丁香枝上,豆蔻梢头。"

宋·秦观《满庭芳》:"豆蔻梢头旧恨,十年梦、屈指堪惊。"兼用杜牧"十年一觉扬州梦"句。

宋·贺铸《第一花》:"豆蔻梢头莫漫夸,春风十里旧繁华。金楼玉蕊皆殊艳,别有倾城第一花。"兼用"春风十里扬州路"句,写牡丹强于豆蔻。

宋·晁补之《江城子》(赠次膺叔家娉娉):"豆蔻梢头春尚浅,娇未顾、已倾城。"

宋·陈师道《南乡子》:"袅娜破瓜余,豆蔻梢头二月初。众里腰肢遥可识,应殊。暗里犹能摸得渠。"

宋·谢逸《蝶恋花》:"豆蔻梢头春残。新试纱衣,拂袖东风软。"

宋·张元干《瑞鹧鸪》:"豆蔻梢头春欲透,情知巫峡待为云。"

宋·吕谓老《扑蝴蝶》:"十年梦里婵娟,二月花中豆蔻,春风为谁依旧。"

宋·仲并《大圣乐会》(赠小妓):"豆蔻梢头春正早,敛修眉、未经重扫。"

宋·侯寘《西江月》(赠蔡仲常侍儿初娇):"豆蔻梢头年纪,芙蓉水上精神。幼云娇玉两眉春,京洛当时风韵。"

又《遥天奉翠华引》:"香梢豆蔻,红轻犹怕春寒。"

宋·李吕《鹧鸪天》:"人悄悄,漏迢迢,琐窗虚度可怜宵。一从恨满了香结,几度春深豆蔻梢。"

宋·张孝忠《鹧鸪天》:"豆蔻梢头春意浓,薄罗衫子柳腰风。人间乍识瑶池似,天上浑疑月殿空。"

宋·张炎《甘州》(赵文叔与余赋别十年余。余方东游,文叔北归,况味俱寥落。更十年观此曲,又当如何耶):"几点别余清泪,尽化作妆楼,断云残雨,指梢头旧恨,豆蔻结愁心。"

宋·王沂孙《声声慢》:"迎门高髻,倚扇清,娉婷未数西州。浅拂朱铅,春风二月梢头。"

宋·仇远《思佳客》:"春风豆蔻抽新绿,夜雨茱萸湿老红。"

又《浣溪沙》:"豆蔻梢头冷蝶飞,荼蘼花里老莺啼。懒留春住听春归。"

又《西江月》:"豆蔻梢头二月,杜鹃枝上三更。春风知得此时情,吹动秋千影。"

宋·无名氏《眼儿媚》:"相思只在、丁香枝上,豆蔻梢头。"

元明小说话本依托宋人王娇娘《一剪梅》:"豆蔻梢头春意阑,风满前山,雨满前山,杜鹃啼血五更残。"

元·卢挚《蟾宫曲·广陵怀古》:"笑豆蔻枝头,惹住歌行。风情才调,青楼一梦,杜牧三生。"

元·乔吉《朝天子·歌者簪山桔》:"何须一夜洞庭霜,好先试销金账。豆蔻梢头,丁香枝上。"

元·张可久《殿前欢·离思》:"春残豆蔻花,情寄鸳鸯帕,香冷荼蘼架。"

1187. 红药梢头初茧栗

宋·黄庭坚《广陵早春》:"红药梢头初茧栗,扬州风物鬓成丝。"枝头花蕾如茧栗般小。

宋·姜夔《侧犯·咏芍药》:"恨春易去,甚春却向扬州住。微雨,正茧栗梢头弄诗句。"用黄庭坚语。

1188. 如今风摆花狼藉

唐·杜牧《叹花》:"自恨寻芳到已迟,往年曾见未开时。如今风摆花狼藉,绿叶成阴子满枝。"此诗写杜牧由于自己失约于一位少女而感慨。唐·高彦休《关史》卷上载:杜牧在江西、宣州幕时,曾游湖州,见官妓而不甚悦意。后见一乡里少女,遂赠以信物,又与她亲约定:"汝待我十年不来

而后嫁。"至任湖州刺史,距盟约时已十四年,女出嫁三年已生三子。乃作《叹花》一绝:"自是寻芳去较迟,不须惆账怨芳时。"时杜牧已四十八岁。而《丽情集》记载此事更为详尽:"太和末,杜牧自侍御史出佐沈付师宣城幕,雅闻湖州为浙西名郡,风物妍好,且多丽色,往游之……牧曰:'愿得张水戏,使州人毕观。俟其云会,牧当间行寓目,冀此际忽有阅焉。'……至日,两岸观者如堵。迨暮,竟无所得。将罢,忽有里姥引鬖髻女,年十余岁。牧熟视之,曰:'此真国色也。'因使语其姥,将至舟中,姥女皆惧。牧曰:'且不即纳,当为后期;吾十年必为此郡。若不来,乃从所适。'因此重币结之。……大中三年,移授湖州刺史。此至郡,则十四年前所约之姝,已从人三载,而生二子焉。牧即政之夕,亟使召之,夫母惧见其夺也,因携幼以诣之。牧诘其母曰:'曩既许我矣,何为适人?'母拜曰:'向约十年不来而后嫁,嫁已三年矣。'牧俛首曰:'词也直,强而不详。'乃礼而遣之。因为怅别诗曰:'自恨寻芳到已迟,往年曾见未开时。如今风摆花狼藉,绿树成阴子满枝。'……故东坡将之湖州,戏赠莘老诗云:'亦知谢公到郡久,应怪杜牧寻春迟。鬖丝只好对禅榻,湖亭不用张水嬉。'"这里详尽地叙述了杜牧由于自己违约而失去美妾之憾。而当时,诗人整个心绪都不见佳。田昼《杜牧》诗就曾概述这种状况:"弟病兄孤失所依,当时书语最堪悲。岂图乞得南州后,却恨寻芳去较迟。"末句用杜牧句。

"如今风摆花狼藉"用"狼藉"写花残,是佼佼者,尤其同杜牧的风流佳话系在一起,传播更远了。杜牧另有《见穆三十宅中庭海榴花谢》:"堪恨王孙浪游去,落英狼藉始归来。"就不知名了。而最早用"风吹狼藉"的是杜牧的前人。

唐·白居易《夜惜禁中桃花因怀钱员外》:"坐惜残芳君不见,风吹狼藉月明中。"又《杏园花落时招钱员外同醉》:"花园欲去去应迟,正是风吹狼藉时。近西数树犹堪醉,半落春风半在枝。"都是叹花的,杜牧的《叹花》诗当取意于此,只是用以喻人。以后写"风吹狼藉"仍多写落花。

唐·皎然《送顾道士游洞庭山》:"含桃风起花狼藉,正是仙翁棋散时。"

唐·唐彦谦《乱后经表兄琼华观旧居》:"东风狼藉苔侵径,蕙草香销杏带红。"

宋·释守仁《偈》:"春风一阵来,满地花狼

藉。"

宋·范成大《四时田园杂兴六十首》："青枝满地花狼藉，知是儿孙斗草来。"以草戏赛，种类多者胜，称"斗百草""满地"用释守仁句。

金·元好问《满江红》："春草远，春江碧；云暗淡，花狼藉。"

元·白朴《夺锦标》："去去天荒地老，流水无情，落花狼藉。"

1189. 狂风落尽深红色

杜牧《怅诗》："自是寻春去较迟，不须惆怅怨芳时。狂风落尽深红色，绿叶成阴子满枝。"《全唐诗》注："牧佐宣城幕，游湖州。刺史崔君张水戏，使州人毕观。今牧闲行阅奇丽，得垂髫者。后十四年，牧刺湖州，其人已嫁，生子矣。乃怅而为诗。"同一事同一诗，诗出异文，《全唐诗》并收，题目不同，却未闻杜牧作两首诗，如前引对此事记载非止一家，都说"一绝"。

"狂风落尽"用唐·元稹《妻满月日相唁》句："狂风落尽莫惆怅，犹胜因花压折枝。"杜牧反用其意。

唐·周朴《桃花》："可惜狂风吹落后，殷红片片点莓苔。"暗用杜句。

宋·苏轼《次韵田国博部夫南京见寄二绝》："深红落尽东风恶，柳絮榆钱不当春。"用杜句写落花。

元·刘因《玉楼春》："春风欲劝座中人，一片落红当眼坠。"落花以警。

明·程立本《清平乐》："一曲《瑶池宴》罢，春风吹尽残红。"春归去。

1190. 绿树成阴子满枝

杜牧的《叹花》与《怅诗》都用了"绿树成阴子满枝"句，以喻十四年前那位使他心动并订约的少女已出嫁生子。句中含有无限的悔恨与惆怅。

"成阴结子"一语，前人已用，都表示春深、春归：

唐·崔颢《孟门行》："北国新栽桃李枝，根株未固何转移。成阴结实君自取，若问旁人那得知。"

唐·权德舆《句》："今日成阴复成子，可怜春尽未归家。"

唐·白居易《重寻杏园》："杏花结子春深后，

谁解多情又独来。"

后人用"成阴结子"句，多取杜牧句，但多写花枝：

宋·张先《倾杯》(吴兴)："深红尽，绿叶阴浓，青子枝头满。"

宋·邵雍《春尽后园闲步》："绿树成阴日，黄莺对语时。"

宋·曾布《二月》："山梅倏忽花经眼，园杏须臾子满枝。"

宋·郑獬《松》："高标不畏雪霜侵，枉斫孤根出旧林。但恐长安无地种，人家桃李自成荫。"以松自况，用杜牧"成阴"句，取刘禹锡"玄都桃花"意，影射朝中新旧党派各拢羽翼，而埋没人才。

宋·苏轼《寒食与器之游南塔寺寂照堂》："红芙扫地风惊晓，绿叶成阴雨洗春。"

又《杭州牡丹开时仆犹在常、润，周令作诗见寄次其韵复次一首送赴阙》："羞归应为负花期，已见成阴结子时。"

又《广陵后园题扇子》："露叶风枝晓自匀，绿阴青子净无尘。"

又《书黄荃画〈翎毛花蝶图〉二首》："绿阴青子已愁人，忍见庭中燕麦新。"

又《正月二十六日野步嘉祐僧舍东南野人家》："缥带细枝出绛房，绿阴青子送春忙。"

又《南歌子》(暮春)："绿阴青子莫相催，留取红巾千点、照池台。"

又《如梦令》(春思)："手种堂前桃李，无限绿阴青子。"

又《洞仙歌》："断肠是飞絮时，绿叶成阴，无个事、一成消瘦。"

宋·杨师纯《清平乐》："为问春风桃李，而今子满枝。"用杜牧句意写忆人。

宋·杨无咎《柳梢青》："新词尽索无穷，断酩酊、衰颜为红。愿得年年，繁枝子满，绿叶阴浓。"

宋·张孝祥《鹊桥仙》(落梅)："清愁万斛，柔肠千结，醉里一时分付。与君不用叹飘零，待结子、成阴归去。"

宋·赵长卿《醉蓬莱》(春半)："蕊洞珠宫，媚人桃李，趁青春绰约。绿意红情，成阴结子，五云楼阁。"

又《清平乐》(问讯梅花)："生成素淡芳容，不须抹黛匀红。准拟成阴结子，莫教枉费春工。"

又《探春令》："看绿阴结子，成功调鼎，有甚迟和晚。"

宋·王炎《念奴娇》（海棠时过江潭）："不待过了清明，绿阴结子，无处寻春色。"

宋·陆游《一丛花》："那堪更是，吹箫池馆，青子绿阴时。"

又《太平时》："竹里房栊一径深，静悄悄，乱红飞尽绿成阴，有鸣禽。"

宋·吴礼之《蝶恋花》（春思）："满地落红初过雨，绿树成阴，紫燕风前舞。"

宋·姜夔《鬲溪梅令》（丙辰自无锡归作此寓意）："好花不与殢香人，浪粼粼，又恐春风归去绿成阴，玉钿何处寻。"

宋·高观国《花心动》（梅意）："绿阴结子当时意，到如今、芳心消歇。"

宋·魏了翁《和虞万州简所惠叔母生日词韵·洞仙歌》："看人生桃李，弄蕊开花，还又看、成阴结子。"

宋·黄机《夜行船》（京口南园上）："说似游人，直须烧烛，早晚绿阴青子。"

宋·刘克庄《摸鱼儿》（海棠）："年光去迅，漫绿叶成阴，青苔满地，做得异时恨。"

宋·周文谟《念奴娇》："犹胜玄都人去后，空想残红零落。绿叶成阴，桃花结子，枉恨风恶。"

宋·尹焕《唐多令》（苕溪有牧之之感）："歌短旧情长，重来惊霜鬓。怅绿阴、青子成双。说著前欢伴不眠，扬莲子、打鸳鸯。"

宋·吴文英《洞仙歌》（方庵春日花胜宴客，为得雏庆。花翁赋词，俾属韵末）："待枝上，饱东风，结子成阴。蓝桥去、还觅琼浆一饮。"

又《西江月》（赋瑶圃青梅上晚花）："香力添重罗被，瘦肌犹怯冰绡。绿阴青子老溪桥，羞见东邻娇小。"

又《水龙吟》（云麓新葺北墅园池）："开时又胜，翠阴结子。"

宋·李莱老《高阳台》（落梅）："迎风点点飘寒粉，怅秋娘、燕袖啼痕。更关情、青子悬枝，绿树成阴。"

宋·陈人杰《沁园春》（卢仝有诗云："大岁只游桃李径，春风肯管岁寒时。"予每三复斯言，以为叹息，偶因庭竹有感，因作此词）："鸟影舒炎，黄埃涨暑，又过绿阴青子时。"

宋·黎廷瑞《秦楼月》（梅花十阕）："横梢剪入生绡墨，翠阴青子盈盈结；盈盈结，淡烟微雨，江南

三月。"

宋·无名氏《忆人人》："不辞他日醉琼姿，又只恐、阴成子满。"

金·王庭筠《河阴道中》："梨叶成阴杏子青，榴花相映可恰生。"

元明小说话本依托宗人申纯《小梁州》："殷勤分付东园柳，好为管长条，只恐重来，绿成荫也。"

明·瞿祐《摸鱼儿》（苏堤春晓）："先寻芳信，怕绿树成阴，红英结子，留得异时恨。"

清·庄棫《定风波》："只有成阴并结子，都是，而今但愿著花迟。"担心情人落入他人之手。

清·严绳孙《双调望江南》："白发黄金双计拙，绿阴青子一春过。归去意如何。"功名未遂，年华已逝，莫如归去。

1191. 绿树阴浓夏日长

唐·高骈《山亭夏日》："绿树阴浓夏日长，楼台倒影入池塘。水精帘动微风起，满架蔷薇一院香。"这是一首写夏日的好诗。古代诗词中，多写爱春时，怕春归，其实，夏日有"绿树阴浓"的青翠，有"满架蔷薇"的芳香。此诗写夏日的美，更给人以美的享受。

宋·张耒《题韩干马图》："韩干写时国无事，绿树阴低春昼长。"用"绿树"句写春色。

清·康熙皇帝玄烨《夏日有怀》："木槿花开夏日长，时摇清扇倚方床。"用"夏日长"句。

又《巡子牙河建坝》："清和微暑浮畦麦，绿树初阴接岸沙。""阴浓"换"初阴"。

1192. 千里莺啼绿映红

唐·杜牧《江南春》："千里莺啼绿映红，水村山郭酒旗风。南朝四百八十寺，多少楼台烟雨中。"这是一首名诗。"千里莺啼"写千里江南一派春光，雏鹰处处啼鸣，绿叶衬映著红花。

宋·梅尧臣《观刘元忠饕舞》："桃小未开春意浓，梢头绿叶映微红。"用"绿映红"句。

1193. 更持红烛赏残花

唐·李商隐《花下醉》诗："寻芳不觉醉流霞，倚树沉眠日已斜。客散酒醒深夜后，更持红烛赏残花。""流霞"是仙液仙酒之类。汉·王充《论衡》载项曼卿好道学仙，离家三年而返，自言："欲饮食，仙人辄饮我以流霞。每次一杯，数日不饥。"这就

是所谓"餐霞"。这里写饮酒赏花,陶然已醉,倚树沉眠。待至深夜,客散酒醒,不因露冷风寒而心灰意倦,还要手持红烛欣赏那快要凋落的残花。一个细节道出了诗人爱花的浓致。姚培谦《李义山诗笺注》说"方是爱花极致"。清·马位《秋窗随笔》评:"李义山诗'客散酒醒深夜后,更持红烛赏残花'有雅人深致;苏子瞻'只恐夜深花睡去,高烧红烛照红妆'有富贵气象。二子爱花兴复不浅。"都说李商隐花兴至浓。

唐·白居易《惜牡丹花二首》:"惆怅阶前红牡丹,晚来唯有两枝残。明朝风起应吹尽,夜惜衰红把火看。"这是举火看花,不过还不是句源,句源当是南朝梁武陵王萧纪《明妃辞》的"谁堪览明镜,持许照红妆"。这"照红妆"是"持镜",苏轼换作"烧烛"。

宋·吴文英《宴清都》(连理海棠):"障艳蜡,满照欢丛,鳌蟾冷落羞度。"写烛照海棠。

清·陈克勤《疏影》(菊影):"待殷勤,为唤宵灯,移上素屏看取。"借夜灯看菊影。

1194. 只恐夜深花睡去

宋·苏轼《海棠》诗:"东风袅袅泛崇光,香雾空蒙月转廊。只恐夜深花睡去,故烧高烛照红妆。"春风吹拂,海棠花泛着高洁的光泽,蒙蒙花香如雾向四周弥散着,月色转过屋廊,夜已深沉。只怕夜深花要睡去,点燃高烛照着红妆。三四句,以拟人格,写"花睡去""照红妆",更表现了诗人爱花如人的情操,从"故烧高烛"句,我们看出了白居易"夜惜衰红把火看"和李商隐"更持红烛赏残花"的影子。

"只恐夜深花睡去"却另有句源,《杨妃外传》载:"明皇登沉香亭,诏妃子。妃子时卯酒未醒,命力士从侍儿扶掖而至。妃子醉颜残妆,钗横鬓乱,不能再拜。明皇笑曰:'岂是妃子醉邪?海棠睡未足耳!'"《明皇杂录》亦有同样记载。这里先以人拟花,之后又以花拟人,描述贵妃醉酒之美态。苏轼《寓居定惠院之东杂花满山有海棠一株土人不知贵也》:"林深雾暗晓光迟,日暖风轻春睡足。"直写"海棠春睡"用唐明皇李隆基拟人法。宋·吴文英《宴清都》(连理海棠):"东风睡足交枝,正梦枕、瑶钗燕股。"用东坡"春睡足"句。而东坡的"只恐夜深花睡去"亦从"海棠睡未足"一语翻成诗句,从"喜睡"反出"怕睡"。元人徐再思《阳春曲》(赠海棠):"玉环梦断风流事,银烛诗成富贵词。"前句用"睡未足"述杨妃醉态美;后句说苏轼把"睡未足"入诗写出"富贵词"。后来,清人马位《秋窗随笔》中评苏轼此句所绘"有富贵气象"一意,即源出徐再思句。唐玄宗以"海棠无语"喻贵妃醉酒沉睡事,被诗词一炒作,便有了"睡美人"之称谓。

"海棠睡未足"是以花代人,反其意则是以人代花。宋·王安石《木芙蓉》:"水边无数木芙蓉,露染燕脂色未浓。正似美人初睡着,强抬青镜欲妆慵。"以美人喻木芙蓉花。

"只恐夜深花睡去"承"海棠睡未足"而来,用"花"换掉"海棠"以代美人。用此句如:

宋·陈济翁《踏青游》:"燕来时,莺啼处,年年憔悴,便除是、秉烛凭栏吟赏,莫教夜深花睡。"

宋·葛仲胜《蝶恋花》:"只恐夜深花睡去,火照红妆。满意留宾住。凤烛千枝花四顾,消愁更待寻何处?"用苏轼二句入词成半阕。

宋·向子諲《减字木兰花》(韩叔夏席上作):"剩烧蜜炬,只恐夜深花睡去。想得横陈,全是巫山一段云。"用二句。

宋·辛弃疾《念奴娇》(赋白牡丹和范廓之韵):"醉中休问,夜深花睡香冷。"写白牡丹。

宋·刘仙伦《木兰花慢》(秋日海棠):"只恐夜深花睡,五更微有清露。"写海棠。

明·汤显祖《牡丹亭》第二十八出幽媾《滴滴全》:"你看斗儿斜,花儿亚,如此夜深花睡罢。"以"花睡"暗示女子就寝。

又《牡丹亭》第三十出欢挠《称人心》:"这二更天风露多,还则怕夜深花睡么?"变喻女子入睡。

1195. 故烧高烛照红妆

宋·苏轼《海棠》:"只恐夜深花睡去,故烧高烛照红妆。"燃起高高的蜡烛,照亮美人,她就不容易入睡了。此句从李商隐《花下醉》:"更持红烛赏残花"句脱出,由"赏花"改作"照人"。

明·王彦泓《摘翠百咏小春秋》(小桃红·西厢百咏·五十四云雨欢会):"高烧银烛照红妆,低簇芙蓉帐。"用苏轼句。

清·曹雪芹《红楼梦》第十八回贾宝玉《怡红快绿》:"绿蜡春犹卷,红妆夜未眠。"反用苏轼句,说怡红院中的女子正很活跃,并未睡着。上句用唐·钱珝《未展芭蕉》诗:"冷烛无烟绿蜡干,芳心犹卷怯暮寒。一缄书札藏何事,会被东风暗拆看。""绿蜡"喻未展叶的芭蕉。

1196. 百舌声中，唤起海棠春睡

宋·辛弃疾《祝英台近》："百舌声中，唤起海棠春睡。断肠几点愁红，啼痕犹在，多应怨、夜来风雨。"这是一首离情词，上阕写女子离思，下阕写男子思归。上阕中"百舌声中，唤起海棠睡"，写百舌鸣声唤醒了闺中女子。"海棠睡"直用《杨妃外传》："岂是妃子醉耶？海棠睡未足耳。"用"海棠睡"句如：

宋·管鉴《酒泉子》："海棠欲睡照教醒，烛影花光浑似锦。伴君佳句解人醒、恨无声。"

宋·赵善括《贺新郎》："江南到处多兰菊，更海棠、贪睡未醒，漫山粗俗。"

宋·石孝友《踏莎行》："绿柔红小不禁风，海棠无力贪春睡。"

宋·郭应祥《卜算子》："只有海棠花，恰似杨妃醉。折向铜壶把烛看，且莫教渠睡。"

宋·李曾伯《满江红》（乙卯咏海棠）："才过新正，能几日，海棠开了。将谓是、睡犹未足，嫣然何笑。"

宋·赵崇嶓《谒金门》："春意薄，江上晚来风恶。帘外海棠花半落，睡深浑未觉。"海棠花落，人睡未知，用句不用意。

宋·方千里《木兰花》："舞余杨柳乍萦风，睡起海棠犹带酒。"

宋·姚镛《谒金门》："欲知海棠教睡醒，奈何春不肯。"

宋·吴文英《扫花游》："正梁园未雪，海棠犹睡，藉绿盛红，怕委天香到地。"

宋·陈允平《谒金门》："归燕无期春正永，海棠眠未醒。"

宋·谢枋得《风流子》："想娇汗生春，海棠睡暖，笑波凝媚，荔子浆寒。"

宋·仇远《少年游》："露帐银床，海棠睡足，偏称晚来看。"

宋·黄水村《解连环》（春梦）："凤楼倚倦，正海棠睡足，锦香衾软。"

元·卢挚《清平乐》："早是海棠睡去，莫教醉了梨花。""睡"相当于谢落。"醉"也相当于谢落。海棠将谢，应挽住梨花，如梨花再谢，春将逝去了。"梨花"句取杜牧《残春独来南亭因寄张祜》："高枝百舌犹欺鸟，带叶梨花独送春"之意。

又《蟾宫曲·杨妃》："梧桐雨凋零了海棠，荔枝尘埋没了香囊。"写杨妃马嵬驿之死。

元·马致远《四块玉·马嵬坡》："睡海棠，春将晚，恨不得明皇掌中看。"述"海棠春睡"事。

元·张养浩《清江引·咏秋日海棠》："锦帐遮寒威，锦烛添春意，端的是太真妃初睡起。"

元·乔吉《折桂令》："梨花梦龙绡泪今春瘦了，海棠魂羯鼓声昨夜惊着。"明皇喜羯鼓技艺，一仲春二月连日阴雨刚晴，明皇去羯鼓而吐叶花发。此句意为美人魂受到了羯鼓声的惊吓。

又《卖花声·太平吴氏楼会集》："桃花扇底窥春笑，杨柳帘前按舞娇，海棠梦里醉魂销。"兼用晏几道《鹧鸪天》句，写侍姬歌舞迷人。

元·徐再思《黄蔷薇带过庆元贞》（天宝遗事）："哎，王郎！睡海棠，都只为一曲舞《霓裳》。"写杨妃之死是因明皇误国。

元·张可久《小上楼·春思》："玉漏迟，翠管吹，绿情红意，月儿高海棠初睡。"写佳人沉醉。

元·孙周卿《沉醉东风》（宫词二首）："宝厴香，罗襦素。海棠娇起谁扶。"用"海棠睡去"句写失宠宫女、姬妾孤寂凄凉。

明·叶小鸾《虞美人》（看花）："海棠睡去梨花褪，欲语浑难问。"用"睡"写春残。

1197. 琼艳三枝半夜春

唐·张云容《与薛昭合婚诗》中有凤台送薛昭、云容酒歌，兰翘有和，云容有和，薛昭亦和。薛昭诗云："误入宫垣漏网人，月华静洗玉阶尘。自疑飞到蓬莱顶，琼艳三枝半夜春。"《太平广记》卷第六十九女仙之十四《张云容》辑唐·裴铏《传奇》、罗烨《醉翁谈录》故事云：唐·薛昭为平陆尉，释放了为母复仇而杀人的人。自己获罪亦远逸，于兰昌宫遇三仙女张云容、萧凤台、刘兰翘。张云容原为开元中杨贵妃之侍儿，当年尝独舞霓裳羽衣舞于绣岭宫。死葬兰昌宫已百余年。此元和末遇薛昭，嫁而复生，同归金陵。《与薛昭合婚诗》就是萧凤台、刘兰翘与张云容，薛昭唱答诗，一人一首，"琼艳"诗为薛昭答诗。意为获罪漏网，到了仙境，同三位琼花般的美女夜半相逢，也飘然若仙了。

南宋·吴文英《解语花》（梅花）："端心看，琼树三枝，总似兰昌见。""酥莹云容夜暖，伴兰翘清瘦。萧凤柔婉。"用薛昭句，写梅花如琼花，如三美女。

"琼花"，天下稀有的艳花，为扬州独产。宋·胡宿《后土观琼花》："楚地五千里，扬州独一株。"宋·秦观《醉蓬莱》："见扬州独有，天下无双，号为琼树。占断天风，岁花开两次。九朵一苞，攒成环玉，心似珠机缀。瓣瓣玲珑，枝枝结净，世上无花类。"秦观对琼花描绘尽至，世上无花可此。薛昭用琼花比三女，应含此意。

1991年，我去扬州，曾在欧阳修遗迹"平山堂"处见过琼花开。宋词中写琼花有人，以晁补之为多。

张先《塞垣春》（寄子山）："停酒说扬州，平山月、应照棋观。绿绮为谁弹。空传广陵散。……老鹤何时去，认琼花一面。"要"骑鹤下扬州"去看琼花。

贺铸《新念别》："湖上兰舟暮发，扬州梦断灯明灭。想见琼花开似雪，帽沿香，玉纤纤，曾为折。"

晁补之《下水船》（和季良琼花）："万紫千红翠，唯有琼花特异。便是当年，唐昌观中玉蕊。尚记得、月里仙人来赏，明日喧传都市。"

又《一丛花》（谢济倅宗室令郊送酒）："王孙眉宇凤凰雏，天与世情疏。扬州坐上琼花底，佩锦囊。曾忆奚奴。"

又《蓦山溪》："吟笑我重来。倚琼花、东风日暮。"

又《虞美人》（广陵留别）："明年珠履赏春时，应寄琼花一朵、慰相思。"

王十朋《艳香茉莉》："西风远，胜鬟不见，喜见琼花面。"

马子岩《贺新郎》："古来好物难为伴，只琼花一种，传来仙苑。独许扬州作珍产，便胜了千千万万。"

1198. 百草千花寒食路

五代·冯延巳《蝶恋花》："几日行云何处去，忘了归来，不道春将暮。百草千花寒食路，香车系在谁家树。"写暮春已来，行人远去，经过路边百草千花，不知到了谁家。"百草千花"不全指野花山草，也用作园苑中种类繁多的花草。

"百草千花"源出唐白居易《李次云窗竹》中的"千花百草"："千花百草凋零后，留向纷纷雪里看。"而白居易又是从杜甫的《白丝行》："象床玉手乱殷红，万草千花动凝碧"中变化而用的结果。杜甫见缫丝而托兴，写织女在织床上织成的红锦，上面经纬错综，花色斑斓，用"万草千花"作活生生的比喻。白居易的"千花百草"则是大自然中的了。

宋·杜安世《踏莎行》："雨霁风光，春分天气，千花百草争明媚。"直用白居易"千花百草"。

宋·晏几道《清平乐》："千花百草，送得春归了。"

宋·苏轼《雨中看牡丹三首》："千花与百草，共尽无妍鄙。"牡丹一开，千花百草尽失妍艳。

又《安州老人食蜜歌》："蜜中有诗人不知，千花百草争含姿。"

宋·黄庭坚《观王主簿家酴醾》："肌肤冰雪薰沉水，百草千花莫比芳。"

宋·叶梦得《南乡子》（池亭新成晚步）："百草千花都过了。初新，翠竹高槐不占春。"

宋·万俟咏《安平乐慢》（都门池苑应制）："瑞日初迟，绪风乍暖，千花百草争香。"

宋·毛开《念奴娇》（追和张巨山牡丹词）："独占天月芳菲，千花百卉，算难争春色。"

清·谭献《蝶恋花》："连理枝头侬与汝，千花百草从渠许。"

1199. 休迷恋野草闲花

宋·胡浩然《万年欢》（上元）："暗想双眉对蹙。断弦待、鸾胶重续。休迷恋，野草闲花，凤箫人在金谷。"写一女子对将行的男子的嘱告，要他不迷恋野草闲花。"野草闲花"喻婚外女子。但在南宋时代多指一般花草。

宋·林淳《鹧鸪天》（西湖）："天近秋知雨露浓，湖山无日不春风。闲花野草皆掀舞，曾在君王顾盼中。"

宋·尹公远《尉迟杯》："当年野草闲花，何许浮云飞絮。"

宋·周孚先《蝶恋花》："倦倚蓬窗谁共语，野草闲花，一一伤情绪。"

宋·陈妙常（元明小说话本依托）《杨柳枝》："清净堂前不卷帘。景幽然，闲花野草漫连天。"

宋·无名氏《声声慢》："渐开尽，算闲花、野草怎知。"

1200. 又是春残也

五代·翁宏《春残》诗："又是春残也，如何出翠微？落花人独立，微雨燕双飞。寓目魂将断，经年梦亦非。那堪向夕愁,萧飒暮蝉辉。"宋·晏几道《临江仙》用"落花人独立,微雨燕双飞"原句而得名,所以夏承焘就说:"掠劫他人之诗,非有晏几道的本领不可也。"人们都说翁宏诗平平,所以不知名,其实小晏用其原句,已说明此诗之有些名声,何况"又是春残也"这惊叹句也曾为人所用。

宋·杜安世《浪淘沙》:"又是春暮,落花飞絮,子规啼尽断肠声。"

宋·王之道《贺新郎》(送郑宗承):"又是春残去,倚东风,寒云淡日,堕红飘絮。"

宋·洪子大《浪淘沙》:"上苑又春残,樱颗如丹。"

1201. 寂寞梧桐深院锁清秋

南唐后主李煜《乌夜啼》:"无言独上西楼,月如钩。寂寞梧桐深院锁清秋。"宋人黄升《花庵词选》评:"此词最凄惋,所谓亡国之音哀以思。"上阕写环境,人无语,月如钩,梧桐冷落,深院寂静,闭锁住凄凉的清秋。这正是人的孤独、凄凉、冷落心情的流露。

宋·夏辣《喜迁莺》:"夜凉河汉截天流,宫阙锁清秋。"用李煜"锁清秋"句。

宋·汪莘《沁园春》(忆黄山):"三十六峰,三十六溪,长锁清秋。"

宋·柳永《八声甘州》:"对潇潇暮雨洒江天,一番洗清秋。""洗清秋"从"锁清秋"化出。写秋空、秋地、秋景被暮雨洗刷。

宋·林淳《水调歌头》:"潇洒东湖上,夜雨洗清秋。"

1202. 春花秋月何时了

南唐后主李煜《虞美人》:"春花秋月何时了,往事知多少?小楼昨夜又东风,故国不堪回首月明中。"这是一阕愁词,写愁的成功,使它流传不息。清·王士祯《花草拾蒙》评说:"钟隐入汴后,'春花秋月'诸词与'此中日夕只以眼泪洗面'一帖,同是千古情种,较长城公煞是可怜。"也突出了此词的"愁"字。"春花秋月",春赏花秋赏月,是因为此时此刻的花、月最美,也因此花可以代表春,月可以代表秋。春花秋月,就可以表示季节的推移,时光的变迁。加拿大·叶嘉莹《迦陵论词丛稿》评:"这首词开端'春花秋月何时了,往事知多少'二句如果不以恒言视之,就会发现这真是把天下人全部'一

网打尽'的两句好词。'春花秋月'仅仅四个字,就同时写出了宇宙的永恒与无常两种基本的形态。""春花秋月"含有对往事——开宝九年(976)被宋将曹彬俘获沦为阶下囚的痛忆,也含有对未来的厌倦与绝望。

"春花秋月"出于唐代女诗人鱼玄机诗《题隐雾亭》:"春花秋月入诗篇,白日清宵是散仙。空卷珠帘不曾下,长移一榻对山眠。"这里的"春花秋月"表示宜人美景。以后,一表示对美景的概述,一表示时间的流逝。

宋·蔡伸《念奴娇》:"逸气凌云,佳丽地、独占春花秋月。"

又《忆秦娥》(西湖):"湖光碧,春花秋月无今昔;无今昔,十年往事,尽成陈迹。"

宋·张抡《西江月》(咏冬十首):"有限光阴过隙,无情日月飞梭。春花秋月暗消磨,一岁相看又过。"

宋·赵善括《水调歌头》(和黄舜举吴门二咏):"处处山明水秀,岁岁春花秋月,何必美南州。故国未归去,萍梗叹漂流。"

宋·无名氏《永遇乐》:"人生如梦,流年似箭,回首也须闻早。贪迷恋,春花秋月,何时是了。"用李煜原句原意。

清·纳兰性德《沁园春》:"便天上人间,尘缘未断,春花秋月,触绪还伤。"悼亡妇之往事。

《红楼梦》戚蓼生序本第四回批语诗:"秋月春花谁不见,朝晴暮雨自何因?"

1203. 风花雪月云烟

宋·韩淲《朝中措》(赵伊一哥回侍):"莫道闲诗浪句,风花雪月云烟。""风花雪月"泛指一年四季景色。这里说一年四季的景色如过眼云烟。

"风花雪月"为宋·邵雍《伊川击壤集序》语:"虽生死荣辱,转战于前,曾未入于胸中,则何异四时风花雪月一过乎眼也?"指四时景色。韩淲词中用此句。"风花雪月"也作"雪月风花"。

宋·黄庭坚《醉落魄》:"陶陶兀兀,尊前是我华胥国。争名争利休休莫。雪月风花,不醉怎生得。"

宋·吕渭老《好事近》:"有则有个泼心儿,不敢被利名啜。却待两手分付、与风花雪月。"

宋·王千秋《西江月》:"梦幻影泡有限,风花雪月无涯。莫分粗俗与精华,日醉石间松下。"

宋·吴儆《念奴娇》："雅阁幽窗欢笑处，回首翻成陈迹。小楷缄题，细行针线，一一收拾。风花雪月，此生长是思忆。"

宋·张伃《百字谣·寿叶教》(三月初九)："诗酒琴棋，风花雪月，养浩全真乐。"

金·董解元《西厢记》卷一《仙吕调·尾》："曲儿甜，腔儿雅，裁剪就雪月风花。"

"风花雪月"，元代以后也用作花天酒地的淫乱生活或爱情。

元·乔孟符《金钱记》第三折"几曾见偷香庭院里拿了韩寿，掷果的云阳内轩首，香车私走的卓文君，就升仙桥上剐作骷髅，……本是些风花雪月，都做了笞杖流徒。"

元·无名氏《鱼篮记》一折："春夏秋冬四季天，风花雪月紧相连。长江不见回头水，人老何曾再少年。"

清·古吴墨浪子《西湖佳话·孤山隐迹》："惟以风花雪月领湖上之四时；南北东西访山水之百美。"

1204. 暗拆海棠红粉面

宋·晏殊《木兰花》："东风昨夜回梁苑，日脚依稀一线。旋开杨柳绿蛾眉，暗拆海棠红粉面。""拆"用"坼"义，花蕾绽裂、开放的意思，宋词中多用"拆"。老晏用之最多。

又《蝶恋花》："一霎秋风惊画扇，艳粉娇红，尚拆荷花面。"

又《酒泉子》："春色初来，遍拆红芳千万树。流莺粉蝶斗翻飞，恋香枝。"

又《连理枝》："朱槿犹开，红莲尚拆，芙蓉含蕊。"

又《渔家傲》："荷叶初开犹半卷，荷花欲拆犹微绽。"

又《睿思新》："芙蓉一朵霜秋色，迎晓露、依依先拆。"

又《胡捣练》："小桃花与早梅花，尽是芳妍品格。未上东风先拆，分付春消息。"

宋·柳永《木兰花慢》："拆桐花烂漫，乍疏雨、洗清明。"

宋·梅尧臣《感李花》(二月九日)诗："重门虽锁东风入，先坼桃花后李花。"

宋·晁冲之《临江仙》："黄花都未拆，和泪泣西风。"

宋·周紫芝《满江红》："好与月娥临晚砌，莫教先放梅花拆。"

宋·张元干《夜游宫》："半吐寒梅未拆，双鱼洗、冰澌初结。"

宋·张镃《好事近》(拥秀堂看天花)："手种满栏花，瑞露一枝先坼。"

宋·陈允平《绛都春》："秋迁倦倚，正海棠半坼，不耐春寒。"

宋·周密《鹧鸪天》(清明)："拆桐开尽莺声老，无奈春何只醉眠。"

1205. 疏篱带晚花

唐·杜甫《陪郑广文游何将军山林》："旁舍连高竹，疏篱带晚花。"写何将军山林中"旁舍"疏篱之晚花。

南朝·梁·简文帝萧纲《初秋》："晚花栏下照，疏萤簟上飞。"杜诗用"晚花"句。

1206. 若待上林花似锦

唐·杨巨源《城东早春》："诗家清景在新春，绿柳才黄半未匀。若待上林花似锦，出门俱是看花人。"由长安城东柳眼初绽的早春景色，联想到繁花似锦，游人如云的芳春。表现了诗人对春柳、春花的喜爱。"花似锦"，花如锦缎，此喻色彩鲜艳，光泽明丽。

"锦"为五色绫绸，首用喻花的是南朝·齐·谢朓《别王丞僧孺》："花树杂为锦，月池皎如练。"

唐·杜甫《送陆六侍御入朝》："不忿桃花红胜锦，生增柳絮白于绵。"杨巨源直用"红胜锦"句。

1207. 满架蔷薇一院香

唐·高骈《山亭夏日》："水精帘动微风起，满架蔷薇一院香。"夏日满架蔷薇盛开，微风吹拂，一院皆香。

宋·李清照《春残》："梁燕语多终日在，蔷薇风细一帘香。"用高骈句。

唐·张说《奉和圣制春日出苑应制》："雨洗南皋千亩绿，风吹梅李一园香。"高骈"一院香"从此句生出。

1208. 老树着花无丑枝

宋·梅尧臣《东溪》诗："野凫眠岸有闲意，老树着花无丑枝。"写东溪景色，老树虽丑枝虬结，可着花之后枝条也美了。

唐·李白《长歌行》:"桃李待开日,荣华照当年。东风动百物,草木尽欲言。枯枝无丑叶,涸水吐清泉。""丑枝"用此"丑"字。

写老树无枝:宋·欧阳修《题巴东寺》:"山深微有径,树老半无枝。"

写老树无花:元·冯子振《鹦鹉曲·山亭逸兴》:"烂柯时树老无花,叶叶枝枝风雨。"

1209. 繁绿万枝红一点

宋·王安石诗:"繁绿万枝红一点,动人春色不须多。"后人常用作"万绿丛中红一点,动人春色不须多。"万绿丛中一枝先开,下句画龙点睛,"动人春色"只"红一点"即弥足珍贵了。相传宋代画院曾以"万绿丛中红一点"为题考过画师们,有的画师表现"红一点"不是画一朵红花,而是画一红衣少女,云云。

然而此联作者是谁,历有异议。宋·周少隐《竹坡老人诗话》卷一云:"大梁罗叔共为余言:'顷在建康士人家见王荆公亲写小词一纸,其家藏之甚珍。其词云:"留春不住"云云。荆公平生不作是语,而有此何也?'仪真沈彦述谓余言:'荆公诗,如"繁绿万枝红一点,动人春色不须多""春色恼人眠不得,月移花影上栏干"等篇,皆平父(王安国,安石之弟)诗,非荆公诗也。'沈乃元龙家婿,故尝见之耳。叔共所见,未必非平甫(即平父)词也。"

又见《泊宅编》云:"王安石在翰苑见榴花只开一朵有诗。陈正敏谓此乃唐人诗,非安石所作。"这里说王安石用了唐人诗句。

唐·无名氏《句》:"浓绿万枝红一点,动人春色不须多。"此句又收入《全唐诗》十一函十册1954页,轶名。

宋·苏轼《书李世南所画秋景二首》:"谁言一点红,解寄无边春。"

清·康熙皇帝玄烨《盆景榴花尚有数寸开花一朵》:"小树枝头一点红,嫣然六月杂荷风。"

今人·田翠竹《壬戌深秋与马壁教授游香山碧云寺》:"壮游不惜鬓毛斑,百级崇阶仰可攀。万绿丛中红一簇,我来亦觉此心丹。"

1210. 百花洲里夜忘归

宋·范仲淹《中元夜百花洲作》:"南阳太守清狂发,未到中秋先赏月。百花洲里夜忘归,绿梧无

声露光滑。"作者任南阳太守时,夜赏百花洲作。"夜忘归",他非常喜欢此地,所以才乐而忘返。并且不止一次写"百花洲"。

又《览秀亭诗》:"南阳有绝胜,城下百花洲。"

又《送河东提刑张太博》:"携手百花洲,无时无开搏。"

又《依韵酬太傅张相公见赠》:"七里河边归带月,百花洲上啸生风。"

1211. 江南可采莲

汉乐府《江南可采莲》:"江南可采莲,莲叶何田田,鱼戏莲叶间;鱼戏莲叶东,鱼戏莲叶西,鱼戏莲叶南,鱼戏莲叶北。"这首民歌描写江南水乡女子采莲嬉戏的生活,不写莲花,不写莲子,集中写莲叶,莲叶丰实茂秀,如亭亭舞女之裙,写叶之肥,以暗示花之美,子之实。如清人张玉毂《古诗赏折》所说"不说花,偏说叶;叶尚可爱,花不待言矣。""鱼戏莲叶"四句是古代民歌惯用的复沓、铺张的手法。余冠英《乐府诗选》注说:"莲"双关"怜"字;"采莲"指寻找爱人;"鱼"是隐语,象征爱情;"鱼戏莲叶……"是情侣追逐游戏。作爱情诗可备一说。

宋人吴曾在《能改斋漫录》中说:"乐府《江南词》鱼戏莲叶东,鱼戏莲叶西,鱼戏莲叶南,鱼戏莲叶北。子美正用此格。赵曰:'连用四杜鹃,正《诗》有酒醑我,无酒酤我,坎坎鼓我,蹲蹲舞我之势。'"黄希也说《白头吟》:"郭东亦有樵,郭西亦有樵,"此诗起法,或本于此(指"鱼戏"句)。其实,二者都用了铺陈修辞法,句式并不相同。杜甫《杜鹃》诗:"西川有杜鹃,东川无杜鹃。洛川无杜鹃,云安有杜鹃。"四杜鹃都在宾位上,《江南词》的"鱼戏"都在主位上,句型是不同的。

用"采莲"句的如:

南朝·齐·陆厥《南郡歌》:"江南可采莲,莲生荷已大。"

南朝·梁·吴均《采莲曲》:"问子今何去,出采江南莲。"

南朝·梁·刘孝威《采莲曲》:"金浆木兰船,戏采江南莲。"

梁·昭明太子萧统《咏同心莲》:"江南采莲处,照灼本足观。"

1212. 莲叶何田田

汉乐府"江南可采莲,莲叶何田田"。"田田"

的含义,诠法不一,主要有以下几种:1.莲叶茂盛,叶大而密,相互叠掩如一个"田"字。余冠英《乐府诗选》持此说。2.莲叶浮出水面,挺秀鲜碧。许逸民《乐府名篇赏析》持此说。3.胡适、钱玄同、黎锦熙认为"田田"是"团团""圆圆"之误,因为它们的草书相近,讹作"田田"了。4."田田"为拟声词,楚地方音,是采莲时莲叶发出的响声。见贾雯鹤《〈江南〉"田田"解》(1995年第5期《文史知识》)。

后来人笔下用的"田田",则表示莲叶肥大、繁茂。

南朝·齐·谢朓《江上曲》:"莲叶尚田田,淇水不可渡。"

唐·姚合《杭州郡斋南亭》:"田田池上叶,长是使君衣。"

唐·权德舆《侍从游后湖宴坐》:"田田绿叶映,艳艳红姿舒。"

宋·王安中《破子清平乐》:"锦堂风月依然,后池莲叶田田。"

宋·葛立方《多丽》(七夕游莲荡作):"花深处,田田叶底,鱼戏龟游。"

宋·陈造《早夏》:"安石榴猩血鲜,凉荷高叶碧田田。"

宋·姜夔《念奴娇》:"田田多少,几回沙际归路。"

1213. 鱼戏莲叶间

汉乐府《江南可采莲》:"鱼戏莲叶间,鱼戏莲叶东,鱼戏莲叶西,鱼戏莲叶南,鱼戏莲叶北。"这间、东、西、南、北五句,铺张的排比,又在唐·陆龟蒙《江南曲》(广古辞为五解)中逐一以四句式展开:"鱼戏莲叶间,参差隐叶扇。鸡鶒鹦鸡窥,潋滟无因见。鱼戏莲叶东,初霞射红尾。傍临谢山侧,恰值清风起。鱼戏莲叶西,盘盘舞波急。潜依曲岸凉,正对斜光入。鱼戏莲叶南,欹危午烟叠。光摇越鸟巢,影乱吴娃楫。鱼戏莲叶北,澄阳动微涟。回看帝子渚,稍背鄂君船。"都是针对鱼戏的不同方位、不同环境加以描绘的。

用"鱼戏"句又如:

南朝·齐·谢朓《游东田》:"鱼戏新荷动,鸟散鲜花落。"

南朝·梁·丘迟《敬酬柳仆射征怨诗》:"鱼戏虽南北,终还荷叶边。惟见君行久,新年非故年。"

以"鱼戏"反衬"君行",取其"不离"以抒离情。

唐·耿沣《上巳日》:"不及游鱼乐,徘徊莲叶东。"亦作对比。

唐·薛涛《池上双鸟》:"双栖绿池上,朝暮共飞还。更忆将雏日,同心莲叶间。"双鸟在"莲叶间"之恋。

宋·王初《自和书秋》:"江边两桨连歌渡,惊散游鱼莲叶东。"在东侧摇桨。

1214. 采莲人语荷花荡

元·张可久《小桃红》(寄鉴湖诸友):"不似年时鉴湖上,锦云香,采莲人语荷花荡。""锦云香",奇花异香。王安石《甘露歌》:"折得一枝香在手,人间应未有。"即写锦云香。这里指荷花香。

元·王恽《小桃红》:"采莲人语隔秋风,波静如横练。"用"采莲人语"。

1215. 胜龟莲叶开

隋·薛道衡《梅夏应教》:"集凤桐花散,胜龟莲叶开。""胜"为"承""纳"意。

唐·杜甫《屏迹三首》:"鸟下竹根行,龟开萍叶过。"用薛道衡句写龟分开萍叶而穿过。

1216. 雨邑红蕖冉冉香

唐·杜甫《狂夫》:"风含翠篠娟娟净,雨邑红蕖冉冉香。"微雨洗浴着红荷,荷香缓缓地飘散。

宋·苏轼《赠写御容妙善师》:"紫衣中使下传诏,跪奉冉冉闻天香。"用"冉冉香"句。

1217. 踏藕野泥中

唐·杜甫《陪郑公秋晚北池临眺》:"采菱寒刺上,踏藕野泥中。"眺望所见,北池中人们在采菱踏藕。踏藕当为采藕一法。

宋·苏轼《和蔡准郎中见邀游西湖三首》:"相携烧笋苦竹寺,却下踏藕荷花洲。"用"踏藕"意。

1218. 多少绿荷相倚恨

唐·杜牧《齐安郡中偶题二首》:"多少绿荷相倚恨,一时回首背西风。"傍晚西风吹来,溪桥下的荷花叶互相依倚、翻转。"恨"则是诗人观荷感受、风荷之恨,恰是诗人之恨的移情。他受人排挤,为官在外,壮志难酬,难免观风荷而苦痛。

宋·康与之《洞仙歌令》:"与绿荷、相倚恨,回首西风、波淼淼,三十六陂烟雨。"用杜牧句。

1219. 莲花出水地无尘

唐·权德舆《酬灵彻上人以诗代书见寄》:"莲花出水地无尘,中有南宗了义人。""莲花出水地无尘"即荷花"出淤泥而不染"。汉·司马迁《史记·屈原列传》中对屈原有一段极精彩的评述,其中"濯淖污泥之中,蝉蜕于浊秽,以浮游尘埃之外,不获世之滋垢,皭然泥而不滓者也。推此志也,虽与日月争光可也。"此即以出水莲花喻屈原之高洁人格。宋·周敦颐《爱莲说》云:"余独爱莲之出淤泥而不染,濯清涟而不妖,中通外直,不蔓不枝,香远益清,亭亭净植,可远观而不可亵玩焉。"所以《史记》为其意源,《爱莲说》为其句源。权德舆用此意,称灵彻上人出世无尘。

唐·戴叔伦《春江独钓》:"荷衣尘不染,何用濯沧浪。"感于荷花之一尘不染。

宋·苏轼《送乔仝寄贺君六首》:"觉知此身了非吾,炯然莲花出泥涂。"

又《韩退之〈孟郊墓铭〉云以昌其诗答王定国》:"淤泥生莲花,粪壤出菌芝。"

1220. 留得枯荷听雨声

唐·李商隐《宿骆氏亭寄崔雍崔衮》:"秋阴不散霜飞晚,留得枯荷听雨声。"崔雍、崔衮是崔戎的儿子,李商隐的从表兄弟。此诗写对二人的怀思。时间已是深秋,连日阴云,霜期来得晚,留下枯荷的败叶可以听雨声。何焯说:"下二句暗藏永夜不寐,相思可以意得也。"此句构思或立意好,"秋阴不散"已令人郁闷,"雨打枯荷"又平添单调。清·纪昀说:"相思二句微露端倪,寄怀之意全在言外。""秋阴""枯荷"应是"言外"之所在。宋·陆游《忆昔》诗:"生涯自笑惟诗在,旋种芭蕉听雨声。"用李之"听雨声"。

雨落荷叶,响声沓沓,很有些特点,易于引人关注,也极易诱发人的情感。唐·韦应物《南塘泛舟会元六昆季》:"云淡水容夕,雨微荷气凉。"这是写"雨荷"较早的。写"雨荷"的还如:

唐·陈润《题山阴朱徵君隐居》:"雨岸杨花风作雪,一池荷叶雨成珠。"

宋·欧阳修《南乡子》:"雨打荷花珠不定,轻翻,冷泼鸳鸯锦翅斑。"

宋·苏庠《菩萨蛮》(周彦达舟中作):"眼中叠

叠烟中树,晚云点点翻荷雨。"

宋·周邦彦《苏幕遮》:"叶上初阳干宿雨,水面清圆,一一风荷举。"清·王国维《人间词话》称此句"真能得荷之神理者"。

又《浣溪沙》:"翠葆参差竹径成,新荷跳雨泪珠倾。"

宋·张元干《花心动》(七夕):"小馆风亭,晚香浓,一番芰荷新雨。"

宋·刘攽《雨后池上》:"一雨池塘水面平,淡磨明镜照檐楹。东风忽起垂杨舞,更作荷心万点声。"

1221. 时时珠露滴圆荷

唐·韩偓《夜坐》:"天似空江星似波,时时珠露滴圆荷。""圆荷"即荷叶,像一把倒撑着的伞,常常承有露珠雨滴。雨露圆圆,晶莹透明,随风滚动,情景也很动人。韩偓夜坐池边,见到的就是这种情景。唐·韦应物《咏露珠》:"秋荷一滴露,清夜坠玄天。"这是较早写"露荷"的。"露滴(打)圆荷"句如:

五代·毛文锡《虞美人》:"蛛丝结网,露珠多滴圆荷。"用韩偓句。

五代·阎选《定风波》:"深夜无风,新雨歇凉月,露迎珠颗入圆荷。"亦用韩偓句。

五代·孙光宪《思帝乡》:"微行曳碧波看尽,满地疏雨打圆荷。"

宋·晏殊《浣溪沙》:"一霎好风生翠幕,几回疏雨滴圆荷。酒醒人散得愁多。""疏雨"用孙光宪句。

1222. 琼珠碎却圆

宋·苏轼《阮郎归》(初夏):"微雨过,小荷翻……玉盆纤手弄清泉,琼珠碎却圆。"雨后向小荷弄水,如琼珠碎而复圆。宋·欧阳修《临江仙》:"柳外轻雷池上雨,雨声滴碎荷声。"这是"声碎"而不是"形碎"。

宋·张元干《点绛唇》:"小雨堪晴,坐来池上荷珠碎。"用苏轼"碎"字。

宋·杨万里《昭君怨》:"却是池荷跳雨,散了真珠还聚。"近苏轼句意。

1223. 荷尽已无擎雨盖

宋·苏轼《赠刘景文》:"荷尽已无擎雨盖,菊残犹有傲霜枝。一年好景君须记,最是橙黄桔绿时。"清·王文诰《苏轼诗集》注:"此是名篇,非景文不足以当之。景文忠臣之后,有兄六人皆亡。故赠此诗。"据此,应是暗誉刘景文的。南宋·胡仔《苕溪渔隐丛话》:"'天街小雨润如酥',退之《早春》诗也;'荷尽已无擎雨盖',子瞻《初冬》诗也。二诗意同而辞殊,皆曲尽其妙。""荷尽"句,说荷叶尽凋,"擎雨盖"喻荷叶为接雨伞盖。

唐·秦韬玉《题刑部李郎中山亭》:"瘦竹䍲烟遮板阁,卷荷擎雨出盆池。""擎雨盖"出于此句。

宋·周紫芝《永遇乐》(五日):"细草摇风,小荷擎雨,时节还端午。"

1224. 点溪荷叶叠青钱

唐·杜甫《漫兴》:"糁径杨花铺白毡,点溪荷叶叠青钱。"这是《绝句漫兴九首》之七,写成都草堂生活,"兴之所到,率然而成,故云'漫兴'。"此二句写路上杨花,水中荷叶:散落在路上的杨花就像铺上了白毡,点缀在溪中的荷叶好似叠起的青钱。杨花之多,荷叶之小,预示着春已暮、夏即临的时刻。首用小荷圆叶喻青钱。

宋·王之道《桃源忆故人》:"晚行溪上东风住,荷点青钱无数。""荷点青钱"用杜甫句。

又《满庭芳》(和王常令双莲堂):"翠盖千重,青钱万叠,雨余绿涨银塘。"

宋·赵长卿《蝶恋花》(初夏):"乱叠青钱荷叶小,浓绿阴阴,学语雏莺巧。"从王之道《满庭芳》中脱出。

又《朝中措》(首夏):"荷钱浮翠点前溪,梅雨日长时。"从王之道《桃源忆故人》中脱出。

宋·吕渭老《南乡子》:"梦逐杨花满院飞,吹过西家人不见,依依萍点荷钱又满地。"《广雅》有"杨花入水化为萍"之误。"萍点荷钱"之"萍"即误指杨花为萍,落于荷叶之上。

1225. 淡荡荷风飘舞衣

唐·储光羲《同武平一员外游湖五首,时贬金坛令》:"朦胧竹影蔽岩扉,淡荡荷风飘舞衣。"竹影朦胧掩蔽着山门,荷风淡荡飘动着舞衣,这是湖边所见。"舞衣"是什么?荷叶,荷湖风来,掀动着肥大的荷叶,不断翻腾、扭转,就如舞衣飘飞。后人写"荷风""风荷"也各自展现了景物特色。

唐·白居易《县西郊秋寄赠马造》:"风荷老叶

萧条绿,水蓼残花寂寞红。"

又《南塘暝兴》:"风荷摇破扇,波月动连珠。"

唐·李商隐《登霍山驿楼》:"弱柳千条露,衰荷一面风。"

唐·司空图《王官二首》:"风荷似醉和花舞,沙鸟无情伴客闲。"

又《狂题十八首》:"故园虽恨风荷腻,新句闲题亦满池。"

唐·吴融《凉思》:"半夜水禽栖不定,绿荷风动露珠倾。"

唐·韦庄《汉州》:"松桂影中旌旗色,芰荷风里管弦声。"

又《摇落》:"黄昏倚柱不归去,肠断绿荷风雨声。"

五代·孙光宪《河传》:"风飐波敛,团荷闪闪,珠倾露点。"

宋·苏轼《西江月》:"花雾萦风缥渺,歌珠滴水清圆。"

宋·毛滂《点绛唇》(月波楼中秋作):"高柳横斜,冷光零乱摇疏翠。露荷珠缀,照见鸳鸯睡。"

宋·吕渭老《浪淘沙》:"倚枕数更筹,清夜悠悠。竹风荷露小窗秋。"

风送荷香,也是池荷入诗素材。唐·韦应物《与韩库部会王祠曹宅作》写:"微风送荷气,坐客散尘缨。"荷气即荷香。

唐·刘禹锡《酬杨八庶子喜韩吴兴与余同迁见赠》:"台柏烟常起,池荷香暗飘。"

宋·袁去华《红林擒近》:"晚庭谁与追凉,清风散与荷香。"

宋·吕胜己《南歌子》:"湛露凉亭馆,香风散芰荷。"

1226. 荷花娇欲语

唐·李白《渌水曲》:"荷花娇欲语,愁杀荡舟人。"正荷花盛开,娇嫩鲜艳,像是要对行人说什么,行舟不会损伤她们吗?实在令荡舟人为难了。

唐·杜牧《朱坡》:"小莲娃欲语,幽笋稚相携。"用李白句。

宋·贺铸《芳心苦》:"返照迎潮,行云带雨,依依似与骚人语。"

1227. 小荷才露尖尖角

宋·杨万里《小池》:"小荷才露尖尖角,早有蜻蜓立上头。"写春池中小荷刚刚跃出水面，蜻蜓便飞落其上，极富生机。常被用作事物刚刚显露头角，便受到人们的赏识。立夏前，荷椎始露出水面。宋·洪迈《满江红》(立夏前一日，借坡公韵)："池塘波绿皱，小荷争出。"即写这种情景。

宋·赵抃《折新荷引》："雨过回廊，圆荷嫩绿新抽。"也写初夏新荷露角。

1228. 早有蜻蜓立上头

宋·王安石《渔家傲》(梦中作)："隔岸桃花红未半，枝头已有蜂儿乱。"杨万里句从此脱出(见上条)。

金·赵秉文《春游》："无数飞花送小舟，蜻蜓款立钓丝头。"蜻蜓活动景状类似。

清·王士禛《冶春绝句二十首》："江梅一夜落红雪，便有夭桃无数开。"仿杨万里句式。

人民领袖毛泽东《七律·和郭沫若同志》："一从大地起风雷，便有精生白骨堆。"极近王士禛句式。

1229. 舟浮十里芰荷香

唐·韦皋《天池晚棹》："舟浮十里芰荷香，歌发一声山水绿。""芰荷"，出水的荷叶荷花，舟行十里芰荷丛中，始终有荷香相伴。"十里"言荷花面积之广。唐·顾况《酬房杭州》："荷花十余里，月色攒湖林。"首用"十里荷花"。

宋·苏轼《与胡祠部游法华山》："归途十里尽风荷，清唱一声问《露薤》。"用韦皋句。

宋·黄庭坚《郑州南楼书事》："四顾山光接水光，凭栏十里芰荷香。"用韦皋句。

宋·叶梦得《水调歌头》："湖山地胜潇湘，十里芰荷香。"也用韦皋句。

1230. 有三秋桂子，十里荷花

宋·柳永《望海潮》："重湖叠巘清嘉，有三秋桂子，十里荷花。"这是柳永的名词，具体展现了北宋初年杭州的繁华景象。此数句写钱塘(杭州)湖山之秀美清丽。"三秋桂子，十里荷花"正是西湖山水动人之景色。

南宋人罗大经《鹤林玉露》卷十三记："孙何帅钱塘，柳耆卿作《望海潮》赠之云：'东南形胜'云云。此词流播，金主亮闻歌，欣然有慕于'三秋桂子，十里荷花'，遂起投鞭渡江之志。近时，谢处厚诗云：'谁把杭州曲子讴？荷花十里桂三秋。那知卉木无情物，牵动长江万里愁。'余谓此词虽牵动长江万里愁，然卒为金主送死之媒，未足怅也。至于荷艳桂香，妆点湖山之清丽，使士大夫流于歌舞嬉游之乐，遂忘中原，是则深可恨耳。因和其诗云：'杀胡快剑是清讴，牛渚依然一片秋。却恨荷花留玉辇，意忘烟柳汴宫愁。'"金主完颜亮闻"三秋桂子，十里荷花"而起投鞭渡江之志，这未免简单化了，但却说明此词此句当时已在南北广为传诵。至于士大夫"歌舞嬉游"而忘中原，株连柳词，责有旁贷，《望海潮》岂不冤哉！南宋·陈德武《水龙吟》(西湖怀古)："十里荷花，三秋桂子，四山晴翠。使百年南渡，一时豪杰，都忘却、平生志。"为写西湖之美，反而罪加西湖，也不谓公正。明·汤显祖《牡丹亭》第四十一出耽试《马蹄花》："为三秋桂子，十里荷香，一段边愁。则愿的'吴山立马'那人休。"也误传了所谓"边愁"。

"十里荷花"应出于唐人韦皋的"舟浮十里芰荷香"句，后人多用此语。

宋·苏轼《浣溪沙》(荷花)："四面垂杨十里荷，问云何处最花多。"

宋·黄裳《喜迁莺》(端午泛湖)："归棹晚，载荷花十里，一钩新月。"

宋·曹冠《柳梢青》(游湖)："拨棹归欤，一天明月，十里香风。"

宋·葛郯《江神子》："十里香风，吹下碧云天。"

宋·李彭老《壶中天》："一色荷花香十里，偷把秋期频数。"

宋·汪元量《柳梢青》："山南山北游舡，看十里、荷花未归。"

宋·曹遇《宴桃源》(游西湖)："荷香十里供瀛州，山光翠欲流。"

金·蔡松年《鹧鸪天》(赏荷)："秀樾横塘十里香，水花晚色静年芳。"

又《大江东去》："我梦卜筑萧闲，觉来岩桂，十里幽香发。"写桂花香。

元·奥敦周卿《[双调]蟾宫曲》："西湖烟水茫茫，百顷风潭，十里荷香。"

元·张养浩《[双调]殿前欢》(登会波楼)："荷花绽，十里香风散。"

明·徐渭《浣溪沙》(鉴湖)："十里荷花迷水镜，一行游女惜颜酡，看谁钗子落清波。"

1231. 接天莲叶无穷碧

宋·杨万里《晓出净慈寺送林子方》:"毕竟西湖六月中,风光不与四时同。接天莲叶无穷碧,映日荷花别样红。"这是写荷花的名篇。六月的西湖,盛夏的荷花,莲叶接天,呈现一望无际的碧色,而映日的荷花更有一番与众不同的艳红。写盛开的荷花,可以说无出其右者。"无穷碧"源自唐人诗。

"无穷碧"一意,唐初诗人已用。杨万里借以写出"出蓝"之句。

唐·骆宾王《代女道士王灵妃赠道士李荣》:"边苔上砌无穷绿,修竹临坛几处斑。"远来的青苔爬上阶砌,形成了一片无尽的碧绿。尽管苔绿茸茸,低伏地面,这"无穷"也尽够壮观了,不禁使人产生辽阔、豁朗之感。杨万里句从此衍生。

唐·张说《奉和圣制春日出苑应制》:"雨洗亭皋千亩绿,风吹梅李一园春。"

唐·萧颖士《重阳日陪元鲁山德秀登北城瞩对新霁因以赠别》:"远山十里碧,一道衔长云。"

唐·白居易《酬严中丞晚眺黔江见寄》:"晚后连天碧,秋来彻底清。""连天碧"取意"无穷绿",杨万里用作"无穷碧",是兼而取之。

宋·辛弃疾《鹧鸪天》(送人):"浮天水送无穷碧,带雨云埋一半山。"

今人霍松林《八三年元旦接日本大井清先生华笺及贺年片志谢》:"曲江柳浪无穷碧,三岛樱花别样鲜。"用杨万里二句句式,前句写中国,后句写日本,都在赞美。

1232. 国色朝酣酒,天香夜染衣

唐·李浚《摭异记》载:"太和中有程修已者,以善画进,会内殿赏花,上问修已曰:'今京邑传唱牡丹诗谁称首?'对曰:'中书舍人李正封诗:国色朝酣酒,天香夜染衣。'"唐·李濬《松窗杂录》引唐·李正封《咏牡丹花》诗:"天香夜染衣,国色朝酣酒。"句序相反。《全唐诗》未收程修已诗,无法窥知此诗全貌。据传"国色""天香"为牡丹别名,前者为红色,后者为黄色。宋·王沂孙《水龙吟》(牡丹):"国色微酣,天香乍染,扶春不起。"用程修已句。后人常把"国色天香"用来称牡丹、赞牡丹。元明以后,小说中多用写美女。

唐·白居易《山石榴花十二韵》:"此时逢国色,何处觅天香。"此写移植山石榴花于砌,无比斑斓。"国色""天香"是赞山石榴花的。似程修已向唐文宗推荐李正封名句之后,"国色天香"才多用于牡丹。

宋·范成大《与至先足游诸园看牡丹》:"欲知国色天香句,须是倚栏烧烛看。""国色天香句"即指李正封句。

宋·刘辰翁《虞美人》(咏牡丹):"天香国色辞脂粉,肯爱红山嫩。"

元·贯云石《斗鹌鹑》(佳偶):"国色天香,冰股玉骨。"已是写人了。

明·俞大猷《咏牡丹》:"闲花眼底千千种,此种人间擅最奇。国色天香人咏尽,丹心独抱更谁知。"诗人是明代抗倭名将,他不重"国色天香",而唯称牡丹的"丹心独抱",这是有所寓托的。

元明小说戏曲中,常用"天姿国色",则是纯乎写人了。

1233. 魏紫姚黄照眼明

宋·欧阳修《县舍不种花惟栽菊、楠木、冬青、茶、竹之类,因戏书七言四韵》:"伊川洛浦寻芳遍,魏紫姚黄照眼明。"回忆当年在"两京"所见之花。"魏紫姚黄",是宋代洛阳两种名贵的牡丹,欧阳修《洛阳牡丹记·花释名》载:魏紫为千叶肉红花,五代时魏红薄家培植;姚黄为千叶黄花,宋初姚氏民家培植。欧阳修《答西京王尚书寄牡丹》:"年少曾为洛阳客,眼明重见魏家红。"又《绿竹堂独饮》(明道二年):"姚黄魏紫开次第,不觉成恨俱零凋。"

宋人用"魏紫姚黄"的很多,有的"姚黄"与"魏紫"分用或单用,有的缩用为"姚魏"。

宋·梅尧臣《白牡丹》:"白云堆里紫霞心,不与姚黄色头深。"

宋·文彦博《右君实端明·承伯寿大蓬惠书寄大小钵囊花并语及敝居松下石上之饮因成二小诗》:"姚黄赏尽东归去,六六峰前会酒徒。"

又《东溪奉送景仁内翰归东都三首》:"瑞雪承露从头看,看到姚黄兴尽归。"

宋·强至《泉上人画牡丹》:"姚黄魏紫色憔悴,自觉笔假胜天真。"

宋·邵雍《芍药四首》:"一声啼鴂画楼东,魏紫姚黄扫地空。"

宋·黄庶《和元伯走马看牡丹》:"何似园家不吟醉,姚黄魏紫属游人。"

宋·王安石《题金沙》："海棠开后数金沙，高架层层吐绛葩。咫尺西城无力到，不知谁赏魏家花。"

宋·毛滂《浣溪沙》(寒食初晴，桃杏皆已零落，独牡丹欲开)："魏紫姚黄欲占春，不教桃李见清明，残红吹尽恰才晴。"

宋·曹组《水龙吟》(牡丹)："金殿筠笼岁贡，最姚黄、一枝娇贵。"

宋·吕本中《虞美人》："对人不是忆姚黄，实是旧时风味、老难忘。"

又《渔家傲》："记得旧时清夜短，洛阳芳讯时相伴。一朵姚黄鬆髻满，情未展，新来衰病无人管。"

宋·王灼《虞美人》："姚黄真是花中主，个个寻芳去。"

宋·权无染《一丛花》(杏花)："姚黄魏紫，十分颜色，终不似轻盈。"

宋·黄裳《宴琼林》(牡丹)："已览遍韶容，最后有花王、芳信来报。魏妃天与色，拥姚黄、去赏十洲仙岛。"

宋·王以宁《满庭芳》："一任姚黄魏紫，供吟赏、银烛笼纱。"

宋·张元干《感皇恩》(寿)："姚黄重绽，长对小春天气。绮罗丛里惯，今朝醉。"

宋·杨无咎《好事近》(黄琼)："花里爱姚黄，琼苑旧曾相识。不道风流种在，又一枝倾国。"

宋·王之道《木兰花慢》(追和晁次膺)："须知，乍寒乍暖，褪朱唇，又过海棠时。已约姚黄魏紫，留花等待伊归。"

宋·曹勋《庆清朝》(牡丹)："最喜鉴鸾初试，数枝姚魏插宫妆。"

宋·侯寘《风入松》(西湖戏作)："如今眼底无姚魏，记旧游、凝伫凄凉。"

又《鹧鸪天》(赏芍药)："梦想当年姚魏家，尊前重见旧时花。"

宋·曹冠《风栖梧》(牡丹)："魏紫姚黄凝晓露，国艳天然，造物偏钟赋。"

宋·王千秋《渔家傲》(简张德共)："病起日长无意绪，等闲还与春相负。魏紫姚黄无恙否，栽培取、开时我欲听金缕。"

宋·管鉴《洞仙歌》(夜宴梁季全大卿赏牡丹作)："剪姚黄、移魏紫，齐集梁园，春艳艳，何必尊前解语。"

宋·范成大《再赋简养心》："一年春色摧残尽，再觅姚黄魏紫来。"

宋·张孝祥《鹧鸪天》："芍药好，是金丝，绿藤红刺引蔷薇，姚家别有神仙品，似看天香染御衣。"

宋·陈造《鹧鸪天》："定知今夜游仙梦，不落西京姚魏家。"

又《鹧鸪天》："须知绿幕黄帘底，别有春藏姚魏家。"

宋·京镗《洞仙歌》(次王漕邀赏海棠韵)："算魏紫姚黄号花王，若定价收名，未应居右。"

宋·辛弃疾《柳梢青》(赋牡丹)："姚魏名流，年年揽断，雨恨风愁。"

宋·赵师侠《酹江月》(足乐园牡丹)："遥想京洛风流，姚黄魏紫，间绿如铺绣。"

宋·陈亮《暮花天》："红黄粉紫，更牛家、姚魏为真。留几种，蒂蒂中州，异时齐顿浑身。"

宋·郭应祥《卜算子》："谁把洛阳花，剪送河阳县。魏紫姚黄此地无，随分红深浅。"

宋·张侃《月上海棠》："洛阳魏紫争先贡，妬纷纷、红紫眩新宠。"

宋·黄机《清平乐》："西园已有心期，姚黄魏紫开时。"

宋·刘克庄《六州歌头》(客赠牡丹)："一自京华别，问姚魏、竟如何？"

又《贺新郎》(客赠芍药)："一梦扬州事，画堂深、金瓶万朵，元戎高会。座上祥云层层起，不减洛中姚魏。"

宋·刘子寰《醉蓬莱》："访莺花陈迹，姚魏遗风，绿阴成幄，尚有余香，付宝阶红药。"

宋·吴潜《南乡子》："去岁牡丹时，几遍西湖把酒卮。一种姚黄偏韵雅，相宜，薄薄梳妆淡淡眉。"

宋·黄升《花发沁园春》(芍药会上)："是天资妖娆，不减姚魏。"

宋·文天祥《满江红》(王夫人至燕，题驿中云，中原传诵，惜末句欠商量，代王夫人作)："试问琵琶，胡沙外、怎生风色。最苦是、姚黄一朵，移根仙阙。"

宋·赵必𤩪《意难忘》(过庐陵用美成韵)："魏紫姚黄，属吟翁管领，曾醉春觞。"

宋·汪莘《满江红》(不敢赋梅，赋感梅)："孤竹赤松真我友，姚黄魏紫非吾契。"

宋·无名氏《朝中措》："平生看了，姚黄魏紫，一捻深红。"

宋人依托紫姑《瑞鹤仙》:"双靥,姚黄国艳,魏紫天香,倚风羞怯。"

清·黄梨洲《看牡丹》:"姚黄魏紫压芳晨,倾国难逢似美人。"

1234. 花气袭人知骤暖

宋·陆游《村居书喜》:"花气袭人知骤暖,鹊声穿树喜新晴。"阳春悄然到来,直至花香袭人,才骤然察知。《红楼梦》第二十八回《"女儿"酒令五首》其五,蒋玉菡完成"酒令"的"酒底"一句诗词成语,应用了陆游的这句诗,而改作"花气袭人知昼暖"。为什么改"骤"为"昼"呢?因为前面的"新鲜时样的曲子"写的夜晚,夜晚是寒凉的。曹雪芹这样改,可谓用心良苦。

"花气袭人"在《红楼梦》中双关着贾宝玉身边的丫头花袭人。花袭人出身穷苦,为了不致饿死,她父母把她卖给了贾府当丫头。贾宝玉裁取陆游诗的"花气袭人"给她取了"袭人"的名字。最袭人的花是兰与桂,因为香气最浓。《红楼梦》第五回《金陵十二钗图册判词·又副册判词之二》词中有句"空云似桂如兰""似桂如兰"暗指袭人,"空云"是对"似桂如兰"的否定,因为袭人在贾宝玉面临困境的时候,嫁蒋玉菡而去了。

"花气袭人"一意,唐人即有所描绘。

唐·王维《蓝田山石门精舍》:"涧芳袭人衣,山月映石壁。"

唐·贾暮《赋得芙蓉出水》:"翻影初迎日,流香暗袭人。"

宋·欧阳修《春晚同应之偶至普明寺小饮作》:"野阴侵席润,芳气袭人醒。"

宋·秦观《游鉴湖》:"水光入座杯盘莹,花气侵人笑语香。""花气袭人"出于此。

宋·张元干《浣溪沙》(求年例贡余香):"花气薰人百和香,少陵佳句是仙方,空教蜂蝶为花忙。"用秦观句。

宋·毛滂《调笑》(盼盼):"钗冷,鬓云晚,罗袖拂入花气暖。"用了"暖"字。

1235. 一点芳心为君死

唐·戴叔伦《相思曲》:"落红乱逐东流水,一点芳心为君死。"这是一首思妇抒情诗,写闺中女子思念远方久别的丈夫的痛苦心情。此二句春去

花落,逐水东流。"一点芳心",是花之心,也是人之心,女子之心,"为君死",表示痛苦之极。后用"芳心"表示女子的情怀,也有的写花心、笋心。

南唐后主李煜《蝶恋花》:"一片芳心千万绪,人间没个安排处。"

宋·钱惟演《玉楼春》:"一寸芳心谁管束,劝君速吃莫踟蹰,看被南风吹作竹。"写竹笋,"芳心"是笋心。

宋·柳永《黄莺儿》:"晓来枝上绵蛮,似把芳心、深意低诉。"喻黄鹂的"心声"。

又《受恩深》:"待宴赏重阳,恁时尽把芳心吐。陶令轻回顾,免憔悴东篱,冷烟寒雨。"喻菊花盛开。

又《荔枝香》:"笑整金翘,一点芳心在娇眼,王孙空恁肠断。"女子娇眼现芳心。

又《定风波》:"自春来,惨绿愁红,芳心是事可可。"写女子之心。

又《隔帘听》:"梳妆早,琵琶闲抱,爱品相思调!声声似把芳心告。"琵琶传心声。

宋·张先《双燕儿》:"芳心念我也应那里,蹙破眉峰。"写女心。

又《望江南》(闺情):"一点芳心无托处,荼蘼架上月迟迟。惆怅有谁知?"写女心。

宋·李冠《蝶恋花》(佳人):"贴鬓香云双绾绿,柳弱花娇,一点春心足。""春心"从"花心"引申而来。写女心。

宋·宋祁《蝶恋花》(情景):"整了翠鬟匀了面,芳心一寸情何限。"写女心。

宋·欧阳修《渔家傲》:"桃李三春虽可羡,莺来蝶去芳心乱。"写女心。

宋·苏轼《岐亭道上见梅花戏赠季常》:"蕙死兰枯菊亦摧,返魂香入岭头梅。数枝残绿风吹尽,一点芳心雀啅开。""风吹尽"用杜甫"不如醉里风吹尽"(《三绝句》(其一))句。"一点芳心"指梅花花蕾。

宋·黄裳《蝶恋花》:"雪怨云愁无问处,芳心待向谁分付?"无处倾诉。

宋·张耒《风流子》:"向风前懊恼,芳心一点,寸眉两叶,禁甚闲愁。"写女心。

宋·周邦彦《玲珑四犯》:"休问旧色旧香,但认取、芳心一点。"写花心。

宋·李光《减字木兰花》(客寄梅花一枝香色奇绝为赋此词):"芳心一点,瘴雾难侵尘不染。"写

梅花。

宋·仲殊《蓦山溪》："又是主人来，更不辜、香心一点。"（又作宝月词）写女心。"香心"即"芳心"。

宋·吴淑姬《祝英台近》（春恨）："久离阻，应念一点芳心，闲愁知几许？"

宋·张元干《豆叶黄》："一点芳心入鬓云，风韵情知似玉人。"写梅花的"疏枝冷蕊"。

宋·赵长卿《虞美人》（双莲）："丁香枝上千千结，怨惹相思切。争特地嫁熏风，吐尽芳心点点、绛唇红。"写双莲花。

宋·石孝友《减字木兰花》："青青卷，一寸芳心浑未展。"写新荷未开。

宋·叶适《西江月》（和李参政）："周后数茎命粒，鲁儒一点芳心。"写人心。

宋·姜夔《醉吟商小品》："鲁鸦啼处，梦逐金鞍去。一点芳心休诉，琵琶解语。"喻琵琶曲情。

宋·韩淲《谒金门》（春早湖山）："一片芳心拼醉倒，冷云藏落照。"人赏花之心。

宋·史达祖《瑞鹤仙》："芳心一寸，相思后，总灰尽。"写人心。

宋·严仁《蝶恋花》（春情）："目力未穷肠已断，一寸芳心，更逐游丝乱。"写人心。

宋·王泳祖《风流子》："有新恨两眉，向谁说破；一点芳心，惟我偏知。"写人心。

宋·颜奎《大酺》："留燕伴、不教迟暮。但一点、芳心苦，生怕摇落，分付荷房收贮。"写荷花。

宋·王茂孙《点绛唇》（莲房）："多情处，芳心一缕，都为相思苦。"以莲花拟人。

宋·郑斗焕《新荷叶》："玉人何处，关情是、半卷芳心。"以新荷拟人。

宋·蒋捷《探春令》："芳心一点天涯去，絮蒙蒙遮住。"写人心。

宋·张炎《踏莎行》（郊行值游女以花掷水，余得之戏作此解）："花引春来，手擎春住，芳心一点谁分付？"用黄裳"芳心待向谁分付"句。

宋·无名氏《人月圆》："芳心几点，东风多少，先为传来。"写花心。

元明小说话本依托宋人申纯作《碧牡丹》："一片芳心，被春拘管，重寻云翼盟约。"写人心。

元明小说话本依托宋人王娇娘作《再团圆》："芳心一点，柔肠万转，有意偷怜。"写人心。

元明小说话本依托宋人作《上楼春》："芳心一

片可人怜，春色三分愁雨洗。"写"名花"。

1236. 贞心一任蛾眉妒

唐·戴叔伦《宫词》："贞心一任蛾眉妒，买赋何须问马卿。"用"阿娇"故事。汉武帝刘彻姑母馆陶公主有女名阿娇。馆陶公主问汉武帝愿得阿娇为妇否，武帝说："若得阿娇。当以金屋贮之。"（即世称"金屋藏娇"）后阿娇入宫，即陈皇后。陈皇后得幸颇妒，为武帝所冷落，遣居长门宫。她听说司马相如文重天下，就送黄金百斤，邀相如作赋。相如作《长门赋》，武帝读赋而感怀，陈皇后复受宠幸。戴叔伦反用此典，写受妒而遭冷落的宫人，贞心一片，不去买赋求宠。"一任蛾眉妒"，任那些好妒的女子妒嫉去吧。

宋·晏几道《玉楼春》："妆成尽任秋娘妒，裛裛盈盈当绣户。""秋娘"是诗词中美女的代称。"任秋娘妒"，用戴叔伦句。反衬女子妆成之绝美，以至令其他女子妒嫉。

宋·吴潜《蝶恋花》（和处静木香）："消得留春春且住，不比杨花，轻作沾泥絮。况是环阴成幄处。不愁更被红妆妒。"赞木香之高格，"红妆妒"反衬木香之美。

1237. 无意苦争春，一任群芳妒

宋·陆游《卜算子》（咏梅）："无意苦争春，一任群芳妒。零落成泥碾作尘，只有香如故。"这是一首咏梅名词，其内涵要比林逋的《山园小梅》诗丰富得多。此词下阕，赞梅花孤芳自珍、永葆高洁的品格，当为作者自况。句源自戴叔伦"一任蛾眉妒"来。不过还有近源，直源。

宋·杜安世《古捣练》："数枝半敛半开时，洞阁晓妆新注。宝香格、艳姿天赋，甘被群芳妒。"陆游直用此句。

又《贺圣朝》："牡丹盛拆春将暮。群芳羞妒，几时流落在人间，半间仙露。"

宋·苏轼《杜沂游武昌以酴醾花菩萨泉见饷二首》："酴醾不争春，寂寞开最晚。"陆游"俏也不争春""寂寞开无主"二句源此。

宋·杨无咎《蓦山溪》（和婺州晏卒酴醾）："天姿雅素，不管群芳妒。"

今人熊复《生查子》（咏黄菊）："独立倚寒天，不教群芳妒。"

1238. 清姿高压群芳

宋·杨冠卿《西江月》(秋晚白菊丛开,有傲视冰霜之兴。李渔社赋长短句云:"若将花卉论行藏,盍在凌烟阁上。"因次其韵):"寿菊丛开三径,清姿高压群芳。折花聊尔问行藏,会见横飞直上。"写白菊丛开,其傲祝冰霜之姿,足可压倒群芳。如果比作人,可上凌烟阁功劳簿了。后用作"技压群芳""艺压群芳""秀压群芳",表示技艺超群,或人的姿质美丽盖世。也用作"压倒群芳",五代·王定保《唐摭言·慈恩寺题名游赏赋咏杂记》云:宰相杨嗣复有"我今日压倒元白"语。

宋·杨泽民《木兰花》:"奇容压尽群芳秀,枕臂浓香犹在袖。"这里写女子。

宋·刘克庄《满江红》(海棠):"压倒群芳,天赋与、十分称艳。"

1239. 更取楸花媚远天

唐·杜甫《十二月一日三首》:"未将梅蕊惊愁眼,更取楸花媚远天。"楸树是高十五米以上笔直的乔木,花叶很美,常作风景树。此句说楸花在远方更加明媚。

宋·苏轼《梦中绝句》:"楸树高花欲插天,暖风迟日共茫然。落英满地君方见,惆怅春光又一年。"用杜甫句。

1240. 稻花香里说丰年

宋·辛弃疾《西江月》(夜行黄沙道中):"明月别枝惊鹊,清风半夜鸣蝉。稻花香里说丰年,听取蛙声一片。"写夏夜途中所见所闻,月移惊鹊,鸣蝉唧唧,蛙声一片。在稻花香里,预报着一个即来的大丰年。农村夏夜笼罩在欢腾热闹的氛围之中。词人在《鹊桥仙》(山行书所见)中又写了"稻花香""酿成千顷稻花香,夜夜费一天风露"。现代·顾随《倦驼庵稼轩词说》卷下评:"稼轩之词,固以意胜。以意胜,则不能无所谓。此稻花香中蛙声一片,固与《鹊桥仙》中之'千顷稻花''一天风露'同其旨趣。然彼早酿成,此曰丰年,被为因,为辛苦,此为果,为享受。'稻花香里说丰年,听取蛙声一片',真乃鼓腹讴歌,且忘帝力于何有,千秋之盛事,而众生之大乐也。而稼轩之所以为稼轩者乃于是乎在。尚何须说'别枝惊鹊''半夜鸣蝉'之簇簇新,与夫稻花、鸣蛙之于鼻根、耳根,异乎其他诗人

词人所染之香尘、声尘耶?复次,过片'七八个星天外,两三点雨山前'一联,粗枝大叶,别具风流。元遗山《论诗绝句》盛称退之《山石》句之有异于女郎诗。持以较此,觉韩吏部虽然硬语盘空,而饰容作态,尚逊其本色与自然。"所评"鼓腹讴歌""别具风流"都是在比较中见真谛。

"稻花香",首见于唐人郑谷的《野步》诗:"日暮渚田微雨后,鹭鹚闲暇稻花香。"

宋·李曾伯用"桂花香里":

《水调歌头》(长沙中秋约客赏月):"人在梧桐影下,身在桂花香里,疑是玉为州。"

《八声甘州》(辛酉自寿):"愿明时、清平无事,放老翁、长伴白鸥闲。聊相与,桂花香里,满酌开颜。"

《沁园春》(己未初度):"蓴菜美时,桂花香里,所愿少须臾乐之。"

1241. 红了樱桃,绿了芭蕉

宋·蒋捷《一剪梅》(舟过吴江):"何日归家洗客袍。银字笙调,心字香烧。流光容易把人抛,红了樱桃,绿了芭蕉。"清人李佳《左庵词话》评:"蒋竹山《一剪梅》有云:'银字笙调,心字香烧。''红了樱桃,绿了芭蕉。'久脍炙人口。""银字"用白居易《南园试小乐》中"高调管色吹银字,慢拽歌词唱《渭城》"句,笙上的银字标示音调高低。"心字香",褚人获《坚瓠集》:"按心字香,外国以花酿香,作心字焚之。"杨慎《词品》:"所谓'心字香'者,以香末萦篆成心字也。"即"心"字形的香。"红了樱桃,绿了芭蕉"表示春天即去,夏日即来。此词写客愁:船行吴江的旅途上,旅人风雨中飘泊,一片春愁。想到闺中人或是正在准备"洗袍""调笙""焚香",而流光催人,转眼又是初夏,却归家无期。

词人在《行香子》(舟宿兰湾)词中又用:"红了樱桃,绿了芭蕉,送春归,客尚蓬飘。"春已归而人不得归。意近《一剪梅》。

1242. 纫秋兰以为佩

屈原《离骚》:"扈江离与辟芷兮,纫秋兰以为佩。"把江离芷草披在肩上,把秋兰结成佩挂在身上。用香花香草隐喻品格高尚之士。《离骚》之下文又从相反意义上用"佩兰":"户服艾以盈腰兮,谓幽兰其不可佩。"人人都把艾草挂在腰间,说幽兰是不可佩带之物。隐喻贤人被遗弃了。三

国·魏·阮籍《咏怀诗八十二首》之四十五"幽兰不可佩,朱草为谁荣。"即用此句。"纫兰为佩"句后多指美好的品格和美好的事物。

唐·钱起《赠张南史》:"溪畔秋兰虽可佩,知君不得少停舟。""秋兰"代良友。虽有良友在兰溪伴游,而南史君作为使臣却不得不离去了。

唐·独孤及《酬皇甫侍御望天灅山见示之作》:"瞒然诵佳句,持此秋兰佩。"喻佳句,存皇甫冉佳句,如佩上秋兰珍品。

宋·王令《蔬兰》:"世无贤士纫为佩,犹有幽人日取餐。"

宋·苏轼《殢人娇》(或云赠朝云):"明朝端午,待学纫兰为佩。"女侍朝云端午节应编制兰草为佩饰。

又《和邵同年戏赠贾收秀才三首》:"古意已将兰缉佩,招词闲咏桂生丛。"《楚辞》中已纫秋兰佩了。

又《刁景纯赏瑞香花忆先朝侍宴次韵》:"欲赠佳人非泛洧,好纫幽佩吊沉湘。"纫瑞香花为佩以吊先贤。

又《沉香石》:"欲随楚客纫兰佩,谁信吴儿是木肠。""楚客"指屈原。

宋·苏辙《次韵答人幽兰》:"幽花耿耿意羞春,纫佩何人香满身。"借写幽兰留香以喻洁身自保。

宋·赵子发《南歌子》:"人有纫兰佩,云无出岫心。"喻品格高尚。

宋·赵师侠《永遇乐》:"湘妃起舞,芳兰为佩,约略乱峰云鬟。"

宋·黄机《永遇乐》(章史君席上):"侃其笑语,止乎礼义,衣佩细纫兰芷。"

宋·刘克庄《贺新郎》(端午):"灵均标志高如许,忆平生、既纫兰佩,更怀椒糈。"颂屈原高洁的品格。

宋·李曾伯《沁园春》:"谓有溪可钓,有田可秫,有兰可佩,有菊堪餐。"远离世俗。

宋·吴文英《江南春》(赋张药翁杜衡山庄):"天与此翁,芳芷嘉名,纫兰佩兮琼玦。"超俗的品格。

宋·李彭老《木兰花慢》(送客):"看佩玉纫兰,囊诗贮锦,江满吴天。"

宋·杨泽民《蓦山溪》:"纫兰解佩,不负有情人。金尊侧,罗帐底,占尽人间美。"

元·卢挚《蟾宫曲·长沙怀古》:"泽国纫兰,汀洲搴若,谁为招魂?"缅怀屈原。

元·张可久《小桃红·山中》:"佩秋兰,黄精已够山中饭。"高蹈远行之志。

清·玄烨《咏幽兰》:"不因纫取堪为佩,纵使无人亦自芳。"幽兰自身就无比芳香,并非纫以为佩才珍贵。咏幽兰之高洁自芳。

1243. 制芰荷以为衣

《离骚》:"制芰荷以为衣兮,集芙蓉以为裳。"把菱叶裁为上衣,用荷花织成下裳。《九歌·东皇太一》:"瑶席兮玉瑱,盍将把兮琼芳。"莛席上压上玉镇,神座旁摆上琼芳。宋·张孝祥用《楚辞》中的三句悼念屈原。他的《水调歌头》(泛湘江):"制荷衣,纫兰佩,把琼花。"赞屈原以荷为衣,以兰为佩,手持香花,写下动人的诗篇。

"芰荷为衣""芙蓉为裳",后代文人引出另外的自然物做为"衣""裳"。

1244. 风为裳,水为佩

唐·李贺《苏小小墓》:"草如茵,松如盖;风为裳,水为佩。"写苏小小墓的景色。风为墓之裳,水为墓之佩。后人多用其缩合式"风裳水佩"。

宋·袁去华《踏莎行》:"香囊钿合忍重看,风裳水佩寻无处。"写女子踪迹。

宋·姜夔《念奴娇》:"闹红一舸,记来时,尝与鸳鸯为侣。三十六陂人未到,水佩风裳无数。"写无际的荷花荷叶。

宋·史达祖《贺新郎》:"西子相思切,委萧萧、风裳水佩,照人清越。"写荷花。

又《鹊桥仙》:"河深鹊冷,云高鸾远,水佩风裳缥缈。"写织女。

宋·高观国《点绛唇》:"水佩仙裳,洒落烟云意。来相识,玉绡新制。要写蓬壶记。"个人如受水佩仙裳。

宋·赵功可《桂枝香》(和詹天游就访):"精神一似,风裳水佩,兰皋蘅浦。"写文章神韵。

宋·赵汝钠《水龙吟》(浮翠山房拟赋白莲):"露华洗尽凡妆,玉妃来侍瑶池宴,风裳水佩,冰肌雪艳,清凉不汗。"写白莲。

宋·元名氏《水调歌头》:"我挂风裳水佩,一笑波寒月白,余韵触惊涛。"写词人风采。

1245. 夕餐秋菊之落英

《离骚》:"朝饮木兰之坠露兮,夕餐秋菊之落英。"早晨饮木兰上的滴露,晚上食菊花的落英。饮食清洁,坚持政治理想,不与"芜秽"的"众芳"同流。

屈原在《九章》(涉江)中再次写:"登昆仑兮食玉英。"古代传说仙人以玉屑为食。他渡江南行要同舜一道游览玉圃,登上昆仑山去食玉花,喻决心志行高洁,坚持操守。

宋·王令《蔬兰》:"世无贤士纫为佩,犹有幽人日取餐。"抒写向慕餐英修己的幽人,不屑与鄙俗世风同流合污的孤高情怀。

宋·苏轼《次韵僧潜见赠》:"独倚古寺种秋菊,要伴骚人餐落英。"赞潜之情操。

又《再和潜诗》:"且撼长条餐落英,忍饥未拟穷呼昊。"

又《和陶己酉岁九月九日》:"夕英幸可掇,继此木兰朝。"

宋·黄庭坚《鹧鸪天》(重九日集句):"兰委佩,菊堪餐,人情时事半悲欢。但将酩酊酬佳节,更把茱萸仔细看。"兼用《离骚》"纫秋兰以为佩"句,表现生不得志,寄情佳节。

又《鹧鸪天》(明日独酌自嘲呈史应之):"金作鼎,玉为餐,老来亦失少时欢。茱萸菊蕊年年事,十日还将九日看。"用屈原"食玉英"句,寄情佳节。

宋·辛弃疾《沁园春》(带湖新居将成):"秋菊堪餐,春兰可佩,留待先生手自栽。"用黄庭坚"兰委佩,菊堪餐"句写自己抗金无门,不得不过半隐居生活。

1246. 琼蕊可疗饥

魏·曹植《远游篇》:"琼蕊可疗饥,仰首食朝露。昆仑木吾宅,中州非我家。"诗人为文帝、明帝所忌,拟屈原《远游》作此篇,用《涉江》:"登昆仑兮食玉英"("琼蕊"即"玉英")句,表白要象屈原一样,餐蕊食露,登上昆仑仙境而与世无争。可以窥见诗人之隐痛。宋·钱惟演《梨》诗:"自与相如解疾渴,何须琼蕊作朝餐。"反用"琼蕊"句,赞梨。

"疗饥"始出于《诗经·陈风·衡门》:"泌之洋洋,可以乐饥。""乐"即"疗"字的省借,"疗",治,疗,《韩诗外传》作"疗"。泌丘下的水流而不竭,可以解饿充饥,表示自甘贫陋。曹植用此句。

《高士传》载西汉初商山四皓《四皓歌》:"晔晔华芝,可以疗饥。"表示不染尘世。

东汉·王逸《九思》是代屈原抒发忧愤之作,其中《疾世》篇中用《涉江》意与《诗经》:"疗疾"语"吮玉液兮止渴,啮芝华兮疗饥。"表达屈原之高洁。

北朝·周·庾信《小园赋》:"长柄寒匏,可以疗饥,可以栖迟。"哀己出身魏周,见小园而思欲隐居。

宋·苏轼《答周循州》:"知君清俸难多辍,且觅黄精与疗饥。""黄精"似指菊花。

又《咏槟榔》:"可疗饥怀香自吐,能消瘴疠暖如薰。"槟榔可以疗饥怀。

1247. 呼吸沆瀣兮飧朝霞

汉·司马相如《大人赋》:"呼吸沆瀣兮飧朝霞,嘑咀芝英兮叽琼华。"呼吸夜间的水气,嚼灵芝少食琼树之花,写"大人"凌云巡天,漫游象外,吸食充满了灵异。魏·曹植《驱车篇》:"餐霞漱沆瀣,毛羽被身形。"用司马相如句意,写轩辕皇帝登泰山的情景。"餐霞"表示身处幽境,向往隐逸,谋求长生之意。

南朝·梁·沈约《青松涧》:"渴就华池饮,饥向朝霞食。"

又《奉华阳王外兵》:"餐玉驻年龄,吞霞反容质。"

唐·宋之问《使至嵩山寻杜四不遇慨然复伤田洗马韩观主因以题壁赠杜侯杜四》:"逝者非药误,餐霞意可全。"

唐玄宗李隆基《送玄同真人李抱朴谒潜山仙洞》:"采药逢三秀,餐霞卧九霄。"

唐·李白《江上秋怀》:"餐霞卧旧壑,散发谢远游。"

唐·杜甫《空囊》:"翠柏苦犹食,晨霞高可餐。"

唐·卢纶《秋中野望寄舍弟绶兼令呈上西川尚书舅》:"唯有餐霞心,知未与天接。"

唐·窦参《登潜山观》:"灵草空自绿,余霞谁共餐。"

唐·马戴《送道友入天台山作》:"漱齿飞泉外,餐霞早境中。"

南唐·徐铉《寄萧给事》:"买宅尚寻徐处士,餐霞终访许真君。"

宋·欧阳修《感兴五首》(斋于醴泉宫·嘉祐元年):"餐霞可延年,饮酒诚自损。"

宋·梅尧臣《修真观李道士年老贫饿无所依忽缢死因为诗以悼之》:"餐霞不满腹,披云不蔽身。"

宋·王安石《用乐道舍人韵书十日事呈乐道舍人圣从待制》:"归去莫言天上事,但知呼客饮流霞。"

宋·苏轼《留题仙都观》:"学仙度世岂无人,餐霞绝粒长辛苦。"

宋·李堪《华顶秋容》(古田县志秋霞):"仙翁自有餐霞法,谩使人间望彩云。"

清·敦敏《赠曹雪芹》:"何人肯与猪肝食,日望西山餐暮霞。"写曹雪芹处境艰难,无人肯帮助,也不亢不卑。"餐暮霞"表示清高品格。

1248. 本自餐霞人

南朝·宋·颜延之《嵇中散》:"中散不偶世,本自餐霞人。"此诗为《五君咏》中咏嵇康的诗。这首二句写嵇康(中散)桀骜不驯为世所不容,是由于他本来就是餐霞为食,超脱世俗的人。"餐霞"古代神仙家认为"霞"是"日之精",餐霞可以长生不老。相传还有餐霞之法。"餐霞人""餐霞客""餐霞子"常指称佛家道者"不食人间烟火"的"仙人"。嵇康生前崇尚老庄,有死后尸解成仙的传说,这就是写他为"餐霞人"的一个缘由。"餐霞人(客、子)"多指道者、佛家或隐逸之士。

唐·宋之问《寄天台司马道士》:"远愧餐霞子,童颜且自持。"

唐·钱起《赠汉阳隐者》:"当年不出世,知子餐霞人。"

唐·刘禹锡《和游房公旧竹亭闻琴绝句》:"一闻流水曲,重忆餐霞人。"

唐·施肩吾《秋夜山居二首》:"幽居正想餐霞客,夜久月寒珠露滴。"

唐·顾非熊《送内乡张主簿赴任》:"松窗久是餐霞客,山县新为主印官。"

宋·文同《新晴望北山》:"待访餐霞人,斯游欲谁与。"

1249. 秀色若可餐

晋·陆机《日出东南隅行》:"鲜肤一何润,秀色若可餐。"美丽的容色令人忘掉饥饿,形容女子容颜极美艳。此诗写东方日出照在高台上,高台上的女子都那么美丽。清·王文诰《苏轼诗集》一三二九页注:"魏文帝诗:秀色若可餐。"但其它曹丕诗集未收。《山堂肆考·美妇》引《南部烟花录》记:"隋炀帝每视御女吴绛仙,谓内侍曰:'古人谓秀色若可食,绛仙者,可以疗饥矣。'"《大业拾遗》记:"吴绛仙善画长蛾,隋炀帝云:'此女秀色可餐。'"

"秀色可餐",表现女子的容颜姿色有诱人之美。句如:

唐·李白《寄远十一首》:"爱君芙蓉婵娟之艳色,色可餐兮难再得。"

宋·仲并《武陵春》(元若虚席上):"门巷乌衣应好在,风韵尚依然。知是蓬瀛第几仙,秀色餐当筵。"

宋·毛滂《虞美人》:"春风吹绿上眉峰,秀色欲流不断,眼波融。"写女子之秀眉。

"秀色可餐",更多的是用来描写花木山川之秀美无比:

唐·李白《望庐山五老峰》:"九江秀色可揽结,吾将此地巢云松。""揽结",拥抱占有,与"可餐"意近。

宋·柳永《受恩深》:"雅致庭宇,黄花开淡泞。细秀明艳尽天与,助秀色堪餐,向晓自有真珠露。"

宋·范仲淹《明月谣》:"明月在天西,初如玉钩微。……徘徊河汉间,秀色若可餐。"

宋·欧阳修《与李献臣宋子京春集东园》:"绿野秀可餐,游骖喜初结。"

又《希真堂东手种菊花十月开》:"煌煌正色秀可餐,蔼蔼清香寒欲峭。"

宋·宋庠《西斋杂日咏》:"粉箨烟膏秀可餐,森森庭际斗擅栾。"

宋·苏轼《寄怪石石斛与鲁元翰》:"坚姿聊自儆,秀色亦堪餐。"

又《和陶贫士七首》:"岂知江海上,落英亦可餐。"

宋·陈造《水调歌头》(千叶红梅送使君):"凝香地,古仙伯,玉尘闲。烦公持并三友,秀色更堪餐。定笑芙蓉骚客,认作东风桃李,醉眼自相漫。"

宋·丘崈《鹧鸪天》(咏绿荔枝):"餐秀色,味肤腴,轻红瑞合与为奴。"

宋·赵师侠《蝶恋花》(道中有簪二色菊花):"采采东篱今古意,秀色堪餐,更惹兰膏腻。"

宋·吴渊《满江红》（雨花台再用弟履斋乌衣园韵）："秋后钟山，苍翠色、可供餐食。"

宋·杨泽民《花犯》："百花中，夭桃秀色，堪餐作珍味。"

1250. 芳与泽其杂糅

《离骚》："芳与泽其杂糅兮，唯昭质其犹未亏。"芳芬与污浊混杂在一起，光明正大的品格却不受污损。"芳与泽"句作者自己就用了三次，另两次是：

《九章》（思美人）："芳与泽其杂糅兮，羌芳华自中出。"虽芳污混杂，而芳香却总要透出。同《离骚》句原义。

《九章》（惜往日）："芳与泽其杂糅兮，孰申旦而别之？"芳泽混杂，有谁能明晰地辨识？下句换个角度。

1251. 芳菲菲其弥章

《离骚》："佩缤纷其繁饰，芳菲菲其弥章。"佩带着缤纷华丽的装饰，散发出浓郁的芳香。《离骚》："芳菲菲而难亏兮，芬至今犹未沫。"浓郁的芬芳难于消散，到今天还播散着馨香。《九歌》（大司命）："绿叶分素华，芳菲菲兮袭予。"绿色的叶子白色的花，阵阵香气袭人来。"芳菲菲"中的"菲菲"《楚辞章句》解"犹勃勃"，即香气极盛，香气浓郁。

《九歌·乐皇太一》用作"芳菲"："灵偃蹇兮姣服，芳菲兮满堂。"华服巫女舞翩翩，馥郁芳香满殿堂。"芳菲"亦浓烈意。后代诗人则多沿用"芳菲"。

南朝·梁·何逊《赠诸游旧诗》："旅客长憔悴，春物自芳菲。"

梁·张率《白纻歌九首》："妙声屡唱轻体飞，流津染面散芳菲。"

梁元帝萧绎《赋得兰泽多芳草诗》："当门已芬馥，入室更芳菲。"

北周·庾信《咏画屏风诗二十四首》："今朝好风日，园范足芳菲。"

陈·顾野王《阳春歌》："春草正芳菲，重楼启曙扉。"

隋·卢思道《后园宴诗》："池苑正芳菲，得戏不知归。"

隋·万寿《答杨世子诗》："芳菲徒自好，节物不关人。"

唐·李世民《秋日即目》："芳菲夕雾起，暮色满房栊。"

唐·陈子良《赋得妓》："金谷多欢宴，佳丽正芳菲。"

又《酬萧侍中春园听妓》："微雨散芳菲，中园照落晖。"

唐·张九龄《折杨柳》："迟景那能久，芳菲不及新。"

唐·宋之问《军中人日登高赠房明府》："闻道凯旋乘骑入，看君走马见芳菲。"

唐·乔知之《定情篇》："上有丹桂香，桂花不须折，碧流清且洁，赠君比芳菲。"

唐·刘希夷《江南曲八首》其一："朝夕无荣遇，芳菲已满襟。"其二："春州惊翡翠，朱服弄芳菲。"

唐·贺朝《赋得游人久不归》："羁旅久淹滞，物色屡芳菲。"

唐·李颀《东京寄万楚》："寄书不待面，兰茝空芳菲。"

又《送人尉闽中》："可叹芳菲日，分为万里情。"

唐·李白《春日独酌》："对此石上月，长醉歌芳菲。"

唐·刘长卿《送友人西上》："十年经转战，几处便芳菲。"

唐·杜甫《落日》："芳菲缘岸圃，樵爨倚难舟。"

又《送卢十四弟侍御护韦尚书灵榇归上都二十韵》："对骃期持达，衰朽再芳菲。"

唐·窦巩《悼妓东东》："芳菲美艳不禁风，未到春残已坠红。"

唐·刘禹锡《春日书怀》："野草芳菲红锦地，游丝撩乱碧罗天。"

1252. 但念芳菲歇

南朝·宋·颜延之《为织女赠牵牛诗》："非念杼轴劳，但念芳菲歇。""歇"尽，消逝。织女对牵牛表白，不惜纺织之劳苦，只虑青春消逝。"芳菲"由花草的浓郁芳香，引申到青春——百花盛开的春天。用"芳菲歇"句如：

唐·骆宾王《畴昔篇》："故园梅柳尚余春，来时勿使芳菲歇。"

唐·沈佺期《凤箫曲》："已怜池上芳菲歇，不念君恩坐摇落。"

唐·贺知章《采莲曲》："莫言春度芳菲尽,别有中流采芰荷。"

唐·李颀《临别送张谭入蜀》："故乡可归来,眼见芳菲尽。"

唐·顾况《送别日晚歌》："日日兮春风,芳菲兮欲歇。"

唐·耿沣《晚夏即事临南居》："蕙草芳菲歇,青山早晚归。"

唐·李咸用《绯桃花歌》："惆怅东风未解狂,争教此物芳菲歇。"

又《携手曲》："不敢怨于君,只怕芳菲歇。"

宋·张先《千秋岁》："数声鶗鴂,又报芳菲歇。"

宋·晁补之《满江红》(寄内)："归去来,莫教子规啼、芳菲歇。"

宋·朱敦儒《柳梢青》："梅蒸乍热,无处散策,芳菲歇。"

宋·向子諲《秦楼月》："芳菲歇,故园目断伤心切。无边烟水,无穷山色。"

宋·李子正《减兰十梅》(雨)："潇潇细雨,雨歇芳菲犹淡伫。"

宋·辛弃疾《贺新郎》："更那堪、鹧鸪声住,杜鹃声切。啼到春归无寻处,苦恨芳菲都歇。"

宋·程垓《醉落魄》(赋石榴花)："夏围初结,绿深深处红千叠,杜鹃过尽芳菲歇。"

宋·刘克庄《忆秦娥》(暮春)："游人绝,绿阴满野芳菲歇。芳菲歇,养蚕天气,采茶时节。"

宋·无名氏《梅香慢》："莫放芳菲歇。剩永宵欢赏,酒酣吟折。"

宋·无名氏《庆金枝令》："一朝杜宇才鸣后,便从此、歇芳菲。"

"芳草歇"是"芳菲歇"一种变式,说芳草衰尽,秋已来临。是"芳菲歇"的一种近义句。

南朝·宋·谢灵运《游赤石进帆海诗》："首夏犹清和,芳草亦未歇。"写秋天尚未到来。唐·杜甫《秋日夔府咏怀奉寄郑监(审)李宾客(之芳)一百韵》："春草何曾歇,寒花亦可怜。"同谢句否定式。

唐·储光羲《酬李处士山中见赠》："犹恐鶗鴂鸣,坐看芳草歇。"

唐·孟郊《独愁》："常恐百虫鸣,使我芳草歇。"

又《赠韩郎中愈》又用上句："常恐百虫鸣,使我芳草歇。"

宋·苏轼《蝶恋花》："春事阑珊芳草歇,客里风光,又过清时节。"

"芳菲歇"的变式还有"流芳歇""群芳歇""绿红芳歇""芳意歇"等等。句如:

唐·李峤《清明日龙门游泛》："群心行乐未,唯恐流芳歇。"

唐·王易从《临高台》："可怜军书断,空使流芳歇。"

唐·李白《送崔十二游天竺寺》："送君游此地,已属流芳歇。"

又《送友人游梅湖》："有使寄我来,无令红芳歇。"

又《同友人舟行游台越作》："不知青春度,但怪绿芳歇。"

唐·刘长卿《石梁湖有寄》："岁晏空含情,江皋绿芳歇。"

唐·李白《禅房怀友人岑伦》："沉吟彩霞没,梦寐群芳歇。"

唐·武元衡《宜阳所居白蜀葵答咏柬诸公》："冉冉众芳歇,亭亭虚室前。"

宋·石孝友《醉落魄》："教春去后群芳歇,零落朋游,辜负好时节。"

其它如:

唐·王维《山居秋暝》："随意春芳歇,王孙自可留。"

唐·李白《寄淮南友人》："红颜愁旧国,青岁歇芳洲。"

唐·杨巨源《杨花落》："东园桃李芳已歇,独有杨花娇暮春。"

唐·武元衡《冬日江南行将赴夏口途次江陵界寄裴尚书》："兰渚歇芳意,菱歌非应声。"

宋·黄庭坚《定风波》(荔枝)："晚岁监州闻荔枝,赤英垂坠压阑枝,万里来逢芳意歇。"

1253. 风月芳菲节

唐·骆宾王《夏日游德州赠高四》："风月芳菲节,物华纷可说。""芳菲节"是指草木葱茏,百花竞放季节、时期,一年中最兴旺时期。

唐·上官仪《和太尉戏赠高阳公》："倾城比态芳菲节,绝世相娇是六年。"

唐·柳中庸《寒食戏赠》："酒是芳菲节,人当桃李年。"

唐·武元衡《寒食下第》:"柳桂九衢丝,花飘万家雪。如何憔悴人,对此芳菲节。"

唐·杨巨源《和武相公春晓闻莺》:"仁风已及芳菲节,犹向花溪鸣几声。"

唐·于濆《戍卒伤春》:"连年戍边塞,过却芳菲节。"

唐·柳氏《答韩翃》:"杨柳枝,芳菲节,可恨年年赠离别。一叶随风忽报秋,纵使君来岂堪折。"

五代·顾夐《酒泉子》:"芳菲时节看将度,寂寞无人还独语。"

五代·毛熙震《后庭花》:"莺啼燕语、芳菲节。"

宋·张先《庆佳节》:"芳菲节,芳菲节,天意应不虚设。"

宋·欧阳修《玉楼春》:"洛阳正值芳菲节,秾艳清香相间发。"

宋·邵雍《插花吟》:"况复筋骸粗健康,那堪时节正芳菲。"

宋·杜安世《临江仙》:"早是芳菲时节晚,追游期会无多。"

宋·舒亶《好事近》:"箫鼓却微寒,犹是芳菲节。"

宋·向子諲《好事近》(用前韵答邓端友使君):"使君和气动江城,疑是芳菲节。"

1254. 留步惜芳菲

唐·宋之问《使过襄阳登凤林寺阁》:"幽寻不可再,留步惜芳菲。"作者出使北归经襄阳登凤林寺阁,看到幽静中的台阁、竹林、仙洞而欲留连欣赏这一美景。"惜",爱惜,珍惜并含欣赏游览之意。"惜芳菲",张九龄的《高斋闲望言怀》:"坐惜芳时歇,胡然久滞留。"和张说的《清明日诏宴宁王山池赋得正字》:"今日清明宴,佳境惜芳菲。"用"惜"字都是较早的。其后如:

唐·刘希夷《代闺人春日》:"花鸟惜芳菲,鸟鸣花乱飞。"

唐·储光羲《蔷薇》:"秦家女儿爱芳菲,画眉相伴采葳蕤。"

唐·贾至《对酒曲二首》:"当歌怜景色,对酒惜芳菲。"

唐·皇甫冉《送蒋评事往福州》:"登山怨迢递,临水惜芳菲。"

唐·于良史《春山夜月》:"兴来无远近,欲去惜芳菲。"

唐·武元衡《长安叙怀寄崔十五》:"门对长安九衢路,愁心不惜芳菲度。"

唐·白居易《酬李十二侍郎》:"笋老兰长花渐稀,衰翁相对惜芳菲。"

宋·晏殊《玉堂春》:"恼乱东风、莫便吹零落。惜取芳菲眼下明。"

宋·欧阳修《玉楼春》:"劝君著意惜芳菲,莫待行人攀折尽。"

宋·苏庠《阮郎归》:"倚阑无语惜芳菲,絮飞蝴蝶飞。"

宋·田为《南柯子》(春思):"何须惆怅惜芳菲,拼却一年憔悴、待春归。"

宋·韩元吉《江神子》(建安县戏赵德庄):"湖海相逢,曾共惜芳菲。"

宋·管鉴《洞仙歌》(夜宴梁季全大卿赏牡丹作):"宝杯翻,银烛烂,客醉忘归,共惜此、芳菲难遇。"

宋·姜夔《月上海棠》:"对此日,叹浮华,惜芳菲,易成憔悴。"

宋·吴泳《洞仙歌》(惜春和李元膺):"待持酒高堂,劝东皇,且爱惜芳菲,留春借暖。"

1255. 倡家桃李自芳菲

唐·骆宾王《帝京篇》:"倡家桃李自芳菲,京华游侠盛轻肥。"当时被誉为"绝唱"的《帝京篇》描写长安唐宫的豪华壮丽,渲染唐城的热闹繁华。这句写倡优人家桃李芳菲。此后"桃李芳菲"为人所用。

唐·李白《赠秋浦柳少府》:"因君树桃李,此地忽芳菲。"

宋徽宗赵佶《声声慢》(梅):"天然莹肌秀骨,笑等闲、桃李芳菲。"

宋·无名氏《汉宫春》:"君不见,长安陌上,只夸桃李芳菲。"

宋·无名氏《庆清朝》:"何须问、定应未羡,桃李芳菲。"

另有"芳菲"的近同句"及芳菲""芳菲满眼"之类:

唐·崔湜《早春边城怀归》:"明年征骑返,歌舞及芳菲。"唐·刘长卿《送蒋侍御入秦》:"朝见及芳菲,因荣出紫微。"

宋·毛滂《清平乐》:"春意初长寒力浅,渐拟芳菲满眼。"又《清平乐》:"记约阳和初一线,便恁芳菲满眼。"

"芳菲"由花草芳香指代花草,如:

唐·李颀《魏仓曹宅各赋一物得当轩石竹》:"芳菲看不厌,采摘愿来兹。"

唐·韩愈《送李六协律(翱)归荆南》:"宋亭池水绿,莫忘踏芳菲。"

唐·赵嘏《昔昔盐》(垂柳覆金堤):"新年垂柳色,弱弱对空闺。不畏芳菲好,自缘离别啼。"

唐·陆龟蒙《间城北有卖花翁讨春之士往往造焉因招袭美》:"十亩芳菲为旧业,一家烟雨是元功。"

1256. 百般红紫斗芳菲

唐·韩愈《晚春》:"草树知春不久归,百般红紫斗芳菲。"到了晚春,草树似乎知道春光将逝,因万紫千红都纷纷争芳斗艳。这里的"芳菲"所含的色彩更斑斓,香气更繁复。"斗"字是诗眼,炼字更生动,"百般红紫"用一"斗"字全然鲜活了。后来的李商隐又有"月中霜里斗蝉娟"句,于是生发出一系列的"斗"字句。首先用"百般红紫斗芳菲"句的,如:

宋·欧阳修《千叶梨花》:"愁烟苦雾少芳菲,野卉蛮花斗红紫。"

宋·王赏《眼儿媚》:"东风自此,别开红紫,是处芳菲。"暗用韩句,写春风催发红紫花。

宋·赵师侠《双头莲令》(信丰双莲):"红苞翠盖横塘,两两斗芬芳。""芬芳"意同"芳菲"。

又《生查子》:"寒食乍晴天,红紫芳菲遍。"

宋·王以宁《临江仙》(和子安):"眼看西园红与紫,年来几度芳菲。"

宋·王之道《满庭芳》(和王常合双莲堂):"藕花无数,高下斗芬芳。"

宋·张抡《菩萨蛮》(咏酒十首):"迟迟暖日群秀,红紫斗芳菲,满园张锦机。"

宋·王千秋《西江月》:"清明雨过杏花寒,红紫芳菲何限。"

1257. 芙蓉金菊斗馨香

宋·晏殊《诉衷情》:"芙蓉金菊斗馨香,天气欲重阳。远村秋色如画,红树间疏黄。"二花争芳香。"斗"含"比"意。

明·陈子龙《诉衷情》(春游):"小桃枝下试罗裳,蝶粉斗遗香。""蝶粉",沾的花粉,"遗香",残香。

1258. 人面花光斗相照

宋·晁端礼《感皇恩》:"红围绿绕,人面花光斗相照。"美女入花丛,人面与花光竞相掩映媲美。此句从"人面桃花相映红"句翻出。

宋·王重《蝶恋花》:"粉面花间相斗,星眸一转晴波溜。"亦为粉面、鲜花斗美。

1259. 浅白深红,一一斗新妆

宋·秦观《江城子》:"桃花香,李花香,浅白深红,一一斗新妆。""新妆"即鲜艳的花容花貌。

宋·李德载《早梅芳近》:"尽他桃杏占风光,谁敢斗新妆。"又《早梅芳近》:"晓来枝上斗寒光,轻点寿阳妆。"寿阳公主的梅花妆,反指梅花。

宋·辛弃疾《鹧鸪天》(黄沙道中):"松菊竹,翠成堆,要擎残雪斗疏梅。"

1260. 楼上花枝笑独眠

唐·刘长卿《赋得》:"机中锦字论长恨,楼上花枝笑独眠。"(一作皇甫冉《春思》诗)写女子初春思念戍边将士,此二句写离恨,"楼上花枝"句写孤独,连花枝都讥笑独眠,这是移情笔法。

明·汤显祖《牡丹亭》第十二出寻梦《意不尽》:"咱杜丽娘呵,少不得楼上花枝也则是照独眠。"用刘长卿句。

1261. 花无百日红

唐·刘长卿《早春》:"人好千场醉,花无百日开。"意为珍惜时光,及时行乐。

流传两句俗语:"人无千日好,花无百日红。"应从刘诗中衍生。

唐·殷益《看牡丹》:"发从今日白,花是去年红。"这也是"花……红"句。

1262. 藤花无次第

唐·白居易《陈家紫藤花下赠周判官》:"藤花无次第,万朵一时开。"陈家的紫藤花正在万朵齐开,十分茂盛。"次第",秩序,顺次;"无次第"不分先后,没有顺次,此处陪衬齐开,并非贬意。

唐·唐彦谦《游清凉寺》:"白云红树路纡萦,

古殿长廊次第行。"游清凉寺依景观布局,一处一处地走,有个顺次。

宋·苏颂《皇太后阁春贴子六首》:"东郊青帻拜春回,迎得阳和次第来。"应节候而来,逐步来。

宋·王安石《永庆院送道原还仪真作诗要之》:"岁暮青条已见梅,余花次第相争开。"依节令如花信而开。

又《证圣寺李接梅花未开》:"只应尚有娇春意,不肯凌寒取次开。"梅开李未开,没有依节令开,"取次"按必然的顺次,意近"次第"。

1263. 水蓼冷花红簇簇

唐·白居易《竹枝》:"水蓼冷花红簇簇,江蓠湿叶碧萋萋。""江蓠",藻类植物,"江蓼",红蓼,俗称"美人蕉",花茎高高,红花大而成簇。

又《县西郊秋寄赠马造》:"萧条绿水蓼,残花寂寞红。"西郊秋景,水蓼残花寂寞红,其它红花早凋落了,唯此"残花",为何不"寂寞"?仅此一句,便道出了秋色无聊。

五代·欧阳炯《南乡子》:"路入南中,桃根叶暗蓼花红。两岸人家微雨后,收红豆,树底纤纤抬素手。"

宋·秦观《满庭芳》:"红蓼花繁,黄芦叶乱,夜深玉露初零。"

宋·张耒《风流子》:"楚天晚,白苹烟尽处,红蓼水边头。"

宋·汪藻《小重山》:"月下潮生红蓼汀,残露都敛尽,四月情。"

1264. 日高花影重

唐·杜荀鹤《春宫怨》:"风暖鸟声碎,日高花影重。年年越溪女,相忆采芙蓉。"此诗写宫女思念越溪家乡,回恋采莲的自由欢快的生活。"风暖""日高"二句,正是家乡美好景色:鸟儿在暖风中欢叫不停,花儿在阳光下影像重重。"碎",细碎,"重"层叠;鸟儿欢快,花儿繁茂。用"日高花影重"句如:

宋·李石《长相思》(佳人):"唤起碧窗春睡浓,日高花影重。"用原句。

宋·袁去华《菩萨蛮》:"睡起鬓云松,日高花影重。"用原句。

宋·赵彦端《豆叶黄》:"粉墙丹桂柳丝中,帘箔轻明花影重。午睡醒来一面风。绿葱葱,几颗樱桃叶底红。"

1265. 黄花入麦稀

唐·司空图《郊园》:"绿树连村暗,黄花入麦稀。"诗人借住"郊园"以观春景:郊园的绿树连村,浓浓郁郁,黄花飞入麦稍,稀稀落落。

宋·苏轼《游张山人园》:"纤纤入麦黄花乱,飒飒催诗白雨来。"写园中盆花"锦被堆"(即"锦堆",又名"粉团儿")的黄花飞入麦田,杂乱地挂在麦秆上。用司空图"黄花入麦"句。

1266. 月朝花夕,最苦冷落银屏

宋·柳永《引驾行》:"消凝,花朝月夕,最苦冷落银屏,想媚容、耿耿无眠,屈指已算回程。"写男子远行,思念家中妻子,设想妻子在家朝朝夕夕,银屏冷落,孤寂无聊。"花朝月夕",旧时有花朝节,即阴历二月十五日为"百花生日",(又有初二、十二之说)。《旧唐书·罗威传》:"每花朝月夕,与宾佐赋咏,甚有情致。"田汝成《熙朝乐事》云:"二月十五日为花朝节,盖花朝月夕,世俗恒言。二八两月为春秋之中,故以二月半为花朝,八月半为月夕也。""花朝""月夕"都是古代民俗节日,有固定的日子,柳词中写花晨夜月,意近朝朝夕夕。

又《尉迟杯》:"每相逢月夕花朝,自有怜才深意。"亦写男女相逢之佳期。

宋·晏殊《踏莎行》:"尊中绿醑意中人,花朝月夜长相见。"

宋·欧阳修《夜行船》:"月夕花朝,不成虚过,芳年嫁君徒甚。"

宋·晏几道《泛清波摘徧》:"且趁朝花夜月,翠尊频倒。"变序用。

1267. 花底离情三月雨

宋·晏殊《玉楼春》(春恨):"绿杨芳草长亭路,年少抛人容易去。楼头残梦五更钟,花底离愁三月雨。"写女子的离情。晨钟惊醒了残梦,三月阴雨增添了花底离情,"花底"表示幽会,这里指男女情爱。

宋·晏几道《临江仙》:"去年花下客,今似蝶分飞。"

又《蝶恋花》:"红杏开时,花底曾相遇。"

清·朱彝尊《摸鱼子》:"双栖燕,岁岁花时飞度。阿谁花底催去?"

桃叶底红。"

1268. 一朵妖红翠欲流

宋·苏轼《和述古冬日牡丹四首》："一朵妖红翠欲流，春光回照雪霜羞。化工只欲呈新巧，开放闲花得少休。"宋·高似孙《纬略》云："翠，鲜明貌，非色也。不然东坡既曰'红'，又曰'翠'可乎？"宋·陆游《老学菴笔记》云："东坡'牡丹'诗，初不晓'翠欲流'为何语。及游成都，有大署市肆，曰'鲜翠红纸铺'。问士人，乃知蜀语，鲜翠犹言鲜明也。东坡盖用乡语。""一朵妖红翠欲流"，意为一朵牡丹花鲜亮的艳红色似乎要流下来。苏轼《南乡子》（宿州上元）又用："飞火乱星球，浅黛横波翠欲流。"

然而，用"翠欲流"并非自苏轼始。唐·元稹《春词》："山色湖光似欲流，蜂声鸟思却堪愁。""欲流"，色泽光彩浓郁，水汪汪的似乎要流下来。

宋·王安石用了"翠欲流"：《留题微之廨中清辉阁》："水涵樽俎清如洗，山染衣巾翠欲流。"王安石年长苏轼十六岁，但不知苏、王这两首诗谁先谁后。而这"山染衣巾"，其色当为翠绿，即翠色。

宋·毛滂《阮郎归》（官妓有名小者，坐中乞词）："柳枝却学腰肢袅，好似江东小。春风吹绿上眉峰，秀色欲流不断、眼波融。""欲流"取元稹句，以苏小小喻官妓"小"。

宋·向子谌《鹧鸪天》（绍兴己未归休后赋）："露下风前处处幽，官黄如染翠欲流。"用王安石"染"字。

宋·袁去华《浣溪沙》："庭下丛萱翠欲流，梁间双燕语相酬。"

宋·曹冠《宴桃源》（游湖）："荷香十里供瀛洲，山光翠欲流。"

宋·黄机《减字花木兰》："西风渐渐，满眼芙蓉红欲滴。""欲滴"从"欲流"化去，其意近似。

清·康熙皇帝玄烨《赋得"霜叶红于二月花"》："塞鸿初度惊霜信，枫叶流丹树树红。"用"流"字。

又《景山春望》："烟生沉漭春初丽，露湿芙蓉翠欲流。"

1269. 初疑天女下散花

宋·陆游《夜大雪歌》："初疑天女下散花，复恐麻姑行掷米。""天女散花"是佛教故事，《维摩诘经·观众生品》载："时维摩诘室有一天女，见诸大人闻所说法，便现其身，即以天华散诸菩萨及大弟子上；华至诸菩萨即皆坠落，至大弟子便着不坠。"用散花考察佛门菩萨、弟子的道行，结习未尽者，花即着身。后借用描绘降雪、落花或彩花焰火。陆游诗喻雪花如天女散下的天花。

唐·宋之问《设斋叹佛文》："龙王献水，喷车马之尘缘；天女散花，缀山林之草树。"首用"天女散花"。

唐·李商隐《酬崔八早梅有赠兼示之作》："维摩一室虽多病，亦要天花作道场。"自注："时余在惠祥上人讲下，故崔落句有'梵王宫地罗含宅，赖许时时听法来。'"针对崔诗："听法"句，说虽在维摩诘室（惠祥上人讲下）却多病，用"天作作法事（道场）"而已。

宋·苏轼《立春日病中邀安国》："曷不相将来问病，已教呼取散花天。"用李商隐意。

又《李公择过高邮》："散花从满衻，不答无女问。""衻"，长夜之下襟，句意为散花已满衣襟，天女也难考察出心思。

宋·李纲《望江南》："老病维摩谁问疾，散花天女为焚香。恰好商量。"以维摩自喻。

宋·辛弃疾《祝英台近》（与客饮瓢泉，客以泉声喧静为问，余未及答。或以'蝉噪林愈静'代对，意甚美矣，翌日，为赋此词褒之也。）："一瓢饮，人间翁爱飞泉，来寻个中静，绕屋声喧，怎做静中境。我眠君且归休，维摩方丈，待天女、散花时问。"关于瓢泉是喧是静的问答，用"天女散花"中之"问"，以代词人对此问之回避。

清·蒲松龄《风流子》（元宵雪）："金吾不禁夜，何人把、玉屑糁回廊。想天女散花，将花捻碎，抟来粉手，抛落青苍。"喻雪是天女将花捻碎，变成玉屑。

清·黄宗羲《李因传》："是庵欲余作传，以两诗寿老母为赞，有'不惜淋漓供笔墨，恭随天女散花来'之句。"

1270. 楝子开花石首来

宋·范成大《四时田园杂兴六十首》："荻芽抽笋河豚上，楝子开花石首来。"这是当地两句农谚。"楝子"即楝花，谷雨之花信：一牡丹、二茶蘼、三楝花，楝花为第二十四番花信，楝花一开便立夏。"荻芽抽笋河豚上"缩用苏轼"蒌蒿满地芦芽短，正是河豚欲上时"（《惠崇春江晚景二首》）二句，此二句写天物皆应时而生。"石首"是黄花鱼。

又《春晚即事留游子明、王仲显》:"楝花来石首,谷雨熟樱桃。"亦写物候现象。

1271. 惜春长恨花开早

宋·辛弃疾《摸鱼儿》(淳熙己亥自湖北漕移湖南同官王正之置酒小山亭为赋):"更能消几番风雨,匆匆春又归去。惜春长恨花开早,何况落红无数。"全词写春天残衰,以托对南宋偏安的忧愤,堪称词中之"离骚","惜春长恨花开早"运用逆反修辞:无人不愿花早开,然而花早开,春也早来,早来则早归,怕春早归,但愿花开不要太早。

清·庄械《定风波》:"只有成阴并结子,都是,而今但愿著花迟。"用辛弃疾句意。

1272. 向人能白亦能红

宋·赵蕃《木芙蓉》:"三两芙蓉并水发,向人能白亦能红。"木芙蓉、拒霜花,一棵树同时开红白二色花。"向人"拟人写法。

宋·李东之《木芙蓉》:"野花能白又能红,也在天公长育中。"也写木芙蓉。

元·卢挚《贺新郎》(赋拒霜):"问花枝能白能红,如痴如醉。"写拒霜花。

1273. 花须柳眼各无赖

唐·李商隐《二月二日》:"花须柳眼各无赖,紫蝶黄蜂俱有情。"花须是花蕊,柳眼是初生的柳叶,"无赖"原意为撒泼耍刁,此处是挑逗之意。句意为那花须柳眼也似有意招惹人的愁绪。

宋·杨万里诗:"数点有情吹面过,一花无赖背人开。"这里"无赖"含有意作对之意。

1274. 窗外海棠开也未

清·钱曾《江城子》:"窗外海棠开也未?朝雨歇,卷帘看。"卷帘看海棠,此意从李清照词中来。

宋·李清照《如梦令》:"昨夜雨疏风骤,浓睡不消残酒。试问卷帘人,却道海棠依旧。"写已开花的海棠,钱曾词"卷帘看"的是还没开花的海棠。

元·徐再恩《凭栏人·春情》:"海棠开未开?粉郎来不来?"钱曾又取此"海棠"句。

1275. 来吾导夫先路

楚·屈原《离骚》:"乘骐骥以驰骋兮,来吾导夫先路。"表现诗人奋力改革政治,以实现自己的理想和抱负。

晋·陶渊明《归去来兮辞》:"舟遥遥以轻扬,风飘飘而吹衣。问征夫以前路,恨晨光之熹微。"写他辞去彭泽令归居田园的途中,舟摇动着飞快前进,风飘飘掀动着衣襟。问路人到家还有多少里程,抱怨晨光还只是微明。表现归田的急迫心情。

宋·苏轼《归去来集字十首》:"征夫问前路,稚子候衡门。"用陶渊明句。

又《雪后至临平与柳子玉同至僧舍见陈尉烈》:"征夫念前路,急鼓催行舟。"

1276. 长太息以掩涕兮

《离骚》:"长太息以掩涕兮,哀民生之多艰!"我掩拭着涕泪长长叹息,哀痛人民生路之艰难。"民"指人民,据林云铭《楚辞灯》说:"可怜这些百姓,征戍则危其身,赋敛则夺其财,谋生多少艰难……"。

用上句的还有《九歌·东君》:"长太息兮将上,心纸徊兮顾怀。"《远游》:"思故旧以想象兮,长太息而掩涕。"宋玉《九辩》:"长太息而增欷,年洋洋以日住兮。"

用下句的是《远游》:"惟天地之无穷兮,哀人生之长勤。"用"哀民生之艰"的句型。

1277. 老冉冉其将至兮

《离骚》:"老冉冉其将至兮,恐脩名之不立。"反用《论语》"不知老之将至"句。眼看老年渐渐到来,惟恐美名不能树立。

《九歌·大司命》:"老冉冉兮既极,不　近兮愈远。"老年将要到来,不接近大司命就更远疏。用"老冉冉"句。

《九章·悲回风》:"岁忽忽其若颓兮,时亦冉冉其将至。"一年就逝去,一生也慢慢要结束。

魏·曹操《却东西门行》:"冉冉老将至,何时返故乡。"深切地反映了年老怀乡之情。

1278. 朝发轫于苍梧兮

《离骚》:"朝发轫于苍梧兮,夕余至乎悬圃。"早晨从苍梧出发,晚上就到达了昆仑。

《离骚》:"朝发轫于天津兮,夕余至乎西极。"早晨从天河渡口出发,晚上就到达了西方尽头。

《远游》:"朝发轫于太仪兮,夕始临乎于微间。"早晨从天宫出发,晚上到于微间。

《远游》:"朝濯发于汤谷兮,夕晞余身兮九阳。"早在阳谷洗发,晚到九阳晒身。

《湘君》:"朝骋骛兮江皋,夕弭节兮北清。"早晨奔驰于江岸,晚上停宿于小岛。

《湘夫人》:"朝驰余马兮江皋,夕济兮西流滢。"早晨驰骋到江边,晚上渡过大江西岸。

《涉江》:"朝发枉渚兮,夕宿辰阳。"早晨从枉渚出发,晚上留宿辰阳。

同一作者在自己一篇或几篇作品中用同样的句型表达相同、相近的意思,就是屈原也不例外。

1279. 路漫漫其修远兮

《离骚》:"路漫漫其修远兮,吾将上下而求索。"前面的道路长而且远,我将上上下下探求理想。此句在《离骚》后文中再用:"路修远以多艰兮,腾众车使径待。"路途遥远又多艰险,我命众车在路旁等待。

《楚辞·远游》中用了原句:"路漫漫其修远兮,徐弭节而高历。"路途长而且远,慢慢停下车子,高高凭坐。

汉·刘向《九叹·远逝》:"路曼曼其无端兮,周容容而无识。"路漫长没有尽头,四周纷乱难以认识。变用原句,句意相近。

汉古诗《涉江采芙蓉》:"还顾望旧乡,长路漫浩浩。"

商陵牧子《别鹤操》:"将乘比翼兮隔天端,山川悠远兮路漫漫,揽衣不寐兮食忘餐。"

魏·曹丕《燕歌行二首》:"别日何易会日难,山川遥远路漫漫。"

魏·乐府《屠柳城》(巫山高):"屠柳城,功诚难,越度陇塞路漫漫。"

南朝·宋·谢灵运《南楼中望所迟客诗》:"杳杳日西颓,漫漫长路迫。"

南朝·陈·张正见《雨雪曲》:"胡关辛苦地,雪路远漫漫。"

隋·王胄《言反江阳寓目灞溪赠易州陆司马诗》:"眷言思旧友,徂远路漫漫。"

唐·武三思《仙鹤篇》:"风前月下路漫漫,水宿云翔去几般。"

唐·贾至《送李侍郎赴常州》:"今日送君须尽醉,明朝相忆路漫漫。"

唐·岑参《逢入京使》:"故园东望路漫漫,双

袖龙钟泪不干。马上相逢无纸笔,凭君传语报平安。"

又《和乐天别弟后月夜作》:"怅望天淡淡,因思路漫漫。"

宋·苏轼《江神子》(冬景):"转头山下转头看,路漫漫,玉花翻,银海光宽,何处是超然。"

宋·晁端礼《绿头鸭》:"路漫漫,汉妃出塞;夜悄悄,商妇移船。"

宋·何大奎《水调歌头》:"我欲唤空起,云海路漫漫。"

宋·朱雍《梅花引》:"夜绵绵,路漫漫,愁听枕前,吹彻笛声寒。"

1280. 风萧萧兮夜漫漫

唐·岑参《凉州馆中与诸判官夜集》:"琵琶一曲肠堪断,风萧萧兮夜漫漫。""漫"即长,因而从路长移用为夜长,"夜漫漫"比"路漫漫",并不那么长,"长"是人的心理感受。心情不适,长夜难眠,四望漆黑,种种烦恼产生了,因而觉得夜长,也似无际无涯。边塞诗人岑参远离家乡都城,"夜漫漫"的感觉油然而生。

从"路漫漫"迁入"夜漫漫"的是汉乐府《饭牛歌》:"短布单衣裁至骭,长夜漫漫何时旦。"

晋·傅玄《挽歌》:"存亡自远近,长夜路漫漫。"

唐·宋之问《下桂江县黎壁》:"思君罢琴酌,泣此夜漫漫。"

唐·戴叔伦《赠徐山人》:"针自指南天宵宵,星犹拱北夜漫漫。"

唐·王初《青帝》:"青帝邀春隔岁还,月娥媚独夜漫漫。"

宋·苏轼《立春日病中邀安国》(文安国勋):"孤灯照影夜漫漫,拈得花枝不思看。"

宋·吴文英《水调歌头》:"天际笛声起,尘世夜漫漫。"

1281. 恐美人之迟暮

《离骚》:"惟草木之零落兮,恐美人之迟暮。"想那草木已经由盛到衰,怕是人也将由壮到老。"美人",一说指怀王,一说指贤才,钱澄之《屈话》云:"美人自况为是。"人多认为指作者自己。

后人用"美人迟暮",多表达华年已逝,即近衰暮的叹惋之情。

晋·谢混《游西池诗》（一作南朝宋谢瞻诗）："美人愆岁月，迟暮独何如?"

唐·杜甫《羌村三首》："如今足斟酌，且用慰迟暮。"以酒慰解对晚年的忧伤。

又《凭孟仓曹将书觅土娄旧庄》："十载江湖客，茫茫迟暮心。"

唐·钱起《送王相公赴范阳》："欲知瞻恋初，迟暮一书生。"

唐·权德舆《与故人夜坐道归》："清羸还对月，迟暮更逢秋。"

宋·刘辰翁《金缕曲》："少日凭栏峰南北，谁料美人迟暮。漫回首，残基冷绪，长恨中原无人问，到而今、总是经行处。"

宋·彭元逊《解佩环》（寻梅不见）："远道荒寒，婉娩流年，望望美人迟暮。"

宋·赵与洽《摸鱼儿》（梅）："莫教夜袖天香冷，恐怨美人迟暮。"

1282. 望美人兮未来

《九歌·少司命》："望美人兮未来，临风怳兮浩歌。"盼望中的理想的人没有来，我难解愁绪临风高歌。"美人"指理想的祭祀人。《楚辞》中的"美人"即美好的人，指"君子"，指所喜爱的人，所敬仰的人（包含神灵、君主）。后人诗歌中多沿用此义。

《九歌·河伯》："予交手兮同行，送美人兮南浦。""美人"指"河伯"：与你握手言别向东行，送黄河之神到南岸。

《九章·抽思》："与美人抽思兮，并日月而无正。""美人"指君主。向君王讲出我的思绪，夜以继日地讲，他却不明是非。

《九章·思美人》："思美人兮，揽涕西而伫。"怀王啊我想念你，揩干泪水伫立盼望。"思美人"即思念楚怀王。

"美人"表示美好的人，敬仰的人，《楚辞》用之虽多却不自《楚辞》始。《诗经·邶风·简兮》："云谁之思，西方美人。彼美人兮，西方之人兮。"此"美人"即指贤人。下如：

南朝·宋·谢灵运《石门岩上宿》："美人竟不来，阳阿徒晞发。"缩用《少司命》："与女沐兮咸池，晞女发兮阳之阿。望美人兮未来，临风恍兮浩歌"句，说理想的人没有来，深感孤寂。写出他抱病辞官，居于石门别墅时的心境。谢灵运《石门新营所

住四面高山迥溪石濑茂林修竹》诗中又用"美人"句表达相近的意义："美人游不还，佳期何可敦。"

南朝·梁·江淹《潘黄门岳述哀》："美人归重泉，凄怆无终毕。"悼念晋代诗人潘岳，"美人"即指潘岳。

唐·杜甫《寄韩谏议注》："美人娟娟隔秋水，濯足洞庭望八荒。……美人胡为隔秋水，焉得置之贡玉堂?"韩谏议曾为肃宗收复长安谋划，而后退居岳阳家中。杜甫此诗愿他出为谏臣为国献力。"美人"指韩谏议，"秋水"指洞庭，"隔秋水"说他远离朝廷。

杜甫的《玉华宫》写："美人为黄土，况乃粉黛假。"变用江淹"美人归重泉"句，说玉华宫主人早已化为尘土，连同殉葬的木偶。

宋·苏轼《赤壁赋》："渺渺兮予怀，望美人兮天一方。"我心神飞驰到遥远，我与思慕的人天各一方。

1283. 乘骐骥以驰骋兮

《离骚》："乘骐骥以驰骋兮，来吾道夫先路。"乘千里马奔腾驰骋，我导引前行的道路。

楚·宋玉在《九辩》中反复用"骐骥"义。"当世岂无骐骥兮，诚莫之能美御。"骏马无人驾驭，实喻贤才弃置不用。"乘骐骥之浏浏兮，驭安用夫强策?"乘骏马可以畅行天下，何必加之硬鞭?"谓骐骥兮安归? 谓凤凰兮安栖?"骏马没有归宿，贤才无地用武。"骐骥伏匿而不见兮，凤凰高飞而不下。"骏马隐伏起来了，贤才只好隐退。"国有骥而不知乘兮，焉皇皇而更索。"国有骏马不知道乘坐，反而茫然四出求索。这也指对待贤才的谬误。

1284. 日忽忽其将暮

战国·楚·屈原《离骚》："欲少留此灵琐兮，日忽忽其将暮。"想在这灵锁稍事停留，太阳却将迅速地落下西山。写太阳即落山，天色将晚。

又《九章·悲回风》："岁忽忽其若颓兮，时亦冉冉其将至。"指一年将尽，一生的时光也将结束。

楚·宋玉《九辩》："岁忽忽而道尽兮，恐余寿之弗将。"一年将尽，句式效屈原"日忽忽"句。

汉·贾谊《惜誓》："惜余年老而日衰兮，岁忽忽而不返。"用宋玉句，"余"代屈原。以屈原身份慨叹年华已老。

1285. 凛凛岁云暮

《古诗十九首》:"凛凛岁云暮,蝼蛄夕鸣悲。凉风率已厉,游子寒无衣。"已是寒冷的岁末,蝼蛄发出悲鸣,刮着凌厉刺骨的冷风,游子啊还没有寒衣。"凛凛岁云暮"叙述凄寒的岁末。"云",语间助词,调整音节,无实在意义。"岁云暮"源出《诗·小雅·小明》:"昔我往矣,日月方除;曷云其还,岁聿云莫。"末句是一年到岁暮之意。"岁云暮"是一个重要时令。此刻会发生许多事情,产生种种感情,因而也多为人所用。

晋·卢谌《时兴诗》:"忽忽岁云暮,游原采萧藿。"兼用屈原句。

南朝·宋·谢灵运《上留田行》:"上留田,岁云暮矣增忧,上留田,岁云暮矣增忧。"唐·杜甫《锦树行》用谢句:"今日苦短昨日休,岁云暮矣增离忧"。

唐太宗李世民《喜雪》:"断续气将沉,徘徊岁云暮。"

唐·卢照邻《赠府裴录事》:"忽忽岁云暮,相望限风烟。"用卢谌句。

又《赠益府群官》:"智者不我邀,愚夫余不顾。所以成独立,耿耿岁云暮。"

唐·王维《偶然作六首》:"忽乎吾将行,宁俟岁云暮。"

唐·杜甫《岁晏行》:"岁云暮矣多北风,潇湘洞庭白云中。"

又《奉送魏六丈佑少府之交广》:"解帆岁云暮,可与春风归。"

唐·白居易《歌舞》:"秦中岁云暮,大雪满皇州。"

又《寄庾侍郎》:"是时岁云暮,淡薄烟景夕"

又《岁暮》:"惨淡岁云暮,穷阴动经旬。"

宋·苏轼《水调歌头》:"岁云暮,须早计,要褐裘。"

宋·王之道《六州歌头》:"岁云暮,冰腹壮,雪花零,怅神京。"

宋·辛弃疾《汉宫春》:"岁云暮矣,问何不、鼓瑟吹竽。"

宋·韩滤《鹧鸪天》:"老去情怀酒味中,水边林下古人风。岁云暮矣江空晚,谁识儋州秃鬓翁。"

宋·无名氏《尉迟杯》:"岁云暮,叹光阴苒苒能几许。"

"岁云暮"的变式:

唐·韦应物《除日》:"思怀耿如昨,季月已云暮。"

唐·元稹《冬夜怀李待御王太祝段丞》:"昼夜欣所适,安知岁云除。"

唐·白居易《岁晚》:"冉冉岁将宴,物皆复本源。"

唐·李商隐《幽居冬暮》:"急景忽云暮,颓年寝已衰。"

1286. 岁暮何慷慨

晋·左思《杂诗》:"壮齿不恒居,岁暮何慷慨。""岁暮"是"岁云暮"之简缩式,而"岁暮"不仅表年终,有的也表示人老,左思诗即此意。

晋·陆机《拟迢迢牵牛星》:"怨彼河无梁,悲此年岁暮。"

晋·张华《博陵王宫侠曲二首》:"岁暮饥寒至,慷慨顿足吟。"

又《游猎篇》:"岁暮凝霜结,坚冰沍幽泉。"

晋·张协《杂诗十首》:"岁暮怀百忧,将从季主卜。"

晋·陶渊明《癸卯岁十二月中作与从弟敬远诗》:"凄凄岁暮风,翳翳经日雪。"

又《咏荆轲》:"招集百夫良,岁暮得荆卿。"

又《岁暮和张常侍》:"明旦非今日,岁暮欲何言。"

南朝·宋·鲍照·《岁暮悲》:"岁暮美人还,寒壶谁与酌。"

南朝·齐·谢朓《和江丞北戍琅邪城》:"夫君良自勉,岁暮勿淹留"。

南朝·齐·陆厥《中山王孺子妾歌二首》:"岁暮寒飙及,秋水落芙蕖。"

南朝·齐·刘绘《入琵琶峡望积布矶呈玄晖》:"誓将返初服,岁暮请为邻。"

南朝·梁·沈约《和左丞庾杲之移病》:"岁暮岂云聊,参差忧与疾。"

又《咏竹火笼》:"忽为纤手用,岁暮待罗裙。"

又《效古诗》:"岁暮寻栖宿,春至忧别离。"

又《直学省愁卧》:"山中有桂树,岁暮可言归。"

南朝·梁·江淹《效阮公诗十五首》:"岁暮怀感伤,中夕弄清琴。"

又《谢仆射混游览》:"曾是返桑榆,岁暮从所秉。"

南朝·梁·虞羲《桔》:"从来自有节,岁暮将何游。"

南朝·陈·周弘正《答林法师》:"客行七十岁,岁暮远徂征。"

南朝·陈·乐府《长松标》:"岁暮霜雪时,寒苦与谁双。"

隋·杨素《赠薛播州》:"或如彼金玉,岁暮无凋变。"

唐·杜甫《幽人》:"五湖复浩荡,岁暮有余悲。"宋·苏轼《故李诚之待制六丈挽词》:"九原不可作,千古有余悲。""有余悲"用杜句。

唐·独孤及《夏中酬于逖毕耀问病见赠》:"愿君崇明德,岁暮如青松。"

唐·于逖《野外行》:"水清鱼不来,岁暮空彷徨。"

唐·皇甫冉《寄刘方平》:"岁暮忧思盈,离居不堪久。"

唐·白居易《隐几》:"行年三十九,岁暮日斜时。"

宋·苏轼《除夜病中赠段屯田》:"岁暮日斜时,还为昔人叹。"用白居易原句。

宋·程核《朝中措》:"休道日斜岁暮,行年方是韶华。"用白居易句。

1287. 岁暮怀百忧

晋·张协《杂诗十首》:"岁暮怀百忧,将从季主卜。"世道衰乱,人已垂老,不会有所作为了。一年到头,有无限悲伤,莫如听信季主的卜辞,隐避为宜。汉代贾谊向著名相士问卜,"卜辞"是"贤者不与不肖者同列,故宁处卑以避众。""将从季主卜"用此典表避世之意。"怀百忧",说忧愁之多。晋乐府《子夜四时歌·夏歌二十首》其二十用"百虑":"盛暑非游节,百虑相缠绵。""百虑"意近"百忧",皆为后人所用。

用"百忧"句:

南朝·宋·鲍照《代结客少年场行》:"今我独何为,埳壈怀百忧。"

南朝·梁·任昉《答到建安饷杖》:"献君千里笑,纾我百忧嗽。"

隋·孙万寿《远戍江南寄京邑亲友》:"欢娱三乐至,怀抱百忧销。"

唐·徐彦伯《拟古三首》:"无作北门客,咄咄怀百忧。""北门"指官场。

唐·刘长卿《长沙馆中与郭夏对雨》:"杳蔼江天外,空堂生百忧。"

又《奉饯郑中丞罢浙西节度还京》:"千里怀去思,百忧变华发。"

唐·高适《人日寄杜二拾遗》:"身在远藩无所预,心怀百忧复千虑。"宋·王安石《故箫十八拍十八首》:"此身歌罢无归处,心怀百忧复千虑。"用高适原句。

唐·杜甫《送率府程录事还乡》:"告别无淹晷,百忧复相袭。"

又《引水》:"人生留滞生理难,斗水何值百忧宽。"

又《寄杜位》:"近闻宽法离新州,想见怀归尚百忧。"

又《毒热寄简崔评事十六弟》:"老夫转不乐,抚事兼百忧。"

唐·贾至《对酒曲二首》:"一酌千忧散,三杯万事空。""千忧"亦言忧之多。

唐·独孤及《初晴抱琴登马退山对酒望远醉后作》:"人生几何时,大半百忧煎。"

唐·皇甫冉《宿淮阴南楼酬常伯能》:"沧波一望通千里,画角三声起百忧。"

唐·张南史《宣城雪后还望郡中寄孟侍御》:"高楼非别处,故使万忧销。""万忧"亦言忧之多。

唐·孟郊《商州客舍》:"四望失道路,百忧攒肺肝。"

唐·卢仝《月蚀诗》:"六合烘为窑,尧心增百忧。"

唐·白居易《冬夜示敏巢》:"炉火欲销灯欲尽,夜长相对百忧生。"

又《除夜寄弟妹》:"感时思弟妹,不寐百忧生。"

又《久雨闲闷对酒偶题》:"赖有怀中神圣物,百忧无奈十分何。"

唐·卢殷《月夜》:"梦成千里去,酒醒百忧来。"

唐·鲍溶《悲湘灵》:"初因无象外,牵感百忧里。"

唐·姚合《武功县中作六十首》:"今朝知县印,梦里百忧生。"

唐·薛逢《长安夜雨》:"滞雨通宵又彻明,百忧如草雨中生。"

又《芙蓉溪送前资州裴使君归京宁拜户部裴侍郎》："桑柘林枯荞麦干,欲分离袂百忧攒。""百忧攒"用孟郊语。

唐·贾岛《喜雍陶至》："今朝笑语生,几日百忧中。"

唐·吴融《游华州飞泉寺》："万事已为春弃置,百忧须赖酒医治。"

宋·王安石《次韵约之谢惠诗》："百忧每多违,一诺还自惕。"

又《同昌叔赋雁奴》："嗷嗷身百忧,泯泯众一息。"

又《句容道中》："二十四年三往返,一身多在百忧中。"

1288. 悲见生涯百忧集

唐·杜甫《百忧集行》："即今倏忽已五十,坐卧只多少行立。强作笑语供主人,悲见生涯百忧集。"诗人五十岁在成都,当时崔光远任成者尹,与公不合。此诗即述此情。"百忧集",即百忧交集。

南朝·梁·王筠《行路难》："千门皆闭夜何央,百忧俱集断人肠。""百忧集"出于此。

宋·范成大《番阳湖》："江湖有佳思,逆旅百忧集。"用杜句。

1289. 酒能祛百虑

晋·陶渊明《九日闲居》："酒能祛百虑,菊为制颓龄。"意为菊酒可以除忧健体。"百虑"意同"百忧"。

晋乐府《子夜四时歌·夏歌二十首》之二十："盛暑非游节,百虑相缠绵。"

南朝·宋·乐府《读曲歌八十九首》："坐倚无精魄,使我生百虑。"

南朝·梁·江淹《刘太尉琨伤乱》："投袂即愤懑,抚枕怀百虑。"

又《张黄门协苦雨》："岁暮百虑交,无以慰延仁。"

隋·孔德绍《夜宿荒村》："故乡万里绝,穷愁百虑生。"

唐·骆宾王《远使海曲春夜多怀》："长啸三春晚,端居百虑盈。"

唐·张说《杂诗四首》："默念群疑起,玄通百虑清。"

唐·李颀《临别送张谭入蜀》："经山复历水,百恨将千虑。"

唐·王维《过太乙观贾生房》："天促万涂尽,哀伤百虑新。"

唐·杜甫《病羌村三首》："萧萧北风劲,抚事煎百虑。"同其"抚事兼百忧"句式。

又《解忧》："百虑视安危,分明晏贤计。"

又《园官送菜》："畦丁负笼至,感动百虑端。"

又《湘江宴饯裴二端公赴道州》："促觞激百虑,掩抑泪潺湲"。

又《早发》："有求常百虑,斯文亦吾病。"

又《西阁记》："时危关百虑,盗贼尔犹存。"

又《秋日夔府咏怀奉寄郑监审李宾客之芳一百韵》："每欲孤飞去,徒为百虑牵。"

唐·武元衡《晨光寄赠窦使君》："有美婵娟子,百虑攒双蛾。"

唐·权德舆《中书夜直寄赠》："通籍在金闺,怀君百虑迷。"

唐·杨衡《赋得夜滴空阶送魏秀才》："百虑自萦心,况有人如玉。"

又《夷陵郡内叙别》："悯悯百虑起,回回万恨深。"

唐·唐彦谦《春阴》："一寸回肠百虑侵,旅愁危涕雨争禁。"

宋·赵鼎《浪淘沙》："由来百虑为愁生,此夜曲中闻折柳,都是离情。"

又《满庭芳》(九日用渊明二诗作)："念胸中百虑,何物能消。"

1290. 日暮碧云合

南朝·梁·江淹《拟休上人怨别》(一作《拟僧惠休怨别》)："日暮碧云合,佳人殊未来。"暮色中碧云四合,雨就要下起来,那企盼中的理想的人还未到。佳人,美好的人,古代对男女都可称佳人,此诗中即指男人。"日暮碧云合",正是不利于出行的典型条件,因而为后人所用。

唐·许浑《和刘三复送僧南归》："碧云千里暮愁合,白雪一声春思长。"

宋·柳永《洞仙歌》："伫立时,碧云将暮,关河远,怎奈向、此时情绪。"

宋·李清照《永遇乐》："落日熔金,暮云合璧,人在何处。"

宋·辛弃疾《念奴娇》(登建康赏心亭呈史致

513

道留守）："宝镜难寻,碧云将暮,谁劝怀中绿。"环境昏昏,忠肝义胆无人察知。

宋·曾觌《忆秦娥》(邯郸道上望丛台有感)："丛台歌舞无消息,金尊玉管空尘迹。空尘迹,连天草树,暮云凝碧。"

宋·范成大《夜行上沙见梅记东坡作诗招魂之句》："佳人来无期,日暮多碧云。"变序用江淹二句,写上沙村的梅花,并为伴侣"招魂"。

宋·韩淲《眼儿媚》(北日)："碧云暮合,芳心撩乱,醉眼横斜。"

宋·张辑《碧云深》(寓意秦娥)："关河空隔、长相思。长相思,碧云暮合,有美人兮。"用江淹、韩淲句。

宋·吴文英《惜秋华》(木芙蓉)："愁边暮合碧云,倩唱入、六么声里。"

1291. 落日熔金,暮云合璧

宋·李清照《永遇乐》："落日熔金、暮云合璧,人在何处。染柳烟浓,吹梅笛怨,春意知几许。"中原沦落,词人流落江南。面对傍晚天气,深感"人在何处"之孤寂。张端义《贵耳集》评曰："(李清照)南渡以来,常怀京洛旧事。晚年赋元宵《永遇乐》词云:'落日熔金,暮云合璧',已自工致,至于'染柳烟轻,吹梅笛怨,春意知几许',气象更好。后迭云:'于今憔悴,风鬟霜鬓,怕见夜间出去'皆以寻常语言度入音律,炼句精巧则易,平淡入妙者难。"

"落日熔金",落日之光如熔化了的黄金,金光灿灿。用此句如:

宋·廖世美《好事近》："落日水熔金,天淡暮烟凝碧。"写"夕景",意近李清照句。

宋·辛弃疾《西江月》(渔父词)："千丈悬崖削翠,一川落日镕金。"亦写夕阳之壮观。

1292. 驾八龙之婉婉兮

《离骚》："驾八龙之婉婉兮,载云旗之委蛇。"驾车的八龙婉蜒前行,载着云霓的旗帜卷卷曲曲。

写屈原听了灵氛的劝告,驾飞龙车去国远游的情景,同后面的思乡构成内心的矛盾。

《远游》中用上边原句："驾八龙之婉婉兮,载云旗之逶蛇。"表现乘车远游一时的欢悦。

1293. 众女嫉余之蛾眉兮

楚·屈原《离骚》："众女嫉余之蛾眉兮,谣诼谓余以善淫。"那些女人妒嫉我美丽的眉睫,诬蔑我妖艳好淫。写美女以自喻,自己的才华为小人所不容。"蛾眉",是飞蛾的触须,借指美人之眉,写眉之弯曲美、修长美。《诗经·卫风·硕人》写卫庄公夫人庄姜初适卫时之美"螓首蛾眉"。螓,似蝉而小,头宽阔方正,形容庄姜宽额;蛾,飞蛾,蚕蛾,其触须细长而曲,形容庄姜眉睫之美。这是最早用"蛾眉"的诗。用"嫉妒蛾眉"的如:

南朝·梁·简文帝萧纲《怨歌行》："蛾眉本多嫉,掩鼻特成虚。"

南朝·梁·刘遵《繁华应令诗》："蛾眉讵须嫉,新妆迎入宫。"

唐·宋之问《王昭君》(一作沈佺期诗)："非君惜鸾殿,非妾妒蛾眉。"

唐·李白《惧谗》："众女妒蛾眉,双花竞春芳。"用屈原句,斥宫廷小人进谗,使自己怀才不遇。

又《古风》(美人出南国)："由来紫宫女,共妒青蛾眉。"

又《于阗采花》："自古妒蛾眉,胡沙埋皓齿。"

又《效古二首》："自古有秀色,西施与东邻。蛾眉不可妒,况乃效其矉。""矉"即"颦",皱眉。《庄子·天运》："故西施病心,而矉其里。"用"东施效颦"典故说明"蛾眉不可妒"。

唐·樊晃《句》："巧裁蝉鬓畏风吹,尽作蛾眉恐人妒。"

唐·钱起《送钟评事应宏词下第东归》："蛾眉不入秦台镜,鹢羽还惊宋国风。"喻钟评事有才,却不被宏词科录取。

宋·辛弃疾《摸鱼儿》："长门事,准拟佳期又误,蛾眉曾有人妒。"词人在《论盗贼札子》中说:"平生刚拙自信,年来不为人所容,恐言未出口,而祸已旋至。"可作此句注脚。

清·纳兰性德《金缕曲》(赠梁汾)："且由他、蛾眉谣诼,古今同忌。"品德高尚、才华出众的人,常常受到谣言中伤,这是古今共有的现象。缩用屈原句。

1294. 城中好广眉,四方且半额

汉乐府《城中谣》："城中好高髻,四方高一尺;城中好广眉,四方且半额;城中好大袖,四方全匹帛。"这是东汉初年流行于都城长安的一首民谣。"高髻""广眉""大袖"都是汉代流行过的女妆。

《东观汉纪》载:汉明德皇后为"四起大髻";《风俗通》载赵王好大眉;《飞燕外传》载赵婕妤好为石华广袖。此民谣意为京城(宫中)的时装,很容易流行四方,有过之而无不及,夸张地说明"上行下效","上有好者,下必甚焉"的道理。此民谣见于《后汉书·马廖传》。马援之子马廖上疏劝皇太后行德政,说:"改政移风,必有其本","吏不奉法,良由慢起京师。"他举史实"吴王好剑客,百姓多创瘢;楚王好小腰,宫中多饿死。"(用墨子"楚灵王好细腰而国中多饿人"语)又引此歌谣,说明上行下效的道理。

南朝·梁·费昶《咏照镜》:"城中皆半额,非妾画眉长。"用"城中好广眉,四方且半额"句,说眉画得很宽很长,已成风习。

唐·薛奇童《怨诗二首》:"君王好长袖,新作舞衣宽。"从"楚王好细腰"一意翻出。

宋·苏轼《监试呈诗试官》:"广眉成半额,学步归踧踖。"缩合"城中好广眉,四方且半额"二句而成。

1295. 婉转蛾眉能几时

唐·宋之问《有所思》:"婉转蛾眉能几时,须臾鹤发乱如丝。"娇媚含情的俊眉能留多久,转瞬间就生成了乱蓬蓬一头白发。说明华年易逝,衰老速来。这是写"蛾眉"之佳者。"蛾眉",眉如蚕蛾,喻女子之眉修长而美。

晋·陆机《日出东南隅行》:"美目扬玉泽,蛾眉象翠翰。"

晋·傅玄《有女篇》:"蛾眉分翠羽,明目发清扬。"

南朝·梁·何敬容《咏舞诗》:"因风且一顾,扬袂隐双蛾。"

南朝·梁·刘邈《见人织聊为之咏》:"纤纤运玉指,脉脉正蛾眉。"

南朝·梁·沈满愿《王昭君叹二首》:"早信丹青巧,重货洛阳师:千金买蝉鬓,百万写蛾眉。"

又《映水曲》:"轻鬓学浮云,双蛾拟初月。水澄正落钗,萍开理垂发。"

又《咏步摇花》:"但会云髻插,蛾眉本易成。"

隋·弘执恭《和平凉公观赵郡王妓》:"蛾眉疑假黛,红脸自含春。"

隋·薛道衡《昭君辞》:"蛾眉非本质,蝉鬓改真形。"恨画师画错。

唐·王勃《杂曲》:"智琼神女,来访文君;蛾眉始约,罗袖初薰。""始约"刚刚画眉。

唐·骆宾王《代道士王灵妃赠道士李荣》:"不能京兆画蛾眉,翻向成都聘骑引。"道士王灵妃、李荣还俗结伉,李荣不学张敞画眉,反远去成都做骑马随从。

唐·郭震《王昭君三首》:"始知君念重,更肯惜蛾眉。"假托王昭君知汉元帝杀画师并悔令她远嫁而对汉皇感恩。

唐·张说《温泉冯刘二监客舍观妓》:"为君留上客,欢笑敛双蛾。"

唐·储光羲《上长史王公责躬》:"大贤荐时文,丑妇用蛾眉。"

唐·常建《古兴》:"石榴裙裾蛱蝶飞,见人不语颦蛾眉。"

唐·李白《飞龙引二首》:"下视瑶池见王母,蛾眉萧飒如秋霜。"王母的蛾眉已如秋霜,更见潇洒了。

又《独不见》:"忆与君别年,种桃齐蛾眉。桃今百余尺,花落成枯枝。终然独不见,流泪空自知。"

又《拟古》:"融融白玉辉,映我青蛾眉。"

又《邯郸才人嫁为厮养卒妇》:"妾本丛台女,扬蛾入丹阙。自倚颜如花,宁知有凋谢。"

又《情怨》:"美人卷珠帘,深坐颦蛾眉。"

唐·李嘉祐《古兴》:"十五小家女,双鬟人不知。蛾眉暂一见,可直千余金。"称女儿为"千金"概自此始。

唐·赵嘏《昔昔盐》(蟠龙随镜隐):"鸾镜无由照,蛾眉岂忍看。"

1296. 淡扫蛾眉朝至尊

唐·杜甫《虢国夫人》:"虢国夫人承主恩,平明骑马入宫门。却嫌脂粉涴颜色,淡扫蛾眉朝至尊。"写杨玉环之姊虢国夫人,自恃天生丽质,朝见唐玄宗时仅仅淡淡地描扫蛾眉,怕沾涴本色而不饰脂粉。此诗又收入后来的张祜诗《集灵台二首》之二,只异一字"涴"作"污",二字同义。疑误抄误收。《杨妃外传》记"虢国不施妆粉,自衒美艳,常素面朝天。"杜诗写她淡扫蛾眉,妖姿取媚。"蛾眉"写女子眼眉之美。"扫眉"意来自晋·左思的《娇女诗》:"明朝弄梳台,黛眉类扫迹。"写娇女艳妆,不会画眉,象用眉笔扫尘迹。杜甫用"扫眉"表示"画眉"。用"扫眉"句的有：

唐·李贺《十二月乐词》（三月）："军装宫妓扫蛾浅，摇摇锦旗夹城暖。"宫女着上军装化淡妆。

唐·李商隐《江南乐》："扫黛开宫额，裁裙约楚腰。"

唐代女诗人程长文《狱中书情上使君》："离髻不梳云已散，蛾眉罢扫月仍新。"诉说为强暴所诬系狱后的狱中生活。

宋·陈亮《最高楼》（咏梅）："衣带水，隔风烟。铅华不御凌波处，蛾眉淡扫至尊前。"借杜句咏梅花。

金·赵可《凤栖梧》："草色有无眉淡扫，身在西山，却爱东山好。"喻草色蒙眬。

明·罗洪先《昭君辞十八首》："淡扫蛾眉耻乞怜，几回春色负华年。"昭君不艳妆取悦皇帝，误了入选之机。

1297. 宛转蛾眉马前死

唐·白居易《长恨歌》："六军不发无奈何，宛转蛾眉马前死。"用宋之问"婉转蛾眉"句。"蛾眉"则由女子美眉借代为美貌女子。由于《长恨歌》传诵极广，由于这两句诗写了马嵬驿杨妃之死的重大历史事件，因而此句也广为人知。

但是用"蛾眉"代女子、美女的不自白居易始，而始自唐初。《楚辞·招魂》中有："蛾眉曼睩，目腾光些。"为"魂"选择的侍女美丽动人：她们曲长的眉毛下一双活泼有神的眼睛，回闪着柔美的光。"蛾眉"是弯曲细长的眼眉。唐·张说在《邺都引》诗中用《招魂》中句："邺旁高冢多贵臣，蛾眉曼睩共灰尘。"高冢之中的达官贵人同蛾眉曼睩一齐化为灰尘了。"蛾眉曼睩"已用作美女了。用"蛾眉"指代女子，是普遍用法。

唐·李颀《缓歌行》："二八蛾眉梳堕马，美酒清歌曲房下。"

唐·沈佺期《和杜麟台元志春情》："蛾眉返清镜，闺中不相识。"

唐·赵彦昭《秦和七夕两仪殿会宴应制》："今宵望灵汉，应得见蛾眉。"代织女（星）。

唐·李如璧《明月》："昭君失宠辞上宫，蛾眉婵娟卧毡穹。"代美丽的昭君。唐·贺兰进明《行路难》："荡子从军事征战，蛾眉婵娟守空闺。"

唐·常建《塞下曲四首》其四："因嫁单于怨在边，蛾眉万古葬胡天。"又《昭君墓》："万里驮黄金，蛾眉为枯骨。"

唐·万楚《茱萸女》："蛾眉自有主，年少莫踟蹰。"

唐·李嘉祐《江上曲》："江心淡淡芙蓉花，江口蛾眉独浣纱。"

唐·王翰《古蛾眉怨》："忽闻天子忆蛾眉，宝凤衔花揲两蛾。"

唐·李白《玉壶吟》："君王虽爱蛾眉好，无奈宫中妒杀人。"兼用屈原"众女嫉余之蛾眉"句。又《送赵判官赴黔府中丞叔幕》："虎士秉金钺，蛾眉开玉尊。"又《上皇西巡南京歌十首》其五："石镜更明天上月，后宫亲得照蛾眉。"又《拟古十二首》（西园有美女）："蛾眉艳晓日，一笑倾城欢。"

唐·顾况《义川公主挽词》："夜台飞镜迎，偏共掩蛾眉。"

唐·刘商《铜雀妓》："魏主矜蛾眉，美人美如玉。"又《胡笳十八拍》（第三拍）："早被蛾眉累此身，空悲弱质柔如水。"

唐·权德舆《旅馆雪晴又覩新月众兴所感因成杂言》："纤手蛾眉座中设，清歌一曲无断绝。"

唐·羊士谔《夜听琵琶三首》："当时谁佩将军印，长使蛾眉怨不穷。"

唐·孟郊《湘妃怨》："万里丧蛾眉，潇湘水空碧。"

唐·白居易《悲哉行》："评封还酒债，堆金选蛾眉。声色狗马外，其余一无知。"

唐·汪遵《昭君》："猛将谋臣徒自贵，蛾眉一笑塞尘清。"

唐·赵嘏《昔口盐》（前年过代北）："铁马喧鞶鼓，蛾眉怨锦屏。不知羌笛曲，掩泪若为听。"

唐·鱼玄机《代人悼亡》："曾睹夭桃想玉姿，带风杨柳认蛾眉。"

南唐后主李煜《感怀》："空有当年旧烟月，芙蓉城上哭蛾眉。"又《梅花》："谁料花前后，蛾眉却不全。""蛾眉"都指代小周后周昭惠。

清·吴嘉纪《李家娘》："团团日低，归拥曼睩蛾眉。"

1298. 弹到断肠处，春山眉黛低

宋·张先《菩萨蛮》："弹到断肠处，春山眉黛低。"写一女伎弹筝，曲调哀凉，弹到最伤心之处，黛眉低垂。写她的眉如春山黛色。黛为青色颜料，古代女子用以画眉。用黛螺画的眉，称黛眉，又称

翠眉,翠黛。这种眉呈青黑色,近似浓绿,即黑绿,因此又称绿眉、绿鬓。

最早写"黛眉"的是晋代左思,他的《娇女诗》写:"明朝弄梳台,黛眉类扫迹。浓珠衍丹唇,黄吻澜漫赤。"诗写小女学梳妆,描眉黑一片,染唇红澜漫。此诗对唐人卢全的《示添丁》、李商隐的《娇儿诗》都产生写幼子幼女的开启作用。对杜甫的影响更大,不仅用"扫"字,在《北征》诗中也有仿似,如:"瘦妻面复光,痴女头自栉。学母无不为,晓妆随手抹。移时施朱铅,狼藉画眉阔。"

杜甫的《北征》诗写"粉黛亦解包",这"粉黛"指化妆品。白居易在《长恨歌》中有"六宫粉黛无颜色","粉黛"是涂粉画黛的宫妃的借代。温庭筠的《杨柳枝》用白居易句:"金缕毵毵碧瓦沟,六宫粉黛惹春愁。"也指代嫔妃。只写"眉"的比较常见:

隋·僧法宣《和赵郡王观妓应教》:"城中画眉黛,宫内束纤腰。"

唐·李商隐《江南曲》:"扫黛开宫额,裁裙约楚腰。"写描黛。

五代·和凝《杨柳枝》:"瑟瑟罗裙金缕腰,黛眉偎破未重描。"

五代·阎选《八柏蛮》:"愁锁黛眉烟易惨,泪飘红脸粉难匀。"

南唐后主李煜《长相思》:"淡淡相思薄薄罗,轻颦双黛螺。"

宋·秦观《减字木兰花》:"黛蛾长敛,任是春风吹不展。"写黛眉。

宋·姜夔《庆宫春》:"伤心垂见,依约眉山,黛痕低压。"写黛眉。

宋·陈允平《恋绣衣》:"多情无语敛黛眉,寄相思,偏仗柳枝。"

金·董解元《西厢记》卷七《美中美》:"春色褪花梢,春恨侵眉黛。"

元·马致远《水仙子》(和卢疏斋西湖)曲:"山过雨颦眉黛,柳拖烟堆鬓丝,可喜杀睡足的西施。"这里写西湖山色如黛,雨后似颦。

清·吴娘《浣溪沙》(新晴):"儿点浓愁山染黛,一行香梦柳梳烟。"写雨后之山黛色更浓,如浓愁集于眉上。近马致远句。

1299.无言敛皱眉山翠

宋·欧阳修《踏莎行》:"蓦然旧事上心来,无言敛皱眉山翠。"全词写春色,写到"青楼几处歌声丽",忽而忆起令人烦恼的往事,收敛了眉峰,翠色更浓了。"翠眉"意"黛眉"。

最早用"翠眉"句的是南朝江淹的《丽色赋》:"信东方之佳人,既翠眉而摇质。"到唐代为诗人广泛应用:

唐·李颀《郑樱桃歌》:"后庭卷衣三万人,翠眉清镜不得亲。"

唐·岑参《玉门关盖将军歌》:"美人一双闲且都,朱唇翠眉映明瞳。"又《使君席夜送严河南赴长水》:"娇歌急管杂青丝,银烛金杯映翠眉。"

唐·杜甫《诸贵公子丈八沟携妓纳凉晚遇雨二首》其二:"越女红裙湿,燕姬翠黛愁。"

杜甫用唐·武平一"翠眉颦"句(见下"双蛾"条)写愁皱翠眉:《江月》:"谁家挑锦字,灭烛翠眉颦。"写绣女织锦,停机灭烛,所生愁思,翠眉颦聚。用"翠眉颦"句的还有:刘禹锡写"潭空破镜入,风动翠眉颦。"(《和李相公平泉潭上喜见初月》)武元衡写:"曾逐使君歌舞地,清声长啸翠眉颦。"(《赠歌人》)罗隐写:"渚莲丹脸恨,堤柳翠眉颦",(《秋霁后》)以翠眉喻柳叶。欧阳炯写:"软碧摇烟似送人,映花时把翠眉颦。"(《杨柳枝》,一作和凝诗)也写柳。

不用"颦"字也多写愁眉。唐·张祜《杨柳枝》:"伤心日暮烟霞起,无限春愁生翠眉。"又《杨柳枝》:"凝碧池边敛翠眉,景阳台下缩青丝。"皆借柳抒愁。唐·张籍《苏州江岸留别乐天》:"渐有酒色朱颜浅,欲话离情翠眉低。"唐·李远《听王氏话归州昭君庙》:"河畔犹残翠眉样,有时新月傍帘钩。"见翠柳如见人。唐·卢仝《有所思》:"翠眉蝉鬓生别离,一望不见心断绝。"都指代女子。宋·陆淞《瑞鹤仙》词:"但眉峰压翠,泪珠弹粉。"写眉。宋·罗志仁《金人捧露盘》(丙午钱塘):"吴峰越巘,翠眉锁,若为谁容?"写吴越峰峦似人紧锁翠眉。

1300.长眉凝绿几千年

唐·李贺《贝宫夫人》:"长眉凝绿几千年,清凉堪老镜中鸾。""绿"本义为青中透黄,"绿眉"青而有光泽的眉,"绿鬓"的"绿"亦为此义。此绘贝宫龙女祠的雕像。

又《浩歌》:"羞见秋眉换新绿,二十男儿那刺促?"不忍见绿眉转瞬衰黄。

清·杨芳灿《满江红》(寒夜感怀和谔斋舅氏韵):"尽有热肠堪任侠,惜无媚骨能谐俗,看容颜、强半为愁锁,秋眉绿。"用"秋眉换新绿"句意,言更加苍老。

1301. 自有青蛾镜里人

唐·武元衡《同幕府夜宴惜花》:"莫愁红艳风前散,自有青蛾镜里人。"明月下夜宴中,诗人见"芳草落花",虽"红艳"随风飘散,也无须发愁,镜前的美人不是还在吗?用"青蛾"借代美女。

唐·杜甫曾几用"青蛾":《城西陂泛舟》:"青蛾皓齿在楼船,横笛短箫悲远天。"写船上声伎吹奏。又《一百五日夜对月》:"仳离(别离)放红蕊,想象颦青蛾。"别时正红蕊开放,现或因思念而双眉紧皱。

"青蛾"代眉,多指女子之眉。

唐·翁绶《折杨柳》:"台上少年吹白雪,楼中思妇敛青蛾。"

宋·蒋捷《恋绣衣》词:"奈一点、春来恨,在青蛾、弯处又生。""青蛾弯处",即眉弯。

宋·南平王诗有"佳人举袖耀青娥"句,举起彩袖,同媚眉相辉耀。

1302. 忽听黄莺敛翠蛾

唐·白居易《急乐世》:"正抽碧线绣红罗,忽听黄莺敛翠蛾。"黄莺鸣叫,春光即尽,引人愁思,翠蛾颦皱。这是写皱眉。

宋·刘过《贺新郎》:"晚妆残,翠蛾狼藉,泪痕流脸。"喻眉。

"翠蛾"也借代女子:唐·司空曙《观妓》:"翠蛾红脸不胜情,管绝弦余发一声。"唐·崔瑾《赠营妓》:"只有今宵同此宴,翠娥伴醉欲先归。"后来取女名写作"翠娥"。"翠蛾"就指眉的有:唐·王建《观蛮妓》:"欲说昭君敛翠蛾,清声委曲怨于歌。"唐·武元衡《酬严司空荆南见寄》:"白雪调高歌不得,美人南国翠蛾愁。"五代·顾夐《醉公子》:"敛轴翠蛾攒,相逢尔许难!"

1303. 寒闺织素锦,含怨敛双蛾

唐·虞世南《中妇织流黄》:"寒闺织素锦,含怨敛双蛾。""双蛾"多指眉,女子之眉,眉为两条,故称双蛾。杜甫的《江月》用"翠眉",白居易的《争乐世》用"翠蛾",其句义都取自虞世南。唐·张说

《温泉痛快刘二监客舍观妓》写:"为君留上客,吹笑敛双娥。"反用虞世南句义,即欢笑亦有敛眉的时候,不一定"含怨",敛眉有时表欢乐的激情,却又十分含蓄。

用"双蛾"写眉的:

唐·张谔《岐王席上咏美人》:"半额画双蛾,盈盈烛下歌。"画眉。

唐·刘长卿《观李凑所画美人障子》:"一笔岂易得,双蛾如有情。"

唐·李白《春日行》:"幽州思妇十二月,停歌罢笑双蛾摧。"

唐·顾夐《虞美人》词:"凭栏愁立双蛾细,柳影斜摇砌。"

宋·史达祖《双双燕》(咏燕)词:"愁损翠黛双蛾,日日画栏独凭。"双蛾即两眉,翠黛饰两眉之色。

用"双蛾"指代女子的:

唐·武平一《妾薄命》:"瓠犀发浩齿,双蛾颦翠眉。""双蛾"代女子。"颦翠眉"为杜甫等人(见前引)所用。

唐·李白《春日行》:"三千双蛾献歌笑,挝钟考鼓宫殿倾。"

宋·朱淑真《菩萨蛮》:"愁闷一番新,双蛾只暗颦。"

1304. 刻花争脸态,写月竞眉新

唐·骆宾王《镂鸡子》:"刻花争脸态,写月竞眉新。"赞美"练人"的精美工艺:刻花与脸色媲美,写月同新眉竞艳。诗中以眉比月,即比初月弯月。古代女子画眉,画作新月形,细而弯,如一钩弯月。最早见于诗的,是南朝·陈后主叔宝《有所思三首》,写"落花同泪脸,初月似愁眉。"用泪脸滴珠比落花,用愁眉之弯比初月。骆宾王从此句翻出新句,写染练工艺。

以眉比月,以月比眉,月眉互喻,这在诗词中是常见的。

写"新月如眉",以眉比月,赏新月之美者为多。

骆宾王《艳情代郭氏答卢照邻》:"峨眉山上月如眉,濯锦江上霞似锦。"也是以眉此月的名句。下如:

唐·李峤《月》:"清浑飞鹊鉴,新影学蛾眉。"

唐·许敬宗《奉和七夕宴悬圃应制二首》:"星

模铅里層,月写黛中蛾。"

唐·吉中孚妻张氏《拜新月》:"弯镜未安台,蛾眉已相向。"未及对镜,蛾眉(新月)已迎面升起。

唐·岑参《夜过盘石隔河望永乐寄闺中效齐梁体》:"月如眉已画,云似鬓新梳。"新月如初画之眉。

又《韩员外夫人清河县使君崔氏挽歌》:"仙郎看陇月,犹忆画眉时。"看到新月,联想崔氏生前画眉的情景。唐·元淳《寄洛中诸姊》:"题诗凭雁翼,望月想蛾眉。"意近岑参句。

唐·杨巨源《和吕舍人喜张员外自北番回至境上先寄二十韵》:"海云侵鬓起,边月向眉残。"用岑参"云月"句。又《送太和公主和蕃》:"朔云侵鬓起,边月向眉残。"复用"云月"句。

唐·王涯《秋思赠远二首》:"不见乡书传雁足,唯见新月吐蛾眉。"

唐·缪氏子《赋新月》:"初月如弓未上弦,分明挂在碧霄边。时人莫道蛾眉小,三五团圆照满天。"

五代·牛希济《生查子》:"新月曲如眉,未有团圆意。"

五代·冯延巳《清平乐》:"黄昏独倚朱阑,西南新月眉弯。"

宋·晏几道《南乡子》:"新月又如眉,长笛谁教月下吹。"

以眉比月,写"眉如新月",赞女子之眉细曲修美。

南朝·梁·沈满愿《映水曲》:"轻鬓学浮云,双蛾拟初月。"

唐·骆宾王《咏王美人在天津桥》:"水下看妆影,眉头画新月。"

唐·王谭《后庭怨》:"传闻纨扇思未歇,预想蛾眉上初月。"

唐·韩偓《寄远》:"眉如半月云如鬓,梧桐月落敲井栏。"

唐·王霞卿《题唐安寺阁壁》:"正好开怀对烟月,双眉不觉自如钩。""钩"即新月。

五代·牛峤《女冠子》:"月如眉,浅笑含双靥,低声唱小词。"

宋·欧阳澈《玉楼春》:"一弯月样黛眉低。"

1305. 柳叶来眉上,桃花落脸红

隋末·陈子良《新城安东宫》:"柳叶来眉上,桃花落脸红。"写窗中秦女之美,眉似柳叶飞来,脸如桃花落上,以柳叶喻眉,以桃花比脸,一"来"一"落",动态栩然,可谓妙极。唐·陈标《健仔怨》:"飘零怨柳凋眉翠,狼藉愁桃坠脸红。""凋"与"坠"从陈子良句翻出,但不是写美丽,而是写怨愁。

并用柳、桃作喻的:

唐·刘禹锡《同乐天和微之深春二十首》:"人眉新柳叶,马色醉桃花。"

唐·张祜《受妾换马》:"休怜柳叶双眉翠,却爱桃花两耳红。"

唐·韦庄《女冠子词》:"昨夜夜半,枕上分明梦见。语多时,依旧桃花面,频低柳叶眉。"

蜀主王衍《甘州曲》:"柳眉桃脸不胜春,薄媚足精神。可惜沦落在风尘。"

以柳叶喻眉,始于南北朝。

南朝·陈·王瑳《长相思》:"柳叶眉上销,菱花镜中灭。""销"表示柳叶成了眉。

唐·骆宾王《王昭君》:"古镜菱花暗,愁眉柳叶颦。"用王瑳句。

唐·江采苹《谢赐珍珠》(上在萼花楼封珍珠一斛密赐妃妃不受):"桂叶双眉久不描,残妆和泪染红销。长门尽目无梳洗,何必珍珠慰寂寥。"

唐·温庭筠《更漏子》:"相见稀,相忆久,眉浅淡烟如柳。"

五代·和凝《麦秀两歧》:"莲脸红,眉柳绿,胸雪宜新浴。"

以眉喻叶,使叶人情化,更增叶之美。

唐·卢照邻《折杨柳》:"露叶疑愁黛,风花乱舞衣。"带露柳叶低垂宛似愁眉。

唐·王勃《采莲曲》:"翠叶本羞眉,花红强如颊。"叶如羞眉。

唐·李贺《房中思》:"新桂如蛾眉,秋风吹小绿。"桂树新叶在秋风中似绿色蛾眉。

唐·韦承庆《折杨柳》:"叶似镜中眉,花如关外雪。"

唐·白居易《杨柳枝词八首》:"人言柳叶似愁眉,更有愁肠似柳丛。"

唐·罗隐《秋霁后》:"渚莲丹脸恨,堤柳翠眉颦。"

五代·徐铉《柳枝词十二首》:"旧游一别无因见,嫩叶如眉处处新。"

五代·和凝《杨柳枝》:"软碧摇烟似送人,映

花时把翠眉颦。"

五代·吴越佚名人《御判春游长句》:"柳带似眉全展绿,杏苞似脸半开香。"

五代·魏承班《渔歌子》词:"柳如眉,云似发,鲛绡雾縠龙香雪。"

宋·郡雍《首尾吟》:"烟轻柳叶眉闲皱,露重花枝泪静垂。"

1306. 蛾眉峰似两眉愁

唐·杨凝《别李协》:"江边日暮不胜愁,送客沾衣江上楼。明月峡添明月照,蛾眉峰似两眉愁。"诗写送客,"愁"字用重,全诗粗制,唯末句好。以眉喻峰,送客伤情,移情于"蛾眉峰",人愁山也愁,山似"两眉愁"。

蛾眉山,前引《水经注》转《益州记》语:去成都南十里"望见两山相峙,如蛾眉焉",故称蛾眉山。蛾眉山不止一处,安徽也有。《安徽通志》记:"蛾眉亭在当涂县北二十里,据牛渚绝壁,前直二梁山,夹江对峙,如蛾眉然,故名。"宋代词人韩元吉《霜天晓角》(蛾眉亭)词写:"倚天绝壁,直下江千尺。天际两蛾凝黛,愁与恨、几时极!"就是将东西二梁山喻为凝愁含恨永无终极的眉黛。

写"山似蛾眉",以蛾眉喻山的,似从唐·骆宾王始。他的《畴昔篇》写:"华阳旧地标神制,石镜蛾眉真秀丽。"唐·郎士元《奉和杜相公益昌路作》:"风吹画角孤成晓,林映蛾眉片月斜。"元·贯云石《画龙歌》:"潇湘浮黛蛾眉轻,太行不让蓬莱青。"

1307. 漠漠远山眉黛浅

唐·罗隐《江南行》:"江烟湿雨蛟绡软,漠漠远山眉黛浅。"写江南在细雨中,山色模糊,如眉黛般的小山,黛色上不浓了。

以眉黛喻山,是因为山上林木呈一片青黛色。唐·岑参曾描绘过:"秦山数点似青黛,渭上一条如白练。"(《入蒲关先寄秦中故人》)

宋·杨忆也写:"黛铺远岫秋将晚,绮散余霞日欲曛。"(《郡斋即事书怀十二韵》)因此眉黛与山黛就有了互喻性。唐·温庭筠《归国谣》写:"粉心黄蕊花靥,黛眉山两点。"宋·周邦彦《忆旧游》写:"记愁横浅黛,泪洗红铅,门掩秋宵。"宋·刘过《蝶恋花》(赠张守宠姬):"一曲尊前,真个梅花早。眉黛两山谁为扫。风流京兆江南调。"宋·姜夔《庆

宫春》:"伤心重见,依约眉山,黛痕压低。"都以"黛山"喻"黛眉"。

"眉山互喻",也用"翠"字、"绿"字、"碧"字。

五代毛熙震《何满子》:"笑靥嫩疑花拆,愁眉翠敛山横。"喻眉。

宋·王观《庆清朝慢》:"东风巧,尽收翠绿,吹在眉山。"喻山。

宋·毛滂《惜分飞》(富阳僧舍代作别语):"泪湿栏干花著露,愁眉峰碧聚。"喻眉,用五代张泌《思越人》"黛眉愁聚春碧"句。

宋·黄庭坚《念奴娇》(同诸甥待月):"断虹霁雨,净秋空,山染秋眉新绿。"喻山。

宋·赵师侠《柳梢青》(滕王阁席上赠段云轻):"一目波光明欲溜,两眉山色翠常低。须知人与景相宜。"喻眉。

宋·赵长卿《浣溪沙》:"暖香浓处敛眉山,眼波横浸绿云鬟。"喻眉。

1308. 不为远山凝翠黛

五代·薛昭蕴《浣溪沙》词:"不为远山凝翠黛,只应含恨向斜阳。碧桃花谢忆刘郎。"写越女江中淘金,她凝眉舍恨,不是为了远山,而是为了斜阳。"刘郎"远在斜阳之外,碧桃花谢了还未归来。特定的场景,特定的情思,刻画得很动人。

写"眉如远山"更知名的是南唐后主李煜的《捣练子》词中的"云鬟乱,晚妆残,带恨眉儿远岫攒。"两眉带恨,眉稍、眉弯聚结,犹如远山攒集在一起。用攒山写皱眉,此句应出自唐人耿玉真《菩萨蛮》词:"背灯唯暗泣,甚处砧声急,眉黛远山攒。芭蕉生暮寒。"李煜句所以为人熟知,同他的词著名分不开。

"眉如远山"源于晋·葛洪对卓文君的描绘:《西京杂记》卷第二载:"文君姣好,眉色如望远山,脸际常若芙蓉,肌肤柔滑如脂。"随着文君之美,"眉如远山"的描绘也便有了服声价。宋·黄庭坚《以梅馈晁深道,戏赠二首》:"相如病渴应须此,莫与文君蹙远山。"戏用相如、文君故事,说晁深道会喜欢这梅花,怕是其妻皱眉头。

用"眉如远山"句还有:

唐·白居易《和梦游春诗一百韵》:"眉敛远山青,鬟低片云绿。"

唐·崔仲容《赠歌姬》:"皓齿乍分寒玉细,黛眉轻蹙远山微。"前黄庭坚句用此"蹙"字。

唐·温庭筠《菩萨蛮》："绣帘垂箓（lù）簌（sì），眉黛远山绿。"

唐·韦庄《荷叶杯》："一双愁黛远山眉，不忍更思惟。"

又《谒金门》："闲抱琵琶寻旧曲，远山眉黛绿。"用温庭筠句。

五代·顾夐《遐方怨》："嫩红双脸似花明，两条眉黛远山横。"

五代·耿玉真《菩萨蛮》："眉黛远山攒，芭蕉生暮寒。"

宋·晏几道《虞美人》："小谢经年去，更教谁画远山眉。"

又《菩萨蛮》："翠眉饶似远山长，寄与此愁颦不尽。"

又《秋蕊香》："歌彻郎君秋草，别恨远山眉小。"

又《六么令》："晚来翠眉宫样，巧把远山学。"

又《生查子》："远山眉黛长，细柳腰肢袅。"

又《清平乐》："远山眉黛娇长，清歌细逐霞觞。"

宋·黄庭坚《诉衷情》："珠帘绣幕卷轻霜，呵手试梅妆。都缘自有离恨，故画作、远山长。"

又《浣溪沙》："几处泪痕留醉袖，一春憔思近横波，远山低尽不成歌。"

宋·杨亿《无题》诗："遥山黯黯眉长敛，一水盈盈语未通。"

宋·晁端礼《菩萨蛮》（回文）："远山眉映横波脸，脸波横映眉山远。"

宋·贺铸《浪淘沙》："烟草汀洲，远山相对一眉愁。可惜芳年桥畔柳、不系兰舟。"

又《梦相亲》（木兰花）："远山眉样认心期，流水车音牵目送。"

宋·陈师道《菩萨蛮》："鬓钗初上朝云卷，眼波翻动眉山远。"

宋·苏庠《鹧鸪天》（过湖阴席上赠妓）："梅妆晨妆雪妒轻，远山依约学眉青。"

宋·刘焘《菩萨蛮》（冬）："山远对眉攒，攒眉对远山。"（回文）

宋·毛滂《浪淘沙》（生日）："远山秀入双眉，待看碧桃花烂漫，春日迟迟。"

宋·蔡伸《菩萨蛮》："心事一春闲，黛眉颦远山。"

宋·王之道《减字木兰花》（赠孙兴宋侍儿四首）："修眉山远，娇抹乌云秋水畔。"

宋·李百《生查子》："窗下剪灯花，今日眉深浅。留得镜中看，颦破春山远。"

宋·姚述尧《浣溪沙》："醉眼斜拖春水绿，黛眉低拂远山浓。"

宋·赵长卿《卜算子》（春景）："人道长眉似远山，山不似长眉好。"

宋·高观国《临江仙》："歌随流水咽，眉学远山颦。"

宋·林淳《减字木兰花》（郑尚书席上借前韵）："骚人词客，魂断蜡梅香已籍。谁更关情，一点新愁入远山。"

宋·杨冠卿《如梦令》："翠钿晓寒轻，独倚迁秋无力。无力，无力，颦破远山愁碧。"元·刘燕歌《太常引》曲："今古别离难，颦损了蛾眉远山。""颦损"用杨冠卿句。

宋·许棐《琴调相思引》词："已恨远山迷望眼，不须更画远山眉。"后一"远山"为眉。

金·董解元《西厢记》（风听荷叶）曲："宫样眉儿山势远。"

元·贯云石《醉春风》："羞画远山眉，不忺宫样妆。"

明·汤显祖《阮郎归》（《牡丹亭》十四出《写真》唱段之后，述自画像之不易）："断肠春色在眉弯，倩谁临远山。"眉弯生春，令人断肠，请谁勾勒这"远山"，写杜丽娘自画像。张德瀛《词话丛编》云："汤义仍词情文俱美，大致不出曲家科白。若《阮郎归》之'断肠春色在眉弯，倩谁临远山。蜀妆晴雨画来难，高唐云影问。'"此词写画眉难，画妆不易，含蓄中表现杜丽娘之美。因此受人欣赏。

宋以后以眉喻远山的：

宋·杨备《观风楼》诗："鼓角声沉丝管沸，卷帘晴黛远山低。"

宋·李结《浣溪沙》："双蝶舞余红便施，交莺啼处绿葱珑，远山眉黛晚来浓。"

宋·张孝祥《生查子》："远山眉黛横，媚柳开青眼。"

宋·冯时行《天仙子》（荼蘼已彫落赋）："年随流水去无踪，恨不了，愁不了，楼外远山眉样小。"

宋·王炎《临江仙》（和将使许过双溪）："鸭绿一篙新雨过，远山半出修眉。"

宋·石孝友《水调歌头》："唯有远山无赖，淡扫一眉晴绿。"

宋·高观国《杏花天》:"远山学得修眉翠,春愁无际。"

宋·吴礼之《杏花天》(春思):"遥山好似宫眉浅,人比遥山更远。"

宋·吴文英《水龙吟》(癸卯元夕):"淡云笼月微黄,柳丝浅色东风紧。夜寒旧事、春期新恨,眉山碧远。"

又《浪淘沙》:"山远翠眉长,高处凄凉。"

1309. 双眉敛恨春山远

五代词人冯延巳在《蝶恋花》词中写"眉如春山":"几度凤楼同饮宴,此夕相逢,却胜当时见。低语前欢频转面,双眉敛恨春山远。""春山"喻眉之葱翠。描述情侣重逢,低语依依,春眉展开,欢颜趋恨的情态。五代·牛峤《酒泉子》:"钿车纤手卷帘望,眉学春山样。"忆去年车中女子眉如春山,青青葱葱。宋·高观国《临江仙》:"歌随流水咽,眉学远山样。"此句从牛峤的"眉学春山"易一字而出。宋·苏庠《鹧鸪天》(过湖阴席上赠妓):"梅妆晨妆雪妆轻,远山依约学眉青。""山学眉来青"也从牛峤句化出。宋·张先《菩萨蛮》(一作晏几道词):"弹到断肠处,春山眉黛低。"写弹"哀筝"的女子,弹到伤心处,"春山眉黛低",写低下头去,悲痛得低眉顺眼。

宋·周邦彦《南乡子》(商调):"不会沉思底事,凝眸,两点春山满镜愁。""两点春山"喻双眉紧皱。宋·史达祖《杏花天》:"双眉最现愁深浅,隔雨春山两点。"宋·詹玉《浣溪沙》:"淡淡青山两点春,娇羞一点口儿樱。"都用周邦彦句。

宋·韩玉《西江月》:"娇波斜入鬓云长,眉与春山一样。"

宋·石延年《燕归梁》:"春山总把、深匀翠黛,千叠在眉头。"

宋·杨泽民《秋蕊香》:"风尘一缕透窗眼,恨入春山黛浅。"

金·元好问《玉楼春》:"明妃留在两眉愁,万古春山颦不尽。"

又《乔牌儿》:"春山两叶愁眉纵,断肠诗和泪封。"

明·兰陵笑笑生《金瓶梅》五十二回《黄莺儿》:"空教黛眉蹙破春山恨。"

"春山"与"翠眉"也是互喻的。宋·周邦彦《一落索》:"眉共春山争秀,可怜长皱。"写眉,而

"争秀"正是有共同点。写"春山如眉"的:

宋·赵长卿《菩萨蛮》:"春山已蹙眉峰绿,春心骀荡难拘束。"

宋高宗赵构《渔父词》:"一叠春水夜来生,几叠春山更远横。"

明·史鉴《解连环》(送别):"雨外春山,会人意,与眉交皱。"

1310. 水是眼波横,山是眉峰翠

宋·王观《卜算子》(送鲍浩然之浙东):"水是眼波横,山是眉峰翠。欲问行人去那边,眉眼盈盈处。"用眼波喻水之美,用眉峰喻山之翠,描绘鲍浩然所去浙东山水之佳丽,"眉眼盈盈处",进而赋山水以盛情,诱行人以欢悦,所去之处是山明水秀的地方啊。

"眼波横"句出自北朝庾信《咏怀》第七:"纤腰减束素,别泪损横波。""横波"是眼神流动如横流的水波。眼神目光横向流动才是美的。眼球上下流动,就不美了,所以"横"字成了诗眼,炼字极细,而王观的直接句源应是唐人温庭筠《巫山神女庙》诗:"晓峰眉上色,春水脸前波。"因为温诗写了"眉峰""眼波"。

用"横波"句的下有:

唐·杨师道《初宵看婚》:"轻啼湿红粉,微睇转横波。"

唐·李白《长相思》:"昔时横波目,今作流泪泉。"

唐·梁锽《观王美人海图障子》:"仍怜转娇眼,别恨一横波。"

南唐后主李煜《菩萨蛮》:"眼色暗相钩,秋波横欲流。"

宋·欧阳修《滴滴金》:"尊前一把横波溜,彼此心儿有。"

宋·苏轼《南乡子》:"飞火乱星毯,浅黛横波翠欲流。"上元夜灯火辉煌,山影明晰,影似横波,翠黛欲流。"横波"写了山形、山色。

宋·黄庭坚《南柯子》:"秋浦横波眼,春窗远岫眉。"以"横波"写秋水,以"翠眉"写远岫。

又《浣溪沙》:"几处泪痕留醉袖,一春愁思近横波,远山低尽不成歌。"愁思流露于眼波之中。

又《诉衷情》:"分远岫,压横波,妙难过、自敲枕处,独倚阑时,不奈频何。""压横波",低眉遮眼之愁态。

又《鹧鸪天》："拖远岫,压横波,何时传酒更传歌。"再用"远岫横波"句。

宋·贺铸《小重山》："临镜想倾城,两尖愁黛浅,泪波横。"

宋·赵长卿《浣溪沙》(初夏)："暖得浓处敛眉山,眼波横侵绿云鬟。"

宋·蔡伸《满庭芳》："酒晕微红衬脸,横波浸、满眼春娇。"

宋·张元干《醉落魄》："一枝冰萼,鬓云低度横波约。"

宋·吕渭老《豆叶黄》："月如钩,一寸横波入鬓流。"清·朱彝尊《高阳台》用"一寸横波"句:"一寸横波,断肠人在楼阴。"后句用元人马致远《天净沙》曲句"断肠人在天涯。"

又《南乡子》："欲挈一尊相就醉,无由,谁见横波入鬓流。"吕渭老再用"入鬓流",即眼神斜扫鬓发。

1311.盈盈秋水,淡淡春山

宋·阮阅《眼儿媚》词写:"绮窗人在东风里,洒泪对春闲。也应似旧,盈盈秋水,淡淡春山。"据宋人胡仔《苕溪渔隐丛话》中说,这是一个小官吏调离后写给一个歌妓的词。胡仔是宋代人,记此事时隔不远。但词署在阮阅名下,阮阅同"小官吏"是什么关系,不得而知。从词的内容看,"写给歌妓"倒合词义。此句写离后的怀想:"绮窗人"的媚眼如盈盈秋水澄彻明亮;秀眉如淡淡春山翠色蒙眬。"盈盈"含前引王观的"眉眼盈盈"之意。"秋水"和"春山"描绘眼和眉,眼是澄彻明亮的,眉是青葱翠碧的,十分妥贴。

"秋水"当从"横波"中衍生。出自唐人李贺诗。他的《唐儿歌》(杜豳公之子)："骨重神寒天庙器,一双瞳人剪秋水。"写杜家公子体质神态不凡。说他双眼有神,如明亮清彻的秋水在剪动。宋人杨师纯《清平乐》用李贺句写年轻女子:"羞蛾浅浅,秋水如刀剪。窗下无人自针线,不觉郎来身畔。"写做针线女工时,闪动着明亮的目光。晚唐的崔珏《有赠》诗中则将目光喻作"春水",就带有寒凉之色了:"两脸夭桃从镜发,一眸春水照人寒。"这是赠给歌妓的。"春水"之喻,喻女子目光澄彻凌厉。"春水"之喻不如"秋水"之喻用的人多。而阮阅的"盈盈秋水"是出自柳永的《尉迟杯》词:"天然嫩脸修蛾,不假施朱描翠,盈盈秋水,恣雅态,欲语先娇

媚。"清·孔尚任《桃花扇》第二十三出寄扇《沉醉东风》："那知道梅开有信,人去越遥;凭栏凝眺,把盈盈秋水,酸风冻了。"也用柳永句,写凝视已久,寒风刺酸了明丽的双眼。

用李贺"秋水"之喻的还有:

唐·吴融《个人三人韵》："脸横秋水溢,眉拂远山晴。"以"秋水"与"远山"配伍,"远山"大意同"春山",也为人所用。

五代·孙光宪《南歌子》词:"舞袖频回雪,歌声几动尘,慢凝秋水顾情人。"

宋·张泌《江城子》："浣花溪上见卿卿,脸波秋水明。"

宋·黄裳《卖花声》(本意)："画楼睡醒,正眼横秋水。"

以"春山"与"秋水"配伍句,多用阮阅语:

宋·向子谌《生查子》："春山和恨长,秋水无言度。"

宋·左誉《朱调名》词:"无所事,盈盈秋水,淡淡春山。"用原式。

宋·王之道《临江仙》(和陈德公)："春山闲淡淡,秋水醉盈盈。"用变式,嵌入一"闲"一"醉",全无精神了。

又《浣溪沙》(代人作)："曲里春山情不浅,尊前秋水意何长。"

宋·赵彦端《鹧鸪天》："盈盈醉眼横秋水,淡淡蛾眉抹远山。"

宋·赵长卿《念奴娇》(上张南丰生日)："秋水春山,柳腰花面,一醉霓裳曲。"

宋·吴礼之《雨中花》："忆湘裙霞袖,杏脸樱唇,眉扫春山淡淡,眼裁秋水盈盈。"原句前加词。

元·赵孟頫《人月圆》曲:"几时不见,红裙翠袖,多少闲情,想应如旧:春山淡淡,秋水盈盈。"变语序并取阮阅词义。

元·王实甫《西厢记》第三本第二折《二煞》："望穿他盈盈秋水,蹙损他淡淡春山。"各冠以动词,表现极切盼归神态。此句对明清文学作品影响极深。

又《西厢记》第三本第四折《棉搭絮》曲也用:"他眉弯远山不翠,眼横秋水无光。"变式写神色黯淡,无精打采。

又《西厢记》第四本第三折《紫花儿序》："俺小姐这些时春山低翠,秋水凝眸。"对举"春山""秋水",写垂眉呆目,心事重重。

元·王修甫《八声甘州》词："眉蹙吴山翠，眼横秋水娇。"写眉眼之美。

元·无名氏《中吕·喜春来》："眼横秋水双波溜，眉耸春山八字愁。"写愁容。

明·兰陵笑笑生《金瓶梅》第三十七回："两弯眉画远山，一对眼如秋水。"用阮阅句写眉眼之美。

1312. 远山横黛蘸秋波

宋·黄庭坚《西江月》（老夫既戒酒不饮，遇宴集，独醒其旁。坐客欲得小词，援笔为赋）："断送一生惟有，破除万事无过。远山横黛蘸秋波，不饮旁人笑我。""惟有""无过"之后暗藏"酒"字，道出"不饮"的缘由。"旁人笑我"，"远山横黛蘸秋波"，应写笑容。"远山"眉在"秋波"之上，如"蘸"秋波。"秋波"喻眼，来自"秋水"。

最早用"秋波"的是李白：《鲁郡东石门送杜二甫》："秋波落泗水，海色明徂徕。"但不是指眼，而是指秋水波澜。李商隐《李夫人歌》写："寿宫不惜铸南人，柔肠早被秋波割。"这里的"秋波"表示眼光、眼神。女子秋波闪动，割断柔肠，伤心已极。"秋波"一作"秋眸"。

南唐后主李煜《菩萨蛮》："眼色暗相钩，秋波横欲流。"水汪汪的眼。苏轼"翠欲流"当出于此。

宋·柳永《河传》："愁蛾黛蹙，娇波刀剪。"眼波闪动如剪。

宋·晏殊《更漏子》："舜华浓，山翠浅，一寸秋波如剪。""如剪"用柳永句。

宋·欧阳澈《玉楼春》："个人风韵天然俏，入鬓秋波常似笑。一弯月样黛眉低，四寸鞋儿莲步小。""入鬓"言细眉长眼，十分俊秀。"个人"在宋词中多指代女子。

宋·郭世模《瑞鹧鸪》（席上）："晴云片雪腰肢袅，晚吹微波眼色秋。""微波眼色秋"为"秋波"之变式。

宋·辛弃疾《菩萨蛮》："阑干闲倚处，一带山无数。不似远山横，秋波相共明。"

1313. 画眉深浅入时无

唐·朱庆余《近试上张水部》诗："洞房昨夜停红烛，待晓堂前拜舅姑。妆罢低声问夫婿，画眉深浅入时无？""画眉"事出自汉·张敞为妻画眉事。张水部即张籍，时任水部员外郎。当时达士，常在应试前，呈诗文与过士，求其褒扬，以益登第。作者呈此诗于张籍，就希望得到举荐。诗中"姑舅"即公婆喻主考官，"夫婿"借指张籍。妆毕拜见公婆，指"近试"。新娘顾影自怜，表示自恃才学不凡而又不受主考官赏识，用"画眉深浅入时无"希望得到张的举荐。所以明写新妇之情，实则求荐。张籍即以诗答之："越女新妆出镜心，自知明艳更沉吟。齐纨未足时人贵，一曲菱歌敌万金。"盛赞此诗民歌风韵。《全唐诗话》载：张籍读此诗后，广为揄扬，庆余遂登科。朱之诗名亦流于海内。

宋·欧阳修《南歌子》："凤髻金泥带，龙纹玉掌梳。走来窗下笑相扶，爱道画眉深浅，入时无？"用朱句写情侣生活。

宋·苏轼《呈定国》："旧病应逢医口药，新妆渐画入时眉。信知诗是穷人物，近觉王郎不作诗。"王定国谪宾州，作诗不似朱庆余"入时"（入仕）何益？

1314. 洗手谙姑，画眉询婿

清·邓廷桢《换巢鸾凤》（少穆留镇两粤，而余承乏三江，临行赋此）："洗手谙姑，画眉询婿，三日情怀应恼。新妇无端置车帷，故山还许寻芳草。"邓廷桢同林则徐（字少穆）虎门销烟之后，被调离到闽浙，临行作此词赠林则徐以抒怀。此数句喻自己深受限制，不能施展才能，真不如辞官归里。

"洗手谙姑"，唐·王建名词《新嫁娘词》："三日入厨下，洗手作羹汤。未谙姑食性，先遣小姑尝。"朱庆余《近试张水部》即仿此诗意而作。邓诗用"洗手谙姑（婆母）""画眉询婿"（朱诗意），表示受制于人。"新妇无端置车帷"亦表此意。典出《梁书·曹景宗传》：景宗曰："今来扬州作贵人，动转不得。路行开车幔，小人辄言不可。闲置车中，如三日新妇。遭此邑邑，使人无气。"邓诗兼取此典。

1315. 蛾眉一笑塞尘清

唐·汪遵《昭君》："猛将谋臣徒自贵，蛾眉一笑塞尘清。""蛾眉"借代女子、王昭君。昭君自愿出塞和亲，使汉与匈奴六十余年没有战争，边塞烟尘清凝了，那些"猛将谋臣不如一个女子"，赞扬了昭君之功绩。

宋·刘子翚《明妃出塞图》："羞貌丹青斗丽颜，为君一笑靖天山。""一笑"用汪遵句。

清·郭润玉《明妃》："琵琶一曲干戈靖，论到边功是美人。"意近而句不同。

1316. 不把双眉斗画长

唐·秦韬玉《贫女》:"敢将十指夸针巧,不把双眉斗画长。苦恨年年压金钱,为他人作嫁衣裳。"这是一首名诗的后四句,写"贫女"聪明灵巧,擅长女工,然而却不把双眉画长画美,去同别人争妍斗艳。"贫女"隐含着寒士有才华却不谋华丽的品格。清·沈德潜《唐诗别裁》卷十六评此诗:"语语为贫士写照。"清·俞陛云《诗境浅说》评:"此篇语语皆贫女自伤,而为贫士不遇者写牢愁抑塞之怀。"其双关意义昭然。

"不把双眉斗画长",是形象概括法,概括贫女不追求华丽的外表,不以色取悦于人的格调。

宋·晏几道《浣溪沙》:"日日双眉斗画长,行行飞絮共轻狂。不将心嫁冶游郎。"反用秦韬玉句。写卖笑歌女容颜要装饰,行为要轻狂,然而却鄙弃那些"冶游郎",这种矛盾心态,正曲折地表达了词人的情怀。刘永济《唐五代两宋词简析》以为:"作者将此一舞女之生活和内心写得如此酣畅,其自身几已化为此女,盖由作者自身亦具有此种矛盾之痛。"代表了多数读者的看法。

1317. 眉如长松眼如漆

宋·苏轼《赠山谷子》:"黄家小儿名拾得,眉如长松眼如漆。""眉如长松",眉如松枝,长长的浓浓的;"眼如漆",黑眼珠油黑发亮,这就是黄庭坚之子的眉眼可爱的形象。

《晋书·杜乂传》:杜乂:"王羲之见而目之曰:'肤若凝脂,眼如点漆,此神仙人也。'""眼如漆"出于此。

1318. 一螺点漆便有余

宋·苏轼《次韵答舒教授观余所藏墨》:"一螺点漆便有余,万灶烧松何处使。""点漆"这里指质地黑亮之墨。南朝·梁·萧子良《与王僧虔书》云:"仲将之墨,一点如漆。"写字时,落笔一点儿,如漆一样黑而有光泽。

"螺",如"打",一螺数量,如 10 支之类。晋·陆云《与兄弟》:"一日上三台,曹公藏石墨数十万斤,今送二螺。"可知"螺"为数量单位。

1319. 才下眉头,却上心头

宋·李清照《一剪梅》:"此情无计可消除,才下眉头,却上心头。"宋徽宗建中靖国元年,李清照与太学生赵明诚结婚。前人传说,婚后不久,明诚即负笈远游,清照殊不忍别,觅锦帕作《一剪梅》以送之。今人王仲闻《李清照集校注》中指出"清照适赵明诚,两家俱在东京,明诚正为太学生,无负笈远游事。此则所云,显非事实。"据词意推知,此词作于一次别离之后,抒写离愁别思。明·王世贞《弇州山人词评》评"李易安'此情无计可消除,方下眉头,又上心头。'可谓憔悴支离矣。"明·杨金《草堂诗余隽》卷五也评:"惟锦书、雁字,不得将情传去,所以一种相思,眉间心头,在在难消。"评皆中肯。离情缠绕,欲消难消,解开眉梢,又涌入心头。这就写出了细节的真实,比"蹙眉"更富表现力。

李清照句出自宋人范仲淹《御街行》词:"残灯明灭枕头敧,谙尽孤眠滋味。都来此事,眉尖心上,无计相回避。"写秋夜怀人,愁思在眉尖、在心上,总是难于摆脱。也不逊为名句。宋·向子谌《南歌子》:"眼前风物总悲凉,何况眉头心上、不相忘。"即用范句。"无计相回避"遥遥回应了唐人白居易诗句,白诗《思妇眉》:"春风摇荡自东来,折尽樱桃绽尽梅。惟余思妇愁眉结,无限春风吹不开。"写思妇的愁眉难展,强劲的春风也吹不开眉结。这种愁思难销,也正是"无计回避"之意。李清照"才下眉头,又上心头"取意脱胎于范句。王闿运《绝妙好词》注:"都来"即"算来也"。"此事"即怀旧心事。不是恨在眉间,就是愁来心上,时刻无法回避,始终不得解脱。明·王世贞《艺苑卮言》说:"范希文(即仲淹)'都来此事,眉间心上,无计相回避'类易安而少逊。其'天淡银河垂地'语却自佳。"

明·俞彦《长相思》词:"怕相思,已相思,轮到相思无处辞,眉间露一丝。"亦是无法回避、无计消除之意。清人王士禛《花草拾蒙》说:"俞仲茅(即俞彦)小词云:'轮到相思没处辞,眉间露一丝',视易安'才下眉头,却上心头',可谓此儿善盗。然易安亦从范希文'都来此事,眉间心上,无计相回避'语脱胎,李特工耳。"按常理,眉头之愁本来自心头之苦,眉头是心头的反映和外现,二者是一致的,不可分的。李句是为说明愁眉虽已解,心中的愁却难以排遣。

用"才下眉头,又上心头"句如:

宋·张孝祥《眼儿媚》:"如今眼底,明朝心上,后日眉头。"愁不离身。

宋·赵长卿《一剪梅》(秋雨感悲)："睡又不成梦又休,多愁多病,当甚风流。真情一点苦萦人,才下眉头,恰上心头。"

元·王实甫《西相记》第五本第一折《集贤宾》："虽离了我眼前,却在心上有;不甫能离了心上,又早眉头。忘了时依然还又,恶思量无了无休。大都来一寸眉峰,怎当他许多颦皱……"铺展李清照句,写愁又添愁无究尽。

明·汤显祖《牡丹亭》第二十出闹殇《集贤宾》："在眉峰,心坎里别是一般疼痛。"变式。

清·孔尚任《桃花扇》第二十三出寄扇《折桂令》："恨在心苗,愁在眉梢,洗了胭脂,浣了鲛绡。"成于中形于外,返璞归真了。

1320. 一点愁心入翠眉

宋·晏几道《南乡子》："今日最相思,记得攀条话别离,共说春去春来事,多时。一点愁心入翠眉。"忆起花间"攀条话别"之人再无由相见,而当时"愁入翠眉"的容态仍历历在目。眉眼是心灵之窗,成于中必形于外,愁眉正映出愁心,"一点愁心入翠眉",正是即将离别之苦集于眉上。用"愁(恨)入(上)眉峰"句的如:

宋·魏夫人《江城子》(春恨)："怯轻寒,莫凭阑,嫌怕东风、吹恨上眉端。"宋·晁补之《南歌子》："春来莫卷绣帘看,嫌怕东风吹恨在眉间。""嫌怕东风"用魏夫人原句。

宋·苏轼《洞仙歌》(咏柳)："又莫是、东风逐君来,便吹散眉间一点春皱。"反用魏夫人句。

宋·晁补之《调笑》(唐儿)："况是东家妖丽,眉尖春恨难凭寄。"

宋·周邦彦《诉衷情》："不言不语,一段伤春,都在眉间。"

宋·向子谌《虞美人》："一枝和泪寄春风,应把旧愁新怨、入眉峰。"

宋·蔡伸《南歌子》："恨入眉峰翠,寒生酒晕红。"

又《减字木兰花》："斜倚妆楼,恨入眉峰两点愁。"

又《鹧鸪天》："尊前唱歇黄金缕,一点春愁入翠眉。"直用小晏句。

宋·吴儆《满庭芳》(寄叶慰宗)："微中酒,日长睡起,心事在眉峰。"

宋·潘汾《玉蝴蝶》："眼中泪,万行难尽;眉上恨,一点偏浓。"

宋·李弥逊《青玉案》："只将心事,分付眉尖,寂寞梨花院。"

宋·张元干《眼儿媚》："离愁遍绕,天涯不尽,却在眉峰。"

宋·赵长卿《昭君怨》(春日寓意)："役损风流心眼,眉上新愁无限。"

又《杏花天》："吹箫信杳炉香薄,眉上新愁又觉。"

宋·陈三聘《浣溪沙》(新安驿席上留别)："屏曲未曾歌醉梦,眉尖空只锁闲愁。"

宋·陈亮《南歌子》："谁家三弄学元戎?吹起闲愁,容易上眉峰。""梅花三弄"曲无补于战事,只能引发愁绪。

宋·韩淲《清平乐》："留作山间佳话,更谁愁上眉头。"

宋·黄机《浣溪沙》："柳转光风丝袅娜,花明晴日锦斓斑,一春心事在眉尖。"

又《浣溪沙》："流转春光又一年,春愁尽日两眉尖。"

明·郑如英《临江仙》(芙蓉亭怀郑奇逢)："衡阳雁杳,幽恨上眉头。"

明·陈铎《小梁州》(咏闺情)曲"谁惊觉?花底一声箫。(幺)吹来总是相思调,把闲愁唤上眉梢。"

清·曹鉴徵笑《山花子》："小院西风木叶残,新愁句引到眉端。"

1321. 两点遥山新恨

宋·黄庭坚《桃源忆故人》："两点遥山恨,如泪暗弹红粉。生怕人来问。"以遥山喻眉写恨,表现眉山的春愁。宋·李石《朝中措》(赠别)："两点眉山新恨,别来谁画遥山。"直用黄庭坚句。写"眉山带恨",如唐人杨凝《别李协》："蛾眉峰似两眉愁"句,又如五代冯延巳《蝶恋花》："双眉敛恨春山远"句,所以用山喻眉写恨,不自黄庭坚始。

以山喻眉写愁的如下:

宋·贺铸《步花间》词："一声水调,两点春愁,先占眉山。""两点"为黄庭坚句之变式。

宋·周邦彦《南乡子》："不会沉思底事,凝眸,两点春山满镜愁。"

又《一落索》："眉共春山争秀,可怜长皱。""长皱"即"长愁"。

宋·赵长卿《临江仙》:"露痕双脸湿,山样两眉愁。"

宋·林淳《减字木兰花》:"谁更关情,一点新愁入远山。"

宋·陈三聘《鹧鸪天》:"酒晕从教上脸丹,春愁何事点眉山。"

宋·石孝友《满江红》:"立尽西风无好意,遥山也学双眉蹙。"用"山蹙"映衬愁眉,这是一种移情。

宋·史达祖《杏花天》:"双眉最现愁深浅,隔雨春山两点。"

宋·吴文英《声声慢》:"泪雨横波,遥山眉上新愁。"

又《倦寻芳》:"一缕情深朱户掩,两痕愁起青山远。"

宋·杨泽民《秋蕊香》:"风尘一楼透窗眼,恨入春山黛浅。"

宋·罗椅《清平乐》:"一点愁眉天末,凭谁划却春山。"写山。

宋·续雪谷《长相思》:"心悠悠,恨悠悠,谁剪青山两点愁,笙寒燕子楼。"

1322. 眼去眉来几曾管

宋·沈端节《洞仙歌》:"雪肌花貌,见了千千万,眼去眉来几曾管。""眼"喻水波,"眉"喻山峰,"眼去眉来"。喻行经山山水水,总在游历之中,无暇驻足。

宋·辛弃疾《满江红》(赣州席上呈陈季陵太守):"落日苍茫,风才定、片帆无力。还记得,眉来眼去,水光山色。倦客不知身近远,佳人已卜归消息。"也写跋山涉水。

宋·虞某《江神子》:"相逢只怕有分离,许多时,暗为期,常是眉来眼去、惹猜疑。"亦用上意。"眼去眉来""眉来眼去",后来(宋代以后)用以表示男女的眼神传递相爱之情。如:

元·白朴《墙头马上》第二折:"送春情是这眼去眉来。"

明·周辑《西湖二集·吹风箫女诱东墙》:"如此几日,渐渐相熟,彼此凝望,眉来眼去。"

1323. 不知张敞画眉时

元·姚燧《中吕·阳春曲》:"石榴子露颜回

齿,菡萏花含月女姿。不知张敞画眉时,甚意思,墨点了那些儿。"自己画眉时,不知是否像张敞画的那样媚丽,"墨点了那些儿",眉是怎样勾画的。

"张敞画眉":《汉书·张敞传》敞"又为妇画眉,长安中传张京兆眉怃。有司以奏敞,上问之,对曰:'臣闻闺房之内,夫妇之私,有过于画眉者。'上爱其能,弗备责也"。后用此故事,代述闺房亲情,夫妇相爱,也指女子妆饰。

元·荆幹臣《醉花阴·闺情》:"傅粉胜何郎,画眉欺张敞,他、他、他风流处有万桩。"自己的男人比何逊、张敞还要俊美。

元·关汉卿《大德歌·夏》:"数对清风想念他,蛾眉淡了教谁画?瘦岩岩羞戴石榴花。"对心上人的怀念。

元·赵明道《斗鹌鹑·名姬》:"劝你个聪明姝丽俏吴姬,就取这蕴藉风流俊张敞。"直以张敞喻风流公子。

元·曾瑞《一枝花·买笑》:"一任教眉淡了春山,也不要张京兆轻盈巧画。"妓女厌倦卖笑生涯,不满那些风流公子。

元·任昱《折桂令·吴山秀》:"胜楚岫高堆翠螺,似张郎巧画青蛾。""巧画青蛾"喻吴山秀美。

1324. 怎当他临去秋波那一转

元·王实甫《西厢记》第一本第一折《赚煞》:"饿眼望将穿,馋口涎空燕,空着我透骨髓相思病染,怎当他临去秋波那一转,便是铁石人也意惹情牵。"描绘张君瑞初到普救寺见到崔莺莺匆匆远去的茫然心态。"临去秋波那一转",显然从白居易《长恨歌》"回眸一笑百媚生,六宫粉黛无颜色"二句脱出,较之"回眸"更具通俗美。"秋波一转"意近"眼角含情"。

清·孔尚任《桃花扇》第四十出入道《北尾声》:"你看他两分襟,不把临去秋波掉!"反用王实甫句,叙述李香君身入空门,与侯方域最终决裂。

又《桃花扇》续四十出余韵《秣陵秋》:"英宗困顿武宗荒,那知还有福王一,临去秋波泪数行!"明英宗征瓦剌被俘,武宗宠用刘瑾荒废政事,南明福王在位仅只一年便被俘去。"临去秋波泪数行",描述福王(弘光帝)朱由崧的败亡之惨。

1325. 欢从额角眉尖出

明·兰陵笑笑生《金瓶梅》第七回:"欢从额角

眉尖出,喜向腮边脸上生。"写欢情喜态,托出"额角眉尖""腮边脸上"的形容影状加以表现。

又《金瓶梅》第十二回:"怒从心上起,恶向胆边生。"句式同上,而"心""胆"则从身体内部器官写起,不写表象,直示所缘。

毛泽东《贺新郎》(1923 年):"眼角眉梢都似恨,热泪欲零还住。"写与杨开慧分别时夫妻间的离情别恨,但绝非"儿女情长,英雄志短",为革命"挥手从兹去",也必有离别之苦,也是革命人之常情。正如鲁迅所云:"无情未必真豪杰,怜子如何不丈夫!"

1326. 衣带日趋缓

汉《古歌》:"离家日趋远,衣带日趋缓。"写征人戍边途中思乡之苦,离家日趋一日地远了,衣带也日趋一日地宽缓。"缓"为宽松,衣带宽松,正是征人消瘦了。表现思乡情深,不说人消瘦,而说衣带松,是一种侧写手法。汉古诗十九首《行行重行行》:"相去日已远,衣带日已缓。"其意与《古歌》二句近同。

唐·李商隐《燕台诗》:"衣带无情有宽窄,春烟自碧秋霜白。"衣带(衣服带子或衣服和腰带)宽窄,标示人的瘦肥,衣带宽是人瘦了,衣带窄是人胖了。诗词中多用"缓""宽""长",表示极端愁苦忧郁而消瘦了。

晋·陆机《拟行行重行行》:"揽衣有余带,循形不盈衿。""有余带""不盈衿"用古诗之意而不用其句。

南朝·宋·谢灵运《晚出西射堂》:"抚镜华缁鬓,揽带缓促衿。""促衿"取陆机意,说衣襟本是紧身的。

又《彭城宫中直感岁暮》:"修带缓旧裳,素鬓改朱颜。"

南朝乐府《读曲歌八十九首》:"欲知相忆时,但看裙带缓几许。"

南朝·梁·庾成师《远期篇》:"忆别春花飞,已见秋叶稀。泪粉羞明镜,愁带减宽衣。"

南朝·梁·刘孝绰《古意》:"燕赵多佳丽,白日照红妆。荡子十年别,罗衣双带长。"

北齐·邢邵《思公子》:"绮罗日减带,桃李无颜色。思君君未归,归来岂相识。"

又《冬夜酬魏少傅直史馆》:"体羸不尽带,发落强扶冠。"

南朝·陈·徐陵《长相思》:"愁来瘦转剧,衣带自然宽。"

南朝·陈·萧驎《咏袷复》:"纤腰非学楚,宽带为思君。"

隋·王胄《言反江阳寓目灞浰赠易州陆司马》:"容华冉冉谢,衣带朝朝宽。"

隋·罗爱爱《闺思》:"罗带因腰缓,金钗逐鬓斜。"

唐·袁晖《七月闺情》:"锦字沾愁泪,罗裙缓细腰。"

唐·骆宾王《晚年天山有怀京邑》:"行叹戎摩远,坐怜衣带赊。"

唐·李白《拟古十二首》:"别后罗带长,愁宽旧时衣。"

唐·刘长卿《送史判官奏事之灵武兼寄巴西亲故》:"空使沧洲人,相思减衣带。"

又《严子濑东送马处直还苏》:"从此日相思,空令减衣带。"

唐·杜甫《寓言二首》:"嗟君在万里,使妾衣带宽。"

唐·东方虬《王昭君》:"自然衣带缓,非是为腰身。"

唐·独孤及《将赴京答李纾赠别》:"思君带将缓,岂直日三秋。"

唐·戴叔伦《相思曲》:"井深辘轳嗟缲知,衣带相思日应缓。"

唐·白居易《古意》:"心肠不自宽,衣带何由窄。"

唐·韩偓《闺意》:"暖嫌罗袜窄,瘦觉锦衣宽。"

唐·吴融《个人三十韵》:"可怜衣带缓,休赋重行行。"赋《行行重行行》,会"衣带日已缓",因此"休赋"。

宋·晏殊《踏莎行》:"带缓罗衣,香残蕙炷,天长不禁迢迢路。"

宋·欧阳修《渔家傲》:"漏短日长人乍困,裙腰减尽柔肌损,一撮眉尖千叠恨。"

宋·晏几道《生查子》:"今春玉钏宽,昨夜罗裙皱。"

宋·舒亶《菩萨蛮》:"悄悄对西窗,瘦知罗带长。"

宋·晁补之《临江仙》(代内):"暂别宝医蛛网遍,春风泪污榴裙。香笺小字寄行云,纤腰非学楚,

宽带为思君。"末二句用南朝·陈·萧麟《咏袷复》原句。（见前）

宋·秦观《千秋岁》："飘零疏酒盏,离别宽衣带。"

宋·曹组《小重山》："衣带缓,谁与问伶俜。"

宋·王庭珪《蝶恋花》："数日不来如许瘦,裙腰减尽君知否。"

宋·朱敦儒《浣溪沙》："脸残红粉泪难匀,纤腰减半绿罗裙。"

宋·吕本中《生查子》（离思）："衣带自无情,顿为离人缓。"

宋·谭意哥《长相思令》："开怀强笑,向新来、宽却衣罗。"

宋·杨无咎《阳春》："因甚自觉腰肢瘦,新来又宽裙幅。"

又《解连环》："问别来、几许离愁,但只觉衣宽,不禁消薄。"

宋·王千秋《生查子》："宽尽缕金衣,说与伊争信。"

宋·袁去华《满庭芳》："料文君衣带,为我偷长。"

宋·向滈《阮郎归》："空饮恨,废追欢,沈郎衣带宽。"

宋·谢懋《风流子》（行乐）："娇雨娱云,旋宽衣带,剩风残月,都在眉头。"

宋·王炎《阮郎归》："萧萧黄落客毡寒,不禁衣带宽。"

宋·辛弃疾《东坡引》："翠帏自掩无人见,罗衣宽一半,罗衣宽一半。"

宋·程垓《念奴娇》："带减衣宽谁念我,难忍重城离别。"

又《南歌子》："病起尊难尽,腰宽带易重。"

宋·石孝友《菩萨蛮》："花销玉瘦斜平薄,舞衣宽尽腰如削。"

又《南歌子》："舞衫宽尽不堪著,若比那回相见、更消削。"

宋·孙惟信《风流子》："天有尽头,水无西注,鬓难留黑,带易成宽。"

又《夜合花》："流水远,乱花飘,若相思,宽尽春腰。"

又《醉思凡》："衣宽带宽,千山万山,断肠十二栏干,更斜阳暮寒。"

宋·方千里《满江红》："从别后、沈郎消瘦,带围如束。"

又《浣沙溪》（《全宋词》中唯一不用"浣溪沙"的）："先自别来容易瘦,那堪春去不胜愁,腰肢宽尽缕金衣。"

又《法曲献仙音》："嫩雪消肌,试罗衣、宽尽腰素。"

宋·黄机《减字木兰花》："凭谁说与,衣带别来宽几许。"

宋·黄公绍《喜迁莺》（荼蘼）："玉冷钗头,罗宽带眼,缥缈青鸾难遇。"

宋·杨泽民《渔家傲》："先自病来尽唧溜,肌肤瘦减宽襟袖。"

宋·周密《探春慢》："尽教宽尽春衫,毕竟为谁消瘦。"

宋·文天祥《满江红》（和王夫人《满江红》韵,以庶几后山《妾薄命》之意）："肌玉暗消衣带缓,泪珠斜透花钿侧。"

宋·无名氏《南歌子》："罗带宽腰素,真珠满脸霞。"

宋·无名氏《秋霁》（秋晴）："衣带顿宽犹阻隔,算此情若。"

宋·无名氏《句》："欲知相忆时,但看裙带余几许。"与南朝乐府《读曲歌》尽同。（见前）

元·王实甫《十二月过尧民歌·别情》："今春,香肌瘦几分,搂带宽三寸。"

元·马致远《寿阳曲》："实心儿待,休做谎话儿猜,不信道为伊曾害,害时节有谁曾见来?瞒不过主胸腰带。"

元·张可久《山坡羊·别怀》："衣松罗扣尘生鸳鸯,芳容更比年时瘦。"

清·王国维《浣溪沙》："觅句心肝终复在,掩书涕泪苦无端,可怜衣带为谁宽。"

1327. 衣带渐宽终不悔

宋·柳永《凤栖梧》："衣带渐宽终不悔,为伊消得人憔悴。"衣带渐渐宽了,人渐渐瘦了,为了"伊",即使再憔悴也心甘情愿。清·贺裳《皱水轩词筌》评:"小令以含蓄为佳,亦有作决绝语而妙者,如韦庄'谁家年少足风流,妾拟将身嫁与,一生休。纵被无情弃,不能羞'之类是也。牛峤'须作一生拼,尽君今日欢,'抑其次矣。柳耆卿'衣带渐宽终不悔,为伊消得人憔悴',亦即韦意,而气加婉矣。"说柳词取韦庄句意,语气则委婉了。近人俞陞云《唐五代两宋词选释》评柳句:"长守尾生抱柱之信,拼减沈郎腰带之围,真情至语。"清·王国维《人间词话》说:"古今之成大事业,大学问者,必经过三种之境界","衣带渐宽终不悔,为伊消得人憔悴"为第二境界,用以说明要有锲而不舍的执著精神。

宋·欧阳修《凤栖梧》:"近来早是添憔悴,金缕衣宽,赛过宫腰细。"用柳词"憔悴"句。

宋·苏轼《蝶恋花》:"衣带渐宽无别意,新书报我添憔悴。"用柳句而不用其义。

宋·黄庭坚《阮郎归》:"退红衫子乱蜂儿,衣宽只为伊。"缩用柳句。

又《归田乐引》:"前欢算未已,奈向如今愁无计。为伊聪俊,销得人憔悴。"用柳句。

宋·周邦彦《塞翁吟》:"嗟憔悴,新宽带结。"暗用柳句。

宋·程垓《南歌子》:"淡霭笼青琐,轻寒薄翠绡,有人憔悴带宽腰。"

宋·黄机《酹江月》:"带减衣宽,十分憔悴,两下平分取。"用柳句而不用其义。

1328. 纵离愁瘦减腰围

宋·赵彦端《瑞鹤仙》:"纵离愁瘦减腰围,带金正晔。"由于离愁太深,竟致腰围瘦减,腰带上的铜扣环晔晔发光。宋·晏几道《玉楼春》:"春还为个般愁,瘦损宫腰罗带剩。""瘦减腰围"从此句化出。

"腰围",是人的腰身大小,表示人的肥瘦,古籍中多有记载。《吴越春秋》载:"伍子胥身长一丈,腰十围,眉间一尺。"《后汉书·东平宪王苍传》载:刘苍"为人美须髯,腰带八围。"《晋书·载记二十一》载:李势"身长七尺九寸,腰十四围,善于俯仰,时人异之。"《晋书·载记二十八》载:慕容"超身长八尺,腰带九围,精采秀发,容止可观。"《晋书·载记第三十》载:赫连勃勃"身长八尺五寸,腰带十围,性辩慧,美风仪。"《世说新语》载:"庾子嵩长不满七尺,腰带十围。"《梁书·昭明太子传》载:萧统"体素壮,腰带十围,至是削减过半。""围",《康熙字典》引《韵会》云:"五寸曰围。"曹础基《庄子浅注·人世间》注:"旧说直径一尺为一围。"延边教育出版社《现代汉语辞海》解:"两只手的拇指和食指合拢来的长度。""两只胳膊合拢来的长度。"窃以为五寸一围量腰身为妥。"十围",两手

合拱的粗细程度,肥胖程度,上述"八围"以上的人都很肥壮了。"腰带十围"言腰带之长,表示人很胖。"瘦减腰围",必然"衣带宽缓",所以两类句意相同。

宋·欧阳修《伤春》:"欲识伤春多少恨,试量衣带忖腰围。"人定瘦了。

宋·辛弃疾《木兰花慢》:"安得车轮四角,不堪带减腰围。"腰带减短了。

宋·程垓《闺怨无闷》:"自失笑,因甚腰围半减,珠泪频揾。"变为"半减"。

宋·石孝友《临江仙》:"任自腰围都瘦损,肯教欢意阑珊。"变词序。

宋·杨炎正《相见欢》:"瘦减腰围不碍、带金重。""带金"亦用赵彦端句。

宋·刘翰《蝶恋花》:"瘦损衣围罗带缓,前度风流,陡觉心情懒。"

又《清平乐》:"瘦损腰围罗带小,长是锦书来少。"

宋·郭应祥《南歌子》:"要见无由见,教归不肯归。数珠懒把镜慵窥。只有新添鬓雪、减腰围。"略一"瘦"字。

宋·刘镇《行香子》:"懒敛愁眉,酣醉醒眼,减围腰。"变用。

又《水龙吟》(丙子立春怀内):"相思人远,带围宽减,粉痕消瘦。"

宋·洪咨夔《蝶恋花》:"旧恨新愁谁酿造,带围暗减知多少。"

宋·方千里《霜叶飞》:"问丽质,从憔悴,消减腰围,似郎多少。"

1329. 带围宽尽莫教知

宋·向滈《虞美人》:"此时纵有千金笑,情味如伊少。带围宽尽莫教知,嫌怕为侬成病、似前时。"写思远人而瘦削,"带围减尽",却不愿离人知道,因为已往他曾为此病倒。思与爱两种感情交织着,十分真切。

宋·米友仁《小重山》:"碧云迷望眼,断虹低。近来休说带围宽。""带围宽"从此句中来。

宋·张元干《暮山溪》:"故乡何处?搔首对西风。衣线断,带围宽,衰鬓添新白。"

宋·耿时举《浣溪沙》:"露压蔷薇金井栏,辘轳声断碧丝干,辽阳无信带围宽。"

宋·陆淞《瑞鹤仙》:"恨无人、说与相思,近日

带围宽尽。"

宋·范成大《秦楼月》:"香罗薄,带围宽尽无人觉。"

宋·卢炳《柳梢青》:"无奈相思,带围宽尽,说与谁知?"

宋·刘仙伦《江神子》:"憔悴萧郎,赢得带围宽。"

宋·刘镇《水龙吟》:"相思人远带围宽减,粉痕消瘦。"

宋·周密《南楼令》:"好梦不分明,楚云千万层。带围宽、秋损兰成。"

1330. 沈腰潘鬓消磨

南唐后主李煜《破陈子》:"一旦归为臣虏,沈腰潘鬓消磨。"叹被俘之后,身体消瘦了,鬓发斑白了。李煜被俘不过 38 岁,正当中年,由于亡国之痛,未老先衰是很自然的了。

"沈腰"出于南朝沈约事。《南史·沈约传》载:沈约想得到台司的官职,但皇帝始终不用他,要求外出,又不准许。他写信给徐勉说:"老病百日数旬,革带常应移孔。"皮带松了,身子瘦了,就要不断移孔。后人遂用"沈腰"作为身体瘦弱、腰肢减损的代称。"潘鬓"是晋代文学家潘岳事。他在《秋兴赋序》中说:"余春秋三十二,始见二毛。""二毛"是黑白间杂的头发。三十二岁就有白发了。《赋》中又有"斑鬓发以承弁兮,素发飒以垂领。"感秋来人老。北周庾信《竹杖赋》写:"潘岳秋兴,嵇生倦游。"意为年华未暮,容颜先秋了。后人用"潘鬓"作为鬓发斑白、未老先衰的代称。李煜的"沈腰潘鬓"即用此二典。他在《浣溪沙》中还有"沈郎腰细不胜衣"句。元·王实甫《西厢记》第五本第一折:"[红云]姐姐正是'腰细不胜衣'。"即用李煜此句。

"沈腰"说人瘦,"潘鬓"说人老,二者有合用的,有单用的。"沈腰",有些直用"沈郎""沈约"。

唐·李商隐《寄裴衡》诗:"沈约只能瘦,潘仁岂是才。"

唐·王睿《秋》:"欲知潘鬓愁多少,一夜新添白数茎。"

南唐中主李璟《浣溪沙》:"风压轻云贴水飞,乍晴池馆燕争泥,沈郎多病不胜衣。"

宋·晁端礼《河满子》:"须信沈腰易,争教潘鬓相饶。"

宋·万俟咏《梅花引》(冬怨):"想旧日沈腰,而今潘鬓,不堪临镜。"

宋·叶茵《香金体》诗:"千里相思两寂寥,东阳应减旧时腰。""东阳"指沈约,他曾任东阳太守。

宋·向滈《阮郎归》:"空饮恨,废追欢,沈郎衣带宽。"

宋·方千里《满江红》:"从别后,沈郎消瘦,带围如束。"

清·蒲松龄《抱病》:"瘦骨支离似沈郎,高斋几坐转悲凉。"几次乡试未中,年已四十,因以沈约自比。

又《念奴娇》(新秋月夜,病中感赋,呈袁宣四孝廉):"堪怜多病沈郎,频移带孔,未觉腰围紧。"仍以沈约自比。

1331. 任雪满潘安鬓

元·张养浩《雁儿落兼得胜令》:"喜西风范蠡舟,任雪满潘安鬓,乞得自由身,且作太平民。"作自由平民,虽老亦安。《文选·潘岳〈秋兴赋〉序》云:"晋十有四年,余春秋三十有二,始见二毛。"潘岳即潘安,自云三十二岁,就见白发了。张养浩"雪满潘安鬓"是两鬓全白(不仅始见二毛)。

元·王恽《平湖乐》:"安仁双鬓又惊秋,更甚眉头皱。"潘岳字安仁。言人已步入老年。

元·石子章《仙吕·八声甘州》:"腰围似沈不耐春,鬓发如潘那更秋。"

元·曾瑞《正宫端正好·自序》:"百年身隙外白驹过,事无成潘鬓双皤。"

1332. 沈郎多病不胜衣

南唐中主李璟《浣溪沙》:"风压轻云贴水飞,乍晴池馆燕争泥。沈郎多病不胜衣。"南朝·梁·沈约《与徐勉书》云:"老府百日,数围革带,常应移孔,以手握臂率,计月小半分。""不胜衣",身体太瘦,原来的衣服就显得过于肥大,穿上已撑不起来了。

宋·苏轼《次韵王巩颜复同泛舟》:"沈郎清瘦不胜衣,边老便便带十围。"用李璟语与刘苍"十围",忆四十二年前在杭州与胖子王定国同游西湖情景。

1333. 衣裳垂素发

唐·杜甫《秋峡》:"衣裳垂素发,门巷落丹枫。"诗人于大历二年在东屯面对江同峡,深感暮年之尴尬,白发垂衣,红枫落巷,精力衰朽,老而无为了。"衣裳垂素发",白发披肩,垂垂老矣。

晋·潘岳《秋兴赋》:"斑鬓凋以承弁兮,素发飒以垂领。"斑鬓戴着帽子(弁),白发散披在衣领。杜甫用此句。

1334. 恰似十五女儿腰

唐·杜甫《绝句漫兴九首》:"隔户杨柳弱袅袅,恰似十五女儿腰。"诗人居草堂,见邻家弱柳即兴而作,写弱柳之弱,如少女之腰。南朝·宋·鲍照《在江陵叹年伤老》诗写"翩翩燕弄风,袅袅柳垂腰。"即写弱柳袅袅。

宋·欧阳修《戏赠》:"莫愁家住济川傍,十五纤腰闻四方。"

宋·辛弃疾《婆罗门引》:"东风摇荡,似杨柳、十五女儿腰。"

宋·岳珂《满江红》:"笑十三、杨柳女儿腰,东风舞。"

1335. 细腰不自乳

唐·韩愈《孟东野失子》(并序)东野连产三子,不数日辄失之。儿老念无后以悲。其友人昌黎韩愈惧其伤也,推天假其命以喻之。"有子与无子,祸福未可原。鱼子满母腹,一一欲谁怜?细腰不自乳,举族长孤悬;鸱枭啄母脑,母死子始翻;蝮蛇生子时,坼裂肠与肝。"孟郊三子俱失,韩愈作此诗劝慰之。这几句举几种自然生物有子之利害作喻。"细腰"指细腰蜂,不能自给食物,很受蜂族关注。

宋·苏轼《自昌化双溪馆下步寻溪源至治平寺二首》:"宦游莫作无家客,举族长悬似细腰。"用韩愈句意,写宦游无家,受到全家亲人的挂念。

1336. 细腰任蜂争

唐·吴融《个人三十韵》:"颈长堪鹤并,腰细任蜂争。"写一女子脖颈修长,腰身纤细,运用两个比喻,颈长比鹤,腰细比蜂,古人称细腰又名"蜂腰"。《东京梦华录》卷五载:正月十六日,"市人卖玉梅、夜蛾、蜂儿、雪柳"。都是头饰,剪彩为蜂儿(蜂腰)以作头饰。

唐·李商隐《蜂》:"宓妃细腰才胜露,赵后身轻欲倚风。"写蜂腰之细弱刚刚负得住露,蜂身之轻盈似需倚风而立。

1337. 只许腰肢背后看

宋·苏轼《续丽人行》(李仲谋家有周昉画欠背面伸内人,极精,戏作此诗):"深宫无人春日长,沉香亭北百花香。美人睡起薄梳洗,燕舞莺啼空断肠。画工欲画无穷意,背立东风初破睡。若教回首却嫣然,阳城下蔡俱风靡。杜陵饥客眼长寒,蹇驴破帽随金鞍。隔花临水时一见,只许腰肢背后看。"诗人赏到唐代画家周昉的女子背面欠伸画,联想到杜甫《丽人行》对长安曲江边上"丽人"的描绘"三月三日天气新,长安水边多丽人。……头上何所有?翠微匐叶垂鬓唇;背后何所有?珠压腰衱稳称身。"继而想到,像杜甫那样的"杜陵饥客","隔花临水"看"丽人",他"长寒"(苦涩)的目光,也只能看背影。所以说"只许要肢背后看"。这些都是由画上"背面欠伸内人"引发的。

宋·吴文英《渡江云三犯》(西湖清明):"千丝怨碧,渐路入、仙坞迷津。肠漫回,隔花时见,背面楚腰身。"用苏轼句写西湖所见楚女背影。

1338. 何须照两鬓,终是一秋蓬

北周·庾信《尘镜诗》:"何须照两鬓,终是一秋蓬。"明镜虽明,却常置匣中,因为本不须照,两鬓早如秋蓬了。"蓬鬓",头发不加梳理,散乱如蓬。最早见于南朝·宋·鲍照《拟行路难十八首》:"形容憔悴非昔悦,蓬鬓衰颜不复妆。""形容憔悴"用《楚辞·渔父》"颜色憔悴,形容枯槁"句。"蓬鬓衰颜"说明心绪极坏,不复修饰。用"蓬鬓"的还有,而且多用"蓬鬓秋"。

南朝·梁元帝萧绎《草名诗》:"中江离思切,蓬鬓不堪秋。""秋"含有衰老意,蓬鬓中杂有白发。

南朝·陈·沈炯《长安少年行》:"道边一老翁,颜鬓如衰蓬。"

唐·卢照邻《晚渡渭桥寄示京邑游好》:"途遥日向夕,时晚鬓将秋。"

唐·苏颋《山鹧鸪二首》:"寒露湿青苔,别来蓬鬓秋。"(又作白居易《山鹧鸪》诗,且二首尽同,疑有误收)

唐·赵冬曦《奉答燕公》:"屡伤神气阻,久别鬓毛秋。"

唐·李白《古风》(容颜若飞电):"华鬓不耐秋,飒然成衰蓬。"

唐·王维《送綦毋秘书弃官还江东》:"无庸客昭世,衰鬓自如蓬。"

唐·杜甫《新秋》:"赋就金门期再献,夜深搔首叹飞蓬。"

又《将赴荆南寄别李剑州》:"路经滟滪双蓬鬓,天入沧浪一钓舟。"

唐·韦应物《答重阳》:"坐使惊霜鬓,撩乱已如蓬。"

唐·卢纶《潞府崔功曹峒长林司空曙俱谪远方余以摇落之时对书增叹因呈河中郑仓曹畅参军昆季》:"鬓似衰蓬心似灰,惊悲相集老相催。"

唐·羊士谔《晚夏郡中卧疾》:"东山自有计,蓬鬓莫先秋。"

唐·李端《长安感事呈卢纶》:"秉心犹似失,搔首忽如蓬。"

唐·白居易《新秋病起》:"病瘦形如鹤,愁焦鬓似秋。"

又《赠同座》:"春黛双蛾嫩,秋蓬两鬓侵。"

唐·韦渠牟《步虚词》:"金化颜应驻,云飞鬓不秋。"

唐·张南史《早春书事奉寄中书李舍人》:"敝缊袍多补,飞蓬鬓少梳。"前句用《论语》"衣敝缊袍"句。

唐·武元衡《台中题壁》:"柏台年未老,蓬鬓忽苍苍。"

唐·陆龟蒙《闲居杂题五首》(鸣蜩早):"周步一池销半日,十年听此鬓如蓬。"

1339. 繁霜入鬓何足论

唐·戴叔伦《赠康老人洽》:"繁霜入鬓何足论,旧国连天不知处。"述康洽一生飘泊不仕,以至年老,不知家国何在。"繁霜入鬓"是鬓发多白如霜侵入。以霜喻白发始自唐初陈元光《示珦》诗:"愿言加壮势,勿坐鬓霜蓬。"意为不能坐以待老,后用"霜鬓"的有:

唐·李白《赠别舍人弟台卿之江南》:"觉罢揽明镜,鬓毛飒已霜。"

唐·韦应物《答重阳》:"坐使惊霜鬓,撩乱已如蓬。"

唐·白居易《早春》:"春销不得处,唯有鬓边霜。"

又《闻龟儿咏诗》:"莫学二郎吟太苦,才年四十鬓如霜。"

又《老戒》:"不知吾负否,两鬓已成霜。"

唐·罗邺《夏日宿灵岩寺宗公院》:"他年纵使重来此,息得心猿鬓已霜。"

五代·沈彬《秋日》:"肠断旧游从一别,潘安惆怅满头霜。"

宋·周邦彦《宴清都》:"秋霜半入清镜,叹带眼、都移旧处。"

宋·张文潜《夏日》诗:"久斑两鬓如霜雪,直欲樵渔过此生。"

宋·叶梦得《临江仙》(正月二十四日晚至湖上):"霜鬓不堪春点检,留连又见芳菲。"

宋·李弥逊《水调歌头》:"不上长安道,霜鬓几惊秋。"

宋·董德元《柳梢青》:"满腹文章,满头霜雪,满面埃尘。直至如今,别无收拾,只有清贫。"

宋·曹勋《醉思仙》:"仗何人、细说与,为伊潘鬓成霜。"

宋·袁去华《满江红》(滕王阁):"宦海归来尘扑帽,酒徒散尽霜侵鬓。"

宋·陆游《鹧鸪天》(送叶梦锡):"君归为报京华旧,一事无成两鬓霜。"

又《沁园春》(三荣横溪阁小宴):"当时岂料如今,漫一事无成霜鬓侵。"

又《桃源忆故人》(题华山图):"秋风霜满青青鬓,老却新丰英俊。"

宋·王炎《小重山》:"老来添得鬓边霜,年华换,归思满沧浪。"

宋·辛弃疾《水调歌头》:"离别中年堪恨,憔悴鬓成霜。"

又《鹧鸪天》:"黄花不怯秋风冷,只怕诗人两鬓霜。"

宋·戴复古《满庭芳》:"使君经世志,十年边上,两鬓风霜。"

宋·刘将孙《南乡子》(重阳效东坡作):"岁月欺人如此去,堂堂,一事无成两鬓霜。""一事无成两鬓霜"用陆游原句。

1340. 鬓发还应雪满头

唐·杜甫《寄杜位》:"干戈况复尘随眼,鬓发还应雪满头。"杜位为李林甫之婿,李林甫死,杜位贬官九年,诗人作此诗,以抒骨肉之情。"五戈"句说时有史朝义、段子璋之乱,"鬓发"句说料想你已是白发满头了。"雪满头",以白雪比白发,是"霜鬓"的同义句。此类句用"雪满头",也用"雪鬓"。

唐·李益《立秋前一日览镜》:"万事销身外,生涯在镜中。唯将满鬓雪,明月对秋风。"

唐·权德舆《古兴》:"晦明乌兔相推迁,雪霜渐到双鬓边。"

唐·白居易《病中早春》:"唯有愁人鬓间雪,不随春尽逐春生。"

又《梦微之》:"君埋泉下泥销骨,我寄人间雪满头。"

又《老病幽独偶吟所怀》:"眼渐昏昏耳欲聋,满头霜雪半身风。"

又《约心》:"黑鬓霜雪侵,青袍尘土污。"宋·苏轼《戴道士得四字代作》:"雪霜侵鬓发,尘土污冠袂。"化用白诗二句。

唐·杜牧《郡斋独酌》:"前年鬓生雪,今年须带霜。"

唐·宋齐丘《赠仰山慧度禅师》:"两鬓堆残雪,一身披断云。"

唐·韦庄《清河县楼作》:"故人此地扬帆去,何处相思雪满头。"

又《过樊川旧居》:"应刘去后苔生阁,稽阮归来雪满头。"

唐·李洞《华山》:"峰顶高眠灵药熟,自无霜雪上人头。"

五代·李中《再游洞神宫怀邵羽人有感》:"自惭未得冲虚术,白发无情渐满头。"

宋·向子谭《好事近》(绍兴辛未病起见梅):"宜与老夫情厚,有鬓边残雪。"(又云:"折得一枝清瘦,入鬓边残雪。")

宋·沈与求《浣溪沙》(和郑庄袭雪中作):"云幕垂垂不掩关,落鸿孤没有无间。雪花欺鬓一年残。"

1341. 顾我长年头似雪

唐·白居易《答诸少年》:"顾我长年头似雪,饶君壮岁气如云。"这是以年长者的身份对青年人的希望。"头似雪"即头发雪白,唯白居易喜用。

又《与诸公同出城观稼》:"不忧头似雪,但喜稼如云。"

又《赠卢绩》:"今日相逢头似雪,一杯相劝送残春。"

又《闲题家池寄王屋张道士》:"有石白磷磷,有水清潺潺,有叟头似雪,婆娑乎其间。"

又《西楼独立》:"身著白衣头似雪,时时醉立小楼中。"

又《偶题邓公》:"一种共翁头似雪,无衣无食自如何。"

又《苏州故吏》:"不独使君头似雪,华亭鹤死白莲枯。"

1342. 不信人间有白头

宋·辛弃疾《鹧鸪天》(代人赋):"晚日寒鸦一片愁,柳塘新绿却温柔。若教眼底无离恨,不信人间有白头。"代人作词,抒写离恨,后二句言外之意是,发因离恨而白。

又《菩萨蛮》(赏心亭为叶丞相赋):"人言头上发,总向愁中白。"因愁而白头,与前句一反一正,其意近同。

1343. 青鬓长青古无有

唐·韩琮《春愁》:"金乌长飞玉兔走,青鬓长青古无有。""金乌"代日,"玉兔"代月,日月运行,一天天一年年过去,自古没有青鬓长青的人,头总要变白。

宋·贺铸《行路难》:"谁问旗亭,美酒斗十千。酌大斗,更为寿,青鬓常青古无有。"用韩琮句。

1344. 蜻蜓飞上玉搔头

唐·刘禹锡《和乐天春词》:"行到中庭数花朵,蜻蜓飞上玉搔头。""玉搔头",玉簪,据说汉武帝曾取李夫人的玉簪搔过头,因把玉簪又称作"玉搔头"。刘诗写一女子妆后下楼,到中庭数花,一只蜻蜓飞落在她头上的"玉搔头"上,误以为是花,很有戏剧性。

用"玉搔头"如:

五代·冯延巳《谒金门》:"斗鸡栏干独倚,碧玉搔头斜坠。"

五代·张泌《浣溪沙》:"马上凝情忆旧游,照花淹竹小溪流。钿筝罗幕玉搔头。"

又《杨柳枝》:"金凤搔头坠髻斜,发交加。"

1345. 白发千茎雪

唐·杜甫《郑驸马池台喜遇郑广文同饮》:"白发千茎雪,丹心一寸灰。"郑广文即郑虔,被安禄山所拘授官,后逃回京城长安,杜甫同他在郑驸马台共饮。称郑虽白发很多了却对国家存一片丹心。

唐·宋之问《早发始兴江口至虚氏村作》："鬓发俄成素，丹心已作灰。"杜甫二句应从宋句脱出，"白发千茎雪"却"胜于兰"了。"千茎"言白发之多，如白雪一样，极有表现力，说明人之衰老。"茎"为量词，相当于"根"。

用"千茎雪"句的：

唐·戴叔伦《口号》："白发千茎雪，寒窗懒著书。"用杜甫原句。

唐·司空曙《玩花与卫象同醉》："衰鬓千茎雪，池方一树花。"

唐·武元衡《送兄归洛使谒严司空》："六岁蜀城守，千茎蓬鬓丝。"以"丝"代"雪"。

唐·元稹《答姨兄胡灵之见寄五十韵》："我鬌鬖数寸，君发白千茎。"

唐·白居易《醉吟二首》："两鬓千茎新似雪，十分一盏欲如泥。"

又《哭崔儿》："掌珠一颗儿三岁，鬓雪千茎父六旬。"

又《江州赴忠州至江陵已来舟中示舍弟五十韵》："孤舟萍一叶，双鬓雪千茎。"

唐·韩偓《春阴独酌寄同年虞部李郎中》："酒酣狂兴依然在，其奈千茎鬓雪何。"

唐·韦庄《镊白》："白发太无情，朝朝镊又生。始因丝一缕，渐至雪千茎。"

宋·王安石《别皖口》："异日不知来照影，更添华发几千茎。"

宋·苏轼《次韵答顿起》："茅屋拟归田二顷，金丹始扫雪千茎。"

又《木兰花令》（送钱待制）："白发千茎相送，深杯百罚休辞。"

宋·范成大《喜收知旧书复畏答书二绝》："故人寥落似晨星，珍重书来问死生。笔意不如当日健，鬓边也应雪千茎。"

宋·吴文英《齐天乐》："万感琼浆，千茎鬓雪，烟锁蓝桥花径。"

"一茎雪""数（几）茎雪""万茎雪""千万茎雪"都是"千茎雪"的变式，表示白发的多少，衰老程度的不同。

唐·杜甫《乐游园歌》："数茎白雪那抛得，百罚深杯亦不辞。"

唐·顾况《归山作》："心事数茎白发，生涯一片青山。"

唐·王建《镊白》："总道老来无用处，何须白

发在前生。如今不用偷年少，拔却三茎又五茎。"

唐·白居易《初见白发》："白发生一茎，朝来明镜里。勿言一茎少，满头从此始。"

又《寄陈氏五兄》："年来白发两三茎，忆别君时髭未生。"

又《和集贤刘学士早朝作》："从此摩霄去非晚，鬓边未有一茎丝。"换"丝"为协韵。

又《洛下送刘相公出镇淮南》："红旌拥双节，白须无一茎。"

又《题酒瓮呈梦得》："若无清酒两三瓮，争向白须千万茎。"

又《对镜偶吟赠张道士抱元》："白发万茎何所怪，丹砂一粒不曾尝。"

唐·薛逢《长安夜雨》："当年志气俱消尽，白发新添四五茎。"

又《送庆上人归湖州因寄道儒座主》："若见儒公凭寄语，数茎霜鬓已惊秋。"

唐·贾岛《赠丘先生》："不遣髭须一茎白，拟为白日上升人。"

唐·司空图《寓居有感三首》："黑须寄在白须生，一度秋风减几茎。"

又《寺阁》："今来揽镜翻堪喜，乱后霜须长几茎。"

唐·方干《白艾原客》："沧州几年隐，白发一茎新。"

唐·杜荀鹤《和高秘书早春对雪登楼见寄之什》："因酬郢中律，霜鬓数茎新。"

又《乱后再逢汪处士》："笑我於身苦，吟髭白数茎。"

唐·王毂《秋》："欲知潘鬓秋多少，一夜新添白数茎。"

唐·徐夤《鬓发》："鬓添华发数茎新，罗雀门前绝故人。"

宋·刘辰翁《临江仙》："幸自不争名利，闲愁夜夜如惊，明朝鬓白两三茎。"

1346. 一茎白发愁多少

金·元好问《京居辛卯八月六日作》："一茎白发愁多少，惭愧家人赋扊扅。""扊（yǎn）扅（yí）"，门闩。宋·陆游《舍北行饭》："晚来懒复呼童子，自掩柴门上扊扅。"京居思家，见一根白发，更觉愧对家人，闭门作此诗。

明·谢榛《秋日怀弟》："秋风落木愁多少，夜

雨残灯梦有无。"用"愁多少",抒怀弟之情。

清·林文《春望》:"别后愁多少,群山簇古丘。"亦用"愁多少"。

1347. 两目眵昏头雪白

唐·韩愈《短灯檠歌》:"夜书细字缀语言,两目眵昏头雪白。"在低矮的灯下写小字,两眼昏花,白头老人极为艰难。

宋·范成大《新凉夜坐》:"日日老添明镜里,家家凉入短檠中。简编灯火平生事,雪白眵昏奈此翁!"一生以灯下读书为乐,而今已成白头老翁,两眼昏花,难再灯下读书了。

1348. 吴霜点归鬓

唐·李贺《还自会稽歌·并序》序云:"庾肩吾于梁时尝作宫体谣引以应和皇子。及国势沦败,肩吾先潜难会稽,后始还家。仆意其必有遗文,今无得焉。故作还自会稽歌,以补其悲。""吴霜点归鬓,身与塘蒲晚。脉脉辞金鱼,羁臣守迍贱。"庾肩吾原依附梁简文帝萧纲,侯景之乱,逃入会稽(今浙江绍兴),后还返江陵故家。李贺作诗续庾肩吾还家后情景,等于代人述志。说庾白发身老,只有永辞荣禄,长守贫贱了。李贺因父名犯讳,试举未录,终生困顿,虽李氏皇胄,也壮志难酬。作此诗时虽未及白发之年(终其生仅二十七岁),抑郁消沉已显露诗间。"吴霜点归鬓",言庾肩吾自会稽归来已经老了。会稽为吴地,鬓白如点染了吴地之霜。后来"吴霜点鬓"作为诗典,常被宋人应用表示年老,华年不再。"吴霜"亦常指代白发。"

宋·晏几道《菩萨蛮》:"离鸾照罢尘生镜,几点吴霜侵绿鬓。"

又《泛清波摘偏》:"楚天渺,归思正如乱云,短梦未成芳草。空把吴霜鬓华,自悲清晓。"

宋·黄庭坚《醉落魄》:"不管轻霜,点尽鬓边绿。"暗用"吴霜点鬓"。

又《采桑子》:"投荒万里无归路,雪点鬓繁。""点"字亦为暗用。

宋·秦观《长相思》:"晓鉴堪羞,潘鬓点、吴霜渐稠。"(一作贺铸《望扬州》词)

宋·贺铸《风流子》:"无奈占床燕月,侵鬓吴霜。"

宋·晁补之《蓦山溪》(和王定国朝散忆广陵):"吴霜点鬓,流落共天涯、竹西路。"

宋·周邦彦《玲珑四犯》:"憔悴鬓点吴霜,念想梦魂飞乱。"

又《迎春乐》:"鬓点吴霜嗟早白,更谁念玉溪消息。"

宋·刘一上《水调歌头》(和李泰发尚书泊舟严陵):"愁绝未归客,衰鬓吴霜。"

又《鹧鸪天》:"怜我老,与传觞,吴霜点鬓又何妨。"

宋·蔡伸《踏莎行》:"莫惊青鬓点秋霜,卢郎已分愁中老。"

宋·王灼《渔家傲》(次韵赠戴时行):"不用登临欹短帽,愁绝□,吴霜点鬓教谁扫。"

宋·李弥逊《菩萨蛮》:"金茎秋未老,两鬓吴霜早。"

宋·张元干《水调歌头》:"莫问吴霜点鬓,细与蛮笺封恨,相见转绸缪。"

宋·吴渭老《蓦山溪》:"吴霜点鬓,春色老刘郎。"

宋·杨无咎《鹧鸪天》:"时沾暮酒供诗兴,莫管吴霜点鬓斑。"

宋·曾觌《满庭芳》(赏牡丹):"到如今潘鬓,暗点吴霜。"

又《沁园春》(初冬夜坐闻淮上捷音次韵):"空成恨,今潘郎两鬓,新点吴霜。"

宋·毛开《念奴娇》(次韵施德初席上):"赋咏空传,雄豪谁在,鬓点吴霜白。"

宋·韩元吉《瑞鹤仙》(送王季夷):"绿鬓吴霜,素衣尘土。"

宋·陆游《南乡子》:"秋鬓点新霜,曾是朝衣染御香。"

又《感皇恩》(伯礼立春日生日):"一般日月,只有仙家偏耐,雪霜从点鬓,朱颜在。"

又《蝶恋花》(离小益作):"天若有情终欲问,忍教霜点相思鬓。"

又《沁园春》:"流年改,双围腰带剩,点鬓霜新。"

宋·袁去华《减字木兰花》(梅):"觅句持觞,鬓点吴霜不碍狂。"

宋·范成大《菩萨蛮》:"飘零欢事少,鬓点吴霜早。无色不愁人,眼前无限春。"

又《念奴娇》(和徐尉游石湖):"绿鬓新点吴霜,尊前强健,不怕衰翁号。"

又《霜天晓角》:"旧游深似梦,鬓点吴霜重。"

宋·张孝祥《菩萨蛮》（立春）："吴霜看点点，愁里春来浅。"

又《转调二郎神》："绿鬓点霜，玉肌消雪，两处十分憔悴。"

又《鹧鸪天》："只应楚雨清留梦，不那吴霜绿易斑。""绿"指发色。

又《南歌子》（过严关）："北雁连书断，秋霜点鬓斑。"

宋·辛弃疾《江神子》（和陈红和韵）："吴霜应点鬓云斑，绮窗闲，梦连环，说与东风，归意有无间。"

宋·郭应祥《菩萨蛮》（立春日）："独怜霜点鬓，差戴银幡胜。"

宋·史达祖《龙吟曲》："看归来，几许吴霜染鬓，验愁多少。"

宋·方千里《龙凤吟》："纵有青青发，渐吴霜汝点，容易凋铄。"

又《华胥引》："欺鬓吴霜，恨星星，又还盈镊。"

又《丑奴儿》："凌波台畔花如剪，几点吴霜，烟淡云黄，东阁何人见晚妆。"

又《六丑》："叹良宵漏断，独眠愁极，吴霜皎、半侵华帻。"

宋·黄机《清平乐》（江上重九）："谁怜鬓影凄凉，新来更点吴霜。"

宋·刘克庄《摸鱼儿》（海棠）："霜点鬓，潘令老，年年不带看花分。"

又《鹊桥仙》："玄花生眼，新霜点鬓，不肯遮藏老态。"

宋·姚镛《醉高歌》："十年燕月歌声，几点吴霜鬓影。"

宋·吴文英《贺新郎》："不是秦楼无缘分，点吴霜、羞带簪花帽。"

宋·黄升《长相思》（秋怀）："芦花秋，蓼花秋，催得吴霜点鬓稠。"

宋·周密《秋霁》："愁眉庾郎，霜点鬓华白。"

宋·仇远《声声慢》："只怕吴霜侵鬓，叹春深铜雀。"后句用杜牧"铜雀春深锁二乔"句。

1349. 春风吹鬓影

唐·李贺《咏怀二首》："弹琴看文君，春风吹鬓影。"此诗以司马相如不为采用自况，"鬓影"写卓文君。

宋·周邦彦《蝶恋花》（早行）："执手霜风吹鬓影，去意徊徨，别语愁难听。""吹鬓影"用李贺句。

1350. 共谁争岁月，赢得鬓边丝

唐·杜牧《归家》（一作赵嘏诗）："共谁争岁月，赢得鬓边丝。"前两句是"稚子牵衣问，归来何太迟？"用"稚子"之口，说久别而归，两鬓已生白发，而且"共谁争岁月"问得好，语似风趣，实含无限艰辛，无限奔波。此诗同贺知章《回乡偶书》"少小离家老大回，乡音未改鬓毛衰"句有异曲同工之妙。

"丝"即蚕丝，自然是白色。以丝喻鬓白，最早见于唐人卢照邻《山行寄刘李二参军》："安知倦游子，两鬓渐如丝。"唐·李嘉祐《闻逝者自惊》："儿女眼前难喜舍，弥怜双鬓渐如丝。"几乎取卢照邻原句。

以丝喻鬓句，"鬓如丝""鬓成丝"为最多，少有"鬓边丝""鬓垂丝""鬓作丝"，还有其它句式。

唐·张九龄《初发道中寄远》："壮图空不息，常恐发如丝。"

唐·李颀《赠别高三十五》："皤皤邑中叟，相候鬓如丝。"

唐·李白《赠钱少徵君少阳》："春风余几日，两鬓各成丝。"

又《上三峡》："三朝上黄牛，三暮行太迟。三朝又三暮，不觉鬓成丝。"

又《秋浦歌十七首》："猿声吹白发，长短尽成丝。"

唐·岑参《稠桑驿喜逢严河南中丞便别》："别君能几日，看取鬓成丝。"

唐·包何《寄杨侍御》（一作包佶诗）："今日不论腰下组，请君看取鬓边丝。"

唐·杜甫《醉时歌》："杜陵野客人更嗤，被褐短窄鬓如丝。"

又《薄暮》："人生不再好，鬓发白成丝。"

又《荆南兵马使太常卿赵公大食刀歌》："得君乱丝如君理，蜀江如线针如水。"

又《送郑十八虔贬台州司户伤其临老陷贼之故，阙为面别，情见于诗》："郑公樗散鬓成丝，酒后常称老画师。"

唐·韦应物《扬州偶令前洛阳卢耽主簿》："犹存袖里字，忽怪鬓中丝。"

又《长安遇冯著》："昨别今已春，鬓丝生几缕。"

唐·沈千运《赠史修文》:"畴昔皆少年,别来鬓如丝。"

唐·于鹄《寄卢俨员外秋衣词》:"别来年已老,亦闻鬓成丝。"

唐·白居易用"鬓丝"句最多:

《悲哉行》:"纵有宦达者,两鬓已成丝。"

《晚军沽酒》:"百花落如雪,两鬓垂作丝。"

《曲江感秋》:"闇老不自觉,直到鬓成丝。"

《读邓鲂诗》:"襄阳孟浩然,亦闻鬓成丝。"

《再到襄阳访问故居》:"昔到襄阳日,髯髯初有髭;会过襄阳日,髭鬓半成丝。"

《感发落》:"眼看应落尽,无可变成丝。"

《白鹭》:"人生四十未全衰,我为愁多白发垂。何故水边双白鹭,无愁头上亦垂丝。"

《久不见韩待郎戏题四韵以寄之》:"还有愁同处,春风满鬓丝。"

《除苏州刺史别洛阳城东花》:"乱雪千花落,新丝两鬓生。"

《对镜》:"三分鬓发二分丝,晓镜秋容相对时。"

《和微之道保生三日》:"相看鬓似丝,始作弄璋诗。"

《六十拜河南尹》:"人间若无酒,尽合鬓成丝。"

《残春咏怀赠杨慕巢侍郎》:"落花无限雪,残鬓几多丝。"

《病中五绝句》:"方寸成灰鬓作丝,假如强健亦何为?"

《不与老为期》:"不与老为期,因何两鬓丝。"

唐·李涉《寄峡州韦郎中》:"年过五十鬓如丝,不必前程更问师。"

唐·杜牧《且老为之赋诗》:"潼关识旧吏,毛发已如丝。"

又《逢故人》:"教我泪如霰,嗟君发似丝。"

唐·郑史《永州送侄归宜春》:"从来襟上泪,尽作鬓边丝。"

唐·贾岛《客喜》:"鬓边虽有丝,不堪织寒衣。"

唐·刘驾《白髭》:"到处逢人求至药,几回染了又成丝。素丝易染髭难染,墨翟当年合泣髭。"

唐·皮日休《西塞山泊渔家》:"白纶巾下发如丝,静倚枫根坐钓矶。"

唐·于武陵《客中揽镜》:"何当开此镜,即见发如丝。"

唐·方干《与乡人鉴休上人别》:"如今休作还家意,两鬓垂丝已不堪。"

唐·郑谷《投时相十韵》:"恋恩休未遂,双鬓渐成丝。"

唐·韩偓《中秋寄杨学士》:"八月夜长乡思切,鬓边添得几茎丝。"

又《半夜》:"明朝窗下照,应有鬓边丝。"

唐·吴融《闻蝉》:"木叶纵未落,鬓丝还易生。"

唐·杜荀鹤《江南逢李先辈》:"怀才不得志,只恐满头丝。"

又《送姚庭珪》:"人生无此恨,鬓色不成丝。"

唐·徐夤《偶吟》:"寻常抖擞怀中策,可便降他两鬓丝。"

又《寄庐瑞公同年仁炯时迁都洛阳新立幼主》:"惆怅宸居远于日,长吁空摘鬓边丝。"

唐·宋王中《于戈》:"干戈未定欲何之,一事无成两鬓丝。"宋·陆游《鹧鸪天》(送叶梦锡):"身易老,恨难忘,尊前赢得是凄凉。君归为报京华旧,一事无成两鬓霜。"用唐人句。

宋·苏轼《送张安道赴南部留台》:"我亦世味薄,因循鬓成丝。"

又《次韵王滁州见寄》:"两翁当年鬓未丝,玉堂挥翰手如飞。"

宋·王之道《朝中措》:"州间庠序少追随,俯仰鬓成丝。"

宋·倪偶《临江仙》:"看看两鬓欲成丝,明年当此夜,千里共相思。"

宋·王之望《丑奴儿》(寄齐尧佐):"两鬓萧萧,多半已成丝。"

宋·洪适《满庭芳》(酬叶宪):"老来,空自笑,一头梳雪,两鬓吹丝"。

又《满庭芳》(酬赵泉):"光阴,驹过隙,髭髯如戟,容易成丝"。

宋·向滈《临江仙》:"乱后此身何计是,翠微深处柴扉。即今双鬓已如丝。虚名将底用,真意在鸱夷。"

宋·陆游《渔家傲》(寄仲高):"行遍天涯真老矣,愁无寐,鬓丝几缕茶烟里。"

宋·范成大《正月十四日雨中与正夫朋元小集夜归》:"老去尊前花隔雾,春来句里鬓成丝。"

宋·姜特立《浪淘沙》:"往事莫伤悲,光景如飞,十分潘鬓已成丝。幸是风流犹未减,且醉芳菲。"

宋·严仁《多丽》(记恨):"归须早,刘郎双鬓,莫遣成丝。"

宋·葛长庚《菊花新》:"情多易感,渐不觉鬓成丝。"

宋·方岳《贺新郎》:"怪吾今,鬓已成丝,胆还如斗。"

1351. 七日鬓毛斑

唐·李白《奔亡道中五首》:"申包惟恸哭,七日鬓毛斑。"春秋时,吴军攻占楚国郢都,楚臣申包胥到秦国求救,在秦庭恸哭七日,鬓发哭白,秦王终于出兵救楚。李白用此典比自己在安史之乱中满怀爱国热情。

"鬓毛斑",鬓发斑白、花白,黑白相杂。"鬓毛白""鬓毛苍""鬓毛衰"皆为其变式,表示苍白、衰老的程度不同。

唐·杜甫《秦州杂诗二十首》:"东柯遂疏懒,休镊鬓毛斑。"

又《涪江泛舟送韦班归京》:"天涯故人少,更益鬓毛斑。"

又《台上》:"何须把官烛,似恼鬓毛苍。"

又《承沈八丈东美除膳部员外阻雨未遂驰贺奉寄此诗》:"徒怀贡公喜,飒飒鬓毛苍。"

又《奉送蜀州百二别驾将中丞命赴江陵起居卫尚书太夫人因示从弟行军司马佐》:"报与惠连诗不惜,知吾斑鬓总如银。"

又《上巳日徐司录林园宴集》:"鬓毛垂领白,花蕊亚枝红。"

又《伤春五首》:"鬓毛元自白,泪点向来垂。"

唐·岑参《初至犍为作》:"到来能几日,不觉鬓毛斑。"

又《送人归江宁》:"吾兄应借问,为报鬓毛霜。"

又《陪狄员外早秋登西楼因呈院中诸公》:"知己犹未报,鬓毛飒已苍。"

唐·李嘉祐《留别毗陵诸公》:"知心从此别,相忆鬓毛斑。"

唐·韦应物《淮上喜会梁州故人》:"欢笑情如旧,萧疏鬓已斑。"

又《寄畅当》:"丈夫当为国,破敌如摧山。何必事州府,坐使鬓毛斑。"(间以子弟被召从军)

唐·严武《酬别杜二》:"但令心事在,未肯鬓毛衰。"

唐·卢纶《洛阳早春忆吉中孚校书司空曙主簿因寄清江上人》:"酒貌昔将花共艳,鬓毛今与草争新。"

又《驿中望山戏赠渭南赘主簿》:"山在门前登不得,鬓毛衰尽路尘中。"

唐·郎士元《送韦湛判官》:"惜别心能醉,经秋鬓自斑。"

唐·皇甫冉《题仲光淮山所居》:"幸已安贫定,当从鬓发斑。"

唐·方干《元日》:"才酌屠苏定年齿,坐中惟笑鬓毛斑。"

又《湖北有茗斋湖西有松岛轻棹往返颇谐素心因成四韵》:"古贤暮齿方如此,多笑愚儒鬓未斑。"

南唐后主李煜《九月十日偶书》:"自从双鬓斑斑白,不学安仁却自惊。""安仁",潘安仁,潘岳,其《秋兴赋》序云:"余春秋三十二,始见二毛。"

宋·黄庭坚《雨中登岳阳楼望群山二首》:"投荒万死鬓毛斑,生出瞿塘滟滪关。未到江南先一笑,岳阳楼上对君山。"叙谪官险远之地,两鬓斑白,今日脱险东来,产生欣幸心情。

1352. 星星白发垂

南朝·梁·庾肩吾《南城门老》(盛年歌吹日):"盛年歌吹日,顾步惜容仪。一朝衰朽至,星星白发垂。"诗人对镜设想,一旦到衰朽之年,将是"星星白发垂"。此用晋人左思《白发赋》中语"星星白发,生于鬓垂。""星星"喻点点白色的发稍,如夜空中密密点点的星星,星空是黑白间杂的。实际上就是白发斑驳。唐·卢照邻《和王奭秋夜有所思》:"劳歌欲有和,星鬓已将垂。"及《宿宁安亭》:"泛滟月华晓,徘徊星鬓垂。"或直源于左思赋,或直源于庾肩吾诗。都用了"垂"字。以下如:

南朝·齐·谢朓《咏风》:"时拂孤鸾镜,星鬓视参差。"

南朝·梁·何逊《秋夕叹白发》:"惟见星星鬓,独与众中殊。"

唐·卢照邻《赠府裴录事》:"耿耿离忧积,空令星鬓侵。"唐·耿沣《岐阳客舍呈张明府》:"星霜渐见侵华发,生长虚间在圣朝。"和《雨中宿义兴寺》:"家国身犹负,星霜鬓已侵。"都用卢照邻"侵"

字句。

唐·李贺《感讽五首》："我待纡双绶,遗我星星发。"

唐·许浑《南亭与首公宴集》："管弦心戚戚,罗绮鬓星星。"

唐·皮日休《病孔雀》："尽日春风吹不起,钿毫金缕一星星。"写孔雀的点点花羽。

唐·韦庄《寓言》："故人二载别,明月两乡愁悲。惆怅沧江上,星星鬓有丝。"

宋·沈邈《剔银灯》："等闲临照,潘郎鬓、星星易老。"

宋·文彦博《依韵谢运使陈虞部生日惠双鹤灵寿杖》："宜与衰病为老伴,雪毛霜鬓共星星。"

宋·晏殊《滴滴金》："不觉星霜鬓边白,念时光应惜。"

宋·苏轼《渔家傲》(赠曹光州)："些小白须何染,几个得见星星点。"

宋·李之仪《减字木兰花》："变尽星星,一滴秋霖是一茎。"

宋·晁补之《摸鱼儿》(东皋寓居)："君试觑,满青镜、星星鬓影今如许。"

宋·毛滂《蝶恋花》："目送吴山秋色尽,星星却入双蓬鬓。"

宋·李光《水调歌头》："十载人间忧患,赢得萧萧华发,清镜照星霜。"

宋·周紫芝《潇湘夜雨》(和潘都曹九日词)："人间、真梦境,新愁未了,绿鬓星星。"

又《感皇恩》："水边林下,孤负此生多少。星星空满鬓,因谁有。"

宋·邵叔齐《扑蝴蝶》："最萧索,星星蓬鬓,杳杳家山路正遥。"

宋·蔡伸《蓦山溪》："悲歌慷慨,念远复伤时。心耿耿,发星星,倚杖空搔首。"

宋·李弥逊《昆明池》："功名事、于我如云。谩赢得星星、满簪霜换。"

宋·王以宁《虞美人》："此身天地一浮萍,去国十年华发、欲星星。"

宋·王之道《贺新郎》(新郑宗承)："燕社鸿秋人不问,尽管吴笙越鼓,但短发、星星无数。"

宋·史浩《永遇乐》(夏至)："两鬓青丝,皆伊染就,今已星星地。"

宋·韩元吉《水龙吟》："恨刘郎鬓点、星星华发。空回首、伤春暮。"

宋·袁去华《水调歌头》："翻笑凌烟阁,双鬓半星星。"

宋·陆游《恋绣衣》："你嚛早、收心呵,趁刘郎、双鬓未星。"

宋·范成大《朝中措》："长年心事寄林扃,尘鬓已星星。"

宋·辛弃疾《念奴娇》："半面难期,多情易感,愁点星星发。"

宋·陈亮《贺新郎》："壮气尽消人脆好,冠盖阴山观雪,亏杀我、一星星发。"

宋·郭应祥《鹧鸪天》："掀髯抵掌君休怪,镜里星星白发新。"

宋·韩淲《浣溪沙》："莫问星星鬓染霜,一杯同看月黄昏。"

又《水调歌头》："应顾棠阴下,野老鬓星星。"

宋·汪晫《念奴娇》："一老堪怜,两生未起,应念星星发。"

宋·葛长庚《沁园春》："镜中勋业,韶光冉冉;尊前今古,银发星星。"

宋·赵以夫《探春慢》(立春)："飐飐金幡,星星华发,得以家山闲暇。"

宋·吴潜《满江红》："况星星鬓影,近来如此。"

又《贺新郎》："燕社鸿秋人不问,尽管吴笙越鼓,但短发、星星无数。"(与王之道词尽同)

又《蝶恋花》："利锁名缰空自苦,星星鬓影今如许。"

又《如梦令》："岁月不饶人,鬓影星星知否。"

又《霜天晓角》："纵使姬娥念旧,星星发、如何说。"

宋·李曾伯《瑞鹤仙》："百年过半也,怅壮心零落,鬓星星也。"

宋·陈策《摸鱼儿》："便做得功名,难绿星星鬓。"

宋·柴望《阳关三叠》："西风吹鬓,残发早星星。"

宋·陈允平《八宝妆》(秋宵有感)："旧日潘郎,双鬓半已星星。"

宋·奚淢《永遇乐》："独立西风,星星鬓影,疑被葇霜染。"

宋·文天祥《酹江月》："三十年来,十年一过,空有星星发。"

宋·周容淑《望江南》："妾薄命,两鬓渐星星。"

宋·林横舟《大江词》:"事业伊周,功名韩白,未到星星发。"

宋·蒋捷《虞美人》:"而今听雨僧庐下,鬓已星星也,悲欢离合总无情。"

宋·邵桂子《贺新郎》:"满鬓星星华发少,君鬓尚今青否。"

元·薛昂夫《山坡羊》:"早星星鬓影瓜田暮,心待足时名便足。"

1353. 那堪玄鬓影,来对白头吟

唐·骆宾王《在狱咏蝉》:"那堪玄鬓影,未对白头吟。"诗人因上书议政,被武则天下狱。此句说蝉声唧唧,对着我鸣叫,令人难以忍受。"玄鬓"指蝉,"白头"指他自己,他虽未满四十,在狱中却深感衰老。汉乐府《古歌》:"座中何人,谁不怀忧,令我白头。"骆宾王用其义。汉乐府有《白头吟》诗,《宋书·乐志》说《白头吟》是汉代"街陌谣讴",述说男子三心二意,女子与之决绝,并表达自己的愿望:"愿得一心人,白头不相离。"骆诗"来对白头吟",非用其义。后来的"白头吟"句多取骆宾王句义。

唐·张九龄《在郡秋怀二首》:"抚然忧成老,空尔白头吟。"写白发老人的吟咏,含有愁苦情调。

唐·杜甫《奉赠王中允维》:"穷愁应有作,试诵白头吟。"

又《寄扬五桂州谭》:"江边送孙楚,远附白头吟。"

又《秋兴八首》:"彩笔昔曾干气象,白头吟望苦低垂。"

又《凭孟仓曹将书觅王娄旧庄》:"北风黄叶下,南浦白头吟。"

又《夏日杨长宁宅送崔侍御常正字入京》:"乌台俯麟阁,长夏白头吟。"

唐·张起《早春黎岭喜雪书情呈崔判官》:"共君歌乐土,无作白头吟。"

1354. 白头今望苦低垂

唐·杜甫《秋兴八首》:"彩笔昔曾干气象,白头今望苦低垂。"张远注:"旧作'吟望',乃字讹耳。"仇兆鳌注云:"八章,思长安胜境,溯旧游而叹衰老也。"昔日描绘长安气凌山水,而今望长安不见,只落得白发低垂了。

清·俞陛云《浣溪沙》:"芳草久荒高士宅,残花犹发女郎祠。夕阳吟望自移时。""吟望"用杜诗讹传句。沉思怅望良久,生思归之念。

清·朱祖谋《琵琶仙》(送朱敬斋还江阴):"颠倒玉觞无味,苦低垂、头白。"因愁思而白发低垂。

1355. 须怜半死白头翁

唐·刘希夷《代悲白头翁》(又作《白头吟》):"寄言全盛红颜子,须怜半死白头翁。此翁白头真可怜,伊昔红颜美少年。"(一作宋之问《有所思》诗,有说宋之问喜欢此诗,窃而据为己作)刘诗对白发老人寄予深切的同情,说服人们怜惜老年人。意如"少年莫笑白头翁,花开能有几日红"语。他的《洛川怀古》:"行见白头翁,坐泣青竹下。"也说明他特别同情衰老之人。用"白头翁"始于唐初。

唐·陈子昂《送别出塞》:"言登青云去,非此白头翁。"

又《登泽州城北楼谶》:"勿使青衿子,嗟尔白头翁。"

唐·骆宾王《畴昔篇》:"垂钓甘成白头翁,负薪何处逢知己。"

唐·李白《见野草中有曰白头翁者》:"如何青草里,亦有白头翁。折取对明镜,宛将衰鬓同。"这里指蒲公英,蒲公英种子成熟期,呈圆球形,满是白色茸毛。

唐·刘长卿《登思禅寺上方题修竹茂松》:"倘许栖林下,甘成白头翁。"

唐·王昌龄《题灞池二首》:"借问白头翁,垂纶几年也。"

唐·杜甫《投赠歌舒开府二十韵》:"未为珠履客,已见白头翁。"

又《奉答岑参补阙见赠》:"故人得佳句,独赠白头翁。"

又《寄贺兰铦》:"相随万里日,总作白头翁。"

又《奉汉中王手札报韦侍御萧尊师亡》:"强吟怀旧赋,已作白头翁。"

又《逃难》:"五十白头翁,南北逃世难。"

又《清明二首》:"风水春来洞庭阔,白苹愁杀白头翁。"

唐·韩翃《寄裴郓州》:"官树阴阴铃阁暮,州人转忆白头翁。"

唐·羊士谔《郡斋感物寄长安亲友》:"自愧朝衣犹在箧,归来应是白头翁。"

唐·白居易《感旧纱帽》（帽即故李待郎所赠）："昔君乌纱帽，赠我白头翁。帽今在顶上，君已归泉中。"

又《代邻叟言怀》："宿昔愁身不得老，如今恨作白头翁。"

又《咏怀》："岁去年来尘土中，眼看变作白头翁。"

又《村居二首》："若问经过淡笑者，不过田舍白头翁。"

又《新秋病起》："犹须自惭愧，得作白头翁。"

又《失鹤》："郡斋从此后，谁伴白头翁。"

又《好弹琴》："尤宜听三乐，安慰白头翁。"

又《重阳席上赋白菊》："还似今朝歌酒席，白头翁入少年场。"

唐·李敬方《遣兴》："果窥丹竈鹤，莫羡白头翁。"

宋·苏轼《风水洞闻二禽》："林外一声青竹笋，坐间半醉白头翁。"

又《水调歌头》（快哉亭作）："一千顷，都镜净，倒碧峰。忽然浪起，掀舞一叶白头翁。"

宋·吴潜《满江红》："莫姮娥，嫌此白头翁，心肠别。"

1356. 白头浪里白头人

唐·白居易《临江送夏瞻》："悲君老别我沾巾，七十无家万里身。愁见舟行风又起，白头浪里白头人。"七十的夏老孤舟远去，风掀起白色浪头伴随着这白头人。透出了此行的风险，更使作者怜惜。

白居易自己也曾遇此险恶舟行：《九江北岸遇风雨》："黄梅县里黄梅雨，白头浪里白头翁。"

宋·苏轼《八月十五日看潮五绝》："江边身世两悠悠，久与沧波共白头。"用其义而变其句。

1357. 愁杀白头人

唐·杜甫《月三首》："若无青嶂月，愁杀白头人。"月轮升起，越出青峰，使人欣喜。诗人用归谬法，提示见月心情的。"白头人"即白发人。

唐·白居易《四年春》："时辈推迁年事到，往事多是白头人。"

又《天宫阁早春》："可惜三川空作主，风光不属白头人。"

又《春老》："歌舞屏风花障上，几时曾画白头人。"

人。"

1358. 相逢应不识，满颔白髭须

唐·白居易《东南行一百韵》："相逢应不识，满颔白髭须。""髭"嘴上须，"髭须"即胡须。此诗寄给元稹等诸友人，说"壮志因愁减，衰容与病俱"，待再度相逢，白须满颔，会认不出是何人了。白居易曾反复写"白髭须"：

《偶宴有怀》："狂来欲起舞，惭见白髭须。"

《洪州逢熊孺登》："莫问别来多少苦，低头看取白髭须。"

《重感》："困支青竹杖，闲捋白髭须。"

《余杭形胜》："独有使君年太老，风光不称白髭须。"

《代诸妓赠送周判官》："好与使君为老伴，归来休染白髭须。"

《杨六尚书频寄新诗诗中多有思闲相就之志因书鄙意报而谕之》："身健正宜金印绶，位高方称白髭须。"

又《哭刘尚书梦得二首》："今日哭君吾道孤，寝门泪满白髭须。"

唐·元稹《西归绝句十二首》："今日还乡独憔悴，几人怜见白髭须。"

唐·杜牧《对花微疾不饮呈坐中诸公》："尽日临风羡人醉，雪香空伴白髭须。"

又《遣兴》："镜弄白髭须，如何作老大。"

唐·贾岛《代旧将》："犹希圣朝用，自镊白髭须。"

唐·段成式《戏高侍御七首》："可羡罗敷自有夫，愁中漫将白髭须。"

宋·欧阳修《圣无忧》："莫惜斗量珠玉，随他雪白髭须。"

宋·向子諲《浣溪沙》："退归拟学旧桃符，青春不染白髭须。"

宋·辛弃疾《鹧鸪天》："追往事，叹今吾，春风不染白髭须。"

又《浣溪沙》："寿酒同斟喜有余，朱颜却对白髭须。"

1359. 白发三千丈

唐·李白《秋浦歌》："白发三千丈，缘愁似个（箇）长。不知明镜里，何处得秋霜。"旅居安徽秋浦时作。白发三千丈，愁苦像这一样长。用夸张笔

法写愁苦之多,白发之长。这种夸张,发自对衰老的心理感受。后人用"白发三千丈"及其变式如:

唐·唐彦谦《自咏》:"白发三千丈,青春四十年。两牙摇欲落,双膝痹如挛。"

又《道中逢故人》:"愁牵白发三千丈,路入青山几万重。"

宋·苏轼《宿州次韵到泾》:"多情白发三千丈,无用苍皮四十围。""四十围"用杜甫《古柏行》句:"霜皮溜雨四十围,黛色参天二千尺。"

又《九日次韵王巩》:"鬓发饶我三千丈,诗律输君一百筹。"

宋·周紫芝《水调歌头》:"白发三千丈,双鬓不胜垂。人间忧喜如梦,老矣更何之。"

宋·向子諲《鹧鸪天》:"而今白发三千丈,愁对残灯数点红。"

宋·辛弃疾《贺新郎》(邑中园亭,仆皆为赋此词。一日,独坐停云,水声山色,竞来相娱,意溪欲援例者,遂作数语,庶几仿佛渊明思新友之意云):"甚矣吾衰矣,怅平生、交游零落,只今余几。白发空垂三千丈,一笑人间万事。"

宋·刘克庄《满江红》(端午):"纵使菖蒲生九节,争如白发长千丈。但浩然一笑独醒人,空悲壮。"

宋·徐宝之《沁园春》(春寒):"九十日春,三千丈发,如此愁来白更长。"

元·范居中《金殿喜重重·秋思》:"白发陡然千丈,非关明镜无情,缘愁似个长。"

元·无名氏《喜春来》:"伤心白发三千丈,过眼金钗十二行。"

清·黄遵宪《日本杂事诗》:"同牵白发三千丈,共结红丝一百年。"注云:日本习俗,诸婚后"遂用红定,谓之结纳。白发一,以白麻制之,如发然……""白发三千丈"言麻制"白发"之长。

清·蒲松龄《稷门客邸》:"意气平生消半尽,惟余白发与天长。""与天长"意近"三千丈",叹衰老,寓哀思。

1360. 游子空嗟垂二毛

唐·杜甫《曲江三章章五句》:"曲江萧条秋气高,菱荷枯折随风涛,游子空嗟垂二毛。"《寰宇记》:"曲江池,汉武帝所造,名为宜春苑。其水曲折有似广陵之江,故名。"康骈《剧谈录》载:"曲江池,本秦隑州,开元中疏凿为胜境。其南有紫云楼、芙蓉苑,其西有杏园、慈恩寺。花卉环列,烟水明媚,都人游赏,盛于中和、上巳二节。"说明汉武帝建曲江,到唐代更为游览胜地。杜甫于天宝十一载献赋未遇,有感而作。面对曲江之秋,"菱荷枯折",自伤不遇,徒垂二毛。"二毛",《左传·僖公二十二年》:"君子不重伤,不禽二毛。"注"头白有二色。"黑发中添了白色,为"二毛",说明已近衰老之年。晋·潘岳《秋兴赋序》云:"晋十有四年,余春秋三十二,始见二毛。"说自己早衰。

后用"二毛"表示初见白发,步入老年的如:

唐·杜甫《得家书》:"二毛趋帐殿,一命侍鸾舆。"

又《送贾阁老出汝州》:"人生五马贵,莫受二毛侵。"

唐·岑参《虢州醉辛侍御见赠》:"鬓毛方二色,愁绪日千端。"

又《太白东溪张老舍即事寄舍弟侄等》:"远近知百岁,子孙皆二毛。"

唐·高适《酬岑二十主簿秋夜见赠之作》:"感物我心劳,凉风惊二毛。"

唐·贾至《闲居秋怀寄阳翟陆赞府封丘高少府》:"秋风吹二毛,烈士加慷慨。"

唐·钱起《再得毕侍御书闻巴中卧病》:"更闻公干病,一夜二毛新。"

唐·郎士元《赠韦司直》:"闻君感叹二毛初,旧友相依万里余。"

唐·独孤及《和大夫秋夜书情即事》:"方知秋兴作,非惜二毛斑。"

唐·白居易《权摄昭应早秋书事寄元拾遗兼呈李司录》:"到官十来日,览镜生二毛。"

宋·苏轼《泛颍》:"我性喜临水,得颍意甚奇。到官十来日,九日河之湄。"第三句用白居易句,第四句用《诗经·小雅·巧言》句"彼何人斯,居河之湄"。《诗经·秦风·蒹葭》句:"所谓伊人,在水之湄。""湄"水边,岸边。

又《八月七日初入赣过惶恐滩》:"七千里外二毛人,十八滩头一叶身。"

又《梅圣俞诗集中有毛长官者今于潜令国华也。圣俞没十五年,而君犹为令捕蝗至其邑作诗戏之》:"今君滞留生二毛,饱听衙鼓眠黄绸。"

1361. 白头搔更短

唐·杜甫《春望》:"白头搔更短,浑欲不胜簪。"唐肃宗至德二年（757）三月,诗人羁居长安,目睹安史之乱使国事全非,他忧国忧民,虽年仅四十五岁,却发白脱落稀疏,几乎别不住簪子了。

南朝·宋·鲍照《拟行路难十八首》之十三:"膏沐芳余久不御,蓬首乱鬓不设簪。"古人信奉孔教"身体发肤受之父母不敢毁伤"的信条,不剪发,长发挽在头顶,用簪子别住。清人剃去一圈,不遮脸搔耳,又便于梳理,仍是长发,却无须用簪了。鲍照诗说"蓬首乱鬓",是无心梳理而"不设簪"。《拟行路难十八首》之十六:"年去年来自如削,白发零落不胜冠。"白发零落稀疏散乱,撑不起帽子了。杜甫当从鲍照诗取义,他的《水宿遣兴奉呈群公》中又有:"耳聋须画字,发短不胜篦。"说头发太短,梳不起来了。

后人用"白头搔更短"如:

清·王鹏运《齐天乐》(鸦):"意绪何堪,白头搔更短。"写白头鸦以喻人。

1362. 浑欲不胜簪

唐·杜甫《春望》:"白头搔更短,浑欲不胜簪。"解见前条。

用"不胜簪"句如:

唐·白居易《衰病》:"老与病相仍,华簪发不胜。"

唐·郑谷《通州客舍》:"黄花徒满手,白发不胜簪。"花簪不住。

宋·梅尧臣《依韵和杨敏叔吴门秋晚见寄》:"颠毛随日减,冉冉不胜簪。"

宋·袁去华《柳梢青》:"发稀浑不胜簪,更客里、吴霜暗侵。"

元·虞集《凤入松》(寄柯敬仲):"画堂红袖诗清酣,华发不胜簪。"

1363. 白发随梳落

唐·白居易《叹老三首》:"少年辞我去,白发随梳落。"感叹自己年老,白发梳落,易于脱发。

唐·崔备《使院忆山中道侣兼怀李约》:"褐衣宽易揽,白发少难梳。"白居易句从"白发少难梳"一义翻出,而且反复用此意,如:

《渐老》:"白发逐梳落,朱颜辞镜去。"

《叹发落》:"随梳落去何须惜,不落终须变作丝。"

《沐浴》:"衣宽有剩带,发少不胜梳。"直用崔备"难梳"句义。

《白发》:"白发知时节,暗与我有期。今朝日阳里,梳落数茎丝。"

1364. 白发朝朝新

南朝·梁·荀济《赠阴梁州诗》:"乌裘日日故,白发朝朝新。"梁州刺史阴子春左迁,荀济作此诗以赠。此二句说乌裘一天天陈旧,白发却一天天增新,隐含郁郁不得志,而年华渐老。"白发新"是说白发增添,增加新的白发。用"白发新"的以下如:

唐·张说《南中赠高六戬》:"丹诚由义尽,白发带愁新。"

唐·李崇嗣《览镜》:"岁去红颜尽,愁来白发新。"

唐·王维《送丘为落第归江东》:"为客黄金尽,还家白发新。"

唐·李白《寄远》:"朱颜雕落尽,白发一何新！"

唐·韦应物《赠崔员外》(相别十年):"且对清筋满,宁知白发新。"

唐·李嘉祐《送韦司直西行》:"不耻青袍故,尤宜白发新。"

唐·顾况《送友失意南归》:"故园青山遍,沧江白发新。"

唐·白居易《长恨歌》:"梨园子弟白发新,椒房阿监青娥老。"

又《上阳白发人》:"上阳人,红颜暗老白发新。"

又《读张籍古乐府》:"始从青衿岁,迨此白发新。"

又《京使回累得南省诸公书因以长句诗寄》:"瘴乡得老犹为幸,岂敢伤嗟白发新。"

宋·苏轼《正月二十一日病后,述古邀往城外寻春》:"老来厌伴红裙醉,病起空惊白发新。"

又《留别云泉》:"举酒属零泉,白发日夜新。"

又《次韵韶倅李通直二首》:"曾陪令尹苍髯古,又见郎君白发新。""令尹",李倅之父,"郎君",李倅。

宋·韩元吉《好事近》(汴京赐宴闻教坊乐有感):"多少梨园声在,总不堪华发。"取白居易"梨园子弟白发新"句义。

1365. 冯唐易老,李广难封

唐·王勃《滕王阁序》:"冯唐易老,李广难封。"冯唐老了才做了郎官,李广功高最终也没封侯。《史记·冯唐传》:冯唐"以孝著,为中郎署长,事文帝。文帝辇过,问唐曰:'父老何自为郎?家安在?'唐具以实对"。文帝谈到没有廉颇、李牧这样的良将,冯唐举云中太守魏尚,战功卓著,因一次多报了六个杀敌数量而被查办,文帝派冯唐去"持节赦罪",又以魏尚为云中太守,并拜冯唐为车骑都尉。"七年,景帝立,以唐为楚相,免。武帝立,求贤良,举冯唐。唐时年九十余,不能复为官,乃以唐子冯遂为郎。"宋·苏轼任密州知州与同僚会猎作《江神子》(密州出猎):"持节云中,何日遣冯唐?"即以魏尚自许,希望受到朝廷的信任。晋·左思《咏史》:"冯公岂不伟,白首不见招。"人们以为冯唐"白首为郎"显然与《史记》所载不合,因为文帝拜他为车骑都尉,景帝以他为楚相,都远远高于郎官。人们多依文帝"父老何自为郎"这句话而说他"白首为郎"的。汉代"白首为郎"的是颜驷。《汉武故事》载:颜驷,汉文帝时为郎,至武帝,尝辇过郎署,见驷龙眉皓发,问:"叟何时郎?何其老也!"回:"臣文帝时为郎,文帝好文,而臣好武;景帝好老,而臣独少;陛下好少,而臣已老矣,是以三世不遇,老于郎署。"上感其言,擢拜会稽都尉。冯唐、颜驷有相同的经历,只有颜驷没有冯唐的才名。后人多以冯唐已老抒写种种感慨,或自喻或他喻,都强调一个"老"字。

唐·卢照邻《送幽州陈参军赴任寄呈乡曲父老》:"冯唐犹在汉,乐毅不归燕。"冯唐喻父老,乐毅自喻。

唐·张说《南中送北使二首》:"若道冯唐事,皇恩尚可收。"贬岳州时希望朝廷看到自己的才干。

唐·陈子昂《酬李参军崇嗣旅馆见赠》:"未及冯公老,何惊孺子贫。"

唐·王维《重酬苑郎中》:"扬子解嘲徒自遣,冯唐已老复何论?"

唐·苑咸《酬王维》:"应同罗汉无名欲,故作冯唐老岁年。"

唐·杜甫《承沈八丈东美除膳部员外郎阻雨未遂驰贺奉寄此诗》:"通家惟沈氏,谒事似冯唐。"沈佺期之子沈东美晚年得郎官如冯唐。

又《寄岑嘉州》:"谢朓每篇堪讽诵,冯唐已老听吹嘘。"

又《垂白》:"垂白冯唐老,清秋宋玉悲。"

又《哭王彭州抡》:"冯唐毛发白,归兴日萧萧。"

又《续得观书迎就当阳居止正月中旬定出三峡》:"冯唐虽晚达,终觊在皇都。"

唐·薛业《晚秋赠张折冲》:"冯唐真不遇,叹息鬓毛斑。"

唐·张继《酬张二十员外前国子博士窦叔向》:"幸与冯唐遇,心同迹复来。"

唐·钱起《送张员外出牧岳州》:"应笑冯唐衰且拙,世情相见白头新。"

唐·李端《酬前驾部员外郎苗发》:"应以冯唐老,相讥示此篇。"

唐·权德舆《奉和李给事省中书情寄刘苗崔三曹长因呈许陈二阁老》:"共说汉朝荣上赏,岂令三友滞冯唐。"

又《和职方殷郎中留滞江汉初至南宫呈诸公并见寄》:"还希驻辇问,莫自叹冯唐。"

唐·武元衡《酬陆员外歙州许员外郓州二使君》:"晋臣多乐广,汉主识冯唐。"

唐·杨巨源《同太常尉迟博士阙下待漏》:"此地含香从白首,冯唐何事怨明时。"

唐·白居易《渭村退居寄礼都崔侍郎翰林钱舍人诗一百韵》:"重文疏卜式,尚少弃冯唐。"

唐·姚合《春日早朝寄刘起居》:"莫笑冯唐老,还来谒圣君。"

又《偶然书怀》:"汉有冯唐唐有我,老为郎吏更何人。"

唐·杜牧《奉送中丞姊夫俦自大理卿出镇江西叙事书怀因成十二韵》:"玉辇君频过,冯唐将未论。"

唐·赵牧《对酒》:"饥魂吊骨吟古书,冯唐八十无高车。"

唐·曹邺《扑鱼谣》:"天子好征战,百姓不种桑。天子好年少,无人荐冯唐。天子好美女,夫妇不成双。"

唐·张乔《省中偶作》:"不如何逊无佳句,若比冯唐是壮年。"

唐·郑谷《省中偶作》:"未如何逊无佳句,若比冯唐是壮年。"同张乔诗。

唐·吴融《寄贯休》:"已似冯唐老,方知武子愚。"

唐·施肩吾《夏日过从叔幽居》:"伯仲历官年尽少,那知不笑汉冯唐。"

五代·刘兼《晚楼寓怀》:"刘毅暂贫虽壮志,冯唐将老自低颜。"

又《春夕遣怀》:"范蠡扁舟终去相,冯唐半世只为郎。"

五代·李昉《寄孟宾于》:"莫学冯唐便休去,明君晚事未为惭。"

五代·徐铉《句》:"三朝恩泽冯唐老,万里江关贺监归。"

宋·祖元择《送孟湘虞部赴阙》:"不似冯唐空白首,汉皇今正渴嘉谟。"

宋·韩维《和邻几馆宿观伯镇题壁有作依韵》:"冯唐匿郎署,白首常晏如。"

宋·刘敞《探花郎送花坐中与邻儿戏作七首》:"眼昏头白老冯唐,三十余年离举场。"

宋·杨亿《郑工部陕西随军转运》:"冯唐莫叹淹郎署,博望还忻拥使车。"

宋·王安石《寄张先郎中》:"留连山水住多时,年比冯唐未觉衰。"

又《寄致政吴虞部》:"年抵冯唐初未半,才方疏广岂能多。"

宋·苏轼《袁公济和刘景文〈登介亭〉诗复次韵答之》:"莫嫌冯唐老,终胜贾谊哭。"

宋·侯寘《浣溪沙》(次韵王子弁红梅):"应为长年餐降雪,故教丹颊耐清霜,弄晴飞馥笑冯唐。"

宋·刘时中《朝天子·邸万户席上》:"看团花锦战袍,鬓毛、木雕,谁便道冯唐老。"

元·李致远《折桂令·读史》:"贾谊南迁,冯唐老去。"自况。

1366. 白首尚为郎

唐·韦迢《早发湘潭寄杜员外院长》:"故人湖外客,白首尚为郎。""白首为郎"用冯唐、颜驷故事,慨叹杜甫之不遇。(冯唐故事见前条)用"白首为郎"句又如:

唐·杜甫《历历》:"为郎从白首,卧病数秋天。"

又《元日示宗武》:"训喻青衿子,名惭白首郎。"

又《承闻河北诸道节度入朝欢喜口号绝句十二首》:"抱病江天白首郎,空山楼阁暮春光。"

唐·岑参《秋夕读书幽兴献兵部李侍郎》:"年纪蹉跎四十强,自怜头白始为郎。"

唐·窦牟《早入朝书事》:"一生三不遇,今作老郎身。"

唐·张籍《题杨秘书新居》:"卷里诗过一千首,白头新受秘书郎。"

唐·牟融《送陈衡》:"不必临风悲冷落,古来白首尚为郎。"

宋·苏轼《赠写御容妙善诗》:"尔来摹写亦到我,谓是先帝白发郎。"

又《次韵赵令铄》:"东坡已报六年穰,惆怅红尘白首郎。"

又《董储郎中尝知眉州,与先人游过安丘访其故居见其子希甫留诗屋壁》:"白发郎潜旧使君,至今人道最能文。"

1367. 白首无成一旅人

唐·周昙《杨回》:"三逐乡闾五去君,莫知何地可容身。杨回不是逢英鉴,白首无成一旅人。"杨回如果不是遇见明鉴之人,定会漫游无境,白首无成。

晋·陶渊明《荣木》并序:"荣木,念将老也。日月推迁,已复九夏。总角闻道,白首无成。"周昙用此"序"中语。木槿朝荣夕落,如人:少年闻道,白首无成。

1368. 身老未封侯

唐·郑锡《出塞》:"战余能送阵,身老未封侯。"写边关将士艰苦征战,却至老不能封侯。

唐·皇甫曾《赠老将》:"辘轳剑折蜱髯白,转战功多独不侯。""身老不封侯"用此意,老不封侯,就是"白首为郎"。

1369. 白首穷经通秘义

唐·韩偓《赠易卜崔江处士》:"白首穷经通秘义,青山养老度危时。"赞崔处士终老读尽经书,深通其义。"白首穷经",又作"皓首穷经",终生研读经书,穷尽其义。唐·李颀《赠张旭》:"皓首穷草隶,时称太湖精。"称张旭终生创写草书隶书(主要是"狂草"的代表人物之一)。"皓首穷经""白首穷经"从李颀此句变化而来。用"穷经"句又如:

唐·李白《悲歌行》:"惠施不肯千万乘,卜式未必穷一经。还须黑头取方伯,莫漫白首为儒生。"西汉卜式,牧羊人出身,大富后屡出资捐助汉王朝,因而封侯。李诗说卜式虽做高官,未必读过一部经书。"白首穷经"取李白句意。

唐·王维《送赵都督赴代州》:"岂学书生辈,窗间老一经。"用否定义。

唐·高适《塞下曲》:"大笑向文士,一经何足穷。"用李白"穷一经"。

唐·卢纶《冬日登楼有怀因赠程腾》:"当风看猎拥珠翠,岂在终年穷一经。"用李白"穷一经"。

五代·谭用之《约张处士游梁》:"莫学区区老一经,夷门官吏旧书生。"用王维"老一经"。

宋·苏轼《姚屯田挽词》:"空闻韦叟一经在,不见恬侯万石时。"

1370. 白头苏武天山雪

唐·温庭筠《达摩支曲》:"红泪文姬洛水春,白头苏武天山雪。"全诗讥北齐后主"无愁天子"高纬纵欲亡国故事。用"文姬归汉""苏武持节"虽身陷北方而不忘故国与高纬降北周对照。"白头"句,苏武被匈奴羁于北海(今贝加尔湖)十九年(汉武天汉元年〈前100〉至汉昭帝始元六年〈前81〉)头发白了,如天山上的雪峰一样璀璨。

唐·李白《奔亡道中》:"苏武天山上,田横海岛边。"喻自己处于困境。"天山"不是苏武被羁地,只表示环境艰苦。温诗取此义。

1371. 苏武节犹新

唐·杨炯《和刘长史答十九兄》:"钟仪琴未奏,苏武节犹新。受禄宁辞死,扬名不顾身。精诚动天地,忠义感明神。"颂古代志节之人。《汉书·李广苏建传》云:苏武不降匈奴,"徙武北海上无人处",武"杖汉节牧羊,卧起操持,节旄尽落"。而"苏武节犹新",意为节旄虽破,赤胆忠心却经十九年而不减色。后终于持节而归,不辱使命。

唐·鲍溶《壮士吟》:"苏武执节归,班超束书起。"颂先贤。

唐·杜甫《郑驸马池台喜遇郑广文同饮》:"燃脐郿坞败,握节汉臣回。"喻郑虔虽陷贼庭,心怀王室,终于归来。

宋·苏轼《次韵子由使契丹至涿州见寄四首》:"又见子卿持汉节,遥知遗老泣山前。"说苏辙出使契丹,如古人"持汉节"。

1372. 苏武争禁十九年

唐·杜牧《边上闻笳三首》:"何处吹笳薄暮天,塞垣高鸟没狼烟。游人一听头堪白,苏武争禁十九年。"由边塞凄苦,联想苏武牧羊十九年之绝世艰难。《汉书·李广苏建传》载:"武留匈奴凡十九岁,始以强壮出,及还,须发尽白。"

宋·无名氏《南乡子》:"七日忍饥犹不耐,堪羞;苏武争禁十九秋。"用杜牧句。

1373. 白头宫女在,闲坐说玄宗

唐·王建《故行宫》:"寥落古行宫,宫花寂寞红。白头宫女在,闲坐说玄宗。"(《全唐诗》又收作元稹《宫词》,注"一作王建词"。王建有七言《宫词一百首》,此首五言单列)此诗作者时代距唐玄宗时代不足百年,表现开元、天宝年间的盛衰。当年宫女已白头,她们面对寂寞红花,闲谈唐玄宗的盛衰历程,沧桑之感,无比凄凉。语言明白如话,自然天成。

元·罗志仁《金人捧露盘》(钱塘怀古):"兴亡事,泪老金铜;骊山废尽,更无宫女说玄宗。"钱塘(南宋都城)的兴衰,如汉、唐一样,南宋国亡,连"闲坐说玄宗"的宫女也不见了,令人哀伤。

清·孔尚任《桃花扇》加二十一出孤吟《前腔》:"难寻吴宫旧舞茵,问开元遗事,白头人尽。"吴王夫差的事早已了无痕迹,即使是唐玄宗也找不到白头宫女谈论了。喻南明已败亡。

1374. 伤心欲问前朝事

唐·窦巩《南游感兴》:"伤心欲问前朝事,惟见江流去不回。日暮东风春草绿,鹧鸪飞上越王台。"作者任武昌节度使时,南游作此诗。"越王台",南越王赵佗所建,在今广州越秀山。"江流",珠江。作者在岭南,见越王台荒芜,想到南越王割据岭南,亦早已灭亡,面对唐代藩镇而感伤。

元·倪瓒《人月圆》:"伤心莫问前朝事,重上越王台。鹧鸪啼处东风草绿,残照花开。"作者卓然不仕,元末,尽散家财,寄身扁舟,不应张士诚之聘。此词为游越秀山所作。上阕尽融窦巩诗入词,吊古伤今,"莫问前朝事",反用窦巩句,感伤元朝灭亡和张士诚失败。

1375. 含情欲说宫中事

唐·朱庆余《宫词》:"寂寂花时闭院门,美人

相并立琼轩。含情欲说宫中事,鹦鹉前头不敢言。"这是著名的宫怨诗。宫中双美并立于轩前,有无穷的苦闷,无限的怨愤,"含情欲说"却又"不敢言"。因为前头有鹦鹉,鹦鹉学舌即可招致祸端。其实并非惧怕鹦鹉,所怕者"隔墙有耳",宫禁之严,压抑成创,心头苦水无敢吐露。

唐·杜甫《宿昔》:"宫中行乐秘,少有外人知。"宫中的苦乐,外人很少知道,这就是宫禁。

宋·陈抟《咏毛女》:"曾折松树为宝栉,又编粟叶作罗襦。有时问著秦宫事,笑撚仙花望太虚。"写一神秘的山野毛女,问她"秦宫事",笑而不答。

宋·王安石《胡笳十八拍十八首》:"含情欲说更无语,一生长恨奈何许。"写"汉家公主"和亲。一生孤苦,用朱庆余语,表示"含情欲说"却又无言可诉的辛酸心态。

1376.鹦鹉前头不敢言

唐·朱庆余《宫词》:"含情欲说宫中事,鹦鹉前头不敢言。"因为鹦鹉有学舌的本能,能重复、再现人说过的话,有时泄露一些消息,然而毕竟只言片语,不会完整,何况完全可以避开。所以"鹦鹉"代表宫中受宠的人,代表"宫禁","不敢言"并非因为"鹦鹉"。

宋·晏殊《木兰花》:"朱帘半下香销印,二月东风催柳信。琵琶旁畔且寻思,鹦鹉前头休借问。"思念离去的"惊鸿"——女子。不知去向,问鹦鹉也回答不出,因而"休借问"。从朱庆余句拓出新意。"宫中事,鹦鹉前头不敢言。"这是一首著名的宫怨诗,却不见"怨"意,只写一双宫女,并立琼轩之中,"含情欲说","情"是怨情,"说"是怨语,然而这种苦涩的怨情、怨语,未敢表达,苦果还是吞下,因为怕"鹦鹉学舌",招致大祸。从而展现出宫禁之严酷,宫人苦怨无处倾诉。这种有怨而无处吐露的写法,更深沉地表达了怨之重、怨之剧。表现手法可谓独辟蹊径了。

1377.白发因愁改,丹心托梦回

唐·张说《卢巴驿闻张御史张判官欲到不得待留赠上》:"白发因愁改,丹心托梦回。"他开始深受武则天的重用,后因忤旨被流放。此诗即流放岳州(今湖南岳阳)时赠给"京官"以表自己"白发丹心"的。白发因愁而增多,丹心随梦回到朝廷。

"白发丹心",年虽老而志不移,永远忠于朝廷,忠于皇帝,忠于国事,为古代忠臣所标榜。

唐·胡皓《和宋之问寒食题临江驿》:"丹心终不改,白发为谁新。"

唐·杜牧《河湟》:"牧羊驱马虽戎服,白发丹心尽汉臣。"

宋·欧阳修《摄事斋宫偶书》:"丹心未死惟忧国,白发盈簪盍挂冠。"

又《述怀》(至和元年):"丹心皎虽存,白发生已迸。"

又《借观王老诗次韵为谢》(皇祐三年):"白发忧民虽种种,丹心许国尚桓桓。"

宋·苏舜钦《离京后作》:"去国丹心折,流年白发多。"

1378.白首壮心违

唐·杜甫《夜》:"烟尘绕闾阎,白首壮心违。"大历二年,吐蕃占灵州、邠州,郭子仪屯泾阳,京师戒严,所以说"烟尘绕闾阎"。此刻诗人已近暮年,面对国事无能为力,才叹"白首壮心违"。此句反用曹操《步出夏门行·龟虽寿》:"烈士暮年,壮心不已。"创出"白首壮心"新句。他在《有叹》一诗中又写:"壮心久零落,白首寄人间。"用意相同。这同他评价李光弼就不一样了:"李相将军拥蓟门,白头虽老赤心存。"(《承闻河北诸道节度入朝欢喜口号绝句》)

唐·元稹《景申秋八首》:"良辰日夜去,渐与壮心违。"从杜甫句中化出。

1379.故国青山遍,沧江白发新

唐·顾况《送友失意南归》:"故国青山遍,沧江白发新。"此"友"不知为何人,在京师失意,或落第,或丢官,只好南归。顾况本漠视功名,作诗以慰藉友人。此句说故乡到处是可以游历、耕耘的青山,隐逸家乡安度晚年吧。顾况因作诗讥刺权贵被贬,由此他隐居茅山。他的《归山作》:"心事数茎白发,生涯一片青山。"也说多愁易老,不如依青山而生活。"白发"与"青山"相联系是可以理解的。古代青年知识分子,为名为利,为国为家,总是踌躇满志,不甘寂寞,不安贫贱,青山是留不住的,而仕途失意的白发人,归心总在家乡的青山绿水,愿以青山为伴。宋人辛弃疾《贺新郎》写"白发空垂三千丈,一笑人间万事。问何物、能令公喜?我见青

山多妩媚,料青山、见我应如是。"正说明"白发"对"青山"的深切情感。"白发青山"句即缘此情而为人应用。

唐·耿沨《雨中留别》:"青山违旧隐,白发入新诗。"

又《题云际寺故僧院》:"白发匆匆色,青山草草心。"

又《赠山老人》:"白首独一身,青山为四邻。虽行故乡陌,不见故乡人。"

唐·李端《与苗员外山行》:"若待青山尽,应逢白发生。"

唐·柳郴《句》:"他乡生白发,旧国有青山。"

唐·司空曙《贼平后送人北归》:"他乡生白发,旧国有青山。"柳郴的《句》与此句全同。

唐·白居易《登龙尾道南望忆庐山旧隐》:"青山举眼三千里,白发平头五十(岁)人。"

又《寄山僧》:"白首谁能住,青山自不归。"

又《和微之春日投简阳明洞天五十韵》:"白首青山约,抽身去得无。"

又《重到江州感旧游题郡楼十一韵》:"青山满眼在,白发半头生。"

唐·司马扎《送归客》:"白发何人问,青山一别归。"

唐·罗隐《初夏寄顾绍宗》:"青山无路入,白发满头上。"

宋·释怀古《烂柯山二首》:"白发有先后,青山无古今。"

宋·释智圆《病起二首》:"照水未能嗟白发,倚栏重得见青山。"

又《湖居即事寄仁侄》:"青山归去心长在,白发生来事转慵。"

宋·詹中正《退居》:"无可奈何新白发,不如归去旧青山。"

宋·范仲淹《赠余杭唐异处士》:"青山欲买难开口,白发思归易满头。"

宋·释契嵩《郎侍郎致仕》:"白发辞明主,青山恋故乡。"

又《次韵无誉赴承天再命》:"青山当隐处,白发欲栖心。"

宋·欧阳修《留守相公移镇汉东》:"路识青山在,人今白发行。"

又《送田处士》:"青山对高卧,白首喜论兵。"

宋·赵抃《岁暮偶成寄前人》:"眷恋青山乖青约,迟留白首未归人。"

又《武林即事寄前人二首》:"青山未隐如千里,白首重来又九秋。"

宋·邵雍《咏琴》:"青山无限好,白发不须惊。"

宋·陶弼《阳朔县》:"勤劳成白发,故旧是青山。"

宋·苏轼《次韵刘景文西湖席上》:"白发怜君略相似,青山许我定相从。"

又《李颀秀才善画山,以两轴见寄,仍有诗,次韵答之》:"年来白发惊秋速,长恐青山与世新。"

宋·王千秋《西江月》:"心事几多白发,客情无数青山。"

宋·辛弃疾《鹧鸪天》(鹅湖归病起作):"只因买得青山好,却恨归来白发多。"

清·郑文焯《鹧鸪天》:"诗梦短,酒悲长,青山白发又殊乡。"

1380. 白发无情侵老境,青灯有味似儿时

宋·陆游《秋夜读书每以二鼓为节》:"白发无情侵老境,青灯有味似儿时。"虽"白发无情",却觉"青灯有味",每夜读书至二鼓(相当于二十二时)他读书是有名的。

唐·司空曙《喜外弟卢纶见宿》:"雨中黄叶树,灯下白头人。"白头人在青灯之下。

1381. 青春留不住,白发自然生

唐·杜牧《送友人》:"十载名兼利,人皆与命争。青春留不住,白发自然生。"这是诗的前四句,向即将分别的友人陈述自己十年为名利奔波中渐趋衰老。"青春留不住,白发自然生。"以其平常语言,琅琅上口,道出由"青春"到"白发"这一不可抗拒的自然规律。"青春白发(首)"对用不自杜牧始,而炼句之工皆不如杜。

唐·孟郊《初于洛中选》:"青春不与我,白首方选书。"

唐·白居易《浔阳步晚寄元八郎中庾三十二员外》:"丹砂不肯死,白发自须生。"杜牧的"白发自然生"从此化出,

唐·薛能《春日使府寓怀二首》:"青春背我堂堂去,白发欺人故故生。"

唐·薛逢《追昔行》:"青春枉向镜中老,白发虚从愁里生。"

唐·洛下女郎歌:"自恨红颜留不住,莫怨春风道薄情。""留不住"出自杜牧句。

宋·欧阳修《寄题景纯学士藏春坞新居》:"欲借青春藏向此,须知白首尚多情。""青春"指春天。

宋·苏轼《立春日小集戏李端叔》:"白发已十载,青春无一堪。"

又《元日次韵张先子野见和七夕寄莘老之作》:"青春先入睡,白发不遗穷。"

1382. 青衫经夏黦,白发望乡稠

唐·元稹《闲二首》:"青衫经夏黦,白发望乡稠。""黦"音 dǎn,污垢。青衫经过炎夏被汗渍了,思乡望乡白发更稠密了。"青衫"依唐制官职卑下者着青衫,如八品九品小官,白居易的"司马青衫"就是九品。"青衫""白发"对用,表示官职卑微而年华已老。

唐·杜甫《徒步归行》:"青袍朝士最困者,白头拾遗徒步归。"

宋·欧阳修《书怀》(治平四年):"青衫仕至千钟禄,白首归乘一鹿车。"

又《同年秘书丞陈动之挽词》:"青衫照日夸春榜,白首余年哭故人。"

宋·李觏《送郴县吴主簿》:"青衫近始沾王泽,白首从新入宦途。"

宋·司马光《赠狼节推》:"白发无嗟老,青衫莫厌卑。为山已九仞,高节肯中衰。"

宋·苏轼《次韵子由送千之侄》:"白发未成归计稳,青衫傥有济时心。"

1383. 几回惊叶落,即到白头时

唐·李端《赠岐山姜明府》:"几回惊叶落,即到白头时。"几回叶落,即时过数年,头发已白。"落叶""黄叶"表示时令已秋,"白发"表示岁华已老。二者对用,以时至深秋陪衬人到老年。唐·韦应物《淮上遇洛阳李主簿》:"窗里人将老,门前树已秋。"直写人老树秋,意同"黄叶""白发"句。

唐·司空曙《喜外弟卢纶见宿》:"雨中黄叶树,灯下白头人。"

唐·白居易《途中感秋》:"树初黄叶日,人欲白头时。"

宋·释希昼《句·其十》:"去路正黄叶,别君堪白头。"

1384. 自知白发非春事

唐·杜甫《曲江陪郑八丈南史饮》:"自知白发非春事,且尽芳樽恋物华。"老年人游赏曲江春色已没什么兴趣了,我们多多饮酒随便观赏观赏吧。

宋·欧阳修《青州书事》:"青春固非老者事,白日自为闲人长。"用杜句。

1385. 当君白首同归日,是我青山独往时

唐·白居易《九年十月二十一日感事而作》:"当君白首同归日,是我青山独往时。"原注"其日独游香山寺"写退居的感受,同白首回归之人一样,也正是自己独往青山的时候。"……日,……时"这是一种句式,写两个相同或相关时日发生的事,这种句式首用者为杜甫。

唐·杜甫《七月一日题佟明府小楼》:"宓子弹琴邑宰日,终军弃繻英妙时。"

又《送郑十八虔贬台州司户伤其临老陷贼之故阙为面别情见于词》:"万里伤心严谴日,百年垂死中兴时。"

唐·李商隐《过故府中武威公交城旧庄感事》:"新薄似笔思投日,芳草如茵忆吐时。"

金·元好问《卫州感事》:"不知江令还家好,何似湘累去国时。"

又如"……后,……时"式:

唐·刘长卿《长沙过贾谊宅》:"秋草独寻人去后,寒林空见日斜时。"

唐·杜荀鹤《春日闲居寄先达》:"高下麦苗新雨后,浅深山色晚晴时。"

1386. 白发故人少

唐·元稹《酬杨司业兄早秋述情见寄》:"白发故人少,相逢意弥远。"白发之年,故友多零落,所剩无几了,再有相逢,更有深远的情怀。

宋·司马光《光皇祐二年谒告归乡里至治平二年方得再来怆然感怀诗以纪事》:"青松弊庐在,白首故人稀。"用元稹句。

1387. 公道世间唯白发

唐·杜牧《送隐者一绝》:"公道世间唯白发,贵人头上不曾饶。"世间只有白发是最公道的,即使是权贵,也要使你白头。

宋·苏轼《和邵同年戏赠贾收秀才三首》:"此

身自断天休问,白发年来渐不公。"反用其意。

又《和子由次月中梳头韵》:"从来白发有公道,始信丹经非妄言。"

清·蒲松龄《三月三日呈孙树百,时得大计邸抄》:"但余白发无公道,只恐东风亦世情。"康熙十年,运河淤塞,大员命宝应县令孙蕙(树百)调二万民工挖河,孙蕙鉴于宝应地狭民困,不办。被奏免职务,结果"大计"(考绩)的抄文(邸抄)下来了,蒲松龄有感而作诗。此二句,上句用杜牧"白发公道"句,下句反用唐·罗邺《赏春》"年年检点人间事,惟有东风不世情"句,说世上除了白发再没有公道的了,连东风都不例外,对孙蕙所受到的不公平的待遇表示极大愤慨。

1388. 白发他年不放君

唐·白居易《戏答诸少年》:"朱颜今年虽欺我,白发他年不放君。"现在的老年是昔日的青年,现在的青年是未来的老年,红颜一去,白发必生,"不放君",必生白发的。

唐·杜甫《九日》:"若遭白发不相放,羞见黄花无数新。""不相放"白发一旦生出,便不会离开了。"不放君"取此句义。

宋·苏轼《七月五日二首》:"念当急行乐,白发不汝放。"即白发不放汝,用"不放君"句义。

1389. 白首依前着布衣

唐·许棠《讲德陈情上淮南李仆射八首》:"丹霄空把桂枝归,白首依前着布衣。"许棠中进士后曾任县尉,后免官,所以说"空把桂枝归",已是年老,依然如当年布衣之时。"布衣",未仕的平民。

许棠《献独孤尚书》中又写:"虚抛南楚滞西秦,白首依前衣白衣。""白衣"同"布衣",指无官之人。

1390. 白发相逢,犹唱当时曲

宋·王庭珪《点绛唇》:"白发相逢,犹唱当时曲;当时曲,断弦难续,且尽杯中醁。"老年逢友,忆想当年风光,已不复存在。青年老友,白发相逢,也极难得。

唐·杜甫《秦州见敕目薛三璩授司仪郎毕四曜除监察与二子有故远喜迁官》写白发相逢:"别来头併白,相见眼终青。"

宋·欧阳修《走笔答原甫提刑学士》:"一尊莫惜临岐别,十载相逢各白头。"

1391. 白发又添多少

金·元好问《玉漏迟》(壬辰围城中有怀浙江别业):"清镜晓,白发又添多少?"金哀宗开兴元年,壬辰(1232),元兵围金汴京,此词写围城的忧苦。杜甫句"勋业频看镜",惜功未成自身已老,朱熹句"清镜莫频看",恐对白发而生悲。元好问"清镜晓"兼而含之,由于愁极,还不知白发增添了多少。元好问《清平乐》(忆镇阳):"梳去梳来双鬓短,镜里看看雪满。"义近。

宋·辛弃疾《念奴娇》(节东流村壁)词:"也应惊问,近来多少华发?"元好问句同此句义。

1392. 岁暮皤然一老夫

唐·白居易《岁暮呈思黯相公皇甫朗之及梦得尚书》:"岁暮皤然一老矣,十分流辈九分无。""皤"白,"岁暮"句义:值此年终之际,我已是白发苍苍的老翁了。

又《晚起闲行》:"皤然一老子,拥裘仍隐几。"再用"皤然"句写自己衰老。

1393. 使汝未老华发生

宋·苏轼《次韵刘答泾》:"天公怪汝铭物情,使汝未老华发生。""华发"头发花白,已是半老之年。此句义未老先衰。词人《念奴娇》(赤壁怀古):"故国神游,多情应笑我,早生华发。人生如梦,一尊还酹江月。"游赤壁,盛赞周公瑾之后,深感自己功名未遂,却已早生华发了。

唐·韩愈《河之水二首寄子侄老成》:"三年不见兮,使我生忧,日复日,夜复夜。二年不见汝,使我鬓发未老而先化。""化"改变,由黑发变成华发,由华发变成白发,都是"化"。苏轼用"未老先化"之意。

1394. 青山一发是中原

宋·苏轼《澄迈驿通潮阁二首》:"杳杳天低鹘没处,青山一发是中原。"那远方天低鹰隼飞没的地方,青山如一根发丝,那就是中原了。元符三年(1100),诗人自儋州北赴廉州,途经海南的澄迈县(今属海口市)作此诗。中原是汴京所在,在澄迈还望不到中原,只见"青山一发"便以为是中原了,是因为心向中原而产生的遐想。

唐·韩愈《寄元十八》:"乘潮簸扶胥,近岸指一发。"苏轼用此"一发"之喻。

1395. 莫等闲、白了少年头

宋·岳飞《满江红》(写怀):"怒发冲冠,凭栏处、潇潇雨歇,抬望眼,仰天长啸,壮怀激烈。三十功名尘与土,八千里路云和月。莫等闲、白了少年头,空悲切。"上阕写建功立业雄心。清·沈雄《古今词话》评:"《满江红》忠愤可见,其不欲等闲白了少年头,可以明其心事。"清·陈廷焯《云韶集》评:"何等气概!何等志向!千载下读之,凛凛有生气焉。'莫等闲'二语,当为千古箴铭。"今人刘永济《唐五代两宋词简析》评:"此词乃作者直抒其痛愤国耻,期于复仇之志。情辞慷慨,至为明切。'三十'二句,盖言年已三十,功名未就,直同尘土之无价值,但空过八千里路之云月,言远征无成也。'壮志'二句,正见其痛恨侵略者之深刻,故言之不觉激烈如此。"今人唐圭璋《唐宋词简释》评:"'莫等闲'两句,大声疾呼,唤醒普天下之血性男儿为国雪耻。""莫等闲、白了少年头"确系警策之语,与"少壮不努力,老大徒伤悲"有明显渊源关系,可以看出岳飞句缘此句意而生。

宋·朱敦儒《相见欢》:"泷州几番清秋。许多愁,叹我等闲白了、少年头。"岳飞仅用"等闲白了少年头"句,前加"莫"字,成否定式。

唐·高辇《棋》:"看他终一局,白却少年头"。句源在此。此句只云慢棋下得太慢了,宋人用之于对人生的态度,化为神奇。

宋·晦庵《满江红》:"漫教人、白了少年头,徒碌碌。"

宋·汪晫《鹧鸪词》(春愁):"只是鹧鸪三两曲,等闲白了几人头。"鹧鸪声加重了春愁,以至愁白人的头。

宋·魏了翁《鹧鸪天》(十五日同宪使观灯马上得数语):"千炬烛,数声讴,不知白了几人头。"

清·孔尚任《桃花扇》第二十九出逮社《水红花》:"等他题诗红叶,白了少年头。"为等香君音信,头发都白了。

1396. 览镜忽成丝

唐·宋之问《寄天台司马道士》:"卧来生白发,览镜忽成丝。""览"是"观览""观看","览镜"就是看镜、照镜。卧病中生了白发,对镜一看,黑发

竟然变成白丝。梁·何逊《拟古三首联句》:"匣中一明镜,好鉴明镜光。明镜不可鉴,一鉴一情伤。""鉴"亦为照,何逊首用照镜见白发而伤情之语,下面是写"览镜"的。

唐·沈佺期《答魑魅代书寄家人》:"览镜怜双鬓,沾衣惜万行。"

唐·李白《留别曹南群官之江南》:"十年罢西笑,览镜如秋霜。"

又《赠别舍人弟台卿之江南》:"觉罢览明镜,鬓毛飒已霜。"

又《捣衣篇》:"楼上春风日将歇,谁能览镜看愁发。"

唐·岑参《西蜀旅舍春叹寄朝中故人呈狄评事》:"春与人相乖,柳青头转白。生平未得志,览镜私自惜。"

又《行军诗二首》:"功业今已迟,览镜悲白须。"

唐·秦系《鲍防员外见寻因书情呈赠》:"览镜已知身渐老,买山将作计偏长。"

唐·戴叔伦《暮春沐发晦日书怀寄韦功曹泂李录事从训王少府纯》:"持梳发更落,览镜意多违。"

唐·卢纶《雪谤后书事上皇甫大夫》:"览镜愁将老,扪心喜复惊。"

又《酬李端长安寓居偶咏见寄》:"览鬓丝垂镜,弹琴泪洒襟。"

唐·白居易《览镜喜老》:"今朝览明镜,须鬓尽成丝。"

唐·方干《示乡叟》:"如何镊残鬓,览镜变成丝。"

唐·刘沧《罢华原尉上座主尚书》:"白露黄花岁时晚,不堪霜鬓镜前愁。"

宋·胡安国《元日》:"览镜自惊非昔貌,举杯同喜得新年。"

宋·刘克庄《贺新郎》(实之三和有忧边之语走笔答之):"少时棋枰曾联句,叹而今、登楼揽镜,事机频误。"

1397. 试把菱花照

宋·程垓《雨中花令》:"豆蔻浓时,酝酿香处,试把菱花照。""菱花",镜名,古代铜镜,映日发光,影如菱花,因称"菱花镜"。《埤雅·释草》:"旧说镜谓之菱华,以其面平,光影所成如此。"《善斋吉

金录》载:有唐菱花镜拓本,形圆,花纹作兽形,旁有五言诗一首,首句云:"照日菱花出。"

又《雨中花令》:"说与西楼,后来明月,莫把菱花照。"

1398.君不见,高堂明镜悲白发

唐·李白《将进酒》:"君不见,高堂明镜悲白发,朝如青丝暮成雪。"天宝十一载(252),诗人在嵩山友人元丹丘处所作。用古乐府"君不见"句式,写黄河之水到海不回,镜中白发朝暮成雪,岁华如流水,人生太短暂,当及时行乐,而蔑视功名富贵。"悲白发",是豪壮之悲,慷慨之悲,"朝如青丝暮成雪"言青春到衰老之急剧,夸张地写出自己的感受,也表现为一种气势,势不可挡。读此句,给人的感受不是"悲"而是豪壮。

"悲白发"出自南朝·齐·谢朓《冬绪羁怀示萧谘议虞田曹刘江二常侍》诗:"寒灯耿晓梦,清镜悲白发。"李白用此句,壮大了气势。

南朝·梁·庾肩吾《南城门老》(一作梁简文帝萧纲《诗》):"今如白华树,还悲明镜前。"

唐·刘希夷《览镜》:"青楼挂明镜,临照不胜悲。白发今如此,人生能几时。"

唐·岑参《武威春暮闻宇文判官西使还已到晋昌》:"白发悲明镜,青春换敝裘。"用李白句。

唐·刘长卿《酬涂州李十六使君见寄》:"满镜悲华发,空山寄此身。"

又《罢摄官后将还旧居留辞李侍御》:"潘郎悲白发,谢客爱清辉。"

唐·顾况《行路难》:"君不见少年头上如云发,少壮如云老如雪。"用"朝如青丝暮成雪"句。

唐·元稹《解秋十首》:"回悲镜中发,华白三四茎。"

唐·白居易《病中答招饮者》:"顾我镜中悲白发,尽君花下醉青春。"

1399.不知明镜里,何处得秋霜

唐·李白《秋浦歌十七首》之十五:"不知明镜里,何处得秋霜?"面对明镜,见"白发三千丈",如一片秋霜,感自己怀才不遇,已白发满头,有"镜里秋霜"之感,却不悲观。"何处得秋霜"却含有幽默和轻松。用"镜中霜"句。

唐·李白《古风》:"志愿不及申,徒霜镜中发。"

唐·戴叔伦《雨》:"春帆江上雨,晓镜鬓边霜。"

唐·司空曙《酬卫长林岁日见呈》:"旅雁辞人去,繁霜满镜来。"

唐·白居易《白发》:"最憎明镜里,黑白半头时。"

唐·郑谷《感怀投时相》:"非才偶忝直文昌,两鬓年深一镜霜。"

唐·成彦雄《元日》:"戴星先捧祝尧觞,镜里堪惊两鬓霜。"

1400.今朝白发镜中垂

唐·钱起《哭辛霁》:"昨夜故人泉下宿,今朝白发镜中垂。"故友辞世,一夜之间白发满镜了。说明为友人之殁极度忧伤。"镜中白发",南朝·梁·何逊写得最早(见"览镜"条)。唐以后有:

唐·宋之问《和赵员外桂阳桥遇佳人》:"玉面红妆本姓秦,妒女犹怜镜中发。"此"镜中发"是青丝。

又《入泷州江》:"镜愁玄发改,心负紫芝荣。"

唐·岑参《巴南舟中思陆浑别业》:"镜里愁衰鬓,舟中换旅衣。"

唐·刘长卿《云母溪》:"白发惭皎镜,清光媚齑沦。"

又《正朝览镜作》:"朝来明镜里,不忍白头人。"

唐·李白《揽镜书怀》:"自笑镜中人,白发如霜草。"

又《闺情》:"窥镜不自识,况乃狂夫还。"又《自代内赠》:"窥镜不自识,别多憔悴深。"

唐·杜甫《苏大侍御访江浦赋八韵记异》:"今晨清镜中,白间生黑丝。"

又《览镜呈柏中丞》:"镜中衰谢色,万一故人怜。"

又《早发》:"仆夫问盥栉,暮颜觑青镜。"

唐·韦应物《叹白发》:"还同一叶落,对此孤镜晓。"

唐·顾况《越中席上看弄老人》:"不到山阴十二春,镜中相见白头新。"

唐·戎昱《上桂州李大夫》:"晚镜伤秋鬓,晴空切病躯。"

唐·戴叔伦《清明日送邓芮二子还乡》:"传镜看华发,持杯话故乡。"

又《将巡郴永途中作》:"自疑冠下发,聊此镜中人。"

唐·卢纶《泊扬子江岸》:"清镜催双鬓,沧波寄一身。"

又《寄赠库部王郎中》:"鹤发逢新镜,龙门跃旧鳞。"

唐·李益《照镜》:"衰鬓朝临镜,照我白如丝。"

唐·司空图《闲园书事招畅当》:"惆怅临清镜,思君见鬓毛。"

又《酬李端书见赠》:"青镜流年看发变,白云芳草与心违。"

唐·王烈《塞上曲》:"明镜不须生白发,风沙自解老红颜。"

唐·王建《望行人》:"久不开明镜,多应是白头。"

唐·孟郊《古离别二首》:"不用看镜中,自知白发生。"

唐·韩愈《东都遇春》:"尔来曾几时,白发忽满镜。"

唐·元稹《三兄以白角中寄遗发不胜冠因有感叹》:"暗梳蓬发羞临镜,私戴莲花耻见人。"

唐·白居易《夭老》:"早世身如风里烛,暮年发似镜中丝。"

又《闻哭者》:"从此明镜中,不嫌头似雪。"

又《照镜》:"皎皎青铜镜,斑斑白丝鬓。"

又《叹老三首》:"晨兴照青镜,形影两寂寞。少年辞我去,白发随梳落。"

又《新秋晓兴》:"指镜梳白发,可怜冰照霜。"

唐·牟融《楼城叙别》:"清尊不负花前约,白发惊看镜里秋。"

唐·薛逢《追昔行》:"风惊粉色入蝉鬓,愁送镜花潜堕枝。"

唐·于武陵《客中览镜》:"何当开此镜,即见发如丝。"

唐·方干《越中言事二首》:"游人今日又明日,不觉镜中白发生。"

唐·崔涂《蜀城春》:"清镜不能照,鬓毛愁更新。"

又《春夕》:"故国书动经年绝,华发春唯满镜生。"

唐·刘沧《罗华原尉上座主尚书》:"白露黄花岁时晚,不堪霜鬓镜前愁。"

唐·吴融《府试雨夜帝里闻猿声》:"明朝临晓镜,别有鬓丝生。"

宋·京镗《水调歌头》(中秋):"照我尊前只影,催我镜中华发,蟾兔漫悠悠。"

1401. 朱颜辞镜去

唐·白居易《渐老》:"白发逐梳落,朱颜辞镜去。"青春年华,朱颜曾留于镜中,而年华已老,朱颜亦辞镜而去。清·王国维《蝶恋花》:"最是人间留不住,朱颜辞镜花辞树。"用白居易句,说朱颜是留不住的。

唐五代·冯延巳《鹊踏枝》:"旧日花前常病酒,不辞镜里朱颜瘦。"因愁病酒,不惜容颜削瘦。这"镜里朱颜"虽未辞去,却见削瘦了。

1402. 鸾镜朝朝减容色

唐·骆宾王《代女道士王灵妃赠道士李荣》:"龙飙去去无消息,鸾镜朝朝减容色。"似写两位还俗道士的恋情,代王灵妃向李荣表心迹,述远别之情。骆宾王曾作《艳情代郭氏答卢照邻》诗,也是代人传达爱情的。此二句说李荣匆匆而去杳无消息,对镜细察天天消减红颜。"鸾镜",孤鸾照镜。

"孤鸾对镜"出于古代传说:南朝·宋·范泰《鸾鸟诗》序说:"昔罽(hè)宾王结置峻卯之山,获一鸾鸟,王甚爱之,欲其鸣而不致也。乃饰以金樊,饷以珍馐,对之愈戚,三年不鸣。其夫人曰:'尝闻鸟见类而后鸣,何不悬镜以映之?'王从其意。鸾睹形悲鸣,哀响冲霄,一奋而绝。"南朝·宋·刘敬叔《异苑》载:"罽宾王有鸾,三年不鸣。夫人曰:'闻鸾见影则鸣。'乃悬镜照之,中宵一奋而绝。故后世称为鸾镜。""孤鸾面镜悲绝"事,很有感人处,因而称"鸾镜",并用以表达形只影单的悲哀。南朝·梁·沈约《豫章行》:"双剑爱匣同,孤鸾悲影异。"即述其悲。骆宾王句就是用"鸾镜"表示只身对镜。用"鸾镜"的如:

南朝·陈·张正见《赋得佳期竟不归》:"自对孤鸾向影绝,终无一雁带书回。"

唐·刘希夷《代秦女赠行人》:"鸾镜晓含春,蛾眉向影颦。"

唐·张说《温泉冯刘二监客舍观妓》:"镜前对舞,琴里凤传歌。"

唐·沈佺期《章怀太子靖妃挽词》:"形将鸾镜隐,魂伴凤笙游。"

唐·蒋涣《故太常卿赠礼部尚书李公及夫人挽歌二首》:"镜埋鸾已去,泉掩凤何飞。"

唐·戴叔伦《早春曲》:"玉颊啼红梦初醒,羞见青鸾镜中影。"

又《宫词》:"春风鸾镜愁中影,明月羊车梦里声。"

唐·司空曙《题玉真观公主山池院》:"镜掩鸾空在,霞消凤不回。"

唐·权德舆《赠梁园惠康公主挽歌词二首》:"凤楼人已去,鸾镜月空悬。"

唐·刘禹锡《再伤庞尹》:"可怜鸾镜下,哭杀画眉人。"

唐·白居易《和梦游春诗一百韵》:"暗镜对孤鸾,哀弦留寡鹄。"

唐·李商隐《陈后宫》:"侵夜鸾开镜,迎冬雉献裘。"

又《无题四首》:"多羞钗上燕,真愧镜中鸾。"

又《促漏》:"舞鸾镜匣收残照,睡鸭香炉换夕熏。"

又《鸾凤》:"旧镜鸾何处,衰桐凤不栖。"

又《李卫公》(德裕):"绛纱弟子音尘绝,鸾镜佳人旧令绵。"

又《效长吉》:"镜好鸾空舞,帘疏燕误飞。"

唐·赵嘏《蟠龙随镜隐》:"鸾镜无由照,蛾眉岂忍看。"

唐·李群玉《伤柘枝妓》:"曾见双鸾舞镜中,联飞接影对春风。"

唐·温庭筠《春日》:"美人鸾镜笑,嘶马雁门归。"

又《菩萨蛮》:"鸾镜与花枝,此情谁得知。"《说苑·越人歌》:"山有木兮木有枝,心悦君兮君不知。""枝"谐音双关"知","花枝"的枝亦双关"知"。

唐·卢肇《吊进士杨邺》:"夫妻镜里鸾分影,兄弟云中雁断行。"

唐·刘损《愤惋诗三首》(一作刘禹锡《怀妓》诗):"得意紫鸾休舞镜,断踪青鸟罢衔笺。"

唐·于濆《拟古意》:"鸦鬟未成髻,鸾镜徒相知。"

唐·刘驰驰《挽颜令宾词》:"孤鸾徒照镜,独燕懒归梁。"

五代·徐铉《月真歌》:"殷郎一旦过江去,镜中懒作孤鸾舞。"

宋·赵长卿《鹧鸪天》(晨起,忽见大镜,觌物思人,有感而作):"相思已有无穷恨,忍见孤鸾宿镜中。"

宋·郑域《画堂春》(春怨):"合是一钗双燕,却成两镜孤鸾。"

又《浣溪沙》(别恨):"已是孤鸾羞对镜,未能双凤怕闻笙,莫教吹作别离声。"

宋·李忆《念奴娇》:"镜鸾分影,望无涯肠断,悄无红叶。"

宋·吴文英《新雁过妆楼》:"徐郎老,恨断肠声在,离镜孤鸾。"

宋·何梦桂《贺新郎》:"不怕镜中、羞华发;怕镜中,舞断孤鸾影。"

宋·仇远《玉蝴蝶》:"寂寞秦郎,不堪离镜照鸾孤。"

又《风流子》:"香奁依然在,但鸾镜、孤影渺渺难寻。"

1403. 抱松伤别鹤,向镜绝孤鸾

北周·庾信《拟咏怀二十七首》其二十二:"抱松伤别鹤,向镜绝孤鸾。"余冠英以为"松"应作"桐",因为桐多制乐器。诗人远离故国,极其忧伤,喻自己孤独远去如"别鹤、孤鸾"。"孤鸾"(见前条)常与"别鹤"对用、连用。

"别鹤",相传卢女七岁入宫学鼓琴,出宫后嫁给商陵牧子,崔豹《古今注》:"《别鹤操》,商陵牧子所作也。娶妻(卢女)五年而无子,父兄欲为之改娶。妻闻之,中夜起而悲啸,牧子闻之,怆然而悲,乃援琴歌之曰:'将乖比翼隔天端,山川幽远路漫漫,揽衣不寐食忘餐。'"后人把他们唱的歌谱成曲子,叫《别鹤操》。汉·蔡邕《琴操》:"商陵牧子,娶妻五年无子,父兄欲为改娶,牧子援琴鼓之,歌《别鹤》以舒其愤懑,故曰《别鹤操》。"后多用以喻夫妻分离远别。庾信句是自喻远离故国。其前人用之则另有新义。

晋·陶渊明《拟古九首》之五:"上弦惊别鹤,下弦操孤鸾。"《西京杂记》载:"庆安世年十五,为成帝侍郎,善鼓琴,能为《双凤离鸾》之曲。""鸾"传说是凤凰之一种,古常用"鸾凤"喻夫妻,《双凤离鸾》曲是伤凤凰失伴。陶诗中的"别鹤""孤鸾"均为孤高退隐之意。

南朝·宋·鲍照《拟行路难》其三:"宁作野中之双凫,不愿云间之别鹤。"宁作双双野鸭,不作孤飞仙鹤,喻小家碧玉嫁于富贵之家,不忘旧日伴侣。

南朝·梁·王僧儒《咏擣衣诗》："别鹤悲不已,离鸾断还续。"喻擣衣女为"别鹤",远戍男为"离鸾"。

唐·寇坦(开元间人)母赵氏《古兴三首》："孤鸾伤对影,宝瑟悲别鹤。"

元·曾瑞《集贤宾·逍遥乐》："对景如青鸾舞镜,天隔羊车,人囚凤城。"喻别家。

元·张可久《水仙子·秋思》："天边白雁写寒云,镜里青鸾瘦玉人。"写别愁。

元·于伯渊《点绛唇·油胡芦》："鸾镜光涵百炼铜,端详了这玉容。""鸾镜"指铜镜,女子独自照影的镜子。

1404.入镜鸾窥沼,行天马渡桥

唐·韩愈《春雪》："拂花轻尚起,落地暖初销。已讶陵歌扇,还来伴舞腰。酒篁留密节,著柳送长条。入镜鸾窥沼,行天马渡桥。"描写春雪飘飘,飘落在各处的景象。"入镜"二句意:雪入池沼如白鸾窥镜,雪行天空如神马跃桥。

宋·史达祖《东风第一枝》(咏春雪)："行天入镜,做弄出、轻松任软。""镜",池沼,缩用二句。

1405.玉簪折难觅鸾胶

元·李子中《赏花时·煞尾》："自阳台云路杳,玉簪折难觅鸾胶。"重温旧好似已无望。

汉·东方朔《海内十洲记》："凤麟洲……多凤麟,……煮凤啄及麟角合煎作膏,名之为续弦胶,或名连金泥,此胶能续弓弩已断之弦,刀剑断折之金。更以胶连续之,使力士掣之,他处乃断,所续之际,终无断也。"(又见《汉武故事》)是说用"凤啄""麟角"合煎熬成膏,叫续弦胶。"鸾胶"即这种传说中之胶,有极强的粘合力,喻夫妻感情绸缪,如胶似漆。

元·乔吉《折桂令·劝求妓者》："踢腾尽铜斗般窠巢,日夜煎熬,要撧断琴弦,别觅鸾胶。"再续亲情。

元·邾经《蟾宫曲·题录鬼簿》："裹骊珠泪冷鲛绡,续冰弦指冻鸾胶。"说钟嗣成用鸾胶把"冰弦"接合起来,喻《录鬼簿》继往开来。

1406.云髻罢梳还对镜

唐·薛逢《宫词》："云髻罢梳还对镜,罗衣欲换更添香。"描绘宫女梳妆情景:云样发髻梳完了,要对着镜子查验一番,罗衣要换新了,要在新衣上添加香料。"云髻"发型,层叠错落高高如云,同"乌云"女发。

明·汤显祖《牡丹亭》第十出惊梦："云髻罢梳还对镜,罗衣欲换更添香。"引薛能二句写杜丽娘梳妆之细致。

1407.破鉴徐郎何在

南宋末·徐君宝妻《满庭芳》："破鉴徐郎何在,空惆怅,相见无由。"元·陶宗仪《辍耕录》卷三载:"徐君宝妻某氏,亦同时被虏来杭,居韩蕲王府。自岳至杭,相从数千里,其主者数欲犯之,而终以巧计脱。盖某氏有令姿,主者弗忍杀之也。一日,主者怒甚,将即强焉,因告曰:'俟妾祭谢先夫,然后乃为君妇不迟也,君奚用怒哉!'主者喜诺,即严妆焚香,再拜默祝,南向饮泣,题《满庭芳》一阕于壁上已,投大池中以死。"此词写临辱不屈,故夫徐君宝在何处?已无缘再见,因决意殒身,但求梦魂还反故乡。用南朝·陈·徐德言同乐昌公主将镜扑碎,"各分其半",以求重逢的"破镜重圆"故事,反用其事,双关徐君宝。

宋末·刘辰翁《宝鼎观》(春月)："看往来,神仙才子,肯把菱花扑碎?"此词又题作"丁酉元夕",即元成宗大德元年(1297)元宵节,面对复国无望,写元宵月夜下,熙熙攘攘的佳人才子,谁愿意像乐昌公主和徐德言那为防亡国而扑碎菱花镜。"以乐景写哀"反衬南宋人已是国破家亡。

唐·杜牧《破镜》："佳人失手镜初分,何日团圆再念君。"由破镜分手,想到团圆相会。

宋·朱熹《半月》："人间离别堪怜,天上嫦娥恐亦然。昨夜广寒分破镜,半宵飞上九重天。"看到半月升天,想象是广寒宫亦发生破镜,嫦娥孤独了。

1408.簪遗佩解,镜破钗分

元·曾瑞《青杏子·骋怀》："簪遗佩解,镜破钗分。"扔掉簪子,解下玉佩,打破铜镜,分开钗股。喻夫妻离异或感情破裂。

唐·韩偓《惆怅》："被头不暖空沾泪,钗股分忧半疑。"钗,古代妇女一种头饰,钗由两股合成,更为美观,破镜,圆镜一分为二,两下分。元人喜用"镜破钗分"作喻。

元·商挺《潘妃曲》："早是离愁添秋兴,那堪镜破金钗另。"

元·商衢《夜行船·尾声》:"俏家风,说与那小后生,识破这酒仇花病。再不留情,分开宝镜。"

元·贯云石《点绛唇·闺怨》:"琼簪折,宝鑑分,今春又惹前春恨。"

元·曾瑞《骂玉郎过感皇恩采茶歌,四时闺怨(春)》:"分钗破鑑别离谶,泪满襟,鸾拆衾,鸳分枕。"

元·乔吉《折桂令》:"云雨期一枕南柯,破镜分钗,对酒当歌。"

元·薛昂夫《端正好·闺怨》:"吉了的掂折玉簪,扑冬的井坠银瓶,分开鸾镜。"

1409. 闲窥石镜清我心

唐·李白《庐山遥寄卢侍御虚舟》:"闲窥石镜清我心,谢公行处苍苔没。"《太平寰宇记》载:"石镜在东山悬崖之上,其状团圆,近之则照见形影。"李白照庐山石镜觉得石镜不仅照容,还可清心,使自己的隐遁心灵更加净化。"谢公"指谢灵运,谢曾到过庐山,说他走过的地方都已满是青苔。

南朝·宋·谢灵运《入彭蠡湖口》诗中也曾写过"石镜":"攀崖照石镜,牵叶入松门。"李白所写"石镜"当为此,因为其诗中上句写"石镜",下句就写"谢公"。

1410. 飞镜无根谁系

宋·辛弃疾《木兰花慢》(中秋饮酒将旦,客谓前人诗词有赋诗待月,无送月者,因用《天问》体赋):"飞镜无根谁系,姮娥不嫁谁留?"词人中秋赏月至月落时作送月词,仿《天问》提出关于月的六项疑问,此句为一项:飞镜般的月亮在天上环绕,没有根,是谁把它系住?嫦娥不嫁,是谁把她留在月中。

辛词的想象力很受屈原的启发。屈原在《天问》中提出一百七十多个问题,其中"斡维焉系?天极焉加?"天空不停转动,是什么维系控制这转动?辛词的"飞镜谁系"从此句衍生。

唐·杜甫有《石镜》诗:"蜀王将此镜,送死置空山。"此石镜在成都。《华阳国志》载:"武都有一丈夫,化为女子,美而艳,盖山精也。蜀王纳为妃,无几物故。蜀王遣五丁之武都,担土作冢,盖地数亩,高七丈,上有石镜表其门,今成都北角武担是也。"《寰宇记》载:"冢上有石镜,厚五寸,径五尺,

莹彻,号曰石镜。"杜《石镜》诗即述其事。后来杜甫重游此地,又写了"石镜通幽魄,琴台点绛唇。"

1411. 司徒清鉴悬明镜

唐·杜甫《洗兵马》:"成王功大心转小,郭相谋深古来少。司徒清鉴悬明镜,尚书气与秋天杳。"安史之乱中,唐肃宗起兵朔方,完成中兴大业,又居安思危。中兴大业重在将相得人。举郭子仪的谋略,李光弼(司徒)的明鉴,王思礼(尚书)的气度,说明选拔人才是得当的。"悬明镜"悬挂起一面明亮透晰的镜子,喻李光弼之明察秋毫。《世说新语》记:"何点尝目陆慧晓心如明镜。"这是用"明镜"比较早的。

关于"明镜"的传说,不止是通常所说的明亮的镜子。如唐·孟郊《结交》诗:"铸镜须青铜,青铜易磨拭。"又《答韩愈李观别因献张徐州》:"懒磨旧铜镜,畏见白发新。"宋·梅尧臣《题满公僧录西明轩》:"赤萍才落邓林外,青铜半磨傍露明。"都写把青铜镜磨拭明亮。也不是唐太宗的"以人为镜",如唐·白居易《百炼镜》中述说的"太宗常以人为镜,鉴古鉴今不鉴容。"传说中的"明镜"则具有X光镜的透视作用。晋人葛洪在《西京杂记》卷三曾记:汉"高祖初入咸阳宫,周行库府,金玉珍宝,不可称言。其尤惊异者……有方镜,广四尺,高五尺九寸,表里有明,人直来照之,影则倒现。以手扪心而来,则见肠胃五脏,历然无硋。人有疾病在内,则掩心而照之,则知病之所在。又女子有邪心,则胆心动。秦始皇常以照宫人,胆张心动者则杀之。高祖悉封闭以待项羽。羽并将以东,后不知所在。"唐人李睿在《松宿杂录》中也录:"唐穆宗长庆年间,有渔人于秦淮垂网捕鱼,得一古铜镜,照之尽见五脏六腑,惊骇腕颤,镜复隧于水。后李德裕闻之,穷索水底,终不再得。"这类传说更强化了"明镜"的价值,因引唐宋以后"明镜高悬"成官吏们标榜自己明鉴是非、清正廉明的口号。元·关汉卿《望江亭》第四折:"今日个幸对清官,明镜高悬。"《好逑传》第七回:"我铁中玉远人也,肺腑隐衷本不当秽陈于小姐之前,然明镜高悬,又不敢失照,因不避琐琐。"而语言上都应出于杜甫的"悬明镜"。

南朝·宋·范泰《鸾鸟诗》:"明镜悬高堂,顾影悲同契。"明镜悬在何处?悬在高堂。李白的"高堂明镜悲白发"也是悬在高堂。此诗述孤鸾照镜而悲事,镜因成"鸾镜"。

唐·裴夷直《同乐天中秋夜洛河玩月二首》:"千珠竞没苍龙额,一镜高悬白帝心。""一镜高悬"指明月。

宋·辛弃疾《念奴娇》(登建康赏心亭呈史致道留守):"宝镜难寻,碧云将暮,谁劝杯中绿?""宝镜难寻"叹无人鉴察自己的忠肝义胆。

1412. 片片行云著蝉鬓

唐·卢照邻《长安古意》:"片片行云著蝉鬓,纤纤初月上鸦黄。"全诗写唐代都城长安达官贵人、富家姬妾的豪华生活。此句写士女妆束:蝉鬓高耸,如片云落著发上,纤细的初月映照着脸上的鸦黄。"蝉鬓"是一种发型,圆薄隆起,有如蝉翼。崔豹《古今注》载:魏文帝宫人莫琼树,制蝉鬓,缥渺如蝉。马缟《中华古今注》卷中载:"琼树始制为蝉鬓,望之缥渺如蝉翼,故曰'蝉鬓'。"这种发式两鬓如蝉翼,也如云。

隋·薛道衡《昭君辞》最早写"蝉鬓":"蛾眉非本质,蝉鬓改真形。"

唐人用"蝉鬓"的还有:岑参《骊姬墓下作》:"蛾眉山月苦,蝉鬓野云愁。"骊姬恶名远扬,死后千年名声仍坏。卢仝《有所思》:"翠眉蝉鬓生别离,一望不见心断绝。"施肩吾《观美人》:"漆点双眸鬓绕蝉,长留白雪占胸前。"温庭筠《咏春幡》:"碧烟随刃落,蝉鬓觉春来。"刘氏妇《明月堂》:"蝉鬓惊秋华发新,可怜红隙尽埃尘。"

白居易笔下的"蝉鬓"不同于众。《花酒》诗中写:"香酪浅酌浮如蚁,雪鬓新梳薄似蝉。"不是写女子发式,而是老年鬓发白而且薄,脱落得薄如蝉翼了。

1413. 低鬟蝉影动

唐·元稹《(续张生)会真诗三十韵》:"低鬟蝉影动,回步玉尘蒙。"写欢会情景,"低鬟""回步"正表现少女的羞涩行为。低下头去,鬓发如蝉翼之影微微而颤。

宋·周邦彦《意难忘》(美咏):"衣染莺黄,爱停歌驻拍,劝酒持觞。低鬟蝉影动,私语口脂香。"用元稹原句,写女子行为。

1414. 私语口脂香

五代·顾敻《甘州子》:"山枕上,私语口脂香。"写女子吐气如兰。

宋·周邦彦《意难忘》:"低鬟蝉影动,私语口脂香。"用顾敻原句。

1415. 花鬓如绿云

唐·李端《妾薄命》:"忆妾初嫁君,花鬓如绿云。"花鬓是插着花的头发,"绿云"喻女子高髻盘桓,缥渺如绿色的云。发呈青黛色,黑绿色,接近绿色,因此称绿云。杜牧在《阿房宫赋》中写"绿云扰扰,梳晓鬟也",写宫妃梳晨妆,头发翻卷浮动如绿色的云,表现许多宫女梳妆。以下如:

唐·刘商《铜雀妓》:"玉辇岂再来,娇鬟为谁绿。"

唐·杨巨源《观妓人入道》:"春来削发芙蓉寺,蝉鬓临风堕绿云。"写妓人削发。

唐·王涯《宫词三十首》:"一丛高鬟绿云光,官样轻轻淡淡黄。"

唐·白居易《江南喜逢萧九徹因话长安旧游戏赠五十韵》:"眉残蛾翠浅,鬟解绿云长。"

宋·黄庭坚《醉落魄》:"明年细麦能黄熟,不管经霜、点尽鬓边绿。"

宋·朱敦儒《菩萨蛮》(闺情):"绿云鬓上飞金雀,愁眉翠敛春烟薄。"

1416. 绿黛红颜两相发

南朝·陈·徐陵《杂曲》:"绿黛红颜两相发,千娇百态情无歇。"写宫中舞女的情态。"黛"本为青黑色,画眉颜料,此处借代"眉"。红与绿多描绘花色,这里并用于人的面、眉。"两相发",绿眉与红颜相生发、相辉映,两种色彩谐协,十分美貌。

后用此描绘方法,多是"朱颜绿发",也用"红颜翠发""绿鬓红唇"之类,多写女子美貌,也表男子华年正茂。

唐·崔颢《卢姬篇》:"卢姬小小魏王家,绿鬓红唇桃李花。"

宋·赵抃《次韵张侨庆毛维瞻得谢》:"两颊朱颜公退速,满头霜鬓我归迟。""朱颜"与"霜鬓"分句对比。

宋·曾巩《孔教授张法曹以曾论荐特尔长笺》:"绿发朱颜两少年,出论清誉每相先。"后用"绿发朱颜"者较多。

宋·王安石《金明池》:"青天白日春常好,绿发朱颜老自悲。"

宋·刘敞《和永叔李太尉饮席闻筝》:"红颜翠

发夺春辉,繁手哀弦逐羽扈。"

宋·强至《送春》:"身外韶华犹可再,其如绿鬓与红颜。"

宋·苏轼《浣溪沙》(忆旧):"长记鸣琴子贱堂,朱颜绿发映垂杨,如今秋鬓数茎霜。"

宋·舒亶《菩萨蛮》:"柳桥花坞南城陌,朱颜绿发长安客。"

宋·程大昌《好事近》(硕人生日):"绿鬓又红颜,谁道年周甲子。"

宋·石孝友《念奴娇》:"人世景物堪悲,等闲都换了,朱颜云发。"

宋·彭叔夏《水调歌头》(寿赵宰母):"好事柿红萱草,长伴朱颜绿发。"

宋·无名氏《壶中天》(寿溪园二月十三)(按调为"满江红"):"愿年年常恁、颜红鬓绿。"

1417. 绿鬓朱颜,道家装束

宋·晏殊《少年游》:"家人拜上千春寿,深意满琼卮。绿鬓朱颜,道家装束,长似少年时。"写家人祝寿,祝愿青春常驻,永葆"绿鬓朱颜"。"绿鬓朱颜"(及其变序式)意同"绿发红颜",而其应用却最多,且多表示生命不衰或少年英俊。

宋·韩维《宴逍遥堂》:"朱颜绿鬓尽才良,永日逍遥宴此堂。"

宋·黄庭坚《鼓笛慢》(黔守曹伯达供备生日):"看朱颜绿鬓,封侯万里,写凌烟像。"

宋·秦观《玉烛新》:"试看取、紫绶金章,朱颜绿鬓。"

又《喜迁莺》:"碧柳绯桃,锦袍乌帽,辉映颜朱鬓绿。"

又《江城子》:"南来飞燕北归鸿,偶相逢,惨愁容。绿鬓朱颜,重见两衰翁。"

宋·陆游《汉宫春》(张园赏海棠作,园故蜀燕王宫也):"朱颜绿鬓,作红尘、无事神仙。"

宋·张孝祥《西江月》(代五三弟为老母寿):"莫问清都紫府,长教绿鬓朱颜,年年今日彩衣斑。兄弟同扶酒盏。"

宋·吕胜己《瑞鹤仙》(众会谢右司赵鄂州劝酒二首)词:"见煌煌甲第,两两龙驹,绿鬓朱颜未到。是平生、种德阴功,自有天报。"

宋·赵长卿《喜迁莺》(上魏安抚):"朱颜绿鬓,殷勤深愿,镇长如旧。"

宋·廖行之《千秋岁》(寿外姑):"蟠桃多岁月,不数如瓜枣。千岁也,朱颜绿鬓人难老。"

宋·辛弃疾《洞仙歌》(为叶丞相作):"见朱颜绿鬓,玉带金鱼,相公是、旧日中朝司马。"

宋·石孝友《洞仙歌》:"侭从他、乌兔促年华,看绿鬓朱颜,镇长依旧。"兼用赵长卿句。

宋·韩淲《满江红》(陈玉局生朝):"有朱颜绿鬓,禁林仙客。"

宋·陈允平《汉宫春》(庚午岁寿谷翁保相):"葱蒨兽炉香袅,映金貂玉佩,绿鬓朱颜。"

宋·熊禾《满庭芳》:"齐眉处,朱颜绿鬓,相与共长生。"又《瑞鹤仙》:"朱颜绿鬓,须尽道、人间罕见。"

宋·刘辰翁《法驾导引》(寿治中):"比似相公年正少,朱颜绿鬓锦蝉连。"又《水调歌头》:"正是使君初度,如见中州河岳,绿鬓又朱颜。"又《木兰花慢》(和中甫李参政席上韵):"看满空尊,轻裘缓带,绿鬓朱颜。"

宋·邓炎《促拍守奴儿》(寿孟万户):"莫言春色三分二,朱颜绿鬓,栽花种竹,谁似君闲。"

宋·李之仪《水调歌头》:"幸有碧天深处,存取朱颜绿鬓,流落又何妨。"

宋·无名氏《金明池》(春游):"怎得东君长为主,把绿鬓朱颜、一时留往。"

宋·无名氏《永遇乐》(庆守正月十九):"那堪绿鬓朱颜年少,暂试牛刀百里。"

宋·无名氏《青玉案》(二月十五):"北堂深处,朱颜绿鬓,赢得此身强健。"

宋·无名氏《满庭芳》(十月初五):"画堂,歌舞处,香浮宝鸭。寿酒频斟,愿朱颜绿鬓,常似青春。"

1418. 轻颦微笑娇无奈

宋·贺铸《薄倖》:"记画堂、斜月朦胧,轻颦微笑娇无奈。"忆往昔,斜月映入画堂,朦胧中,你轻蹙眉梢,微微含笑,真是娇美无比。"轻颦微笑"写女子一种媚态美。又作"轻颦浅笑"。

"轻颦浅笑"的描绘,出自欧阳修的《渔家傲》:"颦笑浅,双眸望月牵红线。"这是一首"七夕词",用白居易《长恨歌》唐玄宗、杨玉环事,写牛女会。"颦笑浅"即浅颦浅笑,描写"乞巧楼"中的人。稍后,宋·李元膺《洞仙歌》(一年春物,惟柳间意味最深。至莺花烂熳时,则春已衰退,使人无复新意。予作洞仙歌,使探春者歌之,无后时之悔):"雪云散尽,放晓晴池院。杨柳于人便青眼。更风流多处,一点梅心,相映远,约略颦轻笑浅。"

黄庭坚用"欲笑还颦":《诉衷情》:"思往事,惜流光,恨难忘。未歌先敛,欲笑还颦,最断人肠。"未歌先敛容,欲笑还颦眉,则是别有一番情态。这是"浅颦轻笑"的变式。辛弃疾《浣溪沙》(赠子文侍人名笑笑):"歌欲颦时还浅笑,醉逢笑处却轻颦,宜频宜笑宜精神。"

宋词中用"浅颦轻笑"及其变式如:

杨无咎《柳梢青》:"嚼蕊捿英,浅颦轻笑,酒半醒时。"

谢懋《石州引》(别恨):"京洛红尘,因念几年羁旅。浅颦轻笑,旧时风月逢迎,别来谁画双眉妩。"

张孝祥《满江红》:"追往事,欢连夕;经旧馆,人非昔。把轻颦浅笑,细思重忆。"

岳甫《念奴娇》:"浅笑轻颦追想处,眼底如今历历。"

王炎《鹧鸪天》(梅):"疑浅笑又轻颦,虽然无语相亲。"写梅花。

韩淲《忆秦娥》(茉莉):"轻颦浅笑,小梅标格。"写茉莉。

1419. 花边雾鬓风鬟满

宋·范成大《新作景亭程咏之提刑赋诗次其韵》:"花边雾鬓风鬟满,酒畔云衣月扇香。"景亭庆宴,花边酒畔,伴以歌舞女侍。"雾鬓风鬟",写舞女鬟鬓逢松美。

"雾鬓风鬟"用苏轼句。苏轼《洞庭春色赋》写:"携佳人而往游,勒雾鬓与风鬟。"借代女子。

宋·李清照《永遇乐》词:"中州盛日,闺门多暇,记得偏重三五……如今憔悴。风鬟霜鬓,怕见夜间出去。"张端义《贵耳集》评说:李清照"南渡以来,常怀京洛旧事。晚年赋元宵《永遇乐》词云:'落日熔金,暮云合璧',已自工致。至于'染柳烟轻,吹梅笛怨,春意知几许',气象更好。后迭云:'于今憔悴,风鬟霜鬓,怕见夜间出去',皆以寻常语言度入音律,炼句精巧则易,平人谈入妙者难。""风鬟霜鬓"用苏轼语变一字,表达出她中年以后无限孤寂,无心妆扮,甚至发髻都有些蓬乱了。

宋·刘辰翁《永遇乐》:"湘帙流离,风鬟三五,能赋词最苦。"李清照在《金石录后序》中说她在战乱中丧失了许多古书。"湘帙流离"就概括这一意

思。刘词写,李清照南渡以后,流离辛苦,书物丧失,在元宵之夜,抚今追昔,写出情调凄婉的这首词。"风鬟三五"用李清照当年"偏重三五",而今"风鬟霜鬓,怕见夜间出去"对比她生活的变化。

1420. 学画鸦黄半未成

隋·虞世南《应诏嘲司花女》:"学画鸦黄半未成,垂肩嚲袖太憨生。缘憨却得君王惜,长把花枝傍辇行。"《隋遗录》载:"炀帝幸江都,洛阳人献合带花。帝令御车女袁宝儿持之,号司花女。时诏世南草勒于帝侧,宝儿注视久之。帝曰:'若飞燕可掌上舞,今得宝儿,方昭前事,然多憨态。今注目于卿,卿可便嘲之。世南为绝句。'"就是这首诗了。"学画鸦黄"就是在额部涂上黄色,或贴上黄花,称"额黄花",《木兰辞》有"对镜贴花黄",梁简文帝写"约黄能效月",后魏女子作"黄眉黑妆",是六朝兴起的女子时妆。"鸦黄",画上黄色鸦形,如同圆形、半月形或花卉形。涂黄总有图形,图形可随心所欲,不拘一格,鸦黄应是一种较复杂的图形。袁宝儿"学画鸦黄半未成",看得出她憨态可掬,所以被"嘲"。写"鸦黄"的还如:

唐·卢照邻《长安古意》:"片片行云著蝉鬓,纤纤初月上鸦黄。"

宋·苏轼《四时词》:"起来呵手画双鸦,醉脸轻匀衬眼霞。"

又《次韵答舒教授观余所藏墨》:"倒晕连眉秀岭浮,双鸦画鬓香云委。"

1421. 黄头奴子双鸦鬟

唐·李白《酬张司马赠墨》:"黄头奴子双鸦鬟,锦囊养之怀袖间。""黄头奴子"(如俗称"黄毛丫头"),年少的使女。"双鸦鬟",双丫髻,古时未成年的女子,头上梳双髻,又叫丫鬟,渐渐以"丫鬟"指代使女。

五代·成彦雄《夕》:"台榭沉沉禁漏初,麝烟红蜡透暇髭。雕笼鹦鹉将栖宿,不许鸦鬟转辘轳。""鸦鬟"已指代宫女,即"丫鬟"。

1422. 新鬟学鸦飞

唐·杜牧《闺情》:"娟娟却月眉,新鬟学鸦飞。"写闺中女子的妆饰,鬟边梳起鸦髻,如鸦展翅欲飞。"鸦髻",在发上起首尾翅作鸦状,是一种复杂发梳法,"鸦"在发侧鬟边,别有一番风致。下面

是"鸦鬓"描写句,可各见其妙。

唐·李贺《美人梳头歌》:"纤手却盘老鸦色,翠滑宝钗簪不得。"

唐·陆龟蒙《偶作》:"双眉初生茧,两鬓正藏鸦。"

唐·曹邺《恃宠》:"三十六宫女,髻鬟各如鸦。"

宋·苏轼《谢宋汉杰惠李承晏墨》:"翠色冷光何所似,墙东鬓发堕寒鸦。"注:古墨法云:色不染手,光可射人。如发,取墨光可鉴人意。

宋·李石《捣练子》(送别):"腰束素,鬓垂鸦,无情笑面醉犹遮。"

宋·赵彦端《减字木兰花》:"帘深酒暖,细雨斜风浑不管。只有黄花,欲近佳人鬓畔鸦。"

宋·姚勉《沁园春》(寿张府判夫人):"寿庆千秋,荣封两国,绿鬓犹深杨柳鸦。"

宋·陈允平《醉桃源》:"倦春娇困宝钗斜,绿垂云际鸦。"

1423. 如今云鬓堆鸦

宋·史浩《临江仙》:"忆昔来时双髻小,如今云鬓堆鸦。绿窗冉冉度年华。秋波娇殢酒,春笋惯分茶。"写一个女子的成长:昔日初来挽着短小的双髻,而今却在高高的云鬓上堆缀着一只"乌鸦",随着年龄的增长,她的发长而美丽了。"堆鸦",长发叠垒作鸦状,是古代成年女子的美发型之一。史浩首用"云鬓堆鸦"句。

宋·赵彦端《鹧鸪天》(玉婉):"钗插凤,鬓堆鸦,无腰春柳受风斜。"

宋·陈允平《渡江云》:"飘佩环,玉波秋莹,双髻绿堆鸦。"

宋人话本小说中人物张魁《踏莎行》:"凤鬓堆鸦,香酥莹腻,雨中花占街前地。"

元·关汉卿《[仙吕]一半儿·题情》:"云鬟雾鬓胜堆鸦,浅露金莲簌绛纱。""云鬟雾鬓"用苏轼语,说蜷曲如云,膨松如雾,这种发式比堆鸦还美。

元·王实甫《西厢记》第三本第三折《折桂令》:"他是个娇滴滴美玉无瑕,粉脸生春,云鬓堆鸦。"

清·蔡廷弼《卖花声》(焙茶):"人影隔窗纱,两鬓堆鸦。"

清·曹雪芹《红楼梦》第五回《警幻仙姑赋》:"靥笑春桃兮,云堆翠髻。"改用"堆翠髻。"

1424. 只有飞蚊绕鬓鸣

宋·苏轼《佛日山荣长老方丈五绝》:"山人睡觉无人见,只有飞蚊绕鬓鸣。"写"山人"独睡,深山寂寞,再无他人,因而只有飞蚊绕鬓,嗡嗡而鸣。"山中只有苍髯叟",这"睡觉"的山人指荣长老吗?非也。诗人午宿杭州佛日寺,作了一日山人,"只有飞蚊绕鬓鸣"是诗人的感受,这是深山寂静的感受。

唐·何讽《梦渴赋》:"窗日斜照,飞蚊绕鬓。"苏轼用此句,反衬寺中人迹寥寥。

1425. 又说向灯前拥髻

宋·刘辰翁《宝鼎观》(春月):"肠断竹马儿童,空见说、三千乐指。等多时,春不归来,到春时欲睡。又说向、灯前拥髻,暗滴鲛珠坠。便当日亲见霓裳,天上人间梦里!"此词又题《丁酉元夕》,丁酉为元成宗大德元年(1297),距1279年南宋灭亡,已过去18年。此词上阕写宣和元夕繁华热闹盛况,下阕写今日的凄凉,不堪回首。清·俞陛云《唐五代两宋词选释》评:"下阕言大好春色而畏逢春色,有怀莫诉,归向绿窗人灯前掩泪,尤为凄暗。"今人唐圭璋《唐宋词简释》评:"第三片,回忆旧游,恍如一梦,灯前想象,不禁泪堕。""灯前拥髻"表示女子灯下双手抱头沉思或滴泪乃至痛哭,是一种忧伤满腹又万般无奈的举止。《飞燕外传·伶玄自叙》载:"通德(伶玄妻)占袖顾视烛影,以手拥髻,凄然泪下,不胜甚悲。"典出于此。

宋·姜夔《徵招》:"剡中山,重相见,依依故人情味。似怨不来游,拥愁鬟十二。"剡山诸峰如十二女子发髻,"拥愁鬟"则是作者怀念剡山的移情之法。

1426. 樱桃樊素口,杨柳小蛮腰

唐·孟棨《本事诗》载:"白尚书姬人樊素善歌,妓人小蛮善舞。尝为诗曰:'樱桃樊素口,杨柳小蛮腰。'年既高迈,而小蛮方丰艳,因为《杨柳》之词以托意曰:'一树春风万万枝,嫩于金色软于丝。永丰坊里东南角,尽日无人属阿谁?'"后凡用"小蛮腰"除写细腰外,也反喻柳枝。

宋·苏轼《蝶恋花》(佳人):"一颗樱桃樊素口,不爱黄金,只爱人长久。"

宋·洪适《醉蓬莱》(代上陈帅生日):"唇注樱

桃,腰欺杨柳,歌舞新蛮素。"由"樱桃""杨柳"联想出新"樊素、小蛮"。

元·关汉卿《桂枝香·木丫叉》:"小蛮腰瘦如杨柳,浅淡樱桃樊素口。"

又《大石调·归塞北》:"一点樱桃樊素口,半围杨柳小蛮腰。"原句加字用。

元·盍西村《越调·小桃红》:"小蛮有情,夜凉人静,唱彻醉翁亭。"

元·胡祗遹《快活三过朝天子·赏春》:"柳丝舞困小蛮腰,显得东风恶。"

元·商衟《新水令·收江南》:"渐零零和泪上芭蕉,孤眠独枕最难熬。绛绡裙褪小蛮腰,急煎煎瘦了,相思满腹对谁学。"

元·王嘉甫《八声甘州·六么遍》:"称霞腮一点朱樱小,妖娆,更那堪杨柳小蛮腰。"

元·朱帘秀《醉西施》:"检点旧风流,近日来渐觉小蛮腰瘦。"

元·张养浩《朝天子·携善姬湖上》:"锦帐琵琶,司空听惯,险教人唤小蛮。"

元·张可久《沉醉东风·胡容斋使君寿》:"仙客舞玄裳缟衣,小蛮歌翠袖蛾眉。"

1427. 一曲清歌,暂引樱桃破

南唐后主李煜《一斛珠》:"向人微露丁香颗,一曲清歌,暂引樱桃破。"《古今诗余醉》《古今词统》题作《咏佳人口》,《历代诗余》题作《咏美人口》,《清绮轩词》题作《美人口》。此词主要写"美人口":美人开口清唱,微露出丁香般的白牙,牵动口唇那颗樱桃一时破开了。樱桃红小而圆润,喻女子涂红之唇,始于唐代。

唐·岑参《醉戏窦子美人》:"朱唇一点桃花殷,宿妆娇羞偏髻鬟。""朱唇一点"是写小而圆,如殷红的桃花色。这应是"樱桃口"的祖句。

唐·李贺《恼公》:"注口樱桃小,漆眉桂叶浓。"由"桃花"换"樱桃",由颜色又加入了形状。首用"樱桃口"。

唐·白居易《杨柳枝二十韵》:"口动樱桃破,鬟低翡翠垂。"李煜"暂引樱桃破"用白居易句。

唐·赵鸾鸾《檀口》:"衔杯微动樱桃颗,咳唾轻飘茉莉香。"

宋·晏殊《少年游》:"风流妙舞,樱桃清唱,依约驻行云。"

宋·欧阳修《减字木兰花》:"樱唇玉齿,天上

仙音心下事,留住行云,满座迷魂酒半醺。"近晏殊句。

宋·晏几道《阮郎归》:"舞腰浮动绿云浓,樱桃半点红。"

宋·贺铸《攀鞍态》:"逢迎一笑金难买,小樱唇、浅蛾黛。"

宋·毛滂《清平乐》:"曲房清琐,浅笑樱桃破。""破"字用白居易句。

宋·王之道《西江月》(赏梅):"酒面初潮蚁绿,歌唇半启樱桃。"

宋·史浩《青玉案》(为戴昌言歌姬作):"雪中把酒,美人频为,浅破樱桃颗。"

宋·洪适《好事近》:"只欠樱唇清唱,怕行云南北。"用晏殊句。

宋·张孝祥《临江仙》:"翠叶银丝簪茉莉,樱桃淡注香唇。""注"用李贺句。

宋·赵师侠《蝶恋花》:"宜笑精偏一个,微涡媚靥樱桃破。"

宋·刘过《清平乐》(赠妓):"唇边一点缨多,见人频敛双蛾。"

宋·彭止《满庭芳》:"恣柳腰樱口,左右森罗。"

宋·吴文英《声声慢》:"风韵处,惹香酥润,樱口脂侵。"

宋·詹玉《浣溪沙》:"淡淡青山两点春,娇羞一点口儿樱。"

宋人话本小说中人物双渐《人月圆》:"尊前潜想,樱桃破处,得似香红。"

金·董解元《西厢记》卷三《瑶台月》:"朱唇一点,小颗颗似樱桃初破。"上句"朱唇一点"用岑参语,下句"樱桃初破"用白居易句。

元明小说话本中依托宋人申纯《玉楼春》:"低眉敛翠不胜春,娇转樱唇红半吐。"

"破"字即"绽开"之意,因此也用"绽樱桃"。

宋·吕渭老《浣溪沙》:"微绽樱桃一颗红,断肠声里唱玲珑"。

元·王实甫《西厢记》第一本第一折:"未语人前先腼腆,樱桃红绽,玉粳白露,半响恰方言。"

清·孔尚任《桃花扇》卷一第四出侦戏:"(唱介)樱桃红绽,玉粳白露,半响恰方言。"这是引用《西厢记》原句作"樱桃"的酒令的。

清·曹雪芹《红楼梦》第五回《警幻仙姑赋》:"唇绽樱颗兮,榴齿含香。"

"樱桃小口"后来被许多作品当作固定模式去写,用滥了,无新意。

1428.明眸皓齿今何在

唐·杜甫《哀江头》:"明眸皓齿今何在,血污游魂归不得。"全诗写杨贵妃专宠娇奢以至缢死马嵬驿的悲剧。《旧唐书·杨贵妃传》载:"乃潼关失守,从幸至马嵬,禁军大将陈玄礼密启太子,诛国忠父子。既而四军不散,玄宗遣力士宣问,对曰'贼本尚在',盖指贵妃也。力士复奏,帝不获已,与妃诀,遂缢死于佛室。时年三十八,瘗于驿西道侧。"这就是"缢死"的经过。杜诗中"明眸皓齿",代杨贵妃,是说杨贵妃现在何处?沾了血污的游魂,不会再归来了。

宋·苏轼《虢国夫人夜游图》:"明眸皓齿谁复见,只有丹青余泪痕。"用"明眸皓齿"指代杨贵妃的三姊虢国夫人。杨家一荣俱荣,一损俱损。杨玉环纳妃后,杨家姊妹每人每月十万脂粉之资。虢国夫人自炫丽质,总是"却嫌脂粉涴(污)颜色,淡扫蛾眉朝至尊"。马嵬事件后,虢国夫人"先至陈仓之官店。国忠诛问至,县令薛景仙率吏人追之。(虢国)走至竹林下,以为贼军至,虢国先杀其男徽,次杂其女。国忠妻裴柔曰:'娘子何不借我方便乎'?遂并其女刺杀之。已而自刎,不死。载于狱中,犹问人曰:'国家乎?贼乎?'狱吏曰:'互有之。'血凝其喉而死。遂并坎于东郭十余步道北杨树下。"(宋·史官乐史撰《杨太真外传》)苏轼写虢国夫人已死,只见画图。

"明眸皓齿"即明媚的眼睛,洁白的牙齿,形容女子容颜亮丽。语出曹植《洛神赋》写洛神之美:"丹唇外朗,皓齿内鲜,明眸善睐,靥辅承权。"后用以写女子之美或指代美女。

宋·徐俯《踏莎行》:"皓齿明眸,肌香体素,恼人正在秋波注。"

宋·李纲《雨霖铃》(明皇幸西蜀):"奈六军不发人争目,明眸皓齿难恋。肠断处、绣囊犹馥。"

宋·蔡伸《青玉案》(和贺方回韵):"皓齿明眸娇态度,回头一梦,断肠千里,不到相逢地。"

宋·袁去华《鹊桥仙》:"明眸皓齿,丰肌秀骨,浑是揉花碎玉。"

宋·辛弃疾《新荷叶》:"明眸皓齿,看江头、有女如云。折花归去,绮罗陌上芳尘。"

宋·郭应祥《减字木兰花》(戏万安胡薄):"明眸皓齿,一朵红莲初出水。"

宋·江晖《鹧鸪词》(春愁):"明眸皓齿人难得,寒食清明事又休。"

宋·吴文英《瑞龙吟》:"秦鬟古色凝愁,镜中暗换、明眸皓齿。"

1429.丹唇翳皓齿

晋·傅玄《有女篇》:"丹唇翳皓齿,秀色若珪璋。""翳"遮护。"珪璋"美玉。写女子之美颜。"丹唇"(红唇)与"皓齿"并用。后如:

南朝·陈·傅缚《杂曲》:"从来著名推赵子,复有丹唇发皓齿。"并用"丹唇""皓齿"。"发",开启,启齿,开口说话,唇齿很美。

宋·苏轼《南乡子》(用韵和道辅):"从此丹唇并皓齿,清柔,唱遍山东一百州。"开唇启齿歌唱。

1430.莫言无皓齿,时欲薄朱颜

唐·骆宾王《途中有怀》:"莫言无皓齿,时俗薄朱颜。""皓齿"与"朱颜"并用,都喻人才,意为不乏杰出的人才,只是不被当局重用。后来并用"朱颜""皓齿"都写美女。

宋·黄裳《永遇乐》(冬日席上):"管弦中,金杯更劝,朱颜皓齿。"描绘劝酒女子。

宋·黄庭坚《水调歌头》:"玉颜皓齿,深锁三十六宫秋。"指代深锁宫中的宫女。

1431.自古妒蛾眉,胡沙埋皓齿

唐·李白《于阗采花》:"自古妒蛾眉,胡沙埋皓齿。"此诗写宫女王明妃入胡成了最美的女子,而在汉宫中却被埋没。"蛾眉"与"皓齿"写美女,实代人才,人才受妒,不得重用。

唐·武平一《妾薄命》:"瓠犀发皓齿,双蛾颦翠眉。""瓠犀",瓠(hù)瓜子,洁白,常喻女子牙齿。《诗经·卫风·硕人》有"齿如瓠犀"之喻。此诗中意为齿白如瓠犀。

唐·杜甫《城西陂泛舟》:"青蛾皓齿在楼船,横笛短箫悲远天。"代指楼船中女子。

1432.微歌发皓齿

魏·嵇康《酒会》:"微歌发皓齿,素琴挥雅操。"写苑中聚会饮酒,纤细的歌声从皓齿间传出。描绘歌者的歌唱情景。后人多用作"发(扬)清歌"与"歌皓齿"。

唐·李白《白纻辞》:"扬清歌,发皓齿,北方佳人东邻子。"

唐·杜甫《听杨氏歌》:"佳人绝代歌,独立发皓齿。"

唐·李贺《将进酒》:"吹龙笛,击鼍鼓,皓齿歌,细腰舞。"

后唐庄宗《歌头》:"且且须呼宾友,西园长宵燕,云谣歌皓齿,且行乐。"

五代·孙光宪《更漏子》:"歌皓齿,舞红筹,花时醉上楼。"

宋·柳永《思归乐》:"皓齿善歌长袖舞,渐引入、醉乡深处。"

宋·苏轼《定风波》:"尽道清歌传皓齿,风起,雪风炎海变清凉。"

又《菩萨蛮》(歌妓):"皓齿发清歌,春愁入翠眉。"

宋·贺铸《念良游·满江红》:"窈窕僧窗窠翠幕,尊前皓齿歌梅落。"

宋·廖刚《满路花》(和敏叔中秋词):"明眸皓齿,歌舞总名流。"

宋·王安石《菩萨蛮》(回文):"美容歌皓齿,齿皓歌容美。"

宋·王庭珪《临江山》:"寂寞久无红袖饮,忽逢皓齿轻讴,坐令孤客洗穷愁。"

宋·李弥逊《感皇恩》(学士生日):"不须皓齿,拍手狂歌清唱。"

宋·张元干《浣溪沙》(王仲时席上赋木犀):"花底清歌生皓齿,烛边疏影映酥胸。"

宋·史浩《喜迁莺》:"玳筵称寿,清皓齿,霏霏珠玉。"

宋·袁去华《思佳客》:"纤腰妙舞萦回雪,皓齿清歌遏住云。"

又《相思引》:"皓齿清歌绝代音,眼波斜处寄情深。"

宋·黄机《浣溪沙》:"象板且须歌皓齿,裹蹰何苦惜黄金。"

宋·林横舟《大江词》(寿山尉,十一月初一):"长记怀燕良辰,华堂称庆,皓齿清歌发。"

宋·无名氏《水调歌头》:"称寿处,歌齿皓,戏衣班。"

宋·无名氏《谒金门》(赠歌妓):"一曲清歌离皓齿,梁尘飞不已。"

元明小说本依托宋人《水调歌头》:"皓齿歌,细腰舞,乐无穷。"

今人杨闻宇散文《田歌之路》:"'尽道清歌出皓齿'田歌会唱出怎样一支歌呢?"引用苏轼句。

1433. 雅步袅纤腰,巧笑发皓齿

晋·陆云《为顾彦先赠妇往返诗四首》:"雅步袅纤腰,巧笑发皓齿。"亮丽的笑声,从洁白的牙齿中发出来。"纤腰"与"皓齿"有时也对用。"发"为发出之意,如发出笑声,发出话语。

南朝·梁·王台卿《陌上桑四首》:"非无巧笑声,皓齿为谁发?"反用陆云句意。

唐·李白《古风》:"皓齿终不发,芳心空自持。"不启齿说话。

又《赠裴司马》:"向君发皓齿,顾我莫相违。"开口嘱托。

宋·王沂孙《青房并蒂莲》:"拥倾国,纤腰皓齿,笑倚迷楼。"

1434. 凌波微步,罗袜生尘

魏·曹植《洛神赋序》:"黄初三年,余朝京师,还济洛川。古人有言:斯水之神,名曰宓妃。感宋玉对楚王神女之事,遂作此赋。"赋云:"凌波微步,罗袜生尘。"写想象中的洛水女神微步凌波而行,罗袜下卷起烟尘。飘逸轻盈之姿,历历可见。宋·朱敦儒《水龙吟》词:"云屯水府,涛随神女,九江东注。""水府",《晋书·天文志》载:"东井西南四星曰水府,主水之官也。"词人从洛阳乘船南下,见云屯水府星近旁,将要降雨。波涛奔涌,似有神女出没其间。宋·乐史《杨太真外传》载:"玄宗在东都,梦一女,容貌艳异,梳交心髻,大袖宽衣,拜于床前。上问:'汝何人?'曰:'妾是陛下凌波池中龙女,工宫护驾,妾实有功。今陛下洞晓钧天之音,乞赐一曲以光族类。'上于梦中为鼓胡琴,拾新旧曲声,为《凌波曲》,龙女再拜而去。及觉,尽记之。会禁乐,自御琵琶,习而翻之,与文武臣僚,于凌波宫临池奏新曲,池中波涛涌起,复有神女出池心,乃所梦女也。上大悦,语于宰相,因于池上置庙,每岁命祀之。"后人用此"凌波梦"传说表示梦中遇仙,也喻恋情。不过用《洛神赋》中关于洛水神女的传说居多。后人用"凌波微步,罗袜生尘",有三种形式:"凌波罗袜",二句合用、只用"凌波"、只用"罗袜"(最少),多喻女子步履轻盈或舞步轻捷,也有的状水仙、荷花。

北朝·周·庾信《和春日晚景宴昆明池》:"兰皋徒税驾,何处有凌波?"上句亦用《洛神赋》:"尔乃税驾于兰皋"。意为休息在生满兰花的水泽边,何处有凌波仙子?

南朝·梁·武陵王萧纪《同萧长史看妓》:"宁殊值行雨,讵减见凌波。"

南朝·陈·顾野王《艳歌行三首》:"岂知洛渚罗尘步,讵减天河秋夕渡。"

唐·上官仪《咏画障》:"未减行雨荆台下,自比凌波洛浦游。"

唐·任希古《和李六七夕》:"便颜耀井色,窈窕凌波步。"

唐·杜易简《湘川新曲二首》:"本欲凌波去,翻为目成留。"

唐·骆宾王《棹歌行》:"写月涂黄罢,凌波拾翠通。"

唐·戴叔伦《听韩使君美人歌》:"仙人此夜忽凌波,更唱瑶台一遍歌。"

唐·吴兢《永泰公主挽歌二首》:"可叹凌波迹,东川遂不流。"

唐·羊士谔《彭州萧使君出妓夜宴见送》:"玉颜红烛忽惊春,微步凌波暗拂尘。"

唐·刘禹锡《马嵬行》写杨贵妃指环、首饰、凌波袜等遗物,全诗可读:

绿野扶风道,黄尘马嵬驿。路边杨贵人,坟高三四尺。乃问里中儿,皆言幸蜀时。军家诛戚族,天子舍妖姬。群吏伏门屏,贵人牵帝衣。低回转美目,风日为无晖。贵人饮金屑,倏忽舜英暮。平生服杏丹,颜色真如故。属车尘已远,里巷未窥觎。共爱宿妆妍,君王画眉处。履綦无复有,履组光未灭。不见岩畔人,空见凌波袜。邮童爱踪迹,私手解鞶鞢。传看千万眼,缕绝香不歇。指环照骨明,首饰敌连城。将入咸阳市,犹得胡贾惊。

写邮童解下贵妃的"凌波袜",辗转传看,以致丝缕断绝。

唐·朱景玄《望莲台》:"半似红颜醉,凌波欲暮时。"

唐·皮日休《咏白莲》:"通宵带露妆难洗,尽日凌波步不移。"喻白莲。

宋·柳永《采莲令》:"一叶兰舟,便恁急桨凌波去。"喻兰舟行进。

宋·梅尧臣《少姨庙》:"寄谢洛川妃,凌波定何益。"

宋·晏几道《蝶恋花》:"笑艳秋莲生绿浦,红脸青腰,旧识凌波女。"

宋·苏轼《同景文咏莲塘》:"江妃自惜凌波袜,长在高荷扇影凉。"

宋·贺铸《横塘路》(青玉案):"凌波不过横塘路,但目送、芳尘去。"目送美人远去,今后不会再经过横塘来相会了。

清·康有为《蝶恋花》:"翠叶飘零秋自语,晓风吹堕横塘路。"用"横塘路"谓美人远去。

又《河传》:"彩旗影动船头转,双桨凌波,惟念人留恋。"

又《花心动》:"彩阁倚遍平桥晚,空相望、凌波仙步。"

又《下水船》:"灯火虹桥,难寻弄波微步。"

宋·张耒《鸡叫子》(荷花):"水宫仙子斗红妆,轻步凌波踏明镜。"

宋·周邦彦《瑞鹤仙》:"凌波步弱,过短亭、何用素约。"

宋·曾纡《上林春》:"靓妆微步,攀条弄粉,凌波遍寻青陌。"

又《品令》:"应有凌波,时为故人凝目。"

宋·朱敦儒《水龙吟》:"放船千里凌波去,略为吴山留顾。"

宋·赵鼎《蝶恋花》:"照影凌波微步怯,暗香浮动黄昏月。"

宋·向子諲《鹧鸪天》(与徐师川同过叶梦授家):"雪肌得酒于中暖,莲步凌波分外妍。"

宋·蔡伸《念奴娇》:"悄悄回廊,惊渐闻、蟋蟀凌波微步。"

又《一剪梅》:"仙人掌上水晶盘,回按凌波,舞袖弓弯。"

宋·曾惇《朝中措》:"凌波一去,平山梦断,谁是关心。"

宋·赵彦端《鹊桥仙》(送路免道赵长乐):"乘鸾宝扇,凌波微步,好在清池凉馆。"

又《茶瓶儿》(上元):"凌波微步入归也,看酒醒、凤鸾谁跨。"

宋·张孝祥《浣溪沙》:"倚竹袖长寒卷翠,凌波袜小暗生尘,十分京路旧家人。"

宋·丘崈《千秋岁》:"凌波争缭绕,点舞相萦带。"

宋·吕胜己《清平乐》:"红尘久往,仙驭凌波去。"

宋·赵长卿《鹧鸪天》："飘飘何处凌波女,故故相迎马上郎。"

又·《醉落魄》(重午)："凌波无限生尘袜,冰肌莹彻香罗雪。"

又《水龙吟》："莲步弯弯,移归柏里,凌波难偶。"

宋·姜夔《鹧鸪天》(己酉之秋苕溪记所见)："笼鞋浅出鸦头袜,知是凌波缥缈身。"

又《角招》："一叶凌波缥缈,过三十六离宫,遣游人回首。"

宋·韩淲《蝶恋花》(野趣轩看玉色木犀)："不是月宫那有许,霓裳舞彻凌波步。"

宋·史达祖《西江月》："凌波袜冷一尊同,莫负彩舟凉梦。"

宋·高观国《昭君怨》(题春波独载图)："不肯凌波微步,却载春愁归去。"

又《祝英台近》(荷花)："遥想芳脸轻翚,凌波微步,镇输与、沙边鸥鹭。"

又《凤栖梧》："翠盖牵风,绰约凌波女。"

又《咏双心水仙》(菩萨蛮)："云娇雾嫩羞相倚,凌波共酌春风醉。"

宋·方千里《一落索》："心抵江莲长苦,凌波人去。厌厌消瘦不胜衣,恨清泪、多于雨。"

宋·吴文英《绛都春》(余往清华池馆六年,赋咏屡矣,感昔伤今,益不堪怀,乃复作此解)："凌波微步,小楼重上,凭谁为唱,旧时金缕。"

又《凤栖梧》(化度寺池莲一花最晚有感)："妆镜明星争晚照,西风日送凌波杳。"

又《唐多令》(惜别)："花下凌波入楚,引青雏双鹣。"

又《扫花游》(春雪)："恨凌波路钥,小庭深窈。"

又《八声甘州》(和梅津)："记行云梦影,步凌波、仙衣剪芙蓉。"

又《过秦楼》(芙蓉)："又江空月堕,凌波尘起,彩鸾愁舞。"

宋·杨泽民《塞翁吟》(芙蓉)："桥左右,水西东,水木两芙蓉。低疑路浦凌波步,高如弄玉凌空。"

又《浣溪沙》(水仙)："仙子何年下太空,凌波微步笑芙蓉。"

宋·史深《花心动》(泊舟四望)："绿苔深径寻幽地,谁相伴、凌波微步。"

宋·刘辰翁《鹊桥仙》(自寿二首)："吹箫江上,沾衣微路,依约凌波曾步。"

宋·周密《绣鸾凤花犯》(赋水仙)："凌波路冷秋无际,香云随步起。"

又《采绿吟》(甲子夏,霞翁会吟社诸友逃暑于西湖环碧。琴尊笔研,短葛练巾,放舟于荷深柳密间。舞影歌尘,远谢目耳。酒酣,采莲叶,探题赋词。余得塞垣春,翁为翻谱数字,短箫按之,音极谐婉,因易今名云)："想明瑎,凌波远,依依心事谁寄?"

又《声声慢》(逃禅作梅、瑞香、水仙,字之曰三香)："满引台杯,休待怨笛吟商。凌波又归甚处,问兰昌、何处唐昌?"

又《绿盖舞风轻》(白莲赋)："玉立照新妆,翠盖亭亭,凌波步秋倚。"

又《木兰花慢》(平湖秋月)："仿佛凌波步影,露浓佩冷衣凉。"

宋·仇远《解佩令》："歌台香散,离宫烛暗,谩消疑、凌波微步。"

又《八犯玉交枝》(招宝山观月上)："倩谁问、凌波轻步?谩凝睇、乘鸾秦女。"

宋·王易简《水龙吟》(浮翠山房拟赋白莲)："芳容淡泞,风神萧散,凌波晚步。"

宋·吕同老《水龙吟》(浮翠山房拟赋白莲)："欲唤凌波仙子,泛扁舟浩波千里。"

宋·赵汝钠《水龙吟》(浮翠山房拟赋白莲)："解语情多,凌波步隐,酒容易散。"

宋·陈恕可《水龙吟》(浮翠山房拟赋白莲)："待今宵试探,中流一叶,其凌波去。"

宋·罗志仁《霓裳中序第一》(四圣观)："正船过西陵,快篙如箭,凌波不见,但陌花遗曲凄怨。"

元·白朴《点绛唇·寄生草》："立苍苔冷透凌波袜,数归期空划短琼簪,揾啼痕频湿香罗帕。"

元·马致远《集贤宾·思情》："日日凌波袜冷,湿透青苔。"用白朴句。

又《青歌儿》(十二月六日)："约下新秋数日前,闲与仙人醉秋莲,凌波殿。"

元·杨果《小桃红》："画船不载凌波梦,都来一般,红幢翠盖,香尽满城风。"喻采莲女为凌波仙子。

元·王恽《平湖乐》："凌波幽梦谁惊破,佳人望断,碧云暮合,送别意如何。"

元·关汉卿《一枝花·赠珠帘秀》："凌波殿

前,碧玲珑掩映湘妃面。"

元·乔吉《小桃红·赠郭莲儿》:"鸳鸯不识凌波梦,秋房怨空。"

元·徐再思《普天乐·吴江八景:垂虹夜月》:"酒一尊,琴三弄,唤起凌波仙人梦。"以上元人用"凌波梦""凌波殿"均取唐玄宗梦遇仙女事。

明·汤显祖《牡丹亭》第二十六出玩真《黄莺儿》:"再延俄,怎湘裙直下一对小凌波?"观看写真中女子之足。"凌波"代足。

南明·陈子龙《念奴娇》(春雪咏兰):"解珮凌波人不见,漫说蕊珠宫阙。""仙人"(明朝皇帝)不见,明宫被毁,喻清人入关江山残破。

清·王士禛《玉联环》(个侬):"忽似惊鸿翔去,凌波微步。"兼用《洛神赋》"翩若惊鸿"句。

今人朔望《国庆兴吟十五首》(登高远眺,精神顿爽,觉得事事皆可为):"带水凌波闲可渡,新凉冉冉动神州。"

"凌波"与"罗袜"并用,或单用"罗袜生尘"。

唐·骆宾王《咏尘》:"凌波起罗袜,含风染素衣。"

又《咏美人在天津桥》:"整衣香满路,移步袜生尘。"

唐·王维《凉州郊外游望》:"女巫纷屡舞,罗袜自生尘。"

唐·李白《江上送女道士褚三清游南岳》:"足下远游履,凌波生素尘。"

又《寄远十一首》:"盈盈汉水如可越,可惜凌波步罗袜。"

又《赠段七娘》:"罗袜凌波生网尘,那能得计访亲情。"

又《玉阶怨》:"玉阶生白露,夜久侵罗袜。"玉阶凝望很久,以寄黄昏幽怨。清·蒋春霖《浣溪沙》:"莫向流萍托爱恨,侵阶罗袜怨黄昏。"用李白"侵罗袜"句,说久立黄昏,以致侵湿罗袜。

五代·毛文锡《摊破浣溪沙》:"罗袜生尘,游女过、有人逢著。"

五代·牛希济《临江仙》:"千重媚脸初生,凌波罗袜势轻轻。"

宋·柳永《临江仙引》:"罗袜凌波成旧恨,有谁更赋惊鸿。""惊鸿"亦用《洛神赋》句,写"凌波女"已无音信。

宋·王安石《月夜二首》:"谁能挽姮娥,俯濯凌波袜。"

宋·黄庭坚《王充道送水仙花五十枝,欣然会之,为之作咏》:"凌波仙子生尘袜,水上轻盈步微月。"首用"凌波仙子",以洛阳神比水仙。前吕同老《水龙吟》用"欲唤凌波仙子"。

又《两同心》:"巧笑眉颦,行步精神,隐隐似、朝云行雨;弓弓样、罗袜生尘。"

又《清平乐》(饮宴):"醉里香飘睡鸭,更惊罗袜凌波。"

宋·贺铸《南歌子》:"一钩新月渡横塘,谁认凌波微步、袜尘香。"

又《苗而秀》:"促遍凉州,罗袜未生尘。"

又《入南渡》(感皇恩):"兰芷满芳州,游丝横路,罗袜尘生步。"

宋·向子諲《西江月》:"微步凌波尘起,弄妆满镜花开。"

宋·房舜卿《忆秦娥》:"盈盈微步凌波袜,东风笑倚天涯阁。"

宋·向滈《小重山》:"一弯残月下风檐,凌波去,罗袜步蹁跹。"

宋·张孝祥《浣溪沙》(次韵马梦山与妓作别):"罗袜生尘洛浦东,美人春梦琐窗空。"

宋·黄谈《念奴娇》(过西湖):"休怪梦入巫云,凌波罗袜,我在迷湘浦。"

宋·赵长卿《醉落魄》(重午):"凌波无限生尘袜,冰肌莹彻香罗雪。"

宋·杨冠卿《生查子》(忠甫持梅水仙砑牋索词):"消瘦不胜寒,独立江南路。罗袜暗生尘,不见凌波步。"

宋·陈三聘《满江红》(雨后携家游西湖,荷花盛开):"窥鑑粉光犹有泪,凌波罗袜何曾湿。"

宋·韩玉《贺新郎》(咏水仙):"罗袜生尘香冉冉,料征鸿、微步凌波女。"

宋·郭应祥《浣溪沙》:"仙子凌波袜有尘,翰林摘藻笔如神。"

宋·韩淲《百字令》(寿南枝):"兵卫朱门森画戟,醉舞尘生罗袜。"

宋·卢炳《念奴娇》(白莲呈罗教、黄法):"我来对此凉生,红尘飞尽,却笑凌波袜。"

宋·史达祖《西江月》(舟中赵子埜词见调,即意和之):"凌波袜冷一尊同,莫负彩舟凉梦。"

宋·高观国《金人捧露盘》(水仙花):"梦湘云,吹湘月,吊湘灵,有谁见、罗袜尘生。凌波步弱,背人羞整六铢轻。"

宋·赵以夫《解语花》(东湖赋莲后五日,双苞呈瑞,昌化史君持以见远,因用时父韵):"红香湿月,翠影停云,罗袜尘生步。"

宋·吴文英《倦寻芳》:"罗袜轻尘花笑语,宝钗争艳春心眼。乱箫声,正风柔柳弱,舞肩交燕。"

宋·洪瑹《行香子》(代赠):"是风流、天上飞琼,凌波微步,罗袜生尘。"用原句。

宋·杨泽民《瑞龙吟》:"堪怜处,生尘罗袜,凌波微步。"

宋·周密《木兰花慢》(三潭印月):"念汉皋遗佩,湘波步袜,空想仙游。"

宋·赵闻礼《水龙吟》(水仙花):"衣薰麝馥,袜罗尘沁,凌波步浅。"

宋·王沂孙《水龙吟》:"罗袜初停,玉珰还解,早凌波去。"

又《声声慢》:"犹记凌波去,问明珰罗袜,却为谁留。"

宋·无名氏《念奴娇》:"嚼蕊寻香,凌波微步,雪心吴绫袜。"

金·元好问《泛舟大明湖》(济南大明湖):"兰襟郁郁散芳泽,罗袜盈盈见微步。"咏秋荷。

元·赵孟頫《江城子》(水仙):"罗袜凌波归去晚,风袅袅,月娟娟。"

清·龚自珍《湘月》:"罗袜音尘何处觅,渺渺予怀孤寄。"以洛神代理想。

清·朱彝尊《摸鱼子》:"洛妃偶值无人见,相送袜尘微步。"妻妹静志,趁没人看见送我离去。

清·王国维《卜算子》(水仙):"罗袜悄无尘,金屋深难贮。月底溪边,一晌看、便恐凌波步。"

1435.不及金莲步步来

唐·李商隐《南朝》诗:"谁言琼树朝朝见,不及金莲步步来。"南朝陈后主《玉树后庭花》写:"璧月夜夜满,琼树朝朝新。"歌张贵妃、孔贵嫔的容色。"谁言琼树朝朝见"用其句写其奢。南朝齐废帝萧宝卷为潘妃起三殿,用金涂饰四壁。用金为莲花贴地,教潘妃在上面行走,说"此步步生莲也"。"不及莲花步步来",用其句写其侈。两句说陈后主荒淫腐败比齐废帝有过之而无不及。"金莲"后用代女子之足。

李商隐《齐宫词》:"永寿兵来夜不扃,金莲无复印中庭。"齐废帝正在宫中寻欢作乐,梁兵忽然入宫,"金莲"也不能再行走了。

"金莲"原是舞蹈的地面装饰,造成随着舞步移动而产生金色莲花的场景。后来却把"金莲"代以女子之足。"三寸金莲"已是指女子缠足之小了。清人钱泳《履园丛话·杂记上·裹足》曾对缠足作了大量考据。其引《道山新闻》云:"李后主窈娘以帛绕足,令纤小屈足新月状。"又说唐缟有诗云:"莲中花更好,云里月长新。"因窈娘而作也。或言起于东昏候,使潘妃以帛缠足,金莲贴地谓之步步生莲花。张邦基《墨庄漫录》亦谓弓足起于南唐李后主,是为裹足之始。钱泳认为缠足始于南唐宫廷,元明以后逐步普及民间,清初开始禁令缠足。至于南齐的潘妃"以帛缠足"只是临时应舞之需。

"金莲"在唐宋时代,用"金莲贴地"原意,也用于代女足。

唐·李群玉《赠回雪》:"安得金莲花,步步承罗袜。"这里"金莲"与"罗袜"并用,"罗袜"代女足。

宋·田为《江神子慢》:"冰姿洁,金莲衬,小小凌波罗袜。"用法同李群玉。

宋·蔡伸《渔家傲》:"目断征帆归别浦,空凝竚,苔痕绿印金莲步。"

宋·史浩《如梦令》:"步步著金莲,行得轻轻瞥瞥。"

宋·赵彦端《念奴娇》:"不分金莲随步步,谁遣芙蓉争发。"

宋·康与之《汉宫春》(慈宁殿元夕被旨作):"春衫绣罗香薄,步金莲影下,三千绰约。"

宋·洪适《临江仙》(盘洲钱汉章):"两载绣衣频驻节,金莲曾印青苔。"用蔡伸"苔痕绿印金莲步"句。

宋·刘过《江城子》:"早是自来莲步小,新样子、为谁弓。"

宋·吴文英《祝英台近》(春日客龟溪游废园):"斗莫溪根,沙印小莲步。"

宋·卢炳《踏莎行》:"明眸剪水玉为肌,凤鞋弓小金莲衬。"

又《菩萨蛮》:"石榴裙束纤腰袅,金莲稳衬弓鞋小。"

宋·王迈《沁园春》(凤山出二姬歌余词):"好态浓意远,随宜梳洗,轻轻莲步,艳艳秋波。"

元·关汉卿《侍香金童·出队子么》:"莲步轻移呼侍妾,把香桌儿安排打快些。"

又《斗鹌鹑》:"款侧金莲,微挪玉体,唐裙轻荡,绣带斜飘,舞袖低垂。"

元·于伯渊《点绛唇·鹊踏枝》:"一步一金莲,一笑一春风,梳洗罢风流有万种,殢人娇玉软香融。"

1436. 纤纤出素手

汉古诗《青青河畔草》:"盈盈楼上女,皎皎当窗牖。娥娥红粉妆,纤纤出素手。"思妇诗,写思妇"盈盈楼上女"的形象:仪态美好的女子,当窗而坐,白晰的面容,加之红粉的妆饰,偶尔挥动臂膊,露出洁白而纤细的手指。

"纤纤素手"从此描述女子手指之美。

汉古诗《迢迢牵牛星》:"迢迢牵牛星,皎皎河汉女。纤纤擢素手,札札弄机杼。""擢"举,举起纤细洁白的手,拨弄织布机,写织女星织布,织不成章,因为同牵牛星分别,心绪痛苦。

五代·欧阳炯《南乡子》:"两岸人家微雨后,收红豆,树底纤纤台素手。"纤纤素手收红豆。

宋·陈汝羲《减字木兰花》:"纤纤素手,盘里醉花新点就。"纤纤素手点盘花。

宋·赵长卿《醉蓬莱》(新荔枝):"满贮彤盘,纤纤素手,丹苞新擘。"纤纤素手擘荔枝。

1437. 纤手破新橙

宋·周邦彦《少年游》:"并刀如水,吴盐胜雪,纤手破新橙。锦幄初温,兽烟不断,相对坐调笙。低声问、向谁行宿,城上已三更。马滑霜浓,不如休去,直是少人行。"张端义《贵耳集》载:"道君(宋徽宗)幸李师师家,偶周邦彦先在焉,知道君至,遂匿床下。道君自携新橙一颗,云江南初进来,遂与师师谑语。邦彦悉闻之,隐括成《少年游》云。"此事不过是传闻而已。"纤手"剥新橙,来自"纤纤素手"。

清·陈维崧《师师令》(汴京访李师师故巷):"有人潜隐小屏红,低唱道,香橙纤指。"说宋徽宗至,李师师潜于彩屏之后,迟迟不见,徽宗携新橙赠师师。这当然也是传闻。"香橙纤情"用周邦彦句。

"纤手"汉·宋子侯《董娇饶》中首用:"纤手折其枝,花落何飘扬。"此后用"纤手"句如:

南朝·齐·王融《古意诗二首》:"纤手废裁缝,曲鬓罢膏休。"

南朝·梁·何逊《咏舞妓》:"逐唱回纤手,听

曲动蛾眉。"

唐·李白《寄远十一首》:"遥知玉窗里,纤手弄云和。"

唐·崔颢《行路难》:"双双素手剪不成,两两红妆笑相向。"

唐·杜甫《立春》:"盘出高门行白玉,菜传纤手送青丝。"

唐·卢肇《戏题》:"神女初离碧玉阶,彤云犹拥牡丹鞋。知道相公怜玉腕,强将纤手整金钗。"

唐·张夫人《拾得韦氏花钿以诗寄赠》:"今朝妆阁前,拾得旧花钿。……曾经纤手里,拈向翠眉边。"

五代·牛希济《酒泉子》:"梦中说尽相思事,纤手匀双泪。"

五代·欧阳炯《贺明朝》:"故将纤纤玉指,偷燃双凤金线。"

又《贺明朝》:"忆昔花间相见后,只凭纤手,暗抛红豆。"

宋·欧阳修《蓦山溪》:"新正初破,三五银蟾满,纤手染香罗,剪红莲、满城开遍。"

1438. 好试调羹手

宋·赵善括《醉蓬莱》(寿司马大监生日):"琳馆偷闲,约赤城为友。紫诏重颁,黄扉稳步,好试调羹手。""调羹",汤匙,烹调食物,相当于"调鼎",引申为治理国家。说司马大监,皇帝诏令一下,即可治理国家,大显身手。

又《醉蓬莱》(魏相国生日):"茂苑烟霞,太湖风月,聊伴凝香醉。补衮工夫,调羹手段,如今重试。""调羹手段",宰相治国方略。

1439. 十指露春笋纤长

宋·苏轼《满庭芳》:"报道金钗坠也,十指露、春笋纤长。"写"主人情重,开宴出红妆",红妆女子的十指如"春笋纤长"。春笋,即春天的竹芽,白嫩、柔软、细长,苏轼首用以喻女子手指。

宋·惠洪《西江月》:"十指嫩抽如春笋,纤纤玉软红柔。"

宋·徐俯《浣溪沙》:"小小钿花开宝靥,纤纤玉笋见云英,十千名酒十分倾。"

宋·王安石《浣溪沙》(柳州作):"带笑缓摇春笋细,障羞斜映远山横。"

宋·晁端礼《诉衷情》:"纤纤玉笋轻燃,莺语

弄春娇。"

又《浣溪沙》："玉笋纤纤初嗅罢，乌云娜娜乱簪时。"

宋·蔡伸《减字木兰花》："寒灯独守，玉笋持杯宁复有。"

又《一剪梅》："玉笋持杯，巧笑嫣然，为君一醉倒金船。"

《点绛唇》："玉笋持杯，敛红鬖翠歌金缕。"

宋·张元干《青玉案》："凉吹香雾，酒迷歌扇，春笋传杯送。"

宋·邓肃《西江月》："玉笋轻笼乐句，流莺夜转诗余。"

宋·杨无咎《清平乐》(熟水)："笑看玉笋双传，还思此老亲煎。"

宋·史浩《临江仙》："秋波娇殢酒，春笋惯分茶。"

宋·康与之《满庭芳》(冬景)："古鼎沉烟篆细，玉笋破、橙桔香浓。"

宋·程垓《浣溪沙》："腰佩摘来烦玉笋，鬓香分处想秋波。"

宋·马子严《鹧鸪天》(闺思)："步倚草色金莲润，撚断花鬓玉笋香。"

宋·赵师侠《鹧鸪天》(赠妙惠)："凌波隐称金莲步，蘸甲从教玉笋斟。"

宋·陈亮《浣溪沙》："缓步金莲移小小，持杯玉笋露纤纤。"

宋·刘过《贺新郎》："别有艳妆来执乐，春笋微揎罗袖。"

宋·卢炳《柳梢青》："兰蕙心情，海棠韵度，杨柳腰肢。步稳金莲，手纤春笋，肤似凝脂。"

宋·韩淲《一剪梅》："唤醒嫦娥，春笋纤长。"

宋·周端臣《六桥行》(西湖)："邂逅系马堤边，念玉笋轻攀，笑簪同欢。"

宋·赵福之《鹧鸪天》(赠歌妓)："歌翻檀口朱樱小，拍弄红牙玉笋纤。"

宋·李昴英《浣溪沙》："笋玉纤纤拍扇纨，戏拈荷起文鸳。"

1440. 与日月兮同光

楚·屈原《九章·涉江》："与天地兮同寿，与日月兮同光。"我的寿命与天地一样永长，我的光彩与日月一样明亮。屈原虽被放逐，却自信自恃，在道德和学问上怀有理想的标格——如天地日月。

稍早，《庄子·外篇·在宥》有"吾与日月参光，吾与天地为常"句，如外篇中有庄周学派所著，则晚于《涉江》。汉·司马迁《史记·屈原贾生列传》评价屈原"虽与日月齐光可也"即用《涉江》此句之意。

汉·刘向《九叹·怨思》："光明齐于日月兮，文采耀于玉石。"代屈原抒情，变用《涉江》此句以颂屈原，说他的品德同日月一样光明，文章同玉石一样闪耀。刘向在《九叹·远游》一章中再度变用此句："欲与天地参寿兮，与日月而比荣。"进一步强化了这赞语。

魏·曹植《远游篇》："金石固易弊，日月同光华。齐年与天地，万乘安足多。"政治上失意，借屈原语以自况，寻求更高的境界。

1441. 屈平词赋悬日月

唐·李白《江上吟》："屈原词赋悬日月，楚王台榭空山丘。"屈原著作的楚辞，如日月高悬，永照人间，而楚王的章华台、阳云台之类仅余下一片山丘。用日月之光喻屈原的作品。

唐·上官婉儿《九月九日上幸慈恩寺登浮图群臣上菊花寿酒》："睿词悬日月，长得仰昭回。"李白用"睿词悬日月"句。

唐·高适《同观陈十六史兴碑》："新碑亦崔嵬，佳句悬日月。"赞碑文。

唐·杜甫《陈拾遗故宅》："公生扬马后，名与日月悬。"

宋·邵雍《和魏教授见赠》："清世文章日月悬，无才唯幸乐丰年。""悬日月"直叙日月高悬，不用其比喻意义。

唐·刘禹锡《武陵书怀五十韵》："继明悬日月，出震统乾坤。"

1442. 李杜文章在，光焰万丈长

唐·韩愈《调张籍》："李杜文章在，光焰万丈长。不知群儿愚，那用故谤伤。蚍蜉撼大树，可笑不自量。"赞扬李白、杜甫的诗歌，光芒万丈，永不磨灭，有的轻薄后生诋毁李杜，元稹在《唐故检校工部员外郎杜君墓系铭》中尊杜贬李即其一例。诗中怒斥"蚍蜉撼树"的"群儿"，当含元稹在内。

宋·苏轼《与顿起、孙勉泛舟》："要将百篇诗，一吐千丈气。""千丈气"出自"万丈光"。

宋·周紫芝《次韵庭藻读少陵集三首》："李杜

文章万丈高,就中诗律杜陵豪。"赞成韩愈观点,又指出杜诗长于律。

1443. 文章曹植波澜阔

唐·杜甫《追酬故高蜀州人日见寄》:"文章曹植波澜阔,服食刘安德业尊。"追酬已故高适在任蜀州刺史时(十余年前)所寄《人日相忆》诗。此二句以曹植,刘安二帝室之胄比汉中王瑀与昭州敬使君超。曹植诗波澜壮阔,刘安服食求仙,礼下方士。

宋·苏轼《元祐六年六月自杭州召还次诸公韵三首》:"尺一东来唤我归,衰年已追故山期。文章曹植今堪笑,却卷波澜入小诗。"束大才而为小诗,自笑其窘。创用杜句。

1444. 文举终当荐祢衡

唐·权德舆《送正字十九兄归江东醉后绝句》:"离堂莫起临歧叹,文举终当荐祢衡。"祢衡,文思敏捷,文笔酣畅,由于傲慢,不为曹操、刘表所容,终为黄祖所害。作为一个人才,遭此下场,为后世所不平,同时也以"祢衡"为人才的代称。

唐·杜甫《题郑十八著作虔》:"祢衡实恐遭江夏,元朔虚传是岁星。"

唐·李群玉《汉阳春晚》:"遐思祢衡才,令人怨黄祖。"

唐·陆龟蒙《读陈拾遗集》:"寻闻骑士枭黄祖,自是无人祭祢衡。"

唐·胡曾《江夏》:"黄祖才非长者俦,祢衡珠碎此江头。今来鹦鹉洲边过,唯有无情碧水流。"

宋·梅尧臣《送李逢原》:"祢衡负其才,沉没鹦鹉洲。李白负其才,飘落沧江头。"

1445. 清新庾开府

唐·杜甫《春日忆李白》:"白也诗无敌,飘然思不群。清新庾开府,俊逸鲍参军。"李白的诗像庾信那样清新,像鲍照那样俊逸。庾信仕梁出使西魏被留,后又仕北周,官至骠骑大将军,开府仪同三司,也称"庾开府"。他的诗感情深沉真挚,风格清新刚健,一反浮艳文风,杜甫用庾信、鲍照比李白,对李白诗作了高度评价。唐·孙无晏《庾信》:"可惜多才庾开府,一生惆怅忆江南。"即称"开府",叹庾信一生惆怅,而后人则用杜甫句。

宋·欧阳修《答判班孙待制见寄》:"惟恨江郎才已尽,难酬开府句清新。"自谦语。

金·董解元《西厢记》卷五张生给莺莺的词:"俊逸参军非足羡,清新开府未才化,寄与谢娘家。"自夸语。

元·无名氏《柳营曲·李白》:"鲍参军般俊逸,庾开府似清高。"用杜甫语赞李白。"鲍参军":南朝·宋·鲍照,曾任临海王参军,故称"鲍参军"。

1446. 庾信文章老更成

唐·杜甫《戏为六绝句》:"庾信文章老更成,凌云健笔意纵横。"庾信留北仕周之后,他的诗赋在清新流丽中更显露出苍凉沉雄的气势,风格发生了变化。《四库全书总目提要》评:"至信北迁以后,阅历既久,学问弥深,所作皆华实相扶,情文兼至,抽黄对白之中,灏气舒卷,变化自如,则非陵(徐陵)之所能及矣。"清·沉德潜《古诗源》也做了类似的评定。原本是徐(陵)庾(信)齐名,到后来已远远超过了徐陵,对唐诗产生了直接的影响。明·杨慎《升庵诗话》称其作品不仅为"梁之冠绝",而且"启唐之先鞭"。清·刘熙载《艺概》谓其《燕歌行》开初唐七言《乌夜啼》开唐七律、其它体为唐五绝、五律、五排之所本者,亦不可胜举。综上可知"庾信文章老更成"的概括含义是很有分量的。

宋·苏轼《过泗上喜见张嘉父》:"眉间冰雪照淮明,笔下波澜老欲平。真得全生如许妙,不知形谍已多名。""老欲平"句翻用杜诗,仿其句而不用其意。

1447. 庾信生平最萧瑟

唐·杜甫《咏怀古迹五首》之一:"庾信平生最萧瑟,暮年诗赋动江关。"庾信,梁朝诗人为梁元帝出使北周,被留,并予厚遇,然而他始终怀念故国,曾作《哀江南赋》以寄其意。赋中有"壮士不还,寒风萧瑟,提挈老幼,关河累年"语,杜甫缩用其"萧瑟"句。庾信《伤心赋》:"对玉关而羁旅,坐长河而暮年。"杜甫"暮年诗赋动江关"句用此。诗人在安史之乱中流落西南,借庾信以抒乡国之思。

唐·吕温《题梁宣帝陵二首》:"凄凉庾信赋,千载共伤情。"亦述《伤心赋》所表现的凄凉萧瑟。

宋·刘克庄《贺新郎》(九日):"到而今,春华落尽,满怀萧瑟。"用"萧瑟"感情一意。

清·林麟焻《水调歌头》(钓龙台怀古):"庾信最萧瑟,词赋只悲哀。"以庾信自比,说不识"济世才"的时代里,只能写此哀诗。

1448. 感心动耳,荡气回肠

曹丕《大墙上蒿行》:"感心动耳,荡气回肠。"写奏起齐国的瑟,跳起赵国的舞,感人肺腑,十分动人。

"荡气回肠"句源于宋玉的《高唐赋》:"感心动耳,回肠伤气。"曹丕只换一"伤"字,增强了准确性和表现力,"荡气回肠"(或"回肠荡气")已作成语广泛后应用。

1449. 彩笔新题断肠句

宋·贺铸《横塘路·青玉案》:"飞云冉冉蘅皋暮,彩笔新题断肠句。"全词抒发"望美人兮不来"之"闲情"。此词一问世,便誉为"绝唱"。《碧鸡漫志》卷二引述黄庭坚的评价说:"鲁直喜之,赋绝句(《寄方回》)云:'解道江南断肠句,只今惟有贺方回'。"此二句写:云儿徐徐飘飞,生满香草的塘泽,渐渐暗了下来,美人向横塘而来,却又绕横塘而去,暮色里,挥笔作词,可美人不来,空留下这断肠之句。彩笔:《南史·江淹传》载:南朝·梁·江淹梦见晋人郭璞向他索笔,江淹从怀中取出五色笔还了郭璞,从此再也写不好诗句了。这里表示写出好句。贺铸《拥鼻吟》(又名"吴音子")再写:"拥鼻微吟,断肠新句,粉碧罗牋,封泪寄与。"后用"断肠句"代相思句、心酸句、愁苦句,有些明用"彩笔新题断肠句",只稍作改动。

宋·史浩《青玉案》(用贺方回韵):"年来不梦巫山暮,但若忆、江南断肠句。"用黄庭坚句。

宋·曹勋《祝英台》:"几凝竚,闲为写出横斜,无声断肠句。"

宋·范成大《惜分飞》(南浦舟中与江西帅漕酌别,夜后忽大雪):"难忘罗袜生尘处。明日船应不驻,且唱断肠新句。卷尽珠帘雨,雪花一夜随人去。"

宋·史达祖《风流子》:"入耳旧歌,怕听琴缕、断肠新句,羞染乌丝。"

宋·高观国《玲珑四犯》:"此意待写翠牋,奈断肠、都无新句。""断肠句"亦无,反用。

宋·吴潜《酹江月》:"重唱江南肠断句,为我满倾云液。"用黄庭坚"江南断肠句",变序。

又《青玉案》:"人生南北如歧路,惆怅方回断肠句。"

宋·吴文英《祝英台近》(悼得趣,赠宏庵):"可怜憔悴文园,曲屏春到,断肠句、落梅愁雨。"

宋·杨泽民《瑞龙吟》:"可谓望风知心,倾盖如故。犹舛香玉,休赋断肠句。"

宋·叶润《莺啼序》:"危亭恨极,落尺寒香,怕道断肠句。"

宋·史深《花心动》(泊舟四圣观):"宝炬凝珠,彩笔呵冰,密写断肠新句。"

宋·刘辰翁《青玉案》:"燕忙莺懒青春暮,蕙带空留断肠句。"

宋·张磐《绮罗香》(渔浦有感):"纵十分,春到邮亭,赋怀应是断肠句。"

宋·王沂孙《绮罗香》(秋思):"料如今,门掩孤灯,画屏尘满断肠句。"

又《声声慢》:"断肠句、试重拈彩笔,与赋闲愁。"

宋·仇远《摸鱼儿》:"谩自折兰苕,答书蕉叶,都是断肠句。"

宋·张炎《祝英台近》:"谩延伫,姓名题上芭蕉,凉夜来风雨。赋了秋声,还赋断肠句。"

宋·无名氏《祝英台近》:"双燕见情,难寄断肠句。"

1450. 彩笔昔曾干气象

唐·杜甫《秋兴八首》:"彩笔昔曾干气象,白头吟望苦低垂。"诗人当年在"昆吾""御宿""渼陂"春日郊游的时候诗情毫迈,而今白发满头。清·仇兆鳌《杜诗详注》引"陈注"云:笔干气象,昔何壮壮;头白低垂,今何其惫。思长安胜境,溯旧游而叹衰老。"彩笔"多有文彩的诗笔,如云:"生花妙笔"。《南史·江淹传》原指"五色笔":"淹少以文章显,晚节才思微尽。……尝宿于冶亭,梦一丈夫自称郭璞,谓淹曰:'吾有笔在卿处多年,可以见还。'淹乃探怀中得五色笔以授之。尔后为诗,绝无美句。时人谓之才尽。"这就是"江郎才尽"的神话。据传五代和凝亦尝梦人与五色笔一束,自是文彩日新。原指有彩笔就可作好诗,后喻写好诗。

"彩笔新题断肠句"之"断肠句"已列前条,用"彩笔新题"的有宋·韩淲《浣溪沙》(戏成寄李叔谦):"彩笔新题字字香,雁来时候燕空梁,芙蓉无处著秋光。""新题"即才写、刚写。宋·李廷忠《沁园春》(刘总干会饮同寮,出示新词,席上用韵):"彩笔新题,金钗半醉,当日英雄安在哉。"宋·毛开《玉楼春》:"锦囊空有断肠书,彩笔不传长恨句。"用句式。

"彩笔"句著名的还如宋·晏几道《木兰花》:"秋千院落重帘暮,彩笔闲来题绣户。"为思念歌女小云而作。"绣户"是彩绘华丽的门户,指女子所居。宋·史达祖《东风第一枝》:"旧歌空忆珠帘,彩笔倦题绣户。"用晏几道句。

唐宋人用彩笔句另如:

唐·贾至《玛璃怀歌》:"王孙彩笔题新咏,碎锦连珠复辉映。"

唐·钱起《过王舍人宅》:"彩笔有新咏,文星垂太虚。"

又《奉和中书常舍人晚秋集贤院即事寄徐薛二侍御》:"彩笔下鸳披,褒衣来石渠。"

唐·刘禹锡《酬严给事贺加五品兼简同制水部李郎中》:"彫盘贺喜开瑶席,彩笔题诗出锁闱。"

唐·白居易《待漏入阁书事奉赠无九学士阁老》:"彩笔停书命,花甎趁玄班。"

又《中书寓直》:"病对词头惭彩笔,老看镜面愧华簪。"

宋·王安石《次韵东道送花》:"新妆欲应何人面?彩笔知书几叶花。"

又《次韵酬宋中散二首》:"素书款款谁怜杜,彩笔遒遒独胜春。"

宋·杨亿《上元夜会慎大詹西斋分题得歌字》:"主人爱客春宵永,彩笔题诗奈乐何。"

又《王尚食知凤翔》(曾领延安):"宴客羽觞那有算,题诗彩笔莫教闲。"

宋·胡宿《新荷》:"彩笔题诗易,金刀下剪难。"

宋·强至《彭及之邀吴仲源杨公济与某夜会望湖楼独某后期为关所隔偶成四篇以呈诸君》:"那作常时探彩笔,直须飞句上青天。"

宋·刘镇《花心动》(临安新亭):"粉袖㧕人,彩笔题诗,陶写老来风味。"

宋·方千里《蝶恋花》:"彩笔彤章知几首,可人标韵无新旧。"

元·王实甫《西厢记》第三本第四折《斗鹌鹑》:"只为你彩笔题诗,回文织锦。"

元·张可久《水仙子·乐闲》:"铁衣披紫金关,彩笔题花白玉栏。"

清·曹雪芹《红楼梦》第十八回《大观园题咏》:薛宝钗诗:"睿藻仙才盈彩笔,自惭何敢再为

辞?"说元春题匾为诗后,她自惭才疏,不敢措辞了。

1451. 悔不理章句

唐·王昌龄《从军行二首》:"百战苦风尘,七年履霜露。虽投定远笔,不坐将军树。早知行路难,悔不理章句。""章句",章节与语句,代表读书作文。南朝·梁·刘勰《文心雕龙》(章句):"夫人之立言,因字而生句,积句而为章,积章而成篇。"又"然章句在篇,如茧之抽绪,原始要终,体必鳞次。"这里"理章句"引申为"从文"。严酷的军旅生活,使诗人"悔不理章句"。"章句"代表一种事业,极具概括力。王昌龄《淇上酬薛据兼寄郭微》:"十年守章句,万里空寥落。"再淡自读书十年,在边塞上,空无建树。"章句"除读书作文,也指语言文字工作。

唐·陶翰《赠郑员外》:"何必守章句,终年事铅黄。""铅黄",古人用铅粉和雌黄点校书籍,故称勘校为铅黄。诗人任礼部员外郎,多为"铅黄"之事。此诗,不满足现职,想建立更大的功业。

唐·孟云卿《邺城怀古》:"永怀故池馆,数子连章句。"称曹操"数子"之文才。

唐·孟浩然《南归阻雪》:"少年弄文墨,属意在章句。十上耻还家,徘徊守归路。"由于"不才明主弃"一诗,为明皇所不用,南归途中,难免有"十年章句"之憾。

唐·李白《嘲鲁儒》:"鲁叟谈五经,白发死章句。问以经济策,茫如坠烟雾。"指经书。

唐·岑参《郡斋闲坐》:"比来废章句,终日披案牍。"忙于披阅文牍,无暇理章句。

唐·孟郊《自商行谒复州卢使君虔》:"驱驰竟何事,章句依深仁。"凭章句而藏仁爱。

又《新平歌送许问》:"谁识匣中宝,楚云章句多。"许问很有才气。

唐·张籍《赠殷山人》:"耕耘此辛苦,章句已流传。"殷山人诗文已流传。

又《崔驸马养鹤》:"身闲无事称高情,已有人间章句名。"诗文之名已传人间。

唐·刘禹锡《潸然有感》:"繁华日已谢,章句此空留。"全题是《途次敷水驿伏睹华州舅氏昔日行县题诗处潸然有感》,说华州已无昔日繁华,空留昔日的题诗。

又《和令狐相公言怀寄河中杨少尹》:"章句惭

非第一流,世间才子昔陪游。"诗作得并不好。

唐·元稹《见人咏韩舍人新律诗因有戏赠》:"莫漫裁章句,须饶紫禁仙。""章句"指诗。

唐·白居易《读谢灵运诗》:"因知康乐作,不独在章句。""章句",谢灵运诗。

又《山中独吟》:"人各有一癖,我癖在章句。"指吟诗。

又《宣州崔大夫阁老忽以近诗数十首见示,吟讽之下窃有所喜因成长句寄题郡斋》:"再喜宣城章句动,飞觞遥贺敬亭山。""章句"指崔大夫"近诗数十首"。

1452. 学诗漫有惊人句

宋·李清照《渔家傲》:"我报路长嗟日暮,学诗漫有惊人句。九万里风鹏正举。风休住,蓬舟吹取三山去。"此词豪气盈然。《蓼园诗选》评本词"无一毫钗粉气,自是北宋风格。"《艺蘅馆词选》乙卷引梁启超语:"此绝似苏辛派,不类《漱玉集》中语。"此词的下阕亦可感受到大气。梦中闻"天问",回答是:路正长而日已暮,仅有今人惊羡的诗句何足道?当乘长风"吹取三山去"。朦胧中,看到了这位女词人的理想和抱负。

"惊人句"出于唐·杜甫《江上值水如海势聊短述》:"为人性僻耽佳句,语不惊人死不休。"自谦才非陶(渊明)谢(灵运),面对锦江如海,不能长吟,聊为短述。"耽",酷爱,自己生性殊僻,酷爱佳句,不作惊人语不肯罢休。这两句表现作诗执著求工求佳。"惊人语"即警策语。

宋·释契嵩《遣兴三绝》:"何妨剩得惊人句,咏遍江山一万篇。"这是最先用"惊人句"的。

宋·王庭珪《雨霖铃》(雪):"暗想当年宾从,毫端有惊人句。"

宋·袁去华《蝶恋花》(次韩幹梦中韵):"细雨斜风催日暮,一梦华胥,记得惊人句。""华胥"这里指梦境。

宋·赵长卿《夜行船》(送胡彦直归槐溪):"归去江山应得助,新诗定须多赋。有雁南来,槐溪千万,寄我惊人句。"

宋·廖行之《贺新郎》(秋狄志父秋日述怀):"且对佳时随意乐,更从今、莫问惊人句。算万事,总天赋。"

1453. 知君此去足佳句

唐·权德舆《送袁太祝衢婺巡覆》:"知君此去足佳句,路出桐溪千万出。"袁太祝出巡婺州途经千山万水,景色佳丽,定然会写出许多好诗来。"佳句"已见杜甫的"为人性僻耽佳句"。杜甫《偶题》中也用"不敢要佳句,秋来赋别离。"在《与李十二白同寻范十隐居》又用"李侯有佳句,往往似阴铿。"《陈书·阴铿传》载:阴铿"幼聪慧,五岁能诵诗赋,日千言。及长,博涉史传,尤善五言诗,为当时所重。""佳句"指好诗,说李白诗才如阴铿。

唐·权德舆用"佳句"最多,都指好诗。如:

又《送陆太祝赴湖南幕》:"此去佳句多,枫叶接云梦。"

又《送清洨上人谒信州陆员外》:"佳句已齐康宝月,清谈远指谢临川。"

又《从叔将军宅蔷薇花开太府韦卿有题壁长句因以和作》:"名卿洞壑仍相近,佳句新成知者稀。"

又《苏小小墓》:"风流有佳句,吟眺一伤心。"

唐·窦叔向《酬李袁州嘉祐》:"想到长安诵佳句,满朝谁不念琼枝。"

唐·白居易《酬梦得霜夜对月见怀》:"枕上酬佳句,诗成梦不成。"

唐·韩翃《送王少府归杭州》:"早晚重过鱼浦宿,遥怜佳句箧中新。"

宋·王安石《送王大卿致政归江陵》:"汉庭饯客无佳句,越水归装有富赀。"

又《叹才力因成小诗》:"尚有闲襟寻水石,决无佳句似池塘。"无谢灵运"池塘生春草"那样的佳句。

又《答孙正之》:"佳句不须论旧约,相随阳羡有篮舆。"

又《松江》:"骚人自须留佳句,忽忆君诗思已穷。"

宋·苏轼《次韵孙常父送张天觉河东提刑》:"定向秋山得佳句,故关黄叶满行舟。"

又《袁公济和刘景文〈登介亭〉诗复次韵答之》:"登临得佳句,江白照湖绿。"

又《和陶归田园居六首》:"春江有佳句,我醉堕渺莽。"

1454. 长吟远下燕台句

唐·李商隐《赠柳枝》:"长吟远下燕台句,惟有花香染未消。"此诗只见陈元龙注周邦彦词,《全唐诗》未收。"燕台",李商隐有《燕台四首》写女子之情思。"燕台句"若非指此诗,则用此意。"燕台"似指燕居、燕乐之所。

宋·周邦彦《瑞龙吟》:"吟笺赋笔,犹记燕台句。"用李商隐句,代赠给恋人的诗。

1455. 锦肠生秀句

宋·沈端节《谒金门》:"目断扰林修渚,画出江南烟雨。山水照人楚楚,锦肠生秀句。""锦肠",文才华丽,"秀句",优美的诗词。"锦肠"即诗肠,古人遣词炼字常用"搜肠刮肚"作喻,或作诗费力,则喻作"搜索枯肠"。"肠"成了文思的代称。

"秀句"出自钟嵘《诗品》:"奇章秀句,往往警遒。"杜甫《解闷十二首》:"最传秀句寰区满"、《哭李尚书》:"诗家传秀句"、《送韦十六评事》:"题诗得秀句",用得最多。

唐·韩翃《酬程延秋夜即事见赠》:"向来吟秀句,不觉已鸣鸦。"

宋·苏轼《和段屯田荆林馆》:"谢女得秀句,留待中郎归。"自注:"段有侄女在密州"。"谢女",谢道韫,指代有诗才的"段女"。

又《病中》:"诗人倒穷塞,秀句出寒饥。"

1456. 总是伤春句

宋·谢懋《暮山溪》:"愁里见春来,又只恐、愁催春去。惜花人老,芳草凄迷。题欲遍、琐窗纱,总是伤春句。"春去人老,题句总是伤春句。"伤春句",伤春去的词。

宋·高观国《卜算子》(泛西湖坐间寅斋同赋):"几日喜春晴,几夜愁春雨。十二雕窗六曲屏,题遍伤春句。"用谢懋句。

宋·吕渭老《情长久》:"锁窗夜永,无聊尽作伤心句。""伤心句"意同"断肠句",伤心的诗词。

1457. 红笺不寄相思句

宋·向滈《青玉案》:"红笺不寄相思句,人在潇湘燕回处,屈指归期秋已暮。万千里路,两三头绪,恨不飞将去。"思念远人,恨难寄相思的诗文活语。

宋·辛弃疾《鹧鸪天》:"人历历,马萧萧,旌旗又过小红桥。愁边剩有相思句,摇断吟鞭碧玉梢。"用向滈句。

1458. 欲寄相思无好句

宋·陈允平《糖多令》(吴江道上赠郑可大):

"客路怕相逢,酒浓愁更浓,数归期、犹是初冬。欲寄相思无好句,聊折赠、雁来红。"虽赠此词,仍难表怀念之情,所以说"无好句",还要折"雁来红"(水边枫叶)以赠。

宋·王安石《寄四侄旃二首》:"春草已生无好句,阿连空复梦中来。"用谢灵运"池塘春草"故事表示怀念,"阿连"指谢惠连,代其侄。陈允平用"无好句"。

宋·廖行之《青玉案》(送春六曲):"把酒酬春无好句,春且住、尊前听我歌金缕。"

1459. 别后谁吟倚楼句

宋·程垓《青玉案》(用贺方回韵):"一声长笛江天暮,别后谁吟倚楼句。匀面照溪心已许,欲凭锦字,写人愁去,生怕梨花雨。""倚楼句"用唐·赵嘏"长笛一声人倚楼"句(《长安秋望》),表达别友之情,只闻"一声长笛,"却无人倚楼吟咏。"……句",有的表示吟咏地点、行为、体制和写诗载体等。

宋·程垓《凤栖梧》(客临安,连日愁霖,旅枕无寐,起作):"忧国丹心独许,纵吐长虹,不奈斜阳暮。莫道春光难揽取,少陵辨得寻花句。"

又《凤栖梧》:"湖上幽寻君已许。消自不来,望得行云暮。芳草梦魂应记取,不成忘却池塘句。"用"池溏生春草"(谢灵远《登池上楼》)故事,盼友人同游。

宋·张孝忠《玉楼春》(泛北湖次唐教授韵):"欲招骑龙帝乡人,来咏叉鱼春岸句。"指吟咏处所。

宋·辛弃疾《定风波》(再和前韵药名):"便好剩留黄绢句,谁赋,银钩小草晚天凉。""黄绢句"是"绝妙好辞"。东汉邯郸淳作《曹娥碑》。蔡邕读之,大加赏识,即于碑侧题"黄娟幼妇,外孙蒀臼"八个字。曹操一时不解其义,问记室杨修,杨修答"解"。曹操暂不要杨修解,在马上思索,行三十里乃悟,与杨修分别在纸上作解,答案相同。其解为:"'黄绢',色丝也,于字为绝;'幼妇'少女也,于字为'妙';'外孙',女子也,于字为'好';'蒀臼',受辛也,于字为'辞'。所谓'绝妙好辞'也。"原来这八个字为"绝妙好辞"之字谜。后用"黄绢幼妇"喻文辞优美。唐·黄滔《和王舍人崔补阙题天王寺》:"紫微今日句,黄绢昔年碑。"即用此典。辛弃疾词意:即便留下好词,有谁人来读呢!

宋·王沂孙《摸鱼儿》："烦君妙语,更为我将春,连花带柳,写入翠笺句。""翠笺"为载体。

宋·叶李《失调名》(赠贾似道)："雷州户,崖州户,人生会有相逢处。客中颇恨乏蒸羊,聊赠一篇长短句。""长短句",词的又称。叶李曾上书攻击贾似道,获罪而走。后与贾似道相遇,赠此"长短句",斥贾似道误国。

1460. 愿织回文锦

南朝·梁元帝萧绎《寒闺》："乌鹊夜南飞,良人行未归。池水浮明月,寒风送擣衣。愿织回文锦,因君寄武威。""武威"代指西北边塞。写时至深秋,征人未归,寿衣织锦,上有回文,以寄边陲。"回文锦"为苏蕙所织回文诗。《晋书·列女传·窦滔妻苏氏》："窦滔妻苏氏,始平人也,名蕙,字若兰,善属文。滔,苻坚时,为秦州刺史,被徙流沙。苏氏思之,织锦回文旋图诗以赠滔。宛转循环以读之,词甚凄婉,凡八百四字,文多不录。"所织"回文旋玑图"藏诗二百余首,纵横反复皆成章句。由于宛转回环皆可读,称"回文锦"。后用织回文锦字表示思夫,表示爱情。有的述本事以寄离情。

唐·骆宾王《艳情代郭氏答卢照邻》："锦字回文欲赠君,剑壁层峰自纷纷。"

唐·李峤《诗》："扇中纨素制,机上锦纹回。"

又《笔》："霜辉简上发,锦字梦中开。"

又《砚》："光随锦上发,形带石岩圆。"

又《锦》："机迴回文巧,绅兼束发新。"

唐·刘允济《怨情》："玉关芳信断,兰闺锦字新。"

唐·宋之问《桂州三月三日》："不求汉使金囊赠,愿得佳人锦字书。"

唐·刘长卿《赋得》(一作皇甫冉《春思》诗)："机中锦字论长恨,楼上花枝笑独眠。"

唐·李白《久别离》："别来几春未还家,玉窗五见樱桃花。况有锦字书,开缄使人嗟。"

又《寄远》其八："两不见,但相思。空留锦字表心素,至今缄愁不忍窥。"

又《闺情》："织锦心草草,挑灯泪斑斑。"

又《代赠远》："织锦作短书,肠随回文结。"

又《秋浦寄内》："有客自梁苑,手携五色鱼。开鱼得锦字,归问我何如。"

唐·杜甫《江月》："谁家挑锦字,烛灭翠眉颦。"

唐·窦巩《从军别家》："如今便是征人妇,好织回文寄窦滔。"

唐·杨巨源《酬崔附马惠笺百张兼贻四韵》："百张云样乱花开,七字文头艳锦回。"

唐·郎大家宋氏《长相思》："台上镜文销,袖中书字灭。"

唐·孟郊《离思》："回织别离字,机声有酸楚。"

唐·刘沧《寄远》："锦字织成添别恨,关河万里路悠悠。"

唐·李频《古意》："虽非窦滔妇,锦字已成章。"

唐·赵嘏《昔昔盐·织锦窦家妻》："当年谁不羡,分作窦家妻。锦字行行苦,罗帷日日啼。岂知登陇远,只恨下机迷。"

宋·杜安世《菩萨蛮》："锦机织了相思字,天涯路远无由寄。"

宋·苏轼《次韵回文三首》："春机满织回文锦,粉泪挥残露井桐。"

又《百步洪二首》："欲遣佳人寄锦字,夜寒手冷无人呵。"

宋·周邦彦《氐州第一》："座上琴心,机中锦字,觉最萦怀抱。"

宋·李弥逊《念奴娇》(坐上次王伯开韵)："轧轧邻机芳思乱,愁入回文新织。"

宋·刘克庄《玉楼春》(戏林推)："易挑锦妇机上字,难得玉人心下事。"

宋·陈允平《塞翁吟》："更懊恨、灯花无准,写幽悰、锦织回文,小字斜封。无人为托,欲倩宾鸿,立尽西风。"

宋·无名氏《九张机》(二)："织成一段,回文锦字,将去寄呈伊。"

元·关汉卿《翠裙腰·闺怨》："闷把苔墙画,慵将锦字修,最风流,真真恩爱。"

元·杨果《小桃红》："到如今,西风吹断回文锦。羡他一时、鸳鸯飞去。残梦蓼花深。"

元·商衟《双调·夜行船》："锦机情词,石镌心事,半句儿几时曾应。"

元·商挺《双调·潘妃曲》："一点青灯人千里,锦字凭谁寄"。

元·姚燧《越调·凭栏人》："织就回文停玉梭,独守银灯思念他。"

元·侯克中《征宫·菩萨恋》："欲修锦字凭谁

寄,报与些凄凉事实。"

元·薛昂夫《端正好·闺怨》:"欲寄音书,空织回文锦字成。"

元·徐再思《朝天子·手帕》:"待写回文,敷陈方寸,怕英花说与春。"

1461. 大雅久不作

唐·李白《大雅久不作》(古风第一):"大雅久不作,吾衰竟谁陈? 王风委蔓草,战国多荆榛。"《大雅》是《诗经》中的一部分,多表现统治者的政治活动。据《礼记·王制篇》载:古代天子常"命太师陈诗以观民风。"孔子说:"甚矣吾衰也。"李白认为,自《诗经》以来,特别是建安以来,诗歌只追求绮靡华丽的形式,走了下坡路。他要学孔子,重整诗风。"大雅久不作"正是表现他对诗风的观点。后用"大雅"称清新健康的诗歌。

唐·王建《寄李益少监送张实游幽州》:"大雅废已久,人伦失其常"。

又《送张籍归江东》:"君诗发大雅,正气回我肠。"

宋·王奕《八声甘州》(李太白大雅一赋,发少陵之所未发,惜豪狂诗酒,一死疑之,过采石赋此,千载醉魂,招之不醒,吾不信也。):"诵公诗,大雅久不闻,吾衰竟谁陈。自晋宋以来,隋唐而下,旁若无人。"这是以李白"大雅"句颂李白之诗。王奕《沁园春》(题新州醉白楼)亦称颂李白:"唐李太白,访贺知章,浩歌此楼。想斗酒百篇,眼花落井,一时豪杰,千古风流。"

清·姚莹《论诗绝句六十首》:"千秋大雅君能作,赏鉴难夸贺季真。"赞李白。

1462. 崔颢题诗在上头

《唐才子传》卷一载:李白游黄鹤楼,读崔颢《黄鹤楼》诗后云:"眼前有景道不得,崔颢题诗在上头。"李白并不狂妄,崔颢诗写得好,这两句话也是一种称赞。明·郭正域《黄鹤楼二首》:"却嫌李白少情思,不肯题诗在上头。"认为李白不是不能写好黄鹤楼。

后用"崔颢题诗在上头"说黄鹤楼之景已被崔颢道绝。

宋·张颐《黄鹤楼》:"崔颢题诗在上头,登临何必更冥搜。楼前黄鹤不重见,槛外长江空自流。万顷烟云连梦泽,一川风景在西州。""槛外"用王勃诗。

宋·何梦桂《洞仙歌》(和何逢源见寿):"青衫白发,独倚江楼小。待欲题诗压崔颢,慨凤台今在否? 白鹭沙洲,芳草外,剩得闲身江表。"

清·魏坤《登黄鹤楼作》:"青莲毕竟非仙才,崔颢题诗不敢作。"

今人张叔枚《题黄鹤楼》:"崔颢题诗犹在壁,何人才调胜先贤。"

1463. 词源倒流三峡水

唐·杜甫《醉歌行》(别从侄勤落第归):"词源倒流三峡水,笔阵独扫千人军。"赞其侄杜勤文章、书法,"词源"句谓文势浩瀚,"笔阵"句谓草书纵横。

"词源倒流"以江海倒流为喻。《海赋》有"吹潦则百川倒流"语,梁元帝《檄侯景》:"按剑而叱,江水为之倒流。"词源倒流则喻文势起伏回荡。"词源"出自《隋书·文学志》述南朝·梁以后,江淹、沈约、任昉等人"并学穷书圃,思极人文,缛彩郁于云霞,逸响振于金石。英华秀发,波澜浩荡,笔有余力,词无竭源"。"词源倒流三峡水",三峡水流激湍,亦喻文势畅达。后人用杜句表示诗词气势雄浑,才华横溢。

宋·王安石《虞美人》:"词源三峡泻瞿塘,便是醉中宣去、也无妨。"

宋·苏轼《次韵曹子方运判雪中同游西湖》:"词源滟滟波头展,清唱一声岩谷满。"

宋·京镗《雨中花》:"跨鹤仙姿,掣鲸老手,从来眼赤腰黄。更词源峡水,才刃干将。"

宋·辛弃疾《水龙吟》:"被公惊倒瓢泉,倒流三峡词源泻。长安纸贵,流传一字、千金争舍。"

宋·郭应祥《西江月》:"锁絮方当拔土,挥毫正好摘文。词源三峡笔千军,尽出平生素蕴。"

宋·张矩《贺新郎》:"倒挽峡流归笔底,衮衮二并四具。"

元明小说话本依托宋人申纯《念奴娇》:"三峡词源,谁为我、写出断肠诗句。"

1464. 文园终寂寞

唐·杜甫《夔府书怀四十韵》:"文园终寂寞,汉阁自磷缁。"天宝十四载,杜甫授河尉,不拜。安史之乱起,他随肃宗到凤翔,不久入蜀。经严武举荐,除工部员外郎。又辞幕府,至夔州,闲居瀼涵。

"文园"指司马相如。《史记·司马相如列传》载："相如拜为孝文园令",孝文园,即汉文帝陵园,司马相如为孝文园令,是掌管陵园扫除之类的小官,后因病家居茂陵。后人称他"文园"。"汉阁"扬雄曾校书汉阁,此借指杜甫所居西阁。相如与扬雄都是蜀人。杜甫以二人卧病文园、惭居汉阁自况。"文园终寂寞"喻自己退居赋闲。后用"文园"或指司马相如,或代诗人自己及地位低下的友人。

杜甫《赠李八秘书别三十韵》："文园多病后,中散旧交疏。"嵇康为中散大夫,曾作《绝交书》。

唐·刘禹锡《咏古二首有所寄》："金屋容色在,文园词赋新。"

唐·杜牧《为人题赠二首》："文园终病渴,休咏白头吟。"

又《渡吴江》："文园诗侣应多思,莫醉笙歌掩华堂。"

唐·温庭筠《秋日旅舍寄义山李侍郎》："子虚何处堪消渴,试向文园问长卿。"

唐·陆龟蒙《奉和袭美破夏冲淡偶作次韵二首》："垆中有酒文园令,琴上无弦靖节家。"

宋·苏轼《光禄庵二首》："文章根不见文园,礼乐方将访石泉。"

又《次韵詹适宣德小饮旣亭》："君方梦谪仙,我亦吊文园。"

宋·陆游《朝中措》："文园谢病,兰成久旅,回首凄然。"

宋·沈端节《鹊桥仙》："怀人意思,悲秋情绪,长是文园病后。"

宋·刘仙伦《永遇乐》(春暮有怀)："阳台云去,文园人病,寂寞翠尊雕俎。"

宋·吴文英《祝英台近》："可怜憔悴文园,曲屏春到,断肠句、落梅愁雨。"

又《绛都春》："千金未惜、买新赋,共赏文园词翰。"

又《燕归梁》(对雪醒坐上云麓先生)："谁怜消渴老文园,听溪声、泻水泉。"

又《杏花天》(咏汤)："江清爱与消残醉,憔悴文园病起。"

又《花上月令》："文园消渴爱江清,酒肠怯,怕深觥。"

宋·李彭老《壶中天》："谁念病损文园,岁华摇落,事与孤鸿去。"

宋·李莱老《台城路》(寄弁阳翁)："文园憔悴

顿老,又西风暗换、丝鬓无数。"

宋·洪瑹《菩萨蛮》(春感)："玉琴不疗文园病,对花长抱浑浑恨。"

宋·无名氏《踏莎行》(贺友人取宠)："歌台舞榭没长情,不如相伴文园老。"

元明小说话本依托宋人申纯《撷芳词》："月如年,风轻扇,文园多病寻芳倦。"

1465. 文章憎命达

唐·杜甫《天末怀李白》："文章憎命达,魑魅喜人过。"文章阻碍作者的发展,写诗不会使人富。

清·蒲松龄《寄怀张历友》："憎命文章真是孽,耽情词赋亦成魔。"用杜甫句意:喜爱文章,妨害了命运,成了孽障。

又《大江东去》(寄王如水)："糊眼冬烘鬼梦时,憎命文章难恃。"文章不可依靠。

又《钞书成,适家送故袍至,作此寄诸儿》："生苦文章为障孽,老于桔柚识甘酸。"一生热衷于辛苦的写作,深味其甘苦。

1466. 白也诗无敌

唐·杜甫《春忆李白》："白也诗无敌,飘然思不群。"称许李白之诗出类拔萃,无可匹敌。

宋·苏轼《次韵刘景文周次元寒食同游西湖》："山西老将诗无敌,洛下书生语更妍。""山西老将"指刘景文,"洛下书生"指周次元。

元·王举之《折桂令·送友赴都》："簿书中暂驻行车,白也无敌,赤尔何如。"称友人之才。

1467. 读书破万卷,下笔如有神

唐·杜甫《奉赠韦左丞丈二十二韵》："读书破万卷,下笔如有神。"读书突破万卷,言读书之多,下笔则有如神助。依诗人切身体验,揭示了读写关系,道破了写诗作文要广读博览为条件这一规律。读杜甫全诗,会深感他学识丰博,即见此二句为珍贵的经验之谈。

"读书破万卷",出自梁元帝萧绎语:梁元帝败,尽焚图书,说："读书万卷,犹有今日。"他把失败归之于"读书万卷",当然是不准确的。杜甫付之以新义。唐·刘长卿《夜宴洛阳程九主簿宅送杨三山人往天台寻智者禅师隐居》："满腹万余卷,息机三十年。"赞智者禅师读书很多,亦用"万卷"。

唐·岑参《北庭贻宗学士道别》："万事不可

料,叹君在军中。读书破万卷,何事来从戎?"与杜句全同。

宋·苏轼《戏子由》:"读书万卷不读律,致君尧舜知无术。""读律",《三国志·陈矫传》:"子本不读法律,而得廷尉之称。"唐·沈全交《嘲诮词》:"评事不读律,博士不寻章。"苏句"读律"出于此。

明·汤显祖《牡丹亭》第四十九出淮泊《皂罗袍》:"可笑一场闲话,破诗书万卷,笔蕊千花。"

"下笔如有神",杜甫《独酌成诗》:"醉里从为客,诗成觉有神。"与"下笔如有神"近义。《杜诗详注》(三八四页)注引赵汸语:"东坡诗'梦里似至海外,醉中不觉到江南。'又云'却举酒杯疑是梦,试拈诗笔已如神。'皆出于此。"但确切地说,苏之"已如神"句还是出自"下笔如有神"。

唐·岑参《田使君美人如莲花舞北旋歌》:"翻身入破如有神,前见后见回回新。"写舞技高超,出神入化。

宋·梅尧臣《依韵吴冲卿秘阁观逸少墨蹟》:"奇哉王右军,下笔若神圣。"写"墨迹"。

宋·王安石《夜读试卷呈君实待制景仁内翰》:"篝灯时见语惊人,更觉挥毫捷有神。"

宋·苏轼《十二月二十八日蒙恩责授检校水部员外郎黄州团练副史》:"却对酒杯疑是梦,试拈诗笔已如神。"

宋·辛弃疾《鹧鸪天》:"书万卷,笔如神,眼看同辈上青云。"

又《念奴娇》(用韵答傅先之):"君诗好处,似邹鲁儒家,还有奇节。下笔如神强压韵,遗恨都无毫发。灸手炎来,掉头冷去,无限长安客。"

1468. 文章一小技

唐·杜甫《贻华阳柳少府》:"文章一小技,于道未为尊。"柳推赞作者诗文,故谦称文章为小技,非济世之道。扬雄《法言》云:词章之类"雕虫小技,壮夫不为。"视文章为小技小道,但杜甫有"文章千古事"之论断。

宋·苏轼《戏子由》:"文章小技安足程,先生别驾旧齐名。"

1469. 笔落惊风雨

唐·杜甫《寄李十二白二十韵》:"昔年有狂客,号尔谪仙人。笔落惊风雨,诗成泣鬼神。"《杜诗详注》评:"'惊风雨',称其敏捷;'泣鬼神',称

其神妙。"虽落成诗,其速如风雨,其势亦如风雨,用风雨喻作诗,足唤出读者的"艺术通感",令人感受李白的诗势诗风。后人用"惊风雨"多描绘才思敏捷,挥挥洒洒的诗势,赞美诗人气度不凡。

宋·苏轼《次韵王郎子立风雨有感》:"朝来赋云梦,笔落风雨疾。"

宋·葛胜仲《蝶恋花》:"才子霏谈更五鼓,剩看走笔挥风雨。"

宋·曾纡《洞仙歌》:"相如当日,曾奏凌云赋,落笔纵横妙风雨。"

宋·李纲《水调歌头》:"笔风雨,心锦绣,极清新。"

宋·张元干《水调歌头》:"挟取笔端风雨,快写胸中丘壑,不肯下樊笼。大笑了今古,乘兴便西东。"此后也用"笔端风雨"。

宋·吕渭老《水调歌头》:"谁信骑鲸高逝,空对笔端风雨,如泛楚江船。"

宋·高登《好事近》(黄义卿昼带霜竹):"多才应赋得天真,落笔惊风叶。"

宋·葛郯《念奴娇》:"闻道块磊浇胸,槎桠肝肺,动笔端风雨。"

宋·张孝忠《杏花天》:"刘郎笔落惊风雨,酒社诗盟心许。"

宋·杨冠卿《水调歌头》(赠维扬夏中玉):"气吞虹,才倚马,烂银钩。……落笔惊风雨,润色焕皇猷。"

宋·刘过《沁园春》(张路分秋阅):"龙蛇纸上飞腾,看落笔四筵风雨惊。便尘沙出塞,封侯万里,金印如斗,未惬平生。"

1470. 犹思对案笔生风

宋·苏轼《王郑州挽词》:"京兆同僚几人在,犹思对案笔生风。"京兆同僚有许多已相继去世,更令人思念的是笔下生风、文思敏捷的王郑州。"笔生风",文思敏捷,笔力强劲。

又《减字木兰花》(赠润守许仲塗,且以"郑容落籍、高莹从良"为句首):"郑庄好客,容我尊前先堕帻。落笔生风,籍籍声名不负公。"

宋·黄庭坚《蝶恋花》:"海角芳菲留不住。笔下生风,吹入青云去。"(《全宋词》又收入陈瓘名下)

1471. 壁间章句动风雷

唐·罗隐《春日投钱塘元帅尚父二首》:"正忧

衰老辱金台,敢望昭王顾问来。门外旌旗屯豹虎,壁间章句动风雷。"诗人一生十试不中,五十五岁投镇海节度使钱镠,深受重用。此诗先用燕昭王筑黄金台招贤事,感钱镠能委以重任(钱塘令、著作令)。"动风雷"喻文字气势宏大或大气磅礴。用此句如:

宋·孙仅《赠种徽君放》:"雄文英概比君难,二十高名满世间。……诗篇落处风雷动,笔力停时造化闲。"

宋·吴泳《沁园春》:"力能笔走风雷,人道是闽乡乡老万回。"

宋·李伯曾《沁园春》(饯总干陈公储):"冷淡逋梅,淋漓旭草,但见风雷笔下生。"

1472. 吟成醉笔走龙蛇

宋·陈允平《醉桃源》:"青青杨柳拂堤沙,溪头沽酒家。吟成醉笔走龙蛇,春风双鬓华。"醉后吟词题写,字画如龙蛇腾舞。"笔走龙蛇"形容草书如龙蛇运行洒脱、大方、自然、流畅。

"笔走龙蛇"语出唐·李白诗:《草书歌行》:"时时只见龙蛇走,左盘右蹙如惊电"。

唐·陆希声《寄言光上人》:"笔下龙蛇似有神,天池雷雨变逡巡。"

宋·高观国《水龙吟》(为梦庵寿):"笔扫龙蛇,句裁螭锦,俊才谁右。"

宋·孙居敬《贺新郎》(次卢申之韵):"有图画、天然如揭。好着骚人冰雪句,走龙蛇、醉墨成三绝。"

宋·刘过《沁园春》(张路分秋阅):"龙蛇纸上飞腾,看落笔四筵风雨惊。"

宋·刘克庄《贺新郎》:"宾主一时词翰手,倏忽龙蛇满岸。"

宋·张榘《好事近》:"素壁走龙蛇,难觅醉翁真迹。"

宋·刘浩《满江红》:"三万卷、龙蛇落纸,琅玕撑腹。"

宋·姚勉《沁园春》(饯张倅):"记风云满席,吟情浩荡,龙蛇满壁,醉墨淋漓。"

1473. 笔阵独扫千人军

唐·杜甫《醉歌行》:"词源倒流三峡水,笔阵独扫千人军。""笔扫千军",文笔奔放雄奇,无可匹敌。题注"别从侄勤落第归"鼓励杜勤继续努力。

元·无名氏《醉写赤壁赋》第二折:"韩吏部(愈)、李翰林(白)……他两个文施翰墨,笔扫千军,临危世乱,势尽时休。"缩用杜句。

1474. 笔底烟花传海国

清·钱泳《履园丛话·画学·画中人》:"余赠其楹帖云:'笔底烟花传海国,袖中诗句落吴船。'"

"笔底烟花",表示文采斐然,文章华丽。《开元天宝遗事》载李太白少时,梦所用之笔头上生花,后天才赡逸,名闻天下。"笔头生花"或"妙笔生花"出此典。

1475. 掷地好词凌彩笔

唐·羊士谔《都城从事萧员外寄海梨花诗尽绮丽至惠然远及》:"掷地好词凌彩笔,浣花春水腻鱼笺。""掷地好词"即"掷地作金石声"的好词,高出于用"彩笔"作的词。《晋·孙绰传》:绰"尝作《天台山赋》,……以示友人范荣期云:'卿试掷地,当作金石声也。'"(《世说新语·文学》亦作同样记载)说这赋写得好,往地上一投,便发出铜钟石磬一样的乐音,形容文辞优美,音调铿锵,清脆动人。后作"掷地有声",常表说话坚定有力,语义精要。

1476. 锦绣文章灿烂

宋·无名氏《西江月》(寿刘公子):"从来斗酒百诗篇,锦绣文章灿烂。"以李白"斗酒诗百篇"(用杜甫《饮中八仙歌》句)比"刘公子",并说他"文如锦绣",光华灿烂。"绵绣",文饰华丽的彩缎,喻文章词彩华丽。

宋·无名氏《满江红》(寿陈碧山七十一):"绵绣文章胸次贮,蓬壶岁月闲中积。"

宋·无名氏《满庭芳》(寿枢密孙):"锦绣文章瑞彩,若披云,快睹青天。"

宋·无名氏《瑞鹤仙》(寿宫观待制):"果文章锦秀,琅玕披腹。"

1477. 少陵失意诗偏老

宋·梅尧臣《依韵和王介甫兄弟舟次蕪江怀寄吴正仲》:"少陵失意诗偏老,子厚因迁笔更雄。"杜甫一生坎坷。不得志,他的诗就偏重老成、成熟;柳宗元贬谪边远地方多年,他的文笔更遒劲。"老"诗文已成熟,更精采。

宋·赵汴《酬寺僧文昶》(曾进诗赐紫衣):"如

今白发诗随老,字字清风敌素秋。"人老诗随之成熟。

宋·曾巩《赠张济》:"节行久穷弥好古,文章垂老更惊人。"

1478. 凌云健笔意纵横

唐·杜甫《戏为六绝句》:"庾信文章老更成,凌云健笔意纵横。"有后生"嗤点"前贤,因"戏作"六绝句,以反讥。此二句意,北周庾信之诗赋,老愈成格,其笔势凌云脱俗,其文意纵横潇洒。"凌云":《史记·司马相如传》云:"相如既奏《大人》之颂,天子大悦,飘飘有凌云之气。""凌云健笔"喻文赋高屋建瓴,气势非凡。

宋·刘克庄《贺新郎》(九日):"少年自负凌云笔,到而今,不向牛山泣。"述自己少年高超的文才。

1479. 醉余奋扫如椽笔

清·敦敏《题芹圃画石》:"傲骨如君世已稀,嶙峋更见此支离。醉余奋扫如椽笔,写出胸中魂磊时。"题曹雪芹(芹圃)画石,借咏石,赞雪芹风骨傲世,才华出众,以毫健的笔力,写出心中积郁和不平。"如椽笔"或"如椽大笔""大笔如椽",说笔如椽大,形容笔力猷劲、强健,诗文写得好,也称"大手笔"。《晋书·王珣传》:王珣"孝武时仆射,梦人以大笔如椽与之。既觉,语人云:'此当有大手笔事。'俄而帝崩,哀册谥议,皆句所草。"为晋武帝草撰"哀册"与"谥议",这都是重要文书,以应"大笔如椽"。典出于此。

唐·刘禹锡《奉和裴侍中将赴汉南留别座上诸公》:"暂辍洪炉观剑戟,还将大笔注春秋。""大笔"即"大手笔"。

唐·李商隐《韩碑》:"古者世称大手笔,此事不系于职司。……公退斋戒坐小阁,濡染大笔何淋漓。"

宋·王禹偁《先帝登遐圣君嗣位追惟恩顾涕泣成章》:"疏贱无由撰哀册,梦中空负笔如椽。"

宋·陈绛《登高》:"梅仙耳熟遗我诗,诗笔如椽胆如斗。"

宋·杨亿《笔》:"月兔湘筼巧制全,何人大手称如椽。"

宋·梅尧臣《李审言遗酒》:"拔毛为笔笔如椽,狂吟一扫一百篇。"

宋·邵雍《大字吟》:"诗成半醉正陶陶,更用如椽大笔抄。"

宋·苏轼《光禄庵二首》:"何事庵中著光禄,枉教闲处笔如椽。"

宋·黄庭坚《寄题荣州祖元大师此君轩》:"公家周彦笔如椽,此君语意当能传。"

宋·赵长卿《声声慢》(府判生辰):"莫论早年富贵,也休问文章、有如椽笔。"

宋·廖行之《贺新郎》(赋木犀):"脱俗离标谁能领,向骚人、正欠题新句;须大手、与君赋。""大手","大手笔"意近"如椽大笔"。

宋·刘过《水龙吟》(寄陆放翁):"想见鸾飞,如椽健笔,檄书亲草。"

又《沁园春》(赠王禹锡):"如椽健笔鸾飞,还为写春风陌上词。"再用前句。

宋·姚勉《贺新郎》(京学类申时作):"休休天也无凭据,有如椽健笔,蟾宫还须高步。""健笔"用刘过句。

宋·王迈《水龙吟》(寿刘无竞·十月三十):"上界仙人,来游西塾,骖鸾跨鹤。有如椽彩笔,笺一天万字,呈了,琅玕腹。"

宋·严仁《贺新郎》(寄上官伟长):"欲写潇湘无限意,那得如椽彩笔。但满眼、西风萧瑟。""如椽彩笔"二典合用,王迈首用。

清·陈恭尹《观唐僧贯休画罗汉歌》:"大笔如椽指端揽,贝叶行间才数点。""贝叶",古印度贝多罗树叶,古代僧人常用以抄写经文。

今人但旭昉《满庭芳》(梅溪老人王秋夫子岳阳楼赏菊):"诗题桃叶,谁教画银勾。试看如椽巨笔,挥毫处,矫若貔狴。"

今人周笃文《高阳台》:"茂林雅禊须重读,动高吟、有笔如椽。"

1480. 攻许愁城终不破

北周·庾信《愁赋》:"攻许愁城终不破,荡许愁门终不开。"其愁是出使北周被留后的乡国之愁。《愁赋》句出叶廷珪《海录碎事》卷九,全赋已佚。而庾信之"愁"则留在后世人心中。

宋·袁去华《安公子》:"料静掩之窗,尘满哀弦危柱。庾信愁如许。"代词人自己之愁。

宋·刘辰翁《兰陵王》(丙子送春):"正江令别恨,庾信愁赋。"用江淹《别赋》、庾信《愁赋》示南宋之臣被俘北上,充满了离愁别恨。

宋·张炎《清平乐》："暗教愁损兰成,可怜夜夜关情。"庾信字子山,小字兰成。词人遇秋声而生无限愁思,料北方的故人也应受愁的折磨。庾信之愁正是在北方产生的。

1481. 老去诗篇浑漫与

唐·杜甫《江上值水如海势聊短述》："老去诗篇浑漫与,春来花鸟莫深愁。"见锦江水势如海,不知如何着笔。少年为诗刻意求工,而到老年,反随意吟咏,不求工巧了。

金·段克己《渔家傲》(送春六曲)："诗句一春浑漫与,纷纷红紫尽尘土。"一春作诗都是率意而为,未求工巧,而今万紫千红都纷纷飘落了。惜春而悔无好诗。

1482. 诗名满天下

唐·戴叔伦《遣兴》："诗名满天下,终日掩柴关。"虽闭门不出,诗却传播四方,享誉诗名。

又《题秦隐君丽句亭》："闭户不曾出,诗名满世间。"用前句意,述秦隐君。

1483. 似有微词动绛唇

唐·唐彦谦《绯桃》："短墙荒圃四无邻,烈火绯桃照地春。坐久好风休掩袂,夜来微雨已沾巾。敢同俗态期青眼,似有微词动绛唇。尽日更无乡井念,此时何必见秦人。"写远离桃源(乡井)的红桃,在荒圃中迎春怒放。"似有微词动绛唇","绛唇",桃嘴,桃嘴似动,发出微词。"微词"轻声话语,绯桃象在说什么,不满于"俗态"。

"微词"原作"微辞",《公羊传·定公元年》:"定、哀多微辞。"是说孔子修《春秋》,对鲁定公、鲁哀公时代的事,多用"微词"表示贬意。另一义:宋玉《登徒子好色赋》:"玉为人体貌闲丽,口多微辞。"委婉、巧妙之意。

诗中用"微词"。

唐·李益《莲塘驿》："渺渺诉洄远,凭风托微词。"

五代·徐铉《回至南康题紫极宫里道士房》："何以宽吾怀,老庄有微词。"

宋·钱惟演《宋玉》(一作刘筠诗)："章华清宴重游陪,已有微词更具才。"

宋·刘筠《此夕》："欲写微词托归雁,风高岭又经年。"

1484. 润笔已曾经奏谢

唐·殷文圭《贻李南平》文圭为内翰时,草司空李德诚麻,润笔久不至,为诗督之。"紫殿西头月欲斜,曾草临淮上相麻。润笔已曾经奏谢,更飞章句问张华。"

"润笔",《隋书·郑译传》:"上令内史令李德林立作诏书高颖戏谓译曰:'笔干。'译答曰:'出为方岳,杖策言归,不得一钱,休以润笔?'上大笑。"后指作诗文书画的报酬,即今天的稿酬。殷诗意:润笔已经谢过,却未见赐,呈此诗("飞章句")以问。"问张华"问(李)司空。晋惠帝时张华曾任司空,诗中用张司空代李司空。

五代·李瀚《留题座主和凝旧阁》："玉堂旧阁多珍玩,可作西斋润笔不?"

1485. 清诗句句尽堪传

唐·杜甫《解闷十二首》："复忆襄阳孟浩然,清诗句句尽堪传。"这是其中第六首,怀念孟浩然。孟隐居襄阳鹿门山,此时已死去。他的诗"文不按古,匠心独妙",颇享盛誉。所以杜甫怀念他,首先称赞他的诗:"句句尽堪传"。能"传",说明诗好,"传"也成为一种评价方式。杜甫还有:

《奉赠严八阁老》："新诗句句好,应任老夫传。"严武迁给事中,杜甫与严武之父严挺之友善,这里对严武的诗给与赞许。

《白盐山》："词人取佳句,刻画竟谁传。"《晋书·周颤传》载:"庾亮尝谓颤曰:'诸人咸以君方乐广。'颤曰:'何乃刻画无盐,唐突西施也!'""无盐",传说中的古代丑女,"刻画",精心描绘。"刻画无盐"把丑女写得很美,喻拟非其类。此因山名"白盐",句末用"刻画",说把白盐山描绘出来(取佳句),有谁传开去呢。

《哭李尚书》："史阁行人在,诗家秀句传。"李之芳曾拜礼部尚书,死后为悼念他,杜甫作此诗。此二句说,同官还在,会传播你的诗句。

《解闷十二首》其八："不见高人王右丞,蓝田丘壑漫长藤。最传秀句寰区满,未绝风流相国能。"说王维虽死,他的诗却传遍寰宇,且源源不绝。

《客武生日》："诗是吾家事,人传世上情。"《又示宗武》："觅句新知律,摊书解满床。"

唐·张继《江上送客游庐山》："惬心应在此,

佳句向谁传。"友人一去,好诗也难交流。

唐·白居易《写新诗寄微之偶题卷后》:"写了吟看满卷愁,浅红笺纸小银勾。未容寄与微之去,已被人传到越州。"诗流传之快之广,到了唐代已成风尚。

唐·姚合《寄贾岛》:"新诗有几首,旋被世人传。"

又《寄李干》:"寻常自怪诗无味,虽被人吟不喜闻。"

又《喜览裴中丞诗卷》:"新诗盈道路,清韵似敲金。调格江山峻,功夫日月深。蜀笺方入写,越客始消吟。后辈难知处,朝朝枉用心。"

1486. 敏捷诗千首,飘零酒一杯

唐·杜甫《不见》:"敏捷诗千首,飘零酒一杯。"原注"近无他消息"。时杜甫在成都,李白在浪游。杜甫怀念李白,"敏捷诗千首",念其诗思敏捷;"飘零酒一杯",怜其性情狂放。

清·曹雪芹《红楼梦》第三十八回怡红公子《种菊》诗:"冷吟秋色诗千首,醉酹寒香酒一杯。"扩用杜句。

1487. 下笔盈万言

唐·刘长卿《送薛据宰涉县》:"下笔盈万言,皆合古人意。"说薛据很有才华,文思敏捷,下笔万言,又不离经叛道。写他才高却不得重用。后有"下笔千言,离题万里"语,从此句翻出。

唐·李商隐《安平公诗》:"顾我下笔即千字,疑我读书倾五车。""下笔千字"即"下笔千言",用刘长卿语。

1488. 一杯新岁酒,两句故人诗

唐·白居易《小岁日对酒吟钱湖州所寄诗》:"独酌无多兴,闲吟有所思。一杯新岁酒,两句故人诗。""小岁",农历腊月二十三日,俗称小年。作者独酌无兴,打开钱湖州寄来的诗,一杯酒,两句诗,品尝,欣赏,聊以自慰。读他人诗,这是诗人经常做的,写读诗却不是很多。

唐·刘禹锡《翰林白二十二学士见寄诗一百篇因以答贶》:"吟君遗我百篇诗,使我独坐形神驰。"

又《重酬前寄》:"新成丽句开缄后,便入清歌满座听。"唱诗。

清·赵翼《米贵》:"老夫近得休粮法,咀嚼新诗诳饿肠。"咀嚼诗味,作休粮法以辟谷,蒙骗饥肠,读诗亦可疗饥?

1489. 循墙绕柱觅君诗

唐·白居易《蓝桥驿见元九诗》:"每到驿亭先下马,循墙绕柱觅君诗。"在文学史上,互相赠答唱和的诗最多的就是白居易与元稹,陆龟蒙与皮日休和苏轼兄弟。彼此的诗读多了,就自然会产生一种独特爱好,甚而形成一种互读的习惯。白居易在行程中,每到驿亭都要寻觅元稹的题壁题柱诗,终于在蓝桥驿读到了。也堪称佳话。

至少从唐代起,随着诗词的发展,诗风大盛,写诗的人、读诗的人几乎遍及全社会的文人,题诗于馆驿寺庙壁柱之上,几成时尚。因而效白居易此句,寻觅故人题诗的也时而出现。

宋·孔平仲《雍秋驿作》:"驿舍萧然无与语,绕墙闲觅故人题。"即写寻友人诗。

宋·贺铸《宿芥塘佛祠》:"底许暂忘行役倦,故人题字满长廊。"

宋·陆游《寓驿舍》:"唯有壁间诗句在,暗尘残墨两依依。"

1490. 书功笔秃三千管

唐·杜牧《寄唐州李玭尚书》:"累代功勋照世光,奚胡闻道死心降。书功笔秃三千管,领节门排十六双。"写李玭之边防军功卓著。唐玄宗二十四子为李玭,似并非此人。"书功笔秃三千管",书功之笔写秃了很多很多,说明功勋之多之大。唐太宗《书王羲之传后》:"虽秃千兔之毫。"用兔毫所书之笔写秃了很多。

宋·苏轼《寄傲轩》:"先生英妙年,一扫千兔秃。"用唐太宗语。

明·冯梦龙《警世通言·王娇鸾百年长恨·长恨歌》:"题残锦札五千张,写秃毛锥三百管。"写给负义男儿周廷章,言写诗之多,抒情之痴。

1491. 狂来笔力如牛弩

唐·李商隐《偶成转韵七十二句赠四同舍》:"横行阔视倚公怜,狂来笔力如牛弩。""牛弩",用牛拉弓,喻笔力强劲。

清·朱祖谋《摸鱼子》(马鞍山访龙洲道人墓,山在昆山西北隅):"天难问,身世儒冠误否?凭渠

笔力牛弩。"凭刘过的才干,完全可以光照史册。却没这个机缘。用"牛弩"代指雄才。

1492. 新诗改罢自长吟

唐·杜甫《解闷十二首》:"陶冶性灵在底物,新诗改罢自长吟。""陶冶性灵":《颜氏家训·文章篇》云:"至于陶冶性灵,从容讽谏,入其滋味,亦乐事也。"凭什么陶冶性灵呢?改好新诗反复吟咏。"性灵",性情、气质。吟诗的价值可以得知了,作诗要吟,改诗要吟,诗写好了还要吟。吟与吟不同,吟写好了的诗,是为陶冶自己。

又《长吟》:"赋诗新句稳,不觉自长吟。"看来"新诗改罢自长吟",并非偶尔为之。

1493. 二句三年得,一吟双泪流

唐·贾岛《送无可上人诗后》:"二句三年得,一吟双泪流;知音如不赏,归卧故山秋。"贾岛以苦吟诗人著名,"二句三年得"指《送吴可上人》中句:"圭峰霁色新,送此草堂人。麈尾同离寺,蛩鸣暂别亲。独行潭底影,数息树边身。终有烟霞约,天台作近邻。"送吴可上人归山中草堂,送程很远,返回路上,潭中映着倒影,几次在树下歇身。还与无可相约,去烟霞作邻。然而此诗三年以后才完成。因为"独行潭底影,数息树边身"二句三年才得到。"知音如不赏",诗友们如果不欣赏我的苦吟成句,我就隐遁故山,不再作诗了,流露出诗人的苦衷。

"苦吟",斟字酌句,反复吟咏,千锤百炼,是很普遍的,不然好诗佳句就难以产生。唐·杜甫就"为人性癖耽佳句,语不惊人死不休"。(《江上值水如海势聊短述》):"笔落惊风雨,诗成泣鬼神。"(《寄李十二白二十韵》)唐·白居易《悲哉行》:"读书眼欲暗,秉笔手生胝。"唐·方干《山中言事八韵寄李支使》:"旧诗改处空留韵,新醅尝来不满篘。""空留韵"说明改动很大。唐·裴说《句》:"读书贫里乐,搜句静中忙。"清·袁枚"爱好由来落笔难,一诗千改始心安。阿婆还似初笄女,头未梳成不许看。"

唐·陈季《湘灵鼓瑟》:"一弹新月白,数曲暮山青。调苦荆人怨,时遥帝子灵。遗音如可赏,试奏为君听。""知音如不赏"为否定式,句式相近,意义有别。

1494. 吟安一个字,撚断数茎须

唐·卢延让《苦吟》:"莫话诗中事,诗中难更无。吟安一个字,撚断数茎须。觅险天应闷,狂搜海亦枯。不同文赋易,为著者之乎。"这也是知名的苦吟诗。宴思苦想,撚须微吟,不断选换字、韵,以致不知不觉中撚断了数根胡须。

唐·无名氏《句》:"一个字未稳,数宵心不闲。"字未安,心亦不安。

宋·邢俊臣《临江仙》《咏梁师成诗》:"用心勤苦是新诗,吟安一个字,撚断数茎髭。"用卢延让二句,更换一字。

1495. 炼精诗句一头霜

唐·王建《维扬冬末寄幕中二从事》:"典尽客衣三尺雪,炼精诗句一头霜。"此诗《全唐诗》又收入杜荀鹤诗。冬末大雪,却已典尽衣裳,客居已是很苦,然而仍要炼精诗句。由于绞尽脑汁,炼句之艰苦,已使黑发成霜。

唐·钱起《送李秀才落第游荆楚》:"诗思应须苦,猿声莫厌闻。"首次提出作诗应苦思、苦吟。

唐·杜荀鹤《读诸家诗》:"辞赋文章能者稀,难中难者莫过诗。"所以他"鬓白只应秋炼句,眼昏多为夜抄书。"(《闲居书事》)

1496. 时为拥鼻吟

宋·林逋《春夕闲泳》:"屐齿遍庭深,时为拥鼻吟。"《晋书·谢安传》:"安本能为洛下书生咏,有鼻疾,故其音浊。名流爱其咏而弗能及,或手掩鼻以效之。"说青年谢安因患鼻炎,吟咏带有鼻音,人皆效法,竟至掩鼻以吟。后以"拥鼻吟"指用重浊鼻音曼声吟咏。林逋句即此意。

唐·韩偓《雨》:"此时高味共谁论,拥鼻吟诗空伫立。"独立对雨。

宋·王质《八声甘州》(读谢安石传):"自古英雄豪杰,无不待时来。拥鼻微吟处,山静花开。"

宋·李处全《念奴娇》:"拥鼻孤吟,搔头危坐,所欠惟佳客。"

宋·向子諲《水龙吟》:"遥想吴郎病起,政冷窗、微吟拥鼻。"吴大年病吟《水龙吟》,亦赋一首。

金·段克己《癸卯中秋之夕与诸君会饮山中感时怀旧情见乎辞》:"一时宾客尽豪逸,拥鼻不作商声讴。"怀念少时中秋宴集的快意时光。

1497. 此间有句无人得

宋·史尧弼《湖月》(七绝)(《莲峰集》卷二):

"浪浊涛翻忽渺漫，须叟风定见平宽。此间有句无人得，赤手长蛇试捕看。"写湖上风涛陡起，之后湖水又平稳宽远。这湖上景色如诗，却无人去写，我这里试一试笔。"无人得"即无人写。"赤手捕长蛇"，原指读立意新奇、文彩斑斓的文章，难度很大。唐·柳宗元《读韩愈所著〈毛颖传〉题后》："索而读之，若捕龙蛇、搏虎豹，急与云角，而力不得暇。"孙樵《与王霖秀才书》谈论卢仝、韩愈等人作品风格时说："读之如赤手捕长蛇，不施空骑生马，急不得暇，莫不捉搦。"史尧弼诗中用以喻捕捉一难描之景。

宋·苏轼《郭熙〈秋山平远〉二首》："目尽孤鸿落照边，遥知风雨不同川。此间有句无人识，送与襄阳孟浩然。""无人识"又作"无人见"，表现《平远图》景色奇丽。

1498. 蝇头写字眼能明

宋·苏轼《和致仕张郎中春昼》："蜗壳卜居心自放，蝇头写字眼能明。"蜗居虽窄，心地宽放，因而书写蝇头小楷，眼也明亮清晰。

又《次韵黄鲁直赤目》："书成自写蝇头表，端就君王觅镜湖。"

"绳头小字"，字很小，如蝇头。《南史·衡阳王萧钧列传》："（萧）钧常手自细书《五经》，置于巾箱中，以备遗忘。侍读贺玠问曰：'殿下家自有坟索，复何须蝇头细书，别藏巾箱中？'答曰：'巾箱中有《五经》，于简阅既易，且一更手写，则永不忘。'""蝇头"言小。

《南史》中"蝇头细书"，称"细"而不用"小"。唐宋人沿用"细"字，称"细字""细书"。

唐·韩愈《短灯檠歌》："夜书细字缀语言，两目眵昏头雪白。"

宋·苏轼《鳆鱼行》："分送羹材作眼明，却取细书防老读。"清·王文诰《苏轼诗集》注云："细书防老读"，为王半山诗。

1499. 信手拈得俱天成

宋·苏轼《次韵孔毅父集古人句见赠》："前生子美只君是，信手拈得俱天成。"说孔毅父如前代的杜甫，集句成诗，信手拈来，浑然天成。"信手拈来"，随手取来，不刻意拣选，后用于作文写诗不刻意雕琢。

宋·陆游《秋风亭拜寇莱公遗像》："巴东诗句澶州策，信手拈来尽可惊。""巴东诗句"指寇准的诗，"澶州策"指寇准出策与契丹结"澶渊之盟"。

金·王若虚《论诗诗》："信手拈来世已惊，三江衮衮笔头倾。"用陆游句，赞苏轼之诗不事雕琢，自然动人。

1500. 横槊何人解赋诗

宋·苏轼《送钱承制赴广西路分都监》："踞床到处堪吹笛，横槊何人解赋诗？"坐踞床上到处可以吹笛，横槊赋诗能有几人呢？《旧唐书·杜甫传·元稹论李杜诗》："建安之后，天下之士遭罹兵战，曹氏父子，鞍马间为文，往往横槊赋诗，故其遒状抑扬、冤哀悲离之作，尤极于古。"在马背上横槊赋诗，多悲壮，少缠绵，戎马生涯中，创立了新的诗风。"槊"是长矛。苏轼在《赤壁赋》中就写曹氏父子"酾酒临江，横槊赋诗"，在赤壁之战前气概不可一世。

宋·陆游《岁暮感怀》："少日覆毡曾草檄，即今横槊尚能诗。"

又《秋晚登城北门》："横槊赋诗非复昔，梦魂犹绕古梁州。"

宋·文天祥《酹江月》："横槊赋诗，登楼作赋，万事空中雪。"

1501. 冷香飞上诗句

宋·姜夔《念奴娇》（予客武陵，湖北宪治在焉。古城野水，乔木参天。予与二三友日荡舟其间，薄荷花而饮，意象幽闲，不类人境。秋水且涸，荷叶出地寻丈。因列坐下，上不见日，清风徐来，绿云自动。间于疏处，窥见游人画船，亦一乐也。揭来吴兴，数得相羊荷花中。又夜泛西湖，光景奇艳，故以此句写之）："翠叶吹凉，玉容销酒，更洒菰蒲雨。嫣然摇动，冷香飞上诗句。"元·陈辅之《词旨》云："冷香飞上诗句"为"警句"。飘动的荷花，把冷香送入我的诗句中，意即我的诗描绘了嫣然摇动的荷花之香。"冷香"，夜雨寒凉之中的荷香。后指寒凉的花香。

宋·曹勋《念奴娇》："晓风吹袂，冷香犹带残月。"

又《浣溪沙》："随处锦亭穹帐暖，冷香邀住入衣襟。"

宋·邓肃《长相思令》："梅花飞，雪花飞。醉卧幽亭不掩扉，冷香寻梦归。"

1502. 都忘却春风词笔

宋·姜夔《暗香》（辛亥之冬，予载雪诣石湖。止既月，授简索句，且征新声。作此两曲，石湖把玩不已，使工妓隶习之，音节谐婉。乃名之曰《暗香》、《疏影》）："何逊而今渐老，都忘却、春风词笔。但经得、竹外疏花，香冷入瑶席。"宋·张炎《词源》卷下"杂论"条："词之赋梅，惟姜白石《暗香》、《疏影》二曲，前无古人，后无来者，自立新意，真为绝唱。"何逊（作者自比）虽喜梅，而今已年老，再没春风（和煦、流畅）一样的咏梅之力，只是竹外的疏梅，阵阵冷香悄悄飘入宴席，使我焕发出一点情思。"春风词笔"流畅洒脱地作词的笔力。

清·周之琦《惜红衣》（访姜白石葬处）："斜阳蔓草，空怅望、春风词笔。"夕阳蔓草，怅望墓地，已不见"春风词笔"——姜夔了。用"春风词笔"指代姜夔。

1503. 清词丽句前朝曲

宋·陈师道《菩萨蛮》（寄赵使君）："清词丽句前朝曲，使君借与灯前读。读罢已三更，寒窗雨打声。"述赵使君灯下苦读"前朝曲"唐诗，而唐诗都是"清词丽句"。

宋·青幕子妇《减字木兰花》："清词丽句，永叔瞻曾独步。似恁文章，写得出来当甚强。""清词丽句"，称欧阳修文章。

1504. 头上安头入诗轴

宋·刘过《题谢耕道一犁春雨图后》："头上安头入诗轴，全家不应犹食粥。""头上安头"喻繁琐重复，多指语言文字表达上。

宋·黄庭坚《拙轩颂》："弄巧成拙，为蛇画足，何况头上安头，屋下盖屋。"刘过用此语，然而此语更有远源。

《世说新语·文学》："庾仲初作《扬都赋》成……人人竞写，都下纸为之贵。谢太傅云：不得尔，此是屋下架屋耳。事事拟学而不免俭狭。"刘孝标注："王隐论扬雄《太玄经》曰：玄经虽妙非益也，是以古人谓其屋下架屋。"

《颜氏家训·序致》："魏晋以来所著诸子，理重事复，递相模教，犹屋下架屋，床上施床耳。"宋·邵伯温《闻见前录》卷一九："（邵康节）平生不为训解之学，尝曰：'经意自明，苦人不知耳。屋下

盖屋，床上安床，滋惑矣，所谓陈言生活者也。'"

头上安头、屋下架屋、床上安床，其意一样，后简缩为"叠床架屋"形容语言重复啰嗦。

1505. 做一番晴雪恼乱诗魂

宋·周密《声声慢》（咏柳花）："长是河桥三月，做一番晴雪，恼乱诗魂。"三月的河桥边，白色的柳花雪样的翻飞，团团密密，扰乱了诗思。"诗魂"，诗思、诗情。

金·秦略《临终留诗》："云山最佳处，随意着诗魂。"全诗说，人的躯壳仅仅是灵魂暂栖之所，儿孙不过是邂逅之恩，而诗魂却不泯灭，让它永驻云山之中吧。用周密语，指代诗情。

1506. 传语闭门陈正字

金·元好问《论诗三十首》："池塘春草谢家春，万古千秋五字新。传语闭门陈正字，可怜无补费精神。"关起门来作诗，与世隔绝，只能是枉费精神，不会写出"池塘生春草"那样长传不朽的好诗来。

陈正字，指宋·陈师道（曾任秘书省正字），他诗兴一来，立即让妻子、孩子去邻家，猫狗也都逐出门外，一个人斟字酌句，冥思苦想，作起诗来。宋·黄庭坚曾在诗中说："闭门觅句陈无已。"元好问不赞成这样作。

1507. 何须诗对会家吟

元·王实甫《西厢记》第三本第四折《圣药王》："果若你有心，他有心，昨日秋千院宇夜深沉，花有阴，月有阴，'春宵一刻抵千金，何须诗对会家吟？'"红娘指责张生寝处简陋，怎约莺莺前来。《圣药王》一曲即是张生的答覆，"何须诗对会家吟"，暗指条件虽简陋，无碍好事成真。

《五灯会元》："文准有'酒逢知己饮，诗向会人吟'语。"吟诗要向懂诗知诗的人吟。王实甫反用其意。

1508. 吟诗未稳推敲字

元·马致远《湘妃怨》："吟诗未稳推敲字，为西湖捻断髭。"为咏西湖，炼字炼句，反复推敲。首用"推敲"。

"推敲"，出自贾岛与韩愈的故事。五代·何光远《鉴戒录·贾忤旨》：贾岛骑驴吟"鸟宿池中

树,僧敲月下门",欲著推字;炼之未定,撞了韩愈的轿子。说明缘由,韩愈对贾岛说:"作敲字佳"。自此定为"僧敲月下门"。"推敲"则成了选字炼字的成语。

元·曾瑞《哨遍·村居》:"兴来画片山,闲来看卷经,推敲访友铖诗病。"用马致远"推敲"语。

1509. 吴岫月明吟木客

元·仇远《怀古》:"吴岫月明吟木客,汉宫露冷泣铜仙。"山中月下只有木客长吟,汉宫露里惟余铜仙泣下,抒亡国之凄苦。

"木客",原为伐木者。《水经注·渐江水》:"句践使工人伐荣楯,欲以献吴,久不得归。工人忧思,作《木客吟》。"工人自称"木客",后附会为山中的精怪。

宋·苏轼《虔州八境图》诗中有"山中木客解吟诗"句。

金·元好问《送诗人李正甫》:"朝从木客游,暮将山鬼邻。"

1510. 妙语天成偶得之

清·姚莹《论诗绝句六十首》:"妙语天成偶得之,眉山绝趣苦难追。纷纷力薄争唐宋,断港横流也未知。"评苏轼诗词文墨的成就:通俗晓畅,信手拈来,亲切有味,神韵天成。

"妙语天成偶得之",语出宋·陆游《文章》:"文章本天成,妙手偶得之。"意为文章成自天然,技巧高超的人由于偶然的灵感而得到的。"妙手"指技艺高超的人,宋·苏轼《孙莘老寄墨》:"珍材取乐浪,妙手惟潘翁。"说潘谷这位制墨师是高手。清末·刘师培《文说》:"或谓……文本天成,妙手偶得。"用陆游语减去二字。

明·汤显祖《牡丹亭》第二出言怀《鹧鸪天》:"能凿壁,会悬梁,偷天妙手绣文章。"变用"妙手偶得"。

"妙手偶得"渐作成语。清末梁启超《世界外之世界》:"诗家亦然……妙手偶得,佳句斯构。"

1511. 写出胸中块垒时

清·敦敏《题芹圃画石》:"傲骨如君世已奇,嶙峋更见此支离。醉余奋扫如椽笔,写出胸中块垒时。""块垒",积郁于胸中的不平之气,如心里有疙瘩。敦敏是曹雪芹相濡以沫的至友,此诗题在曹雪

芹的石画上,前两句以石喻曹雪芹之傲骨;后两句写曹雪芹画石的襟怀。"块垒"双关石块和胸中积块。

宋·宋庠《休日》:"枉是胸中无块垒,可能皮里有阳秋。"

宋·宋祁《归沐》:"枉是胸中存垒块,可能皮里有阳秋。"用宋庠句。

宋·王千秋《水调歌头》:"座上骑鲸仙友,笑我胸中磊魂,取酒为浇愁。"

宋·葛郯《念奴娇》(再和咏杜庵高君忻聚画屏):"闻道块垒浇胸,槎枒肝肺,动笔端风雨。"

宋·沈瀛《醉乡曲》:"幸尊中有酒浇磊块,先交神气平。"

宋·吴潜《水调歌头》:"且尽一杯酒,莫问百年忧。胸中多磊块,老去已难酬。"

宋·刘克庄《沁园春》(答九华叶贤良):"怅燕然未勒,南归草草,长安不见,北望迢迢。老去脑中,有些垒块,歌罢犹须著酒浇。"

宋·蒋捷《贺新郎》(乡士以狂得罪,赋此饯行):"甚矣君狂矣,想胸中,些儿磊魂,酒浇不去。"

金·元好问《鹧鸪天》:"三杯渐觉纷华近,一斗都浇魂磊平。"

清·蒲松龄《十九日得家书感赋即呈孙树百、刘孔集》:"新闻总入狐鬼史,羊城酒难消磊块愁。"

1512. 转益多师是汝师

唐·杜甫《戏为六绝句》其六:"示及前贤更勿疑,递相祖述复先谁?别裁伪体亲风雅,转益多师是汝师。"此首总结前五首,得出"未及前贤"的结论,但不能厚古薄今,要"别裁伪体"。"转益多师",继承"风雅"(国风·大雅·小雅)传统,达到独创的艺术境界。"转益多师是汝师",诗人皆可为师而无定师,兼收并采,不拘一格,形成自己独特的风格。这是杜甫对学习、借鉴、继承前人成果的正确观点。王嗣奭《杜肊》评说:"公诗祖述三百,而旁搜诗家以信其成。如楚骚、汉魏诗,乐府铙歌,齐梁以来,甚多仿效,而公独无之。然读其诗,皆三百之嫡派,古人之雁行也,其所师可知矣。"

晋·陶潜《有会而作》并序:"馁也已矣夫,在昔余多诗。"饿肚子也罢了,古代有多少,不畏饥寒的贤士可做我的老师。这是以志士为师,甘居贫寒。杜甫"多师"句从此脱出,却表述以诗家为师。杜甫学诗不拘一家,从屈原、宋玉到李陵、苏武,乃

至庾信，师出多门，融为一家。请读杜甫另外的"师承"句：

《咏怀古迹五首》："摇落深知宋玉悲，风流儒雅亦吾师。"

《解闷十二首》之五："李陵苏武是吾师，孟子论文更不移。"

《后出塞五首》其五："我本良家子，出师亦多门。""师出多门"正是杜甫的主张。

其它"承师"句如：

唐·郑谷《读前集二首》："爱日满阶看古集，只应陶集是吾师。"

宋·苏轼《次韵子由书李伯时所藏韩干马》："君不见韩生自言无所学，厩马万匹皆吾师。"《名画记》载："上令干师陈闳，怪其不同。干曰：'臣自有师，陛下内厩马，皆臣师也。'"苏轼称韩干画马以马为师。

宋·辛弃疾《最高楼》（吾拟乞归，犬子以田产未置止我，赋此骂之）："暂忘设醴抽身去，未曾得米弃官归。穆先生，陶县令，是吾师。"

清·张煌言《甲辰八月辞故里》："国亡家破欲何之，西子湖头有我师。日月双悬于氏墓，乾坤半壁岳家祠。"

清·袁枚《遣兴》（其二）："但肯寻诗便有诗，灵犀一点是吾师。"灵感相通，"寻诗有诗"。

清·姚莹《论诗绝句六十首》："王李高岑竞一时，盛唐兴趣是吾师。""王李高岑"：王昌龄、李颀、高适、岑参。

1513.《南风》之薰兮

《乐记》："昔者，舜作五弦之琴，以歌《南风》。"《圣证论》引《尸子》及《家语》："昔者，舜弹五弦之琴，其辞曰：'南风之薰兮，可以解吾民之愠兮，南风之时兮，可以阜吾民之财兮。'"舜之《南风》歌，表现他重视南风给人民带来的利益，关心人民疾苦。

北朝庾信《三月三日华林园马射赋》："况复恭已无为，《南风》在斯。"《论语·公冶长》孔子评价子产有四种美德，其一是"行已也恭"，即严以待已，关心人民。

唐·魏征《奉和正日临朝应诏》："既欣东日户，复咏《南风篇》。"也是赞颂帝王。古代诗人常以诗名、乐名、文名入诗，借诗、乐、文抒写自己的思想感情。《大风》《南风》亦即此例。此例甚伙。

1514. 有南风之不竞

北周·庾信《哀江南赋》："周含郑怒，楚结秦怨。有南风之不竞，值西邻之责言。"此数句述梁元帝内结仇怨，外邻不和，因而败亡。

"南风"，南方之乐。《左传·襄公十八年》："晋人闻有楚师，师旷曰：'不害。吾骤歌《北风》，又歌《南风》，《南风》不竞，多死声，楚必无功。'"师旷为晋国乐师，他唱《南风》，"《南风》不竞（不强劲），多死声（衰败之声）"，从而断定南方的楚师不会获胜。《梁书·元帝纪》："魏师至，帝在幽逼，求酒饮之。制诗四绝，其一曰：'南风且绝唱，西陵最可悲。今日还蒿里，终非封禅时。'"梁承圣三年（554），西魏宇文泰派兵助萧督攻江陵，梁元帝被俘后作此诗。"南风且绝唱"，此歌停唱，意为他失败了。庾信"有南风之不竞"，用师旷所唱之歌，《南风》软弱无力，喻梁元帝萧绎的失败、被杀。

庾信《拟咏怀二十七首》之十一："楚歌饶恨曲，南风多死声。"仍悲梁元帝之败。

用"南风不竞"还如：

唐·李百药《郢城怀古》："南风忽不竞，西师日侵蹙。"有感于古代盛衰、兴亡变化无常。

唐·元稹《桐花》："南风苟不竞，无往遗之擒。"写制桐为琴，弹奏种种音乐。《南风》亦其中一曲。

1515. 南风烈烈吹黄沙

《晋书·惠贾皇后传》："初，后诈有身，内稿物为产具，遂取妹夫韩寿子慰祖养之，托谅闇所生，故弗显。遂谋废太子，以所养代立。时洛中谣曰：'南风烈烈吹黄沙，遥望鲁国郁嵯峨，前至三月灭汝家。'"这里的"南风"为贾后的名字，为晋惠帝皇后。惠帝长子愍怀太子司马遹，小字沙门，被贾后所忌，因以韩寿之子诈作已出。贾后之父贾充封鲁公，以外孙韩谧为嗣，改姓贾谧，承袭贾充爵号。贾后诬愍怀太子叛逆，废为平民，又遣人将他刺死。贾谧也专权跋扈。歌谣中"黄沙"即指愍怀，"鲁国"则指袭鲁公贾充之爵的贾谧。

《晋书·愍怀太子传》载童谣曰："南风起兮吹白沙，遥望鲁国郁嵯峨，千岁髑髅生齿牙。"

《晋书·五行志中》："元康中，京洛童谣曰：'南风起，吹白沙，遥望鲁国何嵯峨，千岁髑髅生齿牙。'"

以上童谣出处有三,文字大同小异,都是揭露贾南风和贾谧的。

1516. 建翠凤之旗,树灵鼍之鼓

秦·李斯《谏逐客书》:"建翠凤之旗,树灵鼍之鼓。"擎着翠羽制成的凤旗,置着鼍皮蒙制的大鼓。说秦国本来没有的都得到了。这是散文中的偶句。

汉·司马相如《上林赋》:"建翠华之旗,树灵鼍之鼓。"换李斯句中的"凤"为"华"。借用描写皇帝在上林苑观看歌舞时壮美豪华的场景。

1517. 风萧萧兮易水寒

战国时燕勇士荆轲之歌:"风萧萧兮易水寒,壮士一去兮不复还。"《史记》载:燕太子丹质于秦,秦不以礼待他,他大怒逃归。厚养荆轲,命荆轲入秦谋刺秦王。临行,太子丹率宾客饯别荆轲于易水之上。高渐离击筑,荆轲和此歌,慷慨悲壮,至于泣下,旁若无人。后事败被杀。

易水壮别、慷慨悲歌的故事感天动地,对后人影响很深。晋·左思《咏史八首》其六写"荆轲饮燕市,酒酣气益震。哀歌和渐离,谓若傍无人。"用以赞市井豪侠,贬斥食禄的贵人。其后陶渊明曾专作《咏荆轲》诗,中间一些句子是:"素骥鸣广陌,慷慨送我行。雄发指危冠,猛气冲长缨。饮饯易水上,四座列群英。渐离击悲筑,宋意唱高声。萧萧哀风逝,淡淡寒波生。"称赞了豪侠壮举。他又在《拟古九首》其八中写:"饥食首阳薇,渴饮易水流;不见相知人,惟见古时丘。"仰慕节烈之士,也叹相知难得。北朝庾信《小园赋》写"荆轲有寒水之悲,苏武有秋风之别。"叹自己羁留长安。唐·骆宾王《于易水送人》:"此地别燕丹,壮士发冲冠。昔时人已没,今日水犹寒。"到易水送客,联想起燕丹送荆轲,思古之情激越悲壮。李白《结客少年场行》:"羞道易水寒,徒令日贯虹。燕丹事不立,虚没秦帝宫。武阳死灰人,安可与成功。"由于对这悲壮慷慨的历史故事的辗转描述,更强化了"风萧萧兮易水寒"一句的感染力量,后人用之不绝,有的咏古本事,有的以古鉴今,有的悲壮自励。

唐·鲍溶《壮士行》:"心知报恩处,对酒歌易水。"

唐·骆宾王《夏日游德州赠高四》:"白雪梁山曲,寒风易水歌。"

又《咏怀古意上裴侍郎》:"徒歌易水客,空老渭川人。"

又《送郑少府入辽共赋侠客远从戎》:"不学燕丹客,空歌易水寒。"

又《西行别东台详正学士》:"客似秦川上,歌疑易水滨。"

唐·李白《赠友人》:"荆卿一去后,壮士多摧残。长号易水上,为我扬波澜。"

又《留别于十一兄逖裴十三游塞垣》:"耻作易水别,临岐泪滂沱。"

又《鲁郡尧祠送张十四游河北》:"击筑向北燕,燕歌易水滨。归来泰山上,当与尔为邻。"

又《醉后赠从甥高镇》:"欲邀击筑悲歌饮,正值倾家无酒钱。"

唐·李益《来从窦车骑行》:"歌出易水寒,琴下雍门泪。"

唐·李贺《雁门太守行》:"半卷红旗临易水,霜重鼓寒声不起。"

唐·胡宿《古别》:"佳人挟瑟漳河晓,壮士悲歌易水秋。"

唐·贾岛《壮士吟》:"壮士不曾悲,悲即无回期。如何易水上,未歌先垂泪。"

又《易水怀古》:"至今易水桥,寒风兮萧萧。"

宋·释延寿《山居诗》:"中山谩醉千壶酒,易水徒悲一曲歌。"

宋·辛弃疾《贺新郎》:"易水萧萧西风冷,满座夜冠似雪。正壮士,悲歌未彻。"感报国无门。

宋·向子谨《阮郎归》(绍兴乙卯大雪行鄱阳道中):"江南江北雪漫漫,遥知易水寒。"喻北方沦陷。

宋·赵文《疏影》:"易水风寒,壮士悲歌,关山万里离别。"

清·曹雪芹《红楼梦》第八十七回《琴曲四章》林黛玉:"风萧萧兮秋气深,美人千里兮独沉吟。"这已是纯乎伤秋了。

1518. 力拔山兮气盖世

秦末·项羽《垓下歌》:"力拔山兮气盖世,时不利兮骓不逝。骓不逝兮可奈何,虞兮虞兮奈若何!"这是项羽被围垓下,夜闻四面楚歌,以为汉军尽占楚地,大势已去,作的歌。首句概述自己的英雄气概,力可拔山,气可盖世,无人可比。"拔山"为移山、搬山之意。晋·陆机《吊魏武文》曾用此

句："力荡海而拔山。"以赞曹操。南朝·宋·范泰《经汉高庙》："壮力拔高山,猛气烈迅风。"感慨项羽虽有过人之勇,却"恃勇"而失败。

唐·栖一《垓下怀古》诗："缅想咸阳事可嗟,楚歌哀怨思无涯。八千子弟归何处,万里鸿沟属汉家。弓指阵前争日月,血流垓下定龙蛇。拔山力尽乌江水,今古悠悠空浪花。"用"拔山力尽"写项羽的失败。

唐·张碧《鸿沟》："力拔山兮忽到此,雅嘶懒渡乌江水。"

唐·李商隐《咏史》："运去不逢青海马,力穷难拔蜀山蛇。"

宋·辛弃疾《虞美人》(赋虞美人草)："拔山力尽忽悲歌,饮罢虞兮从此、奈君何。"

1519. 时不利兮骓不逝

时势不利,连骏马"骓"也不前进了。宋·李冠《六州歌头》："时不利,骓不逝,困阴陵,叱追兵。"在刘项交兵中,项羽的失败。

1520. 虞兮虞兮奈若何

项羽的战马不能前进,爱姬也难以庇护。"奈若何"是绝望的悲歌。称得上悲歌慷慨。虞姬此刻含泪舞剑歌曰:"汉兵已略地,四方楚歌声。大王意气尽,贱妾何聊生!"歌罢自刎而亡。也是慷慨悲歌。

宋·王安石《虞美人》诗："虞兮虞兮奈若何,不见玉颜空死处!"用《垓下歌》原句,慨叹无辜虞姬的不幸殒身。

1521. 大风起兮云飞扬

汉初·刘邦《大风歌》："大风起兮云飞扬,威加海内兮归故乡,安得猛士兮守四方。"刘邦战胜了项羽,统一了天下,做了皇帝,荣归故里沛,在沛宫有120个青年相和,高唱《大风歌》。首句说在秦末政治大动荡中,奋起抗秦,叱咤风云。

唐·郑愔《奉和大荐福寺》："欣承大风曲,窃预小童讴。"称皇帝诗为"大风曲",自己诗为"小童讴"。

宋·辛弃疾《贺新郎》："回首叫,云飞风起。""云飞风起"正是"大风起兮云飞扬"的缩句,表现词人的豪迈气概。

元·刘因《宋理宗书宫扇》诗："雪花漫漫冰峨峨,大风起兮奈尔何!"宋理宗在"雪夜泛舟"扇画上题着"兴尽为期"四字,在二色菊扇画上题着"晚节寒香"四字。诗人见到亡宋皇帝这样的题扇,恨憾两宋逸乐亡国,反用"大风"句,说宋徽、钦二帝被虏北方,在冰雪之中无可奈何,哪里还有帝王之威呢!

1522. 威加海内兮归故乡

唐·李峤《云》："飞感高歌发,威加四海回。"又《云》："会入大风歌,从龙入圆阙。"两篇《云》作中都写入"大风歌",只借"云飞扬"而思古。

1523. 安得猛士兮守四方

唐·孙处玄《失题》："一遇风尘起,令谁守四方。"忧国事而憾无猛士。

唐·韦应物《弹棋歌》："不见短兵反掌收已尽,唯有猛士守四方。"是弹棋的局势。

唐·李白《胡无人》："陛下之寿三千霜,但歌大风云飞扬,安用猛士守四方。"讲武力戍守是安边之长策。

宋·张方平《题歌风台》："落魄刘郎作帝归,樽前感慨大风诗。淮阳反接英彭族,更欲多求猛士为!"又《题徐州歌风台》后二句："才如信越犹菹醢,安用思他猛士为?"写刘邦族灭了彭越、韩信,又杀了英布,时隔不久又思猛士,既杀了猛士,还求猛士作什么? 张做为宰相,对刘邦杀开国功臣是不满的。

金·赵秉文《饮马长城窟行》："但愿猛士守四方,更筑长城万里长。"面对元兵屠戮,希望加强防御,永保安定。

1524. 劳歌大风曲,威加四海清

这是唐太宗李世民《咏风》诗中的两句。李世民承继父业,巩固了大唐帝国的统治,并且要进一步平定四海,统一天下。此句用刘邦句,其含义概略如此。而他在《幸武功庆善宫》诗中再用"歌大风":"共乐还乡宴,欢比歌大风。"这是庆功歌,欢庆胜利。又《过旧宅二首》再用"歌大风":"八表文同轨,无劳歌大风。"李世民统治下的大唐,不久出现了"贞观之治",天下空前统一,经济空前发展,人民生活趋于安定。所以他表示大功告成,"无劳歌大风"了。《大风歌》是在刘邦的汉世初创时唱出来的,李世民用"歌《大风》"表示建立大功大业,

取得更大的胜利。《大风歌》原为皇帝自诩歌,因而常常用于为帝王歌功颂德的作品中,特别是唐代,由于唐太宗李世民反复应用"歌大风"句,必然产生影响,所以唐代应制诗中举"大风"者也比较多。

唐初刘祎之《奉和别越王》:"延襟小山路,还起大风歌。"

唐·王德真《奉和圣制过温汤》:"停舆兴睿览,还举大风篇。"

唐·宋之问《奉和幸长安故城未央宫应制》:"乐思回斜日,歌词继大风。"

唐·李峤《云》:"会入大风歌,从龙赴圆阙。"

唐·张说《奉和圣制登骊山瞩眺应制》:"岩壑清音响,天歌起大风。"

唐·薛稷《慈恩寺九日应制》:"日宇开初景,天词掩大风。"

唐·赵彦昭《奉和幸大荐福寺》:"同沾小雨润,窃仰大风诗。"

以上应制诗,赞皇帝之诗如大风歌、掩大风歌,暗暗颂功颂德。

唐·张继《河间献王墓》:"雅乐未兴人已逝,雄歌依旧大风传。"颂已逝献王。

唐·鲍溶《苦哉远征人》:"掩抑大风歌,徘徊少年场。"征人为大业而受苦。

唐·李咸用《待旦》:"吾皇思壮士,谁应大风歌。"希望招贤纳士。

唐·林宽《歌风台》:"蒿棘空存百尺基,酒酣曾唱大风词。莫言马上得天下,自古英难尽解诗。"见歌风台,而赞刘邦的文治武功。

清·康熙皇帝玄烨《告祀礼成宴诸臣于旧宫》:"大风猛士何烦忆,仗下班联绛灌臣。"不必忆汉高祖的大风歌,仪仗下站班的都是周勃、灌婴一样的贤臣。

清末民初高旭《盼捷》写1911年10月革命军攻打南京:"龙蟠虎踞闹英雄,似听登台唱大风。"

当代元帅朱德《赠友人》:"北华收复赖群雄,猛士如云唱大风。"抗日战争取得相持阶段的胜利,靠如云的猛将。

元帅叶剑英《五律》:"忽忆刘亭长,苍凉唱大风。"刘邦作了皇帝,灭异姓王,杀功臣(韩信、彭越、英布)他唱大风,求猛士,就很苍凉了。

元帅陈毅《莱芜大捷》(1947年2月):"鲁中积雪明飞帜,渤海洪波唱大风。"连海水也唱胜利歌。

今人许世友《百万子弟唱大风》(纪念抗日战争胜利四十周年):"四十春秋数捷报,百万子弟唱大风。"夺取抗日战争的伟大胜利。

今人叶钟华《怀念贺龙元帅》:"大风高唱大江东,猛士谁能比贺龙。两把菜刀驱虎豹,一声导炮唤工农。"赞贺龙的革命武功。

今人徐文灿《欢庆党的"十二大"》:"云山莽莽开生面,江水茫茫唱大风。"颂"十二大"拓开新的里程,必将取得更大胜利。

1525. 是夜越吟苦

楚国庄舄曾唱越歌以寄托乡思。唐·王昌龄《同从弟南斋玩月忆山阴崔少府》:"美人清江畔,是夜越吟苦。"表思乡怀友。

1526. 风号《流水》声

相传《高山》《流水》为俞伯牙之琴曲。唐·张九龄《同綦毋学士月夜闻雁》:"月思关山笛,风号《流水》声。"

1527. 悲彼《东山》诗

《诗经·豳风·东山》:"我徂东山,慆慆不归……我东曰归,我心西悲。"写征人之苦。曹操《苦寒行》:"悲彼《东山》诗,悠悠使我哀。"作者出征同出征诗产生了共鸣。

1528.《月出》致讥,贻愧皓首

《诗经·陈风·月出》写月下思念一位美丽的姑娘。有说是讥讽好色的诗:"月出皎兮,佼人僚兮。"李白《雪谗诗赠友人》:"《月出》致讥,贻愧皓首。"说自己横遭诬谤,贻愧终生。

1529. 窃慕《棠棣》篇

《诗经·小雅·棠棣》:"妻子好合,如鼓瑟琴;兄弟既翕,和乐且湛。"两情融恰如琴瑟和谐;兄弟和睦,快乐团聚。曹植《种葛篇》:"窃慕《棠棣》篇,好乐如琴瑟。"主旨讲兄弟和美。

1530. 怅然吟《式微》

《诗经·邶风·式微》:"式微式微,胡不归。"天已经晚了,黑了,为什么还不回家。《式微》是服役之人思归之作。后人多用此意。

唐·魏征《暮言秋怀》:"岁芳坐沦歇,感此《式微》歌。"

唐·王维《渭川田家》:"即此羡闲逸,怅然吟《式微》。"(一作杜甫诗)

唐·孟浩然《都下送辛大之鄂》:"因君故乡去,遥寄《式微》吟。"

唐·陶翰《出萧关怀古》:"怆矣苦寒奏,怀哉《式微》篇。"

唐·钱起《送王使君赴太原行营》:"须传《出师》颂,莫奏《式微》歌。"鼓励出师,不要思乡。

1531. 长歌怀《采薇》

《诗经·召南·草虫》:"陟彼南山,言采其薇。未见君子,我心伤悲。"薇菜,即山豌豆。女子思念去南山采薇的丈夫。《诗经·小雅·采薇》:"采薇采薇,薇亦作上。"战士出征,饱尝劳苦,终于艰难归来。后人多用小雅篇。

《诗经》中"采薇"的来源,出于商朝末年的伯夷、叔齐。二人是商孤竹君之子,孤竹君欲立叔齐,他死后,叔齐让位于伯夷,伯夷不肯,二人出逃至周。周灭商,二人"义不食周粟,隐于首阳山,采薇而食之。及饿且死,作歌。其辞曰:'登彼西山兮,采其薇矣。以暴易暴兮,不知其非矣。……遂饿死于首阳山。'"(《史记·伯夷列传》)《诗经》采薇句即出于此歌。

"采薇"句,有表战乱之苦的,有表离世归隐的。

表战乱之苦的:

西晋张华《劳还师歌》:"征夫信勤瘁,自古咏《采薇》。"自古以来,守边战士就辛勤劳苦,吟咏《采薇》。

隋末唐初王绩《野望》:"牧人驱犊返,猎马带禽归。相顾无相识,长歌怀《采薇》。"《采薇》共计四十八句一百九十二字,可谓长歌。作者面对隋末动荡的社会悲伤痛苦,用《采薇》中这层意思表现。

唐·薛稷《秋日还京陕西十里作》:"操筑无昔老,《采薇》有遗歌。"

表隐逸安适的:

唐·李颀《登首阳山谒夷齐庙》:"苍苔归地骨,皓首采薇歌。"

又《东京寄万楚》:"漫落久无用,隐身甘采薇。"

唐·宋之问《春日山家》:"鱼乐偏寻藻,人闲屡采薇。"

唐·王维《送綦毋潜落第还乡》:"遂令东山客,不得顾采薇。"

唐·储光羲《杂诗二首》:"耕凿时未至,还山聊采薇。"

又《终南幽居献苏侍郎三首时拜太祝未上》:"平明去采薇,日入行刈薪。"

又《酬綦毋校书梦耶溪见赠之作》:"以我采薇志,传之天姥岑。"

唐·白居易《出山吟》:"朝咏《游仙》诗,暮歌《采薇》曲。"

宋·苏轼《作书寄王晋卿》:"何时东山歌《采薇》,把盏一听《金缕衣》。"

1532. 掩抑摧藏《张女弹》

《张女弹》古曲名。楚国大夫明光被谗,见怒于楚王,因作琴操《楚明光》。南朝·梁·吴均《行路难》:"掩抑摧藏《张女弹》,殷勤促柱《楚明光》。"桐树枯死制成琵琶,弹奏出各种曲子,受人喜爱。

1533. 沧浪醉后歌

《楚辞》(渔父):"沧浪之水清兮,可以濯吾缨,沧浪之水浊兮,可以濯吾足。"讲应善于适应客观实际的变化。唐·孟浩然《与崔二十一游镜湖寄包贺二公》:"沧浪醉后歌,因此寄同声。"

1534. 千载闻《离骚》

《离骚》是屈原的代表作,也是《楚辞》的重要作品。它是屈原用理想和热情、痛苦和忠诚铸成的鸿篇巨制。唐·陶翰《南楚怀古》:"独余湘水上,千载闻《离骚》。"

1535. 向来吟《桔颂》

《楚辞·九章·桔颂》:"后皇嘉树,桔徕服兮,受命不迁,生南国兮。"《杜臆》评"《桔颂》以受命不迁,行比伯夷"。杜甫《与李十二白同寻范十隐居》:"向来吟《桔颂》,谁与讨蓴羹?"受命不迁而不是"蓴羹归隐"。

1536. 时吟《招隐》诗

淮南小山《楚辞·招隐士》是"闵伤屈原之作",或"为淮南王招致山谷潜伏之士"。晋·左思作《招隐诗》二首，"策杖招隐士"，要同山林隐士一道隐居。王维《丁寓田家有赠》："时吟招隐诗，或制闲居赋。"有时希望归隐，有时喜欢闲居，用左思意。

1537.故人不用赋《招魂》

《楚辞·招魂》是屈原为楚怀王招魂之作。怀王被骗入秦，拘禁不得归，三年后忧郁而死。屈原取民间招魂的形式表达悼念之情。宋·苏轼《正月二十日与潘、郭二生出郊寻春，忽记去年是日，同至女王城作诗，乃和前韵》："已约年年为此会，故人不用赋《招魂》。"既已约定年年赴这样的会，当然不必招魂了。

1538.还听《鹿鸣》歌

《诗经·小雅·鹿鸣》："呦呦鹿鸣，食野之苹。我有嘉宾，鼓瑟吹笙。"唐制，诸州新取贡士行"乡饮酒"礼时，齐唱《诗经·鹿鸣》诗，参加盛大宴会表示庆贺之意。后把唱《鹿鸣》代作科举中试。唐·姚合《送顾非熊下第归越》："秋风别乡老，还听《鹿鸣》歌。"鼓励顾非熊秋试时中榜。

1539.闲读《逍遥篇》

《逍遥篇》是《庄子》首篇，主旨是阐述人在为人处世中要无拘无束、自由自在。唐·权德舆《酬李二十二兄主簿马迹山见寄》："中有冥寂人，闲读《逍遥篇》。"用庄子意。

1540.吟咏《秋水篇》

《秋水篇》是《庄子》的一篇，主旨讲人不应强求名利，而应听天由命。唐·刘希夷《秋日题汝阳潭壁》："吟咏《秋水篇》，渺然忘损益。"用庄子意。

1541.《阳春》一曲和皆难

《阳春》《白雪》是古代楚国的高级雅乐。宋玉《对楚王问》："客有歌于郢者，其始曰《下里》《巴人》，国中属而和者数千人……其为《阳春》《白雪》，国中属而和者不过数十人。"后用以喻高深的文学艺术作品，及高超的才华。

唐·岑参《奉和中书舍人贾至早朝大明宫》："独有凤凰池上客，《阳春》一曲和皆难。"夸贾之才无可匹敌。

又《和祠部王员外雪后早朝即事》："闻道仙郎歌《白雪》，由来此曲和人稀。"也是夸赞之词。

1542.晔晔紫芝，可以疗饥

汉·商山四皓《紫芝歌》："莫莫高山，深谷逶迤；晔晔紫芝，可以疗饥。唐虞世远，吾将安归！驷马高盖，其忧甚大。富贵之畏人兮，不如贫贱之肆志。"这是四位老人避秦之乱隐居商山所唱的歌，大意是富贵可畏，不如贫贱安闲，隐居高山深谷，紫芝可以疗饥。《高士传》记：秦始皇时，东园公、倚里季、夏黄公、角里先生四人，共隐于商山。汉惠帝为之立碑，称为"四皓"。后人写"商山紫芝歌"或对隐士之景仰，或表示归隐之心。

晋·陶渊明《赠羊长史》："路若经商山，为我少踌躇；多谢倚与角，精爽今何如？紫芝谁复采，深谷久无应。驷马无贳患，贫贱有交娱。清谣（紫芝歌）结心曲，人乖远见疏……"借《紫芝歌》意义，托向"四皓"请教，以示归心。

又《桃花源诗》："嬴氏乱天纪，贤者避其世，黄绮之商山，伊人亦云逝。"述"四皓"事。

又《饮酒二十首》："咄咄俗中愚，且当从黄绮。"从"四皓"归隐。

唐·张九龄《商洛山行怀古》："长怀赤松意，复忆《紫芝歌》。"经商洛山忆紫芝，生隐退之心。

唐·宋之问《入泷州江》："镜愁玄鬓改，心负紫芝荣。"宋由尚方监承左迁泷州参军途中偶然产生的隐逸之念。

又《春日山家》："悠然《紫芝由》，昼掩白云扉。"

又《游陆浑南山自歇马岭到枫香林以诗代书答李舍人适》："西见商山芝，南到楚乡竹。"

唐·杜甫《洗兵马》："隐士休歌《紫芝曲》，词人解撰河清颂。"他不赞成隐居，只希望天下太平。

又《题李尊师松树障子歌》："松下丈人巾屦同，偶坐似是商山翁。怅望聊歌《紫芝》曲，时危惨淡来秋风。"

又《李晴》："千载商山芝，往者东门瓜。其人骨已朽，此道谁疵瑕？"

唐·贾至《寓言二首》："悠哉千里心，欲采商山芝。"

唐·令狐楚《将赴洛下旅次汉南献上相公二十兄言怀八韵》："许随黄绮辈，闲唱《紫芝歌》。"

宋·苏轼《和陶归田园居六首》："坐倚朱藤杖，行歌《紫芝》曲。不逢商山翁，见此野老足。"

1543. 欲寻商山皓，犹恋汉皇恩

唐·李白《别韦少府》："欲寻商山皓，犹恋汉皇恩。"向韦少府表露心迹：想隐遁深山，不问尘世，又还眷恋报达皇恩。此为离京前后，作者的矛盾心理。用"商山四皓"事。用"四皓"一表隐居，二称贤士。

唐·骆宾王《秋日山行简梁大官》："不如从四皓，丘中鸣一琴。"

唐·陈子昂《题田洗马游岩桔槔》："望苑长为客，商山遂不归。"

唐·许敬宗《奉和执契静三边应诏》："昔托游河乘，再备商山皓。"

唐·张说《赠崔公》："我闻西汉日，四老南山幽。"

又《奉和同皇太子过慈恩寺应制二首》："至乐三灵会，深仁四皓归。"

唐·李义《幸白鹿观应制》："南山四皓谒，西岳两童迎。"

唐·王维《送陆员外》："行当封侯归，肯访商山翁？"

唐·储光羲《效古二首》："旷哉远此忧，冥冥商山皓。"

又《田家杂兴》："楚山有高士，梁国有遗老。""楚山"即商山。

唐·贾曾《奉和春日出苑瞩目应令》："招贤已得商山老，托乘还征邺下才。"

唐·张志和《渔父》："翻嫌四皓曾多事，出为储皇定是非。"述四皓为刘邦定太子事。

唐·杜甫《题李尊师松树障子歌》："松下丈人巾屦同，偶坐似是商山翁。"

1544. 故人今已赋《长杨》

西汉末年扬雄，曾作《长杨赋》《甘泉赋》《羽猎赋》歌汉室神威，歌汉帝的功德。仿司马相如《子虚》《上林》赋的风格。曾投阁作赋自荐。唐·李颀《寄司勋卢员外》："早晚荐雄文似者，故人今已赋《长杨》。"也是准备荐文之意。

1545. 弦歌咏《唐尧》

《唐尧》琴曲名，咏唐尧之德政。有《击壤歌》：相传唐尧时，有老人击壤而唱此歌，词云："吾日出而作，日入而息，凿井而饮，耕田而食。帝力何有于

我哉！"这从另一面也说明唐尧之治。李白《赠清漳明府侄聿》："弦歌咏《唐尧》，脱落隐簪组。"赞李聿在教化方面的功绩，又大有隐士风度。

1546. 不惜歌者苦，但伤知音稀

汉古诗《西北有高楼》："不惜歌者苦，但伤知音稀。"作者听到楼上弦歌悲苦，十分同情，继而慨叹知音稀少。

"知音"一典出自春秋时代的钟子期和俞伯牙，《吕氏春秋·本味》："楚人钟子期通晓音律，伯牙鼓琴，志在高山，钟子期曰：'巍巍乎若太山。'志在流水，钟子期曰：'汤汤乎若流水。'钟子期死，伯牙破琴绝弦，不复演奏，以为世无知音。"《列子·汤问》《淮南子·修务训》中均有记载。晋·嵇康《琴赋》中写："伯牙挥手，钟期听声。"即讲这个故事。晋·陶渊明《怨诗楚调示庞主簿邓治中》："慷慨独悲歌，钟期信为贤。"庞主簿、邓治中知道这"悲歌"的含义。陶渊明在《拟古九首》中写："路帝两高坟，伯牙与庄周。此士难再得，吾行欲何求？"伯牙与钟子期友善，钟子期死，伯牙摔琴，永不再弹，因世人都不能欣赏；庄子与施惠友善，施惠死，庄子不再谈论，因世人都不能理解。如失去了施惠，钟子期，世无知音，还能做什么呢？也讲知音难得。自唐代起，"知音"句益多，感叹世无知音，没有人了解自己。

唐初杨师道《侍宴赋得起坐弹鸣琴二首》："罕有知音者，空劳流水声。"《高山》《流水》传为伯牙琴曲。

唐初王绩《古意六首》其一："世无钟子期，谁知心所属。"

唐·李峤《琴》："子期如可听，山水响余哀。"

唐·骆宾王《冬日过故人任处士书斋》："独此琴台夜，流水为谁弹。"

又《乐大夫挽词五首》："独嗟流水引，长掩伯牙弦。"

又《夏日夜忆张二》："讴堪孤月夜，流水入鸣琴。"

又《咏尘》："别有知音调，闻歌应自飞。"

又《夏日游德州赠高四》："成风郢匠斲，流水伯牙弦。"

又《在江南赠宋五之问》："郢路少知音，丛台富奇士。"

唐·王维《送綦毋潜落第还乡》："吾谋适不

用,勿谓知音稀。"

唐·储光羲《同张侍御鼎和京兆萧兵曹华岁晚南园》:"潘岳闲居赋,钟期流水琴。"

唐·陶翰《柳陌听早莺》:"徒有知音赏,惭非皋鹤鸣。"

唐·孟浩然《和张明府登鹿门作》:"谬承巴里和,非敢应同声。"《下里巴人》歌和者甚众,知音多。

又《赠道士参寥》:"不遇钟期听,谁知鸾凤声。"

又《夏日南亭怀辛大》:"欲取鸣琴弹,恨无知音赏。"

唐·韦应物《简卢陟》:"可怜白雪曲,未遇知音人。"

唐·李白《听蜀僧濬弹琴》:"为我一挥手,如听万壑松。客心洗流水,余响入霜钟。"

又《赠从弟宣州长史昭》:"知音不易得,抚剑增感慨。"

又《春日归山寄孟浩然》:"愧非流水韵,叨入伯牙弦。"自谦之词。

又《月夜听卢子顺弹琴》:"钟期久已没,世上无知音。"

唐·刘长卿《鄂渚听杜别驾弹胡琴》:"文姬留此曲,千载一知音。不解胡人语,空留楚客心。"

唐·杜甫《南征》:"百年歌自苦,未见有知音。"

唐·钱起《哭曹钧》:"尝恨知音千古稀,那堪夫子九泉归。"

唐·戴叔伦《送李审之桂州谒中丞叔》:"知音不可遇,才子向天涯。"

唐·朱湾《筝柱子》:"知音如见赏,雅调为君传。"

唐·韩愈《赠崔立之评事》:"知音自古称难遇,世俗乍见那妨哂。"

又《知音者诚稀》:"知音者诚稀,念子不能别。"

宋·晏殊《山亭柳》(赠歌者):"衷肠事,托何人,若有知音见采,不辞遍唱阳春。"

宋·陈亮《贺新郎》(寄辛幼安和见怀韵):"但莫使、伯牙弦绝。"希望友谊长存。

宋·贺铸《小梅花》:"愁无已,奏绿绮。历历高山与流水。妙神通,绝知音,不知暮雨朝云何山岑!"

1547. 忽惊《薤露》曲

汉乐府《薤露》:"薤上露,何易晞,露晞明朝更复落,人死一去何时归!"薤菜上的露水,为什么那么容易干!露水干了明天早晨又落下了,人死了什么时能复生吗?这是古人扶柩唱的挽歌。

唐·徐彦伯《题东山子李适碑阴二首》其一:"忽惊《薤露》曲,掩噎东山云。"李适自号"东山子",死葬东山。作者在墓碑前,似听到挽歌,连东山上空的云也为之掩泣。

唐·骆宾王《丹阳刺史挽词三首》其一:"薰风虚听曲,《薤露》反成歌。"南风阵阵,似送来《薤露》之歌。

唐·张说《右侍郎集贤院学士徐公挽词二首》:"既哀《薤露》词,岂忘平生眷。"为徐公之死而哀悼,也眷念他的生平。

1548. 长歌吟《松风》

古乐府《风入松》,风入松林,琴声凄凉。唐·刘长卿《弹琴》:"泠泠七弦上,静听松风寒。"李白《下终南山过斛斯山人宿置酒》:"长歌吟松风,曲尽河星稀。"李白《鸣皋歌送岑征君》:"盘白石兮坐素月,琴松风兮寂万壑。"

1549. 不堪玄鬓影,来对《白头吟》

汉乐府《白头吟》:"愿得一心人,白头不相离。"写女子被遗弃的悲哀和对爱情坚贞的要求。《西京杂记》载:司马相如准备娶茂陵的一个女子为妾,卓文君作了一首《白头吟》以表明自己的心愿,相如因此取消了娶妾的念头。李白《白头吟》:"一朝将聘茂陵女,文君因赠白头吟。"就是咏这件事。

唐·骆宾王《在狱咏蝉》:"不堪玄鬓影,来对《白头吟》。"作者当时还不到四十岁,正玄鬓之年,却来诵《白头吟》这样哀怨之曲。以后用"白头吟"者都含哀怨。

唐·虞世南《怨歌行》:"谁言掩歌扇,翻作《白头吟》。"

唐·陈子良《于塞北春日思归》:"如何此日嗟迟暮,悲来还作《白头吟》。"

唐·卢照邻《酬张少府柬之》:"谁谓青衣道,还叹《白头吟》。"

唐·张九龄《在郡秋怀二首》:"恍然忧成老,

空尔《白头吟》。"

又《将至岳阳有怀赵二》:"江潭非所遇,为尔《白头吟》。"

唐·王昌龄《悲哉行》:"忽听《白头吟》,人间易忧怨。"

唐·刘长卿《送宇文迁明府赴洪州张观察追摄丰城令》:"倘见主人沦谪臣,尔来空有《白头吟》。"

唐·杜甫《奉赠王中允》(王维):"穷愁应有作,试诵《白头吟》。"

又《舍弟观赴蓝田取妻子到江陵喜寄三首》之二:"剩欲提携如意舞,喜多行坐白头吟。"

唐·耿沣《送王秘书归江东》:"唯余江畔草,应见白头吟。"

1550. 汉女悲而歌《飞鹄》

汉乐府《艳歌何尝行》又名《双白鹄》《飞鹄行》。写夫妇不忍离别。南朝·宋·谢庄《怀园引》:"汉女悲而歌《飞鹄》,楚客伤而奏南弦。"写怀思故园。"歌《飞鹄》"正表示女子在家乡怀念远离的丈夫。

1551. 自咏《猛虎词》

汉乐府《猛虎吟》又名《猛虎行》,内容多讲贫士有坚贞的节操,不因环境艰险而变节改志。李白《寻鲁城北范居士失道落苍耳中见范置酒摘苍耳作》:"还倾四五酌,自咏《猛虎》词。"访友失道,相会后欢快饮酒。咏《猛虎》词含豪饮意。

1552.《梁父吟》成恨有余

汉乐府《梁甫吟》:"力能排南山,文能绝地纪。一朝被谗言,二桃杀三士。"相传春秋时齐国有三个勇士公孙接、田开疆、古冶子。一次齐相晏子从他们面前经过,他们没有起身致意,晏子便向齐景公进言设计杀三人。他以景公名义送三人两个桃子,哪两个功劳大才可以吃,公孙接说自打虎功拿一个桃子,田开疆说有战功拿一个桃子。古冶子说当年我随主上渡黄河,有巨龟叼走驾车的马,我在河里潜行十余里,终于杀死了大龟。我左手操马尾,右手提龟头浮出水面,岸上的人都以为河神出现了。两位还我桃子吧,两个人还了桃子,觉得惭愧自杀了。古冶子觉得对不住他们也自杀身死。

唐·李商隐在《筹笔驿》诗中写:"管乐有才真不忝,关张无命欲何如?他年锦里经祠庙,《梁父吟》成恨有余。"说诸葛亮"自比管仲,乐毅,好为《梁父吟》"虽有才华,可"关张无命"终难成功。作者当经过武侯庙,吟罢《梁父吟》,产生过无穷的遗恨。显然,李商隐把《梁父吟》误为诸葛亮之作了。这还不仅由于"好为《梁父吟》"的"为"字含混。

《西溪丛语》说过"诸葛亮《梁甫吟》不知何义。"这里已误为诸葛亮了。应该是诸葛亮好吟此歌。梁甫是泰山下的附从山。古曲《泰山梁甫吟》分为《泰山吟》和《梁甫吟》,都是葬歌,古人认为泰山梁甫是人死后灵魂所归。汉张衡《四愁诗》有"欲往从之梁甫艰",言人君有德则封泰山,泰山喻人君。梁甫喻小人,张衡因而志不得伸。诸葛亮处于乱世,一时觉得抱负难于施展,好为《梁甫吟》也可以理解了。李白作《梁甫吟》:"力排南山三壮士,齐相杀之费二桃。"指斥晏婴谗杀三位勇士,而使齐景公失落了人才。而诗人自己正是由于受谗在政治上遭到挫伤,举历史人物比况自己怀才不遇的悲愤,唱出《梁甫吟》,声正悲、"长啸《梁甫吟》,何时见阳春!"之慨歌。后人作诗用《梁甫吟》者,有的咏史,有的喻今。

唐·骆宾王《幽禁书情通简知己》:"汉阳穷鸟客,梁甫卧龙才。"

唐·张九龄《陪王司马登薛公逍遥台》:"曾是陪游日,徒为《梁父吟》。"

唐·孟浩然《与白明府游江》:"谁识躬耕者,年年《梁甫吟》。"

唐·李白《留别王司马嵩》:"余亦南阳子,时为《梁甫吟》。"

唐·杜甫《上后园山脚》:"敢为苏门啸,庶作《梁父吟》。"

又《诸葛庙》:"㪍忆吟梁父,躬耕也未迟。"

又《登楼》:"可怜后主还祠庙,日暮聊为《梁甫吟》。"

唐·皇甫冉《酬卢十一过宿》:"遥夜他乡饮,同君《梁甫吟》。"

唐·李群玉《长沙紫极宫雨夜愁坐》:"羁栖摧剪平生志,抱膝时为《梁甫吟》。"

1553. 横笛遍吹《行路难》

《行路难》为汉乐府诗,大致写世路艰难,离别悲伤。汉代古辞已不存。后人用之表示行旅艰难。

南朝·宋·鲍照《行路难》:"酌酒以自宽,举杯断绝歌《路难》。"饮酒自宽,中断悲歌。

又《行路难》:"愿君裁悲且减思,听我抵节《行路吟》。"时光易逝,要排忧行乐,乐曲虽悲也要听。

唐·王昌龄《代扶风主人答》:"便泣数行泪,因歌《行路难》。"

唐·李益《从军北征》:"天山雪后海风寒,横笛遍吹《行路难》。"

1554. 岁岁《秋风辞》兆人歌不足

汉武帝刘彻巡行河东,泛舟汾河,与群臣宴饮,作《秋风辞》:"秋风起兮白云飞,草木黄落兮雁南归。兰有秀兮菊有芳,怀佳人兮不能忘。"面拂秋风,叹人生易老,渴望获得贤士。鲁迅称此诗:"缠绵流丽,虽词人不能过也。"

唐·樊忱《奉和九月九日登慈恩寺浮图应制》:"秋风词更远,窃抃乐康哉。"跳起《康乐》舞,不悲《秋风》。

唐·武元衡《德宗皇帝挽歌词三首》:"岁岁秋风辞,兆人歌不足。"咏《秋风》而挽德宗。

1555. 欢乐殊未央

古《别诗·烛烛晨明月》:"嘉会难再遇,欢乐殊未央。"这是汉代七首《别诗》中之佼佼者。此二句说,这种美好的相聚,很难再有了,在最后的时光里,应该尽兴尽情地欢乐。"欢乐殊未央"中"央",尽,欢乐方浓未尽,表达了对友人的诚挚的深情。

东汉章帝时代的梁鸿《五噫歌》:"民之劬劳兮。噫! 辽辽未央兮,噫!"他登上北邙山,望着洛阳的奢侈无度的高大宫廷,深感人民的劳苦,没有尽期。"辽辽未央",没有边际,难于中止。

"未央",常用于"乐未央",欢歌乐舞,通宵达旦,即"乐未央"。汉乐府《相逢行》:"丈人且安坐,调丝方未央。"汉乐府《长安有狭斜行》:"丈夫且徐徐,调弦未讵央。""调丝(弦)"即调音定弦,是奏乐的准备。

"未央"也作"未遽央""未渠央""未讵央"。晋·陶渊明《杂诗八首》:"严霜结野草,枯悴未遽央。"写秋草。"乐未央"也有变换,如"兹境信难遇,为欢殊未终"(李颀《与诸公游济渎泛舟》)变用了《别诗》语。再如:"出入千门里,年年乐未休。"(唐·崔颢《相逢行》)"平明击钟食,入夜乐未休。"(唐·韦应物《贵游行》)

用"乐未央"句如:

唐·卢照邻《登封大酺歌四首》:"九州四海常无事,万岁千秋乐未央。"

唐·马怀素《奉和幸安乐公主山庄应制》:"主家台馆胜平阳,帝幸欢娱乐未央。"

唐·司马逸客《雅琴篇》:"朝野欢娱乐未央,车马骈阗盛彩章。"

唐·崔沔《奉和圣制同二相已下群官乐游园宴》:"五日酺才毕,千年乐未央。"

唐·杨师道《奉和夏日晚景应诏》:"幸得无为日,欢娱尚未央。"

唐·韦庄《少年行》:"乐事殊未央,年华已云晚。"

宋·贺铸《铜人捧露盘引·凌歊》:"控沧江,排青嶂,燕台凉。驻彩仗、乐未渠央。"

1556. 星汉西流夜未央

魏·曹丕《燕歌行》:"明月皎皎照我床,星汉西流夜未央。"夜未尽,或指深夜、半夜。写思妇怀念久役不归的丈夫。明月照入床头,星汉西流,天还没亮,牛女隔河相望,你为什么也被河桥阻隔而不归?

用"夜未央"句如:

晋·陶渊明《挽歌诗三首》:"在昔高堂寝,今宿荒草乡;一朝出门去,归来夜未央。"

唐·元万顷《奉和春日二首》:"飞云阁上春应至,明月楼中夜未央。"(此首一作上官仪《春日》诗)

唐·崔日用《夜宴安乐公主宅》:"主家盛时欢不极,才子能歌夜未央。"

唐·王勃《秋夜长》:"秋夜长,殊未央。月明白露澄清光。"

唐·张籍《秋夜长》:"秋天如水夜未央,天汉东西月色光。"

1557. 空歌《白纻》词

《白纻歌》即《白纻舞歌》,六朝时吴歌,白纻是吴地产物纻麻、白麻。多表现思乡怀人。

南朝·宋·汤惠休有《白纻歌》三首。唐·张籍《蓟北旅思》:"日日望乡国,空歌《白纻》词。"日日思乡而歌《白纻》词,却不得归。

唐·李白《猛虎行》:"胡雏绿眼吹玉笛,吴歌《白纻》飞梁尘。"《白纻》歌声清越嘹亮,震得屋梁上的灰尘也飞起来。相传汉代虞公善唱歌,歌声可

古诗词名句源流

597

以震动梁上灰尘。李白借以表现歌声嘹亮。

李白《陪族叔刑部侍郎晔及中书舍人至游洞庭》其四:"醉客满船歌《白纻》,不知霜露入秋衣。"

李益《春行》:"落日青丝骑,春风《白纻歌》。"归思。

武元衡《春日偶作》:"美人歌《白纻》,万恨在蛾眉。"愁思。

1558. 怀旧空吟"闻笛赋"

晋人向秀经过亡友嵇康、吕安的旧居,听见邻人吹笛,感音悲叹,作了《思归赋》。唐·刘禹锡《酬乐天扬州初逢席上有赠》:"怀旧空吟闻笛赋,到乡翻似烂柯人。"感叹有死去的旧友。

1559. 一唱《都护歌》

《丁督护歌》,乐府吴歌。《宋书·乐志》:"《都护歌》者,鼓城内史徐逵之为鲁轨所杀。宋高祖使府内直督护丁旿收殓殡埋之。逵之妻,高祖之长女也,呼旿至阁下,直问殓送之事,每问辄叹息曰:'丁督护!'其声哀切。后人因其声,广其曲焉。"《新唐书·音乐志》:"《丁都护》,晋、宋间曲也。"乐府中《丁督护歌》都是咏戎马生活之辛苦或写思妇之哀怨的。

唐·李白《丁都护歌》:"一唱《都护歌》,心摧泪如雨。"写当时官吏为从云阳用拖船运送盘石至上游,役使众多劳动人民,拖船者所经受的悲苦。

1560. 抱松伤《别鹤》

东汉·蔡邕《琴操》:"商陵牧子,娶妻五年无子,父兄欲为改娶。其妻闻之,中夜倚户悲啸。牧子闻而生悲,取琴而为《别鹤》之歌。"

晋·陶渊明《拟古九首》:"知我古来意,取琴为我弹。上弦惊《别鹤》,下弦操《孤鸾》。"写东方隐士的高雅幽独的情操。

北周·庾信《咏怀》第二十二:"抱松伤《别鹤》,向镜绝《孤鸾》。""孤鸾""别鹤"表示自己如鹤、鸾一样远离祖国。

唐·刘禹锡《送廖参谋东游二首》:"九陌相逢又别离,行云别鹤本无期。"

唐·元稹《听妻弹〈别鹤操〉》:"别鹤声声怨夜弦,闻君此奏欲潸然。"

又《小胡笳引》(桂府王推官出蜀匠雷氏金徽琴,请姜宣弹):"别鹤欲飞猿欲绝,秋霜满树叶辞风。"

唐·赵嘏《别李谱》:"今日别君如别鹤,声容长在楚弦中。"

1561. 一闻《苦塞》奏,再使艳歌伤

汉乐府《苦寒行》属《清调曲》,古辞已亡。曹操征高幹,北上太行山,冰雪中行军爬山,环境苦寒,作《苦寒行》。

南朝·梁·江淹《望荆山》写山川风景,又写岁晏而引起的悲思:"一闻《苦寒》奏,再使艳歌伤。"借哀诗抒写哀思。

唐·武元衡《晨兴寄赠窦使君》:"为予歌《苦寒》,酌酒朱颜酡。"歌《苦寒》兴起醉酒。

1562. 犹意《采莲歌》

汉乐府《江南》:"江南可采莲,莲叶何田田。"这是最早的采莲曲。梁武帝萧衍制《江南弄》七曲之一《采莲曲》。

唐初庾抱《和乐记室忆江水》:"遥想观涛处,犹意采莲歌。"

唐·李白《秋登巴陵望洞庭》:"郢人唱白雪,越女歌《采莲》。"

1563. 复听《采菱》愁

南朝梁武帝萧衍制乐府《江南弄》七曲之一《采菱曲》。

李白《月夜江行寄崔员外宗之》:"徒悲蕙草歇,复听《菱歌》愁。"怀念好友崔宗之,月夜江行所见景色徒增悲愁。

1564. 江城五月落《梅花》

南朝宋·鲍照作《梅花落》乐府,赞美梅花"霜中能作花,露中能作实",批评杂树"零落逐寒风,徒有霜华无霜质"。杂树喻没有志节的士大夫。

北周·庾信《杨柳歌》:"欲与梅花留一曲,共将长笛管中吹。"欲留《折杨柳》一曲同笛里《落梅花》共吹。《梅花落》是古横吹曲。

写"梅花落"句最精彩的当属李白。李白读过崔颢黄鹤楼诗说:"眼前有景道不得,崔颢题诗在上头。"其实他的两首诗中都写了黄鹤楼,佳句流传,千古不朽。一首是《黄鹤楼送孟浩然之广陵》中的"故人西辞黄鹤楼,烟花三月下扬州"写楼中送客。另一首《与史郎中钦听黄鹤楼上吹笛》:"黄

鹤楼中吹玉笛,江城五月落梅花"写楼中吹笛。两首虽不直写黄鹤楼,却都与斯楼有关。"江城五月落梅花",写楼中玉笛吹奏《落梅花》曲,笛音飘散整个江城。却似江城到五月还有梅花开落。巧妙地将曲中梅花同生活中的梅花糅合成一片,令人玩味无穷。李白的前人和后人也写过"梅花落",也都值得品味。

唐·上官仪《八咏应制二首》:"共待新妆出,清歌送落梅。"

唐·李峤《莺》:"声分折杨吹,娇韵落梅风。"《风俗通》说:"五月有落梅风。"

唐·郭利贞《上元》:"更逢清管发,处处落梅花。"

唐·袁晖《奉和圣制送张尚书巡边》:"虏气消残月,边声韵落梅。"

唐·孙逖《和常州崔使君咏后庭梅二首》:"闻唱梅花落,江南春意深。"

唐·苏味道《正月十五夜》:"游伎皆秾李,行歌尽落梅。"

唐·骆宾王《代女道士王灵妃赠道士李荣》:"鹦鹉杯中浮竹叶,凤凰琴里落梅花。"

唐·张说《送赵二尚书彦昭北伐》:"梅花吹别引,杨柳赋归诗。"

唐·孟浩然《岁除夜会乐城张少府宅》:"旧曲梅花唱,新正柏酒传。"

李白另有《从军行》:"笛奏梅花曲,刀开明月环。"

又《襄阳歌》:"千金骏马换小妾,笑坐雕鞍歌落梅。"

唐·岑参《裴将军宅芦管歌》写美人吹芦管:"巧能陌上惊杨柳,复向园中误落梅。"

又《田使君美人舞如莲花北旋歌》:"始知诸曲不可比,采莲落梅徒聒耳。"

唐·高适《和王七玉门关听吹笛》:"借问梅花何处落,风吹一夜满天山。"

唐·张祜《伊山》:"桓尹曾弄柯亭笛,吹落梅花万点香。"落梅之音美,忽而成了梅花馨香。由听觉带出味觉,运用了"艺术通感"的手法。

唐·梁去惑《塞外》:"不知羌笛里,何处得梅花。"塞外荒寒,无花可生,不知笛里"梅花"从何而来。倒绕有风趣地描绘了塞外特点。

宋·晏殊《清商怨》:"梦未成归,梅花闻寒管。"

宋·司马光《次韵和复古春日五绝》:"家藏歌吹只西邻,吹落梅花歌落尘。"

宋·鲜于侁《荻浦》诗:"谁起落梅声,愁人泪如霰。"

元·白朴《驻马听》(吹):"凤凰台上暮云遮,梅花惊作黄昏雪。人静也,一声吹落江楼月。"笛音美妙,梅花为之惊落,明月为之动情。

清·孔尚任《桃花扇》第十三出《声声慢》:"百尺楼高,吹笛落梅风景。"指五月风景。

清·宋琬《蝶恋花》(旅月怀人):"万里故人关塞隔,南楼谁弄梅花笛?"故人远隔,南楼虽在,弄笛人不知伊谁。怀念于七。

黄鹤楼古楹联:"何时黄鹤重来,且共倒金尊,浇洲渚千年芳草;只见白云飞去,更谁吹玉笛,落江城五月梅花。"并用崔颢、李白句。

清初·吴兆骞《帐夜》:"春衣少女空相寄,五月边城未著花。"从"江城五月落梅花"句化出。古代写天冷寄寒衣,此句写天寒,不要寄春衣。清·沈德潜《清诗别裁集》评"寄衣旧事,道来自新"。

1565. 不堪三弄笛

宋·赵长卿《临江仙》:"老来心事最关情,不堪三弄笛,吹作断肠声。"驾一叶舟远行,闻笛声三弄而断肠。"三弄笛"是反复吹奏之意。"弄"原为古代百戏中扮演角色或表演节目,渐渐从奏曲转用于演奏。《世说新语·任诞》:"王子猷出都,尚在渚下。旧闻桓子野善吹笛,而不相识。遇桓于岸上过,王在船中,客有识之者云:'是桓子野。'王便令人与相闻云:'闻君善吹笛,试为我一奏。'桓时已显贵,素闻王名,即便回,下车,踞胡床,为作三调弄毕,便上车去,客主不发一言。""作三调弄",即吹奏了三支曲子。"三弄"即三奏,"三",反复之意,不一定实指。

笛曲有《折杨柳》,多写离别,有《梅花落》,是军旅乐,也表离愁。"三弄"句多写《梅花落》,即所谓"梅花三弄"。梅曲写军旅的,如唐·沈佺期《塞北》诗:"柏笛飞五将,梅吹动三军。"唐·刘长卿《奉钱郎中四兄赴汝南行营》诗:"梅吹前军发,棠阴旧府空。"而写"三弄"的是宋代人,或可说"梅花三弄"产生宋初。形式有"梅花三弄""梅花三叠""梅花三奏""笛声三弄"以及"梅花弄""梅笛几弄",等等。

宋·梅尧臣《游响山》:"梅花三叠罢,烟火起沧洲。"

宋·苏轼《渔家傲》词:"临水纵横回晚鞍,归来转觉情怀动,梅笛烟中闻几弄。"

宋·沈瀛《如梦令》:"才听笛声三弄,关揽一时都动。"

宋·秦观《桃源忆故人》词:"窗外月华霜重,听彻梅花弄。"

又《青门饮》:"风起云间,雁横天末,严城画角,梅花三奏。"

宋·刘焘《花心动》:"但只恐、南楼又三弄笛。"

宋·李清照《孤雁儿·并序》(世人作梅词,下笔便俗。予试作一篇,乃知前言不妄耳。):"笛里三弄,梅心惊破、多少春情意。"

宋·杨无咎《瑞鹤仙》:"听梅花再弄,残酒醒,无寐寒衾愁拥。"

宋·曾觌《好事近》:"莫问落梅三弄,喜一枝折赠。"

宋·洪适《渔家傲引》:"长把鱼钱寻酒瓮,春一梦,起来拈笛成三弄。"

宋·袁去华《水调歌头》(次黄舜举登姑苏台韵):"叫云横玉,须臾三弄不胜愁。""横玉",玉笛。

宋·朱雍《清平乐》:"楼上玉声三弄定,无奈幽香翻阵。"

宋·范成大《醉落魄》:"好风碎竹声如雪,昭华三弄临风咽。"

宋·谢懋《念奴娇》(中秋呈徐叔至):"阑干星斗,落梅三弄初阕。"

宋·马子岩《玉楼春》:"谁家横笛成三弄,吹到幽香和梦送。觉来不知是梅花,落寞岁寒谁与共?"

宋·赵崇嶓《谒金门》:"叶落香沟红泛,懒把新诗题怨。何处笛声三弄断,月迟帘未卷。"

宋·方千里《红林檎近》:"三弄江梅听彻,几点岸柳飘残。"

宋·李伯曾《水龙吟》:"对冰轮孤负,欠千钟酒,与三弄笛。"

1566. 谁传《广陵散》

《广陵散》又名《广陵止息》琴曲。魏晋人嵇康善弹此曲。《晋书》载,嵇康因不满司马氏集团的统治而被害,临刑前曾索琴弹此曲。

李白两次写《广陵散》:《忆崔郎中宗之游南阳遗吾孔子琴抚之潜然感旧》:"琴存人已殁,谁传《广陵散》。"又《自漂水道哭王炎三首》其三:"一罗《广陵散》,鸣琴更不开。"

1567. 为君回唱《竹枝歌》

《竹枝歌》为巴蜀(四川东部)民歌,唐人于鹄《巴女谣》:"巴女骑牛唱《竹枝》,藕丝菱叶傍江时。"就是巴女唱《竹枝》歌的情景。唐人刘禹锡改作新词《竹枝歌》咏三峡风或男女爱情。后人写唱《竹枝》亦多咏当地风俗或男女爱情。

唐·刘禹锡《杨柳枝》:"因想阳台无限事,为君回唱《竹枝歌》。"

又《踏歌行》:"日暮江头闻《竹枝》,南人行乐北人悲。"

唐·李益《送人南归》:"无奈孤舟夕,山歌闻《竹枝》。"

唐·武元衡《送李正字之蜀》:"无穷别离思,遥寄《竹枝歌》。"

唐·张籍《送枝江刘明府》:"向南渐渐云山好,一路唯闻唱《竹枝》。"

1568. 一声《何满子》

《河满子》曲名,后亦作舞曲。唐人白居易《听歌六绝句》(何满子)自注:"开元中,沧州有歌者何满子,临刑,进此曲以赎死。上竟不免。"《何满子》曲所以产生影响,多出于人们对这位歌者的同情,也说他罪不致死。

《何满子》后又作舞曲。苏鹗《杜阳杂编》记载:"文宗时,宫人沈翠翘为帝舞《何满子》,调辞风态,率皆宛畅。"唐·元稹《何满子歌》也说:"便将《河满》为曲名,御谱亲题乐府纂。"

《唐诗纪事》记:唐武宗病笃,意欲孟才人相殉。孟唱"一声何满子"后,气亟立殒。张祜作《孟才人叹》词云:"偶因歌态咏娇颦,传唱宫中二十春。却为一声《何满子》,下泉须吊旧才人。"即咏其事。张祜还作《宫词二首》:"故园三千里,深宫二十年。一声《何满子》,双泪落君前。"宋人刘辰翁《沁园春》(闻歌):"俯仰无情,高歌有恨,四壁萧条久绝弦。秋江晚,但一声《何满》,我自潜然。"闻歌唤起无限愁思,如一声《何满子》,满目凄凉。

1569. 谁家唱《水调》

《水调》曲名,隋炀帝凿汴渠成,自造《水调》。

唐人杜牧《扬州三首》有两句:"谁家唱《水调》,明月满扬州。"炀帝在扬州的旧迹无存,只隐约听到《水调》声。宋人贺铸用杜牧句作《浪淘沙》(四):"为问木兰舟,何处淹留。相思今夜忍登楼。楼下谁家歌《水调》,明月扬州。"又《摊破浣溪沙》:"红粉莲娃何处在,西风不为管余香。今夜月明闻《水调》,断人肠。"

贺铸的两首,闻《水调》更悲秋晚,悒悒不得志,但这并不是《水调》的基调。后人刘一止曾用《水调》烘托别情:《生查子》:"城头长短更,水调高低唱。别酒不盈斝,泪洒风烟上。"用法同贺铸。别人的《水调》并不悲伤。

苏轼《南歌子》(游赏):"谁家《水调》唱《歌头》,声绕碧小飞去,晚云留。"又《虞美人》(有美堂赠述古):"沙河塘里灯初上,《水调》谁家唱?"

宋·葛胜仲《定风波》:"共喜新凉大火流。一声《水调》听《歌头》。"增添了美好的气氛。下同。

元·杨果《小桃红》(采莲女):"茨花菱叶满秋塘,《水调》谁家唱? 帘卷南楼日初上。"

元·马谦斋《快活三带朝天子四边静·夏》:"酸乡,艳妆,《水调》谁家唱。"

1570. 凄凉《宝剑篇》

《宝剑篇》为唐代郭震的诗作。郭震少有大志,武则天召见他,索其文章,他上《宝剑篇》,诗末云:"非直结交游侠子,亦曾亲近英雄人。何言中路遭弃捐,零落飘沦古岳边。虽复沉埋无所用,犹能夜夜气冲天。"写宝剑虽蒙尘但仍英气冲天,用以况己。唐·李商隐《风雨》:"凄凉《宝剑篇》,羁泊欲穷年。"自伤沦落。

1571. 佳人犹唱"醉翁词"

"醉翁词"指欧阳修咏西湖词《采桑子》十首,词前有《西湖念语》为序,每首起句皆为"……西湖好"句式,写尽西湖佳景。苏轼《木兰花令》(次欧公西湖韵):"霜余已失长淮阔,空听潺潺清颍咽。佳人犹唱醉翁词,四十三年如电抹。"已历四十三年,歌者还唱醉翁词。引人无限思忆。

1572. 吟彼"乔木诗"

古人写乔木,一为思乡,即"乔木故乡",乔木代故乡。一为孤栖一枝,表孤独无依。唐·常建《赠三侍御》:"吟彼乔木诗,一夕常三叹。"表孤独

之苦。

1573. 休吟白雪歌

唐·司空曙《闲居寄苗发》:"厌逐青林客,休吟白雪歌。"闲居无聊,逐青林,咏白雪。

1574. 偶学《念奴》声调

念奴为唐天宝中著名歌女,因她唱歌声调高亢,后取为调名。又名《百字令》《壶中天》《酹江月》《大江东去》,后二名因苏轼之作为最著名。

宋·晏殊《山亭柳》(赠歌者):"偶学念奴声调,有时音遏行云。"写歌者声音高亢如念奴。

宋·刘辰翁《宝鼎现》:"甚辇路喧阗且止,听得念奴歌起。"歌《念奴娇》。

今人富寿荪《读夏承畴文新词赋赠》:"安得铜琶兼铁板,为君弹唱大江东。"

今人王秋轩《傍晚抵武昌》:"是谁高唱大江东,汉水涟漪夕照红。"

1575. 空吟《河畔青青草》

汉《古诗》《青青河畔草》:"青青河畔草,郁郁园中柳。盈盈楼上女,皎皎当窗牖。娥娥红粉妆,纤纤出素手。昔为倡家女,今为荡子妇。荡子行不归,空床难独守。"这是思妇诗,怨荡子不归的。

宋·苏轼《次韵秦观秀才见赠》:"故人已去君未到,空吟《河畔青青草》。"李公择已去,秦少游未归,"空吟"句,借此古诗表示伤别怀思。

1576. 青云衣兮白霓裳

楚·屈原《九歌·东君》:"青云衣兮白霓裳,举长矢兮射天狼。"太阳当空,阳光与云霓辉映,如太阳神以青云为上衣,以白霓为下裙。"霓",副虹。《尔雅·释天》:"蝃蝀,虹也。"邢昺疏:"虹双出,色鲜盛者为雄,雄曰虹;暗者为雌,雌曰霓。"霓依于虹的外缘,色带内红外紫,虹色带内紫外红。毛泽东《菩萨蛮·大柏地》(一九三三年夏):"赤橙黄绿青蓝紫,谁持彩练当空舞。"以舞带喻彩虹。七种颜色以红紫为主调。"裳"音"cháng",下衣、下裙。《诗经·绿衣》:"绿衣黄裳。"《毛传》曰:"上曰衣,下曰裳。""白霓裳",素白的霓裳,轻盈的下衣、下裙。魏·曹植《五游》:"披我丹霞衣,袭我素霓裳。""素霓裳"由《东君》中写太阳而迁移到写人。后用"霓裳"描写飘飘长衣,轻轻长裙,或喻写

云霞。

唐太宗李世民《春日望海》:"之罘思汉帝,碣石想秦皇。霓裳非本意,端拱且图王。"春望沧海,一派空灵,然而想到秦皇汉帝的功业,不愿袭霓裳而远翔,只愿端坐拱手承前王之帝业,治理好国家。"霓裳"用曹植《五游》诗中意。

唐·杨师道《奉和圣制春日望海》:"将举青丘缴,安访白霓裳。"此诗应太宗之制而和,写渤海、碣石、秦皇、汉帝、白霓裳,可作李世民诗参读之作。

唐·许敬宗《奉和春日望海》:"桃门通山汴,蓬渚降霓裳。"

又《奉和七夕宴悬圃二首》:"荐寝低云鬓,呈态解霓裳。"

唐·陆敬《七夕赋咏成篇》:"凤驾鸣銮启闺闼,霓裳遥裔俨天津。"

唐·赵中虚《游清都观寻沈道士》:"鹤来疑羽客,云泛似霓裳。"

唐·王绩《游仙四首》:"谁知北岩下,延首咏霓裳。"

唐·张说《游洞庭湖湘》:"霓裳苦有来,觊我云峰侧。"

唐·储光羲《至嵩阳观,观即天皇帝宅》:"花雾生玉井,霓裳画列仙。"

唐·王维《和尹谏议史馆山池》:"云馆接天居,霓裳侍玉除。"

唐·刘长卿《望龙山怀道士许洁稜》:"中有一人披霓裳,诵经山顶飱琼浆。"

又《故女道士婉仪太原郭氏挽歌词》:"鸾殿空留处,霓裳已罢朝。"

唐·李白《梦游天姥吟留别》:"霓为衣兮风为马,云之君兮纷纷而下。"

又《赠嵩山焦炼师并序》:"霓裳何飘飘,风吹转绵邈。"

又《古风·西岳莲花山》:"霓裳曳广带,飘拂升天行。"

唐高宗李治《七夕宴悬圃》:"霓裳转云路,凤驾俨天潢。"

唐·钱起《寻华山云台观道士》:"霓裳谁之子,霞酌能止客。"

又《柏崖老人号无名先生男削发女黄冠自以云泉独乐命予赋诗》:"长男栖月宇,少女炫霓裳。"

又《题嵩阳焦道士石壁》:"玉体才飞西蜀雨,霓裳欲向大罗天。"

唐·元结《宿无为观》:"霓裳羽盖傍临壑,飘飘似欲来云鹤。"

唐·秦系《送王道士》:"霓裳云气润,石径术苗香。"

唐·薛能《华清宫和杜舍人》(一作张祜诗,一作赵嘏诗):"细音摇羽扇,轻步宛霓裳。"

唐·杨凭《长安春夜宿开元观》:"霓裳下晚烟,留客杏花前。"

唐·司空曙《送王尊师归湖州》:"多开石髓供调膳,时御霓裳奉易衣。"

唐·刘迥《烂柯山四首》:"霓裳倘一遇,千载长不老。"

唐·武元衡《早春送欧阳炼师归山》:"羽节临风驻,霓裳逐雨斜。"

唐·权德舆《卧病喜惠上人李炼师茅处士见访因以赠》:"霓裳何飘飘,浩志凌紫氛。"

唐·马戴《送王道士》(同秦系诗):"霓裳云气润,石径术苗香。"

唐·崔澹《赠王福娘》:"怪得清风送异香,娉婷仙子曳霓裳。"

1577.霓裳闲舞月中歌

唐·张继《华清宫》:"玉树长飘云外岫,霓裳闲舞月中歌。"这里的霓裳是写歌舞。即《霓裳羽衣曲》《霓裳羽衣舞》。据《唐戏弄》上册《辨体·弄婆罗门》载:《婆罗门曲》,原为西域乐舞,西凉节度使杨敬述依曲创声,献入宫廷。又经玄宗改编制词,名《霓裳羽衣曲》,其舞、乐及服饰皆表演缥缈的仙境与仙女形象。《全唐诗·卷二十二》王建《霓裳辞十首》题下小注云:"罗公远多秘术,尝与明皇至月宫,仙女数百,皆素练霓衣,舞于广庭。问其曲,曰:'霓裳羽衣。'帝晓音律,因默记其音调。乃归,但记其半。会西凉府节度杨敬述进《婆罗门曲》,声调相符。遂以月中所闻为散序,敬述所进为曲,而名《霓裳羽衣》(唐·杜牧《华清宫三十韵》:"月闻仙曲调,霓作舞衣裳。"即述此传说)。按王建辞云:'弟子部中留一色,听风听水作霓裳。'刘禹锡诗云:'三乡陌上望仙山,归作霓裳羽衣曲。'然则非月中所闻矣。"刘禹锡诗是《三乡驿楼伏睹玄宗望女儿山诗小臣斐然有感》,写在"三乡驿站"望山,与王建诗的"听风听水",都说明玄宗改编是凭依山水。而"游月闻曲",不过是美丽的传说,纯系子虚乌有。

写《霓裳》舞乐最多的是善写《宫词》的王建和尤喜《霓裳》的白居易。"霓裳",后来则代指动人的歌舞。

唐·王建《霓裳词十首》之一:"弟子部中留一色,听风听水作《霓裳》。"

之三:"一时跪拜霓裳彻,立地阶前赐紫衣。"

之五:"伴教霓裳有贵妃,从初直到曲成时。"

之六:"武皇自送西王母,新换霓裳月色裙。"

之七:"一山星月霓裳动,好字先从殿里来。"

之八:"传呼法部按霓裳,新得承恩别作行。"

之九:"朝元阁上山风起,夜听霓裳玉露寒。"

之十:"去时留下霓裳曲,总是离宫别馆声。"

唐·刘禹锡《秋夜安国观闻笙》:"月露满庭人寂寂,霓裳一曲在高楼。"

唐·白居易《重题别东楼》:"宴宜云髻新梳后,曲爱霓裳未拍时。"

又《早发洞庭舟中作》:"山郭已行十五里,唯消一曲慢霓裳。"

又《霓裳羽衣舞歌》(和微之):"清弦脆管纤纤手,教得霓裳一曲成。"

又《湖上招客送春泛舟》:"两瓶箬下新开得,一曲霓裳初教成。"

又《答苏庶子月夜闻家僮奏乐见赠》:"墙西明月水东亭,一曲霓裳按小伶。"

又《琵琶行》:"轻拢慢捻抹复挑,初为霓裳后六么。"

又《长恨歌》:"风吹仙袂飘飘举,犹似霓裳羽衣舞。"

又《独醉独吟偶题五绝句》:"皆言此处宜管弦,试奏霓裳一曲看。"

又《燕子楼三首》:"自从不舞霓裳曲,叠在空箱十一年。"张愔死于元和元年(806),白居易元和十年(816)作此诗,整十年。

又《嵩阳观夜奏霓裳》:"回临山月声弥怨,散入松风韵更长。"《霓裳》乐音。

唐·温庭筠《过华清宫二十二韵》:"月白霓裳殿,风干羯鼓楼。""霓裳殿"即歌舞殿。

唐·郑谷《长门怨》:"闲把罗衣泣凤凰,先朝曾教舞霓裳。"

五代·和凝《宫词百首》:"霓裳一曲君王笑,宜近前来与改名。"

宋·滕宗亮《月》:"一曲霓裳羽衣舞,桂花如露湿天风。"

宋·张孝祥《西江月》(阻风三峰下):"明日风回更好,今宵宿何妨。水晶宫里奏霓裳,准拟岳阳楼上。"

元·卢挚《蟾宫曲·杨妃》:"玉环乍出兰汤,舞按盘中,一曲霓裳。"

元·张可久《寨儿令·秋日宫词》:"广寒宫舞罢霓裳,博山炉薰透龙香。"

1578. 惊破霓裳羽衣舞

唐·白居易《长恨歌》:"渔阳鼙鼓动地来,惊破霓裳羽衣舞。"安禄山起兵范阳,攻破潼关,打破唐玄宗的安乐。"惊破霓裳"不无讽刺意味。后除用本事外,也用作政治失势、皇朝灭亡。

宋·朱敦儒《鹧鸪天》:"唱得梨园绝代声,前朝惟数李夫人。自从惊破霓裳后,楚奏吴歌扇里新。""霓裳羽衣舞"失传。

宋·刘辰翁《六州歌头》(乙亥二月,贾平章似道督师至太平州鲁港,未见敌,鸣锣而溃。后半月闻报,赋此。):"甚边尘起,渔阳惨,霓裳断,广寒宫。"贾似道征歌逐舞,醉生梦死,遇元兵望风而溃。

宋·汪元量《水龙吟》(淮河舟中夜闻宫人琴声):"鼓鼙惊破霓裳,海棠亭北多风雨。"南宋恭帝德佑二年(1276)元军攻入临安,幼帝和后妃悉为俘虏。汪元量(宫中琴师)随帝妃被押北上,经淮河作此词。"惊破霓裳"正写临安城破,南宋灭亡。汪元量《醉歌》也写:"鼙鼓喧天入古杭。""海棠亭"即唐宫沉香亭,"杨妃睡海棠"处。此代南宋宫室。

1579. 一曲霓裳四海兵

唐·李约《过华清宫》:"君王游乐万机轻,一曲霓裳四海兵。"唐玄宗晚期贪于嬉戏,不务朝政,招致了安史之乱。"霓裳"是贪于嬉戏、招致祸乱的替代语。"霓裳曲"也受冷落。

唐·李益《过马嵬二首》:"世人莫重霓裳曲,曾致干戈是此中。"

唐·王建《旧宫人》:"先帝旧宫宫女在,乱丝犹挂凤凰钗。霓裳法曲浑抛却,独自花间扫玉阶。"

唐·杜牧《过华清宫绝句》:"霓裳一曲千峰上,舞破中原始下来。"明皇在骊山寻欢作乐,待安禄攻破中原,才感到危机到来。

唐·赵嘏《冷日过骊山》(一作孟迟诗):"霓裳一曲千门琐,白尽梨园子弟头。"写乱后事。

唐·吴融《华清宫》:"渔阳烽火照函关,玉辇匆匆下此山。一曲霓裳听不尽,至今遗恨水潺潺。"亦述"舞破中原"事。

宋·辛弃疾《贺新郎》(听琵琶):"凤尾龙香拨。自开元、霓裳曲罢,几番风月?"白居易《新乐府·法曲》自注:"霓裳羽衣曲起于开元,盛于天宝也。"此词借咏琵琶以慨叹盛衰兴亡。

宋·刘辰翁《宝鼎现》(春月):"便当日亲见霓裳,天上人间梦里。"即使当年亲眼见到歌舞升平,如今也是天人之隔,如同在梦里。写丁西元夕(元成宗大德元年),忆北宋、南宋元夕昔日的繁华,亡国之痛,不堪回首。

元·马致远《四块玉·马嵬坡》:"霓裳便是中原患,不因这玉环,引起那禄山,怎知蜀道难。"安禄山因爱杨妃而叛,才酿成"霓裳之患"。

1580. 霓裳禁曲无人解

唐·于鹄《赠碧玉》:"霓裳禁曲无人解,暗问梨园子弟家。"由于《霓裳羽衣曲》:"始于开元,盛于天宝",安史之乱后,此宫廷歌舞不再流行,人们不熟悉了,只好向梨园子弟去求教。"梨园"是唐玄宗设置的教习宫廷歌舞的场所,梨园子弟当年曾演奏此曲。唐·顾况《听刘安唱歌》:"即今法曲无人唱,已逐霓裳飞上天。"唐代"法曲"发展极盛。以《赤白桃李花》《霓裳羽衣》为著名,中唐以后衰落。

宋·蒋捷《贺新郎》(怀归):"彩扇江牙今都在,恨无人解听开元曲。""开元曲",即"霓裳曲"。用于鹄句。

1581. 吾欲竟此曲,此曲愁人肠

东汉·宋子侯《董娇饶》:"吾欲竟此曲,此曲愁人肠。"我要把此曲唱完,可此曲实在令人伤怀。这曲中的人如花一样,盛年不再来,令人忧伤。余冠英评说:"破愁之法,只有及时行乐。"

魏·曹植《怨歌行》写:"吾欲竟此曲,此曲悲且长。""此曲"指周公旦的《金縢》,用周公旦受疑以喻自己的不被信任,变《董娇饶》的下句,表示这曲悲歌太长了,难于收束。

西晋·刘琨《扶风歌》:"我欲竟此曲,此曲悲且长。"刘琨从洛阳到晋阳的征途中,想到扫平割

据,匡扶晋室的重要和艰难,用曹植原句,谱一曲"英雄失路"的忠信悲歌。以后唐人也沿用、变用"吾欲竟此曲"句:

沈佺期《赦到不得归题江上石》:"谁能竟此曲,曲尽气酸嘶。"

乔知之《拟古赠陈子昂》:"送君竟此曲,从兹长绝弦。"

司马逸客《雅琴篇》:"正声谐风雅,欲竟此曲谁知者。"

张渐《朗月行》:"吾欲竟此曲,深意不可传。"

1582. 歌舞曲未终

魏·阮籍《咏怀诗八十二首》:"歌舞曲未终,秦兵已复来。"以战国时代的魏国为秦国所灭,设喻曹魏明帝末年歌舞荒淫,国政日衰,招致司马氏擅权。"曲未终"即"曲未竟",说明灭亡之速。"吾欲竟此曲,此曲愁人肠",说明是哀曲;"歌舞曲未终",此曲则指欢歌乐舞。后人用"曲未终"句,部分是哀曲,也有其它原因。

北齐·颜之推《古意诗二首》:"歌舞曲未终,风尘暗天起。吴师破九龙,秦兵割千里。"用阮籍原句,借古楚国灭亡,痛示故国南梁的灭亡。

南朝·梁·王台卿《和简文帝赛汉高祖庙》:"所悲尊俎撤,按歌曲未终。"

梁·张率《白纻歌九首》:"列坐华筵纷羽爵,清曲未终月将落。"

陈·江总《秋日新宠美人应令诗》:"角枕千娇荐芬香,若使琴心一曲奏。幽兰度曲不可终,阳台梦里自应通。"

隋·虞世基《秋日赠王中舍诗》:"弃置勿重陈,难终唯此曲。"

唐·崔珪《鸿门行》:"此曲不可终,曲终泪如雨。"(一作袁璘诗。)

唐·祖泳《汝坟秋同仙州王长史翰闻百舌鸟》:"留听未终曲,弥合心独悲。"

唐·王昌龄《琴》:"高宴未终曲,谁能辨经纶。"

又《夏日花萼楼酬宴应制》:"雾晓筵初接,宵长曲未终。"

唐·常建《高楼夜弹筝》:"曲度犹未终,东峰霞半生。"

唐·李白《东武吟》:"闲作东武吟,曲尽情未终。"

唐·杜甫《岁晏行》:"万国城头吹画角,此曲哀怨何时终。"

1583. 曲终人不见

唐·钱起《省试湘灵鼓瑟》:"曲终人不见,江上数峰青。"这是结句。写湘灵鼓瑟,瑟曲悠扬。曲终之后,鼓瑟人(还应包括起舞者冯夷)杳无形迹,极目搜寻,唯有数座青翠的山峰矗立于江水之中。全诗亦如湘灵鼓瑟戛然而止。想象独特,构思奇巧,意境空灵,给人留下了无穷的余味。

唐玄宗天宝九年(一说天宝十年)钱起参加进士考试的省试,主考李暐从《楚辞·远游》的"使湘灵鼓瑟兮,今海若舞冯夷"句中取意命题《湘灵鼓瑟》。钱起的《省试湘灵鼓瑟》一诗,深受主考的赞许,于是登进士第。明人王世贞《艺苑卮言》评此诗为"亿不得一"的省试佳作。而其结句笔锋陡转,曲终不见鼓瑟人,唯见青峰耸立,静谧之中,余音回响,意蕴无穷,足成千古绝唱,有如神来之笔。在唐代就产生了"神助"之说。《旧唐书·钱徽传》载:钱起赴考,于客舍中月夜独吟,忽闻院中有人吟"曲终人不见,江上数峰青"二句,出看无人,以为鬼怪,至考试时,遂将此"鬼谣"作落句。《郡斋读书志》卷四上《钱起诗二卷》亦云:"右唐钱起吴郡人,天宝中举进士。初从乡荐,客舍月夜,闻人哦于庭曰:'曲终人不见,江上数峰青。'起摄衣从之,无所见矣。及就试,诗题乃《湘灵鼓瑟》也。起即以鬼谣十字为落句。主文李暐深嘉之,擢高第。"传说无稽,倒可以说明此二句的魅力。如寻求句源,晋代有个故事令人玩味。晋代的桓伊善于吹笛,一日过清溪,王徽之在泊舟,对桓伊说:"闻卿善吹笛,请为我一奏。"伊下车,据胡床,三弄而去。一曲已终,其人不见,惟闻飘空嘹亮之音而已。唐人赵嘏《闻笛》诗:"曲罢不知人在否,余音嘹亮尚飘空。"即直用其事。

"曲终人不见"句,后人多有评价。清代艺术评论家李渔《窥词管见》评论诗词结句时说:"如怀人、送客、写忧、寄慨之词,自首至终,皆诉凄怨,其结句独不言情,而反述眼前所见者,皆状无可奈何之情。谓思之无益,留之不得,不若且顾目前;而目前无人,止有此物。如'心事竟谁知,月明花满枝''曲终人不见,江上数峰青'之类是也。此等结法最难,非负雄才具大力者不能。"又说:"闱中阅卷亦然,盖主司之取舍,全定于终篇之一刻,'临去秋

波那一转',未有不令人销魂欲绝者也。"这或许就是钱起凭二结句以中试官之缘由吧。朱光潜先生1935年在《中学生》12月号上发表《说"曲终人不见,江上数峰青"》一文,评此句为表现永恒静穆境界的范例。同年,鲁迅先生在《题未定草》之七反驳说,此诗:"虽不失为唐人的好试贴,但末两句也许并不怎么神奇。"这一评价似有失当。之后,朱自清也写了《再论"曲终人不见,江上数峰青"》,依据清人沈德潜《唐诗别裁集》中"远神不尽"的评语,评断此句"余音不绝""词气不竭",这是中肯的。

《省试湘灵鼓瑟》本是写虚,宋·苏轼却用来写实。他的一首《江神子》,题作《江景》,又有题作《湖上与张先同赋时闻弹筝》,其下阕为:"忽闻江上弄哀筝,苦含情,遣谁听?烟敛云收,依约是湘灵。欲待曲终寻问取,人不见,数峰青。"宋神宗熙宁五年至七年间(1072—1074年),苏轼在杭州任通判,一日与80多岁的老词人张先同游西湖,作此词。湖上一位满腹哀怨的弹筝女子,引起了作者的关注,欲待曲终寻问清楚,可人已不见了。近似白居易偶遇琵琶女,可又实实虚虚。此事亦传为佳话,词也因而为人传诵。南宋·张邦基《墨庄漫录》卷一载:"东坡在杭州,一日,游西湖,坐孤山竹阁前临湖亭上。时二客皆有服,预焉。久之,湖心有彩舟,渐近亭前。靓妆数人,中有一人尤丽,方鼓筝,年且三十余,风韵娴雅,绰有态度。二客竞目送之。曲未终,翩然而逝。公戏作长短句云云。"同游人不提张先,只说"二客","二客"为谁?清人郑文焯《手批东坡乐府》引宋人袁文《瓮牖闲评》卷二:"坡倅杭日,与刘贡父兄弟游西湖。忽有一女子驾小舟而来,见东坡,自言:少年景慕高名,以在室无由得见。今已嫁民妻,闻公游湖,不避罪而来。善弹筝,愿献一曲,辄求小词,以为终身之荣,可乎?东坡不能却,援笔赋此词与之。"这后者所记,杜撰痕迹明显:其一《江神子》词结句与所遇实情不合,其二刘贡父兄弟刘敞刘攽,苏东坡到任杭州,刘敞已死去四年了。不管怎样,总是说明苏轼使"湘灵"回到了现实,"曲终人不见"又增加新的意味。

杜文澜《憩园词话》卷一说:"诗之幽瘦者,宋人均以入词。如'曲终人不见,江上数峰青'一联,秦少游直录其语。"所谓"幽瘦"虽不确切,以诗句入词倒是事实,不仅秦观,前边还有滕子京:

宋·滕子京《临江仙》下阕:"帝子有灵能鼓

瑟,凄然依旧伤情。微闻兰芝动芳馨。曲终人不见,江上数峰青。"

宋·秦观《临江仙》(千里潇湘接蓝浦)下阕:"独倚危樯情悄悄,遥闻妃瑟泠泠,新声含尽古今情。曲终人不见,江上数峰青。"

"曲终"是一种特定的情境,"曲终"句都在描述曲终之后发生的事情,产生的心态,"曲终"句始于汉乐府《鸡鸣歌》:"曲终漏尽严具陈,月没星稀天下旦。"其后:

南朝·梁·何逊《铜雀妓》:"曲终相顾起,日暮松柏声。"

南朝·梁·何敬容《咏舞诗》:"曲终情未已,含睇目增波。"

唐·岑参《秋夕听罗山人弹三峡流泉》:"曲终月已落,惆怅东斋眠。"

唐玄宗李隆基《春中兴庆宫酺宴》:"曲终酣兴晚,须有醉归人。"

唐·独孤及《初晴抱琴登马退山对酒望远醉后作》:"曲终余亦酣,起舞山水前。"

唐·元季川《登云中》:"惆然歌采薇,曲尽心悠悠。"

唐·王无竞《铜雀台》:"高台奏曲终,曲终泪横落。"

唐·刘商《铜雀妓》:"曲终情不胜,阑干向西哭。"

唐·李白《东武吟》:"闲作东武吟,曲尽情未终。"

唐·刘禹锡《观拓枝舞二首》:"曲尽回身处,层波犹注人。"

又《冬夜宴河中李相公中堂命筝歌送酒》:"翠蛾发清响,曲尽有余味。"

又《伤秦姝行》:"曲终意尽韵不足,余思悄绝愁空堂。"

又《竞渡曲》:"曲终人散空愁暮,招屈亭前水东注。"

唐·白居易《琵琶行》:"曲终收拨当心画,四弦一声如裂帛。"

唐·白行简《夫子鼓琴得其人》:"曲终情不尽,千古仰知音。"

唐·刘轲《玉声如乐》:"曲终无异听,响极有余情。"

唐·张祜《笙》:"曲罢不知处,巫山空夕阳。"

唐·许浑《听歌鹧鸪辞》:"转响碧霄云驻影,曲终清漏月沉晖。"

又《猴山庙》:"曲终飞去不知处,山下碧桃春自开。"(鹤飞)

又《闻歌》:"曲尽不知处,月高风满城。"

唐·李德裕《桂花曲》:"曲终却从仙宫去,万户千门空自明。"

唐·无名氏《琵琶》:"曲终调绝忽飞去,洞庭月落孤云归。"

宋·王琪《句》:"谁将水调歌秋雁,不遣君王待曲终。"

宋·程武《清平乐》:"曲终满院春闲,清罇移上眉山。"

宋·王学文《摸鱼儿》(送汪水云之湘):"悲弦易绝,奈笑罢罾生,曲终愁在,谁解寸肠结。"

宋·易少夫人《临江仙》(咏熟水话别):"只悲曲终人不见,歌声且为迟迟。"

清·黄景仁《忆秦娥》:"曲终数点烟鬟没,此间自古离愁窟。"意为曲终人杳,神女隐于湘水之中。这里自古就是产生离愁之地。

1584. 曲终人远

宋·贺铸《望湘人》(春思):"须信鸾弦易断,奈云和再鼓,曲终人远。认罗袜无从,旧处弄波清浅。"用《省试湘灵鼓瑟》意,写离人远去,难觅行踪。"曲终人远"是"曲终人不见"的变式。"曲终"多引申为欢聚欢会终了。还有"人去""人散""人醉",句式相同。

宋·张炎《声声慢》(题奚梦窗遗笔):"回首曲终人远,黯消魂,忍看朵朵芳云。"

宋·朱敦儒《减字木兰花》:"曲终人醉,多似浔阳江上泪。万里东风,国破山河落照红。"

宋·高观国《忆秦娥》(舟中书事):"余音袅袅留余欢,双鸳飞处传情难;传情难,曲终人去,愁寄湖山。"

清·孔尚任《桃花扇》第二十五出尾诗:"曲终人散日西斜,殿角凄凉自一家。"

清·戚蓼生《红楼梦》戚序本第五回批语词:"曲终人散有谁留?为甚营求,只爱蝇头。"

今人阚家蓂《满庭芳》(赴北美浙大校友年会后,有不胜今昔之感,并承曾珏师赐赠佳章,赋此以报):"叹卅年踪迹,异域争筹,恰似孤鸿冥冥,烟波渺,遥唤扁舟。空怀感,曲终人散,望断碧天秋。"

1585. 江上数峰青

钱起《省试湘灵鼓瑟》:"曲终人不见,江上数峰青。"数座山峰在江边屹立,如异峰突兀而起,诗至此却戛然而上,意与境浑然作合,余味融融。"江峰"是山与水的掩映烘托。水无论是平稳洪流,还是狂澜大波,都以动陪衬江上山峰之静,而江流东去,巨峰入云,奇景怡人。唐代画家祁岳就作过"江峰"图。岑参《送祁乐归河东》诗写:"有时忽乘兴,画出江上峰。"就是述说祁乐(岳)这种画的。古代"江峰"画并不少见。而"江上峰"入诗,最早的则是岑参。钱起《江行无题一百首》诗:"引愁天末去,数点暮山青。"应是"数峰青"的同义语,然而却没有"江上数峰青"那么强大的艺术魅力。

早于钱起的严武在《巴江喜雨》诗中写过"一峰青":"江边万木大半绿,天外一峰无限青。"其后李郢用其句:《赠刘郎中》:"湘渚雪晴孤鹤唳,锦江云尽一峰青。"后人有写"千峰""三十六峰""七十二峰"者。

唐·吴融《富春》:"长川不是春来绿,千峰倒影落其间。"

五代·李建勋《留题爱敬寺》:"空为百官首,但爱千峰青。"

宋·释重显《晦迹自贻》:"图画当年爱洞庭,波心七十二峰青。"

宋·文彦博《送秘书刘监归嵩阳隐居》:"一任洛阳一白眼,且看三十六峰青。"

"江上数峰青",为许多后来文人所喜爱,可见名句的魅力。其形式有"江上数峰青""数峰青"及其种种变式,描绘青山的异景奇观,有些又含有青山遥隔的离情别绪。

唐·罗隐《春日忆湖南旧游寄庐校书》:"恩重匣中孤剑在,梦余江畔数峰青。"

宋·姚述尧《临江仙》(送使君刘显谟归三衢):"杖策翩然归去也,送行满座簪缨。尊前雨泪不胜情。曲终人散后,江上数峰青。"

宋·贺铸《潇湘雨·满庭芳》:"云容四敛,江上数峰青。"

宋·谢逸《西江月》:"饮罢留余意,曲终自有深情。归来江上数峰青,梅水横斜夜永。"

宋·张元干《南歌子》:"远树留残雪,寒江照晚晴。分明江上数峰青。倚槛旧愁新恨、一时生。"

宋·朱淑真《喜雨六首》:"江上数峰天外青,眼界增明快心腑。"嵌入"天外"二字,言其遥远。

金·赵可《望海潮》(赠妓):"渡鸭绿江远去,人如湘妃不见,只有江上数峰青。"妓即远去,用钱起句意喻如湘灵不见。

用"数峰青"的,不写"江上":

唐·皮日休《望虞亭》:"盘回曲洞数峰青,云护皇山一古亭。"

唐·齐己《塘上闲作》:"形影腾腾夕阳里,数峰危翠滴渔船。"

宋·张伯玉《遥题钱公辅众乐亭》:"安得凭阑纵吟笔,玉觞遥对数峰青。"

宋·曾巩《后常少留别业寄索酒因以奉招》:"芳草连门三径远,朝出临幌数峰青。"

宋·周邦彦《蓦山溪》:"楼前疏柳,柳外无穷路。翠色四天垂,数峰青、高城阔处。"

宋·张孝祥《浣溪沙》(洞庭):"行尽潇湘到洞庭,楚天阔处数峰青,旗梢不动晚波平。"

又《多丽》:"去国虽遥,宁亲渐近,数峰青处是吾州。"

宋·史深《玉漏迟》:"屏昼掩,屏上数峰青远。"

宋·赵闻礼《水龙吟》(水仙花):"幽韵凄凉,暮江空渺,数峰清远。"

宋·姜夔《点绛唇》(丁未过吴松作):"数峰清苦,商略黄昏雨。"清·朱祖谋《鹧鸪天》(九日丰宜门外过裴村别业):"凄迷南郭垂鞭过,清苦西峰侧帽窥。"用姜夔句写刘光第被杀,过其宅,满怀凄苦。

1586. 白云堆里乱峰青

宋·张方平《雨中登筹笔驿后怀古亭》:"深秀林峦都不见,白云堆里乱峰青。"雨中只见到在白云缭绕之中的青峰。换一"乱"字,不仅言"峰"之多,也写出远近高低、参差不整的"峰貌",这是"数峰青"的一种变式。其它变式也列入此条。

用"乱峰青"的:

唐·杨凌《秋原野望》:"夕阳天外云归尽,乱见青山无数峰。"青山因多而乱,"乱"字当出于此。

宋·刘筠《怀旧居》:"毛竹千丛蔽野亭,晓猿惊后乱峰青。"这是用"乱峰青"较早的。

宋·林景熙《宿台州城外》:"霜增孤月白,江截乱峰青。"

宋·陶弼《游龙洞访僧不遇留诗》:"斜阳过溪去,回首乱峰青。"

元·无名氏《驻马听》:"天空云净,夕阳江上乱峰青。"

1587. 日暮数峰青似染

唐·王建《江陵使至汝州》:"日暮数峰青似染,商人说是汝州山。"这是"江上数峰青"的一种变式,峰不一定在"江上",而其"青"似"染",就更浓更鲜了。"染"字极有创意。

宋·黄廷琇《琐窗寒》:"但凝眸、数点遥峰,春色如青染。"用王建句。

宋·刘辰翁《临江仙》(闲居感旧):"数峰青似染,快活早来晴。"直用王建句。

宋·高观国《八归》(重阳前二日怀梅溪):"秋浓,新霜初试,重阳催近,醉红偷染江枫。""染"红枫叶。

"江上数峰青"的其他变式:

唐·孟贯《春江送人》:"雨余沙草绿,云散岸峰青。"

宋·释显润《石屏》:"峭石状危屏,截断诸峰青。"

宋·释保暹《秋居言怀》:"终期拂衣去,江上有诸峰。"

宋·胡宿《津桥晚望》:"江云数峰里,山日半规红。"

宋·周邦彦《玉楼春》:"烟中列岫青无数,雁背夕阳红欲暮。"

宋·廖世美《烛影摇红》(题安陆浮云楼):"数峰江上,芳草天涯,参差烟树。"

宋·韩元吉《满江红》(再至丹阳,每怀务观,有歌其所致者,因用其韵示王季夷、章冠之):"暮雨不成巫峡梦,数峰还认湘波瑟。"

宋·张炎《烛影摇红》(隔窗闻歌):"已信仙缘较浅,谩凝思、风帘倒卷。出门一笑,月落江横,数峰天远。"

宋·姜个翁《霓裳中序第一》(春晚旅寓):"清江晚,绿杨归思,隔岸数峰出。"

宋·彭方远《满江红》(风前断笛平韵):"回首人间无此曲,数峰江上落余音。似断云、飞絮两悠悠,何处寻。"

宋·无名氏《西江月》(登城晚望):"柳外半篱绿水,烟中数笔青山,天涯流落岁将残,望断故园心眼。"

宋·无名氏《忆秦娥》:"明月江上,数峰凝碧。"

宋·无名氏《五羊仙》(步虚子令):"碧烟笼晓海波闲,江上数峰寒。佩环声里,异香飘落人间。"

明末·天随子(用唐陆龟蒙的号)《南乡子》(华亭吊古):"往事恨飘零,江上青山云自横。"青山白云依旧,古人业迹已成过去。

清·康熙皇帝玄烨《支硎山》:"想得雨余悬瀑布,飞流界破数峰青。""界破"取义唐诗,唐·徐凝《庐山瀑布》:"千古长如白练飞,一条界破青山色。"唐·曹松《送僧人入庐山》:"庐山瀑布三千仞,画破青霄始落斜。"

清末·王国维《点绛唇》:"数峰着雨,相对青无语。"

1588. 冯夷击鼓,女娲清歌

魏·曹植《洛神赋》:"冯夷击鼓,女娲清歌。"冯夷:河伯、水神。《楚辞》:"令海若,舞冯夷。"《海赋》:"冰夷倚浪以傲睨。"注:冰夷,水仙人也。郭璞云:冰夷,冯夷也。《搜神记》载:"冯夷,潼乡隄首人,以八月上庚日渡河死,上帝署为河伯。"曹赋写洛水女神出场,冯夷击鼓,女娲清唱。

唐·杜甫《美陂行》:"此时骊龙已吐珠(灯火),冯夷击鼓群龙趋,湘妃汉女出歌舞(美人歌舞),金支翠旗光有无(服饰艳丽)。"

1589. 何用写思,啸歌长吟

晋·阮籍《咏怀诗十三首》其四:"感往悼来,怀古伤今。生年有命,时过虑深。何用写思,啸歌长吟。"十三首尽用四言,大有《诗》风,以绘景抒怀为特点,极少写人叙事。所引为中间三韵,为此首抒怀之要旨。《晋书·阮籍传》述:"籍本有济世志,属魏晋之际,天下多故,名士少有全者,籍由是不与世事,遂酣隐为常。"而"感往悼来,怀古伤今"数句正涵概着对世事的认识,如何表达呢?"啸歌长吟"。"啸",撮口发出的悠长清越的声音,俗称"打口哨"。有的作为一种联络信号,如"啸聚",有的表示悠闲,如"啸傲东轩下"(陶渊明《饮酒》)。"啸歌""啸咏"则是吹奏某曲调,古已有之。《诗经·小雅·白华》:"啸歌伤怀,念彼硕人。"魏晋贤士喜"长啸",其中以阮籍为著名。《晋书·阮籍传》载:籍"嗜酒能啸,善弹琴。当其得意,忽忘形骸。"

南朝·宋·刘义庆《世说新语·栖逸》:"阮步兵啸闻数百步。"《世说新语·简傲》:籍"箕踞啸歌,酣放自若"。《晋书·阮籍传》又记:"籍尝于苏门山遇孙登,与商略终古及栖神导气之术,登皆不应。籍因长啸而退。至半岭,闻有声若鸾凤之音,响乎岩谷,乃登之啸也。"孙登是著名的隐士,二人以长啸相报,该是心心相通了。《晋书·石勒载记》:石勒十四岁时,随同乡到洛阳做生意,倚上车门长啸。恰巧被王衍看见,很是奇怪,对他的随员说:"刚才那个胡孩(雏),我听他的声音似有异志,将来恐怕要危害天下。"

"啸歌长吟"是表达某种思想情感的,如"长歌当哭",但"长啸"不一定是悲伤。阮籍《咏怀十三首》其三又写:"啸歌伤怀,独寐寤言。"对他来说"啸歌"主要抒发抑郁不平、嘲弄时事,是一种玩世不恭的声音。

晋人往往以"啸"抒情,诗中常写"啸歌""长啸""坐啸""苏门啸","啸"以表达悲愤、抑郁之心声,独具隐士之风。

用"啸歌"者:

唐·张说《至尉氏》:"夕次阮公台,啸歌临爽垲。"

唐·李白《赠张相镐二首》:"抚剑夜吟啸,雄心日千里。"

1590. 长啸入风飚

晋·陆机《拟兰若生春阳》:"美人何其旷,灼灼在云霄。隆想弥年月,长啸入风飚。""美人"代表美好的愿望。"长啸"而进入风飚之中,这是一种追求。

晋人与唐人用"长啸"最多。

晋·嵇康《赠秀才入军》:"心之忧矣,永啸长吟。"

又《四言诗》:"长啸清原,惟以告哀。"

晋·傅玄《放歌行》:"长啸泪雨下,太息气成云。"

晋·潘岳《河阳县作诗二首》:"长啸归东山,拥来耨时苗。"

晋·陆云《诗》:"逍遥近南畔,长啸作悲叹。"

晋·左思《咏史诗八首》:"长啸激清风,志若无东吴。"

唐·上官仪《酬薛舍人万年宫晚景寓直怀友》:"长啸披烟霞,高步寻兰若。"

唐·骆宾王《远使海曲春夜多怀》:"长啸三春晚,端居百虑盈。"

又《咏怀》:"阮籍空长啸,刘琨独未欢。"

唐·包融《阮公啸台》:"传是古人迹,阮公长啸处。"

唐·王昌龄《裴公书堂》:"窗下长啸客,区中无遗想。"

唐·王维《偶然作六首》:"孙登长啸台,松竹有遗处。"

又《自大散以往深林密竹磴道盘曲四五十里至黄牛岭见黄花川》:"静言深溪里,长啸高山头。"

唐·刘长卿《春过裴虬郊园》:"长啸高台上,南风冀尔闻。"

又《栖霞寺东峰寻南齐明征君故居》:"长啸辞明主,终身卧此峰。"

唐·李白《经乱后将避地剡中留赠崔宣城》:"任意上东门,胡雏更长啸。"用石勒事。

又《赠别王山人归布山》:"傲然遂独往,长啸开岩扉。"

又《送韩准裴政孔巢父还山》:"出山揖牧伯,长啸轻衣簪。"

又《赠清漳明府侄聿》:"长啸无一言,陶然上皇逸。"

又《邺中赠王大》:"投躯寄天下,长啸寻豪英。"

又《闻丹丘子于城北营石门幽居中有高凤遗迹仆离群远怀亦有栖遁之志因叙旧以寄之》:"以兹谢朝列,长啸归故园。"

又《游秋浦白笴陂二首》:"白笴夜长啸,爽然溪谷寒。"

又《登黄山凌歊台送族弟漂阳尉济充泛舟赴华阴》:"送君登黄山,长啸倚天梯。"

又《酬崔五郎中》:"长啸出原野,凛然寒风生。"

又《酬岑勋见寻就元丹丘对酒相待以诗见招》:"对酒忽思我,长啸临清飚。"用陆机"入风飚"句。

又《游泰山六首》:"天门一长啸,万里清风来。"

唐·杜甫《赠秘书监江夏李公邕》:"长啸宇宙间,高才自陵替。"

又《次空灵岸》:"可使营吾居,终焉托长啸。"

又《春日梓州登楼二首》:"应须理舟楫,长啸下荆门。"

又《寄司马山人十二韵》:"长啸峨嵋北,潜行玉垒东。"

又《公安县怀古》:"维舟倚前浦,长啸一含情。"

唐·韦应物《义演法师西斋》:"长啸倚庭树,怅然川光暝。"

又《答刘西曹》:"长啸举清觞,志气谁与俦?"

又《重九登滁城楼忆前岁九日归沣上赴崔都水及诸弟宴集凄然怀旧》:"楼中一长啸,恻怆起凉飔。"

又《龙门游眺》:"长啸招远风,临潭漱金碧。"

又《羲演法师西斋》:"长啸倚亭树,怅然川光暝。"

又《南园》:"顿洒尘喧意,长啸满襟风。"

又《题郑弘宪侍御遗爱草堂》:"长啸攀乔林,慕兹高世躅。"

唐·朱湾《七贤庙》:"长啸或可拟,幽琴难再听。同心不共世,空见薜门青。"

唐·武元衡《赠歌人》:"曾逐使君歌舞地,清声长啸翠眉颦。"

唐·元稹《酬乐天江楼夜吟稹诗因成三十韵》:"阮籍惊长啸,商陵怨别弦。"

唐·许浑《寻周炼师不遇留赠》:"夜棋全局在,春酒半壶空。长啸倚西阁,悠悠名利中。"

又《旅夜怀远客》:"独此一长啸,故人天际行。"

唐·贯休《赠钟陵陈处士》:"高吟千首精怪动,长啸一声天地开。"

1591. 莺声随坐啸

唐·岑参《陪使君早春东郊游眺》:"莺声随坐啸,柳色换行春。"游人坐啸同莺声伴和。"坐啸"不同于"长啸",有些句含轻松愉悦情绪,此即一例。也有自在、隐遁意。

又《过梁州奉赠张尚书大夫公》:"坐啸风自调,行春雨仍随。"

唐·张说《和尹懋秋夜游灉湖》:"坐啸人事闲,佳游野情发。"首用"坐啸"于诗中。

又《赠赵侍御》:"坐啸予多暇,行吟子独善。"

唐·崔颂《和张荆州九疑晨出郡舍林下》:"坐啸应无欲,宁辜济物清。"

唐·储光羲《晚次东亭献郑州宋使君文》:"褰

帷乃仍旧,坐啸非更张。"

唐·钱起《送万兵曹赴广陵》:"楚城将坐啸,郢曲有余悲。"

又《送族侄赴任》:"坐啸帷应下,离居月复圆。"

又《送李兵曹赴河中》:"黎人思坐啸,知子树佳声。"

又《寄郢州郎士元使君》:"坐啸看潮起,行春送雁归。"

又《送卫功曹赴荆南》:"定想褰帷政,还闻坐啸声。"

唐·刘禹锡《春日寄杨八唐州二首》:"高斋有谪仙,坐啸清风起。"

1592. 敢为苏门啸

唐·杜甫《上后园山脚》:"敢为苏门啸,庶作梁父吟。""苏门啸"即指阮籍在苏门山同孙登以啸答啸的典故,"苏门啸"为隐者之啸,"梁父吟"为高士之吟。反映了在"后园山脚"作者的情怀。

"苏门啸"常表现隐者的气质与风度或行为。

唐·韩翃《送李浥下第归卫州便游河北》:"莫嗟太常屈,便入苏门啸。"

唐·元稹《酬独孤二十六送归通州》:"尝希苏门啸,讵厌巴树猿。"

唐·白居易《秋池独泛》:"严子垂钓日,苏门长啸时。悠然意自得,意外何人知。"

宋·林逋《中峰》:"自爱苏门啸,怀贤思不群。"

宋·张方平《蝉》:"缑岭余音远,苏门清啸长。"

宋·韩维《送门客李秀才赴省试》:"壮岁雄图当自勉,未应长啸入苏门。"(注:苏门山,召之旧隐存焉)

宋·司马光《苏门先生》:"长啸苏门石,行藏世莫知。"

1593. 为君啸一曲

唐·王昌龄《留别岑参兄弟》:"为君啸一曲,且莫弹管篌。""啸一曲"即"啸歌",口哨乐曲。单用"啸"字,又如:

唐·田游岩《弘农清岩曲有盘石可坐宋十一每拂试待余寄诗赠之》:"风来应啸阮,波动可琴嵇。"

唐·储光羲《田家杂兴八首》："夜夜登啸台，南望洞庭渚。"

又《题崔山人别业》："东岭或舒啸，北窗时讨论。"

1594. 抬望眼,仰天长啸

宋·岳飞《满江红》（写怀）："怒发冲冠，凭栏处、潇潇雨歇。抬望眼，仰天长啸，壮怀激烈。"抬眼仰望昊天，长啸以抒怀，激扬豪壮。这是一种请战求胜的将军气概。

元·李致远《喜春来·秋夜》："惊睡鹤，长啸仰天高。"写鹤啸长空。

1595. 阳春无和者,巴人皆下节

晋·张协《杂诗》之五："瓴甋夸珉瑶，鱼目笑明月。不见郢中歌，能否居然别。阳春无和者，巴人皆下节。流俗多昏迷，此理谁能察。"《阳春》与《巴人》是两种品位的歌曲。《文选》卷四十五战国楚·宋玉《对楚王问》："客有歌于郢中者，其始曰《下里》《巴人》，国中属而和者数千人；其为《阳阿》《薤露》，国中属而和者数百人；其为《阳春》《白雪》，国中属而和者，不过数人而已。是其曲弥高，其和弥寡。"唐·李周翰注："《下里》《巴人》，下曲名也；《阳春》《白雪》，高曲名也。"曲调越高雅，能唱和的人也就越少，这就是"曲高和寡"的故事。张协诗说土砖夸耀美玉，鱼目嘲笑明珠，就如郢中歌，能不能确当区分高下；阳春高雅难和，而巴人则为下品，以喻卑微之人不应自不量力而蔑视品格与才华高尚的人。后人用"阳春"除了表示品格高尚，也喻诗作不凡或曲调高雅。

唐·杨炯《和刘长史答十九兄》："懦夫仰高节，下里继阳春。""阳春"喻十九兄之"高节"，"下里"自喻。

唐·骆宾王《咏雪》："幽兰不可俪，徒自绕阳春。"借指白雪。

又《蓬莱镇》："赖有阳春曲，穷愁且代劳。"依高歌而解忧。

唐·刘希夷《春女行》："春女颜如玉，怨歌阳春曲。"指春女怨歌。

唐·魏奉古《奉酬韦祭酒偶游龙门北溪忽怀骊山别业因以言志示弟淑奉呈诸大僚之作》："阳春和已寡，扣寂竟徒然。"代书之诗作。

唐·孟浩然《送崔遏》："江山增润色，词赋动阳春。"称道崔的文采过人。

唐·李白《对雪奉钱任城六父秩满归京》："燕歌落胡雁，郢曲回阳春。"钱行诗动人。

又《答杜秀才五松见赠》："登崖独立望九州，阳春欲奏谁相和。"叹无知己。

又《答王十二寒夜独酌有怀》："晋君听琴枉清角，巴人谁肯和阳春？"伤怀才不遇。

唐·高适《同吕员外酬田著作幕门军宿盘山秋夜作》："白发知苦心，阳春见佳境。"称田著作诗好。

又《同吕判官从歌舒大夫破洪济城回登积石军多福七级浮图》："一歌阳春后，三叹终自愧。"吕判官诗好，自愧不如。

唐·钱起《紫参歌》："蓬山才子怜幽性，白云阳春动新咏。"称校书刘公咏紫参诗写得好。

又《山中寄时校书》："蓬莱紫气温如玉，唯予知尔阳春曲。"独知时校书诗名。

又《送李四擢第归觐省》："齐唱阳春曲，唯君金玉声。"代应考之作，唯李四得中。

又《美杨侍御清文见示》："初见歌阳春，韶光变枯木。""赞扬之清文"化朽出新。

唐·窦常《酬舍弟牟秋日洛阳官舍寄怀十韵》："忽报阳春曲，纵横恨不如。"称窦牟诗好。

唐·李端《和李舍人直中对月见寄》："盈手入怀皆不见，阳春曲丽转难酬。"称"直中对月"诗。

唐·武元衡《安邑里中秋怀寄高员外》："雄词封禅草，丽句阳春曲。"称高员外诗。

唐·权德舆《奉和李相公早朝于中书候传点偶书所怀奉呈门下相公中书相公》："阳春那敢和，空此咏康哉。"称李相公呈门下、中书二相公诗。

又《奉和新卜城南郊居得与卫右丞邻因赋诗寄赠》："千年郢曲后，复此闻阳春。"称奉和的于司空诗作。

唐·令狐楚《奉和仆射相公酬忠武李相公见寄之作》："白头老尹三川上，双和阳春喜复惊。"称两位相公唱和诗。

唐·杨嗣复《赠毛仙翁》："搜奇缀韵和阳春，文章不是人间语。"和毛仙翁之雅作。

唐·鲍溶《悼豆卢策先辈》："唯有阳春曲，永播清玉德。"称豆之遗作亦即称其为人。

唐·唐彦谦《樊登见寄四首》："醉来拔剑歌，字字皆阳春。"称樊登赠诗。

唐·黄滔《酬杨学士》："阳春唱后应无曲，明

月圆来别是珠。"称杨学士诗。

宋·王禹偁《为宰臣谢赐御制歌诗表》:"台衡宸扆之铭彼何肤浅,白雪阳春之句空衔清新。"以"白雪阳春"烘托"御制歌诗"。

宋·晏殊《山亭柳》(赠歌者):"若有知音见采,不辞唱遍阳春。"愿为知音者遍唱美词。

明·崔时佩《西厢记·琴心写恨》:"高山流水千年调,白雪阳春万古情。"寻找知音与同调。

1596. 阳春一曲和皆难

唐·岑参《奉和中书舍人贾至早朝大明宫》:"独有凤凰池上客,阳春一曲和皆难。"贾至为"中书舍人",所以称他为"凤凰池上客"。"阳春一曲"指贾至的《早朝大明宫呈两省僚友》一诗,诗中有"千条弱柳垂青琐,百啭流莺绕建章"这样的名句。岑参称此诗"和皆难",是对贾至诗的赞誉,也含自谦之意。

"阳春一曲"这种句型,指一首优美的歌或一支优美的曲。

唐·权德舆《和李中丞慈恩寺清上人牡丹花歌》:"花间一曲奏阳春,应为芬芳比君子。"

宋·晏殊《蝶恋花》:"龟鹤命长松寿远,阳春一曲情千万。"

又《燕归梁》:"阳春一曲动朱弦,斟美酒,泛觥船。"

宋·管鉴《酒泉子》:"阳春一曲唤愁醒,可惜无人歌此曲。"

元·卢挚《朱履曲·雪中黎正卿招饮赋此五章命杨氏歌之》:"一曲阳春助清绝,便章台街闲信马,曲江岸误随车,且不如竹窗深闲听雪。"

1597. 清歌一曲翠眉攒

宋·晏殊《望仙门》:"玉池波浪碧如鳞,露莲新。清歌一曲翠眉攒,舞华茵。""清歌"无伴奏歌或清亮的歌。这里是池边祝寿歌。

宋·欧阳修《定风波》:"暗想浮生何时好,唯有、清歌一曲倒金尊。"用"清歌一曲"。

1598. 郢客吟白雪,遗响飞青天

唐·李白《古风》(第二十一):"郢客吟白雪,遗响飞青天。徒劳歌此曲,举世谁为传?试为巴人唱,和者乃数千。吞声何足道,叹息空凄然!"以"吟白雪"与"唱巴人"作对比,突出"曲高和寡"之

意,抒自己空怀高才却难遇知音的苦闷、困顿之情。

用《白雪》远比用《阳春》少。

唐·李白《翰林读书言怀呈集贤诸学士》:"青蝇易相点,白雪难同调。"自喻人格高尚,很少有人了解他。意近《古风》。

又《酬裴侍御留岫师弹琴见寄》:"鼓琴乱白雪,秋变江上春。"琴音之美与《白雪》难分了。

唐·薛涛《酬文使君》:"今日谢庭飞白雪,巴歌不复旧阳春。"文使君之诗,如今日之《白雪》,为古代《阳春》所不如。

元·卢挚《蟾宫曲·辛亥正月十日游胡仲勉家园》:"唱白雪新声,阿娇,万两金一刻春宵。"后一句用苏轼《春宵》中"春宵一刻值千金,花有清香月有阴"句。

1599. 白雪阳春色醉后歌

元·曾瑞《喜春来·阅世》:"佳章软语醒时和,白雪阳春醉后歌,簪花饮酒且婆娑。"写一"阅世"者醒时和诗、醉后高歌的与世无涉的心态。"白雪阳春",是高雅的歌曲。

元·商衟《劝调·风入松》:"玉人座上娇如许,低低唱白雪阳春。""白雪阳春"指歌妓在席上唱的感人歌曲。

1600. 曲高弥寡和

唐·张说《酬崔光禄冬日述怀赠答》:"忽枉崔烟什,兼流韦孟词。曲高弥寡和,主善代为师。"用《对楚王问》:"是其曲弥高,其和弥寡。"称崔光禄《圣日述怀》诗作高雅。

"曲高和寡"在诗中除写音乐高雅、诗歌拔萃,也喻品格高尚。

唐·独孤及《喜辱韩十四郎中书兼封近诗示代书题赠》:"长跪读书心暂缓,短章投我曲何高。"称韩十四"近诗"为佳作。

唐·郎士元《酬萧二十七待御初秋言怀》:"曲高渐和者,惆怅闭寒城。"称《初秋言怀》诗作。

唐·耿湋《酬张少尹秋日凤翔西效见寄》:"闲吟寡和曲,庭叶渐纷纷。"赞张少尹诗如《阳春白雪》。

唐·杜牧《奉和门下相公送西川相公兼领相印出镇全蜀诗十八韵》:"唱高知和寡,小子斐然狂。"称门下相公《送西川相公》诗。后句用《论语·公冶长》"吾党之小子狂简,斐然成章"语。

唐·李商隐《江亭散席循柳路吟》:"寡和真徒尔,殷忧动即来。"自伤不遇。

魏·阮瑀《筝赋》:"曲高和寡,妓伎难工;伯牙能琴,于兹为朦。""曲高和寡"定型于此。

1601. 古调虽自爱,今人不多弹

唐·刘长卿《听弹琴》:"泠泠七弦上,静听松风寒。古调虽自爱,今人多不弹。"听七弦琴弹奏《风入松》之类古曲,有感于人们多不弹古调;古调重弹,很高兴。

又《客舍赠别韦九建赴任河南韦十七造赴任郑县就便觐省》:"清琴有古调,更向何人操。"亦感古调不为人喜爱。

"古调重弹""旧调重弹"成语,表示重做过的事。

1602. 西出阳关无故人

唐·王维《送元二使安西》:"渭城朝雨邑轻尘,客舍青青柳色新。劝君更尽一杯酒,西出阳关无故人。""渭城"即长安西北、渭水北岸的秦都咸阳古城,唐代多在此送西行者。王维此诗写送友人元二从渭城客舍出发去安西(唐安西都护府——今新疆库车龟兹城)这是著名的饯行诗,言也谆谆,情也切切,送别之亲切、诚恳、真挚,一千二百多年来,不知感染过多少读者,具有不朽的魅力。"劝君更尽一杯酒,西出阳关无故人。"不知后来多少文人每当饯行话别的时候,都浮现它的韵律,涌发它的情感,应用它,歌唱它,借此语以抒离情。

南朝·梁·沈约《别范安成》已写到尊酒送别:"生平少年日,分手易前期。及尔同衰暮,非复别离时,勿言一尊酒,明日难重持。梦中不识路,何以慰相思。"这是一首感人的别诗,大意是:青年时代离别还可以预期重逢,而今已同入暮年,现在一杯别酒,明天就再难持杯了,寄托梦中相会,又不知路途,也无法藉慰相思。此诗同"送元二"诗情景不一样。何焯《三体唐诗评》则以为王维的"欢君更尽一杯酒"是从沈约的"莫(勿)言一尊酒,明日难再持"句化来。

"阳关",古关名,是古代通往西域的要道,丝绸之路的通道,遗址在今甘肃省敦煌市西南。《元和郡县志》说因为在玉门关之南,所以称阳关。"阳关"入诗最早的是北周庾信《重别周尚书》:"阳关万里道,不见一人归。"

唐·刘长卿《晚泊湘江怀故人》:"万里无故人,江鸥不相识。""万里无故人"恰是王维"无故人"预言在这里成了事实。

唐·戴叔伦《送友人东归》:"万里杨柳色,出关送故人。"(一作方干《送卢评事东归》诗)从王维句化出,"关"不是阳关,是长安城关。

初唐人用"阳关"多表示戍边、宦游、远行相距之遥远,"阳关"多不实指。

唐·崔湜《折杨柳》:"那堪音信断,流涕望阳关。"

唐·骆宾王《久戍边城有怀京邑》:"陇坂肝肠绝,阳关亭候迁。"

又《畴昔篇》:"阳关积雾万里昏,剑阁连山千种色。"

唐·沈佺期《春闺》:"边愁离上国,春梦失阳关。"

唐·李昂《从军行》:"春云不变阳关雪,桑叶先知胡地秋。"

唐·王维《送平澹然判官》:"不识阳关路,新从定远侯。"

又《送刘司直赴安西》:"绝域阳关道,胡沙与塞尘。"

唐·耿沣《送王将军出塞》:"汉家边事重,窦宪出临戎。绝漠秋山在,阳关旧路通。"

又《陇西行》:"雪下阳关路,人稀陇戍头。"

唐·许棠《塞下二首》:"安西虽有路,难更出阳关。"

宋以后多用王维的"西出阳关"句。

宋·黄庭坚《题阳关图》:"断肠声里无形影,画出无声亦断肠。想得阳关更西路,北风低草见牛羊。"宋·黄童《卜算子》(和思宪兄弟韵):"何事值花时,又是匆匆去。过了阳关更向西,总是思兄处。"用黄庭坚句。

宋·万俟咏《昭君怨》:"谩记阳关句,衣上粉啼痕污。陇水一分流,此生休。""阳关句"指"西出阳关无故人"句。

宋·葛郯《念奴娇》:"阳关西路,看垂阳客舍,嫩浮波縠。"

宋·赵师侠《酹江月》(丙午螺川):"回首重城天样远,人在重城深处。惜别愁分,凝睛有泪,寄阳关句。"

宋·姜夔《琵琶仙》:"想见西出阳关,故人初别。"

宋·吴潜《水调歌头》(奉别诸同官):"便作阳关别,烟雨暗孤汀。"

宋·李曾伯《沁园春》(乔宾王有和再用韵):"溟翼上之,冀群空矣,自此阳关无故人。"

宋·李昴英《贺新郎》(钱广帅马方山赴召):"写出阳关离别恨,看一行、雁字斜飞界。"

宋·柴望《阳关三叠》(庚戌送何师可之维扬):"立尽江头月,奈此去、君出阳关,纵有明月,无酒酌故人。奈此去、君出阳关,明朝无故人。"

宋·张炎《忆旧游》(寓毗陵有怀澄江旧友):"渺然望极来雁,传与异乡春。尚记得行歌:阳关西出无故人。"

又《摸鱼子》(别处梅):"叹西出阳关,故人何处?愁在渭城柳。"

宋·黄子行《满江红》(归自湖南题富春馆):"津鼓匆匆,犹记得、故人相送。春江上、乌啼花影,马嘶香鞯。情逐阳关金缕断,泪和杨柳春丝重。"

1603. 阳关三叠重情伤

宋·洪适《望江南》(再作):"曲水一觞今意懒,阳关三叠重情伤,离恨落花当。"《宋史》载:洪皓使金,被羁留十五年始归,宋高宗誉他"虽苏武不能过"。其子洪适、洪遵、洪迈被称作"三洪文名满天下"。洪适为长,十三岁因其父被羁,即持家。后为官正直,晚年辞官,家居十六年。此《望江南》共二首,都是答"徐守"的,写自鄱阳故里。此数句,述怀思旧友(徐守)的。始用"阳关三叠"。

明·李东阳《怀麓堂诗话》云:"作诗不可以徇辞,而须以辞达意,可歌咏则可以传。王摩诘'阳关无故人'之句,盛唐以前所未道。此辞一出,一时传诵不足,至为三叠歌之。后之咏别者,千言万语,殆不出其意之外。必如是,方可谓之达耳。""为三叠歌之"至少在中唐以后,乐府以此诗入谱,成为流行歌曲,名《阳关三叠》。晚唐白居易《对酒五首》:"相逢且莫推辞醉,听唱阳关第四声。"自注:第四声即"劝君更尽一杯酒"。说明已有"叠唱"。宋·黄大临《青玉案》:"故人近送旌旗暮,但听阳关第三句,欲断离肠余几许。"这"第三句"即"第四声"。晚唐张祜《听歌二首》:"不堪昨夜先垂泪,西去阳关第一声。""西出阳关无故人"的"第一声"(尚未叠唱)已"垂泪"。其后,李商隐《饮席戏赠同舍》:"唱尽阳关无限叠,半杯松叶冻颇黎。"就

"三叠"而夸张之。宋·李清照《凤凰台上忆吹箫》:"休休,这回去也,千万遍阳关,也即难留。"类李商隐"无限叠"。"千万遍"也是对唱"阳关曲"(王维诗又名)的夸张表现法。五代陈陶《西川座上听金五云唱歌》:"愿持厄酒更唱歌,歌是《伊州》第三遍。唱著右丞征戍词,更闻闺月添相思。"

那么,《阳关三叠》的唱法如何呢?这唱法或者说"叠法"似并不限于一种。

苏轼《东坡志林》有《论三叠歌法》云:"旧传《阳关》三叠,然今世歌者,每句再叠而已。若通一首言之,又是四叠,若非是也。或每句三唱,以应三叠之说,则丛然无复节奏。余在密州,有文勋长官以事至密,自云得古本阳关,其声宛转凄断,不类向之所闻,每句再唱,而第一句不叠。乃知唐本三叠盖如此。及在黄州,偶得乐天《对酒诗》云:'相逢且莫推辞醉,听唱阳关第四声。'注云:第四声'劝君更尽一杯酒',是也。以此验之,若一句再叠,则此句为第五声,今谓第四声,则第一名句不叠审矣。"可见《阳关三叠》唐代唱法,到北宋,人们已不甚了了。苏轼推断首句不叠,二、三、四句重唱。今人常教《〈渭城曲〉赏析》(1979年《语文学习》)举出两种唱法,一种如苏轼的推断,另一种是反复唱"西出阳关无故人"三遍。而彭见恒《关于"阳关三叠"唱法的补充》一文又举出两种唱法,一种是每句按七、五、三字各唱一遍,如:"渭城朝雨浥轻尘,客舍青青柳色新。劝君更尽一杯酒,西出阳关无故人。"再唱:"朝雨浥轻尘,青青柳色新。更进一杯酒,阳关无故人。"二唱:"浥轻尘,柳色新。一杯酒,无故人。"这样,叠唱方法就多了,都是不同形式的"三叠"。如果按重点句复唱规则,那么三、四两句反复三唱,也是一种三叠。凡"三叠",均感人至深。

宋以后,"阳关三叠"一语频频入词曲,表达依依钱别之情。

宋·晏几道《临江仙》:"渌酒尊前清泪,阳关叠里离声。""叠","三叠"之略语,受字数限制而略。

宋·王安中《木兰花》(送耿太尉赴阙):"征西镇北功成早,仗钺登坛今未老。尊前休更说燕然,且听阳关三叠了。"

宋·苏轼《和孔密州五绝》:"阳关三叠君须秘,除却甈西不解歌。"

宋·刘一止《临江仙》:"渭城柳色若为情,一

尊松竹底,三唱和秋声。""三唱"代"阳关三叠"。

宋·洪适《浣溪沙》(钱范子芬行):"未见两星添柳宿,忍教三叠唱阳关。相思空望会稽山。"

宋·范成大《夔州竹枝歌九首》:"当筵女儿歌竹枝,一声三叠客忘归。"叠唱"竹枝歌",非送别。其它歌也有叠唱,最动人的还是《阳关曲》,所以多写"阳关三叠"。

宋·赵长卿《浣溪沙》:"恻恻笙竽万籁风,阳关叠遍酒尊空。相逢草草别匆匆。"

宋·廖行之《点绛唇》(赠别李唐卿):"有底从人,上马皆东首。君知否? 阳关三奏,消黯情多少。"

宋·京镗《水调歌头》(次王运使韵):"秋意晚,风色厉,叶声干。阳关三叠缓唱,一醉且酡颜。""缓唱",不要急于唱别。

又《水龙吟》(次邛州赵守韵):"想征帆万里,阳关三叠,肠空断,人谁忆。"

宋·辛弃疾《鹧鸪天》(郑守厚卿席上谢余伯山用其韵):"梦断京华故倦游,只今芳草替人愁。阳关莫作三叠唱,越女须应为我留。"用其反意。

宋·赵善括《满江红》(饯京仲远赴湖北漕):"雨沐风梳,正梅柳、弄香逞色,谁忍听、送君南浦,阳关三叠。"

宋·程垓《南乡子》:"几日诉离尊,歌尽阳关不忍分。此度天涯真个去,销魂。相送黄花落叶村。""歌尽"即暗示"三叠"已毕。

宋·赵师侠《菩萨蛮》(梅林渡寄兴伯):"阳关三叠举,怨柳离情苦;何似莫来休,不来无许愁。"

宋·孙惟信《风流子》:"三叠古阳关,轻寒噤、清月满征鞍。"

宋·魏庭玉《贺新郎》(赠送行诸客):"阳关三叠徒劳耳,也何须、琵琶江上,掩青衫泪。"兼用白居易"青衫湿"句,说离别不必太动情。

宋·姚勉《沁园春》(送友人归蜀):"大丈夫不作,儿曹离别,何须更唱、三叠阳关。"取否定式。

宋·无名氏《苏幕遮》:"流水落花,不管刘郎到。三叠阳关声渐杳,断雨残云,只怕巫山晓。"

金·王特起《喜迁莺》(别内):"素秋晚,听阳关三叠,一尊相饯。"刘祁《归潜志》云:"王正之,少工词赋有声。晚年娶一侧室,留别一乐章《喜迁莺》,至今人传之。"

元·阿鲁威《折桂令·旅况》:"理征衣鞍马匆匆,又在关山,鹧鸪声中。三叠阳关,一杯鲁酒,逆旅新丰。"

元·刘庭信《折桂令》(忆别十二首):"想人生最苦离别,唱到阳关,休唱三叠。"

明·张红桥《念奴娇》:"三叠阳关歌未竟,城上栖乌催别。"

明·许邦才《平原道中答于麟送别》:"三叠阳关万行泪,春风处处有垂杨。"

宋·李清照《蝶恋花》(晚止昌乐馆寄姊妹):"泪湿罗衣脂粉满,四叠阳关,唱到千千遍。人道山长山又断,萧萧微雨闻孤馆。"词人去赵明诚莱州任,与姊妹别,途宿昌乐馆,作此抒惜别伤离之情。"四叠阳关"并非流行唱法,"四叠"指三句叠,四句叠,还是全诗叠? 据"唱到千千遍",只说明反复叠唱而已,未闻有定格。

1604. 听唱阳关第四声

唐·白居易《对酒五首》其四:"百岁无多时壮健,一春能几时清明。相逢且莫推辞酒,听唱阳关第四声。"《全唐诗》引注:"第四声'劝君更尽一杯酒,西出阳关无故人。'"这里的"第四声"是连唱三、四句,而不止是第三句。宋·郭茂倩《乐府诗集》第八十卷《近代曲辞》二:"渭城,一曰阳关,王维之所作也。本送人使安西诗,后遂被于歌。……白居易《对酒》诗云,'相逢且莫推辞酒,听唱阳关第四声。'阳关第四声,即'劝君更尽一杯酒,西出阳关无故人'也。"这里的"第四声"也是三、四两句,和苏轼的"第四声"仅为第三句不同,这样唱法也不一样了,按白居易的叠法,或是第一句不叠,第二句叠,已是三声唱了。唱三、四两句即是"第四声",再叠唱一次则是第五声。叠法不同,声数也会有差异,不过叠法毕竟不等于声数。白居易的"第四声",正是唱出了重点句,集中表达离情的诗句,所以这第四声,也为后来词曲中所用,表示劝酒惜别。

宋·苏轼《减字木兰花》(送别):"天台旧路,应恨刘郎来又去。别酒频倾,忍听阳关第四声。"

宋·谢逸《鹧鸪天》:"人似玉,酒如渑。入关喜气风生。坐中有客联镳去,谁唱阳关第四声。"

宋·刘仙翁《一剪梅》:"唱到阳关第四声,香带轻分,罗带轻分。"

宋·杨泽民《浪淘沙慢》:"暮天塞草烟阔,正乍湿轻尘。新晴后,泪泪清渭咽。闻西度阳关,风致全别。玉杯屡竭。思故人千里,唯同明月。扶上雕鞍还三叠,那堪第四声未歇。"

元·贯云石《金字经》:"蛾眉能惜,别离泪似倾,休唱阳关第四声。"用否定式。

元·刘时中《雁儿落过得胜令·送别》:"长亭,咫尺人孤零;愁听、阳关第四声。"

元·马谦斋《水仙子·燕山话别》:"玉骢且莫敲金镫,听阳关第四声。"

1605. 尊前谁为唱阳关

宋·王诜《忆故人》:"烛影摇向夜阑,乍酒醒、心情懒。尊前谁为唱阳关,离恨天涯远。"写一女子送亲人远去,醉后醒来,忆起尊前唱过的《阳关曲》,增加了天涯离恨。《阳关曲》即《送元二使安西》被传唱之后的又名、简名。此词由"西出阳关"之远,联想到亲人远去天涯,歌之离情与人之离情浓浓地融结,浑然一气,极具表现力。"唱阳关",不言叠与不叠、三叠四叠,即只说唱(或听),不说唱法,写唱阳关而痛远别,听阳关而伤别离。

宋·无名氏作《古阳关》词,对《阳关曲》作了括写。以诗入词,其中对原诗前二句为一阕,后二句为一阕,叠唱了二、三、四句(不全是原句)。这种不唱句的词,并不多见。如:

渭城朝雨,一霎浥轻尘。更洒遍,客舍青青。弄柔凝,千缕柳色新。更洒遍,客舍青青,千缕柳色新。

休烦恼,劝君更尽一杯酒,人生会少。自古富贵功名有定分,莫遣客仪瘦损。休烦恼,劝君更尽一杯酒,只恐怕、西出阳关,旧游如梦,眼前无故人。只恐怕,西出阳关,眼前无故人。

这位佚名词人的词或许也入乐传唱过,不过它不会广为流传,否则也不会佚名。

中唐诗人王表有诗《成德乐》写:"无端更唱关山曲,不是征人亦泪流。"这"关山曲"也十分感人,汉乐府《横吹曲》中有《关山月》,用横笛吹奏,主要表达戍边将士长期不返引发的离思,"阳关曲",则不限于征人,几乎可以用于一切远别。下边是"唱阳关"与"听阳关"句。

唐·白居易《晚春欲携酒寻沈四著作先以六韵寄之》:"敢辞携绿蚁,只愿见青娥。最忆阳关唱,真珠一串歌。"注:"沈有讴者,善唱西出阳关无故人词。"沈曾寄诗十余首,作者未暇回赠。此时作诗欲面晤。说听"青娥"唱阳关,也寄托怀友之思。到宋代写阳关曲的就多了。

宋·魏野《送唐肃察院赴阙兼呈府尹孙大谏》:"东郊祖帐惨西风,愁听阳关曲调终。"

宋·梅尧臣《依韵许主客北楼夜会》:"吟余陇首云初散,唱尽阳关露已寒。"

宋·张先《玉联环》(南邻夜饮):"西去阳关休问,未歌先恨。玉峰山下水长流;流水尽,情无限。""歌"即歌阳关。

宋·苏轼《江神子》(孤山竹阁送述古):"且尽一尊,收泪唱阳关。"

又《送顿起》:"佳人亦何念,凄断阳关曲。"

又《书林次中所得李伯时〈归去来〉、〈阳关〉二图后》:"两木新图宝墨香,尊前独唱《小秦王》(《阳关》为《小秦王》入腔),为君翻作《归来引》,不学《阳关》空断肠。"

宋·晁端礼《喜迁莺》:"伫立蘅皋暮,冻云乍敛,霜飚微到。怅饮杯深,阳关声苦,愁见画船催发。"

宋·秦观《鼓笛慢》:"永夜婵娟未满,叹玉楼、几时重上。那堪万里,却寻归路,指阳关孤唱。苦恨东流水,桃源路,欲回双桨。"

宋·刘一止《木兰花》(饯别王元渤赴吉州):"一卮芳醑细深倾,听尽阳关须醉倒。"

宋·韩元吉《贺元朝》(送天与):"斜阳只向花梢住,似愁君西去。清歌也便做阳关,更朝来风雨。"

宋·李流谦《朝中措》(失题):"尊前歌板,未终金缕,已到阳关。趁取腊前归去,梅共不奈春寒。"

宋·陆游《鹧鸪天》(葭明驿作):"看尽巴山看蜀山,子规江上过春残。惯眠古驿常安枕,熟听阳关不惨颜。"

又《浪淘沙》(丹阳浮玉亭席上作):"绿树暗长亭,几把离尊。阳关常恨不堪闻。何况今朝秋色里,身是行人。"

宋·蔡伸《醉落魄》:"阳关声咽,清歌响断云屏隔。"

宋·李石《谢池春》:"离亭别后,试问阳关谁唱?对青春、翻成帐望。"

宋·赵长卿《减字木兰花》(冬日饮别赵德远):"小春天气,未唱阳关心已醉;红蓼秋容,后会何时得再逢!"

宋·辛弃疾《好事近》(元夕立春):"和泪唱阳关,依旧字娇声稳。回首长安何处,怕行人归晚。"

又《六么令》(送玉山令陆德隆):"倒冠一笔,华发玉簪折。阳关自来凄断,却怪歌滑。"

又《上西平》(送杜叔高):"江天日暮,何时重与细论文?绿杨阴里,听阳关、门掩黄昏。"

又《蝶恋花》(郑元英):"倾盖未偿平日愿,一杯早唱阳关劝。"

宋·石孝友《木兰花》(送赵判官):"阳关声里催行色,马惜离群人惜别。"

宋·吴礼之《丑奴儿》(秋别):"听凄切、阳关声断,楚馆云收。"

宋·苏茂《祝英台近》:"结垂杨,临广陌,分袂唱阳关。"

宋·张榘《模鱼儿》(送邵瓜坡赴含山尉且坚后约):"无计强追随,阳关声断,回首暮云隔。"

宋·李昴英《摸鱼儿》(送王子文知太平州):"阳关唱,画鹢徘徊东渚,相逢知又何处。"

宋·李珏《系梧桐》(别西湖社友):"年来岁去,朝生暮落,人似吴潮展转。怕听阳关曲,奈短笛唤起,天涯情远。"

宋·刘辰翁《琐窗寒》(和巽吾闻莺):"似尊前曲曲阳关,行人回首江南处。"

宋·赵必瓛《念奴娇》(饯朱沧洲):"中年怕别,唱阳关来了,情怀先恶。"

宋·张炎《声声慢》(寄叶书隐):"渺渺烟波无际,唤扁舟欲去,且与凭栏。此别何如,能消几度阳关。"

宋·周孚先《鹧鸪天》(禁酒):"曾唱阳关送客时,临歧借酒话分离。如今酒被多情苦,却唱阳关去别伊。"

元·姚燧《醉高歌》:"阳关旧曲低低唱,只恐行人断肠。"

元·曾瑞《骂玉郎过感皇恩采茶歌·闺情》:"才郎远送秋江岸,斟别酒唱阳关,临歧无语空长叹。"

清·黄梨洲《童王两校书乞诗》:"一天风露侵条脱,唱到阳关字字清。"

1606. 一曲阳关情几许

宋·苏轼《渔家傲》(送张元唐省亲秦州):"一曲阳关情几许,知君欲向秦川去。白马早貂留不住。回首处,孤城不见天霖雾。"秦州位于八百里秦川上,并非"西出阳关"。这"一曲阳关",成了一般送行曲。词中没有劝酒,没有歌唱,只是借用

"一曲阳关"表达送别之情,无限深厚。

宋·柳永《少年游》:"夕阳闲淡秋光老,离思满蘅皋。一曲阳关,断肠声尽,独自凭兰桡。"首用"一曲阳关",表示唱《阳关曲》之意。其意同"唱(听)阳关"句。

宋·叶梦得《醉蓬莱》(辛丑寓楚州,上巳日有怀许下西湖,作此词寄曾存之、王仲弓、韩公表):"牢落征途,笑行人羁旅。一曲阳关,断云残霭,做渭城朝雨。"

宋·米友仁《临江仙》:"一曲阳关肠断处,临风惨对离尊,红妆揭调十分斟。"

宋·美奴《卜算子》:"一曲古阳关,莫惜金尊倒。君向潇湘我向秦,鱼雁何时到。"

宋·周紫芝《天仙子》:"寒窗相对话分飞。箫鼓静,灯炯炯,一曲阳关和泪听。"

又《摊破浣溪沙》(汤词):"门外青骢月下嘶,映阶笼烛画帘垂。一曲阳关声欲尽,不多时。"

宋·黄公度《点绛唇》:"一曲阳关,杯送纤纤手。"

宋·聂胜琼《鹧鸪天》:"尊前一唱阳关曲,别个人人第五程。""一唱"其意为"一曲"。

宋·倪偁《临江仙》:"一曲阳关歌未彻,仆夫催驾修途。非君思我更谁与?"

宋·杨冠卿《东坡引》:"阳关一曲声凄楚,惹起离筵愁绪。"阳关代凄楚之声。

宋·韩淲《一剪梅》(送冯德英):"楼前新绿水西流,一曲阳关,分付眉头。"

元·贯云石《半鹌鹑》(忆别):"一曲阳关未已,两字功名去急。"

1607. 断肠声里唱阳关

唐·李商隐《赠歌妓二首》:"红绽樱桃含白雪,断肠声里唱阳关。"上句写歌妓开口唱歌,樱桃破处,露出雪白的牙齿,下句写歌声如唱阳关令人断肠,因为就要分别。"断肠声里唱阳关",唱出阳关一片断肠声。"阳关断肠"正表达离别之苦痛。

宋·苏轼《如梦令》(李公择):"济南春好雪初晴,才到龙山马足轻。使君莫忘霄溪女,还作阳关断肠声。"

又《阳关词三首》(答李公择):"使君莫忘雪溪女,时作阳关肠断声。"

宋·周紫芝《浣溪沙》:"飞絮乱花闲院宇,舞鸾歌凤小娉婷,阳关休唱断肠声。"

宋·张孝祥《木兰花》:"牙旗渐西去也,望梁州、故垒暮云间。休使佳人歔黛,断肠低唱阳关。"

宋·赵长卿《临江仙》(秋日有感):"一点相思千点泪,眼前无限情伤,佳人犹自捧觞。阳关休唱彻,唱彻断人肠。"

宋·赵师侠《武陵春》(阳春亭):"殷勤满酌离觞,阳关唱起愁肠。"

宋·陈允平《浪淘沙慢》:"阳关歌尽半阕,便恨入回肠千万结。"

宋·刘辰翁《摸鱼儿》:"正何须、阳关肠断,吴姬苦劝人酒。"

金·董解元《西厢记》郑六《越调·上平西缠令》:"断肠何处唱阳关?执手临歧。"

1608. 唱彻阳关泪未干

宋·辛弃疾《鹧鸪天》(送人):"唱彻阳关泪未干,功名余事且加餐。浮天水远无穷树,带雨云埋一半山。"送友人为求取功名而去,说水行"别有人间行路难"。"唱彻阳关",彻,通彻到底,唱到底、唱完了。彻,表示连叠唱(如三叠)也结束了,而离人之泪还没有干,写离恨之深。

"唱彻阳关",源出宋·寇准的词《阳关引》:

寒草烟光阔,渭水波声咽。春朝雨雾轻尘歇。征鞍发,指青青杨柳,又是轻攀折。动黯然,知有后会甚时节。

更尽一杯酒,歌一阕。叹人生,最难欢聚易离别。且莫辞沉醉,听取阳关彻。念故人,千里自此共明月。

这首《阳关引》,括《阳关曲》入词,含原诗四句,中无叠唱,比前引宋无名氏那首在表情方面更真切、更含蓄。"听取阳关彻"是劝人不要醉酒,要把《阳关曲》听完,以领悟别离之苦。

用"唱彻阳关"句如:

宋·晏几道《醉落魄》:"满街斜月。垂鞭自唱阳关彻,断尽柔肠思归切。都为人人,不许多时别。"

宋·谢逸《南乡子》:"绛蜡香融落日西,唱彻阳关人欲去,依依。醉眼横波翠黛低。"

宋·吴则礼《虞美人》(送晁适道):"夜寒闲倚西楼月,消尽江南雪。东风明日木兰船,想见阳关声彻、雁连天。"

宋·叶梦得《临江仙》:"唱彻阳关分别袂,佳人粉泪空零。"

宋·朱敦儒《踏歌》:"宴阕,散津亭鼓吹扁舟发。离魂暗、隐隐阳关彻,更风愁雨细添凄切。"

又《点绛唇》:"卧倒金壶,相对天涯客。阳关彻,大江横绝,泪湿杯中月。"

宋·吕渭老《贺新郎》(别竹西):"斜日封残雪。记别时、檀槽按舞,霓裳初彻。唱煞阳关留不住,桃花面皮似热。"已用"彻"字,换用"煞"。"煞"本为休止意。

宋·张孝祥《青玉案》(饯别刘恭父):"红尘冉冉长安路,看风度,凝然去。唱彻阳关留不住,甘棠庭院,芰荷香渚,尽是相思处。"用吕渭老"留不住"句,仍用"彻"字。

宋·周必大《醉落魄》(次江西帅吴明可韵·庚寅四月):"相逢未稳愁相别。南国烟草南楼月。阳关西出重吹彻,垂柳新栽,宁忍便攀折。"

宋·赵长卿《临江仙》(秋日有感):"一点相思千点泪,眼前无限怀伤。佳人犹自拜捧离觞,阳关休唱彻,唱彻断人肠。"

又《减字木兰花》:"阳关唱彻断尽离肠声更咽;酒已三巡,今夜王孙是路人。"

宋·程垓《蝶恋花》(春风一夕浩荡,晓来柳色一新):"小叶星星眠未熟。看尽行人,唱彻阳关曲。"

宋·姚勉《贺新郎》(送杨帅参之任):"唱彻阳关调,伴行人、梅拂征鞍,晓霜寒峭。"

元·商衜《玉抱肚·随调煞》:"阳关同莫讴彻,酒休斟宁奈些。"

元·阿鲁威《蟾宫曲·旅况》:"正春风杨柳依依,听彻阳关,分袂东西。"

1609. 旧爱阳关亦休唱

宋·梅尧臣《留别李君锡学士》:"旧爱阳关亦休唱,西还从此故人多。"反用《阳关曲》意,说不要唱阳关,因为"西还"故人很多。这是对送别的李君锡的一种安慰。"休唱阳关"是否定式,即反其意而用,写离别不必过于悲伤,或唱阳关更令人悲伤,语存慰藉,因为有些离别是必要的或暂时的。

宋·张舜民《卖花声》(题岳阳楼):"木叶下君山,空水漫漫。十分斟酒敛芳颜。不是渭城西去客,休唱阳关。"

宋·周紫芝《浣溪沙》:"飞絮乱花闲院宇,舞鸾歌凤小娉婷,阳关休唱断肠声。"

宋·李石《满庭芳》(送别):"别筵初散,行客上兰舟。休唱阳关旧曲,青青柳、无限轻柔。"

宋·赵长卿《柳梢青》(东园醉作梅词):"香心吐尽因谁?料调鼎,工夫易期。休唱阳关,莫歌白雪,雨泪沾衣。"

宋·辛弃疾《西江月》(用韵和李兼洛提举):"休唱阳关别去,只今凤诏归来。"

宋·向滈《如梦令》:"休更唱阳关,便是渭城西路。"

1610.莫唱阳关,真个肠先断

宋·张先《蝶恋花》:"几叶小眉寒不展。莫唱阳关,真个肠先断。分付与春休细看,条条尽是离人怨。"面对院内早春绿杨,引发折柳送别般的离别苦,肠已先断,莫再唱阳关了。"莫唱阳关"意近"休唱阳关"。

宋·苏轼《点绛唇》(再和送钱公永):"莫唱阳关,风流公子方终宴。秦山禹甸,缥缈真奇观。"

宋·侯寘《四犯令》:"月破轻云天淡注,夜悄花无语。莫听阳关牵离绪,拼酩酊、花深处。"

宋·吴儆《虞美人》(送兄益章赴会试):"金尊满酌蟾宫客,莫促阳关拍。须知丹桂擅秋天。千里婵娟指日、十分圆。"

宋·石孝友《杏花天》(借朱希真韵送司马德远):"把杯莫唱阳关曲,行客去,居人恨蹇。"

宋·杨炎正《点绛唇》(送别洪才之):"莫唱阳关,免湿盈盈袖。"

宋·吴文英《烛影摇红》(钱冯深居,翼日,其初度):"莫唱阳关,但凭彩袖歌千岁。秋星入梦隔明朝,十载吴宫会。"

宋·洪适《减字木兰花》(太守移具钱行县偶作):"暂时南北,莫唱渭城朝雨曲;此去农郊,收拾儿童五袴谣。""渭城曲"即"阳关曲"。

又《临江仙》(送罗倅伟卿权新州):"莫唱渭城朝雨曲,片帆时暂西东。"再用"莫唱"句。

1611.忍听阳关调

宋·郑僅《调笑转踏》:"赏心乐事能多少,忍听阳关声调。明朝门外长安道,怅望王孙草。""忍",压抑、抑制,"忍听",不愿听又不能不听,只好抑制着激情去听。"忍听阳关调",正表现一种无可奈何的离情。

"忍听"句源出苏轼的《减字木兰花》(送别)词:"天台旧路,应恨刘郎来又去。别酒频倾,忍听

阳关第四声。"用"忍听"句还如:

宋·洪适《浣溪沙》(钱范子芬行):"未见两星添柳宿,忍教三叠唱阳关,相思空望会稽山。"

宋·赵彦端《点绛唇》(途中逢管倅):"憔悴天涯,故人相遇情如故。别离何遽、忍唱阳关句。"

宋·丘崈《西河》(钱钱漕仲耕移知婺州奏事用幼安韵):"今宵忍听唱阳关。暮云千里,可堪客里送行人,家山空老春荠。"

宋·赵长卿《醉落魄》(春深):"伤心何事人南北,断尽回肠,忍听阳关曲。"

1612.更与殷勤唱渭城

唐·刘禹锡《与歌者何戡》:"二十余年别帝京,重闻天乐不胜情。旧人唯有何戡在,更与殷勤唱渭城。""渭城"即《渭城曲》。《阳关曲》由"西出阳关无故人"句得名,《渭城曲》则是依"渭城朝雨浥轻尘"句得名,都是《送元二使安西》入唱后的别名,是一个送别曲。"天乐"是帝王宫廷歌舞音乐(如唐玄宗时的梨园歌舞)。杜甫"此曲只能天上有""天上"暗指宫廷音乐,此诗:"天乐"源于此。诗人因贬离京二十余年,返京任检校礼部尚书兼太子宾客,再听梨园乐曲,感慨良多,当年的歌者,仅剩何戡了,那堪又要离别呢?"天乐"不一定是《渭城曲》,句中的"唱渭城"含离别之意。"唱渭城"与"唱阳关"含意相同。

唐·崔仲容《赠歌姬》:"渭城朝雨休重唱,满眼阳关客未归。"用否定意。

宋·梅尧臣《送贡仲章之燕》:"归来衣锦看他日,何用尊前唱渭城。"

又《送王克宪奉职之彭泽》:"渭城人唱罢,羌管愁吹处。"

宋·韩维《归许道中二首》:"最怜杨柳青青色,徐策征骖唱渭城。"

宋·刘敞《寄王阁使》:"忆醉离亭舞翠娥,举觞同听渭城歌。故人却出阳关见,愁问行云奈若何。"

又《赠别长安妓蔡娇》:"玳筵银烛彻宵明,白玉佳人唱渭城。更尽一杯须起舞,关河秋月不胜情。"

宋·强至《送人还阙》:"莫辞别酒倾秦地,且听离歌唱渭城。"

宋·周邦彦《绮寮怨》(思情):"旧曲凄清,敛愁眉、与谁听。尊前故人如在,想念我,最关情,何

须渭城？歌声未尽处、先泪零。"

宋·吕本中《生查子》(离思)："双双小凤斜,淡淡鸦儿稳。一曲渭城歌,柳色饶春恨。"

宋·王之望《丑奴儿》(寄齐尧佐)："肠断佳人,犹唱渭城词。"

宋·范成大《泳河市歌者》："岂是从容唱渭城,个中当有不平鸣。""唱渭城",切"歌者",非写离别。

金·元好问《江城子》(观别)："旗亭谁唱渭城诗？酒盈卮,两相思。万古垂杨,都是折残枝。"

金·刘昂《都门观别》："悠悠窗下断肠波,总是行人堕泪多。门外马嘶思远道,小鬟犹唱渭城歌。"

清·蒲松龄《瓮口道夜行遇雨》："渭城已唱灯火张,唤起老妪炊青粱。"

1613.唱得凉州意外声

唐·刘禹锡《与歌者米嘉荣》："唱得凉州意外声,旧人唯数米嘉荣。近来时事轻前辈,好染髭须事后生。"一作："一别嘉荣三十载,忽闻旧曲尚依然。如今世俗轻前辈,好染髭须事少年。"又《与歌者何戡》："二十余年别帝京,重闻天乐不胜情。旧人唯有何戡在,更与殷勤唱渭城。"

宋·苏轼《书林次中所得李伯时〈归去来〉〈阳关〉二图后》："不见何戡唱渭城,旧人空数米嘉荣。龙眠独识殷勤处,画出阳关意外声。"反用刘禹锡二诗意,赞李伯时画。实用反衬法。

1614.长袖纷纷徒竞世

南朝·宋·鲍照《拟行路难十八首》其十六："歌妓舞女今谁在,高坟累累满山隅。长袖纷纷徒竞世,非我昔时千金躯。"诗意是:汉代的"柏梁台",秦代的"阿房宫",早荒芜不堪了。那些"歌妓舞女"也尽入累累高坟。今天,还有些人争名竞利,可他们早已不是过去那些得势之人了。诗人慨叹历史上的盛衰,流露出"随酒逐乐任意去"的离世思想。"长袖纷纷徒竞世"即描绘争名竞利之徒劳。

"长袖"出自《韩非子·五蠹》："鄙谚曰:'长袖善舞,多钱善贾。'此言多资之易为工也。"说长袖更善于舞蹈,多钱更利于营商,所以,条件充裕,凭借雄厚,事情才更易于成功。《史记·范雎蔡泽列传》引述说:"韩子称'长袖善舞,多钱善贾',信

哉是言也!"后来,"长袖善舞"作了贬义语,概从鲍照的"长袖纷纷徒竞世"始。

"长袖善舞"其贬义为手段多,伎俩滑,拉拢联络,纵横捭阖,上下其手。近代梁启超《生什学说沿革小史》云:"逮门户开放之既实行,举全大陆为彼族长袖善舞之地。"冯玉祥《我的生活》第九章云:"古话说'长袖善舞',他有的是梁山伯上源源而来的资财,因此不但和徐总督拉得很好,就是王化东协统以及各标统处,他也今日送礼,明日请客,千方百计地拉拢联络。"这是文中用作贬义之例。诗词中则鲜用贬义,用韩非本义者仅见一例:

宋·范成大《重阳后半月天气温丽,忽变奇寒,晦月大雪,乡人御冬之计多未办》："岂不解早计,善舞须袖长。"大雪奇寒突然而至,乡人未早做御寒之准备。

1615.长袖翩翩若惊鸿

南朝·齐乐府《西曲歌》(共戏乐)："长袖翩翩若惊鸿,纤腰袅袅会人情。"这是描绘长袖舞的总体形象,用曹植《洛神赋》中"翩若惊鸿"句。惊鸿疾飞,双翅翩翩大张,正如两只长袖,可见此喻极当。

"长袖"在诗词中多写舞蹈,这是很自然的,因为长袖最初就是舞蹈概念,韩非的"长袖善舞"不正是用舞袖之长作喻的吗？长袖舞源起于周代,常用于祭祀和燕乐。据《雅舞·小舞》中有《人舞》,《周礼》注,《人舞》："以手袖为威仪。"汉·蔡邕《琴操》之《琴引》诗写秦宫中长袖舞:"舒长袖以舞兮,乃褕袂何曼。"汉高祖刘邦的戚夫人也"善为翘袖折腰之舞"。魏晋南北朝流行《白纻舞》。唐代有《六么》(绿腰舞)。唐·李群玉《九日登东楼观舞》："南国有佳人,轻盈绿腰舞。华筵九秋暮,飞袂拂云雨。翻如兰苕翠,婉若游龙举。"这里可以看出舞中之"长袖"。京剧程派的水袖舞,也是长袖舞。长袖舞的身段,伴随着回旋、斜身,有发袖、扬袖、转袖、飞袖等舞袖动作。从南朝到唐代写"长袖"舞者为多。

南朝·宋·汤惠休《白纻歌五首》："长袖拂面心自煎,愿君流光及盛年。"

南朝·宋·鲍照《幽兰五首》："长袖暂徘徊,驷马停路歧。"

又《数名诗》："七盘起长袖,庭下列歌钟。"

南朝·齐·王融《散曲》："轻裙中山丽,长袖

邯郸妍。"

又《游仙诗五首》:"长袖何靡靡,箫管清且哀。"

南朝·齐·丘巨源《咏七宝扇》:"生风长袖际,晞华红粉津。"

南齐乐府《西曲歌·共戏乐》:"长袖翩翩若惊鸿,纤腰袅袅会人情。"

南朝·梁元帝萧绎《咏风》:"度舞飞长袖,传歌共绕梁。"

南朝·梁·沈君攸《薄暮动弦歌》:"云边雪飞弦柱促,留客但须罗袖长。"

隋炀帝杨广《江都宫乐歌》:"绿觞素蚁流霞饮,长袖清歌乐戏州。"

又《四时白纻歌二首》(东宫春):"长袖逶迤动珠玉,千年万岁阳春曲。"

唐·虞世南《咏舞》:"繁弦奏渌水,长袖转回鸾。"

唐·于志宁《安德山池宴集》:"无劳拂长袖,直待夜乌啼。"

唐·崔液《上元夜六首》:"最怜长袖风前弱,更赏新弦暗里调。"

唐·刘希夷《春女行》:"纤腰弄明月,长袖舞春风。"

唐·张说《城南亭作》:"庭前列肆茱萸席,长袖迟回意绪多。"

又《三月二十日诏宴乐游园》:"长袖招斜日,留光待曲终。"

唐·吴少微《古意》:"妙舞轻回拂长袖,高歌浩唱发清商。"

唐·吴烛《铜雀妓》:"长舒罗袖不成舞,却向风前承泪珠。"

唐·李白《白纻辞三首》:"且吟白纻停绿水,长袖拂面为君起。"

又《忆旧游寄谯郡元参军》:"袖长管催欲轻举,汉中太守醉起舞。"

唐·刘方平《铜雀妓》:"泪痕沾井干,舞袖为谁长。"

唐·元稹《酬周从事望海亭见寄》:"衣袖长堪舞,喉咙哢解歌。"

唐·鲍溶《寒夜吟》:"白纻长袖歌闲闲,岂识苦寒损朱颜。"

唐·刘禹锡《送春词》:"兰蕊残妆含露泣,柳条长袖向风挥。"柳丝。

唐·司空图《白菊二首》:"横拖长初招人别,只待春风却舞来。"

唐·汪遵《铜雀台》:"铜雀台成玉座空,短歌长袖尽悲风。"

宋·葛郯《玉蝴蝶》:"但存长袖,舞倒婆娑。"

宋·何桂梦《摸鱼儿》:"兴来谩学长沙舞,更舞更无长袖。"

用作"舞女""女子"的:

唐·王绩《益州城西张超亭观妓》(一作卢照邻诗):"高车勿遽返,长袖歌相亲。"

唐·钱起《江陵晦日陪诸官泛舟》:"城南无夜月,长袖莫留宾。"

又《过杨附马亭子》:"长袖留嘉宾,栖乌下禁城。"

唐·羊士谔《郡中即事三首》:"越女含情已无限,莫教长袖倚栏干。"

宋·赵磻老《南柯子》:"要令长袖舞胡鞯,须是檐头新雾、鹊查查。"

1616. 再唱梁尘飞

晋·陆机《拟东城一何高》:"长歌赴促节,哀响逐高徽。一唱万夫叹,再唱梁尘飞。""梁尘飞":曾慥《类说》卷六十《拾遗总类》载:"汉兴,善歌者吴人虞公,发声动梁上尘。"晋·葛洪《西京杂记》载:"东方生善啸,每曼声长啸,辄尘落帽。"或歌或啸,音量大而强,震落尘灰。此喻歌曲声音嘹亮。

南朝·宋·鲍照《学古》:"调弦俱起舞,为我唱梁尘。"这首诗用"梁尘"典故于诗中。

南朝·梁·沈约《咏篪》:"雕梁再三绕,轻尘四五移。曲中有深意,丹诚君讵知。"

南朝·梁·沈君攸《薄暮动弦歌》:"舞裙拂履喧朱珮,歌响出扇绕梁尘。"

南朝·梁·沈满愿《挟琴歌》:"逶迤起尘唱,宛转绕梁声。"

南朝·陈·萧琳《隔壁听妓》:"唯有歌梁共,尘飞一半来。"

南朝·梁·张率《对酒》:"君歌尚未罢,却坐避梁尘。"

隋·弘执恭《和平凉公观赵郡王妓》:"合舞俱向雪,分歌共落尘。"

隋·段君彦《过故邺》:"粉落粧楼毁,尘飞歌殿空。"

隋·刘端《和初春宴登东堂应令》:"筝响流飞

阁,歌尘落妓行。"

唐·李峤《歌》:"郢中吟白雪,梁上绕飞尘。"

唐·李白《夜坐吟》:"歌有声,妾有情;情声合,两无违。一语不入意,从君万曲梁尘飞。"

唐·温庭筠《咏频》:"枕上梦随月,扇边歌绕尘。"

唐·齐己《和岷公送李评事往宜春》:"郡侯开宴处,桃李照歌尘。"

唐·郑谷《蜡烛》:"多情更有分明处,照得歌尘下燕梁。"

唐·裴延《隔壁闻奏伎》:"徒闻管弦切,不见舞腰回。赖有歌梁合,尘飞一半来。"用南朝萧琳句。

唐·王勃《益州城西张超亭观伎》:"江前飞暮雨,梁上下轻尘。"

唐·关盼盼《燕子楼三首》:"自埋剑履歌尘散,红袖香消已十年。"

五代·魏承班《玉楼春》:"声声清迥遏行云,寂寂画梁尘暗起。"

宋·陈尧佐《踏莎行》:"乱入红楼,低飞绿岸,画梁时拂歌尘散。""歌尘",梁上尘,燕来拂尘落。

宋·柳永《凤栖梧》:"牙板数敲珠一串,梁尘暗落琉璃盏。"

宋·欧阳修《减字木兰花》:"歌檀敛袂,缭绕雕梁尘暗起。"

宋·晏几道《采桑子》:"应怜醉落楼中帽,长带歌尘。""歌尘"即尘。

宋·张纲《满庭芳》(荣国生日):"欢声里,清歌闲发,一曲绕梁尘。"

宋·欧阳澈《踏莎行》:"酬歌何惜锦缠头,清音暗绕梁尘起。"

宋·杨无咎《青玉案》(徐侍郎生辰):"一声珠串,数敲牙板,应有梁尘落。"

又《醉花阴》:"夜永醉归来,细想罗襟,犹有梁尘落。"

又《踏莎行》:"歌落梁尘,酒摇鳞浪,暂还南国同邀赏。"

宋·曹勋《宴清都》(太母诞辰):"歌声缓引,梁尘暗落,五云凝昼。"

又《醉思仙》:"天外行云驻,轻尘暗落雕梁。似晓莺历历,琼韵锵锵。"

宋·史浩《青玉案》(为戴昌言歌姬作):"清歌谁许阳春和,悄不放,遥空片云过,惊落梁尘浑可

可。"

又《蝶恋花》(扇鼓):"一曲阳春犹未遍,惊落梁尘,不数莺喉啭。"

宋·曾觌《好事近》(严陵柳守席上):"多情低唱下梁尘,拼十分沉醉。"

又《踏莎行》:"高歌看簌簌,落梁尘。"

宋·洪适《临江仙》(寿周材):"莺歌飞起杏梁尘,巢莲龟问岁,介寿酒融春。"

又《满江红》(和徐守三月十六日):"酒酣时,梁上暗尘飞,无痕迹。"

又《满庭芳》(和叶宪韵):"梁上不教尘落,谈文字,酒散星稀。"不听歌,只谈文。

宋·侯寘《西江月》(赠蔡仲常侍儿初娇):"金缕深深劝客,雕梁簌簌飞尘。"

宋·吕胜己《满江红》(赴长沙幕府,别饯,送客):"拍碎红牙,一声上,梁尘暗落。"

宋·赵长卿《武陵春》(上马宰):"满引千钟酒又醇,歌韵动梁尘。"

宋·陈三聘《临江仙》:"歌声缭绕彻帘帏,坐中清泪落,梁上暗尘飞。"

宋·赵师侠《菩萨蛮》:"余韵遏云低,梁尘簌簌飞。"用侯寘句。

宋·韩淲《蝶恋花》:"谁把新词,歌绕梁尘遍。"

宋·方千里《红林檎近》:"清歌度曲,何妨尘落雕梁。"

元·童童学士《半鹌鹑·开筵》:"翠袖殷勤捧玉钟,绛纱笼烛影摇红,艳歌起韵梁尘动。"

1617. 歌声绕凤梁

南朝·齐·王融《奉和秋夜长》:"秋夜长,夜长乐未央。舞袖拂花烛,歌声绕凤梁。"写宫廷歌舞。"绕梁"出自《列子·汤问篇》:"昔韩娥东之齐,匮粮,过雍门,鬻歌假食。既去而余音绕梁俪,三日不绝。"说先秦时,韩娥到齐国去,至雍门断了粮,就唱歌求食。走后,歌声绕梁,三日不绝。后用以表示歌声美妙,余响不绝,余味无穷。

晋·陆机在诗中首用此典,他的《拟今日良宴令》中写:"齐僮梁甫吟,秦娥张女弹。哀音绕栋宇,遗响入云汉。"

南朝·宋·鲍照《夜听妓诗二首》:"丝管感暮情,哀音绕梁作。"

南朝·齐·谢朓《赛敬亭山庙喜雨》:"会舞纷

瑶席,安歌绕凤梁。"

又《和伏武昌登孙权故城》:"歌梁想遗啭,故林衰木平。"

南朝·梁·王瞰《观乐应诏》:"从风绕金梁,含云绕珠网。"

南朝·梁·沈约《咏筝》:"徒闻音绕梁,宁知颜如玉。"

北朝·周·庾信《听歌一绝》:"但令闻一曲,余音三日飞。"

南朝·陈·周弘正《咏歌人偏得日照》:"欲持照彫栱,仍作绕梁声。"

南朝·陈·江总《宛转歌》:"谁能巧笑持窥井,乍取新声学绕梁。"

隋·虞世基《赋得戏燕俱宿》:"欲绕歌梁向舞阁,偶为仙履往兰闺。"

唐·虞世南《奉和咏风应魏王教》:"逐舞飘轻袖,传歌共绕梁。"

唐·李百药《大风词二首》:"佳人靓晚妆,清唱动兰房。影出含风扇,声飞照日梁。"

唐·张说《咏尘》:"独怜范甑下,思绕画梁飞。"写"尘"。

唐·李白《经乱离天恩流夜郎忆旧游书赠江夏韦太守良宰》:"醉舞纷绮席,清歌绕飞梁。"

唐·曹松《夜饮》:"满屏珠树开春景,一曲歌声绕翠梁。"

唐·汪遵《郢中》:"不是楚词询宋玉,巴歌犹掩绕梁声。"

宋·晏殊《望仙门》:"仙酒斟云液,仙歌转绕梁虹。"

宋·王安石《次韵王微之登高斋》:"登高一曲悲亡国,想绕红梁落暗尘。"

宋·晏几道《浪淘沙》:"翠幕倚筵张,淑景难忘。阳关声巧绕雕梁。"

宋·郑僅《调笑转踏》:"千金难买倾城样,那听绕梁清唱。"

宋·谢逸《鹊桥仙》:"一杯相属,佳人何在,不见绕梁清唱。"

宋·葛胜仲《蝶恋花》:"一曲清歌无误顾,绕梁余韵归何处。"

宋·王安中《安阳好》:"鸭绿波随双叶转,鹅黄酒到十分斟。重听绕梁音。"

宋·王之道《满庭芳》(和同漕彦约送秦寿之):"清歌妙,贯珠余韵,犹振画梁尘。"

又《一剪梅》(和董令升赠魏定甫侍儿):"细意端相,无限娉婷,曲终犹带绕梁声。"

宋·杨无咎《一丛花》:"犀筋细敲,花瓷清响,余韵绕红梁。"敲击声。

宋·管鑑《酒泉子》:"可惜无人歌此曲,须君别院恼春醒、绕梁声。"

宋·辛弃疾《念奴娇》:"绕梁声在,为伊忘味三月。"兼用孔子"闻韶三月不知肉味"语。

宋·刘辰翁《沁园春》(闻歌):"隔幔云深,绕梁声彻,不负杨枝旧日传。"

宋·张炎《霜叶飞》(毗陵客中闻老妓歌):"隐将谱字转清园,正杏梁声绕。"

元·白朴《驻马听·歌》:"前声起彻绕危梁,后声并至银河上。"

1618. 响发行云驻

唐·李峤《歌》:"郢中吟白雪,梁上绕飞尘。响发行云驻,声随子夜新。""行云驻",亦出自《列子·汤问篇》:"薛谭学讴于秦青,未穷青之技,自谓尽之,遂辞归。秦青弗止,饯于郊衢,抚节悲歌,声振林木,响遏行云。薛谭乃谢,求返,终身不敢言归。"用"响遏行云"表示歌声美好动人,连行云也遏止不动了。李峤兼用"余音绕梁"和"响遏行云"写歌之动听。后人亦有兼用者。

五代·魏承班《玉楼春》:"声声清迥遏行云,寂寂画梁尘暗起。"

宋·柳永《凤栖梧》:"牙板数敲珠一串,梁尘暗落琉璃盏。……渐遏遥天,不放行云散。"

宋·张纲《浣溪沙》(荣国生日四首):"百和宝薰笼瑞雾,一声珠唱驻行云。"

宋·曹勋《宴清都》(太母诞辰):"歌声缓引,梁尘暗落,五云凝昼。"

又《醉思仙》:"天外行云驻,轻尘暗落雕梁。"

宋·史浩《青玉案》(为戴昌言歌姬作):"清歌谁许阳春和,悄不放,遥空片云过,惊落梁尘浑可可。"

宋·曹冠《喜朝天》(绮霞阁):"花间休唱遏云歌,枝头且听娇莺语。"

宋·管鑑《桃源忆故人》:"歌声屡唤飞云驻,销得行人且往。"

又《青玉案》:"遏云清唱倾城笑,玉面花光互相照。"

宋·赵长卿《瑞鹤仙》(张宰生日):"纤歌遏云

际,正美人翻曲,阳春轻丽。"

宋·程垓《一落索》:"一声歌起绣帘阴,都遏住行云影。"

宋·赵师侠《菩萨蛮》:"余韵遏云低,梁尘簌簌飞。"

元·马致远《青杏子·姻缘》:"回鸾态飘飘翠被,遏云声亮歌喉。"

元·刘庭信《粉蝶儿·美色》:"手撒红牙流歌韵,坠梁尘遏住行云。"

1619. 悬知曲不误,无事畏周郎

北朝·周·庾信《和赵王看伎》:"悬知曲不误,无事畏周郎。"周郎即三国时代吴国的周瑜,他任建威中郎将(统军将领)年仅二十四岁,因而吴中皆称之为"周郎"。《三国志·吴书·周瑜传》载:"瑜少精意于音乐,虽三爵之后,其有阙误,瑜必知之,知之必顾。时人谣云:'曲有误,周郎顾。'"说周瑜不仅是杰出的军师统帅,还精通音乐,演奏有错误,他会立即觉察,并目视演奏者。庾信句意是预知曲子不会有错,所以不必担心周郎顾盼。言外之意是歌舞表演精湛、优美。用此典表现音乐歌舞精湛优美者为多。

南朝·陈·江总《和衡阳殿下高楼看妓》:"弦心艳卓女,曲调动周郎。"上句用卓文君听琴事,下句意周郎懂音乐之美。

隋·僧法宣《和赵郡王观妓应教》:"周郎不相顾,今日管弦调。"反托音乐谐美。

唐·刘禹锡《纥那曲二首》:"周郎一回顾,听唱纥那声。"此"顾"非曲有误,而是因为纥那曲动人。

唐·张祜《觱篥》:"坐中知密顾,微笑是周郎。"代指使君对觱篥非常欣赏。

又《池州周员外出柘枝》:"长恐周瑜一私顾,不教闲客望瑶台。"周瑜一顾,曲停了,就不能欣赏下去。

唐·欧阳衮《听郢客唱阳春白雪》:"周郎如赏羡,莫使滞芳尘。"《阳春白雪》唱得好。

宋·苏轼《南歌子》(梦守周豫出舞鬟因作二首赠之):"柳絮风前转,梅花雪里春。鸳鸯翡翠两争新。但得周郎一顾,胜珍珠。""顾"表示歌舞受人喜欢。

宋·田锡《风筝歌》:"清音朝朝与暮暮,误声不管周郎顾。"风筝发出的声响自然美妙,非人力所能控制。

宋·陈师道《木兰花减字》(赠晁无咎舞鬟):"娉婷娜袅,红落东风青子小;妙舞逶迤,拍误周郎却未知。"舞姿奥妙,令人难识破绽。

宋·周邦彦《意难忘》(美咏):"知音见说无双,解移宫换羽,未怕周郎。"歌咏优美。

宋·周必大《点绛唇》(七夜赵富文出家姬小琼再赋·丁亥七月已丑):"见了还非,重理霓裳舞,都无误。几年一遇,莫讶周郎顾。"小琼歌舞很精彩。

宋·刘克庄《摸鱼儿》:"千载后,君试看,拔山扛鼎俱乌有,英雄骨朽。问顾曲周郎,而今还解,来听小词否?"怀古感时,小词再好,周郎也难听到了。

又《贺新郎》(生日用实之来韵):"麟台学士微云句,便尊前,周郎复出,审音无误。"唱"微云"句太完美了。

宋·冯取洽《沁园春》(赠锦江歌阿琼):"有孤竹君,音节拂云,谥曰洞箫。纵柳郎填就,周郎顾罢,欠伊品藻,律也难调。"阿琼的歌比柳永填的词、周瑜审过的曲更谐律动人。

宋·周文谟《念奴娇》:"谁念顾曲周郎,尊前重见,千种愁难著。"词人有爱姬,为史弥远等夺去。爱姬善歌舞,以"顾曲周郎自比"。

宋·陈允平《木兰花慢》(和李筼房题张寄闲家圃韵):"幽情未应共懒,把周郎旧曲谱新翻。"谱写更美的新词。

宋·周密《声声慢》(九日松涧席):"凤拔龙槽,新声小按梁州。莺咙夜深转巧,凝凉云,应为歌留。慵顾曲,叹周郎老去,鬓改花羞。"歌声遏云,惜听歌人老。

金·元好问《南冠行》:"长安张敞号眉妖,吴中周郎知曲误。"追忆诗友曹得一("周郎"代)的诗才。

清·吴伟业《金人捧露盘》(观演秣陵春):"夜深风月,摧檀板、顾曲周郎。"演至夜深,自己也成了顾曲周郎。

1620. 顾盼何曾因误曲

唐·杨巨源《冬夜陪丘侍御先辈听崔校书弹琴》:"顾盼何曾因误曲,殷勤终是感知音。"丘侍御听琴顾盼,不是曲有误,而是知音,有很高鉴赏能力。用周瑜知音方面的故事。

唐·湛贲《伏览吕侍郎丘员外旧题十三代祖历山草堂诗固书记事》："识曲遇周郎,知音荷宗伯。"吕侍郎、丘员外对湛贲祖先湛茂诗歌的赞赏,诚为知音。此中指诗作。

唐·薛能《赠韦氏歌人二首》："一曲新声惨画堂,可能心事忆周郎。"以"周郎"代韦氏昔日的知音。听歌声凄惨,似歌人忆起昔日知音。

唐·贯休《酬张相公见寄》："周郎怀抱好知音,常爱山僧物外心。"指张相公为自己的知音,了解"物外心"。

元·乔吉《折桂令·毗陵张师明席上赠歌妓周氏宜者》："此际相逢蕊娘,个中谁是周郎?"喻指知音者。

清·孔尚任《桃花扇》第二十三出《寄扇》："(末)你有这柄桃花扇,少不得个顾曲周郎。"应有个知音。

1621. 惭将多误曲,今日献周郎

唐·李端《宿荐福寺东池有怀故园寄元校书》："惭将多误曲,今日献周郎。"向元校书寄此诗,诗写得不好,还但愿友人一顾。用"误曲"代"劣诗",这是诗人的自谦。

唐·刘耕《和主司王起》："惭和周郎应见顾,感知大造竟无穷。""周郎"代主司王起。说"和诗"欠佳,还望一顾。也是自谦。

宋·勿翁《贺新郎》(端午和前韵)："旧日文君今瘦损。寻旧曲,不成腔谱,更不周郎回顾。"人瘦歌老,不屑"周郎"一顾。含谦词。

1622. 欲得周郎顾,时时误拂弦

唐·李端《听筝》："鸣筝金粟柱,素手玉房前。欲得周郎顾,时时误拂弦。"弹筝女子为了使人聆听、欣赏她的乐曲,不时地故意把曲子弹错,这是一种为寻求知音而采取的非常规手段,表现一种变态的心理反映。这"误"是有意为之。

宋·宋庠《和伯中尚书闻琵琶诗一绝》："只应强作弦中误,且欲周郎一顾回。"亦用有意误曲意,误弹琵琶,招人赏顾。

宋·张孝祥《渔家傲》(红白莲不可并栽,用酒盆种之,遂皆有花,呈周倅)："清雨轻烟凝态度,风标公子来幽鹭。欲遣微波传尺素,歌曲误,醉中自有周郎顾。"酒盆中并栽红白莲开花,诱"周郎"(周倅)来赏。

宋·吴文英《声声慢》(饮时贵家,即席三姬求词)："曲中倚娇佯误,算只图、一顾周郎。"三位歌姬求词。为此"曲中佯误",以引发"周郎"——吴文英填词之兴。

1623. 不应令曲误,持此试周郎

唐·王勋《咏伎》："妖姬饰靓妆,窈窕出兰房。日照当轩影,风吹满路香。早时歌扇薄,今日舞衫长。不应令曲误,持此试周郎。"结句说:乐伎不应以错弹曲子的方式,吸引听者的注意,探试听者是否懂得音乐。这种"曲误"也是有意为之,试试听者的音乐欣赏水平。

宋·韩维《王微之龙图挽辞二首》："每因误曲烦周顾,几废言诗匡鼎来。"自注:"匡衡少时字鼎,歌词有未甚协者,微之必以声律正之。"这是真"误",由王微之正律。说明王微之很懂音律。

宋·苏轼《次韵王都尉偶得耳疾》："但试周郎看聋否,曲音小误已回头。"以曲误试耳,小误即顾,说明耳疾不重,没有失聪。是戏言。

宋·贺铸《诉衷情》(试周郎)："弄丝调管,时误新声,翻试周郎。"题为"试周郎","误新声",试试听歌者识不识音乐。

宋·辛弃疾《菩萨蛮》(赠周国辅侍人)："曲中特地误,要试周郎顾。"特地误曲,试试欣赏水平。

1624. 阶前乐无误,席上有周郎

宋·张方平《秦州后园春宴赠部署刘几使》(几深晓音律)："阶前乐无误,席上有周郎。"深晓音律的刘几在席上,宴中音乐不应有误,歌者乐人面对精通音律的人或某些要人,总怕有误。

宋·赵长卿《满庭芳》(雪中戏呈友人)："且共周郎按曲,音微误,首已先回。"同懂音乐的人一起,排歌,刚有小错,就可察知。

宋·辛弃疾《惜分飞》(春思)："翡翠楼前芳草路,宝马坠鞭曾驻。最是周郎顾,尊前几度歌声误。"歌者面对离人("周郎"代),心情不安,总把曲子唱错。

宋·罗椅《柳梢青》："葇绿华身,小桃花扇,安石榴裙。子野闻歌,周郎顾曲,曾恼夫君。"(一作史卫卿词)歌唱错,曾引起夫君烦恼。"周郎顾曲"说明曲有误。

宋·张炎《意难忘》(中吴车氏,号秀卿,乐部中之翘楚者,歌善成曲得其音旨。余每听,辄爱叹

不能已,因赋以赠。余谓有善歌而无善听,虽抑扬高下,声字相宜,倾耳者,指不多屈。曾不若春蚓秋蚕,争声响于月篱烟砌间,绝无仅有。余深感于斯,为之赏音,岂亦善听者者耶!):"莺语滑,透纹纱,有低唱人夸。怕误却、周郎醉眼,倚扇佯遮。"写在善听者面前,总怕唱错,于是才"倚扇佯遮"。

又《蝶亦花》(赠杨柔卿):"两剪秋痕流不去,佯羞却把周郎顾。""顾""顾曲周郎","周郎"代作者。

又《烛影摇红》(隔窗闻歌):"一片云闲,那知顾曲周郎怨。看花犹自未分明,毕竟何时见,已信仙缘较浅。"听歌人在窗外,与唱歌人无缘相见。

又《虞美人》(题陈公明所藏曲册):"妆楼何处寻樊素,空误周郎顾。"只见曲册,不闻曲声。空误了"周郎"(词人)顾盼。

1625. 弦管入新丰

北朝·周·庾信《咏画屏风诗二十四首》:"池台临戚里,弦管入新丰。"全诗意为战争结束,天下太平。"弦管入新丰"《汉书·地理志》载:"京兆新丰,高祖七年置。"应劭曰:"太上皇思东归,于是高祖改筑城市街里以象丰,徙丰民以实之,故号新丰。"刘邦故里为丰。平定天下以后,接其父入京,其父思归故里,于是刘邦在京城附近建一乡里,一切仿照丰地布局,并全迁丰地邻里于此,任其父度过晚年。"弦管入新丰"喻欢乐详和的社会生活。"管(乐)弦(乐)"则成音乐歌舞的代称。

唐·宋之问《汉江宴别》:"积水浮冠盖,遥风逐管弦。"

唐·张说《同刘给事城南宴集》:"管弦高逐吹,歌舞妙含情。"

唐·郭震《米囊花》:"却笑野田禾与黍,不闻弦管过青春。"

唐·阎朝隐《夜宴安乐公主新宅》:"凤凰鸣舞乐昌年,蜡炬开花夜管弦。"

唐·高球《三月三日宴王府山亭》:"陆离轩盖凄清,管弦萍疏波荡。"

唐·苏颋《游禁苑幸临渭亭遇雪应制》:"年惊花絮早,春夜管弦初。"

又《广达楼下夜侍酺宴应制》:"正睹人间朝市乐,忽闻天上管弦声。"

唐·崔颢《卢姬篇》:"翠幌珠帘斗丝管,一弹一奏云欲断。"

唐·张若虚《代答闺梦还》:"情催桃李艳,心寄管弦飞。"

唐·武无衡《春日偶作》:"惆怅管弦何处发,春风吹到读书窗。"

又《送田三端公还鄂州》:"南陌送归车骑合,东城怨别管弦愁。"

唐·权德舆《广陵诗》:"兰麝远不散,管弦闲自清。"

唐·羊士谔《客有渠州来说常谏议使君故事怅然成咏》:"至今犹有东山妓,长使诗歌被管弦。"

唐·王涯《宫词三十首》:"万转千回相隔处,各调弦管对闻声。"

唐·刘禹锡《令狐相公俯赠篇章斐然仰谢》:"饮和心自醉,何必管弦催。"

又《松江送处州奚使君》:"从来别离地,能使管弦愁。"

又《将赴苏州途出洛阳留守李相公累申宴饯宠行话旧形于篇章谨抒下情以申仰谢》:"兔园宾客至,金谷管弦声。"

又《酬太原狄尚书见寄》:"幽并侠少趋鞭弭,燕赵佳人奉管弦。"

唐·白居易《饮后夜醒》:"直至晓来犹妄想,耳中如有管弦声。"

又《卢侍御与崔评事为予于黄鹤楼置宴宴罢同望》:"楚思森茫云水冷,商声清晚管弦秋。"

又《醉后题李马二奴》:"行摇云髻花钿节,应似霓裳趁管弦。"

又《与诸客携酒寻去年梅花有感》:"诗思又牵吟咏发,酒酣闲唤管弦来。"

又《湖上送春泛舟》:"排比管弦行翠袖,指麾船舫点红旗。"

又《游坊口悬泉偶题石上》:"谈笑逐身来,管弦随事有。"

又《六年寒食洛下宴游赠冯李二少尹》:"珠翠混花影,管弦藏水声。"

又《早春西湖闲游》:"管弦三数事,骑从十余人。"

又《卧疾》:"水北水南秋月夜,管弦声少杵声多。"

又《早发赴洞庭舟中作》:"櫂举影摇灯烛动,舟移声拽管弦长。"

又《清明夜》:"独绕回廊行复歇,遥听弦管暗看花。"

又《喜刘苏州思赠金紫遥相贺宴以诗庆之》:"贺宾喜色欺杯酒,醉妓欢声遏管弦。"

又《尝酒听歌招客》:"管弦渐好新教得,罗绮虽贫免外求。"

又《病后寒食》:"行无筋力寻山水,坐少精神听管弦。"

又《赠举之仆射》:"鸡毯饧粥屡开筵,谈笑讴吟间管弦。"

又《河阳石尚书破回鹘》:"画角三声刁斗晓,清商一部管弦秋。"

又《赠郑尹》:"但请主人空扫地,自携杯酒管弦来。"

又《和梦得夏至忆苏州呈卢宾客》:"水国多台榭,吴风尚管弦。"

唐·姚合《扬州春词三首》:"暖日凝花柳,春风散管弦。"

又《和李补阙曲江看莲花》:"谁计江南曲,风流合管弦。"

唐·张祜《公子行》:"可怜明月夜,长是管弦随。"

唐·赵嘏《赠别》:"曾是管弦同醉客,一声歌尽各东西。"

唐·姚鹄《奉和秘监从翁夏日陕州河亭晚望》:"霞焰侵旌旆,滩声杂管弦。"

唐·李群玉《留别马使君》:"离心一曲歌,唯有管弦知。"

唐·李昌符《南潭》:"有时弦管收筵促,无数凫鹭逆浪来。"

又《三月尽日》:"江头从此管弦稀,散尽游人独未归。"

又《赠同游》:"管弦临夜急,榆柳向江斜。"

唐·林宽《苦雨》:"遥想管弦里,无因识此情。"

唐·司空图《五十》:"髭须强染三分折,弦管遥听一半悲。"

唐·曹唐《洛东兰若归》:"管弦愁里老,书剑梦中忙。"

又《奉送严大夫再领容府二首》:"薪竹水翻台榭湿,刺桐花落管弦闲。"

又《长安客舍叙邵陵旧宴寄永州萧使君五首》:"竹叶水繁更漏促,桐花风软管弦清。"

唐·罗邺《春归》:"管弦楼上春应在,杨柳桥边人未归。"

唐·皇甫松《摘得新》:"管弦兼美酒,最关人。"

唐·王建《调笑令》:"弦管弦管,春草朝阳路断。"

五代·和凝《小重山》:"柳色展愁眉,管弦分响亮,探花期。"

五代·顾复《木兰花》:"梦惊鸳被觉来时,何处管弦声断续。"

宋·柳永《玉山枕》:"绿锁窗前,几日春愁废管弦。"

宋·辛弃疾《浣溪沙》:"病怯杯盘甘止酒,老依香火若翻经,夜来依旧管弦声。"

又《小重山》:"中年怀抱管弦声,难忘处,风月此时情。"

1626. 流声入管弦

唐·虞世南《飞来双白鹤》:"飞来双白鹤,奋翼远凌烟。俱栖集紫盖,一举背青田。扬影过伊洛,流声入管弦。"双鹤奋翼远翔,鸣声流韵,如管弦之音协谐而动听。"流声入管弦",喻双鹤飞鸣,唱唱和和,如经过管弦加工,从管弦中发出的乐音。

"流声入管弦",用"管弦入新丰"的"入"字,并翻成倒置式,"管弦入"成为"入管弦"。除了歌词乐曲"入管弦"外,风声、水声、鸟声也"入管弦",各种流声逸韵,美不胜收。

唐·杜之松《和卫尉寺柳》:"不辞攀折苦,为入管弦声。""折柳"曲入管弦。

唐·苏颋《奉和春日幸望春宫应制》:"宸游对此欢无极,鸟哢声声入管弦。"鸟声融入音乐。

唐·张说《和张监观赦》:"金环能作赋,来入管弦声。"

唐·武平一《奉和登骊山高顶寓目应制》:"更睹南薰奏,流声入管弦。"用虞世南原句。

唐·孟浩然《岘山送萧员外之荆州》:"涧竹生幽兴,林风入管弦。"林风吹响了涧竹,发出丝丝洒洒的声音,有如管弦之声。

唐·王建《寄汴州令狐相公》:"秋日梁王池阁好,新歌散入管弦声。"

唐·刘禹锡《酬乐天醉后狂吟十韵》:"制诰留台阁,歌词入管弦。"

唐·白居易《寄明州于驸马使君三绝句》:"吴越声邪无法用,莫教偷入管弦中。"

宋·晏殊《浣溪沙》:"杨柳阴中驻彩旌,菱荷香里劝金觥,小词流入管弦声。"

宋·曾布《排遍第七》:"至今乐府歌咏,流入管弦声。"

宋·贺铸《宴齐云·南歌子》:"野色分禾黍,秋声入管弦。"

宋·王之道《朝中措》(和张文伯清明日开霁):"朝日淡淡缩云轻,风入管弦声。"

宋·杨无咎《望江南》:"薰入管弦增亮响,唤教罗绮亦光荣。"

宋·辛弃疾《鹧鸪天》(离豫章别司汉章大监):"但将痛饮酬风月,莫放离歌入管弦。"

1627.枝间鸟啭管弦同

唐·崔湜《奉和春日幸望春宫》:"庭际花飞锦绣合,枝间鸟啭管弦同。"(一作《立春内出彩花应制》)庭中花飞,与人的锦绣衣装融合起来,分不出衣色花色;枝间鸟鸣,同人的管弦音乐交汇,分不清乐声鸟声。

把鸟声、蛙声、松竹之声直比作"管弦",是由于大自然中这些声音都如管弦奏出的声音一样美好动听,因而诗中写这些事物本身,就像是管弦了,能发出乐音。

唐·张宗昌《奉和圣制夏日游石淙山》:"飞花藉藉迷行路,啭鸟遥遥作管弦。"

唐·储光羲《献高使君大酺作》:"花添罗绮色,莺乱管弦声。"

唐·贾弇《状江南》(孟夏):"蜃气为楼阁,蛙声作管弦。"

唐·刘真《七老会诗》:"临阶花笑如歌妓,傍竹松声当管弦。"

1628.急管繁弦催一醉

唐·钱起《送孙十尉温县》:"急管繁弦催一醉,颓阳不驻引征镳。"热闹、欢快的音乐,催人一醉,多饮一些吧,就要引镳上路了。孙十即去任温县县尉,作此诗送行。这是末二句。"镳",马勒,这里指代马。"急管繁弦"从"管弦"衍生而来,描述节奏紧促、情调欢快的音乐。也变序作"繁弦急管":钱起《玛瑙杯歌》:"繁弦急管催献酬,倏然飞空生羽翼。""献酬"用玛瑙杯敬酒,在快节奏的乐声中,杯子传得飞快,如生了翅膀。唐·独孤及《同徐侍郎五云溪新庭重阳宴集作》:"五马留池塘,繁弦催献酬。"用钱起句写酒场欢快热闹。

最先用"急管繁弦"的是唐人王维,他在《送神》诗中写道:"悲急管兮思繁弦,神之驾兮俨欲旋。"急管繁弦也发出悲音,因为神就要归去了。

起初,人们"急管""繁弦"独用,含义一样,如:唐·元结《刘侍御谦会》:"未醉恐天旦,更歌促繁弦。"唐·韩翃《赠张千中》:"急管昼催平乐酒,春夜夜宿北陵花。"唐·柳中庸《丁评事宅秋夜宴集》:"绮席人将醉,繁弦夜未央。"

下面是"急管繁弦"(繁弦急管)句:

唐·司空曙《发渝州却寄韦判官》:"红烛泽亭夜见君,繁弦急管两纷纷。"

唐·白居易《忆旧游》:"修蛾慢脸灯下醉,急管繁弦头上催。"

唐·张祜《和杜牧之齐山登高》:"秋溪南岸菊霏霏,急管繁弦对落晖。"

唐·胡曾《朝歌》:"长嗟墨翟少风流,急管繁弦似寇雠。若解闻韶知肉味,朝歌欲到肯回头。"

唐·吴烛《铜雀妓》:"秋色西陵满绿芜,繁弦急管强欢娱。"

宋·柳永《看花回》:"九衢三市风光丽,正万家、急管繁弦。"

宋·晏殊《蝶恋花》:"绣幕卷波香引愁,急管繁弦,共庆人间瑞。"

又《长生乐》:"清歌妙舞,急管繁弦。"宋·辛弃疾《满庭芳》(和洪丞相景伯韵呈现景户舍人):"急管哀弦,长歌慢舞,连娟十样宫眉。"用柳永句。

宋·欧阳修《采桑子》:"画船载酒西湖好,急管繁弦。"

宋·周邦彦《满庭芳》:"憔悴江南倦客,不堪听、急管繁弦。"

宋·汪晫《念奴娇》(清明):"急管繁弦嘈杂处,宝马香车如织。"

元·景元启《新水令》套曲:"酒斟金叵罗,人伴玉婵娟。急管繁弦,高楼上恣欢宴。"

明·谢谠《四喜记·仁主婚》:"急管繁弦,珠围翠绕,团花宫袄映宫袍。"

"急管繁弦"的种种变式:

唐·韦应物《酒肆行》:"繁丝急管一时合,他垆邻肆何寂然。"

唐·白居易《松江亭携乐观渔宴宿》:"繁丝与促管,不解和渔歌。"

又《乐世》:"管急弦繁拍渐稠,绿腰宛转曲终头。"

又《想夫怜》："玉管朱弦莫急催，容听歌送十分杯。"

唐·陈去疾《踏歌行》："繁弦促管升平调，绮缀丹莲借月光。"

宋·柳永《夏云峰》："坐久觉、疏弦脆管，时换新音。""疏弦"，反用。"脆管"，管音清脆：柳永《醉蓬莱》："此际宸游，凤辇何处，并管弦清脆。"

又《木兰花慢》："风暖繁弦脆管，万家竞奏新声。"

宋·翁卷《白纻词》诗："急竹繁弦互催逼，吴娘娇浓玉无力。"

1629. 莺啼歌扇后，花落舞衫前

南朝·陈·阴铿《侯司空宅咏妓》："莺啼歌扇后，花落舞衫前。"诗人在宅院听歌观舞，歌声亮丽，歌扇后伴之以莺声嘤嘤；舞态妖娆，舞衫前浮动着鲜花片片。歌声有莺声应和，舞态有鲜花陪衬，短短十个字，却极富表现力。

南宋·洪迈《容斋三笔·歌扇舞衣》评论："唐李义府诗云：'镂月为歌扇，裁云作舞衣。'同时人张怀庆窃为己有，各增两字云：'生情镂月为歌扇，出性裁云作舞衣。'致有生吞活剥之诮。予又见刘希夷《代闺人春日》一联云：'池月怜歌扇，山云爱舞衣。'绝相似。杜老亦云：'清江歌扇底，野旷舞衣前。'储光羲云：'竹吹当歌扇，莲香入舞衣。'然则唐诗人好以歌扇、舞衣为对也。"这段话中，"李义山"应作"李义甫"，张怀庆曾公开戏称"窃李义府诗"。"唐人好以歌扇、舞衫为对"，岂止唐人？前有南朝，后有两宋都好此对，而且是南朝人创用此对的。

南朝·陈·张正见《怨诗》："舞衫飘冶袖，歌扇掩团纱。"

南朝·徐陵《杂曲》："舞衫回袖胜春风，歌扇当窗似秋月。"

隋·李孝贞《酬萧侍中春园听妓》："红树摇歌扇，绿珠飘舞衣。"（《全唐诗》收作陈子良诗，又注"一作李元操〈孝贞〉诗"）

隋炀帝杨广《晏东堂》："清音出歌扇，浮香飘舞衣。"

隋·魏澹《初夏应诏》："舞衫飘细縠，歌扇掩轻纱。"

唐·王绩《咏妓》："早时歌扇薄，今日舞衫长。"

唐·陈子良《赋得妓》："明月临歌扇，行云接舞衣。"

唐·上官仪《八咏应制二首》："送影舞衫前，飘香歌扇里。"

唐·刘希夷《代闺人春日》："池月怜歌扇，山云爱舞衣。"

唐·李邕《奉和初春幸太平公主南庄应制》："流风入座飘歌扇，瀑水侵阶溅舞衣。"

唐·储光羲《同武平一员外游湖》："竹吹留歌扇，莲香入舞衣。"

唐·梁锽《涓氏子》："含声歌扇举，顾影舞腰回。"

唐·张说《奉和圣制春中兴庆宫酺宴应制》："鸾凤调歌曲，虹霓动舞衣。"

唐·杜甫《数陪李梓州泛江有女乐在诸舫戏为艳曲二首赠李》："江清歌扇底，野旷舞衣前。"

又《城西陂泛舟》："鱼吹细浪摇歌扇，燕蹴飞花落舞筵。"

唐·韩愈《春雪》："已讶陵歌扇，还来伴舞腰。"雪落歌扇舞衣之上。

唐·刘禹锡《和令狐相公到镇改月偶书所怀》："歌榭白团扇，舞筵金缕新。"

唐·张祜《咏风》："摇摇歌扇举，悄悄舞衣轻。"

唐·王勣《咏妓》："早时歌扇薄，今日舞衫长。"

唐·法宣《和赵王观妓》："舞袖风前举，歌声扇后娇。"

唐·徐放《奉陪武相公西亭夜宴陆郎中》："尘随歌扇起，雪逐舞衣回。"

唐·独孤实《奉陪武相公西亭夜宴陆郎中》："静看歌扇举，不觉舞腰回。"

唐·许浑《观章中丞按歌舞》："舞衫未换红铅湿，歌扇初移翠黛频。"

宋·晏几道《浣溪沙》："溅酒滴残歌扇字，弄花熏得舞衣香。"

又《生查子》："轻轻制舞衣，小小裁歌扇。"

宋·田为《南歌子》（春思）："对月怀歌扇，因风念舞衣。"

宋·毕良史《临江仙》（席上赋）："桃花歌扇小，杨柳舞衫长。"

宋·袁去华《诉衷情》："歌扇底，舞裙边，旧因缘。"

清·吴梅村《鸳湖曲》:"芳草乍疑歌扇绿,落花错认舞衣鲜。""芳草"对"落花","歌扇"对"舞衣",把富于色彩的歌舞,同富于色彩的花草映衬起来,完全融于大自然之中。

清·曹雪芹《红楼梦》第十八回,李纨《文彩风流》诗:"绿裁歌扇迷芳草,红衬湘裙舞落梅。"绿扇使芳草失色,红裙如落瓣梅花。

1630. 舞衫歌扇转头空

宋·苏轼《次韵王忠玉游虎丘绝句三首》其三:"舞衫歌扇转头空,只有青山杏霭中。"作者第一首中有自注:"郡人有闻丘公。太守王规父尝云:不谒虎丘,即谒闻丘。"王规父是王忠玉之伯父,与苏州人士闻丘友善。这次王忠玉游虎丘,作者在第三首诗中介绍闻丘公状况。"舞衫歌扇"是"舞衫……歌扇……"二句的缩合,也是一种概括。此时闻丘公似已去世。白居易《夜凉》:"舞腰歌袖抛何处,唯对无弦琴一张。"苏诗二句取此意。

苏轼还有"舞衫歌扇"合用句:

《答陈述古二首》:"闻道使君归去后,舞衫歌扇总成尘。"

《朝云诗》并引:引曰"世谓乐天有鬻骆马放杨柳枝词,嘉其主老病,不忍去也。然梦得有诗云:'春尽絮飞留不住,随风好去落谁家?'乐天亦云:'病与乐天相伴住,春随樊子一时归。'则是樊素竟去也。予家有数妾,四五年相继辞去,独有朝云者,随予南迁。因读乐天集,戏作此诗。朝云姓王氏,钱塘人,尝有子曰幹儿,未期而夭云。""经卷药炉新活计,舞衫歌扇旧因缘。"朝云常读佛经。此二句说朝云做许多事。

"舞衫歌扇"多指代歌舞,也有的代称歌舞妓或其"衫扇"之妆。有许多也用"舞裙歌扇",只换一字,其意近同。

宋·贺铸《河传》:"华堂张燕,向尊前妙选、舞裙歌扇。"

宋·周邦彦《华胥引》:"舞衫歌扇,何人轻怜细阅。"

宋·王以宁《浣溪沙》(寿赵倅):"小阁幽轩新料理,舞衫歌扇且传觞。"

宋·黄公度《好事近》:"莫把舞裙歌扇,便等闲抛却。"

宋·朱淑真《西江月》(春半):"办取舞裙歌扇,赏春只怕春寒。"

宋·赵彦端《芰荷香》:"舞裙歌扇,故应闲琐幽闺。"

宋·袁去华《青山远》(题王见机侍儿真):"到伊歌扇舞裙边,要前缘。"

宋·陆游《水龙吟》(荣南作):"见说新来,网紫尘暗、舞衫歌扇。"

宋·辛弃疾《杏花天》:"蛛丝网遍玻璃盏,更问舞裙歌扇。"取陆游句义。

又《临江仙》(侍者阿钱将行,赋钱字以赠之):"一自酒情诗兴懒,舞裙歌扇阑珊。"

宋·罗椿《酹江月》(贺杨诚斋):"不用翠倚红围、舞裙歌袖,共理称觞曲。"

宋·杨炎正《贺新郎》:"为唤取、扇歌裙舞,乞得风光还两眼,待为君、满把金杯举。"

宋·郭应祥《鹧鸪天》:"舞衫歌扇姑随分,又得掀髯笑一场。"

宋·史达祖《风流子》:"藉吟笺赋笔,试融春恨,舞裙歌扇,聊应尘缘。"

宋·高观国《喜迁莺》(代人吊西湖歌者):"玉骨瘦无一把,粉泪愁多千点。可怜损、任尘侵粉蠹、舞裙歌扇。"

宋·王迈《满江红》(寿赵宰):"要朱颜长对,舞裙歌扇。"

宋·洪瑹《月华清》(春夜对月):"恨无奈、利锁名缰;谁为唤、舞裙歌扇。"

宋·陈允平《宝鼎现》:"庆万家、珠帘半卷,绰约歌裙舞袖。"

宋·仇远《爱月夜眠迟》:"行行舞袖歌裙,归还不管更深。"

宋·蒋捷《珍珠帘》(寿岳君选):"金奏未响昏鹕,早传言放却、舞衫歌扇。"

宋·无名氏《西江月》:"不辞客路往来难,暂辍舞裙歌扇。"

1631. 舞裀歌扇花光里

宋·柳永《少年游》:"舞裀歌扇花光里,翻回雪,驻行云。""裀",夹衣。《广雅·释器》:"复襂(衫)为之裀。"此处同"衫"。"舞裀歌扇"即"舞衫歌扇"的同义语。柳永《河传》词又用:"奇容妙妓,争逞舞裀歌扇,妆光生粉面。""舞裀歌扇"句也自成一系,特征是用"裀"字。

宋·黄大临《青玉案》:"十分酒满,舞裀歌袖,沾夜无寻处。"

宋·黄庭坚《醉蓬莱》："荔颊红深,麝脐香满,醉舞裀歌袂。"

宋·阮阅《踏莎行》："团扇歌清,重裀舞妙,游人只恐归来悄。"

宋·李弥逊《花心动》(夫人生日)："红日当楼,绣屏开,风裀舞花随步。"

宋·曾觌《念奴娇》(席上赋林檎花)："刚要买断东风,袅栾枝低映、舞裀歌席。"

宋·洪适《清平乐》(次曾守韵)："何日舞裀歌扇,后堂重到惟梅。"

宋·石孝友《水调歌头》："点检诗囊酒盏,抬帖舞裀歌扇,收尽两眉愁。"

1632. 舞席潜回雪,歌筵暗起尘

唐·公乘亿《春风扇微和》："舞席潜白雪,歌筵暗起尘。""舞席""歌筵"指有歌舞的筵席。

宋·辛弃疾《瑞鹤仙》(南剑双溪楼)："看渔樵、指点危楼,却羡舞筵歌席。"用公乘亿句。

1633. 酒筵歌席莫辞频

宋·晏几道《临江仙》："酒筵歌席莫辞频,争如南陌上,占取一年春。"频繁的"酒筵歌席"还有什么乐趣呢? 那如去南陌上赏鉴春光春色。"酒筵歌席"就是歌舞晏乐,酒地花天。

宋·柳永《看花回》："笑筵歌席连昏昼,任旗亭斗酒十千。"又《传花枝》："每遇著,饮席歌筵,人人尽道。"晏几道用柳永句。

1634. 舞袖飘金谷,歌声绕凤台

南朝·陈·张正见《门有车马客行》："琴和朝雉操,酒泛夜光杯,舞袖飘金谷,歌声绕凤池。"全诗写接待即将赴边的骑士,此四句写操琴、泛酒、欢歌、乐舞,一派热烈场面。北朝·周·庾信在《咏画屏诗二十四首》中曾对用过"歌声""舞影":"歌声上扇月,舞影入琴弦。"而"歌声"与"舞袖"对用,张正见此诗则为首例。

隋·僧法宣《和赵郡王观妓应教》："舞袖风前举,歌声扇后骄。"

唐·李白《鲁中送二从弟赴举之西京》："舞袖指秋月,歌筵闻早鸿。"

唐·陈通方《金谷园怀古》："歌台岂易见,舞袖乍如存。"

唐·白居易《山游示小妓》："舞袖急黛惨,歌声缓莫唱。"

又《江南喜逢萧九彻因话长安旧游戏赠五韵》："雪飞回舞袖,尘起绕歌梁。"前举徐放也有"雪逐舞衣回"句,似舞袖舞衫为白绸。

唐·曹唐《长安客舍叙郡陵旧宴寄永州萧使君五首》："鹧鸪欲绝歌声定,鹦鹉初惊舞袖齐。"

宋·晏殊《木兰花》："重头歌韵响铮琮,入破舞腰红乱旋。"

宋·晏几道《鹧鸪天》："云随碧玉歌声转,雪绕红琼舞袖回。"

宋·向子谭《浣溪沙》："歌罢碧天零影乱,舞时红袖雪花飘,几回想见为魂销。"从晏几道句中脱出。

1635. 清歌妙舞落花前

唐·刘希夷《代悲白头翁》："此翁白头真可怜,伊昔红颜美少年。公子王孙芳树下,清歌妙舞落花前。"此诗写花不长红,人不长少;花能岁岁重开,人却年年衰老,白头翁是应该受到同情的,表现了诗人热爱老人的思想。此诗又署作宋之问《有所思》诗。《全唐诗》注云:"希夷善琵琶,尝为白头咏云:'今年花落颜色改,明年花开复谁在。'既而悔曰:'我此诗似识,与石崇白首同所归何异?'乃更作云:'年年岁岁花相似,岁岁年年人不同。'既而叹曰:'复似向识矣。'诗成未周岁,为奸人所杀。或云宋之问害希夷,而以《白头翁》之篇为己作。至令此篇有载在之问集中者。"据此,此诗作者应为刘希夷。而传说宋之问为一诗而杀人,似太荒诞,何况宋之问又是刘希夷的舅父。至于署名宋诗事,应是误收。古代诗词传抄者甚广,后人整理时不慎误收他人作品也是有的。这几句写白头老翁少年时的情景:一群少年在花树下清歌妙舞,伴之以簌簌的落花。"清歌",声音清越地唱歌,"妙舞",姿态美妙地跳舞。在此诗中还含有活泼欢快、充满青春活力之义。

初唐的卢照邻《登封大酺歌四首》首用"妙舞轻歌":"繁弦绮席方终夜,妙舞轻歌欢未归。""轻歌",轻快的歌。明·冯惟敏《黄莺儿·韵仙》:"音律压齐城,更妖娆体态轻,轻歌妙舞都相称。"唐·韩愈《刘生诗》则用"妖歌慢舞";"妖歌慢舞烂不收,倒心回肠为青眸。"即艳丽的歌,轻盈的舞。宋·陆游《观张提刑周鼎》变序用:"曼舞妖歌夸此生",今人则多用"轻歌曼舞"。

诗词中,刘希夷的"清歌妙舞落花前"最受人欣赏。唐·张说《侍宴武三思山第应制赋得风字》就拆解用之:"清歌芳树下,妙舞落花中。""中"字也确切。唐·王维《奉和上制上巳于望春亭观禊饮应制》也拆用:"清歌邀落日,妙舞向春风。"唐·戴叔伦《边城曲》更是直用原句:"不似京华侠少年,清歌妙舞落花前。"而用"清歌妙舞"(妙舞清歌)句就更多了。

宋·晏殊《长生乐》:"清歌妙舞,急管繁弦,榴花满酌觥船。"

又《连理枝》:"凤竹鸾丝,清歌妙舞,尽呈游艺。"

宋·魏夫人《定风波》:"妙舞清歌谁是主,回顾,高城不见夕阳斜。"

宋·秦观《梦扬州》:"长记曾陪燕游,酬妙舞清歌,丽锦缠头。"

又《一丛花》:"想应妙舞清歌罢,又还对、秋色嗟咨。"

宋徽宗赵佶《探春令》:"清歌妙舞从头接,等芳时开宴。"

宋·王之道《减字木兰花》:"清歌妙舞,断送吟鞭乘醉去。"

宋·史浩《南浦》(洞天):"对兹美景,爱清歌妙曲、千钟芳酒。"

宋·张抡《西江月》:"清歌妙舞拥红炉,犹恨寒侵尊俎。"

宋·廖行之《念奴娇》(寿田十叔):"好是妙舞清歌,浮瓜沉李,荐杯中醽醁"。

宋·辛弃疾《感皇恩》(为姊母王氏庆七十):"遥想画堂,两行红袖,妙舞清歌拥前后。"

宋·杨万里《谢建州茶使吴德华送东坡新集》:"黄金白璧明月珠,清歌妙舞倾城姝。"

宋·陈亮《贺新郎》:"笑黄花、重阳去也,不成分数。倾国容华随时换,依旧清歌妙舞。"

宋·无名氏《汉宫春慢》:"清歌妙舞,更兼玉管瑶篪。"

明·吴承恩《西游记》第九十五回:"清歌妙舞常堪爱,锦砌花团色色怡。"

明·汤显祖《邯郸记·极欲》:"步寒宫出落的紫霓裳,一个个清歌妙舞世上无双。"

清·薛雪《一瓢诗话》(一五二):"良辰美景,把卷为游,妙舞清歌,微吟以代。"

1636. 髻鬟低舞度,衫袖掩歌唇

唐·孟浩然《宴崔明府宅夜观妓》:"髻鬟低舞度,衫袖掩歌唇。"写女妓歌容舞态。"低舞度"出于唐人上官仪《安德山池宴集》中"翠钗低舞度,文杏散歌尘"句,唐太宗李世民《三层阁上置音声》诗也用了"歌尘":"隔栋歌尘起,分阶舞影连。"

"歌"与"舞"常是欢宴中并作并举的,因此对用句也多。

唐·白居易《把酒思闲事二首》:"掌上初教舞,花前欲唱歌。"

唐·张祜《题真娘墓》:"舞为蝴蝶梦,歌谢伯劳飞。"

唐·许浑《陪少师李相国崔宾客宴居守狄仆射池亭》:"云聚歌初转,风回舞欲翔。"

又《和宾客相国咏雪》:"艳疑歌处散,轻似舞时回。"

唐·赵嘏《花园即事呈常中丞》:"不肯为歌随拍落,却因令舞带香回。"

唐·林滋《宴韦侍御新亭》:"鸣籁将歌远,飞枝拂舞开。"

唐·崔珏《有赠》:"舞胜柳枝腰更软,歌嫌珠贯曲犹长。"

唐·罗隐《商於驿楼东望有感》:"歌绕夜梁珠宛转,舞娇春席雪朦胧。"

1637. 镂月为歌扇,裁云作舞衣

唐·李义府《堂堂词二首》(一作《题美人》):"镂月为歌扇,裁云作舞衣。自怜回雪影,好取洛川归。"这是阴铿"舞衫歌扇"句的衍生句。写歌女如洛川女神,歌扇如月镂成,舞衣如云裁出。李义府《旧唐书》有传,说他:"貌妆温恭,与人语必嬉怡微笑,而褊忌阴贼。既处权要,欲人附己,微忤意者,辄加倾陷。故时人言义府笑中有刀,又以其柔而害物,亦谓之'李猫'。"李义府政治上"笑里藏刀",名声鄙琐,唯此诗有名,也算是"不以人废言"了。

唐·张怀庆有《窃李义府诗》:"生情镂月为歌扇,出性裁云作舞衣。照镜自怜回雪影,来时好取洛川归。"宋·洪迈《容斋三笔》卷十四评说"致有生吞活剥诮。"张怀庆每句各增二字,"生吞活剥",粗俗不堪,还有"画蛇添足"之弊。只能说明李义府此诗为人看重。

唐·刘希夷《代闺人春日》:"池月怜歌扇,山云爱舞衣。"从李义府"裁云""镂月"句中化出。

唐·杜甫《复愁十二首》:"月生初学扇,云细不成衣。"也用"月扇""云衣"句。

宋·胡宿《夫人阁端午贴子》诗:"明月裁歌扇,轻霞剪舞衣。"用李义府句义。

1638. 舞低杨柳楼心月,歌尽桃花扇底风

宋·晏几道《鹧鸪天》:"彩袖殷勤捧玉钟,当年拼却醉颜红。舞低杨柳楼心月,歌尽桃花扇底风。"写同过去的恋人久别重逢的意外欣喜,忆昔话旧,想起当年初逢的情景:殷勤献酒,只好拼却一醉,跳舞已到月薄西山,唱歌已到扇底无风,因为时间过晚,歌扇无力了。写尽欢尽乐的情景。"舞低歌尽"句造语极工而巧,意匠天工,堪称不朽名句,后人多有评说。

北宋文人赵令畤《侯鲭录》卷七引宋人晁补之语:"晏元献不蹈袭人语,而风度闲雅,自是一家,如'舞低杨柳楼心月,歌尽桃花扇底风',自可知此人不生在三家村中者。"其中提"晏元献"就不对了,"元献"是晏几道之父晏殊的谥号,此词乃晏几道之作。南宋人胡仔在《苕溪渔隐丛话》后集卷三十三《雪浪斋日记》中称:"晏叔原(几道)工于小词,'舞低杨柳楼心月,歌尽桃花扇底风',不愧六朝宫掖体。无咎(晁补之)评乐章,乃以为元献词,误也。……此两句在《补亡集》中,全篇云(从略)。词情婉丽。"清·黄苏《蓼园词选》评:"'舞低'二句,比白香山'笙歌归院落,息月下楼台'更觉浓至;惟愈浓情愈深,今昔之感,更觉凄然。"这两句词名气很大,所以明代兰陵笑笑生的《金瓶梅》第五十八回,用了原句:"舞低杨柳楼头月,歌罢桃花扇底风。"只易一字。

唐初陈子良《咏春雪》诗写:"光映妆楼月,花承歌扇风。"同晏几道句意义全不相同,但却有"楼月""扇风"语,或有启示,却如晁补之所说"不蹈袭人语"。后人用"扇底风"为多。

宋·毕良史《临江仙》(席上赋):"桃花歌扇小,杨柳舞衫长。"用"舞衫""歌扇",兼用"桃花""杨柳"句。

宋·辛弃疾《临江仙》:"舞低花外月,唱彻柳边风。"从晏句中化出。

宋·谢枋得《蚕妇吟》:"不信楼头杨柳月,玉人歌舞未曾归。"反用其义。

宋·张炎《珍珠令》:"桃花扇底歌声杳,愁多少。便觉道花阴闲了。因甚不归来,甚归来不早。"用"桃花扇底"句说无歌是因人未归。

又《木兰花慢》(归隐湖山,书寄陆处梅):"叹扇底歌残,燕间梦醒,难寄中吴。"自比林逋,用"扇底歌残"表清寂生活。

元·宋褧《都城杂咏》:"罗袖舞低杨柳月,玉笙吹绽牡丹花。"用晏句。

元·黄庚《修竹宴客东园》:"晚来听唱梁州曲,声绕吴姬扇底风。"

元·孙周卿《水仙子·赠舞女赵杨花》:"霓裳一曲锦缠头,杨柳楼正月半钩。"

元·张可久《水仙子·红指甲》:"按桃花扇底风,托香腮数点残红。"

元·乔吉《卖花声·太平吴氏楼会集》:"桃花扇底窥春笑,杨柳帘前按舞娇。"

清·孔尚任《桃花扇》加二十一出孤吟《余文》:"老不羞,偏风韵,那管他扇底桃花解笑人。"从"桃花扇底"翻出"扇底桃花",其意也由"扇"转换为"花"。

1639. 舞盘中歌扇低

元·薛昂夫《一枝花·赠小园春》:"舞盘中歌扇低,刮得尽风月无多,趱得过繁华有几?""舞盘中"句喻舞女小园春娇小轻盈。

宋·乐史《杨太真外传》述:"上在百花院便殿,因览《汉成帝内传》,时妃子后至,以手整衣领,曰:'看何文书?'上笑曰:'莫问,知则又妬人。'觅去,乃是'汉成帝获飞燕,身轻欲不胜衣,恐其飘翥,帝为造水晶盘,令宫人掌之而歌舞。又制七宝避风台,间以诸香,安于上,恐其四肢不禁也。'上又曰:'尔则任吹多少?'盖妃微有饥也,故上有此语戏妃。妃曰:'《霓裳羽衣》一曲,可掩前古。'"据此,"掌中舞"当是掌上之盘中舞。

元·曾瑞《哨遍·麈腰》:"千古风流旖旎,束纤腰偏称襄王意。翠盘中妃后逞妖娆。"

1640. 细腰争舞君沉醉

唐·李涉《竹枝词》:"十二山晴花尽开,楚宫双阙对阳台。细腰争舞君沉醉,白日秦兵天上来。"巫山十二峰正对着楚宫,楚宫里的楚王正沉醉在细腰舞中,秦兵已从天而降,楚国灭亡了。作者借宋玉《神女赋》中襄王与神女的传说,写楚王

奢糜招致亡国的历史教训,对唐玄宗后期的李唐王朝不无影射意义。一时很引起一些共鸣。唐·汪遵《细腰宫》诗就直用其义:"鼓声连日烛连宵,贪向春风舞细腰。争奈君王正沉醉,秦兵江上促征桡。""细腰争舞"出自"楚王好细腰"的名言。最早见于《墨子》,又见《韩非子》及《后汉书·马廖传》。为了看到"细腰舞"的由来,不惮繁赘,引来一读:

《墨子》卷四:"君悦之,故臣为之也。昔者,楚灵王好士细腰,灵王之臣皆以一饭为节。胁息然后带,扶墙然后起。比期年,朝有黧黑之危。君悦之,故臣能之也。昔越王勾践好士之勇,教训其臣和合之焚舟失火,试其士曰:'越国之宝尽在此。'越王亲自鼓其士而进之,士闻鼓音破碎乱行,蹈火而死者,左右百人有余。"

《韩非子·二柄第七》:"故越王好勇而民多轻死;楚灵王好细腰而国中多饿人。"概括《墨子》中一段话。

《后汉书·马廖传》:"传曰:吴王好剑客,百姓多创瘢;楚王好细腰,宫中多饿死。"

唐·李白《于阗采花》诗:"明妃一朝西入胡,胡中美女多羞死。"即用此句型。

上引三段文字,《墨子》中的:"楚灵王好士细腰""越王勾践好士之勇",都讲"士",都指"国中""臣下"。《韩非子》作了概括。而《后汉书》撰马廖上疏"劝成德政"时,"国中"改成了"宫中",就易于被人误解为"宫女多饿死"。说楚灵王喜欢细腰舞,宫女竟为细腰而节食减肥,以至多有饿死者。实属荒唐。唐初人杨师道就不相信,他在《阙题》诗中说:"燕赵蛾眉旧倾国,楚宫腰细本传名。"不过是传言而已。

"楚王好细腰,宫中多饿死"又衍生出"细腰宫"。宋·陆游在《入蜀记》卷六中记"早抵巫山县,……游楚故离宫,俗谓之细腰宫。""俗谓"说明是传说。唐·李珣的《巫山一片云》:"古庙依青嶂,行宫枕碧流。"据说这"行宫"即楚"细腰宫"。于是人们就写了"细腰宫"。

唐·雍陶《夷陵城》:"唯有邮亭阶下柳,春来犹似细腰宫。"喻柳枝。

唐·王仁裕《荆南席上咏胡琴妓二首》:"无限细腰宫里女,就中偏惬楚王情。"

唐·刘禹锡《踏歌行》(一作张籍《无题》诗):"为是襄王故宫地,至今犹自细腰多。"巫山只与襄王相联系,"细腰宫"已不是灵王的了。这样,"楚宫腰""楚腰舞""楚腰"就都成了诗词中别有韵味的形象,甚而作为诗典为人广泛应用,且喻柳为多。

南朝·陈·江总《新入姬人应令诗》:"本持纤腰惑楚宫,暂回舞袖惊吴市。"姬人以纤腰惑乱了楚宫腰,旨在赞细腰。

隋炀帝杨广《喜春游歌二首》:"锦袖淮南舞,宝袜楚宫腰。"

隋·卢思道《日出东南隅行》:"楚腰宁且细,孙眉本未愁。"

唐·杨炎《赠元载歌妓》:"玉山翘翠步无尘,楚腰如柳不胜春。"以"楚腰"喻妓舞。

唐·杜甫《清明二首》:"胡童结束还难有,楚女腰肢亦可怜。"写南方女子腰肢之美。

唐·刘方平《采莲曲》:"落日晴江里,荆歌艳楚腰。"

唐·李商隐《效徐陵体赠更衣》:"楚腰知便宠,宫眉正斗强。"又《又效江南曲》:"扫眉开宫额,裁裙约楚腰。"又《碧瓦》:"无双汉殿鬌,第一楚宫腰。"又《柳》:"灞岸已攀行客手,楚宫先骋舞姬腰。"以"楚腰"喻柳之柔弱。又《梦泽》:"未知歌舞能多少,虚减宫厨为细腰。"歌舞多、细腰多,饿饭也多,宫厨也无须那么多了。李商隐写"楚腰"最多,"虚减宫厨"颇含讽刺意味。

唐·罗隐《西川与蔡十九同别子超》:"蜀客赋高君解爱,楚宫腰细我还知。"又《巫山高》:"珠零冷露丹堕枫,细腰长脸愁满宫。"

宋·王禹偁《句》:"香絮乱飘梁苑雪,细条轻袅楚宫腰。"喻柳。

宋·柳永《少年游》:"衰杨古柳,几经攀折,憔悴楚宫腰。"写枯柳。

宋·张先《蝶恋花》:"称得绿杨裁后院,学舞宫腰,二月青犹短。"写新裁绿杨柔嫩,又《宴春台慢》(东都春日李阁使席上):"楚腰舞柳,宫面妆梅。"写歌舞妓。

宋·梅尧臣《海棠》诗:"醉生燕王颊,瘦聚楚宫腰。"写海棠。

宋·郑獬《李都尉芙蓉堂》:"来从洛浦见罗袜,生在楚宫俱细腰。"

宋·陈襄《荷华》:"缓步迎潘后,纤腰学楚宫。"

宋·晏殊《渔家傲》:"楚国细腰元自瘦,文君赋脸难描就。"(一作欧阳修词)写舞人。

宋·欧阳修《减字木兰花》："长生舞袂,楚女腰肢天与细。"写舞人。

宋·杜安世《凤栖梧》："近来早是添憔悴,金缕衣宽,赛过宫腰细。"写消瘦。

宋·晁端礼《诉衷情》："吴宫绝艳楚宫腰,怯挂紫檀槽。"

宋·秦观《阮郎归》："宫腰袅袅翠鬟松,夜堂深处逢,无端银烛殒秋风。"

宋·周邦彦《解语花》(上元)："衣裳淡雅,看楚女纤腰一把。"

元·张可久《殿前欢·客中》："绿水罗裙绉,细柳宫腰瘦。梨花暮雨,燕子空楼。"喻弱柳。

元·卢挚《蟾宫曲·江陵怀古》："谁学下宫腰种柳,又添些眉黛新愁。"

1641. 楚腰纤细掌中轻

唐·杜牧《遣怀》："落魄江湖载酒行,楚腰纤细掌中轻。"扬州舞女"楚腰"纤细轻盈,用"掌中轻"的赵飞燕作喻,概括描写欢歌乐舞的生活。

"掌中轻"典出汉成帝的宠妃赵飞燕,《汉书·外戚传》载:汉成帝皇后赵飞燕微贱时"属阳阿公主家,学歌舞。"曹植《箜篌引》:"阳阿奏奇舞,京洛出名讴。""奏奇舞"即指赵飞燕。相传她体轻如燕,能掌中舞。《白氏六帖·舞》云:"赵飞燕体轻,能为掌上舞。"他做了皇后,自己不能生子,反将其他宫人所生一一害死。汉成帝死后五年,以"残灭继嗣"罪废为平民,自杀。汉魏间有《燕燕谣》:"燕飞来,啄皇孙;皇孙死,燕啄失。"此民谣就是讽刺其残忍的。

李白《清平调》词有:"借问汉宫谁得似?可怜飞燕倚红妆。"用赵飞燕比杨贵妃,因而受谗。而"掌中舞""掌中娇""掌中轻"倒成了诗人借以歌赞舞姿轻盈的代称。最为人熟知的就是杜牧的"楚腰纤细掌中轻",其实这种描绘,南北朝时代就开始了,"掌中轻"不是杜牧首创,而是梁·简文帝萧纲,他的《赋乐府得大垂手》诗就写了"垂手忽迢迢,飞燕掌中娇"。另据《南史·羊侃传》载:"舞人张净琬腰围一尺六寸,时人咸推能掌上舞。"然而这位"掌上舞"女没有赵飞燕知名。后来,唐人用赵飞燕多喻杨玉环,如李白的"宁知赵飞燕,夺宠恨无限"。(《怨歌行》)杜甫的"昭阳殿里第一人,同辇随君侍君侧"。(《哀江头》)而"掌上""轻身"句则多写舞女。

南朝·陈·江总《怨诗二首》："团扇箧中言不分,纤腰掌上讵胜愁。"

隋·孙万寿《远戍江南寄京邑亲友》："细尘梁下落,长袖掌中娇。"

唐·李百药《少年行》："千金笑里面,一搦掌中腰。"

唐·武平一《妾薄命》："子夫前入侍,飞燕复当时。正悦掌中舞,宁哀团扇诗。"

唐·元稹《月暗》："君王掌上容一人,更有轻身何处立。"

唐·温庭筠《张静婉采莲歌》："掌中无力舞衣轻,剪断鲛绡破春碧。"

唐·聂夷中《大垂手》："装束赵飞燕,教来掌上舞;舞罢飞燕死,片片随风去。"

唐·张南容《静女歌》："为照齐王门下丑,何如汉帝掌中轻。"

五代·和凝《麦秀两歧》："村连树,鱼比目,掌上腰如束。"兼用宋玉《登徒子好色赋》中"腰如束素"句,喻"两歧麦"。

宋·柳永《木兰花》："解教天上念奴羞,不怕掌中飞燕妒。"

宋·苏轼《减字木兰花》："妙舞蹁跹,掌上身轻意态妍。"

宋·晁端礼《鹧鸪天》："金屋暖,璧台春,意中情态掌中身。近来谁解辞同辈,似说昭阳军一人。""昭阳第一人"用杜甫句,汉成帝曾为赵飞燕姊妹建昭阳宫。

宋·张元干《瑞鹧鸪》："雏鹰初唣斗尖新,双蕊花娇掌上身。"

宋·曾觌《浣溪沙》(郑相席上赠舞者)："元是昭阳宫里人,惊鸿宛转掌中身。"

宋·袁去华《思佳客》："飞燕双双掌上身,花光粉艳晚妆新。"

清·吴伟业《临江仙》(逢旧)："落拓江湖常载酒,十重垂见云英,依然绰约掌中轻。"用杜牧两句。尤梅庵《国朝名家诗余》说:"此赠卞玉京作,杜秋之感,正难为怀。"云英即指卞玉京,为吴之旧好。

用"飞燕身轻"句如:

唐·王谌《长信怨》："飞燕倚身轻,争人巧笑名。"

唐·李白《阳春歌》："飞燕皇后轻身舞,紫宫夫人绝世歌。"

唐·戴叔伦《独不见》:"身轻逐舞袖,香暖传歌扇。"

唐·赵嘏《长信宫》(一作孟迟诗):"自恨身轻不如燕,春来长绕御帘飞。""燕"又双关"飞盖"。

唐·李咸用《倢伃怨》:"莫惊芙蓉开满面,更有身轻似飞燕。"直写飞燕。

宋·柳永《促拍满路花》:"香靥融春雪,翠鬟弹秋烟,楚腰纤细正笄年。""楚腰纤细"用杜牧句。

元·刘时中《水仙操》:"爱眉黛烟中翠,忆纤腰掌上轻,恨满邮亭。"

1642. 舞腰无力转裙迟

唐·白居易《与朱家妓乐雨后合宴》:"歌脸有情凝睇久,舞腰无力转裙迟。"写妓乐之歌姿舞态,"舞腰"也作纤腰,细腰,而不借"楚腰""宫腰"之特征。白诗此句为佼佼者。白居易还有:《江楼宴别》:"尊酒未空欢未尽,舞腰歌袖莫辞劳。"《题山石榴花》:"风袅舞腰香不尽,露销妆脸泪新干。"写花枝。

梁·王僧孺《为人宠姬有怨》:"是妾愁成瘦,非君重细腰。"

梁·徐悱妻刘令娴《和婕好怨》:"只言争分理,非妒舞腰轻。"

陈·萧琳《隔壁听妓》:"徒闻弦管切,不见舞腰回。"

唐·李百药《妾薄命》:"羞闻拊背入,恨说舞腰轻。"

唐·杜易简《湘川新曲二首》:"弱腕随桡起,纤腰向舸低。"写采菱女。

唐·李峤《舞》:"非君一顾重,谁赏素腰轻。"又《素》句"纤腰洛浦妃"。

唐·刘希夷《春女行》:"纤腰弄明月,长袖舞春风。"

又《捣擣衣篇》:"西北风来吹细腰,东南月上浮纤手。"

又《公子行》:"愿作轻罗著细腰,愿为明镜分娇面。"

唐·袁晖《七月闺情》:"锦字沾愁泪,罗裙缓细腰。"写消瘦。

唐·刘长卿《王昭君》:"纤腰不复汉宫宠,双蛾长向胡天愁。"

唐·梁锽《狷氏子》:"含声歌扇举,顾影舞腰回。"

唐·武元衡《独不见》:"春风细腰舞,明月高堂宴。"

唐·独孤及《奉陪武相公西亭夜宴陆郎中》:"静看歌扇举,不觉舞腰回。"

唐·韩愈《春雪》:"已讶陵歌扇,还来伴舞腰。"

唐·元稹《寄吴士矩端公五十韵》:"媚语娇不闻,纤腰软无力。"

唐·李商隐《无题》:"腰细不胜舞,眉长惟是愁。"

又《楚宫二首》:"已闻佩响知腰细,更辨弦声觉指纤。"

唐·赵嘏《水调歌》:"千年一遇圣明朝,愿对君王舞细腰。"

唐·李群玉《长沙九日登东楼观舞》:"南国有佳人,轻盈绿腰舞。"

唐·司马扎《筑台》:"朝观细腰舞,夜听皓齿歌。"

唐·陆龟蒙《赠远》:"本是细腰人,别来罗带缓。"同袁晖句。

五代·徐铉《山路花》:"城中春色还如此,几处笙歌按舞腰。"

五代·花蕊夫人(徐氏,一作费氏)《宫词》:"殿前宫女总纤腰,初学乘骑怯又娇。"

五代·法宣《和赵王观妓》:"城中画广黛,宫里束纤腰。"

宋·晏殊《玉楼春》:"垂头歌韵响铮琮,入破舞腰红乱旋。"

宋·苏轼《洞仙歌》:"江南腊尽,早梅花开后,分付新春与垂柳。细腰肢自有入格流,仍更是、骨体清英雅秀。"

又《登常山绝顶广丽亭》:"清歌入云霄,妙舞纤腰回。"

1643. 金谷园中柳,春来似舞腰

唐·李益《上洛桥》:"金谷园中柳,春来似舞腰。"登上洛阳桥,看到春柳萌生,在风中摇摆,柔弱如同舞女之腰。唐·薛逢《嵌襪曲》:"金谷园中柳,春来已舞腰。"只换一字。

以细腰喻弱柳最早的是北朝庾信。他在《和春日晚景宴昆明池》中写:"上林柳腰细,新丰酒径多。"用细腰比上林柳。李益的"春来似舞腰"直承杜甫的"隔户杨柳弱袅袅,恰似十五女儿腰"(《绝

句漫兴九首》)。学杜句用"似"字表示明喻的还有：唐·刘禹锡《有所嗟》："庾令楼中初见诗，武昌春柳似腰肢。"唐·薛能《柳枝四首》之四："狂似纤腰嫩胜棉，自多情态竟谁怜。"宋·吴文英《花心动·柳》词："十里东风，弱垂杨、长似舞时腰瘦。"

唐·白居易以腰喻柳生动而见真情，如《两朱阁》："妆阁伎楼何寂静，柳似舞腰池似镜。"又《杨柳枝》："叶含浓露如啼眼，枝袅轻风似舞腰。小树不禁攀折苦，乞君留取两三条。"这不是一种保护弱柳的环境意识吗？温庭筠《杨柳枝》仿句很成功：《杨柳枝》："宜春苑外最长条，闲袅春风伴舞腰。"只换了两个字，这"长条"就更悠"闲"，"伴"字也新，与舞腰为"伴"，一同起舞。他很喜欢这个"伴"字，在另一首《杨柳枝》中又用："黄莺不语东风起，深闭朱门伴细腰。"

白居易描写翠条袅娜如腰，最早用"袅娜"形容柳枝摇摆："风动翠条腰袅娜，露垂红萼泪阑干。"后句与他的《题山石榴花》中的"露销妆脸泪新干"句极近似。唐·施肩吾《观舞女》用"袅娜"写舞女："缠红结紫畏风吹，""袅娜初回弱柳枝。"

唐·李商隐《回中牡丹为雨所败二首》："章台街里芳菲伴，且问宫腰损几枝。"写牡丹为雨败损。宫腰喻牡丹枝。又《离亭赋得折杨柳二首》："暂凭尊酒送无憀，莫损愁眉与细腰。"后人用这一"损"字于柳和人：唐·韩偓《柳》："一笼金线拂弯桥，几被儿童损细腰。"唐·唐彦谦《垂柳》："伴惹春风别有情，世间谁敢斗轻盈。楚王江畔无端种，饿损纤腰学不成。""饿损"者为舞女。宋·杨泽民《蝶恋花·柳》词："瘦损舞腰非为酒，长条聊赠垂鞭手。"

其它以舞腰喻柳的句子如：

唐·郑愔《折杨柳》："舞腰愁欲断，春心望不还。"

唐·元稹《生春二十首》："柳软腰支嫩，梅香密气融。"

唐·薛能《柳枝词五首》："纤腰舞尽春杨柳，未有农家一首诗。"

唐·张祜《折杨柳》："怀君垂攀折，非妾妒腰身。"折柳寄怀，非妒柳腰。

唐·李贺《感春》："榆穿莱子眼，柳断舞儿腰。"

唐·刘禹锡《杨柳枝词》："花萼楼产初种树，美人楼上斗腰肢。"

唐·刘方平《折杨柳》："年年攀折意，流恨入纤腰。"

唐·杜牧《新柳》："无力摇风晚色新，细腰争妒看来频。"（一作许浑诗）明写细腰人，暗隐细腰柳。

唐·方干《柳》："学舞枝翻袖，呈妆叶展眉。"

唐·韩偓《春尽日》："柳腰入户斜风倚，榆荚堆墙水半淹。"

唐·韩琮《柳》："上阳宫女含声送，不忿先归舞细腰。"

又《杨柳枝词》："枝斗纤腰叶斗眉，春来无处不如丝。"

五代·张泌《春夕言怀》："烟垂柳带纤腰软，露滴花房怨脸红。"

五代·孙鲂《柳》："东风多事刚牵引，已解纤纤学舞腰。"

宋·黄庭坚《木兰花令》："红蕖照映霜林表，杨柳舞风腰袅袅。"

宋·史达祖《蝶恋花》："二月春风吹客袂，苏小门前，杨柳如腰细。"

宋·张景修《选冠子》："红粉墙头，柳摇金缕，纤柔舞腰低软。"

宋·曹冠《浣溪沙》（柳）："湿雨伤春眉黛敛，倚风无力舞腰柔。"

宋·陈允平《解蹀躞》："岸柳飘残黄叶，尚学纤腰舞。"

又《瑞龙吟》："空有章台烟柳，瘦纤仍似、宫腰飞舞。"

宋·吴文英《花心动》："十里东风，袅垂杨，长似舞时腰瘦。"

元·查德卿《半儿·春醉》（拟美人八咏）："海棠红晕润初妍，杨柳纤腰舞编。"

明·杨基《清平乐》（柳）："欺烟困雨，拂拂愁千缕。曾把腰枝羞舞女，赢得轻轻如许。"

1644. 石家金谷重新声

唐·乔知之《绿珠篇》："石家金谷重新声，明珠十斛买娉婷。"晋代石崇拥资百万，富埒王侯。在洛阳西北郊金谷涧中筑园，与达官显贵游乐其中，以豪侈相尚。石崇有妓绿珠，美艳，善吹笛。孙秀使人求之，崇不许。孙秀劝赵王伦诛崇。绿珠坠楼身亡，崇被杀。《绿珠篇》用此事。乔知之有婢窈娘，美貌善歌舞，为武承嗣所夺。知之怨惜，作此诗以寄情，密送婢。婢密结诗衣带，投井而死。武承嗣令酷吏罗织罪名把乔知之杀死。乔知之事极类石崇。乔此诗正以石崇、绿珠作喻，句中"娉婷"正喻窈娘。"石家金谷园"，后用来描述园苑豪华秀丽，或游园宴乐，等等。

北朝·周·庾信《奉和赵王春日》："城傍金谷苑，园里凤凰池。"

又《枯树赋》："若非金谷满园树，即是河阳一县花。"《晋书》载："潘岳为河阳令，满县皆栽桃花。"

唐·虞世南《门有车马客》："日斜青琐第，尘飞金谷苑。"

唐·陈子良《赋得妓》："金谷多欢宴，佳丽正芳菲。"

唐·宋之问《送永昌萧赞府》："莫令金谷水，不入故园流。"

唐·李峤《舞》："妙伎游金谷，佳人满石城。"

唐·杜审言《晦日宴游》："更看金谷骑，争向石崇家。"

唐·骆宾王《畴昔篇》："芝田花月屡徘徊，金谷佳期重游衍。"

唐·赵冬曦《奉答燕公》："佳人金谷返，爱子洞庭迷。"

唐·李颀《宴陈十六楼》："西楼对金谷，此地古人心。"

唐·陈叔达《听邻人琵琶》："为将金谷引，添令曲末终。"

唐·刘洎《安德山池宴集》："平阳擅歌舞，金谷盛招携。"

唐·王谌《夜坐看挡筝》："应是石家金谷里，流传未满洛阳城。"

唐·李白《宴陶家亭子》："若闻弦管妙，金谷不能夸。"

唐·韦应物《金谷园歌》："石氏灭，金谷园中水流绝。"斥奢侈。

唐·刘禹锡《杨柳枝》："金谷园中莺乱飞，铜驼陌上好风吹。"

1645. 绿杨风动舞腰回

唐·武元衡《摩诃池宴》："秋李雪开歌扇掩，绿杨风动舞腰回。"写在摩诃池宴游，歌扇不时地遮掩着白色李花，舞腰同绿杨一样在微风中回旋。歌舞以李花绿杨为幕景，溶成一片，也别有风韵。

舞腰喻杨柳，杨柳喻舞腰，腰柳互喻，文学作品中司空见惯。唐人薛能却不以为然。他在《折杨柳十首》的序中说："此曲盛传。为词者甚众。文人才子，各衒其能，莫不'条似舞腰，叶如眉翠'，出口皆然，颇为陈熟。能专于诗律，不爱随人；搜难扶新，誓脱常态。"薛能很有个性，他说："我身若在开元日，争遣名为李翰林。"《北梦琐言》说"（薛）能以诗自负。"他在《柳枝词五首》之五中写"纤腰舞尽春杨柳，未有依家一首诗。"然而他的《柳枝四首》中写"狂似纤腰嫩胜绵"也竟以纤腰喻杨，说明他反对陈滥，却难脱窠臼。文学史上为人写滥了的太多了只能任其瑕瑜并存，各取所赏。我们看以柳枝喻腰肢的也不乏名家。

唐·李林甫《赠元载歌妓》："玉山翘翠步无尘，楚腰如柳不胜春。"

唐·韩愈《辞唱歌》："幸有伶者妇，腰身如柳枝。"

唐·方干《赠美人四首》其三："剥葱十指转筹疾，舞柳细腰随拍轻。"

唐·王涣《悼亡》："腰肢暗想风欺柳，粉态难忘露洗花。"

五代·詹敦仁《余迁泉山城留侯招游邵圃作此》："柳腰舞罢只风度，花脸妆匀酒量生。"

五代·花蕊夫人《宫词》："自教宫娥学打毬，玉鞍初跨柳腰柔。"

五代·顾夐《荷叶杯》："腰如细柳脸如莲，怜摩怜，怜摩怜。"又："花如双脸柳如腰，娇摩娇，娇摩娇。"

宋·晏几道《鹧鸪天》："远山眉黛长，细柳腰肢弱。"

宋·舒亶《菩萨蛮》："怀曾把酒赏红翠，舞腰柳弱歌声细。"

宋·向子諲《浣溪沙》："两点春山入翠眉，一缬杨柳作腰肢。"又《浣溪沙》："云外遥山是翠眉，风前杨柳入腰肢。"

今人李汝沦《夜读诗词稿件》："云移幕启月华招，佳丽纷纷舞柳腰。"

1646. 彩袖殷勤捧玉钟

晏几道《鹧鸪天》："彩袖殷勤捧玉钟，当年拼却醉颜红。""彩袖"代女友，写一方殷勤献酒，一方拼却一醉的浓情蜜意。

元·王实甫《西厢记》第三本第四折《紫花儿序》："朦胧，可教我'翠袖殷勤捧玉盅'，却不道'主人情重'？只为那兄妹排连,因此上鱼水难同。"

1647.更望红裙踏筵舞

宋·苏轼《寄刘孝叔》:"公厨十日不生烟,更望红裙踏筵舞。"由于朝廷东征西战,兵连祸结,加上自然灾害,致民不聊生,官府也较为困窘,所以公厨无火,舞筵难举,希望舞女在酒筵前踏跳而不可得。

唐·韩愈《感春》:"艳姬踏筵舞,清眸刺剑戟。"苏轼用此"踏筵舞"句。

1648.妖娆歌舞出平阳

唐·司马逸客《雅琴篇》:"窈窕楼台临上路,妖娆歌舞出平阳。"诗中描绘了一些著名音乐及音乐故事,"平阳歌舞"即其一例。"平阳"指汉武帝刘彻之姐平阳公主,其夫为平阳侯曹参之曾孙平阳侯曹时。《史记·外戚世家第十九》载,卫子夫是平阳公主家的歌女,一次武帝到平阳公主家,侍奉他的美人,他都不喜欢,酒席间卫子夫出来唱歌,唯独这歌深受武帝喜爱。卫子夫入宫,生子,当了皇后。"平阳歌舞",由于汉武帝喜欢,卫子夫的高迁,而成了著名歌舞。"妖娆歌舞出平阳"就含有这种意义。唐·王昌龄《春宫怨》:"昨夜风开露井桃,未央前殿月轮高。平阳歌舞新承宠,帘外春寒赐锦袍。"即用此典。用"平阳歌舞"常写美妙动人的歌舞,有些描写公主家的宴会,"平第"表示高宅大第,有的用"平阳"代卫子夫最美的歌女。句如:

隋·李德林《夏日诗》:"歌声越齐市,舞曲冠平阳。"

唐·刘洎《安德山池宴集》:"平阳擅歌舞,金谷盛招携。"

唐·李适《侍宴安乐公主庄应制》:"平阳金榜凤凰楼,沁水银河鹦鹉洲。"

又《侍宴长宁公主东庄应制》:"歌舞平阳第,园亭沁水林。"

唐·李峤《晦日晏高氏林亭》:"歌人平阳第,舞对石崇家。"

唐·周思钧《晦日宴高氏林亭》:"骑出平阳里,筵开卫尉家。"

唐·陈嘉言《晦日宴高氏林亭》:"人是平阳客,地即石崇家。"

唐·郑愔《侍宴长宁公主东庄应制》:"平阳妙舞处,日暮清歌续。"

唐·苏颋《奉和初春幸太平公主南庄应制》:"今朝扈跸平阳馆,不羡乘槎云汉边。"

唐·韦嗣立《奉和初春幸太平公主南庄应制》:"林间花杂平阳舞,谷里莺和弄玉箫。"(一作赵彦昭诗)

唐·李迥秀《夜宴安乐公主宅》:"莫惊侧弁还归路,只为平阳歌舞催。"

唐·李乂《侍宴安乐公主山庄应制》:"向晚平阳歌舞合,前溪更转木兰桡。"

又《高安公主挽歌》:"平阳百岁后,歌舞为谁容。"

唐·张谔《岐王席上咏美人》:"平阳莫相妒,唤出不如他。"唐·袁晖《二月闺情》:"更听春燕语,妾亦不如他。"用张谔"不如他"句。

唐·李显《景龙四年正月五日移仗蓬莱宫御大明殿会吐蕃骑马之戏因重为柏梁体联句》:"(长宁公主)鸾鸣凤舞向平阳,(安乐公主)秦楼鲁馆沐恩光。"

唐·丁仙芝《长宁公主旧山池》:"平阳旧池馆,寂寞使人愁。"

唐·王翰《飞燕篇》:"孝成皇帝本娇奢,行幸平阳公主家。"

唐·孟浩然《美人分香》:"舞学平阳态,歌翻子夜声。"

又《崔明府宅夜观妓》:"长袖平阳舞,新声子夜歌。"

唐·钱起《奉陪郭常待宴浐川山地》:"歌声掩金谷,舞态出平阳。""出平阳"用司马逸客句。

唐·刘禹锡《咏古二首有所寄》:"可怜平阳第,歌舞娇青春。"

1649.回首可怜歌舞地

唐·杜甫《秋兴八首》:"回首可怜歌舞地,秦中自古帝王州。"公元766年秋,杜甫身居夔州,北望长安,难脱羁旅,想望系之,感慨系之。此为八首之六,叙曲江今昔,有今不如昔之感,这正是诗人忧国忧民之细微表现。"回首可怜歌舞地",看以往可爱的歌舞游乐胜地曲江,正是处在关中自古帝王居处之地啊!

"歌舞地",是指景色艳丽、风光美好,供人欢歌乐舞、游览赏玩的地方。语出北周庾信《代人伤往二首》,诗云:"杂树本惟金谷苑,诸花旧满洛阳城。正是古来歌舞处,今日看时无地行。"写金谷

园及整个洛阳城这块"歌舞处",今日破败不堪,面目全非。杜甫用此句写曲江。后人用"歌舞地"者如:

唐·陈羽《吴城览古》:"春色似怜歌舞地,年年先发馆娃宫。"

唐·李商隐《李卫公》:"今日致身歌舞地,木棉花暖鹧鸪飞。"

唐·赵嘏《经汾阳旧宅》:"今日独经歌舞地,古槐疏冷夕阳多。"

1650. 广乐奏钧天

唐太宗李世民《春日玄武门宴群臣》:"娱宾歌湛露,广乐奏钧天。""钧天"神话中天之中央,"钧天广乐"神话中天上的音乐。《列子·周穆王》:"王实以为清都紫微,钧天广乐,帝之所居。"《史记·赵世家》:"居二日半,简子寤,语大夫曰:'我之帝所甚乐,与百神游于钧天,广乐九奏万舞,不类三代之乐,其声动人心。'"汉·张衡《西京赋》:"昔者,大帝悦秦缪公而觐之,飨以钧天广乐。"以上都说"钧天广乐"是天上的音乐。李世民于"玄武门"之变取得帝位。在此地大宴群臣,以"钧天广乐"表音乐规格盛大,宴会场面之隆重,以表达敬宾求贤之意。后用"钧天广乐"描绘音乐歌舞盛会。

唐·魏征《述怀》:"庭实超王会,广乐盛钧天。"

唐·胡元范《奉和太子纳妃太平公主出降三首》:"圣文飞圣笔、天乐奏钧天。"

唐·韦元旦《奉和安乐公主山庄应制》:"琼箫暂下钧天乐,绮缀长悬明月珠。"

唐·张说《奉和圣制暇日与兄弟同游兴庆宫作应制》:"献图开益地,张乐奏钧天。"

又《三月三日定昆池奉和萧令》:"广乐逶迤天上下,仙舟摇衍镜中酣。"

唐·李乂《奉和七夕两仪殿会宴应制》:"睿作钧天响,魂飞在梦中。"

唐·沈佺期《侍宴安乐公主新宅应制》:"敬从乘舆来此地,称觞献寿乐钧天。"

唐·司马逸客《雅琴篇》:"传闻帝乐奏钧天,觊冀微躬备五弦。"

唐·李白《流夜郎闻酺不预》:"汉酺闻奏钧奏乐,愿得风吹到夜郎。"

宋·苏轼《行琼,儋间,肩舆坐睡。梦中得句云:千山动鳞甲,万谷酣笙钟。觉而遇清风急雨,戏作此数句》:"安知非群仙,钧天宴未终。"

宋·辛弃疾《贺新郎》(用前韵送杜叔高):"惟余音、钧天浩荡,洞庭胶葛。"这是称赞杜叔高的诗,韵味无穷,如天上的音乐,余音袅袅,不绝于耳。

金·元好问《步虚词》:"人间听得《霓裳》惯,犹恐钧天是梦中。"

1651. 此曲只应天上有

唐·杜甫《赠花卿》:"锦城丝管日纷纷,半入江风半入云。此曲只应天上有,人间能得几回闻?"此诗在花敬定歌舞筵席上作。《杜诗详注》引焦竑语曰:花卿恃功骄恣,杜公讥之,而含蓄不露","公之绝句百余首,此为之冠"。又引杨慎语曰:花卿在蜀,颇用天子礼乐,子美作此讽之,而意在言外,最得诗人之旨。当时锦城妓女,独以此诗入歌,亦有见哉。"公元761年,段子璋谋反,成都尹崔光远率西川牙将花敬定攻绵州,斩段子璋,花敬定战功很大。花敬定宴席上,或有玄宗入蜀后蜀伎歌奏过的梨园法曲、教坊大曲之类。"此曲只应天上有",表面上是称赞此曲之美好无比,"人间能得几回闻",暗含好景难长。讥讽之义委宛其中。(《全唐诗》又收入赵嘏的《入破第二》)

"此曲只应天上有",在杜甫之前,除"钧天广乐"外,也有人作此比喻。唐·张说《侍宴襄荷亭应制》:"山外闻箫管,还如天上逢。"唐·苏颋《广达楼下夜待酺宴应制》:"正睹人间朝市乐,忽闻天上管弦声。"这都是把楼上御乐比作高高的天上音乐。这是杜甫之前。

杜甫之后,比作"天上有,人间无"的,述说广泛,除了音乐之外,写乌啼,写潮涌,写美酒,写山水风光,等等。即是写歌写乐,也多不是皇家的,只借以描绘其高超的艺术,句式也富变化。

唐·顾况《郑女弹筝歌》:"郑女八岁能弹筝,春风吹落天上声。"

又《李供奉弹箜篌歌》:"除却天上化下来,若向人间实难得。"

又《乌啼曲》:"此是天上老鸦声,人间老鸦无此声。"

唐·刘禹锡《田顺郎歌》:"清歌不是世间音,玉殿尝闻称主心。唯有顺郎全学得,一声飞出九重深。"

唐·张仲素《宫中乐王者》:"乐吹天上曲,人是月中仙。"

唐·白居易《梦得相过，援琴命酒，因弹秋思，偶咏所怀，兼寄继之待价二相府》："我正风前弄秋思，君应天上听云韶。"自注云："云韶，雅乐曲，上多与宰相同听之。"

唐·李群玉《同郑相并歌姬小饮戏赠》："风格（一作貌态）只应天上有，歌声岂合世间闻。"

五代·张白《赠酒店崔氏》："武陵城里崔家酒，地上应无天上有。"

宋·赵子发《鹧鸪天》："闻叶吹，想风鬟，浮空仿佛女乘鸾。此时不合人间有，尽入嵩山静夜看。"如乘鸾仙女凌空而至，人间没有。

宋·刘一止《点绛唇》："铁拨鹍弦，一试春风手。龙仙奏，绛霄声透，不许人间有。"

金·元好问《台山杂咏》："山云吞吐翠微中，淡绿深青一万重。此景只应天上有，岂知身在妙高峰。""妙高峰"为佛经中须弥山的意译词，诗中喻五台山之神奇。

周锦澜《楹联》："长笛一声，此曲只应天上有；大江千古，今朝都到眼前来。"

1652. 人间能得几回闻

唐·杜甫《赠花卿》："此曲只应天上有，人间能得几回闻。"其下句亦有所本。

南朝·宋·鲍照《代别鹤操》："心有所存，旁人那得知？"写人的心理活动，别人难得知道。杜甫《送孔巢父谢病归游江东兼呈李白》："自是君身有仙骨，世人那得知其故！"用鲍照"那得知"句式。而"那得闻"与"那得知"为近似句。用杜甫"人间能得几回闻"句，有的连用其上下两句（见前条），为突出下句的影响，统列如下：

唐·顾况《李供奉弹箜篌》："除却天上化下来，若向人间实难得。"

唐·李群玉《同郑相公歌妓小饮戏赠》："貌态只应天上有，歌声岂合世间闻。"

宋·赵子发《鹧鸪天》："此时不合人间有，尽入嵩山静夜看。"

宋·仲并《画堂春》（即席）："舞袖飘摇回雪，歌喉宛转留云。人间能得几回闻，丞相休嗔。"用原句。

宋·姜夔《酹江月》（观潮应制）："此景天下应无。东南形胜，伟观真奇绝。"

1653. 层冰延乐方

唐·李邕《登历下古城员外孙新亭》："形制开

古迹，层冰引乐方。"写员外新亭在并拓旧基建筑而成，夏日置冰又是引乐之方。"引乐"（"延"，引，诱发兴致。）全诗十二句。《杜诗详注》把前六句列为杜甫诗，后六句则附"杜诗"后为"李邕诗"，这种组合不得其解。《全唐诗》这十二句则只作李邕诗。前六句作杜甫诗则不知所据。

东汉·傅毅《舞赋》云："元音高歌，为乐之方。""为乐（yuè）"，制乐，"引乐"（lè）与之不同。"为乐之方"，又简作"乐方"。曹丕《秋胡行二首》："有美一人，婉如清杨。知音识曲，善为乐方。"其《善哉行二首》再用（或入乐时凑入）："有美一人，婉如清杨。妍姿巧笑，和媚心肠。知音识曲，善为乐方。"

1654. 凤凰飞下四条弦

唐·王建《宫词一百首》："红蛮捍拨贴胸前，移坐当头近御筵。用力独弹金殿响，凤凰飞下四条弦。"王建的宫词"尤传诵人口"，到五代的花蕊夫人竟写了宫词一百五十七首。宫词全面地反映宫廷生活，不仅有认识价值，也有史料价值。王建此词，写红妆蛮女在御前弹琵琶，四弦琵琶响起了凤鸣般的动人声音。"四弦琵琶"为西晋阮咸所弹。四弦有柱，定弦之柱常常雕成鸟雀展翅之形，便于操扭又美观。四条弦，每条弦定在一只凤扭（凤柱）上。"凤凰飞下四条弦"，意为弦音美妙动听如凤鸣，像是四只凤凰飞下弦柱。宋·曹勋《浣溪沙》词用王建句："玉柱檀槽立锦筵，低眉信手曲初传，凤凰飞上四条弦。"换一"上"字，亦写四弦发出美妙声音。

唐·李白《长相思》："赵瑟初停凤凰柱，蜀琴欲奏鸳鸯弦。此曲有意无人传，愿随春风寄燕然。"《长相思》为乐府古题，多诉思妇之苦，此诗亦然。瑟调刚停，琴声又起。柱为凤凰柱，弦为鸳鸯弦（大小二弦或称内外弦）。琴瑟，喻夫妻和谐。《诗经·关雎》："窈窕淑女，琴瑟友之。"《诗经·小雅·棠棣》："妻子好合，如鼓琴瑟。"此诗即用琴瑟寄思妇之情。王建"凤凰飞下四条弦"即取"凤凰柱"之意。

王建《田侍中宴席》再写凤凰柱："表蛾侧坐调双管，彩凤斜飞入五弦。"前写"凤凰飞下"表示凤柱上的琴弦发出凤鸣之声。"彩凤飞入"是五弦琴的弦柱如五只斜飞的凤凰。

唐太宗李世民《秋日即目》："别鹤栖琴里，离猿啼峡中。""别鹤"一解为《别鹤》曲的琴声,另解为琴柱为鹤形。

1655. 十三弦柱雁行斜

唐·李商隐《昨日》:"二八月轮蟾影破,十三弦柱雁行斜。平明钟后更何事,笑倚墙边梅树花。"此是爱情诗,写离别的。"二八"是十六日,月轮失圆,蟾影不全;筝柱十三,数不成双,斜列如雁飞。用月缺弦单以寄情,可谓巧妙了。

唐·李白《长相思》:"赵瑟初停凤凰柱,蜀琴欲奏鸳鸯弦。"凤凰柱,即挂弦之柱,弦柱因定弦,扭动弦柱,弦就发生松紧变化,决定音的高低,而且不同柱上的弦要保持相对音高。"凤凰柱",其实是飞鸟形柱的外端,因为凤凰乃传说中的神鸟。鸟形柱端,一是便于扭动(有双翅),二是为了美观。"鸳鸯弦"是大小弦或粗细弦,也称内外弦,一般是两条弦。事实上,雁形弦柱是较普遍的。古诗有"刻成筝柱雁相参",就是筝柱仿雁形,双翅展开如飞行状。所以后来人们不再写"凤凰柱"。

一般是有一条弦就要有一根柱。李商隐《锦瑟》诗中的名句:"锦瑟无端五十弦,一弦一柱思华年。"感叹华年已逝。"五十弦"就要五十根柱(弦的另端固定在琴瑟体上),够繁多了,但后来减半并非因为繁多。《汉书·郊祀志第五上》载:汉武帝与公卿议郊祀(祭天地)用音乐事,有人说:"泰帝使素女鼓五十弦瑟,悲,帝禁不止,故破其瑟为二十五弦。""作二十五弦及空侯瑟自此起。"就是说五十弦瑟太皓(伏羲氏)时代就有了,因为调子太悲,太皓改作二十五弦,汉武帝郊祀启用二十五弦瑟。李商隐用古老传说中的"五十弦"喻年至垂老,而"一弦一柱",这"柱"不用鸟喻。

"十三弦柱雁行斜",创意生动形象,弦雁栩栩如生,增加筝的艺术含量。后来用"雁柱""春行""斜雁""斜鸿""鸿阵"写弦乐寄种种情思。

唐·张祜《听筝》:"十指纤纤玉笋红,雁行轻遏翠弦中。""雁行"喻弦柱,用隐喻法。他与李商隐同时代。

宋·张先《生查子》(一作欧阳修词):"雁柱十三弦,一一春莺语。"

又《菩萨蛮》:"当筵秋水慢,玉柱斜飞雁。"

宋·周邦彦《垂丝钓》:"倦倚绣帘,看舞风絮。愁几许,寄凤丝雁柱。"

宋·曹勋《点绛唇》:"雁飞筝柱,都向愁边去。"

宋·洪适《满庭芳》(酬徐守):"架上舞衣尘积,弦索断,筝雁差池。"

宋·姜夔《湘月》:"谁解唤起湘灵,烟鬟雾鬓,理哀弦鸿阵。"

宋·吴文英《莺啼序》:"殷勤待写,书中长情,兰露辽海沉过雁。漫相思,弹入哀筝柱。"直写筝柱。

宋·柳华淑《望江南》:"翠锁双蛾空宛转,雁行筝柱强安排。"

宋·王沂孙《如梦令》(中秋):"妾似春蚕抽缕,君似筝弦移柱。"直写筝柱。

宋·蒋捷《贺新郎》(怀旧):"梦冷黄金屋,叹秦筝,斜鸿阵里、素弦尘扑。"

又《祝英台》:"最堪叹、筝面一寸尘深,玉柱网斜雁。"

又《白苎》:"斜阳院宇,任蛛丝冒遍,玉筝弦索。"只写弦索。

金·刘仲尹《鹧鸪天》:"调雁柱,引蛾瞯,绿窗弦索合筝篥。"

清·朱彝尊《长亭怨慢》(雁):"随意落平沙,巧排作、参差筝柱。"

清·王鹏运《鹊踏枝》:"筝雁斜飞排锦柱,只伊不解将春去。"

1656. 惟有山阳笛,凄余思旧篇

北朝·周·庾信《伤王司徒褒》:"惟有山阳笛,凄余《思旧》篇。""山阳笛",魏·向秀《思旧赋》有"经山阳之旧居"句。《汉书·地理志》载:"河内郡有山阳县。"《思旧赋》云:"余与嵇康、吕安,舍止接近,其人并有不羁之才。其后各以事法。余逝将西迈,经其旧庐。于时日薄虞渊,寒冰凄然。邻人有吹笛者,发声寥亮。追思曩昔游宴之好,感音而叹,故作赋云。"向秀到山阳,听到邻人笛声,更诱发了对早已遇害的嵇康、吕安的思念,因而作《思旧赋》。这就是"山阳笛"之由来,含有"思旧怀友"之情。庾信与王褒、萧永同被羁北周,萧永死了,庾信作《思旧铭》怀友思乡。现在王褒又死去,作此"伤王褒"诗。结末二句说,如同向秀闻山阳笛而思旧一样,王褒之殁,使我思旧,更加凄然。后用"山阳笛"表达思旧之情。

唐·窦牟《奉诚园闻笛》(园,马侍中故宅):"秋风忽洒西园泪,满目山阳笛里人。"园中闻留而

怀思主人。

唐·刘禹锡《伤愚溪三首》："纵有邻人解吹笛,山阳旧侣更谁过。"

宋·张炎《探芳信》："旧情懒听山阳笛,目极空搔首。"

又《桂枝香》："怀旧难写,山阳笛怨,夜凉吹月。"

又《壶中天》："留得一方无用月,隐隐山阳闻笛。"

1657. 羌笛何须怨杨柳

唐·王之涣《出塞》(凉州词)："羌笛何须怨杨柳,春风不度玉门关。"春风既然不度玉门关,又何必怨羌笛《杨柳》之哀音呢?《折杨柳》古横吹曲,笛子吹奏,反映军旅生活,喻别离之苦。王诗《出塞》第二首,末句为:"汉家天子今神武,不肯和亲归去来。"明·杨慎《升庵诗话》云:"此诗言恩泽不及于边塞,所谓君门远于万里也。"因此本意不是说玉门关外没有春风,而是说明朝廷不关心边防士卒疾苦,士卒得不到温暖。

唐·李白《关山月》："明月出天山,苍茫云海间。长风几万里,吹度玉门关。"反用王之涣句,喻战士远离故土。而李白的《塞下曲》其一:"五月天山雪,无花只有寒。笛中闻《折柳》,春色未曾看。"写塞外五月春天还没有到来。唐·羊士谔《泛舟入后溪》:"玉身闲吹折杨柳,春风无声傍鱼潭。"用王句而异其义。

《折杨柳》是思乡曲,曲调哀凉。唐·李白《春夜洛城闻笛》:"此夜曲中闻折柳,何人不起故乡情?"写唤发乡情之深。唐·王翰《凉州词二首》其二:"夜听胡笛折杨柳,教人意气忆长安。"同写思乡,不如李白句。唐·李峤《柳》:"短箫何以奏,攀折为思君。"横笛为何奏《折杨柳》,是思君。唐·杜之松《和卫尉寺柳》:"不辞攀折苦,为入管弦声。"即含《折杨柳》曲。唐·张祜《折杨柳枝二首》:"莫折宫前杨柳枝,玄宗曾向笛中吹。"唐玄宗晚年就以笛寄离愁。唐·郑愔《塞外三首》:"折柳悲春曲,吹笛夜断声。"也写悲。唐·张乔《笛》:"剪雨裁烟一节秋,落梅杨柳曲中愁。"《落梅》《杨柳》都是愁曲。

宋·丁谓《柳》:"短箫何以奏,攀折为思君。"写"奏折柳"。清·朱柔则《送外甥之大梁》:"莫向离亭歌折柳,恐催客泪落离筵。"兼用宋·王同祖

"依前杨柳离亭"(《西江月》)句。

"羌笛怨",王之涣写得最好。"羌笛",起源于我国古代西南少数民族羌族。汉代传入内地。汉代马融《长笛赋》说:"近代双笛从羌起,羌人代竹未及己。"唐人韦应物《听莺曲》:"欲啭不啭意自娇,羌儿弄笛曲未调。"写莺声虽娇,不如羌儿弄留。但羌笛声奏怨曲:北周·庾信《拟咏怀二十七首》之七:"胡笳落泪曲,羌笛断肠声。"北朝乐府《折杨柳枝》:"上马不提鞭,反拗杨柳枝。下马吹横笛,愁杀行客儿。"都说闻笛而生愁,而最早写"笛怨"的是南朝·陈·陈暄《紫骝马》:"箎寒芳树歇,笛怨柳枝空。"也如庾信诗写"箎"与"笛",王之涣的怨杨柳应本于此。写"笛怨"的还有:

唐·上官仪《王昭君》:"玉关春色晚,金河路几千。琴悲桂条上,笛怨柳花前。"

唐·刘长卿《秋日夏口涉汉阳献李相公》:"楚歌悲远客,羌笛怨孤军。"

唐·高适《金城北楼》:"为问边庭更何事,至今羌笛怨无穷。"

唐·武元衡《经严秘书维故宅》:"不堪设钓处,邻笛怨春风。"

又《送张六谏议归朝》:"笛怨柳营烟漠漠,云愁江馆雨萧萧。"

唐·张祜《镇西》:"谁家营里吹羌笛,哀怨教人不忍闻。"

唐·赵嘏《送剡客》:"扁舟几处逢溪雪,长笛何人怨柳花。"

唐·温庭筠《定西蕃》:"千里玉关春雪,雁来人不来,羌笛一声愁绝。"

唐·李咸用《春日题陈正字林亭》:"南北近来多少事,数声横笛怨斜阳。"

宋·陈襄《骊宫悼往》:"玉笛凉州怨,梨园法部闲。"

宋·梅尧臣《依韵和叔治晚春梅花》:"笛吹远曲还多怨,风送清香似可期。"

宋·黄庭坚《绣带子》(张宽夫园赏梅):"东邻何事,惊吹怨笛,雪片成堆。"吹《落梅花》怨梅花落。

宋·李清照《永遇乐》:"染柳烟浓,吹梅笛怨,春意知几许。"

宋·孙居敬《喜迁莺》(晓行):"梦结尚依征旆,笛怨谁教渔谱。"

宋·李彭老《高阳台》(落梅):"欲倩怨笛传青

谱,怕断霞、难返吟魂。"

宋·王炎《临江仙》(落梅):"雪片幻成肌骨,月华借与精神,一声羌笛怨黄昏。"

宋·周密《献仙音》(吊雪香亭梅):"又西泠残笛,低送数声春怨。"

宋·无名氏《折红梅》:"笛声休怨,怕恐使、群芳零乱。"

宋·无名氏《满庭霜》:"更胡笛羌管,塞曲争吹,陌上行人暂听,香风动、都入愁眉。"

宋·无名氏《瑶台月》:"羌管怨,琼花缀。结子用调鼎饵,将军止渴,思得此味。"

宋·无名氏《夏云峰》:"冷烟幽艳,曾不许、霜雪相欺。只恐向、笛声怨处,吹落残枝。"

宋·无名氏《万年欢》:"陇上休轰笛怨,且留取、累累成实。"

宋·无名氏《踏莎行》:"十二危楼,谁人遍倚。只愁羌笛声幽怨。"

清·王士禛《秋柳》:"莫听临风三弄曲,玉关哀怨总难论。"

1658. 听唱新翻《杨柳枝》

唐·刘禹锡《杨柳枝》诗:"塞北梅花羌笛吹,淮南桂树小山词。请君莫奏前朝曲,听唱新翻《杨柳枝》。""前朝曲"指古《杨柳枝》。唐人多咏《落梅花》《王孙游》之类曲,咏《杨柳枝》也是五言古辞。刘禹锡晚年同白居易翻出七言《杨柳枝》。诗中提到"六幺""水调""白雪""梅花",都指古曲。"新翻"七言《杨柳枝》,表现他们在艺术创作中的推陈出新精神。

白居易是"新翻"的合作者,刘禹锡写了七言《杨柳枝词》九首,白居易写了《杨柳枝》八首,都突破了五言古格。其中一首是:"六幺水调家家唱。白雪梅花处处吹。古歌旧曲君休听,听取新翻《杨柳枝》"同刘禹锡的主张是完全一致的。

宋·苏轼《答李邦直》:"不用教丝竹,唱我新歌词。"用其句而不用其意。

1659. 谁家玉笛暗飞声

唐·李白《春夜洛城闻笛》:"谁家玉笛暗飞声,散入春风满洛城。此夜曲中闻《折柳》,何人不起故园情。"此诗是诗人于开元二十二年游洛阳(洛城)时作。《折杨柳》是汉代乐府横吹曲,多写别离,因而诗人听了《折杨柳》笛曲,感受是"何人不

起故园情"。对远离故园、饱尝别离之苦的人,必然深深地唤起乡情。这笛声从"谁家"飞出?当时作者也难知道,却永留在这诗中,打动着读者。"曲中闻折柳",用语双关:或折柳之曲,或折柳之俗;折柳之俗为送别,折柳之曲咏别离,加重了别离之感。所以此诗写了著名的笛声。

又《与史郎中钦听黄鹤楼上吹笛》:"一位迁客去长沙,西望长安不见家。黄鹤楼中吹玉笛,江城五月落梅花。"乾元元年(758),李白受永王李璘事件牵连流放夜郎途经武昌游黄鹤楼作此诗,先以汉贾谊贬谪长沙自比,抒去国之痛,继而闻到《梅花落》笛曲,暗中顿觉凄凉。这凄凉并未直白,而是含而不露,深发心底。"五月落梅花"亦有双关:一是从高高的黄鹤楼上,《梅花落》的嘹亮笛声向江城飘落,一是江城五月,时惟初夏,有如梅花自高而下,纷纷飘落,虽非严冬,也令人生寒。同当年那洛城夜笛一样,这黄鹤楼中不知演奏者的笛声也永远留在诗中,撼动人心。多少文人笔下写了笛声,都没有李白这两笔所具有的力量。

唐·羊士谔《泛舟入后溪》:"玉笛闲吹折杨柳,春风无事傍鱼潭。"用"闻《折柳》"句。

明·吴承恩《杨柳青》:"谁向高楼横玉笛,《落梅》愁绝醉中听。"暗用"谁家玉笛暗飞声"与"黄鹤楼中吹玉笛"二句。

1660. 散入春风满洛城

唐·李白《春夜洛城闻笛》:"谁家玉笛暗飞声,散入春风满洛城。"在洛阳的夜晚,不知从谁家飞出《折杨柳》的笛声,这笛声散入春风之中,传遍了整个洛阳城。(有关解读见前条)

唐·刘禹锡《酬令狐相公见寄》令狐楚为尚书仆射,历任诸镇节度。刘诗赞曰:"才兼文武播雄名,遗爱芳尘满洛城。"用李白"满洛城"称令狐楚政声显赫,誉满洛城。

1661. 胡床紫玉笛,却坐青云叫

唐·李白《经乱后将避地剡中留赠崔宣城》:"胡床紫玉笛,却坐青云叫。""青云叫",玉笛嘹亮清脆,响声高亢,如在青云中鸣响。

楚·宋玉《笛赋》:"激叫入青云,慷慨切穷士。"写笛声入云,李白用此意。

1662. 横玉叫云清似水

唐·崔橹《闻笛》(一作《华清宫》):"横玉叫

云清似水,满空霜逐一声飞。""横玉"玉笛横吹,响彻青云,韵清似水。"叫云"用"叫青云"意。

宋·李汉老《念奴娇》(秋月):"满天霜晓,叫云吹断横玉。""吹断",笛声停止,《苕溪渔隐丛话》前集卷五十九指出这是借用崔橹诗句。

1663. 梦未成归,梅花闻塞管

宋·晏殊《清商怨》:"关河愁思望处满,渐素向秋晚。雁过南云,行人回泪眼。双鸳衾裯悔展,夜又永,枕孤人远。梦未成归,梅花闻塞管。"写征人思乡,梦中欲归,却被塞管唤回。"塞管",又称"羌管",就是羌笛,笛子源出西部,不是中原,因以羌、塞指称。

此类"笛"句,不带"怨"字,然而多写哀凉。宋代"无名氏"写笛最多,只惜难知作者为何人。

宋·柳永《望海潮》:"羌管弄晴,菱歌泛夜,嬉嬉钓叟莲娃。"

宋·无名氏《蓦山溪》(剪彩梅花):"玉冠斜插,惟恨欠清香。风动处,月明时,不怕吹羌管。"

宋·无名氏《蓦山溪》(蜡梅):"一声羌管,遗恨到如今。凭栏处,赏花时,莫使花轻负。"

宋·无名氏《梅花引》:"故人别后知何处?春色岭逢驿使,赠新诗,折高枝。楼上一声,羌管不须吹。"

宋·无名氏《梅香慢》:"怕笛声长,行云散尽,谩悲风月。"

宋·无名氏《冒马索》:"恨马融、一声羌笛起处,纷纷落如雪。"

宋·无名氏《定风波慢》:"水亭边,山驿畔,立马行人暗肠断。吟恋,又忍随羌管、飘零千片。"

宋·无名氏《尾犯》:"休待听,鸣咽临风,数声月下羌笛。"

宋·无名氏《念奴娇》:"不借铅华,枝头雪霁,愈见香肌白。高楼且住,恁渠一弄羌笛。"

宋·无名氏《念奴娇》:"待到春来,满城桃李,相并无颜色。殷勤祝付,画楼休品长笛。"

宋·无名氏《蓦山溪》:"凭谁为我,折寄一枝来。凝睇久,俯层楼,忍更闻羌管。"

宋·无名氏《蓦山溪》:"东风世态,只恋碧桃枝。曲玉管,且休吹,免使成遗恨。"

宋·无名氏《庆清朝》:"尊前坐曲,忍听羌管频吹。"

宋·无名氏《东风第一枝》:"更免逐,羌管凋零,冷落暮山寒驿。"

宋·无名氏《东风第一枝》:"江梅蜡尽,武陵人、应知春晚。最苦是,皎月临风,画楼一声羌管。"

宋·无名氏《蜡梅香》:"待拚音赏,休听画楼,横管悲伤。"

宋·无名氏《选冠子》:"愿楼头,羌笛休吹,免使为花肠断。"

宋·无名氏《早梅春》:"恐笛声悲,纷纷便似、乱飞香雪。"

宋·无名氏《望梅》:"粉怯珠愁,又只恐、吹残羌笛。正斜飞,半窗明月,梦回陇驿。"

宋·无名氏《雪梅香》:"妆点鲜妍汉宫里,羌笛呜咽画楼东。"

宋·无名氏《鹧鸪天》:"西邻且莫吹羌笛,留待行春把酒杯。"

宋·无名氏《西地锦》:"羌管谁调一曲,送月夜、犹芬馥。"

宋·无名氏《感皇恩》:"不是东君意偏有,百花羞尽,故教孤芳独秀。只愁明月夜,笛声奏。"

宋·无名氏《品令》:"倩谁说与、高楼人道,休吹羌笛。"

宋·无名氏《菩萨蛮》:"玉骨从来瘦,不奈春偻愁。羌管一声残,水乡生暮重。"

宋·无名氏《南乡子》:"月里何人横玉笛?休吹,正是芳梢结子时。"

宋·无名氏《一斛珠》:"更闻何处鸣羌管,一曲一声,惹起神撩乱。"

宋·无名氏《采桑子》:"青楼且莫吹羌管,留劝金卮,折取高枝,香满名园蝶未知。"

宋·无名氏《忆人人》:"何人月下,一声长笛。即是飞英凌乱。凭栏无惜赏芳姿。"

宋·无名氏《采桑子》:"一声羌管愁人处,片片西东,睹此遗踪,不怨狂风怨马融。"

宋·无名氏《一落索》:"笛声容易莫相催,留待纤纤手。"

宋·无名氏《玉交枝》:"不妨花蕊,羌笛尽教吹。"

宋·无名氏《临江仙》:"休教羌笛一声嗟,宫妆犹未似,留取意无涯。"

宋·无名氏《临江仙》:"数家清弄笛声哀,愁人不怨听,自向枕边来。"

宋·无名氏《定风波》:"楼上笛声休听取,说与,江南人远易销魂。"

宋·无名氏《点绛唇》:"姑射山头,谁伴黄昏后。君知否,自然孤秀,横玉休三奏。"

宋·无名氏《鹊踏枝》:"一曲新欢须共惜,等闲零落随羌笛。"

宋·无名氏《清平乐》:"事往无人共说,愁闻玉笛声长。"

宋·无名氏《河传》:"说与高楼,休更吹羌笛。花下醉赏,留取时倚栏干,斗清香、添酒力。"

宋·无名氏《忆少年》:"天涯倦牢落,忍一声羌笛。"

1664. 横笛短箫悲远天

唐·杜甫《城西陂泛舟》:"青蛾皓齿在楼船,横笛短箫悲远天。"诗一开始,写西陂泛舟,楼船上歌女笛箫喧天的盛况。《杜诗详注》引朱瀚语:"楼船鼓吹,响传空际,故曰悲远天。""悲",动听之意。汉·王充《论衡·自纪》:"盖师旷调音,曲无不悲。"晋·陆机《文赋》:"寤《防露》与《桑间》,又虽悲而不雅。"都是美好动听之义。"悲远天"之"悲"含传播、响彻之义。

"横笛短箫"语出南朝·陈·江总的《梅花落》:"横笛短箫凄复咽,谁知柏梁声不绝。"这音乐是凄凉鸣咽的,又余音绕梁不绝。

1665. 一曲凉州梦里残

唐·张祜《登杭州龙兴寺三门楼》:"高楼酒夜谁家留?一曲凉州梦里残。""凉州"此指古代西北一带的《凉州词》。宋·郭茂倩《乐府诗集》卷七十九《近代曲词》收有《凉州歌》,又引《乐苑》云:"《凉州》,宫调曲,开无中西凉府都郭知运进。"《凉州》是笛曲,已传入江南。此诗写谁家高楼传来笛曲《凉州》,梦中隐约、断续地还可以听到。

张祜《杭州晚眺》:"萧条醉卧谁家笛,一曲梁州梦里残。"再述此境,"梁州"即"凉州"。

"一曲凉州"语出唐·张乔诗《宴边将》:"一曲凉州金石清,边风萧飒动江城。坐中有老沙场客,横笛休吹塞上声。"《凉州》又是边塞曲。"凉州",唐陇右道凉州治姑臧县(今甘肃省武威县)。

唐·杜牧《河湟》:"唯有凉州歌舞曲,流传天下乐闲人。"边地乐曲传天下,而失去的边地却未收回。

又《今皇帝陛下一诏征兵,不日功集,河湟诸郡次第归降,臣获睹圣功,辄献歌咏》:"听取满城歌舞曲,凉州声韵喜参差。"《凉州》又成了庞大祝的歌。

1666. 李謩擫笛傍宫墙

唐·元稹《连昌宫词》:"李謩擫笛傍宫墙,偷得新翻数般曲。"作者自注:"明皇尝于上阳宫夜后按新翻一曲。属明夕正月十五日,潜游灯下。忽闻酒楼上有笛奏前夕新曲,大骇之。明日密遣捕捉者,诘验之,自云'某其夕窃于天津桥玩月,闻宫中度曲,遂于桥柱上插谱记之。臣即长安少年善笛者謩也。'明皇异而遣之。""擫",按,指按笛谱,即依音记谱。说明李謩音乐才能高。清·洪昇《长生殿》传奇第十四出《偷曲》即演此事。

唐·张祜《李謩笛》:"平时东幸洛阳城,天乐宫中夜彻明。无奈李謩偷曲谱,酒楼吹笛是新声。"亦述此事。

宋·史达祖《满江红》(九月二十一日出京怀古):"双阙远腾龙凤影,九门空锁鸳鸯翼。更无人、擫笛傍宫墙,苔花碧。"金兵已陷汴京。史达祖出使金朝,此词写出京景况,用元稹"擫笛傍宫墙"唐代故事,喻宋京之冷寂。

1667. 落日楼台一笛风

唐·杜牧《题宣州开元寺水阁阁下宛溪夹溪居人》:"六朝文物草连空,天淡云闲今古同。鸟云鸟来山色里,人歌人哭水声中。深秋帘幕千家雨,落日楼台一笛风。惆怅无因见范蠡,参差烟树五湖东。"唐文宗开成年间,杜牧任宣州团练判官,常登城中开元寺游览赋诗,此即一篇。他登上寺阁,鸟瞰城东人们夹岸而居的宛溪,写下了所见所闻所感。山色里鸟来鸟去,水声中伴着人歌人哭,秋雨如帘掩隐着千家万户,楼台晚照笛声播于风中。这忧忧喜喜,晦晦明明,正是人间生活的写照,人生也就是这样度过的。于是目光投入遥远的东方,那里有五湖,是范蠡隐遁之处。实在令人怀恋。"落日楼台一笛风",从李白"散入春风满洛城"中脱出。一支笛声从楼台上飞去,随风播向远方,清脆而悠扬。这是美,然而也常常隐含着凄苦。"一笛风"有时是美的,有时是苦的。

唐·许浑《祗命许昌自郊居移就公馆秋日寄茅山高拾遗》:"一笛迎风万叶飞,强携刀笔换荷衣。"

唐·李咸用《秋晚》："不及樵童乐,兼葭一笛风。"

宋·王安石《松江》："五更缥缈千山月,万里凄凉一笛风。"

宋·陆游《饮张功父园戏题扇上》："梅花自避新桃李,不为高楼一笛风。"

宋·李曾伯《沁园春》："千百栖鸟,两三过雁,时有婆娑一笛风。"

清·朱祖谋《清平乐》(夜发香港)："江湖自影初程,舵楼一笛风生。"

1668. 坐来声喷霜竹

宋·黄庭坚《念奴娇》(八月十七日,同诸生步自永安城楼,过张宽夫园待月。偶有名酒,因以金荷酌众客。客有孙彦立,善吹笛。援笔作乐府长短句,文不加点。)："老子平生,江南江北,最爱临风笛。孙郎微笑,坐来声喷霜笛。"此词抒发作者以黔州(今四川彭水县)再贬戎州(今四川宜宾县)之后的旷达胸怀。宋·胡仔《苕溪渔隐丛话》后集卷三十一评:"或以为可继东坡赤壁之歌云。"此数句,申述他平生无论到何处,都喜欢听临风吹笛,孙彦立面带微笑,顿时,寒笛中便喷发出悠扬的乐曲。"声喷霜竹",为避与"临风笛"重而写实:"声音从寒竹管中喷发出来。表达方法极为别致。"

宋·陆凝之《念奴娇》："别浦烟平,小楼人散,回首千波寂。西风归路,为君重喷霜竹。"

宋·陆淞《念奴娇》(和李汉老)："挥麈高谈,倚栏长啸,下视鳞鳞屋。轰然何处,瑞龙声喷蕲竹。""蕲竹",竹笛,湖北蕲春之竹善制笛,很有名。唐·韩愈《郑群赠簟》传说"蕲州笛竹天下知"。白居易《病中逢秋招客夜酌》："卧簟蕲竹冷,风襟邛葛疏。"

宋·辛弃疾《念奴娇》："柳外斜阳,水边归鸟,陇上吹乔木。片帆西去,一声谁喷霜竹。"

又《婆罗门引》："更鸣鼍击鼓,喷玉吹箫。"用"喷"字写吹"玉箫"。

1669. 一笛芦花深处吹

宋·杨备《太湖》诗:"鱼舠载酒日相随,一笛芦花深处吹。"写芦花水荡的鱼船上传出笛声,只闻笛声而不见吹笛人。

宋初潘阆《酒泉子》："笛声依约芦花里,白鸟成行忽惊起。"芦花笛声源此。

1670. 短笛无腔信口吹

宋·雷震《村晚》："草满池塘水满陂,山衔落日浸寒漪。牧童归去横牛背,短笛无腔信口吹。"草满池塘,水盈陂岸,山衔落日,光照寒波。牧童横坐在牛背之上,信口吹着短笛,虽不成曲调,却也自在逍遥。一幅乡村晚景画,画面的主人公是牧童晚归。而"短笛横吹"则是全诗的亮点。

"牧童短笛",是典型的艺术题材,画家描绘,曲家吟咏,诗家也常集于笔端。

唐·卢肇《牧童》："谁人得似牧童心,牛上横眠秋听深。时复往来吹一曲,何愁南北不知音。"这就是牧童短笛的寓意。

唐·杜荀鹤《登石壁禅师水阁有作》："渔父晚船分钓的,牧童寒笛倚牛吹。"

唐·韦庄《汧阳间》："牧童何处吹羌笛,一曲梅花出塞声。"

五代·刘兼《莲塘霁望》："远岸牧童吹短笛,蓼花深处信牛行。"

又《登楼寓望》："背琴鹤客归松径,横笛牛童卧蓼滩。"

宋·梅尧臣《梅花》："全枝恶折憎邻女,短笛横吹怨楚童。"

1671. 楼上箫声随凤史

唐·骆宾王《代女道士王灵妃赠道士李荣》:"台前镜影伴仙娥,楼上箫声随凤史。"王灵妃,无考,似是唐初宫女送入寺院者,意欲还俗,与李荣结为伉俪,请骆宾王作诗传达情意,李荣已似还俗,身在他乡。此二句,上句喻王灵妃,下句喻李荣,说二人十分和美。"箫声随凤史",用萧史与弄玉的传说。

汉·刘向《列仙传》载:"萧史者,秦穆公时人也。善吹箫,能致孔雀、白鹤于庭。穆公有女字弄玉,好之,公遂以女妻焉。日教弄玉作凤鸣。居数年,吹似凤声,凤凰来止其屋,公为作凤台,夫妇居其上,不下。数年,一旦皆随凤凰飞。"这当然是一个美好的传说。张希良云:杨诚斋《杂记》载,萧史,宣王之史官,弄玉之婿。按:自宣王至秦穆公,当襄王之世,更幽、平、桓、庄、僖、惠六王,年且一百七十六,襄王嗣立。萧史非有延年之术,何以婿弄玉耶?诚斋之说甚怪。附志于此。今按,萧史,乃史官,非人名也,世为史官者。若指宣王时之萧史,岂有年长三甲之人,可为穆公婿乎?诚斋之说,亦当存疑。笔者以为,弄玉与萧史"吹箫引凤",本来就是神话传说,作历史考证是徒劳无益的,就说凤凰一鸟即难有其实,所以,这一故事,只能作为文学现象去领悟。

文学作品中有的述其本事。

南朝·宋·鲍照《萧史曲》:"萧史爱长年,嬴女奎童颜。火粒愿排弃,霞雾好登攀。龙飞逸天路,凤起出秦关。身去长不返,箫声时往还。"

南朝·陈·江总《萧史曲》:"弄玉秦家女,萧史仙处童。来时兔月满,去后凤楼空。密笑开还敛,浮声咽更通。相期红粉色,飞向紫烟中。"

唐·沈佺期《凤箫曲》:"君不见,昔时嬴女厌世纷,学吹凤箫乘彩云。含情转眄向萧史,千载红颜持赠君。"

唐·王无竞《凤台曲》:"凤台何逶迤,嬴女管参差。一旦彩云至,身去无还期。遗曲此台上,世人多学吹。一吹一落泪,至今怜玉姿。"

唐·李白《凤台曲》:"尝闻秦帝女,传得凤凰声。是日逢仙子,当时别有情。人吹彩箫去,天借绿云迎。曲在身不返,空余弄玉名。"

又《凤凰曲》:"嬴女吹玉箫,吟弄天上春。青鸾不独去,更有携手人。影灭彩云断,遗声落西秦。"

上引《萧史曲》《凤箫曲》《凤台曲》《凤凰曲》,都述其本事,并很具想象力。虽然角度不同,含义有别,但是都对超凡脱俗的美好事物的赞扬乃至向往。

在诗词中用此传说,如"凤凰""凤台""凤楼""凤箫"等入诗后,或喻情侣离合,或喻朋友聚散、或喻某人"仙逝",或喻音乐之美妙动人,而"人去楼空",此故事也是一源。

南朝·宋·鲍照《代升天行》:"凤台无还驾,箫管有遗声。"

北朝·周·庾信《杨柳歌》:"凤凰新管萧史吹,朱鸟春窗玉女窥。"

南朝·陈·江总《横吹曲》:"箫声凤台曲,洞吹龙钟管。铿锵渔阳掺,怨柳胡笳断。"

唐·长孙无忌《新曲二首》:"长愿今宵奉颜色,不爱吹箫逐凤凰。"

唐·上官仪《高密长公主挽歌》:"凤逐清箫远,鸾随幽镜沉。"

唐·许敬宗《奉和圣制登三台言志应制》:"妙管含秦凤,仙姿丽斗牛。"

唐·李怀远《凝碧池侍宴看竞渡应制》:"舞曲依鸾殿,箫声下凤楼。"

唐·卢照邻《长安古意》:"借问吹箫向紫烟,曾经学舞度芳年。"用江总"飞向紫烟中"句,江句意为"飞升",此处以弄玉喻歌女。

唐·郑愔《春怨》:"曲中愁夜夜,楼上别年年。不及随萧史,高飞向紫烟。"亦用"紫烟"句。

唐·李峤《奉和初春幸太平公主南庄应制》:"鸾辂已辞乌鹊渚,箫声犹绕凤凰台。"

唐·丁仙芝《长宁公主旧山池》:"追想吹箫处,应随仙鹤游。"

唐·陈子昂《与东方左史虬修竹篇》:"不意伶伦子,吹之学凤鸣。"

唐·吴兢《永泰公主挽歌》:"无复秦楼上,吹箫下凤凰。"

唐·李白《宫中行乐词》:"笛奏龙鸣水,箫吟凤下空。"

唐·王宏《从军行》:"凤凰楼上吹急管,落日徘徊肠先断。"

唐·杜甫《崔驸马山亭宴集》:"萧史幽栖地,林间踏凤毛。"

唐·王建《故梁园公主池亭》:"寂寞空余歌舞地,玉箫声绝凤归天。"

唐·羊士谔《梁园惠康公主挽歌词二首》:"鹊飞应织素,凤起独吹箫。"

唐·唐彦谦《无题十首》:"吹罢玉箫声似海,一双彩凤忽飞来。"

唐·无名氏《鱼游春水》:"凤箫声绝沉孤雁,望断清波无双鲤。"

宋·孙道绚《醉思仙》(寓居妙湛悼亡作此):"彩凤远,玉箫寒,夜悄悄,恨无穷。"

宋·韩玉《风入松》:"柳阴亭院杏梢长,依约巫阳。凤箫已远秦楼在,水沉烟暖余香。"

元·石子章《混江龙》:"跨凤吹箫三岛客,抱琴携剑王陵游。"

1672. 新吹弄玉箫

唐·李百药《少年行》:"始酌文君酒,新吹弄玉箫。"写长安贵族青年欢乐生活,此二句写饮酒、笙歌活动。"新吹弄玉箫",喻管弦歌舞。

"弄玉吹箫""秦女吹箫",除叙写"仙境"外,更多的指代音乐歌舞。

魏·曹植《仙人篇》:"湘娥拊琴瑟,秦女吹笙竽。"

唐太宗李世民《三层阁上置音声》:"不似秦楼上,吹箫空学仙。"

唐·宗楚客《安乐公主移入新宅传宴应制》:"马向铺钱埒,箫闻弄玉台。"

唐·宋之问《宴安乐公主宅》:"箫奏秦台里,书开鲁壁中。"

唐·李峤《楼》:"笛怨绿珠去,箫随弄玉来。"

唐·韦嗣立《奉和初春幸太平公主南庄应制》:"林间花杂平阳舞,谷里莺和弄玉箫。"

唐·顾况《义川公挽词》:"弄玉吹箫后,湘灵鼓瑟时。"

唐·元稹《何满子歌》:"湘妃宝瑟水上来,秦女玉箫空外满。"

唐·赵嘏《经王先生故居》:"弄玉已归箫史去,碧树红楼倚斜阳。"

宋·柳永《合戏带》:"檀郎幸有,凌云词赋、掷里风标。况当年,便好相携,凤楼深处吹箫。"

宋·晏几道《蝶恋花》:"隔叶莺声,似学秦娥唱。"

元·马致元《四块玉·凤凰坡》:"百尺台,堆黄壤,弄玉吹箫送萧郎。"

清·孔尚任《桃花扇》第二十八出题画:"台上久无秦弄玉,船中新到米襄阳。"李香君久已离开媚香楼,驰声画苑的蓝瑛迁进去。"弄玉"喻香君,"米芾"喻蓝瑛。

1673. 秦娥梦断秦楼月

唐·李白《忆秦娥》:"箫声咽,秦娥梦断秦楼月。秦楼月,年年柳色,灞陵伤别。""秦娥"用弄玉名,暗指秦地长安女子,此句说秦娥一梦醒来,箫声已止,人不见归,唯楼前高悬一轮明月而已,写思妇之情,却不作"昵昵儿女语",全词哀中含壮,纯丈夫气,应有深涵。难怪宋人黄升《唐宋诸贤绝妙词选》把此词与《菩萨蛮》二词称"百代词曲之祖"。用"秦楼"的句如:

唐·杜甫《郑驸马宅宴洞中》:"自是秦楼压郑谷,时闻杂佩声珊珊。"在洞中宴饮,望高楼下临郑谷,又闻空中杂佩珊珊,恍如置身仙境。借用"秦楼"确当。《杨子法言》载:"谷口郑子真(郑朴),耕于岩石之下,名震京师。"所以,"郑谷"即郑朴耕耘之石谷。杜甫句意"秦楼仙境"远远胜过"郑谷隐居"。

宋·王安石《千秋岁引》:"当初谩留华表语,而今误我秦楼约。""华表语""秦楼约"都表示远离尘世。

宋·李清照《凤凰台上忆吹箫》:"明朝,这回去也,千万遍阳关,也即难留。念武陵人远,烟锁秦楼。"为赵明诚即将远行而作此词。明晨就要上路,就是唱千万遍"阳关三叠"也难留住。就如武陵桃源人远去一样,这里只余烟锁秦楼,孤独一人,唯剩楼前流水,知道我又添新愁。"烟锁秦楼",不像弄玉同萧史一齐飞升。(此二句又作"念武陵春晚,云锁重楼。")清·孔尚任《桃花扇》第二十九出逮社《水红花》:"(生)当年烟月满秦楼,梦悠悠,箫声非旧。"忆往昔,人去楼空,只有箫声犹新。

宋·王雱《眼儿媚》:"而今往事难重省,归梦绕秦楼。"

1674. 凤凰楼上伴吹箫

唐·戎昱《赠别张驸马》:"凤凰楼上伴吹箫,鹦鹉杯中醉留客。"张驸马远谪湘南五年,诗人与之相遇,作此诗以表同情与安慰。此二句写驸马以前的宫廷生活。"伴吹箫"句,用箫史、弄玉的传说,喻歌舞之高雅。

宋·赵必《朝中措》(贺孟斋令嗣娶妇):"凤凰台上听吹箫,银烛万红摇。"用戎昱句式,写婚礼的音乐。

元·无名氏《新水令》:"凤凰台上忆吹箫,似钱塘梦魂初觉。花有约,凤鸾交,半世疏狂。"亦用戎昱句式,写美好的回忆。

"凤凰台"传说有二。有金陵凤凰,相传南朝刘宋元嘉年间,有凤凰三只,翔集于金陵(今南京)山上,时人筑台其上,山名凤台山,台名凤凰台。诗词写"吹箫"的,当然指秦穆公为弄玉所筑"凤台"。

1675. 云衢不要吹箫伴

唐·刘禹锡《赠东岳张炼师》:"云衢不要吹箫伴,只拟乘鸾独自飞。""吹箫伴"即"吹箫伴侣"。用弄玉与萧史故事,喻夫妻、情侣。刘诗述在泰山修炼的张道士,高居云中,只身生活,不要情侣。"炼师",道士有些炼丹,因而这样称呼。刘诗此句暗含戏语,而直接则是赞语。宋·朱熹《鹧鸪天》(叔怀尝梦飞仙,为之赋此。归日以呈现茂献侍郎,当发一笑):"未寻跨凤吹箫侣,且伴孤云独鹤飞。"戏"叔怀"梦中成了"飞仙",羽翼翩翩,翱翔于太空之中,独自若"孤云独鹤",而没有寻到吹箫情侣。不能像萧史、弄玉那样,就是说飞天时无"弄玉"为伴。此二句从刘禹锡诗中脱出。

或许因为男诗人用此"吹箫伴"语,所以多是喻指女子。

唐·于季子《早春洛阳答杜审言》:"若非载笔登麟阁,定是吹箫伴凤台。"

五代·孙光宪《女冠子》:"碧纱笼绛节,黄藕冠浓云。勿以吹箫伴,不同群。"

宋·文同《仙人二首》:"头梳三角髻,余发散垂腰。时伴秦楼女,月明吹紫箫。"

宋·贺铸《浪淘沙》:"潮涨湛芳桥,难度兰桡。卷帘红袖莫相招。十二栏干今夜月,谁伴吹箫。"

宋·蔡伸《忆瑶姬》(南徐连沧观赏月):"念去年,曾共吹箫侣,同赏蓬瀛。"

又《卜算子》:"青冥缥渺间,自有吹箫侣。不向巫山十二峰,朝暮为云雨。"

又《玉楼春》:"个中人是吹箫侣,花底深盟曾共语。"

宋·吕渭老《浣溪沙》:"逐伴不知春路远,见人时著小词招。阿谁有分伴吹箫。"

宋·王炎《临江仙》(莫子章郎中买妾佐酒魏倅以词戏之次韵):"吹箫新有伴,餐玉共求仙。"

宋·刘仙翁《贺新郎》:"寂寂阳台云雨散,算人间、谁是吹箫侣。"

宋·孙居敬《风入松》:"庭芳侵亚红相对,却羞见、蕊蕊枝枝。说与吹箫旧侣,痴心指望多时。"

宋·方千里《垂丝钓》:"彩箫凤侣,回首分携处。"

宋·岳珂《满江红》:"洛浦梦回留珮客,秦楼声断吹箫侣。正黄昏时候杏花寒,廉纤雨。"

宋·李宏模《庆清朝》(木芙蓉):"重城傍水,中有吹箫伴侣。应是琼楼夜冷,月明谁伴乘鸾女。"喻木芙蓉花。

宋·李彭老《祝英台近》:"忍重见,描金小字题情,生绡合欢扇。老了刘郎,天远玉箫伴。"

1676. 难撇下吹箫伴侣

元·王实甫《西厢记》第五本第四折《搅筝琶》:"怎肯忘得待月回廊,难撇下吹箫伴侣。"这是张珙衣锦还乡,回答红娘的质疑,表示并没有"求了媳妇",因为忘不了莺莺这"吹箫伴侣"。萧史与弄玉婚后共居凤台,又一起飞升,成了情侣一双不离不弃的楷模。

金·董解元《西厢记·墙头花》:"空存着待月回廊,不见了吹箫伴侣。""王西厢"对"董西厢"是再创造。此二句则是反用其意。

宋·无名氏《沁园春》(冬至日娶):"幸洞房花烛,得吹箫侣;短檠灯火,伴读书郎。""吹箫伴侣"宋人蔡伸已用(见前条)。

元·王修甫《天净沙》:"生拆散吹箫伴侣,不堪言处,痛伤怀凤只鸾孤。"

1677. 吹箫人去玉楼空

宋·李清照《孤雁儿》(并序:世人作梅词,下笔便俗。予试作一篇,乃知前言不妄耳。):"小风疏雨萧萧地,又催下、千行泪。吹箫人去玉楼空,肠断与谁同倚。一枝折得,人间天上,没个人堪寄。"此词之上阕写惟以梅为伴,这下阕写欲折梅却无人可寄。因其夫赵明诚已故,"吹箫人去玉楼空"。这里的"吹箫人去",喻赵明诚已死,"玉楼空"兼用李商隐"离鸾别凤今何在,十二玉楼空更空"(《代应》)句意。

"吹箫人去",表示别离,因而不全是用萧史、弄玉传说了。宋·贺铸《浪淘沙》:"卷帘红袖莫相招,十二栏干今夜月,谁伴吹箫。"已不全用古老的传说了。宋·丘崈《垂丝钓》:"问柳津花渡,露桥夜月,吹箫人在何许?"这分别了的"吹箫人",也不是萧史或弄玉。其实这些诗都暗用了杜牧的"二十四桥明月夜,玉人何处教吹箫"(《寄扬州韩绰判官》)句。以丘崈句为例,"吹箫人"暗代扬州的"玉人",扬州遭战火劫难,人民流离,"玉人"不见了,所以有"吹箫人在何许"之问。然而"吹箫人"句又非取杜牧诗意,因为多写离别,与李清照同时稍早的朱敦儒《蓦山溪》:"烟锁凤楼空,问吹箫、人今何处。"这是"悼亡"词,作于"鸳鸯散后"十年。"吹箫人去玉楼空"就如对此二句的概括。

用"吹箫人去"句如:

宋·蔡伸《婆罗门引》(再游仙潭薛氏园亭):"记得当时撷翠,拥手绕芳丝。念吹箫人去,明月楼空。"

宋·张元干《永遇乐》(为洛滨横山作):"曲屏端有,吹箫人在,同倚暮云清晓。"反用其意。

宋·向滈《西江月》:"吹箫人在雁回州,不管沈郎消瘦。"亦"远去"意。

宋·赵长卿《杏花天》:"吹箫信杳炉香薄,眉上新愁又觉。"吹箫人杳无音信。

宋·刘仙翁《菩萨蛮》(怨别):"吹箫人去行云杳,香篝翠被都闲了。"

宋·徐俨夫《西江月》:"吹萧人去燕归来,空有落梅香花。"

宋·刘辰翁《桂枝香》:"吹箫人去,但桂影徘徊,荒杯承露。"

宋·周密《解语花》(羽调解语花,音韵婉丽,有谱而亡其辞。连日春晴,风景韶媚,芳思撩人,醉撚花枝,倚声成句):"金鞍误约,空极目、天涯草色。阆苑玉箫人去后,惟有莺知得。"

又《霓裳中序第一》(次贲房韵):"叹锦笺、芳字盈箧;人何在,玉箫旧约。忍对素娥说。"

宋·张炎《如梦令》(处梅列芍药于几上酌余,不觉醉酒,陶然有感):"隐隐烟浪轻注,拂拂脂香微度。十二小红楼,人与玉箫何处。"兼用李商隐"十二玉楼空又空"句。

宋·胡浩然《万年欢》(上元):"休迷恋、野草闲花,凤箫人在金谷。"

清·孔尚任《桃花扇》第十七出拒媒《锦渔灯》:"现有个秦楼上吹箫旧人,何处去觅封侯,柳老三春。"

1678. 玉箫声断人何处

宋·曾觌《采桑子》(清明):"玉箫声断人何处,依旧春风。万点愁红。乱逐烟波总向东。""玉箫声断"是"吹箫人远"的变式,只是"声断"写箫,"人远"写人。"万点愁红"用秦观"春去也,飞红万点愁如海"(《千秋岁》)句。

宋·张孝祥《木兰花慢》:"紫箫吹散后,恨燕子,只空楼。"

宋·郭世模《念奴娇》:"青春将暮,玉箫声在何处。"

宋·辛弃疾《江神子》:"玉箫声远忆骖鸾,几悲欢,带罗宽。"

又《满江红》(送徐抚干衡冲之官三山,时马叔会侍郎帅闽):"敲碎离愁,纱窗外、风摇翠竹。人去后,吹箫声断,倚楼人独。"

宋·刘克庄《风入松》:"箫声一去无消息,但回首、天海茫茫。"

宋·陈允平《倦寻芳》:"流水行云天四远,玉箫声断人何处。"用曾觌原句。

又《水龙吟》:"怅琼姬梦远,玉箫声断,孤鸾影,对谁舞。"

宋·仇远《木兰花慢》:"年年自圆自缺,恨紫箫、声断玉人歌。"

宋·无名氏《怨王孙》:"玉箫声断人何处,春又去,忍把归期负。"用曾觌原句。

清·李雯《凤凰台上忆吹箫》(次清炤韵):"悠悠,春风度也,者千万垂杨,不系扁舟。自吹箫人去,烟锁云稠。"

1679. 怨去吹箫,狂来说剑

清·龚自珍《湘月》:"怨去吹箫,狂来说剑。两样销魂味。"题下小序云:"壬申夏泛舟西湖,述怀有赋,时予别杭州,盖十年矣。"嘉庆十七年(1812),诗人从苏州携眷返回童年居住过的杭州,时年仅二十岁,箫剑二句述少年壮志豪情。"吹箫"可以幽幽诉怨,是"箫心";"说剑"可以壮怀建志,是"剑气"。"两样销魂味"。

又《又忏心一首》:"来何汹涌须挥剑,去尚缠绵可付箫。"简直是《湘月》中句的揭示。

又《纪梦》:"按剑因谁怨,寻箫思不堪。"剑与箫代表了两种情绪。

又《漫感》:"一箫一剑平生意,负尽狂名十五年。"又《丑奴儿令》:"沉思十五年中事,才也纵横,泪也纵横,双负箫心与剑名。"他主张"改图""更法",对社会实行改良。从这一诗一曲中流露出壮志难酬之感。

《湘月》一词后面,作者后未作补记:"是词出,歙洪子骏题词序曰:'龚子璱近词有曰:怨去吹箫,狂来说剑二语,是难兼得,未曾有也,爱填《金缕曲》赠之。'其佳句云:'结客从军双绝技,不在古人之下,更生小会骑飞马。如此燕邯轻侠子,岂吴头楚尾行吟者?'其下半阕佳句云:'一掉兰舟回细雨,中有词腔姚冶,忽顿挫淋漓如话。侠骨幽情箫与剑,问箫声剑态谁能画?且付与、山灵诧。'越十年,吴山人文徵为作《箫心剑态图》。牵连记。"这《金缕曲》与《箫心剑态图》都强调地认同了龚自珍的独特风格,说"独特"是因为剑与诗常结伴,李白即其例。

又《己亥杂诗》305 首其一云:"少年击剑更吹箫,剑气箫心一例消。谁知苍凉归棹后,万千京乐集今朝。"此诗作于道光十九年(1839),作者已四十七岁,"剑气箫心"尽消,与他告归不复出不无联系。

1680. 推手为琵却手琶

宋·欧阳修《明妃曲和王介甫作》："身行不遇中国人，马上自作思归曲。推手为琵却手琶，胡人共听亦咨嗟。"写王昭君出塞，在马上弹奏琵琶曲，充满思汉哀音，连匈奴人也为之嗟叹。"推手为琵却手琶"，是琵琶弹拨法，是琵琶演奏的基本指法：手指向前弹发出琵音，向后拨发出琶音。《释名·释乐器》："批把（琵琶）本出于胡中，马上所鼓也。""推手前曰批，引手却为把。象其鼓时，因此为名也。"这就是欧句之句源。"琵琶"在现代词汇学中被认为是两个无意义的字组成的单纯词，值得商榷，因为琵琶（原为"批把"）应是两种弹拨动作，同"拢""撚"一样，都是指法。

宋·辛弃疾《贺新郎》（听琵琶）："辽阳驿使音尘绝。琐寒窗，轻拢慢撚，泪珠盈睫。推手合情还却手，一抹凉州哀彻。"用欧句义。

清·黄黎洲《智果寺松》："天下之松何处奇，上虞智果寺第一。十里望之已嵯峨，一片黑云遮白日。伸手为股屈手句，句三股四围数七。老干突兀撑晴空，群枝盖藏不听出。"用欧句式。

1681. 公主琵琶幽怨多

唐·李颀《古从军行》："行人刁斗风沙暗，公主琵琶幽怨多。"此诗写征戍生活悲哀，以儆示唐代征战劳民。这两句说在边塞军中，所听到的，不是巡夜的刁斗声，就是哀怨的琵琶曲，枯燥而悲凉。

"公主琵琶"，汉武帝刘彻以江都王刘建的女儿细君嫁到乌孙国，国王昆莫恐细君途中寂寞，所以令乐妓骑在马上弹奏琵琶解她的忧愁。晋代石崇《王明君辞并序》："王明君者，本是王昭君。以触文帝（晋文帝司马昭）讳，改焉。匈奴盛。请婚于汉，元帝以后宫良家子昭君配焉。昔公主嫁与乌孙，令琵琶马上作乐，以慰其道路之思。其送明君，亦必尔也。其造新曲，多哀怨之声，故叙之于纸云尔。""公主琵琶幽怨多"，即源于细君公主事。事实是琵琶不怨，细君怨；昭君不怨，后人推说她怨，《琴操》记昭君曾作怨思之歌，后人名为《昭君怨》。所以在文学作品中的"琵琶"无论是写昭君还是别人，多含怨声。写昭君出塞的诗，自唐人张仲素起不述幽怨，而写昭君出塞的"琵琶"到元代虞集的诗里才开始不闻幽怨。

唐·刘长卿《王昭君歌》："琵琶弦中苦调多，萧萧羌笛声相和。"用"幽怨多"句。

唐·杜甫《咏怀古迹五首》："千载琵琶作胡语，分明怨恨曲中论。"写昭君村，怀昭君事，说琵琶声中留恨千载。"曲中论"琵琶曲中倾诉怨恨。北周庾信《乌夜啼》诗有"虽言入管弦，终是曲中啼"句，说《乌夜啼》曲中终含夜乌之啼声。"曲中论"从"曲中啼"化出。宋·苏轼《诉衷情》（琵琶女）："小莲初上琵琶弦，弹破碧云天。分明绣阁幽恨，都向曲中传。"用杜句。

唐·王建《太和公主和蕃》："琵琶泪湿行声小，断得人肠不在多。"

唐·刘商《胡笳十八拍》："龟兹筚篥愁中听，碎叶琵琶夜深怨。"

宋·王安石《明妃曲》："含情欲语独无处，传与琵琶心自知。"

宋·张元干《贺新郎》（寄李伯纪丞相）："要斩楼兰三尺剑，遗恨琵琶旧语。"

宋·叶茵《昭君怨》："将军歌舞升平日，却调琵琶寄怨声。"

金·元好问《玉楼春》："惊沙猎猎风成阵，白雁一声霜有信。琵琶肠断塞门秋，却望紫台知远近。"

元·刘因《明妃曲》："飞鸿不解琵琶语，只带离愁归故乡。"

元·马致远《汉宫秋》："想娘娘，那一天愁都撮在琵琶上。"

元·元淮《昭君出塞》："一天怨在琵琶上，试倩征鸿问汉皇。"用马致远"一天愁"句。

明·彭华《明妃曲》："抱得琵琶不忍弹，胡沙猎猎雪漫漫。"

清·傅霖《王昭君》："欲诉琵琶泪满巾，边风到处是胡尘。"

清·刘允升《香溪观月》："哀情诉自琵琶曲，兵气销为粉黛香。"

清·曹霑《青冢怀古》："黑水茫茫咽不流，冰弦拨尽曲中愁。"

1682. 一曲琵琶非诉怨

清·龚景瀚《昭君怨》："一曲琵琶非诉怨，毡裘羊酪亦君恩。"这是一首《昭君怨》而非怨的诗，虽然作者带着"皇恩浩荡"的非历史的观念，却第一个唱出了"琵琶非诉怨"的声音。当然对咏"琵

652

琶怨"持不同看法最早的是元人虞集,他在《昭君出塞图》诗中表现见地更高:"天下为家百不忧,玉颜锦帐度春秋。如何一段琵琶曲,青草离离咏不休。"还有元人张可久在《寨儿令》(题昭君出塞图)曲子中写:"建旌旗五百沙陀,送琵琶三两宫娥。"对琵琶送行也表现态度平淡。到了清代写"琵琶幽怨"的就更少了,并且对昭君出塞、胡汉和亲事渐渐认识得比较清楚了。

清·周廷熺《昭君咏》:"昭君不抱琵琶去,未必恩私竟得终。"

清·叶调元《昭君台》:"那得黄金赂画手,但留青冢答君恩。琵琶声里沙场静,却胜文姬返玉关。""赂画手"只见《西京杂记》(晋人葛洪撰):"元帝后宫既多,使画工图形,按图召幸之。宫人皆赂画工,昭君自恃其貌,独不肯与,工人乃丑图之,遂不得见。后匈奴入朝,求美人。上案图以昭君行。及去,君见,貌为后宫第一。帝悔之,而重信于外国,故不复更人。乃穷案其事,画工毛延寿弃市。"这当然是一种传闻,历为史家否认。叶调元亦否认此事,蔡文姬在董卓之乱中被乌桓虏去,后被曹操赎回,不如昭君和亲之功,昭君出塞后50余年胡汉无战事。

清·郭润玉《明妃》:"琵琶一曲干戈靖,论到边功是美人。"

清·郭漱玉《明妃》:"竟把琵琶塞外行,非关图画误倾城。"

清·蔡泽苕《昭君》:"君王事事能亲理,那见琵琶出汉宫。"

清·王循《青冢》:"女子英雄泪,琵琶壮士歌。"

近代历史学家翦伯赞《游昭君墓》:"何如一曲琵琶好,鸣镝无声五十年。"

近代历史学家吕振羽《青冢》:"琵琶胡语成佳话,鄂博原来是古丘。"反用杜甫"千载琵琶作胡语,分明怨恨曲中论"句。"鄂博"即蒙古语"白云鄂博",汉语是富饶的古丘。

1683. 欲饮琵琶马上催

唐·王翰《凉州曲》:"葡萄美酒夜光杯,欲饮琵琶马上催。醉卧沙场君莫笑,古来征战几人归。"写西北边陲战士宴饮的场面,是一首名诗。"葡萄酒""夜光杯",琳琅满目,饮酒前,琵琶声起,军乐齐鸣,在这种欢腾热烈气氛中,士兵们豪情满怀,"醉卧沙场"在所不惜。唐·杨炯《送临津房少府》诗有"弦奏促飞觞"句。同这里的"琵琶催酒"意思一样,说明古代有一种"音乐促饮酒"的风习。"马上琵琶"或"琵琶马上",据《释名》所说,胡人马上弹的乐器,因此一般就指琵琶。

"马上琵琶",史载是送细君去乌孙的,王昭君是否也"马上琵琶"相伴,史无所证,乃石崇的推断,如前条所引。唐代不少诗人也都这样写。如唐·杨凌《明妃曲》就说"汉国明妃去不还,马驮弦管向阴山。"唯孟浩然不以为然:"浑成紫檀金屑文,作得琵琶声入云。胡地迢迢三万里,那堪马上送昭君。"《凉州词》后用"马上琵琶"写"昭君出塞""文姬归汉"。也有的写别离。

南朝·陈后主叔宝《昭君辞》:"只余马上曲,犹作别时声。"

唐·董思慕《王昭君》:"琵琶马上弹,行路曲中难。"

唐·李峤《琵琶》:"本是胡中乐,希君马上弹。"

唐·阎朝隐《奉和送金城公主适西蕃应制》:"卤簿山河暗,琵琶道路长。"

唐·刘宪《奉和送金城公主入西蕃应制》:"那堪马上曲,时向管中吹。"

唐·张说《奉和圣制送金城公主适西蕃应制》:"空弹马上曲,讵减凤楼思。"

唐·李商隐《王昭君》:"毛延寿画欲通神,思为黄金不顾人。马上琵琶行万里,汉宫长有隔生春。"

宋·辛弃疾《贺新郎》(别茂嘉十二弟):"马上琵琶关塞黑,更长门、翠辇辞金阙。看燕燕,送归妾。"

宋·韩淲《一剪梅》(闻筝筷):"马上琵琶半额妆,拨尽相思,十二巫阳。"

宋·高观国《南乡子》(赋十四弦):"直柱绮冰弦,曾见胡儿马上弹。却笑琵琶风韵古,溅溅,想象湘妃水一帘。"

明·李攀龙《和聂仪部明妃曲》:"天山雪后北风寒,抱得琵琶马上弹。"

明·陈子龙《明妃篇》:"一曲琵琶马上悲,紫台青海日凄其。"

明·魏偁《王昭君》:"琵琶马上断愁肠,汉日回看泪如注。"

明·张宁《赵松雪昭君图》:"谁言粉黛能倾

国,淑女从来无媚色。琵琶马上莫皋弦,画图莫怪毛生笔。"

清·袁枚《明妃曲》:"昭君上马鞍,手取琵琶弹。生来绝色原难画,影落黄河自爱看。"

清·周秀眉《昭君》:"琵琶弹马上,千载壮君名。"

清·徐树璟《青冢拥黛》:"奉春遗策守和亲,马上琵琶奏曲新。"

清·赵翼《题吟芗所谱蔡文姬归汉传奇》:"琵琶马上忍重弹,家国俱摧两泪潜。经过明妃青冢路,转怜生入玉门关。"用汉代班超"生入玉门"语。

清·钱琦《竹枝词》:"马上琵琶江上笛,喃喃低唱下南腔。"

近代文学家老舍(舒舍予)《诗二首》:"诗人新谱汉宫秋,马上琵琶泪不流。"元代马致远作《汉宫秋》杂剧,写昭君出塞事。现代剧作家曹禺创作了《王昭君》历史剧,集中表现了昭君出塞,实现了胡汉和亲的使命,恢复了历史本来面目,所以说新《汉宫秋》。

1684. 忽闻江上琵琶声

唐·白居易《琵琶行》:"忽闻江上琵琶声,主人忘归客不发。寻声暗问弹者谁,琵琶声停欲语迟。移船相近邀相见,添酒回灯重开宴。"诗人被贬江州司马的第二年,送客浔阳江头,"闻舟中夜谈琵琶者,听其音,铮铮然有京都音",原来她早年是长安倡女,善弹琵琶,年长色衰,嫁给一个商人。白居易与她邂逅相遇,听了琵琶女天涯沦落的痛苦遭遇。对照自己的身世,感同身受,泪水湿透了青衫。由此"江上琵琶"就带有特定的含义。

无独有偶,南宋刘过于宋光宗绍熙三年(1192)秋,39 岁的刘过赴四明参加牒试,遭黜,失意中与一半老妓女邂逅相遇,沦落失意产生了共鸣。刘过作一词相赠。词为《贺新郎》,作者《自跋》曰:壬子春,余试牒四明,赋赠老娼,至今天下禁中皆歌之。刘过这一经历不仅与白居易"琵琶江上"之遇雷同,而且此《贺新郎》词也名噪一时。其中有句云:"莫鼓琵琶江上曲,怕荻花、枫叶俱凄怨。"用白诗"琵琶江上"句,说怕生凄凉之感。

下用"琵琶江上"句如:

宋·姜夔《八归》(湘中送胡德华)词:"送客重寻西去路,问水面,琵琶谁拨。"取白居易送客逢"琵琶江上"之义,叙离别之情。

宋·魏庭玉《贺新郎》(赠送行诸客):"阳关三叠徒劳耳。也何须、琵琶江上,掩青衫泪。"别诸客慰勉不要过于伤别。

宋·张炎《南楼令》(送韩竹闲归杭并写未归之意):"一见又天涯,人生可叹嗟。想难忘,江上琵琶。"说此别难忘。

又《春从天上来》:"难问钱塘苏小,都不见、擘竹分茶;更堪嗟、似荻花江上,谁弄琵琶?"

1685. 犹抱琵琶半遮面

唐·白居易《琵琶行》:"千呼万唤始出来,犹抱琵琶半遮面。"诗人"忽闻江上琵琶声"即邀琵琶女相见,她好不容易才出来(诗人当时任江州司马官职,尚不同于普通人),却还是羞羞答答,琵琶掩着半张面庞。

唐·李商隐《无题二首》:"扇裁月魄羞难掩,车走雷声语未通。"写女子同过去的男友不期而遇,又擦肩而过,失之交臂。女子手持团扇半掩着羞怯的面容,而男友乘车隆隆而过。两人连一句话也未说。这同白居易的"犹抱琵琶半遮面"句不同,掩面的一是琵琶,一是团扇,而含义却完全相同。

宋·张炎《法曲献仙音》(席上听琵琶有感):"簟密笼香,镜圆窥粉,花深自然寒浅。正人在、银屏底,琵琶半遮面。"用白居易句写另一位琵琶女的形象。

1686. 闲抱琵琶寻旧曲

唐·韦庄《谒金门》:"有个娇饶如玉,夜夜绣屏孤宿。闲抱琵琶寻旧曲,远山眉黛绿。"写一美貌女子,夜夜独居,有时抱起琵琶弹奏着与情人相聚时弹过的旧曲,双眉紧锁,流露出无限情思。"寻旧曲"含有"寻旧情"之意,追寻失去的往日的爱情。

宋·贺铸《减字浣溪沙》:"闲把琵琶旧谱寻,四弦声怨却沉吟。"用韦庄句。

1687. 却抱琵琶过别船

元·龙仁夫《题琵琶亭》:"江心正好看明月,却抱琵琶过别船。"琵琶亭在江州(今江西九江市)西,长江之滨。白居易送客湓浦口,夜闻邻舟琵琶声。又作《琵琶行》并序,后人因以"琵琶亭"命名。此诗貌似述白居易往事,其实"却抱琵琶过别船"

是讥刺吕文焕等南宋将帅变节投降的。《隐居通议》载:"诸吕家(以吕文焕为首)于江州,仕宋,累朝穷富极贵。及北兵至,自文焕而下,相率纳款,无一人抗节报国。其后有题诗于琵琶亭云云。一日,吕老见之挥泪,语意深婉,信佳句也。或云燕五峰右丞,偕龙麟洲(龙仁夫)谒吕文焕,酒酣,命赋诗,以琵琶亭为题。麟洲赋此讥之。吕老纳贿请改赋。既而好事者流传。"这正说明此用白居易"犹抱琵琶",表面上应白居易在"琵琶亭"的故事,事实却讥讽投降变节"过别船",改换门庭,更换主子。

元·马致远的杂剧《青衫泪》描写"千呼万唤始出来,犹抱琵琶半遮面"的琵琶女裴兴奴"犹抱琵琶过别船",终于又改嫁了白居易。此语多表示女子改嫁,爱情迁移,所以后来的戏曲中,出现了"怀抱琵琶向谁弹""怀抱琵琶作别弹"等语。

1688. 何处琵琶弦似语

唐·白居易《寄微之》:"帝城行乐日纷纷,天畔穷愁我与君。秦女笑歌春不见,巴猿啼哭夜常闻。何处琵琶弦似语,谁家高髻堕如云。人生多少欢娱事,那独千分无一分。"此诗倾诉自己与元稹俱贬谪远方寂寞愁苦心境。远离京城,只能听到猿啼。偶而听到琵琶声,即感到谪居生活,与欢乐无缘。"何处琵琶弦似语",说琵琶弹得极美,节奏鲜明,音质亮丽,娓娓如弹奏人在说话,同《琵琶行》中的"小弦切切如私语",表现了诗人对音乐语言的深切理解与独到感受。"弦似语"就是"弦语",用此句如:

五代·李珣《酒泉子》:"闲理钿筝愁几许,曲中情,弦上语,不堪听。"

五代·牛峤《西溪子》:"画堂前,人不语,弦解语。弹到昭君怨处,翠蛾愁,不台头。""弦解语"就是弦会说话。

1689. 弦上黄莺语

唐·韦庄《菩萨蛮》:"琵琶金翠羽,弦上黄莺语;劝我早还家,绿窗人似花。"全词写自己流落江南时的怀人情绪。上片写对与"美人"泪别时的痛楚记忆,下片写听到琵琶声联想到临别时"美人"的叮咛。"弦上黄莺语"也是"弦语",弦音如莺声尖细,引发了对女子说话的联想。

宋·张先《生查子》(一作欧阳修词):"雁柱十三弦,一一春莺语。"用韦句说每条弦弹出的声音都如春莺语。

1690. 琵琶弦上说相思

宋·晏几道《临江仙》:"记得小苹初见,两重心字罗衣,琵琶弦上说相思。"记得去年,初次见到小苹姑娘,她穿着双重"心"字图案的锦罗衣衫,琵琶弦上弹出了她多情的心曲。"小苹"何人?词人在《小山词跋》里说:"始时,沈十二廉叔,陈十君宠家有莲、鸿、苹、云,品清讴娱客。每得一词,即以草授诸儿,吾三人持酒听之,为一笑乐。已而君宠疾废卧家,廉叔下世,昔之狂篇醉句,遂与两家歌儿酒使俱流转于人间。"原来沈廉叔、陈君宠两家有四位歌女,小苹是其中一位。词人对她情有独钟,此词就是怀念她而作。这是会见小苹一年之后,由于廉叔故去,君宠卧疾,几位歌女也风流云散了。然而词人对小苹仍是一往情深。情深生佳句,此词艺术水平之高,竟成了词人的代表作,经久传诵不息。

"琵琶弦上说相思",人通过琵琶弦弹拨传达相思之情。词中意:小苹通过弦乐"说"出真情。"弦上说"即"弦语",源出白居易《寄微之》:"何处琵琶弦似语",因为既然"弦似语",就必然有所诉说,有诉说的内容,小晏词诉说的内容就是"相思"。白居易的"弦似语",到韦庄的"黄莺语",相当于"谁语",到晏几道的"说相思",相当于"语什么",这就是白居易句的衍生句。而小晏句尚有"意源":

宋·张先《谢池春慢》:"欢难偶,春过了,琵琶流怨,都入相思调。"这"相思调"即从琵琶弦上来。

宋·无名氏《调笑令》:"琵琶拨尽相思调,更向当筵舞曲。"用张先句。

金·刘迎《乌夜啼》:"相逢不尽平生事,春思入琵琶。"不尽春思付诸琴弦,亦从小晏句化出。

清·刘淳《满江红》(不寐):"燕子不来书未寄,琵琶解语弦应切。"琵琶能言,发出切切私语,用小晏句义。

宋人周紫芝用了晏几道"说相思"句:《西江月》:"眼前无处说相思,要说除非梦里。"《生查子》:"满眼是相思,无说相思处。"《秦楼月》:"无言独自添香鸭,相思情绪无人说。"

"琵琶弦上说相思",总要人在身边,能诉诸视听。如果天各一方,"琵琶"就无能力了。所以晏几道又有反义句:《玉楼春》:"琵琶弦上语无凭,豆蔻梢头春有信。"又《玉楼春》:"梅花未足凭芳信,

都如春莺语。

弦语岂堪传素恨。"这都是对离人的表白。

1691.秦娥十六语如弦

唐·韩琮《春愁》:"秦娥十六语如弦,未解贪花惜杨柳。"写秦地少女语音清脆亮丽,如弦上发出的乐音,她并不贪恋鲜花,只喜爱青青杨柳。"秦娥十六"从汉代辛延年《羽林郎》:"胡姬年十五"句变化而来。"语如弦"则是白居易"弦如语"的反义语,喻语言动听,如琴弦发出的声音。

宋·晏几道《玉楼春》:"吴姬十五语如弦,能唱当时楼下水。"合用辛延年与韩琮二人之句。

宋·苏轼《琴枕》:"平素不须烦按仰,秦娥自解语如弦。"

宋·秦观《小梅花》:"当垆秦女,十五语如弦。"合用辛、韩句。

宋·贺铸《行路难》:"笑嫣然,舞翩然,当垆秦女,十五语如弦。"同秦观"当垆"句。

1692.吴歌楚舞欢未毕

唐·李白《乌栖曲》:"姑苏台上乌栖时,吴王宫里醉西施。吴歌楚舞欢未毕,青山欲衔半边日。"这是李白入长安前漫游吴地时的作品。"姑苏台"是吴王夫差耗时三年扩建而成(故址在今江苏省苏州市西南姑苏山上),横广五里,上有春宵宫,吴王同西施等嫔妃在宫中昼夜过着豪华生活。此诗讽刺这种奢侈靡烂的宫廷生活:姑苏台上,吴王宫里,吴歌楚舞,纸醉金迷,自乌栖日落到漏尽月沉,穷奢极侈,不舍昼夜。"吴歌楚舞",吴楚相连,并代吴宫歌舞。

唐·孟棨《本事诗·高逸篇》载:"李太白初自蜀至京师……贺(知章)又见其《乌栖曲》,叹赏苦吟,曰:'此诗可以泣鬼神矣。'或言是《乌夜啼》,二篇未知孰是。"贺曾说"天上谪仙人也。"向玄宗推荐了他,说明《乌栖曲》《乌夜啼》等诗极具艺术魅力。

宋·苏轼《满庭芳》:"坐见黄州再润,儿童尽,楚语吴歌。"元丰三年二月,作者谪至黄州。黄州古属楚国。因春秋时吴楚相连,变"吴歌楚舞"为"楚语(楚地方言)吴歌"。

1693.明朝有意抱琴来

唐·李白《山中与幽人对酌》:"我醉欲眠卿且去,明朝有意抱琴来。""我醉欲眠",南朝·梁·萧统《陶渊明传》:"渊明不解音律,而蓄无弦琴一张,每酒适,辄抚弄以寄其意。贵贱造之者,有酒辄设。渊明若先醉,便语客:'我醉欲眠,卿可去!'其真率如此。"李白诗上句取陶渊明语,下句也取渊明抚弄"无弦琴"之意。萧统说陶"不解音律",李白就不同了,他的《菩萨蛮》和《忆秦娥》都是倚声之作,被誉为"百代词曲之祖"。(宋·黄升《唐宋诸贤绝妙词选》)所以,"明朝有意抱琴来"之邀是很自然的。又或那位"幽人"今日就是"抱琴"而来的。

唐·白居易《杨家南亭》:"此院好弹秋思处,终须一夜抱琴来。"从李白句化出,写抱琴来弹秋思曲。

又《赠郑尹》:"府池东北旧亭台,久别长思醉一回。但请主人空扫地,自携杯酒管弦来。"

又《玉泉寺南三里涧下多深红踯躅繁艳殊常,感惜题诗以示游者》:"犹有一般辜负事,不将歌舞管弦来。"

宋·王安石《招叶致远》:"最是一年春好处,明朝有意抱琴来。"上句用韩愈《早春呈水部张十八员外》原句,下句用李白此诗原句,招请叶致远抱琴来赏春光。

1694.谁歌玉树后庭花

唐·李白《金陵歌送范宣》:"金陵昔时何壮哉,席卷英豪天下来。冠盖散为烟雾尽,金舆玉座成寒灰。扣剑悲吟空咄嗟,梁陈白骨乱如麻。天子龙沉井阳井,谁歌玉树后庭花。"李白在金陵送范宣过江北去,作诗以赠。这是诗的中间部分,叙述六朝由盛到衰,至陈而亡的状况,有感于"四十余帝三百秋,功名事迹随东流。"这是兴亡之慨。

《玉树后庭花》即《后庭花》,为乐府《吴声歌曲》名。《隋书·五代志上》载:"祯明初,(陈)后主作新歌,词甚哀怨,令后宫美人习而歌之。其辞曰:'玉树后庭花,花开不复久。'"《南史·张贵妃传》载:"后主每引宾客,对贵妃等游宴,则使诸贵人及女学士与狎客共赋新诗,互相赠答。采其尤艳丽者,以为曲调,被以新声。选宫女有容色者以千百数,令习而歌之,分部迭进,持以相乐。其曲有玉树后庭花、临春乐等。其略云:'璧月夜夜满,琼树朝朝新。'大抵所归,皆美张贵妃,孔贵嫔之容色。"原辞均不完整,可定是五言,以花喻美人,其调子是哀怨的。《隋书·音乐志上》载:陈"后主嗣位,耽荒于酒,视朝之外,多在宴筵。尤重声乐,遣宫女习北方箫鼓,谓之代北,酒酣则奏之。又于清乐中造黄鹂留及玉树后庭花、金钗两臂垂等曲,与幸臣等制其歌词,绮艳相高,极于轻薄。男女唱和,其音甚哀。"《隋书·五行志下》又载:"陈后主时,有张贵妃、孔贵嫔,并有国色,称为妖艳。后主惑之,宠冠宫掖,每充侍从,诗酒为娱。一入后庭,数句不出,荒淫奢靡,莫知纪极。"上引种种,小异大同,都记载了陈后主穷淫极侈,不务朝政,而其音乐则以《后庭花》为代表。宋·郭茂倩《乐府诗集》第四十七卷《清商曲辞·吴声歌曲》收陈后主《玉树后庭花》:"丽宇芳林对高阁,新粧艳质本倾城。映户凝娇乍不进,出帷含态笑相迎。妖姬脸似花含露,玉树流光照后庭。"与史籍所引不同,恐为伪托之作。史籍未引全诗,概因其涉嫌亡国之音,然而有两点特征:一为五言,二为哀怨,《乐府诗集》所收却为七言,无哀。

陈后主的《玉树后庭花》是不是"亡国之音"?在唐初有过一次争论。据《旧唐书·音乐志一》载:御史大夫杜淹对唐太宗说:"前代兴亡,实由于乐,陈将亡也,为玉树后庭花;齐将亡也,而为伴侣曲,行路闻之,莫不悲泣,所谓亡国之音也。"太宗不同意这种说法,他说悲与不悲,不决定音乐,而决定"将亡之政",并说:"今玉树、伴侣之曲,其声俱存,朕当为公奏之,知公必不悲矣。"意为音乐与亡国没有必然联系。哀乐虽然可以令人悲伤,而亡国则在帝王的淫靡。唐代《玉树后庭花》为大曲舞蹈。十六个女伎,高髻、长裾、广袖,画眉以状愁容。有唐一代289年,自唐初就唱后庭花,可知后庭花并非亡国之音。

由于陈后主叔宝荒淫无道而导致国破家亡,《玉树后庭花》便成了亡国的一种标志,成了荒淫的代表、象征。隋统一后,炀帝荒淫无道,比起陈后主,有过之而无不及。他筑西苑,穷极华丽。大业元年,行幸江都,彩舟相接二百余里,宫女从游者数千人,奢侈嬉乐,难以尽数;役繁赋重,民不堪命。不久便亡国杀身。所以唐·李商隐《隋宫》诗写:"地下若逢陈后主,岂宜重问后庭花?"《隋遗录》载:杨广在扬州吴公宅鸡台上,醉梦恍惚中,遇陈后主及其宠妃张丽华。后主以酒相进,炀帝因请张丽华舞《玉树后庭花》,后主乘此讥讽炀帝:"始谓殿下致治在尧舜之上,今日复此游逸,大抵人生各图快乐,曩时何见罪之深耶?三十六封书,至今使人怏怏不悦!"帝忽悟,叱之,随叱声恍惚不见。沈钦

韩云:"《大业拾遗乐》载:炀帝梦见陈后主,语云:'三十六封书,使人恨恨!'前人莫解何谓,盖隋兵渡江警书为张贵妃所沉阁者。"梦真梦假,无法向杨广核实,杜撰成分总会有的,无非小巫见大巫或大巫见小巫罢了。李商隐借此说:杨广成了陈叔宝一样的亡国之君,如地下重逢,该不宜再问《后庭花》了吧!极尽讥讽之能事。宋·范成大《胭脂井三首》:"三十六书都莫恨,烦将歌舞过扬州。"则是讥陈讽隋的双刃剑。

李白之后,用"后庭花"者多多,多述陈后主本事,痛荒淫亡国,感兴亡变化。

唐·权德舆《玉台体十二首》:"秋风一夜至,吹尽后庭花。莫作经时别,西邻是宋家。"写花而不是歌。

唐·刘禹锡《台城》:"台城六代竞豪华,结绮临春事最奢。万户千门成野草,只缘一曲后庭花。"

又《金陵怀古》:"后庭花一曲,幽怨不堪听。"

唐·李商隐《柳》:"为有桥边拂面香,何曾自敢占流光。后庭玉树承恩泽,不信年华有断肠。"柳没有玉树那样恩宠,年年有折枝送别。

唐·张祜《玉树后庭花》:"轻车何草草,独唱后庭花。玉座谁为主,徒悲张丽华。"

唐·胡曾《陈宫》:"不知即入宫中井,犹自听吹玉树花。""玉树花"即"玉树后庭花"。

唐·许浑《陈宫怨二首》其一:"草生宫阙国无主,玉树后庭花为谁。"其二:"玉树后庭花一曲,与君同上景阳楼。"

唐·温庭筠《鸡鸣埭曲》:"宁知玉树后庭曲,留待野棠如雪枝。"

唐·罗虬《比红儿诗》:"一曲都缘张丽华,六宫齐唱后庭花。若教比并红儿貌,枉破当年国与家。"唱后庭花的张丽华虽美,也不如红儿。

唐·吴融《水调》:"可道新声是亡国,且贪惆怅后庭花。"

唐·卢秀才《句》:"长醉金陵前殿酒,偏闻玉树后庭花。"

五代·孙光宪《后庭舞》:"后庭一曲从教舞,舞破江山君未知。"

五代·李煜《后庭花破子》:"玉树后庭前,瑶草妆镜边。去年花不老,今年月又圆。莫教偏、和月和花,大教长少年。"女子所居处的环境。

五代·朱存《金陵览古·北渠》:"后庭花落恩

波断,翻与南唐作御沟。"写落花入御沟,慨兴亡盛衰。

五代·远国《伤废国》:"丹禁夜凉空锁月,后庭春老谩开花。"写凄凉,而不用原意。

宋·梅尧臣《金陵三首》:"每入秦淮口,风波更不忧。重看后庭树,还起旧时愁。""后庭树"引发"后庭花"之愁。

宋·司马光《咏史三首》:"醉中失陈国,梦里入隋军。玉树庭花曲,凄凉不可闻。"

宋·欧阳修《赠歌者》(皇祐元年):"可怜玉树庭花后,又向江都月下闻。"写扬州听歌。

又《春词五首》:"香车遥认春雷响,庭雪先开玉树花。"雪挂。

宋·陈允平《西河》:"后庭玉树委歌尘,凄凉遗恨流水。"

金·完颜璹《春草碧》:"旧病回首何堪,故苑春光又陈迹。落尽后庭花,春草碧。"庭花落尽,盛世已去。

元·白朴《夺锦标》(清溪吊张丽华):"满目山围故国,三阁余香,六朝陈迹。有庭花遗谱,弄哀音,令人嗟惜。"

元·赵孟頫《绝句》:"溪头月色白如沙,近水楼台一万家。谁向夜深吹玉笛?伤心莫听后庭花。"用杜牧《泊秦淮》诗意,叹宋亡。

清·杜文澜《台城路》(秦淮秋柳):"怨笛谁家?后庭歌罢更憔悴。"慨古。

1695. 玉树歌终王气收

唐·包佶《再过金陵》:"玉树歌终王气收,雁行高送石城秋。江山不管兴亡事,一任斜阳伴客愁。"这是一首不错的金陵怀古诗,全诗围绕着首句展开,最后落到一个"愁"字上。首句是精华,过金陵而想到它的"王气",当年孙权因金陵王气而在此建都。陈后主为《玉树后庭花》而国亡,使金陵王气为之收敛,极具概括力。而今天,雁行南去,送来石城之秋,唯有一派斜阳将没,怎么能不为这金陵萧瑟而生愁呢!完全是一种吊古伤今的情怀。

"王气",即帝王之气,是中国古老的地象学、风水学,产生于方士,谋臣,为历代王者所重。有"王气"的地方,据说会出帝王,因而又为王者所忌惧。《江表传》载:战国时代楚武(威)王灭越到了金陵,听方士说这里有王气,就铸一对金人埋下以镇王气。一百多年之后,秦始皇统一六国,南巡会

稽,返经金陵,望气者说:金陵有王气。于是掘断山陵,改金陵为秣(饲草)陵。《三国志·吴书·张纮传》载:"纮建计宜出都秣陵,权从之。"裴松之注引《江表传》云:"纮谓权曰:'秣陵,楚威王所置,名为金陵。地势冈阜连石头,访问故老,云昔秦始皇东巡会稽经此县,望气者云金陵地形有王者都邑之气,故断连冈,改名秣陵。今处所具存,地有其气,天之所命,宜为都邑。'权善其议,未能从也。后刘备之东,宿于秣陵,周观地形,亦劝权都之。权曰:'智者意同。'遂都焉。"并把秣陵改为建业。东晋与宋、齐、梁、陈这些短命王朝都建都于建康(即金陵),这金陵的王气于是著称于历史,至陈后主而终。《隋书·五行志上》载:秘书监傅绰上书陈后主云:"陛下顷来,酒色过度……神怒人怨,众叛亲离。臣恐东南王气,自斯而尽。"言辞锐利,但后主不听,"骄恣日甚"。结果被傅绰言中了。当然,早在梁代,庾信在追忆侯景之乱,梁朝瓦解,作《哀江南赋序》云:"将非江表王气,终于三百年乎?"但梁亡了,陈亦建都建康,直到陈亡了,才是六朝"王气收",这里的"王气"已代表王朝了。

"玉树歌终王气收"是很具影响的一句诗。唐·许浑《金陵怀古》亦以此句展开:"玉树歌残王气终,景阳兵合戍楼空。松楸远近千官冢,禾黍高低六代宫。石燕拂云晴亦雨,江豚吹浪夜还风。英雄一去豪华尽,唯有青山似洛中。"首句只动了包佶的两个字,而后展开写破败与感受。

后来者用"玉树歌终""玉树歌阑""玉树歌残",以后者为多。

唐·刘禹锡《西塞山怀古》:"王濬楼船下益州,金陵王气黯然收。"此诗比包佶诗更知名,而"王气黯然收"显然从"玉树歌终王气收"化出。

唐·温庭筠《春江花月夜》:"玉树歌阑海云黑,花庭忽作青芜国。"

唐·吴融《隋堤》:"曾笑陈家歌玉树,却随后主看琼花。"讥隋炀帝步陈后主之后尘。

宋·王珪《游赏心亭》:"六朝遗迹此空存,城压沧波到海门……。于今玉树悲歌起,当时黄旗王气昏。"

元·萨都拉《满江红》(金陵怀古):"玉树歌残秋露冷,胭脂井坏寒螀泣。"

元·方回《有感》:"关张远去金刀绝,王谢声沉玉树残。"

元·陈孚《凤凰山》:"金根辇路迎禅驾,玉树

歌台语梵铃。"元代江南释教总统胡僧杨琏真加，在杭州发掘赵氏故陵及大臣墓，劫掠了宋宫宝物。此诗暗讽此事。

明·孔尚任《桃花扇》续四十出余韵《秣陵秋》："琼花劫到雕栏损，玉树歌终画殿凉。"喻南明覆亡。

明·朱一是《二郎神》（燕子矶秋眺）："自玉树歌残，金莲舞罢，倏忽飞鸟走免。"

清·陈子玉《题孔东塘〈桃花扇〉传奇》："玉树歌残迹已陈，南朝宫殿柳条新。"以亡陈喻亡明。

1696. 商女不知亡国恨

唐·杜牧《泊秦淮》："烟笼寒水月笼沙，夜泊秦淮近酒家。商女不知亡国恨，隔江犹唱后庭花。"这也是写后庭花的，所不同的是这是晚唐时代的后庭花，即陈亡之后近三百年的后庭花。诗人夜泊秦淮，如张继《枫桥夜泊》听到夜半钟声，他听到了歌声，这歌声正是《玉树后庭花》。"商女"即以歌舞谋生的歌女，听歌者当然是一些显官达贵，诗人不禁联想到陈亡只缘后庭花，晚唐正处于风雨飘摇之中，而秦淮酒家里传出这"靡靡之音"，与三百多年前的悲剧何其相似乃尔，历史的那一幕不是要重演吗！正表现诗人对国事衰败的隐忧。"商女"句其实是写唐代上层人物"不知亡国恨"，用了曲笔。"隔江"句，从秦淮河引出长江，切入隋军当年度江破陈，用了回应法，艺术手法高超绝妙。

唐人写"金陵怀古"诗，以李白、刘禹锡、杜牧为出名。李白的《登金陵凤凰台》最先。刘禹锡有五首《金陵怀古》《石头城》《台城》《乌衣巷》《西塞山怀古》，数最多，对后世的感染也最大。杜牧有这首《泊秦淮》。这些诗中影响力最大的只有刘禹锡《乌衣巷》中的"旧时王谢堂前燕，飞入寻常百姓家"。和杜牧《秦淮》："商女不知亡国恨，隔江犹唱后庭花"。

"商女不知亡国恨"句式取自唐·岑参《山房春事二首》："庭树不知人去尽，春来还发旧时花。"感梁园萧瑟，园在人亡。杜牧用此"不知……"句式。

下用此句式者还有：

五代·鹿虔扆《临江仙》："烟月不知人事改，夜阑还照深宫。"前蜀后主王衍，由于前蜀一朝覆亡，他的废宫荒凉死寂，只存"烟月"了。所以《花间集评注》引杨慎语曰："故宫黍离之思，令人黯

然。"作者恐后蜀蹈袭前辙。句式"不知人事改"用杜牧句。

宋·何承矩《文昭园闻提壶有感》："马家公子好楼台，凿破青山碧沼开。啼乌不知人事变，数声犹傍水边来。"《方舆胜览》云：文昭园在潭州兴国间。何承矩为守，园吏云："昔属马家，今归赵氏。"因闻提壶有感作诗云云。"啼乌"句用"商女"句式。

宋·郑文宝《绝句三首》："梁燕不知人事改，雨中犹作一双飞。"用何承矩句。

1697. 隔江犹唱后庭花

唐·杜牧《泊秦淮》："商女不知亡国恨，隔江犹唱后庭花。"宋·王灼《碧鸡漫志》载："后庭花，《南史》云：'陈后主每引宾客，对张贵妃等游宴，使诸贵人及女学士与狎客共赋新诗相赠答。采其尤丽者为曲调，其曲有《玉树后庭花》。'《通典》云：'《玉树后庭花》、《堂堂黄鹂留》、《金钗两臂垂》，并陈后主造，恒与宫女学士及朝臣相唱和为诗。太乐令何胥。采其尤为轻艳者为此曲。'予因知后主诗，胥以配声律，遂取一句为曲名……伪蜀时孙光宪、毛熙震、李珣有《后庭花》曲，皆赋后主故事，不著宫调。两段各四句，似令也。今曲在，两段各六句，亦令也。"《隋书·五行志》载：祯明初，后主作新歌，词甚哀怨，令后宫美人习而歌之。其辞曰："玉树后庭花，花开不复久。"时人以为歌谶，此其不久兆也。所以有人认为《后庭花》即亡国之音。

首先写对《后庭花》感受的是唐·李白，他在《月夜金陵怀古》一诗中就写："一闻歌玉树，萧瑟后庭秋。"以后写《后庭花》的多悼古伤今。

唐·真元《殷淑妃》："长醉金陵前殿酒，偏闻玉树后庭花。"

唐·汪遵《陈宫》："留得后庭亡国曲，至今犹与酒家吹。"

又《破陈》："看看打破东平苑，犹舞庭前玉树花。"

唐·吴融《水调》："可道新声是亡国，且贪惆怅后庭花。"

宋·王安石《桂枝香》："六朝旧事随流水，但寒烟、芳草凝绿。至今商女，时时犹唱后庭遗曲。"

又《金陵怀古四首》其一："东府旧基留佛刹，后庭余唱落船窗。"

宋·晁端礼《临江仙》："今夜征帆何处落，烟

村几点人家。莫惊双泪向风斜。渔人西塞曲,商女后庭花。"

宋·贺铸《台城游·水调歌头》:"楼外河横斗挂,淮上潮平霜下,樯影落寒沙。商女篷窗罅,犹唱后庭花。"

宋·王奕《贺新郎》(仆过鲁,自葛水买舟,至维扬。又自扬州买舟,至孔林,登泰山,复还淮楚,往复六千里。共赋此词,括尽山川所历之妙,真所谓兹行冠平生者也。):"流恨下、秦淮商女。多景楼头吟北固,笑平山堂里谁为主。且烂饮、琼花露。"暗含亡国之痛。

又《贺新郎》(秦淮观斗舟有感追和思远楼):"惆怅秦淮路。慨当年、商女谁家,几多年数。死去方知亡国恨,尚激起、浪花如语。"再隐抒亡国之痛。"死去"用陆游《示儿》:"死去元知万事空"句。

宋·蒋捷《女冠子》(元夕):"笑绿鬟邻女,倚窗犹唱,夕阳西下。"仿用句式。

宋·汪元量《莺啼序》(重过金陵):"凄凄惨惨,冷冷清清,灯火渡头市。慨商女不知兴废,隔江犹唱庭花,余音霪霪。"

宋·仇远《台城路》:"漫空有园林,可无钟鼓。一曲庭花,隔江谁与问商女。"悲南宋灭亡。

金·吴激《人月圆》(宴北人张侍御家有感):"南朝千古伤心事,犹唱后庭花。"宋已亡,而宋宫姬在金朝筵席上还唱故国之歌,深感伤悲。

元·卢挚《蟾宫曲·金陵怀古》:"玉树无花,商女歌声;台城畅望,淮水烟沙。"化杜牧诗以怀古。

又《蟾宫曲·丽华》:"胭脂井金陵草萋,后庭空玉树花飞。"

元·张可久《湘妃怨·次韵金陵怀古》:"朝朝琼树后庭花,步步金莲潘(张)丽华。"

元·兰楚芳《粉蝶儿·耍孩儿》:"我觑他似那张丽华潘妃面,虽不得朝朝玉树,也能够步步金莲。"

明·彭孙贻《西河》(金陵怀古次韵美成〈邦彦〉韵):"石头城坏,有燕子、衔泥故垒。倡家犹唱后庭花,清商子夜流水。"写金陵怀古,哀明王朝岌岌可危。

清·黄梨洲《应炯先九十寿》:"铜人有泪秋风急,商女无知夜月明。多少兴亡云过眼,销除姑妇一残枰。"慨南明灭亡。

1698. 夜雨闻铃断肠声

唐·白居易《长恨歌》:"蜀江水碧蜀山青,圣主朝朝暮暮情。行宫见月伤心色,夜雨闻铃断肠声。天旋日转回龙驭,到此踌躇不能去。马嵬坡下泥土中,不见玉颜空死处。"此段写马嵬驿缢死杨妃后,唐玄宗对杨妃痛楚的怀思。唐人郑处诲《明皇杂录》载:"明皇既幸蜀,西南行。初入斜谷,霖雨涉旬。于栈道雨中闻铃声,隔山相应。上既念贵妃,采其声为《雨霖铃》曲以寄恨焉。"唐人段安节《乐府杂录》载:"《雨淋铃》者,因唐明皇驾回至斜谷,闻雨淋銮铃,因令张野狐撰为曲名。"宋代史官乐史《杨太真外传》卷下载:"上发马嵬,行至扶风道。道旁有花,寺畔见楠树团圆,爱玩之,因呼为端正树,盖有所思也。又至斜谷口,属霖雨涉旬,于栈道雨中闻铃声,隔山相应。上既悼念贵妃,因采其声为《雨霖铃》曲,以寄恨焉。"南宋王灼《碧鸡漫志》卷第五也有如是记载。闻雨淋铃的时间,多说在"幸蜀"途中,唯段安节说是在"回銮"路上。白居易写"夜雨闻铃断肠声",就是概括描写玄宗闻雨声铃声交响,在烦躁中加重了对贵妃之死的哀伤。如果是"幸蜀"途中,虽临陷都之痛、离銮之苦,社稷存亡与个人安危未卜,然而"涉旬"苦雨,也会使他闻雨淋铃而伤贵妃。如果是"回銮"道上,长歌以当哭,痛定再思痛,也是很自然的。

后人用"雨淋铃",或写雨声,或写音乐,都是以哀声哀乐表示哀凉。

唐·杜牧《华清宫》:"行云不下朝元阁,一曲淋铃泪数行。"这是音乐之哀。

唐·韦庄《宿蓬船》:"夜来江雨宿蓬船,卧听淋铃不忍眠。"写雨淋铃声。

宋·文天祥《满江红》(代王夫人作):"王母欢阑琼宴罢,仙人泪满金盘侧。听行宫、半夜雨淋铃,声声歇。"用《雨霖铃》歇,喻南宋灭亡。

元·王恽《双鸳鸯·乐府合欢曲》:"信香沉,泪沾襟,秋雨铃声阁道深。"写秋雨铃声,述本事。

1699. 间关莺语花底滑

唐·白居易《琵琶行》:"间关莺语花底滑,幽咽泉流冰下难。"写琵琶女弹拨琵琶的音乐色调。时而如花底莺声间关滑畅,时而又像冰下泉流幽咽滞涩,作者对曲子理解很深,领悟很透,才产生这种艺术通感。清人段玉裁《经韵楼文集》卷八《与阮

芸台书》评:"莺语花底,泉流冰下,形容涩滑二境,可谓工绝。"用"间关花底滑"句如:

宋·欧阳修《答和阁老刘舍人雨中见寄》:"花间鸟语愁泥滑,屋上鸠鸣厌雨多。""愁泥滑"用句不用意。

宋·陈纪《贺新郎》(听琵琶):"莺语间关花底滑,急雨斜穿梧竹。"用原句。

宋·洪咨夔《临江仙》:"消得流莺花底滑,一声惊起梁尘。"

元·耶律楚材《庚辰西域清明》:"野鸟间关难难语,山花烂漫不知名。"

1700. 花底流莺语

宋人袁去华用"花底流莺语"是白居易"间关莺语花底滑"的简化:

《清平乐》(赠歌者):"移商换羽,花底流莺语。唱彻秦娥君且住,肠断能消几许?"

《思佳客》(王宰席上赠歌妓):"把酒听歌始此回,流莺花底语徘徊。神仙也许人间见,腔调新翻辇下来。"

宋·戴复古《西江月》:"宿酒才醒又醉,春宵欲雨还晴。柳边花底莺声,白发莫教临镜。"

元·徐再思《梧叶儿·春思二首》:"花底春莺燕,钗头金凤凰,被面绣鸳鸯。"

1701. 转轴拨弦三两声

唐·白居易《琵琶行》:"转轴拨弦三两声,未成曲调先有情。……曲终收拨当心画,四弦一声如裂帛。"白居易是描绘乐音的斫轮老手,他的《琵琶行》对音乐语言的传递,对弹拨挑抹这些指法的表述,都是无可匹敌的,足令许多绘乐拟音的作品相形见绌。上引四句,先写弹奏之前的"定弦调声",后写曲终收音,都是形声毕肖的。"先有情"写情感的准备、酝酿,揭示演奏者的内心世界。"如裂帛"准确地比喻,传达出收拨的琵琶和弦声。

宋·苏轼《四时词四首》:"抱琴转轴无人见,门外空闻裂帛声。"用白居易"转轴"与"裂帛"两句。

1702. 未成曲调先有情

唐·白居易《琵琶行》:"转轴拨弦三两声,未成曲调先有情。""转轴拨弦",即调弦定音,通称"定弦",弹拨乐器的弦不用时是放松的。用时要

转轴(挂弦之轴)紧弦。找到几根弦(如琵琶四根弦)的相对音值,一般弦音跨度依宫商角徵羽五音中宫、羽两音之距离为准,即简谱音阶1、2、3、4、5中之1、5。定弦时边转轴,边弹(或拉)弦,找准各弦音之位置。"未成曲调先有情",不单指琵琶女定弦之表情,同时含有定弦时弹拨的"三两声"。这"三两声"虽是为定弦而弹拨,已含琵琶女之情了。

唐·李颀《听董大弹胡笳声兼寄语弄房给事》:"言迟更速皆应手,将往复旋如有情。空山百鸟散还合,万里浮云阴且晴。""先有情"出于此。

宋·赵令畤《蝶恋花鼓子词》:"曲未成声先怨慕,忍泪凝情,强作霓裳序。"取白居易句意。

1703. 低眉信手续续弹

唐·白居易《琵琶行》:"低眉信手续续弹,说尽心中无限事。""低眉",低头目视琴弦。"信手",看似随意,实写指法灵活而轻盈。"续续弹",不停地弹。这句描绘弹琵琶的姿势、动作,概括了弹拨的特点。弹拨乐器的演奏,时用"低眉信手"。

宋·王安石《胡笳十八拍十八首》:"低眉信手续续弹,弹看飞鸿劝胡酒。"用白居易原句,写弹琵琶。

宋·曹勋《浣溪沙》:"玉柱檀槽立锦筵,低眉信手曲初传。"

又《西江月》(琵琶):"低眉信手巧功夫,犹带巫烟楚雨。"

1704. 轻拢慢撚抹复挑

唐·白居易《琵琶行》:"轻拢慢撚抹复挑,初为霓裳后六幺。"写弹拨琵琶四根弦的指法:拢,又开五指抚拢四根弦,撚,如揉弦,抹,在弦上迅速移动奏出滑音;挑,用单指挑起琴弦立即松指,发出不同于弹拨声响,亦为弦乐指法,一句写出四种指法,说明弹奏的难度和乐曲弦律的复杂和变化。后多用"轻拢慢撚"描绘歌女乐工的演奏。

宋·晏殊《木兰花》:"春葱指甲轻拢撚,五彩条垂双袖卷。"

宋·欧阳修《减字木兰花》:"一抹朱弦初入遍,慢撚轻拢,玉指纤纤嫩剥葱。"

宋·苏轼《采桑子》(润州多景楼与孙巨源相遇):"停杯且听琵琶语,细撚轻拢,醉脸春融。"

又《哨遍》:"拨胡琴语,轻拢慢撚总捻利。"写

奏胡琴。

宋·黄庭坚《忆帝京》(赠弹琵琶妓):"慢撚复轻拢,切切如私语。"后句用白居易"小弦切切如私语"句。

宋·曹勋《点绛唇》:"慢撚轻拢,怨感随纤手。"

宋·史浩《踏歌行》(郑开府出示诸公所赋琵琶词即席次韵):"慢撚幽情,轻拢柔思,其中有口传心事。"

宋·辛弃疾《贺新郎》(听琵琶):"辽阳驿史音尘绝。琐窗寒、轻拢慢撚,泪珠盈睫。"

宋·陈以庄《水龙吟》(记钱塘之恨):"旧音恍记,轻拢慢撚,哀弦危柱。金屋难成,阿娇已远,不堪春暮。"

宋·杜良臣《三姝媚》:"慢撚轻拢,幽思切,清音谁闻。"

宋·无名氏《百宝妆》:"轻拢慢撚,生情艳态,翠眉黛罩。"

1705. 大弦嘈嘈如急雨,小弦切切如私语

唐·白居易《琵琶行》:"大弦嘈嘈如急雨,小弦切切如私语。"这是两种音喻。"嘈嘈如急雨",音强而快,"切切如私语",音低而缓,两种频率,两种节奏。"大弦""小弦",是指四根弦中最粗的弦和最细弦。在顾况诗中已经描绘过。

顾况,相传为白居易之知音。白居易十六岁作《赋得古原草送别》一诗。据唐人张固《幽闲鼓吹》载:"白尚书应举,初至京,以诗谒顾著作况。顾睹姓名。熟视白公,曰:'米价方贵,居亦弗易。'乃披卷首篇(读到'野火烧不尽,春风吹又生'),即嗟赏曰:'道得个语,居即易矣!'因为之延誉,声名大振。"这是一位长者对一个年轻人半开玩笑半当真的话。近人有认为这只是传说,他们二人无缘在长安相见,且不管它。只说这"大弦""小弦",白与顾总有"诗缘"。

顾况是描写演奏较多的诗人。他有《李供奉弹箜篌歌》《刘禅奴弹琵琶歌》《李湖州孺人弹筝歌》《郑女弹筝歌》《丘小府小鼓歌》等诗作,写了弹筝、击鼓,琵琶、箜篌。其中《李供奉弹箜篌歌》对音乐的描写为多。节录如下:"……珊瑚席,一声一声鸣锡锡,罗绮屏,一弦一弦如撼铃。急弹好,迟亦好;宜远听,宜近听。左手低,右手举,易调移音天赐与。大弦似秋雁,联联度陇关;小弦似春燕,喃

喃向人语。手头疾,腕头软,来来去去如风卷。声清泠泠鸣索索,垂珠碎玉空中落。……大弦长,小弦短,小弦繁快大弦缓。初调锵锵似鸳鸯水上弄新声,入深似太清仙鹤游秘馆。……"箜篌二十三弦,抱在怀中,双手弹奏。这里的"大弦""小弦",就是粗弦和细弦。粗弦之音较为浑厚低沉,细弦之音较为尖细轻幽。白居易的"大弦""小弦"之喻,正从这"大弦似秋雁""小弦似春燕"中翻出,"如急雨"写弹频高,"如私语"写弹频缓。

唐·戴叔伦《巫山高》:"瞿塘嘈嘈急如弦,洄流势逆将覆船。""嘈嘈"是水声,"急如弦"是水势。白居易则用"嘈嘈如急雨"表现弹拨大弦之声。

唐·刘禹锡《曹刚》:"大弦嘈囋小弦清,喷雪含风意思生。"大弦浑厚,小弦清晰,正是二弦之区别。

唐·刘景复《梦为吴泰伯作胜儿歌》用白居易句,节录如下:"繁弦已停杂吹歇,胜儿调弄逻娑拨。四弦拢撚三五声,唤起边风驻明月。大声嘈嘈奔溷溷,浪蹙波翻倒溟渤。小弦切切怨飕飕,鬼哭神悲秋塞窣。""大声嘈嘈"、"小弦切切"用白居易"大弦""小弦"句,写胜儿弹奏胡琴。

1706. 大珠小珠落玉盘

唐·白居易《琵琶行》:"大弦嘈嘈如急雨,小弦切切如私语;嘈嘈切切错杂弹,大珠小珠落玉盘。"大弦小弦交互错落地弹起来,浑厚与清新的声音交织在一起,就像大珠与小珠同时纷纷落入玉盘之中,持续地发出重实而清脆的交响,动人心魄。"如急雨""如私语""落玉盘"构建出一种博喻效果,就难于用语言描绘了。

"落珠"之喻,用于乐音,也用于水声。

唐·韦应物《五弦行》:"美人为我弹五弦,尘埃忽静心悄然。古刀幽磬初相触,千珠贯断落寒玉。"写弹五弦琴,以金石相触,珠玉相击喻琴声。"贯"为穿珠之绳,绳断珠落是有一定"节奏"的,落在"寒玉"之上,不如金石铿锵,却也清脆动人。白诗对此也是"出蓝"之作。下如:

唐·张祜《楚州韦中丞箜篌》:"千重钩锁撼金铃,万颗真珠泻玉瓶。"写珍珠无数泻入玉瓶,喻箜篌之音。

唐·程太虚《漱玉泉》:"瀑布横飞翠壑间,泉声入耳送清寒。天然一曲非凡响,万颗明珠落玉盘。"喻瀑布水珠落入清泉。

宋·张先《翦牡丹》(舟中闻琵琶):"金凤响双槽,弹出今古幽思谁省,玉盘大小乱珠迸。"用白居易"大珠小珠"句。

宋·辛弃疾《菩萨蛮》:"阮琴斜挂香罗绶,玉纤初试琵琶手。桐叶雨声干,真珠落玉盘。"喻琵琶声。

1707. 莫惜歌喉一串珠

唐·白居易《寄明州于附马三绝句》:"何郎小妓歌喉好,严老呼为一串珠。"注:严尚书与于附马诗云:"莫惜歌喉一串珠。"这句诗是白居易引他人之诗,即严尚书、于驸马听"何郎小妓"唱歌,歌唱得好,称她的歌声如"一串珠"。用"串珠"喻歌声,此是首例,发自艺术通感,就像说"歌声甜美"一样。小妓的歌喉清脆、亮丽,吐字归音,就像把一个一个的珠子串成了串儿,珠子在迸发撞击发出的声音。连续的音符,就像串珠。这一产生于艺术通感的比喻,使歌声如珍珠一样美。白居易《晚春欲携酒寻沈四著作先以六韵寄之》:"最忆阳关唱,真珠一串歌。"一串珠也成了"一串歌"。以后用串珠,也用串歌,都是此喻。

宋·欧阳修《蝶恋花》:"帘下清歌帘外宴,虽爱新声,不见如花面。牙板数敲珠一串,梁尘暗落琉璃盏。"

宋·杜安世《凤栖梧》:"席上清歌珠一串,莫教欢会轻分散。"

宋·苏轼《菩萨蛮》:"遗响下清虚,累累一串珠。"

宋·吕渭老《惜分飞》(元夕):"一串歌珠云外袅,饮罢玉楼寒悄。"

宋·杨无咎《青玉案》(徐侍郎生辰):"一声珠串,数敲牙板,应有梁尘落。"

宋·孙道绚《如梦令》(宫词):"风自碧空来,吹落歌珠一串。"

宋·史浩《西江月》(即席答官妓):"解带初开粉面,绕梁还听珠歌。"

又《喜迁莺》:"玳筵称寿,清皓齿、霏霏珠玉。"

又《粉蝶儿》(咏圆子):"咄嗟间,如撒下、真珠一串。"

宋·辛弃疾《婆罗门引》(用韵别郭逢道):"歌珠凄断累累。回首海山何处,千里共襟期。"

又《浣溪沙》:"歌串如珠个个匀,被花勾引笑和颦,向来惊动画梁尘。"

又《如梦令》(赠歌者):"串玉一声歌,占断多情风调。"

1708. 秦筝欲妒歌珠贯

宋·赵彦端《蝶恋花》(赠别赵邦才席上作):"堂外溪桥杨柳畔,满树东风,更著流莺唤。时节清明寒暖半,秦筝欲妒歌珠贯。"送赵邦才席上。秦筝伴奏,歌女放声歌唱,如一贯歌珠,使秦筝压音。"妒"字反衬歌声之嘹亮。"贯"即"串",这里换字以求新。

宋·王安中《破子清平乐》:"锦堂风月依然,后池莲叶田田。缥缈贯珠歌里,从容倒玉尊前。""贯珠"始用于此词。

宋·王之道《满庭芳》:"清歌妙、贯珠余韵,犹振画梁尘。"

宋·卢炳《蓦山溪》(与何遂夫为寿):"倩双娥,敲象板,缓缓歌珠贯。"

1709. 琴闲了雁足,歌歇骊珠

元·徐琰《一枝花·间阻》:"这些时琴闲了雁足,歌歇骊珠。""雁足"喻弦柱,全句说琴不弹了,歌不唱了,示别后生活。"骊珠":元燕南芝庵《唱论》云:"有子母调,有姑舅兄弟,有字多声少,有声多字少,所谓一串骊珠也。""一串骊珠"即指"一串珠"。

元·张可久《朝天子·酸斋席上听胡琴》:"一梭银线解冰泉,碎拆骊珠串。""碎拆",拆断,打开。

又《朝天子·梅元帅席上》:"阿莲娇吻贯骊珠,试听。"

元·刘时中《小桃红·辛尚书座上赠合弹琵琶何氏》:"鹍鸡四弦,骊珠一串,个个一般圆。"

1710. 空擘骊龙颔

元·王伯成《哨遍·赠长春宫雪庵学士》:"空擘骊龙颔,谩赢得此身良苦。"艰苦地去求功名都落空了。"骊龙":《庄子·列御寇》载:"河上有家贫恃纬萧而食者,其子没于渊得千金之珠。其父谓子曰:'取石来锻之!夫千金之珠必在九重之渊而骊龙颔下,子能得珠者,必遭其睡也。使骊龙而寤,子尚奚微之有哉!'"这故事说从骊龙颔下得珠是冒风险的。上条之"骊珠"即出典于此。

元·乔吉《山坡羊·失题》:"云浓云淡,窗明窗暗,等闲休擘骊龙颔。""擘(bò)",摘取。用王伯成"空擘骊龙颔"句,说贪心会带来风波,是危险的。

1711. 小垂手后柳无力

唐·白居易《霓裳羽衣歌》:"小垂手后柳无力,斜曳裾时云欲生。"写霓裳羽衣舞中两个舞姿,"小垂手"是一种垂手的舞蹈身段。做完这个动作,舞者身姿柔然摇摆如弱柳无力支撑。"斜曳裾",曳掀起长长的裙裾,如一朵白云将欲升起。

唐·郑处诲《明皇杂录》载:"舞者,乐之容也。有《大垂手》《小垂手》,或象惊鸿,或如飞燕。"《小垂手》《大垂手》最早见于南朝徐陵《玉台新咏》,后收入《乐府诗集》,是以二者为题的诗,诗中描绘两种舞。有南朝·梁·吴均《小垂手》诗:"舞女出西秦。蹑影舞阳春。且复小垂手,广袖拂红尘。折腰应两袖,顿足转双巾。蛾眉与曼脸,见此空愁人。"(此诗又误作梁简文帝萧纲诗)简文帝有《大垂手》诗,题为《赋得乐府大垂手》(《乐府诗集》又收为吴均诗):"垂手忽迢迢,飞燕堂中娇。罗衣姿风引,轻带任情摇。讵似长沙地,促舞不回腰。"从上引二诗看,大垂手、小垂手各都是一套舞蹈,而不止是一两个动作。唐宋人把"小垂手"多作舞姿。

唐·李白《经乱离后天恩流夜郎忆旧游书怀赠江夏韦太守良宰》:"吴娃与赵艳,窈窕夸铅红。呼来上云梯,含笑出帘栊。对客小垂手,罗衣舞春风。"表现韦太守盛情接待。

宋·欧阳修《柳》:"残黄浅约眉双敛,欲夸先夸手小垂。"拟人法写柳叶、柳枝。以"小垂手"表现柳枝下垂。

宋·苏轼《戏赠》:"小楼依旧斜阳里,不见楼中垂手人。""垂手人"借代舞女。

1712. 秋风卷入《小单于》

唐·李益《听晓角》:"无数寒鸦飞不度,秋风卷入《小单于》。""小单于",古曲名。写北方深秋吹角演奏此曲,属一种夜曲,多报晓。

宋·秦观《阮郎归》:"丽谯吹罢《小单于》,迢迢清夜徂。""丽谯"指高楼,"徂",往。《小单于》吹罢,长夜将明。

1713. 不胜清怨却飞来

唐·钱起《归雁》:"潇湘何事等闲回?水碧沙明两岸苔。二十五弦弹夜月,不胜清怨却飞来。"

归雁,是南而北归之雁,为什么归来如此之速,怕是听了湘灵夜月鼓瑟,从那二十五条弦中传出的清怨,使雁难以承受,只好归来。诗人早年在《省试湘灵鼓瑟》诗中曾写湘灵"善鼓云和瑟""楚客不堪听",此诗再次述此情,且移情于雁。是长期在北方《长安》做官的他曲折地写乡情。

宋·张炎《解连环》(孤雁):"漫长门夜悄,锦筝弹怨。"以筝代瑟,用其意。

今人袁鹰《平壤抒情》(琵琶大街):"新街何事称琵琶?流韵飞歌入万家。二十四弦弹夜月,一弦一柱颂春华。"琵琶是四根弦,这里只是用钱起"弹夜月"句,表现琵琶街的"流韵飞歌"盛况。

1714. 一弦一柱思华年

唐·李商隐《锦瑟》:"锦瑟无端五十弦,一弦一柱思华年。"关于此诗解读纷纭,多抒己见。"锦瑟",是饰有锦纹的乐器,黄朝英《缃素杂记》引苏轼语曰:"其弦五十,其柱如之,其声也适怨清和。"在钱起《归雁》中则说"二十五弦"。一般认为瑟最早是五十弦,后简化为二十五弦。唐·计有功《唐诗纪事》认为"锦瑟"是令狐楚的爱妾之名。何焯《义门读书记》认为此诗为悼亡诗。李庆甲辑《瀛奎律髓汇评》引纪昀语云:"追忆旧欢之作"。叶乔然《龙性赏诗话》认为"自悔其少年场中,风流摇荡"。该诗话又引程湘衡语:"义山自题其诗以开集首者。"梁章钜《退庵随笔》引江韩门语:"假物以自伤。"又引方文自语:"伤玄宗而作。"吴汝纶《桐城吴先生评点唐诗鼓吹》说:"感国祚兴衰而作。"至今更多的认为此诗是自伤身世。"锦瑟"二句,面对锦瑟的五十弦,追忆年复一年不幸的往事(如夹于牛党李党的竞争之中),如瑟音一样哀凉。

今人袁鹰《平壤抒情》(琵琶大街):"二十四弦弹夜月,一弦一柱颂春华。"前用钱起句,后用李商隐句,赞美琵琶街的动人音乐。

1715. 琵琶一抹四十弦

宋·苏轼《约公择饮是日大风》:"春风无事秋月闲,红妆执乐豪且妍。紫衫玉带两部全,琵琶一抹四十弦。"李公择知齐,肃盗有绩,苏轼宴请他,并作此诗。此四句写宴中乐队。乐队十人,妆饰艳丽,十只琵琶,四十弦齐奏,也具盛况。"四十弦"是十只琵琶的弦。

《苏轼诗集》卷十六引施注:"潘若冲《郡阁雅

谈》'高从晦好弹胡琴。天成中,王仁裕使荆渚,从晦出十妓弹胡琴。仁裕有诗曰:红妆齐抱紫檀槽,一抹朱弦四十条。'""十妓"弹"四十弦",说明每只胡琴四条弦,十只"四十弦"。

1716. 帐底吹笙香雾浓

唐·李贺《秦宫诗》并序:秦宫,汉将军梁冀之嬖奴也。秦宫得宠内舍,故以骄名大噪于人。予撫旧而作长辞,辞以冯子都之事相为对望。又云昔有之诗。"越罗衫袂迎春风,玉刻麒麟腰带红。楼头曲宴仙人语,帐底吹笙香雾浓。"此诗写东汉第一大贪官梁冀的家奴秦宫,如西汉霍光的家奴冯子都(殷)与霍光妻显私通,与梁冀妻孙寿私通,宫内外兼宠,因而穷奢极侈的情形。这首四句写秦宫服饰奢华,在梁冀后宅楼头私宴,帐里笙歌之事。楼头笑语喧哗,路人误以为是仙人;帐里笙歌欢舞,弥散着浓香。

宋·苏轼《作书寄王晋卿忽忆前年寒食北城之游走笔为此诗》:"王孙出游乐忘归,门前骢马紫勒羁。吹笙帐底烟霏霏,行人举头谁敢晞。"此数句写当年与王诜(晋卿)寒食出游北城所见,用李贺"帐底吹笙"句写王孙公子之豪华。

金·段克己《蝶恋花》(闻莺有感):"花底笙歌犹未了,流莺又复催人老。"亦从李贺句中化出。

1717. 数曲暮山青

唐·陈季《湘灵鼓瑟》:"神女泛瑶瑟,古祠严野亭。……一弹新月白,数曲暮山青。"写湘水二妃鼓瑟,仙乐产生的神奇的力量。

唐·魏璀《湘灵鼓瑟》:"柱间寒水碧,曲里暮山青。""暮山青"句与陈季诗意近。

1718. 应闻空里步虚声

唐·张籍《送吴炼师归王屋》:"却到瑶坛上头宿,应闻空里步虚声。"步虚声,道士诵经礼赞的一种调子,宛如众仙缥缈步行虚空歌诵之声。刘敬叔《异苑》卷五:"陈思王(曹植)游山,忽闻空里诵经声,清远遒亮,解音者则而写之,为神仙声。道士效之,为步虚声也。"由"诵经声",按音律写成"神仙声",继而仿作"步虚声",即乐伴仙人在空中举步行进声。此借称吴炼师从空中返回王屋山。

唐·储光羲《至嵩阳观,观即天皇故宅》:"一闻步虚子,又话逍遥篇。""步虚子"代道观观主。

唐·施肩吾《闻山中步虚声》:"何人步虚南峰顶,鹤唳九天霜月冷。"此"步虚"指仙音。

1719. 黄竹歌声动地哀

唐·李商隐《瑶池》:"瑶池阿母绮窗开,黄竹歌声动地哀。八骏日行三万里,穆王何事不重来。"《穆天子传》载:周穆王西游,至昆仑山遇西王母,西王母设宴于瑶池。临别,王母作歌:"白云在天,山陵自出。道里悠远,山川间之。将子不死,尚复能来。"穆王作歌以答,约三年后再来。《汉武帝内传》中称西王母为"玄都阿母"。《穆天子传》载:周穆王西征路上,"日中大寒,北风雨雪,有冻人,天子作三章以哀民,乃宿于黄竹"。此歌即《黄竹歌》,哀民之歌。李商隐诗意阿母等穆王再来而不来,徒留哀民之歌,讽皇帝求仙之荒诞。

明·王夫之《烛影摇红》:"驂鸾不得帝京游,难挽瑶池辙。黄竹歌声悲咽。望翠甍双鸳翼折,金茎露冷;几处啼鸟,桥山夜月。"用周穆王不能再来事,用李商隐"黄竹歌声"句,喻明朝国祚已终,只能如"黄竹"悲歌。

1720. 雏凤清于老凤声

唐·李商隐《韩冬郎即席为诗相送,一座毕惊,他日余方追吟"连宵侍坐徘徊久"之句,老成之风,因成二绝寄酬,兼呈畏之员外》其一:"十岁裁诗走马成,冷灰残烛动离情。桐花万里丹山路,雏凤清于老凤声。"韩冬郎即韩偓乳名。畏之即韩偓之父韩瞻,与李商隐同年进士,又是连襟亲戚。唐宣宗大中五年(851),李商隐赴梓州幕府,十岁的韩偓作诗相送。大中十年(856),商隐从梓州返回长安,追忆冬郎作诗(全诗已佚),作七绝二首酬答,称赞韩偓诗思敏捷,少有才华。"雏凤清于老凤声",是说韩偓之才超过了父辈。"雏凤"当喻俊杰,汉末庞统被称作"凤雏"。闵鸿称陆云:"此儿若非龙驹,当是凤雏。"王导之子王邵也有"凤雏"之名。

"桐花万里丹山路,雏凤清于老凤声。"传说凤凰落于梧桐,产于梧桐。当代革命家陈云曾将此二句书赠当时上海市领导,以作奖掖。

1721. 丽辞堪付雪儿歌

唐·韩定辞《酬马彧》诗:"盛德好将银笔述,丽辞堪付雪儿歌。"马彧问雪儿事,韩曰:"雪儿,李密歌姬也。每宾僚文章奇丽者,即付使歌之。"（王子韶《鸡跖集》）前句称道马或之德,后句称道马或之诗。李密每遇奇丽之诗就让雪儿唱,凡雪儿唱的诗都是好诗,所以,"堪付雪儿唱"的诗都好。

宋·苏轼《送将官梁左藏赵莫州》:"彭城老守亦凄然,不见君家雪儿唱。"左藏库使梁交家有侍者甚惠丽,此处示不见好诗。

1722. 小楼吹彻玉笙寒

南唐中主李璟《浣溪沙》:"细雨梦回鸡塞远,小楼吹彻玉笙寒。多少泪珠无限恨,倚阑干。"全词写在众芳零落的深秋。楼中女子思念边塞的远人,凄凉哀惋至极。这下阕的"细雨""小楼"二句为历代评家所赞赏。

宋·马令《南唐书》卷二十一载:"元宗乐府辞云:'小楼吹彻玉笙寒,'延巳有'风乍起,吹皱一池春水'之句,皆为警策。元宗尝戏延巳:'"吹皱一池清水",干卿何事?'延巳曰:'未若陛下"小楼吹彻玉笙寒"。'元宗悦。"这一对话引发了后人的讨论。明·王世贞《艺苑卮言》论:"《花间》犹伤促碎,至南唐李主父子而妙矣。'"风乍起,吹皱一池清水",干卿何事?'与'未若陛下"小楼吹彻玉笙寒",'此语不可闻邻国,然是词林本色佳话。'云破月来花弄影'郎中,'红杏枝头春意闹'尚书,意似祖述之,而句稍不逮,然迹佳。"清·贺裳《皱水轩词筌》论:"南唐主语冯延巳曰:'"风乍起,吹皱一池春水"何与卿事?'冯曰:'未若"细雨梦回鸡塞远,小楼吹彻玉笙寒"。不可使闻于邻国。'然细看词意,含蓄尚多。至少游'无端银烛殒秋风,灵犀得暗通。'(《阮郎归》)'相看有似梦初回,只恐又抛人去,几时来。'(《南歌子》)则为蔓草之偕藏,顿丘之执别,一一自供矣。词虽小技,亦见世风之升降,沿流则易,溯洄实难,一入其中。势不自禁。"

宋以后,对"细雨""小楼"二句多予好评。

南宋·胡仔《苕溪渔隐丛话》前集卷九十五引《雪浪斋日记》云:"荆公问山谷云:'作小词曾看李后主词否?'云:'曾看。'荆公云:'何处最好?'山谷以'一江春水向东流'为对。荆公云:'未若"细雨梦回鸡塞远,小楼吹彻玉笙寒",又"细雨湿流光"最好。'"明·沈际飞《草堂诗余正集》卷一评:"'塞远'、'笙寒'二句,字字秋矣。""少游'指冷玉笙寒,吹彻小梅春透',翻入春词,不相上下。"(《全宋词》中未见此句,《解语花》中有"谁家笛,弄彻梅

花新调"语。)清·许昂霄《词综偶评》云:"'细雨'二句合看,乃愈见其妙。"加拿大叶嘉莹《灵溪词说》:"大抵如就情意之结构及主旨而言,则'细雨梦回'二句实当为全词之骨干。"不过也有不同见解。清·王国维《人间词话》认为:"南唐中主'菡萏香销翠叶残,西风愁起绿波间',大有众芳芜秽,美人迟暮之感。乃古今独赏其'细雨梦回鸡塞远,小楼吹彻玉笙寒',故知解人正不易得。"清·吴梅《词学通论》认为:"至'细雨'、'小楼'二语,为'西风愁起'之点染语,炼词虽工,非一篇中之至胜处。而世人竟赏此二语,亦可谓不善读者矣。"

所有上引评说,不外两种对照:"小楼"句与"吹皱"对照、"菡萏"二句与"细雨"二句对照。前者出于君臣之间,很难公允,后者出于对全词理解不同,各置其辞。这里就全词而言,上阕以绘景为主,景中有情;下阕以抒情为主,情中有景。主旨在下阕。从艺术上看,全词以"小楼"为佳。"小楼吹彻玉笙寒",意即"玉笙吹彻小楼寒"。"彻",大曲中最后一章,句意为吹完最后的玉笙曲。哀凉的曲调已使小楼生寒了。一说把玉笙吹"寒",则洋溢于小楼里的曲调气氛全无,毫无价值了。"玉笙寒"与"鸡塞远"虽然句法结构相同(都是主谓结构),表意却有不同,这种情形在古代诗词中不罕见。而且这一名句的句眼在"寒"字上,如果不是写曲终之后余韵悲凉,而说把笙吹凉了。怎么能受到冯延巳、王安石(荆公)这些大家的赞赏!用此句如:

宋·石孝友《浣溪沙》(集句):"红袖时笼金鸭暖,(少游)小楼吹彻玉箫寒。(李璟)为谁和泪倚栏干。(中行)"

宋·李曾伯《八声甘州》(中秋小集无月):"廉纤梧桐细雨,吹彻玉箫寒。仿佛山河影,只在云端。"

宋·吴文英《婆罗门引》:"西风乍入吴城,吹彻玉笙何处,曾说董双成。"

宋·百兰《醉蓬莱》:"犹记年时,玉箫吹彻,并驾萧郎,共骖嬴女。"

宋·无名氏《怨王孙》:"玉箫声断人何处,春又去,忍把归期负。""断"为停止、中断意,与"彻"(完、终)不同。

1723. 棹歌中流声抑扬

宋·苏轼《李思训画〈长江绝岛图〉》:"客舟何

处来？棹歌中流声抑扬。"画中长江客舟向孤岛行驶，棹歌（划船号子）在中流抑扬、飘荡。

汉武帝刘彻《秋风辞》："横中流兮扬素波，箫鼓鸣兮发棹歌。"苏轼用此"中流""棹歌"。

1724. 已托西风传绝唱

宋·苏轼《次韵刘贡父和韩康公忆持国二首》其二："燎须谁识英公意，黄发聊知子建心。已托西风传绝唱，且邀明月伴孤斟。"韩康公绛之吊韩维（持国）罢门下侍郎，苏轼次刘贡父韵以慰藉。"已托西风传绝唱"，指刘贡父诗，"且邀明月伴孤斟"，用李白"举杯邀明月"句，安慰韩维。

"绝唱"，诗词中的最佳作品，绝优作品，《宋书·谢灵运传·史臣曰》："若夫平子艳发，文以情变，绝唱高踪，久无嗣响。"这是南梁沈约对西汉诗文创作的评价。"绝唱"后指优秀的诗歌词曲。

南朝·梁元帝萧绎《幽逼诗四首》："南风且绝唱，西陵最可悲。"诗中首用"绝唱"。

唐·钱起《美杨侍御清文见示》："伯牙道丧来，弦绝无人续。谁知绝唱后，更有难和曲。"赞"清文"。

宋·王庭珪《雨霖铃》（雪）："郢中旧曲谁能度？恨歌声、响入青云去。西湖近时绝唱，总不道、月梅盐絮。""月梅盐絮"都是咏雪诗句。

1725. 红妆执乐三千指

宋·苏轼《送江公著知吉州》："白粲连樯一万艘，红妆执乐三千指。"江公著知吉州，吉州地方富庶而繁华。"白粲连樯""红妆执乐"正表此意。"白粲"即白米。"三千指"大乐队，让他尽享人间之乐。所以末二句说："籍书期会得余闲，亦念人生行乐耳。"

"三千指"即"三千乐指"，每一乐工十指，"三千指"即三百乐工。据《宋史·乐志十七》载：宋代"旧例用乐人三百人"，南宋高宗绍兴年间恢复教坊，"凡乐工四百六十人"。这都是皇家乐队，用于祭祀、行幸、庆寿、迎宾等活动，此诗中为夸张写法。

宋·刘辰翁《宝鼎现》（春月）："肠断竹马儿童，空见说三千乐指。"南宋已灭亡，今日的儿童，只能听别人说南宋宫庭乐队的盛况了。

宋·无名氏《沁园春》（寿王倅）："歌遏行云，舞萦回雪，不比常年寿宴开。有贤守，送三千乐指，环侍金罍。"送一乐队，写祝寿之排场。

1726. 慢柏红牙舞柳腰

宋·方岳《瑞鹧鸪》："满斟绿醑歌檀口，慢拍红牙舞柳腰。富贵荣华谁得似，祝公千岁乐逍遥。"这是祝寿词。"歌檀口""舞柳腰"是庆寿歌舞。"慢拍红牙"，击打乐曲节拍的乐器，红牙拍，红色的牙形拍板，古代用它调控节奏。"慢拍"，是节奏舒缓。

宋·杨炎志《念奴娇》："二年人乐升平，舞台歌榭，处处红牙拍。"

宋·赵福元《鹧鸪天》（赠歌妓）："裙曳湘波六幅缣，风流体段总无嫌，歌翻掩口朱樱小，拍弄红牙玉筍纤。"

宋·赵以夫《探春慢》（四明次黄玉泉）："静里无穷意，漫看尽、纷纷红白。且听新腔，红牙玉纤低拍。"

宋·吴文英《风流子》（前题〈芍药〉）："料袖窗曲理，红牙拍碎，禁阶敲遍，白玉盂空。"

又《新雁过妆楼》（中秋后一夕，李方庵月庭延客，命小妓过新水令，坐间赋词）："红牙沾素手，听一曲清歌双雾鬟。徐郎老、恨断肠声在，离镜孤鸾。"

宋·陈允平《少年游》："斜阳冉冉水边楼，珠箔水晶钩。拍点红牙，箫吹紫玉，低按小梁州。"

宋·张炎《意难忘》："底须拍碎红牙，听曲终奏雅，可是堪嗟。"

1727. 桐声长报五更风

宋·张耒《秋夜》："不待南城吹鼓角，桐声长报五更风。"鼓角于五更鸣，本来是报晓的，可这里用不着，因为秋天里五更风来，梧桐哗哗落叶；听到落叶便知五更风来，天将拂晓了。

又《吹角》："长恨南城催晓急，五更吹角怨秋风。"意象极近《秋夜》二句，不过这里只写角声悲凉。

1728. 欲将心事付瑶琴

宋·岳飞《小重山》："白首为功名。旧山松竹老，阻归程。欲将心事付瑶琴；知音少，弦断有谁听。"上阕写他夜不能寐，独自徘徊，这下阕写他欲战不能，欲归不得，壮心难诉的苦痛。绍兴七年（1137），岳飞为湖北京西宣抚使，曾请战，长驱以取中原，朝廷不许。次年再度请战，而朝廷却与金人议和。此词即作于这时。清·沈雄《古今词话》引《话腴》云："武穆收复河南罢兵表示：'莫守金石之约，难溪壑之求。暂图安而倒悬，犹之可也。欲远虑而尊中国，岂其然乎。'故作《小重山》云：'欲将心事付瑶琴；知音少，弦断有谁听！'指主议和者。"欲将进击之策议议，可主和派控制着大权，无处可议了，为此充满了壮志难酬的苦闷。

宋·晏几道《鹧鸪天》："秦筝算有心情在，试写离声入旧弦。"意为把离情弹拨到秦筝中，即"付秦筝"，岳飞"付瑶琴"同此意。

宋·晁端礼《江城子》："相思幽怨付鸣琴，望来音，久沉沉，若论当初，谁信有如今。"写个人幽怨。岳飞句出于此。

宋·仇远《塞翁吟》："但惜取、婵娟好在，任千里、杳杳鸿迷，渺渺鱼沉。相如未老，尽把衷肠，分付瑶琴。"用"付瑶琴"句倾诉相思。

1729. 小红低唱我吹箫

宋·姜夔《过垂虹》："自作新词韵最娇，小红低唱我吹箫。曲终过尽松陵路，回首烟波十四桥。"陆友《砚北杂志》（下载）：宋光宗绍熙二年（1191）冬，姜夔往苏州访诗人范成大，客居范家。范成大年老致仕，以声色自娱，自蓄歌妓。白石长于音律，范常"授简索句，且征新声"。白石见范家悬《梅竹图》（以"疏影横斜水清浅"为意境的图），于是以梅竹为题，作了《暗香》《疏影》二词。宋人喜以松、竹、梅、雪暗喻清高孤洁，范成大归隐，正合题意。范成大很高兴，就把小红赠给姜夔，姜夔带小红回寓所，过垂虹亭，作此词。后来，姜夔客死杭州，小红业已远嫁。宋·苏泂诗："幸是小红渠已嫁，不然啼损马塍花。"（《到马塍哭尧章》）清·周之琦《惜红衣》（访姜白石葬处）："好嘱小红珠泪，莫向冷枫啼湿。"劝小红不要过度悲伤。

宋·苏轼《和赵郎中见戏二首》："我击藤床君唱歌，明年六十奈君何。"原注曰："赵每醉歌毕，辄曰：'明年六十矣！'""低唱与吹箫"句式同"击藤床唱歌"。

1730. 写入琴丝一声声更苦

宋·姜夔《齐天乐》："西窗又吹暗雨。为谁频断续，相和砧杵。候馆迎秋，离宫吊月，别有伤心无数。幽诗漫与。笑离落呼灯，世间儿女。写入琴丝，一声声更苦。"这是一首名词，词人与张功父会

饮于张达可以堂，闻屋壁间蟋蟀鸣声，同张功父共咏之。"宣政间有士大夫制《蟋蟀吟》。"一些权贵豪富以斗蟋蟀为营生，有的竟以三二十万钱购一只蟋蟀置于象牙楼中。词人深感玩物丧志，玩物丧国，将蟋蟀写入词章。上阕写蟋蟀哀鸣，使"思妇"无眠，隐含诗人独处江湖之苦。下阕蟋蟀鸣声伴着"断续寒砧"（李煜句意），人在离宫，候馆迎秋风，吊月色（合用白居易《长恨歌》中的"行宫见月伤心色"与李贺《宫娃歌》中的"啼蛄吊月钩栏下"二句）暗抒宋徽宗、宋钦宗被俘亡国之悲。把这哀音如用琴弦弹奏出来就更痛苦了。清·宋翔凤《乐府余论》评："其流落江湖，不忘君国，皆借托比兴于长短句寄之。如《齐天乐》，伤二帝北狩也……"清·俞陛云《唐五代两宋词选释》评："'候馆'三句局势开拓，寄情绵邈，与咏蝉之汉苑秦宫，同一意境。结笔灯影琴丝，乃由侧面着想，首尾无一滞笔。"这些点评不无见地。

"写入琴丝"这一笔法，出自宋·晏几道《蝶恋花》："秦筝算有心情在，试写离声入旧弦。"就是把"离声"弹入秦筝之弦，姜夔用此"写入"意。姜夔很喜欢这种笔法。他的《角招》再写："荡一点、春心如酒。写入吴丝自奏。问谁识、曲中心，花前友。"

清·项廷纪《水龙吟》（秋声）："莫更伤心，可怜秋到，无声更苦。"秋来莫伤心，秋声虽苦，而此秋声则更苦。用姜夔"……更苦"句。

1731. 银字笙调，心字香烧

宋·蒋捷《一剪梅》（舟过吴江）："何日归家洗客袍？银字笙调，心字香烧。流光容易把人抛。红了樱桃，绿了芭蕉。"全词以写旅人归途思归而著名。上阕写归之匆匆，下阕写思之切切。行程虽疾，也不如心飞之速，他想到回家后妻子为洗尘袍，而且笙上已调好了银字调位，炉中已把心字形盘香点燃。"银字"，笙上用银作的字标示音程。清·李佳《左庵诗话》卷上评："蒋竹山（捷）《一剪梅》有云：'银字笙调，心字香烧。''红了樱桃，绿了芭蕉。'久脍炙人口。"全词由于思归即归，已无痛苦，唯有轻快急切。

唐·白居易《南园试小乐》："高调管色吹银字，慢拽歌词唱渭城。"蒋捷句从此化出。

1732. 催花羯鼓变新声

元·马祖常《宫词》："催花羯鼓变新声。"击鼓

传花的羊皮鼓,一反老调,改换了新曲。

清·纳兰性德《菩萨蛮》:"催花未歇花奴鼓,酒醒已是残红舞。"亦写"催花鼓","花奴"是击鼓人,鼓声一停,看花落谁家,谁要饮酒。

1733. 满城丝管尽开花

明·莫云卿十岁能文,人称"圣童"。袁福微博学多闻,人称"小词林"。一次莫云卿到袁家作客。有一人献来一篮枇杷,赠贴上写:"敬献琵琶一筐,望乞笑纳。"知县屠隆此刻也来了,见此情景,脱口而出:"琵琶不是此枇杷,只为当年识字差。"莫云卿当即续句说:"若使琵琶能结果,满城箫管尽开花。""丝管开花"风趣地讥讽了把"枇杷"别写作"琵琶"的人。

唐·姚合《穷边词二首》:"清夜满城丝管散,行人不信是边头。""满城丝管"出于此。

1734. 目眇眇兮愁予

楚·屈原《九歌·湘夫人》:"帝子降兮北渚,目眇眇兮愁予。袅袅兮秋风,洞庭波兮木叶下。"湘夫人已到了北渚,极目远望不见她令我心伤。"眇眇",远望之意。后人也用作"渺渺"。后人用"目眇眇兮愁予",多表示遥望远方,愁情满怀。

宋·苏轼《和邵同年戏赠贾收秀才三首》:"莫向洞庭歌楚曲,烟波渺渺正愁予。"用《九歌》句意,写秀才贾收之愁。

又《赤壁赋》:"渺渺兮予怀,望美人兮天一方。"写心神驰骋得很远,想到与至友天各一方。

宋·辛弃疾《汉宫春》(会稽秋风亭观雨):"只今木落江冷,眇眇愁予。"有凄凉之感。

明·汤显祖《牡丹亭》第四十二出移镇《夜游朝》:"西风扬子津头树,望长淮渺渺愁予。"

清·张惠言《水调歌头》(春日赋示杨生子掞):"寂寞斜阳外,渺渺正愁予。"

清·钱谦益《迎神曲十二首》:"日蚀麒麟格斗余,山河两戒眇愁予。"

清·龚自珍《湘月》(壬申夏泛舟西湖述怀有赋。时予别杭州盖十年矣):"罗袜音尘何处觅,渺渺予怀孤寄。"

清·顾春《江城梅花引》(雨中楼云姜信):"徘徊,徘徊,渺予怀,天一涯,水一涯。"徘徊怅望。女诗人顾春思念女友,情怀渺茫。

1735. 若有人兮山之阿

《九歌》(山鬼):"若有人兮山之阿,被薜荔兮带女萝。"像是有一个人在深山,身披薜荔腰系女萝。写山中女神的形象。

晋·谢灵运《从斤竹涧越岭溪行》:"想见山阿人,薛萝若在眼。"缩用《山鬼》句,写想要见到的高人隐士,似乎就出现在眼前了。

1736. 故众口其铄金兮

楚·屈原《九章·惜诵》:"故众口其铄金兮,初若是而逢殆。"群小的谗言可以熔化金子,起初就是因为这样而遭到危难。"众口铄金",众人异口同声的言论,可以熔化金属。此语出于《国语·周语下》:"故谚曰:'众心成城,众口铄金。'"汉·荀悦《汉纪·景帝纪》:"众口铄金,积毁销骨。"也是名言。

魏·曹植《当墙欲高行》:"众口可以铄金,谗言三至,慈母不亲。"兼用"曾参杀人"其母"喻墙而走"的故事。

1737. 余幼好此奇服兮

楚·屈原《九章·涉江》:"余幼好此奇服兮,年既老而不衰。"我从小就喜爱这奇特的服饰,到了晚年这种喜爱仍然未减。"奇服"指长剑、高冠,明珠,喻自己的高尚的道德修养。

宋·苏轼《黄泥坂词》:"余幼好此奇服兮,袭前人之诡幻。"诗人谪居齐安,自临皋亭游东坡,路过黄泥坂而作此诗。直用《涉江》原句,"奇服"指"释宝璐而被缯絮兮,杂市人而无辨"。苏诗云既不"被明月兮佩宝璐",也不着锦乡衣装,和普通人一样。白居易诗云:"缯絮足御寒,何必锦绣文?"穿绵布而不着锦缎,苏诗用此意。

又《叶教授和溽字韵诗,复次韵为戏,记龙井之游》:"愿闻第一义,钵饭非所欲。便投切云冠,予幼好奇服。"用《涉江》中二句,表明自己脱俗的品格。

1738. 冠切云之崔嵬

楚·屈原《涉江》:"带长铗之陆离兮,冠切云之崔嵬。"我身上佩挂着长剑,头戴着接云之高冠。自信具有高尚的品德和才华。作者从鄂渚放逐到溆浦,临行前作此诗,叙说即渡江南行的情况。后人用"戴高冠"义表示品德高尚。

汉·刘向《九叹·惜贤》代屈原抒情,写:"握申椒与杜若兮,冠浮云之峨峨。"手持香草申椒杜若,头戴巍峨浮云之高冠。变用屈原《涉江》句,写屈原的形象和品格。

魏·曹丕《大墙上蒿行》:"冠青云之崔巍,纤罗为缨,饰以翠翰,即美且轻。"此诗主旨在招纳贤士,诱劝隐士就职,用《涉江》句(只换一字)说:高耸入云、装饰豪华、轻而又美的冠,不仅做为一种礼遇,也是一种厚遇。

宋·苏轼《次秦少游韵赠姚安世》:"剥啄扣君容膝户,巍峨笑我切云冠。"

1739. 空戴南冠学楚囚

唐·赵嘏《长安秋望》(一作《长安晚秋》):"云物凄清拂曙流,汉家宫阙动高秋。残星几点雁横塞,长笛一声人倚楼。紫艳半开篱菊静,红衣落尽诸莲愁。鲈鱼正美不归去,空戴南冠学楚囚。"写深秋拂晓望中所见长安景象,表达出羁旅思归的心情。诗为名诗,诗中名句不一而足。此首七律的尾联,上句用晋张翰思江南鲈鱼意,下句用楚国伶人钟仪事。《左传·成公九年》载:"楚子重侵陈以救郑。晋侯观于军府,见钟仪,问之曰:'南冠而絷者,谁也?'有司对曰:'郑人所献楚囚也。'"钟仪做了俘虏仍戴楚国的帽子,晋国国君叫他奏琴,他奏了楚国的曲子,都表示他不忘故国。连晋国范文子都说:"乐操土风,不忘旧也。"赵嘏,山阳(今江苏淮安)人,用"空戴南冠学楚囚",意为身为南人却"学楚囚"而滞留北方,表达了思乡深情。

"南冠楚囚""琴操楚声"后多用于表达思乡之情,且前者为多,又多表示思念南方,个别的也指俘虏,个别的也指羁身南方。

南朝·宋·谢庄《怀国引》:"汉女悲而歌飞鹄,楚客伤而奏南音。"

北朝·周·庾信《率尔成咏》:"南冠今别楚,荆玉遂游秦。"言他离开江陵,羁留长安。

南朝·陈·江总《遇长安使寄裴尚书》:"北风尚嘶马,南冠独不归。"言居岭南而未北归。

唐·骆宾王《在狱中咏蝉》(并序):"西陆蝉声唱,南冠客思深。""西陆"指秋天。《隋书·天文志中》载:"日循黄道东行,一日一夜行一度。三百六十五日有奇而周天,行东陆谓之春,行南陆谓之夏,行西陆谓之秋,行北陆谓之冬。""西陆"即秋天。

骆宾王本浙江义乌人,被囚于长安,思乡情绪极深。

又《宪台出絷寒夜有怀》:"自应迷北叟,谁肯问南冠。"被絷后感到"南冠"孤独。

唐·卢照邻《赠李荣道士》:"独有南冠客,耿耿泣离群。""南冠客"似指李荣。

唐·崔国辅《送韩十四被鲁王推递往济南府》:"西侯情何极,南冠怨有余。""南冠"似指韩十四。

唐·李白《淮南卧病书怀寄蜀中赵征君蕤》:"楚冠怀钟仪,越吟比庄舄。"庄舄,春秋时越国人,在楚国做高官,后来他生病在床,口中还作越声。李白用钟仪、庄舄事表达怀乡之情。

又《万愤词投魏郎中》:"南冠君子,呼天而啼。"在浔阳狱中自称"南冠君子"。

又《流夜郎闻酺不预》:"北阙圣人歌太康,南冠君子窜遐荒。"写自己遭流放。

又《金陵新亭》:"四座楚囚悲,不忧社稷倾。"指西晋权贵在新亭对泣。

唐·柳宗元《六字》:"一生判却归休,为著南冠到头。"他是河东(今山西永济县)人,曾在长安任礼部员外郎,参与王叔文革新集团,失败后被贬为永州司马,十年后又改为柳州刺史。长期贬官南方偏远地区,一心想退居北归,而终止在南方做官。

宋·苏轼《过岭二首》:"暂著南冠不到头,却随北雁与归休。平生不作兔三窟,今古何殊貉一丘。"用柳宗元句,抒贬岭南的心境。

又《陈州与文郎逸民饮别》:"此身聚散何穷已,未忍悲歌学楚囚。"用赵嘏"学楚囚"句,反用其意。

又《和陶始经曲阿》:"北郊有大赉,南冠解囚拘。"遇赦始作镇军参军,"南冠",贬谪南方,"解囚拘",遇赦。

宋·汪元量《莺啼序》(重过金陵):"楚囚对泣何时已,叹人间、今古真儿戏。""楚囚"指自己被俘。

金·元好问《南冠行》:"南冠累累渡河关,毕逋头白乃得还。""毕逋",乌鸦。1233年秋,元好问被元兵羁于聊城。"南冠"等于"楚囚"。

又《梦归》:"憔悴南冠一楚囚,归心江汉日东流。"被拘聊城,思念秀容(今山西忻州)故乡。

明·汤显祖《牡丹亭》第五十出闹宴:"因贪弄玉为秦赘,且戴儒冠学楚囚。"儒生柳梦梅落魄冲席,被杜宝拿下做了囚徒。"学楚囚"用赵嘏句。

清·蒲松龄《贺新郎》（喜宣四兄扶病能至,挑灯伏枕,吟成四阕,用秋水轩唱和韵）其四:"吾辈要除儿女态,宁屑楚囚对泣!"《世说新语·言语》:东晋初,过江诸人常于佳日在新亭饮宴,相视流泪。王导说:"当共戮力王室,克复神州,何至作楚囚相对!"蒲松龄此诗说:我们经常外出,离家要戒除儿女之态,不屑于如楚囚相互对泣。

1740. 飞盖相追随

魏·曹植《公宴》:"清夜游西园,飞盖相追随。""西园",邺城铜雀园。魏武时代,曹植、曹丕经常同王粲、徐幹、应瑒、刘桢、阮瑀等文士游西园宴饮,此句写夜游西园,飞快的篷车一辆接着一辆,互相追随,宴游很是热闹。后人常用"飞盖相追随"写群众游乐欢快场面。

南朝·梁·江淹《魏文帝曹丕游宴》:"月出照园中,冠珮相追随。"

又《杂题诗三十首》(左记室思咏史):"太平多欢娱,飞盖东都门。"

南朝·梁·简文帝萧纲《陇西行三首》:"方欢凯乐盛,飞盖满西京。"

南朝·梁·陆倕《以诗代书别后寄赠》:"飞盖遥相讶,李郭或同舟。"写"飞盖"送别情景。

南朝·陈·徐陵《洛阳道二首》:"华轩翼葆吹,飞盖响鸣珂。"

南朝·陈·张正见《薄帷鉴明月》:"岂及西园夜,长随飞盖游。"

隋·孙万寿《达戍江南寄京邑亲友》:"旅食南馆中,飞盖西园里。"

隋·李德林《从驾还京诗》:"镇象屯休气,华盖翼飞烟。"写"从驾还京"的行列。

唐·王维《冬日游览》:"鸡鸣咸阳中,冠盖相追逐。"

唐·白居易《山中问月》:"为问长安月,谁教不相离:昔随飞盖处,今照入山时。"写月随"飞盖"。

又《题故曹王宅》:"西园飞盖处,依旧月徘徊。"

宋·欧阳修《采桑子》:"飞盖相追,贪向花间醉玉卮。"

宋·苏轼《次韵三舍人省上》:"明朝冠盖蔚相望,共扈翠辇朝宣光。"

宋·秦观《望海潮》:"曳照春金紫,飞盖相从。"

宋·毛滂《于飞乐》(和太守曹子方):"望西园,飞盖夜,月到清尊。"

又《满庭芳》(西园月夜赏花):"飞盖西园午夜,花梢冷,云月胧明。"

宋·李弥逊《水龙吟》(上巳):"西园飞盖,东山携妓,古今无愧。"

又《天仙子》:"飞盖追春春约仵,繁杏枝头红未雨。"

宋·毛开《好事近》(次韵叶梦锡陈天予南园作):"飞盖满南园,想见八仙遥集。"

宋·曹冠《江神子》(南园):"飞盖南园,游赏赋闲情。"

宋·范成大《千秋岁》(重到桃花坞):"分散西园盖,消减东阳带。"

宋·史达祖《阳春曲》:"记飞盖西园,寒犹凝结。"

宋·刘克庄《贺新郎》:"西园飞盖东山妓,问何如,半山雪里,孤山烟外。"

宋·吴文英《烛影摇红》:"飞盖西园,晚秋却胜春天气。"

宋·刘辰翁《内家娇》:"看汉水淮山,高楼共卧,融尊郑驿,飞盖相望。"

1741. 冠盖满京华

唐·杜甫《梦李白二首》:"冠盖满京华,斯人独憔悴。""冠盖"指官人的冠服和轿子,也指代官宦贵族。李白因做过永王璘的幕府,于758年被流放夜郎(今贵州桐梓县),759年遇赦而还。杜甫不知李白遇赦,积思成梦,作此诗。这二句说,京城长安有许许多多新贵,而唯独李白饱受苦难,不得志。表现出杜甫对李白的深厚的关切与同情。

"冠盖"早见于《史记·平准书》:"使者分部护之,冠盖相望。"汉·班固《西都赋》:"冠盖如云,七相五公。"都写官贵之多。杜甫此句直用唐·崔湜《登总持寺阁》中"故人不可见,冠盖满京华"原句。"冠盖"句除王维的"冠盖相追逐"(见前条)外,多写其众多。如:

唐太宗李世民《入潼关》:"冠盖往来合,风尘朝夕惊。"

又《远山澄碧雾》:"还因三里处,冠盖远相通。"

唐·宋之问《汉江宴别》:"积水浮冠盖,遥风逐管弦。"

唐·韩愈《次潼关上都统相公》(韩弘):"冠盖相望催入相,待将功德格皇天。"

元·杜仁杰《双调·蝶恋花》:"冠盖拥青云得路,恩诏宠金门平步。"

1742. 飞盖渡长桥

宋·欧阳文忠公皇祐元年作三桥于颍州西湖,尝自作诗云:"鸣驺入林远,飞盖渡长桥。"写游颍州西湖,乘车渡过长桥。

宋·苏轼《和王斿二首》:"野梅官柳何时动,飞盖长桥待子闲。"王斿将赴泗上,相约等候于泗州之桥。"飞盖长桥"用欧阳修句。

1743. 弹冠俟知己

魏·曹植《赠徐幹》:"弹冠俟知己,知己谁不然?"徐干是"建安七子"之一,德高才厚,却贫贱不得志。此句说,引荐出仕多靠友人,而友人也一定会引荐。言外之意,憾力所不及,爱莫能助。"弹冠"弹掉帽上的灰尘。出自《楚辞·渔父》:"新沐者必弹冠,新浴者必振衣。"刚洗了头的人一定弹掉帽上的灰尘,刚洗了身的人一定抖落衣上的污土。后指将要做官。《汉书·王吉传》:"吉与贡禹为友,时称王阳在位,贡公弹冠。"颜师古注曰:"弹冠者,言入仕也。"王吉(字子阳)做了官,贡禹也弹去冠上的尘土,表示将要出仕。后用"弹冠相庆"表示共同做了官,彼此弹冠庆贺。

晋·左思《招隐》:"结授生缠牵,弹冠去埃尘。"

晋·陶渊明《咏三良》:"弹冠乘通津,但惧时我遣。"

北朝·颜之推《古意》:"十五好诗书,二十弹冠仕。"

唐·卢照邻《早度分水岭》:"徒费周王粟,空弹汉吏冠。"

唐·赵冬曦《酬燕公湖见寄》:"永怀宛洛游,曾是弹寇望。"

唐·韦应物《路逢崔元二待御避马见招以诗见赠》:"日日吟趋府,弹冠岂有因。"

唐·王维《酌酒与裴迪》:"白首相知犹按剑,朱门先达笑弹冠。"

唐·顾况《酬唐起居前后见寄二首》:"莫话弹冠事,谁知结袜心。"

宋·苏轼《借前韵贺子由生第四孙斗老》:"今日散幽忧,弹冠及新休。"

1744. 东归我挂冠

唐·崔信明《送金竟陵入蜀》:"西上君飞盖,东归我挂冠。"意为您入蜀去做官,我东归则为民,"挂冠",挂起官帽,辞去官职。此诗写作者退隐太行山。

《后汉书·逢萌传》载:"时王莽杀其子宇,萌谓友人曰:'三纲绝矣! 不去,祸将及人。'即解冠挂东都城门,归将家属浮海,客于辽东。""挂冠"即出此典。"挂冠"又称"投冠"。晋·陶渊明《辛丑岁七月赴假还江陵夜行塗口》:"投冠旋旧墟,不为好爵萦。"又称"投簪",簪是别冠于发上的。魏·阮籍《招隐》:"踌躇足力烦,聊欲投吾簪。"许有壬《白菜》:"南士称秋末,投簪要即时。"也用作"挂缨":唐·李百药《少年行》:"挂缨岂惮宿,落珥不胜娇。"摘下帽子之意。而用"挂冠"则为最。

唐·卢照邻《怀仙引》:"休余马于幽谷,挂余冠于夕阳。"

唐·张九龄《在郡秋怀二首》:"挂冠东都门,采蕨南山岑。"

唐·骆宾王《畴昔篇》:"挂冠裂冕已辞荣,南亩东皋事耕凿。"

唐·张说《杂诗四首》:"挂冠谢朝侣,星驾别君门。"

唐·韦嗣立《偶游龙门北溪忽怀骊山别业因以言志示弟淑奉呈诸大僚》:"每挹挂冠侣,思从初服旋。"

唐·李林甫《送贺监归四明应制》:"挂冠知止足,岂独汉疏贤。"

唐·李颀《题綦毋校书别业》:"常称挂冠吏,昨日归沧洲。"

唐·孟云卿《新安江上寄处士》:"即事遂幽赏,何必挂儒冠。"

又《题云门山寄越府包户曹徐起居》:"迟尔同携手,何时方挂冠。"

唐·李白《观博平王志安少府山水粉图》:"博平真人王志安,沉吟至此愿挂冠。"

唐·韦应物《奉酬处士叔见示》:"挂缨守贫贱,积雪卧郊园。"同"挂冠"。

唐·岑参《与高适薛据登慈恩寺浮图》:"誓将挂冠去,觉道资无穷。"

又《太一石鳖崖口潭旧庐招王学士》："君子满清朝，小人思挂冠。"

唐·秦系《题石宝山王宁所居》（罢官学道）："借问檐前树，何枝曾挂冠？"

又《山中崔大夫有书相问》："已于人事少，多被挂冠留。"

唐·顾况《洛阳行送洛阳韦七明府》："疏家父子错挂冠，梁鸿夫妻虚适越。"

唐·戎昱《送王明府入道》："何事陶彭泽，明时又挂冠。"

唐·司空曙《送曹三同猗游山寺》："殷勤如念我，遗尔挂冠心。"

唐·丘丹《经湛长史草堂》："设醴降华幡，挂冠守空谷。"

唐·权德舆《新安江路》："即事遂幽赏，何心挂儒冠。"近孟云卿诗。

唐·韩愈《岳阳楼别窦司直》："行当挂其冠，生死君一访。"

唐·白居易《不致仕》："挂冠顾翠緌，悬车惜朱轮。"

唐·施肩吾《玩友人庭竹》："客来不用呼清风，此处挂冠凉自足。"

唐·杜牧《朱坡》："有计冠终挂，无才笔谩提。"

唐·储嗣宗《送顾陶校书归钱塘》："圣朝思直谏，不是挂冠时。"

唐·唐彦谦《游南明山》："脱冠挂长松，白石藉凭倚。"

宋·苏轼《赵阅道高斋》："超然已了一大事，挂冠而去真秋毫。"

又《送千乘、千能两侄还乡》："桤阴三年成，可以挂我冠。"

又《次韵穆父尚书侍祠郊丘》："喜气到群服白里，丰年及我挂冠前。"

又《泗州南山仓萧渊东轩二首》："我是江南旧游客，挂冠知有老萧郎。""老萧郎"用白居易《送萧处士》句："能文好饮老萧郎，身似浮云鬓似霜。""老萧郎"此代萧渊。

元·白朴《双调·庆东原》："忘忧草，含笑花，劝君闻早冠宜挂。"

元·张养浩《雁儿落带得胜令》："自高悬神武冠，身无事心无患。"

又《中吕·朝天曲》："挂冠弃官，偷走下连云栈。"

1745. 怒发上冲冠

晋·卢谌《览古》："昭襄欲负力，相如折其端。眦血下沾襟，怒发上冲冠。"此诗述蔺相如完璧归赵中事。《史记·廉颇蔺相如列传》载："相如视秦王无意偿赵城，乃前曰：'璧有瑕，请指示王。'王授璧，相如因持璧却立，倚柱，怒发上冲冠。"古人长发不剪，束髻于头顶，一旦激情昂扬、毛发俱动，而有上冲动冠帽的感觉。卢诗用《史记》原句。后人用此多表现节士情怀。

宋·岳飞《满江红》："怒发冲冠，凭栏处、潇潇雨歇。抬望眼，仰天长啸，壮怀激烈。"词人直抒胸臆，表现为献身大节大义的豪壮情怀。清人陈廷焯《云韵集》评："何等气概！何等志向！千载下读之，凛凛有生气焉。""怒发冲冠"，正是怒火中烧而豪气冲天的气魄。

晋·陶渊明《咏荆轲诗》："雄发指危冠，猛气冲长缨。"

南朝·齐·陆厥《临江王节士歌》："白露惊罗纨，节士慷慨发冲冠。"

南明·梁·徐悱《白马篇》："能令石饮羽，复使发冲冠。"

北朝·周·庾信《钮麑见赵盾赞》："钮麑受命，冲冠怒发。"

隋炀帝杨广《白马篇》："冲冠入死地，攘臂越金汤。"

唐·孔稚老《白马篇》："少年少猛气，怒发为君征。"

唐·元稹《观兵部马射赋》："凡献艺者，岂自疑于无，必冲冠怒发扬鞭，气逸引满雷。"

宋·胡世将《酹江月》："拜将台敧，怀贤阁杳，空指冲冠发。"

宋·邓剡（光荐）《念奴娇》（驿中言别）："细看涛生云灭。睨柱吞嬴，回旗走懿，千古冲冠发。"

明·周朝俊《红梅记·姿宴》："恼恼恼，休恼得怒发冲冠。"

1746. 青袍今已误书生

唐·刘长卿《别严士元》："东道若逢相识问，青袍今已误书生。"（一作李嘉祐《送严员外》诗，"东道"作"君去"）："青袍"即青衿，古时曾作知识分子的代称。《唐会要》卷三七一载："章服品第"条：

唐制三品官以上服紫,五品以上服绯,六品、七品服绿,八品、九品服青。《汉书·律历志》:"古之大夫,儒衣。"杜甫《送蔡希鲁都尉还陇右因寄高三十五书记》:"健儿宁斗死,壮士耻为儒。"又《送杨六判官使西蕃》:"儒衣山鸟怪,汉节野童看。"唐·杨炯《从军行》:"宁为百夫长,胜作一书生。"《史记·周本纪》:"百夫长,为卒率。"即下级军官。从上引资料可知,青袍即儒衣,书生即儒生,泛指文士。在战乱频仍条件下,文士自感从文不如经武,不能报效国家,儒生则无用武之地。刘长卿时贬潘州南巴尉,尉秩为从九品下,正服青。他告别严士元,嘱咐严回答相识之人:我作为负有经世重任的儒生,今已为一领青袍所误,官职卑微,无法施展才华。意为官小而误身。

唐·杜甫《独酌成诗》:"兵戈犹在眼,儒术岂谋身。"叹儒术误身。

唐·严维《书情献相公》:"年来白发欲星星,误却生涯是一经。""一经"即儒经。感儒经误身。

1747. 儒冠多误身

唐·杜甫《奉赠韦左承丈二十二韵》:"纨绔不饿死,儒冠多误身。"此是诗人困居长安十年期间写下的求韦济援引的诗。韦济很赏识杜甫的诗,过去却没有给予实际帮助。这次赠诗,诗人已经三十七岁了。诗开头两句,作了鲜明对比:那些不学无术的纨绔子弟脑满肠肥,不会饿死,而一些正直的读书人却空怀壮志,陷于极端困顿之中,误尽了自己的事业和前程。这样,诗一开头,就对社会不公喷发出愤激之情。"儒冠",儒生戴的方形巾帽,这里指代读书人。"儒冠误身",是古代许多读书人的共同感受。

宋·晁补之《摸鱼儿》(东皋寓居):"儒冠曾把身误,弓刀千骑成何事?荒了邵平瓜圃。"

又《迷神远》:"暗想平生,自悔儒冠误。"

宋·辛弃疾《阮郎归》(耒阳道中):"挥羽扇,整纶巾,少年鞍马尘。如今憔悴赋招魂,儒冠多误身。"用杜甫原句。

宋·袁去华《念奴娇》:"堪笑丘壑闲身,儒冠相误,著青衫朝市。"

宋·陆游《谢池春》:"壮岁从戎,曾是气吞残虏。阵云高,狼烽夜举。朱颜青鬓,拥雕戈西戍。笑儒冠自来多误。"

宋·张榘《青玉案》(被檄出郊,题陈氏山居):"身名多被儒冠误。十载重来漫如许。"

元明小说话本依托宋人俞良《鹊桥仙》:"胸中万卷,笔头千古,方信儒冠多误。"

明·汤显祖《牡丹亭》第五出延师《锁南枝》:"将耳顺,望古稀,儒冠误人霜鬓丝。"

1748. 醉看风落帽

唐·李白《九日龙山饮》:"九日龙山饮,黄花哭逐臣。醉看风落帽,舞爱月留人。""风落帽"为晋代的孟嘉故事。《晋书·孟嘉传》:孟嘉"后为征西桓温参军,温甚重之。九月九日,温宴龙山,寮佐毕集。时佐吏并著戎服。有风至,吹嘉帽堕落,嘉不之觉。温使左右勿言,欲观其举止。嘉良久如厕,温令取还之。命孙盛作文嘲嘉,著嘉坐处。嘉还见,即答之,其文甚美。"后作为重九游乐潇洒之故实,平添了一番风趣。也有写"九日龙山会饮"的,李白此诗即一例。用"落帽"句如:

唐·钱起《九日闲居寄登高数子》:"今朝落帽客,几处管弦留。"

唐·戎昱《九日贾明府见访》:"却笑孟嘉吹帽落,登高何必上龙山。"

唐·权德舆《和九日从杨氏姊游》:"今日同心赏,余胜落帽年。"

又《九日北楼宴集》:"不见携觞王太守,空思落帽孟参军。"

又《腊日龙沙会绝句》:"宁知腊日龙沙会,却胜重阳落帽时。"

唐·赵嘏《重阳寄韦舍人》:"不知此日龙山会,谁是风流落帽人。"

五代·徐铉《九月十一日寄陈郎中》:"前日龙山烟景好,风前落帽是何人。"

宋·柳永《应天长》:"聚宴处,落帽风流,未饶前哲。"

宋·苏轼《黄楼致语口号》:"一新柱石壮严闉,更值西风落帽辰。"

宋·黄庭坚《渔家傲》:"提著葫芦行未到,风落帽。葫芦却缠葫芦倒。"

又《木兰花令》:"翰林本是神仙谪,落帽风流倾座席。"

又《鹧鸪天》(重九日集句):"龙山落帽千年事,我对西风犹整冠。"

宋·黄叔达《南乡子》:"落帽晚回,又报黄花一番开。"

宋·李元膺《一落索》："古今何处想风流，最潇洒、龙山帽。"

宋·杨无咎《倒垂柳》（重九）："击节听高歌，痛饮莫辞醉。乌帽任教、颠倒风里坠。"

又《醉花阴》："老鬓未侵霜，醉里乌纱，不怕风吹落。"

宋·张纲《临江仙》："龙山高会处，落帽定何人。"

宋·袁去华《水龙吟》："念东篱采菊，龙山落帽，风流在、尚堪继。"

宋·丘崈《愁倚栏》（丙申重九和钱守）："深深密密传觞，似差胜、落帽清狂。"

宋·辛弃疾《沁园春》（送赵江陵东归，再用前韵）："落帽山前，呼鹰台下，人道花须满县栽。"

又《玉楼春》："思量落帽人风度，休说当年功纪柱。"

宋·刘辰翁《玉楼春》（乙酉九日）："龙山歌舞无人道，只说先生狂落帽。秋风亦是可怜人，要令天意知人老。"

1749. 羞将短发还吹帽

唐·杜甫《九日蓝田崔氏庄》："老去悲秋强自宽，兴来今日尽君欢。羞将短发还吹帽，笑倩旁人为正冠。"《杜诗详注》引赵大纲评语："羞将短发，未免老去伤情；笑倩旁人，仍见兴来雅致。二句分承，却取孟嘉事而翻用之。"南宋·杨万里《诚斋诗话》评说："首联对起，方说悲忽说欢，顷刻变化。颔联，将一事翻腾作二句。嘉以落帽为风流，此以不落为风流，最得翻妙法。"杜甫乾元元年（758）为华州司功时，至蓝田崔氏庄而作。时逢重九，一面"老去悲秋""羞将短发还吹帽"；同时"兴来今日"，"笑倩旁人为正冠"。帽被吹歪而未落，翻用孟嘉事而增风趣。宋·杨无咎《醉花阴》："老鬓未侵霜，醉里乌纱，不怕风吹落。"反用杜诗。"吹帽"亦出自孟嘉事，用"吹帽"即不一定吹落。

宋·苏轼《壬寅重九不预会独游普门寺僧阁有怀子由》："不问秋风强吹帽，秦人不笑楚人讥。"

宋·黄庭坚《定风波》（次高左藏韵）："参军吹帽晚风颠，千骑插花秋色暮。"

宋·晁补之《洞仙歌》（菊）："也何必、牛山苦沾衣。算只好龙山、醉狂吹帽。"

又《虞美人》（用韵答秦令）："荒城又见重阳

到，醉狂还吹帽。"

宋·刘辰翁《鹧鸪天》（九日）："白白江南一信霜，过都字不到衡阳。老嘉破帽并吹却，未省西风似此狂。"

1750. 相逢不敢揖，彼此帽低斜

唐·白居易《和春深二十首》其六："何处春深好，春深学士家。凤书裁五色，马鬣剪三花。蜡炬开明火，银台赐物车。相逢不敢揖，彼此帽低斜。"写翰林院学士的尽职情况。以至与熟人相逢，不相认，不致礼，纱帽戴得低而斜，遮住面孔。

宋·苏轼《金门寺中见李西台与二钱（惟演、易）唱和四绝句用其韵跋之》："帝城春日帽檐斜，二陆初来尚忆家。"以陆机陆云喻二钱。"帽檐斜"，应是歪戴帽子。兼用李商隐《代官妓赠两从事》："新人桥上著春衫，旧主江边侧帽檐。"

1751. 醉吟不耐敧纱帽

宋·苏轼《坐上赋戴花》："醉吟不耐敧纱帽，起舞人教落酒船。""敧"一为"侧"，一为"倚"，似为前义。醉中吟句，禁不住纱帽歪斜，尽兴也是醉态。

又《王巩屡约重九见访》："在枝不共秋敧帽，笔阵空来夜所营。"

"敧纱帽"用杜甫与李尚书《联句》："数语敧纱帽，高文掷彩笺。"

1752. 破帽遮颜过闹市

现代文学家鲁迅《自嘲》："运交华盖欲何求？未敢翻身已碰头。破帽遮颜过闹市，漏船载酒泛中流。横眉冷对千夫指，俯首甘为孺子牛。躲进小楼成一统，管他冬夏与春秋。"此诗作于1932年10月12日，鲁迅在白色恐怖下，处境艰难，压力极大，前四句即写这种处境，"破帽遮颜""漏船载酒"正是形象地比喻处境艰险。"破帽"句，写自己遭到的攻击和诬蔑。

宋·苏轼《南乡子》（重九涵辉楼呈徐君猷）："酒力渐消风力软，飕飕，破帽多情却恋头。"反用孟嘉句意，对"破帽"未被吹落而庆幸。

又《续丽人行》："杜陵饥客眼长寒，蹇驴破帽随金鞍。"用杜甫《奉赠韦左丞丈二十二韵》："骑驴三十载，旅食京华春。朝扣富儿门，暮随肥马尘。残杯与冷炙，到处潜悲辛。"诗意。"蹇驴破帽"描

画肖像。

清·朱祖谋《摸鱼子》(马鞍山访龙洲道人墓山在昆山西北隅):"凭吊处,剩破帽疲驴,怅望千秋去。""破帽疲驴"用苏轼句,写自己暮年的萧瑟凄凉。

1753. 狐死必首丘

屈原《九章·哀郢》:"鸟飞返故乡,狐死必首丘。"《礼记·檀弓》:"古人有言曰:狐死正丘首。"这是古谚,说狐狸死时头总是朝向居住过的山丘。屈原用以表示眷恋故国,思念郢都的情怀。

曹操《却东西门行》:"狐死归首丘,故乡安可望。"表对故乡的怀恋。

曹植《诗》:"游鸟翔故巢,狐死反邱穴。"

1754. 目极千里兮伤春心

屈原《招魂》:"目极千里兮伤春心,魂兮归来哀江南。"

唐·杜甫《送贾阁老出汝州》:"艰难归故里,去住损春心。"用屈原"归来""伤春心"句,对贾至去汝州,彼此踪迹两地,表示悲伤至极。

宋·吴文英《莺啼序》:"伤心千里江南,怨曲重招,断魂在否?"变"目极千里兮"句式,写遥望江南,以哀筝为已逝情人招魂,而叹断魂难招。

1755. 桂树丛生兮山之幽

《楚辞·招隐士》:"桂树丛生兮山之幽,偃蹇连蜷兮枝相缭。"桂树丛生在深山幽谷,树干盘曲枝条相互缠绕。此篇,王逸《楚辞章句》认为是"闵伤屈原之作"。其作者,或认为是淮南王刘安,或认为是"淮南小山"。其描写生动,情感深沉,旨意宏远,不同凡响。王夫之《楚辞通释》评说:"其可以类附《离骚》之后者,以音节局度,浏亮昂激,绍'楚辞'之余韵,非他词赋之比。"至于"隐士"为何人?王夫之《楚辞通释》认为:"义尽于招隐,为淮南王招到山谷潜伏之士,绝无闵屈子而章之之意。"近人金秬香《汉代词赋之发达》又认为:"小山招隐,何为而作也?详其词意,当是武帝猜忌骨肉,适淮南王安入朝,小山之徒知谗衅已深,祸变将及,乃作此以劝王亟谋返国之作。"而招隐士即"招王孙","王孙"应为特指,并非真的"隐士"。朱熹《楚辞集句》说:"原与楚同姓,故云王孙。"可他又不赞成王逸的意见。"王孙"为古代贵族子弟的通

称,屈氏可称,刘氏亦可称。近人马茂元《楚辞选》以为金秬香之说更近情理。淮南王刘安,早年喜爱文学,又广招文士著作辞赋。而后来因谋反事泄而自杀。而《招隐士》中写景多为"险景",劝王孙归来,山中"不可以久留",他的臣下和谋士以此规谏他,未尝不通。这首二句写幽谷之桂树丛林,盘结缠绕之景象。

清·严遂成《秋夜投止山家》:"清福此间殊不管,可容招隐桂花丛。"用《招隐士》句,写投宿山家,环境使他欣悦,说这里可做隐士。

1756. 愿轻举而远翔

楚·屈原《远游》:"悲时俗之迫阨兮,愿轻举而远翔。"悲世欲妒嫉贤才,但愿轻身高举而远翔。有人认为是汉代人仿《离骚》之作。

魏·曹植《五游》:"九州不足步,愿得凌云翔。"陈祚明《采菽堂古诗选》评"此有托而言神仙者,观'九州不足步'五字,'其不得志于今之天下也审矣。'"刘逸生《曹魏父子诗选》引黄节语:"此篇词意多仿屈原《远游》。篇首'九州不足步,愿得凌云翔'句,即《远游》起句'悲时俗之迫阨,愿轻举而远游'意,可谓师其意不师其词矣。"朱绪曾《曹集考异》云:"虽似五言长律,然辞古气顺。"

1757. 魂一夕而九逝

屈原《九章·抽思》:"惟郢路之辽远兮,魂一夕而九逝。"距离国都太远了,我的梦魂一夜就返回多次。写他对国家的思念之深之切。"九"言其多,并非实指。

唐初魏征《述怀》:"既伤千里目,还惊九逝魂。"上句用《楚辞·招魂》:"目极千里兮伤春心"句,下句用这"魂一夕而九逝"句,表露他弃文从武,出关远征,历尽艰险的复杂心态。

1758. 一夕九回肠

唐·高蟾《关中》:"西游无紫气,一夕九回肠。""紫气",古人指祥瑞之气。出京城西行,渐入荒漠,气象恶劣,再无祥瑞之气,令人心境凄凉。"九回肠"是一种心理反应,由于忧愁、苦闷、烦躁、焦虑而产生感情波澜回荡,如肠在旋转回环。"九回肠"句出自西汉太史公司马迁的《报任少卿书》,他身受腐刑,感到莫大污辱,难以容忍,对任安在信中写:"是以肠一日而九回,居则忽忽若有所亡,出

则不知所如往。每念斯耻,汗未尝不发背沾衣也。"这位伟大的史学家,有垂世不朽的贡献,却罹此大难,千百年来为人同情。"九回肠"句也深深感染着无数读者。"肠一夕而九回"直源于《抽思》中的"魂一夕而九逝",其句式相同,心理特征也极近。汉·刘向《九叹·逢纷》:"思南郢之旧俗兮,肠一夕而九运。""九运"即"九转"。高蟾诗用作"一夕九回肠"。用"九回肠"句如:

宋·欧阳修《别后》:"暂别莫易言,一夕九回肠。"

宋·刁衎《代意》:"薰时芳夕九回肠,敛袂东窗待晓光。"

宋·洪皓《蓦山溪》(和赵粹文元宵):"追思往事,一夕九回肠。"

"肠一日而九回"的变式则更多,有些也很动人。

唐·卢照邻《明白引》:"试登高而骋目,莫不变而回肠。"

唐·骆宾王《畴昔篇》:"回肠随九折,迸泪连双流。""九折"即"九回"。宋·林景熙《冬青花》也用"九折":"冬青花,花时一日肠九折。"

唐·杜甫《秋日夔府咏怀奉寄郑监李宾客一百韵》:"吊影夔州僻,回肠杜曲煎。"

唐·崔橹《春日即事》:"画桥春暖清歌夜,肯信愁肠日九回。"

唐·许浑《题愁》:"聚散竟无形,回肠百结成。"

唐·李商隐《和张秀才落花有感》:"回肠九回后,犹有剩回肠。"

唐·韩偓《登南神光寺塔院》:"无奈离肠日九回,强揾离抱立高台。"

唐·唐彦谦《离鸾》:"下疾不成双点泪,断多难到九回肠。"

五代·冯延巳《酒泉子》:"九回肠,双脸泪,夕阳天。"

宋·梅尧臣《和江邻几见寄》:"曰予当是时,为了肠九回。"

宋·欧阳修《黄溪夜泊》:"楚人自古登临恨,暂到愁肠已九回。"

宋·宋祁《答刑部王侍郎病中见寄》:"病淹三折臂,愁热九回肠。"

宋·黄裳《蝶恋花》:"争奈多情都未醒,九回肠断花间影。"

宋·周邦彦《满庭芳》:"今宵里,三更皓月,愁断九回肠。"

宋·刘筠《泪二首》:"楚泽云迷千里月,蓟门歌断九回肠。"

宋·赵鼎《琴调相思令》(思归词):"准拟愁怀待酒开,愁多肠九回。"

又《洞仙歌》:"奈此九回肠,万斛清愁,人何处、邈如天样。"

宋·刘彤《临江仙》:"恨无千日酒,空断九回肠。"

宋·王质《浣溪沙》(和王通一韵简虞祖予):"何药能医肠九回,榴莲不似蜀当归,却簪征帽解戎衣。"

宋·程垓《临江仙》(合江放舟):"云湾才几曲,折尽九回肠。"

宋·刘克庄《风入松》(癸卯至左塘追和十五年前韵):"缘断漫三弹指,忧来欲九回肠。"

金·董解元《西厢记》卷七《剔银灯》曲:"泪眼盈盈,眉头镇锁,九曲回肠千缕。"

"九回肠"并非全写忧伤,有些则比喻迂回曲折的道路、河流。

北朝乐府《陇头流水歌》:"西上陇坂,羊肠九回。"

唐·元稹《送致用》:"欲识九回肠断处,浔阳流水逐条分。"

唐·柳宗元《登柳州城楼寄漳江封连四州刺史》:"岭树重逢千里目,江流曲似九回肠。"

唐·薛能《行路难》:"对面如千里,回肠似七盘。"

宋·苏轼《附江南本织锦图上回文原作三首》:"红手素丝千字锦,故人新曲九回肠。"

宋·秦观《减字木兰花》:"欲见回肠,断尽金炉小篆香。"说小篆香如回肠,别有一番含义。

今人彭世科《在辽化取经》:"线系江南图大业,五千云路九回肠。"

1759. 客子思兮心断绝

南朝·梁·江淹《悦曲池》:"客子思兮心断绝,心断绝兮愁无闲。"观赏曲池美景,忽而产生思乡之情,而且十分痛苦。"心断绝"与"九回肠"都表示内心深切的悲痛。而"心断绝"似应表现心灵激荡,情感重创。

初用"心断绝"句的是南朝·宋·鲍照,他的

《代东门行》:"涕零心断绝,将去复还诀。……野风吹草木,行子心肠断。"一诗两用"心断"句,足见深切怀乡之情。以后有:

南朝·陈·江总《赋得携手上河梁应诏》:"秦川心断绝,何悟是河梁。"

又《赠贺左丞萧舍人诗》:"陇头心断绝,尔为参生死。"

南北朝·北齐·冯淑妃《感琵琶弦诗》:"欲知心断绝,应看膝上弦。"

隋·薛道衡《昭君辞》:"心随故乡断,愁逐塞云生。"

隋·孙万寿《远戍江南寄京邑亲友》:"断绝心难续,惝恍魂屡惊。"

又《和周记室游旧京诗》:"自然心断绝,何关系惨舒。"

唐·骆宾王《晚度天山有怀京邑》:"宁知心断绝,夜夜泣胡笳。"

唐·苏颋《长相思》:"桃红李白花参差;花参差,柳堪结,此时忆君心断绝。"

唐·贾至《铜雀台》:"抚弦心断绝,听管泪霏微。"

又《送李待御》:"孤帆泣潇湘,望远心断绝。"

唐·孟郊《出门行》:"手持琅玕欲有赠,爱而不见心断绝。"

唐·卢仝《有所思》:"翠眉蝉鬓生别离,一望不见心断绝。"近孟郊句。

唐·王琚《美女篇》:"清歌始发词怨咽,鸣琴一弄心断绝。"

宋·苏轼《中秋月寄子由三首》:"欲和去年曲,复恐心断绝。"

1760. 断尽相思寸寸肠

唐·刘兼《秋夕书怀呈戎州郎中》:"鸾胶处处难寻觅,断尽相思寸寸肠。""鸾胶",古代一种粘弓弦的胶。《汉武外传》载:"西海献鸾胶。武帝弦断,以胶续之,弦两头遂相著。终日射,不断。帝大悦。"因称男子续娶为续胶、续弦,鸾胶再续。刘兼句意为因相思而断肠寸寸,难以觅得鸾胶粘合,表达他怀念故国老友之情。

"断尽相思寸寸肠"是说肠一寸寸地断,断得很碎,很严重。《世说新语·黜免》记载了一个断肠的故事:晋大司马桓温,"入蜀,至三峡中,部伍中有得猿子者,其母缘岸哀号,行百余里不去,遂跳

上船,至便即绝。破视其腹中,肠皆寸寸断。公闻之怒,命黜其人"。这种事实上的猿母痛其子而断肠,也令人心碎。刘兼的"断尽寸寸肠"当出于此,也是成语"肝肠寸断"的源起。唐·沈佺期《灌州南亭夜坐》:"肝肠余几寸,拭泪坐春风。"唐·韦庄《上行杯》:"江楼弦管,一曲离肠寸断。"都用"寸断"句。

1761. 清歌一曲断君肠

唐·沈佺期《古歌》末四句:"燕姬彩帐蓉蓉色,秦女金炉兰麝香。北斗七星横夜半,清歌一曲断君肠。"虽"清歌"一曲,足可使您断肠,因为这歌声是凄婉的、哀凉的。"断肠"是一种心理反应,感情活动,是由对客观事物的所见所闻而引发的,不会无由而生。歌曲音乐,在古代诗辞歌赋中成了重要引人肠断因素,众多的"闻曲断肠"句可以证明。为什么"闻曲断肠"句居多呢?东汉宋子侯《董妖饶》诗有名句:"吾欲竟此曲,此曲愁人肠。"《董娇饶》有出色的艺术成就,主要代女子倾诉盛年一去,欢爱永绝,为男子遗弃的悲惨命运,因有"此曲愁人肠"句。这似是"断肠"句中"闻曲断肠"较多的原因了。先举一些例句:

唐·岑参《凉州馆中与诸判官夜集》:"琵琶一曲堪肠断,风萧萧兮夜漫漫。"用沈佺期句式。

五代·冯延巳《蝶恋花》:"醉里不辞金爵满,阳关一曲肠千断。"亦用沈佺期句式。

唐·宋之问《桂州三月三日》:"主人丝管清且悲,客子肝肠断还续。"

唐·李颀《听董大弹胡笳声兼寄语房给事》:"故人落泪沾边草,汉使断肠对归客。"

唐·王宏《从军行》:"凤凰楼上吹急管,落日徘徊肠先断。"

五代·冯延巳《采桑子》:"华前失却游春侣,独自寻芳,满目悲凉,纵有笙歌亦断肠。"这笙歌是欢快的。句式用唐·戴叔伦《夜发袁江寄李颍川刘侍御》:"孤猿更叫秋风里,不是愁人亦断肠。"句式。

宋·张先《蝶恋花》:"几叶小眉寒不展,莫唱阳关,真个先肠断。"

又《菩萨蛮》:"弹到断肠时,春山眉黛低。"写操琴人断肠。

"断君肠"是对第二人称诉说,口吻亲切,易感召人。其实虽说"君",也含有"我",或者说首先是

"断我肠"。这种句式,首制者是南朝·宋·鲍照,他在《代淮南王二首》中就写:"紫房彩女弄明珰,鸾歌凤舞断君肠。"南朝·宋·吴迈远《长离别》中也用:"持此断君肠,君亦且自疑。"后用"断君肠"者如:

唐·宋之问《寒食江州满塘驿》:"驿骑明朝宿何处,猿声今夜断君肠。"

唐·白居易《代谢好妓答崔员外》:"别后曹家碑背上,思量好字断君肠。"

唐·崔橹《暮春对花》:"马上行人莫回首,断君肠是欲残时。"

1762. 无肠与君断

唐·白居易《山游示小妓》:"莫唱杨柳枝,无肠与君断。"是说肠已断尽,无肠可断,痛苦已经到了极限。《杨柳枝》产生于汉乐府,到北朝乐府《折杨柳歌辞》有"上马不捉鞭,反折杨柳枝"句,虽是"折柳作鞭",却是写离别。后"折柳"成了送别的代称。此诗"莫唱杨柳枝",正是怕承受不住离别之苦。(《折杨柳》不仅表离别)白诗取此意。

唐·刘禹锡《赠李司空妓》:"高髻云鬟宫样妆,春风一曲杜韦娘。司空见惯浑闲事,断尽苏州刺史肠。"《本事诗·情感》:刘禹锡罢和州,为主客郎中。李(绅)司徒罢镇在京,慕刘名,邀饮。酒酣,命妙妓歌以送之。刘于席赋诗,云云。李绅因以妓赠之。刘之"断尽……肠",与白之"无肠与君断"意同。

宋·苏轼《张子野年八十五尚闻买妾,述古令作诗》:"锦里先生自笑狂,莫欺九尺鬓眉苍。诗人老去莺莺在,公子归来燕燕忙。柱下相君犹有齿,江南刺史已无肠。平生谬作安昌客,略遣彭宣到后堂。"宋·叶梦得《石林诗话》载:"张先郎中能为诗及乐府,至老不衰。子瞻作倅时,年已八十余,家犹畜声妓。子瞻诗云:'诗人老去莺莺在,公子归来燕燕忙。'盖全用张氏故事戏之。先和云:'愁似鳏鱼知夜永,懒同蝴蝶为春忙。'极为子瞻所赏。"所谓"张氏故事",如:"诗人老去"用张生事,"公子归来"用汉"张公子"或唐张祜与妓燕燕事,"柱下相君"用汉张苍事,张妻妾以百数,无齿,食乳,以女子为乳母。年百余岁乃卒。"江南刺史"指张郎中。唐·李绅镇淮南,张郎中新罢江南郡。张尝为广陵从事,有酒妓,不果纳。犹在席,目张,张题词盘上,李即命妓歌以送酒。"安昌客"则指汉张禹,

彭宣、戴崇为其弟子。崇来引入后堂,妇女相对,优人管弦,乐至深夜。而宣来,讲论经义,从未入其后堂。"安昌客"即指张禹(封安昌侯)。这样,就用五个张姓人同女子的关系喻一个张先,风趣之余不无劝意。"江南刺史已无肠"字面上用刘禹锡意,用白居易句。

用"无肠断"句还如:

唐·孟郊《莎栅联句》:"此处不断肠,定知无断处。""无断处",无断肠的地方。

宋·苏轼《临江仙》(送王缄):"坐上别愁君未见,归来欲断无肠。"

宋·陈师道《木兰花》:"不辞歌里断人肠,只怕有肠无处断。"听不到歌,欲断肠不能。

宋·杨无咎《瑞云浓》:"度已无肠,为伊可断。"

又《一丛花》:"拼了醉眠,不须重唱,真个已无肠。"

宋·赵彦端《蝶恋花》:"一寸离肠无可断,旧管新收,尽记双帷卷。"

宋·张孝祥《虞美人》(无为作):"楼头自撅昭华管,我已无肠断。"

宋·赵长卿《柳梢青》(过何郎石见早梅):"有恨难传,无肠断,立马多时。"

宋·辛弃疾《蝶恋花》:"只道书来无过雁,不道柔肠,近日无肠断。"

宋·刘辰翁《鹧鸪天》(暮春旅怀):"无肠可断听花雨,沉沉已是三更许。"

宋·赵文《八声甘州》:"到年年,无肠堪断,向清明,独自掩荆扉。"

宋·唐钰《桂枝香》:"西风有恨无肠断,恨东流、几番潮汐。"

宋·黄大临《青玉案》(和贺方回韵送山谷弟贬宜州):"别语缠绵不成句,已断离肠能几许。""几许"言极多,意近"无肠断"。

1763. 生民百遗一,念之断人肠

魏·曹操《蒿里行》:"白骨露于野,千里无鸡鸣。生民百遗一,念之断人肠。"东汉末年,军阀混战,董卓擅权,人民饱受战乱之苦,白骨遍地,生民无几,作者内心十分痛苦。"念之断人肠",这是为忧国忧民而断肠。"断人肠"句出自陶渊明《杂诗》:"眷眷往昔时,忆此断人肠。"唐代孟浩然《送杜十四之江南》:"日暮征帆何处泊,天涯一望断人

肠。"陶诗写忆旧,孟诗写送别。岑参《武威送刘单判官赴安西行营便呈现高开府》:"曾到交河城,风土断人肠。"这是写凄凉。

为忧国忧民而断肠的还有:

唐·李白《猛虎行》:"肠断非关陇头水,泪下不为雍门琴。"不为思乡而落泪,不为听琴而忧伤,是由于安史乱军攻占洛阳,国家多难,生民涂炭而断肠。

宋·辛弃疾《祝英台近》(晚春):"怕上层楼,十日九风雨。肠断片片飞红,都无人管,倩谁唤、流莺声住。"以闺怨、别情喻国家罹难,恢复国土无期,表现对国家前途的深切关怀和极度忧虑。

为思乡怀人而断肠的:

魏·曹丕《杂诗二首》:"向风长叹息,断绝我中肠。"是思乡断肠。

又《燕歌行二首》:"群燕辞归鹄南翔,念君客游思断肠。"是思妇断肠。

南朝·宋·汤惠休《怨歌行》:"巷中情思荡,断绝孤妾肠。"

南朝·梁·王褒《渡河北》:"心悲异方乐,肠断陇头歌。"

唐·卢照邻《陇头水》:"关河别去水,沙塞断归肠。"

唐·骆宾王《艳情代郭氏答卢照邻》:"悲鸣五里无人问,肠断三声谁为续。"

唐·宋之问《折杨柳》:"亲自肝肠断,旁人那得知。"

唐·沈佺期《岭表逢寒食》:"帝乡遥可念,肠断报亲情。"

又《答魑魅代书寄家人》:"剑外悬销骨,荆南预断肠。"

唐·张说《同赵侍御望归舟》:"形影相追高羲鸟,心肠并断北风船。"

唐·卢从愿《铜雀台》:"那堪攀玉座,肠断望陵朝。"(怀古)

唐·李白《江夏行》:"只言期一载,谁谓历三秋。使妾肠欲断,恨君情悠悠。"

又《长相思》:"不信妾肠断,归来看取明镜前。"

又《寄远十一首》:"肠断如剪弦,其如愁思何。"

又《久离别》:"至此断肠彼心绝,云鬟绿鬓罢揽结。"

又《越女词五首》:"相看月未堕,白地断肝肠。"(越女越男相对断肠)

唐·刘长卿《月下听砧》:"声声擣秋月,肠断卢龙戍。"

唐·岑参《玉关寄长安李主薄》:"玉关西望堪肠断,况复明朝是岁除。"

唐·薛奇童《云中行》:"塞北云高心已悲,城南木落肠堪断。"

唐·杜甫《寄岳州贾司马六丈巴州严八使君两阁老五十韵》:"旧好堪肠断,新愁眼欲穿。"

唐·李嘉祐《过乌公山寄钱起员外》:"无端王事还相系,肠断兼葭君不知。"

唐·高适《九日酬严少府》:"纵使登高只断肠,不如独坐空搔首。"

唐·陆长源《答东野夷门雪》:"东邻少年乐未央,南客思归肠欲绝。"

唐·窦蒙《题弟皋述书赋后》:"受命别家乡,思归每断肠。"

唐·戴叔伦《早春曲》:"朱颜未衰消息稀,肠断天涯草空碧。"

唐·令狐楚《九日言怀》:"不能高处望,恐断老人肠。"

唐·李群玉《九子坡闻鹧鸪》:"此时为尔肠千断,乞放今宵白发生。"

唐·白居易《有感》:"绝弦与断丝,犹有却续时。惟有衷肠断,无应续得期。"

唐·温庭筠《梦江南》:"过尽千帆皆不是,斜晖脉脉水悠悠,肠断白苹洲。"

唐·韦庄《菩萨蛮》:"未老莫还乡,还乡须断肠。"

唐·王建《宫中调笑》:"船头江上水茫茫,商人少妇断肠。肠断,肠断,鹧鸪夜飞失伴。"

唐·鹿虔扆《思越人》:"若是适来新梦见,离肠争不千断。"

五代·徐铉《和江西萧少卿见寄》:"离肠似线常忧断,世态如汤不可探。"

宋·柳永《安六子》:"刚断肠,惹得离情苦。"

宋·欧阳修《渔家傲》:"归心乱,离肠便逐星桥断。"

宋·晁端礼《绿头鸭》:"念佳人、音尘别后,对此应解相思。最关情、漏声正永;暗断肠、花影偷移。"

宋·赵令畤《乌夜啼》(春思):"年年春事关心

事,肠断欲栖鸦。"

宋·刘过《贺新郎》:"衣袂京尘曾染处,空有香红尚软,料彼此魂销肠断。"

宋·朱淑真《谒金门》:"满院落花帘不卷,断肠芳草远。"

宋·廖世美《烛影摇红》:"断肠何必更残阳,极目平楚。"

元·王实甫《十二月过尧民歌》曲:"新啼痕压旧蹄痕,断肠人忆断肠人。"

为别情离绪而断肠的:

南朝·梁·吴均《去妾赠前夫诗》:"肠从别处断,貌在旧中消。"

唐·褚亮《伤始平李少府正己》:"断肠虽累月,分手未盈旬。"

唐·苏颋《奉和送金城公主适西蕃应制》:"川经断肠望,地与折支邻。"

唐·贺知章《送人之军》:"常经绝脉塞,复见断肠流。"

唐·李白《博平郑太守自庐山千里相寻入江夏北市门许却之武陵立马赠别》:"相思无终极,肠断朗江猿。"

唐·岑参《与独孤渐道别长句兼呈严八侍御》:"轮台客舍秋草满,颍阳归客肠堪断。"

唐·杜甫《公安送韦二少府匡赞》:"古往今来皆涕泪,断肠分手各风烟。"

唐·贾至《送李侍御》:"孤帆泛潇湘,望远心欲断。"

唐·李端《荆门歌送兄赴夔州》:"曾为江客念江行,肠断秋荷雨打声。"

唐·杜荀鹤《关试后筵上别同人》:"同年多是长安客,不信行人欲断肠。"

唐·赵嘏《昔昔盐》(关山别荡子):"肠为马嘶断,衣从泪滴斑。"

唐·薛逢《盖罗缝》:"寒鸟春深归去尽,出门肠断草萋萋。"

唐·韦庄《古离别》:"更把马鞭云外指,断肠春色在江南。"

唐·孙鲂《柳》:"到头袅娜成何事,只能年年断客肠。"

宋·黄庭坚《题阳关图》:"断肠声里无形影,画出无声亦断肠。"唐人李伯时作《阳关图》,传达王维《送元二使安西》诗意境。黄诗隐述"西出阳关无故人"之断肠。

为其它种种而断肠的:

唐·宋之问《息夫人》:"可怜楚破息,断肠息夫人。"息夫人为国家而断肠。

唐·刘希夷《公子行》:"可怜杨柳伤心树,可怜桃李断肠花。"

唐·崔颢《邯郸宫人怨》:"日暮笙歌君驻马,春日梳妆妾断肠。"

唐·刘长卿《同姜濬题裴式微余干东斋》:"屈平君莫吊,肠断洞庭波。"慰藉东斋主人。

又疲兵篇:"孤城望处增肠断,折剑看时可沾衣。"为边兵之劳苦而断肠。

唐·柳中庸《愁怨》:"不知肠断梦,空绕几山川。"悲秋。

唐·耿沣《慈恩寺残春》:"若问同游客,高年最断肠。"见春老而人衰。

唐·刘禹锡《竹枝词》:"个里愁人肠自断,由来不是此声悲。"古人有句"猿鸣三声泪沾裳",作者意悲不由猿而由己。

唐·白居易《哭师皋》:"妻孥兄弟号一声,十二人肠一时断。"剧烈的悲痛。

唐·李昂《赋戚夫人楚歌》:"曲未终兮袂更扬,君流涕兮妾断肠。"刘邦妾戚夫人之悲伤。

唐·顾朝阳《昭君怨》:"妾命非关命,都缘怨断肠。"代昭君抒怨。

五代·冯延巳《鹊踏枝》:"烦恼韶光能几许,肠断魂销,看却春还去。"伤春感时。

宋·范仲淹《御街行》:"愁肠已断无由醉,酒未到,先成泪。"秋日感怀。

宋·晏几道《少年游》:"细想从来,断肠多处,不与者番同。"叹人已往情薄。

宋·陈允平《糖多令》(秋暮有感):"断肠人,无奈秋浓。"

宋·孙道绚《醉思仙》(寓居妙湛,悼亡作此):"叹黄尘,久埋玉,断肠挥泪东风。"悼亡的极度悲哀。

1764. 谁家巧作断肠声

唐·杜甫《吹笛》:"吹笛秋山风月清,谁家巧作断肠声。"句式近李白的"谁家玉笛暗飞声"。颜延榘说:"律吕之调,于风前闻之,觉相和之切;关山之曲,于月下奏之,似几处皆明。此声之巧而感之深也。"古笛曲有《折杨柳》《武溪深》《胡笳声》《关山月》。《关山月》是伤离别之曲。诗人听到笛曲《关山月》而生乡关之思。宋·仲并《浪淘沙》："倾国与倾城，袅袅盈盈，歌喉巧作断肠声。"直用杜甫句。

"断肠声"首用者是南朝·陈·张正见，他在《度关山》诗中写："寒陇胡笳涩，空林汉鼓鸣。还听呜咽水，并切断肠声。"张正见先仕梁而后仕陈，没到过西北的陇头，只是借以写军旅生活。此四句写胡笳、汉鼓同呜咽水切合为交响，足以令人断肠。如前所述，"断肠"之引发，多为离歌悲曲。"断肠声"句多写笳鼓筝琴、琵琶笛管、歌响猿鸣、欸乃船号、呜咽流水种种声音令人断肠。唐人张说《南中别蒋五岑向青州》就写："有泪皆成血，无声不断肠。"在"断肠"句中，"断肠声"句为最多。

唐·杨师道《陇头水》："笳添离别曲，风送断肠声。"

唐·崔亘《春怨》："妾有今朝恨，君无昔日情。愁来理弦管，皆是断肠声。"

唐·李白《清溪半夜闻笛》："寒水秋浦月，肠断玉关声。"

唐·韦应物《昭国里第听元老师弹琴》："暗示啼乌与别鹤，只缘中有断肠声。"《乌夜啼》《别鹤》都是琴曲。

唐·杜甫《前出塞九首》："磨刀呜咽水，水赤刃伤手。欲转肠断声，心绪乱已久。"化用"陇头流水，鸣声幽咽。遥望秦川，肝肠断绝"。（《陇头流水》歌）句。

唐·柳宗元《入黄溪闻猿》："孤臣泪已尽，虚作断肠声。"（黄溪在永州）

唐·吕温《友人邀听歌有感》："辜负壮心羞欲死，劳君贵买断肠声。"

唐·白居易《何满子》："世传满子是人名，临就刑时曲始成。一曲四词歌八叠，从头便是断肠声。"原注：开元中沧州歌者临刑进此曲（《何满子》）以赎死，竟不得免。

又《长恨歌》："行宫见月伤心色，夜雨闻铃肠断声。"《明皇杂录》载："明皇既幸蜀，西南行，初入斜谷，属霖雨涉旬，于栈道雨中闻铃音，隔山相应。上（玄宗）既悼念贵妃，采其声为《雨淋铃曲》以寄恨焉。"白诗用此意。

又《答春》："其奈山猿江上叫，故乡无此断肠声。"

又《吹笙内人出家》："金刀已剃头然发，玉管休吹肠断声。"

唐·刘言史《潇湘游》："款乃知从何处生，当时泣舜肠断声。"

唐·吴融《分水岭》："澄处好窥双黛影，咽时堪寄断肠声。"

唐·邵士彦《秋闺》："调琴与有弄，畏作断肠声。"

唐·韩琮《骆谷晚望》："公子王孙莫来好，岭花多是断肠声。"

宋·晏殊《点绛唇》："断肠声里，敛尽双蛾翠。"

宋·杜安世《浪淘沙》："又是春暮，落花飞絮，子规啼尽断肠声。"

宋·苏轼《定风波》（送元素）："记得明年花絮乱，须看，泛西湖是断肠声。"

又《如梦令》（李公择）："使君莫忘雪溪女，还作阳关肠断声。"

宋·贺铸《小重山》："艳歌重记遗离情，缠绵处、翻是断肠声。"

宋·周邦彦《风流子》（秋思）："想寄恨书中，银钩空满，断肠声里，玉箸还垂。"

宋·葛胜仲《瑞鹧鸪》（和通判送别）："江草江花都是泪，骊驹休作断肠声。"

宋·陈克《临江仙》："檐雨为谁凝咽，林花似我飘零，微吟休作断肠声。"

又《浣溪沙》："窗纸幽幽不肯明，寒更忍作断肠声。背人残烛却多情。"

宋·周紫芝《浣溪沙》："飞絮乱花闲院宇，舞鸾歌凤小娉婷，阳关休唱断肠声。"

宋·向子谔《浣溪沙》（绍兴辛未中秋，王景源使君乘流下萧滩，舍舟从陆。芗林老人以长短句赠行）："尊俎风流意气倾，一杯相属思催行，离歌更作断肠声。"

宋·蔡伸《虞美人》（甲辰入燕）："高城楼观暮云平，叠鼓凝笳都在、断肠声。"

宋·李弥逊《菩萨蛮》："休作断肠声，老来无泪倾。"

宋·赵长卿《蓦山溪》（午坐壶天冰雪，风传琵琶，有感而作）："香风初过，一曲断肠声，如怨诉。诉闲愁，落落琵琶语。"

又《临江仙》："不堪三弄笛，吹作断肠声。"

宋·辛弃疾《江神子》："晚山明，小溪横，枝上绵蛮，休作断肠声。"

宋·石孝友《菩萨蛮》："早是梦难成，梅花肠断声。"

宋·韩淲《西江月》："尊前一曲断肠声,梦破晓窗倚枕。"

宋·刘辰翁《沁园春》："推手复却手,都付断肠声。""推手却手"指弹琵琶,用欧阳修"推手为琵却手琶"句。

宋·曹良史《江城子》："掩银屏,理银筝,一曲春风、都是断肠声。"

宋·周容淑《望江南》："忍唱乾淳供奉曲,断肠人听断肠声。"

宋·张枢《南歌子》："琵琶可是不堪听,无奈愁人把做、断肠声。"

宋·无名氏《菩萨蛮》："休作断肠声,老来无旧倾。"

宋·无名氏《愁倚阑令》："合造梨花深院雨、断肠声。"

1765. 梅花满枝空断肠

唐·高适《人日寄杜二拾遗》："人日题诗寄草堂,遥怜故人思故乡。柳条弄色不忍见,梅花满枝空断肠。"这是诗首四句,写对故友杜甫的深切思念。"柳条弄色"更平添愁思,"梅花满枝"却空自断肠,美景反映怀念之苦,令人悟到两位杰出诗人之深厚友谊。"空断肠"意为徒受煎熬之苦而难能如愿以偿。

唐·李白《南阳送客》："挥手再三别,临歧空断肠。"

又《酬殷明佐见赠五云裘歌》："下窥夫子不可及,矫首相思空断肠。"

又《早春寄王汉阳》："碧水浩浩云茫茫,美人不来空断肠。"

又《送萧三十一之鲁中兼问稚子伯禽》："我家寄在沙丘旁,三年不归空断肠。"

唐·许浑《经古行宫》："先皇一去无回驾,红粉云鬟空断肠。"

唐·无名氏《春二首》："绿桑枝下见桃叶,回看青云空断肠。"

宋·晁补之《梁州令叠韵》："过尽南归雁俱远,凭栏送目空肠断。"

宋·谢迈《菩萨蛮》："一曲杜韦娘,有人空断肠。"上句用刘禹锡《赠李司空妓》中"春风一曲杜韦娘"句。"杜韦娘"曲名。

宋·蔡伸《菩萨蛮》："玉箫吹凤怨,惊起楼中燕;飞去自双双,恼人空断肠。"

又《卜算子》："物是人非空断肠,梦入芳洲路。"

1766. 细雨梅花正断魂

宋·苏轼《正月二十日住岐亭郡人潘、古、郭三人送余子女王城东禅庄院》："去年今日关山路,细雨梅花正断魂。""去年今日"指去年正月二十日,去黄州所经之路,其《梅花二首》(正月二十日过关山)有句云:"一夜东风吹石裂,半随飞雪度关山。"上句用欧阳修《山斋绝句》'正当年少惜花时,日日东风吹石裂'句,说途中东风凛冽,飞雪增寒。今经潘丙、古耕道、郭遘三从人热情相送,他想起去年今日的凄寒:"细雨梅花正断魂。"此句当用杜牧《清明》中"清明时节雨纷纷,路上行人欲断魂"句意。

宋·范成大《元夜忆群从》："隙月知无梦,窗梅寄断魂。"用苏轼句。

1767. 云雨巫山枉断肠

唐·李白《清平调词》："一枝红艳露凝香,云雨巫山枉断肠。"用宋玉《高唐赋》述楚襄王梦会神女事,说神女哪如人间花容,楚王不过枉自为神断肠罢了。"枉断肠"与"空断肠"同义,只是"枉"与"空"韵不同。

宋·陈师道《菩萨蛮》："一曲杜韦娘,年年枉断肠。""一曲杜韦娘"用刘禹锡《赠李司空妓》句。

又《减字木兰花》："莫更思量,梦破春回枉断肠。"

宋·张孝祥《减字木兰花》："度与平章,岁晚教人枉断肠。"

1768. 故国肠断处,日夜柳条新

唐·宋之问《寒食题黄梅临江驿寄崔融》："故国肠断处,日夜柳条新。"这是怎样表达思乡之情的呢?想到故园杨柳正迎着春风绽出新条,而那里正是告别家园令人断肠的地方啊。表现方式巧妙而新颖。用"断肠处"的有:

唐·李颀《临别送张谌入蜀》："剑阁望梁州,是君断肠处。"

唐·温庭筠《杨柳枝》："正是玉人断肠处,一渠春水赤栏桥。"

唐·郑锡《陇头别》："从来断肠处,皆向此中

分。"

宋·辛弃疾《摸鱼儿》:"体去倚危楼,斜阳正在、烟柳断肠处。""斜阳"暗示国家濒临危境,"断肠处"表达忧国之心。

1769. 当君怀归日,是妾断肠时

唐·李白《春思》:"燕草如碧丝,秦桑低绿枝。当君怀归日,是妾断肠时。"写秦地女子思念在燕地戍边的丈夫,"怀归日""断肠时"是女子设想同时相互思念的痛苦。

唐·朱放《铜雀妓》:"西陵日欲暮,是妾断肠时。"用李白原句。

又《别李季兰》:"别将罗袖拂花落,便是行人肠断时。"

唐·戴叔伦《堤上柳》:"行人攀折处,闺妾断肠时。"

唐·白居易《九年十一月二十一日感事而作》:"当君白首同归日,是我青山独往时。"用句式。

1770. 断肠人在栏干角

宋·柳永《凤凰阁》:"相思成病,那更潇潇雨落,断肠人在栏干角。"写思妇抱病冒雨,倚依于栏干一角,满怀愁绪,企盼所思之人归来。短短一二句,便推出了一个十分感人的特写画面。"断肠人在栏干角"常为人所效用。

元·马致远《天净沙》(秋思):"枯藤老树昏鸦,小桥流水人家,古道西风瘦马。夕阳西下,断肠人在天涯。"全曲写了十景:枯藤、老树、昏鸦、小桥、流水、人家、古道、西风、瘦马、夕阳,一派凄凉,而"断肠人在天涯"则是点睛句。清·朱彝尊《高阳台》:"一寸横波,断肠人在楼阴。"用马致远句式。

下面是用柳永句:

宋·张先《醉落魄》:"倚楼人在栏干角,夜寒指令罗衣薄。"

宋·苏轼《四时间》:"玉腕半揎云碧袖,楼前知有断肠人。"

宋·秦观《蝶恋花》:"楼上佳人,痴倚栏干角。"只取"栏干角"。

宋·吕渭老《生查子》:"娇慵不惯羞,同倚栏干角。"用秦观句。

宋·潘汾《花心动》:"断肠人在东风里,遮不

尽、几重帘幕。"早于马致远用此句式。

元·白贲《百字折桂令》(失题):"满山满谷,红叶黄花。正是伤感凄凉时候,离人又在天涯。"

1771. 一叫一回肠一断

唐·李白《宣城见杜鹃花》:"一叫一回肠一断,三春三月忆三巴。"天宝十四载暮春,诗人旅居宣城,见杜鹃花开,联想到蜀中杜鹃鸟鸣,不禁怀念久别的故乡,"一叫一回肠一断"即表达这种情感。

唐·白居易《题园家歌者》:"一声肠一断,能有几多肠。"听歌断肠用李白句。

唐·邵谒《秋夕》:"天末雁来时,一叫一肠断。"听雁断肠,用李白句。

唐·崔涂《江南望花》:"避秦不是无归意,一度逢花一断肠。"年复一年不得归,而断肠。

1772. 路上行人欲断魂

这是出自唐人杜牧《清明》诗中的名句:"清明时节雨纷纷,路上行人欲断魂。"清明节降下纷纷大雨,路上行人雨水淋漓,凄厉寒凉,不禁失魂落魄。"断魂"即失魂,精神上即心理上感到痛苦不适。

"断魂",原有传说,马缟《中华古今注》记:齐后怨王而死,尸变为蝉。她死后余恨难消,魂化为蝉。说蝉是宫中之后魂魄所化,所以又称蝉为"宫魂"。宋代词人王沂孙《齐天乐》(蝉)写:"一襟余恨宫魂断,年年翠阴庭树。"说盛夏庭树中多见"宫魂"——蝉。多数诗词都用"断魂"表示悲凉痛苦,成了"断肠"的同义语。如:

唐·宋之问《发端州初入西江》:"路遥魂欲断,身辱理能齐。"杜牧句近于"路遥魂欲断"句。

唐·孟浩然《唐城馆中早发寄杨使君》:"欲识离魂断,长空听雁声。"

唐·戎昱《苦战行五首》:"去去断绝魂,叫天天不闻。"

唐·欧阳玭《巴陵》:"客路何曾定,栖迟欲断魂。"

唐·方干《冬夜泊僧舍》:"漂泊欲千里,清吟欲断魂。"

唐·杜荀鹤《关试后筵上别同人》:"同是多年长安客,不信行人欲断肠。"用"行人"句。

唐·韦庄《春愁》:"自有春愁正断魂,不堪芳草思王孙。"

又《女冠子》词:"去年今日,别君忍泪。不知魂已断,空有梦相随。"

唐·任翻《冬暮野寺》:"飘泊仍千里,清吟欲断魂。"

五代·孙鲂《杨柳枝》:"不知落日谁相送,魂断千条与万条。"

宋·苏轼《正月二十日住岐山亭》:"去年今日关山路,细雨梅花正断魂。"末句暗藏"路上行人"意。

元·孙蕙兰《偶成》:"碧纱窗外初生月,照见梅花欲断魂。"用苏轼句。

宋·贺铸《感皇恩》(人南渡):"半黄梅子,向晚一帘疏雨。断魂分付与、春将去。"

宋·晁补之《迷神引》:"断魂素月,一千里、伤平楚。"

宋·毛滂《惜分飞》:"今夜山深处,断魂分付潮回去。"

宋·朱敦儒《临江仙》:"梦回辽海北,魂断玉关西。"

宋·姜夔《小重山令》(赋潭州红梅):"九疑云杳断魂啼,相思血,都沁绿筠枝。"

宋·吴文英《莺啼序》:"伤心千里江南,怨曲重招,断魂在否?"

宋·王沂孙《齐天乐》(蝉):"一襟余恨宫魂断,年年翠阴庭树。乍咽凉柯,还移暗叶,重把离愁深诉。"

又《齐天乐》(蝉):"甚已绝余音,尚余枯蜕。鬓影参差,断魂青镜里。"宫魂之悲喻亡国之痛。

"断魂"与"断肠",都并非只表苦痛,有时也表达内心的欢快、舒畅。唐人刘希夷《公子行》中的"可怜桃李断肠花",就是桃红李白使诗人由衷愉悦。"断肠花",鲜花娇艳,令人断肠。李白《古风》:"天津三月时,千门桃与李;朝为断肠花,暮逐东流水。"亦用此义。

唐·宋之问《江亭晚望》:"望水知柔性,看山欲断肠。"山色迷人。

宋·林逋《山园小梅》:"霜禽欲下先偷眼,粉蝶如知合断魂。"粉蝶爱梅。

1773. 黯然销魂者,唯别而已矣

南朝·梁·江淹《别赋》:"黯然销魂者,唯别而已矣。"李善注:"黯然,失色貌。""销魂"亦作"消魂"。魂不附体,亦"失魂"意。因此销魂也是断肠、断魂的同义语。《别赋》句义为:最令人心情沮丧、若有所失的,只有离别了。后人写怀思,写别离心情极度不适,忽忽若有所失时,常用"销魂"。唐·柳宗元《别舍弟宗一》:"零落残魂倍黯然,双垂别泪越江边。"用得最佳。又如:

唐·宋之问《渡乌江别王长史》:"倚棹望兹川,销魂独黯然。"

唐·杜甫《送裴五赴东川》:"东行应暂别,北望苦销魂。"

唐·韦庄《小重山》:"一闭昭阳春又春,夜寒宫漏永,梦君恩。卧思陈事暗销魂。"

五代·顾敻《醉公子》:"衰柳数声蝉,魂销似去年。"

五代·冯延巳《鹊踏枝》:"肠断魂销,却看春还去。"

五代·李煜《子夜歌》:"人生愁恨何能免,销魂独我情何限!"

宋·寇准《踏莎行》:"倚楼无语欲消魂,长空黯淡连芳草。"

宋·晏殊《浣溪沙》:"一向年光有限身,等闲离别易销魂。酒筵歌席莫辞频。"

又《踏莎行》(细草愁烟):"细草愁烟,幽花怯露,凭栏总是销魂处。"

又《踏莎行》(祖席离歌):"画阁魂消,高楼目断,斜阳只送平波远。"

又《山亭柳》:"数年来往咸京道,残杯冷炙谩消魂。"

宋·柳永《竹马子》:"凭高念日凝伫,赢得消魂无语。"

宋·韩缜《凤箫吟》:"消魂!池塘别后,曾行处、绿妒轻裙。"

宋·晏几道《蝶恋花》:"睡里消魂无说处,觉来惆怅消魂误。"

宋·鲁逸仲《南浦》(怀旅):"好在半胧溪月,到如今、无处不销魂。"

宋·李清照《醉花阴》:"莫道不消魂,帘卷西风,人比黄花瘦。"

宋·陆游《水龙吟》(春日游摩诃池):"黯销魂,雨收云住。"

宋·陈亮《水龙吟》(春恨):"正销魂又是,疏烟淡月,子规声断。"

宋·刘过《贺新郎》:"衣袂京尘曾染处,空有香红尚软。料彼此魂销肠断。"

宋·张炎《声声慢》(题吴梦窗遗笔):"回首曲终人远,黯消魂忍看,朵朵芳云。"

销魂,也表欢快和美好的感受。郭沫若《喀尔美萝姑娘》中写:"况且在日本的春天,樱花正是秾开的时候,最是使人销魂。"宋人鲁逸仲《南浦》(怀旅):"好在半胧溪月,到如今、无处不销魂。"

1774. 魂兮归来

屈原《招魂》,依司马迁《史记》确定作者为屈原,主旨为怀王招魂。后人多从此说。东汉王逸《楚辞章句》认为是宋玉作,旨在为屈原招魂。《招魂》中用"魂兮归来"十一次。景差《大招》用"魂兮归来""魂乎归来""魂魄归来"共二十三次。《楚辞》以后,也产生一些"招魂"之作。

南北朝庾信用《招魂》中"目极千里兮伤春心,魂兮归来哀江南"之句意写了《伤心赋》。赋中写:"魂兮远矣,何去何依? 望思无望,归来不归。""何去何依"从"魂兮归来,去君之恒干"衍生。《伤心赋》伤二男一女死于侯景之乱,伤去梁即魏不能复归。清·倪璠《庾子山集注》说:"《伤心赋》者,虽伤弱子,亦悼亡国也。"上面四句为子为国招魂,招而不归。梁武帝曾为"归来思子"之台。

1775. 难招楚客魂

唐·杜甫《冬深》:"易下杨朱泪,难招楚客魂。风涛暮不稳,舍掉宿谁门。"辞去严武的幕府,沿江而东。大历三年冬自公安去岳阳,此诗为途中作。此四句写舟行感怀:水行风涛不稳,上陆投宿何人? 如杨朱遇歧路而泣,如屈原魂不知所归。"难招楚客魂"取楚辞《招魂》意。唐·宋之问《早发韶州》:"故园长在目,魂去不须招。"写他流放钦州(今广东钦县北)途中思归之情。"魂去不须招",招也难返,不过不会忘记故园。这是最先用"招魂"一语的。而杜甫则用此句最多:

《彭衙行》:"煖汤濯我足,剪纸招我魂。"追忆天宝十五载避乱,受到孙宰的关顾,孙剪纸作旙,以慰其惊魂。

《散愁二首》:"老魂招不得,归路恐长迷。"晚年病羁蜀地,难返京都,十分痛苦。

《返照》:"不可久留豺虎乱,南方实有未招魂。"同上意。

《寄高适》:"楚隔乾坤远,难招病客魂。"身难北归,志空长存,无限哀惋。

唐·李商隐《哭刘蕡》:"只有安仁能作诔,何曾宋玉解招魂。"他认为《招魂》为宋玉所作。宋玉虽写了《招魂》,实际是魂难以招回的。悼刘蕡死而不能复生,只能如潘岳作诔文以哀悼了。

唐·崔涂《巫山旅别》:"五千里外三年客,十二峰前一望秋。无限别魂招不得。夕阳西下水东流。"

唐·韩偓《春尽》:"人闲易有芳时恨,地回难招自古魂。"作者寄居他乡,寂寞无友,恨不能招古人为伴,然而芳时不返,古魂难招了。

宋·苏轼《再和杨公济梅花十绝》:"人去残英满酒尊,不堪细雨湿黄昏。夜寒那得穿花蝶,知是风流楚客魂。""楚客魂"称杨蟠(公济),深夜酒后穿越梅花。

宋·吴文英《莺啼序》:"伤心千里江南,怨曲重招,断魂在否?"念亲人,远在千里,即使招魂,魂还在吗?

1776. 梦魂归未得,不用楚辞招

唐·杜甫《归梦》:"梦魂归未得,不用楚辞招。"大历三、四年,作者在潭衡间作。由于战乱频仍,困居楚地,不得北归长安,梦魂归未得,仍留在楚地,恰恰不用《楚辞·招魂》招"魂兮归来"了。

宋·苏轼《六月二十七日望湖楼醉书五绝》:"无限芳洲生杜若,吴儿不识楚辞招。"在望湖楼上望西湖中的"吴儿",他们没离吴地,因而也不懂得招魂。

1777. 魂返关塞黑

唐·杜甫《梦李白二首》:"恐非平生魂,路远不可测。魂来枫林青,魂返关塞黑。"李白被流放夜郎,中途释回。而杜甫不知,难断李白生死,积思成梦。用《招魂》:"湛湛江水兮上有枫……"语,说"魂来枫林青",李白从江南枫林出发,返回秦陇的关塞。写梦,实是为挚友招魂。

宋·周密《高阳台》(寄越中友人):"梦魂欲渡苍茫去,怕梦轻、还被愁遮。"仅用"梦魂",表达对"友人"的怀念。

清·曹雪芹《红楼梦》第五回《虚花悟》:"白杨村里人呜咽,青枫林下鬼吟哦!"写凄凉的墓地。

清·谢翱作楚歌为文天祥招魂,据《西台恸哭记》载:"魂朝往兮何极,暮归来兮关塞黑。"

清·丁子夏《水调歌头》(西台吊谢翱):"望中

关水天黑,魂去不禁秋。"为谢翱招魂,对黑暗中愁苦的忠魂感到凄楚。

1778. 暗香先返玉梅魂

宋·苏轼《六年正月二十日复出东门仍用前韵》:"长与东风约今日,暗香先返玉梅魂。"花魂返回玉梅,散发着暗香,或暗香脉脉,原来是魂返梅花,梅花绽开了。

唐·白居易《李夫人》(鉴嬖惑也):"九华帐深夜悄悄,返魂香降夫人魂。""返魂香"是一种焚香。汉武帝曾令方士燃"返魂香",以降李夫人之魂。白诗即述此事。写君王之惑乱荒唐。而后人用"返魂香"多写梅,写花。唐·韩致光《湖南梅花一冬再发偶题》:"玉为通体依稀见,香号返魂容易回。""香号返魂"言梅花一冬,二度开。

苏轼的"暗香先返玉梅魂"即写梅花返魂。

又《歧亭道上见梅花戏赠季常》:"蕙死兰枯菊亦摧,返魂香入岭头梅。""返魂香"喻岭梅盛开。

又《次韵杨公济奉议梅花十首》:"临春、结绮荒荆棘,谁信幽香是返魂。"《南史》载:陈后主之张贵妃名丽华。后主于光昭殿前起临春、结绮、望仙三阁,皆以觉檀香为之。微风暂至,香闻数里。后主每引宾客,对贵妃等游宴。苏轼诗意为:沉檀香建成的三阁早已荒弃,现在的幽香谁信是张丽华等的返魂。

此上写梅花"返魂",即"返花魂",也有写"招花魂"的。

宋·黄庭坚《王充道送水仙花五十枝欣然会心为之作歌》:"是谁招此断肠魂。"招水仙花魂。

宋·范成大《夜行上沙见梅,记东坡作招魂之句》:"要我冰雪句,招此欲断魂。"以清净无尘的诗句,为梅花招魂。句式取黄庭坚的"招花魂"兼杜牧的"路上行人欲断魂"句。

1779. 离魂亦暂伤

唐·武元衡《送许著作分司东都》:"不作经年别,离魂亦暂伤。"虽分别不会太久,也有痛苦的离情。"离魂"即"离情"。

又《酬陆员外歙州许员外郓州二使君》:"不作经年别,离魂亦为伤。"上二句只换一"未"字,其意相反。

1780. 环佩空归月下魂

杜甫《咏怀古迹五首》其三:"画图省识春风面,环佩空归月下魂。"汉元帝只在画图中约略见到她的美丽容貌,昭君在匈奴只有魂魄眷恋家乡而月夜归来。

环佩,是随身饰物。《礼记》:"行步刚有环佩之声。"《神仙传》记:"江妃二女游于江滨,逢郑交甫。交甫不知何人也,目而挑之,女遂解佩与之。行数步,空怀为佩,女亦不见。"在杜诗中"环佩"借代王昭君。后人用"环佩空归月下魂"句,有的亦写昭君。

唐·白居易《和刘郎中伤鄂姬》:"不知月夜魂归处,鹦鹉洲头第几家。"伤鄂姬之死。

宋·姜夔《疏影》:"想环佩,月夜归来,化作此花幽独。"说王昭君远嫁匈奴,怀念故国,只能魂归旧里,化作月下素梅。"此花"指苔梅。

宋·吴文英《南乡子》(题南剑州妓馆):"应是蹑飞鸾,月下时时整佩环。"写妓女。

金·王元节《青冢》:"环佩魂归青冢月,琵琶声断黑山秋。"

元·耶律楚材《过青冢用先君文献公韵》:"幽怨半和青冢月,闲云常锁黑河秋。"用王元节的"青冢月"。

清·吴雯《明妃》:"环佩几曾归夜月,琵琶唯许托宾鸿。"

清·鲍桂星《明妃》:"芳草不遮青冢月,环佩犹忆紫台风。"

清·陶澍《昭君村》:"紫台应有梦,归佩绕郎当。"

湖南岳阳小乔墓(在岳阳市第一中学后园内)上,原有一副对联:

阿姨渺何存,想当环佩归来,应共话庭院夜月;

老瞒空欲锁,对此松楸凭吊,最难忘赤壁东风。

上联用老杜句"环佩归来"招小乔之魂。下联用小杜句,"铜雀春深锁二乔"述阿瞒之败。当然,赤壁之战在建安十三年,两年后即建安十五年造铜雀台。(《三国志·武帝纪》)因而,"锁二乔"乃是虚构。

1781. 一去紫台连朔漠

唐·杜甫《咏怀古迹五首》其三:"一去紫台连朔漠,独留青冢向黄昏。""紫台",汉代紫宫。江淹《别赋》:"明君去时,仰天太息,紫台销远,关山无极。望君王兮何期,终芜绝兮异域。"杜句意近此赋,说昭君离开汉宫到北方荒漠之地,今天仅仅留

下青冢而已。用此句如:

元·王恽《王昭君出塞图》:"朔漠风沙异紫台,琵琶心事欲谁开?"兼用《咏怀古迹五首》其三之"千载琵琶作胡语"句。

清·王锦《过青冢用杜工部荆门怀古韵》:"朔漠紫台连雁门,明妃遗迹傍荒村。"兼用《咏怀古迹五首》其三之"生长明妃尚有村"句。

唐·徐寅《明妃》:"香魂若得升明月,夜夜还应照汉宫。"似对杜诗的意义延伸。

1782. 无梦寄归魂

唐·杜甫《东屯月夜》:"天寒不成寐,无梦寄归魂。"杜甫晚年曾将瀼西草堂让给吴某,迁居东屯。此句写居东屯,思瀼西,却又"无梦寄归魂",连梦中也见不到草堂。

金·元好问《秋夜》:"济水有情添别泪,吴云无梦寄归魂。"诗人被元军拘羁聊城,冠以"吴云"用杜甫"无梦寄归魂"句,抒写思归之情。

1783. 梦魂惯得无拘检

宋·晏几道《鹧鸪天》:"梦魂惯得无拘检,又踏杨花过谢桥。"酒醉归来,余兴未尽,梦中又踏杨花返回歌乐地。"梦魂"即梦。唐·李白《长相思》中首用:"天长路远魂飞苦,梦魂不到关山难。长相思,摧心肝!"叹自己离长安遥远,理想难以实现。小晏《鹧鸪天》:"从别后,忆相逢,几回魂梦与君同。"又《生查子》:"几夜月波凉,梦魂随月到兰房。"又《生查子》:"关山魂梦长,鱼雁音尘少。"几次用"梦魂。"

宋·史达祖《玉蝴蝶》:"漏初长,梦魂难禁。人渐老,风月俱寒。""难禁"用"无拘检"意。

金·蔡珪《鹧鸪天》:"醉魂应逐凌波梦,分付西风此夜凉。""逐凌波"从"过谢桥"化出。

1784. 楚魂蜀魄偏相妒

唐·来鹄《寒食》:"蜀魄啼来春寂寞,楚魂吟后月朦胧。""蜀魄"指杜鹃。《太平寰宇记》:"蜀之后主名杜宇号望帝。让位鳖灵,望帝自逃。后欲复位不得,死化为鹃,每春月间,昼夜悲鸣。蜀人闻之曰:'我望帝魂也'。""楚魂":《三体诗增注》:"楚魂,鸟名,一曰亡魂。……楚怀王与秦昭王会武关,为秦王所困,不得归,卒于秦。后于寒食月夜,人见于楚,吟诗云:'流水涓涓芹发芽,织乌双

飞客还家。荒村无人作寒食,滨宫空对棠梨华。'"楚魂指怀王之魂。来鹄寒食节寄居山馆,闻鹃鸟啼鸣而加浓思乡之情。

金·高庭玉《道出平州寒食忆家》:"楚魂蜀魄偏相妒,两地悠悠寄此情。"也是寒食节,用来鹄句意,写月夜下鹃鸟竞相哀鸣,引发了悠悠思乡之情。

1785. 一声杜宇水边魂

宋·秦观《次韵太守向公登楼眺望》:"千点湘妃枝上泪,一声杜宇水边魂。"杜宇,相传为周代末年蜀国的望帝,后归隐,蜀人怀念他,称子鹃鸟为杜鹃、杜宇。(《华阳国志·蜀志》)又传,说望帝死后魂化为鹃,一说蜀妃死后魂化为鹃。"杜鹃魂"即指杜鹃鸟。又有杜鹃花,所谓"绿血染成红杜鹃",即染成红色杜鹃花。

元·郝经《落花》:"桃李春风蝴蝶梦,关山明月杜鹃魂。"此二句从唐·崔涂《春夕旅怀》之"蝴蝶中家万里,杜鹃枝上月三更"二句中化出,而"杜鹃魂"则取秦观语。"杜鹃"则同崔涂,指花。"杜鹃魂"代落花。

清·吴伟业《题冒辟疆名姬董白小像》:"江城细雨碧桃村,寒食东风杜宇魂。"指杜鹃鸟,其鸟春日哀鸣。

清·曹雪芹《红楼梦》第二十七回林黛玉《葬花吟》:"怪奴底事倍伤神?半为怜春半恼春:怜春忽至恼忽去,至又无言去未闻。昨宵庭外悲歌发,知是花魂与鸟魂?花魂鸟魂总难留,鸟自无言花自羞;愿奴胁下生双翼,随花飞到天尽头。"杜鹃鸟啼血染花而有杜鹃花。"花魂鸟魂"都涉杜鹃。

宋·史达祖《夜合花》:"柳锁莺魂,花翻蝶梦,自知愁染潘郎。"已写鸟魂(莺魂)。

1786. 梦中不识路,何以慰相思

南朝齐梁人沈约《别范安成》:"梦中不识路,何以慰相思。"范安成,即范岫,同沈约本是少年好友,晚年重逢,旋即分手,作此诗表浓重的离情别绪。此句用战国张敏和高惠事,《韩非子》:张敏常在梦中寻访好友高惠,皆因中途迷路不遇而返。用此说明与范岫分手后,连梦中也难寻访,"何以慰相思"呢?《颜氏家训》卷四《文章》引邢邵常语:"沈侯文章,用事不使人觉,若胸臆语也。"虽用古人事,却了无痕迹地似由胸臆涌出。

唐·张仲素《秋闺思》:"梦里分明见关塞,

知何路向金徽。"“关塞”“金徽”互文。金徽山在塞外(今蒙古人民共和国境内)。用沈约"梦中不识路"意。

1787. 未安胡蝶梦

唐·骆宾王《远使海曲春夜多怀》:"长啸三春晚,端居百虑多。未安胡蝶梦,遽切鲁禽情。"作者远使海曲,春夜百虑无眠,不能入睡,闻鲁禽鸣而烦躁。"未安胡蝶梦",不能安眠。

"胡蝶梦"典出《庄子·齐物论第二》中云:"昔者庄周梦为胡蝶,栩栩然胡蝶也。自喻适志与! 不知周也。俄然觉,则蘧蘧然周也。不知周之梦为胡蝶与? 胡蝶之梦为周与? 周与胡蝶则必有分矣。"庄子认为生与死、祸与福、物与影、梦与觉、是与非,现象不同,本体一样,都是道的物化。所以此段说,觉为庄周、梦为胡蝶,觉与梦不同又浑然一体。因而"胡蝶梦"含哲学意义。唐·李白《古风》之九:"庄周梦胡蝶,胡蝶为庄周,一体更变易,万事良悠悠。"以庄周化蝶,强调变化无常(未取本义),晓喻那些追求富贵(不久长)的人。辽·寺公大师《醉义歌》:"梦里胡蝶勿云假,庄周亦觉非真者。以指喻指指成虚,马喻马兮马非马。天地犹一马,万物一指同。"又用《庄子·齐物论第二》:"以指喻指之非指,不若以非指喻指之非指也;以马喻马之非马,不若以非马喻马之非马也。天地一指也,万物一马也。"诗中只强调不必争论,一切归于虚无。诗中深感人生短暂、无常,应入醉乡,忘掉一切。上述虽讲人生哲学,不过只陈述个人的观念。

用"胡蝶梦",多不是讲哲学,而只是写"梦"。骆宾王首先突破其哲学范畴,用"胡蝶梦"代睡眠。继之用以表示睡梦、梦想、人生如梦、世事如梦,乃至迷幻的雪花、飘悠的飞絮。这里句型分类,先举"胡蝶梦"句。

唐·李商隐《偶成转韵七十二句赠四同舍》:"战功高后数文章,怜我秋斋梦胡蝶。"

唐·吕群《题寺壁二首》:"愿为胡蝶梦,飞去觅关中。"

宋·文彦博《柳絮》:"漆园旋惊飞蝶梦,玉庭频拟散盐空。"喻雪花飘飘。

宋·欧阳修《玉楼春》:"寻思还是归家心,胡蝶时时来役梦。"

宋·王安石《梦》:"胡蝶岂能知梦事,蘧蘧飞堕晚花前。"

又《忆江南》:"城南城北万株花,池面冰消水见沙。回首江南春更好,梦为胡蝶亦还家。"

宋·晏几道《诉衷情》:"雁书不到,蝶梦无凭,漫倚高楼。"

宋·苏轼《南歌子》:"不知钟鼓报天明,梦里栩然胡蝶、一身轻。"

又《次韵回文三首》:"风叶落残惊梦蝶,戍边回雁寄情郎。"

又《牡丹和韵》:"撩理莺情趣,留连蝶梦魂。"

又《戏咏子舟画两竹两鹳鹆》:"未知笔下鹳鹆语,何似梦中胡蝶飞。"

又《奉敕祭西太一和韩川韵四首》其三:"梦蝶犹飞旅枕,粥鱼已响林桐。"

宋·黄庭坚《离亭燕》(次韵答廖明略见寄):"梦去倚君榜,胡蝶归来清晚。"

又《定风波》:"画为远山临碧水,明媚,梦为胡蝶去登临。"

宋·晁端礼《定风波》:"别后此欢谁更共,春梦,只凭胡蝶伴飞魂。"

又《浣溪沙》:"十里闲情凭蝶梦,一春幽怨付鲲弦。小楼今夜月重圆。"

宋·贺铸《减字木兰花》:"冷香浮动,望处欲生胡蝶梦。"

宋·向子諲《鹧鸪天》(戏韩叔夏):"山万叠,水千重,一双胡蝶梦能通。"

又《减字木兰花》(政和癸巳):"几年不见,胡蝶枕中魂梦远。"

宋·康与之《满江红》(杜鹃):"胡蝶枕前颠倒梦,杏花枝上朦胧月。"

宋·韩元吉《满江红》(丁亥示庞祐甫):"多少扬州诗兴在,直须清梦翻胡蝶。"

宋·葛郯《满江红》:"不管浮生如蝶梦,从教万事添蛇足。"

宋·张孝祥《水调歌头》(泛湘江):"蝉蜕尘埃外,蝶梦水云乡。"

宋·辛弃疾《兰陵王》:"寻思人世,只合化梦中蝶。"

宋·石孝友《临江仙》:"凤梧不动,酒醒迟,如同胡蝶梦,飞上凤凰枝。"

又《鹧鸪天》:"鸳鸯有底情难尽,胡蝶无端梦易惊。"

宋·李曾伯《虞美人》:"花开花落总相忘,惟有梦随胡蝶、趁春忙。"

元·马致远《夜行船》(秋思):"百岁光阴如梦蝶,重回首往事堪嗟。"

又《清江引》:"恰待葵花开,又早蜂儿闹。高枕上梦随蝶去了。"

元·乔吉《卖花声》(悟世):"肝肠百炼炉间铁,富贵三更枕上蝶,功名两字酒中蛇。"

元·吴西逸《殿前欢》:"昧偏长凤髓茶,梦已随胡蝶化。"

清·陈维崧《尉迟杯》(许月度新自金陵归,以《青溪集》示我,感赋):"闻说近日台城,剩黄蝶濛濛,和梦飞舞。"吴苑也成梦幻。

清·贺双卿《双调望江南》:"染梦淡红欺粉蝶,锁愁浓绿骗黄鹂。"

1788. 庄生晓梦迷胡蝶

唐·李商隐《锦瑟》:"庄生晓梦迷胡蝶,望帝春心托杜鹃。"此诗作于诗人晚年罢职后在郑州家居时。回顾往事,如一场令人迷惘的大梦,壮志满怀全成虚幻,又如望帝身死化作杜鹃遗恨不已。这是名诗中之名句,一句一典,对仗工稳,深沉地抒发心迹。

用"迷胡蝶"句如:

宋·向子𧫠《生查子》:"相思懒下床,春梦迷胡蝶。"

宋·吕渭老《醉落魄》:"五更残梦迷胡蝶,觑著花枝,只被绣帘隔。"

清·杜诏《满江红》(过渌水亭):"何事庄生迷晓梦,重来楚客逢秋怨。"故地重来,师友无存,迷濛而怨苦。

用"庄生蝶"句如:

唐·白居易《疑梦二首》:"鹿疑郑相终难辨,蝶化庄生讵可知。"

唐·李群玉《昼寝》:"正作庄生蝶,谁知惠子鱼。"

唐·罗隐《蝶》:"此物那堪作,庄周梦不成。"用其否定义。

宋·苏轼《题清淮楼》:"观鱼惠子台芜没,梦蝶庄生冢木秋。"用李群玉句,有感已无自在身。

宋·辛弃疾《念奴娇》:"怎得身似庄周,梦中胡蝶,花底人间世。"

宋·张炎《西江月》:"庄生胡蝶梦春还,帘外一声莺唤。"

元·王实甫《西厢记》第四本第四折《得胜令》:"惊觉我的是颤巍巍竹影走龙蛇,虚飘飘庄周梦胡蝶。"

元·王和卿《醉中天·咏大胡蝶》:"弹破庄周梦,两翅架东风,三百座名园一采个空。"

元·卢挚《殿前欢》:"重酣后,梦景皆虚谬,庄周化蝶,蝶化庄周。"

元·王德信《集贤宾》:"志难酬知机的王粲,梦无凭见景的庄周。"

元·曾瑞《山坡羊·叹世》:"功名半纸难能够,争如漆园蝶梦叟。"庄子曾为"漆园吏"。

清·曹雪芹《红楼梦》第三十八回潇湘妃子《菊梦》:"登仙非慕庄生蝶,忆旧还寻陶令盟。"注引元·柯九思诗:"蝶化人间梦,鸥寻海上盟。"

清·董以宁《鹧鸪天》(昨夜):"最怜胡蝶惊魂聚,输与庄生晓梦多。"夜间惊醒美梦,初晓又入梦中。

1789. 胡蝶有情牵晚梦

唐·罗隐《下第寄张坤》:"胡蝶有情牵晚梦,杜鹃无赖伴春愁。"诗人"十上不中第",此诗即写下第后失望心态,用李商隐"胡蝶""杜鹃"对仗句,写自己"晚梦"虽安,"春愁"难耐的身世之苦。"胡蝶有情牵晚梦""牵"字极佳,几与"庄生晓梦迷胡蝶"争衡。

下面是"胡蝶""杜鹃"对仗句:

宋·辛弃疾《满江红》:"蝴蝶不传千里梦,子规叫断三更月。听声声,枕上劝人归,归难得。"也是思归妙句。

元·郝经《落花》:"桃李春风胡蝶梦,关山明月杜鹃魂。"写桃李与杜鹃的落花。

清·钱维乔《南柯子》:"有梦迷胡蝶,无情忆杜鹃。"回到故乡反迷惘了,杜鹃劝归令人失望。

1790. 胡蝶梦中家万里

唐·崔涂《春夕旅怀》:"水流花谢两无情,送尽东风过楚城。胡蝶梦中家万里,子规枝上月三更。故园书动经年绝,华发春唯满镜生,自是不归归便得,五湖烟景有谁争?"作者久客他乡,在巴、蜀、湘、鄂、秦、陇等地远离故里,思乡之情愈积愈浓。此诗作于湘鄂,堪称名作。"胡蝶""子规"对仗句,生动感人,传之不绝。梦中回到万里之外的故乡,可如庄周梦蝶一样,稍纵即逝了,惟醒来听听子规催归而已。这梦回故乡,梦醒则思乡更切;子规催归而难归,更加痛楚,惨淡凄凉,尤唤起读者无限的感伤。

宋·汪元量《满江红》:"胡蝶梦中千钟恨,杜鹃声里三更月。"从崔涂对仗句中化出新的对仗,表达怀念故国之情。

用"家万里"意有:

宋·王安石《至开元僧舍上方次韵舍弟二月一日之作》:"万里有家归尚隔,一尘无地去何从!"

宋·苏轼《秀州报本禅院乡僧文长老方丈》:"万里家山一梦中,吴音渐已变儿童。"

又《再和杨公济梅花十绝》:"白发思家万里回,小轩临水为花开。"

又《满庭芳》(公旧序云:"元丰七年四月一日,余将去黄移汝,留别雪堂邻里二三君子,会李仲览自江东来别,遂书以遗之。"):"归去来兮,吾归何处?万里家在岷峨。"

1791. 百岁光阴如梦蝶

元·马致远《双泪夜行船·秋思》:"百岁光阴如梦蝶。"人生如梦,迅速、短暂、空泛、飘浮。

清·吴梅《兰陵王》(南归别京华故人次清真韵):"算百岁如梦,万人如海,摇鞭归去趁快驿,笑多事南北。"用马致远句。

1792. 何须更待黄粱熟

宋·王安石《怀钟山》:"投老归来供奉班,尘埃无复见钟山。何须更待黄粱熟,始觉人间是梦间。"神宗熙宁八年(1075),作者离开钟山再度拜相回京。他怀念钟山,看破人生,觉得不必等待黄粱一梦,人间即如梦间,于一年后再度辞相,居钟山之庐。

"黄粱熟"即"一枕黄粱"故事。唐·沈既济《枕中记》写:卢生自叹困顿,在邯郸店中遇吕翁,交谈中睡去,时主人刚炊黄粱,吕翁授一枕,卢生枕而睡熟,遂娶妻做官,至中书令,封燕国公,八十而逝。一梦醒来,店主黄粱未熟。后用"一枕黄粱"或"黄粱一梦"。喻好事成空或妄想破灭。王安石诗用"黄粱梦"最多,此诗用"黄粱梦"比衬人生梦。

汉·刘向《列仙传》引《云房先生谣》云:"黄粱犹未熟,一梦到华胥。""华胥",神话中的国名,这里代美妙的梦境。此见"黄粱一梦"故事汉代就有了。

王安石《与耿天骘会话》:"邯郸四十余年梦,相对黄粱欲熟时。"

又《示宝觉二首》:"客舍黄粱今始熟,鸟残红稀昔曾分。"

又《万事》:"万事黄粱欲熟时,世间谈笑莫追随。"

又《听泉亭》:"十年客底黄粱梦,一夜水声却唤回。"

宋·贺铸《六州歌头》:"似黄粱梦。辞丹凤,明月共,漾孤蓬。"述少年豪侠,如黄粱一梦,全然成为过去。

元·张可久《柳营曲·山中书事》:"一梦黄粱高枕,千年白雪遗音。""一梦黄粱"此指"悟彻梦"。

元·邓玉宾《正宫·端正好》:"看这名标青史人千古,只是睡足黄粱梦一场。"名标青史人物,也不过黄粱一梦。历史虚无感太强了。

元·庾天锡《雁儿落过得胜令》:"人间,几度黄粱饭。"人生犹如做了几个梦。

元·无名氏《九世同居》第二折:"逐朝青镜容颜瘦,一枕黄粱梦境熟,往事回头尽参透,吾心已休。"

清·蒲松龄《夜发维扬》:"世事于今如塞马,黄粱何必问遭逢。"既然人生富贵利达如黄粱一梦,那就不必计较个人遭遇了。

清·袁枚《三月二日八十自寿》:"一枕黄粱梦大长,凭人唤醒又何妨。"

人民领袖毛泽东《清平乐·蒋桂战争》(1929年秋):"风云突变,军阀重开战。洒向人间都是怨,一枕黄粱再现。"蒋桂军阀战争,妄图称霸中国,不过是一场黄粱美梦而已。

1793. 南柯梦,遽如许

宋·朱敦儒《水龙吟》:"念伊嵩旧隐,巢由故友,南柯梦、遽如许。"中原离乱,已无处隐居,隐居名山旧事,犹如南柯一梦。

"南柯一梦"出自唐人李公佐梦幻小说《南柯太守传》:淳于棼家有一株古槐,槐下有一蚁穴。淳于棼醉酒后,梦入蚁穴,到了"槐安国",娶王女金枝公主,又出任南柯郡太守,在郡二十余年,因公主亡故而罢任还京,被王遣回本里。觉来方知一梦。后用"南柯(枝)一梦"喻富贵荣华如梦,或往事如烟。

"南柯一梦"是"黄粱一梦"的姊妹篇,也是梦幻小说。

清·蒲松龄《水调歌头》(饭李希梅斋中):"梦亦有天管,不许谒槐王。"连做一个飞黄腾达的梦,上天都不允许,现实中还能求什么呢? 用淳于棼梦中谒见槐安国王事,极言生活之难。

1794. 我欲因之梦吴越

唐·李白《梦游天姥吟留别》:"我欲因之梦吴越,一夜飞度镜湖月。"这是写梦游的上乘之作。开始一节写天姥山"云霓明灭",横向九天,"势拔五岳",又与天台山相对;天台欲倒,以致大地向东南倾斜,这是何等的雄伟、宏浑,因此,诗人要梦游天姥山,飞度镜湖。李白没去过天姥山,只凭"越人语"而展开奇想,写出不朽之作。"我欲因之梦吴越",我因为吴越天姥之奇观,而要飞跨镜湖,去梦游此山。

毛泽东《七律·答友人》(1961年):"我欲因之梦寥廓,芙蓉国里尽朝晖。"此诗写对湖南故乡的怀恋与祝愿。"友人"为作者同学,湖南省副省长周世钊。诗中热情洋溢地赞美湖南,"我欲因之梦寥廓"用李白句,愿湖南有更绚丽的前景。"梦寥廓",想象得更广泛,久远。李白有"因之出寥廓,挥手谢公卿"诗。(《闻李太尉大举秦兵百万出征东南儒夫请缨冀申一割之用半道病还留别金陵崔侍御十九韵》):"寥廓"即辽阔。

1795. 铁马冰河入梦来

宋·陆游《十一月四日风雨大作》其二:"僵卧孤村不自哀,尚思为国戍轮台。夜阑卧听风吹雨,铁马冰河入梦来。"绍熙三年(1192)十一月,作者身在家乡山阴,在风雨之夜,不为自己处境孤苦而悲伤,却想到戍守北疆,爱国之情,溢于诗行。"铁马"披甲之战马,"冰河"北疆冬季结冰之河。二者概括了艰苦严寒的战场,战场入梦,梦入战场。

唐·白居易《梦归》:"平生忆念消磨尽,昨夜因何入梦来?"生平之事,似以消磨尽净,昨夜不知为何,进入我的梦里来了。陆游用"入梦来"句式。

今人鲁兮《怀念三位青年新闻战士》(1983年)(赵在青同志):"销烟弥漫鏖战开,铁笔快刀入画来。"取"铁马冰河入梦来"之句式。

1796. 夜阑更秉烛,相对如梦寐

唐·杜甫《羌村三首》:"夜阑更秉烛,相对如梦寐。"至德二年(757),作者被罢左拾遗,经凤翔

回到鄜州羌村家中作此诗。第一首写初到家中,见亲人、邻居悲喜交集的情景。末二句,写一家人夜深秉烛对坐无言,却感到此次重逢如在梦中,喜出望外,又似忧心未平。陆游《老学庵笔记》卷六评:"宜睡而复秉烛,以见久客喜归之意。"

当代学者吴世昌1946年10月15日在《中央日报·文史周刊》第二十二期所发《论名物、训诂、录事之类》一文中评云:晏小山"今宵"联也是千古传诵的名句。可是传诵者也许忘了杜甫的《羌村》:"夜阑更秉烛,相对如梦寐。"这类遗忘是可以原谅的;因为老杜写的是从九死一生里逃难归来的悲惨情景,小晏写的却是在灯红酒绿中重逢情人的旖旎风光。可是我们看小晏的艺术手段,他会从苦酒中提炼出密饧! 与此相仿的句子,如戴叔伦的……、司空曙的……乃至于秦观的……周邦彦的……,这些又何尝不是好句? 但和老杜、小晏比起来,便如宝玉见了秦钟,"比下去了"。现代诗词评论家沈祖棻《宋词赏析》评:"前人诗中写意外重逢真如梦境的诗句不少,如戴叔伦《江乡……》、司空曙《云阳……》,但都不及杜甫《羌村……》。'今宵'两句,情景与杜诗最为接近。但杜作是五古,风格浑朴,而这两句词,写得动荡空灵,仍然各有千秋。"

下面是唐宋人写相逢如梦寐的诗词,当以小晏句为佳。

唐·戴叔伦《江乡故人偶集客舍》:"还作江南会,翻疑梦里逢。"

唐·司空曙《云阳馆与韩绅宿别》:"乍见翻疑梦,相悲各问年。"司空曙与戴叔伦同时,"翻疑梦"与戴叔伦同。

宋·晏几道《鹧鸪天》:"今宵剩把银釭照,犹恐相逢是梦中。"从杜甫句中翻出。

宋·秦观《南歌子》:"相看有如梦初回,只恐又抛人去几时来!"

宋·陈师道《示三子》:"了知不是梦,忽忽心未稳。"非梦之梦,从杜句翻出。

宋·周邦彦《虞美人》:"梦魂连夜绕松溪,此夜相逢、恰似梦中时。"

宋·刘辰翁《永遇乐》:"空相对,残釭无寐,满村社鼓。"只用秉烛相对。

1797. 枕上片时春梦中

唐·岑参《春梦》:"枕上片时春梦中,行尽江

南数千里。"此诗写思忆湘江畔的"美人",白天思念,夜晚片时春梦,为寻"美人"而寻遍数千里江南,梦中寻觅,显示了思怀之切。

用"枕上片时""行尽江南"如:

宋·欧阳修《玉楼春》:"来如春梦几多时,去似朝云无觅处。""几多时"即"片时",言停留之短。

宋·苏轼《次韵蒋颖叔》:"江上秋风无限浪,枕中春梦不多时。"用岑参句意,兼取欧公句。

宋·晏几道《蝶恋花》:"梦入江南烟水路,行尽江南,不与离人遇。"从岑参二句中化出。

宋·范成大《秦楼月》:"灯花结,片时春梦,江南天阔。"缩用二句。清·郑文焯《绝妙好词校录》:"范石湖《忆秦娥》'片时春梦,江南天阔'乃用岑嘉州'枕上片时春梦中,行尽江南数千里'诗意。"

又《盘龙驿》:"遥知秋衾梦,千里一飘忽。""秋衾梦"意如"春枕梦"(枕上片时春梦),遥想家人正梦中思念自己,转换了梦中人。

清·郑文焯《永遇乐》(春夜梦落梅感忆因题):"江驿迢迢,片时枕上,春事如许!"梦驿站梅花零落,感春事变化之快。用其句而不用其意。

1798. 马上续残梦

唐·刘驾《早行》:"马上续残梦,马嘶时复惊。心孤多所虞,僮仆近我行。"写早行,早行梦短,须马上再续。可又被马嘶声惊醒,醒而又睡,睡而复醒,说明早行之早。这一生活细节是行人常有的。

宋·苏轼《除夜大雪留潍州,元日早晴,遂行,中途雪复作》:"除夜雪相留,元日晴相送。东风吹宿酒,瘦马兀残梦。"取刘驾句意,元日冒雪行程,骑着瘦马,摇摇晃晃,颠颠簸簸地续着残梦。

宋·范成大《新岭》:"瘦马兀蓍腾,荒鸡号莽苍。"用苏轼"瘦马"句,说骑瘦马早行,颠簸摇晃、人却"蓍蓍腾腾"。

又《晓行》(官塘驿):"马上谁惊千里梦,石头冈下小车声。"也写马上续梦,被辘辘的小车声惊醒。

1799. 十年一觉扬州梦

唐·杜牧《遣怀》:"落魄江湖载酒行,楚腰纤细掌中轻。十年一觉扬州梦,赢得青楼薄倖名。"杜牧31岁即大和七年(833)春,在宣州牧中,奉沈传师命至扬州,辗转几个幕府之中,十年里没有实

职。由于沉沦下僚,于是放浪形骸,沉缅酒色,十年虽不算短,却如一场春梦,只落得一个"青楼薄倖"。所遣之"怀",是醒悟后的感伤,放浪后的悔恨。他在《出宫人二首》写:"十年一梦归人世,绛缕犹封系臂纱。"这"十年一梦"是指宫人。唐·刘氏妇《明月堂》:"西山一梦何年觉,明月堂前不见人。"从杜句翻出。

宋以下用"十年一梦""扬州一梦"(有的直用原句),表示回首事业渺茫,光阴虚掷或往事如烟。

宋·杨备《独足台》诗:"回头一觉风流梦,犹得朱门傍水开。"《景定健康志》卷二十二诗下自注云:"陈将亡,有一鸟独足上宫城台上,以嘴画地书云:'独足上高台,茂草化为灰。欲知我家处,朱门傍水开。'及国乱,迁洛阳,赐第于洛水傍。"

宋·石延年《寄尹师鲁》:"十年一梦花空委,依旧河山损桃李。"

宋·黄庭坚《鹧鸪天》:"甘酒病,废朝餐,何人得似醉中欢。十年一觉扬州梦,为报时人洗眼看。"

宋·晁端礼《雨中花》:"豆蔻梢头,鸳鸯帐里,扬州一梦初惊。"

又《虞美人》:"玉觥潋滟谁相送,一觉扬州梦。不知何物最多情,惟有南山不改旧时青。"

宋·贺铸《忍泪吟》:"十年一觉扬州梦,雨散云沉,隔水登临,扬子湾西夕照深。"

又《雨中花》:"回首扬州,猖狂十载,依然一梦归来。"

又《忆仙姿》:"半醉倚迷楼,聊送斜阳三弄。豪纵,豪纵,一觉扬州春梦。"

宋·晁补之《玉蝴蝶》:"扬州一梦,中山千日,名利都忘。细数从前,眼中欢事尽成伤。"

又《一丛花》(谢济倅宗室令郏送酒):"王孙眉宇凤凰雏,天与世情疏。扬州座上琼花底,佩锦囊、曾忆美奴。……十年一梦访林居。"

又《虞美人》(广陵留别):"江南载酒平生事,游宦如萍寄。蓬山归路傍银台,还是扬州一梦、却惊回。"

宋·赵鼎臣《念奴娇》:"旧游何处?记金汤形胜,蓬瀛佳丽。渌水芙蓉,元帅与宾僚,风流济济。万柳庭边,雅歌堂上,醉倒春风里。十年一梦,觉来烟水千里。"

宋·蔡伸《虞美人》:"十年如梦尽堪伤,乐事如今,回首做凄凉。"

宋·张元干《贺新郎》(寄李伯纪丞相):"十年一梦扬州路,倚高寒、愁生故国,气生骄虏。要斩楼兰三迟剑,遗恨琵琶旧语。""扬州路"是宋大区名称。宋高宗赵构建炎元年(1127)在南京(今河南商丘)称帝,建南宋王朝,准备迁至扬州。建炎三年,金兵南侵,赵构从扬州出逃。最后定都临安(今杭州)。从建炎元年到绍兴八年(1138)达十年时间,词人说如做了一场梦。

宋·吕渭老《葛山溪》:"归来一梦,整整十年余。人似旧,去无因,牵惹情怀破。"

宋·王千秋《忆秦娥》:"扬州梦觉浑无迹,旧游英俊今南北。"

宋·袁去华《减字木兰花》(梅):"微红嫩白,照水横枝初摘索。一梦扬州,客里相逢无限愁。"

宋·范成大《石湖芍药盛开,向北使归,过维扬时,买根栽此,因记旧事》:"羌笛夜阑吹出塞,当年如此梦扬州。"扬州梦一派凄凉。

宋·沈端节《卜算子》:"却月与凌风,漫说扬州梦。想见雕栏曲沼边,残雪和烟冻。"

宋·张孝祥《踏莎行》(长沙牡丹花极小戏作此词,并以二枝为伯承、敛夫诸兄一筋之荐):"洛下根株,江南栽种,天香国色千金重。花边三阁建康春,风前十里扬州梦。""三阁"即指陈后主所建。

宋·丘崈《满江红》(和梁漕次张韵):"尊酒相逢佳□□,十年一梦长川吸,想上都、风月未盟寒,追良集。"

宋·赵长卿《阮郎归》(咏春):"寻旧梦,续扬州,眉山相对愁。忆曾和泪送行舟,清江古渡头。"

又《蝶恋花》(深秋):"一梦十年劳忆记。社燕宾鸿,来去何容易。"

宋·辛弃疾《鹧鸪天》(和人韵有所赠):"眉黛敛,眼波流,十年薄倖谩扬州。明朝短掉轻衫梦,只在溪南罨画楼。"

宋·程垓《朝中措》:"片花飞后水东流,无计挽春留。香小谁栽杜若,梦回依旧扬州。"

宋·姜夔《月下笛》:"凝伫、曾游处,但系马垂杨,认郎鹦鹉。扬州梦觉,彩云飞过何许。"

又《汉宫春》(次韵稼轩):"扬州十年一梦,俯仰差殊。"

宋·卢祖皋《水龙吟》(赋芍药):"银烛光摇彩翠,画堂深,莫辞沉醉。十年一觉,扬州春梦,离愁似海。"

又《渡江云》(赋荷花):"还暗惊、人间离合,羞对池萍。三年一觉西湖梦,又等闲、金井秋声。"

宋·赵希迈《八声甘州》(竹西怀古):"向隋堤跃马,前时柳色,今度蒿莱。锦缆残香在否,枉被白鸥猜。千古扬州梦,一觉庭槐。"

宋·郑熏初《八六子》:"忆南州,绀波荤绕,垂杨翠扶朱楼。念十载风流梦觉,满身花影人扶,旧曾暗游。"

宋·吴文英《夜合花》(自鹤江入京泊葑门外有感):"十年一梦凄凉,似西湖燕去,吴馆巢荒。"

又《夜游宫》:"人去西楼雁杳,叙别梦、扬州一觉。"

又《思佳客》(癸卯除夜):"自唱新词送岁华,鬓丝添得老生涯。十年旧梦无寻处,几度新春不在家。"

宋·周密《眼儿媚》:"十年一梦扬州路,空有少年心。"

又《声声慢》(送王圣与次韵):"琼壶歌月,白发簪花,十年一梦扬州。"

宋·刘天迪《齐天乐》(严县尹席上和李观我韵):"记罗帕求诗,琵琶遮面。十年扬州,梦回前事楚云远。"

元·石子章《八声甘州·混江龙》:"十年往事,也曾一梦到扬州。"述一个文人耽于声色的行径。

清·孔尚任《西江月》(平山怀阮亭):"风流司李管春风,又觉扬州一梦。"孔尚任曾任扬州治河工程督理三年半。欧阳修在平山堂"手种堂前杨柳",已荡然无存。孔曾付钱给山僧重栽。王士禛在平山堂以文会友,独领风骚。此词句:而今人去堂空,犹如一梦。

又《桃花扇》第二十四出骂筵《皂罗袍》:"急忙回首,青青远峰;逍遥寻路,森森乱松。道人醒了扬州梦。"乐工丁继之从歌舞繁华中清醒了过来。

清·敦诚《寄怀曹雪芹》:"少陵昔赠曹将军,曾曰魏武之子孙。君又无乃将军后,于今环堵蓬蒿屯。扬州旧梦久已觉,且著临邛犊鼻裤。"曹家江宁织造的家道中落,迁回北京,如醒来的扬州之梦。又从北京蒜市口曹家旧居移居到北京西郊香山健锐营一带,过着"满经蓬蒿老不华,举家食粥酒常赊"的困顿生活,就像临邛司马相如着犊鼻裤卖酒涤器,衣食难以自给。

清·朱彝尊《摸鱼子》:"十年镜里樊川雪,空袅茶烟千缕。"以杜牧(樊川)自况,暗用"十年一梦"写同冯寿常别后穷愁潦倒,思念之苦。

又《百字令》(偶忆):"十年一梦,鬓丝今已如雪。"别后十年,恍若一梦,鬓发已丝丝如雪了。

唐·李商隐《闺情》:"红露花房白蜜脾,黄蜂紫蝶两参差。窗前一觉风流梦,却是同袍不得知。"仿杜牧句式。

现代诗人施蛰存《浮生杂咏》六十八:"十年一觉文坛梦,赢得洋场恶少名。"自注:"自1928年至1937年,混迹文场,无所得益。所得者惟鲁迅所赐'洋场恶少'一名,足以遗臭万年。"用杜牧句式述此。

1800. 梦中说梦两重虚

唐·白居易《读禅经》:"须知诸相皆非相,若往无余却有余。言下忘言一时了,梦中说梦两重虚。"《庄子·齐物论》:"方其梦者,不知其梦也。梦之中又占其梦焉。觉而后知其梦也。"讲梦中不知其为梦。《大般若波罗蜜多经》卷五九六:"如人梦中说梦所见种种自性。如是所说梦境自性都无所有,何以故?……梦尚非有,况有梦境自性可说?""梦中说梦两重虚"即归纳此意,梦是一虚,说梦又一虚。后用"梦中说梦"表示难得兑现。

宋·贺铸《梦相亲·木兰花》:"此欢只许梦相亲,每向梦中还说梦。""此欢"只能梦中虚说了,没能兑现。

1801. 旧欢如梦中

唐·温庭筠《更漏子》:"春欲暮,思无穷,旧欢如梦中。"旧欢迷离渺远,已成梦幻。

明·施绍莘《谒金门》:"春欲去,如梦一庭空絮。"暮春的柳絮飘忽,全如梦幻。从温句脱出,别赋新意。

南唐后主李煜《菩萨蛮》:"往事已成空,还如一梦中。"往事已空幻如梦,难能再现了,取温句之喻。

元·刘壎《菩萨蛮》(和詹天游):"红紫闹东风,湖山一梦中。"湖山模糊有如梦境,用"一梦中"。

1802. 别梦依依到谢家

五代·张泌《寄人》:"别梦依依到谢家,小廊回合曲栏斜。多情只有春庭月,犹为离人照落花。""别梦依依"梦中相会,依依难舍。"谢家"是

对女子家、女子所居的代称。元稹"谢公最小偏怜女""谢公"即代指其妻韦氏。清·李良年《词坛纪事》云:张泌早年与邻女浣衣(名)相爱,曾作《江神子》词。后经年不见,却于梦中相会,乃作此诗。

五代·冯延巳《蝶恋花》:"泪眼倚楼频独语,双燕飞来,陌上相逢否?撩乱春愁如柳絮,依依梦里无寻处。""依依"又作"悠悠"。清·谭献《谭评〈词辨〉》卷一云:"行云、百草千花、香车、双燕,必有所托。'依依梦里无寻处'呼应。"清·陈秋帆《阳春集笺》亦认为有所托:"当作于周师南侵,江北失地、民怨丛生、避贤罢相之日。不然,何忧思之深也。"

1803. 归梦初惊似到家

唐·许浑《南海府罢南康阻浅行旅稍登陆而迈主人宴饯至频暮宿东溪》:"离歌不断如留客,归梦初惊似到家。"船行搁浅登陆,受到主人热情款待。夜宿东溪,一场归梦,讶然以为像到了家。

宋·范成大《南徐道中》:"长歌悲似垂垂泪,短梦纷如草草归。"亦写"归梦"。

1804. 神女生涯原是梦

唐·李商隐《无题二首》之二:"神女生涯原是梦,小姑居处本无郎。"写爱情不遂,神女与楚王的会合本是巫山一梦,"小姑所居,独处无郎"(南朝乐府《清溪小姑曲》)。透过表面,看到在党争中作者所处的孤立无援的境地。

清·纳兰性德《江城子》(咏史):"非雾非烟,神女欲来时;若问生涯原是梦,除梦里,没人知。"神女欲来尚未来,这"生涯似梦"就是作者了,他深感人生犹如梦幻,一反"神女生涯",写"神女未来",从而更加孤寂、空虚。"咏史"实际是写往事如梦。

1805. 多少恨,昨夜梦魂中

南唐后主李煜《望江南》:"多少恨,昨夜梦魂中:还似旧时游上苑,车如流水马如龙,花月正春风。"此中"梦魂"多半是回忆,回忆旧时的帝王豪华生活,对照眼前的寄篱岁月,该有"多少恨"。起句是倒置式,不仅入格谐律,而且增加了表现力。

清·张台柱《浪淘沙》(不寐):"昨夜梦魂中,翠袖轻笼,月华低照锦香丛。若使伊家同此梦,也算相逢。"写情恋梦,这"梦魂"是梦,梦中与所恋幽

会的情景。

清·王国维《蝶恋花》:"昨夜梦中多少恨?细马香车,两两行相近。"变原倒装句式为正叙式。

1806.还如一梦中

南唐后主李煜《子夜歌》:"高楼谁与上?长记秋晴望。往事已成空,还如一梦中。"梦归故国,往事成空,囚居生活,使作者黯然伤神。

元·刘燻《菩萨蛮》(和詹天游):"红紫闹东风,湖山一梦中。"用"一梦中"句式。

1807.梦里不知身是客

南唐后主李煜《浪淘沙》:"帘外雨潺潺,春意阑珊。罗衾不耐五更寒。梦里不知身是客,一饷贪欢。"夜雨、春寒,令人难耐。然而在梦里,却回到了往日的欢乐。那怕是短暂的一刹,竟忘掉了自己是囚客。就是说只有在梦里才会忘掉这痛苦的一切。

唐·胡令能《王昭君》:"魂梦不知身在路,夜来犹自到昭阳。"设想昭君出塞,睡梦中仍似在汉宫中,而忘记是在出塞路上。"梦里不知身是客"从此句脱出,又赋新意竟成出蓝之句,为人所熟知。

"梦里不知身是客"前人已用这一句式。

唐·岑参《山房春事》:"庭树不知人去尽,春来还发旧时花。"梁园已是树在人非。

唐·白居易《送苏州李使君赴郡二绝句》:"风月不知人世变,奉君直似奉吴王。"

唐·李玖《四大夫同赋》:"春月不知人事改,闲垂光影照涔宫。"

唐·殷陶《经杜甫宅》:"山月不知人事变,夜来江上与谁期。"

唐·温庭筠《忆江南》:"千万恨,恨极在天涯。山月不知心里事,水风空落眼前花,摇曳碧云斜。"

宋·向子谌《清平乐》(郑长卿资政惠以龙焙绝品,余方酿薌林春色,恨不得持去,戏有此赠):"薌林春色,杯面云腴白。醉里不知天地窄,真是人间欢伯。"

宋·李纲《江城子》(新酒初熟):"麴生风味有谁知,豁心脾,展愁眉。玉颊红潮,不似少年时。醉倒不知天地大,浑忘却、是和非。"

宋·戴复古《到西昌呈宋愿父伯仲黄子鲁诸人》:"醉里不知身是客,故人多处亦吾乡。"近原句。

元·刘因《万寿宫馆舍》:"梦里不知身卧病,春衫归路马如飞。"

1808.西风吹梦来无迹

宋·毛滂《七娘子》(舟中早秋):"离多绿鬓多时白。这离情、不似而今惜。云外长安,斜晖脉脉。西风吹梦来无迹。"秋风入舟,吹得人难以入睡。

宋·李清照《浪淘沙》:"帘外五更风,吹梦无踪。"从毛滂句翻出。

明·汤显祖《牡丹亭》第二十出闹殇《集贤宾》:"甚西风吹梦无踪,人去难逢,须不是神挑鬼弄。"兼用毛、李二人之句。

1809.惊回千里梦,已三更

宋·岳飞《小重山》:"昨夜寒蛩不住鸣,惊回千里梦,已三更。起来独自绕阶行。人悄悄,帘外月胧明。""千里梦",怀念故土。他几次欲实现恢复中原故土,都未能实现,壮志难酬,孤独难耐。因写寒蛩惊回千里梦,已三更了,还独自绕阶行。

清·张琦《南浦》:"惊回残梦,又起来,清夜正三更。花影一枝枝,明满中庭。"用岳飞句,写从梦中醒来,徘徊花下,夜已三更。

1810.万里关河孤枕梦

宋·陆游《枕上作》:"万里关河孤枕梦,五更风雨四山秋。"要收复"万里关河",已成了"孤枕梦"。与岳飞的"惊回千里梦"有异曲同工之妙。

唐·张谓《同王徵君洞庭有怀》:"还家万里梦,为客五更愁。"陆游的"万里梦""五更风"依此翻新。

宋·梅尧臣《梦后寄欧阳永叔》:"五更千里梦,残月一城鸡。"亦写家乡梦。

1811.天涯梦断有书无

宋·陈亮《鹧鸪天》(怀王道甫):"才怕暑,又伤秋,天涯梦断有书不?"从夏到秋,一直怀念老友王道甫,远在天涯,难以梦会,可通书信?宋·周密《一萼红》(登蓬莱阁有感):"回首天涯归梦,几魂飞西浦,泪洒东州。"这是"归梦",而"梦断"则不会"魂飞",是梦不成,梦不到之意。

写"梦断"如:

宋·苏轼《贺新郎》:"帘外谁来推绣户?枉教人梦断瑶台曲。又却是,风敲竹。"竹声惊美梦。

宋·李清照《鹧鸪天》:"酒阑更喜团茶苦,梦断偏宜瑞脑香。""瑞脑香"是否有安眠作用?

宋·张元干《石州慢》(己酉秋,吴兴舟中):"梦断酒醒时,倚危樯清。"

1812. 应是梨花梦好

宋·王沂孙《无闷》(雪意):"应是梨花梦好,未肯放、东风来人世。"天公正做梨花好梦,不肯放飞雪随东风降落人间。

"梨花"喻雪,前人有诗。唐·岑参《白雪歌送武判官归京》:"忽如一夜春风来,千树万树梨花开。"

"梨花梦好",做梨花美梦,就是执著地入迷地喜欢"梨花"。唐·王建《梦看梨花云》:"落落寞寞路不分,梦中唤作梨花云。""梨花云"喻雪。"梨花梦"取意于此。

宋·苏轼《西江月》:"高情已逐晓云空,不与梨花同梦。"不再睡梦。

元·萨都拉《少年游》:"沉水香销,梨云梦暖,深院绣帘垂。"安睡。

清·陈廷焯《蝶恋花》:"蝶雨梨云浑莫据,梦魂长绕南塘路。"一切梦幻都是不现实的,魂梦只有绕着当年相识相会的西洲南塘路。

1813. 罗浮梦休猜作杏花

元·乔吉《折桂令·红梅徐德可索赋类卷》:"罗浮梦休猜作杏花,萼绿仙曾服甚丹砂。""罗浮梦"指红梅。唐·柳宗元《龙城录》载:"隋开皇中,赵师雄迁罗浮。一日,天寒日暮,在醉醒间,憩仆车于松林间酒肆傍舍,见一女人淡妆素服,出迓师雄。时已昏黑,残雪未消,月色微明。师雄喜之,与之语,但觉芳香袭人,语言极清丽。因之与扣酒家门,得数杯相共饮。少顷,有一绿衣童子来,笑歌戏舞,亦可观。师雄醉寐,但觉风寒相袭。久之,东方已白,师雄起视,乃在大梅花树下,上有翠羽啾嘈相顾。月落参横,但惆怅而已。"元·汤式《一枝花·梦游江山为友人赋》:"散诞似李元贞松荫内干禄求名,逍遥似赵师雄梅花下开尊按舞。"即用其事。赵师雄在罗浮山梅花树下梦遇梅仙的传说,堪称佳话,后则把"罗浮梦""罗浮山"代称梅花,也代美人。乔吉曲中说红梅艳如杏花,不是杏花。

元·乔吉《折桂令·赠罗真真》:"罗浮梦里真仙,双锁螺鬟。"以"梅仙"比罗真真,切"罗"字。

元·张可久《上小楼·春思》:"曲未终,酒不空,罗浮仙梦,月黄昏暗香浮动。"用师雄梦、林逋句赞早梅。

又《满庭芳·野梅》:"罗浮旧日春风面,邂逅神仙。"与野梅相遇如师雄邂逅梅仙。

元·汤式《一枝花·嘲素梅》:"大庾岭多年的魑魅,罗浮山旧日的妖精。"切青楼女子素梅的"梅"字,嘲她为梅妖。

1814. 秦淮旧梦人犹在

清·敦敏《芹圃曹君霑别来已一载余矣。偶过明君琳养石轩,隔院闻高谈声,疑是曹君,急就相访,惊喜意外。因呼酒话旧事,感成长句》:"秦淮旧梦人犹在,燕市悲歌酒易醺。"少年时代,在南京共度豪华生活的旧友尚存,在北京相遇,饮酒悲歌,忘情易醉。

"秦淮旧梦"应表明敦敏少年时代曾在南京,所以才成秦淮旧友。敦敏在《赠芹圃》一诗中又写"燕市哭歌悲遇合,秦淮风月忆繁华。""忆繁华"即"秦淮旧梦",如敦敏不属秦淮旧友,就不会一再联及此事。

1815. 悲莫悲兮生别离

屈原《九歌·少司命》:"悲莫悲兮生别离,乐莫乐兮新相知。"最悲苦的是生别离,最快乐的是新结友。

宋·辛弃疾《水调歌头》(壬子三山被召,陈端仁给事饮饯席上作):"悲莫悲生别离,乐莫乐新相识。"用《少司命》句,只舍去两个虚词"兮"字,向陈端仁表达离情。

1816. 别易会难,各尽杯觞

魏·曹植《当来日大难》:"别易会难,各尽杯觞。"此系用乐府曲调写的宴宾诗,置酒劝觞云:"今日同堂,出门异乡。"今天分别很容易,可再相会就很难,所以此次别宴大家各尽杯觞,一醉方休。他在《燕歌行三首》中曾写"别日何易会日难,山川遥远路漫漫。""路漫漫"取自《离骚》之"路漫漫其修远兮",写丈夫远离,"会日难"写别后如"牛女之隔"。"别易会难"是"别日何易会日难"的紧缩。北魏·颜之推《颜氏家训·风操》提到:"别易会难,古人所重。"唐·骆宾王《与博昌父老书》也说:"别易会难,不其然也?"在交通不发达的古代如此,即使在今天也仍然如此。

南朝·宋·孝武帝刘骏《丁都护歌六首》:"洛阳数千里,孟津流无极。辛苦戎马间,别易会难得。"写都护北征,戎马倥偬,离别时很容易,相会就很难得了。"丁都护"原指南朝宋高祖府内直都护,这里代出征的将领。

晋·陆机《燕歌行》:"非君之念思为谁,别是何早会何迟。"

唐·张籍《遇李山人》:"游山游水几千重,二十年中一度逢。别易会难君且往,莫教青竹化为龙。"(一作唐人施肩吾诗)

唐·韩偓《复偶见三绝》:"别易会难长自叹,转身应把泪珠弹。"

唐·唐彦谦《无题十首》:"谁知别易会应难,目断青鸾信渺漫。"

宋·晏珠《破阵子》:"海上蟠桃易熟,人间好月常圆。惟有擘钗分钿侣,离别常多会面难。"

宋·邵雍《代收寄北海幕赵辛道太傅》:"别易会难情不已,登高望远兴何如。"

宋·宋祁《送屯田张员外》:"十载始一遇,别易会故难。"

宋·舒亶《菩萨蛮》(送奉化知县秦奉议):"一回别后一回老,别离易得相逢少。"

宋·陈德武《水龙吟》(次韵寄别叶尹):"宝月才圆又缺,况人生、会难离易。"

1817. 别时容易见时难

南唐后主李煜《浪淘沙》写:"无限江山,别时容易见时难。"深切地表达了他思念故国的感情,由于他毕竟不似阿斗"乐不思蜀",加之组句流畅,易解易记,终成名句。

宋·刘敞《留张十二宿》:"常恨离别久,忽忘会聚难。"用其意。

宋·蔡伸《小重山》:"别时容易见时难,凭孤枕、聊复梦婵娟。"

又《踏莎行》:"别时容易见时难,算来却是无情语。"再用原句。

宋·辛弃疾《绿头鸭》(七夕):"叹飘零,离多会少堪惊。又争如、天人有信,不同浮世凭。"

宋·陶明淑(北宋宫人赠汪水云南还词)《望江南》:"塞北江南千万里,别君容易见君难。何处是长安?"

宋·黎廷瑞《浪淘沙》(惜别):"别易见时难,

万水千山。"

宋·何梦桂《小重山》:"吹断笙箫春梦寒。倚楼思往事,泪偷弹。别时容易见时难。"

元·郑廷玉《楚昭公》第一折:"怎时节吴兵自还,楚城无患,生怕别时容易见时难。"

元明小说话本依托宋人王娇娘词《一剪梅》:"离有悲欢,合有悲欢。别时容易见时难。怕唱阳关,莫唱阳关。"

1818. 相见时难别亦难

唐·李商隐《无题》:"相见时难别亦难,东风无力百花残。"远来相会,实属不易,这是一"难",而别后远离,不易再会,这是一"难"。曹植的"别易会难",是离别之快,说散就散了,李商隐避开"别易",而说这次相逢就不容易。都是人之常情。

宋·贺铸《忆仙姿》:"相见时难别易,何恨玉琴心意。""相见时难"取李商隐,"别易"又转而取曹植意,说难得相见,却又很容易离别了。

元·范居中《金殿喜重重·秋思》:"相别时多,相见时难。"用李商隐句,"相别时多",则又换了角度。

1819. 生人作死别

南朝·宋乐府《杂歌谣辞·时人为檀道济歌》:"生人作死别,荼毒当奈何?"檀道济是南朝·宋代人。《异苑》卷四载:"元嘉中,高平檀道济镇浔阳。十二年入朝与家分别,顾瞻城阙,嘘欷逾深。故人为其歌曰:'生人作死别,荼毒当奈何。'济发时,所养孔雀来啣其衣,驱去复来,如此数焉。以十三年三月八日,伏诛。道济未下少时,有人施罟于柴桑江,收之得大船,孔啮若新,使匠作舴艋,勿加斲斧。工人误截两头,道济以为不祥,杀三巧手,欲以塞督。匠违约加斲,凶兆先搆矣。"时人据檀道济别家的表现,作歌"生人作死别",遇害该怎么样呢,终于被言中了。后用"生人作死别",表示诀别、永别,无缘再见之意。而此句在汉乐府《焦仲卿妻》中已用:"生人作死别,恨恨那可论!"说明民间早流传此语。《陈书·徐陵传》:"况吾生离死别,多历喧寒。""生离死别"意同"生人作死别"。

唐·杜甫《赠别贺兰铦》:"生离与死别,自古鼻酸辛。"用《徐陵传》句。

又《梦李白二首》:"死别已吞声,恨恨那可论!"

唐·戎昱《苦哉行五首》："生人为死别，有去无时还。"

1820. 人情怀旧乡，客鸟思故林

晋·王赞《杂诗》："人情怀旧乡，客鸟思故林。"人怀旧乡，鸟思故林，人鸟比并，鸟强化了人的乡情。

魏·王粲《七哀诗三首》："狐狸驰赴穴，飞鸟翔故林。"两句尽写禽兽，王赞换入"人情"。

南朝·宋·谢灵运《晚出西射堂》："羁雌恋旧侣，迷鸟怀故林。"从王粲二句脱出。

宋·欧阳修《送慧勤归余杭》："人情重怀土，飞鸟思故乡。"用王赞二句。

1821. 愁多人易老

唐·苏颋《小鹧鸪词二首》："人坐青楼晚，莺语百花时。愁多人易老，断肠君不知。"写男人"玉关征戍久"，"空闺人独愁"；"愁多人易老"，而征人尚不知晓。

唐·韦应物《月夜》："清景终若斯，伤多人自老。"

唐·孟郊《哭李观》："志士不得老，多为寒气伤。阮公终日哭，寿命固难长。"为"愁多人易老作了注脚"。

唐·李频《长安即事》："愁人白发自生早，我独少年能几何。"亦为愁多易老之意。

又《黔中罢职将泛江东》："两鬓愁应白，何劳把镜看。"

唐·杜荀鹤《秋宿临江驿》："南来北去二三年，年来年去两鬓斑。举世尽从愁里老，谁人肯向死前闲。"

1822. 人情老易悲

唐·杜甫《暮春江陵送马大卿公恩命追赴阙下》："天意高难问，人情老易悲。"叙送别之情，未来如何，很难知道，人之常情，老而易悲伤。宋·刘克庄《后村诗话》："杜《送马卿》云：'天意高难问，人情老易悲。'《送惠子》云：'皇天无老眼，空谷滞斯人。'唐诗送山人处士，五言多矣，似此二联，刘随州、鲍溶辈，精思不能逮。"人老悲情多，这是常情，一生的酸处，未来的短暂，都可以引发老年人的悲伤。杜甫《陪王使君晦日泛江就黄家亭子二首》："不须吹急管，衰老易悲伤。"也是老而易悲之

意。唐·陈子昂《题居延古城赠乔十二知之》："无为空自老，含叹负生平。""无为"也是老而易悲的缘由之一。

唐·李端《古离别》："人老自多愁，水深难急流。清宵歌一曲，白首对汀洲。"

宋·张元干《贺新郎》（送胡邦衡待制赴新州）："天意以来高难问，况人情老易悲难诉。"用杜甫二句说：皇帝身居高位用心难测，人们又忘掉了亡国恨，即使老易悲伤也无处诉说。

1823. 大抵多情应易老

唐·韩偓《江南送别》："江南行止忽相逢，江馆棠梨叶正红。一笑共嗟成往事，半酣相顾似衰翁。关山月皎清风起，送到人归野渡空。大抵多情应易老，不堪歧路数西东。"写在江南与旧友重逢，倏又话别，看看又是各自西东，离情令人难以承受。"多情易老"，忧愁太甚，容易令人衰老。后用以写离情、愁思太重。

宋·葛长庚《沁园春》："宿酒难醒，多情易老，争奈传杯不放杯。"

又《水龙吟》（采药经）："料暝烟无际，但纷纷、落花如泪。多情易老，青鸾何处，书成难寄。"

宋人依托懒堂女子词《烛影摇红》："尘世多情易老，更那堪、秋风袅袅。晓来羞时，香芷汀洲，枯荷池沼。"

1824. 多病多愁心自知

唐·白居易《叹发落》："多病多愁心自知，行年未老发先衰。随梳落去何须惜，不落终须变作丝。""叹发落"是叹"早衰"。"未老先衰"一语即出于此。如宋·欧阳修《乞致仕第二表》："禀生素弱，顾身未老而先衰。"清·汪琬《与参议施先生书》："琬殷忧感轲，未老先衰。"白诗写"未老先衰"的缘由是"多病多愁"；"多病多愁"（多愁多病）则常用于后来的文学作品中。

唐·韩偓《江楼二首》："风光百计牵人老，争奈多情多病身。"

唐·杜荀鹤《中山临上人院观牡丹寄诸从事》："半雨半风三月内，多愁多病百年中。"

宋·柳永《安公子》："当此好天好景，自觉多愁多病，行役心情厌。"

元·王实甫《西厢记》第四折《雁儿落》："我只道这玉天仙离了九霄，原来是可意种来清醮。小子

699

多愁多病身,怎当他倾国倾城貌。"

宋·苏轼《维摩像,唐杨惠之塑,在天桂寺》:"当其在时或问法,俯首无言心自知。"用"心自知"。

1825. 百草无情春自绿

唐·韦应物《金谷园歌》:"褐端一发埋长恨,百草无情春自绿。"晋·石崇建豪华的金谷园,石崇为赵王伦所杀,而今只有百草不知当年惨祸,每到春天碧绿满园。

唐·温庭筠《经西坞偶题》:"摇摇弱柳黄鹂啼,芳草无情人自迷。"用韦应物句。

清·康熙皇帝玄烨《郊外即事》:"蜂蝶花间舞,有情人不知。"写草木虫鱼有情,而人不知道,不懂得。

1826. 歌唇乍启尘飞处,翠叶轻轻舞

宋·无名氏《虞美人》词:"歌唇乍启尘飞处,翠叶轻轻舞。似呈舞态逞娇容,嫩条纤丽玉玲珑,怯秋风。虞娘珠翠兵戈里,莫认埋魂地。只因遗恨寄芳丛,露和清泪湿轻红,古今同。"上阕写虞美人草闻歌舞叶,下阕写虞姬遗恨寄托在虞美人草上。宋·辛弃疾《虞美人》(赋虞美人草)词:"当年得意如芳草,日日春风好。拔山力尽忽悲歌,饮罢虞兮从此、奈君何。人间不识唯诚苦,贪看青青舞,蓦然敛衽却亭亭,惟是曲中犹带、楚歌声。"上阕写虞姬春风得意,终在四面楚歌中一命身亡。下阕写虞美人草"青青舞",蓦然停舞如人敛衽,唯使之起舞的《虞美人》曲,犹含当年楚歌之流韵。以上二词有两个共同点:一说《虞美人》词与虞姬有联系,相传《虞美人》是项羽被围垓下时,虞姬所唱的歌,其实是唐代教坊曲,宋代作为词牌。一说"虞美人草"虞姬死后魂化而成,因而听到《虞美人》曲,便"翠叶轻轻舞",人们"贪看青青舞",就是草也有情了。

青草闻歌而舞,应出自宋代沈括的《梦溪笔谈》。其卷五记载:"高邮人桑景舒性知音,听百物之声,悉能占其灾福,尤善乐律。旧传有'虞美人草',闻人作《虞美人曲》则枝叶皆动,他曲不然。景舒试之,诚如所传,乃详其曲声曰:'皆吴音也'。他日,取琴试用吴音制一曲,对草鼓之,枝叶亦动,乃谓之《虞美人操》。其声调与《虞美人曲》全不相近,始末无一声相似者,而草辄应之,与《虞美人曲》无异者,律法同管也。其知音臻妙如此。景舒

进士及第,终于州县官。今《虞美人操》盛行于江湖间,人亦不知其如何为吴音。"

描绘"虞美人草"动叶如舞的不止《梦溪笔谈》,更早的是唐人段成式的《酉阳杂俎》,其前集卷之十九《草篇》写"虞美人草":"舞草出雅州(今四川雅安),独茎三叶,叶如决明(决明子),一叶在茎端,两叶居茎之半,相对。人或近之,则款(倾斜),及抵掌讴曲,必动叶如舞也。"据《益州草林记》载:雅州名山县(今四川雅安名山县)出虞美人草,如鸡冠花,叶两两相对,为唱《虞美人曲》,应拍而舞,它曲则否。又贾黄中《贾氏谈录》载:褒斜山谷(今陕西省西南沿褒水、斜水所形成的河谷,全长70公里)中有"虞美人草"状如鸡冠,大叶,相对。或唱《虞美人》,则两叶如人拊掌之状,颇中拍节。上述记载,大同而小异,唯《酉阳杂俎》未提《虞美人曲》。宋·王灼《碧鸡漫志》卷四引《东斋记事》云:"虞美人草,唱他曲(即非《虞美人曲》)亦动,传者过矣。"说桑景舒所说只闻《虞美人曲》而舞有附会成分。但是,沈括是宋代著名科学家,不会攫取无稽之谈而姑妄言之。除了"虞美人草"外,还有其它记述。《齐谐记》载:汉代京兆姓田的一家,兄弟三人分家,同时要把院内一棵紫荆树也截作三段分掉。可是出人意料地一夜之间紫荆树枯萎了。兄弟三人全为之感动,决定永不分家,于是奇迹又发生了,紫荆树又枯而复荣。过去一直把这个故事看做和穆团结的美好传说。当代的《绝世奇闻》(农村读物出版社出版)载文说:"在西双版纳的原始森林里,到处长着一种会跳舞的'风流草'。它貌不惊人,其形状像落花生的植株,可是你只要对它唱起优美动听的歌曲,它就会随着你的歌声,摇摆跳动,翩翩起舞,那生在主叶颈上对称的两片嫩叶,也随着歌声一张一合,频率与歌声的强弱高低互相一致。有趣的是,如果你用嘴对着它用力吹气,或者用扇子向它猛扇,它也无非是整枝摇动。……当地傣族姑娘称它'风流草'。风流草之所以能闻歌起舞,是因为适当频率的歌声使它的声音细胞产生了程度不同的舒张与收缩,因而引起了枝叶的舞动。"此例再次说明花木有情感,有"心理活动"。

植物的情感,被现代科学实验所证明。美国中央情报局审讯专家克莱弗·巴斯特做过这样一个实验:在一株天南星旁放一测试仪,然后声言烧焦这株天南星,并划着火柴。在这一瞬间,测试仪立

刻显示惊恐曲线。加里福尼亚州国际商业公司化学博士麦克·弗格特开始是怀疑,当他亲手重复这种实验之后,于是确信了植物存在可测的心理活动。苏联心理学家维克多·什普金,将两只电脑分别连接在试验者手和植物叶子上,然后对实验者先后讲述愉快和悲伤的事。电脑上表明,植物与人产生反应:当人愉快时,植物也竖起叶子、舞动花瓣;人悲伤时,植物也沮丧地垂下叶子,花瓣也明显萎弱了。(以上资料取自《花卉报》单健民《花木无声也有情》文),因此可以知道宋词中的"翠叶轻轻舞""贪看青青舞"是写实的,是叙述"虞美人""虞美人草"和"虞美人曲"的传奇的。

诗人毕竟是诗人,不同于科学家。诗人依照普通的眼光,去看待事物。唐人韦应物《金谷园歌》的"祸端一发埋恨长,百草无情春自绿",到宋人欧阳修《瑞鹧鸪》的"陇禽有恨犹能说,江月无情也解圆",说"有情",不过是移情手法,说"无情",也不过是抒发一种怨愤而已。

明·冯梦龙《警世通言·王娇鸾百年长恨》:"秋月春花亦有情,也知身价重千金。"这是以"秋月春花"自比。

1827. 世间只有情难说

唐·顾况《送李侍御往吴兴》:"世间只有情难说,今夜应无不醉人。"写临别前的感情而难于表达。

明·汤显祖《牡丹亭》第一出《蝶恋花》:"白日消磨断肠句,世间只有情难诉。"用顾况句。

1828. 幽闺情脉脉

南朝·梁·简文帝萧纲《代乐府三首》(楚妃叹):"幽闺情脉脉,漏长宵寂寂。"写楚宫嫔妃孤寂之苦。"脉脉",目光凝视的样子,如《古诗十九首》:"盈盈一水间,脉脉不得语。"后用于"情思不断"或"含情欲吐""幽闺情脉脉"就是情思脉动不断。

宋·蔡伸《鹧鸪天》:"脉脉柔情不自持,浅颦轻笑百般宜。"

宋·赵长卿《蝶恋花》(全和任路分荷花):"雨浥红妆娇娜娜,脉脉含情,欲向风前破。"

1829. 脉脉春情绪

宋·柳永《西平乐》:"尽日凭高目,脉脉春情绪。嘉景清明渐近,时节轻寒乍暖,天气才晴又雨。""春情绪",思春、盼春的心情。

宋·李新《摊破浣溪沙》:"陶令无聊惟喜醉,茂陵多病不胜愁。脉脉春情长不断,水东流。"用柳永句。

1830. 无言脉脉情何限

宋·王宷《蝶恋花》:"爱把绿眉都不展,无言脉脉情何限。"有无限深情。

宋·王千秋《蓦山溪》(海棠):"黄昏时候,凝伫怯春寒,笼翠袖,减丰肌,脉脉情何限。"用王宷句。

宋·吴潜《昭君怨》:"脉脉此情何限,惆怅光阴偷换,身世两沉浮,泪空流。"

1831. 脉脉此情谁会

宋·秦观《满庭芳》(赏梅):"脉脉此情谁会。和羹事、且付香醪。"在扬州参与赏梅、饮酒、作词活动。一种喜兴情绪流露出来,圈外人是难于领会的。"脉脉",含情涌动几欲吐露。宋·赵长卿《蝶恋花》(和任路分荷花):"雨浥红妆娇娜娜,脉脉含情,欲向风前破。"就写荷花含情欲吐。最早用"情脉脉"的是梁简文帝。五代冯延巳《归国谣》亦有:"何处留,深夜梦回情脉脉,竹风檐雨寒窗隔。"

用秦观句的如:

宋·朱敦儒《念奴娇》:"除却清风并皓月,脉脉此情谁识。"换一"识"字。

宋·贺铸《人南渡》(感皇恩):"整鬟颦黛,脉脉两情难语。""两情"多指男女之间的爱情。宋·朱雍《笛家弄》(用耆卿韵):"与东君,叙睽远,脉脉两情有旧。"宋·刘澜《庆宫春》:"喜溢双蛾迎风笑,两情依旧脉脉。"用朱雍句。宋·陈德武《玉蝴蝶》(七夕):"黯魂销,两情脉脉,一水迢迢。"均用"两情"句。

宋·王千秋《蓦山溪》(海棠):"黄昏时候,凝伫怯春寒,笼翠袖,减丰肌,脉脉情何限。"

宋·辛弃疾《摸鱼儿》:"千金纵买相如赋,脉脉此情谁诉。"

宋·赵师侠《谒金门》(常山道中):"问宿荒村山驿,谁识离情脉脉。"变句式用秦观句。

宋·程公许《念奴娇》(中秋玩月,忆山谷"共倒金荷家万里,难得尊前相属"之句,怅然有怀,借韵作一首):"万里亲知应健否,脉脉此情谁属。"

宋·吴潜《昭君怨》:"脉脉此情何限,惆怅光阴愉换。"用王千秋句意。

宋·张炎《疏影》(题宾月图):"相逢懒问盈亏事,但脉脉、此情无极""无极"义同"何限"。

1832. 情脉脉,恨依依

宋·叶梦得《鹧鸪天》(续采莲曲):"情脉脉,恨依依,沙边空见棹船归。"两个三字句对用,这种格式比较多。

宋初人钱俶《句》独用"情脉脉"作句:"金凤欲飞遭掣搦,情脉脉,看即玉楼云雨隔。"也是首用"情脉脉",表达情感丝丝缕缕地阵阵涌动的状态。独用的如:

宋·赵孟坚《花心动》:"立幌玉人睡起,情脉脉,无言暗敛双眉。"这是情感涌动着的潜流。

宋·方千里《霜叶飞》:"恨脉脉,离情怨晓。""恨",是"离情"所致。

宋·程垓《忆秦娥》:"情脉脉,半黄橙子和香檗。"

如"情脉脉,恨依依"这种对偶用法则比较常见。

宋·柳永《鹧鸪天》:"情脉脉,意忡忡,碧云扫去认无踪。"首作对偶用。

宋·曾觌《诉衷情》(赵德大还延平,因语旧游,作此以赠之):"情脉脉,恨悠悠,几时休。大都人世会少离多,总是闲愁。"

宋·张孝祥《鹧鸪天》:"情脉脉,泪珊珊,梅花音信隔关山。"

宋·吕胜己《江城子》:"只恐又成轻别也,情脉脉,恨凄凄。"

宋·张震《蓦山溪》:"杨花扑面,香糁一帘风。情脉脉,酒厌厌,回首斜阳暮。"

宋·赵师侠《鹧鸪天》:"情脉脉,思沉沉,卷帘愁与暮云平。"

宋·陈德武《鹧鸪天》(咏菊):"情脉脉,思纷纷,绕窗吟咏理余薰。"

宋·刘将孙《江城子》(和子昂题水仙花卷):"误杀洛滨狂子建,情脉脉,恨依依。"

宋·无名氏《更漏子》:"情脉脉,泪垂垂,此情知为谁。"

1833. 对面不言情脉脉

宋·晏殊《渔家傲》(一作欧阳修词):"对面不

言情脉脉,烟水隔,无人说似长相忆。"用冯延巳"深夜梦回情脉脉"句式。"脉脉"在句前与"脉脉"在句末同归此类。

宋·柳永《西平乐》:"尽日凭高目,脉脉春情绪。"

宋·蔡伸《鹧鸪天》:"脉脉柔情不自持,浅罃轻笑百般宜。"

宋·何作善《浣溪沙》:"黛浅波娇情脉脉,云轻柳弱意真真。"

宋·韩淲《浣溪沙》(题美人画卷):"燕子莺儿情脉脉,柳梢桃叶恨匆匆,罗襟空蕙御香浓。"

宋·陈允平《虞美人》:"离情脉脉如飞絮,此恨凭谁语。"

宋·谭宣子《春声碎》:"津馆贮轻塞,脉脉离情如水。"

1834. 杨柳织别愁

唐·孟郊《古离别》:"杨柳织别愁,千条万条丝。"此诗又题《对景惜别》。面对一派春色,面对密密柳丝,想到折柳赠别古已有之,于是那条条柳丝,轻轻摇曳,有如在编织愁绪,这愁网太密了,太深了。后来就有了"愁如织"之喻。

宋·柳永《轮台子》:"正老松枯柏情如织,闻野猿啼,愁听得?"

宋·张元干《柳梢青》:"清山浮碧,细风丝雨,新愁如织。"

宋·洪适《好事近》(别傅文):"无计曲留情话,只别愁如织。"

宋·赵彦端《谒金门》:"醉客倦吟无力,滞梦停愁相织。"

宋·王千秋《忆秦娥》:"挑灯试问今何夕,柔肠底事愁如织。"

宋·袁去华《满江红》(滕王阁):"愁似织,人谁省,情纵在,欢难更。"

宋·范成大《念奴娇》:"赢得长亭车马路,千古羁愁如织。"

宋·张孝祥《满江红》:"但长洲,茂苑草萋萋,愁如织。"

宋·丘崈《念奴娇》:"送客难为,独留无计,此意谁知得。相看无语,可怜心绪如织。"

宋·吕胜己《谒金门》:"醉里伤春愁似织,东风欺酒力。"

宋·赵长卿《念奴娇》(客豫章秋雨怀归):"江

城向晓,被西风揉碎,一天丝雨。乱织离愁千万缕,多少关心情绪。"

又《水调歌头》(元日客宁都):"离愁晚如织,托酒与消磨。"

又《念奴娇》(席上即事):"玳席歌余,兰堂香散,此际愁如织。"

宋·赵师侠《生查子》:"芳草织新愁,怅望人何处。"

宋·刘褒《满庭芳》(留别):"愁如织,断肠啼鸩,饶舌诉东风。"

宋·卢炳《谒金门》(送客):"别恨紫心愁易入,寸肠如网织。"

又《谒金门》:"楼上卷帘双燕入,断魂愁似织。"

宋·姜夔《霓裳中序第一》:"幽寂,乱蛩吟壁,动庾信、清愁如织。"

宋·韩淲《菩萨蛮》(花溪碧):"丝丝柳色清愁织,山城望断花溪碧。"

宋·高观国《柳梢青》(柳):"斜带鸦啼,乱萦莺梦,愁丝如织。"

宋·刘克庄《水龙吟》(九日):"湛湛长空里,更那堪、斜风细雨,乱愁如织。"

宋·张榘《摸鱼儿》:"东风十里离亭恨,杨柳丝丝如织。"

宋·吴潜《忆秦娥》:"曾横笛、一声肠断,一番愁织。"

又《虞美人》:"绿杨也解织人愁,故向东风摇曳、不能休。"

宋·施岳《曲游春》(清明湖上):"画舸西泠路,占柳阴花影,芳意如织。"写芳意极浓。

宋·赵必琢《摸鱼子》:"愁似织,听鸣叶寒蝉,话到情无极。"

宋·陈纪《倦寻芳》:"簌簌落红春似梦,萋萋柔绿愁如织。"

宋·仇远《琐窗寒》:"小袖啼红,残茸唾碧,深愁如织。"

宋·黄霁宇《水龙吟》(青丝木香):"半点芳心,乱愁如织,缕丝传意。"

宋·无名氏《忆秦娥》(忆别):"暮云碧,佳人不见愁如织。"

宋·无名氏《雨中花慢》:"往事悠悠如梦,新愁冉冉如织。"

1835. 旧愁新恨知多少

五代·冯延巳《采桑子》:"旧愁新恨知多少,目断遥天。"旧愁未尽,新恨又来,新恨旧愁相织,不知有多少了。"旧愁新恨"从"今愁古恨"源出。唐·白居易《题灵岩寺》:"今愁古恨入丝竹,一曲凉州无限情。"而唐·韩偓《三月》:"新仇旧恨真无奈,须就邻家瓮底眠。""新仇旧恨"意不在"忧愁",而在"仇恨",其生命力高于"新愁旧恨"。

宋·柳永《卜算子》:"对晚景伤怀念远,新愁旧恨相继。"此句直承冯延巳句。

又《内家娇》:"处处踏青斗草,人人睇红偎翠。奈少年、自有新愁旧恨,消遣无计。"

宋·苏轼《四时》:"新愁旧恨眉生绿,粉污余香在蕲竹。"

又《徐君猷挽词》:"山城散尽尊前客,旧恨新愁只自知。"

宋·辛弃疾《锦帐春》(席上和杜叔高):"春色难留,酒杯常浅,更旧恨新愁相间。"

又《霜天晓角》(旅兴):"吴头楚尾,一棹人千里。休说旧愁新恨,长亭树,今如此!"

元·王实甫《西厢记》第四本第四折《鸳鸯煞》:"斜月残灯,半明不灭。畅道是旧恨连绵,新愁郁结。"

《群音类选·清腔类·香罗带》:"新愁旧恨都莫说,怎捱过今夜这时节也!"

1836. 谁知一寸心,乃有万斛愁

北朝·周·庾信《愁赋》:"谁知一寸心,乃有万斛愁。""斛"古代容器,原十斗为一斛,南宋末年改为五斗一斛。"万斛愁"言愁之多,同"一寸心"形成鲜明对照,小小的一颗心,竟容下那么多愁。

宋·苏轼《次韵宋肇惠澄心纸二首》:"知君也厌雕肝肾,分我江南数斛愁。"李后主制澄心亮纸,踰于蜀笺。"数斛愁"代澄心纸。

宋·辛弃疾《念奴娇》(登建康赏心亭呈史致道留守):"我来吊古,上危楼,赢得闲愁千斛。"

1837. 花落水流红,闲愁万种

元·王实甫《西厢记》第一本楔子《幺篇》:"花落水流江,闲愁万种,无语怨东风。""闲愁万种",言愁绪繁多,原作"离愁万种",写离别之痛苦。

宋·柳永《卜算子》:"纵写得、离肠万种,奈归

云谁寄?"

又《倾杯》:"何人月下临风处,起一声羌笛?离愁万绪,闻岸草切切蛩吟如织。"

宋·宋江《念奴娇》(《词品拾遗》引《瓮天脞语》):"义胆包天,忠肝盖地,四海无人识。闲愁万种,醉乡一夜头白。"

宋·陈睦《清平乐》:"从前万种愁烦,枕边未可明言。"

宋·赵长卿《满庭芳》(七夕):"和我愁肠万缕,嫦娥怨、底事来迟。"

宋·辛弃疾《丑奴儿》:"新词谁解裁冰雪,笔墨生寒;笔墨生寒,会说离愁千万般。"

宋·杨无咎《玉抱肚》:"有愁万种,恨来说破。"

宋·张淑芳《满路花》(冬):"孤灯独照,字字吟成血,仅梅花知苦、香来接。离愁万种,提起心头切。"

宋·蒋捷《洞仙歌》(对雨思友):"此时一线,千种离愁,西风外,长伴枯荷衰柳。"

宋·张炎《台城路》(迁居):"鬓发萧疏,襟怀淡薄,空赋天涯羁旅。离情万缕。"

宋·无名氏《杜韦娘》:"惹离恨万种,多情易感,欢难聚少愁成阵。"

金·董解元《西厢记》(文如锦):"闲愁万斛,离情千种。"王实甫据此改作。

元明小说话本依托宋人赵旭《浪淘沙》:"一个思乡寒夜客,万种离愁。"

1838. 江月无情也解圆

宋·欧阳修《瑞鹧鸪》:"陇禽有恨犹能说,江月无情也解圆。更被春风送惆怅,落花飞絮两翩翩。"这是词的下阕。《全宋词》注云:"此词本李商隐诗,公尝笔于扇云,可入此腔歌之。"李商隐《月》诗有句"初生欲缺虚惆怅,未必圆时即有情"。"无情也解圆"正从李商隐句翻出,李、欧二句都说月"圆也无情""无情也圆"。当然"有情""无情"皆以人的感受出发,而不在月及其他事物,因为凡事都是"无情"的。有趣的是,对"有情""无情"诗人们如同争辩,其实是出于不同的感受。如:

唐·白居易《客中月》:"晓随残月行,夕与新月宿。谁谓月无情,千里远相逐。"

宋·苏轼《渔家傲》(七夕):"明月多情来照户,但揽取、清光长送人归去。"

宋·米友仁《临江仙》:"昨夜晴霄千里月,向人无限多情。娟娟今夜满虚庭,一帆随浪去,归照画船轻。"

宋·王之道《宴桃源》(乌江路中):"残月却多情,来照先生归辙。"

宋·辛弃疾《满江红》(送汤朝美自便归):"笑江头、明月更多情,今宵缺。"

又《西河》(送钱仲耕自江西漕赴婺州):"无情却解送行人,月明千里。"

1839. 春风复多情,吹我罗裳开

晋乐府《子夜四时歌·春歌》:"春林花多媚,春鸟意多哀。春风复多情,吹我罗裳开。"写春花、春鸟、春风,烘托女子独宿孤眠的心境。句句拟人化,春风尤佳:春风吹来,掀动我的罗裳,比人还多情。写风之有情、无情,同写月一样,完全出于诗人此时此刻的主观情绪与感受。

南朝·梁·简文帝萧纲《戏作谢惠连体十三韵》:"春风复多情,拂幔且开楹。开楹开碧烟,拂幔拂垂莲。"用晋乐府原句,写春风拂幔开楹。

唐·李白《大堤曲》:"春风复无情,吹我梦魂散。"用其反义。

又《劳劳亭》:"春风知别苦,不遣柳条青。"不直写"春风有情",而写它也怕赠别之苦。

唐·韩愈《风折花枝》:"春风也是多情思,故拣繁枝折赠君。"

唐·白居易《叹春风兼赠李二十侍郎二绝》其一:"唯有髭须依旧白,春风于我独无情。"

其二:"不把一杯来劝我,无情亦得似春风。"

唐·齐己《春风曲》:"春风有何情?旦暮来林园;不问桃李主,吹落红无言。"

宋·苏轼《和陶饮酒二十首》:"清风亦何意,入我芝兰怀。"

"移情",是重要的文学手法,又是修辞中常用的拟人手段。移情于物,赋物以情,是为了借物抒情。这是出于人对自然物的密切接触和深刻体验。上边各句都移情于春风,然而移情当然不限于风,还如:

唐·陈羽《吴中览古》:"春色似怜歌舞地,年年先发舘娃宫。"

唐·杜牧《赠别》:"蜡烛有心还惜别,替人垂泪到天明。"

五代·张泌《寄人》:"多情只有春庭月,犹为

离人照落花。"

清·张维屏《黄鹤楼》:"惟有多情是春草,年年新绿满芳洲。"

1840. 清风不识字,何必乱翻书

清翰林院庶吉士徐骏将"陛下"写成"狴下",被革职,查抄其诗集中"清风不识字,何必(一作"得")乱翻书"句,立被"正法"。文字狱古已有之,清代为烈。一阵风吹乱书面是生活中司空见惯的事,唐人曹邺《老圆堂》诗就写过:"昨日春风欺不在,就床吹落读残书。"徐骏这两句即使别有双关,也当不致丢头之罪。此句也因人丢了头而得名。

"清风不识字,何必乱翻书",直源于唐·李白《春思》:"春风不相识,何事入罗帏?"写少女独宿时的感受。这类"春风"句,不用"情"字,只直写其"行为",南朝·梁·沈约《登高望春》写:"日出照钿黛,风过动罗纨。"叙其自然而未用拟人法。

南朝·梁·萧子范《罗敷行》:"春风若有顾,惟愿落花迟。""有顾"也是人的美好愿望。

唐·王维《戏题盘石》:"可怜盘石临泉水,复有垂杨拂酒杯。若道春风不解意,何因吹送落花来。"也写人的主观感受。五代·徐铉《寒食日作》:"东风不好事,吹落满庭花。"用王维句。

唐·薛维翰《春女怨》:"儿家门户重重闭,春色因何入得来。""春色"因闭门难入,也近乎人了。

宋·黄昇《卖花声》(己亥三月一日):"垂柳绿阴中,粉絮濛濛。多情多病转疏慵,不是东风孤负我,我负东风。"东风已送春来,疏慵不赏,负了东风。

宋乐府《读曲歌田八十九首》:"春风不知著,好来动罗裙。"从晋乐府《春歌》中化出。

清·薛时雨《木兰花慢》:"问春风何处,可经过、几重山?惯偷揭珠帘,轻将离绪,逗入眉弯。"写春风连续性"行为"添人离绪,眉梢都愁皱了。

清初隐士吕留良:"清风虽细难吹我,明月何尝不照人。"表现他生前拒清怀明思想,后来其子被雍正杀了。

1841. 惟有东风不世情

唐·罗邺《赏春》:"年年检点人间事,惟有东风不世情。""世情"指尔虞我诈,勾心斗角,倚强凌弱,老于事故。此诗借赞东风表现了诗人对世事的

极度不平。

宋·黄庭坚《和师厚郊居示里中诸君》:"篱边黄菊关心事,窗外青山不世情。"用罗邺句。

清·蒲松龄《三月三日呈孙树万时得大计邸抄》:"但余白发无公道,只恐东风亦世情。"反用罗邺句,表愤世疾俗之情。

1842. 杨花犹有东风管

宋·苏轼《蝶恋花》:"云鬓鬅松眉黛浅,总是愁媒、欲诉谁消遣。未信此情难系绊,杨花犹有东风管。"意欲约束寂寞春愁是可以做到的,因为连杨花都可以受东风管束。杨花随风飘,即受管束之意。

宋·王禹偁《清明感诗三首》:"多谢东风相管顾,解将花片入书窗。"花片飞入书窗,应感谢东风的"管顾"。苏轼句取源于此。

清·赵翼《野步》:"最是秋风管闲事,红他枫叶白人头。"

清·曹雪芹《唐多令》(《红楼梦》林黛玉:《柳絮》):"嫁与东风春不管,凭尔去,忍淹留。"以絮喻人,将命运托付给东风,可春天却不管它的命运。

1843. 多情只有春庭月

五代·张泌《寄人》:"别梦依依到谢家,小廊回合曲廊斜。多情只有春庭月,犹为离人照落花。"写怀念远人,人在何方,悠悠难见,只有庭月多情,还照着满地落花。反衬孤独寂寞。

宋·陈德武《浣溪沙》(春思):"月似有情中夜入,荷花无语向人开。"月似有情,荷花无语,都是喜人的。

清·曹雪芹《红楼梦》第一回贾雨村《中秋对月有怀口占一律》:"蟾光如有意,先上玉人楼。""有意"即有情。希望月光也能引起玉人思念,流露出贾雨村的卑污的心灵。

1844. 无情最恨东流水

唐·唐彦谦《秋日感怀》:"无情最恨东流水,暗逐芳年去不回。"最恨那无情的东流水,它悄悄地把青春年华带了去。唐彦谦又在《寄友三首》中用了同样的句式:"无情最恨东来雁,底事音书不肯传。"恨雁无情,实则是怪友人无书信的曲折说法。

流水有情无情,源出李白的诗,他的《送殷淑

三首》写:"流水无情去,征帆逐吹开。"又《学古思边》写:"流水若有情,幽哀从此分。""若"表设想。而唐彦谦"无情最恨"句的句型在唐·韦庄《浣花集》(台城)诗中也产生了名句:"江雨霏霏江草齐,六朝如梦鸟空啼。无情最是台城柳,依旧烟笼十里堤。"台城柳烟笼十里长堤,对六朝兴废无动于衷,依然茂密,显然是"无情"了。句型用唐彦谦的"无情"句,只把"最恨"改作"最是",因为六朝早已"如梦",堤柳"无情"有什么可"恨"的呢!

唐·白居易《宿荥阳》:"独有溱洧水,无情依旧绿。"

唐·杜牧《金谷园》:"繁华事散逐香尘,流水无情草自春。"

唐·长孙翱《宫词》:"谁言水是无情物,也到宫前咽不流。"

宋·苏轼《刁同年草堂》:"青山有约长当户,流水无情自入池。"

又《南歌子》(寓意):"卯酒醒还困,仙材梦不成。蓝桥何处觅云英,只有多情流水、伴人行。"

宋·晁端礼《河满子》:"唯有无情东去水,来时曾傍兰桡。"

宋·李祁《南歌子》:"可怜无处问湘灵,只有无情流水、绕孤城。"

宋·谢明远《菩萨蛮》:"流水自无情,回波聚落英。"

宋·辛弃疾《菩萨蛮》(送祐之弟归浮梁):"无情最是江头柳,长条折尽还依旧。"用唐彦谦句,写"江柳无情"以托人之情深。

1845. 落花如有意

唐·储光羲《江南曲四首》:"落花如有意,来去逐船流。"水中的落花,追随着船儿来来去去,全不舍弃,像是对船中人有意。是人的感受。

唐·韩偓《大酺乐》:"晚日催弦管,春风入绮罗。杏花如有意,偏落舞衫多。"出于储光羲句,而轻俏动人则"胜于兰"。宋贺铸用此句:《鸳鸯梦》(临江仙):"斜阳如有意,偏傍小窗明。"

唐·温庭筠《李羽处士故里》:"花若有情还怅望,水应无事莫潺湲。"

又《经西坞偶题》:"摇摇弱柳黄鹂啼,芳草无情人自迷。"

明·冯梦龙《警世通言·赵太祖千里送京娘》:"落花有意随流水,流水无情恋落花。"

1846. 水流花谢两无情

唐·崔涂《春夕》:"水流花谢两无情,送尽东风过楚城。胡蝶梦中家万里,子规枝上月三更。"这是在崔涂一首著名七律的首颔二联。题目又见《旅怀》,写他在春末一个夜晚经过"楚城"时的心境,年华易老,思乡情重。"水流花谢两无情。"水流去,花谢去,两两都如此无情,春光又尽了,正经过"楚城"。

唐·白居易《狐泉店前作》:"野狐泉上柳花飞,逐水东流便不归。花水悠悠两无意,因飞吹落两依依。"崔涂句应从此诗中变化而来。

宋·邵雍《首尾吟》:"有意落花犹去住,无情流水任东西。""落花有意,流水无情"成语源出于此。

宋·张继光《江神子》:"落花流水两关情,恨无凭,梦难成。倚遍栏干,依旧楚风情。"

以下用"水流花谢"句:

五代·孙光宪《风流子》:"朱户掩,绣帘垂,曲院水流花谢,欢罢归。"

宋·柳永《离别难》:"花谢水流倏忽,嗟年少光阴。"

宋·晏几道《清平乐》:"莫愁家住溪边,采莲心事年年。谁管水流花谢,月明昨夜兰船。"

宋·周密《忆旧游》(次韵篔房有怀东园):"事逐年华换,叹水流花谢,燕去楼空。"

唐·温庭筠《宿城南亡友别墅》:"水流花落叹浮生,又伴游人宿杜成。"换一"落"字。

"水流花谢(落)"表时光已过、年华已长,有的还表示万事皆空。

1847. 唯有多情枝上雪

唐·严休复《唐昌观玉蕊花折有仙人游怅然成二绝》:"唯有多情枝上雪,好风吹缀绿云鬟。"题下小注云:《剧谈录》业坊唐昌观有玉蕊花,每发若琼林瑶树。元和中,见一女子年可十七八,容色婉娩,从二女冠造花所,伫立良久,折花数枝,曰:曩有玉峰之期许,步不复见。"二绝"即据此传说抒感想,此句说人很难得见女仙人,唯有玉蕊雪白的花被风吹落在她的云鬟上。人无缘而花"有情"。严休复此诗共二首,这是第二首。而《全唐诗》又将这一首收在何兆名下,题为《玉蕊花》又无小注:"惟有多情天上雪,好风吹上绿云鬟。"换一"天"

字,则无道理了,疑为误收。

宋·陈知柔《人月圆》词:"多情惟有、篱边黄菊,到处能华。"用严休复句。

宋·刘克庄《风入松》词:"多情惟是灯前影,伴此扇、同去同来。"亦用此句式。

宋·黄机《鹧鸪天》词:"多情翻不似垂杨,年年才到春三月,百计飞花入洞房。"从此句中化出。

1848. 天若有情天亦老

唐·李贺《金铜仙人辞汉歌》:"衰兰送客咸阳道,天若有情天亦老。"序云:魏明帝青龙元年八月,诏宫官牵东西取汉孝武捧露盘仙人,欲立置前殿,宫官既拆盘,仙人临载,乃潸然泪下。唐诸王孙李长吉遂作《金铜仙人辞汉歌》。"李贺由京赴洛,途中作此诗,联想金铜仙人由京运洛的情景。衰枯的兰花,凄凉地送人去洛阳,仙人赴洛不也如此吗?假如苍天有情,苍天也会衰老。"天若有情天亦老",一五字重用。

《温公词话》云:李贺《金铜仙人辞汉歌》中'天若有情天亦老'一句,人称'奇绝无对'。宋人石曼卿对以'月如无恨月常圆',人赞为'劲对'。"这一联就成了一五字重用对偶七言句了。应该说,作为一联劲对,对得有力,对得工美,对了文字,也对了事理。

清·蒲松龄《瑞鹧鸪》(中秋怀宣四兄):"愁我有愁将作的,恨他有恨不常圆。"上句据《佩文韵府》所引古诗中"古来将月作愁的,推月下来愁始休"之句意。"愁的"寄托人们忧愁的标的,也是寄愁的"载体"。这句意为:月亮愁我把它作为寄愁的对象。下句从石曼卿的"月如无恨月常圆"一句翻出,石句意为"月恨不常圆",蒲句意"恨月不常圆",即人恨月不常圆了。句式为一四字重用七言对偶句。

用"天若有情天亦老"原句的:

毛泽东《七律》(人民解放军占领南京):"天若有情天亦老,人间正道是沧桑。"南京是国民党统治中心,天若有情,看到它反动黑暗的统治,也要因之痛苦而衰老,推翻这种统治,正是人间沧桑之道,发展的必然规律。李贺诗只有忧伤,毛泽东则站在历史的高度,充满了对人民革命胜利的喜悦和自信。虽然用了名句的原句,一经翻新,就在这首著名的《七律》中熠熠闪光。

写"天地有情"最早的是唐人刘长卿《狱中闻收东京有赦》诗:"风霜何事偏伤物,天地无情亦爱人。""有情"从"无情"翻出。李贺《拂舞歌辞》也曾写"东方日不破,天光无老时。"意为东方太阳永存,则天无昼夜,永远光明,"不老"。这是名句萌生的先导。

后用原句的还有:

宋·欧阳修《减字木兰花》:"伤怀离抱,天若有情天亦老。此意如何?细似轻丝渺似波。"

宋·孙洙《何满子》(愁怨):"黄叶无风自落,秋云不雨长阴,天若有情天亦老,摇摇幽恨难禁。"

宋·万俟咏《忆秦娥》(别情):"千里草,萋萋尽处遥山小;遥山小,行人远似、此山多少。天若有情天亦老,此情说便说不了。"

变用、反用的如:

宋·张先《千秋岁》:"莫把幺弦拨,怨极弦能说。天不老,情难绝。心似双丝岗,中有千千结。"

宋·王琪《望江南》:"江南岸,云树半晴阴。帆去帆来天亦老,潮生潮落日还沉,南北别离心。"

宋·杜安世《喜迁莺》:"朱弦悄,知音少,天若有情天应老。劝君看取利名场,今古梦茫茫。"

宋·晏几道《玉楼春》:"相思拼损朱颜尽,天若多情终须问。雪窗休记夜未寒,挂酒已消人去恨。"

宋·苏轼《满江红》(送文安国还朝):"天岂无情,天也解、多情留客。"

宋·秦观《失调名》:"天若有情,天也为人烦恼。"

宋·孔夷《惜余春慢》(情景):"罗衣瘦损,绣被香消,那更乱红如扫。门外无穷路歧,天若有情和天须老。"

宋·王庭珪《醉花阴》(梅):"春风岭上淮南岸,曾为谁魂断。依旧瘦棱棱,天若有情,天也应须管。"

宋·陈三聘《满江红》:"天若无情,天若道、有情亦老。功名事,问天因甚,蒙人不了。"

宋·王之道《蝶恋花》:"玉子纹楸谁胜负,不道光阴,暗向闲中度。天若有情容我诉,春来底事多阴雨。"

宋·陆游《蝶恋花》(离小益作):"海角天涯行略尽,三十年间,无处无遗恨。天若有情终欲问,忍教霜点相思鬓。"

宋·刘褒《水调歌头》(中秋):"河汉无声自转,玉兔有情亦老,世事巧相违。"

宋·姜夔《长亭怨慢》：“阅人多矣，谁得似、长亭树。树若有情时，不会得、青青如此。”用李贺句式，说树若有情，看到这么多长亭送别，也会衰老的。

宋·陈允平《满路花》：“朱楼遍倚，万里空情切，此恨凭谁说。天若有情，料天须有区别。”

宋·刘将孙《满江红》：“泹露兰，啼痕绕；画兰桂，雕香早。”便天还知道，和天也老。

金·李献能《江梅引》（为飞伯赋青梅）：“冉冉孤鸿，烟水渺三湘。青鸟不来天也老，断魂些，清霜静楚江。”“三湘”指潇湘、漓湘、蒸湘。“青鸟”，天上西王母使者，“不来”是天无情，反用李贺句。

元·薛昂夫《楚天遥带过清江引》：“春若有情应解语，问着无凭据。……春若有情春更苦，暗里韶光度。”“天若有情”换一“春”字。

明·瞿佑《贺新郎》（题《秦女吹箫图》）：“天若有情天也许，许人间夫妇咸如是。”天若有情也会赞许人间爱情都如萧史、弄玉一样美满。

清·杨揆《摸鱼儿》（陇山道中见鹦鹉）：“江潭萧瑟难重问，留客只谈天宝。情易老，只合念、观音般若皈依早。”谈起人间盛衰，只令人感伤而衰老。

清·蒲松龄《贺新郎》（霪雨绵绵，三日不止，既复患之）：“连夜沉沉天欲老，愁城中、尽有闲人典。”连日阴雨，天光似已老去，愁多少人赋闲，不能营生。又《旅思》：“天逐残梅老，心随朔雁飞。”

1849. 天荒地老无人识

唐·李贺《致酒行》：“吾闻马周昔作新丰客，天荒地老无人识。”《旧唐书·马周传》载：马周西游长安，宿于新丰旅店，店主只招待商人而不招待他。“天荒地老”意为历时久远，说像马周这样很有才干的人，很长时间没有被人认识、了解。这是用“天荒地老”最早的名句，也作“地老天荒”。“老”字为历时很久之意。用“地老天荒”的如：

宋·杨万里《谒永祐陵归途游龙瑞宫观禹穴》：“禹穴下窥正深黑，地老天荒知是非。”

宋·紫元彪《高阳台》（怀钱塘旧游）：“丹碧归来，天荒地老、骎骎华发相摧。”

元·白仁甫《梧桐雨》（第四折）：“本待闲散心，追欢取乐，倒惹的感旧恨，天荒地老。”

元·费唐臣《贬黄州》：“诗吟的神嚎鬼哭，文惊的地老天荒。”

元·孔文卿《东窗事犯》：“我不合保护的山河壮，我不合整顿的地老天荒。”

明·谢谠《四喜记》（赴试秋闱）：“相抛，纵地老天荒，此恨难消。”

清·梁启超《浣溪沙》（台湾归舟晚望）：“老地荒天阕古哀，海门落日浪崔嵬。”

今人阚家蓂《永生姊之羊城终未能一晤》：“天涯咫尺难相见，地老情荒往事悠。”“情荒”离情久远，渐渐淡薄。

又《高阳台》：“岂知薄暮狂飙起，燕空巢，画栋欹斜，纵归还，人老情荒，谁话桑麻。”

1850. 道是无晴却有晴

唐·刘禹锡《竹枝词》：“杨柳青青江水平，闻郎江上踏歌声。东边日出西边雨，道是无晴却有晴。”

诗人任夔州刺史依调填词写下这巴渝民歌《竹枝词》。写一个初恋的少女对男方揣测的心态：东边露着太阳，西边下着雨，这天啊，说它无晴，它还有晴。这是“闻郎踏歌”之后想到的，“有晴无晴”其实是“有情无情”，“晴”字双关。“郎”无情？有情？是疑虑也含希望。此词以其通俗流畅的民歌风脍炙人口，后两句则代代广为传唱。后人用“道是无情却有情”句如：

唐·杨发《玩残花》：“低枝似泥幽人醉，莫道无情似有情。”残花即落，低枝拂人，不要说无情，还似有情。

唐·温庭筠《过分水岭》：“溪水无情似有情，入山三日得同行。”溪水本无情，可随人行进三日，又似有情。

唐·韦庄《长干塘别徐茂才》：“才喜相逢又相送，有情争得似无情。”才逢即别，离情令人痛苦，那如没有这种离情。宋·司马光《西江月》：“相见争如不见，有情何似无情。”从韦庄句翻出。宋·高似孙《点绛唇》（寄李辅之）：“生死论交，有情何似无情好。满前花草，更觉今年老。”用司马光句。

宋·欧阳修《玉楼春》：“多情翻却似无情，赢得百花无限妒。”“南园粉蝶”本是“多情”，可栖无定所，“似无情”而遭“妒”。

宋·戴复古《减字木兰花》：“西雨东晴，人道无情又有情。”用刘禹锡句意，两个“情”字从“晴”字析出，写“吴姬劝酒”，对白发人“无情又有情”。

宋·周晋《柳梢青》（杨花）：“似雾中花，似风前雪，似雨余云。本自无情，点萍成绿，却又多情。"说杨花无情却又多情。

唐·赵嘏《寻僧》:"千竿竹里花枝动,只道无人似有人。"用句式。

1851. 人间重晚晴

唐·李商隐《晚晴》:"天意怜幽草,人间重晚晴。"大中元年初夏,作者抵达桂林不久作此诗。诗中描写了雨后傍晚,夕阳照窗,越鸟归巢的喜人景象。"天意"二句,说:天怜幽草,让它充满生机,而人则重视傍晚晴天。此二句寓托着对个人身世和前景的希望。

"人间重晚晴"的诗例还有:

唐·姚崇《故洛阳城侍宴应制》:"游豫停仙跸,登临对晚晴。"

唐·司空图《山中》:"昨夜前溪骤雷雨,晚晴闲步数溪禽。"

1852. 多情却被无情恼

宋·苏轼《蝶恋花》(春景):"墙外行人,墙里佳人笑。笑渐不闻声渐悄,多情却被无情恼。"写了春天里这样一个景场:墙外道上行人,听到墙里荡秋千的佳人欢声笑语,驻足而审视凝听。欢声笑语却悄然静默下来。墙外的"多情",惹恼了墙里的"无情","多情"本出自一片喜爱和赤诚,却偏偏惹出了一番不愉快,也应了"落花有意而流水无情"。此中或含有词人对自己不幸遭际的体验,耐人寻味。

"多情却被无情恼",源自宋·晏殊父子。晏殊《玉楼春》(春恨):"无情不似多情苦,一寸还成千万缕。天涯地角有穷时,只有相思无尽处。"无情不苦,多情之苦无限,一寸离肠可以变成千万缕思绪,用白居易"天长地久有时尽"句(《长恨歌》)写时间无穷,晏殊用此句写空间无尽。晏几道《秋蕊香》:"歌彻郎君秋草,别恨远山眉小。无情莫把多情恼,第一归来须早。"先写离恨,后写盼归,"无情"指离人,"多情"指思妇,劝离人早日归来。苏轼句直源于此。下边用"多情却被无情恼"的如:

宋·黄裳《蝶恋花》:"欲驻征轮无计那。世上多情,却被无情恼。"

宋·向滈《减字木兰花》:"多情被恼,枉了东君无限巧。"

宋·葛郯《感皇恩》:"多情消瘦,更被无情相恼。"

宋·赵长卿《点绛唇》(梅):"惟有诗情,犹被花恼。"用其句而变其意。

宋·辛弃疾《鹧鸪天》:"暗将往事思量遍,谁把多情恼乱他。"

宋·严仁《归朝乐》(别意):"多情直被无情恼,玉台前,请君试看,华发添多少。"

元·王实甫《西厢记》(鸳鸯煞):"有心争似无心好,多情却被无情恼。"

清·孔尚任《桃花扇》第六出《眠香》亦用苏轼句:"正是多情反被无情恼,乘兴而来兴尽还。"

1853. 多情自古伤离别

宋·柳永《雨霖铃》:"多情自古伤离别,更那堪、冷落清秋节。"自古以来,多情的人总为离别而悲伤,何况今日的离别又是在冷落的清秋呢! 清人刘熙载《艺概》卷四评说:"词有点有染。柳耆卿《雨霖铃》云:'多情自古伤离别,更那堪、冷落清秋节。今宵酒醒何处? 杨柳岸晓风残月。'上二句点出离别冷落,'今宵'二句乃就上二句意染之。"意为上二句点明离别冷落,下二句进而渲染这种冷落。

唐·李咸用《别李将军》:"男儿自古多离别,懒对英雄泪满巾。"后句变用杜甫的"出师未捷身先死,常使英雄泪满巾"句(《蜀相》),而前句则就是柳永句所本,当然柳句更具表现力。

宋·张先《临江仙》:"自古伤心惟远别,登山临水迟留。""自古伤心"句极近柳永词。

宋·赵长卿《念奴娇》(落梅):"休更恨落羞开,东君情分,自古多离别。好把芳心收拾取,与个和羹人说。""自古伤离别"换一"多"字。

金·董解元《西厢记》卷六《出队子》:"最苦是离别,彼此心头难弃舍。"千苦万苦,离别最苦。

元·王实甫《西厢记》第四本第四折《折桂令》:"想人生最苦离别,可怜见千里关山,独自跋涉。"用董《西厢记》句。

1854. 思量却是、无情有思

宋·苏轼《水龙吟》(次韵章质夫杨花词):"似花还似非花,也无惜从教坠。抛家傍路,思量却是、无情有思。"杨花是花又不是花,因为它没有花香,因此落地也无人怜惜。而它离开家乡,流落路旁,细揣摩,它看似无情,却蕴含着真情。宋·曾季狸《艇斋诗话》云:"东坡和章质夫《杨花词》云:'思量却是、无情有思。'用老杜'落絮游丝亦有情'也。"

宋·徐介轩《木兰香》："一帘疏雨,道是无情还有思。坐久魂销,风动珠唇点点娇。"用苏轼"无情有思"句。

1855. 多情应笑我

宋·苏轼《念奴娇》(赤壁怀古)："故国神游,多情应笑我,早生华发。"宋神宗元丰五年(1082)作者游赤壁古战场,称周瑜英雄气概和大将风度,想到自身,功名未就,华发早生,不禁自笑多情了。

清·朱彝尊《春风袅娜》(游丝)："休憎轻薄,笑多情似我,春心不定,飞梦天涯。"以"游丝"自比,自笑轻薄,谐谑之笔。

1856. 景于多处最多愁

宋·刘过《登多景楼》："壮观东南二百州,景于多处最多愁。"登多景楼,景多愁景,景多愁亦多。

宋·柴望《多景楼》："关河北望几千里,淮海南来第一楼。昔日最多风景处,今日偏多离黍愁。""离黍愁",故国之思。

1857. 无情岁月增中减

约自清代流传的一副春联："无情岁月增中减,有味诗书苦后甜。"

唐·杜牧《旅怀吟》："无情春色不长久,有限年光多盛衰。"春联句式近此。

1858. 奠桂酒兮椒浆

屈原《九歌》(东皇太一)："蕙肴蒸兮兰藉,奠桂酒兮椒浆。"献上兰草垫托着的蕙草包着的祭肉,奉上调有椒黄的桂酒。表示对尊贵的神伏羲的尊重。

宋·范成大《离堆行》："款门得得酬请尊,椒浆桂酒删膻荤。"特地扣门以酒酬神,只取椒桂芳香,而不取膻荤的祭羊。范成大《吴船录》中说,西蜀祭祀每人一羊,"甚矣其杂也"。因此用《九歌》句,推"椒浆桂酒"为最尊祭品,而不再杀羊。

1859. 众人皆醉我独醒

《楚辞·渔父》："屈原曰:'举世皆浊我独清,众人皆醉我独醒,是以见放。'渔父曰:'圣人不凝滞于物,而能与世推移。世人皆浊,何不淈其泥而扬其波?众人皆醉,何不铺其糟而歠其醨?何故深思高举,自令放为?'""独清""独醒",指政治形势独具只眼,具有清醒的见识,表现屈原不随波逐流、出污泥而不染的品格。后用以表现这种品格,也写不幸遭遇。

唐·王绩《过酒家五首》(一作《题酒店壁》)其二："此日长昏饮,非关养性灵。眼看人尽醉,何忍独为醒。"反用其意,勉励饮酒。

唐·李颀《渔父歌》："而笑独醒者,临流多苦辛。"写白首渔隐之士,以江湖垂钓为乐,笑那些官场中人,如屈原一样,有诸多苦恼。

唐·周昙《屈原》："满朝皆醉不容醒,众浊如何拟独清?"对屈原惋惜、慨叹。

唐·杜甫《醉歌行》(别从侄勤落第归)："酒尽沙头双玉瓶,众宾独醉我独醒。"东亭饯别,众人皆醉,杜甫无心醉酒,表现出不忍离别的心情。

又《赠裴南部闻袁判官自来欲有按问》："独醒时所嫉,群小谤能深。"喻裴南部受诬。

唐·钱起《江行无题一百首》："憔悴异灵均,非谗作逐臣。如逢渔父问,未是独醒人。"谦称自己并非独醒。(一作钱珝诗)

唐·顾况《送韦秀才赴举》："鄱阳中酒池,楚老独醒年。""楚老"代自己,隐指屈原以自喻。

唐·孟郊《退居》："众听喜巴唱,独醒愁楚颜。"以屈原自喻。

唐·韩愈《醉后》："煌煌东方星,奈此众客醉。"喻当朝王伾、王叔文等像醉客,令人无可奈何。

唐·柳宗元《离觞不醉至驿却寄相送诸公》："无限居人送独醒,可怜寂寞到长亭。"不醉、独醒,喻自己因不合污流而遭贬。

唐·白居易《和思归乐》："展禽任三黜,灵均长独醒。"喻元稹遭贬。

唐·杜牧《赠渔父》："自说孤舟寒水畔,不曾逢着独醒人。"借渔父之口,寓托自己的见解。

唐·李群玉《自澧浦东游江表途出巴丘投员外从公虔》："孤醒立众醉,古道何由昌。"赞李虔,同情他不遇于时。

唐·曹邺《对酒》："未必独醒人,便是不饮者。"说饮酒不就是不能独醒。

唐·于武陵《山上树》："忽逢幽隐处,如见独醒人。"喻山上树之幽独美。

唐·皎然《奉酬李中丞洪湖州西亭即事见寄兼呈吴冯处士时中丞量移湖州长史》:"樵子逗烟墅,渔翁宿沙汀。主人非楚客,莫谩讥独醒。"李中丞受贬而后遇赦,有别于屈原。

宋·范仲淹《渔父》:"何人独醒者,试听濯缨歌。"

宋·欧阳修《送朱生》:"植桂比芳操,佩兰思洁身。可必濯于水,无洗缨上尘。"

宋·欧阳修《啼鸟》:"可笑灵均楚泽畔,离骚憔悴愁独醒。"庆历五年(1045),作者谪滁州太守,常与花鸟为朋,醉于山水之间,自号"醉翁",以醉为乐,"身闲差酒惜光景,惟恐鸟散花飘零。"诗的结句"可笑灵均"正表明作者在困境中的达观心态。

元·马致远《拨不断》:"屈原清死由他恁,醉和醒争甚。"屈原投江死去由他吧,醉和醒何必去争论呢。

元·邓玉宾《[仲吕·粉蝶儿]满庭芳》:"三闾枉了,众人醉倒,你也 啜些醨糟,朝中独自要个醒醒号,怎当他众口嗷嗷。"用渔父的话劝屈原不如与世推移。

元·张可久《醉太平·无题》:"醉醒和哄迷歌宴,清浊混沌待残年,休呆波延原。"不分醉醒,寄情歌酒声色,流露出苦闷与感伤。

元·曾瑞《端正好·自序》:"也不学采薇自洁埋幽壑,不学举国独醒葬泪罗。"反用"独醒"意,宣扬与光同存的虚无主义。

1860. 对酒不能酬

汉·李陵《别苏武》:"远望悲风至,对酒不能酬。"思故国而不得归,极度悲伤,面对老友有酒也不能劝进。

唐·杜甫《送李校书二十六韵》:"临歧意颇切,对酒不能吃。"效李陵句,极度伤别,酒也吃不下。

1861. 对酒当歌,人生几何

魏·曹操《短歌行》:"对酒当歌,人生几何?"李见正诗《对酒》:"当归对玉酒。"当与对同义。端起酒杯痛饮,唱起歌来行乐,人生时日很短啊。感叹人生无常,时光易逝。用此名句的如:

唐·卢照邻《赠益府裴录事》:"长歌欲对酒,危坐遂停弦。停弦变霜露,对酒怀故朋。"

唐·王昌龄《长歌行》:"人生须达命,有酒且长歌。"

唐·王翰《古蛾眉怨》:"人生百年夜将半,对酒长歌莫长叹。"

唐·李白《把酒问月》:"唯愿当歌对酒时,月光长照金樽里。"

唐·韩翃《鲁中送从事归荥阳》:"累路尽逢知己在,曾无对酒不高歌。"

宋·柳永《凤栖梧》:"拟把疏狂图一醉,对酒当歌,强乐还无味。"

又《戚氏》:"帝里风光好,当年少日,朝宴暮欢。况有狂朋怪侣,遇当歌对酒竞留连。"

宋·晏殊《踏莎行》:"当歌对酒莫沉吟,人生有限情无限。"

宋·晏几道《醉落魄》:"对酒当歌寻思著。月户星窗,多少旧期约。"

宋·刘焘《八宝妆》:"问对酒当歌,情怀记得刘郎否?"

宋·沈蔚《梦玉人引》:"对酒当歌,故人情分难觅。"

宋·赵长卿《念奴娇》(小饮江亭有作):"对酒当歌浑冷淡,任他溘嗔恶。"

又《水调歌头》(遣怀):"我已从头识破,赢得当歌临酒,欢笑且随宜。"

又《水龙吟》(自遣):"遇当歌临酒,舒眉展眼,且随缘分。"

唐·洛川仙女与张郁赠答歌:《张郁洛川沿步吟》:"浮生如梦能几何,浮生更复忧患多。无人与我长生术,洛川春日且长歌。"洛川仙女《答张郁歌》注云:"明皇时燕人张郁客京洛,与豪贵子弟狂游。忽独步沿洛川观风景恬和,沿步高吟……"即此诗。首句用李白《春夜宴从弟桃李园序》:"浮生若梦,为欢几何"句,全诗暗用《短歌行》句。

元·乔吉《折桂令·寄远》:"云雨期一梦南柯,破镜分钗,对酒当歌。"

1862. 何以解忧,唯有杜康

魏·曹操《短歌行》:"何以解忧,唯有杜康。"酒能解忧,酒能忘忧,以酒浇忧,一醉皆休了。此句取意汉乐府《善哉行》:"以何忘忧,弹筝酒歌。"

晋·张载《霖雨》:"何以解忧怀,置酒招亲类。"用上句增一字。

宋·陈人杰《沁园春》(次韵林南金赋愁):"抚

剑悲歌,以有杜康,可能解忧。"用其二句意。

1863. 阖门置酒,和乐欣欣

魏·曹植《当来日大难》:"阖门置酒,和乐欣欣。"关上门,置酒宴,欣欣然共同欢乐。

"阖门置酒"典出陈遵。《汉书·陈遵传》载:西汉陈遵"每大饮,宾客满堂,辄关门,取客车辖投井中,虽有急,终不得去"。说明陈遵十分好客,执著待客。晋·张华《轻薄篇》中亦述陈遵故事:"孟公(即陈遵)结重关,宾客不得蹉(过)。"

李白《扶风豪士歌》:"作人不倚将军势,饮酒岂顾尚书期。"亦陈遵故事:一次有个刺史到朝廷述事,经过陈遵家给拦住了。刺史等陈遵醉了,去央求陈遵的乡亲,说已同尚书约好时间,不能耽搁。于是陈母放他从后屋小门出去。李白借用写扶风豪士吃酒自由自在,不顾那些。

1864. 佳人美清夜,达曙酣且歌

晋·陶渊明《拟古九首》之七:"佳人美清夜,达曙酣且歌。歌竟长叹息,持此感人多。"此四句意为佳人喜欢这清静的夜晚,边饮边歌,达旦通宵。歌罢还叹息,这清夜令人感慨多。"佳人"此处不指女子。

宋·苏轼《次韵前篇》:"去年花落在徐州,对月酣歌美清夜。"缩用陶诗二句。

1865. 且尽杯中物

晋·陶渊明《责子》:"天运苟如此,且尽杯中物。"他有五子,"虽有五男儿,总不好纸笔"。他对五子以慈父的眼光审视,不满而戏虐,于是以"且尽杯中物"作结。"杯中物"指酒,从此以之代称酒。"且尽杯中物"到唐代衍生出一句同义语"且尽手中杯",二者并行并用。而独用"杯中物"的也不少。

先列出"且尽杯中物"与"且尽手中杯"句及其变式:

唐·孟浩然《自洛之越》:"且乐杯中物,谁论身后名。"

唐·白居易《喜友至留宿》:"愿君且同宿,尽此杯中物。"

又《思归》:"且尽杯中物,其余皆付天。"宋·陆游《秋思》:"日长似岁闲方觉,事大如天醉亦休。""付天"与"如天"意义相对。

宋·辛弃疾《卜算子》(饮酒败德):"简册写虚名,蝼蚁侵枯骨。千古光阴一霎时,且尽杯中物。"

又《卜算子》(饮酒不写书):"请看冢中人,冢似当年笔。万札千书只恁休,且进杯中物。"

又《卜算子》(饮酒成病):"八十余年入涅槃,且尽杯中物。"

换去"且尽",只用"杯中物"的:

唐·李白《九日登山》:"为无杯中物,遂偶本州牧。"

又《对酒忆贺监》:"昔好杯中物,今为松下尘。"

唐·韦应物《郊居言志》:"但要尊中物,余事岂相关。"

唐·杜甫《马西驿亭观江涨呈窦使君二首》:"赖有杯中物,还同海上鸥。"

又《季秋苏五第缳江楼夜宴崔十三评事韦少府侄三首》:"请动杯中物,高随海上槎。"

唐·钱起《江行无题一百首》:"漫把尊中物,无人啄蟹黄。"

唐·韩翃《送齐明府赴东阳》:"风流好爱杯中物,豪荡仍欺陌上郎。"

唐·戴叔伦《暮春感怀》:"悠悠往事杯中物,赫赫时名扇外尘。"

唐·卢仝《解闷》:"人生都几日,一半是离忧。但有尊中物,从他万事休。"

唐·权德舆《浩歌》:"乃知杯中物,可使忧患忘。"

唐·白居易《思旧》:"且进杯中物,其余皆付天。"上句用原句。

又《和令狐仆射小饮听阮咸》:"以劝杯中物,如含林下情。"

又《卯时酒》:"况兹杯中物,行坐长相对。"

又《六年春赠分司东都诸公》:"不如杯中物,生涯随日过。"

又《三月三十日作》:"且遣花下歌,送此杯中物。"

唐·刘驾《效陶》:"我有杯中物,可以消万虑。"

宋·范仲淹《桐庐郡斋书事》:"杯中好物闲宜进,林下幽人静可邀。"

又《依韵和襄阳王源叔龙图见寄》:"愿尽杯中物,薄言理可到。"

又《依韵答提刑张太博尝新酿》:"引此杯中

物,献酬交错频。"

宋·苏轼《次韵答刘景文左藏》:"但空贺监杯中物,莫示儿孙帐下儿。"

又《次韵叶致远见赠》:"人皆劝我杯中物,我独怜君屋上乌。"

宋·黄庭坚《看花回》(茶词):"怎归得、鬓将老,付与杯中绿。"

宋·葛长庚《贺新郎》:"且尽杯中酒,问平生、湖海心期,更如君否?"

1866. 且尽手中杯

唐·李白《鲁郡东石门送杜二甫》:"飞蓬各自远,且尽手中杯!"李白与杜甫这两位伟大的诗人有过两次交往,建立了深厚的友谊。天宝三载(224)二人在洛阳相识,同游梁宋(开封、商丘)。天宝四载(245),他们又相遇于兖州,同游齐鲁(今山东境内)。而后,李白赴江东,杜甫去长安,已成永别。此诗即作于游罢齐鲁在石门(今山东曲阜东北)告别之际。"飞蓬"二句说,一往西北,一去东南,如飞蓬一样各自远去了,要为这痛苦的远别干杯。这手中杯里,饱含着无限惜别之情。

李白《送殷淑三首》写送别再用:"相看不忍别,且尽手中杯。""且尽手中杯"同"且尽杯中物"含义是一样的(仅语言不同),而且后者从前者变化而来,后人应用,不止于分手或饯行,也表达种种喜怒哀乐的情感。

唐·杜甫《小至》:"乡同异教儿,且覆手中杯。"

唐·高适《宋中遇陈二》:"男儿命未达,且尽手中杯。"

唐·白居易《岁暮》:"祸福细寻无会处,不如且尽手中杯。"

宋·吴潜《水调歌头》:"且尽一杯酒,退步是前程。"

又《水调歌头》:"且尽一杯酒,莫问百年忧。"用同一句式。

1867. 秋鬓含霜白,衰颜倚酒红

隋·尹式《别宋常侍》:"秋鬓含霜白,衰颜倚酒红。"鬓边白发如含霜,颜容红色借酒力。自叹衰老,鬓生华发,面无血色,借酒而红。

唐·白居易《自咏》:"夜镜隐白发,朝酒发红颜。"亦写白发衰颜,借酒而红。

又《晏坐闲吟》:"霜侵残鬓无多黑,酒伴衰颜只暂红。"

唐·郑谷《乖墉》:"衰鬓霜供白,愁颜酒借红。"

宋·苏轼《纵笔三首》:"寂寂东坡一醉翁,白须萧散满霜风。小儿误喜朱颜在,一笑那知是酒红。"

宋·陈师道《除夜对酒赠少章》:"发短愁催白,颜衰酒借红。""酒借红"用郑谷句。

宋·张炎《绮罗香》(红叶):"长安谁问倦旅,羞见衰颜借酒,飘零如许。""衰颜借酒"又用陈师道句。

1868. 醉貌如霜叶,虽红不是春

唐·白居易《醉中对红叶》:"醉貌如霜叶,虽红不是春。"霜叶红了,却是晚秋,醉貌虽红如霜叶,也不是青春(双关)了。

宋·范成大《再渡胥口》:"衰颜都共秋荻老,醉面不如枫叶深。"以秋荻、枫叶作喻,衰颜甚老,醉面也不红了。

1869. 酒红初上脸边霞

宋·晏殊《浣溪沙》:"鬓嚲(duǒ)欲迎眉际月,酒红初上脸边霞。"以月比眼,以霞比脸,前者喻形,后者喻色。

宋·欧阳修《玉楼春》:"舞余裙带绿双垂,酒入香腮红一抹。""入腮"与"上脸"二句意近。

1870. 美人欲醉朱颜酡

唐·李白《前有一尊酒行二首》:"落花纷纷稍觉多,美人欲醉朱颜酡。""酡",饮酒而脸红。《楚辞·招魂》:"美人既醉,朱颜酡些。"李白用此句,说朱颜又添酒红,更加红晕。后用"酡颜"者很多,不尽举。

宋·周履静《拂霓裳》(和晏同叔):"金尊频欢饮,俄顷已酡颜。"

1871. 十分一盏即开眉

唐·白居易《镜换杯》:"欲将珠匣青铜镜,换取金尊白玉卮。镜里老来无避处,尊前愁至有消时。茶能散闷为功浅,萱纵忘忧得力迟。不似杜康神用速,十分一盏即开眉。"全诗写为什么以镜换杯,最终还是由于酒力奇效,"十分一盏",满满一

杯,"开眉",开怀,愉悦。

又《雪夜喜李郎中见访兼酬所赠》:"十分满盏黄金液,一尺中庭白玉尘。"

又《醉吟二首》:"两鬓千茎新似雪,十分一盏欲如泥。"

宋·苏轼《二月十九日携白酒鲈鱼过詹使君食槐叶冷淘》:"暂借垂莲十分盏,一浇空腹五车书。""莲子"又用白居易《房家夜宴喜雪戏赠主人》:"酒钩送盏推莲子,烛泪黏盘垒葡萄。""莲子"为一种酒杯,用酒钩推送到客桌前。苏轼诗借说将酒满饮意。

1872. 藉草开一尊

唐·白居易《洛阳春赠刘二宾客》:"中有老朝客,华发映朱轩。从客三两人,藉草开一尊。"席草地而饮酒。

宋·苏轼《次韵杨公济奉议梅花十首》:"相逢月下是瑶台,藉草清尊连夜开。"用白居易"藉草"句。

1873. 竟夕独酣歌

唐·白居易《效陶潜体》:"客去有余趣,竟夕独酣歌。"客去酒薰,整夜独自歌吟,余兴未尽。

宋·苏轼《乘舟过贾收水阁》:"不知何所乐,竟夕独酣歌。"用白居易原句,写夜里舟行独自哼歌。

1874. 眼前一杯酒,谁论身后名

北朝·周·庾信《拟咏怀二十七首》之十一:"眼前一杯酒,谁论身后名!"拟阮籍《咏怀诗》,抒乡关之思,主旨同《哀江南赋》,此二句叹江陵君臣惟恋荆楚,不归建业,以致失败。

《晋书·文苑传》载:"张翰任心自适,不求当世。或谓之曰:'卿乃可纵适一时,独不为身后名耶?'答曰:'使我有身后名,不如即时一杯酒。'"在西晋动荡的政局中,张翰引身自退,终免遭杀身之祸。《世说新语》也有此叙述。庾信用"身后名""一杯酒"对照,在北周批评南梁王朝终留败名。未取张翰本意。

晋·陶渊明《饮酒诗二十首》:"虽留身后名,一生亦枯槁。死去何所知,称心固为好。"正是"论"了身后名。

后用"身后名""一杯酒"多取张翰本意。用其

意而不用其句,而"身后名"用得多。

隋·胡师耽《登终南山拟古诗》:"且对一壶酒,安知世间名。"

唐·孟浩然《自洛至越》:"且乐杯中物,谁论世上名。"名,首先留于世间而传于身后(死后)。

唐·李白《行路难三首》:"且乐生前一杯酒,何须身后千载名。"

又《笑歌行》:"君爱身后名,我爱眼前酒。"

唐·高适《留别郑三韦九兼洛下诸公》:"长歌达者杯中物,大笑前人身后名。"

又《哭单父梁九少府》:"唯有身后名,空留无远近。"

唐·卢纶《无题》:"耻将名利托交亲,只向尊前乐此身。"

唐·权德舆《广陵诗》:"且申今日欢,莫务身后名。"

又《独酌》:"身外皆虚名,酒中有金德。"

唐·白居易《效陶潜体诗十六首》:"愿君且饮酒,勿思身后名。"

宋·辛弃疾《破阵子》(为陈同父〈甫〉赋壮语以寄):"了却君王天下事,赢得生前身后名,可怜白发生!"《历代诗余》卷一百十八引《古今词话》云:"陈亮(同甫)过稼轩,纵谈天下事。亮夜思幼安素严重,恐为所忌,窃乘其厩马以去。幼安赋《破阵子》词寄之。"梁启超《艺蘅馆词选》评此数句云:"无限感慨,哀同甫亦自哀也。"说陈亮欲为君王完成统一大业,博得生前身后功名。只惜功业未遂,白发已生。这里的"生前身后名",是同国家利益联系在一起的,与追逐个人名利不同。

1875. 何用悠悠身后名

唐·李白《少年行》:"看取富贵眼前者,何用悠悠身后名。"此诗写富豪子弟的豪华生活,结尾说这些贪图眼前富贵的淮南子弟,不会去追求那悠悠远远、渺渺茫茫的身后名。诗人不赞成这样的不要身后名,这"身后名"与建功立业相联系。

宋·王安石《春日即事》:"细思扰扰梦中事,何用悠悠身后名"。用李白原句。

1876. 莫思身外无穷事,且尽生前有限杯

唐·杜甫《绝句漫兴九首》:"莫思身外无穷事,且尽生前有限杯。"此二句其祖句仍为张翰的"眼前一杯酒,谁论身后名。"由于七言对仗表现力

更强。

唐·白居易《劝酒》:"身后堆金拄北斗,不如生前酒一尊。"创意而用。"生前"从杜句来。

唐·朱庆余《归故园》:"尊中美酒长须满,身外浮名总是闲。"用其意而不用其句。

唐·无名氏《明月湖醉后蔷薇花歌》:"莫思身外穷通事,且醉花前一百壶。"以"穷通"换"无穷"。

宋·王安石《示黄吉甫》:"尘世难逢开口笑,生前相遇且衔杯。"上句用杜牧原句。

宋·苏轼《留题徐家花园二首》:"退之身外无穷事,子美尊前欲尽花。更有多情君未识,不随柳絮落人家。""欲尽花"确属杜甫诗《曲江》:"且看欲尽花经眼,莫厌伤多酒入唇。"然而"退之身外无穷事",则非"退之"韩愈之句。韩愈的《遣兴》诗虽有"身外事"之意,诗句却是:"莫忧世事兼身世,须著人间比梦间。"所以《苏轼诗集》注引吴兰庭语云:"杜子美《绝句漫兴》诗'莫思身外无穷事,且尽生前有限杯',岂东坡误记为韩句耶?"

宋·辛弃疾《洞仙歌》(访泉于奇师材,得周氏泉,为赋):"人生行乐耳,身后虚名,何似生前一杯酒。""生前"用杜句。

宋·刘克庄《念奴娇》:"虚名身后,生前且尽,一杯酒。"用"生前且尽"。

宋·韦骧《剪字木兰花》:"遇景开怀,且尽生前有限杯。"用杜甫原句。

宋·无名氏《南乡子》:"宿雨眠云年少梦,休讴、且尽生前酒一瓯。"

元·王实甫《西厢记》第四本第三析《要孩儿》:"虽然眼底人千里,且尽生前酒一杯。"用杜甫句。

1877. 何用浮名绊此身

唐·杜甫《曲江二首》:"细推物理须行乐,何用浮名绊此身。"作者时任左拾遗从八品上的谏官,他的谏议得不到采纳。此刻,花纷纷飘落,翠鸟在小堂里筑集,石雕倒在墓上,经安史之乱以后的这种暮春破败景象(物理),他心境振奋不起来,于是产生"何用浮名绊此身"的理念:官场可危,毫无自在,为什么被虚名绊住自己呢!

"浮名",即虚名,唐·李白《留别西河刘少府》:"东山春酒楼,归隐谢浮名。"就表露他东山归隐、邈视虚名的心理。

唐·慈觉《书妙园塔院张道者屋壁》:"心似秋

潭月一轮,何用声名播天下。"亦用不求浮名之意。

唐·白居易《对酒》:"蜗牛角上争何事,石火光中寄此身。"为蜗角微名,实处于险地。用"此身"句。近人陈三立《留别梅庵经苏浙入闽》:"宝书百国堪孤抱,冷月千江寄此身。"用"寄此身"。

宋·苏轼《唐道人言天目山上俯视雷雨》:"已外浮名更外身,区区雷电若为神。"置于名外、身外。

1878. 千秋万岁名,寂寞身后事

唐·杜甫《梦李白二首》:"冠盖满京华,斯人独憔悴。孰云网恢恢,将老身反累。千秋万岁名,寂寞身后事。"对李白一生坎坷,极予同情,并为之鸣不平。生前遭遇不幸,身后名传又有什么意义呢?

魏·阮籍《咏怀诗八十二首》之十六:"千秋万岁后,荣名安所之?"杜甫用其意。

宋·苏轼《戴道士得四字代作》:"挂名石壁间,寂寞千岁事。"用杜甫意。

1879. 我有一尊酒,欲以赠远人

汉《别诗》:"我有一尊酒,欲以赠远人。愿子留斟酌,叙此平生亲。"送给远行亲人一尊酒,愿每饮此酒,永不忘赠酒人之亲情。"尊",古代酒器,大于酒杯,相当酒缸、酒瓶。南朝·梁·沈约《别范安成诗》:"勿言一尊酒,明日难重持。梦中不识路,何以慰相思!"这"一尊酒"不是赠持,而是共饮。别酒难再饮,提醒难再相逢。即使做梦,也难相会,相思之情何以慰藉!此诗的别情,也是深挚而感人的。

北周·庾信《答王司空饷酒》:"今日小园中,桃花数树红。开君一壶酒,细酌对春风。"友人王褒送来一壶酒,于是在桃花初放的小园中,迎着和煦的春风慢慢饮起来。在古代,某些场合酒以成礼,某些时候又融洽感情。为受酒而作答诗,说明其中情感的分量是很重的。

南朝·陈·江总《在陈旦解醒共哭顾舍人》:"独酌一尊酒,高咏七哀诗。"

南朝·陈·陈少女《寄夫诗》:"安得一尊酒,慰妾九回肠。"

隋·卢思道《上巳禊饮》:"聊持一尊酒,共寻千里春。"

隋·苏蝉翼《因故人归作》:"欲借一尊酒,共

叙十年悲。"

唐·高适《宋中送族侄式颜》:"我携一尊酒,满酌聊劝尔。"

唐·钱起《冠中送司马归洛》:"今朝一尊酒,莫惜醉离筵。"

唐·戴叔伦《冬日有怀李贺长吉》:"每因一杯酒,重和百篇诗。"

唐·刘禹锡《缺题》:"故人日已远,窗下尘满琴。坐对一尊酒,恨多无力斟。"

唐·杜牧《题宣州开元寺暲》:"留我酒一尊,前山看春雨。"

唐·许浑《旅中别侄暲》:"歌管一尊酒,山川万里心。"

又《京口闲居寄京洛友人》:"一尊酒尽青山暮,千里书回碧树秋。"

1880. 飘零酒一杯

唐·杜甫《不见》:"敏捷诗千首,飘零酒一杯。"原注:"近无李白消息。"乾元元年,李白因永王璘事被流放夜郎,第二年遇赦而归。杜甫只知流放,不知赦还。此诗写不见李白,深切缅怀。这两句写李白的诗才与流落。南朝·陈·江总《岁暮还宅》:"长绳岂系日,浊酒倾一杯。"此"一杯"是诗中最早的。以下:

唐·李白《鲁郡尧祠送窦明府薄华还西京》(时久病初起作):"长风吹月渡海来,遥劝仙人一杯酒。"

唐·刘禹锡《送华阳尉张宭赴邕府使幕》:"今日一杯酒,明日千里人。"

又《酬淮南廖参谋秋夕见过之作》:"语余时举一杯酒,坐久方闻四处砧。"

唐·杜牧《池州送孟迟先辈》:"酌此一杯酒,与君狂且欢。"

1881. 何时一尊酒,重与细论文

唐·杜甫《春日忆李白》:"白也诗无敌,飘然思不群。清新庾开府,俊逸鲍参军。渭北春天树,江东日暮云。何时一尊酒,重与细论文?"杜甫与李白同游齐鲁之后,李白去江东,杜甫到长安(渭北)。两人曾一起作诗、论诗,在长安,杜甫忆起李白的诗才,希冀第三次会见李白(李白从此佯倜而去,未再忆起),共同饮一尊酒,再度作诗论文呢?这种怀念,说明二人交往之深,情感之密,表现了两

位伟大诗人的友谊。

"何时一尊酒,重与细论文"语出唐·孟浩然《永嘉别张子容》:"何时一杯酒,重与季鹰倾?"杜甫仿句之迹彰然,却成名句不朽,就是由于他写了同李白的友谊。以至前后虽用此句式者颇不乏人,可无出其右者。后多用作思念以文会友。

唐·李白《鲁城北郭曲腰桑下送张子还嵩阳》:"谁念张仲蔚,还依嵩与蓬。何时一杯酒,更与李膺同。"

又《魏郡别苏明府因北游》:"何时更杯酒,再得论心胸。"

唐·杜甫《敝庐遣兴奉寄严公》:"反酒宜深酌,题诗好细论。"

唐·戴叔伦《冬日有怀李贺长吉》:"每因一尊酒,重和百篇诗。"

唐·白居易《感逝寄远》:"何当一杯酒,开眼笑相见。"

宋·强至《走笔送杨正臣先辈还吴》:"何日江天酒,重论别后文。"

宋·苏轼《王齐方秀才寓居武昌县刘郎洑》:"与君饮酒细论文,酒酣访古江之滨。"

又《次韵王定国得颍倅二首》:"自少多言晚闻道,从今闭口不论文。"

又《和南都赵少师》:"远方交亲情益重,共论诗酒兴偏长。"

宋·辛弃疾《上西平》:"江天日暮,何时重与细论文。"

宋·刘辰翁《摸鱼儿》(酒边留同年徐云屋):"临分把手,叹一笑论文。清犯顾曲,此会几时又?"

宋·无名氏《失调名》:"何时一尊酒,重与细论文。"用杜诗原句。

金·元好问《秋夜》:"百年世事兼身事,尊酒何人与细论。"

清·凌廷堪《国香慢》:"何时一尊酒,握手高歌,重看吴钩。"不是论文而是谈武。

1882. 勿轻一杯酒,可以话平生

唐·白居易《喜陈兄至》:"勿轻一杯酒,可以话平生。""话平生"是一个极宽泛的话题,可以谈成败,谈盛衰,谈苦乐,事无巨细,都可以谈。

又《答微之咏怀见寄》:"分袂二年劳梦寐,并床三宿话平生。"

宋·苏轼《予去杭十六年复来留二年而去》："衰发只今无可白，故应相对话平生。"

今人乔冠华四十年代在重庆入院，名作家李青崖之子李颢为治他的直肠癌切去一断肠子，人称"断肠人"。1981年他寄诗一首给李：

长忆寒山寺，江枫映火明。

何时一杯酒，促膝活生平。

第三句用杜甫诗，第四句用白居易诗。

1883. 劝君更尽一杯酒

唐·王维《送元二使安西》："劝君更尽一杯酒，西出阳关无故人。"酒宴送行人，酒已半醉，劝再进一杯。执著劝酒，表露的不是一般别情，而是"西山阳关"到达河西走廊的尽头——阳关，就再也见不到熟悉的友人了。

唐·钱起《送钟评事应宏词下第东归》："劝君稍尽离筵酒，午里佳期难再同。"与王维意近。

唐·司空曙《送郑明府贬岭南》："共对一尊酒，相看万里人。"与王维句有近似处。

宋·寇准《阳关引》："更尽一杯酒，歌一阕，叹人生，最难欢聚易离别。"简用"欢君更尽一杯酒"。

宋·王安石《送吴显道南归》："劝君更尽一杯酒，明日路长山复山。"用王维句意。

宋·苏轼《歇韵孙莘老见赠，时莘老移庐州，因以别之》："惟有阳关一杯酒，殷勤重唱赠离居。"

宋·郑少微《思越人》（集句）："劝君更尽一杯酒，赢得浮生半日闲。"

宋·王千秋《点绛唇》（春日）："阳关远，一杯休劝，且方修眉展。"反用。

1884. 美酒一杯歌一曲

唐·李颀《听安万善吹觱篥歌》："岁夜高堂列明烛，美酒一杯歌一曲。"岁除之夜，明烛辉煌，饮一杯美酒，听一声觱篥，足令人乐趣横生了。《觱篥歌》是笛曲名。边听音乐边饮酒，饮酒赏乐，乐助酒兴，以抒情怀，是古代处于上流社会的诗人们常有的生活活动。当然，写这种生活的就不止一人了。

唐·孟浩然《听郑五愔弹琴》："一杯弹一曲，不意夕阳沉。"

唐·白居易《诏下》："更倾一尊歌一曲，不独忘世兼忘身。"兼用"何论身后名"句。

又《同王十七庶子李六员外郑二侍御同年四人游龙门有感而作》："一曲悲歌酒一尊，同年零落几人存！"

又《长安道》："花枝缺处青楼开，艳歌一曲酒一杯。"宋·苏轼《和柳子玉喜雪次韵呈述古》："安得佳人擢素手，艳歌一曲回阳春。"用白句。

又《早夏晓兴赠梦得》："一部清商一壶酒，与君明日暖新堂。"

又《卯歌》："卯饮一杯眼一觉，世间何事不悠悠。"用此"…—…—"句式。

唐·许浑《颍州从事西湖钱谦》："西湖清谦不知回，一曲离歌酒一杯。"

又《题四老庙二首》："山酒一卮歌一曲，汉家天子忌功臣。"

宋·晏殊《浣溪沙》："一曲新词酒一杯，去年天气旧亭台。"

宋·汪莘《南乡子》："绿酒一尊歌一曲，人传、不属天仙属散仙。"

清·庄械《思佳客》（春雨）："一曲歌成酒一杯，困人天气好亭台。"用晏殊句。

1885. 一酌散千愁

唐·杜甫《落日》："浊醪谁造汝，一酌散千忧。"一个政治失意之人，对浊酒产生了兴趣，感到酒有"散千忧"的特殊力量。

唐·贾至《对酒曲二首》："一酌千忧散，三杯万事空。"他与杜甫同时，亦用雷同于"一酌散千忧"句意，难辨作诗之先后。

1886. 一尊酒尽青山暮

唐·许浑《京口闲居寄京洛友人》："一尊酒尽青山暮，千里书回碧树秋。何处相思不相见，凤城龙阙楚江头。""一尊酒尽"句扣闲居之闲，"千里书回"句言音问难通。作者在《送元昼上人归苏州兼寄张厚二首》中再用此二句："自卜闲居荆水头，感时相别思悠悠。一尊酒尽青山暮，千里书回碧树秋。"再用原句，此例不少，一般是作者自己对该句尤为喜爱，在表达上到了不易取代的程度。

1887. 长亭酒一瓢

唐·许浑《秋日赴阙题潼关驿楼》："红叶晚萧萧，长亭酒一瓢。""酒一瓢"是简易饯行酒。

又《送前东阳于明府由鄂渚归武林》又用："茂陵久病书千卷，彭泽初归酒一瓢。"

1888. 芳尊别故人

唐·陈子昂《送梁李二明府》:"复此穷秋日,芳尊别故人。""尊",原为酒器,在"芳尊"中代酒,代"香酒""美酒"。在暮秋时节,饮一尊芳酒送别旧友。用"芳尊"自此始。

唐·李白《答从弟幼成过西园见赠》:"山童荐珍果,野老开芳尊。"此"尊"意为酒缸。

又《朝下过卢郎中叙旧游》:"何由返初服,田野醉芳尊。"

唐·韦应物《滁州园地燕元氏亲属》:"一展私姻礼,屡叹芳尊前。"

又《县斋》:"于焉日淡泊,徒使芳尊盈。"

又《对芳尊》:"对芳尊醉来,百事何足论。"

唐·许浑《陵阳春日寄汝洛旧游》:"纵倒芳尊心不醉,故人多在洛城东。"

宋·钱维演《木兰花》:"昔年多病厌芳尊,今日芳尊惟恐浅。"

宋·欧阳修《蝶恋花》:"老去风情应不到,凭君剩把芳尊倒。"

宋·李元膺《一落索》:"人似年华易老,且芳尊频倒。"

宋·秦观《渔家傲》:"且对芳尊舒一啸,不须更鼓高山调。"

又《念奴娇》:"夜凉湖上,酌芳尊,对此一轮皓月。"

宋·王庭珪《感皇恩》:"莫辞今夕,且尽一尊芳酒。为君歌一曲,为君寿。"

宋·赵鼎《好事近》(雪中携酒过元长):"且共一尊芳酒,看东风飞雪。"

又《醉蓬莱》(庆寿):"岁岁年年,花前月下,一尊芳酒。"

宋·蔡伸《水调歌头》:"月下一尊芳酒,凭阑几曲清歌,别后少人同。"

又《苏武慢》:"两地离愁,一尊芳酒,凄凉危栏倚遍。"

宋·韩元吉《醉蓬莱》:"老子偷闲,爱君三径,共我一尊芳醅。"

1889. 倒着接,花下迷

唐·李白《襄阳歌》:"落日欲没岘山西,倒着接䍦花下迷。襄阳小儿齐拍手,拦街争唱白铜鞮。傍人借问笑何事?笑杀山公醉似泥。""倒接䍦",

倒戴白帽,取自晋代民谣。晋·山简(又称山公、山翁),竹林七贤山涛之子,任镇南将军,镇守襄阳,有政绩。但好饮酒,常去郡中豪族习氏园池宴饮,每饮必醉,倒骑着马,倒戴着白帽回来。于是流行一种民谣:"山公出何许,往到高阳池(代习家池)。日暮倒载归,酩酊无所知。复能骑骏马,倒着白接䍦。"李白《襄阳曲四首》又写"山公醉酒时,酩酊高阳下。头上白接䍦,倒著还骑马。"又《鲁中都东楼醉起坐》:"昨日东楼醉,归来倒接䍦。阿谁扶上马,不省下楼时。"李白性不拘礼节,醉后常以山公自况。

写"倒接䍦"者,也多以山简自比。

北朝·周·庾信《对酒歌》:"山简接䍦倒,王戎如意舞。"首用晋民谣写醉后失态。

唐·孟浩然《宴荣二山池》:"山公来取醉,时唱接䍦歌。"《接䍦歌》即那首晋民谣。

唐·岑参《陪封大夫宴瀚海亭纳凉》:"细管杂青丝,千杯倒接䍦。"

唐·白居易《赠猥蒙徵知才拙词缫辄为五百言以伸酬献》:"山简醉高阳,唯闻倒接䍦。"

唐·皮日休《鹿门夏日》:"出檐趁云去,忘戴白接䍦。"

唐·吴融《高侍御话及皮博士池中白莲因成一章寄博士兼奉呈》:"月家秋色堪图画,只欠山公倒接䍦。"只欠一醉。

宋·文彦博《留守相公宠示嘉篇有棠阴旧游之句过奖难当辄敢和呈》:"曹酒清醇饮易酣,接䍦倒着不须簪。"

宋·宋祁《与献臣希深伯仲中源叔景纯会饮城东小园》:"林间晓日静晖晖,判共山公倒接䍦。"

宋·胡宿《送马少卿赴襄阳》:"地径谢守开油幕,人忆山公倒接䍦。"

宋·白子仪《次韵和抑之寒食二首》:"幸是禁烟芳节在,接䍦倒载定能堪。"

宋·刘敞《雨中醉归》:"倒著接䍦惊道路,悠悠判与世相违。"

又《寄圣民十月十一日方到》:"斋中故有菊花酒,犹可篱边倒接䍦。"

宋·韩琦《壬子重九》:"风前客帽从吹落,且伴山翁倒接䍦。"

宋·苏轼《铁沟复赠乔太博》:"山头落日侧金盆,倒著接䍦搔白首"。

宋·杨泽民《隔浦莲近拍》:"画屏山,纱厨簟枕,接罹醉犹倒。"

元·卢挚《喜春来·和则明韵》:"春云巧似山公帽,古柳横为独木桥。""山翁帽"是云似"倒接罹"。

又《蟾宫曲·襄阳怀古》:"谁醉著花间接罹,更谁家日暮习池?"

元·张可久《迎仙客·春日湖上》:"倒著接罹,湖上山翁醉。"

1890. 试学山公倒载归

宋·宋庠《晚春出郭游北山佛寺》:"左迁病守真无用,试学山公倒载归。""倒载",倒骑马,依晋民谣"日暮倒载归""复能骑骏马","倒载"也是醉酒行为。

用"倒载"表示醉酒句如:

唐·岑参《登凉州尹台寺》:"应须一倒载,还似山公回。"

唐·张登《上巳泛舟》:"且同山简醉,倒载莫褰帷。"

唐·段成式《和徐商贺庐员外赐绯》:"莫辞倒载吟归去,看欲东山又吐茵。"

宋·邵雍《履道会饮》:"小车倒载时,山翁归天津。"写倒乘车。

宋·苏轼《欧阳晦夫遗接罹琴枕戏作此诗谢之》:"无弦且寄陶令意,倒载犹作山公看。"

宋·辛弃疾《定风波》(大醉自诸葛溪亭归,窗间有题字令戒饮者,醉中戏作):"昨日山公倒载归,儿童应笑醉如泥。"

宋·韩淲《鹧鸪天》:"不堪野老关门醉,想见山公倒载时。"

1891. 笑杀山公醉似泥

唐·李白《襄阳歌》:"傍人借问笑何事,笑杀山公醉似泥。""山翁醉",不说"倒接罹""倒载归,"也代表饮者酒醉。李白与杜甫用的最多。

唐·李白《岘山怀古》:"弄珠见游女,醉酒怀山公。"

又《对酒醉题屈突明府厅》:"山翁今已醉,舞袖为谁开?"

又《江夏赠韦南陵冰》:"山公醉后能骑马,别是风流贤主人。"

又《送王屋山人魏万还王屋》:"虽为江宁宰,好与山公群。"

又《秋浦歌》:"醉上山公马,寒歌宁戚牛。"

唐·王维《汉江临泛》:"襄阳好风日,留醉与山翁。"

唐·岑参《与鲜于庶子泛汉江》:"山翁醉不醉,问取葛强知。"葛强曾为山简的"爱将"。

唐·杜甫《夔州送田将军赴江陵》:"寒醉山翁酒,遥怜似葛强。"

又《王十七侍御抢许携酒至草堂奉寄此诗便请邀离三十五使君同到》:"戏假霜威促山简,须成一醉习池回。"

又《玉腕骝》:"举鞭知有问,欲伴习池游。""习池"山简在习家饮酒处。

又《王竟携酒高亦同过共用寒字》:"移尊劝山简,头白恐风寒。"

又《竟梓州水亭》:"荆州爱山简,五醉亦长歌。"

又《苏轼诗集》注引杜甫诗:"爱酒晋山简,能诗何水曹。"苏轼《乘舟过贾收水阁》:"爱酒陶元亮,能诗张志和。"用杜甫二句句式。

唐·温庭筠《题友人池亭》:"山翁醉后如相忆,羽扇清尊我自知。"

唐·韦庄《春暮》:"不学山公醉,将何自解颐。"

宋·欧阳修《七言二首答黎教授》:"养丹道士颜如玉,爱酒山公醉似泥。""醉似泥"用李白语。

宋·苏轼《闻李公择饮傅国博家大醉二首》:"儿童拍手闹黄昏,应笑山公醉习园。"

宋·周邦彦《齐天乐》:"醉倒山翁,但愁斜照敛。"

宋·叶梦得《水调歌头》:"为问山翁何事,坐看流年轻度,拼却鬓双华。"

1892. 依倚将军势,调笑酒家胡

东汉·辛延年《羽林郎》:"昔有霍家奴,姓冯名子都。依倚将军势,调笑酒家胡。"霍光为大将军霍去病之弟,汉和帝时期宰相。霍光的家奴冯殷(子都),倚势作恶多端。此诗述冯殷倚势调笑酒家胡女的不轨行为。东汉大将军窦宪之弟执金吾窦景,倚势强抢占民妇民财,辛诗借冯殷以击窦景。

唐·李白《扶风豪士歌》:"作人不倚将军势,饮酒岂顾尚书期。"用《羽林郎》意,称道豪士,不倚仗他人的势力胡作非为。

1893. 胡姬年十五,春日独当垆

东汉·辛延年《羽林郎》:"昔有霍家奴,姓冯名子都。依倚将军势,调笑酒家胡。胡姬年十五,春日独当垆。长裾连理带,广袖合欢襦。头上兰田玉,耳后大秦珠。两鬟何窈窈,一世良所无。""酒家胡",酒家胡女,北方女子。"垆",酒垆,泥砌放酒坛子的台,中间凹陷,向前面倾斜。"当垆",卖酒。此诗写十五岁的北方姑娘,婉言回绝"金吾子"的"调笑",温和中义正辞严。

南朝·徐陵《乌栖曲二首》:"卓女红妆期此夜,胡姬沽酒谁论价。"上句用"文君当垆"事。

隋·辛德源《东飞伯劳歌》:"女儿年几十六七,玉面新妆映朝日。"

唐·贺朝《赠酒店胡姬》:"胡姬春酒店,弦管夜锵锵。""胡姬"指我国北方女子,此诗正写胡姬。

唐·李白《前有一尊酒行》:"胡姬貌如花,当垆笑春风。"

又《少年行》:"落花踏尽游何处,笑入胡姬酒肆中。"

唐·岑参《送宇文南金放后归太原寓居因呈太原郝主簿》:"送君系马青门口,胡姬垆头劝君酒。"

唐·贾至《春思二首》:"红粉当垆弱柳垂,金花腊酒解酴釀。"

唐·杨巨源《胡姬词》:"当垆知妾惯,送酒为郎羞。"

唐·白居易《东南行一百韵》:"软美仇家酒,幽闲葛氏姝。十千方得斗,二八正当垆。"

宋·张先《更漏子》:"侍宴美人姝丽,十五六,解怜才,劝人深酒杯。"仿"胡姬年十五"意,但不是写卖酒人,而是写侍酒人。

宋·宋祁《少年行》:"竭来别馆恣行乐,胡姬当垆酒十千。"

宋·周邦彦《侧犯》(大石):"见说胡姬,酒垆寂静,烟琐漠漠,藻池苔井。"

宋·郑僅《调笑转踏》:"相慕,酒家女,巧笑明眸年十五。当垆春永寻芳去,门外落花飞絮。银鞍白马金吾子,多谢结裙情素。"

元·马致远《青杏子》(姻缘):"当垆心既有,题柱志须酬,莫向风尘内久淹留。"

清·王国维《蝶恋花》:"窈窕燕姬年十五,惯曳长裾,不作纤纤步。"兼反用《焦仲卿妻》:"纤纤作细步"句,写"燕姬"的新步。

1894. 吴姬压酒唤客尝

唐·李白《金陵酒肆留别》:"风吹柳花满店香,吴姬压酒劝客尝。""吴姬",吴地(金陵古属吴国)酒家女。"压酒",新酒初熟,压糟取浆。唐人罗隐《江南行》中"夜槽压酒银船满",就写压酒,也称榨酒。李白此句也很有回应。宋人胡仔《苕溪渔隐丛话》引《诗眼》云:"好句须要好字,如李太白诗'吴姬压酒劝客尝',见新酒初熟,江南风物之美,工在'压'字。"

唐·鲍防《人日陪宣州范中丞传正与范侍御传真宴东峰亭》:"吴姬对酒歌千曲,秦女留人酒百杯。"这"吴姬"是歌女。

唐·刘复《长歌行》:"青春白日不与我,当垆举酒劝君持。"

宋·洪瑹《菩萨蛮》:"吴姬压酒浮红蚁,少年未饮先醉。驻马绿杨阴,酒楼三月春。"

宋·郑僅《调笑转踏》:"肠断浙江岸。楼上青帘新酒软,吴姬绰约开金盏。的的娇波流盼。采菱歌罢行云散,望断侬家心眼。"

1895. 醉倒黄公旧酒垆

唐·陆龟蒙《和袭美春夕酒醒》:"几年无事傍江湖,醉倒黄公旧酒垆。"此诗是作者在松江的甫里隐居时作。"黄公酒垆":《世说新语·伤逝》:"王濬冲为尚书令,著公服,乘轺车,经黄公酒垆下过,顾谓后车客:'吾昔与嵇叔夜、阮嗣宗共酣饮于此垆,竹林之游亦预其末。自嵇生夭、阮公亡以来,便为时所羁绁。今日视此虽近,邈若山河。'"可知"黄公酒垆"所以有名,且常被用来代酒肆,是由于"竹林七贤"曾在此以酒会友,其地当在洛阳。作为文士遗风,后来者也常有此举。唐·杜甫《遣怀》:"昔与高李辈,论文入酒垆。"同高适、李白也曾在酒垆以酒会友,以文会友。又《赠高式颜》:"自失论文友,空知卖酒垆。"也有点王戎(濬冲)式的感慨。高式颜是高适的族侄。

用"黄公酒垆"代酒肆句如:

唐·白居易《晚春沽酒》:"醉卧黄公肆,人知我是谁?"

宋·苏轼《为老人光华》:"不学山、王乘驷马,回头空指黄公垆。"

又《仆领贡举未出,钱穆父雪中作诗见及,三月二十日同游金明池,始见其诗,次韵为答》:"知有黄公酒垆在,苍颜华发自相遥。"

元·马谦斋《快活三过朝天子四边静·春》:"近黄公酒垆,诵坡仙乐府,直吃到月转垂杨树。"

1896. 文君纵有当垆志

元·朱庭玉《哨遍·伤春》:"文君纵有当垆志,也被相如定害死。"《史记·司马相如列传》载:相如到临邛,令卓"文君当垆"卖酒。言女子有情,情郎无义。

唐·李商隐《杜工部蜀中离席》:"美酒成都堪送老,当垆仍是卓文君。"成都美酒已可送老,何况还有美女当垆。

元·马致远《青杏子·姻缘》:"当垆心既有,题柱志须酬,莫向风尘内,久淹留。"

1897. 莫使金尊空对月

唐·李白《将进酒》:"人生得意须尽欢,莫使金尊空对月。"此诗作于天宝十一载元丹丘居所,全诗豪气奔放,早为名诗。此句却带有诗人醉酒尽欢、及时行乐的消极心态。对月酌酒,是他嗜爱的情趣。唐初卢照邻《送郑司仓入蜀》曾写酌酒对风:"送君秋水曲,酌酒对清风。"后人用李白句如:

宋·杨朴《秋日闲居》:"莫遣金尊空对月,满斟高唱混流年。"上句明用李白句,下句暗用曹操"对酒当歌"意。

宋·晏几道《鹧鸪天》:"从今屈指春期近,莫使金尊对月空。"变李白句以调整韵律。

宋·张孝祥《浣溪沙》:"对月只应频举酒,临风何必更搔头。"

1898. 尊前一笑休辞却

宋·苏轼《醉落魄》(席上呈元素):"尊前一笑休辞却,天涯同是伤沦落。""尊前一笑"即开开心心地饮酒,快快乐乐地饮酒,下句用白居易"同是天涯沦落人",说明"一笑"的缘由,同病相怜,同气相求,为什么不开怀畅饮呢。

"尊前一笑"句源出宋·柳永词《离别难》:"最苦是、好景良天,尊前歌笑,空想遗音。""尊前歌笑"一定有歌,气氛更欢快。宋·杜安世《卜算子》:"尊前一曲歌,歌里千重意。"宋·石孝友《忆秦娥》:"空相忆、尊前歌笑,梦中寻觅。"后来用"尊前一笑(谈笑、笑语)"比较多,看得出苏词的作用。

宋·黄庭坚《蓦山溪》:"清尊一笑,欢甚却成愁。"

又《定风波》:"又得尊前聊笑语,如许,短歌宜舞小红裳。"

又《渔家傲》:"遇酒逢花须一笑,长年少,俗人不用瞋贫道。"

又《离亭燕》(次韵答廖明略见寄):"十载尊前谈笑,天禄故人年少。"

宋·晁端礼《醉蓬莱》:"物外光阴,尊前笑语,年年依旧。"

宋·李清照《西江月》(壬午生日):"从他华发转萧萧,且共尊前一笑。"

宋·吕渭老《沁园春》:"整二年三岁,尊前笑处,知他陪了、多少歌诗。"

又《谒金门》:"往事不论多少,且向尊前一笑。"

宋·史浩《如梦令》:"一笑尊前相语,莫遣良辰虚度。"

宋·姜特立《朝中措》(和欧阳公韵):"如今到此,翛然万事,无处情钟。唯有尊前一笑,分明好个山翁。"

宋·范成大《朝中措》:"陌上千愁易散,尊前一笑难忘。"

宋·张孝祥《鹊桥仙》(平国弟生日):"弟兄同拜寿尊前,共一笑,欢欢喜喜。"

宋·廖行之《水调歌头》(寿武公望):"郁积胸中谋虑,慷慨尊谈笑,袖手看风云。"

宋·辛弃疾《苏武慢》(雪):"总无如现在,尊前一笑,坐中赢得。"

宋·王迈《沁园春》(寿史君黄少卿):"一笑尊前,数雄甲辰,几位上台。"

宋·吴潜《满江红》:"向尊前一笑,几多清兴。"

又《酹江月》:"尊前一笑,且由醉帽倚侧。"

宋·陈允平《永遇乐》:"蔷薇旧约,尊前一笑,等闲孤负年光。"

宋·刘辰翁《双调望江南》:"天上九朝凫冉冉,尊前一笑玉差差,人唱自家词。"

又《临江仙》(代贺丞相两国夫人生日并序):"尊前一笑共,儿孙,人间传寿酒,天上送麒麟。"

宋·张炎《甘州》:"何事凄凉蚴窭,向尊前一笑,歌倒狂澜。"

宋·无名氏《百字谣》(贺人取姑女):"一笑尊

前，欢然相与，便胜琼浆饮。"

"尊前一醉"与"尊前一笑"在意义上有细微差异。前者一醉方休，后者不然。宋·晏殊《破阵子》："不向尊前同一醉，可奈光阴似水声，迢迢去未停。"宋·李流谦《虞美人》中用此句："酴醾雪白牡丹红，犹及尊前一醉，赏芳秾。"

1899. 花间一壶酒

唐·李白《月下独酌》："花间一壶酒，独酌无相亲。举杯邀明月，对影成三人。"这是诗首四句，独而不孤，寂而无忧，对月饮酒，豪情满杯。其独特的想象，挥洒的激情，使之知名度很高。

"花间饮酒"是古人饮酒审美习惯和特点，对花饮酒，兴致高，韵味浓，酒情放漾，不仅行乐及时，解忧消愁，还可集朋待客，谈情叙谊。当然难免会有消沉的格调。"花间（中）"也同于"花前（边）""花下（底）"，还有其它"花酒"句。

"花间"句还如：

唐·韦应物《沣上醉题寄涤武》："芳园知夕燕，西郊已独还。谁言不同赏，俱是醉花间。"

唐·韩翃《送陈明府赴淮南》："花间一杯促膝，烟外千里含情。"

唐·刘禹锡《杏园花下酬乐天见赠》："二十余年作逐臣，归来还见曲江春。游人莫笑白头醉，老醉花间有几人。"

唐·白居易《醉中留别杨六兄弟》："春初携手春深散，无日花间不醉狂。"

唐·李群玉《题樱桃》："春初携酒此花间，几度临风倒玉山。"

唐·韦庄《感怀》："花间醉任黄莺语，亭上吟从白鹭窥。"

宋·晏珠《木兰花》："劝君莫作独醒人，烂醉花间应有数。"（一作欧阳修词）

宋·苏轼《月夜与客饮杏花下》："花间置酒清香发，争挽长条落香雪。"

宋·舒亶《一落索》："年年若许醉花间，待拼了、花间老。"

宋·晁补之《一丛花》（再呈十二叔）："玉山且向花间倒，任从笑、老入花丛。"

宋·张扩《殢人娇》："曾记年时，花间把酒，枉淋浪、春衫湿透。"

宋·王庭珪《点绛唇》："淡烟残烛，醉入花间宿。"

宋·朱敦儒《临江仙》："随分盘筵供笑语，花间社酒新篘，踏歌起舞醉方休。"

又《临江仙》："花间相过酒家眠，乘风游二室，弄雪过三川。"

又《暮山溪》："浮生春梦，难得是欢娱，休要劝，不须辞，醉便花间卧。"

宋·张方仲《殢人娇》："曾说年时，花间把酒，任淋浪、春衫湿透。"（同张扩词，字有差异）

宋·吕渭老《木兰花慢》："纵有千金莫惜，大家沉醉花间。"

宋·曹勋《点绛唇》："赏心时候，常劝花间酒。"

宋·刘克庄《贺新郎》（宋菴访梅）："不愿玉堂并金屋，愿年年岁岁、花间醉。"

1900. 花前醉倒歌者谁

唐·韩愈《芍药歌》："一尊春酒甘若饴，丈人此乐无人知。花前醉倒歌者谁，楚狂小子韩退之。"作者在王司马庭中赏红芍药，饮酒赏花，不惜花前醉倒。"花前"二句，雅兴勃发，酒力大作，以至狂歌醉倒，豪放不羁，跃然笔下。与白居易"座中泣下谁最多？江州司马青衫湿"比较，一喜一悲，句式极近。后"花前醉（倒）"多源于此。

唐·崔敏童《宴城东庄》："一年始有一年春，百岁曾无百岁人。能向花前几回醉，十千沽酒莫辞贫。"也是名诗。

唐·刘禹锡《唐郎中宅与诸公同饮酒看牡丹》："今日花前饮，甘心醉数杯。"

唐·元稹《酬乐天三月三日寄》："当年此日花前醉，今日花前病里销。"

唐·白居易《独酌忆微之》："独酌花前醉忆君，与君春别又逢春。"

唐·李敬方《劝酒》："不向花前醉，花应解笑人。"

唐·杜牧《对花微病不饮呈坐中诸公》："花前虽病亦提壶，数调持觞兴有无。"

五代·冯延巳《鹊踏枝》："日日花前常病酒，敢辞镜里朱颜瘦。"

宋·欧阳修《浪淘沙》："纵使花前常病酒，也是风流。"用冯句。

又《小桃》："雪里花开人未知，摘来相顾共惊疑。便当索酒花前醉，初见今年第一枝。"

又《圣无双》："为公一醉花前倒，红袖莫来扶。"

宋·邵雍《插花吟》:"酒涵花影红光溜,争忍花前不醉归。"

又《对花饮》:"对酒无花非负酒,对花无酒是亏花。"

又《南园赏花》:"花前把酒花前醉,醉把花枝仍自歌。"

又《花前劝酒》:"春在对花饮,春归花亦残。对花不饮酒,欢意遂阑珊。酒向花前饮,花宜醉后看。花前不饮酒,终免一年欢。"

宋·文彦博《清明后同秦帅端明会饮于李氏园池偶作》:"风光不要人传语,一任花前尽醉归。"

宋·王安石《即事五首》:"莫嫌野外无供给,更向花前把一杯。"

又《胡笳十八拍十八首》其五:"一见郎来双眼明,劝我沽酒花前倾。"

宋·晏几道《少年游》:"幸有花前,一杯芳酒,欢计莫匆匆。"

宋·苏轼《次韵钱穆父王仲至同赏田曹梅花》:"惟当此花前,醉卧黄昏月。"后句兼用李贺《秦宫》中"醉卧觥觥满堂月"句。

又《一斛珠》:"烛下花前,曾醉离歌宴。"

又《虞美人》:"持杯月下花前醉,休问荣枯事。此欢能有几人知。对酒逢花不饮、待何时。"

又《虞美人》:"晚情台榭增明媚,已拼花前醉。"

宋·舒亶《浣溪沙》(次权中韵):"惟有尊前芳意在,应须沉醉倒花前。绿窗还是五更天。"

宋·黄庭坚《踏莎行》:"欲笺心事寄天公,教人长对花前醉。"

宋·晁端礼《感皇恩》:"半开微谢,占得几多时好。便须拼痛饮,花前倒。"

宋·秦观《醉蓬莱》:"莫吝金钱,好寻诗伴,日日花前醉。"

宋·晁补之《金盏倒垂莲》:"后会一笑,犹堪醉倒花前。"

宋·苏庠《菩萨蛮》:"年时忆著花前醉,而今花落人憔悴。"

宋·葛胜仲《减字木兰花》(病起不见杏花作):"吾衰老矣,一醉花前犹不遂,情绪厌厌,虚度韶光又一年。"

又《浪淘沙》(九月十八日与千里赏菊三首):"今夜花前须醉倒,直到黎明。"

宋·曾纡《上林春》:"东苑梅繁,豪健放乐,醉倒花前狂客。"

宋·叶梦得《永遇乐》(蔡州移宋颖昌与客会别临芳观席上):"绿鬓朱颜,匆匆拼了、却记花前醉。"

又《虞美人》(赠蔡子因):"家山应在层林外,怅望花前醉。"

又《蓦山溪》(百花洲席上次韵司录董庠):"趁取未残时,醉花前,春应相许。"

宋·莫将《木兰花》(十梅·望梅):"诗成莫惜尊罍倒,不醉花前花解笑。"

宋·向子諲《蓦山溪》(老妻生日作,十一月初七日):"天教难老,风鬓绿如云。对玉笋,与芳林、岁岁花前醉。"

宋·蔡伸《菩萨蛮》:"良辰佳会诚难得,花前一醉君休惜。"

宋·张元干《醉花阴》:"玉砌长兰芽,好拥笙歌,长向花前醉。"

宋·王之道《蝶恋花》(和张文伯海棠):"野簌山肴三四盏,携尊更向花前看。"

又《蝶恋花》:"点缀南枝红旋旋,准拟杯盘,日向花前宴。"

又《蝶恋花》(和王冲之木犀):"把酒对花情不浅,花前敢避金杯满。"

又《减字木兰花》:"酒里花前,坐拥斯人怎得寒。"

又《满庭芳》(和王冲之西城郊行):"花前从醉倒,我当尽量,君盍忘年。"

宋·杨无咎《于中好》:"持杯准似花前醉,早一叶、两叶飞坠。"

宋·史浩《蝶恋花》:"料得天家深有意,教人长寿花前醉。"

又《青玉案》(劝酒):"三杯两盏,眼朦胧地、长向花前醉。"

宋·曾觌《浣溪沙》:"绮陌寻芳惜少年,长楸走马著金鞭,玉楼春醉杏花前。"

宋·葛立方《满庭芳》(赏梅):"已拼春醒一枕,如今且、醉倒花前。"

宋·韩元吉《一剪梅》(叶梦锡席上):"多病惭非作赋才,醉到花前,探得春期。"

宋·姚述尧《点绛唇》(月夜独坐赏岩桂):"为花歌笑,醉向花前倒。"

宋·陆游《一落索》:"花前须判醉扶归,酒不到、刘伶墓。"

宋·杨万里《忆秦娥》(初春):"老夫不管春催走,只图烂醉花前倒;花前倒,儿扶归去,醒来宿晓。"

宋·赵长卿《探春令》(寻春):"待今春、日日花前沉醉,款细偎红翠。"

又《菩萨蛮》:"对花深有意,且向花前醉;花作有情香,与人相久长。"

宋·陈三聘《千秋岁》(重到桃花坞):"明年春更好,来向花前醉。"

宋·陈亮《采桑子》:"醉倒花前,也占红香影里眠。"

宋·卢炳《蝶恋花》:"酒酿新醅,名不老,醉倒花前,真个无烦恼。"

宋·陈允平《木兰花慢》:"拼却花前醉也,梦随蝴蝶西东。"

又《汉宫春》(芍药):"花前夜阑醉后,斜月当楼。"

宋·王沂孙《水龙吟》(牡丹):"争如一朵,幽人独对,水边竹际。把酒花前,剩拼醉了,醒来还醉。"

宋·无名氏《渔家傲》:"去岁花前人醉倒,酒醒花落嫌人扫。"

宋·无名氏《满江红》(任寿叔):"把爆筵、趁取牡丹红,花前醉。"

1901. 把酒花前欲问君

宋·欧阳修《定风波》四首其四:"把酒花前欲问君,世间何计可留春?纵使青春留得住。虚语,无情花对有情人。""把酒花前",问留春之计。又用一"让步句",说即使春可留住,面对的花也是无情的。实际恨花无情,不解人之情。其一、二、三首均用这一句式:

其一:"把酒花前欲问他,对花何吝醉颜酡。"

其二:"把酒花前欲问伊,忍嫌金盏负春时。"

其三:"把酒花前欲问公,对花何时诉金钟。"

这三首各句都是在劝酒,"他""伊""公"所指皆虚指,只起换韵作用。

用"把酒花前"句如:

宋·王琪《定风波》:"把酒花前欲问天,春来秋去若茫然。"

宋·黄庭坚《定风波》:"把酒花前欲问溪,问溪何事晚声悲。"

又《采桑子》:"春风一面长含笑,偷顾羞遮,分付谁家?把酒花前试问他。"

1902. 把酒问青天

宋·苏轼《水调歌头》:"明月几时有,把酒问青天。"皎洁的月亮是什么时候开始有的?我端起酒杯问询青天。宋·蔡绦《铁围山丛谈》卷四载:"歌者袁綯,乃天宝之李龟年也。宣和间供奉九重,尝为吾言:东坡昔与客游金山,适中秋,天宇四垂,一碧无际,加江流澒涌,俄月色如昼。遂共登金山山顶之妙高台。命綯歌其《水调歌头》曰:'明月几时有?把酒问青天'。歌罢,坡为起舞,而顾问曰:'此便是神仙矣!'吾谓文章人物,诚千载一时,后世安所得乎!"宋·胡仔《苕溪渔隐丛话》后集卷三十九评:"中秋词自东坡《水调歌头》一出,余词尽废。""把酒问青天"句也很有名,不过创意不是苏轼。唐·李白有《把酒问月》为题的诗:"青天有月来几时,我今停杯一问之。""月""几时""有","把酒""问""青天",均出自李白诗,重新组合了诗句为词语,只添了一个"明"字。而"把酒问天"句,唐·白居易已曾用过:《把酒》诗写:"把酒仰问天,古今谁不死。"所以李白的句意,白居易的句型,都是苏词的句源。

康炳麟把苏词写入《楹联》:"把酒问青天,辨玉宇琼楼,竟是何年宫阙;举头望明月,认梅花芳草,曾经人世沧桑。"

1903. 身在花边须一醉

宋·王炎《念奴娇》(菊):"身在花边须一醉,小覆杯中醽醁。""花边"与"花前"意同。

又《鹧鸪天》(梅):"老来尚可花边饮,惆帐相携失玉人。"

又《江城子》:"不向花边拼醉,花不语,笑人痴。"

宋·张矩《应天长》:"便归去,酒底花边,犹自看得。"

宋·姜夔《月上海棠》:"留无计,惟有花边尽醉。"

1904. 羡君花下醉

唐·钱起《题崔逸人山亭》:"药径深红藓,山窗满翠微。羡君花下醉,胡蝶梦中飞。"称崔逸自得,"花下",应是高花,人在花下坐饮。

唐·白居易《病中答招饮者》:"顾我镜中悲白发,尽君花下醉青春。"上句用李白"高堂明镜悲白发"句。

又《卖骆马》:"五年花下醉骑行,临卖回头嘶一声。"

又《二月五日花下作》:"只有且来花下醉,从人笑道老颠狂。"

又《花下对酒二首》:"何必花下酒,更待他人劝。"

又《劝欢》:"尊前花下歌筵里,会有求来不得时。"

唐·韦庄《归国遥》:"罨鱼桥边春水,几年花下醉。"

宋·张先《南歌子》:"海棠花下醉芳菲,无计少留君住,泪双垂。"

宋·晏殊《酒泉子》:"若有一杯香桂酒,莫辞花下醉芳茵。"

宋·欧阳修《戏答元珍》:"曾是洛阳花下客,野芳虽晚不须嗟。"

又《夷陵书事寄谢三舍人》:"曾是洛阳花下客,欲夸风物向君羞。"再用。

宋·王安石《花下》:"花下一壶酒,定将谁举杯。雪英飞落尽,疑是故人来。"

宋·苏氏(苏颂之妹)《踏落行》(寄姊妹):"到家正是春雨时,小桃花下拼沉醉。"

宋·晁端礼《玉叶重黄》:"重来花下醉也,不减旧风味。"

宋·陈瓘《临江仙》:"年年花下醉,看谢几番红。"

宋·朱敦儒《木兰花》(探梅寄李士举):"自调弦管自开尊,笑把花枝花下醉。"

又《减字木兰花》:"心欢易醉,明月飞来花下睡,醉舞谁知。花满纱巾月满杯。"

宋·吕本中《减字木兰花》:"去年今夜,同醉月明花树下;此夜江边,月暗长堤柳暗船。"

宋·赵鼎《双翠羽》(三月十三日夜饮南园作,旧名念奴娇):"更欲题诗,晚来孤兴,却恐伤幽独。不如花下,一尊芳酒相属。"

又《醉桃源》(送春):"花下醉眠,休诉,看取春归去。"

宋·王以宁《临江仙》:"道人饮处百壶空,年年花下醉,看尽几番红。"(一作陈瓘词。)

宋·冯时行《虞美人》(重阳词):"去年同醉黄花下,采采香盈把;今年仍复对黄花,醉里不羞斑鬓、落乌纱。"

宋·史浩《粉蝶儿》(劝酒):"何妨竟夕,交酬玉觞金罍。便休辞、醉眠花下。"

又《花舞》:"花下一杯一杯,且莫把、光阴虚度。"

宋·韩元吉《霸天晓角》:"花下有人同醉,风满槛,波明阁。"

宋·张抡《点绛唇》:"兴来独饮,花下风吹醒。"

宋·程大昌《临江仙》:"醉来花下卧,便是习家池。"

宋·方千里《浣沙溪》(唯一不题"浣溪沙"的):"鬓影空思香雾湿,袜尘还想步波微,去年花下酒阑时。"

宋·刘克庄《满江红》(二月二十四日夜海棠花下作):"更几番雨过,彩云无迹。今夕不来花下饮,明朝空向枝头觅。"

1905. 花底一尊谁解劝

宋·欧阳修《渔家傲》:"酴醾压架清香散,花底一尊谁解劝。""花底"意花下,还有"花阴"。

唐·白居易《山游示小妓》:"花底迷酒思,风前乱红凝。"

宋·晏几道《更漏子》:"柳间眠,花底醉,不惜绣裙铺地。"

宋·晁补之《梁州令叠韵》:"清尊满酌谁为伴,花下提壶劝,何妨醉卧花底,愁容不上春风面。"

宋·向子諲《清平乐》:"独喜爱香韩寿,能来同醉花阴。"

宋·侯寘《菩萨蛮》:"与君聊一醉,醉倒花阴里。"

宋·赵耆孙《远朝归》:"当时醉魄,算依旧、徘徊花底。"

宋·张抡《蝶恋花》:"醉倒何妨花底卧,不须红袖来扶我。"下句用前举欧阳修句。

宋·赵善扛《传言玉女》:"歌传乐府,犹是升平风味。明朝须判,醉眼花底。"

宋·程垓《谒金门》(荼醾):"只待夜深清影足,醉来花底宿。"

宋·刘仙伦《贺新郎》:"挽住东君须醉倒,花底不妨留恋。"

宋·韩淲《西江月》："花底醉眠芳草,柳边嘶入骄骢。"

又《卜算子》："花底醉东风,好景宜同寿。"

唐·刘克庄《贺新郎》："尝试平章先贤传,屈原醒、不似刘伶醉。拼酩酊、卧花底。"

宋·吴潜《满江红》："邂逅聊拼花底醉,迟留莫管城头角。"

1906. 东风沉醉百花前

唐·韩翃《送高别驾归汴州》："寒雨送归千里外,东风沉醉百花前。"迎着寒雨东风,在花前送友人回千里之外的汴州。美景与离情都令人失魂,再饮以别酒,就更使人沉醉了。"醉东风"句,一是醉酒向春风,一是和煦的春风令人陶醉。"醉东风"即"醉春风",源出李白《宫中行乐词八首》："烟花宜落日,丝管醉春风。"写宫中行乐:烟花在落日后燃放,丝管在春风中醉人,动人的音乐令人在春风中陶醉。以下的"醉春(东)风"句如:

唐·韦应物《陪元侍御春游》："何处醉春风,长安西复东。"写长安之春醉人。

唐·贾至《对酒曲二首》："放歌乘美景,醉舞向东风。"写酒醉。

唐·李昌符《感怀题从舅宅》："郊家庭树下,几度醉春风。"(一作杨凝诗。)

唐·李山甫《公子家二首》："麻衣酷献平生业,醉倚春风不点头。"

唐·徐夤《古往今来》："古往今天恨莫穷,不如沉醉卧春风。"

唐·朱湾《平陵寓居再逢寒食》："贫病固应无挠事,但将怀抱醉春风。"

唐·陈羽《送李德舆归穿石洞山居》："惆怅别时花似雪,行人不肯醉春风。"

唐·鲍溶《范真传待御累有寄因奉酬十首》："请君白日留明月,一醉春风莫厌频。"

五代·毛文锡《酒泉子》："海棠花下思朦胧,醉春风。"

宋·赵彦端《满江红》(汪秘监席上作)："小语人家闲意态,浅寒都下新装束。念平生、和雨醉春风,从今足。"

宋·王重《烛影摇红》："烟雨红城,望中绿暗花枝少。惜春长待醉东风,却恨春归早。"

宋·向子谌《鹧鸪天》："星转斗,驾回龙,五侯风。"

宋·邓肃《菩萨蛮》："杯酒醉东风,羁愁一洗空。"

宋·史浩《满庭芳》(代乡老众宾劝乡大夫)："持杯愿、归登绛阙,花萼醉春风。"

宋·曾觌《朝中措》："无限少年心绪,从教醉倒东风。"

宋·陈三聘《浣溪沙》："醉态只疑春睡里,啼妆愁听雨声中,更烧银烛醉春风。"

宋·利登《水调歌头》："桑海几番覆,人尚醉春风。"

宋·赵必璲《烛影摇红》(县厅壁灯)："太平歌舞醉东风,花市人如织。"

宋·曹勋《菩萨蛮》(和贺子忱)是写"醉秋风"的:"劝我醉秋风,难辞两脸红。"秋天醉饮,是酒醉。

1907. 把酒祝东风

唐·司空图《酒泉子》："旋开旋落旋成空。白发多情,人更惜黄昏。把酒祝东风,且从容。"有感杏花开落,白发人老,把酒祝愿东风,不要那么猛烈,不要让杏花落得那么快。此句护花,也是惜时。"把酒祝东风"意为举起酒杯,向东风发出祝告,表达某种意愿。

宋·欧阳修《浪淘沙》："把酒祝东风,且共从容。垂杨紫陌洛城东,总是当时携手处,游遍芳丛。"用司空图句。

又《鹤冲天》："花无数,愁无数,花好却愁春去。戴花持酒东风,千万莫匆匆。"

宋·王安石《生查子》："把酒祝东风,且莫愁、匆匆去。"反用欧阳修"千万莫匆匆"句。

宋·程过《满江红》(梅)："对酒惊身老大,看花应念人离索。但十分、沉醉祝东君、长如昨。""东君"在《楚辞·九歌》中的"日之神",后用为"春之神",此处即指春神。

宋·王之道《好事近》(董令升生日)："一杯聊复对东风,为祝千千岁。作楫和羹事了,归去骑箕尾。"

宋·仲并《好事近》："一杯先为祝东风,丹诏来朝夕。何处称公挥翰,定北扉西掖。"

宋·王千秋《生查子》："……无力倚栏时,扫尽漫山杏。玲珑影结阴,蕴藉香成陈。谁为祝东风?更莫催花信。"

宋·无名氏《蓦山溪》："合朝重见,把酒祝东风,和雪看。"

金·宇文虚中《迎春乐》(立春):"把酒祝东风,吹取人归去。"他做为羁臣,极想让东风把自己吹回宋朝去。

1908. 把酒看花须强饮

宋·晏殊《酒泉子》:"把酒看花须强饮,明朝后日渐离披,惜芳时。"饮酒、醉酒与花的种种关系句如下:

宋·欧阳修《雨中花》:"醉藉落花吹暖絮,多少曲芳树。"

宋·晏几道《采桑子》:"明日归舟,碧藕花中醉过秋。"

又《虞美人》:"醉后满身花影,倩人扶。"

宋·苏轼《次韵韩康公置酒见留》:"庭下黄花一醉同,重来雪巘已穿隆。"

宋·向子諲《生查子》:"好是月明时,同醉花胜处。"

宋·张元干《小重山》:"醉时花近眼,莫频斟。"

宋·王之道《长相思》:"花一枝,酒一卮,举酒对花君莫辞,人生多别离。"

宋·曾觌《朝中措》(席上赠南剑翟守):"醉到闹花深处,歌声遏往云飞。"

宋·侯寘《四犯令》:"莫听阳关牵离绪,拼酩酊、花深处。"

宋·赵长卿《探春令》(赏梅十首):"对花沉醉应须拼,且尊前相伴。"

又《蝶恋花》(和任路分荷花):"短艇直疑天上坐,醉眠花里香无那。"

宋·辛弃疾《西河》:"对梅花,更消一醉。"

又《水调歌头》:"莫管钱流地,且拟醉黄花。"

宋·石孝友《念奴娇》:"明年今夜,凤池应醉花月。"

宋·张磁《照君怨》(园池夜泛):"云被歌声摇动,酒被诗情掇送,醉里卧花心,拥红衾。"

宋·吴潜《洞仙歌》:"且海国、浮沉醉花心,喜近日烽烟,渐消亭候。"

宋·葛长庚《好事近》:"醉卧梅花影里,有何人相识。"

清·张琦《南浦》:"忍记当时欢聚,到花时、长此托春醒。"

1909. 今朝有酒今朝醉

唐·权审《绝句》:"今朝有酒今朝醉,明日愁来明日愁。"今天有酒今天一醉,明天愁事上来明天再愁。这是古人在某种境遇迫使下产生的消极弃世、不求进取的人生哲学。"今朝"句就是这种消沉的人生格言。

唐·罗隐《自遣》:"得则高歌失却休,多愁多恨亦悠悠。今朝有酒今朝醉,明日愁来明日愁。"用权审原句。

宋·晏殊《秋蕊香》:"今朝有酒今朝醉,遮莫更长无睡。"用上句。

元·白朴《阳春曲》(知几)曲:"今朝有酒今朝醉,且尽尊前酒一杯。"上句用权审句,下句用李白句。

1910. 举杯消愁愁更愁

唐·李白《宣州谢朓楼饯别校书叔云》:"抽刀断水水更流,举杯消愁愁更愁。"这是广为传诵的名句,"抽刀断水"是个托句,"不塞不流",塞则更流,是源于事实的哲理,有力地托出下句:酒可以消愁,一醉解千愁;然而一旦愁极,酒反而助长愁绪。可见诗人难消难耐的忧愁。

宋·谢明远《菩萨蛮》:"问春何处去,春向天边住。举酒欲销愁,酒阑愁更愁。"用李白句。

宋·程垓《临江仙》(合江放舟):"买酒浇愁愁不尽,江烟也共凄凉。"从李白句化出。

清·况周颐《鹧鸪天》:"秋归尚有黄花在,未必清尊不破愁。"他相信清酒可以消愁。

1911. 何当载酒来,共醉重阳节

唐·孟浩然《九月九日岘山寄张子容》:"何当载酒来,共醉重阳节。"张子容与孟浩然友善,孟九九登高思念友人,想到如能载酒而来,共度佳节该多好啊。"载酒",设酒。《诗·大雅·旱麓》:"清酒既载,骍牡既备。"即设置清酒之意。如杜甫《江畔独步寻花七绝句》:"谁能载酒开金盏,唤取佳人舞绣筵。""载酒"又有携酒之意。《汉书·扬雄传》:"家素贫,嗜酒,人希至其门。时有好事者,载酒肴以游学。"《陶潜传》:"亲朋好事,或载酒肴而往。"如杜牧《遣怀》:"落魄江南载酒行,楚腰纤细掌中轻。"孟浩然句即携酒登高之意。孟还有"载酒"句:《闻裴待御胐自襄州司户除豫州司户因以

投寄》:"昔余卧林巷,载酒过柴扉。"《宴荣二山池》:"竹引携琴人,花邀载酒过。"《九日》:"载酒访幽人,落帽恣欢饮。"其它如:

唐·杜甫《遣兴二首》:"回首载酒地,岂无一日还。"

唐·岑参《与鄠县源少府泛渼陂》:"载酒入天色,水凉难醉人。"

又《过王判官西津所居》:"赋诗忆楚老,载酒随江鸥。"

唐·高适《别王彻》:"载酒登平台,赠君千里心。"

唐·戴叔伦《寄孟郊》:"石上幽期春又暮,何时载酒听高歌。"

唐·李端《晚次巴陵》:"烹鱼邀水客,载酒奠山神。"

唐·赵嘏《送韦中丞》:"泣尽楚人多少泪,满船唯载酒西归。"

唐·韦庄《寄园林主人》:"尚有余芳在,犹堪载酒来。"

又《观浙西府相畋游》:"归来一路笙歌满,更有仙娥载酒迎。"

又《漳亭驿小樱桃》:"当年此树正花开,五马仙郎载酒来。李白已亡工部死,何人堪伴玉山颓。"

宋·欧阳修《采桑子》:"画船载酒西湖好,急管繁弦。"

又《采桑子》:"荷花开后西湖好。载酒来时,不用旌旗。"

又《河南王尉西斋》(明道元年):"欲就陶潜饮,应须载酒行。"

宋·王安石《离北山寄平甫》:"清溪几曲春风好,已约归时载酒行。"

宋·苏轼《会客有美堂,周邠长官与数僧同泛湖往北山,湖中闻堂上歌笑声,以诗见寄,因和二首。时周有服》:"载酒无人过子云,掩关昼卧客书裙。""过子云":《汉书·扬雄传·赞曰》扬子云:"家素贫,耆酒,人希(少)至其门。时有好事者,载酒肴从游学,而钜鹿侯芭常从雄居,受其太玄、法言焉。"此诗以子云(扬雄)自况。

又《庚辰岁正月十二日,天门冬酒熟,予自漉之,且漉且尝,遂以大醉二首》:"载酒无人过子云,年来家酿有奇芬。醉乡杳杳谁同梦,睡息駒駒得自闻。"再用。无人载酒来,家酿已成熟。

又《次韵答满思复》:"谁言载酒山无贺,记取啼鸟巷有颜。"

又《送张嘉州》:"颇愿身为汉嘉守,载酒时作凌云游。"

又《陈季常自岐亭见访》:"忽然载酒从陌巷,为爱扬雄作酒箴。"

又《次前韵答马忠玉》:"河梁会作看云别,诗社何妨载酒从。"

又《归去来集字十首》:"携琴已寻壑,载酒复经丘。"

又《浣溪沙》:"家里餐毡例姓苏,使君载酒为回车,天寒酒色转头无。"

宋·舒亶《满庭芳》(后一日再置酒次冯通直韵):"又是重阳过了,东篱下、黄菊阑珊。陶潜病,风流载酒,秋意与人闲。"

又《菩萨蛮》:"雨后小池台,寻常载酒来。"

宋·黄襄《蝶恋花》:"行到身边琼步款,金船载酒银河畔。"

宋·黄庭坚《蓦山溪》(赠卫阳妓陈湘):"寻花载酒,肯落谁人后。只恐远归来,绿成阴、青梅如豆。"

宋·晁端礼《玉蝴蝶》:"况有良朋,载酒同放彩舟行。"

宋·贺铸《凌歊》(铜人捧露盘引):"量船载酒,赖使君、相对两湖床。"

又《虞美人》:"明年载酒洛阳春,还念淮山楼上、倚楼人。"

又《清平乐》:"载酒一尊谁与共,回首江湖旧梦。"

宋·米友仁《阮郎归》:"小舟载酒向平湖,新凉生晓初。"

宋·侯寘《江城子》(萍乡王圣俞席上作):"欲向西湖重载酒,君不去,谁与游。"

宋·赵彦端《垂丝钓》:"论诗载酒,犹胜心寄双鲤。"

宋·范成大《朝中措》:"从此量船载酒,莫教闲却春情。""量船"用贺铸句。

宋·丘崈《鹧鸪天》(乙未钱守登君山):"论东载酒浑闲事,著笼藏花说未休。"

宋·王炎《南柯子》:"青翰载酒泛晴晖,不忍十分寥落、负花时。"

宋·刘过《糖多令》:"欲买桂花同载酒,终不是、少年时。"

宋·卢祖皋《江城子》:"载酒买花年少事,浑不似、旧心情。"用刘过句。

宋·戴敏《夏日》:"东园载酒西园醉,摘尽枇杷一树金。"

宋·李曾伯《沁园春》:"佳人何日重逢,问还肯扁舟载酒从。"

又《八声甘州》:"中秋近,何如载酒,一笑登楼。"

宋·吴文英《宴清都》:"当时湖上载酒,翠云开处共。"

又《满江红》:"闲问字,评风月,时载酒,调冰雪。"

又《青玉案》:"今日江村重载酒。残杯不到,乱红青冢,满地闲春绣。"

宋·黄升《摸鱼儿》:"遥知载酒花边去,唱我旧歌金缕。"

宋·陈允平《摸鱼儿》:"伤春倦旅,趁暗绿稀红,扁舟短棹,载酒送春去。"

又《南歌子》:"载酒垂杨浦,停桡杜若洲。"

又《朝中措》:"斗草踏青天气,买花载酒心情。"亦用刘过"买花"句。

又《汉宫春》仍用刘过句:"何妨买花载酒,日日湖边。"

宋·刘辰翁《莺啼序》:"问荆卿、田横古墓,更谁载酒为君酹。"

宋·周密《秋霁》:"重到西泠,记芳园载酒,画船横笛。"

又《点绛唇》:"雪霁寒轻,兴来载酒移吟艇。"

又《玉漏迟》:"载酒倦游甚处,已换却、花间啼鸟。"

宋·王沂孙《庆清朝》:"前度绿阴载酒,枝头色比舞裙同。"

宋·张炎《台城路》(寄姚江太白山人陈文卿):"载酒船空,眠波柳老,一楼离痕难折。"

又《声声慢》:"匆匆载花载酒,便无情、也自风流。"

1912. 我醉欲眠卿且去

唐·李白《山中与幽人对酌》:"我醉欲眠卿且去,明朝有意抱琴来。"此句本陶渊明语。南朝·梁昭明太子萧统《陶渊明传》:"贵贱造之者,有酒辄设。渊明若先醉,便语客:'我醉欲眠,卿可去。'其真率如此。"李白首用此语,换一"且"字,此意大

有陶渊明风格。

宋·苏轼《李行中秀才醉眠亭二首》:"君且归休我欲眠,人言此语出天然。醉中对客眠何害,须信陶潜未若贤。"

又《次韵也毅父集古人句见赠》:"何当一醉百不问,我欲眠矣君归休。"

又《九日次韵王巩》:"我醉欲眠君罢休,已教从事到青州。"

又《陶骥子骏佚老堂二首》:"君醉我且归,明朝许来否?"反用,转换了醉眠人,不是主人而是客人。

又《寓居定惠院之东杂花满山有海棠一株》:"明朝酒醉还独来,雪落纷纷那忍触。"

又《次韵定慧钦长老见寄八首》:"我醉君且去,陶云吾亦云。"

李纲《水调歌头》:"我醉欲眠君去,醉醒君如有意,依旧抱琴来。"

宋·赵以夫《虞美人》:"蓝青影里春山秀,久立还成皱。酒阑天外月华流,我醉欲眠卿且、去来休。"

1913. 尊香轻泛数枝菊

唐·杜牧《题桐叶》:"尊香轻泛数枝菊,檐影斜侵半局棋。"尊中浮着数枝菊花,菊酒之香随之淡淡泛出。这就是有名的菊花酒。晋·葛洪《西京杂记·高帝侍儿言宫中乐事》载:"戚夫人侍儿贾佩兰,后出为扶风人段儒妻……说在宫内时,……九月九日,佩茱萸,食蓬饵,饮菊华酒,令人长寿。菊华舒时,并采茎叶,杂黍米酿之,至来年九月九日始熟,就饮焉,故谓之菊花酒。"菊花酒要酿制一年。到重阳节痛饮菊花酒,这种时尚至少起于汉代,至唐代尤盛,已从宫廷播于民间。又称黄花酒。《史正志菊谱前序》云:"菊,草属也,以黄为正,所以概称黄花。"下边是诗中描绘的菊花酒。

北周·庾信《聘齐秋晚馆中饮酒》:"残秋欲屏扇,余菊尚浮杯。"

唐·陆景初《奉和九月幸临渭亭登高应制》:"菊花浮柜酎,萸房插缙绅。"

唐·郑南金《奉和九日幸临渭亭登高应制》:"菊花浮圣酒,茱香挂衰质。"

唐·李咸《奉和九日幸渭亭登高应制》:"菊黄迎酒泛,松翠凌霜直。"

唐·赵彦伯《奉和九日幸渭亭登高应制》:"簪

挂丹英蕊,杯浮紫菊花。"

唐·于经野《奉和九日幸渭亭登高应制》:"桂筵罗玉俎,菊醴溢芳尊。"

唐·麹瞻《奉和九日登慈恩寺浮图应制》:"献觞乘菊序,长愿奉天晖。"

唐·李恒《奉和九月九日登慈恩寺浮图应制》:"睿藻兰英秀,仙杯菊蕊薰。"

唐·王缙《九日作》:"今日登高尊酒里,不知能有菊花无?"

唐·李颀《九月九日刘十八东堂集》:"风俗尚九日,此情安可忘?菊花辟恶酒,汤饼茱萸香。"

唐·郭震《秋歌》:"辟恶茱萸囊,延年菊花酒。"

唐·韦嗣立《奉和九月幸临渭亭登高应制》:"枝上萸新采,尊中菊始斟。"

唐·卢藏用《九日幸临渭亭登高应制》:"萸依佩里发,菊向酒边开。"

唐·崔曙《九日登望仙台呈刘明府容》:"且欲近寻彭泽宰,陶然共醉菊花杯。"

唐·张景源《奉和九月九日登慈恩寺浮图应制》:"金壶新泛菊,宝座即披莲。"

唐·李泌《奉和圣制重阳赐令聊示所怀》:"未追赤松子,且泛黄菊英。"

唐·孟浩然《和贾主簿弁九日登岘山》:"共乘休沐暇,同醉菊花杯。"

唐·李白《卢明府九日岘山宴袁使君张郎中崔员外》:"献寿先浮菊,寻幽或藉兰。"

唐·储光羲《田家集兴八首》:"夏来菰米饭,秋至菊花酒。"

又《京口送别王四谊》:"明年菊花熟,洛东泛觞游。"

唐·岑参《奉陪封大夫九月登高》:"九日黄花酒,登高会昔闻。"

又《九日使君席奉钱卫中丞赴长水》:"为报使君多泛菊,更将弦管醉东篱。"

唐·杜甫《课伐木》:"秋光近青岑,季月当泛菊。"

又《九日登梓州城》:"伊昔黄花酒,如今白发翁。"

唐·韦应物《郡斋感秋寄诸弟》:"采菊投酒中,昆弟自同倾。"

又《九日沣上作寄崔主簿倬二李端系》:"时菊乃盈泛,浊醪自为美。"

唐·钱起《九日登玉山》:"龙沙传往事,菊酒对今秋。"

唐·耿沣《九日》:"更望尊中菊花酒,殷勤能得几回沾。"

唐·戴叔伦《九日送洛阳李丞之任》:"且倾浮菊酒,聊拂染尘衣。"(一作方干诗)

又《寄万德躬故居》:"何时醉把黄花酒,听尔南征长短歌。"

唐·畅当《九日陪皇甫使君泛江宴赤岸亭》:"同倾菊花酒,缓棹木兰桡。"

唐·张登《重阳宴集》:"座移山上在,杯尽菊香残。"

唐·郑絪《九日登高怀绍二》:"簪茱泛菊俯平阡,饮过三杯却惘然。"(一作欧阳詹《九日广陵登高怀邵二先辈》诗)

唐·权德舆《奉和圣制九日言怀赐中书门下及百僚》:"愿言黄花酒,永奉今日欢。"

又《嘉兴九日寄丹阳亲故》:"草露荷花冷,山风菊酒香。"

又《和九日从杨氏姊游》:"招邀菊酒会,属和柳花篇。"

唐·欧阳詹《九日广陵同陈十五先辈登高怀林十二先辈》:"泛菊聊斟酒,持萸懒插头。"

唐·白居易《河亭晴望》:"明朝是重九,谁劝菊花杯?"

唐·武瓘《九日卫使君宴上作》:"满眼黄花初泛酒,隔烟红树欲还霜。"

唐·姚合《九日寄钱可复》:"数杯黄菊酒,千里白云天。"

唐·司空图《丁巳重阳》:"重阳未到已登临,探得黄花且独斟。"

唐·韩偓《信笔》:"整钗垂子重,泛酒菊花香。"

唐·王贞白《九日长安作》:"无酒泛金菊,登高但忆秋。"

五代·徐铉《九日落星山登高》:"黄花泛酒依流俗,白发满头思古人。"

宋·杨备《九日台》:"甲光如水戟如霜,御酒杯浮菊半黄。"

宋·方千里《诉衷情》:"淮水阔,楚山长,暗悲伤。重阳天气,杯酒黄花,还寄他乡。"

1914. 蒲城桑叶落,灞岸菊花秋

北周·庾信《就蒲州使君乞酒》:"蒲城桑叶

落,灞岸菊花秋。"《庾子山集注》云:"桑落、菊花,谓酒也。""桑落"《洛阳伽蓝记》载:"何东郡民刘白堕,宿擅工酿,排于桑落之辰,故酒得其名。"庾信《蒙赐酒》又有:"忽闻桑叶落,正值菊花开。"

唐·杜甫《九日杨奉先会白水崔明府》:"坐开桑落酒,来把菊花枝。"从庾信句脱出。《月令广义》载:"晋宣帝时,羌人献桑落酒,九日以赐百官饮。这里代指酒。古代习俗,菊、酒度重阳,把菊饮酒(不一定是菊花酒),是最大的快乐,菊、酒缺一则倍感憾然。《续晋阳秋》云:"陶潜尝九月九日出宅边菊丛中,坐久之,满手把菊。值王弘送酒至,即便就酌,醉而归。渊明不解音律,而蓄无弦琴一张,每酒适,辄抚弄以寄其志。"所以庾信《卧疾穷愁》诗写:"有菊翻无酒,无弦则有琴。"以渊明穷愁自况。杜甫《莫愁》亦写:"每恨陶彭泽,无钱对菊花。如今九日至,自觉酒须赊。"也以渊明自比。庾、杜二诗又说明菊与酒对重阳节之重要,因而诗中常并写。菊酒分写对举句,有的用"九日菊",有的用"陶篱菊"。

唐·崔峒《题桐庐李明府官舍》:"可惜陶潜无限酒,不逢篱菊正开花。"

唐·刘商《送王贞》:"槿花亦可浮杯上,莫待东篱黄菊开。"

唐·杨巨源《题贾巡官林亭》:"白鸟闲栖亭树枝,绿尊仍对菊花篱。"

唐·张籍《重阳日至峡道》:"逢高欲饮重阳酒,山菊今朝未有花。"

又《闲游》:"病眼校来犹断酒,却嫌行处菊花多。"

唐·白居易《九日登巴台》:"黍香酒初熟,菊暖花未开。闲听竹枝曲,浅酌茱萸杯。"

又《九日醉吟》:"有恨头还白,无情菊自黄。"

又《禁中九日对菊花酒忆元九》:"赐酒盈杯谁共持,宫花满把独相思;相思只傍花边立,尽日吟君咏菊诗。"

唐·方干《宋从事》:"倚枕卧吟荷叶雨,持杯坐醉菊花天。"

唐·唐彦谦《金陵九日》:"野菊西风满路香,雨花台上集壶觞。"

唐·吴融《重阳日荆州作》:"浊醪任冷难辞醉,黄菊因暄却未开。"

唐·薛涛《九日遇雨二首》:"茱萸秋节佳期阻,金菊寒花满院香。"

1915. 家家扶得醉人归

唐·王驾《社日》(一作张演诗):"鹅湖山下稻粱肥,豚栅鸡栖对掩扉;桑拓影斜春社散,家家扶得醉人归。"农家社日,聚会祭祀土神,畅饮尽欢,主人酩酊大醉,家家搀扶而归。

"社日"有春社、秋社。立春立秋后第五个戊日为社日。《岁时广记·二社日》:"《统天万年历》曰:立春后五戊为春社,立秋后五戊为秋社。"《荆楚岁时记》:"社会,四邻并结综会社牲醪,为屋于树下,先祭神,然后飨其胙。"王驾此诗写醉归,多为后人仿效。

宋·范成大《四时田园杂兴六十首》(淳熙丙午,沉疴少纾,复至石湖旧隐,野外即事,辄书一绝,终岁得六十篇,号《四时田园杂兴》):"社下烧钱鼓似雷,月斜扶得醉翁回。"用王驾句写社日醉归。

唐·皮日休《樱桃花》:"晚来鬼峨浑如醉,唯有春风独自扶。"樱桃花如醉,在春风中摇曳。

唐·吕从庆《半海秋社》:"稻熟瓜累岁有仁,烹鸡割豕祀田神。分腥不觉归来晚,一幅云烟拥醉人。"秋社酒醉,在云烟中归来。

宋·黄公绍《青玉案》:"年年社日停针线,怎忍见双飞燕?……落日解鞍芳草岸,花无人戴,酒无人劝,醉无人管。"怀念离人社日在外,醉无人扶。反用其意。

写春社、秋社祭祀土神,一醉方休,多写"醉扶"情景,而皮日休诗不是写社日,却由"人醉"写入"花醉"。

1916. 今夜还先醉,应烦红袖扶

唐·白居易《对酒》:"今夜还先醉,应烦红袖扶。""红袖",歌女或侍女。

唐·杜牧《寄杜子二首》:"不识长杨事北胡,且教红袖醉来扶。"用白居易"红袖扶"句。

宋·苏轼《次韵送刘景文》:"岂知入骨爱诗酒,醉倒正欲蛾眉扶。""蛾眉"换去"红袖",写拼上一醉。

1917. 醉头扶不起

唐·杜牧《醉题》:"醉头扶不起,三丈日还高。"酒醉而眠,醒来已日出很高。"醉头扶不起",言大醉。"扶头酒",表示浓酒,烈酒易醉,不能自主,多靠人扶。唐·王驾《社日》诗中名句就是"家

家扶得醉人归"。

写"扶头"句如：

唐·姚合《答友人招游》："睹棋招敌手，沽酒自扶头。"

唐·方干《赠黄处士》："愁吟密雪思难尽，醉倒残花扶不归。"

宋·王禹偁《回襄阳周奉礼同年因题纸尾》："扶头酒好无辞醉，缩项鱼多且放馋。"

宋·苏轼《雨中看牡丹三首》其一："黄昏更萧瑟，头重欲相扶。"雨中牡丹，花头低下欲扶。

宋·贺铸《南乡子》："易醉扶头酒，难逢敌手棋。"自姚合句翻出。

宋·李清照《念奴娇》："险韵诗成，扶头酒醒，别是闲滋味。征鸿过尽，万千心事难寄。"

清·孔尚任《桃花扇》第六出《眠香》："请老爷同到洞房，唤他出来，好饮扶头卯酒。"

1918. 莫笑田家老瓦盆

唐·杜甫《少年行二首》："莫笑田家老瓦盆，自从盛酒长儿孙。倾银注玉惊人眼，共醉终同卧竹根。"此诗作于成都，表现对草堂平民生活的乐观自爱，对盛酒的瓦盆情有独钟。可谓"瓦缶胜金玉"。宋·罗大经《鹤林玉露》评："瓦盆金玉，同博一醉，尚何分别之有？由是推之，塞驴布鞯，与骏马金鞍，同一游也；松床笔席，与绣帏玉枕，同一寝也。知此，则贫富贵贱，皆可以一视矣。"

宋·郑獬《初入姑苏会饮》："吴儿柔软不惯见，应笑侬家诗酒豪。"由于"渴来梦吞沧海阔，醉后眼挂青天高"的豪饮，姑苏人见所未见，他们会惊讶这种豪爽气。"应笑侬家"依"莫笑农家"而出。

宋·陆游《游山西村》："莫笑农家腊酒浑，丰年留客足鸡豚。"这是一首名诗，诗人家居镜湖之三山家，应亲友之邀去山西村，首二句写农家丰年尚可以鸡豚待客。"莫笑农家腊酒浑"中的"浑"当是古代绍兴家酿米酒。从杜句中翻出。

"老瓦盆"，粗制的酒器。

元·关汉卿《四块玉·闲适》："旧酒投，新醅发，老瓦盆边笑呵呵。"

元·贯云石《水仙子·田家》："邀邻翁为伴，使家僮过盏，直吃的老瓦盆干。"

又《水仙子·田家》："衣宽解，事不关，直吃的老瓦盆干。"再用此句。

元·曾瑞《快活三过朝天子·警世》："伴四季闲风月，老瓦盆边，无明无夜。"

以上用杜甫"老瓦盆"句，也说明到元代仍是农家以瓦盆盛酒。

1919. 太极虽倒人能扶

清·丘逢甲《题兰史人罗浮纪游图》："但须世界有豪杰，太极虽倒人能扶。""太极"，出自《易经·系辞上》："易有太极，是生两仪，两仪生四象，四象生八卦。"指生发万物的本原，古代哲学名辞。这里指社稷。作者希望有豪杰出来拯救清末危局。

宋人有"醉倒太极何人扶，周公孔子呼为徒"句，并因此获罪，丘逢甲用上句。

1920. 黄鸡白酒渔樵社

宋·贺铸《阳羡歌》："解组投簪，求田问舍，黄鸡白酒渔樵社。元龙非复少时豪，耳根清净功名话。"解下绶印、投掉簪缨，寻求田地，建造房舍，加入渔樵行列，以黄鸡白酒度日。这是一种归隐的情绪。"黄鸡白酒"并非珍馐美味，因而常用以代表普通平民生活。宋·辛弃疾《水调歌头》（送杨民瞻）："梦连环，歌弹铗，赋登楼。黄鸡白酒，君去村社一番秋。"用贺铸句。

"黄鸡白酒"用陶侃故事。宋·吕祖谦《诗律武库》后集卷三载：晋·陶侃少时家贫，有友人见访，无以致诚。其邻人颇贤，谓侃曰："子门有长者轩车，何不适之以论当世事？"侃曰："贫不能备酒醴。"邻人密于墙头度以浊酒只鸡，遂成终日之乐。此说陶侃家贫，无力待客，是好心的邻居给了"浊酒只鸡"。"黄鸡白酒"从"浊酒只鸡"变化而来。

谁先用"黄鸡白酒"的？唐·李白《南陵别儿童入京》："白酒新熟山中归，黄鸡啄黍秋正肥。呼童烹鸡酌白酒，儿女嬉笑牵人衣。"黄鸡白酒不过是农家餐。"儿女嬉笑"说明平时生活极清贫。

宋·王钦若《题陶侃庙》："九重天阙梦掉臂，黄鸡白酒邻舍恩。"用李白诗中的"黄鸡白酒"取代"浊酒只鸡"以述陶侃事。

用"黄鸡白酒"句下如：

唐·袁皓《重归宜春偶成十六韵寄朝中知己》："殷勤倾白酒，相劝有黄鸡。"

宋·司马光《送白都官归长安》："黄鸡白酒王陵乐，杜曲樊川九谷宜。"

宋·苏轼《秋兴三首》："黄鸡白酒云山约，此计当时已浩然。"

又《答任师中、家汉公》:"烹鸡酌白酒,相对欢有余。""烹鸡"用李白原句。

宋·赵长卿《浣溪沙》(初冬):"白酒已蒭浮蚁熟,黄鸡未老藁头肥,问侬不醉待何时。"

宋·辛弃疾《水调歌头》(三山用赵丞相韵答帅幕王君且有感于中秋近事并见之末章):"谁唱黄鸡白酒,犹记红旗清夜,千骑月临关。"

又《水调歌头》:"梦连环,歌弹铗,赋登楼。黄鸡白酒,君去村社一番秋。"

宋·吴潜《水调歌头》(送叔永文昌):"黄鸡白酒,吾亦归兴动江乡。"

又《水调歌头》:"办取黄鸡白酒,演了山歌村舞,笑得庆丰年。"

1921. 张公吃酒李公醉

宋·陈亚《诗一首》:"张公吃酒李公醉,自古人言信有之。陈亚今年新及第,满城人贺李衙推。""张公"句意为一方得虚名,一方得实惠。宋·韦居安《梅磵诗话》卷上载:"陈亚幼孤,育于舅家,舅姓李,为医工,人呼李衙推。亚登第,人皆贺其舅,亚有诗云云。"即作此诗。

"张公吃酒李公醉"是武则天时代的民谣。唐·张鷟《耳目记》载:武则天时,宠臣张易之、张昌宗兄弟权势很大,李氏皇室受压,以至被戮。因而民间谣曰:"张公吃酒李公颠"。宋·程大昌《演繁露续集》卷二亦记:"则天时讖谣曰'张公吃酒李公醉',张公,易之兄弟也;李公,言李氏不盛也。"

唐《南曲·曲中唱语》:"张公吃酒李公颠,盛六生儿郑九怜。舍下雄鸡伤一穗,南头小凤约三千。"张住住与盛六子通,生一子,郑九郎爱如亲生。

又《改唱》:"张公吃酒李公颠,盛六生儿郑九怜。舍下雄鸡失一足,街头小福拉三拳。"佛奴家雄鸡斗伤,疑田小所为,打三小福三拳。

1922. 有酒如渑客满门

宋·黄庭坚《寄题荣州祖元大师此君轩》:"有酒如渑客满门,不可一日无此君。""有酒如渑"源出《左传·昭十二年》的《晋侯投壶词》:晋侯以齐侯晏中行穆子相,投壶。穆子曰:"中之! 有酒如淮,有肉如坻。寡君中此,为诸侯帅。"齐侯举矢曰:"亦中之! 有酒如渑,有肉如陵。寡人中此,与君代兴。"即源出齐侯投壶词。有酒如渑水,言酒之多,取之不尽,饮之不竭。

唐·杜甫《寄刘峡州伯华使君四十韵》:"展怀诗诵鲁,割爱酒如渑。"自注:"平生所好,消渴止之。"

唐·耿沣《早春安高陵滑少府》:"且宽沈簿领,应赖酒如渑。"

宋·欧阳修《病告中怀子华原父》(嘉祐四年):"花明晓日繁如锦,酒拨浮醅绿似渑。"

宋·蔡伸《忆瑶姬》(南徐连沧观赏月):"谩花光眩目,绿酒如渑。"

宋·赵彦端《浣溪沙》(辛卯会黄运属席上作):"人意歌声欲度春,春容温暖胜于人。欢君一醉酒如渑。"

宋·王之道《好事近》(彦逢弟生日):"蟹螯如臂酒如渑,橙桔半黄绿。"

宋·史浩《临江仙》(劝酒):"自古圣贤皆寂寞,只孝饮者留名。万花丛里酒如渑。池台仍旧贯,歌管有新声。"

宋·杨炎正《满江红》(寿稼轩):"寿酒如渑,拚一醉、劝君休惜。"

宋·铁笔翁《庆长春》(寿戴一轩):"有酒如渑,便开怀痛饮,我歌君拍。"

宋·刘敞《听府妓歌忆春卿资政给事》:"南方酒如渑,醉倒本容易。"

又《召诸弟博饮》:"恨无酒如渑,杯盂空屡举。"

宋·宋庠《庚午春观新进士锡宴安琼林苑因书所见》:"沼浮渑酒渌,坻聚舜庖膻。"

1923. 逢场作戏真呈拙

宋·陈师道《再和寇十一》:"逢场作戏真呈拙,误笑成蝇岂所长。""逢场作戏",在一定场合下作作"游戏"。"呈拙"即献丑,谦辞。

"逢场作戏"本意为在适当的场面中表演技艺。《景德传灯录》卷六《江西道一禅师》述:"(邓隐峰)对云:'竿木随身,逢场作戏'。"

宋·吴泳《摸鱼儿》(郫县宴同官):"当留客处,且遇高歌,逢场戏剧,莫作皱眉事。"在酒席上尽情嬉戏。

宋·刘克庄《贺新郎》(甲子端午):"过眼光阴驶,忆垂髫、留连节物,逢场游戏。"忆少年时端午节,要逢场嬉戏。

元·马致远《北般涉调·哨遍》："半世逢场作戏，险些儿误了终焉计。"应付世俗之意。

明·沈受先《三元记·开宗》："对酒当歌须慷慨，逢场作乐任优游。""作乐"与嬉戏意同。

"逢场作戏"作为后来的成语，主要指随机应酬，作一番"表演"。

1924. 无劳白衣酒，陶令自相携

唐·刘长卿《九日登李明府北楼》："无劳白衣酒，陶令自相携。"重阳节作者登县楼，并携酒，风趣地说"无劳白衣酒"。

白衣送酒是陶渊明故事。《艺文类聚》卷四引《续晋阳秋》记："陶潜尝九月九日无酒，宅边菊丛中摘盈把，坐其侧，久望，见白衣至，乃王弘送酒也。即便就酌，醉而后归。"有菊有酒是古人欢度重阳的习俗，陶渊明九日摘菊盈把，可无酒，说明贫困，而王弘这位地方官派白衣人给他送来酒，"久望"似送酒有约。后人部分重阳诗写"白衣送酒"事，说明有酒无酒种种趣事。刘长卿反用之。

唐·王绩《九月九日赠崔使君善为》："香气徒盈把，无人送酒来。"

唐·王勃《九日》："九日重阳节，开门有菊花。不知来送酒，若个是陶家。"

唐·岑参《行军九日思长安故国》："强欲登高去，无人送酒来。"

唐·李嘉祐《答泉州薛播使君重阳日赠酒》："欲强登高无力去，篱边黄菊为谁开。共知不是浔阳郡，那得王弘送酒来。"

唐·皇甫冉《重阳日酬李观》："不见白衣来送酒，但令黄菊自开花。"

唐·刘方平《寄陇右严判官》："一丛黄菊地，九日白衣人。"

唐·秦系《答泉州薛播使君重阳日赠酒》："共知不是浔阳郡，那得王弘送酒来。"

唐·李郢《重阳日寄浙东诸从事》："愁里又闻清笛怨，望中难见白衣来。"

唐·高骈《途次内黄马病寄僧舍呈诸友人》："红叶寺多诗景致，白衣人尽酒交游。"

唐·皮日休《军事院霜桔盛开因书一绝寄上谏议》："已过重阳三十日，至今犹自待王弘。"

唐·陆龟蒙《袭美醉中寄一壶并一绝走笔次韵奉酬》："正被绕离荒菊笑，日斜还有白衣来。"

唐·翁承赞《题景祥院》："农罢树阴黄犊卧，斋时山下白衣来。"

唐·韦庄《婺州水馆重阳日作》："白衣虽不至，鸥鸟自相寻。"

宋·欧阳修《戏书拜呈学士三丈》："咏句把黄菊，望门逢白衣。"

宋·司马光《和同舍对菊无酒》："尽日柴门外，白衣来不来。"

宋·田为《惜黄花慢》："雁空浮碧，印晓月，露洗重阳天气。……黄金篱畔白衣人，更谁会、渊明深意。"

宋·梅尧臣《和江邻几有菊无酒》："当时陶渊明，篱下望亦久。幸赖白衣人，不愧采盈手。"

又《依韵和杨直讲九日有感》："也持黄菊蕊，时望白衣人。"

又《答仲源太傅八日遗酒》："陶潜九月九，无酒望白衣。"

又《和刘原甫省中新菊》："赖有白衣来，好事遗壶浆。"

宋·文同《大桃途次见菊》："却念白衣谁送酒，满篱高兴忆吾乡。"

宋·韩琦《次韵答滑守梅龙图重阳惠二阕》："把菊不同陶令喜，白衣人只送香醪。"

宋·邵雍《酒少吟》："何由同九日，长有白衣人。"

宋·韩维《邻几含对菊无酒》："陶公爱佳节，对菊愁空杯。日晏东篱下，竟见白衣来。"

宋·苏轼《十一月九日梦作一诗今足成》："白衣送酒舞渊明，急扫风轩洗破觥。"《碧溪诗话》评："白衣送酒舞渊明，人有疑舞字太过者。及观庾信《答王褒饷酒》诗'未能扶毕卓，犹足舞王戎'句，舞字盖有所本。"

又《有以官法酒见饷者，因用前韵，求述古为移厨饮湖上》："喜逢门外白衣人，欲脍湖中赤玉鳞。"

又《章质夫酒六壶书至而酒不达戏作小诗以问之》："白衣送酒舞渊明，急扫风轩洗破觥。"再用前"梦作一诗"中二句。

宋·辛弃疾《水调歌头》（九日游云洞和韩南涧韵）："酒亦关人何事，正自不能不尔。谁遣白衣来。"

宋·廖行之《青玉案》（重九忆罗舞举）："黄花未开，白衣到否，篱落荒凉处。"

宋·刘辰翁《霜天晓角》（和中斋九日）："老来

无复味,老来无复味。多谢白衣迢递,吾病矣、不能醉。"

宋·陈允平《氏州第一》:"闲倚江楼,凉生手臂……寂寞东篱,白衣人远,渐黄花老。"

元·卢挚《沉醉东风·重九》:"衰柳寒蝉一片愁,谁肯教白衣送酒?"

元·姚燧《拔不断四景》:"白衣有意能携酒,好风流重九。"

元·马致远《拔不断》:"白衣盼杀东篱客,你莫不子犹访戴。"

元·乔吉《折挂令·重九后一日游蓬莱山》:"重阳雨冷风清,阻却王弘,淡了渊明。"

元·无名氏《红纳袄》:"爱的是绿水清山,见一个白衣人来报,来报五柳庄幽静煞。""白衣人"送酒归来,报告归隐处之美。

1925. 每恨陶彭泽,无钱对菊花

杜甫《复愁十二首》:"每恨陶彭泽,无钱对菊花。如今九日至,自觉酒须赊。"用陶渊明九日有菊无酒事,托自己的贫困。诗人常以菊酒与陶渊明并写。

唐·白居易《知足吟》:"樽中不乏酒,篱下仍多菊。""篱菊"句用陶诗《饮酒二十首》之五中"采菊东篱下,悠然见南山"意,"篱菊"已成诗典。

唐·秦系《山中赠诸暨丹丘明府》:"荷衣半破带莓苔,笑向陶潜酒瓮开。"

唐·崔曙《九日登望仙台呈刘明府》:"且欲近寻彭泽宰,陶然共醉菊花杯。"

五代·徐铉《和尉迟赞善秋暮僻居》:"庭有菊花尊有酒,若方陶令愧犹贤。"宋·程琳《和答刘夔咏茱萸》用徐句:"菊有清香尊有酒,茱萸不插也风流。"

宋·李清照《鹧鸪天》:"不如随分尊前醉,莫负东篱菊蕊黄。"

又《醉花阴》:"东篱把酒黄昏,有暗香盈袖。"

宋·辛弃疾《贺新郎》:"一尊搔首东窗里,想渊明,《停云》诗就,此时风味。"陶诗《停云》有:"有酒有酒,闲饮东窗。"辛诗:此刻心情如陶写罢《停云》诗,一杯在手,搔首东窗,悠然自得。

1926. 玉山自倒非人推

唐·李白《襄阳歌》:"清风朗月不用一钱买,玉山自倒非人推。"写他自己政治失意,放浪形骸,

纵酒自慰的心态。

"玉山倾倒"形容醉倒。《世说新语·容止》:"嵇康身长七尺八寸,风姿特秀。见者叹曰:'萧萧肃肃,爽朗清举。'或云'肃肃如松下风,高而徐引。'山公曰:'嵇叔夜之为人也,岩岩若孤松之独立;其醉也,傀俄若玉山之将崩。'"山涛评说嵇康平日如孤松独立,醉后如玉山倾倒。此后用"玉山倾颓"取代酒醉之意。

唐初王绩《辛司法宅观妓》:"到愁金谷晚,不怪玉山颓。"(一作卢照邻诗)

唐·骆宾王《畴昔篇》:"不识金貂重,偏惜玉山颓。"

唐·令狐楚《省中直夜对雪寄李师素侍郎》:"静怀琼树倚,醉忆玉山颓。"

又《三月晦日会李员外座中频以老大不醉见讥因有此赠》:"三月唯残一日春,玉山倾倒白鸥驯。"

唐·郑审《酒席赋得匏瓢》:"何曾斟酌处,不使玉山倾。"

唐·刘禹锡《河南王少尹宅燕张常侍白舍人兼呈卢郎中李员外二副使》:"第一林亭迎好客,殷勤莫惜玉山颓。"

又《扬州春夜》:"寂寂独看金烬落,纷纷只见玉山颓。"

唐·李贺《汉唐姬饮酒歌》:"不说玉山颓,且无饮中色。"

唐·白居易《酬思黯相公见过弊居戏赠》:"但留金刀赠,未接玉山颓。"

又《蓝田刘明府携酌相过与皇甫郎中卯时同饮醉后赠之》:"玄晏舞狂乌帽落,蓝田醉倒玉山颓。"

又《杨六尚书留太湖石在洛下借置庭中因对举杯寄赠绝句》:"每就玉山倾一酌,兴来如对醉尚书。"

又《酒熟忆皇甫十》:"自从金谷别,不见玉山颓。"

又《东南行一百韵》:"满卮那可灌,颓玉不胜扶。"

唐·裴翛然《夜醉卧街》:"金吾如借问,但道玉山颓。"

唐·吕岩《题永康酒楼》:"鲸吸鳌吞数百杯,玉山谁起复谁颓。"

唐·韦庄《漳亭驿小樱桃》:"李白已亡工部

死,何人堪伴玉山颓。"

宋·柳永《小镇西犯》:"酩酊谁家年少,信玉山倒。家何处,落日眠芳草。"

宋·欧阳修《蝶恋花》:"坐上少年听未惯,玉山将倒肠先断。"

宋·司马光《送酒与范尧夫》:"莫作林间独醒者,任从花笑玉山颓。"

宋·王观《红芍药》:"遇酒追朋笑傲,任玉山摧倒。"

宋·苏轼《木兰花令》:"坐中有客最多情,不惜玉山拼醉倒。"

又《闻李公择饮傅国博家大醉二首》:"不肯惺惺骑马回,玉山知为玉人颓。"

宋·李之仪《蝶恋花》:"纵酒狂歌,销遣闲烦恼。金谷繁华春正好,玉山一任尊前倒。"

宋·黄庭坚《雨中花》(送彭文思使君):"会须醉倒,玉山扶起,更倾春碧。"

又《阮郎归》:"一杯春露莫留残,与郎扶玉山。"

又《醉落魄》:"扶头不起还颓玉,日高春睡平生足。"

又《满庭芳》:"为扶起,尊前醉玉颓山。"宋·秦观《满庭芳》(茶):"为扶起灯前、醉玉颓山。"用黄庭坚句。

又《看花回》(茶词):"夜永兰堂醶饮,半倚颓玉。烂熳坠钿堕履,是醉时风景。"

又《惜余欢》(茶词):"坐来争奈,玉山未颓,兴寻巫峡。"

宋·晁端礼《金焦叶》:"楼头已报鼕鼕鼓,华堂渐、停杯投筋。更闻急管频催,风口香销烛,花映玉山倾处。"

又《永遇乐》:"棠阴无讼,乐府新教,正好醉山频倒。"

宋·向子谌《鹧鸪天》(豫章郡主席上):"司空常见风流惯,输与山翁醉玉摧。"

宋·丘崈《浪淘沙》(米都大和荆州作,次韵谢之):"端为故人情未减,醉玉颓山。"

宋·米友仁《念奴娇》(村居九日):"向晚婵娟,半轮斜照,想见成清夜。玉山颓处,要看倚帽如画。"

宋·王庭珪《临江仙》:"恐随丹诏动,且任玉山颓。"

宋·莫将《木兰花》(十梅·吟咏):"集花潇洒

洞天深,永夜玉山应自倒。"

宋·史浩《感皇恩》:"正须沉醉,拼却玉山频倒。"

宋·辛弃疾《江神子》:"花底夜深寒色重,须拼却、玉山倾。"

宋·刘过《辘轳金井》(席上赠马金判舞姬):"高阳醉,玉山未倒。看鞋飞凤翼,钗梁微裊。"

又《沁园春》:"若是花时,无风无雨,一日须来一百回。教人道,看玉山自倒,不用相推。"

又《贺新郎》(游西湖):"去尽酒徒无人问,唯有玉山自倒。任拍手、儿童自笑。"

宋·李壁《江神子》(劝酒):"此怀能得几番开,玉山颓,不须推。"

宋·张榘《青玉案》:"玉山不怕频频倒,要笔阵,纵横快挥扫。"

宋·吴景伯《沁园春》:"深深饮,任玉山醉倒,明月扶归。"

宋·杨泽民《六么令》:"那更频陪俎宴,几度山颓玉。"

宋·何梦桂《蓦山溪》(和雪):"呼酒嚼琼花,任醉来、玉山倾倒。"

辽·寺公大师《醉义歌》:"陶陶一任玉山颓,藉地为茵天作幕。"

明·汤显祖《牡丹亭》第十二出寻梦《品令》:"他倚太湖石,立著咱玉婵娟。待把俺玉山推倒,便日暖玉生烟。"

清·孔尚任《桃花扇》第六出眠香《节节高》:"金尊佐酒筹,劝不休,沉沉玉倒黄昏后。"

清·曹雪芹《红楼梦》第六十六回《尤三姐自刎》:"揉碎桃花红满地,玉山倾倒再难扶!"写尤三姐刎身倒地而死。

1927.会待与君开秫瓮

唐·罗隐《寄杨秘书》:"梅繁几处垂鞭看,酒好何人倚槛倾,会待与君开秫瓮,满船般载镜中行。""秫",高粱,酿酒最好,"秫瓮",指酒瓮。劣酒只能倾倒掉,我要给你开瓮送上好酒。

宋·苏轼《次韵王廷老和张十七九日见寄二首》:"酿酒闭门开社瓮,杀牛留客解耕犁。""开社瓮",指自家村酿。

1928.破恨悬知酒有兵

宋·苏轼《王巩屡约重九见访,既而不至》

"知君月下见倾城,破恨悬知酒有兵。""酒有兵",酒有突破愁恨的力量。《南史·陈暄传》:陈暄嗜酒过度,有云:"吾尝譬酒之犹水,亦可以济舟,亦可以覆舟。故江谘议有言:'酒犹兵也,兵可千日而不用,不可一日而不备。酒可千日而不饮,不可一饮而不醉。'美哉江公,可与共论酒矣。"这酒兵之论,使后人借用其意。

唐·韩愈《残春旅舍》:"禅伏诗魔归净域,酒冲愁阵出奇兵。"即酒足可消愁之意。苏诗取此意。

1929. 有酒惟浇赵州士

唐·李贺《浩歌》:"买丝绣作平原君,有酒惟绕赵州土。"作者生不逢时,深有怀才不遇之慨,而称道战国时赵国的平原君赵胜能够招贤纳士,所以用丝绣平原君像,浇酒于赵国土地上以奠。

清·纳兰性德《金缕曲》(赠梁汾):"有酒惟绕赵州土,谁会生成此意?"用李贺句表示对李贺的同情。

1930. 酒酣喝月使倒行

唐·李贺《秦王饮酒》:"洞庭雨脚来吹笙,酒酣喝月使倒行。"酒醉情激,呼喝月轮从西向东倒回来。

清·郑廷桢《月华清》:"泛深杯,待喝蟾停。""蟾停"即月停。取李贺意。

1931. 何时得出禁酒国

唐·卢仝《叹昨日》:"何时得出禁酒国,满瓮酿酒曝背眠。""禁酒",古代遇到大荒年,为节省粮食,实行禁酿,限制用粮食制酒。此指放浪饮酒。

宋·苏轼《赵既见和复次韵答之》:"先生未出禁酒国,诗语孤高常近谤。"用卢仝句。

1932. 气味如中酒

唐·李廓《落第》:"气味如中酒,情怀似别人。"榜前见自己榜上无名,心情恶化如酒醉,思维木然,似乎已经不是自己了。

宋·苏轼《侄安节远来夜坐五首》:"落第汝为中酒味,吟诗我作忍饥声。"用李廓"气味如中酒",揭示安节落第的苦涩。

1933. 眼昏书字大

唐·张籍《咏怀》:"眼昏书字大,耳重觉声

高。"眼昏花,写不了小字,写出的字很大。

宋·苏轼《卧病逾月,请郡不许,复直玉堂,十一月锁院是日苦寒,诏赐宫烛法酒,书呈同院》:"醉眼有花书字大,老人无睡漏声长。"用张籍句,不过眼花是因为醉酒。"老人无睡"用刘禹锡"此夜独归还乞梦,老人无睡到天明"句(《同仆射牛相公晋国池上别后至甘棠馆忽梦同游因成口号见寄》)。

1934. 醉里题诗字半斜

宋·苏轼《九日邀仲屯田,为大水所隔,以诗见寄,次其韵》:"何时得见悲秋老,醉里题诗字半斜。"这首"次韵"诗,由于是醉中所书,字一半都是歪斜的,但是非常想念你,尽管字斜也要寄去,表达我的情怀。

唐·杜甫《同元使君春陵》:"作诗呻吟内,墨淡字欹倾。"苏诗取"字欹倾"意。

1935. 几回无酒欲沽君

宋·苏轼《赵即见和复次韵答之》:"几回无酒欲沽君,却畏有司书簿帐。"自注:近制,公使酒过数,法甚重。"欲沽君",欲君沽之意,无酒想让你沽,又怕超量受罚。

《诗经·小雅·伐木》:"有酒湑我,无酒沽我。"这"湑我""沽我"是两个主谓倒装句,意为有酒我过滤,无酒我去沽。苏诗用此倒装句"沽君"。

1936. 故遣青州从事来

唐·皮日休《醉中寄鲁望一壶并一绝》:"醉中不得亲相倚,故遣青州从事来。"醉中送鲁望一壶美酒,"青州从事"原官名故可"遣",又是酒名,所以题中说"一壶"。

"青州从事"是美酒的隐语。《世说新语·术解》:"桓公(桓温)有主簿善别酒,有酒辄令先尝,好者谓'青州从事',恶者谓'平原督邮'。青州有齐郡,平原有鬲县。从事,言到脐;督邮,言在鬲(膈)上住。"青州酒(可以下脐)优于平原酒(只在膈上),"从事"是美官,"督邮"是贱职;所以用"青州从事"代指美酒,"平原督邮"代指劣酒。而文学作品中多用"青州从事"代称美酒。

唐·韦庄《江上题所居》:"青州从事来偏熟,泉布先生老渐悭。"

宋·苏轼《章质夫送酒六壶书至而酒不达作

小诗问之》:"岂意青州六从事,化为乌有一先生。"六壶酒化为乌有。陈师道《谈丛》云:"东坡居惠,广守月馈酒六壶。吏尝跌而亡之。坡以诗谢。"一句一典,幽默而风趣。

又《九日次韵王巩(定国)》:"我醉欲眠君罢休,已教从事到青州。"

又《次韵赵令铄惠酒》:"青州老从事,鬲上非所部。"

又《真一酒》:"人间真一东坡老,与作青州从事名。"

宋·向滈《西江月》:"牢落一生羁思,风流万斛诗愁。强邀从事到青州,酒病绵绵越瘦。"

宋·葛长庚《水调歌头》(咏茶):"唤醒青州从事,战退睡魔百万,梦不到阳台。两腋清风起,我欲上蓬莱。"

清·朱彝尊《青玉案》(临淄道上):"青州从事须沉醉,稷下雄谈且休矣!"

清·朱仁玠《瀛涯渔唱》:"青州从事出遐方,照座浑如琥珀光。"当时台湾名酒阿乳酒,色如琥珀。

1937. 诗酒故人同

唐·王勃《秋日仙游观赠道士》:"林泉明月在,诗酒故人同。"诗情酒兴与友人是共享的。

又《赠李十四四首》:"平生诗与酒,自得会仙家。"魏晋以来文人与酒的关系之密切是有名的,《诗经》和《楚辞》中极少涉酒,屈原最忧愁,但从未写以酒浇愁。而从汉以后文人同诗酒已结下不解之缘,到唐代则有过之无不及。王勃的"诗酒故人同""平生诗与酒,自得会仙家"很有代表性了。唐·姚合《和东都令狐留守相公》:"诗酒思朝朝,闲坐与谁同。"用王勃句。

唐·源乾曜《奉和圣制送张说上集贤学士赐宴》:"欢娱此无限,诗酒自相迎。"

唐·李白《别中都明府兄》:"吾兄诗酒继陶君,试宰中都天下闻。"魏晋"竹林七贤"阮籍、嵇康、山涛、向秀、刘伶、阮咸、王戎是诗酒文人的代表。而诗酒文风影响更远的莫过陶渊明,即李白所指的"陶君"。

唐·杜甫《可惜》:"宽心应是酒,遣兴莫过诗。"道出了"诗酒文人"的形成缘由。

又《江畔独步寻花七绝句》:"诗酒尚堪驱使在,未须料理白头人。"

宋·史达祖《喜迁莺》:"自怜诗酒瘦,难应接、许多春色。""诗酒瘦"为耽诗病酒,瘦弱之身。况周颐《蕙风词话续编》卷一认为史达祖此句"反用其义",反用杜甫"诗酒尚堪驱使在"句。

唐·白居易《自咏》:"但遇诗与酒,便忘寝与餐。"

又《初授秘书监并赐金紫闲吟小酌偶写所怀》:"酒引眼前兴,诗留身后名。"唐文宗立,白居易从杭州刺史转授秘书监,"眼前兴"即此刻的感情。

元·张可久《折桂令》(次酸斋韵)曲:"招仙笛响,引兴杯长。"是步贯云石韵而作,"引兴杯长"用白居易"酒引眼前兴"句。

清·赵庆熺《南仙吕入双调步步娇·泖湖访旧图》(醉扶归):"一湾儿绿水分高下,一条儿红桥自整斜;一天儿诗酒做生涯,一篷儿风月都潇洒。"用杜甫《江畔独步寻花七绝句》:"极答春光知有处,应须美酒送生涯"句。

1938. 一回酒渴思吞海

宋初著名诗人王禹偁七八岁时已能属文。郡从事毕文简闻知他有才名,又知他家以磨面为生,就以"磨"为题要他作对联。王对:"但取心中正,无愁眼下迟。"一天,毕文简宴请宾客,将王禹偁召在身边,即席出一上联:"鹦鹉能言争似凤",邀众人答对。座中人虽都以"凤"自居,却对答不出。王禹偁立即对出下联:"蜘蛛虽巧不如蚕。"毕文简当即惊呼:"经纶之才也!"过了几十年之后,王禹偁做了长洲宰,也遇到一个有才华的少年。据《诗话总龟》记:苏州童子刘少逸年十一,文辞精敏。其师潘阆携以见长洲宰王元之(王禹偁)、吴县宰罗思纯,以所作贽二公,二公疑所贽假手,未之信,因试之。与之联句,畔不淹思。

罗曰:无风烟焰直;

刘对:有月竹阴寒。

罗曰:日移竹影侵棋局;

刘对:风递花香入酒尊。

王曰:风雨江城暮;

刘对:波涛海寺秋。

王曰:一回酒渴思吞海;

刘对:几度诗狂欲上天。

"一回酒渴思吞海,几度诗狂欲上天"豪气覆海冲天,读之令人振奋,到本世纪四十年代还被人书作楹联，原来是王禹偁，刘逸之合作之产物。

"酒渴"，酒后而渴，饮酒过多急欲饮水。《世说新语》："刘伶病酒，渴甚。"病酒"即醉酒，说刘伶醉酒，十分口渴。"病酒"、"酒渴"之语均源于此。宋·周伯弜所选《唐三体诗》有："酒渴爱江清，余酲漱晚汀"句，未署作者，这是杜甫的《军中醉歌沈八刘叟》诗中的两句。杜甫是先将"酒渴"入诗的。其后司空曙《江园书事寄卢纶》写："嗜酒渐婴渴，读书多欲眠。"说饮酒太多，为渴所困。而吕岩《沁园春》词："指洞庭为酒，渴时狂饮；君山作枕，醉后高眠。"这里的"渴"是渴酒而不是渴水了。

从白居易起，写酒渴思茶，有时因友人赠名茶，用"酒渴"以歌茶之珍贵。如他的《萧员外寄新蜀茶》："满瓯似乳堪持玩，况是春深酒渴人。"一杯浓浓的鲜茶，已经够美了，何况正值春深酒渴呢。又《早服云母散》诗："药销日晏三匙饭，酒渴春深一碗茶。"其后写酒渴饮茶的还有：

唐·李群玉《答友人寄新茗》："愧君千里分滋味，寄与春风酒渴人。"用白居易"酒渴人"句。

唐·郑谷《峡中尝茶》："鹿门病客不归去，酒渴更知春味长。""春味"即茶味。

宋·郑獬《初入姑苏会饮》："渴来梦吞沧海阔，醉后眼挂青天高。"

宋·苏轼《偶至野人汪氏之居》："酒渴思茶漫扣门，那知竹里是仙村。"

清·曹雪芹《红楼梦》第二十三回贾宝玉《秋夜即事》："静夜不眠因酒渴，沈烟重拨索烹茶。"

"酒渴""诗狂"二句，狂放动地，豪气盈天，堪称大手笔。表现这种气势和力量的诗唐人已有。刘义的《自问》："酒肠宽似海，诗胆大于天。"气魄很可观。其以海天壮诗酒，正是王、刘对句之所本。杜荀鹤《投郑先辈》："闷向酒杯吞日月，闲将诗句问乾坤。"充满了诗酒豪情。宋初王祐（曾仕后晋、后汉、后周而入宋）早于王禹偁。他有《句》："诗狂直欲吞云雾，酒渴何妨吸洞庭。"用杜荀鹤的吞日月为"吞云雾"，用吕岩的"洞庭为酒，渴时狂饮"为"吸洞庭"。所以王、刘对诗名句的产生渊源是处处有痕的。

王禹偁还有同类风格的诗句，《赠商丘主簿刘昌言》："酒好未陪红杏宴，诗狂多忆刺桐花。"和《寄献鄜州行军司马宋侍郎》："辞源发昆仑，意尽若到海。"

宋·林逋《雪三首》："酒渴已醒时味薄，独援

诗笔得天真。"

宋·梅尧臣《次韵和景仁对雪》："兴发诗千首，豪吞酒百斛。"

近人萧湘雁《洞庭诗社邀赴岳阳楼诗会喜赋》："朗吟高倚岳阳楼，几度诗狂呼太白。""几度诗狂"用王、刘对句。

1939. 竹叶离尊满，桃花别路长

唐·骆宾王《秋日送尹大赴京》："竹叶离尊满，桃花别路长。"酒尊中浮着竹叶，这是饯行酒，路傍开着招手的桃花，送君踏上长途。又《送吴七游蜀》："桃花嘶别路，竹叶泻离尊。"连用桃花竹叶表现送别，也算别开新意。竹叶酒，酿制时掺入竹叶以调味，酒面浮有竹叶。竹叶入诗，多与蒲萄、芙蓉、桃、榴、梅等对韵。首创此句的是南朝·陈·张正见《对酒》诗："竹叶三清泛，蒲萄百味开。"骆宾王同此句，骆还有《代女道士王灵妃赠道士李荣》："鹦鹉杯中浮竹叶，凤凰琴里《落梅花》。"

唐·郎余令《晦日宴高氏林亭》："尊开疏竹叶，管应《落梅花》。"用骆宾王句。

唐·李峤《酒》："临风竹叶满，湛月桂鱼浮。""竹叶"临风酒味飘散，别有情趣。唐薛涛就写了"把酒临风"；《西岩》："凭阑却忆骑鲸客，把酒临风手自招。"

唐·武则天《游九龙潭》："酒中浮竹叶，杯上写芙蓉。"

唐·戎昱《送王端公之太原归觐相公》："春雨桃花静，离尊竹叶香。"

唐·白居易《钱湖州以箬下酒李苏州以五酘酒相次寄到无因同饮聊咏所怀》："倾如竹叶盈尊绿，饮作桃花上面红。"白诗最为工美。

宋·寇准《顶山》："竹叶一尊酒，榴花五月天。不妨扶拄杖，行到白云边。"悠闲而富想象。

宋·释智圆《寄远》："寒侵竹叶难成醉，尘暗菱花更懒开。"怀友不舒。

宋·宋祁《高亭驻眺招宫苑张瑞臣》："杯中竹叶谁与举，笛里《梅花》那忍闻？"情激句工。

1940. 葡萄美酒夜光杯

唐·王翰《凉州词》："葡萄美酒夜光杯，欲饮琵琶马上催。"这是王翰写酒名句。写军中生活：面对着葡萄美酒还没有饮，琵琶军乐奏响，宴筵开始了。汉东方朔《海内十洲记》载："周穆王时，西

胡献昆吾割玉刀及夜光常满杯……杯是白玉之精，光明夜照。"这里写酒杯精致华美。写葡萄酒的还如唐·刘复《春游曲》："细酌蒲桃酒，娇歌玉树花。"清·文廷式《水龙吟》："有葡萄美酒，芙蓉宝剑，都未称、平生志。"难遂报国之志。

"葡萄美酒"一句曾使今人免税千金。四川省农学院留法研究生李华，经过几年努力，终于使中国葡萄酒打入法国市场。可从香港转口时，港方认为是洋酒。香港海关规定，洋酒征百分之三百的税，土酒征百分之八十的税。李华急中生智，当即吟出这句唐诗："葡萄美酒夜光杯"，说中国唐代就生产葡萄酒，法国、英国要比中国晚十几个世纪，怎么能说中国葡萄酒是洋酒呢？港方无言可对，只好承认中国葡萄酒是土酒。

1941. 鹦鹉杯中弄紫霞

唐·李峤《奉和圣制幸韦嗣立山庄应制》："凤凰原上开青壁，鹦鹉杯中弄紫霞。""鹦鹉杯"，应是一种鹦鹉形酒杯，"紫霞"喻酒色。

唐·骆宾王《代女道士王灵妃赠道士李荣》："鹦鹉杯中浮竹叶，凤凰琴里落梅花。"骆宾王与李峤同时，难断孰为仿效。李之"鹦鹉"句好，骆之"凤凰"句佳。李白的"江城五月落梅花"出于此。

唐·李适《侍宴安乐公主新宅应制》："银河半倚凤凰台，玉酒相传鹦鹉杯。"用"鹦鹉杯"对"凤凰台"。

1942. 兰陵美酒郁金香

唐·李白《客中作》："兰陵美酒郁金香，玉碗盛来琥珀光。但使主人能醉客，不知何处是他乡。"这是李白的名句。"兰陵"今山东峰县。"郁金香"，郁金浸酒，酒含郁金香。用玉碗盛来，酒闪动着金黄色。这酒味美、色美。难怪如果主人肯于献酒，就忘掉了身处异乡了。写美酒之美无以复加。

唐人岑参写过殷红的琥珀色酒：《醉题匡城周少府壁》："故人薄暮公事闲，玉壶美酒琥珀殷。"合用李白二句。又《与鲜于庶子泛汉江》："酒光红琥珀，江色碧疏璃。"

宋·王安石《答熊本推官金陵寄酒》："郁金香是兰陵酒，枉入诗人赋咏来。庭下北风吹急雪，坐间南客送寒醅。"这风雪中的寒醅，胜似兰陵美酒了。

1943. 玉碗盛来琥珀光

唐·李白《客中作》："兰陵美酒郁金香，玉碗盛来琥珀光。"上句写酒香，下句写酒色，"郁金香"与"琥珀光"都是最美的。

清·曹雪芹《红楼梦》第六十二回史湘云《酒令》："泉香而酒冽，玉碗盛来琥珀光。"取二成句：前用欧阳修《醉翁亭记》："酿泉为酒，泉香而酒冽。"后用李白原句。

1944. 恰似葡萄初酦醅

唐·李白《襄阳歌》："遥看汉水鸭头绿，恰似葡萄初酦醅。""鸭头绿"是古代印染色，即如鸭头绿毛色。这里写水呈深绿色，有如再酿葡萄而未过滤的酒。以酒色比水色，比之好在于，水如酒色，似散酒香。

最早写"葡萄酦醅"的是北周庾信，他在《春赋》中写："移戚里而家富，入新丰而酒美。石榴聊泛，蒲桃酦醅。"李白从中取句。

唐·杜甫《晚晴吴郎见过北舍》："明日重阳酒，相迎自酦醅。""酦醅"代美酒。

宋·欧阳修《病告中杯子华原叟》（嘉祐四年）："花明晓日繁如锦，酒拨浮醅绿似渑。"

又《奉酬长文舍人出城见示之句》（嘉祐四年）："清浮酒蚁醅初拨，暖入莺篁舌渐调。"

又《七言二首答教授》："拨瓮浮醅新酿熟，得霜寒菊始开齐。"

又《答端明王尚书见寄兼简景仁文裕二侍郎二首》："酒面泼醅浮大白，舞腰催拍趁繁弦。"

宋·罗志仁《木兰花慢》（禁酿）："爱酒已无星。想难变春江，蒲桃酿绿，空想芳馨。"

宋·陈亮《采桑子》："一杯满泻蒲桃绿，且共留连，醉倒花前。也占红香影里眠。"

"葡萄新酸"喻酒也喻水，春江夏水如葡萄涨绿，水如葡萄色，总是美而赏心悦目。

宋·王安石《怀元度回首》："舍南舍北皆春水，恰似葡萄初酦醅。"

宋·苏轼《南乡子》："认得岷峨春雪浪，初来，万顷葡萄涨绿醅。"

又《满江红》："江汉西来，高楼下，葡萄深碧。"

又《武昌西山》："春江绿涨葡萄绿，武昌官柳知谁栽？"

又《出都来陈，所乘船上有题小诗八首，不知何人有感于余心者,聊为和之》其七:"颖水非汉水,亦作葡萄绿。"

宋·毛滂《生查子》(登高词):"露蕊郁金黄,云液葡萄碧。"

宋·叶梦得《贺新郎》:"浪粘天、葡萄涨绿,半空烟雨。"直承苏轼句。宋人直承苏轼句者不少。

宋·辛弃疾《贺新郎》:"千里潇湘葡萄涨,人解扁舟欲去。"

宋·王沂孙《南浦》(春水):"葡萄过雨新痕,正拍拍轻鸥,翩翩小燕。"

宋·王质《江城子》:"十顷卜萄深贮碧,鸥共鹭,各翩翩。"

宋·赵长卿《菩萨蛮》(初夏):"方池新涨葡萄绿,晓来雨过花如浴。"

宋·赵善括《满江红》(和坡公韵):"一雨连春,东湖涨、蒲萄新绿。"

宋·赵师侠《满江红》(甲午豫章和李思永):"渺渺春江,迷望眼、蒲萄涨绿。"

宋·陈允平《小重山》:"岸柳黄深绿渐饶,林塘初过雨、涨蒲萄。"

宋·刘辰翁《宝鼎现》(春月):"帘影动、散红光成绮。月浸葡萄十里。"以上多用"葡萄"代水。

1945. 一日须倾三百杯

唐·李白《襄阳歌》:"百年三万六千日,一日须倾三百杯。"相传东汉郑玄善饮,一次曾饮酒三百余杯。古代酒酒精度低,如今天的啤酒,但一饮三百杯也算得上豪饮了。李白一再用其意,言饮酒之多。

又《将进酒》:"烹羊宰牛且为乐,会须一饮三百杯。"

又《幽歌行上新平长史兄粲》:"中宵出饮三百杯,明朝归揖二千石。"

又《月下独酌》其四:"穷愁千万端,美酒三百杯。"

宋·梅尧臣《依韵四和正仲》:"相逢莫作雨般眼,一饮不辞三百杯。"

宋·曾巩《菊花》:"常携玉轸就花醉,一饮不辞三百杯。"

宋·苏轼《赵郎中见和,戏复答之》:"赵子饮酒如淋灰,一年十万八千杯。"

宋·王之道《石州慢》(和董令升岁除):"何妨笑倚东风,一饮三百杯。"

清·蒲松龄《水调歌头》(饮李希梅斋中):"便能长醉,谁到三万六千场?"反用李白《襄阳歌》句,说人生即使能天天饮酒,也饮不了"三万六千日",即难活百岁,有酒便尽兴,不要争什么功名富贵了。

1946. 何人共醉新丰酒

唐·李白《春日独坐寄郑明府》:"情人道来竟不来,何人共醉新丰酒?"邀友人未来,美酒无人共醉,诚为憾事。情真意切,是写新丰酒的佳句。

新丰,在今陕西临潼县东。汉高祖刘邦接其父到长安,其父思乡甚切,刘邦就仿其故乡丰建一新丰,又把丰沛部分居民迁来,以安其父。"新丰酒",唐初马周西游长安,曾宿新丰旅店,店主人很冷淡,马周便要酒一斗八升,悠然独酌。后来,唐太宗召马周与语,授监察御史,终于获得知遇。新丰酒也随之出了名。后除代称美酒外,有的用以表示知遇与否。

唐·孟浩然《东京留别诸公》:"主人开旧馆,留客醉新丰。"

唐·王昌龄《送郑判官》:"英僚携出新丰酒,半道遥看骢马蹄。"

唐·储光羲《新丰主人》:"新丰主人新酒熟,旧客还归旧堂宿。"

唐·王维《与卢象集朱家》:"贳得新丰酒,复闻秦女筝。"

唐·张子容《九日陪润州邵使君登北固山》:"新丰酒旧美,况是菊花朝。"

唐·李白《效古二首》:"清歌弦古曲,美酒沽新丰。"李白写新丰酒最多。

又《出妓金陵子呈卢四二首》:"南国新丰酒,东山小妓歌。"

又《杨叛儿》:"君歌杨盼儿,妾劝新丰酒。"

又《叙旧赠江阳宰陆调》:"多沽新丰醁,满载剡溪船。"

又《结客少年场行》:"托交从剧孟,买醉入新丰。"

唐·韦应物《相逢行》:"犹酤新丰酒,尚带灞陵雨。"

唐·司空曙《送柳震入蜀》:"酒极新丰景,琴迎抵峡斜。"

唐·陈存《丹阳作》:"暂入新丰市,犹闻旧酒香。抱琴沽一醉,尽日卧垂杨。"

唐·李商隐《风雨》:"心断新丰酒,销愁斗几千。"难得马周得知遇。

宋·杨亿《旧将》:"新丰酒满清商咽,武库兵销太白低。"

1947. 鲁酒无忘忧之用

北周·庾信《哀江南赋》序:"楚歌非取乐之方,鲁酒无忘忧之用。"楚汉相争,项羽败,四面皆《楚歌》(《鸡鸣曲》),所以"非引乐之方"。戚夫人为楚舞,刘邦为《楚歌》,戚夫人觑歆流涕。亦"非取乐之方"。"志忧"句由"何以解忧,唯有杜康"之义引出。鲁酒,《庄子·外篇·胠箧》:"鲁酒薄而邯郸围。"《淮南子》许慎注:楚国大会诸侯,鲁国、赵国都向楚王献酒。管酒的官吏私向赵国讨酒,赵国不与,官吏大怒,把鲁酒代替赵酒献给了楚王。楚王误以为赵酒薄,便包围了赵国都城邯郸。后常以鲁酒代称薄酒。白居易《杂感》:"鲁酒薄如水,邯郸开战场。"就是述其事。庾信的"鲁酒无忘忧之用"即说鲁酒薄而不醉,难以忘忧。

唐·李白《沙丘城下寄杜甫》:"鲁酒不可醉,齐歌空复情。"李白正寓居鲁地,鲁酒齐歌都不足以冲淡思念杜甫之情。

宋·刘筠《秋夜对月》:"欲销千里恨,鲁酒薄还醒。"

宋·文彦博《夜思》:"鲁酒不成醉,洛生唯是吟。"

宋·杨亿《此夕》:"程乡酒薄难成醉,带眼频移奈瘦何!"

宋·向子諲《虞美人》:"澄江霁月清无对,鲁酒何须醉。"

宋·黄静淑《望江南》:"鲁酒千杯人不醉,臂鹰健卒马如飞。"这是南宋宫人赠汪水云南还之词。"鲁酒千杯"句用唐人高适《营州歌》句:"虏酒千钟不醉人,胡儿十岁能骑马。"高适写东北少数民族酒薄。"虏酒"即指北方少数民族之酒。杜甫写河西芦酒薄:《送从弟亚赴河西判官》:"黄羊饫不膻,芦酒多还醉。"芦酒,用芦管吸饮,力微,多饮则醉。其实酒力再薄,过量亦醉,鲁酒并不例外。当然,薄酒,到唐宋时代鲁酒还薄不薄无从知道,但薄酒总还是存在的,请看:

唐人李白写"鲁酒"最多,除上引"寄杜甫"一首外,皆非写薄酒:

又《秋日鲁郡尧祠亭上宴别杜补缺范侍郎》:"鲁酒白玉壶,送行驻金羁。"

又《留别西河刘少府》:"闲倾鲁壶酒,笑对刘公荣。"

又《酬中都小吏携斗酒双鱼于逆旅见赠》:"鲁酒若琥珀,汶鱼紫锦鳞。山东俊吏有俊气,手携此物赠远人。"

唐·韩翃《鲁中送鲁使君归郑州》:"齐讴听处妙,鲁酒把来香。"反用李白《寄杜甫》句。

宋·梅尧臣《依韵和子聪夜雨》:"况值相如渴,无嫌鲁酒甜。"

又《张太素之郊幕》:"鲁酒上离歌,行尘生骥足。"

1948. 春醪生浮蚁,何时更能尝

晋·陶渊明《挽歌诗三首》其二:"春醪生浮蚁,何时更能尝?"作者年六十三作此诗,卒于是年十一月,当为自挽诗。先写生前无酒,而春酿将熟,人已逝去,什么时候还能饮此酒呢!"浮蚁"指酒面浮物。《南都赋》说:"醪敷径寸,浮蚁如萍。"注云:"《释名》曰:'酒有泛齐,浮蚁在上,泛泛然。'如萍之多者。"古时米酒,新酿成未过滤,面上浮着米渣,呈淡绿色,喻作"绿蚁",即绿酒。陶渊明的"春醪生浮蚁",就是指这种初酿成的酒。

最早写"浮蚁"的是曹植,在《七启》中写:"浮蚁鼎沸,酷烈馨香。"这种微细飘浮物纷纷扬扬,很多,散发出浓烈的酒香。晋·张华《游猎篇》:"燔炙播遗芳,金筋浮素蚁。"又《轻薄篇》:"浮醪随筋转,素蚁自跳波。"写贵族飞筋跳蚁的浮华生活。"素蚁"是白色酒沫。"渌蚁"即"绿蚁","素蚁"即"白蚁"。因漂浮酒面,又称"浮蚁""泛蚁",有时只写"浮""泛",略去"蚁"字。下如:

南朝·齐·谢朓《在郡卧病呈沈尚书》:"嘉鲂聊可荐,绿蚁方独持。"

南朝·梁·简文帝萧纲《伤离新体诗》:"盎中浮蚁不能酌,琴间玉徽调别鹤。"

南朝·梁·沈约《休沐寄怀》:"爨熟寒蔬剪,宾来春蚁浮。"

北朝·周·庾信《正旦蒙赵王赉酒》:"流星白椀落,浮蚁对春开。"

又《咏画屏诗二十四首》之三:"流星浮酒泛,粟填绕杯唇。"之二十:"春杯犹杂泛,细果尚连枝。"

又《蒲州刺史中山公许乞酒一车未送》:"秋桑几过落,春蚁未曾开。"

南朝·陈·张正见《和衡阳王秋夜诗》:"绿绮

朱弦泛,黄花素蚁浮。"

唐初萧翼《答辨才探得招字》:"酒蚁倾还泛,心猿躁似调。"

唐·卢照邻《七日登乐游故墓》:"蚁泛青田酌,莺歌紫芝调。"

唐·骆宾王《秋日饯陆道士陈文林》:"玉柱离鸿怨,金垒浮蚁空。"

又《在兖州送宋五之问》:"别路青骊晚,离尊绿蚁空。"再用"空"字。

唐·李百药《和许侍郎游昆明池》:"羽觞倾绿蚁,飞日落红鲜。"

唐·宋之问《幸岳寺应制》:"稚曲龙调管,芳尊蚁泛觥。"

唐·李峤《奉和人日清晖阁宴君臣遇雪应制》:"行庆传芳蚁,升高缀彩人。"

又《萍》:"二月虹初见,三春蚁正浮。"

唐·岑参《送张献心充副史归河西杂句》:"玉瓶素蚁腊酒香,金鞭白马紫游缰。"

唐·高适《同河南李少尹毕员外宅夜饮时洛阳告捷遂作春酒歌》:"杯中绿蚁吹转来,瓮上飞花拂还有。"

唐·杜甫《季秋苏五弟缨江楼夜宴崔十三评事韦少府侄三首》:"尊蚁添相续,沙鸥并一双。"

又《对雪》:"无人竭浮蚁,有待至昏鸦。"

又《正月三日归溪上有作简院内诸公》:"蚁浮仍腊味,鸥泛已春声。"

又《赠特进汝阳王二十二韵》:"仙醴来浮蚁,奇毛或赐鹰。"

唐·窦牟《奉使至邢州赠李八使君》:"瓮头开绿蚁,砧下落红鱼。"

唐·刘禹锡《酬乐天衫酒见寄》:"动摇浮蚁香浓甚,装束轻鸿意态生。"

唐·白居易《春末夏初闲游江郭二首》:"绿蚁杯香嫩,红楼脸缕肥。"

又《雪夜对酒招客》:"帐小青毡暖,杯香绿蚁新。"

又《六年冬暮赠崔常侍晦叔》:"香开绿蚁酒,暖拥褐被裘。"

又《问刘十九》:"绿蚁新醅酒,红泥小火炉。"

唐·郑史《秋日零陵与幕下诸宾游河夜饮》:"輦下翠娥须强展,尊中绿蚁且徐斟。"

唐·温庭筠《李羽处士寄新醖走笔戏酬》:"已恨流莺欺谢客,更将浮蚁与刘郎。"

又《病中书怀呈友人》:"客来斟绿蚁,妻试踏青蚨。"

唐·陆龟蒙《村夜二篇》:"开瓶浮蚁绿,试笔秋毫劲。"

唐·翁绶《咏酒》:"逃暑还春复送秋,无非绿蚁满杯浮。"

唐·罗邺《冬日寄庾员外》:"争欢酒蚁浮金爵,从听歌尘扑翠蝉。"

唐·郑谷《蜀中春日》:"不嫌蚁酒冲愁肺,却臆渔蓑覆病身。"

唐·韩偓《大庆堂赐宴元垱而有诗呈吴越王》(又和):"蝶下粉墙梅乍坼,蚁浮金斝酒难干。"

唐·方干《袁明府以家酿寄余,余以山梅答赠,非唯四韵,兼亦双关》:"尊罍泛蚁堪尝日,童稚驱禽欲几时。"

五代·吴越佚名人《呈吴越王》(又和):"蝶下粉墙梅乍拆,蚁浮金斝酒难干。"同韩偓句。

五代·李中《代别》:"浮蚁不能迷远意,回纹从此寄相思。"

五代·李珣《渔歌子》:"鼓青琴,倾绿蚁,扁舟自得逍遥志。"

宋·杨亿《石殿丞通判濮州》:"浮蚁酒浓频举白,折膠风劲好弯弧。"

宋·苏轼《兴龙节侍宴前一日访王定国夜归赋》:"银瓶泻油浮蚁酒,紫碗铺粟盘龙茶。"

又写灾区生活:"绿蚁濡唇无百斛,蝗虫扑面已三回。"

宋·黄庭坚《西江月》(茶):"龙焙头纲春早,谷帘第一泉香。已醺浮蚁嫩鹅黄,想见翻成雪浪。"

宋·韩维《西江月》(席上呈子华):"风花绣舞乍晴天,绿蚁新浮酒面。"

宋·史浩《浣溪沙》:"胜概朱楹俯碧湖,萧萧风月一尘无。只堪绿蚁满尊浮。"

宋·张纲《临江仙》(次韵陈少阳重九):"绿蚁浮觞香泛泛,黄花共荐芳辰。"

宋·刘一止《西河》:"淡花明玉不胜寒,绿尊初试冰蚁。"

元·李伯瞻《殿前欢》曲:"绿蚁香浮,闲来饮数瓯。"

1949.杯浮绿酒邀君醉

这是唐人卢邕的《句》:"杯浮绿酒邀君醉,笔落红笺写我心。"许多直写"绿酒"而不带"蚁"字的诗句,这是写得好的。还有李白的"千杯绿酒何辞醉",刘禹锡的"香浮绿酒入金杯"也很有味。这类句如:

唐太宗李世民《春日玄武门宴群臣》:"清尊浮绿醑,雅曲韵朱弦。"

唐·崔国辅《对酒吟》:"寄言当代诸少年,平生且尽杯中绿。"

唐·王勃《郊兴》:"山人不惜醉,唯畏绿尊虚。"

唐·李白《前有一尊酒行》:"春风东来忽相过,金尊绿酒生微波。"

又《留别西河刘少府》:"东山春酒绿,归隐谢浮名。"

又《携妓登梁王栖霞山孟氏桃园中》:"白发对绿酒,强歌心已摧。"

又《赠段七娘》:"千杯绿酒何辞醉,一面红装恼杀人。"

又《对雪醉后赠王历阳》:"子猷闻风动窗竹,相邀共醉杯中绿。"

唐·杜甫《对雪》:"瓢弃尊无绿,炉存火似红。"

又《独酌成诗》:"灯花何太喜,酒绿正相亲。"

又《醉为马坠诸公携酒相看》:"共指西日不相贷,喧呼且覆杯中渌。"

又《奉陪郑驸马韦曲二首》:"绿尊虽尽日,白发好禁春。"

又《野望》:"射洪春酒寒仍绿,目极伤神谁为携。"

唐·钱起《送族侄赴任》:"此时知小阮,相忆绿尊前。"

又《酬赵给事相寻不遇留赠》:"岂无鸡黍期他日,惜此残春阻绿杯。"

又《新雨喜得王卿书问》:"愁中绿尊尽,梦里故人来。"

唐·韩翃《宴杨驸马山池》:"鲐下玉盘红缕细,酒开金瓮绿醅浓。"

唐·戴叔伦《南野》:"茶烹松大红,酒吸荷杯绿。"

唐·刘禹锡《酬令狐相公使宅别斋初栽桂树见怀之作》:"景近画梁迎晓日,香随绿酒入金杯。"

唐·张籍《流杯渠》:"渌酒白螺杯,随流去复回。"

唐·白居易《戏招诸客》:"黄醅绿醑迎冬熟,绛帐红炉逐夜开。"

又《晚春欲携酒寻沈四著作先以六韵寄之》:"敢辞携绿酒,只愿见青娥。"

又《和酬郑侍御东阳春闷放怀追越见寄》:"胡不花下伴春醉,满酌绿酒听黄鹂。"

又《认春戏呈冯少尹李郎中陈主簿》:"阇助醉欢寻绿酒,潜添睡兴著红楼。"

唐·鲍溶《范真传侍御累有寄因奉酬十首》:"昨日新花红满眼,今朝美酒绿留人。"

唐·唐彦谦《金陵九日》:"绿酒莫辞今日醉,黄金难买少年狂。"

唐·陆龟蒙《子夜警歌二首》之一:"镂椀传绿酒,雕炉重紫烟。"

唐·吴商浩《北邙山》:"绿酒醉来春未歇,白杨风起柳初晴。"

唐·张夫人(户部侍郎吉中孚妻)《柳絮》:"过尊浮绿醑,拂幌缀红绡。"

宋·王安石《九日登东山寄昌叔》:"应须绿酒酬黄菊,何必红裙弄紫箫。"

宋·刘克庄《冬景》:"叶浮嫩绿酒初熟,橙切香黄蟹正肥。"

宋·苏轼《满庭芳》用"邀君醉"句:"愿持此邀君,一饮空缸。"

1950. 美酒斗十千

魏·曹植《名都篇》:"归来宴平乐,美酒斗十千。"全诗讥刺都市贵族子弟的斗鸡走马、宴饮嬉戏的奢靡生活。郭茂倩《乐府诗集》云此诗:"刺时人骑射之妙,游骋之乐,而无忧国之心也。"这两句写大猎归来,在洛阳西门外平乐观排下酒席,呼朋聚友,欢宴终日的情景。唐·李白《将进酒》写"陈王昔时宴平乐,斗酒十斗恣欢谑。"陈王即曹植,而《名都篇》既刺权贵,作者不可能参与"宴平乐"。"斗酒十千",一斗酒十千文,言酒价极贵。唐宋以前,庾信写过"落花催斗酒,栖乌送一弦"。(《和灵法师游昆明池二首》)未言酒价。唐宋人用"斗酒十千"句才多。

唐人杜甫《偪侧行赠毕四曜》:"街头酒价常苦贵,方外酒徒稀醉眠。速宜相就饮一斗,恰有三百青铜钱。"《杜臆》:北齐卢思道尝云,长安酒钱,斗价三百。此诗(杜诗)酒价苦贵,乃实语。三百青钱,不过袭用成语耳。黄鹤曰:按《唐·食货志》唐初无酒禁。乾元二年,京师酒贵,肃宗以廪食方缺,乃禁京城酤酒。建中元年,置肆酿酒,斛收值三千。贞元二年,斗钱百五十。这已是"酒阶苦贵"了。但是宋代赵次公透露:(宋):"真宗问近臣,唐酒价几何,众莫能对。丁谓奏曰:'每斗三百文。'帝问何以知之,丁引此诗(杜诗)以对,帝大喜曰:'子美真可谓一代之史。'"显然把杜甫用北齐卢思道之成语误以为史实了。而唐宋人用"斗酒十千"句只言酒贵,并非实价。

唐·崔国辅《杂诗》:"与酤一斗酒,恰用十千钱。"

唐·丁仙芝《余杭醉歌赠吴山人》:"十千兑得余杭酒,二月春城长命酒。"

唐·王维《少年行》:"新丰美酒斗十千,咸阳游侠多少年。"

唐·李白《行路难》:"金尊清酒斗十千,玉盘珍馐值万钱。"

又《少年行》:"好鞍好马乞与人,十千五千旋沽酒。"

唐·郎士元《寄李袁州桑落酒》:"十千提携一斗,远送潇湘故人。"

唐·崔敏童《宴城东庄》:"能向花前几回醉,十千沽酒莫辞贫。"

唐·杨凭《秋日独游曲江》:"主人莫惜松阴醉,还有千钱沽酒人。"

唐·杨凝《戏赠友人》:"美酒非如平乐贵,十升不用一千钱。"反用言酒价之贱。

唐·白居易《自劝》:"忆昔羁贫应举年,脱衣典酒曲江边。十千一斗犹赊饮,何况官供不著钱。"

又《与梦得沽酒闲饮且约后期》:"少时犹不忧生计,老后谁能惜酒钱。共把十千沽一酒,相看七十欠三年。"

唐·许浑《酬河中杜侍御重寄》:"十千沽酒留君醉,莫道归心似转蓬。"

唐·韦庄《病中闻相府夜宴欢赠集贤卢学士》:"尊前莫话诗三首,醉后宁辞酒十千。"

唐·胡宿《寄昭潭王中立》:"十千美酒花期隔,三百枯棋奕思沉。"

宋·柳永《抛毬乐》词:"任他美酒,十千一斗,饮竭仍解金貂赏。"

又《笛家弄》词:"别久,帝城当日,兰堂夜烛,百万呼卢。画阁春风,十千沽酒。"

又《看花回》:"笑筵歌席连昏昼,任旗亭、斗酒十千。赏心何处好,惟有尊前。"

宋·徐俯《浣溪沙》:"小小钿花开宝靥,纤纤玉筍见云英。十千名酒十分倾。"

宋·文彦博《公子》诗:"十千沽斗酒,结客少年场。"

又《侠少行》诗:"平乐十千酒,南城百尺楼。"

宋·田锡《赠朱玄进士》:"忆昔长安道,与君初相识。密云满天来,不见南山色。美酒斗十千,一醉情欢然。"

宋·宋庠《春晚》:"十千酒美空留客,九十春归不恋人。"

宋·梅尧臣《李审言遗酒》:"大梁美酒斗千钱,欲饮常被饥窘前。"

又《十二月十三日喜雪》:"三公免责百姓喜,斗酒十千谁复悭。"

宋·韩琦《次韵和都运崔谏议寄示立春前一日宿岚谷山程》:"十千酒且迎春酌,五九寒须半腊归。"

宋·徐良佐《澄虚亭》:"城中美酒斗十千,浦口鱼肥卖得钱。"

宋·邵雍《洛阳吟》:"十千买酒未为贵,既去红芳岂再来。"

宋·王安石《后元丰行》:"百钱可得酒斗许,虽非社日长闻鼓。"斗酒百钱,或近于实。

宋·贺铸《山梅花》词:"谁问旗亭,美酒斗十千。"

宋·陆游《鹧鸪天》(送叶梦锡):"家住东吴近帝乡,平生豪举少年场。十千沽酒青楼上,百万呼卢锦瑟傍。"

宋·高似孙《木兰花慢》:"对得意江山,十千沽酒,著处欢游。"

宋·易祓《蓦山溪》(春情):"十千斗酒,相与买春闲,吴姬唱,秦娥舞,拼醉青楼暮。"

宋·吴礼之《柳梢青》(席上):"百万呼卢,十千沽酒,不负韶华。"

宋·利登《风入松》:"十千斗酒悠悠醉,斜河界、白日云心。"

元·王恽《双鸳鸯》曲:"醉留连,赏春妍,一曲清歌酒十千。"

清·孙自式《西江月》:"十千沽酒欲消愁,不奈愁多于酒。"

1951. 金龟换酒处,却忆泪沾巾

唐·李白《对酒忆贺监二首》并序:太子宾客贺公于长安紫极宫一见余,呼余为谪仙人,因解金龟换酒为乐。殁后,对酒怅然有怀而作是诗。"四明有狂客,风流贺季真。长安一相见,呼我谪仙人。昔好杯中物,今为松下尘。金龟换酒处,却忆泪沾巾。"唐·孟棨《本事诗·高逸第三》详记其事:"李太白自蜀至京师,舍于逆旅。贺监知章闻其名,首访之,即奇其姿,复请为文,白书《蜀道难》以示之。读未竟,称叹者数四,号为谪仙。解金龟换酒,与倾尽醉,期不间日。由是称誉光赫。"经贺知章引荐,李白得唐玄宗召见。贺诚为知音识贤。一时未带酒资,解心爱的饰物金龟换酒,又见情义之重。"金龟换酒"是情重、谊深之举。

宋·欧阳修《忆焦波》(汝阳作):"笑向渔翁酒家保,金龟可解不须钱。"

清·敦诚《佩刀质酒歌》(秋晓遇雪芹于槐园〈京城敦敏家〉风雨淋涔,朝寒袭袂。时主人未出,雪芹酒渴如狂。余因解佩刀沽酒而饮之。雪芹欢甚,作长歌以谢余,余亦作此答之。):"我闻贺鉴湖,不惜金龟掷酒垆;又闻阮遥集,直缺金貂作鲸吸。"诗人效贺知章金龟换酒以待李白和阮籍之孙阮孚解金貂换酒鲸吸,解下佩刀换酒以待曹雪芹。这是又一佳话。

1952. 我今停杯一问之

唐·李白《把酒问月》:"青天有月来几时,我今停杯一问之。"我停杯问青天,是什么时候有了明月。此问是一种爱月好奇的心态。

宋·王安石《送吴显道五首》:"公今此去何时归,我今停杯一问之。"用李白原句,但不是问月,而是问人。

宋·苏轼《六月三十日酒醒步月理发而寝》:"起舞三人漫相应,停杯一问终无言。"这是问月。

又《水调歌头》:"明月几时有?把酒问青天。"以李句入词,出新句。

1953. 但得酒中趣,勿为醒者传

唐·李白《月下独酌四首》其二:"三杯通大道,一斗合自然。但得酒中趣,勿为醒者传。"写爱酒,且独得酒中趣。

宋·苏轼《和陶饮酒二十首》:"偶得酒中趣,

空杯亦常持。"用李白句。

1954. 一尊齐生死

唐·李白《月下独酌四首》其三:"一尊齐生死,万事因难审。"一尊酒与生死等同,除酒外,万事当然难以顾及了。

宋·苏轼《任师中挽词》:"强寄一尊生死别,尊中有泪酒应酸。"这一尊是生死别酒、奠酒。

1955. 饮如长鲸吸百川

唐·杜甫《饮中八仙歌》:"左相日兴费万钱,饮如长鲸吸百川,衔杯乐圣称避贤。"长鲸吸百川,喻海量豪饮,酒量过人,用的是夸张笔法。指左丞相李。适之"雅好宾友,饮酒一斗不乱"(《旧唐书》)

"长鲸",海中最大的动物鲸鱼,古人对鲸鱼已有认识。木华《海赋》:"鱼则横海之鲸,突兀孤游,噏波则洪连踧踖,吹澡则百川倒流。"也作"鲸吞":晋·左思《吴都赋》:"长鲸吞航,修鲵吐浪。"唐·杜甫《美陂行》:"鼍作鲸吞不复知。""鲸吸"喻饮酒量大。又作"虹吸",古人以为"虹"可以吸水。刘敬叔《异苑》卷一:"晋义熙初,江陵薛愿,有虹饮其釜澳,须臾噏响便竭,愿辇酒灌之,随投随涸。"

宋·欧阳修《奉送愿甫侍读出守永兴》:"酒如长虹饮沧海,笔若骏马驰平坂。"

宋·贺铸《六州歌头》:"轰饮酒垆,春色浮寒瓮,吸海垂虹。"程俱《贺方回诗序》云:贺铸"饮酒如长鲸。"

宋·陆游《醉歌》:"方我饮酒时,江山入胸中。"也是写豪饮。

宋·辛弃疾《摸鱼儿》(观潮上叶丞相):"凭谁问,万里长鲸吞吐。"长鲸吞吐喻潮去潮来之势。

元·乔吉《折桂令·张谦斋左辖席上索赋》:"卷鲸川吸尽春云,曲妙重歌,酒冷还温。"

元·朱庭玉《点绛唇·中秋月》:"快吟胸,虹吞鲸吸,长川流不供。"

清·敦敏《佩刀质酒歌》:"又闻阮遥集,直卸金貂作鲸吸。"

1956. 朱门酒肉臭,路有冻死骨

唐·杜甫《自京赴奉先县咏怀五百字》:"朱门酒肉臭,路有冻死骨。"这种贫富悬殊,史籍多有记载:《孟子》云:"狗彘食人食不知检,途有饿莩而不

知发。"《史记·平原君列传》云:"李同曰'邯郸之民,炊骨易子而食,可谓急矣;而君之后宫以百数,妾被绮縠,余梁肉,而民褐衣不完,糟糠不厌。'"《三国志·魏书·袁术传》载:"荒侈滋甚,后宫数百皆服绮縠,余梁肉,而士卒冻馁,江淮间空尽,人民相食。"而杜甫两句诗仅十个字,使这种对照更鲜明、更深刻,传之千古。清·赵翼《瓯北诗话》评:"一入少陵手,便觉惊心动魄,似从古未经人道者。"

杜甫《驱竖子摘苍耳》又作对照:"富家厨肉臭,战地骸骨白。"

"朱门酒肉臭""臭"是香是臭?近多争议。以为是香的理由是肉可臭,酒不可臭。《孙子新书》曰:"楚庄攻宋,厨有臭肉,尊有败酒,而三军有饥色。""酒"也可"腐败"。我以为"香"是普遍的,"臭"是个别的,因为富家肉再多,也不会让它臭掉。杜甫或许依《孙子新书》概括而成此句。当然,无论作何解,其对比意义都一样。

1957. 指点银瓶索酒尝

唐·杜甫《少年行》:"马上谁家白面郎,临阶下马坐人床。不通姓氏粗豪甚,指点银瓶索酒尝。"此写豪爽少年,不通姓名,下马向陌生人索酒品尝,坦荡而豪爽。"粗豪"不同于粗鲁。"索"不同于强抢,"尝",又是适量的,所以不是泼皮无赖,也不是倚势欺凌。古人胡夏客云:"此盖贵族子弟,恃其家世,而恣情放荡者。既非才流,又非侠士,徒供少陵诗料,留千古一噱耳。"此评似有所过。

元·张可久《一枝花·湖上归》:"挽玉手留连锦英,据胡床指点酒尝。"用杜句表现意气。

元·任昱《折桂令·湖上》:"指点银瓶,留宫绮席,旋买金麟。"用杜句表现潇洒。

1958. 共醉终同卧竹根

唐·杜甫《少年行二首》:"倾银注玉惊人眼,共醉终同卧竹根。"富家饮酒,倾银注玉,酒好杯精,比起农家的"老瓦盆"来耀眼得多,然而一醉之后,同醉卧于竹根之下的农家人不是一样吗!庾信《谢赵王赐酒》中的"野炉燃树叶,山杯捧竹根",以竹根为酒器,杜甫用作"卧竹根",杜诗还有"只想竹根眠"句,所以"卧竹根"是其所好。

宋·苏轼《悼朝云》:"归卧竹根无远近,夜灯

勤礼塔中仙。"引曰:绍圣元年十一月,戏作《朝云》诗,三年七月五日,朝云病亡于惠州,葬之栖禅寺松林中东南,直大圣塔。予既铭其墓,且和前诗以自解。朝云始不识字,晚忽学书,粗有楷法,盖尝从泗上比丘尼义冲学佛,亦略闻大义。且死,诵《金刚经》四句偈而绝。用"归卧竹根"表示死去。"塔中仙"指朝云。

1959. 此身饮罢无归处

唐·杜甫《乐游园歌》:"圣朝亦知贱士丑,一物但荷皇天慈。此身饮罢无归处,独立苍茫自咏诗。"天宝十载,作者献诗,为宰相所忌,"圣朝亦知贱士丑"即含此意。"无归处",政治上的失落。

宋·范成大《重九赏心亭登高》:"饮罢此身犹是客,乡心却附晚潮回。"用杜句写作客之身"无归处"。

1960. 李白斗酒诗百篇

唐·杜甫《饮中八仙歌》:"李白斗酒诗百篇,长安市上酒家眠。天子呼来不上船,自称臣是酒中仙。"此诗写了贺知章等八位善于饮酒的人,各自独立成诗。这是写李白的。李白能诗能饮、酒助诗兴的才华和傲岸无羁、不畏权贵的性格跃然纸上。由于通俗流畅、琅琅上口,历代广为传诵。人们常常用此句写人能酒能诗、诗借酒兴的才华。

唐·戴叔伦《冬日有怀李贺长吉》:"每因一尊酒,重和百篇诗。"写李"一尊百篇"。

宋·王之道《虞美人》(和孔倅郡斋莲花):"如君真是酒中仙,一斗百篇、吟到小池莲。"

宋·姚述尧《南歌子》(圣节前三日小集于尉厅):"百篇斗酒兴何穷,却笑东山无语、醉花丛。"

宋·陈允平《迎春乐》:"斗酒百篇呼太白,傲人世、醉中一息。何日归赋来,水之南、云之北。"

宋·无名氏《西江月》(寿刘公子·十月初四):"从来斗酒百诗篇,锦绣文章灿烂。"

宋·无名氏《水调歌头》(贺新居):"绿窗开,朱户敞,绣帘遮。燕闲自适,百篇斗酒是生涯。"

1961. 长安市上酒家眠

唐·杜甫《饮中八仙歌》:"李白斗酒诗百篇,长安市上酒家眠。"李白有时醉眠于酒家。

"酒家眠"源于唐·崔颢《雁门胡人歌》:"闻道辽西无战斗,时时醉向酒家眠。"

宋·王安石《清明辇下怀金陵》:"青盖皂衫无复禁,可能乘兴酒家眠。"

1962. 天子呼来不上船

唐·杜甫《饮中八仙歌》:"天子呼来不上船,自称臣是酒中仙。"南宋·吴曾《能改斋漫录·辨误》载:唐范传正作李白墓碑云:"明皇泛白莲池,公不在宴。皇情既洽,召公作序。时公已被酒于翰苑中,乃命高将军扶以登舟,优宠如此。"杜子美八仙歌云:"天子呼来不上船,自称臣是酒中仙。"盖谓此也。

清·姚兴荣《太白楼楹联》(安徽马鞍山市采石矶旁):"狂到世人皆欲杀,醉来天子不能呼"用杜甫句。

1963. 自称臣是酒中仙

唐·杜甫《饮中八仙歌》:"天子呼来不上船,自称臣是酒中仙。"

元·马致远《喜春来·书》:"蛮书写毕动君颜,酒中仙,一恁醉长安。"

1964. 残杯与冷炙,到处潜悲辛

唐·杜甫《奉赠韦左丞丈二十二韵》:"残杯与冷炙,到处潜悲辛。"向韦济讲他"骑驴十三载"的穷苦经历:"朝扣富儿门,暮随肥马尘。"虽非讨乞,亦颇寒酸。诗句干练,富概括力。有相同遭际者尝用此句。

唐·白居易《送张山人归嵩阳》:"朝游九城陌,肥马轻车欺杀客;暮宿五侯门,残茶冷酒愁杀人。"诗中写张山人"四十余月客长安"的行止维艰。

宋·晏殊《山亭柳》(赠歌者):"数年往来咸京道,残杯冷炙谩消魂。"写歌者之艰辛。

元·乔吉《卖花声》(悟世):"尖风薄雪,残杯冷炙,掩清灯竹篱茅舍。"写寒苦清贫生活。

清·敦诚《寄怀曹雪芹》:"劝君莫弹食客铗,劝君莫扣富儿门。残杯冷炙有德色,不如著书黄叶村。"弹铗而歌,换取"残杯冷炙",忍辱求生,莫如在村舍著书吟诗。

清·黄景仁《水调歌头》(仇二以湖湘道远,且怜余病,劝勿往,词以谢之):"且耐残羹冷炙,还受晓风残月,博得十年游。"为改变处境,宁愿含垢忍辱。

1965. 先判一饮醉如泥

唐·杜甫《将赴成都草堂途中有作先寄严郑公五首》其三:"岂藉荒庭春草色,先判一饮醉如泥。"将去成都,表示见到严武后,草堂春色并不重要,重要的是先拼却如泥大醉,以表深情。"醉如泥"形容醉倒瘫软,无力支撑身体。

"醉如泥"之喻的创句者是唐代张说,他在《舞马千秋万岁乐府词三首》写:"更有衔杯终宴曲,垂头掉尾醉如泥。"李白《襄阳歌》也写"旁人借问笑何事,笑杀山公醉似泥。"后"烂醉如泥"成了成语。其后还有:

唐·戴叔伦《将赴行营劝客同醉》:"明朝上征去,相伴醉如泥。"

唐·张南史《殷卿宅夜宴》:"太常今夜宴,谁不醉如泥。"

唐·权德舆《酬赵尚书杏园花下醉后见寄》:"鹤发杏花相映好,羡君终日醉如泥。"

又《太常寺宿斋有寄》:"长年多病偏相忆,不遣归时醉似泥。"

又《人日送房二十六侍御归越》:"帝城人日风光早,不惜离堂醉似泥。"

唐·元稹《寄乐天》:"安得故人生羽翼,飞来相伴醉如泥。"用戴叔伦"相伴"句。

唐·白居易《北楼送客归上都》:"不独别君须强饮,穷愁自要醉如泥。"

又《酬李二十侍郎》:"十年分手今同醉,醉未如泥莫道归。"

又《夜宴惜别》:"夜长似岁欢宜尽,醉未如泥饮莫休。"

又《醉吟二首》:"两鬓千茎新似雪,十分一盏欲如泥。"

唐·殷尧藩《醉赠刘十二》:"椰花好为酒,谁伴醉如泥。"用戴叔伦句。

唐·李商隐《昭州》:"乡音殊可骇,仍有醉如泥。"

又《留赠畏之》:"待得郎来月已低,寒暄不道醉如泥。"

唐·高骈《送春》:"春光看欲尽,判却醉如泥。"用杜甫"先判"句。

唐·曹唐《小游仙诗九十八首》:"酒酽春浓琼草齐,真公饮散醉如泥。"

唐·李山甫《曲江二首》:"千队国娥轻似雪,

一群公子醉如泥。"

唐·唐彦谦《第三溪》:"几聚衣冠埋作土,当年歌舞醉如泥。"

唐·吴仁璧《读度人经寄郑仁表》:"二午九齐余日在,请君相伴醉如泥。"用戴叔伦"相伴"句。

唐·韦庄《江上逢故人》:"前年送我曲江西,红杏园中醉似泥。"

又《浣溪沙》词:"绣鞍骢马一声嘶,满身兰麝醉如泥。"

唐·李侍御《杨柳枝词》:"尽日不归花路晚,绿杨楼下醉如泥。"

唐·张贲《奉和袭美题褚家林亭》:"今领偶得高阳伴,从放山翁醉似泥。"用李白"山翁"句。

唐·李毅《醉中袭美先月中归》:"月落金鸡一声后,不知谁悔醉如泥。"

宋·欧阳修《浣溪沙》:"宦途虽合信难期,尊前莫惜醉如泥。"

宋·晁补之《尉迟杯》(亳社作惜花):"尽归路,拍手拦街,笑人沉醉如泥。"用李白《襄阳歌》句。

宋·赵长卿《满庭芳》(荷花):"好时景,莫教挫过,撞着醉如泥。"

宋·刘辰翁《金缕曲》:"笑昨醉如泥,盟言上酒,何事醒来又。"

1966. 愿吹野水添金杯

唐·杜甫《苏端薛复筵简薛华醉歌》:"气酣日落西风来,愿吹野水添金杯。如渑之酒常快意,亦知穷愁安在哉。"天宝十五载,刚讨安禄山,诗人已"悲闻战鼓"。偶遇几位有才华的年轻人,作此诗。因是新知,但愿西风吹来野水入杯当酒,尽兴以醉。

宋·范成大《次韵温伯雨凉感怀》:"吹水添瓶罍,净洗千斛愁。"用杜甫句。

又《次韵唐幼度客中,幼度相别数年,复会于钱塘湖上》:"唤取歌声不愁思,为君吹水引杯频。"用杜诗,表示吹钱塘湖(杭州西湖)水作酒,频频引杯,以祝重逢。"不愁思",不思愁事。亦用杜甫《观李固请司马弟山水图二首》:"群仙不愁思,冉冉下蓬壶。"画上群仙欣欣然,没有愁苦事。

1967. 客醉挥金碗

唐·杜甫《崔驸马山亭宴集》:"客醉挥金碗,诗成得绣袍。"宴集于玄宗女晋国公主驸马崔惠童

在京城东的山亭。此二句写豪兴大发。客醉挥舞金杯,诗成主人要赠绣袍。

宋·曹冠《凤栖梧》(兰溪):"赢得锦囊诗句满,兴来豪饮挥金碗。"用杜甫句。

1968. 君酒何时熟,相携入醉乡

唐·刘禹锡《闲坐忆乐天以诗问酒熟未》:"君酒何时熟,相携入醉乡。"诗意如题。"醉乡":唐·王绩《醉乡记》云:"武王得志于世,乃命公旦立酒人氏之职,典司五齐,拓土七千里,仪与醉乡达焉。嗟乎,醉乡氏之俗,岂古华胥氏之国乎?何其淳寂也。""醉乡"源出于此。刘诗表示醉饮之意,如睡称入梦乡,醉称入醉乡。

唐·白居易用"醉乡"最多:《九日醉吟》:"无过学王绩,唯以醉为乡。"

又《醉别程秀才》:"何必更游京国去,不如且入醉乡来。"

又《东院》:"有时闲酌无人伴,独自腾腾入醉乡。"

又《醉后》:"独嫌小户长先醒,不得多时住醉乡。"

又《答崔宾客晦叔十二月四日见寄》:"是晚相从归醉乡,醉乡此去无多地。"

又《将至东都先寄令狐留守》:"诗境忽来还自得,醉乡潜去与谁期?"

又《和微之春日投简阳明洞天五十韵》:"醉乡虽咫尺,乐事亦须臾。"

又《醉吟二首》:"身身无成身老也,醉乡不去欲何归。"

又《游丰乐招提佛光三寺》:"昨日制书临郡县,不该愚谷醉乡人。"

宋·欧阳修《戏书示黎教授》:"若无颍水肥鱼蟹,终老仙乡作醉乡。"

1969. 不妨仍带醉乡侯

宋·苏轼《乔将行烹鹅鹿出刀剑以饮客,以诗戏之》:"便可先呼报恩子,不妨仍带醉乡侯。""报恩子":唐·韩愈《送石处士》:"忽骑将军马,自号报恩子。"苏轼上句源此。"醉乡侯"为醉乡的主宰。

唐·皮日休《夏景冲淡偶然作二首》:"他年谒帝言何事,请赠刘伶作醉侯。"唐·王绩的《醉乡记》配刘伶的《酒德颂》。

《苏轼诗集》引唐人诗："若使刘伶为酒帝,亦须封我醉乡侯。"

1970. 芳英落酒巵

宋·苏轼《南乡子》(梅花词和杨元素):"寒雀满疏篱……忽见客来花下坐,惊飞,踏散芳英落酒巵。"客来花下饮,雀踏花枝飞,芳英飘落,落入酒巵中。这是一个难得的细节。花瓣飘落杯中,是花下饮酒常有的事,而这雀踏枝而落花入酒杯的情境,却为罕见。

宋·晁端礼《浣溪沙》:"误入仙家小洞来,碧桃花落乱浮杯。满身罗绮裹香煤。"这是"仙境"里的桃花雨落入杯中。

1971. 买羊沽酒谢不敏

唐·韩愈《寄卢仝》:"买羊沽酒谢不敏,偶逢明月曜桃李。"宪宗元和六年,作者任河南令,时卢仝贫居洛阳,派"长须"家奴送来"双鲤"(信函),请求来访,作者作此诗以寄。此处说请原谅,"买羊沽酒"虽然迟缓,却非常欢迎。

宋·苏轼《李公择过高邮》:"何时花月夜,羊酒谢不敏。"用韩愈语,谦称以"羊酒"相待。

1972. 断送一生唯有酒

唐·韩愈《遣兴》:"断送一生唯有酒,寻思百计不如闲。莫忧世事兼身世,须著人间比梦间。""断送"相当于"伴随",与现代"断送"的概念不同。此诗表达了作者逍遥于世外的思想。

宋·王安石《胡笳十八拍十八首》:"破除万事无过酒,虏酒千杯不醉人。"仿韩愈句式,另赋新意。

宋·黄庭坚《西江月》(老夫既戒酒不饮,遇宴集,独醒其旁,坐客欲得小词,援笔为赋):"断送一生惟有,破除万事无过。"略去"酒"与"闲"字。

宋·赵令畤《清平乐》:"断送一生憔悴,只销几个黄昏。"

宋·向子諲《蝶恋花》:"断送风光惟有酒,苦吟不怕诗瘦。"

1973. 杯里紫茶香代酒

唐·钱起《过张成侍御宅》:"杯里紫茶香代酒,琴中绿水静留宾。"古人以茶代酒,也是一种待客习俗,且别有风味。钱起的"杯里紫茶香代酒"写茶香格外诱人。

唐·白居易《宿蓝溪对月》:"清影不宜昏,聊将茶代酒。"

又《萧员外寄新蜀茶》:"蜀茶寄到但惊新,渭水煎来始觉珍。满瓯似乳堪持玩,况是春深酒渴人。"蜀茶渭水浓似乳汁,以解酒渴。

宋·杜耒《寒夜》:"寒夜客来茶当酒,竹炉汤沸火初红。"

宋·高翥《山行即事》:"主人一笑先呼酒,劝客三杯便当茶。"这是以酒当茶了。

1974. 乞浆得酒更何求

宋·苏轼《浣溪沙》(自适):"卖剑买牛吾欲老,乞浆得酒更何求,愿为辞社宴春秋。""乞浆得酒",讨水喝,却得到了酒,喻取得收获比所求大得多。晋·李石《续博物志》卷一:"太岁在丑,乞浆得酒。"这是语源。"太岁"干支纪年的概称。如甲子年,甲子即太岁,乙丑年,乙丑即太岁。《尔雅·释天》有"太岁"在甲、在乙、在子、在丑之说。"太岁在丑"《续博物志》认为是吉祥年。苏轼诗表示自己没有更高的希求。

唐·张文成《游仙窟》:"乞浆得酒,旧来神口,打兔得獐,非意所望。"都指意外的大收获。

宋·沈瀛《减字木兰花》(五劝):"乞浆得酒,更检戊申前定寿。"这是此词"十劝"中的第五劝。劝酒祝寿是十劝共同主题。"戊申"是从干支甲子岁起的四十五岁。词间有注云:"岁在申酉,乞浆得酒。""申酉"并非年号,因为都是地支。在"六十甲子"中含四对申、酉年:九岁壬申、十岁癸酉;三十三岁丙申、三十四岁丁酉;四十五岁戊申、四十六岁乙酉;五十七岁庚申、五十八岁辛酉。"申酉"也含有四十五岁。此词引现成话"岁在申酉"说明"戊申"(四十五岁)前定寿,祝长寿之意。

宋·刘辰翁《沁园春》:"明年好,算乞浆得酒,西胜如申。"酉年总在申年之后,扣"明年好"一意。题为"再和槐成自寿韵",当岁在申年。

1975. 未饮心先醉

唐·刘禹锡《酬令狐相公杏园花下饮有怀见寄》:"未饮心先醉,临风思倍多。"忆起令狐楚杏园花下的深情厚谊,已是未饮先醉了。此句式源出陶渊明《拟古》:"未言心先醉,不在接酒杯。"取句亦取义。

唐·白居易《代书诗一百韵寄微之》:"不饮长如醉,加餐亦似饥。"

宋·柳永《诉衷情近》:"黯然情绪,未饮先如醉。"

宋·欧阳修《千秋岁》:"手把金尊酒,未饮如先醉。"

金·董解元《西厢记》卷六《大石调·蓦山溪》:"莺莺君瑞,彼此不胜愁,厮觑者,总无言,未饮心醉。"

元·王实甫《西厢记》第四本第三折《耍孩儿》:"未饮心先醉,眼中流血,心内成灰。"

明·刘永之《题郑维中西楼》:"清尊未酌心先醉,往事重论鬓欲华。"

清·陶元藻《良乡旅店题壁》:"离怀未饮常如醉,客邸无花不算春。"

1976. 醉后不知明月上

唐·牟融《游报本寺》:"醉后不知明月上,狂歌直到夜深回。"同友人相约游报本寺,寻药、吟诗、饮酒、狂歌,而不知夜已深沉。"明月上",夜深之意。

唐·陆龟蒙《秋袭美春夕酒醒》:"觉后不知明月上,满身花影倩人扶。""袭美"是皮日休,二人诗歌奉和往来最多,甚至超出了白居易和元稹。此诗用牟融"不知明月上"句,说"几年无事"的赋闲生活。

1977. 愁多酒易醒

明·史谨《七星关》:"路远家难到,愁多酒易醒。"乡愁极浓,酒也难醉,醉也易醒。用宋人林景熙句:《宿台州城外》:"荒驿丹秋路,秋高酒易醒。"

近人陈锐《杨柳枝》:"短棹天涯酒易醒,晓风残月有词名。"亦用"酒易醒"句。

1978. 酒肠宽似海

唐·刘乂《自问》:"酒肠宽似海,诗胆大于天。"酒醉之后,一切郁结尽释,心肠更宽广了。同时表示酒量大。

唐·杜牧《郡斋独酌》:"寻僧解忧梦,乞酒缓愁肠。"用刘乂句。

宋·柳永《玉楼春》:"归心怡悦酒肠宽,不泛千钟应不醉。"

宋·王之道《满庭芳》(立春日呈刘春卿):"兵厨富,酒肠似海,莫惜醉金杯。"

宋·曹勋《浣溪沙》(赏梅):"冷香约住入衣襟,酒肠判断付频斟。"

宋·王千秋《风流子》:"倦游客,一番诗思苦,无算酒肠宽。"

又《生查子》:"愁来苦酒肠,老去闲花阵。"

宋·管鉴《浣溪沙》(寿程将):"三寿作朋须共醉,一杯留客未应悭,酒肠如海寿如山。"

又《鹊桥仙》:"诗情未减,酒肠宽在,且趁尊前强健。"

宋·李处全《忆秦娥》:"长安陌,今朝风景,酒肠宽窄。"

宋·丘崈《鹧鸪天》:"花照夜烛烘盘,明年公更酒肠宽。"

宋·辛弃疾《南乡子》:"今夜酒肠还道窄,多情,莫放笼沙蜡炬明。"

又《鹧鸪天》:"穷自乐,懒方闲,人间路窄酒杯宽。"变用。

宋·张磁《祝英台近》:"手栽一色红梅,香笼十亩。思轻负、酒肠诗兴。"只用"酒肠"。

宋·孙居敬《临江仙》(西湖):"仙去坡翁山耐久,烟霏空翠凭阑,日斜尚觉酒肠宽。"

宋·刘克庄《贺新郎》:"酒肠诗胆新来窄,向西风,登高望远,乱山斜日。"缩用刘乂句。

宋·伍梅城《最高楼》:"今年最喜吟身健,生朝更觉酒肠宽。"

1979. 酒入愁肠化作相思泪

宋·范仲淹《苏幕遮》(怀旧):"明月楼高休独倚,酒入愁肠,化作相思泪。"全诗写怀乡之客子之情。清·彭孙遹《金粟词话》云:"前段多入丽语,后段纯写柔情。遂成绝唱。"应该说前段写景,后段抒怀。作为名词,"碧云黄叶"之秋,"芳草斜阳"之远,都很有影响。"酒入愁肠"句,酒入愁肠,不能浇愁,反而加剧了愁思,酒水竟化作泪水,构想奇特,无理而妙。他的《御街行》:"愁肠已断无由醉,酒未到,先成泪。"写愁肠已断,离愁已浓,以酒浇愁亦无能为力,甚而不待举杯,早已悲从中来,泪如涌泉。"未入愁肠"与"酒入愁肠"有异曲同工之妙。

"酒入愁肠"一意早有表述。唐人唐彦谦《无题十首》:"倒尽银瓶浑不醉,却怜和泪入愁肠。"写酒泪齐入愁肠,酒与泪都是愁。范仲淹句从此"酒泪"句化出,是很显然的。宋初沈邈《剔银灯》(途次南京忆营妓张温卿):"须信道,情多是病,酒未到,愁肠还醒。"也是写酒使愁加剧。"酒未到"用范仲淹句。

宋·欧阳修《洞仙歌令》:"别来凭谁诉,空寄香笺,拟问前欢甚时更。后约与新期,易失难寻,空断肠,损风流心性。除只把,芳尊强开颜,奈酒愁肠,醉了还醒。"兼用范仲淹、沈邈句。

宋·王仲甫《醉落魄》:"浓斟玻珀香浮蚁,一入愁肠,便有阳春意。"反其义而用之。

宋·李甲《幔卷绸》:"谩欲尽香醪,奈向愁肠,消遣无计。"

宋·张纲《凤栖梧》(婺州席上):"酒入愁肠应易醉,已拼一醉酬君意。"亦属反用。

宋·无名氏《娇木笪》:"酒入愁肠,谁信道、都做泪珠儿滴。"用范仲淹全句。

宋·董解元《西厢记》卷三《三煞》:"酒入愁肠醉颜酡,料自家没分消他。"

又《西厢记》卷三《赏花时》:"酒入愁肠闷转多,百计千方没奈何。"

清·江昉《清平乐》(家冷红上舍归杭):"况是青尊重话别,酒到愁肠先结。"以酒浇愁,愁肠先结了。

1980. 愁肠泥酒人千里

唐·韩偓《有忆》:"愁肠泥酒人千里,泪眼倚楼天四垂。"别酒还濡染着愁肠,人已远去千里,倚楼人眼里闪着泪花,只望到天空荡荡的四垂。表现怀忆远人而又无可奈何的情景。

宋·陆游《题阳关图》:"荒城孤驿梦千里,远水斜阳天四垂。"用韩偓"人千里""天四垂"句,写图上阳关的荒凉。

1981. 空肠得酒芒角出

宋·苏轼《郭祥正家醉画竹石壁上》:"空肠得酒芒角出,肝肺槎牙生竹石。""芒角出"是空腹饮酒,腹中一种尖辣的滋味。

清·敦诚《佩刀质酒歌》:"未若一斗复一斗,冷此肝肺生角芒。"用苏轼语,说酒要饮酣。

1982. 青旗沽酒趁梨花

唐·白居易《杭州春望》:"红袖织绫夸柿蒂,青旗沽酒趁梨花。"诗人在杭州刺史任上,看到女子红绫袖上绣着柿蒂花,人们去青旗飘飘的酒家沽酒,正是梨花盛开的时节。写出春日的杭州一片安逸景象。"青旗"是青色酒幌,也称酒旗,是酒售的标志,悬于酒家门外。唐·萧邈《春诗》用"青旗沽酒"句:"青旗问沽酒,何处拨寒醅。"

宋·秦观《风流子》:"绣阁轻烟,剪灯时候,青旗残雪,卖酒人家。"不写沽酒,只写青旗上挂着白雪,这正是卖酒人家。(此词见《全宋词》,而《金元明清词鉴赏辞典》(南京大学出版社版)收入了明人张延名下)

宋·辛弃疾《鹧鸪天》(代人赋):"山远近,路横斜,青旗沽酒有人家。"这是描绘生机益然的农村风光的名词。"青旗沽酒有人家"综用白居易和秦观句,却青出于蓝,赢得更大的知名度。而山远远近近,路横横斜斜,又深受作者自爱。他在另一首《鹧鸪天》(和子似山行韵)中再度应用:"山远近,路横斜,正无聊处管弦华。"用"青旗沽酒"句的还有:

宋·张孝祥《拾翠羽》:"想千岁、梦人遗俗,青旗沽酒,各家炊熟。"

元·詹正《齐天乐》(赠重瓮天兵后归抗):"倚担评花,认旗沽酒,历历行歌奇迹。"

1983. 水村山郭酒旗风

唐·杜牧《江南春》:"十里莺啼绿映红,水村山郭酒旗风。"此诗是很有名的。这两句写出江南媚人的风光:莺声花色伴人很远很远,水乡山城到处飘扬着酒店的旗幌。"酒旗风",酒旗上的风,其实在写旗,酒旗在春风中招招摇摇,似为主人招徕顾客,增加了对行人的引诱力。"酒旗"即今酒家的帘幌。明·杨慎《升庵诗话》认为"千里"应"十里";"千里莺啼,谁人听得?千里绿映红,谁人见得?若作十里,则莺啼绿红之景,村郭、楼台、僧寺、酒旗,皆在其中矣。"何文焕《历代诗话考索》则说:"即作十里,亦未必尽听得着、看得见。题云《江南春》,江南方广千里,千里之中莺啼而绿映焉,水村山郭无处无酒旗,四百八十寺楼台多在烟雨中也。"何说为是。第三句"南朝四百八十寺",据史书记载,南朝帝王贵族多好佛,修寺庙二千八百余所,也有说五百余所的。

用"酒旗风"(含"酒旗")句如:

唐·李群玉《江南》:"斜雪北风何处宿,江南一路酒旗多。"

唐·段成式《折杨柳七首》:"只向江南并塞北,酒旗相伴惹行人。"

唐·陆龟蒙《怀宛陵旧游》:"唯有日斜溪上思,酒旗风影落春流。"

唐·郑谷《曲江》:"细草岸西东,酒旗摇水风。"

宋·司马光《寒食许唱道中寄幕府诸公》:"尽日解鞍山店雨,晚天回首酒旗风。"

宋·秦观《踏莎行》:"晓树啼莺,晴洲落雁,酒旗风飐村烟淡。"

宋·周邦彦《一落索》:"倚栏一霎酒旗风,任扑面、桃花雨。"

宋·谢逸《江神子》:"杏花村馆酒旗风,水溶溶,扬残红,野渡横舟,杨柳绿荫浓。"

宋·姚宽《怨王孙》(春情):"楼上情人听马嘶,忆郎归,细雨春风湿酒旗。"

宋·范成大《寒食郊行书事二首》:"帆边渔蒜浪,木末酒旗风。""渔蒜浪"用唐·陆龟蒙《奉和袭美吴中书事寄汉南裴尚书》中"三泖凉波鱼蒜动"句。周汝昌《范成大诗选》注:"一联两句,分用两晚唐诗句。大抵考究的诗人,一联用,事必使两句锱铢相称,每验不爽。"意为此联二句珠联璧合了。"蒜"为用束茅制成的捕鱼工具。

宋·辛弃疾《好事近》(春日郊游):"春动酒旗风,野店芳醪留客。"

宋·陈人杰《沁园春》(送宗人景君游姑苏):"橙弄霜黄,芦飘雪白,何处西风无酒旗。"

元·刘秉忠《干荷叶》:"宋高宗,一场空,吴山依旧酒旗风,两度江南梦。"

元·杨维桢《寄卫叔刚》:"杏花城郭青旗雨,燕子楼台玉笛风。"暗用。

清·朱彝尊《临江仙》:"酒旗着力,花事雨惊心。"

1984. 青钱尽送沽酒家

宋·穆脩《村郭寒食雨中作》:"白社皆惊放狂客,青钱尽送沽酒家。眼前不得醉消遣,争奈恼人红杏花。"青钱即铜钱,有钱全买了酒。

宋·刘克庄《玉楼春》(戏林推):"青钱换酒日无何,红烛呼卢宵不寐。"

1985. 牧童遥指杏花村

唐·杜牧《清明》:"借问酒家何处有,牧童遥指杏花村。"为避雨而寻酒家,欲以酒驱寒,因向牧童出问,"牧童遥指杏花村",太美了:清明时节,杏花正开,那杏花烂熳的村里,又有酒家。这"杏花村"平添了极大的诱惑力。

清·康熙皇帝玄烨《题画》:"隔溪隐隐见窗纱,几度呼童问酒家。"写画中景物、人物。

1986. 谁识高阳旧酒徒

唐·李咸用《和友人喜相遇》:"短衣宁倦重修谒,谁识高阳旧酒徒。"着短衣的平民,还值得访见吗?谁还认得地位卑微的人呢?这是同重逢的友人的戏言。

"高阳酒徒"一典出自秦末郦食其。《史记·郦生陆贾列传》载:郦食其秦末陈留高阳(今河南杞县西)人。刘邦起兵经过陈留,郦食其前去谒见。刘邦正让两个女子给他洗脚,回覆说:"方以天下为事,未暇见儒人。"郦食其"瞋目按剑叱使者曰:'走,复入言沛公,吾高阳酒徒,非儒人也。'"你既讨伐暴秦,就不该对前辈如此无礼。刘邦立刻停止洗脚,以礼相待。后来郦食其到齐国游说,使刘邦不战而得齐七十二城。李白《梁甫吟》曾述其事:"君不见,高阳酒徒起草中,长揖山东隆准公。入门不拜骋雄辩,两女辍洗来趋风。东下齐城七十二,指挥楚汉如旋蓬。狂客落魄尚如此,何况壮士当群雄。"后"高阳酒徒"指嗜酒狂放、不拘小节或无官无职、地位卑微的人。李咸用句即指后者。

晋人为山简作歌云:"山公何处去?往至高阳池。日暮倒载归,酩酊无所知。"山简自称"高阳酒徒"。晋人习郁在襄阳作一池,为游宴之名地。山简镇襄阳时,常去池边饮酒,大醉而归。还常说习家池"此我高阳池"。表示自己是"高阳酒徒"。北周庾信《杨柳歌》:"不如饮酒高阳池,日暮归时倒接䍦。"欲以山简为标榜。李白《寻鲁城北范居士失道落苍耳中见范置酒摘苍耳作》:"酣来上马去,都笑高阳池。"也标榜山简。他在《鲁郡尧祠送窦明府薄华还西京》说"高阳小饮真琐琐,山公酩酊何如我?"山简不过小饮,我则是大醉。李白游襄阳(《襄阳歌》),因山简在襄阳常大醉倒载而归,也把自己写成山简。用"高阳酒徒"句还有:

唐·韩翃《送别郑明府》:"独恋郊扉已十春,高阳酒徒连此身。"

唐·皮日休《新秋即事三首》:"堪笑高阳病酒徒,幅巾潇洒在东吴。"

唐·罗隐《曲江春感》："江头日暖花又开，江东行客心悠哉。高阳酒徒半彫落，终南山色空崔嵬。"

1987. 酒深情亦深

唐·韦庄《菩萨蛮》："珍重主人心，酒深情亦深。"情在酒中，所以酒深情深，这是谢主人深情。宋·刘过《贺新郎》："人道愁来须带酒，无奈愁深酒浅。"反用其义。

南朝陈后主有诗"杯深犹恨稀"，最早写"酒深"事。杜甫《乐游原歌》："数茎白发那得抛，百罚深杯辞不辞。"用陈后主"杯深"意，兼用《列子》中"景公举杯自罚"意写借酒遣悲。可见"酒深"句之来龙。

1988. 金陵捉得酒仙人

唐·崔成甫《赠李十二白》："我是潇湘放逐臣，君辞君主汉江滨。天外常求太白老，金陵捉得酒仙人。""酒仙"称李白，崔成甫放逐中，想找到出离京城、漫游江湖的李白，终于在金陵相遇。这几句诗轻松而幽默。"酒仙"出于杜甫《饮中八仙歌》："天子呼来不上船，自称臣是酒中仙。"这是杜甫的描述。

称李白为"仙人"，最早是贺知章。李白《对酒忆贺监》并序，序说："太子宾客贺公，于长安紫极宫一见余，呼余为'谪仙人'……"称李白为被贬谪到人间的仙人，他见李白风度翩翩，潇洒非凡，出于感受而自然称道。贺死后，李白南游会稽曾过贺知章故居。此诗写："四明有狂客，风流贺季真。长安一相见，呼我谪仙人。"所以"仙人"源于"谪仙人"。宋·韩元吉《霜天晓角》（蛾眉峰）寻"谪仙"墓："试问谪仙何处？青山外，远烟碧。"李白死于当涂令李东阳家，初葬采石矶，后遵诗人遗愿改葬青山。

1989. 待取明朝酒醒罢

唐·李白《醉后答丁十八以诗讥余槌碎黄鹤楼》："待取明朝酒醒罢，与君烂漫寻春晖。"明人杨慎认为此诗系伪作，非李白之手。从浪漫格调如李白诗，戏语颇多又不像李白之作。且不管它，只说"明朝酒醒"，这是写醉中对醒来之后的行为、情景的打算。下如：

宋·欧阳修《丰乐亭游春三首》（庆历七年）："鸟歌花舞太守醉，明日酒醒春已归。"

又《马上默诵圣俞诗有感》："兴来笔力千钧劲，酒醒人间万事空。"

宋·苏轼《鹧鸪天》："明朝酒醒知何处，肠断云间紫玉箫。""酒醒何处"用柳永句。

又《再用前韵》："酒醒人散山寂寂，惟有落蕊黏空尊。"

又《溪阴堂》："酒醒门外三竿日，卧看溪南十亩阴。"

又《次韵杨公济奉议梅花十首》："明日酒醒应满地，空令饥鹤啄莓苔。"

又《渔父四首》其三："酒醒还醉还醒，一笑人间千古。"清·王文浩《苏轼诗集》案："此句用白乐天《醉吟先生传》，否则出之太易，即非公之所为也。"

宋·曾纡《念奴娇》："明朝酒醒，乱红那思轻触。"

宋·叶梦得《蓦山溪》（百花洲席上次韵司录董厍）："明朝酒醒，满地落残红。"

又《雨中花慢》："可是盈盈有意，只应真惜分飞。拼令吹尽，明朝酒醒，忍对红稀。"

宋·陈与义《虞美人》："明朝酒醒大江流，满载一船离恨、向衡州。"

宋·侯寘《念奴娇》（探梅）："明朝酒醒，但余诗兴天北。"

宋·赵彦端《诉衷情》："明朝酒醒，桃李漫山，心事谁论。"

宋·沈瀛《减字木兰花》："明朝酒醒，起看佳人妆学寿（寿阳妆）。"

宋·刘澜《贺新郎》："今夜月明呼酒处，待明朝、酒醒帆千里。"

1990. 今宵酒醒何处

宋·柳永《雨霖铃》："今宵酒醒何处，杨柳岸晓风残月。""今宵酒醒"从"明朝酒醒"变化而来，知名甚广，因为《雨霖铃》是柳永著名的词，《历代诗余》卷一百十五引俞文豹《吹剑录》："东坡在玉堂日，有幕士善歌，因问：'我词何如柳七？'对曰：'柳郎中词，只合十七八女郎，执红牙板，歌"杨柳岸晓风残月"；学士词，须关西大汉，铜琵琶、铁绰板，唱"大江东去"。'东坡为之绝倒。"歌者以此词中句代表柳词格调，说明此词当时就很著名。"今宵酒醒"句也是出名的，《艺概》卷四云："词有点、有染。柳耆卿《雨淋铃》云'多情自古伤离别,更那堪冷落清秋节! 今宵酒醒何处? 杨柳岸晓风残月。'上二句点出离别冷落。'今宵'二句,乃就上二句意染之。点染之间,不得有他语相隔,隔则警句亦成死灰矣。"就是说后二句是渲染离情的。"酒醒"者何人? 词家有两种解释:一说为主,一说为客。为主,就是主人送客醉酒,酒醒人已去,唯"杨柳岸晓风残月";为客,是说客人醉别而去,忽而酒醒,已不见主人,只见"杨柳岸晓风残月"了。从"酒醒何处"作"到了什么地方"理解,应是客人,即词人自身了。无论作何解,离情都是一样的,晓风凄寒,残月不明,更令人为离别而惆怅。

"今宵何处"早见于五代毛文锡《应天长》词:"渔灯明远渚,兰棹今宵何处?"宋人张先《山亭宴慢》(有美堂赠彦猷主人):"故宫池馆更楼台,约风月,今宵何处。"用毛"今宵何处",柳词只插入"酒醒"二字。用"今宵酒醒"如:

宋·黄庭坚《踏莎行》:"今宵无睡酒醒时,摩围影在秋江上。"

宋·周邦彦《木兰花》(暮秋饯别):"今宵灯尽酒醒时,可惜朱颜成皓首。"

宋·王庭珪《好事近》(茶):"今夜酒醒归去,觉风生两腋。"

宋·杨无咎《永遇乐》:"一川风月,满堤杨柳,今夜酒醒何处。"

宋·曾觌《青玉案》:"今宵酒醒,一襟风露,梦指高塘去。"

宋·丘崈《念奴娇》:"今宵酒醒,断肠人正愁寂。"

1991. 酒醒梦回愁几许

宋·苏轼《谒金门》(秋感):"酒醒梦回愁几许,夜阑还独语。"酒醉睡去,一觉醒来,酒力已消,却生出许多愁来,唯有独自诉说。"酒醒梦回"或"梦回酒醒"同"酒醒"无大差别,至多是醉中又有"梦"。苏轼反复用此句式:

《临江仙》(疾愈登望湖楼赠项长官):"酒醒梦回清漏永,隐床头无限更潮。佳人不见董娇娆,徘徊花上月,空度可怜宵。"

《四时调四首》:"酒醒梦回闻雪落,起来呵手画双鸦。"

《三月二十九日二首》:"酒醒梦回春尽日,闭门隐几坐烧香。"

《十一月二十六日松风亭下梅花盛开》:"酒醒梦觉起绕树,妙意有在终无言。"

"梦回酒醒"句也源出柳永词:《过涧歇近》:"酒醒,梦才觉,小阁香炭成煤,洞卢银蟾移影。"又《满江红》:"残梦断,酒醒孤馆,夜长无味。"二词中的句子整化,就是"梦回酒醒"。用此句的下有:

宋·晁端礼《一斛珠》:"梦回酒醒愁多少,犹赖春寒,未放花开了。"用苏轼句。

宋·秦观《南歌子》:"梦回宿酒未醒,已被邻鸡催起,怕天明。"睡起仍带醉意。

宋·米芾《西江月》(秋兴):"夜静冰娥欲出,梦回醉眼初醒。"

宋·叶梦得《水龙吟》(三月十日西湖宴客坐):"酒醒梦断,年年此恨,不禁相恼。"

宋·胡铨《玉楼春》(赠李都监侍儿,是夕歌六么):"醉中扶上木肠儿,酒醒梦回空对月。"

宋·朱淑真《阿那曲》:"梦回酒醒春愁怯,宝鸭烟销香未歇。"

宋·沈端节《菩萨蛮》:"酒醒初梦破,梦破愁无那。"

元·无名氏《叨叨令》曲:"一步步远了也么哥,一步步远了也么哥,梦回酒醒人何处?"

1992. 笙歌散后酒初醒

宋·司马光《西江月》:"笙歌散后酒初醒,深院月斜人静。"一场欢乐的聚会散去,酒也醒了,深院里一片空寂。宋·晏几道《木兰花》也用"酒初醒":"脸边霞散酒初醒,眉上月残人欲去。"

写"酒醒"始于李白"明朝酒醒罢"句,写酒后的所见、所闻、所感。唐人还有吴融《送荆南从事之岳州》:"遥知月落酒醒处,五十弦从波上来。"王涣《惆怅诗十二首》:"夜半酒醒凭栏立,所思多在别离中。"白居易《自问行何迟》:"酒醒夜深后,睡足目高时。"

宋·杜安世《蝶恋花》:"昨夜笙歌容易散,酒醒添得无限愁。"

宋·苏轼《定风波》:"料峭春风吹酒醒,微冷。山头斜照却相逢。"宋·吴文英《风入松》用苏句:"料峭春寒中酒,交加晓梦啼莺。"

又《醉落魄》(述怀):"轻云微月,二更酒醒船初发。"

又《浣溪沙》:"梦到故园多少路,酒醒南望隔天涯。"

宋·舒亶《浣溪沙》："梁州舞罢小鬟垂，酒醒还是独归时。"

宋·秦观《如梦令》："遥想酒醒来，无奈玉销花瘦。"

又《满庭芳》："坐中客翻愁，酒醒歌阑。"

宋·李甲《梦玉人引》："这些离恨，依然是、酒醒又如织。"

宋·赵令畤《菩萨蛮》："尊前人已老，余恨连芳草。一曲酒醒时，梧桐月欲低。"

又《好事近》："酒醒香冷梦回时，虫声心凄绝。"

宋·仲殊《柳梢青》（吴中）："酒醒处，残阳乱鸦。门外秋千，墙头红粉，深院谁家。"

宋·周邦彦《风流子》（秋怨）："酒醒后，泪花销风蜡，风幕卷金泥。"

宋·李石《八声甘州》（怀归）："有清歌一曲，醉中自笑，酒醒还愁。"

宋·向滈《武陵春》（藤州江月楼）："长记酒醒人散后，风月满江楼。"

宋·管鉴《洞仙歌》（访郑德兴郎中留饮）："任匆匆、归去酒醒时，镇梦绕琼梢，月寒清夜。"

又《醉落魄》："绿尊细细供春酌，酒醒无奈愁如昨。"

宋·赵长卿《烛影摇红》（探春）："酒醒人静，月满南楼，相思还又。"

宋·冯伟寿《木兰花慢》："酒醒人世换，碧桃靓，海山春。"

宋·胡翼龙《少年游》："深绮屏根，闲敲诗字，酒醒倍春寒。"

清·沙张白《太白墓》："我来一拜一凄然，酒醒何处呼谪仙，江山空老月在天。"叹人才被埋没。

1993. 忍把浮名，换了浅斟低唱

宋·柳永《黄钟宫·鹤冲天》："黄金榜上，偶失龙头望。……才子词人，自是白衣卿。……且凭偎红翠，风流事、平生畅。青春都一饷，忍把浮名，换了浅斟低唱。"写他考试落第后，消极不满，不愿进取。宋人吴曾《能改斋漫录》卷十六载：柳三变（永）："尝有《鹤冲天》词云：'忍把浮名，换了浅斟低唱。'及临轩放榜，特落之，（仁宗）白：'此人风前月下，好去浅斟低唱，何要浮名？且填词去。'三变由此自称'奉旨填词'。后改名永，方得磨勘转官。"到景祐元年才登进士第。由是"浅斟低唱"句

也就出了名。

《事文类聚》引《通鉴长编》：宋人陶穀得到党太尉一个家姬。一天陶穀取雪水烹菜，问党家有无此风味，她回答说：党太尉是个粗人，不会做这种雅事。"但能销金帐底，浅斟低唱，饮羊羔美酒耳。"可见柳词影响所及。

"浅斟低唱"的句源来自杜甫。杜甫在《水槛遣心二首》之二中写："不堪祗老病，何得尚浮名。浅把涓涓酒，深凭送此生。"杜甫说老病不堪，求何浮名？只宜浅酒深凭，送此残生了。柳永无疑有所借鉴。而宋初王禹偁在《送姚著作之任宣城》中写"下车布政民休休，高吟浅酌谁献酬？"苏轼《越成伯家有丽人，仆忝乡人，不得开尊，徒吟春雪美句次韵一笑》："试问高吟三十韵，何如低唱两三杯。"王用"高吟浅酌"，苏用"高吟低唱"，而用"浅斟低唱"者为多，"浅"与"低"，使场面变得悠悠然、悄悄然，情感则更为深沉。用之者，有的换字，有的变式。

宋·邵雍《六十二吟》："美景良辰非易得，浅斟低唱又何妨。"

宋·张继先《喜迁莺》："不问市酿村醪，尽可浅斟低唱。"

宋·蔡伸《满庭芳》："装点兰房景致，金铺掩、帘幕低垂。红炉畔，浅斟低唱，天色正相宜。"

宋·辛弃疾《鹧鸪天》（和赵文鼎雪）："草上扁舟向剡溪，浅斟低唱正相宜。"用蔡伸句。

宋·范成大《浣溪沙》（新安驿席上留别）："送尽残春更出游，风前踪迹似沙鸥。浅斟低唱小淹留。"

宋·沈端节《洞仙歌》："慨念故人疏，便理扁舟。须信道、吾曹清旷。待石鼎煎茶洗余醺，更依旧归来，浅斟低唱。"

宋·李曾伯《醉蓬莱》："堪羡纱窗，胆瓶斜浸，浅酌低讴，人花双洁。"

宋·赵长卿《玉蝴蝶》（雪词）："应须、浅斟低唱，罷垂红帐，兽爇金炉。"

又《水调歌头》（元日客宁都）："速整雕鞍归去，著意浅斟低唱，细看小婆娑。"

又《浣溪沙》："坐看销金暖帐中，羔儿酒美兽煤红。浅斟低唱好家风。"

宋·刘辰翁《金缕曲》（和谭东劝饮寿觞）："何似尊前斑斓起，低唱浅斟齐奉，也不待、烹龙炮凤。"

宋·刘将孙《满江红》(建安戏用林碧山韵)："黄花约,终难据。曾未肯,清园住。只昼思夜梦,浅斟低诉。"

宋·无名氏《满庭芳》(寿包宰)："画帘、香篆永,城山堂上,红袖蛾眉。任满斟高唱,祝寿新词。"反用"浅""低",以表现欢快场面。

宋·无名氏《风光好》："孤村桥断人迷路,舟横渡。旋买村醪浅浅斟,更微吟。"

宋人依托琴精词《千金意》："记得年时,低低唱,浅浅斟,一曲千金。"

元·马致远《拨不断》："倒不如风雪销金帐,慢慢地浅斟低唱。"

元·卢挚《寿阳曲》："低唱浅斟金帐晓,胜烹茶党家风调。"

元·无名氏《水仙子》(遗怀)曲："一日一个浅酌低唱,一夜一个花烛洞房,能有得多少时光。"

明代笑笑生《金瓶梅》第六十一回《锁南枝》："常则怨,席上尊前,浅斟低唱诉怀抱。"

清·吴伟业《过吴江有感》："廿年交旧散,把酒叹浮名。"屈节仕清,旧友零落,借酒浇愁,叹为虚名所累。

清·范侍御《番戏》绝句："金鼓齐唱双举手,浅斟低唱又三巡。"

清·蒲松龄《喜迁莺》(岁暮作)："此时节,料销金帐里,低斟浅酌。"富贵人家节日生活庸俗不堪,不如自己家虽贫却淳朴无邪,有醇正的天伦乐趣。

1994. 醉中遗万物,岂复记吾年

宋·欧阳修《题滁州醉翁亭》："四十未为老,醉翁偶题篇。醉中遗万物,岂复记吾年。"此诗作于宋仁宗庆历六年(1046),正任滁州知州期间,他因守旧派排挤,由龙图阁直学士、知制诰谪迁滁州,政治上"宽简而不扰""小邦为政,期年粗所有成",暇余放情诗酒,排遣抑郁,自号"醉翁"。四十岁的人,"醉中遗万物"。连年岁也不想记了。到宋英宗治和四年,知颍州作《郡斋书事寄子履》中说:"寄语瀛洲未归客,醉翁今日作仙翁。"之后不久即迁刑部尚书、兵部尚书,而且正离开滁州,不再自称"醉翁""仙翁",心地更为轻松、超然了。

就在《题滁州醉翁亭》诗作同年,欧阳修还写了著名散文《醉翁亭记》,一个寄情山水诗酒的醉翁形象浑然脱出。此文名句"醉翁之意不在酒,在乎山水之间也"作为成语千古不朽了。"意在山水"句,已见唐诗。孟浩然在《听郑五愔弹琴》中写:"予意在山水,闻之谐夙心。"这是最早的。其后,韦应物《游西山》诗有"所爱唯山水,到此即淹留"句。还有王季友《宿东溪李十五山亭》:"本意由来是山水,何用相逢语旧怀。"亦用孟浩然句。

1995. 美酒千钟犹可尽

唐·王昌龄《行路难》："美酒千钟犹可尽,心中片愧何可论。"诗人在贬谪中的心态,可饮尽千钟美酒,心中的"片愧"算得了什么? 这是自我排解。"美酒千钟",言饮酒之多,是夸张豪饮。有时写酒量过人,有时则表达一醉方休的激情。

用"千钟"的诗词如:

唐·苏味道《初春行宫侍宴应制》："圣酒千钟洽,宸章七曜悬。"

唐·温庭筠《夜宴谣》："虬须公子五侯客,一饮千钟如建瓴。"

宋·柳永《玉楼春》："归心怡悦酒肠宽,不泛千钟应不醉。"

宋·苏轼《满庭芳》："江南好,千钟美酒,一曲满庭芳。"

宋·李之仪《雨中花令》："信是眼前稀有,消得千钟美酒。"

宋·舒亶《浣溪沙》(劝酒)："且尽红裙歌一曲,莫辞白酒饮千钟,人生半在别离中。"

宋·晁端礼《玉女瑶仙珮》："车马喧清晓,看千钟畅饮,中人传诏。"

又《庆寿光》："千钟泛酒,百和焚香。""泛"字用柳永句。

宋·晁补之《金盏倒垂莲》："诸阮英游,尽千钟饮量,百丈词源。"

宋·葛胜仲《瑞鹧鸪》(和通判送别)："何事千钟勤饮饯,故知一别未能轻。"

宋·向子𬤇《满庭芳》(政和癸巳滁阳作,其年京师大雪)："须烂醉流霞,莫诉千钟。"

宋·房舜卿《玉交枝》："千钟玉酒,休更待飘零。"

宋·张抡《浣溪沙》(和曾纯甫题谢氏小阁)："何日嘉招陪一笑,看君豪饮醋千钟。"

宋·李吕《朝中措》："薰人和气,清谈四座,雅量千钟。"

宋·葛郯《念奴娇》："不惜千钟为客寿,倒卧

南山新绿。"

宋·李处全《西江月》(二月旦侍女兄游高斋):"但愿年踰百岁,何妨时醉千钟。"

宋·刘辰翁《沁园春》:"挥尘不须九锡,开阁苦无长物,闲日醉千钟。"

宋·陈深《沁园春》:"浪迹烟霞,有酒千钟,有书五年。"

宋·无名氏《百字谣》(二月初四):"春酒千钟,秋娘一曲,大醉豪无敌。"

1996. 挥毫万字,一饮千钟

宋·欧阳修《朝中措》(送刘仲原甫出守维扬):"文章太守,挥毫万字,一饮千钟。"作者送刘贡父守扬州,述说自己任扬州太守时的生活以劝刘。"文章太守",作者自谓。"挥毫万字,一饮千钟",说自己著文饮酒十分豪放,潇洒性格十分感人。借用和仿用此句的:

宋·秦观《望海潮》:"最好挥毫万字,一饮拼千钟。"

宋·王以宁《满庭芳》(邓州席上):"主公,天下士,挥毫万字,一饮千钟。"

宋·朱敦儒《鹧鸪天》(西都作):"诗万首,酒千觞,几曾著眼看侯王。"仿句。

宋·史浩《教池回》(竞渡):"夕阳中,拼一饮千钟。"

宋·管鉴《水调歌头》:"坐间客,才论斗,气如虹,挥毫万字,举双白眼送飞鸿。"

宋·辛弃疾《金菊对芙蓉》(重阳):"此时方称心怀,尽拼一饮千钟。"

宋·赵善括《满江红》:"看挥毫,万字扫云烟,吴笺湿。"

宋·无名氏《水调歌头》(寿赵阆州):"三度花攒五马,一笑挥毫万字。"

宋·无名氏《满庭芳》:"五斗相逢,千钟一饮,古今乐事。"

元·萨都拉《木兰花慢》(鼓城怀古):"人生百年如寄,且开怀,一饮尽千钟。"

1997. 有笔头千字,胸中万卷

宋·苏轼《沁园春》:"当时共客长安,似二陆初来俱少年。有笔头千字,胸中万卷,致君尧舜,此事何难。"回忆青年时代,同"年少"朋友在长安所显示出的才华与学问,堪称辅佐明君的栋梁。"笔

头千字",挥笔可写锦绣文章,"胸中万卷",万卷书熟烂胸中。经纶满腹,文采飞扬。充满了豪气英气。与欧阳修的"挥毫万字,一饮千钟"有异曲同工之妙。用苏轼句如:

宋·侯寘《水调歌》:"醉狂时,一挥千字,见光玉色。""挥"字用欧句。

宋·陈三聘《好事近》:"纵有笔头千字,也难夸清绝。"

宋·李沈《水调歌头》(次琼山韵):"挥扫笔头万字,贯穿胸中千古,不记受生年。"兼用欧、苏句。

宋·戴复古《望江南》(壶山宋谦父寄新利雅词,内有壶山好三十阕,自说生平。仆谓有说未尽处,为续四曲):"壶山好,博古又通今。结尾三间藏万卷,挥毫一字直千金,四海有知音。"兼用欧、苏句。

宋·范炎《沁园春》(庆杨平):"一咏一谈,悠然高致,似醉当年曲水春。还知否,壮胸中万卷,笔下千军。"

元明小说话本依托宋人俞良作《鹊桥仙》:"胸中万卷,笔头千古,方信儒冠多误。"

1998. 都将万事,付与千钟

宋·苏轼《行香子》(秋兴):"都将万事,付与千钟。任酒花白,眼花乱,烛花红。"秋风乍至,感光阴迅速,人已衰老,宁将万事付之一醉。"付"托付、寄托。下如:

宋·晁端礼《蓦山溪》:"春来心事,分付酒千钟。"用苏轼句。

宋·晁补之《一丛花》:"三径步余,一枝眠稳,心事付千钟。"兼用晁端礼"心事"句。

宋·冯时行《渔家傲》(冬至):"好把升沉分付酒,光阴骤,须叟又绿章台柳。"升沉不计,一醉全休。

宋·沈与求《浣溪沙》(和叶左丞石林):"消磨万事酒千钟,一襟风,鬓霜濛,忧国平生,堪笑已成翁。"

宋·方岳《水调歌头》:"江南江北愁思,分付酒螺红。"变用苏轼句。"酒螺红"即红螺酒,用红色螺壳杯盛的酒,一切愁思尽托酒中。"红螺酒"则用五代后蜀李珣《南乡子》中"倾绿蚁,泛红螺,闲邀女伴簇笙歌"句。用白色螺壳制成的杯称"白螺杯"。唐人张籍《流杯渠》诗写"绿酒白螺杯,随流去复回"。李珣的"红杯绿酒"应出于此"白杯绿

酒"句。宋人黄庭坚《水调歌头》(游览):"谪仙何处,无人伴我白螺杯。"亦用张籍"白螺杯"句。以"白螺酒"代指饮酒。

1999. 尽分付征鸿

宋·柳永《雪梅香》:"无憀恨、相思意,尽分付征鸿。"回忆往昔的欢情,已成落花流水。只有将孤独恨、相思苦寄托给远苦去的征鸿,或许可以传递到远方。"分付"或"付与",是一种心理寄托,也是一种自我排遣,自我解脱。"分付"的客体对象不一,柳永此句是写付与禽鸟。用此句的如:

宋·欧阳修《诉衷情》:"杨柳绿,杏梢红,负春风。迢迢别恨,脉脉归心,付与征鸿。"

宋·黄庭坚《望江东》:"灯前写了书无数,算没个人传与。直饶寻得雁分付,又还是、秋将暮。"

宋·赵企《感皇恩》:"千里断肠,关山古道,回首高城似天杳。满怀离恨,付与落花啼鸟。故人何处也,青春老。"宋·何梦桂《玉漏迟》(自寿):"忘却金闺故步,都付与、野花啼鸟。"

宋·毛滂《醉花阴》:"持杯试听留春阕,此个情肠别,分付与莺莺。劝取东君,停待芳菲节。"宋·陈亮《水龙吟》(春恨):"恨芳菲世界,游人未赏,都付与、莺和燕。"前者付"情肠",后者付"芳菲"。

宋·姜夔《八归》(湘中送胡德华):"最可惜,一片江山,总付与啼鴂。"

宋·范晞文《意难忘》:"望故乡,都将往事,付与杜鹃。"

宋·蒋捷《声声慢》(秋声):"一片秋声""夹带风声""谯门更声""檐底铃声""四起笳声""灯前砧声""哝哝蛩声","诉未了,把一半、分与雁声。"

2000. 十分春态,付与明年

宋·苏轼《雨中花》:"清明过了,残红无处,对此泪洒尊前。秋向晚,一枝何事,向我依然。高会聊追短景,清商不暇余妍。不如留取、十分春态,付与明年。"残春已过,秋晚无益,不如留取鲜花的十分春态,送给明年。这是写"付与春天"的好时光。

宋·贺铸《人南渡·感皇恩》:"何处、半黄梅子,向晚一帘疏雨。断魂分付与、春将去。"

宋·王观《庆清朝慢》:"调雨为酥,催冰做水,东君分付春还。"

宋·刘仙翁《江神子》(洪守出歌姬口占):"华堂深处出娉婷,语声轻,笑声清,燕语莺啼,一一付春情。恰似洛阳花正发,见花好,不知名。"

2001. 付与时人冷眼看

宋·黄庭坚《鹧鸪天》坐中有眉同隐客史应之和前韵,即席答之。"黄花白发相牵挽,付与时人冷眼看。"黄菊生寒,白发满头,人菊俱老,仍相牵挽,尽让人冷眼去看。这是写"付与人"。

宋·邵雍《洛阳春吟》:"景好花奇精妙处,又能分付与闲人。"

宋·秦观《木兰花慢》:"千古行人旧恨,尽应分付今人。"

宋·仲殊《金蕉叶》:"六朝遗恨连江表,都会付、倚楼吟啸。"

宋·王学文《摸鱼儿》(送汪水云之湘):"乾坤桑海无穷事,才历昆明初劫,谁共说。都付与焦桐,写入梅花叠。"

宋·朱敦儒《鹧鸪天》(西都作):"我是清都山水郎,天教分付与疏狂。"

宋·晁冲之《汉宫春》(梅):"微云淡月,对孤芳、分付他谁?"宋·赵长卿《临江仙》(赏花):"断肠无奈苦相思,忧心徒耿耿,分付与他谁。"用晁冲之句。

宋·向子諲《满庭芳》(政和癸巳滁阳作,其年京城大雪):"飞琼伴,偷将春色,分付入芳容。"

宋·赵长卿《惜奴娇》(赋水仙花):"洛浦娇魂,恐得到、人间少。把风流分付花貌。"

宋·奚□《齐天乐》(寿贾秋壑):"把月抒云机,教他儿女,水逸山明,此情天付与。"

宋·鲁逸仲《南浦》(旅怀):"为问暗香闲艳,也相思万点,付与啼痕。"

元·赵雍《江城子》:"无限柔情,分付与春山。""春山"代女子之眉。

2002. 且将此恨分付庭前柳

宋·李之仪《谢池春》:"不见又思量,见了还依旧。为问频相见,何似长相守。天不老,人未偶,且将此恨、分付庭前柳。""此恨"为离恨。"柳"谐音"留"。所以别恨付与庭柳,也是一种寄托。这是"付与花木"。

宋·万俟咏《诉衷情》(送春):"送春滋味,念远情怀。分付杨花。"

宋·仲殊《醉花阴》:"只恐被东风,偷得余香,分付闲花草。"

宋·沈晦《小重山》:"湖上秋来莲荡空,年华都付与、木芙蓉。"

宋·管鉴《酒泉子》:"春色十分,付与海棠枝上满,清尊我亦十分倾,未忘情。"

宋·廖行之《水调歌头》(寿外舅):"紫髯公,平日事,亦高哉。都将功业,分付兰玉满庭珍。"

宋·何梦桂《水龙吟》(和邵清溪咏梅见寿):"天工付与、冰肌雪骨,暗香寒凝。"

2003. 分付水东流

宋·张孝祥《水调歌头》(汪德邵无尽藏):"一吊周郎羽扇,高想曹公横槊,兴废两悠悠。此意无尽藏,分付水东流。"无穷尽的兴衰之感,一概付诸东流。这是"付与流水"。也有付与东风。

宋·朱服《渔家傲》:"小雨廉纤风细细,万家杨柳青烟里,恋树湿花飞不起。愁无比,和春付与西流水。""东流"是东去,"西流"是西来。

宋·贺铸《东吴乐·尉迟杯》:"念怀县,青鬓今无几,枉分将,镜里华年,付与楼前流水。"

宋·张耒《风流子》:"向风前懊恼,芳心一点,寸眉两叶,禁甚闲愁。情到不堪言处,分付东流。"

宋·周邦彦《蝶恋花》:"愁入眉痕添秀美,无限柔情,分付西流水。"

宋·毛滂《惜分飞》(富阳僧舍代作别语):"短雨残云、无意绪,寂寞朝朝暮暮。今夜山深处,断魂分付、潮回去。"

宋·元绛《永新县春风亭》:"三年到此百无功,种得桃花满县红。此日不能收拾去,一时分付与东风。"这是写"付与东风"。

宋·魏玩《虞美人》:"冰肤玉面孤山裔,肯到人间世。天然不与百花同,却恨无情轻付、与东风。"

宋·王千秋《临江仙》:"野鹤孤云元自在,刚论隐豹冥鸿。此身今在幻人宫。要将驴佛我,分付马牛风。"

宋·吕胜己《八声甘州》(怀渭川作):"无言也,此生心事,都付东流。"

2004. 山莺朝送酒

唐·岑参《送严黄门拜御史大夫再镇蜀川兼觐省》:"山莺朝送酒,江月夜供诗。"送严武任剑南节度史,写剑南治所情景:早晨莺声可以引发酒兴,晚上江边明月可以唤起诗思。

岑参《送庐郎中除杭州赴任》:"柳色供诗用,莺声送酒须。"送庐幼平任杭州刺史,这两句复用送严武句意,写杭州春色之美好:柳色可以入诗,莺声又能唤酒。

"莺声送酒"句,出自南朝·宋·戴颙的故事。《世说新语·言语》记戴颙春日携酒往听黄鹂鸣的事。黄鹂即黄莺。岑参暗用其事。

2005. 一尊还酹江月

宋·苏轼《念奴娇》(赤壁怀古):"人生如梦,一尊还酹江月。"浇一杯酒祭奠江月。

清·周星誉《念奴娇》:"腐儒无用,登楼且醉江月。"自己已没什么用处,只有沉醉于江月之中了。句式近苏句,其义不同。

2006. 浮杯千里断江潮

宋·杨亿《择良上人归天台》:"行道六时庐岳漏,浮杯千里浙江潮。""浮杯"不同于"浮白","浮白"为满罚一杯酒,或满饮一杯。"浮杯"是杨亿喻乘船的。这种用法,未见源出,似杨亿独驭此语。修禊事中有浮杯饮酒之戏,借作小舟,未敢定论。杨亿还有诗重用:

《素玄师归缙云有怀故雄黎成转韵六十四句》:"辛遣上足师,浮杯渡江水。"

《灵隐长老归旧山》:"浮杯江心海鸥亲,驻锡王城忽过春。"

2007. 高流端得酒中趣

宋·贺铸《将进酒》:"高流端得酒中趣,深入醉乡安稳处。生忘形、死忘名。谁论二豪,初不数刘伶。"

"酒中趣"句用晋人孟嘉语。陶渊明《晋故征西大将军长史孟府君传》孟嘉:"好酣饮,逾多不乱,至于任怀得意、融然远寄,旁若无人。(桓)温尝问君'酒有何好,而卿嗜之?'君笑而答之:'明公但不知酒中趣尔'!"

"生忘形"句用杜甫《醉时歌》:"忘形到尔汝,痛饮真吾师。""死忘名"句用晋张翰语。《世说新语·任诞》载:"张季鹰纵任不拘,时人号为'江东步兵'。或谓之曰:"卿乃可纵适一时,独不为身后名邪?"答曰:"使我有身后名,不如即时一杯酒。""

贺铸这几句词,是综合他人诗(语)句而成的。

2008. 举大白,听金缕

宋·张元干《贺新郎》(送胡邦衡待制):"目尽青天怀今古,肯儿曹、恩怨相尔汝。举大白,听金缕。"绍兴八年十一月,枢密院编修胡邦衡(铨)因上书请斩王伦、秦桧、孙近三人而获罪,被秦桧降职到外地,绍兴十二年又被押到新州(今广东新兴县)管制。张元干义愤填膺,写此词送行。前边写了对胡邦衡的支持和同情,斥责了金统治者的侵犯,表达了对投降派的痛恨。最后说:举起酒杯,听我这《金缕曲》(即《贺新郎》词牌)。

"大白",指酒杯。"举白"是古老的酒制、酒令。《汉书·叙传》:"皆引满举白,谈笑大噱。"服虔注举白是"举满杯有余白沥者罚之也"。孟康注:"举白,见验饮酒尽不也。"颜师古注:"谓引取满觞而饮,饮讫举觞告白尽不也。"举白,就是满引一杯,一饮而尽,举觞示意已饮尽,未尽者还要受罚。相当于今天的"干杯"。晋·左思《吴都赋》:"飞觞举白。"刘良注:"大白,杯名。"《说苑·善说》:"魏文侯与大夫饮酒,使公乘不仁为觞政,曰'饮不醮者,浮以大白。'"即饮不尽者,罚一大杯。后则转用为满饮一大杯。张潮《虞初新志·补张灵崔莹合传》:"一日灵独坐读刘伶传,命童子进酒,屡读屡叫绝,辄拍案浮一大杯。"就是饮一大杯。人们多用"浮大白",也用"举大白""飞大白"。

唐·骆宾王《秋日饯尹大赴京并序》序云:"尹大官三冬道畅,指兰台而拾青;薛六郎四海情深,飞桂尊而举白。"

宋·欧阳修《答端明王尚书见寄兼简景仁丈裕二侍郎二首》:"酒面拨醅浮大白,舞腰催拍趁繁弦。"

宋·苏轼《和刘长安题薛周逸老亭,周善饮酒,未七十而致仕》:"谁能载美酒,往以大白浮。"

又《赠孙莘老七绝》:"若对青山谈世事,当须举白便浮君。"

又《次韵王忠玉游虎丘绝句三首》:"当年大白此相浮,老守娱宾得二丘。"

又《次韵赵景贶智两欧阳诗破阵酒戒》:"陋矣陶士衡,当以大白浮。"

宋·叶梦得《临江仙》(明日与客复登台,再用前韵):"一醉三年那易得,应须大白同浮。"

宋·蔡伸《谒金门》:"同倚朱栏飞大白,今宵风月别。"

宋·曾觌《水调歌头》(和南剑薛倅):"送征鸿,浮大白。倚危楼,参横月落,耿耿河汉近人流。"

宋·倪偁《鹧鸪天》:"天公肯放冰轮出,我辈宁辞大白浮。"

宋·袁去华《满庭芳》(八月十六日醴陵作):"今何夕,空浮大白,一笑共谁持。"

宋·姚述尧《减字木兰花》:"郑庄好客,故道红妆飞大白。"

宋·王质《满江红》(庆寿):"举大白,倾醽醁,为公起,歌此曲。"从张元干句化出。

宋·李处全《四和香》(立春):"眉寿故应天不吝,浮大白、吾无闷。"

宋·刘光祖《水调歌头》:"只有青山高致,对此还论时事,举白与君浮。"

宋·魏了翁《念奴娇》:"如今远在,谁人伴我浮白。"

宋·吴潜《贺新郎》:"上下四方男子志,肯临歧,昵昵儿女语?呼大白,为君举。"用张元干句。

宋·李曾伯《水龙吟》:"更须待大白,浩歌黄竹,为丰年喜。"

又《贺新郎》:"庆新年、一稔欢相语,持大白,勿虚度。"

宋·李昂英《满江红》:"且满浮大白送黄花,剑休舞。"

宋·杨泽民《迎春乐》:"对酒何曾辞大白,十年后、音尘俱息。"

宋·柴望《摸鱼儿》:"但笑拍阑干,连呼大白,心事付归燕。"

宋·周密《齐天乐》:"底事闲愁,醉歌浮大白。"

2009. 月下芬芳伴醉吟

五代·刘兼《海棠花》:"良宵更有多情处,月下芬芳伴醉吟。"咏"淡淡微红色不深"的海棠之美,而动人的是,良宵月下漫漫的芳香,伴随着诗人带醉吟咏。

清·曹雪芹《红楼梦》第三十七回贾探春《咏白海棠》:"莫谓缟仙能羽化,多情伴我咏黄昏。"从刘兼句化出。

2010. 醉倒不知天地大

宋·李纲《江城子》(新酒初熟):"醉倒不知天

地大,浑忘却,是和非。"新酒初熟,痛饮一番,拼上一醉,醉倒了连天地之大也不知道,是是非非统统忘却了。

宋·向子諲《清平乐》:"醉里不知天地窄,真是人间欢伯。"用李纲句。"天地宽""天地窄","天地大"其意如一,因为不知宽,也不知窄,不知大,也不知小。"窄"与"大"外延是相同的。

宋·程垓《满江红》:"卧后从教鳅鳝舞,醉来一任乾坤窄。"用向子諲句。

2011. 醉里乾坤大

元·卢挚《[双调]沉醉东风》:"瓦盆边浊酒生涯,醉里乾坤大,任他高柳清风睡煞。"写酒力、酒趣、酒生活、酒世界之大之丰富。

元·贯云石《[双调]清江引》:"避风波入安乐窝,就里乾坤大,醒了醉还醒,卧了重还卧,似这般清闲的谁似我?"用卢挚句,而且又简直是"醉里乾坤大"的解说。

2012. 别离滋味浓于酒

宋·张耒《秋蕊香》:"别离滋味浓于酒,著人瘦。"别离滋味比酒的滋味还浓。别离滋味是苦涩的,醇酒的滋味是甘甜的、辛辣的,似有可比性。其实是运用艺术通感的手法,因为酒味凭味觉,别情是心理感知,其"味"并非同类。所谓别离的"苦涩",亦是从味觉方面作喻,已是"通感"的作用了。词人们还以酒浓喻景色风光,同喻"情浓"是一样的手法,因为"景色风光"主要是视觉夹一点触觉,也不是凭味觉。"酒味"出自庾信《山斋》诗:"悬知春酒浓。"

用"情(愁)浓于酒"句如:

宋·周邦彦《丹凤吟》:"况是别离气味,坐来但觉心绪恶,痛引浇愁酒,奈愁浓如酒。"与张耒句如出一辙。张耒长周邦彦二岁,属同时代人。谁先用"浓于(如)酒",难以考对。周邦彦三用"浓于酒",或张耒缩用周邦彦句。下如:

又《花心动》:"一夜情浓似酒,香汗渍鲛绡,几番微透。"

宋·苏过《点绛唇》:"乱鸦啼后,归兴浓如酒。"(一作汪藻词)

宋·秦湛《卜算子》(春情):"拟倩东风浣此情,情更浓于酒。"

宋·李邴《清平乐》(闺情):"露花烟柳,春思浓如酒。"

宋·赵长卿《南歌子》(荆溪寄南徐故人):"春思浓如酒,离心乱似绵。"用李邴句。

又《一丛花》(和张子野):"当歌临酒恨难穷,酒不似愁浓。"

宋·辛弃疾《定风波》(暮春漫兴):"少日春怀似酒浓,插花走马醉千钟。"

宋·陈人杰《沁园春》:"六代蜂窠,七贤蝶梦,勾引客愁如酒浓。"

宋·陈允平《糖多令》(吴江道上赠郑可大):"客路相逢,酒浓愁更浓。"

清·黄遵宪《今别离》:"自别思见君,情如春酒浓。"

2013. 暖风迟日浓于酒

唐·韩琮《春愁》:"劝君年少莫游春,暖风迟日浓于酒。"用"春色浓于酒",只写春光迷人,春风醉人,比酒更令人迷恋、陶醉。这是最早的"浓于酒"句。下如:

宋·周邦彦《瑞鹤仙》:"晴风荡无际,浓于酒,偏醉情人调客。"

宋·葛胜仲《临江仙》(章圃赏瑞香二首):"二月风光浓似酒,小楼新湿青红。"

宋·周紫芝《临江仙》(海棠):"春似酒杯浓,醉得海棠无力。"拟人写海棠。

宋·张抡《壶中天慢》:"春浓如酒,五云台榭楼阁。"

宋·王质《一斛珠》(十一月十日知宴吴府判坐中赋海棠):"天香国色浓如酒,且教青女休僝僽。"

宋·黄机《沁园春》:"年年里,对春如酒好,酒似春浓。"

宋·陈允平《蝶恋花》:"三月春光浓似酒,传杯莫放纤纤手。"

宋·李浴翁《摸鱼儿》(春光):"疏雨后,更艳艳绵绵,泼眼浓如酒。"

宋·李石才《一箩金》:"武陵春色浓如酒,游冶才郎,初试花间手。"

宋人话本小说中人物梁意娘(《醉翁谈录》云:意娘,五代后周时人,适李生。)《茶瓶儿》:"满地落花铺绣,春色著人如酒。"(为南宋人依托而作)

宋人话本小说中人物黄夫人《鹧鸪天》:"先自春光似酒浓,时听莺语透帘栊。"

元明小说话本依托宋人张舜美《如梦令》："明月娟娟筛柳,春色溶溶如酒。"

宋·苏轼写"睡浓于酒":《寒具》："夜来春睡浓于酒,压遍佳人缠臂金。"

2014. 断吾生左持蟹右持杯

宋·辛弃疾《水调歌头》："断吾生,左持蟹,右持杯。买山自种云树,山下蔚烟莱。"词人收复中原之志受阻,无可奈何,产生了引杯持蟹、买山自种的隐遁念头。《晋书·毕卓传》："卓谓人曰:得酒满数百斛船,四时珍味置两头,右手持酒杯,左手持蟹螯,拍浮酒船中,便足了一生。"《世说新语·任诞》也有此记载。唐·李颀《赠张旭》首用此句:"左手持蟹螯,右手执丹经。"只是不饮酒。辛弃疾北伐之志难遂,反复用"把酒持蟹"句,以俭朴为满足,把蟹作"珍品",而豪情未减。下如:

宋·辛弃疾《水调歌头》："笑吾庐,门掩草,径封苔。未应两手无用,要把蟹螯杯。"

又《水调歌头》(题张晋英提举玉峰楼):"劝公饮,左手蟹,右手杯。人间万事变灭,今古几池台。"

又《贺新郎》："右手淋浪才有用,闲却持螯左手。"

宋·苏轼用"持杯""持蟹"句也多:《次韵王廷老和张十七九日见寄二首》："何时得见纤纤玉,右手持杯左捧颐。"

又《偶与客饮孔常父见访方设席延请忽上马驰去已而用诗戏用其韵答之》："主人有酒君独辞,蟹螯何不左手持?"

又《章质夫送酒六壶书到而酒不达,戏作小诗问之》："空烦左手持新蟹,漫绕东篱嗅落英。"

又《饮酒四首》："左手持蟹螯,举觞瞩云汉。"

又《十一月九日梦作一诗今足成》："空烦左手持新蟹,漫绕东篱嗅落英。"用"章质夫送酒"中二句。

宋·刘克庄《沁园春》："鬓有二毛,袖间双手,只了持螯与把杯。"

宋·吴潜《水调歌头》："右手持杯满泛,左手持蟹大嚼,莫菊互相酬。"

宋·刘镇《木兰花慢》："向橙桔香边,持螯把酒,聊伴清游。"

宋·李伯曾《满庭芳》(壬子谢吕马帅送蟹):"持蟹了,老饕作赋,佳话楚乡传。"

宋·方岳《满江红》："江欲醋,谈天口;秋何负,持蟹手。"

又《水调歌头》(九日醉中):"左手紫螯蟹,左手绿螺杯。"

又《一落索》(九日):"无钱持蟹对黄花,也孤负、重阳也。"

宋·楼扶《沁园春》(登候涛山):"待约诗人,相将月夜,取次携杯持蟹螯。"

宋·王□□《汉宫春》(九日登丰乐楼):"登临把酒,更谁伴、破桔持螯?唯只有、湖边鸥鹭,飞来如受人招。"

宋·刘辰翁《南歌子》："霜前眼到蟹螯持,自试小窗醉墨、作新诗。"

元·张可久《水仙子·秋思》："醉白酒眠牛背,对黄花持蟹螯,散诞逍遥。"

清·查慎行《贺新郎》(壬辰重阳前二日,张日容招集城南陶然亭):"检点尊前人如故,只病夫、废了持螯手。用其一,且持酒。"叹已不如前。

2015. 杯汝来前,老子今朝,点检形骸

宋·辛弃疾《沁园春》(将上酒,戒酒杯使勿近):"杯汝来前,老子今朝,点检形骸。甚长年抱酒,咽如焦釜;如今喜睡,气似奔雷。"借斥杯以明戒酒之志。写法独特。宋·陈模《怀古录》评:"又上酒赋《沁园春》云:'杯汝来前……'此又如《宾戏》《解嘲》等作,乃是把古文手段寓之于词。"清·刘体仁《七颂堂词绎》评:"稼轩'杯汝来前',毛颖传也;'谁共我,醉明月',恨赋也。皆非词家本色。"怎样理解这"以古文手段寓之于词""非词家本色"呢? 清人俞陛云在《唐五代两宋词选释》中作了说明:"稼轩词使其豪迈之气,荡决无前,几于喜笑怒骂,皆可入词。宋人评东坡之词为'以诗为词',稼轩之词为'以论为词',集中此类词颇多,录此阕以见词中之一格。""以文为词"或"以论为词",都应看作作词的一种手法、风格,正如宋代著名哲学家邵雍"以哲理入诗",其诗绝多含哲理味道,自成一格,无可非难,其中佳品,亦脍炙人口。辛氏此词,用问答体,有一点论辩,效法西汉东方朔的《答客难》和班固的《宾戏》之类作品,是他"以古文手段寓之于词"的代表作之一。

清·王鹏运《沁园春》："词汝来前,酹汝一杯,汝敬听之!"用辛弃疾语,不是对"杯"而是对"词",把"词"人化,同词谈吐,写对词的感受及同词的关

系,极风趣。

2016. 兰亭修禊,俯仰成今古

宋·卢炳《念奴娇》(上巳太守待同官曲水园因成):"曲水流觞,兰亭修禊,俯仰成古今。"太守曲水待宴十分欢畅,而王羲之当年曲水流觞,兰亭修禊,早已成为过去。

兰亭修禊,是东晋的故事。大书法家王羲之在晋穆帝永和九年暮春三月三日,携友人于山阴(今绍兴)之兰亭行修被禊之礼,饮酒赋诗。宋·吴曾《能改斋漫录·事实》载:所谓"群贤毕至,少长咸集"者有"谢安、谢万、孙绰、徐丰之、孙统、王彬之、王凝之、王肃之、王徽之、袁峤之、郗昙、王丰之、华茂、庾友、虞说、魏滂、谢绎、庾蕴、孙嗣、曹茂之、曹华平、桓伟、王元之、王蕴之、王涣之,共二十六人。自羲之至袁峤之,各为四言五言诗一篇。"编成《兰亭集》,羲之作《兰亭集序》(孙绰为后序),书法也很出色。《序》云:"永和九年,岁在癸丑。暮春之初,会于会稽山阴之兰亭,修禊事也。群贤毕至,少长咸集。此地有崇山峻岭,茂林修竹,又有清流激湍,映带左右。引以为流觞曲水,列坐其次。虽无丝竹管弦之盛,一觞一咏亦足以畅叙幽情。"由于兰亭修禊是一群名流活动,由于《兰亭集序》文笔、书法并佳,所以对后人的影响是显著的。唐代大诗人李白在《鲁郡尧祠送窦明府薄华还西京》:"高阳小饮真琐琐,山公酩酊何如我?竹林七子去道赊,兰亭雄笔安足夸。"虽在突出同窦县令的豪情逸兴,也还是把"兰亭雄笔"作为有名的事物举出的。宋·文彦博《近以洛花寄献斋阁蒙赐诗五绝褒借今辄成五篇以答来贶》:"口沫手胝频捧读,兰亭醉墨尚淋漓。"宋·韩琦《上巳》:"台英正约寻芳会,谁是山阴作序人。"都是对兰亭修禊的称道。

修禊,《后汉书·礼仪志上》载:"是月(三月)上巳,官民皆契(洁)于东流水上,曰洗濯被除,去宿垢疢病,为大契(洁)。"说明修禊至少汉代就有了。魏晋以后定为三月三日,吴自牧《梦梁录》卷二"三月"云:"三月三日上巳之辰,曲水流觞故事,起于晋时。唐朝赐宴曲江,倾都禊饮踏青,亦是此意。"述"兰亭修禊"事的如:

宋·苏轼《水调歌头》(东武会流杯亭):"君不见兰亭修禊事,当时坐上皆豪逸。到如今,修竹满山阴,空陈迹。"与友在东武城南流杯亭聚会,慨叹古人皆逝。

宋·韩琦《浮醴亭会陈龙图》:"休论俯仰为陈迹,且学山阴被禊杯。"这里又有"浮醴亭",苏轼是在"浮杯亭",可见宋代修禊之多。

宋·葛长庚《上巳》:"上巳兰亭修禊事,一年春色又杨花。"写上巳节风光,暗讽春色仅供富贵之家享用。

又《沁园春》:"兰亭路,渐流觞曲水,修禊山阴。"上巳日心情不舒,向往兰亭修禊的愉悦。

宋·张炎《鹧鸪天》:"修禊近、卖饧时,故乡难有梦相随。"只作为暮春的日子。写上巳前思乡。

元·王恽《越调·平湖乐》:"山阴修禊说兰亭,似觉平湖胜。"山阴的平湖,比兰亭更美。

2017. 还应一举百觞倾

宋·苏轼《景贶、履常屡有诗》:"从此醉翁天下乐,还应一举百觞倾。"

自注:"文忠公赠苏、梅诗云:我亦愿助勇,鼓旗谏其旁。快哉天下乐,一觞宜百觞。"此处借欧阳修句以致友。

2018. 茂林修竹尚依依

宋·魏庭坚《越中怀古》:"王谢胜游何处问,茂林修竹尚依依。"想到兰亭修禊事,名流聚会,盛传已久,而王羲之、谢安的胜游早无踪迹,只有茂林修竹尚存,大有物在人亡之慨。"茂林修竹",茂密的竹林,修长的竹干。此语源出《兰亭集序》:(王羲之《兰亭集序》用以写兰亭环境:"此地有崇山峻岭,茂林修竹。")南朝·宋·谢灵运《石门新营所住四面高山回溪石濑茂林修竹》是谢石门新居的环境。

宋·文彦博《中书侍郎付公挽词三首》(尧俞):"茂林修竹皆如旧,惟叹人琴遂一空。"

宋·欧阳修《寄刘昉秀才》:"丝路萦回细入云,离怀南陌草初薰。茂林修竹谁同禊,明月春萝定勤文。"

宋·孙沔《题天章寺》:"茂林修竹碧溪头,梵宇深沉锁翠帱。"

宋·褚珵《送程给事知越州》:"茂林修竹仁风动,紫蟹黄柑宴席开。"

宋·曹冠《蓦山溪》(九日):"茂林修竹,别是小壶天,烟霭淡,夕阳明,隐映溪光渺。"

宋·辛弃疾《新荷叶》(初秋访悠然):"茂林修

竹,小园曲径疏篱。"

又《汉宫春》(答李兼善提举和章):"心似孤僧,更茂林修竹,山上精庐。"

宋·韩淲《满庭芳》(王寺簿生朝):"清真,如逸少,兰亭修竹,曲水流觞。"

宋·张炎《南浦》(春水):"余情渺渺,茂林觞咏如今悄。"(如今难找)

元·徐再思《双调·人月圆》(兰亭):"茂林修竹风流地,重到古山阴。壮怀感慨,醉眸俯仰,世事浮沉。"《兰亭集序》仰观宇宙之大,俯察品类之盛,思考了人生,苍凉感叹。徐曲就《序》之题旨发挥而成。

2019. 曲水流觞,赏心乐事良辰

宋·辛弃疾《新荷叶》(徐思乃子似生朝,因为改定):"曲水流觞,赏心乐事良辰。今几千年,风流禊事如新。明眸皓齿,看江头、有女如云。折花归去,绮罗陌上芳尘。丝竹纷纷,杨花飞鸟衔巾。争似群贤,茂林修竹兰亭。一觞一咏,亦足以畅叙幽情。清欢未了,不如留住青春。"为"生朝"而改作,用《兰亭集序》中"曲水流觞""茂林修竹""一咏一觞亦足以畅叙幽情"及"禊事""群贤"等语,写"上巳春游"。"曲水流觞"的习俗,据前引吴自牧《梦梁录》载:"起于晋时"或起于"兰亭修禊"之际。这种习俗是一种水边游戏:在修禊的日子,把装满酒的杯(觞)放在岸边崎曲的水上,顺水流去,停到水湾(曲水)就拿起来喝,这就是"曲水流觞"。辛弃疾《南乡子》(送筠州起司户、茂中之子。茂中尝为筠州幕宦,题诗甚多)又写相约流觞曲水:"剩记乃翁诗,绿水红莲觅旧题。归骑春衫花满路,相期、来岁流觞曲水时。"

"曲水流觞"是上巳日极富趣味的游艺活动,所以"兰亭修禊"给后人留下难忘的印象。宋人李光在《水调歌头》词中写:"兰亭胜处,依旧流水修篁。"表现出无限思恋之情。随之,"曲水流觞"活动也很多。唐·李贺《三月》:"军装宫妓扫蛾浅,摇摇锦旗夹城暖。曲水漂香去不归,梨花落尽成秋苑。"《雍录》载:"开元二十年筑夹城,……可以达曲江芙蓉园,而外人不知也。"陈本礼《协律钩元》说李贺这几句诗:"咏宫伎军装随贵主(公主)修禊曲水(曲江),盖唐时贵主每借征行以为翱翔游戏之举。"唐代曲江常是"曲水流觞"之所。到宋代"曲水流觞"活动仍很多,请读他们的词。

宋·刘敞《上巳不赴金明集招邻几谈》:"楼船旗鼓春风,曲水浮觞一醉同。"

宋·苏轼《和王胜之三首》:"流觞曲水无多日,更作新诗继永和。"

宋·贺铸《忆山姿》:"梦想山阴游冶,深径碧桃花谢。曲水稳流觞,暖絮芳兰堪藉。"

宋·叶梦得《醉蓬莱》:"曲水流觞,有山公行处。"

又《水调歌头》:"纨扇摇霜月,曲水泛流觞。"

宋·王庭珪《柳梢青》(和张元晖清明):"兰亭丝竹,高会群贤,其人如玉。曲水流觞,灯前细雨,檐花蔌蔌。"

宋·刘望之《水调歌头》:"谪仙人,解金龟,换美酒;载与君游,流水曲觞且赓酬。"

宋·曹冠《夏初临》:"流觞高会,不减兰亭,感忆旧事,聊寄吟哦。"

宋·辛弃疾《虞美人》(送赵达夫):"一杯莫落吾人后,富贵功名寿。胸中书传有余香,看写兰亭小字、记流觞。"

又《鹧鸪天》(寿子似,时摄事城中):"上巳风光好放怀,忆君犹未看花回,茂林映带谁家竹,曲水流传第几杯。"

宋·戴复古《满庭芳》(楚州上巳万柳池应监丞领客):"三日春光,群贤胜践,山阴何似山阴。鹅池墨妙,曲水记流觞。"

宋·卢炳《念奴娇》(上巳太守待同官曲水园因成):"曲水流觞,兰亭修禊,俯仰成今古。为君一醉,归时楼上初鼓。"

宋·方千里《风流子》:"还忆旧游,禁烟寒食,共追清赏,曲水流觞。"

宋·无名氏《满江红》(寿尚倅):"曲水兰亭,陪宴后,又还三日。"

宋·无名氏《满江红》(三月十五日):"曲水流觞,又过了,良辰十二。"

明·汤显祖《牡丹亭》第七出《闺塾·尾声》:"绕的流觞曲水,面著太湖山石。"

清·康熙皇帝玄烨《曲水荷香》(热河三十六景诗):"荷气参差远益清,兰亭曲水亦虚名。"(序云:每新雨初过,平堤水足,落红波面,贴贴如泛杯。兰亭觞咏,无此天趣。)

2020. 一觞一咏,潇洒寄高闲

宋·黄庭坚《蓦山溪》:"一觞一咏,潇洒寄高

闲。松月下,竹风间,试想为襟抱。"一觞一咏,潇潇洒洒寄身松竹,做为自己的怀抱,这是一种超然的意绪。用《兰亭集序》:"一觞一咏,亦足以畅叙幽情。""一觞一咏"饮一杯酒,咏一首(句)诗。《兰亭集》中诗就是这样吟咏出来的。那些名流的觞咏雅兴,不能不为后代文人所仿效。宋代文学家欧阳修在《西湖念语》(咏西湖十三首)《采桑子》词的引语)中就说:"鸣蛙暂听,安问属官而属私;曲水临流,自可一觞而一咏。"意游西湖应效法"兰亭"欢会。黄庭坚句写怀抱,也含雅兴。其它如:

宋·王安石《详定幕次呈圣乐道》诗:"一觞一咏相从乐,传说犹堪异日夸。"

宋·刘一止《临江仙》(和王元渤韵):"最爱杯中浮蚁闹,鹅儿破殻娇黄。使君醉里是家乡。更进修禊帖,一咏一传觞。"

宋·李纲《水调歌头》:"花径不曾扫,蓬户为君开。……暮春日,修禊事,会至斋。一觞一咏,何愧当时畅幽怀。况是茂林修竹,映带清流湍激,山色碧崔嵬。勿复叹陈迹,且为醉金杯。"

宋·吕渭老《好事近》:"一咏一觞谁共?负平生书册。"

宋·辛弃疾《水龙吟》(盘园任帅子严安抚挂冠得请,取执政书中语,以高风名其堂,来索词,为赋《水龙吟》。薇林,侍郎向公告老所居,高宗皇帝御书所赐名也,与盘园相并云):"叹息薇林旧隐,对先生、竹窗松声。一花一草,一觞一咏,风流杖屦。"

又《满庭芳》(和洪丞相景伯韵呈景卢舍人):"休惆怅,一觞一咏,须刻右军碑。"

宋·李昂英《满江红》(和刘朔斋节亭韵):"但一觞一咏,放怀开阔。"

2021. 齐劝诗翁金叵罗

宋·王迈《沁园春》(凤山出二宠姬歌余诗):"妩争妍,娇痴无际,齐劝诗翁金叵罗。"写二姬劝王迈酒,酒器为金叵罗(敞口的浅杯)。《北齐书·祖珽传》云:"神武宴僚属,于坐失金叵罗。窦泰令饮酒者皆脱帽,于珽髻上得之。"首见文字记金叵罗。

宋·黄机《沁园春》:"青丝系马庭柯,为小驻寿君金叵罗。"此词送徐孟坚秩满还朝,途中小驻,作者向他祝酒,用金叵罗。

宋·吴潜《满江红》:"金叵罗中莹,玉玲醽醁

珑畔歌珠缀。"

宋·方岳《风流子》:"想旧日何郎,飞金叵罗,三生杜牧,醉薰娇饶。"

宋·张炎《临江仙》:"低回金叵罗,约略玉玲珑。"

2022. 凌大波而流风

楚·屈原《九章·悲回风》:"凌大波而流风兮,托彭咸之所居。"凌大波、乘疾风而去,奔向彭咸居处的地方。"流风",随风流动,随风而去,后也表风的流动,风吹。

晋·张载《霖雨诗》:"悲歌结流风,逸响回秋气。"

晋·潘尼《献长君安仁》:"明理内照,流风外馨。"

晋·陆冲《杂诗二首》:"空谷回悲响,流风漂哀音。"

南朝·宋·鲍照《咏秋诗》:"秋兰徒晚绿,流风渐不亲。"风已寒凉。

南朝·齐·王融《栖玄寺听讲毕游邸园七韵应司徒教诗》:"流风转还劲,清烟泛乔石。"

南朝·齐·谢朓《闲坐》:"流风荡晚阴,行云掩朝日。"唐·张说《踏歌词》:"帝宫三五戏春台,行雨流风莫度来。""行雨"从"行云"来。

南朝·梁·简文帝《夜听妓》:"何如明月色,流风拂舞腰。"

又《伤美人》:"昔闻倡女别,荡子无归期。今似陈王叹,流风难重思。"如流风已过。

南朝·陈·江总《新人姬应令》:"洛浦流风漾淇水,秦楼初日度阳台。"

隋·卢思道《后园宴》:"流风绪洛渚,行云在南浦。"用谢朓之"流风""行云"句。

唐·沈佺期《古歌》:"落叶流风向玉台,夜寒秋思洞房开。"落叶随风飘动。

唐·刘孝孙《咏笛》:"凉秋夜笛鸣,流风韵九成。"秋夜笛声随风飘荡,韵味动人。

唐·骆宾王《艳情代郭氏答卢照邻》:"流风回雪傥便娟,骦子鱼文实可怜。"亦写风吹、吹来的风。

唐·薛曜《正夜侍宴应诏》:"酒杯浮湛露,歌曲唱流风。"随风流动。

唐·包融《和陈校书省中玩雪》:"能令草玄者,回思入流风。"同上。

唐·李邕《奉和初春幸太平公主南庄应制》："流风入座飘歌扇,瀑水侵阶溅舞衣。"流动的风,吹来的风。

唐·李康成《玉华仙子歌》："高堂初日不成妍,洛渚流风徒自怜。"写风。

唐·贾至《对酒曲二首》："曲水浮花气,流风散舞衣。"吹来的风。

宋·钱惟演《休沐端居有怀希圣少卿学士》："经梅绿草沿阶上,尽日流风转蕙迟。"

宋·刘筠《无题二首》："昱爌银鞍狭路逢,长裙连带任流风。"

宋·杨亿《宣曲二十二韵》："流风秘舞罢,初日靓妆明。"

宋·晏殊《奉和圣制上元夜》："流风舞妙翻成字,积雪歌长迥绕尘。"

宋·毛滂《菩萨蛮》(次韵秀倅送别)："人记海听康,流风秀水旁。"

宋·梅尧臣《次韵和范景仁舍人对雪》："眩目曾何数,流风不可图。"

宋·苏舜元《水轮联句十二韵》："流风无以复,视此一徘徊。"(子美句)

宋·韩维《奉答祖印喜雪二颂》："细逐流风遍大田,皓然一色绝中边。"

2023. 风流不暂停,三山隐行舟

晋·乐府《三洲歌》："遥见千幅帆,知是逐风流。风流不暂停,三山隐行舟。"情歌,女子推测丈夫流荡在外,不知行踪。"风流"吹风流水,随风逐流,或随风流荡,义同"流风",从《楚辞》:"凌大波而流风"句中翻出,是"流风"的变序语,是后来具有多种意义的"风流"的原始意义和用法。下如:

晋乐府《十一月歌》："素雪任风流,树木转枯悴。"

南朝·宋·南平王刘铄《白纻曲》："状似明月泛云河,体如轻风动流波。""风动流波"是风掀水波,描绘体态柔弱轻盈。

南朝·齐·乐府《杨叛儿》(唐书乐志曰:杨叛儿本童谣也。齐隆昌时,女巫之子曰杨旻,少时随母入内。及长为何后宠。童谣云:杨婆儿,共戏来所欢。语讹,遂成杨叛儿。)："风流随远近,飘扬闷浓心。"

南朝·宋·乐府《襄阳乐》："乘星冒风流,还侬扬州去。"余冠英《乐府诗选》注:"乘星"双关"称心""风流"双关"风流乐事","风流"最初似不含"乐事"之义,只述说披星顶风迅疾地还扬州。

北朝·周·庾信《夜听捣衣》："风流响和韵,哀怨声凄断。"

南朝·梁·刘泓《咏繁华诗》："秀眉开双眼,风流著语声。"

唐·崔湜《幸梨园亭观打毬应制》："宝杯承露酌,仙管杂风流。"

唐·李白《东鲁门泛舟二首》："若教月下乘舟去,何啻风流到剡溪。"

又《寻鲁城北范居士失道落苍耳中见范置酒摘苍耳》："风流自簸荡,谑浪偏相宜。"

又《金陵送张十一再游东吴》："张翰黄花句,风流五百年。"流传。

唐·钱珝《江行无题一百首》："数亩苍台石,烟濛鹤卵洲。定因词客遇,名字始风流。"流传。

唐·孟郊《汝坟蒙从弟楚材见赠时郊将入秦楚材适楚》："汝水忽凄咽、汝风流苦音。"

宋·王诜《落梅花》："越溪信阻,仙乡路杳,但风流尘迹。"

宋·贺铸《凌歊·铜人捧露盘引》："舞闲歌悄,恨风流、不管余香。"

2024. 人事已成古,风流独至今

唐·张九龄《陪王司马登薛公逍遥台》："人事已成古,风流独至今。"道德、政绩传播到现在。"风流"又表示教化风习、遗风流韵。此用始于汉:司马相如《难蜀父老》："政教未加,流风犹微。"《汉书·赵充国辛庆忌传·赞》："其风声气俗自古而然。今之歌谣慷慨,风流犹存耳。"《汉书·刑法志》："风流笃厚,禁罔疏阔。"这里的"风流"与"流风"内涵相同,道德风范,远播长存,即成遗风流韵,称"流风"或"风流"。

唐·张九龄《郢城西北有大古冢》："惠向终不绝,风流独至今。"

唐·宋之问《饯湖州薛司马》："镇静移吴俗,风流在汉京。"

又《郡宅中斋》："神理醫青山,风流满黄卷。"

唐·张说《崔司业挽歌》："风流满天下,人物擅京师。"

唐·柳宗元《际民诗》："其风既流,品物载休。"

又《酬韶州裴曹长使君寄道州吕八大使因以

见示二十韵一首》："德风流海外,和气留人寰。"

唐·思託《五言伤大和上传灯逝》："戒香余散馥,慧炬复流风。"

唐·陆龟蒙《自遣诗三十首》其三："多情多感自难忘,只有风流共古长。"

又《江南秋怀寄华阳山人》："贤彦风流远,江湖思绪萦。"

宋·沈唐《望海潮》(上太原知府王君贶尚书)："追思昔日风流,有儒将醉吟,才子狂游。"亦成流风余韵。

宋·吴渊《满江红》(乌衣园)："别墅流风惭莫继,新亭老泪空成滴。"

宋·岳珂《六州歌头》："长记风光流转,问少陵、曾与春言。"

2025. 风流云散,一别如雨

魏·王粲《赠蔡子笃》："风流云散,一别如雨。"王粲与蔡睦(子笃)同在荆州刘表处避难,蔡即还会稽,作此诗以赠。"风流云散",风流去,云散开,雨已不见,喻与友人(或亲人)分散、分别。王粲首创此喻,到宋代被广泛运用。

宋·王安石《寄余温卿》："云散风流不自禁,天涯无路盍朋簪。""盍朋簪",朋友相聚。诗意是友人们四散飘零,"无路"聚首了。

宋·林槩《野望谦集》："风云流散苦无定,且学阳池倒载身。"变序用。

宋·苏颂《和胡俛学士游西池书事》："风云一流散,俛仰成宿苦。"

宋·苏轼《一斛珠》："自惜风流云雨散,关山有限情无限。"

宋·毛滂《浣溪沙》(送汤词)："蕙炷犹熏百和秾,兰膏正烂五枝红。风流云散太匆匆!"

宋·陈亮《水龙吟》(春恨)词："寂寞凭高念远,向南楼、一声归雁。金钗斗草,青丝勒马,风流云散。"

宋·王沂孙《长亭怨》(重过中庵故园)："自约赏花人,别后总、风流云散。"

宋·柴元彪《水龙吟》："江左百年,风流云散,不堪重举。"

宋·冯取洽《沁园春》："人事好乖,云散风流,暗思去年。"

宋·翁元龙《鹊桥仙》(巧夕)："天长地久,风流云散,惟有离情无算。从分金镜不成圆,到此夜,

年年一半。"

宋·陈德武《醉春风·闺情》："轻暖轻寒,乍晴乍雨,风流云散。"

宋·张炎《壶中天》(怀雪友)："旧雨不来,风流云散,惟有长相忆。"又《玲珑四犯》(杭友促归,调寄此意)："行云暗与风流散,方信别泪如雨。"

宋·曾允元《水龙吟》(春梦)："枕落钗声,帘开燕语,风流云散。甚依稀难犯,人间天上,有缘重见。"

清·曹雪芹《红楼梦》(高鹗续)第一百六回："众姐妹风流云散,一日少似一日。"评剧《花为媒》张五可唱词用了"众姐妹风流云散"句。

2026. 若风流雨散,漫乎数百里间

晋·左思《蜀都赋》："饮御酣,宾旅旋,车马雷骇,轰轰阗阗。若风流雨散,漫乎数百里间。"描绘车马喧阗四出蜀都的情形。"风流雨散"内涵与"风流云散"同,只是"雨散"与"云散"的状态有别,"雨散"或是雨落,或是雨晴,都是散去之意。

唐·杨炯《送东海孙尉诗序》云："徒以士之相见,人之相知,必欲轩盖逢迎,朝游夕处;亦常烟波阻绝,风流雨散。"

宋·赵彦端《月中桂》(送杜中微赴阙)："风流雨散,定几回断肠,能禁头白?"

2027. 水流云散各西东

宋·陆游《临江仙》(离果州作)："水流云散各西东,半廊花院月,一帽柳桥风。"因已用"柳桥风",为避重,换上"水"字,水流去与风流去其意相同。离果州与友人分别,于是"水流云散各西东"。同"水流云散"句如:

宋·赵长卿《点绛唇》(春暮)："还怀当年,倚席新相见。人已远,水流云散,空结多情怨。"

宋·葛长庚《水调歌头》："百来州,云渺渺,水悠悠。水流云散,于今几度蓼花秋。"

宋·张炎《摸鱼子》(别处梅)："向天涯、水流云散,依依往事非旧。"

元·张可久《水仙子·春晚》："水流云散人空恋,伤心思去年。"

另,有"月流云散""风流雾散",也都是可变的运行着的自然物。

宋·石孝友《鹧鸪天》："云态度,月精神;月流云散两无情,觉来一枕凄凉恨,不敢分明说向人。"

宋·吴文英《瑞鹤仙》："任真珠装缀，春申客屦，今日风流雾散。"以"珠履三千"散去作喻。

2028. 风流似张绪，别后见垂杨

唐·韩翃《送张渚赴越州》："风流似张绪，别后见垂杨。"张渚就如张绪一样（"渚"与"绪"只差一偏旁）风流，别后只要见到垂杨（垂柳），就见到张渚的英姿了。以垂柳比张绪，视张渚为张绪，见柳亦见张渚了。

"张绪风流"典出齐武帝。《南齐书·张绪传》载："张绪字思曼，吴郡吴人也。""绪忘情荣禄，朝野皆贵其风。"绪死，其从弟张融"恸哭曰：'阿兄风流顿尽！'""史臣曰：'夫如张绪之风流者，岂不谓之名臣！'"《南史·张绪传》载："绪吐纳风流，听者皆忘饥疲，见者肃然如在宗庙。""刘悛之为益州，献蜀柳数株，枝条甚长，状若丝缕。时旧宫芳林苑始成，武帝以植于太昌灵和殿前，常赏玩咨嗟，曰：'此杨柳风流可爱，似张绪当年时。'"自此，常以张绪与杨柳互喻风流。

唐·张旭《柳》："请君细看风流意，未减灵和殿里时。"用齐武帝曾比张绪的灵和殿之柳赞柳。

唐·李山甫《柳十首》其四："只为遮楼又拂桥，被人攀折好枝条。假饶张绪如今在，须把风流暗里销。"张绪在世，也不如此柳风流，用烘托手法。

又《柳十首》其七："也曾飞絮谢家庭，从此风流别有名。"齐武帝"柳性风流"之喻是确当的，除了柳枝舞动流畅，还有柳絮飞扬飘浮，都切风流之意。晋·谢安同他的侄子、侄女论雪，谢道韫的"未若柳絮风前舞"，以絮喻雪，反增柳絮的风流之感。谢道韫亦得"风流才女"之佳誉。

唐·徐仲雅《耕夫谣》："张绪逞风流，王衍事轻薄，出门逢耕夫，颜色必不乐。"以张绪、王衍同健壮的农夫对比，讽看不起农夫，必定饿死。

宋·方千里《蝶恋花》："张绪风流今白首，少年襟度难如旧。"

清·陈闻《浣溪沙》："一曲晚风张绪柳，半溪残丹杜陵花。"写晚风习习中的柳态婆娑，风流可爱。

2029. 风流性在终难改

唐·薛能《柳枝四首》其二："高出军营远映桥，贼兵曾斫火曾烧。风流性在终难改，依旧春来

万万条。"此诗赞柳树顽强的生命力。"风流"此处写柳之茁壮而充满活力。柳至春来，嫩条丛生，千条万条，摇曳多姿，生动活泼，这就是柳性、柳的"风流性"。

唐·司空图《杨柳枝寿杯词十八首》："若似轻篁须带雪，人间何处认风流。"

唐·李商隐《赠柳》："见说风流极，来当婀娜时。"

唐·唐彦谦《柳》："春风向杨柳，能事尽风流。"

五代·和凝《杨柳枝》："青青自有风流主，漫飐青丝侍洛神。"（一作五代·欧阳炯诗）

五代·孙鲂《杨柳枝词五首》："彭泽初栽五树时，只应闲看一枝垂。不知天意风流处，要与佳人学画眉。"又《柳十一首》之一"茏葱二月初，青软自相纤。意态花犹少，风流木更无。"又《柳十一首》之五"莫是折来偏属意，依稀相似是风流。"

宋·张先《木兰花》："西湖杨柳风流绝，满缕青春看赠别。"

宋·柳永《木兰花》（柳枝）词："章街隋岸欢游地，高拂楼台低映水。楚王空待学风流，饿损宫腰终不似。"

宋·欧阳修《望江南》："江南柳，花柳两相柔。花片落时黏酒盏，柳条低处拂人头。各自是风流。"

宋·梅尧臣《玉楼春》："烟姿最与章台近，冉冉千丝谁结恨。狂莺来往恋芳阴，不道风流真能尽。"

宋·苏轼《洞仙歌》："江南腊尽，早梅花开后，分付新春与杨柳。细腰肢，自有入格风流。仍更是、骨体清英雅秀。"

宋·王观《木兰花令》（柳）词："铜驼陌上新正后，第一风流除是柳。勾牵春事不如梅，断送离人强似酒。"

宋·李之仪《满庭芳》（有碾龙团为供求诗者作长短句报之）："谁赋红绫小研，因飞絮、天与风流。"

宋·李元膺《洞仙歌》："雪云散尽，放晓晴池院，杨柳于人便青眼。更风流多处，一点梅心，相映远。"

宋·仲殊《望江南》："人散后，茧馆喜绸缪。柳叶已绕烟黛细，桑条何似玉纤柔，立马看风流。"

宋·吕本中《蝶恋花》（春词）："巧语娇莺春未

暮,杨柳风流、恰过池塘雨。"

宋·汪莘《汉宫春》:"春色平分,甚偏他杨柳,分外风流。"

2030. 王谢风流满晋书

唐·羊士谔《忆江南旧游二首》:"山阴道上桂花初,王谢风流满晋书。"作者忆旧游江南山阴道上的佳景和名赫江南的人物。"王谢",王氏指东晋丞相王导,是稳定东晋政权的铁腕人物。王氏族中还有王敦、王衍、王羲之、王献之等。谢氏指谢安,东晋宰相,隐居东山,40多岁才出仕。淝水之战,他使弟谢石、侄谢玄以少胜多,战胜前秦。战时,他与人下棋,谢玄送来淝水胜利的信件,他看过不动声色,只平静地回答"小儿辈大破贼。"因此,王谢是晋代功绩、地位十分显赫的士族。"王谢风流满晋书",意为王谢两族中的杰出人物在晋代历史上是被大书特书的。这里的"风流"是杰出干练,风采照人之意。

《三国志·蜀书·刘琰传》:"刘琰字威硕,鲁国人也。先主在豫州,辟为从事。以其宗姓,有风流,善谈论,厚亲待之,遂随从周旋,常为宾客。"首用"风流"写人的气度风采。晋·谢混《诫族子歌》:"数子勉之哉,风流由尔深。"晋·刘毅《西池应诏赋诗》:"六国多雄士,正始出风流。"都用"风流"表示人才。

描绘"王谢风流"者还如:

唐·杜甫《壮游》:"王谢风流远,阖庐丘墓荒。"王谢,阖庐(吴国杰出的国君)都已成为历史之陈迹。

唐·李群玉《将之吴越留坐中文酒诸侣》:"风流访王谢,佳境恣洄沿。"说将到达这个王谢风流之地了。

《南齐书·王俭传》载:王"俭常谓人曰:'江左风流宰相,唯有谢安。'盖自比也。"虽说是他想借谢安以自况,改变他这一宰相有位无权的现状,而对谢安的肯定,并不过分。正由于这"江左风流"一语,(见下一条)而赞"谢安风流""东山(谢安别号)风流"的也随之多起来。当然也不完全决定于王俭一句话,主要是由做为宰相的谢安,比其他上僚更杰出,影响更深远。唐·刘禹锡《自左冯归洛下酬乐天兼呈裴令公》就写江左除了谢东山再无英杰了:"再接东山文酒会,始知江左未风流。"写"谢安风流""安石(即谢安)风流"的还有:

唐·钱起《奉陪郭常侍宴滟川山池》:"安石风流事,须归问省郎。"

唐·韩翃《送皇甫大夫赴浙东》:"豪贵东山去,风流胜谢安。"

唐·卢纶《宴赵氏昆季书院因与会文并率尔投赠》:"谢族风流盛,于门福庆多。"韩翃《送夏侯侍郎》:"翰墨已齐钟大理,风流好继谢宣城。"谢族在南朝也人才辈出。谢宣城指南齐宣城太守谢朓。

唐·司空图《南北史感遇十首》:"汉世频封万户侯,云台空峻谢风流。"

唐·吴融《和座王尚书春日郊居》:"谢公难避苍生意,自古风流必上台。"写谢安应荐出山事。

宋·苏琼《西江月》:"韩愈文章盖世,谢安情性风流。"

宋·杨亿《次韵奉和知府温尚书送致政朱侍郎十六韵》:"北阙子牟终眷恋,南朝安石本风流。"

宋·苏轼《宿九仙山》:"风流王谢古仙真,一去空山五百春。"

又《村醪二尊献张平阳》:"已惊老健苏梅在,更作风流王谢看。"称张平阳。

宋·石延年《送郑十学士戬通理越州》:"风流好吟醉,王谢有余宫。"越州是王谢风流地。

又《送则师归越》:"高才不独江山助,王谢风流旧有灵。"不仅有江山之助,还可借助王谢之灵气。

宋·赵以夫《贺新郎》(次孙花翁乙酉):"更喜得、酒朋诗敌,陶写襟怀觞咏里。似风流、王谢当年集,忘尔汝、任争席。"用晋代兰亭觞咏、新亭集会喻同孙花翁等宴集。

宋·林淳《水调歌头》(温陵东湖次陈休斋体仁韵):"坐中客,凌王谢,更风流。一觞一咏,豪俊谈笑气如牛。"众友相聚东湖,觞咏谈笑,比王谢当年更豪俊。赵以夫用此意。

清·沙张白《乌衣巷》(七绝):"王谢诸郎个个贤,只瞒青史不瞒天;知情燕子年年笑,笑尽齐梁旧简编。"认为"满晋书"之说有夸张之嫌。

2031. 江左风流尽,名贤成古今

唐·李群玉《送处士自番禺东游便归苏台别业》:"江左风流尽,名贤成古今。"江左即江东,三国时属吴,自吴起,那里就是人才辈出。李诗说江左的英杰都成了历史。"江左风流"或"吴士风流"都指孙吴以后到两晋那里的才俊。诗中除了咏史

也指现实中江东籍官僚。

唐·李白《五松山送殷淑》："秀色发江左,风流奈君何。""江左"即江东,长江东芜湖、南京间作西南南、东北北流向,自此以下的长江南(实是东南)岸称江东,又因江东居长江左侧,又称"江左",亦泛称东南地区。自东吴至东晋江左人才(如王谢两大族直到南朝每族出人才可达数十人)。因而"江左风流"即"王谢风流",只是后人用"江左"可泛指古今家籍东南的人物。李白用"江左""风流"赞殷淑。"江左风流"在诗中概源于此。

唐·唐彦谦《过清凉寺王导墓下》："江左风流廊庙人,荒坟抛与梵宫邻。"

宋·苏轼《和陶饮酒诗二十首》："江左风流人,醉中亦求名。"

又《徐熙杏花》："江左风流王谢家,尽携书画到天涯。"

宋·毛滂《武陵春》："文物升平速置邮,江左属风流。"

宋·张元干《瑶台第一层》："江左风流钟间气,洲分二水长。"

宋·程垓《蝶恋花》："拄杖不妨舒客意,临水人家,问有花开未。江左风流今有几,逢春不要人憔悴。"

宋·阮秀实《醉江月》(庆王漕六十九)："江左名流,湖南清绝,要借诗翁手。明年七十,人间此事希有。"(又作李刘词)

2032. 可怜东晋最风流

唐·杜牧《润州二首》："大抵南朝皆旷达,可怜东晋最风流。""江左"的代表时代为东晋,东晋的代表人物就是王、谢二士族;王导辅助司马睿在建业建立偏安江左的东晋政权;谢安叔侄在淝水之战中击溃苻坚捍卫了东晋政权。王谢二族人文才武略实为东晋风流。杜牧诗之内涵即此意。

唐·李嘉祐《送杜士瞻楚州觐省》："风流与才思,俱似晋时人。"

唐·鲍溶《送僧东游》："风流东晋后,外学入僧家。"

唐·罗隐《上江州陈员外》："人自中台方贵盛,地从西晋即风流。"

唐·皇甫冉《金山》："六代风流衰已尽,凭栏感喟意难胜。""风流"代"繁华"。

宋·石延年《南朝》："南朝人物尽清贤,不是

风流即放言。三百年间却堪笑,绝无人可定中原。"

金·元好问《论诗三七首》："邺下风流东晋多,壮怀犹见缺壶歌。"

2033. 吴士风流甚可亲

唐·韩翃《送客之江宁》："吴士风流甚可亲,相逢嘉赏日应新。"客去江宁,江宁属吴,那里的士人风度翩翩,待人礼善。下边的"吴中""吴会"都指东南吴地。

南朝·宋·刘义庆《世说新语·品藻》:韩康伯:"居然有名士风流。""名士风流",名士,指有德有才、很有影响的知名人士,"名流"即其缩合语。

唐·白居易《郡斋旬假始命宴呈座客示郡寮》："风流吴中客,佳丽江南人。"

宋·柳永《瑞鹧鸪》："吴会风流,人烟好,高下水际山头。"

又《瑞鹧鸪》："全吴嘉会古风流,渭南往岁忆来游。"

2034. 浪淘尽,千古风流人物

宋·苏轼《念奴娇》(赤壁怀古)："大江东去,浪淘尽,千古风流人物。"词的首句,是"赤壁怀古"的总起。作者放眼奔腾远逝的长江,联想到千古英雄,如为大浪淘尽,尽去而不返了。此句以起阕宏伟而著名。

苏轼在翰林院任职时,遇一歌者,因问:"我词比柳词何如?"回答说:"柳中郎词,只好十七八岁女子,执红牙拍板,唱'杨柳岸,晓风残月';学士词,须关西大汉,执铁绰板,唱'大江东去'。"苏轼为之绝倒。这是《吹剑续录》记下的故事。有人仅据此断定苏、柳词风判然,认为苏轼是"豪放派",当然未免简单化了。但仅就所举二词的风格还是妥当的。"大江东去"也用笔不凡,宋·刘辰翁《念奴娇》(槐城赋以自寿,又和韵见寿,三和谢之):"为此援笔翩翩,大江东去,好似歌头起。"元·珠帘秀《寿阳曲》(答卢疏斋)："倚篷窗一身几活受苦,恨不得随大江东去。"明·陆深《念奴娇》(秋日怀乡,用东坡韵)："大江东去,是吾家、一段画笥中物。"清·蒋敦复《满江红》(北固山题多景楼):"听大江、东去唱坡仙,铜琵琶。"借坡仙绝唱抒悲壮之怀。可见"大江东去"是有代表性的一句。

南宋词人刘辰翁在词中常推崇苏轼词、特别是

赤壁诗文。他的《念奴娇》(酬王城山):"白是沙隄,苍然吴楚,一片成甂雪。此时把酒,旧词还是坡杰。""歌罢'公瑾当年',天长地久,柳与梅都发。"又《乳燕飞》(寿周耐轩):"顾我尊前歌赤壁,生子当如此耳。笑华发、东城年几。"借句祝人寿。又《乳燕飞》(王朋益金事夜坐文江之上,屡称赤壁之游乐,酒余索赋,因取坐间语参差述之。):"赤壁之游乐,但古今,风清月白更无坡作。"这是称苏轼《赤壁赋》。但苏轼此词启迪深远的是"浪淘尽,千古风流人物"。

宋·吴琚《念奴娇》(题浮玉石簟山):"今古潮落潮生,问英雄多少,与江俱逝。"

《说岳全传》小说依托宋韩世忠《满江红》词:"万里长江,陶不尽、壮怀秋色。"兼用岳飞"壮怀激烈"句。

元·萨都拉《百字令》(登石头城):"石头城上、望天低吴楚,眼空无物。指点六朝形胜地,唯有青山如壁。……一江南北,消磨多少豪杰。"又《木兰花慢》(彭城怀古):"古徐州形胜,消磨尽、几英雄。"均用苏轼词义。

元·许有壬《水龙吟》(游三台)词:"为问漳流,古来豪杰,浪淘多少。"(铜雀、冰井、金虎为邺城三台)

明·杨慎《历代史略十段锦词话》第三段《临江仙·说秦汉》开场词:"滚滚长江东逝水,浪花淘尽英雄。是非成败转头空:青山依旧在,几度夕阳红。"明·罗贯中《三国演义》卷首,清人毛纶、毛宗岗文评刻本增入了"天下大势,分久必合,合久必分"的楔子,并引入杨慎词。杨慎此句兼用杜甫《登高》诗:"无边落木萧萧下,不尽长江滚滚来。"

今人刘人寿《赤壁周瑜哨所》:"大江东去浪滔滔,公瑾当年业绩高。人物何曾淘得尽,江山代代出英豪。"反用苏词,赞新时代人才辈出。

"千古风流""风流千古"唐人已用此意。皇甫冉《送李使君赴抚州》:"岁时徒改易,今古接风流。"写代代有英杰。韩偓《金陵》:"烟月迢迢,金陵渡口去来潮。自古风流皆暗销,才魄妖魂谁与招。"宋·韩维《右梁王城》:"千古风流谁嗣者,顾瞻遗庙独徘徊。"苏句之义已在此萌生。牛峤《菩萨蛮》:"风流千古隔,虚作瞿塘客。"已用了"风流千古"。

苏轼在《定风波》(送元素)词中又用"千古风流":"千古风流阮步兵,平生游宦爱东平。""阮步

兵"取自唐人韩偓《频访卢秀才》中"频频强入风流座,酒肆应无阮步兵"句。后用"千古风流"如:

宋·叶梦得《浣溪沙》(与鲁卿酌别席上次韵):"千古风流咏白苹,二年歌笑拥朱轮,翩翩却忆上林春。"

宋·辛弃疾《破阵子》(为范南伯寿,时南伯为张南轩辟宰泸溪,南伯迟迟未行,因赋此词勉之):"千古风流今在此,万里功名莫放休。君王三百州。"

宋·施枢《摸鱼儿》:"春几度,想依旧,苔痕长印唐昌土,风流千古。"

宋·张榘《孤鸾》(次虚斋先生梅词韵):"昨夜南枝,一点阳和先到。……算巡檐、索共梅花笑。是千古风流,少陵曾到。"又在《烛影摇红》(再次虚斋先生梅词韵)中再用"南枝阳和"句:"春小寒轻,南枝一夜阳和转。东君先递玉麟香,冷蕊幽芳满。"

宋·郭子正《舜韶新》:"负春何事,此恨惟、才子登高能赋。千古风流在,占定泛、重阳芳醑。"

宋·赵必瑑《念奴娇》(和谷云九日游星岩):"濂翁旧说犹存,渊翁独爱菊,风流千古。拄杖笑谈卿与我,不减晋人风度。"

清·徐来凤《滕王阁》:"帝子当年杰阁开,风流千古此衔杯。王生不借天风力,那得英名遍九垓!"王生指王勃。

"风流人物""人物风流",唐人朱存《乌衣巷》中已用了:"人物风流往往非,空余陋巷作乌衣。旧时帘幕无从觅,只有年年社燕归。"以后有:

宋·杨无咎《水调歌头》(韩倅九月八日生辰):"三相勋庸才业,一代风流人物,断世赖君贤。"

宋·王之道《玉楼春》(和令升正月五日会客):"年来六十增三岁,却忆去年趋盛会。风流人物胜斜川,灼灼有前日事。"

宋·仲并《好事近》(宴客七首,时留平江,俾侍儿歌以侑觞):"二陆起云间,千载风流人物,未似一门三凤,向层霄联翼。"

宋·辛弃疾《声声慢》(送上饶黄倅职满赴调):"东南形性,人物风流,白头见君恨晚。"

宋·刘过《水调歌头》(寿王汝良):"文采汉机轴,人物晋风流。丈夫有此,便可淡笑觅封侯。"

宋·李流谦《青玉案》(知雅守蹇少刘席上韵):"风流千古,一时人物,好记尊前语。"

宋·李仲光《鹊桥仙》（寿赵师）："诗书元帅，风流人物，看取方瞳如漆。"

金·完颜璹《朝中措》："千古风流人物，一时多少雄豪。"用苏词二句，缅怀"风流人物"，叹惜"一时雄豪"。

2035. 风流太守韦尚书

唐·刘禹锡《泰娘歌》："风流太守韦尚书，路傍忽见停隼旟。"泰娘原是韦尚书的歌妓，韦死后，以为蕲州太守张愻所得，张愻又卒，泰娘无所归处，苦不堪言。此诗即叙其事。"风流太守"言太守玩妓之情。

"风流"最早用于高级官吏，是庾信的《奉和永丰殿下言志十首》。梁故永丰侯萧撝作刺史（太守），萧撝政声大震。"七舆"是高级官吏名。后用"风流"写太守及其他高级官吏有才干，有声望。如：

唐·韩翃《送端州冯使君》："白皙风流似有须，一门豪贵领苍梧。"刘禹锡还有《同乐天送河南冯尹学士》："可怜五马风流地，暂缀金貂侍从才。"都兼用《陌上桑》写"使君"的语言，使君亦太守职。

唐·岑参《酬成少尹骆谷行见呈》："亚尹同心者，风流贤大夫。"唐·窦牟《奉使至邢州赠李八使君》："牧伯风流足，辀轩若涩虚。"唐·李端《赠郭驸马》："青春都尉最风流，二十功成便拜侯。"唐·赵嘏《寄前黄州窦使君》："玉壶凝尽重重泪，寄与风流旧使君。"唐·罗隐《送支使萧中丞赴阙》："今日风流卿相看，旧时基业帝王家。"唐·吴融《高侍御话及皮博士池中白莲因成一章寄博士兼奉呈》："白玉花开绿锦池，风流御史报人知。"宋·沈注《踏莎行》（赠杨蟠）："风流今有使君家，月明夜夜闻双笛。"以上写"使君""御使"等高级官吏，"风流"，多属称道的敬词，有的也难免吹捧之嫌。

宋代写"风流太守"多称"太守"的贤才德政，少写谑乐嬉戏。

宋·杨亿《阁门廖舍人知袁州》："駸駸五马动征尘，太守风流世绝伦。"又《阁门钱舍人知全州》："应向桑郊停五马，青春太守本风流。"

宋·梅尧臣《依韵和三月十四日清明在席呈》："太守风流甚，吟笺写蜀麻。"又《观舞》（坐上作）："谁恰娇小好腰支，老大而今那得伊。太守风流未应浅，更教多唱楚人辞。"

宋·赵抃《至成都有作二首》："遨头老矣民知否，莫作风流太守看。"

宋·刘敞《送张苏州》："吴中事事皆奇胜，还见风流太守诗。"

宋·苏轼《次韵王滁州见寄》："后来太守更风流，要伴前人作诗瘦。"欧阳修、王禹偁都任过滁州太守。这"后来太守"指王诏。

宋·黄庭坚《采桑子》（送彭道微君移知永康军）："永康又得风流守，管领江山、少讼多闲。烟霭接台舞翠鬟。"

又《满庭芳》（妓女）："风流贤太守，能笼翠羽，宜醉金钗。"

宋·晁端礼《满庭芳》："谁似风流太守，端解道、春草池塘。"

宋·晁补之《江神子》（广陵送王左丞赴阙）："太守风流容客醉，花压帽，酒淋衣。"

宋·曾觌《朝中措》（席上赠南剑翟守）："风流太守，鸾台家世，玉鑑丰姿。"

宋·卢炳《念奴娇》（上巳太守待同官曲水园因成）："太守无限风流，铃斋多暇，载酒郊原路。"

宋·黄通判《满江红》（寿太守赵司直）："太守风流，管领尽、十分春色。"

宋·郭应祥《柳梢青》（送别陈廉州于一片潇湘）："合浦名邦，风流太守，紫绶金章。"

2036. 文章太守，挥豪万字，一饮千钟

宋·欧阳修《朝中措》（送刘仲原甫出守维扬）："文章太守，挥毫万字，一饮千钟。"作者知扬州时筑平山堂。此题又作《平山堂》，送刘贡父守维扬作此词。"文章太守"句自然豪放潇洒，词末倡"少年行乐"却露消沉。欧阳修唐宋古文"八大家"之一，苏轼称他"论大道似韩愈，论事似陆贽，记事似司马迁，诗赋似李白"，他的词与晏殊齐名。"文章太守"实在妥贴。苏轼《西江月》写："三过平山堂下，……欲吊文章太守，仍歌杨柳春风。"欧词中有"手种堂前垂柳，别来几度春风"句，苏轼歌此词以吊，并直称"文章太守"。

"文章太守"，文采斐然，也是"风流太守"。宋·韩元吉《临江仙》（寄张安国）词："自古文章贤太守，江南只数苏州，而今太守更风流。""苏州"指苏轼知杭州，此词"文章""风流"同义。

宋·京镗《念奴娇》（次洋州王郎中韵）："文章太守，问何事、犹带天庭黄色。上界一时官府足，聊下神仙宫阙。"这里神化了。

宋·辛弃疾《瑞鹤仙》（上洪倅寿）："知否？风流别驾，近日人呼、文章太守。天长地久，岁岁上、廼翁寿。"

宋·韩淲《醉蓬莱》（上太守）："庆文章太守，燕寝凝香，诞弥佳节。"

宋·刘壎《太常引》（送丁使君）："文章太守，词华哲匠，人与易居东。"

宋·贾应《水调歌头》（吴判府宣机先生乞赐笑览）："黄堂宴，春酒绿，艳妆红。文章太守，和气都在谈笑中。"

2037. 江汉风流万古情

唐·杜甫《江陵节度阳城郡王新楼成王清严侍御判官赋七字句同作》："自公多暇延参佐，江汉风流万古情。"赞严武的政绩。又《七月一日题终明府水楼》："承家节操尚不泯，为政风流今在兹。""风流"用作政治才干、政治功绩及有才干的人。

唐·张九龄《经江宁览旧迹至玄武湖》："雄图不是问，唯想整风流。"似求山水，实逐明君。

2038. 吾爱孟夫子，风流天下闻

唐·李白《赠孟浩然》："吾爱孟夫子，风流天下闻。"孟浩然年长李白12岁，他们是好友。孟离长安，李白作此诗以赠。"风流"概括了孟浩然饮酒吟诗，很有才华，却鄙富贵、喜隐居的性格。李白对贺知章也用"风流"。天宝五年（746），李白南游会稽，经贺知章宅，贺已作古，有感而作《对酒忆贺监》："四明有狂客，风流贺季真。长安一相见，呼我谪仙人。"贺知章自号"四明狂客"，是李白知己。他长诗善画，很有才名，人称"清淡风流"，秉性放达。"风流"概括贺的才华杰出，性情放达。宋·朱敦儒《临仙江》："陶潜能啸傲，贺老最风流。"用李白句。

"风流"表示才华横溢、才华杰出，则是它又一含义。如：

唐·储光羲《贻崔太祝》："文雅更骧首，风流信有余。"

唐·刘长卿《夏口送徐郎中归朝》："星象南宫远，风流上客稀。"

唐·杜甫《赠秘书监江夏李公邕》："风流散金石，追琢山岳锐。"才华深入金石。又《哭李常侍峄二首》："一代风流尽，修文地下深。""一代风流"指有才华的人，又《秋日夔州府咏怀奉寄郑监李宾客一百韵》："风流俱善价，惬当久忘筌。"又《解闷十二首》："最佳秀句寰区满，未绝风流相国能。"又《送卢十四弟侍御护韦尚书（之晋）灵榇归上都二十韵》："俭约前王体，风流后代稀。"又《聂耒阳以仆阻水书致酒肉疗饥荒江诗得代怀兴尽本韵至县呈聂令陆路去方田驿四十里舟行一日时属江涨泊于方田》："义士烈女家，风流吾贤绍。"

唐·包佶《客自江南话过亡友朱司议故宅》："交臂多相共，风流忆此人。"

唐·钱起《和王员外雪晴早朝》："题柱盛名兼绝唱，风流谁寄汉田郎。"

唐·皇甫冉《寄江东李判官》："时贤几俎谢，摛藻继风流。"

唐·权德舆《送许著作分司东都》："月旦继平舆，风流仕石渠。"

唐·羊士谔《郡中玩月寄江南李少尹虞部孟员外三首》："会是风流赏，惟君内史贤。"

唐·韩翃《田仓曹东亭夏夜饮得春字》："更羡风流外，文章是一秦。"

唐·李涉《谢王连州送海阳图》："谢家为郡实风流，画得青山寄楚囚。"

唐·白居易《长洲曲新词》："心妃已死胡客走，后辈风流是阿谁。"

唐·杜牧《送薛邽二首》："小捷风流已俊才，便将红粉作金台。"

唐·雍陶《路逢有似亡友者恻然赋此》："吾友今生不可逢，风流空想旧仪容。"

唐·赵嘏《李侍御归山同宿华严寺》："家有青山近玉京，风流柱史早知名。"

又《发新安后途中寄卢中丞二首》："楼上风流庾使君，笙歌曾醉此中间。"晋·征西将军庾亮代镇武昌，曾建楼，极壮观。唐·韩翃《送故人赴江陵寻庾牧》："文体此时看又别，吾知小庾甚风流。"指庾牧。

唐·薛逢《送薛耽先辈归谒汉南》："孔门多少风流处，不遣颜回识醉乡。"

唐·韩偓《屐子》："南朝天子欠风流，却重金莲轻绿齿。"又《自负》："人许风流自负才，偷桃三度到瑶台。"

唐·皎然《晦夜李侍御萼宅集招潘述汤衡海上人饮茶赋》："风流高此会，晓景屡徘徊。"

唐·陈政《赠窦蔡二记室入蜀》："风流信多美，朝夕豫平台。"

宋·王安石《千秋岁引》:"无奈被些名利缚,无奈被它情担阁,可惜风流总闲却。"

宋·苏轼《清平调引》:"生前富贵草头露,身后风流陌上花。"指美名。

宋·黄庭坚《定风波》:"戏马台南追两谢,风流犹拍古人肩。"又《雨中花》(送彭文思使君):"念画楼朱阁,风流高会,顿冷谈席。"

宋·毛滂《玉楼春》(赠孙守公素):"才高莫恨溪山窄,且与燕公添秀发。风流前辈渐无多,好在魏公门下客。"

宋·姜夔《湘月》:"玉麈谈玄,叹坐客、多少风流名胜。""名胜"即名流。

2039. 风流三接令公香

唐·李颀《寄綦毋三》:"顾眄一过丞相府,风流三接令公香。"写丞相府堂堂皇皇,整洁气派,荣宠已极。

"令公香",即荀彧香。东汉末荀彧,为曹操谋士,曾任尚书令,故称"荀令君""荀令公"。其人好洁喜香,衣服常用香薰。当时人刘季和说:"荀令君至人家,坐处三日香。"一时传为佳话。南朝·梁·昭明太子萧统《博山香炉赋》:"粤文若之留香",文若指荀彧。后以"荀令留香""荀令香""荀令风流"表示服饰修洁之美男子。写"荀令风流"的也是南朝人最早。

南朝·陈·徐陵《乌栖曲二首》:"风流荀令好儿郎,偏能傅粉复熏香。"

唐·李颀《送刘方平》:"荀氏风流盛,胡家公子清。"唐·皇甫冉《送李万州赴饶州觐省》:"荀氏风流远,胡家清白齐。""荀令留香"是一种风流,但还有更风流处。他提出迎汉献帝都许昌,为曹操赢得了有利的政治形势,参与军国大事,一度成为曹操的股肱。李颀、皇甫冉的"荀令风流"就不止是"留香"了。

宋·吕同老《天香》:"荀令风流未减,怎奈向飘零赋情老。"

"风流"还表示荣光、荣耀。

唐·张说《奉和圣制初入秦川路寒食应制》:"路上无心重豫游,御前恩赐更风流。"

唐·赵嘏《和令狐补阙春日独游西街》:"此时失意哀吟客,更觉风流不可攀。"

宋·张继光《沁园春》:"急急修行,细算人生,能有几时?任万般千种风流好,奈一朝身死,不免抛离。""万般千种"含功名利禄、荣华富贵、声名荣耀等等。

2040. 熏香荀令偏怜少

唐·李端《赠郭驸马》:"熏香荀令偏怜少,傅粉何郎不解愁。"原注:郭令公子暧尚升平公主令于席上成此诗。写郭暧风流英俊,"荀令""何郎"用来烘托对比。"荀令香"用于写男子、写花香、写居室、有的写香料。

唐·刘长卿《奉和杜相公新移长兴宅呈元相公》:"花香逐荀令,草色对王孙。"写花香。

唐·刘禹锡《和令狐相公郡斋对紫薇花》:"夜闻荀令宅,艳入孝王家。"写花香。

唐·元稹《答友封见赠》:"荀令香销潘簟空,悼亡诗满旧屏风。"

唐·白居易《奉和裴令公新成午桥庄绿野堂即事》:"花妒谢家妓,兰偷荀令香。"写兰花。

唐·李商隐《牡丹》:"石家蜡烛何曾剪,荀令香炉可待熏。"写花香超过荀香。

唐·温庭筠《中书令裴公挽歌词二首》:"国香荀令去,楼月庾公来。"

宋·文彦博《次韵留守相公同游龙门》:"周生归后兰重佩,荀令行时蕙更薰。"习凿齿《襄阳记》引刘季和语:"荀令君至人家,坐席三日香。"

宋·黄庭坚《观王主簿家酴醾》:"露湿何郎试汤饼,日烘荀令炷炉香。""试汤饼":魏·何晏美丰姿面绝白,文帝疑他搽了粉,夏天叫他吃热汤饼。他吃了大汗,随以朱衣自试,反更白了。"炷炉香"喻花香,"试汤饼"喻花色。

宋·周邦彦《侧犯》:"金环皓腕,雪藕清泉莹。谁念省,满身香、犹是旧荀令。"

宋·王之道《浣溪沙》(和张文伯木犀):"衣与酴醾新借色,肌同蒼葡更薰香,风流荀令雅相当。"喻木犀。

宋·袁去华《满江红》(滕王阁):"满身香犹是、旧荀令。"

宋·卢炳《蝶恋花》:"清胜荀香娇韵好,谢庭风月应难到。"写花香。

宋·刘克庄《忆秦娥》:"荀郎衣上香初歇,萧郎心下书难说。"

宋·刘壎《选冠子》:"憔悴损、俊赏杜郎,多情荀令,欲写别愁无力。"

明·冯梦龙《醒世恒言·钱秀才错占凤凰

侔》：“分明荀令留香去，疑是潘郎掷果回。”写钱青之美。

2041. 荀令如今老矣

宋·吴文英《天香》（熏衣香）：“荀令如今老矣，但未减、韩郎旧风味。远寄相思，余香梦里。”荀或为汉末侍中，守尚书令，称荀令。其人有洁癖，衣服均用香薰，后用以指喜修饰。“荀令老矣”还喜欢吗？“未减韩郎旧风味。”“韩郎”指“韩寿偷香”事。南朝·刘义庆《世说新语·惑溺》载：韩寿与晋大臣贾充之女贾午相恋，贾午把晋武帝赐给贾充的奇香偷赠给韩寿。此词说人虽老，仍喜薰衣香。

宋·史达祖《贺新郎》：“自春衫闲来，老了旧香荀令。”

宋·刘克庄《风入松》（福清道中作）：“改尽潘郎鬓发，清残荀令衣香。”悼亡妻福清人林节，而自身苍老憔悴。

宋·仇远《浣溪沙》：“荀令老来香已减，谢娘别后梦应继。”

宋·李彭老《天香》（宛委山房拟赋龙涎香）：“荀令如今憔悴，消未尽、当时爱香意。”喻香料。

宋·周密《祝英台近》：“香减春衫，老却旧荀令。”

宋·王沂孙《天香》（龙涎香）：“荀令如今顿老，总忘却、尊前旧风味。谩惜余薰，空篝素被。”用吴文英句，以“荀令”代喜欢熏香的人。

以前，姜夔《暗香》：“何逊而今渐老，都忘却，春风词笔。”南梁何逊任扬州法曹，对厮舍一株梅花非常喜爱，曾在树下彷徨吟咏，作过梅花诗。姜词说，人老了，咏梅诗词不知怎样写了。王沂孙“荀令”句借用姜夔句意。

2042. 软金罗袖，犹带贾充香

元·白朴《小桃红·歌姬赵氏为友人贾子正所亲，携之江上有数月留后，予过邓径来侑觞感而赋此，俾即席歌之》：“软金罗袖，犹带贾充香。”歌姬赵氏已属贾子正，因借“贾充香”代赵氏歌妓之香。

“贾充香”：《世说新语·惑溺》载：“韩寿美姿容，贾充辟以为掾，充每聚会，贾女于青琐中看见寿，说之。桓怀存想，发于吟咏。后婢往寿家具述如此，并言女光丽。寿闻之心动，遂请婢潜修音问，

及期往宿。寿蹻捷绝人，逾墙而入，家中莫知。自是充觉女盛自拂拭，说畅有异于常。后会诸吏，闻寿有奇香之气，是外国所贡，一著人则历月不歇。充计武帝唯赐己及陈骞，余家无此香，疑寿与女通。而垣墙重密，门阁急峻，何由得尔？乃托言有盗，令人修墙。使反曰：‘其余无异，唯东北角如有人迹。’而墙高非人所逾。充乃取女左右婢考问，即以状对。充秘之，以女妻寿。”这就是“贾充香”的故事，后用以代称奇香，也表示爱情。

元·周文质《蝶恋花·悟迷》：“朱门深闭贾充香，兰房强揣郑生玉，青楼空掷潘安果。”“深闭贾充香”喻爱情受挫。

元·曾瑞《青杏子·聘怀》：“大筵排回雪韦娘，小酌会窃香韩寿。”

2043. 风流儒雅是吾师

唐·杜甫《咏怀古迹五首》：“摇落深知宋玉悲，风流儒雅亦吾师。”从《九辨》的“草木摇落兮而变衰”，知道宋玉感自己飘零而悲秋，他那温文尔雅的风度堪为我效法。“风流儒雅”主要写人的风度风采。

杜甫的“风流儒雅”用庾信《上益州上柱国赵王二首》：“风流盛儒雅，泉涌富文词。”庾句写赵王风度翩翩，富于文采。

宋·魏野《送张子皋推官赴阙》：“风流自是神仙客，雅淡谁知将相孙。”“风流淡雅”义近“风流儒雅”。

宋·王之望《念奴娇》（坐上和何司户）：“堂堂七尺，怀一时人物，孤映三蜀。闲雅风流豪醉后，犹有临邛遗俗。”“闲雅风流”义近“儒雅风流”。

宋·杨冠卿《水调歌头》（赠维扬夏中玉）：“喜见紫芝宇，儒雅更风流。”

宋·陈襄《简如晦》：“无人不说南徐守，儒雅风流独一时。”

宋·韩维《寄亳州范待制》：“尚欣儒雅风流在，今见吾交二叶亲。”

宋·赵长卿《水龙吟》（江楼席上，歌姬盼盼翠鬟侑尊，酒行，弹琵琶曲，舞梁州，醉语赠之）：“风流俊雅，娇痴体态，眼前稀有。”“风流俊雅”用于描绘女子，而“风流儒雅”则用以描绘男子。

2044. 文采风流犹尚存

唐·杜甫《丹青引赠曹将军霸》：“将军魏武之

子孙,于今为庶为清门。英雄割据虽已矣,文采风流今尚存。"曹霸是曹操曾孙曹髦之后代,是唐代著名画家,画马最著名,也擅长画人物。此句说魏武功业已成过去,而曹氏的"建安风骨"到曹霸的绘画有名,文采风流应是后继有人了。宋·杨冠卿《卜算子》(秋晚集杜句吊贾傅):"文采风流今尚存,毫发无遗恨。"集入"文采风流"句。杜甫《寄李十二白二十韵》又用"文彩":"文采承殊渥,流传必绝伦。"

文学作品,用"风流"描绘最早的是南朝齐梁时代的文论家钟嵘,他在《诗品·序》中云:"太康中,三张、二陆、两潘、一左,勃尔复兴,踵武前王,风流未沫,亦文章之中兴也。"他在《诗品》中评张协诗云:"其源出于王粲,文体华净,少病累。又巧构形似之言,雄于潘岳,靡于太冲(左思),风流调达,实旷代之高手。"又评谢瞻、谢混、袁淑、王微、王僧达五人云:"其源出于张华,才力苦弱,故务其清浅,殚得风流媚趣。"都是写为诗的。唐·司空图《二十四诗品》:"未著一字,尽得风流。"评文学作品美妙、超绝。用"文采风流"句如:

唐·薛涛《赠段校书》:"玄成莫便骄名誉,文采风流定不如。"

宋·苏轼《王晋卿作烟江叠嶂图仆赋诗晋卿和之复次韵》:"风流文采磨不尽,水墨自与诗争妍。"

宋·周紫芝《减字花木兰》:"当年文伯,曾是东坡门下客。文采风流,奕叶传芳总未休。"

宋·向子諲《鹧鸪天》(曾端伯使君自处守移帅荆南,作是词戏之):"赣上人人说故侯,从来文采更风流。题诗漫道三千首,薄酒须拼一百筹。"

宋·张元干《满庭芳》(寿富枢密):"文采风流瑞世,延朱履、丝竹喧阗。"

宋·仲并《念奴娇》(王守生辰):"须信凤阁仙人,风流文采,蔼家声如昔。"

宋·郭应祥《减字木兰花》:"栖鸾高士,文采风流谁得似。"

元·萨都拉《水龙吟》(赠友):"文采风流俊伟,碧纱巾挂珊瑚树。"写姿质俊伟,志向高洁。

清·陆次云《咏史》:"儒冠儒服委丘墟,文采风流化土直。"暗斥清统治者镇压人民。

清·曹雪芹《红楼梦》:"大观园题咏"李纨《文采风流》:"秀水明山抱复回,风流文采胜蓬莱。"风光多采,人物不凡。

"文采风流"有时只用"风流"。

唐·李颀《送皇甫曾游襄阳山水兼谓韦太守》:"元凯春秋传,昭明文选堂。风流满今古,烟岛思微茫。"

唐·王维《同崔傅答贤弟》:"更闻台阁求三语,遥想风流第一人。"

唐·杨浚《赠李郎中》:"礼乐风流美,光华星位尊。"

唐·李白《答杜秀才五松见赠》:"吾非谢尚邀彦伯,异代风流各一时。"

唐·韩翃《送万巨》:"红笺色夺风流座,白苧词倾翰墨场。"

唐·李涉《听邻女吟》:"含情遥夜几人知,闲咏风流小谢诗。"又《赠田玉卿》:"今朝嫁得风流婿,歌舞闲时看读书。"

唐·杨乘《南徐春日怀古》:"风流前事尽,文物旧遗存。"

唐·齐己《送韩蜕秀才赴举》:"才器合居科第首,风流幸是缙绅门。"又《送人归华下》:"好束诗书且归去,而今不爱事风流。"又《寄黄晖处士》:"濡染只应亲赋咏,风流不称近方刀。"又《寄洛下王彝训先辈二首》:"风流传贵达,谈笑取荣迁。"

唐·崔涂《读庾信集》:"四朝十帝尽风流,建业长安两醉游。"

唐·韩偓《寄湖南从事》:"莲花暮下风流客,试与温存谴逐情。"

唐·钱珝《江行无题一百首》(又作钱起诗):"定因词客遇,名字始风流。"又同题:"风流无屈宋,空咏古荆州。"唐·韩偓《席上有赠》:"莫道风流无宋玉,好将心力事妆台。"

唐·罗隐《寄酬邺王罗令公五首》其一:"书札二王争巧拙,篇章七子避风流。"唐·灵一《林公》:"谁为竹林贤,风流相比附。"

唐·徐振《雷塘》:"诗名占得风流在,酒兴催教运祚亡。"

宋·刘一止《雪月交光》词:"清影徘徊,端坐应有,风流能赋。"

宋·无名氏《声声慢》:"芳心向人似语,也相怜、风流词客。"

2045. 风流有佳句,不似带经锄

唐·李嘉祐《送王正字山寺读书》:"风流有佳句,不似带经锄。"写山寺读书环境幽雅,不像边耕

牧边读书。"风流佳句"表诗文语言辞藻美丽,文彩斐然。唐·权德舆《苏小小墓》:"风流有佳句,吟眺一伤心。"用李嘉祐句,写吟咏描述苏小小的诗句,觉得伤心。用"风流佳句"的有:

唐·权德舆《太原郑尚书远寄新诗走笔酬赠因代书贺》:"新握兵符应感激,远缄诗句更风流。"

唐·许浑《送元昼上人归苏州兼寄张厚二首》:"深巷久贫知寂寞,小诗多病尚风流。"

唐·薛能《清河泛舟》:"儒将不须夸郤縠,未闻诗句解风流。"

唐·李群玉《酬魏三十七》:"一吟丽句风流极,没得弘文李校书。"

唐·段成式《嘲飞卿七首》:"多少风流词句里,愁中空咏早弘诗。"

唐·齐己《春兴》:"风流在诗句,牵率绕池塘。"

唐·清远道士《同沈恭子游虎丘寺有作》:"闻子盛游遨,风流足词翰。"

唐·陆龟蒙《奉和袭美醉中偶作见寄》:"怜君醉墨风流甚,风度题诗小谢斋。"

宋·刘一止《临江仙》(饯别王景源赴临江军):"大江旁畔老诸侯,举觞仍气概,觅句更风流。"

宋·辛弃疾《汉宫春》(会稽秋风亭观雨):"千古茂陵词句在,甚风流章句,解拟相如。"又《念奴娇》(赠妓善作墨梅):"彩笔风流,偏解写、姑射冰姿清瘦。"写作画风流。李嘉祐也曾用之于画:《访韩司空不遇》:"图画风流似长康,文词体格效陈王。"

"风流"也用于写音乐。唐·李端《赠李龟年》:"风流随故事,语笑合新声。"唐·姚合《和李补阙曲江看莲花》:"谁计江南曲,风流合管弦。"

2046. 谁爱风流高格调

唐·秦韬玉《贫女》:"谁爱风流高格调,共怜时世俭梳妆。"贫女自白,怨愤时世有谁怜惜高雅洁美的胸襟气度和俭朴淳厚的妆束打扮呢,都在追逐卑俗的格调、奢靡的梳妆啊!清·沈德潜《唐诗别裁》卷十六评此诗:"语语为贫士写照。"清·俞陛云《诗境浅说》(七九页)评:"此篇语语皆贫女自伤,而实为贫士不遇者写牢愁抑塞之怀。"所以贫女自白即贫士自述。"格调",胸襟气度,一种内涵的气质,"风流"是高雅修洁之意。这是"风流"名

句。

《晋书·王献之传》:"高迈不羁,虽闲居终日,容止不怠,风流为一时之冠。"写王献之高格调,风度超群。"风流"表风度、格调概源于此,后人的标格、标韵、标致都表示风度格调,都是内在气质的流露。

唐·王维《送张舍人佐江州同薛琚十韵》:"清范何风流,高文有风雅。"

唐·李白《流夜郎赠辛判官》:"气岸遥凌豪士前,风流肯落他人后。"又《别山僧》:"谑浪肯居支遁下,风流还与远公齐。"

唐·张子容《赠李郎中》:"礼乐风流美,光华星位尊。""礼乐"指言谈举止的风范。

宋·蔡士裕《金缕曲》(罗帛剪梅缀枯枝,与真无异作):"怪得梅开早,被何人、香罗剪就,天工夺巧。茅舍竹篱容不得,移向华堂深悄。别一样,风流格调。"写用罗帛剪成梅花,缀于梅枝之上,巧夺天工,别是一番风流格调。写剪梅的气度。

宋·苏轼《荷花媚》(荷花):"霞苞电荷碧,天然地、别是风流标格。"

宋·秦观《玉烛新》:"几年淮海,烟波境、贮此风流标韵。"

宋徽宗赵佶《念奴娇》(御制):"雅怀素态,向闲中、天与风流标格。"

宋·王千秋《解佩令》(木犀):"花儿不大,叶儿不美。只一段、风流标致。淡淡梳妆,已赛过、骚人兰芷。"

2047. 风流才调爱君偏

唐·韩翃《赠别上元主簿张著》:"风流才调爱君偏,此别相逢定几年。"由于喜爱张著的风流才调,别后更令人怀思。"才调",即才情、才气、才华的内蕴。李商隐《贾生》诗:"宣室求贤访逐臣,贾生才调更无伦。""才调"即此义。"风流",超脱美妙,超群。唐·姚合《惜别》诗:"桃李容华犹叹月,风流才器亦悲秋。""才器"与"才调"义近。下如:

南唐·徐铉《赠浙西顾推官》:"浪藉杯盘重会面,风流才调一如初。"

南唐·成彦雄《柳枝辞九首》:"掩映莺花媚有余,风柳才调比应无。朝朝奉御临池上,不羡青松拜大夫。"写柳。

宋·柳永《传花枝》:"平生自负,风流才调。"

宋·杨备《桃叶渡》诗:"桃叶桃根柳岸头,献

之才调颇风流。"

2048.才子风流正少年

唐·杜荀鹤《送蜀客游维扬》:"送君懒问君回日,才子风流正少年。""才子风流",才华横溢,风度翩翩,正少年英俊,与老气横秋反。

早用"风流才子"的是唐·刘长卿《赠别于群投笔赵安西》:"风流一才子,经史仍满腹。"早用"风流少年"的是唐·李白《叙旧赠江阳宰陆调》:"风流少年时,京洛事游遨。"唐·方干《赠孙百篇》:"才子风流复年少,无愁高卧不公卿。"宋·杨备《灵和殿》诗:"君王属意君知否,好似风流一少年。"皆用此名。而"才子风流"句应用最多。

唐·李颀《送山阴姚丞携妓之任兼寄苏少府》(一作韩翃诗):"才子风流苏伯玉,同官晓暮应相逐。"

唐·崔峒《虔州见郑表新诗因以寄赠》:"才子风流定难见,湖南春草但相思。"

唐·杨巨源《崔娘诗》:"风流才子多春思,肠断萧娘一纸书。"

唐·杜牧《偶作》:"才子风流咏晚霞,倚楼吟住日初斜。"

唐·刘得仁《题从伯舍人道正里南园》:"风流才子调,如尚古人心。"

宋·柳永《西江月》:"我不求人富贵,人须求我文章。风流才子占词场,真是白衣卿相。"

唐·方干从不同角度写"风流"与"年龄":《宋从事》:"虽将洁白酬知己,自有风流助少年。"又《赠赵崇侍御》:"贵达合逢明圣日,风流又及少年时。"又《赠山阴崔明府》:"平叔正堪汤饼试,风流不合问年颜。"

宋·杨备《灵和殿》:"君王属意君知否,好似风流一少年。"

宋·黄庭坚《鼓笛慢》(黔守曹伯达供备生日):"千骑风流年少,暂淹留、莫辜清赏。"又《醉蓬莱》:"悬榻相迎,有风流千骑。荔脸红深,麝脐香满,醉舞裀歌袂。"

唐·殷遥《送杜士瞻楚州觐省》:"风流与才思,俱似晋时人。"宋·孔夷《水龙吟》词:"才与风流,赋称清艳,多情唯宋。""风流"均表风度。唐·罗隐《上鄂州韦尚书》:"往岁先皇驭九州,侍臣才业最风流。"此"风流"表杰出。

2049.风流不减杜陵时

唐·韩翃《送郑员外》:"风流不减杜陵时,五十为郎未是迟。"郑当时在熊尚书幕府,寄人篱下,韩翃写此诗激励他,说他风流不减当年,尚可独立进取。"风流"指才华,才干。

五代·徐铉《得酒》:"世乱方多事,年加易得愁。政成频一醉,亦未减风流。"

唐·夏候审《咏被中绣鞋》:"陈王当日风流减,只向波间见袜罗。"此"风流"指风韵。

宋·苏轼《九龙吟》词:"念故人老大,风流未减,独回首、烟波里。"梦公显楼中会客作乐,"风流"指青春雅兴。

宋·葛胜仲《蝶恋花》(和王廉访):"野薮溪毛真易致,风流未减兰亭会。"写雅兴。

宋·张元干《八声甘州》(陪筠翁小酌横山阁):"念老去、风流未减,见向来、人物几兴衰。""风流"指才干。

唐·白居易《赠晦叔忆梦得》:"自别崔公四五秋,因何临老转风流。"年老反更显年轻,"风流"含青春的光彩之意。唐·施肩吾《赠族叔处士》:"定是仙山足灵药,年过八十转风流。"即用此义。

2050.潇洒风流未易涯

宋·陈著《沁园春》:"消得题诗,不须作画,潇洒风流未易涯。"赞他的"枕屏"俭朴实用,无须在上面题诗作画,遮风挡雨倒也风流潇洒、自然大方。陈著《沁园春》(寿吴竹溪):"潇洒纶巾,风流野服,红尘外身。"写穿着洒脱、大方。又《烛影摇红》(寿族叔父衡之八十铨):"是人说道,真吕先生,风流潇洒。""吕先生"因常披"吕公巾"虽八十高龄,精神矍铄,落落大方。

唐·卢纶《题金吾郭将军石伏茅堂》:"萧洒延清赏,风流会素襟。"是用"潇洒""风流"较早的。宋·李元膺《一落索》:"天上粉云如扫,放小楼清晓。古今何处想风流,最潇洒、龙山帽。""龙山落帽"是晋·陶渊明的外祖父、征西大将军桓温的参军孟嘉的故事。一次重阳节,桓温在龙山大宴群僚。席间,孟嘉的帽子被风吹落而不自知。桓温让孙盛作文嘲之。孟嘉作文以答,文辞俊雅,四座叹服。后以"落帽"喻风度潇洒,不拘小节。唐·赵嘏《重阳日寄韦舍人》:"不知此日龙山会,谁是风流落帽人。"此"风流"即潇洒之意。"风流潇洒"并用又如宋·无名氏《念奴娇》："曾记雾阁云窗，轻飞香篆，佳句应难得。道韫能文，终未胜、潇洒风流姿质。"说风流潇洒超过了谢道韫。

"风流"直表潇洒磊落、落落大方之义，句如：

唐·李白《江夏赠韦南陵冰》："山公醉后能骑马，别是风流贤主人。"

唐·杜甫《寄赞上人》："与子成二老，来往亦风流。"宋·苏轼《留别舍人宝觉、贺通二长老》："风流二老长还往，顾我归期尚渺茫。"用杜甫"二老来往亦风流"意。

唐·戴叔伦《寄禅师寺华上人次韵三首》："德士名难避，风流学济颠。"

唐·韩翃《赠王遂》："座中豪贵满，谁道不风流。"

唐·杨巨源《和刘员外陪韩仆射野亭公宴》："好客风流玳瑁簪，重檐高幕晓沉沉。"

唐·齐己《寄答武陵幕中何支使二首》："骚雅锵金掷，风流醉玉颓。"

唐·皮日休《好诗景》："青盘香露倾荷女，子墨风流更不言。"

唐·熊曒《祖龙词》："平吞六国更何求，童女童男问十洲。沧海不回应怅望，始知徐福解风流。"不老药难寻，徐福识时务，潇洒徜徉去而不返了。

宋·苏轼《临江仙》（赠王友道）："省可清言探玉麈，真须保器全真。风流何似道家纯。"

唐·黄滔《赠郑明府》："庭罗衔吏眼看山，真恐风流是谪仙。"

宋·辛弃疾《贺新郎》："把酒长亭说，看渊明，风流酷似、卧龙诸葛。"

宋·杨备《卫玠台》："江南第一风流者，无复羊车过旧街。"

2051. 任尔风流兼蕴藉

唐·孙偓《致李深之》："南行忽见李深之，手舞如萤令不疑。任尔风流兼蕴藉，天生不似郑都知。"据《全唐诗续补遗》卷十四载："郑举举（都知，曲内妓之头角者）巧谈谐，常有名贤醼宴。乾符中，状元孙偓颇惑之，与同年数人，多在其舍。一日同年宴，而举举有疾不来，遂令同年李深之邀为酒纠。"坐久，状元乃吟一篇曰：云云。此诗戏谑，"风流"，风采动人，"蕴藉"宽和涵容，含蓄深沉。

"风流蕴藉"出自史书。《北齐书·王昕传》：

"昕母清河崔氏，学识有风训，生九子，并风流蕴藉，世号王氏九龙。"《隋书·儒林传·元善》："善之通博，在何妥之下，然以风流蕴藉，俯仰可观，音韵清朗，听者忘倦。"宋·王灼《碧鸡漫志》："晏文献（殊）公长短句风流蕴藉，一时莫及，而温润秀洁，亦无其比。""风流""蕴藉"常连用，表示风雅秀丽，含蓄不露，一种深沉美。

宋·晁端礼《沁园春》："贤侯，醖蕴风流，向庭讼闲时多宴游。"

宋·赵长卿《醉蓬莱》（新荔枝）："为爱真妃，再三珍重，价倾城倾国。玉骨冰肌，风流醖藉，直宜消得。"又《念奴娇》（秋日牡丹）："雅态出格天姿，风流醖蕴，羞杀岩前桂。"前写荔枝，后写牡丹。

宋·翁溪园《沁园春》（代寿宗室）："似东平为善，河间献雅，风流醖藉，西汉诸刘。"

宋·洪咨夔《满江红》："海棠晚，荼蘼早；飞絮急，青梅小。把风流醖藉，向谁倾倒。"

宋·范飞《满江红》（寿东人）："君有女，夸才色，更风流醖藉，东床佳客。"

2052. 看风流慷慨，谈笑过残年

宋·辛弃疾《八声甘州》："谁向桑麻杜曲，要短衣匹马，移住南山。看风流慷慨，谈笑过残年。""风流慷慨"坦荡潇洒、意气激昂之意。

宋·张镃《贺新郎》（次辛稼轩韵寄呈）："别来几度霜天鹗，厌纷纷、吞腥啄腐，狗偷乌攫。东晋风流兼慷慨，公自阳春有脚。"

2053. 尊俎风流见无期

唐·罗隐《升平公主旧第》："带砺山河今尽在，风流尊俎见无期。""尊俎"古代的酒器肉盘。《晏子春秋》（内篇杂上）："起于尊俎之间，而折冲千里之外。"指外交，谈判桌上制人获胜，常作尊俎折冲，"风流尊俎"指宴席上的光艳与风采。罗诗意（过去宴席上曾见升平公主）没有机会再见公主的光艳风采了。

宋·黄庭坚《满庭芳》（茶）："尊俎风流战胜，降春睡、开拓愁边。"（此词又作秦观作，疑误收）写茶在宴会中的作用。

宋·向子諲《浣溪沙》（绍兴辛未中秋，王景源使君乘流下萧滩，舍舟从陆。芗林老人以长短句赠行）："尊俎风流意气倾，一杯相属忍催行，离歌更作断肠声。"写风风光光的送别宴。

宋·赵彦端《江城子》(上张帅)：“舳舻千里大江横，凯歌声，犬羊惊，尊俎风流，谈笑酒徐倾。”写酒宴的丰盛。

宋·葛郯《朝中措》(送蔡定夫)：“风流尊俎，琼花破艳，红药攒枝。”也写别宴。

宋·管鉴《蝶恋花》(辛卯重九，余在试闱，闻张子仪、文元益诸公登舟青阁分韵作词。既出院，方见所赋，以“玉山高出雨峰寒”为韵，尚余并字，因为足之)：“楼倚云屏江泻镜，尊俎风流，地与人俱胜。”

宋·辛弃疾《鹧鸪天》(樽俎风流有几人)：“樽俎风流有几人，当年未遇已心亲。”

唐·鲍防《上巳寄孟中丞》：“世间禊事风流处，镜里云山看画屏。”“上巳”阴历三月上旬巳日，到水边祭祀，游嬉，以消除不祥，称“修禊”。修禊之事，畅快淋漓，是“风流”事。(此一作鲍溶诗)宋·贺铸《锦缠头》：“旧说山阴禊事修，漫书茧纸叙清游，吴门千载更风流。”这是写晋·王羲之在会稽山阴修禊之事。宋·仲并《芰菱荷香》词：“一咏一觞，谈笑风流。”也写王羲之曲水流觞事。“山阴修禊”是禊事中最有影响的。宋·秦观《踏莎行》：“沂水行歌，兰亭修禊，韶光曾见风流士。而今临水漫会情，暮云目断空迢递。”忆兰亭修禊人物风流，感此事已成过去。

2054.风流好爱杯中物

唐·韩翃《送齐明府赴东阳》：“风流好爱杯中物，豪荡仍欺陌上郎。”酒中乐趣，也是“风流”，而酒醉顿失常态，倍加兴奋，更少拘束，也是一种潇洒风流。

唐·王昌龄《九日登高》：“谩说陶潜篱下醉，何曾见得此风流。”重阳登高饮菊酒，比陶潜醉于篱下更风流。

唐·韦同则《仲月赏花》：“把酒且须拼却醉，风流何必待歌筵。”虽无歌筵，醉亦风流。

唐·吕温《道州郡斋卧疾寄东馆诸贤》：“东池送客醉年华，闻道风流胜习家。独卧郡斋寥落意，隔帘微雨湿梨花。”

唐·牟融《送友人》：“衣冠重文物，诗酒足风流。”

唐·李郢《板桥重送》：“梁苑城西蘸水头，玉鞭公子醉风流。”

唐·赵嘏《春酿》：“春酿正风流，梨花莫问愁。”

唐·李咸用《长歌行》：“象箸击折歌勿休，玉山未倒非风流。”

唐·魏承班《满宫花》：“醉时想得纵风流，罗帐香帏鸳寝。”

宋·舒亶《满庭芳》：“又是重阳过了，东篱下，黄菊阑珊。陶潜病，风流载酒，秋意与人闲。”

宋·向子諲《水调歌头》(再用前韵答任令尹)：“好是风流从事，同醉入青州。”

2055.惜他伶俐，举措风流

宋·赵长卿《眼儿媚》(霜夜对月)：“倚栏不语情如醉，都总寄眉头。从前只为，惜他伶俐，举措风流。”“风流”表示举手投足、行动起坐很雅致、很美好。唐·元稹《赠刘采春》：“言辞雅措风流足，举止低回秀媚多。”赵词“举措风流”缩用此句。

唐·罗隐《清溪江令公宅》：“宴罢风流人不见，废来踪迹草应知。”宋·陈克《虞美人》：“风流踪迹使人猜，过了斗鸡时节，合归来。”用罗隐“踪迹”句。

2056.风流争似旧徐娘

唐·刘禹锡《梦扬州乐妓和诗》：“花作婵娟玉作妆，风流争似旧徐娘。”徐娘是南朝梁元帝的徐妃。《南史·后妃传下》：“徐娘虽老，犹尚多情。”诗人在扬州杜鸿渐席上见二妓，曾醉吟一绝。二年后在京城官邸中梦二妓和前诗执板以歌。这两句写梦中二妓之美。“风流”表女子美丽的风韵。

“风流”又形容女子秀美(有时是妖冶)、有风韵，或形容男子英俊、有风度，也表示男女之情爱。即所谓“风流韵事”。句如：

隋·辛德源《东飞伯劳歌》：“谁家妖绝荡轻舟，含娇转盼骋风流。”这是风流表女子妖冶美丽的较早用例。

唐·骆宾王《代女道士王灵妃赠道士李荣》：“只将羞涩当风流，持此相怜保始终。”

唐·储光羲《同王十三维偶然作十首》：“刻画尚风流，幸会君招携。”(邯郸女自述)

唐·钱起《晚春永宁墅小园独坐寄上王相公》：“上方传雅颂，七夕让风流。”

唐·武元衡《赠佳人》：“君逞仙姿游洛浦，定知神女谢风流。”

唐·孟郊《罗氏花下奉招陈侍御》：“不是风流

者,谁为攀折人。"

唐·白居易《江南喜逢萧九彻因话长安旧游戏赠五十韵》:"时世高梳髻,风流淡作妆。"

唐·刘言史《乐府杂诗三首》:"梦中无限风流事,夫婿多情亦未知。"

唐·旋肩吾《少妇游春词》:"簇锦攒花斗胜游,万人行处最风流。"

唐·崔珏《有赠》:"锦里芬芳少佩兰,风流全占似君难。"

唐·张祜《读池州杜员外杜秋娘诗》:"少年多情杜牧之,风流仍作杜秋诗。"

唐·陆龟蒙《又酬(袭美)次韵》:"酒香偏入梦,花落又关情。积此风流事,争无后世情。"又《自遣诗三十首》其二十六:"越人组爱风流客,绣被何须属鄂君。"

唐·司空图《狂题十八首》其二:"世间第一风流事,借得王公玉枕痕。"

唐·罗隐《姑苏真娘墓》(墓在虎丘西寺内):"死犹嫌寂寞,生肯不风流。"

唐·韩偓《寒食夜有寄》:"风流大抵是倀倀,此际相思必断肠。"又《复偶见三绝》:"半身映竹轻闻语,一手揭帘微转头。此意别人应未觉,不胜情绪两风流。"

唐·崔道融《马嵬》:"万乘凄凉蜀路归,眼前朱翠与心违。重华不是风流主,湘水犹传泣二妃。"

唐·温庭筠《菩萨蛮》:"风流心上物,本为风流出。看取薄情人,罗衣无此痕。"

唐·韦庄《思帝乡》:"陌上谁家年少,是风流,妾拟将身嫁与。"又《送李秀才归荆溪》:"梦王宫去阳台近,莫倚风流滞少年。"

唐·光威裒《联句》(姊妹三人):"窗前时节羞虚掷,世上风流笑苦谙。"

唐·陆岩梦《桂州筵上赠胡予女》:"自道风流不可攀,却堪蹙额更颦颜。"

唐·吕岩《沁园春》:"休休,及早回来,把往日风流一笔钩。"

唐·郫城令《示女诗》:"深宫富贵事风流,莫忘生身老骨头。因与太师欢笑处,为吾方便觅彭州。"题下注:"陈瑄太师任西川,有爱姬徐氏,郫城令之女也。今欲求彭牧,以织绢数寸作二十八字,遗其妻私示其女云云。人皆鄙之。"

五代·尹鹗《满宫花》:"风流帝子不归来,满

地禁花慵扫。"

五代·毛熙震《临江仙》:"纵态迷欢心不足,风流可惜当年。"

五代·孙光宪《南歌子》:"艳冶青楼女,风流似楚真。"

五代·花蕊夫人徐氏《宫词》:"年初十五最风流,新赐云鬟便上头。"又《宫词》:"罗衫玉带最风流,斜插银篦慢裹头。"

宋·柳永《斗百花》:"满搦宫腰纤细,年纪方当笄岁。刚被风流沾惹,与今垂杨双髻。"又《昼夜乐》:"其奈风流端正外,更别有、系人心处。一日不思量,也攒眉千度。"又《金蕉叶》:"就是有个风流,暗向灯光底,恼遍两行珠翠。"又《尉迟杯》:"困极余欢,芙蓉帐暖,别是恼人情味。风流事,难逢双美。"

宋·晏殊《浣溪沙》:"月好谩成孤枕梦,酒阑空得两眉愁。此时情绪悔风流。"

宋·欧阳修《浪淘沙》:"好妓好歌喉,不醉难休,劝君满满酌金瓯。纵使花时常病酒,也是风流。"又《浣溪沙》:"堪恨风流成薄倖,断无消息道归期,托腮无语翠眉低。"又《看花回》:"不晓高天甚意,既付与风流,却恁情薄。"又《蝶恋花》:"懊恼风流心一寸,强醉偷眠,也即依前闷。"又《洞仙歌令》:"后约与新期,易失难寻,空肠断、损风流。"

宋·杜安世《朝玉阶》:"美人春困宝钗横,惜花芳态泪盈盈,风流何处最多情。"又《剔银灯》:"就枕思量,离多会少,孤负小欢轻笑。风流争表,空惹尽、一生烦恼。"

宋·晏几道《采桑子》:"风流笑伴相逢处,白马游缰,共折垂杨,手撚芳条说夜长。"又《浣溪沙》:"腰自细来多态度,脸因红处转风流,年年相遇绿江头。"

宋·苏轼《南乡子》(有感):"暖日下重帏,春睡香凝索起迟。曼情风流,缘底事,当时,爱被西真唤作儿。""曼情",柔美的身影。又《蝶恋花》(送潘大临):"回首长安佳丽地,三十年前,我是风流帅。为向青楼寻旧事,花枝缺处余名字。"

宋·黄裳《瑶池月》(烟波行):"这些子、名利休问,况是物、都归幻境,须臾百年梦,来去无定。向婵娟、留住青春;笑世上、风流多病。"

宋·黄庭坚《满庭芳》:"些子风流罪过,都说与、明月空床。"又《满庭芳》(雪中戏呈友人):"风流、金马客,歌鬟醉拥,乌帽斜倚。"

宋·秦观《沁园春》:"风流寸心易感,但依依伫立,回尽柔肠。"又《蝶恋花》:"花满红楼珠箔绕,当日风流,更许谁同调。"又《临江仙》(看花):"十里红楼依绿水,当年多少风流。"

宋·刘弇《金明春》:"当时风流,有妖娆枕上,软媚尊前。"

宋·孔夷《惜余春慢·慢景》:"因甚却、轻许风流,终非长久,又说分飞顿恼。"

宋·刘一止《浣溪沙》:"莫问新欢与旧愁,浅颦微笑总风流。"

宋·陈克《虞美人》:"踏车不用青裙女,日夜歌声苦。风流墨绶强跻攀。"

宋·向子諲《采桑子》:"人如濯濯春杨柳,彻骨风流,脱体温柔,牵系多情佟未休。"又《点绛唇》:"诗老风流,也向花留意。"

宋·张元干《望海潮》(癸卯冬为建守赵季西赋碧云楼):"史君冠世风流,拥香鬟凭槛,雾鬓凝眸。"

宋·史达祖《绮罗香》(咏春雨):"最妨它佳约风流,钿车不到杜陵路。"又《临江仙》(闺思):"罗带鸳鸯尘暗淡,更须整顿风流。"

宋·文天祥《满江红》(和王夫人满江红韵以庶几后山妾薄命之意):"世态便如翻覆雨,妾身无是分明月。笑乐昌、一段好风流,菱花缺。"

2057. 风流传玉音

唐·权德舆《新月与儿女夜坐听琴举酒》:"笑语向兰室,风流传玉音。""风流",形容琴声美妙悠扬。

唐·赵嘏《山阳韦中丞罢郡因献》:"笙歌只是旧笙歌,肠断风流奈别何。"笙歌虽美难抵别离断肠。

唐·罗隐《旅舍书怀寄所知二首》:"隋帝旧词虽寂寞,梦妃清唱亦风流。"

宋·魏野《依韵和长安龙图陈学士登熙熙台之什二首》:"一声玉管风流处,百尺金台雨雾时。"

宋·曾觌《踏莎行》(和材甫听弹琵琶作):"曲中多少风流事,红牙拍碎少年心。"

宋·晏殊《少年游》:"谢家庭槛晓无尘,芳宴祝良辰。风流妙舞,樱桃清唱,依约驻行云。""风流",描绘舞姿曼丽轻盈。宋·晏几道《采桑子》:"应嫌衫袖前香冷,重傍金虬。歌扇风流,遮尽归时翠黛愁。"写歌舞美妙。

2058. 尸骸终是不风流

唐·皮日休《嘲归仁绍龟诗》:"硬骨残形知几秋,尸骸终是不风流。顽皮死后钻须遍,都为平生不出头。"注云:"日休谒仁绍,数往不得见,因作咏龟诗云。"全诗写龟结尾"不出头"暗笑仁绍不出面,数访不得见,用"缩头乌龟"嘲戏之。"不风流"写乌龟壳不耐看,不好看。

"风流"不止用来描绘人及人的歌舞音乐,还用来描绘其他事物的美好。如:

唐·长孙(文德)皇后《春游曲》:"上苑桃花朝日明,兰闺艳妾动春情。井上新桃偷面色,檐边嫩柳学身轻。花中来去看舞蝶,树上长短听啼莺。林下何须远借问,出众风流旧有名。"写春色风流。

唐·羊士谔《玩槿花》:"风流盛异代,窈窕比同车。"写槿花

唐·齐己《杨花》:"咏吟何洁白,根本属风流。"写杨花

唐·李山甫《刘员外寄移菊》:"颜色不能随地变,风流唯解逐人香。"写菊花。

唐·李远《老僧续得贵妃袜》:"三十六宫歌舞地,唯君独步占风流。"写杨妃袜。

唐·李商隐《赠宗鲁筇竹杖》:"风流真底事,常欲傍清羸。"写竹杖。唐·李建勋《竹》:"琼节高吹宿凤枝,风流交我立忘归。"唐·韩溉《竹》:"谁许风流添兴咏,自怜潇洒出尘埃。"均写竹。

唐·曹松《南海陪郑司空游荔园》:"他日为霖不将去,也须图画取风流。"

唐·段成式《和徐商贺卢员外赐绯》:"银黄年少偏欺酒,金紫风流不让人。"金印紫绶光彩夺目。

唐·秦韬玉《咏手》:"一双十指玉纤纤,不是风流物不拈。""物"指梳妆、擘帘、点杯、添香,写纤手做的事。

唐·项斯《和李中丞醉中期王徵君月夜同游浐水旧居》:"风流还爱竹,此夜尚思闲。"写竹。

唐·吴融《海棠》:"云绽霞铺锦水头,占春颜色最风流。"写海棠。

唐·刘兼《木芙蓉》:"素灵失律诈风流,强把芳菲半载偷。"写木芙蓉花。

宋·晏几道《蝶恋花》:"千叶早梅夸百媚,笑面凌寒,内样妆先试。月脸冰肌香细腻,风流新称东君意。"写早梅,又《武陵春》:"绿蕙红兰芳信歇,金蕊正风流。"写菊。

宋·苏轼《芍药》："扬州近日红千叶，自是风流时世装。"写芍药。

宋·黄庭坚《满庭芳》："北苑龙团，江南鹰爪，万里名动京关。……一种风流气味，如甘露、不染尘凡。"写名茶。

宋·黄裳《宴琼林》（牡丹）："为娇多，只恐能言笑。惹风流烦恼。"写牡丹。

宋·秦观《虞美人》："少年抚景渐虚过，终日看花坐。独愁不见玉人留，洞府空教燕子、占风流。"写燕。

宋·晁冲之《汉宫春》（梅）："空自倚，清香未减，风流不在人知。"写梅。

宋·刘几《梅花曲》："婵娟一种风流，如雪如冰衣霓裳。永日依倚，春风笑野棠。"写梅。

宋·舒亶《醉花阴》（越州席上官妓献梅花）："拟插一枝归，只恐风流，羞上潘郎鬓。"写梅。

宋·晁补之《浣溪沙》（樱桃）："荔子天数生处远，风流一种阿谁知。"写荔枝。

宋·朱敦儒《卜算子》："独自风流独自香，明月来寻我。"写梅。

宋·张元干《宝鼎观》（筠翁李似之作此词见招，因赋其事，使歌之者想象风味，如到山中也。）："想到墅平泉，当时草木，风流如昨。"写草木。

宋·李元膺《洞仙歌》："杨柳于人便青眼，更风流多处。一点梅心，相映远，约略颦轻笑浅。"写梅。

2059. 江汉风流地

唐·王维《送崔九兴宗游蜀》："江汉风流地，游人何处归。"说崔兴宗要去"江汉风流地"——泛指蜀地。"风流地"，风光秀丽的地方。"风流"描绘地理风光、环境景色，最早始于隋代。如：

隋·卢思道《河曲游》："邺下盛风流，河曲有名游。"

隋·陈郑《赠窦蔡二记室入蜀》："风流信多美，朝夕豫平台。"

用王维"风流地"句如：

唐·李颀《送乔琳》："阳羡风流地，沧江游寓人。"

唐·韩翃《赠别崔司直赴江东兼简常州独孤使君》："前朝山水国，旧日风流地。"

唐·戴叔伦《江上别刘驾》："回首风流地，登临少一人。"

唐·李端《送友人游蜀》："本是风流地，游人易白头。"

宋·晁端礼《满庭芳》："风流、佳丽地，十年屈指、一梦回头。"

其它表示环境的"风流"句：

唐·李白《泛沔州城南郎官湖》："郎官爱此水，因号郎官湖。风流若未减，名与此山俱。"尚书郎张谓托李白为沔州南湖命名，李白命郎官湖，"风流"称湖之美，又暗关张谓。又《陪宋中丞武昌夜饮怀古》："清景南楼夜，风流在武昌。"赞武昌。

唐·权德舆《酬赵尚书杏园花下醉后见寄》："春风深处曲江西，入座风流信马蹄。"

唐·韩愈《送李尚书赴襄阳八韵》："风流岘首客，花艳大堤倡。"

唐·杨巨源《月宫词》："若共心赏风流夜，那比高高太液前。"写夜色。

唐·姚合《题田将军宅》："焚香书院最风流，莎草缘墙绿薜秋。"

唐·李远《听王氏话归州昭君庙》："自古行人多怨恨，至今乡土尽风流。"

唐·李商隐《送崔珏往西川》："卜肆至今多寂寞，酒垆从古擅风流。"又《石城》："石城夸窈窕，花县更风流。"又《和郑愚赠汝阳王孙家筝妓二十韵》："风流大堤上，怅望白门里。"

唐·薛能《平阳寓怀》："晋国风流阻泇川，家家弦管路歧边。"

唐·李山甫《蜀中寓怀》："千里烟霞锦水头，五丁开得也风流。"

唐·吴融《太保中书令军前新楼》："十二栏干压锦城，半空人语落滩声。风流近接平津阁，气色高含细柳营。"

唐·陈陶《赠温州韩使君》："康乐风流五百年，永嘉铃阁又登贤。"

唐·仁贞《七日禁中陪宴》："更见凤声无妓态，风流变动一国春。"作者访日本国作。

唐·陆龟蒙《醉中戏赠袭美》："南北风流旧不同，伧吴今日若相同。"

唐·罗隐《故都》："江南江北两风流，一作迷津一拜侯。"又《江北》："一种风流一种死，朝歌争得似扬州。"又《薛阳陶觱篥歌》："龙楼冷落夏口塞，从此风流为废物。"此"风流"表荣宠。

五代·李中《姑苏怀古》："阊阖兴霸日，繁盛复风流。"

五代·徐铉《经东都太子桥》:"纶闱放逐知何道,桂苑风流且暂归。"

五代·孙光宪《思越人》:"一片风流伤心地,魂销目断西子。"又《浣溪沙》:"十五年来锦岸游,未曾行处不风流。"

五代·牛希济《临江仙》:"箫鼓声稀香烬冷,月娥敛尽弯环,风流皆道胜人间。"

五代·毛文锡《甘州遍》:"春光好,公子爱闲游,足风流。"

宋·柳永《一寸金》:"地胜异、锦里风流,蚕布风华,簇簇歌台舞榭。"

宋·薛田《成都书事百韵》:"风流铺席堆红豆,潇洒门庭映碧鲜。"

宋·葛胜仲《西江月》(次韵林茂南博士记杞泛溪):"柳恽风流旧国,鹤龄潇洒人家,肯嗟流落在天涯。"

宋·辛弃疾《鹧鸪天》(鹅湖归,病起作):"书咄咄,且休休,一丘一壑也风流。"

唐·元稹《寒食日》:"今年寒食好风流,此日一家同出游。"宋·仲殊《诉衷情》(寒食):"寒食更风流,红船满湖歌吹,花外有高楼。"都写寒食节风光天候美好。

2060. 大都为水也风流

唐·李山甫《曲江二首》:"一种是春长富贵,大都为水也风流。"春游曲江人有千万,曲江之水足见其美。写水。又《早春微雨》:"岁旱且须教济物,为霖何事爱风流。"写雨。"风流"也表现雨、水、雪。

唐·高适《若雨寄房四昆季》:"携手风流在,开襟鄙吝祛。"写雨。

唐·高蟾《楚思》:"叠浪与云急,翠兰和意香,风流化为雨,日暮下巫阳。"又《偶作二首》:"昨日薄情何处去,风流春水不知君。"

唐·章碣《雨》:"霁来还有风流事,重染南山一片青。"写雨。

唐·吴仁璧《春雪》:"貂裘穿后鹤氅敝,自此风流不足看。"

唐·李播《见美人闻琴不听》:"洛浦风流雪,阳台朝暮云。闻琴不肯听,似妒卓文君。"

唐·黄滔《江州夜宴献陈员外》:"因知往岁楼中月,占得风流是偶然。"

唐·张祜《杭州开元寺牡丹》:"风流却是钱塘寺,不踏红尘见牡丹。"

唐·韦应物《五弦行》:"如伴风流紫艳雪,更逐落花飘御前。"

2061. 东风飘兮神灵雨

屈原《九歌》(山鬼):"杳冥冥兮羌昼晦,东风飘兮神灵雨。"山林深处白昼也幽暗,东风吹来就下起骤雨。写女神居处的环境。

金·元好问《迈陂塘》:"招魂楚些何嗟及,山鬼暗啼风雨。"借《楚辞》(招魂)为死雁招魂,用《山鬼》句哀悼雁之死。以孤雁喻人,写雁写人,表达金亡后对赴难者、流离者的伤悼。

2062. 袅袅兮秋风

屈原《九歌·湘夫人》:"袅袅兮秋风,洞庭波兮木叶下。"秋风袅袅,秋风阵阵吹来。"袅袅"含一股股、一阵阵之意。表现出人们对秋风乍至的锐敏感受。秋风在诗人的感受中是凄苦的、肃杀的,又兼同下句"洞庭木叶"衔接,即成名句,为后代诗人广泛应用。"秋风袅袅"句多数表示秋令已至,天凉气爽,少数表示萧索冷落。有的用"天风袅袅""春风袅袅"。

南朝·宋·谢灵运《石门新营所住四面高山回溪石濑茂林脩竹》:"袅袅秋风过,萋萋春草繁。"

南朝·宋·庾徽之《白纻歌》:"秋风袅袅入曲房,罗帐含目思心伤。"

南朝·梁·简文帝《初秋诗》:"秋风忽袅袅,向夕引凉归。"

唐·卢照邻《狱中学骚体》:"风袅袅兮木纷纷,凋绿叶兮吹白云。"

唐·陈子昂《感遇诗三十八首》:"迟迟白日晚,袅袅秋风生。"

唐·王维《和陈监四郎秋雨中思从弟据》:"袅袅秋风动,凄凄烟雨繁。"

唐·李白《桂殿秋》词:"九霄有路去无迹,袅袅香风生佩环。"

唐·刘长卿《江州留别薛六柳八二员外》:"独行风袅袅,相去水茫茫。"

又《石梁湖有寄》:"潇潇清秋暮,袅袅凉风发。"

又《吴中闻潼关失守因奉寄淮南萧判官》:"松江风袅袅,波上片帆疾。"

唐·杜甫《戏作寄上汉中王二首》:"秋风袅袅

吹江汉,只在他乡何处人。"

又《奉和严郑公军城早秋》:"秋风袅袅动高旌,玉帐分弓射虏营。"

唐·郎士元《酬二十八秀才见寄》:"清光到枕上,袅袅凉风时。"

唐·姚系《杂曲歌辞·古离别》:"凉风已袅袅,露重木兰枝。"

唐·苏源明《小洞庭洄源亭谶四郡太守诗》:"小洞庭兮牵方舟,风袅袅兮离平流。"

唐·羊士谔《题枇杷树》:"袅袅碧海风,濛濛绿枝雪。"

又《偶题寄独孤使君》:"坐逢在日唯相望,袅袅凉风满桂枝。"

唐·张籍《吴宫怨》:"茱萸满宫红实垂,秋风袅袅生繁枝。"

又《秋夜长》:"白露满田风袅袅,千声万声鹡鸰鸟鸣。"

唐·白居易《骊宫高》(美天子重惜人之财力也):"袅袅兮秋风,山蝉鸣兮宫树红。"用《楚辞》原句。

又《早秋曲江感怀》:"离离暑云散,袅袅凉风起。"

又《秋日》:"袅袅秋风多,槐花半成实。"

又《池上》:"袅袅凉风动,凄凄寒露零。"

又《久雨闲闷对酒偶题》:"凄凄苦雨暗铜馳,袅袅凉风起漕河。"

又《晚秋有怀郑中旧隐》:"天高风袅袅,乡思绕关河。"

又《南浦别》:"南浦凄凄别,西风袅袅秋。"

又《开成二年夏闻新蝉赠梦得》:"凉风忽袅袅,秋思先秋生。"

唐·杜牧《村行》:"袅袅乘柳风,点点回塘雨。"

唐·徐凝《荆巫梦思》:"楚水白波风袅袅,荆门暮色雨萧萧。"

唐·李德裕《将至妙喜寺》:"清风袅袅越水陂,远树苍苍妙喜寺。"

唐·许浑《朗上人院晨坐》:"疏藤风袅袅,圆桂露冥冥。"

唐·温庭筠《题崔公池亭旧游》:"红艳影多风袅袅,碧空云断水悠悠。"

唐·陆龟蒙《井上桐》:"美人伤别离,汲井长待晓。愁因辘轳转,惊起双栖鸟。独立傍银床,碧桐风袅袅。"

唐·吴融《忆猿》:"静含烟霞凄凄雨,高弄霜天袅袅风。"

五代·冯延巳《菩萨蛮》:"西风袅袅凌歌扇,秋期正与行云远。"

宋·欧阳修《渔家傲》:"落叶西园风袅袅,催秋老,丛边莫厌金尊倒。"

宋·吴则礼《满庭芳》(立春):"隼旟,人未老,东风袅袅,已傍高牙。"

宋·叶梦得《定风波》(七月望,赵倅置酒,与鲁卿同泛舟登骆驼桥待月):"袅袅凉风吹汗漫,平岸。"

又《永遇乐》(寄怀张敏叔,程致道):"洞庭波冷,秋风袅袅,木叶乱随风舞。"

宋·刘一止《木兰花》(饯别王元渤赴吉州):"桂香台上秋风袅,鸭绿溪前离思渺。"

宋·李祁《南歌子》:"袅袅秋风起,萧萧败叶声。"

宋·曾觌《水龙吟》:"听韶华半夜、江梅三弄,风袅袅,良宵永。"

又《蓦山溪》(暮秋赏梨花):"深院袅香风,看梨花、一枝开早。"

又《定风波》(赏牡丹席上走笔):"上苑浓芳初雨晴,香风袅袅泛轩楹。"

又《青玉案》:"袅袅天风吹玉兔,今宵只在,旧时圆处、往事难重数。"

宋·毛开《应天长令》:"柳风轻袅袅,门外落花多少。"

宋·赵彦端《浣溪沙》(张宜兴生日):"袅袅凉风供扇枕,悠悠飞露湿丛萱。"

宋·范成大《宜男草》:"篱菊滩芦被霜后,袅长风、万重高柳。"

又《临江仙》:"羽扇纶巾风袅袅,东厢月到蔷薇。"

宋·李洪《念奴娇》(晓起观落梅):"袅袅霜飙欺翠袖,飞下一庭香雪。"

宋·黄铢《江神子》(晚泊分水):"秋风袅袅夕阳红,晚烟浓,暮云重。万叠青山,山外叫孤鸿。"

宋·张孝祥《念奴娇》:"良夜悠悠,西风袅袅,银汉冰轮侧。"

宋·辛弃疾《沁园春》(弄溪赋):"袅袅东风,悠悠倒景,摇动云山水又波。"

又《汉宫春》(会稽秋风亭观雨):"亭上秋风,

记去年袅袅,曾到吾庐。"

宋·高观国《摊破浣溪沙》(七夕):"袅袅天风向佩环,鹊桥有女夜乘鸾。也恨别多相见少、似人间。"

又《水龙吟》(为梦庵寿):"夜来曾跨青蚪,海风袅袅吹襟袖。"

宋·吴文英《水龙吟》:"驭苍蚪,万里笙吹凤女,骖飞乘,天风袅。"

又《高阳台》(寿毛荷塘):"风袅垂杨,雪销蕙草,何如清润潘郎。"

又《西江月》:"天风袅袅送轻帆,蓦过星槎银汉。"

宋·彭元逊《月下笛》:"春风袅袅,翠鬟窥树犹小。"

宋·刘将孙《满江红》:"怅土花、三十六宫墙,秋风袅。"

宋人依托神怪懒堂女子《独影摇红》:"尘世多情易老,更那堪、秋风袅袅。"

2063. 洞庭波兮木叶下

屈原《九歌·湘夫人》:"袅袅兮秋风,洞庭波兮木叶下。"秋风飒飒吹来,洞庭湖水泛起微波,树叶飘飘而下。写秋水微波,秋风木落,肃然一派秋凄气氛。

《古琴疏》载:"楚王子无方有琴田青翻。后质于秦,不得归,因抚琴歌曰:'洞庭兮木落,涔阳兮草衰。去千里之家国,作咸阳之布衣。'"《均操》卷四引《怨录》亦记此事,引此歌,并称《思归歌》。写羁秦难归,身为人质,心怀故国的抑郁之情。"洞庭""涔阳"皆为楚地,近于楚都,因而代表楚国,代表南国。北朝王褒,原为南梁吏部尚书左仆射。他聘魏被留,后任周武帝宜州刺史。他在《渡河北》诗中用"洞庭木叶"句:"秋风吹木叶,还似洞庭波。"河上风来波起,木叶纷纷,使他顿觉有如南国之秋,从而引发了思归之情。无独有偶,北周庾信,也是南梁重臣,聘魏被留,后侍北周。他怀念南国甚于王褒。他的《哀江南赋》写思归之哀极为深刻。《北史·庾信传》载:"信虽位望通显,常作乡关之思,乃作《哀江南赋》以致其意。"题目取宋玉《招魂》中"魂兮归来哀江南"之句义,中有"辞洞庭兮木落,去涔阳兮极浦"。述说辞离南国,聘于西魏,羁留长安之经过。隋乐府《王子思归歌》:"洞庭兮木秋,涔阳兮草衰。"即化用庾信句。

"洞庭波兮木叶下",贯系着湘君悼念湘夫人的艺术背景,又融通《楚辞》大部分作品悲怆的基调,因而两千余年来深刻感染着许多诗人词家。于是"洞庭波(水、秋)""洞庭木落"已作为诗典,广泛被用以表达悲秋、伤时、忆旧、怀归的情感及冷凄、悲凉的境界。

用"洞庭波"句少数实指洞庭湖水,多数却指代一般江河。"洞庭秋"则兼表时令。

南朝·宋·汤惠休《秋思引》:"秋寒依依风过河,白露萧萧洞庭波。"

北齐·萧悫《奉和悲秋应令诗》:"草湿兼葭露,波卷洞庭风。"(一作隋·王胄诗,似为误收)

隋·杨素《赠薛播州》:"风起洞庭险,烟生云梦深。"

唐太宗李世民《度秋》:"峨嵋岫初出,洞庭波渐起。"

唐·张说《荆州亭入朝》:"巫山云雨峡,湘水洞庭波。"

又《襄阳路逢寒食》:"去年寒食洞庭波,今年寒食襄阳路。"

唐·卢照邻《明月引》:"洞庭波起兮鸿雁翔,风瑟瑟兮野苍苍。"

唐·李嘉祐《送友人入湘》:"猿啼巫峡雨,月照洞庭波。"

唐·孙逖《送赵评事摄御史监军岭南》:"风从阊阖去,霜入洞庭飞。"

唐·李白《书情赠蔡舍人雄》:"舟浮潇湘月,山倒洞庭波。"

唐·王维《送邢桂州》:"铙吹喧京口,风波下洞庭。"

唐·刘长卿《送李侍御贬郴州》:"洞庭波渺渺,君去吊灵均。"

又《同姜濬题裴式微余于东斋》:"屈平君莫吊,肠断洞庭波。"

唐·杜甫《虎牙行》:"洞庭扬波江汉回,虎牙铜柱皆倾侧。"

又《登岳阳楼》:"昔闻洞庭水,今上岳阳楼。"

唐·贾至《初至巴陵与李十二白裴九同泛洞庭湖三首》:"明月秋风洞庭水,孤鸿落叶一扁舟。"

唐·郎士元《送洪州李别驾之任》:"南去秋江远,孤舟兴自多。能将流水引,更入洞庭波。"

唐·戴叔伦《潭州使院书情寄江夏贺兰副端》:"俱从泛舟没,近隔洞庭波。"

唐·李端《送友人》:"猿啼巫峡夜,月照洞庭波。"

唐·杨凝《初次巴陵》:"西江浪接洞庭波,积水遥连天上河。"

唐·刘禹锡《重送鸿举师赴江陵谒马逢侍御》:"西北秋风凋蕙兰,洞庭波上碧云寒。"

唐·方干《湖南使院遣情送江夏贺侍郎》:"俱从泛舟役,遂隔洞庭波。"

宋·何承裕《寄宣义英公》:"乡寺夜开云梦月,石房寒锁洞庭波。"

宋·许申《如归亭》:"即问松江旧庐舍,羽真来往洞庭波。"

领袖兼诗人毛泽东《七律·答友人》(1961年):"洞庭波涌连天雪,长岛人歌动地诗。"写湖南人民改天换地的声势与气魄。"连天雪"用苏轼"千堆雪"喻洪涛巨浪,气势则更为雄伟。

用"洞庭秋"句如:

唐·李怀远《凝碧池侍宴看竞渡应制》:"地如玄扈望,波似洞庭秋。"

唐·张说《送梁六自洞庭山作》:"巴陵一望洞庭秋,日见孤峰水上浮。"

唐·徐坚《棹歌行》:"水落金陵曙,风起洞庭秋。"

唐·刘长卿《重阳日鄂城楼送屈突司直》:"登高复远送,惆怅洞庭秋。"

又《洞庭驿逢郴州使还寄李汤司马》:"洞庭秋水阔,南望过衡峰。"

又《自夏口至鹦鹉洲夕望岳阳寄源中丞》:"汉口夕阳斜渡鸟,洞庭秋水远连天。"唐·贾至《洞庭送李十二赴零陵》:"今日相逢落叶前,洞庭秋水远连天。"用刘长卿原句。

又《上湖田馆南楼忆朱宴》:"漂泊日复日,洞庭今更秋。"

唐·李白《陪侍郎叔游洞庭醉后三首》:"巴陵无限酒,醉杀洞庭秋。"

唐·杜甫《北风》:"洞庭秋欲雪,鸿雁将安归。"

唐·韩愈《送湖南李正子归》:"长沙入楚深,洞庭值秋晚。"

宋·陈襄《对景偶书》:"雨回巫峡暮,波起洞庭秋。"

宋·郑獬《送吴中复镇长沙》:"绕郭白云衡岳近,满帆明月洞庭秋。"

宋·王珪《留题吴仲庶省副北轩画壁》:"红日不知华省暮,扁舟如下洞庭秋。"

用"洞庭木落"句的:

南朝·梁·吴均《寿阳还与亲故别》:"雁渡章华国,叶乱洞庭天。"

唐·骆宾王《久客临海有怀》:"草湿姑苏夕,叶下洞庭秋。"

唐·庾抱《和乐记室忆江水》:"无因关塞叶,共下洞庭波。"

唐·上官昭容(婉儿)《彩云怨》:"叶下洞庭初,思君万里余。"

唐·刘长卿《松江独宿》:"洞庭初下叶,孤客不胜愁。"

又《晚次湖口有怀》:"木叶辞洞庭,纷纷落无数。"

又《巡去岳阳却归鄂州使院留别郑洵侍御先曾谪居此州》:"帝子椒浆奠,骚人木叶愁。"暗指洞庭。

唐·李白《鲁郡尧祠送窦明府薄华还西京》:"昨夜秋风闻阊阖来,洞庭木落骚人哀。"

又《临江王节士歌》:"洞庭白波木叶稀,燕鸿始入吴云飞。"

又《送郗昂谪巴中》:"予若洞庭叶,随波送逐臣。"

又《寄从弟宣州长史昭》:"五落洞庭叶,三江游未还。"

唐·杜甫《送卢十四弟侍御护韦尚书灵榇归上都二十韵》:"清霜洞庭叶,故旧别时飞。"

唐·贾至《初至巴陵》:"枫岸纷纷落叶多,洞庭秋水晚来波。"

又《洞庭送李十二赴零陵》:"今日相逢落叶前,洞庭秋水远连天。"

唐·顾况《萧郸草书歌》:"萧子草书人不及,洞庭叶落秋风急。"

又《竹枝曲》:"帝子苍梧不复归,洞庭叶下荆云飞。"

唐·郎士元《夜泊湘江》:"湘山木落洞庭波,湘水连云秋雁多。"

唐·李端《古别离二首》:"木落雁嗷嗷,洞庭波浪高。"

唐·刘禹锡《河南观察使故相袁公挽歌三首》:"天归京兆日,叶下洞庭时。"

唐·李绅《满桂楼》:"萧瑟晓风闻木落,此时何异洞庭秋。"

唐·周贺《秋宿洞庭》:"洞庭初叶下,旅客不胜愁。"

唐·许浑《送前缑氏韦明府南游》:"山昏幽谷暗,木落洞庭波。"

唐·贾岛《夕思》:"洞庭风落木,天姥月离云。"

唐·温庭筠《赠少年》:"江海相逢客很多,秋风叶下洞庭波。"

宋·张舜民《卖花声》(题岳阳楼):"木叶下君山,空水漫漫。"

宋·倪偁《念奴娇》(八月十三日夜与宋卿对月赏桂花于光远庵和李汉老词):"素秋向晚,正洞庭木落,疏林彫绿。"

宋·杨亿《清风十韵》:"洞庭惊木叶,骑省叹霜毛。"

又《和章伯镇》:"洞庭木下鲈鱼熟,三叹新诗重起予。"

又《新秋》:"巫峡出云杳无定,洞庭飞叶浪堪愁。"

又《塞芦》:"洞庭木落风霜秋,蒹葭处处使人愁。"

宋·王珪《秋风》:"云飞汾水阔,叶下洞庭空。"

元·卢挚《六州歌头》(题万里江山图):"渺湘灵不见,木落洞庭波。"不见湘灵,唯见洞庭碧水长波,木叶飘飘;千载易过,逝者如斯。

明·余怀《沁园春》(和刘后村):"正洞庭木落,宫莺乍别。"点明时在深秋。

清·朱祖谋《声声慢》(辛丑十一月十九日,味聃赋《落叶词》见示,感和):"天阴洞庭波阔,夜沉沉,流恨湘弦。摇落事,向空山、休问杜鹃。"借落叶哀悼珍妃,哀痛大清王朝如落叶。

清·项廷纪(一名鸿祚)《水龙吟》(秋声):"想亭皋木落,洞庭波远,浑不见,愁来处。""亭皋木落"句用南朝·梁·柳恽《寿衣诗》:"亭皋木叶下,陇首秋云飞。"柳诗又见《南史·柳恽传》,可见是有名的。

现代文学家鲁迅《无题》(1932年):"洞庭木落楚天高,眉黛猩红涴战袍。"斥1932年秋,国民党第四次围剿湘鄂赣根据地,人民的鲜血染红了反动

派的战袍。

2064. 洞庭张乐地,潇湘帝子游

南朝·齐·谢朓《新亭渚别范零陵云》:"洞庭张乐地,潇湘帝子游。云去苍梧野,水还江汉流。"范云去零陵,那是苍梧之野,荒凉之地,贬谪之所。用轩辕黄帝作乐之洞庭和帝尧二女潇湘之游——古人迷恋之地,慰藉范云。这里"洞庭""潇湘"并用,湘水至零陵西与潇水合流,称潇湘,又流入洞庭,所以二者相连,而且都是范云去零陵经过之地。因此,后人也有"洞庭""潇湘"并写之句。如:

南朝·齐梁间人柳恽《江南曲》:"洞庭有归客,潇湘逢故人。"这是一首思妇诗,写女子思念远方迟迟不归的"故人"。"故人"在哪里呢?从洞庭归来的人说,在洞庭西南的潇湘之畔遇到过。用"洞庭""潇湘"句的还如:

唐·李白《书情题蔡舍人雄》:"舟浮潇湘月,山倒洞庭湖。"说他长安受谗,学范蠡作五湖游的情景。

又《赠别舍人弟台卿之江南》:"因为洞庭叶,飘落之潇湘。"如洞庭一叶,飘落江南。

唐·杜甫《雨》:"宿留洞庭秋,天寒潇湘素。"大历二年,诗人托身峡中,居处荒野,由于不适而欲出峡至洞庭潇湘。这两句写洞庭潇湘之素秋。

唐·张谓《同王徵君湘中有怀》:"八月洞庭秋,潇湘水北流。"

2065. 淮南木落楚山多

"木落"句还有一个源头。西汉淮南王刘安《淮南子》中写:"桑叶落而长年悲也。"南北朝北周的庾信将此语引入《枯树赋》:"《淮南子》云'木叶落,长年悲。'斯之谓矣。"他羁留魏、周,难返故国,而年华已老。赋枯树,借"淮南"语以叹落叶般身世。后常用"淮南木落"表遭不幸而年衰岁晚。其伤时之意近乎"洞庭木落"。唐·许浑就把淮南与洞庭并写入诗:"淮南一叶下,自觉洞庭波。"(《早秋》)此"淮南木落楚山多"句是刘长卿诗句。

唐代刘长卿曾任淮南鄂岳转运留后,受谗被谪,也曾谪留淮南。贬官如木落,因此他反复用了"淮南木落"意。

如《更被奏留淮南送从弟罢使江东》:"又作淮南客,还悲木叶声。"

如《寄会稽公徐侍郎》:"摇落淮南叶,秋风想

越吟。"

如《逢郴州使因寄协律》:"更落淮南叶,难为江上心。"

又如《江州重别薛六柳八二员外》:"江上月明胡雁过,淮南木落楚山多。"

自刘长卿反复应用后,"淮南木落"终成诗典,为唐宋人继用。刘之前也有用"淮南木落"的。唐·宋之问《初宿淮口》:"夜闻楚歌思欲断,况值淮南木落时。"唐·卢象《送綦毋潜》:"淮南枫叶落,潮岸桃花开。"

唐·皇甫冉《送崔使君赴寿州》:"千里相思如可见,淮南木落早惊秋。"

唐·刘复《长歌行》:"淮南木落秋云飞,楚宫商歌今正悲。"

唐·陈存《楚州赠别周愿侍御》:"淮南木叶飞,夜闻广陵散。"

唐·韩愈《秋字》:"淮南悲木落,而我亦伤秋。"自况刘安。

唐·李绅《端州江亭得家书二首》:"莫道淮南悲木叶,不闻摇落更堪愁。"

唐·杜牧《早秋三首》其一:"淮南一叶下,自觉老烟波。"其二:"一叶下前墀,淮南人已悲。"

宋·梅尧臣《送张生还和州》:"山头孤石望来久,天外行人今独归。药中自有留生术,不管淮南木叶飞。"又《送淮南提刑孙学士》:"淮南木老霜欲飞,顺令恐纵诸侯威。"

宋·欧阳修《初秋普林寺竹林小饮饯梅圣俞》:"送子此酣歌,淮南应木落。"

宋·苏轼《水龙吟》:"木落淮南,雨晴云梦,月明风弱。"

宋·沈端节《洞仙歌》:"醉翁游历处,胜概依然,木落淮南见山影。""见山影"即与刘长卿的"楚山多"义同。

2066. 木叶乱纷纷

南朝·齐·王融《古意诗二首》:"千里不相闻,寸心郁纷蕴。况复飞萤夜,木叶乱纷纷。"《诗纪》作《和王友德元古意二首》题。全二首都抒写怀念远方友人日久不归。此二句为第二首末句,秋萤飞飞,木叶纷纷,尤增伤感。

"木叶乱落",后缩用为"木落",于是"木叶""木落"两类并用。"洞庭木落"或"淮南木落"句,多数情况诗人行迹都与"洞庭"或"淮南"有涉,而"木叶""木落"句则多不冠以地域。表达意义如"秋色降临""年光疾速""孤寂凄凉""思乡怀人""飘泊流落"及"感世伤时"等。

描绘"秋色降临"的:
"木叶"句

南朝·齐·陆厥《临江王节士歌》:"木叶下,江波连,秋月照浦云歇山。"

南朝·陈·周弘让《立秋诗》:"云天改夏色,木叶动秋声。"

唐·崔湜《大漠行》:"南山木叶飞下地,北海蓬根乱上天。"

唐·李颀《送郝判官》:"楚城木叶落,夏口青山遍。"

唐·杜甫《海棕行》:"自是众木乱纷纷,海棕焉知身出群。"

唐·刘长卿《碧涧别墅喜皇甫侍御相访》:"荒村带返照,落叶乱纷纷。"

唐·高适《东平路作三首》:"蝉鸣木叶落,兹夕更愁霖。"

唐·刘昚虚《暮秋扬子江寄孟浩然》:"木叶纷纷下,东南日烟霜。"

唐·李端《宿瓜州寄柳中庸》:"寒潮来滟滟,秋叶下纷纷。"

唐·武元衡《猴山道中口号》:"秋山寂寂秋水清,寒郊木叶飞无声。"

宋·柳永《倾杯》:"空阶下,木叶飘零,飒飒声干,狂风乱扫。"

宋·张舜民《卖花声》(题岳阳楼):"木叶下君山,空水漫漫。"

宋·汪莘《乳燕飞》:"木叶纷纷秋风晚,缥缈潇湘左右。"

宋·无名氏《八声甘州》:"渐纷纷,木叶下亭皋,秋容际寒空。"

"木落"句

南朝·陈·江总《赋得携手上河梁应诏诗》:"云愁数处黑,木落几枝黄。"

唐·虞世南《结客少年场行》:"云起龙沙暗,木落雁门秋。"

唐·李白《秋夜宿龙门香山寺》:"水寒夕波急,木落秋山空。"

又《寄当涂赵少府炎》:"晚登高楼望,木落双江清。"

又《荆州贼平临洞庭言怀作》:"风悲猿啸苦,

木落鸿飞早。"

唐·刘长卿《吴中闻潼关朱守因奉寄淮南萧判官》:"木落姑苏始,霜收洞庭桔。"

唐·武元衡《秋原寓目》:"木落风高天宇开,秋原一望思悠哉。"

唐·柳宗元《游南亭夜还叙志七十韵》:"木落寒山静,江空秋月高。"

唐·朱庆余《观涛》:"木落霜飞天地清,空江百里见潮生。"

唐·李郢《长安夜访澈上人》:"关西木落夜霜凝,乌帽闲寻紫阁僧。"

唐·刘沧《题巫山庙》:"天高木落楚人思,山回残月神女归。"

唐·张乔《江村》:"潮平低戍火,木落远山钟。"

宋·蔡伸《南乡子》:"木落雁南翔,锦鲤殷勤为渡江。"

宋·倪偁《临江仙》:"木落秋风秋已半,正当璧月圆时。"

宋·韩元吉《点绛唇》(十月桃花):"木落霜浓,探春只道梅花未。"

宋·张孝祥《丑奴儿》:"木落霜秋,梦想云溪不那愁。"

宋·辛弃疾《鹧鸪天》:"木落山高一夜霜,北风驱雁又离行。"

宋·刘辰翁《沁园春》:"木落下极浦,渔唱发中洲。"

慨叹年光迅疾的:

"木叶"句

唐·白居易《新秋病起》:"一叶落梧桐,年光半又空。"

唐·耿沣《酬李文》:"初飞万木叶,又长一年人。"

唐·杜荀鹤《秋晨有感》:"木叶落时节,旅人初梦惊。"

"木落"句

隋·杨素《赠薛播州诗》:"木落悲时暮,时暮感离心。"

唐·张乔《江行夜雨》:"江风木落天,游子感流年。"

宋·朱敦儒《恋绣衾》:"木落江南感未平,雨萧萧,衰鬓到今。"

宋·王炎《踏莎行》:"木落天寒,年华又暮。"

宋·戴复古《贺新郎》(寄丰真州):"木落山空天远大,送飞鸿,北去伤怀久。"

宋·程垓《鹧鸪天》:"木落江空又一秋,天寒几日不登楼。"

烘托孤寂凄凉的:

"木叶"句

唐·李颀《行路难》:"秋风落叶闭重门,昨日论交竟是谁?"

唐·韦应物《寺居独夜寄崔主簿》:"幽人寄不寐,木叶落纷纷。"

唐·皎然《秋晚宿破山寺》:"秋风落叶满空山,古寺残灯石壁间。"

"木落"句

唐·许棠《冬杪归陵阳别业五首》:"篱寒多啄雀,木落断烟浮。"

唐·陆龟蒙《送宣武从事越中按狱》:"木落孤帆迥,江寒叠鼓飘。"

宋·周紫芝《水龙吟》(须江望九华作):"楚山木落风高,暮云黯黯孤容瘦。"

宋·傅大询《水调歌头》:"一月山翁高卧,踏雪水村清冷,木落远山开。"

宋·吴潜《沁园春》(多景楼):"正天寒木落,萧条楚寒,寂寞吴舟。"

宋·奚淢《声声慢》:"莫管红香狼藉,兰蕙冷,偏他露知霜识。木落山空心事,对秋明白。"

寄托思乡怀人的:

"木叶"句

南朝·沈满愿《彩毫怨》:"叶下洞庭初,思君万里余。"

唐·王勃《临江二首》:"江皋木叶下,应想故城秋。"

唐·李颀《放歌行答从弟墨卿》:"举头遥望鲁阳山,木叶纷纷向人落。"

唐·李商隐《访隐居者不遇成二绝》:"玄蝉去尽叶黄落,一树冬青人未归。"

又《北青萝》:"落叶人何在,寒云路几层!"

唐·李咸用《秋兴》:"木叶乱飞尽,故人犹未还。"

宋·苏轼《次韵林子中、王彦祖唱酬》:"早知身寄一沤中,晚节犹惊落木风。"悼李常、孙觉卒。公自注:"近闻莘老、公择皆逝,故有此句。"

宋·辛弃疾《菩萨蛮》(送祐之弟归浮梁):"木叶下平湖,雁来书有无?"

"木落"句

唐·骆宾王《畴昔篇》："知音何所托,木落雁南飞。"

唐·刘禹锡《思归寄山中友人》："木落病身起,潮平归思悬。"

唐·方干《送崔拾遗出使江东》："雁飞云杳杳,木落浦萧萧。"

表现飘泊流离的:

"木叶"句

南朝·梁·柳恽《捣衣诗》："行役滞风波,游人淹不归。亭皋木叶下,陇首秋云飞。"《梁书》载:"恽少工篇什,为诗云:'亭皋木叶下,队首秋云飞',王天长见而嗟赏。"

唐·刘长卿《洞庭驿逢郴州使还寄李汤司马》："孤云飞不定,落叶去无踪。"

唐·耿沣《朝下寄韩舍人》："肯念万年芳树里,随风一叶在蓬蒿。"

"木落"句

唐·李端《送张芬归江东兼寄柳中庸》："久是天涯客,偏伤木落时。"

表现感史伤时的:

"木叶"句

南朝·梁·何逊《铜雀妓》："秋风木叶落,萧瑟管弦清。"

唐·戴叔伦《别张员外》："木叶纷纷湘水滨,此中何事往频频。"

唐·李商隐《寄永道士》："君今并倚三珠树,不记人间落叶时。"

"木落"句

唐·吕渭《经湛长史草堂》："木落古山空,猿啼秋月白。"

明·谢榛《秋日怀弟》："秋天落木愁多少,夜雨残灯梦有无。"

叙说肃秋寒凉的:

"木叶"句,唐·杜甫《江上》："高风下木叶,永夜揽貂裘。"

"木落"句,元·甘复《宿山家》："木落满秋山,窗虚夜凉集。"

2067. 一叶落知天下秋

宋·唐庚《文录》载:"唐人有诗云:'山僧不知数甲子,一叶落知天下秋。'"强幼安《唐子西文录》亦引:"唐人有诗云:'山僧不解数甲子,一叶落知

天下秋。'""唐子西"即唐庚,《文录》即指唐庚的《文录》,强幼安引文"知"换为"解"。"甲子"指古代"干支纪年法",这里说山僧不知人间岁月,只凭一片落叶而知道秋天来了。

《淮南子·说山训》云:"见一叶落而知岁之将莫,睹瓶中之冰而知天下之寒,以近论远。"这应是"落叶知秋"句之源。晋·陶渊明《酬刘柴桑》已将此意入诗:"门庭落叶多,慨然已知秋。"即用此句。

"一叶落"同其他"叶落"句表义上,除了"知秋""报秋"外,有些共同之处,如表孤寂、思归等等。

唐·高适《省试七月流火》："前庭一叶下,言念勿悲秋。"一叶下而知秋来,但不应悲秋。

唐·白居易《一叶落》："萧萧秋林下,一叶忽先委。勿言微摇落,摇落从此始。"一叶落正是秋的起始。

又《新秋》："秋风飘一叶,庭前飒已凉。"

唐·韩翃妻柳氏《答韩翃》："一叶随风忽报秋,纵使君来岂堪折?"一叶报秋,喻人之华年已逝,如衰柳不堪折枝了。取"一叶落"之喻义。

唐·李昂《从军行》："春云不变阳关雪,桑叶先知胡地秋。"写桑叶落而知秋。

唐·韦应物《新秋夜寄诸弟》："高梧一叶下,空斋归思多。"写梧叶一落,忽觉岁时已晚,归思之情油然而生。

宋·释重显《透法身句二首》："一叶飘空便见秋,法身须透闹啾啾。"秋空一叶产生"透法身"反应。

宋·贺铸《更漏子》(独倚楼)："一叶落,几番秋,江南独倚楼。"倚楼眺望,见一叶落而联想到这是第几个秋天。

元·徐再思《水仙子》(夜雨)："一声梧叶一声秋,一点芭蕉一点愁。"烘托羁旅之归思。

元·揭傒斯《寒夜作》："虚馆人不眠,时闻一叶落。"写一叶秋声引发了客居他乡的孤独之感。

明·刘碧《浪淘沙》(新秋)："最是西风消息早,一叶阶前。"西风一叶,送来新秋消息。

明·汤显祖《牡丹亭》第四十九出《淮泊·三登乐》："有路难投,禁得这乱离时候,走孤寒落叶知秋。"写寻亲路上的凄凉。

清·潘耒《峡江》："客鬓先秋白,何烦一叶催。"客居愁鬓先白,已报人生的秋天到来,无烦一叶报秋了。

清·沈曾植《阁夜示证例》："雨后百科争复大,风前一叶警秋蓲。"风前一叶正警示秋光将尽。

2068. 早秋惊落叶,飘零似客心

隋末唐初孔绍安《落叶》："早秋惊落叶,飘零似客心。翻飞未肯下,犹言惜故林。"陈亡时,孔绍安十三岁,徙居京北鄠县(今陕西户县)闭门读书,自有落叶之感。树叶飘零,如客心不定,一个"惊"字道出秋来之早,出人意料。隋末,他任监察御史,仕唐后作《咏石榴》："只为来时晚,花开不及春。"亦喻自己的政治生涯。

"早秋惊落叶",特点在一个"惊"字,含两种意义:一是"人惊落叶",一叶飞来,令人为忽如秋来而震惊;一是"万木惊秋",一叶飞来,万木感到秋天肃杀来临,是拟人写法。

"人惊落叶"句:

唐太宗李世民《仪鸾殿早秋》："寒惊蓟门叶,秋发小山枝。"

唐·孟浩然《和卢明府送郑十三还京兼寄之什》："洞庭一叶惊秋早,濩落空嗟滞江岛。"

唐·刘长卿《送常十九归嵩少故林》："歧路别时惊一叶,云村归处忆三花。"

又《事率成十韵》："惊年一落叶,按俗五花嘶。"

"木叶惊秋"句:

唐·王勃《春日宴乐游原》："梅郊落晚英,柳甸惊初叶。"

唐·孟浩然《送王昌龄之岭南》："洞庭去远近,枫叶早惊秋。"

唐·殷尧藩《寄许浑秀才》："万木惊秋叶渐稀,静深造化见玄机。"

唐·杜牧《早秋客舍》："风吹一片叶,万物已惊秋。"

又《中途寄友人》："道傍高木尽依依,落叶惊风处处飞。"

唐·张登《秋夜馆中醉后作》："一叶惊风风已凉,华灯照夜夜何长。"

宋·柳永《竹马子》："渐觉一叶惊秋,残蝉噪晚,素商时序。"

宋·贺铸《浪淘沙》："一叶忽惊秋,分付东流。"

宋·王迈《沁园春》(孟守美任)："江皋一叶惊秋,雁过也、严明白鹭洲。"

只写"惊秋",其因并非见一叶落,意义含有惊时、惊年的意味。

唐·杜甫《夏日李公见访》："清风左右至,客意已惊秋。"

宋·苏轼《李欣秀才善画山以两轴见寄仍有诗次韵答之》："年来白发惊秋速,长恐青山与世新。"

"飘零碎客心",一叶飘零,人心如碎,痛楚万分。唐·李白《秋浦歌十七首》用"碎客心"："洞白猿吟君莫向,秋浦猿声碎客心。"

2069. 无边落木萧萧下

唐·杜甫《登高》："无边落木萧萧下,不尽长江滚滚来。"十四字写出巫山落木,峡中江流的雄伟、宏阔、辽远景象,使"落木"句突起一峰,成了最著名之佳句。

唐·陈润《宿北乐馆》："庭木萧萧落叶时,溪声雨声听不辨。"

唐·戴叔伦《送崔拾遗峒江淮访图书》："雁来云杳杳,木落浦萧萧。"

又《酬周至耿少府沣见寄》："方丈萧萧落叶中,暮天深巷起悲风。"

唐·贯休《轻簿篇二首》："木落萧萧,虫鸣唧唧。"

宋·张炎《壶中天》(夜渡古黄河,与沈尧道、曾子敬同赋)："迎面落叶萧萧,水流沙共远,都无行迹。"

宋·陈耆卿《鹧鸪天》(母侯置酒南教场赏芙蓉)："人间落木萧萧下,独倚秋江画不如。"

清·吴嘉纪《邻翁行》："回望故乡妻与子,萧萧木落西风里。"

2070. 萧瑟兮草木摇落而变衰

楚·宋玉《九辩》："悲哉秋之为气也,萧瑟兮草木摇落而变衰。"悲凉啊肃杀的秋气,草木在秋风的摇撼中凋零衰落。《九辩》为宋玉的重要作品,此句为作品的开篇句,描绘出摇落悲凉的氛围,隐括了自屈原以来楚国的悲凉衰落气氛,即楚国走向灭亡的时代气息。因此对后代文人的影响极为深刻。而"摇落"竟成了诗典,出现在许多诗词之中。

魏·曹丕《燕歌行》其一："秋风萧瑟天气凉,草木摇落露为霜。"他对宋玉句稍作变换,为秋夜

思夫托出一幅凄凉的背景。

北周·庾信，奉命出使，先后羁留西魏和北周，终生不得回南国，秋气悲凉更加剧了他故国之思。他曾反复用"摇落"句于诗赋中。举如：

《伤心赋》："悲哉秋风，摇落变衰。"缩用了"草木摇落而变衰"句。

《枯树赋》："沉沦穷巷，芜没荆扉，既伤摇落，弥嗟变衰。"思念故国，遂至衰老，犹木之摇落，又引桓温名言，进一步抒发这种感情："昔年杨柳，依依汉南；今看摇落，凄怆江潭。树犹如此，人何以堪！"用"摇落"先写杨柳由荣到枯，后用"树犹如此"表达滞留北方的悲凉。毛泽东告知刘思齐岸英牺牲的消息之后，难于抑制内心的苦痛，书写了《枯树赋》这一段：

昔年杨柳，依依汉南；

今看摇落，凄怆江沧。

物犹如此，人何以堪。

其中改变了两个字。

唐代著名诗人刘长卿，曾两遭贬谪，生平坎坷。他诗中十一次运用草木摇落句，表达种种复杂心境。

用"摇落"表露受谪之忧伤：《和州留别徐郎中》："播迁悲远道，摇落感衰容。"《自江西归至旧官舍赠袁赞府》："空庭客至逢摇落，旧邑人稀经乱离。"《月下呈张秀才》："自古悲摇落，谁人奈此何？"正流露出他"向老三年谪，当秋百感多"的无可奈何的苦痛。

用"摇落"烘托孤寂凄凉的：《寄令稽公徐侍郎》："摇落淮南叶，秋风想越吟。"《余千旅舍》："摇落暮天迥，青枫霜叶稀。"

用"摇落"表达送友怀人的：《寄万州崔使君（令钦）》："摇落秋江暮，怜君巴峡深。"《送李校书适越谒杜中丞》："摇落行人去，云山向越多。"

用"摇落"表达怀古幽情的：《长沙过贾谊宅》："寂寂江山摇落处，怜君何事到天涯。"慨叹贾谊被贬长沙，抒写自己的不幸。《步登夏口古城作》："微明汉水极，摇落古人稀。"《秋日登吴公台上寺远眺寺即陈将吴明彻战场》："古台摇落后，秋日望乡心。""惆怅南朝事，长江独至今。"

用"摇落"写秋色的：《龙门八咏·阙口》："秋山日摇落，秋水急波澜。"

杜甫诗中则八用"摇落"句。

对摇落而怀乡的：《吹笛》："故园杨柳今摇落，

何得愁中曲尽生？"故乡的杨柳应已摇落了，想不到在乡愁之中又听到《杨柳曲》。由《杨柳》笛中生而联想到故乡杨柳业已摇落。《大历二年九月三十日》："年年小摇落，不与故园同。"《陪郑公秋晚北池临眺》："摇落关山思，淹留战伐功。"

遇摇落而生离情的：《寄张十二山人彪三十韵》："穷愁正摇落，回首望松筠。"《送陵州路使君赴任》："秋天正摇落，回首大江滨。"

见摇落而凄怆的：《摇落》诗："摇落巫山暮，寒江东北流。"《朝二首》："病身终不动，摇落任江潭。"《谒先主庙》："如何对摇落，况乃久风尘。"此诗思古抚今，忧国忧民。

《九辩》仿屈原之《离骚》，以"悲"为基调，是宋玉的代表作。其篇首句："悲哉秋之为气也，萧瑟兮草木摇落而变衰。"已定下全篇的悲调。文学史上"宋玉悲秋"的概念，也是源发此句。而且对以后的文人"悲秋"酿成滥觞。所以草木"摇落"广为后人应用，不止于前边所举数例。草木摇落句的应用可分两大类：一类是感伤，一类是秋光。

"摇落"表感伤，含伤离别、怀故里、感孤寂、叹岁晚、念古人等等。下面是这类句：

北齐·郑公超《送庾羽骑抱诗》："迟暮难为别，摇落更伤心。"

北周·庾信《拟咏怀二十七首》之十一："摇落秋为气，凄凉多怨情。"之二十一："怀愁正摇落，中心怆有违。"

南陈·陈正见《铜雀台》："凄凉铜雀晚，摇落墓田通。"

隋·陆季宽《咏桐诗》："摇落依空井，生死尚余心。"

唐·李百药《秋晚登古城》："秋风转摇落，此志安可平。"

唐·骆宾王《秋日送别》："寂寥心事晚，摇落岁时秋。"

唐·陈子昂《感遇诗三十八首》："岁华尽摇落，芳意见何成。"

唐·沈佺期《凤箫曲》："已怜池上歇芳菲，不念君恩坐摇落。"

唐·李白《郢门秋怀》："朔风正摇落，行子愁归旋。"

唐·高适《东平路作三首》："秋至复摇落，空令行者忧。"

又《古大梁行》："暮天摇落伤怀抱，倚剑悲歌对秋草。"

唐·独孤及《登凌湖亭伤春怀京师故旧》:"昨日看摇落,惊秋方怨咨。"

唐·严武《班婕妤》:"秋风一已劲,摇落不胜悲。"

唐·柳中庸《秋怨》:"别离伤晓镜,摇落思秋弦。"

唐·朱长文《宿新安江深渡馆寄郑州王使君》:"霜飞十月中,摇落众山空。"

唐·戴叔伦《海上别薛舟》:"行旅悲摇落,风波厌别离。"

唐·刘眘虚《九日送人》:"海上正摇落,客中还离别。"

唐·李端《送司空文明归江上旧居》:"江风正摇落,宋玉莫登山。"

唐·武元衡《宿青阳驿》:"空山摇落三秋暮,萤过疏帘月露团。"

唐·刘复《长相思》:"秋堂零泪倚金瑟,朱颜摇落随光阴。"

唐·羊士谔《郡中即事三首》:"鼓角清明如战垒,梧桐摇落似贫居。"

唐·刘禹锡《送张盥赴举诗》:"不如摇落树,重有明年春。"

又《和乐天早寒》:"翛然自有处,摇落不伤怀。"

唐·白居易《酬梦得霜夜对月见怀》:"凄清冬月景,摇落长年情。"

又《途中感秋》:"节物行摇落,年颜坐变衰。"

唐·鲍溶《古意》:"岂无摇落苦,贵与根蒂连。"

唐·张祜《秋时送郑侍郎》:"尽日相看俱不语,西风摇落数枝莲。"

唐·许浑《示弟》:"秋风正摇落,孤雁又南飞。"

唐·杜牧《早秋客舍》:"别离何处尽,摇落几时休。"

唐·李商隐《临发崇让宅紫薇》:"不光摇落应为有,已欲别离休更开。"

又《摇落》:"摇落伤年日,羁留念远心。"

又《念远》:"关山已摇落,天地共登临。"

又《题小松》:"为谢西园车马客,定悲摇落尽成空。"

唐·翁绶《关山月》:"况是故园摇落夜,那堪少妇独登楼。"

唐·张乔《题河中鹳雀楼》:"十载重来值摇落,天涯归计欲如何。"

唐·罗隐《红叶》:"等闲居岁暮,摇落意无穷。"

唐·郑谷《前寄左省张起居一百言寻蒙唱酬见誉过实却用旧韵重答》:"预愁摇落后,子美笑无毡。"

唐·吴融《海上秋怀》:"昨夜秋风已摇落,那堪更上望乡台。"

唐·李群玉《江楼闲望怀关中亲故》:"摇落江天欲尽秋,远鸿高送一行愁。"

又《旅泊》:"摇落江天里,飘零倚客舟。"

唐·温庭筠《玉胡蝶》:"摇落使人悲,断肠谁得知。"

唐·方干《寄李频》:"众木又摇落,望君还未还。"

宋·晏殊《诉衷情》:"数枝金菊对芙蓉,摇落意重重。"

宋·王安石《江梅》:"颜色凌寒终惨淡,不应摇落始愁人。"

又《次韵徐仲元咏梅二首》:"摇落会应伤岁晚,攀翻剩欲寄情亲。"

又《舟过长芦》:"木落草摇洲渚昏,泊船深闭雨中门。"

宋·苏轼《次韵王诲夜坐》:"莫将诗句惊摇落,渐喜尊罍省扑缘。"

宋·朱敦儒《十二时》:"连云衰草,连天晚照,连山红叶。西风正摇落,前溪鸣咽。"

宋·张纲《念奴娇》(次韵李公显木樨):"多情宋玉,值西风摇落,悲秋时节。"

又《临江仙》(次韵陈少阳重九):"可奈园林摇落尽,悲秋意与谁论。"

宋·陆游《秋思》:"砧杵敲残深巷月,梧桐摇落故园秋。"

宋·张方平《江楼送客》:"木叶初摇落,乡怀动式微。"

宋·张孝祥《减字木兰花》:"乔木千章,摇落霜风只断肠。"

又《忆秦娥》:"倩春留住,莫教摇落。"

宋·辛弃疾《虞美人》:"问他何处最情浓,却道小梅摇落、不禁风。"

宋·马子严《月华清》(忆别):"瑟瑟秋声,萧萧天籁,满庭摇落空翠。"

宋·姜夔《秋宵吟》:"摇落江枫早,嫩约无凭,幽梦又杳。"

宋·黄机《满江红》:"且莫令、榆柳塞门秋,悲摇落。"

宋·刘克庄《风入松》:"远林摇落晚风哀,野店犹开。多情惟是灯前影,伴此翁、同去同来。"

宋·吴文英《瑞鹤仙》:"叹如今摇落,暗惊怀抱。"

又《采桑子慢》:"正摇落,叹淹留,客又未归。"

宋·周密《南楼令》:"送新愁、千里孤鸿。摇落江篱多少恨,吟不尽、楚云峰。"

宋·王沂孙《淡黄柳》:"翠镜秦鬟钗别,同折幽芳怨摇落。"

宋·王易简《酹江月》:"已是摇落堪愁,飘零多感,那更长安道。"

宋·刘将孙《摸鱼儿》:"风林飒飒鸡声乱,摇落壮心如土。"

又《水调歌头》(败荷):"摇落从此始,感慨不能闲。"

明·苏平《湘南怀古》:"江山摇落独登临,草色湘南入望深。"

明·兰陵笑笑生《金瓶梅》九十二回:"树木凋零,金风摇落,甚是凄凉。"

清·郑文焯《永遇乐》:"枝南枝北,眼看摇落,不为翠禽啼住。"

清·王国维《玉楼春》:"开时寂寂尚无人,今日偏嗔摇落早。"

今人周连山《病中杂吟》(一九四三年十二月,日寇压境,国危人病,时在长沙):"老来冷眼抛棋局,摇落孤怀恨转加。"

"摇落"句,本义是秋风吹来,草木纷纷落叶,即因风摇而落叶。这正是秋光特征。因而用"摇落",写秋光秋色者亦不乏其人。

南朝·梁·释惠令《和受戒诗》:"沈寥秋气爽,摇落寒林疏。"

隋·孙万寿《庭前枯树诗》:"摇落一如此,容华遂不同。"

唐·任希古《和东观群贤七夕临泛昆明池》:"秋风正摇落,秋水正澄鲜。"

唐·宗楚客《奉和幸上阳宫侍宴应制》:"水光摇落日,树色带晴烟。"

唐·包佶《酬兵部李侍郎晚过东厅之作》:"庭槐暂摇落,幸为入春看。"

唐·丘丹《秋夕宿石门馆》:"暝从石门宿,摇落四岩空。"

唐·孟郊《献汉南樊尚书》:"众木尽摇落,始见竹色新。"众木比竹,喻樊为贤臣。

唐·白居易《和梦游春诗一百韵》:"摇落废井梧,荒凉故篱菊。"

又《同友人寻涧花》:"与君来校迟,已逢摇落后。"

又《一叶落》:"萧萧秋林下,一叶忽先委。勿言微摇落,摇落从此始。"

又《九日宴集醉题郡楼兼呈周殷二判官》:"江南九月未摇落,柳青蒲绿稻遂香。"

又《酬牛相公宫城早秋寓言见示兼呈梦得》:"碧树未摇落,寒蝉始悲鸣。"

唐·皇甫冉《赋得海边树》:"摇落潮风早,离披海雨偏。"

唐·裴夷直《秋日》:"常记京关怨摇落,如今日断满林霜。"

唐·顾封人《月中桂树》:"盈亏宁委露,摇落不关风。"

唐·郑谷《摇落》:"夜来摇落悲,桑枣半空枝。"

又《访题表兄王藻渭上别业》:"桑林摇落渭川西,蓼水瀰瀰接稻泥。"

唐·吴融《禅院弈棋偶题》:"更约西风摇落后,醉来终日卧禅房。"

又《新雁》:"湘浦波春始北归,玉关摇落又南飞。"

唐·皎然《裴端公使君清席赋得青桂歌送徐长史》:"秋风桃李摇落尽,为君青青伴松柏。"

宋·刘兼《早秋游湖上亭》:"摇落江天万木空,雁行斜戛塞垣风。"

宋·林逋《瑞鹧鸪》:"众芳摇落独鲜妍,占尽风情向小园。"

宋·王琪《望江南》:"丹桂不知摇落恨,素娥应信别离愁。"清末黄人《风流子》(城西见杨柳):"暗蘸飞尘,乱牵衰草,不知摇落,尚睹眉弯。"写"夹道垂杨",拈尘拂草,不知摇落,反卖弄弯眉,枉自多情。带有苦涩的自嘲韵味。

宋·贺铸《玉京秋》:"陇首霜晴,泗滨云晚,乍摇落。"

宋·晁补之《蓦山溪》(樵园饮酒为守令作):

"摇落枣红时,满园空,几株苍翠。"

宋·吕渭老《薄山溪》:"章台杨柳,闻道无关锁。行客挽长条,悄不似、当初些个。而今休也,摇落东风。"

宋·韩元吉《水调歌头》:"潋潋桂华满,摇落楚江秋。"

宋·范成大《三登乐》:"正江南,摇落后,好山无数。"

宋·辛弃疾《满江红》(和廓之雪):"天上飞琼,毕竟向、人间情薄。还又跨、玉龙归去,万花摇落。"

宋·程垓《满江红》:"水远山明,秋容淡、不禁摇落。"

又《雪狮儿》:"数点梅花,香倚雪窗摇落。"

宋·高似孙《木兰花慢》:"对西山摇落,又匹马、过并州。"

宋·刘克庄《满江红》:"到一枝摇落,千林萧瑟。"

宋·刘辰翁《金缕曲》:"况有老人潭边菊,摇落赏心入梦。"

宋·周密《徵招》(九日登高):"江篱摇落江枫冷,霜空雁程初到。"

宋·黄升《贺新郎》(菊):"莫恨黄花瘦,正千林、风霜摇落,暮秋时候。"

宋·张炎《声声慢》:"待唤起、甚江篱摇落,化作秋声。"

2071. 秋风入庭树

唐·刘禹锡《秋风引》:"何处秋风至,萧萧送群雁。朝来入庭树,孤客最先闻。""闻"到的使庭树萧萧的"秋风","孤客"对秋风的敏感,更觉凄凉。

又《团扇歌》:"秋风入庭树,从此不相见。"缩合《秋风引》句,表示秋天的到来。而"团扇"已被弃置。

宋·苏轼《送刘敞倅海陵》:"秋风昨夜入庭树,尊丝未老君先去。"用刘禹锡句,说明刚刚入秋。

2072. 秋风吹渭水,落叶满长安

唐·贾岛《忆江上吴处士》:"闽国扬帆去,蟾蜍亏复团。秋风吹渭水,落叶满长安。此地聚会夕,当时雷雨寒。兰桡殊未返,消息海云端。"吴处士去福建,月轮亏而复圆,已经数月了。夏天在长安聚会时候,曾是雷雨大作,而今已是深秋季节了,友人尚未乘舟归来,只能空望海云的尽处。"秋风吹渭水,落叶满长安"是名句,秋风落叶表示萧索凄凉,秋深时令,有的表达离思情怀。最早写"秋风落叶"的是唐·李颀《行路难》:"秋风落叶闭重门,昨日论交竟谁是!"《唐摭言》云贾岛得"落叶满长安"句,"求作一联,杳不可得。"所求之联,当从李颀"秋风"与"落叶"对偶而生。

唐·吕洞宾《促拍满路花》:"西风吹渭水,落叶满长安。茫茫尘世里,独清闲。"用贾岛原句。

宋·苏轼《满庭芳》(公旧序云:元丰七年四月一日,余将去移汝……):"今何,当此去,人生底事、来往如梭?待闲看、秋风洛水清波。""洛水"在陕北。

又《次韵刘景文赠傅羲秀才》:"忽见秋风吹洛水,遥知霜叶满长安。"

宋·周邦彦《齐天乐》(秋思):"荆江留滞最久,故人相望处,离思何限,渭水西风,长安乱叶,空忆诗情宛转。"

宋·辛弃疾《玉楼春》(用韵呈仲洽):"山中有酒提壶劝,好语多君堪鲊饭,至今有句落人间,渭水西风黄叶满。"

宋·张辑《疏帘淡月》(寓《桂枝香》秋思):"落叶西风,吹老几番尘世。"

宋·葛长庚《沁园春》(题桃源万寿宫):"唱白蘋红蓼,庐山日暮,西风黄叶,渭水秋深。"

宋·谢枋得《风流子》(骊山词):"马嵬西去路,凭牵愁不断。泪满青山,空有香囊遗恨,钿合偷传。叹玉笛声沉,楼头月下,金钗信杳,天上人间。几度秋风渭水,落叶长安。"

宋·王沂孙《水龙吟》(落叶):"渭水风生,洞庭波起,几番秋杪。"

宋人依托吕洞宾词《促拍满路花》:"秋风吹渭水,落叶满长安,黄尘车马道,独清闲。"兼用吕岩句。

金·杨果《太常引》(送商参政西行):"一杯聊为送征鞍,落叶满长安。"元大都已是深秋季节。

元·白朴《梧桐雨》:"伤心故国,西风渭水,落日长安。"

又《得胜乐》:"听落叶西风渭水,寒雁儿长空嘹唳。"

元·查德清《折桂令·怀古》:"蜀道寒云,渭

水秋风。"诸葛亮多次出击的蜀道只有寒云,姜子牙终年垂钓的渭滨只余秋风。

清·袁枚《秦中杂感》:"天府长城势壮哉,秋风落叶满章台。"

清·顾炎武《白下》:"白下西风落叶侵,重来此地一登临。"白下代南京,此时已为清兵占领。

清·蒲松龄《东归》:"残年此际仍多感,满院西风落叶黄。"

人民领袖毛泽东《满江红》(和郭沫若同志):"正西风落叶下长安,飞鸣镝。"意为苍蝇、蚂蚁、蚍蜉这些害虫的日子不好过了。

2073. 马上又秋风

唐·杨凝《行思》:"人间无暇日,马上又秋风。"此七律又作李昌符诗。表示终日忙碌,没有闲暇,转眼又是一年。"马上又秋风",意为一年容易,又刮起了秋风,有时不我待的凄凉之感。

唐·白居易《答刘和州禹锡》:"换印虽频命未通,历阳湖上又秋风。"用杨凝"又秋风"贻误时光之速,又是一年。

宋·王寂《歌》:"群玉峰前好归路,可怜三十二秋风。""秋风"表示一年。作者归乡(汾州,今山西汾阳),感慨自己年仅三十二岁。三十三岁卒。

宋·王安石《思王逢原三首》:"蓬蒿今日想纷披,冢上秋风又一吹。"王逢原冢上,蓬蒿纷披黄乱,又是一年了。

又《愁台》:"万事因循今白发,一年容易即黄花。"这里"黄花"表示秋天、秋风。"一年容易"当出于此。

2074. 就中肠断是秋天

唐·白居易《暮立》:"大抵四时心总苦,就中肠断是秋天。"作者生母陈氏死去,他回长安西郊下邽守丧时作此诗。母亲的死,使他极为悲痛;而秋天是万物衰老的季节,此刻联想到母亲老去,就更加断肠了。

日本平安时期的宫廷女官紫式部《源氏物语·蜉蝣》引用白居易此句:"'就中肠断是秋天'这诗句表达的愁绪,悄悄涌上心头更难耐了。"这是董君因浮舟小姐死去而发出的悲叹。

2075. 银烛秋光冷画屏

唐·杜牧《秋夕》:"银烛秋光冷画屏,轻罗小扇扑流萤。天阶夜色凉如水,坐看牵牛织女星。"写秋天晚上,一位宫女的孤独和凄凉。白色蜡烛发出淡淡微光,映照在画屏上,令人感到有些凄冷。流萤飞来,挥动轻罗小扇扑打着。被捐弃的秋扇,只能用来扑打这流萤了。

清·曹雪芹《红楼梦》第四十五回林黛玉《代离别·秋窗风雨夕》诗:"抱得秋情不忍眠,自向秋屏移泪烛。"暗用"秋夕"句,并用十五个"秋"字,以悲秋。

2076. 西风愁起绿波间

南唐中主李璟《浣溪沙》:"菡萏香销翠叶残,西风愁起绿波间。还与韶光共憔悴,不堪看。"荷花香销,绿叶凋残,携愁的西风掀起在绿波之间。夏景与春光都憔悴了,实在"不堪看"!清·陈廷焯《白雨斋词话》评:"沉之至,郁之至,凄然欲绝。"近人王国维《人间词话》评:"南唐中主'菡萏香销翠叶残,西风愁起绿波间。'大有众芳芜秽,美人迟暮之感。乃古今独赏其'细雨梦回鸡塞远,小楼吹彻玉笙寒',故知解人正不易得。"近人吴梅《词学通论》评:"此词之佳,在于沉郁。夫'菡萏香销'、'愁起西风',与'韶光'无涉也,而在伤心人见之,则夏景繁盛亦易摧残,与春光同在此憔悴耳。故一则曰'不堪看',一则曰'何限恨',其顿挫空灵处,全在情景融合,不事雕琢,凄然欲绝。至'细雨'、'小楼'二语,为'西风愁起'之点染语,炼词虽工,非一篇之至胜处。而世人竟赏此二语,亦可谓不善读者矣。"

宋·姜夔《念奴娇》(予客武陵,湖北宪治在焉。古城野水,乔木参天。予与二三友荡舟其间,薄荷花而饮。意象幽闲,不类人境。秋水且涸,荷叶出地寻丈,因列坐其下,上不见日。清风徐来,绿云自动。间于疏处,窥见游人画船,亦一乐也。揭来吴兴,数得相羊荷花中。又夜泛西湖,光景奇绝。故以此句写之):"日暮,青盖亭亭,情人不见,争忍凌波去。只恐舞衣寒易落,愁入西风南浦。"用李璟句意。

宋·史达祖《临江仙》(闺思):"愁与西风应有约,年年同赴清秋。"愁与西风,每到秋天俱来。

2077. 又恐被西风惊绿

宋·苏轼《贺新郎》:"秋艳一枝细看取,芳心千重似束。又恐被西风惊绿。""西风惊绿"即秋风吹绿、伤绿。"惊"为拟人语。本词写"夏景",夏去必秋来,花怕秋风,枝叶也怕秋风。

清·郑文焯《月下笛》:"西风一夜惊庭绿,问天上、人间见否?"用苏轼"惊绿"意境,痛惜戊戌变法失败之快,"六君子"被害之惨。

2078. 冢上秋风又一吹

宋·王安石《思王逢源三首》:"蓬蒿今日想纷披,冢上秋风又一吹。"此诗痛思友人王令(逢源)之死。王令死于嘉祐四年(1059),葬于武进薛村。"冢上秋风又一吹",说明于次年秋作此诗,悼王令已辞世一年。

写坟冢常常伴着秋风。唐·杜牧《登乐游原》就写:"看取汉家何事业,五陵无树起秋风。"又有诗曰"故人坟树立秋风",都渲染了墓地的凄凉,展现了生者的悲怆。

2079. 西风吹散旧时香

元·马致远《汉宫秋》(杂剧)唱词:"则甚么留下舞衣裳,被西风吹散旧时香。"舞衣之香,被西风吹散。

元·元淮《昭君出塞》:"西风吹散旧时香,收起宫妆换北妆。"用马致远句,写王昭君宫妆已旧,不再美。

2080. 老去悲秋强自宽

唐·杜甫《九日蓝田崔氏庄》:"老去悲秋强自宽,兴来今日尽君欢。羞将短发还吹帽,笑倩旁人为正冠。"人老如万物逢秋,秋天一到许多生命将随之结束,就如人到老年,因而人容易悲秋而伤老。此刻,作者在崔氏庄,难得同友人相聚,于是"兴来尽欢",也放宽心了。

"悲秋"句如:

唐·姚合《惜别》:"桃李容华犹叹月,风流才器亦悲秋。"

唐·章碣《旅舍早起》:"惊舟同厌夜,独树对悲秋。"

五代·刘兼《酬勾评事》:"闲庭欹枕正悲秋,忽觉新编浣远愁。"

明·余怀《沁园春》(和刘后林):"老去悲秋,菊蕊盈头,竹叶盈杯。"

2081. 风生于地起于青苹之末

楚·宋玉《风赋》(载《文选》):"夫风生于地,

起于青苹之末。"李善注引《尔雅》:"萍,其大者曰苹。"苹生于浅水,其叶浮于水面。"苹末"是苹叶的叶尖。宋玉此句是说微风、轻风,其实是秋风从地面吹来,拂动了青苹之叶梢,写微风初起的迹象。风当然不是产生于地面和苹末。微风是无形的,只有吹动了青苹之末,才可见风的讯息。《红楼梦》写黛玉死了,此刻正"竹梢风动,月景移墙",也是刮起微风。后人用"苹末"除个别代微风(如程俱《江仲嘉见寄绝句次韵》:"漾漾扁舟拂水飞,飘飘苹末细吹衣。")外,多表微风乍起或轻风吹拂,而且多指秋风。用"风起青苹之末"句如:

唐·张聿《景风扇物》:"何处青苹末,呈祥起远空。"

唐·权德舆《新安江路》:"啸起青苹末,吟嘱白云端。"

唐·王涯《秋思二首》:"一夜清风苹末起,露珠翻尽满池荷。"

唐·吕温《风咏》:"微风生青苹,习习出金塘。"

宋·晏殊《凤衔杯》:"青苹昨夜秋风起,无限个、露莲相倚。"

宋·晏几道《玉楼春》:"暗随苹末晓风来,直待柳梢斜月去。"

宋·孙浩然《夜行船》:"采菱归暮,隔宵烟、菱歌轻举。白苹风起月华寒,影朦胧、半和梅雨。"

宋·晁端礼《满庭芳》:"十里荷塘过雨,荷香细,苹末风清。"

宋·贺铸《东吴乐·尉迟杯》:"泛襟袂、香润苹风起。喜凌波、素袜逢迎,领略当歌深意。"

又《小重山》:"青苹风转彩帆轻,樯头燕,多谢伴人行。"

宋·葛胜仲《蓦山溪》:"画船珠箔,苹末水风凉。"

宋·米友仁《宴桃源》:"苹末起微风,山外一川烟雨。"

宋·朱敦儒《满江红》:"似月明,苹叶起秋风,潇湘白。"

宋·蔡伸《浣溪沙》(仙潭二首):"苹末风轻入夜凉,飞桥画阁跨方塘。"

宋·孙道绚《醉蓬莱》:"看鸥翻波浅,苹末风轻,水轩消暑。"

宋·袁去华《水调歌头》:"苹末西风起,桔柚洞庭秋。"

又《谒金门》:"烟水阔,夜久风生苹末,东舫西船人语绝。"

宋·程大昌《水调歌头》:"每遇天容金碧,仍更苹风不动,相与夜深来。"

宋·陆游《长相思》:"梦笔桥头艇子横,苹风吹酒醒。"

宋·赵长卿《瑞鹤仙》(张宰生辰):"西风苹末起,动院落清秋,新凉如水。"

宋·卢祖皋《木兰花慢》:"汀莲凋晚艳,又苹末、起秋风。"

宋·葛长庚《贺新郎》:"此会明年知何处,苹末秋风未久。"

宋·陈人杰《沁园春》(吴兴怀古):"落日都门,正苕川半夜,月寒似水,苹洲一路、秋老多风。"

元·汤式《一枝花·题崇明顾彦升洲上居》:"荡炎蒸青苹风六月凄凄,翻渤渤红桃浪三春光。"

2082. 何得晨风起

南朝·梁·江淹《古意报袁功曹》:"何得晨风起,悠哉凌翠氛。""晨风"是早晨的风,这里指从政的机遇。他以黄鹄自喻,如:"黄鹄之飞,一举千里。"(《商君书·画策》)实现自己的远大抱负。汉末刘桢《赠从弟》:"于心有不厌,奋翅凌紫氛。"江淹下句用此意。

晋·潘岳《怀旧赋》:"晨风凄以激冷,夕雪高以掩路。"写早晨之风的凄冷。

唐以后多用"晓风":

唐·戴叔伦《寄禅师寺华上人次韵三首》:"禅心如落叶,不逐晓风颠。"

唐·曹松《吊贾岛二首》:"青旗低寒水,清笳出晓风。"

2083. 松风四面来

唐·张说《赠工部尚书冯公挽歌三首》:"泉户一朝闭,松风四面来。"写冯公墓地,松风从四面吹来,肃穆而悲凉。"四面来风",言和风流畅,环绕皆风,而风向不定。

唐·裴迪《欹湖》:"叙舟一长啸,四面来清风。"

唐·李白《上留田行》:"悲风四边来,肠断白杨声。"

唐·吕温《道州夏日郡内北桥新亭书怀赠何元二处士》:"爽气中央满,清风四面来。"

唐·元稹《遣兴十首》:"况有高高原,秋风四来迫。"

后用"四面来风""八面来风"表示对某种事物吹来的"冷风"。

2084. 白杨多悲风,萧萧愁杀人

汉《古诗》《去者日以疏》:"白杨多悲风,萧萧愁杀人。"写一片墓地上的白杨树,急风吹来,白杨发出的萧萧之声,这种声音令人凄凉,令人悲伤。因此"白杨悲风"是凄厉的风,萧索的风,常用于怀古、思归、悼亡。

古诗《驱车上东门》:"白杨何萧萧,松柏夹广路。"出洛阳东边北面的"上东门",北望北邙山王侯卿相的墓地,白杨萧萧,松柏夹路,一派凄凉悲苦的氛围。

古歌《秋风萧萧愁杀人》:"秋风萧萧愁杀人,出亦愁,入亦愁,谁不怀忧,令我白头。胡地多飚风,树木何修修。""修修"又写作"脩脩",应为"翛翛",鸟尾枯干无光。"树木翛翛"意为树木被风吹得一边倒。狂风萧萧,树木翛翛,烘托征人的凄苦。

汉乐府《塘上行》:"边地多悲风,树木何脩脩"。用上边《古歌》句。余冠英《乐府诗选》注云:此处用《古歌》句"是入乐时拼凑,和上下文不相连"。

汉《古诗》:"萧萧白杨树,日暮多悲风。"悲风起于日暮,更添无限凄凉。"萧萧"象声词,"萧萧白杨"正是悲风之声。《古诗》已有"萧萧白杨树,松柏夹广路"。晋·陶潜《挽歌》:"荒草何茫茫,白杨亦萧萧。"唐·杜甫《羌村三首》:"萧萧北风劲,抚事煎百虑。""白杨萧萧""北风萧萧"都是悲风之声。

"白杨悲风",高大的乔木,凛冽的寒风吹来,迎风呼啸,发出萧萧之声。这种声音是凄楚的寒凉的。在险恶的环境:艰险的旅途,荒漠的旧址,苍茫的战场,凄凉的墓地中,乔木主要是白杨发出的风声,都容易令人产生悲凉的感受。因而自魏晋至有唐一代,多应用古诗"白杨悲风"和"悲风"句。"白杨悲风"句如:

汉末曹操《苦寒行》:"树木何萧瑟,北风声正悲。"写伐袁绍之甥高干途中的艰苦凄寒。

汉末曹植《野田黄雀行》:"高树多悲风,海水扬其波。"本篇悼念丁仪、丁翼等友人被杀。"高树悲风"句写政治环境之险恶。

晋·傅玄《放歌行》："高树来悲风，松柏垂威神。"

晋·陆机《苦寒行》："阴云兴岩侧，悲风鸣树端。"

晋·左思《招隐寺》："何事待啸歌，灌木自悲鸣。"

晋·陶渊明《挽歌诗》："荒草何茫茫，白杨亦萧萧。"

南朝·宋·鲍照《代边居行》："边地无高木，萧萧多白杨。"

南朝·梁·江淹《望荆山》："悲风桡重林，云霞肃川涨。"

北朝·周·无名法师《过徐君墓》："何言愁寂寞，日暮白杨风。"

南朝·陈·陈昭《聘齐经孟尝君墓》："悲随白杨起，泪想雍门来。"

唐·王绩《过汉故城》："烈烈焚青棘，萧萧吹白杨。"

唐·骆宾王《伤视阿王明府》："谁堪孤陇外，独听白杨风。"

唐·孟云卿《邺城怀古》："斗酒将酹君，悲风白杨树。"

唐·李白《上留田》："悲风四边来，肠断白杨声。"

又《劳劳亭歌》："古情不尽东流水，此地悲风愁白杨。"

又《自广平乘醉走马六十里至邯郸登城楼览古书怀》："磊磊石子冈，萧萧白杨声。"

唐·刘长卿《登吴古城歌》："白杨萧萧悲故柯，黄雀啾啾争晚禾。"

唐·刘湾《虹县严孝子墓》："举声哀苍天，万木皆悲风。"

唐·杜甫《赠秘书监江夏李公邕》："萧萧白杨路，洞彻宝珠惠。"

又《遣兴五首》："长林何萧萧，秋草萋更碧。"

又《存没口号》："玉局当年无限笑，白杨今日几人悲。"

唐·顾况《经徐侍郎墓暮作》："夜泉无晓日，枯树足悲风。"

又《义川公主挽词》："月边丹桂落，风底白杨悲。"

唐·李益《华阴东泉同张处士诣藏律师兼简县内官因寄齐中书》："松老风易悲，山秋云更白。"

唐·权德舆《詹事府宿斋绝句》："摧摧有古树，骚屑多悲风。"

唐·刘禹锡《故相国燕国公于司空挽歌二首》："一代英豪气，晓散白杨风。"

唐·白居易《过高将军墓》："门客空将感恩泪，白杨风里一沾巾。"

又《过颜处士墓》："长夜肯教黄壤晓，悲风不许白杨春。"

唐·刘沧《过北邙山》："白杨落日悲风起，萧索寒巢鸟独奔。"

唐·罗隐《酬黄从事怀旧见寄》："水馆酒阑清夜月，香街人散白杨风。"

又《商於驿楼东望有感》："惆怅知音竟难得，两行清泪白杨风。"

又《哭张博士太常》："谏草犹青琐，悲风已白杨。"

唐·韦庄《哭麻处士》："少微何处堕，留恨白杨风。"

唐·韦璜《赠姊》："凄凄白杨风，日暮堪愁人。"

唐·明器婢诗："昔日罗衣今化尽，白杨风起陇头寒。"

唐·胡骈《经费拾遗旧隐》："白杨风起秋山暮，时复哀猿啼一声。"

唐·贯休《经友生坟》："不觉频回首，西风满白杨。"

唐·皎然《兵后经永安法空寺寄悟禅师》（其寺，贼所焚）："后夜池心生素月，春无树色起悲风。"

唐·张长妻《梦中歌》："萤火穿白杨，悲风入荒草。"

宋·蔡襄《南都思杜祁公》："悲风吹白杨，绕城兹久闲。"

宋·周古《赠胡侍郎荣归》："尝水茫茫怅别情，悲风吹树作离声。"

宋·强至《王广渊郎中挽诗》："日落五原车马散，悲风更向白杨多。"

南宋末汪元量《莺啼序》（重过金陵）："可怜红粉成灰，萧索白杨风起。"写南宋亡，过金陵的感受。

清·姚燮《双鹤篇》："三城多白杨，白杨风萧萧。"写父母逼儿出边城，野兽白骨荒凉之地，白杨悲风，一片悲凄景象。

2085. 高台多悲风

魏·曹植《杂诗二首》:"高台多悲风,朝日照北林。"暗示政治风云多变,政治生涯惨淡。"北林"源自《诗经·秦风·晨风》:"鴥彼晨风,郁彼北林。未见君子,忧心钦钦。""晨风",鹯鸟,似鹞。古《别诗》用此句:"晨风鸣北林,熠耀东南飞。"写日暮怀归。诗中也有的只写"悲风",而不及白杨、万木。"悲风"多指西风、北风、秋冬的风,令人感到凄凉的风,感到悲哀的风,不过与其说风令人悲,莫如说是风声熔入了人的情感。《楚辞·九章·哀郢》有句:"哀州土之平乐兮,悲江介之遗风。"楚国郢都已被攻陷,楚国就要灭亡了,可这里还如此安静,江边还留有淳朴之风,可悲可哀啊。曹植《杂诗六首》其五用此句:"江介多悲风,淮泗驰急流。"这当然是另外的江岸了。曹植《杂诗六首》其六写:"弦急悲风发,聆我慷慨言。"这"弦急悲风"源自《古诗》:"音响一何悲,弦急知柱促。"柱促则弦急,弦急则声尖而悲。

汉《别诗三首》:"远望悲风至,对酒不能酬。"(《嘉令难再遇》)悲风即来,离人将去,饯行酒难下肚。汉·秦嘉《赠妇诗三首》:"浮云起高山,悲风激深谷。"应该说用"悲风"始于汉代。

魏·曹植《杂诗》:"浮云翳日光,悲风动地起。"

又《浮萍篇》:"悲风来入帷,泪下如垂露。"南朝·齐·汤惠休《怨诗行》:"悲风荡帷帐,瑶翠坐自伤。"用曹植"悲风入帷"句。

魏·阮瑀《杂诗》:"临川多悲风,秋日苦清凉。"

晋·傅玄《青青河边草篇》:"悲风动思心,悠悠谁知音。"

晋·陆机《赴洛道中作》:"顿辔倚嵩岩,侧听悲风响。"

又《梁甫吟》:"悲风无绝响,玄云互相仍。"

又《上留田行》:"零雪霏霏集宇,悲风徘徊入襟。"

又《拟青青河畔草》:"空房来悲风,中夜起叹息。"

晋·刘琨《扶风歌》:"烈烈悲风起,泠泠涧水流。"

晋·陶渊明《丙辰岁八月中于下潠田舍获诗》:"悲风爱静夜,林鸟喜晨开。"

南朝·宋·鲍照《古辞》:"九月寒阴台,悲风断君肠。"

唐太宗李世民《饮马长城窟行》:"塞外悲风切,交河冰已结。"

唐·崔融《韦长史挽词》:"冥冥多苦雾,切切有悲风。"

唐·李白《古风》:"天寒悲风生,夜久众星没。"

又《荆州贼乱临洞庭言怀作》:"风悲猿啸苦,木落鸿早飞。"

唐·岑参《司马相如琴台》:"台上寒萧条,至今多悲风。"

唐·高适《宋中十首》:"寂寞向秋草,悲风千里来。"

唐·钱起《省试湘灵鼓瑟》:"流水传潇浦,悲风过洞庭。"

唐·杜甫《过宋员外之问旧庄》:"更识将军树,悲风日暮多。"

又《题李尊师松树障子歌》:"怅望聊歌紫芝曲,时危惨淡来悲风。"

又《冬到金华山观因得故拾遗陈公学堂遗迹》:"悲风为我起,激烈伤雄才。"

又《四松》:"清风为我起,洒面若微露。"同"悲风为我起"句式。

唐·孟郊《感怀》:"坐驰悲风暮,叹息空沾缨。"

唐·元稹《顺宗至德大圣大安孝皇帝挽歌词三首》:"七月悲风起,凄凉万国人。"

唐·鲍溶《悲哉行》:"黄土塞生路,悲风送回辕。"

唐·郑谷《雁》:"八月悲风九月霜,蓼花红淡苇条黄。"

宋·李康伯《襄州太守王侯洙复岘山羊公祠》:"碑 祠废榛莽中,萧萧只有悲风起。"

宋·韩维《送曹殿丞秩满还都》:"悲风思急管,薄暮留征鞍。"韩维写"悲风"句最多。

又《和子华许昌道中诗有隐逸之思》:"悲风中夜兴,寒气入我室。"

又《送王氏兄弟》:"相见一长恸,悲风为迟留。"

又《和三哥入山二首》(实一首):"长啸箕颍间,悲风肃然至。"

又《游汉高帝祠》:"不见洗耳人,悲风吹独立。"

又《哀传马》："报鞍坐太息,春为悲风起。"

又《监宿呈一二交游》："昏灯钉壁照孤坐,悲风搅肠生百忧。"

又《九月十日西湖席上得乐字》："维舟坐近浦,悲风满衡薄。"

宋·文同《仁宗皇帝挽诗十首》："铭旌来巩洛,万里卷悲风。"

宋·苏轼《庐山二胜·开先漱玉亭》："高岩下赤日,深谷来悲风。"

宋·张孝祥《浣溪沙》(荆州约马举先登城楼观塞)："万里中原烽火北,一尊浊酒戍楼东,酒阑挥泪向悲风。"

清·黄遵宪《狂歌示胡二晓岑(曦)》："高台落日多悲风,我剑子剑弓子弓。"科举取士对士子摧残;当一同带弓佩剑,共同奋斗。

清·黄宗羲《徐虞求先生墓下》："宿草岂能收痛泪,山川何日不悲风。"

2086.悲风为我从天来

唐·杜甫《乾元中寓居同谷县作歌七首》乾元二年(759)客居思亲而作。

其一:"呜呼一歌兮歌已哀,悲风为我从天来。"白发之年,寄迹山乡,无衣无食,中原难归。已是十一月,悲风从天而来,悲哀中更添了凄苦。"为我……"这一句式,七首之中四用之。

其二:"呜呼二歌兮歌始放,闾里为我色惆怅。"邻里为我饥寒之苦深表叹息。

其四:"呜呼四歌兮歌四奏,林猿为我啼清昼。"猿本夜啼,而今竟白昼啼鸣,也似为我哀伤。

其六:"呜呼六歌兮歌思迟,溪壑为我回春姿。"愿仲冬速去,溪壑回春,给我带来春意。

"为我"这种句式,南朝·梁·江淹《魏文帝曹丕游宴》已用:"客从南楚来,为我吹参差。""吹参差"概括吹奏乐宛啭动人。

唐·李白《久别离》:"东风为我吹行云,使西来;待来竟不来,落花寂寂委青苔。"用江淹句式,杜诗句式与此近同。

唐·白居易《有木诗八首》:"试问识药人,始知名野葛。年深已滋曼,刀斧不可伐。何时猛风来,为我连根拔。"用江淹句,亦相当于"猛风为我连根拔"。

人民领袖毛泽东《蝶恋花》(从汀州向长沙,一

九三〇年七月):"国际悲歌歌一曲,狂飙为我从天落。"1930 年 6 月,毛泽东率红四军到福建西部汀州,推动闽西工作。接到中央的命令要他们北上攻打长沙。由于这一命令是错误的,最终没打长沙,而在进军路上消灭了敌戴斗桓旅。结句颂国际悲歌,"狂飙为我从天落",愿更猛烈的革命风暴早日到来,雄浑悲壮,声彻云霄。用杜甫句式,却超越了仅为个人命运而呼唤的境界,大气磅礴,极具震撼力量。

"狂飙",风暴。魏·曹植《杂诗》:"何意回飙举,吹我入云中。"梁·江淹《魏文帝曹丕游宴》:"神飙自远至,左右芙蓉披。"

魏·曹植《吁嗟篇》:"卒遇回风起,吹我入云间。自谓终天路,忽然下沉渊。惊飚接我出,故归彼中田。"此用"惊"字,惊亦会狂。

南朝·梁·何逊《赠江长史别》:"长飚落江树,秋月照沙溆。""长飚",长风。

2087.秋风萧萧愁杀人

汉乐府《古歌》:"秋风萧萧愁杀人,出亦愁,入亦愁。"写征人赴边途中的愁苦,迎着萧萧而来的秋风,更增添了萧索凄凉,坐立不宁,出入不安,一味是愁。"愁杀人",是愁到极点,令人难耐。汉古诗《去者日以疏》:"白杨多悲风,萧萧愁杀人。"也是思归之作。写风吹白杨,萧萧作响,令人产生无限的悲苦。这是《古歌》中"秋风萧萧愁杀人"一句分解为二句,又加入"白杨"以成句。

后人以用"愁杀人"为最多,也有用"笑杀人""误杀人""思杀人""恼杀人""惊杀人""羞杀人"等等,都是"……杀人"这种句式。

南朝·梁·施荣泰《王昭君》:"唧唧抚心叹,蛾眉误杀人。"

隋炀帝杨广《幸江都作》:"鸟声争欢酒,梅花笑杀人。"唐·李白《当涂赵炎少府粉图山水歌》:"若待功成拂衣去,武陵桃花笑杀人。"又《古风》:"寿陵失本步,笑杀邯郸人。"又《鲁郡尧祠送窦明府薄华还西京》:"兰亭雄笔安足夸,尧祠笑杀五湖水。"唐·白居易《强起迎春戏寄思黯》:"他时寨跛纵行得,笑杀平原楼上人。"唐·司空图《榜下》:"春风漫折一枝桂,烟阁英雄笑杀人。"唐·李咸用《喻道》:"长生客待仙桃饵,月里婵娟笑煞人。""笑杀(煞)人"多表欢乐,也有的表讥笑。

唐·杨炯《战城南》:"冻水寒伤马,悲风愁杀

人。"

唐·张说《邺都引》："试上铜台歌舞处,唯有秋风愁杀人。"

唐·刘希夷《归山》："日暮松声合,空歌思杀人。"唐·楼颖《西施石》："西施昔日浣沙津,石上青苔思杀人。"唐·孟浩然《凉州词》："坐看今夜关山月,思杀边城游侠儿。""思"为思念意。

唐·徐延寿《折杨柳》："暮吹胡塞曲,愁杀陇头人。"

唐·李颀《别梁锽》："去去沧波勿复陈,五湖三江愁杀人。"

唐·孟浩然《扬子津望京口》："江风白浪起,愁杀渡头人。"

唐·李白《渌水曲》："荷花娇欲语,愁杀荡舟人。"

又《猛虎行》："溧阳酒楼三月春,杨花茫茫愁杀人。"

又《横江词六首》："白浪如天那可渡,狂风愁杀峭帆人。"意近孟浩然"江风白浪起,愁杀渡头人"句。

又《白豪子歌》："八公携手五云去,空余桂树愁杀人。"

又《寄韦南陵冰余江上乘兴访之遇寻颜尚书笑有此赠》："春风狂杀人,一日剧三年。"

又《陪侍郎叔游洞庭醉后三首》："巴陵无限酒,醉杀洞庭秋。"

又《赠段七娘》："千杯绿酒何辞醉,一面红妆恼杀人。"唐·卢仝《与马异结交诗》："买得西施南威一双婢,此婢娇饶恼杀人。"唐·白居易《江岸梨花》："梨花有思缘和叶,一树江头恼杀君。""恼"为烦恼意。五代·冯延巳《金错刀》："春风堪赏还堪玩,恼杀东风误少年。"写恼恨。

唐·岑参《题苜蓿峰寄家人》："闺中只是空相忆,不见沙场愁杀人。"

唐·高适《荆门行五首》："古树满空塞,黄云愁杀人。"

唐·冯著《洛阳道》："闻君欲行西入秦,君行不用过天津;天津桥上多胡尘,洛阳道上愁杀人。"

唐·顾况《行路难二首》："藕丝挂在虚空中,欲落不落愁杀人。"

唐·李益《汴河曲》："汴水东流无限春,隋家宫阙已成尘。行人莫上长堤望,风起杨花愁杀人。"

唐·李端《晦日同苗员外游曲江》："可怜杨柳陌,愁杀故乡人。"

唐·孟郊《吊卢殷》："添为断肠声,愁杀长别人。"

唐·白居易《秋江送客》："不醉浔阳酒,烟波愁杀人。"兼用崔颢《黄鹤楼》诗:"烟波江上使人愁"句。

又《亚枝花》："山邮花木似单阳,愁杀多情骢马郎。"

唐·李贺《河南府试十一月乐词》(三月):"东方风来满眼春,花城柳暗愁杀人。"

唐·崔十娘《别文成》："此时君不在,娇莺弄杀人。"

唐·陆畅《听歌》："飒飒先飞梁上尘,朱唇不动翠眉颦。愿得春风吹更远,直教愁杀满城人。"

唐·张祜《杨花》："无端惹著潘朗鬓,惊杀绿窗红粉人。"

唐·李远《黄陵庙词》(一作李群玉诗):"轻舟小楫唱歌去,水远山长愁杀人。"

唐·杜牧《新柳》(一作许浑诗):"东门门外多离别,愁杀朝朝暮暮人。"

唐·李群玉《春晚》："鲁攀江树深不语,芳草落花愁杀人。"

唐·李郢《燕蓊花》："黄花扑地无穷愁,愁杀江南去住人。"

唐·司空图《杨柳枝寿杯词十八首》："客泪休沾汉水滨,舞腰羞杀汉宫人。"

唐·郑谷《淮上与友人别》："杨子江头杨柳春,杨花愁杀渡江人。"

唐·韦庄《令狐亭》："想得当时好烟月,管弦吹杀后庭花。"

唐·崔道融《峡路》："八月莫为客,夜长愁杀人。"

唐·广利王女《寄张天颜》："红楼日暮莺飞去,愁杀深宫落砌花。"

南唐后主李煜《忆江南》："满城飞絮混清尘,愁杀看花人。"

宋·苏轼《菩萨蛮》(西湖):"今日漫留君,明朝愁杀人。"

宋·仲殊《南徐好》(京口):"锦里不传溪上信,杨花犹见渡头春,愁杀渡江人。"

宋·许庭《临江仙》："夕阳影里,愁杀宦游人。"

宋·赵长卿《菩萨蛮》(赏梅):"香与露华清,露浓愁杀人。"

清末女杰、民主主义革命巾帼先驱秋瑾遇难前,曾反复吟书"秋风秋雨愁杀人",表示对没落的清朝统治者迫害先进人士的抗言。而"秋风秋雨愁煞人"句出自陶澹人的《秋暮遣怀》诗。

2088. 金风荡秋节,玉露凋晚林

隋·李密《五言诗》(又作《淮阳感秋》):"金风荡秋节,玉露凋晚林。此夕穷途士,郁陶伤寸心。"刘仁轨《河洛记》曰:"密来往于诸贼帅之间,说以举大计,莫肯从者,因作诗言志。"作者联络起事未遂,心情郁结。"金风""玉露"句写秋天风露肃杀、剥饰的萧索寒凉气氛。李密首用"金风""玉露"。金风,秋风,古人以金木水火土"五行"解释季节的变化,秋属金,因此秋风又称"金风"。玉露,露珠晶莹剔透如玉,因称玉露。指秋风秋露。

"金风"与"玉露"深受文人的钟爱,有许许多多的诗人词家把它们用于诗词中,表示秋风的肃杀,秋露的寒凉。用法有"金风"与"玉露"对句用,"金风玉露"连接用,"风露"缩合用,以及"一×风露""满身风露"等。这里举引"金风"与"玉露"对句用例:

唐·杜牧《秋日偶题》:"荷花兼柳叶,彼此不胜愁。玉露滴初泣,金风吹更愁。"

宋·秦观《醉蓬莱》:"冷露朝凝,香风远送,信是琼瑶贵。"

又《南歌子》:"玉露沾庭砌,金风动琯灰。"

宋·徐俯《踏莎行》:"玉露团花,金风破雾,高台与上晴空去。"

宋·向子諲《满庭芳》:"瑟瑟金风,团团玉露,岩花秀发秋光。"

又《更漏子》:"承玉露,御金风,年年岁岁同。"

宋·张元干《南歌子》:"玉露团寒菊,秋风入败荷。"

宋·王之道《南歌子》(安丰守章彦辅生日):"玉露澄天宇,金风净月华。"

宋·赵长卿《瑞鹤仙》(残秋有感):"金风透帘幕,玉露清蝉伏。"

宋·辛弃疾《金菊对芙蓉》:"远水生光,遥山耸翠,雾烟深锁梧桐。正零瀼玉露,淡荡金风。"

"金风",作为秋风。也常常单用。如:唐·窦常《酬舍弟牟秋日洛阳官舍寄怀十韵》:"玉立求知

己,金声乍起予。""金声"即"金风",秋风初来。常说"金风乍起"。

2089. 可要金风玉露时

唐·李商隐《辛未七夕》:"恐是仙家好别离,故教迢递作佳期。由来碧落银河畔,可要金风玉露时。"写七月七日天上牛女鹊桥相会仅一年一度,太久了。"金风玉露"连用表示秋天的七夕,七夕聚会日子正值深秋。连用的还如:

宋·晏殊《长生乐》:"玉露金风月正圆,台榭早凉天。"

宋·晏几道《采桑子》:"金风玉露初凉夜,秋草窗前,浅醉闲眠,一枕江风梦不圆。"

宋·秦观《鹊桥仙》:"金风玉露一相逢,便胜却人间无数。"

宋·向子諲《点绛唇》:"金风玉露,水国秋无数。"

宋·蔡伸《蓦山溪》:"金风玉露,时节清秋候。"

又《减字木兰花》(庚申七夕):"金风玉露,喜鹊桥成牛女渡。"

宋·杨无咎《洞仙歌》:"纵金风玉露胜却人间,争奈向、雪月花时间阻。"用秦观句意。

宋·曹勋《清平乐》:"又还玉露金风,秋声先到房栊。"

又《武陵春》:"玉露金风寻胜去,一月看三州。"

宋·曹冠《凤栖梧》:"昨夜西畴新足雨,玉露金飙,著意鏖残暑。"

又《好事近》(岩挂):"金风玉露嫩凉天,造化有消息。"

宋·姚述尧《洞仙歌》(七夕):"金风玉露,正清秋初霁。"

宋·张孝祥《鹊桥仙》(戏赠吴伯承侍儿):"金风玉露不胜情,看天上、人间今夕。"

宋·赵长卿《声声慢》(府判生辰):"金风玉露,绿桔黄橙,商秋爽气飘逸。"

又《醉蓬莱》(七月命赴漕试,兰台主人饯于法回寺,侍儿才卿乞词,因此赋之,题于壁):"正金风无露,玉宇生凉,楚郊无暑。催起行人,恰槐黄时序。"

宋·赵师侠《醉蓬莱》(重明节丙辰长汝):"正金风零露,玉宇生凉,晚秋天气。华渚流虹,应生商

佳瑞。"起句用赵长卿《醉蓬莱》句。

宋·汪莘《蓦山溪》:"金风玉露,洗出乾坤体。"

宋·李曾伯《沁园春》:"我有竹溪茅舍,办取金风玉露,一笑四并全。"

宋·祖吴《水龙吟》:"隐岩清秀,露玉风金,岁岁祝千秋寿。"

宋·吴文英《宴清都》:"吟鞭又指孤店,对玉露金风送晚。"

宋·无名氏《醉江月》(谢人贺生子):"天高气爽,正金风玉露,安排秋节。"

清·纳兰性德《台城路》(塞外七夕):"清漏频移,微云欲湿,正是金风玉露,两眉愁聚。"

2090. 风清露爽,犹是早凉天

宋·晏殊《燕归梁》:"中秋五日,风清露爽,犹是早凉天。""风清露爽"是从"金风玉露"脱壳而出的,由"风……露……"重新组合而成的一种句式。"风"与"露"并用(不是连用),组成的短语是比较灵活的。下如:

宋·柳永《玉蝴蝶》:"满目浅桃深杏,露染风裁。"

宋·张先《酒泉子》:"露桃寒,风柳晓,玉楼空。"

宋·晏殊《点绛唇》:"露下风高,井梧簟生秋意。"

又《渔家傲》:"叶下鸂鶒眠未稳,风翻露飐香成阵。"

宋·欧阳修《渔家傲》:"叶有清风花有露,叶笼花罩鸳鸯侣。"

宋·晏几道《临江仙》:"罗裙香露玉钗风,靓妆眉沁绿,羞脸粉生红。"

又《少年游》:"西楼别后,风高露冷,无奈月分明。"

宋·苏轼《水龙吟》:"飘堕人间,步虚声断,露寒风细。"

宋·黄庭坚《一落索》:"紫萸黄菊繁华处,对风庭月露。"

宋·秦观《忆秦娥》:"秋澄彻,凉风清露,瑶台银阙。"

宋·贺铸《减字浣溪沙》:"金井露寒风下叶,画桥云断月侵何。厌厌此夜奈愁何。"

宋·晁端礼《金凤钩》:"一阑红药,倚风含露,

春自未曾归去。"

宋·周邦彦《浪淘沙》:"向露冷风清,无人处、耿耿寒漏咽。"

宋·毛滂《于飞乐》(和太守曹子方):"为诗翁、露冷风清。"用周邦彦句。

宋·向子諲《点绛唇》(南昌送范帅):"风叶露花,秋意浓如许。"

宋·南山居士《永遇乐》(梅赠客):"风凄露冷,仙郎此夜,若许枕衾相并。"

宋·蔡伸《忆瑶姬》:"金盘露冷,玉树风轻,倍觉秋思清。"

宋·李弥逊《临江仙》(次韵富季申九月菊未开):"少借笔端烟雨力,不须露染风披。"

又《浪淘沙》(林仲和送芍药,再以词为寄,次韵谢之):"天女宝刀迟,露染风披,翠云叠叠拥珠衣。"

宋·王以宁《念奴娇》:"云收天碧,渐风高露冷,群喧初寂。""高""冷"用晏殊句。

宋·张元干《渔父家风》:"风枝露叶新采,怅望冷香浓。"

又《采桑子》:"风枝露叶谁新采,欲饱防悭。"再用"枝""叶"句。

宋·吕渭老《扑蝴蝶近》:"风荷露竹,秋意侵疏鬓。"

宋·王之道《南歌子》(戊午重九):"朱实盈盈露,黄花细细风。"

宋·欧阳澈《雨中花》(中秋):"雨霁云收,风高露冷,银河万里波澄。""高""冷"用晏殊句。

宋·曹勋《金盏倒垂莲》(牡丹):"穀雨初晴,对晓露乍敛,暖风凝露。"

宋·史浩《念奴娇》(中秋):"风高露重,井梧湿翠时滴。"

又《芰荷香》(中秋):"秋中气爽天凉,露凝玉臂,风拂云裳。"

宋·仲并《蓦山溪》(有赠):"从他兰菊,秋露与春风,终不似、玉人人,一片心长久。"

宋·康与之《西江月》:"闽山入贡冠前朝,露叶风枝袅袅。"用张元干"枝""叶"句。

宋·毛并《念奴娇》(追和张巨山牡丹词):"倚风含露,似轻颦微笑,盈盈脉脉。"

宋·赵彦端《永遇乐》:"笑相看,风林露草,古来有谁知趣。"

宋·李吕《满庭芳》:"知多少,天高露冷,争占

九秋风。"

宋·王质《水调歌头》:"草蔓已多露,松竹总会风。"

宋·赵长卿《临江仙》:"我向其间泛叶,终朝露渚风汀。"

宋·辛弃疾《念奴娇》(赋雨岩):"露冷风高,松梢桂子,醉了还醒却。""冷""高"用晏殊句。

又《乌夜啼》:"晚花露叶风条,燕飞高。"

又《柳梢青》(辛酉生日前两日,梦一道士话长年之术,梦中痛以理折之。觉而赋八难之辞):"莫炼丹难。黄河可塞,金可成难。休辟谷难,吸风饮露,长忍饥难。"

宋·程垓《一剪梅》:"夜渐深深漏渐衡,风已侵衣,露已沾衣。"

宋·张镃《如梦令》:"野菊亭亭争秀,闲伴露荷风柳。"

宋·高观国《临江仙》:"披风沐露问前津,客中春不当,归去倍还人。"

又《浪淘沙》(杜鹃花):"记得西风秋露冷,曾浣司花。"

宋·魏了翁《醉蓬莱》:"尊酒相逢。看露花风叶,跃跃精神。生生意思,入眼浑如涤。"

又《满江红》:"花露晓,松风夕,经味永,山光吸。"

又《水调歌头》:"检梭露桃风叶,问讯诸莎江草,点检旧风烟。"

宋·方千里《霜叶飞》:"露荷风柳向人疏,台榭还清悄。"

宋·吴潜《念奴娇》:"风清露冷,有人长自迟伫。"

宋·李伯曾《水龙吟》:"向壶天清暑,风梳露洗,尘不染,香成阵。"

宋·吴文英《绕佛阁》:"又露饮风前,凉堕轻帽。"

宋·家铉翁《念奴娇》(中秋纪梦):"露冷风清夜阑,梦高人过我,欢如畴昔。""冷""清"用毛滂句。

宋·胡翼龙《夜飞鹊》:"柳风荷露,黯消凝、罗扇练囊。""柳""荷"用张镃句。

宋·曹邍《惜余妍》:"禁华深,销清妍,香满架,风梳露浴。"用李曾伯"梳""洗"句。

宋·陈恕可《齐天乐》(赋蝉):"露湿身轻,风生翅薄,昨夜绡衣初剪。"

2091. 萧瑟好风露

唐·杜牧《题池州弄水亭》:"旷朗半秋晓,萧瑟好风露。"全诗写弄水亭弄水、风光及胸怀。此句写秋光过半,晴晓时分,弄水亭边生出萧瑟的秋风寒露。杜牧《秋日偶题》诗中写了"玉露""金风"(见前条):"风露"正是其减缩,被宋人广泛用于词中。秋晚的"风露"被如此大量应用,几乎成了"秋寒"的代名词,这是人们想象不到的。请看:

宋·柳永《应天长》:"风露凄清,正是登高时节。"

又《戚氏》:"孤馆度日如年,风露渐变,悄悄至更阑。"

宋·张先《鹊桥仙》:"绮罗能借月中春,风露细,天清似水。"

宋·晏殊《浣溪沙》:"阆苑瑶台风露秋,整鬟凝思捧觥筹,欲归临别强迟留。"

又《渔家傲》:"密意深情谁与诉?空怨慕,西池夜夜风兼露。"

又《雨中花》:"可惜许、月明风露好,恰在人归后。"

又《拂霓裳》:"星霜绿鬓,风露损朱颜。"

宋·欧阳修《玉楼春》:"朱栏夜夜风兼露,宿粉栖香无定所。"又《玉楼春》:"红莲绿芰亦芳菲,不奈金风兼玉露。"又《渔家傲》:"沼上嫩莲腰束素,风兼露。""兼"字均用晏殊句。

又《渔家傲》:"七月新秋风露早,渚莲尚拆庭梧老。"

宋·王琪《望江南》:"星汉回,风露入新秋。"

宋·苏轼《少年游》(润州作):"对酒卷帘邀明月,风露透窗纱。"

又《戚氏》:"风露明霁,鲸波极目,势浮舆盖方圆。"

又《念奴娇》(中秋):"起舞徘徊风露下,今夕不知何夕。"

又《醉翁操》:"月明风露娟娟,人未眠。"

宋·李之仪《鹊桥仙》:"清冥风露不胜寒,无计学、双鸾并驾。"

宋·黄庭坚《鹧鸪天》:"紫菊黄花风露寒,平沙戏马雨新干。"

宋·晁端礼《西江月》:"采菱人散夜蟾孤,冷落西溪风露。"

宋·贺铸《将进酒》:"城下路,凄风露,今人犁田古人墓。"

又《伴云来》（天香）："烛应帘拢，蛩催机杼，共苦清秋风露。"

宋·毛滂《浣溪沙》（武康社日）："风露满帘清似水，笙箫一片醉为乡。"

又《雨中花》（下汴月夜）："今夜知谁风露里，目断云空尽。"

宋·廖刚《望江南二首》（贺毛检讨生辰）："六月天香琼蕊秀，千年人瑞昴星明，风露湿麒麟。"

宋·谢逸《虞美人》："人间离合常相半，璧月宁长满。九秋风露又方阑，何日小窗相对、话悲欢。"

宋·米友仁《念奴娇》（村居九日）："端使晴霄风露冷，云卷烟收平野。"

宋·王安中《虞美人》（和赵承之送权朝美接伴）："文昌郎自文无比，风露行千里。"

宋·张继先《洞仙歌》："正秋高景静，雾扫云收。风露里，惟有月华高照。"

宋·李光《临江仙》（甲子中秋微雨，闻施君家宴，戏赠）："画栋朱楼凌缥缈，全家住在层城，中秋风露助凄清。"

宋·刘一止《夜行船》："可惜溪桥，月明风露，长是在人归后。"用晏殊《雨中花》句。

宋·朱敦儒《聒龙谣》："花冷街榆，悄中天风露。"

又《减字木兰花》："夜阑人醉，风露无情花有泪。"

宋·李纲《水调歌头》（和李似之横山对月）："高楼对月，天上宫殿不曾局，散下凄然风露。影照江山如昼，浑觉俗缘轻。"

宋·赵鼎《浪淘沙》："何处飞来三弄笛，风露凄清。"

宋·向子諲《少年游》："旧曲重歌倾别酒，风露泣花枝。"

又《好事近》（中秋前一日为寿）："先占广寒风露，怕姮娥偏得。"

宋·姚孝宁《念奴娇》（咏月）："醉倚高楼风露下，凛寒生肌栗。"

宋·蔡伸《小重山》："遐想绿云鬟，青冥风露冷、湿罗衣。"

又《玉楼春》："星河风露经年别，月照离亭花似雪。"

又《临江仙》："人静小庭风露冷，歌声特地清圆。"

宋·李弥逊《虞美人》："画檐风露为谁明，青翼来时试问、董双成。"

宋·张元干《念奴娇》："苍弁丹颊仙翁，淮山风露底，曾赋幽寻。"

又《八声甘州》（西湖有感寄晞颜）："晓凉生，荷香扑面，洒天边、风露逼襟怀。"

又《水调歌头》（癸酉虎丘中秋）："扫尽长空纤翳，散乱疏林清影，风露迫人愁。"

又《朝中措》（次聪父韵）："花阴如坐木兰船，风露正娟娟。"

又《水调歌头》："坐中庭，风露下，冷飕飕。"

又《如梦令》（七夕）："雨洗青冥风露，云外双星初度。"

宋·邓肃《南歌子》："月午衣衫冷，莲开风露香。"

宋·王之道《水调歌头》（赵帅圣田生日）："颢气遍寰宇，风露逼衣裘。"

宋·欧阳澈《念奴娇》（送淮漕钱处和）："回头莫忘，玉霄今夜风露。"

宋·杨无咎《点绛唇》："月明风露，平地神仙数。""月明风露"用晏殊《雨中花》句。

又《清风满桂楼》（丹桂）："晴光助绛色，更都润、丹霄风露。"

又《西江月》（丹桂）："广寒桂与世寒殊，不带人间风露。"

宋·史浩《瑞鹤仙》（七夕）："霁天风露好，乍暑退西郊，凉生秋草。"

宋·曾觌《念奴娇》："霁天湛碧，正新凉风露，冰壶清彻。"同谢懋词，疑误收。

又《清平乐》："艳苞初拆，偏借东风力。上苑梨花风露湿，新染胭脂颜色。"

宋·王识《水调歌头》（观星）："河汉余千里，风露已三更。"

宋·毛开《念奴娇》（中秋夕）："素秋新霁，风露洗寥廓，珠宫琼阙。"

宋·韩元吉《燕归梁》（木犀）："繁枝未老秋光淡，好风露、总关心。"

又《水调歌头》（席上次韵王德和）："万里蓬莱归路，一醉瑶台风露。"

又《水调歌头》："五湖客，临风露，倚兰苕。"

又《水调歌头》："去年今夜，相望千里一扁舟，满目都门风露。"

宋·朱淑真《菩萨蛮》(秋)："独倚栏干,逼人风露寒。"

宋·侯寘《念奴娇》："萧萧风露,梦回月照船尾。"

又《玉楼春》(次中秋闰月表舅晁仲如韵)："今秋仲月逢余闰,月姊重来风露静。"

宋·赵彦端《水调歌头》(秀州坐上作)："秋色忽如许,风露皎如空。"

又《鹊桥仙》(二色莲)："夜深风露逼人怀,问谁在、牙床酒醒。"

又《念奴娇》(中秋)："我欲蓬莱风露顶,眇视寰瀛一粟。"

宋·王千秋《喜迁莺》："未挹瑶台风露,且借琼林栖倚。"

宋·袁去华《谒金门》："蓬底夜凉风露入,藕花香习习。"

又《清平乐》："夜深风露娟娟,抱琴谁知流泉。"

宋·向滈《念奴娇》(木樨)："林下神情,月边风露,不向雕栏曲。"

宋·范端臣《念奴娇》："襦袴歌谣,升平风露,拼取金莲侧。"

宋·管鑑《水调歌头》："秋色浩无际,风露洗晴空。"

宋·姜特立《声声慢》(岩桂)："无奈猖狂老子,架巢卧、风露清闲。"

又《满江红》(己未生朝)："更小亭、风露逼华堂,荷香发。"

宋·范成大《水调歌头》(燕山九日作)："岁晚客多病,风露冷貂裘。"

又《虞美人》(红木犀)："风露溶溶月,满身花影弄凄凉。无限月和风露、一齐香。"半阕之内用了两个"风露"。

宋·谢懋《念奴娇》(中秋呈徐叔至)："霁天湛碧,正新凉风露,冰壶清彻。"

宋·王质《苏幕遮》(送张删定赴召)："风露凄清,快促黄金镫。"

宋·张孝祥《水调歌头》(金山观月)："江山自雄丽,风露与高寒。"

又《水调歌头》(为时传之寿)："云海漾空阔,风露凛高寒。"

又《青玉案》(饯别刘恭父)："洞庭烟棹,楚楼风露,去作为霖雨。"

又《鹊桥仙》(邢少连送末利)："北窗凉透,南窗月上,浴罢满杯风露。"

宋·朱熹《念奴娇》："天然殊胜,不关风露冰雪。"

宋·沈端节《惜分飞》："风露萧萧冷,梦回月窟香成阵。"

宋·吕胜己《虞美人》："风露泠泠,直欲便骖鸾。"

宋·赵长卿《探春令》(赏梅十首)："清江平淡,暗香潇洒,满林风露。"

又《青玉案》(压波觞客)："明月飞来上林杪,凉满九霄风露浩。"

又《临江仙》(送宜春令)："晓来风露里,叶叶做秋声。"

又《临江仙》："锁窗风露,烛灺月明时。"

宋·京镗《好事近》(次卢漕国华七夕韵)："急雨逐骄阳,洗出长空新月。更对银河风露,觉今宵都别。"

又《满江红》："才近重阳,喜风露、醖成爽气。"

又《念奴娇》(七夕,是年七月九日方立秋)："夜来急雨,洗成风露清绝。"

又《贺新郎》(中秋)："万顷镕成银世界,是处玉壶风露。"

宋·王炎《浪淘沙》(辛未中秋与文尉达可饮)："月色十分圆,风露娟娟。"

宋·辛弃疾《水调歌头》："黄花憔悴风露,野碧涨荒莱。"

宋·陈三聘《鹊桥仙》(七夕)："夜深风露洒然秋,又莫是、轻分泪雨。"

又《念奴娇》："兔杵无声风露冷,天也应怜人寂。"

宋·赵师侠《醉江月》(信丰赋茉莉)："凄然风露,夜凉香泛明月。"

又《蝶恋花》(道中有簪二色菊花)："独占九秋风露里,芳心不与群英比。"

又《厅前柳》："正风露凄清处,砌蛩喧,更黄蝶、舞翩翩。"

又《画堂春》(梅)："玉骨凌风露,铅花不浣凝脂。"

宋·陈亮《一丝花》："风露浩然,山河影转,今古照凄凉。"

宋·杨炎正《鹊桥仙》(寿稼轩)："不知谁为带湖仙,收拾尽、壶天风露。"

宋·刘仙伦《念奴娇》："风露杯深，芙蓉裳冷。笑傲烟霞里。"

宋·危稹《渔家傲》："柳丝不隔芙蓉面，秋入西窗风露晚。"

宋·程珌《满江红》(戊戌自寿)："底事今年玉历，秋末朔，风露冷然。"

宋·高观国《祝英台近》(荷花)："正月上，凉生风露。"

宋·魏了翁《水调歌头》："风露浸秋色，烟雨媚湖弦。"

又《水调歌头》："帘卷峨眉烟雨，袖挟西川风露。"

又《念奴娇》："风露正满人间，齁齁睡息，浑不知南北。"

宋·党怀英《感皇恩》："一叶下梧桐，新凉风露。"

宋·洪咨夔《水调歌头》："琼箫紫凤何许，风露足清部。"

又《祝英台近》(为老人寿)："脸长红，眉半白，老鹤饱风露。"

宋·葛长庚《菊花新》："渺渺烟霄风露冷，夜未艾、凉蟾似水。"

又《贺新郎》(怀仙楼)："双鹤飞来风露爽，一声声，清唳苍松杪。"

宋·刘克庄《水调歌头》："久苦诸君共事，更尽一杯别酒，风露夜深寒。"

又《水调歌头》(癸卯中秋作)："风露高，汉河淡，素光流。"

又《贺新郎》(宋菴访梅)："管甚夜深风露冷，人与长鲸共睡。"

又《贺新郎》："风露驱炎毒，记仙翁、飘然谪堕，吹笙骑鹄。"

又《清平乐》："消得几多风露，变教人世清凉。"

又《朝中措》："海天万顷碧玻璃，风露洗炎曦。"

宋·吴潜《霜天晓角》："莫道胡床老子，怕风露、向凄冽。"

宋·李曾伯《沁园春》："风露下，明作哲、圣之情。"

宋·方岳《汉宫春》："何如贮之天上，风露冰壶。"

宋·吴文英《蝶恋花》："风露生寒，人生莲花顶。"

又《声声慢》："浓香最无著处，渐冷香、风露成霜。"

又《秋霁》："试纵泪，空际、醉乘风露跨黄鹤。"

宋·李彭老《壶中天》："香深屏翠，桂边满袖风露。"

宋·姚勉《沁园春》(寿陈中书)："爱文光万丈，星辰绚彩；爽襟一掬，风露澄秋。"

宋·陈允平《糖多令》(桂边偶成)："应有乘鸾天上女，随风露、下青冥。"

又《摸鱼儿》："过重阳，晚香犹耐，江城风露初峭。"

宋·施翠岩《沁园春》："依约淮山，清冷风露，如到瀛洲听海涛。"

宋·刘辰翁《唐多令》："风露小瀛洲，斜河倒海流。"

宋·汪元量《满江红》(吴江秋夜)："但满目、银光万顷，凄其风露。"

宋·仇远《齐天乐》(蝉)："薄剪绡衣，凉生鬓影，独饮天边风露。"

宋·王易简《天香》："蜡杵晓冰尘，水研花片，带得海山风露。"

又《齐天乐》(余闲书院拟赋蝉)："锦瑟重调，绡衣乍著，聊饮人间风露。"

宋·张炎《三姝媚》："贺监犹狂，还散迹、千岩风露。"

宋·刘将孙《水调歌头》(败荷)："寂寞六郎秋扇，牵补灵均破屋，风露半襟寒。"

2092. 一天风露重

宋·米友仁《临江仙》："断云飞过月还明，一天风露重，人在玉壶清。"片云飞过，明月洒光，满天浓重的风露，秋高气爽，人如在仙境之中。"玉壶"，喻仙境，宁静而清爽。典出晋·葛洪的《神仙传》，说"壶公"之悬壶中，是"仙宫世界，楼观重门阁道，公左右侍者数十人"。常用以比喻美好非凡的人境。"一天风露"，满天都是一派金风玉露。"一天""一番""一庭""一枝"这类数量词修饰"风露"，也成一种句式。

宋·李清照《庆清朝》："待得群花过后，一番风露晓妆新。"

宋·赵鼎《贺圣朝》："帘栊不卷夜沉沉，锁一庭风露。"

宋·向子諲《临江仙》："芰林同老此生涯,一川风露,总道是仙家。"

又《相见欢》："又是一年风露,笑相逢。"

宋·蔡伸《浣溪沙》："千里江山新梦后,一天风露小庭深。"

又《虞美人》："出门无语送郎时,泪共一天风露、湿罗衣。"

宋·李弥逊《花心动》(七夕):"旧恨未平,幽欢难驻,洒落半天风露。"

又《感皇恩》(学士生日):"蓬莱云近,风露一番清旷。"

宋·张元干《谒金门》(送康伯检):"风露一天星斗湿,无云天更碧。"

又《花心动》(七夕):"旧怨未平,幽欢口驻,恨入半天风露。""幽欢口驻",李弥逊句作"幽欢难驻"。全词同李弥逊《花心动》,疑为误收。

宋·潘良贵《满庭芳》(中秋):"夹水松篁,一天风露,觉来身在扁舟。"

宋·黄公度《满庭芳》:"枫岭摇丹,梧阶飘冷,一天风露惊秋。"

宋·韩元吉《虞美人》(七夕):"踏歌声转玉钩斜,好是满天风露一池花。"

宋·葛郯《洞仙歌》:"看朝餐沆瀣,暮饮醍醐,瑶台冷,吹落九天风露。"

宋·赵长卿《青玉案》(压波舣客):"明月飞来上林杪,凉满九霄风露浩。"

宋·辛弃疾《鹊桥仙》:"酿成千顷稻花香,夜夜费一天风露。"

又《西江月》(赋丹桂):"十里芬芳未足,一亭风露先加。"

又《踏莎行》(赋木犀):"奴仆葵花,儿曹金菊,一秋风露清凉足。"

又《临江仙》:"一枝风露湿,花重入疏篱。"

宋·石孝友《水调歌头》:"凤梧智井,一夜风露各惊秋。"

宋·张镃《梦游仙》:"几点山河浮色界,一簪风露拂寒星,银汉俏无声。"

宋·程珌《喜迁莺》(寿韩尚书):"一天风露,喜初行弹压,人间残著。"

宋·蒲寿宬《满江红》:"人缥渺,半檐星斗,一窗风露。"

宋·张炎《大圣乐》:"二十四帝冰壶里,有谁在箫台犹醉舞?吹笙侣,倚高寒,半天风露。"

又《如梦令》(处梅列芍药于几上酌余,不觉醉酒,陶然有感):"归去,归去,醉插一枝风露。"

宋·无名氏《庄文太子薨导引一首》:"人不见,恨难平,何以返霓旌,一天风露苦凄清。"

2093. 醉失桃源,梦回蓬岛,满身风露

宋·向子諲《水龙吟》:"醉失桃源,梦回蓬岛,满身风露。"原注:绍兴甲子上元有怀京师。此句说辗转各地,飘泊不定;风尘仆仆,格外辛劳。"满身风露"表旅途中饱经风霜。作者《西江月》中又写"娟娟风露满衣裳,独步瑶台月上"句,亦同此意。句中"风露"意同"风尘""风霜"。用此句还如:

宋·刘辰翁《八声甘州》:"池上久,满身风露,还索衣裳。"

宋·张炎《瑶台聚八仙》:"怀人处,任满身风露,踏月吹箫。"

宋·陈恕可《齐天乐》:"与整绡衣,满身风露正清晓。"

2094. 露宿风餐六百里

宋·苏轼《将至筠先寄迟适远三犹子》:"露宿风餐六百里,明朝饮马江南水。""露宿风餐",在露中住宿,在风中进餐。形容旅途艰苦。"露"意为"露天"。苏轼《游山呈通判承仪写寄参寥师》又用:"遇胜即徜徉,风餐兼露宿。"

宋·陆游《宿野人家》:"老来世路浑暗尽,露宿风餐未觉非。"

又《壮士吟》:"风飧露宿宁非苦,且试平生铁石心。"

宋·赵师侠《满江红》:"露宿风餐安所赋,石泉榴火知何处。"

水程,则用"水宿"。黄庭坚《上南陵坡》就这样用了苏轼句:"风餐水宿六千里,蛇退猿愁百八盘。"

元·无名氏《合同文字》第三折:"生受了些风餐水宿,巴的到祖贯乡间。"用黄庭坚句。

2095. 玉露凋伤枫树林

唐·杜甫《秋兴八首》其一:"玉露凋伤枫树林,巫山巫峡气萧森。江间波浪萧天涌,塞上风云接地阴。"这是此律诗的首联与颔联。大历元年(766)诗人在夔州,安史之乱刚被平息,土蕃、回纥

又乘虚而入,他忧国伤时,哀愁无限。此二联写秋色秋声波澜壮阔却扑面惊心。"玉露凋伤枫树林",秋露损伤了枫林,满是残枝败叶,写出深秋的破败景色,渲染了国势的衰微,也烘托出诗人的心情。

隋·李密的《淮阳感秋》:"金风荡秋节,玉露凋晚林。"(详见本条)杜甫诗用其"玉露"句,更具表现力。"晚林"不知为何林,"枫林",在杜牧笔下是"霜叶红于二月花"的,而"玉露凋伤"不但不美,反而残败不堪了。这样写,就有力地烘托出作者的心境。

唐·刘禹锡《哭吕衡州时子方谪居》:"一夜霜风凋玉芝,苍生望绝士林悲。空怀济世安民略,不见男婚女嫁时。""凋玉芝"喻吕衡州之死。

2096. 昨夜西风凋碧树

宋·晏殊《鹊踏枝》:"昨夜西风凋碧树,独上高楼,望尽天涯路。欲寄彩笺兼尺素,山长水阔知何处?"此词又作张先《蝶恋花》词("蝶恋花"又名"鹊踏枝"是同一词牌)见《全宋词》六七页。后人多以为是晏殊作品。其句式更近"一夜霜风凋玉芝"。

"昨夜西风凋碧树",西风已使碧树凋残,正是独上高楼的满怀离恨的人的活动背景,更陪衬出孤凄。清代国学大师王国维曾反复揭示它的内涵。他在《人间词话》中说:"'我瞻四方,蹙蹙靡所骋?'诗人之忧生也。'昨夜西风凋碧树。独上高楼,望尽天涯路'似之。'终日驰车走,不见所问津',诗人之忧世也。'百草千花寒食路,香车系在谁家树'似之。"又"《诗经·蒹葭》一篇,最得风人深致。晏同叔之'昨夜西风凋碧树。独上高楼,望尽天涯路'意颇近之。但一洒落,一悲壮耳。""我瞻四方"句出《诗经·小雅·节南山》。上以《诗经》两篇与之比较。又有"古今之成大事业、大学问者,必经过三种之境界,'昨夜西风凋碧树,独上高楼,望尽天涯路。'此第一境也。'衣带渐宽终不悔,为伊消得人憔悴。'此第二境也。'众里寻他千百度,蓦然回首,那人却在,灯火阑珊处。'此第三境也。此等语皆非大词人不能道。然遽以此意解释诸词,恐为晏、欧诸公所不许也。"

"西风"即"秋风"。唐·严武《军城早秋》:"昨夜秋风入汉关,朔云边月满西山。"首用"昨夜秋风"。"秋风"总是悲凉的,是写"悲秋"的一种形式。

宋·张先《菩萨蛮》:"何处断肠?西风昨夜凉"。

宋·晏殊《破阵子》:"燕子欲归时节,高楼昨夜西风。"

宋·杜安世《端正好》:"夜来西风凋寒树,凭阑望、迢遥长路。"变用晏殊句。

宋·晏几道《蝶恋花》:"碧落秋风吹玉树,翠节红旌,晚过银河路。"用句式。

又《碧牡丹》:"一夜西风,几处伤高怀远。"用晏殊登高望远意。

宋·吴则礼《减字木兰花》:"又是重阳,昨夜西风作许凉。"

宋·辛弃疾《满江红》(江行和杨济翁韵):"吴楚地,东南坼;英雄事,曹刘敌。被西风吹尽,了无陈迹。"西风关走了历史。

宋·张炎《长亭怨》(旧居有感):"恨西风不庇寒蝉,便扫尽一林残叶。"含"凋林""凋碧树"意。

元·刘因《村居杂诗四首》:"谁知一夜风,吹放门前柳。"这"一夜风"不是西风而是东风。

2097. 一夜西风古渡头

清·陈廷焯《鹧鸪天》:"一夜西风古渡头,红莲落尽使人愁。""古渡头",古老的渡口,著名的如长江北岸的瓜洲古渡。深秋时节,作者从瓜洲南岸的镇江古渡登舟早行,这"一夜西风"竟使"红莲落尽","无心再续西洲曲",因为没了江南的繁荣;"有恨还登舴艋舟",尽管"载不动许多愁"(李清照《武陵春》)。

"一夜西风"很有名:

唐·刘禹锡《哭吕衡州时子方谪居》:"一夜霜风凋玉芝,苍生望绝士林悲。""霜风",秋风,即西风。

宋·晏殊《蝶恋花》:"昨夜西风凋碧树,独上高楼,望断天涯路。""昨夜"相当于一夜。

宋·晏几道《碧牡丹》:"一夜西风,几处伤高怀远。"

清·陈廷焯《蝶恋花》:"采采芙蓉秋已暮,一夜西风,吹折江头树。"再用"一夜西风"。

"古渡",唐·王维《归嵩山作》:"荒城临古渡,落日满秋红。"陈廷焯下句用赵嘏"红衣落尽渚莲愁"(《长安晚望》)句。

2098. 翩翩吹我衣

汉·蔡琰《悲愤诗》："边荒与华异，人俗少义理。所处多霜雪，胡风春夏起。翩翩吹我衣，肃肃入我耳。"女诗人写身在北方对当地环境的感受。人"少义理"，天"多霜雪"，北风肃肃，掀衣入耳，只有寒凉，没有温暖。汉古诗："穆穆清风至，吹我罗衣裾。"是和煦的清风吹动我的衣袖，由春风引出"青袍似春草"。与蔡琰句比，都写"风吹我衣"，情调却不同。这首古诗也很有影响。后人用此句多"吹我衣""吹我裳""吹我裾""吹我襟""吹我襦"（"襦"为短衣）。

魏·阮籍《咏怀八十二首》："薄帷鉴明月，清风吹我襟。"

魏·繁钦《定情诗》："日旰兮不来，谷风吹我襦。……日中兮不来，飘风吹我裳。……日暮兮不来，凄风吹我襟。"

魏·曹植《美女篇》："罗衣何飘飘，轻裾随风还。"

晋·潘岳《在怀县作诗二首》："凉飙自远集，轻襟随风吹。"用曹植句型。

晋乐府《子夜歌四十二首》："揽裙未结带，约眉生前窗。罗裳易飘扬，小开笃春风。"

晋乐府《上声歌八首》："新衫绣两裆，置著罗裙里。行步动微尘，罗裙随风起。"

晋·陶渊明《和胡西曹示顾贼曹》："不驶亦不迟，飘飘吹我衣。"

南朝·梁·江淹《效阮公诗十五首》："白露淹庭树，秋风吹罗衣。"

南朝·梁·戴暠《煌煌京洛行》："衣风飘飘起，车尘暗浪生。"

唐·杜甫《秋风二首》："秋风渐渐吹我衣，东流之外西日微。"

又《桔柏渡》："连笮动袅娜，征衣飒飘飘。"

又《夏夜叹》："安得万里风，飘飘吹我裳"

唐·王缙《古离别》："高堂静秋日，罗衣飘暮风。"

唐·白居易《二年三月五日斋毕开素当食偶吟赠妻弘农郡君》："初旭泛帘幕，微风拂衣裳。"

又《小台晚坐忆梦得》："解带面西坐，轻襟随风开。"又《闲坐》："闲坐槐阴下，开襟向晚风。"写自己开襟，意与上诗同。

2099. 白露沾我裳

魏·曹丕《杂诗二首》："彷徨忽已久，白露沾我裳。"写游子思归，夜不能寐，彷徨已久，以至白露沾湿了衣裳。又《善哉行》再用白露沾衣："上山采薇，薄暮苦饥。溪谷多风，霜露沾衣。"《诗经·小雅·采薇》写征戍之苦，曹丕用"采薇"意，写戍卒之苦。采薇菜到傍晚十分饥饿，溪谷的风已很尖锐，霜花露水又沾湿了衣裳。汉末王粲《七哀诗》其二："迅风拂裳袂，白露沾衣襟。"写他依荆州刘表、在世事动乱中做悠闲的门下客的苦闷思乡心情。此二句写风寒露冷更增哀愁。王粲作此诗年29岁，曹丕才19岁。"白露沾衣"句王粲应早于曹丕。然而魏乐府《吴鼓吹曲辞·秋风》中也写了"白露沾裳"；"秋风扬沙尘，寒露沾衣裳。"这样孰先孰后就难于判定了。

"白露沾裳"多表示环境凄寒，或旅途艰苦。句式有"沾我裳""湿人衣"和"衣裳冷"，其中还有的有细微变化。

用"沾我裳"的：

晋·傅玄《杂诗三首》："纤云时仿佛，渥露沾我裳。"

晋·枣据《杂诗》："丰草停滋润，雾露沾衣裳。"

南朝·梁·吴均《赠鲍春陵别诗》："所忧别离意，白露下沾裙。"

唐·常建《西山》："泠然夜遂深，白露沾人袂。"

唐·白居易《狂歌词》："明月照君席，白露沾我衣。"

唐·鲍溶《隋容陵下》："白露沾衣隋王宫，云亭月馆楚淮东。"

2100. 溪谷多风，霜露沾衣

魏·曹丕《乐府·善哉行二首》："溪谷多风，霜露沾衣。"《文选》注作："溪谷多悲风，霜露沾我衣。"此诗述客行他乡，思归难归的情怀。"然伤而不悲，不失清逸之气。"（刘逸生《曹魏父子诗选》）此二句写溪谷之风袭侵着行人，霜花露水沾湿了衣裳。"沾湿"人衣是出行者常常经历的。

南朝·宋·谢庄《月赋》："佳期可以还，微露湿人衣。"

南朝·宋·鲍照《代苦热行》："瘴气昼熏体，

茵露夜沾衣。"

南朝·梁·简文帝萧纲《伤离新体诗》:"草香袭余袂,露洒沾人衣。"

唐·骆宾王《夕次旧关》:"唯有荒台露,薄暮湿征衣。"

唐·宋之问《王子乔》:"空望山头草,草露湿人衣。"

又《广州朱长史座观妓》:"参差随暮雨,前路湿人衣。"

唐·孟浩然《高阳池送朱二》:"意气豪华何处在,空余草露湿罗衣。"

唐·李白《学古思边》:"相思杳如梦,珠泪湿罗衣。"

唐·王维《缺题二首》:"山路元无雨,空翠湿人衣。"

唐·杜甫《陪王侍御同登东山最高顶宴姚通泉晚携酒泛江》:"人生欢会岂有极,无使霜露沾人衣。"警人不可乐极生悲。

宋·苏轼《寿星院碧寒轩》:"纷纷苍雪落夏簟,冉冉绿雾沾人衣。"

又《临江仙》(风水洞作):"层巅余落日,草露已沾衣。"用宋之问句。

宋·黄庭坚《水调歌头》(游览):"只恐花深里,红露湿人衣。"

宋·向子諲《水调歌头》:"胜欲举觞对饮,不怕月明露重,寒色著人衣。""寒色"指月光与露水。

宋·辛弃疾《清平乐》(博山道中即事):"柳边飞鞚,露湿征衣重。"

宋·方千里《荔枝香》:"空濛冷湿人衣,山路元无雨。""山路元无雨"用王维句。

宋·熊禾《婆罗门引》:"秋宵倦起,起来风露湿人衣。"

2101. 香雾云鬟湿

唐·杜甫《月夜》:"香雾云鬟湿,清辉玉臂寒。"天宝十五载(256),诗人为安史叛军掳至长安,作此诗怀念鄜州的家人。采取了曲折的手法,通过家中妻子儿女怀念自己以抒自己思念家人之情。"香雾"二句写他妻子的肖像,正是思念之表现。刘后村《诗话》评:"故人陈伯霆诗《北征》诗,戏云:子美善谑,如'粉黛忽解包'、'狼籍画眉润',虽妻女亦不恕。余云:公知其一耳。如《月夜》诗云:'香雾云鬟湿,清辉玉臂寒',则闺中之发肤,云

浓玉洁可见。"意为杜甫写他妻女之美,然"湿""寒"更表现家人之苦。

宋·苏轼《与述古自有美堂乘月夜归》:"凄风瑟缩经弦柱,香雾凄迷著髻鬟。""香雾"句用杜诗。

2102. 早朝霜满衣

唐·白居易《晏起》:"缅想长安客,早朝霜满衣。"写秋日早朝,早朝之早,致使霜挂满衣。

宋·苏轼《薄薄酒二首》:"五更待漏靴满霜,不如三伏日高睡足北窗凉。"用白居易句。

2103. 落英逐风聚

南朝·梁元帝萧绎《芳树》:"落英逐风聚,轻香带蕊翻。"落花随风而聚,轻香伴蕊而翻,造语极工。南北朝诗人喜写风吹落花,香气播散。诸如:

南朝·梁·吴均《赠周散骑兴嗣二首》:"朝花舞风去,夜月窥窗下。"

南朝·梁·陆罩《采菱曲》:"转叶任香风,舒花影流日。"

北朝·周·无名氏《步虚词十首》:"香花随散,玉音成紫霄。"

南朝·陈·张正见《梅花落》:"落远香风急,飞多花径深。"

又《对酒》:"风移兰气入,月逐桂香来。"

南朝·陈后主叔宝《梅花落二首》:"映日花光动,迎风香气来。"

又《同平南弟元日思归》:"浮云断更续,轻花落复香。"

又《上巳玄圃宣猷嘉辰禊酌各赋六韵以次成篇》:"莺度游丝断,风驶落花多。"

又《饮马长城窟行》:"离群嘶向影,因风屡动香。"

又《采桑》:"去后花丛散,风来香处移。"

南朝·陈·阴铿《开善寺》:"莺随入户树,花逐下山风。"

南朝·徐孝克《仰和令君》:"香来讵经火,花散不随风。"

南朝·陈·伏知道《咏人聘妾仍逐琴心》:"染香风即度,登垣花正开。"

隋·杨素《赠薛内史》:"明月徒流光,落花空自芳。"

隋·魏澹《咏石榴》:"影入环阶水,香随度隙风。"

又《咏阶前萱草》:"云度时无影,风来乍有香。"

隋·辛德源《芙蓉花》:"光临照波日,香随出岸风。"

2104. 衣香逐娇去

南朝·陈后主叔宝《独酌谣四首》:"衣香逐娇去,眼语送杯娇。"衣香随女子而去,第一个"娇"指代娇娆女子,后一"娇",表现女子的娇媚。衣服薰香,古已有之。南朝梁、陈人写衣香为多。

南朝·梁·何逊《摇扇联句》:"欲掩羞中笑,还飘袖里香。"写女子摇扇,时而掩住含羞之笑,时而飘出袖里之香。

陈后主还有《舞姑娘三首》:"转身移佩响,牵袖起衣香。"

又《紫骝马二首》:"盖转时移影,香动屡惊衣。"

又《洛阳道五首》:"佳丽娇南陌,香气含风好。"

又《七夕宴乐脩殿各赋六韵》:"笑靥人前敛,衣香动处来。"

南朝·陈·祖孙登《咏城堑中荷》:"叶似环城盖,香乱上桥衣。"

南朝·陈·贺彻《采桑》:"钏声时动树,衣香自入风。"

南朝·陈·阴铿《游巴陵空寺》:"借问将何见,风气动天衣。"

南朝·陈·许倪《破扇》:"蔽日无余影,摇风有半凉。不堪部巧笑,犹足动衣香。"

南朝·陈昭《独酌谣》:"窗明影乘入,人来香逆飘。"

隋·杜公瞻《咏同心芙蓉》:"色夺歌人脸,香乱舞衣风。"

2105. 衣香满路飘

唐·刘长卿《少年行》:"日晚春风里,衣香满路飘。"写纨袴子弟在春风中嬉戏,衣服上的香气随路而飘。唐·权德舆《玉台体十二首》:"粉汗宜斜日,衣香逐上风。"也是写"衣香",都是用香料薰染了衣服发出的香味。这是人工的"香"。更多的写"衣香",是花香扑落在人的衣服上。如唐·姚合《寒食二首》:"阶前春薛遍,衣上落花飘。"就是这种情景,下面是"花香落衣"句:

唐·施肩吾《秋山吟》:"月色清且冷,桂香落人衣。"

宋·黄庭坚《画堂春》:"近池催置琵琶床,衣带水风香。"

宋·张镃《菩萨蛮》(遣兴):"碧宇朗吟归,天风香染花。"

宋·晁端礼《浣溪沙》:"紫萝凝阴绿四垂,暗香撩乱扑罗衣。"

宋·辛弃疾《新荷叶》(再题悠然亭):"小阁横空,朝来翠扑人衣。"

2106. 风花乱舞衣

唐·卢照邻《折杨柳》:"露叶凝愁黛,风花乱舞衣。"风吹杨花乱落在舞衣之上。

唐·贾至《对酒曲二首》:"曲水浮花气,流风散舞衣。"用卢照邻句式,写舞衣被流风吹散。

唐·白居易《严十八郎中在郡日改制东南楼,因名清辉,未立标榜,微归郎署。予既到郡,性爱楼居。宴游其间,颇有幽致。聊成十韵,兼戏寄严》:"碧窗戛瑶琴,朱栏飘舞衣。"舞衣在朱阑上飘动。

2107. 因风入舞袖

唐·点照邻《梅花落》:"雪处疑花满,花边似雪回。因风入舞袖,杂粉向妆台。"梅花因风而飞,落入舞袖,又杂粉落向妆台。

唐·骆宾王《秋风》:"飘香曳舞袖,带粉泛妆楼。"两句均用卢照邻诗。

写"风吹舞(罗)袖"的还有:

唐·李白《与夏十二登岳阳楼》:"醉后凉风起,吹人舞袖回。"

唐·王维《三月三日勤政楼待宴应制》:"酒筵嫌落絮,舞袖怯春风。"

唐·杜牧《寄远》:"向春罗袖薄,谁念舞台风。"

唐·纪唐夫《总马曲》:"今日房平将换妾,不如罗袖舞春风。"

宋·程邻《西江月》:"归来袭袭袖生风,齿颊余甘入梦。"

宋·吕胜己《菩萨蛮》:"楼倚暮云端,春风罗袖寒。"

宋·王庭珪《感皇恩》:"知是谪仙,肝肠锦绣,天半清风动襟袖。"

815

2108. 独立小桥风满袖

五代·冯延巳《鹊踏枝》:"独立小桥风满袖,平林新月人归后。"此词表达一种伤春情绪,又无可奈何。独立小桥之上,春风满袖,凉气袭人,看看新月升上平林,只好下桥归去。

《鹊踏枝》即《蝶恋花》,《全宋词》将此词收入欧阳修名下。据《直斋书录解题》卷二十一云:"陈振孙云:'阳春录一卷,南唐冯延巳撰,高邮崔公度伯易题其后,称其家所藏最为详确。而尊前、花间诸集,往往谬其姓氏,近传欧阳永叔词,亦多有入,皆失其真也。'"可推知把冯词集入永叔名下,或属误收。

后人用"风满袖",也作"满袖风"。

宋·寇准《微凉》:"独坐水亭风满袖,世间清景是微凉。"

宋·晏殊《渔家傲》:"却傍小栏凝坐久,风满袖,西池月上人归后。"取冯词两句之意。

又《玉堂春》:"宝马香车,欲傍西池看,触处杨花满袖风。"

宋·王安石《答韩持国》:"知公尚忆洛城中,醉里穿花满袖风。"

宋·韩维《观单精舍期邻几未至》:"留得清风满衣袖,为君吹尽鬓边尘。"

宋·赵必璩《醉落魄》(赋九月见梅):"满袖西风,吹动暗香月。"

宋·黎廷瑞《蝶恋花》:"小雨轻寒风满袖,下却帘儿,莫遣梅花瘦。"

2109. 罗袖动香香不已

唐·杨贵妃玉环《赠张云容舞》:"罗袖动香香不已,红蕖袅袅秋烟里。"描绘张云容跳舞,罗袖翩翩,不停地舞动,袖中随之不断地流香。

汉·《古诗·庭中有奇树》:"庭中有奇树,绿叶发华滋。攀条折其荣,将以遗所思。馨声盈怀袖,路远莫致之。"庭树之花,馨香无比,折下枝花,欲遗远人,香满怀袖,却无法送到远方。写"袖香"盖源于此。

宋·黄庭坚《满庭芳》:"难忘处,良辰美景,襟动有余香。""袖动"换作"襟动",都是衣香。

宋·王齐愈《菩萨蛮》:"旧衣香染袖,袖染香衣旧。"(回文)

宋·周紫芝《宴桃源》:"消瘦,消瘦,依约粉香襟袖。"

又《宴桃源》(与孙祖恭求酴醿):"旧日酴醿时候,酒浣粉香襟袖。"

宋·王安石《小重山》(相州荣归池上作):"碧藕花风入袖香,涓涓清露沾、玉肌凉。"

宋·向子谭《卜算子》(东坡先生尝作卜算子,山谷老人见之云:类不食烟火人语。芗林往岁见梅追和一首,终恨有儿女子态耳):"梦绕阳台寂寞回,沾袖余香冷。""寂寞回"用刘禹锡"潮打孤城寂寞回"语。

又《相见欢》:"泥泥风中衣袖,冷沉香。"

宋·张孝祥《菩萨蛮》:"红袖舞香风,风香舞袖红。"(回文)

宋·邓肃《菩萨蛮》:"翠袖拥香风,宁辞玉斝空。"

宋·曹勋《玉蹀躞》:"风外残菊枯荷,凭栏一饷,犹喜冷香襟袖。"

宋·杨冠卿《菩萨蛮》:"天阔水云长,风飘舞袖香。"

宋·高观国《菩萨蛮》:"只疑双蝶梦,翠袖和香拥。"

宋·赵与洽《江城梅花引》:"夜来袖冷暗香凝,恨半销、酒半醒。"

宋·杨泽民《木兰花》:"奇容压尽群芳秀,枕臂浓香犹在袖。"

2110. 朝罢香烟携满袖

唐·杜甫《和贾至舍人早朝大明宫》:"朝罢香烟携满袖,诗成珠玉在挥毫。"称贾至之才。"袖携香烟",《新唐书·仪卫志》载:"朝日,殿上设黼扆、蹑席、熏炉、香案。"熏炉使入朝人香烟满袖。

宋·苏轼《次韵钱舍人病起》:"坐觉香烟携袖少,独愁花影上廊迟。"用杜甫句,但烟非殿中烟。

宋·晁端礼《黄河清》:"朝罢香烟满袖,近卧报、天颜有喜。"用杜句。

2111. 此日衣襟尚有香

清·曹雪芹《红楼梦》第五十一回:薛宝琴《马嵬怀古》:"只因遗得风流迹,此日衣衾尚有香。"宝玉在秦可卿房中"神游太虚境",衣衾中尚留有余香。用马嵬驿杨贵妃死后留香故事。

《新唐书·后妃传·杨贵妃》马嵬驿缢杀杨贵妃,后玄宗从四川归来,经马嵬,派人备棺改葬,发土得杨贵妃香囊。唐·刘禹锡《马嵬行》:"不见岩畔人,空见凌波袜……传看千万眼,缕绝香不歇。"袜子在传看,丝缕断了,香气犹存。

2112. 檀板欲开香满袖

宋·晏殊《木兰花》:"玳筵初启日穿帘,檀板欲开香满袖。"手开檀板,散出了满袖香。又《雨中花》:"剪翠妆红欲就,折得清香满袖。""香满袖"即"满袖香",句源应是冯延巳的"风满袖"。袖口宽舒,易于兜风,对风是敏感的。香风亦先入袖口,折花也会袖口留香,挥手又先从袖口溢香,这就是人们多写"香袖"与"香满袖"的缘由。用"香满袖"的还有:

宋·欧阳修《渔家傲》:"折得花枝犹在手,香满袖。叶间梅子青如豆。"

宋·晏几道《清平乐》:"折得疏梅香满袖,暗喜春红依旧。"

宋·黄庭坚《绣带子》(张宽夫园赏梅):"晚到芳园游戏,满袖带香回。"

宋·李之仪《临江仙》:"清香满袖,犹记画堂西。"

宋·秦观《摸鱼儿》(重九):"聊摘取茱萸,殷勤插鬓,香雾满衫袖。"

宋·莫将《木兰花》(十梅·月下):"劝君携取董妖娆,拱得醉翁香满袖。"

宋·李清照《醉花阴》:"东篱把酒黄昏后,有暗香盈袖。"

宋·向子諲《鹧鸪天》:"归时好月已沉空,只有真香犹满袖。"

宋·蔡伸《点绛唇》:"人归后,断肠回首,只有香盈袖。"用李清照"盈(满)"字。

宋·吕渭老《极相思》:"香风满袖,金莲印步,狭径迎逢。"

宋·葛立方《夜行船》(章甥婚席间作):"银叶添香香满袖,满金杯、寿君芳酒。"

宋·方岳《酹江月》:"报答东风,流连西日,绿外沈吟久。与春无负,醉归香满襟袖。"

宋·吴文英《宴清都》:"席前夜久,天低宴密,御香盈袖。""盈"即"满"。

宋·冯伟寿《云仙引》(桂花):"含笑山帘,月香满袖,天雾萦身。"

2113. 桂子飘香张九成

宋·李清照《句》:"露花倒影柳三变,桂子飘香张九成。"宋·陆游《老学庵记》卷二:"张子韶对策,有'桂子飘香'之语。赵明诚妻李氏嘲之曰:'露花倒影柳三变,桂子飘香张九成。'""桂子飘香"是"桂子月中落,天香云外飘"的简缩。后用以写秋景。

元·卢挚《湘妃怨·西湖》:"染绛绡裁霜叶,酿清香飘桂子,是个百巧的西施。"写西子湖秋色。

元·张可久《小梁州·访杜高士》:"拂云同坐苔花磴,桂飘香满地金星。"写秋色。

元·贯云石《小梁州·秋》:"金风荡,飘动桂子香。"

2114. 愿长恁天香满袖

宋·元绛《映山红慢》:"佳人再拜抬娇面,敛红巾、捧金杯酒,献千千寿。愿长恁、天香满袖。"赞"名花独秀"的映山红,结句祝愿它天香永驻。"天香满袖"出自"天香"与"香满袖"的合用。用以描写"殿香",或"衣香",或"花香"。

宋·苏轼《和子由除夜元日省宿致宿致斋三首》:"白发苍颜五十三,家人强遣试春衫。朝回两袖天香满,头上银幡笑阿咸。"阮籍呼其兄之子阮咸为阿咸,苏轼借来代子由诸子。"朝回"兼用杜甫"朝罢"句。

又《韩康公坐上侍儿求书扇上二首》其二:"天香满袖人知否,曾到旃檀小殿来。"

又《雨中花》:"有国艳带酒,天香染袂,为我留连。"

又《浣溪沙》(有赠):"上殿云霄生羽翼,论兵齿颊带风霜,归来衫袖有天香。"

宋·王庭珪《感皇恩》:"金榜篆云,银鞍披绣,归去天香满衣袖。"

宋·吴亿《烛影摇红》(上晁共道):"谁识鳌头,去年曾侍传柑宴。至今衣袖带天香,行处氤氲满。"

宋·管鉴《蓦山溪》:"天香怀袖,凝燕从容,占喜色,送新声,潋滟金荷满。"

宋·沈端节《念奴娇》:"应记革履雍容,天香满袖,侍宴游三岛。"

宋·辛弃疾《感皇恩》(为范倅寿):"三山归路,明日天香襟袖,更持银盏起、为君寿。"

宋·韩玉《水调歌头》:"衣袖天香犹在,风度仙清难老,冰雪莹无尘。"

宋·洪咨夔《沁园春》:"明朝去,趁传柑宴近,满袖天香。"取吴亿"传柑"意。

宋·赵与洽《摸鱼儿》(梅):"莫教衣袖天香冷,恐怨美人迟暮。"

宋·吴文英《汉宫春》:"怀得银符,卷朝衣归袖,犹惹天香。"

宋·翁元龙《烛影摇红》:"真艳可怜消受,倩莺催、天香共袖。"

宋·姚勉《贺新郎》:"御渥新沾催进谢,一点恩袍先绿,归袖惹、天香芬馥。""归袖"用吴文英句。

元·邓玉宾《正宫·端正好》:"归来时袖满天香,又把这西王母蟠桃会上访。"

元明小说话本依托宋人贺怜怜《南乡子》:"衣锦归来,携两袖天香,散作春风满洛阳。"

2115. 清风两袖朝天去

明·于谦《入京》:"手帕蘑菇和线香,本资民用反为殃。清风两袖朝天去,免得闾阎话短长。"于谦曾任御史、巡抚,他关心民间疾苦,兴修水利,建仓救荒,除暴安良,平了数百起冤案。百姓称他为"于龙图""当代包公"。太监王振弄权,贿赂公行。有人劝于谦进京时带点线香、蘑菇、丝帕之类送朝中权贵。他置之一笑,举起两袖说:"带有清风!"事后又作此《入京》诗。"朝天"意为进京,"闾阎"意为百姓。进京只带两袖清风,免得百姓说短道长。足以证明于谦是廉洁清白的。从此"两袖清风"就用以喻为官不贪不占,清正廉明。近人未艾《在徐州卸职计归》(一九四七年秋):"两袖清风田野去,何时揽辔又从军。"说卸甲归田,学于谦两袖清风。

两袖易于通风,古人大袖,清风尤为易入,所以有"两袖清风""两袖春风""两袖风"之感。宋人写它就是写实,其喻义生于谦诗。

宋·晏殊《风入松》:"两袖晓风花陌,一帘夜月兰堂。"

宋·杜安世《凤栖梧》:"闲上江楼初雨过,满袖清风,微散谁知我。莲脸佳人颜未破,沙洲两两鸳鸯卧。"

宋·仇远《清平乐》:"谩留两袖春风,罗游旧梦成空"。

宋·陈克《豆叶黄》:"麝冷灯昏愁杀侬,独有闲阶两袖风。"

元·陈基《次韵吴江道中》:"两袖清风身欲飘,杖藜随月步长桥。"

元·高文秀《遇上皇》第一折:"吃了这发醅醇糯,胜如那玉液琼浆。两袖清风和月偃,一壶春色透瓶香。"

明·兰陵笑笑生《金瓶梅》第八十四回:"两袖清风舞鹤,一轩明月谈经。"

"两袖清风"到了清代开始取于谦的喻义。

清·纪昀《阅微草堂笔记·姑妄听之》:"此令不悟,故清风两袖,而卒被恶声,共可惜也已。"

2116. 清风细雨杂香来

《拾遗记》:魏文帝曹丕迎薛灵芸诗《行者歌》:"清风细雨杂香来。"唐·杜甫《送翰林张司马南海勒碑》用"细雨来"句:"野馆秋花发,春帆细雨来。"

2117. 遭际风云会

汉末·王粲《诗》:"鸷鸟化为鸠,远窜江汉边。遭际风云会,托身鸾凤间。""际"一作"遇",相遇、恰逢之意。"遭际风云会"即"风云际会"。《易·乾》:"云从龙,风从虎。""龙虎风云会"。喻有才能有作为的人如风云一样聚合了。《后汉书·朱景王杜马刘傅坚马列传》:"论曰":中兴二十八将:"咸能感会风云,奋其智勇,称为佐命,亦各志能之士也。"此诗作者以鸷鸟自喻,说托身鸾凤间,却又不得志,表述依刘表时的抑郁情怀。

晋·何劭《诗》:"亮无风云会,安能袭尘轨。"

晋·陆机《艳歌行》:"荡荡风云会,佳人一何繁。"

又《江蓠赋》:"被蒙风云会,移居华池边。"

唐·李白《梁甫吟》:"风云感会起屠钓,大之山当安之。"

唐·杜甫《洗兵行》:"征起适遇风云会,扶颠始知筹策良。"

又《万丈潭》:"何当炎天过,快意风云会。"俗传万丈潭(同谷县西南)有龙飞出。所以写苦暑日过此潭,会见到龙跃起而成风云之会。

又《谒先主庙》:"惨淡风云会,乘时各有人。"

又《夔府书怀四十韵》:"社稷经纶地,风云际会期。"

唐文宗李昂《暮春喜雨》:"风云喜际会,雷雨遂流滋。"

唐·李山甫《下第献所知三首》:"四海风云难际会,一生肝胆易开张。"

唐·秦韬玉《仙掌》:"为余势负天工背,索取风云际会身。"

唐·白居易《和寄乐天》:"又如风云会,天使相君匹。"

日本·岛田忠臣《酬裴大使答诗》:"与君共是风云会,唯契深交送一生。"

宋·胡从义《纵鱼》:"放汝入长江,养教鳞角出。风云际会时,莫道不相识。"

宋·王安石《送何正臣主簿》:"百年冠盖风云会,万里山川日月新。"

宋·苏轼《和张昌言喜雨》:"二圣忧勤忘寝食,百神奔走会风云。"

又《西湖秋涸东池鱼窘甚呼网师迁之西池戏作放鱼一首》:"安知中无蛟龙种,尚恐或有风云会。"

宋·张耒《满庭芳》:"嗟吁、人生随分足,风云际会,漫付伸舒。且偷取闲时,向此蹰躇。"

宋·辛弃疾《贺新郎》(用前韵送杜叔高):"看乘龙、鱼龙惨淡,风云开合。"

宋·刘克庄《贺新郎》(张倅生日):"此老一生江海客,愿风云、际会从今始。宁郁郁,久居此。"

明·汤式《一枝花·旅中自遣》:"有一日际会风云得凭验,那时节威仪可瞻。"

2118. 好风与之俱

晋·陶渊明《读山海经》:"微雨从东来,好风与之俱。"好风伴着微雨同来,令人心旷神怡,顿生畅快之感。雨既从东来,风也是东风、春风了。"好风"出于《尚书·洪范》:"星有好风,星有好雨。"注云:"箕星好风,毕星好雨。"箕是东方木宿(xiù),毕是东方金宿。此"好"读去声。意为箕星管多风,毕星管多雨。南朝·宋·鲍照《赠傅都曹别》:"风雨好东西,一隔顿万里。"用《尚书》句义,写东风西雨,旅途辛劳。"好风"后来渐生新义,表东风、暖风、和风、徐风、微风、凉风,令人心旷神怡、心情豁朗的风。

用"好风与之俱"句如:

唐·权德舆《病中苦热》:"何时洒微雨,因与好风俱。"变句式用"微雨""好风"句,好风为凉风。

唐·白居易《重搜长句美而谢之》:"高兴独因秋日尽,清吟多与好风俱。"亦为凉风、清风。

2119. 柳叶开时任好风

唐·杜审言《大酺》:"梅花落处疑残雪,柳叶开时任好风。"梅落柳开,正是初春季节,落地的白梅如残留的冬雪,初绽的柳叶任凭和风吹拂。"柳叶"拟人,已是跃跃欲生了。

首用"任好风"的是南朝·梁·刘遵《繁华应令诗》:"腕动飘香麝,衣轻任好风。"写衣轻不胜风。下如:

唐·樊阳源《赋得风动万年枝》:"珍木罗前殿,乘春任好风。"

唐·李商隐《无题二首》:"斑骓只系垂杨岸,何处西南任好风。"

唐·韦庄《自孟津舟西上雨中作》:"秋烟漠漠雨濛濛,不卷征骊任晚风。"换"晚"字表示时间。

唐·元稹《古艳诗二首》:"春来频到宋家乐,乘袖开怀待好风。""待"等待意,风来亦"任"其吹。

清·郑燮《竹石》:"咬定青山不放松,立根原在破岩中。千磨万击还坚劲,任尔东南西北风。"作者为他第一幅《竹石画》题诗,赞扬石中之竹的品格,以托自己之志。

2120. 好风如扇雨如帘

宋·李鹰《虞美人令》:"玉栏干外清江浦,渺渺天涯雨。好风如扇雨如帘,时见岸花汀草涨痕添。"雨在天涯如帘幕,好风吹来,如摇扇而生的风,两个确当的比喻,状出好风远雨之态。

"好风如扇",其创意人是晋·陶渊明。他的《拟古九首》之七写:"日暮天无云,春风扇微和。"傍晚天空无云,春风如扇,带来了徐徐的温和。

以搧扇喻风来,在李鹰之前已有人用过了。

唐·范传正《赋得春风扇微和》:"暖暖当迟日,微微扇好风。"以陶渊明句作主旨,写"微微扇好风","扇"为动词,"好风如扇"的"扇"则是名词。

唐·罗隐《送郑州严员外》:"满扇好风吹郑圃,一车甘雨别皇州。"

2121. 好风吹长条

唐·余延寿《折杨柳》:"好风吹长条,婀娜何如妾。"思夫诗,以风吹柳条婀娜多姿喻女子之美。唐人后用"好风吹"句如:

储光羲《河中望鸟滩作贻吕四郎中》:"平明春色霁,两岸好风吹。"

李白《杭州送裴大泽赴庐州长史》:"好风吹落日,流水引长吟。"

刘禹锡《杨柳枝》："金谷园中莺乱飞,铜驼陌上好风吹。"

令狐楚《春游曲三首》："一夜好风吹,新花一万枝。"

李商隐《留赠畏之》："潇湘浪上有烟景,安得好风吹汝来。"

何兆《玉蕊花》："惟有多情天上雪,好风吹上绿云鬟。"

严休复《唐昌观玉蕊花折有仙人游怅然成二绝》："惟有多情枝上雪,好风吹缀绿云鬟。"与何兆诗比,标题有繁简,用词有变换,似出一人之手。

方干《题友人山花》："平明方发尽,为待好风吹。"兼用陆龟蒙《和袭美松江早春》"柳下江餐待好风,暂时还得狎渔翁"中"待好风"意。

蜀太妃徐氏《三学山夜看圣灯》："细雨湿不暗,好风吹更明"。

2122. 好风疑是故园来

唐·薛能《新竹》："清露便教终夜滴,好风疑是故园来。"新竹探笋,终夜滴露,竹风阵阵,似故园之风吹来,不禁乡情顿生。眼前的竹,引来远方的风,远方的风又带来故园之竹,这就是妙处。应是"好风来"句之佳品。其前人有:

唐·钱起《江行无题一百首》："可缘非直路,邓有好风来。"

又《戏鸥》："更喜好风来,数片翻暗雪。"鸥鸟随风翻飞,翅如雪片飘飘,也很美。

唐·白居易《立秋夕凉风忽至炎暑稍消即事咏怀寄汴州节度使李二十尚书》："嫋嫋檐树动,好风西南来。"

又《朝课》："池上好风来,新荷大如扇。"

宋·范仲淹《峻极上寺》："好风从天来,吹落桂树花。"

2123. 多谢好风吹起后

五代·李中《夏云》："多谢好风吹起后,化为甘雨济田苗。"雨云浮压空中,借好风吹动,化为甘雨。这写"吹起"云。他的《庭竹》诗:"好风济日起,幽鸟有时来。"这是"风起"。"起"字句有:

唐·齐己《静院》："好风时傍疏篁起,幽鸟晚从何处来。"李中用此句。

唐·孙光宪《虞美人》："好风微揭帘旌起,金翼鸾相倚。"

2124. 梅向好风惟是笑

这是唐人唐彦谦《寄怀》中的一句,其偶句是"柳因微雨不胜垂"。双句皆美,梅柳活生生地人情化了。唐彦谦写"好风"还有《鸂鶒》诗:"一宿南塘烟雨时,好风摇动绿波微。"前后写"好风"句的:

唐·钱起《酬赵给事相录不遇留赠》："斜景适随诗兴尽,好风才送环声回。"

又《山路见梅感而有作》："莫言山路僻,还被好风催。"

又《苏端林亭对酒喜雨》："能知留客处,偏与好风过。"

唐·刘禹锡《荆州歌二首》："今日好南风,商旅相催发。"

唐·权德舆《早发杭州泛富春江寄陆三十一公佐》："候晓起徒驭,春江多好风。"

唐·杨巨源《和本中丞西禅院看花》："好风轻引香烟入,甘露才和粉艳凝。"

唐·李贺《渌水辞》："今宵好风月,阿侯在何处。"

唐·张籍《晚春过崔驸马东园》："闲园多好风,不意在街东。"

唐·元稹《清都春雾寄胡三吴十一》："白日当空天气暖,好风飘树柳阴凉。"

又《清明日》："常年寒食好风轻,触处相随取次行。"

唐·白居易《六月三日夜闻蝉》："荷香清露坠,柳动好风生。"

又《舟中夜坐》："潭边霁后多清景,桥下凉来足好风。"

又《早春忆游思黯南庄因寄长句》："美景难忘竹廊下,好风争奈柳桥头。"

又《清明夜》："好风胧月清明夜,碧砌红轩刺史家。"

唐·杜牧《西江怀古》："范蠡清尘何寂寞,好风唯属往来商。"

又《寄内兄和州催员外十二韵》："好风初婉软,离思苦萦盈。"

又《秋思》："微雨池塘见,好风襟袖知。"

唐·薛能《题彭祖楼》："极目澄鲜无限景,入怀轻好可怜风。"

又《折杨柳十首》："窗外齐垂旭日初,楼边轻暖好风徐。"

又《牡丹四首》之四："浓艳冷香初盖后,好风乾雨正开时。"

唐·李频《夏日宿秘书姚监宅》："贵宅多嘉树,先秋有好风。"

唐·李洞《述怀二十韵献覃怀相公》："静宜浮竞息,坐觉好风生。"

唐·李群玉《洞庭入澧江寄巴丘故人》："江行好风月,燕舞轻波时。"

唐·陈陶《闲居杂兴五首》："闲卧清秋忆师旷,好风摇动古松枝。"

唐·沈韬文《游西湖》："不是不归归未得,好风明月一思量。"

唐·皎然《答孟秀才》："物外好风至,意中佳客寻。"

唐·贯休《别卢使君归东阳二首》："孤帆好风千里暖,深花黄鸟一声长。"

唐·齐己《移居》："吹榻好风终日有,趁凉闲居片时无。"

五代·李中《竹》："便有好风来枕簟,更无闲梦到潇湘。"

宋·宋祁《同张子春淮上作》："南风今日好,归棹上淮津。"

宋·晏殊《浣溪沙》："一霎好风生翠幕,几回疏雨滴圆荷。"

宋·赵汝燧《憩农家》："似阴还似晴,好风弄轻柔。"

宋·苏轼《永遇乐》："明月如霜,好风如水,清景无限。"

宋·范成大《醉落魄》："好风碎月,竹声如雪,昭华三弄临风咽。"

2125. 带曲舞春风

南朝·陈·张正见《去圃观春雪诗》："影丽重轮月,飞随团扇风。还取长歌处,带曲舞春风。"写雪花在朦胧的月影下更加鲜丽,在团扇的摇动中轻轻翻飞,在悠扬的歌声中,随着美妙的乐曲在春风中舞动。"舞春风"是雪花在春风中飘舞。后来用以描绘蝶燕飞舞和舞女的舞姿。

唐·王建《调笑令》："胡蝶胡蝶,飞上金枝玉叶,君前对舞春风。"

又《调笑令》："罗袖罗袖,暗舞春风依旧。"

唐·刘驾《皎皎词》："斑姬入后宫,飞燕舞春风。"指赵飞燕受宠。

宋·晏几道《蝶恋花》："醉舞春风谁可共,秦云已有鸳屏梦。"

宋·周紫芝《减字木兰花》(内子生日)："玉秀兰芳,醉舞东风彩袖长。"

宋·辛弃疾《浪淘沙》(赋虞美人草)："不肯过江东,玉怅匆匆。至今草木忆英雄。唱者虞兮当日曲,使舞春风。"

宋·谭宣子《西窗烛》："为楚腰、惯舞春风,芳草萋萋补绿。"

2126. 桃花依旧笑春风

唐·崔护《题都城南庄》："去年今日此门中,人面桃花相映红。人面不知何处去,桃花依旧笑春风。"这是诗人清明游长安城南庄口渴求水,遇一家女子,情有独钟。第二年清明又去此庄,家门上锁,女子已不知去向,于是将此诗题于门扉。详见"人面桃花相映红"条。"笑春风",意为在春风中鲜花绽开,如人开颜解颐而笑。后两句说艳如桃花的人不知何处去了,只有桃花还同去年一样在春风中盛开。首用"笑春风"的是李白《前有尊酒行二首》不过不是写花,而是写人:"胡姬貌如花,当垆笑春风。"崔护诗当从此脱颖,影响颇深。唐人豆卢岑《寻人不遇》:"隔门借问人谁在,一树桃花笑不应。"即从崔护句化出。而"笑春风",王安石竟两用全句。后人用"笑春风"句,多效仿崔护写花。如:

唐·李商隐《嘲桃》："无赖夭桃面,平明露井东。春风为开了,却拟笑春风。"

五代·欧阳炯《献衷心》："见好花颜色,争笑东风。双脸上、晚妆同。"(《全宋词》作欧阳修词,误收)

宋·张先《少年游》(井桃)："韶华长在,明年依旧,相与笑春风。"

宋·王安石《送张明甫》："南去北来人自老,桃花依旧笑春风。"

又《胡笳十八拍十八首》："欲问平安无使来,桃花依旧笑春风。"

宋·王珪《小桃》："小桃常忆破正红,今日相逢二月中。自是粉闱人未识,莫因花晚笑春风。"

宋·曹组《祝英台》："粲粲玉立丰标,天寒日暮,笑东风、不曾轻付。"

宋·袁去华《菩萨蛮》："木犀开遍芙蓉老,东篱独占秋光好。还记笑春风,新妆相映红。"

宋·陈亮《采桑子》："桃花已作东风笑,小蕊嫣然。"

清·孙尚任《桃花扇》第二十三出寄扇《锦上花》："一朵朵伤情,春风懒笑;征片清魂。流水愁漂。"扇上桃花美艳含愁。"懒笑",反用,花开得没精神。

清·曹雪芹《红楼梦》第五十回邢岫烟《咏红梅花》："桃未芳菲杏未红,冲寒先已笑东风。"

2127. 杏花凝恨倚东风

五代·张泌《浣溪沙》："微雨小庭春寂寞,燕飞莺语隔帘笼,杏花凝恨倚东风。"写早春微雨,莺燕隔帘,人声寂寂,小庭一片寂寞,唯杏花含恨依倚着东风。"凝恨"拟人,人情所移。"倚东风",背负东风(春风),花木在东风中摇曳如有所依倚。写人倚东(西)风最多,"倚"则有"背负""沐浴"之意,表现人在春风或秋风中的种种活动。

唐·戴叔伦《苏溪亭》："苏溪亭上草漫漫,谁倚东风十二栏。"首用"倚东风",但句意是在东风中倚栏干,不是"倚风"。

唐·李山甫《公子家二首》："麻衣酤献平生业,醉倚春风不点头。"这已是写人倚风了。

五代前蜀·顾夐《河传》："倚东风,春正浓,愁红泪痕衣上重。"

五代后蜀·欧阳炯《南乡子》："女郎相引去,游南浦,笑倚春风相对语。"

五代南唐·张泌《河传》："红杏交枝相映,密密濛濛,一庭浓艳倚东风。"红杏倚东风。

宋·梅尧臣《玉楼春》："天然不比花含粉,约月眉黄春色嫩。小桥低映欲迷人,闲倚东风无奈困。"

宋·欧阳修《洞仙歌令》："忆年时,兰棹独倚春风。相怜处、月影花光相映。"

又《少年游》："去年秋晚此园中,携手玩芳丛。拈花嗅蕊,恼烟撩露,拼醉倚西风。"

宋·元绛《早梅》诗："照夜直为明月占,倚风先作艳阳媒。"

宋·王安石《载酒》："载酒欲寻江上舟,出门无路水交流。黄昏独倚春风立,看却花开触也愁。"

又《与微之同赋梅花得香字三首》："婵娟一种如冰雪,依倚春风笑野棠。"

宋·晁端礼《定风波》："花倚东风柳弄春,分

明浅笑与轻颦。"

宋·秦观《行香子》："树绕村庄,水满坡塘,倚东风,豪兴徜徉。"

宋·晁补之《望海潮》(扬州芍药会作)："困倚东风,汉宫谁敢斗新妆。"

宋·毛滂《清平乐》："红深枯冷皆濛,托根不倚东风。"

宋·沈蔚《柳初新》："艳冶轻盈放纵,倚东风、从来遍宠。"

又《醉花阴》(和江宣德醉红妆词)："半笑倚春风,醉脸生红,不是胭脂色。"

宋·朱敦儒《眼儿媚》(席上瑞香)："主人好事,金杯留客,共倚春风。"

又《减字木兰花》："白玉栏干,倚遍春风翠袖寒。"也是倚栏。

宋·韩驹《念奴娇》(月)："此情谁会,倚风三弄横竹。""横竹"为笛。

宋·赵鼎《好事近》(杭州作)："青山迢递水悠悠,何处问消息。还是一年春暮,倚东风独立。"

宋·张元干《祝英台近》："画檐红日三竿,慵窥鸾鉴,长是倚、春风无力。"

又《楼上曲》："楼外夕阳明远水,楼中人倚东风里。"

又《点绛唇》："天然媚,大家休睡,笑倚西风里。"

宋·王之道《石州慢》(和董令升岁余)："何妨笑倚东风,一饮杯三百。"兼用李白"一饮三百杯"句。

又《贺新郎》(送郑宗承)："又是春残去,倚东风、寒云淡日,堕红飘絮。"

宋·杨无咎《两同心》："柳条短,斜倚春风;海棠睡,醉敲红玉。"柳条倚风。

又《蓦山溪》(和婺州晏倅酴醾)："天姿雅素,不管群芳妒。微笑倚春风,似窥宋、墙头凝伫。"

宋·冯时行《玉楼春》："不禁慵瘦倚东风,燕子双双花片片。"

宋·胡铨《采桑子》："山浮海上青螺远,决眦归鸿。闲倚东风,叠叠层云欲荡胸。"

宋·康与之《舞杨花》："娇困倚东风,羞谢了群芳。"

宋·曾觌《朝中措》(山父赏牡丹,酒半作)："依倚东风向晓,数行浓淡仙妆。"

宋·赵彦端《满庭芳》(道中忆钱塘旧游)："柳

外栏干相望,弄东风、倚遍斜晖。"

宋·朱淑真《念奴娇》:"斜倚东风浑漫漫,顷刻也须盈尺。"

宋·陈从古《蝶恋花》:"日借轻黄珠缀露,困倚东风,无限娇春处。"

宋·张孝祥《菩萨蛮》:"独倚晚楼风,断霞萦素空。"

宋·杨冠卿《浣溪沙》:"惊梦觉来啼鸟近,惜春归去落花多。东风独倚奈愁何?"

又《蝶恋花》:"舞处曾看花满面,独倚东风,往事思量遍。"

宋·辛弃疾《满江红》(稼轩居士花下与郑使君惜别醉赋,侍者飞卿奉命书):"恨牡丹、笑我倚东风,形如雪。"

又《念奴娇》(赋雨岩):"一点凄凉千古意,独倚西风寥廓。"

又《瑞鹤仙》(赋梅):"倚东风,一笑嫣然,转盼万花羞落。"

宋·程垓《一落索》:"莫倚东风消瘦,有酴醾入手。伫倚香玉醉何妨,任花落、愁依旧。"

宋·赵师侠《好事近》(垂丝海棠):"红杏已香残,唯有海棠堪惜。……娉娉袅袅倚东风,柔媚忍轻摘。"写海棠。

宋·魏了翁《朝中措》:"梦草闲眠暮雨,落花独倚春风。"

又《青玉案》:"三年山月移朝暮、独倚松风等闲度。"

又《满江红》(贺刘左史光祖进职奉祠):"出处只从心打当,去留不管人忻戚。抱孤衷、脉脉倚秋风、无人识。"

宋·葛长庚《贺新郎》(紫元席下作):"飞尽桃花片,倚东风、高吟大啸,开怀消遣。"

又《沁园春》:"青鸟无凭,丹霄有约,独倚东风无限情。谁知有、这春山万点,杜宇千声。"

又《桂枝香》:"岩花涧草春无极,倚东风、忽然惆怅。"

宋·王埜《西河》:"醉归抚剑倚西风,江涛犹壮人意。"

宋·吴潜《糖多令》(答和梅府教):"鸥鹭水中洲,夕阳天际流。倚西风、底处危楼。若使中秋无好月,虚过了、一年秋。"

又《贺新郎》(用赵用父左司韵送郑宗丞):"又是春残去,倚东风、寒云淡日,堕红飘絮。"周王之

道词。

宋·黄时龙《虞美人》:"小立花心曲未终,一把柳丝无力、倚东风。"写柳丝。

宋·史可堂《蓦山溪》:"笼香袖冷,独立倚西风。红叶落,菊花残,都是关情处。"

宋·李昂英《念奴娇》(宝祐丁巳闰四月,偕十友避暑白云寺):"倚风长啸,籁鸣林谷相应。"

宋·吴文英《浣溪沙》(仲冬望后,出迓履翁,舟中即兴):"石瘦溪根船宿处,月斜梅影晓寒中,玉人无力倚东风。"

宋·刘辰翁《鹧鸪天》:"桔中个个盘深窈,依倚东风局意长。"

宋·张绍文《酹江月》(淮城感兴):"满地干戈犹未戢,毕竟中原谁定。便欲凌空,飘然直上,拂拭山河影。倚风长啸,夜深霜露凄冷。"

宋·陈允平《月中行》:"蔷薇花下偏宜酒,纤纤手、自引金钟。倦歌伴醉倚东风,愁在落花中。"

宋·张炎《木兰花慢》(元夕后,春意盎然,颇动游兴,呈雪川吟社诸公):"清狂尚如旧否? 倚东风、啸咏古兰陵。十里梅花霁雪,水边楼观先登。"

元明小说话本依托宋人张舜美《如梦令》:"燕赏良宵无寐,笑倚东风残醉。"

元·冯子振《鹧鸪天》(赠歌儿珠帘秀):"凭倚东风远映楼,流莺窥面燕低头。"

2128. 落花不语空辞树

唐·白居易《过元家履信宅》:"落花不语空辞树,流水无情自入池。"经过故人宅院,已是鸡犬散去,林园失主,人去宅空了。那落花默然辞本,流水淡然汇入池塘,一片冷寂。此诗首写"落花无语",喜怒哀乐之情态移之于花。这花多不是落花,花对人无语,人对花无语,总是含着"人花对话"的渴求,表现诗人种种心态。

唐·温庭筠《惜春词》:"百舌问花花不语,低回似恨横塘雨。""不语""无言",对于物,都是拟人,温诗此句写花似一女子,低回不语,只恨雨送春归。

唐·郑谷《中年》:"情多最恨花无语,愁破方知酒有权。"恨花无语,借酒破愁。

唐·韦庄《北原闲眺》:"欲问向来陵谷事,野桃无语泪花红。"托桃花无语滴泪以抒情。

五代·魏承班《生查子》:"烟雨晚晴天,零落花无语,难话此时心。"惜花无语。

宋·张先《醉桃源》："桃花无语伴相思,阴阴月上时。"

宋·杜安世《剔银灯》："绿丛无语,空留得、宝刀剪处。""绿丛"是人曾倚处。

宋·晁补之《江神子》(集句伤春)："把酒问花花不语,携手处,遍芳丛。"集温庭筠句,换上"把酒"二字。

宋·李祁《点绛唇》："花无数,问花无语,明月随人去。"亦用温句。

宋·仲并《浪淘沙》："看尽风光花不语,却是多情。"

宋·侯寘《四犯令》："月破轻云无淡注,夜俏花无语。"

宋·范成大《浣溪沙》(烛下海棠)："倾坐东风百媚生,万红无语笑逢迎。"海棠花开。

宋·真德秀《蝶恋花》："莫是东君嫌淡素,问花花又娇无语。"

宋·陈著《摀练子》(晓起)："和梦卷帘飞絮入,牡丹无语正盈盈。"

宋·陈允平《浣溪沙》："残月有情圆晓梦,落花无语诉春愁。""落花无语"用白居易句。

宋·刘辰翁《江城子》(春兴)："一年春事几何空,杏花红,海棠红,看取枝头无语怨天公。"

宋·周密《江城子》："把酒问花花不语,花外梦,梦中云。""把酒"用晁补之语。

2129. 含情不语自吹箫

五代·牛希济《临江仙》："玉楼独上无憀,含情不语自吹箫。"写"玉楼人"满怀离情、默默无言、借吹箫以排遣思远人的情绪。

"含情不语",喜怒哀乐之情,已有流露,可见于眼神和容态,却无言语,不表白。句源产生于唐·张九龄《秋夕望月》诗:"含情不得语,频使桂华空。"望着"流芳万里同"的秋月,有所思,却"含情不得语",难以传递到远方,那秋月也只是频频空挂兰天。牛希济之前,没有凝缩成"含情不语"句式。

唐·薛维翰《古歌》："美人怨何深,含情倚金阁。不嗔复不语,红泪双双落。"

唐·储光羲《长安道》："百万一时尽,含情无片言。"

唐·戴叔伦《宫词》："紫禁迢迢宫漏鸣,夜深无语独含情。"

唐·雍裕之《残莺》："花阑莺亦懒,不语独含情。"

唐·温庭筠《偶题》："吴客卷帘闲不语,楚娥攀树独含情。""不语"与"含情"分句分人用。

唐·张窈窕《句》："满院花飞人不到,含情欲语燕双飞。""欲语"亦是"无语"。

五代·和凝《江城子》："娅姹含情娇不语,纤玉手,抚郎衣。"

五代·毛熙震《南歌子》："惹恨还添愁,牵肠即断肠。凝情不语,一枝芳,独映画帘,闲立绣衣香。""凝情",凝结着情,而不说出,近"凝神"。

宋·王之道《如梦令》(江上对雨)："一饷凝情无语,手撚梅花何处。"用毛之"凝情"。

五代·欧阳炯《赤枣子》："春睡起来回雪面,含羞不语倚云屏。""羞"使"情"明朗化了。

五代·张泌《浣溪沙》："杜鹃声断玉蟾低,含情无语倚楼西。"

五代·孙光宪《临江仙》："含情无语,延伫倚阑干。"

五代·冯延巳《采桑子》："玉娥重起,添香印回倚孤屏。不语含情,水调何人吹笛声。"

宋·舒亶《醉花阴》(越州席上官妓献梅花)："冷对酒尊傍,无语含情,别是江南信。"

宋·王寀《蝶恋花》："爱把绿眉都不展,无言脉脉情何限。"

宋·谢逸《蝶恋花》(留董之南过七夕)："一水盈盈牛与女,目送经年,脉脉无由语。"

宋·胡仔《水龙吟》(以李长吉美人梳头歌填)："理云裾下阶,含情不语,笑折花枝戏。"

宋·王之道《东风第一枝》(梅)："情钟束素无华,意在含情不语。"

宋·无名氏《醉花阴》："今日在尊前,只为情多,脉脉都无语。"

2130. 含情欲待谁

汉末·王粲《公宴诗》："常闻诗人语,不醉且无归。今日不极欢,含情欲待谁。"写一个大型宴会,在一片欢乐气氛中,应极欢尽醉,不然,满怀激情地等待什么呢?"含情",怀情藏情,而不挥放。

唐·李白《对酒》："对酒不肯饮,含情欲待谁?"用原句。

唐·李峤《拟古东飞伯劳西飞燕》："庭前芳树朝夕改,空驻妍华欲待谁?"

唐·张谓《辰阳即事》:"青枫落叶正堪悲,黄菊残花欲待谁?"

唐·王适《古别离》:"已能憔悴今如此,更复含情一待君。"肯定式。

唐·姚合《独居》:"到头归向青山是,尘路茫茫欲告谁。"

宋·苏轼《吉祥寺花将落而述古不至》:"今岁东风巧剪裁,含情只待使君来。对花无信花应恨,直恐明年便不开。""含情",满怀热情。

明·袁宏道《妾薄命》:"落花去故条,尚有根可依。妇人失夫心,含情欲告谁?"

仅用"含情"表示满怀激情:

南朝·宋·谢灵运《邻里相送至方山》:"含情易为盈,遇物难可歇。"写激情的冲动,用"含情"较早。

南朝·梁·简文帝萧纲《东飞伯劳歌二首》:"向日西落杨柳垂,含情弄态两相知。"

南朝·梁·沈约《初春》:"且复归去来,含情寄杯酒。"

唐·杨师道《初宵看婚》:"隐扇羞应惯,含情愁已多。"

唐·韦承庆《折杨柳》:"不忍掷年华,含情寄攀折。"

唐·宋之问《绿竹引》:"含情傲睨慰心目,何可一日无此君。"

唐·薛维翰《古歌》:"美人怨何深,含情倚金阁。"

唐·李峤《鉴》:"明鉴掩尘埃,含情照魏台。"写镜。

又《雉》:"冀君看饮啄,耿介独含情。"写白雉。

唐·王维《双黄鹄歌送别》:"鞍马归兮佳人散,怅离忧兮独含情。"

唐·崔颢《杂诗》:"妆罢含情坐,春风桃李香。"

唐·刘长卿《颍川留别司仓李万》:"落日征骖随去尘,含情挥手背城闉。"

唐·杜甫《承沈八丈东美除膳部员外阻雨未遂驰贺奉寄此诗》:"未暇申宴慰,含情空激扬。"

又《村夜》:"中原有兄弟,万里正含情。"

又《春日江村五首》:"异时怀二子(贾谊与王粲),春日复含情。"

唐·钱起《适楚次徐城》:"迷津坐为客,对酒默含情。"

又《送严士良侍奉詹事南游》:"点翰遥相忆,含情向白头。"

唐·独孤及《官渡歌送李员外承恩往扬州觐省》:"远客折杨柳,依依两含情。"

唐·戴叔伦《送王翁信及第归江东旧隐》:"此地登临惯,含情一送君。"

唐·元稹《曹十九舞绿钿》:"含情独摇手,双袖参差别。"

唐·白居易《琴》:"置琴曲几上,慵坐但含情。"

唐·李商隐《赋得桃李无言》:"得意摇风态,含情泣露痕。"

唐·温庭筠《湘东宴曲》:"湘东夜宴金貂人,楚女含情娇翠嚬。"

又《西州词》:"一弹三四解,掩抑似含情。"

又《题丰安里王相林亭二首》:"偶到乌衣巷,含情更惘然。"

唐·方干《送饶州王司法之任兼寄朱处士》:"留醉悲残多,含情寄远书。"

唐·郑谷《江梅》:"和雨和烟折,含情寄所思。"

唐·韩偓《李太舍池上玩红薇醉题》:"京洛园林归未得,天涯相顾一含情。"

五代·和凝《河满子》:"正是破瓜年,几含情、惯得人饶。"

又《春光好》:"红粉相随南浦晚,几含情。"

又《天仙子》:"纤手轻抬红豆弄,翠蛾双敛正含情。"

宋·孙浩然《夜行船》:"遥指前村,隐隐烟树,含情背人归去。"

宋·舒亶《菩萨蛮》:"天阔水悠悠,含情独倚楼。"

宋·秦观《踏莎行》(上巳日遇华严寺):"而今临水漫含情,暮云目断空迢递。"

2131. 含嚬不语半持颐

唐·温庭筠《寄岳州李外郎远》:"含嚬不语半持颐,天远楼高宋玉悲。""嚬"同"颦",皱眉。"含嚬",眉间含愁。句意是含愁(皱眉)不语,手支半面,天高地远,无限悲伤。"含嚬不语"句式同"含情不语"。

唐·韦庄《浣溪沙》:"日高犹自凭朱阑,含嚬不语恨春残。"

唐·薛昭蕴《浣溪沙》:"不语含嚬深浦里,几回愁煞櫂郎。"

五代·冯延巳《点绛唇》:"柳径春深,行到关情处,颦不语,意凭风絮,吹到郎边去。"

金·元好问《寄答赵宜之兼简溪南诗老》:"黄菊有情,留小饮,青灯无语伴微吟。"用句式。

清·朱孝臧《乌夜啼》(同瞻园登戒坛千佛阁):"吹不断,黄一线,是桑乾。又是夕阳无语下苍山。"用句式,写夕阳为桑乾涂上一抹金色。

2132. 年年无语向东流

唐·高蟾《秋日北固晚望》:"何事满江惆怅水,年年无语向东流。"登北固山望悠悠长江水,将满腹惆怅移情江水,永无尽头地向东流去。"江水无语",说江水波澜不兴,平平稳稳地流动。

宋·柳永《八声甘州》:"是处红衰翠减,苒苒物华休。惟有长江水,无语东流。"用高蟾句。

宋·向子諲《七娘子》:"而今不见生尘步,但长江、无语东流去。"

2133. 倚楼无语欲销魂

宋·寇准《踏莎行》:"倚楼无语欲销魂,长空黯淡连芳草。"写女子暮春倚楼思念远人,默然无语,黯然伤神。

五代·李珣《西溪子》:"无语倚屏风,泣残红。"又《虞美人》:"却回娇步入香闺,倚屏无语,然云篦,翠眉低。"首用"倚×无语"式。

五代·冯延巳《采桑子》:"小庭雨过,春将尽、片片飞花,独折残枝,无语凭栏只自知。"

五代·耿玉真《菩萨蛮》:"倚枕悄无言,月和残梦圆。"

宋·柳永《少年游》:"日高花树懒梳头,无语绮妆楼。"

宋·谢绛《诉衷情》(宫怨):"倚屏脉脉无语,粉泪不成珠。"

宋·黄公度《青玉案》:"倚阑无语,独立长天暮。"

宋·赵长卿《雨中花慢》(春雨):"倚阑无语,羞辜负年华。"

又《感皇恩》(柳):"锦囊多感,又更来新酒,断肠无语凭阑久。"

又《鹧鸪天》(春残):"谩谩东风作雨寒,无言独自凭阑干。"

又《眼儿媚》(霜夜对月):"倚阑不语情如醉,都总寄眉头。"

宋·京镗《水调歌头》:"遥想将芜三径,自笑已穷五枝,无语倚阑干。"

宋·王炎《阮郎归》:"倚阑无语不禁情,杜鹃啼数声。"

宋·卢祖皋《渡江云》(赋荷花):"凭画阑,嫣然输笑,无语寄心情。"

宋·陈允平《虞美人》:"彩云别后房栊悄,愁立西风晓。倚阑无语对黄花,惆怅玉郎应在、楚江涯。"

宋·方千里《南乡子》:"独倚阑干无一语,回眸、鼓角声中唤起愁。"

宋·张辑《微招》:"独倚危楼,叶声摇暮,玉阑无语。"

宋·江开《玉楼春》:"倚楼无语忆郎时,恰是去年今日时。"

宋·周密《满庭芳》(赋湘梅):"还疑是,寿阳凝醉,无语倚含章。""含章"指宫殿。

元·王实甫《西厢记》第二本第一折《仙吕·八声甘州》:"无语凭阑干,目断行云。"

金·段克己《渔家傲》(送春六曲):"楼外垂杨千万缕,风荡絮,阑杆倚遍空无语。"惜春之情尽在不言中。

用寇准的"销魂无语"句:

宋·赵长卿《夏云峰》(初秋有作):"销魂无语,一任侧耳与心倾。"

宋·方千里《解连环》:"对倦景,无语销魂,但香断露晞,絮飞风薄。"

2134. 敛尽春山羞不语

宋·苏轼《蝶恋花》:"敛尽春山羞不语,人前深意难轻诉。""春山",代眉,敛眉不语,人前难诉深情。

"敛眉不语"句出五代·冯延巳《南乡子》:"闲促黛眉,慵不语情绪,寂寞相思知几许。"宋初还有:

宋·柳永《鹤冲天》:"无语沉吟坐,好天好景,未省展眉则个。"

宋·欧阳修《浣溪沙》:"堪恨风流成薄倖,断无消息归期,托腮无语翠眉低。"

宋·杜安世《踏莎行》:"蓦然旧事上心头,无言敛皱眉山翠。"

2135. 对花无语,独怨东风

宋·潘汾《玉蝴蝶》:"锦屏空,对花无语,独怨东风。""问花无语"是写花,"对花无语"则直接写人。这种句式不仅对花,也有"对青山""对斜阳""对东风"等。

宋·欧阳修《桃源忆故人》:"少年行客情难诉,泣对东风无语。"

宋·杜安世《两同心》:"漫空怅望,每每无言,独对斜晖。"

宋·王安中《小重山》(相州荣归池上作):"折花无语傍横塘,随折处,一寸万丝长。"(折藕)

宋·蔡伸《浣溪沙》:"今日重来人事改,花前无语独徘徊。"

宋·朱淑真《西江月》(春半):"卷帘无语对南山,已觉绿肥红浅。"

宋·杨炎正《鹊桥仙》:"征衫拂泪,阑干倚醉,羞对黄花无语。"

宋·方千里《解连环》:"对倦景、无语销魂。"

宋·葛长庚《水调歌头》:"又是春将暮,无语对斜阳。"

宋·冯取洽《金菊对芙蓉》:"对花无语,花应笑我,不似张郎。"

宋·陈允平《瑞鹤仙》:"芳草恨,断魂远,对东风无语。"

又《虞美人》:"倚阑无语对黄花,惆怅玉郎应在、楚江涯。"

2136. 无语怨东风

元·王实甫《西厢记》第一本《楔子·幺篇》:"花落水流红,闲愁万种,无语怨东风。"这是崔莺莺的唱词。莺莺之父崔相国因病告殂,同母亲郑夫人扶柩归博陵(今河北定州市)故里,中途受阻,居住在崔相国当年修造的普救寺中西厢下一座宅子里。时间是暮春,"花落水流红",她感到父亲死去,老母弱女,灵柩未安,阻于途中,不禁"闲愁万种",无处倾诉,在东风中郁结着满腹幽怨。"无语怨东风"意为满腹幽怨,难以言表,只是默默地向着东风。唐人戴叔伦《闺怨》诗写:"看花无语泪如倾,多少春风怨别情。"就是"无语怨东风"的雏意。用"无语怨东风"句的还有:

宋·潘汾《玉胡蝶》:"对花无语,独怨春风。"王实甫直用此句。

宋·王千秋《蓦山溪》(海棠):"清明池舘,侧卧帘初卷。还是海棠开,睡未足、余醒满面。低头不语,浑似怨东风,心始吐、又惊飞,交现垂杨眼。"

明·汤显祖《牡丹亭》第五十五出《硬拷·沽美酒》:"把燮理阴阳(宰相职责)问相公,要无语对东风。"不含怨意。

"怨东风"的创意人在唐代。

唐·张继《金谷园》:"老尽名花春不管,年年啼鸟怨东风。"写"啼鸟"或其它之怨,是人之怨的寄托。

唐·武无衡《经严秘校维故宅》:"不堪投钓处,邻笛怨春风。"

唐·李贺《送沈亚之歌》:"吴兴才人怨春风,桃花满陌千里红。"

唐·曹邺《庭草》:"庭草根自浅,造化无遗功。低回一寸心,不敢怨春风。"用孟郊"寸草心"句,写微薄、渺小,因为"根底浅"。所以不敢有所怨尤。"不敢"是否定式。

唐·崔道融《班婕妤》:"自题秋扇后,不敢怨春风。"用曹邺句。

五代·李中《隔墙花》:"朱门金锁隔,空使怨春风。"

宋·晏殊《少年游》:"胭脂嫩脸,金黄轻蕊,犹自怨西风。""西风"一般指秋风。

宋·石孝友《南歌子》:"东风著意绮罗丛,最好一枝特地、怨春风。"

宋·姜夔《玉梅令》:"春风锁、旧家门庭馆。有玉梅几树,背立怨东风。高花未吐,暗香已远。"

宋·刘铉《鸟夜啼》(石榴):"只有榴花,全不怨东风。"

2137. 不笑亦不语

唐·李白《古风》之五:"中有绿发翁,披云卧松雪。不笑亦不语,冥栖在岩穴。"写太白山炼丹真人的板滞阴沉的奇特性格。全诗表现李白访道求丹的思想。

唐·刘长卿《戏赠干越尼子歌》:"一花一竹如有意,不语不笑能留人。"用李白"不笑不语"句,写尼子所居之幽美动人。

下面是"无语"(无言)句,内涵丰富,多表孤寂、郁闷,心事重重。

五代·李珣《临江仙》:"不语低鬟,幽思远,玉钗斜坠双鱼。"

又《望远行》："屏半掩,枕斜倚,蜡泪无言,对垂吟鼙。"

五代·张泌《浣溪沙》："饮散黄昏人草草,醉容无语立门前。"用"独立无言"的还有:宋·柳永《满朝欢》："尽日伫立无言,赢得凄凉怀抱。"宋·黄公度《青玉案》："倚栏无语,独立长天暮。"宋·韩玉《行查子》："对东风、独立无言。"

五代·冯延巳《相见欢》："情极处,却无语,玉钗斜。"

宋·柳永《曲玉管》："一场消黯,永日无言,却下层楼。"

又《鹊桥仙》："此际寸肠万绪,惨愁颜,断魂无语。"

宋·苏舜钦《水调歌头》(沧浪亭)："刺棹穿芦荻,无语看波澜。"

宋·苏轼《水龙吟》："临江一见,谪仙风采,无言心许。"

宋·黄庭坚《减字木兰花》："举头无语,家在明月生处住。"

宋·晁端礼《鹧鸪天》："朱匀檀口都无语,酒入圆腮各是香。"

又《朝中措》："莫怪尊前无语,大都分明多情。"

宋·蔡伸《虞美人》："匆匆人去三更地,月到回廊下。出门无语送郎时,泪共一天风露、湿罗衣。"

宋·杨无咎《生查子》："秋深郎未归,月上人初静。无语意迟迟,步转梧桐影。"

宋·王十朋《点绛唇》(南香含笑)："南国名花,向人无语长含笑。"

宋·杨炎正《水调歌头》："把酒对斜日,无语问西风:胭脂何画,都做颜色染芙蓉。"

宋·方千里《水龙吟》(海棠)："绿态多慵,红情不语,动摇人意。"

宋·吴文英《八声甘州》："问苍波无语,华发奈山青。"

又《燕归梁》："行人无语看青山,背东风,两苍颜。"

宋·李好古《谒金门》："燕子归来愁不语,旧巢无觅处。"

宋·刘辰翁《浣溪沙》(春日即事)："燕归无语傍人斜,晚风吹落小瓶花。"

宋·仇远《如梦令》："犹自立危阑,阑外青山无语。""青山无语"用唐·秦韬玉《隋堤》句:"远山应见繁华事,不语青青对水流。"

明·王彦贞《摘翠百咏小春秋》(小桃红·西厢百咏·二十九莺莺听琴)："未听得曲终,早是咱心动,无语立花丛。"

2138. 尽日问花花不语

唐·严恽《落花》："尽日问花花不语,为谁零落为谁开?"惜春之去,惜花之落。

唐·温庭筠《惜春词》："百舌问花花不语,低回似恨横塘雨。"用严恽语。

宋·欧阳修《蝶恋花》："雨横风狂三月暮,门掩黄昏,无计留春住。泪眼问花花不语,乱红飞过秋千去。"用严恽语。

元·梁曾《木兰花慢》(西湖送春)："问花花不语,为谁落? 为谁开?"用严恽两句。

清·谭献《渡江云》(大观亭同阳湖赵敬甫、江夏郑赞侯)："问花花不语,几度轻寒,凭处好登临?"

2139. 尽在不言中

宋·韩世忠《临江仙》："荣贵非干长生药,清闲是不死门风,劝君识取主人公。单方只一味,尽在不言中。"开一记劝世良方,劝人不要争名利争富贵,不要做任何表白,保持身心清闲。后来有语云:"满怀心腹事,尽在不言中。"概源出于此。

唐·白居易《偶题阁下厅》："平生闲境里,尽在五言中。"句式源此。

元·王实甫《西厢记》第二本第四析《圣药王》："他曲来终,我意转浓,争奈伯劳飞燕各西东:尽在不言中。"彼此即要分飞,满腹离情,却谁也说不出话来。

又《西厢记》第一本第三折:"(旦再拜云)心中无限伤心事,尽在深深两拜中。"这是莺莺道白语,变用"尽在不言中"语。

2140. 解语花枝出眼前

唐·李涉《遇湖州妓宋态宜二首》："陵阳夜会使君筵,解语花枝出眼前。一从明月西沉海,不见嫦娥二十年。""解语花枝",懂得语言的花,能说话的花,多指美人。此处指湖州妓宋态宜。"解语花"是唐明皇(玄宗)的用语。据《开元天宝遗事》载:"明皇秋八月,太液池有千叶白莲数枝盛开,帝与贵戚赏焉。左右皆叹羡久之。帝指贵妃示于左右曰：'争如我解语花？'"意为千叶白莲虽美，却不如杨贵妃美，因为她是懂得语言的花，会说话的花。后来就用"解语花"喻美人。李涉直用其义。用"不解语"则写怜花。

唐·孟郊《看花》："问花不解语，劝得酒无多。"用"花不解语"义。

唐·白居易《山枇杷花二首》其一："春尽忆家归未得，低红如解替君愁。"其二："若使此花兼解语，推因御史定迁程。"其一说低垂的红枇杷花似知道我的归思。其二说山枇杷的红花碧叶太美了，如能解语会令人忘了行程。

唐·卢肇《新植红茶花偶出被人移去以诗索之》："花如解语还应道，欺我郎君不在家。""郎君"，花主人，用"花解语"设说主人不在，花被移去。

唐·罗隐《金陵思古》："杜秋在时花解言，杜秋死后花更繁。"

又《牡丹花》："似共东君别有因，绛罗高卷不胜春。若教解语应倾国，任是无情亦动人。"

唐·韦庄《清平乐》："何处游女，蜀国多云雨，云解有情花解语，窣地绣罗金缕。"

宋·张先《菩萨蛮》："檀郎故相恼，刚道花枝好；花若胜如奴，花还解语无。"

宋·晏殊《萱花·句》："若更花解语，却解使人愁。"

宋·欧阳修《嘲少年惜花》："但见花开人自老，人老不复少，花开还更新。使花如解语，应笑惜花人。"笑人老还惜花。

又《题滁州醉翁亭》（庆历六年）："山花徒能笑，不解与我言。"

宋·苏轼《次韵正辅表兄江行见桃花》："我兄瑚琏姿，流落瘴江浦。净眼见桃花，纷纷堕红雨。萧然振衣裓，笑问散花女。我观解语花，粉色如黄土。一言破千偈，况尔初不语。"

宋·李之仪《临江仙》："知有阆风花解语，从来只许传闻。"

又《清平乐》（桔）："画屏斜倚窗纱，睡痕犹带朝霞。为问清香绝韵，何如解语梅花。""解语梅花"即指梅花。

宋·陈允平《垂丝钓》："鸳侣凤侣，重记相逢处，云隔阳台雨。花解语，旧梦还记否？"

宋·施岳《解语花》："遥相望、含情一笑，花解

语，因甚无言，心事应难表。""解语花"已作词牌。

宋·周纯《菩萨蛮》（题梅扇）："人面似花妍，花应不解言。"

宋·黄简《玉楼春》："密匦彩索看看午，晕素分红能几许。妆成揽镜问春风，此似庭花谁解语。"

宋·蒋捷《玉楼春》（桃花湾马迹）："秦人占得桃源地，说道花深堪避世。桃花湾内岂无花，吕政马来拦不住。明朝与子穿花去，去看霜蹄刓石处。茫茫秦事是耶非，万一问花花解语。"

元·荆幹臣《醉花阴·闺情》："花解语，玉生香，月户云窗，忽被风飘荡。"

元·关汉卿《朝天子·从嫁媵婢》："巧笑迎人，文谈回话，真如解语花。"

又《双调·沉醉东风》："两比花枝解语，眉横柳叶长疏。"

元·张养浩《朝天子·携美姬湖上》："锦筝、玉笙，落日平湖净。宝花解语不胜情，翠袖金波莹。"

2141. 粉色如黄土

宋·苏轼《次韵正辅表兄江行见桃花》："我观解语花，粉色如黄土。""解语花"可以用花托人，也可以用人喻花。这里指"桃花"。

"粉色如黄土"：《长恨歌传》载："玄宗驾幸华清宫，内外命妇，焜耀景从。上心油然，恍若有遇。顾左右前后，粉色如土，诏高力士潜搜外宫，得杨玄琰女于寿邸。"唐·杜甫《玉华宫》："美人为黄土，况乃粉黛假。"杜诗用此典，苏轼用杜句。

2142. 花应解笑人

唐·李敬方《劝酒》："不向花前醉，花应解笑人。"花开似笑，所以花开常说花笑。此诗主张"杯酒寄天真"，如不在花前醉，连花也会讥笑人不通此理。"花解笑"有的写花开，有的表讥笑。

唐·元稹《独醉》："桃花解笑莺解语，自醉自眠那藉人。"有花开莺语，即可独醉独乐了。"花解笑"源出此句。

五代·李中《题吉水县厅前新栽小松》："群花解笑香宁久，众木虽高节不坚。"

宋·欧阳修《渔家傲》："暖日迟迟花袅袅，人将红粉争花好。花不能言惟解笑，金壶倒，花开未老人年少。"

宋·邵雍《年老逢春十三首》:"须将酒盏强留客,却恐花枝解笑人。"

宋·黄裳《蝶恋花》(东湖):"行到桃溪花解笑,人面相逢,竞好窥寒照。"

宋·强至《九日二首》:"如何佳节长为客,却恐黄花解笑人。"

宋·向子谭《菩萨蛮》:"长怜心共语,梦里池边路。相见不如新,花应解笑人。"

2143.鹦鹉嫌笼解骂人

唐·李山甫《公子家二首》:"鸳鸯占水能嗔客,鹦鹉嫌笼解骂人。"此诗写长安权贵之家豪华安逸的生活,此二句写豪门"鹦鹉""鸳鸯"的势利,连它们都会"嗔客""骂人"。"嫌笼",不满于居处环境。

明·汤显祖《牡丹亭》第十二出寻梦:"闲花傍砌如依玉,娇鸟嫌笼会骂人。"用李山甫句,写园亭之美。

2144.花不能言莺解语

宋·赵长卿《谒金门》(暮春):"风又雨,满地残红无数。花不能言莺解语,晓来啼更苦。"暮春时节,又兼风和雨,花残莺老,只有莺会言语,可它的啼声更苦了。

"莺解语",用莺的啼叫描绘它能说话,或者说莺的啼声似在说话。亦从元稹"桃花解笑莺能语"(《独醉》)句中来,宋·范仲淹《定风波》(自前二府镇穰下营百花洲亲制):"莫怪山翁聊逸豫,功名得丧归时数。莺解新声蝶解舞,天赋与,争教我辈无欢娱。"用元稹句式。

宋·张先《天仙子》(别渝州):"落絮飞尽还恋树。有情宁不怀西园:莺解语,花无数,应讶使君何处去。"

宋·苏轼《减字木兰花》:"莺初解语,最是一年春好处;微雨如酥,草色遥看近却无。"用韩愈《初春小雨》中二句。

宋·李觏《送春》:"懊恼黄莺解言语,飞来唯见落花枝。"

宋·赵善括《摸鱼儿》(和辛幼安韵):"西成事,端的今年不误,从他蝶恨蜂妒。莺啼也怨春多雨,不解与春分诉。"

宋·洪《永遇乐》(送春):"绿阴中,莺莺燕燕,也应解语。"

2145.呢喃燕子语梁间

宋·刘季孙《题扇》诗:"呢喃燕子语梁间,底事来惊梦里闲。"双燕在梁间呢呢喃喃地叫着,就象在说话,不知为何惊醒了我的闲梦。双燕呢喃,古人即觉得它们在说话,称燕语。

宋·向子谭《南歌子》:"窥人双燕语雕梁,笑看小荷翻处,戏鸳鸯。"

宋·辛弃疾《祝英台近》:"画梁燕子双双,能言能语,不解说、相思一句。"

宋·程垓《最高楼》:"天易老,恨难酬。蜂儿不解知人苦,燕儿不解说人愁。旧情怀,消不尽,几时休。"

2146.不如桃杏,犹解嫁东风

宋·张先《一丛花令》:"双鸳池沼水溶溶,南北小桥通。梯横画阁黄昏后,又还是、斜月帘栊。沉恨细思,不如桃杏,犹解嫁东风。"此闺怨词,写女子的丈夫出征不归,对着"斜月帘栊",感悟出:人"不如桃杏",桃杏"犹解嫁东风",随风而去,人却难免分离。以人比物,人不如物。

宋·范公偁《过庭录》述:"不如桃杏,犹解嫁东风"句"一时盛传","欧阳永叔尤爱之。子野家南地,以故至都谒永叔。阍者以通,永叔倒屣迎之。曰:'此乃桃杏嫁东风郎中?'"宋·贺裳《皱水轩词筌》评:"唐李盖诗曰:'嫁与瞿塘贾,朝朝误妾期。早知潮有信,嫁与弄潮儿。'子野《一丛花》末句云:'沉恨细思,不如桃杏,尤解嫁东风。'此皆无理而妙。"

"嫁东风"的创意者是唐人李贺。他在《南园十三首》中写:"花枝草蔓眼中开,小白长红越女腮。可怜日暮嫣香落,嫁与春风不用媒。"南园中那些像美女容颜一样的鲜花,到时候,色香退落,便随风而去,不须什么媒介。"嫁"字喻女子出嫁般地飘然而去,创意极生动。宋·某教授《眼儿媚》:"杨花又逐东风去,随分落谁家?"这就是"嫁东风"的注脚。李贺以下还有:

唐·韩偓《寄恨》:"死恨物情难舍处,莲花不肯嫁东风。"

五代·庾传素《木兰花》:"是何芍药争风采,自供牡丹长作时。君教为女嫁东风,除却黄莺难匹配。"

宋·邵雍《三色桃》:"施朱施粉色俱好,倾国倾城艳不同。疑是蕊宫双姊妹,一时俱肯嫁春风。"

宋·苏轼《南歌子》:"莫翻红袖过帘栊,怕被杨花句引、嫁东风。"

宋·贺铸《踏莎行·芳心苦》:"当年不肯嫁春风,无端却被秋风误。"不依附"春风",致成残荷。慨叹老大无成。用韩偓句。

宋·向子谭《相见欢》:"亭亭秋水芙蓉,……天机畔,云锦乱,思无穷,路隔银河,犹解、嫁西风。"

宋·康与之《洞仙歌令》:"新妆明照水,汀渚生香,不嫁东风被谁误。"用贺铸句。

宋·范成大《菩萨蛮》:"冰明玉润天然色,凄凉拼作西风客。不肯嫁东风,殷勤霜露中。"用韩偓句。

宋·赵长卿《水龙吟》(酴醾):"从前爱惜娇姿,终日愁风怕雨。夜月一帘,小楼魂断,有思量处。恐因循易嫁,东风烂熳,暗随风去。"

宋·郑少微《鹧鸪天》:"应未许、嫁春风,天教雪月伴玲珑。"

宋·吴文英《西江月》(赋瑶圃青梅枝上晚花):"枝袅一痕雪在,叶藏几豆春浓,玉奴虽晚嫁东风,来结梨花幽梦。"

宋·刘澜《瑞鹤仙》(海棠):"问烟鬟露脸,为谁膏沐。情闲景淑,嫁东风、无媒自卜。""无媒"用李贺句。

宋·陈允平《浣溪沙》:"不嫁东风苏小恨,未圆明月柳娘悲。舞休愁叠缕金衣。"

宋·周密《绿盖舞风轻》(白莲赋):"恨开迟、不嫁东风,辇怨娇蕊。"

实·仇远《好女儿》:"不忺人,昨夜曾中酒,甚小蛮绿困,太真红醉,肯嫁东风。"

宋·无名氏《蓦山溪》:"冰肌玉骨,不与凡花数。……争望远,嫁东风,对玉堂同处。"

元明小说话本依托宋人王娇娘《一丛花》:"愁人最怕到黄昏,窗儿外、疏雨梧桐。仔细思量,不如桃李,犹解嫁东风。"用张先句换一"杏"字。

清·曹雪芹《红楼梦》第七十回《柳絮词》:林黛玉《唐多令》:"嫁与东风春不管,凭尔去,忍淹留!"

清·黄遵宪《日本杂事诗》:"一道裙腰频结束,尽将桃李嫁东风。"自注:"考《文昌杂录》,称一媒姥见杏花多而不实,曰:来春与嫁了此杏。乃索

处子裙一腰系杏上,既而奠酒呢喃颂祝,果结子无数。"此句用"媒姥"语。

2147. 江月无情也解圆

宋·欧阳修《瑞鹧鸪》:"陇禽有恨犹能说,江月无情也解圆。更被春风送惆怅,落花飞絮两翩翩。"古人常以月的圆缺,比人的聚散,常借月圆盼人团圆。所以月圆是很好的事。"江月无情也解圆",赞无情月,而恨有情人未团圆。《全宋词》题下注:"此词本李商隐诗,公尝笔于扇云,可入此腔歌之。"李商隐《月》诗:"初生欲缺虚惆怅,未必圆时即有情。""无情"句从此翻出。

"解"即"懂得""知道"。

唐·张渭(与岑参同时)《夜同宴》:"竹风能醒酒,花月解留人。"竹风能令醉酒者醒来,花月也知道把行人留往。这是拟人,也是移情,较早地用"解"字。

宋·辛弃疾《西江》(送钱仲耕自江西漕赴婺州):"西江水,道是西风人泪。无情却解送行人,月明千里。""明月无情"(取欧阳修意,却知道送人千里)。

2148. 东风不解禁杨花

宋·晏殊《踏莎行》(小径红稀):"春风不解禁杨花,濛濛乱扑行人面。"春风不懂得应该限制杨花的活动,总是让它乱濛濛地扑向人面。"飞絮杨花"古人常喻作得势的奸佞小人,此词或别有寓意。宋·曾巩《咏柳》诗就是斥柳花的:"乱条犹未变初黄,倚得东风势便狂。解把飞花蒙日月,不知天地有冰霜。"清人龚自珍《鹊踏枝》词(过人家废园作):"偏是无情偏解舞,蒙蒙扑面皆飞絮。"用晏殊句,表达他的烦恼和愤世之情。

晏殊另一首《踏莎行》(细草愁烟):"垂杨只解惹春风,何曾系得行人住。"写初春的柳色春风,述别离情。李调元《雨村词话》说:"珠玉词极流丽,而以翻用成语见长,如'垂杨只解惹春风,何曾系得行人住。'又'东风不解禁杨花,濛濛乱扑行人面'等句是也,翻复用之,各尽其致。"同写垂杨和春风,前者叙述"垂杨"惹春风,后者叙述"东风"不禁杨花。

"东风不解禁杨花",应直源于李贺《南国》诗"嫁与春风不用媒"句,后来写杨柳梅桃的则比较多,而且"解"字用法也广泛。

宋·晏殊《采桑子》:"时光只解催人老,不信多情。""解"字用于时光。

宋·邵雍《对花吟》:"美酒岂无留客醉,好花犹解向人开。"凡"解"字句都是移情于物的写法。

宋·欧阳修《和晏尚书自嘲》:"与物有情宁自得,莫嗔花解久留人。""解"字亦用于花。

宋·夏竦《仙姬怨》:"红桃不解留人住,白鹤何曾觅信归。"

宋·曾巩《咏柳》:"乱絮犹未变初黄,倚得东风势便狂。解把飞花蒙日月,不知天地有冰霜。"

宋·滕宗亮《赠妓兜娘》:"当时自倚青春力,不信东风解误人。"

宋·王安国《减字木兰花》(春情):"徘徊不语,今夜梦魂何处去?不似垂杨,犹解飞花入洞房。"

宋·晏几道《喜团圆》:"珠帘不禁春风度,解偷送余香。"明·赵福元《茉莉》:"西风偷得余香去,分与秋城无限花。""余香"用小晏句。

宋·周紫芝《忆王孙》(绝笔):"杜鹃只解怨春残,也不管人烦恼。"

又《风入松》:"问君尺素几时来?莫道长江、不解西流。""解"用于长江。

宋·程垓《鹧鸪天》:"情未老,鬓先华,可怜各自淡生涯。栎花不解知人意,犹自沾泥也学他。"

宋·辛弃疾《定风波》(送卢提刑约上元重来):"少日犹堪话别离,老来怕作送行诗。极目南云无过雁,君看,梅花也解寄相思。"

宋·储泳《齐天乐》:"待寄与深情,难凭双燕。不似杨花、解道人去远。"

宋·无名氏《失调名》:"柳丝只解风前舞,消系惹、那人不住。"兼用晏殊"何曾系得行人住"句。

元·薛昂夫《楚天遥带过清江引》:"桃花也解愁,点点飘红玉。"

清·纳兰性德《记征人语》:"西风不解征人语,一夕萧萧满大旗。"西风不解人意,鼓动军旗萧萧作响,平添了烦乱心情。

清·周济《渡江云》(杨花):"春风真解事,等闲吹遍,无数短长亭。"

2149. 杨花独得东风意

宋·王安石《暮春》:"无限残红著地飞,海头烟树翠相围。杨花独得东风意,相逐晴空去不归。"暮春到来,无数残红纷纷落地,惟杨花独得东

风的盛意,相互追逐着向晴空飞去。拟人句,似有寓托。

"杨花柳絮逐风",是暮春常有现象,在词人笔下,都有不同的寄托。

宋·欧阳修《渔家傲》:"安得此身如柳絮,随风去,穿帘透暮寻朱户。"《全宋词》收入,然是否欧公之作,存疑。柳絮随风,"寻朱户"格调不高。

宋·赵长卿《探梅令》(赏梅十首):"渐枝上,也学杨花柳絮,轻逐春归去。"以杨花柳絮喻梅。

又《摊破丑奴儿》:"暂时不见浑闲事,只愁柳絮杨花,自来摆荡难留。"喻人别后难归。

宋·丘崈《点绛唇》:"惊拍栏干,忍见春将暮。凭风絮、为人飞去,散作愁无数。"以絮喻愁。兼用贺铸"满城飞絮"(《横塘路》)句意。

2150. 何处春风无别离

唐·薛业《洪州客舍寄柳博士芳》:"胡尘一起天下乱,何处春风无别离。"作者客羁洪州,满怀离愁,继而想到安史之乱给天下带来的灾难,凡春风吹到的地方,都遭到离别之苦。春天多别离,是一普遍现象,春风在一年之首,使大地复苏,因而多远游、宦游,也就多别离。这样"春风"与"别离"产生了联系。

唐·王维《柳浪》:"不学御沟上,春风伤别离。"

唐·刘长卿《留辞》:"春风已遣归心促,纵复芳菲不可留。"

唐·贾至《春思二首》:"东风不为愁吹去,春日偏能惹恨长。"

唐·姚月华《怨诗寄杨达》:"羞将离恨向东风,理尽秦筝不成曲。"

2151. 多少春风怨别情

唐·戴叔伦《闺怨》:"看花无语泪如倾,多少春风怨别情。不识玉门关外路,梦中昨夜到边城。"闺中女子思念戍边的丈夫,年复一年不见归来。多少春风,看花流泪,怨恨别离。

清·曹雪芹《红楼梦》第二十二回贾探春《春灯谜》:"游丝一断浑无力,莫向东风怨别离。"谜底为风筝。断线风筝,只凭东风吹送到远方,喻探春远嫁不归。"莫向东风怨别离"反用戴叔伦句,含与众姊妹比,探春后来幸免于难,何"怨"之有?

2152. 鸣条随风吟

晋·陆机《猛虎行》:"崇云临岸骇,鸣条随风吟。""鸣条"是"风不鸣条"的反用。是由疾风吹拂而发出咝咝吱吱响声的枝条。"风不鸣条",在古人看来,是贤者在位,天下大治的象征。汉·桓宽《盐铁论·水旱》载:"周公载纪而天下太平,国无夭伤,岁无荒年。当此之时,雨不破块,风不鸣条,旬而一雨,雨必以夜。"汉·王充《论衡·是应》亦载:"儒者论太平瑞应,皆言气物卓异……关梁不闭,道无虏掠,风不鸣条,雨不破块,五日一风,十日一雨。""风不鸣条"都表社会安定、天下太平之意。晋·张华《博物志》卷八载:"文王以太公为灌坛令,期年,风不鸣条。"其意近同。陆机句,表达他受命领军,历尽艰辛,未建功业的苦衷。"鸣条随风吟"正标示他郁闷压抑、凄冷烦躁的心情。陆机《吴王郎中时从梁陈作》:"假意鸣凤条,濯足升龙渊。""鸣凤条"喻身居高位。这是特殊用法。"鸣条",其动力是自然物——风:强风、疾风。唐·上官婉儿《游长宁公主流杯池》:"风篁类长笛,流水当鸣琴。"把大自然的声音比作乐器鸣奏出的音乐,写"流杯池"之美好,与"鸣条"的内涵显然不同。然而后来用"鸣条"不尽表其本义,多表秋风、凄风了。

晋·杨羲《辛玄子赠诗三首》:"蹀足吟幽唱,仰手玩鸣条。"是响动的树枝。

南朝·梁·张率《白纻歌九首》:"秋风鸣条露垂叶,空闺光尽坐愁妾。"唐·杜甫《秦州杂诗十二首》其二:"月明垂叶露,云逐度溪风。"用"露垂叶"句。

南朝·陈·江总《咏蝉》:"鸣条噪林柳,流响遍台池。"蝉噪。

唐·刘长卿《蛇浦桥下重送严维》:"秋风飒飒鸣条,风月相和寂寥。"

唐·赵嘏《风不鸣条》:"习习和风至,过条不自鸣。"和风不鸣条。

又《风不鸣条》:"晓吹何曾歇,柔条自不鸣。"

唐·韩琮《风》:"偃草喜逢新雨后,鸣条愁听晓霜中。"

2153. 山叶自吟风

唐·王勃《秋日仙游观赠道士》:"野花常捧露,山叶自吟风。"仙游观秋日景色:野花的花心中捧着露珠,山木的叶子在秋风中吟鸣。"吟叶"是"鸣条"的姊妹语。

唐·王绩《古意六首》:"绿叶吟风劲,翠茎犯霄密。"写竹树的绿叶吟风,翠茎指向天。这是首写"吟风"的诗。

唐·杜甫《堂成》:"桤林碍日吟风叶,笼竹和烟滴露梢。"用王勃句。

2154. 寄语落花风,莫吹花落尽

隋·丁六娘《十索四首》:"君言花胜人,人今去花近。寄语落花风,莫吹花落尽。欲作胜花妆,从郎索红粉。"写一女子闻说花比人美,就走近花前,索取红粉,要胜过花红。"寄语"句表示惜花之情,要胜花而不妒花。南朝·梁·简文帝萧纲《折杨柳》:"叶密鸟飞碍,风轻花落迟。"写轻风吹落残花,飘飘而下的景状。"落花风"一意当出此,一般代暮春的风。

唐·贾曾《有所思》:"故人不共洛阳东,今来空对落花风。"对落花风而思故人,大有失落之感,即花已落人未还。然而此句在唐人刘希夷的名诗《代悲白头翁》中则尤为人知。相传刘希夷的舅父宋之问为窃此诗为己作,竟暗杀了他的外甥刘希夷,这当然难以令人置信。但说明《代悲白头翁》一诗当时是脍炙人口的。可此诗前十二句,竟用了贾曾《有所思》诗的全十句,堪称文学史上笔墨疑案了。

唐·杜牧《题禅院》:"今日鬓丝禅榻畔,茶烟轻扬落花风。"身居禅榻,两鬓生丝,茶烟在落花风中轻轻地扬动着,有感岁时将晚。宋·陆游《渔家傲》(寄仲高)词:"行遍天涯真老矣。愁无寐,鬓丝几缕茶烟里。"缩用杜牧二句,并用其意。清·王又曾《经天姥寺》:"禅榻茶烟成夙世,天鸡海日又春风。"先用杜牧句感昔,后用李白"半壁见海日,空中闻天鸡"(《梦游天姥吟留别》)说天姥山又迎来了春天。

唐·薛能《赠禅师》:"夜堂吹竹雨,春地落花风。"

唐·来鹄《鄂渚清明日与乡友登头陀山》:"落花风里数声笛,芳草烟中无限人。"

唐·唐彦谦《咏马二首》:"骑过玉楼金辔响,一声嘶断落花风。"

又《道中逢故人》:"行色一鞭催去马,画桥嘶断落花风。"再用"嘶断"句。

唐·郑谷《寄献狄右丞》:"残月露垂朝阙盖,落花风动宿斋灯。"

唐·徐夤《和尚书咏烟》:"不散几知离毕雨,欲飞须待落花风。"

五代·冯延巳《清平乐》:"砌下落花风起,罗衣特地春寒。"

又《虞美人》:"云屏冷落,画堂空。薄晚春寒,无奈落花风。"

宋·晏殊《浣溪沙》:"满目山河念远,落花风雨更春寒。不如怜取眼前人。"

宋·欧阳修《满路花》:"兰堂春夜疑,惜更残。落花风雨,向晓作轻寒。"

又《蝶恋花》:"面旋落花风荡漾,柳重烟深,雪絮飞来往。"

又《应天长》:"珠帘净,重楼迥,惆怅落花风不定。"

又《清平乐》:"砌下落花风起,罗衣特地春寒。"本冯延巳词,误收。

宋·黄庭坚《谢王舍人剪状元红》:"欲作短章凭阿素,缓歌夸与落花风。"

宋·李之仪《菩萨蛮》:"一阵落花风,云山千万重。"

宋·仲殊《南徐好》(瓮城):"渌水画桥沽酒市,清江晚渡落花风,千古夕阳红。"

宋·祖可《小重山》:"桃李小园空,阿谁犹笑语,拾残红,珠帘卷尽落花风。"

宋·毛滂《调笑》(荇子):"芳草、恨春老。自是寻春来不早,落花风起红多少。"

又《鹊桥仙》(春晓):"红摧绿剗,莺愁蝶怨,满院落花风紧。"

宋·辛弃疾《水调歌头》:"一笑出门去,千里落花风。"

宋·韩玉《贺新郎》:"门外落花风不定,糁糁乱红堆径。""不定"用欧阳修语。

宋·苏氏《踏莎行》:"暗香浮动月黄昏,落梅风送沾衣袂。"前用林逋句。"落梅风"似是早春的风。

宋·无名氏《临江仙》:"绿暗汀州三月暮,落花风静帆收。"

2155. 淡烟疏雨落花天

唐·牟融《陈使君山庄》:"流水断桥芳草路,淡烟疏雨落花天。"十四个字,勾勒出"山庄春景"的美好特色。"落花天",表示晚春的时令、天气。出自"落花风",内涵却大得多。

宋·方岳《题八士图》:"飞絮游丝芳草路,淡烟疏雨落花天。"用牟融二句,只稍作改动。

明·史谨《送屠先生》:"南浦斜阳芳草色,东风啼鸟落花天。"用牟融"落花天"。

2156. 一树梨花落晚风

唐·杜牧《鹭鸶》:"雪衣雪髪青玉觜,群捕鱼儿溪影中。惊飞远映碧山去,一树梨花落晚风。"鹭鸶,就是白鹭。傍晚一群白鹭涉水捕鱼,忽然受到惊扰,于是白羽翩翩,映着绿碧的远山飞去,有如一树梨花在晚风中纷纷飘落。用梨花落喻远鹭飞,用花之美喻鸟之丽,意境高妙极了,老杜那"一行白鹭上青天"的名句,在"一树梨花落晚风"面前未免逊色三分。

唐·刘沧《经龙门废寺》:"唯余芳草滴春露,时有残花落晚风。"写残花烘托废寺荒凉,用其句不用其意。

宋·苏轼《访张山人二首》:"荞麦余春雪,樱桃落晚风。"

宋·陈师道《木兰花减字》:"白下门东,谁见初杨弄晚风。"

宋·蔡襄《和宋次道宴日不赴有怀》:"殿中佳气带春容,天上云谣落晚风。""云谣"指宋次道诗。

宋·陆游《鹧鸪天》:"双双新燕飞春岸,片片轻鸥落晚沙。"用杜牧句型,写晚鸥飞落沙浦。

2157. 满地梨花昨夜风

唐·来鹄《寒食山馆书情》:"侵阶草色连朝雨,满地梨花昨夜风。蜀魄啼来春寂寞,楚魂吟后月朦胧。"写寒食节山馆景象:草色侵上台阶,迎着濛濛朝雨,一夜寒风吹袭,满地梨花铺陈。这是此七律的颔联、颈联四句。清人厉鹗《宋诗纪事》引《古今合璧事类备要》前集作宋初寇准《春恨》诗,《全宋诗》1044页也作寇准诗:"附录"。应是误收。前二句全同,后二句作"蜀魄不来""楚魂啼夜",这二字的改动已破坏了律格。

五代·刘兼《春宵》:"春云春日共朦胧,满院梨花半夜风。"用来鹄句。

宋人话本小说中人物黄夫人《鹧鸪天》:"侵阶草色迷朝雨,满地梨花逐晓风。"变用来鹄两句诗。

2158. 千里花开一夜风

唐·章孝标《宫词》:"明日銮舆欲向东,守宫金翠带愁红。九门佳气已西去,千里花开一夜风。"写皇帝东巡,佳气自西来,一夜春风使千里花开。此是颂扬皇帝的恩泽。

唐·张祜《听筝》:"分明似说长城苦,水咽云寒一夜风。"用"一夜风",描绘筝声哽咽凄冷。

唐·温庭筠《春日将欲东归寄新及第苗绅先辈》:"三春月照千山道,十日花开一夜风。"用"一夜风"句,述自己东归而苗绅高中。一作《下第寄司马札》。

2159. 夜来吹折数枝花

唐·杜甫《绝句漫兴》:"恰似春风相欺得,夜来吹折数枝花。"诗人经营草堂,"手种桃李非无主,野老墙低还是家。"家园墙低,桃李有主,本可安适,谁知春风欺人,吹折了花枝。惜桃李,也惜身世。

宋·王禹偁《春居杂兴》:"两株桃杏映篱斜,装点商州副使家。何事春风容不得,和莺吹折数枝花。"其子嘉祐认为后二句与杜语相近,欲请改易。王禹偁又欣然作诗曰:"本与乐天为后进,敢欺杜甫是前身?"终不改易。这是谦词,实际上,是从杜句脱出。

2160. 折得东风第一枝

唐·唐彦谦《无题十首》:"寻芳陌上花如锦,折得东风第一枝。"早春时候,"细草铺茵""繁花如锦",折得一枝开得最早的花。

"东风第一枝"从"春风第一花"句出。唐·许浑《客有卜居不遂薄游汴陇因题》:"海燕西飞白日斜,天门遥望五侯家。楼台深锁无人到,落尽春风第一花。"远望豪家楼阁,冷落无人,最美的花也在春风中落尽了,有惋惜之情。"第一花""第一枝",表示开得最美的一朵或开得最早的一枝(如梅)。下如:

宋·李子正《减兰十梅》(残):"东风吹暖,南北枝头开烂熳。一任飘吹,已占东风第一枝。"

宋·蔡伸《鹧鸪天》:"浮花谩说惊郎目,不似东风第一枝。"(原注:客有作北里选胜图,冠以曲子名,东风第一枝,衰然居首,因作此词。)又为曲子名。

宋·张元干《鹧鸪天》:"不怕微露点玉肌,恨无流水照冰姿。与君著意从头看,初见东南第一枝。"

宋·史浩《鹧鸪天》(送试):"胪传绕殿天颜喜,先折东风第一枝。"争科举头名。

宋·赵彦端《减字木兰花》:"绿阴红雨,黯淡衣裳花下舞。花月佳时,舞破东风第几枝。"几枝花。

又《鹧鸪天·萧秀》(羊城天下最号都会,风轩月馆,艳姬角妓,倍于他所,人以群仙目之。因赋十阕鹧鸪天。):"云体态,柳腰肢,绮罗活计强相随。天教谪入群花苑,占得东风第一枝。"艳姬萧秀如仙女,在群花中最美。

宋·李浧《西江月》(蜡梅):"可是江梅开晚,从教蜡雪来迟。此花清绝胜南枝,挽过东风第一。""挽",抢占意。蜡梅开在春前。

宋·赵长卿《水龙吟》(梅词):"月夜香魂,雪天孤艳,可堪怜惜。向枝间且作,东风第一。和羹事、期他日。"

宋·杨冠卿《鹧鸪天》(次韵宝溪探梅未放):"欲凭驿使传芳信,未放东风第一枝。"

宋·陈三聘《减字木兰花》:"莫恨春迟,曾见梅花第一枝。"一枝早梅花开。

宋·姚勉《沁园春》(饶张倅):"别后相思,有书寄否,春在梅花第一枝。"

清·康熙皇帝玄烨《见岸头水仙花偶作二首》:"骚人空自吟芳芷,未识凌波第一花。"凌波仙子——水仙美。

2161. 疾风知劲草,板荡识诚臣

唐太宗李世民《赠萧瑀》:"疾风知劲草,板荡识诚臣。勇夫安识义,智者必怀仁。"《板》《荡》是诗经《大雅》中的两首诗,反映周厉王统治时期动荡黑暗的社会。这里表动乱。枝干强劲的草可能顶得住疾风,忠诚的臣僚在动乱中才容易识别。这是李世民初创天下时总结出来的两句名言。

"疾风知劲草,板荡识诚臣"其句其义在魏晋南北朝时代就已出现在诗中,李世民从中汲取了精华,创出了名句。前人的诗句主要描述景色或节候。如:

三国·魏·徐干《于清河见挽船士新婚与妻别》:"凉风动秋草,蟋蟀鸣相随。"凉风秋草表凄凉的秋天。

晋·张协《寻诗十首》其四："轻风吹劲草,凝霜竦高木。"也是晚秋景色。

南朝·齐·谢朓《奉和随王殿下诗十六首》其十五:"新萍时合水,弱草未胜风。"

南朝·梁·戴嵩《度关山》:"山头看月近,草上知风急。"

隋·刘臻《河边枯树诗》:"疾风摧劲叶,沙岸毁盘根。"

"疾风""板荡"句在意义上的先导,应从南朝·宋·鲍照《从拜陵登京岘》诗起:"风烈无劲草,寒甚有凋松。"此句已含有哲理性,意义却相反。鲍照的《代出自蓟北门行》:"时危见臣节,世乱见忠良。""板荡"句正与此意相合。南朝·梁·范云《咏寒松诗》:"凌风知劲节,负雪见贞心。""凌风"句写寒松,其意则与"疾风知劲草"相同。

唐·临淄县主《与独孤穆冥令诗》:"疾风知劲草,世乱识忠臣。"用唐太宗句。

唐·古之奇《秦人谣》:"中国既板荡,骨肉安可保。"取"板荡"表动乱。

清·孔尚任《桃花扇》第十六出设朝《前腔》:"休强,中原板荡,叹王孙乞食江头。"亦是唐太宗的用法。

2162. 春风不改旧时波

唐·贺知章《回乡偶书二首》其二:"离别家乡岁月多,近来人事半销磨。唯有门前镜湖水,春风不改旧时波。"作者"少小离乡"越州永兴(今浙江萧山市),中间三十七岁中进士,年逾八十才回乡,隐居镜湖。《回乡偶书二首》也写乡情的名作,第一首写儿童不识,第二首写故旧无存。唯有镜湖水还如当年"春风不改旧时波",表示山河依旧。

五代人黄损《书壁》诗:"一别人间岁月多,归来人事已销磨。惟有门前鉴池水,春风不改旧时波。"《全唐诗》注:"苏轼云:虔州布衣赖仙芝言,损未老退归(官累尚书仆射),一日忽遁去,莫知所在。子孙画像事之。凡三十二年乃归,书壁上云云,投笔而去。"此书壁诗无疑是改动了贺知章诗而用之。如"人间",说明他远离人世,"鉴池"是因为他家乡不在越州而在连州。"镜湖"改"鉴湖"是宋初的事,所以"鉴池"并非镜湖。只有"春风不改旧时波"用了原句。

2163. 不知细叶谁裁出

唐·贺知章《咏柳》:"碧玉妆成一树高,万条垂下绿丝绦。不知细叶谁裁出,二月春风似剪刀。"这是咏早春垂柳的名诗。前二句拟人,把挺拔的柳干比成碧玉妆成的亭亭美女,把柳丝比成丝绦婆娑的带裙。后二句单写初放的嫩叶,那边缘齐整的细长的叶儿像是被谁裁出的一样,原来是那剪刀般的春风。这样写形象生动,格调清新,呈现出一派盎然生机。

"翠叶似剪"源出南朝梁元帝萧绎《咏石榴》诗:"叶翠如新剪,花红似故裁。"剪叶裁花,原是古代剪纸裁帛、手工制花的一种创作,称之为"剪彩"。对"剪彩",诗人们多有描绘。

唐·宋之问《奉和立春日侍宴内出剪彩花应制》:"今年春色早,应为剪刀催。"

唐·沈佺期《剪彩》:"宫女怜芳树,裁花竟早荣。寒依刀尺尽,春向绮罗生。"

唐·苏颋《立春日侍宴内出剪彩花应制》:"剪刀因素裂,妆粉为红开。"

唐·上官昭容(婉儿)《春和圣制立春日侍宴内殿出剪彩花应制》:"密叶因裁出,新花逐剪舒。"

唐·徐延寿《人日剪彩》:"闺妇持刀坐,自怜剪裁新。"

唐·蒋维翰《古歌二首》:"美人闭红烛,独坐裁新锦。频放剪刀声,夜寒知未寝。"这是裁锦制衣。

宋·梅尧臣《拟宋之问春日剪彩花应制》:"叶逐剪刀出,蕊从粧粉生。"

宋·欧阳修《春日词五首》:"不待岭梅传远信,剪刀先放彩花开。"

宋·强至《李景初许借剪彩花数轴一观累日不至戏成二绝督之》:"应是春风随玉指,剪刀行处一花开。"

梁元帝把"剪裁"用于石榴的绽叶开花上,当是第一人。而贺知章的"不知绿叶谁裁出,二月春风似剪刀"则陡成名句。后人效法"剪叶"句一是"风剪枯叶",剪掉之意,一是"剪出花叶",裁成之意,都是生动的比喻。

唐·孟浩然《早梅》:"园中有早梅,年例犯寒开。少妇曾攀折,将归插镜台。犹言看不足,更欲剪刀裁。"写对早梅花之十分喜爱。

唐·韦应物《易言》:"长风如刀剪枯叶,大河似箭浮轻舟。"

宋·史达祖《玲珑四犯》:"雨入愁边,翠树晚,无人风叶如剪。"

用"剪出"或"裁成"意句如：

唐·孟郊《奉报翰林张舍人见遗之诗》："晓稜视听微，用剪叶已纷。"

唐·白居易《春池闲泛》："古文科斗出，新叶剪刀生。"

唐·秦韬《句》："绿萝剪作三春柳，红锦裁成二月花。"

唐·徐夤《草》："色嫩似将兰汁染，叶齐如把剪刀裁。"

五代·冯延巳《归国谣》："春艳艳，江上晚山三四点，柳丝如剪花如染。"（一作欧阳修《归自谣》词）

宋初·李昉《依韵奉和千叶玫瑰之什》："浓香盖天与，碎叶是谁裁？"

又《宝相花送上秘阁侍郎关献恶诗一首》："嫩叶细裁绿，芳英匀抹朱。"

宋·梅尧臣《东城送运判马察院》："春风聘巧如剪刀，先裁杨柳后杏桃。"

宋·黄庶《探春》诗："东风须试新刀尺，万叶千花一手裁。"

又《芭蕉》："有底春风能好事，解将刀尺剪青天。"

宋·张元干《醉花阴》（咏木犀）："霜刀剪叶呈纤巧，手撚迎人笑。"

宋·辛弃疾《鹧鸪天》（黄沙道中）："句里春风正剪裁，溪山一片画图开。""句里春风"指贺知章的"二月春风似剪刀"。

宋·姚述尧《减字木兰花》（千叶梅）："暗香清绝，不比寻常枝上雪。细叠冰绡，多谢天公快剪刀。"

宋·吴文英《朝中措》（闻桂香）："并刀剪叶，一枝晓露，绿鬓曾簪。"

清·纳兰性德《卜算子》（新柳）："多事年年二月风，剪出鹅黄缕。"柳喻年方及笄的歌女。

清·陈维崧《浣溪沙》："绿剪堤边杨柳丝，红堆门外小桃枝。"

用"二月春风"句如：

唐·罗隐《广陵秋夜读进士常修三篇因题》："明年二月春风里，江岛闲人慰所思。"

又《逼试投所知》："十年此地频偷眼，二月春风最断肠。"

又《送前南昌崔令替任映摄新城县》："二月春风何处好，亚夫营畔柳青青。"

2164. 剪取吴淞半江水

唐·杜甫《戏题画山水图歌》："焉得并州快剪刀，剪取吴淞半江水。"原注："王宰画丹青绝伦。"王宰是唐代著名山水画家，杜甫在成都观其《山水图》而作此诗。"并州"，古十二州之一，治所在今太原市内，以剪刀锋利著名。"吴淞"是江苏境内太湖最大支流，名松江或松陵江。这二句说，水画得太逼真了，简直像是用快剪刀把松江剪了一半到画中。"剪水"句内容较为复杂。

唐·李贺《罗浮山人与葛篇》："欲剪湘中一尺天，吴娥莫道吴刀涩。""一尺天"从"半江水"句来。

唐·陆畅《惊雪》："仙人宁底巧，剪水作花飞。"把水剪成雪花。宋·王安石《染云》："染云为柳叶，剪水作梨花。不是春风巧，何缘有岁华？"雪白的梨花，如剪动水花而成。

唐·温庭筠《齐宫》："远水斜如剪，青莎绿似裁。"远方的水齐整地偏斜着，如剪刀剪的。

宋·周邦彦《少年游》："并刀如水，吴盐胜雪，纤手破新橙。"并州剪刀十分锋利，如水一样快捷。

宋·谢逸《卜算子》："烟雨幂横塘，绀色涵清浅。谁把并州快剪刀，剪取吴江半。"直用杜句，说横塘之水如从吴江剪半而来。

元·杨维桢《庐山瀑布谣》："便欲手把并州剪，剪取一幅玻璃烟。"剪瀑布水。

元·卢挚《蟾宫曲》（太初次韵见寄，复和以答）："论诗家剪取吴淞，与众鸟孤云，琢句谁工。""剪取吴淞半江水"同"众鸟高飞尽，孤云独去闲"那个更工，讨论琢句之理。

明·袁宏道《宫簟》："并刀剪出淞江水，黄琉璃滑净无尘。"竹簟编制精巧，花纹如水纹。

2165. 寒衣处处催刀尺

唐·杜甫《秋兴》："寒衣处处催刀尺，白帝城高急暮砧。"晚秋时节，为赶制冬衣，暮砧声急，隐约表露出游子思归之情。"寒衣催刀尺"，为缝制寒衣，剪刀与尺子一齐忙了起来。

清·吴梅《兰陵王》（南归别京华故人次清真韵）："销凝处，缃化素衣，凄绝幽闺倚刀尺。"家人为我南归在赶制新衣。

清·黄与坚《闻砧》："异乡刀尺冷，多少客思归。"用杜甫句意，闻砧声，感刀尺，增加客思。

2166.片片轻云落剪刀

唐·施肩吾《春词》:"黄鸟啼多春日高,红芳开尽井边桃。美人手暖裁衣易,片片轻云落剪刀。"(一作沈亚之诗)写盛春时节,鸟啼花红,正是女人裁制夏衣的时候,随着剪刀运转,布帛如片片轻云,纷纷落下。这种写剪裁,别开生面,极丰想象力,写出女工的精妙,给人以劳作轻松之感。施肩吾《夜笛词》:"皎洁西楼月未斜,笛声寥亮入东家。却令灯下裁衣妇,误剪同心一半花。"写寥亮的笛声,竟使邻妇误把同心花剪断。很富戏剧性。

唐·李白《送杨少府赴选》:"衣工剪绮绣,一误伤千金。何惜刀尺余,不裁寒女衾。"这是写"刀尺裁衣"较早的,表示以富济贫,以强扶弱意。后来写"裁衣",多表游子亲情。

唐·孟郊《游子吟》:"慈母手中线,游子身上衣。临行密密缝,意恐迟迟归。"也是著名的游子情。

唐·张祜《墙头花》:"为君裁舞衣,天寒剪刀冷。"

唐·项斯《遥装夜》:"蚊蚋已生团扇急,衣裳未了剪刀忙。"

唐·崔道融《春闺二首》:"欲剪宜春字,春寒入剪刀。辽阳在何处,莫望寄征袍。"

唐·无名氏《杂诗》:"两心不语暗知情,灯下裁缝月下行。行到阶前知未睡,夜深闻放剪刀声。"

五代·王周《霞》:"拂拂生残晖,层层如裂绯。天风剪成片,疑作仙人衣。"写剪霞为衣。

宋·袁去华《菩萨蛮》:"千林枫叶赤,寒事催刀尺。树梢又斜阳,迢迢归路长。"

明·薛论道《水仙子》(寄征衣)曲:"剪刀动心先恸,针钱拈泪已残。寄一年一损愁颜。"

2167.一夜剪刀收玉蕊

宋·苏轼《天仙子》:"白发卢郎情未已,一夜剪刀收玉蕊。尊前还对断肠人,人有泪,花无意。明日酒醒应满地。"写"走马看花",而花情未已,却剪刀收蕊,就要满地残红了。爱花惜花之情溢于言表。"一夜剪刀收玉蕊",写东风之锋利,剪尽春花,尽收玉蕊。这是写"剪花"的佳句。是写花落的。

写"剪花"较早的是唐人孟浩然,他的《早梅》诗写:"园中有早梅,年例犯寒开。少妇曾攀折,将归插镜后。犹言看不足,更欲剪刀裁。"看花不足,要裁花。当然不是纸花,而是梅花。也是写爱花的。

写"剪花"句还如:

宋·夏竦《咏牡丹》:"东皇用意交裁剪,留待君王驻跸看。"是写"剪开"牡丹的。

宋·宋庠《奉诏赋后苑诸殿牡丹》:"化工殚巧意,不为剪刀催。"

宋·李之仪《早梅芳》:"嫩苞匀点缀,绿萼轻剪裁。隐深心,未许清香散。"写"剪开花"。

宋·叶梦得《南乡子》(癸卯种梅于西岩,地瘦难立,石间无花开,今岁十一月,辄先开数枝,喜之为赋):"绝绝照琼瑰,孤负芳心巧剪裁。"写"剪开花"。

宋·杨无咎《蓦山溪》:"玉英檀蕊,细意恁君看。青帝忒多情,费几许、春风暗剪。"写"剪开花"。

宋·康与之《谒金门》(暮春):"春又晚,风劲落红姹剪。"写"剪落"。

宋·姚述尧《减字木兰花》:"暗香清绝,不比寻常枝上雪。细叠冰绡,多谢天公快剪刀。"写梅花。

宋·赵长卿《永遇乐》(霜词):"宵露珠零,溅冰花薄,凝瑞偏早。月练轻翻,风刀碎剪,青女呈纤巧。"写剪霜花。

宋·赵孟坚《鹊桥仙》(岩桂和韵):"明金点染,枝头初见,四出如将刀剪,芳心才露一些儿,早已被、西风传遍。"剪桂花。

宋·高观国《菩萨蛮》(水晶脍):"玉鳞熬出香凝软,并刀断处冰丝颤。红缕间堆盘,轻明相映寒。"菜肴。

宋·方千里《丑奴儿》:"凌波台畔花如剪。几点吴霜,烟淡云黄。东阁何人见晚妆。"剪花。

宋·杨樵云《满庭芳》(影):"一片飞花来去,并刀快、剪取晴纹。"剪花。

又《小楼连苑》(梅):"一枝斜墙腰,向人颤袅如相媚。是谁剪取,断云零玉,轻轻妆缀。"剪梅。

宋·吴文英《祝英台近》:"剪红情,裁绿意,花信上钗股。"剪花。

明·袁宏道《桃花雨》:"浅碧深红大半残,恶风催雨剪刀寒。桃花不比杭州女,洗却胭脂不耐看。"

2168. 夜雨剪春韭

唐·杜甫《赠卫八处士》："夜雨剪春韭,新炊间黄粱。"杜甫与卫八处士多年不见,杜甫去造访他,他命家人在夜雨中割了韭菜,热情地款待杜甫。后用"剪韭"表示友人相见,款待热情,情谊深厚。

元·汤式《一枝花》(赠会稽吕周臣)曲:"连床秉烛,隔篱唤酒,夜雨呼童剪春韭。"扩用此句,写吕周臣的盛情款待。

2169. 风头向夜利如刀

唐·白居易《房家夜宴喜雪戏赠主人》:"风头向夜利如刀,赖此温炉软锦炮。"雪夜中的风是锐利的,风吹如刀刮,这就是"风刀"的含义。

唐·徐凝《莫愁曲》:"若为教作辽西梦,月冷如丁风似刀。"

唐·温庭筠《塞寒行》:"河源怒浊风如刀,剪断朔云天更高。"

宋·史达祖《齐天乐》(赋橙):"并刀寒映素手,醉魂沉夜饮,曾倩排遣。"

清初·何龙文《江城子》(忆别):"别时犹自怯春残,剪刀寒,坐更阑。小语叮咛,珍重记加餐。"

清·陈维崧《南乡子》(邢州道上作):"秋色冷并刀,一派酸风卷怒涛。"

清·曹雪芹《红楼梦》第二十七回:林黛玉《葬花吟》:"一年三百六十日,风刀霜剑严相逼;明媚鲜妍能几时,一朝飘泊难寻觅。"她重葬花冢,寻落花而以落花自况,十分感伤。"风刀"句,喻自己深受其迫的严酷、冷峻的现实。

近人易顺鼎《杏花》:"剪刀风里燕初飞,二月扬州买醉归。""剪刀风"用贺知章句,意春寒未尽。

2170. 剪不断,理还乱,是离愁

五代南唐后主李煜《乌夜啼》:"剪不断,理还乱,是离愁。别是一般滋味在心头。"宋人黄昇《花庵词选》说:"此词最凄婉,所谓亡国之音哀以思。"李煜降宋后,由风流君主沦为阶下囚,当了备受凌辱的"违命侯",满是寂寞、凄恍、离散、失落之愁苦。悲秋自悲,悲愁之绪如一团乱丝,剪不断,理还乱,无穷无尽,难于排遣、消磨,别样的滋味熬煎在心头。文字不多,容涵极大。今人俞平伯《论诗词曲杂著》说"自来盛传其'剪不断,理还乱'以下四句,其实首句'无言独上西楼'六字之中,已摄尽凄

恍之神矣。"

"剪不断,理还乱"喻愁绪繁乱。唐人韦应物《始至郡》诗:"到郡方逾月,终朝理乱丝。"写他初任滁城郡守,简牍极多,公务繁忙,总理不出头绪。李煜用以喻愁绪难理。宋·梅尧臣《再送正仲》诗:"自比青鼠爪,中心如乱丝。丝乱复不理,况复远别离。"亦"愁绪难理"之意。

"剪愁"的创意人是唐代白居易,他在《啄木曲》中写:"莫买宝剪刀,虚费千金值;我有心中愁,知君剪不得。"后来唐·姚合《惜别》诗也用此意:"似把剪刀裁别恨,两人分得一般愁。"两人都裁分到离愁。唐人项斯《送苗七求职》:"相逢未得三回笑,风送离情入剪刀。"把离情送入剪刀,也即剪愁裁恨之意。

早于白居易的王建,曾写"剪泪":《秋夜曲二首》:"玉兰遥隔万里道,金刀不剪双泪泉。"剪不断眼泪,即有无限的悲伤。后来的张祜《苏小小歌三首》曾用此意:"新人千里去,故人千里来。剪刀横眼底,方觉泪难裁。"不过还是直用"剪愁"者为多。

宋·邵雍《共城十吟·其三曰春郊芳草》:"春风必有刀,离肠被君断。春风既无刀,芳草何人剪。肠断不复接,草剪盖还生。"对照写剪草、剪肠。剪断肠,十分痛楚。

宋·陆游《对酒》:"闲愁剪不断,剩余借并刀。"

宋·辛弃疾《清平乐》:"清词索笑,莫厌银杯小。应是天孙新与巧,剪恨裁愁句好。"

宋·姜夔《长亭怨慢》:"韦郎去也,怎忘得、玉环分付:第一是早早归来,怕红萼、无人为主。算空有并刀,难剪离愁千缕。"

宋·魏了翁《贺新郎》(别李参政壁):"底事匆匆催人去,黯西风、别恨千千万。截不断,整仍乱。"用变式。

宋·黄孝迈《湘春夜月》:"天长梦短,问甚时、重见桃根。这次第,算人间没个并刀,剪断心上愁痕。"

宋·徐照《瑞鹧鸪》:"风头花片难装缀,愁里莺声怯听闻。恰似剪刀裁破恨,半随妾处半随君。"

宋·续雪谷《长相思》:"心悠悠,恨悠悠,谁剪青点愁,笙寒燕子楼。""两点"指双眉。

宋·王月山《齐天乐》:"闲愁似线,甚系捐柔肠,不堪裁剪。"

宋·蒋捷《金钱子》:"风刀快,剪尽画檐梧桐,怎剪愁断。"

宋·陈允平《齐天乐》:"客愁都在斜阳外,凭阑桂香吹晚,乱叶蝉衰,寒汀鹭泊,离绪并刀难剪。"

宋·李好右《江城子》:"从来难剪是离愁。这些愁、几时休?"

宋·周密《拜星月慢》:"荡归心,已过江南岸。清宵梦,远逐飞花乱。几千万缕垂杨,剪春愁不断。"

宋·汪元量《卜算子》(河南送妓移居河西):"去住向伊、莫把眉头聚。安得并州快剪刀,割断相思路。"

宋·张炎《虞美人》(余昔赋柳儿词,今有杜牧重来之叹。刘梦得诗云:"春尽絮飞留不住,随风好去落谁家?"作忆柳曲):"修眉刷翠春痕聚,难剪愁来处。断丝无力绾韶华,也学落红流水、到天涯。"

明·宋濂《越歌》:"恋郎思郎非一朝,好似并州花剪刀。一股在南一股北,几时裁得合欢袍。"不写裁断,而写"裁合",剪刀两股相聚,喻两人相聚。

明·汤显祖《牡丹亭》第十出惊梦《乌夜啼》:"剪不断,理还乱,闷无端。"用李煜原句。

清·张惠言《木兰花慢》(游丝,同舍弟翰风作):"东风几回暗剪,尽缠绵,未忍断相思。"春风剪不断游丝,喻情思缠绵。

2171. 春风不度玉门关

唐·王之涣《凉州词》:"黄河远上白云间,一片孤城万仞山。羌笛何须怨杨柳,春风不度玉门关。"这是脍炙人口的名诗。唐人薛用弱《集异记》说,开元间,王之涣与高适、王昌龄共同饮酒,听到歌女唱曲,三人议定,歌女唱谁的诗,就说明谁的诗好。结果三人的诗都唱到了,其中一位最美的女子唱了"黄河远上白云间",王之涣甚为得意。这所谓"旗亭画壁"的故事,仅仅是传说,却也说明此诗当时就广为流传。

"黄河远上"一作"黄沙直上"。刘永济《唐人绝句精华》说:"按玉门关在敦煌,离黄河流域甚远,作'河'非也。且句首写关外之景,但见天际黄沙直与白云相连,已令人生荒远之感。再加第二句写其空旷寥廓,愈觉难堪。乃于此等境界之中忽闻羌笛《折杨柳》曲,不能不有'春风不度玉门关'之怨词。非实指边塞杨柳而怨春风也。"此可聊备一说。

"春风不度玉门关"是感受语、夸张语。凉州,唐代治所在今甘肃省武威县,固非春风不到之处。因而,说玉门关外,春风不到,杨柳不青,完全是由于凉州荒凉,偏远,风沙弥漫。加之羌笛吹响《折杨柳》哀曲,于是生此感受,作此夸张。明人杨慎《升庵诗话》云:"此诗言恩泽不及边塞,所谓君门远于万里也。"意为朝廷不关心戍卒疾苦,戍卒得不到温暖,就是"春风不到"了。所以后来者多写"春风吹度玉门关"。

唐·李白《关山月》诗:"明月出天山,苍茫云海间。长风几万里,吹度玉门关。"反用其意。

宋·仇远《八声甘州》:"草青青,年年归梦。算北来,应自有征鸿。还堪笑,玉关何事,不锁春风。"

宋·张炎《清平乐》(题平沙落雁图):"莫趁春风飞去,玉关夜雪犹深。"

清·黄遵宪《放归》:"玉关杨柳辽河月。却裁春风到旧庐。"戊戌政变不久,诗人被拘于沪,后得放归,用此句抒放归后的心情。

清·杨昌浚《左公柳》(赠左宗棠):"上相筹边尚未还,湖湘子弟满天山。新栽杨柳三千里,引得春风度玉关。"反用王之涣句,赞左宗棠率湘军去新疆一路植柳(史称"左公柳")的事迹。

清·秦翰才《左文襄公在西北》引沿途后人写的一张《告示》:"昆仑之墟,积雪皑皑。杯酒阳关,马嘶人泣。谁引春风千里一碧?勿剪勿伐,左侯所植。"只惜"左公柳"早已不全了。

2172. 春风疑不到天涯

宋·欧阳修《戏答元珍》(花时久雨之什·景祐四年):"春风疑不到天涯,二月山城未见花。""春风"句从王之涣句翻出。元珍贬谪山城,"天涯"表示远离朝廷。山城花开晚,又兼"久雨"寒凉,"未见花"而疑"春风不到"。他的《笔说·峡州诗说》提到这两句诗时说:"若无下句,则上句何堪?既见下句,则上句颇工。文意难评,盖如此也。"上句无下句则无着落,下句无上句则平淡无奇。元珍是丁宝臣,此时任峡州军事判官,因受谗沦落此地。欧阳修全诗大有慰藉之意,并又在《赠西判官》七绝中反其意云:"须信春风无远近,维舟处处有花开。"

"春风不到"从"春风不度"句出。唐·岑参《发临洮将赴北庭留别》已用:"闻说轮台路,连年见雪飞。春风曾不到,汉使亦应稀。"

宋·梅尧臣《环州通判张殿丞元》:"春风曾不到,吹角寄梅花。"

2173. 愁思看春不当春

唐·杜审言《春月京中有怀》:"今年流寓独游秦,愁思看春不当春。上林苑里花徒发,细柳营前叶漫新。"诗人游长安,由于愁思,虽处"春月",却不觉是春天。

明·徐熥《寄弟》:"春风送客翻愁客,客路逢春不当春。"用杜审言句。

2174. 孤城遥望玉门关

唐·王昌龄《从军行七首》其三:"青海长云暗雪山,孤城遥望玉门关。黄沙百战穿金甲,不破楼兰终不还!""玉门"是古代西北著名关塞,是通往西域的丝绸之路上的要道(在今甘肃省敦煌西)。此诗写这座边塞所处位置的险要。与王之涣的"一片孤城万仞山"(《凉州词》)相比,玉门关是更辽远的险关,"玉门山障几千重"(《从军行七首》其七),玉门关这"孤城"就是如此险要。

玉门关在汉代确是边关。据《史记·大宛列传》记载:汉武帝太初元年,命李广利攻大宛,至贰师城取善马。士兵因疲困、饥饿,难攻战。李广利上书请求罢兵,汉武帝大怒,"使使遮玉门,曰'军有敢入者辄斩之!'"唐·李颀《古从军行》:"闻道玉门犹被遮,应将性命逐轻车。"说遮断玉门关,不准罢兵,绝了退路,将士必然随着将军拼死打仗。《后汉书·班超传》载:"班超疏曰:'但愿生入玉门关。'"都说明玉门关是著名的关塞。西汉灭大宛,玉门关以西建立了西域都护府,到唐代它早已不是边关了,后来诗中的"玉门",只是北方边关的代称,也表示其地极其遥远。

北周·庾信《竹杖赋》:"胡马哀吟,羌笛凄啭。亲友离绝,妻孥流转。玉关寄书,章台留钏。寒关凄怆,羁旅悲凉。"写西魏攻占江陵,俘数万梁人北去。"玉关寄书,章台留钏",北俘之人寄书留镯,以寻访失散的亲人。"玉关"代遥远的北方。

又《寄王琳》:"玉关道路远,金陵信使疏。独下千行泪,开君万里书。"南北道远,音讯疏隔。

唐·崔液《代春闺》:"玉关遥遥戍未回,金闺日日生绿苔。"

唐·苏颋《山鹧鸪词二首》:"玉关征戍久,空闺人独愁。"

唐·骆宾王《从军中行路难二首》:"君不见玉关尘色暗边庭,铜鞮杂虏寇长城。"

又《秋露》:"玉关寒气早,金塘秋色归。"

又《在军中赠先还知己》:"魂迷金阙路,望断玉门关。"

唐·来济《出玉关》:"敛辔遵龙汉,衔凄渡玉关。"

唐·李峤《道》:"玉关尘似雪,金穴马如龙。"

唐·刘允济《怨情》:"玉关芳信断,兰闺锦字新。"

唐·上官仪《王昭君》:"玉关春色晚,金河路几千。""金河"在今内蒙古境内。唐·柳中庸《征人怨》:"岁岁金河复玉关,朝朝马策与刀环。"用上官仪"玉关""金河",写边防征人之苦。

唐·刘希夷《春女行》:"频想玉关人,愁卧金闺里。"

唐·张玉娘《塞上曲》:"为国劳戎事,迢迢出玉关。"

唐·李昂《从军行》:"塞下长驱汗血马,云中恒闭玉门关。"

唐·李华《奉使朔方赠郭都护》:"扬鞭玉关道,回首望旌旗。"

唐·李白《从军行》:"从军玉门道,逐虏金微山。"

又《清溪半夜闻笛》:"羌笛梅花引,吴溪陇水情。寒山秋浦月,肠断玉关声。"

唐·戴叔伦《闺怨》:"看花无语泪如倾,多少春风怨别情。不识玉门关外路,梦中昨夜到边城。"

唐·王建《秋夜曲二首》:"玉关遥隔万里道,金刀不剪双泪泉。"

唐·韦庄《木兰花》:"独立小楼春欲暮,愁望玉关芳草路。"

宋·穆修《思边》:"玉关此去三千里,欲寄音书那可闻。"

宋·朱敦儒《临江仙》:"梦回辽海北,魂断玉关西。"

宋·李演《贺新郎》(多景楼落成):"落落东南墙一角,谁护山河万里。问人在、玉关归来,老矣青山灯火客,抚佳期、漫洒新亭泪。"

宋·张炎《长亭怨》(岁庚寅,会吴菊泉于燕蓟。越八年,再会于甬东。末几别去,将复之北,遂作此曲):"记横笛、玉关高处。万里沙寒,雪深无路。"

清·吴伟业《出塞》:"玉关秋尽雁连天,碛里明驼路几千。"

2175. 秋风吹不尽,总是玉关情

唐·李白《秋歌》:"长安一片月,万户捣衣声。秋风吹不尽,总是玉关情。何日平胡虏,良人罢远征?"此歌出于《子夜四时歌》,写闺妇思念征人,并为征人制作征衣的情景:长安月下,不知多少人家传出了"捣衣声",而秋风飒飒,吹不去,捣衣声总是不绝于耳,这是思妇对"良人"远征玉关的深情啊!全诗通俗流畅,语浅而意深情切。

唐·王昌龄《从军行七首》之二:"琵琶起舞换新声,总是关山离别情。"后一句恰可作"总是玉关情"的诠释。

2176. 锦江春色来天地

唐·杜甫《登楼》:"锦江春色来天地,玉垒浮云变古今。"唐代宗广德二年(764)春作此诗于成都。时安史之乱刚平,吐蕃东犯又起,诗人登楼远眺,感慨系之。此二句写登楼所见所感。锦江为岷江支流,流经成都西南;玉山有二,一在四川灌县,一在四川理蕃县(今茂汶羌族自治县)。锦江春色铺天漫地而来,玉山上的浮云如古今变幻,从空间、时间写出了辽远壮阔,含着对祖国山河的热爱与对世态动荡的忧虑。杜甫在《诸将五首》其五中又忆"锦江春色"、"锦江春色逐人来,巫峡清秋万壑哀"。想成都旧游,而今客居夔州;当年严武镇蜀很有军事才略,而今蜀帅不得其人,连巫峡万壑也已生哀了。

"锦江春色来天地"这一写法源自南朝·梁简文帝萧纲《采桑》诗:"春色映空来,先发院边梅。""来天地"意即"映空来"。

宋·苏轼《满江红》(寄鄂州朱使君寿昌):"犹自带,岷峨雪浪,锦江春色。"用杜甫句。

宋·无名氏《六州》:"回龙驭,升丹阙,布皇泽,春色满人间。""满人间"即"来天地"意,但此句在颂皇恩。

清·康熙皇帝玄烨《春晴舟中作》:"不知春色

来多少,但觉飞花处处香。"从"春色来天地"中化出,实写春色之多。

2177. 无赖春色到江亭

唐·杜甫《绝句漫兴九首》:"眼前客愁愁不醒,无赖春色到江亭。"客居成都草堂已是两年,国难未除。故园难归,愁思萦绕,不能自拔,然而春色却突然降临,太造次,太不适时了。"无赖"原指人撒泼放刁,无理纠缠。《西京杂记》云:"故新丰多无赖,无衣冠子弟故也。"杜甫借以指物,此处说客愁未尽,春色却突然而至,有如无赖。人失意看春色亦成无赖,令人厌恶。"春色恼人",春色反令人烦恼,即是这种特殊的心境。杜甫《送路六侍御入朝》亦写:"剑南春色还无赖,触忤愁人到酒边。"与路六这儿时好友四十年未见,今日相逢忽又作别,后会无期,这种离怀何以排遣?剑南这春色触忤了送别酒边的愁人,怎不觉得这春色"无赖"呢?即是正不喜欢春色,它偏偏要来,不是"无赖"吗?

"无赖"岂止是"春",还有"花"呢。杜甫《奉陪郑驸马韦曲二首》:"韦曲花无赖,家家恼杀人。"清·仇兆鳌《杜诗详注》评:"反语言其胜。曰无赖,正见其有趣;曰恼杀人,正见其爱杀人。"如此,"无赖"则是喜人之状了。《杜诗详注》引陈时雍语:"起处数句,意经几折。花本可爱,而反若恼人者,以少年之意气犹存,而老去之愁怀莫展,不觉对酒伤情耳。""花无赖",放恣,狡狯。形容花烂漫。

唐·李商隐《二月二日》:"花须柳眼各无赖,紫蝶黄蜂俱有情。"写春日踏青。唐俗二月二日为踏青节。作者在东川时,春游怀归作此诗。

2178. 画图省识春风面

唐·杜甫《咏怀古迹》:"画图省识春风面,环佩空归月夜魂。"述汉元帝仅通过画工的画图略识昭君,而没有实际见到昭君,致使昭君葬身北国,只有魂魄能够月夜归来。

"画图省识昭君面",史无明徵。惟晋·葛洪《西京杂记》卷第二中有详细记载:"元帝后宫既多,不得常见,乃使画工图形,案图召幸之。诸宫人皆赂画工,多者十万,少者亦不减五万。独王嫱不肯,遂不得见。匈奴入朝,求美人为阏氏,于是上案图,以昭君行。及去,貌为后宫第一,善应对,举止闲雅。帝悔之,而名籍已定。帝重信于外国,故不复更人。乃穷案其事,画工皆弃市,籍其家,资皆巨

万。画工有杜陵毛延寿,为人形,丑好老少,必得其真。安陵陈敞,新丰刘白、龚宽,并工为牛马飞鸟众势,人形好丑,不逮延寿。下杜阳望,亦善画,尤善布色。樊育亦善布色。同日弃市。京师画工,于是差稀。"杜诗"画图省识"即用此事。

"春风面"喻王昭君娇好的容颜和美艳的情态。后多用以指代美女。宋·周邦彦《拜星月》(秋思):"画图中,旧识春风面。谁知道、自到瑶台畔。眷恋雨湿云温,苦惊风吹散。"用杜甫句写他忆起与一位女子当年相会之前看到画像的情景,这同后来他们相会一样是难忘的。当然,后人也有用"春风面"同指昭君的。"春风面"也代指花的容颜。宋·赵师侠《蝶恋花》(临安道中赋梅):"傅粉凝酥明玉艳,含章檐下春风面。"代梅花。

下面是用"春风面"句:

宋·陈师道《洛阳春》:"不辞紫袖拂清尘,也要识、春风面。"

宋·毛滂《青玉案》:"含羞和恨转娇盼,凭花映春风面。"

又《点绛唇》(家人生日):"几见花开,一任年光换。今年见、明年重见,春色如人面。"以人面反喻春花。

又《蓦山溪》(上元词):"婵娟不老,依旧春风面。"

宋·向子諲《梅花引》(戏代李师明作):"十年空省春风面,花落花开不相见。"

宋·石耆翁《鹧鸪天》:"山矗矗,水潾潾,村南村北冷销魂。人间不识春风面,羞见瑶台破月明。"

宋·蔡伸《御街行》:"十年空想,春风面杳,无计凭鳞羽。"

宋·杨无咎《生查子》:"妖娆百种宜,总在春风面。"

宋·赵彦端《点绛唇》(冬至):"一点青阳,早梅初试春风面。""春风面"指早春景象。

宋·王千秋《虞美人》:"琵琶弦畔春风面,曾向尊前见。"

宋·李流谦《虞美人》:"一春不识春风面,都为慵开眼。"亦代春色。

宋·袁去华《青山远》(题王见几侍儿真):"画图初识春风面,消得东君著意怜。"

宋·辛弃疾《生查子》(重叶梅):"百花头上开,冰雪寒中见。霜月定相知,先识春风面。"代梅

宋·程垓《蝶恋花》:"未识春风面,已觉春情荡。"

宋·石孝友《虞美人》:"睡红颜翠春风面,咫尺无由见。从教笑语落檐楹,图得香闺依约、认郎声。"

宋·赵师侠《蝶恋花》(临安道中赋梅):"傅粉凝酥明玉艳,含章檐下春风面。"代梅花。

宋·刘仙伦《木兰花慢》(秋日海棠):"故把春风娇面,向人逞艳呈芳。"代海棠花。

宋·吴文英《绛都春》(为李筼房量珠贺):"绣被梦轻,金屋妆深沉香换。梅花重洗春风面。"写梅花。

又《倦寻芳》(花翁遇旧欢吴门老妓李怜邀分韵同赋此词):"坠瓶恨井,分镜迷楼,空闭孤燕。寄别崔徽,清瘦画图春面。"

宋·应次蘧《点绛唇》(梅):"雪意娇春,腊前妆点春风面。粉痕冰片,一笑重相见。"写梅花。

宋·陈允平《凤来朝》:"百媚春风面,凤箫催、绿么舞偏。"

宋·程节斋《沁园春》(贺新冠):"满面春风,一团和气,发露胸中书与诗。"

宋·杨樵云《满庭芳》(影):"了然相对,又是梦纷纭。半面春风图画,黄金在、难铸昭君。"

又《小楼连苑》(梅):"不是幽人,如何能到,水边水际。又匆匆过了,春风半面,尽长把、重门闭。"

宋·无名氏《虞美人》:"玉壶自酌清漪满,又识东风面。夜深斜月印窗纱,好在数枝疏瘦、两三花。"

宋·无名氏《西江月》(贺人女中秋满月):"春风满面笑容开,长似观音自在。"

清·黄安涛《昭君咏》:"画里春风面,惊传北地稀。"

清·何焯篆《王昭君词》:"汉宫薄朱颜,春风面不识。"

清·王国维《蝶恋花》:"急景流年真一箭,残雪声中,省识东风面。"指春。

2179. 满面春风,一团和气

宋·程节斋《沁园春》(贺新冠):"满面春风,一团和气,发露胸中书与诗。人都羡,是君家驹子,天上麟儿。"此词贺人子得官。"满面春风",喜色

满面，洋洋得意。"一团和气"，宋·朱熹《伊洛渊源录》卷三引《上蔡语录》云："明道（程颢）终日坐，如泥塑人，然接人浑是一团和气。"指表情十分和蔼。此词形容得冠者喜形于色又和蔼可亲。"一团和气"源于此。后用之也写天气。

用"满面春风"（春风满面）如：

宋·无名氏《西江月》（贺人女中秋月满月）："黛绿旋闻香发，桃红新晕芳腮。春风满面笑容开，长似观音自在。"

元·王实甫《丽春堂》第一折："气昂昂，志卷长虹；饮千钟，满面春风。"

用"一团和气"的：

宋·洪咨夔《沁园春》："好光风霁月，一团和气，尸居龙见，神动天随。"喻清风明月之状。

宋·徐元杰《满江红》（以梅花束铅山宰）："似玉仙人，三载相见，西湖清客。攧不碎，一团和气，只伊消得。"喻梅。

宋·陈德武《踏莎行》："佳期约在白云间，一团和气春如海。"喻春色。

宋·张炎《玉蝴蝶》（赋玉绣毯花）："留得一团和气，此花开尽，春已规圆。"喻暖春。

2180. 如今却似画图中

唐·白居易《王昭君》："满面胡沙满面风，眉销殊黛脸销红。愁苦辛勤憔悴尽，如今却似画图中。"借助想象为王昭君勾勒了一幅憔悴图，意为昭君出塞后，在北国的风沙中，销尽了美丽的容颜，这才真如画图中所绘的老丑模样了。借画工当年作画之丑，表现昭君所受之苦。清·傅霖《王昭君》："伤心马上容憔悴，还胜当年画里人。"反用白居易句，说昭君虽憔悴了，仍比画里人美得多，那画太丑了。

汉元帝凭画图选美，昭君不赂画师而被丑化以致出塞远嫁，元帝诛杀画工，此事不见正史。（《汉书》只载："竟宁元年，呼韩邪来朝，言愿婿汉氏。元帝以后宫良家子王昭君字嫱妃之。"而无斩画师事。）史家多不以为然，惟文人大书特书。然而，宋以前多写昭君之怨。瞿佑《诗话》云："诗人咏昭君者多矣，大篇短章，率叙其离别怨恨而已。惟白乐天云：'汉使却回凭寄语，黄金何日赎蛾眉。君王若问妾颜色，莫道不如宫里时。'此不言怨恨，而惓惓旧主之恩，过人甚远。"白居易虽未写"怨"，却写的是眷恋旧主，仍没有揭示昭君为国和亲、慨然请

行的历史事实和历史功绩。到宋以后，至明清，歌颂、赞美昭君和亲行为的诗人才多了起来，他们赞扬昭君靖定干戈，使胡汉和亲，功垂史册。而无产阶级革命家董必武于1963年所作"咏昭君"诗："昭君自有千秋在，胡汉和亲识见高。词客各揣胸臆懑，舞文弄墨总徒劳。"高度评价了昭君的历史功绩，赞扬他为民族团结所做的贡献。

唐·崔国辅《王昭君》："何时得见汉朝使，为妾传书斩画工。"托昭君之口，表达画工该杀之意。

唐·李白《王昭君》："生乏黄金枉画图，死留青冢使人嗟。"无力贿买画工，以致远葬青冢之中，令人叹息。

唐·王涣《明妃》："紫台月落关山晓，肠断君恩信画工。"君王误信画工，令人断肠。

唐·王叡《解昭君怨》："莫怨工人丑画身，莫嫌明主遣和亲。当时若不嫁胡虏，只是宫中一舞人。"远嫁匈奴，却做了阏氏。

宋·王安石《明妃曲》："意态由来画不成，当时枉杀毛延寿。"凭画图选幸不可靠，神态从来难描。

宋·徐钧《王昭君》："画工虽巧岂堪凭，娇丑何如一见真。自是君王先错汁，爱将耳目寄他人。"似有画外之音了。

元·马祖常《昭君》："骈车百辆入单于，不恨千金买画图。"说昭君甘心入朔，不悔不恨。

明·胡韶《明妃》："自知命薄难承宠，不敢人前怨画工。"写昭君自悲自弃。

明·吴应箕《昭君怨》："玉关妾已远，犹自恨蛾眉。寄语承恩者，黄金赂画师。"写昭君怨赂画师而得幸的宫人。

明·陈子龙《明妃篇》："当年应悔轻相弃，深愧君王杀画师。"怨君王轻弃。

明·魏偁《王昭君》："画工误妾何足算，也有妨贤病国人。"借题述误国之人更可恨。

明·贺裳《明妃辞》："汉使北来闻近事，昭阳赐死为当熊。几年残泪今朝尽，喜不当时赂画工。"昭君出塞后，汉元帝宫人冯婕好由"当熊而立"而后被杀。这种严酷的宫廷矛盾令昭君庆幸自己当年没有贿赂画工、留在汉宫。史载：建昭年间，汉元帝到兽栏观兽斗，一只大熊跳出栏来，左右宫人四散而逃，唯冯婕好当熊而立。元帝问她，她说猛兽只要得到一人就会停下来，所以挡住它。此举却遭到傅昭仪的妒恨。傅昭仪之子汉哀帝刘欣

即位。诬冯婕妤咀咒皇帝太后而迫其自杀。"昭阳赐死为当熊"即指此事。

清·徐兰《清明日酹青冢》(塞外遍地白草,惟冢上不生,故名):"当年图画者,谁无身后茔。南山作平地,松柏若有情。"当年因画得幸的宫女的坟墓皆成平地,惟留松柏覆其上。

清·鲍桂星《明妃》:"君王若补麒麟画,应为明妃惜画工。"昭君之功应补入麒麟阁(功臣阁),而画工则不该杀了。清·葛秀英《题明妃出塞图》:"他年重画麒麟阁,应上蛾眉第一功。"同鲍桂星句意。

清·吴绮《明妃》:"不为无金买图画,至今谁更识明妃?"因为没有黄金贿买画图,才使昭君代代流芳。

清·吴雯《明妃》:"不把黄金买画工,进身羞与自媒同。"昭君不贿买画工,是因为如此进幸同自媒自嫁一样耻辱。《三国志·魏志·陈思王》有云:"夫自衒自媒者,士女之丑行也。"

清·徐化溥《明妃曲》:"天子低徊生光彩,胜绝黄金买画工。"天子亲见了昭君的风采,胜似画工画的所有宫女。

清·刘献廷《王昭君》:"汉主曾闻杀画师,画师何足定妍媸?"说画师难辨宫女的美与丑。

清·鲍康《明妃》:"不向深宫拭泪痕,妍媸肯对画工论。"意近刘献廷句。

清·陈葆贞《王昭君》:"不如绝塞和亲去,还得君王暂画师。"闭锁宫中,不如远去和亲,还使君王斩掉画师。

清·叶调元《昭君台》:"那得黄金赂画手,但留青冢答君恩。"不赂画手,但愿永留青冢,以报君恩。

清·郭润玉《明妃》:"漫道黄金误此身,朔风吹散马头尘。琵琶一曲干戈靖,论到边功是美人。"这位女诗人认为昭君出塞非但不误身,反而靖干戈,立边功,胜过须眉。

清·郭漱玉《明妃》:"竟把琵琶塞外行,非关图画误倾城。汉家议就和戎策,差胜防边十万兵。"女作者为郭润玉之姊,昭君一女胜过十万边兵,姊妹所见略同。

清·蔡泽苕《昭君》:"进退权偏付画工,红妆千古怨秋风。"君王无能,致使红妆受苦。

清·万梦丹《昭君》:"按图索去太相轻,岂有芳姿绘得成。枉向宫门诛画史,琵琶出塞已无声。"杀画师已无补,昭君早已出塞。

清·方婉仪《次韵题明妃图》:"画师若把黄金嘱,老守长门到白头。"如用黄金托画师画美,只能老死长门了。

今人翦伯赞《游昭君墓》:"和亲本是汉家策,出塞如何怨画师?"不同意古诗中写昭君怨画师。

日本·大江朝纲《王昭君》:"昭君若赠黄金赂,定是终身奉帝王。"说如赂画工,定会终身事奉帝王。

2181. 恰如人在画图游

宋·邵雍《归城中再用前韵》:"乘兴龙山访尽幽,恰如人在画图游。"写龙山景色如画,人游览龙山如置身画图之中。

宋·周端臣《少年游》(西湖):"万顷湖光,一堤柳色,人在画图行。"

明·曹涪《浪淘沙》(题园次收纶濯足图):"欲展丝纶还有待,人在画中。""画"双关钓鱼环境、社会环境。

现代诗歌《桂林山水》末段:"这样的山园绕着这样的水,这样的水倒映着这样的山,再加上空中云雾迷蒙,山间绿树红花,江上竹筏小舟,让你感到像是走进了连绵不断的画卷,真是'舟行碧波上,人在画中游!'"此散文诗用"画中游"句。

2182. 江山如画

宋·柳永《双声子》:"江山如画,云涛烟浪,翻输范蠡扁舟。"自然风光,国家河山像图画一样美丽。柳词首用此喻。

宋·张昇《高亭燕》:"一带江山如画,风物向秋潇洒。"此词又作孙浩然词。《玫瑰集》卷七一云:王诜曾画其《离亭燕》词意作《江山秋晚图》。

宋·石介《嘉州寄左绵王虞部》:"江山如画望无穷,况属升平岁屡丰。"

宋·苏轼《念奴娇》(赤壁怀古):"江山如画,一时多少豪杰!"

又《念奴娇》(中秋):"玉宇琼楼,乘鸾来去,人在清凉国。江山如画,望中烟树历历。"

宋·张孝祥《水调歌头》(桂林中秋):"千里江山如画,万井笙歌不夜,扶路看遨头。"

元·王子一《误入桃源》一折:"空一带江山江山如画,近不过饭囊饭囊衣架,塞满长安乱似麻。"

清·梁启超《劫灰梦传奇》(独啸):"苍天无

语,江山如画,一片残阳西挂。"

人民领袖毛泽东《沁园春·雪》:"江山如此多娇,引无数英雄竞折腰。"从"江山如画"变化而来。

2183. 不须一向恨丹青

唐·白居易《昭君怨》:"自是君恩薄如纸,不须一向恨丹青。""丹青"是中国古代绘画常用之色,成中国画一流派,亦代称绘画,这里与画图意同。白诗"怨"君恩不厚。"丹青"句也多写昭君事。

南朝·梁·沈满愿《昭君叹》:"早信丹青巧,重货洛阳师。"

南朝·梁·王淑英妻刘氏《昭君怨》:"丹青失旧仪,匣玉成秋草。"

宋·李纲《明妃曲》:"昭君自恃颜如玉,肯赂画师丹青加?"

宋·王安石《明妃曲》:"玉颜不是黄金少,爱把丹青错画人。"

宋·刘子翚《明妃出塞图》:"羞貌丹青斗丽颜,为君一笑靖天山。"昭君出塞后,六十余年匈奴未犯边境,胡汉和好。

宋·裘万顷《题昭君图》:"纷纷争赂毛延寿,今日丹青竟不传。"

宋·郭祥正《王昭君上马图》:"飘飘秀色夺仙春,只恐丹青画不真。""上马图"画不出真容。

宋·周密《杏花天》(赋昭君):"丹青自是难描模,不是当时画错。"意近王安石"竟态由来画不成"句。

元·耶律楚材《过青冢次贾搏霄韵》:"延寿丹青本诳君,和亲犹未敛胡尘。"

元·王恽《王昭君出塞图》:"流连不重君王欲,延寿丹青似有功。"功在不使君王沉湎女色。

元·刘因《明妃曲》:"初闻丹青写明眸,明妃私喜六宫羞。"

明·黄幼藻《题明妃出塞图》:"早知身被丹青误,但嫁巫山百姓家。"

明·蔡道明《为王嫱毛奴解嘲》:"谁为天子画和亲,但说丹青罪误国。"

清·颜光敏《昭君曲》:"一辞宫阙出秦关,长使丹青识旧颜。"昭君出塞事迹,为历史画家绘之不穷,画中永留昭君形象。

清·韦谦恒《王昭君》:"不恨丹青误,惟期报国恩。边尘如可靖,妾身不须论。"

清·史梦兰《明妃词》:"粉黛三千遍六宫,丹青取次入图中。承恩不尽芙蓉貌,且把黄金赂画工。"

清·张缙英《昭君》:"莫怨丹青误此身,天教艳质靖边尘。"

2184. 当时不遇毛延寿

明·李学道《反昭君怨》:"当时不遇毛延寿,安得芳名播千古。"《西京杂记》云:毛延寿画人"必得其真",画技极精,却没画好昭君。后人多以为罪责在毛延寿。其实画人不"真"的画工,画昭君失真的可能性不是更大吗。后人写毛延寿并不全是骂他,而是褒贬不一。

隋·侯夫人《遗意》:"毛君真可戮,不肯写昭君。"

明·邱濬《题明妃图》:"当时不遇毛延寿,老死深宫谁得知。"李学道用前句,李的后句更高超。

明·高启《王昭君》:"君王惆怅惜蛾眉,不似前时画中见。愿君莫杀毛延寿,留画高岩梦里贤。"

清·吴荣《昭君》:"紫台人别汉宫春,天子休嫌画未真。留得蛾眉靖边塞,不知延寿是功臣。"

清·许宗彦《咏昭君》:"当时合把毛延寿,画作麟台第一勋。"

清·龚景瀚《昭君词》:"君王莫杀毛延寿,命薄还应命不朽。"

清·周廷熭《昭君咏》:"黄金若买毛延寿,不过寻常抱裤人。"

2185. 独留青冢向黄昏

唐·杜甫《咏怀古迹》:"群山万壑赴荆门,生长明妃尚有村。一去紫台连朔漠,独留青冢向黄昏。"叙述昭君出生"荆门",即荆山,今湖北省秭归县昭君村。被选入汉宫,又远嫁朔漠(南匈奴呼韩邪单于),死后葬于"青冢"之中。关于"青冢",清人徐兰《清明日酹青冢》注云:"塞外遍地白草,惟冢上不生,故名。"《归州图经》载:"边地多白草,昭君冢独青,乡人思之,为立庙香溪。"一说昭君墓上草色长青,因名。(宋人乐史《太平寰宇记》)今存昭君墓,在内蒙古呼和浩特市西南十公里处。诗人写"青冢",多表示对昭君的同情、怀念与赞美,如李白《王昭君》:"生乏黄金枉图画,死留青冢使人嗟!"

后人用杜甫句为多：

宋·王安石《明妃曲》："独留青冢向黄昏，颜色如花命如叶。"用杜甫原句。

清·张鹏翮《昭君青冢》："独留青冢古城隅，愧杀当年汉大夫。"

清·吴雯《明妃》："天心特为留青冢，春草年年似汉宫。"

清·纳兰性德《蝶恋花》（出塞）："铁马金戈，青冢黄昏路。"

清·王锦《过青冢用杜工部荆门怀古韵》："黑河滚滚风声疾，青冢漫漫日色昏。"

清·秋瑾《杂咏》："争似明妃悲出塞，尚留青冢向南朝。"

今人张执一《昭君坟》："游人竞吊汉王嫱，青冢黄昏土尚香。"

美籍华人袁晓园《写赠内蒙各位同志朋友们》："长留青冢在人间，匈奴联姻传美谈。"

其它"青冢"句：

宋·王安石《明妃曲》："可怜青冢已芜没，尚有哀弦留至今。"

宋·黄文雷《昭君行》："千秋万岁总如此，谁似青冢年年青。"

元·耶律楚材《过青冢次贾搏霄韵》："十里春风青冢道，落花犹似汉宫春。"

又《过青冢次贾搏霄韵》："玉骨已消青冢底，香魂犹绕黑河滨。"

元·耶律铸《明妃》："薄命换取仙寿在，不须青冢有愁云。"

元·张翥《昭君怨》："看取蛾眉妬宠，身后谁如遗冢，千载草青青，有芳名。"

明·张宁《赵松雪昭君图》："往事悠悠已若兹，佳人一去古今思。共怜青冢蛾眉怨，不记乌孙公主碑。"

清·徐化溥《明妃曲》："至今高冢拂云寒，塞草芊芊青山色。"

清·何梦篆《王昭君词》："遥遥千载下，青冢名岂微。"

清·戴亨《昭君》："忠节岂劳传画史，巍巍青冢壮胡山。"

清·升寅《青冢行》："一抔黄土易消沉，青冢传疑冢青史。"昭君疑冢甚多，胜过青史标名。

清·彦德《咏王昭君》："至今青冢在，绝胜赋秋风。"秋风中的团扇早被弃置。

清·周廷燨《昭君咏》："宫人行赂知多少，那有青青冢独存。"

清·叶廷芳《昭君墓和友人作》："漠漠黄沙冢独青，何须篇简著芳名。"

清·董文涣《昭君墓》："春草自年年，青冢吊塞月。"

清·方婉仪《次韵题明妃图》："冢畔青青草色稠，芳名史册著千秋。"

今人荣祥《青冢》："巍峨青冢黑河滨，吊古何人此问津。"

今人傅增相《咏昭君墓二首》："高冢祁连空百尺，休教宠倖玷英名。"

今人张相文《王昭君墓下作》："我来青冢下，草色郁芬芳。"

今人翦伯赞《游昭君墓》："黑河青冢两悠悠，千古诗人泪不收。"

2186.步屣随春风

唐·杜甫《遭田父泥饮美严中丞》："步屣随春风，村村自花柳。"宝应元年（762）春作此诗。"步屣"，著草鞋漫步。《宋书·袁粲传》：袁粲为丹阳尹，尝步屣白杨郊野，遇士大夫，便呼与酺饮。杜甫用此意，说穿着草鞋，在春风中漫步，见村村都是花红柳绿。

宋·范成大《四时田园杂兴六十首》："步屣寻春有好怀，雨余蹄道水如杯。"用杜甫"步屣春风"句。

2187.春风洪涛壮

唐·杜甫《敬寄族弟唐十八使君》："春风洪涛壮，谷转颇弥旬。"称唐十八为族弟，因为唐杜本为一家。杜甫《万年县君杜氏墓铭》载："其先系统于伊祁，分姓于唐杜。"唐十八寄书来，杜甫赋此以答。唐遭贬官，杜甫安慰他，还将往视。这两句说峡中风浪极大，船行受阻了。

"洪涛"句出自南朝·宋·颜延之《车驾幸京口侍游蒜山作》："春江壮风涛，兰野茂荑英。"颜此句是写长江风涛的。

2188.何处春风吹晓幕

唐·顾况《悲歌六首》其四："何处春风吹晓幕。江南渌水通朱阁。美人二八面如花，泣向春风畏花落。"春风揭开了早晨的帘幕，"晓幕"意同"夜幕"。此句写天明。

宋·苏轼《辘轳歌》："何处春风吹晓幕，江南绿水通珠阁。美人二人颜如花，泣向花前畏花落。"此歌之中四句用顾况诗，换上"绿""颜""花前"四个字。

2189. 春风不染髭须

宋·欧阳修《圣无忧》："好酒能消光景，春风不染髭须。为公一醉花前倒，红袖莫来扶。"词人与阔别十年的老友重逢，十分高兴，深感时光易逝，青春难驻；机会难得，要把酒尽欢，一醉方休。"春风"句，说髭须一年年变白，春风去了又来，可使万物生长，却不能把髭须染黑。

宋·辛弃疾《鹧鸪天》（有客慨然谈功名，因追念少年时事戏作）："追往事，叹今吾。春风不染白髭须，都将万字平戎策，换得东家种树书。"用欧阳修句。

2190. 桃红又是一年春

宋·谢枋得《庆全庵桃花》："寻得桃源好避秦，桃红又是一年春。花飞莫遣随流水，怕有渔郎来问津。"用"桃花源"喻庆全庵之幽隐，见桃红而联想到"不为外人道"，用喻十分巧妙、自然。"桃红又是一年春"，见桃花开而立即意识到又一个新的春天到来了。

"又是一年春"，用陆游《春日绝句》句："桃李吹成九陌尘，客中又过一年春。"不过陆句"桃李成尘"已是暮春，所以说"又过"。

2191. 无端又被春风误

唐·韩愈《落花》："已分将身著地飞，那羞践踏损光辉。无端又被春风误，吹落西家不得归。"叹落花的不幸遭际，已经飞落在地下，不耻任人践踏；更兼被春风吹落邻家，流落而不得归家。似有将花比人的深意。

宋·侯寘《菩萨蛮》（怨别）："柔香嗅蕊朝还暮，无端却被西风误。底事死留伊，金尘簌簌飞。"用韩愈句写别花。

唐·周朴《春宫怨》（一作杜荀鹤诗）："早被婵娟误，欲妆临镜慵。承恩不在貌，教妾若为容。"用"被……误"句式。

2192. 野火烧不尽，春风吹又生

唐·白居易《赋得古原草送别》："离离原上草，一岁一枯荣。野火烧不尽，春风吹又生。远芳侵古道，晴翠接荒城。又送王孙去，萋萋满别情。"这是作者十六岁（贞元三年，公元787年）的应试习作，却已成不朽的名篇。唐·张固《幽闲鼓吹》载："白尚书应举，初至京，以诗谒顾著作况。顾睹姓名，熟视白公，曰：'米价方贵，居亦弗易。'乃披卷首篇（即此诗）即嗟赏曰：'道得个语，居即易矣。'因为之延誉，声名大振。"有人认为白居易十一岁（建中三年）至18岁（贞元五年）都在江南。贞元五年以后，顾况即贬官饶州，又转至苏州。他二人在长安会见的可能不大。这佳话只是传说。当然，这传说亦说明此诗的影响。"野火烧不尽，春风吹又生"二句，赞扬了古原草永远烧不尽的顽强生命力，极富哲理性。一位十六岁的少年已有生活阅历，实属不易。其造语平实，而含义深刻，正是传诵不歇的原因。宋人吴曾在《能改斋漫录》中说这两句："不若刘长卿'春入烧痕青'语简而意尽。"其实刘诗此句虽简洁却不明快，也流传不广。不过说是刘长卿，未见于《全唐诗》，却见于《全宋诗》卷一二六（北京大学出版社1991年版1464页）释惠崇《访杨云师淮上别墅》："河分冈势断，春入烧痕青。"

"野火烧不尽"句，前人有野火烧山的描述。唐·王维《出塞》："居延城外猎天骄，白草连山野火烧。"唐·崔颢《雁门胡人歌》："山前野火寒多烧，雨里孤峰湿作烟。"唐·杜甫《铜官诸守风》："水耕先浸草，春火更烧山。"其句式当出自李白的《子夜吴歌》："秋风吹不尽，总是玉关情。"

"春风吹又生"创意人是李白，他的《自代内赠》诗："别来门前草，秋茎青转碧。扫尽更还生，萋萋满行迹。"而句式应源自杜甫《不归》诗："面上三年土，春风草（一作"吹"）又生。"此诗作于乾元三年，诗人怀念他死于安史之乱的从弟而作。唐人韩翃《送康洗马归滑州》诗也写："怀君又隔千山远，别后春风百草生。"

后用"野火""春风"句如：

宋·李演《醉桃源》（题小扇）："春怀一似草无凭，东风吹又生。"

明·刘基《古戍》："野梅烧不尽，时见两三花。"

清·康熙帝玄烨《过维扬》："重过邗沟地，春风细草生。"康熙二十八年（1689）正月二十七日驻跸扬州黄金坝作。

清·薄松龄《家居》:"愁如野烧逢春发,路绕白云入梦遥。"愁如野草,总是产生。

清·杜濬《楼夕》:"古城延落景,秋草上青天。野火风吹尽,平沙日照圆。"

2193. 春风桃李花开日

唐·白居易《长恨歌》:"春风桃李花开日,秋雨梧桐叶落时。"写唐玄宗从四川回返长安之后,从春到秋承受着同杨贵妃爱情毁灭的剧痛,睹物思人,缠绵悱恻,令人回肠荡气。语言上以景代时,自然流畅,而"春风桃李""秋雨梧桐"又都是极具特点的典型景色。元·王实甫《西厢记》第五本第二折《三煞》即尽用其句:"昨宵个春风桃李花开夜,今日个秋雨梧桐叶落时,愁如是,身遥心迩,坐想行思。"写张生燕尔新婚即离别莺莺,身赴长安,深切的思恋之情。

春风催开桃李花,这种关系,就使春风与桃李常常被连用。这当然不自白居易始。

唐·贺知章《望人家桃李花》:"南阪青楼十二重,春风桃李为谁容?"写桃李花开,不知何人所赏。

唐·崔颢《杂诗》:"妆罢含情坐,春风桃李香。"妆罢之美女,有桃李般的风采。

唐·李白《上之回》:"恩疏宠不及,桃李伤春风。"写宫廷美人恩宠不及。如桃李感伤春风不到。

金·元好问《同儿辈赋未开海棠》:"枝间新绿一重重,小蕾深藏数点红。爱惜芳心莫轻吐,且教桃李闹春风。"用宋人宋祁《玉楼春》:"红杏枝头春意闹"意,说海棠未放,且让桃李闹春。

金·耶律楚材《鹧鸪天》(题七真洞):"江山王气空千劫,桃李春风又一年。"在社会动荡中,又过了一年。"桃李春风"表时令。

清·邓辅纶《述哀》:"桃李吹春风,松柏成高枝。此物手所植,岂忘淹岁时。"桃李春风"表春风。

清·曹雪芹《红楼梦》第五回《正册判词之十》:"桃李春风结子完,到头谁似一盆兰?"李纨如春风中的桃李,并不久长。

2194. 东风料峭客帆远

唐·陆龟蒙《京口》:"东风料峭客帆远,落叶夕阳天际明。""料峭"春日的寒凉。"峭"尖厉。

唐·徐积《杨柳枝》:"清明前后峭寒时,好把香绵闲抖擞。"唐·无名氏《鱼游春水》:"余寒犹峭,红日薄侵罗绮。""料峭"同"峭"。陆诗写从京口(镇江)孤舟渡江,客船在春寒中渐渐远去。

宋·欧阳修《春日词五首》:"初惊百舌绵蛮语,已觉春风料峭寒。"

又《霁后看雪走笔呈元珍判官二首》:"山城岁暮惊时节,已作春风料峭寒。"

又《送杨先辈登第还家》(皇祐元年):"残雪楚天寒料峭,春风淮水浪峥嵘。"

又《蝶恋花》:"帘幕东风料峭,雪里香梅,先报春来早。"

宋·韩琦《马上成春雪二阕》:"晓来飞雪柳香芽,料峭轻寒特地加。"

宋·苏轼《陈州与文郎逸民饮别》:"春风料峭羊角转,河水渺绵瓜蔓流。"

又《送范德孺》:"渐觉东风料峭寒,青蒿黄韭试春盘。"

又《定风波》:"料峭春风吹酒醒,微冷。山头斜照却相迎。"

又《浣溪沙》:"料峭东风翠幕惊,云何不饮对公荣。"

宋·毛滂《玉楼春》(已卯岁元日):"晓寒料峭尚欺人,春态苗条先到柳。"

宋·王之道《减字木兰花》:"缓步来前,正值东风料峭寒。"

宋·陆游《破阵子》:"料峭余寒犹力,廉纤细雨初晴。"

宋·范成大《晚步西园》:"料峭轻寒结晚阴,飞来院落怨春深。"

又《念奴娇》:"料峭春寒花未遍,先共疏梅索笑。"

又《次韵唐幼度客中》(幼度相别数年,复会于钱塘湖上):"西湖水泮绿生鳞,料峭东风欲中人。"

宋·王炎《阮郎归》:"东风料峭雨难晴,那堪中宿醒。"

又《虞美人》(甲戌正月望后燕来):"自缘老去少欢惊,不是春寒料峭、怯东风。"

宋·卢炳《满江红》(送赵季行赴金坛):"寒犹在、东风料峭,柳丝无力。"

宋·郑域《桃源忆故人》(春愁):"东风料峭寒吹面,低下绣帘休卷。"

宋·刘克庄《祝英台近》:"雨凄迷,风料峭,情绪被花恼。"

宋·楼采《二郎神》:"正倦立银屏,新宽衣带,生怯轻寒料峭。"

宋·杨泽民《蝶恋花》:"料峭东风,寒欲透。暗点轻烟,便觉添疏秀。"

宋·连妙淑《望江南》:"寒料峭,独立望长城。"

宋·俞克成《蝶恋花》(怀旧):"报道不禁寒料峭,未教舒展闲花草。"

宋·吴文英《风入松》:"楼前绿暗分携路,一丝柳、一寸柔情。料峭春寒中酒,交加晓梦啼莺。"

宋·无名氏《蝶恋花》(寿江察判孺人):"风雨一春寒料峭,才到中和,喜气薰晴晓。"

元明小说话本依托宋人作《卜算子》:"正是东风料峭寒,如何独自教人睡。"

2195. 东风已绿瀛洲草

唐·李白《侍从宜春苑奉诏赋龙池柳色初青听新莺百啭歌》:"东风已绿瀛洲草,紫殿红楼觉春好。""瀛洲"指海洋,指仙境。《史记·秦始皇本纪》载传说:"海中有三神山,名曰蓬莱、方丈、瀛洲,仙人居之。"唐太宗李世民曾建立以杜如晦、房玄龄等十八学士的文学馆,入馆者称作"登瀛洲",把文学馆喻为仙境。这里指宜春苑。说东风绿化了宜春苑的芳草,紫殿红楼完全沐浴在一派春光之中。"绿",形作动用,明快而精炼,此为名句。

用李白"已绿瀛洲草"句如:

宋·魏夫人《菩萨蛮》:"东风已绿瀛洲草,画楼帘卷清霜晓。清绝比湖梅,花开未满枝。"用李白原句。

宋·王灼《清平乐》(填太白应制词):"东风归早,已绿瀛洲草。紫殿红楼春正好,杨柳半和烟袅。"用李白二句。

宋·石耆翁《蝶恋花》:"玉粉春意早,东风未绿瀛洲草。"反用。

"东风绿草"这一"绿"字,是名作动用,使这"绿"成为带有色彩的生命活动。

唐·常建《闲斋卧病行药至山馆稍次湖亭二首》:"行药到苔壁,东风变萌芽。主人门外绿,小隐湖中花。"含"东风吹绿"意,但"绿"非作动词用。

唐·丘为《题农父庐舍》:"东风何时至,已绿湖上山。湖上春已早,田家日不闲。"用"东风绿山"以示春的到来。"绿"字名词作动词用,应自此

始。唐人写"春风吹绿"比较多,"绿"字这种用法却不多见。

唐·刘长卿《送行军张司马罢使回》:"春风吴苑绿,古木剡山深。"他还多写"草绿":《别严士元》(一作李嘉祐诗):"自斜江上孤帆影,草绿湖南万里情。"《送李二十四移家至江州》:"九江春草绿,千里暮潮归。"《送卢判官南湖》:"草色南湖绿,松声小署寒。"

唐·李季兰《柳》:"东风又染一年绿,楚客更伤千里春。""又染""更伤"形成了反差。(一作李冶诗)

唐·李白《送赵判官赴黔府中丞叔幕》:"东风春草绿,江上候归轩。"

唐·韦应物《金谷园歌》:"祸端一发埋恨长,百草无情春自绿。"

唐·窦巩《南游感兴》:"日暮东风春草绿,鹧鸪飞上越王台。"

唐·白居易《挽歌词》:"春风草绿北邙山,此地年年生死别。"

唐·唐彦谦《春草》:"春风自年年,吹遍天涯绿。"

又《春草》:"萋萋总是无情物,吹绿东风又一年。"

唐·胡曾《华亭》:"陆机西没落阳城,吴国春风草又青。"

唐·吴武陵《龙虎山》:"秋风吹绿茂陵草,的的黄金飞上天。"

2196. 春风又绿江南岸

宋·王安石《泊船瓜洲》:"京口瓜洲一水间,钟山只隔数重山。春风又绿江南岸,明月何时照我还。"作者于公元 1067、1069、1074、1076 年四次贬知江宁府(治所在今南京),晚年曾退居金陵钟山"半山园"。因此在钟山一带的作品占有一定数量。此诗写停船瓜洲,思念钟山之家。在瓜洲看到江南绿遍,时令又是一年春天到来,不禁油然而生还乡之情。"春风又绿江南岸",所以成名句,主要在一"绿"字。南宋·洪迈《容斋续笔》卷第八《诗词改字》载:"王荆公绝句云:'京口瓜洲一水间,钟山只隔数重山。春风又绿江南岸,明月何时照我还。'吴中士人家藏其草,初云'又到江南岸',圈去到字,注曰不好,改为过,复圈去而改为入,旋改为满,凡如是十许字,始定为绿。""到",春无征;"过"

则无留迹;"入"同"到";"满"也不见春的影子。唯有"绿"字,把春风带来的初春形象、色彩展现出来了,所以"绿"字换得妙极。王安石不会不熟悉李白的"东风已绿瀛洲草"句,想避而不用,最终还是回到李白这一"绿"字上。何况,长于他14岁的欧阳修《渔家傲》词中有"何事抛儿行远道,无音耗,江头又绿王孙草"的"绿"字用例呢。当然,欧阳修《晏元献公挽辞三首》还写:"春风绿野迥,千两送铭旌。"

唐人还写了"春风绿岸"和"芳草江南岸",直到宋以后,都是有其意而无其句,均见逊色。

唐·白居易《题岳阳楼》:"春岸绿时连梦泽,夕波红处近长安。"

唐·温庭筠《菩萨蛮》词:"画楼音信断,芳草又南岸。"

又《敬答李先生》:"绿昏晴气春风岸,红漾轻纶野水天。"

唐·牛峤《江城子》:"日暮空江波浪急,芳草岸,柳如丝。"

又《酒泉子》:"记得去年,烟暖杏园花正发,雪飘香,江草绿,柳丝长。"

宋·欧阳修《蝶恋花》:"隐隐歌声归棹远,离愁引著江南岸。"用温庭筠"芳草江南岸"。

又《蝶恋天》:"独倚栏干心绪乱,芳草芊绵,尚忆江南岸。"

宋·释重显《僧归雪上》:"草随春岸绿,风倚夜涛寒。"

宋·黄虚舟《蛾眉亭》:"年年春草满江南,夜夜风传塞北烟。"

宋·晏几道《扑蝴蝶》:"风梢雨叶,绿遍江南岸。思归倦客,寻芳来最晚。"

宋·晁端礼《踏莎行》:"屏山掩梦不多时,斜风雨细江南岸。"

宋·朱敦儒《风流子》:"吴越东风起,江南路、芳草绿争春。"

又《卜算子》:"碧瓦小红楼,芳草江南岸。雨后纱窗几阵寒,零落梨花晚。"

宋·吕本中《虞美人》:"春风也到江南路,小槛花深处。"

宋·范成大《自横塘桥过黄山》:"东风已绿南溪水,更染溪南万柳条。"近李白"东风已绿"句式。

宋·谢懋《浪淘沙》:"倦客亦何堪,尘满征衫。明朝野水几重山。归梦已随芳草绿,先到江南。"

宋·赵师侠《鹧鸪天》(丁巳除夕):"春风解绿东南树,不与人间染白头。"

宋·沈端节《菩萨蛮》:"芳意随人老,绿尽江南草。窈窕可人花,路长何处家。"

宋·高观国《菩萨蛮》:"春风吹绿湖边草,春光依旧湖边道。"

宋·吴文英《解语花》(梅花):"门横皱碧,路入苍烟,春近江南岸。"

宋·陈允平《菩萨蛮》:"云沉归雁杳,绿涨江南草。独倚夕阳楼,双帆何处舟。"

宋·胡翼龙《徵招》:"频花又绿江南岸,宾鸿带将寒去。"

宋·周密《高阳台》(送衡阳君被召):"投老残年,江南谁念方回。东风渐绿西湖柳,雁已还人未南归。"

又《齐天乐》:"东风又入江南岸,年年汉宫春早。"

又《甘州》(灯夕书寄二隐):"渐萋萋、芳草绿江南,轻晖弄春容。"

宋·徐瑞《点绛唇》:"多事春风,年年绿遍江南草。罗裙色好,莫把相如恼。"

元·倪瓒《人月圆》:"伤心莫问前朝事,重上越王台。鹧鸪啼处,东风草绿,残照花开。"

清·宋育仁《风入松》:"小楼一雨作春寒,独自倚栏看。东风又绿楼前柳,一丝影、一忆年华。"

2197. 春色恼人眠不得

宋·王安石《春夜》(《全宋诗》卷10·六七一六页题作《夜直》。《竹坡诗话》卷一作王安国《王安石之弟》诗):"金炉香尽漏声残,剪剪轻风阵阵寒。春色恼人眠不得,月移花影上栏干。""恼",烦恼,"恼人",使人烦恼,"恼"字的使动用法。诗意为香已成灰,更漏将尽,轻风剪剪,寒气森森,初春之夜,令人烦乱,长夜难眠,唯见西沉的月色把花影移上了栏干。春色是喜人的,但有些时候也恼人。用王安石原句的如:南宋宫人柳华淑赠汪水云(元量)南还词《望江南》:"何处笛,觉妾梦难谐。春色恼人眠不得,卷帘移步下香阶。呵冻卜金钗。"《草堂诗余》前集卷上秦少游风流事词注载宋·无名氏《失调名》句:"春色恼人眠不得。"

"春色恼人"句并非王安石首创。唐·罗隐《春日叶秀才曲江》诗:"江花江草暖相隈,也向江边把酒杯。春色恼人遮不得,别愁如疟避还来。安排贱迹无良策，裨补明时望重才。一曲吴歌齐拍手，千年尘眠未曾开。"很显然，王安石只换掉一个"遮"字。五代人魏承班《玉楼春》也用了"春色恼人"；"一庭春色恼人来，满地落花红几片"。

宋·柳永《尉迟杯》："困极欢余，芙蓉帐暖，别是恼人情味。""恼人情味""恼人风味"是针对某种环境、氛围，而不限于"春色"了。如：

宋·吕本中《踏莎行》："恼人风味阿谁知，请君问取南楼月。"

宋·向子諲《清平乐》："万壑千岩秋色里，不耐恼人风味。"

又《玉楼春》："恼人风味恰如梅，倚醉腰肢全是柳。"

宋·蔡伸《点绛唇》："香雪飘零，暖风著柳笼丝雨。恼人情绪，春事还如此。"

宋·胡仔《水龙吟》（以李长吉美人梳头歌填）："年少偏娇，鬓多无力，恼人风味。"

宋·张元干《浣溪沙》："花底清歌生皓齿，烛边疏影映酥胸。恼人风味冷香中。"

宋·朱淑真《浣溪沙》："小院湘帘闲不卷，曲房朱户闷长扃。恼人光景又清明。"

宋·姚述尧《水调歌头》（酴醾）："无限恼人风味，别有留春情韵。"

又《瑞鹧鸪》（王清叔赏海棠。翌日，赵顺道再剪数枝约同舍小集。且云：春已过半，桃杏皆飘零，惟此花独芳，尤不可孤，因索再赋）："一抹霞红匀醉脸，恼人情处不须著。"

宋·石孝友《柳梢青》："越样风流，恼人情意，真个冤家。"

宋·晏殊《浣溪沙》："三月和风满上林，牡丹娇艳直千金。恼人天气又春阴。""恼人天气"这是指令人愁闷的天气。如：

宋·李之仪《江神子》："恼人天气雪消时，落梅飞，日初迟，小阁幽窗，时节听黄鹂。"

宋·米芾《浣溪沙》（野眺）："静看沙头鱼入网，闲支藜杖醉吟风，小春天气恼人浓。"

宋·李清照《念奴娇》（春情）："宠柳娇花寒食近，种种恼人天气。"

宋·方千里《少年游》："怯酒情怀，恼人天气，消瘦有谁知。"

用"恼人春色"及其它：

宋·秦观《风流子》："见梅吐旧英，柳摇新绿，恼人春色，还上枝头。"

又《解语花》："当此时，倚几沈吟，好景都成恼。"

宋·贺铸《画楼空》："满城弄黄杨柳，著意恼春风。"

宋·张元干《怨王孙》："把雨燕脂，倚风翠袖，芳意恼乱人多。"

宋·李壁《浣溪沙》："只记梅花破腊前，恼人春色又薰然。"

宋·蔡士裕《金缕曲》（罗帛剪梅缀枯枝，与真无异作）："夜月纱窗黄昏后，为爱花，翻被花情恼。"

明·汤显祖《牡丹亭》第十出惊梦《隔尾》："春色恼人，信有之乎！"

2198. 月移花影上栏干

宋·王安石《春夜》："春色恼人眠不得，月移花影上栏干。""月移花影"唐人已有所用。弓嗣初《晦日重宴》："鸟声随管变，花影逐风移。"写"风移花影"。唐·无名氏《长信宫》诗："风引漏声过枕上，月移花影到窗前。""上栏干"当从此化出。五代·刘兼《对镜》："风送竹声侵枕簟，月移花影过庭除。"

后人写"月移花影上墙""上窗"较多，尚有其它，如：

宋·苏轼《定风波》（元丰六年七月六日，王文甫家饮酿白酒，集古句作墨竹词）："记得小轩岑寂夜，廊下，月和疏影上东墙。""集古句"为谁之句？此二句为宋人曹希蕴《墨竹》之句。据《全宋诗》（北京大学出版社1992年版）第七集四七二一页载："曹希蕴，宁晋（今属河北）人。后易名道冲，字冲之，人或称曹仙姑（《汴京勾异记》卷二）。以诗游东京（《桐江诗话》），苏轼尝予赏誉（《东坡题跋》卷三）。"

宋·陈师道《西江月》（席上劝彭舍人饮）："晚云将雨不成阴，竹月风窗弄影。"写竹影弄窗。

宋·赵长卿《醉落魄》（初夜感怀）："花影移来，摇碎半窗月。"花影移窗，窗影破碎了。

宋·程垓《谒金门》："新绿轩窗清润，月影又移墙影。"移墙影上窗。

宋·洪咨夔《风流子》（和杨帅芍）："寄语东君，莫教一片轻飞。向温馨深处，留欢卜夜，月移花影，露浥人衣。"

宋·李彭老《四字令》："月移花影西厢，数流萤过墙。"

宋·刘辰翁《江城子》(西湖感怀):"月移疏影傍人墙,怕黄昏、又昏黄。"

宋·李慧之《沁园春》(寿韦轩八十一岁·九月初二):"但阶移花影,闲寻棋局,风斜竹径,缓起茶烟。"

金·董解元《西厢记》卷四《粉蝶儿》:"夜阑时,徘徊月移花影。"

元·李致远《喜春来》(秋夜)曲:"月将花影移帘幕,风怒松声卷翠涛。"

明·王彦贞《摘翠百咏小春秋》(小桃红·西厢百咏·三十六张生赴莺约):"月移花影上窗虚,静院闲凝伫。"

明·戚继光《病中偶成》:"惟有空庭一片月,漫移花影上征袍。"

清·戴锡《江城子》(客当湖枕上偶成):"日移花影两三重,淡和浓,上帝枕。"

2199. 最是一年春好处

唐·韩愈《早春呈水部张十八员外二首》:"天街小雨润如酥,草色遥看近却无。最是一年春好处,绝胜烟柳满皇都。"小雨如酥,草色隐约,而早春最美的,还是烟柳笼罩全城了。"最是……"句,一年里早春最美的景色。王安石、苏轼都用了原句。

宋·王安石《招叶致远》:"山桃野杏两三栽,嫩叶商量细细开。最是一年春好处,明朝有意抱琴来。"

宋·苏轼《减字木兰花》:"莺初解语,最是一年春好处;微雨如酥,草色遥看近却无。"取韩愈四句中的三句入词。

又《南歌子》(晚春):"日薄花房绽,风和麦浪轻。夜来微雨洗郊坰,正是一年春好、近清明。"

宋·田为《探春》:"烟径雨如酥,正浓淡遥看堤草。望中新景无穷,最是一年春好。"用韩愈诗三句。

宋·晁补之《御街行》:"西园红艳绿盘龙,辜负一年春好。"

宋·李元膺《洞仙歌》:"一年春好处,不在浓芳,小艳疏香最娇软。"

宋·管鑑《木兰花》(唐守生日):"乱花飞絮,却是一年春好处。留住韶光,共醉蓬莱日月长。"

2200. 春到人间草木知

宋·张栻《立春偶成》:"律回岁晚冰霜少,春到人间草木知。"岁末立春,严冬过去,冰霜化解,草木承受了温暖,隐隐放绿,似草木知道春天到来。"草木知"以拟人手法写草木萌芽。此句从唐人句式中脱出。

唐·张仲素《汉苑行二首》:"年光到处皆堪赏,春色人间总不知。"称"汉苑"的斑斓春色,为人间所没有。张栻改用此句,表达内容全然不同了。

唐·李商隐《碧城三首》:"武皇内传分明在,莫道人间总不知。"反用张仲素句。

宋·王安石《访隐者》:"先生醉卧落花里,春去人间总不知。"

宋·黄庭坚《减字木兰花》:"想见牵衣,月到愁边总不知。"用张仲素句式。又《题伯时画揩痒虎》:"枯楠未觉草先低,木末应有行人知。"

2201. 春江水暖鸭先知

宋·苏轼《惠崇春江晚景》:"竹外桃花两三枝,春江水暖鸭先知。"初春水暖,鸭便早早下水。用"鸭先知水暖"写下水之早。陆游《老学庵笔记》卷二载:"淮南谚曰:鸡寒上树,鸭寒下水,验之皆不然。有一媪曰:鸡寒上距,鸭寒下嘴耳。上距谓缩一足,下嘴藏其喙于翼间。"所以"水暖鸭先知"并非鸭因寒而下水。清人王士禛《渔洋诗话》载:有个叫毛大可的人,不喜欢苏轼诗。有人反驳他说:"竹外桃花三两枝,春江水暖鸭先知。"这样的诗也不好吗?毛大可说:"鹅也先知,怎只说鸭?""鸭先知"合于平仄律,"鹅先知"则犯了"三平调"。所以毛大可就显得偏执了。

"先知"句,苏轼以前唐宋人已有运用,苏轼取其句式而已。

唐·张谓《春园家宴》:"竹里登楼人不见,花间觅路鸟先知。"这是最早的"先知"句。白居易则用得最多。

白居易《新秋早起有怀元少尹》:"漆匣镜明头尽白,铜瓶水冷齿先知。"

又《空闺怨》:"秋霜欲下手先知,灯底裁缝剪刀冷。"

又《酬思黯相公晚夏雨后感秋见赠》:"夜长只合愁人觉,秋冷先应瘦客知。"

又《答梦得秋日书怀见寄》:"眼昏灯最觉,腰瘦带先知。"

又《早春忆微之》:"声早鸡先知夜短,色浓柳最占春多。"

唐·温达《山中》:"山底采薇云不厌,洞中栽树鹤先知。"

唐·陆龟蒙《和袭美江南道中怀茅山广文南阳博士三首次韵》:"春临柳谷莺先觉,曙醾芜香鹤共闻。"

五代·钱镠《百花亭题梅二首》:"为应阳和呈雪貌,游蜂难觉我先开。"梅花似雪,游蜂竟不以为花。

宋·王禹偁《春日官舍偶题》:"莺花愁不觉,风雨病先知。"

宋·释文兆《幽圃》:"兰芳人去采,花发蝶先知。"

宋·夏竦《初夏有作》:"红日晴长人不觉,好花偷发蝶先知。"用释文兆句。

清·蒲松龄《寄家》:"秋残病骨先知冷,梦里归魂不记身。"

又《山村》:"草木有情花自放,春秋无历鸟先知。"

2202. 此心唯有玉皇知

唐·韩偓《梦仙》:"澡练纯阳功力在,此心唯有玉皇知。""玉皇"道教中尊奉的玉皇大帝,简称玉皇或玉帝。作者心向道家,梦中入了道家仙境,结尾说"功力"如何,唯有玉皇大帝知道。

"唯有……知"句式,韩偓首用。而在韩偓以前是"独有……知"。

唐·独孤及《和赠远》:"借问离居恨深浅,只应独有庭花知。""独"意同"唯"、"惟"。

唐·李商隐《七月二十九日崇让宅宴作》:"悠扬归梦惟灯见,濩落生涯独酒知。"

后则多用"唯"、"惟":

宋·苏轼《江上值雪,效欧阳体,限不以盐、玉、鹤、鹭、絮、蝶飞舞之类为比,仍不使皓、白、洁、素等字,次子由韵》:"缩颈夜眠如冻龟,雪来惟有客先知。"

宋·周邦彦《风流子》(秋怨):"多少暗愁密意,唯有天知。"

宋·卢炳《少年游》:"俏俏精神,风流情态,惟有粉郎知。"

2203. 微言但有故人知

宋·王安石《想王逢源三首》:"妙质不为平世得,微言但有故人知。"唯故友了解王逢源。"但"即"唯"。

又《化城阁》:"空怀焉能果,唯有故人知。"

又《甘露歌》:"池上渐多枝上稀,唯有故人知。"再用。

宋·黄庭坚《绝句》:"当年阙里与论诗,岁晚河山断梦思。妙质不为平世用,高怀犹有故人知。"用王安石两句。

2204. 此情惟有落花知

宋·苏轼《浣溪沙》(春情):"沙上不闻鸿雁信,竹间时听鹧鸪啼。此情惟有落花知。"鸿雁无声,鹧鸪啼鸣。春天即过,伤春之情,惟有落花晓。"惟有落花知"是移情之语,人情托于落花。

宋·姜夔《蓦山溪》(题钱氏溪月):"百年心事,惟有玉兰知。"

宋·陈允平《定风波》:"慵拂妆台懒画眉,此情惟有落花知。"

又《少年游》:"碧纱窗外莺声嫩,春在海棠枝。别后相思,许多憔悴,惟有落红知。"

2205. 世间惟有蛰龙知

宋·苏轼《王复秀才所居双桧二首》:"根到九泉无曲处,世间惟有蛰龙知。"双桧根深,盘曲错结,如潜藏地下的蛰伏的龙。"蛰龙"句从王安石《龙泉寺石井二首》化出。王诗云:"山腰石有千年润,海眼泉无一日干。天下苍生待霖雨,不知龙向此中蟠。"这是想象中的"龙",既是"龙泉",泉底必有龙蟠,而苍生待雨,却无可奈何。苏轼则喻桧树之根也在地下蟠曲。《续通鉴》载:中丞李定、御史舒亶(皆非昔日王安石的真改革派)论轼自熙宁以来,作为文章,怨谤君父。宰相王珪复举轼《咏桧》诗曰:"根到九泉无曲处,世间惟有蛰龙知。"今陛下飞龙在天,轼欲求之地下蛰龙,不臣孰甚焉。帝曰:"彼自咏桧尔,何预朕事!"这般势利小人真是欲加之罪何患无辞。章子厚就说:"人之害物,无所忌惮,有如是也!"(《石林诗话》)据《苕溪渔隐丛话》载:东坡在狱,有狱吏问"蛰龙"有无讥讽,东坡云:"王安石诗:'天下苍生待霖雨,不知龙向此中蟠。'此龙是也。"其实,王安石写龙还不止此,又如《金山三首》:"北槲南橚泊四垂,共邻金碧烂参差。孤根万丈沧波底,除却蛟龙世不知。"《龙泉寺石井二首》:"人传湫水未尝枯,满底苍苔乱发粗。四海旱多霖雨少,此中端有卧龙无?"《别雷国辅之皖山》:"明时尚使龙蛇蛰,壮志空传虎豹韬。"封建时代,龙是神圣的,秦始皇号"祖龙"以后,逐渐尊天子为龙,天子也便成了龙的化身。王安石之诗中的龙,还有"降雨之龙"一意。如果说写龙、骂龙就是骂天子,骂皇帝,王安石之罪岂不远远大于苏轼了吗?所以,苏轼实属冤枉。而宋神宗赵顼驳斥王珪云:"彼自咏桧尔,何预朕事!"这是明白话。苏轼通判杭州,沈括察访两浙,宋神宗曾嘱沈括对苏轼"善遇之"。而沈括求苏轼"手录近诗",却对苏诗述之以"云词皆讪怼",才引发了"乌台诗案"。足见沈括并非完人。如果不是宋神宗清醒,"蛰龙"句就会使苏轼被诬作死罪。

2206. 文章千古事,得失寸心知

唐·杜甫《偶题》:"文章千古事,得失寸心知。"魏文帝《典论》:"文章国之大业,不朽之盛事。"曹植云:"文之佳恶,我自知之。"杜甫用此意,概括诗文之本质。《杜臆》云:"'文章千古事',使须有千古识力,'得失寸心知',则寸心具有千古。此文章家秘密藏,为古今立言之标准也。"作诗文要熟知千古,传播千古,其中的得与失自己要知道。"……知"字句唐宋人很喜欢用,唐李白用"知"字最早,应是"春到人间草木知""春江水暖鸭先知""此情惟有落花知"的总源。即如:

唐·李白《汉阳辅录事》:"心静海鸥知,天清江月白。"

唐·戴叔伦《海上别友》:"客程秋草远,心事故人知。"

唐·卢纶《曲江春望》:"菖蒲翻叶柳交枝,暗上莲舟鸟不知。"

唐·钱起《山中酬杨补阙见过》:"幽溪鹿过苔还静,深树云来鸟不知。"

唐·罗隐《清溪江令公宅》:"宴罢风流人不见,废来踪迹草应知。"

唐·杜牧《秋思》:"微雨池塘见,好风襟袖知。"

唐·温庭筠《题望苑驿》:"景阳宫井人难到,长乐钟声鸟自知。"

唐·胡曾《交河塞下曲》:"晓侵雉堞鸟先觉,春入关山雁独知。"

宋·张先《醉桃源》:"隔帘灯影闭门时,此情风月知。"

宋·胡宿《凉思》:"露华冷向三危滴,秋色新从一叶知。"

宋·徐天祐《方干岛》:"一卷云庵处士诗,平生心事白鸥知。"

宋·王安石《戏赠育王虚白长老》:"行尽四方年八十,却归荒寺有谁知。"

又《金山三首》:"孤根万丈沧波底,除却蛟龙世不知。"

宋·晏几道《踏莎行》:"花开花谢蝶应知,春来春去莺能问。"

宋·黄庭坚《减字木兰花》:"自作秋衣,渐老先寒人未知。"

又《题伯时画揩痒虎》:"枯楠未觉草先低,木末应有行人知。"

又《减字木兰花》:"岂谓无衣,岁晚先寒要弟知。"

宋·秦观《临江仙》:"月冷风高,此恨只天知。"

宋·周邦彦《四园竹》:"秋意浓,闲伫立,庭柯影里,好风襟袖先知。"用杜牧句。

又《少年游》:"不似当时,小桥冲雨,幽恨两人知。"

宋·陆游《暮秋有怀王四季夷》:"天阔素书无雁到,夜阑清梦有灯知。"

宋·李处全《满庭芳》(初春):"家山乐,南窗寄傲,唯有晦菴知。""晦菴"指阴暗的草屋。

宋·姜夔《浣溪沙》:"书寄岭头封不到,影浮杯面误人吹,寂寥惟有夜寒知。"

宋·黄机《鹧鸪天》:"人间阔,雁参差,相思惟有梦相知。"

宋·陈允平《思佳客》:"花开花落春多少,独有层楼双燕知。"

明·高启《送何记室游湖州》:"暮雨关城独去迟,少年心事剑相知。"

清·王夫之《冬日书怀》:"今古闲愁孤枕尽,渔樵残梦晓钟知。"

清·朱祖谋《鹧鸪天》:"野水斜桥又一时,愁心空诉故鸥知。"

近代·易顺鼎《为有》:"秋痕双鬓换,客愁一鸥知。"

2207. 筋力上楼知

唐·刘禹锡《秋日书怀寄白宾客》："兴情逢酒在，筋力上楼知。"

唐·杜牧《题北楼》："不为寻山试筋力，肯能寒上背云楼。"亦写登楼筋力。

宋·苏轼《次韵王廷老和张十七九日见寄》："霜叶投空雀啅篱，上楼筋力强扶持。"

2208. 惜花人恨五更风

宋·贺铸《卷春空》："自是芳心贪结子，翻使、惜花人恨五更风。""墙上夭桃"是由于贪图落花结子，反使惜花人怨恨那无情地吹落桃花的五更风。"五更风"即黎明前的风，是夜风中最寒凉的。南唐后主李煜《浪淘沙》就有"罗衾不耐五更寒"的诉说。

"人恨五更风"源出唐·王建的《宫词》："树头树底觅残红，一片西飞一片东。自是桃花贪结子，错教人恨五更风。"桃花飘零，不要错怪是五更寒风吹落的，是由于桃花贪图结子所致。落花而后必结实。贺铸用后二句意。

宋·韩子苍《送葛亚卿》："刘郎底事去匆匆，花有深情只暂红。弱质未应贪结子，细思须恨五更风。"反用王建诗意。

唐·韦庄《喜迁莺》："人汹汹，鼓鼟鼟，襟袖五更风。"多指秋夜的风。

五代·徐昌图《临江仙》："残灯孤枕梦，轻浪五更风。"

宋·王安石《江宁夹口三首》："月堕浮云水卷空，沧洲夜泝五更风。"

宋·秦观《一落索》："肯如薄幸五更风，不解与、花为主。"

又《如梦令》："无绪，无绪，帘外五更风雨。"

宋·贺铸《城里钟》（菩萨蛮）："多谢五更风，犹闻城里钟。"再用"五更风"，写风送钟声。

宋·晁补之《清平乐》："早是夜寒不寐，五更风雨无情。"

宋·周邦彦《霜叶飞》："凤楼今夜听秋风，奈五更愁抱。"

宋·王之道《惜奴娇》："怎奈冤家，抵死牵肠惹肚，愁苦，梦断五更风雨。"

宋·史浩《鹧鸪天》："画角梅花曲未终，霜严飞落五更风。"

宋·李石《乌夜啼》（送春）："花花柳柳成阴处，休恨五更风。"

宋·辛弃疾《锦帐春》："五更风，千里梦，看飞花几片，这般庭院。"

宋·刘辰翁《江城子》（春兴）："幸自一晴晴太暖，三日雨，五更风。"

又《虞美人》："单于吹尽五更风，谁见梅花如泪、不言中。"

宋·仇远《桃园忆故人》："归去春愁如雾，奈五更风雨。"

宋·黄子行《满江红》："一尊芳酒今宵共。任楼头，吹尽五更风，梅花弄。"

2209. 东风恶，欢情薄

宋·陆游《钗头凤》："红酥手，黄縢酒。满城春色宫墙柳。东风恶，欢情薄；一怀愁绪，几年离索。错，错，错！春如旧，人空瘦，泪痕红浥鲛绡透。桃花落，闲池阁。山盟虽在，锦书难托。莫，莫，莫！"此词作于绍兴乙亥岁（1155 年）据南宋·周密《齐东野语》卷一《放翁钟情前室》载：陆游初娶其母之侄女唐婉儿，"伉俪相得"，情深意厚，却遭其母逼遣，嫁赵士程，陆游也娶妻王氏。陆游："尝春日出游，相遇于禹迹寺南之沈氏园。唐以语赵，遣致酒肴。翁怅然久之，为赋《钗头凤》一词题壁间（即此词）。"据宋·陈鹄《西塘集·耆旧续闻》卷十载："其妇见而和之。"和词《钗头凤》为："世情薄，人情恶，雨送黄昏花易落。晓风干，泪痕残。欲笺心事，独语斜栏。难，难，难！人成各，今非昨，病魂常似秋千索。角声寒，夜阑珊。怕人寻问，咽泪装欢。瞒，瞒，瞒。"未久，唐氏抑郁而死，至绍熙壬子岁（1192 年）翁复有诗，序云："禹迹寺南，有沈氏小园。四十年（实三十七年）前，尝题小词一阕壁间。偶复一到，而园已三易主（沈氏→许氏→汪道），读之怅然。诗曰："枫叶初丹槲叶黄，河阳愁鬓怯新霜。林亭感旧空回首，泉路凭谁说断肠。坏壁醉题尘漠漠，断云幽梦事茫茫。年年妄念消除尽，回向蒲龛一炷香。"庆元己未（1199 年）："翁居鉴湖之三山，晚岁每入城，必登寺眺望，不能胜情。"尝赋二绝云："梦断香销四十年（实四十四年），沈园柳老不飞绵。此身行作稽山土，犹吊遗踪一怅然。城上斜阳画角哀，沈园无复旧池台。伤心桥下春波绿，曾是惊鸿照影来。"此时陆游已七十四岁，仍不忘唐婉儿的旧情。开禧乙丑岁暮

（1205 年），诗人已八十高龄，仍"夜梦游沈氏园，又两绝云：路近城南已怕行，沈家园里更伤情。香穿客袖梅花在，绿蘸寺桥春水生。城南小陌又逢春，只见梅花不见人。玉骨久成泉下土，墨痕犹锁壁间尘"。

陆游与唐婉儿的爱情悲剧，因陆游的情系终生，反成佳话，甚而风流千古。

1962 年 6 月 29 日，郭沫若游绍兴沈园，遇一中年妇女，自称沈氏后人，赠郭老一册有关陆游的纪念册。撩起了郭老的诗兴，于是仿《钗头凤》题词一首，以纪其事：宫墙柳，今乌有，沈园蜕变怀诗叟。秋风袅，晨光好，满畦蔬菜，一池萍藻。草，草，草。沈家后，人情厚，陆游一册蒙相授。来归宁，为亲病。病情何似，医疗有庆。幸，幸，幸！"

1984 年 10 月 9 日《福建日报》载：去台人员家属彭龙弟收到台湾的丈夫寄来家书一封，结尾仿陆游的《钗头凤》填词一首："望乡愁，白了头，病入膏肓爬翠楼。海水恶，欢情薄，山盟虽在，藩篱禁雀。啄，啄，啄！春如归，两岸绿，鸳鸯隔峡抽抽泣。人成各，今非昨，人心归汉，四面楚歌，合，合，合！"彭龙弟阅罢，悲喜交集，夜不能寐。即仿唐婉儿答陆游《钗头凤》一首寄台："阋墙祸，狂风作，雨打两岸鸳鸯散。夜阑珊，斜凭栏，病魂悠悠，泪眼望帆。盼，盼，盼！两党合，万民乐，中山九泉举杯贺。青鸟穿，银燕返，高山难挡，劈石破澜，还，还，还！"

现在让我们回到词句上来。"东风恶""东风"多指暮春的风，是催百花凋落的风。"恶"意多生于此。最早用"东风恶"的是宋人张先，他的《满江红》（初春）："晴鸽试铃风力软，雏莺弄舌春寒薄。但只恐、锦绣闹妆时，东风恶。"怕晚春的东风一来，尽遭摧残。

宋·晏几道《好女儿》："偬无端、尽日东风恶，更霏微细雨，恼人离恨，满路春泥。"

宋·张元干《醉落魄》："客里惊春，生怕东风恶。"

又《醉花阴》："翠箔阴阴笼画阁，昨夜东风恶。"

又《忆秦娥》："桃花萼，雨肥红绽东风恶。"

又《瑞鹤仙》（寿）："东风夜来恶，禁烟时天气，莺啼花落。""禁烟时"是寒食节，已属晚春。

宋·康与之《忆秦娥》："春寂寞，长安古道东风恶。东风恶，胭脂满地，杏花零落。"

宋·毛开《满江红》："已著单衣寒食后，夜来还是东风恶。"

宋·朱淑真《生查子》："寒食不多时，几日东风恶。"

又《鹧鸪天》："一天飞絮东风恶，满路桃花春水香。"

宋·范成大《秦楼月》："杨花满地，夜来风急。"

宋·杨冠卿《忆秦娥》（雪中拥琴对梅花寓言）："东风恶、雪花乱舞穿帘幕。"写初春的寒风。

宋·辛弃疾《一络索》（闺思）："一春长是为花愁，甚夜夜、东风恶。"

宋·俞国宝《瑞鹤仙》："东风晚来恶，绕西园无绪，泪随花落。"

宋·张侃《秦楼月》："五更嫌怕春风恶。春风恶，东君不管，此情谁托。"

宋·黄机《忆秦娥》："秋萧索，梧桐落尽西风恶。西风恶，数声新雁，数声残角。"写秋风。

宋·葛长庚《贺新郎》："银汉千丝雨，被东风作恶，吹落满空柳絮。"

宋·周文漠《念奴娇》："绿叶成荫，桃花结子，枉恨东风恶。"

宋·刘子寰《霜天晓角》（春愁）："正是海棠时侯，纱窗外，东风恶。"

宋·吴潜《满江红》："天向晚，东风恶；春向晚、花容薄。"

又《谒金门》："东风恶，一片梅花吹落。"

宋·李曾伯《满江红》："江湖路，西风恶，霄汉志，秋云薄。"

宋·邓有功《点绛唇》："卷上珠帘，晚来一阵东风急。"

宋·冯伟寿《春云怨》（上巳）："春风恶劣，把数枝香锦，和莺吹折。"

宋·黄廷琦《兰陵王》："又粉过新梢，红褪残萼，阑干休倚东风恶。"

宋·梁栋《念奴娇》："须信欢乐过情，闲嗔冷妬，一阵东风恶。"

宋·蒋捷《白苎》："琼苞未剖，早是东风作恶。"

宋·黄子行《贺新郎》（冰箸）："零乱不知何处去，甚人间、一夜东风恶。"

宋·无名氏《愁倚阑令》："东风恶，宿云凝，忒无情。"

元明小说话本依托宋人陈妙常《杨柳枝》："纱

窗几阵东风恶,罗衣薄。"

明·陈子龙《忆秦娥》:"无奈东风恶。"

2210.恐溘死不得见乎阳春

楚·宋玉《九辩》:"无衣裘以御冬兮,恐溘死不得见乎阳春。""阳春",温暖的春天。没有皮衣棉衣御冬,怕是溘然而死见不到春天了。"溘"(kè),忽然。

唐·李白《梁甫吟》:"长啸梁甫吟,何时见阳春?"以屈原被谗去国喻自己受谗放逐,长啸舒志,感慨施展才华无日。

2211.有脚号阳春

宋·张元干《菩萨蛮》:"有脚号阳春,芳菲属主人。""有脚阳春"是赞颂贤良官吏的成语。《开元天宝遗事·有脚阳春》载:"宋璟爱民恤物,朝野归美。时人咸谓璟为有脚阳春,言所至之处,如阳春煦物也。"

宋·沈端节《青玉案》:"史君标韵如徐庾,更名节、高千古。闲云无定,阳春有脚,又作南昌去。"

宋·洪适《番禺调笑》(药洲):"阳春有脚森双戟,和气欢声洋溢。"

又《南歌子》(喜晴用前韵):"住得如筛雪,方欣有脚春。"

宋·程大昌《万年欢》:"那阳和有脚,骎骎日进。"

宋·吕胜己《瑞鹤仙》:"号当今有脚阳春,处处变愁为笑。"

宋·赵长卿《朝中措》:"只恐促归廊庙,去思有脚阳春。"

宋·林淳《水调歌头》(次赵帅开西湖韵):"好在风光满眼,只恐阳春有脚,催诏下天关。"

宋·魏了翁《念奴娇》(叔母生日刘左史光祖以余春时所与为寿词见觊复用韵谢之):"天外一曲阳春,依然有脚,来到萱堂北。""阳春"代刘光祖为叔母生日寿词。

宋·杜东《喜迁莺》(寿阳韩州·正月初五):"使君以仁得寿,和气融春无极。人总道、是阳春有脚,恩浮南国。"

宋·李曾伯《满江红》:"天籁无声随物应,阳春有脚从中入。"

宋·李昂英《摸鱼儿》(送王子文知太平州):

"丹山碧水含离恨,有脚阳春难驻。"

宋·陈著《水龙吟》(寿婺州守赵岩起右撰孟传):"是则阳春有脚,被金华、洞天留著。"

宋·张镃《贺新郎》(次辛稼轩韵寄呈):"东晋风流兼慷慨,公自阳春有脚。"

宋·李仲光《百字令》:"却怪有脚阳春,如何移向峒岭了。"

宋·无名氏《朝中措》(寿太守):"只恐促归廊庙,去思有脚阳春。"

明·汤显祖《牡丹亭》第八出劝农《前腔》:"阳春有脚,经过百姓人家。"

2212.可能皮里有阳秋

宋·宋庠《休日》:"枉是胸中无块垒,可能皮里有阳秋。"《晋书·褚裒传》载:"褚裒(póu)少有简贵之风,与京兆杜乂俱有盛名,冠于中兴。谯国桓彝见而目之曰:'季野有皮里阳秋。'言其外无臧否,而内有所褒贬也。谢安亦雅重之,恒云:'裒虽不言,而四时之气亦备矣。'"本是"皮里春秋",因晋简文帝后名春,晋人避讳,才以"阳"代"春"。"春秋"含有褒贬,"皮里"指心里。

宋·宋祁《归沐》:"枉是胸中存垒块,可能皮里有阳秋。"同宋庠句,只"无块垒"变成"存垒块"。"胸中块垒",是抑郁,"皮里阳秋",是明智。二宋的诗意是一致的,即不是存块垒,而是有阳秋。

宋·史浩《菩萨蛮》(清明):"何须从外讨,皮里阳秋好。堪羡个中人,无时不是春。"

清·曹雪芹《红楼梦》第三十八回薛宝钗《螃蟹咏》:"眼前道路无经纬,皮里春秋空黑黄。"蟹膏有黄色的,有黑色的。诗意是蟹壳里无非是黄色的或黑色的,别无他物了。

宋·邵雍《自贻吟》:"天外更无乐,胸中别有春。"又《自处吟》:"何止春归与春在,胸中长有四时花。"貌近"皮里春秋",实则表示自得其乐。

2213.春迟柳暗催

唐·宋之问《奉和晦日幸昆明池应制》:"节晦蓂全落,春迟柳暗催。"春天来得慢,可柳芽催春,春已到来。

唐·杜甫《移居夔州作》:"春知催柳别,江与放船清。"反用宋之问句,而不用其意。春知别意而催柳送行。张溍注:"因灞桥赠别故事,遂用春柳催别。"

2214. 菱歌清唱不胜春

唐·李白《苏台览古》:"旧苑荒台杨柳新,菱歌清唱不胜春。只今惟有西江月,曾照吴王宫里人。""苏台"即吴王阖闾所造姑苏台,故址在今江苏省苏州市西南姑苏山上,后吴王夫差又增建。相传台上有春宵宫、天池、吴王与西施行乐处。作者到苏州,面对"旧苑荒台"。深感兴亡之变迁。"菱歌清唱不胜春",清新的采菱歌中含有无尽的春意,一解,杨柳春光,菱歌是唱不尽的。

南朝·梁武帝萧衍《白纻辞二首》:"纤腰袅袅不任衣,娇怨独立特为谁。""不任"即不胜,不能承受衣服之肥重,因有"弱不胜衣"之语。

唐·杨炎《赠元载歌妓》:"玉山朝翠步无尘,楚腰如柳不胜春。"无限春意。下同。

唐·刘禹锡《杨柳枝词》:"炀帝行宫汴水滨,数株残柳不胜春。"

唐·赵嘏《听琴》:"抱琴花夜不胜春,独奏相思泪满中。"

唐·罗隐《柳》:"灞岸晴来送别频,相偎相倚不胜春。"

宋·苏轼《次韵王巩颜复同泛舟》:"沈朗消瘦不胜衣,边老便便带十围。"

2215. 传语风光共流转

唐·杜甫《曲江二首》:"穿花蛱蝶深深见,点水蜻蜓款款飞。传语风光共流转,暂时相赏莫相违。""曲江",在今西安市南五公里处,汉武帝初造,唐玄宗开元年间修整一新,有池水花树、紫云楼、芙蓉苑、杏园、慈恩寺等景观。游人颇盛,诗人有不少留诗。杜甫于肃宗乾元元年(758)三月作此诗。此四句,写诗人看到蝴蝶穿花,蜻蜓点水,遂想到这自然风光都应如此协调自由,于是对自然风光说,应该共赏,而不应加以疾风恶雨互残,不应相违逆。寓意极为深广。"传语"即"寄语",意为"对……说"。

唐·杜审言《春日京中有怀》:"寄语洛城风日道,明年春色倍还人。"这是杜甫祖父的诗。杜甫曾推崇他祖父杜审言"吾祖诗冠古"(《赠蜀僧闾丘师兄》)。"传语"一意即用"寄语"句意。

清·仇兆鳌《杜诗详注》载:"王洙引冯少怜《春日》诗:'传语春光道,先归何处边?'今无考。"

2216. 九重春色醉仙桃

唐·杜甫《奉和贾至舍人早朝大明宫》:"五夜漏声催晓箭,九重春色醉仙桃。"上句写早朝时间,"五夜"即戊夜,五更天明;下句写君门(朝廷、天子所居)春色正浓。"九重"取"君之门以九重"(《楚辞》)之意。"九重春色"又用陈·阴铿"上林春色满"(《西游咸阳中》)句意。《杜诗详注》云:"唐时殿庭多植桃柳,故岑诗言柳拂旌旗,杜诗言春色仙桃,皆面前真景。"

明·汤显祖《牡丹亭》第三十九出《小揍大》:"沉醉了九重春色,便看花十里归来。""九重春色"用杜句。

2217. 馆娃宫深春日长

唐·白居易《送苏州李使君赴郡二绝句》:"馆娃宫深春日长,乌鹊桥高秋夜凉。"自注:"馆娃宫今灵岩寺也。"送李使君赴任苏州刺史。此二句写苏州景物(乌鹊桥在苏州南门)。后二句:"风月不知人世变,奉军直似奉吴王。""风月"概括前二句,末句戏说李任刺史为苏州最高长官如古类国君;古吴国建都姑苏,因作此戏言。

宋·苏轼《续丽人行》:"深宫无人春日长,沉香亭北百花香。"前句用白居易诗,后句用李白《清平调》诗。

2218. 春心莫共花争发

唐·李商隐《无题》:"春心莫共花争发,一寸相思一寸灰。"此诗为无题四首之二。写女子追求爱情的失意。蕴含政治上的挫折。这末二句述相思之情虽如春花萌发,然而每次追求都使心香成灰。

清·曹雪芹《红楼梦》第五十回李纹《咏红梅花》:"冻脸有痕皆是血,酸心无恨亦成灰。"取李商隐句意,写红梅结出酸子,花也无存了。

2219. 青春背我堂堂去

唐·薛能《春日使府寓怀》:"一想流年百事惊,已抛渔父戴尘缨。青春背我堂堂去,白发欺人故故生。"写他宦海生涯中的感怀,随着时光的流逝,青春已离他远远而去,白发凌人渐渐增生。"堂堂",高旷,引申为邈远。"背",背离,离开。

宋·苏轼《陌上花三首》:"若为留得堂堂去,

且更从教缓缓回。""引"云："父老云：吴越王妃，每岁春必归临安，王以书遗妃曰：'陌上花开，可缓缓归矣。'"此诗述其事。用薛能句说留住陌上花。

2220. 六分春色一分休

唐·陆龟蒙《正月十五惜春寄袭美》："六分春色一分休，满眼东波尽是愁。""袭美"即皮日休，陆龟蒙同他多有诗歌往来。"六分春色"，把春天三个月分成六分，每半月为一分，春节前后立春，到正月十五，恰已过去一分。诗人的春愁来得早，春方至即愁春去，"惜春"就是惜时。后来的"三分春色"皆源于此。

宋·梅尧臣《和公仪龙图小桃花》："三分春色一分休，始见桃花着树头。""一分休"，春过去一个月。

元·司马昂夫《最高楼》（暮春）："一丝杨柳千丝恨，三分春色二分休。"自伤年华。

2221. 三分春色二分愁

宋·叶清臣《贺圣朝》（留别）："满斟绿醑留君住，莫匆匆归去。三分春色二分愁，更一分风雨。花开花谢，都来几许？且高歌休诉。不知来岁牡丹时，再相逢何处？"词人在牡丹开花时与友人相别，离愁很深，春光是美好的，却二分是愁，余下的一分，还被风雨占去，哪还有美好的春光！

宋·苏轼《临江仙》："九十日春都过了，贪忙何处追游？三分春色一分愁，雨翻榆荚阵，风转柳花毬。"用叶清臣句。只减去"一分愁"。

宋·李之仪《临江仙》（登凌歊台感怀）："偶向凌歊台上望，春光已过三分。江山重叠信销魂。风花飞有态，烟絮坠无痕。"

宋·范成大《春来风雨，无一日好晴，因赋瓶花二绝》："三分春色三分雨，匹似东风本不来。"

宋·何梦桂《满江红》："春色三分，怎禁得、几番风力。又早见、亭台绿水，柳摇金色。"

又《酹江月》（和江南惜春）："三分春色，更消得风雨，几番零落。年少不来春老去，空负省薇阶药。"

宋·陈德武《望海潮》（清明咏怀）："三分春色，十分官事，令人孤负芳菲。"

宋·无名氏《满江红》（寿吴守二月初一）："春色三分，才过一、韶华方好。庆初度，万家襦袴，满城欢笑。"

元明小说话本依托宋人无名氏《上楼春》："芳心一片可人怜，春色三分愁雨洗。"

2222. 春色三分，二分尘土，一分流水

宋·苏轼《水龙吟》（次韵章质夫杨花词）："不恨此花飞尽，恨西园、落红难缀。晓来雨过，遗踪何在，一池萍碎。春色三分，二分尘土，一分流水。细看来，不是杨花，点点是离人泪。"这是写杨花的名篇。这下阕写杨花乱落，春光已逝，离人愁苦。词写杨花，实是春色。"春色三分"，暗指杨花，杨花遗踪何处？二分落在地面，化为尘土，一分落在水上，化作碎萍，春色已消失尽净了。结句又转而以杨花喻泪水。处处写杨花，而所表现的却是春光已去，离人更苦。构思精巧，笔法奇绝，堪称咏杨花之绝唱。宋·张炎《词源》卷下《句法》评："词中句法，要平妥精粹。……如东坡《杨花词》云：'似花还似非花，也无人惜从教坠。'又云：'春色三分，二分尘土，一分流水。'……皆平易中有句法。"清·黄苏《蓼园词话》评下阕："二阕用议论，情景交融，笔墨入化，有神无迹矣。"此词作于黄州，词人伤春痛离之情已含于篇末。

苏轼《与欧育等六人饮酒》："忽惊春色二分空，且看尊前半丈红。""半丈红"指蔷薇。唐·李商隐《题二首后重有戏赠任秀才》："一丈红蔷拥翠篜，罗窗不识绕街尘。"苏轼"半丈红"用此。

宋·秦观《望海潮》："正絮翻蝶舞，芳思交加。柳下桃蹊，乱分春色到人家。"这也是名词。明·李攀龙《草堂诗余隽》卷四眉批评："自梅英吐、年华换说到春色乱分处，兼以华灯，飞盖，酒旗，一寓目尽是旅客增怨，安得不归思如流耶？"清·陈廷焯《白雨斋词话》卷一评："少游词最深厚，最沉着，如'柳下桃蹊，乱分春色到人家'，思路幽绝，其妙不能令人思议。""乱分春色到人家"，"乱分春色"从苏轼"春色三分"化出。然而"分"的是什么？应该是梅英、冰溶、东风、细雨（新晴）、絮翻、蝶舞、柳叶、桃花，这些都是春色，不仅仅是杨花柳絮。而且此词中的"春色"又涵盖了从初春（梅英）到晚春（絮翻）的整个春天。

宋·李纲《水龙吟》（次韵和质夫、子瞻杨花词）："飞入楼台，舞穿帘幕，总归流水。怅青春过，年年此恨，满东风泪。"化用苏轼句。

宋·王千秋《诉衷情》（登雨华台）："二分浓绿一分红，春色若为穷。"用三分春色只剩一分之意。

宋·辛弃疾《满江红》(稼轩居士花下与郑使君惜别醉赋,侍者飞卿奉命书):"折尽荼蘼,尚留得、一分春色。"按二十四番花信风,春末一节谷雨一候牡丹,二候荼蘼,三候楝花。"折尽荼蘼"便是春天最后的楝花了。"一分春色"即指春末的楝花。

宋·赵善括《朝中措》(惜春):"三分好处,不随流水,即是闲愁。惟我惜花心在,更看红叶沉浮。"

金·董解元《西厢记》卷一《哨遍》:"春色三分,半入池塘,半随尘土!"用苏轼句写春已去。

元·梁曾《木兰花慢》(西湖送春):"问花花不语,为谁落,为谁开?算春色三分,半随流水,半入尘埃。"春已去。

元·王恽《双鸳鸯·柳圈辞》:"问春工,二分空,流水桃花飐晓风。""二分空",只余一分春色。

元·钟嗣成《南吕·骂玉郎过感皇恩采茶歌·四时佳兴·春》:"叹芳辰,已三分,二分流水一分尘。"春光尽逝。

元·黄庚《江村即事》:"十分秋色无人管,半属芦花半蓼花。"转而写"秋色"。

元·无名氏《快活三过朝天子四换头》:"九十韶华,人间客寓,把三分分数数,一分是流水,二分是尘土。不觉得春将暮。""九十韶华",春天九十天美好时光。

明·汤显祖《牡丹亭》第三十五出回生《前腔》:"流年度,怕春色三分,一分尘土。"只剩一分尘土。

清·王国维《水龙吟》(杨花):"一样飘零,宁为尘土,勿随流水。怕盈盈、一片春红,都贮得、离人泪。""随流水",则尽贮离人泪。

2223. 春在溪头荠菜花

宋·辛弃疾《鹧鸪天》(代人赋):"山远近,路横斜,青旗沽酒有人家。城中桃李愁风雨,春在溪头荠菜花。"全词写农桑之春,朴实清新,生机涌动,景色宜人。城中桃李愁风雨。而此处溪头野荠却依然开着花,春光不就在这里吗!词人对农桑环境、风光的喜悦之情溢于言表。

古代文人总把春与花相连接,春天花开,于是借花指春,春在花上。这种笔法不自稼轩始。

宋·王安国《清平乐》(春晚):"小怜初上琵琶,晓来思绕天涯。不肯画堂朱户,春风自在梨花。"(一作王安石词)春在梨花,不在画堂朱户。

宋·仲殊《柳梢青》(吴中)(一作僧挥词):"岸草平沙。吴王故苑,柳袅烟斜。雨后轻寒,风前香软,春在梨花。"从王安国句脱出。

宋·陈亮《南歌子》:"池草抽新碧,山桃褪小红。寻春闲过小园东:春在乱花深处、鸟声中。"花鸟都是春标志。

2224. 闲却半湖春色

宋·周密《曲游春》禁烟湖上薄游,施中山赋词甚佳,余因次其韵。盖平时游舫,至午后则尽入里湖,抵暮始出,断桥小驻而归,非习于游者不知也。故中山极击节余'闲却半湖春色'之句,谓能道人之所未云。"沸十里、乱弦丛笛。看画船,尽入西泠,闲却半湖春色。"西泠桥在西湖孤山下。由于游人"尽入西泠",致使半个西湖的春色无人欣赏,闲却了。"闲却半湖春色",很受施中山欣赏,所以他对此句热烈击节。

周密,家住弁阳,别号弁阳老人。他在《武林旧事》卷三中又对此句作了说明:"若游之次第,则先南而后北,至午则尽入西泠桥里湖,其外几无一舸矣。弁阳老人有词云:'看画船尽入西泠,闲却半湖春色',盖纪实也。"

2225. 留春不住登城望

唐·白居易《城上夜宴》:"留春不住登城望,惜夜相将秉烛游。"登城望去,留不住的春色就要逝去,只能携伴秉烛夜游了。"留春"的命意为白居易首创,他的《三月三日题慈恩寺》又写:"惆怅春归留不得,紫藤花下渐黄昏。"也是"留春不住"之意。"留春"句广为人用,有些直用"留春不住(得)"。

唐·姚合《别春》:"留春不得被春欺,春若无情遣泥谁。"

宋·张先《清平乐》:"自欲胜留春住,风花无奈飘飘。"

又《庆春泽》:"镇欲留春,傍花为春唱。"

宋·欧阳修《渔家傲》:"强欲留春春不住,东皇肯信韶容故。"

又《玉楼春》:"人心花意待留春,春色无情容易去。"

又《定风波》:"纵使青春留得住,虚语,无情花对有情人。"

又《减字木兰花》:"留春不住,燕老莺慵无觅处。说似残春,一老应无却少人。"

宋·杜安世《凤栖梧》:"惆怅留春留不住,欲到清和,背我堂堂去。"兼用薛能句。

宋·王安石《清平乐》:"留春不住,费尽莺儿语。满地残红宫锦污,昨夜琵琶曲未终。"(又作王安国词。)

宋·郑獬《好事近》:"把酒对红梅,花小未禁风力。何计不教零落,为青春留得。"春在留梅。

宋·王安国《清平乐》(春晚):"留春不住,费尽莺儿语。"

宋·晏几道《木兰花》:"小颦若解愁春暮,一笑留春春也住。"

又《减字木兰花》:"留春不住,恰似年光无味处。"

宋·周邦彦《六丑》(落花):"愿春暂留,春归如过翼,一去无迹。"

宋·王寀《蝶恋花》:"濯锦江头春欲暮,枝上繁红,着意留春住。"

宋·葛胜仲《蝶恋花》:"已过春分春欲去,千炬花间,作意留春住。"

宋·叶梦得《临江仙》:"留春春不住,老眼若为明。"

宋·周紫芝《蝶恋花》:"假使留春春肯住,唤谁相伴春同处。"

宋·向子諲《三字令》:"春欲去,留且住,莫教归。"

宋·王灼《点绛唇》(赋登楼):"休惜余春,试来把酒留春住。"

宋·李弥逊《虞美人》:"主人著意留春住,不醉无归去。"

又《临江仙》(次韵叶少蕴惜春):"海堂浑怯冷,为我强留春。"

宋·张元干《天仙子》(三月十二日,奉同苏子陪富丈访筇于旧居,遂为杏花留饮,欢甚。命赋长短句,乃得天仙子,写呈两公,末章并发一笑。):"惊见此花须折取,明日满城传侍女。情知醉里惜花深。留春住,听莺语,一段风流天赋与。"

宋·曹冠《凤栖梧》(牡丹):"把酒留春春莫去,玉堂元是常春。"

宋·管鉴《鹧鸪天》(为薛子昭寿):"燕莺休苦留春住,归趁薰风殿阁凉。"

又《临江仙》:"三月更当三十日,留春不住春

归。问春还有再来时,腊前梅蕊破,相见未为迟。"

宋·杨炎正《蝶恋花》:"万点飞花愁似雨,峭杀轻寒,不会留春住。"

宋·汪莘《桃源忆故人》:"人间只解留春住,不管秋归去。一阵西窗风雨,秋也归何处。"

宋·杨万里《三月二十七日送春绝句》:"落尽千花飞尽絮,留春肯住欲如何?"

宋·刘仙翁《满江红》(春晚):"著意留春、留不住,春归难恋。最苦是、梅天烟雨,麦秋庭院。"

宋·高观国《卜算子》(泛西湖坐间寅斋同赋):"屈指数春来,弹指惊春去。檐外蛛丝网落花,也要留春住。"

宋·黄机《乳燕飞》(次岳总幹韵):"击碎珊瑚时,为留春、怕春欲去,驶如风雨。春不留兮君休问,付与流莺自语。"

宋·何梦桂《喜迁莺》:"留春不住,又早是清明。杨花飞絮,杜宇声声。黄昏庭院,那更半帘风雨。"

又《八声甘州》(伤春):"怅春归,留春未住,奈春归、不管玉颜衰。"

宋·向希尹《浪淘沙》:"结客去登楼,谁系兰舟,半篙清涨雨初收。把酒留春春不住,柳暗江头。"

宋·张涅《祝英台近》:"独倚红药栏边,伤春甚情绪。若取留春,欲去去何处。也知春亦多情,依依欲住。子规道、不如归去。"

宋·刘铉《蝶恋花》(送春):"人自怜春未去,萱草石榴,也解留春住。"

元·马九皋《双调·楚无遥过清江引》(失题):"屈指数春来,弹指惊春去。蛛丝网落花,也要留春住。"用宋人高观国《卜算子》句,只节去"檐外"二字。(见前)

元·梁曾《木兰花慢》(西湖送春):"拼一醉留春,留春不住,醉里春归。"

明·陈子龙《江城子》(病起春尽):"无情春色,去矣几时逢?添我千行清泪也,留不住、苦匆匆。"

清·郑燮《浪淘沙》(暮春):"节序太无情,不肯留停,留春不住送春行。"

又为"大吉羊"所书卯跋:"晴雨总无凭,枉杀愁人,留春不住送春行。"再用前句,叹青春易逝,功名无成。

2226. 无计留春住

五代·冯延巳《鹊踏枝》(又名《蝶恋花》,一作宋欧阳修词):"雨横风狂三月暮,门掩黄昏,无计留春住。"此描绘雨骤风狂,三月将尽,春天就要去了,无法留住它。到黄昏时分,只好掩上闺门。完全是一种无可奈何的情绪。此词是名词,评家多有品定。现代人俞平伯《唐宋词选释》中,对"留春"句曾作如此点析:"'三月暮'点季节,'风雨'点气候,'黄昏'点时刻,三层渲染,才逼出'无计'句来。"

其实,"无计留春住"句仍出自白居易之手。他的《晚春欲携酒寻沈四著作先以六韵寄之》诗中写:"无计留春得,争能奈老何。"前二句为:"病容衰惨淡,芳景晚蹉跎。"把人的容颜同花的芳景相对照,说青春无法留住,老衰亦不能抑止。冯延巳用"无计留春得"改用一"住"字。由于冯词有更高的艺术价值,"无计留春住"也为人们更熟知。

宋·晁补之《金凤钩》(送春):"一簪华发,少欢饶恨,无计殢春住。""殢"即"殢留"意。

宋·蔡伸《点绛唇》:"云雨匆匆,洞房当日曾相遇。暂来还去,无计留春住。""春"双关年轻女子。

宋·杨无咎《醉花阴》:"目断向高楼,持酒停歌,无计留春住。"

宋·洪适《满江红》:"百计留春,春不住,愁怀填溢。""百计"从"无计"变化而来。还有:宋·洪瑹《谒金门》(春晚):"风共雨,催尽乱红飞絮,百计留春春不住,杜鹃声更苦。"宋·黄升《蝶恋花》(春感):"百计留春春不住,褪粉吹香,日日催教去。"

宋·程垓《木兰花慢》:"谁遣风狂雨横,便教无计留春。"缩用冯延巳二句。

又《朝中措》:"片花飞后水东流,无计挽春留。"

宋·卢炳《贺新郎》:"无计留春添怅望,空马新词叠幅。"

宋·陈允平《谒金门》:"春欲去,无计留春住。纵著天涯深柳絮,春归还有路。"

元·薛昂夫《楚天遥过清江引》:"有意送春归,无计留春住。明年又着来,何似休归去。桃花也解愁,点点飘红玉。"

明·施绍莘《谒金门》:"无计可留春住,只有断肠诗句。"

2227. 无计奈春何

宋·无名氏《蓦山溪》:"如今老矣,无计奈春何。人去后,独来时,风月闲亭榭。"不能赏春,不能留春,对春无可奈何。"无计奈何"已是成语。

宋·无名氏《失调名》句中"无计奈愁何"同句式。

2228. 带叶梨花独送春

唐·杜牧《残春独来南亭因寄张祜》:"高枝百舌犹欺鸟,带叶梨花独送春。"梨花带叶,意味着红瘦绿肥,春花将落,夏叶将浓。这正是送春归去的征兆。留春不住,退而送春归去,也是唐宋文人之常情。杜牧把"送春"入诗,送春,送春归之语则踵至不休了。

宋·张先《天仙子》:"送春春去几时回,临晚镜,伤流景,往事后期空记省。"

宋·陈偕《满庭芳》(送春):"榆荚抛钱,桃英胎子,杨花已送春归。"

宋·王观《卜算子》(送鲍浩然之浙东):"才始送春归,又送君归去。若到江南赶上春,千万和春住。"

宋·周紫芝《点绛唇》(西池桃花落尽赋此):"唤得春来,又送春归去,浑无绪。"

又《千秋岁》(春欲去,二妙老人戏作长短句留之,为社中一笑):"送春归去,说与愁无数。君去后,归何处?人应空懊恼,春亦无言语。"

宋·黄升《月照·梨花》(闺怨):"门外风絮交飞,送春归。"

宋·蔡伸《菩萨蛮》:"飞英不向枝头住,等闲又送春归去。"

又《朝中措》:"章台杨柳月依依,飞絮送春归。"

宋·如晦《卜算子》(送春):"有意送春归,无计留春住。毕竟年年用著来,何似休归去。"

宋·葛立方《好事近》(和子直惜春):"青帝沽酒送春归,莫惜万金掷。"

宋·赵师侠《水调歌头》(癸卯信丰送春):"百岁光阴难挽,一笑欢娱易朱,莫惜酒盈卮。无计留连住,还是送春归。"

宋·黄机《摸鱼儿》:"惜春归,送春惟有,乱红扑簌如雨。"

宋·张震《蓦山溪》(春半):"青梅如豆,断送春归去。"

宋·王炎《蓦山溪》（巢安寮毕工）："莺啼花谢，断送春归去。雨后听鹃声，恰似诉、留春不住。"

宋·刘铉《蝶恋花》（送春）："只道送春无送处，山花落得红成路。"

宋·段宏章《洞仙歌》（荼蘼）："想飞琼弄玉，共驾苍烟，欲向人间挽春住。……是曾约梅花带春来，又自共梨花、送春归去。"

清·郑文焯《永遇乐》："恁凄凉南楼夜笛，送春归处。"

2229. 借问春归何处所

宋·欧阳修《玉楼春》："高楼把酒愁独语，借问春归何处所。"问春归何处，表现寻春的急切而又无可奈何的心态。与"送春"的情绪有细微差别。而只述"春归"，则表时序之变化。

用"春归何处"如：

宋·邵雍《问春》："三月春归留不住，春归春意难分付。凡言归者必归家，为问春家在何处？"

宋·黄庭坚《清平乐》："春归何处？寂寞无行路。若有人知春去处，唤取归来同住。""同住"句用王观《卜算子》："若到江南赶上春，千万和春住"语。

宋·秦观《如梦令》："池上春归何处？满目落花飞絮。"

宋·朱淑真《蝶恋花》："犹自风前飘柳絮，随春且看归何处。"

宋·赵鼎《醉桃园》（送春）："莺愁蝶怨春知否，欲问春归何处。只有一尊芳醑，留得青春住。"

宋·辛弃疾《朝中措》："长怪春归何处，谁知个里迷藏。"

又《祝英台令》（晚春）："是他春带愁来，春归何处，却不解、将愁归去。"

宋·陈德武《蝶恋花》（送春）："万计千方留不住，春归毕竟归何处？"

宋·刘辰翁《摸鱼儿》（酒边留同年徐云屋）："怎知他、春归何处，相逢且尽尊酒。"

又《菩萨蛮》："春去自依依，欲归无处归。"说春归无处。

金·段克己《渔家傲》（送春六曲）："毕竟春归何处所，树头树底无寻处。"

清·蒋春霖《卜算子》："一角栏干聚落花，此

是春归处。"似对"春归何处"作答。

清·王国维《蝶恋花》："几度寻春春不遇，不见春来，那识春归处。"朦胧而迷茫。

只用"春归"句如：

宋·欧阳修《玉楼春》："尊前百计得春归，莫为伤春歌黛蹙。"（《尊前集》作冯延巳词）

宋·邵雍《问春》："三月春归留不住，春归春意难分付。"

又《洛阳春吟》："春归花谢日初长，燕语莺啼各自忙。"

又《落花吟》诗："流莺不用多言语，到了一番春已归。"

又《首尾吟》诗："恰见花开便花谢，才闻春至又春归。"

宋·秦观《画堂春》："杏园憔悴杜鹃啼，无奈春归！"

宋·晁补之《金凤钩》（送春）："春辞我，向何处？……一栏红药，倚风含露，春自未曾归去。"

又《水龙吟》（次韵林圣予惜春）："世上功名，老来风味，春归时候。"

宋·周邦彦《六丑》（蔷薇谢后作）："愿春暂留。春归如过翼，一去无迹。"

宋·周紫芝《千秋岁》："东风不管春归去，共残红、飞上秋千。"

宋·赵鼎《醉桃园》（送春）："青春不与花为主，花正开时春暮。花下醉眠休诉，看取春归去。"

宋·王灼《清平乐》（妓诉状立厅下）："隧红飘絮，收拾春归去。长恨春归无觅处，心事顾谁分付。"

又《点绛唇》（赋登楼）："山无数，烟波无数，不放春归去。"

宋·赵彦端《新荷叶》："欲暑还凉，如春有意重归。春若归来任他莺老花飞。""归来"不是归去。

宋·王千秋《菩萨蛮》（荼蘼）："流莺不许青春住，催得春归花亦去。"

宋·辛弃疾《踏歌》："告弟弟莫趁蜂和蝶，有春归花落时节。"

又《定风波》（暮春漫兴）："试问春归准得见？飞燕，来时相遇夕阳中。"

宋·杨万里《忆秦娥》（初春）："新春早，春前十日春归了；春归了，落梅如雪，野桃红小。"

宋·黄升《鹧鸪天》（暮春）："玉人只怨春归

去,不道槐云绿满庭。"

宋·赵师侠《水调歌头》:"此意谁能解,一笑任春归。"

宋·赵必璩《风流子》:"春光才一半,春未老,谁肯放春归。"

宋·刘天迪《虞美人》(春残念远):"子规解劝春归去,春亦无心住。"

元·刘庭信《春日送别》:"春事成虚,无奈春归去,春归何太速?试问东君:谁肯与莺花做主?"

清·庄棫《定风波》:"三月正当三十日,占得春光,毕竟共春归。"

清·曹雪芹《红楼梦》第七十回史湘云《如梦令》(柳絮词):"且住,且住!莫放春光别去。""别去"即"归去"。"且住"用辛弃疾《摸鱼儿》:"春且住!见说道天涯芳草无归路。"

2230. 只恐莺啼春又老

宋·朱敦儒《渔家傲》:"可惜韶光虚过了,多情人已非年少。只恐莺啼春又老。知音少,人间何处寻芳草。"此为词下阕,慨叹韶华已逝,老之将至,无所作为,又独居无朋。在宋人笔下"莺老花残"是暮春景象。"青春"喻人之华年,"莺啼"告示春老了,人也老了。"春老"指暮春,晚春,春天即将归去。

"春老",柳永的《留客住》词已用:"惆怅旧欢何处,后约难凭,看看春又老。"

又《梁州令》:"月不长圆,春色易为老。"

宋·欧阳修《玉楼春》:"江南三月春光老,月落禽啼天未晓。"

又《忆汉月》:"酒阑歌罢不成归,肠断月斜春老。"

宋·苏轼《望江南》:"春未老,风细柳斜斜。"

宋·晁补之《斗百草》:"正喜花开,又愁花谢,春也似人易老。"

宋·邓肃《菩萨蛮》:"萋萋欲遍池塘草,轻寒却怕春光老。"

宋·曹勋《念奴娇》:"绿叶成阴春又老,甲子谁能重数。"

宋·卢祖皋《清平乐》:"脉脉不知春又老,帘外舞红多少。"

宋·徐照《瑞鹧鸪》:"雨多庭石上苔文,门外春光老几分。"

宋·汪宗臣《蝶恋花》:"年去年来来去早,怪底不来,庭院春光老。"

2231. 红叶黄花秋又老

宋·张先《少年游》:"红叶黄花秋又老,疏雨更西风。山重水远,云闲天淡,游子断肠中。"写晚秋时节游子思归。"红叶黄花""西风疏雨""云闲天淡"都是"秋老"的自然现象,冷落凄凉,易于勾起乡情。象写春一样写秋的,唯南宋仇远,他的《蝶恋花》词写:"深院萧萧梧叶雨,知道秋来,不见秋来处。云压小桥人不渡,黄芦苦竹愁如雾。四壁秋声谁更赋。人只留春,不解留秋住。秋又欲归天又暮,斜阳红影随鸦去。"写"秋来""秋归""留秋"者只此一词。缺者为贵,所以合盘托来。其实"留秋"无非怕"秋老",写"秋老"的比较多,多表凄凉。

宋·柳永《诉衷情近》:"暮云过了,秋光老尽,故人千里。"

又《少年游》:"夕阳闲淡秋光老,离思满蘅皋。"

又《倾杯》:"金风淡荡,渐秋光老,清宵永。"

宋·葛胜仲《浪淘沙》(十月十九夜赏菊):"秋老摘花吹,敢恨开迟。"

宋·韩维《胡捣练令》:"留取旧时欢笑,莫共秋光老。"

宋·美奴《卜算子》:"两岸垂杨锁暮烟,正是秋光老。"

宋·李弥逊《感皇恩》:"广寒风露近,秋光老。"

又《醉花阴》(木犀):"紫菊红萸开犯早,独占秋光老。"(一作张元干词)

宋·胡铨《青玉案》(乙酉重九葛守坐上作):"宜霜开尽秋光老,感节物、愁多少。"

宋·史浩《惜黄花》(重阳):"秋光将老,黄花开早,露泡清晓,金钱万叠犹小。"

宋·洪适《满江红》:"秋老矣,芙蓉遮道,黄花留客。"

宋·廖行之《点绛唇》(赠别李唐卿):"秋兴连天,又还不分秋光老。"

宋·辛弃疾《蝶恋花》(送人行):"春已无情秋又老,谁管闲愁,千里青青草。"

又《鹧鸪天》:"黄花也伴秋光老,何似尊前见在身。"

2232. 留君不住君须去

宋·蔡伸《踏莎行》:"百计留君,留君不住。

留君不住君须去。望君频问梦中来,免教肠断巫山雨。"写女子送别情人,三用"留君",两用"留君不住",并不觉重,而是流露了缠绵难舍之情。他又有《定风波》词,写:"百计留君留不住,君去,满川烟冥满川风。""留君"句从"留春"句中换字而出,洪适有"百计留春"句(见前)。

宋·王观的名词《卜算子》有"才始送春归,又送君归去"句,由"送春"写到"送君"。之后晁端礼《金蕉叶》写:"主人无计留宾住,溪泉泛、越瓯春乳。"用"留宾",即留客。下如:

宋·聂胜琼《失调名》:"无计留君住,奈何无计随君去。"

宋·赵长卿《水龙吟》:"正留君不住,潇潇更下黄昏雨。"

又《卜算子》(夏日送吴主簿):"行计已匆匆,无计留伊住。"

宋·刘克庄《满江红》(和王实之韵送郑伯昌):"怪雨盲风,留不住、江边行色。""怪雨盲风",用韩愈《南海神庙碑》"盲风怪雨,发作无节"语,意为风雨变幻无常。

2233.扫尽繁花独占春

唐·司空图《杨柳枝寿杯词十八首》:"客泪休沾汉水滨,舞腰羞杀汉宫人。狂风更与回烟帚,扫尽繁花独占春。"这是第九首,赞汉水边的垂柳。时既晚春,百花纷落,唯柳帚深浓。整个春天似乎被垂柳独占了,春光尽属垂柳。所以说:"狂风更与回烟帚,扫尽繁花独占春。""回烟帚"指烟雾萦回的垂柳枝条。

"占春"语出自唐·李益《邠宁春日》诗:"伤心更见庭前柳,忽有千条欲占春。"写任幽州节度使刘济幕府时驻守邠宁春日之感,塞垣没有桃李,只有风沙,只有柳枝千条独占春光,怎不令人忧伤。司空图句即从这"柳条占春"句翻出。用"占春"(占春光、占春风)句如:

唐·段成式《和徐商贺卢员外赐绯》:"云雨轩悬莺语新,一篇佳句占阳春。""一篇佳句"指徐商诗,超越了莺歌燕舞,独占了阳春,言诗佳美。

唐·秦韬玉《牡丹》:"独把一春皆占尽,固留三月始教开。"

五代·欧阳炯《春光好》:"无处不携管弦,直应占断春光。"称音乐之美。

宋·晏殊《采桑子》:"何人解系天边日,占取春风,免使繁花红,一片西飞一片东。"用阳光取代春风。

又《清平乐》:"红英一树春来早,独占芳时。"红花独占最佳时令。

又《更漏子》:"遏云声,回雪袖,占断晓莺春柳。"歌声舞袖占断春光。

又《诉衷情》(一作苏轼词,又误入金·元好问《遗山新乐府》):"看叶嫩,惜花红,意无穷。如花似叶,岁岁年年,共占春风。"海棠花年年独占春风。

宋·苏轼《红梅三首》:"雪里开花却是迟,何如独占上春时。"

又《占春芳》:"红杏了,夭桃尽,独自占春芳,不比人间兰麝,自然透骨生香。"赞"佳人"之美。

宋·李之仪《临江仙》:"好将千岁日,占断四时春。"咏"仙境"。

宋·舒亶《一落索》:"后园桃李谩成蹊,问占得、春多少。"写桃李占春多少。

宋·黄庭坚《木兰花令》:"徐熙小鸭水边花,明月清风都占却。"庾元镇虽贫,却占尽明月清风。

宋·张景修《虞美人》:"春风曾见桃花面,重见胜初见。两枝独占小春开,应怪刘郎迷路、又重来。"桃花占春。

宋·晁补之《夜合花》(和李浩季良牡丹):"百紫千红,占春多少,共推绝世花王。"牡丹为百花之王,占春为最。

宋·毛滂《满庭芳》(西园月夜赏花):"折还惜,留花伴月,占定可怜春。"留花伴月,这春更可爱。

又《踏莎行》(正月五日定空寺观梅):"天真要与此花争,是伊占得春多少。"涂脂抹粉也难与梅花争春。

宋·万俟咏《钿带长中腔》:"风流富贵,自觉兰蕙荒,独占蕊珠春光。"牡丹胜兰蕙。

宋·王庭珪《蝶恋花》:"公子风流应自有,占断春光,肯落谁人手。"占断春光的"公子",是人。

宋·杨无咎《弊人娇》(李莹):"莹然风骨,占十分春意。"李莹占春,胜过千花百卉。

又《於中好》:"墙头艳杏花初试,绕珍丛、细接红蕊。欲知占尽春明媚,消无意、看桃李。"杏花初放,占尽明媚春光,全然不愿去观赏桃李了。

宋·曾觌《朝中措》(赵知阁生日):"烂醉笙歌丛里,年年先占春风。"赵知阁生日享乐。

又《朝中措》（山父赏牡丹，酒半作）："画堂栏槛占韶光，端不负年芳。""韶光"，美好的时光，也指春光，赞牡丹。

宋·王十朋《点绛唇》（酴醿）："野态芳姿，枝头占得春长久。"赞酴醿花。

宋·侯寘《清平乐》（咏橄榄灯毬儿）："一生占断春妍，偏宜月露娟娟。"

宋·曹冠《凤栖梧》（牡丹）："独占风光三月暮，声名都压花无数。"赞牡丹。

宋·陆游《鹧鸪天》："人间何处无春到，只有伊家独占多。""伊家"女子妆束华美。

宋·丘崈《洞仙歌》（咏金林檎）："向琼林珠殿，独占春风仙杖里，曾奉三宫燕喜。"赞金林檎。

又《汉宫春》："东阁占春宜早，其开迟也似、雪屋疏篱。"赞梅。

宋·赵师侠《浪淘沙》（桃花）："桃萼正芳菲，初占春时。"赞桃花。

宋·程珌《满庭芳》："已占断春风，自种仙桃。"赞桃花。

宋·岳珂《酹江月》："舞影鸾孤，绕心蝶倦，占断春消息。"赞花。

宋·赵以夫《孤鸾》（梅）："江南春早，问江上寒梅，占春多少。"赞梅。

又《暗香》："冰花炯炯，记那回占断、春风鳌顶。"赞梅。

宋·吴文英《宴清都》："向瑞世、独占长春，蟠桃正饱风露。"祝长寿。

2234. 占断秋光独自芳

宋·杨无咎《卜算子》："平分月殿香，碎点金盘露。占断秋光独自芳，端称筋飞羽。"写同桂花分香的菊花，菊花在百花凋谢之后的晚秋盛开，所以说"占断秋光"。"占断秋光"从"占断春光"换字而来，是赞美秋花的。

宋·袁去华《菩萨蛮》（杜省干席上口占赋桃花菊）："木犀开遍芙蓉老，东篱独占秋光好。"赞菊。

宋·刘仙伦《木兰花慢》："料应妒他兰菊，任年年、独占秋光。"赞秋海棠。

2235. 插花还起舞，管领风光处

宋·张元干《菩萨蛮》（三月晦送春有集，坐中偶书）："插花还起舞，管领风光处。把酒共留春，莫教花笑人。"三月末，集友送春，插花起舞，尽情领略着最后的春光。而且要共同把酒留住春光，不要让花笑人无力。"管领风光"，领略春天的风光，做春光的主宰。

唐·黄滔《寄杨赞图学士》（学士与元昆俱以龙脑登选）："东堂第一领春风，时怪关西小骥慵。""龙脑"即龙头，即状元，进士第一名。"第一领春风"表示杨高中第一名。"春风"代皇榜，用作比喻。

宋·毛滂《清平乐》（太师相公生辰）："当时吉梦重重，间生天子三公。付与人间桃李，年年管领春风。"誉丞相对"桃李门生"的恩德。使桃李领略春风。张元干用此句。

宋·葛长庚《蝶恋花》："楼上风光都占断；楼下风光，还许诗人管。管领风光谁是伴，一堤杨柳开青眼。"用张元干句。

清·赵翼《论诗》："李杜文章万口传，至今已觉不新鲜。江山代有才人出，各领风骚数百年。"这是一首名诗。后二句"各领风骚"含义不止诗文，与龚自珍的"我劝天公重抖擞，不拘一格降人才"（《己亥杂诗》）意义互补。

2236. 跳龙门独占鳌头

元·卢挚《沉醉东风·举子》："脱布衣，披罗绶，跳龙门独占鳌头。"举人考中进士第一名（状元）为"跳龙门独占鳌头"。辛氏《三秦记》载："河津一名龙门，水险不通，鱼鳖之属莫能上，江海大鱼集龙门下数千，不得上，上则为龙了。"这是"鲤鱼跃龙门"的传说。唐·封演《封氏闻见记·贡举》载：玄宗时，"以进士登科为登龙门"，说"跳龙门"喻进士及第始于唐玄宗时代。"望子成龙"取此义。

元·荆幹臣《醉花阴·闺情》："望禹门三级桃花浪，你为功名纸半张。""禹门"，即"龙门"。

元·徐再思《蟾宫曲·钱子云赴都》："鹏翼风云，龙门破浪，马足尘埃。"

元·王氏《粉蝶儿·寄情人》："知他是身跳龙门，首登虎榜，想这故人何处。""龙虎榜"：《新唐书·欧阳詹传》："举进士，与韩愈、李观、李绛、崔群、王涯、冯宿、庾承宣联第，皆天下选，时称龙虎榜。"因称一时知名之士同登一榜。这里"虎榜"，指登第。

2237. 川长信风来

唐·李白《自金陵泝流过白璧山玩月达天门寄句容王主簿》:"川长信风来,日出宿雾歇。""信风",现代指由亚热带高气压带吹向赤道地区的低空风。在中国古代是指令人相信其定期而来的风。李肇《唐国史补》卷下记:"自白沙溯流而上,常待东风,谓之信风。七月八月有上信,三月有鸟信,五月有麦信。"李白句为川长信风急,日出夜雾消。"信风"表示随季节而来的风,也指一般的风,也称"风信"。

唐·钱起《早发东阳》:"信风催过客,早发梅花桥。"

唐·张继《江上送客游庐山》:"晚来风信好,并发上江船。"

唐·元稹《有鸟二十章》:"有鸟有鸟名燕子,口中未省无泥滓。……驱去驱来长信风,暂托栋梁何用喜。"

唐·司空图《江行二首》:"初程风信好,回望失津楼。"

唐·皎然《送淳于秀才兰陵觐省》:"欢言欲忘别,风信忽相惊。"

又《送颜处士还长沙觐省》:"西候风信起,三湘孤客心。"

宋·黄裳《满江红》(东湖观莲):"无奈轻盈风信急,瑞香乱翠红相倚。"

又《蝶恋花》:"照到林梢风有信,抬头疑是梅花领。"

清·康熙皇帝玄烨《咏夏》:"信风已尽接朱明,长养春容草木亨。""朱明"指夏季。

2238. 一番花信风

唐·陆龟蒙《句》:"几点社翁雨,一番花信风。""一番花信风"表示"一番春风",或"一阵春风""几番花信风",表示"多少春风",春日渐深。"花信""花风"则是"花信风"之简称。

宋·梅尧臣《送楚屯田知扶沟》:"客亭多少路,花信几番风。折柳赠新翠,种桃思归红。"

又《观刘元忠小鬟舞》:"君家歌管相催急,枝弱不胜花信风。"写弱不禁风。

宋·韩琦《次韵答并帅王仲仪端明以诗见寄》:"孤怀难托雁,芳信忽传梅。"

宋·赵湘《夫人阁春帖子》:"不待春风报花信,红酥彩缕斗芳妍。"

宋·欧阳修《玉楼春》:"东风本是开花信,及至花时风更紧。吹开吹谢苦匆匆,春意到头无处问。"

宋·强至《依韵和答公谞郎中冠氏道中偶成》:"参差花信春将半,恼乱诗情日转多。"

宋·晏几道《点绛唇》:"花信来时,恨无人似花依旧。又成春瘦,折断门前柳。"

又《清平乐》:"强半春寒去后,几番花信来时。"

又《洞仙歌》:"记当时、已恨飞镜欢疏,那至此、仍苦题花信少。"

宋·苏轼《常州太平寺观牡丹》:"武林千叶照观空,别后湖山几信风。"

宋·黄庭坚《木兰花令》:"黔中士女游晴昼,花信轻寒罗袖透。"

宋·晁补之《尉迟杯》(亳社作惜花):"今年春又到,傍小栏、日日数花期。花有信,人却无凭,故教芳意迟。"

宋·陈师道《踏落行》:"红上花梢,风传梅信,青春欲动群芳竞。"

宋·毛滂《小重山》(立春日歌雪):"春犹浅,花信更须催。"

又《更漏子》(熏香曲):"长下著,绣帘重,怕随花信风。"

宋·周辉《失调名》(和人春词):"卷帘试约东君,问花信风来第几番。"

宋·沈蔚《寻梅》:"今年早觉花信蹉,想芳心未应误我。"

宋·惠洪《浣溪沙》(送因觉先):"天迥游丝百尺,日高飞絮满重城,一番花信近清明。"

又《渔父词》(灵云):"急雨颠风花信早,枝枝叶叶春俱到。何待小桃方悟道。休迷倒,出门无限青青草。"

宋·王安中《小桃口号·词》:"烟柳有情开不尽,东风约定年年信。"

宋·万俟咏《昭君怨》:"春到南楼雪尽,惊动灯期花信。小雨一番寒,倚栏干。"

宋·周紫芝《潇湘夜雨》(濡须对雪):"晓色凝暾,霜痕犹残,九天春意将回。隔年花信,先已到江梅。"

宋·李邴《小冲山》(立春):"春犹浅,花信更须催。"全词同毛滂《小重山》词。

宋·蔡伸《生查子》："几番花信风,数点笼丝雨。"

宋·杨无咎《传言玉女》(王显之席上)："料峭寒生,知是那番风信。算来都为、惜花人做恨。"

宋·沈与求《浣溪沙》："花信催春入帝关,玉霙争腊去留间,不禁风力又吹残。"

宋·李弥逊《十月桃》(二首同富季申赋梅花)："记前回、拥盖西园,花信被山烟,著意邀阑。"

又《点绛唇》(富季申生日)："花信争先,暗将春意传桃源。"

宋·史浩《瑞鹤仙》："是花堪爱惜,谢天教、花信添花颜色。"

宋·赵构《渔父词》："鱼信还催花信开,花风得得为谁来。"

宋·洪适《思佳客》(次韵蔡文同集钱漕池亭)："花信合天一半风,芙蓉出水几时红。"

宋·袁去华《卓牌子近》："还是燕子归时,花信来后。看淡净洗妆态,梅样瘦,春初透。"

宋·侯寘《眼儿媚》(效易安体)："花信风高雨又收,风雨互迟留。"

宋·陆游《月照梨花》(闺思)："新愁旧恨何时尽,渐凋绿鬓。小雨知花信,芳笺寄与何处,绣阁珠栊、柳阴中。"

宋·丘崈《蝶恋花》："号令只凭花信报,旗垒精明,家世临淮妙。"

宋·石孝友《西江月》："越罗衫薄峭寒轻,试问几番花信。"

宋·刘仙伦《诉衷情》(客中)："征衣薄薄不禁风,长日雨丝中。又是一年春事,花信到梧桐。"

宋·高观国《永遇乐》(次韵吊青楼)："春风花信,秋宵月约,历历此心曾许。"

又《凤栖梧》："云唤阴来鸠唤雨,谢了江梅,可踏江头路。拼却一番花信阻,不成日日春寒去。"

宋·黄机《菩萨蛮》："日高梳洗懒,鸾镜香尘掩,双鬓绿鬖鬖,一帘花信风。"

宋·李曾伯《满江红》(乙卯咏海棠·自和)："自入春来花信费、几番风了。先付与、红妆万点,苍颜一笑。"

宋·赵崇嶓《摸鱼儿》："卷珠帘,几番花信,轻寒犹自成阵。"

宋·方岳《烛影摇红》(立春日柬高内翰)："梅边香沁彩鞭寒,初信花风到。"

宋·陈策《摸鱼儿》(仲宣楼赋)："倚危梯,酹春怀古,轻寒才转花信。"

宋·吴文英《祝英台近》(除夜立春)："剪红情,裁绿意,花信上钗股。"古代剪彩花,剪作红花绿叶,称"春幡",妇女戴在头上去迎春。"花信"此指春的信息。宋·辛弃疾《汉宫春》："春已归来,着美人头上,袅袅春幡。"

又《喜迁莺》(福山萧寺岁除)："晚风峭,作初番花讯,春还知否。"

又《汉宫春》(寿梅津)："宫妆镜里,笑人间、花信都迟。"

宋·刘澜《齐天乐》(吴兴郡宴遇旧人)："花信风高,苕溪月冷,明日云帆天远。"

宋·陈允平《木兰花慢》(赋牡丹)："杜鹃声渐老,过花信、几番风。"

又《丹凤吟》："过了几番花信,晓来划地寒意恶,可煞东风,甚把夭桃艳杏,故故凌铄。"

宋·何梦桂《满江红》(和王伟翁上巳)："睡起纱窗,问春信、几番风候。"

宋·赵闻礼《瑞鹤仙》(立春)："园扉掩寒悄,情谁将花信、偏传深窈。"

宋·陈坦之《柳梢春》："梅醉初著花跗,似滴滴、新愁未舒。几信花风,一痕青烧,万里秦吴。"

宋·李居仁《天香》(宛委山房拟赋龙涎香)："万里槎程,一番花信,付与露薇冰脑。"

宋·刘辰翁《虞美人》(春晓)："年来无地买花栽,向道明年花信莫须来。"

又《酹江月》(同舍延年平林府教制新词祝我初度,依声依韵,还祝当家)："后来桃李,遥遥别是花信。"

又《大酺》(春寒)："当年笑花信,问东风情性、是娇是妒?"

宋·周密《甘州》(灯夕书寄二隐)："数芳程,渐催花信,送归帆、知第几番风。"

宋·王沂孙《锁窗寒》(春寒)："桐花渐老,已做一番花信。"

又《三姝媚》(次周公谨故京送别韵)："一信东风,再约看、红腮青眼。"

宋·姚云文《蝶恋花》："春到海棠花几信,堠馆徐寒,欲雨征衣润。"

又《洞仙歌》："燕窠香湿,误天涯芳信。"

宋·赵必璩《贺新郎》："又从新,移根换叶,栽花千树。第一风信春事觉,莫遣绿羞红汗。"

宋·张炎《数花风》(别义兴诸友)："烟水此程

应远,须寻梅驿。又渐数、花风第一。"

宋·李太古《恋绣衣》:"桔花风信满院香,摘青梅、犹自怕尝。"

宋·无名氏《十月桃》:"东君自是主。先暖信、律管飞灰。从今雪里,第一番花,休话红梅。"

元·乔吉《小桃红·指镯》:"花信今春几番至,见郎时,窗前携手知心事。"

明·张新《月季花》诗:"一番花信一番新,半属东风半属尘。惟有此花开不厌,一年长占四时春。"

明·居节《春寒》:"十日春寒淹雨雪,几番风信到梨花。"

清·黄梨洲《三月望纪行》:"三分花信归红雨,一片离情入别肠。"

清·孔尚任《桃花扇》第五出访翠《猴山月》:"怕催花信紧,风风雨雨,误了春光。"

清·郑廷桢《买陂塘》(赎裘):"花风几度?怕白袷新翻,青蚨欲化,重赋赠行句。"

清·金德嘉《黄鹤楼即事》:"花信正来梅落后,春光渐入柳丝深。"

清·舒位《宋宫人钱别汪水云处》:"梅花信好凭谁寄,杨柳烟消忍更攀。"

元帅加诗人陈毅《过昌梁山》(一九四四年二月):"峥嵘突兀昌梁雄,我来冰雪未消融。花信迟迟春有脚,夕阳满眼是桃红。"

今人萧长迈《三答浑俊诗翁再叠韵》:"番番花信催春老,阵阵条风送暖频。"

2239.二十四番花信风

宋·晏殊《句》:"春寒欲尽复未尽,二十四番花信风。"(《全宋诗》卷一七三引宋人高似孙《纬略》卷六):"花信风":江南应花期而来的风,简称花信风。宋人程大昌《演繁录》卷一说:"一'花信风',古人将应花期而来的风,称为花信风。由小寒到谷雨共八个节气,一百二十日,五日为一候,计二十四候,每候应一花信。梅花最早,为一信。"宋人王逵《蠡海集》载:"二十四番花信风者……自小寒至谷雨,凡四月八气二十四候,每候五日,以一花之风信应之。"明人焦竑《焦氏笔乘》卷三载:"自小寒起至谷雨止共八气,一百二十日,每五日为一小候,计二十四候,每候应一种花信。如小寒,一候梅花,二候山茶,三候水仙;大寒,一候瑞香,二候兰花,三候山矾;立春,一候迎春,二候樱桃,三候望春;雨水,一候菜花,二候杏花,三候李花;惊蛰,一候桃花,二候棠梨,三候蔷薇;春分,一候海堂,二候梨花,三候木兰;清明,一候桐花,二候麦花,三候柳花;谷雨,一候牡丹,二候酴醾,三候楝花。"还有一年的花信风,至少南北朝时代就有了。明人杨升庵(慎)《升庵全集》卷八十引梁元帝《纂要》:"一月两番花信,阴阳寒暖,各随其时,但先期一日,有风雨微寒者即是。其花则:鹅儿、木兰、李花、场花、桤花、桐花、金缨、黄芳、楝花、荷花、槟榔、蔓罗、菱花、木槿、桂花、芦花、兰花、蓼花、桃花、枇杷、梅花、水仙、山茶、瑞香,其名具存。"这四个月的花信风,还是一年的花信风,花是逐节候开的,而风并非五天乃至半月一换,因此这五天一番的和半月一番的两种"二十四番花信风",都是应花期而定的风,表现了古人的一种想象力,用以巧妙地概括地表示节候和时令。唐·罗隐《扇上画牡丹》:"叶随彩笔参差长,花逐轻风次第开。"已笼统地写出花与风的联系。宋·何栗《虞美人》:"催花无计问东风,梦作一双蝴蝶、绕芳丛。"也含着花与风的联系。宋·仇远《更漏子》:"楝花风,都过了。冷落绿阴池沼。"宋·周密《浣溪沙》:"荼醾开了有春无?"楝花最晚,荼醾次之,二花都开在谷雨,春天最末一个节气。二花一开再无春了。古人对春花情有独钟,因此自冬末到春末的"二十四番花信风"写入诗词的也最多。如:

宋·张伯玉《小楼独酌》诗:"一千里色江南岸,二十四般花信风。"

宋·贺铸《减字木兰花》:"春容秀润,二十四番花信。鸾镜佳人,得得浓妆样样新。"

宋·卢祖皋《西江月》:"漫著宫罗试暖,闲呼社酒酬春,晚风帘幕悄无人,二十四番花讯。"

宋·洪咨夔《更漏子》(次曹提管春行):"二十四番风,才见一番花鸟,已是有人春瘦。正远山横峭。"

宋·吴文英《水龙吟》(用见山韵钱别):"想骄骢、又踏西湖,二十四番花信。"

宋·赵潘《临江仙》(西湖春泛):"隈曲朱墙近远,山明碧瓦高低,好风二十四花期。"

宋·汤恢《倦寻芳》:"风到楝花,二十四番吹遍。"

宋·王沂孙《锁窗寒》(春思):"数东风、二十四番,几番误了西园宴。"

宋·颜奎《清平乐》(留静得):"尊前不尽余

情,都上鸣弦细声。二十四番风后,绿阴芳草长亭。"

宋·莫崙《摸鱼儿》:"落红无限随风絮,诗恨有谁曾遇。堪恨处,恨二十四番、花信催花去。"

宋·黎廷瑞《水调歌头》(寄奥屯竹庵察副留金陵约游扬州不果):"二十四番风信,二十四桥风景,正好及春游。"

宋·陈德武《百字谣》(咏惜花春起早):"问二十四番风,寒梅并绛棟,始终俱好。须看未开开又谢,多少落英颠倒。"

宋·蒋捷《解佩令》(春):"梅花风小,杏花风小,海棠风、蓦地寒峭。岁岁春光,被二十四风吹老。棟花风,尔且慢到。"

元·司马昂夫《最高楼》(暮春)曲"花信紧,二十四番愁,风雨五更头。"

明·杨慎《百日红》:"李径桃蹊与杏丛,春来二十四番风。朝开暮落浑堪惜,何似雕栏百日红。"百日红即紫薇花,夏秋开花达百日,不受二十四番风约束。

清·林则徐《金缕曲》(和嶰筠韵):"谪居权作探花使,忍轻抛韶光九十、番风廿四。"

清·顾贞观《双双燕》(本意用史梅溪韵):"待二十四番风信,那时重试轻狂,肯放雕栏独凭。"史梅溪即宋人史达祖。待明年棟花风后,燕子归来,双双飞翔,再不独自凭栏了。

清·管之清《春日即事》:"两三点雨逢寒食,廿四番风到杏花。"到杏花风时,杏花开放了。

宋人王安中用"十二番":《蝶恋花·六花冬词·长春花口号·词》:"十二番开寒最好,此花不惜春归早。""十二番开"说长春花开得时间长久。

宋人刘清夫用"三十六番":《玉楼春》:"蝇头蜗角都休竟,万古豪华同一尽。东风晓夜促归期,三十六番花递信。"无限的花信风催归。

2240. 长风破浪会有时

唐·李白《行路难》:"长风破浪会有时,直挂云帆济沧海。"天宝三载(744),李白将离开长安,友人饯行,诗人思绪万千。这两句说,虽前程坎坷,坚信总有一天要挂帆远航,像宗悫一样,乘长风以破万里浪,实现自己的抱负。

宗悫,字元幹,南朝宋人《宋书》载:宗悫少时,他叔父宗炳问他的志向是什么,他回答说:"愿乘长风破万里浪!"后来在军旅中勇武足智,终于晋

至左卫将军。后用"乘长风破万里浪"表示志向宏伟。"乘风破浪"喻勇往直前。李白还有"长风"句:《东鲁见秋博通》:"谓言挂席度沧海,却来应是无长风。"《赠何七判官昌浩》:"心随长风去,吹散万里云。""长风"句前人已用过:

晋·陆机《前缓声歌》:"长风万里举,庆云郁嵯峨。"只写风。

唐·王勃《滕王阁序》:"无路请缨,等终军之弱冠;有怀投笔,慕宗悫之长风。""慕……"一句表达自己"乘风"之志。

唐·张九龄《与王六履震广州津亭晓望》:"乘槎自有适,非欲破长风。""非欲……"反用,也是一种"明志"之法。

唐·王维《苦热》:"长风万里来,江海荡烦浊。"写风,近陆机"长风万里举"。唐·贾至《送夏侯子之江夏》:"扣楫洞庭上,清风千里来。"近王维句。

宋·刘敞《送胥元衡殿丞通判湖州》:"扁舟驾长风,千里破高浪。"写舟行之势,双关大有作为。

宋·朱熹《醉下祝融峰》:"我来万里驾长风,绝壑层云许荡胸。"写不畏旅途艰险。

2241. 巫峡长吹万里风

唐·杜甫《暮春》:"楚天不断四时雨,巫峡常吹万里风。""万里风"即"长风"。又《夏夜叹》:"安得万里风,飘飘吹我裳。"

《文选》成公子安《啸赋》有句"集长风乎万里",就是写"万里风"的。

宋·苏轼《予前后守倅余杭凡五年忽忆中和堂》:"中和堂上东南颊,独有人间万里风。"用杜句"万里风"。

又《慈湖夹阻风五首》:"故应箈蒻知心腹,弱缆能事万里风。"

2242. 世人闻此皆掉头

唐·李白《答王十二寒夜独酌有怀》:"吟诗作赋北窗里,万言不值一杯水。世人闻此皆掉头,有如东风射马耳。"此诗作于安史之乱前夕,揭露贤愚不辨、忠奸不分的政治现实。这四句说有才华的人受到压制,他们的才华不被重视。"东风射马耳",马耳必掉头,作耳边风,不闻不问不理采。"马耳"一说是"马耳菜",东风一吹便"掉头"。后"马耳东风"或"东风马耳"常作成语用。

宋·苏轼《别子由三首兼别迟》:"世人闻此皆大笑,慎勿生儿两翁似。""世人闻此"用李白语。勉励侄苏迟。

2243. 有如东风射马耳

唐·李白《答王十二寒夜独酌有怀》:"世人闻此皆掉头,有如东风射马耳。""射马耳"即"吹马耳",风入马耳,瞬即消逝,遇事充耳不闻,如耳旁风,喻对事漠然置之,无动于衷。李白句意为志士才人的学识才华,不为世看重,不为世所用。

"东风马耳"源出"耳边风"。汉·赵晔《吴越春秋·吴王寿梦传》:"富贵之于我,如秋风之过耳。"唐·杜荀鹤《赠题兜率寺闲上人院》:"百岁有涯头上雪,万般无染耳边风。"用此意。

宋·苏轼《和何长官六言次韵五首》其五:"说向市朝公子,何殊马耳东风。"用李白"东风射马耳"句,说市朝公子不会开拓青山使之增色。

又《书晁说之〈考牧图〉后》:"世间马耳射东风,悔不长作多牛翁。"用"东风吹马耳"句意,说不如终生牧牛了。

宋·张元干《水调歌头》:"目光在牛背,马耳射东风。"取苏轼作"多牛翁"意。世间不重才能,不如归牧。

2244. 南风吹五两

唐·王维《送宇文太守赴宣城》:"何处寄相思,南风吹五两。""五两",古候风器,用鸡毛五两系于高竿顶上观察风向风力。《文选·郭璞〈江赋〉》:"觇五两之动静。"李善注:"兵书曰:'风候风法,以鸡羽重八两,建五丈旗,取羽系其巅,立军营中。'许慎《淮南子》注曰:'綄,候风也,楚人谓之五两也。綄音桓。'"说明还有八两羽毛的,而多为五两的候风器。"南风吹五雨"表示宇文太守去的方向。王维《送杨少府贬郴州》再写:"愁看北渚三湘远,恶说南风五两轻。""轻"示南风之急。

唐·李颀《送刘昱》:"北风吹五两,谁是浔阳客。"王维句从李颀句换字而生。

唐·李白《送崔氏昆弟之金陵》:"扁舟敬亭下,五两先飘扬。"写风。

唐·温庭筠《西江上送渔父》:"白苹风起楼船暮,江燕双双五两斜。"写江边风象。

宋·周邦彦《满庭芳》(忆钱塘):"潮声起,高楼喷笛,五两了无闻。""五两"代风声。

宋·范成大《韩无咎出示所赋……次韵和呈》:"峡船一息且千里,五两竿头见幡尾。"顺风船。

2245. 北风卷地白草折

唐·岑参《白雪歌送武判官归京》:"北风卷地白草折,胡天八月即飞雪。"天宝十四载(755),作者任安西北庭节度使封常清的判官,此诗送武判官(前任)回京。首二句写塞外寒风大雪来得极早。"白草":《汉书·西域传》颜师古注,是西北一种草,王先谦注这种草性至坚韧,然经霜则脆,易被风折断。中国北方有种"羊胡子草",春夏也是青色,秋冬变白,干而且脆,失去了柔韧性。此二句写北风卷雪而来,白草为之折断。这是北方景色。岑参还写过:

《胡笳歌送颜真卿使赴河陇》:"凉秋八月萧关道,北风吹断天山草。"

《过燕支寄杜位》:"燕支山西酒泉道,北风吹沙卷白草。"

其他写"北风卷地"者如:

唐·戎昱《塞下曲》:"北风凋白草,胡马日骎骎。"

宋·欧阳修《马齧雪》:"马饥齧雪渴饮冰,北风卷地来峥嵘。"

2246. 风头如刀面如割

唐·岑参《走马川行奉送出师西征》:"汉家大将西出师,将军金甲夜不脱。半夜军行戈相拨,风头如刀面如割。""如刀""如割"一句双喻写寒风锐利。

又《赵将军歌》:"九月天山风似刀,城南猎马缩寒毛。"再喻寒风之尖锐刺骨。

2247. 风急天高猿啸哀

唐·杜甫《登高》:"风急天高猿啸哀,渚清沙白鸟飞回。"大历二年(767)秋,诗人在夔州登高望长江而作此诗。首联写江园景色,秋风猎猎,猿鸣哀哀,岸边沙渚,鸟儿飞旋。风天对渚沙,猿啸对鸟飞,首联即对,更加工整。为全诗表达飘泊不定、老病孤愁塑造了环境气氛。

北周·庾信《奉和濬池初成清晨临泛》:"猿啸风还急,鸡鸣潮即来。"杜诗的"风急猿啸"用此句。

唐·戴叔伦《将至道州寄李使君》:"九疑深处

绕山回,木落天清猿昼哀。"从杜甫句脱出。

2248. 无边落木萧萧下

唐·杜甫《登高》:"风急天高猿啸哀,渚清沙白鸟飞回。无边落木萧萧下,不尽长江滚滚来。"无边的落叶萧萧而下,不尽的江水滚滚而来,自然景色中,含有万物不可逆转的规律,对此,必然有感于时光已逝,年华老去,无可奈何。明人胡应麟《诗薮》评:"通章章法、句法、字法,前无昔人,后无来学,此当为古今七律第一。"那么"无边……"二句则是章中精华。

清·蒲松龄《九月晦日东归》:"萧萧木落北风高,岁晚单寒怜布袍。"用杜甫"落木萧萧"句。

2249. 寒风疏草木,旭日散鸡豚

唐·杜甫《刈稻了咏怀》:"寒风疏草木,旭日散鸡豚。"割稻之后,田野上,寒风袭来,草木叶落枝枯,旭日东升,鸡豚散垅啄食余粒。由此冬寒萧索,引发下面伤乱思归之情。

清·屠维忠《田家即事》:"寒风催落木,野色散朝暾。"从杜诗二句中化出。

2250. 皎如玉树临风前

唐·杜甫《饮中八仙歌》:"宗之潇洒美少年,举觞白眼望青天,皎如玉树临风前。"写酒中一仙崔宗之潇洒俊美,酒后摇摆随风,醉态可掬,有如"玉树临风",婀娜多姿。《晋书·庾亮传》:"亮将葬,何充(全之)叹曰:'埋玉树于土中,使人情何能已!'"以"玉树"比庾亮的风采。宋·刘辰翁《兰陵王》(丙子送春):"杜鹃声里长门暮,想玉树凋土,泪盘如露。咸阳送客屡回顾,斜日未能度。""玉树凋土"直取《晋书》意。

"玉树临风"是玉树向风、对风、迎风意。又分衍出"临风三嗅""临风堪叹""临风搔首""度临风""把(尊)酒临风""对月临风""爱临风曲""临风"等句族。下面是用"玉树临风"句。

唐·白居易《勤政楼西老柳》:"半朽临风树,多情立马人。"反用写老柳。

宋·向子谌《鹧鸪天》(番禺齐安郡王席上赠故人):"召隶初逢两妙年,瑶林玉树倚风前。"喻故人风姿。

宋·李弥逊《一寸金》(尚书生日光州作。光州芍药甚顺,尚书为品次图之,故末句云):"更溜

雨霜皮,临风玉树,紫鬠丹颊,长生久视。"喻芍药。

宋·刘辰翁《金缕曲》:"凌烟像,空倚临风玉树。"喻功臣。

又《最高楼》:"我欲临风扶玉树,自攀承露酌金茎。"写宏愿。

清·曹雪芹《红楼梦》第八十九回《赞黛玉》:"亭亭玉树临风立,冉冉香莲带露开。"高鹗续书之诗,喻林黛玉的美妙身姿。

2251. 临风三嗅馨香泣

唐·杜甫《秋雨叹三首》:"堂上书生空白头,临风三嗅馨香泣。"天宝十三载秋,霖雨害稼,六旬不止,杨国忠取禾之善者以献。曰:"雨虽多,不害稼。"杜甫有感而作此诗三首。其一叹久雨害稼。唯"决明"耐雨,又"临风三嗅",伤其独立难于禁风。

宋·邵博《念奴娇》:"临风三嗅,挽条不忍空摘。"

宋·苏仲及《念奴娇》:"绕树千回,临风三嗅,待与论心曲。"嗅梅香。

2252. 不敢临风折一枝

唐·王涯《宫词三十首》其十一:"碧绣檐前柳散垂,守门宫女欲攀时;曾经玉辇从容处,不敢临风折一枝。"写宫女欲攀垂柳,闻玉辇经过,缩回纤手,不敢攀折了。

仅用"临风"最早的是唐·李适《钱许州宋司马赴任》:"闻君佐繁昌,临风怅怀此。""临风"多写人临风抒怀,用于事物者较少。

唐·牟融《送陈衡》:"不必临风悲冷落,古来白首尚为郎。"

唐·李德玉《山桂》:"临风飘碎锦,映日乱非烟。"风飘桂花,写物。

唐·郑璧《和袭美索友人酒》:"邴原虽不无端醉,也爱临风从鹿车。"

宋·苏轼《踏莎行》:"临风慨想斩蛟灵,长桥千载犹横跨。"

又《渚宫》:"飞楼百尺照湖水,上有燕赵千蛾眉。临风扬扬意自得,长使宋玉作楚辞。"楚襄王与宋玉游云梦之台。王曰:"试为寡人赋之。"宋玉作《高唐赋》。苏轼用此意。

宋·李之仪《西江月》:"当时背面两伥伥,何况临风怀想。"

宋·贺铸《惜奴娇》："有客临风,梦后拟、池塘草。"

宋·陆游《水调歌头》(多景楼):"鼓角临风悲壮,烽火连空明灭。"

宋·翁元龙《齐天乐》:"树色凝红,山眉弄碧,不与朱颜相恋,临风念远。"

2253.临风两堪叹

唐·白居易《樱桃花下叹白发》:"临风两堪叹,如雪复如丝。"白花,白发,如雪如丝,感叹人之衰老。

又《曲江早秋》:"且当对酒笑,勿起临风叹。"

又《八月十五日夜湓亭望月》:"临风一叹无人会,今夜清光似往年。"

宋·韩淲《好事近》:"我则临风三叹,信儿曹惊倒。"

2254.临风搔首不胜愁

唐·牟融《寄范使君》:"西望家山成浩汉,临风搔首不胜愁。""搔首"是表示忧伤苦恼的古老的行为习惯,"临风搔首"表思乡之愁。

又《秋夜醉归有感而赋》:"多少客怀消不得,临风搔首浩漫漫。"

又《客中作》:"几度无聊倍惆怅,临风搔首独兴衰。"

又《题山庄》:"萝屋萧萧事事幽,临风搔首远凝眸。"

又《有感二首》:"搔首临风独倚栏,客边惊觉岁华残。"

2255.几度临风一回首

唐·牟融《赠杨处厚》:"几度临风一回首,笑看华发一时新。"

又《寄羽士》:"别来有路隔仙凡,几度临风欲去难。"

又《邵公母》:"伤心独有黄堂客,几度临风咏蓼莪。"

唐·李群玉《题樱桃》:"春初携酒此花间,几度临风倒玉山。"

2256.尊酒临风不自娱

唐·牟融《赠殷以道》:"闲来抚景穷吟处,尊酒临风不自娱。"独自把酒临风,并不欢快。

又《禁烟作》:"尊酒临风酬令节,越罗衣薄觉春寒。"

宋·欧阳修《玉楼春》:"把酒临风千万恨,欲扫残红犹未忍。"

宋·魏夫人《定风波》:"把酒临风千种恨,难问,梦回云散见天涯。""把酒临风"用欧阳修句。

宋·王之道《风流子》(和桐城魏宰):"漫把酒临风,看花对月,不言拄笏,无绪凭栏。"

宋·曾觌《青玉案》:"怎好朱颜旧如故,对酒临风慵作赋。"

宋·侯寘《朝中措》:"从今寄取,临风把酒,役梦忘飧。"

宋·赵长卿《水调歌头》(中秋):"把酒临风饮,酒面起红鳞。"

宋·姜夔《水龙吟》(黄庆长夜泛鑑湖,有怀归之曲,课予和之):"把酒临风,不思归去,有如此水。"

2257.对月临风

宋·柳永《女冠子》:"对月临风,空恁无眠耿耿,暗想旧日日牵情处。"对月临风,长夜无眠,旧情总在萦绕。此语多写蒙生愁绪离怀。

又《法曲献仙音》:"遇佳景、临风对月,事须时恁相忆。"

又《倾杯》:"何人月下临风处,起一声羌笛。"

唐·张南史《寄中书李舍人》:"昨宵凄断处,对月与临风。"柳永句源。

宋·喻陟《蜡梅香》:"映月临风处,度几声羌管,愁生乡思。"

宋·蔡伸《满庭芳》:"如今成别恨,临风对月,总是无聊。"

又《瑞鹤仙》:"临风对月,空罗袂,揾清血。"

宋·吕渭老《恋香衾》:"据我如今没投奔,见著你、泪早偷弹。对月临风,一味埋冤。"

宋·京镗《定风波》(次杨茶使七夕韵):"但得举杯开口笑,对月临风,总胜鹊桥秋。"

宋·赵善括《鹧鸪天》:"怜风爱月方留恋,对月临风又送行。"

宋·卢炳《念奴娇》:"击节临风,停杯对月,浩气俱英发。"

宋·郭应祥《西江月》:"不须抵死骂河桥,对月临风一笑。"

宋·吴潜《贺新郎》(寓言):"比似红梅清有

韵,更临风、对月斜依竹。"

宋·李曾伯《齐天乐》:"对月怀人,临风访古,往事凄凉难考。"

宋人话本小说中人物梅娇《满庭芳》(嘲杏俏):"明窗畔,临风对月,曾结岁寒盟。"

元明小说话本中依托宋人电纯《内家娇》:"料得从今,临风对月、消除旧恨,惨雨愁云。"

2258. 最爱临风曲

宋·黄庭坚《念奴娇》(八月十七日同诸甥步自永安城楼,过张宽夫园待月。偶有名酒,因以金荷酌众客。客有孙彦立、善吹笛,援笔作乐府长短句,文不加点。):"老子生平,江南江北,最爱临风曲。孙郎微笑,坐来声喷霜竹。""临风曲"即临风吹奏的曲子。表示他最喜欢听笛曲,听客人吹的笛子。前人也有写临风唱歌,临风奏曲的。

唐·于武陵《斜谷道》诗:"独怀紫芝叟,临风歌旧歌。"

宋·晏几道《玉楼春》词:"临风一曲醉腾腾,陌上行人凝恨去。"

又《丑奴儿》:"此会相逢,三弄临风,送得当筵玉盏空。"

又《六么令》:"莫道伤高恨远,付与临风笛。"

宋·王诜《鹧鸪天》:"临风更听昭华笛,簌簌梅花满地残。"

宋·卢炳《满江红》:"依翠盖、临风一曲,霓裳舞遍。"

宋·卢祖皋《鹧鸪天》:"相思一曲临风笛,吹过云山第几重。"

清·王士禛《秋柳四首》:"莫听临风三弄笛,玉关哀怨总难论。"下句"玉关哀怨"用唐·王之涣《凉州词》中"羌笛何须怨杨柳"句意,写临风弄笛之不可听。

2259. 临风一笑

宋·朱熹《念奴娇》:"临风一笑,问群芳谁是,真香纯白。""临风一笑"表示舒畅、豁朗的胸怀。

宋·郭应祥《西江月》:"不须抵死带河桥,对月临风一笑。"

宋·黄孝迈《水龙吟》:"自侧金卮,临风一笑,酒容吹尽。"

2260. 东风不与周郎便

唐·杜牧《赤壁》:"折戟沉沙铁未销,自将磨洗认前朝。东风不与周郎便,铜雀春深锁二乔。"汉献帝建安十三年(208)十月,在赤壁之战中,东吴年仅34岁的周瑜采纳了黄盖火攻之术,使孙刘联盟借东南风之便,火烧了曹操战船,取得了胜利。这就是此诗的历史背景。冬天会有东南风吗?据"大气环流"的理论,在一定气象条件下会有的。杜牧后二句诗说,如果东风不给周瑜方便,刮起了西北风,战争将会出现相反的结局,东吴灭亡了,大乔(孙策夫人)、小乔(周瑜夫人)将会做了曹操的俘虏,被锁置在铜雀台上。在写法上小处落笔,以现大端,生动形象,十分巧妙。而这种笔法却曾受到非议。宋·许顗《彦周诗话》评:"杜牧之作《赤壁》诗,……意谓赤壁不能纵火,为曹公夺二乔置之铜雀台上也。孙氏霸业,系此一战。社稷存亡,生灵涂炭都不问,惟说二乔,可见措大不识好恶。"这种评说可谓门外谈诗了。《四库提要》批评许顗说"讥杜牧《赤壁》诗为不说社稷存亡,惟说二乔。不知大乔乃孙策妇,小乔为周瑜妇,二人入魏,即吴亡可知。此诗人不欲质言,故变其词耳。"也有的以为过分强调了"东风"的作用。其实作诗(即使是咏史诗)不是撰史著论,不能说不可以含一点调侃味道,而事实上也正是周瑜借了东风之便,东风这一因素在当时当地是不可少的。

"东风不与周郎便",后人用以表示需要东风,惜无东风或不要东风。

宋·陈师道《洛阳春》:"酒到横波娇满,和香喷面。攀花落雨祝东风,消不借、周郎便。"

宋·洪皓《渔家傲》:"圃蕙庭桐凋大半,西风不借行人便。"换作"秋风"。

宋·王炎《水调歌头》(送魏倅):"缥缈觚棱在望,不用东风借便,一瞬到皇州。"

宋·吴文英《金缕歌》(陪履斋先生沧浪看梅):"乔木生云气。访中兴,英雄陈迹,暗追前事。战舰东风悭借便。"反用杜牧句,追忆当年韩世忠率八千兵士,驾船在镇江截住金兵退路,并用大钩搭住敌船,取得了黄天荡胜利,并没有借助东风之力。这是在沧浪亭想到的,此地正是韩世忠当年居住过的地方。

宋·邓剡《念奴娇》(驿中言别):"水天空阔,恨东风不借、世间英物。蜀鸟吴花残照里,忍见荒城颓壁。铜雀春情,金人秋泪,此恨凭谁雪?"作者是文天祥的幕僚。崖山兵败,与文天祥囚禁在一起,押送大都,至南京分手作此词。反用杜牧句说东风不为文天祥借便而失败了。

又《摸鱼儿》(杨教之齐安任):"江声悲壮崖殷血,曾是英雄行处,今亦古。甚一点东风,天不周郎与。"崖山之战,文天祥、邓剡被俘,虽有张世杰继续抗争,却大势已去。此词再用"东风不与周郎便"忆抗元之失败。

2261. 昨夜星辰昨夜风

唐·李商隐《无题二首》:"昨夜星辰昨夜风,画堂西畔桂堂东。身无彩凤双飞翼,心有灵犀一点通。"诗人在秘书省任职期间参加过一次宴会,这就是"昨夜"的事。昨夜的星光媚丽,和风徐徐。在画楼的桂堂宴席上,遇一灵犀相通的知心女子,情亲意切,转瞬已成往事,化作难忘的记忆。首二句就是写"昨夜"那难忘的景色,难忘的环境。

唐·来鹏《寒食山馆书情》:"侵阶草色连朝雨,满地梨花昨夜风。"这是春风。

唐·吴融《关东献兵部刘员外》:"昨夜星辰动,仙郎近汉关。"

清·黄景仁《绮怀》:"几回花下坐吹箫,银汉红墙入望遥。似此星辰非昨夜,为谁风露立中宵。"花下吹箫的女子,遥望银汉,那星辰,似乎已不是昨夜的星辰。用"昨夜星辰"反托今日之凄凉。

2262. 小楼昨夜又东风

南唐后主李煜《虞美人》:"春花秋月何时了,往事知多少。小楼昨夜又东风,故国不堪回首月明中。"往事如春花秋月,太多太多,然而在这幽禁的小楼上,虽也有东风吹来,明月又好,却一切不堪回首!宋开宝九年(976),李煜被宋将虏至开封,加之遭受侮辱,以至"日夕以泪洗面"。太平兴国三年(978)七月七日,相传是他生日,写下这首小词,毫不掩饰他的故国之思、亡国之恨。据说因此词而遭杀身之祸。据《宋王铚默记》卷上载:徐铉归宋后,宋太宗命他私见后主,后主叹"当时悔杀了潘佑、李平"。徐铉以实告宋太宗。又后主"在赐第,因七夕,命故妓作乐,声闻于外。太宗闻之,大怒。"又传因"小楼昨夜又东风"及"一江春水向东流"之句,"并坐之,遂被祸",赐服"牵机药","服之前却数十回,头足相就,如牵机状"。说明此词是他惨死的罪名之一。

唐人用"昨夜风"语有:

武元衡《酬王十八见招》:"王昌家直在城东,落尽庭花昨夜风。"

宋代用"昨夜东风"句有:

晏殊《木兰花》:"东风昨夜回梁苑,日脚依稀添一线。"

晏几道《采桑子》:"昨夜东风,梅蕊应红,知在谁家锦字中。"

黄庭坚《减字木兰花》(春):"余寒争令,雪共梅花相照影。昨夜东风,已出耕牛劝岁功。"

李弥逊《醉花阴》:"翠箔阴阴笼画阁,昨夜东风恶。"

柴望《念奴娇》:"寄语东君,岁华不驻,谁为留春住。小楼昨夜、东风依旧飞絮。"用李煜句写东风送春。

2263. 风乍起,吹皱一池春水

五代南唐·冯延巳《谒金门》:"风乍起,吹皱一池春水。闲引鸳鸯香径里,手挼红杏蕊。"宋人马令《南唐书》卷二十一载:"元宗(南唐中主李璟)乐府词云'小楼吹彻玉笙寒',延巳有'风乍起,吹皱一池春水'之句,皆为警策。元宗尝戏延巳:'吹皱一池春水,干卿何事?'延巳曰:'未如陛下"小楼吹彻玉笙寒"。'元宗悦。"清·贺裳《皱水轩词筌》说:"南唐主语冯延巳曰:'"风乍起,吹皱一池春水",何与卿事?'冯曰:'未若"细雨梦回鸡塞远,小楼吹彻玉笙寒"。'不可使闻于邻国,然细看词意,含蓄尚多。又云:'无凭谐鹊语,犹觉暂心宽',韩偓语也。冯延巳去偓不多时,用其语曰:'终日望君君不至,举头闻鹊喜。'虽窃其意,而语加蕴藉。"此语前面述如马令语,后面说"闻鹊喜"用韩偓诗。清人俞陛云《唐五代两宋词选释》评:"'风乍起'二句,破空而来。在有意无意间。如絮浮水,似沾著,宜后主盛加称赏。此南唐全盛时作。'喜闻鹊报'及'为君起舞'句,殆有束带弹冠之庆,及效忠尽瘁之思也。"此词也有人认为"言在此而意在彼",是对南唐政务荒疏不满,多数人认为写闺思。"风乍起"句,"破空而来"的春风吹皱了池水,吹来了春的活力,吹开了一池死水。"乍"字反映了瞬息间的变化。"皱"字写出了死水微澜,涟漪无数,很形象。

用此句如:

宋·张先《百媚娘》:"绿皱小池红叠彻,花外东风起。"用其意。

宋·李纲《望江南》:"风乍起,吹皱碧渊沦。"

宋·谢逸《鹊桥仙》:"轻风飘散杏花红,更吹皱、池波如縠。"

宋·王之道《点绛唇》(和长文伯):"竹外梅花,檀心玉颊春初透,一池风皱,妙语天生就。"

宋·吴舜选《蓦山溪》:"春到小桃蹊,看绿满、一池春水。"

宋·杨泽民《一落棠》:"水与东风俱秀,一池春皱。"

宋·柴望《念奴娇》:"晴鸠鸣处,一池昨夜春水。"

宋·范成大《眼儿媚》:"春慵恰似春塘水,一片縠纹愁。溶溶泄泄,东风无力,欲皱还休。"反用。

金·赵秉文《春游》诗:"一溪春水关何事,皱作风前又叠愁。"

清·梁启超《贺新郎》:"问春水、干卿何事。"清王朝不许人民关心国事。

今人侯孝琼《破阵子》(看《人到中年》):"且喜东风骀荡,一池春水鳞波。"

2264.数点雨声风约住

宋·李冠《蝶恋花》(春暮):"数点雨声风约住,朦胧淡月云来去。"雨刚刚落下几点,风吹来就停住了,雨受到了风的管束,朦胧的淡月在云层中穿来穿去。"约",约束,限制之意。

唐·韩愈《独酌四首》:"露排四岸草。风约半池萍。"风吹半池萍动,萍受风之管束。李冠用此"约"字。

宋·程垓《凤栖梧》:"门外飞花风约住,消息江南,已酿黄梅雨。"用李冠"风约雨"为"风约花"。风可约花飞,也可约花落,此为后者。

2265.寒城猎猎戍旗风

唐·罗隐《登夏州城楼》:"寒城猎猎戍旗风,独倚危楼怅望中。""猎猎"风吹旗旆的声音,象声词。《文选·王褒〈洞箫赋〉》:"猎若枚折",李善注:"猎,声也。"指箫声,后多用旗声。罗诗写城楼上的军旗被寒风吹得猎猎作声。

南朝·宋·鲍照《还都道中作》:"鳞鳞夕云起,猎猎晚风遒。"单指风声。

唐·李白《永王东巡歌》:"雷鼓嘈嘈喧武昌,云旗猎猎过浔阳。"这是风吹战旗飘动之声。

唐·柳宗元《唐铙歌鼓吹曲十二篇》(第十首吐谷浑):"烈烈施其旗,熊虎杂龙蛇。""烈烈",象声词,即"猎猎"。

2266.草薰风暖摇征辔

宋·欧阳修《踏莎行》:"候馆梅残,溪桥柳细,草薰风暖摇征辔。离愁渐远渐无穷,迢迢不断如春水。"这上阕写征人远行之离愁,越远越深。起三句写初春景色:旅馆梅花凋残了,桥边的柳树淀出细叶,草放芳香,风吹乍暖,征人正摇辔远行。"薰",一种香草,这是指草香。

南朝·梁·江淹《别赋》:"闺中风暖,陌上草薰。""草薰风暖"出于此。

2267.日日东风吹石裂

宋·欧阳修《山斋戏书绝句二首》:"经春老病不出门,坐见群芳烂如雪。正当年少惜花时,日日春风吹石裂。"宋神宗熙宁三年(1070)作于蔡州,已是64岁。写春花如雪,可山风天天如此猛烈,几乎把山石都吹裂了,花的命运可想而知。"吹石裂"夸张笔法。

宋·苏轼《梅花二首》:"一夜东风吹石裂,半随飞雪度关山。"上句用欧公句,下句用唐·高适《塞上听吹笛》句:"借问梅花何处落,风吹一夜满关山。"高适写玉门关胡人吹笛《梅花落》,随风散满关山。语可双关,苏轼取其双关意,实写梅花随雪而飞。

2268.我欲乘风归去

宋·苏轼《水调歌头》:"我欲乘风归去,又恐琼楼玉宇,高处不胜寒。起舞弄清影,何似在人间!"词序(为词作序,始自东坡)云:"丙辰中秋,欢饮达旦,大醉,作此篇,兼怀子由。"苏轼三十九岁知密州(今山东诸城),已是人生过半,宦海流徙,中秋赏月,思绪翩翩,有思亲怀弟之抑郁,又有自我解脱之旷达。此数句,畅想乘风登月,可那月中虽有琼楼玉宇,却怕高处不胜寒,不如在人间月下,更为自由自在。暗示出他对朝野氛围、地位高低的感受。

"我欲乘风归去",原意出自《列子·黄帝篇》:列子"乘风而归","尺之所履,随风东西。""竟不知风乘我邪?我乘风乎?""乘风"即用此意。唐·卢仝《谢孟谏议茶》一诗已用此意:"蓬莱山,在何处?

玉川子乘此清风欲归去。山上群仙司下土,地位清高隔风雨。""我欲乘风归去",或直源于此。

苏轼的《念奴娇》(中秋)词中,一些语句当从此词化出,如:"玉宇琼楼,乘鸾来去,人在清凉国。""起舞徘徊风露下,今夕不知何夕。""何欲乘风,翻然归去,何用骑鹏翼。"不是似曾相识吗?同写中秋赏月,感悟因而极近,想象再度而发,这是可以理解的。然而《念奴娇》一词却略逊一筹。宋·胡仔《苕溪渔隐丛话后集》卷三十九评:"中秋词自东坡《水调歌头》一出,余词尽废。"就是说苏轼的《水调歌头》为中秋词之绝唱。对"乘风"句之评价,清·刘熙载《艺概》卷四:"词以不犯本位为高,东坡《满庭芳》'老去君恩未报,空回首,弹铗悲歌',语诚慷慨,然不若《水调歌头》'我欲乘风归去,又恐琼楼玉宇,高处不胜寒'尤觉空灵蕴藉。"

历代赞评《水调歌头》全词及其起句、结句者为多,而对"乘风"数句之评仅见于上引的《艺概》。其实这数句影响颇深。元·李冶《敬斋古今黈》卷八曰:"东坡《水调歌头》:'我欲乘风归去,只恐琼楼玉宇,高处不胜寒。起舞弄清影,何似在人间!'一时词手,多用此格。黄庭坚'我欲穿花寻路,直入白云深处,浩气展虹霓。只恐花深里,红露湿人衣。'(《水调歌头·游览》—引者注)盖效坡语也。近世(金代)闲闲老赵秉文亦云:'我欲骑鲸归去,只恐神仙官府,嫌我醉时真。笑拍群仙手,几度梦中身?'(《水调歌头》——引者注)"黄词欲穿花登云,怕红露湿衣,赵词欲骑鲸仙去,怕醉现尘俗之身。都不用其意而取其"格",即取其一组语式。

"我欲乘风归去"一句,借用者更多了。

宋·朱敦儒《鹊桥仙》:"乘风欲去,凌波难住,谁见红愁粉怨。"

宋·张孝祥《水调歌头》:"我欲乘风去,击楫誓中流。"

又《念奴娇》:"天上人间凝望处,应有乘风归客。"

宋·赵长卿《水龙吟》(云词):"我欲乘风归去,翻怅恨、帝乡何在!"

宋·范成大《六月七日夜起坐殿庑取凉》:"乘风欲归去,骖鸾䡴(hǒng)青冥。"

宋·石孝友《念奴娇》:"乘风归去,尽数吹乱华发。"

宋·魏了翁《念奴娇》:"分手未见前期,风前耿耿,目断斜阳角。亦欲乘风归去也,问讯故山猿

鹤。"

宋·吴潜《霜天晓角》:"便欲乘风归去,冰玉界、琼林阙。"

宋·李曾伯《水龙吟》:"万里瑶台,乘风归去,不知何夕。"

宋·李昴英《西江月》:"主人情重客留连,便欲乘风寒殿。"

宋·陈无咎《失调名》:"便乘风归去小蓬莱,听门外、猿啼鹤啸。"

宋·奚淢《齐天乐》:"帝念群生,如何便肯,从我乘风归去。"

宋·周伯阳《春从天上来》(武昌秋夜):"便乘风归去,栏干外,河汉西倾。"

宋·黄公绍《念奴娇》(月):"乘兴著我扁舟,山阴夜色,渺渺流光溯。望美人兮天一角,我欲凌风飞去。"

金·赵秉文《大江东去》(用东坡先生韵):"我欲从公、乘风归去,散此麒麟发。"

当代元帅陈毅《淮河晚眺》(一九四三年春):"云山入眼碧空尽,我欲骑鲸跋浪归。"上句用李白"孤帆远影碧空尽",下句用苏轼"我欲"句式,兼用杜甫"鲸鱼跋浪"(《短歌行赠王郎司直》)句。

2269. 千里快哉风

宋·苏轼《水调歌头》(快哉亭作):"一千顷,都镜净,倒碧峰。忽然浪起,掀舞一叶白头翁。堪笑兰台公子,未解庄生天籁,刚道有雌雄。一点浩然气,千里快哉风。"《文选·宋玉〈风赋〉》:"楚襄王游于兰台之宫,有风飒然而至,乃披襟而当之曰:'快哉此风! 寡人所与庶人共者耶?'宋玉对曰:'此独大王之风耳,庶人安得而共之?'王曰:'岂有说乎?'玉曰:'发明耳目,宁体便人,此大王之雄风也。啗齰嗽获,死生不卒,此庶人之雌风也。'"苏词说宋玉把"快哉风"分作"雄风"与"雌风"是可笑的,不解"庄生天籁"。《庄子·齐物论》有云:"女(汝)闻人籁而未闻地籁,女闻地籁而未闻天籁夫?"人籁,指吹笛声,地籁指风吹洞穴声,天籁指风吹万物发出的不同的声。这就是"庄生天籁"说,而"兰台公子"(宋玉)竟分雌雄,所以说他"不解"。苏轼在《舶趠风》诗中已经说:"欲作兰台《快哉赋》,却嫌分别问雌雄。"他只承认楚襄王的话"快哉此风",因此写出"一点浩然气,千里快哉风"的豪爽词句。"快哉风"表示水上风令人爽快,有

的也表示船行之速。

唐·白居易《题新涧亭兼酬寄朝中亲故见赠》:"何处披襟风快哉,一亭临涧四门开。"新涧亭临涧,四面来风,十分快哉。首用《风赋》中的"快哉风"。

宋·李之仪《虢国夫人夜游图》:"长风破浪真快哉,快处须防倒骑虎。"

宋·黄裳《新荷叶》(雨中泛湖):"烟波醉客,见快哉、风恼娉婷。"

2270. 还卧当时送客风

宋·苏轼《游宝云寺得唐彦猷为杭州日送客舟中手书一绝云:"山雨霏微不满空,画船来往疾轻鸿。谁知独卧朱帘里,一榻无尘四面风。"明日,送彦猷之子坰赴鄂州,舟中遇微雨,感叹前事,因和其韵,作两首送之,且归其书唐氏》其二:"出处荣枯一笑空,十年社燕与秋鸿。谁知白首长河路,还卧当时送客风。"作者通判杭州游宝云寺得唐询在杭州一首送客绝句,适唐询之子唐坰因反对王安石贬谪鄂州,为之送诗二首并归还其父之诗。用唐询"一榻无尘四面风"语意,述说自己正卧在唐询那送客风中。

唐·贾岛《句》:"长江风送客,孤馆雨留人。"苏轼从"风送客"化出"送客风"以代唐询送客时的"四面风"。

2271. 相望无复马牛风

宋·苏轼《次韵孙巨源寄涟水李盛二著作并以见寄五绝》:"南岳诸刘岂易逢,相望无复马牛风。"彼此云山遥隔,不能相见。"马牛风":《书经·费誓》:"马牛其风。"郑玄解:"风,走逸。"走失之意。《左传·僖公四年》:"齐侯伐楚,楚子使与师言曰:'君处北海,寡人处南海,惟是风马牛不相及也。'"疏云:"马逐上风而去,牛逐下风而来,故云不相及也。"又有疏云:"牝牡相诱谓之风","此言'风马牛',谓马牛风逸,牝牡相诱","言此事不相及"。"风马牛不相及"或因风而远,或因异类而远,都是毫不相干或无缘相会之意。

明·周梦旸在《常谈考误》中说:(宋人)俞文豹有云:"牛马见风则走,牛喜顺风,马喜逆风,南风则马南而牛北,北风则马北而牛南,相去遂远。正如楚处南海,齐处北海也,故曰不相及也。"据草原牧民经验:马逆风而行,马鬃长,顺风则遮眼,唯风

雪严冬,马牛均顺风而行。所以"风马牛不相及"应解作在风中马与牛相背奔跑,各不相干。

唐·杜甫《秋雨叹三首》:"去马来牛不复辨,浊泾清渭何当分。"马牛不辨,言秋雨濛濛,难以辨清,写雨中马牛。

唐·白居易《春村》:"牛马因风远,鸡豚过社稀。"

宋·苏轼《和邵同年戏赠贾收秀才三首》:"倾盖相欢一笑中,从来未省马牛风。"反用。

又《送李公择》:"念我野夫(公择之兄)兄,知名三十秋。已得其为人,不待风马牛。他年林下见,倾盖如白头。"

宋·陆游《天气作雪戏作》:"八十又过二,与人风马牛。"与人没有往来。

宋·刘学箕《沁园春》(叹世):"闲是闲非,他强我弱,一任从教风马牛。"

清·梁绍壬《两般秋雨庵随笔》卷四:"仁和缪莲仙下第诗有句云:'妻子望他龙虎日,科名与我风马牛。'"

2272. 寒衾虚幌风泠泠

宋·苏轼《芙蓉城》:"忽然而去不可执,寒衾虚幌风泠泠。"此诗序云:"世传王迥子高与仙人周瑶英游芙蓉城。元丰元年三月,余始识子高,问之,信然。乃作此诗,极其情而归之正,变乎风止乎礼义之意也。"此二句写周瑶英"飘然而来"又"忽然而去","风泠泠",清凉的微风。

《楚辞·七谏·初放》:"上葳蕤而防露兮,下泠泠而来风。"

《班婕妤传》赋曰:"广室阴兮帏幄暗,房栊虚兮风泠泠。"

2273. 不见风清月冷时

宋·范成大《白莲堂》:"古木参天护碧池,青钱弱叶战涟漪。匆匆游子匆匆去,不见风清月冷时。"此诗写苏州西北30里白莲堂中的白莲,莲池有参天古木庇护,池中白莲才是叶如青钱的新荷。而我这匆匆来去的游子,看不见风清月冷的秋天的残荷了。

"风清月冷",用唐人陆龟蒙《白莲》中的名句:"无情有恨何人觉,月冷风清欲堕时。"杜牧《隋堤柳》:"自嫌流落西归意,不见东风二月时。""东风二月",柳绽新芽,是最赏心悦目之时。范诗取陆

之意,用杜之句式。

2274. 暖风熏得游人醉

宋·林升《西湖》:"山外青山楼外楼,西湖歌舞几时休。暖风熏得游人醉,直把杭州作汴州。"讥南宋君臣偏安东南一隅,终日欢歌乐舞奢靡无度,弃汴京而不顾,忘了北宋亡国之痛。

宋·范成大《与胡经仲、陈朋元游照山堂梅数百株盛开》:"晴日暖风千里目,残山剩水一人心。"此诗写与友同游杭州钱塘门的照山堂赏梅。"晴日暖风"也足使"游人醉",然而他面对"残山剩水",却心情沉重。与林升句意暗合。

2275. 竹梢微幼觉风来

宋·真山民《夜饮赵国次徐君实韵》:"花影忽生知月到,竹梢微动觉风来。"月到生花影,风来动竹梢。由因而果,写变化极为细微。

唐·储光羲《酬李处士山中见赠》:"绿竹动清风,层轩静华月。"风动竹,月照轩,正是写了具有因果关系的两种事物。"风动竹"源于此。

清·曹雪芹《红楼梦》高鹗续九十八回,写黛玉之死:"探春、李纨走出院外再听时,惟有竹梢风动,月影移墙,好不凄凉冷淡!""竹梢风动,月影移墙",属短偶句,烘托出黛玉死时,环境的冷落凄凉。

2276. 不胜风月两厌厌

宋·贺铸《题醉袖》:"不胜风月两厌厌,年来一样伤春瘦。""厌厌"同"靥靥",风是微弱的,月色也是微弱的,于是平添了人的烦厌情绪。

又《石州引》:"枉望断天涯,两厌厌风月。"再用"风月两厌厌"。

2277. 鼓动滕六,招邀巽二

宋·陈郁《念奴娇》:"没巴没鼻,霎时间、做出漫天漫地。不论高低并上下,平白都教一例。鼓动滕六,招邀巽二,一任张威势。识他不破,只今道是祥瑞。"咏雪词,暗指贾似道权势灼人,翻云覆雨,作威作福。识不破,反认他为"祥瑞"。

"滕六",雪神,"巽二",风神。《太平广记》卷第四百四十一《杂兽》收唐牛僧孺《玄怪录·萧志忠》:唐中书令萧志忠将于腊日出猎。老虎老麇求救。"黄冠曰:'萧使君每役人,必恤其饥寒。若祈

滕六降雪,巽二起风,即不复游猎矣。'""滕六""巽二"是传说中的雪神风神。

清·蒲松龄《风流子》(元宵雪):"多应嫦娥意,招滕六借来,并赏灯光。"应嫦娥之邀,雪神也同来赏灯。

2278. 山河破碎风飘絮

宋·文天祥《过零丁洋》:"辛苦遭逢起一经,干戈寥落四周星。山河破碎风飘絮,身世浮沉雨打萍。惶恐滩头说惶恐,零丁洋里叹零丁。人生自古谁无死?留取丹心照汗青。"山河破碎,如风飘柳絮,零落不堪。

唐·杜甫《同诸公登慈恩寺塔》:"泰山忽破碎,泾渭不可求。"文天祥用此"破碎"意。

2279. 边锁风雷动

宋·范成大《送陆务观编修监镇江郡会稽待阙》:"边锁风雷动,军书日夜飞。功名袖中手,世事巧相违。"写陆游被免职回归故里。边关有战争风雷,论陆游才干,完全可以为国效力,却反被罢职。对陆游寄予极大的同情。"边锁风雷动",喻边塞战事不息。

清·曹雪芹《红楼梦》第五十回林黛玉《灯谜诗》:"騄駬何劳缚紫绳,驰城逐堑势狰狞。主人指示风雷动,鳌背三山独立名。"写千里马驰骋无羁,"风雷动",雷厉风行,一往无前。用范之句而不用其意。

2280. 旦为行云,暮为行雨

战国·楚·宋玉《高唐赋》序:宋玉同楚襄王"游于云梦之台,望高唐之观。"宋玉为襄王述说楚怀王梦见神女的故事:"昔者,先王尝游高唐,怠而昼寝,梦见一妇人曰:'妾巫山之女也,为高唐之客。闻君游高唐,愿荐枕席。'王因幸之。去而辞曰:'妾在巫山之阳,高丘之岨,旦为行云,暮为行雨,朝朝暮暮,阳台之下。'"《高唐赋》为何而作呢?《汉书注》引顾宸语:"宋玉作赋,盖假设其事,讽谏淫惑也。"清·仇兆鳌《杜诗详注》引顾宸语曰:"宋玉述怀王梦神女,作《高唐赋》,又自述己梦,作《神女赋》,在托讽谏襄王耳。……后人皆云襄王梦神女,非矣。"又引张綖语曰:"称先王梦神女,盖以怀王之亡国警襄王也。"既属假托,当然"梦"也系子虚乌有。清人沈德潜有云:"谓《高唐》之赋,乃假

托之词，以讽淫惑，非真有梦也。"唐人李商隐《代元城吴令暗为答》一诗也认为"襄王枕上原无梦，莫枉阳台一片云"。综上所述，宋玉杜撰了怀王梦会神女事，旨在告诫襄王不应淫惑，宋玉述己梦，而不是襄王之梦。顾宸认为《文选》刻本沿讹已久，王玉二字互混到底，"玉"字讹写作"王"，即么宋玉的梦，便成了襄王的梦了。这样看来，赋中并非写襄王梦神女，也是可信的。不过，无论怀王梦神女，襄王梦神女，还是宋玉梦神女，都属假托，不会连续出现同样的梦，这也是可信的。所以"襄王梦神女"无须再考证其有无。只说后世诗词歌赋，辗转吟咏"襄王神女"的故事，化成许多"子句"，《高唐赋》的艺术魅力，延生了千百年。这些"子句"如：行云行雨、为云为雨、云雨、云雨巫山、阳台神女、高唐十二峰、朝云暮雨、朝朝暮暮、云情雨意、尢云嵝雨、断雨残云、雨恨云愁等等。这些"子句"除少数直写云雨巫山风光或云雨巫山怀古外，多喻男女欢情、幽会、梦思，有些则借古喻今，评说兴亡。

2281. 行云行雨几相送

唐·王勃《江南弄》："江南弄，巫山连楚梦，行云行雨几相送。""行云行雨"出自神女自谓"朝为行云，暮为行雨"。"行"有二解：一为"流动"，依此解，"行云行雨"是神女的变化，代指神女；一解"行"为"从事"，"行云行雨"就是兴风降雨之意。王勃句江南云雨送行人，可引申神女送行人。用"行云行雨"句的还有：

宋·王灼《七娘子》词："暂作行云，暂为行雨，阳台望极人何处。"

宋·辛弃疾《水龙吟》(爱李延年歌、淳云髡语，合为词，庶几高唐、神女、洛神赋之意云)："看行云行雨，朝朝暮暮，阳台下，襄王侧。"

2282. 为云为雨楚国亡

唐·薛涛《谒巫山庙》："山色未能忘宋玉，水声犹是哭襄王。朝朝夜夜阳台下，为雨为云楚国亡。"女诗人谒巫山神女庙，想到宋玉的《高唐赋》，虽警诫了襄王，然而由于淫惑乱国，国家终于灭亡了。"为云为雨"喻淫乱。用"为云为雨"句的如：

唐·李商隐《深宫》："斑竹岭边无限泪，景阳宫里及时钟。岂知为云为雨处，只有高唐十二峰。"

唐·唐彦谦《牡丹》："为云为雨徒虚语，倾国

倾城不在人。"誉牡丹之美，无与伦比。

宋·刘望之《水调歌头》："人间千古，俯仰如梦说扬州。何况楚王台畔，为雨为云无限，人事付轻沤。"

2283. 云雨巫山枉断肠

唐·李白《清平调三首》："一枝红艳露凝香，云雨巫山枉断肠。"唐玄宗、杨贵妃在兴庆宫沉香亭赏牡丹，命李白(时供奉翰林)作此诗。上句用牡丹喻杨贵妃之美，下句说楚王神女无非梦幻之境，不能同贵妃相比。宋·林正大《括酹江月》："嫣然倾国，巫山肠断云雨。"从李白句化出。用"巫山云雨"句还如：

唐·顾况《春游曲》："明朝若相忆，云雨出巫山。"(一作李端《春游乐》诗)

唐·权德舆《杂兴五首》："巫山云雨洛川神，珠襻香腰稳称身。"以"巫山云雨"代神女。

五代·和凝《何满子》："目断巫山云雨，空教残梦依依。"

宋·韩驹《念奴娇》(月)："雾鬓风鬟何处问，云雨巫山六六。"

宋·蔡伸《踏莎行》："望君频问梦中来，免教肠断巫山雨。"

宋·邓肃《诉衷情》："从来云雨过巫山，只托梦魂间。"

宋·张抡《壶中天慢》："露洗妖妍，风传馥郁，云雨巫山钓。"

宋·赵长卿《眼儿媚》(东院适人乞词，醉中书于裙带三首)："阳台寂寞，巫山凄惨，云雨成空。"

只用"巫山"的：

唐·杜甫《雨》："直觉巫山暮，兼催宋玉悲。"雨暗巫山，人感悲凉。

唐·常建《古意三首》："楚王竟何去，独自留巫山。"写"神女"。

唐·薛涛《牡丹》："常恐便同巫峡散，因何更有武陵期。""巫峡"指巫山。

五代·冯延巳《鹊踏枝》："水阁华蜚，梦断巫山路。"

人民领袖毛泽东《水调歌头·游泳》(一九五六年六月)："更立西江石壁，截断巫山云雨，高峡出平湖。神女应无恙，当惊世界殊。"脱开"巫山神女"句的种种命题，活用于对"三峡"建设的预见，当高峡变成平湖的时候，连巫山神女也会惊呼这一

巨变。今天,世界第一大水利工程"三峡工程"已全部完成,此词中的预见已经变为现实。

2284.愿作阳台一段云

唐·李白《捣衣篇》:"明年若更征边塞,愿作阳台一段云。"写思妇怀念戍边的丈夫,说如明年还去戍边,我就化作阳台上一段云,与你在绝域相会。李白《寄远》诗也写了"阳台":"阳台隔楚地,春草生黄河。"写男子在北方,春天想起南方的妻子,而阳台"隔水",无缘相见。

"阳台"有两个:一是今四川巫山县阳台山,上有阳云台遗址。这是宋玉笔下的巫山阳台。一是湖北汉川县的阳台山。诗词中的"阳台",多指前者。相传巫山阳台为神女居住的地方,且多取宋玉《神女赋》中意。南朝·齐·王融《巫山高》:"想象巫山高,薄暮阳台曲。"唐·沈佺期《巫山高》:"为问阳台客,应知入楚人。"(一作张循之诗)唐·储光羲《杂诗二首》:"鄙哉楚襄王,独好阳台云。"

用"一段云"句如:

唐·李商隐《代元城吴令暗为答》:"荆王枕上原无梦,莫枉阳台一片云。"

唐·李群玉《用郑相并歌姬小饮戏赠》:"裙拖六幅湘江水,鬓耸巫山一段云。风格只应天上有,歌声岂合世间闻。"喻云鬓。

唐·薛 《勅赠康尚书美人》:"欲令从此行霖雨,先赐巫山一片云。"

唐·张贲《悼鹤和袭美》:"无端日暮东风起,飘散春空一片云。"这不是巫山云。

宋·向子谙《减字木兰花》(朝叔夏席上作):"想得横陈,全是巫山一段云。"

用"阳台(云雨)"句的比较多:

唐·李白《系寻阳上崔相涣三首》:"虚传一片雨,枉作阳台神。纵为梦里相随去,不是襄王倾国人。"

又《出金陵子呈卢六四首》:"安石东山三十春,傲然携妓出风尘。楼中见我金陵子,何似阳台云雨人。"

又《久别离》:"去年寄书报阳台,今年寄书重相摧。东风兮东风,为我吹行云使西来。待来竟不来,落花寂寂委青苔。"

唐·戎昱《送零陵妓》:"殷勤好取襄王意,莫向阳台梦使君。"

唐·刘得仁《听歌》:"东南正云雨,不得见阳台。"(一作于武陵或于邺诗)

唐·武元衡《赠歌人》:"他是相思梦巫峡,莫教云雨晦阳台。"

唐·白居易《长相思》:"深画眉,浅画眉,蝉鬓鬅鬙云满衣,阳台行雨回。"

唐昭宗《巫山一段云》词:"翠鬓晚妆烟重,寂寂阳台一梦。"

唐·湘妃庙诗《与崔渥冥会杂诗》:"鸾歌凤舞飘珠翠,疑是阳台一梦中。"

后唐庄宗《阳台梦》:"楚天云雨相和,又入阳台梦。"

宋·欧阳修《梁州令》:"阳台一梦如云雨,为问今何处。"

宋·晏几道《六么令》:"曾笑阳台梦短,无计怜香玉。"

宋·陈师道《清平乐》:"梦断阳台云雨,世间不要春风。"

宋·徐俯《卜算子》:"一段江山一片云,又下阳台雨。"

宋·向子谙《七娘子》:"山围水绕高唐路,恨密云、不下阳台雨。"

宋·蔡伸《菩萨蛮》:"心事暗相期,阳台云雨迷。"

宋·张元干《虞美人》:"今宵入梦阳台雨,谁认先归去。"

宋·邓肃《西江月》:"微闻环佩过庭除,恐是阳台行雨。"

宋·陆淞《瑞鹤仙》:"阳台路迥,云雨梦、便无准。"

宋·谢懋《洞仙歌》(春雨):"念阳台、当日事,好伴云来,因个甚,不入襄王梦里。"

宋·陈亮《贺新郎》:"恰好良辰花共酒,斗尊前、见在阳台女。朝共暮,定何许。"

宋·郭应祥《满江红》:"莫做阳台云雨梦,休怀渭北春天树。"

又《踏莎行》:"直绕云雨梦阳台,梦回依旧无寻处。"

宋·韩淲《点绛唇》(为仲如赋茉莉):"君知否,楚襄何处,一段阳台雨。"

宋·赵以夫《青玉案》(荷花):"一床明月,五更残梦,不到阳台路。"

宋·方千里《解蹀躞》:"旧欢如昨,匆匆楚台雨。""楚台"即"阳台"。

元·王德信《四块玉·感皇恩北》:"硬分开鸾凤钗,水淹塌楚阳台。"

元·李子中《赏花时》:"自阳台云路杳,玉簪折难觅鸾膠。"

2285. 云雨荒台岂梦思

唐·杜甫《咏怀古迹五首》:"江山故宅空文藻,云雨荒台岂梦思?"面对宋玉宅这一古迹,追怀宋玉。宋玉故宅有二:江陵与归州(今湖北秭归县)。故宅无主而文藻犹存。"高唐"不全说梦,含有讽谏意味。杜甫在全诗中写了夔州宋玉宅、庾信故居、明妃村、永安宫、先主庙、武侯祠,追怀了宋玉、庾信、王昭君、刘备、诸葛亮的身世、业迹,追怀之情融合其中。

"云雨"是《高唐赋》神女自白的凝缩与概括,做为诗典,表示男女欢爱,被广泛应用。唐·李商隐在《有感》一诗中写:"非关宋玉有微辞,却是襄王梦觉迟。一自高唐赋成后,楚天云雨尽堪疑。"有人怀疑李商隐的爱情诗都有寄托,李商隐说明有些是有寄托,有些则没有寄托,不能以为宋玉《高唐赋》含微辞讽刺,他的所有作品全有寄托,不能尽疑楚天云雨。

其它"云雨"句如:

唐·李白《襄阳歌》:"襄王云雨今何在,江水东流猿夜声。"

唐·杜甫《雷》:"何须妒云雨,霹雳楚王台。"

唐·白居易《赴忠州道过巫山或题诗于庙》:"为报巫山神女道,速排云雨待清诗。"白于元和十三年自江州司马移忠州刺史途中作此诗。宋·苏轼《次韵孙巨源寄涟水李、盛二著作并以见寄五绝》:"云雨休排神女车,忠州老病畏人夸。"反用"速排云雨"句。

唐·李商隐《过楚宫》:"巫峡迢迢旧楚宫,至今云雨晴丹枫。微生尽恋人间乐,只有襄王忆梦中。"

又《少年》:"别馆觉来云雨梦,后门归去蕙兰丛。"

唐·李群玉《赠人》:"曾留宋玉旧衣裳,惹得巫山梦里香。云雨无情难管领,任他别嫁楚襄王。"

又《宿巫山庙二首》:"自从一别襄王梦,云雨空飞巫峡长。"

唐·薛涛《九日遇雨》:"神女欲来知有意,先令云雨暗池塘。"喻雨。

宋·晏几道《清平乐》:"此后锦书休寄,画楼云雨无凭。"

又《何满子》:"眼底关山无奈,梦中云雨空休。"

又《愁倚栏令》:"春罗薄,酒醒寒,梦初残。倚枕片时云雨事,已关山。"

宋·苏轼《临江仙》:"云雨未成还又散,思量好事难谐。"

又《祝英台近》:"谁念萦损襄王,何曾梦云雨。"

又《雨中花慢》:"长记当初,乍谐云雨,便学鸾凤。"

宋·蔡伸《春光好》:"回首当时云雨梦,两难忘。"

又《忆秦娥》:"楚台云雨,今夕何夕。"

宋·邓肃《江城子》:"待插一枝归斗帐(木犀),和云雨,殢襄王。"

宋·曾觌《朝中措》(山父赏牡丹酒半作):"停杯醉折(牡丹),多情多恨,冶艳真香。只恐去为云雨,楚魂时恼襄王。"

又《生查子》:"移傍楚峰居,容易为云雨。"

宋·黄机《鹧鸪天》:"只因梦峡成云雨,便拟吹箫跨凤凰。"

金·董解元《西厢记》卷五《绣带儿》(尾):"愁浓,楚台云雨去无踪。"

元·关汉卿《双调·新水令》:"楚台云雨会巫峡,赴昨宵约来的期话。"

2286. 神女去已久

唐·张九龄《巫山高》:"此中楚王梦,梦得神女灵。神女去已久,云雨空冥冥。"写巫山神女的故事已成过去,巫山只落得云雨凄凉。唐·李白《我到巫山渚》用此"神女"句:"神女去已久,襄王安在哉。荒淫竟沦替,樵牧徒悲哀。"说神女襄王的事早成过去,而荒淫却接替着,普通百姓徒增哀痛。旨在讽时讥世。

主要写"神女",也是一个子句。神女,宋·陆游《入蜀记》载:过巫山凝真观,谒妙用真人祠。真人即世所谓巫山神女也。祠对巫山,峰峦上入霄汉,山脚直插江中。神女祠在神女峰上。神女本名瑶姬,《文选·高唐赋》李善注引《襄阳耆旧传》:"赤帝女瑶姬……葬于巫山之阳,故曰巫山之女。"

巫山神女又称"朝云"。《高唐赋》写"王游高唐，怠而昼寝，梦见一妇人曰：'妾，巫山之神女也，朝为行云，暮为行雨，朝朝暮暮，阳台之下。'旦朝视之，如言，故为立庙，号曰朝云。""朝云"之号当从"朝为行云"来，有时也指神女。下面是主要用"神女"的诗词。

北朝·齐·颜之推《古意二首》："数从明月宴，或侍朝云祀。"多次陪萧绎（梁元帝）在明月楼宴乐，到朝云庙祭祀。

唐·皇甫冉《同李苏州伤美人》："阳台千万里，何处作朝云。"

宋·晏几道《木兰花》："朝云信断知何处，应作襄王春梦去。"

唐·李贺《巫山高》："瑶姬一去一千年，丁香筇竹啼老猿。"《襄阳耆旧传》载："赤帝女曰瑶姬，未嫁而卒，葬于巫山之阳，故曰巫山之女。"

唐·皇甫冉《巫山高》："云藏神女馆，雨到楚王宫。"

唐·李商隐《无题二首》："神女生涯原是梦，小姑居处本无郎。"

2287. 只有高唐十二峰

唐·李商隐《深宫》："岂知为云为雨处，只有高唐十二峰。"写"深宫"破败荒凉。豪华生活同其主宰者去而不返了。就如神女襄王早已不复存在，只有巫山十二峰立于江边。李商隐写过《楚宫》《吴宫》《隋宫》，大体都写皇权凋落，感时戒世。唐五代张泌《经旧游》："不知云雨归何处，历历空留十二山。"即变用李商隐句。

"高唐十二峰"即巫山十二峰。陆游《入蜀记》载："十二峰者，不可悉见，所见八九峰，惟神女峰最为纤丽奇峭。……庙后，山半有石坛……坛上观十二峰，宛如屏障。"五代李珣《巫山一段云》词："古庙依青嶂，行宫枕碧流。""青嶂"即如屏障的十二峰。"十二峰"入诗有些就是指神女所居"巫山"，有的直写十二峰景观。

唐·沈佺期《巫山高二首》（一作宋之问诗）："巫山峰十二，合沓隐昭回。"十二峰重峦叠嶂，遮蔽了星光。

唐·李端《巫山高》："巫山十二峰，皆在碧虚中。"十二峰巍峨入云。

唐·吴融《赋得欲晓看妆面》："十二峰前梦，如何不断肠。"

五代·李珣《河传》："朝云暮雨，依旧十二峰前，猿声到客船。"

宋·柳永《卜算子》："雨歇天高，望断翠峰十二。"

宋·欧阳修《武陵春》："却望行云十二峰，肠断月斜钟。"

宋·解昉《阳台梦》："仙姿本寓，十二峰前住。千里行云行雨。偶因鹤驭过巫阳，邂逅他，楚襄王。"演绎了神女故事。宋·周紫芝《鹧鸪天》（和刘长孺有赠）："旧家十二峰前住，偶为襄王下楚台。"概括了解昉词。

宋·蔡伸《卜算子》："不向巫山十二峰，朝暮为云雨。"

清·高爵尚《洞庭竹枝词》："雨前雨后采茶忙，嫩绿新抽一寸香。十二碧峰春色好，一时收取入筠筐。"写君山采茶。洞庭湖中的君山也有十二峰，所以不是巫山。

2288. 不闲云雨梦，犹欲过高唐

唐·温庭筠《经李处士杜城别业》："白社已萧索，青楼空艳阳。不闲云雨梦，犹欲过高唐。"当年曾在此别业同主人欢聚游乐，而今已人去楼空，只好依不受束缚的梦去游弋了。用"高唐"的还如：

宋·黄庭坚《醉蓬莱》："巫峡高唐，锁楚宫朱翠。"

宋·周邦彦《氐州第一》："欲梦高唐，未成眠，霜空已晓。"

宋·蔡伸《临江仙》："断云残雨，何处认高唐？"

"高唐"在巫山，应无疑义。可"高唐"亦不止一处。一说湖北古云梦泽中有"高唐"。濠州（今安徽凤阳）西有高塘馆，临近淮水。相传御史阎敬爱宿此馆，题诗曰："借问襄王安在哉？山川此地胜阳台。今朝寓宿高唐馆，神女何曾入梦来？"辂轩来往，莫不吟讽言佳。有李和风者至，又题诗曰："高唐不是此高塘，淮畔江南各一方。若向此中求荐枕，参差笑杀楚襄王！"读者莫不解颜。

2289. 莫作朝云暮雨兮飞阳台

唐·李白《寄远十一首》："美人美人兮归来，莫作朝云暮雨兮飞阳台。"十一首都是写给情人亲人的，此句说美人快归去吧，不要留恋阳台上作朝云暮雨了。或有所托。"朝云暮雨"缩自"朝

为行云,暮为行雨",即早上是云,晚上是雨。原指神女早晚的变化,后借指男女早晚相会,有时也指早晚阴雨连绵的景状。李白是最早缩用为"朝云暮雨"的,后也变序应用。

唐初郑世翼《看新婚》诗:"疑逐朝云去,翻随暮雨来。"这里开始两句分别缩用。

唐·张说《节义太子杨妃挽歌二首》:"朝云将暮雨,长绕望思台。"

唐·刘方平《巫山高》:"峡出朝云下,江来暮雨西。"写巫峡景象。

又《巫山神女》:"今宵为大雨,昨日作孤云。"写神女"为云为雨"。

唐·杜甫《奉使崔都水翁下峡》:"白狗黄牛峡,朝云暮雨祠。"写神女祠。

唐·张子容《巫山》:"朝云暮雨连天暗,神女知来第几峰。"

唐·杨凭《春情》:"暮雨朝云几日归,如丝如雾湿人衣。"写雨。

唐·武元衡《同幕府夜宴惜花》:"芳草落花明月树,朝云暮雨锦城春。"

唐·刘禹锡《杨枝词二首》:"巫峡巫山杨柳多,朝云暮雨远相和。"

唐·孟郊《悼亡》:"朝云暮雨成古墟,萧萧野竹风吹亚。"

唐·许浑《神女祠》:"莫学阳台畔,朝云暮雨中。"

唐·李商隐《楚宫》:"朝云暮雨长相接,犹自君王相见稀。"

唐·温庭筠《答段柯古见嘲》:"尾生桥下未为痴,暮雨朝云世间少。"

唐·李咸用《远公亭牡丹》:"延年不敢歌倾城,朝云暮雨愁娉婷。"

唐·崔素娥《别韦洵美诗》:"神魂倘遇巫娥伴,犹逐朝云暮雨归。"

五代·毛文锡《赞浦子》:"正是柳夭桃媚,那堪暮雨朝云、宋玉高唐意。"

五代·李珣《河传》:"去去何处,迢迢巴楚。山水相连,朝云暮雨,依旧十二峰前,猿声到客船。"

又《巫山一段云》:"云雨朝还暮,烟花春复秋。"

宋·柳永《西江月》:"不成雨暮云朝,又是韶光过了。"

又《迷仙引》:"免教人见妾,朝云暮雨。"

宋·曾布《排遍第三》:"谁与花为主,兰房从此,朝云夕雨两牵萦。"

宋·黄庭坚《满庭芳》(妓女):"知恩否,朝云暮雨,还向梦中来。"

又《满庭芳》:"难拘管、朝云暮雨,分付楚襄王。"

又《减字木兰花》(登巫山县楼作):"襄王梦里,草绿烟深何处是。宋玉台头,暮雨朝云几许愁。"

宋·贺铸《小梅花》:"妙神通,绝知音,不知暮雨朝云何山岑? 相思无计堪相比,珠箔雕栏几千里。"

宋·赵鼎《浣溪沙》(美人):"暮雨朝云相见少,落花流水别离多。"

宋·向子谭《鹧鸪天》(徐师川同过叶梦授家):"朝云无限矜春态,暮雨情知更可怜。"

宋·陈东《西江月》:"暮雨乍收寒浅,朝云又起春浓。"

宋·蔡伸《念奴娇》:"休教肠断,楚台朝暮云雨。"

又《卜算子》:"青冥漂缈间,自有吹箫侣。不向巫山十二峰,朝暮为云雨。"

又《御街行》:"凄凉怀抱今如许,天与重相遇。不应还向楚峰前,朝暮为云雨。"

宋·吕渭老《南歌子》:"念远歌声小,嗔归泪眼长。纤腰今属冶游郎。朝暮楚宫云雨、恨茫茫。"

宋·曹冠《念奴娇》:"十二灵峰,云阶月地,中有巫山发。须臾变化,阳台朝暮云雨。"

宋·姚述尧《如梦令》(水仙用雪堂韵):"绰约冰姿无语,高步广寒深处,香露邑檀心,拟到素娥云路。仙去,仙去,莫学朝云暮雨。"

宋·朱熹《鹧鸪天》(江槛):"暮雨朝云不自怜,放教春涨绿浮天。"

宋·张孝祥《诉衷情》(中秋不见月):"姬娥贪共、暮雨朝云,忘了中秋。"

宋·张震《蓦山溪》(初春):"无处说相思,空惆怅、朝云暮雨。"

宋·赵善括《水调歌头》(席上作):"记得山明水秀,何处朝云暮雨,常在梦魂间。"

宋·孙居敬《风入松》:"朝云暮雨失欢期,碧画谁眉。"

宋·周弼《二郎神》："春醉醒,暮雨朝云何处,柳溪花径。"

宋·吴文英《朝中措》："朝云暮雨,玉壶尘世,金屋瑶京。"

宋·潘枋《南乡子》："惟有旧时山共水,依然,暮雨朝云去不还。"

宋·陈德武《玉蝴蝶》(七夕)："但心坚、天长地久,何意在、雨暮云朝。"

宋·叶闻《摸鱼儿》："红裙溅水鸳鸯湿,几度云朝雨暮。"

又《望江南》："冷落巫山峰十二,朝云暮雨竟无踪。"

元·马致远《四块玉·巫山庙》："暮雨迎,朝云送,暮雨朝云去无踪,襄王漫说阳台梦。"

2290. 两情若是长久时,又岂在朝朝暮暮

宋·秦观《鹊桥仙》："两情若是长久时,又岂在朝朝暮暮。"这里咏叹牛郎织女,他们虽说一年一度才相会,却"胜过人间无数"。只要爱情坚贞、长久,不在于是否朝夕厮守。一反传统的对"七夕相会"的观念,可谓命意高远了。"朝朝暮暮"反用宋玉《高唐赋》中"朝朝暮暮,阳台之下"句。唐·孟浩然《送王七尉松滋得阳台云》："君不见巫山神女作行云……空中飞去复飞来,朝朝暮暮下阳台。愁君此去为仙尉,便遂行云去不回。"写"阳台云"天天下阳台,而王七则会一去不回。此喻极富想像力。这是用"朝朝暮暮"较早的。下如:

唐·白居易《长恨歌》："蜀江水碧蜀山青,圣主朝朝暮暮情。"

又《山鹧鸪》："山鹧鸪,朝朝暮暮啼复啼。"

又《长安闲居》："无人不怪长安住,何独朝朝暮暮间。"

唐·刘商《胡笳十八拍》第十拍："朝朝暮暮在眼前,腹生手养宁不怜?"

唐·朱湾《空城晚角》："长安路角声,朝朝兼暮暮。"

五代·毛文锡《巫山一段云》："朝朝暮暮楚江边,几度降神仙。"

宋·王安石《巫峡》诗："神女音容讵可求,青山回抱楚客楼。朝朝暮暮空云雨,不尽襄王万古愁。"

宋·杜安世《剔银灯》："泪眼愁肠,朝朝暮暮,去便不知音耗。"

又《剔银灯》："尤云殢雨,正缱绻、朝朝暮暮。"

宋·秦观《调笑令》："妾愿身为梁上燕,朝朝暮暮长相见。"

宋·向子谌《鹧鸪天》："朝朝暮暮春风里,落尽梨花未肯休。"

宋·李弥逊《声声慢》(木犀)："朝朝暮暮守定,尽忙时、也不分离。"

宋·杨无咎《鹊桥仙》："朝朝暮暮是佳期,乍可在、人间先老。"

又《玉抱肚》："同行同坐,同携同卧,正朝朝暮暮同欢,怎知终有抛弹。"

宋·黄童《卜算子》(和思宪兄韵)："肺腑相看四十秋,奚止朝朝暮暮。"

宋·沈瀛《行香子》："朝朝暮暮,相唤相呼,愿今生世,长相守,作门徒。"

宋·吴泳《水龙吟》："愿张郎,长与莲花相似,朝朝暮暮。"

宋·刘克庄《踏莎行》(巧夕)："驱鹊营桥,呼蟾出海,朝朝暮暮遥相望。"

宋·周端臣《贺新郎》："目断阳台幽梦阻,孤负朝朝暮暮。"

宋·吴潜《渔家傲》(己未元夕)："好把元宵,良辰美景,暮暮朝朝。"

宋·陈德武《清平乐》(咏月)："要见残妆新画,多应暮暮朝朝。"

又《清平乐》(咏雨)："记与巫山神女,不禁暮暮朝朝。"

宋·无名氏《洞仙歌》："襄王情尚浅,会少离多,空自朝朝又暮暮。"

宋人话本小说中人物张幼谦《一剪梅》："朝朝暮暮只烧香,有分成双,愿早成双。"

明·史鉴《解连环》(送别)："但若是两情长,便海角天涯,等是相守。"用其句意。

2291. 当年少日,暮宴朝欢

宋·柳永《戚氏》："帝里风光好,当年少日,暮宴朝欢。"回忆他青年时代,在帝京同"狂朋怪侣"去"绮陌红楼",暮宴朝欢,如同梦寐。"暮宴朝欢"正是概括那种花天酒地的放浪生活。

又《彩云归》："堪伤,朝欢暮宴,被多情、赋凄凉。"

又《西施》："正朝欢暮宴,情未足、早江上兵来。"

2292. 雨意云情,酒心花态

宋·柳永《倾杯乐》:"惹闲愁堆积。雨意云情,酒心花态,孤负高阳客。"柳永这位"忍把浮名换了浅斟低唱"的词人花前月下的日子,使他开了《高唐赋》"云雨"的句典,如"云情雨意""殢云尤雨""雨恨云愁""断云残雨"等等。雨意云情即指男女欢爱之情。用此句如:

宋·张先《清平乐》:"云情雨意空深,觉来一枕春阴。陇上梅花落尽,江南消息沉沉。"

宋·郑僅《调笑转踏》:"苏小,最娇妙,几度尊前曾调笑,云情雨态知多少。"

宋·江致和《五福降中天》:"云情雨态,愿暂入阳台梦中。"

宋·蔡伸《念奴娇》:"海约山盟,云情雨意,何日教心足。"

宋·袁去华《浣溪沙》:"一夜高唐梦里狂,云情雨意两茫茫。"

宋·赵长卿《簇水》:"云情雨意,似十二巫山旧。待要作个巫山梦,孤衾展转,无眠到晓,和梦都休。"

宋·黄机《虞美人》:"云情雨意才端的,津鼓催行色。"

宋·萧廷之《西江月》:"雨意云情了当,领头驾动河车。"

宋·无名氏《失调名》句:"云情雨意商量雪。"

宋·无名氏《贺新郎》:"雨意云情应多少,梦到巫山一枕。"

2293. 晴干了尤云殢雨心

元·王实甫《西厢记》第三本第三折《离亭宴》:"晴干了尤云殢雨心,悔过了窃玉偷香胆,删抹了倚翠偎红话。"写张生受了莺莺的抢白之后的心境。"尤云殢雨"意为男女欢情缠绵缱绻。应是柳永首用。

柳永《浪淘沙》:"殢云尤雨,有万般千种,相怜相惜。"

又《锦堂春》:"待伊要,尤云殢雨,缠绣衾、不与同欢。"

宋·杜安世《剔银灯》:"尤云殢雨,正缱绻、朝朝暮暮。"

宋·赵善括《虞美人》:"尤云殢雨,多情话,分付阿谁也。"

元·载善夫《风光好》第三折:"安排打凤牢龙计,引起尤云殢雨心。"反用王实甫句。

2294. 断雨残云无觅处

宋·袁去华《蝶恋花》:"十二峰前朝复暮,空忆兰台、公子高唐句,断雨残云无觅处,古来离合归冥数。"宋玉《高唐赋》描绘的"巫山云雨"已无踪迹,连断云残雨也难寻觅了。此词表达思古怀人的心情。

又《鹊桥仙》:"残云断雨,不期而会,也要天来大福。"

宋·毛滂《惜分飞》:"断雨残云无意绪,寂寞朝朝暮暮。"

宋·无名氏《苏幕遮》:"三叠阳关声渐杳,断雨残云,只怕巫山晓。"

金·赵可《望海潮》(赠妓):"怅断云残雨,不见高城。""高城",妓居住地。

"断云残雨"亦是柳永首用,不过不是用"云雨"典,而是实写:《女冠子》:"断云残雨,洒微凉,生轩户,动清簌、萧萧庭树。"

2295. 翻成雨恨云愁

宋·柳永《曲玉管》:"暗想当初,有多少,幽欢佳会,岂知聚散难期,翻成雨恨云愁。"写离人思念家乡,思念情人。"雨恨云愁"又是"云雨"一种变式,表示情人间的离愁别绪。

柳永还有《归朝欢》:"愁云恨雨牵萦,新春残腊相催逼。"

又《凤归云》:"正欢笑,试恁暂时分散。却是恨云愁雨,地遥天远。"

又《安公子》:"唯有床前残泪烛,啼红相伴,暗惹起、云愁雨恨情何限。"

宋·杨无咎《扫花游》:"胃起春心,又是愁云怨雨。"

又《垂丝钓》(邓端友席上赠吕倩倩):"听敲冰戛玉,恨云怨雨,声声总在愁处。"

2296. 明朝云雨散

北周·庾信《岁晚出横门》:"智琼来劝酒,文君过听琴。明朝云雨散,何处更相寻。"天上玉女下嫁魏·弦超(见《搜神记》),汉卓文君夜奔司马相如,情意都很深厚,然而一旦云飞雨散,到哪里再去追寻呢?似有政治上的含义。"云雨散"从"云雨"句衍生出来,庾信句即表示人的分离散去如"云消雨散"。唐·宋之问《答李司户夔》用庾信句:"明朝云雨散,遥仰穗为邻。"意为虽然明天就要分手了,也应在遥远的地主以你(李夔)的美德为邻。用"云雨"表离散的句子多为"云雨散",也有其变式"云雨别""雨散云飞"等。下如:

南朝·陈·江总《别袁昌州诗二首》:"不言云雨散,更似东西流。"

唐·张九龄《南还以诗代书赠京师旧僚》:"云雨叹一别,川原劳载驰。"

唐·杜甫《渝州候严六侍御不到先下峡》:"不知云雨散,虚费短长吟。"

又《奉送王信川鉴北归》:"别离同雨散,行止各云浮。"

唐·武元衡《钱裴行军赴朝命》:"谁料忽成云雨别,独将边泪洒戎衣。"

唐·元稹《酬乐天》:"愿为云与雨,会合天之垂。"喻相聚,反用。

又《楚歌十首》:"万事捐宫馆,空山云雨期。"反用。

又《梦昔时》:"山川久已隔,云雨两无期。"反用。

唐·刘禹锡《寄僚友》:"故人云雨散,满目山川多。"

唐·白居易《吉祥寺见钱侍郎题名》:"云雨三年别,风波万里行。"

唐·李伸《忆被牛相留醉》:"淮海一从云雨散,杳然俱是梦魂中。"

唐·杜牧《伤友人悼吹箫妓》:"艳质已随云雨散,凤楼空锁月明天。"喻死别。

唐·马戴《过故人所迁新居》:"客来云雨散,鸟下梧桐秋。"

唐·李群玉《广州重别方处士之封川》:"七年一云雨,常恨辉容隔。"

唐·方干《湖南使院遣情送江夏贺侍郎》:"云雨一消散,悠悠关复河。"

唐·吴融《月夕追事》:"屈指尽随云雨散,满头赢得雪霜多。"

又《太湖石歌》:"一朝荆棘忽流落,何异绮罗云雨飞。"

唐·薛涛《牡丹》:"常恐便同巫峡散,因何重有武陵期。""巫峡"代"云雨"。

五代·张泌《浣溪沙》:"云雨自从分散后,人间无路到仙家。但凭魂梦访天涯。"

宋·柳永《阳台路》:"追念少年时,正恁风帏,倚香偎暖,嬉游惯。又岂知、前欢云雨散。"

又《集贤宾》:"近来云雨忽东西,诮恼损情悰。"

又《法曲献仙音》:"追想秦楼心事,当年便约、于飞比翼。每恨临歧处,正携手、翻成云雨离拆。"

宋·苏轼《江城子》:"莫使匆匆云雨散,今夜里、月婵娟。"

又《与子由同游寒溪西山》:"与君聚散若云雨,共惜此日相提携。"

又《除夜病中赠段屯田》:"欲起强持酒,故交云雨散。"

又《乔太博见和复次韵答之》:"须臾便堪笑,万事风雨散。""风雨"意同"云雨"。

宋·黄庭坚《喝火令》:"昨夜灯前见,香题汉上襟,便愁云雨又难寻。"

宋·晁端礼《醉蓬莱》:"楚雨难成,巫云易散,依前惊破。"

宋·蔡伸《水调歌头》:"天际孤帆难驻,柳外香軿望断,云雨各东西。""东西"用柳永句。

又《青玉案》:"云雨匆匆分袂后,彩舟东去,橹声呕轧,目断长堤柳。"

又《点绛唇》:"画角声中,云雨还轻散。"

又《点绛唇》:"云雨匆匆,洞房当时曾相遇。"

又《浪淘沙》:"云散梦难圆,幽恨绵绵。"

又《朝中措》:"庭前花树谢了,行云散后,物是人非。"

宋·王之望《减字木兰花》(代人戏赠):"珠帘乍见,云雨无纵空有怨。"

宋·袁去华《相思引》:"东风吹散,云雨杳难寻。"

宋·赵长卿《行香子》(马上有感):"楚回画角,云雨匆匆。恨相逢,恨分散,恨情钟。"

又《浪淘沙》:"但恐巫山留不住,飞作行云。"

宋·赵善括《水调歌头》(奉饯冠之之行):"休问南楼风月,且念阳台云雨,几日却重来。"

宋·陈允平《早梅芳》:"明日青门道,离云别雨,脉脉无情画堂晓。"

2297. 雨散云飞尽不回

唐·白居易《五年秋病后独宿香山寺三绝句》:"饮徒歌伴今何在,雨散云飞尽不回。"独处中想到酒友歌朋,他们各自西东,如雨散云飞去而不回了。汉末王粲《赠蔡子笃诗》送一同避难荆州的蔡睦回会稽:"风流云散,一别如雨。""雨散云飞"意同"风流云散",而后者已成成语。《红楼梦》第一百六回:"众姐妹风流云散,一日少似一日。"评剧《花为媒》张五可"众姐妹风流云散"又用《红楼梦》句,就是说韵文以外的文体中也广为应用。而"雨散云飞"只用于诗词中。"一别如雨"即雨点离开乌云四散而去之意。"雨散云飞"多喻相聚之人,分散而去。

唐·温庭筠《湘东宴曲》:"万户沉沉碧树圆,云飞雨散知何处。"写宴罢曲终人散去。

又《送崔郎中赴幕》:"一别黔南似断弦,故交东去更凄然。心游目送三千里,雨散云飞二十年。"送崔郎中东去三千里,也想到自己雨散云飞二十年。此句为唐·吴融所用:《丛祠》:"丛祠一炬照秦川,雨散云飞二十年。"都含分离漂泊意。

唐·慎氏《感夫诗》:"当时心事已相关,雨散云飞一饷间。"

五代·陈陶《西川座上听金五云唱歌》:"须臾宴罢各东西,雨散云飞莫知处。"

宋·黄庭坚《两同心》:"霎时间,雨散云归,无处追寻。"

宋·晁端礼《安公子》:"正好花前携素手,却云飞雨散。"

宋·邓肃《诉衷情》(送李状元三首):"惟愁漏短,雨散云飞,骑月空还。"

宋·陆游《水龙吟》(春日游摩诃池):"惆怅年华暗换,黯销魂、雨收云散。"

宋·京镗《念奴娇》:"等闲访我,又惊云雨分散。"

2298. 翻手作云覆手雨

唐·杜甫《贫交行》:"翻手作云覆手雨,纷纷轻薄何须数?君不见管鲍贫时交,此道今人弃如土。"作者久寓京华,贫困中,旧友几乎都把他忘了。伤今思古,深念"贫贱之交不可忘"。

宋·王安石《老人行》:"翻手作云覆手雨,当面输心背面笑。"用杜甫原句,抨击人的两副面孔、人情冷暖变化。

宋·苏轼《次韵三舍人省上》:"纷纷荣瘁何能久,云雨从来翻覆手。"用杜甫句喻毁誉无常。

2299. 夜雨滴空阶

汉《古诗》:"夜雨滴空阶,滴滴空阶里;空阶滴不入,滴入愁人耳。"第一次写夜雨滴空阶,在愁人心理上的感受,雨滴石阶,吧嗒吧嗒,无休无止,愁人正长夜难眠,又伴上这单调、枯燥的声音,更增烦厌。

南朝·梁·何逊《从镇江州与故游别》(一作《临行与故游夜别》):"夜雨滴空阶,晓登暗离室。相悲各罢酒,何时同促膝。"前四句写相处日久,一朝别离,相见无由。后四句写雨夜话别。用"夜雨滴空阶"这一古诗原句,写夜雨凄凉,晓灯暗淡,人不能语,酒不能酬,相对通宵,难尽离情。这种场面和气氛,笼罩着无限的悲愁。唐人吴融《寄殿院高侍御》:"一夜自怜无羽翼,独当何逊滴阶愁。"用"何逊滴阶愁"以自比。

古诗中"夜雨滴空阶",会给人以共同感受,如此写"夜雨"前所未有。又经何逊再用抒发了感人的离情,更为后人所喜用,多用其意。

南朝·梁·萧子云《寒夜直坊忆袁三公》:"滴滴雨鸣阶,惝惝滋夜静。"变用古诗句。

宋·柳永《尾犯》:"夜雨滴空阶,孤馆梦回,情绪萧索。"用原句。

又《浪淘沙》:"那堪酒醒,又闻空阶、夜雨频滴。"

又《祭天神》:"听空阶和漏,碎声斗滴愁眉聚。"

宋·苏轼《苏州闾丘、江君二家,雨中饮酒二首》:"今宵记取醒时节,点滴空阶独自闻。"

又《次韵僧潜见赠》:"空阶夜雨自清绝,谁使掩抑啼孤惸。"

又《八月十七日复登望海楼自和前篇是日榜出余与试官两人复留两首》:"天台桂子为谁香,倦听空阶点夜凉。赖有明朝看潮在,万人空巷斗红妆。"成语"万人空巷"出于此。

又《秋怀二首》:"海风东南来,吹尽三日雨。空阶有余滴,似与幽人语。"

又《连雨江涨二首》:"先生不出晴无用,留与空阶滴夜长。"

宋·范成大《夜雨》:"老倦更阑惟熟睡,任他疏雨滴空阶。"

金·董解元《西厢记》卷七《水龙吟》:"芭蕉几叶,空阶静听疏雨。"

清·钱琦《台湾竹枝词》:"不教夜雨空阶滴,添种芭蕉三五株。"

2300. 一叶叶,一声声,空阶滴到明

唐·温庭筠《更漏子》:"梧桐树,三更雨,不道离情正苦。一叶叶,一声声,空阶滴到明。"用"夜雨滴空阶"句,并写入"梧桐":"一叶叶,一声声,空阶滴到明",雨点落在每一片叶子上,叶上雨又滴在石阶上,繁乱的叶声阶声,形成了不谐的交响,使不眠的愁人心绪更加烦乱如麻。

"一叶叶,一声声,空阶滴到明",由于写得细腻感人,也常被人们应用。

宋·欧阳修《锦香囊》:"灯花前,几转寒更,桐叶上,数声秋雨。"

宋·李清照《声声慢》:"梧桐更兼细雨,到黄昏点点滴滴。这次第,怎一个,愁字了得。"此句从温诗中脱出,也成名句。

《栩庄漫记》与《唐宋词简释》都曾举脱胎于温词的"宋人"句,这宋人就是沦落风尘的妓女聂胜琼。她在《鹧鸪天》(寄李之问)词中写:"枕前泪共阶前雨,隔个窗儿滴到明。"说她窗里泪珠同窗外的雨珠都滴到天明,这切切相思,深深触动了李之问的心。据《绿窗新话》卷下引《古今词话》载:聂胜琼送别李之问后,寄了这首词。后来,竟同李之问结成伉俪。

宋·辛弃疾《绿头鸭》(七夕):"倚高枕,梧桐听雨,如是天明。"暗用温句。

宋·黄大临《青玉案》:"水村山舍,夜阑无寐,听尽空阶雨。"

宋·杨泽民《齐天乐》(临江道中):"皓月明楼,梧桐雨叶,一片离愁难剪。"

宋·吴文英《月中行》:"疏桐翠井是惊秋,叶叶雨声愁。"

宋·万俟雅言《长相思》:"一声声,一更更,窗外芭蕉窗里灯,此时无限情。梦难成,恨难平,不道愁人不喜听,空阶滴到明。"思妇离情改成男子苦情。

宋·蒋捷《虞美人》(听雨):"而今听雨僧庐下,鬓已星星也!悲欢离合总无情,一任阶前、点滴到天明。"

元·徐再思《水仙子》(夜雨):"一声梧叶一声秋,一点芭蕉一点愁。三更归梦三更后,落尽灯花棋未收。"

清·曹贞吉《卖花声》(秋夜):"雨点疏如残夜漏,滴到三更。"

清·贺双卿《凤凰台上忆吹箫》(残灯):"听土阶寒雨,滴破残更。"

清·周茂源《鹧鸪天》(夏雨生寒):"夜雨空阶滴到明,香篝拨大熨桃笙。"

2301. 疏雨滴梧桐

唐·孟浩然《游秘省》:"微云淡河汉,疏雨滴梧桐。"《全唐诗》引王士源语云:"浩然常闲游秘省,秋月新霁,诸英联诗,次当浩然,云云。举座嗟其清绝不缀。"所以此句以"清绝"著称。稀疏的雨滴洒落在梧桐叶上,淅淅沥沥,本是凄清的,如心情不适,则倍感抑郁、悲凉。宋·卢祖皋《木兰花慢》:"漫搔首徐吟,微云河汉,疏雨梧桐。"缩用孟浩然两句。

"疏雨滴梧桐",雨稀稀疏疏,滴在梧桐枝叶上,这响声是慢节奏的,更易激人沉思,也更富诗意。

宋·邵雍《秋怀三十六首》:"疏雨滴高梧,微风揉弱柳。"

宋·晏几道《清平乐》:"卧听疏雨梧桐,雨余淡月朦胧。"

宋·苏轼《次韵朱光庭初夏》:"卧闻疏响梧桐雨,独咏微凉殿阁风。"

宋·张元干《祝英台近》:"可堪疏雨梧桐,空阶络纬,背人处、偷弹泪珠。"

又《眼儿媚》:"萧萧疏雨梧桐,人在绮窗中。"

宋·刘过《贺新郎》:"一枕新凉眠客舍,听梧桐、疏雨秋声颤。"

宋·黄升《酹江月》(夜凉):"淡月阑干,微云河汉,耿耿天催曙。此情谁会,梧桐叶上疏雨。"兼用孟浩然"微云河汉"句。

宋·萧东父《齐天乐》:"扇鸾收影惊秋晚,梧桐又供疏雨。"

宋·黄机《乳燕飞》:"斗帐屏围山六曲,怕见琐窗欲暮,倩谁伴、梧桐疏雨。"

宋·吴文英《鹧鸪天》:"云殷度雨疏桐落,明月生凉宝扇闲。"

金·董解元《西厢记》卷一《耍孩儿》:"淅零零疏雨滴梧桐,听哑哑雁归南浦。"

元明小说话本依托宋人王娇娘《一丛花》:"愁人最怕到黄昏,窗儿外、疏雨注梧桐。"

2302. 梧桐唯半生

北周·庾信《慨然成咏》："交让未全死,梧桐唯半生。""半死半生",有的两棵树,刘逵《蜀都赋》注:"交让,木名也。两树对生,一树枯,则一树生。如是岁更,终不俱枯俱生也。""交让未全死"即此意。有的是一棵树。枚乘《七发》："龙门之桐,高百尺而无枝,其树半死半生。斫以制琴,声音为天下至悲。"这就是"半死梧桐"。庾信滞北不得归,所以诗中用交让和梧桐喻自己半生半死,非生非死,有如枯树。

南朝·梁·庾肩吾《春日》："水映寄生竹,山横半死桐。"庾肩吾为庾信之父,首用"半死桐",这是作景物来描绘的。

唐代有一个"半死桐"的故事。唐·刘肃《大唐新语》卷三《公直》云:安定公主初嫁王同皎;同皎死,再嫁韦擢;韦擢死,又嫁崔铣。后夏侯铦论其事,曰:"公主初昔降婚,梧桐半死。"连理梧桐,一半死掉,一半犹生,喻安定公主人生之不幸。后除了写梧桐本身外,也常喻人之不幸,失偶失伴,也喻人到老年。

唐·李百药《途中述怀》："拔心悲岸草,半死落岩桐。"

唐·李峤《天官崔侍郎夫人吴氏挽歌》："簟怆孤生竹,琴哀半死桐。"

唐·白居易《为薛台悼亡》："半死梧桐老病身,重泉一念一伤神。"

又《和梦游春诗一百韵》："全凋蕣花折,半死梧桐秃。"

唐·鲍溶《悲湘灵》："哀响云合来,清余桐半死。"

唐·雍陶《孤桐》："疏桐余一干,风雨日萧条……已悲恨半死,复恐尾全焦。"

宋·宋祁《寄河东按察待制施正臣》："几眼带移贪事国,半生桐老苦伤春。"

宋·贺铸《鹧鸪在》(亦名思越人、半死桐):"重过阊门万事非,同来何事不同归。梧桐半死清霜后,头白鸳鸯失伴飞。"

2303. 秋色老梧桐

唐·李白《句》(《全唐诗续补遗》卷四):"人烟寒桔柚,秋色老梧桐。"梧桐老,要落叶,标志秋已到来;反之,秋天到,梧桐亦老。此句写时令。

唐·元稹《桐孙诗》并序(元和五年,予贬橡江陵。三月二十四日,宿会峰馆,山月晓时,见桐花满地……及今六年,诏许西归,去时桐树上孙枝已拱矣。一商山道中):"去日桐花半桐叶,别来桐树老桐孙。"桐树孙枝已老,言六年时隔之长。

唐·孟郊《列女操》："梧桐相待老,鸳鸯会双死。"相传梧为雄树,桐为雌树,雌雄相待而老。不相待则为"半死"。

唐·邵谒《汉宫井》："辘轳声绝离宫静,班姬几度照金井。梧桐老去残花开,犹似当时美人影。"喻昔日汉宫美人。

唐·刘氏妇《明月堂》："明月堂前人不到,庭梧一夜老秋风。"一夜秋风,梧桐老去。写凄凉。

2304. 一叶梧桐落半庭

唐·薛能《秋题》："独坐东南见晓星,白云微透沵寥清。磷磷梵石堪僧坐,一叶梧桐落半庭。"梧桐一叶又一叶地落下,已经是半庭落叶了。梧桐落下一叶,标志着时光已是深秋了。

唐·白居易《新秋病起》："一叶落梧桐,年光半又空。"首写梧桐落叶,叹年光过半。

唐·殷尧藩《登凤凰台二首》："梧桐叶落秋风老,人去台空凤不来。"烘托凄清冷落的环境。

唐·刘氏妇《明月堂》："明月堂前人不到,庭梧一叶老秋风。"

宋·吴潜《桂枝香》："梧桐一叶西风里,对斜阳、好个团簇。"

2305. 只有一枝梧叶,不知多少秋声

宋·张炎《清平乐》："暗教愁损兰成,可怜夜夜关情。只有一枝梧叶,不知多少秋声。"这是一首名词的下阕。结二句发人深省,不知会唤起人多少联想。"一枝梧叶"簌簌飘落,这声音便是"秋声"。至此,我们该读读欧阳修的《秋声赋》了,那"声在树间"的"秋声"有多少呢?"初淅沥以萧飒,忽奔腾而砰湃。如波涛夜惊,风雨骤至。其触于物也,鏦鏦铮铮,金铁皆鸣;又如赴敌之兵,衔枚疾走,不闻号令,但闻人马之行声。""不知多少秋声",不仅可以在这里找到答案,而又似乎从这里概括而来。至于此二句之工,清代以后不乏评说。清·许昂霄《词综偶评》卷二评:"只有"二句"淡语能腴,常语有致,唯玉田为能。"清·陈廷焯《白雨斋词话》卷二评:"玉田工于造句,每令人拍案叫绝。

如……《清平乐》云:'只有一枝梧叶,不知多少秋声。'……皆精警无匹。"清代俞陛云《唐五代两宋词选释》评:"'梧叶'十二字如絮浮水,如露滴荷,虽沾而非著,词中胜境,妙手偶得之。欧阳公赋秋声,从广大处着笔,此从精微处著想,皆极文词之能事。"这些评价尽皆中肯。

宋·邓剡《浪淘沙》:"疏雨洗天晴,枕簟凉生,井梧一叶做秋声。"缩用"只有一枝梧叶,不知多少秋声"二句为一句"一叶做秋声"。一叶簌簌落地,正是秋天才有的声音。

2306. 风吹一片叶,万物已惊秋

唐·杜牧《早秋客舍》:"风吹一片叶,万物已惊秋。"一叶飘然落地,万物都面临了秋天的来临。"惊"字拟人,表示怕秋天到来,因为秋风肃杀,将使万物萧条。"一叶惊秋"即出于此。

宋·柳永《竹马子》:"渐觉一叶惊秋,残蝉噪晚,素商时序。""素商"即秋季。

宋·贺铸《浪淘沙》:"一叶忽惊秋,分付东流。"

宋·王迈《沁园春》:"江皋一叶惊秋,雁过也、严明白鹭洲。"

宋·赵长卿《品令》(秋日感怀):"那堪更、一叶知秋后,天色儿,渐冷落。"

宋·赵师侠《鹧鸪天》(七夕):"一叶惊秋风露清,砌蛩初听傍窗声。"

不用"惊秋",而用"一叶秋风"的。

宋·吴潜《秋夜雨》:"归计犹未托,又一叶、西风吹落。"

宋·姚勉《沁园春》:"一叶新凉,又是西风,吹转素商。"

宋·李彭老《摸鱼子》:"红尘如海丘园梦,一叶又秋风起。"

2307. 金井梧桐秋叶黄

唐·王昌龄《长信秋词五首》其一:"金井梧桐秋叶黄,珠帘不卷夜来霜。熏笼玉枕无颜色,卧听南宫清漏长。"此诗也是有名的,它细致地描绘了"长信"凄冷之秋,通过汉代宫妃班婕妤失宠独居长信宫的寒凉景况,表现唐代宫廷女子的寂苦生活和幽怨心理。"金井",宫廷中井栏带装饰的井。"梧桐"栽植在井旁挡风遮雨的树,也兼井的标识。"金井梧桐秋叶黄",首句就铺垫宫廷深秋环境,渲染孤寂凄冷的氛围。

魏明帝曹叡《猛虎行》:"双桐生空井,枝叶自相加。通泉浸其根,玄雨润其柯。绿叶何荔荔,青条视曲阿。上有双栖鸟,交颈鸣相和。何意行路者,秉丸弹其寞。"这里首写"井梧"句。

南朝·梁·简文帝萧纲《双桐生空井》(注:魏明帝《猛虎行》曰"双桐生枯井"。):"季月双桐井,新枝杂旧株。晚叶藏栖凤,朝花拂曙鸟。还看西(一作"稚")阳照,银床系辘轳。"此诗从魏明帝首句取题,又从《猛虎行》中生发新义而成。其中"银床系辘轳"多为后来者并入井桐句子,"银床"(井栏)即"金井"(见梁·费昶的《行路难》)。

又《艳歌篇十八韵》:"雾暗窗前柳,寒疏井上桐。""疏桐",落了叶的梧桐,此语从此句出。

南朝·陈·江总《姬人怨》:"庭中芳桂憔悴叶,井上疏桐零落枝。"用简文帝"疏桐"语。

诗词中有三个"梧桐"名句:王昌龄的"金井梧桐秋叶黄"是其一,另有白居易的"秋雨梧桐叶落时"和温庭筠的"梧桐叶,三更雨,不道离情正苦"。"井梧"句除了一般句式外,又有井梧与"银瓶素梗"合写句及"碧梧金井"句,多写清秋之景。

"井梧"的一般句式如:

唐·李白《赠别舍人弟台卿之江南》:"梧桐落金井,一叶飞银床。"

又《扶风豪士歌》:"梧桐杨柳拂金井,来醉扶风豪士家。"

唐·岑参《送魏升卿擢第归东都》:"井上桐叶雨,潇亭卷秋风。"

唐·李贺《十二月乐辞》(九月):"鸡人罢唱晓珑璁,鸦啼金井下疏桐。"

唐·滕潜《凤归云》:"金井栏边见羽仪,梧桐树上宿寒枝。"

唐·白居易《晚秋夜》:"花开残菊傍疏篱,叶下衰桐落寒井。"

唐·张祜《墙头花二首》:"蟋蟀鸣洞房,梧桐落金井。"

唐·许浑《游江令旧宅》:"芹根生叶石池浅,桐树落花金井香。"

唐·邵谒《汉宫井》:"班姬几度照金井,梧桐老去残花开。"

唐·罗隐《莺声》:"井上梧桐暗,花间雾露晞。"

唐·唐彦谦《怀友》:"金井凉生梧叶秋,闲看

新月上帘钩。"

唐·韩偓《寄远》:"眉如半月云如鬟,梧桐叶落敲井栏。"

唐·张窈窕《春思二首》:"井上梧桐是妾移,夜来花发最高枝。"

唐·韦庄《更漏子》:"楼鼓寒,楼阁暝,月照古桐金井。"

五代·毛文锡《赞成功》:"昨夜微雨,飘洒庭中,忽闻声低井边桐。"

五代·孙光宪《生查子》:"金井堕高梧,玉殿笼斜月。"

五代·冯延巳《醉花间》:"桐树倚雕檐,金井临瑶砌。"

宋·欧阳修《宿云梦馆》:"井桐叶落池荷尽,一夜西窗雨不闻。"

宋·周邦彦《夜游宫》:"古屋寒窗底,听几片、井桐飞坠。"

宋·蔡伸《点绛唇》:"井梧飘坠,历历蛩声细。"

又《行香子》:"更井边桐,一叶叶做秋声。"

宋·曾觌《沁园春》(初冬夜坐闻淮上捷音次韵):"正井梧飘砌,边鸿度月;故人何处,水远山长。"

宋·刘之翰《水调歌头》(献田都统):"凉露洗金井,一叶下梧桐。"

宋·向滈《西江月》:"门柳疏疏映日,井桐策策翻秋。"

宋·赵长卿《瑞鹤仙》(残秋有感):"无情赏处,金井梧、东篱菊。"

宋·卢祖皋《太常引》:"梦回金井卸梧桐,嘶马带疏钟。"

宋·黄中《瑞鹤仙》:"试驻行、桐花旧井。"

宋·吴文英《绕佛阁》:"梧韵露井,偏借秋早,晴暗多少。"

又《浣溪沙》:"江燕话归成晓别,水花红减似春休,西风梧井叶先愁。"

又《惜秋华》(七夕):"何处动凉风,听露井梧桐,楚骚成韵。"

又《尾犯》:"绀海掣微云,金井暮凉,梧韵风急。"

又《卜算子》:"井上梧桐应未知,一叶云鬟袅。"

又《采桑子慢》:"桐敲露井,残照西窗人起。"

宋·杨泽民《法曲献仙音》:"汀蓼收红,井梧凋绿,呖呖征鸿南度。"

宋·周密《南楼令》:"弄秋声、金井孤桐。"

又《齐天乐》:"怕一夕西风,井梧吹碧。"

宋·仇远《尾犯》(雪中):"病叶分秋,剪愁桐金井。"

宋·熊禾《满庭芳》:"斗转旋霄,梧飘金井,洞天秋气方新。"

宋·王易简《酹江月》:"暗帘吹雨,怪西风梧井,凄凉何早。"

宋·陈德武《望海潮》:"回首暮云迷,又桐飞金井,燕落乌衣。"

又《玉蝴蝶》(七夕):"金井梧桐飞报,秋期近也,乌鹊成桥。"

2308. 金瓶素绠汲寒浆

《晋书·乐志》引《汉乐府·淮南王篇》:"淮南王,自言尊,百尺高楼与天连,后园凿井银作床,金瓶素绠汲寒浆。"说淮南王的家井银床、金瓶、素绠,十分豪华。"金瓶",金属汲水器,又称银瓶、铜瓶。后人用"银瓶"为多,主要表三种意义:汲水、人去、情断。

写种种汲水情况的:

南朝·梁·庾丹《夜梦还家诗》:"铜瓶素丝绠,倚井白银床。"

唐·杜甫《桥陵诗三十韵因呈县内诸官》:"空梁簇画戟,阴井敲铜瓶。"

又《冬日洛城北谒玄元皇帝庙》:"风筝吹玉柱,露井冻银床。"

又《铜瓶》:"乱后碧井废,时清瑶殿深。铜瓶未失水,百丈有哀音。"对故宫废井中的银瓶产生兴废感伤。

唐·刘复《夏日》:"银瓶绠转桐花井,沉水烟销金博山。"

唐·王涯《宫词三十首》:"银瓶泻水欲朝妆,烛焰红高粉壁光。"

唐·武元衡《行路难》:"几度美人来照影,濯纤笑引银瓶绠。"

唐·贯休《行路难》:"君不见道旁废井生古木,本是骄奢贵人屋。几度美人照影来,素绠银瓶濯纤玉。"变用武元衡二句。

唐·张籍《楚妃怨》:"梧桐叶下黄金井,横架辘轳牵素绠。美人初起天未明,手拂银瓶秋水冷。"

唐·孙欣《奉试冷井诗》:"铜瓶向影落,玉甃抱虚圆。"

唐·郑嵎《津阳门诗》:"石鱼岩底百寻井,银床下卷红绠迟。"

唐·吕从庆《赠野僧》:"锡杖倚云看远岫,铜瓶汲月煮新汤。"

五代·李中《经废宅》:"玉纤素绠知何处?金井梧枯碧甃寒。""甃"(zhòu),井壁。

宋·欧阳修《鹢鹩词·效王建作》:"一声两声一渐起,金井辘轳闻汲水。"

宋·王安石《晨兴望南山》:"铜瓶取井水,已至尚余温。"

宋·苏轼《夫人阁四首》:"欲晓铜瓶下井栏,铿鍠金殿发清寒。"

又《藏春坞》:"朱阁前头露井多,碧桃花下美人过。寒泉未必能胜此,奈有银瓶素绠何?"

又《用前韵答西掖诸公见和》:"双猊蟠础龙缠栋,金井辘轳吹晓瓮。"

宋·李祁《青玉案》:"碧井银瓶鸣玉甃。翔鸾妆样,粲花衫绣,分付春风手。"

宋·周邦彦《蝶恋花》(早行):"月皎惊鸟栖不定,更漏将残,栎辘牵金井。"

宋·毛滂《满庭芳》(夏曲):"栏干外,梧桐叶底,金井辘轳声。"

宋·陆游《月上海棠》:"西窗晓,几声银瓶玉井。"

宋·吴文英《喜迁莺》:"旋自洗幽兰,银瓶钓金井。"

又《解连环》:"银瓶沉断索,叹梧桐未秋,露井先觉。"

又《风入松》:"辘轳听带秋声转,早凉生、傍井梧桐。"

2309. 碧梧金井寒

五代·冯延巳《抛球乐》:"暮云合飘尽,碧梧金井寒。""碧梧金井"或"金井碧梧",作为一种定格为后人应用。

宋·毛滂《清平乐》(千叶芝):"金井碧梧雏凤娇,南极人来最少。"

宋·曹组《如梦令》:"睡起不胜情,行到碧梧金井。人静,人静,风动一枝花影。"

宋·蔡伸《南歌子》:"露井碧梧寒叶、颤秋

声。"

宋·曾觌《水龙吟》:"鸳瓦寒生,画檐光射,碧梧金井。"

宋·陈允平《侧犯》:"何日西风,碧梧金井。"

又《丁香结》:"尘拥妆台,翠闲歌扇,金井碧梧风陨。"

2310. 玉栏金井牵辘轳

南朝·梁·费昶《行路难》:"唯闻哑哑城上乌,玉栏金井牵辘轳。"写贫女"一朝奉至尊",还不如为"薄命女"。此二句写贫女在宫中只能听到城上乌鸦声,只能看到井上挂辘轳,寂寞无聊。"玉栏金井"玉石栏干上又加装饰的宫井。"金井"出于此。张籍的《楚妃怨》似乎从此诗中找到了切入点。(见前)

元·何可视《蝶恋花》:"金井啼鸦深院晓,扬尽东风,柳絮吹难了。""金井啼鸦"从费昶诗中取意,写暮春早上御院里有吹不尽的柳絮。

2311. 瓶沉簪折知奈何

唐·白居易《井底引银瓶》:"井底引银瓶,银瓶欲上丝绳绝;石上磨玉簪,玉簪欲成中央折。瓶沉簪折知奈何?似妾今朝与君别。"私奔受挫,被迫离异。原注:"刺淫奔也。"后喻夫妻离散。

唐·元稹《梦井》:"梦上高高原,原上有深井。""徘徊绕井顾,自照泉中影。浮沉落金井,井上无悬绠。""今宵泉下人,化作瓶相警。"悼亡,悼韦丛,"泉下人"在梦中化瓶以警。此诗晚于白诗一年,"瓶沉"取凶险意。

"银瓶落井""瓶",汲水瓶,瓶落井中,古人以为不祥之兆。《周易·井(封)》:"井羸其瓶,凶。"《淮南子·说林训》:"毋曰不幸,甄终不堕井。"汉·扬雄《酒赋》:"子犹瓶矣,观瓶之居,居井之眉。处高临深,动常近危。"后也喻友人别离,亲人别离。

白居易之前写"瓶落井"多表怀友。

南朝·齐·释宝月《估客乐》:"莫作瓶落井,一去无消息。"齐武帝布衣时,尝游樊邓。登祚以后,追忆往事,作《估客乐》,使宝月奏之管弦。宝月又作呈此诗。写离人之愿望,以"银瓶落井"为喻,说不要一去无消息。

唐·李峤《倡妇行》:"消息如瓶井,沉浮如路尘。"怀戍边夫。

唐·李白《寄远》:"忆昨东园桃李红碧枝,与君此时初别离。金瓶落井无消息,令人行叹复坐思。"怀友。

唐·刘商《胡笳十八拍》(第十二拍):"破瓶落井空永沉,故乡望断无归心。"

唐·刘复《长相思》:"何言一去瓶落井,流尘歇灭金炉前。"

唐·崔备《清溪路中寄诸公》:"别来无信息,可谓井瓶沉。"怀友。

唐·王昌龄《行路难》:"双丝作绠系银瓶,百尺寒泉辘轳上。悬丝一绝不可望,似妾倾心在君掌。"夫妻别离。

宋以后多用白居易"瓶沉簪折"。

宋·柳永《离别难》:"算神仙五色灵丹无验,中路委瓶簪。"

《宣和遗事》前集载:贾奕得知李师师为道君皇帝所宠幸,乃道:"咱两个瓶坠簪折,恩断义绝。"

唐·曹邺《自退》:"寒女面如花,空寂常对影。况我不嫁客,甘为瓶堕井。"

宋·晁端礼《雨中花》:"假使钗分金股,休论井引银瓶。但知记取,此心常在,好事须成。"

又《千秋岁》:"纵非瓶断绠,也是钗分股。再见了,知他似得如今否?"

宋·毛滂《于飞乐》(代人作别后曲):"听辘轳,声断也,井底银瓶。不如罗带,等闲便,结得同心。"

宋·谢逸《醉落魄》:"年时画阁佳宾集,玉人檀板当筵执。银瓶已断丝绳汲,莫话前欢,忍对屏山泣。"

宋·潘汾《贺新郎》:"月满西楼凭阑久,依旧归期未定。便只恐、瓶沉金井。"

宋·陈恕可《水龙吟》:"玉镜台空,银瓶绠绝,断魂何许。"

宋·蒋捷《贺新郎》(题后院画像):"金钗短股瓶沉井,问苏城、香销卷子,情谁题咏。"

金·董解元《西厢记》卷一《柘枝令》:"也不是郑子遇妖狐,也不是井底引银瓶。"

元·商衢《玉抱肚》:"正值暮春时节,云归楚岫,鸾孤凤只,钗分鑑破,瓶坠簪折。"

元·关汉卿《古调石榴花·怨别·催鲍老》:"当初指望无抛弃,谁想银瓶坠。"

元·白贲《醉花阴》:"楚岫云迷,蓝桥月缺;银瓶沉坠,琼簪碎折。"

元·薛昂夫《端正好·闺怨·滚绣球》:"吉丁的掂折玉簪,扑冬的井坠银瓶,分开鸾镜。"

元·王实甫《西厢记》第四本第四折《折桂令》:"虽然是一时间花残月缺,休猜作瓶坠簪折。"

明·陈铎《新水令·春怨》:"望蓝桥远似三山,烟水迷茫,道路艰难,瓶坠簪折,风酸月苦,雨涩云悭。"

"银瓶素绠"还表其它意义:

唐·元稹《梦井》:"沉浮落井瓶,井上无悬绠。念此瓶欲沉,荒忙为求请。"梦幻沉浮。

唐·白居易《琵琶行》:"银瓶乍破水浆迸,铁骑突出刀枪鸣。"琵琶曲声。

唐·陆龟蒙《野井》:"寒泉未必能如此,奈有银瓶素绠何。"赞野井。

宋·张先《少年游》(井桃):"银瓶素绠,玉泉金甃,真色浸朝红。"写井边桃红。

宋·杨亿《陆羽井》:"陆羽不到此,标名慕昔贤。金瓶垂素绠,石甃湛寒泉。"著《茶经》的陆羽,他的茶常与井连说,"陆羽井"慕名而成。

宋·吴文英《澡兰香》(淮安重午):"银瓶露井,彩笔云窗,往事少年依约。为当时、曾写榴裙,伤心红销褪萼。"忆旧。

2312. 秋雨梧桐叶落时

唐·白居易《长恨歌》:"春风桃李花开日,秋雨梧桐叶落时。西宫南内多秋草,落叶满阶红不扫。"唐玄宗从成都归来,杨贵妃早已在马嵬驿被迫缢杀,已不见其容。从春到秋,思念日切,宫苑荒芜,一片凄凉。虽"春风桃李花开日",亦如"秋雨梧桐叶落时"。梧桐在寒凉的秋雨中,纷纷落叶,而宫内物在人亡,更令人凄恻悲凉。宋·杨泽民《瑞龙吟》:"底事匆匆去,为他系绊,离情万绪,空有愁如缕。忆桃李春风,梧桐秋雨。又还过却,落花飘絮。"用此二句写与女子离别的心绪。

"秋雨梧桐"句,强调一个"秋"字。

白居易《宿桐庐舘同崔存度醉后作》还有"秋雨梧桐"句:"夜深醒后愁还在,雨滴梧桐山舍秋。"

唐·刘媛《长门怨》:"雨滴梧桐秋夜长,愁心如雨到昭阳。泪痕不学君恩断,拭却千行更万行。"

宋·赵湘《秋夕旅舍言事》:"一点孤灯万里身,离肠曾搅九回频。梧桐自管秋来雨,蟋蟀谁妨夜后人。"

宋·沈端节《江城子》:"秋声昨夜入梧桐,雨濛濛,洒窗风。短杵疏砧,将恨到帘栊。"

宋·汪晫《贺新郎》(环谷秋夜独酌):"蓼花芦叶纷江渚,有沙边,寒蛩吟透、梧桐秋雨。"

宋·曾揆《谒金门》:"遥望西楼咫尺,争信今宵思忆。伴我枕头双泪湿,梧桐秋雨滴。"

宋·葛长庚《水调歌头》:"塞外宾鸿来也,十里碧莲香满,泽国蓼花红。万象正萧爽,秋雨滴梧桐。"

宋·姚勉《贺新郎》(忆别):"人袖手,栏干凝伫。邻笛唤将乡思动,听秋声、又入梧桐雨。秋到也,尚羁旅。"

宋·严参《疏帘淡月》(寓桂枝香秋思):"梧桐雨细,渐滴作秋声,被风惊碎。"

宋·张炎《南楼令》:"风雨怯殊乡,梧桐又小窗,甚秋声、今夜偏长。"

明·高启《明皇秉烛夜游图》:"孤灯不照返魂人,梧桐夜雨秋萧瑟。"

2313.雨声长夜在梧桐

宋·赵湘《秋日宿楚江西寺》:"沧浪生计任西东,人向潇园寄断萍。灯影半轩无梦寐,雨声长夜在梧桐。"写旅途寂寥。长夜的梧桐雨,更令无寐之人难耐。写"梧桐雨"的还如:

唐·白居易《别元九后咏所怀》:"零落桐叶雨,萧条槿花风。"

唐·姚合《杭州官舍即事》:"苔藓疏尘色,梧桐出雨声。"

唐·皇甫曾《奉寄中书王舍人》:"风传刻漏星河曙,月上梧桐雨露清。"

宋·释智圆《旅中即事寄友生》:"高梧深夜雨,远客故乡心。"

宋·晏殊《撼庭秋》:"别来音信千里,恨此情难寄。碧纱秋月,梧桐夜雨,几回无寐。"

宋·叶梦得《虞美人》(极月亭望西山):"翻翻翠叶梧桐老,雨后凉生早。"

又《千秋岁》(小雨过旦,东斋独宿不能寐,有怀松江旧游):"雨声萧瑟,初到梧桐响。"

宋·汪藻《小重山》:"夜来秋气入银屏,梧桐雨,还恨不同听。"

宋·蔡伸《长相思》:"风撼梧桐雨洒窗,今宵好夜长。"

宋·舒亶《菩萨蛮》:"小雨落梧桐,帘栊残烛红。"

宋·晁补之《黄莺儿》:"听乱飐芰荷风,细洒梧桐雨。"

宋·杨泽民《齐天乐》(临江道中):"皓月明楼,梧桐雨叶。一片离愁难剪。"

宋·葛长庚《贺新郎》(送赵师之江州):"阁皂山前梧桐雨,起风樯,露舶无穷意。"

宋·宋自逊《贺新郎》(题雪堂):"雪藕调冰花重荠,正梧桐、雨过新凉透。"

宋·李曾伯《醉蓬莱》:"生怕朝来,梧桐过雨,把花神催折。"

宋·姚勉《贺新郎》(忆别):"邻笛换将乡思动,听秋声、又入梧桐雨。秋到也,尚羁旅。"

宋·仇远《蝶恋花》:"深院萧萧梧桐雨,知道秋来,不见秋来处。"

宋·蒋捷《满江红》:"浪远微,听葭叶响,雨残细数梧梢滴。"

元·卢挚《蟾宫曲》(杨妃):"梧桐雨凋零了海棠,荔枝空埋没了香囊。"

清·许谨身《清平乐》(秋思):"悔种碧梧桐一树,帘外只闻残雨。"

今人·阚家蓂《永生姊之羊城终未能一晤》:"落叶梧桐思旧雨,含霜斑竹独沉忧。"

2314.梧桐树,三更雨

唐·温庭筠《更漏子》:"梧桐树,三更雨,不道离情正苦。"(一作五代·冯延巳词)三更时分,淅淅沥沥地下起了雨,雨落在梧桐叶上,又从叶滴落到空阶上,一直滴到天明,却不管窗中人的离情正苦。雨写得细腻,情写得深切。雨落梧,又滴落阶,一夜未停;人未眠,离情正苦,雨添烦绪。景语多于情语,而景语亦处处含情。

前人评家对此词评论很不一致,颇有佳与不佳之争。称佳者,宋·胡仔《苕溪渔隐丛话》后集卷十七说:"庭筠工于造语,极为绮靡,《花间集》可见矣。《更漏子》(玉香炉)一词尤佳。"把全词推为最佳。清·谭献《谭评词辨》说:"'梧桐树'以下,似直下语,正从'夜长'逗出,亦书家'无垂不缩'之法。"以为下阕不凡。近代李冰若《花间集评注》引《栩庄漫记》云:"飞卿此词,自是集中之冠。寻常情景,写来凄惨动人,全由秋思离情为其骨干。宋人'枕前泪共阶前语,隔个窗儿滴到明',本此而转成淡薄。温词如此凄丽有情趣,不当设色所累者,寥寥可数也。温韦并称，赖有此耳。"引对后人的影响，是事实，"赖有"之说则未免过分。现代·俞平伯《唐宋词选释》上卷评："后半首写得很直，而一夜无眠却终未说破，依然含蓄。"现代·唐圭璋《唐宋词简释》说："此首写离情，浓淡相间，上片浓丽，下片疏淡。通篇直昼至夜，自夜至晓，其境弥幽，其情弥苦。……宋人句云：'枕前泪共阶前雨，隔个窗儿滴到明'，从此脱胎，然无上文浓丽相配，故不如此词之深厚。"持异议不以为佳者，明·杨慎《评点草堂诗余》卷一说："飞卿此词亦佳，总不若张子野'深院锁黄昏，阵阵芭蕉雨'更妙。"清·谢章铤《赌棋山庄词话》卷八云："胡元任谓庭筠工于造语，极为奇丽，然如《菩萨蛮》（应是《更漏子》）云：'梧桐树，三更雨，不道离情正苦。一叶叶，一声声，空阶滴到明。'语弥淡，情弥苦，非奇丽为佳者矣。"他只不同意胡仔"奇丽"之论评。清·陈廷焯《白雨斋词话》卷一说："飞卿《更漏子》三章，自是绝唱，而后人独赏其末章'梧桐树'数语，胡元任云庭筠工于造语，极为奇丽，此词尤佳，即指'梧桐树'数语也。不知'梧桐树'数语，用笔较快，而意味无上二章之厚。胡氏不知词，故以奇丽目飞卿，且以此词为飞卿之冠，浅视飞卿者也。"他也以为"奇丽"之评不确，但说胡仔"不知词"，也嫌过偏。加拿大·叶嘉莹《迦陵论词丛稿》35页："盖飞卿之为词，似原不以主观热烈真率之抒情见长，此自其词作中，不难盖见者也。惟是飞卿词极善以其纯美之意象能发人之想象及感情，故读者亦颇可自其词中得较深之会意。至若其直抒怀感之词，则常不免于言浅而意尽矣。此词'梧桐树'数语。实非飞卿词佳处所在。"这里不想对上述评论说是谈非，由于多涉及下阕（"梧桐树"以下），我可以说："梧桐树，三更雨"和"空阶滴到明"二句，在温词中是很受人喜爱的。"梧桐树，三更雨"后人并作"梧桐树上三更雨"一句，也产生一些变式，还有缩用其句的。

唐·韦庄《定西番》："无语闲愁上翠眉，闷杀梧桐残雨，滴相思。"

五代·孙光宪《生查子》："暗淡小庭中，滴滴梧桐雨。"

宋·赵长卿《浣溪沙》（早秋）："雨滴梧桐点点愁，冷催秋色上帘钩，蛩声何事早知秋。"

以上多用"滴"字，用"三更雨"句则多见。

唐·李昌符《秋夜作》："芙蓉叶上三更雨，蟋蟀声中一点灯。"李稍晚于温，"芙蓉叶上三更雨"则是"梧桐树，三更语"的近似句。

唐·张乔《江行夜雨》："万里波连蜀，三更雨到船。"

唐·韩偓《懒起》："昨夜三更雨，今朝一阵寒。"

宋·欧阳修《洛阳春》："锦屏罗暮护春寒，昨夜三更雨。"用韩偓句。

唐·韦縠《游朱坡故少保杜公林亭》："梧桐叶暗萧萧雨，菱荇花香淡淡风。"

宋·晏殊《踏莎行》："高楼目尽欲黄昏，梧桐叶上萧萧雨。"用韦縠句。

宋·苏轼《鹧鸪天》："殷勤昨夜三更雨，又得浮生一日凉。"

又《木兰花令》（宿造口闻夜雨寄子由、才叔）："梧桐叶上三更雨，惊破梦魂无觅处。夜凉簟枕已知秋，更听寒蛩促机杼。"

宋·赵令畤《鹧鸪天》："门前一尺春风髻，窗内三更夜雨衾。"

宋·周紫芝《鹧鸪天》："梧桐叶上三更雨，叶叶声声是别离。"

宋·李清照《添字丑奴儿》："伤心枕上三更雨，点滴霖霪。"

宋·邓肃《生查子》："酒醒却无人，帘外三更雨。"

宋·赵长卿《一剪梅》（秋雨感悲）："梧桐叶上三更雨，别是人间一段愁。"

宋·辛弃疾《临江仙》："夜语南堂新瓦响，三更急雨珊珊。"

宋·程垓《满庭芳》（时在临安晚秋登临）："归情远，三更雨梦，依旧绕庭梧。"

宋·吴潜《沁园春》："夜雨三更，有人倚枕，晓报晴。"

宋·吴文英《思佳客》："青春半面妆如画，细雨三更花又飞。"

宋·徐俨夫《西江月》："花底三更过雨，酒阑一枕惊雷。"

宋·伍梅城《摸鱼儿》（送陈太史东归）："梧桐叶上黄昏雨，恨杀无情流水。"

元·徐再思《水仙子》（夜雨）："一声梧叶一声秋，一点芭蕉一点愁，三更归梦三更后。"归梦难圆，夜雨增愁。

2315. 芭蕉叶上三更雨

宋·吕本中《听雨》："日数归期似有期,故园无语说相思。芭蕉叶上三更雨,正是愁人睡觉时。""睡觉"即梦醒,思念故园,日数归期,以至梦醒难以再眠,唯听长夜不停的芭蕉雨,归思更切了。此句显然来自"梧桐叶上三更雨"(苏轼)。宋·刘辰翁《菩萨蛮》词用吕本中句:"芭蕉叶上三更雨,人生只合随他去。便不到天涯,天涯也是家。"题为"秋兴""芭蕉"句,有感秋光到来。

吕本中《夜雨》诗写:"梦短添惆怅,更深转寂寥。如何今夜雨,只是滴芭蕉。"孤寂之夜,万籁无声,耳中雨打芭蕉最响,更反衬寂寥。"如何"二句用唐人韩愈《宿龙宫滩》句:"梦觉灯生晕,宵残雨送凉。如何连晓语,只是说家乡。"宋·杨万里《诚斋诗话》说:"退云'如何连晓语,只是说家乡?'吕居仁云:'如何今夜雨,只是滴芭蕉?'此皆用古人句律,而不用其句意。以故为新,夺胎换骨。"

"芭蕉雨"同"梧桐雨"一样,尤其在夜间,万籁俱寂,响声更显。对于难眠的愁人,更会由烦乱之声而增愁,而芭蕉叶大,雨声也更响。唐·白居易《夜雨》:"隔窗知夜雨,芭蕉先有声。"宋初刘鳌《赠李营丘》:"就因一夜芭蕉雨,疑是岩前瀑布声。"都说明芭蕉雨更烈。下面是种种芭蕉雨句:

唐·杜牧《芭蕉》:"芭蕉为雨移,故向窗前种。怜渠点滴声,留得归乡梦。梦远莫归乡,觉来一翻动。"诗人为作归乡梦,移芭蕉于窗前,希望借单调的芭蕉雨声,入梦归乡,表现了他思归的急切的也是独具的心态。

南唐后主李煜《长相思》:"风声多,雨声和,窗外芭蕉三两窠,夜长人奈何。"(《金唐诗》与《南唐二主词校订》均收入此词。《全宋词》误收入宋人孙愦词。)

宋·欧阳修《生查子》:"深院锁黄昏,阵阵芭蕉雨。"

宋·王安石《信州回车馆中作二首》:"雨窗一榻芭蕉雨,复似当时水绕床。"

宋·李之仪《南乡子》(夏日作):"点滴芭蕉疏雨过,微凉。画角悠悠送夕阳。""疏雨",雨点稀疏。

宋·舒亶《菩萨蛮》:"绮窗灯自语,一夜芭蕉雨。"

宋·贺铸《菩萨蛮》:"芭蕉衬雨秋声动,罗窗恼破鸳鸯梦。"

宋·毛滂《雨中花》(武康秋雨池上):"数点秋声侵短梦,檐下芭蕉雨。"

宋·洪适《虞美人》:"芭蕉滴滴窗前雨,望断江南路。"

宋·陆游姜某氏《生查子》:"只知眉上愁,不识愁来路。窗外有芭蕉,阵阵黄昏雨。"变用欧阳修《生查子》"深院锁黄昏,阵阵芭蕉雨"二句。

宋·程垓《天仙子》:"人已静,灯垂烬,点滴芭蕉和雨听。""点滴芭蕉"用李之仪《南乡子》"点滴芭蕉疏雨过"句。

又《菩萨蛮》:"平生风雨夜,怕近芭蕉下。今夕定愁多,萧萧声奈何。"

宋·石孝友《踏莎行》:"芰荷香里散秋风,芭蕉叶上鸣秋雨。"换字用"芭蕉叶上三更雨"。

宋·刘光祖《昭君怨》(别恨):"人在醉乡居住,记得旧曾来去。疏雨滴芭蕉,梦魂遥。"

宋·方千里《塞翁吟》:"苦寂寞,离情万绪,似秋后、怯雨芭蕉,不展愁封。"

宋·黄机《鹧鸪天》:"谢池窗外芭蕉雨,叶叶声声伴别离。"兼用温庭筠《更漏子》句。(见前条。)

宋·葛长庚《菊花新》:"雪牗风轩度岁,时听芭蕉、雨声凄恻。"

宋·杨泽民《法曲献仙音》:"露暗滴,芭蕉重,萧萧本非雨。"

宋·陈允平《法曲献仙音》:"渐睡醒,明河暗,芭蕉几声雨。"

宋·王沂孙《扫花游》(秋声):"想边鸿孤唳,砌蛩私语,数点相和,更著芭蕉细雨。""细雨",雨滴细小。

元·倪瓒《江城子》(感旧):"窗前翠影湿芭蕉,雨潇潇,思无聊。"

元·张可久《清江引》(秋怀):"雁啼红叶天,人醉黄花地,芭蕉雨声秋梦里。"

明·汤显祖《牡丹亭》第二十六出《玩真》:"芭蕉叶上雨难留,芍药梢头风欲收。"

清·项鸿祚《水龙吟》(秋声):"西风已是难听,如何又著芭蕉雨!"

2316. 更闻寒雨滴芭蕉

唐·徐凝《宿冽上人房》:"浮生不定若蓬飘,林下真僧偶见招。觉后始知身是梦,更闻寒雨滴芭蕉蕉!"诗人应沩上人之邀,留宿僧房,听真僧一席话,顿觉浮生如梦,闻雨滴芭蕉,更增添烦乱又空灵之感。

唐·朱长文《宿僧房见诗式》:"夜静忽疑身是梦,更闻寒雨滴芭蕉。"朱长文是大历间诗人,徐凝是元和中侍郎,朱应长于徐。但此诗是徐凝留于僧房,后为朱长文所见,朱诗仅此二句,首句换词。"宿僧房见诗式"这"诗式"就是徐凝诗。

2317. 一夜不眠孤客耳,主人门外有芭蕉

唐·蒋钧《句》:"芭蕉叶上无愁雨,自是多情听断肠。"上句反用"芭蕉叶上三更雨"之"愁"意,说雨不愁人人自愁。《全唐诗》此句下有注云:"戎昱诗有'一夜不眠孤客耳,主人门外有芭蕉'代为之答。"就是说,蒋钧这两句诗是专门回答戎昱所说"芭蕉雨"总在耳中,致使孤客难眠的。遍查戎昱卷未见此诗。

宋·晁补之《浣溪沙》用了此诗:"一夜不眠孤客耳,耳边愁听雨萧萧,碧纱窗外有芭蕉。"

2318. 淅零零细雨打芭蕉

元·关汉卿《大德歌》(秋):"秋蝉儿噪罢寒蛩儿叫,淅零零细雨打芭蕉。"知了(蝉)鸣,蟋蟀(蛩)叫,又兼细雨打芭蕉,这一片秋声,加剧了人的烦恼。以至"长夜难耐凄凉",雨打芭蕉烘托了内心的愁苦。

"雨打芭蕉"句,本出自金·董解元《西厢记》卷六《山麻稽》:"淅零地雨打芭蕉叶,急煎煎的促织儿声相接。""打"比"滴"更沉重,声更响。关汉卿改写的两句显得简洁流畅,写"雨打芭蕉"更早的是,唐人王建《逍遥翁溪亭》诗:"稀疏野竹人移折,零落蕉花雨打开。"这雨打了蕉花,而后来的"雨打芭蕉"主要是打蕉叶。

宋·无名氏《金钱子》:"昨夜金风,黄叶乱飘阶下,听窗前、芭蕉雨打。"

2319. 听雨对床眠

唐·白居易《雨中招张司业宿诗》:"能来同宿否?听雨对床眠。"招请友人张司业,对床而卧,听着雨声,推心置腹,畅谈心曲。对床而谈,如促膝谈心,友情诚挚而深沉。因此,这一生动细节就具典型性。

"对床眠",出自唐·韦应物的《示全真元常诗》:"余辞郡符去,尔为外事迁。宁知风雪夜,复此对床眠。始话南池饮,更咏西楼篇。无将一会易,岁月坐推迁。"诗人将与赵元常离别,在风雪夜对床谈心,回忆共同交游的往事,此情此景感人至深。宋·苏辙《逍遥堂会宿》诗序说,苏氏兄弟早年因同读韦应物此诗:"而恻然感之,相约早退为闲居之乐。"此后他们在诗中常有"夜雨对床"之语。苏轼《辛丑十一月十九日,既与子由别于郑州西门之外,马上赋诗一篇寄之》就写:"寒灯相对记畴昔,夜雨何时听萧瑟。君知此意不可忘,慎勿苦爱高官职。"苏轼自注:"尝有夜雨对床之言,故云尔。"指此诗中"寒灯""夜语"。意在重提早年"退为闲居"之约。苏轼《送刘寺丞赴余姚》:"中和堂后石楠树,与君对床听夜雨。"这是写同友人"夜雨对床"的。苏轼非常喜欢"夜雨对床"。韦应物写的是"风雪对床",苏轼虽也喜欢,而事实上他喜欢白居易的相约友人"夜雨对床",因为不像"风雪"那么寒凉难耐,更如促膝谈心。请看,他多次写"夜雨对床":

《将至筠先寄迟、适、远三犹子》:"对床欲作连夜语,念汝还须戴星起。"他感到遗憾。但也是用白居易《寄元八》"要语连夜语,须眠终日眠"。之意。

《初秋寄子由》:"雪堂风雨夜,已作对床声。"

《东府雨中别子由》:"对床定悠悠,夜雨空萧瑟。"

《夜雨宿净行院》:"林下对床听夜雨,静无灯火照凄凉。"

所以他说"尝有夜雨对床之言",主要指白居易诗。

白居易邀友来同宿,听雨对床眠,虽仅是生活细节,却反映了与友人交往的种种活动如登山、临水、赏花、对奕以及宴饮等之中别有兴致、更具特色的一种方式,因此白居易起范,唐人已开始应用"夜雨对床"或"对床夜话"及其它变式,来表现这种生活,抒写种种感情。邀友送友常有此举。

唐·牟融《楼城叙别》:"屈指年华嗟永别,对床风雨话离愁。"

唐·郑谷《谷自乱离之后,在西蜀半纪之余,多寓止精舍,与圆昉上人为净侣。昉公于长松山旧斋,尝约他日访,劳生多故,游宦数年,曩契未谐。忽闻谢世,怆吟四韵以吊之》:"每思闻净话,雨夜对禅床。未得重相见,秋灯照影堂。孤云终负约,

薄宦转堪伤。梦绕长松塔,遥焚一炷香。"足见"夜雨对禅床"感情之深。

唐·韦庄《寄江南逐客》:"记得竹斋风雨作,对床孤枕话江南。"

宋·贺铸《半死桐》:"空床卧听南窗雨,谁复挑灯夜补衣。""空床听雨"反用其义。宋·史达祖《寿楼春》(寻春服感念):"裁春衫寻芳,记金刀素手,同在晴窗。……但听雨挑灯,欹床病酒,多梦睡时妆。"用贺铸语义。

宋·张元干《贺新郎》(郑胡邦衡待制赴新州):"万里江山知何处,回首对床夜雨。"忆同胡当年对床畅叙之友情。

宋·黄庭坚《寄黄几复》:"桃李春风一杯酒,江湖夜雨十年灯。"回忆十年前聚首的欢乐,今已不可再得。暗用"夜雨"句。宋·张炎《月下笛》(孤游万竹山中,闲门落叶,愁思黯然,因动离黍之感。时寓甬东积翠山舍):"万里孤云,清游渐远,故人何处。寒窗梦里,犹记经行旧时路。连昌约略无多柳,第一是、难听夜雨。漫惊回凄悄,相看烛影,拥衾谁语。"故人星散唯听夜雨,却无人共语。义近黄庭坚诗。

宋·吕本中《别夜》:"悬知先入他年话,一夜蛙声连雨声。"悬知(料想)雨夜话别。

宋·刘克庄《和仲第十首》:"一春檐溜不曾停,滴破空阶藓晕青。便是儿时对床雨,绝怜老大不同听。"由檐溜忆起儿时对床夜语,抒兄弟离情。

宋·吴文英《宴清都》(连理海棠):"凭谁为歌长恨,暗殿锁、秋灯夜语。叙旧期、不负春盟,红朝翠暮。"用"秋灯夜语"概括唐玄宗和杨贵妃"夜半无人私语时"。

金·蔡松年《夜坐》:"终得萧闲对床语,青灯挑尽短檠花。"

清·蒲松龄《荒园小构落成,有丛柏当门,颜回绿屏斋》:"细雨连床邀二仲,小男酾酒唤诸昆。"雨夜邀蒲兆专、蒲柏龄二兄亲切畅谈。

清·朱祖谋《金缕曲》(久不得半塘翁书赋寄):"海气荒荒蛟龙恶,我亦枯槎倦渡。尚梦绕、灯床风雨。"风雨夜对床倾谈,犹萦绕梦中。

2320.何当共剪西窗烛

唐·李商隐《夜雨寄北》:"问君归期未有期,巴山夜雨涨秋池。何当共剪西窗烛,却话巴山夜雨时。"诗人滞留巴蜀期间寄赠长安友人或亲人。据

有人考证,其妻王氏已故,但诗意却更似写给亲人的。要问归期,哪有归期,面对着巴山夜雨,见秋池水涨,什么时候在西窗共剪烛花,我们长谈此刻巴山夜雨的情景? 问讯似从北方来,回覆又到北方去;回到北方去好谈谈"巴山夜雨",也就回到巴蜀来了。四句诗南北回旋,时空往复,立意不谓不巧。姚培谦《李义山诗集笺》评《夜雨寄北》,引白居易《邯郸冬至夜思家》说:"'料得闺中夜深坐,多应说着远行人。'是魂飞到家里去。此诗则又预飞到归家后也,奇绝!"桂馥《礼朴》卷六评:"眼前景返作后日怀想,此意更深。"徐德泓《李义山诗疏》评:"翻从他日而话今宵,则此时羁情,不写而自深矣。"都评出了此诗特点。宋·王安石《与宝觉寺龙华院》:"与公京口水云间,问月何时照我还。邂逅我还还问月,何时照我宿钟山。"宋·杨万里《听雨》:"归舟昔岁宿严陵,雨打疏篷听到明。昨夜茅檐疏雨作,梦中唤作打篷声。"构思的回环巧妙,都如李商隐诗。而"剪烛西窗"却被广泛应用。表达亲人友人畅叙欢情。

宋·梅尧臣《依韵和仲源独夜吟》:"寂历虚堂灯晕生,谁人共听西窗雨。"

宋·晁端礼《清平乐》:"清尊泛菊,共剪西窗烛。一抹朱弦新按曲,更遣歌喉细逐。"

宋·周邦彦《锁窗寒》:"洒空阶,夜阑未休(雨),故人剪烛西窗语。"

又《荔枝香近》(歇指):"何日迎门,小槛朱笼报鹦鹉,共剪西窗蜜炬。"

宋·吕渭老《木兰花慢》(七夕):"人间共饶宴乐,算天孙、怎忍遣河斜。莫惜西楼剪烛,大家同到啼鸦。"

宋·蔡伸《虞美人》:"夜闲剪烛西窗语,怀抱今如许。"

宋·赵长卿《浣溪沙》:"闲理丝簧听好音,西楼剪烛夜深深,半嗔半喜此时心。"

宋·史达祖《绮罗香》(咏春雨):"临断岸,新绿生时,是落红、带愁流去。记当日,门掩梨花,剪灯深夜语。"

宋·吴文英《祝英台近》(除夜立春):"有人添烛西窗,不眠清晓,笑声转、新年莺语。"

又《声声慢》(饯魏绣使泊吴江为友人赋):"西窗夜深剪烛,梦频生,不放云收。"

又《醉落魄》:"柔怀难托,老天如水人情薄,烛痕犹刻西窗约。歌断梨云,留梦绕罗幕。"

宋·陈允平《夜飞鹊》："虹收霁色,渐落霞孤鹜飞齐。更何时、重与论文渭北,剪烛西窗。"

又《忆旧游》："又眉峰碧聚,记得邮亭,人别中宵。剪烛西窗下,听林梢叶堕,雾漠烟满。"

又《庆春宫》："倦倚楼高,恨随天远,桂风和梦俱清。故人千里,记剪烛、西窗赋成。"

又《浪淘沙慢》："去帆浪远江阔,怅顿解连环。西窗下、对烛频哽咽。叹百岁光阴,几度离别。"

宋·赵闻礼《风入松》："苦恨啼鹃惊梦,何时剪烛重盟。"

宋·谭宣子《西窗烛》(雨雾江行自度)："待泪华、暗落铜盘,甚夜西窗剪烛。"

宋·黄廷琦《琐窗寒》："清宫丽羽,漫有苔笺题满。问低墙、双柳尚存,几时艳烛亲共剪。"

宋·邓剡《疏影》(笋薄之平江)："客来欲问荆州事,但细雨、岳阳楼记。梦故人、剪烛西窗,已隔洞庭烟水。"

宋·仇远《忆旧游》："落叶牵离思,到秋来,夜夜梦入长安。故人剪烛清话,风雨半窗寒。"

又《满江红》："谁共剪,西窗烛;谁共度,西园曲。"

宋·张炎《虞美人》(题陈公明所藏曲册)："一帘秋雨剪灯看,无限羁愁分付、玉箫寒。"

又《甘州》(饯草窗归雪)："不恨片篷南浦,恨剪灯听雨,谁伴孤吟。"

又《甘州》(寄李筠房)："记前度剪灯一笑,再相逢、知在那人家。空山远,白云休赠,只赠梅花。"

又《真珠帘》(近雅轩即事)："茂树石床同坐久,又却被、清风留住。欲住,奈帘影妆楼,剪灯人语。"

宋·周孚先《蝶恋花》："倦倚蓬窗谁共语,野草闲花,一一伤情绪。明年重来须记取,绿杨门巷深深处。"

宋·彭泰翁《忆旧游》(雨中海棠)："重逢,记前度,解剪烛调笙,踏月鸣骢。"

宋·尹公远《齐天乐》(赠卢天隐)："卢鸿旧时隐处,想斜阳草树,水榭云屋。麈尾玄玄,笔花语语,剪尽雨窗残烛。"

宋·萧元之《渡江云》(春感用清真韵)："曾共乐,沈烟绮席,烛影窗纱。"

元·萨都拉《水龙吟》(赠友)："怅丹阳郭里,相逢较晚,共剪烛、西窗雨。"

明·汤显祖《牡丹亭》第二十八出幽媾《宜春令》："无他,待和你剪烛临风,西窗闲话。"

明·高启《沁园春》："记南楼望信,夕阳帘外,西窗惊梦,夜雨灯前。"

明·张红桥《念奴娇》："剪灯帘幕,相思谁与同说?"

清·陈维崧《月华清》(读芙蓉斋集,有怀宗子梅岑,并忆广陵旧游)："将半帙南国香词,做一夕西窗闲话。"

清·敦诚《寄怀曹雪芹》："当时虎门数晨夕,西窗剪烛风雨昏。"昔日在宗学朝夕相处,黄昏雨后,西窗剪烛,谈吐不绝。

清·朱彝尊《满江红》(塞上咏苇)："伴西窗,灯火坐黄昏、萧萧语。"

清·项廷纪《百字令》(将游鸳湖,作此留别):"剪烛窗前,吹箫楼上,明日思量起。"

又《水龙吟》(秋声)："此际频惊倦旅,夜初长、归程梦阻。砌蛩自叹,边鸿自唳,剪灯谁语?"

清·蒋春霖《台城路》(易州寄高寄泉)："两年心上西窗雨,栏干背灯敲遍。"与友人高寄泉相别两年,无时无刻不想同他共话西窗。

清·张四科《齐天乐》(送樊榭归湖上)："鱼天空阔夜话,想西窗剪烛,喧枕潮籁。"忆起同厉鹗(樊榭)夜话湖畔、西窗剪烛的深厚情谊。

清·江昱《湘月》："薄游情味,小窗剪烛同说。"写同赵饮谷剪烛长谈的情深。

清·黄梨洲《第四女来两月别去旋寄二诗次韵》："残梦醒来惊问月,错疑剪烛在西楼。"疑别去之四女犹在,说明怀念之切。

又《云门纪游》："薄暮至平阳,殷勤同话旧。剪烛点新文,呼名招远岫。"同平阳旧友话旧论诗。

2321. 密雨如散丝

晋·张协《杂诗十首》其三:"腾云似涌烟,密雨如散丝。"两句两个比喻,新颖而确切:腾起的云像烟一样涌动,密细的雨像丝一样散落。"散丝"一喻,喻体与被喻体,形状与颜色极相近,顿时会令人生发联想。而以"丝"喻雨又是首例,以下如:

南朝·梁·沈约《庭雨应诏》:"非烟复非云,如丝复如雾。"喻雨更密。

南朝·梁·简文帝萧纲《雨后》:"散丝与山气,忽合复俄晴。"写雨停天晴的过程,即"雨余"。

唐·杜甫《雨四首》其二:"江雨旧无时,天晴忽散丝。暮秋沾物冷,今日过云迟。"清·朱彝尊《静志斋诗话》解释说:"微雨断云,俗谓之过云雨。'旧无时',不时常雨。'过云迟',云中带雨也。"所谓"过云雨",就是云已过去,头上已见蓝天,可仍散落雨丝。这种雨由于高空风的力量斜落下来的。

又《雨》:"烟添才有色,风引更如丝。"似对张协雨句中的喻体"烟"与"丝"的再诠释。

宋·苏轼《送胡掾》:"乱叶和凄雨,投窗如散丝。"

2322. 森森散雨足

晋·张协《杂诗十首》其四:"翳翳结繁云,森森散雨足。"云很浓,雨很密。"散雨足",降雨,雨从云中落地,如足着地,支撑地面。

又《杂诗十首》其十又写"雨足":"云恨临八极,雨足洒四溟。"

南朝·梁·庾肩吾《奉贺便省余秋》:"雁行连雾尽,雨足带云移。"

2323. 林黑山高雨脚长

唐·杜牧《念昔游三首》:"云门寺外逢猛雨,林黑山高雨脚长。""雨脚"即雨足。

唐·杜甫《茅屋为秋风所破歌》:"床头屋漏无干处,雨脚如麻未断绝。"茅屋漏雨,雨脚如麻。

宋·邵雍《过永济桥二首》:"雨脚拖平地,稻畦扶远村。"

宋·苏轼《城南县尉水亭》:"激激波头细,疏疏雨脚长。"用杜牧"雨脚长"。

2324. 落晖散长足

南朝·梁·虞骞《拟雨》:"落晖散长足,细雨织斜文。"落日洒下的光。

唐·杜甫《羌村三首》:"峥嵘赤云西,日脚下平地。"云缝中射下的阳光。

2325. 云归带雨余

北朝·周·庾信《奉和山池》(注·梁简文帝有《山池》诗):"日落舍山气,云归带雨余。"写游历山池所见景物,这末二句是"远景",太阳在山岚中落下,乌云带雨点归去。"雨余",大雨过后残余的稀疏的雨点。后来用作雨后。

南朝·梁·简文帝萧纲《雨后》:"散丝与山气,忽合复俄晴。协音稍入岭,电影尚连城。雨余

云稍薄,风收热复生。"

唐·杜审言《和韦承庆过王阳公主山池五首》其一:"雨余清晚夏,共坐北岩幽。"

唐·刘禹锡《和乐天秋凉闲卧》:"暑退人体轻,雨余天色改。"

唐·白居易《秋池二首》:"社近燕影稀,雨余蝉声歇。"

唐·杜牧《途中作》:"碧溪风淡态,芳树雨余姿。"耐人寻味。

唐·李商隐《秋日晚思》:"桐槿日零落,雨余方寂寥。"

唐·崔涂《南山旅舍与故人别》(一作《商山道中》):"山尽路犹险,雨余春却寒。"

宋·陈亚《生查子》:"小院雨余凉,石竹风生砌。"

宋·柳永《凤归云》:"向深秋,雨余爽气肃西郊。"

宋·邵雍《二十九日依韵和洛阳陆刚叔主簿见赠》:"一霎萧萧晚雨余,凤凰楼下偶驱车。"

又《代书寄长安幕张文通》:"洛浦轻风里,天津小雨余。故人千里隔,相望意何如。"

又《初秋》:"夏去暑犹在,雨余凉始来。阶前已流水,天外尚惊雷。"

宋·冯京《诏修两朝国史赐筵史院和首相吴公原韵》:"天密丛云晓,风清一雨余。"

宋·苏轼《武昌铜剑歌》:"雨余江清风卷沙,雷公蹴云捕黄蛇。"《广异记》:唐开元末,太原武胜之为宣州司士,知静江军事。忽然,滩中见雷公践微云,逐小黄蛇,盘绕滩上。

又《西太一见王荆公旧诗偶次其韵二首》:"秋早川原净洒,雨余风日清酣。"

又《寄黎眉州》:"瓦屋寒堆春后雪,峨眉翠扫雨余天。"

又《皇太后阁六首》:"秘殿扶疏夏木深,雨舍初有一蝉吟。"

又《暴雨初晴楼上晚景》:"白汗翻浆午景前,雨余风物便萧然。"

又《次韵林子中王彦祖唱酬》:"雨余北固山围座,春尽西湖水映空。"

又《赠清凉寺和长老》:"老去山林徒梦想,雨余钟鼓更清新。"

又《次韵刘景文登介亭》:"泽国梅雨余,衰年困蒸溽。"

宋·晁端礼《雨霖铃》："槐阴添绿,雨余花落,酒病相续。"

宋·周紫芝《永遇乐》(五日):"槐幄如云,燕泥犹湿,雨余清署。"

宋·向子諲《三字令》："春尽日,雨余时,红蔌蔌,绿漪漪。"

宋·蔡伸《菩萨蛮》："双双紫燕来华屋,雨余芳草池塘绿。"

宋·张元干《青玉案》："雨余深院,漏催清夜,更轧秦筝奏。"

又《菩萨蛮》："雨余翠袖琼肤润,一枝想象伤春困。"

宋·王之道《满庭芳》(和王常令双莲堂):"翠盖千重,青钱万叠,雨余绿涨银塘。"

又《阮郎归》："雨余新绿细通池,玉钩悬妓衣。"

宋·胡铨《鹧鸪天》(和陈景巴忆西湖):"芳草远,暮云平,雨余空翠入帘明。"

宋·曾觌《南柯子》(将出行,陆丈知府置酒,出姬侍,酒半索词):"主人开宴出倾城,正是雨余天气暑风清。"

宋·卢炳《谒金门》："门外雨余风急,满地落英红湿。"

宋·郭应祥《浣溪沙》："屈指中秋一日期,雨余云薄月来迟,冰轮犹自欠些儿。"

宋·卢祖皋《浣溪沙》："中酒情怀滋味薄,肥梅天气带衣慵,日长门巷雨余风。"

宋·方千里《少年游》："东风无力飏轻丝,芳草雨余姿。"

宋·杨泽民《满庭芳》："春过园林,雨余池沼,嫩荷点点青圆。"

宋·陈允平《明月引》："雨余芳草碧萧萧,暗春潮,荡双桡。"

宋·刘辰翁《最高楼》："银河水,洗得世间清,山色雨余青。"

元·张翥《临江仙》(梁山舟中二首):"羡杀渔村无畔岸,茫茫杨柳兼葭,雨余秋涨没汀沙。"

2326. 对长亭晚,骤雨初歇

宋·柳永《雨霖铃》："寒蝉凄切,对长亭晚,骤雨初歇。"写送行人上路的长亭景色,一场急雨刚停,寒蝉不停地凄鸣,时间已是晚上了。词话作者们多评"晓风残月",而不评词头,其实这仅十二个字,言简意赅,情融于景,十分洗炼。

"骤雨初歇",词人在《定风波》中曾再用:"骤雨歇,极目萧疏,塞柳万株,掩映箭波千里。"

2327. 梅逐雨中黄

北周·庾信《奉和夏日应令》："麦随风里熟,梅逐雨中黄。"麦熟梅黄都是初夏景色。梅子在连绵不断的细雨中黄熟了。据《风俗通》载:"夏至,霖需至前为黄梅:先时为迎梅雨,及时为梅雨,后之为送梅雨。"是说连绵不停的雨,在梅黄之前称迎梅雨,梅黄期为梅雨,梅黄后为送梅雨。梁元帝萧绎《纂要》载:"梅熟而雨曰梅雨。吴中风俗占芒种日谓之入梅。至夏至日午后梅尽,合三十日。"宋·陆佃《埤雅》卷十三《释木·梅》载:"今江、湘、二浙四五月之间,梅欲黄落则水润土溽,础壁皆汗,蒸郁成雨,其霏如雾,谓之'梅雨'。"上述均记江南梅雨。梅子成熟在春夏之交,即四五月之间。此间阴雨连天,称黄梅天,此雨称黄梅雨或梅雨。这段时间又称作梅雨季节。"黄梅雨"在诗词中多有描写,句式丰富纷呈。

隋炀帝杨广《江都夏》："黄梅细雨麦秋轻,枫叶萧萧江水平。"

隋·薛道衡《梅夏应教诗》："长廊连紫殿,细雨应黄梅。"

唐·杜甫《多病执热奉怀李尚书》："思治道喝黄梅雨,敢望宫恩玉井冰。"

又《梅雨》："南京(明皇幸蜀改成都为南京)西浦道,四月熟黄梅。湛湛长江水,溟溟细雨来。"

唐·元稹《酬卢秘书》："云梦期紫阁,厌雨别黄梅。"

又《送友封二首》(黔府窦巩字友封):"瘴云拂地黄梅雨,明月满帆青草湖。"

唐·白居易《送客之湖南》："帆开青草湖中去,衣湿黄梅雨里行。"

又《浪淘沙》："青草湖中万里程,黄梅雨里一人行。"

唐·韩偓《赠湖南李思齐处士》："三春日日黄梅雨,孤客年年青草湖。"

唐·吴融《寄殿院高侍御》："黄梅细雨幂长洲,柳密花疏水漫流。"

又《渡淮作》："红杏花时辞汉苑,黄梅雨里上淮船。雨迎花送长如此,辜负东风十四年。"

唐·徐夤《岳州端午日送人游郴连》："北风吹

雨黄梅落,西日过湖青草深。"

宋·章得象《句》:"青草瘴深卢桔熟,黄梅雨歇荔枝红。"

宋·欧阳修《送王学士赴两浙转运》(嘉祐八年):"春寒欲尽黄梅雨,海浪高翻白鹭涛。"

宋·王安石《离升州作》:"残菊冥冥风更吹,雨如梅子欲黄时。"

宋·苏舜钦《暑景》:"风多应秀麦,雨密不黄梅。"从庾信"麦随风里熟,梅逐雨中黄"二句化出。

宋·苏轼《再和杨公济梅花十绝》:"何人会得东风意,怕见梅黄雨细时。"

又《赠岭上梅》:"不趁青梅尝煮酒,要看细雨熟黄梅。"

又《舶趠风》:"三旬已过黄梅雨,万里初来舶趠风。"

宋·贺铸《人南渡·感皇恩》:"半黄梅子,向晚一帘疏雨。"

宋·叶梦得《虞美人》(逋堂睡起,同吹洞箫):"绿阴初过黄梅雨,隔叶闻黄莺。"

宋·杨无咎《齐天乐》(端午):"疏疏数点黄梅雨,殊方又逢重五。"

宋·洪适《生查子》(盘洲):"四月到盘洲,长是黄梅雨。"

宋·赵彦端《新荷叶》:"雨细黄梅,去年双燕还归。"

又《阮郎归》:"清歌宛转,弹向指间依旧见;满眼春风,不觉黄梅细雨中。"

宋·朱淑真《清平乐》:"携手藕花湖上路,一霎黄梅细雨。"

宋·赵长卿《浣溪沙》(为王参议寿):"密叶阴阴翠幄深,梅黄弄雨正频频。"

又《青玉案》(残春):"梅黄又见纤纤雨,客里情怀两眉聚。"

宋·辛弃疾《鹧鸪天》(败棋赋梅雨):"漠漠轻云拨不开,江南细雨熟黄梅。"

宋·程垓《点绛唇》:"梅雨收黄,暑风依旧闲庭院。露荷轻颤,只有香浮面。"

又《乌夜啼》:"静院槐风绿涨,小窗梅雨黄垂。欲看春事留连处,惟有夜寒知。"

又《忆秦娥》:"愁无语,黄昏庭院黄梅雨;黄梅雨,新愁一寸,旧愁千缕。"

又《凤栖梧》(客临安,连日愁霖,旅枕无寐,起作):"门外飞花风约住,消息江南,已酿黄梅雨。"

宋·刘过《西江月》:"红雨黄梅初熟,微风燕子交飞。"

宋·吴潜《满江红》(己未赓李制参直翁俾寿之词):"布谷数声惊梦断,纱窗小阵梅黄雨。"

宋·吴文英《满江红》(甲辰岁盘门外寓居过重午):"梅子未黄愁夜雨,榴花不见簪秋雪。"

又《澡兰香》:"薰风浮燕,暗雨梅黄,午镜澡兰帘幕。"

宋·黄廷琦《忆旧游》:"乍梅黄雨过,遍倚层楼,时舞垂杨。"

宋·无名氏《如梦令》:"淡荡满城春,恼破愁人春睡。须醉,须醉,莫待黄梅细雨。"

明·文征明《满江红》:"漠漠轻阴,正梅子、弄黄时节。"

清·张繁《清平乐》(忆妹):"重门深处,听尽黄梅雨。"

清·郑文焯《浣溪沙》(从石楼石壁往来邓尉山中):"一半梅黄杂雨晴,虚岚浮翠滞湖明。"

清·王策《齐天乐》(送樊榭归湖上):"绿杨城郭黄梅雨,青尊故人高会。"

清·邓廷桢《水龙吟》(雪中登大观亭):"思量旧梦,黄梅听雨,危栏倦倚。"

2328.梅子黄时雨

宋·贺铸《横塘路·青玉案》:"飞云冉冉蘅皋暮,彩笔新题断肠句。若问闲愁都几许?一川烟草,满城风絮,梅子黄时雨。"这是愁苦断肠的名句,愁有多少,人们以山比、以水喻,都不乏上乘之作,而贺铸此词,运用博喻格,把无形无影的愁物化了、量化了。"一川烟草"何其多!"满城风絮"何其多!"梅子黄时雨"何其多!连用三种难以数计的事物喻愁,那么这愁应是无限的、无穷的、无尽的了。这一博喻,未步前人之后尘,而独拓蹊径,当即获"贺梅子"之誉。宋·黄庭坚在《寄方回》诗中说:"沙游醉卧古藤下,谁与愁眉唱一杯?解道江南断肠句,只今惟有贺方回。"(《豫章黄先生文集》卷十一)独树了方回一帜。宋·罗大经《鹤林玉露》卷七评:"诗家有以山喻愁者,杜少陵云'忧端如山来,澒洞不可掇',赵嘏云'夕阳楼上山重叠,未抵闲愁一倍多'是也;有以水喻愁者,李颀云'请量东海水,看取深浅愁',李后主云'问君能有几多愁?恰似一江春水向东流',秦少游云'落红万点愁如海'是也。贺方回云'试问闲愁都几许?一川烟草,满城风絮,梅子黄时雨',盖以三者比愁之多也,尤为新奇,兼兴中有比,意味更长。"近人陈匪石《宋词举》卷下评:"'一川烟草'是二三月间,'满城风絮'是三四月间,'梅子黄时雨'是四五月间。历时如此,则'谁与度'之神味,更为完足。""'一川'以下十三字写愁之多且久,虚意实作,外结轇而内空虚,即梦窗所自出。至全篇皆情,只此三句是景,而用景仍以写情,方回融景入情之妙用,尤耐人寻味。"

清人刘熙载《艺概》卷四说:"末句好处,全在'试问'呼起及与下'一川'三句并用耳。或以方回有'贺梅子'之称,专赏此句,误矣。且此句原本寇莱公'梅子黄时雨如雾'诗句,然则何不目莱公为'寇梅子'耶?"且不论称谁"梅子"为宜,只说"梅子黄时雨"的句源何在。宋·潘淳《潘真子诗话》(《全宋诗》一〇二四页)引寇准之《句》:"杜鹃啼处血成花,梅子黄时雨如雾。"删掉"如雾",不就是贺铸句了吗?可是寇准也是取唐人之句。陈元靓《岁时广记》卷一《春·花信风》引《东皋杂录》说:"后唐人诗云:'楝花开后风光好,梅子黄时雨意浓。'"《全唐诗》七九六页也引《东皋杂录》此二句,为唐无名氏之作,仅此二句,又憾佚名。谁说寇准句不出于此呢?而寇准此《句》又另有主人。宋·范仲淹的《和葛闳寺丞接花歌》(《全宋诗》一八六八页):"子规啼处血为花,黄梅熟时雨如雾。多愁多恨信伤人,今年不及去年身。"范之作有题有诗,又不知寇准之句缘何而出了。不过无论源出何人,"梅子黄时雨"到了贺铸词中才成了名句。

"梅子黄时雨",后人用此句,多表愁多,即用贺铸义。也有只表"黄梅时节"的。宋·赵师秀《有约》诗:"黄梅时节家家雨,青草池塘处处蛙。"也是名诗中句,只写气象。宋·曾几《三衢道中》:"梅子黄时日日晴,小溪泛尽却山行。"这应是过了梅雨期了。写景象的还有:宋·向子諲《浣溪沙》:"梅欲黄时朝暮雨,月重烟处短长亭。"宋·王之道《如梦令》:"梅子欲黄时,日倚朱阑几遍。"宋·李处全《满庭芳》(初春):"乳燕将雏,啼莺求友,江南梅子黄时。"宋·曹组《蓦山溪》:"结子欲黄时,又须著、帘纤细雨。"宋·吴季子《醉蓬莱》(寿友人母):"正淡烟疏雨,梅子黄时,清和天气。"

用贺句写愁之多的:

宋·向子諲《鹧鸪天》(戏韩叔夏):"都将泪作梅黄雨,尽把情为柳絮风。"

宋·潘汾《丑奴儿慢》:"一帘风絮,才晴又雨,梅子黄时。"

宋·史浩《青玉案》(入梅用贺方回韵):"离愁扫尽,更无慵困,怕甚黄梅雨。"反用。

宋·程垓《忆秦娥》:"愁无绪,黄昏庭院黄梅雨;黄梅雨,新愁一寸,旧愁千缕。"

宋·詹无咎《贺新郎》(端午):"梅子黄时雨,对幽窗,依依抱独,几多愁绪。"

宋·无名氏《青玉案》(送别):"如今憔悴,但余哀泪,一似黄梅雨。"

2329. 千山鸟路含梅雨

唐·李嘉祐《句》(《全唐诗逸》卷上):"千山鸟路含梅雨,五月蝉声送麦秋。"写梅雨之广,无所不及。五月梅黄,也是麦收季节,所以庾信、杨广都并写入诗(见"梅逐雨中黄"条)此条是"梅雨"句,与"黄梅雨"意义无区别,凡不带"黄"字的梅雨句归入此条,其异彩纷呈,令人玩味。

唐·韩翃《送李秀才归江南》:"荷香随去棹,梅雨点行衣。"

唐·严维《奉和皇甫大夫夏日游花严寺》:"莲界千峰静,梅天一雨清。"

唐·戴叔伦《答崔法曹》:"江天梅雨散,况在月中楼。"

又《酬袁太祝长卿小湖村山居书怀见寄》:"麦秋桑叶大,梅雨稻田新。"

唐·皇甫松《梦江南》:"闲梦江南梅熟日,夜船吹笛雨萧萧。"

唐·元稹《哀病骢呈致用》:"自经梅雨长垂耳,乍食菰蒋欲折腰。"

唐·白居易《和梦游春词一百韵》:"夏梅山雨渍,秋瘴江云毒。"

又《偷闲走笔题二十四韵》:"麦风非逐扇,梅雨异随轮。"

又《得微之到官后书备知通州之事怅然有感因成四章》:"衣斑梅雨常须熨,半涩畲田不解钮。"

又《孟夏思渭村旧居寄舍弟》:"苦雨初入梅,瘴云稍含毒。"

又《感情》:"况经梅雨来,色黯花草死。"

又《和梦得夏至忆苏州呈卢宾客》:"终下麦秋月,江南梅雨天。"

唐·皎然《送吉判官还京赴崔尹幕》:"江南梅雨天,别思极春前。"用白居易句。

唐·温庭筠《西江上送渔父》:"三秋梅雨愁枫叶,一夜篷舟宿苇花。"

唐·罗隐《送魏校书兼呈曹使君》:"村店酒旗沽竹叶,野桥梅雨泊芦花。"

又《寄进士卢休》:"山横翠后千重绿,蜡想歌时一烬红。从此客程君不见,麦秋梅雨遍江东。"

唐·郑谷《作尉鄂效送进士潘为下第南归》:"归去宜春春水深,麦秋梅雨过湘阴。"

又《燕》:"低飞绿岸和梅雨,乱入红楼拣杏梁。"

又《越鸟》:"梅雨满江春草歇,一声声在荔枝枝。"

又《侯家鹧鸪》:"江天梅雨湿江蓠,到处烟香是此时。"

又《送许棠先辈之官泾县》:"芜湖春荡漾,梅雨昼溟蒙。"

又《颜惠詹事即孤侄舅氏谪官黔巫舟中相遇怆然有寄》:"瘴村三月暮,雨熟野梅黄。"

唐·韩偓《春和峡州孙舍人》:"黄篾舫中梅雨里,野人无事日高眠。"

唐·徐夤《送王校书往清源》:"杨柳堤边梅雨熟,鹧鸪声里麦田空。"

唐·吴融《雨夜》:"旅夕那禁雨,梅天已思秋。"

宋·张先《千秋岁》:"雨轻风色暴,梅子青时节。"

宋·穆脩《送毛得一秀才归淮上》:"江天梅雨昼萧萧,送别愁吟白宁纻谣。"

宋·释重显《迷悟相返》:"霏霏梅雨洒危层,五月山房冷似冰。"

宋·梅尧臣《送钱驾部知邛州》:"细雨梅初熟,轻寒麦已秋。"

宋·王安石《寄袁州曹伯玉使君》:"湿湿岭云生竹菌,冥冥江雨熟杨梅。"

宋·苏轼《南乡子》(湖景):"佳节连梅雨,余生寄叶舟。"

宋·戴敏《夏日》:"乳鸭池塘水浅深,熟梅天气半晴阴。"

宋·谢逸《玉楼春》(王守生日):"轻风冉冉楝花香,小雨丝丝梅子熟。"

宋·曹勋《夏云峰》(端午):"五云开,过夜来,初收几阵梅雨。"

宋·韩元吉《谒金门》(重午):"猎猎风蒲吹翠羽,楚天梅熟雨。"

宋·赵彦端《南乡子》:"春事都随芍药休,风雨只含梅子熟。"

宋·赵长卿《浣溪沙》(初夏有感):"新恨旧愁俱唤起,当年紫袖看弓弯,泪和梅雨潜潜。"

宋·程垓《忆王孙》:"萧萧梅雨断人行,门掩残春绿阴生。"

宋·韩淲《眼儿媚》:"西溪回合小青苍,梅雨弄残阳。"

宋·吴文英《木兰花慢》(钱韩似斋赴江东磋幕):"润梅寒细雨,卷灯火,暗香尘。"

宋·万俟绍之《贺新郎》(秣陵怀古):"正江南、梅雨初晴,乱山浮晓。"

宋·赵必瑑《满江红》(和李自玉蒲节见寄):"梅子雨,荷花月,消几度,头如雪。"

宋·刘辰翁《齐天乐》(端午和韵):"枝头雨是青梅泪,翻作一江春水。"

宋·无名氏《醉蓬莱》:"后端阳六日,梅雨收晴,乍炎天气。"

元·刘庭信《水仙子》(相思):"雾蒙蒙丁香枝上,云淡淡桃花洞口,雨丝丝梅子墙头。"

清·严绳孙《双调望江南》:"杏子雨余梅子雨,柳枝歌罢竹枝歌。"

2330. 红绽雨肥梅

唐·杜甫《陪郑广文游何将军山林十首》其五:"绿垂风折笋,红绽雨肥梅。"绿茎垂垂是风折断了竹笋,红花绽绽是雨肥灌了梅枝,即风折而绿垂,雨肥梅而红绽。这是杜甫的梅笋名句。清·仇兆鳌《杜诗详注》卷之二评说:"后人霑丐诗,皆成佳句。杜有'春色醉仙桃'句,陈简斋云:'暖日薰杨柳,浓阴醉海棠。'杜有'红绽雨肥梅'句,范石湖云'梅肥朝雨细,茶老暮烟寒'。各见脱化之妙。"而运用杜诗:"雨肥梅"者则更多,特征在一个"肥"字上。

宋·梅尧臣《宣州杂诗二十首》:"五月黄梅肥,终朝密雨散。"写黄梅雨,也用了"肥"字。

又《送红梅行之有诗和依其韵和》:"缀缀红梅肥似蜡,濛濛飞雨洒如脂。"

宋·周邦彦《满庭芳》:"风老莺雏,雨肥梅子,午阴嘉树清园。"

宋·李弥逊《浣溪沙》:"得雨疏梅肥欲展,人家次第有芳菲,惜花恰莫探春迟。"

宋·廖行之《鹧鸪天》（代人寿欧阳景明）："送了春归雨未收,雨肥梅子满枝头。"

又《水调歌头》（寿欧阳景明）："苍主籧龙秀,青压雨梅肥。清和天气无限,佳景属斯时。"

宋·程垓《乌夜啼》："墙外雨肥梅子,阶前水浇荷花。"

宋·黄人杰《生查子》："烟雨不多时,肥好梅如许。"

宋·王之道《江城子》（和产时兄）："雨晴时,雨晴时,卢桔攒金,梅子更红肥。"

宋·葛长庚《满江红》（寿觉非居士）："雨肥梅、亭台初夏。昙花开向前夜。"

明·汤显祖《牡丹亭》第十二出寻梦《三犯么令》："他趁这春三月红绽雨肥天,叶儿青、偏逗著苦仁儿里撒圆。"梅子成熟了,外形是圆的,可内心是苦的。

2331. 微雨从东来

晋·陶渊明《读〈山海经〉十三首》："微雨从东来,好风与之俱。""微雨",小雨、细雨,或毛毛雨、濛濛雨。古人诗中用"微雨",始于陶渊明。他的《乙巳岁三月为建威参军使都经钱溪诗》："微雨洗高林,清飚矫云翔。"又用"微雨"。后来有许多人写"微雨",有名的如"微雨杏花村"（许浑）、"隔帘微雨杏花香"（韩偓）、"微雨燕双飞"（晏几道）等。

"微雨"句如:

南朝·齐·谢朓《闲坐》："霖霖微雨散,葳蕤蕙草密。"

隋·李孝贞《酬萧侍中春园听妓》："微雨散芳菲,中园照落晖。"

隋·诸葛颖《赋得微雨东来应教诗》："微雨阁东峰,散漫洒长松。"

唐·陈子昂《望荆门》："楚阁微雨收,荆门看在目。"

唐·李颀《送刘昱》："鸬鹚山头微雨晴,扬州郭里暮潮生。"

唐·李白《之广陵宿常二南郭幽居》："冥色湖上来,微雨飞南轩。"

唐·韦应物《县斋》："公门且无事,微雨园林清。"

又《幽居》："微雨夜来过,不知春草生。"

唐·许浑《下第归蒲城墅居》："薄烟杨柳路,微雨杏花村。"

唐·杜牧《齐安郡后池绝句》："尽日无人看微雨,鸳鸯相对浴红衣。"

又《初春雨中舟次和州横江裴使君见迎李赵二秀才同来因书四韵兼寄江南许浑先辈》："芳草渡头微雨时,万株杨柳拂波垂。"

又《秋思》："微雨池塘见,好风襟袖知。"

又《卜居招书侣》："微雨秋栽竹,孤灯夜读书。"（一作许浑诗）。

又《西山草堂》："后岭有微雨,北窗生晓凉。"

又《贻迁客》："微雨昏山色,疏笼闭鹤声。"（一作许浑诗）

唐·郑谷《野步》："日暮渚田微雨后,鹭鹚闲暇稻花香。"

又《朝直》："落花夜静宫中漏,微雨春寒廊下班。"

又《恩门小谏雨中乞菊栽》："孤根深有托,微雨正相宜。"

唐·韩偓《寒食夜有寄》："云薄月昏寒食夜,隔帘微雨杏花香。"

五代·江为《旅怀》："高风云影断,微雨菊花明。"

五代·王周《宿疏陂驿》："谁知孤宦天涯意,微雨萧萧古驿中。"

五代·刘兼《芳春》："微雨微风隔画帘,金炉檀炷冷慵添。"

五代·李中《溪边吟》："茜裙二八采莲去,笑冲微雨上兰舟。"

五代·徐铉《送杨郎中唐员外奉使湖南》："江边微雨柳条新,握节含香二使臣。"

五代·顾夐《酒泉子》："残花微雨隔青楼,思悠悠。"

又《河传》："雨微,鹧鸪相逐飞。"

五代·鹿虔扆《临江仙》："暮天微雨洒闲庭,手挼裙带,无语寄云屏。"

五代·欧阳炯《南乡子》："两岸人家微雨后,收红豆。"

五代·张泌《浣溪沙》："微雨小庭春寂寞,燕飞莺语隔帘栊。"

五代·李珣《浣溪沙》："访旧伤离欲断魂,无因重见玉楼人,六街微雨镂香尘。"

又《河传》："春暮,微雨,送君南浦。"

宋·林逋《杂兴四首》："拂水远天孤榜晚,夹村微雨一犁春。"

宋·宋庠《小园四首》："卧读陶诗未终卷,又乘微雨去锄瓜。"

宋·赵湘《宦舍偶书》："孤烟寄庭木,微雨长秋蔬。"

又《登杭州冷泉亭》："微雨洒台青有点,片云生石冷多棱。"

宋·陈尧佐《潮阳作》："门前归北路,微雨柳垂条。"

宋·晏几道《临江仙》："落花人独立,微雨燕双飞。"

宋·苏轼《赠杨耆》："孤村微雨送秋凉,逆旅愁人怨夜长。"

2332. 微雨止还作

宋·苏轼《端午遍游诸寺》："微雨止还作,小窗幽更妍。"

清·王文诰《苏轼诗集》引施注云:杜子美诗:"小雨止还作,断云疏复行。"("施注"指宋·施元之、顾禧《注东坡先生诗》)意为苏轼用杜甫"小雨止还作"句。

查《全唐诗》与《杜诗详注》杜甫《雨四首》其一:"微雨不滑道,断云疏复行。"下句如"施注"所引,上句则不同。杜甫《夜雨》:"小雨夜复密,回风吹早秋。"亦不见"小雨止复作"。不知"施注"所据。

2333. 浙东飞雨过江来

唐·殷尧藩《喜雨》:"临岐终日自徘徊,乾我茅斋半亩苔。山上乱云随手变,浙东飞雨过江来。""喜雨"的作品多写农村。作者家乡秀丽,今浙江省嘉兴市。"浙东飞雨"过江,指黄浦江,再南就是杭州湾了。此诗如不作于他家乡,"江"指哪条,就不得而知了。山上乱云飞滚,急雨过江而来,云情雨势跃然笔端。

南朝·齐·谢朓《观朝雨》:"朔风吹飞雨,萧条过江来。既洒百常观,复集九成台。空濛如薄雾,散漫似轻埃。"雨由北风吹送,越江而来,可谓气势雄浑。"萧条",此处为冷落寒凉之意,显示雨过大江的气势。这是写大雨过江的祖句。

宋·苏轼《有美堂暴雨》:"天外黑风吹海立,浙东飞雨过江来。"清·林昌彝《海天琴思录》卷三说:"浙东"句全用唐人殷尧潘《喜雨》诗:"山上乱云随手变,浙东飞雨过江来。"

人民领袖毛泽东《和周世钊同志》:"风起绿洲吹浪去,雨从青野上山来。"亦写大雨漫延的过程,先经过"青野",随之上了岳麓山。

2334. 珠帘暮卷西山雨

唐·王勃《滕王阁序》篇末诗:"画栋朝飞南浦云,珠帘暮卷西山雨。"早晨画栋飞起南浦(在阁附近)云,晚上珠帘卷入西山雨。这就使滕王阁同"南浦云""西山雨"连成一片,使阁融入广袤多变的大自然之中,增加壮观美、雄伟美。后人有两句兼用的,更多的是用"珠帘卷雨"意。

"珠帘":晋·葛洪《西京杂记》记:"昭阳殿织珠为帘,风至则鸣,如珩珮之声。"晋·王嘉《拾遗记》卷九记:"石虎于太极殿起楼,高四十丈,结珠为帘,垂五色珮,风至铿锵,和鸣清雅。"

宋·苏轼《监洞霄宫俞康直郎中所居四咏》(远楼):"西山烟雨卷疏帘,北户星河落短檐。"

宋·黄庭坚《青玉案》:"暮年光景,小轩南浦,同卷西山雨。"

宋·欧阳澈《蝶恋花》(拉朝宗小饮):"送目层楼,帘卷西山雨。"

宋·贺铸《下水船》:"尊酒流连薄暮,帘卷津楼风雨。"

宋·王灼《点绛唇》(赋登楼):"问春无语,帘卷西山雨。"

宋·周邦彦《芳草渡》:"听碧窗风快,珠帘卷疏雨。"

宋·汪藻《点绛唇》:"帘卷西楼,过雨凉生袂。"

宋·李弥逊《蝶恋花》(福州横山阁):"溶叶满川飞白露,疏帘半卷黄昏雨。"

又《临江仙》(次韵叶少蕴惜春):"试问花枝余几许,卷帘细雨随人。"

又《醉花阴》(硕人生日):"帘卷西风轻雨外,揖数峰横翠。"

宋·吕渭老《如梦令》:"凝恋,凝恋,门外雨飞帘卷。"

宋·王之道《鹊桥仙》(七夕):"断虹霁雨,余霞送日,帘卷西楼月上。"

宋·曹勋《木兰花慢》用:"断虹"句:"断虹收霁雨,卷帘暮,与风期。"

宋·李石《谢池春》:"烟雨池塘,绿野乍添春涨。凤楼高、珠帘卷上。"

宋·曾觌《水调歌头》(和南剑薛倅)："暮雨疏帘卷,爽气飒如秋。"

宋·洪适《满庭芳》(景庐有南昌之行,用韵惜别,兼简司马汉章)："君今去,珠帘暮卷,山雨拂崇碑。"

宋·甄龙友《贺新郎》："两两龙舟争竞渡,奈珠帘、暮卷西山雨。"用原句。

宋·京镗《水龙吟》："楚尾吴头,我家何在,西山南浦。想珠帘画栋、倚阑凝望,依然卷云飞雨。"

宋·辛弃疾《贺新郎》："高阁临江渚,访层城,空余旧迹,黯然怀古。画栋珠帘当时事,不见朝云暮雨。但遗意、西山南浦。"

又《昭君怨》："今日西山南浦,画栋珠帘云雨。"

又《木兰花慢》："登楼更谁念我,却回头、西北望层栏,云雨珠帘画栋,笙歌雾鬓云鬟。"

又《水调歌头》："金印沙堤时节,画栋珠帘云雨,一醉早归休。"

宋·魏了翁《水调歌头》(赵运判生日)："帘卷西州风雨,庭贮百城歌鼓,桃李翠云调。"

又《水调歌头》："帘卷峨眉烟雨,袖挟西川风露。"

宋·陈允平《法曲献仙音》："吟啸里,帘卷暖烟雾雨。"

宋·吴潜《满江红》(豫章滕王阁)："万里西风,吹我上、滕王高阁。正槛外、楚山云涨,楚江涛作。……近帘钩、暮雨掩空来,今犹昨。"传说王勃往南昌途中,水路助以神风,他一夕行四百余里,赶上滕王阁胜会,民谚云:"时来风送滕王阁"。吴潜用此意。

宋·陈坦之《沁园春》："睡起闻莺,卷帘微雨,黄昏递愁。"

宋·范成大《惜分飞》(南浦舟中与江西帅漕酌别,夜后忽大雪)："卷尽珠帘雨,雪花一夜随人去"。

宋·石孝友《鹧鸪天》："落霞孤鹜齐飞处,南浦西山相对愁。"仅用"西山南浦"。

宋·葛长庚《酹江月》："野草闲花无限数,渺在西山南浦。"亦不用帘雨。

宋·杨泽民《荔枝香》："已飞画栋朝云,又卷西山雨。"

宋·姚勉《沁园春·万里清风》："万里清风,吹送锦帆,入南浦云。……把西山暮雨,暂时收卷。"

荷山明月,小试平分。"

宋·李珏《木兰花慢》："南浦春波旧别,西山暮雨新愁。"

宋·丁黼《满江红》(寿江古心母)："南浦西山开寿域,朱帘画栋调新曲。"

宋·无名氏《西江月》："银蚀晓催春漏,珠帘暮卷东风。""雨"换作"风"。

元·冯子振《鹧鸪天》(赠歌儿珠帘秀)："夜来卷尽西山雨,不看人间半点愁。"

2335.卷上珠帘总不如

唐·杜牧《赠别二首》："春风十里扬州路,卷上珠帘总不如。"作者离开扬州,同一位"娉娉袅袅"如早春二月豆蔻梢头"含胎花"一样美的年轻歌女告别,写这位歌女之美,在扬州十里长街上,卷起珠帘,看到所有的闺房美女,可哪一个能比得上呢? 简言之,虽扬州美女如云,而这位歌女之美却是无与伦比的。后人暗用此句,而不用其义。

宋·李新《摊破浣溪沙》："几度珠帘卷上钩,折花走马向扬州。"

宋·仲并《蓦山溪》："十里卷朱帘,好紫陌、家家未有。"

宋·侯寘《蓦山溪》："朱帘卷处,如在古扬州。"

宋·吴亿《烛影摇红》："十里珠帘尽卷,玉人在、蓬壶阆苑。"

宋·杨炎正《瑞鹤仙》："照金荷十里,珠帘齐卷。"

2336.木兰舟上珠帘卷

五代·李珣《南乡子》："木兰舟上珠帘卷,歌声远,椰子酒倾鹦鹉盏。"写游粤时所见地方风情,远远地有一只船,珠帘卷起,传出了歌声,有人在舱中饮酒。"卷珠帘"是生活中常见的现象,写这一生活细节,可以表现人物的种种活动和心境。

宋·刘一止《醉蓬莱》："千骑傲游,万家嬉笑,帘卷东风,弄妆成列。"

宋·曹组《小重山》："帘卷东风日射窗,小山庭院静,接回廊。"

宋·周紫芝《满江红》："万里长空飞不到,珠帘卷尽还羞入。"

宋·李祁《鹊桥仙》："春阴淡淡,春波渺渺,帘卷花稍香雾。"

宋·张纲《浣溪沙》："潘舆迎腊庆生辰,卷帘花簇锦堂春。"

又《万年欢》(荣国生日)："合坐春回锦绣,卷帘处、花簇笙簧。"

又《念奴娇》(次韵李公显木樨)："暗香度时,卷帘留伴霜月。"

又《菩萨蛮》(上元)："重帘卷尽楼台日,华灯万点欢声入。"

宋·蔡楠《摊破诉衷情》："栏开十二绕层楼,珠帘卷素秋。"

宋·张元干《青玉案》(生朝)："帘卷横山珠翠绕,生朝香雾,玳筵丝管,长醉壶天晓。"

宋·王之道《菩萨蛮》："绿杨低映深深院,春风不动珠帘卷。"

又《朝中措》(和孔倅郡斋新栽竹)："好在红渠相映、卷帘如见吴姝。"

宋·朱松《蝶恋花》："帘卷闲愁,空台红香径。"

宋·欧阳澈《虞美人》："雁来人远暗消魂,帘卷一勾新月。"

宋·曹勋《水龙吟》(初夏)："广殿窗虚,翠帘卷起、一番清影。"

又《忆吹箫》(七夕)："喜见西南月吐,帘尽卷、玉宇珠楼。"

又《锦标归》(待雪)："围炉坐久,珠帘卷起,准拟六花飞砌。"

又《水调歌头》："绣帘卷,开绮宴,翠香浮。"

宋·史浩《花心动》(竞渡)："画楼几处珠帘卷,风光遍、神仙瑶席。"

又《如梦令》："试把珠帘低卷,宛见梅妆粉面。"

宋·曾觌《忆秦娥》："画堂帘卷,暖生春色。"

又《朝中措》(赵知阁生日)："画堂帘卷兽香浓,花上雪玲珑。"

宋·葛立方《朝中措》："待得退朝花底,家人争卷珠帘。"

宋·张抡《临江仙》："帘卷天街人隘路,满城喜望清尘。"

又《烛影摇红》："玉殿珠帘卷,拥群仙、蓬壶阆苑。""蓬壶阆苑"用吴亿句。

宋·侯寘《遥天奉翠华引》："晓光浮画戟,卷绣帘,风暖玉勾闲。"

又《柳梢青》(送吕子绍守峡)："帘卷湘鬟,香

飞云篆,叵看轻别。"

宋·吴儆《浣溪沙》(戏陈子长)："帘卷轻风斜蔓发,杯深新月堕蛾眉,此时风味许谁知。"

宋·周辉《失调名》(和人春词)："卷帘试约东君,问花信风来第几番。"

宋·范成大《秦楼月》："珠帘狭,卷帘春院花围合。"

宋·李漳《桃源忆故人》(闺情)："小楼帘卷栏干外,半下朱门半启,中有倾城佳丽,一笑西风里。"

宋·赵长卿《长相思》(春浓)："花飞飞,柳依依,帘卷东风日正迟。"

又《浣溪沙》(宠姬小春)："帘卷轻风怜小春,荷枯菊悴正愁人。"

又《谒金门》："春睡足,帘卷翠屏山曲。"

宋·刘过《贺新郎》："莫放珠帘容易卷,怕人知、世有梨园手。"

又《江城子》："画堂西畔曲栏东,醉醒中,苦匆匆,卷上珠帘、依旧半床空。"

宋·吴礼之《蝶恋花》(春思)："帘卷东风,犹未忺梳洗。"

又《蝶恋花》(别恨)："帘卷春山朝又暮,莺燕空忙,不念花无主。"

宋·卢祖皋《沁园春》："东楼见说初成,有帘卷江山万里横。"

宋·黄机《浣溪沙》："帘卷落花千万点,雨如烟。"

宋·张矩《烛影摇红》："东君先递玉鳞香,冷蕊幽芳满,应把朱帘暮卷。"

宋·赵崇嶓《更漏子》："春又好,思无穷,卷帘花露浓。"

宋·赵崇霄《东风第一枝》："卷帘看燕初归,步屧为花早起。"

宋·黄升《感皇恩》："沙河塘上,落日绣帘争卷,也须拂拭起、看花眼。"

宋·陈德武《鹧鸪天》(咏菊)："卷帘人在西风里,知是新来瘦几分。"

2337. 珠帘不卷度沉烟

五代·毛文锡《虞美人》："玉炉香暖频填炷,满地轻飘絮。珠帘不卷度沉烟。庭前闲立画秋千,艳阳天。""珠帘不卷"也是常见的一种生活现象,入词后常常表现某种情状或心态。

南唐后主李煜《浪淘沙》:"一桁珠帘闲不卷,终日谁来。"

宋·欧阳修《渔家傲》:"楼上四垂帘不卷,天寒山色偏宜远。"

宋·秦观《木兰花》:"西楼促坐酒杯深,风压绣帘香不卷。"

宋·贺铸《河传》:"惆怅善和坊里,平桥南畔,小青楼、帘不卷。"

宋·王寀《玉楼春》:"秋闺思入江南远,帘幕低垂闲不卷。""闲不卷"用李煜句。

宋·毛滂《踏莎行》:"重帘不卷篆香横,小花初破春丛浅。"

宋·沈蔚《不见》:"日过重帘不卷,袅袅残香浅。"

宋·陈克《谒金门》:"花满院,飞去飞来双燕。红雨入帘寒不卷,晓屏山六扇。"

宋·蔡伸《念奴娇》:"画堂宴阕,望重帘不卷,轻哑朱户。"

又《减字木兰花》:"重帘不卷,愁睹杏梁双语燕。"

宋·杨端臣《渔家傲》:"门户深深扃小院,帘不卷,背灯尽烛红条短。"

宋·王之道《满庭芳》(立春日呈刘春卿):"风动珠帘不卷,香散处、半露梅腮。"

宋·董颖《满庭芳》(元礼席上用少游韵):"花阴昼、朱帘未卷,犹自醉昏昏。"

宋·朱淑真《浣溪沙》:"小院湘帘闲不卷,曲房朱户闷长扃。"

又《谒金门》(春半):"满院落花帘不卷,断肠芳草远。"

宋·侯寘《西江月》:"可庭明月绮窗闲,帘幕低垂不卷。"

宋·袁去华《剑器近》:"重帘未卷,乍睡起,寂寞看风絮。"

宋·辛弃疾《清平乐》:"想见重帘不卷,泪痕滴尽湘娥。"

又《锦帐春》:"燕飞忙,莺语乱,恨重帘不卷,翠屏平远。"

宋·赵师侠《清平乐》:"昼永人闲帘不卷,时听莺簧巧啭。"

宋·赵鼎《谒金门》:"何处笛声三弄断,月迟帘未卷。"

宋·卢祖皋《乌夜啼》:"楼高日暮休帘卷,芳草满天涯。"

宋·赵崇嶓《谒金门》:"帘押护香闲不卷,卷帘芳事遍。"

宋·蒋捷《贺新郎》(秋晓):"旧院隔霜帘不卷,金粉屏边醉倒。"

2338. 手卷真珠上玉钩

南唐中主李璟《摊破浣溪沙》:"手卷真珠上玉钩,依前春恨锁重楼。风里落花谁是主?思悠悠。"此是名词之前阕,用手卷起珍珠帘挂到玉制帘钩上。窗子开了,可春恨依然锁闭在重楼里,散之不去,那落花在风中飘落着,谁还能为它做主?我的思绪如那落花飘悠悠。南宋·胡仔《苕溪渔隐丛话》前集卷五十九引宋人《漫叟诗话》云:"前人评杜诗,云'红豆啄残鹦鹉粒,碧梧栖老凤凰枝',若云'鹦鹉啄残红豆粒,凤凰栖老碧梧枝'便不是好句。余谓词曲亦然,李璟有曲'手卷真珠上玉钩',或改为'珠帘',舒信道有曲云'十年马上春如梦',或改为'如春梦',非所谓遇知音。"

元·王实甫《西厢记》第五本第一折《逍遥乐》:"看时独上妆楼,手卷珠帘上玉钩,空且断山明水秀。"这里把"真珠"改成了"珠帘",对宋人的说法不以为然。

2339. 十里珠帘半上钩

宋·苏轼《吉祥寺赏牡丹》:"醉归扶路人应笑,十里珠帘半上钩。""半上钩",半卷珠帘。

"十里珠帘"用杜牧"春风十里扬州路,卷上珠帘总不如"。

"半上钩"用白居易《新葺水斋》:"洞户斜开扇,疏帘半上钩。"

2340. 小院无人帘半卷

宋·魏夫人《武陵春》:"小院无人帘半卷,独自倚栏时。宽尽春来金缕衣,憔悴有谁知。"写思妇独处,日渐憔悴。"帘半卷",冷落凄清,心情不适。

五代·顾敻《更漏子》:"帘半卷,屏斜掩,远岫参差迷眼。"

宋·秦观《一丛花》:"疏帘半卷微灯外,露华上、烟袅凉飔。"

宋·贺铸《浪淘沙》:"殷勤为过白苹洲,洲上小楼帘半卷,应认归舟。"

宋·陆游《夜游宫》(宴席)："宴罢珠帘半卷，画檐外、蜡香人散。"

宋·刘翰《蝶恋花》："一曲银钩帘半卷，绿窗睡足莺声软。"

宋·史达祖《玲珑四犯》："竹尾通凉，却怕小帘低卷。""低卷"即"半卷"。

宋·方千里《蓦山溪》："栏倦倚，帘半起，魂断斜阳里。"

又《蕙兰芳》："绣帘半卷，透笑语琐窗华屋。"

宋·吴文英《声声慢》："帘半卷，带黄花、人在小楼。"

宋·施枢《摸鱼儿》："人在小红楼，朱帘半卷，香注玉壶露。"

宋·陈著《满江红》："帘半卷，好风催晓，晴光才被。"

2341. 轻揭珠帘看牡丹

宋·徐仲雅《宫词》："内人晓起怯春寒，轻揭珠帘看牡丹。一把柳丝收不得，和风搭在玉栏干。"轻揭珠帘，看看牡丹是否受到春寒的侵袭，却看到一把柳丝被风搭上栏干。把宫人的警觉写得很细。

宋·王沂孙《水龙吟》(牡丹)："晓寒慵揭珠帘，牡丹院落花开未？玉栏干畔，柳丝一把，和风半倚。"把徐仲雅的全诗入了词。

2342. 帘卷真珠十二栏

费氏《宫词》："锁声掣阁门环，帘卷真珠十二栏。"写宫中卷帘，"十二栏"是楼栏。

清·梁启超《金缕曲》："又生恐、重帘不卷。十二曲栏春寂寂，隔蓬山、何处窥人面。"戊戌政变后，光绪被囚瀛台，宫禁森严，不能相见。"春寂寂""隔蓬山"暗喻光绪被禁，"重帘不卷"喻不能再见。

2343. 一楼烟雨暮凄凄

南唐后主李煜《感怀》(注：后主昭惠后周氏，小字娥皇，年二十九殂。后主哀苦骨，立杖而后起。每于花朝月夕，无不伤怀。)："又见桐花发旧枝，一楼烟雨暮凄凄，凭栏惆怅人谁会，不觉潸然泪眼低。"唐·元稹"去日桐花半桐叶，别来桐树老桐孙"(《桐孙》)，写别离。李煜用其别离之意，怀周后人去楼空，痛伤不已。傍晚，一楼烟雨倍感凄凉。

宋·韩滮《浣溪沙》："水绕孤村客路内赊，一楼风雨角中斜，举筋无复问煎茶。""一楼风雨"意近"一楼烟雨"。

2344. 一帘风雨寒成阵

宋·欧阳修《千秋岁》(春恨)："夜长春梦短，人远天涯近。庭院晚，一帘风雨寒成阵。"写暮春怀人，愁绪难耐，结句写风雨满帘。"寒成阵"，寒冷到了一定程度，一定的规模。"一帘风雨"，风雨侵入帘枕，透穿帘枕，距人极近。也用作"一帘烟雨""一帘花雨""一帘疏雨""一帘夜雨"等等。

宋·向子谭《水龙吟》(绍兴甲子上元有怀京师)："笑入彩云深处，更冥冥、一帘花雨。"花纷纷落在帘上。宋·赵崇嶓《如梦令》："梦好却频惊，不到彩云深处。无绪，无绪，红重一帘花雨。"反用向子谭词意。

又《鹊桥仙》："冰肌玉骨照人寒，更做弄、一帘风雨。"

宋·李弥逊《清平乐》(春晚)："一帘红雨，飘荡谁家去。""红雨"为落花。

宋·张元干《昭君怨》："春院深深莺语，花怨一帘烟雨，禁火已销魂，更黄昏。"

宋·曾觌《南柯子》(次韵南剑赵淬)："可堪羁客九回肠，萧瑟一帘风雨、过横塘。"

又《菩萨蛮》(次韵龙深甫春日即事)："杏花寒食佳期近，一帘烟雨琴书润。"

宋·谢懋《风入松》："换得河阳衰鬓，一帘烟雨梅黄。"

宋·程垓《南歌子》："好维今夜与谁同，唤玉人来共、一帘风。"

宋·韩玉《风入松》："两袖晓风花陌，一帘夜雨兰堂。"

宋·杨炎正《鹊桥仙》："夜来无奈被秋风，更吹做、一帘秋雨。"

宋·王同祖《阮郎归》："一帘疏雨细于尘，春寒愁杀人。"

宋·李莱老《小重山》："画檐簪柳碧如城，一帘风雨里、近清明。"

宋·詹玉《桂枝香》(题写韵轩)："字字飞仙，下笔一帘风雨。江亭月观今如许。叹飘零、墨香千古。"喻书法气势。

宋·赵必琭《琐窗寒》(春暮用美成韵)："海棠开遍，零乱一帘红雨。"

宋·汤恢《二郎神》："最苦是、蝴蝶盈盈弄晚，一帘风静。"

宋·徐介轩《木兰香》："一帘疏雨，道是无情还有思。"

宋·何桂梦《满庭芳》（初夏）："重门静，一帘疏雨，消尽水沉香。"

宋·无名氏《祝英台近》："可怜泪湿青绡，怨题红叶，落花乱、一帘风雨。"

金·元好问《秋夕》："小簟凉多睡思清，一窗风雨送秋声。""一窗"即"一帘"意。

近人张际亮《九月十夜晴溪三丈饯余即席赠别》："半世豪狂如梦境，万山风雨送秋声。"用元好问句。

2345. 一帘风月闲

宋·邓肃《长相思》："菊花开，菊花残，塞雁高飞人未还。一帘风月闲。"（此词曾误收作李煜词）这是深秋怀人之作，菊花开落，北雁南翔，而人尚未还。"一帘风月闲"，正凄凉冷落。透过帘栊的纱是风声月影而已。此式多写"帘月"。

宋·晁端礼《醉蓬莱》："一枕清风，半帘残月，是闷人滋味。"

宋·程垓《好事近》："烟尽戍楼空，又是一帘佳月。"

宋·康与之《瑞鹤仙》（别恨）："听几声归雁，一帘微月。"

宋·姜夔《霓裳中序第一》："人何在，一帘淡月，仿佛照颜色。"

宋·赵崇嶓《谒金门》："酒力未醒双眼缬，一帘风弄月。"

宋·周密《疏影》："暗里东风，可惯无情，搅碎一帘香月。"

宋·杨无咎《永遇乐》："一川风月，满堤杨柳，今夜酒醒何处。""一川风月"，更广阔了。兼用柳永"今朝酒醒何处，杨柳岸晓风残月"句。

宋·周申《沁园春》："羡堂堂玉莹，汪汪陂量，一襟风月，满腹经纶。""一襟"则写胸怀无尘俗。

2346. 断肠院落，一帘风絮

宋·周邦彦《瑞龙吟》（大石）："归骑晚，纤纤池塘飞雨。断肠院落，一帘风絮。"此词写旧地重游，睹物思人，思人引事，沉沉伤别。是周"清真"的优秀作品，词末以景作结，皆成情语。暮色中，挽

骑而归，池塘细雨纷飞，帘栊柳絮落满。余味更加凄凉。宋·沈义父《乐府指迷》评："结句须要放开，含有余味不尽之意，以景结情最好。如清真之'断肠院落，一帘风絮'……是也。"而"一帘……"则为欧阳修创用。

宋·潘汾《丑奴儿慢》："一帘风絮，才晴又雨，梅子黄时。"用"一帘风絮"。

其它"一帘"句，也令人玩味。

宋·秦观《八六子》："无端天与娉婷，夜月一帘幽梦，春风十里柔情。"词人在扬州。曾与一娉婷女子相恋，此词写痛别。换头三句，忆写"幽梦"与"柔情"。"一帘幽梦"，月色透帘而照。

宋·姜夔《翠楼吟》："西山外，晚来还卷，一帘秋霁。"宋与金议和，在武昌建"安远楼"，落成后作此词。结句反用王勃"珠帘暮卷西山雨"意，写雨后初晴。俞平伯《唐宋词选释》评："结写晚晴，又一振起，用王勃《滕王阁》诗'珠帘暮卷西山雨'，若与辛弃疾《摸鱼儿》'斜阳正在、烟柳断肠处'参看，光景情怀正相类似。""一帘秋霁"如一道屏幕。"秋"是王勃作序时间，此处虚指。

宋·朱雍《忆秦娥》："余香飘，一帘疏影，月在花梢。"月送花影入帘。

宋·徐伸《转调二郎神》："闷来弹雀，又搅破、一帘花影。"雀飞而花影乱。

2347. 一蓑烟雨任平生

宋·苏轼《定风波》（公旧序云：三月七日，沙湖道中遇雨。雨具先去，同行皆狼狈，余独不觉。已而遂晴，故作此词。）："竹杖芒鞋轻胜马，谁怕？一蓑烟雨任平生。"作者雨中步行，清爽有加，因而产生烟雨中披一蓑衣度过平生的愿望。今人胡云翼《宋词选》评："'一蓑烟雨任平生'是一种不避风雨、听任自然的生活态度。作者在贬谪中，在他看来，政治上的晴雨表也是升沉不定的。词里似也含有不计较地位得失、经得起挫折的暗示。""一蓑烟雨"，烟雨中披一蓑衣，是渔人形象，也喻"渔隐"。

"一蓑烟雨"，源出唐人郑谷的《试笔偶书》："殷勤一蓑雨，只得梦中披。"意为披一蓑衣立于雨中，这种渔隐生活在梦中实现了。

南宋·俞成《萤雪丛说》卷上"诗随景物下语"中云："至若骚人，于渔父则曰：'一蓑烟雨'，于农夫则曰：'一犁春雨'，于舟子则曰：'一篙春水，'皆曲尽形容之妙也。"所以这"蓑""篙"不是量词。

用"一蓑烟雨"如：

宋·毛滂《烛影摇红》(归去曲)："此意悠悠无限。有云山、知人醉懒。他年寻找,水边月底,一蓑烟短。""短",短蓑。

宋·惠洪《渔父词》(船子)："万叠空青春杳杳,一蓑烟雨吴江晓。"

宋·周紫芝《浣溪沙》(和陈相之题烟图)："一尺鲈鱼新活计,半蓑烟雨旧衣冠。"

宋·张元干《杨柳枝》："老去一蓑烟雨里,钓沧浪。"

宋·葛立方《水龙吟》(游钓台作)："七里溪边,鸥鸶畔,一蓑烟雨。"

宋·葛郯《洞仙歌》："任角声、吹落小梅花。梦不到渔翁,一蓑烟雨。"

宋·朱熹《水口行舟》："昨夜扁舟雨一蓑,满江风浪夜如何。"

宋·陆游《真珠帘》："菰菜鲈鱼都弃,只换得、青衫尘土。休顾,早收身江上,一蓑烟雨。"

又《鹊桥仙》："一竿风月,一蓑烟雨,家在钓台西住。"

宋·范成大《三登乐》："叹年来,孤负了、一蓑烟雨。"

宋·姜夔《庆宫春》："双桨尊波,一蓑松雨,暮愁渐满空阔。"

宋·翁合《贺新郎》："对和风、桃花流水,一蓑烟雨。"

2348. 一犁烟雨伴公归

宋·苏轼《次韵张昌言给事省宿》："待向嵩阳求水竹,一犁烟雨伴公归。""一犁烟雨"指透雨,旧时凭农家的经验,降雨量达到一个犁铧子深,即可解旱,能满足禾苗生长所需要的水分了。宋·田昼《筑长堤》"夜来春雨深一犁"即说降雨量。苏轼《东坡八首》："昨夜南山云,雨到一犁外。"说降雨超过一犁深。"一犁烟雨"句是说一场透雨伴你归去。张昌言是嵩阳人,"向嵩阳"即归故里。

唐·王洞《雨》："入土一犁农夫喜,损花终夜美人愁。"首写"一犁雨","农夫喜"透雨有利于禾苗生长;"美人愁",雨大会损害花朵,对雨的态度迥乎不同。此处可见"一犁"是数量词。宋人用"一犁"的还如:

宋·苏轼《如梦令》词中又用："别后有谁来?雪压小桥无路。归去,归去,江上一犁春雨。""一

犁"相当"一场"。

宋·苏舜钦《田家词》："山边夜半一犁雨,田父高歌待收获。"(一作张耒《有感》诗)早于苏轼用"一犁"。

宋·徐绩《晚春和张文潜》："恰得一犁雨,田事正火急。"下了透雨。

宋·范成大《丁酉正月二日东郊故事》："麦雨一犁随处绿,柳烟千缕几时青?"一场透雨使成都麦田尽绿。

又《次韵子文冲雨迓使者道闻子规》："清歌苏仙词,归耕一犁雨。"

又《致一斋述事》："除却一犁春雨足,眼前无物可关心。"

清·蒲松龄《贺新郎》(喜雨一阕并寄之)："可喜一犁时雨足,经宿露零花泫。"

2349. 一川烟草,满城风絮

宋·贺铸《横塘路》(青玉案)："若问闲愁都几许? 一川烟草,满城风絮,梅子黄时雨。"此词写一女子沿横塘路而来,又沿横塘路而去。扑朔迷离,恍忽中挥笔抒愁:愁有多少? 用博喻法,写出愁绪无限。清·刘熙载《艺概·词曲概》评："末句好处,全在'试问'句呼起及与上'一川'二句并用耳。"清·王闿运《湘绮楼词选》评："一句一月,非一时也。不着一字,故妙。"近代陈匪石《宋词举》卷下评："'一川烟草'是二三月间,'满城风絮'是三四月间,'梅子黄时雨'是四五月间。历时如此,则'谁与度'之神味,更为完足。""全篇皆情,只此三句是景,而用景仍以写情,方回融景入情之妙用。尤耐人寻味。""川"指原野,早春的原野嫩草丛生,烟笼雾罩,愁如此,已是多不可言了。后人用"一川烟草"并不作喻(只个别喻愁),多写芳草。

宋·秦观《钗头凤》(别武昌)："重回顾,一洲烟草,满川云树,住住住。""洲",水中陆地。

宋·李邴《清平乐》(闺情)："又是危栏独倚,一川烟草斜阳。"

宋·吴淑姬《小重山》："独自倚妆楼,一川烟草浪,衬云浮。"

宋·赵长卿《南歌子》(荆溪寄南徐故人)："春思浓如酒,离心乱似绵,一川芳草绿生烟。"

宋·姜夔《越女镜心》："但一川烟苇,恨满西陵归路。"

宋·吴琚《浪淘沙》："池馆昼盈盈,人醉寒轻

一川芳草只销凝。"

宋·刘仙伦《菩萨蛮》："东风去了秦楼畔,一川烟草无人管。"

宋·洪咨夔《沁园春》："空一川芳草,半池晴絮。歌翻长恨,赋续怀离。"

宋·文天祥《齐天乐》(庆湖北漕知鄂州李楼峰)："剑拂淮清,棹横楚黛,雨洗一川烟草。"

2350. 山外一川烟雨

宋·米友仁《宴桃源》："苹末起微风,山外一川烟雨。""川"此处应是含一条河流的一道原野。这"一川烟雨"是在山外边,一般指雨。

又《南歌子》："一川风雨纵留人,不道此郎归兴、欲兼程。"

宋·张纲《感皇恩》(休官)："家在深村更深处,扫开三径,坐看一川烟雨。"

宋·向滈《如梦令》："小槛俯青郊,恨满楚江南路。归去,归去,花落一川烟雨。"

宋·沈端节《虞美人》："梧桐叶落候蛩秋,唯有一江烟雨、替人愁。"

宋·郭应祥《传言玉女》(五月四日孙金判四昆仲携具稽古堂观竞渡有作)："棹歌才发,漠漠一川烟雨。"

宋·赵崇嶓《清平乐》(怀人)："满架花云留不住,散作一川香雨。""香雨"即花雨、落花。

2351. 满城飞絮滚轻尘

南唐后主李煜《望江梅》："闲梦远,南国正芳春。船上管弦江面绿,满城飞絮滚轻尘,忙杀看花人。"已是暮春天气,满城飞舞着柳絮,有如轻尘飘浮滚动。

宋·贺铸《横塘路》(青玉案)："若问闲愁都几许? 一川烟草,满城风絮,梅子黄时雨。""满城风絮"用李煜句。

清·陈嵋《大酺》(王府基怀古)："但赢得凄凉,五更霜角,满城风絮。"

2352. 一川风露,总道是仙家

宋·向子諲《临江仙》："宝鼎胜重沉水,琼彝烂醉流霞。芰林同老此生涯。一川风露,总道是仙家。"注云:"绍兴庚申,老妻生日,幼女灵照生于是岁,女子亦有弄璋之喜。""芰林",谷米之地,丰庚的乡村。词人号所居为"芰林",自号"芰林居士",

把民间这种生活,比作仙家一样。"一川风露",乡村风光。

宋·曾觌《青玉案》："今宵酒醒,一襟风露,梦指高塘去。"

元·黄庚《临平泊舟》："万顷波光摇月碎,一天风露藕花香。"

2353. 桃花流水鳜鱼肥

唐·张志和《渔歌子》："西塞山前白鹭飞,桃花流水鳜鱼肥。青箬笠,绿蓑衣,斜风细雨不须归。"诗人初名龟龄,字子同,自号玄真子,金华(今浙江金华市)人,约生于732、死于774年。唐肃宗时待诏翰林。后隐居江湖间,自称"烟波钓徒"。他擅长音乐、书画,著有《玄真子》,词今存《渔父》五首。此词语言清丽,绘景生动,被誉为色调鲜明、境界淡远的"烟波垂钓图"。"西塞山"有两个,一是今湖北大冶县东,吴国的西塞,刘禹锡的《西塞山怀古》就写的是这里。张志和垂钓的西塞山在今浙江湖州市西南。"鳜鱼"即桂鱼,体形平扁,口大鳞细,肉味鲜美,为我国特产。此词写渔翁在山前飞白鹭、水中流桃花的美好境界中,头戴箬笠,身披蓑衣,举竿垂钓,即使是在斜风细雨之中,也不归家,他喜欢清疏淡雅,完全融入大自然之中。宋人黄升《唐宋诸贤绝妙词选》中说:"张志和尝作《渔歌》一词,极能道渔家事。"做为诗书画皆能的张志和此词诗画融溶,情景谐协,已经达到巧夺天工的程度了。所以极易引发那些官场失志而欲弃官归隐的人们的共鸣。此词很快远播境内外,据《经国集》载:日本嵯峨天皇(809－823在位)曾"拟张志和《渔父》五首"题为《杂言渔歌》,并命朝臣滋野贞主奉和五首。

清代文学评论家刘熙载在《艺概》卷四中评说:"张志和《渔歌子》'西塞山前白鹭飞'一阕,风流千古。东坡尝以其成句用入《鹧鸪天》,又用于《浣溪沙》,然其所足成之句,犹未若原词之妙通造化也。"其中《鹧鸪天》一首,据《乐府雅词》卷中徐府词跋证,乃黄庭坚之作。这里还有一段词话呢。南宋曾慥所辑《乐府雅词》中卷载:张志和《渔父词》云:"西塞山前白鹭飞,桃花流水鳜鱼肥。青箬笠,绿蓑衣,斜风细雨不须归。"顾况《渔父词》云:"新妇矶边月明,女儿浦口潮平,沙头鹭宿鱼惊。"东坡云:"元真语极丽,恨其曲度不传。加数语以《浣溪沙》歌之云:"西塞山前白鹭飞,散花洲外片帆微,桃花流水鳜鱼肥。自庇一身青篛笠,相随到处绿蓑衣,斜风细雨不须归。"山谷见之,击节称赏,且云:"惜乎'散花'与'桃花'字重叠,又渔舟少有使帆者。"乃取张、顾二词,合为《浣溪沙》云:"新妇矶边眉黛愁,女儿浦口眼波秋,惊鱼错认月沉钩,青篛笠前无限事,绿蓑衣底一时休,斜风细雨转船头。"东坡跋云:"鲁直此词,清新婉丽,问其最得意处,以山光水色,替却玉肌花貌,真得渔父家风也。然才出新妇矶,便入女儿浦,此渔父无乃大澜浪乎?"山谷晚年,亦悔前作之未工,因表弟李如篪言《渔父词》以《鹧鸪天》歌之,甚协律,恨语少声多耳。因以宪宗画像求元真子文章及元真兄松龄劝归(张松龄《渔父》词:"乐是风波钓是闲,草堂松龄已胜攀。太湖水,洞庭山,狂风浪起且须还。")之意,足前后数句云:"西塞山前白鹭飞,桃花流水鳜鱼肥:朝廷尚觅元真子,何处如今更有诗。青篛笠,绿蓑衣,斜风细雨不须归。人间欲避风波险,一日风波十二时。"东坡笑曰:"鲁直乃欲平地起风波也。"东湖老人因坡、谷互有异同之论,故作《浣溪沙》《鹧鸪天》各二阕云:(《浣溪沙》二首):"西塞山前白鹭飞,桃花流水鳜鱼肥,一波才动万波随。黄帽岂如青篛笠,羊裘何似绿蓑衣,斜风细雨不须归。""新妇矶边秋月明,女儿浦口晚潮平,沙头鹭宿戏鱼惊。青篛笠前明此事,绿蓑衣底度平生,斜风细雨小舟轻。"(《鹧鸪天》二首):"西塞山前白鹭飞,桃花流水鳜鱼肥。朝廷若觅元真子,晴在长江理钓丝。青篛笠,绿蓑衣,斜风细雨不须归。浮云万里烟波客,惟有沧浪孺子知。""七泽三湘碧草连,洞庭江汉水如天。朝廷若觅元真子,不在云边则酒边。明月棹,夕阳船,鲈鱼恰似镜中悬。丝纶钓饵都收却,八字山前听雨眠。"这"东湖老人"是黄庭坚之甥徐俯。苏轼、黄庭坚、徐俯都用了原词的基本句,改写增添,似在发议论,同原词比都大为逊色。改制仿作者还有,只说明共鸣之广泛。宋·朱敦儒《浣溪沙》(玄真子有《渔父》词,为添作):"西塞山前白鹭飞,吴兴江上绿杨低,桃花流水鳜鱼肥。青篛笠将风里戴,短蓑衣向雨中披,斜风细雨不须归。"宋·周紫芝亦曾拟作《渔父词》六首,此不赘引。宋·孙锐作《渔父词》用张志和韵。又在《水调歌头》(玄真子吟)词前小序云:"玄真子隐居江湖,自号烟波钓徒,肃宗赐之奴曰渔童,婢曰樵青。人问其故,曰:渔童使俸钓收纶,芦中鼓枻;樵青使苏兰薪桂,竹里奉茶。玄真既离苍波,游绮

市,与群仙集于平湖。樵青,鄞女也,得随仙迹,暂至尘寰,情动于中而献之歌。"这已经把张志和仙化了。但却说明这位"烟波钓徒"再加之以《渔歌子》,就使张志和成了隐者之中的佼佼者。

《渔歌子》中"桃花流水鳜鱼肥"与"斜风细雨不须归"是基本句,是令人喜爱的两名句。"桃花流水鳜鱼肥","桃花流水"句源另有,这里只举用"鳜鱼肥"句。而"鳜鱼"有地域性,应用就不会广泛。

宋·李祁《鹊桥仙》:"碧山学士,云房娇小,须要五湖同去。桃花流水鳜鱼肥,恰趁得、江天佳处。"用原句。

元·乔吉《满庭芳·渔父词》:"桃花浪里,春水鳜鱼肥。"分解用。

元·刘时中《折桂令·渔父》:"鳜鱼肥流水桃花。山雨溪风,漠漠漠平沙。"变序用。

2354. 青篛笠,绿蓑衣

唐·张志和《渔歌子》:"青篛笠,绿蓑衣,斜风细雨不须归。""青篛笠","绿蓑衣",前者是用篛竹编制的雨帽,后者是稻秸或苇茎编制的雨披。这普普通通的雨衣雨帽,与张志和词里渔人,或者就是他自己一联系起来,也为人们喜欢。

宋·苏轼《浣溪沙》(渔父):"自庇一身青篛笠,相随到处绿蓑衣。斜风细雨不须归。"

宋·黄庭坚《浣溪沙》:"青篛笠前无限事,绿蓑衣底一时休。斜风细雨转船头。"

元·赵显宏《仲吕·满庭芳》:"青篛笠西风渡口,绿蓑衣暮雨沧洲。"

2355. 斜风细雨不须归

唐·张志和《渔歌子》:"青篛笠,绿蓑衣,斜风细雨不须归。"仅仅用句13个字,便勾勒出一位借助平常的雨具,在"斜风细雨"中不畏艰苦,且以苦为乐的渔人形象,热衷渔人生活,并乐此不疲的隐者风度跃然纸上。"斜风细雨"句广泛地深入人心。

唐·王维《剧嘲史寰》:"轻风细雨湿梅花,须臾白发变垂髫。""轻风细雨"与"斜风细雨"意近,王维(701-761)长于张志和(732-774),但二作之先后难考。

唐·韦庄《题貑黄岭官军》:"斜风细雨江亭上,尽日凭栏忆楚乡。"

唐·吴融《风雨吟》："寻常倚月复眠花,莫说斜风兼细雨。"

宋·林逋《西湖》："往往鸣榔与横笛,细雨斜风不堪听。"

宋·张方平《柳》："雨细池塘静,风斜院落深。"

宋·司马光《龙女祠后塘自生荷花数枝与史诚之更相酬和》："目断可堪人不至,斜风细雨湿罗衣。"

宋·王安石《即事五首》："春光冉冉归何处,细雨斜风作夜寒。"

宋·苏轼《次韵子由书王晋卿山水一首而晋卿和二首》："王孙办作玄真子,细雨斜风不湿鸥。"

又《又书王晋卿画四首·西塞风雨》："斜风细雨到来时,我本无家何处归。仰看云天真箬笠,旋收江海入蓑衣。"

又《浣溪沙》(元丰七年十二月二十四日从泗州刘倩叔游南山)："细雨斜风作晓寒,淡烟疏柳媚晴滩,入淮清洛渐漫漫。"用王安石"细雨斜风作夜寒"句。

又《调笑令》："渔父、渔父,江上微风细雨。""微风"同"斜风"。

宋·贺铸《连理枝》："绣幌闲眼晓,处处闻啼鸟。枕上无情,斜风横雨,落花多少。""横雨"是"斜风"趋使的结果。兼用孟浩然诗。

宋·胡铨《鹧鸪天》(癸酉吉阳用山谷韵)："青箬笠,绿荷衣,斜风细雨也须归。"反用张志和句,虽远谪崖州,面对山河破碎,海上风波,也要回去抗击金人。

宋·袁去华《东坡引》："残灯背壁三更鼓,斜风细雨。"

又《蝶恋花》(次韩干梦中韵)："细雨斜风催日暮,一梦华胥、记得惊人句。"

宋·李洪《南乡子》(盐田渡)："挂席泛安流,细雨斜风到渡头。"

宋·赵长卿《雨中花慢》(春雨)："柳媚梢头翠眼,桃蒸原上红霞,可堪那,尽日狂风荡荡,细雨斜斜。"

宋·辛弃疾《八声甘州》："汉开边、功名万里,甚当时、健者也曾闲。纱窗外、斜风细雨,一障轻空。"

宋·赵善括《醉落魄》(赵监惠酒五斗以应重九之节,至晚小饮,赋之)："重阳时节,可怜又是天涯客,扁舟小泊花溪侧,细雨斜风,不见秦楼月。"

宋·赵师侠《酹江月》(乙未白莲待廷对)："斜风疏雨,正无聊情绪,天涯寒食。"

宋·汪莘《满庭芳》(雨中再赋牡丹)："云绕花屏,天横练带,画堂三月初三。斜风细雨,罗幕护轻寒。无数天香国色,枝枝带、洛浦嵩山。"

宋·韩淲《浣溪沙》："忆把兰桡系柳堤,斜风细雨一蓑衣,夕阳回照断霞飞。"

宋·吴礼之《桃源忆故人》(春暮)："画桥流水飞花舞,柳外斜风细雨。"

宋·魏了翁《临江仙》(送嘉甫弟赴眉山)："细雨斜风驱晓瘴,绰开坦坦长途。"

宋·彭耜《喜迁莺》："细雨斜风、断烟芳草,暑往寒来几度。"

宋·刘克庄《贺新郎》(九日)："湛湛长空黑,更那堪、斜风细雨,乱愁如织。"

宋·刘辰翁《踏莎行》(雨中观海棠)："命薄佳人,情钟我辈,海棠开后心如碎。斜风细雨不曾晴,倚阑滴尽胭脂泪。"

又《青玉案》："菟葵燕麦,冷风斜雨,长恨烟塘路。"

宋·黎廷瑞《清平乐》(雨中春怀呈准轩)："苍天雨细风斜,小楼燕子谁家。"

金·元好问《声声慢》(内乡浙江上作)："朝来斜风细雨,喜红尘,不到渔蓑。"不想作渔翁,与世隔绝。

清·孔尚任《桃花扇》第三十四出截矶尾诗:"满眼青山无地葬,斜风细雨打船头。"

清·朱仕珍《瀛涯渔唱》："细雨斜风寒食过,四英含蕊正离离。"(春末,台湾四英花开。)

今人杨凭墙《春耕·曲寄山坡羊》："长鞭舒臂,黄牛添翼,斜风细雨还耕地。"

2356. 渭城朝雨浥轻尘

唐·王维《道元二使安西》(一名渭城曲)："渭城朝雨浥轻尘,客舍青青柳色新。""渭城"即秦的咸阳,汉改名渭城,在今西安市西北。唐代为西去送别之地。此句写送元使者赴安西清晨的渭城景色:一场朝雨刚过,洗刷了空气中的飞尘,也浸湿了通往阳关道路上的浮土,清爽而洁净,客舍的杨柳也更加青翠新艳。在这种清新明朗的送行环境中钱行是深情的,对完成使命是满怀热望的,而并不悲伤。

"朝雨浥轻尘"创意者当属前人,只是在王维的名诗中得显其华。隋代柳□在《奉和晚日扬子江应制》诗中写:"梅风吹落蕊,酒雨减轻尘。"已有"雨洗轻尘"之意。唐·宋之问《和赵员外桂阳桥遇佳人》如"江雨朝飞浥细尘,阳桥花柳不胜春",应是王维此句的直源。张说《奉和圣制同刘晃喜雨应制》:"压浥尘清道,空濛柳映台。"也是雨水"浥尘"。后用"雨浥轻尘"之句之义者如:

唐·卢纶《和赵给事白蝇拂歌》:"君如寒集惊暮禽,飒若繁埃得轻雨。"喻"蝇拂"。

唐·杨凝《咏雨》:"尘浥多人路,泥归足燕家。"

唐·韩愈《酬司门卢四兄云夫院长望秋作》:"长安雨洗新秋,极目寒镜开尘函。"

唐·白居易《青龙寺早夏》:"尘埃经小雨,地高倚长坡。日西寺门外,景气会清和。"

唐·施肩吾《夏雨后题青荷兰若》:"僧舍青凉竹树新,初经一雨洗诸尘。"

唐·皎然《饮茶歌诮崔石使君》:"再饮清我神,忽如飞雨洒轻尘。"

唐·崔仲容《赠歌姬》:"渭城朝雨休重唱,满眼阳关客未归。""渭城朝雨"代《渭城曲》。

宋·寇准《阳关引》:"塞草烟光阔,渭水波声咽。春朝雨霁轻尘歇。指青青杨柳,又是轻攀折。更尽一杯酒,歌一阕,叹人生、最难欢聚易离别。且莫辞沉醉,听取阳关彻。今故人、千里自此共明月。"

宋·张先《和元居中风水洞上租龙图韵》:"水色风光近使君,浥尘轻雨逐车轮。"雨还在下。

宋·晏几道《浣溪沙》:"二月春花压落梅,仙源归路碧桃催,渭城丝雨劝离杯。"仍代《渭城曲》。

宋·贺铸《虞美人》:"粉娥齐敛千金笑,愁结眉峰小。渭城才唱浥轻尘,无奈两行红泪、湿香巾。"

宋·曾惇《念奴娇》(送维漕钱处和):"休厌共倒金荷,翠眉重为唱、渭城朝雨。看即扬鞭归骑稳,还指郁葱深处。"

宋·曹勋《竹马子》(柳):"娇黄照水,经渭城朝雨。翠惹丝垂,玉栏干风静。"

宋·吕胜己《满江红》(赴长沙暮府,别钱,送客):"歌暂阕,杯交错。人又去,情怀浅,那堪听风雨,渭城吹角。"

清·朱彝尊《南楼令》:"疏雨过轻尘,园莎衬翠茵。"

今人钟树梁《都门·调寄望江南》:"都门柳,朝浥轻尘。翠岸晓莺歌晓日,净瓶甘露作甘霖,心与物同春。"

2357. 轻阴阁小雨

唐·王维《书事》:"轻阴阁小雨,深院昼慵开。坐看苍苔色,欲上人衣来。"天上还有一层薄云,小雨已经停止。"阁",停止。

宋·张元干《兰陵王》:"卷珠箔,朝雨轻阴乍阁,栏干外,烟柳弄晴,芳草侵阶映红药。"用王维"轻阴阁小雨"句,"乍阁",初停之意。

2358. 天街小雨润如酥

唐·韩愈《早春呈水部张十八员外二首》:"天街小雨润如酥,草色遥看近却无。"皇城街道上落下了濛濛细雨,滋润着大地,滋润着万物,就像奶油浇灌下来;初春的草色远远看去,一片浅浅淡淡的青色,可走近了却是一片刚刚破土而出的嫩芽,那一片青色不见了。此景色貌似平淡,却十分新奇。

"草色遥看",出自南朝·陈后主叔宝《去春日泛舟玄圃各赋一字立韵成篇》诗:"遥看柳色嫩,回首鸟飞高。"

"小雨如酥"后人则有所应用。

宋·苏轼《南乡子》(宿州上元):"千骑试春游,小雨如酥落便收。"

宋·李弥逊《蓦山溪》(宣城丞厅双梅):"天晓酿幽香,正一霎、如酥小雨。"

元·萨都拉《燕姬曲》:"夜来小雨润天街,满院杨花飞不起。"

元·赵善庆《水仙子》(仲春湖上):"雨痕著物润如酥,草色和烟近似无,岚光罩目浓如雾。"

元·曹德《折桂令》(江头即事):"问城南春事如何,细草如烟,小雨如酥。"

明·汤显祖《牡丹亭》第八出劝农《八声甘州》:"如酥嫩雨,绕塍春色□□(luò)苴(zhā)。"

清·蒋景祁《阮郎归》:"天街微雨送春晖,芳尘湿不飞。"

2359. 巴山夜雨涨秋池

唐·李商隐《夜雨寄北》:"问君归期未有期,巴山夜雨涨秋池。"句义已见"何当共剪西窗烛"条。诗中"巴山夜雨"两度出现,第二句是"却话巴山夜雨时"。"巴山夜雨"因而心是"剪烛夜话"的内容,也因此用"巴山夜雨"表示重聚共话之愿望。

"巴山夜雨"语出唐·钱起诗《送傅管记赴蜀军》:"巴山雨色藏征旆,汉水猿声咽短箫。"后来的"巴山夜雨"都用李商隐诗义。

唐·刘沧《宿苍溪馆》:"巴山夜雨别离梦,秦塞旧山迢递心。"

宋·刘辰翁《归朝歌》:"梅花信信望东风,须待公归香满路。年时今已度,长是巴山深夜雨。"怀念。

又《祝英台近》(水后):"断肠苦,剪烛深夜巴山,酒醒听如故。"缩用二句,写怀思相聚。

宋·仇远《点绛唇》:"空怀古,巴山何处,自剪灯听雨。"缩用二句。

又《台城路》:"独客三吴,故人三楚,懒话巴山,剪灯同听雨。"缩用二句。

又《一寸金》:"问西宿停烛,谁吟巴雨,连林鼓瑟,谁弹湖月。"

宋·陈德武《木兰花慢》(寄桂村通判叶夷仲):"知心故人间阻,几何时、尊酒会多贤。冷落巴山夜雨,凄凉剡水寒船。"

宋·张炎《三姝媚》(送舒亦山游越):"投老心情,未归来何事,共成羁旅。希袜青鞋,休误入、桃源深处。待得重逢却说、巴山夜雨。"

又《塞翁吟》(友云):"尚记得、巴山夜雨,耿无语、共说生平,都付陶诗。"

又《徵招》(答仇山村见寄):"瘦吟心共苦,知几度、剪灯窗小;何时更、听雨巴山,赋草池春晓。"

2360. 山雨欲来风满楼

唐·许浑《咸阳城东楼》:"溪云初起日沉阁,山雨欲来风满楼。"作者自注:咸阳城"南近磻溪,西对慈福寺阁。"作者于秋天的傍晚登上咸阳城楼远眺,见到磻溪上乌云飞起,夕阳从慈福寺阁沉落,咸阳城楼倏然鼓满了疾风,这是暴雨降临的先兆。清·段玉裁《与阮芸台书》(《经韵楼集》卷八)以为"阁"与"楼"重复,主张改"阁"字为"谷"。其实"阁"与"楼"不算重字,且改为"日沉谷"则失真。"山雨欲来风满楼"后常作日常风波、政治风云到来的前兆。

"初起""欲来"用南朝·梁·何逊《相送诗》句:"江暗雨欲来,浪白风初起。"唐·张继《送友人卢处士游吴越》:"波生野水雁初下,风满驿楼潮欲

来。"是"山雨欲来风满楼"命意之源。唐·张籍《楚妃怨》:"湘云初起江沉沉,君王遥在云梦林。"堪为"溪云初起日沉阁"命意之源。

许浑《送杜秀才归桂林》:"瘴雨欲来枫树黑,火云初起荔枝红。"仍沿用这种句式。后来仿其句式者还有:

唐·杜荀鹤《赠彭蠡钓者》:"傍岸歌来风欲起,卷丝眼去月初沉。"

唐·韦庄《和薛先辈初秋寓怀即事之作二十韵》:"岳静云堆翠,楼高日半沉。"

唐·赵嘏《浙东陪元相公游云门寺》:"溪云乍敛幽岩雨,晓气初高大旆风。"

宋·梅尧臣《和张簿宁国山门兴题紫云岩》:"横为步障看未收,山雨一来风满耳。"

宋·穆修《和毛秀才江墅幽居好十首》:"山雨欲到槛,竹风光满衣。"

清·何绍基《山雨》:"溪云到处自相聚,山雨忽来人不知。"

2361. 满城风雨近重阳

宋·潘大临《题壁》:"满城风雨近重阳。"这是一句诗,说满城风雨迎来九九重阳节。宋·惠洪《冷斋夜话》卷四载:"黄州潘大临工诗,有佳句,然甚贫。东坡、山谷尤喜之。临川谢无逸以书问:'近新作诗否?'潘答书曰:'秋来景物,件件是佳句,恨为俗气所蔽翳。昨日清卧,闻撼林风雨声,遂起题壁曰:满城风雨近重阳。忽催租人至,遂败章。只此一句奉寄。'"(此事亦见宋·彭乘《墨客挥犀》)

这一句好诗,由于诗人灵感的火花被"催租人"熄灭,已是无以为继了,不能不说是文坛憾事。也因此,有多少人想为此句补足成篇。谢逸之读到此句,即首先续成三首绝句,却只是"令人西望忆潘郎"。南宋韩淲也曾续成一首律诗:"满城风雨近重阳,独上关山看大江。……今古骚人乃如此,暮潮声卷入苍茫。"当时七岁成诗的方岳作了《九月道中凄然忆潘邠老(即大临)之句》:"又是江南离别处,塞烟吹雁不成行。"成为离愁别恨。都如为维纳斯续断臂一样,难以稳扣原作者的感受和构思。

"满城风雨近重阳"这一句诗,被诗人们炒得火热,在文坛上竟爆发出经久不息的轰响,"满城风雨"亦成了一条成语,表示迅速风传,引起轰动。

而在诗词中则表示其本义:满城风雨交加的深秋景色。

用"满城风雨近重阳"原句的:

宋·赵彦端《画堂春》:"满城风雨近重阳,夹衫清润生香。好辞赓尽楚天长,唤得花黄。"

宋·袁去华《念奴娇》(次郢州张推韵):"满城面风雨近重阳,云卷天空垂幕。"

宋·姚述尧《朝中措》:"满城风雨近重阳,小院更凄凉。遥想东篱山色,今年花为谁黄?"

宋·李处全《浣溪沙》(儿辈欲九日词而尚远,用"满城风雨近重阳"填成《浣溪沙》):"宋玉应当久断肠,满城风雨近重阳,年年戏马忆吾乡。"

元·倪瓒《江城子》:"满城风雨近重阳,湿秋光,暗横塘。萧瑟汀浦,岸柳送凄凉。"

用"满城风雨近重阳"变式的:

宋·王珪《依韵和吴相公闻南宫放榜喜雨即事》:"紫掖清晨捧号来,门前桃李占先开。满城风雨逢寒食,更听春岩第一雷。"写春光。

宋·王安石《惜春》:"满城风雨满城尘,盖紫藏红漫惜春,春去自然无觅处,可怜多少惜花人。"

宋·王之道《浪淘沙》(和鲁如晦):"厄酒发酡颜,休更留残,满城风雨麦秋寒。余馥尚能消酒恶,谁敢包弹。"

又《朝中措》(和张文伯元夕):"从来寒食半阴晴,花底听歌声。昨夜满城风雨,惜花还系心情。"

宋·曾惇《点绛唇》(重九饮栖霞):"九月传杯,要携佳客栖霞去。满城风雨,记得潘郎句。"

宋·杨无咎《醉花阴》:"满城风雨无端恶,孤负登高约。佳节若为酬,盛与歌呼,胜却秋萧索。"

宋·范成大《夜坐有感》:"静夜家家闭户眠,满城风雨骤寒天。"

宋·张孝祥《柳梢青》(饯别蒋德施、粟之求诸公):"重阳时节,满城风雨,更催行色。陇树寒轻,海山秋老,清愁如织。"

宋·赵长卿《蓦山溪》(忆古人诗云:"满城风雨近重阳",因成此词):"满城风雨,又是重阳近。黄菊媚清秋,倚东篱、商量开尽。"

宋·辛弃疾《水龙吟》(别傅倅先之,时傅有召命):"只愁风雨重阳,思君不见令人老。行期定否,征车几两,去程多少。"

宋·郭应祥《鹧鸪天》(甲子重阳):"风雨潇潇旧满城,今年九月十分晴。且同北海邀佳客,共向东篱看落英。"

宋·史达祖《恋绣衾》:"黄花惊破九日愁,正寒城、风雨怨秋。"暗用"满城风雨"。

又《惜黄花》(九月七日定兴道中):"时节正思家,远道仍怀古,更对著、满城风雨。"

宋·方千里《点绛唇》:"绿叶阴阴,满城风雨催梅润,画楼人近,朝雾来芳信。"

宋·吴潜《水调歌头》(戊午九月,偕同官延安阁过碧沚):"重九先三日,领客上危楼。满城风雨都住,天亦相邀头。"

宋·吴文英《惜黄花慢》(菊):"翠微高处,故人帽底,一年最好,偏是重阳。……雁声不到东篱畔,满城但、风雨凄凉。"

又《惜重九》(重九):"秋娘泪湿黄昏,又满城、雨轻风小。"

又《古香慢》(赋沧浪看桂):"剪碎惜秋心,更断肠、珠尘薜络,怕重阳,又催近、满城风雨。"

又《玉蝴蝶》:"数客路、又随淮月;羡故人、还买吴航。两凝望、满城风雨,催送重阳。"

宋·陈允平《摸鱼儿》(寿叶制相):"过重阳,晚香犹耐,江城风露初峭。"暗用。

宋·刘辰翁《金缕曲》(寿李公瑾同知):"我误留公住,看人间、犹是重阳,满城风雨。"

又《减字木兰花》:"旧游山路,落在秋阴最深处;风雨重阳,无蝶无花更断肠。"

又《永遇乐》(余自乙亥上元诵李易安《永遇乐》,为之涕下。今三年矣,每闻此词,辄不自堪。遂依其声,又托之易安自喻。虽辞情不及,而悲苦过之):"香尘暗陌,华灯明昼,长是懒携手去。谁知道,断烟禁夜,满城似愁风雨。"

又《金缕曲》(九日即事):"与客携壶去,望高高、半山失却,满城风雨。何许白衣人邂逅,小立东篱共语。"

宋·周密《扫花游》(九日怀归):"倩回纹为织,那时愁句。雁字无多,写得相思几许,暗凝伫。近重阳、满城风雨。"

宋·紫元彪《水龙吟》(己卯中秋,寓玉山章泉赵石碉家,相留为延桂把菊之会):"三五蟾光,重阳风雨。"

宋·姚雪文《紫萸香慢》:"近重阳、偏多风雨,绝怜此日暄明。"

宋·赵必琭《念奴娇》(和云谷九日游星岩):"一时四美,对重阳、那更无风无雨。"

宋·仇远《虞美人》:"满城风雨消凝处,谁是潘郎句。"

又《江神子》："愁夜满城今旧雨,分付菊,自重阳。"

宋·无名氏《西江月》："满城风雨近清明,不道有人新病。"

元·高明《二郎神》(秋怀)："霜降水痕收,迅池塘犹暮秋,满城风雨还重九。白衣人送酒,乌纱帽恋头。"

清·纳兰性德《浣溪沙》："银蒜押帘人寂寂,玉钗敲竹信茫茫,黄花开也近重阳。"只用"近重阳"。

清·黄黎州《九月》："一秋多病卧匡床,岂谓登高欲断肠,菊圃无花经乱后,惟有风雨似重阳。"

又《乞炭》："随例裁成乞炭诗,重阳风雨已嫌迟。"

清·周长庚《台湾竹枝词》："客燕不来泥滑滑,满城风雨正骑秋。"(六月雨俗呼"骑秋雨")

今人朔望《国庆吟十五首》(去年十月中,市上的螃蟹都买光了)："红叶清霜近重阳,满城载酒索无肠。"螃蟹号"无肠公子"。此句只不用"风雨"。

今人刘蕙孙《重阳》："都无风雨重阳过,落拓心潮寂不平。"反用"风雨"句。

2362. 池边昨夜雨兼风

宋·杜安世《鹊桥仙》："池边昨夜雨兼风,战红杏、余香乱墜。"一夜风雨,吹落了红杏花。"雨兼风"风雨交加,又作"风兼雨"。句义取自于欧阳修《玉楼春》词:"残春一夜狂风雨,断送红飞花落树。"晏殊《渔家傲》:"密意深情谁与诉,空怨慕,西池夜夜风兼露。""风兼露"已是深秋景色了。杜安世的"池边雨兼风"应从欧、晏句来。

用"雨兼风"(风兼雨)句如:

宋·苏庠《菩萨蛮》:"春波滟滟浮春渚,绿阴一径风兼雨。"

宋·黄庭坚《同元明过洪福寺戏题》:"春残已是风和雨,更著游人撼落花。"

宋·曹勋《玉楼春》:"不妨一半雨兼风,况对有情莺与燕。"

宋·康与之《采桑子》:"晚一霎雨兼风,洗尽炎光。"

宋·韩元吉《浪淘沙》(觉度寺):"一春不奈雨和风,雨自无情,风有恨,花片西东。"

又《满江红》:"莫问花残风又雨,且须烂醉酬

春色。"

宋·赵彦端《点绛唇》(题西隐):"好在苍苔,摩挲遗恨风还雨。"

又《水龙吟》:"念海棠未老,荼蘼欲吐,且莫恨、风兼雨。"

宋·陆游《卜算子》(咏梅):"已是黄昏独自愁,又兼风和雨。"

又《豆叶黄》:"一春常是雨和风,风雨晴时春已空。"

宋·李曾伯《浪淘沙》:"昨夜风兼雨,断送残红。"

2363. 更能消、几番风雨

宋·辛弃疾《摸鱼儿》(淳熙己亥,自湖漕移湖南,同官王正之置酒小山亭,为赋):"更能消、几番风雨,匆匆春又归去。惜春长怕花开早,何况落红无数。"还能禁得住几番风风雨雨,美好的春天匆匆地归去了。我惜爱春天,担心它归去得疾,常怕花开得早,春来得早,何况面对这落花满地?这词是辛弃疾代表作之一。借春天的衰残,抒发对南宋偏安一隅、日渐衰弱之忧伤。这就是起句就用"更能消几番风雨"的缘由。宋·罗大经《鹤林玉露》甲编卷一说:"辛幼安《晚春》词云:'更能消、几番风雨,……''斜阳'、'烟柳'之句,其与'未须愁日暮,天际乍轻阴'者异矣。使在汉唐时,宁不贾种豆种桃之祸哉!愚闻寿皇见此词,颇不悦,然终不加罪,可谓至也已。"说明南宋皇帝也已嗅出了此词对政局的评定。

"更能消、几番风雨"一句,后人也有评论。宋·张侃《张氏拙轩集》卷五说:"康伯可(与之)《曲游春》词头句云:'脸薄难藏泪,恨柳风,不与吹断行色。'惜别之意已尽。辛幼安(弃疾)《摸鱼儿》词头句云:'更能消、几番风雨,匆匆春又归去。'惜春之意亦尽。二公才调绝人,不被腔律拘缚,至'但掩袖、转面啼红,无言应得'。与'闲愁最苦,休去倚危栏,斜阳正在、烟柳断肠处'其惜别、惜春之意愈无穷。"清·陈廷焯《白雨斋词话》卷一说:"稼轩'更能消几番风雨'一章,词意殊怨,然姿态飞动,极沉郁顿挫之致。起处'更能消'三字,是以千转万转后倒折出来,真是有力如虎。"这些评论的优劣且不管它,只说这起句含着政局,所以分量就重了,成了名词中的名句。其实,这"几番风雨"早有人用过了。还有"一番风雨"句,"几番"言其

多,而"一番"则说再也不能经受了。

用"几番风雨"句:

宋·向子谖《满江红》(奉酬曾端伯使君兼简赵若虚使君):"雁阵横空,江枫战、几番风雨。"

宋·僧宝月《洞仙歌》:"任倒断深思向梨花,也无奈、寒食几番风雨。"

宋·王之道《桃源忆故人》:"别后几番风雨,碧藓侵苔户。"

宋·石孝友《谒金门》:"洞里小桃音倍阻,几番风更雨。"

宋·刘过《贺新郎》:"弹铗西来路,记匆匆,径行十日,几番风雨。"

宋·吴文英《莺啼序》:"别后访、六桥天信,事往花委,瘗玉埋香,几番风雨。"

宋·翁孟寅《摸鱼儿》:"月明万里关河梦,吴楚几番风雨。"

宋·王奕《八声甘州》:"青山冢,知几番风雨,雷霆走精神。"

宋·刘壎《贺新郎》:"问梅花,经年冷落,几番风雨。"

宋·王沂孙《扫花游》:"卷帘翠湿,过几阵残寒,几番风雨。"

又《八六子》:"扫芳林,几番风雨,匆匆老尽春禽。"

宋·陈纪《满江红》:"人世上,几番风雨,几番重九。"

宋·赵必璞《绮罗香》(和百里春暮游南山):"消得几番风和雨,春归去。"用辛弃疾全句。

金·完颜璹《春草碧》:"几番风雨西城陌,不见海棠红、梨花白。"

元·张可久《清江引》曲:"能消几日春,又是相思瘦。"变用辛句。

元·陶宗仪《南浦》:"头白江南,看不了,何况几番风雨。"

今人鲁兮《八路军西安办事处》(一九八七年六月):"多少青年离故土,几番风雨过关山。"青年经过此地几径波折奔赴延安。

2364.生怕一番风雨

宋·李弥逊《好事近》(次韵李伯纪桃花):"莫分红浅与红深,点点是春色,生怕一番风雨,半飘零江国。"怕一场风雨摧残春色。

宋·袁去华《安公子》:"寒入罗衣春尚浅,过一番风雨。"

宋·向滈《临江仙》:"一番风雨又春深,桃花都落尽,赢得是清阴。"

宋·管鑑《醉落魄》:"寒欺酒力,一番风雨花如摘。"

宋·李处全《江城子》(重阳):"一番风雨一番凉,炯秋光,又重阳。"

宋·辛弃疾《满江红》(暮春):"花径里,一番风雨,一番狼藉。流水暗随粉红去,园林渐觉清阴密。"

宋·石孝友《清平乐》:"阶前小立多时,恰恨一番风雨,想应湿透鞋儿。"

宋·张杜《柳梢青》:"只有南国,一番风雨,过了樱桃。"

宋·王奕《法曲献仙音》:"花落几春口,无此一番风雨。"

2365.风雨飘摇日

现代文学家鲁迅《哀范君三章》:"风雨飘摇日,予怀范爱农。"范爱农是鲁迅的同乡同学好友,他不满当时的黑暗社会,在辛亥革命第二年,即一九一二年,看到社会面貌无根本改变,给鲁迅的信中说:"如此世界,实何生为?"三个月后,竟突然落水而死。鲁迅以为是"自沉"而死,作诗三章以示哀悼。这开篇两句说在动荡、险恶的政治形势下,友人范爱农死去了,我十分怀念他。"风雨飘摇"喻政治形势动荡不稳。

"风雨飘摇"原指风风雨雨,出自《诗经·豳风·鸱鸮》:"风雨所漂摇,予维音哓哓。"写鸟巢遭受风吹雨打,鸟儿发出惊恐的叫声。"风雨"喻某种暴力。

唐·陆敬《巫山高》:"别有阳台处,风雨共飘摇。"

唐·王建《送书处士老舅》:"风雨一飘飘,亲情多阻隔。"

唐·李华《二孝赞》:"风雨飘摇,支体鳞皴。"

清·吴敬梓《遗园》:"风雨飘摇久,柴门挂薜萝。"

2366.帘外雨潺潺

南唐后主李煜《浪淘沙》:"帘外雨潺潺,春意阑珊,罗衾不耐五更寒。"帘外雨声潺潺,春意已经凋残,薄薄的被子,耐不住五更的寒凉。写降宋后冷落寒凉的心绪。宋·胡仔《苕溪渔隐丛话》前集引宋·蔡绦《西清诗话》说:"南唐李后主归朝后,每怀江国,且念嫔妾散落,郁郁不自聊。尝作长短句'帘外雨潺潺'云云,含思凄惋,未几下世。"

清·陈锐《袌碧斋词话》云:"古诗'行行重行行'寻常白话耳;赵宋人诗亦说白话,能有此气骨否? 李后主词'帘外雨潺潺',寻常白话耳;金元人词亦说白话,能有此缠绵否?"评此句为缠绵之最。

宋·韩偓《临江仙》(闺怨):"倚疏明薄暮,帘外雨潺潺。"用原句。

宋·秦观《如梦令》:"孤馆悄无人,梦断月堤归路。无绪,无绪! 帘外五更风雨。"缩用李煜句。

稍早一些的五代诗人顾敻用的是"帘外雨潇潇":《杨柳枝》:"更闻帘外雨潇潇,滴芭蕉。"

五代·李中《海城秋夕寄怀舍弟》:"窗间寂寂灯犹在,帘外萧萧雨未休。""潺潺"也是雨声。

清·毛健《浪淘沙》:"帘外雨潇潇,妆点无聊,声声滴向不眠宵。"

2367. 好雨知时节,当春乃发生

唐·杜甫《春夜喜雨》:"好雨知时节,当春乃发生。"这是写及时雨的名句。浦起龙《读杜心解》评:"写雨切夜易,切春难。"此诗切夜也切春("知时节"),"喜"字则洋溢在字里行间。

南朝·梁·简文帝萧纲《赋得蔷薇》:"岂如兹草丽,逢春始发花。""当春乃发生"从春花改写春雨。

唐·白居易《白发》:"白发知时节,暗与我有期。今朝日阳里,梳落数茎丝。""白发"句用杜甫句式。

2368. 随风潜入夜,润物细无声

唐·杜甫《春夜喜雨》:"随风潜入夜,润物细无声。"细雨随和风而来,无声无息,点点入地,润物滋长,这才是知时节的"好雨",不像疾风暴雨会带来水害。

宋·韩琦《初雨》:"无声犹似雪,得润已如膏。"此二句以"润物细无声"延展而出,增了两个比喻:"无声"似雪,"润物"如膏,形成了自己的特点。

2369. 细雨鱼儿出

唐·杜甫《水槛遣兴》:"细雨鱼儿出,微风燕子斜。"这是两个名句,"微风燕子斜"一条见"燕子"句群。"细雨"句细雨激起水面下的鱼儿的兴致,常常浮出水面嬉戏。

宋·苏轼《道者院池上作》:"下马逢俗客,携壶傍小池。清风乱荷叶,细雨出鱼儿。"用杜甫句。

又《池上二首》:"池上新年有荷叶,细雨鱼儿噞轻浪"。再用杜句。"噞",噞喁,鱼儿从水中群出吸气。"噞轻浪"亦出水之意。

2370. 林花著雨胭脂湿

唐·杜甫《曲江对雨》:"林花著雨胭脂湿,水荇牵风翠带长"。"胭脂"(燕支),粉红色饰面剂,此处是林花著雨后红艳湿润。

南唐后主李煜《乌夜啼》:"林花谢了春红,太匆匆。无奈朝来寒雨晚来风。胭脂泪,留人醉,几时重? 自是人生长恨水长东。""林花谢了",残花著雨,滴泪湿红胭脂,此意从杜甫诗中化出。

2371. 花重锦官城

唐·杜甫《春夜喜雨》:"晓看红湿处,花重锦官城。"这是此诗尾联,写春天夜里下了一场及时雨,它将润生万物,蓬勃生长。而到天明,锦官城(成都)的雨湿了的红花,必定沉甸甸的更加茁壮。

"花重"意出自南朝·梁·简文帝萧纲《赋得入阶雨》诗:"渍花枝觉重,湿鸟羽飞迟。"雨渍花朵,增加了花枝的负担,花重枝必觉。杜甫取"花重"意。

2372. 淡云疏雨过高城

唐·杜甫《院中晚晴怀西郭茅舍》:"幕府秋风日夜清,淡云疏雨过高城。"广德二年(164),作者在严武幕府任职,不愿居幕府,流露出"吏隐"之志,面对重庆高城,怀念浣花溪草堂(西郭茅舍)。起二句写秋雨将过,秋风吹来,节度使府署重现蓝天,浅浅的云挟着稀疏的雨,越过高城而去了。

"淡云疏雨"后被用作"淡烟疏雨""淡烟细雨""淡烟微雨"等变式。

唐·白居易《江楼晚眺景物鲜奇吟玩成篇寄水部张员外》:"淡烟疏雨间斜阳,江色鲜明海气凉。""烟",或雾气、云气、岚气,形成的淡淡的烟色。

宋·苏轼《次韵周邠》:"何日西湖寻旧赏,淡烟疏雨暗渔蓑。"

宋·解昉《永遇乐》(春情)："青山绿水，古今长在，惟有旧欢何处？空赢得、斜阳暮草，淡烟细雨。"

宋·张纲《菩萨蛮》："卧对曲屏风，淡烟疏雨中。"

宋·赵鼎《点绛唇》："无情绪，淡烟疏雨，花落空庭暮。"

宋·赵耆孙《远朝归》："珠帘院落，人静雨疏烟细。"

宋·权无染《南歌子》："病态含春瘦，芳魂傍月愁，轻烟细雨更清幽。"

宋·蔡伸《上阳春》(柳)："好在章台杨柳，不禁春瘦，淡烟微雨黦尘丝，锁一点、眉头皱。"

又《风流子》："风暖昼长，柳棉吹尽，淡烟微雨，梅子初黄。"

宋·王之道《点绛唇》(冬日江上)："古屋衰阳，淡烟疏雨江南岸。"

又《如梦令》(和张文伯芍药)："绰约枝红怨，疏雨淡烟池馆。"

又《如梦令》(江上对雨)："东去，东去，短艇淡烟疏雨。"

宋·李处全《鹧鸪天》："缥缈危楼百尺雄，淡烟疏雨暗帘栊。"

宋·陈亮《贺新郎》："蓼红徒倚明汀渚，正萧萧、迎风夹岸，淡烟微雨。"

宋·刘克庄《忆秦娥》(暮春)："枝头杜宇啼成血，陌头杨柳吹成雪。吹成雪，淡烟微雨，江南三月。"

宋·吴文英《朝中措》："惟有别时难忘，冷烟疏雨秋深。"

宋·吴季子《醉蓬莱》(寿友人母)："正淡烟疏雨，梅子黄时，清和天气。"

宋·尹济翁《木兰花慢》："如今淡烟细雨，正午窗半梦酒初醒。"

宋·柴元彪《踏莎行》(怀钱塘旧游)："淡柳平芜，乱烟疏雨，雁声叫彻芦花渚。"

宋·黎廷瑞《秦楼月》："横梢卷入生绡墨，翠阴青子盈盈结；盈盈结，淡烟微雨，江南三月。"结二句用刘克庄原句。

宋·李琳《六么令》(京中清明)："淡烟疏雨，香径渺鸥。"

2373. 江湖烟雨暗渔蓑

唐·戴叔伦《寄万德躬故居》："闽海烽尘鸣戍鼓，江湖烟雨暗渔蓑。"友人万德躬乘舟戍卫东南海防，此诗先写他的故居寂寂，进而联想到海防前线的"风尘""烟雨"。"暗渔蓑"写烟雨之浓密。

宋·黄庭坚《渔父》："蒹葭浩荡双蓬鬓，风雨飘零一钓蓑。"写风雨中的渔父垂钓。

宋·朱熹《水口行舟》："昨夜扁舟雨一蓑，满江风浪夜如何。"写雨中舟行之艰难。

2374. 萧萧暮雨人归去

唐·白居易《寒食野望吟》："丘墟郭门外，寒食谁家哭？风吹旷野纸钱飞，古墓累累春草绿。棠梨花映白杨树，尽是生死离别处。冥寞重泉哭不闻，萧萧暮雨人归去。"清明前一天为寒食节，寒食也有祭扫习俗，始于唐玄宗时代。《唐明皇诏》云："寒食上墓，礼经无闻。近代相承，渐以成俗。士庶有不合庙祭者，何以用展孝思？宜许上墓。""上墓"即上坟祭扫。《乾淳岁时记》："清明前三日为寒食节，人家上冢者，多用枣锢(饼)姜豉(姜芽)，南北两山之间，车马纷纷，而野祭者尤多。"《五代史总论》云："寒食野祭，而焚纸钱。"白居易是写寒食诗最多的。此诗写扫墓人哀哭、化纸的凄凉景象，感受到"生死离别"之苦。结尾写这哭声难达"重泉"，祭扫的人们沐着萧萧暮雨归去了。

这首诗所表现的衰凉气氛是很容易令人产生共鸣的。宋·苏轼《与郭生游寒溪略改乐天〈寒食〉诗歌之坐客有泣者》："乌啼鸦噪昏乔木，清明寒食谁家哭？风吹旷野纸钱飞，古墓累累春草绿。棠梨花映白杨路，尽是死生离别处。冥漠重泉哭不闻，萧萧暮雨人归去。"此诗主要换了首句，其余变化极微，使"坐客有泣者"，主要还是原诗的感染力。至于宋·郭生《玉楼春》(游寒溪改乐天诗)，使诗入词格，可以入乐，但仍用了"冥漠重泉哭不闻，萧萧暮雨人归去"原句。

"萧萧暮雨"，"萧萧"，急雨声。南朝·梁·何逊《至大雷联句》："闵闵风烟动，萧萧江雨声。""闵闵"，纷乱的样子。此诗首用"萧萧"状雨之声。"暮雨"即黄昏雨，"萧萧暮雨"多给人以冷落凄凉之感。除了"萧萧暮雨人归去"之外，白居易还有"萧萧暮雨"名句。如：

白居易《长相思》(《全宋词》一六二页收作欧阳修词，误。)："巫山高，巫山低，暮雨萧萧郎不归，空房独守时。"又《寄殷协律》："吴娘曲词云：'暮雨萧萧郎不归'。"又《听弹湘妃怨》："分明曲里愁云雨,似道萧萧郎不归。"《全唐诗》此诗尾注云:"江南新曲有云:'暮雨萧萧郎不归'。"可知"吴娘暮雨萧萧曲""似道萧萧郎不归",都是指江南女子"吴二娘"唱的"江南新曲",而"暮雨萧萧郎不归"正是此曲中名句。白居易诗中反复写"萧萧暮雨"句,说明他所受此曲感染之深,以至离开江南仍念念不忘此曲此句。清末国学大师王国维《人间词话·境界之接受》说:"'暮雨萧萧郎不归',当是古词,未必即白傅所作。故白诗云:'吴娘夜雨潇潇曲,自别苏州更不闻'也。""未必即白傅(居易)所作"言中了,而"当是古词"则无依据。因为既是吴娘所唱"江南新曲",未必就是"古词"。

后人常用"萧萧雨、萧萧暮雨""萧萧暮雨人归去"(如苏轼、郭生)不在少。宋·岳飞《满江红》:"怒发冲冠,凭栏处,萧萧雨歇。"显示出一派英武与豪壮,格调最高,其它如:

唐·许浑《送薛秀才南游》:"绕壁旧诗尘漠漠,对窗寒竹雨萧萧。"

唐·李商隐《明日》:"凭栏明日意,池阔雨萧萧。"

又《茂陵》:"谁料苏卿老归国,茂陵松柏雨萧萧。"

唐·温庭筠《酒泉子》:"花映柳条,闲向绿萍池上,凭栏干,窥细浪,雨萧萧。"

又《河传》:"湖上闲望雨萧萧,烟浦花桥路遥。"

唐·崔涂《云》:"无端却向阳台畔,长送襄王暮雨归。"

唐·皇甫松《忆江南》:"夜船吹笛雨萧萧。人语驿边桥。"

五代·顾夐《杨柳枝》:"帘外雨萧萧,滴芭蕉。"

宋·柳永《凤凰阁》:"相思成病,那更萧萧雨落。"

又《临江仙》:"梦觉小庭院,冷风浙浙,疏雨萧萧。"

又《八声甘州》:"对萧萧、暮雨洒江天,一番清秋。"

宋·苏轼《菩萨蛮》(西湖):"秋风湖上萧萧雨,使君欲去还留住。"

又《送贾讷倅眉二首》:"试看一一龙蛇活,更听萧萧风雨哀。"

又《子由将赴南都》:"别期渐近不堪闻,风雨萧萧已断魂。"

宋·李之仪《千秋岁》:"寄声虽有雁,会面难同酒。无计偶,萧萧暮雨黄昏后。"

宋·周邦彦《忆旧游》:"坠叶惊离思,听寒螀夜泣,乱雨潇潇。"

宋·毛滂《浣溪沙》:"含笑不言春淡淡,试妆未遍雨潇潇。"

宋·惠洪《青玉案》:"薄衾孤枕,梦回人静,彻晓潇潇雨。"

宋·叶梦得《临江仙》(与客湖上饮归):"萧萧疏雨乱风荷,微云吹散,凉月堕平波。"

宋·蔡杍《凤栖梧》(寄贺司户):"别后作书频寄语,无忘林下萧萧雨。"

宋·蔡伸《水调歌头》:"蕙帐残灯耿耿,纱窗外、疏雨萧萧。"

又《满庭芳》:"玉鼎翻香,红炉叠胜,倚窗疏雨潇潇。"

宋·张元干《虞美人》:"西窗一夜萧萧雨,梦绕中原去。"

宋·李泳《贺新郎》:"楼回层城看不见,对潇潇、暮雨怜芳草。"

宋·张孝祥《鹊桥仙》:"小舟却在晚烟中,更看萧萧微雨、打疏篷。"

又《浣溪沙》:"晚雨潇潇急做秋,西风掠鬓已飕飕。"

宋·赵长卿《卜算子》(夏日送吴主簿):"旧恨新愁不忍论,泪压潇潇雨。"

宋·张震《蝶恋花》:"清梦欲寻犹间阻,纱窗一夜萧萧雨。"

宋·王炎《踏莎行》:"新愁正上自眉峰,黄昏庭院潇潇雨。"

宋·程垓《愁倚阑》(三荣道上赋):"山无数,雨潇潇,路迢迢。不似芙蓉城下去,柳如腰。"

又《忆王孙》:"萧萧梅雨断人行,门掩残春绿阴生。"

宋·石孝友《眼儿媚》:"愁云淡淡雨潇潇,暮暮复朝朝,别来应是、眉峰翠减,腕玉香销。"

宋·陈亮《虞美人》(春愁):"东风荡飏轻云缕,时送萧萧雨。"

宋·郭应祥《鹧鸪天》:"风雨潇潇旧满城,今年九日十分晴。"

宋·韩淲《海月谣》:"晚秋烟渚,更舟倚、萧萧雨。"

宋·汪晫《蝶恋花》:"佳客伴君知未去,对床只欠潇潇雨。"兼用"夜雨对床"句。

宋·卢祖皋《乌夜啼》:"段段寒沙浅水,萧萧暮雨孤篷。"

宋·黄机《小重山》:"梧竹因依山尽头,潇潇疏雨后,几分秋。"

宋·吴潜《武陵春》:"惨惨凄凄秋渐紧,风雨更潇潇。"

宋·李曾伯《沁园春》:"雁字沉秋,鸦林噪晚,几阵萧萧雨更风。"

又《水龙吟》(甲寅中秋):"楚乡三载中秋,倚楼辄值潇潇雨。"

宋·李彭老《法曲献仙音》:"听鸦啼春寂,暗雨萧萧吹怨。"

宋·柴望《齐天乐》:"凄凄杨柳潇潇雨,悄窗怎禁滴沥。"

宋·陈著《沁园春》:"风雨潇潇,江山落落,死又还生春复秋。"

宋·仇远《减字木兰花》:"一番春意,恼人更下潇潇雨。"

宋·蒋捷《洞仙歌》(对雨思友):"记得到门时,雨正潇潇。嗟今雨,此情非旧。"

又《一剪梅》(舟过吴江):"秋娘度与泰娘娇,风又飘飘,雨又潇潇。"

又《行香子》(舟宿兰湾):"昨宵谷水,今夜兰皋。奈云溶溶、风淡淡、雨潇潇。"

宋·勿翁《贺新郎》(端午):"庭外潇潇雨,对空山、再度端阳,悄无情绪。"

宋·刘将孙《摸鱼儿》:"雨萧萧,春寒欲暮。"

2375. 萧萧暗雨打窗声

唐·白居易《上阳白发人》:"宿空房,秋夜长,夜长无寐天不明;耿耿残灯背壁影,萧萧暗雨打窗声。"题下自注:"愍怨旷也。"序云:"天宝五载以后,杨贵妃专宠,后宫人无复进幸矣。六宫有美色者,辄置别所,上阳是其一也。贞元中尚存焉。""上阳"即东都洛阳皇帝行宫上阳宫。此诗写一入宫十六今六十的白发宫女的悲惨生活,揭示"后宫佳丽三千人"的不幸命运。这数句的"秋夜""残灯""暗雨打窗",以如此凄凉冷落的环境,烘托白发宫女孤苦寂寥的心态。

"萧萧暗雨打窗声","暗雨",夜晚看不清雨点,只听见萧萧打窗声,这种声音在愁人心中是凄苦的。白居易在《和自劝二首》写"微酣静坐未能眠,风霰萧萧打窗纸。"这是霰粒打窗。

宋·苏轼《书双竹湛师房二首》:"暮鼓朝钟自击撞,闭门孤枕对残釭。白灰旋拨通红火,卧听萧萧雨打窗。"用白居易句。

日本丸山清子《源氏物语与白氏文集》载日本平安时期宫廷女官紫氏部《源氏物语·魔法使》:"源氏在寂寥中苦渡时光,他满怀哀愁独自在桔花的芬芳中思念故人。这时忽然一阵狂风,吹来一场骤雨,把灯笼也吹熄了,他不觉随口泳道:'暗雨打窗声'。"用白居易句。

2376. 雾雨霾楼雉

唐·白居易《南宾郡斋即事寄杨万州》:"莓苔翳冠带,雾雨霾楼雉。"莓苔掩蔽了冠带,雾雨笼罩了楼城。"雉",古代计算城墙面积的单位,这里代城墙。"霾"浅蓝色的烟气,这里为笼罩意。

宋·苏轼《泛舟城南》:"海蜃要共诗人把,溪月行遭雾雨霾。"用"雾雨霾",写溪月被遮掩。

2377. 荐食如蚕飞似雨

唐·白居易《捕蝗》:"始自两河及三辅,荐食如蚕飞似雨。"雨喻蝗虫甚多,食叶如蚕,密密地飞落如降雨。

宋·苏轼《捕蝗至浮云岭在于潜县南二十里》:"西来烟障塞空虚,洒遍秋田雨不如。"取以雨喻蝗意,说飞落秋田的蝗虫比降雨还密还多。

2378. 连江雨送秋

唐·杜牧《忆齐安郡》:"一夜风欺竹,连江雨送秋。"一夜之间,风狂雨骤,送来了秋天。"连江雨"大雨覆盖了整个江河,雨同江连一片,望不见江的两岸,指急雨暴雨。

又《雨中作》:"得州荒僻中,更值连江雨。"

宋·苏轼《与秦太虚、参寥会于松江》:"平生睡足连江雨,尽日舟横擘岸风。"用"连江雨"。

2379. 江云漠漠江雨来

宋·王禹偁《江豚歌》:"江云漠漠江雨来,天意为霖不干汝。"江上云浓浓的下起雨来,天降霖雨使江豚不受干涸之苦。

宋·苏轼《舟行至清远县见顾秀才极谈惠州风物之美》:"江云漠漠桂花湿,海雨翛翛荔子然。"

用"江云漠漠"。

2380. 白雨跳珠乱入船

宋·苏轼《六月二十七日望湖楼醉书五绝》其一:"黑云翻墨未遮山,白雨跳珠乱入船。卷地风来忽吹散,望湖楼下水如天。""黑云翻墨"用杜甫"俄顷风定云墨色"(《茅屋为秋风所破歌》)句喻乌云。"白雨"用白居易"赤日间白雨"(《悟真寺》)句。"跳珠",雨水落地呈跳动的珍珠状。白居易《三游洞序》:"水石相薄,跳珠溅玉。"水激石上,石上便跳起珍珠,溅起玉粒。杜牧《题池州弄水序》:"一镜奁曲堤,万珠跳猛雨。"猛雨落地,如万珠跳动。

苏轼《与莫同年雨中饮湖上》:"还来一醉西湖雨,不见跳珠十五年。"清·王文诰《苏轼诗集》:"王注次公曰:先生往为杭倅日,有诗云:'黑云翻墨未遮山,白雨跳珠乱入船',故今诗云尔。"意为离开杭州不见当年在望湖楼上看到的"白雨跳珠"已经十五年了。说明对杭州西湖之情深。

宋·周涛《游天竺观激水》:"夜深不见跳珠碎,疑是檐间滴雨声。""激水"引发的"跳珠"。

清·陈曾寿《湖斋坐雨》:"隐几青山时有无,卷帘终日对跳珠。"终日对雨。

2381. 窗前山雨夜浪浪

宋·苏轼《和刘道原咏史》:"独掩陈编吊兴废,窗前山雨夜浪浪。"刘道原是宋代史学家,有《咏史》(不传),苏轼和而成此诗,诗中举称仲尼、陆机、扁鹊等历史人物,认为他们"名高不朽"并没有什么用武之地。末二句写在不停的山雨之中,掩卷沉思。"浪浪"流淌不止的样子。

楚·屈原《离骚》:"揽茹蕙以掩涕兮,沾余襟之浪浪。"写流涕不止。

唐·韩愈《别知赋》:"雨浪浪其不止,云浩浩其常浮。"写雨下不停。

2382. 轻寒细雨情何限

宋·秦观《虞美人》:"轻寒细雨情何限,不道春难管。""轻寒细雨"正是乍暖还寒的早春天气,给词人带来无限愁情。

又《浣溪沙》:"漠漠轻寒上小楼,无边丝雨细如愁。"亦写"轻寒""细雨"增愁。

又《水龙吟》:"破暖轻风,弄晴微雨,欲无还

有。"仍是"轻寒""细雨"之意。

2383. 花片不禁寒食雨

宋·范成大《次韵唐幼度客中,幼度相别数年,复会于钱塘湖上》:"花片不禁寒食雨,鬓丝犹那涌金春。"西湖仍是"料峭"春寒,又兼寒食下雨,花片难以禁受,而白发却经受了经过"涌金门"去西湖的春寒。

宋·陈与义《雨中对酒,庭下海棠经雨不谢》:"燕子不禁连夜雨",范诗"花片不禁寒食雨"从此句脱出,即用句式。

2384. 雨打梨花深闭门

宋·李重元《忆王孙》(春词):"萋萋芳草忆王孙,柳外楼高空断魂。杜宇声声不忍闻,欲黄昏,雨打梨花深闭门。"这是春、夏、秋、冬四首《忆王孙》词之一,写女子在芳草萋萋的春天怀念离人,登楼远眺仍不见归来,只闻杜鹃"不如归去"的啼声,实在令人断魂。何况时间已近黄昏,雨点淅沥,打着初放的梨花,庭院之门常常掩闭着,更增添了孤独、凄恻、冷落之感。明人沈际飞《草堂诗余正集》云,此词:"一句一思,因高楼日空,因闭门日深,俱可味。"清·沈祥龙《论词随笔》评结句"'雨打梨花深闭门','落红万点愁如海',皆情景双绘,故称好句,而趣味无穷。"这种对结句的评述,正合宋人张炎《词源》中的话:"末句最当留意,有存余不尽之意始佳。"李重元此词佳则在"黄昏雨""梨花院""深闭门"交汇成的一幅"凄冷寂寥图",令人沿着女主人的心境展开无尽的想象。

"雨打梨花深闭门"句源尚有疑义。宋·吴聿《观林诗话》云:"半山(指王安石)酷爱唐乐府'雨打梨花深闭门'之句。"果如此,则此句当为唐人之句,至少说王安石已读了此句,李重元生平不详,如不是与王安石同时或更早,就不会首出李重元之手了。虽然遍读唐人诗未见此句。

但是,唐诗中已有近义句:

唐·卢象《春怨二首》:"寂寞空庭春欲晚,梨花满地不开门。"

唐·刘长卿《题张山人所居》:"春苔满地无行处,深映桃花独闭门。"

唐·戴叔伦《春怨》:"金鸭香消欲断魂,梨花春雨掩重门。"

五代·尹鹗《清平乐》:"髻滑凤凰钗欲坠,雨

打梨花满地。"

以上各句,有"春雨""梨花""闭门""雨打梨花""断魂",尤其戴叔伦句,堪为"雨打梨花深闭门"之源。用此句如:

宋·赵彦端《鹧鸪天》(生查子):"不知长短亭,何处逢寒时。多少向来情,门掩梨花夕。"暗用。

宋·史达祖《绮罗香》(咏春雨):"临断岸,新绿生时,是落红、带愁流去。记当日、门掩梨花,剪灯深夜语。"

又《玉楼春》(赋梨花):"黄昏著了素衣裳,深闭重门听夜雨。"暗用。

宋·无名氏《鹧鸪天》(春闺):"无一语,对芳尊,安排肠断到黄昏。甫能炙得灯儿了,雨打梨花深闭门。"用原句。

宋·无名氏《断句》:"风袅篆烟不卷帘,雨打梨花深闭门。"原句。

元·王实甫《西厢记》第一本第一折《柳叶儿》:"门掩着梨花深院,粉墙儿高似青天。"

又《西厢记》第二本第一折《仙吕·八声甘州》:"风袅篆烟不卷帘,雨打梨花深闭门。"用宋·无名氏句。

元·张可久《南昌·骂玉郎过感皇恩采茶歌》(杨驹儿墓园):"明年来此赏清明,窗掩梨花深院静,小楼风雨共谁听!"

明·施绍华《北双调·新水令·夜雨》(沉醉东风):"打梨花门掩墙高,柔橹咿呀鸳外摇,烟雾里垂杨画阁。"

清·梁启超《采桑子》:"沉沉一枕扶头睡,直到黄昏,犹掩重门,门外梨花有湿痕。"

2385. 暗淡梨花雨

五代·孙光宪《虞美人》:"红窗寂寂无人语,暗淡梨花雨。"情人"天涯一去无消息",以致"红窗寂寞",又兼春雨绵绵,梨花暗淡,心绪尤为冷落凄凉。其基调同"雨打梨花"。"梨花雨"总是阴阴郁郁,凄凄冷冷,表现种种不佳心绪,有时"雨"即是"泪"。

宋·张先《武陵春》:"梅花瘦雪梨花雨,心眼未芳菲。"

宋·陈克《鹧鸪天》:"赤阑干外梨花雨,还是去年寒食心。"

宋·周紫芝《青玉案》:"清歌低唱,小蛮犹在,空湿梨花雨。"

又《临江仙》:"试问梨花枝上雨,为谁弹满清尊。"

又《感皇恩》(送晁别驾赴朝):"今朝何事,目送征鸿轻举,可堪吹不断、梨花雨。"

宋·周纯《满庭霜》(墨梅):"梨花雨,飘零尽也,难入梦魂中。"

宋·向子諲《生查子》:"脉脉复盈盈,几点梨花雨。"

宋·李弥逊《蝶恋花》(拟古):"清息未来池阁暮,濛濛一饷梨花雨。"

宋·邓肃《蝶恋花》:"牵马欲行还复往,春风吹断梨花雨。"

宋·赵长卿《采桑子》:"年年依旧梨花雨,粉泪空存。"

宋·辛弃疾《玉楼春》:"梦回人远许多愁,只在梨花风雨处。"

宋·程垓《洞庭春色》:"歌凭锦字,写人愁去,生怕梨花雨。"

又《青玉案》(用贺方回韵):"欲凭锦字,写人愁去,生怕梨花雨。"再用此句。

宋·李彭老《探芳讯》:"闲帘深掩梨花雨,谁问东阳瘦。"

宋·周晋《点绛唇》:"移舟去,成新句,一砚梨花雨。"

宋·吴大有《点绛唇》(送李琴泉):"漠漠萧萧,香冻梨花雨。"

宋·颜奎《清平乐》:"夜深水鹤云间语,明日棠梨花雨。"

宋·王沂孙《锁窗寒》:"最难禁,向晚凄凉,化作梨花雨。"

宋·无名氏《云鬟松令》:"檀板停时,君看取、数尺鲛绡,果是梨花雨。"

元·仇远《次胡韦杭韵》:"梨花半落雨初过,杜宇不鸣春自归。"

"黄花雨"则是"菊花雨",秋雨。宋·紫元彪《蝶恋花》(己卯菊节得家书,欲归未得):"去上走马章台路,送酒无人,寂寞黄花雨。"又《海棠春》(客中感怀):"时节近中秋,那更黄花雨。"

2386. 楚天长短黄昏雨

唐·李商隐《楚吟》:"楚天长短黄昏雨,宋玉无愁亦自愁。"黄昏时间,楚天远远近近下起了雨。

就是无愁之人也要生愁。"黄昏雨"总是令人感到郁闷、忧郁。

唐·崔涂《感花》："东风一阵黄昏雨，又是繁华梦觉时。"

唐·韦庄《江亭酒醒却寄维扬钱客》："别筵人散酒初醒，江步黄昏雨雪零。"

又《春愁》："落花寂寂黄昏雨，深院无人独倚门。"

五代·李中《落花》："谁见长门深锁，黄昏细雨相和。"

五代·张曙《浣溪沙》："天上人间何处去，旧欢新梦觉来时，黄昏微雨画帘垂。"

宋·柳永《祭天神》："柔肠断、还是黄昏，那更满庭风雨。"

又《斗百花》："深院无人，黄昏乍拆秋千，空销满庭花雨。"

宋·晏殊《渔家傲》："饮散短亭人欲去，留不住、黄昏更下萧萧雨。"

宋·欧阳修《一落索》："窗在梧桐叶底，更黄昏细雨。"

又《少年游》："那堪疏雨滴黄昏，更特地、忆王孙。"

宋·晏几道《蝶恋花》："可恨良辰天不与，才过斜阳，又是黄昏雨。"

又《御街行》："阑干倚尽犹慵去，几度黄昏雨。"

宋·杜安世《凤栖梧》："窗外芭蕉，数点黄昏雨。"

宋·苏轼《江神子》："黄昏犹是雨纤纤，晓开帘，欲平檐。"

又《点绛唇》："水边朱户，尽卷黄昏雨。"

宋·赵令畤《蝶恋花》："庭院黄昏雨霁，一缕深心，百种成牵系。"

又《浣溪沙》（王晋卿筵上作）："风急花飞昼掩门，一帘残雨滴黄昏，便无离恨也销魂。"

宋·贺铸《篸水近》："澄凉夜色，才过几点黄昏雨。"

宋·晁补之《蓦山溪》："黄昏风雨，人散不归家、帘旌卷。"

宋·司马槱《黄金缕》："家在钱塘江上住。花落花开，不管年华度。燕子又将春色去，纱窗一阵黄昏雨。"

宋·赵子发《虞美人》："楼高映步拖金缕，香湿黄昏雨。"

宋·叶梦得《虞美人》（雨后同干誉、才卿置酒来禽花下作）："落花已作风前舞，又送黄昏雨。晓来庭院半残红，惟有游丝千丈、挂晴空。"

宋·美奴《如梦令》："无绪，无绪，生怕黄昏疏雨。"

宋·朱敦儒《减字木兰花》："相对清言，无觉黄昏雨打船。"

又《诉衷情》："黄昏又是风雨，楼外角声残。"

宋·赵鼎《贺圣朝》（锁试府学夜作）："断霞收尽黄昏雨，滴梧桐疏雨。"

宋·李清照《声声慢》："守着窗儿，独自怎生得黑！梧桐更兼细雨，到黄昏、点点滴滴。"南渡后，国破家亡之愁苦。

宋·李邴《洞仙歌》："飘扬无个事，刚被萦牵，长是黄昏怕微雨。"

宋·李弥逊《蝶恋花》（福州横山阁）："榕叶满川飞白鹭，疏帘半卷黄昏雨。"

又《十样花》："翠袖衬轻红，盈盈泪，怨春去，黄昏微带雨。"

宋·冯时行《点绛唇》："留人不住，黯淡黄昏雨。"

宋·李石《醉落魄》（春云）："今宵魂梦知何处，翠竹芭蕉，又下黄昏雨。"

宋·朱淑真《蝶恋花》（送春）："把酒送春春不语，黄昏却下潇潇雨。"

宋·唐婉儿《钗头凤》："世情薄，人情恶，雨送黄昏花易落。"

宋·陆游妾某氏《生查子》："窗外有芭蕉，阵阵黄昏雨。"

宋·岳甫《西江月》："明日又还重九，黄昏小雨疏风。"

宋·赵长卿《虞美人》（春寒）："黄昏烟雨失前山，陟遍朱栏，酒噤不禁寒。"

宋·杨冠卿《菩萨蛮》："飞云障碧江天暮，杏花帘幕黄昏雨。"

又《菩萨蛮》："碧波溪上路，几阵黄昏雨。归去断人肠，纱厨枕簟凉。"

宋·辛弃疾《阮郎归》（丰阳道中）："山前风雨欲黄昏，山头来去雪。"

又《生查子》："今年燕子来，谁听呢喃语。不见卷帘人，一阵黄昏雨。"

宋·姜夔《点绛唇》（丁未冬过吴松作）："数峰

清苦,商略黄昏雨。"

宋·苏茂一《点绛唇》:"竹翠藏烟,杏红流水归何处? 透帘穿户,更洒黄昏雨。"

宋·周端臣《贺新郎》(代寄):"怕听黄昏雨,到黄昏、陡顿潇潇,雨声不住。"

宋·方岳《沁园春》(赋子规):"尽为春愁,尽劝春归,直恁恨深。况雨急黄昏,寒欺客路。"

宋·萧剋《朝中措》:"半山社雨欲黄昏,燕子不过门。"

宋·吴文英《风流子》:"慵整堕鬟,怨时迟暮,可怜憔悴,啼雨黄昏。"

又《木兰花慢》:"回首沧波故苑,落梅烟雨黄昏。"

宋·刘辰翁《忆秦娥》:"青衫泪尽楼头角,佳人梦断花间约;花间约,黄昏细雨,一枝零落。"

又《青玉案》:"雪销未尽残梅树,又风送、黄昏雨。"

宋·伍梅城《摸鱼儿》(送陈太史东归):"梧桐叶上黄昏雨,恨杀无情流水。"

宋·利登《鹧鸪天》:"两窗一霎黄昏雨,笑问新凉饮酒无。"

宋·赵闻礼《玉漏迟》:"深院宇,黄昏杏花微雨。"

宋·无名氏《鹧鸪天》:"冰作质,月为魂,萧萧细雨入黄昏。"

宋·无名氏《调笑集句》(吴娘):"锦瑟年华谁与度,黄昏更下潇潇雨,况是青春将暮。"集晏殊"黄昏更下萧萧雨"句。

宋·无名氏《祝英台》:"可怜冷落黄昏、潇潇微雨,断魂处、朱栏独倚。"

宋·无名氏《青玉案》(咏举子赴省):"试问闲愁知几许,两条脂烛,半盂馊饭,一阵黄昏雨。"用贺铸句式。

宋·无名氏《霜天晓角》:"信有黄昏雨,孤灯酒、不禁酌。"

宋人依托神怪李季萼《木兰花》(惜春):"东风忽起黄昏雨,红紫飘残香满路。"

清·朱彝尊《卜算子》:"听遍梨花昨夜风,今日黄昏雨。"

2387. 夜来风雨声

唐·孟浩然《春晓》第三、四句"夜来风雨声,花落知多少"亦为人喜用,尤以"夜来风雨"应用最多。

唐·韩偓《哭花》:"若是有情争不哭,夜来风雨葬西施。"将美女西施比作落花。宋·周邦彦《六丑》(蔷薇谢后作):"为问花何在,夜来风雨,葬楚宫倾国。""楚宫倾国"即"吴宫西施",用韩偓"葬西施"意。

唐·温庭筠《鄠北郊居》:"槿篱芳援近樵家,垅麦青青一经斜。寂寞游人寒食后,夜来风雨送梨花。"

唐·陆龟蒙《重题蔷薇》:"更被夜来风雨恶,满阶狼藉没多红。"

唐·崔涂《初过汉江》:"为报习家宜置酒,夜来风雪一江寒。"清·乐钧《钱献之州倅归》:"芦花吹雪一江寒,老向烟波把钓竿。"用崔涂"一江寒"句。

宋·范仲淹《书酒家壁》:"游子未归春又老,夜来风雨落花多。"

宋·晁端礼《一斛珠》:"夜来风雨连清晓,秋千院落无人到。"

又《菩萨蛮》:"薄衾小枕重闭,孤灯照著人无寐。风雨夜来多,春寒可奈何。"

宋·晁补之《金凤钩》(送春):"春辞我向何处? 怪草草、夜来风雨。一簪华发,少欢饶恨,无计殢春且住。"

宋·张抡《点绛唇》:"浮世如何,问花何事花无语,夜来风雨,已送韶华暮。"

宋·赵彦端《阮郎归》:"一春种得牡丹成,那知君遽行。东君也自没心情,夜来风雨声。"用全句。

宋·贾逸祖《朝中措》:"天教流落、东西南北。不恨年华,只恨夜来风雨。投明月、老却梅花。"

宋·辛弃疾《祝英台近》:"断肠几点愁红,啼痕犹在。多应怨、夜来风雨。"

又《上西平》(送杜叔高):"江南好景,落花时节又逢君。夜来风雨,春归似欲留人。"

宋·程垓《水龙吟》:"夜来风雨匆匆,故园定是花无几。愁多愁极,等闲孤负,一年芳意。"

宋·史达祖《过龙门》(春愁):"夜来风雨晓收,几点落花绕柳絮,同为春愁。"

宋·姜夔《月下笛》:"与客携壶,梅花过了,夜来风雨。"

宋·彭元逊《汉宫春》(元夕):"夜来风雨,摇得杨柳黄深。"

宋·王沂孙《摸鱼儿》:"洗芳林、夜来风雨,匆匆还送春去。"

宋·张炎《祝英台近》(与周草窗话旧):"转首青阴,芳事顿如许。不知多消魂、夜来风雨。犹梦到、断红流处。"

元明小说话本依托宋人赵旭词《浣溪沙》:"菊近秋来都烂熳,从他霸后更萧条,夜来风雨似今朝。"

清·黄景仁《春兴》:"夜来风雨梦难成,是处溪头听卖饧。"

"夜来"即夜间、夜里,唐人诗中了也曾用"夜来"。

唐·崔曙《奉试明堂火珠》:"夜来双月满,曙后一孤星。"

又《宿大通和尚塔敬赠如上人兼呈常孙二山人》:"岭外飞电明,夜来前山雨。"

唐·杜甫《遣怀》:"夜来归鸟尽,啼杀后栖鸦。"

唐·胡令能《王昭君》:"魂梦不知身在路,夜来犹自到昭阳。"

宋·方干《思江南》:"夜来有梦登归路,不到桐庐已及明。"

2388. 夜足沾沙雨,春多逆水风

唐·杜甫《老病》:"夜足沾沙雨,春多逆水风。"一夜雨足,使散沙沾连,春多东风向西而吹,水却向东流去,因而风逆水而行。这夜雨送风,难出山峡,故有飘蓬之叹。

唐·白居易诗:"巫山暮足沾花雨,陇水春多逆浪风。"(《客斋随笔》),用杜甫二句。

2389. 鸡鸣风雨交

唐·杜甫《雨过苏端》:"鸡鸣风雨交,久旱雨亦好。"黎明前风雨交加。

宋·苏轼《夜烧松明火》:"岁暮风雨交,客舍凄薄寒。"用"风雨交"写岁暮海南天候。

2390. 惊风乱飐芙蓉水,密雨斜侵薜荔墙

唐·柳宗元《登柳州城楼寄漳、汀、封、连四州刺史》:"惊风乱飐芙蓉水,密雨斜侵薜荔墙。""飐",风吹物动。"薜荔",蔓本植物,即木莲。"薜荔"墙,一片薜荔爬满了墙。二句意为:疾风乱搅芙蓉水,密雨斜落薜荔墙。写风雨之势猛烈。

清·曹雪芹《红楼梦》第八十七回薛宝钗《与黛玉书并诗四章》:"更遭惨祸飞灾,不啻惊风密雨。"用柳宗元"惊风……""密雨……"二句之句意,喻情势猛烈。

2391. 风雨飘茅屋

唐·韦应物《答涧奴、重阳二甥》:"风雨飘茅屋,蒿草没瓜园。"写弃职时期家居生活。"风雨飘茅屋",风雨掀起屋上茅草飘飞而去。正如杜甫《茅屋为秋风所破歌》:"八月秋高风怒号,卷我屋上三重茅。"

宋·苏轼《夜泊牛口》:"朔风吹茅屋,破壁见星斗。"写牛口村十分穷苦。

2392. 雨顺风调为上端

宋太宗赵光义《缘识》:"雨顺风调为上瑞,苍生家足降天来。""雨顺风调",风雨在一年之中适时适量,宜于禾谷生长,预兆丰收。宋太宗此句乞求、祝愿丰年。原为"风调雨顺":《旧唐书·礼乐志一》引《六韬》:"武王伐纣,雪深丈余,……既而克殷,风调雨顺。"此语出自《六韬》。《旧唐书·后妃传上》:"自贞观已来,二十有二载,风调雨顺,年登岁稔,人无水旱之弊,国无饥馑之灾。"

宋·苏轼《荔枝叹》:"雨顺风调百谷登,民不饥寒为上瑞。"用宋太宗诗意,"上瑞":最吉祥的事。

宋·张继先《瑶台月》(元宵庆赏):"明良际会,八表风调雨顺。"

宋·无名氏《万年欢慢》:"太平朝野无征战,国内宴然。风调雨顺歌声喧。"

元·施耐庵《西游记》第九十九回"年年风调雨顺,岁岁雨顺风调。"

明·于谦《喜雨行》:"但愿风调雨顺民安业,我亦走马看花归帝京。"

"风调雨顺"还有其他含义。王业《在阁知新录》载:"凡寺门金刚,各执一物,俗谓风调雨顺;执剑者风也,执琵琶者调也,执伞者雨也,执蛇者顺也。独顺字思之不得其解。"杨升庵《艺林伐山》云:"所执非蛇,乃蜃也。蜃形似蛇而大,字音如顺。"《封神演义》中之四大金刚,应有所本。《中华大字典》关于"风调雨顺"有一义项为"寺门之四金刚也"。

2393. 阑风伏雨秋纷纷

唐·杜甫《秋雨叹三首》:"阑风伏雨秋纷纷,四海八荒同一云。"一阵秋风过后,就是纷纷秋雨,不停不息。赵子栎注:"阑珊之风,沉伏之雨,言其风雨不已也。"秋风秋雨,总不停止,令人凄寒。

清·钱谦益《吴门春仲送李生还长干》:"阑风伏雨暗江城,扶病将愁起送行。"用杜甫"阑风伏雨"。

2394. 苦雨终风也解晴

宋·苏轼《六月二十日夜渡海》:"参横斗转欲三更,苦雨终风也解晴。"三更过后就要天亮了,风雨连绵也有放晴的时候。"苦雨":《左传·昭公四年》:"春无凄风,秋无苦雨。"秋天往往久雨、多雨,这种雨给人带来凄苦,所以称苦雨。"终风"《诗经·邶风·终风》:"终风且霾,惠然肯来。""终风且暍,不日有暍。"毛传曰:"终日风为终风。"即久风、多风意。

"终风"之"终"另一解为"既",就成了虚词(连词),因而"终风苦雨"连用者不多,惟用"苦雨",这从唐代始。

唐·张说《杂诗四首》:"山闲苦积雨,木落悲时遒。""苦积雨"含"苦雨"意。

唐·李白《玉真公主别馆苦雨赠卫尉张卿二首》:"苦雨思白日,浮云何由卷。"

唐·杜甫《留别贾严二阁老两院补阙》:"一秋常苦雨,今日始无云。"《月令》云:"苦雨数来。""常苦雨"即此意。

唐·李嘉祐《送友人入湘》:"闻说湘川路,年年苦雨多。"

唐·钱起《新雨喜得王卿书问》:"苦雨暗秋径,寒花垂紫苔。"

又《长安客舍赠李行文明府》:"高槐暗苦雨,长剑生秋寒。"

又《穷秋对雨》:"晦日连苦雨,动息更遭回。"

又《秋霖曲》:"君不见圣主旰食忧元元,秋风苦雨暗九门。"

唐·皇甫冉《寄刘八山中》:"东皋若近远,苦雨隔还期。"

唐·白居易《霖雨苦多,江湖暴涨,块然独望,因题北亭》:"自作浔阳客,无如苦雨何。阴昏晴日少,闲闷睡时多。"

唐·杜牧《吴宫调》:"鹤鸣山苦雨,鱼跃水多风。"

宋·杨亿《石殿丞通判濮州》:"经旬苦雨淹行斾,几曲洪河贯群图。"

宋·释惟凤《寄刘处士》:"度月阻相寻,应为苦雨吟。"

2395. 多少凄风苦雨

宋·范成大《惜分飞》:"重别西楼肠断否?多少凄风苦雨。休梦江南路,路长梦短无寻处。"此词惜别离。"凄风苦雨"写别后的凄凉岁月。

元·马臻《三禽篇》:"说尽人间行路难,凄风苦雨心肠断。"用范成大句。

2396. 和风细雨,困人天气

宋·张先《八宝装》:"锦屏罗幌初睡起,花阴转,重门闭。正不寒不暖,和风细雨,困人天气。""困人天气",令人疲困、倦怠。

宋·范成大《眼儿媚》(萍乡道中乍晴,卧舆中,困甚,小憩柳塘):"困人天色,醉人花气,午攀扶头。"雨过初晴,阳光送暖,令人产生春天的慵懒,午梦酣甜如酒醉。也是一种"困人天气"。

2397. 东君何意,便风狂雨骤

宋·张扩《殢人娇》:"深院海棠。谁情春工染就。映窗月、烂如锦绣。东君何意,便风狂雨骤。堪恨处,一枝未曾到手。""东君",春之神,主宰春天的。写海棠正花开烂熳,便被春神送来"风狂雨骤",摧残殆尽了。

宋·李清照《转调满庭芳》:"不怕风狂雨骤,恰才称,煮酒残花。"

宋·万俟咏《别瑶姬慢》:"可惜香红,又一番骤雨,几阵狂风。""骤雨""狂风",即雨骤风狂的变序用法。

2398. 夜阑卧听风吹雨

宋·陆游《十一月四日风雨大作》:"夜阑卧听风吹雨,铁马冰河入梦来。"绍熙三年(1192)十一月作于故乡山阴。僻卧孤村,不悲自己的境遇,而时刻思念为国戍守西北边疆。在风雨声中,梦里到达铁马冰河的寒冷的北方战场。

宋·王安石《金陵郡斋》:"深炷炉烟闭斋阁,卧听檐雨泻高秋。"陆游用此"卧听"句。

宋·苏轼《初别子由》:"秋眼我东阁,夜听风雨声。"近王安石诗意。

2399. 飒飒东风细雨来

唐·李商隐《无题四首》:"飒飒东风细雨来,芙蓉塘外有轻雷。"细雨伴飒飒东风而至,轻雷在荷塘外隐隐轰鸣,这春风春雷,烘托了女子"一寸相思一寸灰"的悲凉心境。

宋·苏轼《游张山人图》:"纤纤八麦黄花乱,飒飒催诗白雨来。"用"飒飒东风细雨来"句,其"飒飒"不是风声而是雨声。"催诗",兼用杜甫《丈八沟纳凉》中"片云头上黑,应是雨催诗"句意,"催诗"引发激情、灵感。

2400. 无奈朝来寒雨晚来风

南唐后主李煜《乌夜啼》(即《相见欢》):"林花谢了春红,太匆匆。无奈朝来寒雨晚来风。胭脂泪,留人醉,几时重?自是人生长恨水长东!""林花""胭脂"句从杜甫《曲江对雨》"林花著雨胭脂落(一作"湿"),水荇牵风翠带长"中化出。林花凋谢,摇落春天的红艳,过于匆匆了。面对着摧残林花的晚风朝雨,该有什么办法呢!"无奈"一作"常恨",就与下阕的"长恨"重复,何况"林花"句是即景生情,而不是泛发议论。清·谭献《词辨》(谭评)卷二说"前半阕濡染大笔"。近代俞陛云《唐五代两宋词选释》说:"后主为樊若水所卖,举国与人。词借伤春为喻,恨风雨之摧花,犹逆臣之误国。追魁柄一失,如水之东流,安能换沧海尾闾、复鼓回澜之力耶?"加拿大叶嘉莹《灵溪词说》说:"王国维《人间词话》称李后主'俨然有释迦、基督担荷人类罪荷之意。'盖即指此一类作品而言者也。然而李煜在词中虽曾写出全人类共有之悲哀,但其所表现之人生,即实在并不出于理性之观察,而全出于深情之直觉的体认。即如此词中所叙写的由林花红落而引发的一切有生之物的苦难无常之哀感,李煜之所以体认及此,即全由于其自身所经历过的一段破国亡家之惨痛遭遇,而并非由于理性之思索与观察。"窃以为李煜的感伤多出于他曾为君主的个人性质,所谓"亡国之恨",也并非忧国忧民,只是许多抒情语,引发了哀伤者的共鸣。此词的伤春而自伤,亦不例外,不是什么菩萨情肠,也并非对事理毫无认识。

唐·孟浩然《陪张丞相自松滋江东泊渚宫》首

用"晚来风":"晚来风稍急,冬至日行迟。"以下:

宋·李清照《声声慢》:"三杯两盏淡酒,怎敌他、晚来风急。"

宋·王之道《水调歌头》:"弱云狼籍,晚来风起,席卷更无留。"

宋·张孝祥《虞美人》(无为作):"江南几树夕阳红,点点归帆吹尽、晚来风。"

宋·曹勋《浪淘沙》:"庭院晚来风,还过秋容,旧时与客绕秋丛。"

宋·韩元吉《浣溪沙》(次韵曾吉甫席上):"细雨弄烟弄日,断云黏水黏空,酴醾飞下晚来风。"

宋·赵长卿《西江月》(夏日有感):"荷花香染晚来风,相对恍然如梦。"

宋·黄人杰《感皇恩》(西湖):"晚来风静,闲侵几枝红玉。"

宋·陈三聘《满江红》(雨后携家游西湖,荷花盛开):"绀縠浮空,山拥髻,晚来风急。"

宋·赵师侠《永遇乐》(甲午走笔和岳大用梅词韵):"秋满衡皋,淡云笼月,晚来风劲。"

宋·郑梦协《八声甘州》:"大江流月夜,客心愁、不禁晚来风。"

宋·邓有功《过秦楼》:"燕蹴飞红,莺迁就绿,几阵晚来风急。"

宋·蒲寿宬《渔父词》:"葭荻横披众木东,浪花如雪晚来风。"

2401. 夜窗风雪一灯青

宋·陆游《冬夜读书示聿》:"白首自怜心未死,夜窗风雨一灯青。"作者于庆元五年(1199)十二月,在山阴故里写给他的小儿子陆子通的诗,共五首。此二句说:我虽已白发苍苍,自信未改求学志趣,仍伴着夜窗风雪,凭着一盏青灯苦读不辍。意在范示其幼子。

"青灯",油灯发出的青色黯淡的光。陆游在《秋夜读书每以二鼓尽为节》:"白发无情侵老境,青灯有味似儿时。""青灯有味"是读书之乐。古人常以"青灯黄卷"表示读书(或诵经)之艰苦。他在《雨夜》中又用"青灯":"幽人听尽芭蕉雨,独与青灯话此心。"足见作者与青灯感情之深。

"一灯",前人已写:

唐·许浑《怀政禅师院》:"寒暑移双树,阴尽一灯风。"

唐·李昌符《秋夜作》:"芙蓉叶上三更雨,蟋蟋声中一点灯。"前句用温庭筠《更漏子》中"梧桐树,三更雨"句。"一点灯"写秋夜孤凄。

宋·柳永《安公子》:"认去程将近,舟子相呼,遥指渔灯一点。""一点",言远望而渔灯很小。

"一灯青"写灯色,"一灯红"写灯火,"一灯明"写灯光。

宋·叶绍翁《夜书所见》:"知有儿童挑促织,夜深篱落一灯明。"儿童借落在篱笆上的一支灯光捕捉促织。宋·姜夔《齐天乐》:"笑篱落呼灯,世间儿女。"全词和张功父咏蟋蟀,缩用叶绍翁句。

宋·方岳《斋中学宫》:"残书伴古灯,竹外一灯青。"

明·刘基《感兴》:"千里江山双白鬓,五更风雨一青灯。"

清·蒋士铨《水调歌头》(舟次感成):"谁知千里夜,各对一灯红。"兼用姜夔"谁教岁岁红莲夜,两处沉吟各自知"。

清·文廷式《水龙吟》:"无言独对、青灯一点,神游天际。"

清·刘淳《满江红》:"只一灯、分照满天涯,同为客。"

2402.渔火一星红

清·赵怀玉《双调江城子》(舟夜):"惜孤踪,守孤篷。野渡无人,渔火一星红。"用刘禹锡"野渡无人舟自横"句,表徒增寂寞。"一星红",写远方渔舟上之灯光,小而红亮,如星光闪烁。

清·左辅《南浦》(夜寻琵琶亭):"断岸高低向我,渔火一星星。"亦以星光喻渔火,岸上绝壁高低起伏,迎面而来,江中渔火点点如星。

2403.灯花何太喜

唐·杜甫《独酌成诗》:"灯花何太喜,绿酒正相亲。醉里从为客,诗成觉有神。"至德二年(757)八月,诗人去鄜州省亲在途中独酌而作。这前四句叙述旅夜酌成诗事以点题。"灯花"二句写能有酒独酌,连灯花也在报喜。"灯花",灯捻燃烧而结成花蕊状,按传统习俗以为是"灯花报喜"。孤旅遇酒,在作者看来,也算喜庆事。

宋·苏轼《泗州除夜雪中黄师是送酥酒二首》:"冷砚欲书先自冻,孤灯何事独生花。"也写灯花兆酒。

宋·范成大《客中呈幼度》:"今朝合有家书到,昨夜灯花缀玉虫。""缀玉虫",结成玉虫钗形状,他的《再次韵德麟新开西湖》也写"灯花已缀钗头虫"。此诗说昨夜灯花报喜,今天当有家书到来。

2404.楼前红烛夜迎人

唐·韩翃《赠李翼》:"王孙别舍拥轮,不羡空名乐此身。门外碧潭春洗马,楼前红烛夜迎人。"李翼为李氏宗室,诗中赞他不图名利,过着舒适的闲居生活。"楼前红烛夜迎人",红烛辉煌,照亮楼前,迎客人到来。这是拟人写法。

宋·晏几道《浣溪沙》:"户外绿杨春系马,床头红烛夜呼卢。"仿韩翃句式,用其句不用其意。"呼卢",掷骰子的吆喝声。瞿佑《骰子》:"却忆咸阳客舍里,呼卢喝雉烛花底。""卢"与"雉"是古代赌具上的两种色彩。

明·汤显祖《牡丹亭》第一出标目《蝶恋花》:"玉茗堂前朝复暮,红烛迎人,俊得江山助。"用韩翃句,述自己写此剧本,有"红烛迎人",又有"江山"为助。

2405.灯火稍可亲

唐·韩愈《符读书城南》:"明秋积雨霁,新凉入郊墟。灯火稍可亲,编简可卷舒。"愈之子在城南别墅读书,作此以勉励。"灯火"二句说灯火虽暗,临近了可翻读书籍。

宋·苏轼《侄安节远来夜坐三首》其一:"遮眼文书原不读,伴人灯火亦多情。"作者谪居黄州,其侄安节于元丰庚申六月出峡,到黄州看望他,安节为其伯父苏涣之孙。"灯火"句说文书很多难读,只凭伴人的灯火读的。"多情"意近"可亲"。

又《次韵孔毅父久旱已而雨甚三首》:"蓬蒿下湿迎晓耒,灯火新凉催夜织。"雨水迎耕,灯火催织。"灯火新凉"用韩愈句。

宋·辛弃疾《汉宫春·会稽秋风亭观雨》:"谁念我,新凉灯火,一编太史公书。"用苏轼"灯火新凉"句,变序。

2406.灯火家家境,笙歌处处楼

唐·白居易《杭州上元》:"灯火家家境,笙歌处处楼。"写杭州上元节(元宵节)家家灯火,处处笙歌之欢闹景象。

宋·苏轼《次韵述古过周长官夜饮》:"雲烟湖

寺家家境,灯火沙河夜夜春。"用白居易句式,并把"灯火家家境"拆而用之。

2407. 残灯明复灭

唐·白居易《雪夜》:"对雪画寒灰,残灯明复灭。""画寒灰",取暖的盆火之灰。宋·苏轼《侄安节远来夜坐三首》其一:"南来不觉岁峥嵘,坐拨寒灰听雨声。"用此意。"残灯"油少捻短之灯,"明复灭",明而又灭,时明时灭。

宋·苏轼《聚星堂雪》:"恨无翠袖点横斜,只有微灯照明灭。"用白居易"明灭"句。

2408. 昨夜洞房停红烛

唐·朱庆余《闺情献张水部》:"洞房昨夜停红烛,待晓堂前拜舅姑。"这是名诗中的平常句,却因全诗而为人熟知。"停",停放、停立之意。"停红烛",一说停放,一说熄灭。

唐·虞世南《凌晨早朝》:"玉花停夜烛,金壶送晓筹。""玉花"玉制花式停放蜡烛的烛台。

唐·方干《赠赵崇侍御》:"闲话篇章停烛久,醉迷歌舞出花迟。""停烛",燃烛之意。

2409. 三更灯火五更鸡

唐·颜真卿《劝学》:"三更灯火五更鸡,正是男儿立场时。黑发不知勤学早,白首方悔读书迟。""三更灯火"是晚眠,"五更鸡"是早起鼓励勤学。

宋·邵雍《励志》:"二月杏花八月桂,三更灯火五更鸡。"上句表示一年,下句表示一夜。"三更灯火五更鸡,正是男儿读书时。黑发不知勤学早,白首方悔读书迟。"

2410. 寒灯独夜人

唐·马戴《灞上秋居》:"落叶他乡树,寒灯独夜人。"他乡已是秋风落叶,而人却烛处寒灯之下。写游子孤寂。

唐·崔涂《除夜有怀》:"乱山残雪夜,孤烛异乡人。"意近马戴句。

2411. 万家灯火暖春风

宋·王安石《上元戏呈贡父》:"车马纷纷白昼同,万家灯火暖春风。"上元节,万家灯火通明,使夜如白昼,又使春风增暖。

"万家灯火"语出唐·白居易《江楼西望招客》:"灯火万家城四畔,星河一道水中央。"后多用"万家灯火",言灯火之多。

宋·杨无咎《探春令》:"见万家、灯火明如昼,正人月、圆时候。"

宋·陈克《浣溪沙》(阳羡上元):"桥北桥南新雨晴,柳边花底暮寒轻,万家灯火照溪明。"

2412. 昏昏灯火话平生

宋·王安石《示长安君》:"草草杯盘供笑语,昏昏灯火话平生。""昏昏灯火",灯光昏暗。"草草杯盘",简单的酒菜。谈彼此的经历,朴朴实实的条件,流露朴朴实实的真情。

宋·蔡伸《飞雪满群山》:"长记得、扁舟寻旧约,听小窗风雨,灯火昏昏。"用王安石语。

宋·陆游《简谭德称监丞》:"剩欲约公风雨夜,一灯相对话平生。"

宋·朱敦儒《行香子》:"春寒院落,灯火黄昏。悄无言、独自销魂。""黄昏"指傍晚。

2413. 烛影摇红向夜阑

宋·王诜《忆故人》:"烛影摇红向夜阑。乍酒醒,心情懒。尊前谁为唱阳关,离恨天涯远。"夜阑酒醒,忆起为故人钱行,有人唱阳关曲,而今,故人已远去天涯。"烛影摇红",蜡烛在微风中闪动着红光。作者酒醉,烛光晃动,直至深夜。

"烛影摇红",最初是"红烛摇风":唐·武元衡《同诸公夜谯监军玩花之作》:"五侯门馆百花繁,红烛摇风白雪翻。"宋·柳永首用"烛影摇红":《昼夜乐》:"洞房饮散帘帏静,拥香衾,欢心称。金炉麝袅青烟,凤帐烛影摇红。"

"烛影摇红"也有变式,如"烛影摇风""烛影红摇"等等。

宋·苏轼《点绛唇》:"烛影摇风,一枕伤春绪。"

宋·周邦彦《烛影摇红》:"烛影摇红,夜阑饮散春宵短。当时谁会唱阳关,离恨天涯远。"用王诜词数句。

宋·毛滂《西江月》(长安秋夜与诸君饮):"春容著面作微酿,烛影红摇醉眼。"

宋·蔡伸《洞仙歌》:"绿窗携手,帘幕重重,烛影摇红夜将半。"

宋·赵长卿《潇湘夜雨》(灯词):"香渐远,长烟袅毵,光不定、寒影摇红。"

宋·沈瀛《减字木兰花》(十劝):"烛影摇风,月落参横影子通。"

宋·姚勉《贺新郎》:"窗月梅花白,夜堂深、烛摇红影。"

宋·赵必璲《朝中措》(贺盖斋令嗣娶妇):"凤凰台上听吹箫,银烛万红摇。"

宋·无名氏《鹧鸪天》(集曲名):"烛影摇红玉漏迟,鹊桥仙子下瑶池。"

明·王夫之《卜算子》(咏傀儡示从游诸子):"红烛影摇风,斜映朦胧月。"皮影傀儡在烛光摇动、月色朦胧之中难辩真伪。

明·施绍华《新水令·夜雨》:"烛影红摇,剪剪风威寒正悄。"

2414. 烁烁明灯照欲燃

宋·苏轼《雨中明庆赏牡丹》:"霏霏雨露作清妍,烁烁明灯照欲燃。"闪烁的灯光照着牡丹花,牡丹花就像火焰一样红鲜。

唐·韩愈《芍药》:"浩态狂香昔未逢,红灯烁烁绿盘笼。""红灯烁烁"源于此。

2415. 白头还对短灯檠

宋·苏轼《侄安节远来夜坐三首》其一:"唯予潦倒无归日,念汝蹉跎已半生。免使韩公悲世事,白头还对短灯檠。""灯檠",灯架。"韩公"指韩愈。韩愈有《短灯檠歌》:"长檠八尺空自长,短檠二尺便且光。……一朝富贵还自恣,长檠高张照珠翠(代美人)。呼嗟世事无不然,墙角君看短檠弃。"长灯檠,喻富贵,短灯檠,喻贫寒,韩诗"悲世事":贫穷时人在短灯檠下读书(很方便)一朝富贵了就用长灯檠,而把短灯檠遗弃。苏轼诗说,为了不使韩公"悲世事",就是要用短灯檠,暗示自己贬谪的"潦倒"生活。

2416. 笑看饥鼠上灯檠

宋·苏轼《侄安节远来夜坐三首》其二:"梦断酒醒山雨绝,笑看饥鼠上灯檠。"饥鼠窜上灯檠,偷食灯油,可见他居室简陋。

南朝·齐·谢朓《游敬亭山》:"独鹤方朝唳,饥鼯此夜啼。"首写饥鼠。

宋·范成大《宴坐庵四首》:"粥鱼吼罢鼓逢逢,卧听饥鼯上晓釭。""釭",灯。用苏轼句式,兼

用谢朓"饥鼯"。

2417. 江湖夜雨十年灯

宋·黄庭坚《寄黄几复》:"桃李春风一杯酒,江湖夜雨十年灯。"作者同黄介(字几复)当年曾在一起游乐,而今作者在德州德平镇(海滨),黄介在广州四会县(海滨),江湖遥隔,已是十年了。"江湖夜雨十年灯",说这十年是很清苦的。

唐·韦应物《简郡中诸生》:"此时听夜雨,孤灯照窗间。"写夜雨孤灯。

宋·戴复古《沁园春》:"费十年灯火,读书读史。"写"十年灯火"。

2418. 已忍伶俜十年事

唐·杜甫《宿府》:"已忍伶俜十年事,强移栖息一枝安。"作者于天宝五年(746)到长安,困顿十年,这就是"伶俜(孤居长安)十年事",晚年在成都西川节度使严武幕中任参谋、检校工部员外郎。所谓"栖息一枝安":"伶俜",孤零。十年孤零都忍了,目前"一枝"不过勉而为之。

又《九日》:"酒阑却忆十年事,肠断骊山清路尘。"再忆"十年事"。

唐·杜荀鹤《旅舍遇雨》:"半夜灯前十年事,一时和雨到心头。"

2419. 醉里挑灯看剑

宋·辛弃疾《破阵子》(为陈同甫赋壮语以寄):"醉里挑灯看剑,梦回吹角连营。八百里分麾下炙,五十弦翻塞外声。沙场秋点兵。"陈同甫即陈亮,两人都是壮志难酬的爱国志士。此词对陈寄以心声,追忆抗金战场的壮举,抒写报国无门的苦痛。酒兴中,拨亮了灯光,抽出宝剑观察着锐利的剑锋,梦中又回到了响彻连营的号角声里……

宋·王质《定风波》(赠将):"醉倒投床君且睡,却怕,挑灯看剑忽伤神。"王质(1127-1189)年长于辛弃疾(1140-1207),而辛词作于淳熙十六年(1189),王质正死于这一年,可证王质词更早,陆游用其"挑灯看剑"句。

宋·陆游(1125~1210)《病起书怀》:"出师一表通今古,夜半挑灯更细看。"写他挑大灯捻,读诸葛亮《出师表》。

宋·陈人杰《沁园春》(丁酉岁感事):"渠自无谋,事犹可做,更剔残灯抽剑看。""剔灯"即挑灯

捻,"别"与"挑"都含有"打掉、剔除"灯灰之意。

2420. 那人却在灯火阑珊处

宋·辛弃疾《青玉案》(元夕):"蛾儿、雪柳、黄金缕,笑语盈盈,暗香去。众里寻他千百度,蓦然回首,那人却在灯火阑珊处。""蛾儿、雪柳、黄金缕"都是女子的头饰。南宋·周密《武林旧事》卷二载:"元夕节物,妇人皆戴珠翠、闹蛾、雪柳……而衣多尚白,盖月下所宜也。""众里寻他……"数句,很有名:清·彭孙遹《金粟诗话》评:"辛稼轩'蓦然回首,那人却在、灯火阑珊处',秦、周之佳境也。""秦、周",或指秦观与周邦彦。清·梁启超《艺蘅馆词选》评:"自怜幽独,伤心人别有怀抱。"幽独之情,应是这几句的基调。今人俞平伯《唐宋词选释》下卷评:"上片用夸张的笔法,极力描绘灯月交辉上元盛况,过片说到观灯的女郎们。'众里寻他'句,写在热闹中,罗绮如云,找来找去,总找不着,偶一回头,忽然在清冷处看见了,亦似平常的事情。结尾只用'那人却在灯火阑珊处'一语,即把多少不易说出的悲感和盘托出了。""灯火阑珊",灯火稀少零落。

宋·柳永《归去来》:"初过元宵三五,慵困春情绪。灯月阑珊游处,游人尽、厌欢聚。""灯火阑珊"从"灯月阑珊"化出。

宋·王观《卜算子》(送鲍浩然之浙东):"水是眼波横,山是眉峰聚。欲问行人去那边?眉眼盈盈处。"辛词句式与此极近,都是寻人的去处。

宋·辛弃疾《摸鱼儿》(淳熙己亥,自湖北漕移湖南,同官王正之置酒小山亭,为赋):"休去倚危楼,斜阳正在,烟柳断肠处。"句式相近,指点斜阳的去处。

用"灯火阑珊"语如:

宋·赵师侠《柳梢青》:"料峭余寒,元宵欲过,灯火阑珊。"

宋·余德淑《望江南》:"春睡起,积雪满燕山。万里长城横玉带,六街灯火已阑珊。人立蓟楼间。"

现代元帅陈毅《大柳巷春游》:"十里长淮步月迟,阑珊灯火启情思。"

今人朔望《又见金花诵若泉》(国庆兴吟十五首):"灯火阑干人境外,蔼然如见北斗垂。"此首"夜过毛主席纪念堂、默立致敬。"

清·王国维《人间词话》(境界之客体:宇寓人生):"古今这成大事业、大学问者,必经过三种之境界:'昨夜西风凋碧树,独上高楼,望尽天涯路',此第一境也。'衣带渐宽终不悔,为伊消得人憔悴',第二境也。'众里寻他千百度,回头蓦见,那人却在、灯火阑珊处',此第三境也。此等语皆非大词人不能道。然遽以此意解释诸词,恐为晏、欧诸公所不许也。""境"原稿作"境界"。《文学小言》:"三种之境界",又作"三种之阶级"。"此等语"以下文字则是"未有不阅第一、第二阶级而能遽跻第三阶级者。文学亦然。此有文学上之天才者,所以又需莫大之修养也。"(王振铎《人间词话与人间词》)

2421. 孤枕一灯秋

宋·真山民《渡江之越宿萧山县》:"只身千里客,孤枕一灯秋。""秋",时光、岁月意,写自远方渡长江,千里来萧山客居,过着孤枕一灯的寂寥生活。

明·王绂《病中夜雨》:"雨声孤馆夜,人影一灯秋。"用真山民句,写自己病中只影伴孤灯。

2422. 闲敲棋子落灯花

宋·赵师秀《约客》:"黄昏时节家家雨,青草池塘处处蛙。有约不来过夜半,闲敲棋子落灯花。"这是一首名诗。主人约定,外面雨声萧萧,蛙声处处,已经过了夜半,客人尚未到来,不能对弈,只好一个人敲击着棋子,仍耐心地候客,那灯花却被棋子声震落了。末一句是一个典型的细节:敲击棋子是下棋人常有的动作,震落灯花却不多见,所以"震落"说明"敲"的时间之久,力量之重,敲在停灯的桌面上,表现主人这"闲"里含着焦急与忍耐,十分真切。

"有约不来过夜半"是用唐·贾岛《宿村家亭子》中"宿客未眠过夜半,独闻山雨到来时"的变意句,即把主人"未眠"改作客人"不来"。

"闲敲棋子落灯花"用宋·林逋《湖山小隐》中"云喷石花出剑壁,雨敲松子落琴床"的句式,保留了"敲""落"这两个主要动词,也是很显然的。

写"灯花落"也早有其人。

唐·岑参《与独孤渐道别长句兼呈严八侍御》:"中酒高眠日色高,弹棋夜半灯花落。""闲敲棋子落灯花"与此句意思极近。

唐·戎昱《桂州腊夜》:"晓角分残漏,孤灯落碎花。"

唐·张祜《秋霁》:"暗灯棋子落,残语酒瓶空。""落"的棋子而不是灯花。

元·徐再思《水仙子·夜雨》:"落灯花,棋未收,叹新丰孤馆人留。"用唐初马周羁旅新丰不得礼遇的故事自况怀才不遇。

清·黄黎洲《赠楚人居宗與其父官蜀中死献贼之难,求余作传,而宋與当父殁时,年数龄耳,不能知其节目,向余流涕久之》:"五月杨梅来渡口,一枰棋子闹灯花。"

2423. 老妻画纸为棋局

唐·杜甫《江村》:"老妻画纸为棋局,稚子敲针作钓钩。"唐肃宗上元元年(760),诗人经过四年的颠沛流离生活,终于回到成都,在浣花溪畔建起一所草堂,妻儿都可以过上安定生活了。此诗即表现这种情景的。此二句写老妻画棋枰,幼子作钓钩,各自都有生活乐趣。

又《进艇》:"昼引老妻乘小艇,晴看稚子浴清江。"再写"老妻""稚子",表现卜居草堂的恬静生活。

宋·王安石《悼王致处士》:"处士生涯水一瓢,行年七十更萧条。老妻稻下分遗秉,弱子松间拾堕樵。"用杜甫"老妻""稚子"句式。

2424. 长日惟消一局棋

《唐语林》载唐·李远《句》:"青山不厌三杯酒,长日惟消一局棋。"唐·张固《幽闲鼓吹》亦载此句,有人荐李远于唐宣宗,宣宗说:"闻李远诗云:'长月惟消一局棋',岂可临郡?"李远二句诗意为:每天饮上三杯酒,下上一盘棋,虽伴青山而居也永不倦厌。这纯乎是一种隐遁求闲的思想、志趣。所以唐宣宗以为他不愿致仕。"长日惟消一局棋",即整天的时光仅只消磨在一局棋中。五代·孙光宪《北梦琐言》又载李远《句》:"人事三杯酒,流年一局棋。"再述此意。其实他先任三州刺史,终于御史中丞,并非真的隐士。

用"一局棋"句如:

唐·许浑《送萧处士归缑岭别业》:"醉斜乌帽发如丝,曾看仙人一局棋。"

唐·杜牧《寄李起居四韵》:"自怜穷律穷途客,正怯孤灯一局棋。"

宋·陆游《晨起》:"此生犹着几两履,长日唯消一局棋。"用原句。

宋·辛弃疾《念奴娇》(登建康赏心亭呈史致道留守):"儿辈功名都付与,长日惟消棋局。"

其它写"棋局"诗如:

唐·许浑《韶州驿楼宴罢》:"露随桂花棋局湿,风吹荷叶酒瓶香。"

又《寻周炼师还遇留赠》:"夜棋全局在,春酒半壶空。"

又《夜归驿楼》:"窗下覆棋残局在,桔边沽酒半坛空。"

宋·张方平《西斋偶书》:"暖日移棋局,寒风促酒卮。"

宋·苏轼《司马君实独乐园》:"尊酒乐余春,棋局消长夏。"李远句之变式。

2425. 莫近弹棋局,中心最不平

唐·李商隐《无题》:"照梁初有情,出水旧知名。群袂芙蓉水,钗茸翡翠轻。锦长书郑重,眉细恨分明。莫近弹棋局,中心最不平。"又《柳枝》:"玉作弹棋局,中心亦不平。"宋·沈括《梦溪笔谈》卷十八:"弹棋今人罕为之,有谱一卷,盖唐人所为。其局方二尺,中心高如覆盖,其巅为小壶,四角微隆起。……李商隐诗曰:'玉作弹棋局,中心亦不平',谓其中高也。"李商隐这首诗为柳枝五首其二:序中云,"柳枝"为洛中女子,曾歌商隐《燕台诗》,与商隐有面缘,一年后作此诗以寄情。诗意为:即使玉作的弹棋枰,也不要靠近,因为它中心不平,喻爱情不平坦。《无题》一首字面亦涉爱情,似有所寓托,因为仕途、世路同样不平坦,多坎坷。

宋·王之道《沁园春》(和彦时兄):"世路如棋,人情似纸,厚薄高低何日休。"把世路不平喻为"棋"。

宋·蒋捷《贺新郎》:"此恨难平君知否?似琼台、涌起弹棋局。"写离人之情。

清·朱祖谋《金缕曲》(久不得半塘翁书赋寄):"不近弹棋中心局,依旧埋忧无路。"尽管王鹏运(半塘)罢官去了扬州,远离了朝廷内官僚集团倾轧的旋涡,面对内忧外患,总有"埋忧无路"之感。"中心局"喻斗争的旋涡。"埋忧"用唐·仲长统《述志》中"寄愁天上,埋忧地下"句。

2426. 小时棋枰曾联句

宋·刘克庄《贺新郎》(实之三和有忧边之语,走笔答之):"小时棋枰曾联句,叹而今、登楼揽镜,

事机频误。"青年时代,曾敲击棋子联句以抒豪情,可叹而今已老,不知错过多少时机。

唐·韩愈与李正封《晚秋郾城夜会联句》李正封句:"从军古之乐,谈笑青油幕。灯明夜观棋,月暗秋城柝。""柝",古代巡夜报更敲击的木梆。刘词用"棋""柝",以抒豪气。

2427. 银烛生花如红豆

宋·黄庭坚《忆帝京》(私情):"银烛生花如红豆。占好事,而今有。人醉曲屏深,借宝瑟,轻招手。一阵白蘋风,故灭烛,教相就。花带雨,冰肌香透。恨啼鸟辘轳声晓,岸柳微凉吹残酒。断肠时至今依旧。镜中消瘦。恐那人知后,怕夺你来僝僽。"这是一首男女幽会词,已经作了少有的铺陈。

宋·周邦彦《青玉案》:"良夜灯光簇如豆。占好事,今宵有。酒罢歌阑人散后,琵琶轻放,语声低颤,灭烛来相就。玉体偎人情何厚,轻惜轻怜转唧唧。雨散云收眉儿皱。只愁彰露,那人知后,把我来僝僽。""僝僽",嗔怪、甚至折磨。此词把黄庭坚的"私情"词《忆帝京》改谱作《青玉案》,这是不多见的,宋人改唐诗入词则常见。周之《青玉案》较之善作"绮罗香泽之态"的柳永的某些词有过之无不及。

周词《青玉案》多用黄词《忆帝京》的原意,原句就用了五个。"银烛生花如红豆",灯光圆而红如红豆,而红豆是相思的标志,此喻别具匠心。周词的"簇如豆",则是直述。自黄庭坚"灯花如红豆"之后,以"豆"喻灯花、喻灯就开始了。

清·钱维乔《南柯子》:"雁来时候燕归前,赢得一灯如豆伴孤眠。""一灯如豆",言灯焰之小,灯光之微。

2428. 片云头上黑,应是雨催诗

唐·杜甫《陪诸贵公子丈八沟携妓纳凉晚际遇雨》:"片云头上黑,应是雨催诗。"纳凉吟诗,迟迟未成,忽见一片黑云,似降雨催诗。这是一种想象。《杜诗详注》卷之三引:"胡夏客曰:公之作诗,催之亦未必速就,'应是雨催诗',调笑中却有含蓄。"

宋·辛弃疾《鹧鸪天》(鹅湖归,病起作):"山才好处行还倦,诗未成时雨早催。"用杜句。

2429. 霰雪纷其无垠兮

屈原《涉江》:"霰雪纷其无垠兮,云霏霏而承宇。"大雪纷纷,无边无际,乌云密密,承遮天宇。写环境之恶劣。

宋玉《九辩》:"霰雪雰糅其增加兮,乃知遭命之将至。"雪珠和着雪片越下越大,就知道恶运即将来临。是借用《涉江》句义直接揭示,由于政治环境恶劣,悲惨命运就要到来。

2430. 未若柳絮因风起

晋·谢道韫咏雪句《世说新语·寒雪日内集》记:"谢太傅(谢安)寒雪日内集,与儿女讲论文义。俄而雪骤,公欣然曰:'白雪纷纷何所似?'兄子胡儿曰:'撒盐空中差可拟。'兄女曰:'未若柳絮因风起。'公大笑乐。即公大兄无奕女,左将军王凝之妻也。"胡儿为谢安兄谢据之子谢朗,兄女为谢安之长兄谢奕之女谢道韫。到底"撒盐""落絮"何喻为佳?宋·陈善《扪虱新话》认为"'撒盐空中'此米雪也;'柳絮因风起'此鹅毛雪也。然当时但以道韫之语为工。予谓《诗》云:'相彼雨雪,先集为霰',霰即今之米雪耳。乃知谢氏二句,当各有谓,固未可优劣论也。"当时人以道韫语为工,未述理由,陈善则以为"未可优劣论"。其实,据"白雪纷纷"应是鹅毛大雪,喻柳絮因风起更确切。而且今人余嘉锡《世说新语笺疏》评曰:"二句虽各有谓,而风调自以道韫为优。"是说喻之以"柳絮因风起"更具文采,更有诗意。于是谢道韫遂以"咏絮才"而名著于世。《红楼梦》第五回《正册判词之一》对照:"可叹停机德(指薛宝钗),堪怜咏絮才(指林黛玉)!"林有《唐多令》词以絮自比,"咏絮才"是说林是谢式的才女。

宋·司马光《客中初夏》:"更无柳絮因风起,惟有葵花向日倾。"陈衍《宋诗精华》用此题,而蔡正孙《诗林广记》中题作《居洛初夏作》。"客中"说明已不在朝廷,"居洛"似反对王安石新政后在洛阳编修《资治通鉴》时作此诗。明写初夏风景,没有柳絮飘飞,只有葵花向日,暗表他的心迹:上句反用谢道韫句说内心对朝廷没有变化,下句用杜甫"葵藿倾太阳"句说明仍忠贞如一。

南宋·王应麟《困学纪闻》卷十八云:"'更无柳絮因风舞,唯有葵花向日倾',可以见司马公之心。'浮云世事改,孤月此心明',见东坡之心。"(苏诗出于《次韵江晦叔二首》)这一评价是确切的。

用"柳絮因风起"写雪为多,也有写柳的。

唐·李乂《陪幸临渭亭遇雪应制》："为得因风起，还来就日飞。"

唐·刘长卿《夜中对雪》："月明花满地，君自忆山阴。谁遣因风起，纷纷乱此心。"

宋·黄庭坚《木兰花令》："酥花入坐颇欺梅，雪絮因风全是柳。"

宋·向子𬤇《满庭芳》（政和癸巳滁阳作。其年京师大雪）："谢家庭院，争道絮因风。"

宋·张孝祥《浣溪沙》："结习正如刀舐蜜，扫除须絮因风。请君持此问庞公。"

宋·张孝忠《菩萨蛮》（即席次王华容韵）："醉当春好处，不道因风絮。"

宋·张辑《杏梁燕》（寓解连环）："小楼春浅，记铭帘看雪，袖沾芳片。似不似，柳絮因风，更细与品题，屡呵冰砚。"

宋·杨泽民《虞美人》（红莲）："浮萍点缀因风絮，更共鸳鸯语。"

宋·彭元逊《蝶恋花》："无复卷帘知客意，杨花更欲因风起。"

清·王国维《水龙吟》（杨花·用章质夫苏子瞻唱和韵）："正参差欲住，轻衫掠处，又特地因风起。"

2431. 撒盐空中差可拟

晋·谢朗回覆叔叔谢安"白雪纷纷何所似"时，立即说："撒盐空中差可拟。"何来"撒盐"？且可脱口而出，信手拈来？"撒盐"应是人们常见的事物。据说，今天的日本有这样的习俗：当丧仪之后，参加丧仪的人，每人都发给一小包盐撒在身上才回家，辟邪气，祛不祥。日本"相扑"力士，在相扑之前也要各自撒盐，除去晦气，以求好运。中国早已无此习俗了，而日本一些习俗是古代从中国传入的，那么晋代或有此习俗，史籍无征。但从"撒盐"之喻说明，当时有此习俗，不然只能从盐场见到这种如降雪般的现象了。

尽管人们对"撒盐空中差（大概、或许）可拟（比拟）"一喻评为其次，却也并非不以为然，用此句者不乏其人。苏轼用得还很有味道，先看：

苏轼《雪后书北台壁二首》："但觉衾裯如泼水，不知庭院已堆盐。"感寒凉而知降雪。"堆盐"用谢朗"撒盐空中差可拟"句意，喻积雪很深。

又《谢人见和前篇二首》："渔蓑句好应须画，柳絮才高不道盐。""不道盐"，不以盐为喻。《南

史·张融传》载：张融"作《海赋》，文辞诡激，独与众异。后以示镇军将军顾𫖮之，𫖮曰：'卿此赋实超玄虚，但恨不道盐耳。'融即求笔注曰：'漉沙构白，熬波出素，积雪中春，飞霜暑路。'此四句后所足也。"他遵嘱道了盐，写了雪。

用以盐喻雪句又如：

南朝·梁·简文帝萧纲《咏雪》（颠倒使韵）："盐飞乱蝶舞，花落飘粉奁。奁粉飘落花，舞蝶乱飞盐。"第一句"盐"代雪，第四句回文"舞蝶"代雪。

唐·白居易《对火玩雪》："盈尺白盐寒，满炉红玉热。"

唐·李贺《马诗》："腊月草根甜，天街雪似盐。"

宋·朱淑真《念奴娇》（二首催雪）："应念陇首寒梅，花开无伴，对景真愁绝。待出和羹金鼎手，为把玉盐飘撒。"

宋·葛长庚《贺新郎》（咏雪二首）："玉龙战罢，柳棉飞起，千古佳人诗句在，一任如盐似米。"否定用法。

元·王仲元《咏雪》："玉絮轻搏，琼苞碎打，粉叶飘扬，盐花乱撒。"四种比喻喻雪，博喻法。

2432. 空懊恨散盐飞絮

宋·周紫芝《满江红》（十一月二十有三日，雪意浓甚，已而复晴。客歌世传催雪，举席歆艳。有谓其韵俗者，使仆作语，为赋此曲）："寂寂江天，雪又满、晚来风急。空懊恨，散盐飞絮，未成轻集。万里长空飞不到，珠帘卷尽还羞入。问向晚、谁欲画渔莎，寒江立。""空懊恨、散盐飞絮。"对"有谓其韵俗者"而言。此句"盐絮"并用。

宋·苏轼《次韵仲殊雪中游西湖二首》："乞得汤休奇绝句，始知盐絮是陈言。"称仲殊咏雪诗更美。

宋·王庭珪《雨霖铃》："西湖近时绝唱，不道月梅盐絮。"写絮。

宋·葛长庚《念奴娇》："广寒宫里散天花，点点空中柳絮。是处楼台皆似玉，半夜风声不住。万里盐城，千家珠瓦，无认蓬莱处。"先喻雪为"柳絮"，后又喻"盐城"。

宋·李曾伯《水龙吟》："半点瑕无，一团和就，珠圆琼碎。任谢家儿女，庭前争诧，盐空撒、絮风起。"喻雪。

2433. 谢女雪诗栽柳絮

五代·冯延巳《木兰花》："汉宫花面学梅妆，谢女雪诗栽柳絮。"谢道韫的咏雪句，培育了柳絮，使柳絮有了新的韵味。

在絮与盐两种喻雪句中，谢道韫的以絮喻雪句，倍受人称道，以至"咏絮才女"流传百代。其实，谢道韫一生都是文采风流、智勇超人，可谓"巾帼不让须眉"。《晋书·列女传·王凝之妻谢氏》载："道韫所著诗、赋、诔、颂并传于世。"又多才善辩。其夫王凝之，为王献之胞兄，被孙恩杀害，她出门抽刀杀死数名敌兵，又在孙恩前凭果敢力争，终免于一死。这是一种丈夫气概。所以谢家才女，绝不止因为"未若柳絮因风起"具有生动的诗意，后人赞谢女咏絮才高，是有丰富内涵的。

唐·刘禹锡《柳絮》："花巷暖随轻舞蝶，玉楼轻拂艳妆人。萦回谢女题诗笔，点缀陶公漉酒巾。何处好风偏似雪，隋河堤上古江津。"

唐·白居易《福先寺雪中饯刘苏州》："庾岭梅花落歌管，谢家柳絮扑金田。"

宋·欧阳修《渔家傲》："谢女雪诗真绝唱，无比况，长堤柳絮飞来往。"

宋·苏轼《和段屯田荆材馆》："谢女得秀句，留待中郎归。"兼用杜甫"题诗得秀句，札翰时相报"（《送韦十六评事充同谷防御判官》）句。

元·白朴《乔木查·对景》："乱扑吟窗，谢女堪题柳絮飞。"

2434. 若逐微风起，谁言非玉尘

南朝·梁·何逊《和司马博士咏雪诗》："若逐微风起，谁言非玉尘。"把被微风扬起的雪粉，比作玉石的粉尘，同飘雪如飘絮的描写相比，又辟一蹊径。飞起的雪粉如白玉的粉尘，不仅美观，也给人以珍贵之感。何逊《咏春雪寄族人治书思澄诗》又以玉屑比雪："可怜江上雪，回风起复灭。本欲映梅花，翻悲似玉屑。"

后人咏雪，用"玉尘""玉屑"，还用"玉花"。

唐·元稹《西归绝句十二首》："天色渐明回一望，玉尘随马渡兰桥。"

唐·白居易《春雪》："大似落鹅毛，密如飘玉屑。""鹅毛大雪"从此句中出。

又《酬皇甫十早春对雪见赠》："漠漠复雰雰，东风散玉尘。"

又《雪中呈令狐相公兼呈梦得》："兔园春雪梁王会，想对金罍咏玉尘。"

唐·秦韬玉《春雪》："云重寒空思寂寥，玉尘如糁满春潮。""糁"（sǎn）饭粒，散粒，这里是雪粒，写"米雪"。

唐·张孜《雪诗》："醉唱玉尘飞，困融香汗滴。"

宋·苏轼《至济南李公择以诗相迎次其韵二首》："敝裘羸马古河滨，野阔天低糁玉尘。"

宋·朱淑真《念奴娇》（二首催雪）："冬晴天雪，是天心未肯、化工非拙。不放玉花飞堕地，留在广寒宫阙。"

宋·王千秋《好事近》（和李清宇）："六幕冻云凝，谁剪玉花为雪。"

又《喜迁莺》："藕草烹鲜，枯枝剪茗，点化玉花为水。"

宋·范成大《雪霁独登南楼》："雀啄空檐银笋坠，鸦翻高树玉尘倾。"写老鸦登翻了高树上的"雪挂"，飞落下来，有如抛洒玉尘。上句融雪排檐而滴，滴而复结，成了冰笋。这些冰笋又被鸟雀啄落。此用宋·黄庭坚《再答景叔》中"雪后排檐冻银竹"句意。

2435. 昔去雪如花，今来花似雪

南朝·梁·范云《别诗》："洛阳城东西，长作经时别。昔去雪如花，今来花似雪。"此诗在梁·何逊《范广州宅联句》中为其前四句，还有后四句为何逊作。既是二人联句，题又各异，疑"别诗"为后人所加。二诗中，何逊题下作"却作经年别"。别去时"雪如花"是冬日，逢来"花似雪"应是春天。"经时"经过一个岁时（季节），"经年"经过一个年节，都是从冬到春之意。以花、雪互喻，具首创之新。这似雪之花，凡白花皆应，如梅花、梨花或一切白色的花。后人用之，也不点明是什么花。

南朝·陈·陆琼《长相思》："室冷镜疑水，庭幽花似雪。"

唐·骆宾王《同辛簿简仰酬思玄上人林泉四首》："聚花如薄雪，沸水若轻雪。"

唐·窦群《假日寻花》："枝枝如雪南关外，一日休闲尽属花。"

唐·皇甫曾《玉山岭上作》："秋花偏似雪，枫叶不禁霜。"

唐·陈羽《送李德舆归穿石洞山居》："惆怅别

时花如雪,行人不肯醉春风。"

唐·刘禹锡《杨柳枝词九首》:"晚来风起花如雪,飞入宫墙不见人。"以落雪比落花。

又《竹枝词九首》:"两岸山花似雪开,家家春酒满银杯。"

唐·白居易《发白狗峡次黄牛峡登高寺却望忠州》:"郡树花如雪,军厨酒似油。"

又《除苏州刺史别洛城东花》:"乱雪千花落,新丝两鬓生。"

又《花前有感兼呈崔相公刘郎中》:"落花如雪鬓如霜,醉把花看益自伤。"

又《二月五日花下作》:"二月五日花如雪,五十二人头如霜。"

唐·施肩吾《山院观花》:"初来唯见空树枝,今朝满院花如雪。"

唐·何元《看花》:"可怜尽日春山下,似雪如云一万枝。"

唐·曹邺《看榜日上主司》:"年年孟春至,看花如看雪。"

唐·韦庄《秦妇吟》:"中和癸卯春三月,洛阳城下花如雪。"

又《应天长》:"别来半岁音书绝,一寸离肠千万结。难相见,易相别,又是玉楼花似雪。"

宋·王安石《柘冈》:"柘冈西路花如雪,回首春风最可怜。"

宋·苏轼《满江红》(怀子由作):"便与君、池上觅残春,花如雪。"

宋·周紫芝《浣溪沙》:"天意若教花似雪,客情宁恨鬓如秋,趁他何逊在扬州。"

又《秦楼月》:"东风歇,香尘满院花如雪。花如雪,看看又是,黄昏时节。"

宋·李九龄《登楼寄远》:"满城春色花如雪,极目烟光月似钩。"

宋·张孝祥《鹊桥仙》(落梅):"吹香成阵,飞花如雪,不那朝来风雨。可怜无处避春寒,但玉立、仙衣数缕。"

元·王蒙《忆秦娥》:"花如雪,东风夜扫苏堤月。"

明·方以智《忆秦娥》与王蒙《忆秦娥》尽同,疑有误收。

2436. 净心抱冰雪

南朝·陈·江总《入摄山栖霞寺》:"净心抱冰雪,暮齿逼桑榆。"作者几次游栖霞寺,存有归山志。此句云:人已渐渐步入晚年,宜抱冰雪以净心,"净心",心更冷静,单纯。

唐·杜甫《送樊二十三侍御赴汉中判官》:"冰雪净聪明,雷霆走精锐。"《杜臆》评:"冰雪雷霆一联,篇中警语。言明而且断,方能济世也。"以冰雪净心,以求冷静,才可耳聪目明。

2437. 雪花开六出

北朝·周·庾信《郊行值雪》:"风雪俱惨惨,原野共茫茫。雪花开六出,冰珠映九光。""六出",又称"六花",即"六角形"的花。《韩诗外传》云:"雪花六出,故雪曰雪花。"《南史·宋孝武纪》:"大明五年正月朔,雪降,散为六出。"庾信《寒园即目》:"雪花深数尺,冰床厚尺余。"首用"雪花"写雪。

宋·苏轼《章钱二君见和,复次韵答之二首》:"来牟有信迎三白,檐蔔无香散六花。"自注:"檐蔔,栀子花也,与雪花皆六出。"《韩诗外传》云:"凡草木花皆五出,而檐蔔六出。"《酉阳杂俎》云:"花少六出者,惟栀子花六出。陶贞白言,即西城檐蔔花。"苏诗:"六出"指栀子花。用"六花"多写雪。

宋·王之道《追和东城雪》:"寒光凌乱六花纤,巧穿帘,不鸣檐。"

宋·杨无咎《水龙吟》:"夜来六出飞花,又催寂寞袁门闲。"

宋·曹勋《西江月》(西园雪后):"连夜六花飞舞,清晨玉镜瑶阶。"

宋·孙道绚《清平乐》:"朱楼向晓帘开,六花片片飞来。"

宋·仲并《瑞鹤仙》(春日咏怀):"试六花院落,正柳绵飘坠,因风无著。"

又《念奴娇》(和耿时举赋雪韵):"六花羞避,满滕凌乱琼玉。"

宋·曾协《点绛唇》(送李粹伯赴春闱):"六花无数,飞舞朝无路。"

宋·张抡《西江月》:"密布同云万里,六飞玉糁琼铺。"

又《菩萨蛮》:"人间何处难忘酒,六花投隙琼瑶透。"

宋·卫宗武《满江红》:"借银行,剪刻六花飘,天应许。"

宋·文天祥《念奴娇》:"欲伴袁安营上室,高卧六花堆里。"

2438. 五月天山雪,无花只有寒

唐·李白《塞下曲》:"五月天山雪,无花只有寒。笛中闻折柳,春色未曾看。晓战随金鼓,宵眠抱玉鞍。愿将腰下剑,直为斩楼兰。"这是此曲六首中最好的一首。写边塞军士在艰苦环境中表现出来的坚强斗志。"五月"二句,写北疆环境冰雪严寒,五月还有积雪,不见花草。

清·康熙皇帝玄烨《黄河舟行即事》:"五月山巅雪,四时不见花。"康熙三十六年,玄烨亲征噶尔丹,从二月到五月长达百余天。此用李白二句意,表现活动艰苦。

又《班师至拖陵》:"弥天星斗销兵气,照彻边山五月寒。"康熙三十五年(1696)初征噶尔丹班师至拖陵(今蒙古人民共和国克鲁伦河上游),其地极寒,缩用李白句,写"边山五月寒"。

2439. 江带峨眉雪

唐·李白《经乱离后天恩流夜郎忆旧游书怀赠江夏韦太守良宰》:"江带峨眉雪,川横三峡流。万舸此中来,连帆过扬州。送此万里目,旷然散我愁。"诗人流放夜郎遇赦归来,经江夏写给韦太守此长篇。中间此数句,面对长江,联想到这里江水必然挟带着峨眉山融化了的雪,川水中横着从三峡飞来急流,万舸西来,连帆东去,这开阔的长流,使他顿然旷朗起来。

宋·苏轼《南乡子》(春情):"晚景落琼杯,照眼云山翠作堆。认得岷峨春雪浪,初来,万顷蒲萄涨渌醅。"化用李白句写春江水。

又《满江红》:"江汉西来,高楼下,蒲萄深碧。犹自带,岷峨云浪,锦江春色。"再用李白诗意,兼用杜甫《登楼》中"锦江春色来天地"句。

2440. 胡天八月即飞雪

唐·岑参《白雪歌送武判官归京》:"北风卷地白草折,胡天八月即飞雪。忽如一夜春风来,千树万树梨花开。"天宝十三载(754),作者任伊西、北庭节度判官,在轮台幕府送武判官回京作此诗。首四句描写边疆风劲雪早,秋八月飞雪,像一夜间来了春风,树树雪挂就如梨花遍开,这是严寒中的奇观,艰苦环境中心情反见乐观。

南朝·梁·吴均《胡无人行》:"高秋八九月,胡地早风霜。"岑参"胡天"句从此翻出。

南朝·梁·徐悱《白马篇》:"日没塞云起,风悲胡地寒。"也写朔风。

唐·薛奇童《塞下曲》:"胡天早飞雪,荒徼多转蓬。"句意与"胡天八月即飞雪"同。

元·耶律楚材《过阴山和人韵》:"山高四更才吐月,八月山峰半埋雪。"也写八月早雪。

又《阴山》:"八月阴山雪满沙,清光凝目眩生花。"

2441. 欲将轻骑逐,大雪满弓刀

唐·卢纶《和张仆射塞下曲》:"月黑雁飞高,单于夜遁逃。欲将轻骑逐,大雪满弓刀。"这是此曲六首之三,写准备追击的环境、场面:夜色漆黑,鸿雁高飞,敌人的统帅率败卒遁去,要组织轻骑追击,大雪已经落满了弓刀。威武的气概,壮观的场面,使人怦然心动。写雪,在将士迅速集结的短暂的时间里,雪就落满了兵器上,何其纷纷之大。

明·苏祐《塞下曲》:"鼙篥无声河汉转,霜华霸气满弓刀。"用卢纶句写大雪行军。

今人乔冠华就"温都尔汗事件"改用了此诗:"月黑雁飞高,林彪夜遁逃。不需轻骑逐,大火自焚烧。"自然地画出林家集团叛国出逃"折戟沉沙"的下场。

2442. 门前雪片似鹅毛

唐·白居易《房家夜宴喜雪赠主人》:"不醉遣侬争散得,门前雪片似鹅毛。""鹅毛"喻大雪,形象而生动,比喻"鹅毛大雪"当出于白居易诗,他曾反复用此比喻:

《酬令公雪中见赠讶不得与梦得同相访》:"雪似鹅毛飞散乱,人披鹤氅立徘徊。""鹤氅"鸟羽制成的大衣、斗蓬,此处喻白雪披身。

《雪夜喜李郎中见访兼酬所赠》:"可怜今夜鹅毛雪,引得高情鹤氅人。"

《春雪》:"大似落鹅毛,密如飘玉屑。"

宋·苏轼《除夜大雪留潍州,元日早晴遂行,中途雪复作》:"鹅毛垂马骏,自怪骑白凤。"

2443. 物轻人意重,千里送鹅毛

宋·邢俊臣《临江仙》:"物轻人意重,千里送鹅毛。"简用为"千里鹅毛",意为鹅毛之物(礼)虽轻,千里送来,这份人的情意是很重的。

宋·黄庭坚《长句谢陈适用惠送吴南雄所赠纸》："千里鹅毛意不轻,瘴衣腥腻北归客。"注引《复斋漫录》云："千里寄鹅毛,物轻人意重,鄙语也。"说明其源出自俚语。今多用作"千里送鹅毛,礼轻人意重。"宋代诗词中的用法如:

宋·欧阳修《梅圣俞寄银杏》："鹅毛赠千里,所以重其人。"

宋·苏轼《扬州以土物赠少游》："且同千里赠鹅毛,何用孜孜饮麋鹿。"

宋·蔡伸《临江仙》(藏春石)："物轻人意重,千里赠鹅毛。"

宋·李之仪《临江仙》："寄言俗客莫相嘲,物轻人意重,千里赠鹅毛。"

2444. 燕山雪花大如席

唐·李白《北风行》："烛龙栖寒门,光耀犹旦开。日月照之何不及此,唯有北风号怒天上来。燕山雪花大如席,片片吹落轩辕台。"这首乐府诗,效鲍照《北风行》而作。此数句写:烛龙栖息在极北地方,没有阳光,不分季节,北风怒号,燕山雪花如席大,片片落在轩辕台上。描绘北方天气严寒,大雪纷飞,意境壮观,气势雄伟。"燕山雪花大如席"尽夸张之能事。"大如席"其实不是雪花,应是无数雪花密集联片而降如席,鹅毛大雪即是这种情状。此句千百年来流传不息。

宋·王安石《胡笳十八拍十八首》用原句:"燕山雪花大如席,与儿洗面作光泽。"

宋·王以宁《念奴娇》(淮上雪)："遥想易水燕山,有人方醉赏,六花如席。"

宋·范成大《甲午除夜犹在桂林,念致一弟使虏,今夕当宿燕山会同馆。兄弟南北万里,感怆成诗》："墨浓云瘴我犹住,席大雪花君未归。"

宋·张孝祥《柳梢青》(元宵何高士说京师旧事)："今年元夕,探尽江梅,都无消息。草市梢头,柳庄深处,雪花如席。"

元·刘因《宋理宗书宫扇》："五云回首燕山北,燕山雪花大如席。"

2445. 片片吹落轩辕台

唐·李白《北风行》："燕山雪花大如席,片片吹落轩辕台。""轩辕台",在今河北省怀来县乔山上。

又《酬殷明佐见赠五云裘歌》："瑶台雪花数千点,片片吹落春风香。"再用其意。

2446. 雪花大如手

唐·李白《嘲王历阳不肯饮酒》："地白风色寒,雪花大如手。""大如手"亦写雪之大。

唐·温庭筠《罩鱼歌》："金鳞大如手,鱼尾进圆波。"喻鱼之大。

2447. 雪花如掌扑行衣

唐·罗邺《大散岭》："过往长逢日色稀,雪如掌扑行衣。""雪花如掌",表现大散岭雪大。

唐·贯休《战城南二首》："拖枪半夜去,雪片大如掌。"

宋·曾巩《丁亥三月十五日》(应为辛亥)："今年寒气争春来,雪花如掌随惊雷。"

宋·苏轼《岐亭五首》："君家大如掌,破屋天遮幂。""大如掌",言屋小,"巴掌大",言季常家贫。

宋·范成大《重阳后半月天气湿丽,忽变奇寒,晦日大雪,乡人御冬之计多未办》："六花大掌,浩荡来无乡。"蛎雪来自太空。无乡——无何有之乡。

清·黄遵宪《度辽将军歌》："雄关巍峨高插天,雪花如掌春风颠。"

清·申涵光《春雪歌》："北风昨夜吹林莽,雪片朝飞大如掌。"

2448. 栗熟大如拳

唐·刘蕃《状江南·季秋》："江南季秋天,栗熟大如拳。"栗为圆形,以拳为喻。

宋·华清淑《望江南》："燕塞雪,片片大如拳。"只喻大小轮廓。

2449. 虎跡印雪大如斗

唐·卢纶《敦颜鲁公送挺赟归翠微寺》："寺悬金榜半山隅,石路荒凉松树枯。虎跡印雪大如斗,闰月暮天过得无。"雪上虎跡斑斑,言山路凶险。

唐·岑参《走马川行奉送出师西征》："轮台九月风夜吼,一川碎石大如斗,随风满地乱石走。"写轮台(唐属庭州,隶北庭都护府,在今新疆米泉县境内)环境、气候十分恶劣,出征艰难,风吼、石大,斗大石块随风满地滚动,风极大,路难行,以至惊心动魄。

唐·李白《草书歌行》："少年上人号怀素,

书天下称独步。……起来向壁不停手,一行数字大如斗。"草圣怀素醉后向壁疾书,字大如斗,一行只能写几个字。"大如斗"也是李白首喻。

唐·李贺《许公子郑姬歌》(郑园中请贺作):"先将芍药献妆台,后解黄金大如斗。"许公子对郑姬,先赠芍药后赠金,待之极厚。"大如斗"言金多。

唐·陆龟蒙《早秋吴体寄袭美》:"虽然诗胆大如斗,争奈愁肠牵似绳。"

宋·王随《牡丹》:"枣花至小能成实,桑叶虽柔解叶丝。堪笑牡丹如斗大,不成一事又空枝。"

元·无名氏《梧叶儿·嘲谎人》:"瓦垄上宜栽树,阳沟里如驾舟,瓮来大馒头,俺家的茄子大如斗。"不是夸张法,而是讥谎言。

2450. 武侯腰间印如斗

唐·高适《同河南李少尹毕员外宅夜饮时洛阳告捷先遂作春酒歌》:"武侯腰间印如斗,郎官无事时饮酒。"凡腰挂斗大金印的武官,必然是统领、主帅、领军人物。旧时称斗大黄金印,定属高官了。

唐·韦应物《送孙徵赴云中》(一作韩翃《送孙泼赴云中》诗):"匈奴破尽看君归,金印酬功如斗大。"

宋·姜特立《西江月》(戊午生朝):"金印新来如斗,丝纶御墨犹鲜。"

2451. 青虻大如瓮

唐·陆龟蒙《杂讽九首》:"红蚕缘枯桑,青虻大如瓮。人争掾其臂,羿矢亦不中。"此诗讽贪欲,青虻如瓮,夸张其大。凡此类句(含如上各条)都源出"雪花大如席"。

宋·梅尧臣《赤蚁辞送杨叔武广南招安》:"南方赤蚁大如象,潜荒穴洞入莫逢。"言赤蚁极多。

又《丹山洞》:"蝙蝠大如鸦,莓苔遍上展。"

宋·苏轼《牡丹》:"未有四十枝,枝枝大如头。"

2452. 万枝香雪开已遍

唐·温庭筠《蕃女怨》:"万枝香雪开已遍,细雨双燕。""香雪",白色的杏花,味为花香,色如雪白,固称白花为"香雪"。

又《菩萨蛮》:"杏花含露团香雪,绿杨陌上多别离。"再写"香雪"杏花。

2453. 天人宁许巧,剪水作飞花

唐·陆畅《惊雷》:"怪得北风急,前庭如月辉。天人宁许巧,剪水作飞花。"天上的人如此灵巧,能把水剪成飞花。剪水,由于雪花落地化作水,设想雪在天上也是水,雪花是水剪成的。

宋·范成大《春后微雪一宿而晴》:"东君(春神)未破含春蕊,青女(霜神)先飞剪水花(雪花)。"用陆畅句,写霜天飞雪。

2454. 三千世界银作色

宋·刘师道《句》(咏雪):"三千世界银作色,十二楼台玉作层。"普降大雪,整个世界都被银妆玉裹。气势宏浑,却毫不夸饰。

宋·胡宿《雪》:"天上明河银作水,海中仙树玉为林。"亦用"银""玉"喻大雪无垠。

2455. 战罢玉龙三百万

宋·张元《雪》:"五丁仗剑决云霓,直取银河下帝畿。战死玉龙三十万,败鳞风卷满天飞。""五丁",神话中的五个力士。《水经注·沔水》载:"秦惠王欲伐蜀而不知道,作五石牛,以金置尾下,言能屎金,蜀王负力,令五丁引之成道。"后称五位力大无穷的战士。此诗云:五位力士举剑冲向碧空,截断银河,银河里三十万玉龙尽被斩杀,龙鳞被风卷得满天飞落。由大雪纷飞,想到五丁战玉龙,败鳞满天飞,真是独具奇想,把雪作为一场激烈战斗的结果。田昼承曾评张元等人这类诗说:"可想见其人非池中物也。"(《容斋三笔·记张元事》)

张元此诗收入各集,文字有异。宋·陈鹄《西塘集耆旧续闻》卷六作:"七星仗剑搅天地,倒卷银河落地机。战退玉龙三百万,断鳞残甲满天飞。"宋·吴曾《能改斋漫录》卷十一引作:"战死玉龙三十万,败鳞风卷满天飞。"宋·魏庆之《诗人玉屑》(知音)作:"战罢玉龙三百万,败鳞残甲满天飞。"后常用"战罢玉龙"写降雪。

宋·葛长庚《贺新郎》(咏雪二首):"玉龙战罢,柳绵飞起。千古佳人诗句在,一任如盐似米。""柳绵"用谢道韫语。

宋·辛弃疾《念奴娇》(和南涧载酒见过雪楼观雪):"万事新奇,青山一夜,对我头先白。倚岩千树,玉龙飞上琼阙。"

又《满江红·和廓之雪》:"天上飞琼,毕竟向

人间情薄。还又跨、玉龙归去,万花摇落。"

宋·魏了翁《雪》:"天马流行泽上坤,玉龙飞洒水边村。阳和入麦开新岁,寒色留梅作上元。"

人民领袖毛泽东《念奴娇·昆仑》(1935年10月):"横空出世,莽昆仑,阅尽人间春色。飞起玉龙三百万,搅得周天寒彻。""玉龙"喻积雪的昆仑山,昆仑山支脉繁多,蜿蜒不绝,终年积雪,如无数玉龙凌空飞舞。这种转喻十分恰切,创造了新的壮观。

2456. 败鳞残甲满天飞

宋·张元《雪》:"战罢玉龙三百万,败鳞残甲满天飞。"这两句是流传句。

宋·吕胜己《沁园春》:"上绀碧楼,城高百尺,看白玉虬龙奔四围。纷争罢,正残鳞败甲,天上交飞。"

宋·姚勉《沁园春》(大学补试归途作):"有一龙跃出,精神电烨,一龙战退,鳞甲天飞。"喻"落试"。

元·张可久《人月圆·开吴淞江遇雪》:"冻河堤上,玉龙战倒,百万愁麟。"

宋·晏殊《秋蕊香》:"向晓雪花呈瑞,飞遍玉城瑶砌。何人剪碎天边桂,散作瑶田琼蕊。"散琼蕊,比起飞麟甲,则是一种温馨的喻法。

2457. 梅雪争春未肯降

宋·卢梅坡《雪梅》:"梅雪争春未肯降,骚人阁笔费平章。梅须逊雪三分白,雪却输梅一段香。"这是写"梅雪争春"名诗,后二句终于从色与香方面比出高下,看得出诗人既爱梅也爱雪。前二句,写梅雪争春各不相让,雪中放梅,梅上飘雪,连"骚人阁笔"也难作评断,正表现"双爱双赢"的情感。

明·汤显祖《牡丹亭》第五十五出圆驾:"(生笑介)古诗云:'梅雪争春未肯降,骚人阁笔费平章',今日梦梅争辩之时,少不得要平章阁笔。""平章"兼指评论和官名。

2458. 戏把黄云揉碎

宋·向子諲《清平乐》(答赵彦正使君):"人间尘外,一种寒香蕊。疑是月娥天下醉,戏把黄云揉碎。""揉",揉搓。作者咏雪,以丰富的想象,写醉态的嫦娥揉碎了黄云,纷纷落下云片云屑。他在《满庭芳》(政和癸巳滁阳作,其年京师大雪)中又写:"天宇长闲,飞仙狂醉,揉云碎玉沉空。"

宋·袁绹《清平乐》:"画空晨起,来报雪花坠。……应是天上狂醉,乱把白云揉碎。"用向子諲句意。

宋·朱淑真《念奴娇》(二首催雪):"玉作楼台,铅镕天地,不见遥岑碧。佳人作戏,碎揉些子抛掷。"用向子諲语意。

2459. 蹙踏松梢微雪

宋·辛弃疾《贺新郎》:"何处飞来林间鹊,蹙踏松梢微雪。要破帽、多添华发。"鹊踏松梢,微雪落帽,如添白发,这是一个巧合的细节。

宋·张炎《清平乐》(平原放马):"辔摇衔铁,蹴踏平原雪。勇趁军声曾汗血,闲过升平时节。"这里"踏雪"是马而不是鹊了。

2460. 欲唤飞琼起舞

宋·王沂孙《无闷》(雪意):"欲唤飞琼起舞,怕搅碎、纷纷银河水。"欲以"飞琼"之姿态步法,搅碎银河水,纷纷落雪。

唐·孟棨《本事诗·事感》云:"诗人许浑,尝梦登山,有宫室凌云。人云:'此昆仑也。'既入,见数人方饮酒,招之,至暮而罢。浑戏诗云:'晓入瑶台露气清,座中唯有许飞琼。尘心未断俗缘在,十里下山空月明。'他日复梦至其处,飞琼曰:'子何故显予姓名于人间?'座上改为'天风吹下步虚声'。"许浑此诗题为《记梦》。王沂孙词以"飞琼起舞"喻雪花飘飘。

2461. 云疑上苑叶,雪似御沟花

唐·骆宾王《晚度天山有怀京邑》:"云疑上苑叶,雪似御沟花。"身在天山,心怀京城,以"云"喻"上苑叶",以雪喻"御沟花",这是"有怀京邑"的深情联想,就是说这种联想,正表现对京城怀念之深。此喻有"叶"有"花"。

南朝·梁·范云已有"昔去雪如花"之喻(如前条),但最早作此喻的是南朝·齐·谢朓的《同咏坐上所见一物·咏竹火笼》:"庭雪乱如花,井冰粲成玉。"这是写降雪如花,"乱如花",就是以杨花为喻。"雪似御沟花",以白花喻雪,同"花如雪"以雪喻白花,正是"花雪互喻"。唐人喜欢"雪如花"这种喻法。

唐·东方虬《春雪》:"春雪满空来,触处似花开。"

唐·郑愔《塞外三首》:"海暗云无叶,山春雪作花。""云无叶"是没有边际,分不出来。"雪作花"即雪当作花。二句用骆宾王"花叶并喻"。

唐·王泠然《古木卧平沙》:"春至苔为叶,冬来雪作花。""花叶并喻"。

唐·韩仲宣《晦日宴高氏林亭》:"柳处云疑叶,梅间雪似花。""花叶并喻",以云喻叶,以梅喻雪。

唐·卢僎《十月梅花书赠》:"上苑今应雪作花,宁知此地花为雪。"二句用范云"雪如花""花似雪"句,"花为雪"暗喻,即"雪是花"。

唐·李白《王昭君》:"燕支长寒雪作花,蛾眉憔翠没胡沙。"

唐·李嘉祐《和韩郎中扬子津玩雪寄严维》:"雪深扬子岸,看柳尽成梅。"柳枝上的雪都如白梅花。

唐·刘方平《春雪》:"飞雪带春风,徘徊乱绕空。君看似花处,偏在洛阳东。"

唐·张继《望雪》:"江城昨夜雪如花,郢客登楼齐望华。"

唐·吕温《冬夜即事》:"风吹雪片似花落,月照冰文如镜破。"

唐·裴度《雪中讶诸公不相访》:"满空乱雪花相似,何事居然无赏心。"

唐·韩愈《春雪》:"白云却嫌春色晚,故穿庭树作飞花。"

唐·翁洮《枯木诗辞召命作》:"二月苔为色,三冬雪作花。"

宋·李至《节假之中风气又作仅将伏枕因难登门更献五章》:"出门何所适,门外雪如花。"

2462. 杨花雪落覆白苹

唐·杜甫《丽人行》:"杨花雪落覆白苹,青鸟飞去衔红巾。"讥讽杨国忠与其三妹虢国夫人的暧昧关系,隐晦而巧妙。"杨花雪落"句,南北朝时北魏胡太后与杨华私通,杨华惧罪南逃投梁,太后思念他,作《杨白华歌》,中有"杨花飘荡落南家","愿衔杨花入窠里"句,"杨花"即暗指杨华。"青鸟衔巾"句,《汉武故事》记:青鸟是西王母的使者,西王母会见汉武帝时,先有青鸟飞集殿前,传递消息。后用青鸟作男女爱情的信使,此处"红巾"即作暗

号。此二句用二典,暗指杨国忠兄妹之暧昧,每入朝谒,兄妹联辔,挥鞭谐谑,毫无顾忌的丑行丑态。浦起龙评《丽人行》说:"无一刺讥语,描摹处语语刺讥;无一慨叹声,点逗处声声慨叹。"

"杨花落雪",即杨花如落雪。宋·苏轼《少年游》(润州作,代人寄远):"去年相送,余杭门外,飞雪似杨花;今年春尽,杨花似雪,犹不见还家。"作者熙宁六年冬自杭州到镇江,到次年春仍滞留未归,有感而作此词。雪似杨花,杨花似雪,花雪连喻,以抒滞留未归之感。而题中有"代人寄远"字样(见龙榆生《唐宋名家词选》载),似又非写自己。这种今昔对照语,远出自《诗经·采薇》:"昔我往矣,杨柳依依;今我来思,雨雪霏霏。"南朝·梁·范云的《别诗》:"昔去雪如花,今来花似雪",是此互喻句之始,只是没说什么花。唐·张说《幽州新岁作》:"去岁荆南梅似雪,今年蓟北雪如梅。"用了梅花,梅雪互喻,说明时令的变化。句型一样。

清·仇兆鳌《杜诗详注》引隋炀帝《江南曲》句"絮飞晴雪暖风时",说天晴气暖怎么落了雪,原来是杨花飞舞。这是最早以雪喻杨花的。

其它以雪喻杨花句如:

唐·刘长卿《送子婿崔真父归长城》:"桃叶宜人诚可咏,柳花如雪若为看。"

唐·李白《忆旧游寄谯郡元参军》:"兴来携妓恣经过,其若杨花似雪何。"

又《题瓜州新河饯族叔舍人贲》:"杨花满江来,疑是龙山雪。"

唐·刘商《题禅居废寺》:"古殿门空掩,杨花雪乱飞。"

唐·窦常《过宋氏五女旧居》(宋氏女姊五人,贞元中同入宫):"一宅柳花今似雪,乡人拟筑望仙台。"

唐·韩愈《李花二首》:"谁将平地万堆雪,剪刻作此连天花。"洛阳园苑之李花如"万堆雪"。

唐·武元衡《寓兴呈崔员外诸公》:"三月杨花飞满空,飘飘十里雪如风。"

唐·刘禹锡《柳絮》:"何处好风偏似雪,隋河堤上古江津。"

唐·白居易《酬舒三员外见赠长句》:"杨柳花飘新白雪,樱桃子缀小红珠。"

又《杨柳枝词八首》:"白雪花繁空扑地,绿丝条弱不胜莺。"

唐·徐凝《喜雪》:"长爱谢家能咏雪,今朝见

雪亦狂歌。杨花道即偷人句,不那杨花似雪何。"

唐·薛能《吴姬十首》:"此日杨花初似雪,女儿弦管弄参军。"

唐·张祜《杨花》:"散乱随风处处匀,庭前几日雪花新。"

唐·李郢《春晚与诸同舍出城迎座主侍郎》:"东风柳絮轻如雪,应有偷游曲水人。"

又《醉送》:"无限柳条多少雪,一将春恨付刘郎。"

唐·郑谷《送徐涣端公南归》:"一路春风里,杨花雪满衣。"

又《东蜀春晓》:"潼江水上杨花雪,刚逐孤舟缭绕飞。"

唐·吴融《春归次金陵》:"须被东风动离思,杨花千里雪中行。"

唐·温庭筠《清平乐》:"洛阳愁绝,杨柳花如雪。"

唐·陈润《句》:"两岸杨花风作雪,一池荷叶雨成珠。"

唐·无名氏《题长乐驿壁》:"杨花满地如飞雪,应有偷游曲水人。"同李郢"应有……"句。

五代·孙光宪《杨柳枝》:"阊门风暖落花干,飞遍江城雪不寒。"

宋·晏殊《上巳赐宴琼林与二府诸公游水心憩于西轩》:"三月杨花飞似雪,内园桂树绿成阴。"

宋·向敏中《春暮》:"东风尽把杨花剪,吹作满城轻雪飞。"

宋·韩琦《暮春书事自和》:"荷叶如钱生水面,杨花飞雪满阶前。"

宋·王安石《东门》:"杨花飞白雪,枝袅绿烟斜。"

宋·苏轼《减字木兰花》(立春):"一阵春风吹酒醒,不似天涯,卷起杨花以雪花。"

宋·陈允平《浪淘沙慢》:"羞人问、怕说相思,正满院杨花,落尽东风雪。"

宋·刘天迪《蝶恋花》:"日暮杨花飞乱雪,宝镜慵拈,强整双鸳结。"

元·马致远《金字经》曲:"絮飞飘白雪,鲊香荷叶风。"

明·文征明《满江红》:"一点点、杨花雪;一片片、榆钱荚。"

清·王鹏运《鹊踏枝》:"似雪杨花吹又散,东风无力将春恨。"

清·宋荦《永遇乐》(柳絮):"望去非花,飘来如雪,轻狂如此。"

清·舒位《杨花诗》:"三月水流春太老,六朝人去雪无声。"暗用苏轼《水龙吟》(次韵章质夫杨花词)中"春色三分,二分尘土,一分流水"句意。写歌妓青春已逝,似如雪杨花漂入水中悄无声迹了。

2463.惟解漫天作雪飞

唐·韩愈《晚春》:"草树知春不久归,百般红紫斗芳菲;杨花榆荚无才思,惟解漫天作雪飞。"另题《游城南晚春》,全诗用拟人法描绘郊游所见晚春景象:草树花木知道春光将尽,都奋力争妍斗艳,作最后的繁荣;而无香少色的杨花榆荚,难参与"斗芳菲"的行列,只能够漫天飞舞,作白雪一样的飘飞。对此诗内涵,其说不一。清·朱彝尊《静志居诗话》评:"此意作何解,然情景只是如此。"只强调晚春情。刘永济《唐代绝句精华》评:"玩三四两句,诗人似有所讽,但不知究何所指。"事实一二句与三四句对比极鲜明,诗眼在"无才思"上,既"无才思",只好"作雪飞",似影射无才华之人。如"情景只是如此",但戏谑杨花榆荚,便无深意了。韩愈写《池上絮》:"池上无风有落晖,杨花晴后自飞飞。为将纤质凌清镜,湿却无穷不得归。"写杨花纤质凌波,终于不得再飞,又似有同情心。

唐·吴融《杨花》:"百花长恨风吹落,唯有杨花独爱飞。"取意韩诗,对照地写"百花"与"杨花"。

"杨花作雪飞",以雪喻杨花。"惟解漫天作雪飞"独具特色。

宋·苏轼《癸丑春分后雪》:"应惭落地梅花识,却作漫天柳絮飞。"是对韩句的反喻,用韩句却颠倒其意,写"雪作柳絮飞",以柳絮喻雪。

宋·左纬《送别》:"骑马出门三月暮,杨花无赖雪漫天。"以雪喻漫天杨花。

宋·范成大《碧瓦》:"无风杨柳漫天絮,石雨棠梨满地花。"用"漫天",未喻雪。

2464.已应知雪似杨花

宋·苏轼《金门寺中见李西台与二钱(惟演、易)唱和四绝句戏用其韵跋》:"未肯将盐下莼菜,已应知雪似杨花。"钱惟演、钱易都是吴人,在朝中为官,苏轼戏言,二钱既是吴地之人,不肯往莼菜里加盐,也应知道雪像杨花。"未肯将盐下莼菜":

《晋书》载："陆机尝诣王济，济指羊酪谓机曰：'卿吴中何以敌此？'答曰：'千里莼羹，未有盐豉。'时人以为名对。""未肯"句出此典。"已应知雪似杨花"，二钱的族人钱昭度诗："南人如问雪，向道似杨花。"《扪虱新语》云："语曰'南人不识雪，向道似杨花。'然南方杨实无花也。"苏诗取此意。以杨花柳絮喻雪最早的是晋代谢道韫"未若柳絮因风起"。这虽不是吟诗，以柳絮喻雪在命意上却有首创意义。

苏轼《少年游》（润州作）："去年相送，余杭门外，飞雪似杨花；今年春尽，杨花似雪，犹不见还家。"这是从范云的"昔去雪如花，今来花似雪"二句翻出的"出蓝"句。范云的二喻形象地说明"去"在冬季，"来"在春天。苏轼二喻，说明去冬今春的时间，还有"犹不见还家"的深深怀念之情，更为感人。"雪似杨花""杨花似雪"，雪与杨花互喻，又构成了两个"反喻句"。

"雪似杨花"，即以杨花喻雪，此类句宋人用得较多。

宋·邵雍《首尾吟》："月华正似金波溜，雪片还如柳絮飞。"

宋·周紫芝《天仙子》："雪似杨花飞不定，枝上冻禽昏欲瞑。"

又《醉落魄》："江天云薄，江头雪似杨花落。寒灯不管人离索，照得人来真个睡不着。"

宋·杨冠卿《忆秦娥》："云垂暮，江天雪似杨花落；杨花落，翠衾不暖，晓寒偏觉。"用周紫芝"雪似杨花落"句。

元·乔吉《水仙子·咏雪》："冷无香柳絮扑将来，冻成片梨花拂不开。"

2465. 月照梨花雪万团

唐·刘兼《春夕寓兴》："风吹杨柳丝千缕，月照梨花雪万团。"月光下，簇簇白色梨花如万团白雪。"雪万团"喻梨花充实肥壮，苗苗有生机。"团"的表现力远远超过了"片"，使梨花在三维空间中立体化了。

首作"梨花如雪"之喻的是，南朝·梁·萧子显《燕歌行》："洛阳梨花落如雪，河边绿草细如茵。"写梨花纷落的白雪。

唐·岑参《梁园歌送河南王说判官》："梁园二月梨花飞，却似梁王雪下时。"梁王即汉文帝第二子梁孝王刘武，曾筑东苑，"方三百余里"，人称"竹园"，即梁园，又名"兔园"。南朝·宋·谢惠连《雪赋》曾写梁王置酒延宾于梁园，飘飘落雪的情景。此二句说梁园二月梨花飘飘，如梁王雪下置酒的情景。以雪喻梨花。岑参很愿写"梨花飞"，如：《河西春暮忆秦中》："边城细草出，客馆梨花飞。"《送棉州李司马秩满归京因呈李兵部》："眼看春色老，羞见梨花飞。"《送颜韶》："一以襄阳住，几度梨花飞。"

"梨花如雪"也多用作"梨花雪"。

唐·独孤及《代书寄上裴六冀刘二颍》："尔来大谷梨，白花再成雪。"

唐·令孤楚《宫中乐五首》："柳色烟相似，梨花雪不如。"

唐·温庭筠《太子西池二首》："梨花雪压枝，莺啭柳如丝。"

五代·王周《无题二首》："梨花如雪已相迷，更被惊鸟半夜啼。"

宋·杨亿《前槛十二韵》："梨花飞白雪，蕙草吐青烟。"

宋·贺铸《子夜歌》："三更月，中庭恰照梨花雪；梨花雪，不胜凄断，杜鹃啼血。"清·李佩金《金缕曲》（癸亥暮春，初九夜见月，怀林风畹兰于吴中。时予赴中州，感赋此解。）："月照梨花白。背银屏、疏棂黯淡，薄寒犹怯。"用贺铸句。

宋·周邦彦《浪淘沙慢》："恨春去，不与人期。弄夜色，空余满地梨花雪。"

宋·万俟咏《武陵春》："正满院梨花雪照人，独自个、怯黄昏。"

宋·蔡伸《柳梢青》："满院东风，海棠铺绣，梨花飘雪。"

宋·辛弃疾《踏莎行》（春日有感）："过一阵海棠风，隔帘几处梨花雪。"

又《好事近》（春日郊游）："系马水边幽寺，有梨花如雪。"

宋·易被《蓦山溪》（春情）："梨花雪，桃花雨，毕竟春谁主。"兼用唐·李贺《将进酒》中"桃花乱落如红雨"句。

宋·张矩《摸鱼儿》："梨花雪，讲道全无清韵。"

宋·李莱老《杏花天》："人家寒食烟初禁，狼藉梨花雪影。"

宋·无名氏《柳梢青》（寿友人）："正好江南，一分春色，梨花白雪。"

梨花与雪都白都飘，因而也是互喻的。下面是以梨花喻雪的：

唐·杜牧《初冬夜饮》："砌下梨花一堆雪，明年谁此凭阑干。"

清·曹雪芹《红楼梦》第二十三回贾宝玉《冬夜即事》咏雪："松影一庭唯见鹤，梨花满地不闻莺。""梨花满地"隐喻白雪。

2466. 千树万树梨花开

唐·岑参《白雪歌送武判官归京》："北风卷地白草折，胡天八月即飞雪。忽如一夜春风来，千树万树梨花开。"天宝十三载（754），岑参再次任安西北庭节度使封常清的判官，他接替此职，送前任武判官回长安，此诗为送行诗。开头四句写塞外早寒多雪。雪来之疾之大，有如一夜春风，吹绽了梨花。千树万树，并非全是梨树，却都开出"梨花"——积雪之花，枝丫间的雪挂，都如白皑皑的梨花。杜甫《渼陂行》说"岑参兄弟皆好奇"，这"千树万树梨花开"之大雪就够"奇"的了，洋溢着奇丽美。

岑参《送魏升卿擢第归东都因怀魏校书陆浑乔潭》又用"千树万树"："摇鞭举袂忽不见，千树万树空蝉鸣。"用"千树万树"的如：

唐·卢仝《苦雪寄退之》："山人屋中冻欲死，千树万树飞春花。"

唐·何仙姑《有道士自罗浮之增城口占三绝寄家》："铁桥风景胜天台，千树万树梅花开。玉箫吹过黄岩洞，勾引长庚跨鹤来。"

今人陈朝葵《雪中重游鄂东黄梅五祖寺》："为访东禅我又来，梨花万树一齐开。"

2467. 梨花千树雪

唐·岑参《送杨子》（又题《送别》）："梨花千树雪，杨叶万条烟。"此诗同李白《送别》诗，只异数字。《文苑英华》与《唐百家诗选》以为是岑参作。《沧浪诗话·考征》认为"太白诗'斗酒渭城边，垆头耐醉眠'，乃岑参之诗误入。"此句以"千树雪"喻梨花林盛开。唐·王表《清明日登城春望寄大夫使君》："寒食花开千树雪，清明日出万家烟。"用其句而不尽用其义，下用"千树雪"句如：

唐·独孤及《同岑郎中屯田韦员外花树歌》："东风动地吹花发，渭城桃李千树雪。"

唐·韩愈《闻梨花发赠刘师命》："闻道郭西千树雪，欲将春去醉如何。"

又《寒食日出游》："走马城西惆怅归，不忍千株雪相映。"自注：张十一院长见示病中忆花九篇。寒食日出游夜归，因以投赠。"千株雪"喻白色李花。

又《李花二首》："谁将平地万堆雪，剪刻作此连天花。"剪雪作花，亦描写李花。

宋·苏轼《和孔密州五绝·东栏梨花》："惆怅东栏三株雪，人生看得几清明。"雪喻梨花。

宋·周密《疏影》（梅影）："闲想孤山旧事，浸清漪、倒映千树残雪。"

明·郭登《过西樵贾氏隐居》："梨花千树雪，茅屋数声鸡。"用岑参一原句。

2468. 曲江水满花千树

唐·韩愈《同水部张员外籍曲江春游寄白二十二舍人》："曲江水满花千树，有底忙时不肯来。"曲江是唐代游览圣地，"花千树"即千树开花，"千树"言其多。此语用唐·赵彦昭《人日侍宴大明宫应制》中"夹路秾花千树发，垂轩弱柳万条新"句。

唐·郎士元《听邻家吹笙》："熏门深锁无寻处，疑有碧桃千树花。"

唐·刘禹锡《元和十年自朗州至京戏赠看花诸君子》："玄都观里桃千树，尽是刘郎去后栽。""桃千树"本是壮丽景色，这里是褒语贬用，讥讽政治十年来那些投机钻营而爬上高位的新贵。由于有特定内涵，后人难用其义。唐·温庭筠《经故翰林袁学士居》："西州城外花千树，尽是羊昙醉后春。"只用其句式。宋·葛胜仲《蝶恋花》："红气蒸霞，且看桃千树。"也只写烂熳桃花。

刘禹锡《伤桃源薛道士》："手植红桃千树发，满山无主任春风。"用赵彦昭"千树发"语。刘禹锡用"花千树"比较多，还如：

《浙西李大夫述梦四十韵并浙东元相公酬和斐然继声》："曲鸟花千树，官池水一篙。"

《和仆射牛相公寓言二首》："且瞻尊重诚无敌，犹忆洛阳千树花。"

唐·陈羽《和王中丞使君春日过高评事幽居》："笑借紫兰相向醉，野花千树落纷纷。"

唐·白居易《宿杜曲花下》："见得花千树，携来酒一壶。"

唐·段成式《观山灯献徐尚书》："道树千花发，扶桑九日移。"

唐·伊璠《及第后寄梁烛处士》："十年辛苦一

枝桂,二月艳阳千树花。"

唐·曹唐《小游仙诗九十八首》:"海上桃花千树开,麻姑一去不知来。"

又《小游仙诗九十八首》:"千树梨花百壶酒,共君论饮莫论诗。"

宋·诸葛赓《归休亭》:"栽成傲骨梅千树,呼出栖云鹤一双。"

宋·王十朋《点绛唇》(雪香梨):"春色融融,东风吹散花千树。"

宋·辛弃疾《青玉案》(元夕):"东风夜放花千树,更吹落、星如雨。"

宋·刘辰翁《青玉案》:"稠塘旧是花千树,曾泛入、溪深误。"

又《水调歌头》:"欲说正无旧事,未必玄都千树,得似洞中红。"用刘禹锡句。

宋·赵与仁《如事近》:"临水杨花千树,尽一时飞雪。"

宋·周密《甘州》:"空吟想、梅花千树,人在其中。"

清·朱彝尊《望湘人》:"到香径重寻,只有碧桃千树。"见桃花而无人面。

2469. 梅花落处疑残雪

唐·杜审言《大酺》:"梅花落处疑残雪,柳叶开时任好风。"严冬已去,春天到来,梅花凋落在地上,疑是残雪未消,柳叶正在开绽,任暖风吹拂。"疑"字极妙,点出冬去春来,梅花已落,残雪未消,二物并存,易于生"疑"。

唐·戎昱《早梅》(一作张渭诗):"一树寒梅白玉条,回临村路傍溪桥。不知近水花先发,疑是经冬雪未销。"寒梅花发,疑是冬雪。用杜审言句义,却不逊色,写出了迎春喜春的心态。唐·曹戳有《句》:"老松不见千年鹤,残雪犹疑六月花。"用杜之"疑残雪"句,亦见功底。

唐·高正臣曾在自家的园林邀友置宴,与会人都有吟咏,其中都咏柳和梅,就有以雪喻梅的。如:

高正臣《晦日置酒林亭》:"柳翠含烟叶,梅芳带雪花。"

韩仲宣《晦日宴高氏林亭》:"柳处疑云叶,梅间雪似花。"以梅喻雪。

其他"梅如雪"句:

唐·骆宾王《代女道士王灵妃赠道士李荣》:"梅花如雪柳如丝,年去年来不自持。"

唐·韦同则《仲月赏花》:"梅花似雪柳含烟,南地风光腊月前。"

唐·顾况《山中赠客》:"山中好处无人别,洞梅伪作山中雪。"

唐·戴叔伦《送李明府之任》:"梅花堪比雪,芳草不知秋。"

唐·卢纶《送陈明府赴萍县》:"梅花成雪岭,桔树当家僮。"

唐·杨凭《送别》:"江岸梅花雪不如,看君驿驭向南徐。"

唐·寒山《诗三百三首》:"凋梅雪作花,杌木云充叶。"

唐·皎然《春陵登望》:"最伤梅岭望,花雪正纷纷。"

唐·白居易《忆杭州梅花因叙旧游寄萧协律》:"伍相庙前繁似雪,孤山园里丽如霜。"又《寄胡饼与杨万州》:"樱桃昨夜开如雪,鬓发今年白似霜。"写樱桃花白。

唐·章孝标《句》:"梅花带雪飞琴上,柳色和烟入酒中。"

南唐后主李煜《清平乐》(一名忆萝月):"别来春半,触目愁肠断。砌下落梅如雪乱,拂了一身还满。"

宋·田锡《惜春词》诗:"春色初从江国来,湖边杨柳岭头梅。梅花飞雪柳垂带,递次相将时节催。"

宋·朱敦儒《鹧鸪天》:"曾为梅花醉不归,佳人挽袖乞新词。……如今但欲关门睡,一任梅花作雪飞。"

宋·吕本中《踏莎行》:"雪似梅花,梅花似雪,似和不似都奇绝。"

宋·向子諲《更漏子》(雪中韩叔夏席上):"小窗前,疏影下,鸾镜弄妆初罢。梅似雪,雪如人,都无一点尘。"

宋·洪惠英《减字木兰花》:"梅花似雪,刚被雪来相挫折;雪里梅花,无限精神总属他。"

宋·侯寘《醉落魄》:"梅花似雪,雪花却似梅清绝。"

宋·张孝祥《定风波》:"莫道岭南冬更暖,君着、梅花如雪月如霜。"

宋·姜夔《莺声绕红楼》:"十亩梅花作雪飞,冷香下、携手多时。"

宋·陈袭善《减字木兰花》:"江南二月,犹有枝头雪,邀上芳尊,却占东君一半。"

宋·李弥逊《清平乐》(次韵叶少蕴和程进道梅花):"断桥缺月,点点枝头雪。"亦用"枝头雪"。

宋·董俞《菩萨蛮》(怀友):"去年元夕和君别,今年又见梅如雪。"

雪与白梅也是互喻的,"雪似梅花"句如:

唐·温庭筠《三洲词》:"圆圆莫作波中月,洁白莫为枝上雪。月随波动碎潾潾,雪似梅花不堪折。"

宋·方岳《一剪梅》(客中新雪):"园林晓树恁横斜,道是梅花,不是梅花。"

元·马致远《寿阳曲》(江天暮雪):"天将暮,雪乱舞,半梅花半飘柳絮。"

2470. 梅须逊雪三分白

宋·卢梅坡《雪梅》:"梅须逊雪三分白,雪却输梅一段香。"以雪喻梅,因为它们共呈白色形态,梅当然是白梅,而不是红梅。即使白梅亦不如雪白,雪却没有梅花之香。卢梅坡在另一首《雪梅》诗中则写了梅雪相映生辉:"日暮诗成天又雪,与梅并作十分春。"

清·曹雪芹《红楼梦》第三十七回林黛玉《咏白海棠》:"偷来梨花三分白,借得梅花一缕香。"用卢梅坡之句而不用其义。卢诗是梅雪对比,此诗则白海棠比梨花梅花。曹雪芹的祖父曹寅有"轻含豆蔻三分露,微漏莲花一线香"句,雪芹诗与之义近。

2471. 月明荞麦花如雪

唐·白居易《村夜》:"霜草苍苍虫切切,村南村北行人绝。独出前门望野田,月明荞麦花如雪。"写乡村初秋之夜,恬淡宁静,月光下,野田荞麦花开,一片雪白。写荞麦花如雪的还如:

宋初钱昭度有《句》:"荞麦花残小雪飞"。

宋·王禹偁《村行》:"棠梨叶落胭脂色,荞麦花开白雪香。"

宋·范成大《长沙王墓在阊门外》(孙伯符):"荞麦茫茫花似雪,牧童吹笛上高丘。"阊门,苏州城西北门,有孙策之墓。

今人于右任《中秋夜登城楼》:"浊酒因风酬故鬼,战场如雪放荞花。"

2472. 雪铺荞麦花漫野

宋·韩琦《观稼回北园席上》:"雪铺荞麦花漫野,黛抹蔓菁菜满畦。"喻荞麦花如铺雪,喻蔓叶如抹黛,一个白花花,一个黑压压,生动地刻画了庄稼生长之茁壮。"铺","抹",似有天公使然。"铺"托出阔阔的平平的一片荞麦田。唐·白居易《渭村退居寄礼部崔侍郎翰林钱舍人诗一百韵》:"荞麦铺白花,棠梨间黄叶。""铺"字出于此。

宋·刘敞《麦》:"但见古河东,荞麦如铺雪。"用韩琦"铺雪"句。

宋·苏轼《中秋月寄子由三首》:"但见古河东,荞麦花铺雪。"同刘敞诗。

宋·姜夔《扬州慢》:"过春风十里,尽荞麦青青。"写未开花的荞麦。

元·张翥《百字令》(芜城晚望):"新鼓神鸦浑不见,一片青青荞麦。"用姜夔句。

2473. 芦花千里雪漫漫

唐·刘长卿《奉使鄂渚至乌江道中作》:"客路向南何处是,芦花千里雪漫漫。"芦花亦为白色,望无涯际的芦花,正如漫漫雪野。

唐·岑参《下外江舟怀终南旧居》:"水宿已淹时,芦花白如雪。"

唐·朱长文《吴兴送梁补阙归朝赋得荻花》:"一枝持赠朝天人,愿比蓬莱殿前雪。"荻近于芦,同科植物,花皆为白色。

明·刘基《渔歌子》:"芳树下,夕阳边,睡觉芦花雪满船。"

桃、杏、樱、桂、菊、海棠等开白花者,皆有喻为雪者:

唐·白居易《过永宁》:"村杏野桃繁似雪,行人不醉为谁开?"

唐·张又新《牡丹》:"牡丹一朵值千金,将谓从来色最深。今日满栏开似雪,一生辜负看花心。"

唐·杜牧《池州送孟迟先辈》:"手把一枝杨,桂花带雪香。"

唐·赵氏《杂言》:"杏花如雪柳垂丝,春风荡飏不同枝。"

唐·于邺《白樱树》:"记得花开雪满枝,和蜂和蝶带花移。如今花落游蜂去,空作主人惆怅诗。"

宋·方岳《如梦令》(海棠):"雨洗海棠如雪,又是清明时节。"

清·王又曾《临平道中看荷花同朱冰壑、陈渔沂》:"莫怪花容浑似雪,看花人亦鬓成丝。"

令人梁上泉《春雪绝句》:"莫笑儿童不识树,桃花一夜变梨花。"以梨花反喻雪。

2474.犹有枝头千点雪

宋·陈袭善《减字木兰花》:"江南二月,犹有枝头千点雪。邀上芳尊,却占东君一半春。"枝头密密的白梅花,如同千点雪。

宋·李弥逊《清平乐》(次进叶少蕴和程进道梅花):"断桥缺月,点点枝头雪。"亦用以写白梅。

宋·刘辰翁《酹江月》:"有酒如船,招呼满载,只欠枝头雪。"

"千点雪"源出唐人韦庄《稻田》诗,那是写白鸟,而不是写白花:"更被鹭鹚千点雪,破烟来入画屏飞。"鹭鹚有雪白的羽毛。

2475.君之门以九重

宋玉《九辩》:"岂不郁陶而思君兮,君之门以九重。猛犬狺狺而迎吠兮,关梁闭而不通。"怎么不思君忧郁,君之门重重幽深;守门的猛犬迎人狂吠,关梁又封闭不通。写见君之难。《招魂》:"虎豹九关,啄害下人些。"虎豹守看九重天门,随时都要伤害人。

曹植《当墙欲高行》:"愿欲披心自说陈,君门以九重,道远无河津。"用宋玉句,说明愿披露真心对君王诉说,然而君门深邃,河无渡口,被隔绝了。怨谗言离间,骨肉失亲。

唐·崔颢《行路难》:"二月三月花如霰,九重幽深君不见。"写君门幽深,宫人难以相见。

唐·李白《书情赠蔡舍人雄》:"猛犬吠九关,杀人愤精魂。"用《楚辞》句意,愤权臣把持朝政,贤良惨遭迫害。

唐·储光羲《效古二首》其二:"中夜起踯躅,思欲献厥谋。君门峻且深,跂足空夷犹。"面对战乱给人民造成的深重灾难,欲进谏言而无由穿越君门。

宋·苏轼《寒食雨二首》:"君门深九重,坟墓在万里。"苏轼贬在荒僻的黄州,以茅屋为官舍,逢雨中寒食,欲归朝廷,君门九重,欲祖坟祭扫,又相隔万里,凄凉无奈。

又《骊山》:"君门如天深几重,君王如帝坐法宫。"天之最高处为"九重天","深几重",即"深九重"。

又《寒食雨二首》:"君门深九重,坟墓在万里。"

2476.侯门一入深如海

唐·崔郊《赠去婢》:"公子王孙逐后尘,绿珠垂泪滴罗巾。侯门一入深如海,从此萧郎是路人。"唐·范摅《云溪友议·襄阳杰》载:崔"郊寓居汉上,其姑有婢端丽,郊有阮咸之惑。姑鬻之连帅于公 ,郊思慕无已。其婢因寒食偶出,值郊,郊赠诗云云(即《赠云婢》)。或写之于座,公睹诗,令召崔生。及见郊,握手曰:'萧郎是路人'是公作耶,何不早相示也? 遂命婢同归"。唐代秀才崔郊,与其姑母家婢女相恋。后婢女被卖给连帅于頔。寒食这天,郊与婢女路上相遇,不得交谈,赠此诗。"侯门"指连帅家门,"深如海"说难得见面。此事堪称一段佳话。

唐·杜荀鹤《与友人对酒吟》:"客路如天远,侯门似海深。"因上句用了"如",下句用崔诗换作"似"字。其后此句便多用"似"字了。

唐·韦庄《浣溪沙》:"咫尺画堂深似海,忆来唯把旧书看,几时携手入长安。"写思念一女子,虽相隔咫尺,却不得相见。

宋·邵雍《龙门道中作》:"侯门见说深如海,三十年来掉臂行。"喻仕途难入。

又《感雪吟》:"侯门深处还知否,百万流民在露天。""侯门深处"指达官贵人。

宋·葛长庚《沁园春》:"相府如潭,侯门似海,那得烟霄尔许高。"

元·无名氏《雁儿落过得胜令》:"爱得是流水清如玉,那里想侯门深似海。"宁退而村居,不追求富贵

清·袁于会《西楼记·缄误》:"侯门如海怕难达,疾忙去,快来家,这回休得将人误。"喻求官之路。

2477.驱车出门去

魏·阮籍《咏怀诗八十二首》其二十九:"驱车出门去,意欲远征行。征行安所如,背弃夸与名。""夸",夸饰,颂扬,"名",名声、名气。驱车远行,旨在远离夸耀别人、树立自己名声的这种世俗。

又《咏怀八十二首》其三十九:"驱车远行役,受命念自忘。"赞美壮士驱车远征,领受君命,奋不顾身。

唐·杜甫《垂老别》："投杖出门去,同行为辛酸。"写一个老人,被征调当兵的惨象。"投杖出门去",用阮籍句,换"投杖"言拄杖老人之老,也难逃投杖充军。

2478. 门虽设而常关

晋·陶渊明《归去来兮辞》："园日涉以成趣,门虽设而常关。"写归田以后,每日入园耕作,产生了浓厚的乐趣,虽然有门却常常关闭,极少出入,过着封闭式的田园生活。

北周庾信《小园赋》："虽有门而长闭,实无水而恒沉。"有门不开,无水陆沉,写理想的隐居之所。用陶句。

宋·王安石《与北山道人》："茆梁疏泉带浅山,柴门虽设要常关。别开小径连松路,只与邻僧约往还。"用陶句。

2479. 谁家女儿对门居

南朝梁武帝萧衍《东飞伯劳歌》："谁家女儿对门居,开颜发艳照里闾。"这是继"东飞伯劳"两句之后的第三、四句:对门居住着的是谁家的女儿?那笑脸和黑发照亮了里闾。

《乐府诗集》(宋·郭茂倩编)列十首《东飞伯劳歌》仿萧衍句。从萧纲、陈叔宝到李峤、李暇诗第三句是:

"谁家总角歧路阴";
"谁家妖丽邻中止";
"谁家娇冶折花枝";
"谁家佳丽过淇土";
"谁家玉颜窥上路";
"谁家可怜出窗牖";
"谁家妖艳荡轻舟";
"谁家绝世倚帐前";
"谁家窈窕住园楼";
"谁家儿女抱香枕";

较之"谁家女儿对门居",这十句难掩效颦之痕,有的则近于粗俗。

唐·王维《洛阳女儿行》："洛阳女儿对门居,才可容颜十五余。"变用萧衍句。

2480. 枇杷花里闭门居

唐·王建《寄蜀中薛涛校书》："万里桥边女校书,枇杷花里闭门居。扫眉才子如今少,管领春风总不如。"此诗赞扬"扫眉才子"薛涛,此句写这位女校书的居处环境,居室在枇杷花丛之中。

清·钱秉镫《扬州访汪辰初》："市井草深寻巷入,江城花满闭门居。"《三辅决录》载:"张仲蔚,平陵人也。与同郡景卿,俱隐居不仕,所居蓬蒿没人。"上句取此意。下句用王建语说汪辰初在扬州隐居。

2481. 朝洒长门泣

南朝·梁·何逊《咏早梅》(扬州法曹梅盛开)："朝洒长门泣,夕驻临邛杯。"作者任扬州法曹官时,见梅花盛开而咏叹。这是一首咏梅名诗。杜甫《和裴迪》诗写："东阁官梅动诗兴,还如何逊在扬州。"即赞何逊咏梅、赏梅。此诗先写梅花的"衔霜""映雪",后写四处飘落,以抒发自己郁郁不得志的情怀。梅洒落到"长门",也洒落到"临邛";"长门"是受冷之地,"临邛"是偏远之方,深感自己早不如梁武帝时代受宠,像陈皇后一样被弃,像司马相如一样被驱逐。

"长门",即西汉长门宫。《汉书·孝武陈皇后传》："陈皇后擅宠骄贵,十余年而无子,闻卫子夫得幸,几死者数焉。上愈怒……使有司赐皇后策曰:'皇后失序,惑于巫祝,不可以承天命。其上玺绶,罢,退居长门宫。'"后用"长门"指代后失宠之所,弃妇所居之处,也有用以表示受冷落的官场。

唐·江妃采苹《谢赐珍珠》："柳叶双眉久不描,残妆和泪污红绡。长门尽日无梳洗,何必珍珠慰寂寥。"江妃,江采苹,又称"梅妃"。《梅妃传》载:梅妃原受唐玄宗的宠爱,杨玉环受宠之后,梅妃遭妒,倍受冷落。一次玄宗在花萼楼,会夷使至,命封珍珠一斛密密赐给梅妃。妃不受,以诗付使者,曰:"为我进御前也"。(即此诗)玄宗览诗,怅然不乐,令乐府以新声度之,号《一斛珠》,曲名始于此。后安禄山犯阙,玄宗入蜀,杨贵妃死。待返回长安之后,寻梅妃,不可得,有宦者进其画真,玄宗以为极像(梅妃),但不活耳。题诗画上云:"忆昔娇妃在紫宸,铅华不御得天真。霜绡虽似当时态,争奈娇波不顾人。"梅妃诗"长门尽日无梳洗",诉其受冷落的痛苦。"长门"即如"冷宫","长门"句又如:

唐·杜审言《赋得妾薄命》："草绿长门掩,苔青永巷幽。"写长门宫凄凉冷落。

唐·齐澣《长门怨》："茕茕孤思逼,寂寂长门夜。"

唐·沈佺期《芳树》(一作宋之问诗):"何地早芳菲,宛在长门殿。"

唐·崔颢《长门怨》:"君王宠初歇,弃妾长门宫。"

唐·李白《妾薄命》:"长门一步地,不肯暂回车。"汉·司马相如《长门赋》:"雷殷殷而响起兮,声象君之车音。"唐·李商隐《无题二首》:"扇裁月魄羞难掩,车走雷声语未通。"写陈皇后失宠后的望幸之情,回想当初相见时,含羞一见后就匆匆乘车而过,连话也没说一句。李白用汉武帝车过长门事,写弃妇的悲愤。又《古风》其二:"萧萧长门宫,昔是今已非。"咏后妃遭到冷落。

唐·戎昱《闺情》:"昭阳今再入,宁敢恨长门。"复宠后不敢抱恨泉壤。

唐·戴叔伦《后宫曲》:"初入长门宫,谓言君戏妾。"失宠后妃的心理状态。

唐·李益《赋得早燕送别》:"碧草缦如线,去来双飞燕。长门未有春,先入班姬殿。"

又《宫怨》:"似将海水添宫漏,共滴长门一夜长。"写失宠之后难熬漫漫长夜。

唐·李端《妾薄命》:"从来闭在长门者,必是宫中第一人。"

唐·羊士谔《和李都官郎中经宫人斜》:"秋来还照长门月,珠露寒花是野田。"

唐·杨巨源《月宫词》:"迥过前殿曾学眉,回照长门惯催泪。"月亮对得宠宫人,则眉如弯月;对失宠宫人,则只能催泪。

唐·柳公权《应制为宫嫔咏》:"不分前时忤主恩,已甘寂寞守长门。"一度被冷落长门。

唐·杜牧《早雁》:"仙掌月明孤影过,长门灯暗数声来。"又《月》:"唯应独伴陈皇后,照见长门望幸心。"前者代长安皇宫,后者写后妃失宠。又《长安夜月》:"独有长门里,峨眉对晓晴。"写失宠后妃长夜难眠。

唐·胡曾《薄命妾》:"龙骑不巡时渐久,长门空掩绿苔纹。"写失宠居者之幽宫。

唐·于濆《宫怨》:"今日在长门,从来不如丑。"点明失宠宫人形容衰老。

唐·唐彦谦《萤》:"寒烟阵后长门闭,夜雨隋家旧苑空。"长门凄寒。

唐·韩偓《咏灯》:"古来幽怨皆销骨,休向长门背雨窗。"写长门已是凄苦。

唐·吴融《上阳宫词》:"谁能赋得长门事,不惜千金奉酒杯。"上阳宫人处境悲惨,无力千金自赎。

宋·王安石《明妃曲》:"咫尺长门闭阿娇,人生失意无南北。""阿娇"即汉长公主刘嫖之女。"长门"则是陈皇后之冷宫,这里指代王昭君。

宋·辛弃疾《贺新郎》(别茂嘉十二弟):"更长门、翠辇辞金阙。"述陈皇后乘辇退居长门宫。

宋·张炎《解连环》(孤燕):"谩长门夜情,锦筝弹怨。""长门夜悄"暗含国破家亡,自己飘泊。

元·关汉卿《一枝花》(赠朱帘秀):"爱的是透长门夜月娟娟,凌波殿前,碧玲珑掩映湘妃面。"喻女子所居。

元·程景初《醉太平》:"恨绵绵深宫怨女,情默默梦断羊车,冷清清长门寂寞长青芜。"写宫女失宠,遭到冷落。

元·孙梁《后庭花破子》:"柳叶黛眉愁,菱女妆镜羞。夜夜长月门,天寒独上楼。"写妇怨。

清·方婉仪《次韵题明妃图》:"画师若把黄金嘱,老守长门到白头。"

2482. 长门一纸赋,何处觅黄金

北周·庾信《幽居值春》:"长门一纸赋,何处觅黄金。"用汉武帝陈皇后用黄金向司马相如买赋事:司马相如《长门赋序》:"孝武皇帝陈皇后,时得幸,颇妒。别在长门宫,愁闷悲思,闻蜀郡成都司马相如天下工为文,奉献黄金百斤为相如,文君取酒,因于解悲愁之辞,而相如为文以悟主。陈皇后复得亲幸。"序述"买赋"事,一、人称"第三",二、有"复得亲幸"的结果,说明此序为后人所作。庾诗说难觅黄金买赋,似有深意。

后用"长门买赋"作后妃失宠、女子失爱、才子失主等的诗典。

唐·虞世南《怨歌行》:"掖庭羞改画,长门不惜金。宠移恩稍薄,情疏恨转深。"述宫中失宠现象。

唐·李白《白头吟》:"此时阿娇正娇妒,独坐长门愁日暮。但愿君恩顾妾深,岂惜黄金买词赋。"写弃妇之怨。

唐·梁锽《长门怨》:"翻悲因买赋,索镜照空辉。"写失宠后妃心理。

唐·李益《汉宫少年行》:"徒用黄金将买赋,宁知白玉暗成痕。"反义。

唐·魏万《金陵酬李翰林谪仙子》："宫买长门赋，天迎驷马车。"以司马相如喻李白。

唐·李商隐《戏题友人壁》："相如解作长门赋，却用文君取酒金。"

唐·曹邺《代班姬》："买得千金赋，花颜已如灰。"用于班姬，言重新获宠，年华已老。

唐·罗隐《闲居愁思》："六宫谁买相如赋，团扇恩情日日疏。"怀才不遇。又《送进士臧濆下第后归池州》："赋成无处换黄金，却向东风动越吟。"同情臧濆不遇。

唐·罗虬《比红儿诗》："阿娇得似红儿貌，不费长门买赋金。"写红儿貌美，超过了卫子夫（阿娇）。"长门"应是陈皇后事。

唐·卢汝弼《薄命妾》："黄金买赋心徒切，清路飞尘信莫通。"急于复宠之心。

唐·柯崇《宫怨》："红泪旋销倾国态，黄金谁为达相如。"买赋无门，宠幸无望。

唐·吴融《上阳宫辞》："谁能赋得长门事，不惜千金奉酒杯。"重金换宠。

唐·崔道融《长门怨》："长门花泣一枝春，争奈君恩别处新。错把黄金买词赋，相如自是薄情人。"相如自己一度遗弃文君，买他的赋错了。

唐·张窈窕《寄故人》："淡淡春风花落时，不堪愁望更相思。无金可买长门赋，有恨空吟团扇诗。"女诗人张窈窕，用陈皇后事，抒孤寂之情。

宋·辛弃疾《摸鱼儿》："长门事，准拟佳期又误。蛾眉曾有人妒。千金纵买相如赋，脉脉此事谁诉。"喻自己遭权奸之妒，在朝处境艰难。

元·马致远《拨不断》："叹寒儒、谩读书，读书须索题桥柱。题柱虽乘驷马车，乘车谁买《长门赋》？且看了长安回去！"元代科考近八十年，汉族士子，仕进无路，对此而慨叹。西汉司马相如从成都去长安求取功名，途经"升仙桥"，题词曰："不乘高车驷马不过此桥。"后用乘高车驷马喻取得功名。此曲意为：即使取得功名，又有谁赏识你的才华，如陈皇后重金买赋那样呢，到头来也不会被重视。人们用买《长门赋》多表示没有人重视才华。

唐·梁锽《长门怨》："翻悲因买赋，索镜照空辉。"

元·刘时中《金字经·常氏称心》："少年情缘浅，老来欢爱深，费尽长门买赋金。"喻博得真爱不易。

元·张可久《齐天乐过红衫儿·道情》："人传

《梁甫吟》，自献《长门赋》。谁三顾茅庐？"献赋（荐才）反不为人看重。

元·高拭《殿前欢·苏堤渔唱》："光生照殿珠，价等连城玉，名重《长门赋》。"称高才。

清·鲍康《明妃》："笑他买赋长门女，却掷黄金结主恩。"明妃并不"买赋"。

清·龚景翰《昭君词》："千金无复赋长门，漠漠沙尘白昼昏。"昭君不付画金，以致吃苦。

2483. 何必珍珠慰寂寥

唐·江妃采频《谢赠珍珠》："长门尽日无梳洗，何必珍珠慰寂寥！"言既独居冷宫，寂无聊赖，悲伤酸楚，无心梳洗、妆饰，要那饰物珍珠何用，因此不必用它来安慰，也不能安慰。句中饱含酸苦幽怨之情。连唐玄宗李隆基读了也深有感触，"怅然不乐"。用"慰寂寥"句如：

宋·欧阳修《奉使契丹道中答刘原父桑乾河见寄之作》："出君桑乾诗，寄我慰寂寥。"慰出使旅途之寂寥。

宋·王安石《孟子》："沉魄浮魂不可招，遗篇一读想风标。何妨举世嫌迂阔，故有斯人慰寂寥。"

又《九日登东山寄昌叔》："城上啼乌破寂寥，思君何处坐岩峣。"

又《和崔公度家风琴八首》："屋山终日信飘飘，似与幽人破寂寥。"

又《韩信》："将军北面师降虏，此间人事久寂寥。"

宋·苏轼《辛丑十一月九日既与子由别于郑州西门之外马上赋诗一篇寄之》："归人犹自念庭闱，今我何以慰寂寥。"诗人赴签书凤翔判官任，苏轼送至郑州西门外，"何以慰寂寥"，寂寥无人解脱。

又《新年五首》："晓雨暗人日，春愁连上元。水生挑菜渚，烟湿落梅村。小市人归尽，孤舟鹤踏翻。犹堪慰寂寞，渔火乱黄昏。"诗人六十一岁在惠州，观渔火以藉慰。

宋·向子諲《鹧鸪天》（咏红梅）："绝怜竹外横斜处，似与芳林慰寂寥。""芳林"，芳香的花木，此指作者自己。竹外梅花的芳香堪慰寂寥。

2484. 独照长门宫里人

唐·李白《长门怨二首》其二："桂殿长愁不记

春,黄金四屋起秋尘。夜悬明镜青天上,独照长门宫里人。"桂殿里的宫妃长期愁苦,已不知春天何时到来,藏娇的黄金屋全被秋尘封住。此刻唯有青天一轮孤寂明月,照着冷宫里的人。借陈皇后退居长门宫事,反映被弃置深宫中女子的凄苦孤寂。其一"天回北斗挂西楼,金屋无人萤火流。月光欲到长门殿,则作深宫一段愁。"意与其二近。写"月照长门",更渲染了冷宫凄苦。著名的还有唐·杜牧的《早雁》:"仙掌月明孤影过,长门灯暗数声来。"月光照着宫中孤耸的"仙掌",雁影由此掠过;长门宫灯光黯淡,孤雁数声哀鸣,失群的孤雁更添宫室凄凉。写出回鹘乌介可汗率兵南扰,北方人民流离失所,纷纷四散的凄楚背景。"仙掌""长门"表示战乱中宫室凄凉。写"长门月"的还有:

唐·沈佺期《长门怨》:"月皎风泠泠,长门次掖庭。"

唐·薛昭蕴《小重山》:"春到长门春草青,玉阶华露滴,月胧明。东风吹断紫箫声。"

元·孙梁《后庭花·破子》:"柳叶黛眉愁,菱花妆镜羞。夜夜长门月,天寒独上楼。"

元·关汉卿《一枝花·赠朱帘秀》:"爱的是透长门夜月娟娟,凌波殿前,碧玲珑掩映湘妃面。"

2485. 长信多秋气,昭阳惜月华

唐·皇甫冉《秋愁》:"长信多秋气,昭阳惜月华。"《汉书·外戚传》:汉成帝班婕妤为赵飞燕所妒,"赵氏姊弟骄妒,婕妤恐久见危,求供养太后长信宫,上许焉。""昭阳"宫是豪华之宫,为赵飞燕之妹赵昭仪受宠时所居。《汉书·外戚传》:"皇后即立,后宠少衰,而弟绝幸,为昭仪,居昭阳舍。"所以,长信代表失宠宫妃居所,也指受丈夫冷落的女子居所。昭阳则指受宠者居。

唐·沈佺期《凤箫曲》:"飞燕侍寝昭阳殿,班姬饮恨长信宫。"对比说明人世间荣华不久长。

唐·王谞《后庭怨》:"甄妃为妒出层宫,班女因谗下长信。长信宫门闭不开,昭阳歌吹风送来。"

唐·刘方平《班婕好》:"人幽在长信,萤出向昭阳。"

2486. 长信萤来一叶秋

唐·钱起《长信怨》:"长信萤来一叶秋,蛾眉泪尽九重幽。"写秋萤秋叶给长信宫带来的凄凉。

"长信凄凉"在唐人崔颢诗中作过具体生动的描绘:

《七夕》:"长信深阴夜转幽,瑶阶金阁数萤流。班姬此夕愁无限,河汉三更看斗牛。"钱起的"长信萤来"取此意。

《行路难》:"……建章昨夜起春风,一花飞落长信宫。长信丽人见花泣,忆此珍树何嗟及。我昔初在昭阳时,朝攀暮折登玉墀。只言岁岁长相对,不悟今朝遥相思。"

唐·乔知之《定情篇》:"长信佳丽人,失意非蛾眉。"借以述说夫妻失和、男女绝情并非女子之过。

2487. 绝胜飞燕在昭阳

清·贾松年《王明君》:"若果三边烽火静,绝胜飞燕在昭阳。"昭君出塞和亲,如能平息边塞烽火,总要胜过赵飞燕在昭阳殿里生活。

前人写昭阳(赵飞燕姊妹所居之宫殿),往往用以反衬长门之苦。

唐·徐彦伯《婕好》:"君恩忽断绝,妾思终未央。……应门寂已闭,流涕向昭阳。"

唐·齐瀚《长门怨》:"宫殿沉沉月欲分,昭阳更漏不堪闻。珊瑚枕上千行泪,不是思君是恨君。"

唐·钱起《长信怨》:"谁念昭阳夜歌舞,君王玉辇正淹留。"

2488. 可怜飞燕倚红妆

唐·李白《清平调》:"一枝红艳露凝香,云雨巫山枉断肠。借问汉宫谁得似?可怜飞燕倚红妆。"试问汉宫女子有谁可比(杨贵妃)呢?惟有可爱的着妆之后的赵飞燕。赵飞燕原为阳河公主家宫女,美貌能歌舞,为汉成帝宠爱,立为皇后。后因淫乱,汉平帝时被废为庶人,自杀。李白诗先写杨贵妃如"一枝红艳"的牡丹花,巫山神女也不如这花之美。最后比作赵飞燕,如名花凝香。纯属"应制"之词,并无他意。宋乐史《李翰林别集序》云:高力士因唧脱靴之耻,向杨贵妃进谗,说把杨贵妃比作淫乱的赵飞燕,是有意侮辱贵妃,李白因而为贵妃所恨。萧士赟还把巫山云雨说成是讥讽杨贵妃曾为寿王妃。王琦以为二说皆不可信,李白新进,不致"批龙之逆麟而履虎尾"。

"可怜飞燕倚红妆"写女子娇弱美态,唐·王

谭《长信怨》:"飞燕倚身轻,争人巧笑名。""倚身轻"即身体轻盈柔弱之态。用李白句如:

宋·林正大《括酹江月》:"借问标格风流,汉宫谁似,飞燕红妆舞。"用李白句。括李白《清平调》三首为此词,此句仍写杨贵妃。

宋·张炎《绮罗香》(红叶):"漫倚红妆,不入洛阳《花谱》。"红叶虽有新妆,却入不了洛阳牡丹花谱。用李白句写"红叶"。

清·洪升《长生殿》:"新妆谁似,可怜飞燕娇懒。"用李白句写杨贵妃。

2489. 白门柳花满店香

唐·李白《金陵酒肆留别》:"白门(一作"风吹")柳花满店香,吴姬压酒唤客尝。""白门"代指金陵。《南齐书·王俭传》载:白门是南朝宋都城建康城西门。西方金,金气白,故称西门为白门。

清·朱彝尊《卖花声》(雨花台):"衰柳白门弯,潮打城还。"后句用刘禹锡句:"潮打孤城寂寞回"。

2490. 朝扣富儿门

唐·杜甫《奉赠韦左丞丈二十二韵》:"朝扣富儿门,暮随肥马尘。残杯与冷炙,到处潜悲辛。"这是写给尚书左丞韦济的诗,叙写自己"骑驴十三载,旅食京华春"的经历与想法。此数句意:早晨敲打富家之大门,横遭纨袴子弟的白眼,晚上尾随贵人肥马的后尘郁郁归来,在人家残杯冷炙中讨生活,到处都潜含着悲苦辛酸。说明生活十分艰难。此句源出:

南朝·宋·鲍照《代少年时至衰老行》:"结友多贵门,出入富儿邻。"杜句从此化出。

清·曹雪芹《红楼梦》甲戌本与戚序本第六回回目后、正文前《题曰》:"朝扣富儿门,富儿犹未足。虽无千金酬,嗟彼胜骨肉。"刘姥姥借贷,凤姐说"大有大的难处",给了二十两银子。后来,刘姥姥受恩不忘,从"火坑"中救出巧姐,胜过其骨肉"狠舅奸兄"。用杜甫句述说刘姥姥借贷和凤姐的刻薄。

清·敦诚《寄怀曹雪芹霑》:"劝君莫弹食客铗,劝君莫扣富儿门。残杯冷炙有德色,不如著书黄叶村。"雪芹晚年贫居北京西郊,"举家食粥酒常赊",也有被迫借贷的事,好友敦诚此诗鼓励他"莫扣富儿门",应"著书黄叶村"。

2491. 江头宫殿锁千门

唐·杜甫《哀江头》:"江头宫殿锁千门,细蒲新柳为谁绿?"公元七五七年,诗人在长安东南的曲江散步,经过战乱,原曲江边上玄宗的行宫完全闭锁,那细柳新蒲初春放绿,还有谁观赏呢! 帝、妃们往日的欢乐已不复重见了。

五代后蜀·鹿虔扆《临江仙》:"金锁重门荒苑静,绮窗愁对秋空。"用杜句。

2492. 门听长者车

唐·杜甫《对雨书怀走邀许主簿》:"座对贤人酒,门听长者车。"遣人往邀许主簿,自己静静等待,坐对着招待贤人的酒,门外听着长者来的车。"贤人""长者",指许主簿。《汉书·陈平传》:"平家贫,席为门,门外多长者车辙。"长者过而不停,言贫穷而无富友。杜句出于此。

唐·齐己《荆楚病中因思匡庐遂成三百字寄梁先辈》:"藓乱珍禽羽,门稀长者车。"从杜句化出。

宋·苏轼《答任师中家汉公》:"是时里中儿,始识长者车。""长者车"当指地位高的人乘坐的车。

2493. 相对柴门月色新

唐·杜甫《南邻》:"白沙翠竹江村暮,相对柴门月色新。"杜甫成都草堂之南邻是朱山人,他造访朱山人之居所,而后朱山人又送出柴门。这两句正是写江村风貌。

宋·苏轼《三月二十日开园三首》:"何时翠竹江村路,送我柴门月色新。"用杜甫二句。

2494. 柴门临水稻花香

唐·许浑《晚自朝台津至韦隐居郊园》:"秋来凫雁下方塘,系马朝台步夕阳。村径绕山松叶暗,柴门临水稻花香。"写韦隐士所居之郊园景色:柴门山水,松叶稻香,是一幅农家美景。

"柴门"用树条编扎的门。《后汉书·杨震传》:"夜遣使者策收震太尉印绶,于是柴门绝宾客。"

宋·范成大《次韵边公辨》:"错落参旗胃竹梢,柴荆临水闭蓬蒿。"用许浑句,写贫民居。

2495. 空有鹿门期

唐·杜甫《冬日有怀李白》："未因乘兴去,空有鹿门期。"自述情怀,说自己未能携妻子隐居。"鹿门山",《襄阳记》载:"鹿门山旧名苏岭山,习郁立神祠于山,刻二石鹿夹道口,俗因以名庙,并名其山。"鹿门山曾是古人隐居地。《后汉书》载:"庞德公携妻子登鹿门山,采药不返。"唐代孟浩然也到鹿门山结庐隐居,他的《登鹿门怀古》云:"渐至鹿门山,山明翠微浅。……昔闻庞德公,采药遂不返。"他的《夜归鹿门山》云:"人随沙岸向江村,余亦乘舟归鹿门。鹿门月照开烟树,忽到庞公栖隐处。岩扉松径长寂寥,惟有幽人夜来去。"盛弘之《荆州记》载:"庞德公居汉之阴,司马德操居洲之阳,望衡对宇,欢情自接。"庞德公与司马德操都是东汉末年著名隐士。孟浩然向慕庞德公,才到鹿门隐居。

杜甫《遣兴》:"鹿门携不遂,雁足系难期。"欲携妻子登鹿门山而远去,因陷乱军中,与妻子失散,宿志难遂。此句又作:"鹿门携有处,鸟道去无期。"意近。又《喜雨》:"汉阴有鹿门,沧海有灵查。"汉水之阴的鹿门是隐居之所,只愧避世已迟。三首"鹿门"诗流露出杜甫曾有隐居思想。

写鹿门山的又如:

唐·白居易《游襄阳怀孟浩然》:"南望鹿门山,蔼若用余芳。旧隐不知处,云深树苍苍。"寻孟之隐迹未果。

宋·苏轼《和陶令〈贫士〉十七首》:"我独遗以安,鹿门有前修。"

"前修"应含鹿门三位隐居人士:汉代庞德公、中唐孟浩然、晚唐皮日休(早年曾隐居鹿门山,自号"鹿门子"。)汉光武帝带侍卫习郁等巡苏岭山附近的黎丘,梦山神护驾,建山神庙,刻二石鹿立庙道,称鹿门庙,苏岭山亦改鹿门山。到了明代,废鹿门寺,建庞、孟、皮三高祠。

2496. 何须生入玉门关

唐·戴叔伦《塞上曲二首》:"汉家旌帜满阴山,不遣胡儿匹马还。愿得此身长报国,何须生入玉门关!"写戍边士卒誓死报国的决心,反用班超"生入玉门关"语。《后汉书·班超传》载,班超投笔从戎,长期在西域守边,他曾上书给皇帝说:"臣不敢望到酒泉郡,但愿生入玉门关。"玉门关在甘肃敦煌西北。班超在西域三十一年,永元十四年回洛阳,病死。他年老思归,如愿以偿了。戴句意:为国甘死疆场,何必一定要生还呢?"生入玉门关",戴反其意而用之。

唐·李白《奔亡道中》:"函谷如玉关,几时可生还?"函谷本是秦通往东方的关口,可而今为安史叛军占据,成了像玉门关一样的边隘,何时可以生还?

唐·令孤楚《从军词五首》:"可怜班定远,生入玉门关。"

唐·李益《塞下曲》:"伏波惟愿裹尸还,定远何须生入关。"

唐·柳中痛《征人怨》:"岁岁金河复玉关,朝朝马策与刀环。"

唐·胡曾《玉门关》:"半夜帐中停烛坐,唯思生入玉门关。"

宋·刘敞《逢永叔》:"玉关生入知无恨,不愿张骞博望侯。"

宋·陈与义《木兰花慢》:"北归人未老……乡心促、日行万里。幸此身、生入玉门关。"

清·赵翼《题吟芗所谱蔡文姬归汉传奇》:"琵琶马上思重弹,家国俱摧两泪潸。经过明妃青冢路,转怜生入玉门关。"文姬得以归汉,是生入玉门关了。

清·杨芳灿《百字令》(过班定远墓):"万里功名真唾手,依旧玉关生入。"

2497. 出入金马门

唐·刘禹锡《韩十八侍御见示岳阳楼别窦司直诗因令属和重以自述故足成六十二韵》:"出入金马门,交结青云士。""金马门",《三辅黄图》载:"金马门,宦者署。武帝时,大宛马以铜铸像,立于署门,因以为名。"后"金马门"代指官署。刘此句写自己的交往。

北周·庾信《和宇文内史入重阳阁》:"待诏还金马,儒林归石渠。"和内史宇文昶哀悼周明帝。金马门、石渠阁。均为汉代宫廷建筑,这里借指重阳阁,周明帝曾在重阳阁大会群臣,后食物中毒而死。

唐·高蟾《途中除夜》:"南北浮萍迹,年华又暗催。残灯和腊尽,晓角带春来。鬓欲渐侵雪,心仍未肯灰。金门旧知己,谁为脱尘埃。""金门知己",一同待诏金门的友人。

宋·李昂英《贺新郎》:"金马玉堂也曾到,尽不妨、拍手溪头坐。"玉堂也是汉代殿名。《三辅黄图》:"建章宫南有玉堂……阶陛皆玉为之。"扬雄《解嘲》:"今子幸得遭明圣之世,处之不讳之朝,与群贤同行,历金门,上玉堂有日矣。"玉堂金马,即为宫殿之代称。

2498. 门前冷落车马稀

唐·白居易《琵琶行》:"门前冷落车马稀,老大嫁作商人妇。"写长安娼女,年长色衰,门庭冷落,委身为商人妇。

"门前冷落车马稀",取意于晋·陶渊明《饮酒二十首》:"结庐在人境,而无车马喧。问君何能尔? 心远地自偏。""门前冷落车马稀"正与庐外"无车马喧"为同义语。然而此句更有远源。《汉书·陈平传》:"门外多长者车辙。"陶诗反用其意。后人用此句多表示门庭冷落,无公卿造访。

南朝·陈·张正见《赋得落落穷巷士》:"门外无车辙,自可绝公卿。"反用《汉书》句。

唐·王维《过李楫宅》:"闲门秋草色,终日无车马。"

唐·韦应物《至开化里寿春公故宅》:"门前车马散,非复昔时来。"

唐·刘禹锡《元日感怀》:"异乡无旧识,车马到门稀。""稀"字同白诗。

唐·白居易《晚春闲居杨二部寄诗杨常州茶同到因以长句答之》:"兄弟东西官职冷,门前车马向谁家?"

唐·寒山《诗三百三首》:"可笑寒山道,而无车马踪。"用陶渊明句。

又《诗三百三首》:"茅栋野人居,门前车马疏。"

宋·林逋《寄岑迪》(时黜官居曹州):"门庭冷落闲中住,僮仆生疏贱价招。"

宋·王安石《次韵王胜之咏雪》:"万户千门车马稀,行人却返鸟休飞。"

又《勿去草》:"君不见长安公卿家,公卿盛时客如麻;公卿去后门无车,唯有芳草年年佳。"

宋·苏轼《游惠山》:"一瓯谁与共,门外无来辙。"

又《端金柬明观》:"咫尺仙都隔尘世,门前车马任纵横。"写地域宽阔。

宋·朱熹《题榴花》:"可怜此地无车马,颠倒苍苔落绛英。""无车马"倒好了。

2499. 门闲可与雀张罗

唐·白居易《酬梦得贫居咏怀见赠》:"厨冷难留乌止屋,门闲可与雀张罗。"此诗对刘禹锡贫居深表同情。《诗经·小雅·正月》:"瞻乌爱止,于谁之屋?"传说乌集于富人屋。这里说人人都很贫穷,看乌能落在谁人之屋? 白诗意:厨冷室寒难留乌于屋上。《史记·汲郑列传·赞》:"始翟公为廷尉,宾客阗门,及废,门外可设雀罗。"《梁书·到溉传》:"(到溉)性不好交游,惟朱异、刘之遴、张绾同志友密。及卧病家园,门可罗雀。"由于无人来往,鸟雀盈门,可摆下罗网捕捉了。白诗即说由于贫穷,"贫在闹市无人问",门前可设罗网雀了。白居易还用:

《寄皇甫宾客》:"卧掩罗雀门,无人惊我睡。"

《闲坐看书贻诸少年》:"所以雀罗门,不能寂寞我。"

《到敦诗宅》:"园荒惟有薪堪采,门冷兼无雀可罗。"门前连雀也没有了。

宋·苏轼《留题兰皋亭》:"明年我亦开三径,寂寂兼无雀可罗。"用白居易句意。

又《用旧韵送鲁元翰知洛州》:"惟君绨袍信,到我雀罗门。"

元·汤式《一枝花·题友田老窝》:"雀堪罗忙煞蜘蛛,鼠无踪闲煞狐狸。"友人门前冷落,绝无名利之客来往。

2500. 门外韩擒虎

唐·杜牧《台城曲二首》:"门外韩擒虎,楼头张丽华。谁怜客足地,却羡井中蛙。"《南史·陈后主本纪》载:隋将贺若弼、韩擒攻陷金陵,陈将任忠出降,引韩擒入台城,从井中引出陈后主、张丽华、孔贵人。此诗将"门外""楼头"作了鲜明对照,讥讽陈后主淫乐丧国、携妃匿井的可悲下场。

宋·苏轼《虢国夫人夜游图》:"当时亦笑张丽华,不知门外韩擒虎。"《虢国夫人图》张萱所作,南唐李氏藏品,后为晏元献所收,宋徽宗题字后赐梁师成。苏轼、李之仪均为之作诗。苏诗化用杜牧句,暗喻唐玄宗与杨氏姐妹。

2501. 重门不锁相思梦

宋·赵令畤《乌夜啼》(春思):"重门不锁相思

梦,随意绕天涯。"此词写闺中女子春思,春将去,独处闺中,何处寻春?好在重门锁不住思春之梦,梦中可以为寻春而遍绕天涯。宋·胡仔《苕溪渔隐丛话》前集卷五十九评:"赵德麟(令畤字)'重门不锁相思梦,随意绕天涯,'徐师川'门外重重叠叠山,遮不断愁来路',二句造语不同,其意绝相类。"明·王世贞《古今词统》卷六:"休文诗'梦中不识路,何以慰相思?'此词反其指而用之,各自佳。"即反用赵令畤句。

唐·齐己诗:"重门不锁梦,每夜自归山。"赵令畤显然用此句。齐己句见《唐宋词精华分卷》注引,不见于《全唐诗》及《全唐诗外编》。齐己喜用"门"字,《全唐诗》中带"门"字句达113句之多,写"李门""僧门""佛门""山门""云门""海门""龙门""凤门""鹿门""柴门""松门""荆门""剑门""蜀门""诗门""恩门""侯门",(其中有的是地名)唯不见"重门不锁梦"一诗。其中"夜过秋竹寺,醉打老僧门"(《过陈陶处士旧居》)因"醉"而"打",与贾岛的"僧敲月下门"境界就不同了。

2502. 长烟落日孤城闭

宋·范仲淹《渔家傲》(秋思):"塞下秋来风景异,衡阳雁去无留意。四面边声连角起。千嶂里,长烟落日孤城闭。"宋·魏泰《东轩笔录》载:"范文正公守边日,作《渔家傲》乐歌数阕,皆以'塞下秋来'为首句,颇述边镇之劳苦。欧阳公尝呼为穷塞主之词。"此上阕写边塞秋色之凄凉,"长烟落日孤城闭",表现边塞之空阔、寂寥、单调的环境。清·贺裳《皱水轩词筌》评:"范词如'长烟落日孤城闭'、'羌管悠悠霜满地'、'将军白发征夫泪',令'绿树碧帘相掩映,无人知道外边寒'者听之,知边庭之如是,庶有所警触。此深得《采薇》《出车》《杨柳雨雪》之意。"

范仲淹的"孤城闭"句用杜甫诗《题忠州龙兴寺所居院壁》:"小市常争米,孤城早闭门。"缩用了"孤城早闭门"。

"孤城早闭门"又源自北周·庾信诗《谨赠司寇淮南公》:"野亭长被马,山城早掩扉。"句式尽同,用字微异,意思极相近。

2503. 若对此君仍大嚼

宋·苏轼《於潜僧绿筠轩》:"可使食无肉,不可使居无竹。无肉令人瘦,无竹令人俗。人瘦尚可

肥,俗士不可医。旁人笑此言,似高还似痴。若对此君仍大嚼,世间那有扬州鹤。"居所不可无竹,因为有竹更高雅,如果对着竹子大嚼,其乐胜似"骑鹤下扬州"了。

"过屠门而大嚼",原为成语,路过肉店,就大嚼一番,虽没有吃肉,嘴里也很有味道。后用以表示以虚妄的做法聊以自慰。汉·桓谭《新论·琴道》:"人闻长安乐,则出门西而笑;知肉味美,则对屠门而嚼。"《文选·曹植〈与吴季重书〉》:"过屠门而大嚼,虽不得肉,贵且快意。"鲁迅《二心集·译者附记》:"古洋侠客往矣,只好佩服扮洋侠客的洋戏子,算是'过屠门而大嚼,虽不得肉,亦且快意。'"用曹植语。

唐·韩愈《崔十六少府摄伊阳以诗及书见投因酬三十韵》:"肯效屠门嚼,久嫌弋者篡。"

宋·宋庠《和答吴充学士见寄长韵》:"过门犹大嚼,临博犹狂呼。"

现代·梁启超《过渡时代论》:"盈盈一水间,脉脉不得语。望门大嚼,我劳何如。"

2504. 画角声断谯门

宋·秦观《满庭芳》:"山抹微云,天连衰草,画角声断谯门。""画角",军中多用报昏晓,"谯门"即谯楼,城上的了望楼。画角声声,黄昏降临了。

宋·鲁逸仲词:"风悲画角,听《单于》、三弄落谯门。"

元·白朴《天净沙》(冬):"一声画角谯门,半庭新月黄昏。"

2505. 门掩重关萧寺中

元·王实甫《西厢记》第一本楔子《幺篇》:"可正是人值残春蒲郡东,门掩重关萧寺中;花落水流红,闲愁万种,无语怨东风。"楔子即序幕,交代崔相夫人郑氏携女儿莺莺、小妮红娘、小厮欢郎扶灵柩回博陵安葬。由于途中受阻,停灵于崔相国生前修造的蒲州普救寺内。《幺篇》写莺莺居于寺中的心理状态。"萧寺",梁武帝萧衍造了许多寺,后人称寺为"萧寺"。

唐·李公垂《莺莺歌》:"门掩重关萧寺中,芳草花时不曾生。"王实甫用以表现莺莺被重门关闭寺中。

2506. 门对千竿竹

明·解缙《门联》:"门对千竿竹,家藏万卷

书。"翰林学士解缙,幼年就能吟诗作对,人称之为"神童"。其父解通以卖水为生。解缙就在自家大门上写一对联:"门对千竿竹,家藏万卷书。"曹尚书见了很不高兴,就命人把竹子砍去一截。解缙又在对联下各添一字"门对千竿竹短,家藏万卷书长。"曹尚书一气之下,命人把竹子全部砍光。解缙又在对联上添了两个字:"门对千竿竹短无,家藏万卷书长有。"曹尚书最后十分惊服少年解缙的奇才。

解缙的妙联,当出自苏轼诗:《答任师中、家汉公》:"门前万竿竹,堂上四库书。"和《赠惠山僧惠表》:"欹枕落花余几片,闭门新竹自千竿。"

2507.昔闻东陵瓜,近在青门外

魏·阮籍《咏怀诗八十二首》:"昔闻东陵瓜,近在青门外。……布衣可终身,宠禄岂足赖。"表示厌倦仕宦生涯,向往隐居。"东陵瓜"喻隐居,典出秦国末年的邵平。《史记·萧相国世家》载:"邵平者,故秦东陵侯。秦破,为布衣。贫,种瓜于长安城东。瓜美,故俗谓之'东陵瓜'。"《三辅黄图》载:"长安城东出南头第一门,曰霸城门,或曰青门。门外旧出佳瓜。广陵人邵平,为东陵侯。秦破,为布衣,种瓜青门外。瓜美,故时谓之'东陵瓜'。"《庙记》:"霸城门亦曰青倚门。"因为门涂青色,称青门,所以"东陵瓜"又叫"青门瓜"。邵平种瓜比任东陵侯还有名,正说明许多人认为仕途疲困、艰险,莫如隐居作平民,并且十分崇尚这种不求名利,甘心隐退的品格。南宋末年的蒋捷在《念奴娇》词中就倍加赞许:"只有青门,种瓜闲客,千载传佳话。"阮籍是首用此典的人,以后用"东陵瓜""邵平瓜""青门瓜""故侯瓜"者,诗词之中几不绝笔,而且一个共同主题就是不得志而向往隐退。

北周·庾信《拟咏怀二十七首》系拟阮籍《咏怀诗》而作,皆抒乡关之思。其十四写:"昔日东陵侯,惟有瓜园在。"言自己为梁之亡臣,留羁长安,有应如种瓜的东陵故侯。

用"东陵瓜"句主要表观退身隐居的事实或愿望。

宋·王禹偁《阁下咏怀》诗:"会当辞禄东陵去,数亩瓜田一柄锄。"又《新秋即事》诗:"安得君恩许归去,东陵闲种一园瓜。"

宋·石延年《金乡张氏园亭》:"窗迎西渭封侯竹,地接东陵隐土瓜。"

宋·梅尧臣《和韩五持国乞分道损山药之什》:"不种东陵瓜,不利千韭酒。"

宋·袁去华《念奴娇》:"身外纷纷,傥来适去,到了成何事。人生一世,种瓜何处无地。"

宋·陈鞾《哨遍·陈柳斋乞致仕》:"这仲子蔬园,三公不换,况东陵自来瓜美。"

2508.邵生瓜田中,宁似东陵时

晋·陶渊明《饮酒》:"衰荣无定在,彼此更共之。邵生瓜田中,宁似东陵时。"种瓜与为侯,衰荣是可以转换的,邵平种瓜比任东陵侯还好。"邵平瓜"句表义大体与"东陵瓜"句相同,写弃官归家,或归田已晚。邵平失侯种瓜的事给许多人的启示。

唐·杨炯《送李庶子致仕还洛》:"亭逢李广骑,门接邵平瓜。"

唐·沈佺期《初冬从幸汉故青门应制》:"荒凉萧相阙,芜没邵平园。"

唐·李吉甫《夏夜北园即事寄门下武相公》:"僻殊萧相宅,芜胜邵平园。"用沈佺期句写后园荒芜。

唐·岑参《送崔员外入秦因访故园》:"凭将两行泪,为访邵平园。"

唐·杜甫《舍弟观赴蓝田取妻子到江陵喜寄三首》:"卜筑应同蒋诩径,为园须似邵平瓜。"

又《过南岳入洞庭湖》:"邵平无入汉,张翰后归吴。"

唐·陈润《东都所居寒食下作》:"更喜瓜田好,令人忆邵平。"

唐·李贺《安乐宫》:"未盥邵陵瓜,瓶中弄长翠。"

唐·薛能《老圃堂》(一作曹邺诗):"邵平瓜地接吾庐,谷雨干时偶有锄。"

唐·许浑《下第寓居崇圣寺感事》:"东门有闲地,谁种邵平瓜。"

唐·李商隐《永乐县所居一草一木无非自栽今春悉已芳茂因书即事一章》:"芳年谁共玩,终老邵平瓜。"

唐·温庭筠《赠郑处士》:"醉收陶令菊,贫卖邵平瓜。"

宋·宋庠《岁晏思归五首》之四:"邵圃瓜畴熟,陶庐菊径存。"

宋·梅尧臣《田家四时》:"去锄南山豆,归灌东园瓜。"

宋·文同《依韵和蒲诚之春日即事》:"入夏杯盘须准备,绕畦亲灌邵平瓜。"

宋·宋祁《移病还台凡阅半岁乃愈始到家园视园夫治畦植花因成自叹二首》:"旧隐不须相棹鬐,要须归种邵平瓜。"

宋·司马光《次韵和吴冲卿秋意四首》:"稍疏邵平瓜,渐熟王阳枣。"

宋·黄庭坚《次韵叔父夷仲送夏君玉赴零陵主簿》:"田窦堂上酒,未醉已变态。何如东陵瓜,子母相钩带。"

宋·晁补之《摸鱼儿》(东皋寓居):"弓刀千骑成何事,荒了郡平瓜圃。"

宋·赵汴《和曾交是报代者》:"惯见河阳县里花,何时归种邵平瓜。"

宋·吴泳《八声甘州》(和季永弟思归):"每逢人、都道早归休。何曾猛归来,有邵平瓜圃、渊明菊径。"

宋·陈著《沁园春》(次韵刘改之):"人生功名,在醉梦中,早须掉头。……谁知道、有邵平瓜圃,何日封侯。"

元·薛昂夫《庆东原·自笑》:"召圃无荒地,严陵有顺流。""召"即邵平。

2509. 岂傍青门学种瓜

唐·杜甫《曲江陪郑八丈南史饮》:"丈人文力犹强健,岂傍青门学种瓜?"说郑才华正健,怎么能退隐休闲呢?又《喜晴》:"千载商山芝,往者东门瓜。其人骨已朽,此道谁疵瑕。"思古人之隐遁。又《投简成华两县诸子》:"南山豆苗早荒秽,青门瓜地新冻裂。"写长安苦寒。"岂傍青门学种瓜"用"青门瓜"语,"青门"即长安东门,因而亦称"东门瓜"。

最早写"青门瓜"的是南朝·梁·何逊《南还道中送赠刘谘议别诗》:"日想平陵柏,心忆青门瓜。""青门"为邵平种瓜处,所以"青门瓜"即邵平瓜。二者用语不同,含义是一样。

唐·骆宾王《帝京篇》:"黄雀徒巢柱,青门遂种瓜。"

唐·陈子昂《卧病家园》:"宁知白社客,不厌青门瓜。"

唐·李白《古风》其九:"青门种瓜人,旧日东陵侯。"

宋·王安石《邵平》:"东陵岂是无能者,独傍青门手种瓜",从杜甫句中翻出。

宋·胡曾《青门》:"汉皇提剑灭咸秦,七国诸侯尽是臣。唯有陵守高节,青门甘作种瓜人。"

宋·王无竞《君子有所思行》:"独有东陵子,种瓜青门旁。"

宋·苏轼《次韵张甥棠美述志》:"甥能锄我青门瓜,正午时来休老手。"

宋·张炎《台城路》(迁居):"屋破容秋,床空时雨,迷却青门瓜圃。"

元·马致远《般涉调·哨遍》:"青门幸有栽花地,谁羡封侯百里。"

元·张可久《折桂令·读史有感》:"青门外芸瓜召平,白云边垂钓严陵。"

又《寨儿令·次韵》:"你见么,我愁他,青门几年不种瓜。"

用杜甫的"学种青门瓜",表示欲寻求隐退,效法邵平。

宋·梅尧臣《寄题知仪州大保蒲中书斋》:"他年不按清商乐,亦莫学种东陵瓜。"

宋·毛滂《浣溪沙》:"本是青门学灌园,生涯浑在乱山前,一犁春雨种瓜田。"

宋·陆游《鹧鸪天》:"懒向青门学种瓜,只将渔钓送年华。"

元·卢挚《沉醉东风·闲居》:"学召平坡前种瓜,学渊明篱下栽花。"

元·李罗御史《一枝花·辞官》:"旋栽陶令菊,学种召平瓜。"

元·马谦斋《柳营曲·太平即事》:"傲河阳潘岳栽花,效东门召平种瓜。"

2510. 五色东陵瓜

唐·骆宾王《夏日游德州赠高四》:"一顷南山豆,五色东陵瓜。"相传邵平种瓜,瓜有五色,味道甜美。所以"五色瓜""青门瓜""故侯瓜""东陵瓜"都是"邵平瓜"之别名。

唐·李峤《瓜》:"欲试东陵味,青门五色瓜。"

唐·王维《送孙秀才》:"玉枕双文簟,金盘五色瓜。"

宋·梅尧臣《太尉相公中伏日池亭宴会》:"瓜浮五色烂,帘卷半钩弯。"

宋·宋祁《退居五首》:"千株素封栗,五色故侯瓜。"

2511. 路旁时卖故侯瓜

唐·王维《老将行》:"路旁时卖故侯瓜,门前学种先生柳。"用邵平卖瓜和陶潜种柳,写功勋卓著的老将晚无归宿不得不耕植叫卖为生的悲惨结局。用"故侯瓜"句。

先用"故侯"句的是唐·骆宾王《秋日送别》:"别后能相忆,东陵有故侯。"唐·陈子昂《感遇诗三十八首》其十四:"西山伤遗老,东陵有故侯。"用骆宾王原句。

唐·储光羲《夏日寻蓝田唐丞登宴集》:"成名苟有地,何必东陵侯。"

唐·刘长卿《家园瓜熟是故萧相公所遗瓜种悽然感旧因赋此诗》:"事去人亡迹自留,黄花绿蒂不胜愁。谁能更向青门外,秋草茫茫觅故侯。""故侯"指代已故萧相公。

唐·杜甫《解闷十二首》其三:"一辞故园十经秋,每见秋瓜忆故侯。"又《园人送瓜》:"东陵迹芜绝,楚汉休征讨。园人非故侯,种此何草草。"

唐·刘禹锡《酬杨侍郎凭见寄》:"十年毛羽摧颓,一旦天书召回。看看瓜时欲到,故侯也好归来。"

唐·司空曙《独游寄卫长林》:"那知鸣玉者,不羡卖瓜侯。"

唐·权德舆《送张将军归东都旧业》:"白草辞边骑,青门别故侯。"

唐·司空图《休休亭》:"可怜藜杖者,真个种瓜侯。"

宋·王禹偁《对雪示嘉祐》:"黍畦锄理学无竟,瓜田浇灌师秦侯。"

宋·宋庠《送窦员外失职掌廪于沙苑牧监》(窦君江左人,有别墅在关中):"駉牧未妨称吏隐,田园自有故瓜侯。"

又《三月晦日夜坐有感》:"出处半生虽未决,归心常傍故侯瓜。"

宋·宋祁《南斋二首》:"薪意矜未仕,瓜名托故侯。"

宋·苏轼《次韵王郁林》:"晚途流落不堪言,海上春泥手自翻。汉使节空余皓首,故侯瓜在有颓垣。"

又《雷州八首》:"谁知把锄人,旧日东陵侯。"

宋·张元干《水调歌头》(追和):"举手钓鳌客,削迹种瓜侯。"

明·陈子龙《秋日杂感》:"荒荒葵井多新鬼,寂寂瓜田识故侯。"

清·黄逢昶《台湾竹枝词》:"昨夜闻声卖地瓜,隔墙疑是故侯家。平明去问瓜何在,笑指红薯绕屋华。"

2512. 吐芬芳其若兰

楚·宋玉《神女赋》:"吐芬芳其若兰。"吐气芬芳,如兰草一样幽香。

魏·曹植《美女篇》:"顾盼遗光彩。长啸气若兰。"用宋玉句写美女天生丽质,吐气如兰。

2513. 增之一分则太长

宋玉《登徒子好色赋》:"增之一分则太长,减之一分则太短;著粉则太白,施朱则太赤。"写东邻之女完美无缺,美如其分。

唐·白居易《和李势女》:"减一分太短,增一分太长;不朱面若花,不粉肌若霜。色为天下艳,心乃女中郎。"写"家破身未亡"的女子的貌美。

宋·欧阳修《盐角儿》:"增之太长,减之太短,出群风格;施朱太赤,施粉太白,倾城颜色。"写他身边的美人之美。

宋·黄庭坚《鹧鸪天》:"闻说君家有翠娥,施朱施粉总嫌多。"用宋玉句写"翠娥"之美,天生丽质。

宋·辛弃疾《西江月》(和晋臣登悠然阁):"一柱中擎远碧,两峰旁倚高寒。横陈削就短长山,莫把一分增减。"写山美出天然,暗用宋玉句。

2514. 长剑耿介,倚天之外

楚·宋玉《大言赋》:"方地为车,园天为盖,长剑耿介,倚天之外。"通过夸张的想象,塑造出一个顶天立地的英雄,虽为"大言",却也不乏豪气。这柄长剑之长,辉耀着无限的光芒,高倚在九天之外,衬托出掌剑人更是无比强大了。这种形象气概冲天,威力无比,因而"倚天长剑"常表现大志大勇。人民领袖毛泽东在《念奴娇·昆仑》(一九三五年十月)就用此句:"安得倚天抽宝剑,把汝裁为三截,一截遗欧,一截赠美,一截还东国。太平世界,环球同此凉热。"作此词的时代,是长征刚刚结束,革命事业展现出光辉的前程,设想一个巨人,倚天抽出宝剑,斩断高寒多雪的昆仑山,分赠全世界,凉热共环球,这是伟大的人物改变世界面目、争取世界大同的伟大的胸怀和抱负。把"长剑倚天"改作"倚天抽剑"突出人的伟岸高大,正面描写英雄,改得巧妙而有力。"安得"用李白《临江王节士歌》中"安得倚天剑,跨海斩长鲸"句。唐·吴均《建业怀古》:"安得倚天剑,斩兹横海鳞。"亦用李白句。"截"字,唐·杨巨源有"倚天长剑截孤云,报国纵横见丈夫"句(《述旧纪勋寄太原李光颜侍中二首》)。"昆仑",唐·鲍溶有"军人歌无胡,长剑倚昆仑"句(《述德上太原严尚书绶》)。

宋玉《大言赋》中的:"长剑耿介,倚天之外。"曾被紧缩为"长剑耿耿倚天外"。后人用此句,有两种变式:"长剑倚天"式和"倚天长剑(倚剑、倚天剑)"式,前者语法结构同原句,后者则为倒装式。

"长剑倚天"式如:

魏·阮籍《咏怀诗八十二首》其三十八:"弯弓挂扶桑,长剑倚天外。""扶桑"古代传说中日出之地的高大无比的"神木",又称"若木"。南朝·齐·陆厥《临江王节士歌》:"节士慷慨发冲冠,弯弓挂若木,长剑竦云端。""弯弓"用阮籍句。"慷慨"句用荆轲"歌曰:'风萧萧兮易水寒,壮士一去兮不复还!'复为弱声慷慨。士皆瞋目,发皆上指冠"意(《史记·刺客列传·荆轲传》)宋·韩世忠《满江红》(《说岳全传》第五回载,疑为小说作者依托):"长剑倚天氛雾外,宝弓挂日烟尘侧。""宝弓"亦用阮籍句。

阮籍《咏怀诗八十二首》(其五十八):"危冠切浮云,长剑出天外。""危冠"用《楚辞》句。

唐·陈子良《赞德上越国公杨素》:"拔剑倚天外,蒙犀辉日精。"

唐·李峤《剑》:"我有昆吾剑,求趋夫子庭。……倚天持报告,画地取雄名。"

唐·綦毋潜《送宋秀才》:"长剑倚天外,短书盈万言。"

唐·杜甫《投赠哥舒开府二十韵》:"防身一长剑,将欲倚崆峒。"明·汤显祖《牡丹亭》第五十三出《硬拷·唐多令》:"玉带蟒袍红,新参近九重。耿秋光长剑倚崆峒。""倚崆峒"用杜甫句。

又《荆南岳马使太常卿赵公大食刀歌》:"用之不高亦不庳,不似长剑须天倚。"赵太常用胡刀斩灭蜀乱,诛斩腰领,高下不差,岂似倚天长剑,徒为夸张其词。

唐·韩愈《卢郎中云夫寄示送盘谷子诗两章歌以和之》:"是时新晴天井溢,谁把长剑倚太行。"

唐·李德裕《题剑门》:"奇峰百仞悬,清眺出岗烟。迥若戈回日,高疑剑倚天。"喻剑门奇峰。

唐·陆龟蒙《杂讽九首》:"古铁久不快,倚天无处磨。"

唐·李沇《秋霖歌》:"恨无长剑一千仞,划断顽云看晴碧。"

唐·王涣《上裴侍郎》:"玉经磨琢多成器,剑拔沉埋更倚天。"

唐·李洞《述怀二十韵献覃怀相公》:"云开长剑倚,路绝一峰横。"

唐五代·谭用之《约张处士游梁》:"龙变洞中千谷冷,剑横天外八风清。"

宋·姜遵《剑门关》:"极目双峰剑倚天,重门因设据高山。"

宋·释重显《僧问四宝主因而有颂颂之》:"长剑倚天,谁敢当禦。"

宋·范仲淹《庐山瀑布》:"白虹下涧饮,寒剑倚天立。"喻长瀑。

宋·廖行之《水调歌头》(寿武公望):"韩国武中令,公望乃云孙。平生壮志,凛凛长剑倚天门。"

宋·杨冠卿《水调歌头》(次吴斗南登云海亭):"长剑倚天外,功业镜频着。"

宋·张榘《摸鱼儿》(九日登平山知赵子固帅机):"望神京、目断烟草,青天长剑频倚。"

宋·李伯曾《沁园春》(壬寅饯余宣谕入蜀):"画舸呼风,长剑倚天,壮哉此行。"

宋·方岳《贺新郎》(戊申生日):"乾坤许大山河旧,几多人、剑倚西风,笔惊南斗。"

元·刘因《游郎山》:"长剑倚天立,皎洁莹鸊鹈。"郎山山峰尖削如剑,色彩如褐色鸭形水鸟。

清·章永康《百字令》(七盘关):"七盘高处,看芙蓉千仞,凌空如削,耿耿谁将双剑倚,疑是巨灵曾擘。"双峰陡削如双剑相倚,是巨灵神擘剖而成?

"倚天长剑(倚剑)"式的:

南朝·梁·何逊《哭吴兴柳恽》:"入朝耿长剑,出牧盛层麾。""耿"代"倚"。

南朝·梁·荀济《赠阴梁州》:"高怀不可忘,剑意何能已。"略"倚"字。

隋·虞世基《出塞二首》(和杨素)其二:"耿介倚长剑,日落风尘昏。"《全唐诗》误收为虞世南《出塞》诗。

唐太宗李世民《还陕述怀》:"慨然抚长剑,济世岂邀君。"以"抚"代"倚"。

唐·卢照邻《中和乐九章·歌军第三》:"横戈碣石,倚剑浮津。"

唐·刘长卿《疲兵篇》:"自矜倚剑气凌云,却笑闻筝泪如雨。"

唐·王昌龄《淇上酬薛据兼寄郭微》:"倚剑对风尘,慨然思卫霍。""卫霍"指西汉名将卫青、霍去病。

唐·李白《发白马》:"倚剑登燕然,边峰列嵯峨。萧条万里外,耕作五原多。"

又《郢门秋怀》:"倚剑增浩叹,扪襟还自怜。"

又《留别贾舍人至》:"拂拭倚天剑,西登岳阳楼。"

又《司马将军歌》:"手中电曳倚天剑,直斩长鲸海水中。"赞征讨叛将康楚之、张嘉延的将士的英雄气概和必胜信念。

又《赠崔郎中宗之》:"长啸倚孤剑,目极心悠悠。"

唐·王维《送张判官赴河西》:"慷慨倚长剑,高歌一送君。"

唐·高适《塞上》:"倚剑欲谁语,关河空郁纡。"

唐·杜甫《寄司马山人十二韵》:"悬旌要路口,倚剑短亭中。"

唐·顾况《行路难三首》:"少年恃险若平地,独倚长剑凌清秋。"

唐·卢纶《纶与吉侍郎中孚司空郎中曙……有五十韵见寄辄有所酬以申悲旧兼寄夏侯侍御审侯仓曹钊》:"倚天方比剑,沉井忽如瓶。"

唐·李益《盐州过胡儿饮马泉》:"几处吹笳明月夜,何人倚剑白云天。"叹边防无强将。

唐·元稹《送东川马逢侍御使回十韵》:"词锋倚天剑,学海驾云涛。"

唐·白居易《自蜀江至洞庭湖口有感而作》:"安得禹复生,为唐水官伯。手提倚天剑,重来亲指画。疏河似剪纸,决壅同裂帛。"怎么能使大禹复生任水官之长,提着倚天长剑指挥兴修水利事业呢? 唐代洞庭湖也水患频仍。

唐·皮日休《吴中苦雨因书一百韵寄鲁望》:"直拔倚天剑,又建横海纛。"

唐·张乔《华山》:"谁将倚天剑,削出倚天峰。"

唐·贯休《少监三首》:"倚天长剑看无敌,绕树号猿已应弦。"

五代·陈陶《赠江西周大夫》:"三朝倚天剑,十万浮云骑。"

宋·释重显《再酬》:"倚天长剑如重战,更有龙头复是谁。"

宋·韩元吉《念奴娇》(再用韵答韩子师):"千载功名,一尊欢笑,会作他年说。倚天长剑,夜寒光透银阙。"

宋·李曾伯《水调歌头》(乙巳九月寿城获捷,和傅山父凯歌韵):"惆怅倚长剑,扫未尽烟尘。"

宋·辛弃疾《水龙吟》(过南剑双溪楼):"举头西北浮云,倚天万里须长剑。"收复失地的宏愿。

金·元好问《横波亭》:"倚剑长歌一杯酒,浮云西北是神州。"元军已破中都,入潼关,即"西北浮云"意,用弃弃疾句叹故国(金)沦丧。

清·凌廷堪《水调歌头》(西台吊谢翱):"剩有倚天长剑,分付平生知己,未便死前休。"谢翱抗元同友人直至于死。

清·钱仪吉《读黎二樵诗》:"万言立纸上,雪明依天剑。"

清·康有为《秋登越王台》:"临眺飞云横八表,岂无倚剑叹雄才。"

今人刘操南《题清代陈其泰〈桐花凤阁评红楼梦〉四首》:"凌云尚有倚天剑,涉世惭无拔地才。"

2515. 双剑将别离,先在匣中鸣

南朝·宋·鲍照《赠故人马子乔诗六首》其六:"双剑将别离,先在匣中鸣。雌沉吴江里,雄飞入楚城。"《晋书·张华传》载:西晋初年,晋武帝的中书令张华,灭吴后,他观察牛、斗二星之间紫气更明亮,问雷焕,雷焕说:"这是宝剑的光芒。"就命雷焕去寻宝剑到豫章郡丰城县境内,终于挖出一石匣,内装双剑,一曰"龙泉",一曰"太阿"。前者留给自己,后者送给张华。张华写信给雷焕说:"详观剑文,乃干将也,莫邪何复不至? 虽然,天生神物,终当合耳。"后张华被诛,其剑不知所在。雷焕死后,其子雷华携剑经延平津,剑忽然从腰间跃入水中。华派人去取,只见水中有两条龙,各长数丈,而不见剑。雷华叹息说:张公曾说,神剑终当复合,现在应验了。北齐·颜之推《古意》:"壁入邯郸客,剑去襄城水。"唐·李白《梁甫吟》:"张公两龙剑,神物合有时。"唐·窦巩《题剑津》:"双剑变成龙化去,两溪相并水南归。"均述其事。

后人用此传说语"剑去龙别"与"剑鸣匣中"多

表示生离或死别。

唐·张九龄《故荥阳君苏氏挽歌词三首》:"剑去双龙别,雏哀九凤鸣。"写"剑去龙别"喻故人已死。

唐·宋之问《渡乌江别王长史》:"剑别龙出没,书成雁不传。"用张九龄语写别离。

又《游禹穴回去若耶》:"鹤往笼犹挂,龙飞剑已空。"喻禹穴虽存,禹却离去。

唐·杜甫《秋日夔府咏怀奉寄郑监李宾客一百韵》:"雄剑鸣开匣,群书满系船。"用鲍照句意,喻人将离去。

唐·钱起《适楚次徐城》:"感激念知己,匣中孤剑鸣。"用鲍照句。

唐·李贺《雁门太守行》:"报君黄金台上意,提携玉龙为君死。"以龙代剑,这是特殊用法。

2516. 贫铗为谁弹

唐·骆宾王《寒夜独坐游子多怀简知己》:"富钧徒有思,贫铗为谁弹?""弹铗"用冯谖事。《战国策·齐策四》:齐国冯谖家贫,做了孟尝君的门客,他说没什么才能,下面的人就给他粗茶淡饭吃。过了一段,冯谖"倚柱弹其剑,歌曰:'长铗归来乎!食无鱼'"。孟尝君于是给他鱼肉吃。过了一段,冯谖"复弹其铗,歌曰:'长铗归来乎!出无车'"。孟尝君给他车子。又过一个阶段,他"复弹其剑铗,歌曰:'长铗归来乎!无以为家。'"孟尝君又奉养起他的老母。后来冯谖为孟尝君建功立业起了极其重要的作用。"长铗归来"意为长铗(剑柄)啊,我们回去吧。后用"弹铗"表示处境艰难,无人赏识。骆宾王《咏情古意上裴侍郎》:"穷经不霑用,弹铗欲谁申。"亦为此意。

唐·王昌龄《代扶同主人答》:"寸心亦未理,长铗谁能弹。"

唐·李白《玉真公主别馆苦雨赠卫尉张卿二首》:"独酌聊自勉,谁贵经纶才。弹剑谢公子,无鱼良可哀。"

又《登高望四海》(古风第三十九):"且复归去来,剑歌行路难。"

又《赠从兄襄阳少府皓》:"弹剑徒激昂,出门悲路穷。"

又《行路难》:"弹剑作歌奏苦声,曳裾王门不称情。"

又《于五松山赠南陵常赞府》:"长铗归来乎,秋风思归客。"

唐·朱湾《逼寒节寄崔七》:"门前下客虽弹铗,溪畔穷鱼且曝腮。"

唐·刘禹锡《送韦秀道冲赴制举》:"因居暇时游,长铗不复弹。"

宋·苏轼《张作诗送砚反剑乃和其诗卒以剑归之》:"赠君长铗君当歌,每食无鱼叹委蛇。"

又《浣溪沙》(送梅庭老赴上党学官):"门外东风雪洒裾,山头回首望三吴,不应弹铗为无鱼。"

又《满庭芳》:"老去君恩未报,空回首、弹铗悲歌。"

元·张可久《卖花声·客况》:"闷来长铗为谁弹?当年射虎、将军何在?冷凄凄霜凌古岸。"

又《折桂令·读史有感》:"剑空弹月下高歌,说到知音,自古无多。"

元·刘时中《雁儿落·送别》:"坐上酒初残,灯下剑空弹。"

元·施惠《一枝花·咏剑》:"弹鱼空馆,断蟒长途,逢贤把赠,遇寇即除。"

明·张凤翼《红拂记·英豪羁旅》:"寒灯欹枕听夜雨,堪怜弹铗无鱼。"

明·杨珽《龙膏记·邂逅》:"料不为弹无鱼,只苦是文园消灭。"

2517. 不学冯驩待食鱼

唐·元稹《韦兵曹臧文》:"殷勤为话深相感,不学冯驩待食鱼。"反用"食无鱼"意称道韦兵曹。

唐·羊士谔《郡中即事三首》:"城下秋江寒见底,宾筵莫讶食无鱼。"说宾筵之简扑。

2518. 竹杖成龙去不难

唐·骆宾王《代女道士王灵妃赠道士李荣》:"苹风入驭来应易,竹杖成龙去不难。"写李荣来去匆匆。"竹杖成龙"传说不一。《后汉书·费长房传》:"壶公与一竹杖,曰:'骑此任所之,则至矣。既至,可以杖葛陂中也。'长房乘杖,须臾来归。自谓去家适经旬日,而已十余年矣。即以杖投陂,顾视则龙也。家人谓其久死,不信。长房曰:'往日所葬,乃竹杖耳。'乃发冢剖棺,杖犹存焉。"陂在新蔡北。北周庾信《竹杖赋》:"迎仙客于锦市,送游龙于葛陂。"用此传说言于蜀郡得此杖。《神仙传》也记费长房事,邓德明《南康记》:"南野县有汉监匠陈邻,其人通灵。夜尝乘龙还家。其妻怀身,母疑与外人通,密看,乃知是邻乘龙。龙至家辄化青竹杖,邻内致户前,母不知,因将杖去。须臾,光彩满堂,俄而飞失杖。乃衔双鹄还。"《列仙传》:"呼子先者,汉中阙下卜师也,寿百余年。夜有仙人持二竹竿至,呼子选骑之,乃龙也,上华阴山。"《神仙传》:"苏仙公尝持一竹杖,时人谓曰'苏出竹杖',固是龙也。"北周庾信《邛竹杖赋》:"蕴鸣凤之律,制以成龙之杖。"赞邛竹质地优良。

唐·孟浩然《檀溪寻故人》:"花伴成龙竹,池分跃马溪。"赞竹。

唐·李白《奉钱高尊师如贵道士传箓毕归北海》:"别杖留青竹,行歌蹑紫烟。"写赠杖。

唐·杜甫《沙苑行》:"泉出巨鱼长比人,丹沙作尾黄金鳞。岂知异的物同精气,虽未成龙亦有神。"安禄山任牧马苑总监,选健马堪战者驱归范阳,以助其叛势,杜甫作此诗以讽。这几句以鱼比马,"虽未成龙亦有神",暗寓安禄山蓄势。杜甫用《西京赋》中"海鳞变而成龙"语。

2519. 一舞剑器动四方

唐·杜甫《观公孙大娘弟子舞剑器行》并序:"昔有佳人公孙氏,一舞剑器动四方。……先帝侍女八千人,公孙剑器初第一。"序云:"往者吴人张旭,善草书帖,数常于邺县见公孙大娘舞西河剑器,自此草书长进,豪荡感激,即公孙可知矣。""西河剑器"为一种剑舞。唐代草书之圣张旭观公孙大娘舞剑而深受启发,以创造飞腾奔放的草书风格。清·钱谦益杜诗注引《明皇杂录》云:"时有公孙大娘者,善舞剑,能为《邻里曲》《裴将军满堂势》《西河剑器深脱》,遗妍妙,皆冠于世也。"诗中写"公孙",主要是赞扬剑舞的。唐代舞蹈分软舞和健舞,此为健舞,雄壮刚劲。"弟子"即李十二娘。

唐·郑嵎《津阳门诗》:"都卢寻撞诚龌龊,公孙剑伎方神奇。"

唐·司空图《剑器》:"楼下公孙昔擅场,空教女子爱军装。"

2520. 风尘三尺剑

唐·杜甫《重经昭陵》:"风尘三尺剑,社稷一戎衣。"叙述唐太宗李世民统领军队建立统一国家。尺剑戎衣,创宏伟大业。"三尺剑"用刘邦语。《史记·高祖本纪》载:刘邦说:"吾以布衣提三尺剑取天下,此岂非天命乎?"《书》:"一戎衣,天下大

定。""一戎衣"用此。杜甫句从北周庾信《皇夏》诗:"终封三尺剑,长卷一戎衣。"述周太祖宇文泰建立功业后"封剑卷衣"。后"追尊为文皇帝"。

唐·杜牧《感怀诗一百首》:"高文会隋季,提剑徇天意。"用"提三尺剑"述唐高祖、唐太宗(谥号"文皇帝")即李渊父子隋末夺取天下。

2521. 挥剑决浮云

唐·李白《秦王扫六合》(古风第三):"秦王扫六合,虎视何雄哉!挥剑决浮云,诸侯尽西来。"说秦王所向无敌,天下诸侯归附。《庄子·说剑篇》:"天子之剑……上决浮云,下绝地纪。此剑一用,匡诸侯,天下服矣。"李白用此意,说剑有神奇的力量。引申为武力之强大,攻必克,战必胜。

又《在水军宴赠幕府诸侍御》:"宁知草间人,腰下有龙泉。浮云在一决,誓欲清幽燕。"

又《送白利从金吾董将军西征》:"剑决浮云气,弓弯明月辉。"

唐·李贺《走马引》:"我有辞乡剑,玉锋堪截云。"

唐·张祜《入关》:"都城连百二,雄险北回环。地势遥尊岳,河流侧让关。秦皇曾虎视,汉祖一龙颜。"用李白"虎视"句写关中之险。

2522. 秦王按剑怒

唐·徐晶《阮公体》:"秦王按剑怒,发卒戍龙沙。雄图尚未毕,海内已纷挐。""按剑怒"形象地概括秦始皇统一六国的武力威严。

唐·王翰《饮马长城窟行》:"当昔秦王按剑起,诸侯膝行不敢视。"用徐晶句。

2523. 千金买宝剑

唐·储光羲《洛阳道五首献吕四郎中》:"剧孟不知名,千金买宝剑。"剧孟是西汉时游侠,"千金买剑",意为尚兵经武,不惜重金。

唐·王昌龄《少年行二首》:"结交期一剑,留意赠千金。"

唐·李白《陈情赠友人》:"延陵有宝剑,价重千黄金。"

2524. 十年磨一剑

唐·贾岛《剑客》:"十年磨一剑,霜刃未曾试。今日把示君,谁为不平事?"此诗又题《述剑》,写一

剑磨砺十年,剑刃锋利,却无用武之地。暗寓人才不得为用。

清·朱彝尊《解佩令》(自题词集):"十年磨剑,五陵结客,把平生涕泪都飘尽。"用贾岛句写虽锐意奋进,却壮志难酬。

2525. 卖剑买牛吾欲老

宋·苏轼《常润道中有怀钱塘寄述古五首》:"卖剑买牛吾欲老,杀鸡为黍子来无?"《汉书·龚遂传》:"(龚遂)为渤海太守,遗书敕属县:诸持钮钩田器者,皆为良民,吏毋得问;持兵者乃为盗贼。民有带持刀剑者,使卖剑买牛,卖刀买犊,曰:'日何为带牛佩犊。'"苏轼此诗用作表年迈人无力作大事。

又《张(几仲)作诗送砚反剑乃和其诗卒以剑归之》:"斩蛟刺虎老无力,带牛佩犊吏所诃。"言剑于己已无用。

又《罢徐州往南京寄子由五首》:"逝将解簪发,卖剑买牛具。"意将年老辞官归田。

2526. 锦带佩吴钩

南朝·宋·鲍照《代结客少年场行》:"骢马金络头,锦带佩吴钩。"全诗"感于哀乐,缘事而发"。《南齐书·文学传》(史臣曰)评鲍照诗:"发唱惊挺,操调险急,雕藻淫艳,倾炫心魄。"此诗具这风格。写一任侠尚武的青年,酒席间稍不随意,便白刃格斗,被官兵追捕,离乡三十年后才归故里京城,看到市城权贵们的奢华,十分不满。首二句写任侠少年骢马佩剑的英武形象。腰间锦带上佩着锋利的宝剑。"吴钩",吴地产的一种宝刀,似剑而曲。汉·赵晔《吴越春秋·阖闾内传》载:"阖闾既宝莫邪,复命于国中作金钩(似剑而曲)。令曰:'能为善钩者赏之百金。'吴作钩者甚众,而有贪王之重赏也,杀其二子,以血衅金,遂成二钩。献于阖闾,诣宫门而求赏。王曰:'为钩者甚众而子独求赏,何以异于众夫子之钩乎?'作钩者曰:'吾之作钩也,贪而杀二子衅成二钩。'王乃举众钩以示之:'何钩是也?'王钩甚多,形体类似,不知其所在。于是钩师向钩而呼二子之名:'吴鸿、扈稽,我在于此,王不知汝之神也。'声绝于口,两钩俱飞著父之胸。吴王大惊曰:'嗟乎!寡人诚负于子。'乃赏百金。遂服而不离身。"这是传说,讽贪金而害子之人。"吴钩"便由此而得名。后用以指代利剑,"佩

吴钩"表示武士的雄风。唐·王维《燕支行》:"麒麟锦带佩吴钩,飒踏青骊跃紫骝。"用鲍照原句。

晋·张载《登城都白菟楼》:"门有连骑客,翠带腰吴钩。""锦带佩吴钩",从此句脱出。

唐·李贺《南园十三首》:"男儿何不带吴钩,收取关山五十州!"《通鉴》载:"元和六年,李绛曰:'今法所不能制者,河南北五十余州。'"说明当时藩镇割据,地方专权之严重。此句即说好男儿为何不佩刀从戎,去为国收复抗命的州镇呢。此句伟志昂扬,壮怀激烈。是著名的"吴钩"句。其它"佩吴钩"句如:

唐·孔绍安《结客少年场行》:"结客佩吴钩,横行度陇头。"

唐·王昌龄《九江口作》:"蛰鸟立寒木,丈夫佩吴钩。"

唐·张继《奉送王相公赴幽州》:"无因随远道,结束佩吴钩。"

唐·李益《边思》:"腰悬锦带佩吴钩,走观曾防玉塞秋。"

唐·李涉《寄河阳从事杨潜》:"吾友从军在河上,腰佩吴钩佐飞将。"

元·不忽木《点绛唇·辞朝·鹊踏枝》:"臣向这仕路上为官倦首,枉尘埋了锦带佩吴钩。"略鲍照句一"佩"字。

元·张可久《水仙子·可侍郎奉使日南》:"宫花掩玉酒,玉花骢锦带佩吴钩。"略鲍照句一"佩"字。

2527. 吴钩明似月

唐·张柬之《出塞》:"吴钩明似月,楚剑利如霜。"写士兵的戎装,吴钩光亮如月,正是锐利色彩。

北周·王褒《墙上难为趋》:"风胡年有岁,铦利比吴钩。"写吴钩之锋利,用来喻北风。

唐·李白《侠客行》:"赵客缦胡缨,吴钩霜雪明。"写吴钩之明亮。

唐·权德舆《送灵武范司空》:"上略在安边,吴钩结束鲜。"写吴钩鲜亮。

2528. 意气逐吴钩

唐·杜甫《重送刘十弟判官》:"经过辨丰剑,意气逐吴钩。""丰剑""吴钩"都喻刘之才气横溢,故"先鞭"用世,而不像自己"垂翅"飘泊。"意气逐吴钩",锋芒凌利如吴钩。宋·宋庠《岁晏出沐感

事内讼一首》："雍容缓鲁玦,意气拂吴钩。"换一"拂"字,用杜甫诗意。

唐·郑锡《邯郸少年行》："唤人呈楚舞,借客试吴钩。""试吴钩"即试剑比武。

宋·卓田《眼儿媚》(题苏小楼)："大丈夫只手把吴钩,能断万人头。如何铁石,打作心肺,却为花柔。""把吴钩",挥持利剑。

元·汤式《天香引·中秋戏题》："今年旅邸中秋,囊箧萧疏,曲却吴钩。"典卖利剑。

清·蒋春霖《甘州》(甲寅元日,赵敬甫见过)："引吴钩不语,酒罢玉犀寒。"太平天国的太平军席卷江南,无力报国,饮酒心也寒。

2529. 含笑看吴钩

唐·杜甫《后出塞五首》："少年别有赠,含笑看吴钩。"少年英锐而赠吴钩,受赠者会意而含笑。

唐·姚合《送杜观罢举东游》："诗句无人识,应把吴钩看。"修文不成而应经武。

宋·晁端礼《满庭芳》："雪满貂裘,风摇金辔,笑看锦带吴钩。"少年武士展现英姿。

宋·张孝祥《水调歌头》(和庞佑父)："湖海平生豪气,关塞召集风景,剪烛看吴钩。"清·冯煦《蒿庵论词》评此词亦为"眷怀君国之作"。绍兴三十一年(1161)冬,作者闻虞允文在采石矶击败金主亮,激情满怀而作此词,讴歌了这一胜利。"看吴钩"抒发了他的豪情。

元·张可久《山坡羊·别怀》："看吴钩,听秦讴,别离滋味今番又。""吴""秦"两地,天各一方,暗喻分别。

2530. 把吴钩看了

宋·辛弃疾《水龙吟》(登建康赏心亭)："落日楼头,断鸿声里,江南游子。把吴钩看了,栏干拍遍,无人会,登临意。"淳熙元年(1174)诗人南归已十二年,应叶衡之聘,到建康初任帅府属官。由于长期沉沦下僚,中兴抱负难以施展,此刻登高北望,感慨万千。"把吴钩看了"以下数句,表现他内心抑郁难伸又无可奈何。近代俞陛云《唐五代两宋词选释》评:"仅以吴钩独看,略露其不平之气。""现代·唐圭璋《唐宋词简释》评:'把吴钩'三句,写事情尤不堪,沉恨塞胸,一吐之于纸上,仲宣之赋无此慷慨也。"用杜甫"看吴钩"句,感情却沉重得多。

明·汤显祖《牡丹亭》第五十出闹宴《前腔》:"猛把吴钩看了,阑干拍遍,落日重回首。"用辛词二句。

清·赵熙《甘州》(寺夜)："问长星醉否?中酒看吴钩。"抒无用武之地的苦闷。

清·凌廷堪《国香慢》："何时一尊酒,握手高歌,重看吴钩。"抒发豪情。

2531. 余既滋兰之九畹兮

楚·屈原《离骚》："余既滋兰之九畹兮,又树蕙之百亩。""畹",古代地积单位,有说"三十亩",有说"三十步"。我已培植了很多春兰,又栽种了大片秋蕙。此后诗人们常用以寓托高雅情趣或远大抱负。

宋·辛弃疾《水调歌头》："余既滋兰九畹,又树蕙之百亩,秋菊更餐英。"几用《离骚》原句。

又《蝶恋花》(月下醉书两岩石浪)："九畹芳菲兰佩好,空谷无人,自怨蛾眉巧。"

清·郑燮《畹兰》："九畹兰江上田,写来八畹未成全。世间万世何时足,留取栽培待后贤。"这是题画诗,九畹只写八畹,余下一畹留待后贤美成。"畹兰"表高洁出俗之志趣。

清·秋瑾《兰花》："九畹齐栽品独优,最宜簪助美人头。一从夫子临轩顾,羞伍凡葩斗艳俦。"说屈原爱花之品格高洁,曾广加栽培,临轩观赏。秋瑾借咏兰,颂扬屈原,表述自己远大情怀。

2532. 杂杜衡与芳芷

屈原《离骚》："畦留夷与揭车兮,杂杜衡与芳芷。"分畦栽培了芍药与揭车,又间种了杜衡和芳芷。后来的楚辞作家沿用"杜衡""芳芷"表示美好的品格、才能。

汉·东方朔《七谏》："弃捐药芷与杜衡兮,余奈世之不知芳何。"此辞代言屈原的遭际,以屈原的口吻说贤才被捐弃,世人不识贤才,无可奈何。

汉·刘向《九叹·逢纷》："怀兰蕙与衡芷兮,行中野而散之。"此辞代屈原抒情,抒发屈原不见容于君、不见容于世的悲叹。此句写屈原怀才不遇,反被放逐于野,只好把兰蕙、衡芷弃之于原野。

又《九叹·惜贤》："握申椒与杜若兮,冠浮云之峨峨。"抒发屈原洁身自好的情操。

2533. 兰芷变而不芳

楚·屈原《离骚》："兰芷变而不芳兮,荃蕙化而为茅。"兰草芷草失去了芳香,荃草蕙草也成了茅莠。说世态混浊,纯洁的东西也都变成了污秽。

元·倪瓒《题郑所南兰》:"秋风兰蕙化为茅,南国凄凉气已消。只有所南心不改,泪泉和墨写《离骚》。"用"兰芷变而不芳"句意指出原自清高的人变节仕元了,唯有所南不改节,用泪墨痛写纯兰。

2534.结幽兰而延贮

《离骚》:"时暧暧其将罢兮,结幽兰而延贮。"时光将晚天地昏沉沉,我编结着兰草徜徉等候。表现迎"美人"不来的失望心情。《九歌》(大司命):"结桂枝兮延伫,羌愈思兮愁人。"用"结幽兰"句式,表达同样心态。

曹丕《秋胡行三首》:"俯折兰英,仰结桂枝。佳人不在,结之为何!""秋胡行"为求贤篇。这四句用"结幽兰"句意表求贤不得的怅惘之情。

2535.采芳洲兮杜若

楚·屈原《九歌·湘君》:"采芳洲兮杜若,将以遗兮下女。""杜若",《豚斋闲览》解"杜若,山姜也。"一种香草,诗中喻美德。"下女",侍女,喻臣子。句意:采下芳草赠给志同道合者,以示高尚的道德与志节是不会变的。《九歌·湘夫人》:"搴汀洲兮杜若,将以遗兮远者。"去小洲采香草香花,将送给远方的人。其意与《湘君》句近同。

用"芳州杜若"首先表现芳洲送别,或采芳远赠。

南朝·齐·王融《萧谘议西上夜集诗》:"山中殊未怿,杜若空自芳。"写送别。

齐·谢朓《怀故人诗》:"芳洲有杜若,何以赠佳期。"写怀远。

隋·孙万寿《早发扬州还望乡邑诗》:"洲渚敛寒色,杜若变芳春。"写思乡。

唐初武平一《妾薄命》:"水湄兰芳杜,采之将寄谁?"写怀思。

唐·宋之问《寒食江州满塘驿》:"吴洲春兰杜芳,感物思归怀故乡。"写怀乡。

唐·李颀《寄万齐融》:"我有一书札,因之芳杜州。"写怀人。

又《送乔琳》:"汀洲芳杜色,劝尔暂垂纶。"写送别。

又《送东阳王太守》:"江皋杜蘅绿,芳草日迟迟。"写送别。

唐·孟浩然《鹦鹉洲送王九之江左》:"风起遥闻杜若香,君行采采莫相忘。"写送别。

唐·王昌龄《同从弟销南斋玩月忆山阴崔少府》:"千里其如何,微风吹兰若。"写怀远。

唐·刘长卿《过鹦鹉洲王处士别业》:"共怜芳杜色,终日伴闲君。"怜芳亦即惜人。"芳杜色"用李颀句。

唐·岑参《感遇》:"北山有芳杜,靡靡花正发。未及得采之,秋风忽吹杀。"叹"杜花未相识。"

唐·钱起《送褚十一澡擢第归吴觐省》:"怆兹江海去,谁惜杜蘅芳。"写送别。

又《送严士良侍奉詹事南游》:"日夕望荆楚,莺鸣芳杜新。"写送别。

又《赠汉阳隐者》:"分首天涯去,再来芳杜春。"写送别。

唐·皇甫冉《杂言月洲歌送赵洌还襄阳》:"归人不可迟,芳杜满洲时。"写送别。

唐·司空曙《题江陵临沙驿楼》:"岂复平生意,苍然兰杜洲。"孤寂怀思。

宋·贺铸《江南曲》(潇潇雨):"杜若芳洲,芙蓉别浦。"触景怀思。

宋·周邦彦《解连环》:"汀洲渐生杜若,料舟依岸曲,人生天角。"写送别。

宋·范成大《南柯子》:"怅望梅花驿,凝情杜若洲。"写怀思。

宋·史达祖《瑞鹤仙》:"奇烟娇湿鬓,过杜若汀洲。"写送别。

宋·赵以夫《水调歌》(次方时父癸卯五月四日):"听得长淮风景,唤起离骚往恨,杜若满芳洲。"写怀旧。

宋·方岳《沁园春》:"汀洲杜若谁寻,想朝鹤怨兮猿夜吟。"怀乡。

宋·陈允平《尉迟杯》:"回首杜若芳洲,叹泛梗飘萍,乍散还聚。"离思。

宋·李珏《木兰花慢》:"记十载心期,苍苔茅屋,杜若芳洲。"怀乡。

2536.汀洲蔽杜若

"杜若芳洲"句,也作一般水边景物出现:这种写法源起南北朝。

南朝·齐·谢朓《同咏坐上所见一物·席》:"汀洲蔽杜若,幽渚夺江篱。"戏言席之大。

齐·江朝清《渌水曲》:"塘上薄欲齐,汀洲杜将歇。"写芳杜将尽。

唐·徐坚《櫂歌行》:"影入桃花浪,香飘杜若洲。"写"櫂女"。

唐·李怀远《凝碧池侍宴看竞渡应制》:"前对芙蓉沼,傍临杜若洲。"写竞渡环境。

唐·孙逖《丹阳行》:"青枫林下廻天跸,杜若洲前转国容。"写以往帝旅南迁之景况。

唐·李颀《送马录事赴永阳》:"春日溪湖净,芳洲葭菼连。"写永阳美景。

又《寄上浙西节度李侍郎中丞行营五十韵》:"洲香生杜若,溪暖戏鸂鶒。"也写美景。

唐·钱起《池上亭》:"水上褰帷好,莲开杜若香。"写亭池之美。

唐·刘禹锡《寄朗州温右史曹长》:"城边流水桃花过,帘外春风杜若香。"写环境美。

五代·孙光宪《渔歌子》:"杜若洲香郁烈,一声宿雁霜时节。"写秋景。

宋·苏庠《临江仙》:"柳丝摇晓市,杜若遍芳汀。"写景。

宋·张元干《满江红》(自豫章阻风吴城山作):"绿卷芳洲生杜若,数帆带雨烟中落。"写船行所见。

宋·张孝祥《卜算子》:"风生杜若洲,日暮垂杨浦。行到田田乱叶边,不见凌波女。"写景。

2537. 芳杜湘君曲

唐·骆宾王《同辛簿简仰酬思玄上人林泉四首》:"芳杜湘君曲,幽兰楚客词。山中有春草,长似寄相思。"目睹林泉中的"芳杜""幽兰",顿时怀念起品格高尚的屈原及其作品。"楚客"指屈原,《湘君》即咏杜若、幽兰的作品。

"杜若芳洲"也多引发对屈原、对古人的思念之情。

唐·李颀《湘夫人》:"佳期来北渚,捐佩在芳洲。"悼念湘夫人。

唐·郎士元《题刘相公三湘图》:"稍辨郢门树,依然芳杜洲。"由《三湘图》追怀屈原笔下的香草。

宋·张孝祥《水调歌》:"回首叫虞舜,杜若满芳洲。"词人过岳阳楼,望沅湘春色,生思古之情。

2538. 汀洲采白苹

南朝·梁·柳恽《江南曲》:"汀洲采白苹,日暖江南春。洞庭有归客,潇湘逢故人。故人何不返,春花复应晚。不道新知乐,只言行路远。"江南水乡的春天,一位女子采摘着飘浮水面的点点白苹,这白苹寄托着对久别远去的丈夫的思念。有人看到丈夫在潇湘那边,白苹花都要开落了,为什么迟迟不归。原来不是因为路远,而是另有了新欢。这表达了痴情女子思夫的烂漫情怀。"汀洲采白苹"寄托着思妇之情。

"白苹",多年生浅水草本植物,根茎匍匐泥中,叶柄长,生长池塘、水田、沟渠,俗称四叶菜、田字草。《尔雅》云:"萍之大者曰苹,五月有花,白色谓之白苹。"晋·张华《杂诗三首》其二:"白苹开素叶,朱草茂丹花。"南朝·齐·刘伶有《咏苹》诗,描写苹水生的状态:"可怜池内苹,氛氲紫复青。巧随浪开合,能逐水低平。微根无所缀,细叶讵须茎。漂泊终难测,留连如有情。"写出了"苹"的特点:"漂泊"与"留连",而这正是亲人、友人分别时常有的情意。柳恽的"白苹"句是很有名的。白苹洲在湖州,柳恽为吴兴太守,赋此诗,因以称洲名。柳恽诗用"白苹"写离思。唐·李贺《江南曲》:"汀洲白苹草,柳恽乘马归。"即述其事。后多用"白苹"烘托送远思别或作景物,成了"芳洲杜若"的近义句、姊妹句。

南朝·梁·王僧孺《湘夫人》:"白苹徒可见,绿芷竟空滋。日暮思公子,衔意默无辞。"

南朝·梁·吴均《发湘州赠亲故别》:"流苹方绕绕,落叶尚纷纷。无由得共赏,山川间白云。"

唐·陈子昂《送客》:"白苹已堪把,绿芷复含荣。"

唐·孙逖《送魏骑曹充宇文侍御判官分按南山》:"楼回吟黄鹤,江长望白苹。"

唐·刘长卿《饯别王十一南游》:"长江一帆远,落日五湖春。谁见汀洲上,相思愁白苹。"

又《寄李侍御贬郴州》:"忆想汀洲畔,伤心向白苹。"

唐·綦毋潜《送集贤学士伊阙史少府放归江东觐省》:"吏邑沿清洛,乡山指白苹。"

唐·杜甫《将赴成都草堂途中有作先寄严郑公五首》其二:"处处青江带白苹,故园犹得见残春。"见夏花白苹,便想见故园之残春。

又《清明二首》:"风水春来洞庭阔,白苹愁杀白头翁。"叹老。

唐·李嘉祐《九日》:"叹老堪衰柳,伤秋对白苹。"伤秋。

唐·钱起《送褚大落第南归》:"昨梦芳洲采白苹,归期且喜故园春。"

又《送严士良侍奉詹事南游》:"点翰遥相忆,含情向白苹。"

又《送李评事赴潭州使幕》:"湖南远去有余情,苹叶初齐白芷生。"

唐·赵徵明《思归》:"惟见分手处,白苹满芳洲。"

唐·韩翃《送王侍御赴江西兼寄李袁州》:"绿苹白芷遥相引,孤兴幽寻知不近。"

唐·顾况《白苹洲送客》:"阙下摇青珮,洲边采白苹。"

唐·张籍《湘江曲》:"送人归,送人归,白苹茫茫鹧鸪飞。"

唐·李益《柳杨送客》:"青枫江畔白苹洲,楚客伤离不待秋。"

唐·柳宗元《酬曹侍御过象县见寄》:"春风无限潇湘意,欲采苹花不自由。"取柳恽"潇湘逢故人"意,"潇湘意"是怀念之意。

又《得卢衡州书因以诗寄》:"非是白苹洲畔客,还将远意寄潇湘。"

唐·许浑《伤故湖州李郎中》:"南北相逢皆掩泣,白苹洲暖百花开。"白苹洲在湖州,怀念李郎中。

唐·陈陶《吴兴秋思二首》:"何意汀洲剩风雨,白苹今日似潇湘。"

唐·温庭筠《忆江南》:"过尽千帆皆不是,斜晖脉脉水悠悠。肠断白苹洲。"

宋·苏轼《送孙著作赴考城》:"来从白苹洲,吹我明月观。"

宋·贺铸《望湘人》(春思):"青翰棹舣,白苹洲畔,尽目临皋飞观。不解寄、一字相思,幸有归来双燕。"

又《蝶恋花》(改徐冠卿词):"天际小山桃叶步,白苹花满湔裙处。""湔裙",洗裙。宋·王沂孙《南浦》(春水):"沧浪一舸,断魂重唱苹花怨,采芳幽径鸳鸯睡,谁道湔裙人远。"用贺铸"湔裙"句。

宋·毛开《水龙吟》(登吴江桥作):"追想扁舟去后,对汀洲、白苹风起。"

宋·石孝友《菩萨蛮》:"不见浣花人,江洲空白苹。"

宋·汪莘《乳燕飞》:"独向芳洲相思处,采苹

花、杜若空盈手。"

又《杏花天》:"美人家在江南住……,白苹洲畔花无数,还忆潇湘风度。"

宋·赵时行《望江南》:"惊觉夜深儿女梦,渔歌风起白苹洲。"

宋·王沂孙《三姝媚》(次周公谨故京送别韵):"只恐扁舟西去,苹花开晚。"

又《踏莎行》(题草窗词卷):"空留离恨满江南,相思一夜苹花老。"

2539. 欲采苹花不自由

唐·柳宗元《酬曹侍御过象县见寄》:"破额山前碧玉流,骚人遥驻木兰舟。春风无限潇湘意,欲采苹花不自由。"作者受谪远方,收到曹侍御自象县(今广西象县)寄来的诗,这是酬答诗。后二句说,我在潇湘有感春风而怀念你,可我想采苹花以寄也难得自由。作者在《愚溪诗序》中说:"余以愚触罪,谪潇水上。""潇湘"可据此理解。

宋·叶梦得《贺新郎》:"无限楼前沧波意,谁采萍花寄取。"有谁采苹花以寄我相思之情呢?用柳句意。

2540. 杨花雪落覆白苹

唐·杜甫《丽人行》:"杨花雪落覆白苹,青鸟飞去衔红巾。"写杨国忠兄妹出游,花鸟相亲,游人不敢仰视。讽刺杨国忠和虢国夫人的暧昧关系。"杨花雪落覆白苹"用北魏胡太后句。北魏胡太后与杨华私通,后杨华畏惧南逃,胡太后作《杨白华歌》有"杨花飘荡落南家""愿衔杨花入窠里"句。"青鸟"相传专为王母传递消息的,"飞去衔红巾"即此意。杜甫通过胡太后事与诗,曲折地揭露了杨氏兄妹的不正当关系。

从"杨花飘荡落南家"到"杨花雪落覆白苹",表面上都是描写景物,只是诗中赋予了特定的含义。而"白苹"专作景物描写者也较普遍。

唐·王涯《春江曲》:"遥漾越江春,相将看白苹。"

唐·骆宾王《在江南赠宋五之问》:"秋江无绿芷,寒汀有白苹。"

唐·顾况《初秋莲塘归》:"如何白苹花,幽渚笑凉风。"

唐·于鹄《江南曲》:"偶向江边采白苹,还随女伴赛江神。"

唐·刘禹锡《湖州》:"酒对青山月,琴韵白苹风。"楚·宋玉《风赋》写秋风"起于青苹之末",刘在湖州,湖州有因柳恽诗而命名的白苹洲,因而改用"白苹风"。

唐·白居易《履道新居二十韵》:"疑连紫阴洞,似到白苹洲。"

五代·孙光宪《竹枝》:"门前春水白苹花,岸上无人小艇斜。"

宋·寇准《夜度娘》:"烟波渺渺一千里,白苹香散东风起。"

宋·张先《惜琼花》:"汀苹白,苕水碧,每逢花驻乐,随处欢席。"

宋·苏轼《泛舟城南》:"城中楼阁似鱼鳞,不见清风起白苹。"换"白苹"用宋玉"风起青苹之末"句。

又《送孙著作赴考城》:"来从白苹洲,吹我明月观。"

又《渔家傲》(七夕):"鸟散余花纷似雪,汀洲苹老香风度。"

宋·张耒《风流子》:"楚天晚,白苹烟尽处,红蓼水边头。"

宋·朱敦儒《蓦山溪》:"绝尘胜处,合是不数白苹洲。"

宋·张元干《鱼游春水》:"芳洲生苹芷,宿雨收晴浮翠暖。"

宋·蔡伸《南歌子》:"远水澄明绿,孤云黯淡愁,白苹红蓼满汀洲。"

明·王夫之《摸鱼儿》(东洲桃浪):"剪中流,白苹芳草,燕尾江南浦。"

2541. 浮萍寄清水,随风东西流

魏·曹植《浮萍篇》:"浮萍寄清水,随风东西流。"写弃妇追求初嫁情景。"浮萍"又称青萍,椭圆形叶浮在水面,水下有一条根。喻自己辞别父母,如浮萍在水中到处漂浮,偶然机遇作你的妻子。曹植《杂诗》中又有"寄松为女萝,依水如浮萍"。喻自己如攀附高松而生的女萝,随流水而浮动的浮萍。政治上的依附性,托写于女子怀夫。曹丕在《秋胡行三首》:"泛泛绿池,中有浮萍。寄身流水,随风靡倾。"已近"浮萍寄清水"意。唐·鲍溶《客途逢乡人旋别》:"青萍寄流水,安得长相亲。"用曹植"寄清水"句,言途中邂逅相遇,一会即别,如王勃《滕王阁序》"萍水相逢"。宋·石孝友《一剪

梅》(送晁驹父):"萍水相逢无定居,同在他乡,又问征途。"明用王勃句。

"浮萍"句,多喻漂泊不定。无依无托,如同游子、客子。也有的作风景。最早出自《楚辞·九怀》:"窃哀兮浮萍,泛滥兮无根。"汉《古诗》:"泛泛江汉萍,潭荡水无根。"用《九怀》句。晋·傅玄《明月篇》:"浮萍本无根,非水将何依。"亦含《九怀》句义。

唐·骆宾王《秋风》:"紫陌炎氛歇,青萍晚吹拂。"秋景。

唐·李嶷《淮南秋夜呈周侃》:"风刮池上萍,露光竹间月。"写景。

唐·孟郊《乐府诗》:"绿萍与荷叶,同此一水中。风吹荷叶在,绿萍西复东。"对比两种事物不同特性,或有所涵。

唐·白居易《答微之》:"与君相遇知何处,两叶浮萍大海中。"

宋·苏轼《芙蓉城》:"此身流浪随沧溟,偶然相值两浮萍。"用白句意。

2542. 身世浮沉雨打萍

南宋·文天祥《过零丁洋》:"山河破碎风飘絮,身世浮沉雨打萍。"这是文天祥被俘后所作《指南录》的第一首诗中的两句,写国家、个人的不幸遭际。随着全诗表现的感人气节,这两句诗也成名句。"雨打萍"句亦为最佳。以"浮萍"喻身世,自唐人李顾始,他在《赠张旭》诗中写:"问家何所有,生事如浮萍。"用"浮萍"句最多的是杜甫:

又《戏题寄上汉中王三首》:"不能随皂盖,自醉逐浮萍。"

又《题郑十八著作丈故居》:"乱后故人双别泪,春深逐客一浮萍。"

又《桥陵诗三十韵因呈县内诸官》:"诸生旧短褐,旅泛一浮萍。"

杜甫《又呈窦使君》:"相看万里别,同是一浮萍。"

杜甫《奉赠太常张卿垍二十韵》:"萍泛无休日,桃阴想旧蹊。"说自己泛萍无止。

宋·陈与义《虞美人》(宿龟山夜登秋汉亭):"忆我烟蓑伴,此身天地一浮萍。"用杜甫"一浮萍"句。

清·蒋春霖《卜算子》:"弹泪别东风,把酒浇飞絮。化了浮萍也是愁,莫向天涯去。"春天步屐

如飞絮,化了浮萍,飘泊天涯,无有归宿。

2543. 垂老独漂萍

唐·杜甫《赠翰林张四学士垍》:"此生任春草,垂老独漂萍。"此为篇末自述:一生如春草一样卑微,暮年更是漂泊不定地生活。"漂萍"也写作"飘萍",为"浮萍"的同义语。用"漂萍"句始于杜甫,杜甫也用得最多。

又《往在》:"归号故松柏,老去苦飘萍。"

又《东屯月夜》:"抱疾漂萍老,防边旧谷屯。"

又《哭王彭州抡》:"之官方玉折,寄葬与萍漂。"

唐·寒山《诗三百三首》:"长漂如泛萍,不息似飞蓬。问是何等色,姓贫名曰穷。"

宋·秦观《满庭芳》:"任人笑生涯,泛梗飘萍。"

2544. 家似流萍任所之

唐·戎昱《寄梁淑》:"心思食檗何由展,家似流萍任所之。""流萍"义近飘萍,不仅飘浮,且随流而动。戎昱又用"几处移家逐转蓬"句,写家似浮萍到处流动迁移,无力自控,只好任其所之。"流萍"句又是一支。

唐·李白《留别西河刘少府》:"余亦如流萍,随波乐休明。"

唐·高适《奉酬北海李太守丈人夏日平阳亭》:"自怜遇时休,漂泊随流萍。"

唐·杜甫《夔府书怀四十韵》:"端居滟滪时,萍流仍汲引。"

又《秦州见敕目薛三璩授司议郎毕四曜除监察与二子有故远喜迁官兼述索居凡三十韵》:"栖遑分半菽,浩荡逐流萍。"

又《别常徵君》:"各逐萍流转,来书细作行。"

唐·张继《晚次淮阳》:"月明潮渐近,露湿雁初还。浮客了无定,萍流淮海间。"

2545. 浮生正似萍

唐·钱起《江行无题一百首》(一作钱珝诗):"佳节虽逢菊,浮生正似萍。故山何处望,荒岸小长亭。"九九重阳,顿生乡情,久行江中,觉得自己长年漂泊在外,就像萍一样。这是单用"萍"字,写萍踪无定。

又《穷秋对雨》:"生事萍无定,愁心云不开。"

唐·李益《赋得垣衣》:"犹腾萍逐水,流浪不相依。"

唐·刘沧《龙门留别道友》:"春谷终期吹羽翼,萍身不定逐波澜。"

唐·许棠《客行》:"人事随萍水,年光鸟过空。"

唐·罗隐《边夜》:"光景漂如水,生涯转似萍。"

宋·贺铸《踏莎行·芳心苦》:"杨柳回塘,鸳鸯别浦,绿萍涨断莲舟路。"

2546. 旅思徒漂梗

唐·骆宾王《晚度天山有怀京邑》:"旅思徒漂梗,归期未及瓜。""梗"即茎,如荷梗、萍梗,梗系草质并非木质,可以漂浮,漂梗同漂萍。作者旅途漂流,归期未到,怀念京都。骆宾王用"漂梗"之多如杜甫之用"漂萍"。

又《从军中行路难》:"漂梗飞蓬不自安,扪藤引葛度危峦。"

又《浮槎》:"似舟飘不定,如梗泛何从。"

又《晚泊河曲》:"栖惶劳泛梗,凄断倦蓬飘。"

骆宾王《边夜有怀》:"旅魂劳泛梗,离根断征蓬。"

唐·张说《石门别杨公钦望》:"暮年伤泛梗,累日慰寒灰。"

唐·刘长卿《罢摄官后将还旧居留辞李侍郎》:"旅食伤飘梗,岩栖忆采薇。"用骆宾王句。

唐·李昂《赋戚夫人楚舞歌》:"相从顾恩不顾已,何异浮萍寄深水。"

唐·李端《下第上薛侍郎》:"如何飘梗处,又到采兰时。"

唐·欧阳詹《许州途中》:"随萍浮梗见春光,行乐登台斗在旁。"

宋·柳永《彩云归》:"那堪听、远村羌管,引离人断肠。此际浪萍风梗,度岁茫茫。"浪萍,句出李益:"犹腾萍逐水,流浪不相依。"柳永再用"浪萍"句:《夜半乐》:"到此因念,绣阁轻抛,浪萍难驻。"语已极精。

2547. 转蓬离本根,飘飘随长风

曹植《杂诗六首》其二:"转蓬离本根,飘飘随长风。"这是写"蓬"名句。"转蓬":《商君书》记:"夫飞蓬遇飘风而行千里,乘风之势也。"《埤雅》

云:"蓬大于本,遇风辄拔而旋。"宋人陈长方《步里客谈》:"古人多用'转蓬',竟不知为何物。外祖林公使辽,见蓬花枝叶相属,团圆在地,遇风即转。问之,云'转蓬'也。"蓬蒿,枝叶团团呈圆形,蓬松而密。秋天干枯,主茎易折,风来则随风旋转远去,风急则凌空飞转。"转蓬"常喻行踪不定,生活不安定。"萍"在水中,"蓬"在地上,飘浮不定是其共同特点,入诗后其义相同。北周·庾信《拟古二十七首》:"代郡蓬初转,辽阳桑欲干。"蓬初转是深秋景象。杜甫《枯棕》:"啾啾黄雀啅,侧见寒蓬走。"也写深秋景色。

曹植"转蓬离本根"句是曹操《却东西门行》诗的缩合:"田中有转蓬,随风远飘扬。长与故根绝,万岁不相当。"蓬离本根,随风远扬,永不会再遇本根了。征夫背井离乡,久成不归。曹操诗取自《说苑》对转蓬的描绘:"秋蓬恶其本根,美其枝叶,秋风一起,根本拔矣。"曹植《迁都赋》写:"号则六易,居实三迁。"曹丕即位,他受猜忌,很不安定。刘履《诗选补注》载:"久在外,政(正)如蓬离本根。一得入朝京都,如遇回飙吹入云中,自谓天路之可穷矣。及乎终不见用,转至零落,乃知高高无极,不可企及。"这就是"转蓬离本根"句的分析。曹植还写过转蓬句:《朔风》:"风飘蓬飞,载离寒暑。""载离寒暑"用《诗经·小雅·小明》原句。《盘石篇》:"盘盘山巅石,飘飘涧底蓬。"《吁嗟篇》:"吁嗟此转蓬,居世何独然!长去本根逝,宿夜无休闲。"此诗与《杂诗六首》中"转蓬"句意近。

用"离本根"句的:

魏·何晏《言志诗》:"转蓬去其根,流飘从风移。"

隋·鲁范《送别诗》:"何如拔心草,还逐断根蓬。"

唐·王绩《建德破后入长安咏秋蓬示辛学士》:"孤根何处断,轻叶强能飞。"

唐·包佶《近获风痹之疾题寄所怀》:"鸟宿还依伴,蓬飘莫问根。"

唐·杜甫《遣兴五首》:"蓬生非无根,漂荡随高风。天寒落万里,不复归本丛。"

唐·戎昱《塞下曲》:"惨惨寒日没,北风卷蓬根。"

唐·白居易《自河南经乱,关内阻饥,兄弟离散,各在一处……》:"吊影分为千里雁,辞根散作九秋蓬。"

唐·崔湜《大漠行》:"南山木叶飞下地,北海蓬根乱上天。"

又《边愁》:"九月蓬根断,三边草叶腓。"

以上各句都写了"蓬根"。而"蓬"句,以写"转蓬"为最多,因为蓬离根后,转动随风的现象更普遍。此外还有飘蓬、断蓬、秋蓬、飞蓬、孤蓬、惊蓬诸类。

2548. 飘零似转蓬

唐·杜甫《客亭》:"多少残生事,飘零似转蓬。"社会动荡,人生无定,到处飘泊,一刻不停,直如转蓬了。

唐·孔绍安《落叶》(一作孔绍德诗):"早秋惊落叶,飘零似客心。""飘零似转蓬"句式与"飘零似客心"同。所不同者,孔句写"心",杜句写"身"。

"转蓬"用曹植"转蓬离本根"句。用"转蓬"者,杜甫以前人也很多。

南朝·宋·袁淑《效古》:"勤役未云已,壮年徒为空。乃知古时人,所以悲转蓬。"

南朝·宋·鲍照《王昭君》:"既事转蓬远,心随雁路绝。"

又《邦街行》:"伫立出门衢,遥望转蓬飞;蓬去旧根在,连翩逝不归。"

南朝·梁·沈约《昭君辞》:"日见奔沙起,稍觉转蓬多。"

北朝·周·庾信《拟咏怀二十七首》:"代郡蓬初转,辽阳桑欲干。"

隋·薛道衡《出塞二首》:"转蓬随马足,飞露落剑端。"

又《昭君辞》:"夜依空草宿,朝逐转蓬征。"

隋·周若水《答江学士协》:"野旷蓬常转,林遥鸟倦飞。"

唐·褚亮《在陇头哭潘学士》:"转蓬飞不息,悲松断更闻。"

唐·杨师道《陇头水》:"雾中寒雁至,沙上转蓬轻。"

唐·骆宾王《晚憩田家》:"转蓬劳远逸,披薜下田家。"

又《晚泊江镇》:"转蓬惊别渚,徙桔怆离忧。"

又《畴昔篇》:"不应永弃同刍狗,且复飘飘类转蓬。"

又《在军中赠先知还知己》:"蓬转俱行役,瓜时独未还。"

唐·陈子昂《落地西还别魏》:"转蓬方不定,落羽自惊弦。"

又《宿空舲峡青树村浦》:"今成转蓬去,叹息复何言!"

唐·许敬宗《拟江令于长安归扬州九日赋》:"游人倦蓬转,乡思逐雁去。"

唐·李义府《招谕有怀赠同行人》:"陌上悲转蓬,园中想芳树。"

唐·崔泰之《奉和圣制送张尚书巡边》:"夏近蓬犹转,秋深草木腓。"

唐·沈佺期《凤箫曲》:"世上荣华如转蓬,朝随阡陌暮云中。"

唐·刘希夷《晚憩南阳旅馆》:"日照蓬阴转,风微野气和。"

唐·张说《奉和圣制送宇文融安辑户口应制》:"念慈人去本,蓬转将何依。"

又《南中别陈七李十》:"请君聊驻马,看我转征蓬。"

唐·李颀《赠苏明府》:"子孙皆老死,相识悲转蓬。"

又《欲之新乡答崔颢綦毋潜》:"男儿在世无产业,行子出门如转蓬。"

唐·刘长卿《送李录事兄归襄邓》:"十年多难与君同,几处移家逐转蓬。"

唐·李白《赠从兄襄阳少府皓》:"归来无产业,生事如转蓬。"上句用李颀句。

又《单父东楼秋夜送族弟沈之秦》:"折翮翻飞随转蓬,闻弦虚坠下霜空。"

唐·岑参《送祁乐归河东》:"鸟且不敢飞,子行如转蓬。"

唐·高适《酬陆少府》:"萧萧前村口,唯见转蓬人。"

又《酬秘书弟兼寄幕下诸公》:"客从梁宋来,行役随转蓬。"

又《宋中别李八》:"旧国多转蓬,平台下月明。"

又《宋中十首》:"唯见卢门外,萧条多转蓬。"

唐·薛奇童《塞下曲》:"胡天早飞雪,荒徼多转蓬。"

唐·杜甫《寄司马山人十二韵》:"关内昔分袂,天边今转蓬。"

又《自瀼西荆扉且移居东屯茅屋四首》之一:"人事伤蓬转,吾将守桂丛。"

又《寄贺兰铦》:"岁晚仍分袂,江边更转蓬。"

又《风疾舟中伏枕书怀三十六韵奉呈湖南亲友》:"转蓬忧悄悄,行药病涔涔。"

又《野人送朱樱》:"金盘玉箸无消息,此日尝新任转蓬。"

又《赠苏四徯》:"异县昔同游,各云厌转蓬。"

又《上巳日徐司录林园宴集》:"有喜留攀桂,无劳问转蓬。"

又《八月十五夜月二首》之一:"转蓬行地远,攀桂仰天高。"

又《投赠哥舒开府二十韵》:"壮节初题柱,生涯独转蓬。"

唐·贾至《对酒曲二首》:"寄语尊前客,生涯任转蓬。"

唐·钱起《送钟评事应宏词下第东归》:"芳岁归人嗟转蓬,会情回首灞陵东。"

又《新丰主人》:"蛮悲衣褐夕,雨暗转蓬秋。"

唐·郎士元《别房士清》:"平楚看蓬转,连山望鸟飞。"

又《留别常著》:"岁晏苍郊蓬转时,游人相见说归期。"

唐·顾况《从江西至彭蠡入浙西淮南界道中寄齐相公》:"蹇步惭寸进,饰装随转蓬。"

唐·戴叔伦《潘处士宅会别》:"复此悲行子,萧萧逐转蓬。"

唐·窦常《哭张仓曹南史》:"万事竟蹉跎,重泉恨若何。官临环卫小,身逐转蓬多。"

唐·朱湾《平陵寓居再逢寒食》:"几回江上泣途穷,每遇良辰叹转蓬。"

唐·权德舆《酬蔡十二博士见寄四韵》:"芜城十年别,蓬转居不定。"

又《放歌行》:"年光看逐转蓬尽,徒咏东山招隐诗。"

唐·吕温《青海西寄窦三端公》:"但示酬恩路,浮生任转蓬。"

又《蕃中拘留岁余回至陇右先寄城中亲故》:"蓬转星霜改,兰陔色养违。"

唐·王质《有感》:"宇宙横挥麈,乾坤落转蓬。"

唐·李远《赠潼关不下山僧》:"香茗一瓯从此别,转蓬流水几时还。"

唐·许浑《寄献三川守刘公》:"半年三度转蓬居,锦帐心阑羡隼旟。"

唐·薛逢《太和》："含情少妇悲春草,多是良人学转蓬。"

唐·罗隐《寄韦赡》："赢马二年蓬转后,故人何处月明时。"

唐·陈陶《江上逢故人》："十年蓬转金陵道,长哭青云身不早。"

宋·王禹偁《量移后自嘲》："可怜踪迹转如蓬,随例量移近陕东。"

宋·刘筠《柳絮》："半减依依学转蓬,班骓无奈恣西东。"

宋·李洪《菩萨蛮》："车马各西东,行人如转蓬。"

宋·李曾伯《醉蓬莱》(丁酉春题江州琵琶亭,时自兵间还幕,有焚舟之惊)："老子平生,萍流蓬转,昔去今来,欧鹭都识。"

宋·范成大《刺濆淖》："幸免与赀人,还忧似蓬转。"

元·王实甫《西厢记》第一本第一折《仙吕点绛唇》："游艺中原,脚根无线如蓬转。"

明·兰陵笑笑生《金瓶梅》第三十六回《乾元歌》(枝边柳边)："自叹行踪有如蓬转。"

清·黄遵宪《送宾卢玑公使之燕京》："今日送子去,东西倏转蓬。"送日本公使赴任。

2549. 游子倦飘蓬

南朝·梁·刘孝绰《答何记室诗》："游子倦飘蓬,瞻途杳未穷。"这是写给庐陵王记室何逊的诗,写宦游之苦倦,如因风飘遥之蓬,永无停息。南朝·梁·何逊是最早用"飘遥蓬"的,其《夜梦故人诗》："已如臃肿木,复似飘遥蓬。"后多简用作"飘蓬"。

隋·尹式《别宋常侍》："无论去与住,俱是一飘蓬。"

唐·李峤《奉教追赴九成宫途中口号》："未攀丛桂岩,犹倦飘蓬陌。"

唐·骆宾王《赋得白云抱幽石》："绕镇仙衣动,飘蓬羽盖分。"

又《晚泊河曲》："恓惶劳梗泛,凄断倦蓬飘。"

唐·乔知之《拟古赠陈子昂》："南归日将远,北方尚蓬飘。"

唐·刘长卿《避地江东留别淮南使院诸公》："旧业已应成茂草,余生只是任飘蓬。"

又《海盐官舍早春》："一官如远客,万事极飘蓬。"

唐·岑参《安息馆中思长安》："弥年但走马,终日随飘蓬。"

又《北庭贻宗学士道别》："十年祗一命,万里如飘蓬。"

唐·杜甫《赠李白》："秋来相顾尚飘蓬,未就丹砂愧葛洪。"对李白四处求道如飘蓬的关切,表现两位诗坛巨子的深厚友谊。

又《奉汉中王手札报韦侍御萧尊师亡》："处处邻家笛,飘飘客子蓬。"

又《铁堂峡》："飘蓬踰三年,回首肝肺热。"

又《老病》："合分双赐笔,犹作一飘蓬。"

又《暂往白帝复还东屯》："加餐可扶老,仓庾慰飘蓬。"

唐·韦应物《赠冯著》："契阔仕两京,念子亦飘蓬。"

唐·钱起《送修武元少府》："黎甿久厌蓬飘苦,迟尔西南惠月传。"

又《行路难》："君不见凋零委路蓬,长风飘举入云中。"

又《寇中送张司马归洛》："旅思蓬飘陌,惊魂雁怯弦。"

唐·皇甫冉《逢庄纳因赠》："甘泉须早献,且莫叹飘蓬。"

唐·权德舆《户部王曹长杨考功崔刑部二院长并同钟陵使府之旧因以寄赠又陪郎署喜甚常僚因书所怀且叙所知》："雨散与蓬飘,秦吴两寂寥。"

唐·赵嘏《悼亡二首》："明月萧萧海上风,君归泉路我飘蓬。"

唐·许棠《讲德陈情上淮南李仆射八首》之七："平生南北逐蓬飘,待得名成鬓已彫。"

唐·温庭筠《过陈琳墓》："曾于青史见遗文,今日飘蓬过此坟。"

唐·来鹄《寒食山馆书情》："独把一杯山馆中,每经时节恨飘萍。"兼用朱湾"每遇良辰叹转蓬"句。

唐·罗隐《得宣州窦尚书书因投寄二首》之二："曾逐旌旗过板桥,世途多难竟蓬飘。"

唐·黄滔《逢友人》："彼此若飘蓬,二年何所从。"

宋初徐昌图《临江仙》："饮散离亭西去,浮生长恨飘蓬。"

宋·张才翁《雨中花》："别离万里,飘蓬无定,谁念会合难凭。"

宋·朱敦儒《醉思仙》（淮阴与张道孚）："叹年光催老，身世飘蓬。"

宋·沈瀛《满江红》："半世飘蓬，今何聿，得归乡曲。"

宋·幼卿《浪淘沙》："客馆叹飘蓬，聚散匆匆。"

清·张鸣珂《庆清朝》："飘蓬未定，潞河春水浮槎。"

清·蒲松龄《荒园小构落成，有丛柏当门，颜曰绿屏斋》："开窗解屦慰飘蓬，日射明霞晚照红。"

2550. 飞蓬各自远，且尽手中杯

唐·李白《鲁郡东石门送杜二甫》："飞蓬各自远，且尽手中杯。"李白与杜甫在鲁郡分手，杜甫向西，李白向南，李白送别。"飞蓬"借代他们二人，将各自飘泊而去了，十分留连。

《诗经·卫风·伯兮》："自伯之东，首如飞蓬。"丈夫出征向东，我头也不梳，乱如蒿蓬。写头发蓬乱。清·蒋士铨《水调歌头》（舟次感成）："十载楼中新妇，九载天涯夫婿，首已似飞蓬。"用《伯兮》句，写乱发用"蓬鬓"者多，用"飞蓬"者则少。

北周·庾信《上益州上柱国赵王二首》："鹤毛飘刮雪，车毂转飞蓬。"喻车轮飞转如蓬。元·袁桷《杨花曲》："寒风飞蓬卷车轮，点点相亚随明灭。"反喻飞蓬为车轮。"飞蓬车轮"应生义于《淮南子·说山训》："见窾木浮而知为舟，见飞蓬转而知为车，见鸟迹而知著书。"意为见到飞蓬转动而懂得制造转动的车轮。

以"飞蓬"喻人辗转而不能驻足的行迹、义同"转蓬""飘蓬"者，最早出自汉乐府《古八变歌》中"翩翩飞蓬征，怆怆游子怀"句。晋·陆云《为顾彦先赠妇往返诗四首》用乐府原句："翩翩飞蓬征，郁郁寒木荣。"以下如：

北周·庾信《燕歌行》："代北云气昼昏昏，千里飞蓬无复根。"

唐·李白《东武吟》："一朝去金马，飘落成飞蓬。"

又《赠崔郎中宗之》："有如飞蓬人，去逐万里游。"

唐·王维《送陆员外》："阴风悲枯桑，古塞多飞蓬。"写环境。

唐·刘湾《虹县严孝子墓》："草服蔽枯骨，垢

容戴飞蓬。"写墓地环境。

唐·杜甫《复阴》："万里飞蓬映天过，孤城树羽扬风直。"

又《奉寄河南韦尹丈人》："江湖漂短褐，霜雪满飞蓬。"飞蓬借代人。

唐·高适《送李侍御赴安西》："行子对飞蓬，金鞭指铁骢。"

唐·罗隐《酬黄从事怀归见寄》："世事自随蓬转在，思量何处是飞蓬。"

清·黎兆勋《江神子》（送友人之兰州）："而今身世等飞蓬，任浮踪，转西东。"

2551. 明朝应作断蓬飞

唐·王之涣《九日送别》："今日暂同芳菊草，明朝应作断蓬飞。"友人明朝离去，如断了根的蓬蒿飞去了。此为"断蓬"句之优者。

写"断蓬"较早的，初唐崔日用《奉和圣制送张说巡边》："绝漠蓬将断，华筵槿正荣。"唐·郑愔《塞外三首》："断蓬飞古戍，连雁聚寒沙。""断蓬"，离根之蓬。义与转蓬、飘蓬近同。

唐·王昌龄《从军行二首》："断蓬孤自转，寒雁飞相及。"如郑愔句蓬雁对举。

唐·钱起《同邬戴关中旅寓》："残雪迷归雁，韶光弃断蓬。"

唐·李益《重赠邢校书》："断蓬与落叶，相值齐因风。"

唐·韩愈《落叶送陈羽》："落叶不更息，断蓬无复归。"

唐·李商隐《无题二首》："嗟余听鼓应官去，走马兰台类断蓬。"

唐·罗隐《孙员外赴阙后重到三衢》："谢守已随征诏入，鲁儒犹逐断蓬来。"罗隐用"断蓬"句为多。

又《金陵夜泊》："冷烟轻淡傍衰丛，此夕秦淮驻断蓬。"

又《广陵秋日酬进士藏濆见寄》："数尺断蓬惭故国，一轮清镜泣流年。"

又《重送朗州张员外》："朱轮此去正春风，且驻青云听断蓬。"

唐·韦庄《将卜兰芷村居留别郡中在仕》："兰芷江头寄断蓬，移家空戴一帆风。"

2552. 孤蓬飞不定，长剑光未灭

唐·刘长卿《奉饯郑中丞罢浙西节度还京》：

"孤蓬飞不定,长剑光未灭。"称郑节度浙西,辗转于军事,武功卓著。唐·苏涣《赠零陵僧》:"西河舞剑气凌云,孤蓬自振唯有君。"用刘长卿句表"武僧"的气质。

唐·杜危《从军行》:"断蓬孤自转,寒雁飞相及。"(此诗一作王昌龄诗,如"断蓬"条中所引)这是"蓬句"中首用"孤"字之例。用孤蓬句佳者另有唐·武元衡的"游人西去客三巴,身逐孤蓬不定家"。《送温况游蜀》意近戎昱的"家似浮萍任所之",与之堪称"姊妹句"。还有:

唐·李白《邺中赠王大》:"一身竟无托,远与孤蓬征。"

唐·王僧达《和琅琊王咏古诗》:"仲秋边风起,孤蓬卷霜根。白日无精景,黄沙千里昏。"

2553. 秋蓬独何辜

晋·司马彪《杂诗》:"秋蓬独何辜,飘飘随风转。"全诗写风卷秋蓬,远离故株,叹不能归根,隐含乡情。"秋蓬"即枯老之蓬,易离根株。意同"断蓬""转蓬"。

南朝·齐·王融《游仙诗五首》:"常恐秋蓬根,连翩因风雪。"

北朝·周·庾信《拟咏怀二十七首》:"陈云平不动,秋蓬卷欲飞。"写秋景。

南朝·陈·江总《遇长安使裴尚书》:"秋蓬失处所,春草屡芳菲。"喻流寓岭南,不能回归。

唐·李白《古风·青春流惊湍》:"不忍看秋蓬,飘扬竟何托。"

又《拟古二十首》:"常恐委畴陇,忽与秋蓬飞。"

唐·韩愈《赠徐州族侄》:"作书献云阙,辞家逐秋蓬。"

唐·白居易《萧相公宅遇自远禅师有感而赠》:"轻似秋蓬无定处,长于春梦几多时。"

清·蒲松龄《九月晦日东归》:"雪刺可怜生鬓发,犹随马迹转秋蓬。"

2554. 惊蓬连雁起,牧马入云多

唐·钱起《送王使君赴太原行营》:"惊蓬连雁起,牧马入云多。"蓬转、蓬飘、蓬飞如因惊而动,这是拟人用法。钱起《送张少府》:"蓬惊马首风,雁拂天边水。"骏马飞奔带风,蓬蒿转动如受惊。

唐初袁朗《饮马长城窟》已写"惊蓬":"日落寒风起,惊蓬被原隰。"

唐·李义府《和边城秋气早》:"极望断烟飘,遥落惊蓬没。"

唐·权德舆《送张曹长工部大夫奉使西蕃》:"塞云凝废垒,关月照惊蓬。"

唐·孟郊《赠姚怤别》:"惊蓬无还根,驰水多分澜。"

又《张徐州送岑秀才》:"羁鸟无定栖,惊蓬在他乡。"

2555. 褰裳逐马如卷蓬

北朝乐府《李波小妹歌》:"李波小妹字雍容,褰裳逐马如卷蓬。"卷蓬,被风卷起的蓬蒿。此句写骑射技术很高,战场上迅猛异常。写"卷蓬"的还有唐·虞世南《从军行二首》:"蔽日卷征蓬,浮天散飞雪。"王维《送张判官赴河西》:"沙平连白雪,蓬卷入黄云。"

唐·骆宾王用"蓬心句":《早发诸暨》:"桔性行应化,蓬心去不安。""蓬心"即客心,客心常常繁乱不宁。唐·王适《蜀中言怀》:"蓬心犹是客,华发欲成翁。"即骆宾王句意。清·孔尚任《桃花扇》第二十四出骂筵《江儿水》:"(旦)妾的心中事,乱如蓬,几番要向君王控。"用《诗经》"首如飞蓬"意,首乱引出心乱。蓬蒿枝繁叶多,茂密而乱,心乱如蓬,取蓬乱之意。

杜甫曾写"走蓬":《冬狩行》:"有鸟名鸱鸮,力不能高飞逐走蓬。"又《枝樱》:"啾啾黄雀啅,侧见塞蓬走。""走"同转、飘、飞。

其它"蓬"句未枸上格,表义均类"转蓬"。

唐·沈佺期《扈从出长安应制》:"是节岩阴始,寒郊散野蓬。"散即飞散。

唐·胡皓《大漠行》:"南山木叶飞下地,北海蓬根乱上天。"

唐·骆宾王《边城落日》:"一朝辞俎豆,万里逐沙蓬。"

唐·袁朗《秋夜独坐》:"枯蓬唯逐吹,坠叶不归林。"

唐·杜牧《题武关》:"郑袖娇娆酣似醉,屈原憔悴去如蓬。"

唐·朱庆余《南湖》:"飘然蓬艇东归客,尽日相看忆楚乡。"蓬艇由转蓬引出,作者乘艇漫行回到越州(今绍兴县),不断回忆着南湖——洞庭湖风光。

2556. 浪萍风梗诚何益

宋·柳永《归朝欢》:"浪萍风梗诚何益,归去来,玉楼深处,有个人相忆。"浪浮萍,风吹梗,喻浪迹天涯,萍踪无定。

又《彩云归》:"此际浪萍风梗,度岁茫茫。"

宋·朱敦儒《梦玉人引》(和祝圣俞):"浪萍风梗,寄人间,倦为客。"

宋·米友仁《渔家同傲》(和晏元献韵):"薄宦浮家无定处,萍飘梗泛前人语,与子未须乡国去。"

"浪萍风梗"的同义语是"漂梗飞蓬"。唐·骆宾王《从军中行路难》:"漂梗飞蓬不自安,扪藤引葛度危峦。"又《边夜有怀》:"旅魂劳泛梗,离恨断征蓬。""泛梗""征蓬"分句用。

2557. 秋兰可喻,桂树冬荣

《楚辞·九歌·少司命》:"秋兰兮青青,绿叶兮紫茎。"写秋兰正繁茂地开放,绿色的叶子长在紫色的茎上。喻一种强旺的生命力。

《楚辞·远游》:"嘉南州之炎德兮,丽桂树之冬荣。"南方四秀温暖,因有"炎德",桂树在冬天仍然盛开,不像"芳草先零"。

曹植《朔风》诗合用《九歌》《远游》句"秋兰可喻,桂树冬荣",取其永久的生命力自表心迹:对魏明帝忠贞不变。

2558. 攀援桂枝兮聊淹留

汉·淮南小山《招隐士》:"猿狖群啸兮虎豹嗥,攀援桂枝兮聊淹留。"群猿悲啸,虎豹嗥叫,它们攀援栖息,在桂树枝干上。写遨游的险恶环境。

唐·李白《忆旧游寄樵郡元参军》:"我向淮南攀桂枝,君留洛北愁梦思。"用其语而不用其义,写自己去淮南隐居访道。

2559. 招摇待霜露,何必春夏成

《山海经·南山经》:"招摇之山,临于西海之上,多桂。"写招摇之山多桂树。

《吕氏春秋》:"招摇之桂,实大如枣。得而食之,后天而老。"亦写招摇之山的桂树。

曹植《弃妇诗》:"招摇待霜露,何必春夏成。"用"招摇之桂"句,说桂树秋天在霜露中开花结子,何必一定要像石榴成熟于春夏呢?刘勋之妻无子

被出,曹植代弃妇鸣不平。

2560. 本是同根生,相煎何太急

这是曹植《七步诗》中名句。南朝·宋·刘义庆《世说新语·文学》记:"文帝尝令东阿王七步中作诗,不成者行大法。应声便为诗曰:'煮豆持作羹,漉菽以为汁。萁在釜下燃,豆在釜中泣。本是同根生,相煎何太急!'帝深有惭色。"此诗以朴实自然的语言,提示豆萁(豆稭)与豆粒"本是同根生"的道理,喻托他与曹丕的兄弟骨肉亲缘关系,以"相煎何太急"之诉,使曹丕"深有惭色",缓和了一场尖锐矛盾。其成诗之速,感人之深,而使《七步诗》流传不朽。后来流传的缩为四句:"煮豆燃豆萁,豆在釜中泣。本是同根生,相煎何太急。"首见《三国演义》。由于此诗不见正史《三国志》,后人有以为他人杜撰的。

宋·苏轼《张文裕挽词》:"每见便闻曹植句,至今传宝魏华书。"用曹植句。曹植诗思敏捷,而作七步诗。南朝·梁·钟嵘《诗品·魏陈思王植》评曹植诗:"其源出于国风。骨气奇高,词采华茂;情兼雅怨,体被文质,粲溢古今,卓尔不群。"苏轼用"曹植句"称张文裕的诗才。

用"相煎何太急"句如:

宋·魏了翁《和许侍郎奕韵·贺新郎》:"尚记流莺催人去,又见莎鸡当夕。叹天运、相煎何急。幸自江山皆吾土,被南薰、吹信还相逼。"

"女师大学潮",校长杨荫榆迫害学生,开除了六名学生代表,又在太平湖饭店宴会,谋划镇压学生运动。汪懋祖为帮腔说:"今反杨者,相煎益急。"用"相煎"句把责任推到学生身上。鲁迅写了《替豆萁伸冤》诗:"煮豆燃豆萁,萁在釜中泣。我烬你熟了,正好办教席!"反用豆萁豆粒的关系,是针对汪懋祖"相煎益急"之语,汪把学生比作"豆萁",所以反用其义,并乘势揭露宴会阴谋。

"皖南事变"发生后,新四军九千余人在突然袭击中牺牲,新四军将领项英殉难,叶挺受伤被俘。周恩来愤慨而悲痛,在《新华日报》上发表一诗:"千古奇冤,江南一叶;同室操戈,相煎何急!""江南一叶"指叶挺及其率领的新四军,"相煎何急"是说国共两党本是共同抗日的,为什么要自相残杀!用"相煎"句,脱开狭隘的兄弟之情升华到凛然而生的民族大义上。

2561. 捐躯赴国难，视死忽如归

曹植《白马篇》："捐躯赴国难，视死忽如归。"视死如归，源出《韩非子·外储说下》："三军既成阵，使士视死如归，臣不如公子成父。"汉·王充《论衡·率性》："三军之士非能制也，勇将率勉，视死如归。"前句：献出身体，奔赴国难。后句：把死亡看同归去。作者写游侠的自况，志在以身许国。

南朝·宋·鲍照《代出自蓟门行》："投躯报明主，身死为国殇。"

唐·张说《破阵乐二首》其二："誓欲成名报国，羞将开口论勋。"

又《将赵朔方应制》："从来思博望，许国不谋身。"以张骞为楷模。

唐·王维《送赵都督赴代州》："忘身辞凤阙，报国取龙庭。"

唐·李白《出自蓟北门行》："收功报天子，歌舞归咸阳。"

唐·颜真卿《赠裴将军》："功成报天子，可以画鳞台。"用李白句。

唐·李希仲《蓟北门行二首》其二："当须殉忠义，身死报国恩。"

唐·施肩吾《赠边将》："轻生奉国不为难，战苦身多旧箭瘢。"

唐·王贞白《拟塞外征行》："微功一可立，身轻不可怜。"用"轻生"义。

唐·张蠙《边将二首》："闻名敌国惧，轻命故人稀。"轻命亦"轻生"。

唐·张玉娘《幽州胡马客》："慷慨激忠烈，许国一身轻。"

清·徐元梦《送友人出使塞外》："许国才年少，胡为绝塞行？"

2562. 仰手接飞猱，俯身散马蹄

曹植《白马篇》："仰手接飞猱，俯身散马蹄。"抬手迎面射落树上飞行的猿猴，弯腰又射碎了地上的"马蹄靶"。写游侠的武功高超，寓自己立功边塞的抱负。

曹植在《名都篇》中再用"仰手"句："余巧未及展，仰手接飞鸟。"但感情色彩不同了，讥讽京洛少年斗鸡走马，耽于嬉戏，虽善骑射，却不知报国。

晋·张华《游猎篇》："仰手接游鸣，举足蹴犀兕。"变用《白马篇》句。

唐·李白《将进酒》："手接飞猱，搏彫虎，侧足焦原未言苦。"

又《白马篇》："方摧南山虎，手接太行猱。"

2563. 素服开金縢

曹植《怨歌行》："为君既不易，为臣良独难。忠信事不显，乃有见疑患。周公佐成王，金縢功不利。……素服开金縢，感悟求其端。"《尚书·金縢篇》：周武王生病，武王之弟周公作策书告神请代武王死。后把策书置于金縢——金属封口的匣子里。武王死后周公之弟管叔及其群弟散布流言说周公对成王不利。后来成王打开金縢见了策书才知周公的忠义。刘履《选诗补注》："子建于明帝为叔父，故借周公之事陈古以讽今，庶其有感焉。"文帝生前，曹植受猜忌，不得志。文帝死后，明帝对他更不放心。此诗借周公与成王的关系影射自己和明帝的关系。

李白《寓言三首》："金縢若不启，忠信谁明之。"

2564. 谗言三至，慈母不亲

曹植《当墙欲高行》："谗言三至，慈母不亲。"谗言离间，使骨肉君臣疏远。他在《乐府歌》中也写："君不我弃，谗人所为。"都说他同曹丕疏远的原因。"谗言三至"句源自《新序》："孔子弟子曾参在郑国，一个同名人杀了人，有人告诉他母亲，说：'曾参杀人了。'一连两次曾母都不信，第三次竟相信了。当时她正织布，投杼下机，逾墙而逃。"汉乐府《折杨柳行》："三夫成市虎，慈母投杼趋。"前句用"三人成虎"典，后句就用曾母故事。

唐·李白《答王十二寒夜独酌有怀》："曾参岂是杀人者，谗言三及慈母惊。"又《系寻阳上崔相涣三首》："毛遂不堕井，曾参宁杀人。"皆述其事。

唐·李端《杂歌》："伯奇掇蜂贤父逐，曾参杀人慈母疑。"

唐·元稹《寄乐天二首》："唯应鲍叔犹怜我，自保曾参不杀人。"

清·孔尚任《桃花扇》第十二出辞院《三段子》："这冤怎伸，硬叠成曾参杀人。"

2565. 乘蹻追术士

曹植《升天行二首》其一："乘蹻追术士，远之蓬莱山。"乘蹻，一种道术。《文选》李善注引《抱朴

子》："乘蹻可以周流天下。蹻道有三法：一曰龙蹻，二曰气蹻，三曰鹿蹻。"似一种飞行术。《后汉书·方术传》王乔来去乘双凫，被人网得一只，变成鞋子。蹻，履通鞋，似与乘蹻有关。追随术士升空飞行，远去蓬莱仙山。曹植《桂之树行》又写："乘蹻万里之外，去留随意所欲存。"乘蹻飞升，遨游万里之外，去留皆可随心所欲。以上都是作者抒怀之作，属游仙诗。

2566. 太公不遭文，钓鱼终渭川

曹植《豫章行二首》其一："太公不遭文，钓鱼终渭川。"贤者不遇明君，也无所作为。《史记·齐太公世家》：吕尚年老穷困，在渭水钓鱼，周西伯（文王姬昌）外出打猎遇见他，谈得十分契合，姬昌高兴地说："吾太公望子久矣。"便请同归，立他为师，因号"太公望"。

东汉末孔融《杂诗》："吕望老匹夫，苟为因世故。"吕望本是平常的人，暂且捕鱼卖面。

晋·刘琨《重赠卢谌》："惟彼太公望，昔在渭滨叟。"借比卢谌。

唐·张九龄《骊山下逍遥公归居游集》："岂与磻溪老，崛起因太师。"比"逍遥公"。"磻溪"在今陕西宝鸡市东南，相传吕望八十岁在磻溪垂钓。

唐·李白《梁甫吟》："君不见朝歌屠叟辞棘津，八十西来钓渭滨。"传说吕望五十岁时在棘津，棘津在今河南省延津县东北。"大贤虎变愚不测，当年颇似寻常人。"用孔融句意。

又《行路难》："闲来垂钓碧溪上，忽复乘舟梦日边。"

又《赠从弟冽》："他年尔相访，知我在磻溪。"希望有机缘出世做事。

唐·杜甫《奉赠太常张卿垍二十韵》："几时陪羽猎，应指钓璜溪。"《尚书大传》：文王至磻溪，见吕望，拜之，答曰："望钓得玉璜，刻曰：'姬受命，吕佐检'。"

又《奉赠鲜于京兆二十韵》："脱略磻溪钓，操持郢匠斤。"言遇京兆尹鲜于仲通之晚。

宋·王安石《浪淘沙令》："伊吕两衰翁，历遍穷通，一为钓叟，一为耕。若使当时身不遇，老了英雄。"

宋·张元干《贺新郎》（寄李伯纪丞相）："唤取谪仙平章看，过苕溪、尚许垂纶否。"谪仙指李纲，意为请你发表评论吧，国难当头，怎么能在苕溪隐居垂钓呢。

宋·文及翁《贺新郎》（西湖）："余生自负澄清志，更有谁、磻溪未遇，傅岩未起。"

2567. 绝世而独立

《汉书·孝武李夫人传》："李延年性知音，善歌舞，武帝爱之。延年侍之，起舞，歌曰：'北方有佳人，绝世而独立。……'上叹息曰：'世岂有此人乎？'平阳公主因言延年有女弟。上召见之，实妙丽善舞，由是得幸。"据此，人们认定这"北方佳人"便是李延年之妹李夫人。"绝世而独立"写"佳人"之美尽世无双，冠绝当代。

屈原《桔颂》："苏世独立，横而不流兮。"赞女子如桔树一般的品格风度，出离世俗而屹然独立，横渡江河而不随波逐流，颂高尚的品格。李延年变而用之写貌美。

南朝·梁·江淹《歌》（去故乡赋系此歌）："芳洲之草行欲暮，桂水之波不可渡，绝世独立兮，报君子这一顾。"

2568. 结发为夫妇

汉《别诗》（《李陵录别诗二十一首》）："结发为夫妇，恩爱两不疑。"结发夫妻的恩爱情深，忠贞不二。

唐·杜甫《新婚别》："结发为妻子，席不暖君床。"

2569. 生天地之若过兮

宋玉《九辩》："生天地之若过兮，功不成而无效。"人生无地之间就如来去匆匆的过往客人，功业不成就没有任何价值。宋玉最早揭示了人生的真缔，对后世认识人生产生了重要影响。

晋·潘岳《物氏七哀诗》："人居天地间，飘若远行客。"

唐·李白在散文《春夜宴桃李园序》中说得也好："天地者万物之逆旅，光阴者百代之过客。"富含哲理。李白的《拟古二十首》之九，仍用宋玉句："生者为过客，死者为归人。天地一逆旅，同悲万古尘。"他进一步看透了人生。

2570. 人生忽如寄

古诗《驱车上东门》："人生忽如寄，寿无金石固。"《尸子》："人生天地之间，寄也。"人生短暂，有

如寄寓,生命没有金石那样坚固久远。与宋玉句义同。为后人反复应用。如:

古诗《今日良宴会》:"人生寄一世,奄忽若飙尘。"

古诗《青青陵上柏》:"人生天地间,忽如远行客。"

魏·曹丕《善哉行二首》其一:"人生如寄,多忧何为?"

魏·曹植《仙人篇》:"俯观五岳间,人生如寄居。"

又《浮萍篇》:"日月不恒处,人生忽若寓。"

晋·张华《轻薄篇》:"人生若浮寄,年时忽蹉跎。"又《游猎篇》:"人生忽如寄,居世遽能几。"

晋·陶渊明《荣木》:"人生若寄,顦顇有时。"

唐·王维《资圣寺送甘二》:"浮生信如寄,薄宦夫何有?"

又《晦日游大理韦卿城南别业四声依次用齐六韵》之三:"高情浪海岳,浮生寄天地。"

又《叹白发》:"俯仰天地间,能为几时客。"

唐·孟云卿《古挽歌》:"薤露歌若斯,人生尽如寄。"

唐·李益《华阴东泉同张处士诣藏律师兼简县内同官因寄齐中书》:"人生已如寄,在寄复为客。"

唐·白居易《感时》:"人生讵几何,在世犹如寄。"

又《秋山》:"人生无几何,如寄天地间。"

宋·强至《徙居》:"人生如寄客,况复真客宦。"

宋·苏轼《西江月》(送钱待制):"与君各记少年时,须信人生如寄。"

又《答吕良仲屯田》:"人生如寄何不乐,任使绛蜡烧黄昏。"

又《豆粥》:"干戈未解身如寄,声色相缠心已醉。"

又《鹤叹》:"我生如寄良畸孤,三尺长胫阁瘦躯。"

又《清远舟中寄耘老》:"人生百年如寄耳,七十朱颜能有几。"

宋·方千里《红林檎近》:"况人生如寄,相逢半老,岁华休作容易看。"

2571. 吾生如寄耳

宋·苏轼《过云龙山人张天骥》:"吾生如寄耳,归计失不早。"此句人称为"吾",直述作者自己,暂居世上,含其短暂,未早摆脱尘嚣,实为失计。苏轼独惯用此句。

又《罢徐州,往南京,马上走笔寄子由五首》:"吾生如寄耳,宁独为此别。"

又《过淮》:"吾生如寄耳,初不择所适。"

又《次韵刘景文登介亭》:"吾生如寄耳,寸晷轻尺玉。"

又《谢运使仲适座上送王敏仲北使》:"吾生如寄耳,送老天一方。"

又《郁孤台》:"吾生如寄耳,岭海亦闲游。"

又《和陶拟古九首》:"吾生如寄耳,何者为吾庐?"陶潜《拟古九首》有"翩翩新来燕,双双入我庐"和诗反用之。

2572. 人生如朝露

汉·秦嘉《赠妇诗三首》:"人生如朝露,居世多屯蹇。忧恨常早至,欢会常苦晚。"朝露的存在是短暂的,喻人生命不长。"屯蹇":挫折、艰险。

"人生如朝露"语出《商君书》:"君之危若朝露。"是喻处境危险的。《汉书·苏武传》李陵谓苏武曰:"人生如朝露,何久自苦如此。"秦嘉将原句入诗。后用此原句为多,也有变用作"朝霜""尘露"的。

魏·曹植《送应氏》:"天地无终极,人命若朝霜。"

魏·嵇康《五言诗三首》:"人生譬朝露,世变多百罗。"

魏·阮籍《咏怀诗八十二首》其三十二:"人生若尘露,天道邈悠悠。"

晋·潘岳《内顾诗二首》:"独悲安所慕,人生若朝露。"

唐·佚名《青海卧疾之作》:"有命如朝露,无依类断蓬。"

宋·梅尧臣《和杨子聪会董尉家》:"人生若朝露,舍醉当何归?"

宋·苏轼《九日湖上寻周、李二君不见,君亦见寻于湖上,以诗见寄,明日乃次其韵》:"人生如朝露,要作百年客。"

又《读孟郊诗二首》:"人生如朝露,日夜火消膏。"

又《登常山绝顶广丽亭》:"人生如朝露,白发日夜催。"

金·董解元《西厢记》（太平赚）："四季相续，光阴暗把流年度。休慕古，人生百岁如朝露。"

2573. 譬如朝露，去日苦多

曹操《短歌行》："对酒当歌，人生几何？譬如朝露，去日苦多。"这是名篇中的名句，说人的一生如朝露一样短暂，这去时光又很多了。慨叹功业未成，时间不待。把人生比作朝露，源于汉乐府《薤露》："薤上露，何易晞！露晞明朝更复落，人死一去何时归！"薤菜似韭菜，叶窄，上边的露水很容易干。《薤露》是古代挽歌，大意是惜人生不长，死而不能复生。曹植就作过《薤露行》："天地无穷极，阴阳转相因。人居一世间，忽若风吹尘。"《薤露》是"譬如朝露"之源，而且在古诗乐府中也有应用，并传之后世。

汉乐府《长歌行》："青青园中葵，朝露待日晞。"

古诗《驱车上东门》："浩浩阴阳移，年命如朝露。"

魏·曹植《赠白马王彪》："人生处一世，去若朝露晞。"

晋·陆机《短歌行》："人寿几何，逝如朝霜。"

又《驾言出北阙行》："人生何所促，忽如朝露凝。"

晋·张华《轻薄篇》："促促朝露期，荣乐遽几何。"

南朝·陈·释智恺《临终诗》："一随朝露尽，唯有夜松声。"

2574. 对酒当歌，人生几何

魏·曹操《短歌行》："对酒当歌，人生几何？"诗人戎马倥偬，半生已过，而天下未平，因而慨叹人生短促。貌似消沉，却透出为国之大业的进取之志。

"人生几何"语出《左传·襄公三十一年》："孝伯曰：'人生几何，谁能无论。'""如寄""如露"都是喻语，"人生几何"则直述人生短暂。

汉·蔡琰《悲愤诗》："人生几何时，怀忧终年岁。"

唐·王维《哭殷遥》："人生能几何，毕竟归无形。"

唐·薛稷《秋日还京陕西十里作》："客游节回换，人生知几何？"

唐·杜甫《绝句漫兴九首》："人生几何春已夏，不放秀醪如蜜甜。"

唐·独孤及《初晴抱琴登马退山对酒望远醉后作》："人生几何时，大半百忧煎。"

唐·邵真《寻人偶题》："人生能几何，莫厌相逢遇。"

唐·刘复《出东城》："人生几何时，冉冉随流光。"

唐·王延彬《哭徐夤》："延寿溪头叹逝波，古今人事半销磨。昔除正字今何在，所谓人生能几何。"（徐夤居于延寿溪。）

五代·冯延巳《喜迁莺》："相逢携酒且高歌，人生得几何。"

宋·苏轼《次丹元姚先生韵二首》："浮生知几何，仅熟一釜羹。"

2575. 浮生如过隙

《庄子·知北篇》："人生天地之间，若白驹之过卻，忽然而已。"成立英疏："白驹，骏马也，亦言日也。"卻，亦作隙，孔隙。人生如骏马奔驰而过或如太阳出而复没，都很快地穿越天地空间而过。白驹解作马或日都通。唐·张九龄《始兴南山下有林泉尝卜居焉荆州卧病有怀此地》："浮生如过隙，先达已吾箴。"他说人生如白驹过隙，先达已给我们留下箴言。

唐·白居易《咏怀》："饱食坐终朝，长歌醉通夕。人生百年内，疾速如过隙。"

宋·文彦博《故宣徽惠穆吕公挽词》（公弼）："丹凤临池犹未浴，白驹逢隙已先过。"

2576. 天地一逆旅

唐·李白《拟古十二首》："生者为过客，死者为归人。天地一逆旅，同悲万古尘。""逆"，迎接，逆旅，迎接旅客的地方，客舍、旅店。天地这个空间，就是一个客店，人活着是这里的过客，死了就像回了家。这个逆旅，不知迎送了多少人，令人"同悲万古尘"！此意，在他的《春夜宴桃李园序》中也说："夫天地者万物之逆旅，光阴者百代之过客。"总的意思是，人如过客，匆匆来去，人生短暂。唐·卢象《叹白发》（一作王维诗）："俯仰天地间，能为几时客。"亦述人生作客之匆匆。

宋·刘敞《新种杂花树》："天地大逆旅，浮生远行客。"

又《得邻几书》:"天地大逆旅,外物不可必。"

又《负暄四首》:"天地大逆旅,客身一飘零。"

宋·苏轼《临江仙》:"人生如逆旅,我亦是行人。"把人的一生(含时间、空间)比作逆旅。

2577. 百岁真过客

宋·苏轼《岐亭五首》:"一年如一梦,百岁真过客。""过客"即旅人。唐·李白《春夜宴桃李园序》:"去阴者,百代之过客。"苏轼改用此句。

李白《拟古》:"生者为过客,死者为归人。"写用"过客"喻人生短促。

2578. 平生忽如梦

李白在《春夜宴桃李园序》中有句名言:"浮生若梦,为欢几何!""浮生若梦"在韦应物的诗里就是"平生忽如梦,百事皆成昔"。(《东林精舍见故殿中郑侍御题诗追旧书情涕泗横集因寄澧州冯少府》)说一生过得太快,回顾既往虚浮如梦,而所做的一切转眼成为过去。

唐·魏信陵《出自贼中谒恒上人》:"浮生况忽真若梦,何事于中有是非。"

唐·白居易《野行》:"浮生短于梦,梦里莫营营。"

又《暮春寄元九》:"浮生都是梦,老小亦何殊。"

宋·释简长《寄丁学士》:"浮生如寄梦,几夕是离愁。"

2579. 人情翻覆似波澜

唐·王维《酌酒与裴迪》:"酌酒与君君自宽,人情翻覆似波澜。"人情变化无常,如波浪一样翻覆。这里已不是讲人的自然性,而是讲人的社会性了。

唐·张纮《行路难》:"人生翻覆何常定,谁保容颜无是非。"

唐·李白《古风》(恻恻泣路岐):"世途多翻覆,交道方崄巇。"

又《幽歌行上新平长史兄粲》:"前荣后枯相翻覆,何惜余光及棣华。"

唐·杜甫《可叹》:"太守得之更不疑,人生反覆看亦丑。"

唐·耿沣《宿韦员外宅》:"人事多飘忽,邀欢讵可忘。"飘忽也有捉摸不定义。

2580. 人生不满百,常怀千岁忧

汉乐府《西门行》:"人生不满百,常怀千岁忧。昼短苦夜长,何不秉烛游。"人的一生不足百年,却怀着生前身后无穷无尽的忧愁。白天的时间很短,为什么不燃起灯烛夜以继日地游乐呢?《古诗十九首》中又有同此《西门行》一字不易的四句。这四句是说人生苦短,应及时行乐,甚至应寻欢作乐,昼夜不息,这反映出古人中一种消沉嬉戏、无所事事的人生观。后人用此句,有的用本意,有的用以表苦痛太多,有的则悔恨一事无成及其它,句型也有变化。用前二句如:

东汉·蔡琰《悲愤诗》:"人生几何时,怀忧终年岁。"从《西门行》中化出。

魏·曹植《游仙》:"人生不满百,戚戚少欢娱。"说人生虽短,却有极多的痛苦。

晋·傅玄《挽歌》:"人生尟能百,哀情数万端。……人生尟能百,哀情数万婴。""尟"即鲜、少。写哀情极多,义近曹植句。

晋·陶渊明《饮酒诗二十首》:"人生少至百,岁月相催逼。"写岁月流驶之快。

晋乐府《同生曲》:"人生不满百,常抱千岁忧。早知生命促,秉烛夜行游。"从《西门行》翻出,意义则尽同。

唐·白居易《对酒》:"人生一百岁,通计三万日。何况百岁人,人间百无一。"百岁已短,百岁难求。

又《叹老三首》:"人生少满百,不得长欢乐。"近曹植诗意。

唐·杜牧《池州送孟迟先辈》:"人生直作百岁翁,亦是万古一瞬中。"说在历史长河中,人生转瞬即逝。语工而有力。

又《不寐》:"多无百年命,增有万年愁。"近曹植诗意。

唐·薛逢《老去也》:"惆怅人生不满百,一事无成头雪白。"

唐·寒山《诗三百三首》:"人生不满百,常怀千载忧。"用乐府句,只换一"载"字。

宋·杨备《古南苑》:"人间满百人应少,明帝恩深三百年。""恩"指皇恩的遗泽。

元·刘因《玉楼春》:"百年枉作千年计,今日不知明日事。"

清·康熙皇帝玄烨《晚春游幸感怀》:"岸花芳

且落,树木含春光。思赏肠应断,长怀万古伤。"只用后句。

清·黄宗羲《赠百岁翁陈赓卿》:"魁然号长者,而先不满百。"生不满百的人,空称长者,只有百岁老人陈赓卿,才算得上"魁然长者"。

2581. 世无百年人,拟作千年调

唐·王梵志诗:"世无百年人,拟作千年调。"唐·范摅《云溪友议》卷十一载:"王梵志者生于西域林木之上,因以梵志为名。其言虽鄙,其理归真,所谓归真悟道,徇俗乖真也……其诗曰:'众生头兀兀,常往无明窟。心里惟欺瞒,口中伴念佛。世无百年人,拟作千年调。打铁作门限,鬼见拍手笑。'""世无百年人,拟作千年调",显然从"人生不满百,常怀千岁忧"句翻出。"调",计算。《汉书·晁错传》:"调立城邑,毋下千家。"颜师古注:"调,算度之也,总计城邑之中令有千家以上也。"这里即作打算、谋划解。"千年调"千年打算。

南唐后主李煜《句》(见《野客丛谈》):"人生不满百,刚作千年画。""画",谋划、策划,用王梵志句,上句用乐府句。"刚",坚决意。

宋·曹组《相思令》:"人无百年人,刚作千年调。""刚"字用李煜句。

宋·洪适《南歌子》(示裴弟):"强作千年调,难喻五度春。"生命短暂,不可强作久远谋划。

元·阿鲁威《落梅风》曲:"千年一调,一旦空,惟有纸钱灰风吹送。尽蜀鹃啼血烟树中,唤不回一场春梦。"作"千年调",一旦落空,纵然化为啼血杜鹃,也换不回美好的人生。

元·郑光祖《梧桐树·题情(骂玉郎)》:"痴心枉做千年调,不扎实似风竹摇。""千年调"借来述说永结同心、永不变心的爱情。仅以"痴心",并不扎实,也如风吹竹摇,很不牢固。

2582. 各事百年身

南朝·宋·鲍照《行药至城东桥》:"争先万里途,各事百年身。"写"扰扰游宦子,营营市井人"。为功利、为生存而奔波不休。"各事百年身",即各自竭尽自己全部力量。"百年身"概言人的一生。唐·杜甫《中夜》:"长为万里客,有愧百年身。"变用鲍照此二句诗,慨叹自己四出奔波,却一事无成。有两句格言:"一失足成千古恨,待回头已百年身。""百年身"这里指年华已老,这格言很有警诫

意义。用"百年身",有的指终生,有的指年老,有的指代身体,因为人的一生不过百年,"人生不满百"。

隋·杨素《赠薛播州》:"相逢一时泰,共幸百年身。"

唐·王勃《别薛华》:"悲凉千里道,凄断百年身。"亦用鲍照句义,对杜甫句又有启示。又《春园》:"还持千日醉,共作百年人。"

唐·独孤及《壬辰岁过旧居》:"丈夫随世波,岂料百年身。"

唐·吕温《久病初朝衢中即事》:"久瘵三径汁,更强百年身。许国将何力,空生衣上尘。"

唐·张文成《赠崔十娘》:"只可倘佯一生意,何须负持百年身。"

唐·杜荀鹤《自遣》:"百年身后一丘土,贫富高低争几多。"

唐·杜牧《早春题真上人院》:"清羸已近百年身,古寺风烟又一春。"

宋·王安石《韩子》:"纷纷易尽百年身,举世何人识道真。"

又《宣州府君表过金陵》:"百年难尽此身悲,眼入春风只涕洟。"

宋·陆游《自规》:"大节勿污千载史,少时便尽百年身。"

宋·吴礼之《蓦山溪》:"箪瓢钟鼎,等是百年身。空妄作,枉迂回,贪爱从今止。"

清·沈德潜《寄史汉公》:"湖海飘零一杯酒,渔樵收拾百年身。"

2583. 何不秉烛游

"昼短苦夜长,何不秉烛游。"《西门行》中这两句,尤为后人所推崇。魏文帝曹丕在《与吴质书》中说:"古人思炳烛夜游,良有以也。"李白在《春夜宴桃李园序》则解释了"良有以也"之缘由:"夫天地者,万物之逆旅;光阴者,百代之过客。而浮生若梦,为欢几何?古人秉烛夜游,良有以也。"经过这些名人的宣扬,"秉烛夜游"也就受到许多人的赏识,不过不全是消极弃世,更多是用表示正当的娱乐,其句如:

晋·陆机《董桃行》:"昔为少年无忧,常恡秉烛夜游。"

北朝·周宣帝宇文赟《歌》:"自知身命促,把烛夜行游。"

南朝·陈·江总《山庭春日》:"人生复能几,夜烛非长游。"

隋·辛德源《浮游花》:"若畏春风晚,当思秉烛游。"

唐·贺兰进明《千里思》:"寒夜邀欢须秉烛,岂得空思花柳年。"

唐·王泠然《夜光篇》:"未得贵游同秉烛,唯将半影借披书。"

唐·卢象《奉和张使君宴加朝散》:"停杯歌麦秀,秉烛醉棠阴。"

唐·徐彦伯《拟古三首》:"窗晓吟日坐,闺夕秉烛游。"

唐·孟浩然《初春汉中漾舟》:"良会难再逢,日入须秉烛。"

唐·李白《古风》:"三万六千日,夜夜当秉烛。"

又《送杨山人归天台》:"且尽秉烛欢,无辞凌晨发。"

唐·张谓《早春陪崔中丞浣花溪宴》:"花间催秉烛,川上欲黄昏。"(一作岑参诗)

唐·杜甫《寄岳州贾司马六丈巴州严八使君两阁老五十韵》:"秉烛书枉满,怀笺每觉升。"也说书写。

唐·耿沣《晚春青门林亭燕集》:"落花今夕思,秉烛古人诗。对酒当为乐,双杯未可辞。"

唐·白居易《致陶潜体十六首》:"死者若有知,悔不秉烛游。"

又《城上夜宴》:"留春不住登城望,惜夜相将秉烛游。"

又《夜游西武丘寺八韵》:"鱼跳惊秉烛,猿觑怪鸣珂。"

又《早春醉吟寄太原令狐相公苏州刘郎中》:"雪夜闲游多秉烛,花时蚤出亦提壶。"

又《游平泉宴池滟涧宿香山石楼赠座客》:"古诗惜昼短,劝我今秉烛。"

唐·鲍溶《秋思二首》:"试从古人愿,致酒歌秉烛。"

又《秋暮山中怀李端公益》:"日尽秉烛游,千年不能忘。"

唐·许浑《秋晚云阳驿西亭莲池》:"心忆莲池秉烛游,叶残花败尚维舟。"

唐·曹松《障湖南李丞宴隐溪》:"若值主人嫌昼短,应陪秉烛夜深游。"

五代·李中《狱中书韩舍人》:"见说东林夜,寻常秉烛游。"

宋·吴师孟《蜡梅香》:"好与花为主,宜秉烛、频观泛湘酹。"

宋·苏轼《秋怀二首》:"便当勤秉烛,为乐戒暮迟。"

又《次韵述古过周长官夜饮》:"谒不劝公勤秉烛,老来光景似奔轮。"

又《连日与王忠玉、张金翁游西湖》:"及君未渡江,过我勤秉烛。"

又《再次韵答田国博部夫还二首》:"风流别乘多才思,归趁西园秉烛游。""西园"是建安七子游乐之处。曹丕有:"乘辇夜行游,逍遥步西园。"(《芙蓉池作》)曹植有:"清夜游西园,飞盖相追随。"(《公讌》)

宋·黄裳《渔家傲》(春月):"迁步绕,不劳秉烛壶天晓。"

又《宴琼林》(牡丹):"须勤向、雕栏秉烛;更休管、夕阳芳草。"

宋·周邦彦《侧犯》:"飞萤度暗草,秉烛游花径。"

又《大酺》(春雨):"红糁铺地,门外荆桃如菽,夜游共谁秉烛?"

宋·阮阅《减字木兰花》:"秉烛须游,已减铜壶昨夜筹。"

宋·葛胜仲《蝶恋花》(次韵张千里驹照花):"二月春游须烂熳,秉烛看花。"

宋·陈克《鹧鸪天》(寄友人):"挥毫却对莲花炬,忆著頻州秉烛时。"

宋·李纲《水调歌头》:"秋夜永,更秉烛,且衔杯。"

宋·毛开《瑞鹤仙》:"悄无人、倚枕虚檐鸣玉,南园秉烛。"

宋·程大昌《念奴娇》:"纵有知闻谁办得,驾野凌寒秉烛。"

宋·范成大《三登乐》:"秉烛夜游,又疑梦里。"

宋·张孝祥《多丽》:"拄笏朝来多爽气,秉烛夜永足清游。"

宋·辛弃疾《水调歌头》(醉吟):"闲处直须行乐,良夜更教秉烛,高会惜分阴。"

宋·石孝友《望海潮》(元日上都运鲁大卿):"柏叶荐筋,椒花载颂,休辞秉烛嬉游。"

宋·魏了翁《鹧鸪天》:"两使星前秉烛游,滔滔车马九河流。"

宋·林正大《括临江仙》:"夜游秉烛尽欢情,阳春烟景媚,乐事史来并。"兼用李白《春夜宴桃李园序》中"阳春假我以烟景"句。

宋·葛长卿《南乡子》:"夜半月朦胧,秉烛东园风露中。"

宋·葛长庚《贺新郎》(紫元席上作):"秉烛夜游虽不倦,奈一番、风雨花容变。"

宋·刘克庄《贺新郎》:"莫恨寒蟾离海晚,待与君、秉烛游今夕。"

又《贺新郎》:"君特来知其趣耳。若还知、火急来投社,共秉烛、惜今夜。"

宋·黄孝迈《水龙吟》:"谁共题诗秉烛,两厌厌,天涯别袂。"

宋·张矩《应天长》:"灞桥外,柳下吟鞭,归趁游烛。"

宋·陈允平《木兰花慢》(赋牡丹):"且持杯秉烛,天香院落,同赏芳秾。"

又《昼锦堂》(北城韩园即事):"秉烛清游嫌夜短,采香新意输年少。"

宋·刘辰翁《声声慢》:"翠袖冷,且莫辞、花下秉烛。"

宋·张炎《台城路》:"消忧何处最好,夜深频秉烛,犹是迟了。"

又《忆旧游》:"秉烛故人归后,花月锁春深。"

又《声声慢》:"苦昼短,奈不堪深夜,秉烛来游。"

元·张可久《水仙子·春晚》:"东里寻芳去,西园秉烛游,醉倚南楼。"

2584. 夜阑更秉烛

唐·杜甫《羌村三首》:"夜阑更秉烛,相对如梦寐。"在战乱中,鄜州郊外羌村杜甫的家情况不明。杜甫回到家,家人无恙,离散而聚,悲喜交集,和家人相对而坐,心情复杂。"秉烛"持烛,此处为燃灯。

宋·晏几道《鹧鸪天》:"今宵把银釭照,犹恐相逢是梦中。""釭"即灯。此二句化用杜甫二句意。

用"夜阑秉烛"句如:

宋·晁端礼《洞仙歌》:"怎生得,今宵梦还家。又譬如秉烛,夜阑相对。"用杜甫二句意。

宋·蔡伸《临江仙》:"珍重主人留客意,夜阑秉烛开尊,何须歌韵遏行云。"

宋·曹勋《金盏倒垂莲》(牡丹):"正宜夜阑秉烛,况更有、姚黄娇妒。"

宋·葛立方《好事近》(归有期作):"归话隔年心事,秉夜阑银烛。"

宋·袁去华《谒金门》:"何日明眸光射目,夜阑更秉烛。"

宋·无名氏《惜花春起早慢》:"更阑夜深秉烛,对花酌、莫辜轻诺。"

2585. 百年三万日

南朝·陈·沈炯《长安还至方山怆然自伤》:"百年三万日,处处伤此情。"作者原仕梁,被侯景部下所俘。梁元帝时,西魏陷江陵,又入西魏。此诗作于从西魏归国途中,这漫长时日,曲折的经历,使他百感怆然。"百年"二句即抒此情。

古人计算人寿以百年为满数。《列子·杨朱篇》载:"杨朱曰:'百年,寿之大齐;得百年者,千无一焉。设有一者,孩抱以逮昏老,几居其半矣;夜眠之所弭,昼觉之所遗,又几居其半矣;疾痛哀苦,亡失忧惧,又几去其半矣。'"说百年有效时日极少。《抱朴子·勤求篇》云:"百年之寿,三万余日耳。计定得百年者,喜笑平和,不过五六十年,六七千日耳。"也说人生好景不长。"百年三万日",百年人寿,计之以日,也是生命短暂,百年不长。依夏历纪年,一年三百六十五天,即"三万六千日"。诗人们常用此数计算人生。

唐·骆宾王《帝京篇》:"且论三万六千是,宁知四十九年非。"

又《乐大夫挽词》:"百年三万日,一别几千年。"

唐·李白《襄阳歌》:"百年三万六千日,一日须倾三百杯。"

又《阳春歌》:"圣君三万六千日,岁岁年年奈乐何!"

又《古风·秋露白如玉》:"人心若波澜,世路有屈曲。三万六千日,夜夜当秉烛。"

唐·王建《短歌行》:"百年三万六千朝,夜里分将强半日。"

唐·白居易《对酒》:"人生一百岁,通计三万日。何况百岁人,人间百无一。"

唐·杜牧《寓题》:"把酒直须判酩酊,逢花莫惜暂淹留。假如三万六千日,半是悲哀半是愁。"

唐·吕岩《寄白龙祠刘道人》:"百年都来三万日,其间寒暑互煎熬。"

宋·邵雍《自况三首》:"人生三万六千日,二万日来身却闲。"

宋·张方平《熙宁任子岁寄丁未同甲诸公秦亭吕宣徽室臣汝阳欧阳少师永叔京下王尚书仲仪(时并六十六岁)》:"百年三万六千日,今已三分过二分。"

宋·文同《送通判喻郎中》:"人生三万日,光景若激箭。"

宋·郑獬《遣兴勉友》:"人生三万六千日,三万日中愁苦身。"

宋·苏轼《乔太博见和复次韵答之》:"百年三万日,老病常半居。"

又《哨遍》(春词):"君看今古悠悠,浮宦人间世。这些百岁,光阴几日,三万六千而已。"

宋·黄庭坚《鹧鸪天》:"陶陶兀兀,人生天累何由得。杯中三万六千日,闷损旁观,自我解落魄。"

宋·杨无咎《人月圆》:"月华灯影光相射,还是无宵也。……百年三万六千夜,愿长如今夜。"

宋·刘望之《水调歌头》:"三万六千日,日日此优游。"

宋·辛弃疾《渔家傲》:"三万六千排日醉,鬓毛只凭青青地。"

宋·葛长庚《水调歌头》:"三万六千日,受尽百年忧。"

宋·刘辰翁《醉江月》(和朱约山自寿曲,时寿八十四):"五朝寿俊,算生平占得、淳熙四四。三万六千三万了,剩有一千饶底。"

宋·逸民《江城子》(中秋忆举场):"百年三万,消得几科场。吟配十年灯火梦,新米粥,紫苏汤。"

宋·陈德武《水调歌头》(咏爱月夜眠迟):"三五嫦娥月,夜色正婵娟。……遥想人生百岁,三万六千良夜,能得几回圆。"

清·洪亮吉《水调歌头》(自吴江常熟回舟欲至娄上作):"百年三万多日,卧足兀回伸?"

2586. 三万六千场

宋·苏轼《满庭芳》:"且趁闲身未老,尽教我、些子疏狂。百年里,浑教是醉,三万六千场。"为避

争名利,每日一场醉。也有的是借酒消愁。

宋·李光《鹧鸪天》:"都是醉,任飞扬,百年三万六千场。"

宋·管鑑《鹊桥山》:"诗情未减,酒肠宽在,且趁尊前强健。百年三万六千场,试屈指、如今过半。"

宋·王千秋《生查子》:"功名竹上鱼,富贵槐根蚁。三万六千场、排日扶头醉。"

宋·辛弃疾《临江仙》:"一斗百篇风月地,饶他老子当行。从今三万六千场。青青头上发,还作柳丝长。"

又《临江仙》(戏为期思詹老寿):"七十五年无事客,不妨两鬓如霜。绿窗划地调红妆。更从今日醉,三万六千场。"

又《浣溪沙》:"总把平生入醉乡,大都三万六千场。今古悠悠多少事,莫思量。"

又《鹊桥仙》(贺余察院生日):"东君未老,花明柳媚,且引玉尘沉醉。好将三万六千场,自今日、从头数起。"

宋·无名氏《满江红》(寿季父七十):"记醉时,三万六千场,从今日。"

元·无名氏《水仙子·遣怀》:"百年三万六千场,风雨忧愁一半妨。""妨",伤害。

清·蒲松龄《水调歌头》(饮李希梅斋中):"昨日袖,今日舞,已郎当。便能长醉,谁到三万六千场。"

2587. 一年三百六十日

唐·白居易《和雨中花》:"一年三百六十日,花能几日供攀折。"农历一年近于三百六十日,诗中用这个数字,是以日计年,等于把一年的时间展开叙述,突出其中发生的事情,同时又合诗中的七言句。最有名的是《红楼梦》中林黛玉的《葬花词》:"一年三百六十日,风刀霜剑严相逼。"形象地刻画出林黛玉在贾府光满封建礼教、封建道德的严酷环境中度日如年的心境。此外还有:

唐·施肩吾《春游乐》:"一年三百六十日,赏心那以春中物。"

宋·杨无咎《人月圆》:"烂游胜赏,高低灯火,鼎沸笙箫。一年三百六十日,愿长似今宵。"

元曲《醉太平》(挑担):"麻绳是知己,扁担是相识。一年三百六十回,不曾闲一日。"

明·戚继光《马上作》:"一年三百六十日,多

是横戈马上行。"

明·唐寅《一年歌》:"一年三百六十日,春夏秋冬各九十。"

清·蒲松龄《旱甚》:"大旱三百五十日,垅上安能有麦禾?"

2588.人生七十古来稀

唐·杜甫《曲江二首》:"酒债寻常行处有,人生七十古来稀。"杜甫重任左拾遗第二年暮春,游曲江作此诗,写罢朝归来,典衣买酒,苦中取乐,以度余生。排遣志不得展之忧郁。"人生七十古来稀"意为人生短暂,难过七十。此是古谚,《玉壶清话》卷九李先主传:"梁王徐知谔,温之少子也。平日尝谓所亲曰:'谚谓人生百岁,七十者稀。吾幼享富贵而复恣肆。一日之费敌世人一年之给。或幸卒于七十之半已足矣。'果卒于三十五。"此句后人用以表达人生的寿命状况者纷至沓来,后来用以祝寿,比衬寿长。

唐·白居易《感秋咏意》:"旧语相传聊自慰,世间七十老人稀。"

又《对酒闲吟赠同老者》:"人生七十稀,我年幸过之。"

又《自诲》:"人生百岁七十稀,设使与汝七十期。"

又《初除户曹喜而忘言志》:"人生百岁期,七十有几人。"

又《曲江早秋》:"我年三十六,冉冉昏复旦。人寿七十稀,七十新过半。"

又《栽松二首》:"小松未盈尺,心爱手自移。……如何过四十,种此数寸枝。得见成阴否,人生七十稀。"

五代·李涛《杂诗四首》:"人生寄天地,百年七十稀。"

宋·王禹偁《三月廿七日偶作简仲咸》:"韶光只有两三日,浮世稀逢七十人。"

宋·孙冕《书苏州厅壁》:"人生七十为鬼邻,已觉风光属别人。"

宋·王致《辞本州教官》:"年近古稀有,不易升此堂。他日留泉下,须留姓氏香。""年近古稀"或"古稀之年"是压缩式。

宋·富弼《岁在癸丑年始七十正旦日上书事》:"人生七十古来稀,今日愚年已及期。"

宋·文彦博《某优蒙宫师相公杜寄学新居诗

斋沐捧读不胜铭叹某谨成拙诗一章上纪盛德粗谢意》:"年至即还政,贤哉近古稀。"

宋·赵汴《元日偶成》:"人生七十古之稀,加我新年复过期。"

宋·韩维《答欧阳通直以予年八十见寄》:"人生七十古云稀,况复行年又十期。"

宋·王安石《酬王濬贤良松泉二首·松》:"人能百岁自古稀,松得千年未为老。"

宋·王观《红芍药》:"人生百岁,七十稀少,更除十年孩童小,又十年昏老。都来五十载,一半被、睡魔分了。那二十五载之中,宁无些个烦恼。"

宋·葛胜仲《西江月》(叔父庆八十会作):"人生七十尚为稀,况是钓璜新岁。"

宋·洪适《满庭芳》(辛丑春日作):"华发苍头,年年更变,白雪轻犯双眉。六句过四,七十古来稀。"

又《生查子》(姚母寿席,以龟游莲叶杯酌酒):"碧涧有神龟,千岁游莲叶。七十古来稀,寿母杯频接。"

宋·陆游《破阵子》:"仕致千钟良易,年过七十常稀。眼底荣华元是梦,身后声名不自知,营营端为谁。"

宋·辛弃疾《感皇恩》(寿范倅):"七十古来稀,人人都道。"

又《行香子》:"百年光景,七十者稀。奈一番愁,一番病,一番衰。"

又《减字木兰花》:"昨朝官告,一百五年村父老。更莫惊疑,刚道人生七十稀。"

又《感皇恩》(为姅母王氏庆七十):"七十古来稀,未为稀有。须是荣华更长久,满床靴笏,罗列儿孙新妇。"

又《最高楼》(醉中有索四时歌者,为赋):"长安道,投老倦游归,七十古来稀。"

宋·赵善扛《感皇恩》:"七十古来稀,吾生已半,莫把身心自萦绊。"

宋·刘光祖《沁园春》(寿晁帅七十):"向此年年开寿斝,算今古人生七十稀。"

宋·郭应祥《西江月》(庆太夫人七十):"人言七十古来稀,七十如今已至。"

宋·萧泰来《满江红》(寿大山兄):"七十人稀,尝记得,少年旧语。谁知道,五园庵主,寿今如许。"

宋·吴势卿《沁园春》(寿董宪使):"羡华年七

袭,人生稀有,新阳七日,天意安排。"

宋·马廷鸾《沁园春》(为洁堂寿):"何须梦得君知,便稳道人生七十稀。"

宋·何梦桂《声声慢》(寿何思院母夫人):"七十古来稀有,且高歌、万事休说。天未老,尚看他、儿辈事业。"

又《八声甘州》(寿徐信甫母夫人七秩):"但寿星堂上,七十古来稀。"

又《最高楼》(寿南山弟七旬):"南山老,还记少陵诗,七十古来稀。"

宋·赵必瑑《水调歌头》(寿梁多竹八十):"百岁人能几,七十世间稀。何况先生八十,蔗境养如饴。"

宋·无名氏《满江红》(寿陈碧山七十一):"羡人生、七十古来稀,今逾一。"

宋·无名氏《壶中天》(寿赵戎母七十):"古来稀有,只闻道、是个人生七十。"

宋·无名氏《壶中天》(寿人母八十):"人生七十古称稀,何况寿年八十。"

元明小说话本依托宋人俞良词《鹊桥仙》:"人生七十古来稀,算恁地光阴来得几度。"

元·无名氏《喜春来》:"江山不老天如醉,桃李无言春又归,人生七十古来稀。"

今人鲁兮《自述感赋》(1989 年):"流光逝水去匆匆,转眼苍苍七十翁。人老不稀晚景好,书怀忆旧叙平生。"七十老人不稀,反用。

2589. 年皆过半百

唐·韩愈《除官赴阙至江州寄鄂岳李大夫》(自注:李程也。元和十五年,自袁州诏拜国子祭酒,行次盆城作。):"我齿落且尽,君鬓白几何;年皆过半百,来日苦无多。"诗人赴阙,李程应诏,可两人都已年过半百,人生七十古来稀,有生之年已经不多了。这是一种深沉的感慨。

年过半百,出于《楚辞·七谏·怨世》:"年既已过太半兮,然坎轲而留滞。"年已过半百,却前途坎坷,毫无进取。唐·杜甫《暮归》:"年过半百不称意,明日看云还杖藜。"又《寄高三十五詹事》:"相看过半百,不寄一行书。"韩愈直用杜句。

2590. 百年强半时

唐·白居易《冬夜对酒寄皇甫十》:"十月苦长夜,百年强半时。""百年强半"过半,五十多岁。

宋·苏轼《满庭芳》:"百年强半,来日苦无多。上用白居易句,下用韩愈句,感未来时日不多了。"

2591. 来日苦无多

唐·韩愈《除官赴阙至江州寄鄂岳李大夫》(自注:李程也。元和十五年,自袁州诏拜国子祭酒,行次盆城作。):"年皆过半百,来日苦无多。"七十即为"古稀之年",那么过五十(半百),生的日子就不多了。

"来日苦无多","苦"为忧苦之意,源出于曹操《短歌行》:"譬如朝露,去日苦多。"过去的岁月令人痛苦的是已经很多了。韩句翻入"来日",人生有限,去日多了,来日必然少了。

古诗有句"志士苦日短",指白昼短。晋·傅玄《秋胡行》:"人言苦日短,愁者苦日长。"汉乐府《西门行》写:"昼短苦夜长,何不秉烛游?"唐·杜甫《上后园山脚》:"志士惜白日,久客藉黄金。"上句用古诗句。又《锦树行》:"今日苦短昨日休,岁云暮矣增离忧。"此句也为人熟知。

2592. 人到中年万事休

元·关汉卿《一枝花·不伏老》(隔尾):"经了几窝弓冷箭铁松头,不曾落人后,恰不道'人到中年万事休',我怎肯虚度了春秋!"抒写他虽历经挫折、磨难,仍然昂然奋进,不伏老的气质。"人到中年万事休"是古代俗语。亦如"人过三十天过午",古人寿命多短,过了三四十岁,便觉华年已过,再无大作为。而曲作者却不肯"虚度春秋"。顽强、倔强的性格跃然曲中。

唐·杜牧《书怀》:"满眼青山未得过,镜中无那鬓丝何。只言旋老转无事,欲到中年事更多。"见青山而看白发,只觉年老应无忙事了,其实越到中年事更多了:社会职责重了,家务负担多了。

宋·宋自逊《贺新郎》(七夕):"休笑双星经岁别。人到中年已后,云雨梦,可曾常有?雪耦调冰花熏茗,正梧桐、雨过新凉透。"亦写"人到中年"。

明·汤显祖《牡丹亭》第二十五出《忆女》(《前腔》):"人到中年,不堪哀毁,小姐难以生易死,夫人无以死伤生。"春香劝老夫人,不应因女儿杜丽娘之死而伤身,人到中年,禁不住过度哀伤。

清·王又曾《江上逢诸亲故累邀泥次》:"江连清汉分还合,人过中年乐亦哀。"亲人之聚如江水分分合合,诗人已过中年,已入"不惑"之年(四十岁），相逢之乐不久，却又临独行之哀了。

2593.百年随手过，万事转头空

唐·白居易《自咏》："须白面微红，醺醺半醉中。百年随手过，万事转头空。卧疾瘦居士，行歌狂老翁。仍闻好事者，将我画屏风。"诗人晚年"转头"回顾，顿觉万事皆空，在老瘦羸弱之中，知道有人在屏风上画他的像，录他的诗，空虚中又感充实。"百年随手过，万事转头空"亦是"百年"名句。上句说一生挥手间就过去了，所经历的一切，回首皆空，都如没有发生过一样茫然渺然。这是一种虚无感，往往是对自己的一生不满意而产生的，抑或因年老而产生的空虚感。又《闲坐》："百年慵里过，万事醉中休。"

用"万事转头空"句如：

宋·苏轼《次韵晁无咎学士相迎》："路旁小儿笑相逢，齐歌万事转头空。赖有风流贤别驾，犹堪十里卷春风。"诗人来扬州为守，晁补之以诗相迎，因次韵以和。到扬州平山堂，忆建堂人欧阳修，借"万事转空"示建堂人已不复存在了。

又《次韵王忠玉游虎丘绝句三首》："舞衫歌扇转头空，只有青山杳霭中。"

宋·朱敦儒《西江月》："屈指八旬将到，回头万事皆空。"

宋·向子諲《西江月》："抛掷麟符虎节，倘佯江月林风。世间万事转头空，个里如如不动。"

宋·辛弃疾《水龙吟》："人间得意，千红百紫，转头春尽。"用"转头"句而不用其意。

宋·赵师侠《生查子》："万事转头空，一笑吾身老。"

宋·方千里《霜叶飞》："少年心事转头空，况老来怀抱。"用句不用意。

又《六丑》："系马青门，停车紫陌，年华转头堪惜。"只用"转头"。

宋·吴潜《浪淘沙》（和吴梦窗席上赠别）："万事转头空，聚散匆匆。"

又《满江红》："便使积官居鼎鼐，假饶累富堆金玉，似浮埃、抹电转头空，休迷局。"

又《秋夜雨》："候虫但要吟教老，不管人、老欠欢乐。闲看烛花烬落，浮世事、转头成昨。""成昨"成为过去。

宋·赵文《莺啼序》："思量万事成空，只有初心，英英未化为土。"

元明小说话本依托宋人王娇娘《一丛花》："世间万事转头空，何物似情浓。"

明·杨慎《临江仙》："滚滚长江东逝水，浪花淘尽英雄。是非成败转头空。青山依旧在，几度夕阳红。"上阕，前二句用苏轼"大江东去，浪淘尽千古风流人物"意。"转头空"用白居易句，说是非成败，转瞬成空。作者（号升庵）正德六年（1511）中进士榜首，任翰林修撰，后因谏终生流放云南。是非成败，也含他的人生际遇。

2594.休言万事转头空

宋·苏轼《西江月》（平山堂）："欲吊文章太守，仍歌杨柳春风。休言万事转头空，未转头时成梦。"词人三过平山堂，深切怀念欧阳修。欧阳修已去世十年，反用白居易"万事转头空"句，意为岂要"百年""转头"，目前的往事已成梦幻。见平山堂而不见欧翁（建堂人），怅然若有所失。他在另一首《西江月》词中说："世事一场大梦，人生几度新凉？"亦是说世事就是大梦一场，而不仅"转头"才空。

用苏轼这一"梦"字，还同白居易"转头"相隔。

宋·王以宁《水调歌头》（裴公亭怀古）："怀往事，追昨梦，转头空。"连梦也难寻。

宋·张镃《木兰花慢》："浮生转头是梦，恐他时、高会却难成。"此"梦"也是空虚无物之意。

宋·张榘《朝中措》："谁云万事转头空，春寓不言中。"反用白居易句。

2595.昨日胜今日，今年老去年

唐·薛涛《啰唝曲六首》之五："昨日胜今日，今年老去年。黄河清有日，白发黑无缘。"叹时间之流逝，年华之老迈。唐·李白《携妓登梁王栖霞山孟氏桃园中》："今日非昨日，明日还复来。"后来的《明日歌》即从李白此句生发开来。请看："明日复明日，明日何其多，我生待明日，万事成蹉跎。凡事适时作，明日不待我。万事待明日，明日能几何！"而薛涛此句也从李白诗中衍生。

唐·范摅《云溪友议》卷九《艳阳词》引薛涛句作刘采春唱词。

明·汤显祖《牡丹亭》第十一出兹戒老旦唱："昨日胜今日，今年老去年。可怜小儿女，长自绣窗前。"前二句用薛涛原句。

2596. 日出东诏，月生西陂

汉·司马相如《上林赋》："视之无端，察之无涯。日出东沼，月生西陂。"上林苑豪华广大，望去没有边际，观察没有尽涯。早晨，太阳从苑东池沼升起，晚上，月亭从苑西陂塘跃出。

东汉·马融《广成颂》："天地虹洞，因无端涯。大明东出，月生西陂。"借用司马相如句义说明宽广无涯。

2597. 想升龙于鼎湖

汉·张衡《西京赋》："想升龙于鼎湖，岂时俗之足慕！"在这个时代里，怎么能羡慕鼎湖升龙呢？这是用黄帝的传说。《史记·封禅书》："黄帝采首山铜，铸鼎于荆山下。鼎既成，有龙垂胡髯下迎黄帝。黄帝上骑，群臣后宫从上龙七十余人。龙乃上去。"后世因此称这个地方叫"鼎湖"。以后人们把"鼎湖乘龙"喻贤君。因黄帝贤明才鼎湖升天。

魏·曹植《仙人篇》："不见轩辕氏，乘龙出鼎湖。"他向往古代黄帝一样的贤君。又《游仙》："蝉蜕同松乔，翻迹登鼎湖。"像黄帝一样鼎湖升天，他幻想超脱人世。

唐·李白《登高丘而望远海》："穷兵黩武今如此，鼎湖飞龙安乘？"讽刺秦皇汉武无限制地用兵，他们的陵墓才如此荒芜。当然不可能鼎湖乘龙，不能成仙。

2598. 何惜马蹄归不数

汉·苏伯玉妻《盘中诗》："何惜马蹄归不数。"（一作"何惜马蹄数不归"）怜惜马蹄，爱护马匹，怕累坏马，而不乘马归来。对久出未归的丈夫委婉的怨愤。后"惜马蹄"表示不愿远行，不愿归家。

隋·卢思道《赠李若》："寄语当窗妇，非关惜马蹄。"不是不愿归家。

隋·薛道衡《昔昔盐》："一去无消息，那能惜马蹄。"怨征人久去不归。

唐·杜甫《陪郑广文游何将军山林十首》："平生为幽兴，未惜马蹄遥。"素有山林幽兴，不计路遥。

唐·赵嘏《那能惜马蹄》："妾久垂珠泪，君何惜马蹄。"题用薛道衡诗句。

又《送裴延翰下第归觐滁州》："一枝攀折回头是，莫向清秋惜马蹄。"不要怕远行再去应试。

唐·崔五嫂《别文成》："若使人心密，莫惜马蹄穿。"嘱恋人张文成，只要心不疏离，会归来的。

宋·梅尧臣《和道损喜雪》："暂欣供一赏，懒逐马蹄尘。"可欣然赏雪，不用追逐蹄下飞尘了。

宋·王安石《戏长安岭石》："横身誓欲填沧海，肯为行人惜马蹄？"不畏岭石艰险，不惜马蹄攀登。

清·洪亮吉《诗》："看山不厌马蹄遥，笠影都从云外飘。"以杜甫"未惜马蹄遥"命意，写登山之高远。"不厌"此处意近"不惜"。

2599. 秋草马蹄轻

唐·王昌龄《从军行二首》："秋草马蹄轻，角弓持弦急。"写从军北征骑兵的奔马和持弓情景，秋草滑又不失弹性，比之砂石、黄土，马蹄更轻快了。后用"马蹄轻"说马跑得快。

唐·韩翃《送故人归鲁》："雨余衫袖冷，风急马蹄轻。"

唐·元稹《塞马》："何由当阵面，从尔四蹄轻。"

唐·姚合《郡中对雪》："飞鸦疑翅重，去马觉蹄轻。"

唐·张祜《戎浑》："草枯鹰眼急，雪尽马蹄轻。"

唐·杜荀鹤《投宣谕张侍郎乱后遇毗陵》："闻道中兴重人物，不妨西去马蹄轻。"

宋·苏轼《南歌子》(寓意)："细草软沙溪路，马蹄轻。"

宋·晁补之《好事近》："就中风送马蹄轻，人意渐欢悦。"

宋·徐伸《转调二郎神》："雁翼不来，马蹄轻驻，门闭一庭芳景。"

宋·王以宁《蓦山溪》(游南山)："风入马蹄轻，曾踏遍、淮堤芳草。"

宋·邓肃《浣溪沙》："破睡海棠能媚客，舞风垂柳似招人，春衫归去马蹄轻。"

宋·赵长卿《好事近》(饯赵知丞席上作)："去路马蹄轻，正是小春时节。"

宋·赵时溪《多丽》(西湖)词："杏香引、画船影湿，柳阴趁、骄马轻蹄。"

清·王国维《鹧鸪天》："别炬归来酒未醒，六街人静马蹄轻。"

2600.春风得意马蹄疾

唐·孟郊《登科后》:"春风得意马蹄疾,一日看尽长安花。"孟郊曾两次科考落第,两次失意。这是写他第三次科试终于登科,欢乐之情,溢于言表:进士及第,夸官游街,在春风中洋洋得意,马儿迈着轻快的步子,一天之内,尽赏长安的风光。"春风得意"有时表满意的喜悦,有时代进士及第。"马蹄疾"表示行进快速。宋·周紫芝《竹坡诗话》评:"东野《下第诗》云:'弃置复弃置,情如刀剑伤。'及登第,则自谓'春风得意马蹄疾,一日看尽长安花'。一第之得失,喜忧至于如此,宜其虽得之而不能享也。"

用"马蹄疾"句如:

唐·张建封《酬韩校书愈打毬歌》:"人不约,心自一;马不鞭,蹄自疾。"写马球场面。

唐·王建《远将归》:"去愿车轮迟,回思马蹄速。""速"即"疾"。

唐·白居易《及第后归觐留别诸同年》:"得意减别恨,半酣轻远程。翩翩马蹄疾,春日归乡情。"用孟郊诗,写归乡省亲,洋洋得意,快马疾驰。

唐·许浑《及第后春情》:"世间得意是春风,散诞经过触处通。"

唐·邵谒《轻薄行》:"长安一花开,九陌马蹄疾。"

唐·曹邺《薄命妾》:"刘郎马蹄疾,何处去不得。"

宋·周颀《朝中措》(饮钱元龄诸公席上戏作):"东风得意,青云路稳,好去腾骧。要识登科次第,待看北斗光芒。"

元·乔孟符《金钱记》第四折:"他见我春风得意长安道,因此上迎头儿将女婿招。"

《群音类选·〈四喜记·佳音远播〉》:"春风得意听胪传。"

今人·鲁兮《花临汾烈士陵园植树》:"花落花开星斗换,春风得意正缤纷。"鲜花在春风中盛开怒放。

2601.一日看尽长安花

唐·孟郊《登科后》:"春风得意马蹄疾,一日看尽长安花。"此二句又是"走马看(观)花"的出处。原是褒义语。

宋·邵雍《和君实端明洛阳看花》:"洛阳交友皆奇杰,递赏名园只似家。却笑孟郊穷不惯,一日看尽长安花。"洛阳看花人很从容,不像孟郊那样急。

宋·苏轼《秦少游梦发殡而葬之者云是刘发之枢是岁发首荐秦以诗贺之刘泾亦作因次其韵》:"看花走马到东野,余子纷纷何足教。"

明·于谦《喜雨行》:"但愿风调雨顺民安乐,我亦走马看花归帝京。"

今人董必武《旅居美国旧金山五首》:"不通言语异邦居,走马看花愧浅知。"此句含有观察不细之意。

2602.飞作马蹄尘

唐·温庭筠《故城曲》:"故城殷贵嫔,曾占未来春。自从香骨化,飞作马蹄尘。"故城废墟,引发作者的联想,想到其中许多贵女豪妇她们的香骨已化作尘土。"马蹄尘"一般指马蹄踏起尘土,扬起的飞烟。

唐·孟云卿《途中寄友人》:"事将公道背,尘绕马蹄生。"

唐·崔橹《山路见花》:"春日自知无主惜,恣风吹逐马蹄尘。"

唐·邵谒《苦别离》:"愿为陌上土,得作马蹄尘。"

唐·杜荀鹤《题庐岳刘处士草堂》:"求名心在闲难遂,明日马蹄尘土中。"

又《书事投所知》:"古陌寒风来去吹,马蹄尘旋上麻衣。"

唐·尚颜《赠村公》:"也笑长安名利处,红尘半是马蹄翻。"

宋·张先《少年游》:"帽沿风细马蹄尘,常记探花人。"

又《木兰花》:"相离徒有相逢梦,门外马蹄尘已动。"

宋·崔效礼《江城子》(送凌静之):"门外西风,催踏马蹄尘。"

2603.轮台路上马蹄滑

唐·岑参《天山雪歌送萧治归京》:"交河城边飞鸟绝,轮台路上马蹄滑。"在"一夜天山雪更厚","栏干阴崖千丈冰"的条件下,"路上马蹄滑"是自然的。表现戍边之艰苦。

唐·杜荀鹤《早发》:"落叶铺霜马蹄滑,寒楼猿月人心孤。"

宋·吴泳《谒金门》(温州鹿鸣宴):"前岁杏花元一色,马蹄归路滑。"

2604.出塞马蹄穿

唐·岑参《送张都尉东归》:"还家剑锋尽,出塞马蹄穿。"由于路途遥远又坎坷不平,而穿透了马的角质硬蹄,欲称马掌。这是夸张法。事实上马蹄挂了铁掌,不会穿透的。

岑参还有《祁四再赴江南别诗》:"别多人换鬓,行远马蹄穿。"

唐·崔五嫂《别文成》:"若使人心密,莫惜马蹄穿。"意为莫惜路途遥远、艰辛。

2605.拂柳穿花信马蹄

唐·雍陶《公子行》:"金鞭留当谁家酒,拂柳穿花信马蹄。""蹄"又作"归"。写公子骑马春游,"信马蹄",任马自由徐行。前人有句:

唐·权德舆《酬赵尚书杏园花下醉后见寄》:"春光深处曲江西,八座风流信马蹄。"

唐·元稹《诮卢戡与子数约游三寺戡独沉醉而不行》:"乘兴无羁束,闲行信马蹄。"

唐·贾岛《行次汉上》:"习家池沼草萋萋,岚树光中信马蹄。"

宋·王安石《出城访无党因宿斋馆》:"关外寻君信马蹄,漫成诗句任天倪。"

2606.万里行人费马蹄

唐·胡曾《早发潜水驿谒郎中员外》:"半床秋月一声鸡,万里行人费马蹄。""费马蹄"指旅途中的消耗,旅途中的艰苦。

唐·欧阳衮《南涧寺》:"为耽寂乐亲禅侣,莫怪闲行费马蹄。"

2607.草色青青送马蹄

唐·刘长卿《送李判官之润州行营》:"江春不肯留归客,草色青青送马蹄。""草色青青"已是春深,点明时间,又似草色多情。"送马蹄",马蹄踏青而去,即送归客上路。

唐·杜甫《将赴成都草堂途中有作先寄严郑公五首》:"书签药裹封蛛网,野店山桥送马蹄。"

2608.归心逐马蹄

唐·李频《送张郎中赴睦州》:"贱子遥攀送,

归心逐马蹄。""逐",追逐,驱使,归心似箭,驱使马蹄飞驰。毛泽东的"心潮逐浪高","逐"字就是这种用法,而且用得好。

唐·章碣《曲江》:"月照香尘逐马蹄,风吹浪渺溅几回堤。""心逐"是无形的,"尘逐"则有形。

2609.山花趁马蹄

唐·张谓《送裴侍御归上都》:"江月随人影,山花趁马蹄。""趁"即"追逐",同"逐"。"趁马蹄"意为山花似追逐着马蹄,马蹄上总有花相随。唐·顾况《洛阳陌二首》:"风送名花落,香红衬马蹄。""衬"为衬托之意。

宋·徐似道《瑞鹤仙令》:"西子湖边春正好,输他公子王孙,落花香趁马蹄湿。"

2610.临流簇马蹄

唐·白居易《三月三日祓禊洛滨》:"转岸回船尾,临流簇马蹄。"修禊洛水之滨,一个个都聚集在水边。"簇马蹄",骑的马都聚集在一处。

唐·韦庄《放榜日作》:"邹阳暖艳催花发,太皞春光簇马蹄。"

宋·吴泳《谒金门》(宣城鹿鸣宴):"蓝染溪光绿皱,花簇马蹄红斗。"

2611.灞头落花没马蹄

唐·岑参《青门歌东台张判官》:"灞头落花没马蹄,昨夜微雨花成泥。"落花之多,已是厚厚一层,覆盖了地面,淹没了马蹄。微雨一过,全腐而成泥了。

又《西亭子送李司马》:"酒行未醉闻暮鸡,点笔操纸为君题。为君题,惜解携;草萋萋,没马蹄。"写草之深。

又《拂舞词》:"公平跃马扬玉鞭,灭没马蹄日千里。"写马行之速,登时马蹄不见了。

唐·白居易《钱唐湖春行》:"乱花渐欲迷人眼,浅草才能没马蹄。"

2612.踏花归去马蹄香

南宋·蔡梦弼《草堂诗话》载杜甫诗:"昔时曾从汉梁王,濯锦江边醉几场。拂石坐来衫袖冷,踏花归去马蹄香。当初酒贱宁辞醉,今日愁来不易当。暗想旧游浑似梦,芙蓉城下水茫茫。"蔡梦弼另有《杜工部草堂诗笺》,他集中研究杜甫诗。而所引此诗,节律不比杜诗,用了两个"来"字,两个"当"字,不避重,造语粗糙,而杜诗是以"工"著称的。此诗中"踏花归去马蹄香"却是极佳的。相传,宋代画院以此句为题,考画院里的画工,一位画工画了一人骑着马,马蹄边追逐着一只蝴蝶翩翩而飞。被誉为最佳之作。巧妙地侧面地画出了"马蹄香"的意蕴。反过来,也说明"踏花归去马蹄香"诗句的妙处。

"马踏落花"前人已有描绘。

唐·储光羲《洛阳道五首献吕四郎中》:"朝看大道上,落花乱马蹄。"

唐·李白《陌上赠美人》:"骏马骄行踏落花,垂鞭直拂五云车。"

又《走笔赠独孤司马》:"都尉朝天跃马蹄,香风吹人乱花飞。"

又《少年行三首》:"五陵年少金市东,银鞍白马度春风。落花踏尽游何处?笑入胡姬酒肆中。""落花踏尽"句耐人寻味。

唐·刘长卿《过隐空和尚故居》:"踏花寻旧径,映竹掩空扉。"

唐·窦巩《襄阳寒食寄宇文籍》:"大堤欲上谁相伴,马踏春泥半是花。""半是花"取意新颖。(一作于鹄诗)

唐·杨巨源《赠崔驸马》:"平阳不惜黄金埒,细雨花骢踏作泥。"

唐·戴叔伦《赵溪村居》:"黄雀数声催柳变,清溪一路踏花归。"

唐·白居易《醉后走笔酬对刘五主簿长句之赠兼简张大贾二十四先辈昆季》:"偶语闲攀芳树立,相扶醉踏落花归。"

又《春来频与李二宾客郭外同游因赠长句》:"朝踏落花相伴出,暮随飞鸟一时还。"

五代·杜光庭《伤时》:"帆力劈开沧海浪,马蹄踏破乱山青。"宋·欧阳炯《踏莎行》用此句:"孤馆灯残,小楼钟动,马蹄踏破前村冻。"

五代·谭用之《阎记室》:"鳌逐玉蟾攀桂上,马随青帝踏花归。"

宋·韩维《暮春游卜氏园》:"路出清阴下,残花著马蹄。"

宋·郑獬《次韵张公达游西池》:"游人不惜残花地,无限落红粘马蹄。"

又《柳湖晚归》:"便留画舫入城去,不忍马蹄踏花归。"

又《送王殿直》:"少年不怕风尘恶,污却部泥走马蹄。"

宋·张公庠《晚春途中》:"夹路桃花风雨过,马蹄无处避残红。"

宋·邓肃《菩萨蛮》:"今朝鞭马去,又得高阳侣。半醉踏花归,霜蹄骄欲飞。"

宋·林正大《括清平乐》:"谁家白面游郎,两三遥映垂杨;醉踏落花归去,踌躇空断柔肠。"

宋·吴泳《千秋岁》(寿友人):"拼醉也,马蹄归踏梨花月。"

金·李俊民《雨后》:"明日却归去路,马蹄犹踏落花泥。"

元·彭炳《小桥》诗:"落花如雪马蹄香,几树黄鹂欲断肠。"

明·王彦贞《摘翠百咏小春秋》(小桃红·西厢百咏)二生至蒲东:"马蹄香衬落花尘,二月东风信,绿映红遮锦成阵。"

2613. 仰手接飞猱,俯身散马蹄

曹植《白马篇》:"仰手接飞猱,俯身散马蹄。"一仰手射中猿猴,一弯腰又射碎"马蹄靶"。写游侠的射技高超。

曹植又在《名都篇》中写:"余巧未及展,仰手接飞鸢。"还有箭法没有施展,一仰手射落一只老鹰。

南朝·梁·王僧儒《白马篇》:"散蹄去无已,摇头意相得。"

李白《梁甫吟》:"手接飞猱搏雕虎,侧足焦原未言苦。"也写勇武。李白《送裴十八图南归嵩山》:"举手指飞鸿,此情难具论。"说如飞鸿一样高飞,句式相近,意思却全然不同了。

"接飞猱""搏雕虎"出自《尸子》。《尸子》记载:古代勇士中黄伯能够左手执太行之猱,右手搏雕虎。"夫贫穷,太行之猱也,疏贱,义之雕虎也。""夫义之为焦原也,亦高矣。"王琦解说:"我处贫穷之中,而确然践义以行,虽履险犯难,亦所不惧。"但从曹植到李白的借用句并不含此深义。

后人用"散马蹄"表放开马蹄。不再取"马蹄射贴"(一种靶子)之义。

唐·杜甫《白露》:"白露团甘子,清晨散马蹄。"

又《到村》:"老去胡戎幕,归来散马蹄。"

又《奉赠太常张卿垍二十韵》:"灵虬传夕箭,

归马散霜蹄。"写漏深传箭,骑马出朝。

宋·强至《正月三日郊外马上作》:"长日牵人事,新年散马蹄。"

2614. 人生何事马蹄间

魏晋之间"竹林七贤"之一的山涛(山巨源)有句"人生何事马蹄间",厌马蹄劳顿,不愿为名利而奔波。

清·文廷式《浣溪沙》(旅情)用此句:"秋草黄迷前日渡,夕阳红入隔江山。人生何事马蹄间?"回首来路迷离,抬眼落日沉入山后,顿然产生对旅途劳苦的人生质疑。

唐·罗邺《仆射陂晚望》:"身事未知何时了,马蹄唯觉到秋忙。"也深感"马蹄"之劳。

2615. 残云傍马蹄

唐·杜甫《重题郑氏东亭》:"向晚寻征路,残云傍马蹄。"游览驸马郑潜曜在新安界的山亭,晚上归来,由于有山路,残云就在马蹄之下。

清·蒲松龄《途中》:"马踏残云争晚渡,鸟衔落日下晴川。"写去宝应途中惜景,用杜句。

2616. 恐怕泥涂污马蹄

唐·白居易《官牛·讽执政也》:"昨来新拜右丞相,恐怕泥涂污马蹄。"讽新任右丞相怕行泥涂污了马蹄,令官牛驾车运沙石垫路。"污马蹄",讥讽味极浓。

唐·王建《江陵即事》诗曾用"染马蹄":"寺多红药烧人眼,地是青苔染马蹄。"

2617. 此去马蹄何处

宋·陈凤仪《一络索》(送蜀守蒋龙图):"此去马蹄何处,沙堤新路。""马蹄何处"走到什么地方,写蒋的行程艰苦。宋·晁端礼《满庭芳》用此句:"此去马蹄何处,山万叠,济水南州。"

宋初张先《菩萨蛮》最先用了"马蹄何处":"玉人又是匆匆去,马蹄何处垂杨路。"写玉人不知走到何方。

2618. 秋冰鸣马蹄

唐·岑参《早发焉耆怀终南别业》:"晓笛别乡泪,秋冰鸣马蹄。"马蹄踏冰发出脆响,人已上路。

"马蹄"句,除上述诸句型外,还有其它,也都各有特点。

南朝·梁·吴均《使庐陵》:"风急雁毛断,冰坚马蹄落。"

唐·皇甫曾《遇风雨作》:"兽迹不敢窥,马蹄惟务速。"

唐·高适《东平留赠狄司马》:"马蹄经月窟,剑术指楼兰。"

唐·杜甫《赠特进汝阳王二十韵》:"霜蹄千里骏,风翮九霄鹏。"

又《畏人》:"门径从榛草,无心走马蹄。"宋·郑獬"污却郭泥走马蹄"用杜句。

又《课小竖锄斫舍北果林枝蔓荒秽净讫移床三首》:"薄俗防人面,金身学马蹄。"

唐·王建《送张籍归江东》:"失意未还家,马蹄尽四方。"

又《华狱庙二首》:"闻有马蹄生柏树,路人来去向南看。"

又《宫词一百首》:"天子不教人射杀,玉鞭遮到马蹄前。"

唐·杨巨源《早春即事呈刘员外》:"马蹄经历应须遍,莺语叮咛已怪迟。"

唐·白居易《闲出》:"马蹄知意缘行熟,不向杨家即庾家。"又《涂山寺独游》:"涂山来云熟,唯有马蹄知。"都写"老马识途"。

唐·长孙佐辅《陇西行》:"人寒指欲堕,马冻蹄亦裂。"

唐·姚合《街西居二首》:"丈夫非马蹄,安得知路歧。"

唐·贾岛《马嵬》:"一自上皇惆怅后,至今来往马蹄腥。"

唐·杜荀鹤《题仇处士郊居》:"笑我有诗三百首,马蹄红日急于名。"

唐·黄滔《闺怨》:"寸心香与马蹄随,如蜕形容在锦帏。"

又《经安州感故郑郎中二首》:"马蹄践处东风急,鸡舌销时北阙惊。"

宋·欧阳修《病中代书奉寄圣俞二十五兄》:"萌芽不待杨柳动,探春马蹄常踏雪。"

宋·周邦彦《满庭芳》(忆钱塘):"花扑鞭梢,风吹衫袖,马蹄初趁春装。"

宋·万俟咏《忆秦娥》:"等闲莫把栏干倚,马蹄去便三千里。"

2619. 君莫道、投鞭虚语

宋·刘克庄《贺新郎》(实之三和，有忧边之语，走笔答之)："闻说北风吹面急，边上冲梯屡舞。君莫道、投鞭虚语。""实之"，作者友人王迈(实之)和词中有忧边之语。作者赞成王迈的看法，说北方元军攻击甚急，不能认为"投鞭断流"是空话。

"投鞭断流"原是前秦苻坚的狂言傲语。《晋书·苻坚载记》：前秦苻坚欲率大军百万，渡江攻击东晋，受到群臣谏阻。苻坚说："以吾之众旅，投鞭于江，足断其流。"结果，在淝水之战中遭到惨败。"投鞭断流"无非空言虚语而已。

唐·杜牧《西江怀古》："魏武缝囊真戏剧，苻坚投棰更荒唐。"魏武缝囊：《三国志·吴书·步骘传》注引《吴录》云："骘表言曰：'北降人王潜等说，北相(曹操)部伍，图以东向，多作布囊，欲以盛沙塞江，以大向荆州。'"对此，孙权以下皆付之一笑。"戏剧"，开玩笑。"投棰"投马鞭于江水中。

唐·殷尧藩《送白舍人渡江》："横锁已沉王濬筏，投鞭难阻谢玄兵。"愿白舍人等顺利渡江。

宋·辛弃疾《水调歌头》："谁道投鞭飞渡，忆昔鸣髇血污，风雨佛狸愁。""投鞭"用苻坚典，"飞渡"用孙歆语。《晋书·杜预传》载：西晋杜预遣将率奇兵夜渡长江，东吴都督孙歆认为："北来诸军乃飞渡江也。"辛词"投鞭飞渡"，不足以断流，不能飞渡大江，敌人注定要失败。

清·盛禾《贺新郎》(金山)："乘风直下帆如马，最关心、缝囊投棰，兴亡闲话。""缝囊投棰"用杜牧语，抒十年三过金山的感慨。

2620. 不待扬鞭自奋蹄

今人臧克家《老黄牛》："块块荒田水和泥，深翻细作走东西。老牛亦解韶光贵，不待扬鞭自奋蹄。"写老黄牛耕田，末句为点睛语，牛以勤奋苦干、任劳任怨著名，"不待扬鞭自奋蹄"正是"老黄牛精神"，写的是牛，赞扬的实是具有"老黄牛精神"的人。有人改了上句，就成了"老牛明知夕阳晚，不待扬鞭自奋蹄"，流传极为广泛。

古人写扬鞭，主要是催马，不是耕马，而是骑马，也写鞭牛，只是极少。

唐·陈子良《游侠篇》："日暮河桥上，扬鞭惜晚晖。"

唐·李白《赠友人》："廉夫惟重义，骏马不劳鞭。"

唐·张建封《酬韩校书愈打毬歌》："人不约，心自一；马不鞭，蹄自疾。"打马球所骑之马。

唐·李端《送黎兵曹往陕府结婚》："安得同门吏，扬鞭入后尘。"

唐·王建《初授太府丞言怀》："病童唤著唯行慢，老马鞭多转放顽。"

唐·李贺《代崔家送客》："恐随行处尽，何忍重扬鞭？"不忍即别。

唐·皮日休句："老牛瞪不行，力弱谁能鞭！"

宋·王安石《送纯甫如江南》："此去还知若杉忆，归时快马亦须鞭。"快马加鞭。

宋·苏轼《过于海舶得迈寄书酒作诗远和之皆粲然可观子由有书相庆也因用其韵赋一篇并寄诸子侄》："我似老年鞭不动，雨滑泥深四蹄重。"

宋·周邦彦《夜飞鹊》(别情)："花骢会意，纵扬鞭，亦自行迟。"马也理解主人的离情。

2621. 逢时当自取，看尔欲先鞭

唐·高适《别韦兵曹》："逢时当自取，看尔欲先鞭。"这是此诗最后对韦兵曹的鼓励，希望他把握时机，及早建立功业。"先鞭"即"着(著)先鞭""先一著""占先著"，抢先之意。《晋书·刘琨传》载：刘琨"与范阳祖逖为友，闻逖被用，与亲故书曰：'吾枕戈待旦，志枭逆虏，常恐祖生先吾着鞭。'"《世说新语》也有此记述。高适诗："先鞭"即用此意。还如：

唐·杜甫《重送刘十弟判官》："垂翅徒衰老，先鞭不滞留。"

唐·王维《哭祖六自虚》："不期先挂剑，常恐后施鞭。""先鞭"的反义语。

清·黄遵宪《感事三首》："着鞭空让他人先，卧榻一任旁侧睡。"

2622. 素车驾白马

魏·阮瑀《咏史诗二首》："燕丹善勇士，荆轲为上宾。图尽擢匕首，长驱西入秦。素车驾白马，相送易水津。""素车白马"出于伍子胥的传说。《太平广记》卷二九一《伍子胥》："伍子胥累谏吴王，赐属镂剑而死。临终，戒其子曰：'悬吾首于南门，以观越兵来。以鱼皮裹吾尸，投于江中，吾当朝暮乘潮，以观吴之败'。自是，自海门山，潮头汹高数百尺，越钱塘渔浦。方渐低小，朝暮再来。其声震怒,雷奔电走百余时里。时有见子胥乘素车白马潮头之中。因立庙以祠焉。"这里记载钱塘江大潮起于"潮神"伍子胥的愤怒,白马素车是伍子胥观吴之败亡,虽都系子虚乌有,但"白马素车"的壮烈形象却留给了后人。阮瑀(建安七子之一)此诗咏燕太子丹为刺秦王复仇送荆轲于易水之上,就驾素车白马(车马皆无饰物)以远丧之礼相送,这种丧葬车马更增加了悲壮气氛。宋·辛弃疾《摸鱼儿》(观潮上叶丞相):"滔天力倦知何事,白马素车东去。堪恨处,人道是、子胥冤愤终千古。"借大潮消退,"白马素车"东去,悼念伍子胥为吴国冤死,以抒自己屈报国之志。

"白马素车"后用作江潮、瀑布的气势及其他含义的指代上。

唐·李白《送王屋山人魏万还王屋》:"白马走素车,雷奔骇心颜。"喻钱塘江奔腾的声势。

唐·白居易《劝酒》:"游人驻马去不得,白舆素车争路行。"喻春明门外天明时的繁乱景象。

宋·梅尧臣《端明李侍郎挽歌三首》:"素车新陇去,白马旧宾来。"丧葬车马纷至沓来。

宋·蒋捷《女冠子》(竞渡):"不似素车白马,卷潮起怒。但悄然、千载旧迹,时有闲人吊古。"虽无怒潮,也有人凭吊伍子胥。

清·袁枚《到石梁观瀑布》:"银河飞落青松梢,素车白马云中跑。"喻瀑布横飞的景象。

《太平御览》卷四百九十六《人事部》:"皇甫谧达士传曰:'缪裴字文雅,代修儒学,继踵六博士。以经行修明,学士称之。故时人为之语曰:素车白马缪文雅。'"说他虽无官职,却有学问。

2623. 香车宝马共喧阗

唐·王维《同比部杨员外十五夜游有怀静者季》:"由来月明如白日,共道春灯胜白日。聊看侍中千宝骑,强识小妇七香车。香车宝马共喧阗,个里多情侠少年。竞向长杨柳市北,肯过精舍竹林前。"这一段写十五观灯胜况,夜游中,男骑宝马,女乘香车,喧闹欢快无比。"香车",薰香的轿车,"宝马"珍贵的马。"香车宝马"表示富贵之家的男女游人。

宋·曾布《水调歌头》(排遍第一):"游冶出东城,堤上莺花撩乱,香车宝马纵横,草软平沙稳。高楼两岸春风,笑语隔帘声。"

宋·李清照《永遇乐》:"元宵佳节,融和天气,

次第岂无风雨。来相召,香车宝马,谢他酒朋诗侣。"晚年流寓临安,面对元宵节,深感今非昔比,早无当年汴京上元日的情趣,又"怕夜间出去"因而谢绝了"酒朋诗侣"的"香车宝马"之邀。这种无趣,是出于家国之恨,沦落之苦。

宋·赵长卿《宝鼎现》(上元):"更漏永,迟迟停鼓。天上人间当此遇。正年少,尽香车宝马,次第追随士女。"

宋·赵善括《念奴娇》(吕汉卿席上):"急管繁弦,香车宝勒,正阻寻春客。""勒",马笼头,词中代"马"。

宋·吴潜《永遇乐》:"万户千门,门街三市,绽水晶云母。香车宝马,珠帘翠幕,不怕禁更敲五。霓裳曲,惊回好梦,误游紫宫朱府。"

2624. 暗尘随马去

唐·苏味道《正月十五夜》:"暗尘随马去,明月逐人来。"写"火树银花"的上元夜,乘马的游人带起路尘不清晰地随马而去。"暗尘"指月光下朦胧的飞尘。

宋·苏轼《蝶恋花》(密州上元):"帐底吹笙香吐麝,更无一点尘随马。"反用苏味道句。

宋·王庭珪《点绛唇》:"玉漏春迟,铁关金锁星桥夜。暗尘随马,明月应无价。"

又《满庭芳》:"宿雨初收,晚风微度,万家帘卷青烟。暗尘随马,人物似神仙。"

又《寰海清·上元》:"画鼓轰天,暗尘随宝马,人似神仙。天怎不教昼短,明月长圆。"

宋·周邦彦《解语花》(元宵):"钿车罗帕,相逢处,自有暗尘随马。"

2625. 萧萧班马鸣

唐·李白《送友人》:"浮云游子意,落日故人情。挥手从兹去,萧萧班马鸣。""班马"为离群之马,"萧萧"离马之鸣声。同友人挥手告别,主客之马,也不忍别,发出离别之声,是移情托物,也是气氛烘托。把离情写得这么真,这么深,惜不知这"友人"为何人?

"萧萧班马鸣"语出《诗经·小雅·车攻》:"萧萧马鸣,悠悠旆旌。"写狩猎之壮观,猎车上的马萧萧长鸣,猎车上的旌旗迎风飘飘。李白在句中加一"班"字,马便成了离别之马。《左传·襄公十八年》中"有班马之声",指齐师夜遁的马鸣声。

南朝·梁·范云《述行》："翩翩朱盖转,萧萧良马鸣。"用《诗经》语。

唐·刘庭琦《从军》："萧萧牧马鸣,中夜拔剑起。"用《诗经》语。

唐·韦应物《送终》："萧萧车马悲,祖载发中堂。"变其意而用之。

又《送冯著受李广州署为录事》："郁郁杨柳枝,萧萧征马悲。"

唐·唐尧客《大梁行》："闻有东山去,萧萧班马鸣。"用李白句。

清·朱彝尊《马草行》："阴风萧萧边马鸣,健儿十万来空城。"用其句而不用其意。"萧萧"是风声。

清·孙点《沁园春》："萧萧斑马,多事相催。"

2626. 马鸣风萧萧

唐·杜甫《后出塞五首》："落日照大旗,马鸣风萧萧。"写洛阳城东门的军营,军旗在落日中飘闪,战马在风声中鸣叫。"萧萧"指马鸣声。

宋·欧阳修《奉使契丹道中答刘原父桑乾河见寄之作》："僮仆相问喜,马鸣亦萧萧。"用其句而未用其意,"萧萧"不是风声,而是马鸣。

明·陈子龙《王昭君》："马鸣何萧萧,使者来相迎。"亦指马鸣。

清·康熙皇帝玄烨《行殿示诸皇子》："师行日已远,边马风萧萧。"写征噶尔丹途中,"萧萧"指风声。

清·沈峻《牧马歌》："马鸣风飕飕,苦水咽不流。"变用杜甫句。

2627. 来风堪避暑,静夜致清凉

汉·班固《竹扇诗》："来风堪避暑,静夜致清凉。"是赞竹扇的诗。

北周·庾信《奉和夏日应令》："衫含蕉叶气,扇动竹花凉。"写竹扇,暗用《竹扇诗》句。

2628. 人生非金石,岂能长寿考

古诗《回连驾言迈》："人生非金石,岂能长寿考。"人不像金石那样坚固,哪能长寿不老。

魏·曹植《赠白马王彪》："自顾非金石,咄唶令心悲。"用古诗句,鉴曹彰之死,感人生无常。

2629. 慷慨有余哀

古诗《西北有高楼》："一弹再三叹,慷慨有余哀。"诗人听到楼上人弹琴,一弹而三叹。曲中充满了强烈的哀伤。"慷慨"一语见于西汉司马迁《史记·项羽本纪》："于是项王乃悲歌慷慨,自为诗曰:'力拔山兮气盖世,时不利兮骓不逝。'""慷慨有余哀"是悲情激越之意。用此句的如:

汉古诗《别诗》："丝竹厉清音,慷慨有余哀。"

唐·杜甫《水槛》："人生感故物,慷慨有余悲。"

唐·权德舆《丰城剑池驿感题》："我行丰城野,慷慨心内伤。"

宋·刘克庄《沁园春》(梦孚若)："披衣起,但凄凉感旧,慷慨生哀。"

当代元帅加诗人陈毅《为苏南摩擦答某君》(一九四一年)："唯君知我意,慷慨有余悲。"

用"一弹再三叹",写闻弦歌而慷慨的如:

魏·曹植《杂诗六首》："弦急悲声发,聆我慷慨言。"

又《箜篌引》："秦筝何慷慨,齐瑟和且柔。"

晋·向子期《思归赋》："听鸣笛之慷慨兮""遂援翰而写心。"悼亡友嵇康。

晋·陆机《太山吟》："长吟太山侧,慷慨激楚声。"

又《梁甫吟》："哀吟梁甫颠,慷慨独抚膺。"

唐·刘孝孙《咏笛》："调高时慷慨,曲变成凄凉。"

唐·独孤及《客舍月下对酒醉后寄毕四燿》："慷慨葛天歌,悄悄广陵陌。"

唐·陆龟蒙《大子夜歌》："歌谣数百种,子夜最可怜。慷慨吐清音,明转出天然。"

宋·廖刚《蓦山溪》词:"玻璃潋滟,聊共醉红裙。阳春曲,碧云词,慷慨怀千古。"

2630. 慨当以慷,忧思难忘

汉末·曹操《短歌行》："慨当以慷,忧思难忘。"诗人为重整东汉末年混乱动荡局势而统一天下,平二袁、灭吕布,已做出统一北方的事业,然而统一大业尚未完成,还面临许多困难。这两句正反映出他为以往的功业慷慨昂扬,又为未来忧心忡忡的复杂心态。

"慷慨"表示为大业而尽力的大志回环荡迭、奋发昂扬。《史记·高祖本纪》刘邦还沛"酒酣",高祖击筑,自为歌诗曰:'大风起兮云飞杨,威加海内兮归故乡,安得猛士兮守四方!'令儿皆和习之。

高祖乃起舞,慷慨伤怀,泣数行下。这是建立大业后的悲喜情怀。曹操用其义。用此义的还有:

魏·阮籍《咏怀诗八十二首》第三十九:"壮士何慷慨,志欲威八荒。"

晋·陆机《董桃行》:"盛时一往不还,慷慨乖念凄然。"

又《月重轮行》:"志士慷慨独长叹,独长叹!"

又《拟青青陵上柏》:"遨游放情愿,慷慨为谁叹。"

晋·左思《杂诗》:"壮齿不恒居,岁暮常慷慨。"

晋·刘琨《扶风歌》:"慷慨穷林中,抱膝独摧藏。"

南朝·宋·鲍照《代邽街行》:"慷慨怀长想,惆怅恋青徽。"

唐太宗李世民《还陕述怀》:"慨然抚长剑,济世岂邀名?""慨然"即慷慨意。

唐·魏征《述怀》:"纵横计不就,慷慨志犹存。"

唐·骆宾王《咏怀古意上裴侍郎》:"轻生长慷慨,效死独殷勤。"

唐·刘希夷《从军行》:"平生怀仗剑,慷慨即投笔。"

唐·李白《金陵新亭》:"王公何慷慨,千载仰雄名。"

唐·杜甫《追酬故高蜀州人日见寄》:"呜呼壮士多慷慨,合沓高名动寥廓。"

唐·高适《李云南征蛮诗》:"相逢论意气,慷慨谢深衷。"

唐·吕温《衡州送李十一兵曹赴浙东》:"慷慨视别剑,凄清泛离琴。"

人民领袖毛泽东《七律·中国人民解放军占领南京》:"虎踞龙盘今胜昔,天翻地覆慨而慷。"

2631. 慷慨思古人

魏·嵇康《述志诗二首》其二:"慷慨思古人,梦想见容辉。"全诗流露出鲜明的老庄思想,又寻求知己而不可得。表现出隐居与出世的矛盾。此句写怀思古人之情激烈,甚至梦想见他们(所崇尚的古人)的容颜风采。晋·陆机《吴王郎中时从梁陈作诗》:"感物多念远,慷慨怀古人。"用嵇康句。"慷慨"又表现一种激烈、强烈的情感。如:

汉乐府《上留田行》:"向东问啼儿,慷慨不可止。"

晋·陆机《门有车马客行》:"慷慨惟平生,俯仰独悲伤。"

晋·陶渊明《咏荆轲》:"素骥鸣广场,慷慨送我行。"

又《杂诗十二首》之九:"慷慨思南归,路遐无由缘。"之十:"慷慨意绸缪,此情久已离。"

唐·卢照邻《咏史四首》:"一为侍御史,慷慨说何公。"

唐·李白《经离乱后天恩流夜郎忆旧游书怀赠江夏韦太守良宰》:"临当欲去时,慷慨泪沾缨。"

唐·岑参《武威送刘单判官赴安息行营便呈高开府》:"苍然西郊道,握手何慷慨。"

唐·高适《观陈十六史兴碑》:"我来观雅制,慷慨变毛发。"

唐·韦应物《饯雍聿之潞州谒李中丞》:"酒酣拔剑舞,慷慨送子行。"

唐·韩愈《卢郎中云夫寄示送盘谷子诗两章歌以和之》:"闭门长安三尺雪,推书扑笔歌慷慨。"

又《朝归》:"抵暮但昏晚,不成歌慷慨。"

又《孟生诗》:"顾我多慷慨,穷担时见临。"

唐·唐尧客《大梁行》:"因之唁公子,慷慨此歌行。"

唐·李山甫《山中依韵答刘书记见赠》:"慷慨追古意,旷望登高台。"

宋·刘敞《没蕃土》:"回头复长望,慷慨泪盈目。"

宋·范成大《重阳后半月天气温丽,忽变奇寒,晦日大雪,乡人御冬之计多未办》:"岂不解计,善舞须袖长。……两邻报无恙,为汝歌慷慨。"

2632. 慷慨独悲歌

晋·陶渊明《怨诗楚调示庞主簿邓治中》:"慷慨独悲歌,钟期信为贤。"用《项羽本纪》中"项王乃悲歌慷慨"句,"钟期"指春秋时钟子期。俞伯牙善鼓琴,钟子期善听琴。钟死后,无人知音,俞摔琴不弹。句中比庞(遵)主簿、邓治中为钟子期,说他是知这"怨诗楚调"——"慷慨悲歌"的含义的。"慷慨悲歌"表示悲壮歌声、壮烈行为,也表示极度悲伤。

宋·范成大《连日风作,洞庭不渡,出赤沙湖》:"慷慨悲歌续楚些,仿佛幽瑟迎湘灵。"以悲歌续楚辞,有如湘灵鼓瑟来迎。

宋·康与之《诉衷情令》(登郁孤台与施德初同读坡诗作):"一尊芳酒,慷慨悲歌,月堕人归。"

宋·王易简《庆春宫》(谢草窗惠词卷):"佳人不见,慷慨悲歌,夕阳乔木。"

宋·张炎《台城路》(章静山别业会饮):"叹乔木犹存,易分残照。慷慨悲歌,故人多向近来老。"

又《台城路》(抵吴书寄旧友):"惊心梦觉,谩慷慨悲歌,赋归不早。"

又《满江红》(澄江会复初李尹):"叹十年不见,我生能几。慷慨悲歌惊泪落,古人未必皆如此。"

清·黄遵宪《慷慨》诗:"慷慨悲歌士,相传燕赵多。"用"燕赵多慷慨悲歌之士"语。

清·孙点《水调歌头》(梦月生招饮张舫赋调圆俶):"说甚风流文采,且把悲歌慷慨,都付四弦。"

又《沁园春》:"消受人间,两行红粉,何必悲歌慷慨哉!"

2633. 王孙兮归来

汉·淮南小山《楚辞·招隐士》:"王孙兮归来,山中兮不可以久留。"王孙啊归来吧,山中并非久留之地。《招隐士》招谁?众说纷纭。王逸《楚辞章句》说"闵伤屈原之作",说是招屈原了。朱熹《楚辞集注》虽怀疑此说,却含糊地说"说者亦以为托意以招屈原"。詹安泰等著《中国文学史》则认为是招淮南王刘安从谋求汉武帝继位人的迷梦中归来。此说较为近理。"王孙"一语,最早在周代有"王孙满"。《史记·淮阴侯列传》载:漂母对韩信有一饭之恩,后来去报答,漂母说:"大丈夫不能自食,吾哀王孙而进食,岂望报乎!"汉乐府《雉子班》中"尧羊(读如翱翔)蜚从王孙行"句,意为王孙与猎获的雉子在同一车上,飞随王孙亦即飞随雉子了。"王孙"指贵族子弟。屈原与刘安虽都属贵族子弟,而"王孙兮归来",历史上多以为是对屈原的强烈召唤和深切怀念,也就更增强了"王孙"一语的影响力。因此后来诗词中的"王孙"句颇多,其含义也比较复杂。章燮在《唐诗三百首注疏》中说:"王孙作所别之人解","解王孙者不一其义,读者必须揣辞推意以合题指耳。"读下列"王孙"句即应如章燮言。

晋·张华《杂诗三首》:"王孙游不归,修路邈以遐。"王孙不归,是因为走路太长太远。

北周·庾信《寻周处士弘让》:"王孙若不去,山中定可留。"反用《招隐士》句,说周弘让隐居茅山而不离去,茅山一定是很好的地方了。

唐·崔国辅《王孙游》:"自与王孙别,频看黄鸟飞。"

唐·王绩《古意六首》:"宁关匠石顾,岂为王孙折。"

唐·上官仪《酬薛舍人年宫晚景寓直怀友》:"别有青山路,策杖访王孙。"

唐·卢照邻《同崔录事哭郑员外》:"梁上送夫子,湘水吊王孙。"

唐·崔液《上元夜六首》其五:"公子王孙意气骄,不论相识也相邀。"

唐·杜审言《守岁侍宴应制》:"季冬除夜接新年,帝子王孙捧御筵。"

唐·贾曾《和宋之问下山歌》:"王孙不留兮岁将晏,嵩岩仙兮为谁芳。"

唐·张说《南中别王陵成崇》:"曹卿礼公子,楚娟馈王孙。"

唐·万齐融《三日绿潭篇》:"公子王孙恣游玩,沙场水曲情无厌。"

唐·王维《同比部杨员外十五夜游有怀静者季》:"陌头驰骋尽繁华,王孙公子五侯家。"

唐·岑参《冀州客舍酒酣贻王倩寄题南楼》:"吾庐终南下,堪与王孙游。"

唐·崔曙《同诸公谒启母祠》:"帝子复何往,王孙游不归。"

唐·杜甫《李监宅二首》:"尚觉王孙贵,豪家意颇浓。"

又《哀王孙》:"可怜王孙泣路隅"、"王孙善保千金躯"、"且为王孙立斯须"、"哀哉王孙慎勿疏。"

唐·韩翃《送故人归蜀》:"自应成旅逸,爱客有王孙。"

又《送寿州陈录事》:"请问山中桂,王孙几度游。"

又《赠王随》:"更说毬场新雨歇,王孙今日定相邀。"

宋·释契嵩《早秋吟》:"海畔今天漂母家,江南谁与王孙遇。"

宋·晏几道《少年游》:"王孙此际,山重水远,何处赋西征?"

宋·苏轼《作书寄王晋卿》:"王孙出游乐忘归,门前车马紫金勒。"

宋·史达祖《三姝媚》："倦出犀帷,频梦见王孙骄马。"

宋·韩缜《凤箫吟》："但望极、楼高尽日,目断王孙。"

明·陈子龙《点绛唇》(春日风雨有感)："梦里相思,故国王孙路。"

清·蒲松龄《历下吟》："友朋哀王孙,减餐进杯勺。"写一位东海名士科考后接受"杯勺之赠"。

2634.又送王孙去,萋萋满别情

唐·白居易《赋得古原草送别》："又送王孙去,萋萋满别情。"在辽阔的原野上,送友人远行,友人踏着萋萋芳草,渐渐消逝在远方。只余下萋萋芳草,饱含着离别之情。"萋萋满别情",有无穷的韵味,令人咀嚼不已。据传白居易作此诗时仅十六岁。唐人张固在《幽闲鼓吹》中说:"白尚书应举,初至京,以诗谒顾著作况。顾睹姓名,熟视白公,曰:'米价方贵,居亦弗易。'乃披卷首篇(指此诗),即嗟赏曰:'道得个语,居即易矣。'因为之延誉,声名大振。"有人考证,白居易十一岁(建中三年)至十八岁(贞元五年)都在江南。贞元五年以后,顾况贬官饶州,后又转至苏州,这样二人不可能在长安相见。即使如此,也说明这"送别"诗很著名,此句也随诗名而显。

白居易这二句诗,也从淮南小山《招隐士》中"王孙游兮不归,春草生兮萋萋"句中翻出。即从写离思翻为写送别。《招隐士》两句是怀念屈原,切盼他归来,因而"王孙不归,芳草萋萋"句也广为诗人所用。"芳草王孙"句与"王孙"句的差异就在于前者全表达送别或盼归之情。"王孙"与"芳草萋萋"句如:

晋·陆机《壮哉行》："萋萋春草生,王孙犹有情。"

南朝·宋·谢灵运《悲哉行》："萋萋春草生,王孙游有情"变陆机句一字。

南朝·齐·谢朓《登山曲》："王孙尚游衍,蕙草正萋萋。"

唐·钱起《崔十四宅问候》："王孙莫久卧,春草欲萋萋。"

唐·吴筠《酬叶县刘明府避地庐山言怀访郑录事昆季苟尊师兼见赠之》："王孙且无归,芳草正萋萋。"

唐·喻凫《即事》："萋萋芳草色,终是忆王孙。"

唐·温庭筠《杨柳枝》："系得王孙归意切,不关芳草绿萋萋。"

唐·赵光远《题妓莱儿壁》："鱼钥兽环斜掩门,萋萋芳草忆王孙。"

五代·毛文锡《何满子》："恨对百花时节,王孙绿草萋萋。"

五代·翁承赞《寄舍弟承裕员外》："江花岸草晚萋萋,公子王孙思合迷。"

五代·李中《赋得江边草》："送别王孙处,萋萋南浦边。"

五代·徐铉《春日紫岩山期客不至》："王孙竟不至,芳草自萋萋。"

宋·林逋《点绛唇》："金谷年年,乱生春色谁为主。……王孙去,萋萋无数,南北东西路。"此词一时名噪词林。宋人吴曾《能改斋漫录》卷十七载:梅圣俞因座中"有以林逋草词'金谷年年,乱生青草谁为主'为美者,才引发了作《苏幕遮》草词的愿望。宋人张先《过和靖隐居》诗中写'湖山隐后家空在,烟雨词亡草自青',即赞这首《点绛唇》的。"清·王国维《人间词话》云:人知和靖《点绛唇》:"皆能摄春草之魂者也。"用"芳草王孙"句还如:

宋·宋祁《朝天岭》："萋萋芳草意,无乃为王孙。"

宋·晁端礼《御街行》："王孙何处草萋萋,辜负小欢幽兴。"

宋·周邦彦《玉楼春》(惆怅)："萋萋芳草迷千里,惆怅王孙行未已。"

宋·李重元《忆王孙》(春词)："萋萋芳草忆王孙,柳外楼高空断魂。"

宋·刘翰《清平乐》："萋萋芳草,怨得王孙老。"

宋·刘克庄《沁园春》(送包尉)："怅佬人来未,碧云冉冉,王孙去后,芳草萋萋。"

宋·周密《高阳台》(寄越中诸友)："萋萋望极王孙草,认云中烟树,鸥外春沙。白发青山,可怜相对苍华。"

宋·仇远《烛影摇红》(次韵)："中酒情怀,怨春羞见桃花面。王孙别去草萋萋,十里青如染。"

元·倪瓒《太常引》(寿彝斋)："芳草绿萋萋,问何事、王孙未归?"

2635. 春草明年绿，王孙归不归

唐·王维《送别》："春草明年绿，王孙归不归?"诗人在山中送友人远别，离情牵惹，立即想到明春草绿了的时候，友人能不能归来。另一种本子是"春草年年绿"，意为草年年都绿，友人是否年年归来，也是深厚的离情。这种"芳草王孙"句，其意义同"萋萋满别情"，只是未用"萋萋"二字。其应用亦十分广泛。最早至少在南北朝时代就有了。句有"怨""忆"字，是见芳草而怨而忆。

北周·王褒《送观宁侯葬诗》："芳草惜王孙，东陵思故园。"

唐·储嗣宗《和顾非熊先生题茅山处士闲居》："唯有阶前芳草色，年年惆怅忆王孙。"

唐·王维《山居秋暝》："随意春芳歇，王孙自可留。"

唐·裴迪《辛夷坞》："绿堤春草合，王孙自留玩。"

唐·李颀《题少府监李丞山池》："窗外王孙草，床头中散琴。"

唐·刘长卿《寄龙门上人》："惆怅王孙草，青青又一年。"

又《奉和杜相公新移长兴宅呈元相公》："花香逐荀令，草色对王孙。"

又《送韩司直》："复送王孙去，其如春草何。"（一作郎士元诗）

又《赠别卢司直之闽中》："岁岁王孙草，空怜无处期。"

又《经漂母墓》："春草茫茫绿，王孙旧此游。"

唐·钱起《仲春宴王补缺城东小池》："王孙兴至幽寻好，芳草春深景气和。"

又《仲春晚寻覆釜山》："王孙寻芳草，步步忘路远。"

唐·皇甫冉《答张谓刘方平兼呈贺兰广》："青青草色绿，终是待王孙。"

又《送陆鸿渐栖霞寺采茶》："借问王孙草，何时泛碗花。"

又《送李万州赴饶州觐省》："无限青青草，王孙去不迷。"

唐·耿沣《送张侍御赴郴州别驾》："王孙对芳草，愁思杳无涯。"

又《晚春青门林亭燕集》："秦苑看山处，王孙逐草时。"

唐·薛宜僚《别青州妓段东美》："阿母桃花方似锦，王孙草色正如烟。"

唐·李君房《石季伦金谷园》："残芳迷妓女，衰草忆王孙。"

唐·薛逢《长安春日》："王孙草上悠扬蝶，少女风前烂熳花。"

唐·孟迟《闺情》："蘼芜亦是王孙草，莫送春香入客衣。"

唐·胡曾《松溪》："三月襄阳绿草齐，王孙相引到松溪。"

唐·崔涂《湘中谣》："王孙不见草空绿，惆怅渡头春复春。"

唐·卢渥《梅》："谁知南陌草，却解望王孙。"

唐·温庭筠《寄山中友人》："固知春草色，何意为王孙。"

又《春初对暮雨》："不应江上草，相与滞王孙。"

唐·韦庄《春日》："红尘遮断长安陌，芳草王孙暮不归。"

又《春愁》："自有春愁正断魂，不堪芳草思王孙。"

唐·襄阳妓《送武补阙》："弄珠滩上欲销魂，独把离杯寄酒尊。无限烟花不留意，忍教芳草怨王孙。"

唐·灵一《送殷判官归上都》："别后王孙草，青青入梦思。"

唐·张守中《句》："今夜若栖芳草径，为传幽意达王孙。"

五代·刘兼《蜀都春晚感怀》："空阙一城荒作草，王孙犹自醉如泥。"

五代·李中《钟陵春思》："芳草迢迢满南陌，王孙何处不归来。"

五代·谭用之《江上闻笛》："临流不歌殷勤听，芳草王孙旧有情。"

宋·范仲淹《得李四宗易书》："三复荆州无限意，王孙芳草路遥遥。"

又《与人约访林处士阻雨因寄》："方怜春满王孙草，可忍云遮处士星。"

宋·穆修《寒食》："恨满王孙草，愁多望帝禽。"

宋·宋祁《寄郑天休》："怨归定对王孙草，无恙应随散骑帆。"

宋·潘汾《贺新郎》："芳草王孙何处，惟有杨

花糁径。"

宋·宋庠《春日楼上有寄》:"三春草绿王孙路,万海梅残陇使邮。"

又《废园》:"金谷苍茫旧里存,年年芳草怨王孙。"

宋·梅尧臣《苏幕遮》(草):"堪怨王孙,不记归期早。"

又《依韵和永叔内翰西斋手植菊花过节始开偶书见寄》:"微根发再绿,复笑王孙草。"

又《新秋普明院竹林小饮得高树早凉归》:"回塘莫苦留,已变王孙草。"

宋·欧阳修《虞美人》(一作杜安世词):"故生芳草碧连天,怨王孙。"

宋·晏几道《浣溪沙》:"楼上灯深欲闭门,梦云归去不留痕,几年芳草忆王孙。"

宋·苏轼《雅安人日次旧韵二首》:"人日滞留江上村,定知芳草怨王孙。"

宋·谢懋《忆少年》(寒食):"池塘绿遍、王孙芳草,依依斜日。游丝卷晴昼,系东风无力。"

宋·李莱老《清平乐》:"绿窗初晓,枕上闻啼鸟。不恨王孙归不早,只恨天涯芳草。"

宋·陈允平《永遇乐》:"王孙远,青青草色,几回望断柔肠。"

又《荔枝香近》:"芳草怨碧,王孙渐远。"

宋·刘颉《满庭芳》:"人千里,小楼幽草,何处梦王孙。"

宋·吴文英《三姝媚》:"吹笙池上道。为王孙重来,旋生芳草。"

宋·李之仪《临江仙》(登凌歊台感怀):"却应台下草,不解忆王孙。"

宋·周密《桃源忆故人》:"郎马未归春老,空怨王孙草。"

又《水龙吟》(次韵陈君衡见寄韵):"燕翎谁寄愁笺,天涯望极王孙草。"

宋·仇远《卜算子》:"疏树小花风,别浦残鸿雨。不是王孙忘却归,草没归来路。"

又《满庭芳》:"怕王孙归去,芳草离离。"

宋·无名氏《摸鱼儿》:"待明年,念芳草,王孙万里。归未得,仙源应是。"

宋·无名氏《卜算子》:"风鬟已胜钗,恨别王孙早。若把芳心说与伊,道绿遍、池塘草。"

宋·无名氏《金明池》(春游):"好花枝,半出墙头,似怅望、芳草王孙何处。"

明·金怀《摸鱼儿》(和辛幼安):"恨芳草王孙,书生薄倖,空写断肠句。"

明末清初·徐灿《永遇乐》(病中):"曲曲栏干,沉沉帘幕,嫩草王孙归路。"

清·谭献《金缕曲》(江干待发):"草绿天涯浑未遍,谁道王孙迟暮。"

2636. 青青河畔草,绵绵思远道

汉乐府《饮马长城窟行》:"青青河畔草,绵绵思远道。"青草绵延漫无涯际,思路也随之延伸到遥远的地方,亲人就在那里。这是思妇怀念亲人的歌。晋代傅玄仿此写《青青河边草篇》:"青青河边草,悠悠万里道。"稍作变化,亦写思妇之叹。古诗《青青河畔草》:"青青河畔草,郁郁园中柳。"写与亲人连接的青草和折赠亲人的园柳,亦为思亲之句。古诗《新树兰蕙葩》写采兰蕙杜衡做什么,"所思在远道",赠给远方的亲人。以上句式相近,句意相类。都没有离开"青青河畔草,所思在远道"。

"青青河畔草"一句,历代有多少诗人应用!仿造句式的如古诗《青青陵上柏》:"青青陵上柏,磊磊涧中石。"左思《咏史》:"郁郁涧底松,离离山上苗。"直到白居易"一岁一枯荣"。千百年后仍有用原句的。唐·张仲素《秋思赠远》:"为问青青河畔草,几回经雨又经霜?"五代·和凝《宫词百首》:"遥望青青河畔草,几多归马与休牛。"唐·东阳夜怪《诗》:"赖有青青河畔草,春来犹得慰羁情。"宋·林通《答谢尉得替》:"未似青青河畔草,客亭长短送离人。"宋·毛滂《玉楼春》(三月三日雨夜筋客):"一春花事今宵了,点检落红都正少。阿谁追路问东君,只有青青河畔草。"

"青青草"句为"青青河畔草"之缩用。表示送离、怀归、时光、风物、枯荣、盛衰等多种意义。下举列唐宋诗词例句。

唐·刘长卿《送李判官之润州行营》:"江春不肯留归客,草色青青送马蹄。"

又《量移干越亭赠郑校书》:"青青草色满江州,万里伤心水自流。"

又《上阳宫望幸》:"深花寂寂宫城闭,细草青青御路闲。"

又《送崔使君赴寿州》:"草色青青迎建隼,蝉声处处杂鸣驺。"

又《时平后送范伦归安州》:"事往时平还旧丘,青青春草近家愁。"

唐·韦应物《西郊养疾闻畅校书有新什见赠久伫不至先寄此诗》："唯见草青青，闲户沣水曲。"

又《寒食寄京师诸弟》："把酒着花想诸弟，杜陵寒食草青青。"

又《饯雍聿之潞州谒李中丞》："郁郁雨相遇，出门草青青。"

唐·贾至《春思二首》："春色青青柳色黄，桃花历乱李花香。"

唐·钱起《赋得绵绵思远道送岑判官入岭》："不知行远近，芳草日青青。"

唐·张继《阊门即事》："耕夫召募逐楼船，春草青青万顷田。"

唐·韩翃《赠别华阴道士》："青青百草云台春，烟驾霓衣白角巾。"

唐·皇甫冉《送孔巢父赴河南军》："边心杳杳乡人绝，塞草青青战马多。"

唐·耿㳚《送友人游江南》："漠漠烟光前浦晚，青青草色定山春。"

唐·戴叔伦《北山游亭》："自从春草长，遥见只青青。"

唐·司空曙《过长林湖西酒家》："湖草青青三两家，门前桃杏一般花。"

宋·曾巩《城南》："一番桃李花开尽，唯有青青草色齐。"

宋·李彭老《浪淘沙》："泼火雨初晴，草色青青。"

白居易的"离离原上草，一岁一枯荣"是很有名的。其实更早写草木枯荣的是李白。他的《树中草》写："马衔野田草，误入枯桑里。客土植危根，逢春犹不死。草木虽无情，因依尚不生。如何同枝叶，各自有枯荣。"之后，张祜也写了《树中草》："青青树中草，托根非不危。草生树却死，荣枯召可知。"同题写"荣枯"，含义不尽相同。

2637. 风吹草低见牛羊

北朝乐府《杂曲歌辞》《敕勒歌》："敕勒川，阴山下。天似穹庐，笼盖四野。天苍苍，野茫茫，风吹草低见牛羊。"这是一首为无数人琅琅传诵的草原绝唱。《乐府广题》记："北齐神武（高欢）攻周玉璧，士卒死者十四五，神武恚愤疾发。周王下令曰：'高欢鼠子，亲犯玉璧，剑弩一发，元凶自毙！'神武闻知，勉坐以安士众，悉引诸贵，使斛律金唱《敕勒》，神武自和之。""其歌本鲜卑语，易为齐语。"高欢是鲜卑人，斛律金是将领，不识字。作者不知为谁。现代学者陈垣《元西域人华化考·文学部》引元代诗人廼贤（易之）的《金台集·李好文序》："尝爱贺六浑阴山敕勒歌，语言浑然，不顾雕刻，顾其雄伟质直，善于模写……笔迹超绝，不免有辽东风气之偏。"他赞赏《敕勒歌》，但说"辽东风气之偏"却评"偏"了。有人依"贺六浑阴山敕勒歌"语判定作者为"贺六浑"，贺六浑是谁？就是高欢。高欢虽为鲜卑人，也能唱和，是不是他创的，证据不足。乐府收此诗无署作者。至于对此诗的评价是很高的。金代著名诗人元好问写一篇诗论说："慷慨歌谣绝不传，穹庐一曲本天然。中州万古英雄气，也到阴山敕勒川。"称赞它有"英雄气"。清人沈德潜《说诗晬语》："只眼，口头语，而有弦外音，味外味，使人神往。"清人许印芳《诗法萃编》赞此诗："有得意忘言之妙，斯为乐府绝唱。""此歌只用本色语，直陈所见，而情寓景中，神游象外。"然而诗中名句，应是"天苍苍，野茫茫，风吹草低见牛羊"。用此句的有：

唐·崔颢《王威古》："春风吹浅草，猎骑何翩翩！""风吹草浅"由"风吹草低"而出，写草原狩猎。

宋·黄庭坚《题阳关图》："断肠声里无形影，画出无声亦断肠。想得阳关更西路，北风低草见牛羊。"唐·画家李伯时据王维《送元二使安西》诗意作《阳关图》，诗人为图题此诗。"想得阳关更西路"从王维"西出阳关无故人"句化出，"阳关"在今甘肃敦煌西南古董滩附近。其"更西路"如何？"北风低草见牛羊"，用《敕勒》句，说有繁茂的水草和丰绕的资源。这就写出了王维诗的言外之意和李伯时图的画外之音。

用此不朽名句的还如：

宋·苏轼《李思训画〈长江绝岛图〉》："山苍苍，水茫茫，大孤小孤江中央。"

宋·毛开《渔家傲》："燕去鸿归无事了，天渺渺，风吹平野低寒草。"

宋·袁去华《垂丝钓》："江枫秋老。晓来红叶如扫。暮雨生寒，正北风低草。乱半川残照，伤怀抱。""低"已作动词，成使动句"使草低"之义。

宋·李处全《水调歌头》（送王景文）："上马趣携酒，送客古朱方。秋风斜日山际，低草见牛羊。"写秋原远景。

宋·黎廷瑞《秦楼月》："一枝欲寄行人少。行人少，大江南岸，北风低草。"取袁去华句式。

元·陈孚《居庸叠翠》:"征鸿一声起长空,风吹草低山月小。"兼用苏轼《后赤壁赋》中"山高月小,水落石出"句,写天地广袤,山月由于"风吹草低"变得娇小了。

元·马祖常《河湟书事》:"青海无波春雁下,草生碛里见牛羊。"这里的牛羊在沙碛草中。

元·张养浩《山坡羊》(洛阳怀古):"树苍苍,水茫茫,云台不见中兴将。"仿用句式,另表新义。

现代诗人于右任《短歌行》:"天苍苍,野茫茫,山之上,国有殇。"死前二年写就,嘱葬高山,"望我大陆""望我故乡",表思乡之切。(作者死于台湾)

2638. 芳草萋萋鹦鹉洲

"芳草萋萋"句源于《楚辞》(招隐士):"王孙游兮不归,春草生兮萋萋。"此产生"芳草王孙"句,已如前举,同时又衍生"芳草萋萋"句。这类诗句不用"王孙",也很少表送别,表示离愁的为多,有些则直接表现相距辽远,眼前一片茫然,从而引发思绪。最著名的就是唐代诗人崔颢《黄鹤楼》中的"芳草萋萋鹦鹉洲"。

崔颢《黄鹤楼》为人们推为题黄鹤楼之绝唱。元·辛文房《唐才子传》记,李白登黄鹤楼见崔诗说:"眼前有景道不得,崔颢题诗在上头。"这多出于后人附会。但李白的《鹦鹉洲》《登金陵凤凰台》二诗确乎摹拟此诗。说明此诗之优李白是心许的。严羽《沧浪诗话》评:"唐人七言律诗,当以崔颢《黄鹤楼》为第一。"沈德潜《唐诗别裁》也评:"意得象先,神行语外,纵笔写去,遂擅千古之奇。"

"晴川历历汉阳树,芳草萋萋鹦鹉洲。"是律诗中的领联,是登楼触目的实景,正是这清清晰晰的汉阳树和芳草繁茂的鹦鹉洲,诱发起诗人乡关之思,烟波之愁。这两句韵律协谐,对仗工稳,起伏跌宕,亦堪称佳句。

"春草生兮萋萋"是一句有深远影响的诗句。宋人姜夔《红梅引》:"歌罢淮南春草赋,又萋萋,漂零客、泪满衣。""淮南春草赋"即含"春草生兮萋萋",歌罢泪满衣,可见一斑。此句经"芳草萋萋鹦鹉洲"的传诵,"萋萋芳草"在诗词中更有了生命力。在一段漫长的诗歌史上,用"萋萋"描写芳草茂盛,借以抒情,成了写草的唯一的或主要的语言现象。请欣赏这些"芳草萋萋"句。

南朝·宋·谢灵运《石门新营所住,四面高山回溪石濑茂林修竹诗》:"袅袅秋风过,萋萋春草

繁。"

南朝·梁·王筠《和吴主簿六首》:"山川隔道里,芳草徒萋萋。"

南朝·陈·江总《紫骝马》:"春草正萋萋,荡妇出空闺。"

隋·卢思道《赠李若诗》:"初发清漳浦,春草正萋萋。"用江总原句。

又《赠刘仪同西聘》:"须君劳旋罢,春草共萋萋。"

唐·刘希夷《洛川怀古》:"萋萋春草绿,悲歌牧征马。"

唐·王维《送张五谞归宣城》:"欲归江淼淼,未到草萋萋。"

唐·刘长卿《谪仙怨》:"独恨长沙谪去,江潭春草萋萋。"

唐·李季兰《送阎二十六赴剡县》:"离情遍芳草,无处不萋萋。"

唐·钱起《山下别杜少府》:"伤心独归路,秋草更萋萋。"

唐·韩翃《和高平朱参军思归作》:"坐见萋萋芳草绿,遥思往日晴江曲。"

唐·郎士元《送杨中丞和蕃》:"锦车登陇日,边草正萋萋。"

唐·皇甫冉《三月三日义兴李明府后亭泛舟》:"处处蘋兰春浦绿,萋萋蒻草远山多。"

唐·刘方平《代春怨》:"朝日残莺伴妾啼,开帘只见草萋萋。"

唐·秦系《春日闲居三首》:"举家无外事,共爱草萋萋。"

唐·李绅《望海亭》:"萧索感心俱是梦,九天应共草萋萋。"

唐·杜牧《隋宫春》:"龙舟东下事成空,蔓草萋萋满故宫。"

又《贵游》:"朝回珮马草萋萋,年少恩深卫霍齐。"

唐·李群玉《恼从兄》:"芳草萋萋新燕飞,芷汀南望雁书稀。武陵洞里寻春客,已被桃花迷不归。"

唐·温庭筠《经李徵君故居》:"露浓烟重草萋萋,树映阑干柳拂堤。"

又《清凉寺》:"妙迹奇名竟何在,下方烟暝草萋萋。"

唐·刘沧《对残春》:"唯有年光堪自惜,不胜

烟草日萋萋。"

唐·吴融《玉女庙》:"愁黛不开山浅浅,离心长在草萋萋。"

又《和人有感》:"一院无人春寂寂,九原何处草萋萋。"

又《岐州安西门》:"今日登临须下泪,行人无个草萋萋。"

唐·胡宿《津亭》:"层城渺渺人伤别,芳草萋萋客倦游。"

唐·王沈《婕妤怨》:"长信梨花暗欲栖,应门上钥草萋萋。"

唐·苏广文《春日过田明府遇焦山人》:"相见只言秦汉事,武陵溪里草萋萋。"

唐·清江《春游司直城西鸬鹚溪别业》:"裴回恋知己,日夕草萋萋。"

唐·李冶《送阎二十六赴剡县》:"离情遍芳草,无处不萋萋。"(同李季兰诗)

唐·韦庄《望远行》词:"人欲别,马频嘶,绿槐千里长堤,出门芳草路萋萋。"

又《浣溪沙》:"柳丝斜拂白铜鞮,弄珠江上草萋萋。"

唐·吕岩《缆船洲》:"归到荒洲无觅处,萋萋芳草对斜阳。"

五代·魏承班《黄钟乐》:"池塘烟暖草萋萋,惆怅闲宵含恨,愁坐思堪迷。"

五代·毛熙震《浣溪沙》:"花树香红烟景迷,满庭芳草绿萋萋。"

五代·李中《赠上都先业大师》:"睡起晓窗风淅淅,病来深院草萋萋。"

五代·谭用之《再游韦曲山寺》:"碧吐红芳旧行处,岂堪回首萋萋。"

宋·杜安世《山亭柳》:"叹韶光虚过,却芳草萋萋。映楼台、淡烟漠漠。"

宋·释保暹《寄洪州新建知县张康》:"孺亭应更悲前事,烟草萋萋叫夜蛩。"

宋·胡宿《津亭》:"层城渺渺人伤别,芳草萋萋客倦游。"

宋·孟宾子《怀连上旧居》:"更忆海阳垂钓侣,昔年相遇草萋萋。"

宋·张咏《洛中寓居》:"自笑诗书冷无味,抱琴阶下草萋萋。"

宋·莫将《浣溪沙》:"宝钏绡裙上玉梯。云重应恨翠楼低。愁同芳草两萋萋。"

宋·杨无咎《滴滴金》:"萋萋芳草迷南浦。正风吹、打船雨。"

宋·毛开《风流子》:"念千里云遥,暮天长短,十年人杳,流水东西。惟有寄情芳草,依旧萋萋。"

宋·张孝祥《满江红》:"但长州、茂苑草萋萋,愁如织。"

宋·辛弃疾《河渎神》(女诫词效花间体):"芳草绿萋萋,断肠绝浦相思。山头人望翠云旗。"

又《一剪梅》:"白石江头曲岸西,一片闲愁,芳草萋萋。"

宋·石孝友《玉楼春》:"香红漠漠落梅村,愁碧萋萋芳草渡。"

宋·姜夔《翠楼吟》:"玉梯凝望久,叹芳草、萋萋千里。"

宋·石介《访田公不遇》:"主人何处去,门外草萋萋。"

宋·赵师侠《行香子》:"春日迟迟,春景熙熙。渐郊原、芳草萋萋。"

宋·杨炎正《秦楼月》:"断肠芳草萋萋碧,新来怪底相思极。"

宋·方千里《夜游宫》:"一带垂杨蘸水,映芳草、萋萋千里。"

宋·叶隆礼《兰陵王》(和清真):"萋萋芳草暗水驿,肠断画阑北。"

宋·葛长庚《菊花新》:"晴霞照水,叹细草新蒲寒萋萋。"

宋·谭宣子《西窗烛》(雨霁江行自度):"为楚腰、惯舞东风,芳草萋萋衬绿。"

宋·刘学箕《鹧鸪天》(发舟安康,明游见留,往覆三用韵):"芳草萋萋入眼浓,一年花事又忽忽。"

宋·无名氏《西江月》:"萋萋芳草路无泥,脉脉归心似醉。"

元·萨都拉《酹江月》(任御史有约不至):"芳草萋萋无际绿,怅望故人应转。"

元·赵雍《摊破浣溪沙》:"春草萋萋绿,梨花落尽晚来风。"

元·钟嗣成《骂王郎带感皇恩采茶歌》(春):"寂寂落花伤暮景,萋萋芳草怕黄昏。"

明·刘应秋《登阁漫兴》:"春色不胜芳草绿,萋萋常似待人归。"

明·张肯《浪淘沙》(咏莎滩):"沙尾远凝眸,雨惨烟愁。萋萋不共水东流。"(莎草不共水东流,倔强性格。)

清·康熙皇帝玄烨《季夏游西山忆旧》:"沙暖鸳鸯睡,萋萋草满堤。"

又《云栖寺》:"潺潺细泉流,萋萋芳草长。"

清·恽敬《浣溪沙》(黄钟宫,亦入中吕宫。白门春望,和张平伯):"不见美人青玉案,空闻游女白铜鞮。画轮归去草萋萋。"

2639. 天涯何处无芳草

这是苏轼的名句。苏轼《蝶恋花》(春景):"花褪残红青杏小。燕子飞时,绿水人家绕。枝上柳棉吹又少。天涯何处无芳草。"春已深,春即老,春就要归去;花褪残红,柳绵吹少,唯芳草遍天涯。芳草成了挚友,成了希望。在满腔愁绪中,寄有一点慰藉。情感建于自然规律之上,不谓不坚实。

"天涯芳草"的句源何在?唐代著名诗人戴叔伦在《江上别刘驾》一诗中写过:"天涯芳草遍,江路又逢春。""遍"即"何处"意,似苏轼句所本。其实真正的句源应追溯到屈原。屈原在《离骚》中有句:"何所独无芳草兮,尔何怀乎故宇?"意思是世上什么地方没有芳草,你又何必苦苦怀恋故地?"天涯何处无芳草"正是"何所独无芳草"句。唐·李贺《有所思》:"想君白马悬雕弓,世间何处无春风。"苏轼取此句式。苏词此句极富感染力。《林下词谈》云:苏轼在惠州时,曾命佳妓朝云唱这首小令。朝云还没有开口唱,就已"泪满沾襟"了。苏轼问原因,朝云说:"奴所不能歌,是'枝上柳棉吹又少,天涯何处无芳草'也!"柳棉吹又少,芳草遍天涯,正是暮春已至,朝云怎么不会为这青春即逝而伤情呢!

"天涯芳草",苏词之前诗中已见,苏词之后益多。天涯之阔,芳草之多,空间之大,距离之远,在交通不发达的古代,总会给游旅离人引发种种思绪。这就是所以多写"芳草天涯""天涯芳草"及其同意语的原因。

唐·戴叔伦《早春曲》:"朱颜未衰消息稀,肠断天涯草空碧。"

又《江上别刘驾》:"天涯芳草遍江路,又逢春海月留人。"

唐·牟融《赠欧阳詹》:"岛外断云凝远日,天涯芳草动愁心。"

宋·林通《送楚执中随侍入蜀》:"洛汭好山归别业,江南芳草动离情。"用牟融句。"天涯"换作

"江南"。林几次用"江南芳草":《寄宣城宗言侄》:"春水涵波绿渺弥,江南芳草又离离。"《送陈日章秀才》:"江南春草旧行路,因送归人更断肠。"

宋·秦观则喜用"淡草天涯":《风流子》:"念鳞鸿不见,谁传芳信?潇湘人远,空守苹花。无奈疏梅风景,淡草天涯。""空采苹花"则用古诗《涉江采芙蓉》《庭中有奇树》《新树兰蕙葩》等诗中句意,采之却无由送达,面对淡草天涯,徒增惆怅了。"淡草"应是早春时节。

宋·周邦彦《浣溪沙》:"楼上晴天碧四垂,楼前芳草接天涯。"

宋·王重《烛影摇红》:"凤楼何处,画阑愁倚,天涯芳草。"

宋·朱敦儒《西江月》:"小楼帘卷路迢迢,望断天涯芳草。"

宋·周紫芝《风入松》:"看尽天涯芳草,春愁堆在阑干。"

宋·朱淑真《谒金门》:"满院落花帘不卷,断肠芳草远。""天涯"换作"远"以入律。

宋·杨冠卿《蝶恋花》(次张俊臣韵):"绿怨红愁春不管,天涯芳草人肠断。"

又《菩萨蛮》(春日呈安国舍人):"天涯芳草路,目送征鸿去。人远玉关长,尺书难寄将。"

宋·卢炳《谒金门》:"好梦惊回无觅处,天涯芳草碧。"

宋·韩淲《祝英台近》(燕莺语):"断肠芳草天涯,行云荏苒,和好梦,有谁分付。"

宋·卢祖皋《乌夜啼》:"楼高日暮休帘卷,芳草满天涯。"用朱敦儒句。

宋·孙居敬《风入松》(次韵代赠人):"绿痕染遍天涯草,更小红、已破桃枝。此恨无人共说,梦回月满楼时。"

宋·李好古《八声甘州》:"倦绣闲庭昼永,望天涯、芳草忆征鞍。"

宋·李曾伯《水调歌头》(辛丑送胡子安赴远安):"芳草天涯弥望,着我飞凫来去,在在可徜徉。"

又《浪淘沙》:"芳草天涯寒食又,归兴尤浓。"

宋·吴文英《西江月》:"江上桃花流水,天涯芳草青山。"

宋·史达祖《西江月》:"幽思屡随芳草,闲愁多似杨花。杨花芳草遍天涯。"

宋·姜夔《翠楼吟》:"玉梯凝望久,叹芳草萋

萋千里,天涯情味。"

宋·罗椅《八声甘州》(孤山寒食):"何地无芳草,惟此青青。"

宋·王沂孙《高阳台》(和周草窗寄越中诸友韵):"如今处处生芳草,纵凭高,不见天涯。"

宋·李彭老《青玉案》:"蕙带空留断肠句,草色天涯情几许。"

宋·李莱老《浪淘沙》:"芳草天涯,流水韶华。"

宋·李琳《六么令》(京中清明):"依约天涯芳草,染得春风碧。"

宋·周密《拜星月慢》:"芳草天涯,负华堂双燕。"

元·何可视《蝶恋花》:"十二玉楼春树杪,天涯不断青青草。"唯理想世界中还有连绵春色。

明·吴子孝《浪淘沙》:"想到天涯芳草遍,望断吟眸。"

又《南乡子》(效冯延巳作):"望断天涯人不见……芳草碧凄然。"

明·张綖《风流子》:"潇湘人远,空采苹花。无奈疏梅风景,碧草天涯。"全用秦观词。

明·万寿祺《双调望江南》:"芳草遥天人去后,碧云满地雁来时,秋信竟差池!"

清·朱彝尊《蝶恋花》(重游晋祠题壁):"又是天涯芳草遍,年年汾水看归雁。"极写地域辽阔。

清·麦孟华《解连环》(酬任公用梦窗留别石帚韵):"怪断肠、芳草萋萋,却绿到天涯,酿成春色。"答梁启超,芳草绿遍天涯,喻变法终会成为现实。

今人童怀章《奉和汪民全同志》:"远寻芳草走天涯,踏碎残红是落花。"

反用"天涯何处无芳草":

宋·朱敦儒《一落索》:"江南江北水连云,问何处,寻芳草?"

又《渔家傲》:"知音少,人间何处寻芳草!"

宋·辛弃疾《蝶恋花》:"冉冉年华,吾自老。水满汀洲,何处寻芳草。"

"天涯何处无芳草"其使用意义是很宽泛的。宋·晏殊《金柅园》:"临川楼上柅园中,十五年前此会同。一曲清歌满樽酒,人生何处不相逢。"何处无芳草,亦可含此意。

2640. 天涯芳草迷归路

宋·辛弃疾《摸鱼儿》:"春且住。见说道、天涯芳草迷归路。"意在留春,因为天涯芳草拦住了春的归路。留春不住而怨春。暗隐国势倾危,偏安之局怕也难保,因此写春势喻国势。也含著身无地之怅惘情怀。辛词《满江红》(送徐抚幹衡仲之官三山,时马叔令侍郎帅闽):"芳草不迷行客路,垂杨只碍离人泪。"又反上义,送人,人将去,留不住。所以说"不迷行客路"。

"芳草迷归路"的创句人不是辛弃疾,而是唐人惟审,他在《别友人》中写:"一身无定处,万里独销魂。芳草迷归路,春衣滴泪痕。"写他漂泊无依,归路难通。苏轼曾反复用此句:《桃源忆故人》(暮春):"暖风不解留花住。片片著人无数。楼上望春归去。芳草迷归路。"又《点绛唇》:"烛影摇风,一枕伤春绪。归不去,凤楼何处,芳草迷归路。"苏轼数遭贬谪,欲回到朝廷施展才华,可"芳草迷归路"。辛词或直受《桃源忆故人》的启示。苏轼之后还有李清照,她也写了一阕《点绛唇》,有效苏词的痕迹:"倚遍阑干,只是无情绪。人何处?连天芳草,望断归来路。"怀念羁旅之人,不知道他归来的音息。

"芳草迷归路"句多与"春归"联系,表达种种感情。

宋·吴潜《海棠春·郊行》:"天涯芳草迷征路。还又是、忽忽春去。"

又《满江红》:"缘底事,春才好处,又成轻别。芳草凄迷归路远,子规更叫黄昏月。"

宋·何梦桂《喜迁莺》:"劝君且休归去,芳草天涯无路。"

清·况周颐《蝶恋花》:"梦里屏山芳草路,梦回惆怅无寻处。"

清·张惠言《水调歌头》(春日赋示杨生子掞):"难道春花开落,更是春风来去,便了却韶华?花外春来路,芳草不曾遮。"反用,指出努力追求是有希望的。

2641. 流水断桥芳草路

唐·牟融《陈使君山庄》:"流水断桥芳草路,淡烟疏雨落花天。""天涯芳草无归路",是芳草接天涯,茫然一片,在意念中是没有路的。"断桥流水芳草路"是有路的,路旁芳草萋萋,直达远方,所以"芳草路"重在写路。如是渡口,则是"芳草渡",渡口周边芳草丛生。

"芳草路"句:

唐·韦庄《木兰花》:"独上小楼春欲暮,愁望玉关芳草路。"此句也很有名。

又《望远行》:"出门芳草路萋萋,云雨别来易东西。"

又《丙辰年鄜州遇寒食城外醉吟五首》:"肠断入城芳草路,淡红香白一群群。"

五代·薛昭蕴《离别难》:"芳草路东西,摇袖立,春风急,樱花杨柳雨凄凄。"

五代·谭用之《渭城春晚》:"边城夜静月初上,芳草路长人未归。"

宋·张先《怨春风》词:"今夜掩妆花下语,明朝芳草东西路。"

宋·贾昌朝《木兰花令》:"碧油红旆锦障泥,斜日画桥芳草路。"

宋·朱敦儒《清平乐》:"楼外夕阳芳草路,今夜短亭何处。"

宋·李弥逊《蝶恋花》(拟古):"拾翠归来芳草路,避人蝴蝶双飞去。"

又《天仙子》:"小楼翠幕不禁风,芳草路,无尘处,明月满庭人欲去。"

宋·张元干《谒金门》:"寒食烟村芳草路,愁来无著处。"

宋·吴亿《南乡子》:"认得裙腰芳草路,魂消,曾折梅花过断桥。"

宋·杨冠卿《东坡引》:"绿波芳草路,别离记南浦。"

宋·辛弃疾《江神子》:"芳草姑苏台下路,和泪看、小屏山。"

又《玉楼春》:"墙头尘满短辕车,门外人行芳草路。"

又《惜分飞》(春思):"翡翠楼前芳草路,宝马坠鞭曾驻。"

又《玉楼春》:"风前欲劝春光住,春在城南芳草路。未随流水落边花,且作飘零泥上絮。"

宋·石孝友《虞美人》:"醉寻芳草城头路,底事频凝伫。"

宋·刘仙伦《蝶恋花》:"只恐游蜂粘得住,斜阳芳草江头路。"

宋·卢祖皋《贺新郎》:"算燕雀、眼前无数。纵便帘栊能爱护,到如今、已是成迟暮。芳草碧,遮归路。"(变式)

宋·洪瑹《浪淘沙》:"肠断画桥芳草路,月晓风清。"

宋·陈允平《点绛唇》:"分袂情怀,快风一箭轻帆举。暮烟云浦,芳草斜阳路。"

宋·何梦桂《贺新郎》:"不道燕衔春将去,误啼鹃,唤起年年恨。芳草路,人愁甚。"

宋·江开《玉楼春》:"争知日日小阑干,望断斜阳芳草路。"

宋·刘辰翁《菩萨蛮》:"长亭芳草路,寒食谁家墓。"

清·王鹏运《鹊踏枝》:"换尽大堤芳草路,倡条都是相思树。"

2642.人来人去芳草渡

宋·吴儆《浣溪沙》(题星洲寺):"人来人去芳草渡,鸥飞鸥没白苹洲。""芳草渡"是芳草丛生的渡口。渡口人来人去,苹洲鸥飞鸥没,是两幅辉映着的画面,使渡口充满了生机。句型是一、三字重复对仗,如杜甫的"自来自去堂上燕,相亲相近水中鸥"。(《江村》)

"芳草渡",晚唐人已开始描写:

唐·李郢《送刘谷》:"寒涧渡头芳草色,新梅岭外鹧鸪声。"

唐·罗邺《春江恨别》:"重来别处无人见,芳草斜阳满渡头。"

南唐·张泌《洞庭阻风》:"空江浩荡景萧然,尽日孤蒲泊钓船。青草浪高三月渡,绿杨花扑一溪烟。"

宋·欧阳修《离峡州后回寄元珍表臣》:"醉里人归青草渡,梦中船下武牙滩。"

宋·苏轼《渔家傲》(金陵赏心亭送王胜之龙图。王守金陵视事一日移南郡):"渺渺斜风吹细雨,芳草渡,江南父老留公住。"

宋·赵长卿《临江仙》(初夏):"雨深芳草渡,蝴蝶正慵飞。"

宋·辛弃疾《祝英台近》:"绿杨堤,青草渡,花片水流去。"

宋·石孝友《玉楼春》:"香红漠漠落梅树,愁碧萋萋芳草渡。"

宋·赵师侠《鹧鸪天》(壬辰豫章惠月佛阁):"烟霭空濛江上春,夕阳芳草渡头情。"

宋·陈亮《青玉案》:"武陵溪上桃花路,见征骑,匆匆去,嘶入斜阳芳草渡。"

宋·杨炎正《蝶恋花》(别范南伯):"君到南徐芳草渡,想得寻春,依旧当年路。"

宋·高观国《玉楼春》："多时不踏章台路,依旧东风芳草渡。"

宋·李昂英《摸鱼儿》(送王子文知太平州):"丹山碧水含离恨,有脚阳春难驻。芳草渡,似叫住东君、满树黄鹂语。"

宋·陈允平《芳草渡》："芳草渡,渐地逦分飞,鸳俦凤侣。"

宋·陈德武《蝶恋花》(送春):"流水落红芳草渡,明年好记归时路。"

宋·刘将孙《踏莎行》(闲游):"水际轻烟,沙边微雨,荷花芳草垂杨渡。"

宋·无名氏《谒金门》："梦过江南芳草渡,晓色又催人去。"

2643. 吴宫花草埋幽径

唐·李白《登金陵凤凰台》："吴宫花草埋幽径,晋代衣冠成古丘。"东吴的宫廷埋于花草,一片荒芜,东晋的衣冠人物、名士风流已作坟丘,感历史之盛衰。《唐诗记事》与《苕溪渔隐丛话》所记李白对崔颢《黄鹤楼》十分赞许。其实此律与崔诗相比,难分伯仲。正如贺裳《瀛奎律髓》所评:"格律气势,未易甲乙。"如果说崔诗更有名气,也与李白的赞许有关。

宋·张炎《国香》(赋兰):"自分生涯淡薄,隐蓬蒿、甘老山林。风烟伴憔悴,冷落吴宫,草暗花深。"取"吴宫花草埋幽径"意,叹兰花受冷落、摧残。

明·余怀《摸鱼儿》(和辛幼安):"吴宫花草随风雨,更有千门万户。"吴宫千门万户,已随风雨破败。

2644. 春草昭阳路断

唐·王建《宫中调笑》(转应曲):"团扇,团扇,美人病来遮面。玉颜憔悴三年,谁复商量管弦?弦管,弦管,春草昭阳路断。"昭阳宫,汉成帝时赵飞燕之妹得宠时所居。"昭阳"常代表受宠者的居处,而"路断",皇帝不来,自己被幽,则喻失宠了。

唐·韦庄《小重山》："一闭昭阳春又春。……绕庭芳草绿,倚长门。"含春草路断之意。

2645. 草色遥看近却无

唐·韩愈《早春呈水部张十八员外二首》："天街小雨润如酥,草色遥看近却无。"第一场春雨之后,春草萌发,远看一坡一岭地淡淡绿色,而近看这绿色却不见了。这是春天刚刚萌生的草色特点。

宋·苏轼《减字木兰花》："微雨如酥,草色遥看近却无。"用韩愈二句,一是缩句,一是原句。

2646. 青袍似春草

汉《古诗·穆穆清风至》："穆穆清风至,吹我罗衣裾。青袍似春草,草长条风舒。"和爽的清风吹来,掀动了我的衣袖;春草青青,在春风中舒展,就象丈夫的青袍。由青草联想到青袍;由青袍联想到身着青袍出走的丈夫,思夫之情油然而生。多么朴实的联想,多么微妙的感情!

"草色似青袍",除了指代男子的身影,也代表官职卑微(如白居易的"司马青衫"),又常以青袍反喻青草。句如:

南朝·梁·何逊《与苏九德别》："春草似青袍,秋月如团扇。"用古诗原句,说苏九德身上的青袍如草,手中的团扇如月,草年年生,月岁岁见,可友人一别不知何时重逢了!

南朝·梁·萧子显《树中草》："幸有青袍色,聊因翠幄凋。"喻草。

北朝·周·庾信《哀江南赋》："青袍如草,白马如练。"侯景之乱,士兵围644城,皆着青袍。

唐·刘长卿《送史九赴任宁陵兼呈单父史八时监察五兄初入台》："绣袍棠花映,青袍草色迎。"写官职。

又《奉饯元侍郎加豫章采访兼赐章服》："黄金装旧马,青草换新袍。"写官袍。

又《客舍赠别》："桃花照彩服,草色连青袍。"写袍。

唐·岑参《送郑少府赴滏阳》："春草迎袍色,晴花拂绶香。"写官袍。

又《送张卿郎君赴硖石尉》："草羡青袍色,花随黄绶新。"写官袍。

又《春日醴泉杜明府承恩五品宴席上赋诗》："青袍移草色,朱绶夺花然。"写换青袍。

唐·杜甫《送重表侄王砅评事使南海》："水花笑白首,春草随青袍。"写远去。

又《渡江》："渚花张素锦,汀草乱青袍。"写江草。

唐·韩翃《赠别崔司直赴江东兼简常州独孤使君》："爱君青袍色,芳草能相似。"

唐·李端《送黎少府赴阳翟》："白马如风疾,

青袍夺草新。"

唐·白居易《和谈校书秋夜感怀呈朝中亲友》:"秋霜似鬓年空长,春草如袍位尚卑。"

又《元九以绿丝布白转裕见寄制成衣服以诗报知》:"袴花白似青云薄,衫色青于春草浓。"

唐·章孝标《送陈校书赴蔡州幕》:"青草袍襟翻脚,黄金马镫照旄头。"

唐·李商隐《春游》:"瘦郎年最少,青草妒春袍。"

又《春日寄怀》:"春袍似草年年定,白发如丝日日新。"

唐·韦庄《送崔郎中往使西川行在》:"新马杏花色,绿袍春草香。"

又《语松竹》:"庭前芳草绿如袍,堂上诗人欲二毛。"写草。

又《题袁州谢秀才所居》:"芳草似袍连径合,白云如鸟傍云飞。"

宋·张先《菩萨蛮》:"忆郎还上层楼曲,楼前芳草年年绿。绿似去时袍,回头风袖飘。郎袍应已旧,颜色非长久。惜恐镜中春,不如花草新。"

又《清平乐》:"青袍如草,得意还年少。"

宋·欧阳修《贺圣朝影》:"垂杨慢舞,绿丝条,草如袍。"

宋·王之道《蝶恋花》:"素锦青袍知有处,花光草色迷汀渚。"

宋·赵彦端《减字木兰花》:"草色如袍,记取从今舞处娇。"

宋·程大昌《感皇恩》:"孙枝秀雅,已挂恩袍春草。"写官袍。

宋·无名氏《失调名》:"芳草绿如茵,与盈袍、草争翠色。"写草。

清·朱祖谋《琵琶仙》(送朱敬斋还江阴):"残酒辞春,渺千里,岸草征袍同色。"念别怀人,草袍及人(朱敬斋)。

2647. 记得绿罗裙,处处怜芳草

五代·牛希济《生查子》:"语已多,情未了,回首犹重道:'记得绿罗裙,处处怜芳草!'"一位女子,在丈夫临行时,反复嘱告:我的绿罗裙,就是芳草色;不忘绿罗裙,就应爱芳草;芳草处处有,时时想到我。以草比裙,以裙代人,运用借代法,含妻子之心如芳草可以追随到天涯;男子见到芳草,即思念家中妻子,捕捉寻常事物,寄寓缠绵悱恻深情,绝

妙!正如李冰若《栩中漫记》所评:"词旨悱恻温厚,而造句近乎自然,岂飞卿辈所可企及?"

"草色罗裙",语出南朝·陈·江总之妻诗《赋庭草》:"雨过草芊芊,连云锁南陌。门前君试看,是妾罗裙色。"她是最早以庭草比罗裙色的,为以"芳草罗裙"称女子又辟一蹊径。除了指称女子外,"草色罗裙"也反喻草。

唐·刘长卿《春草宫怀古》:"君王不可见,芳草旧宫春。犹带罗裙色,青青向楚人。"以宫草隐忆宫人。

又《湘妃庙》:"苔痕断珠履,草色带罗裙。"写湘妃像。

唐·许浑《寄房千里博士》:"重寻绣带朱藤合,更认罗裙碧草长。"写草。

宋·贺铸《绿罗裙》:"伤心南浦波,回首青门道。记得绿罗裙,处处怜芳草。"用牛希济原句,写男子远行离别之情。

宋·周邦彦《满庭芳》(忆钱塘):"苏小当年秀骨,萦蔓草,空想罗裙。""罗裙"代苏小小。

宋·曾觌《玉楼春》(雪中无酒,清坐寒冷,承观使大尉与宾客酬唱谨和):"美人试按新翻曲,点破舞裙春草绿。"

宋·王之望《临江仙》(赠妓):"远山思翠黛,蔓草记罗裙。"

宋·史达祖《夜行船》:"草色拖裙,烟光惹鬓,常记故园挑菜。"

又《西江月》:"裙摺绿罗芳草,冠梁白玉芙蓉。"

宋·高观国《少年游》(草):"萋萋多少江南恨,翻忆翠罗裙。"

宋·毛珝《踏莎行》:"彩笺拈起锦囊花,绿窗留得罗裙草。"

宋·曹邍《齐天乐》:"莫忘香荇,绿罗裙带草。"

宋·徐瑞《点绛唇》:"多事春风,年年绿遍江南草。罗裙色好,莫把相如恼。"

明·汤显祖《牡丹亭》第三十五出《回生》:"罗裙欲认,青青蔓草春长。"

清·查慎行《金缕曲》(客窗初夏触景思乡):"裙共草,一般绿。"见草思裙,深深怀念睽别三年的妻子。

2648. 草绿裙腰一道斜

唐·白居易《杭州春望》:"谁开湖寺西南路,

草绿裙腰一道斜。"孤山寺路在湖洲中,草绿时望之如裙腰。"裙腰"即裙带,多喻绿草的一片形状,也喻草色。

宋·张先《破阵乐》:"雁齿桥红,裙腰草绿,云际寺,林下路。"

宋·王安石《和惠思岁二日二绝》:"遥怜草色裙腰绿,湖寺西南一路开。"用白居易句写"湖寺"。

宋·晏几道《诉衷情》:"长因蕙草记罗裙,绿腰沈水熏。"兼用罗裙句。

宋·苏轼《再和杨公济梅花十绝》:"春入西湖到处花,裙腰芳草抱山斜。"绘白居易所绘之景。

又《和秦太虚梅花》:"孤山山下醉眠处,点缀裙腰纷不扫。"点缀梅花。

宋·贺铸《摊破木兰花》:"芳草裙腰一尽围,粉郎香润,轻洒蔷薇。"写绿裙。

宋·吕渭老《醉蓬莱》:"任落梅铺缀,雁齿斜桥,裙腰芳草。"

又《望海潮》:"青青柳叶柔条,碧草皱裙腰。"

宋·石孝友《南歌子》:"草色裙腰展,冰容水镜开。"

2649. 尘土满青袍

唐·白居易《权摄昭应早秋书事》:"可怜趋走吏,尘土满青袍。""青袍"是小吏的官服,由于到处奔走,一身沾满了尘土,言其劳苦。

又《约心》:"黑鬓丝雪侵,青袍尘土涴。"

宋·苏轼《中隐堂诗》:"王孙早归隐,尘土污君袍。"意近白居易诗。

2650. 离离原上草,一岁一枯荣

唐·白居易《赋得古原草送别》:"离离原上草,一岁一枯荣。野火烧不尽,春风吹又生。"送人远去,见古原上青草茂密,而想到这草春荣秋枯,烧之不尽,又想到"芳草王孙",于是"萋萋满别情"。唐·李白《瀑布》:"海风吹不断,江月照还空。"白诗中"野火"句用此句式。

宋·苏轼《次韵刘景文送钱蒙仲三首》其三:"五字古原春草,千金汉殿长门。经纬尚余三策,典型留与诸孙。""古原春草"概括白居易诗。

宋·刘子寰《玉楼春》(题小竿岭):"今来古往吴京道,岁岁荣枯原上草。"用白居易句。

2651. 平芜赤烧生

唐·李端《茂陵山行陪韦金部》:"古道黄花落,平芜赤烧生。"写放火烧荒,或草原野烧。"平芜",荒原。

唐·司空曙《送严使君游山》:"赤烧兼山远,青芜与浪连。"这是连山赤烧。

2652. 春色满平芜

唐·高适《田家春望》:"出门何所见,春色满平芜。"荒田上满是野草山花。

又《同群公出猎海上》:"偶与群公游,旷然出平芜。"又写平芜。

宋·苏轼《惠州近城数小山类蜀道》:"夕阳飞絮乱平芜,万里春前一酒壶。"写平芜景色,夕阳斜照,飞絮纷纷。

2653. 富贵何如草头露

唐·杜甫《送孔巢父谢病归游江东兼呈李白》:"惜君只欲苦死留,富贵何如草头露!"天宝间,孔巢父曾游长安,而后辞官归隐。蔡侯钱别,杜甫在座,作此诗。孔在青年时,曾与李白、韩准、裴政、陶沔隐居徂徕山,时称"竹溪六逸"。此诗兼呈李白,与此有关。当时有人苦劝孔不要归隐江东,孔隐志已决。诗中的"惜君只欲苦死留",劝他留官留职,而孔视富贵为"草头露"。《述征记》云:"八月一日作五明囊,盛草头露,洗眼,眼明。"这里用草叶梢上的露珠,不会久长,喻富贵之短暂。

宋·苏轼《陌上花三首》:"生前富贵草头露,身后风流陌上花。"

又《木兰花令》:"草头秋露流珠滑,三五盈盈还二八。"

明·汤显祖《牡丹亭》第五十出闹宴:"功名富贵草头露,骨肉团圆锦上花。"

2654. 草间霜露古今情

唐·李商隐《览古》:"莫恃金汤忽太平,草间霜露古今情。"不要自恃固若金汤,希望永远太平,而失去警觉,权势如同草上的霜露而不久长,古今都一样的。同杜句。

宋·范成大《夔州竹枝歌》:"白帝庙前无旧城,荒山野草古今情。"用李商隐句,述沧桑变化。

又《白狗峡》:"颠沛安危机,艰难古今情。"

2655. 离恨恰如芳草,更行更远还生

芳草为什与"恨"相联系?今人感到费解。唐

人顾况《春草谣》曾揭示古人对芳草的感受："春草不解行，随人上东城。正月二月色绵绵，千里万里伤人情。"春草本无情，为什么会"伤人情"呢？原因在"千里万里"上，以古代的交通条件，远离则难归，远别则难会，所以古人有更多的离愁和归思，这就是所谓的"恨"。而草，无处不生无处不有，人踏着芳草远去，也踏着芳远归，因而自然地把离愁和归思托情于草，并常常因草而生情。唐·韦应物《送别覃孝廉》说："家住青山下，门前芳草多。"是代抒覃某落第后的乡情，劝他好好回家。正如唐人钱起《南中春意》所述："归园别佳人，他乡思芳草。"元人曾允元《点绛唇》："来是春初，去是春将老。长亭道，一般芳草，只有归时好。"这些都写思归之情。韦应物《送崔押衙相州》："别路怜芳草，归心伴塞鸿。"宋·释惟凤《送陈矛处士》："草长开路微，离思更依依。"都写送别时之离情的。这类芳草句，不挂"王孙""斜阳"，少饰"萋萋""天涯"，只独写芳草之"恨"，当然，有的很含蓄。唐·岑参："离心且莫问，春草自应知。"（《稠桑驿喜逢严河南中丞便别》）唐·皇甫冉用岑参句："白云长满月，芳草自知心。"（《送庐山人归林虑山》）都写离情芳草知，其实是见芳草而知离情。

南唐后主李煜《清平乐》创写了"恨如芳草"的名句："离恨恰如芳草，更行更远还生。"用无穷尽的芳草喻无穷尽的离愁，很有表现力。然而这种写法源出于唐·杜牧《题安州浮云寺楼寄湖州张郎》诗："恨如芳草多，事与孤鸿去。"五代的冯延巳《南乡子》："细雨湿流光，芳草年年与恨长。"也是近义句。其它"恨如芳草"句如：

宋·贺铸《怨三三》："愁随芳草，绿遍江南。"

又《想车音》（兀令）："占得春色年年，随处随人到，恨不如芳草。"

宋·石延年《燕归梁》（春怨）："芳草年年惹恨幽，想前事悠悠，伤春伤别几时休。"

宋·刘过《临江仙》："近水远山都积恨，可堪芳草如茵。"

宋·王万之《踏莎行》："天涯无数旧愁根，东风种得成芳草。"

宋·韦骧《减字木兰花》："远思悠悠，芳草何年恨即休。"

宋·张侃《拙轩诗话》引毛友达可诗："草色如愁滚滚来。"

元·张弘范《点绛唇》："独上高楼，恨随芳草连天去。"

明·沈宜修《霜叶飞》（题君善祝发图）："落蕊楚江君莫恼，芳洲处处悲秋草。"

又《满庭芳》（七夕）："堪怜处，年年芳草，青黛锁秋横。"

2656. 恨如芳草，萋萋刬尽还生

宋·秦观《八六子》："恨如芳草，萋萋刬尽还生。"喻恨之无穷无尽，芳草已多，而且刬尽还生；芳草刬不尽，幽恨也难消了。用常见事、常见理，喻无形之恨，强化了表现力度。

宋·黄机《六州歌头》（岳总干《丘珂》隐括《上吴荆州启》，以此腔歌之，因次韵）："望家山何在，衮衮已繁缨。欲刬还生，猛堪惊。"用秦观句，指那些无才无德之人总是冠带登场，刬除不尽。

明·汤显祖《牡丹亭》第十四出写真《刷子序犯》："逍遥，怎刬尽助愁芳草，甚法儿点活心苗！"

2657. 夕阳衰草杜陵秋

唐·韦庄《过樊川旧居》："却到樊川访旧游，夕阳衰草杜陵秋。"注云："时在华州驾前，奉使入蜀作。"作者入蜀已六十余岁，途经杜陵（今属陕西西安市）樊川旧居，伤时感旧作此诗，时值秋日，故乡在一片夕阳衰草之中，破旧荒凉，不禁感慨系之。晚唐，黄巢起义，军阀混乱，唐王朝已朝不保夕，故乡的破败不是同王国的末落相系相关吗？

"衰草（秋草）夕阳（斜阳）"，都是破败末落事物，多烘托心境不佳。

唐·王涣《悼亡》："今日青门葬君处，乱蝉衰草夕阳斜。"写凄凉。

宋·柳永《引驾行》："红尘紫陌，斜阳暮草长安道，是离人、断魂处，迢迢匹马西征。"

又《双声子》："斜阳暮草茫茫，尽成万古遗愁。"

宋·韩驹《失调名》（西湖会词）："孤舟晚飐湖光里，衰草斜阳无限意。"

宋·陈袭善《渔家傲》："衰草斜阳无限意，谁与寄？西湖水是相思泪。"上面韩驹词与此同，但仅存二句。

宋·曹勋《选冠子》（宿石门）："还是关河冷落，斜阳衰草，苇村山驿。"

宋·辛弃疾《踏莎行》："西风林外有啼鸦，斜阳山下多衰草。"

又《蝶恋花》（送祐之弟）："衰草残阳三万顷，不算飘零，天外孤鸿影。"

宋·石孝友《愁倚阑》（又名《春光好》）："衰草低衬斜阳，斜阳外、水冷云黄。"

宋·宋自逊《贺新郎》（题雪堂）："唤起东坡老，问雪堂、几番兴废，斜阳衰草。"

宋·柴望《摸鱼儿》："人世间，本只阴晴易换，斜阳衰草何限。"

宋·周密《法曲献仙音》（吊雪香亭梅）："无语消魂，对斜阳、衰草泪满。"兼用吴文英《三姝媚》中"伫久河桥欲去，斜阳泪满"句。

金·段克己《鹧鸪天》（九日寄衡济之兼简仲坚景纯二弟）："今古恨，去悠悠，无情汾水自流。淡烟衰草斜阳外，并作登临一段愁。"

元·许有壬《水龙吟》："曹瞒事业，悠悠斜日，茫茫衰草。"

清·孔尚任《桃花扇》加二十一出《孤吟·前腔》："诸侯怨，丞相嗔，无边衰草对斜曛。"骄横将军，弄权宰相，到头来也难免黯淡凄凉。

清·康熙皇帝玄烨《金陵旧紫禁城怀古》："治理艰勤重殷鉴，斜阳衰草系情多。"面对明建都地金陵的衰草斜阳，想到明朝的覆亡，实感"殷鉴不远"。

2658. 芳草无情，更在斜阳外

清人袁枚说过："夕阳芳草寻常物，解用多为绝妙词。"（《遣兴》其二）他说夕阳、芳草这类寻常事物，只要用得好，也可以写出绝妙好词。看来，袁枚曾读过不少"芳草斜阳"之佳作。

"山映斜阳天接水，芳草无情，更在斜阳外。"这是宋代著名文人范仲淹《苏幕遮》词中句子，写客子之思，张惠言认为含"去国之情"。斜阳远，芳草更在斜阳外，已成斜阳光照不到的地方，这样写他之所思不是一般漫无涯际，而是遥远之极了。芳草无有际涯，斜阳也无有际涯，这就是"芳草斜阳"句的自然条件。由于人们对"芳草斜阳"都可望得很远很远，也就很容易产生幽思遐想，怀念远离的故土和远别的亲人，这也是"芳草斜阳"句的生命力了。这种诗句最早见于唐代。

唐·杜牧《池州春送前进士蒯希逸》："芳草复芳草，断肠还断肠。自然堪下泪，何必更残阳！"意为芳草已足令人断肠了，何必还有残阳呢！言外之意再有残阳就更令人伤悄了。杜牧《街西长句》还

写"一曲将军何处笛，连云芳草日初斜"的描写。"芳草"繁盛春将晚，"残阳"夕照天已暮，都是令人生悲的缘由。与"夕阳衰草"表情达义略同，除春草与秋草的差别外，"芳草斜阳"多表示离情。

"芳草夕阳（斜阳、斜晖）"句如：

五代·冯延巳《临江仙》："夕阳千里连芳草，风光愁杀王孙。"

又《采桑子》："林间戏蝶帘间燕，各自双双，忍更思量，绿树青苔半夕阳。"以"绿树青苔"取代"芳草"。

五代·张泌《河传》："渺莽云水，惆怅暮帆去，迢递。夕阳芳草，千里万里，雁声无限起。"

宋·田锡《题天竺寺》："萋萋芳草重回首，十里松门照落晖。"

宋·柳永《凤栖梧》："草色烟光残照里，无言谁会凭栏意。"

宋·欧阳修《西湖念语》："谁知闲凭阑干处，芳草斜晖。"

宋·黄庭坚《画堂春》（年十六作）："东风吹柳日初长，雨余芳草斜阳。"（一作秦观词）

宋·张耒《风流子》："芳草有情，夕阳无语，雁横南浦，人倚西楼。"

宋·贺铸《九回肠》："倚高楼、望断章台路。但垂杨永巷，落花微雨，芳草斜阳。"

宋·毛滂《蓦山溪》（杨花）："蜂儿蝶子，教得越轻狂。隔斜阳，点芳草，断送青春里。"

宋·张元干《踏莎行》："芳草平沙，斜阳远树，无情桃叶江头渡。"

宋·胡铨《如梦令》："谁念新州人老，几度斜阳芳草。"表示时间。

宋·曾觌《感皇恩》（重到临安）："绮陌青门，斜阳芳草，今古销沉送人老。"

宋·毛开《浪淘沙》："无限楼前伤远意，芳草斜晖。"

宋·谢懋《风入松》："笑舞落花红影，醉眠芳草斜阳。"

宋·赵长卿《柳梢青》（春词）："千山万水重重，烟雨里、王维画中。芳草斜阳，无人江渡，蓑笠渔翁。"

又《菩萨蛮》："芳草斜阳，行人更断肠。"

宋·韩淲《一剪梅》："说著相思梦亦愁，芳草斜阳，春满秦楼。"

宋·周端臣《春归怨》："问春为谁来、为谁去？

匆匆太速。流水落花,斜阳芳草,此恨年年相触。"

宋·张榘《青玉案》:"多少夕阳芳草地,雾掩烟漫。"

又《水龙吟》:"怅斜阳芳草,长安不见,谁共洒、新亭泪。"

宋·李曾伯《八声甘州》:"斜阳外,梦回芳草,人老萧关。"

宋·吴文英《夜合花》:"故人楼上,凭谁指与、芳草斜阳。"

宋·李莱老《点绛唇》:"燕莺尘迹,芳草斜阳笛。"

宋·陈允平《南歌子》:"伤春情绪,寄箜篌,流水残阳芳草、伴人愁。"

又《小重山》:"斜阳芳草暗魂销,东风远,犹凭赤栏桥。"

宋·刘辰翁《蝶恋花》(感兴):"去路夕阳芳草际,不论阑干,处处情怀似。"

又《六州歌头》(乙亥二月,贾平章似道督师至太平州鲁港,未见敌,鸣锣而溃。后半月闻报,赋此。):"大纛高牙去,人不见,港重重。斜阳外,芳草碧,落花红。抛尽黄金无计,方知道、前此和戎。"

宋·张磬《浣溪沙》:"度柳早莺分暖绿,过花小燕带春香。满庭芳草又斜阳。"

宋·詹玉《桂枝香》(题写韵轩):"夕阳芳草,落花流水,依然南浦。"用周端臣句。

元·张翥《踏莎行》(江上送客):"芳草平沙,斜阳远树,无情桃叶江头渡。"同张元干词。

明·汤显祖《牡丹亭》第二十八出《幽媾·宜春令》:"斜阳外,芳草涯,再无人有伶仃的爹妈。"

明·李雯《菩萨蛮》:"斜阳芳草隔,满目伤心碧。"做了"臣虏",思念故国(明)而不得见。

明·吴绮《望海潮》(金陵怀古):"只有台城芳草,绿满寒汀。多少青山,夕阳何处暮烟凝。"慨叹南明灭亡,惟余斜阳芳草。

清·蒲松龄《山中》:"芳草斜阳游子路,小桥流水野人家。"

清·龚自珍《湘月》:"才见一抹斜阳,半堤香草,顿惹清愁起。"

清·宋荦《高阳台》(章江舟次读玉田词步集中韵):"家山回首斜阳外,但萋萋芳草,森森长川。"

清·吴翌凤《玉楼春》:"满堤芳草不成归,斜

日画桥烟水冷。"

又《虞美人》(丁巳春尽):"送春三度立斜阳,依旧绿波芳草、是他乡。"

2659. 行人更在春山外

宋·欧阳修《踏莎行》:"寸寸柔肠,盈盈粉泪,楼高莫近危阑倚。平芜尽处是春山,行人更在春山外。"此词上片写征人思乡;下片写思妇怀远人。此录为下片,同范仲淹的"芳草更在斜阳外"笔法一样,拓出了天外天、山外山的境外之境,展现了无限的空间,遥远的距离。"行人"的缥缈无踪,思妇的茫然心态,曲折有力地表现了出来。前人有评论,明·李攀龙《草堂诗余隽》云:"春水写愁,春山骋望,极切极婉。"清·黄苏《蓼园词选》云:"言不敢远望,愈望愈远也。"清·王士禛《花草拾蒙》云:"'平芜尽处是春山,行人更在春山外',升庵(明·杨慎)以为似石曼卿'水尽天不尽,人在天尽头'为工,未免河汉。盖意近而工拙悬殊,不啻霄壤。且此等入词为本色,入诗即失古雅。"

用"平芜尽处是春山,行人更在春山外"句写离人相去之远的如:

宋·晁补之《水龙吟》:"向松陵回首,平芜尽处,在青山外。"

元·马致远《集贤宾·思情》:"人更在青山外,倦题宫叶字,羞见海棠开。"

元·张可久《普天乐·秋怀》:"雁啼明月中,人在青山外。独上危楼无奈,起西风一片离怀。"

元·无名氏《醉中天》:"人比青山更远,梨花庭院,月明闲却秋千。"

清·王国维《蝶恋花》:"已恨平芜随雁远,暝烟更界平芜断。"

写"境外之境"以表现遥远,其源起既非范仲淹"芳草无情更在斜阳外",也非欧阳修"行人更在春山外"。唐·李商隐"刘郎已恨蓬山远,更隔蓬山一万重"是更早的名句了,对范、欧的开示可以窥知,然而李句亦非源起,源起当是中唐王维、岑参等人的描写。后人用起来,所指称的地方亦不止一处。

唐·王维《送张五谭归宣城》:"五湖千万里,况复五湖西。"

唐·岑参《过碛》:"为言地尽天还尽,行到安西更向西。"

唐·裴夷直《崇山郡》:"交州已在南天外,更

过交州四五州。"

唐·李商隐《西南行却寄相送者》："百里阴云覆雪花,行人只在雪云西。"

唐·韦庄《送日本国僧敬龙归》："扶桑已在渺茫中,家在扶桑东更东。此去与师谁共到,一船明月一船风。"

范仲淹、欧阳修之后如:

宋·贺铸《杵声齐》:"(征衣)寄到玉关应万里,戍人犹在玉关西。"

又《忆仙姿》:"天际认归舟,但见平林如荠。迢递,迢递,人更远于天际。"

清·蒲松龄《登岱行》:"白云直上接天界,山颠又出白云外。"

清·蒋春霖《台城路》(易州寄高寄泉):"雾隐孤城,夕阳山外远。"

2660. 更隔蓬山一万重

唐·李商隐《无题四首》之一:"来是空言去绝踪,月斜楼上五更钟。梦为远别啼难唤,书被催成墨未浓。蜡照半笼金翡翠,麝熏微度绣芙蓉。刘郎已恨蓬山远,更隔蓬山一万重。"屈复《玉溪生诗意》概述各句内容:"一相期久别,二此时难堪,三梦犹难别,四幸通音信,五六灯孤微香,咫尺千里,七八无端又远,无可如何。"全诗述说对远方恋人的思念,并写相隔渺远,会面无期,只能托付于梦幻。评者均以为寓托:政治追求已更为渺茫,只存追求精神了。何焯说"义山《无题》,不过自伤不遇,无聊怨题。"李商隐在另一首《无题》诗中曾写"蓬山此去无多路",而此诗中的"蓬山"则远了。"刘郎已恨蓬山远,更隔蓬山一万重。"蓬山已极远,更隔一万重,简直是渺远至极,人已聚会无缘,希望已成渺茫。"刘郎",东汉刘晨,"蓬山",海上仙山。后用"蓬山遥远",或表示离人远隔,或表示君臣隔绝。

宋·宋祁《鹧鸪天》:"金作屋,玉为笼,车如流水马如龙。刘郎已恨蓬山远,更隔蓬山几万重。"用李商隐二句,只换一"几"字。

宋·苏轼《赠人》:"蓬山路远人难到,霜柏威高道转孤。"

宋·贺铸《菩萨蛮》:"枕横衾浪拥,好夜无人共。莫道粉墙东,蓬山千万重。""粉墙",用宋玉"东邻之子"典,言隔墙之近。

又《乌啼月》:"重墙未抵蓬山远,却恨画楼低。"

宋·韦骧《减字木兰花》:"仙踪何处,此去蓬山多少路?春霭腾腾,更在遥台十二层。"

宋·杨无咎《齐天乐》(和周美成韵):"蓬山恨远,想月好风清,酒登琴荐。"

元·王实甫《西厢记》第二本第四折《绵搭絮》:"疏帘风细,幽室灯清,都只是一层红纸,几楻儿疏籬,兀的不是隔着云山几万重。"

清·孔尚任《桃花扇》第三十九出《栖真·皂罗袍》:"旧人重到,蓬山路通。"

清·梁启超《金缕曲》(丁未五月归国,旋复东渡,却寄沪上诸子):"十二曲阑春寂寂,隔蓬山,何处窥人面!"光绪皇帝被囚瀛台,禁宫森严,难得见面,如隔蓬山。

清·麦孟华《解连环》(酬任公用梦窗留别石帚韵):"年华逝波渐掷,叹蓬山路阻,乌盼头白。"说梁启超逃往日本,君臣隔离,如阻蓬山。

2661. 绿杨芳草长亭路

宋·晏殊《玉楼春》(春思):"绿杨芳草长亭路,年少抛人容易去。楼头残梦五更钟,花底离愁三月雨。"绿杨亭是送别亭,芳草路是离人路,离人由于年少,未尝过离别之苦,因而轻易抛人扬长而去。结果遗下单相思的人,只做"楼头残梦",徒生"花底离愁"。

晏殊"绿杨芳草"诗是写"闺怨",为妇人代言。这种代抒闺怨诗于古有之,平常而又平常,因为"闺怨"也是古代社会生活的一个侧面。沈雄《古今词话》卷上引《诗眼》:晏叔原(晏殊之子晏几道)见蒲传正曰:"先君小词,未尝作妇人语。"传正云:"'绿杨芳草长亭路,年少抛人容易去。'岂非妇人语?"叔原曰:"公谓'年少'为所欢乎?因公言,遂晓乐天诗两句:'欲留所欢待富贵,富贵不来所欢去。'"传正笑而悟其言之失。两个对"作妇人语"的争辩,含有戏言,且不必说。只看晏殊"绿杨芳草"句是深入人心的。

作"绿杨芳草"诗非"妇人语"的,是宋初早于晏殊的钱维演。他的《木兰花》词写:"绿杨芳草几时休,泪眼愁肠先已断。"词人晚年遭谪,见春色反添凄凉,"绿杨芳草几时休"意如亡国之君的"春花秋月何时了"。宋人黄升《花庵词选》说:"此公暮年之作,词极凄惋。"宋人胡仔《苕溪渔隐丛话》引《侍儿小名录》:"钱思公谪汉东日,撰《玉楼春》

(木兰花)词,酒阑歌之,必为泣下。"钱诗流露出晚景凄寒,不堪回首之哀愁。"绿杨芳草"在大自然中多并生共存,诗词中也就常常二者并写。

"绿杨""芳草"最早并写入诗的是唐人。崔峒《送薛仲芳归扬州》:"绿杨新过雨,芳草待君来。"这是送别。"绿杨芳草"句内涵极丰,不只是离愁别绪。

宋·柳永《满朝欢》:"巷陌乍晴,香尘染惹,垂杨芳草。"

又《剔银灯》:"艳杏夭桃,垂杨芳草,各斗雨膏烟腻。"

宋·梅尧臣《苏幕遮》:"满地残阳,翠色和烟老。""翠色"当含芳草绿树。

宋·刘敞《题临波亭》:"绿杨芳草旧无蹊,竹坞花源敌剡溪。"

宋·文同《弄珠亭春日闲望》:"野草迷晴岸,垂杨暗晚津。"写茂春。

宋·欧阳修《玉楼春》:"暮云空阔不知音,惟有绿杨芳草路。"写残春。

又《玉楼春》:"绿杨娇眼为谁回,芳草深心空自动。"写愁思。

又《桃源忆故人》:"碧草绿杨岐路,况是长亭暮。"写伤别。

宋·曹组《浣溪沙》:"芳草绿杨人去住,短墙幽径燕西东。"写景色。

宋·蔡伸《小重山》:"绿杨芳草恨绵绵,长亭路,何处认征鞍。"写盼归。

宋·李石《如梦令》(忆别):"烦恼,烦恼,肠断绿杨芳草。"(忆别)

宋·毛开《满江红》:"春渐远,绿杨芳草,燕飞池阁。"写暮春。

宋·陆游《如梦令》(闺思):"只恐学行云,去作阳台春晓。春晓,春晓,满院绿杨芳草。"写春色。

宋·吴潜《糖多令》(湖口道中):"白鹭立孤汀,行人长短亭。正垂杨、芳草青青。"写途景。

又《如梦令》:"江上绿杨芳草,想见故园春好。"引发联想。

又《虞美人》:"谁家台榭当年筑,芳草垂杨绿。"写景色。

宋·辛弃疾《丑奴儿》(博山道中效李易安体):"千峰云起,骤雨一霎时价。更远树斜阳,风景怎画。"写风景。

又《满江红》:"芳草不迷行客路,垂杨只碍离人目。"写离思。

又《摸鱼儿》:"休去倚危栏,斜阳正在,烟柳断肠处。"写愁怨。

又《永遇乐》(京口北固亭怀古):"斜阳草树,寻常巷陌,人道寄奴曾住。"南朝宋武帝刘裕居所已荒芜。怀古喻今。

宋·李昴英《摸鱼儿》:"纶中萧散环珠履,春满绿杨芳草。"写春色。

宋·陈著《大酺》:"边城如画,处处绿杨芳草。"写景色。

宋·刘辰翁《绮寮怨》:"绿杨外,芳草庭院深。"写景象。

宋·颜奎《清平乐》:"二十四番风后,绿阴芳草长亭。"写晚春。

宋·无名氏《迎春乐令》:"漠漠青烟远远道,触目是、绿杨芳草。"写风景。

清·黄景仁《短歌别华峰》:"垂杨密密拂行装,芳草萋萋碍行路。"写送别环境。

清·曹雪芹《红楼梦》第一回甄士隐《好了歌注》:"衰草枯杨,曾为歌舞场。"慨叹兴衰荣枯、变化无常。

2662. 但寒烟衰草凝绿

宋·王安石《桂枝香》(金陵怀古):"六朝旧事随流水,但寒烟衰草凝绿。"六朝繁华早付东流,六朝古都金陵,只余一片寒烟笼盖着衰草的黯绿。这是一位政治家的兴亡之叹,两句词也就很有名。

"烟""草"并写,至少起于唐五代。南唐李煜《临江仙》:"别巷寂寥人散后,望残烟草低迷。"五代魏承班《黄钟乐》:"池塘烟暖草萋萋,惆怅闲宵含恨,愁坐思堪迷。"五代毛熙震《浣溪沙》:"花树香红烟景迷,满庭芳草绿萋萋。"都写了烟和草,都是渺茫凄楚景象。而这类语言的定式则出自宋·柳永之手。他的《轮台子》写:"匆匆策马登途,满目淡烟衰草。"又《阳台路》:"暮烟衰草,算暗锁、路歧无限。"此后"淡烟衰草""寒烟衰草""暮烟衰草""冷烟衰草"及其它变式不断为人沿用。

宋·廖世美《烛影摇红》:"数峰江上,芳草无涯,参差烟树。"

宋·赵长卿《浣溪沙》(初冬):"风卷霜林叶叶飞,雁横寒影一行低,淡烟衰草不胜诗。"

宋·辛弃疾《品令》:"西风黄叶,淡烟衰草,平沙将暮。"

宋·刘过《西吴曲》(忆襄阳):"漫吊景,冷烟衰草凄迷,伤心兴废,赖有阳春古郢。"

宋·姜夔《凄凉犯》:"更衰草寒烟淡薄。似当时、将军部曲,迤逦度沙漠。"

宋·楼采《二郎神》:"凝恨极,尽日凭高目断,淡烟芳草。"

宋·王埜《六州歌头》:"对残烟衰草,满目是清秋。"

宋·李曾伯《沁园春》:"远水长天,淡烟衰草,还是当时王粲楼。"

宋·刘元才《玲珑四犯》:"问愁恨、当年谁种,漠漠淡烟衰草。"用宋·王万之《踏莎行》"愁根"句(见前)。

宋·陈人杰《沁园春》:"正夕阳枯木,低回征路,寒烟衰草,迤逦离情。"

宋·陈允平《夜飞鹊》:"回首征帆缥缈,津亭寂寞,衰草烟迷。"

宋·刘氏《沁园春》:"缺月疏桐,淡烟衰草,对此如何不泪垂。"

宋·张炎《霜叶飞》:"贞元朝士已无多,但暮烟衰草。"

元·王实甫《西厢记》第四本第三折《脱布衫》:"下西风黄叶纷飞,染寒烟衰草凄迷。"

元·白朴《天净沙》:"雪里山前水滨,竹篱茅舍,淡烟衰草孤村。"写黯淡凄凉的孤村冬景。

元·萨都拉《满江红》(金陵怀古):"但荒烟衰草,乱鸦斜日。"用王安石句,写金陵萧索。

明·刘基《沁园春》:"凭栏看,但云霞明灭,烟草茫茫。"写政局前景渺茫。

明·杨慎《廿一史弹词·临江仙》第七段说隋唐二代尾词《西江月》:"隋唐相继流中原,世态几回云变。杨柳凄迷汴水,丹青惨淡凌烟,乐游原上草连天,飞起寒鸦一片。"

清·彭孙遹《画屏秋色》(芜城秋感):"何处认隋宫?见衰草寒烟堆积。攒一片、伤心碧。"兼用李白《菩萨蛮》:"塞山一带伤心碧。"

清·孔尚任《桃花扇》第五出访翠《缑山月》:"金粉未消亡,闻得六朝香,满天涯烟草断人肠。"因有李香君在金陵,深深怀念。

清·王士禛《浣溪沙》:"西望雷塘何处是?香魂零落使人愁。淡烟芳草旧迷楼。"雷塘炀帝暮早已荡然无存,迷楼姜姬的灵魂早已零落,只余一片

迷离芳草。用崔颢"烟波江上"句式,用杜牧《扬州》中"炀帝雷塘土,迷藏有旧楼"句义。"雷塘"宋代已湮没。

清·顾贞观《金缕曲》(秋暮登雨花台):"试上雨花台上望,但寒烟衰草秋无数。"用王安石句写浑浑茫茫的秋意,增吊古伤今之情。

清·曹雪芹《红楼梦》第五十八回潇湘妃子《菊梦》:"醒时幽怨同谁诉,衰草寒烟无限情。"

2663.行人肠断草凄迷

宋·苏轼《浣溪沙》:"废诏夜来秋水满,茂林深处晚莺啼。行人肠断草凄迷。"写秋草凄寒迷濛,最使行人感伤。他在《南歌子》中写"别润守许仲涂"时也说:"惟有落花芳草、断人肠。"

"芳草凄迷"早见于五代孙光宪的《清平乐》:"掩镜无语眉低,思随芳草凄凄。"

宋·赵彦端《芰荷香》(席上用韵送程德远罢金谿):"燕初归,正春阴暗淡,客意凄迷。"

宋·袁去华《贺新郎》:"回廊小院帘垂地。想连天、芳草凄迷,短长亭外。愁到春来依然在,旧事浑如梦里。"

又《谒金门》:"芳草凄迷烟雨细,秦楼何处是。"

宋·李邴《洞仙歌》:"自长亭、人去后,烟草凄迷。归来了、装点离愁无数。"

宋·刘裳《临江仙》(补李后主词):"门巷寂寥人去后,望残烟草低迷。"

宋·谢懋《蓦山溪》:"惜花人老,芳草梦凄迷。"

宋·吴礼之《蝶恋花》(春思):"烟草低迷萦小路,昼长人静朱户。"

宋·赵以夫《桂枝香》:"想阅尽千帆,来往潮汐,烟草凄迷,此际为谁心恻。"

宋·吴潜《满江红》:"芳草凄迷归路远,子规更叫黄昏月。"

宋·张炎《壶中天》:"衰草凄迷秋更绿,惟有闲鸥独立。"

宋·周孚先《木兰花慢》:"烟草半凄迷,叹单父荒台,黄公墟寂,难觅佳期。"

宋·方岳《沁园春》(赋子规):"甚连天芳草,凄迷离恨,拂帘香絮,撩乱深心。"兼用袁去华句。

宋·赵长卿《虞美人》(清婉亭赏酴醿):"凡红飞尽草凄迷,婀娜枝头才见、细腰肢。"

清·况周颐《青山湿遍》自注诗："飘零风雨可怜生,芳草迷离绿满汀。"悼亡姬桐娟之墓。

2664. 山抹微云,天粘衰草

宋·秦观《满庭芳》："山抹微云,天粘衰草,画角声断谯门。"会稽山上抹着淡淡的白云,远天连接着枯草,谯楼上画角声已经停了下来。这是作者即离开会稽,别一歌妓所作此词开头写的景色。"天粘衰草",宋刻本作"天连衰草"。"山抹微云"成了此词的代称。宋·黄升《花庵词话》云:"秦少游自会稽入京,见东坡,坡曰:'久别当作文甚盛,都下盛唱公"山抹微云"之词。'"苏轼《联》称:"山抹微云秦学士,露花倒影柳屯田。"认为秦观"学柳七作词"。(《花庵词选》)

《词林纪事》引钮琇语:"少游词'山抹微云,天粘衰草',其用意在'抹'字、'粘'字;况庚阐赋'浪势粘天',张祜诗'草色粘天鹠鹕恨',俱有来历。""天粘衰草"当从"草色粘天"来。

最先写草与天连的是唐·刘长卿《送陆沣还吴中》诗:"故山南望何处,秋草连天独归。"作者在瓜步山送客南归,正下起萧萧暮雨,目送孤客走向远方,远方秋草正与天连接着,景色十分凄凉,人也凄凉。

宋·寇准《踏莎行》:"倚楼无语欲销魂,长空黯淡芳草。"

宋·秦观《水龙吟》:"望天涯,万叠关山,烟草连天,远凭高阁。"

宋·赵善扛《重叠金》(春思):"玉关芳草黏天碧,春风万里思行客。"

宋·卢祖皋《水龙吟》(赋酴醾):"荡红流水无声,暮烟细草黏天远。"

清·王夫之《贺新郎》(自题草堂):"新绿半畦荒径侧,怕萋萋仍是粘天草。"

2665. 连天衰草,望断归来路

宋·李清照《点绛唇》:"倚遍栏干,只是无情绪。人何处? 连天衰草,望断归来路。"独倚阑干,凭高眺远,只见连天衰草,无限延伸,羁旅之人归来之路已被遮断。人何处? 缥缈无踪。

"连天衰草"并非出自秦观的"天粘(连)衰草",而是取苏轼、孙洙的原句。如:

苏轼《减字木兰花》(寓意):"连天衰草,下走湖南西去道。"

孙洙《何满子》(秋怨):"楚客多情偏怨别,碧山远水登临。目前连天衰草,夜阑几处疏砧。"

苏轼与孙洙同时,二词的写作难断先后。用"连天衰草"句及其变式如:

宋·沈端节《虞美人》:"暮云衰草连天远,不记离人怨。"

宋·柴望《齐天乐》:"尚衰草连天,暮烟凝碧。"变序用。

元·赵显宏《满庭芳·牧》:"闲中放牛,天连野草,水接平芜。"换字用。

清·沈传桂《永遇乐》:"卷地惊飙,际天衰草,城郭春晚。"换字用。

清·纳兰性德《蝶恋花》:"衰草连天无意绪,雁声远向萧关去。"合用李清照"连天衰草""只是无意绪"二句。

清·曹雪芹《红楼梦》第五回《虚花悟》:"更兼看,连天衰草遮坟墓。"

"芳草凄迷"条中袁去华、方岳词中的"连天衰草凄迷"也兼用了"连天衰草"。

2666. 芳草连天迷远望

宋·周邦彦《满江红》(仙吕):"芳草连天迷远望,宝香熏被成孤宿。最苦是、蝴蝶满园飞,无人扑。"写女子思念远人,芳草连天,迷失了视线,不见离人归来。

"芳草连天",远方的春草与天相连接,此用宋·柳永《迷神引》句:"芳草连空阔,残照满,佳人无消息,断云远。""连空"即"连天"。宋·叶梦得《虞美人》(上巳席上):"一声鹠鸪催春晚,芳草连空远。"则直用"芳草连空"。周邦彦《浣溪沙》:"楼上晴天垂回壁,楼前芳草接天涯。"与"芳草连天"意同。而用"芳草连天"是最多的。

宋·王安礼《点绛唇》:"凭高不见,芳草连天远。"

宋·朱敦儒《苏幕遮》:"芳草连天云薄暮,故国山河,一阵黄昏雨。"

宋·陆游《桃园忆故人》:"试问岁华何处,芳草连天暮。"

宋·袁去华《贺新郎》:"想连天,芳草凄迷,短长亭外。"

宋·汪莘《八声甘州》:"芳草连天远,愁杀斜晖。"

又《玉楼春》(赠别孟仓使):"问君离恨几多

长,芳草连天犹觉短。"

宋·韩滮《蝶恋花》:"往事如云如梦否,连天芳草惊依旧。"

宋·卢祖皋《宴清都》(初春):"算犹有、凭高望眼,更那堪、芳草连天,飞梅弄晚。"

宋·黄机《清平乐》:"客里情怀无日好,愁损连天芳草。"

宋·葛长庚《蝶恋花》:"醉里寻春春不见,夕阳芳草连天远。"

宋·赵以夫《贺新郎》:"载酒阳关去,正西湖、连天烟草,满堤晴絮。"

宋·方岳《沁园春》:"甚连天芳草,凄迷离恨,拂帘香絮,撩乱深心。"

宋·陈人杰《沁园春》:"有连天秋草,寒烟借碧;满城霜叶,落照争红。"

宋·陈允平《虞美人》:"春衫薄薄寒犹恋,芳草连天远。"

宋·刘辰翁《兰陵王》:"秋千外、芳草连天,谁遣风沙暗天浦。"

宋·寇寺丞《点绛唇》(遗妓):"深院日斜,人静花阴转。柔肠断,凭高不见,芳草连天远。"

宋·宋媛《踏莎行》:"销魂细柳一时垂,断肠芳草连天长。"

2667. 池塘生春草

清人黄梨洲《三月望纪行》诗中说"诗人过去多芳草",是说过去的许多诗人都写芳草。除了前面种种芳草条目,也还有许多单写芳草的。唐·王建《调笑令》(宫中调笑):"弦管,弦管,春草昭阳路断。"通往昭阳宫的路上长满春草,说明赵飞燕受到冷遇。清·杨揆《摸鱼儿》(陇山道中见鹦鹉):"闲追忆,雾落才人赋稿。年年洲畔芳草。"才子祢衡作赋的鹦鹉洲已陷入长江之中,只有洲畔芳草年年枯而复荣。金·赵可《望海潮》(赠妓):"二月辽阳芳草,千里路旁情。"作者于金世宗二十七年赴高丽聘问。清人叶申薌《本事词》说,高丽招待使臣的驿舍都以美妓作馆伴。赵可此诗写临别"赠妓",说过辽阳,见芳草而怀人。因此"诗人多芳草",多用"草"表达悲凉凄楚。而"芳草池塘"句则忧喜兼而有之。

"池塘生春草"是南朝·宋·谢灵运的名句。他的《登池上楼》中写:"池塘生春草,园柳变鸣禽。"广为人诵。谢灵运被贬永嘉,大病一场。初

春病愈,登楼临池,放眼眺望,春草池塘,生机盎然,感慨系之。在离群索居中,面对早春风光,透出一线希望:朝廷还能改变对他的看法。池塘生春草,本是平常之景,为人司空见惯,而在谢灵运笔下融铸了特定的情感,对后代文人产生了深远的启迪作用。唐代诗人吴融说:"谢家园里成吟久,只欠池塘一句诗",这句诗就是"池塘生春草"。谢灵运十世孙谢昼——唐代诗人皎然在《述祖德赠湖上诸沈》诗中写道:"我祖文章有威名,千年海内重嘉声。雪飞梁苑操奇赋,春发池塘得佳句。"金代诗人元好问也有"池塘春草谢家春,万古千秋五字新"(《论诗三十首》)的赞语。"池塘春草"句,宋人用之较多,或表现欣喜春色,或表示离愁别绪。

唐·皮日休《闻鲁望游颜家林园病中有寄》:"一夜韶姿著水光,谢家春草满地塘。"

唐·刘沧《望未央宫》:"舞席歌尘空岁月,宫花春草满池塘。"

唐·罗邺《春风》:"暗添芳草池塘色,远遮高楼箫管声。"

唐·李郢《江州城楼》:"秋色池塘无限草,夕阳门外几千家。"

唐·温庭筠《湘宫人歌》:"池塘芳草湿,夜半东风起。"

五代·谭用之《寄孟进士》:"依旧池边草色芳,故人何处忆山阳。"

宋·韩维《寄郑州曾资政》:"应感归欤形丽唱,故园春草满池塘。"

宋·苏轼《临江仙》(赠送):"欢颜为我解冰霜,酒阑清梦觉,春草满池塘。"

宋·李之仪《清平乐》:"学书只写鸳鸯,却应无奈愁肠。安得一双飞去,春风芳草池塘。"

宋·黄庭坚《木兰花令》(次前韵再呈功甫):"歌烦舞倦朱成碧,春草池塘凌谢客。"

宋·周邦彦《念奴娇》:"最惜香梅,凌寒偷绽,漏泄春消息。池塘芳草,又还淑景催逼。"

宋·毛滂《浣溪沙》(寒食初晴,桃杏皆已零落,独牡丹欲开):"芳草池塘新涨绿,官桥杨柳半拖青。"

宋·周铢《蓦山溪》:"故园应是,绿遍池塘草。"

宋·朱敦儒《阮郎归》:"春残人断肠,锦书难寄雁飞忙。池塘芳草长。"

宋·李清照《转调满庭芳》:"芳草池塘,绿阴

庭院,晚晴寒透窗纱。"

宋·向子谭《西江月》:"红退小园桃杏,绿生芳草池塘。"

宋·张元干《蝶恋花》:"燕去莺来春又到,花落花开,几度池塘草。"

宋·朱淑真《立春前一日》:"芳草池塘冰未薄,柳条如线着春工。"

宋·邓肃《菩萨蛮》:"萋萋欲遍池塘草,轻寒欲怕春光老。微雨湿昏黄,梨花啼晚妆。"

宋·毛开《谒金门》:"春已半,芳草池塘绿遍。山北山南花烂熳,日长蜂蝶乱。"

宋·程大昌《点绛唇》(庚戌生日):"春草池塘,茸茸短碧通芳信。"

宋·辛弃疾《水调歌头》(醉吟):"池塘春草未歇,高树变鸣禽。鸿雁初飞江上,蟋蟀还来床下,时序百年心。"辛用谢二句。元人王恽《过沙沟店》沿而用之:"高柳长涂送客吟,暗惊时序变鸣禽。"

宋·袁去华《浣溪沙》:"乳燕鸣鸠闲院落,垂阳芳草小池塘。墙梢冉冉又斜阳。"

宋·赵长卿《虞美人》(深春):"冰塘线绿生芳草,枝上青梅小。"

又《醉蓬莱》(春半):"是平分春色,梦草池塘,暖风帘幕。"

宋·雷震《村晚》:"草满池塘水满波,小街落日浸寒漪。"

宋·王珪《太上皇后阁》:"池边草色迎人绿,庭下榴花照地红。"

宋·韩淲《桃园忆故人》(杏花风):"睡觉倚窗清晓,绿遍池塘春草。"

又《朝中措》(次韵):"池塘春草燕飞飞,人醉牡丹时。"

宋·朱淑真《鹧鸪天》:"当此际,意偏长,萋萋芳草傍池塘。"

又《和厚卿值风阻游范园》:"坐想池塘生碧草,独行阶砌惜芳丛。"

宋·赵汝茪《摘红英》:"东风冽,红梅拆,画帘几片飞来雪。银屏悄,罗裙小,一点相思,满塘春草。"

宋·陈德武《清平乐》(咏蛙):"黄梅雨住,青草池塘暮。"

金·吴激《风流子》:"曲水古今,禁烟前后,暮云楼阁,春草池塘。"

元·贡师泰《风泾舟中》:"落花洲渚鸥迎雨,

芳草池塘燕避风。"

元·吕止庵《后庭花·冷香亭》:"罗绮香尘暗,池塘春草生。冷泉亭,太平有象,时闻歌笑声。"

清·康熙皇帝玄烨《春日》:"雪消树底花争发,冰泮池头草欲生。"

又《喜雨》:"暗添芳草池塘色,远慰深宫稼穑情。"

清·宋湘《说诗八首》之四"池塘春草妙难得,泥落空梁苦用心。"

2668. 梦得"池塘生春草"

相传"池塘生春草"是梦中得句。《南史·谢灵运传》载:谢灵运族弟惠连,工诗善画。谢灵运每作诗,如果当着惠连的面,就往往有佳句。谢灵运在永嘉做太守,作诗构思终日,也未得好句。昏昏入睡,梦见惠连,就吟出"池塘生春草"之句。他认为:"语有神功,非吾语也。"钟嵘《诗品·宋法曹参军谢惠连》引《谢氏家录》云:"康乐(谢灵运,曾袭封康乐公)每对惠连,辄得佳语。后在永嘉西堂,思诗竟日不就。寤寐间,忽见惠连,即成'池塘生春草'。故尝云:'此语有神功,非我语也。'"可见此事并非史家杜撰。人说这是神秘主义灵感,似也并非不可知。谢惠连工诗善画,颇有才华,谢灵运面对他就增加才思,竟至梦他也生灵感,说明谢惠连为谢灵运提供了诗思的氛围。此种情景虽特殊,但并不虚无。引而申之,这种兄弟关系当然格外亲密了。因而后人常用"池塘春草梦"喻兄弟思、朋友情,也用"梦中得佳句"喻作诗咏句。还有的用"池塘春草"写春景春梦。

喻兄弟之情,朋友之谊的:

唐·李白《赠从弟南平太守之遥》写:"梦得池塘生春草,使我长价登楼诗。"他说他同从弟李之遥的兄弟情深有如二谢的兄弟关系,这样更提高了谢诗《登池上楼》的价值,拓宽了诗义。李白在《送从弟》诗中再用"梦句":"他日相思一梦君,应得池塘生春草。"用"梦得佳句"表示他同从弟的密切关系。

唐·白居易《梦行简》:"池塘草绿无佳句,虚卧春窗梦阿连。"思念胞弟白行简,说虽无池塘佳句,却思念甚切。

唐·李群玉《送唐侍御福建省兄》:"到日池塘春草梦,谢公应梦惠连来。"唐侍御兄迎弟归来。

唐·严维《送舍弟》："只应宵梦里，诗兴属池塘。"

五代·谭用之《寄徐拾遗》："野客碧云魂欲断，故人芳草梦难寻。"

宋·郭贽《奉次文爵兄韵》："京国相逢意尽倾，不须池草梦中生。"

宋·苏轼《次韵李端叔送保倅翟安常赴阙兼寄子由》："松荒三径思元亮，草合平池忆惠连。"上句"思元亮(陶渊明)"怀念李端叔，下句"忆惠连"怀念子由。

又《昔在九江苏伯固唱和得来书先寄此诗》："池塘春草惠连梦，上林鸿雁子卿归。"正怀念伯固，恰收鸿雁之书。用苏武事。

宋·黄庭坚《南歌子》："何处黔中郡，遥知隔晚晴。雨余风急断虹横，应梦池塘春草，若为情。"怀黔中友人。

宋·辛弃疾《鹧鸪天》："频聚散，试思量，为谁春草梦池塘。中年长作东山恨，莫遣离歌苦断肠。"

宋·吴文英《高阳台》(送王历阳以右曹赴阙)："紫马行迟，才生梦草池塘，便乘丹凤天边去。"

宋·郑子玉《八声甘州》："冷落池塘残梦，是送君归后，南浦消魂。"

元·查德卿《普天乐·别情》："阳台云雨空，青春池塘梦，好梦惊相思重。"

元·汪元亨《醉太平·警世》："怪莺儿乱啼，惊蝶梦初回，正春风草满谢家池。"

清·蒲松龄《三月三日呈孙树百时得大邸抄》："一身浪迹海鸥轻，春草池塘梦不成。"兄弟四人，唯他一人在外，时刻思念家乡兄弟，却没有谢灵运"池塘生春草"之才。

喻搜诗寻句的，《南史·谢灵运传》说谢灵运梦见了惠连，就吟出了"池塘生春草"句，自以为："语有神功，非吾语也。"因此后人又常用此句指代好诗佳句。

唐·刘禹锡《裴侍郎大尹雪中遗酒一壶兼示喜眼疾平一绝有闲行把酒之句斐然仰酬》："若倾家酿招来客，何必池塘春草生。"遗酒就够了，何必又赠佳句。

唐·白居易《和敏中洛下即事》："昨日池塘春草生，阿连新有好诗成。"敏中赠诗，白居易予以佳评。

唐·皎然《述祖德赠湖上诸沈》："我祖文章有威名，千年海内重嘉声。雪飞梁苑操奇赋，春发池塘得佳句。"诗人是谢灵运十世孙，此赞其祖"春草池塘"佳句。

唐·吴融《莺》："谢家园里成吟久，只欠池塘一句诗。"莺啼称美，只是吟不出佳句。

宋·梅尧臣《重送袁世弼》："春草生塘犹梦句，秋渠出水似君才。"又《依韵和宋次道答弟中喜迁还朝》："池塘梦句君能得，咳唾成珠我未闲。"相互勉励。又《寄公异弟》："池塘去后春，一夕生绿草。无由梦阿连，诗句何能好。"说诗写得不好。

宋·欧阳修《晓咏》："西堂吟诗无人助，草满池塘梦自迷。""梦自迷"，吟不成好诗。

又《留题安州朱氏草堂》："蛙鸣鼓吹春喧耳，草暖池塘梦费吟。"蛙声噪耳，难吟成句。

宋·苏颂《金陵府舍重建金山亭二首》："春塘梦草成诗后，画栋飞云式燕开。"

宋·刘敞《晚步城寄贡甫》："池塘春草新无限，还引新诗入梦里。"作诗以寄怀。

宋·王安石《寄四侄旅二首》："数篇持往助欢哈，想见封题手自开。春草已生无好句，阿连空复梦中来。"虽持数篇，皆无佳句。

宋·苏轼《临江仙》(赠送)："诗句端来磨我钝，钝锥不解生铓，欢颜为解冰霜。酒阑清梦觉，春草满池塘。"诗思已钝，至酒阑梦醒后才写成词。

宋·秦观《满园花》："从今后，休道共我，梦见也、不能得句。"写不出好句。

宋·贺铸《惜奴娇》："有客临风，梦后拟、池塘草。"醉于歌舞如梦寐，拟成好词。

宋·戴复古《满江红》(庐陵厉元范史君梦中得柳眉抹翠一联，仆为续作此词歌之)："试看取、珠篇玉句，银钩铁画。叶叶柳眉齐抹翠，捎捎花脸争匀白。比池塘、春草梦来诗，尤奇绝。"

宋·高观阁《杏花天》："池塘芳草魂初醒。秀句吟春未隐。"

宋·刘翰《蝶恋花》："团扇题诗春又晚，小梦惊残，碧草池塘满。"

宋·史达祖《东风第一枝》："今夜觅、梦池秀句；明日动、探花芳绪。"

宋·张炎《摸鱼子》(春雪客中寄白香岩、王信父)："正断梦愁诗，忘却池塘草。"因大雪一时写不出好句。

宋·周密《六幺令》(春雪再和)："吟辔十里新

堤,怪四山青老。玉唾珠尘怕扫,句冷池塘草。"

宋·无名氏《洞仙歌》:"拟欲问东君,妙语难寻,搜索尽、池塘草。"

金·元好问《论诗三十首》第一首:"坎井鸣蛙自一天,江山放眼更超然。情知青草池塘句,不到柴烟粪土边。"诗人不应坐井观天,只凭梦中得句,生活领域应开阔。

清·曹雪芹《红楼梦》十八回贾宝玉《蘅芷清芬》:"谁谓池塘曲,谢家幽梦长。"谁说只有谢灵运才会发生"池塘生春草"的诗兴。

写春光春梦。"池塘生春草"景色亦佳,标志着大好春光。又因是梦中生句,也表示春睡。

唐·李白《游谢氏山亭》:"谢公池塘上,春草飒已生。"写谢氏山亭的"池塘春草",隐含着幽思。

唐·曹松《春草》:"不独满池塘,梦中佳句香。"

宋·宋庠《新岁雪霁到西湖作三首》:"芳草不须缘短梦,一番新绿满塘生。"

宋·文同《西湖》:"池塘存旧梦,城郭叹前非。"

宋·晏几道《清平乐》:"谢客池塘生绿草,一夜红梅先老。"

宋·黄庭坚《木兰花令》(次前韵再呈功甫):"歌烦舞倦朱成碧,春草池塘凌谢客。"

又《留春令》:"谢客池塘春都未,微上动、短墙桃李。"

宋·陈师道《卜算子》:"飘飘姑射仙,谁识冰肌好。会有青陵梦觉人,可爱池塘草。"

宋·释简长《赠浩律师》:"梦回池塘绿,忍践绿纤纤。"

宋·万俟咏《春草碧》:"池塘梦生谢公后,还能继否。"

宋·王质《无月不登楼》(种花):"池塘生春草,梦中共、水仙相识。"

宋·潘汾《倦寻芳》(闺思):"梦草池塘青渐满,海棠轩槛红相亚。"

宋·程垓《浣溪沙》:"芳草池塘春梦后,粉香帘幕晓晴初,一簪华发要人梳。"

宋·朱熹《绝句》:"未觉池塘春草梦,阶前梧叶已秋声。"春梦来醒,秋声已至;时不我待,倍应珍惜。

宋·陈三聘《朝中措》(丙午立春大雪,是岁十二月九日丑时立春):"细写池塘诗梦,玉人剪作春

幡。"

宋·石孝友《菩萨蛮》:"雪香白尽江南陇,暖风绿到池塘梦。"

又《如梦令》:"庭户镇残寒,梦断池塘草。"

宋·陈亮《青玉案》:"落花冉冉春将暮,空写池塘梦中句。"

宋·卢炳《柳梢青》(蜡梅):"宿酒初醒,这般滋味,梦断池塘。"

宋·韩淲《朝中措》:"池塘春草燕飞飞,人醉牡丹时。"

又《西江月》(晚春时候):"游人争渡水南桥,多少池塘春草。"

宋·易袚《蓦山溪》(春情):"梦回芳草,绿遍旧池塘"

宋·李曾伯《满江红》:"儿态尚眠庭院柳,梦魂已入池塘草。"

宋·陈允平《醉蓬莱》(寿越帅谢恕斋):"梦草池塘,种兰庭砌,爽气生葵扇。"

宋·周密《木兰花慢》:"还见晴波涨绿,谢公梦草相关。"

又《六么令》:"玉唾珠尘怕扫,句冷池塘草。"

宋·张炎《南浦》(春水):"回首池塘青欲遍,绝似梦中草。"

又《南楼令》:"且问谢家池畔草,春必定、几时来。"

宋·俞克成《蝶恋花》(怀旧):"梦断池塘惊乍晓,百舌无端,故作枝头闹。"

宋·无名氏《鹧鸪天》:"梦草池塘春意回,巧传消息是寒梅。北枝休羡南枝暖,凭仗东风次第开。"

2669. 青草池塘处处蛙

最早把青草池塘同蛙写在一起的是欧阳修。他在《送致政朱郎中》一诗中写:"蛙鸣鼓吹春喧耳,草暖地塘梦费吟。"下句仍用"池塘春草梦"句,上句写了蛙鸣。

王安石《次韵陈学士小园即事》:"墙屋虽无好鸟鸣,池塘亦未有蛙声。"虽无好鸟歌唱,亦无蛙声鼓噪。事实虽然无蛙,"池塘"句中却出现了"蛙"。

"池塘蛙鸣"写得最好的应是南宋人赵师秀,他的《约客》诗是:"黄梅时节家家雨,青草池塘处处蛙。有约不来过半夜,闲敲棋子落灯花。"在黄梅雨时节的一个晚上,由于不停的绵绵细雨,池

里的蛙声此起彼伏。原约定友人前来对弈,时过夜半,客竟未至。独自一人敲击着棋子还在等待,也许是敲响的棋子,震落了灯花。一个池草鸣蛙的初夏夜色跃然纸上。在这首一直受人喜欢的七绝中,写池蛙也是最优的。宋·曹豳《春暮》:"门外无人问落花,绿阴冉冉遍天涯;林莺啼到无声处,青草池塘独听蛙。"末句即变用赵师秀句。共它"池塘鸣蛙"句如:

宋·方岳《农谣》:"池塘水满蛙成市,门巷春深燕作家。"

宋·陆游《幽居初夏》:"水满有时观下鹭,草深无处不鸣蛙。"

宋·刘辰翁《摸鱼儿》(和谢李同年):"池塘春暮,笑步步鸣蛙。看成两部,正似来忘鼓。"

明·施绍华《北双调·新水令·夜雨》(驻马听):"低杨直接水西桥,鸣蛙总在池边草。"

明·夏言《浣溪沙》:"帘幕受风低乳燕,池塘过雨急鸣蛙。"

清·倪瑞璿《闻蛙》:"草绿清池水面宽,终朝阁阁叫平安。无人能脱征徭累,只有青蛙不属官。"每当淫雨连绵、群蛙鼓噪的时候,有人烦躁,有人厌恶,独这位作者慕羡青蛙的自由——无征徭之累。颇带讽刺意味。

2670. 白骨蔽平原,千里无鸡鸣

曹操《蒿里行》:"白骨蔽平原,千里无鸡鸣。生民百无一,念之断人肠。"写汉末军阀混战,特别是董卓之乱,给人民带来的极大灾难。作者深为痛心。

宋·曹豳《西河》(和王潜斋韵):"漫漫白骨蔽川原,恨何日已。关河万里寂无烟,月明空照芦苇。"用《蒿里行》意写战乱带来的劫难。

2671. 白虹为贯日,已亦先受殃

相传燕太子丹派荆轲刺秦王,曾出现白虹贯日的天象。古人认为白气贯穿天日,是人间凶兆。曹操《薤露行》:"白虹为贯日,已亦先受殃。"写少帝被张让所劫,后又被董卓杀害,即"白虹贯日"。而何进自己也遭杀身之灾,——何进召进董卓。

2672. 熊罴对我蹲,虎豹夹路啼

曹操《苦寒行》:"熊罴对我蹲,虎豹夹路啼。"为讨高乾,他从邺城出发,取道河内,北度太行山。

写途中野兽横行,环境艰苦。

杜甫《石龛》诗:"熊罴咆我东,虎豹号我西。"用曹操用写山行之可怖。

2673. 东临碣石,以观沧海

曹操《观沧海》:"东临碣石,以观沧海。"建安十二年秋,曹操率军北征乌桓,途径碣石山,登临观海时作。清沈德潜说此诗:"有吞吐宇宙气象"。

唐·杜甫《陈拾遗故宅》:"终古立忠义,感遇有遗篇。"指陈拾遗的遗作。

唐·朱庆余《送僧游温州》:"石门期独往,谢守有遗篇。"

人民领袖毛泽东《浪淘沙·北戴河》(1954年夏):"往事越千年,魏武挥鞭,东临碣石有遗篇。"叙述当年魏武北征三镇乌桓,曾东临碣石山,雄视天宇,作《观沧海》。中国历史,多灾多难,建立了新中国,面貌才为之一改。

2674. 老骥伏枥,志在千里

曹操《龟虽寿》:"老骥伏枥,志在千里。"老马蜷伏在马厩里,其志向仍在驰骋千里,喻人应老当益壮。《汉书·李寻传》:"马不伏枥,不可以趋道。"是说马要经过精心饲养,才可以行进。曹操句与之不同。曹操作此诗已五十三岁,其勃勃雄心,昭然可见。清人沈德潜《古诗源》评:"于三百篇外,别开奇响。"的确,《诗经》以后的四言诗,少有如此精彩者,后来不知有多少年迈志士受到激励。

南朝·宋文帝刘义隆《北伐诗》:"驸驷安局步,骐骥志千里。"

南朝·梁·沈约《临碣石》:"骥老心未穷,酬恩当终毕。"

唐·张九龄《酬王六霁后书怀见示》:"作骥君垂耳,为鱼我曝鳃。"

唐·王昌龄《代扶风主人答》:"老马思伏枥,长鸣力已殚。"

唐·杜甫用"老骥伏枥"句为最多:

《赠韦左丈丞》:"老骥思千里,饥鹰待一呼。"

《高都护骢马行》(高仙芝):"雄姿未受伏枥恩,猛气犹思战场利。"骢马在厩,不忘争战,以马喻人。

《沙苑行》:"内外马数将盈亿,伏枥在坰空大存。"述说枥中坰外,马数盈亿,但其数空存,不如

苑马神骏。此非"老骥伏枥"句义。

唐·权德舆《和职方殷郎中留滞江汉初至南宫呈诸公并见寄》:"老骥念千里,饥鹰舒六翮。"直承杜甫《赠韦左丞丈》句。

唐·李绛《省试恩赐耆老布帛》:"伏枥莫令空度岁,黄金结束取功勋。"

唐·刘禹锡《学阮公体二首》:"朔风悲老骥,秋霜动鸷禽。"

唐·唐彦谦《留别四首》:"老骥春风里,奔腾独异群。"

宋·强至《依韵答吴殿丞应之见寄》:"老骥伏栖鸣,使看驽骀步。"

宋·苏轼《次韵刘景文见寄》:"莫因老骥思千里,醉后哀歌缺唾壶。"

又《小圃五咏》:"我衰正伏枥,垂耳气不振。"

又《闻潮阳吴子野出家》:"烈士叹暮年,老骥悲伏枥。"

又《和晁(端彦)同年九日见寄》:"病马已无千里志,骚人长负一秋悲。"

又《次韵答贾耘老》:"可怜老骥真老矣,无心更秣天山禾。"

金·元好问《追用座主闲闲公韵上执政冯内翰》:"皂杨老归千里骥,白云闲钓五溪鱼。"

元·卢挚《蟾宫曲·邺下怀古》:"笑征衣伏枥悲吟,才鼎足功成,钢爵春深,软动歌残。"

元·刘时中《新水令·代马诉冤》:"空怀伏枥心,徒负化龙威。"

清·蒲松龄《读书效樊堂》:"狂情不为闻鸡舞,壮志全因伏杨消。"

今人但旭方《考〈金匮〉》:"伏枥未妨悲骥老,中医济世万年春。"

2675. 烈士暮年,壮心不已

曹操《龟虽寿》:"老骥伏枥,志在千里。烈士暮年,壮心不已。"直用后二句义的有:

唐·杜甫《戏赠发二首》:"壮心不肯已,欲得东擒胡。"

又《夜》:"烟尘绕阊阖,白首壮心违。"反用。

宋·欧阳修《奉答原甫九月八日见过会饮之作》(嘉祐五年):"老骥但伏枥,壮心良可悲。"反用。

2676. 裁为合欢扇,团团似明月

汉成帝的妃子班婕妤《团扇诗》:"新裂齐纨素,皎洁如霜雪。裁为合欢扇,团团似明月。出入君怀袖,动摇微风发。常恐秋节至,凉飙夺炎热。弃捐箧笥中,恩情中道绝。"据南朝·陈·徐陵《玉台新咏》载:汉成帝妃子班婕妤,贤而有文才,最初倍受宠爱。后成帝偏宠赵飞燕、赵合德姊妹,班婕妤预感到赵氏姊妹终将于己不利,就请求到长信宫去侍奉太后,并作《团扇诗》以自伤冷落。诗的大意是:当炎热的夏天,团扇受到珍视,而一旦到了秋天,团扇无用了,将被捐弃,以比喻自己由受宠到冷落的不幸遭遇。然而,虽梁陈以来选集中都题作班婕妤之作,却疑问很多,也有作颜延年的诗,逯钦立《汉诗别录》断定魏代高等伶人所作。李善《文选》注引《歌录》云:《怨歌行》为古辞。余冠英《乐府诗选》即收入汉乐府,题作《怨歌行》,是写女子被遗弃的怨愤,扇以喻人。后人用此诗不少写宫妃之怨,也用以写女子被遗弃。也有抒思古之情,写长信宫本事,更有把"长门宫"事同团扇联在一起的。"长门"为汉武帝陈皇后事。《汉书·外戚传》载:"使有司赐(陈)皇后策曰:'皇后失序,惑于巫祝,不可以承天命。其上玺绶,罢退居长门宫。'"又传陈皇后以重金买司马相如赋。相如作《长门赋》,其序云:"孝武皇帝陈皇后时得幸,颇妒,别在长门宫,愁闷悲思。闻蜀郡成都司马相如天下工为文,奉黄金百斤为相如文君取酒,因于解悲愁之辞。而相如为文以悟主上,陈皇后复得亲幸。"此事史无其徵。

"团扇",即圆扇,古代一般用白绫、黄绫制成,由于圆而有光泽,团扇与圆月常在诗中互相为喻。清·钱泳《履园丛话·考索·扇》云:"或谓古人皆用团扇,今人折扇是朝鲜、日本之制,有明中叶始于中国也。案《通鉴》'褚渊入朝,以腰扇障日。'胡三省注云:'腰扇,佩之于腰,今谓之折叠扇。'则隋唐时先有之矣。"团扇,至迟汉代就有了,折扇则产生于隋唐。团扇最早,从汉到南北朝诗中唯写团扇。

以月喻扇《团扇诗》是最早的。晋·傅玄《扇赋》写:"何皎月之纤素。"亦以月喻扇。晋·桃叶《团扇郎》:"手中白团扇,净如秋团月。"又《答王团扇歌三首》:"七宝画团扇,灿烂明月光。"都是以月喻扇。

以月喻扇句还如:

南朝·梁·江淹《班婕妤咏扇》:"纨扇如团月,出自机中素。画作秦王女,乘鸾向烟雾。"

南朝·梁元帝萧绎《戏作艳诗》:"摇兹扇似

月,掩此泪如珠。"

南朝·梁·王金珠《团扇郎》:"手中白团扇,净如秋团月。"同桃叶诗。

南朝·陈·张正见《立圃观春雪》:"影丽重轮月,飞随团扇风。"月与扇都写春雪。

隋·李德林《夏日诗》:"轻扇摇明月,珍簟拂流黄。"

唐·李商隐《无题二首》:"扇裁月魄羞难掩,东走雷声语未通。"

宋·叶梦得《贺新郎》:"宝扇重寻明月影,暗尘侵,尚有乘鸾女。惊旧恨,遽如许。"

2677. 今日悲团扇,非是为秋风

南朝·陈·徐湛《赋得班赵姬升》:"班姬赵飞燕,俱侍汉王宫。不意恩情歇,偏将衰草同。香飞金葇外,苔上玉阶中。今日悲团扇,非是为秋风。"(《全唐诗》又作李百药诗)。此诗述班婕妤、赵飞燕先得宠后被遗弃事。如团扇"常恐秋节至,凉飙夺炎热。弃捐箧笥中,恩情中道绝"。这仍是《团扇诗》意。"今日悲团扇,非是为秋风。"班赵之悲,其实并非秋风所致。

后人写"团扇"者不少,多与秋风相联系,以喻班婕妤或赵飞燕的失宠。也有的影射一般失宠的宫人,及其它遗弃事,亦含仕途坎坷,等等。

南朝·陈·阴铿《班婕妤怨》:"可惜逢秋扇,何用合欢名。"

南朝·陈·陆琼《关山月》:"团团婕妤扇,纤纤秦女钩。"

唐·武平一《妾薄命》:"子夫前入侍,飞燕复当时。正悦掌中舞,宁哀团扇诗。"

唐·李百药《妾薄命》:"团扇秋风起,长门夜月明。羞闻拊背入,恨说舞腰轻。"

唐·杜审言《妾薄命》:"草绿长门闭,苔青永巷幽。岁移新爱夺,泣下故情留。……自怜春色罢,团扇复迎秋。"

唐·卢弼《妾薄命》:"君恩已断尽成空,追想娇欢恨莫穷。长为蕣华光晓日,谁知团扇送秋风。黄金买赋心徒切,清路飞尘信莫通。"

唐·李峤《倡妇行》:"团扇辞恩宠,回文赠苦辛。"

唐·翁绶《长门怨》:"繁华事逐东流水,团扇悲歌万古愁。"

唐·武则天《长门怨》:"旧爱柏梁台,新宠昭阳殿。守分辞芳辇,含情泣团扇。"

唐·骆宾王《秋风》:"不分君恩绝,纨扇曲中秋。"

唐·王昌龄《长信怨》:"奉帚平明金殿开,暂将团扇共徘徊。玉颜不及寒鸦色,犹带昭阳日影来。"

又《西宫秋怨》:"谁分含啼掩秋扇,空悬明月待君王。"

唐·李白《惧谗》:"行将注团扇,戚戚愁人肠。"

又《长信宫》:"谁怜团扇妾,独坐怨秋风。"

唐·李益《杂曲》:"爱如寒炉火,弃若秋风扇。"

唐·李嘉祐《古风》:"莫道君恩长不休,婕妤团扇苦悲秋。"

唐·皇甫冉《婕妤怨》:"由来咏团扇,今已作秋风。"

唐·王建《调笑令》:"团扇,团扇,美人并来遮面。玉颜憔悴三年,谁复商量管弦。管弦,管弦,芳草昭阳路断。"

唐·刘方平《长信宫》:"秋风能再热,团扇不辞劳。"

唐·刘商《赋得射雉歌送杨协律表弟赴婚期》:"秋深为尔特圆扇,莫忘鲁连飞一箭。"

唐·李贺《感讽六首》:"晓菊泣寒露,似悲团扇风。"

唐·刘禹锡《团扇歌》:"秋风入庭树,从此不相见。上有乘鸾女,苍苍虫网遍。"用江淹《班婕妤咏扇》诗,写团扇制作精美,画有秦女乘鸾意,说那乘鸾女像上早挂满了蛛网。宋·苏轼《和张末高丽松扇》:"万牛不来难自献,裁作团团手中扇。……犹胜汉宫悲婕妤,网虫不见乘鸾子。"取江淹、刘禹锡诗意,说"高丽松扇"的命远,总比挂满虫网的汉宫团扇好。

唐·司空图《洛中三首》:"秋风团扇未惊心,笑看妆台落叶侵。"

又《扇》:"珍重逢秋莫弃捐,依依只仰故人怜。"

唐·温庭筠《夏中病痁作》:"西窗一夕悲人事,团扇无情不待秋。"

唐·罗隐《闲居早秋》:"六宫谁买相如赋,团扇恩情日日疏。"

唐·刘云《婕妤怨》:"君恩不可见,妾岂如秋

扇。秋扇尚有时,妾身永微贱。莫言朝花不复落,娇客几夺昭阳殿。"

唐·田娥《长信宫》:"团圆手中扇,昔为君所持。今日君弃捐,复值秋风时。悲将入篋笥,自叹知何为。"

唐·崔道融《班婕妤》:"宠极辞同辇,恩深弃后宫。自题秋扇后,不敢怨春风。"

宋·辛弃疾《朝中措》(九日小集,时杨世长将赴南宫):"年年团扇怨秋风,愁绝宝杯空。"

宋·无名氏《九张机》:"应同秋扇,从兹永弃,无复奉君时。"

清·陈曾寿《游仙》:"团扇不怨秋风疏,银河咫尺千里迂。"

2678. 秋月如团扇

南朝·梁·何逊《与苏九德别》:"春草似青袍,秋月如团扇。三五出重云,当知我忆君。娈娈若被径,怀抱不相闻。"即与友人苏九德分别,已生思念之情。你的青袍如春草色,手中的团扇如秋月。每当看到春草和秋月,就联想到眼前这青袍和团扇,触发对故人的思念之情了。

月扇互喻,这是以扇喻月,见月如扇而念友人。不过以扇喻月,多写月之美艳。

南朝·齐·王融《拟古诗二首》:"何当垂双髻,团扇云间明。"

南朝·梁·虞羲《咏秋月诗》:"初生似玉钩,裁满如团扇。"

南朝·梁·简文帝萧纲《望月诗》:"桂花那不落,团扇与谁妆?"

南朝·梁·朱超《舟中望月》:"若教长似扇,堪弗艳歌尘。"

南朝·陈·陆系《有所思》:"月来疑舞扇,花度忆歌尘。"

2679. 轻罗小扇扑流萤

唐·杜牧《秋夕》:"银烛秋光冷画屏,轻罗小扇扑流萤。天阶夜色凉如水,卧看牵牛织女星。"一位失意宫女,秋夜独自坐在宫中阶下,手摇轻罗小扇,扑打着流萤,凄凉地望着天上的牵牛星和织女星。牵牛、织女有会合时,而自己却永远孤独。

用"轻罗小扇"常写夜晚女子持扇活动。

唐·唐彦谦《无题十首》:"夜合庭前花正开,轻罗小扇为谁裁?"

宋·贺铸《思牛女》:"楼角参横,庭心月午,侵防夜色凉轻雨。轻罗小扇扑流萤,微云度汉思牛女。"用杜牧三句,"小扇"则用原句。

宋·周邦彦《过秦楼》:"闲依露井,笑扑流萤,惹破画罗轻扇。"

宋·吴则礼《虞美人》(对菊):"不应解怯晚丛寒,眼底轻罗小扇、且团团。"

宋·吕渭老《小重山》(七夕病中):"酒阑人散斗西倾,天如水、团扇扑流萤。"

又《浣溪沙》:"断肠声里玲珑,轻罗小扇掩酥胸。"

又《豆叶黄》:"轻罗小扇掩微羞,酒满玻璃花满头。"

宋·李石《临江仙》(佳人):"起来花影下,扇子扑飞萤。"

宋·仇远《生查子》:"萤火起庭莎,犹忆轻罗扇。"

宋·蒋捷《粉蝶儿》(残春):"轻罗扇小,桐花又飞么凤。"

2680. 天阶夜色凉如水

唐·杜牧《秋夕》:"天阶夜色凉如水,坐看牵牛织女星。"皇宫中的石阶,到了深夜,已是寒凉如水,而宫女却毫无睡意,仍坐在水冷的石阶上,观望着一年还有一度相逢的牵牛星和织女星,深藏着一种孤寂凄凉的心境。

宋·曹勋《齐天乐》:"凤阙龙楼,夜色凉如水。"

宋·李彭老《章台月》:"露轻风细,中庭夜色凉如水。"

2681. 坐看牵牛织女星

唐·杜牧《秋夕》:"天阶夜色凉如水,坐看牵牛织女星。"《诗经·小雅·大东》:"跂彼织女,终日七襄。……皖彼牵牛,不以服箱。""牵牛"与"织女"是天河两侧的两颗星座。神话传说中成了被迫分离,一年有一次(七月七日)相会的机会。《古诗》:"迢迢牵牛星,皎皎河汉女……盈盈一水间,脉脉不得语。"魏·曹丕《燕歌行》:"牵牛织女遥相望,尔独何辜限河梁。"李善注引曹植《九咏》,注曰:"牵牛为夫,织女为妇,织女、牵牛之星各处一方,七月七日得一会同矣。"都是叙述牛、女的故事。

"坐看牵牛织女星",又作"卧看……"。

宋·欧阳修《石屏路》:"石屏自倚浮云外,石路久无人迹行。我来携酒醉其下,卧看千峰秋月明。"用句式。

元·卢挚《沉醉东风·七夕》:"庆人间七夕佳令,卧看牵牛织女星,月转过梧桐树影。"

元·马致远《青杏子·姻缘》:"天赋两风流,须知是福惠双修。骖鸾仙子骑鲸友,琼姬子高,巫娥宋玉,织女牵牛。"

元·王实甫《西厢记》第二本第二折《四煞》:"你明博得跨凤乘鸾客,我到晚来卧看牵牛织女星。"

2682. 明月何皎皎

汉《古诗十九首》:"明月何皎皎,照我罗床帏。忧愁不能寐,揽衣起徘徊。"皎洁明亮的月光照入我的床帏,我忧思难眠,揽衣起身徘徊月下。写游子思归。"明月皎皎"源出《诗经·陈风·月出》诗,其三节诗的开篇句是:"月出皎兮,佼人僚兮。""月出皓兮,佼人懰兮。""月出照兮,佼人燎兮。"都是写月亮出来十分明亮,美人生得多么漂亮。用"皎""皓"描绘月光。应是很古老的了。而"明月何皎皎"则产生了广泛影响。

汉《古诗》:"明月皎夜光,促织鸣东壁。"

汉·秦嘉《赠妇诗》:"皎皎明月,煌煌列星。"

晋·傅玄《明月篇》:"皎皎明月光,灼灼朝日晖。"

又《朝时篇》:"昭昭朝时日,皎皎晨明月。"

南朝·宋·谢灵运《邻里相送至方山》:"析析就衰林,皎皎明秋月。"

南朝·谢惠连《秋怀诗》:"皎皎天月明,奕奕何宿烂。"

南朝·鲍令晖《代葛沙门妻郭小玉作》:"明月何皎皎,垂幌照罗茵。"用《古诗十九首》原句,写丈夫身入沙门,郭小玉月夜的痛苦。

南朝·梁·王台卿《陌上桑四首》:"郁郁陌上桑,皎皎云间月。"

南朝·陈·江总《杂曲三首》:"皎皎新秋明月开,早露飞萤暗里来。"

唐·张若虚《春江花月夜》:"江天一色无纤尘,皎皎空中孤月轮。"

唐·杜甫《暮归》:"客子入门月皎皎,谁家捣练风凄凄。"

唐·顾况《短歌行》:"明月皎皎入华池,白云离离度清汉。"

2683. 明明如月,何时可掇

曹操《短歌行》:"明明如月,何时可掇?忧从中来,不可断绝。"明月什么时候可以停止运行,我心中的忧伤永远也难排解。

曹雪芹《红楼梦》第八十七回林黛玉《琴曲》四章:"感凤因兮不可掇,素心如何天上月?"用《短歌行》句义,感念前缘不可变,人心怎能同天上月永不停止。

2684. 明月照高楼

曹植《七哀》诗:"明月照高楼,流光正徘徊。"源于《别诗三首》其二(《文选》《古文苑》作李陵诗,后人据前汉尚无五言诗而否定):"明月照高楼,想见余光辉。"胡应麟评,曹植诗:"全用此语,而不用其意,遂为建安绝唱。"别诗句写明月照着高楼,楼中看见它的余光。仅此而已。曹诗句写月光射入楼中久久徘徊,迟迟不去,做为一首似有寓托的闺怨诗,开头写月色留连徜徉,正好引发人去不归的离思,从留连诱发离别之思。

南朝·宋·汤惠休《怨诗行》:"明月照高楼,含君千里光。"

南朝·宋·南平王刘铄《拟孟冬寒气至》:"明月照高楼,白露皎立除。"

南朝·陈·谢燮《明月子》:"杪秋之遥夜,明月照高楼。"

南朝·陈后主叔宝《七夕宴重咏牛女各为五韵》:"明月照高台,仙驾忽徘徊。"

唐·杜甫《梦李白二首》:"落月满屋梁,犹疑照颜色。"胡应麟评曰:"'明月照高楼,想见余光辉',李陵逸诗也。子建'明月照高楼,流光正徘徊',全用此语,而不用其意,遂为建安绝唱。少陵'落月满屋梁,犹疑照颜色',正用其意而少变其句,亦为唐峥嵘。今学者第知曹杜二句之妙,而不知其出于汉也。"同曹杜二句相比:"照高楼"对"满屋梁""正徘徊"对"照颜色",同是移情作用,使月亮活了。

以下用"明月照高楼"句的有:

唐·常建《古意三首》其二:"明月照高阁,彩女褰罗幕。"为迎月光而揭开罗幕。

唐·罗隐《秋夕对月》:"夜月色可掬,倚楼聊解颜。"写喜欢月色。

唐·章碣《陪浙西王侍郎夜宴》:"稽岭好风吹玉佩,镜湖残月照楼台。"楼台欢饮,残月助兴。

唐·于武陵《高楼》:"远天明月出,照此谁家楼。"明月照楼而引起楼外人的猜臆。

宋·苏舜元《题海昌安国寺》:"谁倚南楼指新月,玉钩素手两纤纤。"新月纤纤,素手纤纤,爱月及人。

南宋·周密《玉京秋》:"楚箫咽,谁倚西楼淡月。"月色下有谁倚楼吹箫?

2685.流光正徘徊

曹植《七哀诗》:"明月照高楼,流光正徘徊。"此诗是闺怨诗,写丈夫远行十年不归,"孤妾"独栖楼上,月光如水,流泻楼中,徘徊不去,如情有所恋,而人却不如这月。月光久照,这是自然特点,而用"徘徊"拟人化地表现,必然融入人的情感。此闺怨似有寓托,刘履《选诗补注》说:"子建与文帝同母骨肉,今乃浮沉异势,不相亲与,故以孤妾自喻。"从曹植政治上失意后的孤独感考察,刘履的评说不无道理。

后用"月徘徊"句的:

魏·阮籍《咏怀八十二首》:"四时更代谢,日月递参差。徘徊空堂上,忉怛莫我知。愿睹卒欢好,不见悲别离。"

南朝·齐·王融《临高台》:"还看云阵影,含月共徘徊。"

南朝·梁·庾肩吾《和徐主簿望月诗》:"楼上徘徊月,窗中愁思人。"

梁·江淹《休上人怨别》:"露彩方泛艳,月华始徘徊。"

梁·王僧孺《至牛渚忆魏少英》:"徘徊洞初月,浸淫溃春潦。"

南朝·陈·阳缙《照帙秋黄》:"含明终不息,夜月空徘徊。"

隋·薛道衡《和许给事善心戏场转韵》:"繁星渐寥落,斜月尚徘徊。"

唐初王易《临高台》诗:"泛艳春幌风,徘徊秋户月。"

唐·张若虚《春江花月夜》:"可怜楼上月徘徊,应照离人妆镜台。"

唐·虞世南《春夜》:"春苑月徘徊,竹堂侵夜开。"

唐·郑愔《秋闺》:"自怜愁思影,常共月徘徊。"

唐·王勃《采莲曲》:"正逢浩荡江上风,又值徘徊江上月。"

唐·李峤《秋山望月酬李骑曹》:"况复高秋夕,明月正徘徊。"

唐·骆宾王《畴昔篇》:"芝田花月屡徘徊,金谷佳期重游衍。"

唐·沈佺期《古歌》:"璇闺窈窕秋夜长,绣户徘徊明月光。"

唐·刘长卿《抄秋洞庭中怀亡道士谢太虚》:"惆怅客中月,徘徊江上楼。"

唐·顾况《听角思归》:"此夜断肠人不见,起行残月影徘徊。"

唐·武元衡《摩诃池宴》:"书短欲将清夜继,西园自有月徘徊。"

唐·温庭筠《定西番》:"羌笛一声愁绝,月徘徊。"

五代·冯延巳《采桑子》:"朦胧却向灯前卧,窗月徘徊。"

宋·张先《宴春台慢》:"蓬莱犹有花上月,清影徘徊。"

宋·王琪《望江南》:"深径欲留双凤宿,后庭偏映小桃开,风月影徘徊。"

宋·范仲淹《和韩布殿丞三首》(泛舟中):"待得临清夜,徘徊载月还。"

宋·王安石《次韵宋次道忆太平早梅》:"知忆旧游还想见,西南枝上月徘徊。"

宋·苏轼《临江仙》:"徘徊花上月,空度可怜宵。"

又《六月二十七日望湖楼醉书五绝》:"水枕能令山俯仰,风船解与月徘徊。"

宋·李光《南歌子》(重九日宴琼台):"归去琐窗无梦,月徘徊。"

宋·刘一止《雪月交光》词:"清影徘徊,端应坐有,风流能赋。"

宋·周紫芝《踏莎行》(谢人寄梅花):"便须情月与徘徊,无人留得花常住。"

宋·康与之《忆少年令》(元夕应制):"步辇归时,绮罗生润,花上月徘徊。"

宋·韩元吉《临江仙》:"一尊清夜月徘徊,月如人意好,月为此花来。"

宋·辛弃疾《水调歌头》:"归路有明月,人影共徘徊。"

宋·石孝友《渔家傲》:"月影徘徊天溟漾,金戈铁马森相向。"

又《水调歌头》(上清江李中生辰):"七冀余翠,半月流素影徘徊。"

宋·韩淲《太常引》(腊前梅):"十分孤静,替伊愁绝,片月共徘徊。"

宋·范成大《盘龙驿》:"天高月徘徊,野旷山突兀。"

2686. 我歌月徘徊,我舞影凌乱

唐·李白《月下独酌》:"我歌月徘徊,我舞影凌乱。""我"与月兼影成"三人",我歌唱,月亮徘徊不去,似在听歌;我起舞,影儿随之凌乱,似同"我"共舞。表现虽"独酌"而不孤。

宋·苏轼《水调歌》:"我歌月徘徊,我舞影凌乱。"用李白原二句。

又《和陶形赠影》:"我舞汝凌乱,相应不少疑。"用下句。

宋·韩淲《好事近》:"影徒随我月徘徊,风叶露华湿。"兼用《月下独酌》:"影徒随我身"句。

2687. 三五明月满

《古诗十九首·孟冬寒气生》:"三五明月满,四五蟾兔缺。"夏历每月十五明月最圆,称作"满月",到二十日,用眼即辨出月已不圆,称作"缺月"。诗中又常以"三五"与"二八"对写。认为十六日月缺开始了。又有"十五的月亮十六圆"之说。"三五"常表月明、时令,也表孤独,月圆人不圆。

晋·傅咸《诗》:"团圆三五月,皎皎耀清辉。"

南朝·宋·谢灵运《南楼中望所迟客》:"与我别所期,期在三五夕。圆景早已满,佳人殊未适。"

南朝·梁·沈约《昭君辞》:"惟有三五夜,明月暂经过。"

梁·何逊《与苏九德别》:"秋月如团扇,三五出重云。"

又《宿南洲浦》:"违乡已信次,江月初三五。"

梁·王僧孺《月夜咏陈南康新月有所纳》:"二八人如花,三五月如镜。"

梁·王台卿《同萧治中十咏二首》(荡妇高楼月):"空庭高楼月,非复三五圆。何须照床里,终是一人眠。"

南北朝北齐·荀仲举《铜雀台》:"泪逐梁尘下,心随团扇捐。谁堪三五夜,空对月光圆。"

南北朝北周·王褒《咏定林寺桂树》:"月轮三五映,乌生八九飞。"

南朝·陈·陈正见《和阳侯送袁金紫葬》:"唯当三五夜,垅月暂时明。"

陈·徐陵《关山月二首》:"关山三五月,客子忆秦川。"

陈·江总《赋得三五明月满》:"三五兔辉成,浮阴冷复轻。"

唐·陈子昂《感遇诗三十八首》:"三五明月满,盈盈不自珍。"

又《上元夜效小庾体》:"三五月华新,遨游逐上春。"

唐·李峤《月》:"桂满三五夕,蓂开二八时。""蓂"即蓂荚,古代传说中的瑞草。《白虎通·符瑞》载:"蓂荚者,树名也。月一日一荚生,十五毕;至十六日一荚去。胡夹阶而生,以明日月也。"从初一起每天生一荚,至十六日每天落一荚,可以计日,又与月之盈亏相应。

唐·高瑾《上元夜放小庾体》:"初年三五夜,相知一两人。"

唐·孙逖《正月十五日夜应制》:"洛城三五夜,天子万年来。"

唐·王维《同比部杨员外十五夜游有怀静者季》:"悬知三五夕,万户千门闢。"

唐·孟云卿《伤时二首》:"太空流素月,三五何明明。"

唐·权德舆《秋闺月》:"三五二八月如练,海上天涯应共见。"

唐·吕温《吐蕃别馆月夜》:"三五穷荒月,还应照北堂。"

又《闻砧有感》:"秋月三五夜,砧声满长安。"

唐·卢仝《有所思》:"天涯娟娟姮娥月,三五二八圆又缺。"

又《月蚀诗》:"三五与二八,此时光满时。"有"十五月亮十六圆"之说。

唐·白居易《游悟真寺诗》:"是时秋方中,三五月正圆。"

又《长安正月十五日》:"明月春风三五夜,万人行乐一人愁。"

又《八月十五月夜禁中独直对月忆元九》:"三五夜中新月色,二千里外故人心。"

唐·段成式《观山灯献徐尚书》:"分明三五月,传照百千灯。"

唐·温庭筠《南歌子》:"月明三五夜,对芳颜。"

又《寒食节日寄楚望二首》:"繁花如二八,好月当三五。"

又《定西蕃》:"楼上月明三五,琐窗中。"

五代·欧阳炯《献忠心》:"春景重重,三五夜,偏有恨、月明中。"

宋·柳永《倾杯乐》:"变韶景,都门十二,元宵三五,银蟾光满。"

又《迎新春》:"庆嘉佳、当三五。列华灯、千门万户。"

又《归去来》:"初过元宵三五,慵困春情绪。"

宋·苏轼《木兰花令》:"草头秋露流珠滑,三五盈盈还二八。"

又《蝶恋花》(密州上元):"灯火钱塘三五夜,明月如霜,照见人如画。"

宋·李之仪《怨三三》(登姑熟堂寄旧游用贺方回韵):"春风不动垂帘,似三五、初圆素蟾。"

宋·郑无党《临江仙》:"不比寻常三五夜,万家齐望清辉。"

宋·晁端礼《金人捧露盘》:"三五庆元宵,扫春空,花外蕙风轻扇。"

宋·赵令畤《蝶恋花》(据《莺莺传》作词以入声律):"屈指幽期惟恐误,恰到春宵,明月当三五。红影压墙花密处,花阴便是桃源路。"

宋·贺铸《小梅花》:"娟娟姮娥,三五满还亏。"

宋·晁补之《洞仙歌》(填卢仝诗):"青楼朱箔,婵娟蟾桂,三五初圆,伤二八、还又缺。"

宋·谢逸《减字木兰花》(中秋):"寻常三五,坐待丹山飞玉兔。"

宋·李清照《永遇乐》:"中州盛日,闺门多暇,记得偏重三五。"

宋·李邴《女冠子》(上元):"帝城三五,灯光花市盈路。"

宋·江致和《五福降中天》:"喜元宵三五,纵马御沟东。"

宋·洪皓《木兰花慢》(中秋):"寻常对三五夜,纵清光、皎洁未精研。"

宋·蔡伸《临江仙》(中秋和沈文伯):"记得南楼三五夜,曾听凤管昭华。"

宋·张表臣《蓦山溪》:"寂寥风物,三五过元宵。"

宋·杨无咎《深春令》:"又还近、三五银蟾满,渐玉漏、声初短。"

宋·曹勋《清平乐》:"风休雨罢,三五春寒夜。"

宋·仲并《浪淘沙》(赠妓):"但愿人如天上月,三五团圆。"

宋·韩元吉《醉落魄》:"良宵灯火还三五,肠断扁舟,明日江南去。"

宋·朱淑真《忆秦娥》(正月初六日夜月):"闹蛾雪柳添妆束,烛龙火树争驰逐。争驰逐,元宵三五,不如初六。"

宋·姚述尧《水调歌头》(七夕):"三五半圆夜,二七素秋天。"

宋·赵长卿《武陵春》(上马宰):"又是新逢三五夜,瑞气霭氤氲。"

宋·邹应龙《鹧鸪天》:"谁知万里逢灯夕,却胜寻常三五时。"

宋·李曾伯《水调歌头》(庚申十六夜月简陈次贾):"昨夜虽三五,宝鉴未纯全。今宵既望,兔魄才是十分圆。"

宋·杨泽民《蝶恋花》:"初过元宵三五后,曲槛依依,终日摇金牖。"

宋·陈允平《渡江云》(三潭印月):"遥看寒光金镜,皓彩明珰,正人间三五。"

宋·刘辰翁《水调歌头》:"历遍后天既未,依约明朝三五,乾体适当符。"

又《水调歌头》:"不成三五夜,不放霎时晴。"

2688. 始见西南楼,纤纤如玉钩

南朝·宋·鲍照《玩月城西门廨中》:"始见西南楼,纤纤如玉钩。""蛾眉蔽珠拢,玉钩隔琐窗。"写朔日之月,称新月、初月,俗称月牙儿,也称缺月,到望日月圆,称圆月、满月。鲍照首喻新月为钩,"钩"是古代的帘钩,弯曲而细,似月牙儿。自此"新月如钩"为人所用,"一钩新月"的"钩"字已转用作量词。

梁简文帝萧纲《乌栖曲四首》:"浮云似帐目成钩,那能夜夜南陌头。"

梁元帝萧绎《草名诗》:"况度菖蒲海,落月似悬钩。"

隋·卢思道《日出东南隅行》:"初月正如钩,

悬光入倚楼。"

隋·柳庄《刘生》："光斜日下雾，庭阴月上钩。"

唐·骆宾王《玩初月》："既能明似镜，何用曲如钩。"以镜喻月圆，以钩喻月缺，妙在虽爱初月，却愿常圆。唐·沈佺期《月》诗："台前疑挂镜，帘外自悬钩。"杜甫《月》诗："尘匣初开镜，风帘自上钩。"沈佺期用骆宾王"似镜如钩"句，杜甫用沈佺期"台前帘外"句。

唐·许敬宗《奉和圣制登三台言志应制》："旦六生王舃，初月上银钩。"

唐·孙逖《夜到润州》："客行凡几夜，新月再如钩。"

唐·王昌龄《青楼怨》："肠断关山不解说，依依残月下帘钩。"

唐·包何《赋得秤送孟孺卿》："钩悬新月吐，衡举众星随。"以新月喻秤钩。

唐·钱起《新雨喜得王卿书问》："果有相思字，银钩新月开。"喻字。

又《禁闱玩雪寄薛左丞》："怒涛堆砌石，新月孕帘钩。"

唐·顾况《望初月简于吏部》："沉寥中秋夜，坐见如钩月。"

唐·李端《赠郭驸马》："方塘似钟草芊芊，初月如钩未上弦。"

唐·武元衡《送田三端公还鄂州》："青油幕里人如玉，黄鹤楼中月如钩。"

唐·李贺《马诗二十三首》："大漠沙如雪，燕山月似钩。"

唐·温庭筠《七夕》："鹊归燕去两悠悠，青琐西南月似钩。"

又《西江贻钓叟骞生》："晴江如镜月如钩，泛滟苍茫送客愁。"

唐·来鹄《游鱼》："应怕碧岩岩下水，浮藤如线月如钩。"

唐·李廷璧《愁诗》："更有相思不相见，酒醒灯背月如钩。"

唐·韦庄《绥州作》："一曲单于暮烽起，扶苏城上月如钩。"

唐·唐求《邛州水亭夜谦送顾非熊之官》："不堪分袂后，残月正如钩。"

唐·胡令能《王昭君》："胡风似剑镂人骨，汉月如钩钓胃肠。"

唐·张友正《锦带佩吴钩》："结边霞聚锦，悬处月随钩。"

唐·李九龄《登楼寄远》："满城春色花如雪，极目烟光月似钩。"

南唐·李煜《相见欢》："无言独上西楼，月如钩。"

又《应天长》："一钩初月临妆镜，蝉鬓凤钗慵不整。"

五代·李珣《定风雨》："回首，半钩新月贴清虚。"

五代·王周《无题二首》："帘卷玉楼人寂寂，一钩新月未西沉。"

宋·钱惟演《霜月》："霜月正如钩，临池更上楼。"

宋·杨亿《七夕》："东西燕子伯劳飞，新月如钩玉露垂。"

宋·毕田《朱陵洞水帘》："今古不知谁卷得，绿萝为带月为钩。"

宋·梅尧臣《七夕咏怀》："明月不到晓，是夜曲如钩。"

宋·欧阳修《芳草渡》："山如黛，月如钩。笙歌散，梦魂断，倚高楼。"

宋·秦观《南歌子》："人去空流水，花飞半掩门。乱山何处觅行云？又是一钩残月、照黄昏。"

又《南歌子》："天外一钩新月，带三星。"

宋·葛立芳《多丽》（七夕游莲荡作）："正微凉，西风初度，一弯斜月如钩。"

宋·韩淲《江城子》："襟怀如此老还休。懒凝眸，转深幽。诗罢一首，新月又如钩。"

清·陆埜《凤凰台上忆吹箫》："渐碧云冉冉，初月如钩。"

2689. 宝帘闲挂小银钩

宋·秦观《浣溪沙》："自在飞花轻似梦，无边丝雨细如愁。宝帘闲挂小银钩。"清·王国维《人间词话》评："境界有大小，不以是而分优劣。……'宝帘闲挂小银钩'，何遽不若'雾失楼台，月迷津渡'也？"今人唐圭璋《唐宋词简释》评："'宝帘'一句，唤醒全篇。盖有此一句，则帘外之愁境乃帘内之愁人，皆分明矣。""小银钩"一解作挂帘之钩，一解为"挂帘"之月。后意为：新月如钩，室内人穿帘望去，这如钩之新月似挂在帘上，这是一种奇特境界。

唐·杜甫《咏月》："尘匣初开镜,风帘自上钩。"风掀动珠帘,挂到钩上。首先并写"帘"与"钩"。

宋·王沂孙《眉妩》(新月):"最堪爱,一曲银钩小,宝帘挂秋冷。"喻新月。

2690. 何当大刀头,破镜飞上天

南朝·陈·除陵选编《玉台新咏》收《古绝句四首》:"藁砧今何在? 山上复有山。何当大刀头? 破镜飞上天。"吴兢《解题》:"藁砧,砆也。重山,出也。大刀头,刀头有环,问夫何时还也。破镜飞上天,言半缺当还也。"古代杀罪犯,用鈇(斧)在藁砧上砍杀。本诗多用双语、隐喻语,是突出特点。"藁砧"为鈇双关"夫",山上山为"出",夫外出了。刀头上有环,谐音"还"何时还家?"破镜"为弦月,弦月升起的时候,丈夫就回来了。这是一首独具风格的诗歌。用隐语"大刀头"句如:

唐·宋之问《望月有怀》:"佳期应借问,为报大刀头。"(一作康庭芝诗,一作沈佺期诗。)

唐·徐彦伯《芳树》:"藁砧刀头未有期,攀条试泪坐相思。"

唐·王昌龄《从军行二首》:"惟闻汉使还,独向刀头泣。"

唐·康庭芝《咏月》:"佳期应借问,为报在刀头。"

唐·李白《渡荆门送别》:"月下飞天镜,云生结海楼。""天镜"即月。

唐·杜甫《八月十五夜二首》:"满月飞明镜,归心折大刀。"

唐·韩翃《送刘侍御赴令公行营》:"东城跃紫骝,西路大刀头。"

唐·李群玉《初月》:"破镜徒相向,刀头恐隔年。"

2691. 洞房明月夜

南朝·齐·陆厥《李夫人及贵人歌》:"属车挂席尘,豹尾香烟灭。彤殿向藭芜,青蒲复菱绝。坐菱绝,对藭芜;临丹阶,泣椒涂。寡鹤羁雌飞且止,雕梁翠壁网蜘蛛。洞房明月夜,对此泪如珠。"此诗写贵族女子被遗弃的苦衷。全诗并不精彩,唯尾二句写为孤寂而流泣,有感人力量,这"明月夜"的境界中,满载着喜怒哀乐,多被后人运用。

用"明月夜"如:

南朝·梁·范云《闺思》:"几回明月夜,飞梦到郎边。"

隋·萧岑《棹歌行》:"容与沧浪中,淹留明月夜。"

隋·杨素《出塞二首》:"交河明月夜,阴山苦雾辰。"

唐·沈佺期《哭苏眉州崔司业二公》:"罢琴明月夜,留剑白云天。"

唐·李乂《奉和七夕两仪殿会宴应制》:"桂宫明月夜,兰殿起秋风。"

唐·刘长卿《送李侍御贬郴州》:"听猿明月夜,看柳故年春。"

唐·李白《赠崔侍郎》:"谁怜明月夜,肠断听秋砧。"

唐·韦应物《途中寄杨邈裴绪示褒子》:"高斋明月夜,中庭松桂姿。"

唐·李益《盐州过胡儿饮马泉》:"几处吹笳明月夜,何人倚剑白云天。"后句兼用沈佺期诗。

唐·白居易是用"明月夜"最多的了。《独眠吟二首》:"十五年来明月夜,何曾一夜不独眠?"

又《酬微之》:"吟玩独当明月夜,伤嗟同是白头时。"

又《喜杨六侍御同宿》:"岸帻静言明月夜,匡床闲卧落花朝。"

又《青毡帐二十韵》:"影孤明月夜,价重苦寒年。"

又《菩提寺上方晚望香山寺寄舒员外》:"曾怀旧游无,香山明月夜。"

又《闲卧有所思二首》:"但因明月清风夜,忽想迁臣逐客心。"

唐·裴交泰《长门怨》:"自闭长门经几秋,罗衣湿尽泪还流。一种蛾眉明月夜,南宫歌管北宫愁。"

唐·张祜《平阴夏日作》:"可惜夏天明月夜,土山前面障南风。"

又《公子行》:"可怜明月夜,长是管弦随。"

唐·厉玄《猴山月夜闻王子弯吹笙》:"猴山明月夜,岑寂隔尘氛。"

唐·许浑《陪少师李相国崔宾客宴居守狄仆射池亭》:"何须明月夜,红烛在华堂。"

唐·李群玉《校书叔遗暑服》:"便著清江明月夜,轻凉与挂一身风。"

唐·贾岛《寄友人》:"君看明月夜,松桂寒森

森。"

唐·张乔《秋夕》:"每逢明月夜,长起故山思。"

唐·杜荀鹤《经青山吊李翰林》:"青山明月夜,千古一诗人。"

唐·齐己《送王处士游蜀》:"三峡浪喧明月夜,万州山到夕阳关。"

唐·吕岩《西江月》:"风停桥畔即吾家,管甚是月明今夜。"破格用。

五代·李中《寄刘钧秀才》:"会须明月夜,与子水边期。"

五代·杨夔《送郑尊师归洞庭》:"遥知明月夜,坐石自开襟。"

五代·欧阳炯《赤枣子》:"每一见时明月夜,损人情思断人肠。"

宋·陆游《故山》:"千里烟波明月夜,万人歌吹早莺天。"

宋·王辅之《行香子》(记恨):"试将前事,闲倚梧桐。有销魂处,明月夜、锦屏空。"

2692. 二十四桥明月夜

唐·杜牧《寄扬州韩绰判官》:"青山隐隐水迢迢,秋尽江南草木凋。二十四桥明月夜,玉人何处教吹箫?"杜牧曾任淮南节度使牛僧孺幕下的推官,后转为掌书记。韩绰时任淮南节度使判官,二人是同僚好友。韩死后,杜牧曾作《哭韩绰》一诗。此刻,杜牧已离开扬州,怀念旧友作此诗。"二十四桥明月夜,玉人何处教吹箫?""玉人"一说是韩绰,一说是妓女,后者更切,在扬州月下,妓女吹箫,教一教韩绰,也是有的,此含戏谑、调侃意味,向旧友开个玩笑。清·李斗《扬州画舫录》卷十五云:"廿四桥即吴家砖桥,一名红药桥,在熙春台后。……扬州鼓吹词序云:是桥因古二十四美人吹箫于此,故名。"杜牧此二句即借用此传说,以切"玉人吹箫"。

其实,"二十四桥"并非一座桥。《舆地纪胜》载:"随于扬州置二十四桥,并以城市坊市置名。后韩令坤省筑州城,分布阡陌,别立桥梁。所谓二十四桥者,或存或废,不可得知也。"由于扬州城的重建,二十四桥已不完整了,到了宋代仅剩七座。沈括《梦溪笔谈·补笔谈》卷三《杂志》载:"扬州在唐时最为富盛,旧城南北十五里一百一十步,东西七里三十步,可纪者有二十四桥。"注谓"存者有

七"。今人俞平伯在《唐宋词选释》中,参照李斗的《扬州画舫录》卷十五引文,酌定二十四桥名称为:浊河、茶园、大明、九曲、下马、作坊、洗马、南、阿师、周家、小市、广济、新、开明、顾家、通泗、右平、利国、万岁、青园、驿、参佐、东水力、山光。上世纪九十年代初,扬州在瘦西湖内建一桥,名"二十四桥",由于二十四桥因杜牧诗而久久传名,建一桥为代表而已。

杜牧之后,写二十四桥的还有韦庄,他的《过扬州》全诗有可读性:"当年人未识兵戈,处处青楼夜夜歌。花发洞中春日永,月明衣上好风多。淮王去后无鸡犬,炀帝归来葬绮罗。二十四桥空寂寂,绿杨摧折旧官河(运河)。"写扬州城的沧桑。"二十四桥"已在凄凉之中。

宋·贺铸将杜诗入词:《晚云高》:"秋尽江南叶未凋(第二句),晚云高,青山隐隐水迢迢(第一句)。接亭皋。二十四桥明月夜(第三句),弭兰桡。玉人何处教吹箫(第四句)。可怜宵。"

宋·姜夔写了凄凉的二十四桥:《扬州慢》:"二十四桥仍在,波心荡、冷月无声。念桥边红药,年年为谁生!"此为名词。

用"二十四桥",多写扬州,表达作者们种种感情。

宋·郑獬《自次芜湖却寄维扬刁学士》:"扬州二十四桥月。长忆醉乘明月归。"

宋·韩琦《维扬好》:"二十四桥千步柳,春风十里上珠帘。"兼用杜牧《赠别二首》中"春风十里扬州路,卷上珠帘总不如"句。

宋·黄庭坚《寄王定国》:"淮南二十四桥月,马上时时梦见之。想得扬州醉年少,正围红袖写乌丝。"

宋·秦观《喜迁莺》:"三十六湖春水,二十四桥秋月。争羡道,这水如膏泽,月同莹洁。"

宋·周邦彦《玉楼春》(惆怅):"姜姜芳草迷千里,惆怅王孙行未已;天涯回首一销魂,二十四桥歌舞地。"

宋·贺铸《南乡子》:"二十四桥游冶处,留连。携手娇娆步步莲。"

又《浪淘沙》:"卷帘红袖莫相招,十二栏干今夜月,谁伴吹箫?"脱出二句。

宋·曾觌《朝中措》(维扬感怀):"如今霜鬓,愁停短棹,懒傍清尊。二十四桥风月,寻思只有消魂。"

宋·韩元吉《浪淘沙》(芍药):"风叶万枝繁,犹记平山。五云楼映玉在盘,二十四桥明月下,谁凭朱阑?"

又《南乡子》:"二十四桥何处是,悠悠,忍对嫦娥说旧游。"

宋·姜夔《侧犯》(咏芍药):"红桥二十四,总是行云处。无语,渐来脱宫衣、笑相顾。"

宋·吴文英《风流子》(芍药):"轻桡移花市,秋娘渡,飞浪溅湿行裙。二十四桥南北,罗荐香分。"

宋·陈允平《瑞鹤仙》:"诉芳心、芭蕉未展;渺双波、望极江空。二十四桥凭遍。"

又《玲珑四犯》:"天涯柳色青青恨,不入东风眼。惆怅二十四桥,任落絮、飞花乱点。"

宋·刘辰翁《水调歌头》(和尹存吾):"一百八盘道路,二址四桥歌舞,身世梦堪惊。"

又《桂枝香》(寄扬州马观复,时新旧侯交恶,甚思去年中秋泛月,感恨杂言):"情知道、明年何处。漫待客黄楼,尘波前度。二十四桥,颇有杜书记否。"

宋·周密《踏莎行》(与莫两山谭邗城旧事):"远草情钟,孤花韵胜。一楼耸翠生秋暝。十二年二十四桥春,转头明月箫声冷。"

又《瑶花慢》:"杜郎老矣,想旧事,花须能说。记少年,一梦扬州,二十四桥明月。"兼用"十年一觉杨州梦"句。

宋·王奕《临江仙》(和元遗山题扬州平山堂):"二十四桥明月好,暮年方到扬州。"

宋·翁溪园《水龙吟》(代寿制帅贾参政):"二十四桥风月,称迷楼、卷尽帘箔。"

宋·无名氏《雨中花》:"扬州二十四桥歌吹,不道画楼声歇。"

明·汤显祖《牡丹亭》第四十四出急难《尾声》:"秀才探得门楣著,报重生欢声不少,(休只顾的)月明桥上听吹箫。"暗用杜牧句,嘱秀才不要在扬州享乐。

清·康熙皇帝玄烨《维扬雨霁》:"二十四桥夜雨收,蜀冈阜下水西流。"

清·孔尚任《桃花扇》第十八出争位《煞尾》:"你占住繁华廿四桥,竹西明月夜吹箫。"

又《红桥题诗》:"阮亭合向扬州住,杜牧风流属后生。廿四桥头添酒社,十三楼下说诗名。"

清·占清平《七律·闺怨》:"二十四桥月满溪,千回百转忆辽西。"

2693. 偏忆扬州第几桥

唐·施肩吾《戏赠李主簿》:"官罢江南客恨遥,二年空被酒中消。不知暗数春游处,偏忆扬州第几桥。""偏忆扬州第几桥",春游许多名胜,都淡忘了,惟记得起扬州那座桥。

唐·张乔《寄维扬故人》:"月明记得相寻路,城锁东风十五桥。"也是扬州桥。

明·林章《送人》:"不知今夜秦淮水,送到扬州第几桥。"用施肩吾句。

清·黄任《西湖杂诗》:"不知细雨裙腰草,绿遍春风第几桥。"写早春已到。

2694. 都将二十四桥月,换得西湖十顷秋

宋·欧阳修《西湖戏作示同游者》(一作《初泛西湖》)(皇祐元年):"都将二十四桥月,换得西湖十顷秋。"皇祐元年,作者从扬州迁至颍州,游颍州西湖作此诗。前二句"菡萏香清画舸浮,使君宁复忆扬州",说西湖如此之美,怎么还想念扬州呢?宁愿用扬州二十四桥明月,换得这西湖十顷秋光。他到颍州第二天就有诗写"平湖十顷碧琉璃",赞美此湖。"二十四桥"句仍借意于杜牧诗。

宋·苏轼《轼在颍州治西湖未成改扬州德麟有诗见怀次其韵》:"二十四桥亦何有,换此十顷玻璃风。"苏轼此时同当年的欧阳修相反,从颍州迁到扬州,用欧阳修创意句式,说二十四桥在何处呢,凭空换去了十顷西湖。

2695. 不识南塘路,今知第五桥

唐·杜甫《陪郑广文游何将军山林十首》:"不识南塘路,今知第五桥。名园依绿水,野竹上青霄。"何将军山林在陕西韦曲之西。《通知》记:韦曲之西有华岩寺,寺西北有雁鹜坡,坡西北有第五桥。"第五桥"在韦曲西北。游山林途经第五桥。

明·汤显祖《牡丹亭》第二十二出旅寄《步步娇》:"背上驴儿笑,心知第五桥。"用杜句指一条桥。

2696. 又踏杨花过谢桥

宋·晏几道《鹧鸪天》:"梦魂惯得无拘检,又踏杨花过谢桥。"席间听女子吹箫甚美,醉后归来,梦中又去寻觅吹箫女,所以说"无拘检"。"谢桥",

六朝时有"谢娘桥",谢秋娘为唐代名姬。这里指访女子的路。

清·纳兰性德《采桑子》:"不知何事萦怀抱,醒也无聊,醉也无聊,梦也何曾到谢桥。"用否定意。说梦境也空虚无聊。

2697. 天下三分明月夜

唐人徐凝《忆扬州》:"天下三分明月夜,二分无赖是扬州。"这是写扬州月夜名句之一。作者昔日在扬州曾有情恋之人,今日忆起扬州首先忆起恋人,忆起别时的悲情愁态,看看头上的明月,明月照人欢乐,又照人愁思,还是扬州明月,既添欢又增愁,追随粘着,实属"无赖"了。这正是作者望月怀人的极度生发。

杜牧也有扬州月夜名句:《寄扬州韩绰判官》诗写:"二十四桥明月夜,玉人何处教吹箫。"杜牧笔下的扬州月夜不同徐凝诗,是明媚的、美好的,月光照耀着扬州名桥,设想韩绰正向玉人学吹箫,也是美好的祝愿。宋代诗人王珪在《宫词》中仿此句写了:"三十六窗明月夜,姮娥深在水晶宫。"用"三十六窗"取代"二十四桥",写出特定环境"宫庭"。

用徐凝句如:

宋·刘辰翁《酹江月》(中秋待月):"休说二十四桥,便一分无赖,有谁谁识。"

清·陈沆《扬州城楼》:"曾是绿杨千树好,只今明月一分无。"对"二分明月"而言。写清嘉庆、道光年间扬州破败。

清·乐钧《南乡子》(题水南村舍图):"双桨荡吟魂,来看扬州月二分。"表示画中诗人月夜到来,正值黄昏见月。

清·王士禛《浣溪沙》(红桥):"绿杨城郭是扬州。"用"是扬州"句式。

2698. 远帆花月夜

唐·郑谷《送进士赵能卿下第南归》:"远帆花月夜,微岸水天春。"送人南归,人乘帆远去,月色鲜花,寄托着深情。

"花月夜"原从乐府诗题中来,隋炀帝和唐初张若虚都写过《春江花月夜》诗。南齐王融有"春江夜明月"句(《钱谢文学离夜》),句意相近,只是其中无"花"。

先把"花月夜"写入诗的是李白:"更怜花月夜,宫女笑藏钩。"(《宫中行乐词》)。又有张祜《襄阳乐》,写"大堤花月夜,长江春水流"句。而白居易《琵琶行》中的"春江花朝秋月夜",写晨花晚月,改动很大了。

2699. 秦时明月汉时关

北周·庾信《出自蓟北门行》:"关山连汉月,陇水向秦城。""关山月"是乐府诗题。《乐府解题》说:"《关山月》,伤春别也。"庾诗正用以表思乡情感。他在《小园赋》中再用此句:"关山则风月凄怆,陇水则肝肠断绝。"

"关山月"句一般描写关山明月,用边关景,抒边关情,表现乡思或别离之苦。与庾信同时代的南朝梁陈间著名文学家徐陵有《关山月》诗:"关山十五月,客子忆秦州。"梁、陈人江总《杂曲》诗有:"关山陇月春雪冰,谁见人啼花照户。"北周王褒也写过《关山月》:"无复汉地关山月,惟有漠边冀城云。"还有隋·卢思道《从军行》:"关山万里不可越,谁能坐对芳菲月。"《关山月》作为乐府"横吹曲辞"又是笛曲。

"关山月"写得切切感人的佳句出自唐代著名诗人王昌龄之手。他的《出塞二首》其一:"秦时明月汉时关,万里长征人未还。"明人李攀龙推崇此诗为唐人七绝的"压卷之作"。清人沈德潜《说诗晬语》评:"'秦时明月'一章……防边筑城,起于秦汉,明月属秦,关属汉,诗中互文。"互文格表明,秦汉时代的明月照着秦汉时的关。千年以来去万里之外戍边的人有多少没有归来,这是呼唤守边"飞将",为巩固边防,减少牺牲作了铺垫。这是写"关山月"绝妙好句了。王昌龄的《从军行七首》其二写:"琵琶起舞换新声,总是关山旧别情。撩乱边愁听不尽,高高秋月照长城。""关山月"展入四句之中,又揭示了"别情"与"边愁"。是扩写了"关山月"句。

唐人薛逢在《盖罗缝》中写:"秦时明月汉时关,万里征人尚未还。但愿龙庭神将在,不教胡马渡阴山。"比王昌龄《出塞》诗改动了五六个字。如果是王昌龄初稿误录易主,尚为常见,如果是薛逢改为己作,不仅是手法拙劣的窃占,而且粗制滥造,使美玉染上了瑕疵。清代陈维崧的《贺新郎》(秋夜呈芝麓先生)词写:"一片玉河桥下水,宛转玲珑如雪。其上有、秦时明月。"他夜中眺望京城景色,引王昌龄半句,注入怀古之情。

南北朝时期,开始盛用"关山月",一直沿用下去。

北周·王褒《燕歌行》："无复汉地关山月，唯有漠北蓟城云。"

陈·张正见《度关山》："关山度晓月，剑客远从征。"

陈·陆琼《关山月》："边城与明月，俱在关山头。"

陈·阮卓《关山月》："关山陵汉开，霜月正徘徊。"

陈·江总《杂曲三首》："关山陇月春雪冰，谁见人啼花照月。"

又《遇长安使寄裴尚书》："太息关山月，风尘客子衣。"

隋炀帝杨广《饮马长城窟行》："秋昏塞外云，雾暗关山月。"

隋·薛道衡《昔昔盐》："采桑秦氏女，织锦窦家妻。关山别荡子，风月守空闺。"

唐·陈叔达《后渚置酒》："关山临却月，花蕊散回风。"

唐·宋之问《咏笛》："关山孤月下，来向陇头鸣。"

唐·孙逖《送赵大夫护边》："关山瞻汉月，戈剑宿胡霜。"

唐·孟浩然《凉州词》："坐看今夜关山月，思杀边地游侠儿。"

唐·李白《宣城送刘副使入秦》："月明关山苦，水剧陇头悲。"

唐·杜甫《寄张十二山人彪三十韵》："鼓角凌天籁，关山倚月轮。"

又《吹笛》："风飘律吕相和切，月傍关山几处明。"

唐·卢汝弼《和李秀才边庭四时愁》："陇头流水关山月，泣上龙堆望故乡。"

唐·马戴《雒中寒夜姚侍御宅怀贾岛》："微月关山远，闲防霜霰侵。"

唐·柳中庸《秋怨》："汉垒关山月，胡笳塞北天。"

唐·戴叔伦《关山月》："月出照关山，秋风人未还。"用"万里长征人未还"句。

又《崇德道中》："关山明月到，怆恻十年游。"

唐·崔峒《宿江西窦主簿厅》："月满关山道，乌啼霜树枝。"

唐·李益《夜上西城听梁州曲二首》："此时秋月满关山，何处关山无此曲。"

唐·武元衡《塞外月夜寄荆南熊侍御》："云雨一乘千万里，长城秋月洞庭猿。"

唐·吕温《道州城北楼观李花》："夜疑关山月，晓似沙场雪。"

唐·长孙佐辅《关山月》："何处最伤心，关山见秋月。"

唐·王建《关山月》："关山月，营开道白前军发。"

唐·张籍《关山月》："秋月朗朗关山上，山中行人马蹄响。"

唐·梁献《王昭君》："泪点关山月，衣销边塞尘。"

唐·李咸用《关山月》："离离天际云，皎皎关山月。"

唐·韩偓《江南送别》："关山月皎清风起，送别人归野渡空。"

宋·刘克庄《满江红》词："渭城柳，争攀折；关山月，空圆缺。有琵琶改语，锦书难说。"

《关山月》是乐府鼓吹曲笛曲，多抒离愁别怨。诗词中写"关山月"为笛曲，即笛奏《关山月》。

唐·张九龄《同綦毋学士月夜闻雁》："月思关山笛，风号流水琴。"

唐·李峤《奉和送金城公主适西蕃应制》："曲怨关山月，妆消道路尘。"

唐·王昌龄《从军行七首》："更吹羌笛关山月，无那金闺万里愁。"

又《陇头吟》："陇头明月迥临关，陇上行人夜吹笛。"

唐·郑愔《胡笳曲》："曲断关山月，声悲雨雪阴。"

唐·刘长卿《罪所留系每夜闻长州军笛声》："只怜横笛关山月，知处愁人夜夜来。"

唐·杜甫《洗兵马》："三年笛里关山月，万国兵前草木风。"

唐·黄滔《送友人边游》："亲咏关山月，归吟鬓的霜。"

宋·侯寘《点绛唇》："岁一相逢，常是匆匆别。别壶缺，又还吹彻、笛里关山月。"

宋·辛弃疾《生查子》（山行寄杨民瞻）："今宵醉里归，明月关山笛。"

金·赵秉文《饮马长城窟行》："单于吹落关山月，茫茫原上沙如雪。"

清·朱祖谋《石州慢》："荒阑偎久，未信笛里关山，玉龙犹噀黄昏雪。"用杜甫"三年笛里关山月"句，又用唐·吕岩"岷山玉龙一夜空"句。"玉龙"喻飞雪。庚子之役，慈禧逃难，边关战火未熄，词人在黄昏飞雪中充满寒凉和痛苦。

2700. 荒台汉时月

唐·岑参《司马相如琴台》："荒台汉时月，色与旧时同。"月曾照汉代司马相如的琴台，那是"汉时月"，而那"汉时月"仍照着今天的"琴台"，月色是一样的。南朝·梁·简文帝萧纲《昭君词》："秋檐照汉月，愁帐入胡风。"昭君也是汉代人，照她所居，当然也是汉时的月。"汉月"之说源于此。那么把后来的月称作"秦月"（"秦时明月汉时关"）、"汉月"（"关山连汉月"），也是可以解读的。因为古时候就有月，古人的诗文中作过描述。

"色与旧时同"，这种古今相同的月色，如同时光的燧道，把古人和今人、古情和今情联通一片，从而使司马相如、王昭君这些有名的古人如在今天的月下。

当然，写古今月不一定用"汉月"。岑参《函谷关歌送刘评事使关西》："苍苔白骨空满地，月与古时长相似。"唐·皇甫冉《送魏六侍御葬》："海月同千古，江云复几重。"

唐人用"汉月"较多，不过多不表示历史时间，而是边塞空间，多用于边塞风光、军旅生涯的描绘之中。唐代以边塞诗人岑参用"汉月"为多。

岑参《热海行送崔侍御还京》："蒸沙烁石然虏云，沸浪尖波煎汉月。"

又《天山雪歌送萧治归京》："能兼汉月照银山，复逐胡风过铁关。"

又《碛西头送李判官入京》："汉月垂乡泪，胡沙费马蹄。"

又《送南特进赴归行营》："虏云连白草，汉月到黄沙。"

杜甫《前出塞九首》："已去汉月远，何时筑城还。"

钱起《送鲍中丞赴太原军营》："汉月随霜去，边尘计日清。"

张继《句》："汉月经时掩，胡尘与岁深。"

李端《昭君词》："李陵初送子卿回，汉月明时惆怅来。"

戎昱《苦哉行五首》："汉月割妾心，胡风凋妾颜。"

翁绶《关山月》："徘徊汉月满边州，照尽天涯到陇头。"

刘商《胡笳十八拍》："漫漫胡天叫不闻，明明汉月应相识。"

罗邺《征人》："正怜汉月当空照，不奈胡沙满眼飞。"

五代·捧剑仆《将审留诗》："万里隔关山，一心思汉月。"

五代·梁琼《昭君怨》："朔风嘶去马，汉月出行轮。"

五代·沈彬《吊边人》："杀声沉后野风悲，汉月高时望不归。"

五代·李中《王昭君》："滴泪胡风起，宽心汉月圆。"

2701. 新月动金波

北周·庾信《夜听捣衣》："新月动金波，秋云泛澜过。""金波"是月光，新月闪出的光辉、清光。取《汉书》"月穆穆以金波"义，写捣衣夜景。

唐·元稹《和东川李相公慈竹十二韵》："烟含胧胧影，月泛鳞鳞波。"写月光在竹叶上泛出鳞鳞波光。

宋·周必大《点绛唇》："醉上兰舟，羡他沙暖鸳鸯睡。月波金碎，愁海深无底。"水纹上的月光如碎金。

2702. 月影带河流

南朝·陈·张正见《和衡阳王秋庭》："萤光连烛动，月影带河流。"河中的月影是流动的，因为水在流动，月之影也随之流动。"水中月影"是水中月的一种笔法。如：

隋炀帝《正月十五日于通衢建灯夜升南楼》："月影疑流水，春风含夜梅。"

唐·骆宾王《望月有所思》："圆光随露湛，碎影逐波来。"

唐·刘长卿《上湖田馆南楼忆朱晏》："天光映波动，月影随江流。"

宋·陈三聘《好事近》："试要短筇溪上，看影浮波月。"

宋·仲并《渔父词》："侬家活计岂能明，万顷波心月影清。"

宋·周密《瑞鹤仙》："波涵月彩，露裛莲妆，水描梅影。"

2703. 月涌大江流

唐·杜甫《旅夜书怀》:"星垂平野阔,月涌大江流。"七六五年五月,诗人率家人离开成都草堂,乘舟东下,到云安(今四川云阳)暂住。此诗写乘船途中,夜色、星光垂下,平野更宽阔,月亮映水,同大江一样奔涌。

宋·袁去华《水调歌头》:"有恨向谁说,月涌大江流。"用杜甫原句,说面对江月滔滔而去,无人可以诉说忧恨。

2704. 洲孤月向谁明

唐·李白《鹦鹉洲》:"迁客此时徒极目,长洲孤月向谁明?"上元元年春,在江夏(今武汉)作,极目远望,鹦鹉洲上一轮孤月向着谁人放出清辉?流露出一种莫名的孤独之感。清人朱祖谋《浣溪沙》:"禅悦新耽如有会,酒悲突起总无名。长川孤月向谁明?"用李白句(换一"川"字)抒写离官去职,漂泊之中的孤独感和失落感。

唐·杜甫《秋风二首》:"不知明月为谁好,早晚孤帆他夜归。"用疑问句式。明·杨慎《临江仙》(戍六南江陵别内):"今宵明月为谁留?团团清影好,偏照别离愁。"用杜甫句。

2705. 长沟流月去无声

宋代词人陈与义《临江仙》(夜中小阁忆洛中旧游):"忆昔午桥桥上饮,坐中多是豪英。长沟流月去无声。杏花疏影里,吹笛到天明。"作者回忆二十四岁以前在洛阳曾同有才华豪气之人欢聚于洛阳南午桥之上。桥下明月之影随长流而去,悄而无声。围坐在桥头杏花疏影之中,吹笛谈笑,兴尽通宵。"长沟流月"写月映水中,随波荡动又寂无声息,创出了华美安谧的氛围。此句取义于前人而超越了前人。

南朝·梁·何逊《与胡兴安夜别》:"露湿寒塘草,月映清淮流。"写送别环境。这是写月映长河之祖句。隋炀帝杨广《春江花月夜》写:"流波将月去,潮水带星来。"长河挟去了明月,此景如月映水中,水波流动,人随水流漫步,无论走出多远,总见月在水中,不是"流波将月"了吗?唐初张若虚《春江花月夜》被誉为"孤篇盖全唐","孤篇横绝,竟为大家","诗中的诗,顶峰上的顶峰。"(闻一多《宫体诗的自赎》)前人如此高评,应作一家之言,不说《千家诗》《唐诗三百首》均未选入,就说同王、杨、卢、骆、崔、李、杜、白这些唐代诗人之作比,也是"盖"不住的。不过写"月"却不失上乘之一。李白诗中多写月,张若虚一篇写月多,计十八韵,有十五句用"月"字,串联了春、江、花、夜诸景,且每个"月"字都写得自然和谐,毫无做作之态。手法可谓高明了。张诗中写:"滟滟随波千万里,何处春江无月明。"这不是已含"长沟流月"之意了吗。

唐人用此意的不在少:

卢照邻《江中望月》:"江水向涔阳,澄澄泻月光。"

孙逖《葛山潭》:"圆潭泻流月,晴明涵万象。"

杜甫《宿白沙驿》:"随波无限月,的的近南溟。""的的",鲜明、鲜亮,月光随波远去,乘此明亮的月光可以抵达南溟,这是宿驿后的想见。前人用"的的"写明月非止一人。南朝·梁·简文帝有"溶溶如清璧,的的似沉钩。"(《水月》)梁·吴均有"的的与沙静,滟滟逐清波。"(《望新月》)唐·宋之问有"明月的的寒潭中"。(《寒宵月》)。唐·卢纶的《秋夜同畅当宿潭上西亭》写:"梢梢寒夜隧,滟滟月波流。"则用吴均"滟滟逐清波"句,杜甫"宿驿"诗句意与之相同。

唐·元稹《嘉陵江二首》:"应只添得清宵梦,时见满江流月明。"写"月影流江"。

唐·谢朓《游烂柯山》:"月影清江中,可观不可得。"也是"月影流江"。

唐·方干《送班主簿入谒荆南韦常侍》:"波移彭蠡月,树没汉陵人。"彭蠡湖水波月光晃漾。

方干《许员外新阳别业》:"满阁白云随雨去,池寒月逐潮水来。"月随水而来。

宋·林逋《湖村晚兴》:"水波随月动,林翠带烟微。"水随月。

水在月光下波光粼粼地流动,与月随水景色相同。

宋·沈邈《剔银灯》:"一夜隋河风劲,露湿水天如镜。古柳长堤,寒烟不起,波上月无流影。"隋河凌晨风停了,水面平静,虽有月光却不见波光闪动。

宋·孙觌《浣溪沙》:"素影徘徊波上月,醉香摇荡竹间云。"也用"波上月"。

元·贯云石《落梅风》曲:"新秋至,人乍别。顺长江水流残月。"月随水流,人随月去,句法近似陈与义"长沟流月"。

2706. 石窗湖水摇寒月

唐·司空曙《赠衡岳隐禅师》:"石窗湖水摇寒月,枫树猿声报夜秋。"石窗外的湖水摇撼着寒月,枫树林中的猿声报知是秋夜,晚秋月夜,湖水猿声,工整地表现出来。"摇寒月"含两种景观:风急水晃,水底月影在动;水面波光也在动,"摇"字一落,意境尽出。

唐·温庭筠《三洲词》:"团圆莫作波中月,洁白莫为枝上雪。月随波动碎潾潾,雪似梅花不堪折。"用两种形象讲事理,寓义鲜明。月光使波影闪动,反之也可说成月影碎零,作为感观也是很实际的。"月影碎"与"摇寒月"二者互见其义。

唐·方干很喜欢写水中月,特别独钟于"摇"字之境。他在《送从兄郜》中写:"野流波摇月,空城雨罄钟。"这是司空曙的"摇"字。他又换出"撼"字,比"摇"加大了力度,又调整了平仄。诗句很有特点,如:

《湖上言事寄长城喻明府》:"满湖风撼月,半日雨藏春。"

《越中言事二首》之二:"百里湖泊轻撼月,五更军角慢吹露。"

《路入剡中作》:"波涛漫撼长潭月,杨柳斜牵一岸风。"

用"摇月"句的还有唐·马戴《夜下湘中》:"露洗寒山遍,波摇楚月空。"唐·邓陟《珠还合浦》:"影摇波里月,光动水中山。"水中的山、月皆呈动态。元·黄庚《临平泊舟》:"万顷波光摇月碎,一天风露藕花香。"有色有香,正是临平湖月夜美景。

2707. 孤月浪中翻

唐·杜甫《宿江边阁》:"薄云岩际宿,孤月浪中翻。"写江边小阁上所见"薄云""孤月"夜景。"浪中翻"重在写水中月、水底月。水中月影与水上月光状态是不一样的。

"薄云岩际宿,孤月浪中翻。"用南朝·梁·何逊句。何逊《入西塞示南府同僚》:"薄云岩际出,初月波中上。"杜诗同此二句仅差三字,看来似曾相识,其实意义相去很远:"薄云岩际出",是依"石为云之根"一意,"出"则是云在岩上的动态。"宿"则静止不动。"初月波中上",是依"海上生明月"一意,写初月东升。"孤月浪中翻",当是水中

影,随浪而翻。"翻"字,生动传神,极富表现力。宋·范成大《念奴娇》:"吴波浮动,看中流翻月,半江金碧。"用杜甫的"翻"字,绘水中月影半江金色。

"水中月"句还如:

唐·白居易《西街渠中种莲叠石颇有幽致偶题小楼》:"影落江心月,声移谷口泉。"

唐·方干《早发洞庭》:"孤钟鸣大岸,片月落中流。"

又《送喻坦之下第还江东》:"过楚寒方尽,浮淮月正沉。"

唐·无可《送喻袤及第归阳羡》:"月向波涛没,茶连洞壑生。"

宋·诸葛赓《偈》:"山静白云归洞口,水清明月落波心。"

唐人卢纶喻月为"珠":《和考功员外杪秋忆终南旧居》:"月满珠藏海,天晴鹤在笼。"水中满月影如海底藏珠,这是"水中月"的新义。白居易也喜欢喻月为珠:《春题湖上》:"松排山面千重翠,月点波心一颗珠。"又《南浦晚兴》:"风荷摇破扇,波月动连珠。"

唐·罗隐《和禅月大师见赠》:"秀似谷中花媚日,清如潭底月圆时。"圆月之影清晰可见,写潭水清彻。唐·吴融《浙东筵上有寄》:"陇禽有意犹能说,江月无心也解圆。"写月为主,不同于罗隐的写潭。

唐·于良史《春山夜月》:"掬水月在手,弄花香满衣。"这是写水中捞月了。事实上,水中月影与空中月大小相当,月影不会落入"掬水"之中。

宋·苏轼《木兰花令》:"与余同是识翁人,惟有西湖波底月。""波底月"即水中月影。"翁"指"醉翁"(在杭州自称)欧阳修。他在杭州任职时,常游西湖,并作《采桑子》词十三首,赞美西湖风景。在词前《西湖念语》中说:"清风明月,幸属于闲人。"在词中也几次写到西湖月。所以说虽然欧翁离世已四十三年,除了苏轼怀念欧翁外,只有"西湖波底月"熟识他了。

宋·周紫芝《菩萨蛮》:"风头不定云来去,天教月到湖心去。"月在天上很不安定,只好到湖心去。

2708. 海上生明月,天涯共此时

唐·张九龄《望月怀远》:"海上生明月,天涯共此时。"遥望海上明月冉冉而升,不由得联想到

远方的亲人也在同时赏看这初升的明月。思亲之情油然而起。作者抓住瞬间产生的思绪写出感人的诗句，影响是深远的。上句，古人以为日、月从东方升起，而东方是无涯的大海，由于宇宙观的局限，误以为日月生于海。

此句从谢庄《月赋》："隔千里兮共明月"句翻出。

2709. 海上明月共潮生

与唐人张九龄同时的张若虚在《春江花月夜》中写："春潮江水连海平，海上明月共潮生。"也是写"海上明月"的佳句。《望月怀远》与《春江花月夜》的写作孰先孰后已难查考。用"共潮生"句的有唐·刘禹锡《历阳书事》诗："海潮随月大，江水应春生。"白居易《饮后夜醒》："枕上酒客和睡醒，楼前海月伴潮生。"清·左辅《南浦》（夜寻琵琶亭）："浔阳江上，恰三更，霜月共潮生。"

早于上举二张的唐代诗人沈佺期《关山月》中曾写："汉月生辽海，曈昽出半晖。"写东海日出的景象。

唐代张九龄之后的崔融也作《关山月》诗，有"月生西海上，气逐边风壮"的描述。

唐·刘庭琦《从军》写："阵云出岱山，孤月生海水。"

唐·刘长卿《湖上遇郑田》："杯中忽复醉，湖上生月魄。"

唐·李华则以《海上生明月》为题："皎皎秋中月，团团海上生。"

唐·李白《古风》（齐有倜傥生）："明月出海底，一朝开光曜。"

又《荆门浮舟望蜀》："流目浦烟夕，扬帆海月生"。用"海月"语的有罗隐《寄陆龟蒙》："夜船乘海月，秋寺伴江云。"五代·李中《怀旧夜吟寄越杞》："长笛声中海月飞，桃花零落满庭墀。"又《送张怀贞少府之江阴》："晚凉诸吏散，海月入虚楼。"贯休《寄匡山大愿和尚》："梦历山林闻鹤语，吟思海月上沙汀。"又《题简禅师院》："思山海月上，出定印香终。"孟郊《下第东南行》："江蓠伴我泣，海月投人惊。"鲍溶《晚山蝉》："若逢海月明千里，莫忘何郎寄一题。"

李白《王昭君》："汉月还从东海出，明妃西嫁无来日。"

唐·王昌龄《宿京江口期刘眘虚不到》："霜天

起长望，残月生海门。"

唐·卢仝《月蚀诗》："东海出明月，清明照毫发。"

唐·白居易《禁中月》："海水出明月，禁中清夜长。"

唐·张祜《题天竺寺》："海明初上月，江白正来潮。"

唐·马戴《楚江怀古三首》："广泽生明月，苍山夹乱流。"

唐·薛能《许州题德星亭》："高树月生沧海外，远郊山在夕阳西。"

唐·贾岛《绝句》："海底有明月，圆于天上轮。得之一寸光，可买千里春。"

唐·秦韬玉《八月十五日夜同卫谏议看月》："初出海涛疑尚湿，渐来云路觉偏清。"

唐·陆翙《赵氏北楼》："朗月生东海，仙娥在北楼。"

唐·徐夤《题福州天王阁》："有时海上看明月，辗出冰轮叠浪间。"

唐·于邺《宿江口》："南渡人来绝，喧喧雁满沙。自生江上月，长有客思家。"

唐·尉迟匡《句》："明月飞出海，黄河流上天。"

唐·贯休《旅中怀孙路》："一片月生海，几家人上楼。"

唐·皎然《题余不溪废寺》："残月生秋水，悲风起故居。"

五代·李中《离家》："月生江上乡心动，投宿忙忙近酒家。"

宋·梅尧臣《和永叔内翰思白兔答忆鹤杂言》："夜看明月海上来，光彩离离入庭户。"

宋·刘敞《从啸亭纳凉》："清风苹末来，孤月海上生。"

2710. 海日生残夜，江春入旧年

唐·王湾《次北固山下》："海日生残夜，江春入旧年。"此诗在《河岳英灵集》中题为《江南意》，而且有异文，但这两句全同。它描述残夜犹存，海日已生；旧岁未尽，江春已入，一"生"一"入"，炼字极工。生动地写出时序悄然的急剧的变化，从而泛起无限的思乡波澜。殷璠在《河岳英灵集》中说："'海日生残夜，江春入旧年'，诗人已来，少有此句。张燕公（说）手题政事堂，每示能文，令为楷

式。"张说时为宰相,也是有名的诗人,亲手书下此句悬于政事堂,作为学诗者的楷式,也算备加推崇了。明人胡应麟《诗薮·内篇》评"海日"一联:"形容景物,妙绝千古。"

唐人郑谷在《卷末偶题三首》中说:"一卷疏芜一百篇,名成未敢暂忘荃。何如海日生残夜,一句能令万古传。"他在整理自己作品时,一卷一百篇,总觉"疏芜",不如一句"海日"能流播千古。郑谷也颇有诗名,对"海日"句也十分欣赏。

清人王夫之《鹧鸪天》写:"瞳昽海日生残夜,烂漫江春入旧年。"无论其添加"瞳昽""烂漫"艺术效果如何,原搬了"海日"一联,说明这位清代著名诗人学者对其喜爱之深。

唐代王建《宫词一百首》之一写:"蓬莱正殿压金鳌,红日初生碧海涛。"也写"海日",由于泛泛写来,已见逊色。唐末灵澈《句》收入《全唐诗》,也变用王湾"海月生残夜,江春入暮年"句。"日"代之以"月"也失去了光辉。

宋·张炎《忆旧游》(登蓬莱阁):"海日生残夜,看卧龙和梦,飞入秋冥。"

2711. 思君如满月,夜夜减清辉

唐·张九龄《赋得自君之出矣》:"思君如满月,夜夜减清辉。"此诗即兴之作。写思妇怀念远行之夫,本来像满月一样强壮丰实的身体,由于"思君",每夜都由圆到缺,减弱清辉,逐日削瘦了。"清辉"是月光,月亮发出的淡淡的光辉。

"自君之出矣"是乐府"杂曲歌辞",汉末徐干始创。徐干《自君之出矣》末二句为:"思君如流水,无有穷已时。"南朝·宋·刘骏《自君之出矣》末二句为:"思君如日月,回环昼夜生。"唐·王珪《自君之出矣》末二句:"思君如明烛,煎心且衔泪。"又:"思君如夜烛,煎泪几千行。"唐·李咸用《自君之出矣》:"思君如百草,撩乱逐春生。"唐·雍裕之《自君之出矣》:"思君如陇水,长闻呜咽声。"上述写"思君"句,句型皆仿徐诗,而取譬不尽相同,王珪两用"如烛";雍裕之仿徐干句用"如流水";李咸用"百草";刘骏用"日月",张九龄也取了"满月",但句义不同于刘骏诗。

取譬明月的还有李白:"相思如明月,可望不可攀。"(《自梁园至敬亭山见令公谈陵阳山水兼期同游因有此赠》)亦不同于张九龄句,是换了角度取喻明月的。

唐·辛弘智《自君之出矣》写:"思君如满月,夜夜减容晖。"用张九龄句,换了两个字,意义相类。

2712. 但有西园明月在

唐人张说《邺都引》:"城郭为虚人代改,但有西园明月在。"曹操赖以建功的邺城已化为废墟,人也经几代变换,只有西园上的明月还如当年一样洒着清辉。魏武"昼携壮士破坚阵,夜接词人赋华屋"的情景早成过去。张说在《惠文太子挽歌二首》其一中又写:"千秋毂门外,明月照西园。"这次用"西园明月"句不是怀古而是悼今了。

西园,即铜雀园,曹操在邺都(今河北临漳县)临漳水而建的游乐园。曹氏父子经常在这里和文士宴会赋诗,也常作夜游。曹丕《芙蓉池作》写:"乘辇夜行游,逍遥步西园。"曹植《公宴》诗也写:"清夜游西园,飞盖相追随。明月澄清影,列宿正参差。"都是写他们西园夜游的场景。张说诗则写宴游人不在,只有西园月了。后来,人们把"西园"写作游乐场的代称,"西园月"则有欢乐也有哀伤。

用"西园"的诗词:

晋·陶渊明《和胡西曹示顾贼曹》:"流目视西园,晔晔荣紫葵。"这里的"西园"是田园,紫葵繁茂,而宜宴游,虽为农耕,但在陶渊明眼里却如游乐园一样美。

唐·骆宾王《秋月》:"西园徒自赏,南飞终未安。"西园赏月,主要不是写"月"。

唐·赵彦昭《奉和幸大荐福寺》:"北阙承行幸,西园属住持。"喻大荐福寺之美好。

唐·郑愔《夜游曲》诗:"西园谑公子,此里召王侯。"写夜游谑乐。

唐·李百药《赋得魏都》:"南馆招奇士,西园引上才。"曹氏西园宴游时,有建安七子参与。这里用其义。

唐·李峤《和同府李祭酒休沐田居》:"暂晖西园盖,言事东皋粟。"用陶渊明"西园"义写田园。

又《夏晚九成宫呈同僚》:"愿以西园柳,长间北岩松。"

唐·李白《长干行二首》:"八月蝴蝶来,双飞西园草。"

唐·韩偓《春尽》:"惭愧流莺相厚意,清晨犹为到西园。"

宋·苏轼《水龙吟》:"不恨此花飞尽,恨西园、

落红难缀。"不恨杨花飞,只恨红花落。

宋·周邦彦《瑞鹤仙》:"叹西园已是花深无地,东风何事又恶?"

宋·辛弃疾《汉宫春》(立春日):"年时燕子,料今宵梦到西园。"

元·乔吉《小桃红·闺思》:"东风落尽西园锦,知他为甚,情怀陡恁,懒却惜花心。"

元·吴弘道《青杏子·惜春》:"留得东君少住些,惟恐西园海棠谢。"

元·无名氏《朝天子》:"西园公子兴未阑,盏到休辞惮。"

写"西园月"的:

唐·卢僎《让帝挽歌词二首》:"西园有明月,修竹韵悲风。"

唐·祖咏《宴吴王宅》:"更待西园月,金尊乐未终。"

唐·董思恭《咏月》:"北堂未安寐,西园聊骋望(月)。"

唐·储光羲《山居贻裴十二迪》:"西林有明月,夜久空微微。"换上"西林",写山居实景。

唐·谢偃《乐府新歌应教》:"上客莫畏斜光晚,自有西园明月轮。"太阳斜辉将尽,还有西园明月更美。

唐·刘禹锡《初夏曲三首》其一:"西园花已尽,新月为谁来。"叹西园花尽,新月来迟。

唐·武元衡《摩诃池宴》:"昼短欲将清夜继,西园自有月徘徊。"类谢偃诗义。

唐·权德舆《惠昭皇太子挽歌》:"今夜西园月,重轮更寂寥。"用张说诗义,月圆人去,更为寂寥,挽意深沉。

宋·秦观《望海潮》:"西园夜饮鸣笳,有华灯碍月,飞盖妨花。"

2713. 明月留照妾

唐·刘希夷《江南曲八首》之四:"明月留照妾,轻云持赠君。山川各离散,光气乃殊分。天涯为一别,江北不相闻。"这是写妻子送夫远离的诗。女主人公驰骋想象:天涯远别,山川遥隔,彼此消息也难传递。只好妾留明月,君持轻云以为念了。君见明月如见妾,妾见轻云如见君了。委婉中含无限的离情。唐·贾至《铜雀台》:"苍苍川上月,应照妾魂飞。"诗人在铜雀台遗墟忆古:当年阿瞒观赏姬妾歌舞的地方,今天那些姬妾何在?只有"川

月"照她们的"飞魂"了。用刘希夷"照妾"句而不用其义。

唐·张若虚《春江花月夜》:"江畔何人初见月,江月何年初照人?"诗人面对"江天一色无纤尘"的宁静世界,唯有一轮明月高悬太空,自然产生了冥思遐想。两个"初"字正发自想象中的搜索与追寻:那古老的江月什么时候开始照人,什么人最先见到这月?

敦煌曲子词《望江南》(天上月):"天上月,遥望似一银团。夜久更阑风渐紧,为奴吹散月边云,照见负心人。"恨离人远去而负心不归。让夜风吹散月边云,照照负心人在做什么。也很有想象力。

唐·李白《王昭君》:"汉家秦地月,流影照明妃。"用"月照"句写王昭君远嫁已离汉地,汉月却还照着她。

唐·杜甫《梦李白二首》其一:"落月满屋梁,犹疑照颜色。"李白因永王璘案牵连,被放逐夜郎,中途遇赦返回。杜甫不知遇赦事,误以为李白已经死去,梦中见到李的魂灵归来。此刻月欲落,天即明,梦已醒,还像是落月的余光照耀出李白的身影和音容笑貌。宋·姜夔《霓裳中序第一》:"人何在,一帘淡月,仿佛照颜色。"用杜甫"月照颜色"句写明月似乎照出情人的颜容。

唐·岑参《郡斋望江山》:"山光围一郡,江照千家。"山光月色颇为壮观。唐·欧阳詹《秋夜寄僧》(一作《秋夜寄弘济上人》):"遥知是夜檀溪上,月照千峰为一人。"月照千峰,十分明丽,而山寺之中只有孤僧弘济上人。

唐·卢纶《泊扬子江岸》:"鱼惊出浦火,月照渡江人。"写自己渡江,上有明月当空照。唐·于良史《宿兰田山口奉寄沈员外》:"烟归河畔草,月照渡头人。"用卢纶句,只是人不是渡江,而在渡头。

唐·王维《竹里馆》:"深林人不知,明月来相照。"幽篁林深,明月相照,人却不知。

宋·秦观《木兰花慢》词:"江月知人念远,上楼来照黄昏。"

宋·米友仁《临江仙》:"昨夜晴宵千里月,向人无限多情。娟娟念夜满虚庭,一帆随浪去,归照画船轻。"

宋·鄱阳护戎女《望海潮》词:"宴罢休燃宝蜡,凭月照人归。"

月,照人照物,也照酒杯。

李白《把酒问月》："唯愿当歌对酒时,月光常照金尊里。"月下饮酒,月光照入酒尊,当然别能生色助兴,因希望"常照"。宋·苏轼《和鲜于子骏〈郓州新堂月夜〉二首》："唯有当时月,依然照酒尊。"也写"月照酒尊"。

2714. 轻云持赠君

唐·刘希夷《江南曲八首》："明月留照妾,轻云持赠君。""持赠",亲手赠送,也用作"持寄",亲手寄上。"轻云持赠君","云"不可"持",用"持"表示执著之情而已。

唐·沈佺期《凤箫曲》(一作《古意》)："昔时嬴女厌世纷,学吹凤箫乘彩云。含情转睐向萧史,千载红颜持赠君。""特赠君"始于此,持赠红颜,即红颜嫁萧史。

唐·刘商《袁德师求画松》："如今眼暗画不得,旧有三株持赠君。"将原画三株松持赠袁。

唐·韩愈《风折花枝》："春风也是多情思,故拣繁枝折赠君。"拟人法写风折花枝。

唐·许浑《秋晚云阳驿西亭莲池》："空怀远道难持赠,醉倚栏干尽日愁。"欲持赠莲花而不能。

宋·王安石《戏城中故人》："城郭山林路半分,君家尘土我家云。莫吹尘土来污我,我自有云持寄君。"城中有尘土,山林有白云,尘土不要污我,我愿持云寄城中故人。

又《元珍以诗送绿石砚所谓玉堂新样者》："玉堂新样世争传,况以蛮溪绿石镌。嗟我长来无异物,愧君持赠有佳篇。"

又《怀元度四首》："数枝石榴发,岂无一时好。不可持寄君,思君令人老。"

又《雪中游北山呈广州使君和叔同年》："南州岁晚亦花开,有底堪随驿使来。看取钟山如许雪,何须持寄岭头梅。"

2715. 只今惟有西江月,曾照吴王宫里人

唐·李白《苏台怀古》："只今惟有西江月,曾照吴王宫里人。"此诗一名《苏台览古》。苏台,即姑苏台,旧址在苏州西南姑苏山上,吴王阖闾始建,夫差增筑。台上有春宵宫,吴王与宫嫔们在宫中吴歌楚舞,欢娱奢靡。李白诗说这一切早已不复存在,而今只剩下"旧苑荒台"上的明月,曾照过吴宫里的嫔妃。对封建帝王的豪华一时,不无讽刺意味。

唐·许尧佐《石季伦金谷园》："唯余池上月,犹似对金尊。"写金谷园中月,犹似空对当年的金尊,亦表现盛时永去的变化。

晚唐的卫万在《吴宫怨》中用了李白的原句。李白《苏台览古》全诗是："旧苑荒台杨柳新,菱歌清唱不胜春。只今惟有西江月,曾照吴王宫里人。"卫万诗题为《吴宫怨》全诗八句,末四句是："句践城中非旧春,姑苏台下起黄尘。只今唯有西江月,曾照吴王宫里人。"显然卫万受李诗的开启,而作此诗。结尾二句,引李白原句,抒悼古之情。

五代·志定《逸句》："惟有尊前今夜月,当时曾照堕楼人。"

唐·邵谒《古乐府》："不知今夜月,曾照几时人。"用李白"曾照"句。

唐·唐彦谦《客中感怀》："可怜今夜月,独照异乡人。"用邵谒"今夜月"句。

2716. 莫教明月去,留著醉姮娥

唐·李白《宫中行乐词》："莫教明月去,留著醉姮娥。""姮娥",月里嫦娥。对月饮酒,姮娥陪饮,明月不去,即可使姮娥醉饮。这是极具想象力的。增加了月下饮酒的兴致,也影射了宫人醉饮。

李白很喜欢运用这种笔法。《在水军宴韦司马楼船观妓》："行云且莫去,留醉楚王家。"从宋玉的"朝为行云"引出新意:留住"行云",使之醉倒在楚王宫中。唐·岑参《醉戏窦子美人》："朱唇一点桃花殷,宿妆娇羞偏髻鬟。细看只似阳台女,醉著莫许归巫山。"以"阳台女"喻窦子美人。

又《宴郑参卿山池》："今夕不尽怀,留欢更邀谁?"用"留"字的反诘句。

又《送杨山人归嵩山》："长留一片月,挂在东溪松。""一片",月像一个圆片。只写留月。

"留著"一般都写出其目的。

唐·杜甫《阙题》："三月雪连夜,未应伤物华。只缘春欲尽,留着伴梨花。"(一作温庭筠《嘲三月十八日雪》诗)

唐·钱起《江行无题一百首》："晚荷人不折,留取作秋香。"

唐·白居易《题遗爱寺前溪松》："栋梁君莫采,留著伴幽栖。"

唐·鲍溶《巫山怀古》："谁伤宋玉千年后,留得青山辨是非。"

唐·施肩吾《杜鹃花词》："丁宁莫遣春风吹,

留与佳人比颜色。"

唐·郑谷《读李白集》:"何事文星与酒星,一时钟在李先生。高吟大醉三千首,留著人间伴月明。"李白诗歌熠熠生辉。

《云山杂记》卷二引《曲江春宴录》云:"曲江贵家游赏,则剪百花,装成狮子,相送遗。狮子有小连环,欲送,则以蜀锦流苏牵之,唱曰:'春光且莫去,留与醉人看。'"

宋·苏轼《八月十五日看潮五绝》:"宁知玉兔十分圆,已作霜风九月寒。寄语重门休上钥,夜潮留向月中看。"

清·郭麐《新晴即事》:"春阳亦未全无用,留住杨花一日飞。"

2717. 唯余故楼月,远近必随人

南朝·梁·朱超《舟中望月》:"大江阔千里,孤舟无四邻。唯余故楼月,远近必随人。"作者乘孤舟行进在浩森的大江之中,再无船伴,唯有照着故楼的明月随人而来。月亮高悬太空,人随处可以望见,人行走,月总在空中,就如月随人了。此句不在讲"光照",而在"追随",不在写"月光",而在"月"本体。同"明月照人"相比,"明月随人"似更有执著热烈的人情味。以这种单纯而又普遍的人月关系拟人化,其实是寓托了人的情意。"随人"句的同族句有"明月逐人""伴人""送人""迎人""寻人""近人""待人"等等,形成了"明月照人"的句族,足见古人对月之倾情之爱。先赏"随人"句。

唐·王涯《春江曲》:"归时不觉夜,出浦月随人。"

唐·刘宪《奉和送金城公主入西蕃应制》:"旌旆羌风引,轩东汉月随。"

唐·刘长卿《见故人李均所借古镜恨其未获归府斯人已亡怆然有作》:"岁久岂堪尘自入,夜长应待月相随。"

又《曲阿对月别岑况徐说》:"犹见南朝月,还随上国人。"

唐·王昌龄《送郭司仓》:"明月随良椽,春潮夜夜生。"

唐·李白《下终南山过解斯山人宿置酒》:"暮从碧山下,山月随人归。"

又《蛾眉山月歌送蜀僧晏入中京》:"月出蛾眉照沧海,与人万里长相随。"

又《把酒问月》:"人攀明月不可得,月行却与人相随。"

唐·高适《赋得还山吟沈四山人》:"白云劝尽怀中物,明月相随何处眠。"

唐·张谓《送裴侍御归上都》:"江月随人影,山花趁马蹄。"

唐·钱起《酬王维春夜竹亭赠别》:"山月随客来,主人兴不浅。"他的《山斋独坐喜玄上人夕至》"柴门兼竹静,山月与僧来"的"与"和杜甫的《奉济驿重送严公四韵》:"几时杯重把,昨夜月同行。"的"同"皆含"随"字之意。

唐·白居易《山中问月》全六韵都写月"无处不相随":"为问长安月,谁教不相离?昔随飞盖处,今照入山时。借助秋怀旷,留连夜卧迟。如归旧乡国,似对好亲知。松下行为伴,溪头坐有期。千岩将万壑,无处不相随。"

唐·孟郊《古别曲》:"处处得相随,人那不如月。"

唐·李群玉《初月二首》:"别后春江上,随人何处圆。"

唐·温庭筠《送崔郎中赴幕》:"相思休话长安远,江月随人处处圆。"

唐·李频《自黔中归新安》:"却将仙桂东归去,江月相随直到家。"

唐·许棠《泗上早发》:"平芜疑自动,落月似相随。"

唐·韦庄《南游富阳江中作》:"一帆云作伴,千里月相随。"

宋·张先《菩萨蛮》:"栏干移倚遍,薄倖教人怨。明月却多情,随人处处行。"

又《好事近》:"相趁笑声归去,有随人月色。"

欧阳修《舟中寄刘昉秀才》:"明月随人来远浦,青山答鼓送舟行。"

宋·梅尧臣《爱月》:"曾负万家望,空是随人归。"

又《七月六日赴庾直有怀》:"白日落我前,明月随我后。"

又《依韵和王中丞忆许州西湖》:"明月与人留",同行同留,也是"随"。

宋·李觏《送流人》诗:"从此异乡谁是侣,只应明月解相随。"

宋·曾巩《离齐州后五首》:"千里相随是明月,山西亭上一般明。"

宋·苏轼《永遇乐》:"美酒清歌,留连不住,月

随人千里。"他与孙巨源八月十五日别于景疏楼,十一月十五日再会于此楼。其间二人曾会于润州、楚州。三个月时间,"月随人千里"(从十五到十五)。

又《生查子》(诉别):"酒罢月随人,泪湿花如雾。"

又《次韵李修孺留别二首》:"何处青山不堪老,当时明月巧相随。"

宋·李持正《明月逐人来》:"禁街行乐,暗尘香拂面,皓月随人远近。"

宋·吕本中《采桑子》:"恨君不似江楼月,南北东西,南北东西,只有相随无别离。"

宋·陈瓘《卜算子》:"明月相随万里来,何处分真假。"

宋·丘崈《洞仙歌》(元宵词):"玉相辉,花并艳。明月随人、归去也,零落珠玑翠羽。"

又《夜行船》(和朱荣马):"一舸鸥夷云水路。贪游戏、悄忘尘数。明月长随,清风满载,那向急流争渡。"

宋·刘辰翁《南乡子》(即度纪游):"归路月相随。儿子门生个个迟。"

宋·卢祖皋《卜算子》(忆梅花):"霜月解随人,不解将疏影。"

宋·黄昇《贺新郎》:"有明月随人归去。从此一春须一到,愿东君、长与花为主。"

宋·赵佶《小重山》:"万井贺升平。行歌花满路、月随人。"

宋徽宗史达祖《点绛唇》(六月十四夜,与社友泛湖过西陵桥,已子夜矣):"山月随人,翠苹分破秋山影。"

宋·刘光祖《江城子》(梅花):"夜半胡为,人与月交相。君合君归吾老矣。月随去,照西厢。"

清·黄遵宪《八月十五夜太平洋舟中望月作歌》:"我随船去月随身,月不离我情倍亲。"

2718. 唯有孤明月,犹解远送人

南朝·陈·陈昭《明君词》:"交河拥塞雾,陇日暗沙尘。唯有孤明月,犹解远送人。"述说昭君出塞后,唯有一轮孤月,跃过大漠,还为远人送行。写明月"送人",月应在行人的后面,"迎人"则应在行人的前方。"月送人"表示人之惜别。还如:

唐·王昌龄《采莲曲》:"来时浦口花迎入,采罢江头月送归。"写花迎月送。

唐·白居易《别萱桂》:"不如江畔月,步步来相送。"

唐·包佶《对酒赠故人》:"月送人无尽,风吹浪不回。"

唐·徐夤《退居》:"明月送人沿驿路,白云随马入柴关。"写月送云随。

宋·欧阳修《玉楼春》:"杏花红处青山缺,山畔行人山下歇。今宵谁肯远相送,惟有寂寥孤馆月。"

宋·辛弃疾《西河》(送钱仲耕自江西漕赴婺州):"无情都解送行人,月明千里。"

"月送人"同"随人""伴人""迎人"一样,都是以月拟人,人情移之于月,托之于月。所以白居易《宿兰溪对月》就"披露":"明月本无心,行人自回首。"

2719. 随月出山去,寻云作伴归

宋·王安石《山中》诗写:"随月出山去,寻云作伴归。"山中无友,只与自然为伍,出山则随月而去,归来则唯云是伴。写出了典型的山居生活。

唐人张说较早地运用了"人随明月"句,他在《伤妓人董氏四首》中写"人随秋月落,韵入寿衣声。"董氏病殁,他慨叹人如秋月西沉,杳无形迹了。他用的是"人随月落"。

唐初董思恭《春日代情人》(见《全唐诗续补遗卷》)诗:

昔日管弦调,将人舞细腰。
悬知今日恨,谁分昔时娇。
弃妾频登陇,从军几度辽。
可怜香草夜,空见落花朝。
泪滴珠难尽,容残玉易销。
偿随明月去,莫道梦魂遥。

写女子对从军戍边的丈夫诉说昔日之欢和离别之思,幻想梦魂远随明月去追寻丈夫。此诗不算名诗,作者也非有名。但其"偿随明月去,莫道梦魂遥"似为后来的金昌绪"啼时惊妾梦"留下诗影。而且唐代有三个人截取其诗尾四句安题成篇。如张文收的《大辅乐》、令狐楚的《大辅乐》、韩偓的《思归乐》,只稍见异文,这三首诗都用"偿随明月去",韩偓用"容殊玉易消",显然都出自董思恭一人之手,足见董诗影响不小。

唐·杜甫《奉济驿重送严公四韵》:"几时杯重把,昨夜月同行。"与月同行,含"月随人""人随月"

意,细论事理,月随人应是月在人后,人随月应是月在人前,行进中人月的方位有别。而在实句中很难分辨。唐·戴叔伦《登高回乘月寻僧》写他同崔法曹寻楚僧:"插鬓茱萸来未尽,共随明月下沙滩。"很难辨出月的方位,只是月光普照,月影长在,人随月或月随人由人的感情所定罢了。宋人写"人随月"如:

范仲淹《依韵酬章推官见赠》:"重入白云寻钓濑,更随明月宿诗家。"

梅尧臣《送张唐氏》:"楚甸有行客,西风一孤舟。远随淮月上,苦与星槎浮。"随月而行,舟与星同浮江上。宋·刘敞《晚泊对月》:"明月随孤剑,浮槎送客星。"用梅尧臣句。

杨无咎《柳梢春》词:"莫待开残,却随明月,走上回廊。"

吕渭老《水调歌头》:"扁舟思独往,樯影划晴烟。要伴人随明月,踏破水中天。"

2720. 暗尘随马去,明月逐人来

唐·苏味道《正月十五夜》:"暗尘随马去,明月逐人来。"写元宵夜焰火歌声中车马游人不绝,马去了扬起暗尘,人来了有月追随。"明月逐人"同"明月随人",因上句已用"随"字,为避重而用"逐"字,亦妙。

用"暗尘随马"表示乘马而行。

宋·苏轼《蝶恋花》(密州上元):"帐底吹笙香吐麝,更无一点尘随马。"用否定义,写上元日街上洁净。

宋·王庭珪《点绛唇》:"玉漏春迟,铁关今锁星桥夜。暗尘随马,明月应无价。"

又《满庭芳》:"宿雨初收,晚风微度,万家帘卷青烟。暗尘随马,人物似神仙。"

又《寰海清》(上元):"画鼓轰天,暗尘随马,人似神仙。"

宋·周邦彦《解语花》(元宵):"钿车罗帕,相逢处,自有暗尘随马。"

宋·万俟咏《醉蓬莱》:"明月逐人,暗尘随马,尽五侯豪贵。"

宋·无名氏《惜奴娇》:"暗尘随马,明月逐人无际。"

2721. 不觉误随车

唐·韩愈《嘲少年》:"只知闲信马,不觉误随车。"只知信马行进,不知不觉地错跟了别人家女眷的车子,自觉尴尬。一般指少年信马闲游。

宋·秦观《望海潮》:"长记误随车,正絮翻蝶舞,芳思交加。柳下桃蹊,乱分春色到人家。"

元·张彦文《一枝花》:"只因闲信马,为此误随车。"

元·卢挚《朱履曲·雪中黎正卿招饮赋此五章命杨氏歌之》:"便章台街闲信马,曲江岸误随车,且不如竹窗闲听雪。"

2722. 明月逐人来

唐·苏味道《正月十五夜》:"暗尘随马去,明月逐人来。""逐人",月在人后,或月在人前,都可以说"逐人"。尾随为"逐",迎面也为"逐"。把月的升沉拟人化了。诗眼在"逐"字上。

唐·岑参《送郭仆射节制剑南》:"暗云随去阵,夜月逐行营。"用苏味道"……随……,……逐……"句式。

用"明月逐人"句如:

唐·刘长卿《南湖送徐十七西上》:"独将湖上月,相逐去还归。"

唐·白居易《客中月》:"晓随残月行,夕与新月宿。谁谓月无情,千里远相逐。"

唐·李咸用《自君之出矣》:"思君如明月,明月逐君行。"

宋·范仲淹《江城对月》:"多情是明月,相逐过江来。"又《送陈环秀才游金陵》:"白云起红树,明月逐江船。"

宋·黄庭坚《水调歌头》(游览):"醉舞下山去,明月逐人归。"用李白"暮从碧山下,山月随人归"句,表仰慕李白,蔑视权贵,欲陶然于觞酒之中。

宋·郭应祥《鹧鸪天》(宴王园作):"星球不用随归骑,自有山头月逐人。"

宋·蔡伸《水调歌头》:"唯有旧时月,远远逐人来。"直用梁·朱超"唯余故楼月"句了。

2723. 江清月近人

唐·孟浩然《宿建德江》:"野旷天低树,江清月近人。"原野平旷无山,视野之极处,天与树接,天低了。江水澄清,水中月影明晰可见,月近了。

唐·杜甫《漫成一绝》:"江月去人只数尺,风灯照夜欲三更。"即"月近人"之注。唐·岑参《酬

成少尹骆谷行见呈》：“夜宿月近人，朝行云满车。”作者永泰元年十一月入蜀途径骆谷，曾夜宿谷中，由于山谷高，月也近人。

2724.衔悲月伴人

唐·苏颋《奉和送金城公主适西蕃应制》：“奏曲风嘶马，衔悲月伴人。”金城公主远嫁西蕃，日夜兼程，以明月为伴，难计归期，送行之人由此“衔悲”。“月伴人”句用得痛切。“伴人”较之“随人”“逐人”更为亲切。

唐·孟浩然《游凤林寺西岭》：“莫愁归路暝，招月伴人归。”

宋·张先《江南柳》：“愿身能似亭亭月，千里伴君行。”

宋·张载《合云寺书三首》：“石上坐忘惊觉晚，山前明月伴人归。”

宋·苏轼《台头寺步月》：“风吹河汉扫微云，步履中庭月趁人。”“趁”，伴随之意。

宋·石孝友《水调歌头》：“一片古时月，千里伴君行。”用张先原句。

宋·辛弃疾《满江红》（和民瞻送祐之弟还侍浮梁）：“白首路，长亭仄。千树柳，千丝结。怕行人西去，棹歌声阕。黄卷莫教诗酒污，玉阶不信仙凡隔。但从今、伴我又随君，佳哉月。”

宋·仇远《西江月》词：“笙歌饮散醉相扶，明月伴人归去。”用“家家扶得醉人归”意，又兼有明月相伴。

又《爱月夜眠迟》词：“月华如水，香街尘冷，阑干琐碎花阴（即斗玉阑干）。罗帏不隔婵娟，多情伴人，孤枕最分明。”“婵娟”即“月华”，月光，不仅把花阴送上阑干，还透过罗帏，伴人孤眠。

明末清初徐灿《唐多令》（感怀）：“寒月多情怜远客，长伴我，滞幽州。”女词人的丈夫陈之遴坐发辽阳，她从姑苏随夫去辽阳（幽州），举目无亲，唯明月相伴。

用“月伴人”，人也可以是动态的，多数则处于静态，就是人不在路途之上、行进之中，而正逢独居孤处，方以月为伴，月久久悬空而不去，似在伴孤寂之人。

2725.不知江月待何人

唐·张若虚《春江花月夜》：“但见长江送流水，不知江月待何人。”流水滔滔而江月驻轮，不知

在等待什么人。拟月含情，也解待人。“待”是等待、等候，依月悬于空中不去的性状想象如此。

唐·万齐融《三月绿潭篇》：“催席散画楼，初月待人归。”用“待人”句。

唐·岑参《送人归江宁》：“海月迎规楚，江云引到乡。”又《送庐郎中除杭州赴任》：“海云迎归楚，江月引归吴。”二诗用“迎”字同“待”，句义也极相近。

2726.不知乘月几人归

唐·张若虚《春江花月夜》：“不知乘月几人归，落月摇情满江树。”不知多少人乘着月光归去，月光将诗人之情遍洒在江边树上。

唐·李白《寻阳送董昌峒鄱阳司马作》：“人乘海上月，帆落湖中天。”用“乘月”句。

2727.明月何时照我还

宋·王安石《泊船瓜洲》：“京口瓜洲一水间，钟山只隔万重山。春风又绿江南岸，明月何时照我还？”作者本是江西临川人，却独爱金陵，晚年二次罢相后，退居金陵半山园，后舍宅为寺，迁居秦淮河畔一小巷中的一所小宅（“漕司北厅”）中。此诗写他泊船瓜洲望钟山，怀念半山园家，“明月何时照我还”，不直述何时还金陵，而写明月何时“照”我还，曲笔生花，急欲连夜赶回。古人写“月照”者不多，不是如“逐人”“送人”“伴人”拟人笔法，却十分动人。

唐·张若虚《春江花月夜》：“江畔何人初照月？江月何年初照人？”在这遐想句中首先写了“月照人”。

王安石又《与宝觉宿龙华院三绝句》其三：“与公京口水云间，问月何时照我还。”

又《杂咏四首》：“故畦抛汝水，新垄寄钟山。为问扬州月，何时照我还。”都是“还”钟山。

宋·苏轼《韩康公坐上侍儿求羽扇上二首》：“不觉春风吹酒醒，空教明月照人归。”不愿月下归去。

2728.转朱阁，低绮户，照无眠

宋·苏轼《水调歌头》：“转朱阁，低绮户，照无眠。不应有恨，何事长向别时圆。”“照无眠”，月光照着失眠的人。

宋·张辑《疏帘淡月》（寓《桂枝香》秋思）：

"落叶西风,吹老几番尘世。从前谙尽江湖味,听商歌、归兴千里。露侵宿酒,疏帘淡月,照人无寐。"用"照无眠"意,写月夜怀乡。

2729. 人有悲欢离合,月有阴晴圆缺

宋·苏轼《水调歌头》(丙辰中秋,欢饮达旦,大醉。作此篇,兼怀子由):"人有悲欢离合,月有阴晴圆缺,此事古难全。""悲欢离合""阴晴圆缺"是现象,也是必然,人不可能没有离和悲,月也不可能没有阴和缺,古来如此。此"怀子由",又达观以待,慰己亦安人。

宋·陈德武《忆秦娥》:"疏帘揭,云端仰见娟娟月;娟娟月,不应何恨,照人离别。……闭门独睡空愁绝,姮娥梦里低低说;低低说,悲欢离合,阴晴圆缺。"

2730. 此事古难全

宋·苏轼《水调歌头》:"人有悲欢离合,月有阴晴圆缺,此事古难全。"

宋·李纲《水调歌头》(与李致远、似之、张柔直会饮):"如意始身退,此事古难谐。"用苏轼句式。

2731. 月入孤舟夜半晴

唐·权德舆《舟行见月》:"月入孤舟夜半晴,寥寥霜雁两三声。"人乘舟行,月入舟中,也是"月随人"之意。月入孤舟,虽无太阳明耀,其光亮也趋走夜黑之半,令人玩味。

唐·韦庄《送日本国僧敬龙归》:"扶桑已在渺茫中,家在扶桑东更东。此去与师谁共到,一船明月一船风。"

唐末·蜀尼海印《舟夜一章》:"举棹云先到,移舟月逐行。"

宋·范仲淹《舟中》诗:"微风不起浪,明月自随船。"

宋·司马光《谢君贶中秋见招不及赴》:"清辉散广座,孤影随行舟。"

宋·船子和尚《绝句》:"夜静水寒鱼不睡,满船空载月明归。"

宋·李弥逊《菩萨蛮》:"风高帆影疾,月送舟痕碧。"

2732. 窗破月寻入

宋·毛滂《临江仙》(都城元夕):"酒浓春入梦,窗破月寻人。"元宵之夜,人们各得其乐,唯诗人自己,孤独凄凉。只有孤月透入破窗,像似来寻找友人。用孤月入窗烘托人的寂寥,月又是人格化了的,"寻"与"窥"大意相同。清人贺裳《皱水轩词筌》评毛滂此词近"晚唐五律佳境"。清人柯寓匏《古今词话·词评》称此句"真词家佳境也"。然而"月寻人"句并非毛滂始创。除了远承骆宾王"窥窗"句外,近用苏轼的"明月入户寻幽人"(《月夜与客饮杏花下》)句。

毛滂句更撼人情愫。清·厉鹗《入秋酷暑七月十二日晚风月甚清遂有凉意》:"秋声满帘那可觅,明月出树如相寻。"月不是寻人,而是寻秋。

2733. 古人今人若流水,共看明月皆如此

唐·李白《把酒问月》(故人贾淳令予问之):"今人不见古时月,今月曾经照古人。古人今人若流水,共看明月皆如此。"今人不见古时月,当然古人也不见今时月;今月曾经照古人,当然古月继续照今人。回环错综,且用"互文"。说明古今明月长存,而人生短暂的道理。

唐·曹松《吊贾岛二首》之二:"一朝今古隔,唯有月明同。"缩用李白诗意吊贾岛已经作古,只有明月相同,人却古今相隔了。唐·方干《与徐温话别》:"明年今夜有明月,不是今年看月人。"写今年明年,共看明月的人不同,是生人离别之情。同"古今"比,历史缩短了,不是今人古人,而同是今人。

2734. 几百年来空月明

唐·白居易《题灵岩寺》:"二三月时何草绿,几百年来空月明。"灵岩寺即吴馆娃宫鸣屟廊,中有古砚池、香径。诗写屟廊倾覆,砚池几平。几百年来,唯一轮明月空照吴宫了。表怀古之情,写今昔之变。

李白《望庐山瀑布》二首之一写瀑布:"海风吹不断,江月照还空。"此"空"字表现在江月照耀下,瀑布澄清透明之意。孟郊《西斋养病夜怀多感因呈上从叔子云》:"一床空月色,四壁秋蛩声。"写孤寂,床上只有月光,四壁只有秋蛩鸣叫。

2735. 我寄愁心与明月

唐·李白《闻王昌龄左迁龙标遥有此寄》:"我寄愁心与明月,随风直到夜郎西。"王昌龄被贬为

龙标县尉,李白赠诗慰问。"龙标"即今湖南黔阳县,实地还在夜郎(今贵州桐梓县)东。李白说我把愁心托付于明月,随风送到你身边。"夜郎东"说成"夜郎西",表示极其遥远,也为了谐韵。李白当时漫游东南,同西方的王昌龄,一东一西,只有明月可以共照,由此想到托月寄情,无理而又有理,一片同情心可借月传达了。这是美妙的想象。

"托月寄情",早见于南朝乐府《子夜四时歌》:"仰头望明月,寄情千里光。"南朝宋齐间人汤惠休《怨诗行》也有"明月照高楼,含君千里光"句。李白取意于"寄情千里光"。李白以后用"寄情明月"的还有:

唐·卢纶《晚次鄂州》(至德中作):"三湘愁鬓逢秋色,万里归心对月明。"作者自家乡蒲州(今山西永济县)南行去鄱阳,托月寄思乡之心。

唐·许浑《凌歊台送韦秀才》:"故山迢递故人去,一夜月明千里心。"故人远去千里之外,借明月寄托怀念之心。

唐·皎然《送灵澈》:"千里万里心,只似眼前月。"由于寄心明月,透过明月可以看到远方人的情怀。

宋·谢翱《友人自杭回建寄别三首》:"水到衢城尽,梅花上岭生。不如寄明月,步步送君行。"寄情于水、梅,都不如寄情明月。

清·屈大均《天边》诗:"一片愁心与鸿雁,秋风吹不到衡阳。"用李白句,以雁代月,"不到",从反面化出。

2736.心随明月到胡天

唐·刘长卿《赋得》:"家住层城临汉苑,心随明月到胡天。"是"我寄愁心与明月"的变式。"心随明月"意近"寄心明月",身都未动,与"人随明月"不同。唐人皇甫冉《春思》诗与此诗全同,只变了题。疑为误抄误收。

唐·牟融《送客之杭》:"帆带夕阳投越浦,心随明月到杭州。"用刘长卿句。送客之心也随明月到杭州。

宋·吕渭老《浪淘沙》:"宋玉在墙东,醉袖摇风,心随月影入帘栊。"思念恋人而不得相聚,用刘长卿句,心随月光飞入恋人身边。

清·黄世成《王昭君》:"心随汉月到秦州,挹上龙庭不肯羞。"诗人想象昭君虽身在匈奴,心却随明月飞回汉家故土"秦地"。用刘长卿句。

2737.心随湖水共悠悠

唐·张说《送梁六自洞庭山作》:"闻道神仙不可接,心随湖水共悠悠。"洞庭山浮在湖水之上,山上如果有神仙,也难以会见,心也随着湖水悠悠起来,充满了空灵晃漾之感。刘长卿的"心随明月"与此"心随湖水"句式近同,而张说写"心随湖水"。李白的《月夜江行寄崔员外宗之》:"月随碧山转,水合青天流。"写"明月随山",在诗人笔下不只是"人随月"或"月逐人","随(逐)"前面有的用云、叶,后面有的用风、雁,而句型是大体相同的。如:

唐·刘希夷《入塞》:"晓光随马渡,春色伴人归。"二句都是此句型。杜甫《诸将五首》:"锦江春色逐人来,巫峡清秋万壑哀。""伴"与"逐"都写出动态。"锦江"句更胜一筹。唐·储光羲《蔷薇》:"连袂踏歌从此去,风吹香气逐人归。"写香气逐人。杜甫的《奉送魏六丈佑少府之交广》:"解帆岁云暮,可与春风归。""与"即"随同"意,写人随春风。唐·刘商《胡笳十八拍》(第十四拍):"南风万里吹我心,心亦随风渡辽水。"写文姬归汉,途中思念抛在辽水以北的儿女,于是心随南风又回到儿女身边。

唐·李嘉祐《送裴宣城上元所居》:"泪向槟榔尽,身随鸿雁归。"写"身随雁"。唐·崔涂《孤雁》:"渚云低暗度,关月冷遥随。"写"月随雁"。清·蒲松龄《旅思》:"天逐残梅老,心随朔雁飞。"写"心随雁"。又《射阳湖》:"春归远陌莺声外,心在寒空雁影边。"心随雁飞,归心似雁。

唐·刘长卿《陪王明府泛舟》:"云峰逐人意,来去解相随。"唐·岑参《送梁判官归女几旧庐》:"女几知君忆,春云相逐归。"都写"云相随(逐)"。

又《奉寄婺州李使君舍人》:"崖开当夕照,叶去逐寒波。"唐·崔月知《冬日述怀奉呈违祭酒张左丞兰台名贤》:"愿逐从风叶,飞舞翰林前。"写"叶逐波"和"人逐叶"。

又《送崔升归上都》:"旧寺寻遗绪,归心逐去尘。"唐·李峤《鹊》:"喜逐行人去,愁生织女归。"写喜鹊。岑参《送扬州王司马》:"东南随去鸟,人吏待行舟。"都与"人随月""月逐人"句式相当。

2738.隔千里兮共明月

南朝·宋·谢庄《月赋》:"美人迈兮音尘绝,隔千里兮共明月。"谢庄在宋文帝、宋武帝、宋明帝三朝做官,久不得归,而眷恋故乡,自叹飘零。"美人"代故乡亲人,明月可以共见,人不能相聚,望月生情,概莫如深了。宋人姜夔《水龙吟》词就以谢庄句为诗典:"甚谢郎,也恨飘零,解道月明千里。"借指友人黄庆长及其所作《怀归之曲》,说你为什么像谢庄自恨飘零,也写"月明千里"之歌呢?比起我"十年幽梦",多年浪游,你那点"怀归"之情算得了什么。从而抒发他自己更强烈的思归之情。唐人杨巨源《月宫词》:"皎皎苍苍千里同,穿云飘叶九门通。"月只一轮,而光照千里,人无论相距多远,也可以共赏一轮明月。"隔千里兮共明月"就是把握了这一特点。

南朝·宋·鲍照《玩月城西门廨中》也写了"千里共明月":"三五二八时,千里与君同。"人虽遥隔千里,在十五、十六日却可以共赏这满月。"千里与君同"也是名句。唐人多用以怀念远人。张九龄的《望月怀远》:"海上生明月,天涯共此时。"即"天涯共明月"之意,已如前述。骆宾王《秋日饯陆道士陈文林》:"唯当玄度月,千里与君同。"唐·许浑《秋雾寄远》:"唯应待明月,千里与君同。"许浑用骆宾王句,他们又都用了鲍照原句。

南朝是"千里同(共)明月"句之滥觞,"隔千里兮共明月"和"千里与君同"对后人的启示极大,用"同明月""共明月"者源源而来。

唐·王维《送杨长史赴果州》:"别后同明月,君应听子规。"

又《送熊九赴任安阳》:"相去千余里,西园明月同。"

唐·王昌龄《送任五之桂林》:"山为两乡别,月带千里貌。"山虽不同月却一样。

唐·刘长卿《江楼送太康郭主簿赴岭南》:"树色应无江北秋,天涯尚见淮阳月。"意近王昌龄句。

唐·李华《寄从弟》:"迢迢千里月,应与惠连同。"谢灵运从弟谢惠连有《泛湖归出楼中望月》诗。

唐·杜甫《月圆》:"故园松桂发,万里共清辉。""清辉"即月光。

唐·韩翃《寄徐州郑使君》:"虽卧郡斋千里隔,与君同见月初圆。"

唐·戎昱《中秋夜登楼望月寄人》:"万里此情同皎洁,一年今日最分明。"

唐·孟郊《古怨别》:"别后唯所思,天涯共明月。"

唐·白居易《初与元九别后忽梦见之及寤而书适至兼寄桐花诗怅然感怀因此寄》:"昨夜云四散,千里同月色。"

又《江楼月》:"嘉陵江曲曲江池,明月虽同人别离。"说蜀地与长安同明月,人却分离。

又《八月十五日夜禁中独直对月忆元九》:"犹恐清光不同见,江陵卑湿足秋阴。"元稹泛江陵,江陵天多阴,不能同见明月。

又《河阴夜泊忆微云》:"万里月明同此夜,黄河东面海西头。"

唐·张祜《筝》:"芳音何更妙,清月共婵娟。"

唐·刘沧《怀江南友人》:"空劳两地望明月,多感断蓬千里身。"虽可共望明月,却为"断蓬千里"而伤怀。

唐·许浑《怀江南同志》:"唯应洞庭月,万里共婵娟。"

唐·子兰《登楼》:"故人千里同明月,尽夕无言空倚楼。"

唐·许坚《题扇》:"但愿长闲有诗酒,一溪风月共清明。"

五代·徐铉《寄从兄宪兼示二弟》:"信无鸿初下,乡遥月共明。"

宋·寇准《阳关引》:"且莫辞沈醉,听取阳关彻。念故人,千里自此共明月。"

宋·范仲淹《八月十四夜月》:"天意将圆夜,人心待满时。已知千里共,犹许一分亏。"

宋·欧阳修《夜夜曲》:"浮云吐明月,流影玉阶阴。千里虽共照,安知夜夜心。"兼用李商隐"碧海青天夜夜心"句。

宋·苏轼《次韵子由寄题孔平仲草菴》:"犹喜大江同一味,故应千里共清甘。"这是"共江水"。

又《中秋月寄子由三首》:"尝闻此宵月,万里同阴晴。"

宋·黄裳《八声甘州》:"昨夜烦襟顿释,一雨洗遥空。偏有银蟾好,千里人同。"

宋·贺铸《换追风》:"别夜可怜长共月,当时曾约换追风。"

宋·谢逸《江神子》:"只有关山今夜月,千里外,素光同。"

宋·米友仁《白雪》(念奴娇):"凭高临望,桂轮徒共千里。""桂轮"亦即月。

宋·张孝祥《瑞鹧鸪》:"从今千里同明月,再约圆时拜夜香。"

宋·辛弃疾《贺新郎》:"谁共我,醉明月?"

宋·葛长庚《酹江月》(次韵东坡赋别):"共君千里,登楼何患无月。"

宋·吕胜己《菩萨蛮》:"与君千里别,共此关山月。"

宋·赵师侠《水调歌头》(春野亭送别):"唯有当时明月,千里有情还共。"

宋·刘辰翁《水调歌头》(中秋口占):"明月几万里,与子共中秋。"

宋·葛长庚《贺新郎》(赋西峰)词:"料得故人千里共,使我寸心耿耿。"前句有"寒蟾",即月。

宋·杨泽民《浪淘沙慢》:"思故人千里,唯同明月。"

2739. 但愿人长久,千里共婵娟

宋·苏轼《水调歌头》(丙辰中秋,欢饮达旦,大醉。作此篇,兼怀子由):"但愿人长久,千里共婵娟。"作者于熙宁九年中秋赏月,怀念其弟子由(苏辙时在齐州即今济南),对人难常聚、月难常圆持旷达乐观态度,慰己慰人。此结句祝愿:人只要健康长寿,虽隔千里亦可共赏这明丽的月光。"婵娟",月色明媚。"但愿人长久,千里共婵娟",以其通达畅快的语言,使"明月千里"句突起高澜,成为人们向远人祝愿的典范语。

宋·张元干《卷珠帘》(寿)词:"云傲锦瑟争为寿,玉带金鱼,共愿人长久。"

宋·洪皓《木兰花慢》(中秋):"故国迢迢,千万里、共婵娟。"

宋·马子岩《月华清》(忆别):"人何处、千里婵娟,愁不断、一江流水。"后句用李煜"一江春水向东流"。

宋·陈亮《点绛唇》(咏梅月):"清入梦魂,千里人长久。"

宋·李曾伯《贺新郎》:"兔魄初生人初度,期共婵娟长久。""兔魄",月的又称。

宋·吴文英《烛影摇红》(毛荷塘生日,留京不归,赋以寄意):"千里婵娟,茂国今夜同清明。"

宋·华清淑《望江南》:"万里妾心愁更苦,十春和泪看婵娟,何日是归年?"被羁宋宫人赠汪水云南归。

宋·陈德武《百字谣》(咏爱月眠迟):"夜久谁共婵娟,掩孤帏睡去,此情尤切。"

2740. 明月何曾是两乡

唐·王昌龄《送柴侍御》:"青山一道同云雨,明月何曾是两乡。""两乡"为两地,柴侍御虽然去了,即使很远,而有明月共照——照此地也照彼地,虽远犹近,虽别犹亲。这又是一种送友之情。

用"照两乡"句的,与王昌龄同时的有刘长卿,他在《送姨子弟往南郊》写:"何处共伤离别心,明月亭亭两相望。"兼用谢惠连"亭亭映江月"(《泛湖归出楼中望月》)句,说共望明月,共伤离别。白居易《得湖州杨相公继之书并诗以此寄之》:"唯有新昌故园月,至今分照两乡人。"韦庄《寓言》:"故人三载别,明月两乡愁。"变用王昌龄句。宋·苏轼《如梦令》:"惊梦断,锦屏深,两乡明月心。"用韦庄"明月两乡"句。

唐·张蠙《别后寄友生》:"共看今夜月,独作异乡人。"(《全唐诗续补遗》载张溢寄友人《句》,与张蠙此句全同)"独作异乡",同友人即分处两乡,亦从王昌龄句化出。

同友人虽相处异地,却同云雨,共明月,似远犹近,似疏犹亲,都是由于云雨和明月的沟通、连结。此意源出王昌龄的前人。南朝·齐·范云《送沈记室夜别》:"秋风两乡怨,秋月千里分。""秋风""秋月"都连结着两乡,这应是此句之源。

2741. 一夜乡心五处同

唐·白居易《自河南经乱,关内阻饥,兄弟离散,各在一处。因望月有感,聊书所怀,寄上浮梁大兄、於潜七兄、乌江十五兄,兼示符离及下邽弟妹》:"共看明月应垂泪,一夜乡心五处同。"贞元十五年(799),宣武军节度使董晋死,部下作乱。彰义军节度使吴少诚反。两次都在河南境内,使南北阻绝。白居易兄妹分离五处,天各一方。有的在浮梁(今江西景德镇),有的在於潜(今浙江临安县)、有的在乌江(今安徽和县)、有的在符离(今安徽宿县符离集),有的在下邽(今陕西渭南县),而白家祖籍下邽,白居易正困于河南。除在下邽老家者,还分散在五处。面对明月,必然同在思乡。"一夜乡心五处同"语言平易意蕴精深,极富概括力。正如清人刘熙载《艺概》中所评"用常得奇"。

早于白居易的武元衡《闻严秘书与正字及诸客夜会因寄》:"闻道今宵阮家会,竹林明月七人同。"用"竹林七贤"聚会阮家故事喻严家聚会之荣

光,自己虽未与会也如临其境。含祝贺意,白居易用"七人同"句。

唐人韦应物《沣上对月寄孔谏议》:"出处虽殊迹,明月知两心。"只变角度。刘禹锡《怀妓》:"料得夜来天上镜,只应偏照两人心。"刘诗的"照"即韦诗的"知"。"天上镜"即月。

白居易《庾顺之以紫霞绮远赠以诗答之》:"千里故人心郑重,一端香绮紫氛氲。""故人心"是紫绮传递的。白诗《八月十五日夜禁中独直对月忆元九》:"三五夜中新月色,二千里外故人心。"月色传递了"故人心"。宋·王珪《有感》:"闻笛更怀旧,望鸿难寄音。西风行客泪,明月故人心。"望明月而见故人心,用白居易句。

又《和王十八蔷薇涧花时有怀萧侍御兼见赠》:"怜君独向涧中立,一把红芳三处心。"王十八一把蔷薇牵动三处(王、白、萧)心。

2742. 明月好同三径夜

唐·白居易《与元八卜邻》:"明月好同三径夜,绿杨宜作两家春。"明月共照卜邻的园中小径,绿杨绽叶给两家带来春天。这是写卜邻的名句。

宋·苏轼《和邵同年戏赠贾收秀才三首》:"卜邻尚可容三径,投社终当作两翁。"用白居易二句句式,而不用其意。

2743. 延照相思夕,千里共沾裳

唐·卢照邻《江中望月》:"延照相思夕,千里共沾裳。"作者描绘江上月影,结句联想:月光延照千里之外,同那里的亲人在月下共同相思。唐·刘禹锡《月夜忆乐天兼寄微之》:"展转相忆心,月明千万里。"亦用此意。其它"月照相思"句:

唐·李峤《送崔主簿赴沧州》:"他乡有明月,千里照相思。"

又《倡妇行》:"空余千里月,照妾两眉 。"亦相思之意。

唐·李白《送张舍人之江东》:"吴洲如见月,千里幸相思。"你到了江东,如果见到明月,就会知道我在想念你。

唐·杜牧《偶题二首》:"只因明月见,千里两相思。"从李白句翻出。

又《寄远》:"欲寄相思千里月,溪边残照雨霏霏。"

宋·京镗《念奴娇》:"来年今日,相思谁共明

月。"

宋·辛弃疾《婆罗门引》(别叔高):"争如不见,才相见,便有别离时。千里月,两地相思。"

清·何龙文《江城子》(忆别):"只有相思千里月,清露下、好同看。"

"千里照相思",溯其源应与南朝·梁·简文帝萧纲的《华月诗》有联系。诗中写:"兔丝生云夜,蛾形出汉时。欲传千里意,不照十年悲。"月欲传千里之外的情意,不照远隔十年的悲苦。句中"千里"与"十年"是互见的。"悲"也含相思。"照"正是"不照"的反用。

2744. 孤舟月淡人千里

宋·辛弃疾《满江红》:"极目烟横山数点,孤舟月淡人千里。对婵娟、从此话离愁,金尊里。"写月夜孤舟,漂泊千里之外,只能酒中月下排遣离愁。辛词另一首《满江红》写:"明月何妨千里隔,愿君与我何如耳。"即"千里共婵娟"之义。而"孤舟月淡人千里"从"千里共明月"句翻出,无"共明月"之义,只表"月下人千里相隔",远别之离思。

"明月千里"句始出自宋·范仲淹的《御街行》词:"年年今夜,月华如练,长是人千里。"写"秋日怀归",年年中秋月下,怀念千里之外的故乡。

辛弃疾之前写"明月人千里"的还有:

宋·陈瓘《卜算子》词:"后夜开尊独酌时,月满人千里。"

宋·米芾之子米友仁《临江仙》词:"昨夜晴霄千里月,向人无限多情。娟娟今夜满虚庭,一帆随浪去,归照画船轻。"昨夜人多情,月也多情。今夜月色如旧,却人各一方了。

宋·蔡伸《归田乐》词:"冰簟玉琴横,还是月明人千里。"

宋·李弥逊《水调歌头》:"明月人千里,何计缓离忧。"

又《念奴娇》:"故园千里,月华空照相忆。"

宋·张孝祥《转调二郎神》词:"争忍见,旧时娟娟素月,照人千里。"

辛词之后有:

宋·朱埴《点绛唇》:"枕边一纸,明月人千里。"

宋·王同祖《摸鱼儿》:"一轮明月人千里,空梦云温雨湿。"

元·《王实甫韩彩云丝竹芙蓉亭残折》(油葫

芦）："我看这瘦耸耸香肩将门扇儿挨,你试猜,止不过'月明千里故人来'。"

清·朱彝尊《满江红》(塞上咏苇)："酒渴三更人静后,月明千里鸿飞。"隐括无限乡情。

2745.人分千里外,兴在一杯中

唐·李白《江夏别宋之悌》："人分千里外,兴在一杯中。"即将千里远别,共饮一杯以寄离情。《楚辞·招魂》有"目极千里兮伤春心"句,"人千里"似远取《楚辞》义,近用"明月人千里"句。唐五代无名氏《鱼游喜水词》："云山万重,寸心千里"即李白"人分千里外"义。

宋人用"故人千里"句较多。

宋·欧阳修诗《立秋有感寄苏子美》："故人在千里,岁月合我悲。"

宋·赵抃《次韵董仪都官见赠》(予尝宰海陵,踵公肃美政之后,故云嗣英)："南国故人千里隔,举头云岭郁岩巍。"又《谢周源职方惠诗》："岭山寒梅冒腊开,故人千里意徘徊。"

宋·刘敞《寄邻几》诗："故人千里外,高义独何如。"

宋·曾巩《江上怀介甫》诗："故人在千里,尊酒难独把。"用欧原句。

宋·苏颂《登赏心亭》诗："望远何所思,故人在千里。"亦用欧原句。

宋·王沂孙《一萼红》词(红梅)："欲寄故人千里,恨燕支太薄,寂寞春痕。"又《摸鱼儿》(莼)词："年年轻误归计,如今不怕归无准,却怕故人千里。"

宋·赵令畤《蝶恋花鼓子词》："物会见郎人永弃,心驰魂去人千里。"

宋·无名氏《最高楼》："岭上故人千里外,寄去一枝君要会,表江南信相思 。"

宋·无名氏《捣练子》："怅望故人千里远,故将春色寄芳心。"

元·马致远《寿阳曲》(洞庭秋月)曲："人千里,愁万缕,望不断野烟汀树。"

清·顾春《江城梅花引》(雨中接云姜信)："故人千里寄书来,快些开,慢些开,不知书中安否费疑猜。"

2746.心婵媛而伤怀兮

楚·屈原《九章·哀郢》："心婵媛而伤怀兮,

眇不知其蹠。"心中牵恋难舍郢都而忧伤,茫然不知去何方。屈原《离骚》："女媭之婵媛兮,申申其詈予。"女媭(姊姊)对我十分关切,她曾一再向我告诫。《集注》："婵媛,眷恋牵持之貌。"《文选·张衡〈南都赋〉》："垂条婵媛。"李善注"枝相连也"。"婵媛"又作"婵娟",唐代以前只有牵挂、纠结、缠绵之义。大约南朝时期转用为"婵娟"。江淹《去故乡赋》："情婵娟而未罢,愁烂漫而方滋。"写对故乡眷恋之情。李白《殷后乱天纪》："虎口何婉娈,女媭空婵娟。"用《离骚》句却不用"婵媛"而用"婵娟"。唐代起,"婵娟"的语义扩大了,表明月、表美女、表明丽美好,而且与"娟娟"通用。表牵挂缠绵义反而趋于减少。表此义的诗句如:

唐·独孤及《东平蓬莱驿夜宴》："因知别多相逢少,乐极哀至心婵娟。"

唐·李德裕《鸳鸯篇》："亦有少妇破瓜年,春闺无伴独婵娟。"

唐·鲍溶《九日与友人登高》："霜报征衣冷针指,雁惊幽梦泪婵娟。"连接不断。

唐·殷尧藩《吴宫》："吴王爱歌舞,夜夜醉婵娟。"无度。

唐·薛逢《九华观废月池》："曾发箫声水槛前,夜蝉寒沼雨婵娟。"连绵不断。

2747.独自婵娟色最浓

唐人孟郊有《婵娟篇》,中写:"花婵娟泛春泉;竹婵娟笼晓烟;妓婵娟不长妍,月婵娟真可怜。"明·汤显祖《牡丹亭》第三十九出如杭《小措大》曲："好开怀这御酒三杯,放箸四婵娟人月在。"说人月都团圆。"四婵娟"用孟郊句。孟郊"四婵娟"说明唐代应用"婵娟"的含义扩大了。

"昭君溪上年年月,独自婵娟色最浓。"这是中唐诗人李涉《竹枝词》中的名句。作者穿越三峡,经过王昭君的故乡,觉得昭君溪上的月最美最鲜,"独自婵娟色最浓"。这种特殊感受同他对王昭君的景仰分不开,赞月含着赞人。

"月婵娟",是描绘月色明媚美丽的。下面是在各种情境下描绘"月婵娟"的句例。

唐·刘长卿《湘妃》："婵娟湘江月,千载空娥眉。"

唐·李白《禅房怀友人岑伦》："婵娟罗浮月,摇艳桂水云。"

唐·韦应物《再游西郊渡》："婵娟昨夜月,还向波中见。"

唐·杨巨源《月宫词》:"江上无云夜可怜,冒沙披浪自婵娟。"

唐·权德與《渡江秋怨》:"渡秋江兮渺然,望秋月兮婵娟。"

又《旅馆雪晴,又靓新月,众兴所感,因成杂言》:"梦觉青楼最可怜,婵娟素魄满寒天。""素魄"即月。

唐·陈羽《中秋夜临镜湖望月》:"淡动光不碎,婵娟影不沉。"

唐·陆畅《新晴爱月》:"野性平生惟爱月,新晴半夜靓婵娟。"

唐·张又新《谢池》:"今天惟有灵池月,犹是婵娟一水间。"

唐·王涣《上裴侍郎》:"珠彩下连星错落,桂花曾对月婵娟。"

唐·李建枢《咏月》:"昨夜园非今夜园,却疑圆处减婵娟。"

唐·孙頠《送薛大夫和蕃》:"戎人方屈膝,塞月复婵娟。"

唐·曹松《七夕》:"彤云缥缈回金辂,明月婵娟挂玉钩。"

唐·栖白《八月十五夜玩月》:"寻常三五夜,不是不婵娟。"

五代·李珣《酒泉子》:"秋月婵娟,皎洁碧纱窗外。"

宋·王禹偁《官醖》:"婵娟楼上月,烂漫池边菊。"

又《中元夜宿余杭仙泉寺留题》:"蓝缕有香花菡苕,竹窗无寐月婵娟。"

又《七夕应制》:"菡苕晚花清露湿,婵娟新月暮烟收。"

又《和国子柳博士喜晴见赠》:"洗开霁月婵娟色,放出秋花菡苕红。"

宋·柳永《戚氏》:"长天静,绛河清线,皓月婵娟。"

宋·郑獬《夜寒》诗:"满地雪花寒不扫,恨无明月对婵娟。"

宋·杜安世《渔家傲》:"疏雨才收淡泞天,微云绽处月婵娟。"

宋·晏几道《虞美人》:"素云凝淡月婵娟,门外鸭春水、木兰船。"

宋·苏轼《江城子》:"莫使匆匆云雨散,今夜里月婵娟。"

宋·晁端礼《行香子》:"小庭幽槛,菊蕊阑斑。近清宵,月已婵娟。"

又《南歌子》:"月到中秋夜,还胜别夜圆。……香雾云鬟湿,清辉玉臂寒。寻常岂是不婵娟。"

宋·陈德武《水调歌头》(咏爱月夜眠迟):"三五嫦娥月,夜色正婵娟。"

宋·蔡伸《苍梧谣》(十六字令):"人何在,月影自婵娟。"

苏轼的"千里共蝉娟"含"共赏美月"义。而"婵娟"当月,是借代。从"月婵娟"中借而代之。唐人已用,但并不多。如:李端《和李舍人直中书对月见寄》:"婵娟更称凭高望,皎洁能传自古愁。"欧阳詹《旅次稍中对月寄姜公》:"皎洁临孤岛,婵娟入乱流。"薛莹《中秋月》:"劝君莫惜登楼望,云放婵娟不久长。"徐寅《月》:"碧落谁分造化权,结霜凝雪作婵娟。"齐己《中秋月》:"可怜半夜婵娟影,正对五侯残酒池。"

清·孔尚任《桃花扇》(传歌):"一带妆楼临水盖,家家分影照婵娟。"

2748.月色娟娟当翠楼

"月色婵娟"又用作"月色娟娟","娟娟",秀美、美好,义同"婵娟"。唐·杜牧《南楼夜》:"歌声袅袅彻清夜,月色娟娟当翠楼。"楼内歌声袅袅彻夜不绝,楼外月色娟娟,遥遥为伴。美的歌声,美的月色,增添了南楼夜美。这种美轻轻的、淡淡的,不是豪华美。宋·苏轼《浣溪沙》词:"雾帐吹笙香袅袅,霜庭按舞月娟娟,曲终红袖落双缠。"义近杜诗。是为赠楚守田待制小鬟而作。下面是唐宋人写"月娟娟"的韵句。

唐·岑参《扬雄草玄台》:"吾悲子云居,寂寞人已去。娟娟西江月,犹照草玄台。"

唐·孙逖《春日留别》:"东山白云不可见,西陵江月夜娟娟。"

唐·沈颂《早发西山》:"娟娟东岑月,照耀独归虑。"

唐·杜甫《秋日夔府咏怀奉寄郑监李宾客一百韵》:"兵戈沉漠漠,江汉月娟娟。"

又《船下夔州郭宿雨湿不得上岸别五十二判官》:"依沙宿舸船,石濑月娟娟。"

唐·韩翃《赠别上元主簿张著》:"惆怅浮云迷远道,张侯楼上月娟娟。"

唐·徐敞《圆灵水镜》:"远近凝清质,娟娟出众星。"

唐·卢仝《有所思》:"天涯娟娟常娥月,三五二八盈又缺。"

唐·李群玉《初月二首》之一:"艳艳流光浅,娟娟泛露轻。"之二:"凝频立户前,细魄向娟娟。""细魄",初月。

唐·廉氏《寄征人》:"凄凄北风吹鸳被,娟娟西月生蛾眉。"

宋·苏轼《读仲闵诗卷因成长句》:"独怜紫竹堂前月,清夜娟娟照客愁。"

又《和王斿二首》:"袅袅春风送度关,娟娟霜月照生还。"

又《同王胜之游蒋山》:"归来踏人影,云细月娟娟。"

宋·毛滂《清平乐》(太师相公生辰):"娟娟月满,冉冉梅花暖。"

又《蝶恋花》(春夜不寐):"露叶烟梢,寒月娟娟满。"

宋·米友仁《临江仙》:"娟娟明月上,人在广寒宫。"

又《临江仙》:"昨夜晴霄千里月,向人无限多情。娟娟今夜满虚庭。"

2749. 九原春草妒婵娟

唐·温庭筠《和友人伤歌姬》:"一曲艳歌留婉转,九原春草妒婵娟。"这是伤悼一位歌姬的诗句。歌美,人死了还留有婉转的歌声;人美,埋地下还受到春草的妒嫉。用"婵娟"代美女,悼逝去的婵娟,独辟蹊径,注入深情。

唐人最初以"婵娟"代美女,用"婵娟子"。张九龄《登古阳云台》:"方此全盛时,岂无婵娟子?"他登上阳台,阳台东宋玉《神女赋》中是楚襄王会神女处。作者想到人间不乏"婵娟子",何必会神女呢?这是发议论。

唐·刘希夷《江南曲八首》其八:"谁言此处婵娟子,珠玉为心以奉君。"唐·沈佺期《凤笙曲》:"岂无婵娟子,结念罗帏中。"唐·武元衡《晨兴寄赠窦使君》:"有美婵娟子,百虑赞双眉。"唐·李商隐《右秋》:"浪乘画舸忆蟾蜍,月娥未必婵娟子。""婵娟子"是少女、美女的一种称呼,而更多的是用"婵娟"。

唐·李白《飞龙引二首》其二:"古人传道留其

间,后宫婵娟多花颜。"

唐·钱起《诏许昌崔明府拜补缺》:"惜哉效韐客,心想劳婵娟。"

唐·毕耀《情人玉清歌》:"善踏斜柯能独立,婵娟花艳无人及。"

唐·权德舆《薄命篇》:"婵娟玉貌二八余,自怜颜色花不如。"

又《玉台体十二首》:"婵娟二八正娇羞,日暮相逢南陌头。"

又《酬李二十二兄主簿马迹山见寄》:"松风共萧飒,萝月想婵娟。"

唐·欧阳詹《乐津店北陂》:"婵娟有丽玉如也,美笑当予系予马。"

唐·鲍溶《秋夜闻郑山人弹楚妃怨》:"中间楚妃奏,十指弹婵娟。"

唐·张祜《爱妾换马》:"婵娟蹀躞春风里,挥手摇鞭杨柳堤。"

唐·薛能《柘枝词三首》:"楼台新邸第,歌舞小婵娟。"宋词中有"迁客不应常眊躁,使君为出小婵娟。"用此"小婵娟"。

唐·刘沧《题巫山庙》:"婵娟似恨襄王梦,猿叫断岩秋藓稀。"

唐·李咸用《喻道》:"长生客待仙桃饵,月里婵娟笑杀人。"

又《独鹄吟》:"披露唳月惊婵娟(嫦娥),逍遥忘却还青田。"

唐·史凤《传香枕》:"韩寿香从何处传,枕边芳馥恋婵娟。"

唐·法照《寄钱郎中》:"寄语婵娟客,将心向薜萝。"代风度翩翩的钱郎中。

五代·毛熙震《小重山》:"谁信损婵娟,倚屏啼玉筯。"

又《临江仙》:"南齐天子宠婵娟,六宫罗绮三千。"

五代·张泌《浣溪沙》:"花月香寒悄夜尘,绮筵幽会暗伤神,婵娟依约画屏人。"

五代·王周《赠怤师》:"水中有片月,照耀婵娟姿。"

南唐后主李煜《书灵筵手巾》:"浮生共憔悴,壮岁失婵娟。"

2750. 婵娟两鬓秋蝉翼

唐·白居易《井底引银瓶》诗中女子自述嫁前

之美："婵娟两鬓秋蝉翼,宛转双蛾远山色。"蝉翅形的两鬓十分美丽,弯曲曲的双眉如远山一样青黛。这里的"婵娟"描写女子美好、人美好。

唐代有人用"婵娟"描写"蛾眉""罗袖""翠娥",这些都指代女子,说女子秀美明丽。王适《江上有怀》："洛阳闺阁夜何央,蛾眉婵娟断人肠。"贺兰进明《行路难》："荡子从军事征战,蛾眉婵娟守空闺。"王翰《赋得明星玉女坛送廉察尉华阴》："三十六梯入河汉,樵人往往见蛾眉。蛾眉婵娟又宜笑,一见樵人下灵庙。"又《春女行》："罗袖婵娟似无力,行拾落花比容色。"李白《忆旧游寄谯郡元参军》："翠蛾婵娟初月辉,美人更唱舞罗衣。"王建《秋夜曲二首》："高楼云鬟弄婵娟,古瑟暗断秋风弦。"另有:

唐·杨巨源《大堤曲》："二八婵娟大堤女,开垆相对依红渚。"

唐·张祜《江南杂题三十首》："婵娟非月色,散漫是兰薰。"

唐·鲍溶《得储道士书》："婵娟春尽暮心秋,邻里同年尽白头。"

唐·杜荀鹤《春宫怨》："早被婵娟误,欲妆临镜慵。"因美貌被选入宫中,反误了自己,连梳妆也慵懒了。

唐·皎然《王昭君》："自以婵娟望主恩,谁知美恶忽相翻。"

又《姑苏行》："婵娟西子倾国客,化作寒陵一堆土。"

唐·崔萱《豪家子》："马非骎骎宁酬价,人不婵娟肯动心。"

宋·毛滂《踏莎行》(陈兴宗夜集,俾爱姬出幕)："天质婵娟,妆光荡漾。御酥做出花模样。"

用"娟娟",表美好:杜甫《寄韩谏议》："美人娟娟隔秋水,濯足洞庭望八荒。"这里"美人娟娟"喻李泌有才干,向韩泷推荐。宋·苏洵《张益州画像记》："有女娟娟,闺闼闲闲。"

2751. 月中霜里斗婵娟

唐·李商隐《霜月》："青女素娥俱耐冷,月中霜里斗婵娟。""青女"传说中主霜雪的女神,"素娥",月中的嫦娥。此句说霜月争辉的景色是青女和嫦娥在比美竞妍。李商隐《秋月》诗写："姮娥无粉黛,只是逞婵娟。"显示自然的明丽。用此句的有:

唐·司空图《游仙二首》："蛾眉新画觉婵娟,斗走将花阿母边。"

宋·晁端礼《绿头鸭》："今宵月,依稀向人,欲斗婵娟。"

宋·贺铸《减字浣溪沙》："玉鞍骄马小辎车并,春风十里斗婵娟。"

宋·刘均国《梅花引》："短墙边,矮窗前,横斜峭影,重叠斗婵娟。"

宋·葛郯《江神子》："留得瑶姬清夜舞,人与月、斗婵娟。"

清·王国维《人月圆》(梅)："月中霜里,数枝临水,水底横斜。"用"月中霜里"作数枝梅的背景画面。

2752. 去年人月两婵娟

宋·宋白《中秋感怀》之二："云彩冰光似去年,去年人月两婵娟。"去年人美月也美,今年月如去年,人却不同了。

"两婵娟"句出于唐人齐己的《采莲曲》："越江女,越江莲,齐菡萏,双婵娟。"写女美莲也美。

宋·毛滂《蓦山溪》(元夕词)："珠楼渺渺,人月两婵娟。尊前月,月中人,相见年年好。"

宋·周邦彦《蓦山溪》："今宵幸有,人似月婵娟。"

2753. 修竹婵娟同一色

"竹婵娟",写得最早的是唐人宋之问:《绿竹引》中写："青溪绿潭潭水侧,修竹婵娟同一色。"潭侧一片修竹,一派碧绿。"婵娟"表竹色修美。唐人写"竹婵娟"不在少,所以孟郊列为"四婵娟"之一。

李峤《竹》："高簳楚江濆,婵娟合曙氛。"

杜甫《狂夫》："风含翠条娟娟静,雨邑红蕖冉冉香。""条"为小竹。

又《严郑公宅同咏竹》："雨洗娟娟净,风吹细细声。"

朱放《竹》："出墙同淅沥,开户满婵娟。"

杨巨源《池上竹》："一丛婵娟色,四面清冷波。"

席夔《赋得竹箭有筠》："鲜润期栖间,婵娟可并人。"

令狐楚《郡斋左偏,栽竹百余竿,炎凉已周,青翠不改,而为墙垣所蔽,有乖爱赏,假日命去斋居之东墙,由是俯临轩阶,低映帷户,日夕相对,颇有翛然之趣》:"老子忆山心暂缓,退公闲坐对婵娟。"

白居易《画竹歌》:"婵娟不失筠粉态,萧飒尽得风烟情。"

白居易《新昌新居书事四十韵因寄元郎中张博士》:"篱东花掩映,窗北竹婵娟。"

姚合《竹里径》:"微径婵娟里,唯闻静者知。"

何扶《送阆州妓人归老》:"竹翠婵娟草径幽,佳人归老傍汀洲。"

徐光溥《题黄居寀山图》:"屈原江上婵娟竹,陶潜篱下芳菲菊。"

陈陶《竹十一首》:"丘壑谁堪话碧鲜,静寻春谱认婵娟。"

皎然《寒竹》:"苍翠摇动风,婵娟带寒月。"

2754. 犹不如槿花,婵娟玉阶侧

唐·李白《咏槿》:"犹不如槿花,婵娟玉阶侧。"此诗写可供观赏的木槿花比芳草美,而木槿又不如琼花可以长开。李白首写"花婵娟"。他还写"芙蓉婵娟":《寄远十一首》:"爱君芙蓉婵娟之艳色,色可餐兮难再得。"

唐宋诗词中写"花婵娟"(花娟娟)的句子,还有碧藓、芭蕉、菱荇、红荷、绿桂,百花皆婵娟。

唐·杜甫《法镜寺》:"婵娟碧藓静,萧槭寒箨聚。"

又《奉答岑参补阙见赠》:"冉冉柳枝碧,娟娟花蕊红。""娟娟"意同"婵娟"。

又《解闷十二首》:"可怜先不异枝蔓,此物娟娟长远生。"

唐·顾况《归阳萧寺有丁行者能修无生忍担水施僧况归命稽首作侍》:"九族无白身,百花动婵娟。"

唐·孟郊《夜忧》:"蒿蔓转骄弄,菱荇减婵娟。"

唐·司空图《狂题十八首》之十三:"芭蕉丛畔碧婵娟,免更悠悠扰蜀川。"

唐·韦庄《叹落花》:"一夜菲微露湿烟,晓来和泪丧婵娟。"

唐·李绅《海榴亭》:"高近紫霄疑菡萏,迥依江月半婵娟。"

唐·皎然《裴端公使君清席赋得青桂歌送徐长史》:"昨夜一枝生在月,婵娟可望不可折。"

五代·欧阳炯《女冠子》:"秋宵秋月,一朵荷花初发。照前池,摇曳香夜,婵娟对镜时。"

宋·毛滂《浣溪沙》(咏梅):"月样婵娟雪样清,索强先占百花春。"

2755. 信宿婵娟飞雪度

孟郊的"四婵娟"之外还有一些婵娟句,描写面极广,几乎用"婵娟"表现一切美。唐·张九龄《奉和圣制瑞雪篇》:"信宿婵娟飞雪度,能使玉人俱掩媟。"连续两夜飞雪飘飘,山川大地银装素裹,十分美艳,足使所有白美人的美艳被掩盖住。这是写"飞雪婵娟"。

唐·陈子昂《赠赵六贞固二首》之二:"良宝委短褐,闲琴独婵娟。"写"琴声婵娟"。唐·于渍《烧金曲》:"南陌试腰袅,西楼歌婵娟。"写"歌声动人"。

唐·杜甫《小寒食舟中作》:"娟娟戏蝶过闲幔,片片轻鸥下急湍。"写戏蝶美丽。又《舟月对驿近寺》:"城乌啼眇眇,野鹭宿娟娟。"写月下野鹭之美。

又《惠义寺送王少尹赴成都》:"苒苒谷中寺,娟娟林表峰。"写林峰之秀美。唐·陈陶《续古二十九首》之九:"鱼龙不解语,海曲空婵娟。"写海湾之美。

唐·韩愈《送灵师》:"强留费日月,密席罗婵娟。"写美食招待。

唐·鲍溶《旧镜》:"婵娟本家镜,与妾归君子。"写"镜婵娟"。

宋·苏轼《醉翁操》词:"月明风露娟娟。"月色美好,月色中的风露一样美好。

2756. 桂子月中落

唐·宋之问《灵隐寺》:"桂子月中落,天香云外飘。"南宋计有功《唐诗纪事》云:"之问贬黜放还,至江南游灵隐寺,夜月极明,长廊行吟曰:'鹫岭郁岧峣,龙宫锁寂寥',久不能续。有老僧照长明灯,问曰:'少年夜久不寐,何耶?'之问曰:'偶欲题此寺而兴思不属。'即曰:'何不云:"楼观沧海日,门对浙江潮?"'之问愕然,讶其遒丽迟明。更访之,则不复见。寺僧有知者曰:'此骆宾王也。'"于是此诗前四句就是:"鹫岭郁召尧,龙宫锁寂寥。楼观沧海日,门对浙江潮。""桂子月中落,天香云外飘"是五六句,写灵隐寺桂花之香从天而落。是写桂香的名句。

月中生桂树,桂子落杭州,是中国古代美丽的传说。虞喜安《天论》云:"俗传月中仙人桂树,今视其初生,仙人之足,渐已形成,桂树后生。"这是"月中生桂树"。《南部新书》云:"杭州灵隐山多桂,僧寺云月中种也。至今中秋夜,往往子坠,寺僧亦尝拾得。招贤寺僧植桂,香紫可爱,郡守白公名曰:'紫阳花。'"宋之问"桂子月中落"是写灵隐桂子的名句。

唐·白居易《忆江南》词中用宋之问句写杭州之美:"江南好,最忆是杭州;山寺月中寻桂子,郡亭枕上看潮头。"灵隐寺在杭州西湖。宋·曾慥《类说》卷五十一《缙绅脞说》记:"白乐天题灵隐寺云:'在郡三百日,入山十二回。宿因桂子下,醉为海棠开。'又云:'山寺月中生桂子,郡城楼上看潮头。'祥符中,君方为钱塘令,宿月轮山寺,僧报云:'桂子下塔。'遽出,登塔望之,纷纷如烟雾,转旋成稳散落塔上,如牵牛子,黄白相间,咀之无味。"

白居易《答桐花》:"上对月中桂,下覆阶前蓂。"写桐花与桂树遥遥相对。白居易在《东城桂》和《留题天竺、灵隐两寺》诗自注云:"传说杭州天竺寺、灵隐寺在古代每年中秋,都有月中桂子(桂花)从空中落下。"所以才有"山寺月中寻桂子"之意。

南朝·梁元帝萧绎是李白之前写月最多的。他最早写了"月中桂":

《芳树》:"桂影含秋月,桃花染春源。"这是写"桂中月"。

《关山月》:"月中含桂树,流影自徘徊。"这就是写"月中桂"。

写"月中桂"的还有:

唐·顾况《瑶草春》:"月中桂树落一枝,池上鸂鶒唤孤影。"

唐·李商隐《昨夜》:"昨夜西池凉露满,桂花吹断月中香。"

2757. 天香云外飘

唐·宋之问《灵隐寺》:"桂子月中落,天香云外飘。"由于桂花自月中落入人间的灵隐山寺,所以这桂花香是从云外飞来的。现实中两湖灵隐寺的桂花香,同月中桂花落这一传说融在一起,这景色披上了美丽而神奇的色彩,使多少"桂香"句相形见绌。

最早写"天香"的,是北周庾信,他在《奉和同泰寺浮屠》中写:"天香下桂殿,仙梵入伊笙。"这是和梁简文帝萧纲的诗。写梁武帝所建并曾舍身的同泰寺的奇景。《三辅黄图》载:"昆明池中有灵波殿,皆以桂为殿柱,风来自香。"此处借以写同泰寺有"异香"。宋之问用此"天香"写灵隐寺。下写"天香"的如:

唐·沈佺期《乐城白鹤寺》:"潮声迎法鼓,雨气湿天香。"指寺中烟火之香。

唐·皮日休《送令狐补阙归朝》:"朝衣正在天香里,谏草应焚禁漏中。"指皇家殿堂之香。

宋·刘几《梅花曲》:"众花杂色满上林,未能教、腊雪埋藏。却怕春风漏泄,一一尽天香。"指梅香。

宋·刘子寰《花发沁园春》:"正紫衣染天香,蜀妆红破春睡。"写花香。

明·汤显祖《牡丹亭》第十五出虏谍《北二犯江儿水》:"向西湖上笑倚兰桡。波上花摇,云外香飘。"用宋之问句,写西湖花香。

清·杨在浦《西江月》(青龙潭夜泊):"虚心浩荡对婵娟,恍听天香秋殿。"喻月宫。

2758. 月中有桂树,无翼难上天

唐·权德舆《古兴》:"月中有桂树,无翼难上天。"《晋书·郤诜传》:"累迁雍州刺史,武帝于东堂会送,问诜曰:'卿自以为何如?'诜对曰:'臣举贤良对策,为天下第一,犹桂林之一枝,昆山之片玉。'"后称科举及第为"折桂",因及第之"桂"高而难"折"、喻如"月中桂"。用此意如:

唐·马异《答卢仝结交诗》:"月中芳桂难追攀,况值乱邦不平年。"

唐·白居易《庐山桂》:"偃蹇月中桂,结根依青天。"

又《喜敏中及第偶示所怀》:"折桂一枝先许我,杨室三叶尽惊人。"

唐·黄韬《旅怀》:"他人折尽月中桂,惆怅当年江上鸥。"

唐·温庭筠《春日将欲东归寄新及第苗绅先辈》:"犹喜故人先折桂,自怜羁客尚飘蓬。"

2759. 两到蟾宫折桂枝

宋·姚述尧《浣溪沙》(赠王清叔县尉):"两到蟾宫折桂枝,经文纬武拟康时。箫台仙隐漫游嬉。""两到蟾宫"两次参加科举考试。"蟾"蟾蜍,

相传月中有蟾蜍,因称月为"蟾宫"。唐·段成式《酉阳杂俎·天咫》记:"旧言月中有桂,有蟾蜍,故异书言月桂高五百丈,下有一人常斫之,树创随合。"李俊民《中秋》:"鲛室影寒珠有泪,蟾宫风散桂飘香。"写对蟾宫的想象。后用"蟾宫折桂"表示参加科考,有的则表示考中,与单用"折桂"意思尽同。

五代·李中《送黄秀才》:"蟾宫须展志,渔艇莫牵心。"首用"蟾宫"此意。

宋·陈亚《生查子》:"为念婿辛勤,去折蟾宫桂。"

宋·王庭珪《蝶恋花》(赠丁爽、丁旦及第):"兄弟骑龙,双入蟾宫去。"

宋·咏槐《贺新郎》(代寿东屏):"英风耿耿擎云手,向青云、蟾宫已步,桂香盈袖。"

宋·无名氏《水调歌头》(贺人再取):"胜长芝兰玉树,俱作蟾宫佳客,声誉振螺川。"

宋·无名氏《桃源忆故人》(贺人生第二子):"借问月娥知未,速长蟾宫娃。"

宋·无名氏《瑞鹧鸪》(贺人螟子):"夜来梦报蟾宫籍,新注江家五岁儿。"

宋·无名氏《醉蓬莱》(寿龙图有父母):"一举登科,蟾宫稳步,桂香满袖。"用咏槐二句。

宋·无名氏《百字谣》(寿张推官):"金玉文章,圭璋闻望。早作蟾宫客。"

元·鲜于必仁《普天乐·洞庭秋月》:"龙嘶贝阙珠,兔走蟾宫桂,万顷沧波浮天地。"写湖上月。

元·周文质《水仙子》:"摘蟾宫丹桂扶疏,潮醉甲霞生晕。"称桂树。

2760. 斫却月中桂,清光应更多

唐·杜甫《一百五日夜对月》:"斫却月中桂,清光应更多。"诗人于至德元年别妻出门,至至德二年寒食,计一百五日,离家已久,乡情极深,面对明月,想见家乡,只愿月光再明亮些。《酉阳杂俎》:"月桂高五百丈,下有一人常斫之,树创随合,人姓吴,名刚,西河人,学仙有过,谪令伐树。""斫桂"之说出于此。唐·李商隐《同学彭道士参寥》:"月中桂树高多少,试问西河斫树人。"即写这个传说。《何氏语林》载:"徐雅年七岁,尝月下戏,人语之曰:'若使月中无物,当极明耶?'"杜诗似取义于此。申涵光说:"'斫却月中桂,清光应更多。'似俗传汪神童诗。"或诗人信手拈来。"汪神童"无可

考。罗大经说:"太白诗'刬却君山好,平铺湘水流'。子美诗'斫却月中桂,清光应更多'。二公所以为诗人冠冕者,胸襟阔大故也,此皆自然流出,不假安排。"

早于杜甫的唐代书法家、诗人张旭《清溪泛舟》:"笑揽清溪月,清辉不厌多。"他要把月揽入怀中,获得更多的清辉,想象奇特。杜诗之意当从此脱出。李白的"欲折月中桂,枝为寒者薪。"(《赠崔司户文昆季》)和"刬却君山好,平铺江水流"(《陪侍郎叔游洞庭醉后三首》)对杜甫构思中的启示也是很明显的。

用杜甫句如:

宋·王安石《试院中》:"阶前枣树应摇落,此夜清光得几多。"叶落减少了遮挡。

宋·向子諲《洞仙歌》(中秋):"谁道砍却桂,应更光辉,无遗照,泻出山河倒影。"

宋·杨无咎《多丽》(中秋):"断约他年,重挥大手,桂枝须斫最高柯。恁时节,清光比似、今夕更应多。"

宋·陆游《楼上醉歌》:"刬却君山湘水平,斫却桂树月更明。"

宋·辛弃疾《太常引》(建康中秋夜为吕叔潜赋):"斫去桂婆娑,人道是清光多。"

其它取意于杜诗之句:

唐·白居易《华阳观中八月十五日夜招友玩月》:"华阳洞里秋坛上,今夜清光此处多。""多"之由,除为"十五"外,还有赏月之兴。

宋·黄庭坚《念奴娇》:"桂影扶疏,谁便道,今夕清辉不足。"挂枝掩映,使清光不足,正是杜诗"砍却月中挂"之缘由。

宋·蒋捷《步蟾宫》(中秋):"去年云掩冰轮皎。喜今岁,微阴俱扫,乾坤一片玉琉璃,怎算得清光多少。"中秋夜,月无云掩,清光很多。

2761. 清光此夜出

南朝·梁·萧子范《望秋月》:"河汉东西阴,清光此夜出。"《杜诗详注》曾注引梁简文帝"明月吐清光"句,那是《和湘东王首夏》诗:"欲待华池上,明月吐清光。"等待月出。杜甫取之。可见南朝人始用"清光"。"清光"明晰而浅淡之光,写月光比较准确,可与日光(强光)相区别。

唐以下用"清光"(清辉)写月色的有许多。

唐·李白《把酒问月》:"皎如飞镜临丹阙,绿

烟天尽清辉发。"

唐·韦应物《答长宁令杨辙》:"皓月升林表,公堂满清辉。"

唐·戴叔伦《关山月二首》:"清光无远近,乡泪半书间。"

又《对月答袁明府》:"明年此夕游何处,纵有清光知对谁。"

唐·徐放《奉和武相公中秋锦楼玩月》:"远月清光遍,高空爽气来。"

唐·卢纶《奉和太常王卿酬中书李舍人中书寓直春夜对月见寄》:"是夜巴歌应金石,岂殊萤影对清光。"

唐·李益《罢镜》:"手中青铜镜,照我少年时。衰飒一如此,清光难复持。"指铜镜之光。

唐·权德舆《旅馆雪晴又覩新月众兴所感因成杂言》:"池中片影依稀见,帘外清光远近生。"

唐·羊士谔《群中玩月寄江南李少尹虞部孟员外三首》:"清光望不极,耿耿下西楼。"

唐·刘禹锡《送鸿举游江南》:"荆门峡断无盘涡,湘平汉阔清光多。"指水光。

又《和浙西李大夫霜夜对月听小童吹觱篥歌依本韵》:"侯家小儿能觱篥,以此清光天性发。"写月光。

又《酬李相公喜归乡国自巩县夜泛洛水见寄》:"巩树烟月上,清光含碧流。"

又《和李相公万平泉潭上喜见初月》:"幽境此何夕,清光如为人。"

唐·白居易《八月十五日夜闻崔大员外翰林独直对酒玩月怀禁中清景偶题是诗》:"皓色分明双阙片旁,清光深到九门关。"

又《中秋月》:"万里清光不可思,添愁益恨绕天涯。"

又《八月十五日夜湓亭望月》:"临风一叹无人会,今夜清光似往年。"

又《答梦得八月十五日夜玩月见寄》:"远思两乡断,清光千里同。"

又《初入香山院对月》:"从今便是家山月,试问清光知不知。"

唐·鲍溶《旧镜》:"团团铜镜似潭水,心爱玉颜私自亲。一经离别少年改,难与清光相见新。"写镜光。

又《秋夜对月寄僧特》:"忆见特公赏秋处,凉溪看月清光寒。"

唐·姚合《酬李廓精舍南台望月见寄》:"远色当秋半,清光胜夜初。"

唐·裴夷直《八月十五夜》:"去年今夜在商州,还为清光上驿楼。"

唐·刘沧《晚归山居》:"娟娟唯有西林月,不惜清光照竹扉。"

南唐·失名僧《月》:"徐徐东海出,渐渐上天衢。此夜一轮满,清光何处无。"

宋·黄庭坚《减字木兰花》:"不知云外,还有清光同此会。"

又《减字木兰花》:"清光天外,白发老人心自会。"

宋·谢逸《减字木兰花》(中秋):"试问嫦娥,底事清光此夜多。"

宋·洪适《生查子》:"蟾桂十分明,远近秋毫见。举酒劝嫦娥,长使清光满。"

宋·蒋捷《步蟾宫》(中秋):"去年云掩冰轮皎。喜今岁、微阴俱扫,乾坤一片玉琉璃,怎算得清光多少。"

2762. 清风明月不用一钱买

唐·李白《襄阳歌》:"清风明月不用一钱买,玉山自倒非人推。"这是李白暂居湖北安陆,游襄阳时的作品。诗人政治失意,放浪形骸,寄情诗酒明月。清风明月可以尽情赏享,无须花一文钱,酒可以尽情地喝,宁求一醉,倒在风月之中,惬意而又潇洒,"清风明月不用买"成了宋人写陶醉于大自然怀抱的常用语。

宋·欧阳修《寄河阳王宣徽》:"肥鱼美酒偏宜老,明月清风不用钱。"

又《沧浪亭》:"清风明月本无价,可惜只卖四万钱。"

宋·邵雍《有客吟》:"休嗟紫陌难为客,且喜清风不用钱。"白天只有清风。

又《依韵和田大卿见赠》:"日日步家园,清风不着钱。"

宋·苏轼《睡起闻米元章冒热到东园送麦门冬饮子》:"一枕清风直万钱,无人肯买北窗眠。"清风不用买。

又《与潘三失解后饮酒》:"醉里未知谁得丧,满江风月不论钱。"

宋·杨无咎《清平乐》(熟水):"归去北窗高卧,清风不用论钱。"用苏轼语。

宋·洪适《破子》词:"清风不用一钱买,醉客何妨倒载。"

宋·张炎《水调歌头》(寄王信父):"我对白苹洲畔,朝市与山林。不用一钱买,风月短长吟。"

宋·卫宗武《天仙子》:"豪瑞点缀有珠玑,竹一带,梅一派,明月清风何用买。"

清·蒲松龄《荒园小构落成有丛柏当门,颜曰绿屏斋》:"万个(竹)还应添绿友,一钱不用买清风。"

今人陈毅《莫干山纪游词》:"林泉从此属人民,清风明月不用买。""属人民""不用买"妙极!人民摆脱了内外一切压迫,真正成了国家的主人,自然的主人。为古老诗句赋入新义。

2763. 清风明月本无价

宋·欧阳修《沧浪亭》(庆历七年):"清风明月本无价,可惜只卖四万钱。"写其价值珍贵,苏舜钦革职后,以四万钱买了沧浪亭。亭在苏州城内,原为五代吴越广陵王钱元璙的花园。欧阳修此句不无讽刺意味。同李白句比已换了及物点。

宋·贺铸《避少年》:"清风明月休论价,卖与愁人直几钱。"

宋·赵构《渔父词》:"云洒清江江上船,一钱何得买江天。"

明·汤显祖《牡丹亭》第二十八出幽媾《耍鲍老》:"良夜省陪茶,清风明月知无价。"珍贵美好。

2764. 却种胡麻不买山

唐·戴叔伦《题招隐寺》:"宋时有井如今在,却种胡麻不买山。"招隐寺有水有山,是"招隐"佳境。用李白"不用买"句义,表归隐之志趣。《世说新语·排调》:"支道林因人就深公买岰山,深公答曰:'未闻巢由买山而隐。'"支道林托人向深公买山岰山,深公以巢父、许由为例,说没有买山隐居的。下面"买山"句:

唐·独孤及《江宁酬郑县刘少府兄赠别作》:"仙山不用买,朋酒日相携。"

唐·秦系《宿云门上方》:"松间倘许幽人在,不更将钱买沃洲。"

唐·白居易《吾土》:"不用将金买庄宅,城东无主是春光。"

唐·杜荀鹤《寄李隐居》:"溪山不必将钱买,赢得来来去去看。"

唐·久则《旅寓越中》:"湖上青山今欲买,白云无主问何人。"

宋·徐积《谁学得》:"江绕屋,水随船,买得风光不著钱。"

宋·文彦博《和致政张徽大夫见贻之什》:"湖溪闻与郊居近,不用拈钱买剩山。"

宋·陶弼《会山岩》:"于中得消息,何用买山钱?"

宋·司马光《和王安之题独乐园》:"朋来惟有月,见山不须钱。"

宋·苏轼《东坡八首》:"月夜望我贵,求分买山钱。"《云溪友议》:"符载山人以青书抵于頔,乞买山钱百万,与之。"

又《答王巩》:"问客何所须?客言我爱山。青山自绕郭,不要买山钱。"

宋·陆游《鹧鸪天》:"新来有个生涯别,买断烟波不用钱。"

元·张可久《寨儿令·小隐》:"曲栏边莺睍睆,小池上鹭蝉娟,先,收拾下买山钱。"

元·汤式《风入松·题马工吴山景卷》:"登山履时时旋整,买山钱日日牢揣。"

元·冯子振《山亭逸兴》:"指门前万叠云山,是不费青蚨买处。""青蚨"指钱。晋·干宝《搜神记》载:青蚨为南方一种虫,以其血涂钱买物,钱心飞回,后以青蚨代指钱。

2765. 幽人独欠买山钱

唐·顾况《送李山人还玉溪》:"好鸟共鸣临水树,幽人独欠买山钱。"水边树上群鸟共鸣,山水风光如此美好,幽人却未付买山钱。从"不买山"句化出,说明山水的观赏、享用价值。有时关涉山居的经费。

唐·皎然《投知己》:"无限白云山要买,不知山价出何人。"

唐·温庭筠《春日访李十四处士》:"谁言有策堪经世,自是无钱可买山。"

宋·郑獬《汪正夫为人撰墓志中有金之赠因以二绝戏之》:"换得黄金满书箧,可能独具买山钱。"

宋·宋庠《过曹氏坟庵在灊皖间蜀僧修静因自天柱退居于此》:"买山知几时,所惜负松菊。"

宋·陈舜俞《赠慧通大师净务》:"无钱买山庐峰下,行欲东来长水滨。"

宋·陈襄《次韵友人郑穆病起感怀》："如君未忍抛簪去,买取青山寄岭陲。"

宋·宋道《句》："自笑颠狂便归去,并无穿系买山钱。"

宋·苏轼《浣溪沙》(感旧):"无可奈何新白发,不如归去旧青山。恨无人借买山钱。"

宋·贺铸《临江仙》："暂假临淮东道主,每逃歌舞华筵。经年未办买山钱。"

宋·辛弃疾《鹧鸪天》(鹅湖归痛起作):"只因买得青山好,却恨归来白发多。"用苏东坡句。

宋·戴复古《望江南》："催归曲,一唱一愁予。有剑买来酤酒吃,无钱归去买山居。安处即无庐。"

明·袁宏道《闻省城急报》："书生痛哭倚蒿莱,有钱难买青山翠。"

2766. 清风明月还诗债

元·马致远《四块玉》(恬退)曲:"酒旋沽,鱼新买,满眼银山画图开,清风明月还诗债。"意在清风明月下正可以吟诗了。"还诗债"别人索诗或请和未及酬答,谓欠下诗债,也要作诗以偿。

唐人白居易最早用"诗债"意。他在《晚春欲携酒寻沈四著作先以六韵寄之》:"顾我酒狂久,负君诗债多。"唐·司空图《白菊杂书》:"此生只是偿诗债,白菊开时最不眠。"元·张可久《殿前欢》(次酸斋韵)曲:"欠伊周济世才,犯刘阮贪杯戒,还李杜吟诗债。"意为无大才,只好饮酒作诗了。

把"清风明月"同诗联系的是唐·齐己《荆门勉怀寄道林寺诸友》:"清风不变诗应在,明月无踪道可传。"五代·卢绛《梦白衣妇人歌词》:"清风明月夜深诗,箕帚卢郎恨已迟。"

2767. 与谁同坐,明月清风我

宋·苏轼《点绛唇》:"闲倚胡床,庾公楼外峰千朵。与谁同坐,明月清风我。"写独居寡处。兼用李白"清风明月""对影成三人"句,化而创新。宋·张抡《踏莎行》(山居十首)词用苏轼句:"世间萧散更何人,除非明月清风我。"写山居之孤独。

"清风明月"句,与李白同时的著名诗人王维在《伊州歌》中也用过:"清风明月苦相思,荡子从戎十载余。"写从戎日久,对清风明月顿生乡情。不过王维句不如李白句影响深远。可以说,后人用"清风明月"很多,表达种种感情与境界,多源于李白"清风明月"句。下如:

唐·王建《宫中三台词二首》:"天子千年万岁,未央明月清风。"宋·柳永在《三台令》词中原句搬来:"天子千秋万岁,未央明月清风。"

唐·杜牧《题桐叶》:"笑筵歌席反惆怅,明月清风怆别离。"

唐·牟融《写意二首》:"高山流水琴三弄,明月清风酒一尊。"

唐·方干《李侍御上虞别业》:"若将明月伪侪侣,应把清风遗子孙。"

唐·李咸用《读修睦上人歌篇》:"明月清风三十年,被君趋使如奴婢。"

唐·徐夤《寄华山司空侍郎》:"莫言疏野全无事,明月清风肯放君?"

唐·寒山《诗三百三首》:"三界横眠闲无事,明月清风是我家。"

唐·贯休《归东阳临岐上杜使君七首》:"犹期明月清风夜,来作西园第八人。"

唐·吕岩《题黄鹤楼石照》:"衷情欲诉谁能会,惟有清风明月知。"

唐·吕从庆《寄弟》:"半溪渔叟生涯定,明月清风一钓竿。"

五代·徐铉《江舍人宅筵上有妓唱和州韩舍人歌辞因以寄》:"清风朗月长相忆,佩蕙纫兰早晚还。"

宋·晏殊《燕归来》词:"清风明月好时光,更何况、绮筵张。"

宋·欧阳修《采桑子》:"去年绿鬓今年白,不觉衰容。明月清风,把酒何人忆谢公?"

宋·赵抃《又白云庵偶题》:"占尽神仙潇洒地,清风明月有谁遮?"白云庵高高耸立,享受清风明月是没有遮拦的。

宋·黄庶《和陪丞相听蜀僧琴》:"清风明月虚无境,白雪阳春寂寞心。"只有"清风明月"境界是虚无的;独奏"阳春白雪"心情是寂寞的。

又《和柳子玉官舍十首》(心适堂):"重门不闭谁往还,明月清风是相识。"暗用苏轼句。

又《元伯示清水泊之什因和酬》:"清风明月无界畔,白首愿作山中侯。"既可任意享用无限的清景,甘愿终生做山中主宰了。

宋·苏轼《荷华媚》(荷花)词:"每怅望,明月清风夜,甚低迷不语,妖邪无力。"

宋·黄庭坚《定风波》:"庭槐清风明月媚,须记,归时莫待杏花飞。"此刻家园正美,归来不要太迟。

又《木兰花令》:"徐熙小鸭水边花,明月清风都占却。"美景被鸭、花占尽。

宋·贺铸《断湘弦·万年欢》词:"拟话当时旧好,问同谁、与醉尊前? 除非是、明月清风,向人今夜依然。"暗用苏轼"明月清风我"句。

宋·荣樵仲《水调歌头》:"拟把清风明月,剪作长篇短阕,留与世人看。"把清风明月都写入诗词之中,供人欣赏。

清·吕留良《句》:"清风虽细难吹我,明月何尝不照人?"

2768.床前明月光,疑是地上霜

唐·李白《静夜思》:"床前明月光,疑是地上霜。举头望明月,低头思故乡。"此诗平淡中蕴含深挚情感,如脱口而出,自然而然。"淡语皆有味,浅语皆有致。"宋·朱熹说:"李太白诗,非无法度,仍从容于法度之中,盖圣于诗者也。"宋·葛立方《韵语阳秋》卷一云:"平淡而到天然处,则善矣。"清·来西峰《读诗笔记》写他读到"床前明月光"一首"喟然而叹",谓:"太白一生,工于咏月,巧于玩月,死于捉月。""死于捉月"传说荒唐,但"工于咏月"却是中肯的。"白有妹名月圆,有子名明月"此诗"思故乡,思弱妹也",见月而思念名为"月"的弱妹幼子,是很自然的。《唐诗正声》评这两句:"悄悄冥冥,千古旅情,尽此十字。"评得确当。有位远居异国的华侨,每望明月即思念祖国,还特别留意新编的《唐诗选》中选没选李白的这首小诗。小诗竟成了牵系海外游子乡情的媒介。

"明月照床"的立意古已有之。汉代《古诗·明月何皎皎》即写:"明月何皎皎,照我罗床帏。"汉乐府《伤歌行》:"昭昭素明月,辉光烛我床。"都是"床前明月光"之句源。魏·曹丕《燕歌行二首》:"明月皎皎照我床,星汉西流夜未央。"有人证明"床"为"井床"之"床",从"照我罗床帏"和"明月照我床"古句看应是睡卧之床,而"静夜思"的环境似也不宜坐在井栏下,而宜卧床静思。

用"明月照床"句如:

唐·杜甫《写怀二首》:"夜深坐南轩,明月照我膝。"

唐·李贺《莫种树》:"独睡南床月,今秋似去秋。"

宋·苏轼《无题》:"幽人睡足谁呼觉,欹枕床前有月明。"用李白"床前"句。

宋·朱敦儒《燕归梁》:"暗香移枕新凉住,竹外漏声催。放教明月上床来,共清梦,两徘徊。"含"邀月上床"意。

宋·叶梦得《定风波》:"老子兴来殊不浅,帘卷,更邀明月坐胡床。""邀月坐床",亦兼用"举杯邀明月"句。

清·蒲松龄《荒园小构落成,有丛柏当门,颜曰绿屏斋》:"明月上床清客梦,凉风送雨醒花愁。"反用,明月上床使客梦清醒。以霜喻月,是指"明月光"。

南朝·梁·简文帝萧纲《玄圃纳凉》:"飞流如冻雨,夜月似秋霜。"首用此喻。唐·张若虚《春江花月夜》:"空里流霜不觉飞,汀上白沙看不见。"是写空中的月色。

2769.举头望明月,低头思故乡

唐·李白《静夜思》的后二句,也有其源。魏·曹丕《杂诗二首》中写:"俯视清水波,仰看明月光。""郁郁多悲思,绵绵思故乡。"晋乐府《子夜四时歌·秋歌》中写:"仰头看明月,寄情千里光。"望月思乡的句与义都为李白提供了提炼加工的条件。南朝民歌《读曲歌》其三:"春风难期信,托情明月光。"也是一种启迪。

用李白句的如:唐·张祜《昭君怨二首》之一:"举头惟见月,何处是长安?"用前句。宋·寇准《华山》:"只有天在上,更无山与齐。举头红日近,回首白云齐。"用句式而不用其义。清·黄遵宪《今别离》:"举头见明月,明月方入扉。"只用前句。

2770.举杯邀明月,对影成三人

唐·李白《月下独酌》:"举杯邀明月,对影成三人。"写月下独酌,孤独无朋,举杯邀月,月不解饮,影徒随身。诗人与月、影为伴,虽勉成三人。蘅塘退士评曰:"月下独酌,诗偏幻出三人。月影伴说,反覆推勘,愈形其独。"然而在孤独感中,不乏豁达胸怀。

"举杯邀月"句亦有其源。晋·陶渊明《杂诗》:"欲言无余和,挥杯劝孤影。"他独酌无伴,挥杯劝影,虽未写月,其实有影必有月,有月才有影。孤独难耐,迫而劝影,影不能饮,更见孤独。这对李白"举杯邀明月"句的酿成无疑极有启示。

唐·牟融《登环翠楼》:"举杯对月邀诗兴,抚景令人豁醉眠。"变用其义,写"邀诗兴"。

唐·白居易《华阳观八十五日夜招友玩月》:"人道中秋明月好,欲邀同赏竟何如?"他不是"邀月",而"邀友",此刻他不孤独。

宋人梅尧臣、苏轼用李白此句为多。有两句全用的,有独用一句的。两句全用如:

宋·苏轼《念奴娇》(中秋):"我醉拍手狂歌,举杯邀月,对影成三客。"

宋·吴文英《丑奴儿慢》(又清楼在钱塘门外):"乘风邀月,持杯对影,云海人间。"

独用"举杯邀月"句:

宋·梅尧臣《尝正仲所遗拨醅》:"迩来独酌邀明月,唯有青山李谪仙。"

又《社日饮永叔家》:"更邀明月出海底,烂醉等是归蒿蓬。"

又《题姑苏豹隐堂》:"欲邀明月一去饮,常娥将悔出海迟。"

又《依韵和永叔内翰酬寄扬州刘原甫舍人》:"举杯向明月,此意聊可寓。"

宋·文同《登陵阳云山阁寄上吴尹》:"与谁把酒邀明月,独自吟诗到夕阳。"

宋·苏轼《少年游》(润州作)词:"对酒卷帘邀明月,风露透纱窗。"

又《虞美人》变其义而用之:"持杯遥劝天边月,愿月圆无缺;持杯复更劝花枝,且愿花枝常在莫披离。"举杯邀月换作"祝月长圆""愿花长在"。

宋·秦观《蝶恋花》:"持酒劝云云且住,凭君碍断春归路。"学苏轼变用李白句,劝云阻住春归之路。

宋·刘一止《念奴娇》:"吏散庭空,举觞邀月,饮兴何妨剧。"

宋·张绍文《酹江月》(淮城感兴):"举杯呼月,问神京(故都汴京)何在,淮山隐隐。"邀月改作"呼月问月"。

宋·京镗《满江红》(中秋邀茶漕二使者,不见月):"喜见中秋,急载酒,登楼邀月。"无月而邀之。

宋·辛弃疾《新荷叶》(和赵德庄韵):"停杯对影,待邀明月相依。"用李白本意。

宋·赵瑞《赠胡侍郎致仕》:"坐邀夜月惟断酒,笑引春风且看山。"

宋·刘克庄《水龙吟》(方蒙仲、王景长和余丙辰、丁巳二词,走笔答之):"且问花随柳,举杯邀月,那须预、人家国。"(原注:用桓温语。)

金·刘著《月夜泛舟》:"举杯更欲邀明月,暂向尧封作逸民。""尧封",祖国或故国的版图,此句表达弃官还乡的超脱心境。

清·乐钧《初夏写怀》:"醉仍邀月共,愁反畏花知。"

今人林从龙《黄州远眺》:"洒酒举杯邀皓月,心潮滚滚逐江流。"

用下句"对影成三人":

宋·魏野《独酌吟》:"独酌独饮谁与共,天为知己月为朋。"暗用"成三人"。

苏轼很喜欢"对影成三人"一意,孤独无伴时往往用之。如:

《和王晋卿》:"当时挹明月,对影三人足。"

《再次韵答室夫穆父》:"免使谪仙明月下,狂歌对影只三人。""三人",嫌少。

《次韵刘贡父所和韩康公忆持国二首》:"已托西风传绝唱,且邀明月伴孤斟。"用"举杯邀明月"句,句法创新。

《次韵惠循二守相会》:"且同月下三人影,莫作天涯万里心。"

《妒佳月》:"爱有谪仙人,举杯为三客。"

《六月十二日酒醒步月理发而寝》:"起舞三人漫相属,停杯一问终无言。"下句用李白《把酒问月》:"青天有月来几时,我今停杯一问之。"

《次韵毛滂法曹感雨》:"空庭月与影,强结三友欢。"

《次韵述古过周长官夜饮》:"已遣乱蛙成两部,更邀明月作三人。""乱蛙成两部"出典南朝·齐·孔珪。《南史·孔珪传》载:孔珪"不乐世务。居宅盛营山水,凭几独酌,傍无杂事。门庭之内,草菜不剪,中有哇鸣。或问之曰:'欲为陈蕃乎?'珪笑答曰:'我以此当两部鼓吹,何必效蕃?'王晏尝鸣鼓吹候之,闻群蛙鸣,曰:'此殊聒人耳!'珪曰:'我所鼓吹,殆不及此'"。"两部鼓吹",两班鼓吹乐队。苏轼取此意。

又《和陶赴假江陵夜行》(郊行步月作):"云间与地上,待我两友生。"

宋·黄裳《蝶恋花》(月词):"影卧清光随我舞,邂逅三人,只愿长相聚。今月亭亭曾明古。"

宋·徐俯《念奴娇》:"对影三人聊共饮,一洗闲愁千斛。"

宋·莫将《木兰花》(十梅月下):"赏酬风景无

过酒,对影成三谁左右。"

宋·张元干《念奴娇》:"对影三人,停杯一问,谁解骑鲸意。"兼用李白"我欲停杯一问之"句。

宋·李邴《念奴娇》:"对影三人聊痛饮,一洗离愁千斛。"变用徐俯句。

宋·吕渭老《醉落魄》:"何时置酒图书室,挥弦月送西飞翼。夜来已觉春篆溢。月影三人,一醉旧相识。"

宋·李弥逊《永遇乐》(初夏独坐西山钓台新亭):"隔离呼取,举杯对影,有唱更凭谁知。"

又《念奴娇》:"对影三人,停杯一问,谁会骑鲸意。金牛何处,玉楼高耸十二。"大部分用张元干原句。

宋·史浩《念奴娇》(中秋):"谁信鹤发婆娑,鄞峰真隐,对影为三益。"

宋·京镗《满江红》(中秋前同二使者赏月):"笑谪仙,对影足成三,空孤寂。"

宋·辛弃疾《水调歌头》(送郑厚卿赴衡州):"君去我谁饮,明月影成三。"

宋·刘辰翁《酹江月》(中秋待月):"城中十万,有何人、和我乌乌鸣瑟。对影姮娥成三处,谁料尊中无月。"

又《莺啼序》(感怀):"此时对影成三,呼娥起舞,为何人喜。"

清·陈澧《水龙吟》(壬辰九月之望,吾师程春海先生与吴石华学博登粤秀山看月,同赋此调,都不似人间语,真绝唱也。今十五年,两先生皆化去,余于此夜与许青皋、桂皓庭登山徘徊往迹,淡月微云,增我怊怅,即次原韵):"此夜三人对影,倚高寒、红尘全洗。"登高览月,洗尽尘俗心境。

清·邓廷桢《壬寅(道光二十二年)伊江中秋》:"今年绝域看冰轮,往事追思一怆神。天半悲风波万里,杯中明月影三人。"写他谪戍伊犁的一个中秋月,怀念阵亡的关天培和正在伊犁路上的林则徐。"影三人"即映照他们三人的身影。

又《月华清》(中秋月夜,偕少穆,滋圃登沙角炮台绝顶晾楼。西风冷然,玉轮涌上,海天一色,极其大观,辄成此解):"秋霁,记三人对影,不曾千里。"

2771. 石虽不能言,许我为三友

唐·白居易《双石》:"石虽不能言,许我为三友。"以双石与"我"为三友。

宋·苏轼《佛日山荣长老方丈五绝》:"何处霜眉碧眼客,结为三友冷相看。"

2772. 还弄山中月

唐·刘长卿《龙门八咏》(渡水):"不如波上棹,还弄山中月。"摇棹夜渡,翻动了水中山月之影。

宋·苏轼《虔州八境图》:"谁向空中弄明月,山中木客解吟诗。"上句用刘长卿诗。"山中木客",宋·徐鼎臣《搜神记》:"鄱阳山中有木客,秦时采木者。食木实,遂得不绝。时就民间饮酒,为诗一章云:'酒尽君莫沽,壶倾我当发。城市多嚣尘,还山弄明月。'""解吟诗"指此传说。

2773. 犹卧东轩月满床

唐·许浑《秋夜与友人宿》:"寒城欲晓闻吹笛,犹卧东轩月满床。""月满床",是月光正面穿窗而入,天欲晓,月西斜,正好面向东厢,所以说"月满床"。

唐·元稹《夜闲》:"风帘半钩落,秋月满床明。"

唐·郑畋《夜景又作》:"枕簟满床明月到,自疑身在五云中。"

2774. 酒醒明月空床满

宋·欧阳修《一斛珠》:"酒醒明月空床满,翠被重重,不似香肌暖。""月照空床"表示床上无人、少人,表达孤凄景象。多是独宿。

宋·苏轼《雨中花慢》:"嫩脸羞蛾,因甚化作行云,却返巫阳。但有寒灯孤枕,皓月空床。"

宋·李之仪《千秋岁》:"掩门春絮乱,倚枕秋蛩咽。檀篆灭,鸳被衾半拥空床月。"

宋·黄庭坚《满庭芳》:"些子风流罪过,都说与、明月空床。"

宋·贺铸《惜双双》:"明月多情随柁尾,偏照空床翠被。"

2775. 明月入我牖

晋·陆机《拟明月何皎皎》:"安寝北堂上,明月入我牖。照之有余辉,揽之不盈手。"月光自窗而入满堂生辉,却揽不到手,写出了月光的怪异特点。"明月入牖"是一种普遍现象,陆机首先将其入诗,明月临窗入户则为后来者取材。

南朝·齐·谢朓《怀故人诗》："清风动帘夜,孤月照窗时。安得同携手,酌酒赋新诗。"

南朝·梁·江淹《潘黄门岳述哀》："明月入绮窗,仿佛想蕙质。"

南朝·梁·何逊《秋夕叹白发》："月色临窗时,虫声当户枢。"

梁·简文帝萧纲《怨歌行》："月光临户驶,荷花依浪舒。"

梁·刘率《白纻歌九首》："明月入牖风吹幔,终夜悠悠坐申旦。"

南朝·陈后主叔宝《独酌谣四首》："尊酒倾来酌,明月正当牖。"

唐·张说《伤妓人董氏四首》："独伤窗里月,不见帐中人。"

唐·杜甫《晦日寻崔戢李封》："朝光入瓮牖,尸寝惊敝裘。""朝光"是晨光、日光。用南梁·何逊《嘲刘郎》："房栊灭夜火,窗户映朝光。"

唐·韩愈《和崔舍人咏月二十韵》："幽坐看侵户,闲吟爱满庭。"宋·苏轼《立秋日祷雨宿灵隐寺同周、徐二令》："床下雪霜侵户月,枕中琴筑落阶泉。""侵户"用韩愈语。以雪霜喻月色,前有李白《静夜思》："床前明月光,疑是地上霜。"和唐·李频《月》："坐无云雨至,看与霜雪同。"

唐·白居易《素屏谣》："夜如明月入我室,晓如白云围我床。"

唐·成彦雄《杨柳枝辞六首》："谁把金刀为删掠,放教明月入窗来。"

五代·李珣《望远行》："断续漏频移,入窗明月鉴空帏。"

宋·欧阳修《阮郎归》："角声吹断陇梅枝,孤窗月影低。"

宋·苏轼《芙蓉城》："飘然而来谁使令,皎如明月入窗牖。"楚·宋玉《神女赋》："其少进也,皎如明月舒其光。"苏轼用此句。

又《数日前梦一僧出二镜求诗》："明月入我庐,月下合三璧。""明月"代"二镜"。

宋·秦观《促拍满路花》："露颗添花色,月影投窗隙。"

宋·贺铸《菩萨蛮》："虚堂向壁青灯灭,觉来惊见横窗月。"

宋·李清照《摊破浣溪沙》："病起萧萧两鬓华,卧看残月上窗纱。"

宋·欧阳澈《踏莎行》："花窗弄月晚归来,门还蜡炬笙萧沸。"

宋·关注《桂华明》："皓月满窗人何处,声永断、瑶台路。"

2776. 残月窥窗觇幌色

唐·骆宾王《代女道士王灵妃赠道士李荣》："轻花委砌惹裾香,残月窥窗觇幌色。""残月",天明将落之月,或半月、亏月。残月投过窗棂偷看帘幌的色彩,月光帘色相辉映。"窥",偷看,默默地看,这是首用"窥"字的一种拟人笔法。事实是月光入室而被窗帘遮挡,照在窗帘上,人在屋中产生了"残月窥帘"的想象。

用"月窥帘(窗、人)"句如:

宋·苏轼《十一月二十六日松风亭下梅花盛开》："先生独饮勿叹息,幸有落月窥酒尊。"用"窥"字,写月光射入酒杯之中,言外意是偷看酒的好坏与多少。

宋·吕渭老《浣溪沙》："窥窗月彩旧相从,清宵一醉许谁同。"

宋·洪璨《行香子》："秋衾半冷,窗月窥人,想为人愁,为人瘦,为人颦。"

宋·范成大《元夜忆群从》："隙月知无梦,窗梅寄断魂。"破隙而入的月知道我不能入睡。

宋·李彭老《木兰花慢》："听绝残箫倦笛,夜堂明月窥帘。"

宋·石孝友《夜行船》："愁人早是不成眠,奈无端、月窥窗隙。"

宋·岳珂《生查子》："缺月故窥人,影转阑干角。"

宋·杨泽民《法曲献仙音》："静听寒砧,闷倚孤枕,蟾光夜深窥户。""蟾光"即月光。

宋·陈著《糖多令》："倦枕寄渔乡,篷低被怯霜。月窥人、多少思量。"

辽·懿德皇后萧观音《怀古》诗："宫中只数赵家妆,败雨残云误汉王。情有知情一片月,曾窥飞燕入昭阳。"借汉代赵飞燕姊妹擅宠败政以感慨时事。据《焚椒录》载:"枢密使耶律乙辛与萧后家争权,指使宫婢以《十香词》淫词伪称宋朝皇后之作。骗萧后书写,以作构陷之口实。萧后书罢,在纸尾作一绝(即此《怀古》诗)以示批评。乙辛得诗,使宫婢及教坊朱项鹤出首,诬萧后与伶官赵维一私通,以《十香词》为证,诬《怀古》诗隐赵维一。结果,族诛赵维一,赐萧后自尽。""月窥昭阳"讽飞燕专宠的诗句,成了私通的暗语,酿成了一大奇冤。

金·董解元《西厢记》卷六:"西风怯雨眠难熟,残月窥人酒半醒。"

清·朱祖谋《石州慢》(用东山韵):"拥髻已无言,又窥人黄月。"用"灯前拥髻"句,说拥着发髻,默默无言,黄月窥窗,又令人添愁。

2777. 试待他、窥户端正

宋·王沂孙《眉妩》(新月):"故山夜永,试待他、窥户端正。看云外山河,还老尽、桂花影。"此词托物寄情,咏月以托"故山"之思,张惠言《词选》评:"碧山咏物诸篇,并有君国之忧,此喜君有恢复之志,而惜无贤臣也。""故山永夜"数句,承"新月",说等待新月团圆,窥人门户时,那"故山"也仍是残破的,不会如月团圆。

"窥户端正""端正"月圆。唐·韩愈《和崔舍人咏月二十韵》:"三秋端正月,今夜出东溟。""端正"出于此。

宋·姜夔《玲珑四犯》:"有轻盈换马,端正窥户。"明·杨慎《词品》评:《玲珑四犯》云:'有轻盈换马,端正窥户。酒醒明月下,梦逐潮声去。'其腔皆自度者,传至今不得其调,难入管弦,只爱其句之奇丽耳。""窥户端正"出于此,一般解为"妓女窥户",妓女以马换得的。

宋·张炎《探春慢》(己亥客阊间,岁晚江空,暖雨夺雪,篝灯顾影,依依可怜。作此曲,寄戚五云。书之,几脱腕也。):"借问西楼在否?休忘了盈盈,端正窥户。"

2778. 玉女窗虚处处通

宋·苏轼《壶中九华诗》:"天池水落层层见,玉女窗虚处处通。"序云:"湖口人李正臣蓄异石九峰,玲珑宛转,若窗櫺然。予欲以百金买之,与仇池石为偶,方南迁未暇也。名之曰壶中九华,且以诗纪之。""九华石"玲珑剔透,如多櫺之窗,所以说"窗虚处处通。""玉女",传说中的仙女。王文考《鲁灵光殿赋》:"神仙岳岳于栋间,玉女阚窗而下视。""玉女窗"从"玉女窥窗"来。

宋·范仲淹《玉女窗》:"窈窕玉女窗,想象玉女妆。皎皎月为鉴,飘飘霓作裳。莫学阳台梦,无端惑楚王。"写天上玉女窗中的玉女。苏轼借"玉女窗"描绘"九华石"。

2779. 载玉女于后车

汉·贾谊《楚辞·惜誓》:"建日月以为盖兮,载玉女于后车。"立起日月作为我的车盖,载玉女于我的后车上。《楚辞章句》云:"言已乃立日月之光,以为车盖。""玉女"星名,属"北方七宿(xiù)",诗人登苍天,从北极南行,让朱雀(南方七宿)在前面开路,所以说载玉女于后车。抒豪放之情。

宋·苏轼《和蔡景繁海州石室》:"我来取酒酹先生,后车仍载胡琴女。"

2780. 帝旁投壶多玉女

唐·李白《梁甫吟》:"我欲攀龙见明主,雷公砰訇震天鼓,帝旁投壶多玉女。三时大笑开电光,倏烁晦冥起风雨。""玉女"指代唐玄宗宠信的权奸小人。说皇帝昏庸,权臣当道,政治黑暗,报国无门。

"投壶"古代宴饮时的一种游戏,宾主依次把简投入一个瓶状壶中,负者饮酒。《神异经·东荒经》载"东王公与玉女投壶",投中者"天为之嘘(叫好)",不中者"天为之笑"。张华注:不下雨的闪电就是天笑。用"投壶"多指游戏。

李白《登邯郸洪波台置酒观发兵》:"击筑落高月,投壶破愁颜。"

唐·元稹《春分投简阳明洞天作》:"投壶怜玉女,吃饭笑麻姑。"

2781. 半窗残月带潮声

唐·雍陶《忆江南旧居》:"宿客尽眠眠不得,半窗残月带潮声。"思忆江南,心绪不佳,又兼残月透窗,潮声哗哗,令人难以入睡。"带潮声"取意唐人张若虚《春江花月夜》句:"春江潮水连海平,海上明月共潮生。"既然明月共潮生,当然明月也会带来潮声。用"半窗残月"(斜月、淡月)句者有:

唐·韦庄《清平乐》:"半窗斜月,小窗风触鸣琴。"

宋·柳永《小镇西》:"被邻鸡唤起,一场寂寥,无眠向晓,空有半窗残月。"

宋·贺铸《烛影摇红》:"但衾枕、余芬胜暖,半窗残月,照人肠断,啼乌不管。"

宋·曹组《青玉案》:"一声征雁,半窗残月,总是离人泪。"

宋·李纲《感皇恩》(枕上):"片时清梦,又被木鱼惊觉。半窗残月影,天将晓。"

宋·蔡伸《风流子》:"念蝴蝶梦回,子规声里,半窗斜月,一枕余香。"

宋·赵长卿《减字木兰花》:"半窗斜月,茅店萧条灯已灭。"

宋·蒋捷《秋夜雨》(秋夜):"雁落影,西窗斜月。"

宋·陈德武《望远行》:"半窗风月,一枕新凉,睡熟不知天晓。"

2782. 晓卧半床月

唐·孟郊《赠韩郎中愈》:"前日远别离,今日生白发。欲知万里情,晓卧半床月。常恐百虫秋,使我芳草歇。"孟郊长韩愈十七岁,他器重韩愈,韩愈也推崇他,堪成忘年交。这诗共三首,此为第三首。前四句叙离情,后二句"秋虫"代邪恶之人,恐受其伤害。"欲知万里情,晓卧半床月"是借月传情的手法,要知道我怎样怀念你,只要凝注半床明月就明白了,明月就是那样执著,不肯离去,我总是心系着你。孟郊还有《汴州离乱后忆韩愈李翱》:"孤门清馆夜,独卧明月床。"独卧难眠,明月照床,有无限怀念之情。

"晓卧半床月",凌晨月偏西,斜射入屋,所以"照半床"。唐·雍陶《初醒》:"半夜觉来新酒醒,一条斜月到床头。"一条月光斜射,只能到床头。写"半床月"又如:

唐·许浑《趋慈和寺移宴》:"西楼半床月,莫问夜何如。"

又《南海府罢南康阻浅行侣稍稍登陆而迈主人燕饯至频暮宿东溪》:"山鸟一声人未起,半床春月在天涯。"

唐·郑谷《重阳夜旅怀》:"半床斜月醉后醒,惆怅多于未醉时。"

唐·方干《路支使小池》:"光含半床月,影入一枝花。"

宋·王之道《南乡子》(赠何彦道侍从):"消得多情钟傅粉,风动珠帘月半床。"

宋·程垓《红娘子》:"一枕新凉,半床明月,留人欢意。"

又《霜天晓角》:"若是知人风味,来分取、半床月。"

2783. 莫使金尊空对月

唐·李白《将进酒》:"人生有酒须尽欢,莫使金尊空对月。"诗人在政治上失意之后,抱负落空,近于绝望;势之所迫,陶然于酒,因有此句。金尊即铜杯。

宋·晏几道《鹧鸪天》用李白句,语序稍变以协韵:"从今屈指春期近,莫使金尊对月空。"

2784. 吴牛喘月时,拖船一何苦

唐·李白《丁都护歌》:"吴牛喘月时,拖船一何苦。"《世说新语·言语》:"(满)奋曰:'臣犹吴牛,见月而喘。'"刘孝标注:"今之水牛,唯生江淮间,故谓之吴牛也。南土多暑,而牛畏热,见月疑日,所以见月而喘。"李白诗写天气十分炎热的时候,拖船背牵的船夫太累太苦了。

唐·刘义《代牛言》诗写:"渴饮颍川水,饿喘吴门月。黄金如可种,我力终不歇。"

2785. 玲珑看秋月

唐·李白《玉阶怨》:"玉阶生白露,夜久侵罗袜。却下水晶帘,玲珑望秋月。"落下水晶帘,看到了清光明彻的秋月。

宋·姜夔《八归》(湘中送胡德华):"想文君(胡德华之妻)望久,倚竹愁生步罗袜。归来后、翠尊双饮,下了珠帘,玲珑闲看月。"用李白句写胡德华归家团聚。

清·宋琬《满江红》(旅夜闻蟋蟀声作):"青琐闼边璎珞草,碧纱窗外玲珑月。"用李白句兼用唐人张仲素《秋闺思》句:"碧窗斜日蔼深晖,愁听寒蛩泪湿衣。"

2786. 会向瑶台月下逢

唐·李白《清平乐》:"若非群玉山头见,会向瑶台月下逢。"若不是在群玉仙山见到的仙女,也会是在瑶台上遇到的女神。写杨贵妃美如神仙。用此句者:

宋·苏轼《次韵杨公济奉议梅花十首》:"相逢月下是瑶台,藉草清尊连夜开。"写梅花如仙女一样美。

宋·李纲《丑奴儿》(木犀):"步摇金翠人如玉,吹动珑璁。恰似瑶台月下逢。"

宋·毛滂《浣溪沙》(尉圃观梅):"曾向瑶台月下逢,为谁回首矮墙东。春风吹酒退腮红。"写梅,用苏轼句意。

元·丁伯渊《点绛唇·赚煞》:"莫不是蕊珠宫

天上飞琼,走向瑶台月下逢。"

清·张骞《罗敷媚》(菊会):"同时都道芙蓉好,脂粉嫌浓,罗绮嫌重,相称瑶台月下逢。"芙蓉如瑶台仙子,而菊则是花中君子。

2787. 秦娥梦断秦楼月

唐·李白《忆秦娥》词:"箫声咽。秦娥梦断秦楼月。秦楼月,年年柳色,霸陵伤别。"暗用萧史教秦穆公女儿弄玉吹箫引凤事(《列仙传》),写秦娥月夜梦醒,箫声在耳,不见亲人。表现长安女子思别。

唐·陶翰《出萧关怀古》最初用"秦楼月":"更悲秦楼月,夜夜出胡天。"萧关指北方边城,作者行役至此,想到古代这里的士卒、战场,长安月从胡天升起,未免有悲凉之感。秦楼代长安。李白亦用作"长安月"。

唐·权德舆《赠魏国宪穆公主挽歌词二首》:"秦楼晓月残,卤簿列材官。"悼公主之死。

2788. 还家卿月迥

唐·岑参《送张郎中赴陇右觐省卿公》:"还家卿月迥,度陇将星高。""卿月":《尚书·洪范》:"卿士惟月。"孔安国注:"卿士各有所掌,如月之有别。"后人称列卿为"卿月"或"月卿"。这两句写张郎中回家一路披星戴月,同时隐指张郎中之父任卿为将。岑参《河西太守杜公挽歌四首》:"唯余卿月在,留向杜陵悬。"杜太守已故,人虽不在,卿月高悬。"卿月"应有象征。用"卿月"句还如:

唐·杜甫《暮春江陵送马大卿公恩命追赴阙下》:"卿月升金掌,王春度玉墀。"

唐·高知《送柴司户充刘卿判官之岭外》:"月卿临幕府,星使出词曹。"

2789. 西楼望月几回圆

唐·韦应物《寄李儋元锡》:"闻道欲来相问讯,西楼望月几回圆。"闻知友人欲来,日日切盼,西楼望月,不知月圆而又缺、缺而又圆,圆了几回了。月由圆到缺、由缺到圆就是一个月的时间,盼望之情表达得委婉而动人。与韦应物同时的岑参《碛中作》诗中用了相同的句式:"走马西来欲到天,辞家见月两回圆。"沙漠中行军,离开故乡已经有两个月了。韦、岑二诗孰先孰后很难考订,其中必有一诗为本。

最初用"月圆"句,虽也含深情,却主要表示时间。如:

唐·李白《送别》:"看君颍上去,新月到家圆。"是半月行程。

唐·岑参《饯李尉武康》:"征马去翩翩,城秋月正圆。"去时正值月中,十四、十五、十六日之间。宋初人宋白《中秋感怀二首》:"去年今夜此堂前,人正清歌月正圆。"上句用唐崔护"去年今日此门中"句式,下句表时间和活动。

唐·杜甫《宿赞公房》:"相逢成夜宿,陇月向人圆。"也写留宿时间。

唐·张继《冯翊西楼》(一作郎士元诗):"北风吹雁声能苦,远客辞家月再圆。"一圆再圆,当是两月。

唐·独孤及《答李滁州见寄》:"愁看郡内花将歇,思过山中月屡圆。""几次圆"之意。

"圆月"句旨在抒情,主要不在表时。如:

唐·戴叔伦《巫山高》:"含愁对明月,明月空自圆。"叹月圆人未圆。

唐·李商隐《月》:"初生欲缺虚惆怅,未必圆时即有情。"不必为月缺而惆怅,圆时也未必无愁。

又《西亭》:"此夜西亭月正圆,疏帘相伴宿风烟。"

唐·罗邺《秋别》:"青楼君去后,明月为谁圆!"人不在月空圆。

唐·卢绛《梦白衣妇人歌词》:"倚枕悄无言,月和残梦圆。"耿玉真《菩萨蛮》词与卢绛句全同。月已圆,而残梦未觉。

宋·欧阳修《瑞鹧鸪》:"陇禽有恨犹能说,江月无情也解圆。"月知圆似有情。

宋·辛弃疾《木兰花慢》:"况屈指中秋,十分好月,不照人圆。"亦月圆人未圆义。

宋·朱淑真《菩萨蛮》:"多谢月相怜,今宵不忍圆。"月不圆人尚可减少痛苦。

唐·朱希济《生查子》词:"新月曲如眉,未有团圆意。"写月似不欲圆。宋·王沂孙《眉抚》(新月)词:"便有团圆意,深深拜,相逢谁在香径。"

元·吴师道《桐庐夜宿》:"倚篷独立久未眠,静看水月摇清圆。"

2790. 花好月圆人又散

宋·张先《木兰花》词:"人意共怜花月满,花好月圆人又散。欢情去逐远方空,往事过如幽梦断。"人都希望花好月圆，可花好月圆了人却又离散。从此，常用"花好月圆"喻情人常聚的美好时刻。宋·晁端礼《行香子》："莫思身外，且斗尊前。愿花长好，人长健，月长圆。"宋·晁补之《御街行》："月圆花好一般春，触处总堪乘兴。"

今人邓拓《昭君无怨》："塞外月圆花好，千里绿州芳草。"写塞外美好风光。

"月圆花好"句源在唐代。郑谷《黯然》："屈指故人能几许，月明花好更悲凉。"吴融《情》："依依脉脉两如何，细似轻丝渺似波。月不长圆花易落，一生惆怅为伊多。"张先换郑谷一字，反用吴融句。

2791. 今夜鄜州月

唐·杜甫《月夜》："今夜鄜州月，闺中只独看。"天宝十五载(756)五月，杜甫带着一家人从奉先到白水。六月，潼关失守，他们北行，把家安置鄜州。七月，肃宗在灵武即位(今宁夏灵武县)，杜甫离开鄜州新家去灵武，途中被叛军俘至长安。秋天，他怀念家人作此诗。"鄜州"今陕西鄜县。"今夜鄜州月，闺中只独看。"思念鄜州妻子，自己身羁长安，不能同在鄜州赏月。用"独看"表示思念妻子之情，唯见深沉。

"鄜州夜月"后用以表示离散。

唐·白居易《题李十一东亭》："惆怅东亭风月好，主人今夜在鄜州。"反用，主人难赏东亭月。

宋·刘辰翁《永遇乐》(余自乙亥上元诵李易安《永遇乐》，为之涕下。今三年矣，每闻此词，辄不自堪。遂依其声，又托之易安自喻。虽辞情不及，而悲苦过之)："江南无路，鄜州今夜，此苦又谁知否！"用杜句抒写自己离散在外的悲苦心境。

清·纳兰性德《蝶恋花》："一纸乡书和泪折，红闺此夜团栾月。"此词伤别离，折起家书。想到闺中人怎样独对团栾月，月圆人缺，意同鄜州月。

2792. 月是故乡明

唐·杜甫《月夜忆舍弟》："露从今夜白，月是故乡明。"月光所照之处本是一样的鲜亮，没有明暗之别。为什么作者感觉中"月是故乡明"呢？这也不是什么错觉，而是感情上的偏爱。爱故乡，更爱故乡人，思故乡，更思故乡之人(如舍弟)，看到异乡明月，也似不如故乡之月明亮，这也是人之常情。杜甫表达"忆舍弟"中把握了这一特点。清代丘逢甲写《元夕无月》诗中说："三年此夕月无光，

明月多应在故乡。"也含"月是故乡明"之意，异地正月十五已连年不见月光，哪里去了呢？不说被遮掩，而说"在故乡"，当然"月是故乡明"了。

偏爱"故乡之月"，更有甚者是李白。李白爱月，更爱家乡之月——"峨眉山月"。他二十六岁初离故乡的时候，就写了《峨眉山月歌》："峨眉山月半轮秋，影入平羌江水流。"后来，他到江夏(今武昌)送故乡僧人时又写《峨眉山月歌送蜀僧晏入中系》诗，其中写了五句峨眉山月："西看明月忆峨眉""月出峨眉照沧海""峨眉山月还送君""峨眉山月照秦川""归时还弄峨眉月"，几乎到处都是他家乡之月了。而且在《古朗月行》诗中写："小时不识月，呼作白玉盘。又疑瑶台镜，飞在青云端。"他小时之月，当然是"峨眉月"，在他眼里那峨眉月简直就是"白玉盘""瑶台镜"那样美。他对故乡月怎么能不情有独钟呢？

2793. 罢琴惆怅月照席

唐·杜甫《送孔巢父谢病归游江东兼呈李白》："罢琴惆怅月照席，几岁寄我空中书。"送孔巢父的琴声刚罢，席上惟留一片月光，想到孔巢父就要在月夜中远去，远方的李白亦不得见，未免令人惆怅。

"罢琴"句用沈佺期诗：《哭苏眉州崔司业二公》："罢琴明月夜，留剑白云天。"哭悼苏味道、崔融相继辞世。"罢琴""留剑"都表哀悼行为。

李白《赠清漳明府侄聿》："琴清月当户，人寂风入室。"用琴月表示清净无为的道家思想。

2794. 微月上帘栊

唐·钱起《遇成》诗："含毫意不浅，微月上帘栊。""帘栊"即挂帘之窗，就是窗栊、窗槅。新月的微光照着窗槅。南朝·宋·谢惠连《七月七日夜咏牛女》诗："落日隐榈楹，升月照房栊。"为钱句所本。之后唐人赵嘏、韦庄都用钱起的"帘栊"句。

赵嘏《闻笛》："响遏行云横碧落，清和冷月到帘栊。"笛声高扬，横漫碧空，遏住行云。清脆之音伴同冷月飞入室内。

韦庄《贵公子》："流水带花穿巷陌，夕阳和树入帘栊。"夕阳带着树影进入帘栊。"月"换作"夕阳"。

"微月"即细月，窄窄的月牙儿。唐·白居易《六月三日夜闻蝉》："微月初三夜，新蝉第一声。"

"初三"正属朔日。

2795. 半规凉月，人影参差

宋·周邦彦《风流子》（秋怨）："望一川暝霭，雁声哀怨;半规凉月，人影参差。""半规凉月"指上旬月或下旬月。"规"，《诗经·小雅·沔水序》郑玄笺："规者,正圆之器也。"即校正圆形的器具,画圆的器具,引申为圆。"半规"是半圆。这里的"半规凉月"应是晚秋半月,深秋半月,自是寒凉。题为《秋怨》实写离愁,"半规凉月"正是离人眼里的凄凉。

以"规"比月最早是南朝·梁·简文帝萧纲的《秋夜诗》,诗中写:"绿潭倒云气,青山衔月规。"这是"山衔月(日)"的祖句。月落西山,还未全落尽,似被山衔住,"月规"就是月、月轮。唐·张九龄《南还以诗代书赠京师旧寮》:"七从关作限,两见月成规。"指两个月。宋·赵希迈《沁园春》（寿处州吴雨岩）:"岁岁梅花,尊前索笑,霜月先圆两夜规。"应指十五、十六日"两夜"。后人用"半规凉月"者多:

宋·蔡伸《朝中措》:"万里闲云散尽,半规凉月当空。"

宋·张榘《满江月》（寿鞏相）:"淮海波澄,湛桂影、半规凉月。又还是,中秋相近,垂弧时节。"

宋·周密《夜行船》:"寒菊倚风栖小蝶,帘栊静、半规凉月。"

现代元帅加诗人陈毅《泗宿道中》（1943年11月）:"半规残月照,铁骑送长征。百里吠村犬,穿插敌伪惊。"这是三首中之第二首,写率新四军在苏北从泗阳至宿迁夜行军途中情景。"半规残月"从"半规凉月"换字而来,用周邦彦句。

2796. 潇湘深夜月明时

唐·刘禹锡《潇湘词二首》:"楚客欲闻瑶瑟怨,潇湘深夜月明时。"写潇湘月夜瑶瑟之凄怨。

又《伤秦姝行》再写"潇湘月":"从郎镇南别城阙,楼船理曲潇湘月。"离长安城阙,去容州,潇湘月下,楼船之中,伴着音乐行进。

2797. 团团明月面

唐·李群玉《龙安寺佳人阿最歌八首》:"团团明月面,冉冉柳枝腰。未入鸳鸯被,心长似火烧。"写面容如满月一样平满圆润。唐·杜牧《张好好诗》写张好好:"玉质随月满,艳态逐春舒。"首用满月喻人之美。后常用"面如满月"写人肖像。

写"团团月"最早的是南朝·梁·何逊《日夕望江山赠鱼司马》:"的的帆向浦,团团月映洲。"

唐·李白《古郎月行》:"仙人垂两足,桂树何团团。"

清·徐来《离亭燕》（浦口晚泊）:"怅望倚逢窗,新月如人面。"以人面喻月（反喻）。月、面亦可互喻。

2798. 野花缭乱月胧明

唐·元稹《嘉陵驿》:"仍对墙南满山树,野花缭乱月胧明。""胧"是微明,"月胧明"即月色微明。晋·潘岳《悼亡诗》:"岁寒无与同,朗月何胧胧。"这是最早用"胧"饰月的。梁简文帝萧纲《伤离新体诗》:"胧胧月色上,的的夜萤飞。"

后用"月胧明"的有:

宋·晏殊《采桑子》:"梧桐昨夜西风急,淡月胧明。"

又《喜迁莺》:"烛飘花,香掩烬,中夜酒初醒。画楼残点两三声,窗外月胧明。"

宋·毛滂《满庭芳》（西园月夜赏花）:"飞盖西园午夜,花梢冷,云月胧明。"

又《南歌子》:"谁见暗香今夜、月胧明。"

宋·刘一止《浣溪沙》:"一自当时收拨后,世间弦索不堪听,梦回凄断月胧明。"

宋·辛弃疾《江神子》:"梨花著雨晚来晴。月胧明,泪纵横。绣阁香浓,深锁凤箫声。"

2799. 楚魂吟后月朦胧

唐·来鹄《寒食山馆书怀》:"蜀魄啼来春寂寞,楚魂吟后月朦胧。"诗人独宿山中驿馆,思念故乡,无限寂寥。杜鹃啼鸣更添春日的寂寞,诗人吟罢正是月色朦胧。写孤寂的气氛。"蜀魄"蜀妃之魄,后指杜鹃;"楚魂",屈原之魂,从楚辞《招魂》生义。这里指诗人自己,在文字上求与"蜀魄"对仗。唐以前写月多用"胧胧",前举晋人潘岳《悼亡诗》是一例。南朝·梁·简文帝《伤离新体诗》也写:"胧胧月色上,的的夜萤飞。""月朦胧"是月光黯淡,不甚清晰。比之,"月胧胧""月胧明","月朦胧"具有永久的生命力。

唐·韦庄《喜迁莺》:"大罗天上月朦胧,骑马上虚堂。"

五代·李珣《酒泉子》："月朦胧，花暗淡，锁春愁。"

五代·冯延巳《采桑子》："帘幕重重，斜月朦胧，雨过残花落地红。"

五代·徐昌图《临江仙》："今夜画船何处，潮平淮月朦胧。"

宋·柳永《宣清》："残月朦胧，小宴阑珊，归来轻寒凛凛。"

宋·张先《诉衷情》："何况酒醒梦断，花谢月朦胧。"

宋·滕甫《蝶恋花》(次长汀壁间韵)："残月朦胧花影弄，新梳斜插乌云鬓。"

宋·晏几道《诉衷情》："云去住，月朦胧，夜寒浓。"

又《采桑子》："秋千散后朦胧月，满院人闲。"

宋·苏轼《减字木兰花》(花)："淡月朦胧，更有微微弄袖风。"

宋·晁端礼《清平乐》："朦胧月午，点滴梨花雨。"

又《鹧鸪天》："半天楼殿朦胧月，午夜笙歌淡荡风。"

宋·贺铸《薄倖》："记画堂、斜月朦胧，轻颦微笑娇无奈。"

又《江城子》："暮雨不来春又去，花满地，月朦胧。"

又《蝶恋花》："数点雨声风约住，朦胧淡月云来去。"

宋·晁补之《临江仙》(代内)："马上匆匆听鹊喜，朦胧淡月黄昏。"

宋·周纯《满庭霜》(墨梅)："路压横桥夜雪，看暗淡、残月朦胧。"

宋·朱敦儒《蓦山溪》："教些香去，说与惜花人，云黯淡，月朦胧，今夜谁同睡。"

宋·向子谓《更漏子》："暮江寒，人响绝，更着朦胧微月。"

宋·宋齐愈《眼儿媚》："小桥斜渡，西亭深院，水月朦胧。"

宋·蔡伸《菩萨蛮》："玉楼花似雪，花上朦胧月。"

宋·董颖《排遍第九》："残月朦胧，寒雨萧萧，有血都成泪。"

宋·史浩《江城子》："脚力倦时呼小艇，归棹稳，月朦胧。"

宋·康与之《满江红》(杜鹃)："蝴蝶枕前颠倒梦，杏花枝上朦胧月。"

宋·葛立方《满庭芳》(催梅)："要看黄昏庭院，横斜映、霜月朦胧。"

宋·姚述尧《鹧鸪天》(渴雨)："几阵萧萧弄雨风，片云微破月朦胧。"

宋·谢懋《解连环》："正山月朦胧，水村依约。"

宋·岳甫《锦帐春》(己未孟冬乐净见梅英作)："更朦胧月影，弄明初夜，梅花动也。"

宋·赵长卿《行香子》(马上有感)："烛炧歌慵，斜月朦胧。"

宋·张镃《御街行》(灯夕戏成)："朦胧月下却归来，指望阿谁收管。"

宋·赵孟坚《蓦山溪》(怨别)："清漏断，月朦胧，挂在梅梢袅。"

宋·钟过《步蟾宫》："归来沉醉月朦胧，觉花气、满襟袖。"

宋·无名氏《蓦山溪》："香黯淡，月朦胧，谁是黄昏伴。"

宋·无名氏《浣溪沙》(蜡梅)："疑是佳人燃麝月，起来风味入怀浓，暗香依旧月朦胧。"

宋人话本小说中人物连静女《失调名》："朦胧月影，黯淡花阴，独立等多时。"

2800. 满丛烟露月当楼

唐·温庭筠《题河中紫极宫》："曼倩不归花落尽，满丛烟露月当楼。"离人久久不归，花已落尽，只余满丛烟露，明月照着空楼。"月当楼"月升入正面，照着楼窗，楼内月光满照。

"月当楼"出自杜甫《月圆》诗："孤月当楼满，寒江动夜扉。"

唐·白居易《初到郡斋寄钱湖州李苏州》："霁后当楼月，潮来满座风。"

唐·杜牧《怀钟陵旧游四首》："日落汀痕千里色，月当楼午一声歌。"

五代·李中《都下寒食夜作》："自是离人睡长早，千家帘卷月当楼。"

宋·晏几道《菩萨蛮》："前夜月当楼，相逢南阳头。"

宋·王千秋《鹧鸪天》(圆子)："翠杓银锅馔夜游，万灯初上月当楼。"

宋·刘光祖《昭君怨》(别恨)："惆怅柳烟何

处？月送落霞江浦。明夜月当楼,照人愁。"

宋·马子严《天仙子》:"年时把酒对君歌,歌不断,杯无算,花月当楼人意满。"

宋·史达祖《临江仙》(闺思):"一灯人著梦,双燕月当楼。"

"月当空"源出宋·梅尧臣诗:"须臾断灭不复见,唯有明月常当空。"苏轼《慈湖关阻风五首》:"暴雨过云聊一快,未防明月却当空。"

2801. 采罢江边月满楼

宋·晏几道《鹧鸪天》:"守得莲开结伴游,约开萍叶上兰舟。来时蒲口云随棹,采罢江边月满楼。"结伴采莲,来时云阴天上,采罢天晴月出,满照着楼阁。月光普照楼外观。

用"月满楼"句如:

宋·倪偶《鹧鸪天》:"三更爽气山围座,万里凉风月满楼。"

宋·赵长卿《烛影摇红》(深春):"酒醒人静,月满南楼,相思还又。"

宋·平江妓《贺新郎》(送太守):"月满西楼弦索静,云蔽昆城阛府。"

2802. 黄昏淡月,携手对残红

宋·晏几道《少年游》:"绿勾栏畔,黄昏淡月,携手对残红。""黄昏淡月"是傍晚,天尚不十分黑的时候,天上月色淡淡的、浅浅的。用"淡月黄昏"及其变式的:

宋·张孝祥《柳梢青》(探梅):"月淡黄昏,烟横清晓,都无消息。"

宋·赵长卿《诉衷情》(重台梅):"黄昏淡月笼艳,香与酒争浓。"

又《探春令》(赏梅十首):"那情怀最是、与人好处,冷淡黄昏月。"

又《念奴娇》(碧含笑):"好是斜月黄昏,瑶阶细砌,百媚初含酒。"

宋·程垓《瑶阶草》:"空山子规叫,月破黄昏冷。"

宋·魏了翁《满江红》(次韵西叔兄咏兰):"玉质金相,长自守,间庭闇室。对黄昏月冷,朦胧雾泡。"

宋·张榘《孤鸾》:"黄昏半窗淡月,照青青、谢池春草。"

宋·吴潜《贺新郎》:"淡月帘栊黄昏后,把灯花、印约休轻触。"

宋·吴文英《高阳台》:"半飘零,庭上黄昏,月冷阑干。"

又《高阳台》:"重上逋山,诗清月瘦黄昏。"

宋·黄昇《鹧鸪天》:"花侧畔,柳旁相,微云淡月黄昏。"

宋·周密《木兰花慢》:"银烛擎花夜暖,禁街淡月黄昏。"

宋·王沂孙《齐天乐》:"记曾照、黄昏淡月,渐瘦影、移上小阑于。"

宋·张炎《淡黄柳》(赠苏氏柳儿):"望断章台,马蹄何处,闲了黄昏淡月。"

宋·无名氏《婆罗门》:"暗香旋生,对淡月与黄昏。"

宋·无名氏《小重山》:"等闲休付寿阳人,潇洒处,月淡又黄昏。"

2803. 醉呼明月上遥天

唐·唐彦谦《寄友三首》:"最忆花前酣后饮,醉呼明月上遥天。"这是回忆已往同友人花前酣饮,醉呼明月的憨狂之态,交流往日之乐趣。

唐彦谦在《咏葡萄》诗中再用呼明月句:"笑呼明镜上遥天,醉倚银床弄秋影。"

2804. 唯向旧山留月色

"唯向旧山留月色"有人引作温庭筠诗,细查无征,姑妄从之。意故人不见,只见当时的月色在山中徘徊。

宋·周紫芝《清平乐》写:"月到旧时明处,共谁同倚栏干。"从"旧山留月色"句翻出,"旧时明处"承"留"字。宋·姜夔《暗香》词:"旧时月色,算几番照我,梅边吹笛。"暗用其义。

2805. 明月满秋池

唐·姚系《古离别》:"轻寒入洞户,明月满秋池。"写月光,秋天池塘水是宁静的,月光铺洒在池面上,一片晶莹。

唐·常衮《和考功员外妙秋忆终南旧宅之作》:"月满珠藏海,天晴鹤在笼。"写终南山旧宅景色,满月之影映入水中,似明珠深藏海底。似对己身有所寓托。

2806. 故国不堪回首月明中

南唐后主李煜《虞美人》:"小楼昨夜又东风,

故国不堪回首月明中。"写故国之思,亡国之痛。清·梁启超《贺新郎》词中用李煜句写慈禧连年割地赔款,丧权辱国,"人间憔悴"已不堪回首了:"昨夜东风里,忍回首,月明故国,凄凉到此!"这是对清统治者祸国殃民之痛。

"月明中"意为月光之中或月色之下。唐人权德舆即用此句式:《秋闺月》:"早晚归来欢燕同,可怜歌吹月明中。"在明丽的月色中响起了喜人的歌吹。

唐·白居易《紫薇花》:"何似苏州安置处,花堂栏下月明中。"写苏州花堂里的紫薇花,在月光里更加明艳。白居易又在《舟中夜坐》诗里写:"秋鹤一双船一只,夜深相伴月明中。"

唐·薛能《寒食日题》:"夜半无灯还不寐,鞦千悬在月明中。"此句诗味空乏,不如他的《折杨柳十首》:"谁见轻阳是良夜,瀑泉声畔月明中。"

宋·刘翰《立秋》诗:"睡起秋声无觅处,满阶梧叶月明中。"此句写秋声在月下的梧叶里。

2807. 才到中天万国明

宋太祖赵匡胤《月出》诗:"未离海底千重黑,才到中天万国明。"写月的奇特功能,有月无月整个世界是迥乎不同的。从一国天子眼里看"万国"就涵盖世界了。对月不无赞美之意。陈师道《后山诗话》云:宋太祖赵匡胤将未显贵时作的《咏月》诗念给徐铉听,念到"未离海底千山黑,才到中天万国明",徐铉以为显露了帝王之兆。

元·刘因在《宋理宗南楼风月横披》诗中用了"中天月":"物理兴衰不可常,每从气韵见文章。谁知万古中天月,只办南楼一夜凉。"宋理宗《南楼风月横披》中自题绝句有"并作南楼一夜凉"之句,刘因先用宋太祖"用到中天"暗喻大宋之兴起,后用宋理宗"一夜凉"句影射南宋之衰亡,用两个代表宋之盛衰的皇帝写月的诗句,准确而巧妙地写出兴衰变化。

清·曹雪芹《红楼梦》第一回贾雨村《对月寓怀口号一绝》:"天上一轮才捧出,人间万姓仰头看。"受到甄士隐的恭维。曹雪芹此句堪可同"才到中天"句媲美。

2808. 云破月来花弄影

宋·张先《天仙子》(时为嘉禾小卒、以病眠不赴府会):"沙上并禽池上螟,云破月来花弄影。重帘幕密遮灯。风不定。人初静。明日落红应满径。""云破月来"句写云、月、花、都活了,栩栩如生。云似有意破开月的通道;月似含情姗姗而来;花接待了月光,翩翩起舞,闪动着芬芳的清影。也够得上绝唱了。

张先有《行香子》词,写:"江空无畔,凌波何处,月桥边,青柳朱门。断钟残角,又送黄昏。奈心中事,眼中泪,意中人!"宋·胡仔的《苕溪渔隐丛话》前集卷三十七引《古今词话》载:时人送给张先一个美称"张三中","谓能道得心中事,眼中景,意中人也。"张先对此不大满意,他说"何不曰'张三影'?'云破月来花弄影'、'帘压卷花影'、'随风絮无影',吾得意句也。"张先《木兰花》(乙卯吴兴寒食):"中庭月色正清明,无数杨花过无影"够四影了,《行香子》虽写了"三中",道了真情,毕竟不如"三影"好。"三影"之中又数"云破月来花弄影"为最佳,难怪宋祁尚书称张先为"云破月来花弄影"郎中了。

"云破月来"句一出,当即引起张先同时代人的喜欢,一时都写起他的"影"来。如:滕甫《蝶恋花》写:"叶底无风池面静,掬水佳人,拍破青铜镜。残月朦胧花弄影,新梳斜插乌云鬓。"王安中《红梅口号·词》写:"云破月来花下住,要伴佳人,弄影参差舞。"后来的刘过《天仙子》也用此句:"强持檀板近芳尊。云遏定,君须听,低唱月来花弄影。"

2809. 帘外晓莺残月

唐·温庭筠《更漏子》:"星斗移,钟鼓歇,帘外晓莺残月。兰露重,柳风斜,满庭堆落花。"此为上片,写晚春晨色。"帘外晓莺残月"是名句,晓莺啼鸣,残月西斜,又开始了晚春一日。

用"晓莺残月"句如:

唐·韦庄《荷叶杯》:"惆怅晓莺残月,相别,从此隔音尘。"

又《清平乐》:"莺啼残月,绣阁香灯灭。"变式。

五代·魏承班《渔歌子》:"柳如眉,云似发,鲛雾縠笼香雪;梦魂惊,钟漏歇,窗外晓莺残月。"用了温庭筠的两句。徐钒在《词苑丛谈·品藻》中误以为柳永的"杨柳岸晓风残月"句"本魏承班《渔歌子》'窗外晓莺残月',只改二字,增一字。"其实,不仅"晓莺残月",魏承班也还是取自温庭筠词,就是"晓风残月"也别有其源(见下条)。

五代·薛昭蕴《小重山》:"宫漏促,帘外晓啼莺。"用温句,只未写"残月"。

宋·张先《更漏子》尽同温庭筠词,误收。

宋·晏几道《清平乐》:"一棹碧涛春水路,过尽晓莺啼处。"只用"晓莺",不用"残月"。

2810. 杨柳岸晓风残月

宋·柳永《双调·雨霖铃》:"多情自古伤离别,更那堪、冷落清秋节。今宵酒醒何处,杨柳岸晓风残月。"词写送别,节令清秋,更使人伤别。待送别酒醒,只有岸边杨柳在晓风中飘摆,天边留着淡淡的一勾残月。人呢? 早已远去无踪了。

前人对全词作过评价。宋人俞文豹在《吹剑续录》中记:"东坡在玉堂,有幕士善讴,因问:'我词比柳词何如?'对曰:'柳郎中词,只好十七、八岁女孩儿,执红牙拍板,唱"杨柳岸晓风残月"。学士词,须关西大汉,执铁绰板,唱:"大东东去",公为之绝倒。'"(《说郛》卷二十四引《吹剑续录》)清人徐釚《词苑丛谈》卷二记:"苏东坡'大江东去'有铜将军铁绰板之讥,柳七'晓风残月'谓可令十七八女郎按红牙檀板歌之,此袁陶语也。后人遂奉为美谈。然仆谓东坡词自有横槊气概,固是英雄本色,柳纤艳处亦丽亦净耳。"这些评论,皆以一词定风格,不妥之处,今人多有明论。只说他们在证论中,已把"杨柳岸"句看作《雨霖铃》的代表句了,叩住了"词眼"。

徐釚在《词苑丛谈·品藻》中曾为"杨柳句"寻源:"柳(永)纤艳处亦丽亦净耳。况'杨柳外(岸)'句又本魏承班《渔歌子》'窗外晓莺残月',只改二字,增一字,焉得独擅千古?"有人据此作了比较,说魏词"晓莺"是绕绣楼之莺,"残月"绣阁中窥见的残月,境界狭窄。而柳永"晓风残月"写于暮霭沉沉的吴天楚地之间,意境开阔。白居易《杨柳枝》将柳叶比愁眉,将愁肠比柳丝,而柳永的"杨柳岸"则是别后的杨柳了。

柳永的"晓风残月"并非源出"晓莺残月"而是出自唐·韩琮的《露》一诗。前人写"残月"者有之,写"晓风"者有之,写"晓风残月"者亦有之。而且写"晓风残月"比"晓莺残月"还早。有人只写"晓风":唐·李贺《巫山高》:"楚魂寻梦风飔然,晓风飞雨生苔钱。"唐·元稹《塞马》:"晓风寒猎猎,乍得草头行。"有人只写"残月":唐·李端《送客赋得巴江夜猿》:"残月暗将落,空霜寒欲明。"李贺《莫愁曲》:"罗壮倚瑶瑟,残月倾帘钩。"白居易《待

漏入阁书事奉赠元九学士阁老》:"残月堕金环,暗漏犹传水。"又《客中月》:"晓随残月行,夕与新月宿。"刘郇伯《早行》:"一星深成火,残月半桥霜。"许浑《戏代李协律松江有赠》:"兰浦远乡应银珮,柳堤残月未鸣珂。"马戴《早发故园》:"曙钟寒山岳,残月迥凝霜。"李中《海上从事秋月书怀》:"千里梦随残月断,一声蝉送早秋来。"又《得故人消息》:"梦归残月晓,信到落花时。"吕岩《哭陈先生》:"寒云去后留残月,春雪赤时问太虚。"刘得仁《栽松》:"霜天残月在,转影入池清。"牛希济《生查子》:"残月脸边明,别泪临清晓。"后唐庄宗《如梦令》:"如梦,如梦,残月落花烟重。"朱景玄《题吕食新水阁兼寄南商州郎中》:"晓色挂残月,夜声杂繁弦。"

最早把"晓风""残月"对用的是唐人许浑。他在《征西旧卒》中写:"晓风听戍角,残月倚营门。"表现军旅生活特点。又《同韦少军伤故卫尉李少卿》:"香车宝马嘶残月,暖阁佳人哭晓风。"这里的残月晓风都带有悼念的悲凉。最早把"晓风残月"连写的是许浑同时的韩琮:《露》:"几处花枝抱离恨,晓风残月正潸然。"稍晚的杜常则在《华清宫》诗中用了"晓星残月":"行尽江南数十程,晓星残月入华清。朝阳阁上西风急,都入长杨作雨声。"

"杨柳岸"也早出于唐人之手。崔融用得最早:"夕烟杨柳岸,春水木兰桡。"(《吴中好风景》)"杨柳岸"不仅可以为渔人避风遮阳,又是水边一道碧翠的满是生机的景观。李端也有:"草生杨柳岸,鸟啭竹林家。"(《送戴徵士还山》)杜牧的《齐安郡晚秋》:"柳岸风来影渐疏,使君家似野人居。"写"柳岸风"。赵嘏《送裴延翰下第归觐滁州》:"群斜杨柳春风岸,山映楼台明月溪。"也写了"杨柳风"。崔致远《兖州留献李员外》:"芙蓉零落秋池雨,杨柳萧疏晓岸风。"除了许浑、韩琮的诗句外,上述"杨柳岸""杨柳风""晓岸风"也可以进而勾勒出"杨柳岸晓风残月"更生动的画面。宋人葛长庚《贺新郎》:"小立西风杨柳岸,觉衣单,略说些些话。"毛滂《于飞乐》(代人作别后曲):"系画船,杨柳岸,晓风亭亭。"宋人的"杨柳岸"当是出于柳永的名句了。因为在所有的"杨柳岸"句中,唯有柳词这句够得上名句,广为人"口诵心惟"。

宋人用"晓风残月"句的还有:向子谭《秦楼月》词:"眼中泪尽空啼血,空啼血。子规声外,晓风残月。"京镗《好事近》(同茶漕二使者登大慈寺

楼次前韵）："傑阁耸层霄，几度晓风残月。"陈允平《八声甘州》（寿蔡泉宪）："看西湖，一汀鸳鹭，正晓风、残月两三星。"赵师侠《浪淘沙》（柳）："车马灞桥东，别绪匆匆。只知攀折怨西东。不道晓风残月岸，离恨无穷。"汪元量《满江红》（吴江秋夜）："秋水长天迷远望，晓风残月空凝竚。问人间，今夕是何年，清如许。"兼用王勃、苏轼句。

宋以后用"晓风残月"句多半看出柳句痕迹。

元·关汉卿《普天乐》（旅馆梦魂）曲："楚阳台朝暮云，杨柳岸朦胧月。"

元·王实甫《西厢记》第四本第四折《清江引》曲："暮雨催寒蛩，晓风吹残月，今宵酒醒何处也？"

元·李爱山《寿阳曲》小令："弹者、舞者、唱者，只吃到杨柳岸晓风残月。"（表天将晓）

明·汤显祖《牡丹亭》第三十二出冥誓《鲍老催》曲："晓风明灭，子规声容易吹残月。"

清·孔尚任《桃花扇》卷一第二出传歌《前腔》："莫将红豆轻抛弃，学就晓风残月坠。"李贞丽希望李香君学好曲子。

清·孙点《金缕曲》（舟次阳羡，寄怀圆俶）："竟与卿卿别。睡昏沉，无端惊起，晓风残月。"表时间。

清·黄景仁《水调歌头》（仇二以湖湘道远，且怜余病，劝勿往，词以谢之）："百年过隙耳，行矣复何求？且耐残杯冷炙，还受晓风残月，博得十年游。"他决意奔赴湖南按察使王太岳那里寻求出路。仇丽亭劝他不远游，他谢绝好意。此句兼用杜甫句，写甘愿受旅途风尘劳顿。

柳词本句泛起的长流还不止如此，人们甚至把"晓风残月"同柳永的名号、墓地联系起来，有的写冒名题壁诗，乃至流波于国外。

清初王士禛诗："残月晓风仙掌路，何人为吊柳屯田？"（《真州绝句五首》其五）写仙掌路晨景冷落，柳永墓无人凭吊。仙掌路在今江苏仪征西，地名仙人掌，一说柳永墓地。（张宗梀《词林纪事》）清·凌廷堪《雨霖铃》（真州城南访柳三变墓，询之居民并无知者）："更换取、谁按红牙，唱彻当年晓风曲。"清·沈德潜《过真州》："晓风残月屯田墓，零露浮云魏帝台。"写屯田员外郎柳永墓一片凄凉。

《王照新志·都人语》记："左与言天台名士也。钱塘幕府乐籍，有名姝张秾者，色艺妙天下。左颇顾之，如：'盈盈秋水，淡淡春山，帏云窬水，滴

粉搓酥。'皆为秾作。当时都人有对云：'晓风残月柳三变，滴粉搓酥左与言。'"此对虽不乏诙谐，也可看出"晓风残月"的名气。

《竹叶亭杂记》卷六载：江西临川驿壁间有题壁诗："晓风残月三千里，水绿频香二十年。"款为"姑苏女史虞桐凤"，其实是清人顾含章书沉兴洁诗，冒为女子。而真正的作者是清·姚兴杰。

清代朝鲜人在同成容若、顾梁汾等唱和时有句："谁料晓风残月后，而今重见柳屯田。"称和诗之好，而"晓风残月"竟成了柳词的"代表句"。近人陈锐《杨柳枝》中也写："短棹天涯酒易醒，晓风残月有词名。"引柳词"晓风残月"写旅途辛劳，一路风尘。

2811. 太液波翻，披香帘卷，月明风细

宋·柳永《醉蓬莱》："太液波翻，披香帘卷，月明风细。""风细"即风轻，或微风。柳永《爪茉莉》："深院静，月明风细。""月明风细"描述一种安谧宁静的夜晚。下如：

宋·秦观《蝶恋花》："今夜月明风细，枫叶芦花，的是凄凉地。"

宋·曹勋《保寿乐》："同祝宴赏处，从教月明风细。"

宋·赵长卿《减字木兰花》（咏柳）："月明风细，分付一江东流去。娇眼伤春，谁是章台欲折人。"

宋·赵功可《桂枝香》："茶香酒熟，月明风细，试教歌舞。"

宋·李纲《望江南》："风细波平宜进楫，月明江静如沉钩。""风细""月明"分句使用。"风细波平"则用毛滂《感皇恩》："夜分月冷，一段波平风细"句。

宋·方有开《满江红》（钓台）："跳出红尘，都不顾、是非荣辱。垂钓处，月明风细，水清山绿。"

宋·无名氏《秋霁》（概括东坡前赤壁）："举酒属客，月明风细，水光与天相接。"

2812. 月细风尖垂柳渡

宋·晏几道《蝶恋花》："月细风尖垂柳渡，梦魂长在分襟处。""月细风尖"从"月明风细"中衍生，意义相反：月细则不明，风尖则不细。"月细"指新月，月牙儿。

宋·程垓《洞庭春色》用此句："几度相随游冶

去,任月细风尖犹未归。"

2813. 南苑春衫细细风

宋·晏几道《鹧鸪天》:"西楼酒面垂垂雪,南苑春衫细细风。"在西楼,酒面上雪花垂垂而落,到南苑,春衫上微风细细吹拂。"细细风",细微的风,微风阵阵。

首写"风细"的是南朝·梁元帝萧绎《夜宿柏斋》:"风细雨声迟,夜短更筹急。""风细"声轻力弱的风。

宋·柳永喜写"细风":

《婆罗门令》:"霜天冷,风细细,触疏窗,闪闪灯摇曳。"

《柳初新》:"杏园风细,桃花浪暖,竞喜羽迁鳞化。"

《凤栖梧》:"伫倚危楼风细细,望极春愁,黯黯生天际。"

《佳人醉》:"暮景萧萧雨霁,云淡天高风细。"

宋·晏殊(晏几道之父)《渔家傲》:"脸傅朝霞衣翠,重重占断秋江水,一曲采莲风细细。"

宋·黄庭坚《西江月》:"香花开暖日迟迟,竹撼清风细细。"

宋·秦观《蝶恋花》:"金凤花开红落砌,帘卷斜阳,雨后凉风细。"

宋·毛滂《菩萨蛮》(秋):"风细引鸣蛩,蛩鸣引细风。"回文词。

宋·曹组《蓦山溪》:"黄昏小院,无处著清香。风细细,雪垂垂,何况江头路。"兼用"雪垂垂"。

宋·周紫芝《清平乐》:"门外一川风细细,沙上暝禽飞起。"

宋·赵鼎《如梦令》(建康作):"烟雨满江风细,江上危楼独倚。"

宋·吕渭老《渔家傲》:"一杯茶罢成行计,路入庐山风细细。"

又《东风第一枝》(咏梅):"云淡淡,粉痕渐薄,风细细,冻香又落。"

宋·王之道《南乡子》(和张元助通判赋雪):"出户绣帘垂,拂面从他细细吹。"风细细吹雪花。

宋·曾觌《春光好》:"帘卷玉钩风细细,敛眉山。"

宋·姜夔《翠楼吟》:"人姝丽,粉香吹下,夜寒风细。"

又《卜算子》:"御花接湖波,松下春风细。"

宋·吴文英《绛都春》:"路幕递香,街马冲尘东风细。"

宋·欧阳澈《小重山》:"红叶伤心月午楼,袭人风细,远烟浮。"

金·元好问《鹧鸪天》:"葱茏花透纤纤月,暗淡香摇细细风。"金哀宗天兴二年(1133),元兵攻陷金都汴京,元好问同一些官民被羁聊城,作了阶下囚。此词反映作者对故国和亲人的思恋。下阕抒写这种哀伤,而上阕写景(含此二句)却是美好的,"花月香风"都令人喜爱。清人王夫之《姜斋诗话》云:"以乐景写哀,以哀景写乐,一倍增其哀乐。"元好问正是以乐景写哀。

2814. 梨花院落溶溶月

宋·晏殊《寓意》七律:"梨花院落溶溶月,柳絮池塘淡淡风。"写与女子远别后,回忆当初相见时的情景:梨花满院,洒着溶溶如水的月光,池塘飞絮,吹起轻柔无力的微风,简直陶人欲醉了。"溶溶月",月光荡漾,流动如水。这两句是律诗的颔联,对仗工稳,景色迷人。宋·谢金莲《答赵生红梨花诗》:"本分天然白雪香,谁知今日却浓妆。秋千院落溶溶月,羞睹红脂睡海棠。"用晏殊"溶溶月",用苏轼"秋千院落"句(见下条)。

晏殊的"梨花院落溶溶月,柳絮池塘淡淡风"和晏几道的"西楼酒面垂垂雪,南苑春衫细细风",前人认为同杜甫的"穿花蛱蝶深深见,点水蜻蜓款款飞"(《曲江二首》),"留连细蝶时时舞,自在娇莺恰恰啼"(《江畔独步寻找花七绝句》)句子风格及生动活泼的表现力如出一辙,共同特点是句句用叠字:"溶溶月""淡淡风""垂垂雪""细细风""深深见""款款飞""时时舞""恰恰啼"。然而句型却不同,杜诗叠字后面的"见""飞""舞""啼"都是动词,而晏氏的叠字后面的"月""风""雪""风"则都是名词。

"溶溶月"源出唐人诗。许浑《冬日宣城开元寺赠元孚上人》:"林疏霜槭槭,波静月溶溶。"应是用"月溶溶"最早的。五代·冯延巳《虞美人》也写:"杨花零落月溶溶,尘掩玉筝弦柱,画堂空。"

后人运用"梨花院落溶溶月"句,一般是分"梨花院落"和"溶溶月",个别也用"淡淡风"。用"梨花院落"的如:

宋·李弥逊《虞美人》(宜人生日):"梨花院落溶溶雨,弱柳低金缕。"只换一"雨"字。

又《青玉案》:"只将心事,分付眉尖,寂寞梨花院。"

宋·辛弃疾《江神子》:"梨花著雨晚来晴,月胧明,泪纵横,绣阁香浓,深锁凤箫声。"

宋·吴文英《无闷》(催雪):"晓梦先迷楚蝶,早风戾、重寒侵罗被。还怕掩、深院梨花,又作故人清泪。"写雪花融化。

宋·蒋捷《瑞鹤仙》(乡城见月):"蓬壶藁侵,花院梨溶,醉连春夕。"故乡蓬壶山芙蓉盛开,梨花院落月溶溶。"花院梨溶"缩用晏殊句。

宋·胡翼龙《西江月》:"柳絮池塘昼午,梨花院落昏黄,栏干曲曲是回肠,倚到西厢月上。"用二句。

宋·赵必瑑《兰陵王》(赣上用美成韵):"绿杨芳草情何极,偏懒拨琵琶,愁听羌笛。梨花院落,黄昏后,珠泪滴。"

又《绮罗香》(和百里春暮游南山):"怅莺老、对景多愁,倩燕语,苦留难住。秋千影里送斜阳,梨花深院宇。"

宋·胡浩然《春霁》(春晴):"院深沈,梨花乱落,那堪如练点衣白。"

宋·无名氏《愁倚阑令》:"东风恶,宿云凝,忒无情。合造梨花深院雨、断肠声。"

清·顾春《早春怨》(春夜):"淡淡轻烟,溶溶院落,月在梨花。"

用"溶溶月"(个别用"淡淡风")的:

宋·曹组《阮郎归》:"秋千人散月溶溶,楼台花气中。"

又《浣溪沙》用晏殊七律下句:"柳絮池台淡淡风,碧波花岫小桥通。"

宋·葛立方《卜算子》(赏荷以莲叶劝酒作):"窣窣珠帘淡淡风,香里开尊俎。"

宋·曾觌《蓦山溪》(暮秋赏梨花):"天淡淡,月溶溶,春意知多少。"

宋·张孝祥《菩萨蛮》:"溶溶花月天如水,阑干小倚东风里。"

宋·程垓《乌夜啼》:"杨柳拖烟漠漠,梨花浸月溶溶。"

2815.秋千院落夜沉沉

宋·苏轼《春夜》:"春宵一刻值千金,花有清香月有阴。歌管楼台声细细,秋千院落夜沉沉。"古代诗词中,两个"院落"最有名,一是晏殊的"梨

花院落",一是苏轼的"秋千院落"。"秋千院落"出于晏几道《木兰花》词:"秋千院落重帘幕,彩笔闲来题绣户。""秋千院落"是古代闺中女子游乐活动的场所。小晏句也较有名,只是不如苏轼《春夜》诗影响深远。元·王实甫《西厢记》第三本第四折《圣药王》曲:"'果若'你有心,他有心,昨日秋千宇夜深沉;花有阴,月有阴,'春宵一刻抵千金',何须'诗对会家吟?'"用了苏轼《春夜》诗三句。《西厢记》第三本第三折《离亭宴带歇指煞》:"再休题'春宵一刻千金价',准备着'寒窗更守十年寡'。"也几乎用原句。明·王彦贞《摘翠百咏小春秋》(小桃红·西厢记·五十一生盼莺莺):"秋千院落夜沉沉,孤馆难成寝。"用苏轼原句。以下是用"秋千院落"的:

宋·毛滂《浣溪沙》(寒食初晴东堂对酒):"小雨初收蝶做团,秋风轻拂燕泥干,秋千院落落花寒。"

又《浣溪沙》(寒食初晴桃杏皆已零落独牡丹欲开):"芳草池塘新涨绿,官桥杨柳半拖青,秋千院落管弦声。"

宋·赵善括《摸鱼儿》:"被杨花、带将春去,……对晚色,秋千院落人初静。"

宋·马子岩《海棠春》(春景):"柳腰暗怯花风弱,红映秋千院落。"

宋·赵闻礼《千秋岁》:"五更楼外月,双燕门前柳。人不见,秋千院落清明后。"

宋·曹邍《瑞鹤仙》:"炉烟销篆碧,对院落秋千,昼永人寂。"

宋·朱孙《真珠帘》:"院落秋千杨柳外,待天气、十分晴霁。春市,又青帘巷陌,红芳歌吹。"

宋·周密《眼儿媚》:"飞丝半湿惹归云,愁里又闻莺。淡月秋千,落花庭院,几度黄昏。"

宋·仇远《薄悻》:"看钗盟再合,秋千小院同携手。"

宋·张炎《踏莎行》:"老愿春迟,愁嫌昼静,秋千院落寒犹剩。卷帘休问海棠开,相传燕子归家近。"

元·白朴《天净沙》:"春山暖日和风,阑干楼阁帘栊,杨柳秋千院中。"

元·谢宗可《卖花声》:"韵传杨柳门庭晚,响彻秋千院落深。"

"夜沉沉":夜越来越深。

南朝·宋·鲍照《代夜坐吟》:"冬夜沉沉夜作

吟,含声未发已知心。"冬夜偏长,"夜沉沉",夜深沉,夜深。首用"夜沉沉"。

唐·令狐楚《宫中乐》:"银台门已闭,仙漏夜沉沉。"

宋·柳永《雨霖铃》:"念去去,千里烟波,暮霭沉沉楚天阔。""暮霭",晚间云气。

宋·苏轼《三月二十日开园三首》:"西园牡蓖夜沉沉,尚有游人卧柳阴。"

2816. 明珠难暗投

晋·郭璞《游仙诗十九首》其四:"珪璋虽特达,明珠难暗投。"明珠在暗中投掷于道,不被人认识,势必为人所拒绝,人才也是这样。语出《汉书·邹阳传》载:邹阳在狱中向梁孝王(景帝弟)上书曰:"臣闻明月之珠,夜光之璧,以暗投人于道,众莫不按剑相眄者,何则? 无因而至前也。……故无因而至前也,虽出随珠和璧,只怨结而不见德。"随珠和璧虽为珍宝,投之理由不明,也不为人接受。郭璞诗用此意。

唐·韩愈《赴江陵途中寄赠王二十补阙李十一拾遗李二十六员外翰林三学士》:"殷勤答吾友,明月非投暗。"

2817. 不愁明月尽,自有夜珠来

唐·宋之问《奉和晦日幸昆明池应制》:"不愁明月尽,自有夜珠来。"《唐诗纪事》云:"中宗正月晦月幸昆明池赋诗,群臣应制百余篇。帐殿前结彩楼,命上官昭仪选一首为新翻御制曲。从臣悉集其下,须臾纸落如飞,唯沈宋二诗不下。又移时,一纸飞坠,乃沈诗也。及开,其评曰:'二诗工力悉敌,沈诗落句云:微臣雕朽质,羞睹豫章材。盖词气已竭。宋诗云:不愁明月尽,自有夜珠来。犹陡健骞举。沈乃服,不敢复争。"宋之问诗胜就胜在这落尾二句上。"明月尽"应晦日,"夜珠来"也是必然的。情调健劲,有前瞻性,又如格言。

唐·贾岛《宿成湘林下》:"今宵不尽兴,更有月明期。"在创意上与宋句有相似之处。

2818. 青山明月梦中看

唐·王昌龄《李四仓曹宅夜饮》:"欲问吴江别来意,青山明月梦中看。"萦思梦想吴江的"青山明月"。有的句意信手再用,"青山明月"即一例。他在《龙标野宴》诗中又用:"莫道弦歌愁远谪,青山

明月不曾空。"

2819. 小时不识月,呼作白玉盘

唐·李白《古朗月行》:"小时不识月,呼作白玉盘;又疑瑶台镜,飞在青云端。"用"白玉盘""瑶台镜"两种美好的事物比月,说明对月的爱。"少时不识月",这是从孩提眼中所见所想。

唐·张昌宗《少年行》:"少年不识事,落魄游韩魏。""不识事"指年轻时候,已不是孩提时代了。

2820. 暂就东山赊月色

唐·李白《送韩侍御之广德令》:"今宵贳酒与君倾,暂就东山赊月色。""贳(shì)"、"赊(shē)",都是欠钱购物,赊欠意。为韩侍御饯行,主人虽拮据,也要"贳酒""赊月"以尽最大的力量和热情。酒要"贳",而月无须"赊",硬说"赊月",不仅与"贳酒"对仗,也表现了主人的热望。

宋·苏轼《次韵送徐大正》:"多情明月邀君共,无价青山为我赊。"用"赊青山",二句亦有创意。

2821. 山衔好月来

唐·李白《与夏十二登岳阳楼》:"雁引愁心去,山衔好月来。"登岳阳楼,望月半出东山,似被山衔住下一半,"衔"字赋予了大自然以生机、以动态,又景况逼似。日月半轮出山为"吐"、半轮落山为"吞","吐""吞"均为"衔"。

"山衔月"的创意人,是南朝·梁·简文帝萧纲。他在《秋夜诗》中写:"绿潭倒云气,青山衔月规。""月规"即圆月。

用"衔"月的如:

唐·岑参《青龙招提归一上人远游吴楚别诗》:"淮月衔楚山,一身如浮云。"

宋·苏轼《七月二十四日,以久不雨,出祷番溪,是日宿虢县。二十五日晚,自虢县渡渭,宿于僧舍曾阁。阁故曾氏所建也。夜久不寐,见壁间有前县令赵荐留名,有怀其人》:"深谷留风终夜响,乱山衔月半床明。"

2822. 四更山吐月

唐·杜甫《月》:"四更山吐月,残夜水明楼。"四更时,山吐露一轮明月,月光照亮了水面,光亮的水面,映亮了残夜里的楼房。"四更"才见月出,要

么因为山高,但多的是朔日,月出很晚。

宋·苏轼《江月五首》并引,引曰:"岭南气候不常。吾尝曰:菊花开时乃重阳,凉无佳月即中秋,不须以日月为断也。今岁九月,残暑方退,既望之后,月出逾迟。予尝夜起登合江楼,或与客游丰湖。入栖禅寺,叩罗浮道院,登道遥堂,逮晓乃归。杜子美云:'四更山吐月,残夜水明楼。'此殆古今绝唱也。因其句作五首,仍以'残夜水明楼'为韵。"诗中分解杜甫"四更山吐月"句:

其一:"一更山吐月,玉塔卧微澜。"

其二:"二更山吐月,幽人方独夜。"

其三:"三更山吐月,栖鸟亦惊起。"

其四:"四更山吐月,皎皎为谁明。"

其五:"五更山吐月,窗迥室幽幽。"

唐·岑参《出关经华月寺访法华云公》:"月轮吐山廓,夜色空澄清。"

李彭《日涉园集》,有《次韵五更山吐月》诗五首,已佚。

元·耶律楚材《过阴山和人韵》:"山高四更才吐月,八月山峰半埋雪。"

2823.日月如跳丸

唐·韩愈《秋怀十一首》:"忧愁费暑景,日月如跳丸。"日月运转极快。"跳丸"是古代百戏之一种,两手不停地抛接三五个或六七个圆球。也有抛接短剑者。东汉张衡《西京赋》:"跳丸剑之挥霍,走索上而相逢。"唐·白居易《立部伎》:"舞双剑,跳七丸。"都是写这种"跳丸""抛剑"杂技的。用"跳丸"喻日月交互跳上跳下,表现时光运转疾速。如:

唐·杜牧《寄浙东韩八评事》:"一笑五云溪上舟,跳丸日月十经秋。"

元·汪元亨《折桂令·归隐》:"冷笑他功名累卵,静观那日月跳丸。"用杜牧句意。

2824.春江月出大堤平

唐·刘禹锡《踏歌词四首》:"春江月出大堤平,堤上女郎连袂行。唱尽新词欢不见,红霞映树鹧鸪鸣。"这是具有民歌风的踏歌,一群姑娘在月光下的平平展展的长江大堤上,牵手连袂,整齐地踏着步,载歌载舞,尽欢而去。这种踏歌,健美,明快,旷达,是在歌楼舞榭中难得赏见的。"春江月出大堤平"景色壮美。

唐·李贺《石城晓》:"月落大堤上,女垣栖乌起。""月落",月光落下的意思,与"月出"无异。

宋·苏轼《赵德麟饯饮湖上舟中对月》:"酒阑红杏暗,日落大堤平。""大堤"指湖堤。

2825.落月满屋梁

唐·杜甫《梦李白》:"落月满屋梁,犹疑照颜色。"斜月满照屋梁,朦胧中,似乎照见李白的容颜。

元·虞集《子昂墨竹》(子昂,赵孟):"波涛浩荡江海空,落日年年照秋屋。"用杜甫"落日"句。

2826.月挂客愁村

唐·杜甫《东屯月夜》:"泥留虎斗迹,月挂客愁村。"东屯地情偏僻险恶,孤客月下长愁。月亮挂在东屯上空,而村中的孤客正满怀愁绪。这就是"月挂客愁村"之意。

宋·苏轼《庚辰岁人日作时闻黄河已复北流老臣旧数论此今斯言乃验二首》:"不用长愁挂月村,槟榔生子竹生孙。"用"客愁村"句。

2827.月下风前伴老身

唐·白居易《读鄂公传》:"高卧深居不见人,功名斗数似灰尘。唯留一部清商乐,月下风前伴老身。"读鄂公传,感受到鄂公鄙弃功名,深居简出,月下风前,唯一部清商乐伴随着老身。"月下风前"表示孤独寂寞。白居易自己已有这种感受:《老夫》:"七八年来游洛都,三分游伴二分无。风前月下花园里,处处唯残个老夫。"写他自己在洛阳的冷落孤凄。

"风前月下"总不是美好环境。

宋·柳永《征部乐》:"须知最有、风前月下,心事始终难得。"

宋·李弥逊《洞仙歌》(登临漳城咏梅):"纵广平冷淡,铁石心肠,未拼得,花里风前月下。"

宋·辛弃疾《贺新郎》(赋水仙):"云卧衣裳冷。看萧然、风前月下,水边幽影。罗袜生尘凌波去,汤沐烟江万顷。"

宋·谭意哥《极相思令》:"风前月下,花时永昼,洒泪何言。"

宋·葛长庚《沁园春》:"向天涯海角,两行别泪;风前月下,一片离骚。"

又《水调歌头》:"漏声残,灯焰短,马蹄香。浮云飞絮，一身将影向潇湘。多少风前月下，迤逦天涯海角，魂梦亦凄凉。又是春将暮，无语对斜阳。"

宋·无名氏《永遇乐》："风前月下，三杯两盏，撞着即莫放。"

宋·无名氏《浣溪沙》："桃叶桃根随处有，江南江北见来多，风前月底奈愁何！"

2828. 花前月下对何人

唐·白居易《和刘汝州酬侍中见寄长句因书集贤坊胜事戏而问之》："闻道郡斋还有酒，花前月下对何人？""花前月下"与"风前月下"相反，是一种美好的环境，可以赏花饮酒，对月携妓。诗中"对何人"就是暗指携妓的戏言。

五代·徐铉《月真歌》（月真广陵妓女，翰林殷舍人所录，携之垂访，筵上赠此）："花前月下或游从，一见月真如旧识。"

宋·张先《诉衷情》："花前月下暂相逢，苦恨阻从容。何况酒醒梦断，花谢月朦胧。"

宋·梅尧臣《花娘歌》："各恨从来相见晚，月下花前不暂离。"

宋·晁端礼《失调名》："花前月下堪垂泪，水边楼上总关心。"

宋·晁补之《金盏倒垂莲》："野鹤飘飘，幽兴在青田。也莫话、书生豪气，更铭功业燕然。毕竟得意，何如月下花前。"

宋·周邦彦《法曲献仙音》（大石）："待花前月下，见了不教归去。"

宋·蔡伸《浪淘沙》："曾共玉人携素手，同倚栏干。……云散梦难圆，幽恨绵绵。旧游重到忍重看，负你一生多少泪，月下花前。"

宋·李氏《极相思》（赠张浩）："风流滋味，伤怀尽在，花前月下。"

宋·史浩《瑞鹤仙》（劝酒）："怅良辰美景，花前月下，空把欢游蹉却。"

宋·康与之《金菊对芙蓉》（秋怨）："谁知别后相思苦，悄为伊、瘦损香肌。花前月下，黄昏院落，珠泪偷垂。"

宋·毛开《满江红》："伤别恨，闲情作。十载事，惊如昨。向花前月下，共谁行乐。"

宋·赵长卿《诉衷情》："花前月下会鸳鸯，分散两情伤。"

又《雨中花慢》："可惜花前月里，却成水远山长。做成恩爱，如今赢得，万里千乡。"

宋·石孝友《声声慢》："花前月下，好景良辰，厮守日许多时。"

宋·无名氏《好事近》："花前月下细看来，无物比情绝。若问此花（酴醾）何似，似一堆香雪。"

宋·无名氏《喜迁莺》："镇携手，向花前月下，重门深院。"

元明小说话本依托宋人韩师厚词《御街行》："玉貌何劳朱粉，江梅岂类群花。终朝隐几论黄芽，不顾花前月下。"

元明小说话本依托宋人无名氏词《夜游宫》："愁逢花前月下，最怕黄昏时候，心头一阵痒将来，一面声咳嗽咳嗽。"

2829. 月夕花朝，自有怜才深意

宋·柳永《尉迟杯》："天然嫩脸修蛾，不假施朱描翠。盈盈秋水，恣雅态、欲语先娇媚。每相逢、月夕花朝，自有怜才深意。"写花街柳巷中一烟花女子之风韵，"每相逢"三句写女子对词人情有独钟。虽说是才子佳人之恋，而这"怜才"佳人倒气质不俗。"月夕花朝"（或"花朝月夕"），虽近于"月下花前"，却有不同，它是明媚的夜晚、艳丽的白天，概括了一个日夜。词中表示他们相会的美好时间。

又《引驾行》："消凝，花朝月夕，最苦冷落银屏。"

宋·欧阳修《夜行船》："月夕花朝，不成虚过，芳年嫁君徒甚。"

宋·夏元鼎《贺新郎》（和刘宰潜夫韵）："堪叹红尘声利客，向花朝月夕寻妆妇。"

2830. 待月西厢下

唐·元稹《会真记》莺莺与张生诗："待月西厢下，迎风户半开。拂墙花影动，疑是玉人来。"《全唐诗》署题为《答张生》，又作《明月三五夜》。暗约张生于月出之后，半开西厢门户，等待"玉人"到来。

金·董解元《西厢记》卷四和元·王实甫《西厢记》第三本第二折都用了《答张生》全诗。

"待月西厢下"，主要是"待月"，待月东升，夜阑人静，诗词中用以描绘月下的种种活动。

"待月"一语，元稹以前唐人已有运用。

唐·韩翃《送夏侯审》："下楼闲待月，行乐笑题诗。"这是最先写"待月"的。

唐·钱起《秋夜梁七兵曹同宿二首》："摘菱频赏酒,待月未启扉。"

又《晚归蓝田酬王维给事赠别》："暮禽先去马,新月待开扉。"

又《秋夕与梁锽文宴》："好风能自至,明月不须期。""待月"的反意。

唐·李端《酬前大理寺评事张芬》："闻钟投野寺,待月过前溪。"

唐·权德舆《与沈十九拾遗同游栖霞寺上方于亮上人院会宿二首》："焚香入古殿,待月出深竹。"

唐·元稹《酬友封话旧叙怀十二韵》："草馆同床宿,沙头待月归。"

唐·白居易《江楼偶宴赠同座》："望湖凭栏久,待月放杯迟。"

又《孟夏思渭村旧居寄舍弟》："弄泉南涧坐,待月东亭宿。"

唐·马戴《宿崔邵池阳别墅》："待月人相对,惊风雁不齐。"从"待月""迎风"二句脱出。

"待月西厢"多仿拟与情人约会意。

宋·苏轼《再和杨公济梅花十绝》："斩新一朵会风露,恰似西厢待月来。"以人喻梅花一朵。

宋·赵令畤《蝶恋花》(商调十五首)："待月西厢人不寐,帘影摇光,朱户犹慵闭。花动拂墙红萼坠,分明疑是情人至。"《答张生》四句全入词。

宋·贺铸《晕眉山》："殢酒伤春,添香惜夜,依稀待月西厢下。梨花庭院雪玲珑,微吟独倚秋千架。"

宋·周邦彦《风流子》(大石)："遥知新妆了,开朱户,应自待月西厢。最苦梦魂,今宵不到伊行。"

宋·晁冲之《玉蝴蝶》："玉钩栏,凭久渐暖。金缕枕,别久犹香。最难忘,看花南陌,待月西厢。"

宋·蔡伸《清平乐》："玉人璨枕方床,遥知待月西厢。昨夜有情风月,今宵特地凄凉。"

宋·杨无咎《雨花中》(中秋)："想姮娥应念,待久西厢,为可中庭。"

宋·袁去华《宴清都》："记那时,朱户迎风,西厢待月私语。"

宋·杨泽民《风流子》："何事暗辜芳约,偷负佳期。念待月西厢,花阴浅浅;倚楼南陌,云意垂垂。"

2831. 迎风户半开

唐·元稹《会真记·答张生》："待月西厢下,迎风户半开。"西厢迎风,应是东风。开户迎风,含迎人之意。

"迎风",向风,顶风,唐太宗李世民已用:《望雪》："入牖千重碎,迎风一半斜。"写雪花。

又《春池柳》："逐浪丝阴去,迎风带影来。"写柳丝。

又《咏桃》："向日分千笑,迎风共一香。"写桃花。

又《咏乌代陈师首》："向日终难托,迎风讵肯迷。"写乌。

宋·晏几道《踏莎行》："迎风朱户背灯开,拂檐花侵帘动。"暗用"迎风户半开"和"指墙花影动"。

2832. 拂墙花影动

唐·元稹《会真记·答张生》："拂墙花影动,疑是玉人来。"暗示此刻必有人来。月中墙下突然花影拂墙而动,可以疑断是玉人到来了。

宋·王寀《浣溪沙》："旧事只将云入梦,新欢重借月为期。晚来花动隔墙枝。"暗用"拂墙花影动"句。

2833. 疑是玉人来

唐·元稹《会真记·答张生》："拂墙花影动,疑是玉人来。"此二句创意有人。

唐·李益《竹窗闻风寄苗发司空曙》："开门复动竹,疑是故人来。"竹窗闻风,似有人动,开门竹又动,更似人动,因而怀疑友人来访。说明思友心切。元稹将"故人"换作"玉人",换"竹动"为"花动"以出新句。唐·王勃《别人四首》："林塘风自赏,还待故人来。"生出"疑是故人来"。

用"疑是故人来"句如:

元·王实甫《西厢记》第四本第一折《混江龙》："僧归禅室,鸦噪庭槐。风弄竹声,只道金佩响;月移花影,疑是玉人来。"

2834. 开门复动竹,疑是故人来

唐·李益《竹窗闻风寄苗发司空曙》："微风惊暮坐,临牖思悠哉。开门复动竹,疑是故人来。时滴枝上露,稍沾阶下苔。何当一入幌,为拂绿琴

埃。"全诗写思友心切,以至坐卧不宁,闻竹声而疑友至。"开门复动竹,疑是故人来"二句极受赏识,用之者,纷至沓来,除元稹外,直用"疑是故人来"句如:

唐·白居易《酬思黯相公见过弊居戏赠》:"呼传君子出,乃是故人来。"

唐·刘得仁《听歌》:"忽惊尘起处,疑是有风来。"用其句不用其意。

唐·贯休《招友人宿》:"一泓秋水一轮月,今夜故人来不来?"变句式,亦表期盼。

宋·王安石《花下》:"雪英飞落尽,疑是故人来。"

宋·王灼《画堂春》(春思):"小窗瞥见一枝梅,疑误君来。"

宋·方千里《木兰花》:"憔悴萧郎缘底瘦,那日花前相见后。西窗疑是故人来,费得罗笺诗几首。"

用"开门复动竹,疑是故人来"二句者:

宋·苏轼《贺新郎》:"渐困倚孤眠清熟,帘外谁来绣户?枉教人梦断瑶台曲,却又是、风敲竹。"风敲竹,枉疑人来。用李益句意。元·李致远《天净沙·离愁》:"敲风修竹珊珊,润花山雨斑斑,有恨心情懒懒。"用"风敲竹"。

又《次韵阳行先》:"酒醒风动竹,梦断月窥楼。"用李益风"复动竹"。又《留题峡州甘泉寺》:"古人飘何之,惟有风竹闹。""闹",风动竹。

宋·秦观《满庭芳》:"又是重阳近也,几处处,砧杵声催。西窗下,风摇翠竹,疑是故人来。"

宋·赵师侠《满江红》(甲午豫章和李思永):"且断碧云无信息,试凭青翼飞南北。听掀帘,疑是故人来,风敲竹。""风敲竹"兼用苏轼句。

2835. 月上柳梢头,人约黄昏后

宋·欧阳修《生查子》:"去年元月时,花市灯如昼。月上柳梢头,人约黄昏后。今年元夜时,月与灯依旧。不见去年人,泪满春衫袖。"对比两年上元节人事之不同:去年月圆灯明,与人相约赏灯玩月,今年灯月依然,而去年同游人已不再见,不禁黯然伤神。"月到柳梢头,人约黄昏后"二句明白如话,且流畅自然,无斧凿痕,所以脍炙人口。

南朝民歌《读曲歌》:"计约黄昏后,人断犹未来。闻欢开方局,已复将谁期。"黄昏之约创意于此。后"人约黄昏后"常用作情人相约。

宋·晏几道《广春时》:"浓薰翠被,深停画烛,人约月西时。"仿欧阳修句,"月西"指夜已过半,深夜。

又《玉楼春》:"暗随苹末晓风来,直待柳梢斜月去。"赏花晓风来,晚月去。晚在"月桂柳梢头"。

宋·程垓《孤雁儿》(有尼从人而复出者,戏用张子野事赋此):"只应深院锁婵娟,枉却娇花时候。何时为我,小梯横阁,试约黄昏后。"

宋·史达祖《惜奴娇》:"试约黄昏,便不误黄昏信。人静,倩娇娥,留连秀影。"

宋·岳珂《生查子》:"芙蓉清夜游,杨柳黄昏约。小院碧苔深,润透双鸳薄。"

元·关汉卿《白鹤子》:"香焚金鸭鼎,闲傍小红楼。月在柳梢头,人约黄昏后。"用二句。

元·张可久《小梁州·秋思酸斋索赋》:"黄昏又是愁时候,柳梢头新月如钩。"

元·王实甫《西厢记》第四本第二折《小桃红》:"当日个月明才上柳梢头,却早人约黄昏后。"扩用欧句,写崔张约会。

2836. 清尊不负花前约

唐·牟融《楼城叙别》:"清尊不负花前约,白发惊看镜里秋。此际那堪重分手,绿波芳草暂停舟。"花前举尊,老友新别,实难分手,只求行舟再停一停。道出了垂老相别更为凄苦。"清尊不负花前约",花前痛饮一杯钱行酒,机会难得,当倍加珍惜。牟融的诗咀嚼起来,很有点味道。由于不为前人所重,因此诗选中总是无名。

宋·强至《九日有感二首》:"每岁登高尽醉归,未曾轻负菊花期。"写重阳之约。

宋·杨冠卿《谒金门》(春暮有感):"伤漂泊、负了花前期约。寒食清明都过却,愁怀无处著。"

宋·刘辰翁《霜天晓角》:"经年寂寞,已负花前约。"

宋·贺铸《芳洲泊·踏莎行》词中用牟融句,并改"花前约"为"黄花约",把约期定为重阳节。"江际吴边,山侵楚角,兰桡明夜芳洲泊。殷勤留语采香人,清尊不负黄花约。"清秋时节,词人乘舟去江南,与送别的"采香人"留语,明秋不要辜负今天的黄花约。"黄花约"即菊花约,就是在菊花盛开的时节,再共同饮酒赏菊。古人喜欢对菊花相聚,不仅在重九日,所以常常同友人(或家人)有黄花之约,期以黄花会友。贺铸的黄花约句还有:

《玉京秋》:"念故园黄花,自有年年约。"是游子思乡。《念彩云》(夜游宫):"犹记黄花携手约,误重来,小庭花,空自落。"自惜"违约"。

后用"黄花约"及"……约"句如:

宋·陈师道《九日寄秦觏》:"九日清尊欺白发,十年为客负黄花。"

宋·曹勋《朝中措》:"预约黄花前后,殊庭瞻对宸颜。"

宋·韩元吉《水调歌头》(水洞):"今日俄重九,莫负菊花开。"

宋·姚述尧《南歌子》:"相逢不醉定无归,笑问黄花重约,是何时?"

宋·吕胜己《点绛唇》:"情无著,好音难托,又失黄花约。"

宋·石孝友《鹧鸪天》:"真了了,好休休,莫教辜负菊花秋。"

又《画堂春》:"又还辜负菊花时,没个人知。"凡不带"约"字句,有时独指自己误了花期。

宋·黄机《忆秦娥》:"离愁不管人飘泊,年年孤负黄花约;黄花约,几重庭院,几重帘幕。"

宋·刘将孙《满江红》:"黄花约,终难据;曾未肯,清园住。"

宋·无名氏《秦楼月》:"明年不负黄花约,故人须我归舟泊。"

宋·程珌《念奴娇》:"失脚东来春七度,辜负芳丛无数。"

宋·杨泽民《风流子》:"何事暗辜芳约,偷负佳期。"

宋·陈著《念奴娇》(咏牡丹):"娇不能行,笑还无语,惟把香狼藉。花花听取,年年无负春约。"约牡丹。

2837. 归期已负梅花约

宋·周邦彦《醉落魄》:"归期已负梅花约,又还春动空飘泊。"写春冬之交。

宋·方岳《贺新郎》:"云外青山知何似,料清寒、只与梅花约。逋老句,底须作。"

又《酹江月》:"空使满壑风烟,半村雪月,孤负梅花约。"

2838. 来岁断不负莺花约

宋·曾觌《踏莎行》:"残红飞尽,袅垂杨轻弱,来岁断不负、莺花约。""莺花约"时在早春。

宋徽宗赵佶《探春令》:"记去年对著东风,曾许不负莺花愿。"做为皇帝当然不须"约",只抒个人之"愿"。

宋·黄人杰《念奴娇》(游西湖):"借景留欢排月醉,不负莺花约。"

2839. 王孙莫负青山约

宋·贺铸《忆秦娥》:"良时不再须乐乐,王孙莫负东城约;东城约,一分春色,为君留著。"约时、约地。

宋·周紫芝《醉落魄》:"为个蝇头,轻负青山约。""青山"代归隐地。

宋·周紫芝《醉落魄》(重午日过石熙明、出侍儿鸳鸯):"前度刘郎,莫负重来约。"

宋·陈与义《虞美人》(亭下桃花盛开,作长短句咏之):"应恨人空老,心情虽在只吟诗,白发刘郎孤负、可怜枝。"因老而辜负盛开的桃花。

宋·张元干《满江红》(自豫章阻风吴城山作):"寒食清明都过却,最怜轻负年时约。"

宋·李吕《醉落魄》:"休休莫莫,当年不负西湖约。一枝初见横篱落,嚼蕊闻香,长是醉乡落魄。"

宋·辛弃疾《最高楼》:"也莫向,竹边孤负雪;也莫向、柳边孤负月,闲过了,总成痴。"

宋·俞国宝《瑞鹤仙》(梅):"万里瑶台终一到,鸾光两被,已负秦楼约。"

宋·刘克庄《贺新郎》(琼花):"辜负东风约,忆曾将、淮南草木,笔端笼络。"(一作王广文《金缕歌》)

2840. 僧敲月下门

唐·贾岛《题李凝幽居》:"鸟宿池中树,僧敲月下门。"这是名句。相传苦吟诗人贾岛,骑驴在长安街上走,想到他的《题李凝幽居》中有"鸟宿池中树,僧推月下门"两句中"推"字未稳,用"推"字好,还是"敲"字好,做着推、敲的手势,一时未定,不意撞了京兆尹韩愈的仪仗。韩愈问起原因,并断定"作敲字佳矣"。这是对的,因为既是月夜,门必非虚掩,怎能得开?且"敲"这一音节也更响亮。

贾岛《夏夜》:"寄宿山中鸟,相寻海畔僧。"立意虽不同,却有一定的联系。

唐·齐己《过陈陶处士旧居》："夜过秋竹寺，醉打老僧门。"不是"僧敲门"，而是"打僧门"，但"打（敲）门"意境相同。

宋·魏野《冬日书事》："闲闻啄木鸟，疑是打门僧。"意近贾岛，句近齐己。

宋·林逋《和浩文二绝》："林萝寂寂湖山好，月下敲门只有僧。"从"僧敲月下门"句脱出。

宋·苏轼《夜至永乐文长老院，文时卧病退院》："夜闻巴叟卧荒村，来打三更月下门。"

2841. 月色江声共一楼

唐·雍陶《宿嘉陵驿》："今宵难作刀州梦，月色江声共一楼。"宿嘉陵驿阁楼中。嘉陵江水声与皎洁的月光一同涌入楼中，因而"刀州梦"不成，难以入睡。

明·金銮《除夕》："空江积雪添双鬓，细雨疏灯共一楼。"细雨飘进，同疏灯共存一楼。用雍陶句式。

2842. 杜鹃枝上月三更

唐·崔涂《春夕旅怀》："胡蝶梦中家万里，杜鹃枝上月三更。"这是写游子思乡的名句。胡蝶梦中回到了万里之外的家乡，一觉醒来，杜鹃枝上的明月皎皎，已是三更时分了。

"三更"正是子夜。唐·杜甫《漫成》："江月去人只数尺，风灯照夜欲三更。"三更之月不是总在同一位置上，此时之月正沉江上，依空间错觉，距人如在目前。

金·元好问《被檄夜赴邓州幕府》："幕府文章鸟羽轻，敝裘羸马月三更。""月三更"是作者夜赴邓州幕府的时间。

清·尤桐《挽叶元礼舍人》："胡蝶梦中燕市月，杜鹃声里曲江春。"用崔涂的对仗语。

2843. 树影不随明月去

唐·方干《再题路支使南亭》："树影不随明月去，溪声常送落花来。"树影随明月而动却不随时而去，溪声常送落花来。

宋·范仲淹《欧阳起相访》："劲草不随风偃去，孤桐何意凤飞来？"用方干句式，"凤飞来"有凤来仪，称欧阳起登门造访。

2844. 近水楼台先得月

宋·苏麟《呈范仲淹》："近水楼台先得月，向

阳花木易为春。"范仲淹知杭州时，兵官皆被荐，独巡检苏麟未被录用，乃上诗云："近水楼台先得月，向阳花木易为春。"仲淹即荐之。（宋·俞文豹《清夜录》）

"近水楼台先得月"，近水的楼台，由于无遮挡，月近近地映入水中，会先得到月光月色，这是同"近山楼台"（或还接近其他遮挡物体）相对而言的。后寓凡是有近便条件的做事容易优先。"近水楼台"已作成语。

宋·汤恢《祝英台近》："谁道临水楼台，清光最先得。"

宋·徐俨夫《西江月》："曲折迷春院宇，参差近水楼台。吹箫人去燕归来，空有落梅在。"

宋·陈允平《品令》："玉壶尘静，蟾光透，一帘疏影。偏爱水月楼台近，画栏独倚，风度寒香阵。"

宋·张炎《遥台聚八仙》（余昔有梅影词，今重为模写）："近水横斜，先得月，玉树宛若笼沙。"写梅。

元·赵孟頫《绝句》："溪头月色白如沙，近水楼台一万家。"

明·汤显祖《紫仪记·权夸选士》："听分付，说与礼部：凡天下中式士子，都要参谒太尉府，方许注选。正是：'近水楼台先得月，向阳花木易为春。'"引用二句。

2845. 月移花影上栏干

宋·王安石《春夜》："春色恼人眠不得，月移花影上栏干。"由于"春色恼人"难于入睡，月已西斜，把花影都移上栏干。"月移花影"句写月已西沉，夜已很深了。但不直说，用花影加长以至爬上栏干，说明月早已离开中天，渐渐西沉了。这种艺术手法巧妙而又高明。

"月移花影"的最早创意者是南朝·梁·简文帝萧纲，他在《金闺思二首》中写："游子久不返，妾身何所依？日移孤影动，羞睹燕双飞。""日移孤影"，移人的孤影，深感形只影单。唐·白居易《宿杨家》："夜深不语中庭立，月照藤花影上阶。"已含"月移藤花影"之意。唐·无名氏《长信宫》首用了"月移花影"："风引漏声过枕上，月移花影到窗前。"王安石当取句于此。

下面是"月移花影"句的种种变式，有的表夜时，有的唯写景。

宋·苏轼《次韵钱舍人病起》："坐觉烟香携袖

少,独愁花影上廊迟。"叹夜长,月不西沉。

宋·晁端礼《浣溪沙》:"沉水烧残金鸭冷,胭脂匀罢紫锦香,一枝花影上东廊。"

宋·李清照《浣溪沙》(闺情):"一面风情深有韵,半笺娇恨寄幽怀,月移花影约重来。"

宋·蔡伸《浣溪沙》(仙潭二首):"苹末风轻入夜凉,飞桥跨阁跨方塘,月移花影上回廊。"

宋·曹勋《武陵春》:"不怕醉多只怕醒,花影上栏干。"

宋·杨无咎《柳梢青》:"却忆年时,月移清影,人立黄昏。"

宋·赵长卿《醉落魄》(初夜感怀):"花影移来,摇碎半窗月。"

宋·程垓《谒金门》:"新绿轩窗清润,月影又移墙。"

宋·卢炳《柳梢青》(蜡梅):"月移影转南窗,特地送、些儿暗香。"

又《菩萨蛮》:"夜窗云影细,月送花阴至。"

宋·洪咨夔《风流子》:"向温馨深处,留欢卜夜,月移花影,露浥人衣。"

宋·李彭老《四字令》:"月移花影西厢,数流萤过墙。"

宋·刘辰翁《江城子》(西湖感怀):"月移疏影傍人墙,怕黄昏,又黄昏,旧日朱门,四圣暗飘香。"

宋·李慧之《沁园春》:"但阶移花影,闲寻棋局,风斜竹径,缓起茶烟。"

明·冯梦龙《警世通言·王娇鸾百年长恨》:"今夜香闺春不锁,月移花影玉人来。""玉人来"兼用元稹"疑是玉人来"句。

2846. 明月几时有,把酒问青天

宋·苏轼《水调歌头》:"明月几时有,把酒问青天。"宋·胡仔《苕溪渔隐丛话》云:"中秋词自东坡《水调歌头》一出,余词尽废。"上阕表现了作者的忠君思想。"据说神宗读到'琼楼玉宇'二句感叹道:'苏轼终是爱君。'"这是宋神宗的误解。但据此看出此词当时即已盛传了。此词表达作者胸怀旷达,富哲理意味,千余年来,雅俗共赏,堪为中秋咏月之绝唱。《水浒传》第三十回,写张都监中秋夜宴武都头,要玉兰唱曲儿:"你可唱个中秋对月时景的曲儿,教我们听了则个。玉兰执着象板,向前各道个万福,顿开喉咙,唱一声东坡学士中秋《水调歌头》。"以上皆评全词,就是"明月几时有"

的开篇,也是出手不凡,试与前人作一比较:

唐初张若虚的《春江花月夜》词被誉为"孤篇盖全唐",苏轼句意在此句中萌生:"江畔何人初见月?江月何年初照人?"何人最早见到月,江月何时开始照人,这是"问月"最早的。苏句直接取意于李白《把酒问月》:"青天明月几时来,我今停杯一问之。"李、苏句中的情绪较张句激昂,苏句较李句更齐整,更上口。

清·徐自华《满江红》词(感怀,用岳鄂王韵,作于秋瑾就义后):"把酒痛谈身后事,举杯试问当头月。"秋瑾生前确立拼将一死的信念,并嘱死后葬在岳王墓一侧。作者感怀而作,用岳飞《满江红》韵,又用苏轼《水调歌头》句。清·张影祁《酹江月》词也用苏句:"十幅布帆无恙在,把酒狂呼明月。"

2847. 何事长向别时圆

苏轼《水调歌头》:"不应有恨,何事长向别时圆?"不应对月怨恨,怨恨常常是人分离时它团圆。他中秋饮酒赏月,对圆月而怀其弟子由(苏辙),又劝人不要哀怨,正是豁达的表现。

晏几道《虞美人》:"初将明月比佳期。长向月圆时候,望人归。"苏轼当取义于此。

宋·晁端礼《南歌子》:"月到中秋夜,还胜别夜圆。"反用苏轼句。

2848. 起舞弄清影

宋·苏轼《水调歌头》:"起舞弄清影,何似在人间。"月下起舞,身影婆娑,月宫高寒,哪里比得上人间!宋·蔡绦《铁围山丛谈》云:"歌者袁绹,乃天宝之李龟年也。宣和间供奉九重。尝为吾言,东坡昔与客游金山,适中秋,天宇四垂,一碧无际,加江流涌涌,俄月色如昼。遂共登金山山顶之妙高台,命绹歌其《水调歌头》曰:'明月几时有?把酒问青天。'歌罢,坡为起舞而顾问曰:'此便是神仙矣!'吾谓:'文章人物,诚千载一时,后世安所得乎?'"这里看出,不仅后人对此词评价极高,人物风度为后人景仰,而苏轼自己对此词也颇为欣赏,以至随歌而"起舞弄清影"。

宋·朱敦儒《桂枝香》(南都病起):"负九江风笛,五湖烟艇。起舞悲歌,泪眼自看清影。"用苏轼"起舞""清影"句。

"起舞弄清影"从李白"我歌月徘徊,我舞影凌

乱"(《月下独酌》)句化出,李白写人之月影,苏轼亦然。

2849. 人有悲欢离合

宋·苏轼《水调歌头》:"人有悲欢离合,月有阴晴圆缺,此事古难全。但愿人长久,千里共婵娟。"词前简序云:"丙辰中秋,欢饮达旦,大醉,作此篇,兼怀子由。"诗人知密州(今山东诸城),时已三十九岁,饱尝了仕途险恶,一直流徙不安;也经历了生活的不幸,爱妻王弗早已离世,与弟弟苏辙(子由)又两地遥隔,难能聚首。此词写中秋之夜,痛感如上苦况,对人的"悲欢离合",月的"阴晴圆缺",既含深沉的悲苦,又持之以理性的达观。

唐·韩愈《送惠师》:"离合自古然,辞别安是珍。"是"人有悲欢离合……古难全"之句源。

宋·辛弃疾《鹧鸪天》(送人):"今古恨,几千般,只应离合是悲欢。"用苏轼句。

2850. 月有阴晴圆缺

宋·苏轼《水调歌头》:"人有悲欢离合,月有阴晴圆缺,此事古难全。"人的悲欢离合,有如月的阴晴圆缺,以月喻人,道破了人生之常事常情,足成至理名言了。苏轼这种对悲欢离合的达观认识,既慰己又慰人,也慰子由。

苏轼以前,唐人就有写月之圆缺的。

唐·韦应物《拟古十二首》(秋天无留景):"华月屡圆缺,君还浩无期。"

唐·卢仝《有所思》诗:"天涯娟娟姮娥月,三五二八盈又缺。"

唐·刘兼《偶有下殇因而自遣》:"缺圆宿会长如月,飘忽浮生疾似风。"

唐·田娥《携手曲》:"凤笙龙管白日阴,盈亏自感青天月。"

唐·杜光庭《初月》:"始看东上又西浮,圆缺何曾得自由。"又《题龙鹄山》:"道人扫径收松子,缺月初圆天柱峰。"

苏轼以下,显然用了苏轼句。

宋·韩琦《中秋月二首》:"月满中秋夜,人人惜最明。悲欢徒自感,园缺本无情。"用苏词的否定意。

宋·向子諲《浣溪沙》:"九日黄花兄弟会,悲欢离合古犹今。"暗用苏词"古难全"句。

宋·蒋捷《虞美人》词:"而今听雨僧庐下,鬓已星星也。悲欢离合总无情,一任阶前,点滴到天明。"

宋·陈德武《忆秦娥》词:"姮娥梦里低低说,低低说,悲欢离合,阴晴圆缺。"

宋·张炎《蝶恋花》(题末色褚仲良写真):"离合悲欢成正偶,明珠一颗盘中走。"

金·董解元《西厢记》卷六:"悲欢离合一尊酒,南北东西十里程。"

2851. 晚妆留拜月

唐·司空图《句》:"晚妆留拜月,春睡更生香。""拜月"古人于八月十五日中秋节,在庭院里或阁楼上,焚香拜月,以求实现个人的某种愿望。宋·金盈之《醉翁续录》载:"中秋,……倾城人家子女,不以贫富,自能行至十二三,皆以成服服饰之。登楼或于中庭焚香拜月,各有所期。""晚妆留拜月",扮起晚妆准备拜月。

宋·苏轼《望海楼晚景五绝》:"临风有客吟秋扇,拜月无人见晚妆。"反用司空图句,写楼中赏月,无须着装。

唐·李端《新月》:"开帘见新月,即便下阶拜。细语人不闻,北风吹裙带。"这是最早写拜月的诗。

唐·施肩吾《幼女词》:"幼女才六岁,未知巧与拙。向夜在堂前,学人拜新月。"幼女学着拜月,反映了唐代这种习俗之浓。

宋·王沂孙《眉妩》(新月):"渐新痕悬柳,淡彩穿花,依约破初暝。便有团圆意,深深拜,相逢谁在香径。""团圆"指月圆。

2852. 莫教踏破琼瑶

宋·苏轼《西江月》公自序云:春夜蕲水中过酒家饮。酒醉,乘月至一溪桥上,解鞍曲肱少休。及觉,已晓。乱山葱茏,不谓尘世也。书此词桥柱。"可惜一溪明月,莫教踏破琼瑶。解鞍欹枕绿杨桥。杜宇一声春晓。"醉卧桥上,深爱溪中月影,于是想到不要引马过溪,以免踏碎琼瑶。"琼瑶",指溪中月影。

宋·李曾伯《青玉案》(癸未道间):"马蹄踏碎琼瑶影,任露压巾纱未吹整。"

2853. 素月流天扫积阴

宋·苏轼《答仲屯田次韵》:"清风卷地收残暑,素月流天扫积阴。""素月"表示月色的清淡。

此句说素月在天空运转流行,天上的积阴一扫而去了。

南朝·宋·谢庄《月赋》:"白露暧空,素月流天。"苏轼用此句。

2854. 今夜公生讲堂月

宋·苏轼《吊天竺海辩师三首》:"今夜公生讲堂月,满庭依旧冷如霜。"《天竺事蹟》云:"熙宁六年七月十七日,海月大师慧辩,晨起盥漱谢众,趺坐而寂。杭州通守苏公,吊以三诗,叙而赞之。"此首即其一。"生公"应是高僧,此代海辩。"生公讲堂"代海辩圆寂之所。

唐·刘禹锡《生公讲堂》:"生公说法鬼神听,身后空堂夜不扃。高坐寂寥尘漠漠,一方明月可中庭。"苏轼"讲堂月"句缩用此诗以述海辩圆寂。

2855. 云峰缺处涌冰轮

宋·苏轼《宿九仙山》:"夜半老僧呼客起,云峰缺处涌冰轮。"先是乌云遮月,不到夜半,冰轮忽而从云峰的罅隙中喷涌而出。"老僧呼客",说客曾盼月出,月出则喜出望外。

"涌",因为古人认为月出海上,月在出海时,如在水中涌出跃上。唐·刘禹锡《有僧言罗浮事为诗以写之》:"涌出黄金轮",首用"涌"字。

用"冰轮涌出"句如:

宋·晁端礼《阮郎归》:"横短吹,傍危梯,冰轮涌海迟。""涌海迟"说明望日(十五)已过,到朔日(初一)过程月出一天比一天迟。苏轼《和文与可洋川园地三十首》(待月台):"只从昨夜十分满,渐觉冰轮出海迟。"十五月满,从十六日起,月出渐渐晚了。晁端礼兼用苏轼"出海迟"句。

宋·李光《汉宫春》(琼台元夕次太守韵):"危阁临流,渺沧波万顷,涌出冰轮。"

宋·张元干《夏云峰》:"涌冰轮,飞沉瀣,霄汉万里云开。"

2856. 贪看冰轮不转头

宋·黄庭坚《减字木兰花》:"浓云骤雨,巫峡有晴来又去。今夜天开,不与姮娥作伴来。清光无外,白发老人心自会。何处歌楼,贪看冰轮不转头。"此词三首,题下小注云:"丙子中秋,奉陪黔阳曹使君伯达玩月,作减字木兰花,兼简施州张使君仲谋。"中秋雨后,陪曹伯达玩月,因连日多雨,一旦月出,赏月之情尤浓。"贪看冰轮不转头"足见盼月心情。

"冰轮",圆月如车轮,亦称月轮,而此"轮"滢洁剔透又只发寒光,因称冰轮。月的别名极多,称"轮"者亦非一种。唐·刘禹锡《有僧言罗浮事为诗以写之》:"赤波千万里,涌出黄轮。"喻月为金轮,因月为金黄色。唐·元稹《月三十韵》:"绛河冰鉴朗,黄道玉轮巍。"宋·苏轼《和钱四寄其弟龢》:"再见涛头涌玉轮,烦君久驻浙江春。"喻月为玉轮,因月滢洁如玉,少时的李白就曾误月为"白玉盘"。不过,金轮玉轮都不如冰轮之喻隽永。最早作此喻的唐·王初《银河》:"历历素榆飘玉叶,涓涓清月湿冰轮。"可谓"冰轮"乍涌,即不可收。

用"冰轮"句如:

宋·秦观《念奴娇》:"窗外冰轮依旧在,玉貌已成长别。"

又《喜迁莺》:"百岁里,庆团圆长似,冰轮满足。"

宋·叶梦得《念奴娇》(十秋宴客有怀壬午吴江长桥):"洞庭波冷,望冰轮初转,沧海沉沉。"

宋·刘一止《念奴娇》(和陈允载中秋小集):"坐待冰轮,天空云散,一色苍如壁。"

宋·周紫芝《酹江月》:"冰轮飞上,正金波翻动,玉壶新绿。"

宋·向子諲《好事近》:"冰轮莫做九分看,天意在今夕。"

宋·蔡伸《忆瑶姬》:"微雨初晴,洗瑶空万里,月挂冰轮。"

宋·李弥逊《水调歌头》:"不似今年三五,皎皎冰轮初上,天阙恍神游。"

又《满庭芳》(中秋次刘梦弼韵):"断云缺处,矫首望冰轮。"

宋·张元干《念奴娇》(题徐明叔海月吟笛图):"秋风万里,湛银潢清影,冰轮寒色。"

又《水调歌头》(癸酉虎丘中秋):"万城冰轮满,千丈玉盘浮。"

又《青玉案》(生朝):"银潢露洗冰轮皎,谪仙下、蓬莱岛。"

宋·杨无咎《蝶恋花》:"坐对冰轮心目莹,此身不在尘寰境。"

又《曲江秋》:"银汉坠怀,冰轮转影,冷光侵毛发。"

宋·史浩《宝鼎现》:"更漏永,正冰轮掩映,光接康衢万里。"

宋·仲并《芰荷香》:"冰轮好在,解随我、天际归舟。"

宋·康与之《瑞鹤仙》(上元应制):"正绛阙春回,新正方半,冰轮桂华满。"

又《汉宫春》(慈宁殿元夕被旨作)再用"冰轮桂满":"冰轮桂满,皓色冷浸楼阁。"

宋·曾觌《青玉案》:"乘鸾影里冰轮度,秋空静、南楼春。"

宋·倪偁《临江仙》:"细看冰轮还有意,要君把盏休辞。"

宋·陆游《月下作》:"玉钩定谁挂,冰轮了无辙。"

宋·葛立方《雨中花》:"少须澄霁,一番清影,更待冰轮。"

宋·程大昌《南歌子》:"每月冰轮转,常疑桂影摇。"

宋·范端臣《念奴娇》:"银汉无声,冰轮直上,桂湿扶疏影。"

宋·周必大《合宫歌》:"玉露乍肃天宇,冰轮下照金铺。"

宋·沈端节《卜算子》:"踏雪探孤芳,只有诗人共。守定南枝待开,不觉冰轮动。"

宋·京镗《满江红》:"万里清凉银世界,放教千丈冰轮出。"

宋·郭应祥《西江月》:"底事冰轮未放,犹教银幕低垂。"

宋·高观国《满江红》:"飞上冰轮凉世界,唤回天籁清肌骨。"

宋·魏了翁《木兰花慢》:"正秋阳盛处,忽盈起、一冰轮。"

宋·刘克庄《清平乐》:"冰轮万里,云卷天如洗。"

宋·李伯曾《水龙吟》:"待冰轮推上,梧桐树了,更儿是、点儿几。"

又《水龙吟》:"对冰轮孤负,欠千钟酒,与三弄笛。"

又《沁园春》:"枉停歌准拟,冰轮东上,持杯顾恋,银汉西流。"

宋·方岳《哨遍》:"冰轮渐侧,转斜才一钩耳。"

宋·李昴英《沁园春》:"邻曲渔歌,庭除鹤舞,尘外冰轮彻骨清。"

宋·游子西《念奴娇》:"星律飞流,银河摇荡,只恐冰轮堕。"

宋·赵文《凤凰台上忆吹箫》(转宫毬):"几回淡月,怪天上冰轮,移下尘寰。"

宋·无名氏《乳燕飞》(庆被书):"二六尧觞开秀荚,跨海冰轮待满。"

宋人话本小说中人物郑云娘《西江月》(寄张生):"一片冰轮皎洁,十分桂魄婆娑。"

2857. 冰轮碾破碧棱层

宋·朱敦儒《鹧鸪天》(正月十四夜):"凤烛星毬初试灯,冰轮碾破碧棱层。来宵虽道十分满,未必胜如此夜明。""棱层",突兀高远,此指远方与地相接的碧蓝色天空,月轮碾破了碧霄,直上中天。"十五的月亮十六圆",可词人说十四的月亮圆又明,同他当时玩月的愉悦心情分不开。唐·元稹《八月十四日夜玩月》:"犹欠一宵轮未满,紫霞红衬碧云端。谁能唤得姮娥下,引向堂前子细看。"写八十四烘云托月之壮美,朱词当从此取意。

用"冰轮碾破"句如:

宋·姚孝宁《念奴娇》(咏月):"素娥睡起,驾冰轮碾破,一天秋绿。"嫦娥驾月轮而升,是月升的想象。

宋·史浩《临江仙》:"况值瑶林风露爽,冰轮碾上晴空。"

宋·赵长卿《水调歌头》(赏月):"冰轮碾破寒碧,飞入酒尊凉。"

宋·陈亮《一丛花》(溪堂玩月作):"冰轮斜碾镜天长,江练隐寒光。"

宋·李彭老《壶中天》:"珠斗斜河,冰轮破雾,万里青冥路。"

宋·张炎《踏莎行》(咏汤):"瑶草收香,琪花采汞,冰轮碾处芳尘动。"

宋·无名氏《爱月夜眠迟慢》:"冰轮碾出遥空,无私照临千里。"

2858. 驾冰轮碾破一天秋绿

宋·姚孝宁《念奴娇》(咏月):"素娥睡起,驾冰轮碾破,一天秋绿。"想象月轮是怎样升起的:是月中的素娥(嫦娥、姮娥)驾驶月轮升腾而上,碾破了一天秋碧,划破了长空。很有神话色彩。"驾"常用作月亮升沉运行。

宋·王之道《念奴娇》(和鲁如晦中秋):"银阙

腾辉,冰轮驾彩,颢气资高洁。"写彩云托月。

宋·曹勋《浣溪沙》(赏灯):"春到皇居景晏温,冰轮驾玉上祥云。烛龙衔耀九重门。"

宋·郭应祥《鹧鸪天》:"万里澄空没点云,素娥依旧驾冰轮。自缘人意看承别,未必清辉减一分。"

宋·张矩《应天长》(平湖秋月):"冰轮驾,天纬逼。渐款引、素娥游历。"

2859. 玉斧斲冰轮

宋·蔡伸《卜算子》(题扇):"玉斧斲冰轮,中有乘鸾女。鬓乱钗横襟袖凉,只恐轻飞举。"冰轮圆而光洁,于是想象是谁用玉石制成的巨斧削斲而成的。多写满月美。

宋·张元干《念奴娇》(代洛滨次石林韵):"玉斧为谁,冰轮如许,宫阙想寒深。"

又《南歌子》:"玉斧脩圆了,冰轮分外清。"

宋·杨无咎《雨中花》(中秋):"正冰轮初见,玉斧修成。"

宋·侯寘《玉楼春》(次中秋闰月表舅晁仲如韵):"未劳玉斧整蟾宫,又见冰轮浮桂影。"

宋·辛弃疾《满江红》(中秋寄远):"谁做冰壶世界,最怜玉斧脩时节。问嫦娥,孤冷有愁无,应华发。"

又《满江红》(题冷泉亭):"闻道天峰飞堕地,傍湖千丈开青壁。是当年,玉斧削方壶,无人识。"写亭之美。

又《念奴娇》(和丹桂):"多情更要簪满姮娥发。等闲折尽、玉斧重脩脩月。"

宋·程公许《念奴娇》(中秋玩月,忆山谷"共倒金尊荷家里,难得尊前相属"之句,怅然有怀,借韵作一首):"谁与冰轮擕玉斧,恰好今宵圆足。"

宋·刘克庄《最高楼》:"懒挥玉斧重修月,不扶铁拐会登山。"

宋·方岳《酹江月》:"玉斧难藏修月手,待做明宵清绝。"

又《哨遍》:"嗟万古谁知了无方,玉斧修成,银蟾奔去,此言荒矣。"

2860. 耿耿素娥欲下

宋·周邦彦《解语花》(上元):"桂华流瓦,纤云散,耿耿素娥欲下。"素娥原指月中嫦娥,后用以代称月。上元日,几抹微云散去,月色立即照临人间,有如素娥姗姗欲下。其时正是圆月初升,忽而从云中露出。作者笔下,是月如仙,飘飘而下,拟人手法很成功。

宋·晁端礼《绿头鸭》咏月:"晚云收,淡天一片琉璃。烂银盘,来从海底,皓色千里澄辉。莹无尘,素娥淡泞,静可数、丹桂参差。"写云收、桂华、素娥,周邦彦词与之同。只是晁端礼笔下的素娥"淡伫"是静态,丹桂枝条可数;周邦彦写"素娥"欲下,是动态,桂华则照在瓦楞上。

2861. 年年乐事,华灯竞处,人月圆时

宋·李持正《人月圆令》:"小桃枝上春风早,初试薄罗衣。年年乐事,华灯竞处,人月圆时。"月圆在三五,人圆未分离,人圆月也圆,共同赏月,是无比的乐事。用"人月圆"句如下:

宋·蔡伸《菩萨蛮》:"愄倚绿窗前,今宵人月圆。"

又《长相思》:"小窗前,月婵娟,玉困花柔并枕眠,今宵人月圆。"再用"今宵人月圆"句。

又《如梦令》:"人与月俱圆,月色波光相射。潇洒潇洒,人月长长今夜。"

宋·杨无咎《探春令》:"见万家灯火如画。正人月、圆时候。"

宋·石孝友《临江仙》:"花如人竞好,人与月争圆。"

宋·赵师侠《朝中措》(乙未中秋麦湖舟中):"寄语姮娥休笑,月圆人亦圆。"

2862. 倩疏林挂住斜晖

元·王实甫《西厢记》第四本第三折《滚绣球》曲:"恨相见得迟,怨归去的疾。柳丝长玉聪难系,恨不倩疏林挂住斜晖。"十里长亭,莺莺送张生赴京,这四句刻画出送别时的心态:恨相逢太晚,离去太急,长长的柳丝拴不住行人的聪马,怎么能让林梢挂住斜阳,也好延长相聚的时间。宋词中写"月挂林梢",是表现月出或月落的时间和情景,"倩疏林挂住斜晖"把"疏林"人格化了,"挂住斜晖"则体现了人的感情和意愿。比起"月挂林梢"纯自然现象生动得多。

无论句意如何,这"挂"字用得极佳,太阳、月亮升起或落下正值树梢的位置,"挂"字之妙无可取代。挂在树梢,树梢仍是直立的,如说"落在"树梢上,树梢必拢曲以承,事实并非如此。

"挂疏林"源出宋·苏轼诗：

《携妓乐游张山人园》："酒阑人散却关门，寂历斜阳挂疏木。""寂历斜阳"用唐·刘禹锡《尤阳县歌》："汝门草绿见吏稀，寂历斜阳照悬鼓。"苏轼写"挂斜阳"。

《寄傲轩》："床头连马道，残月挂疏林。"苏轼此诗写"挂残月"。

宋·史浩《芰荷香》（中秋）："一轮高挂，且放同、千里清光。"这是高挂空中。

宋·张抡《踏莎行》："已喜佳辰，更怜清夜，一轮明月林梢挂。"这是写月挂林梢的美景。

宋·侯寘《醉落魄》（夜静闻琴）："铜壶漏歇，纱窗倒挂梅梢月。"

宋·王庭珪《醉花阴》（梅）："缺月挂寒梢，时有幽香，飞到朱帘畔。"

宋·赵鼎《双翠羽》："迟留归去，月明犹挂乔木。"

宋·廖行之《水调歌头》（寿外舅）："林梢挂弦月，江路粲寒梅。"

宋·程垓《酷相思》："月桂霜林寒欲坠，正门外、催人起。"

宋·吴文英《龙山会》："去未舍，待月向井梧梢上挂。"

宋·章谦亨《念奴娇》："芳筵相映，最宜斜挂残月。"

宋·陈允平《糖多令》（秋暮有感）："回首居楼归去懒，早新月、挂梧桐。"

元明小说话本依托宋人方乔作《玉楼春》（答絮竹）："徒期远卜清秋夜，桐树梢头明月挂。"

2863. 迢迢明月碧罗天

清·朱彝尊《鹊桥仙》（赠伎张伴月）："迢迢明月碧罗天。"远方的明月，挂在天边，使碧兰色罗缎般的天空增加了色泽。

"碧罗天"取自苏轼的《哨遍》一词。苏词写："初雨过，洗出碧罗天。"写雨后天空，尘污尽洗，如碧兰的罗缎鲜艳。朱彝尊很喜欢"碧罗天"意，他在《霜天晓角》中写："雨过碧罗天静"，缩用苏轼句。又在《长亭怨慢》（雁）中写："渐倚斜，无力低飘，正目送碧罗天暮。"在《鹊桥仙》中加写了明月。

2864. 月儿弯弯照九州

"月儿弯弯照九州，几家欢乐几家愁。几家高楼饮美酒，几家流落在街头。"这是江苏民歌，歌中把旧中国贫富生活作了鲜明对照。

此歌流行于南宋初年。据《京本通结小说·冯玉梅团圆》载《吴歌》是："月子弯弯照几州？几家欢乐几家愁？几家夫妇同罗帐？几家飘散在他州？"南宋时代，金兵占领了北方大部分土地，南宋小朝廷偏居一隅，欢歌乐舞，挥霍腐败；而北方人民有多少流离失所，骨肉分散。这首《吴歌》如怨如诉地反映了这种现实。现代江苏民歌产生了一些变化。

《吴歌》的雏义，在唐代已经产生。唐人章孝标在《八月》一诗中已写："长安夜夜家家月，几处笙歌几处愁。"这只写八月的唐都长安。《吴歌》的"月子弯弯照几州，几家欢乐几家愁"当从章孝标句脱颖。

南宋·岳密《诉衷情》（癸未团司舟中作）："夜深人静，何处一声'月子弯弯'？"他听到的即是这首《吴歌》，可见此歌在南宋已广泛传唱，因知人民疾苦遍及各地。

当然，也出现在南宋文人诗歌中，杨万里《竹枝歌》就有："月子弯弯照几州，几家欢乐几家愁。"

南宋·无名氏《南乡子》："同是他乡沦落客，休愁。月子弯弯照九州。"上句用白居易《琵琶行》中"同是天涯沦落人"句，下句"照九州"，代替了"照几州"。"九州"古代天下分九州，此处代指天下。

清·周星誉《念奴娇》（十二夜，陪月村先生登长洲廨东小阁看月，时江北诸郡县大水，即事拈前调寓成。）："月吾问汝：照几家欢宴，几家飘泊？"对大水给人民带来的灾难十分愁苦。

2865. 一鞭残月马蹄轻

清·蒲松龄《归途》诗："旅店趣装向晓行，一鞭残月马蹄轻。"康熙五十年冬，作者游青州（今山东益都县），归途是黎明起程，清晨看到留在天边的一牙新月。"鞭"，饰牙儿纤细。

"一鞭残月"句源出元代剧作家王实甫的剧本《西厢记》第四本第三折《收尾》："四周山色中，一鞭残照里。"写在一缕残阳之光中，张生赴京去了。夕阳即将落山，唯余一鞭残光。蒲诗改"残照"为"残月"。

著名元曲作家马致远《寿阳曲》（《阳春白雪》卷三载）："四围山一竿残照里，锦屏风又添铺翠。"

马致远早逝于王实甫十五年,王实甫曲或又从马致远曲中化出。换"一竿"为"一鞭"。但《西厢记》第四本第四折有"行色一鞭催去马,羁愁万解引新诗"句,"一鞭残照里"亦可理解为"一鞭催马残照里""一鞭残月马蹄轻"也可解读作"残月下,扬起一鞭,马蹄轻飞"。

2866. 倩影三更月有痕

曹雪芹《红楼梦》第三十七回贾探春《咏白海棠》:"芳心一点娇无力,倩影三更月有痕。"深夜的月色照亮了白海棠美丽的倩影。

"月有痕",月投下的影或洒下的光。用唐·李商隐《杏花》诗中句:"援少风多力,墙高月有痕。"用"月有痕"句有:

宋·吴可《晚春》:"枝头有恨梅千点,溪上无人月一痕。"

明·谢三秀《憩桃花源赋留亭子上》:"花随流水春无际,月到空山夜有痕。"

清·商盘《题万孝廉循初广陵诗后》:"情多敢恨春无赖,梦好还惊月有痕。"

2867. 璧月琼枝春色里,画栏桂树雨声中

金·元好问《西园》:"璧月琼枝春色里,画栏桂树雨声中。"

上句用南朝陈后主《玉树后庭花》歌:"璧月夜夜满,琼树朝朝新。"璧玉为圆形玉,满月皎洁如璧玉一样美好。琼树为琼花之树,朝朝开出新花。元好问综用为一句。

下句用唐·李贺《金铜仙人辞汉歌》:"画栏桂树悬秋香,三十六宫土花碧。""画栏桂树"之芳香换写成雨声中的"画栏桂树"。

2868. 堪更被山头月

元·耶律铸《松声行》:"清欢一夕无古今,勾引幽人风雅句。那堪更被山头月,团团挂在青松树。"一夕清欢,引发了诗兴,而那欲落未落的明月,挂在青松树梢头,诗兴更浓了。"梢头明月"是平常景,然而在特定的情致下,会成为奇观,如一颗硕大的明珠挂在松梢上,还不浓化诗兴吗?

"那堪更被……"句取自宋人张先词《青门引》:"那堪更被明月,隔墙送过秋千影。"明月把秋千影送出墙外,也是名句。

2869. 分明掌上见嫦娥

元·马致远《赏花时·掬水月在手》:"伸玉指盆池内蘸绿波,刚绰起半撮,小梅香也歇和,分明掌上见嫦娥。"掬水见月影,借"掌中轻"意,以嫦娥代月。

《淮南子·览冥》:"譬若不死之药于西王母,姮娥窃以奔月。"《后汉书·天文志》:刘昭引张衡《灵宪》:"羿请无死之药于西王母,未及服之,姮娥盗食,遂托身于月,是为蟾蜍。""姮娥"即嫦娥。嫦娥后代明月,也代美女。

元·商挺《潘妃曲》:"似月里嫦娥坠云轩,玉天仙,醉离了蟠桃宴。"

元·卢挚《蟾宫曲·丹桂》:"说秋英媚妩嫦娥,共金如来,示现维摩。"因月中有桂,把丹桂比作嫦娥。

元·张养浩《折桂令·中秋》:"老子高歌,为问嫦娥,良夜恹恹,不醉如何?"代中秋月。

2870. 不弱似天上蕊珠宫

元·王实甫《丽春堂》第一折:"则他这里云间一派萧韶动,不弱似天上蕊珠宫。"《录鬼簿》云:庚天锡《秋月蕊珠宫》已佚,本事不祥。"蕊珠宫"常指天上仙宫,也用作相爱的地点。

元·张子益《卜金钱》:"蕊珠宫,蓝桥殿,彩云遮断春风面。"

元·张可久《普天乐·西湖即事》:"蕊珠宫,蓬莱洞,青松影里,红藕香中。"赞西湖。

又《塞儿令·三月三日书所见》:"牡丹亭畔秋千,蕊珠宫里神仙。"

元·徐再思《水仙子·青玉花筒》:"似蕊珠宫内人,虚心腹管束东君。"

2871. 月光如水照缁衣

近代文学家鲁迅《惯于长夜过春时》(原诗无题,暂以首句代题):"忍看朋辈成新鬼,怒向刀丛觅小诗。吟罢低眉无写处,月光如水照缁衣。"此诗作于1931年2月。所引为后四句。五位青年作家李伟森、柔石、胡也频、冯铿、殷夫被害,鲁迅写了《为了忘却的纪念》一文,这是文中的诗。他悲愤之余吟成此诗,完全出自对五位青年被害的悲愤,是在反动派的刀丛中、血泊中吟出的。此刻,月光如水,照着黑色的衣服上,面对漫漫长夜,虽在"沉

静中抬起了头,却又无可奈何"。"月光如水"令人只感寒凉浸身。

"月光如水"的描述,出于唐人赵嘏《江楼有感》诗,诗中写:"独上江楼思悄然,月光如水水如天。"月光如水之喻,说月光闪亮、寒凉,有时也表柔和、温馨。

用"月光如水"句如:

五代·后蜀主王衍《宫词》:"月华如水浸宫殿,有酒不醉真痴人。"写月光明媚而柔润。

五代·伊鹗《拨棹子》:"帘幙外,月华如水。"

宋·柳永《佳人醉》:"正月华如水,金波银汉,潋滟无际。"

宋·苏轼《永遇乐》(寄孙巨源):"长忆别时,景疏楼上,明月如水。"

又《次韵孔毅父久旱已而甚雨三首》:"可怜明月如泼水,夜半清光翻我室。"

宋·沈蔚《倾盆》:"渐霄汉无云,月华如水,夜久露清风迅。"

宋·张元干《明月逐人来》(灯夕赵礼端席上):"花迷珠翠,有飘罗绮,帘旌外,月华如水。"

宋·张孝祥《菩萨蛮》:"兰薄未禁秋,月华如水流。"

宋·辛弃疾《满江红》:"宿酒醒时,算只有、清愁而已。人正在、青涂堂上,月华如洗。"写净洁。

宋·陈亮《水调歌头》:"未觉霜风无赖,好在月华如水,心事楚天长。"

又《好事近》(咏梅):"月华如水,过林塘,花阴弄苔石。"

宋·张潞《祝英台近》(木樨):"月如水,别有天外楼台,玲珑异尘世。"

元明小说话本依托宋人王娇娘《减字木兰花》:"月光如水,偏照鸳鸯新冢里。"

苏轼还用"明月如霜"之喻,写月光之洁白。如:

《蝶恋花》:"灯火钱塘三五夜,明月如霜,照见人如昼。"《永遇乐》:"明月如霜,好风如水。"

2872. 谈笑却秦军

晋·左思《咏史诗八首》其三:"吾希段干木,偃息藩魏君。吾慕鲁仲连,谈笑却秦军。当世贵不羁,遭难能解纷。功成耻受赏,高节卓不群。"此诗赞颂战国时代的两位不用武而退兵的段干木和鲁仲连。《史记·鲁世家》载:魏国贤人段干木怀君

子之德,不肯做官。魏文侯过其间,总要车上向他致敬。秦国欲攻魏,有人进言:"魏君礼贤下士,上下相合,未肯图也。"魏国避免了一场灾难。《史记·鲁仲连传》载:齐国高士游于赵,适秦军攻打赵国,围困邯郸。赵向魏求救,魏不敢出兵,反派新垣衍劝赵奉秦为帝。齐国来赵作客的鲁仲连,去见新垣衍,力陈尊秦为帝的后患,说服了新垣衍。秦将听说,也退军五十里。赵平原君(赵胜)封仲连三次不受,赠以千金仍不受。仲连说:"所贵于天下之士者,为人排患释能解纷乱而无取也。即有取者,是商贾之事也,而连不肯为也。"左思诗正是赞扬鲁仲连为客国立功却毫无所取的贤士品格。

唐·李白景仰鲁仲连的业绩与为人,时而以鲁自况。

《齐国有倜傥生》(古风第十):"齐有倜傥生,鲁连特高妙。明月出海底,一朝开光耀。却秦振英声,后世仰末照。意轻千金赠,顾向平原笑。吾亦谈荡人,拂衣可同调。"(李白《玉真公主别馆苦雨赠卫尉张卿》有句"功成拂衣去,摇曳沧洲旁。")即颂其事。

《奔亡道中》其三:"谈笑三军却,交游七贵疏。仍留只一箭,未射鲁连书。"鲁连谈笑却秦军后二十余年,燕将攻下齐国聊城,聊城有人在燕王面前谗毁燕将,燕将惧而固守聊城。齐·田单攻城一年多,士卒多死而聊城不下。鲁仲连写《遗燕将书》,用箭射入城中,"燕将见鲁连书,泣三日,犹豫不能自决。欲归燕,已有隙,恐诛;欲降齐,所杀虏与齐甚众,恐已降而后见辱。喟然叹曰:'与人刃我,宁自刃。'乃自杀。"齐王要封鲁连爵位,鲁连再度不受,跑到海边隐居起来,并说:我与其富贵而屈身于人,何如贫贱而轻视世俗、放松自己的心志呢? 李白的"安能摧眉折腰事权贵,使我不得开心颜!"(《梦游天姥吟留别》)正合鲁仲连此意,或许这是李白敬鲁连的缘由。又:

《留别王司马嵩》:"鲁连卖谈笑,岂是顾千金?"

《鸣皋歌送岑徵君》(时梁园三尺雪,在清泠池作):"哭何苦而救楚,笑何夸而却秦。""哭而救楚",吴国军队攻入楚都,楚国申包胥到秦廷痛哭七天,感动了秦王,答应出兵救楚。

《献从叔当涂宰阳冰》:"鲁连善谈笑,季布折公卿。"

《在水军宴赠幕府诸侍御》:"所冀旄头灭,功

成追鲁连。"学鲁连,平定安史之乱后,功成身退。

《……留别金陵崔待御十九韵》:"恨无左车略,多愧鲁连生。"李左车,秦末人,有韬略,韩信曾拜他为师。

宋·苏轼《韩退之〈孟郊墓铭〉云以昌其诗答王定国》:"何如鲁连子,谈笑却秦师。"

2873. 终优游以养拙

晋·潘岳《闲居赋》:"仰众妙而绝想,终优游以养拙。""优游",悠闲。"养拙",即守拙,退隐不仕,悠闲地过着隐居生活。

唐·杜甫《酬韦韶州见寄》:"养拙江湖外,朝廷记忆疏。"

唐·钱起《春宵寓直》:"养拙惯云卧,为郎如鸟栖。"

2874. 黄蘗向春生,苦心随日长

晋乐府《子夜四时歌》(春歌二十首之二十):"自从别欢后,叹息不绝响。黄蘗向春生,苦心随日长。""黄蘗"即黄柏,柏木味苦,随着柏木长大,苦味也日增,比喻离人愈苦。语意双关。

晋乐府《子夜歌四十二首》之十:"自从别郎来,何日不咨嗟。黄蘗郁成林,当奈苦心多。"同上首春歌为近义诗。"黄蘗"仍双关离情之苦。

2875. 黄葛结蒙茏,生在洛溪边

南朝乐府《前溪歌》二首其二:"黄葛结蒙茏,生在洛溪边。花落逐水去,何当顺流还?还亦不复鲜。"写黄葛之藤缠绕笼络,生长在洛溪之边。葛花逐水,去而不返,表示情意决绝。其一:"黄葛生烂熳,谁能断葛根?宁断娇儿乳,不断郎殷勤。"则写葛藤纠缠,喻恋情不断。

汉乐府《采葛妇歌》:"葛不连蔓叶台台,我君心苦命更之。尝胆不苦甘如饴,令我采葛以作丝。"勾践命国人采葛织成黄色之丝,以献吴王。

魏·曹植《种葛篇》:"种葛南山下,葛蔓自成阴。与君初婚时,结发恩意深。欢爱在枕席,宿昔同衣衾。"以葛藤喻初爱之深,反衬弃妇之苦,影射自己政治上被疏。

唐·李白《黄葛篇》:"黄葛生洛溪,黄花自绵幂。青烟蔓长条,缭绕几百尺。闺人费素手,采辑作絺绤。缝为绝国衣,远寄日南客。"用晋乐府洛溪黄葛句,用汉乐府采葛织丝意,写女子采葛织布

缝衣,寄给远在日南(唐日南郡,今越南境内)的丈夫。

2876. 恒苦夏日短

南朝·宋·谢灵运《道路忆山中诗》:"不怨秋夜长,恒(一作"常")苦夏日短。"忆起山中生活,不怨秋夜太长,而是嫌夏日太短,山中夏日更美。

唐·杜甫《夏夜叹》:"仲夏苦夜短,开轩纳微凉。"从谢灵运句化出,说凉爽的夏夜太短了。

2877. 晓闻夕飙急,晚见朝日暾

南朝·宋·谢灵运《石门新营所住四面高山回溪石濑茂林修竹》:"晓闻夕飙急,晚见朝日暾。"新居由于四面高山遮挡,初升的太阳很晚才能见到。

南朝·宋·江敩《让婚表》:"夕不见晚魄,朝不见曙星。"晚上不见月魄,早上不见晨星。

唐·崔曙《明堂火珠诗试帖》:"夜来双月满,曙后一星孤。"唐人孟棨《本事诗·征咎》云:"当时以为(崔曙句)警句,及来年,曙卒,唯一女名星星。人始悟其自谶也。"崔曙诗意为"曙后星孤",后以比喻孤女。朱祖谋《减字木兰花》(八哀):"曙后星孤,留得传家一砚无。""曙星"是晨星,曙光中的星,用"曙后星孤"含义双关。

唐·杜甫《桥陵诗三十韵因呈县内诸官》:"宫女晚知曙,祠官朝见星。"桥陵,唐睿宗暮陵,此写守陵人之辛劳不懈:宫女晚息,直到天亮,祠官早入,顶着晨星。用谢、江句式的句意。

2878. 当避艳阳天

南朝·宋·鲍照《学刘公幹体五首》:"兹晨自为美,当避艳阳天。艳阳桃李节,皓洁不成妍。"刘公幹即建安七子之一的刘桢。全诗咏雪之高洁以喻人之品格;以桃李之艳阳喻谗佞之卑琐。刘履《诗选补注》评:"此明远被间见疏而作,乃借朔雪为喻。"已道破主题。此四句说:晨光中的白雪,自持高洁,要避开艳阳天,因为艳阳桃李并不美妍。这种"反常"的心态,必另有所托。古人认为"当晨自为美"一句好,好在雪在严寒中方见其美,而"自为美"非"他为美",更准确。"艳阳天"是桃李盛开的季节,当然不容雪之皎洁了。这里"艳阳天"喻不容皎洁的炎炎世风。

唐·杨巨源《夏日裴尹员外西斋看花》:"始知

清夏月,更胜艳阳天。"又《春日奉献圣寿元疆词十首》:"无穷艳阳月,长照太平年。""艳阳月"则无生命力了。

2879. 洛阳桃李艳阳天

唐·顾况《洛阳行送洛阳韦七明府》:"始上龙门望洛川,洛阳桃李艳阳天。最好当年二三月,上阳宫树千花发。"登上龙门,望洛阳早春景色,桃李花发,风和日暖,一派艳丽的风光。"艳阳天",多指明媚艳丽的春光。《白雪遗音·艳阳天》:"艳阳天,和风荡荡,杨柳依依。"

"艳阳天",除去"烈日炎炎"这层含义,更多的则是天气晴好,艳阳高照,常用以表示美好的春光、美好的时光。

唐·杜甫《数陪李梓州泛江有女乐在诸舫戏为艳曲二首赠李》:"竞将明媚色,偷眼艳阳天。"写"舫上佳人"彼此凝眸,偷觑春光,以争妩媚。

唐·白居易《何处难忘酒七首》:"此时无一盏,争过艳阳天。"

又《春晚咏怀赠皇甫朗之》:"艳阳时节又蹉跎,迟暮光阴复若何。"

唐·杜牧《紫薇花》:"晓迎秋露一枝新,不占园中最上春。桃李无言又何在,向风偏笑艳阳人。"

唐昭宗李晔《巫山一段云》:"小池残日艳阳天,苧萝山又春。"

五代·毛文锡《虞美人》:"庭前闲立画秋千,艳阳天。"

宋·柳永《抛毬乐》:"须信艳阳天,看未足,已觉莺花谢。"

又《甘州令》:"艳阳天,正明媚,却成潇洒。"

宋·欧阳修《玉楼春》:"莫教辜负艳阳天,过了堆金何处贵。"

宋·晏几道《菩萨蛮》:"莫放红颜去,占取艳阳天,且教伊少年。"

宋·赵长卿《南歌子》(荆溪寄南徐故人):"客里因循重过、艳阳天。"

宋·无名氏《浣溪沙》(题赠飞竿簇):"谁识飞竿巧艺全,儿童群戏艳阳天。"

宋·无名氏《西江月》:"正当春月艳阳天,去赛从前心愿。"

2880. 庭中花照眼

南朝·梁武帝萧衍《春歌》:"阶上香入怀,庭中花照眼。"香入怀,说香浓;花照眼,说亮丽。

南朝·陈·江总《芳树》:"朝霞映月殊未妍,珊瑚照水定非鲜。"又《梅花落》:"梅花密处藏娇莺,桃李佳人欲相照。"相照,相映。

唐·杜甫《酬郭十五判官受》:"药里关心诗总废,花枝照眼句还成。"用萧衍"花照眼"句。

唐·温庭筠《商山早行》:"槲叶落山路,枳花明驿墙。""明",照亮。又《送洛南李主簿》:"槲叶晓迷路,枳花春满庭。"再写"槲叶"和"枳花"。

宋·周邦彦《花犯》:"粉墙低,梅花照眼,依然旧风味。"用"照眼"。

宋·朱熹《题榴花》:"五月榴花照眼明,枝间时见子初成。"用"照眼"句的佼佼者。

清·郑文焯《玉楼春》:"一枝照水浑无语,日见花飞随水去。"

2881. 山樱发欲然

南朝·梁·沈约《早发定山诗》:"野棠开未落,山樱发欲然。""然"为"燃"的古字。"山樱"一作"山花"。野樱桃花开有燃烧之火一样红。这是写花红最早用的"燃"字。写发定山途中所见。

南朝·梁元帝萧绎《宫殿名》:"林间花欲燃,竹径露初圆。"

又《咏石榴》:"然灯疑夜火,连珠胜早梅。"火红的石榴如燃起了灯火。

北朝·周·庾信《奉和赵王隐士》:"野鸟繁弦啭,山花火欲然。"

又《咏画屏风诗二十五首》:"遥望芙蓉影,只言水底燃。"水芙蓉荷花盛开,如同从水底燃出的火。

南朝·陈·吴尚野《咏邻女楼上弹琴》:"貌同朝日丽,装竞午花然。"以燃花喻女装。

隋·卢思道《后园宴》:"太液回波千丈映,上林花树百枝然。"

唐·李白《寄韦南陵水冰余江上乘兴访之遇寻颜尚书笑有此赠》:"月色醉远客,山花开欲燃。"

2882. 日出江花红胜火

唐·白居易《忆江南》:"日出江花红胜火,春来江水绿如蓝。"日出后,江边的鲜花比火焰还红,春来时,澄澈的江水碧绿如蓝。明人沈际飞《草堂诗余别集》评此词:"较宋词自然有身分,不知其故。"明人卓人月、徐士俊《古今词统》评此词:"非生长江南,此景未许梦见。"日本·近藤元粒评此诗:"诗余上乘。"(日本青木嵩上堂《白乐天诗集》卷五)上引都是评全词的,而这两句是全词的主体和精华。白居易《看花屋》再写:"可惜年年红似火,今春始得属元家。"

最早用"花红如火"的是唐·卢纶《河中府崇福寺看花》诗:"闻道山花如火红,平明登寺已经风。"

白居易之后多喻"榴花似火红"。

唐·温庭筠《海榴》:"海榴开似火,先解报春风。"

宋·史浩《洞仙歌》(茉莉花):"算同时,虽有似火红榴,争比得、淡妆伊家轻妙。"

宋·杨泽民《满江红》:"漫榴花堆火,翠阴笼屋。"

清·康熙皇帝玄烨《铁岭》:"雨余塞草自绿,日出山花更红。"

2883.日向花间留晚照

唐·李商隐《写意》:"日向花间留晚照,云从城上结层阴。三年已制思乡泪,更入新年恐不禁。""留晚照"一作"留返照"。身在京都,久蓄思乡之情,接近年关,乡情更难抑制。而此刻,日留晚照,云结层阴,尤其助长了思乡之念。"日出花间留晚(返)照",回光返照,日落在即,后人用以表示留住阳光,留住时光。

宋·宋祁《玉楼春》:"为君持酒劝斜阳,且向花间留晚照。"

宋·葛郯《感皇恩》:"斜阳且住,为我花间留照,以教红满地,何须归。"

2884.日光斜隐见

南朝·梁·简文帝萧纲《咏栀子花》:"日斜光隐见,风还影合离。"栀子花在斜阳中有隐有见,在回风中合合离离。写得十分细腻。

唐·杜甫《积草岭》:"连峰积长阴,白日递隐见。"用简文帝句写峰峰相连,遮蔽得日光隐隐现现。

2885.疏林不碍日

南朝·梁·庾肩吾《咏蔬圃堂》:"疏林不碍日,涧浦暂通潮。"林木稀疏,不遮日光。

唐·杜甫《堂成》:"桤木碍日吟风叶,笼竹和烟滴露梢。"反用庾肩吾意。

2886.日暮乡关何处是

唐·崔颢《黄鹤楼》:"日暮乡关何处是,烟波江上使人愁。"这是名诗(使李白游黄鹤楼时都感到"眼前有景道不得"的诗)中的结句。日暮时分,诗人站在黄鹤楼上,远眺长江,一片烟波,望不到家乡在何处,思乡之情油然而生。此时此景,乡愁浓郁,常是游子之真情。对全诗,后人评价极高,南宋·严羽《沧浪诗话》称:"唐人七言律诗,当以崔颢《黄鹤楼》为第一。"清·沈德潜《唐诗别裁》卷十三称:"意得象先,神行语外,纵笔写去,遂擅千古之奇。"而俞陛云《诗境浅说》与高步瀛《唐宋诗举要》都以为此诗与沈佺期《龙池篇》格调相似。《龙池篇》是:"龙池跃龙龙已飞,龙德先天天不违。池开天线分黄道,龙向天门入紫微。邸第楼后多气色,君王凫雁有光辉。为报寰中百川水,来朝此地莫东归。"格调的事,就述而不作了。

唐·孟浩然《送杜十四之江南》:"日暮征帆何处泊,天涯一望断人肠。"这是送人远行,句式句意均近于崔颢句。孟(689—740)与崔(704—754)是同时代人,而他们这两首诗的写作孰先孰后,很难查知,那么谁借鉴了谁也便无由确定了。

明·刘基《水龙吟》:"极目乡关何处?渺青山、髻螺低小。"用崔颢句,说不见乡关,唯见远方微渺低小的青山。

清·蒲松龄《射阳湖》:"翘首乡关何处是?渔歌声断水云天。"

2887.西风残照,汉家陵阙

唐·李白《忆秦娥》:"乐游原上清秋节,咸阳古道音尘绝。音尘绝,西风残照,汉家陵阙。"写一长安女子闺思,自灞陵送别,自春至秋,音尘断绝,无限忧愁,然而却寄意深远。"西风残照,汉家陵阙。"西风萧瑟,残阳黯淡,照着汉家的陵寝,这已不止是思妇之怨了。宋·黄升《唐宋诸贤绝妙词选》卷一评:"《菩萨蛮》《忆秦娥》二词为百代词曲之祖。"清代王国维《人间词话》卷上评此二句:"太白纯以气象胜。'西风残照,汉家陵阙。'寥寥八字,遂关千古登临之口。后世唯范文正之《渔家傲》、夏英公之《喜迁莺》差堪继武,然气象已不逮矣!"这两句之大气盈然,显然出离了闺怨,远不止个人的情怀了。元·萨都拉《木兰花慢》(彭城怀古)："汉家陵阙动秋风,禾黍满关中。"就表达了王朝更替的凄凉之情。

"西风残照"常指暮色凄凉,也暗喻帝业萧条。

宋·刘克庄《贺新郎》(己未九日同季弟子侄饮仓部弟兔菴、艮翁、宫教来会)："禁几度西风残照,元子寄奴曾富贵,到而今、一一消磨了。"

又《踏莎行》(甲午重九牛山作)："日月跳丸,光阴脱兔,登临不用深怀古。向来吹帽插花人,尽随残照西风去。"

宋·吴文英《解蹀躞》："此去幽曲谁来,可怜残照西风,半妆楼上。"

又《声声慢》(和沈时斋八日登高韵)："重阳正隔残照,趁西风、不响云尖。"一夜后即重阳。

宋·杨舜举《浣溪沙》(钱塘有感)："残照西风一片愁,疏杨画出六桥秋,游人不上十三楼。"

宋·张炎《徵招》(答仇山村见寄)："薄游浑是感,满烟水、东风残照。古调谁弹,古音谁赏,岁华空老。"

宋·无名氏《品令》："急雨惊秋晓,今岁较、秋风早。一觞一咏,更须莫负、晚风残照。"

清·王士禛《秋柳四首》："秋来何处最销魂,残照西风白下门。""白下门",即六朝时建康城西门——白门。古诗中白门曾与杨柳并写,或是写"白门柳"。古乐府《杨叛儿》："暂出白门前,杨柳可藏鸦。"李白《杨叛儿》："何许最关人,乌啼白门柳。"这里用李白诗意,伤白门秋柳,痛悼明亡。

现代元帅·陈毅《日内瓦访列宁故居》(一九六一年五月二十三日)："西风残照伤摇落,东风丽日喜花开。"

2888. 蜀鸟吴花残照里

宋·邓郯《酹江月》(驿中言别)："蜀鸟吴花残照里,忍见荒城颓壁。"清·雍正三年,文天祥的十四世孙编刻《文山全集·指南录》收此词署"友人作",这友人当是邓郯。邓郯与文天祥是幕僚,崖山兵败,投海殉国,被救后与文天祥囚禁一处,押送大都。至南京(建康)国病羁留,与文天祥分手时作此词"言别",文天祥亦有和词。此词以豪壮的笔触表达了对文天祥仰暮、称许之意。"蜀鸟吴花"句取李白《登金陵凤凰台》中"吴宫花草埋幽径"意,叹故国倾覆后的破败凋残景象。"残照"更增添了无限凄凉。这一"残照"与"西风残照"意近。"残照"是夕阳的余光,已不长久的余光。唐

宋人用之表示傍晚景色,其中不少含着凄凉、冷落之心情。

唐·戎昱《过东平军》："画角初鸣残照微,营营鞍马往来稀。"

唐·戴叔伦《张评事涉、秦居士系见访郡斋即同赋中字》："城歙残照入,池曲大江通。"

唐·时彦《青门饮》(寄宠人)："胡马嘶风,汉旗翻雪,彤云又吐,一竿残照。"

唐·杜牧《寄远》："欲寄相思千里月,溪边残照雨霏霏。"

唐·许浑《凌歊送韦秀才》："云起高台日未沉,数村残照半苔阴。"

唐·李商隐《槿花二首》："回头问残照,残照更空虚。"

唐·李频《送薛能少府任周至》："数瓢留倾刻,残照迫从容。"

又《汉上送人西归》："叠浪翻残照,高帆引片云。"

唐·薛能《题彭祖楼》："谁致此楼潜惠我,万家残照在河东。"

唐·陆龟蒙《自遣三十首》："乱和残照纷纷舞,应索阳乌次第饶。"

唐·张贲《奉和袭美伤开元观顾道士》："图中含景随残照,琴里流泉寄逝波。"

唐·司空图《华下》："扶起绿荷承早露,惊回白鸟入残阳。"

又《长命缕》："他乡处处堪悲事,残照依依惜别天。"

又《杨柳枝寿杯词十八首》之十二："渡头残照一行新,独自依依向北人。"

唐·李咸用《送从兄坤载》："那堪回首处,残照满衣裳。"

宋·陈抟《冬日晚翠》："晚景愈堪观,危峰露残照。"

宋·柳永《迷神引》："芳草连空阔,残阳满。"

又《八声甘州》："渐霜风凄紧,关河冷落,残照高楼。"

又《凤栖梧》："草色烟光残照里,无言谁会凭栏意。"

又《留客住》："盈盈泪眼、望山乡,隐隐断霞残照。"

又《诉衷情近》："帝城信阻,天涯目断。暮云芳草,竚立空残照。"

宋·周邦彦《氐州第一》:"官柳萧疏,甚尚挂微微残照。"

宋·袁去华《安公子》:"唤觉来厌厌,残照依然花坞。"

宋·楼采《瑞鹤仙》:"记衔香嘶马,流红回岸,几度绿杨残照。"(一作宋·赵闻礼词)

清·赵维崧《齐天乐》(辽后妆楼):"与建业萧家,一般残照。"说辽代天祐帝萧后(观音),与南梁萧家天下一样,也衰亡了。

2889. 迥出孤烟残照里

唐·陆龟蒙《岛树》:"迥出孤烟残照里,鹭鸶相对立高枝。""残照里"或由"蜀鸟吴花残照里"句式所祖。"孤烟残照",呈氤氲之景色,黯淡模糊,奇者自奇,伤者自伤。

唐·司空图《重阳阻雨》:"犹胜登高闲望断,孤烟残照马嘶回。""怕上翠微,伤心乱烟残照。"

宋·王□□《汉宫春》(九日登丰乐楼):"伤情处,淡烟残照,倚栏人共秋高。"

宋·吴文英《惜秋华》(重九):"怕上翠微,伤心乱烟残照。"

金·张中孚《蓦山溪》:"老马省曾行,也频嘶、冷烟残照。"

2890. 长榆落照尽

唐·陈子良《夏晚寻于政世置酒赋韵》:"长榆落照尽,高柳暮蝉吟。""落照",落日余辉,榆梢上的余晖消失了,柳叶间的蝉儿在吟叫。"落照"是"残照"的同义语。

唐·岑文本《冬日宴于庶子宅各赋一字得平》:"爱景含霜晦,落照带风轻。"

唐·张说《和尹懋秋夜游灉湖》:"山门送落照,湖口升微月。"

唐·苏颋《故高安大长公主挽词》:"宁知落照尽,霜吹入悲松。"

唐·斐迪《游感化寺昙兴上人山院》:"鸟转深林里,人闲落照前。"

唐·丘为《省试夏日可畏》:"落照频空篆,余晖卷夕梧。"

唐·刘友贤《晦日宴高氏林亭》:"池碧新流满,岩红落照斜。"

唐玄宗李隆基《巡省途次上党旧宫赋》:"雁沼澄澜翠,猿岩落照红。"

唐·钱起《送沈仲》:"寒云随路合,落照下城余。"

又《晚过横灞寄张兰田》:"乱水东流落照时,黄花满径客行迟。"

又《题苏公林亭》:"万叶秋声里,千家落照时。"(一作韩翃诗。)

唐·韩翃《家兄自山南罢归献诗叙事》:"落照渊明柳,春风叔夜弦。"

又《送王光辅归青州兼寄储侍郎》:"蝉声驿路秋山里,草色河桥落照中。"

唐·耿沣《酬李文》:"落照长杨苑,秋天渭水滨。"

又《晚夏即事临南居》:"广庭余落照,高枕对闲扉。"

唐·窦庠《酬韩愈侍郎登岳阳楼见赠》:"落照金成柱,余霞拥翠屏。"

唐·戴叔伦《暮春游长沙东湖赠辛衮州巢父二首》:"且复忘羁东,悠悠落照中。"

又《桂阳北岭偶过野人所居聊书即事呈王永州邕李道州圻》:"转步重崖合,瞻途落照昏。"

唐·卢纶《长安春望》:"川原缭绕浮云外,宫阙参差落照间。"

又《和李使君三郎早秋城北亭楼宴崔同士因寄关中弟张评事时遇》:"桑拓晴川口,牛羊落照间。"

唐·司空曙《松下雪》:"落照入寒光,偏能伴幽寂。"

唐·杜牧《除官行至昭应闻友人出官因寄》:"草木穷秋后,山川落照时。如何望故国,驱马却迟迟。"

又《吴宫词二首》:"香径绕吴宫,千帆落照中。"

唐·温庭筠《过新丰》:"至今留得离家恨,鸡犬相闻落照明。"

宋·张孝祥《水调歌头》:"赤壁矶头落照,肥水桥边衰草,渺渺唤人愁。"

清·袁枚《谒岳王墓》:"华表凌霄落照迟,一朝孤愤万年知。梨花寒食烧香女,纤手都来折桧枝。"以桧树谐秦桧。

2891. 返照入江翻石壁

唐·杜甫《返照》:"返照入江翻石壁,归去拥树失山村。""反照",夕阳的回光,太阳落去前后的余晖。诗句意返照翻越石壁,照入大江。

宋·李觏《忆钱塘》:"好是满江涵返照,水仙齐着淡红衫。"清·王士禛《真州绝句》:"好是日斜风定后,半江红树卖鲈鱼。"用李觏句。

2892. 山头斜照却相迎

宋·苏轼《定风波》(公旧序云:三月七日,沙湖道中遇雨。雨具先去,同行皆狼狈,余独不觉。已而遂晴,故作此词):"料峭春寒吹酒醒,微冷。山头斜照却相迎。"雨中不觉狼狈,天晴更是清新,心情好,所以感到前边山头的斜照在迎接这些不速之客。"斜照",太阳斜照。夕阳是斜照,朝阳也是,这里是夕阳"斜照"。不仅是阳光,霞光、灯光都有斜照。

唐·钱起《玉山东溪题李叟屋壁》:"霞景已斜照,烟溪方暝投。"

唐·王建《秋灯》:"斜照碧山图,松间一片石。"

宋·贺铸《石州引》:"薄雨收寒,斜照弄晴,春意空阔。"

宋·周邦彦《齐天乐》:"醉倒山翁,但愁斜照敛。"

又《花犯》(咏梅):"但梦想,一枝潇洒,黄昏斜照水。"梅花斜照水。

2893. 斜阳塔影寒

唐·张继《城西虎跑寺》:"出涧泉声细,斜阳塔影寒。"斜阳照射虎跑寺之塔,塔影带有寒意。"斜阳",是偏西之太阳,意近斜照。张继《褚主簿宅会毕庶子、钱员外、郎使君》(一作韩翃诗):"斜阳疏竹上,残雪乱山中。"

唐·温庭筠《河中陪帅游亭》:"鸟飞天外斜阳尽,人过桥心倒影来。"

又《菩萨蛮》:"雨后却斜阳,杏花零落香。"此句亦有名,毛泽东《菩萨蛮》(大柏地)(1933年夏):"赤橙黄绿青兰紫,谁持彩练当空舞?雨后复斜阳,关山阵阵苍。""雨后斜阳"比起温句气势大了。

五代·孙光宪《八拍蛮》:"越女沙头争拾翠,相呼归去背斜阳。"

宋·柳永《玉蝴蝶》:"黯相望,断鸿声里,立尽斜阳。"

宋·晏殊《清平乐》:"斜阳独倚西楼,遥山恰对帘钩。"

又《踏莎行》(小径红稀):"一场愁梦酒醒时,斜阳却照深深院。"

又《踏莎行》(祖席离歌):"画阁魂消,高楼目断,斜阳只送平波远。"

宋·宋祁《玉楼春》(春景):"为君持酒劝斜阳,且向花间留晚照。"

宋·苏轼《鹧鸪天》:"村舍外,古城旁,杖藜徐步转斜阳。"

宋·周邦彦《瑞鹤仙》:"斜阳映山落,敛余红犹恋、孤城阑角。"

宋·吕本中《菩萨蛮》:"高楼只在斜阳里,春风淡荡人声喜。"

宋·辛弃疾《摸鱼儿》(淳熙己亥自湖北漕移湖南同官王正之置酒小山亭为赋):"休去倚危楼,斜阳正在,烟柳断肠处。"重用其《青玉案》(元夕):"灯火阑珊处"句式。"斜阳"更添凄凉。

又《贺新郎》(登建康赏心亭呈史致道留守):"虎踞龙蟠何处是,只有兴亡满目。柳外斜阳,水边归鸟,陇上吹乔木。"

又《丑奴儿》:"更远树斜阳,风景怎生图画。"

宋·吴文英《高阳台》(丰乐楼分韵得如字):"东风紧送斜阳下,弄旧寒、晚酒醒余。"

宋·周密《献仙音》(吊雪香亭梅):"无语消魂,对斜阳衰草泪满。"

宋·王沂孙《齐天乐》(蝉):"病叶难留,纤柯易老,空忆斜阳身世。"

又《齐天乐》(蝉):"病翼惊秋,枯形阅节,消得斜阳几度?"

宋·张炎《甘州》:"空怀感,有斜阳处,却怕登楼。"

又《浪淘沙》(题陈汝朝百鹭画舫):"应笑我凄凉,客路何长!犹将孤影侣斜阳。"

明·刘基《沁园春》:"桑榆外,有轻阴乍起,未是斜阳。"在日落以远的地方,天色暗淡,是薄云浮起,并非日落。含桑榆非晚之愿。

清·黄景仁《买陂塘》(归鸦,同蓉裳、少云作):"看不得,带一片斜阳,万古伤心色。""伤心"是由于:归鸦披夕阳,年华已晚,功业无成。

清·许宗衡《中兴乐》(初秋同人登龙树寺凌虚阁依李德润〈琼瑶集〉体):"芦花容易为霜。雁声长,几时飞到?高城远树,乱堞斜阳。"斜阳下女墙破败,一征衰朽,了无生机。

清·叶衍兰《菩萨蛮》（甲午感事与节庵同作）："泪眼望斜阳，关山别恨长。"关山被侵，国事日薄西山。

2894. 芳草斜阳路

宋·陈允平《点绛唇》："分袂情怀，快风一箭轻帆举。暮烟云浦，芳草斜阳路。"写离别情怀，一举轻帆，又面对远方的芳草斜阳路，更加悲凉。

宋·江开《玉楼春》："帝城箫鼓青春暮。应有多情游冶处。争知日日小栏干，望断斜阳芳草路。"用陈允平语写盼归。

宋·王奕《渔父词》："江渚春风淡荡时，斜阳芳草鹧鸪飞，蓴菜滑，白鱼肥，浮家泛宅不曾归。"仿张志和《渔父词》作。"斜阳芳草"只写岸边晚景。

清·龚自珍《湘月》："才见一抹斜阳，半堤香草，顿惹清愁起。"斜阳与香草引发了愁绪。

2895. 醉后不知斜日晚

宋·晏殊《玉楼春》："玉钩栏下香阶畔，醉后不知斜日晚。当时共我赏花人，点检如今无一半。""斜日"即"斜阳"。

宋·张炎《高阳台》（西湖春感）："接叶巢莺，平波卷絮，断桥斜日归船。"

用"斜日"而不用"斜阳"，主要是"日"谐仄声韵。

2896. 夕阳无限好，只是近黄昏

唐·李商隐《乐游原》："向晚不适意，驱车登古原。夕阳无限好，只是近黄昏。""乐游原"，是西汉宣帝建成的乐游庙，又称乐游阙、乐游苑、鸿固原、乐游原。位于长安东南，地势很高，可俯视长安全城，直到唐代游人还很多。李商隐也不止一次登原，他先后写《乐游原》诗就有三首，此首为最著。此首写"古原黄昏"。对其内涵，多有异议，有些认为是"沉沦之痛，迟暮之感"，有的认为叹时光之流逝，因为其另一首《乐游原》有"羲和自趁虞泉宿，不放斜阳更向东"句，有留住时光之意。有的以为"只是"古代有"正是"之义，此二句是对"夕阳"的赞美。窃以为"夕阳无限好，只是近黄昏"，是爱其美好，惜其不长之意，如单是赞美"只是近黄昏"一句就换掉了。全诗先写"向晚不适意"，才"驱车上古原"，当观赏到"夕阳无限好"，心情为

之豁朗，却又立即意识到夕阳一落便是黄昏了，这不正是"好景不长"的感受吗？从宋以后诗词中用此二句，也主要用此意。周恩来总理于中华人民共和国建国之初，召集一些老专家讨论拆除北京城墙一事，有的主张保存古迹，认为拆之可惜，周总理用了李商隐这两句诗说："夕阳无限好，只是近黄昏。"用来说服大家。

"向晚不适意"，前人亦有此情。唐·王维《晚春归思》写："向晚多愁思，闲窗桃李时。"唐·王昌龄《万岁楼》写："谁堪登望云烟里，向晚茫茫发旅愁。"又《变行路难》："向晚横吹悲，风动马嘶合。"而唐·储光羲的《登戏马台作》："少年自古未得意，日暮萧条登古台。"和唐·许敬宗的《安德山池宴集》："独叹高阳晚，归路不知津。"或许都成为李商隐诗的某种义源。至于唐·李郢的《上裴晋公》："惆怅旧堂扃绿野，夕阳无限鸟飞迟。"或用了李商隐半句。用李商隐句意的始于宋人。

宋·范仲淹《登表海楼》："一带林峦秀复奇，每来凭槛即开眉。好山深会诗人意，留得夕阳无限时。""夕阳无限"暗含"好"字。

宋·晏几道《蝶恋花》（一作宋·赵令畤词）："蝶去莺飞无处问，隔水高楼，望断双鱼信。恼乱层波横一寸，斜阳只与黄昏近。"缩合二句为一句。

宋·苏轼《浣溪沙》（春情）："桃李溪边驻画轮，鹧鸪声里倒清尊，夕阳虽好近黄昏。"缩用。

宋·王质《江城子》（席上赋）："斜湾丛柳暗阴阴，且消停，莫催行。只恨夕阳、虽好近黄昏。"用苏轼句式。

宋·张炎《梅子黄时雨》（病后别罗江诸友）："弹到琵琶留不住，最愁人是黄昏近。"只用下句。

清·王国维《蝶恋花》："冉冉赤云将绿绕，回首林间，无限斜阳好。"只用上句。

现代文学家朱自清临危咏句："但得夕阳无限好，何须惆怅近黄昏。"反用。

今人巢东汉《临江仙》（退休教师大会口占）："晚晴虽好近黄昏，扪心追往事，未报党恩深。"

现代元帅叶剑英《八十书怀》："老夫喜作黄昏颂，满目青山夕照明。"从李商隐诗反其意化出满怀豪情，虽八十而不老。

2897. 春山无限好，犹道不如归

宋·范仲淹《越上闻子规》："春山无限好，犹道不如归。"用李商隐句式。

宋·晁补之《临江仙》:"青山无限好,犹道不如归。"用范仲淹二句,只换一"青"字。

2898.千古夕阳红

宋·仲殊《南徐好》(瓮城):"渌水画桥沽酒市,清江晚渡落花风。千古夕阳红。"仲殊为僧人,苏轼评他"善诗及歌词""胸中无一毫发事"。(《东坡志林》)陆游评他"雅工于乐府词",(《老学庵笔记》)明·陈霆《诸山堂词话》卷二说:"僧仲殊好作艳词……大率淫言媟语,故非纳子所宜也。然殊诸曲,类能脱绝寒俭之态。"仲殊的"艳词"如《念奴娇》《楚宫春慢》等有数篇,而其《南徐好》十首倒也清丽。"瓮城"一首结末述说晚春渡桥迎风沽酒所见:夕阳永远是那么红艳。他对夕阳的喜爱与赞美,也感染了许多人。

宋·侯蒙《临江仙》:"雨余时候夕阳红。几人平地上,看我碧霄中。"

宋·黄铢《江神子》(晚泊分水):"秋风袅袅夕阳红,晚烟浓,暮云重。万叠青山,山外叫孤鸿。"

宋·张孝祥《虞美人》(无为作):"江南几树夕阳红,点点孤帆吹尽、晚来风。"

又《浣溪沙》:"油壁不来春草绿,阑干倚遍夕阳红。江南山色有无中。"

宋·赵长卿《清平乐》(忠孝堂雨过荷花烂然,晚晴可人,呈李宜山同舍):"浪卷夕阳红碎,池光飞上帘帏。"

宋·陆游《东村》:"欲归还小立,为爱夕阳红。"

宋·萧元之《满江红》(雨中有怀):"谩几回,吟遍夕阳红,阑干角。"

宋·汪莘《江神子》:"鹧鸪声里别江东,绿阴中、夕阳红。"

宋·周密《南楼令》:"往事夕阳红,故人江水东。"

清·康熙皇帝玄烨《挽大行皇后诗四首》:"交颐泪洒夕阳红,徒把愁眉向镜中。"

2899.几度夕阳红

明·杨慎《临江仙》:"滚滚长江东逝水,浪花淘尽英雄。是非成败转头空。青山依旧在,几度夕阳红。"此是作者谪戍云南所著《廿一史弹词》十段中第三段《说秦汉》的开场词之上片,言历史上英雄的是非成败转头即逝。青山依旧,宇宙永恒,而

人生还有"几度夕阳红"?

杨慎这一开场词《临江仙》,被毛宗岗父子用于《三国演义》小说卷首。电视剧《三国演义》又用作主题歌。

2900.倚窗犹唱,夕阳西下

宋·蒋捷《女冠子》(元夕):"笑绿鬟邻女,倚窗犹唱,夕阳西下。"可笑邻家年轻的姑娘,倚着窗子还唱北宋旧曲"夕阳西下"。李清照《永遇乐》忆昔日元夕之繁华,以叹北宋沦丧;蒋捷此词,也忆昔日元夕之热闹,慨南宋之灭亡。宋朝瓦解,江山易主,倍感凄凉。而邻女仍唱旧曲,不禁涌上凄楚之情。"笑",表示无可奈何,此句从杜牧的"隔江犹唱后庭花"翻出。

宋·范周《宝鼎现》是一首咏元夕词,其上阙:"夕阳西下,暮霭红隘,香风罗绮。乘丽景、华灯争放,浓焰烧空连锦砌。睹皓月、浸严城如画。花影寒笼绛蕊,渐掩映、芙蓉万倾,迤逦齐开秋水。"词中首用"夕阳西下"。

"夕阳"即斜阳,偏西之太阳,即将落去的太阳。《诗经·王风·君子于役》:"日之夕矣,羊牛下来。""日之夕矣,羊牛下括。"即太阳将落之意。"夕阳"句如:

唐·杜甫《晚晴》:"夕阳薰细草,江色映疏帘。"

唐·白居易《秦中吟》(不致仕):"朝露贪名利,夕阳忧子孙。"

宋·柳永《少年游》:"夕阳岛外,秋风原上,目断垂天翼。"

又《少年游》:"夕阳闲淡秋光老,离思满蘅皋。"

清·周星誉《永遇乐》(登丹凤楼怀陈忠愍公):"伤心处,青山无语,夕阳千里。"陈化成为守卫吴淞炮台而战死,只余残山剩水了,统治者却"笙歌依旧"。作者为国家前途而痛心。

2901.白鸟翩翩下夕阳

唐·子兰《河梁晚望》:"连山翠霭笼沙溆,白鸟翩翩下夕阳。"白鸟在夕阳中下落晚归。

人民领袖毛泽东《七律·到韶山》(1959年6月)(1959年6月25日到韶山,离开这个地方已有三十二周年了):"喜看稻菽千重浪,遍地英雄下夕烟。"写耕作的农民晚归,"下夕烟",烟遮蔽下夕

阳,所以是"夕烟"。

2902. 夕阳山外山

元·张可久《阅金经·春晚》:"江南岸,夕阳山外山。"夕阳即落,映照着江南重重叠叠的远山,凝望情人不归,无可奈何。

元·徐再思《凭栏人》(江行):"逆流滩上滩,乱云山外山。"用"山外山"写舟行穿过一山又一山。

2903. 鸦鸣夕照中

唐·刘长卿《赠西邻卢少府》:"犬吠寒烟里,鸦鸣夕照中。"同西邻卢少府述村居景色。"夕照"是夕阳晚照。

唐·颜真卿《题杼山癸亭得暮字》:"俯视何楷台,傍瞻戴颙路。迟回不能下,夕照明村树。"

唐·杜甫《赠李八秘书别三十韵》:"杜陵斜晚照,潏水带寒淤。"

现代文学家鲁迅《惜花》:"莫教夕照催长笛,且踏春阳过板桥。"

2904. 落日照大旗

唐·杜甫《后出塞五首》其二:"落日照大旗,马鸣风萧萧。"写一位老兵开进洛阳东门营所见:旗光马鸣,一派军营气氛。"落日"即斜阳。清·朱祖谋《夜飞鹊》(香港秋眺,怀公度):"大旗落日、照千山,劫墨成灰。"《南京条约》割让了香港,香港为蛮烟所蔽,充满劫火余灰。"大旗落日"用杜甫句。

杜甫《东屯北崦》:"空村唯见鸟,落日未逢人。"写东屯阒寂无人。汉末王粲《登楼赋》:"白日忽其西匿,鸟相鸣而举翼。原野阒其无人,征夫行而未息。"杜甫缩用王粲诗写由于崔旰之乱,兵兴赋重,人们纷纷逃亡,故唯见鸟而不见人。

唐人写"落日"还如:

储光羲《山中贻崔六琪华》:"恍惚登高岭,徘徊看落日。"

刘长卿《安州道中经浐水有怀》:"借问朝天外,犹看落日边。"

又《却赴南邑留别苏台知己》:"落日孤舟去,青山万里看。"

又《晚次苦竹馆却忆干越旧游》:"遥看落日尽,独向远山迟。"

又《晚泊湘江怀故人》:"扁舟宿何处,落日羡归翼。"

又《别陈留诸官》:"行人望落日,归马嘶空陂。"

2905. 白日依山尽

唐·王之涣《登鹳雀楼》:"白日依山尽,黄河入海流。欲穷千里目,更上一层楼。""鹳雀楼"又作"鹳鹊楼"。《清一统志》记:楼址在山西蒲州(今永济),唐时为河中府西南。沈括《梦溪笔谈》记:"河中府鹳雀楼三层,前瞻中条,下瞰大河。唐人留诗者甚多。"楼在黄河中高阜处,据说时有鹳雀栖其上,故名。登楼所见"白日依山尽,黄河入海流",语言朴实,气势壮阔,加上三四两句名句,使全诗流传不绝,多少儿童皆可背诵。

南朝·梁·朱超《对雨》:"当夏苦炎埃,习静对花台。落照依山尽,浮凉带雨来。重云吐飞电,高栋响行雷。洒树轻花发,滴沼细萍开。泛沫萦阶草,奔流起细苔。无因假轻盖,徒然想上才。""白日"句是"落照依山尽"换字而生。

宋·苏轼《四月十八日与刘景文同往赏枇杷》:"井落依山尽,岩桂发兴新。"上句用王之涣句,"发兴新"则用杜甫《题郑县亭子》的"郑县亭子涧之滨,户牖凭高发兴新"。

2906. 青天白日映楼台

唐·韩愈《同水部张员外曲江春游寄白二十二舍人》:"漠漠轻阴晚自开,青天白日映楼台。"游曲江轻阴晚晴,青天白日现其本来面目,光照座座楼台,明丽而清新。韩愈首用"青天白日"概括天颜日色,写一片晴朗。

又《忆昨行和张十一》:"青天白日花草丽,玉署屡举倾金罍。"

又《与崔群书》:"青天白日,奴隶亦知其清明。"

唐·白居易《叹鹤病》:"亦知白日青天好,未要高飞且养疮。"

宋·王安石《金明池》:"青天白日春常好,绿发朱颜老自悲。"

宋·李之仪《减字木兰花》:"气候融怡,还取青天白日时。"

宋·吴潜《沁园春》:"算顽云痴雾,不难扫荡;青天白日,元自分明。"

2907. 东边日出西边雨

唐·刘禹锡《竹枝词》之三:"杨柳青青江水平,闻郎江上踏歌声。东边日出西边雨,道是无情却有情。""东边日出西边雨"是半晴半阴的天候现象。

宋·王安石《送吴显道五首》:"滕王高阁临江渚,东边日出西边雨。十五年前此会同,天际张帷列尊俎。"前用王勃原句,后用刘禹锡原句,都是写为吴显道饯行的环境。

宋·刘一止《青玉案》:"追欢我已伤迟暮,犹有多情旧时句。极目高楼千尺许,竹枝三唱,为君凄断,东日西边雨。"用刘禹锡"竹枝三唱"句,表达对久别的情人的眷恋、"东边日出西边雨"隐含无情又有情之意。

2908. 日出三竿春雾消

唐·刘禹锡《竹枝词九首》:"日出三竿春雾消,江头蜀客驻兰桡。"写"蜀客"江行离蜀,一夜行船,日出三竿,驻桡江头的情景。"日出三竿"最初只是一个时间概念,是遥望红日初升的目测"高度"。当属"辰时",后则含有早晨起身或其它活动太晚之意,"日出三竿,唯我独眠",常是懒汉的自白。

宋·欧阳修《答枢密吴给事充见寄》:"春寒拥被三竿日,宴坐忘言一炷香。"

又《满路花》:"春禽飞下,帘外日三竿。"

宋·杨亿《劝石集贤饮》:"日上三竿宿雾披,章台走马帽沿欹。"

宋·苏轼《夫人阁四首》:"似闻人世南风热,日上墙东问几竿。"

宋·晁补之《安公子》:"镇琼楼归卧,丽日三竿未觉。"

宋·周邦彦《满路花》(思情):"不是寒宵短,日上三竿,娇人犹要同卧。"

又《华胥引》(秋思):"别有孤角吟秋,对晓风鸣轧,红日三竿,醉头扶起还怯。"

宋·毛滂《清平乐》(春兰用殊老韵):"曲房青琐,浅笑樱桃破。睡起三竿红日过,冷了沈香残火。"

宋·张继先《度清宵》:"道人空中天宇宽,日出三竿方启关。"

宋·史浩《粉蝶儿》(戏酒):"更休辞、醉眼花

下。待明朝,红日上、三竿方罢。"

宋·李子正《减兰十梅》(日):"三竿已上,点缀胭脂红荡漾。"

宋·张元干《祝英台近》:"画檐红日三竿,慵窥鸾镜。"

宋·董颖《第三衮遍》:"银漏永,楚云浓,三竿日,犹褪霞衣。"

宋·葛郯《洞仙歌》:"看纱窗、红日上檐梢,眠方熟。"

宋·沈瀛《满江红》:"任三竿、红日上三竿。把蝶影捎空,在花深处。"

宋·丘崈《扑蝴蝶》(蜀中作):"纱窗红日三竿,睡鸭余香一线,佳眠悄无人唤。"

宋·易袚妻《一剪梅》:"红日上竿懒画妆,虚度韶光,瘦损客光,不知何日得成双。"

宋·吴礼之《渔家傲》(闺思):"红日三竿莺百啭,梦回鸳枕离魂乱。"

宋·陈郁《念奴娇》:"一夜东风,三竿暖日,万事随流水。"

宋·陈著《沁园春》:"奈一番雨过,沾衣泥里,三竿日上,扑面红尘。"

宋·无名氏《句》:"三竿日上醉初醒。"

2909. 日午树阴正

宋·刘禹锡《昼居池上亭独吟》:"日午树阴正,独吟池上亭。""树阴正"应是树阴小而偏北,而不是东斜或西斜。

宋·周邦彦《满庭芳》:"风老莺雏,雨肥梅子。午阴嘉树清圆。""午阴"即"日午树阴"。

2910. 千门万户曈曈日

宋·王安石《元日》:"爆竹声中一岁除,东风送暖入屠苏。千门万户曈曈日,总把(一作"争插")新桃换旧符。""曈曈",太阳初升,渐渐明朗光艳。元旦之晨,新的一年开始了,初升的太阳照耀着千家万户。

南朝·梁·简文帝萧纲乐府《上之回》:"桃林方灼灼,柳路日曈曈。"首用"曈曈"。

唐·刘长卿《夜宴洛阳程九主簿宅送杨三山人往天台寻智者禅师隐居》:"遥倚赤城上,曈曈初日圆。"

唐·贺朝《宿香山阁》:"一闻鸡唱晓,已见日曈曈。"

唐·元结《夜宴石鱼湖作》:"如见海底日,曈曈始欲生。"

唐·顾况《乌啼曲二首》:"夜听羽人弹此曲,东方曈曈赤日旭。"

唐·卢纶《腊日观咸宁王部曲娈勤擒豹歌》:"山头曈曈日将出,山下猎围照初日。"

唐·王建《东征行》:"曈曈白日当南山,不立功名终不还。"

唐·张籍《送令狐尚书赴东都留守》:"舟领群臣拜章庆,半开门仗日曈曈。"

唐·贾彦璋《宿香山阁》:"一闻鸡唱晓,已见日曈曈。"同贺朝诗。

唐·杜牧《感怀诗一首》:"荡荡乾坤大,曈曈日月明。"

宋·欧阳修《送吕夏卿》:"曈曈春日转黄伞,蔼蔼赋笔摘青云。"

宋·苏轼《寄题潭州徐氏春晖亭》:"曈曈晓日上三竿,客向东风竞倚阑。"

又《轼以去岁春夏侍立迩英而秋冬之交子由相继入侍次韵绝句四首各述所怀》:"曈曈日脚晓犹清,细细槐花暖欲零。"

又《和吴安特使者还驾》:"曈曈日色笼丹禁,杳杳鞭声出建章。"

又《兴龙节集英殿宴教坊词致语口号》:"风卷云舒合两班,曈曈瑞日映天颜。"

宋·周紫芝《水龙吟》(题梦云轩):"晓日曈曈,夕阳零乱,裹红萦素。"

2911. 织乌西飞客还家

北宋·赵令畤《侯鲭录》载:"东坡尝言,鬼诗有佳者。诵一篇云:'流水涓涓芹吐芽,织乌西飞客还家。深村无人作寒食,殡宫空对棠梨花。'尝不解'织乌'义。王性之少年博学,问之,乃云'织乌',日也,往来如梭之织。""织乌西飞"即太阳西下。

苏轼《和陶贫士七首》用:"织乌飞""青天无今古,谁知织乌飞。"

2912. 日近长安远

宋·李元膺《蓦山溪》:"须知别后,叠翠倚阑情。青嶂晚,碧云深,日近长安远。"送蔡元长远去,写别后,目送远人,青嶂碧云阻隔,可以见日,却不见远去的地方。

"日近长安远"出自晋明帝故事。《晋书·明帝纪》载:明帝"幼而聪哲,为元帝所宠异。年数岁,尝坐置膝前。属长安使来,因问帝曰:'汝谓日与长安熟远?'对:'长安近。不闻人从日边来,居然可知也。'元帝异之。明日,宴群僚,又问之。对曰:'日近'元帝失色,曰:'何乃异间者之言乎?'对曰:'举目则见日,不见长安。'由是益奇之。""日远长安近",因为人无从日边来(可从长安来),"日近长安远",因为抬头即见日,而不见长安。后用"日近长安远"表示距京城太远了;用"日远长安近",指去京城指日可到。

南朝·梁·吴均《至湘州望南岳》:"胧胧树里月,飘飘水上云。长安远如此,无缘得报君。"

唐·岑参《虢州送天平何丞入京市马》:"关树晚苍苍,长安近夕阳。"

唐·白居易《答崔待郎钱舍人书问因继以诗》:"帝乡远于日,美人高在天。谁谓万里别,常若在目前。"

唐·崔涂《春日登吴门》:"长安远于日,搔首独徘徊。"

宋·刘敞《在北得家书》:"便觉长安近于日,不闻人自日边来。"

宋·赵鼎《行香子》:"举头见日,不见长安。谩疑眸、老泪凄然。"

宋·苏轼《卢山五咏》(障日峰):"长安自不远,蜀客苦思归。"暗用。

宋·张抡《烛影摇红》(上元有怀):"今宵谁念泣孤臣,回首长安远。"

宋·马廷鸾《齐天乐》(和张龙山寿词):"排闷篇诗,浇愁盏酒,自读离骚自劝。长安日远,怅旧国禾宫、故侯瓜畹。"

金·雷琯《商歌》:"正使长安近于日,烟尘满目北风昏。"

元·邓玉宾《雁儿落过得胜令·闲适》:"晓日长安近,秋风蜀道难。""长安近"喻仕途畅达,"蜀道难"喻步履难艰。

元·王实甫《西厢记》第一本第一折《仙吕点绛唇》:"望眼连天,日近长安远。"

清·孔尚任《桃花扇》第三十八出沉江:"日近长安远,加鞭,云里指宫殿。"史可法遥望南京。

2913. 望长安于日下

唐·王勃《滕王阁序》:"望长安于日下,指吴会于云间。"遥望京城长安就在日下,远指吴会苏州似在云间,述南北遥隔。"日下"言距京城之远。

宋·周邦彦《渡江云》:"清江东注,画舸西流,指长安日下。"用王勃语。

2914. 长安在日边

唐·王勃《白下驿饯唐少府》:"去去如何道,长安在日边。"言唐少府行程之远。"日边"转用晋明帝少时"不闻人从日边来"意表示京城之遥远。用"日边"句如:

唐·岑参《过燕支寄杜位》:"长安遥在日光边,忆君不见令人老。"

唐·杜甫《十二月一日三首》:"明光起草人所羡,肺病几时朝日边。"厌居云安,向往"日边"——长安。

唐·贾曾《奉和春日出苑瞩目应令》:"臣车东周独留滞,欣逢睿藻日边来。""睿藻"对帝王诗文的颂扬。

唐·于干《句》:"莫惊此地逢春早,只为长安近日边。"

宋·刘敞《思乡岭》:"乱山不复知南北,惟限长安白日边。"

清·蒲松龄《登岱行》:"回首青嶂倚天开,始知适自日边来。"

2915. 夕阳红处近长安

唐·白居易《岳阳楼》:"春岸绿时连梦泽,夕阳红处近长安。""夕阳红处近长安"意同"长安近日边",表示长安之远。

宋·张舜民《卖花声》(题岳阳楼):"醉袖抚危阑,天淡云闲。何人此路得生还?回首夕阳红尽处,应是长安。"

清·徐珂《南乡子》:"青到夕阳红尽处,回汀,知是兰桡第几程!"写舟行之远。

2916. 却遮西日向长安

唐·杜牧《途中一绝》:"惆怅江湖钓竿手,却遮西日向长安。""钓竿手",自许隐士,"向长安",去京城。"遮西日",向西行遮往夕阳的光芒。

宋·苏轼《留别零泉》:"还将弄泉手,遮日向西秦。""遮日"用杜牧句。

2917. 孤云落日是长安

宋·苏轼《〈虔州八境图〉八首》:"倦客登临无限思,孤云落日是长安。"见"八境图"而想到画外的遥远的"长安"(京城)。

唐·李白《春日》:"长空去鸟没,落日孤云边。""落日孤云",写飞鸟远去。苏轼用此语表示遥远。

2918. 长安不见使人愁

唐·李白《登金陵凤凰台》:"总为浮云能蔽日,长安不见使人愁。"天宝年间,李白被迫离开长安,南游金陵,登上凤凰台,看到金陵,却望不见长安。联想到浮云遮蔽了长安,谗佞闭塞了皇帝的视听,内心充满了忧郁。他在《与史郎中钦听黄鹤楼吹笛》写他流放夜郎,途经江夏,仍顾盼长安:"一为迁客去长沙,西望长安不见家。"这"长安不见""西望长安"深刻地表达了李白家国之痛。

用"长安不见使人愁"句如:

宋·王安石《怀远度回首》:"时独看云泪横肌,长安不见使人愁。"用原句。

宋·刘敞《翠钟亭二首》:"故倚高楼望行色,南山不见使人愁。"因风雨遮蔽而不见南山。

宋·汪元量《忆王孙》:"长安不见使人愁,物换星移几度秋。"兼用李白、王勃原句,抒被俘北上的故国(南宋)之思。

用"长安不见"如:

唐·白居易《长恨歌》:"回头下望人寰处,不见长安见尘雾。"

宋·苏轼《王晋卿作〈烟江叠嶂图〉仆赋诗晋卿和之复次韵》:"山中举头望日边,长安不见空云烟。归来长安望山上,时移事改应潸然。"

宋·张表臣《蓦山溪》:"长安不见,烽起夕阳间。"

金·段克己《望月婆罗门引》:"回首处,不见长安。"

2919. 回首望长安

汉·王粲《长哀诗》其一:"南登灞陵岸,回首望长安。悟彼下泉人,喟然伤心肝。"东汉末年,董卓之乱,长安几成空城。又值关中大旱,饿殍遍野,白骨如山。王粲自长安出走,南下荆州,投其祖父王畅的学生刘表。此首写途中妇人弃儿的惨状。结尾四句,写登上汉文帝刘恒(当时出现"文景之治")的灞陵,回过头去看看此时动乱非常的京城,想到《诗经·曹风·下泉》作者思念明主贤臣的心境，"我"已产生了共鸣。这种时代没有明主贤臣，以致如此，怎不令人伤心喟叹呢！"回首望长安"，长安的命运国家的前途，维系作者之心。唐·李白《灞陵行送别》："我向秦人问路岐，云是王粲南登之古道。"用王粲曾登灞陵的不幸遭遇以自况。

"望长安"总是心向京都乃至心系国家。

北朝·周·庾信《拟咏怀二十七首》其二十二："不言登陇首，唯得望长安。"登上陇山，只能望见长安，而望不到南国。

唐·李白《经乱后将避地剡中留赠崔宣城》："四海望长安，颦眉寡西笑。"至德二年（756），安史之乱中，诗人即从宣城南下，避难剡中（今浙江嵊县）时作此诗。长安原也是汉代京城，桓谭《新论》引汉代关东俗语云："人闻长安乐，则出门向西而笑。"李白反用此意：全国都注视着京城长安，可长安已为乱兵所据，人们只能皱起眉头望长安，而没有欢笑了。

又《观胡人吹笛》："却望长安道，空怀恋主情。"望长安而空怀君王。

又《秋浦歌十七首》其一："正西望长安，不见江水流。"诗人登秋浦（今安徽贵池县西）东楼，不忘西向长安。

宋·胡世将《酹江月》："北望长安应不见，抛却关西半壁。"函谷关以西称关西，关西大片土地丢弃，望不见长安。

宋·辛弃疾《菩萨蛮》："西北望长安，可怜无数山。"南渡之后，因中原沦陷，已望不到长安，早被君山遮住。暗指中原沦丧。

宋·刘仙伦《念奴娇》："吴山青处，恨长安路断，黄尘如雾。"

金·元好问《鹧鸪天》："长安西望肠堪断，雾阁云窗又几重。"叹金灭亡。

清·邓廷桢《换巢鸾凤》（少穆留镇两粤，而余承乏三江，临行赋此）："思悄，波渺渺。萧鼓月明，何处长安道？"调离广州，报效朝廷路已断绝。

2920. 遥望长安日，不见长安人

唐·李白《单父东楼秋夜送族弟沈之秦》："遥望长安日，不见长安人。"夕阳在长安方向，可以遥见夕阳，却不见长安人，因为不见长安，族弟李沈去长安，到了长安，人也就见不到了。

唐·岑参《忆长安曲二章寄庞漼》："东望望长安，正值日初出；长安不可见，喜见长安日。"用意

反李白诗，见到长安日也欣喜非常。

2921. 望眼连天，日近长安远

元·王实甫《西厢记》第一本第一折《仙吕点绛唇》："游艺中原，脚根无线、如转蓬。望眼连天，日近长安远。"述张君瑞赴京城求进。"望眼连天"，放眼于远天，遥遥望去，长安还在很远的地方。

明·汤显祖《牡丹亭》第十二出寻梦《川拨棹》："你游花院，怎靠著梅树偃？一时间望眼连天，忽忽地伤心自怜。"用"望眼连天"。

2922. 百尺高楼与天连

汉乐府《淮南王》："淮南王，自言尊，百尺高楼与天连。"晋人崔豹《古今注》云："《淮南王》，淮南小山之所作也，淮南王服食求仙，遍礼方士，遂与方士相携俱去，莫知所往。小山之徒，思恋不已，乃作《淮南王》曲焉。"此诗写淮南王好仙终于仙去。"百尺高楼与天连"，说淮南王居于仙境。"百尺楼"，言楼之高，上层人物所居，有的就表示皇宫，也有的指城楼、山楼。

晋·陶渊明《拟古九首》："迢迢百尺楼，分明望四荒。暮作归云宅，朝为飞鸟堂。"此诗写身居高高的楼中，向四荒望去，那些古代"功名之士"葬于高入云端的北邙山墓地，一切荣华尽成灰烬了。洛阳城郊北邙山，汉魏晋君臣多葬于此，因而作者发出感叹。

晋乐府《孟珠》："可怜景阳山，苕苕百尺楼，上有明天子，麟凤戏中州。"

南朝·陈·江总《长相思二首》："逶迤百尺楼，愁思三秋结。"

唐·虞世南《奉和至寿春应令》："路指八仙馆，途经百尺楼。"

唐·韩翃《赠张建》："翠羽双鬟妾，珠帘百尺楼。"

唐·冷朝阳《送红线》："采菱歌怨木兰舟，送客魂销百尺楼。"

唐·令狐楚《宫中乐五首》："九重青琐闼，百尺碧云楼。"

唐·刘禹锡《登陕州北楼却忆京师亲友》："独上百尺楼，目穷思亦愁。"

唐·崔澹《句》："九重城里春来早，百尺楼头日落迟。"

唐·李商隐《霜月》:"初闻征雁已无蝉,百尺楼高水接天。"

又《安定城楼》:"迢递高城百尺楼,绿杨枝外尽汀洲。"

唐·吴融《败帘六韵》:"尽见三阁重,难迷百尺楼。"

宋·欧阳修《高楼》:"六曲雕栏百尺楼,帘波不定瓦如流。"

宋·邵雍《龙门石楼看伊川》:"百尺楼台通鸟道,一川烟水属僧家。"

宋·秦湛《卜算子》(春情):"春透水波明,寒峭花枝瘦。极目烟中百尺楼,人在楼中否?"

宋·辛弃疾《浣溪沙》(黄沙岭):"寸步人间百尺楼,孤城春水一沙鸥,天风吹树几时休。"

宋·陈允平《倒犯》:"百尺凤凰楼,碧天暮云初扫。"

2923. 元龙湖海豪气,百尺卧高楼

宋·张元干《水调歌头》(追和):"梦中原,挥老泪,遍南州。元龙湖海豪气,百尺卧高楼。"此词是自和《水调歌头·同徐师川泛太湖舟中作》,即"追和"过去词的调韵。绍兴二十一年(1251)张元干因作《贺新郎》词送胡铨,被秦桧迫害入狱。出狱后,重游太湖,百感交集,念及建炎三年(1129)夏秋与徐俯同泛太湖,已二十余年,而今孤身飘零,遭受迫害,壮志难遂,感慨良多。上引数句,"湖海豪气""卧高楼",表现仍怀救国忧民之壮志。

"百尺卧高楼",典出《三国志·魏书·陈登传》。"元龙"即陈登,东汉末年人。一次刘备与许汜共论天下英雄,许汜说:"陈元龙湖海之士,豪气不除。"而许自己却只顾求田问舍,作个人打算,所以元龙不多同他讲话,还让他睡在下床。刘备批评许汜说:"君有国士之名,今天下大乱,帝主失所,望君忧国忘家,有救世之意。而君求田问舍,言无可采,是元龙所讳也,何缘当与君语?如小人,欲卧百尺楼上;卧君于地,何但上下床之间邪!"刘备意为,要是我,我卧在百尺高楼之上,让你睡在地上,岂止是分上下床呢!表示相距更远,鄙视更甚。"元龙百尺楼"后常用来表忧国忘家的豪情或建功立业的壮志。

宋·苏轼《赵令晏崔白大图幅经三丈》:"好卧元龙百尺楼,笑看江水拍天流。"

又《次韵邦直子由》:"恨无扬子一区宅,懒卧元龙百尺楼。"

宋·陆游《秋思》:"欲舒老眼无高处,安得元龙百尺楼。"

宋·袁去华《满江红》(都下作):"靖节依然求县令,元龙老去空豪气。便乘兴、一叶泛沧浪,吾归矣。"只用"元龙豪气"。

宋·京镗《定风波》:"休卧元龙百尺楼,眼高照破古今愁。若不擎天为柱,且学鸱夷、归泛五湖舟。"

又《水调歌头》(次果州冯宗丞韵):"谁知有,楼百尺、卧元龙。来从天上,一麾游戏斗牛中。"

又《水调歌头》(次前黄州李使君见赠韵):"挺挺祖风烈,再岁滞偏州。元龙豪气,宜卧百尺最高楼。万丈章光焰,一段襟怀洒落,风露玉壶秋。"

宋·辛弃疾《念奴娇》(和赵录国兴韵):"为沽美酒,过溪来,谁道幽人难致。更觉元龙楼百尺,湖海平生豪气。自叹年来,看花索句,老不如人意。"

又《贺新郎》:"元龙百尺高楼里,把新诗、殷勤问我,停云情味。"

又《水调歌头》(提干李君索余赋野秀、绿绕二诗。余诗寻医久矣,姑合二榜之意,赋水调歌头以遗之。然君才气不减流辈,岂求田问舍而独乐其身耶):"君家风月几许,白鸟去悠悠。插架牙籤万轴,射虎南山一骑,容我揽须不。更欲劝君酒,百尺卧高楼。"

又《水龙吟》(过南剑双溪楼):"元龙老矣,不妨高卧,冰壶凉簟。"反用。

宋·陈亮《贺新郎》(怀辛幼安用前韵):"千里亲情长悟对,妙体本心次骨。卧百尺、高楼斗绝。天下适安耕且老,看买犁卖剑平家铁。壮士泪、肺肝裂。"

又《满江红》(怀韩子师尚书):"笑我只知有饱暖,感君元不论阶级。休更上百尺旧家楼,尘侵帻。"

宋·刘克庄《贺新郎》(九日):"老眼平生空四海,赖有高楼百尺。看浩荡、千崖秋色。白发书生神州泪,尽凄凉,不向牛山滴。"

宋·李曾伯《沁园春》(甲辰饯尤木石赴九江帅):"十年泉石优游,久高卧元龙百尺楼。"

又《沁园春》(饯总干陈公储):"百尺楼头,奇哉此翁,元龙后身。"

又《八声甘州》(送吴峡州):"赖有甘棠在,人口如碑。百尺楼头徙倚,记绸缪桑土,几对灯棋。"

宋·黄昇《贺新郎》(题双溪冯熙之交游风月之楼):"落落元龙湖海气,更著高楼百尺。收揽尽、水光山色。"

宋·姚勉《沁园春》(寿陈中书):"湖海元龙,逸气飘然,可百尺楼。"

宋·蒋捷《贺新郎》(乡士以狂得罪,赋此钱行):"世上恨无楼百尺,装着许多俊气。"

宋·熊德修《洞仙歌》(庄县宰):"城山堂宇静,百丈楼高,湖海元龙浩然气。"

宋·无名氏《水调歌头》:"辟逻世间万事,推放那边一壁,百尺卧高楼。"

金·元好问《横波亭》诗:"孤亭突兀插飞流,气压元龙百尺楼。"写横波亭如百尺楼,以陈登喻移剌瑗。移剌瑗曾为青口镇(今江苏省海州湾内)统帅。

元·元文苑《一枝花》:"卧元龙百尺楼,自扶囊柱杖挑包,醒濯足新丰换酒。"

元·张养浩《普天乐》:"子真谷口,元龙楼上,其无涯。"

元·陈竹村《行香子·知足》:"蹭蹬几年无用处,枉被儒冠误。改业簿书丛,倒得官人做,元龙近来豪气无。"直用"元龙豪气"。

清·蒲松龄《荒园小构落成,有丛柏当门,颜曰绿屏斋》:"世事依稀春梦婆,元龙豪气半消磨。"

2924.迢递起朱楼

南朝·齐·谢朓《隋王鼓吹曲十首》其四《入朝曲》:"江南佳丽地,金陵帝王州。逶迤带绿水,迢递起朱楼。""迢递",高耸的样子。江南金陵,绿水回绕,水边红楼高耸。

南宋·汪元量《莺啼序》(重过金陵):"金陵故都最好,有朱楼迢递。嗟倦客、又此凭高,槛外已少佳致。"用谢朓句说金陵原来之好,而今破坏得"已少佳致"了。

2925.滕王高阁临江渚

唐·王勃《滕王阁序》:"滕王高阁临江渚,佩玉鸣鸾罢歌舞。"滕王阁高高耸立,西临漳江之岸,滕王已去,歌舞已停,似乎还听到佩玉叮叮,车铃婴婴。用《礼记·玉藻》:"故君子在车,则闻鸾和之声,行则鸣佩玉。"

宋·王安石《送吴显道五首》:"滕王高阁临江渚,东边日出西边雨。十五年前此会同,天际张帷列尊俎。"

宋·范成大《豫章南浦亭泊舟二首》:"绣槛临沧渚,牙樯插暮沙。"南浦亭在广润门外,下临南浦。

宋·辛弃疾《贺新郎》:"高阁临江渚,访层城、空余旧迹,黯然怀古。"

今人张建华《滕王高阁临江渚》辘轳体八首赞重建滕王阁"滕王高阁……"一句由句首起八首中轮次移位,最后一首在第八句。

2926.画栋高飞南浦云

唐·王勃《滕王阁序》诗:"画栋高飞南浦云,珠帘暮卷西山雨。"采画的栋梁早晨迎着南浦飞来的云层,珠饰的窗帘晚上卷起西山吹来的细雨。

金·赵可《凤栖梧》:"霜树重重青障小,高栋飞云,正在霜林梢。"用其句而变其意。

2927.阁中帝子今何在

唐·王勃《滕王阁序》诗:"阁中帝子今何在,槛外长江空自流。"阁的主人滕王李元婴现在何处?只有槛外的江水还在那里空流。

今人吴宏谋《喜登重建滕王阁依王勃诗原韵》:"阁中帝子今何在,痛惜王郎溺海流。"

2928.时来风送滕王阁

元明戏曲小说语:"时来风送滕王阁,运去雷轰荐福碑。"王勃在马当(江西彭泽东北)一夜之间到了相距六七百里的南昌,赶上了作序的机会,使他名声大振。宋人张镐流落在饶州荐福寺,寺僧欲揭颜鲁公碑贴一千份送他作路费,可夜间碑石被雷击毁。

明·汤显祖《牡丹亭》第十三出诀谒《前腔》:"你待秋风谁?你道滕王阁、风顺随;则怕鲁颜碑、响雷碎。"

2929.自天衔瑞图,飞下十二楼

唐·杜甫《凤凰台》(在同谷县东南十里,二台如阙。汉有凤凰来栖,故名):"自天衔瑞图,飞下十二楼。图以奉至尊,凤以垂鸿猷。再光中兴业,一洗苍生忧。"想象从天上十二楼飞下凤凰,以衔祥瑞图献给黄帝,借以表达平安史之乱,以求中兴,使四海澄清,苍生获救。

"十二楼"指仙境。《史记·封禅书》记方士语："黄帝时为五城十二楼,以候神人于执期,命曰迎年。"《汉书·郊祀志》："方士有言,黄帝时五城十二楼,所以候神人,名为迎年。"应邵注："昆仑玄圃五城十二楼,仙人之所常居。"可见传说中的"五城十二楼"是神仙所居,一种仙境。唐·储光羲《述华清宫五首》："昔在轩辕朝,五城十二楼。"唐·李白《经乱离后天恩流夜郎忆旧游书赠江夏韦太守良宰》："天上白玉京,十二楼五城。仙人抚我顶,法发爱长生。"唐·韩翃《同题仙游观》："仙台初见五城楼,风物凄凄宿雨收。""五城楼"亦指五城十二楼。但更多的只用"十二楼"表示"仙境"。

李乂《高安公主挽歌二首》："汤沐三千赋,楼台十二重。""十二重"即"十二层楼""十二楼"。

唐·鲍溶《怀仙二首》："昆仑九层台,台上宫城峻。……十二楼上人,笙歌沸天引。"

唐·许浑《学仙二首》："年年望断无消息,空闭重城十二楼。"

唐·李商隐《赠白道者》："十二楼前再拜辞,灵风正满碧桃枝。"

唐·张乔《张硕重寄杜兰香》："人闻何事堪惆怅,海色西风十二楼。"

唐·吴融《寄杨侍郎》："云情鹤态莫夸俏,正上仙楼十二重。"

又《宪丞裴公上洛退居有寄二首》："自嗟不得从公去,共上仙家十二楼。"喻退居之所如仙楼。

唐·张为《秋醉歌》："三留对上帝,玉楼十二重。上帝赐我酒,送我敲金钟。"

唐·陈陶《钱塘对酒曲》："三清羽童未何迟,十二玉楼胡蝶飞。"

唐·滕潜《凤归云二首》："曾将弄玉归云去,金翮斜开十二楼。"

唐·吕岩(洞宾)《七言》："才吞一粒便安然,十二重楼九曲连。"

又《七言》："十二楼台藏秘诀,五千言内隐玄关。"

唐·无名鬼《诗》："红山櫂竿一百尺,山中楼台十二重。"

宋·王禹偁《对雪示嘉祐》："朝回揽辔聊四望,移下五城十二楼。"以仙楼比帝宫。

宋·杨亿《灯夕寄献内翰虢略公》："琼楼十二玉梯斜,朝鹊南飞转斗车。"

宋·夏竦《话道》："须知方寸真元意,不在层城十二楼。"

又《和太师相公秋兴十首》："何当弄风随惊吹,真上层城十二楼。"

宋·葛郯《洞仙歌》(壬辰六月十二日纳凉)："螭楼十二,无限神仙侣。"

宋·葛长庚《祝英台近》："月如酥,天似玉,长啸弄孤影。十二楼台,昨梦暗寻省。"

又《菊花新》："十二楼台,组前回旧迹,想琪花似雪,忘了还思。"

又《沁园春》："人身里,三千世界,十二楼台。"

又《水调歌头》："昔在虚皇府,被谪下人间,笑骑白鹤,醉吹铁笛落星湾。十二玉楼无梦,三十六天夜静,花雨洒琅玕。"

又《贺新郎》："家在神霄归来得,十二玉楼无梦;梦里听,瑶琴三弄。"

元·汤式《端正好·咏荆南佳丽》："曲盘盘五城十二楼前步,远腾腾似入蓬莱路。"继李白之后用"五城十二楼",描写"荆南"之壮美。

又《端正好·题梧腔》："虚敞似瑶台十二层,满目空清。"略去"楼"字。

2930. 向日三千里,朝天十二楼

唐·刘长卿《送李补缺之上都》："向日三千里,朝天十二楼。"李补缺西去而东归京城,所以说"向日三千里","朝天十二楼",走向京都宫廷。表示帝宫,是"十二楼"另一含义。刘长卿《送贾侍御克复后入京》："驰驷数千里,朝天十二楼。"再用。

唐·张籍《洛阳行》："洛阳宫阙当中州,城上峨峨十二楼。"唐东京洛阳之帝宫。

宋·宋若华《嘲陆畅》："十二层楼倚碧空,凤鸾相对立梧桐。双成走报监门卫,莫使吴歈入汉宫。"《全唐诗》注："云安公主下降畅,为侯相,才思敏捷,应对如流,六宫大异之。畅吴音,以诗嘲焉。"

唐·孟郊《长安旅情》："尽说青云路,有足皆可至。我马亦四蹄,出门似无地。玉京十二楼,峨峨倚青翠。下有千朱门,何门荐孤士。"

唐·滕迈《春色满皇州》："蔼蔼复悠悠,春归十二楼。"(一作薛逢诗)

唐·杜牧《十九兄郡楼有宴病不赴》："十二层楼敞画檐,连云歌尽草纤纤。"

唐·薛逢《宫词》："十二楼中尽晓妆,望仙楼上望君王。"

唐·温庭筠《题望苑驿》："分明十二楼前月,

不向西陵照盛姬。"原注:"望苑驿东有马嵬驿,西有端正树,一作相思树。"

唐·曹邺《送进士下第归南海》:"应无惆怅沧波远,十二玉楼非我乡。"

唐·韦庄《长安旧里》:"车轮马迹今何在,十二楼无处寻。"

唐·徐夤《华清宫》:"十二琼楼锁翠微,暮霞遗却六铢衣。"

宋·宋太宗赵光义《缘识》:"京都繁华谁比矣,十二楼台重重起。"

宋·宋白《宫词》:"十二楼前御柳垂,九重城里百花时。"

宋·丁谓《凤栖梧》词:"十二层楼春色早,三殿笙歌,九陌风光好。"

元·无名氏《水仙子》:"望故国三千里,倚秋风十二楼,没来由惹起闲愁。"

2931. 十二玉楼空又空

唐·李商隐《代应二首》:"沟水分流西复东,九秋霜月五更风。离鸾别凤今何在,十二玉楼空又空。"写一霜冷风寒的秋天,女子不知何在,玉楼空空,从而生出人去楼空、离鸾别凤之叹。"十二楼"又表示青楼、酒肆或高塔,在古代遗存中,唯塔可称十二重,宫室、青楼没有十二重,只言其高。清·陈廷焯《白雨斋诗话》:"贺老小词,工于结句,往往有通首渲染,至结处一笔叫醒,遂使全篇虚处皆实,最属胜境。"此评指宋·贺铸《罗敷歌·采桑子》下阕:"谁家水调声声怨,黄叶西风。茜画桥(在今江苏宜兴)东,十二玉楼空更空。"陈廷焯称赞的结句"十二玉楼"句,正是取自李商隐诗。而后用"十二楼"表示青楼、酒家、古塔。

唐·顾况《露青竹杖歌》:"十二楼中奏管弦,楼中美人夺神仙。"首用"十二楼"代青楼或其他高楼。

唐·李商隐《无愁果有愁曲北齐歌》:"秋娥点滴不成泪,十二玉楼无故钉。"

唐·贾岛《蔷薇歌》:"十二楼前花正繁,交枝簇蒂连壁门。"

唐·温庭筠《瑶瑟怨》:"雁声远过潇湘去,十二楼中月自明。"

唐·翁承赞《柳》:"玉句栏内朱帘卷,瑟瑟丝笼十二楼。"

唐·陈陶《朝天引四首》:"天鸡唱罢南山晓,春色光辉十二楼。"

又《泉州刺桐花咏兼吴赵使君》:"今来树似离宫色,红翠斜倚十二楼。"

唐·张白《武陵春色》:"武陵春色好,十二酒家楼。"

五代后唐·徐铉《又和八日》:"微云疏雨淡新秋,晓梦依稀十二楼,故作别离应有以,拟延更漏共无由。"

宋·晏几道《蝶恋花》:"十二楼中双翠凤,缥缈歌声,记得江南弄。"

宋·秦观《长相思》(一作贺铸《望扬州》词):"铁瓮城高,蒜山渡阔,干云十二层楼。开尊待月,掩箔披风,依然灯火古扬州。"

宋·贺铸《点绛唇》:"十二层楼,梦回缥缈非烟里。此情何寄?赖尔荆江水。"

又《罗敷歌·采桑子》:"东南自古繁华地,歌吹扬州,十二青楼,最属秦娘第一流。"

宋·仲殊《南柯子》(六和塔):"今夜蓬莱归梦,十二琼楼。"以仙楼喻六和塔。

宋·范周《宝鼎现》:"缓引笙歌妓,任画角、吹老寒梅,月落西楼十二。"

宋·朱敦儒《蓦山溪》:"尘世悔重来,梦凄凉、玉楼十二。教些香去,说与惜花人。云黯淡,月朦胧,今夜谁同睡。"

宋·赵耆孙《远朝归》:"斜阳外,漫回首、画楼十二。"

宋·葛长庚《贺新郎》(赠紫兰):"手折琪花今似梦,十二楼台何处。"

又《酹江月》:"遥想十二楼前,琪花开已遍,鸾歌鹤舞。梦到三天还又落,愁听堂中箫鼓。"

2932. 汉家离宫三十六

唐·骆宾王《帝京篇》:"秦塞重关一百二,汉家离宫三十六。桂殿嶔岑对玉楼,椒房窈窕连金屋。""离宫三十六"应是宫外之宫,此指唐帝京长安宫殿林立。

宋·王安石《虞美人》:"汉家离宫三十六,缓歌慢舞凝丝竹。"用骆宾王句。

2933. 尝登王粲楼

唐·张九龄《候使登石头驿楼作》:"自守陈蕃榻,尝登王粲楼。"张九龄是初唐名相,后受李林甫所忌,罢政事,贬荆州长史。"王粲登楼作赋"也在荆州。王粲才名早著，十四岁就受到文学家蔡邕的赏识。为避董卓之乱，南下依附刘表。刘表嫌他身材瘦小，相貌不扬，不予重用。他在荆州心情抑郁，大志难酬，登当阳县城楼，极目四望，联想到自己面对乱世，难展抱负，于是作《登楼赋》，以抒乱离之感，乡关之思，倾诉了为国建功立业的雄心及壮志难酬的苦闷。张九龄贬至荆州，登过王粲，登过当阳城楼，借以抒写自己受权臣排斥、不能为国建功立业的苦痛。因此"尝登王粲楼"双关着同王粲在荆州同样的大志难申的遭际和心绪。王粲登楼作赋事迹，对后世怀才不遇的文人颇有影响，所以王粲登楼及其《登楼赋》常被作为成语般地用于诗词之中。张九龄用之最早。以下如：

唐·刘长卿《酬李郎中夜登苏州城楼见寄》："遥寄登楼作，空知行路难。"暗含"王粲登楼"意。此诗又作唐人皇甫冉《酬李郎中待御秋夜登福州城楼见寄》诗。

唐·杜甫《长沙送李十一》："远愧尚方曾赠履，竟非吾土倦登楼。"亦暗用。

唐·独孤及《寒夜溪行舟中作》："沉吟登楼赋，中夜起三复。"

唐·戴叔伦《赠司空拾遗》："陈琳草奏才还在，王粲登楼兴不赊。"（一作唐·大易诗）

唐·章孝标《蜀中上王尚书》："自古名高闲不得，肯容王粲赋登楼。"

唐·薛逢《送李蕴赴郑州因献卢郎中》："马融闲卧笛声远，王粲醉吟楼影移。"

唐·罗隐《春日投钱塘元帅尚父二首》："一句黄河千载事，麦城王粲谩登楼。"这里说王粲登麦城城楼，但多认为是登当阳楼。《登楼赋》写："挟清漳之通浦兮，倚曲沮之长洲。"当阳楼上看到了漳水和沮水。因为漳水源出湖北省南漳县，沮水源出湖北省保康县，二水均流向东南经当阳会合。认为麦城楼，是《水经注》载。"沮水条"："沮水又南经楚昭王墓，东对麦城，故王仲宣赋登楼云'西接昭丘'是也。""漳水"条："又南径麦城东，王仲宣登其东南隅，临漳水而赋。"唐·杜甫"欲向何门跋丝履，仲宣楼头春色深"（《短歌行赠王郎司直》）句中他要登的"仲宣楼"则在江陵。刘表时的荆州治所在今湖北襄阳，后荆州又迁于江陵，江陵也有"仲宣楼"，更不会是王粲所登之楼了。

唐·贯休《送崔使君》："子牟恋阙归阙，王粲下楼相别。"

唐·郑愚《泛石岐海》："未卜虞翻宅，休登王粲楼。"

宋·苏轼《二公再和亦再答之》："应念苦思归，登楼赋王粲。"

又《次韵邦直子由》："无事会须成好饮，思归时欲赋登楼。"

宋·苏辙《水调歌头》（徐州中秋）："但恐同王粲，相对永登楼。"

宋·李觏《和游丹霞有怀归之意》："陶潜醉后虽眠石，王粲忧多更上楼。"

宋·高似孙《木兰花慢》（孟津官舍寄饮若、钦用昆弟，并长安故人）："黄尘道、何时了，觅故人、应也怪迟留。只问寒沙过雁，几番王粲登楼。"

宋·李曾伯《沁园春》（庚戌初度自赋）："依然千古荆州，问刘表诸人还在否？向亭前举酒，不堪北顾；船头击楫，忍负中流。远水长天，淡烟衰草，还是当时王粲楼。"

宋·陈人杰《沁园春》（次韵林南金赋愁）："叹霸才重耳，泥涂在楚，雄心元德，岁月依刘。梦落尊边，神游菊外，已分他年专一丘。长安道，且身如王粲、时复登楼。"

宋·文天祥《酹江月》（和）："横槊题诗，登楼作赋，万事空中雪。江流如此，方来还有英杰。"

金·高士谈《秋兴》："渊明方止酒，王粲亦登楼。"

元·马致远《金字经》曲："悲，故人知未知？登楼意，恨无天上梯。"

元·曾瑞《哨遍·思乡》："迟留别楚悲王粲，久困长沙叹贾生。""悲王粲"意与"登王粲楼"同。

元·刘时中《雁儿落过得胜令·送别》："长沙屈贾谊，落日悲王粲。"用曾瑞语。

元·阿鲁威《蟾宫曲》："归赋登楼，白发萧萧，老我南州。"

元·张可久《卖花声·客况》："登楼北望思王粲，高卧东山忆谢安。"

元·亢文苑《一枝花》："西风张翰志，落日仲宣楼。"

元·吕止庵《仙吕·后庭花》："逆旅新丰舍，羞登王粲楼。"

元·无名氏《醉太平》："怕行舟远使追张翰，倦登楼烂醉思王粲，紧关门高卧袁安。老先生意懒。"

明·刘基《水龙吟》："问登楼王粲，镜中白发，今宵又添多少。"

2934. 故人西辞黄鹤楼

唐·李白《黄鹤楼送孟浩然之广陵》："故人西辞黄鹤楼,烟花三月下扬州。孤帆远影碧空尽,唯见长江天际流。"年轻的李白,出川后结识了年长潇洒的孟浩然。此刻在黄鹤楼送别孟浩然乘舟去扬州,虽有离别之失落感,还没有离别的痛苦。首句,劈头即展开。

唐·顾况《黄鹤楼歌送独孤助》："故人西去黄鹤楼,西江之水天上流。"兼用李白《将进酒》中"君不见黄河之水天上流"句。

2935. 昔人已乘黄鹤去

唐·崔颢《黄鹤楼》："昔人已乘黄鹤去,此地空余黄鹤楼。黄鹤一去不复返,白云千载空悠悠。晴川历历汉阳树,芳草萋萋鹦鹉洲。日暮乡关何处是?烟波江上使人愁。"首联是对"鹤去楼空"的咏叹,一开始即紧扣心弦。后仿用此句式者如:

唐·陆羽《会稽东小山》："昔人已逐东流去,空见年年江草齐。"

唐·武元衡《登阖闾古城》："全盛已随流水去,黄鹂空啭旧春声。"

2936. 晴川历历汉阳树

唐·崔颢《黄鹤楼》："晴川历历汉阳树,芳草萋萋鹦鹉洲。"站在武昌江岸的黄鹤楼上,居高临下,望西北的汉阳,汉阳树在晴川中历历在目,汉阳西南长江中的鹦鹉洲上芳草萋萋。这是黄鹤楼壮阔的远景。用此句者如:

宋·蒋堂《吴淞江》："沙边历历辨云树,岛外溅溅弄月波。"

元·吕止庵《后庭花》："芳草迷鹦鹉,晴川隔汉阳。"从颢二句中化出。

明·杨基《雪中登黄鹤楼》："遥看历历汉阳树,一色尽是梨花开。"继"汉阳树",写汉阳梨花历历可见。

清·孔尚任《桃花扇》第十三出哭主："遥见晴川树底,芳草洲边,万姓欢歌,三军嬉笑,好一段太平景象。"取崔颢二句句意。

今人邹荻帆《双翼——晴川饭店眺黄鹤楼》："我想寻找一点古诗意,啊,晴川历历汉阳树……"

今人唐寰澄《高阳台》(新建黄鹤楼)："历历晴

川,辉煌电彩飞流。"

2937. 芳草萋萋鹦鹉洲

唐·崔颢《黄鹤楼》："晴川历历汉阳树,芳草萋萋鹦鹉洲。"汉末祢衡,投江夏太守黄祖。黄祖长子黄射,在鹦鹉洲上大宴宾客,有人献鹦鹉,命祢衡作《鹦鹉赋》。后祢衡被黄祖杀害,葬于作赋之洲上,因以"鹦鹉"命洲名。

唐·李白《鹦鹉洲》："鹦鹉来过吴江水,江上洲传鹦鹉名,鹦鹉西飞陇山去,芳州之树何青青!"此诗受"芳草萋萋鹦鹉洲"开启而作。祢衡《鹦鹉赋》："命虞人于陇坻,诏伯益于流沙。跨昆仑而播弋,冠云霓而张罗。""陇坻"即今陕甘交界之陇山。《禽经》注云:"鹦赋出陇西。"祢赋与李诗都写到鹦鹉的源出。

李白写鹦鹉洲,都赞美祢衡及其《鹦鹉赋》:

《望鹦鹉洲悲祢衡》："吴江赋鹦鹉,落笔超群英。锵锵振金玉,句句欲飞鸣。"称《鹦鹉赋》为超群之作。

《经乱离后天恩流夜郎忆旧游书赠江夏韦太守良宰》："一忝青云客,三登黄鹤楼。顾惭祢处士,虚对鹦鹉洲。"惭为青云客,写不出好文章,愧对祢衡。

2938. 庾楼花盛客初归

唐·许浑《李秀才近自塗口迁居新安适枉缄书见宽悲戚因以此答》："远书开罢更依依,晨坐高台竟落晖。颜巷雪深人已去,庾楼花盛客初归。东堂望绝迁莺起,南国哀余候雁飞。今日劳君犹问讯,一官唯长故山薇。"此七律写李秀才迁居后致书作者问候;李秀才应试不中,生活清苦,作者深为关注,作此诗以慰。"颜巷雪深"句说李离开塗口,"庾楼花盛"句写李迁新居可欣慰。

庾,指晋·庾亮《晋书》载庾亮镇武昌,诸佐吏乘月共登南楼。俄而亮至诸人将起避之,亮徐曰:"诸君且住,老子于此,兴复不浅。"《世说新语·容止》亦载:"庾太尉(亮)在武昌,秋夜气清景佳。使殷浩、王胡之之徒(登楼)理咏……庾公俄而牵左右步来,诸贤欲避之,公徐曰:'诸君少住,老子于此处兴复不浅!'""庾楼",又名玩月楼,在武昌(今湖北鄂城县南)。庾亮借秋夜佳景,本意登楼,因而"兴复不浅",同僚属一同游乐。唐·杜甫《故右仆射相国曲江张公九龄》诗就曾借以称张九龄:

"庾公兴不浅,黄霸镇每静。"后用"庾楼"涵概景色佳好,兴致很浓。用的最多的是元稹、白居易和许浑。

唐·杜甫《秋日寄题郑监湖上亭三首》:"池要山简马,月净庾公楼。"

唐·戴叔伦《送万良曹之任扬州更归旧隐》:"倘有登楼望,还应伴庾公。"

唐·李端《送客赴江陵寄郢州郎士元》:"竟陵明月夜,为上庾公楼。"

又《和李舍人直中书对月见寄》:"素魄近成班女扇,清光远似庾公楼。"

唐·崔峒《书情寄上苏州韦使君兼呈吴县李明府》:"陶潜县里看花发,庾亮楼中对月明。"

唐·权德舆《初秋月夜中书宿直因呈杨阁老》:"相思玩华彩,因感庾公楼。"

唐·欧阳詹《旅次舟中对月寄姜公》:"那得休蓬转,从君上庾楼。"

唐·刘禹锡《有所嗟二首》:"庾令楼中初见时,武昌春柳似腰肢。"

又《送李策秀才还湖南因寄幕中亲故兼简衡州吕八郎中》:"庾楼见清月,孔坐多绿醽。"

唐·元稹《水上寄乐天》:"汉水流江海,西江过庾楼。庾楼今夜月,君岂在楼头?万一楼头望,还应望我愁。"

又《凭李忠州寄书乐天》:"伤心最是江头月,莫把书将上庾楼。"

又《所思二首》:"庾亮楼中初见时,武昌春柳似腰肢。"同刘禹锡《有所嗟》诗,二首尽同,疑有误收。

又《过襄阳楼呈上府严司空楼在江陵节度使宅北》:"早晚暂教王粲上,庾公应待月分明。"

唐·白居易《庾楼晓望》:"三百年来庾楼上,曾经多少望乡人!"一作王贞白诗。

又《庾楼新岁》:"牢落江湖意,新年上庾楼。"

又《初到江州》:"浔阳欲到思无穷,庾亮楼南湓口东。"

又《三月三日登庾楼寄庾三十二》:"每登高处长相忆,何况兹楼属庾家。"

又《题崔使君新楼》:"从此浔阳风月夜,崔公楼替庾公楼。"

又《山中酬江州崔使见寄》:"庾楼春好醉,明日且回车。"

唐·许浑《下第归来朱方寄刘三复》:"月高萧寺夜,风暖庾楼春。"

又《淮阴阻风寄皇楚州韦中丞》:"河桥有酒无人醉,独上高城望庾楼。"

又《酬钱汝州》:"怪来雅韵清无敌,三十六峰当庾楼。"

又《送令开上人》:"初到庾楼红叶坠,夜投萧寺碧云随。"

又《夜归孤山寺却寄卢郎中》:"醉别庾楼山色晓,夜归萧寺月光斜。"

又《寄殷尧藩先辈》:"带月独归萧寺远,玩花频醉庾楼深。"

又《闻州中有谶寄崔大夫兼寄邢群评事》:"颜子巷深青草色,庾君楼回碧山多。"

唐·李逢吉《和严揆省中宿斋遇令狐员外当直之作》:"竟夕文昌知有月,可怜如在庾楼中。"

唐·罗隐《途中献晋州孟中丞》:"楼移庾亮千山月,树待袁宏一扇风。"

又《送郑州严员外》:"从此文星在何处,武牢关外庾公楼。"

唐·郑谷《送人之九江谒郡侯苗员外绅》:"双旌相望处,月白庾公楼。"

又《荆渚八月十五夜值雨寄同年李屿》:"棹倚袁宏渚,帘垂庾亮楼。"

唐·赵嘏《赠歙州妓》:"滟滟横波思有余,庾楼明月隋云出。"

又《宛陵望月寄沈学士》:"天竺山前镜湖畔,何如今日庾楼中。"

唐·贯休《山居诗二十四首》:"明月清风宗炳社,夕阳秋色庾公楼。"

唐·韦庄《南昌晚眺》:"怪得地多章句客,庾家楼在斗牛边。"

唐·王喦《回旧山》:"庾家楼上谢家池,处处风烟少旧知。"

唐·何元《玩雪》:"秦客访花惊出洞,庾公看月误登楼。"

唐·杨牢《奉酬于中丞登越王楼见寄之什》:"庾楼寒更忆,肠断雪千峰。"

唐·卢邺《和李尚书命妓饯崔侍御》:"何郎载酒别贤侯,更吐歌珠宴庾楼。"

唐·罗隐《寄主客张员外》:"庾楼宴罢三更月,宏阁淡时一座风。"

唐·鱼玄机《遣怀》:"琴弄萧梁寺,诗吟庾亮楼。"

宋·杨亿《初秋属疾》:"昨夜西楼凉月满,清谈偏忆庾元规。"

宋·孙复《中秋月》:"十二度圆皆好看,就中圆极在中秋。前峰独上还吟玩,高兴多于庾亮楼。"

宋·苏轼《点绛唇》:"闲倚胡床,庾公楼峰千朵。与谁同坐?明月清风我。"

宋·黄庭坚《离亭燕》:"西顾郎官湖渺,事看庾楼人小。"

宋·秦观《忆秦娥》(庾楼月):"庾楼月,水天涵映秋澄彻。"

宋·王之道《水调歌头》:"客主一时杰,倾动庾公楼。"

宋·曾觌《水调歌头》(书怀):"记当年,曾共醉、庾公楼。一杯此际,重话前事逐东流。"

宋·韩元吉《临江仙》(次韵子云中秋):"芸阁老仙多妙语,云阶清梦曾游,屐声还认庾公楼。"

宋·侯寘《玉楼春》(次中秋闰月表舅晁仲如韵):"庾楼江阔碧天高,遥想飞觞清夜永。"

宋·曹冠《念奴娇》(咏中秋月):"林叶吟秋,帘栊如画,丹桂香风发。年年今夕,庾楼此兴清发。"

宋·葛郯《水调歌头》(送唯斋之官回舟松江赋):"胡床兴不浅,人在庾公楼。"

宋·范端臣《念奴娇》:"纶中玉麈,庾楼无限清兴。"

宋·吕胜己《渔家傲》(沅州作):"长记浔阳江上宴,庾公楼上凭栏遍。"

宋·赵善括《水调歌头》(和黄舜举吴门二咏):"岘山碑,帝子阁,庾公楼,当时风物,如今烟水只供愁。"

宋·陈三聘《满江红》:"滕阁暮霞孤鹜举,庾楼明月乌飞绕。"

宋·洪咨夔《水调歌头》:"风物庾楼似,秋思欠菰蒲。"

宋·李曾珀《沁园春》:"绣帽归军,玳簪环客,薄晚同登庾亮楼。"

宋·陆象泽《贺新郎》:"草堂旧日谈经地,更从容、南山北水,庾楼独倚。"

元·卢挚《蟾宫曲·武昌怀古》:"有越女吴姬楚酒,莫虚负老子南楼。"武昌南楼,即庾亮所登之楼。

元·马致远《行香子》:"花能助喜,酒解忘忧。对东篱,思北海,忆南楼。"

元·乔吉《折桂令·会州判文从周自维扬来道楚仪李氏意》:"醉梦悠悠,雁到南楼,寄点新愁。"

元·张可久《湘妃怨·即景》:"倚栏干千古南楼兴,斗转参横,命仙客联诗赋鼎。"

又《水仙子·春晚》:"东里寻芳去,西园秉烛游,醉倚南楼。"

元·朱庭玉《点绛唇·中秋月》:"庾楼高望,桂华初上海涯东。"

明·汤显祖《牡丹亭》第五十二出闹宴《前腔》:"恨南归草草也寄东流,你可也明月同谁啸庾楼!"

2939. 独上高楼望吴越

唐·李白《金陵城西楼月下吟》:"金陵夜寂凉风发,独上高楼望吴越。白云映水摇空城,白露垂珠滴秋月。月下沉吟久不归,古来相接眼中稀。解道'澄江净如练',令人长忆谢玄晖。"金陵城西楼,即"孙楚楼",因西晋诗人孙楚曾来此登高吟咏而得名。据《舆地志》载,楼在金陵城西北,城垣、长江皆陈其下。诗人在一个凉风习习的秋夜,独自登上此楼,放眼望吴越景色,在月下久久沉吟,深感自古以来,有才华的人往往难寻知音。而对月下的长江,联想到南齐谢朓《晚登三山还望京邑》诗中的名句"澄江净如练",想到谢朓仕途的曲折,他就是能与自己心心相接的人物了。李白此诗很著名,而"独上高楼望吴越"一句带起了全篇,孤寂之感继而产生。

"独上高楼"句,还有比较著名的。唐·羊士谔《登楼》:"秋风南陌无车马,独上高楼故国情。"写登上偏远的郡城城楼,秋风中一片冷落,不禁产生了故国之思。唐·韦庄《木兰花》词"独上小楼春欲暮,愁望玉关芳草路",和宋·晏殊《蝶恋花》词"昨夜西风凋碧树,独上高楼,望尽天涯路"(一作张先词),均细腻地写出思恋之深,盼望之切,"独上楼"这一特定活动起了重要作用。

"独上高楼"虽不是惊天动地之举,却具有丰富的表现力,表现了上楼人种种心境。

唐·韦应物《答端》:"长瞻西北是归路,独上城楼日几回。"

唐·姚系《古离别》:"独上高楼望,行人远不知。"

唐·卢纶《春日登楼有怀》:"年来笑伴皆归去,今日晴明独上楼。"

唐·李端《妾薄命》:"忍怀贱妾平生曲,独上襄阳旧酒楼。"

唐·张籍《登楼寄胡家兄弟》:"独上西楼尽日闲,林烟渲漾鸟蛮蛮。"

唐·白居易《题岳阳楼》:"岳阳城下水漫漫,独上危楼倚曲栏。"

唐·李德裕《登崖州城作》:"独上高楼望帝京,鸟飞犹是半年程。"

唐·赵嘏《宿灵岩寺》(即古吴宫):"无人见惆怅,独上最高楼。"

又《江楼有感》:"独上江楼思悄然,月光如水水如天。"

唐·许浑《赠河东虞押衙二首》:"生平志气何人见,空上西楼望落晖。"

唐·温庭筠《题崔公池亭旧游》:"沿前依旧青山色,尽日无人独上楼。"

唐·韩偓《雨中》:"独自上西楼,风襟寒帖帖。"

唐·齐己《寄岘山愿公三首》:"独上西楼望,荆门千万波。"

唐·修睦《秋台作》:"独上西楼上,客情何物同。"

五代·谭用之《月夜怀寄友人》:"残春谩道深倾酒,好月那堪独上楼。"

五代·刘兼《江楼望乡寄内》:"独上江楼望故乡,泪襟霜笛共凄凉。"

又《重阳感怀》:"重阳不忍上高楼,寒菊年年照暮秋。"

五代·牛希济《临江仙》:"渭阙宫城秦树凋,玉楼独上无寥。"

五代·冯延巳《蝶恋花》:"独立小楼风满袖,平林新月人归后。""风满袖"也是名句。

宋·范仲淹《依韵酬邠州通判王稷太傅》:"独上西楼为君久,满城明月会云销。"

宋·王诜《蝶恋花》:"独上高楼云渺渺,天涯一点青山小。"

宋·杜安世《苏幕遮》:"独上高楼临暮霭,凭暖朱栏,这意无人会。"

宋·吕渭老《醉思仙》:"断人肠,正西楼独上,愁倚斜阳。"

宋·辛弃疾《鹧鸪天》:"欲上高楼去避愁,愁还随我上高楼。"也是写"独上楼"。

清·凌廷堪《国香慢》:"慢惹离愁,任秋光老去,不上危楼。""危楼"即高楼。

清·沈曾植《临江仙》(缰村词来,调高意远,讽味不足,聊复寄继声):"高楼独上与谁同? 名随三老隐,声在九歌终。"

2940. 无言独上西楼

南唐后主李煜《乌夜啼》:"无言独上西楼,月如钩。寂寞梧桐深院锁清秋。"宋·黄昇《花庵词选》卷一评:"此词最凄婉,所谓亡国之音哀以思。"今人俞平伯《论诗词曲杂著》评:"自来盛传其'剪不断,理还乱'以下四句,其实首句'无言独上西楼'六字之中,已摄尽凄惋之神矣。""月如钩",不圆满,孤独无语,正满是孤独凄苦郁闷之情的表现,而且塑造了这样一种独特的形象:孤苦无依、满怀忧郁的人。同"独上高楼"比,又增加了"无言"的刻画。而这种形象的刻画,从唐代就开始了。

唐·唐彦谦《金陵怀古》:"登高有酒深忘醉,慨古无言独倚楼。宫殿六朝遗古迹,衣冠千古漫荒丘。"

唐·吴融《华清宫四首》:"上皇銮辂重巡游,雨泪无言独倚楼。惆怅眼前多少事,落花明月满宫秋。"

五代·顾夐《浣溪沙》:"无言斜倚小书楼,暗思前事不胜愁。"

五代·孙光宪《浣溪沙》:"花满驿亭香露细,杜鹃声断玉蟾低,含情无语倚楼西。"

宋·寇准《踏莎行》:"密约沉沉,离情杳杳,菱花尘满慵将照。倚楼无语欲销魂,长空黯淡连芳草。"

宋·柳永《少年游》:"日高花榭懒梳头,无语倚妆楼。修眉敛黛,遥山横翠,相对结春愁。"

宋·李清照《浣溪沙》:"小院闲窗春色深,重帘未卷影沉沉,倚楼无语理瑶琴。"

清·王僔《清平乐》:"含情独上西楼,珠帘半卷银钩。纵有千丝杨柳,能藏几许春愁!"

"无语凭阑"义同"无言倚楼"。

宋·柳永《凤栖梧》:"竚倚危楼风细细,望极春愁,黯黯生天际,草色烟光残照里,无言谁会凭栏意。"

宋·欧阳修《渔家傲》:"倚栏无语伤离凤,一片风情无用处。"

宋·谢逸《醉落魄》："无言独倚阑干立,帘卷黄昏,一阵西风入。"

宋·杨冠卿《菩萨蛮》："洋肌玉衬香绡薄,无言独倚阑干角。"

宋·方千里《南乡子》："独倚阑干无一语,回眸,鼓角声中唤起愁。"

宋·魏了翁《即席和李参政壁白笑花清平乐》："此关知谁领解,无言独倚东风。""无言倚风"其义亦同。

2941. 暝色入高楼

唐·李白《菩萨蛮》："平林漠漠烟如织,寒山一带伤心碧。暝色入高楼;有人楼上愁。"全词写游子思归。上片,写傍晚烟霭笼罩平林,远山也是令人凄寒的碧色。暮色映入楼中,此刻更引起了楼中游的乡愁。这是诗人长期飘泊生活的痛苦感受。

清·汪懋麟《苏幕遮》(舟中寒食)："暝色高楼,望断河桥路。"用李白句,写夜色中的高楼。

2942. 目极千里兮伤春心

楚·屈原《招魂》："目极千里兮伤春心,魂兮归来。哀江南!"此辞,司马迁列为屈原作品,玉逸《楚辞章句》则认为是宋玉所作。但多数学者认为是屈原所作,为楚怀王招魂,表达作者悼念怀王、热爱楚国之情。这里结尾二句:切盼"魂兮归来"、而"目极千里",面对春色倍感伤心。"目极千里",把目光尽大限度投向远方,瞭望,也是盼望。

南朝·宋·鲍照《还都道中诗三首》："夕听江上波,远极千里目。"是"目极千里"的变式。

唐·魏征《述怀》："既伤千里目,还惊九逝魂。"旅途艰险,用《招魂》句,写远望伤心。

唐·李百药《郢城怀古》："虽异三春望,终伤千里目。"悼当年楚国的灭亡。

唐·岑羲《饯唐州高使君》："目极伤千里,怀君不自持。"别情。

唐·柳宗元《登柳州城楼寄漳汀封连四州》："岭树重遮千里目,江流曲似九回肠。"从魏征二句翻出。

宋·苏轼《和王晋卿》："醒来送归雁,一寄千里目。"

2943. 欲穷千里目,更上一层楼

唐·王之涣《登鹳雀楼》："白日依山尽,黄河入海流。欲穷千里目,更上一层楼。"这是一首名诗。这两用对仗的绝句,组成极工的双联诗,上联写"黄河""白日",极尽宏伟之能事,顿令人胸怀开阔。下联切合一般登楼者"更上层楼"的心态,含着不断进取的精神的高瞻远瞩的哲理,并以其琅琅上口的通俗流畅的韵句而传诵不朽。

"鹳雀楼",又名鹳鹊楼。《清一统志》载:楼址在山西蒲州(今山西永济县,唐代为河中府)西南,黄河高阜处,曾有鹳雀栖其上而得名。宋人沈括《梦溪笔谈》载:"河中府鹳雀楼三层,前瞻中条,下瞰大河。唐人留诗者甚多。""惟李益、王之涣、畅当三篇能状其景。"清人沈德潜《唐诗别裁》评王之涣此诗说:"四语皆对,读来不嫌其排,骨高故也。"李益、畅当的登鹳雀楼诗,与此诗相比,并未广泛流传,而且其他人的同型句也无出其右者。如唐·王建的:"白日向西没,黄河复东流。"(《送人》)李白的:"山随平野尽,江入大荒流。"(《渡荆门送别》)而宋·释希昼《怀广南路转迹陈学干状元》中的:"残日依山尽,长天向水流。"则用"白日依山尽"句。

"欲穷千里目,更上一层楼"。富于哲理性、启发性,流播不朽。"更上层楼"成了诗典、格言,催人奋进。

用"欲穷千里目"句如:

王维《冬日游览》又有:"步出城东门,试骋千里目。"其"千里目"都是取前人句而登峰。

唐·温庭筠《病中书怀呈友人》："远目穷千里,归心寄九衢。"

宋·蔡襄《芜阳楼上》："解穷千里目,争奈思无穷。"

用"更上一层楼"句如:

唐·韦应物《送王校书》："送君江浦已惆怅,更上西楼看远帆。"

唐·李德裕《盘陀岭驿楼》："明朝便是南荒路,更上层楼望故关。"此诗始缩用为"更上层楼",略去"一"字。

唐·徐夤《寺中偶题》："银蟾来出金乌在,更上层楼望海涛。"

宋·王安石《金陵怀古》："我来不见当时事,上尽重城更上楼。"

又《怀元度四首》："思君携手安能得,上尽重城更上楼。"再用"上尽"句。

又《南乡子》："绕水恣行游,上尽层城更上

楼。"三用"上尽"句。

宋·赵彦端《南乡子》(同韩子东饮汪德召新楼):"待得月华移千丈,乘欢,更上层楼极处看。"

宋·吕胜己《蝶恋花》(长沙作):"无尽青山,江水悠悠去。更上层楼,凭远处,凄凉今古悲三楚。"

宋·赵长卿《满庭芳》(十月念六日大雪,作此呈社人):"多才客,高吟柳絮,还更上层楼。"兼用谢女"咏絮"典咏雪。

宋·辛弃疾《西江月》:"我望云烟断目,人言风景天悭。被公诗笔尽追还,更上层楼一览。"

又《念奴娇》(和信守王道夫席上韵):"风狂雨横,是邀勒园林,几多桃李。待上层楼无力气,尘满栏干谁倚。"

宋·程垓《卜算子》:"独自上层楼,楼外青山远。望到斜阳欲尽时,不见西飞雁。"

宋·李曾伯《水调歌头》(丁亥重阳登益昌二郎庙楼):"目力眇无际,更上一层楼。"

宋·萧德藻《登岳阳楼》:"犹嫌未奇绝,更上岳阳楼。"

金·李献能《浣溪沙》(河中环胜楼感怀):"重柳阴阴水拍堤,欲穷远目望还迷。"

明·汤显祖《牡丹亭》第五十出闹宴:"(生上)欲穷千里目,更上一层楼。"引用原句。

清·康熙皇帝玄烨《登"四面云山"》:"更上一层图远望,奈何树杂与烟笼。"四面云山为避暑山庄之康熙三十六景之第九景。西北山区最高处有一亭,额曰"四面云山"。

今人王自成《论诗三首献呈洞庭诗会》:"风华文采各千秋,骚客迁人咏不休。唐宋未将诗写尽,何妨更上一层楼。"

陈曾望《九言对》:"太白无诗,竟成千古恨;长安不见,更上一层楼。"

2944. 极目楚天空

宋·幼卿题壁《浪淘沙》:"极目楚天空,云雨无踪。漫留遗恨锁眉峰。自是荷花开较晚,孤负东风。客馆叹飘蓬,聚散匆匆。扬鞭那忍骤花骢。望断斜阳人不见,满袖啼红。"幼卿(女)少时与表兄同砚席。及成年,表兄欲聘,不许。后邂逅相遇,表兄略不相识,幼卿有感而作此词。

"极目楚天空"(又作"目送楚云空")向南方望去,望到再也望不到。五代·孙光宪《浣溪沙》:

"蓼岸风多桔抽香,江边一望楚天长。""长"即宽远。宋·辛弃疾《水龙吟》(登建康赏心亭):"楚天千里清秋,水随天去秋无际。""楚天"在诗词中很有名。

宋·丘崈《水调歌头》(鄂渚忆浮远):"肥梅天气,一声横玉(笛)换新阳,惊起沙汀鸥鹭,点破暮天寒碧,极目楚天长。"兼用孙光宪"楚天长"。

人民领袖毛泽东《水调歌头·游泳》(1956年6月):"万里长江横渡,极目梦天舒。"横渡长江中望楚天阔远。

今人邹获帆《黄鹤楼》(自度曲):"极目楚天抒怀,临风云霄把酒,也曾念天地悠悠。"

2945. 目送南云飞

唐·刘长卿《早春赠别赵居士还江左时长卿下第归嵩阳旧居》:"目送南云飞,令人想吴会。""吴会"是赵居士江左故乡,目送南云飞去,送别难舍,怀念深沉。

唐·储光羲《山中贻崔六琪华》:"忧随落花散,目送归云飞。"怀归。

唐·李白《寄当涂赵少府炎》:"目送楚云尽,心悲胡雁声。"怀念当涂赵炎。

又《游南阳白水登石激作》:"目送去海云,心闲游川鱼。"

又《送当涂赵少府赴长芦》:"维舟至长芦,目送因云高。"

"目送"句源出阮籍"手挥五弦,目送飞鸿"。

2946. 独上高楼,望尽天涯路

宋·晏殊《蝶恋花》(又名《鹊踏枝》):"昨夜西风凋碧树。独上高楼,望尽天涯路。欲寄彩笺兼尺素,山长水阔知何处。"此词写思妇之离情,燕归人不归,月来人不来,远望无踪,传书无地,缠绵而含蓄。清·王国维《人间词话》评:《诗·蒹葭》一篇,最得风人深致,晏同叔之"昨夜西风凋碧树,独上高楼,望尽天涯路,意颇近之。但一洒落,一悲壮耳"。"我瞻四方,蹙蹙靡所骋,诗人之忧生也。'昨夜西风凋碧树、独上高楼,望尽天涯路'似之。"并且把此句喻作成大业者之第一境界。"望尽天涯路",写目光寻觅亲人,搜索来者,一个凝静动作,包含着万分渴盼,实含蓄无穷。

"望尽"即"目尽"。

唐·李白《游泰山六首》:"凭栏揽八极,目尽长空闲。"

又《登敬亭山南望怀古赠窦主簿》:"敬亭一回首,目尽天南端。"

宋·晏殊《踏落行》:"高楼目尽欲黄昏,梧桐叶上萧萧雨。"

2947. 高楼目断,斜阳只送平波远

宋·晏殊《踏莎行》:"画阁魂消,高楼目断,斜阳只送平波远。无穷无尽是离愁,天涯地角寻思遍。"亦是离愁别绪。高楼上,远望去棹,终是斜阳照送平波远去。又《蝶恋花》:"消息未知归早晚,斜阳只送平波远。"再用"斜阳"句。

"目断"看到视线的尽头,看得再也看不见了。唐·李白《秋月登扬州西灵塔》:"目随征路断,心逐去帆扬。"塔上远眺,目被遮断,就是"目断"意。五代·和凝《何满子》据"目随征路断"缩用为目断:"目断巫山云雨,空教残梦依依。"闺中思妇,目光被山水云雨遮断了,刚刚醒来,仍怀恋依依。"目断"李白用得早,晏殊用得多。

宋·柳永《少年游》:"夕阳岛外,秋风原上,目断四天垂。"平原四望,为兰天阻断视线。

又《倾怀》:"望京国,空目断、远峰凝碧。"

宋·韩缜《凤箫吟》:"但望极、楼高尽日,目断王孙。"

宋·晏殊《撼庭秋》:"楼高目断,天遥云黯,只堪憔悴。"

又《诉衷情》:"凭高目断,鸿雁来时,无限思量。"

也用作"望断":

宋·张孝祥《六州歌头》:"长淮望断,关塞莽然平。"

宋·赵令畤《蝶恋花》:"隔水高楼,望断双鱼信。"

人民领袖毛泽东《清平乐·云盘山》(1935年7月):"天高云淡,望断南飞雁。不到长城非好汉,屈指行程二万。"

2948. 行藏独倚楼

唐·杜甫《江上》:"江上日多雨,萧萧荆楚秋。高风下木叶,永夜揽貂裘。勋业频看镜,行藏独倚楼。时危思报主,衰谢不能休。"此诗是大历元年在夔州西阁作。前四句写羁旅悲秋之况,后四句抒老迈忧国之怀。"行藏"出自《论语》"用之则行,舍

之则藏",是行止、行迹之意。"勋业频看镜,行藏独倚楼。"清人仇兆鳌《杜诗详注》释:"夜不眠以至曙,故对镜倚楼,看客色而计行藏。"又引:"黄生注:'勋业老尚无成,故频看镜;行藏抑郁谁语,故独倚楼。'"欲建功立业而频频照镜,可目前的行止只是独倚楼,表现诗人年虽老迈,报国之志犹存的急迫心情。《杜诗详注》引:"陈师道后山曰:真宗尝观子美诗'勋业频着镜,行藏独倚楼',谓甫之诗皆不逮此。"宋真宗赵恒认为杜诗中其它的都不如这二句,虽过分了,却也有一点道理。

唐·王昌龄《句》:"朝荐抱良策,独倚江城楼。"这是最早的"独倚楼"句,"独倚楼"与"独上楼"虽属两种行为,但都表现一个"独"字。"独倚楼"作为楼上常有的人物活动,写入诗词,都寄托着种种感情和思绪。

唐·戴叔伦《寄司空曙》:"林花落处频中酒,海燕飞时独倚楼。"

唐·张籍《望行人》(一作《秋闺》):"独倚青楼暮,烟深鸟雀稀。"

唐·李群玉《江楼闲望怀关中亲故》:"风凄日冷江湖晚,驻目寒空独倚楼。"

唐·温庭筠《梦江南》:"梳洗罢,独倚望江楼。"

唐·罗隐《登夏州城楼》:"寒城猎猎戍旗风,独倚危楼怅望中。"

唐·李廷璧《愁诗》:"长途诗尽空骑马,远雁声初独倚楼。"

唐·韦庄《绥州作》:"带雨晚驼鸣远戍,望乡孤客倚高楼。"

唐·李九龄《登昭福寺楼》:"旅怀秋兴正无涯,独倚危楼四望赊。"

唐·修睦《望西山》:"有时经暮雨,独得倚高楼。"

五代·刘兼《秋夕书怀》:"夜静倚楼悲月笛,秋寒敲枕泣霜砧。"

又《登楼寓望》:"独倚郡楼无限意,夕阳西去还东。"

又《中春登楼》:"独倚郡楼人不会,钓舟春浪接平沙。"

又《登郡楼书怀》:"独倚郡楼无限意,满江烟雨正冥濛。"

宋·寇准《左冯寺楼闲望》:"闲思至道年中事,独倚左冯城外楼。"

又《春陵闻雁》："惟有北人偏怅望,孤城独上倚楼听。"

宋·范仲淹《苏幕遮》："明月楼高休独倚,酒入愁肠、化作相思泪。"

宋·欧阳修《蝶恋花》："独倚危楼风细细,望极离愁,黯黯生天际。"

宋·释智圆《武康溪居即事寄宝印大师四首》："残阳独倚危楼望,极目山光数点青。"

宋·杜安世《何满子》："独倚青楼吟赏,目前无限轻盈。"

宋·赵抃《折新荷引》："风蝉噪晚,余霞际、几点沙鸥。渔笛、不道有人,独倚危楼。"

宋·舒亶《菩萨蛮》："尊前当日客,行色垂杨陌。天阔水悠悠,含情独倚楼。"

宋·晁端礼《定风波》："别后此欢谁更共?春梦、只凭胡蝶伴飞魂。独倚高楼还日暮,情绪,浮烟漠漠雨昏昏。"

宋·贺铸《更漏子》(独倚楼)："一叶落,几番秋,江南独倚楼。"

又《唤春愁》："试作小妆窥晚镜,淡蛾羞。夕阳独倚水边楼,认归舟。"

宋·朱敦儒《苏幕遮》："独倚危楼,无限伤心处。芳草连天云薄暮,故国山河,一阵黄昏雨。"

宋·周紫芝《谒金门》："薄倖更元书一纸,画楼愁独倚。"

宋·赵鼎《河传》(以石曼卿诗为之)："独倚高楼,日日春风里,江水际,天色无情,以送离怀千里。"

又《如梦令》(建康作)："烟雨满江风细,江上危楼独倚。"

又《小重山》："荡高怀远恨,更悲秋。一眉山色为谁愁,黄昏也,独自倚危楼。"

宋·查荎《透碧霄》："但春风老后,秋月圆时,独倚西楼。"

宋·李重元《忆王孙》："明月斜侵独倚楼,十二珠帘不上钩。"

宋·管鉴《水龙吟》(夷陵雪作)："谁会危楼独倚,共飘零、茫茫天外。"

宋·陆游《月上海棠》："伫立江皋,查难逢、陇头归骑,音尘远,楚天危楼独倚。"

宋·方千里《菩萨蛮》："黄鸡晓唱玲珑曲,人生两鬓无重绿。官柳系行舟,相思独倚楼。"

宋·吴潜《更漏子》："对残春,消永昼,乍暖乍寒时候。人独自、倚危楼,夕阳多少愁。"

又《如梦令》："待得晚风收,独上高楼闲倚;闲倚,闲倚,目断半空烟水。"

宋·陈允平《点绛唇》："独倚江楼,落叶风成阵,情怀闷。蝶随蜂趁,满地黄昏恨。"

又《诉衷情》："楼独倚,漏声长,暗情伤,凄凉况味,一半悲秋,一半思乡。"

宋·汪元量《好事近》(浙江楼闻笛)："独倚浙江楼,满耳怨箛哀笛。犹有梨园声在,念那人天北。"

宋·王沂孙《无闷》(雪意)："阴积龙荒,寒度雁门,西北高楼独倚。"

元·吕止庵《[仙品]后庭花》(怀古八首)："认归舟,风帆无数,斜阳独倚楼。"

清·陆埜《凤凰台上忆吹箫》："清绿摇窗,残红堆径,倦来独倚楼头。"

2949. 空倚危楼对落晖

宋·释智圆《寄曦照上人》："炎天几阻相寻兴,空倚危楼对落晖。"因受"炎天"之阻,不能去与"上人"共乐,只好倚着高楼看着夕阳西下。"倚危楼",即倚高楼,与"独倚楼"只是语言形式之差。

宋·柳永《木兰花慢》："倚危楼竚立,乍萧索,晚晴初。"

又《凤栖梧》："竚倚危楼风细细,望极春愁,黯黯生天际。"

宋·辛弃疾《摸鱼儿》："休去倚危楼,斜阳正在,烟柳断肠处。"

宋·李曾伯《水龙吟》(乘雪登仲宣楼,和前韵)："倚危楼极目,长江渺处,浑错认、沙鸥起。"

宋·吴潜《列漏子》："人独自,倚危楼,夕阳多少愁。"

宋·赵长卿《青玉案》："江上危楼愁独倚,欲将心事,巧凭来燕,说与人憔悴。"

2950. 长笛一声人倚楼

唐·赵嘏《长安晚秋》(亦名《早秋》《秋望》)："残星几点雁横塞,长笛一声人倚楼。"晚秋凌晨,长安上空还留着几点残星,成群的北雁正从塞上展翅南翔,忽然传来一声长笛,原来不远处有人在倚楼吹奏,笛声如泣如诉。全诗刻画了冷落清秋,抒写了游子望归。此二句更是生动地表达凄凉哀惋之情。于是"一日名动京师,三日传满天下"。杜牧谈到此诗也大为震惊。《唐诗纪事》（南宋计有功撰）卷五十六载："杜紫微览覭《早秋》诗云：'残星几点雁横塞，长笛一声人倚楼'，吟味不已，因目覭为'赵倚楼'。"

"黄鹤楼中吹玉笛，江城五月落梅花。"（《与李郎中饮听黄鹤楼上吹笛》）这是李白写"楼中笛声"的名句。李白《春夜洛城闻笛》也有名句："谁家玉笛暗飞声，散入春风满洛城。"写听到笛声在春风中飞播。白居易《长相思》："思悠悠，恨悠悠，恨到归时方始休。月明人倚楼。"到赵覭则产生出"长笛一声人倚楼"句。后用此句的如：

五代·谭用之《秋宿湘江遇雨》："渔人相见不相问，长笛一声归岛门。"

宋·王珪《夜意》："影过远水雁侵月，月断故乡人倚楼。"

宋·张公庠《宫词》："风和日暖难凋落，不怕倚楼吹笛人。"

宋·晏几道《虞美人》："吹花拾蕊嬉游惯，天与相逢晚。一声长笛倚楼时，应恨不题红叶、寄相思。"

又《南乡子》："新月又如眉、长笛谁教月下吹。楼倚暮云初见雁，南飞，漫道行人雁后归。"

宋·黄庭坚《南乡子》（重阳日宜州城楼宴集即席作）："诸将说封侯，短笛长歌独倚楼。"

宋·贺铸《清平乐》："几时一叶兰舟，画桡鸦轧东流。新市小桥西畔，有人长倚妆楼。"

宋·张耒《风流子》："芳草有情，夕阳无语；雁横南浦，人倚西楼，"

宋·周邦彦《浪淘沙》："见隐隐、云边新月白，映落照、帘幕千家。听数声何处倚楼笛，装点尽秋色。"

宋·王庭珪《谒金门》（梅）："梦断香云耿耿，月淡梨花清影。长笛倚楼谁共听，调高成绝品。"

宋·曹组《波罗门引》（望月）："望远伤怀对景，霜满愁红。南楼何处，想人在、长笛一声中。"

宋·杨景《婆罗门引》同曹组词。

宋·吕渭老《思佳客》："江上何人一笛横，倚楼吹得月华生。"

宋·杨无咎《柳梢青》："平生只个情钟，渐老矣，无愁可供。最是难忘，倚楼人在、横笛声中。"

宋·史浩《念奴娇》（亲情拾得一婢，名念奴，雪中来归）："梦蝶徒劳，霜禽休妒，争奈伊怜惜。高楼谁倚，寄言休为横笛。"

宋·袁去华《清平乐》："嫩凉新霁，明月光如洗。长笛一声烟际起，人在危楼独倚。"

又《贺新郎》："楼上谁家吹长笛，向曲中、说尽相思意。三弄处，寸心碎。"

又《满庭芳》（八月十六日醴陵作）："三弄楼头长笛，愁人处，休苦高吹。"

又《兰陵王》（郴州作）："最长笛声断，画栏凭暖，黄昏前后况味恶，甚良宵闲却。"

又《南柯子》："西风吹老白苹洲，长笛一声，谁在水边楼。"

宋·朱雍《笛家弄》（用耆卿韵）："忍听高楼、笛声凄断，乐事人非偶。"

宋·陆游《水龙吟》（荣南作）："漫倚楼横笛，临窗看镜，时挥涕流转。"

宋·范成大《霜天晓月》（梅）："惟有两行低雁，知人倚、画楼月。"

宋·赵长卿《水龙吟》（仙源居士有武林之行，因与一二友携酒赏月，饮于县桥之中，乃即事为之词）："何处一声羌管，是谁家、倚楼人也。"

宋·辛弃疾《满江红》："人去后，吹箫声断，倚楼人独。"

宋·程垓《青玉案》（用贺方回韵）："一声长笛江天暮，别后谁怜倚楼句。"

宋·陈三聘《念奴娇》："疏影婆娑，恍然身世，我是尊前客。一声凄怨，倚楼谁弄长笛。"

宋·韩淲《朝中措》："午桥坐上英豪客，今昔谁为客？不是倚楼人在，登临无复携筇。""筇"代笛。

又《卜算子》（中秋前一日和昌甫所寄）："长笛倚楼声，听彻还重省。"

宋·史达祖《玉胡蝶》："一笛当楼，谢娘悬泪立风前。"

宋·魏了翁《贺新郎》（许遂宁奕生日）："一声千里楼前笛，遏天涯、浮云不断，镇长秋色。"

宋·高观国《金人捧露盘》："江楼怨、一笛休吹，芳音待寄，玉堂烟驿雨凄迷。"

宋·刘学箕《乌夜啼》（夜泊扬子江）："人在碧云深处，倚高楼。"

宋·王武子《玉楼春》（闻笛）："红楼十二春寒恻，楼角何人吹玉笛，天津桥上旧曾听，三十六宫秋草碧。"

宋·岳珂《祝英台近》（北固亭）："倚楼谁寄新声，重城正掩，历历数、西州更点。"

宋·葛长庚《一剪梅》(赠紫云友)："别倚青天笛倚楼,云影悠悠,鹤影悠悠。"

宋·李曾伯《沁园春》(丙午登多景楼和吴履斋韵)："春去春来,潮生潮落,几度斜阳人倚楼。"

又《沁园春》(月夜自和)："镜老菱花,箾悲芦叶,新雁数行人倚楼。君知否,把眉峰蹙破,岂为身愁。"

宋·吴文英《醉桃源》(赠卢长笛)："卢郎年少时,一声长笛月中吹,和云和雁飞。惊物换,叹星移,相看两鬓丝。断肠吴苑草凄凄,倚楼人未归。"

宋·黄昇《长相思》(秋怀)："天悠悠,水悠悠,月印金枢晓未收,笛声人倚楼。"

宋·王淮《满江红》(用吴渊、吴潜二公韵)："踏遍江南,予岂为、解衣推食。谩赢得、烟波短棹,月楼长笛。"

宋·杨泽民《菩萨蛮》："吟风敲遍阑干曲,极目澄江千顷绿。长笛下扁舟,一声人倚楼。"

宋·陈允平《暗香》："霁天秋色,正倚楼待月,谁伴横笛。"

又《和霁·平湖秋月》："露冷烟淡,还看数点残星,两行新雁,倚楼横笛。"

又《齐天乐》："还思前度问酒,风楼人共倚,归兴无限。"

宋·黎廷瑞《唐多令》："回棹百花洲,迢迢碧玉流。听笛声、何处高楼。"

宋·仇远《雪狮儿》(梅)："江空岁晚,最难是、旧交松竹。忒幽独,笛倚画楼西曲。"

宋·仇远《西江月》："楚塞残星几点,关山明月三年。"

宋·张炎《甘州》(题赵药牖山居,见天地心,怡颜、小柴桑。皆其亭名)："倚危楼、一笛翠屏空,万里见天心。"

宋·戴山隐《满江红》(风前断笛)："醉倚江楼,长空外,行云遥驻。甚凄凉孤吹,含商引羽。"

宋·黄子行《花心动》(落梅)："谁倚青楼,把谪仙长笛、数声吹裂。"

宋·周伯阳《春从天上来》(武昌秋夜)："指蓬莱云路,渺何许、月冷风清。倚南楼,一声长笛,几点残星。"

宋·无名氏《蓦山溪》："空怅望,倚楼人,玉笛霜天晓。"

宋·无名氏《蓦山溪》(画梅)："明窗净几,长做小图看,高楼笛,侭教吹,不怕随声谢。"

元·吴西逸《天净沙》(闲题)："数声短笛沧州,半江远水孤舟。愁更浓如病酒,夕阳时候,断肠人倚西楼。"

清·吴伟业《夜泊汉口》："星淡渔吹火,风高笛倚楼。"

清·丁炜《新淦舟行》："柳边过雨鹭窥网,花外夕阳人倚楼。"

2951. 醉倚西楼人已远

唐·许浑《送卢先辈自衡岳赴复州嘉礼二首》："醉倚西楼人已远,柳溪无浪月澄澄。"这是律诗二首第二首之尾联,饯别之后,主人醉倚西楼,客人早已乘舟远去唯余澄彻的月色和平静无浪的柳溪。这种静态所含蓄的"动"就是怀思了。这类句只写"人倚楼",多写送别或盼归。

唐·杜甫《西阁二首》："经过凋碧柳,萧瑟倚朱楼。"

唐·殷尧藩《九日》："万里飘零十二秋,不堪今倚夕阳楼。壮怀空掷班超笔,久客谁怜李子裘。"

唐·赵嘏《抒怀上歙州卢中丞宣州杜侍郎》："花飘舞袖楼相倚,解送归轩客尽随。"

唐·颜胃《适思》："倚楼临绿水,一望解伤情。"

五代·江为《岳阳楼》："倚楼高望极,展转念前途。"

宋·寇准《辇下春日》："谁倚青楼望归骑,日斜南陌柳烟深。"

宋·林逋《即席送江夏茂才》："与君未别且酣饮,别后令人空倚楼。"

宋·张先《浣溪沙》："倚楼春江百尺高,烟中还未见归桡,几时期信似江潮。"

宋·欧阳修《玉楼春》："强将离恨倚江楼,江水不能流恨去。"

宋·晏几道《鹧鸪天》："梅雨细,晓风微,倚楼人听欲沾衣。故园三度群花谢,曼倩天涯犹未归。"

又《留春令》："别浦高楼曾漫倚,对江南千里。楼下分流水声中,有当日、凭高泪。"

又《少年游》："人凝淡倚西楼,新样两眉愁。"

宋·米芾《阮郎归》(海岱楼与客酌别作)："钩月挂,绮霞收,浦南人泛舟。娟娟何处烛明眸,相望徒倚楼。"

宋·周邦彦《看花回》:"曾倚高楼望远,似指笑频瞩,知他谁说。"

宋·孙浩然《离亭燕》:"怅望倚层楼,红日无言西下。"

宋·周紫芝《潇湘夜雨》(和潘都曹九日词):"倚尽一楼残照,何始更,月到帘旌。"

宋·刘克庄《浪淘沙》:"叠嶂碧周遮,游子思家。掩藏白发赖乌纱,落日倚楼千万恨,社鼓城笳。"

明·徐灿《唐多令》(感怀):"晚香残,暮倚高楼。"

清·文廷式《祝英台近》:"倚楼极目天涯;天涯尽处,算只有、蒙蒙飞絮。"

2952. 仗策无言独倚关

唐·韦庄《倚柴关》:"仗策无言独倚关,如痴如醉又如闲。""倚关"即倚门。此条含"倚楼"之外的如"倚关""倚樯""倚亭"等等。

宋·柳永《古倾杯》:"目极千里,闲倚危樯迥眺。"乘船倚桅杆。

又《洞仙歌》:"不堪独倚危樯,凝情西望日边,繁华地、归程阻。"

宋·欧阳修《踏莎行慢》:"独自上孤舟,倚危樯目断。难成暮雨,更朝云散。"

宋·韩淲《柳梢青》:"行人独倚孤篷,算此景、如画中。"

宋·魏了翁《贺新郎》:"一片闲心无人会,独倚团团羊角。""羊角"指旋风。

宋·吴文英《齐天乐》:"烟波桃叶西陵路,十年断魂潮尾。古柳重攀,轻鸥聚别,陈迹危亭独倚。"

宋·陈允平《垂杨》:"断桥人,空倚斜阳,带旧愁多少。"

2953. 倚遍江南寺寺楼

唐·杜牧《念昔游三首》:"秋山春雨闲吟处,倚遍江南寺寺楼。"此诗回忆江南的游历。江南寺多,因为南朝梁武帝萧衍好佛建寺多,杜牧曾说:"南朝四百八十寺,多少楼台烟雨中。"(《江南春绝句》)冯集梧《杜樊川诗注》引《北史·李公绪传》云:"江南多以僧寺停客。"杜牧在江南为官,"十载飘然","倚遍江南寺寺楼",正叙述他游历吟咏所到之广。"倚遍"句如:

宋·晏殊《蝶恋花》(一作欧阳修词):"百尺朱楼闲倚遍,薄雨浓浓,抵死遮人面。"

2954. 路从丹凤楼前过

唐·殷尧藩《春游》:"路从丹凤楼前过,酒向金鱼馆里赊。"写乘车去城东看杏花的活动,经过丹凤楼、休憩金鱼馆。这良辰美景,赏心乐事,已跃然纸上。

明·汤显祖《牡丹亭》第三十九出如抗:"路从丹凤城边过,酒向金鱼馆内沽。""丹凤城",京城。用殷尧藩二句。

2955. 又恐琼楼玉宇

宋·苏轼《水调歌头》(丙辰中秋,欢饮达旦,大醉,作此篇,兼怀子由):"明月几时有,把酒问青天:不知天上宫阙,今夕是何年? 我欲乘风归去,又恐琼楼玉宇,高处不胜寒。""琼楼玉宇",美玉砌成的楼宇,传说为神仙所居。《大业拾遗记》:"瞿乾佑于江岸玩月,或问'此中何有?'瞿笑曰:'可随我观。'俄见月规半天,琼楼玉宇烂然。"《酉阳杂俎》前集卷二有类似叙述,作"琼楼金阙",指月中宫殿。此句表示作者并无庙堂追求,并不追求升迁,因为他深知"高处不胜寒"。"高处"一句喻作地位高了,就岌岌可危。

苏轼《念奴娇》(中秋):"玉宇琼楼,乘鸾来去,人在清凉国。"此词与《水调歌头》有意近之处,不过此处"玉宇琼楼"直写月宫。

用《琼楼玉宇》句如:

宋·郭祥正《醉翁操》:"琼楼玉阙,归去何年。遗风余思,犹有猿吟鹤怨。"

宋·周密《齐天乐》:"想翠琼楼,有人相忆。天上人间,未知今夕何夕。"

清·郭麟《水调歌头》(望湖楼):"又问琼楼玉宇,能否羽衣吹笛,乘醉赋长篇。"

2956. 明月扬州第一楼

元·赵孟頫诗:"春风阆苑三千客,明月扬州第一楼。"盛赞明月下的扬州楼天下第一。

明·汤显祖《牡丹亭》第五十出闹宴《梁州序》:"那堪羌笛里望神州,这是万里筹边第一楼。"写扬州,南宋时扬州一度为边境,所以"筹边"云云。

2957. 阑干拍遍，无人会，登临意

宋·辛弃疾《水龙吟》(登建康赏心亭)："落日楼头，断鸿声里，江南游子，把吴钩看了，阑干拍遍，无人会，登临意。"近人陈洵《海绡说词》评此数句："'江南游子'从'断鸿落日'中见，纯用倒卷之笔；'吴钩看了，阑干拍遍'，仍缩入'江南游子'上；'无人会'纵开，'登临意'收合。"近人俞陛云《唐五代两宋词选释》评："前四句写登临所见，起笔便有浩荡之气。'落日'句以下，由登楼说到旅怀，而仍不说尽，仅以吴钩独看，略露其不平之气。"今人唐圭璋《唐宋词简释》评"'把吴钩'三句，写情事尤不堪，沉恨塞胸，一叶之于纸上，仲宣之赋无此慷慨也。"

上述评述，各有所见。作者抗金之志未遂，流落江南，此刻登亭远眺，山河残破，失地未收，内心郁积甚多，"把吴钩看了，阑干拍遍"，忧心如焚，然而有谁理解此时的心境呢！心里风风火火却又无可奈何；抒忧发愤，豪情不减当年。

"无人会，登临意"句源于宋初词人之手。如：

王禹偁《点绛唇》(感兴)："天际征鸿，遥认行如缀。平生事，此时凝睇，谁会凭阑意。"

宋·柳永《凤栖梧》(一作欧阳修《蝶恋花》词)："伫倚危楼风细细，望极春愁，黯黯生天际。草色烟光残照里，无言谁会凭阑意。"

又《卜算子》："雨歇天高、望断翠峰十二。尽无言，谁会凭高意。"

宋·杜安世《苏幕遮》："有心怜，无计奈，两处厌厌，一点虚恩爱。独上高楼临暮霭，凭暖朱阑，这意无人会。"

宋·吴则礼《红楼慢》(赠太守杨太尉)："锦带吴钩未解，谁识凭阑深意。空沙场、牧马萧萧晚无际。"

前人的"谁会凭阑意"仅无可奈何地抒发个人得失，辛词则翻成新意，情系天下。

"阑干拍遍"，拍遍了楼阑(或亭阑)，反映一种久久凭阑、急切焦虑、又无可奈何的不安心态。

宋·曹组《忆少年》："念过眼、光阴难再得。想前欢、尽成陈迹。登临恨无语，把阑干暗拍。""暗拍"，轻轻地悄悄地拍，不露声色，这里首写拍阑。

宋·胡世将《酹江月》(秋夕兴元使院作，用东坡赤壁作)："拜将台欹，怀贤阁杳，空指冲冠发。

阑干拍遍，独对中天月。"

宋·平江妓《贺新郎》(送太守)："独倚阑干愁拍碎，惨玉容、泪眼如红雨。"几乎把阑干拍碎。

清·许宗衡《中兴乐》(初秋同人登龙树寺凌烟阁，依李德润《琼瑶集》体)："蓟门山影茫茫，好秋光。无端孤负、阑干拍遍，风物苍凉。"

清·秋瑾《昭君怨》："枉把阑干拍遍，难诉一腔幽怨。残雨一声声，不堪听。"

2958. 倚遍阑干几曲

唐·韦庄《谒金门》："楼外翠帘高轴，倚遍阑干几曲。""曲"，曲折，楼呈方形，绕楼的阑干有四角，每个阑角当然是曲折的，"倚遍阑干几曲"，就是几乎把阑干倚遍了。遍倚阑干，说明倚阑之久，移动之频，或焦躁不安，或闲极无聊，或赏玩不尽。

宋·欧阳修《蝶恋花》："烟雨满楼山断续，人闲倚遍阑干曲。"

又《渔家傲》："阑干倚遍重来凭，泪粉偷将红袖印。"

又《渔家傲》："阑干倚遍使人愁，又是天涯初日暮。"

宋·米芾《水调歌头》(中秋)："可爱一天风物，遍倚阑干十二，宇宙若萍浮。"

宋·贺铸《江如练·蝶恋花》："十二曲阑闲倚遍，一杯长待何人劝。"

宋·朱敦儒《桃源忆故人》："碧云望断无音耗，倚遍阑干残照。试问泪弹多少，湿遍楼前草。"

宋·毛滂《踏莎行》(中秋玩月)："玉燕钗寒，藕丝袖冷，只应未倚阑干遍。"

宋·李清照《点绛唇》(闺思)："倚遍阑干，只是无情绪。人何处？连天衰草，望断归来路。"

宋·徐伸《转调二郎神》："空伫立，尽是阑干倚遍，昼长人静。"

宋·蔡伸《苏武慢》："两地离愁，一尊芳酒，凄凉危阑倚遍。"

又《如梦令》："倚遍曲阑桥，望断锦屏路。"倚遍桥阑。

清·蒋春霖《柳梢青》："东风阵阵斜曛，任倚遍红阑未温。"

2959. 沉香亭北倚阑干

唐·李白《清平调》词三首之三："名花倾国两相欢，长得君王带笑看。解释春风无限恨，沉香亭

北倚阑干。"此词为李白在长安供奉翰林时奉诏而作。唐玄宗与杨贵妃在兴庆宫沉香亭赏牡丹花，命李白作新乐章咏唱，李白作此三首。这第三首说牡丹花和贵妃并美，面对这名花与美人，即使有无限的春愁，也都尽然释去，就在这沉香亭北阑干旁欢畅。金·董解元《西厢记》卷五《六么遍》："料来春困把湖山倚，偏疑:沉香亭北太真妃。"用此句喻莺莺之美，即以杨玉环比崔莺莺。宋·苏轼《续丽人行》："深宫无人春日长，沉香亭北百花香。"写画中宫女。"倚阑干"这一生活细节，就是李白这首词先用的。在词里"倚阑"句极多。

南唐中主李璟《摊破浣溪沙》："细雨梦回鸡塞远，小楼吹彻玉笙寒。多少泪珠何限恨、倚阑干。"

宋·潘阆《酒泉子》："长忆西湖，尽日凭阑楼上望，三三两两钓鱼舟，岛屿正清秋。"

宋·柳永《诉衷情》："一声画角日西曛，催促掩朱门。不堪更倚阑，肠断已消魂。"

宋·晏几道《虞美人》："楼中翠黛含春怨，闲倚阑干见。"

又《虞美人》："曲阑干外天如水，昨夜还曾倚。初将明月比佳期，长向月圆时候、望人归。"

又《虞美人》："秋风不似春风好，一夜金英老。谁来凭曲阑干、惟有雁边斜月、照关山。"

宋·苏轼《减字木兰花》(寓意)："云鬟倾倒，醉倚阑干风月好。凭仗相扶，误入仙家碧玉壶。"

宋·黄庭坚《蓦山溪》："绛纱笼下跃金鞍，归时人倚阑。"

又《江城子》(忆别)："画堂高会酒阑珊，倚阑干，霎时间，千里关山，常恨见伊难。"

宋·秦观《丑奴儿》："夜来酒醒清无梦，愁倚阑干，露滴清寒，雨打芙蓉泪不干。"

又《浣溪沙》："照水有情聊整鬓，倚阑无绪更兜鞋。"

宋·刘泾《夏初临》："朱阑斜倚，霜纨未摇，衣袂先凉。"

宋·仲殊《南徐好》(六多景楼)："莺啼处，人倚画阑干。西寨烟深晴后色，东风春减夜未寒，花满过江船。"

又《南徐好》(七金山寺化城阁)："天外月轮波见底，倚阑人在一光中。此景与谁同。"

宋·晁补之《南歌子》："鹦鹉花前弄，琵琶月下弹。蓦然收袖倚阑干，一向思量何事、点云鬟。"

宋·吴则礼《减字木兰花》："边笳初发，与唤

团团沙塞月。雁声连天，谁倚城头百尺阑。"

宋·万俟咏《忆秦娥》："等闲莫把阑干倚，马蹄去便三千里;三千里，几重云岫，几重烟水。"

又《卓牌儿》(春晚)："相并戏蹴秋千，共携手、同倚阑干，暗香时度。"

又《梅花引》(冬怨)："酒肠宽，家在日边，不堪频倚阑。"

宋·周紫芝《鹧鸪天》："只应人倚阑干处，便似天孙梳洗楼。"

又《清平乐》："月到旧时明处，共谁同倚阑干。"

宋·刘均国《梅花引》："萦伴丽人，潇洒倚阑干。"

宋·潘汾《贺新郎》："月满西楼凭阑久，依旧归期未定。"

宋·陈亮《小重山》："小楼愁倚画阑东，黄昏月，一笛碧云风。"

宋·杨炎正《诉衷情》："阑干曲处，又是一番，倚尽斜阳。"

宋·岳珂《酹江月》："犹是射虎归来，朱阑独倚，曾作东风客。"

宋·韩淲《踏莎行》(七夕词)："雨意生凉，云容催暮。画楼人倚阑干处。"

宋·刘克庄《沁园春》(维扬作)："闾里俱非，江山略是，纵有高楼莫倚阑。"

宋·赵以夫《角招》："正月满、瑶台珠满，徙倚阑干寂寞。"

宋·吴潜《谒金门》："庭垂箔，数点杨花飞落，倚遍阑干人寂寞，闲铺棋一角。"

宋·吴文英《浣溪沙》(陈少逸席上用联句韵有赠)："采扇不歌原上酒，青门频返月中魂，花开空忆倚阑人。"

又《喜迁莺》(同丁基仲过希道家看牡丹)："困无力，倚阑干，还情东风扶起。"

又《声声慢》(钱魏绣使泊吴江，为友人赋)："行人倚阑心事、问谁知? 只有沙鸥。"

宋·陈允平《玉楼春》："晚风亭院倚阑干，两岸芦花飞雪絮。"

又《鹧鸪天》："风从帘幕吹香远，人在阑干待月高。"

宋·戴平之《鹧鸪天》："倚阑谁唱清真曲，人与梅花一样清。"

宋·刘过《满江红》："倚楼人，千里凭阑干，神

仙侣。"

宋·周端臣《玉楼春》:"尊前谩咏高唐赋,巫峡云深留不住。重来花畔倚阑干,愁满阑干无倚处。"这不是楼阑,而是花阑、园阑。

清·蒋春霖《甘州》(甲寅元日,赵敬甫见过):"南云暗,任征鸿去,莫倚阑干。"

2960. 独自凭阑到日斜

唐·刘得仁《上巳日》(一作唐·崔涂《上巳日永崇里言怀》诗,疑有误收):"未敢分明赏物华,十年如见梦中花。游人过尽衡门掩,独自凭阑到日斜。""独自凭阑到日斜",是孤寂无聊的行止,同"独倚楼"。

唐·裴夷直《临水》:"江亭独倚阑干处,人亦无言水自流。"

唐·韦庄《清平乐》:"罗带梅结同心,独凭朱阑思深。"

五代·冯延巳《清平乐》:"黄昏独倚朱阑,西南新月眉弯。"

南唐李煜《浪淘沙》:"独自莫凭阑,无限江山,别时容易见时难。""独自莫凭阑"随全词而著名。

宋·寇准《海康西馆有怀》:"海云销尽金波冷,半夜无人独倚阑。"

宋·欧阳修《蝶恋花》:"独倚阑干心绪乱,芳草芊绵,尚忆江南岸。"

又《浪淘沙》:"楼外夕阳闲,独自凭阑,一重水隔一重山。水阔山高人不见,有泪无言。"

宋·杜安世《凤栖梧》:"独倚阑干暮山远,一场寂寞无人见。"

又《安公子》:"连画阁、绣帘半卷,招新燕。残黛敛,独倚阑干遍。"

宋·魏夫人《武陵春》:"小院无人帘半卷,独自凭阑时。"

又《点绛唇》:"波上清风,画船明月人归后,渐消残酒,独自凭阑久。"

宋·舒亶《满庭芳》:"华发看看满也,留不住、当时朱颜。平生事,从头话了,独自却凭阑。"

宋·谢逸《蝶恋花》:"独倚阑干凝望远,一川烟草平如剪。"

宋·周紫芝《西地锦》:"雨细欲收还滴,满一庭秋色。阑干独倚,无人共说、这些愁寂。"

宋·张纲《念奴娇》(次韵李公显木樨):"谁与赋写仙姿,挥毫落纸,有尊前词客。独倚阑干须信

道,消得孤吟愁绝。"

宋·向子𬤀《虞美人》:"遥想彩云深处,人咫尺,事关山,无聊独倚阑。"

宋·吴淑姬《小重山》(春愁):"独自倚妆楼,一川烟草浪、衬浮云。"

宋·施酒监《卜算子》(赠乐婉、杭妓):"楼外朱楼独倚阑,满目围芳草。"

宋·朱淑真《菩萨蛮》(咏梅):"人怜花似旧,花不知人瘦,独自倚阑干,夜深花正寒。"

又《鹧鸪天》:"独倚阑干昼日长,纷纷蜂蝶斗轻狂。一天飞絮东风恶,满路桃花春水长。"

宋·赵善括《满江红》(和李颖士):"上层楼,独倚有谁知、阑干暖。"

又《鹊桥仙》(留题安福刘氏园):"东风唤我,西园闲坐,大醉高歌竟日。行藏独倚画阑干,便忘了,征衫泪湿。"

宋·杨炎正《蝶恋花》:"独倚阑干闲自觑,深院无人,行到无情处。"

宋·吴潜《阮郎旧》:"画堂人静画帘垂,阑干独倚时。"

宋·赵以夫《微招》(雪):"楚天暮,驿使不来,怅曲阑独倚。"

宋·吴文英《玉楼春》(和吴见山韵):"阑干独倚天涯客,心影暗彫风叶寂。"

元·赵雍《摊破浣溪沙》:"独倚阑干谁是伴,月明中。"

清·董元恺《浪淘沙》(七夕):"莫为见时难,锦泪潸潸。有人犹自独凭阑。如果一年真度,还胜人间。"

清·冯煦《南乡子》:"换了罗衣无气力,盈盈,独倚阑干听晚莺。"

清·王夫之《望梅》(忆旧):"阑干愁独倚,又蛱蝶沾衣,粉痕深渍。"

清·王国维《蝶恋花》:"独倚阑干人窈窕,闲中数尽行人小。"

2961. 此楼堪北望,轻命倚危阑

唐·李商隐《北楼》:"此楼堪北望,轻命倚危阑。"此诗是作者在南方任幕僚时作,他登上北楼,倚着高高的楼阑,不惜冒险,眺望北方,眺望京都,表现他对故国山川的不胜依恋之情。清人朱祖谋《齐天乐》(乙丑九日,庸庵招集江楼):"并影危阑,不辞轻命倚。""庸庵",是陈夔龙。用李商隐句,写

不辞冒生命危险去倚高阑。"危阑",高阑,高楼之楼阑。

五代·陶穀《诗一首》:"三十年前草上飞,铁衣着尽着僧衣。天津桥上无人问,独倚危阑看落晖。"

宋·毕田《凝碧亭》:"清秋独倚危阑立,身在琉璃世界中。"

宋·欧阳修《踏莎行》:"寸寸柔肠,盈盈粉泪,楼高莫近危阑。"

宋·黄裳《蝶恋花》(劝酒致语):"万盛只应闲对景,独倚危阑,扰人初定。"

宋·李甲《帝台春》:"漫竚立,遍倚危阑,伫黄昏,也只是、暮云凝碧。"

宋·蔡伸《水龙吟》(重过旧隐):"寂寞危阑独倚,望仙乡、水云无际。"

又《念奴娇》:"脉脉人千里,一弯新月,断肠危阑独倚。"

宋·张孝祥《卜算子》:"独自倚危阑,欲向荷花语,无奈荷花不应人,背立啼红雨。"

宋·辛弃疾《摸鱼儿》:"休去倚危阑,斜阳正在、烟抑断肠处。"

宋·陈亮《一丛花》(溪堂玩月作):"冰轮斜辗镜天长,江练隐寒光。危阑醉倚人如画,隔风烟,何处鸣榔。"

宋·无名氏《蓦山溪》(剪彩梅花):"危阑独倚,往事思量遍。"

2962. 谁倚东风十二阑

唐·戴叔伦《苏溪亭》:"苏溪亭上草漫漫,谁倚东风十二阑。燕子不归春事晚,一汀烟雨杏花寒。"诗人远对苏溪亭(在浙江义乌市附近)观察,描述暮春景色。"谁倚东风十二阑",不知谁人依倚苏溪亭阑。这个历史镜头,成了令人永远猜不透的谜。南朝民歌《西洲曲》:"忆郎郎不至,仰首望飞鸿。鸿飞满西洲,望郎上青楼。楼高望不见,尽日阑干头,阑干十二曲,垂手明如玉。"写女子登楼望夫,鸿飞人不至,尽日凭阑十二曲。"十二阑"源此。指楼四周的曲阑"十二"或指十二根阑柱。有解"十二阑干"为纵横的十二星座,星辰多了,天色很晚,非是。因为描写"十二阑干"总与登楼凭倚相联系。诸如:

唐·吴融《八月十五夜禁直寄同僚》:"目断枚皋何处在,阑干十二忆登临。"

宋·张先《蝶恋花》:"楼上东风春不浅,十二阑干,尽日珠帘卷。有个离人凝泪眼,淡烟芳草连云远。"

又《木兰花》:"楼下雪飞楼上宴,歌咽笙簧声韵颤。尊前有个好人人,十二阑干同倚遍。"

宋·赵抃《和沈太博小圃偶作二首》:"名园雨后百花繁,人倚危楼十二阑。"

宋·晁端礼《蓦山溪》:"阑干十二,倚遍还重倚,一曲一般愁,对芳草、伤春千里。"

又《喜迁莺》:"待更与上层楼,遍倚阑干十二。"

宋·仲殊《诉衷情》(寒食):"晴日暖,淡烟浮,恣嬉游。三千粉黛,十二阑干,一片云头。"(一作宋·僧挥词。)

宋·欧阳修《渔家傲》:"十二阑干堪倚处,一顾,乱山衰草还家路。"

宋·舒亶《木兰花》(次韵赠歌妓):"十二阑干褰画箔,取次穿花成小酌。"

宋·毛滂《蓦山溪》:"诗翁独倚,十二玉阑干,露濛濛,云冉冉,千嶂玻璃浅。"

宋·吴则礼《减字木兰花》(贻元之):"淮山清夜,镜面平铺纤月挂。端是生还,同倚西风十二阑。"

宋·蔡桷《摊破诉衷情》:"阑干十二绕层楼,珠帘卷素秋。"

宋·向子諲《南歌子》:"遥知香雾湿云鬟,凭暖琼楼十二、玉阑干。"

宋·张元干《鱼游春水》:"老去情怀易醉,十二阑干慵遍倚。"

宋·韩元吉《鹧鸪天》:"凭君细酌羔儿酒,倚遍琼楼十二阑。"

宋·朱淑真《谒金门》(春半):"春已半,触目此情无限。十二阑干闲倚遍,愁来天不管。"

宋·范成大《二月三日登楼有怀金陵宣城诸友》:"百尺西楼十二阑,日迟花影对人闲。"

宋·魏了翁《贺新郎》(别李参政壁):"几度南楼携手上,十二阑干凭暖。"

宋·卢祖皋《菩萨蛮》:"带霜边雁落,双字宫罗薄。二十四阑干,夜来相对寒。"

又《菩萨蛮》:"翠楼十二阑干曲,雨痕新染蒲桃绿。"

宋·葛长庚《贺新郎》(概括菊花新):"对此情怀成甚也,云断小楼风细细。独倚遍、画阑十二。"

宋·吴文英《蝶恋花》(题华山道女扇):"十二阑干和笑凭,风露生寒,人在莲花顶。"

宋·张绍文《水龙吟》(春晚):"但无言,倚遍阑干十二,对芳天晚。"

宋·朱埴《画堂春》:"翠袖两行珠泪,画楼十二阑干。"

宋·陈允平《丑奴儿》:"西湖十二阑干曲,倚遍寒香。白鹭横塘,一片孤山几夕阳。"

又《摸鱼儿》(西湖送春):"倚东风、画阑十二,芳阳帘幕低护。"

又《汉宫春》(庚午岁寿谷翁保相):"天气好,新声暖响,东风十二雕阑。"

又《瑞龙吟》:"层楼十二阑干,绣帘半卷,相思处处。"

宋人依托神仙鬼怪玉英《浪淘沙》:"凭遍阑干十二曲,日下西楼。"

元·张可久《[南吕]阅金经》(春晚):"倚遍危楼十二阑,弹泪痕罗袖斑。"

明·孙贲《访某驸马不遇题壁》:"十二阑干春似海,隔窗闲杀碧桃花。"

清·魏坤《登黄鹤楼作》:"一叶剪过烟波湾,登楼凭遍十二阑。"

2963. 楼上佳人痴倚阑干角

宋·秦观《蝶恋花》:"斜目高楼明锦幕,楼上佳人、痴倚阑干角。心事不知缘底恶,对花珠泪双双落。""倚阑干角",写静态,这里含凝神苦思,如痴如呆。"阑干角"不止写人。

宋·毛滂《最高楼》(散后):"玉人共倚阑干角,月华犹在小池东。入人怀,吹鬓影,可怜风。"

宋·周紫芝《醉落魄》:"雪满西楼,人在阑干角。"

宋·范成大《秦楼月》:"海棠逗晓都开却,小云先在阑干角。"

宋·杨冠卿《菩萨蛮》:"冰肘玉衬香绡薄,无言独倚阑干角。"

宋·辛弃疾《贺新郎》:"与客携壶连夜饮,任蟾光、飞上阑干角。"

宋·赵善括《醉落魄》(江阁):"碧山回绕阑干角,一缕行云,忽向杯中落。"

宋·石孝友《千秋岁》:"从前多少事,不忍思量著。心撩乱,斜阳影在阑干角。"

宋·杨炎正《水调歌头》:"天在阑干角,人倚醉醒中。"

宋·吴潜《点绛唇》:"禁鼓三敲,参旗初挂阑干角。"

又《水调歌头》:"徙倚阑干角,一笑与浮云。"

宋·章谦亨《摸鱼儿》:"云烟只在阑干角,生出晚来微雨。"

宋·邓有功《点绛唇》:"知音难托,闷倚阑干角。"

宋·续雪谷《念奴娇》:"曾记步月归来,秦筝弹遍,共倚阑干角。"

清·陈克勤《疏影》(菊影):"有人斜倚阑干角,荡一片、伤秋情绪。"

2964. 凤去台空江自流

唐·李白《登金陵凤凰台》:"凤凰台上凤凰游,凤去台空江自流。吴宫花草埋幽径,晋代衣冠成古丘。三山半落青天外,二水中分白鹭洲。总为浮云能蔽日,长安不见使人愁。"相传李白游黄鹤楼,见崔颢题《黄鹤楼》诗,虽说"眼前有景不敢道",却总想作诗与之一较高低,于是在金陵作此诗。《苕溪渔隐丛话》和《唐诗纪事》均有此记载。"凤凰台",在金陵(今南京)凤凰山上。相传南朝·宋永嘉年间,有三只凤凰翔集山上,时人以为祥瑞之兆,乃筑台,名凤凰台,山称凤台山,后称凤凰山。此诗吊古凭今,从六朝古都金陵到唐代都城长安,写六代繁华早已逝去,而今长安又为邪恶包围,抑郁之情不言而喻。"凤去台空"后用于时代沉浮,也用于"人去台空"。

唐·岑参《司马相如琴台》:"相如琴台古,人去台亦空。"琴台在司马相如宅中,宅在成都县西南,作者见琴台而生感慨。

唐·殷尧藩《登凤凰台二首》:"梧桐叶落秋风老,人去台空凤不来。"

宋·梁栋《摸鱼儿》(登凤凰台):"时有几,便凤去台空,莫厌频游此。"

宋·王奕《酹江月》:"凤去台空,鹭飞洲冷,几度斜阳木。"

宋·陈纪《满江红》(重九登增江凤台望崔清献故居):"凤去台空,庭叶下、嫩寒初透。"

宋·张炎《长亭怨》(旧居有感):"望花外小桥流水,门巷愔愔,玉萧声绝。鹤去台空,佩环何处弄明月。十年前事,愁千折、心情顿别。""鹤去台空",有"黄鹤一去不复返"之鹤,有"华表千年化鹤归"之鹤，均可用以表示离开故土、故乡"鹤去"即离乡之意。

元·庾天锡《商角调·黄莺儿》曲："一线寄乌衣，二水分白鹭。台上凤凰游，井口胭脂污。想《玉树后庭花》，好金陵建康府。"怀古凭吊。部分用李白句。

元·汤式《中吕·普天乐》(金陵怀古)曲："台空江自流，凤去人不至，晋阙吴宫梁王寺。"怀古伤时，亦用李白句。

元·张可久《双调·湘妃怨》(次韵金陵怀古)："凤不至空台上，燕飞来百姓家。"用李白句兼用刘禹锡"旧时王谢堂前燕，飞入寻常百姓家"(《乌衣巷》)句叹历史之沧桑。

2965. 燕子楼空，佳人何在

宋·苏轼《永遇乐》(公自注云："夜宿燕子楼，梦盼盼，因作此词。"一云："徐州梦觉北登燕子楼作。")："天涯倦客，山中归路，望断故国心眼。燕子楼空，佳人何在，空锁楼中燕。"元丰元年(1078)苏轼任徐州知州，这年十月梦登燕子楼，凭吊陈迹，抒发感概而作此词。宋·曾敏行《高斋诗话》云："东坡守徐州，作燕子楼乐章，方具稿，人未知之。一日忽哄传于城中，东坡讶焉。诘其所从来，乃谓发端于逻卒。东坡召而问之，对曰：'某知音律，尝夜宿张建封庙，闻有歌声，细听乃此词也。记而传之，初不知何谓。'东坡笑而遣之。"无论这段故事多么神秘，却说苏轼此词传播之快。

"燕子楼空"是什么意思呢？《白氏长庆集》卷十五《燕子楼三首并序》云："徐州故张尚书，有爱妓曰盼盼，善歌舞，雅多风态。予为校书郎时，游徐泗间，张尚书宴予酒酣，出盼盼以佐欢，欢甚。予因赠诗云：'醉娇胜不得，风袅牡丹花。'一欢而去，尔后绝不相闻，迨兹仅一纪矣。昨日司勋员外郎张仲素缋之访予，因吟新诗，有燕子楼三首，词甚婉丽，诘其由，为盼盼作也。缋之从事武宁军累年，颇知盼盼始末，云尚书既殁，归葬东洛，而彭城有张氏旧第，第中有小楼名"燕子"。盼盼念旧爱而不嫁，居是楼十余年，幽独块然，于今尚在。予爱缋之新泳，感彭城旧游，因同其题，作三绝句。"《丽情集·燕子楼》记："张建封仆射节制武宁，舞妓盼盼，公纳之燕子楼。白乐天使经徐，与诗曰：'醉娇无气力，风袅牡丹花。'公死，盼盼誓不它适，多以诗代答，有诗近三百首，名《燕子楼集》。尝作三诗云：'楼

上残灯伴晓霜，独眠人起合欢床。相思一夜情多少，地角天涯不是长。''北邙松柏锁愁烟，燕子楼中思悄然。自理剑履歌尘散，红软香销一十年。''适看鸿雁洛阳回，又睹玄禽逼社来，瑶瑟玉箫无意绪，任从蛛网任从灰。'乐天和曰：'满窗明月满帘霜，被冷灯残拂卧床，燕子楼中霜月夜，秋来只为一人长。''屡尉罗衫色似烟，一回看着一潜然。自从不舞霓裳曲，叠在宝箱得几年。''今年有客洛阳回，曾到尚书冢上来。见说白杨堪作柱，争教红粉不成灰。'又一绝云：'黄金不惜买蛾眉，拣得如花四五支。歌舞教成心力尽，一朝身去不相随。'盼盼泣曰：'妾非不能死，恐百载之后人以我重于色。'乃和白公诗云：'自守空楼敛恨眉，形同春后牡丹枝。舍人不念此深意，刚道泉台不去随。'""张尚书"多以为是张建封。宋人陈振孙《白文公年谱》考证：当是张建封之子张愔。张愔任武宁军(治徐州)节度使时纳关(许?)盼盼为妾，筑燕子楼。而张建封为开元、天宝间人，与杜甫有诗文。白诗序云：张仲素为"盼盼作"三首，不会有误。《丽情集》说是盼盼作，当是杜撰。说白居易"又一绝句"，实不可能。另相传盼盼读过"争教红粉不成灰"自缢而死，亦不可信。因为"红粉成灰"在白诗中为花容凋落之意，并非责盼盼不去殉夫。白诗三首对盼盼是同情、赞扬，并无恶意。苏轼在徐州感念"燕子楼空，佳人何在，空锁楼中燕。"也是缘"念旧爱而不嫁"这种深情而发。后人多有评述。宋·曾慥《高斋诗话》云："少游问公近作，乃举'燕子楼空，佳人何在？空锁楼中燕。'晁无咎曰：'只三句，便说尽张建封事。'"宋·张炎《词源》卷下评："词，用事最难、要休认着题，融化不涩。如东坡《永遇乐》云：'燕子楼空，佳人何在？空锁楼中燕'，用张建封事。……此皆用事不为事所使。"清·郑文焯《手批东坡乐府》评："公以'燕子楼空'三句语秦淮海，殆以示咏古之超宏宕，贵神情不贵迹象也。余尝深味是言，若发奥悟。"清·先著、程洪《词法》："'野云孤飞，去来无迹'石帚之词也。此词亦当不愧此品目。仅叹赏'燕子楼空'十三字者，犹属附会浅夫。"先著、程洪的看法，不过一家之见。"燕子楼"述其本事，元人多用之。"燕子楼空"仅四字，却含无限叹惋，后人用之除极少咏其本事外，多已作为表达离情别绪的词典，还有写燕的。

宋·秦观《调笑令》："燕子楼空春色晚，将军

一去音容远,空锁楼中深怨。"以苏诗入词,咏盼盼,述本事。

宋·周邦彦《解连环》:"燕子楼空,暗尘锁一床弦索。想移根换叶,尽是旧时、手种红药。"兼用张仲素"瑶瑟玉箫无意绪,任从蛛网任从灰"语,以"嗟情人断绝"。

宋·蔡伸《满庭芳》:"念紫箫声阕,燕子楼空。好是卢郎未老,佳期在、端有相逢。"

宋·石孝友《点绛唇》:"日落风迟,柳眠无力花枝妥。燕楼空锁,好梦谁惊破。"

宋·刘褒《满庭芳》(留别):"隔离歌一阕,琵琶声断,燕子楼空。"

宋·高观国《喜迁莺》(代人吊西湖歌者):"转盼,尘梦断。峡里云归,空想春风面。燕子楼空,玉台妆冷,湖外翠峰眉浅。"

宋·吴文英《新雁过妆楼》:"宜城当时放客,认燕泥旧迹,返照楼空。"

又《鹧鸪山》:"最无聊、燕去堂空,旧幕暗尘罗额。"写燕。

宋·陈人杰《沁园春》(赠人):"曹瞒事业,雀台夜月;建封气概,燕子春风。"铜雀台与燕子楼并提。

宋·陈允平《法曲献仙音》:"寂寞燕楼空,想弓弯、眉黛慵妩。"

又《塞翁吟》:"秦筝倦理梁尘暗,惆怅燕子楼空。山万叠,水千重,一叶漫题红。"

又《望江南》:"燕子楼头胡蝶梦,桃花扇底竹枝歌,杨柳月婆娑。"

宋·周密《忆旧游》:"事逐华年换,叹水流花谢,燕去楼空。"

宋·文天祥《满江红》(和王夫人《满江红》韵以庶几后山《妾薄命》之意):"燕子楼中,又捱过、几番秋色。"燕子楼"代被囚禁之燕京。

宋·王沂孙《声声慢》:"莫辞玉尊起舞,怕重来、燕子楼空。"

宋·仇远《台城路》(寄子发):"燕子梁空、鸡儿巷静,休说长安风景。"指燕。

又《蝶恋花》:"燕燕楼空帘意静,露叶如啼,红沁胭脂井。"

又《剪字木兰花》:"燕去楼空人不识,醉踏花阴,错认人家月下门。"

宋·詹天咎《贺新郎》(端午):"燕子楼空尘又锁,望天涯、不寄红丝缕。"

元·萨都柱《木兰花慢》(彭城怀古):"更戏马台荒,画眉人远,燕子楼空。"徐州名胜销声匿迹、大有吊古伤今之慨。

元·张可久《双调·殿前欢》(客中):"梨花暮雨,燕子楼空。"

元·睢景臣《南吕·一枝花》:"人间燕子楼,被冷鸳鸯锦。酒空鹦鹉盏,钗折凤凰金。""燕子楼"代女子所居。

元·童童学士套曲《双调·新水令》(念远):"燕惊飞张氏楼,犬吠断韩生宅。""张氏楼"即张愔燕子楼。

元·汤式套曲《双调·夜行船》(送景贤回武林):"有情燕子楼,无意翰林院。"景贤留连声色无意功名。

又《双调·夜行船》(赠凤台春王姬):"凭凌燕子楼,弹压鸡儿巷。"王姬在青楼中艳冠群花。

清·孔尚任《桃花扇》第十七出拒媒《锦鱼灯》:"留着他燕子楼中昼闭门,怎教学改嫁的卓文君。"以盼盼喻李香君立志守节。

又《桃花扇》第二十三出寄扇:"那关盼盼也是烟花,何尝不在燕子楼中,关门到老。"又"新书远寄桃花扇,旧院常关燕子楼。"

清·曹雪芹《唐多令》(《红楼梦》人物林黛玉咏絮):"粉墜百花洲,香残燕子楼。"感伤人去楼空。

2966. 去后凤楼空

南朝·陈·江总《萧史曲》:"弄玉秦家女,萧史仙处童。来时兔月满,去后凤楼空。"用另一传说:萧史教弄玉吹箫,吹箫引凤,终于二人跨凤飞升,于是"凤去楼空"。又用作"人去楼空"。

唐·钱起《江行无题一百首》:"楼空人不归,云似去时衣。"变式。

唐·杜牧《伤友人悼吹箫妓》:"艳质已随云雨散,凤楼空锁月明天。"变式,暗指"吹箫妓"已去。

宋·辛弃疾《念奴娇》(书东流村壁):"曲岸持觞,垂杨系马,此地曾轻别。楼空人去,旧游飞燕能说。"旧地重来,不见旧友,"楼空人去"了。

元·王实甫《西厢记》第三本第二折《幺篇》:"从今后相会少,见面难。月暗西厢,凤去秦楼,云敛巫山。"感"老夫人"悔婚之后,"凤去"则秦楼空。

清·纳兰性德《念奴娇》:"怕见人去楼空,柳枝无恙、犹扫窗间月。"作者纳浙江吴兴女词人沈宛为侧室,后又遣归。"人去楼空"表现对远归江南的沈宛的极度思恋。

2967. 凤楼人已去

唐·权德舆《赠梁国惠康公主挽歌词二首》:"凤楼人已去,鸾镜月空悬。""凤楼"代惠康公主所居,"人已去"人已离去,此处是死去。公主死去,鸾镜无人再用,像月一样悬挂起来。

宋·蔡伸《望江南》:"蝶帐梦回空晓月,凤楼人去谩东风,春事已成空。"用"凤楼人去"。

"凤楼人去"这一句式或语式("……人去")为后人所喜用。如:"戴花人去":宋·刘辰翁《酹江月》(北客用东坡韵改赋访梅):"戴花人去,江妃空弄明月。"

"题红人去":宋·刘辰翁《水龙吟》:"流觞事远,绕梁歌断,题红人去。"

"浣纱人去":宋·钱选《行香子》(折枝芙蓉):"浣纱人去,歌韵悠扬。"

"玉京人去":宋·无名氏《鼓笛慢》:"看来只恐、瑶台云散,玉京人去。""玉京",道家称天帝所居之处。李白有:"遥见仙人彩云里,手把芙蓉朝玉京"(《庐山谣》)诗。元·白朴《仙吕·点绛唇》:"金凤钗分,玉京人去。"以"玉京人"(仙人)喻心上人。

"苎萝人去":元·张可久《人月圆·会稽怀古》:"苎萝人去,蓬莱山在,老树荒碑。"汉·赵晔《吴越春秋·句践阴谋外传》:"十二年,越王谓大夫种曰:'孤闻吴王淫而好色,惑乱沉缅,不领政事,因此而谋可乎?'种曰:'可。夫吴王淫而好色,宰嚭佞以曳心,往献美女,其必受之。'越王曰:'善。'乃使相者国中得苎萝山鬻薪之女,曰西施、郑旦。饰以罗縠,教以容步,习于土城,临于都巷,三年学成而献于吴。""苎萝人"指西施、郑旦。

2968. 潇湘人远,空采苹花

宋·秦观《风流子》:"念鳞鸿不见,谁传芳信?潇湘人远,空采苹花。无奈疏梅风景,淡草天涯。"怀人,离人远在潇湘,芳信不来,寄苹无托。用柳宗元《酬曹侍御过象县见寄》:"春风无限潇湘意,欲采苹花不自由"二句。

"潇湘人远",人在远方或人已远去。语简情深,后人多用"……人远"这种句式或语式。

"偷香人远":宋·秦观《沁园春》:"尺素书沉,偷香人远,驿使何时为寄梅。"

"曲终人远":宋·贺铸《望湘人》:"须信鸾弦易断,奈云和再鼓,曲终人远。"宋·张炎《声声慢》:"回首曲终人远,黯伤魂,忍看朵朵芳云。"

"岭南人远":宋·侯寘《念奴娇》:"江上风平,岭南人远,谁度单于曲。"

"玉楼人远":宋·丘崈《天仙子》:"畏著只嫌秋较晚,不道玉楼人渐远。"

"天涯人远":宋·丘崈《扑胡蝶》(蜀中作):"清明渐近,天涯人正远。"

"巫阳人远":宋·杨冠卿《柳梢青》(为丁明仲纪梦):"楚塞山长,巫阳人远,斗帐销香。"

"绮窗人远":宋·方千里《西平乐》:"绮窗人远,青门信杳,叙影何时,重见云斜。"

"白衣人远":宋·陈允平《氐州第一》:"寂寞东篱,白衣人远,渐黄花老。"

"凤台人远":宋·陈允平《琴调相思引》:"凤台人远,离思入三湘。"

"怀沙人远":宋·吴文英《瑞龙吟》:"洲上青苹生处,斗春不管,怀沙人远。"

"天寒人远":宋·吴文英《绛都春》:"天寒人远,旋剪露痕,移得春娇栽琼苑。"

"结庐人远":宋·张炎《三姝媚》:"古意萧闲,问结庐人远,白云谁侣。"

"赋情人远":宋·王沂孙《绮罗香》:"绿水荒沟,终是赋情人远。"

"放鹤人远":元·罗志仁《霓裳中序第一》(四圣观):"怅下鹄池荒,放鹤人远。"林逋植梅放鹤,一去不返了。

2969. 莫道玉关人老矣

宋·京镗《定风波》:"万里西南天一角,骑气乘风,也作等闲游。莫道玉关人老矣,壮志凌云,依旧不惊秋。""玉关人老"指东汉名将班超事。班超率三十六人赴西域,先后平定鄯善、疏勒、莎车、龟兹、焉耆等地,巩固了汉在西域的统治,历时三十一年,请归后已七十一岁。后把班超在西域至老称"玉关人老",唐·武元衡《送张六建议归朝》:"归去朝端如有问,玉关门外老班超。"此诗为其晚年任剑南节度使时所作,以"老班超"代指自己年老。京镗反用"玉关人老"意,以抒壮志。

宋·文天祥《齐天乐》(庆湖北漕知鄂州李楼峰):"玉关人正未老。唤矶头黄鹤,岸中谈笑。"

宋·仇远《清商怨》："莫剪回文,玉关人未老。""未老",反用其意。

"玉关人老",多反用其意,抒发某种豪情,或直代人老或不老。

宋·王炎《梅花引》："闺中幼妇红颜少,应是玉关人更老。"

宋·张榘《孤鸾》(次虚斋生生梅词韵)："江城惯听画角,且休教、玉关人老。"

宋·蔡挺《喜迁莺》："岁华向晚愁思,谁念玉关人老。"

宋·陈允平《摸鱼儿》(寿叶制相)："朱颜白发神仙样,谁信玉关人老。"

宋·李曾伯《大酺》："玉关归老,不愿封侯食肉,愿还太平旧蜀。"

宋·周密《瑶花慢》："消几番、花落花开,老了玉关豪杰。"换语式。

"……人老""……未老"的其它语式:

"惜花人老":宋·贺铸《于飞乐》："惜花人老,年年奈、依旧东风。"

"鸳鸯未老":宋·贺铸《望扬州》："幸于飞、鸳鸯未老,不应同是悲秋。"

"鱼轩人老":宋·陈人杰《沁园春》(送陈起宰归长乐)："叹龙舒君去,尚留破砚。鱼轩人老,长把连环。"

"寻芳人老":宋·仇远《凤凰阁》："寻芳人老,那得心情问著。"

"好游人老":宋·张炎《数花风》(别义兴诸友)："好游人老,秋鬓芦花共色。"

"凤帏人老":宋·孙夫人《风中柳》(闺情)："蟾枝高折,愿从今须早,莫辜负,凤帏人老。"

"踏遍青山人未老":领袖毛泽东《清平乐·会昌》(1934年夏)："东方欲晓,莫道君行早。踏遍青山人未老,风景这边独好。"

2970. 心在天山,身老沧州

宋·陆游《诉衷情》："胡未灭,鬓先秋。泪空流。此生谁料,心在天山,身老沧洲。"作者晚年闲居山阴(绍兴)镜湖家乡,慨叹身老而收复北方失地的壮志未酬。"心在天山"即心在北方失地,"身老沧洲",老于家乡。

又《渔家傲》："行遍天涯真老矣。愁无寐,鬓丝几缕茶烟里。"此词作于成都,感老于天涯,不见家乡亲人。"无情未必真豪杰",是也。

宋·叶梦得《点绛唇》(绍兴乙卯登绝顶小亭)："老去情怀,犹作天涯想。"作者早年任建康留守曾为岳飞抗金补给过军资。而今五十九岁,家居吴兴,登上下山,产生了为国建功的壮想。"老去情怀,犹作天涯想",即此意。

宋·朱敦儒《芰荷香》(金陵)："无奈尊前万里客,叹人今何在,身老天涯。"此是北宋末年,因战乱而流浪江南时期,叹自己"身老天涯"。

宋·李莱老《高阳台》(落梅)："人老天涯,雁影沉沉。"叹老在远方。

宋·仇远《临江仙》(柳)："燕归才社后,人老尚天涯。"亦用朱敦儒句。

宋·李曾伯《八声甘州》："斜阳外,梦回芳草,人老萧关。"用"人老……"语式。

2971. 春来重醉分携地,人在天涯

宋·王之望《丑奴儿》(寄齐尧佐)："春来重醉分携地,人在天涯。别后应知,两鬓萧萧、多半已成丝。"重到与齐尧佐握别的地方,而齐已在远方,按时间推移,鬓发已多白了。

宋·石孝友《清平乐》："还是黄花时候,去年人在天涯。"

元·马致远《天净沙》："枯藤老树昏鸦,小桥流水人家。古道西风瘦马。夕阳西下,断肠人在天涯。"

宋·赵汝愚《柳梢青》(西湖)："空外笙箫,云间笑语,人在蓬莱。"用"人在……"语式喻西湖为仙境。

2972. 各在天一方

汉《别诗·烛烛晨明月》："良友远离别,各在天一方。"好友远离,或南北,或东西,两人总是各在天的一方。《文选》收此诗为李陵留给苏武的诗。南朝·宋·颜延之以下多认为是后人假托。窃以为,此诗重在个人离情,而李陵被俘,苏武羁北,都关家国大事,只述个人情感,很不相宜,所以假托之说可信。不过不影响这是一首著名的别诗。

"各在天一方"语出《汉书·乌孙传》汉武帝遣江都王建之女细君为公主,远嫁乌孙王昆莫。细君为右夫人,"昆莫年老,语言不通,公主悲愁,自为作歌曰:'吾家嫁我兮天一方,远托异国兮乌孙王。穹庐为室兮旃为墙,以肉为食兮酪为浆。居常土思兮心内伤,愿为黄鹄兮归故乡。'""各在天一方"从

"天一方"衍生而出,"天各一方"为成语。在诗中"各在天一方"又生出"各在天一涯""各在天一隅""各在天一岸""各在天一面"。

汉《古诗·行行重行行》:"相去万余里,各在天一涯。"

汉《别诗·良时不再至》:"风波一失所,各在天一隅。"

汉·蔡琰《胡笳十八拍》:"十六拍兮思茫茫,我与儿兮各一方。"

魏·徐干《室思》:"念与君生别,各在天一方。"

晋·傅玄《歌》:"有所思兮,在天一方。"表示辽远。

南朝·梁·江淹《古离别》:"君在天一涯,妾身长离别。"

南朝·梁·何逊《与苏九德别》:"何况杳来期,各在天一面。"

唐·王勃《秋夜长》:"君在天一方,寒衣徒自香。"

唐·卢照邻《总歌第九》:"若有人兮天一方,忠为衣兮信为裳。"

唐·王适《江上有怀》:"应怜水宿洞庭子,今夕迢递天一方。"

唐·孙逖《淮阴夜宿》:"永夕卧烟塘,萧条天一方。"

唐·储光羲《贻丁主簿仙芝别》:"去去水中沚,摇摇天一涯。"

又《贻袁三拾遗谪作》:"知己怨生离,悠悠天一涯。"

又《闲居》:"悠然念故乡,乃在天一隅。"

唐·王昌龄《赠史昭》:"海鳞未化时,各在天一岸。"

唐·杜甫《成都府》:"我行山川异,忽在天一方。"

又《送高三十五书记十五韵》:"常恨结欢浅,各在天一涯。"

唐·贾至《闲居秋怀寄阳翟陆赞府封丘高少府》:"我有同怀友,各在天一方。"

唐·白居易《泛春池》:"各在天一涯,信美非吾有。"

又《夜雨有念》:"骨肉能几人,各在天一端。"

唐·寒山《诗三百三首》:"各在天一涯,何时得相见。"

唐·贯休《临高台》:"故人天一涯,久客殊未回。"

宋·苏轼《送李公择》:"仅存今几人,各在天一陬。"

又《次韵僧潜见寄》:"故人各在天一角,相望落落如晨星。"

2973. 携手上河梁

《昭明文选》(李陵别苏武诗):"携手上河梁,游子暮何之?"《古文苑》也收作李陵诗。李陵被迫降匈奴,留居北方,无时不思归汉室。苏武出使匈奴,也被羁留。苏武曾会见李陵,经过恳切交谈而后依依惜别。送别诗就是李陵携手河梁相送,并说天色晚了,你将何处安身。有人据西汉没有五言诗,五言诗产生于东汉,因而否定为李陵作。但人们还是深受李、苏故事的拍击而产生共鸣。

北朝·庾信《拟咏怀二十七首》为拟阮籍《咏怀》诗而作。其中有句云:"游子河梁上,应将苏武别。"借李苏何梁送别,抒写自己乡关之思,告别"苏武",以返南朝。他在《郊行值雪》一诗中用"上河梁"表达同样的情感:"寒关日欲暮,披雪上河梁。""河梁"就是桥梁。晋·陆云《答兄平原》诗:"南津有绝济,北渚无河梁。"由于"李陵别苏武""携手上河梁",所以后来常用"河梁"表送别或离思。下如:

南朝·陈·刘删《赋得苏武诗》:"奉使穷沙漠,拭泪上河梁。"

南朝·陈·陈少女《寄夫诗》:"自君上河梁,蓬首卧兰房。安得一尊酒,慰妾九回肠。"

隋·杨素《出塞二首》:"握手河梁上,穷涯北海滨。"

唐·鲍溶《苦哉远征人》:"征人歌古曲,携手上河梁。李陵死别处,杳杳玄冥乡。"

唐·皎然《赋得石梁泉送崔逵》:"河梁非此路,别恨亦无涯。"

唐·唐彦谦《春残》:"落花如便去,楼上即河梁。"不须上河梁,楼上即可与春光告别。

宋·辛弃疾《贺新郎》(别茂陵十二弟):"将军百战身名裂,向河梁、回头万里,故人长绝。"河梁送别,情深意重。

2974. 游子暮何之

"游子暮何之",李陵送别苏武,两人都被羁留北方,同病相怜,同气相求,都有深切的痛楚,这二句诗,充分表达了无限的关切。用"游子暮何之"句者,都表示这种关切。

魏·曹植《杂诗六首》其五:"远游欲何之,吴国为我仇。"

唐·褚亮《晚别乐记室彦》:"他乡有歧路,游子欲何之?"

唐·刘长卿《送李中丞归汉阳别业》:"茫茫汉江上,日暮欲何之?"

又《无锡东郭送友人游越》:"平芜不可望,游子去何如?"

唐·杜甫《赤谷》:"天寒霜雪繁,游子有所之。"

唐·贯休《送少年禅二首》:"万水千山一鹤飞,岂愁游子暮何之。"

唐·齐己《城中晚夏思山》:"天外有山归即是,岂同游子暮何之。"不同于游子的无处可去。下同。

又《怀智牺上人》:"临水登山自有期,不同游子暮何之。"

宋·苏轼《送胡掾》:"流年一如此,游子去何之。"

元·徐再思《折桂令》(春情):"空一缕余香在此,盼千金游子何之!"欢聚时的余香尚在,转瞬间盼望的尊贵的游子何处去了!

2975.征夫怀远路,游子恋故乡

"游子"句的句源出自何人?不出自李陵苏武,也不出自古歌乐府,而是出于汉高祖刘邦。刘邦还沛,咏《大风歌》之后,"谓沛父兄曰:'游子悲故乡。吾虽都关中,万岁后吾魂魄犹乐思沛。'"(《史记·高祖本纪》):"游子悲故乡","游子"指离开故乡奔波在外的人,由于思恋故乡而悲伤。此句一出,如巨石投水,掀起层层波澜,"游子"句在汉代"古诗"民歌中几乎踵接而出,多表现游子思归和亲人盼归的旅游、役游、宦游之情。诸如:

汉乐府《猛虎行》:"野雀安无巢,游子为谁骄?"写游子忠于妻室自重自爱。

汉乐府《古八变歌》:"翩翩飞蓬征,怆怆游子怀。"写游踪如蓬,心地凄凉。

汉乐府《长歌行》:"远望使心思,游子恋所生。"遥望故乡思恋生己的地方。

汉乐府《东光》:"诸军游荡子,早行多悲伤。"

汉武帝元鼎五年,出征南越,军士多悲伤。

《古诗》:"请为游子吟,泠泠一何悲?"写游子之悲。

《古诗》:"连翩游客子,于冬服凉衣。"写游子无寒衣。

汉代一首有名的"别诗"《烛烛晨明月》换一字用汉高祖句:"征夫怀远路,游子恋故乡。""悲"换作"恋"。唐人骆宾王《早发诸暨》用了上句:"征夫怀远路,凤驾上危峦。"而用"悲故乡""怀故乡""思故乡"者为多,下面都挂"乡"字。

唐·杜甫《冬晚送长孙渐舍人归州》:"参卿休坐幄,荡子不还乡。"

唐·鲍溶《塞下》:"行子久去乡,逢山不敢登。"

唐·孟郊《出门行二首》:"驱车旧忆太行险,始知游子悲故乡。"

唐·温庭筠《商山早行》:"晨起动征铎,客行悲故乡。"

宋·王安石《送丁廓秀才归汝阴二首》:"游子故乡终念返,岂能无意冶城潮。"

宋·刘敞《示乡人陈生》(祖母之侄曾孙):"游子怀故乡,矧伊接葭莩。"

宋·苏舜钦《送黄莘还家》:"蔼蔼春物归,游子思故乡。"

2976.浮云蔽白日,游子不顾返

古诗《行行重行行》:"浮云蔽白日,游子不顾返。"一解"浮云"喻"新欢","白日"喻"丈夫",游子不返是另有新欢。一解谗谄蔽明,方正不容,游子不返是已受离间。

唐·顾况《游子吟》:"浮云蔽我乡,踯躅游子吟。游子悲久滞,浮云郁东岑。客堂无丝桐,落叶如秋霜。艰哉远游子,所以悲滞淫。"他受谗被贬饶州司户,思恋故乡,终于隐退。句中"浮云"代权贵,"游子"指自己远离帝京,也远离家乡。用了"浮云蔽日"句。

2977.浮云游子意,落日故人情

魏·曹丕《杂诗二首》其二:"西北有浮云,亭亭如车盖。惜哉时不遇,适与飘风会。吹我东南行,行行至吴会。吴会非我乡,安得久留滞。弃置勿复陈,客子常畏人。"曹丕伐吴至广陵时作,以浮云喻自己喻游子,久客他乡,飘泊不定。产生了思乡之心。后人常把浮云和游子并写。

"浮云游子"的名句出自李白的《送友人》诗："浮云游子意,落日故人情。"游子之意如浮云行空,游踪不定,万里无阻;故人之情似落日衔山,欲留即去,依依难舍。语浅情深,韵律谐协,出于曹丕,高于曹丕。而在句式上是仿孟浩然《岘山送张去非游巴东》:"蹉跎游子意,眷恋故人心。"虽好,不如李句。

唐·杜甫《梦李白》诗,写对李白的怀念。他在天宝四年同李白分手于兖州城东,此后再未会面。诗中写道:"浮云终日行,游子久不至"。"浮云游子"用李白句代指李白行踪不定,难以相见,情真意挚。

唐·韦应物《淮上喜会梁州故人》暗用"浮云游子"意,也有动人的表现力:"浮云一别后,流水十年间。"别后如浮云游子游悠不定,时间却像流水转瞬过了十年。行人如"浮云"并非始于曹丕。李陵诗:"仰视浮云驰,奄忽互相逾。"苏武诗:"俯视江汉流,仰视浮云翻。"均表送别之意。

又《赋得浮云起离色送郑述诚》:"游子欲言去,浮云那得知?"否"浮云起离色"意在留客。

用"游子意"句的,李白《感时留别从兄徐王延年从弟延陵》:"鸣蝉游子意,促织念归期。"皇甫冉《赋得海边树》:"欲伤游子意,多在客舟前。"

南朝·梁·江淹《古离别》写:"黄云蔽千里,游子何时还?"以黄云蔽日喻战事正酣的战场,行役游子归来无期。

2978. 游子久不归

魏·曹植《送应氏二首》:"游子久不归,不识陌与阡。"应玚、应璩兄弟很久没有回家,回来连路也找不到了。后以"归"(还)为意的游子句如:

南朝·宋·谢灵运《石壁精舍还湖中作》:"清晖能娱人,游子憺忘归。"

南朝·梁·沈满愿《王昭君叹》:"高堂歌吹远,游子梦中还。"

唐·王勃《普安建阴题壁》:"山川云雾里,游子几时还。"

唐·方干《蜀中》:"游子去游多不归,春风酒味胜余时。"

唐·张琰《春词二首》:"荡子游不归,春来泪如雨。"

唐·苏拯《寄远》:"游子虽惜别,一去何时见。

飞鸟犹恋巢,万里亦何还。"

2979. 慈母手中线,游子身上衣

唐·孟郊《游子吟》:"慈母手中线,游子身上衣。临行密密缝,意恐迟迟归。谁言寸草心,报得三春晖。"写慈母对游子关之切,爱之深。语言平实感人,亲子之情,感人至深。于是"慈母"句传诵不朽。孟郊《商州客舍》也写了"游子无衣":"商山风雪壮,游子衣裳单。"唐人鲍溶是孟郊的好友,他在《将归旧山留别孟郊》诗中也写了"慈母心":"悠悠慈母心,惟愿才如人。蚕桑能几许,衣服常著新。"与孟郊诗命意近似。

"游子寒衣"句源出汉代古诗,《凛凛岁云暮》就写:"凉风率已厉,游子寒无衣。"意为寒风猛烈,游子无衣。陈·江总《遇长安使寄裴尚书》:"太息关山月,风尘客子衣。"写客子风尘仆仆,旅途之劳。孟郊诗取意汉代古诗:"出于兰而胜于兰。"所以后人"游子寒衣"句多取自孟郊《游子吟》。

唐·刘希夷《寿衣篇》:"燕山游子衣裳薄,秦地佳人闺阁寒。"写男子在外衣单,女子闺中心寒,妻子对远役丈夫的关切。

宋·梅尧臣《思远寄师厚》:"游子重衣裘,慈母悬心肝。"用孟郊句写慈母对游子无衣的惦念。

又《江南杂感》:"坏衣游子心,千里尝相忆。荡子脚出门,便作浮萍根。"

清·陈维崧《将归留别练塘诸子》:"游子衣边雪,慈亲地下心。"寄游子丧亲之剧痛。

清·周寿昌《晒旧衣》:"卅载绨袍检尚存,领襟虽破却余温。重缝不忍轻移拆,上有慈亲旧线痕。"依孟诗创意。堪为《游子吟》姊妹篇。

清·陆次云《出门》:"弱女方四龄,初知离别意。恐其牵袂啼,深伤游子绪。"仿《游子吟》亲子感情颠之倒之。

明人汤显祖《牡丹亭》第三出训女《前腔》:"寸草心,怎报得春光一二!"缩用孟郊"谁言寸草心,报得三春晖"句,写儿女难报父母之恩,如小草难偿春光之浴。

2980. 寂寂啼莺处,空伤游子神

唐·卢照邻《相如琴台》:"云疑作赋客,月似听琴人。寂寂啼莺处,空伤游子神。"诗人立于西汉文学家、音乐家司马相如琴台遗址前,仰视"云""月",展开了奇妙的想象,如见其人,如闻其声,而

回到现实,却如此空荡静寂。"空伤游子神"正是表达这种茫然的感受。

唐人写"游子"最多。"游子"多,感伤也多,有的痛诉离情,有的苦旅艰辛,有的叹漂泊无为,"游子"句式也如万花筒。

魏·曹植《杂诗》:"类此客游子,捐躯远从戎。"

唐·王勃《深湾夜宿》:"此时故乡远,宁知游子心。"

又《普安建阴题壁》:"山川云雾里,游子几时还。"

唐·张说《下江南向鄂州》:"旧知巫山上,游子共徘徊。"

唐·张九龄《在郡秋怀二首》:"寂寞游子思,痛叹何人知。"

唐·苏颋《晓济胶川南入密界》:"惨然游子寒,风露将萧瑟。"

唐·崔颢《渭城少年行》:"秦川寒食盛繁华,游子春来喜见花。"

唐·李颀《送刘方平》:"洛阳草色犹自春,游子东归喜拜亲。"

又《送魏万之京》:"朝闻游子唱离歌,昨夜微霜初渡河。"

唐·储光羲《霁后寄马十二巽》:"不见长裾者,空歌游子吟。"

又《升天行贻卢六健》:"恻恻苦哉行,呱呱游子吟。"

又《京口留别徐大补阙赵二零陵》:"独有三川路,空伤游子魂。"

又《奉别长史庾公太守徐公应召》:"游子谈何思,江湖将永年。"

唐·王昌龄《代扶风主人答》:"浮埃起四远,游子弥不欢。"

唐·李白《清溪行》:"向晚猩猩啼,空悲远游子。"

又《春日独坐寄杜明府》:"燕麦青青游子悲,河堤弱柳郁金枝。"

又《游南阳清冷泉》:"西辉逐流水,荡漾游子情。"

唐·常建《晦日马镫曲次中流作》:"初日在川上,便澄游子心。"

唐·韦应物《赠冯著》:"惨凄游子情,风雪自关东。"

又《送刘评事》:"吴中高宴罢,西上一游秦。已想函关道,游子冒风尘。"

又《广陵行》:"忽如京洛间,游子风尘飘。"

唐·高适《初至封丘作》:"可怜薄暮宦游子,独卧虚斋思无已。"

唐·杜甫《彭衙行》:"参差谷鸟吟,不见游子还。"

唐·杜甫《曲江三章章五句》:"曲江萧条秋气高,菱荷枯折随风涛,游子空嗟垂二毛。"

又《宿青溪驿奉怀张员外十五兄之绪》:"月明游子静,畏虎不得语。"

又《别苏溪》:"故人有游子,弃掷傍天隅。"

又《送樊二十三侍御赴汉中判官》:"居人莽牢落,游子方迢递。"游子指侍御。

又《铁堂峡》:"山风吹游子,漂渺乘险绝。"

又《鹿头山》:"游子出京华,剑门不可越。"

又《桔柏渡》:"孤光隐顾昒,游子怅寂寥。"

又《成都府》:"大江东流去,游子去日长。"

又《水槛》:"游子久在外,门户无人持。"

又《柴门》:"我今远游子,飘转混泥沙。"

又《和裴迪登新津寺寄王侍郎》:"风物悲游子,登临忆侍郎。"

唐·皇甫冉《鲁山送别》:"凄凄游子若转蓬,明月清尊只暂同。"

唐·顾况《酬本部韦左司》:"府君未归朝,游子不待晴。"

唐·畅当《宿潭上二首》:"嘉宾爱明月,游子惊秋风。"

唐·鲍溶《秋怀五首》:"游子声影中,涕零念离析。"

唐·刘复《经禁城》:"日没路且长,游子欲涕零。"

唐·武元衡《长安叙怀寄崔十五》:"迢遥隔山水,怅望思游子。"

唐·孟郊《游子》:"萱草生堂阶,游子行天涯。"

又《杂怨三首》之三:"花落却绕树,游子不顾期。"

又《京山行》:"后路起夜色,前山闻虎声。此时游子心,百尺风中旌。"

唐·张乔《江行夜雨》:"江风木落天,游子感流年。"

唐·李咸用《秋望》:"云阳惨淡柳阴稀,游子天涯一望时。"

唐·方干《怀州客舍》:"邻鸡莫相促,游子自晨征。"

唐·陆龟蒙《别离曲》:"丈夫非无泪,不洒别离间。仗剑对尊酒,耻为游子颜。"

唐·于武陵《客中》:"楚人歌竹枝,游子泪沾衣。"

又《客北寄》:"游子久无信,年年空雁来。"

宋·潘阆《雪夜有感》:"谁知游子心,暗逐长空飞。"

宋·王义山《水调歌头》(乙亥春永嘉归舟):"宇宙邮亭耳,游子问舟归。"

清·范姝《闻蟋蟀有感》:"秋声听不得,况尔发哀音。游子他乡泪,空闺此夜心。"

清·周志蕙《柳》:"古渡欲牵游子棹,离亭留赠旅人鞭。"

2981. 江山岂不险,归子念前途

晋·陶渊明《庚子岁五月中从都还阻风于规林二首》:"江山岂不险,归子念前途。""归子"为归家的游子。游子又用作"行子""客子""荡子"。

南朝·宋·鲍照《代东门行》:"居人掩闺卧,行子夜中饭。野风吹草木,行子心肠断。"

唐·李颀《送陈章甫》:"郑国游人未及家,洛阳行子空叹息。"

又《望鸣皋山白云寄洛阳卢主簿》:"氛氲山绝顶,行子一时望。"

唐·储光羲《泊舟贻潘少府》:"行子苦风潮,维舟未能发。"

唐·杜甫《湖城东遇孟云卿复归刘颢宅宿宴饮散因为醉歌》:"疾风吹尘暗河县,行子隔手不相见。"

唐·韦应物《雪行寄褒子》:"行子郡城晓,披云看杉松。"

唐·孟郊《边城吟》:"行子独自渴,主人仍卖泉。"

唐·白居易《别舍弟后月夜》:"行子孤灯店,居人明月轩。"

2982. 客子忆秦川

南朝·徐陵《关山月》:"关山三五月,客子忆秦川。思妇高楼上,当窗应未眠。"写北疆征人思乡之情。"秦川"是客子的故乡,客子指远离故乡

的征人。客子即一般久在他乡作客的游子、行子。

唐·杜甫《遣兴五首》:"客子念故宅,三年门巷空。"

又《寄彭州高三十五使君适虢州岑二十七长史参三十韵》:"男儿行处是,客子斗身强。"

又《江阁卧病走笔寄呈崔卢两侍御》:"客子庖厨薄,江楼枕席清。"

又《自京赴奉先县咏怀五百字》:"天衢阴峥嵘,客子中夜发。"

唐·钱起《下第题长安客舍》:"梨花度寒食,客子未春衣。"

唐·皇甫冉《之京留别刘方平》:"客子慕俦侣,含凄整晨妆。"

唐·白居易《续古诗十首》:"贫贱多悔尤,客子中夜叹。"用杜甫"客子中夜发"句。

唐·鲍溶《晚上蝉》:"山蝉秋晚妨人语,客子惊心鸟亦嘶。"

唐·沈亚之《五月六日发石头城步望前船示舍弟兼寄侯郎》:"客子去淮阳,逶迤别梦长。"

唐·滋夜贞生《春夜宿鸿胪馆简渤海入朝王大使》:"辞家里许不胜感,况复他乡客子情。"

宋·苏轼《与顿起、孙勉泛舟》:"佳人尺书到,客子中夜喟。""喟"即叹,用白居易"客子中夜叹"句。

2983. 昔为倡家女,今为荡子妇

汉·佚名《古诗·青青河畔草》:"昔为倡家女,今为荡子妇。荡子行不归,空床难独守。"这是一首感情真挚、语言朴实的写思妇的名诗。已往一些人由于偏执过当,作过一些曲解。"荡子"浪游不归的人,意为游了、行子,不同处,在离人眼中是忘家忘情的人,不同于后来产生的放浪无行之意,后来的"荡子"意同"浪子"。

南朝·梁·江淹《征怨》:"荡子从征久,凤楼箫管闲。"

南朝·梁·何逊《咏照镜》:"荡子行未归,啼妆坐沾臆。"

隋·薛道衡《昔昔盐》:"关山别荡子,风月守空闺。"

唐·杜甫《冬晚送长孙渐舍人归州》:"参卿休坐幄,荡子不还乡。"

唐·于濆《古别离》:"黄鹤有归日,荡子无还时。"

唐·温庭筠《杨柳枝》:"春来幸自长如浅,可惜牵缠荡子心。"

2984. 安知倦游子,两鬓渐如丝

唐·卢照邻《山行寄刘李二参军》:"安知倦游子,两鬓渐如丝。"刘李二参军寄来"求友诗",诗人诉说自己已是倦游之人,两鬓渐渐添白如丝了。

最先写"倦游"的是南朝·梁·何逊《渡连圻诗二首》:"客子行行倦,年光处处华。""行行倦"就是游倦、倦游。倦游,有的指行役、旅途、征程太长,四处辗转,久不得归,深感疲倦、劳累。

写"倦游"的还如:

唐·王勃《羁游饯别》:"客心悬陇路,游子倦江干。"

唐·张籍《夏日可畏》:"如何倦游子,中路独踟蹰。"用卢照邻"倦游子"句。

唐·贾宗《旅泊江津言怀》:"征途几迢递,客子倦西东。"

2985. 天涯倦客,山中归路

宋·苏轼《永遇乐》(公旧注云:夜宿燕子楼,梦盼盼,因作此词。一云:徐州梦觉北登燕子楼作)。"天涯倦客,山中归路,望断故园心眼。燕子楼空,佳人何在,空锁楼中燕。古今如梦,何曾梦觉,但有旧欢新怨。异时对、黄楼夜景,为余浩叹。"元丰元年(1078),词人任徐州知州。这年十月"夜宿燕子楼",梦唐代张愔爱妾关盼盼,而今早已燕去楼空了。想到自己这"天涯倦客",宦游已厌,乞望归乡就隐。深味"古今如梦",人生无常,对人世"旧欢新怨",感慨系之。首用"天涯倦客"。

唐·刘长卿《赴江西湖上赠皇甫曾之宣州》:"流水通春谷,青山过板桥。天涯有来客,迟尔访渔樵。"用"天涯来客"指皇甫曾。即远方来客,或指客来远方。"天涯倦客"即从"天涯来客"必倦而生义。

宋·贺铸《伴云来》(天香):"不眠思妇,齐应和、几声砧杵。惊动天涯倦宦,骎骎岁华行暮。"

宋·李甲《帝台春》:"忆得盈盈拾翠侣,共携赏、凤城寒食。到今来,海角逢春,天涯为客。"

宋·周邦彦《兰陵王》(柳):"登临望故国。谁识京华倦客?长亭路,年去岁来,应折柔条过千尺。"

又《满庭芳》(夏日溧水无想山作):"憔悴江南倦客,不堪听、急管繁弦。"

又《绕佛阁》(旅况):"倦客最萧索,醉倚斜桥穿柳线。还似汴堤,虹梁横水面。"

宋·曹组《忆少年》:"清明又近也,却天涯为客。"

宋·朱敦儒《朝中措》:"一杯自劝,江湖倦客,风雨残春。"

又《朝中措》:"飘零到此,天涯倦客,海上苍颜。多谢江南苏小,尊前怪我青衫。"

又《鹊桥仙》:"悲歌醉舞,九人而已,总是天涯倦客。东风吹泪故园春,问我辈、何时去得。"

宋·张元干《风流子》(政和间过延平,双溪阁落成,席上赋):"有天涯倦客,尊前回首。听彻伊川,恼损柔肠。"

宋·袁去华《满庭芳》:"似笑天涯倦客,区区地,著甚来由。真怜我,提壶劝饮,一醉散千忧。"

宋·魏了翁《次韵黄叙州·水调歌头》:"苦被江头新涨,推起天涯倦客,万里片帆开。"

宋·卢祖皋《水龙吟》(淮西重午):"多情节意,尊前同是,天涯羁旅。"

宋·吴文英《西平乐慢》(过西湖先贤堂,伤今感昔,泫然出涕):"红索新晴,翠阴寒食。天涯倦客重归。"

宋·陈允平《齐天乐》(泽国楼偶赋):"旧柳犹青,平芜自碧,几度朝昏烟雨。天涯倦旅,爱小却游鞭,共挥谈麈。"

宋·王沂孙《长亭怨》(重过中庵故园):"天涯梦短,想忘了、绮疏雕槛。望不尽,苒苒斜阳,抚乔木、年华将晚。"思乡,必是倦旅。

宋·张炎《月下笛》(孤游万竹山中,闲门落叶,愁思黯然,因动黍离之感。时寓甬东积翠山舍):"张绪,归何暮。半零落,依依断桥鸥鹭。天涯倦旅,此时心事良苦。"

宋·刘将孙《六州歌头》(元夕和宜可):"天涯倦客,如梦说今宵。"

清·吴兆骞《帐夜》:"穹帐连山落月斜,梦回孤客尚天涯。"

清·江昱《湘月》:"天涯孤旅,是几番梦绕,吟边红叶。"

清·朱祖谋《金缕曲》(久不得半塘翁(半塘老人王鹏运)书赋寄):"下殿扁舟具,傍沧江、经年坚卧,西风孤旅。"

人民领袖毛泽东《贺新郎》(1923年):"今朝

霜重东门路,照横塘半天残月,凄清如许。汽笛一声肠已断,从此天涯孤旅。凭割断愁丝恨缕。要似昆仑崩绝壁,又恰象台风扫寰宇。重比翼,和云翥。"1923年4月,毛泽东调到中共中央机关,秋天回湖南工作,两个月后,又要赴广州参加国民党一大,与杨开慧依依告别,途中作此词。这下阕写经长沙东清水塘,搭火车,汽笛长鸣,立即激动离情。从此做"天涯孤旅",孤而不倦,离情虽深,而革命的壮志更坚。"倦"字换"孤",清人已作。这里用"孤",只指情侣之孤,而革命同志则益多。

宋·侯寘《水调歌头》:"天涯倦翼,更何堪、临歧送客。""倦翼"倦飞之鸟翼,喻自己早成倦旅。

2986. 努力加餐饭

《古诗十九首》:"弃捐勿复道,努力加餐饭。"告慰游子远行,不说永别,只望多多进食。"加餐饭"是慰勉之词。唐人用之为多。

南朝·梁·何逊《赠族人秫陵兄弟(何思澄为秫陵令)诗》:"邈若胡与秦,愿子加餐饭。"

唐·崔融《拟古》:"寄谢闺中人,努力加餐食。"

唐·李颀《送山阴姚丞携妓之任兼寄苏少府》:"加食共爱鲈鱼肥,醒酒仍怜甘蔗熟。"

唐·王维《酌酒与裴迪》:"世事浮云何足问,不如高卧且加餐。"

唐·岑参《送王大昌龄赴江宁》:"惜君青云器,努力加餐饭。"

唐·杜甫《营屋》:"洗然顺所适,此足代加餐。"

又《槐叶冷淘》:"入鼎资过熟,加餐愁欲无。"

又《暂住白帝复还东屯》:"加餐可扶老,仓庾慰飘蓬。"

唐·独孤及《酬梁二十宋中所赠兼留别梁少府》:"唯当加餐饭,好我袖中字。"

唐·权德舆《太原郑尚书远寄新诗走笔酬赠因代书贺》:"只今麟阁待丹青,努力加餐报天子。"

唐·白居易《寄元九》:"上言少愁苦,下道加餐饭。"

又《代书诗一百韵寄微之》:"不饮长如醉,加餐亦似饥。"

又《路上寄银匙与阿龟》:"银匙封寄汝,忆我即加餐。"

又《有感三首》:"二事最关身,安寝加餐饭。"

又《日长》:"日长昼加餐,夜短朝余睡。"

又《古意》:"寄书终不达,加饭终无益。"

又《晚春闲居杨二部寄诗杨常州寄茶同到因以长句答之》:"劝我加餐因早笋,恨人休醉是残花。"

又《送敏中新授户部员外郎西归》:"行衡赤日加餐饭,上到青云稳著鞭。"

宋·辛弃疾《鹧鸪天》(送人):"唱彻阳关泪未干,功名余事且加餐。"

2987. 感物怀所思

汉乐府《伤歌行》:"感物怀所思,泣涕忽沾裳。"《乐府诗集》说:"《伤歌行》,侧调曲也。古辞伤日月代谢,年命遒尽,绝离知交,伤而作歌也。"此诗属"绝离知交"而伤,写思妇为远人不归而忧伤。明月照床,孤独难寐;微风吹来,走出闺闼;彷徨之中,见只鸟南飞,哀哀独鸣,感鸟只而伤人独,不禁潸然涕下。"感物怀所思"指有感于只鸟单飞而想到离人不归自己闺中独处,即触景而生情,这是人之常情。南朝·宋·谢灵运在《邻里相送至方山》一诗对"感物伤怀"作了"注释":"含情易为盈,遇物难可歇。"说本来蓄怀旧之情,容易盈满胸中,遇"物"(衰林秋月)引发这种伤感更难止歇。谢诗道出了所以感物伤怀的缘由。用"感物"句如:

魏·曹植《赠白马王彪》:"感物伤我怀,抚心长太息。"感物——归鸟入林,孤兽寻伴,深觉兄弟分离之苦,也是名句。

魏·阮籍《咏怀八十二首》:"感物怀殷忧,悄悄令人悲。"又:"远望令人悲,春气感我心。"所感之物为"春气"。

魏·应瑒《报赵淑丽诗》:"嗟我怀矣,感物伤心。"

晋·嵇喜《答嵇康诗四首》:"逍遥步兰渚,感物怀古人。"

晋·傅玄《青青河畔草篇》:"感物怀思心,梦想发中情。"

晋·潘岳《悼亡诗三首》:"悲怀感物来,泣涕应情陨。"

晋·石崇《答枣腆诗》:"言念将别,赌物伤情。"

晋·陆机《燕歌行》:"夜禽赴林匹鸟栖,双鸠关关宿河湄,忧来感物涕不晞。"

又《赠尚书郎顾彦先诗二首》："感物忧百生，缠绵自相寻。"

又《赴太子洗马时作诗》："感物恋堂室，离思一何深。"

又《赴洛道中作诗二首》："悲情触物感，沉思郁缠绵。"

又《吴王郎中时从梁陈作诗》："感物多念远，慷慨怀古人。"

又《东宫作诗》："载离多悲心，感物情凄恻。"

晋·陆云《赠顾骠骑诗二首》（有皇八章）："哀哉行人，感物伤情。"

晋·支遁《咏怀诗五首》："感物思所托，萧条逸韵上。"

晋·张载《七哀诗三首》："哀人易感伤，触物增悲心。"感、物分句。

晋·张协《杂诗十首》之一："感物多所怀，沉忧结心曲。"

又《杂诗十首》之六："感物多思情，在险易常心。"

晋·陶渊明《和胡西曹示顾贼曹诗》："感物愿及时，每恨靡所挥。"

南朝·宋·谢灵运《游南亭诗》："感感感物叹，星星白发垂。"

又《南楼中望所迟客诗》："即事怨睽携，感物方凄感。"

又《燕歌行》："余独何为志无成，忧缘物感泪沾缨。"

南朝·宋·颜延之《直东宫答郑尚书道子诗》："君子吐芳讯，感物恻余衷。"

南朝·宋·鲍照《赠故人马子乔诗六首》："欢至不留日，感物辄伤年。"

南朝·宋·孝武帝刘骏《秋夜诗》："睹辰念节变，感物矜乘离。"

南朝·梁·江淹《鲍参军昭戎行》："铩翮由时至，感物聊自伤。"

南朝·陈·周弘正《还草堂寻处士弟诗》："感物自多伤，况乃春莺乱。"

2988. 凤凰鸣啾啾，一母将九雏

汉乐府《陇西行》："凤凰鸣啾啾，一母将九雏。""凤凰"天上星名，拟人化。写它欢快地叫，而一母凤带九小凤，团聚和美。用以反衬"好妇"的独处、能干。

唐·陈子昂《听安万善吹觱篥歌》："枯桑老柏寒飕飕，九雏鸣凤乱啾啾。""觱篥歌"，音乐如桑柏飕飕，鸣凤啾啾，如木声鸟语，言吹奏水平之高。用"凤凰"句而变其义。

唐·李峤《鹧鸪》："愿作城上乌，一年生九雏。"（一作韦应物诗）此近于童话诗，写鹧鸪客飞的窘状，应有寓托。"愿作城上乌，一年生九雏"二句兼用"乌生八九子"与"一母将九雏"二句，写"鹧鸪"的美好生活愿望。

唐·王维《黄雀痴》："凤凰九雏亦如此，慎莫愁思憔悴损容辉。"注云："杂言走笔"，实为寓言诗。写黄雀哺育幼子，结果"各自东西南北飞"，不过不必愁思，连"凤凰九雏亦如此"。用"九雏"句以慰"痴雀"。

2989. 乌生八九子

汉乐府《乌生》："乌生八九子，端坐秦氏桂树间。"全诗写乌生八九子，巢宿秦家桂树上，终被射杀。这并不奇怪，那上林的白鹿，摩天的黄鹄，深渊的鲤鱼，都要被杀食。"死生"都是必然的，厄运是不可避免的。也别有寓托。

北周·王褒《咏定林寺桂树》："月轮三五映，乌生八九飞。"这是写景。

唐·元稹《哭子十首》："乌生八子今无七，猿叫三声月正孤。"这是喻人。

2990. 朋友相追攀

汉末王粲《七哀诗》："亲戚对我悲，朋友相追攀。"写董卓西京之乱，人民流离困苦，作者即离开长安，亲戚悲伤，朋友攀留的情景。

唐·杜甫《遣兴三首》之三："昔在洛阳时，亲友相追攀。"乾元元年，作者罢谏官，归途中梗，怀念旧友，用庾信句，忆与旧友的交往。上句用晋·张协"昔在西京时"句式。

2991. 生男慎勿举，生女哺用脯

汉末陈琳《饮马长城窟行》："生男慎勿举，生女哺用脯。君独不见长城下，死人骸骨相撑拄。"写秦筑长城，给人民带来的痛苦。此四句说，生男都死在长城下，生女可以留在家里，喂她干肉。

陈琳此句出自民歌。北魏郦道元《水经注》引杨泉《物理论》中的民谣："生男慎勿举，生女哺用脯。不见长城下，尸骸相支拄。"民谣也写修长城

之苦。唐·杜甫《兵车行》写："信知生男恶，反是生女好；生女犹得嫁比邻，生男埋没随百草。"反映唐朝战乱频仍给人民带来的灾难，在生男生女上的心态。

唐·白居易《长恨歌》："遂令天下父母心，不重生男重生女。"天宝初年，杨玉环册封贵妃后，杨氏兄弟姊妹皆分封土地，大姊封韩国夫人，三姊封虢国夫人，八姊封秦国夫人，兄弟杨銛官鸿胪卿，杨锜官侍御史，杨钊赐名国忠，后为左丞相。当时就有民谣："生女勿悲酸，生男勿欢喜；男不封侯女作妃，看女却为门上楣。""生男勿喜女勿悲，君今看女作门楣。"这种抨击性的民谣，在《史记·外戚世家(褚少孙补)》中就有记载："生男勿喜，生女无怨，独不见卫子夫，霸天下。"这是抨击卫皇后权倾天下的。

2992. 关山阻修兮行路难

东汉蔡琰作《胡笳十八拍》中有："十七拍兮心鼻酸，关山阻修兮行路难。"写她被曹操用金璧从乌桓赎回，回返长安途程之艰难。汉代有《行路难》民谣，已失传。晋人袁山松曾改制《行路难》，流行一时，后亦不存。作为古乐府杂曲歌，后人作《行路难》者屡见不鲜。用"行路难"句者也颇多，多表示旅途艰难，征途险恶，仕途坎坷等。

唐·骆宾王《从军中行路难二首》："行路难，几千端，无复旧云凭短翰。"

唐·李颀《崔五宅送刘跂入京》："乡中饮酒礼，客里行路难。"

唐·孟浩然《陪张丞相登荆城楼》："兴尽回舟去，方知行路难。"

唐·王昌龄《大梁途中作》："当时每酣醉，不觉行路难。"

又《从军行二首》："早知行路难，悔不理章句。"

又《代扶风主人答》："便泣数行泪，因歌行路难。"

唐·万楚《骢马》："君能一饮长城窟，为报天山行路难。"

唐·刘长卿《酬李郎中夜登苏州城楼见寄》："遥寄登楼作，空知行路难。"(一作郎士元诗)。

唐·李白《行路难三首》其一："行路难！行路难！多歧路，今安在？长风破浪会有时，直挂云帆济沧海。"其二："行路难，归去来！"

又《登高望四海》："且复归去来，剑歌行路难。"

唐·杜甫《夜闻觱篥》："君知天地干戈满，不见江湖行路难？"

又《将赴成都草堂途中有作先寄严郑公五首》："三年奔走空皮骨，信有人间行路难。"

又《宿府》："风尘荏苒音书绝，关塞萧条行路难。"上句用庾信"音书两俱绝"句，下句用蔡琰"关山修阻兮行路难"写他独宿幕府，乡书断绝的苦闷。

又《人日二首》："早春重引江湖兴，直道无忧行路难。"明人李梦阳诗："中年独觉沧洲隐，直道谁非行路难。"用杜句而反其义。

唐·钱起《送李九贬南阳》："君门阻马上，应歌行路难。"

又《晚归严明府题门》再用："君门阻马上，应歌行路难。"

唐·独孤及《庚子岁避地至玉山洲韩司马所赠》："共悲行路难，况逢江南春。"

唐·苏涣《变律》："一生不得意，四海行路难。"

唐·耿㲽《晚登虔州即事寄李侍御》："万里归人少，孤舟行路难。"

唐·戴叔伦《行路难》："出门行路难，富贵安可期。"

唐·武元衡《送裴戡行军》："送君偏有无言泪，天下关山行路难。"

唐·白居易《太行路》(借夫妇以讽君臣之不终也)："君不见左纳言，右纳史，朝承恩，暮赐死。行路难，不在水，不在山，只在人情反覆间。"

又《魏堤有怀》："忆得瞿塘事，重吟行路难。"

唐·喻凫《龙翔寺居喜胡权见访因宿》："明发还分手，徒悲行路难。"

唐·温庭筠《西游书怀》："客意自如此，非关行路难。"

唐·聂夷中《行路难》："莫言行路难，夷狄如中国。"

唐·方干《残秋送友》："料想还家后，休吟行路难。"

宋·苏轼《鱼蛮子》："人间行路难，踏地出赋租。"只要踏地，便要交租，已无立锥之地，行路该多难了！宋·范成大《寒亭》："自云足踏地，常赋何能免。"用苏轼句意，写老农负税之重之苦。

又《次韵子由所居六咏》："草木如有情,慰此芳岁阑。幽人正独乐,不知行路难。"

又《次韵答宝觉》："从来无脚不解滑,谁信石头行路难。"

宋·向缟《阮郎归》："故人休放酒杯干,而今行路难。"

宋·沈瀛《捣练子》："含元殿上问长安,欲归家,行路难。"

宋·姚勉《沁园春》(送友人归蜀)："昼锦还乡,油幢佐幕,谁道青天行路难。"

宋·辛弃疾《鹧鸪天》(送人)："江头未是风波恶,别人有间行路难。"

2993. 蜀道之难,难于上青天

唐·李白《蜀道难》："噫吁嚱,危乎高哉! 蜀道之难,难于上青天!"这是名诗名句,诗中此句重用三次,以夸张的手法,概括写出由秦入蜀道路之奇险难攀,暗含人生道路的坎坷艰险。

"蜀道难"是乐府古题。南朝·陈·江总《赠贺左承萧舍人》诗将之入诗："回首望长安,犹如蜀道难。"侯景之乱,江总流浪广州,此诗约作于岭南,喻往长安之路如蜀道之难。

南朝·陈·阴铿《蜀道难》："轮摧九折路,骑阻七星桥。蜀道难如此,功名讵可要。"

唐·卢照邻《大剑送别刘右史》："金碧禺山远,关梁蜀道难。"

唐·杨炯《送梓州周司功》："别后风清夜,思君蜀路难。"

唐·岑参《早上五盘岭》："此行为知己,不觉蜀道难。"

宋·薛田《成都书事百韵并序》："易觉锦城销白日,难歌蜀道上青天。"

宋·梅尧臣《送阎仲孚郎中南游山水》："蜀山难于上青天,闻之李白为旧传。"

宋·杨亿《叶秘书温知蜀州江原县》："白羽豫州慵草檄,青天蜀道厌摧轮。"

宋·欧阳修《太白戏圣俞》："蜀道之难难上青天,李白落笔生云烟。"

宋·卢氏《凤栖梧》："蜀道青天烟霭翳,帝里繁华,迢递何时至。""蜀道青天"缩合二句,二者并提,蜀道就是青天了。

宋·魏了翁《水调歌头》："万里蜀山险,难似上青天。"

唐·陆畅《句》则反用"蜀道难"之意："蜀道易,易于履平地。"(只此句,难知此诗背景。)

2994. 上惭仓浪之天

汉乐府《东门行》："上用仓浪天故,下当用此黄口儿。"写贤德的妻子劝阻她的丈夫不要出去做坏事,宁可忍受贫苦,上边要对得起仓天,下边要对得起孩子。但诗句出于自然口语,并不为工。

曹丕使语句趋工:《艳歌何尝行》："上惭仓浪之天,下顾黄口小儿。"妻子规劝丈夫,做事上不愧仓天,下顾念儿女。

曹丕在《大墙上蒿行》中再次用"仓天黄口"句:"上有仓浪之天,今我难得久来视;下有蠕蠕之地,今我难得久来履。"上有仓青的天空,我难得久视;下有蠕动的大地,我难得久踏。

2995. 盈盈公府步,冉冉府中趋

汉乐府《陌上桑》："盈盈公府步,冉冉府中趋。"写罗敷的丈夫迈着轻盈的官步,从容地走到府衙里,英俊潇洒。

汉乐府《陇西行》："废礼送客出,盈盈府中趋。"接待礼节完毕,女主人送客,步履轻盈,款款而行。变用《陌上桑》句。

杜甫《写怀二首》："冉冉身趋竞,行行见羁束。"暗用乐府"冉冉"句和"行行"句,说明乾坤之内共趋名利,必然受到羁束。

2996. 男儿欲作健,结伴不须多

汉乐府《企喻歌》："男儿欲作健,结伴不须多。"男儿要振作奋发,做事不须更多地结伴。

清·黄景仁《少年行》："男儿作健向沙场,自爱登台不望乡。"敢于挺身踏上征途,而不受乡情之累。

2997. 中央有丝两头系

汉乐府《捉搦歌》："黄桑柘屐蒲子履,中央有丝两头系。"写草鞋。

清·黄遵宪《今别离》："中央亦有丝,有丝两头系。"写电线。

2998. 天上何所有,历历种白榆

汉乐府《陇西行》："天上何所有,历历种白榆。桂树夹道生,青龙对道隅。"白榆、桂树、青龙都是

星名,写天上和乐,人间的"好妇"孤零。

汉乐府《步出夏门行》几乎用了同样的语句:"天上何所有,历历种白榆。桂树夹道生,青龙对伏趺。"写一个独居修仙的人游仙时在天上看到的"群星闪烁"景象。

2999.上有弦歌声,音响一何悲

古诗《西北有高楼》:"上有弦歌声,音响一何悲。"楼外人听到楼上传来的歌感到太悲哀了。

古诗《燕赵多佳人》:"音响一何悲,弦急知柱促。"也用"音响"句,写情思的哀伤。

3000.小妇无所为,挟瑟上高堂

汉乐府《长安有狭斜行》:"大妇织绮罗,中妇织流黄,小妇无所为,挟瑟上高堂。"写富贵之家的华贵生活。

汉乐府《相逢行》全诗与上诗相类,语意相同和相近的句子有十几句,且似对《长安有狭斜行》的内容的丰富演变。

东汉宋子侯《董娇娆》:"归来酌美酒,挟瑟上高堂。"诗以花拟人,感花可重开,人的盛年不再。用"挟瑟"句作结,以求暂时慰藉。

《相逢行》属乐府"相和歌·清商曲",又名《长安有狭行》,自南朝·宋·荀昶起又用《拟相逢狭路间》,于是,《相逢狭路间》也为后人作题。南朝·宋·南平王刘铄起截取此诗一部分作《三妇艳》诗,二者区别主要在前者先写"三子",接写"三妇",而后者只写"三妇"。这些诗,语言、内容多大同小异。唯南朝·梁·刘遵的《相逢狭路间》实写男女相逢狭路与众不同。仿作此诗最多的是南朝人,而且超过了其它任何仿作。这首铺张豪华没有更多特点的诗,为什么会掀起层层波澜,有时令人费解。这里集录下来,供有兴者研究。

"相逢狭路"诗:

南朝·宋·荀昶《拟相逢狭路间》:"大兄珥金珰,中兄振缨緌。伏腊一来归,邻里生光辉;小弟无所为,斗鸡东陌逵。大妇织纨绮,中妇缝罗衣,小妇无所作,挟瑟弄青徽。丈人且却作,梁尘将歌飞。"

南朝·梁·沈约《相逢狭路间》:"大子万户侯,中子飞而食,小子始从官,朝夕温省直。三子俱入门……,大妇绕梁歌,中妇回文织,小妇独无事,闭门聊且即。绿绮试一弹,玄鹤方鼓翼。"

南朝·梁·昭明太子萧统《相逢狭路间》:

"……长子饰青紫,中子任以赀,小子始总角,方作呒弄儿。三子俱入门,赫奕盛羽仪。……大妇成贝锦,中妇饬粉施,小妇独无事,理曲步檐垂,丈人暂徙倚,行使流风吹。"

南朝·梁·简文帝萧纲《长安有狭斜行》:"大息(子息)骞金勒,中息绾黄银,小息始得意,黄头作弄臣。三息俱入门,雅志扬清尘;三息俱上堂,觞肴满四陈;三息俱入户,照耀光容新。大妇舒绮姻,中妇拂罗巾,小妇最容冶,映镜学娇矉。丈人且安坐,清讴出绛唇。"

南朝·梁·庾肩吾《长安有狭行》:"长子登麟阁,次子侍龙楼,少子无高位,聊以金马游。三子俱来下,左右若川流;三子俱来入,高轩映彩斾;三子俱来宴,玉柱击清瓯。大妇襞云裳,中妇卷罗帱,少妇多娇艳,花钿系石榴。夫君且安坐,欢娱方未周。"

南朝·梁·徐防《长安有狭行》:"大息登金马,中息谒承明,小息偏爱幸,走马曳长缨。三息俱入门,车服尽雕轻;三息俱上堂,嘉宾四座盈;三息俱入户,室内有光荣。大妇缣始呈,中妇绣初营,小妇多姿媚,红纱映削成。上客安可坐,胡床妾自擎。"

南朝·梁·王同《长安有狭邪行》:"大子执金吾,次子中郎将,小子陪金马,遨游蔑卿相。三子俱休沐,风流郁河壮;三子俱会同,肃维多礼让;三子俱还堂,丝管纷寥亮。大妇裁舞衣,中妇学清唱,小妇窥镜影,弄此朝霞状。佳人且少留,为君绕梁唱。"

"三妇艳"诗:

南朝·宋·南平王刘铄《三妇艳》:"大妇裁雾縠,中妇涤冰练,小妇端清景,含歌登玉殿。丈人且徘徊,临风伤流霰。"

南朝·齐·王融《三妇艳》:"大妇织绮罗,中妇织流黄,小妇独无事,挟瑟上高堂。丈夫且安坐,调弦讵未央。"

南朝·梁·沈约《三妇艳》:"大妇拂玉匣,中妇结罗帷,小妇独无事,对镜画蛾眉。良人且安卧,夜长方自私。"

南朝·梁·吴均《三妇艳》:"大妇弦初切,中妇管方吹,小妇多姿态,含笑逼清卮,殷勤妾自知。"

南朝·梁·昭明太子萧统《三妇艳》:"大妇舞轻巾,中妇拂华茵,小妇独无事,红黛润芳津。良人

且高卧,方欲荐梁尘。"

南朝·梁·刘孝绰《三妇艳》:"大妇织罗裙,中妇料绣文。唯余最小妇,窈窕舞昭君。大人慎勿去,听我驻浮云。"

南朝·梁·王筠《三妇艳》:"大妇留芳褥,中妇对华烛,小妇独无事,当轩理清曲。丈人且安卧,艳歌方断续。"

南朝·陈·张正见《三妇艳》:"大妇织残丝,中妇妒蛾眉,小妇独无事,歌罢咏新诗。上客何须起,为待绝缨诗。"

南朝·陈后主叔宝《三妇艳词十一首》:

大妇避秋风,中妇夜床空。小妇初两髻,含娇新脸红。得意非霰日,可怜那可同。

大妇西北楼,中妇南陌头,小妇初妆点,回眉对月钩。可怜还自觉,人看反更羞。

大妇主缣机,中妇裁春衣,小妇新妆治,拂匣动琴徽。长夜理清曲,余娇且未归。

大妇妒蛾眉,中妇逐春时,小妇最年少,相望卷罗帷。罗帷夜寒卷,相望人来迟。

大妇上高楼,中妇荡莲舟,小妇独无事,拨帐掩娇羞。丈夫应自解,更深难道留。

大妇初调筝,中妇饮歌声,小妇春妆罢,弄月当宵楹。季子时将意,相看不用争。

大妇爱恒偏,中妇意常坚,小妇独娇笑,新来华烛前。新来诚可惑,为许得新怜。

大妇酌金杯,中妇照粧台,小妇偏娇冶,下砌折新梅。众中何假问,人今最后来。

大妇怨空闺,中妇夜偷啼,小妇独含笑,正柱作乌栖。河低帐未掩,夜夜画眉齐。

大妇正当垆,中妇裁罗襦,小妇独无事,淇上待吴姝。鸟归花复落,欲去却踟蹰。

大妇年十五,中妇当春户,小妇正横陈,含娇情未吐。所愁晓漏促,不恨灯销炷。

唐·董思恭《三妇艳词》:"大妇裁纨素,中妇弄明珰,小妇多姿态,登楼红粉妆。丈人且安坐,初日渐流光。"

唐·虞世南《中妇织流黄》(题取王融句):"空闺织素锦,含怨恋双蛾。……"借以写女子织锦制衣,待送离人。

唐·王绍宗《三妇艳》:"大妇能调瑟,中妇咏新诗,小妇独无事,花庭曳履綦。上客且安坐,春日正迟迟。"

唐·权德舆《三妇诗》:"大妇刺绣文,中妇缝

罗裙,小妇无所作,娇歌遏行云。丈人且安坐,金炉香正薰。"

唐·李贺《题赵生壁》:"大妇然竹根,中妇舂玉屑。冬暖拾松枝,日烟生蒙灭。"仅写赵家二妇。

3001. 鸳鸯七十二

汉乐府《相逢行》:"入门时左顾,但见双鸳鸯;鸳鸯七十二,罗列自成行。"写古代"官僚"家庭的富贵豪华:庭院中饲养着许多鸳鸯鸟雀,管理得井然有序。"七十二"言其多,数非实指。后用以表现鸟雀很多,景物宜人。

南朝·梁·简文帝萧纲《歌》:"鸳鸯七十二,乱舞未成行。"反用乐府二句。

北周·王褒《日出东南隅行》:"名唱两行堂上起,鸳鸯十七阶前飞。"

唐·孟郊《南阳公主请东樱桃亭子春宴》:"鸳鸯七十二,花态并相新。"

唐·李商隐《代应》:"本来银汉是红墙,隔得卢家白玉堂。谁与王昌报消息,尽知三十六鸳鸯。"

唐五代·孙光宪《谒金门》:"却羡彩鸳三十六,孤鸾还一只。"写孤独。

3002. 堂上三千珠履客

唐·李白《寄韦南陵冰余江上乘兴访之遇寻颜尚书笑有此赠》:"堂上三千珠履客,瓮中百斛金陵春。"戏言尚书生活之豪华,"珠履"缀着明珠的鞋,"珠履客"指很多衣着华丽的女子。

"珠履客"本指有才干的食客。《史记·春申君列传》载赵国平原君赵胜遣人拜会楚国春申君黄歇,使者欲向楚国夸耀,头上插着玳瑁簪,剑鞘上镶以珠玉,要求会见楚国的宾客,"春申君客三千余人,其上客皆蹑珠履以见赵使,赵使大惭"。平原君也是"四君子"之一,"宾客盖至数千人"(《史记·平原君列传》)唐人张继《春申君词》:"当时珠履三千客,赵使怀惭不敢言。"就是叙述这件事的。"珠履三千"后代表地位高贵的人或服饰华丽的女侍。

李白用"三千客"最多,"战国四君子"他写了三个。除了春申君"三千珠履"外,又在《自广平乘醉走马六十里至邯郸登城楼览古书怀》写了平原君:"平原三千客,谈笑尽豪英。"在《博平郑太守自庐山千里相寻入江夏北市门见访却之武陵立马赠

别》中又写了信陵君窃符救赵事:"若无三千客,谁道信陵君。救赵复存魏,英威天下闻。"《史记·魏公子列传》载:信陵君魏无忌"致食客三千人"。

李白《扶风豪士歌》:"党中各有三千士,明日报恩知是谁。"说豪士都笼络了许多门客,不一定有什么真才实学。

又《江上赠窦长史》:"不同珠履三千客,别欲论文一片心。"欲作挚友而不作食客。

唐·武元衡《送裴戡行军》:"三千珠履醉不欢,玉人犹若夜冰寒。"

唐·杜牧《送王侍御赴夏口座主幕》:"君为珠履三千客,我是青衿七十徒。"

唐·李群玉《广州陪凉公从叔越台宴集》:"玉钩挂海笙歌合,珠履三千半似泥。"

唐·温庭筠《感旧陈情五十韵献淮南李仆射》:"黛蛾陈二八,珠履列三千。"

宋·胡铨《朝中措》(黄守座上用六一先生韵):"多情太守,三千珠履,二肆歌钟。"

宋·史浩《浣溪沙》(夜饮咏足即席):"珠履三千巧斗妍,就中弓窄只迁迁。"

宋·曾觌《西江月》:"醉伴三千珠履,如登十二琼楼。"

宋·刘辰翁《水龙吟》:"珠履三千,金人十二,五陵无树。"

3003.钟乳三千两,金钗十二行

唐·白居易《酬思黯赠同用狂字》:"钟乳三千两,金钗十二行。"诗夹注:"思黯自夸前后服钟乳三千两,甚得力,而歌舞之妓颇多,来诗谑予羸老,戏答之。"《山堂肆考·角集》二十三亦云:"白乐天尝言牛思黯自夸前后服钟乳三千两,而歌舞之妓甚多,故答思黯诗云:'钟乳三千两,金钗十二行。'"牛思黯即牛僧孺。"钟乳"溶有碳酸钙的水滴下积淀而成钟乳状的石灰质。诗中指熟石灰之类的物质。牛僧孺自夸强壮,讥白居易羸弱,白居易作此诗以反讥。

"金钗十二"古代女子戴钗着裙,所以常借金钗、裙钗代女子,这里指十二个女子。《红楼梦》金陵十二钗。有"正册""副册""又副册"。每册十二钗,计三十六钗。有的红学家认为还有"三副""四副"共六十位女子。而"情榜"中只有"正册"十二位主要女子有名:林黛玉、薛宝钗、贾元春、贾迎春、贾探春、贾惜春、李纨、妙玉、史湘云、王熙凤、贾巧姐、秦可卿。

"金钗十二行"即"十二金钗"组成的舞行。"十二金钗"常与"三千珠履"对用,表示豪华与气派。

宋·柳永《玉蝴蝶》:"徘徊、隼旟前后,三千珠履,十二金钗。"在旗帜周围,簇拥着许多珠履客和金钗女。这里首次对用"三千珠履,十二金钗"。

宋·苏轼《次韵韩康公置酒见留》:"钟乳金钗人似玉,鹍弦铁拨坐生风。"缩用白居易二句。

宋·刘过《沁园春》(卢蒲江席上时有新第宗室):"盗号书生,强名举子,未老雪从头上催。谁羡汝、拥三千珠履,十二金钗。"

宋·沈立《英韶在前徒矜下里之曲雅未丧系击辕之音不图缀绮靡之辞……知我者无加焉》:"金钗人十二,珠履客三千。"

宋·吴潜《生查子》:"谁家白面郎,画舫朱帘挂。十二列金钗,一局文楸罢。"

宋·杨冠卿《柳梢青》:"解语浑如,三千粉黛,十二金钗。"用白居易《长恨歌》中"三千粉黛无颜色"语。

宋·无名氏《满江红》(寿李侯):"堂上金钗行十二,庭前珠履客三千。"

元·汪元亨《朝天子·归隐》:"珠履三千,金钗十二,朝承恩暮赐死。"

元·无名氏《西番经》:"醉鞭平康巷,少年长乐坊,乐府金钗十二行。"

明·夏完淳《烛影摇红》:"金钗十二,珠履三千,凄凉千载。"

3004.心思不能言,肠中车轮转

汉乐府《悲歌》:"欲归家无人,欲渡河无船。心思不能言,肠中车轮转。"写无家可归的人,有苦无处倾诉,心中如车轮滚滚,痛苦不堪。以车轮滚动喻内心痛苦形象而生动。

汉乐府《古歌》:"离家日趋远,衣带日趋缓。心思不能言,肠中车轮转。"用"车轮"句作结,表达从征北方的征人面对远离的家乡,内心痛苦万分。

晋乐府《黄鹄曲四首》:"腹中车轮转,君知思忆谁。"换一"腹"字,抒相思之苦。

南朝·梁乐府《黄淡思歌》:"心中不能言,腹作车轮旋。"变其句而用其义,写痛苦难言。

唐·孟郊《远游联句》:"别肠车轮转,一日一万周。"用"车轮转""一万周"再夸张,抒写极其苦

痛的离情。孟郊总以写别诗见长。

清·黄遵宪《今别离》:"别肠转如轮,一刻即万周。"变用孟郊句,写别肠中如火车车轮转动之疾速,表达离情别绪之苦。

3005. 车轮为之摧

汉·曹操《苦寒行》:"羊肠坂诘屈,车轮为之摧。"建安十一年(206),曹操统兵北度太行山征讨降而复叛的袁绍的外甥高干,在羊肠坂(地名,在今山西晋城县南)迂回曲折的小路上行军,车轮都被折断了。

晋·傅玄《挽歌》:"车轮结不转,百驷齐悲鸣。"写车行之慢。

南朝·陈·张正见《门有车马客行》:"安知太行道,失路车轮摧。"接待北征骑士,对酒挟欢之语。

3006. 悲歌可以当泣,远望可以当归

汉乐府《悲歌》:"悲歌可以当泣,远望可以当归。"唱起悲歌代替哭泣,远眺家乡代替回归,这是一种强烈思乡之情。这是两句合于人之常情又富表现力的歌。长歌当哭、远望当归都是成语。

唐初李百药《渡汉江》:"客心既多绪,长歌且代劳。"以长歌当离绪。

宋·楼鑰《次韵东坡武昌西山诗》:"我为长歌吊此老,恸哭未抵长歌哀。"元祐更化,苏轼等人入朝起用,可不到十年,又被放逐到更荒远的海南。作者用长歌吊苏老,长歌当哭,比哭还哀。

清·曹雪芹《红楼梦》第八十七回,薛宝钗《与黛玉书并诗四章》:"匪曰无故呻吟,亦长歌当哭之意耳。"

3007. 少壮不努力,老大徒伤悲

汉乐府《长歌行》:"百川东到海,何时复西归?少壮不努力,老大徒伤悲。"诗讲了哲理,应该说是乐府诗中著名的哲理诗句了。此诗流传了两千多年,其名句早已成为激人上进的格言。不独今天流传广泛,就是在此诗刚刚产生,怕是立即风传了,要不怎么原作者佚名了呢。

除了作格言外,它当然也入诗。

唐·李白《相逢行》:"当年失行乐,老去徒伤悲。"他经过青年时代的努力,才华横溢却不得志,所以说老了反伤悔当年没有行乐。反用原意。杜

甫也一样,一生坎坷,也悔恨未拂衣而去:《曲江对酒》:"吏情更觉沧州远,老大徒伤未拂衣。"

唐·李商隐《戏题枢言草阁三十二韵》:"君今且少安,听我苦吟诗。古诗何人作,老大徒伤悲。"用以劝说草阁主人枢言。

唐·贯休《轻薄篇》:"木落萧萧,蛩鸣唧唧。不觉朱蔫脸红,霜劫鬓漆。世途多事,泣向秋日。方吟少壮不努力,老大徒伤悲。如何?"年华已老,世途多艰,因无所作为而悲伤。

唐·独孤及《酬皇甫侍御望天灞山见示之作》:"登临双拘限,出处悲老大。"

宋·范仲淹《书事呈韩布殿丞》:"少壮由来须努力,篆铭钟鼎古何人。"

宋·欧阳修《伏日赠徐焦二生》:"少壮及时宜努力,老大无堪还可憎。"

宋·辛弃疾《婆罗门引》(别叔高,叔高长于楚词):"落花时节,杜鹃声里送君归。未消文字湘累。只怕蛟龙无雨,后会渺难期。更何人念我,老大伤悲。"

3008. 西北有高楼

汉《古诗》《西北有高楼》:"西北有高楼,上与浮云齐。"这是传出一弦悲歌的楼,它高与云齐,曲檐重阶,窗花结绮,华贵典雅,却坐落在秋风肃杀的方位上。"西北",《淮南子》与《黄帝内经》载:西、北颜色是白、黑,声音是哭、呻,情绪是悲、恐,律音是商、羽。《汉书·律历志第一上》云:"西,迁地,阴气迁落物,于是为秋。""北,伏也,阳气伏于下,于时为冬。""西北"运用古代气象学的观点,与秋冬相联系,就引申为萧条与悲凉,而不具指方位了。如:"飞来双白鹄,乃从西北来"(汉乐府)、"孤坟在西北,常念君来迟。"(孔融《杂诗》)"西北有织妇,绮缟何缤纷。"(曹植《杂诗》)都不具指西北,而含有凄凉、冷落之氛围。而"西北有高楼"也不实指"楼",只指某处所。

宋·方千里《南乡子》:"西北有高楼,淡霭残烟渐渐收。"

宋·王沂孙《无闷》(雪意):"阴积龙荒,寒度雁门,西北高楼独倚。"

宋·汪元量《唐多令》(吴江中秋):"莎草被长洲,吴江拍岸流。忆故家、西北高楼。"

3009. 西北有浮云

魏·曹丕《杂诗二首》:"西北有浮云,亭亭如

车盖。""浮云"句从"西北有高楼,上与浮云齐"脱出,诗人伐吴历久,望浮云而思归。

南朝·梁·江淹《学魏文帝诗》:"西北有浮云,缭绕华阴山。"郁郁不得志而倍感寒凉。

唐·杜甫《九月五日》:"欢娱两冥漠,西北有孤云。"诗人居夔州,重阳前夕,忆起当年在长安曾同苏源明、郑广文采菊饮酒,而此刻二人均已作古,思友之情油然而生。"浮云"表示渺茫。

宋·辛弃疾《水龙吟》(收剑南双溪楼):"举头西北浮云,倚天万里须长剑。"收复失地的豪情。

清·沈曾植《临江仙》(疆村词来,调高意远,讽味不足,聊复寄声):"西北浮云东盖去,晚来心与飘风。"浮云如盖用曹丕句意寄托思慕疆村的情怀;心境如"飘风"动荡不安。

清·朱祖谋《齐天乐》(乙丑九日,庸庵招集江楼):"茱萸旧赐望西北浮云,梦迷醒醉。"面对国内战争,哀凉,迷惘,感"江山太无才思"。比"西北浮云"句含义复杂。

清·麦孟华《解连环》(酬任公,用梦窗留别石帚韵):"尽有轻阴,未应恨,浮云西北。"慈禧势力不过浮云结成的轻阴。比"西北浮云"句,意又有变换。

3010. 西北有神州

宋·辛弃疾《水调歌头》(送施圣舆枢密帅隆兴):"贱子亲再拜,西北有神州。"又《水调歌头》(送杨民瞻):"长剑倚天谁问,夷甫诸人堪笑,西北有神州。"送施圣舆,送杨民瞻,都用"西北有神州"句。而在《南乡子》(登京口北固亭有怀):"何处望神州,满眼风光北固楼。"说明他念念不忘收复神州(中原)。

宋·戴复古《水调歌头》(题李季允侍郎鄂州吞云楼):"浪说胸吞云梦,直把气吞残虏,西北望神州。百载好机会,人事恨悠悠。"汉司马相如《子虚赋》写乌有先生对楚使子虚夸说齐地辽阔,"吞若云梦者八九,于其胸中,曾不蒂芥。"此处说不想胸吞云梦,只想气吞金虏,收复北方国土。南渡百年机会很多,只因人事延误,遗恨不挥师北进。"西北望神州",对沦陷的中原的关注。"神州",战国时齐国人邹衍称中国为"赤县神州",后指代中国。此词中指北方沦陷的国土。南宋人用"神州"都表此意。

宋·辛弃疾《南乡子》(登京口北固亭有怀):

"西北望神州,满眼风光北国楼。千古兴亡多少事,悠悠,不尽长江滚滚流。""西北"又作"何处",怀念北方沦陷土地人民。

宋·江梦斗《南乡子》(初入都门漫赋):"西北有神州,曾倚斜阳江上楼。目断淮南山一抹,何由?载泪东风洒汴流。"

宋·史隽之《望海潮》(浮远堂):"未许英雄老去,西北是神州。"辛弃疾曾有"廉颇老矣,尚能饭否"(《永遇乐》)。如:"元龙老矣,不妨高卧,冰壶凉簟。"(《水龙吟》)此似用其意。

宋·刘克庄《玉楼春》(戏林推):"易挑锦妇机中字,难得玉人心下事。男儿西北有神州,莫滴水西桥畔泪!"戏林推官,调侃之中有真言:水西桥畔的妓女换不出真情,泪勿轻弹,男儿应向西北神州,中原父老正在罹难。清·况周颐《蕙风词话》卷二评:"后村《玉楼春》云:'男儿西北有神州,莫滴水西桥畔泪。'杨升庵谓其'壮大语足以立懦,'此类是已"。

3011. 涉江采芙蓉

古诗《涉江采芙蓉》:"涉江采芙蓉,兰泽多芳草。采之欲遗谁,所思在远道。"此诗一说怀念故乡的友人,一说怀念故乡的妻子。主人公要"涉江"采芙蓉,还要加采兰草,就要赠给所怀念的人。采芳以赠是古代习俗。《诗经·郑风·溱洧》:"维士与女,伊其相谑,赠之芍药。"青年男女春游嬉戏,要相赠芍药。《九歌·山鬼》"折芳馨兮赠所思"赠给心上人,"公子"。古诗中要采芳赠远人,说明怀思之强烈。

清·陈廷焯《蝶恋花》:"采采芙蓉秋已暮,一夜西风,吹折江头树。"西风猛烈,已是晚秋,采芙蓉,思远人,如作者小序云:"无穷哀怨"又"无限忠厚"。

清·文廷式《贺新郎》:"采采芙蓉愁日暮,又天涯芳草江南绿。"采荷向晚,望又是一年芳草绿,可"佳人"依然幽独。以美人芳草喻系心君国:当时光绪西行避乱,慈禧把持朝政,国势日危。词中的幽思即可理解。

3012. 行行重行行

古诗《行行重行行》:"行行重行行,与君生别离。"走啊走啊,就要与君分别了。这是女子送丈夫的歌。

曹植《门有万里客行》："本是朔方士,今为吴越民。行行将复行,去去适西秦。"我本是北方人,现在已是南方的民。走啊走,不停地走,将要到西秦去。"行行将复行"稍作变化,意义全同。表示一个人总在飘泊流荡。

3013. 冉冉孤生竹

古诗《冉冉孤生竹》："冉冉孤生竹,结根泰山阿。"写新婚女子怨别。未嫁前如柔弱的孤竹托根于泰山,依靠父母。出嫁后如"兔丝附女萝"不能再分开,可还要别离。

魏明帝曹叡《种瓜篇》："愿托不肖躯,有如倚大山。"将自己不成材的身躯依倚父母如依倚大山。

唐·白居易《齐物二首》："中间复何有,冉冉孤生竹。"借用来指竹树,诗中同椿树比较,竹寿短,椿寿长;竹叶青,椿花短。

3014. 青青陵上柏

《古诗十九首》："青青陵上柏,磊磊涧中石。"陵上柏树长青,涧中石块永存,托物起兴。痛感人生苦短。

晋·何劭《游仙诗》："青青陵上松,亭亭高山柏。光色冬夏茂,根底无彫落。"上句用古诗句。梁·昭明太子萧统《饮马长城窟行》："亭亭山上柏,悠悠远行客。"上句用何敬宗句。唐·杜甫《凭韦少府班觅松树子栽》："落落出群非榉柳,青青不朽岂杨梅。"上句暗用《天台赋》："荫落落之长松",下句暗用《游仙诗》："青青陵上松",暗用两个写"松"的诗句,因而不须再露"松"字。

唐·贺兰进明《行路难五首》："叹息青青陵上柏,岁寒能有几人同。"用古诗句说志节不变的人太少了。

3015. 离离原上草

唐·白居易《赋得古原草送别》："离离原上草,一岁一枯荣。"颂草的顽强生命力。源出晋·左思《咏史诗八首》中"郁郁涧底松,离离原上苗"句。

3016. 采葵莫伤根

汉古诗："采葵莫伤根,伤根葵不生;结交莫羞贫,羞贫交不成。""采葵"句为比兴,主旨在讲"结交"。

《吴越春秋》载："食其实者,不伤其枝;饮其水者,不浊其流。"爱枝爱流是人的利益之所需,人处理好同自然的关系,才保持生态平衡。"采葵"句也讲这种关系。

唐·杜甫《示从孙济》仿"采葵"句别创新义:"淘米少汲水,汲多井水浑;刈葵莫放手,放手伤葵根。"仇兆鳌《杜诗详注》注引:"赵次公云:'族之有宗,犹水之有源,葵之有根也。水有源,勿浑之而已;葵有根,勿伤之而已;族有宗,则勿疏远之而已。'"这是对此诗的理解。"采葵"句效其句式,述各自的事理。

3017. 古墓犁为田,松柏摧为薪

古诗《去者日以疏》："古墓犁为田,松柏摧为薪。"墓为田,松为薪,人世沧桑,不可抵御,使作者感到无限的悲伤。"古墓犁为田"正反映沧桑变化。

唐·李白《梁园吟》："昔人豪贵信陵君,今人耕种信陵坟。"从"古墓犁为田"一句化出,由一般到个别——信陵君与信陵坟。

唐·顾况《短歌行》："城边路,今人犁田昔人墓;岸上沙,昔时江水今人家。"宋·贺铸《将进酒》(小梅花二首):"城下路,凄风露。今人犁田古人墓;岸头沙,带蒹葭,漫漫昔时,流水今人家。"将顾况二句诗入词,文字稍作增换。

宋·王安石《虞美人》："青天漫漫覆长路,今人犁田昔人墓。"用顾况原句。

3018. 汉朝陵墓对南山

唐·杜甫《诸将五首》其一:"汉朝陵墓对南山,胡虏千秋尚入关。"土蕃入京,劫宫阙,焚陵墓而"诸将"无能。"对南山"言其近。

又《秋兴八首》其五:"蓬莱高阙对南山,承露金茎霄汉间。"在夔州思念长安。"对南山"言其远。

唐人有诗云:"南北山头多墓田,清明祭扫各纷然。纸灰化作白蝴蝶,泪血染成红杜鹃。"也是有名的扫墓诗。

3019. 生存华屋处,零落归山丘

魏·曹植《箜篌引》："生存华屋处,零落归山丘。"生时居住在华丽的屋子里,死后(零落)难免

归葬在山丘之中。结尾说:"先民谁不死,知命复何忧?"用《周易》:"乐天知命故不忧"句表达他"知命不忧"的达观态度。

"零落归山丘"出自汉古诗《董逃行》:"年命冉冉我遒,零落下归山丘。"年命渐渐向我迫近,死后要下葬山丘。

《晋书·谢安传附羊昙事》:"羊昙者,太山人,知名士也,为安所爱重。安薨后,辍乐弥年,行不由西州路。尝因石头大醉,扶路唱乐,不觉至州门。左右白曰:'此西州门。'昙悲感不已,以马策扣扉,诵曹子建诗曰:'生存华屋处,零落归山丘。'恸哭而去。"谢安在淝水之战中为保卫东晋建立奇功,在朝中却受专权者的构陷,曾筑新城以避之,仍有"东山之志"。应诏还都,已患重病,听说车舆入西州门,怅然对亲近说:"昔桓温在时,吾常惧不全。……吾病殆不起!""先是,安发石头,金鼓忽破……寻薨,时年六十六。"羊昙是谢安的外甥,在"石头"那地方饮醉,又误入西州门而哭,都因上引谢安事而发。诵曹植二句诗,正是对谢安之死的深切哀悼。

金·元好问《人月圆·卜居外家东园》:"古今几度,生存华屋,零落山丘。"借羊昙悼谢安事,叹人生短暂。

元·张可久《一枝花·春景》:"喫的保生存华屋羊昙,兴足竹林阮咸,醉居林甫曹参。"写醉态。

3020. 北邙松柏锁愁烟

唐·张仲素《燕子楼》:"北邙松柏锁愁烟,燕子楼中思悄然。自埋剑履歌尘散,红袖香销已十年。"此诗述张愔尚书(张建封之子)已故十年,北邙山尚书坟墓的松柏被愁烟所笼罩,为写盼盼之哀思铺垫。

"北邙"即北邙山,在河南洛阳市东北,古代著名墓地,东汉与魏的王公多葬于此。《文选》张孟阳《七哀诗》:"北邙河累累,高陵有四五,借问谁家坟?皆云汉世主。"《太平御览》引《续汉书·五行志》载:灵帝时童谣曰:"侯非侯,王非王,千乘万骑上北邙。"后人常把北邙同功名富贵的消逝相联系。

晋·陶渊明《拟古诗九首》之四:"古时功名士,慷慨争此场。一旦百岁后,相与还北邙。松柏为人伐,高坟互低昂。颓基无遗主,游魂在何方?"

唐·沈佺期《邙山》:"北邙山上列坟茔,万古千秋对洛城。城中日夕歌钟起,山上唯闻松柏声。"

唐·韩愈《赠贾岛》:"孟郊死葬北邙山,从此风云得暂闲。天恐文章浑断绝,更生贾岛着人间。"文学史称"郊寒岛瘦",诗作出名且独具风格。韩愈此诗哀郊之断,喜岛又继,评价极高。

唐·王建《北邙行》(一作《北邙山》):"北邙山头少闲土,尽是洛阳人旧墓。旧墓人家归葬多,堆着黄金无买处。天涯悠悠葬日促,岗坂崎岖不停毂。高张素幕绕铭旌,夜唱挽歌山下宿。洛阳城北复城东,魂车祖马长相逢。东辙广若长安路,蒿草少于松柏树。洞底盘陀石渐稀,尽向坟前作羊虎。谁家石碑文字灭,后人重取书年月。朝朝车马送葬回,还起大宅与高台。"此诗详尽地记述了北邙丧葬景况。

唐·白居易《放言五首》:"北邙未省留闲地,东海何曾有定波。"用王建"北邙山头少闲土"句。

清·蒲松龄《十九日得家书感赋,即呈孙树百、刘孔集》:"北邙芳草年年绿,碧血青磷恨不休。""碧血":《庄子·外物篇》:"苌弘死于蜀,藏其血,三年而化为碧。"后用"碧血"代为国捐躯或饮恨而终。"北邙的碧血青磷恨不休"(青磷、磷火、尸骨),说北邙山上埋着壮志未酬、含冤而终的人是很多的。作者多次科试未中,家贫不能自给。虽应同邑友人孙蕙(字树百,任江南宝应县知县)之邀去做幕宾,却与家庭困境无补。尾二句即抒这种感慨。

3021. 尽向坟前作羊虎

唐·王建《北邙行》:"洞底盘陀石渐稀,尽向坟前作羊虎。"北邙山洞底的石岩已经凹凸不平,渐见稀少了,那些石块全作成了坟前的羊虎。"羊虎"墓前的石兽,如石牛、石马、石鹿、石犀等等,羊虎是一种代称。"尽向坟前作羊虎"说明洛阳北邙山权贵墓葬极多。

唐·唐彦谦《过清凉寺王导墓下》:"多年羊虎犹眠石,败壁貂蝉只贮尘。"东晋名臣王导的墓地已破败,羊虎倒卧,貂蝉(壁画)封尘。

3022. 年命冉冉我道,零落下归山丘

古诗《董逃行》:"年命冉冉我遒,零落下归山丘。"生命渐渐到了尽头,死去埋归山丘。

曹植《箜篌引》:"盛时不可再,百年忽我遒。"

生存华屋处，零落归山丘。"此时曹植正受曹操器重，他大宴宾客，欢乐中想到壮年即过，百年将至，生在华屋之中，死葬山丘之内，是很自然的事。重在欲建功立业。

3023. 始忆八尺汉，俄成一聚尘

唐·寒山《诗三百三首》："始忆八尺汉，俄成一聚尘。""一聚尘"，一堆土，一抔土，八尺汉顷刻即变成一堆土、一堆坟丘。

宋·范成大《春前十日作》："终期戚促成何事，今古纷纷一窖尘。""一窖尘"，一墓尘。

3024. 忧愁不能寐，揽衣起徘徊

古诗《明月何皎皎》："忧愁不能寐，揽衣起徘徊。"游子思妇，夜不能寐，坐起徘徊。

曹丕《杂诗二首》其一："展转不能寐，披衣起彷徨。"仿"揽衣"句，杂用《诗经·周南·关雎》："寤寐思服""辗转反侧"义，表游子思归、彷徨不安。

晋·左思《杂诗》："明月出云崖，皎皎流素光。披轩临前庭，嗷嗷晨雁翔。"暗用"明月何皎皎"句，抒长夜难眠、极度苦闷的情怀。

3025. 饥不从猛虎食，暮不从野雀栖

古诗《猛虎行》："饥不从猛虎食，暮不从野雀栖。"虽处困境，不坏操持，不悖礼越轨，而自重自爱。

晋初陆机《猛虎行》："饥食猛虎窟，寒栖野雀林。"陆机，吴国大司马陆抗之子，大将军陆逊之孙。入晋后曾随讨司马乂。"饥食"句反用古诗句义，写出征军士饥不容择食，寒不容择栖的艰苦军旅生活。

3026. 游丝百尺诚娇姹

古诗："游丝百尺诚娇姹，欲绊青春归上天。"动植物的长丝高高地游荡在空中，似要把美好的春光绊挟到天上去，好像它也妒嫉春光。诗人笔下的游丝，要么牵肠挂肚，成了"离丝""愁丝"，要么惹草拈花，成了各种景观。"百尺""千丈"只言其流动于空中很长很长。下面是这类诗句：

唐·韩愈《次同冠峡》："落英千尺堕，游丝百丈飘。"成了峡中奇景。

唐·王涯《春闺思》："愁见游空百尺丝，春风

挽断更伤离。"感伤丝断人离。

唐·李商隐《春光》："几时心绪浑无事，得及游丝百尺长。"春天一道景观。

宋·晏殊《诉衷情》："此情拼作千尺游丝，惹住朝云。"喻此情之长。

宋·欧阳修《渔家傲》："一捻闲愁无处遣，牵不断，游丝百尺随风远。"喻闲愁绵延。

宋·黄庭坚《考试局与孙元忠博士竹间对窗、夜闻元忠诵书，声调悲壮，戏作〈竹枝歌〉三章和之》："已放游丝百尺长。"

宋·叶梦得《虞美人》（雨后同干誉、才卿置酒来禽花下作）："晓来庭院半残红，唯有游丝千丈、罥晴空。"

宋·李弥远《蝶恋花》（拟古）："百尺游丝当绣户，不系春晖，只系闲愁住。"

宋·赵长卿《青玉案》（德远归越因作此钱行）："柔丝千尺，乳莺百啭，似怨行人去。"

宋·范成大《初夏二首》："晴丝千尺挽韶光，百舌无声燕子忙。"

宋·黄机《夜行船》（京口南园）："百尺游丝，罥莺留燕，判与南园一醉。"

宋·仇远《一寸金》："望远红千尺，游丝起舞，空青一段，斜阳明灭。"

宋·黎廷瑞《朝中措》（送春）："游丝千万暖风柔，只系得春愁。"

宋·无名氏《谒金门》："愁似游丝千万缕，情东风约住。"

元明小说话本依托宋人赵旭《浪淘沙》："千丈游丝不落地，风外悠悠。"

宋·赵善括《摸鱼儿》写"柳丝千尺"："满庭绿荫丝千尺，披上旧香吹尽。"又《鹊桥仙》（题留安福刘氏园）："花腮百媚，柳丝千尺，密影金铺碎日。"

3027. 落花随燕入，游丝带蝶惊

南朝·梁·简文帝萧纲《春日诗》："落花随燕入，游丝带蝶惊。"落花与游丝对用，落花随燕入帘，游丝粘带惊蝶，一派春光。

"游丝"与"落花"对用，始于南朝·梁·沈约《会圃临春风》诗："游丝暖如网，落花雾似雾。"写游丝之繁，落花之多。后人多把"游丝""落花"合用，连用。

唐·杜甫《题省中壁》："落花游丝白日静，鸣鸠乳燕青春深。"

宋·黄水村《解连环》（春梦）："游丝落花满院，料当时、错怪杏梁归燕。"

3028. 柳絮飞还聚，游丝断复结

南朝·陈·徐陵《长相思二首》："柳絮飞还聚，游丝断复结。欲见洛阳花，如君陇头雪。"这是闺怨诗。此四句，以柳絮"飞还聚"反托人之散，以游丝"断复结"反托人之离，人不如柳絮和游丝，守边之人杳无归期，等待归来，"洛阳花"已成"陇头雪"了，如牡丹花似的人那时已变得白发苍苍了。取夫妇两地之景柳絮游丝和陇头雪作比，更有触目伤情的韵味，朴实而感人。此后"游丝""落絮"或分用，或连用，寄托诗人词家的飘浮缠绵的情感或表现春光美好，也有的写春光即将逝去。如：

唐·杜甫《白丝行》："晚蝶飞来黄鹂语，落絮游丝亦有情。"自此连用。

五代·冯延巳《蝶恋花》："满眼游丝兼落絮，红杏开时，一霎清明雨。"（一作晏殊《阮郎归》词）

宋·司马光《西江月》："轻烟翠雾罩轻盈，飞絮游丝无定。"

宋·黄庭坚《宴桃源》（书赵伯光家小姬领巾）："天气把人偎偬，落絮游丝时候，茶饭可曾忺。"

宋·周邦彦《长相思》："游丝荡絮，任轻狂，相逐牵萦。"

宋·惠洪《浣溪沙》（送因觉先）："天迥游丝长百尺，日高飞絮满重城。"

宋·叶梦得《满庭芳》："问落絮游丝，毕竟何成。"

宋·周紫芝《踏莎行》："情似游丝，人如飞絮，泪珠阁定空相觑。"

宋·杨无咎《扫花游》："趁游丝落絮，缓随风舞。"

宋·陆游《一落索》："满路游丝飞絮，韶光将暮。"

宋·赵长卿《小重山》（残春）："游丝飞絮两悠悠，迷芳草，日暖雨初收。"

又《瑞鹤仙》（暮春有感）："任翻飞絮，游丝穿幕，情怀易著。"

宋·刘翰《清平乐》："鸳鸯翡翠，小小池塘水，落絮游丝花满地。"

宋·卢祖皋《倚阑令》："惜春心，步花阴，怕春深。风扬游丝吹落絮，满园林。"

宋·葛长庚《桂枝香》："无限游丝落絮，此怀难状。"

宋·姚镛《谒金门》："飞絮游丝无定，误了莺莺相等。""无定"用司马光句。

宋·李昂英《摸鱼儿》："猊烟瘦，困起庭阴正午，游丝飞絮无据。"

宋·吴文英《倦寻芳》："念灿锦、年华如旧，飞絮游丝、萦恨难剪。"

宋·曹邍《瑞鹤仙》："想游丝、飞絮无力，念绣窗、深锁红鸾，虚度禁烟寒食。"

宋·仇远《浣溪沙》："红紫妆林满地，游丝飞絮两依依。"

清·曹雪芹《红楼梦》第二十七回林黛玉《葬花吟》："游丝软系飘眷榭，落絮轻沾扑绣帘。"

清·张惠言《水调歌头》（春日赋示杨生子掞）："游丝飞絮无绪，点点碧云钗。"

3029. 游丝有意苦相萦

宋·欧阳修《玉楼春》："游丝有意苦相萦，垂柳无端争赠别。"游丝留人，垂柳赠别。"有意""无端"，拟人笔法，平添了感情色彩。"萦"与"别"的反向揭示了行人内心的矛盾。这是用"游丝"的佳句。"游丝"独用，始于南北朝。

南朝·陈·贺循《赋得庭中有奇树》："三春节物始芳菲，游丝细草动春晖。"

唐·李白《赋得鹤送史司马赴崔相公幕》："珍禽在罗网，微命若游丝。""游丝易断"是特殊用法。

唐·元稹《春余遣兴》："帘开斜照入，树袅游丝上。"

唐·刘威《七夕》："彩盘花阁无穷意，只在游丝一缕中。"

唐·温庭筠《汉皇迎春词》："碧草含情杏花喜，上林莺啭游丝起。"

五代·王周《问春》："游丝垂幄雨依依，枝上红香片片飞。"

五代·和凝《菩萨蛮》："暖觉杏梢红，游丝惹狂风。"

宋·柳永《减字木兰花》："花心柳眼，郎似游丝常伴惹。"

宋·张先《减字木兰花》："只恐轻飞，拟倩游丝惹住伊。"

宋·晏殊《踏莎行》："翠叶藏莺，朱帘隔燕，炉香静逐游丝转。"

宋·杜安芒《菩萨蛮》:"游丝欲堕还重上,春残日永人相望。"

宋·章楶《水龙吟》:"闲趁游丝,静临深院,日长门闭。"

宋·曾布《排遍第三》:"似游丝飘荡,随风无定。"

宋·李之仪《西江月》:"舞柳经春只瘦,游丝到地能长。"

又《减字木兰花》:"何事迟迟?直恐游丝惹住伊。"用张先句。

宋·舒亶《浣溪沙》:"画栋日高来语燕,绮窗风暖度游丝,几多叶上落青枝。"

宋·秦观《沁园春》:"尽日无人帘幕挂,更风递游丝时过墙。"

宋·贺铸《人南渡·感皇恩》:"兰芷满芳洲,游丝横路。"

宋·毛滂《鹊桥仙》(春晓):"春心减尽眼长闲,更肯被游丝牵引。"

宋·向子谖《殢人娇》(钱卿席上赠侍人轻轻):"春风骀荡,蓦然吹去,得游丝、半空惹住。"

宋·李弥逊《水龙吟》(上巳):"倩飞英衬地,繁枝障日,游丝驻、羲和旆。"

宋·吕渭老《满江红》:"想故人,轻箑障游丝,闻遥笛。"

又《醉蓬莱》:"闲伴游丝,过晓园庭沼。"

又《江城子慢》:"门外昏鸦啼梦破,春心似、游丝飞远碧。"

又《木兰花慢》(重午):"望燕外晴丝,鸥边水叶,胡蝶成团。"

宋·王之道《桃源忆故人》:"游丝不解留伊住,漫惹闲愁无数。"

宋·曹勋《木兰花慢》:"荼蘼牡丹过也,但游丝、上下网晴晖。"

宋·李石《木兰花》:"起来情绪寄游丝,飞绊翠翘风不定。"

宋·葛立方《雨中花》:"为奇姿芳润,拟情游丝、留住东君。"

宋·谢懋《忆少年》(寒食):"游丝卷晴昼,系东风无力。"

又《洞仙歌》(春雨):"摇飏游丝晚风外,酿轻寒、和暝色。"

宋·辛弃疾《新荷叶》:"春意长闲,游丝尽日低飞。"

又《卜算子》:"只共梅花语,懒逐游丝去。着意寻春不肯香,香在无寻处。"

宋·刘褒《水龙吟》(桂林元夕呈帅座):"东风初縠池波,轻阴未放游丝堕。"

宋·刘学箕《松江哨遍》:"听洞箫、绵延不绝如缕,余音袅袅游丝曳。"

宋·严仁《蝶恋花》(春情):"目力未穷肠已断,一寸芳心,更逐游丝乱。"

又《玉楼春》(春丝):"意长,翻恨游丝短,尽是相思罗带缓。"

宋·姚崇霄《东风第一枝》:"妒雪梅甦,违烟柳醒,游丝轻颺新霁。"

宋·叶润《莺啼序》:"因孤彩笔芳牋,拟待倩取游丝,系却离绪。"

宋·陈允平《永遇乐》:"暗水穿苔,游丝度柳,人静芳昼长。"

又《月上海棠》:"游丝弄晚,卷帘看处,燕重来时侯。"

又《黄莺儿》(柳浪闻莺):"随燕啅软尘低,蝶妥游丝袅。"

又《瑞龙吟》:"恨逐芳尘去,眩醉眼尽,游丝乱绪,肠结愁千缕。"

又《玉楼春》:"西园斗结秋千了,日漾游丝烟外袅。"

宋·曹邍《兰陵王》:"游丝挂晴塔,十里酣红艳白。"

宋·周密《声声慢》(柳花咏):"静惹游丝,花边袅袅扶春。"

宋·李琳《六么令》:"人间陈迹,斜阳今古,几缕游丝趁飞蝶。"

宋·蒋捷《喜迁莺》(暮春):"游丝纤弱,谩著意绊春,春难凭托。"

宋·陈德武《水调歌头》:"只恐游丝行露,谩惹狂蜂轻蝶,珍重惜仪容。"

宋·张炎《忆王孙》:"争棋赌墅意欣然,心似游丝颺碧天。"

3030. 雕梁翠壁网蜘蛛

南齐·陆厥《李夫人及贵人歌》:"寡鹤羁雌飞且止,雕梁翠壁网蜘蛛。"写破落贵族家庭的居室,"雕梁翠壁"上蛛网重重,形成鲜明的反差。"蛛网"句一般描写久无人居、久无人管的破败景象。晋·张华《杂诗三首》首先写蛛网四壁:"蒹葭生床下,蛛蝥网四壁。"

蛛丝,是一种常见的游丝,而游丝是未结网或破网之丝。其在作品中的作用已见"游丝"条。"蛛网"的表现作用则主要是写无人打扫的居室或无人清理的器物。"蛛丝"有时也喻雨丝。下如:

南朝·梁·何逊《刘博士江丞朱从事同顾不值作诗云尔》:"蜘蛛正网户,落花纷入膝。"

南朝·梁·吴均《杂绝句诗四首》:"蜘蛛檐下挂,络纬井边啼。"

南朝·梁·王僧孺《春闺有怨诗》:"悲看蛱蝶粉,泣望蜘蛛丝。"

南朝·梁·徐悱《春怨诗》:"君去在榆关,妾留往函谷。惟对昔邪房,如愧蜘蛛屋。"

南朝·梁·何思澄《奉和湘东王教班婕妤诗》:"蜘蛛网高阁,驳薜被长廊。"

南朝·梁·简文帝萧纲《有所伤三首》:"唯有瓴瓿苔,如见蜘蛛织。"

又《和萧侍中子显春别诗四首》:"蜘蛛作丝满帐中,芳草结叶当行路。"(一作江总《闺怨诗》)

南朝·梁·王台卿《奉和望同泰寺浮图诗》:"高檐挂蛛网,宝地若池沙。"

南朝·陈·徐陵《中妇织流黄》:"蜘蛛夜伴织,百舌晓惊眠。"

南朝·陈·江总《新入姬人应令诗》:"新人羽帐挂流苏,故人网户织蜘蛛。"

隋·薛道衡《昔昔盐》:"暗牖悬蛛网,空梁落燕泥。"

唐·卢象《同王维过崔处士林亭》:"映竹时间转辘轳,当窗只见网蜘蛛。"

唐·李白《北风行》:"中有一双白羽箭,蜘蛛结网生尘埃。箭空在,人今战死不复回。"

唐·韦应物《寄二严》:"丝竹久已懒,今日遇君饮。打破蜘蛛千道网,总为鸲鹆两个严。"

唐·杜甫《独立》:"草露亦多湿,蛛丝仍未收。"

唐·窦牟《七夕》:"斜汉没时人不寐,几条蛛网下风尘。"

唐·权德舆《小言》:"蛛丝结构聊阴息,蚁蛭崔嵬不可涉。"

唐·杨巨源《秋日题陈宗儒圃亭凄然感旧》:"时物方宛然,蛛丝一何速。"

唐·斐度《夏日对雨》:"檐疏蛛网重,地湿燕泥新。"

唐·张仲素《燕子楼诗三首》:"瑶瑟玉箫无意绪,任从蛛网任从灰。"(一作关盼盼诗)

唐·卢仝《自君之出矣》:"自君之出矣,壁上蜘蛛织。"

唐·元稹《春余遣兴》:"余英间初实,雪絮萦蛛网。"

唐·白居易《东南行一百韵》:"书床鸣蟋蟀,琴匣网蜘蛛。"

唐·殷尧藩《奉送刘使君王屋山隐居》:"鹰拳擒野雀,蛛网猎飞蚊。"

唐·雍陶《秋居病中》:"荒烟数蝶悬蛛网,空屋孤萤入燕巢。"

唐·杜牧《分司东都寓居履道叨承川尹刘侍郎大夫恩知上四十韵》:"鱼罾栖翡翠,蛛网挂蜻蜓。"

唐·刘得仁《监试夜雨滴空阶》:"气濛蛛网槛,声叠藓花阶。"

唐·赵嘏《暗牖悬蛛网》:"暗中蛛网织,历乱绮窗前。"

唐·李商隐《辛未七夕》:"岂能无意酬乌鹊,惟与蜘蛛乞巧丝。"

唐·温庭筠《七夕》:"平明花木有秋意,露湿彩盘蛛网多。"

唐·皮日休《临顿为吴中偏胜之地陆鲁望居之不出郛郭旷若郊墅余每相访欸然惜去因成五言十首奉题屋壁》:"水痕侵病竹,蛛网上衰花。"

唐·来鹄《新安官舍闲坐》:"不知独坐闲多少,看得蜘蛛结网成。"

唐·徐夤《蝴蝶三首》:"天风相送轻飘去,却笑蛛蜘谩织罗。"

唐·陈素风《七夕》:"百宝镜轮金翡翠,五云丝网玉蜘蛛。"

五代·毛文锡《虞美人》:"蛛丝结网,露珠多,滴圆荷。"

宋·欧阳修《渔家傲》:"浮花催洗严妆面,花上蛛丝寻得遍。"

宋·王安石《省中二首》:"移床独卧秋风里,静看蜘蛛结网丝。"

宋·张文潜《夏日》:"蝶衣晒粉花枝舞,蛛网添丝屋角晴。"

宋·陈偕《八声甘州》:"渡晓溪云湿,日流尘脚,露浥蛛丝。"

宋·苏轼《失调名》句:"寂寂珠帘蛛网满。"

宋·晁补之《临江仙》(代内)："暂别空匮蛛网遍，春风泪污榴裙。"

宋·陈师道《菩萨蛮》(七夕)："行云过后星河烂，炉烟未断蛛丝满。"

又《菩萨蛮》："绮楼小小穿针女，秋光点点蛛丝雨。"

宋·周邦彦《点绛唇》："柳丝轻举，蛛网黏飞絮。"

宋·万俟咏《凤凰枝令》："一从鸾辂北向，旧时宝座应蛛网。"

宋·王之道《鹊桥仙》(七夕)："蛛丝有恨，鹊桥何处，回首又成惆怅。"

宋·葛立方《多丽》(七夕游莲荡作)："想天津、鹊桥将驾，看宝奁、蛛网初抽。"

宋·洪适《满庭芳》(再赠叶宪)："何时、天意解，并游花坞，旋扫蛛丝。"

宋·范成大《四时田园杂兴六十首》："静看檐蛛结网低，无端妨碍小虫飞。"

宋·沈端节《鹊桥仙》："蛛丝轻袅玉钗风，想花貌、参差依旧。"

宋·赵长卿《菩萨蛮》(七夕)："绮楼小小穿针女，秋光点点蛛丝雨。"(同前陈师道词)

宋·辛弃疾《摸鱼儿》："算只有殷勤，画檐蛛网，尽日惹飞絮。"

又《杏花天》："蛛丝网遍玻璃盏，更问舞裙歌扇。"

又《绿头鸭》(七夕)："避灯时，彩丝未整，拜月处、蛛丝先成。"

宋·刘学箕《惜分飞》(柳絮)："糁经飘空无定处，来往绿窗朱户。却被春风妒，送将蛛网留连住。"

宋·李伯曾《贺新郎》："东皋且顾三农悦，任从渠、鹊桥蛛网，一番虚设。"

宋·吴文英《瑞鹤仙》："掩庭扉、蛛网黏花，细草静摇春碧。"

又《虞美人》："梦和新月未圆时，起看檐蛛结网又寻思。"

又《凤栖梧》："陈迹晓风吹雾散，帘钩空带蛛丝卷。"

宋·翁元龙《鹊桥仙》："轻罗暗网，蛛丝得意，多似妆楼针线。"

宋·杨泽民《六么令》："扶病奔驰外邑，宛转溪山曲，蛛丝应卜。"

宋·王沂孙《锦堂春》(七夕)："蛛网飘丝胃恨，玉籤传点催明。"

宋·仇远《木兰花令》："蠹尘蛛网满香车，三十六桥春悄悄。"

宋人话本小说中人物申二官人《踏莎行》(嘲建康妓李燕燕)："葱草身才，灯心脚手，闲时与蝶花间走，有时跌倒屋檐头，蜘蛛网里翻筋斗。"

上列有些"蛛网"句出现在"七夕"诗词中，蛛网同"牛女故事"有什么联系，窃以为由于蛛网是一种巧妙的编织，"七月七日"是乞巧节，向织女的编织乞巧，这样蛛网之巧就应了乞巧的节令。李商隐《辛未七夕》中"岂能无意酬乌鹊，惟与蜘蛛乞巧丝"句，把乌鹊与蜘蛛并写起来，就含有这个意义吧。

3031.咳唾自成珠

汉·赵壹《疾邪诗》："势家多所宜，咳唾自成珠。"豪门权贵可以随心所欲，咳唾都成了珍珠。比喻权势之大，气焰之盛，可以颐指气使。

"咳唾成珠"语出《庄子·秋水篇》："虫玄曰：'不然，子不见夫唾者乎？喷则大者如珠，小者如雾，杂而下者不可胜数也。'"这是百足虫"虫玄"回答独脚兽足的多少问题，以咳唾大小、多少说明天生的机能。后人用其语而表达新义。《庄子·渔父篇》："孔子曰：曩者先生有绪言而去，丘不肖，未知所谓，窃待于下风，幸闻咳唾之音，以卒相丘也。"说孔子听不懂渔父的话，自谦地表示只能听渔父咳唾之声。后用"咳唾成珠"又表示话语金贵。《苏轼诗集》引孙倬语："江淹谓郭巩曰：'子之咳唾成珠玉，吐气作虹霓，非碌碌傔比也。'"即指言谈珍贵。也用以喻诗文写得好。

"咳唾成珠"表示权势或才干的：

《晋书·夏侯湛传》："于何有宝咳唾之音，受韬铢之力？"又："咳唾成珠玉，挥袂出风云。"

唐·李白《妾薄命》："汉帝重阿娇，贮之黄金屋。咳唾落九天，随风生珠玉。"

表示语言动听的：

唐·元稹《立部伎》："珊珊珮玉动腰身，一一贯珠随咳唾。"

宋·赵以夫《念奴娇》(次朱制参送其行)："尊前一笑，问梅花消息，几枝开遍。咳唾随风人似玉，寒夜春生酒面。"

宋·毛滂《玉楼春》(赠孙守公素)："坐中咳唾

落珠玑,笔下神明飞霹雳。"

表示诗文珍美的:

梁·简文帝《答新渝侯书》:"风云吐于行间,珠玉生于字里。"

唐·杜甫《奉和贾至舍人早朝大明宫》:"朝罢香烟携满袖,诗成珠玉在挥毫。"贾至退朝作诗,才华杰出。

又《醉歌行》(原注:别从侄勤落第归):"汝身已见唾成珠,汝伯何由发如漆。"慰杜勤虽落第却可写出精采的文章。

宋·梅尧臣《读毛秘书校新诗》:"岂特无和问,咳唾成珠玉。"

又《依韵和宋次道》:"池塘梦句君能得,咳唾成珠我未闲。"

宋·强至《依韵和酬留别》:"灵文独富肝脾内,秀句连成咳唾中。"

宋·苏轼《次韵参寥师寄秦太虚三绝句,时秦君举进士不得》:"何妨却伴参寥子,无数新诗咳唾成。"(又作释元净诗)。

宋·李好古《浣溪沙》:"未必男儿生不遇,时来咳唾是珠玑。功名终岂壮心违。"

宋·刘克庄《洞仙歌》(癸亥生朝和居厚弟韵,题滴仙像):"等闲挥醉笔,咳唾千篇,长与诗家窃膏馥。"

3032.故为人所羡,今为人所怜

《汉书》载成帝时童谣:"故为人所羡,今为人所怜。"以前有地位为人羡佩,现在没了地位为人可怜。说明人情冷暖变化。

唐·杜甫《遣兴五首》其三用汉童谣下句:"赫赫萧京兆,今为人所怜。"讽依附权贵、趋炎附势的人。京兆尹萧炅媚为李林甫私党,后为杨国忠所贬。萧炅虽有才能也为人所鄙。

3033.千乘雷动,万骑纷纭

东汉班固《东都赋》:"千乘雷动,万骑纷纭。"写东都的繁华。

北朝庾信《三月三日华林园马射赋》:"千乘雷动,万骑云屯。"借用《东都赋》句描绘梁武帝出狩的声势。

3034.文籍虽满腹,不如一囊钱

东汉赵壹《疾邪诗》:"文籍虽满腹,不如一囊钱。"满腹经纶不被看重,不如有一袋钱。讽讥这种怪现象。

唐·骆宾王《在江南赠宋五之问》:"犹轻五车富,未重一囊贫。"变句用《疾邪诗》句义。

后来的"一囊钱"句多表示贫寒了。

唐·贺知章《题袁氏别业》:"莫谩愁沽酒,囊中自有钱。"

唐·岑参《送祁乐归河东》:"前月还长安,囊中金已空。"

唐·白居易《秋暮西归途中书情》:"忆归复愁归,归无一囊钱。"

唐·皮日休《相得之欢亦迭和之微孝也》:"君无一囊钱,相逢得何事?"

唐·卞震《句》:"空囊万里客,斜月一床寒。"

宋·林逋《闻叶初秀才东归》:"吟生千里月,醉尽一囊钱。"

宋·宋祁《西征道中寄友人》:"文章满腹真何益,深愧囊中赵壹钱。"

宋·文同《送郭经知县》:"乡人问蜀物,笑指一囊空。"

又《柳池赠丁纲》:"场屋声名四十年,五车书误一囊钱。"

宋·尤袤《别林景思》:"囊乏一钱穷到骨,胸蟠千古气凌云。"

宋·苏轼《胡穆秀才遗古铜器》:"古书虽满腹,苟有用我亦随世。"用前句。

3035.男儿重意气

汉乐府《白头吟》:"男儿重意气,何用钱刀为?"责斥负心的男子,应该重情义,而不应重金钱。

唐·魏征《出关》:"人生感意气,功名谁复论。"用《白头翁》句说服李密旧部。他归唐后,唐高祖李渊以国士相待,他要去作说服,是意气回报,而不图个人功名。

3036.何用钱刀为

汉乐府《白头吟》:"男儿重意气,何用钱刀为?"男儿应重意气,不应重金钱。

《汉书·食货志》:"及金刀龟贝,所以分财布利通有无者也。"严师古注:"刀谓钱币也。"如淳注:"名钱为刀者,以其利于民也。"刀,即刀币、钱币,《史记·平准书》已有记载:"农工商交易之路

通,而龟贝、金钱、刀布之币兴焉。"《风俗通》:"钱刀,俗说利傍有刀,言沾生得金者,必有钱刀之祸。"《白头吟》取看重金钱有害无益义。

北周·庾信《幽居值春》:"钱刀不相及,耕种且须深。"

又《对酒歌》:"何处觅钱刀,求为洛阳贾。"汉·桑弘羊洛阳人,善于心计,此句说,要取得金钱,就应做洛阳贾。

唐·李贺《追赋画江潭苑四首》:"水光兰泽叶,重带剪刀钱。"写宫人重带两端下垂交叉成了剪刀形的刀钱,即两个刀钱交叉。

3037. 膏火自煎熬,多财为患害

魏·阮籍《咏怀诗八十二首》其七:"膏火自煎熬,多财为患害。布衣可终身,宠禄岂足赖。"膏脂(油)被点燃,就自我熬煎,正如人财富太多了,就会招致种种祸患,莫如邵平种瓜,做布衣"可终身"。

"膏火自煎熬":《庄子·人间世》:"山木,自寇也;膏火,自煎也。"山木成材,必招致砍伐;油脂可燃,必招致自燃。阮籍诗取此意。下用"膏火自燃"意如:

唐·杜甫《述古三首》其一:"布人日中集,于利竞锥刀。置膏烈火上,哀哀自煎熬。"言市人为争锥刀小利,即如膏火自焚。

宋·苏轼《游经山》:"有生共处覆载(天地)内,扰扰膏火同烹煎。"人互相烹煎。

宋·范成大《残夜至峰顶上》:"想见地上友,启明膏火煎。"言地上居人,残夜将冷,已燃膏自煎了。

3038. 看钱奴自古呼铜臭

元·钱霖《般涉调·哨遍》:"试把贤愚穷究,看钱奴自古呼铜臭,绚已苦贪求。""看钱奴"自古称他"铜臭",讥讽悭吝的财主,又称"守财奴",悭吝人。

"看钱奴"是宋元间流传的故事。元·郑廷玉杂剧《看钱奴买冤家债主》云:周荣祖率妻子前往京城应举,临行把金银藏地窖中。有打墙人贾仁,向东岳庙求富。神让他发掘周家藏金,说此金二十年后仍归周家。贾仁得金后,自奉甚薄,悭吝异常。周荣祖下第同归,失金,流落街头,将亲子卖与贾仁为义子。二十年后,贾仁死,财物仍归周家。所以

贾仁是"看钱奴",为周家看钱。

元·杨朝英《水仙子》:"笑煞那看钱奴枉了生活苦,我觑荣华似水水上沤。"鄙弃荣华,笑看钱奴。

3039. 谁人更扫黄金台

唐·李白《行路难》其二:"昭王白骨萦蔓草,谁人更扫黄金台。"战国时,燕国弱小,其都城都被齐国攻破。燕昭王即位,欲招致天下贤士,使燕国强大,报各国侵略之耻。郭隗说:要招致天下贤士,那就从我开始,贤于我的人就会不远千里前来归附。燕昭王特别尊重郭隗,给他修了宫室,又筑了黄金台,招天下贤士。结果,赵国的剧辛,齐国的邹衍,魏国的乐毅等天下贤士纷纷来到燕国。燕昭王弯着身子,拿着扫帚,迎接贤士,为之开路。乐毅被拜为上将军,为燕国攻下齐国七十余城。"黄金台"就是招贤台。李白诗意:燕昭王早已逝去,黄金台也随之荒芜,不再放置黄金,不再有人重视贤才了。叙述自己在长安受讥笑、被谗毁的不幸遭遇,没有人重视贤才。

李白还有"黄金台"句:

《寄上吴王三首》:"洒扫黄金台,招邀青云客。"

《古风第十五》:"燕昭延郭隗,遂筑黄金台。剧辛方赵至,邹衍复齐来。奈何青云士,弃我如尘埃。"

《在水军宴赠幕府诸侍御》:"如登黄金台,遥谒紫霞仙。"赞永王璘招集贤士、聚会幕府如登上黄金台。

《经乱离后天恩流夜郎忆旧游赠江夏韦太守良宰》:"揽涕黄金台,呼天哭昭王。无人贵骏骨,添耳空腾骧。乐毅倘再生,于今亦奔亡。"

"黄金台"总与贤才相联系。

唐·陈子昂《蓟丘览古赠卢居士藏用七首·燕昭王》:"南登碣石馆,遥望黄金台。丘陵尽乔木,昭王安在哉!"自己在武攸宜部下颇不得志,叹燕昭王不在。

又《蓟丘览古赠卢居士藏用七首·郭隗》:"逢时独为贵,历代非无才。隗君亦何幸,遂起黄金台。"

唐·刘长卿《登扬州栖灵寺塔》:"遥对黄金台,浮辉乱相射。"

唐·杜甫《承闻河北诸道节度八朝欢喜口号

绝句十二首》之九:"紫气关临天地阔,黄金台贮俊贤多。"

又《晚晴》:"未怪及时少年子,扬眉结义黄金台。"

唐·薛据《怀哉行》:"夫君何不遇,为泣黄金台。"

唐·李贺《雁门太守行》:"报君黄金台上意,提携玉龙为君死。"

唐·刘沧《送友人罢举赴蓟门从事》:"此去黄金台上客,相思应羡雁南归。"

唐·徐夤《草》:"燕昭没后多卿士,千载流芳郭隗台。"黄金台为郭隗而筑,因称。

唐·无名氏《黄金台》:"燕照北筑黄金台,四方豪杰乘风来。"

元·萨都剌《南台月》:"怀珠岂立此台下,要上黄金台上钩。"

3040. 千金散尽还复来

唐·李白《将进酒》:"天生我材必有用,千金散尽还复来。"豪爽而狂放,大大方方地支配金钱,而不做金钱的奴隶。诗人《上安州裴长史书》云:"曩昔东游维扬,不逾一年,散金三十余万,有落魄公子,悉皆济之。此则是白元轻财好施了。"李白出身富商之家,青年时代就比较富足,后来离开长安,玄宗"赐金放还","散金三十余万"是有这种条件的。所以"千金散尽"已是事实,正是慷慨、豪爽之风尚。

"千金散尽"语出北周·王褒《高句丽》(六言)诗:"萧萧易水生波,燕赵佳人自多。倾杯覆盌灌灌,垂于奋袖娑娑。不惜黄金散尽,只畏白日蹉跎。"诗的主旨同"及时行乐"相反,只恐岁月蹉跎。"不惜黄金散尽",惟强调"白日"贵于"黄金"。李白"千金散尽"出于此句,以下有:

唐·高适《邯郸少年行》:"君不见今人交态薄,黄金用尽还疏索。"

唐·韩翃《送别郑明府》:"千金尽去无斗储,双袖破来空百结。"

唐·司空曙《病中嫁女妓》:"黄金用尽教歌舞,留与他人乐少年。"

宋·苏轼《闻潮阳吴子野出家》:"千金已散尽,白首空四壁。"

又《九日次定国韵》:"黄金散行乐,清诗出穷愁。"

又《盐官绝句四首》:"千金用尽身无事,坐看香烟绕白毫。"

又《题西湖楼》:"千金用尽终须老,百计寻思不似闲。"

又《题沈氏天隐楼》:"散尽黄金犹好客,归来碧瓦自生烟。"

宋·戴复古《望江南》(仆既为宋壶山说其自说未尽处,壶山必有答语,仆自嘲三解):"但愿有头生白发,何忧无地觅黄金,遇酒且须斟。"写"觅"而不是"散"。

清·吴嘉纪《哀羊裘为孙八赋》(孙八,明亡携全家至扬州,好客,喜交游,家产日尽,遂卖其旧居,移居董子祠旁,名居室曰"溉堂"):"囊底黄金散已尽,笥中存一羔羊裘。"

3041. 君不见床头黄金尽

唐·张籍《行路难》:"君不见床头黄金尽,壮士无颜色。""床头金尽"家中钱财耗尽,陷入极端贫困境地。

宋·陆游《夜从父老饮酒村店作》:"床头金尽何足道,肝胆轮囷横九区。"

元·乔吉《山坡羊·冬日写怀》:"世情别,故交绝,床头金尽谁行借?"

元·亢文苑《一枝花·为玉叶儿作》:"江海扁舟,床头金尽,壮志难酬。"

3042. 囊空恐羞涩

唐·杜甫《囊空》:"不井攀晨冻,无衣床夜寒。囊空恐羞涩,留得一钱看。"这是后四句,写他衣食无着,囊中无钱,举家生活十分贫苦。"囊",钱袋,因为没有钱,仅留下一个钱看囊,免得"囊空羞涩",而囊羞涩,实是人羞涩。

"囊空羞涩"出典晋人阮孚。宋·阴时夫《韵府群玉》(一钱囊)载:晋人阮孚"持一皂囊游会稽。客问:'囊中何物?'曰:'但有一钱看囊,恐其羞涩。'"囊为盛钱之物,如一钱无存,囊就羞涩,因为钱囊无钱,还不羞于徒有其名吗?这是阮孚无钱的委婉、幽默的说法。"阮囊羞涩""钱囊羞涩""囊空羞涩""囊中羞涩"都指阮孚语。

清·吴巽《冬日村居读靖节先生"日月依辰至"句遂演成一律》:"日月依辰至,村居岁欲残。补衣朝旭暖,织素夜灯寒。节分于陵苦,贫偕孺仲安。囊空忘羞涩,不用一钱看。"反用杜甫句,却仍表达贫穷无钱之意。

3043. 留得一钱看

唐·杜甫《囊空》:"囊空恐羞涩,留得一钱看。""看,kān",看囊。

宋·苏轼《戏书吴江三贤画像三首》:"千首文章二顷田,囊中未有一钱看。"用杜句言贫穷。

又《次韵秦太虚见戏耳聋》:"君不见诗人借车无可载,留得一钱何足赖?"另辟新意,说留下一钱不能救穷。

宋·辛弃疾《临江仙》(侍者阿钱将行,赋钱字以赠之):"杜陵真好事,留得一钱看。""钱"双关"侍者阿钱"。

清·蒲松龄《历下吟》:"看囊无一钱,萧然剩空橐。"反用杜句,述自己囊空如洗。

3044. 窃愁凉风至,吹我玉阶树

东汉班婕妤《自伤赋》:"华殿尘兮玉阶苔。"南朝·宋·江淹作《咏班婕妤》诗用班句写班婕妤居长信宫之凄凉:"窃愁凉风至,吹我玉阶树。"

北朝·庾信《夜听捣衣》:"玉阶风转急,长城雪应闇。"暗用"玉阶"句,言妇在玉阶捣衣,寒风甚急,可想北方长城一定是大雪飘闇了,更思念征夫。

3045. 饮马长城窟

汉乐府《饮马长城窟行》写妻子思念远征的丈夫。这个乐府诗题,表示兵士戍守长城,在长城泉窟中饮马。后来把这个标题"饮马长城窟"表示艰苦的军旅生活或出游射猎活动。此题还充当了诗句。

唐·王翰《饮马长城窟行》:"归来饮马长城窟,长安道旁多白骨。"

唐·僧子兰《饮马长城窟行》:"游客长城下,饮马长城窟。"

唐·杜甫《北征》:"前登寒山重,屡得饮马窟。"

唐·卢汝弼《和李秀才边庭四时怨》:"朔风吹雪透乃瘼,饮马长城窟更寒。半夜火来知有敌,一时齐保贺兰山。"

写在各处"饮马"的征者、行者,不一定在长城了。

南朝·宋·孔稚圭《白马篇》:"横行绝漠表,饮马瀚海青。"

北朝·王褒《饮马长城窟》:"屯兵戍陇北,饮马傍城阿。"

唐·崔颢《赠王威古》:"射麋入深谷,饮马投荒泉。"

唐·李白《塞下曲六首》:"天兵下北荒,胡马欲南饮。"

唐·姚合《剑器词三首》:"展旗遮日黑,驱马饮河枯。"

明·李梦阳《出塞》:"往来饮马归时窟,弓箭行人各在腰。"

3046. 阻风餐柳下,值雨坐蓬窗

古诗:"阻风餐柳下,值雨坐蓬窗。"阻风难以前行,在风中柳下就餐。

唐·杜甫《舟中》:"风餐江柳下,雨卧驿楼边。"《晋文类》中有诗:"阻风餐柳下,值雨坐蓬窗。"句法绝妙,不知谁诗。东坡与鲁直读至此,疑杜子美亦法此二句而作也。

南朝·宋·鲍照《升天行》:"风餐委松宿,云卧姿天行。"亦用"风餐"。

后用"风餐露宿"表现旅途艰苦。

宋·苏轼《将至筠先寄迟、适、远三犹子》:"露宿风餐六百里,明朝饮马江南水。"

3047. 从风入君怀

古诗《四坐且莫喧》写在精美的香炉中:"朱火然其中,青烟扬其间。从风入君怀,四坐莫不叹。香风难久居,空令蕙草残。"此诗托物言志,写炉中燃起蕙草,香烟漫入胸怀,心旷神怡,人人称道。然而蕙草燃残,香风亦弥散以尽。讽人生精力耗尽,却美景不长。

古诗《新树兰蕙葩》:"怅望何所言,临风送怀抱。"怀念远人,采集兰蕙,采不多又送不到,怅望中愿借清风将香气送入远人怀抱。"临风送怀抱"表现思之深爱之切。

晋·陆机《拟庭中有奇树》:"踟蹰遵林渚,蕙风入我怀。"写水边树林和风吹入自己怀抱。

南朝·齐·谢朓《和王中丞闻琴》:"蕙风入怀抱,闻君此夜琴。"用陆机句,写蕙风送来琴声。

3048. 愿为西南风,长逝入君怀

曹植《七哀》:"愿为西南风,长逝入君怀。君怀良不开,贱妾当何依?"愿化作西南风,永远投入

你的怀抱。可你的襟怀总是打不开,我可投靠谁呢? 此诗写闺怨,实含与曹丕之间的兄弟关系、君臣关系。"长逝入君怀""逝",释失,融合,感情炽烈、执著,从古诗"从风入君怀"句分解而出。

曹植《朔风》诗:"愿随越鸟,翻飞南翔。"也极具想象力。

近义句又如:

唐·崔日知《冬日述怀奉呈韦祭酒张左丞兰台名贤》:"愿逐从风叶,飞舞翰林前。"写愿随叶而飞。

唐·窦庠《雨后月下寄怀羊二十七资州》:"殷勤寄双鲤,梦想入君怀。"写心随书信入君怀。

3049. 愿逐明月入君怀

南朝·宋·鲍照《代淮南王二首》:"朱城九门门九开,愿逐明月入君怀。"用淮南王刘安飞升的传说,表白自己心迹,愿生死患难与共。因宋孝武帝妒才,鲍照不敢尽展自己才干。以"明月"代"风",用古诗及曹植句。风可以吹至远方,明月亦可照至远方,因而都可"随"可"逐"。唐·温庭筠《醉歌》:"朔风绕指我先笑,明月入怀君自知。"宋·贺铸《掩萧斋》词"洞户华灯归别馆,碧梧红药掩萧斋,愿随明月入君怀。"都用鲍照句。

唐人又加写"流影":

唐·齐瀚《长门怨》:"将心托明月,流影入君怀。"

唐·刘皋《长门怨》:"将心寄明月,流影入君怀。"

唐·权德舆《秋闺月》:"早晚归来欢谑同,可怜歌吹明月中。此夜不堪肠断绝,愿随流影到辽东。"

清·张惠言《水调歌头》(春日赋示杨生子掞):"一尊属月起舞,流影入君怀。"

有的又写入"流照":

唐·张若虚《春江花月夜》:"此时相望不相闻,愿逐月华流照君。"

唐·沈如筠《闺怨》:"愿随孤月影,流照伏波营。"

3050. 愿为影兮随君身

晋·傅玄《车遥遥篇》:"君安游兮西入秦,愿为影兮随君身。"这是别诗,男子随军西征,妻子愿为影随形,而不分离。傅玄《昔思君》又有:"昔君与我分形影潜结,今君与我兮云飞雨绝。"往昔如影随形,潜密结合,而今却云飞雨散了。又《短歌行》:"昔君与我,如影如形。何意一去,心如流星。"又《苦相篇》:"昔为形与影,今为胡与秦。胡秦时相见,一绝踰参展辰。"都以影形关系喻人。

晋·陆机《为顾彦先赠妇诗二首》:"形影参商乖,音息旷不达。"参商二星,此出彼落,永不相见。形影却如参商乖离,音息难通。又《赠尚书郎顾彦先诗二首》:"萧墙阻且深,形影旷不达。"变用"旷不达"句,说形影分离,难以相聚。

唐·崔液《拟古神女宛转歌二首》:"愿为形与影,出入恒相逐。"(一作郎大家宋氏《宛转歌》)

唐·孟郊《赠李观》:"谁言形影亲,灯灭影去身。"

唐·张籍《怀别》:"无因同波流,愿作形与影。"

唐·元稹《和乐天别第后月夜作》:"况我兄弟远,一身形影单。"形单影只,感到孤独。

唐·崔仲容《句》:"妾心合君心,一似影随形。"

3051. 昔为鸳与鸯,今为参与辰

古诗《别诗》:"骨肉缘枝叶,结交亦相因。四海皆兄弟,谁为行路人。况我连枝树,与子同一身。昔为鸳与鸯,今为参与辰。昔者长相近,邈若胡与秦。"此诗述说兄弟远别之情,朋友分离之苦。骨肉是兄弟之亲,都是同枝之叶,朋友亦如兄弟,因为"四海之内皆兄弟也"。(《论语》)而今远别了,昔日如鸳与鸯,密不离分,现在就像参星与辰星永不相会,又如秦地与胡地,永不相合。

魏·徐干《室思诗》:"故如比目鱼,今隔如参辰。"比目鱼,双鱼并处,各具一眼;参辰二星,永不相聚(参星落后辰星方出)。用《别》诗句意。

魏·嵇周《赠嵇康诗三首》:"离别自古有,人非比目鱼。君子不怀土,岂更得安居。四海皆兄弟,何患无彼姝。"反"比目鱼"句而用之,并用"四海皆兄弟"句,说明分别是必然的。

南朝·宋·《宋妙容刘宛转歌二首》:"愿为星与汉,光影共徘徊。"星光与河汉总是共同存在的,与参、辰二星相反,用句不用其意。

3052. 新人不如故

古乐府《上山采蘼芜》:"将缣来比素,新人不

如故。"弃妇上山采蘼芜，遇见故夫，问他新人如何，故夫回答"新人不如故"，表现对故人的肯定与怀恋。

《南史·江革传》江革任寻阳太守，行江州府事，"以清严为属城所惮"。他以正直自居，不与典籤赵道智同坐。后受赵道智诬陷，以琅邪王昙聪代为行事。南州士庶为之语曰："故人不道智，新人佞散骑。莫知度不度，新人不如故。"用乐府句，表示对江革的赞许。

唐·袁瓘《鸿门行》："新人不如旧，旧人不相救。"

3053. 衣不如新，人不如故

汉乐府《古艳歌》："茕茕白兔，东走西顾。衣不如新，人不如故。"这是弃妇劝夫诗。以孤兔比兴，孤独的白兔，东张西望，是在寻觅伴侣。衣服是新的好，人却是旧的好。新人不如故人，故人更情深意厚。此句与"新人不如故"意近。

《艺文类聚》卷三十："后汉窦玄形貌绝异，天子以公主妻之。旧妻与玄书别曰：'弃妻斥女敬白窦生：卑贱鄙陋，不如贵人。妾日已远，彼日已亲。何所告诉，仰呼苍天，悲哉窦生！衣不厌新，人不厌故。悲不可忍，怨不自去。彼独何人，而居是处？'"衣不厌新，人不厌故"从"衣不如新，人不如故"换字而来。"厌"字更切合"旧妻"的警示语言。

3054. 闻君有他心，拉杂摧烧之

汉乐府《有所思》："闻君有他心，拉杂摧烧之。"女子原为丈夫准备了"双珠毒瑁簪，用玉绍缭之"。当知道丈夫怀有二心之后，统统烧掉了。

清·蒲松龄《驱蚊歌》："炉中苍术杂烟荆，拉杂烧之烟飞腾。"混杂苍术和黄荆在炉燃烧，熏蚊的炉烟四处飞腾。

3055. 步出城东门，遥望江南路

汉乐府《步出城东门》："步出城东门，遥望江南路。"游子客中送客，客归江南故乡，走出城东门，看客去之路，顿生怀乡之感。

汉乐府《梁甫吟》："步出齐东门，遥望汤阴里。"怀思"二挑杀三士"的勇士。

汉古诗："驱车上东门，遥望郭北墓。"看到邙山墓地，想到人都有一死。

南朝·宋·谢灵运《晚出西射堂》："步出西城门，遥望城西岑。"

唐·萧颖士《过河滨和文学张志尹》："步出西城门，徘徊见河滨。"

3056. 故乡不可见

汉乐府《古八变歌》："故乡不可见，长望始此回。"作者立于瑟瑟秋风之中，看飞蓬翻轻，痛感自身流落在外，想见故乡而不可见，只能长此远眺，以寄归心。"故乡不可见"含有强烈的思乡之情，所以后人常用此句表达故乡遥远，游子思归。

南朝·梁·何逊《暮春喜晴酬袁户曹苦雨诗》："乡园不可见，江水独自清。"

唐·陈子昂《感遇诗三十八首》："故乡不可见，路隔巫山阳。"

唐·李白《游秋浦白笴陂二首》："故乡不可见，肠断正西看。"

唐·王维《奉寄韦太守陟》："故乡不可见，寂寞平陵东。"

又《和使君五郎西楼望远思归》："故乡不可见，云水空如一。"

3057. 故人不可见

唐·崔湜《登总持阁》："故人不可见，冠盖满东京。"此句从"故乡不可见"句衍生。说旧友见不到，因为都聚集东京做官去了，感慨自己受贬谪。后人常用以表现思友。

唐·李白《淮南卧病书怀寄蜀中赵征君蕤》："故人不可见，幽梦谁与适。"

又《江夏赠韦南陵冰》："西忆故人不可见，东风吹梦到长安。"

唐·王维《哭孟浩然》："故人不可见，汉水日东流。"

又《至滑州隔河望黎阳忆丁三寓》："故人不可见，河水复悠然。"

宋·戴复古《木兰花慢》："重来故人不见，但依然、杨柳小楼东。记得同题粉壁，而今壁破无踪。"

3058. 怀人行千里

南朝·谢灵运《答谢惠连诗》："怀人行千里，我劳盈十旬。别时花灼灼，别后叶蓁蓁。"他离开族弟谢惠连远行，经过"十旬"劳苦行程。别时花正盛开，而今已"其叶蓁蓁"了。千里行程中，始终

怀念着惠连。"怀人千里"即怀念远方的人。南朝·齐·王常侍(佚名)《离夜诗》:"怀人忽千里,谁缓鬓组丝。"

南北朝人用"千里"都是虚指相隔之遥远,多非实数。如南朝·梁·虞羲《巫山高》:"云雨丽以佳,阳台千里思。"南朝·梁·沈约《饯谢文学离夜诗》:"以我径寸心,从君千里外。"南朝·梁·何逊《夜梦故人诗》:"九秋时未晚,千里路难穷。"又《寄江州褚谘议》:"如何隔千里,无由举三爵。"

3059. 故人千里隔天涯

唐·牟融《寄永平友人》:"故人千里隔天涯,几度临风动远思。"转用谢灵运"怀人千里"为"故人千里",表相隔遥远。用"故人千里"句还如:

唐·施肩吾《对月忆嵩阳故人》:"团团日光照西壁,嵩阳故人千里隔。"

唐·刘长卿《石梁湖有寄》:"故人千里道,沧波一年别。"

宋·柳永《诉衷情近》:"暮云过了,秋光老尽。故人千里,竟日空凝睇。"

宋·欧阳修《渔家傲》:"池上月华开宝鉴,波潋滟,故人千里应凭阑。"

又《渔家傲》:"此夕有人千里外,经年岁,犹嗟不及牵牛会。"

又《立秋有感寄苏子美》诗:"故人在千里,岁月令我悲。"

宋·刘敞《寄邻几》:"昨日非今日,今吾非故吾。……故人千里外,高义独何如。"

宋·邵雍《代书寄长安幕张文通》:"故人千里隔,相望意何如?"

又《思故人》:"芳酒一尊虽是满,故人千里思奈何!"

宋·王中《干戈》:"鹡鸰音断人千里,乌鹊巢寒月一枝。""鹡鸰"鸟喻兄弟。

宋·黄庭坚《品令》(茶词):"恰如灯下故人万里,归来对影。"

宋·李甲《梦玉人引》:"正江南春尽,行人千里,苹满汀洲。"

宋·贺铸《烛影摇红》:"故人千里念佳期,襟佩如相款。"

宋·廖刚《满路花》(和敏叔中秋词):"东山携妓约,故人千里,夜来为舣仙舟。"

宋·周紫芝《汉宫春》(己未中秋作):"伤心故人千里,问阴晴何处,还记今宵。"

宋·俞处俊《百字令》:"绿尊空对,故人相望千里。"

宋·曾觌《水调歌头》(和剑南薛倅):"故人千里,西望双剑黯回眸。"

又《青玉案》:"蓝桥烟浪,故人千里,梦也无由做。"

宋·谢懋《解连环》:"念故人,千里音尘,正山月朦胧,水村依约。"

宋·赵长卿《浣溪沙》:"一夜凉风惊去燕,满川晴涨漾轻鸥,怀人千里思悠悠。"

宋·陈亮《朝中措》:"谁信故人千里,此时却到眉头。"

宋·葛长庚《水调歌头》:"回首故人千里,把酒沃愁肠。"

又《贺新郎》(赋西峰):"料得故人千里共,使我寸心耿耿。"

宋·洪瑹《齐天乐》(闺思):"可恨风流,故人迢递隔千里。"

宋·陈允平《庆春宫》:"故人千里,记剪烛、西窗赋成。"

宋·杨韶父《如梦令》:"门外几重山,山外行人千里。"

宋·王沂孙《一萼红》:"欲寄故人千里,恨燕支太薄,寂寞春痕。"

又《摸鱼儿》:"如不怕旧无准,却怕故人千里。"

宋·无名氏《浣溪沙》(武进厅壁):"想得故人千里外,醉吟应上谢家楼。"

宋·无名氏《最高楼》:"岭上故人千里外,寄去一枝君要会。"

宋·无名氏《喜迁莺》:"谁为传驿骑,陇上故人、不见今千里。"

宋·无名氏《捣练子》:"怅望故人千里远,故将春色寄芳心。"

3060. 二千里外故人心

唐·白居易《庾顺之以紫霞绮远赠以诗答之》:"千里故人心,郑重一端香。"又《八月十五夜禁中独直对月忆元九》:"三五夜中新月色,二千里外故人心。""故人心"即旧友的情怀、情意。前诗说庾顺之千里赠绮情深,后诗说怀念二千里外的元稹。

日本平安时期宫廷女官紫式部于11世纪初创作的长篇小说《源氏物语·须磨》写源氏公子:"于是凝望月色,冥想京中情状,不禁吟道'二千里外故人心',闻者无不感动流泪。"引白居易句以抒故人远方之情思。(申非译日本丸山清子著《源氏物语与白氏文集》。)

3061. 长是人千里

宋·范仲淹《御街行》:"年年今夜,月华如练,长是人千里。""人千里"是从"故人千里"减字而来,变为"三音节"也是为了入诗入词合律。用"人千里"句的:

宋·柳永《卜算子》:"脉脉人千里,念两处风情、万重烟水。"

宋·关泳《迷仙引》:"向高楼、日日春风里,悔凭阑、芳草人千里。"

宋·周邦彦《过秦楼》:"叹华一瞬,人今千里,梦沉书远。"

宋·陈瓘《卜算子》:"后夜开尊独酌时,月满人千里。"

宋·某两地《失调名》(题金陵赏心亭):"为爱金陵佳丽,乃分符来此。拥麾忽又向淮东,便咫尺、人千里。"

宋·周纯《蓦山溪》:"江南春信,望断人千里。"

宋·米友仁《小重山》:"人千里,还是燕双飞。"

宋·蔡伸《念奴娇》:"泪粉香销,碧云□杳,脉脉人千里。"

又《踏莎行》:"临歧莫怪苦留连,樯乌转处人千里。"

又《归田乐》:"冰簟玉琴横,还是月明人千里。"

宋·冯时行《点绛唇》(闲居十七年,或除蓬州。三月到官,三月罢归,同置酒,为赋点绛唇作别):"落花流水,明日人千里。"

宋·李石《渔家傲》(赠鼎湖官妓):"梦绕绿窗书半纸,何处是、桃花溪畔人千里。"

宋·曾觌《眼儿媚》(闺思):"春光漫漫人千里,归梦绕长安。"

宋·毛开《贺新郎》:"杳隔天涯人千里,念无凭,寄此长相忆。"

宋·朱雍《生查子》:"晓角一声残,吹彻人千里。"

宋·赵长卿《花心动》(客中见梅寄暖香书院):"断肠没奈人千里,无计向、钗头频觑。"

宋·辛弃疾《霜天晓角》(旅兴):"吴头楚尾,一棹人千里。"

又《满江红》:"极目烟横山数点,孤舟淡月人千里。"

宋·赵善括《鹧鸪天》:"明朝一棹人千里,多少红愁与翠颦。"

宋·刘仙伦《念奴娇》(长沙赵帅席上作):"酒病惊秋,诗愁入鬓,对景人千里。"

宋·刘颉《满庭芳》:"人千里,小楼幽草,何处梦王孙。"

宋·吴文英《荔枝香近》(送人游南徐):"淮楚尾,暮云送、人千里。"

宋·王同祖《摸鱼儿》:"一轮明月人千里,空梦云温雨润。"

宋·刘之才《菩萨蛮》:"缓歌留薄醉,急镫人千里。"

宋·朱埴《点绛唇》:"枕边一纸,明月人千里。"

宋·张炎《鹧鸪天》:"劳劳燕子人千里,落落梨花雨一枝。"

宋·无名氏《满江红》:"向此际,别有好思量、人千里。"

3062. 美人隔千里

南朝·梁·吴均《春咏》:"美人隔千里,罗帏闭不开。无由得共语,空对相思杯。""美人千里"或"佳人千里",表对喜欢的人、热爱的人的怀念,"美人"的概念,承《楚辞》,即不独指美女。

南朝·齐·王融《和南海王殿下咏秋胡妻》:"佳人忽千里,幽闺积思生。"

南朝·梁·沈旋《和缪郎视月》:"佳人复千里,余影徒挥忽。"

唐·白居易《古意》:"脉脉复脉脉,美人千里隔。"

唐·李群玉《望月怀友》:"川路正长难可越,美人千里思何穷。"

唐·黄滔《寄徐正字寅》:"美人隔千里,相思无羽翼。"

宋·黄庭坚《逍遥乐》:"春意渐归芳草,故国佳人、千里信沉音杳。"

宋·赵以夫《贺新郎》："咫尺佳人千里隔,望空江、明月横洲渚。"

3063. 落日故人情

唐·李白《送友人》："浮云游子意,落日故人情。"这是写送别的名句(参见"浮云游子"条),游子如浮云飘泊而去,故人像落日留恋大地,怀恋着好友,感情至深至厚。杜甫《奉送卿二翁统节度镇军还江陵》仿"落日"句:"寒空巫峡曙,落日渭阳情。"就嫌肤浅了。李白《寄当涂赵少府炎》再用"故人情":"相思不可见,回首故人情。"

"故人情"句前人早有运用。

唐·宋景《奉和圣制送张说巡边》："迟还庙堂坐,赠别故人情。"

唐·梁知微《入朝别张燕公》："别离他乡酒,委曲故人情。"

唐·牟融《送范启东》："行囊归客兴,尊酒故人情。"

又《赠韩翃》："不辞今日醉,便有故人情。"

3064. 人情怀旧乡

晋·王赞《杂诗》："人情怀旧乡,客鸟思故林。"此诗很有名,写成守北方的兵士归里的乡情。"人情怀旧乡"为人情之常,"客鸟思故林"是鸟性之本。以议论代抒情,更见体验之深、乡情之切。

唐·杜甫《季秋苏五弟缨江楼夜宴崔十三评事韦少府侄三首》："一时今夕会,万里故乡情。"用王赞句意。

宋·欧阳修《再至汝阴三绝》其一(治平四年):"黄栗留鸣桑葚美,紫樱桃熟麦风凉。朱轮昔愧无遗爱,白首重来似故乡。"汝阴留有诗人的"第二故乡"之情。

宋·晏几道《阮郎归》："天边金掌露成霜,云随雁字长。绿杯红袖称重阳,人情似故乡。"用王诗句式,"似故乡"则取欧句意,"似"不同于"怀"或"恋",虽不是故乡,却同故乡无二。

3065. 何人不起故园情

唐·李白《春夜洛城闻笛》："谁家玉笛暗飞声,散入春风满洛城。此夜曲中闻折柳,何人不起故园情。"大约开元二十二年,诗人游居洛阳,春夜忽然传来《折杨柳》笛曲,引发了思念故乡之情。此诗格调清新,含思乡之情却十分凝重。《折杨柳》,汉乐府横吹曲,多叙述离别之情的。

用"故园情(心)"的如:

唐·韦应物《楼中闻清管》："姑遇兹管赏,已怀故园情。"取李白诗意。因"管"(乐器)而思乡。

唐·白居易《江楼闻砧》："一夕高楼月,万里故园心。"又《早蝉》："一催衰鬓色,再动故园情。"

唐·韦庄《婺州水馆重阳日作》："一杯今日醉,万里故园心。"

3066. 千里故乡遥

唐·骆宾王《冬日野望》："三江归望断,千里故乡遥。"原野远望,三江阻隔,故乡在千里之外,怎么能望得见呢!"千里"也表遥远。

"千里"表地域,也始于南北朝时期。南朝·齐·王融《萧谘议西上夜集》："衿袖三春隔,江山千里长。寸心无远近,边地有风霜。"南朝·梁乐府《紫骝马歌辞》："一去数千里,何当还故乡。"北朝·魏·刘昶《断句》："关山西面绝,故乡几千里。"隋·孙万寿《东归在路率尔成咏诗》："故乡尚千里,山秋猿夜鸣。"多数写故乡遥远。

用"故乡(园)千里"的如:

唐·郎士元《送别》："暮薄寒蝉三两声,回头故乡千万里。"

唐·武元衡《酬谈校书长安秋夜对月寄诸故旧》："故园千里渺遐情,黄叶萧条白露生。"

唐·元稹《雪天》："故乡千里梦,往事万重心。"

唐·贾岛《上谷旅夜》："故园千里数行泪,邻杵一声终夜愁。"

又《春行》："旧乡千里思,池上绿杨风。"

宋·欧阳修《渔家傲》："宋玉当时情不浅,成幽怨,乡关千里危肠断。"

又《渔家傲》："千里乡关空倚慕,无尺素,双鱼不食南鸿渡。"

宋·苏轼《水调歌头》："故乡归去千里,佳处辄迟留。"

宋·李弥逊《念奴娇》："故园千里,月华空照相忆。"

3067. 故国三千里,深宫二十年

唐·张祜《宫词》："故国三千里,深宫二十年。一声何满子,双泪落君前。""故国"同"故园"指故乡,有时也指京城。此诗写宫女离开故乡三千里,

禁锢深宫二十年,充满了哀怨。借《何满子》赎死未遂之悲歌,抒发这种哀怨。苏鹗《杜阳杂编》载:"文宗时,宫人沈翠翘为帝舞《何满子》,调辞风态,率皆宛畅。"说明此曲已可伴舞了。杜牧读到此诗作《酬张祜处士见寄长句四韵》:"可怜故国三千里,虚唱歌词满六官。"指张祜的《宫词》,虽然写得好,却未被荐用,而寄与同情。郑谷深知此事,他写《高蟾先辈以诗笔相示抒成寄酬》:"张生故国三千里,知者唯应杜紫微。"张祜四句都巧用了数字,前二句之"三千里"与"二十年",纵横对照,实是时空累合,十分含蓄地深化了宫女毕生的无限悲哀。

用两个数字或对比、或累合,都是极具表现力的,对比见反差,累合见汇集。最早运用这种句式的是杜甫《恨别》诗:"洛城一别四千里,胡骑长驱五六年。"诗人于乾元二年春,自东都洛城回华州,客秦州,寓同谷,至成都,奔走四千里;自天宝十四载安史叛乱,至乾元之末、上元之初,已历五六年,饱经乱离之苦。数字后面分别是"里"和"年",时空累合,增强了概括力、表现力。张祜诗从此二句翻出。

用杜甫"……里,……年"句式的还有:

唐·柳宗元《别舍弟》:"一身去国六千里,万死投荒十二年。"

宋·王安石《清明辇下怀金陵》:"故园回首三千里,新火伤心六七年。"

宋·苏轼《和宗肇游两池次韵》:"故山西望三千里,往事回思二十年。"

其它用"故国三千里"句:

唐·陶雍《到蜀后记途中经历》:"蜀门去国三千里,巴路登山八十盘。"

唐·李商隐《赴职梓潼留别》:"京华庸蜀三千里,送别咸阳见夕阳。"

宋·张先《喜朝天》(清暑堂赠蔡君谟):"故国千里,共十万室,日日春台。"

宋·黄庭坚《次韵宋懋宗三月十四日到西池都人盛观翰林公出邀》:"人间化鹤三千岁,海上看羊十九年。"用二句式。

元·尹廷高《长芦舟中夜坐》:"故国三千里,孤帆四十程。"

3068. 不知何处是他乡

唐·李白《客中行》:"但使主人能醉客,不知何处是他乡。"诗人初至东鲁,遇一主人殷勤招待,

玉碗盛着闪出琥珀色的兰陵美酒,使诗人感到无比的温暖,所以说只要喝足了美酒,就觉得不是身在异乡了。表现一种宾至如归的情怀。用此句的如:

唐·岑参《寻阳七郎中宅即事》:"逢君开口笑,何处有他乡。"

唐·廖有方《题旅榇》:"半面为君申一恸,不知何处是家乡。"反其义而用(原注云:"遇数举未中将死以残骨相托者,不知姓氏、乡里。")

唐·杜甫《得舍弟消息》:"乱后谁归得,他乡胜故乡。""他乡"好是由于避开了战乱。

3069. 不与故园同

清·仇兆鳌《杜诗详注》引南朝·陈·阴铿诗:"秦川风物异,不与故园同。"阴铿家居武威,南下秦川,觉得风物已有不同了。

唐·杜甫《大历二年九月三十日》:"年年小摇落,不与故园同。"用阴铿句。

3070. 却望并州是故乡

唐·刘皂《旅次朔方》:"客舍并州数十霜,归心日夜忆咸阳。无端又渡桑乾水,却望并州是故乡。"诗人家居咸阳,在并州(今太原)客居了数十年,而今又渡桑干河,离开并州,回望并州倒成了故乡一样,深深怀念它。

清·曹雪芹《红楼梦》第一回甄士隐《好了歌注》:"乱哄哄你方唱罢我登场,反认他乡是故乡。""反认他乡"句用刘皂诗,表白误以为功名富贵、妻子儿孙是人生根本。

3071. 他乡别故人

唐·王勃《别人四首》:"久客逢余闰,他乡别故人。"久客他乡,逢故人难,别故人更难。因此"自然堪下泪,谁忍望征尘"。"久旱逢甘雨,他乡遇故知,洞房花烛夜,金榜题名时"被旧时人们看作四大喜事,可见"他乡遇故知"亦极难得。此似从"他乡别故人"翻出。

唐·元稹《赠熊士登》:"今日梅花下,他乡值故人。"即"他乡遇故知"之义。

3072. 人远天涯近

宋·朱淑真《生查子》:"酒从别后疏,泪向愁中尽。遥想楚云深,人远天涯近。"天涯楚云犹可见到,而人却不见,因为人在天涯外,天涯近于人。

抒发了强烈的离情。

元·王实甫《西厢记》第二本第一折《混江龙》曲:"系春心情短柳丝长,隔花阴人远天涯近。"用朱淑真句。

明·张倩倩《蝶恋花》(寒夜怀君庸):"不恨天涯人去远,三生缘薄吹箫伴。"用"人远天涯近"的变式。

3073. 断肠人在天涯

元·马致远《天净沙》(秋思):"夕阳西下,断肠人在天涯。"远离家乡的游子成了肝肠寸断的人。"人在天涯"即人在天边,十分遥远的地方。

元·虞集《南乡一剪梅》(招熊少府):"若待明朝风雨过,人在天涯,春在天涯。"说"晴也须来,雨也须来",不然"明朝风雨过";人远去了,春也远去了。或是"我离乡",或是"君"离任。用"人在天涯"句。

3074. 客从远方来

汉古诗《饮马长城窟行》:"客从远方来,遗我双鲤鱼。呼儿烹鲤鱼,中有尺素书。……上言加餐食,下言长相忆。"这是一首写思妇的名诗。"鱼腹藏书"即从此传说开来,并同"雁传书"并提作"鱼雁传书"。"尺素"代指信,也从此始。"客"捎书、捎物,是很尊贵的。后人用"客从远方来",有的不是代人作事的"客",而是"有朋自远方来"的"朋",也有的就是诗人自己。下如:

汉·古诗《客从远方来》:"客从远方来,遗我一端绮。相去万余里,故人心尚尔。"

汉·古诗《孟冬寒气至》:"客从远方来,遗我一札书。上言长相思,下言久离别。"与《饮马长城窟行》极相近。

南朝·宋·鲍令晖《拟客从远方来》:"客从远方来,赠我漆鸣琴。木有相思文,弦有别离音。"不带书信,只捎琴,通过琴体、琴弦传达感情,构思奇巧。

南朝·宋·王叔之《拟古诗》:"客从北方来,言欲到交织。"

南朝·宋·谢灵运《代古诗》(一作《作拟客从远方来》):"客从远方来,赠我鹄文绫。"

南朝·宋·南平王刘铄《拟孟冬寒气至》:"客从远方至,赠我千里书。先叙怀旧爱,末陈久离居。"亦仿《饮马长城窟行》。

南朝·梁·昭明太子萧统《饮马长城窟行》:"有朋西南来,报我一木李,并有一札书,行上风云起。……前言节所爱,后言别离久。"仍仿《饮马长城窟行》。

北朝·魏·温子昇《燉煌乐》:"客从远方来,相随歌且笑。自有燉煌乐,不减安陵调。"

唐·杜甫《病柏》:"客从何乡来,伫立久呼怪。"

又《白水县崔少府十九翁当斋三十韵》:"客从南县来,浩荡无与适。"

又《太子张舍人遗织成褥段》:"客从西北来,遗我翠织成。"

又《客从》:"客从南溟来,遗我泉客珠。"鲛人泪化成的珠。

唐·李白《金乡送韦八之西京》:"客自长安来,还归长安去。"

唐·岑参《邯郸客舍歌》:"客从长安来,驱马邯郸道。"

唐·高适《酬秘书弟兼寄幕下诸公》:"客从梁宋来,行役随转蓬。"

唐·韦应物《长安遇冯著》:"客从东方来,衣上灞陵雨。问客何为来,采山因买斧。"

宋·苏轼《饮酒四首》:"有客远方来,酌我一杯茗。"

3075. 笑问客从何处来

唐·贺知章《回乡偶书二首》两首都好,第一首更久传不息:"少小离家老大回,乡音无改鬓毛衰。儿童相见不相识,笑问客从何处来。"诗人于天宝三载(744)辞去朝官,回返故乡(越州永兴,今浙江萧山),已八十有六岁了,离家五十余年,虽乡音如旧,却面孔全非了。本来是回家,青少年都以为是客人。情境真切、语言通畅如出今人之口。"笑问客从何处来"是一种疑问式。

宋·陆游《醉中登避俗台》:"但知礼岂为我没,不管客从何处来。"用"客从何处来",不用贺知章句意。

3076. 自君之出矣

汉·徐干《室思》诗第三章末四句:"自君之出矣,明镜暗不治。思君如流水,无有穷已时。"这是思妇之诗,用第二人称说:自从你出门而去,明镜已被尘封,思念你之情像流水,永无穷尽之时。语言朴实,情真意执。《乐府诗集》收入《杂曲歌辞》,并云:"《自君之出矣》盖起于此。"

南朝人开始摹拟此诗格作五言四句乐府,几乎成了流行曲式,"自君之出矣"的后果各不相同(第二句),"思君如……"(第三句),则竞相推出种种比喻事物:如流水,白雪、清风、满月、萱草、明烛等等。此诗通俗流畅,作起来有如填格套式一样容易,以至南朝一些帝王也卷入"自君之出矣"热,如宋孝武帝、梁简文帝,而陈后主竟一气作了六首。此诗后来分成两种体式:一种是"自君之出……思君如……"即汉末徐幹《室思》第三节的原式(有的只用"思君"二句),一种不是"思君"句。先举第一式(原式)诗:

南朝·宋·孝武帝刘骏《拟徐幹诗》:"自君之出矣,金翠暗无精。思君如日月,回环昼夜生。"徐幹诗的明镜积尘换作金翠无光,思君如流水永无穷尽,也换为日月运行循环往复。其它仿制均如法炮制。(南朝齐·许瑶之《自君之出矣》与此诗尽同,疑误收。)

南朝·宋·颜师伯《自君之出矣》:"自君之出矣,芳惟低不举。思君如回雪,流离无端绪。"

南朝·宋·江夏王刘义恭《自君之出矣》:"自君之出矣,笥锦废不开。思君如清风,晓夜常徘徊。"

南朝·齐·王融《奉和代徐诗二首》其一:"自君之出矣,芳薽绝瑶卮。思君如形影,寝兴末曾离。"

其二:"自君之出矣,金炉香不然。思君如明烛,中宵空自煎。"

又《和南海王殿下咏秋胡妻诗》只用"思君"句:"思君如萱草,一见乃忘忧。"

南朝·梁·范云《自君之出矣》:"自君之出矣,罗帐咽秋风。思君如蔓草,连延不可穷。"

南朝·陈·贾冯吉《自君之出矣》:"自君之出矣,红颜转憔悴。思君如明烛,煎心且衔泪。"

南朝·陈后主叔宝《自君之出矣六首》:

自君之出矣,霜晖当夜明。思君如风影,来去不曾停。

自君之出矣,房空帷帐轻。思君如昼烛,怀心不见明。

自君之出矣,不分道无情。思君若塞草,零落故心生。

自君之出矣,尘网暗罗帷,思君如落日,无有暂还时。

自君之出矣,绿草遍阶生。思君如夜烛,垂泪著鸡鸣。

自君之出矣,愁颜难复睹。思君如蘗条,夜夜只交苦。

到了唐代,"自君之出矣"一题,"思君"从思友思亲中突出了"思夫"。

唐初·陈叔达《自君之出矣》:"自君之出矣,红颜转憔悴。思君如明烛,煎心且衔泪。"(与南陈贾冯吉诗同)

又《自君之出矣》:"自君之出矣,明镜罢红妆,思君如夜烛,煎泪几千行。"

唐·张九龄《赋得〈自君之出矣〉》:"自君之出矣,不复理残机。思君如满月,夜夜减清辉。"

唐·辛弘智《自君之出矣》:"自君之出矣,梁尘静不飞。思君如满月,夜夜减容晖。"用张九龄"满月"句。

唐·李康成《自君之出矣》:"自君之出矣,弦吹绝无声。思君如百草,撩适逐春生。"

唐·雍裕之《自君之出矣》:"自君之出矣,宝镜为谁明。思君如陇水,长闻呜咽声。"

唐·李咸用《自君之出矣》:"自君之出矣,鸾镜空尘生。思君如明月,明月逐君行。"

只用"自君之出"两句的:

南朝·宋·鲍令晖《题书后寄行人》:"自君之出矣,临轩不解颜。砧杵夜不发,高门昼恒关。"

南朝·梁·虞羲《自君之出矣》:"自君之出矣,杨柳正依依。君去无消息,唯见黄鹤飞。"杜甫《哀江南》:"清渭东流剑阁深,去往彼此无消息。"用"无消息"句。

南朝·梁·柳恽《杂诗》:"自君之出矣,兰堂罢鸣机。徒知游宦是,不念别离非。"

南朝·梁·简文帝《金闺思二首》:"自君之别矣,不复染膏脂。南风送归雁,聊以寄相思。"

唐·卢仝《自君之出矣》:"自君之出矣,壁上蜘蛛织。近取见妾心,夜夜无休息。"

唐·张祜《自君之出矣》:"自君之出矣,万物看成古。千寻荜荔枝,争奈长长苦。"

宋·王安石《怀元度四首》:"自君之出矣,何其挂怀抱。"

今人施蛰存十五岁学诗,"拟汉魏乐府"《自君之出矣》,为五言绝句:"自君之出矣,寒梅未著花。"他在《浮生杂咏》(二十五)忆此事而作一诗:

"自君之出妾如何,随意为诗人琢磨。三句五言吟易得,居然乐府入声歌。"

3077. 门有车马客

魏·曹植《门有万里客行》:"门有万里客,问君何乡人。褰衣起从之,果得心所亲。挽裳对我泣,太息前自陈,本是朔方士,今为吴越民。行行将复行,去去适西秦。"此诗写客子远程飘泊之悲伤。从"朔方"到"吴越",还要去"西秦",可谓"万里客"了。朱嘉徵《乐府广序》云:"怀故土也,子建三徙都,故寓言之。"意为作者自喻。后人评此说:"直叙,不加一语,悲情深至。"以朴实感人。"门有万里客行"是从乐府古题"门有车马客行"改制而来,后人直用乐府原题,而在内容、情感上借鉴了曹子建诗。

晋·张华《门有车马客行》:"门有车马客,问君何乡士。捷步往相讯,果是旧邻里。"此诗六韵十二句。南朝·宋·鲍照《代门有车马客行》用此六韵原句,又嵌入四韵八句。

晋·傅玄《墙上难为趋》:"门有车马客,骖服若腾飞。组革结玉佩,蘩藻纷葳蕤。"此题为乐府古题"墙上难为趋行"。

晋·陆机《门有车马客行》:"门有车马客,驾言发故乡。念君久不归,濡迹涉江湘。"

南朝·梁·何逊《门有车马客》:"门有车马客,言是故乡来。故乡有书信,纵横印检开。"(一作隋人何妥诗)

3078. 君自故乡来,应知故乡事

唐·王维《杂诗》:"君自故乡来,应知故乡事;来日绮窗前,寒梅著花未?"作者思乡之情是深沉而细腻的,连窗前寒梅是否著花都十分关切,而"著花"与否又成了他思乡之情的集中体现。十五岁的施蛰存在"自君之出矣,寒梅未著花"中已变用了此句。

"君自故乡来"起意于魏晋乐府"门有万里客,问君何乡人"。晋初陆机诗:"门有车马客,驾言发故乡。"

晋·陶渊明《问来使》诗:"尔从山中来,早晚发天目。我屋南窗下,今生几丛菊。"这是王维诗直接衍化之本,"今生几丛菊"换作"寒梅著花未"。

唐初王绩《在京思故园见乡人问》:"忽逢门前客,道发故乡来。""门前客"指朱仲晦。朱有《答王

元功(王绩)问故园》诗。王绩诗,朋旧童孩、宗族弟侄、旧园新树、茅斋宽窄、柳行疏密、院果林花,"羁心只欲问",仍意有未尽。王维取"问故乡"义,却学渊明笔法。

3079. 修条摩苍天

曹丕《芙蓉池作》:"卑枝拂羽盖,修条摩苍天。"这是他同曹植、王粲、徐干等人宴游铜雀园,写园内鱼池环围景色的诗句。

唐·杜甫《枯楠》:"上枝摩苍天,下根盘厚地。"用曹丕句写枯楠。

3080. 千里不唾井

曹丕《代刘勋出妻王氏作二首》:"千里不唾井,况乃昔所奉。"《艺文类聚》作曹丕诗,《玉台新咏》作曹植诗,今从《艺文类聚》。平虏将军刘勋妻子王氏名宋,婚后二十余年无子,为刘勋所出。刘勋另娶山阳司马氏女为妻。曹丕代王氏作此诗。这二句,言将远行千里的人,也不向自己饮用过的井唾口水,何况曾侍奉过的丈夫,怎么忍心抛弃。

"千里不唾井"语式不一。杜诗:"畏人千里井"注:谚云:"千里井,不反唾。"疑唾字无义,当为莝,谓为莝所哽也。苏鹗《金陵记》:江南计吏止于传舍间,及时就路,以马残草泻于井子,而谓已无再过之期。不久复由此饮,遂为昔时莝刺喉死。后人戒之曰:"千里井,不泻莝。"莝,草挺,草渣。此谚最晚产生于汉代,用"唾井"者居多。

唐·骆宾王《代女道士王灵妃赠道士李荣》:"情知唾井终无理,情知覆水也难收。"

唐·李白《平虏将军妻》:"古人不唾井,莫忘昔缠绵。"取意曹丕诗。

3081. 靡瞻靡恃,泣涕涟涟

曹丕悼念其父曹操诗《短歌行》:"靡瞻靡恃,泣涕涟涟。"言失亲之痛,神灵忽而弃我而去,我无依无靠,涕泪涟涟,至悲至哀。甚为感人。王僧虔《技录》载:"魏氏遣令使节朔奏乐,魏文制此辞,自抚筝和歌,声制最美。"

其实,这两句的语言与意义全出于《诗经》:《小雅·小弁》:"靡瞻匪父,靡依匪母。"《小雅·蓼莪》:"无父何怙,无母何恃。"《卫风氓》:"不见复关,泣涕涟涟。"仔细对照,几乎照录照用。

3082. 君何淹留寄他方

曹丕《燕歌行》："群雁辞归鹄南翔，念君客游多思肠。慊慊思归恋故乡，君何淹留寄他方？"《古唐诗合解》载：王尧衢说"感时物以兴起，言霜飞木落，鸟亦知归，独我君子，客游不返，今我思之断肠。"总该思恋故乡吧，可为什么长期淹留异乡？写女子思念远离的丈夫。

宋·吴文英《唐多令》(惜别)："燕辞归、客尚淹留。"清人王士禛《花草拾蒙》中评此《唐多令》说："与龙辅《闺怨》诗：'得郎一人来，便可成仙去'，同是《子夜》变体。"似南朝民歌，通俗不用典。而"燕辞归"句，用曹氏《燕歌行》四句缩合为两句，写自己客居在外，燕已归而人却淹留。

3083. 中野何萧条，千里无人烟

曹植《送应氏二首》："中野何萧条，千里无人烟。"随父西征马超经洛阳遇应氏兄弟，此句写洛阳原野萧条冷落，千里不见人烟，表现汉末战乱之苦。他在《赠白马王彪》诗中再用"原野萧条"句："原野何萧条，白日忽西匿。"

杜甫《留花门》："花门既便留，原野转萧瑟。"用曹植句。

3084. 思慕延陵子，宝剑非所惜

曹植《赠丁仪》："思慕延陵子，宝剑非所惜。"这里用春秋时吴王寿梦少子季札(封于延陵——今江苏武进县，故号延陵季子)之典。《新序·节士》记："延陵季子将西聘晋，带宝剑以过徐君。徐君观剑不言而色欲之。延陵季子为有上国之使，未献也，然其心许之矣。致使于晋顾反，则徐君死于楚。""于是季子以剑带徐君墓树而去。""徐人嘉而歌之曰：'延陵季子兮不忘故，脱千金之剑兮带丘墓。'"曹植用此典言非常仰慕延陵季子的为人，他不吝惜自己的宝剑，表白自己不会忘掉丁仪、丁廙兄弟拥戴之大义，此诗作于曹丕即位之初。不久曹丕便把丁氏兄弟杀害。曹植虽情真，却无力回天。

南朝·陈·徐陵《别毛永嘉》："徒劳脱宝剑，空挂陇头枝。"写自己老病，与毛喜(字伯武，曾任永嘉内史)分别，恐待毛喜归来而自己已死，如季札挂剑，空留深情了。反用。

唐·李白《叙旧赠江阳宰陆调》："腰间延陵剑，玉带明珠袍。"称陆调很重友情。

唐·杜甫《别房太尉墓》："对棋陪谢傅，把剑觅徐君。"言同房太尉死生如一。

3085. 君若清路尘，妾若浊水泥

曹植《七哀》诗："君若清路尘，妾若浊水泥。浮沉各异势，会合何时谐？"你如路上的清尘，我如水中的浊泥。尘与泥本为一物，一浮一沉，其势各异。喻夫妻，暗指兄弟，原为骨肉一体，由于地位不同，命运也不一样。写同曹丕的兄弟君臣关系不和。曹植《九愁赋》中写："宁作清水之沉泥，不为浊路之飞尘。"取喻事物相反。

李白《单父东楼秋夜送族弟沈之秦》："明日斗酒别，惆怅清路尘。"表白路上送别，十分惆怅。

3086. 仿佛眼中人

晋·陆云《答张士然》："感念桑梓域，仿佛眼中人。"此诗写自己远离故土，一切陌生，多不习惯，因而十分思念家乡。"桑梓"，古代家门常栽植桑树、梓树，后用"桑梓"代指家乡。"眼中人"，时时思念不忘的人，这里喻思念家乡，如眼中人难以忘怀。因称所热爱的人，所喜欢的人。

南朝·梁·何逊《霖雨不晴怀郡中游聚》："不见眼中人，空想山南寺。"

唐·刘长卿《江中晚钓寄荆南一二相识》："既怜沧浪水，复爱沧浪曲。不见眼中人，相思心断续。"用何逊原句。

唐·刘禹锡《河南白尹有喜崔宾客归洛兼见怀长句因而继和》："朝士忽为方外士，主人仍是眼中人。"

唐·白居易《闲吟赠皇甫郎中亲家翁》："忽忽不知头上事，时时犹忆眼中人。"

宋·晏殊《凤衔杯》："端的自家心下、眼中人，到处里、觉尖新。""眼中人"近用"心上人"了。

宋·晏几道《秋蕊香》："眼中人去难欢偶，谁共一杯芳酒。"

宋·谢逸《江神子》："不向鸦儿飞处著，留乞与、眼中人。"

宋·韩淲《朝中措》："如今又是梅时候，只有眼中人，魂断幽香孤影，花前闲整衣巾。"

清·王国维《浣溪沙》："试上高峰窥皓月，偶开天眼觑红尘。可怜身是眼中人。""天眼"，佛教中所谓可洞察万事的天目、慧眼。"眼中人"这里指"天眼"中的人，即所见"红尘"中的人。意为看

看红尘,而自己正是红尘中人。哀人而自哀。

3087. 眼中之人吾老矣

唐·杜甫《短歌行赠王郎司直》:"仲宣楼头春色深,青眼高歌望吾子,眼中之人吾老矣。"大历三年,杜甫在荆南楼上送王司直入蜀。"青眼高歌",深情地看着这年轻人,愿他入蜀遇到知己,而你的眼中人——我,已经衰老了。清·仇兆鳌《杜诗详注》卷之二十一引卢世 评:"两《短歌行》,一《赠王郎司直》;一《送邛州录事》。一突兀横绝,跌宕悲凉;一委曲温存,疏通蔼润。一则曰'青眼高歌望吾子';一则曰'人事经年记君面'。待少年人如此肫挚,直是肠热心情,盛德之至耳。"末二句以衰老之身对这位年轻人充满了关爱。

宋·王安石《送刘贡甫谪官衡阳》:"船头朝转暮千里,眼中之人吾老矣。"用杜甫原句,表以衰老之年,依依惜别。

3088. 念我意中人

晋·陶渊明《示周续之祖企谢景夷三郎》:"负痾颓檐下,终日无一欣。药石有时闲,念我意中人。"南朝·梁·萧统《陶渊传》载:"(江州)刺史檀韶请续之出,与学士祖企、谢景夷三人,共在城北讲《礼》,加以雠校。所住公廨,近于马队。是故渊明示其诗。"三位饱学之士校书讲《礼》,与马队为邻,极不协调,加以檀韵其人"贪横,所莅无绩"(《宋书·檀韶传》),因而陶赠此诗希望三人同他一起归隐。这首四句说,自己抱病在茅檐下坐卧,终日没有一点笑意。此刻药石暂不服用,不禁思念起我所爱慕的友人。"意中人",心目中的人。由此时称作者为"张王中"爱慕的人,眷恋的人,念念不忘的人,总之都指所喜欢的人。

宋·张先《行香子》下阕:"江空无畔,凌波何处,月桥边,青柳朱门。断钟残角,又送黄昏。奈心中事,眼中泪,意中人。"站在"青柳朱门",遥望"江空",不知"凌波何处"。此刻,暮钟断续,鼓角声残,又送来了黄昏。心中有事,眼中滴泪,都是为了不见意中人。结句三个"中"字,回环穿接,达意似隐似显,字重而不觉。南宋·胡仔《苕溪渔隐丛话》卷三十七引《古今诗话》云:"有客谓子野曰:'人皆谓公张三中,即心中事,眼中泪,意中心也。'子野曰:'何不目之为张三影?'客不晓。公曰:'云破月来花弄影','娇柔懒起,帘压卷花影','柳径

无人,堕风絮无影',此余生平所得意也。"张先所言极是,而这"三中"一时有名也是事实。

用"意中人"句还如:

唐·韦应物《赠李儋侍郎》:"风光山郡少,来看广陵春。残花犹待客,莫问意中人。"这里指"好友"。宋代词中的"意中人",多指心爱的人、情人。

宋·柳永《少年游》其四:"世间尤物,意中人,轻细好腰身。"

又《少年游》:"绮席阑珊,凤灯明灭,谁是意中人。"

又《鹤冲天》:"烟花巷陌,依约丹青屏障。幸有意中人、堪寻访。"

宋·晏殊《少年游》:"莫将琼尊等闲分,留赠意中人。"

又《踏莎行》:"尊中绿酒意中人,花朝月夜长相见。"

又《诉衷情》:"东城南陌花下,逢著意中人。"

又《踏莎行》:"当时轻别意中人,山长水远知何处。"

宋·王之道《菩萨蛮》:"自是意中人,临风休障尘。"

宋·程垓《四代好》:"直饶酒好如渑,未抵意中人好。"

3089. 宁知龟鹤年

晋·郭璞《游仙诗十九首》其三:"借问蜉蝣辈,宁知龟鹤年。""蜉蝣"是生命极短的昆虫。《诗经·曹风·蜉蝣》:"蜉蝣之羽,衣裳楚楚。"毛传注:蜉蝣"朝生夕死"。本诗其六有"蜉蝣岂见夕"语。而龟鹤则寿命最长,《淮南子·说林训》:"鹤寿千岁,以极其游。"唐·王建《闲说》:"鹤寿千年也未神。"《抱朴子·对俗》:"知龟鹤之遐寿,故效其道引以增年。"《游仙诗》说,寿命最短的蜉蝣,哪里知道龟鹤寿命千年呢? 后用龟鹤喻长寿。

唐·白居易《雨中花》:"松枝上鹤著下龟,千年不死仍无痛。"

宋·苏轼《送程建用》:"天公不欺吾,寿与龟鹤永。"

3090. 依依墟里烟

晋·陶渊明《归园田居五首》:"暖暖远人村,依依墟里烟。"义熙二年(406),渊明四十二岁作此诗。时他辞去彭泽令第三年,躬耕于园田居(怀古

田舍),这第一首写归耕乐,笔下的农村面貌、农村生活,令人神往,其文笔的朴实美给人感受极深。此二句写邻村:远方的村庄隐约可见,那里模糊地升起了炊烟。"墟里",即村落。

唐·王维《辋川闲居赠裴秀才迪》:"渡头余落日,墟里上孤烟。"《旧唐书·王维传》载:王维晚年隐居蓝田辋川,"与道友裴迪,浮舟往来,弹琴赋诗,啸咏终日。"此句写辋川傍晚景象,"墟里"用陶渊明句,写乡村晚炊。

宋·苏轼《端午遍游诸寺》:"幽寻未之毕,墟落生晚烟。"用王维句意,写遍游时间已晚。

3091. 大漠孤烟直,长河落日圆

唐·王维《使至塞上》:"大漠孤烟直,长河落日圆。"开元二十五年(737),河西节度副使崔希逸战胜吐蕃,唐玄宗派王维以监察御史身份出塞宣慰。此诗即写至塞上所见景色。《后汉书·光武帝纪下》:"修烽燧。"李贤注:"前书意义曰:边防备警急,作高土台(烽火台),台上作桔皋,结皋头有兜零,以薪草置其中,常低之,有寇,即燃火,举之以相告,曰烽。又多积薪,寇至即燔之,望其烟,曰燧。昼则燔燧,夜乃举烽。"所以,烽火与燧烟为古代边塞告警的信号,《酉阳杂俎》载:"燧烟燃狼粪,取其烟直而聚。"后把战事也称"狼烟"。王维此二句写大漠中的燧烟,孤烟直上,乃一道特殊的风景;写大漠中远望黄河上空的落日,圆而又圆。有说沙漠上空少水气,无折射现象,所以太阳显得更圆,虽有道理,但人眼很难分辨。诗中只写一般的圆而已。此二句同《辋川闲居赠裴秀才迪》"渡头余落日,墟里上孤烟"一样,都写"落日""孤烟",后人用"大漠孤烟直",也用"落日孤烟"。

唐·郎士元《赠强山人》:"草堂行径在何处,落日孤烟寒渚西。"

唐·李端《送王副使还并州》:"戍烟千里直,边雁一行斜。"

唐·王建《汴路即事》:"千里河烟直,青槐夹岸长。"

唐·白居易《渡淮》:"孤烟生乍直,远树望多圆。"

宋·范仲淹《渔家傲》:"四面边声连角起,千嶂里,长烟落日孤城闭。"兼用王之涣"一片孤城万仞山"句。

宋·僧惠崇《佳句》(转录于《诗薮》):"古戍

生烟直,平沙落日迟。"

宋·苏轼《欧阳少师令赋所蓄石屏》:"崖崩涧绝可望不可到,孤烟落日相溟濛。"

又《游灵隐寺得来诗复用前韵》:"归时栖鸦正毕逋,孤烟落日不可摹。"

3092. 落日孤烟知客恨

宋·苏轼《正月二十六日偶与数客野步嘉祐僧舍东野人家,杂花盛开,扣门求观,主人林氏媪出应,白发青裙,少寡,独居三十年矣。感叹之余,作诗纪之》:"落日孤烟知客恨,短篱破屋为谁香?""落日孤烟""短篱破屋",正是所走访野人家的环境,满院"杂花盛开",女主人却在这里"独居三十年"了,怎不令客人同情呢?

"知客恨",用杜牧句。清·王文诰《苏轼诗集》注,此用杜牧诗:"孤烟知客恨,遥起泰陵傍。"《全唐诗》载杜牧《金陵怀古》:"徒想夜泉流客恨,夜泉流恨恨无穷。"客在他乡,有恨谁知,惟"孤烟""夜泉"而已。

3093. 平林漠漠烟如织

唐·李白《菩萨蛮》:"平林漠漠烟如织,寒山一带伤心碧。瞑色入高楼,有人楼上愁。"北宋·文莹《湘山野录》云:"此词不知何人写于鼎州沧水驿楼,复不知何人所撰。魏道辅见而爱之。后至长沙,得《古风集》于曾子宣(布)内翰家,乃知太白所作。""烟",此处是暮霭,暮霭如织,浓浓地密密地笼罩着平林。给独倚高楼、无处可归的游子更增加了愁绪。

南朝·齐·谢朓《游东田》诗:"远树暧阡阡,生烟纷漠漠。"李白用此句。

3094. 万里风烟接素秋

唐·杜甫《秋兴八首》:"瞿江峡口曲江头,万里风烟接素秋。"身在夔州,北望长安,淡淡的清秋,夔州附近山瞿塘峡与长安的曲江风烟相连,把相距万里的两地连近了。这是诗人思念长安的心理感受。

清·陈廷焯《鹧鸪天》:"幽怀不肯同零落,却向沧波弄素秋。"不似红莲零落,对时代抱有希望,用"素秋"句,表示一种进取心。

3095. 林清宿烟收

唐·刘禹锡《登陕州城北楼却寄京都亲友》:

"坐息长道白,林清宿烟收。"登楼远眺,思念京都,见晚秋的清晨,长路无尘,清林无烟,反添寂寞。

宋·周邦彦《大酺》(春雨):"对宿烟收,春禽静,飞雨时鸣高屋。"用刘禹锡句写落烟收春景。

3096. 碧缕炉烟直

唐·白居易《待漏入朝》:"碧缕炉烟直,红垂帻屋闲。"写入朝所见朝中之景。炉烟之碧缕袅袅直上。"碧缕",碧蓝色的烟缕。

宋·苏轼《送刘寺丞赴余姚》:"玉笙哀怨不逢人,但见香烟横碧缕。"只闻玉笙哀怨,只见烟横碧缕,却不见人。"碧缕"用白居易句。

3097. 多少楼台烟雨中

唐·杜牧《江南春绝句》:"千里莺啼绿映红,水村山郭酒旗风。南朝四百八十寺,多少楼台烟雨中。"南朝宋、齐、梁、陈从皇帝到世族,都崇信佛教,广建寺庙,梁武帝尤盛。《南史·郭祖深传》载,梁朝廉吏郭祖深曾上言。"时帝大弘释典,将以易俗,故祖深尤言其事,条以为:'都下佛寺五百余所,穷极宏丽。僧尼十余万,资产丰沃。所在郡县,不可胜言。……天下户口几亡其半。'"因此"四百八十寺"是史籍有据的,而这么多寺庙,其楼台不可胜数,唐代皇帝也崇信佛教,寺宇奢华。杜牧此诗借古以谕今。"多少楼台烟雨中",为后人作为一道风景去写。

宋·苏轼《〈虔州八境图〉八首》:"却从尘外望尘中,无限楼台烟雨濛。"只改杜句三字。

宋·陈亮《眼儿媚》(春愁):"愁人最是、黄昏前后,烟雨楼台。"

宋·姜夔《虞美人》:"东游才上小蓬莱,不见此楼烟雨,未应回。"

宋·罗椅《八声甘州》:"山传笑响,水泛箫声,吹散楼台烟雨。"

宋·陈允平《摸鱼儿》(西湖送春):"玉屏翠冷梨花瘦,寂寞小楼烟雨。"

3098. 烟笼寒水月笼沙

唐·杜牧《泊秦淮》:"烟笼寒水月笼沙,夜泊秦淮近酒家。商女不知亡国恨,隔江犹唱后庭花。"此诗感于晚唐上层社会声色犬马、纸醉金迷的腐败生活而作。首句,烟雾笼罩着寒水,月色笼罩着岸沙,写的是秦淮夜色。秦淮河,源出今江苏溧水县东北,流经南京市区南部西入长江。相传秦始皇南巡会稽时所凿以疏淮水,故名。

"烟笼寒水月笼沙",一个"笼"字,牵涉着烟与水、月与沙四种事物,两两笼罩,捕捉了景物的特色,很为后人欣赏。杜牧《寄题甘露寺北轩》:"天接海门秋水色,烟笼隋苑暮钟声。"再用"烟笼"。

杜牧此句是有其源的。唐·元稹《杂忆五首》:"花笼微月竹笼烟,百尺丝绳拂地悬。忆得双文人静后,潜教桃叶送秋千。""花笼微月竹笼烟",意为"微月笼花烟笼竹",杜牧的"烟笼寒水月笼沙"即取这种句式。元稹句中之"花"与"竹"都是受事主语,杜牧把这种被动式换成主动式。

后人用杜牧句,用"水笼沙""烟笼水""烟笼月""沙笼月""月笼沙""梅笼月",等等形式。

唐·吴融《题延寿坊东南角古池》:"蔓草萧森曲岸摧,水笼沙浅露莓苔。"

又《和人有感》:"香魂未散烟笼水,舞袖休翻柳拂堤。"

又《东归望华山》:"不奈春烟笼暗淡,可堪秋雨洗分明。"写烟笼华山。

宋·苏轼《江城子》:"淡烟笼月绣帘阴,画堂深,夜沉沉。"

又《西江月》(咏梅·回文):"马趁香微路远,沙笼月淡烟斜渡。……渡斜烟淡月笼沙,远路微香趁马。"

宋·周邦彦《尉迟杯》(离恨):"隋堤路,渐日晚,密霭生深树。阴阴淡月笼沙,还宿河桥深处。"

宋·白玉蟾(道士葛长庚)《早春》:"淡淡著烟浓著月,深深笼水浅笼沙。"梅花深如笼水浅如笼沙。

宋·蔡伸《苏武慢》:"雁落平沙,烟笼寒水,古垒鸣笳声断。"

又《阮郎归》:"烟笼寒水螟禽栖,满庭红叶飞。"

宋·阮逸女《花心动》:"梦回处,梅梢半笼淡月。"

宋·汪元量《莺啼序》(重过金陵):"渐夜深,月满秦淮,烟笼寒水。"

明·汤显祖《牡丹亭》第二十八出幽媾《夜行船》:"瞥下天仙何处也?影空濛似月笼沙。"

今人方授楚《夜观九江南湖烟水亭》:"风皱银波波浸月,烟笼碧水水浮亭。"

今人张建德《春游》:"烟笼翠岸迷人眼,火灼红桃艳自欢。"

3099. 蓝田日暖玉生烟

唐·李商隐《锦瑟》："沧海月明珠有泪,蓝田日暖玉生烟。"这两句写往事如水花、烟影,已经幻灭,不可追忆了。

此句出自唐·戴叔伦语。唐·司空图《与极浦谈诗书》引戴叔伦语曰:"诗家之景如蓝田日暖、良玉生烟,可望而不可置于眉睫之前也。"

宋·朱敦儒《浣溪沙》："楚畹飞香兰结佩,兰田生暖玉连环。"

明·汤显祖《牡丹亭》第十三出《品令》："待把俺玉山推倒,便日暖玉生烟。"

3100. 轻烟散入五侯家

唐·韩翃《寒食》："春城无处不飞花,寒食东风御柳斜。日暮汉宫传蜡烛,轻烟散入五侯家。"寒食禁火,相传起于晋文公为纪念抱木而死的介之推。禁火,也不能燃烛。唐代,清明日帝王"取榆柳之火以赐近臣"。(《唐辇下岁时记》)叫"改火"。用新火点燃蜡烛,一队队传入王侯贵臣之家。元稹《连昌宫词》写"特敕宫中赐燃烛"。韦庄《长安清明》写"内官初赐清明火"。于是豪贵之家飘入蜡烛的轻烟。"五侯":西汉成帝外戚(母舅)王谭、王根、王立、王商、王逢同时封侯。号"五侯",东汉桓帝初封外戚梁冀之子梁胤等五人为侯。后桓帝因谋诛梁冀有功,五人同时封侯:单超新丰侯,徐璜武原侯,具瑗东武阳侯,左悺上蔡侯,唐衡汝阳侯。后"五侯"统称贵戚以至一切权贵。韩诗中"五侯",喻指肃宗、代宗以来恃宠弄权的宦官。

全诗四句,后人都有所用,除表达原诗本意外,还有的写寒食节令或其他。

唐·罗邺《叹流水二首》："春风散入侯家去,漱齿花前酒半酣。"

宋·周邦彦《应天长》(寒食)："又见汉宫传烛,飞烟五侯宅。"

宋·姜夔《琵琶仙》："又还是、宫烛分烟,奈愁里、匆匆换时节。"

宋·刘一止《蓦山溪》："东风御柳,应访此韩翃。"

宋·吴文英《木兰花慢》(钱韩似斋赴江东漕幕)："寒食春城秀句,趁此飞入宫墙。"

又《水龙吟》(过秋壑湖上旧居寄赠)："算归期未卜,青烟散后,春城咏、飞花句。"

宋·无名氏《风流子》："过清明骤雨,五侯台榭,青烟散入,新火开时。"

清·蒲松龄《荒园小构落成有丛柏当门颜曰绿屏斋》："半年谷贱人无恙,何必歌钟羡五侯!"

清·郑廷祯《高阳台》："鸦度冥冥,花飞片片,春城何处轻烟。"嵌"鸦片烟"三字,写虎门销烟。

清末·吕碧城《泪罗怨》(过旧都作)："汉宫传蜡,秦镜荧星,一例秾华无据。"汉宫秦苑的繁华奢侈一概不会长久。

3101. 竹帛烟销帝业虚

唐·章碣《焚书坑》："竹帛烟销帝业虚,关河空锁祖龙居。坑灰未冷山东乱,刘项原来不读书。"秦始皇三十四年(前213)采纳李斯奏议,下令全国搜集除农书之外的儒家《诗》《书》及百家之书,造成了历史上一场文劫。焚书地点据传在陕西临潼县东南的骊山一个洞穴里,章碣此诗即对"焚书坑"有感,而对秦始皇焚书暴行给予辛辣讽刺和无情谴责。诗意为:竹书帛书被销毁,如焚烧了帝业,秦统治已不坚牢,空有那秦关之险要,不待坑灰冷却,仅仅四年,陈胜吴广便举起了义旗,继之以刘邦项羽,迅速地灭亡了"子孙帝王万世之业"。而刘邦混迹于市井,项羽出身于行伍,两人都不是读书人,祸患并非来自书与读书人。此诗四句,后人用了三句。

宋·杨亿《始皇》："儒坑未冷骊山火,三月青烟绕翠岑。"用第三句。

宋·钱维演《始皇》："不将寸土封诸子,刘项由来是匹夫。"用第四句。

元·卢挚《蟾宫曲·咸阳怀古》："竹帛烟消,风云日月,梦寐隋唐。"秦、隋覆亡极快。用首句。

3102. 新月与愁烟,满江天

宋·苏轼《昭君怨》(送别)："谁作桓伊三弄,惊破绿窗幽梦。新月与愁烟,满江天。"新月光照江渚,而江渚满是雾霭,面对行人将别,满腹愁绪。

唐·孟浩然《宿建德江》："移舟泊烟渚,日暮客愁新。野旷天低树,江清月近人。"苏句的新月与愁烟从此衍生。

3103. 玉妃谪堕烟雨村

宋·苏轼《花落复次前韵一首》(前韵指《十一

月二十六日松风亭下梅花盛开》)："玉妃谪堕烟雨村,先生作诗与招魂。"《艇斋诗话》依东坡诗中"谪堕"二字出于《杨贵妃外传》,认为"玉妃"即指杨贵妃。落实到杨妃与实事亦不合,一般以为此句写天上的王妃仙子喻梅花,被贬谪到人间。苏轼作此诗为落花之梅招魂。

宋·范成大《夜行沙上见梅记东坡作诗招魂之句》："玉妃谪人世,乃在流水村。""玉妃"用苏轼诗喻梅树。

3104. 谈笑间,强虏灰飞烟灭

宋·苏轼《念奴娇》(赤壁怀古)："遥想公瑾当年,小乔初嫁了,雄姿英发。羽扇纶巾,谈笑间、强虏灰飞烟灭!"小乔初嫁周瑜在建安三年或四年,周瑜二十四五岁,而赤壁之战时周瑜三十四岁,仍说"初嫁",是为表现周瑜少年得志,意气风发。周瑜在大战中不着戎装,却手持羽毛扇,身穿便服,谈笑之间,强大的曹军就灰飞烟灭了。

宋·辛弃疾《贺新郎》(听琵琶)："辽阳驿使音尘绝。琐窗寒、轻拢慢燃,泪珠盈睫。推手含情还却手,一抹梁州哀彻。千古事、云飞烟灭。"不是写战火,而是写历史之事,所以换掉"灰"字。

3105. 隔烟催漏金虬咽

宋·范成大《秦楼月》："隔烟催漏金虬咽,罗帏暗淡灯火结。""虬"即"虬",金虬即铜龙,古代计时器漏器上装的铜龙头,水从龙口中滴下。此句意为:隔着迷濛的烟雾,听着铜龙头幽咽的滴水声。

唐·李商隐《深宫》："金殿销香闭倚笼,玉壶传点咽铜龙。"范成大用"咽铜龙"意。

3106. 叹废绿平烟带苑

宋·吴文英《两平乐慢》："叹废绿平烟带苑,幽渚尘香荡晚。"题下序云:"过西湖先贤堂,伤今感昔,泫然出涕。"宋亡的西湖已不是从前,慨叹这荒残的绿草和平漫着的烟尘覆盖着旧苑。

宋·周密《法曲献仙音》(吊雪香亭梅)："一片古今愁,但废绿,平烟空远。"用吴文英句。

3107. 海烟沉处倒残霞

宋·吴文英《玉楼春》："海烟沉处倒残霞,一杼鲛绡如泪织。"此为"和吴见山韵",做为天涯游子,心境凄凉,与友人共饮,所见到的远方景色:海

上海雾沉落,余下一片残霞,犹如泪织的一杼鲛绡,景色也一片凄凉。

宋·周密《闻鹊喜》(吴山观涛)："数点烟鬟青滴,一杼霞绡红湿。"对岸远山青如滴翠,霞如一杼鲛绡红湿。用吴文英句。

3108. 渔舟岂安流,樵拾谢西芘

南朝·宋·谢灵运《游岭门山》："渔舟岂安流,樵拾谢西芘。人生谁云乐,贵不屈所志。"作者为东晋名将谢玄之孙,袭封康乐公。入宋后,降为侯,后为永嘉太守。政治上失意,常寄情山水。"芘",阴蔽。此二句意为世道不平,渔樵亦难安定。《南史·宋本纪上第一》："行止时见二小龙附翼,樵渔山泽,同侣或亦睹焉。"樵夫,砍柴人,渔夫,打渔人。他们生活于山林、河泽,比农工还要僻远、安闲,诗中多写他们的活动,多有寄托,或慕其安闲,或榜以隐居,成为官场纷争、险峻气氛相对立的生业或环境。"渔樵"成了引退、归隐的同义语,成了超脱世俗的代称。谢灵运诗中"渔""樵"分句对用是首创的。后来的分句对用,多表现渔父樵夫(农人)的生活、情趣。

南朝·梁·虞羲《春郊》："樵歌喧垄暮,渔栅乱江晨。"

唐·韦述《春日山庄》："浦净渔舟远,花飞樵路香。"

唐·宗昱《晓次荆江》："渔翁闲自乐,樵客纷多虑。"

唐·薛据《泊震泽口》："洄沿值渔翁,窈窕逢樵子。"

唐·李嘉祐《登楚州城,望驿路十余里山村、竹林相次交映》："草市多樵客,渔家多水禽。"非对仗用。

唐·戴叔伦《喜雨》："樵歌田野中,渔钓沧江浔。"

唐·耿沣《秋中雨田园即事》："暮爨新樵湿,晨渔旧浦移。"非对仗用。

唐·杜牧《宣城赠萧兵曹》："行吟值渔父,坐隐对樵人。"写隐居。

3109. 予念返渔樵

南朝·梁·何逊《夕望江桥示萧谘议杨建康江主簿》："尔清深巩落,予念返渔樵。何因适归愿,分路一扬镳。""渔樵"始合用,"返渔樵"意"返

山林"，表归隐，也直写渔父樵夫。

又《落日前墟望赠范广州云》："高门盛游识，谁肯进樵渔。"

南朝·陈·何胥《赋得待诏金马门》："此时参待诏，谁复想渔樵。"

唐·李峤《奉和幸韦嗣立山庄侍宴应制》："幽情遗绂冕，宸眷属樵渔。"

唐·寇坦《夏晚初霁》："页标不可仰，空此乐樵渔。"

唐·李颀《不调归东山别业》："十室对河岸，渔樵只在兹。"

唐·储光羲《仲夏入园中东陂》："此乡多隐逸，水陆见樵渔。"

唐·孟浩然《寻白鹤岩张子容隐居》："阶庭空水石，林壑罢樵渔。"

唐·王昌龄《旅次周至过韩士别业》："故人家于此，招我渔樵所。"

唐·刘长卿《赴江西湖上赠皇甫之宣州》："天涯有来客，迟尔访渔樵。"

又《无锡东郭友人游越》："江湖无限意，非独为渔樵。"

又《奉寄婺州李使君舍人》："渔樵识太古，草树得阳和。"

又《罢摄官后将还旧居留辞李待御》："州县名何在，渔樵事已违。"

又《赠西邻卢少府》："篱落能相近，渔樵偶复词。"

唐·李白《答从弟幼成过西园见赠》："上陈渔樵事，下叙农圃言。"

唐·王维《辋川》："谷江疏钟劲，渔樵稍欲稀。"

唐·岑参《终南双峰草堂作》："有时逐樵渔，尽日不冠带。"

唐·高适《封丘县》："我本渔樵孟诸野，一生自是悠悠者。"

又《送虞城刘明府谒魏君苗太守》："君将抱高论，定是问樵渔。"

又《途中酬李少府赠别之作》："渔樵十二年，种瓜漆园里。"

又《睢阳酬别畅大判官》："边庭绝刁斗，战地成渔樵。"

又《涟上题樊氏水亭》："菱芋藩篱下，渔樵耳目前。"

又《同群公秋登琴台》："物性各自得，我心在渔樵。"

又《留别郑三韦九兼洛下诸公》："高山大泽徵求尽，此时亦得辞渔樵。"

唐·杜甫《赠李八秘书别三十韵》："沉绵疲井臼，倚薄似樵渔。"

又《赠田九判官梁丘》："座下赖君才并美，独能无意向渔樵。"

又《严氏溪放歌》："呜呼古人已粪土，独觉志士甘渔樵。"

又《崔氏东山草堂》："有时自发钟磬响，落日更见渔樵人。"

又《村夜》："胡羯何多难，渔樵寄此生。"

又《阁夜》："野哭千家闻战伐，夷歌几处起渔樵。"

唐·韦应物《追怀昔年》："烟水依泉谷，川陆散樵渔。"

唐·皇甫冉《卖药人处得南阳朱山人书》："秋风景溪里，萧散寄樵渔。"

唐·顾况《送友失意南归》："不用通名姓，渔樵共主宾。"

又《赠朱放》："渔樵旧路不堪人，何处空山犹有人。"

唐·戴叔伦《敬酬陆山人二首》："由来海畔逐渔樵，奉诏因乘使者在。"

唐·包何《江上田家》："市井谁相识，渔樵夜始归。"

唐·卢纶《和裴延龄尚书寄题果州谢舍人仙居》："青溪不接渔樵路，丹井唯传草木风。"

唐·于鹄《题邻居》："虽然在城市，还得似樵渔。"

唐·白居易《昔与微之在朝日同蓄休退之心迨今十年沦落老大追寻前约且寻后期》："稍无骨肉累，粗有渔樵资。"

唐·滕倪《留别吉州太守宗人迈》："误攻文字身空老，却返渔樵计已迟。"

唐·李商隐《访隐者不遇成二绝》："沧江白日樵渔路，日暮归来雨满衣。"

又《子初郊墅》："阴移竹柏浓还淡，歌杂渔樵断更闻。"

又《送从翁从东川弘农尚书幕》："为言公玉季，早日弃渔樵。"

又《送弟》："去日家无儋石储，汝须勤苦事樵渔。"

唐·刘沧《江城晚望》:"一望江城思有余,遥分野径入樵渔。"

又《经过建业》:"凄凉处处渔樵路,鸟去人归山影斜。"

唐·李频《送友人喻坦之归睦州》:"莫恋渔樵兴,生涯各有为。"

唐·皮日休《寒日书斋即事三首》:"方朔家贫未有车,肯从荣利舍樵渔。"

唐·司空图《寄怀元秀上人》:"悠悠干禄利,草草废渔樵。"

又《寻旧村舍》:"荒林寄远居,坐卧见樵渔。"

又《溪上春望》:"吟水咏山心未已,可能终不胜渔樵。"

又《新安投所知》:"少年容易捨樵渔,曾辱明公荐子虚。"

唐·翁洮《渔者》:"到头得丧终须达,谁道渔樵有是非。"

唐·韩偓《春阴独酌寄同年虞部李郎中》:"闲嗤入甲奔竞态,醉唱落调渔樵歌。"

唐·杜荀鹤《寄益阳武灌明府》:"溪山入城郭,户口半渔樵。"

又《乱后书事寄同志》:"到头诗卷须藏却,各向渔樵混姓名。"

又《哭方干》:"渔樵共垒坟三尺,猿鹤同栖月一村。"

又《戏题王处士书斋》:"先生高兴在樵渔,水鸟山猿一处居。"

宋·欧阳修《退居述怀寄北京韩侍中三首》:"书殿宫臣宠并叨,不同憔悴返渔樵。"

宋·苏轼《发广州》:"天涯未觉远,处处各樵渔。"

又《虎丘寺》:"坐见渔樵还,新月溪上影。"

又《僧清顺新作垂云亭》:"纷纷鸟鹊去,一一渔樵返。"

又《答任师中家权公》:"头颅已可知,几何不樵渔。"

宋·李流谦《殢人娇》:"惺惺地、要须识破,渔樵不小,公侯不大。但赢取、饥飡醉来便卧。"

宋·张文潜《夏日》:"久斑两鬓如霜雪,直欲渔樵过此生。"

宋·赵鼎《醉蓬莱》(庆寿):"解组归来,访渔樵朋友。"

宋·王以宁《踏莎行》:"我自山中,渔樵冷族,一丘一壑平生熟。"

宋·范成大《清逸江》:"微生本渔樵,长日渺江海。"

宋·辛弃疾《贺新郎》:"鸡豚旧日渔樵社,问先生:带湖春涨,几时归也?"

又《沁园春》:"问斜阳犹照,渔樵故里。长桥谁记,今古期思。"

宋·程垓《一剪梅》:"假饶真个住山腰,那个金章,换得渔樵。"

又《凤栖梧》(客临安连日愁霖旅枕无寐起作):"起上小楼观海气,昏昏半约渔樵市。"

宋·张镃《木兰花慢》(癸丑年生日):"西邻东舍不难招,大半是渔樵。"

宋·刘学箕《松江哨遍》:"渔樵甘放浪,蜉蝣然、寄天地。"

宋·吴潜《贺新郎》:"江南自有渔樵队,想家山、猿愁鹤怨,问人归未。"

又《贺新郎》:"且放我、渔樵为与。"

宋·张炎《瑶台聚八仙》:"楚竹闲桃,千日酒,乐意稍稍渔樵。"

又《风入松》:"从孝三径入渔樵,对此觉尘消。"

又《木兰花慢》:"黏壁蜗涎几许,清风只在渔樵。"

宋·刘将孙《金缕曲》:"我本渔樵孟诸野,向举家、尽叹今如是。空自苦,有谁似?"用高适句。

宋·曾中思《水调歌头》:"凛凛百千载,风月属樵渔。"

3110. 兰泽侣樵渔

南朝·陈·孔鱼《和六府》:"水乡访松石,兰泽侣樵鱼。""侣樵渔",以樵渔为伴,混迹于樵渔之中。

唐·徐放《使院忆山中旧侣兼怀李约》:"与君非宦侣,何日共樵渔。"亦为"渔樵侣"之意。

唐·马戴《客行》:"却羡渔樵侣,闲歌落照中。"

宋·范成大《满江红》:"怀往事,渔樵侣,曾共醉,松江渚。"

又《惜分飞》:"谁唤行人去,石湖烟浪渔樵侣。"

宋·吕胜己《点绛唇》:"这回归去,作个渔樵侣。"

宋·方岳《江神子》："纵使钟山青眼在，终不似、侣渔樵。"

宋·邓肃《菩萨蛮》："我是渔樵侣，已趁白鸥归，长江自在飞。"

3111. 万里狎樵渔

唐·杜甫《秋日荆南送石首薛明府辞满告别奉寄薛尚书颂德叙怀斐然之作三十韵》："十年婴药饵，万里狎樵渔。""狎"，接近，靠近，亲近，与樵渔相处。

又《将别巫峡赠南卿兄瀼西果园四十亩》："残生逗江汉，何处狎樵渔。"

唐·高适《自淇涉黄河途中作十三首》："临水狎渔樵，望山怀隐沦。"

宋·无名氏《水调歌头》(生日自寿)："但令此去清健，到处狎渔樵。"

3112. 便应黄发老渔樵

唐·杜甫《玉台观二首》："更肯红颜生羽翼，便应黄发老渔樵。"《杜臆》："末谓若生羽翼，便老渔樵。知公未肯忘世也。"意为如果青年时代就能生出羽翼，即可终生老于渔樵了。"老渔樵"，终生为渔樵。

唐·郑谷《闻进士许彬罢举归睦州怅然怀寄》："桐庐归旧庐，垂老复樵渔。""垂老"指晚年。

唐·杜荀鹤《秋日山中寄池州李常侍》："但得中兴知己在，算应身未老樵渔。"

唐·韩偓《乙丑岁九月》："紫泥虚宠奖，白发已渔樵。"老来归隐。

宋·苏轼《题宝鸡县斯飞阁》："谁使爱官轻去国，此身无计老渔樵。"

宋·晁端礼《一丛花》："他年定契非熊卜，也未应鹤发渔樵。""鹤发"即"老"。

宋·陆游《青玉案》(与朱景参会北岭)："故人小驻平戎帐，白羽腰间气何壮。我老渔樵君将相。"

宋·杨炎正《满江红》："问渔樵、学作老生涯，从今日。"

宋·张文潜《夏日》："久斑两鬓如霜雪，直欲渔樵过此生。"亦含"老"字。

3113. 肯容君去乐樵渔

唐·张籍《寄白二十二舍人》："三省比来名望重，肯容君去乐樵渔。"白舍人隐居江南，作者说他已很有名望，总会受到重用，不会让他去寄身樵渔。"乐樵渔"以樵渔为乐，热爱樵渔生活。

唐·卢纶《秋中过独孤郊居》："帝里诸亲别来久，岂知王粲爱樵渔。"

唐·刘沧《题桃源处士山居留寄》："穷达尽为身外事，浩然元气乐樵渔。"

唐·陆龟蒙《奉酬袭美秋晚见题二首》："何事乐渔樵，巾车或倚桡。"

唐·韩偓《建溪滩》："长贪山水羡渔樵，自笑扬鞭趁早朝。"

宋·苏轼《刘颛宫苑退老于庐山石碑菴》："彤弓挂壁耻言勋，笑入渔樵便作群。"

3114. 帝乡明日到，犹自忆渔樵

唐·许浑《秋日赴阙题潼关城楼》："帝乡明日到，犹自忆渔樵。"很快就到都城长安了，可心情却情恋着乡里。"忆"，想念，怀恋。

唐·赵嘏《下第后上李中丞》："谷外风高摧羽翮，江边春在忆樵渔。"

唐·马戴《秋思二首》："田园无岁计，寒尽忆樵渔。"用"山中无历日，寒尽不知年"句式。

唐·许棠《长安寓居》："谁知江徼塞，所忆在樵渔。"

唐·罗邺《曲江春望》："古国东归泽国遥，曲江晴望忆渔樵。"

3115. 耕钓混樵渔

宋·张孝祥《水调歌头》："长忆淮南岸，耕钓混樵渔。""混"，混迹。

宋·黄载《满江红》："自笑频招猿鹤怨，相期早混渔樵迹。"

3116. 且向渔樵争席

宋·张元干《水调歌头》："莫变姓名吴市，且向渔樵争席，与世共浮沉。""与渔樵争席"，即在渔樵事业中争得一席之地，亦即加入渔樵行列，摆脱仕宦险路。

宋·赵师侠《水调歌头》："不向燕然纪绩，便与渔樵争席，摆脱是非乡。"

宋·杨火正《水调歌头》："独把瓦盆盛酒，自与渔樵分席，说尹政声佳。"

宋·魏了翁《念奴娇》(广汉士民送别用韩推

官韵为谢）："靴帽丛中,渔樵席上,无入非吾得。倚湖一笑,夜深群动皆息。"

又《念奴娇》："靴帽丛中,渔樵席上,总是安行处。"再用"靴帽""渔樵"句。

3117. 尽入渔樵闲话

宋·张昇《离亭燕》："天际客帆高挂,门外酒旗低迓。多少云朝兴废事,尽入渔樵闲话。"《宋史》作"张昇",《宰辅表》及其它书作多"张昪"。此词范公偁《过庭录》收为张昪退居江南时作,而《攻媿集》卷七十则收为孙浩然词,而且记王诜曾为孙之《离亭燕》词作《江山秋晚图》。"低迓"又作"低亚"。二词只差五个字。此词面对金陵秋景,怀古而感沧桑变化。六朝,在金陵建都的东吴、东晋、宋、齐、梁、陈,早随流水而逝,那些盛衰兴亡之事,全成了渔父樵夫茶余饭后闲谈的资料。自此"渔樵闲话"常为诗人词家借用。

唐·岑参《猴山西峰草堂作》："遂耽水木兴,尽作渔樵言。"沉缅于林泉兴味之中,讲述的是打鱼砍柴人的话。张昪的"尽入渔樵闲话",应从"尽作渔樵言"句衍生,"六朝兴废事"乃事"渔樵言"中的一部分。

宋·王安石《自金陵如丹阳道中有感》："数百年来王气消,难将前事问渔樵。"反用张昪词意。

宋·李流谦《醉蓬莱》："葭苇霜秋,楼船月晓,渔樵能说。""说"什么?"万里长江,百年骄虏,只笑谈烟灭。"也是说兴亡。

宋·程珌《西江月》（乐辰自寿）："降祥作善岂其差,永作渔樵嘉话。"

宋·史达祖《贺新郎》："踏碎桥边杨柳影,不听渔樵闲话。"反用其句意。

宋·黄载《洞仙歌》："属镂沉,香溪断,梦散云空。千年外、等是渔樵闲话。"

元·李爱山《寿阳曲》（怀古）："项羽争雄霸,刘邦起战伐,白夺成四百年汉朝天下。世衰也汉家属了晋家,则落得渔樵人一场闲话。"

元·白朴《庆东原·失题》："千古是非心,一夕渔樵话。"蔑视功名利禄的"是非心",可入渔樵闲话。

元·汪元亨《朝天子·归隐》："鸥夷泛海槎,陶潜休县衙,入千古渔樵话。"

元·邓玉宾《叨叨令·道情四首》："白云深处青山下,茅庵草舍无冬夏。闲来几句渔樵话;困来

一枕葫芦架。"

明·杨慎《临江仙》下片："白发渔樵江渚上,惯看秋月春风。一壶浊酒喜相逢。古今多少事,都付笑谈中。"诗人远谪云南,与秋月春风为伴,寄情山水,用老庄思想自我解脱,认为历代英雄,成败兴亡,不过是供渔樵的谈资笑料而已。

清·孔尚任《桃花扇》卷一《前腔》："门掩青苔长,话旧渔樵来道房。"张贞慧、吴应箕、侯朝宗等找柳敬亭话旧。

又《桃花扇》续四十六余韵尾诗："渔樵同话旧繁荣,短梦寥寥记不差。"

清·顾贞观《青玉案》："乱鸦千点,落鸿孤烟,中有渔樵话。"

清·郑瓛《满江红》（九日同子客登戏马台）："六代风流名士酒,千年兴废樵人话。"

清·谭献《渡江云》（大观亭同阳湖赵敬甫、江夏郑赞侯）："六朝裙屐,百战旌旗,付渔樵高枕。"六朝宫女,百战英杰,尽作了渔樵休憩之处。

清·盛禾《贺新郎》（金山）："乘风直下帆如马,最关心、缝囊投棰,兴亡闲话。"

民国·吕碧城《泪罗怨》（过旧都作）："闲话南朝往事,谁踵清游、采香残步?""踵",接续。

3118. 团结樵歌渔笛

宋·孙居敬《好事近》（渔村即事）："买断一川云,团结樵歌渔笛。莫向此中轻说,污天然寒碧。"渔村上空的云,同樵歌渔笛凝结成一片。"樵歌渔笛",渔樵的歌声笛声,引申为民歌民乐。

宋·葛长庚《兰陵玉》："千峰呈翠色,时亦有声声、樵唱渔笛。"

宋·李演《声声慢》："呵笑人生悲乐,且听我尊前,渔歌樵曲。"用作民间歌曲。

3119. 明妆带绮罗

南朝·宋·鲍照《代堂上歌行》："满堂皆美人,目成对湘娥。虽谢侍君闲,明妆带绮罗。"写京城贵室堂上美女如仙,欢歌乐舞的情形。"明妆带绮罗"美女妆束色彩斑斓。"绮罗",彩色丝织品制成的华美艳丽的衣饰。鲍照用"绮罗"于诗中的还有:

又《学陶彭泽体》："秋风七八月,清露润绮罗。"

又《代少年时至衰老行》："绮罗艳华风,车马

自扬尘。"

又《中兴歌十首》:"白日照窗前,玲珑绮罗中。美人掩轻扇,含思歌春风。"

最先用"绮罗"者不是鲍照。魏·曹丕《大墙上蒿行》:"适君身体所服,何不恣君口腹所尝?冬被貂鼯温暖,夏当服绮罗轻凉。""鼯",灰鼠,"绮",色白有纹的丝织品,"罗",纹路稀疏的丝织品,都很名贵。曹丕诗意:合体的衣服何不穿?适口的食物何不吃?冬天要穿貂鼠皮衣,夏天要穿轻薄凉快的绮罗。

后人用"绮罗"(罗绮)表示衣饰华丽,也指代女子。多表示饰华丽。

南朝·齐·谢朓《落日同何仪曹煦》:"参差复殿影,氛氲绮罗杂。"

唐太宗李世民《帝京篇十首》:"建章欢赏夕,二八尽妖妍。罗绮昭阳殿,芬芳玳瑁筵。"

唐·杜甫《泛江》:"长日容杯酒,深江净绮罗。乱离还奏乐,飘泊且听歌。"写船上歌女的服饰映入明净的水中。《杜臆》评:"江澄无波,倚罗映水,可见'净'字之妙。"

唐·顾况《李供奉弹箜篌歌》:"珊瑚席,一声一声鸣锡锡;罗绮屏,一弦一弦如撼铃。"

唐·刘禹锡《夏日寄宣武令狐相公》:"近来溽暑侵亭馆,应觉清谈胜绮罗。"清淡比绮罗更消暑。

又《望夫山》:"何代提戈去不还,独留形影白云间。肌肤销尽雪霜色,罗绮点成苔藓斑。"

唐·白居易《夜游西武(虎)丘寺八韵》:"香风助罗绮,钟梵避笙歌。"

又《池上即事》:"久阴新霁宜丝管,苦热初凉入绮罗。"

又《醉后戏题》:"今夜酒醺罗绮暖,被君融尽玉壶冰。"

又《赠猥蒙徵和才拙词每系辄广为五百言以伸酬献》:"管弦去缥缈,罗绮来霏微。"

又《霓裳羽衣歌》:"娉婷似不任罗绮,顾听乐悬行复止。"

唐·张祜《思归乐》:"晚日催弦管,春风入绮罗。杏花如有意,偏落舞衫多。"

唐·许浑《将归姑苏南楼饯送李明府》:"暂移罗绮见山色,才驻管弦闻水声。""罗绮"代华筵。

又《留别赵端公》:"箫鼓散时逢夜雨,绮罗分处下秋江。"

又《闻州中有谶寄崔大夫兼简邢群评事》:"池边雨过飘帷幕,海上风来动绮罗。"

唐·李商隐《咸阳》:"咸阳宫阙郁嵯峨,六国楼台艳绮罗。"

唐·聂夷中《咏田家》:"二月卖新丝,五月粜新谷;医得眼前疮,剜却心头肉。我愿君王心,化作光明烛;不照绮罗筵,只照逃亡屋。""绮罗筵",衣着华丽的人聚集的豪华筵席。

唐·韩偓《大酺乐》:"晚日催弦管,春风入绮罗。"同张祜诗。

五代·欧阳炯《菩萨蛮》:"小院奏笙歌,香风簇绮罗。"

宋·柳永《迎新春》:"庆嘉节、当三五。列华灯、千门万户。遍九陌、罗绮香风微度。"

又《洞仙歌》:"佳景留心惯,况少年彼此、风情非浅。有笙歌巷陌,绮罗庭院。倾城巧笑如花面,恣雅态、明眸回美盼。"

又《玉山枕》:"画楼昼寂,兰堂夜静,舞艳歌姝,渐任罗绮。"

宋·欧阳修《西湖泛舟呈远使学士张揆》:"罗绮香里留佳客,弦管声来扬晚风。"

又《送王素之渭州》(治平二年):"翠幕红灯照罗绮,心情何似十年前。"

又《送渭州王龙图》:"吟余画角思残月,醉里红灯炫绮罗。"

宋·王安石《送春》:"万家笑语横青天,绮窗罗幕舞婵娟。"

宋·苏轼《芙蓉城》:"春风花开秋叶零,世间罗绮纷膻腥。"

宋·贺铸《忆仙姿》:"何处偷谐心赏,促坐绮罗筵上。"

宋·沈蔚《倾杯》:"轻车趁马,微尘杂雾,带晓色、绮罗生润。"

宋·曾觌《踏莎行》:"翠幄成阴,谁家帘幕,绮罗香拥处,觥筹错。"

宋·王千秋《临江仙》:"年年花月夜,沉醉绮罗间。"

宋·丘崈《洞仙歌》(辛卯嘉禾元夕作):"见九衢、车马流水如龙。喧笑语,罗绮香尘载路。"

又《如梦令》(元宵席上口占):"门外绮罗如绣,堂上华灯如昼。"

宋·石孝友《传言玉女》:"华国翠路,九陌绮罗香满。连天灯火,满城弦管。"用柳永"九陌"句。

宋·吴文英《江神子》:"绮罗尘满九衢头,晚香楼,夕阳收。"

宋·杨泽民《霜叶飞》(咏雪):"绮罗香暖恣欢娱,暂尔宽怀抱。"

宋·陈允平《解语花》:"陆地金莲照夜。富绮罗妆艳,春态容冶,笼纱鞍帕。"

3120. 能使千秋伤绮罗

唐·刘长卿《王昭君》:"谁怜一曲传乐府,能使千秋伤绮罗。"晋·石崇《王明君辞并序》以细君远嫁乌孙"令琵琶马上作乐"推出:"其送明君,亦必尔也。其造新曲,多哀怨之声。"至南朝·宋·鲍照的《王昭君》诗,"琵琶怨"、"昭君怨",便成了绝大多数咏昭君的作品共同的主题。这当然偏离了昭君"自请远嫁"的史实,也没看到此次"胡汉和亲"的历史作用。刘长卿此诗也不例外。"昭君辞""昭君怨"成了乐府琴曲名,"能使千秋伤绮罗",即永远令人对昭君出塞而哀怨。"绮罗"在此以"身着绮罗的人"之含意,成为王昭君的借代词。用"罗绮"代人,多代身着绮罗的女子、歌女、舞女以及由此造成的环境、气氛:光怪陆离,色彩斑斓。

唐·王勃《铜雀妓》:"西陵松槚冷,谁见绮罗情。"

唐·李白《金陵三首》:"古殿吴花草,深宫晋绮罗。并随人事灭,东逝与沧波。"

又《清平乐》:"女伴莫话孤眠,六宫罗绮三千。"

唐·刘禹锡《罢郡姑苏北归渡扬子津》:"绮罗随世尽,麋鹿古时多。"

唐·白居易《清明月观妓舞听客诗》:"绮罗从许笑,弦管不妨吟。"

又《寄太原李相公》:"绮罗二八围宾榻,组练三千夹将坛。"

又《尝酒听歌招客》:"管弦渐好新教得,罗绮虽贫免外求。"

又《酒令篇·何处难忘酒七首》:"小院回罗绮,深房埋管弦。"

又《和东川杨慕巢尚书府中独坐感戚在怀见寄十四韵》:"外府饶杯酒,中堂有绮罗。"

唐·杜牧《金谷怀古》:"桃李香消金谷在,绮罗魂断玉楼空。"

又《吴宫词二首》:"越兵趋绮罗,越女唱吴歌。宫烬花声少,台荒麋迹多。"(一作许浑诗)

又《重登科》:"星汉离宫月出轮,满街含笑绮罗春。"

唐·许浑《趋慈和寺移宴》:"广槛停箫鼓,繁弦散绮罗。"

唐·李商隐《泪》:"永巷长年怨绮罗,离情终日思风波。"

唐·章碣《长安春日》:"六宫罗绮同时泊,九陌烟花一样飞。"

唐·韦庄《江亭酒醒却寄维扬饯客》:"满座绮罗皆不见,觉来红树背银屏。"

又《过扬州》:"淮王去后无鸡犬,炀帝归来葬绮罗。"

宋·范仲淹《定风波》:"罗绮满城春欲暮,百花洲上寻芳去。"

宋·张先《天仙子》:"障扇欲收歌泪溅,亭下花空罗绮散。"

宋·苏轼《苏州闾丘、江君二家,雨中饮酒二首》:"肯对绮罗辞白酒,试将文字恼红裙。"

宋·李之仪《蓦山溪》(少孙咏鲁直长沙旧词因次韵):"青楼薄倖,已分终难偶。寻遍绮罗间,悄无个、眼中翘秀。"

宋·贺铸《念离群·沁园春》:"向落花香里,澄波影外,笙歌迟日,罗绮芳尘。"

宋·晁补之《永遇乐》(赠雍宅璨奴):"青娥皓齿,云鬟花面,见了绮罗无数。"

宋·王安中《菩萨蛮》(回文词):"罗绮媚横波,波横媚绮罗。"

宋徽宗赵佶《满庭芳》:"十万钩陈灿锦,钧台外,罗绮缤纷。"

又《小重山》:"罗绮生香娇上春,金莲开陆海,艳都城。"

宋·张纲《浣溪沙》(荣国生日四首):"罗绮争春拥画堂,翠帷深处按笙簧。"

宋·李邴《玉蝴蝶》:"临歧祖帐,绮罗环列,冠盖云丛。"

宋·杨无咎《夜行船》:"夹岸绮罗欢聚,看喧喧,彩舟来去。"

宋·曹勋《六花飞》(册宝):"赞木父金母至乐,万亿载,日月荣光俱欢怀。罗绮弦开寿宴。"

又《念奴娇》:"罗绮娇春,争拢翠袖,笑语惹兰芬。"

宋·赵长卿《柳梢青》:"罗绮娇春,帝城风景,今夜应饶。"用曹勋句。

宋·史浩《感皇恩》(四明尊老会劝乡大夫

酒)："盛笙歌罗绮,共引髯翁。"

宋·康与之《醉蓬莱》(侍宴德寿宫应制赋假山)："地久天长,父尧子舜,灿绮罗佳会。"

宋·丘崈《浣溪沙》(即席和徐守元宵)："罗绮十行眉黛绿,银花千炬簇莲红。"

又《洞仙歌》(元宵词)："锦江桥那畔,罗绮重重,曲巷深坊暗得度。"

宋·陈三聘《念奴娇》："好是罗绮添春,香风环坐,半醉金钗落。"

宋·张镃《御街行》(灯夕戏成)："笙歌零落,绮罗销减,枉了心情看。"

宋·汪晫《念奴娇》(清明)："应记住日西湖,万家罗绮,见满城争出。"

宋·刘克庄《贺新郎》："玳筵开,高台风月,后堂罗绮。"

宋·吴文英《扫花游》："正笙箫竞渡,绮罗争路。"

清·曹雪芹《红楼梦》第十一回《赞会芳园》："笙簧盈耳,别有幽情;罗绮穿林,倍添韵致。"

3121. 遍身罗绮者,不是养蚕人

唐·张俞《蚕妇》："昨日入城市,归来泪满巾。遍身罗绮者,不是养蚕人。"从蚕妇眼里看到的社会的不平:穿着绫罗绸缎的人,却不是养蚕人,而养蚕织丝的人,却穿不上绫罗绸缎,这就是令蚕妇"泪满巾"的缘由。一首民歌说："织布的没衣裳,种田的吃谷糠,盖房的住草房,编席的睡土炕,卖盐的唱淡汤。"对比鲜明,如出一辙。"遍身罗绮者",满身穿着绸缎的人。"罗绮者"即"罗绮人"。

唐·徐彦伯《拟古三首》其三："中有罗绮人,可怜名莫愁。"

宋·李弥逊《花心动》(七夕)："绮罗人散金貌冷,醉魂到、华胥深处。"(一作张元干词)

宋·张元干《瑞鹧鸪》："总解满斟偏劝客,多生俱是罗绮人。"

3122. 罗绮丛中第一人

宋·苏轼《答陈述古二首》："小桃破萼未胜春,罗绮丛中第一人。闻道使君归去后,舞衫歌扇总成尘。"自注："陈有小妓,述古称之。""罗绮丛中第一人",是借小妓主人"陈述古称之"之意,"罗绮丛中"即美女队里或佳人堆里。"罗绮",衣着华丽的女子,代指美女。

"罗绮丛中"系柳永语,柳永词中曾数用此语:

《集贤宾》："小楼深巷狂游遍,罗绮成丛。就中堪人属意,最是虫虫。有画难描雅态,无花可比芳容。"

又《女冠子》："绮罗丛里,有人人,那回饮散、略曾谐鸳侣。"

又《长寿乐》："罗绮丛中,笙歌筵上,有个人人可意。"

又《玉蝴蝶》："当时,罗绮丛里,知名虽久,识面何迟。"

又《玉蝴蝶》："罗绮丛中,偶认旧识婵娟。"

又《瑞鹤仙》："绮罗丛里,独逞讴吟。"

宋·贺铸《画楼空》："弦管闹,绮罗丛,月明中。不堪回首,双板桥车,罨画楼空。"

又《于飞乐》："日薄云融,满城罗绮芳丛,一枝粉淡香浓。几销魂,偏健羡、紫蝶黄蜂。"喻花丛。

又《忆仙姿》："罗绮丛中初见,理鬓横波流转。半醉不胜情,帘影犹招扇。"

又《小重山》："回想夹城中,彩山箫鼓沸,绮罗丛。"

宋·向子諲《浣溪沙》："花想仪容柳想腰,融融曳曳一团娇,绮罗丛里最娇娆。"

宋·蔡伸《清平乐》："明眸秀色,肌理凝香雪,罗绮丛中标韵别。"

宋·李弥逊《蝶恋花》(游南山过陈公立后亭作)："罗绮丛中无此会,只疑身在烟霞外。"

宋·张元干《感皇恩》(寿)："绮罗丛里,百和炉烟祝愿。"

又《感皇恩》(寿)："绮罗丛里惯,今朝醉。"

宋·杨无咎《水龙吟》："罗绮丛中,是谁相慕,凭肩私语。"

宋·康与之《瑞鹤仙》(上元应制)："绮罗丛里,兰麝香中,正宜游玩。"

宋·曾协《醉江月》(扬州菊坡席上作)："小春时节,绮罗丛里人醉。"

宋·范成大《浣溪沙》："催下珠帘护绮丛,花枝红里烛枝红。"缩为"绮丛"。

又《浣溪沙》(元夕后三日王文明席上)："宝髻双双出绮丛,妆光梅影各春风。"

又《菩萨蛮》(元夕立春)："绮丛香雾隔,犹记疏狂客。"

宋·石孝友《南歌子》："风髻斜分翠,鸳鞋小砑红。东风著意绮罗丛。"

宋·孙维信《望远行》（元夕）："烂漫向、罗绮丛中，驰聘风流俊雅。转头是、三十年话。"

宋话本小说中人物吴德远《失调名》："过平康巷陌绮罗丛。"

元明小说话本依托宋人无名氏《昼夜乐》："管弦声中，绮罗丛里，盈盈多少佳丽。"

清·曹雪芹《红楼梦》第五回《红楼曲·乐中悲》："襁褓中，父母叹双亡。纵居那绮罗丛，谁知娇养！"写史湘云的身世。

3123. 绮罗知几重

宋·舒亶《菩萨蛮》（次刘郎中赏花韵）："朱帘乍卷层烟起，露华深浅初疑洗。困倚玉阑风，绮罗知几重。""绮罗"代指花。贺铸的《于飞乐》中的"满城罗绮芳丛"表示花，已见前条。"彩织"与"杂花"，都是花团锦簇，色彩斑斓，因此"绮罗"可以通喻。即原为彩色丝织品的绮罗如花，于是用以喻花，代花。还如：

宋·周邦彦《风流子》（秋怨）："砧杵韵高，唤回残梦；绮罗香减，牵起余悲。"写花香衰减。

宋·毛滂《夜行船》（余英溪泛舟）："弄水余英溪畔，绮罗香、日迟风慢。"

宋·范周《宝鼎现》："夕阳西下，暮霭红溢，香风罗绮。乘丽景，华灯争放，浓焰烧空连锦砌。"

宋·杨无咎《柳梢青》："灼灼红榴，垂垂绿柳，庭户清和。罗绮香中，十分春酒，几叠高歌。"

宋·京镗《满江红》（浣花因赋）："更绮罗十里，棹歌往来。"

宋·吴潜《满江红》（金陵乌衣园）："天一笑，满园罗绮，满城箫笛。"

3124. 谢病不待年

南朝·宋·谢灵运《还旧园作见颜、范二中书》："辞满岂多秩，谢病不待年。偶与张邴合，久欲还东山。"这是称病去职，隐居会稽之初作的诗。"谢病"句说因病辞职，容不得更多的推延。

宋·苏轼《陶骥子骏佚老堂二首》："挂冠不待年，亦岂为五斗。"作于陶骥的佚老堂。表示效法陶骥，及时挂冠去职。用谢灵运"不待年"句。

3125. 驰道直如发

南朝·宋·鲍照《代陆平原君子有所思行》："层阁肃天居，驰道直如发。"写"登雀台""望云阁"所见美仑美奂的豪华建筑，已非人间所有。"驰道直如发"，车马行走的道路，笔直平坦如发丝。

唐·储光羲《洛阳道》："大道直如发，春日佳气多。五陵贵公子，双双鸣玉珂。"写东京洛阳之官衢宽阔而平直如发。用鲍照句。

3126. 村村花柳好

南朝·宋·鲍照《行乐篇》："春风太多情，村村花柳好。"春风吹来，花红柳绿，不是春风多情吗？这是拟人笔法。

唐·杜甫《遭田父泥饮美严中丞》："步屧随春风，村村自花柳。"从鲍照句化出。

宋·苏轼《安国寺寻春》："卧闻百舌呼春风，起寻花柳村村同。"

3127. 仿佛萝月光

南朝·宋·鲍照《月下登楼连句》："仿佛萝月光，缤纷篁雾阴。"登楼望月下，月光照拂竹阴，现出缤纷色彩。"萝月"，被遮的崎岖的月光。

唐·杜甫《秋兴八首》："请看石上藤萝月，已映洲前芦荻花。"用鲍照句，写时光变化，藤间落下月光，已映芦花了。

3128. 郁郁涧底松

晋·左思《咏史诗八首》："郁郁涧底松，离离山上苗。以彼径寸茎，荫此百尺条。"高松处于涧底，苗草生于山上；以它短短的茎叶，覆盖了高松的百尺长条。喻世族门阀窃居高位，压制人才。晋·何劭《游仙诗》："青青陵上松，亭亭高山柏。光色冬夏茂，根柢无凋落。"则从正面赞美松柏。

宋·苏轼《观子美病中作，嗟叹不足，因次韵》："百尺长松涧下摧，知君此意为谁来。霜枝半折孤根出，尚有狂风急雨催。"用左思句同情子美。

3129. 山明望松雪

南朝·宋·颜延之《赠王太常僧达》："庭昏见野阴，山明望松雪。"写作者幽居环境，见野阴而庭昏，望松雪而山明。

唐·杜甫《晓望白帝城盐山》："春城见松雪，始拟进归舟。"用颜"松雪"句。

3130. 风落收松子

唐·杜甫《秋野》："风落收松子，天寒割蜜房。"收落地松子。

宋·苏轼《予少年颇知种松》:"君方扫雪收松子,我已开捧得茯苓。"用杜句。

3131. 夜卧松下石

唐·李白《白毫子歌》:"夜卧松下石,饥餐石中髓。"写山中隐士夜晚眠于松下石上。

宋·苏轼《徐元用使君与其子端常邀仆与过同游东山》:"醉卧松下石,扶扫江上津。"用李白句。

3132. 五陵松柏使人哀

唐·李白《永王东巡歌》其五:"二帝巡游俱未回,五陵松柏使人哀。"言玄宗、肃宗均逃亡在外,祖宗的坟墓都无人管了。"五陵",唐五陵:高祖、太宗、高宗、中宗、睿宗五个皇帝的陵墓。唐·李颀《望秦川》:"秋声万户竹,寒色五陵松。"就是写这唐五皇陵。

唐·刘复《长歌行》:"河水东流宫阙尽,五陵松柏自萧萧。"也是一片凄凉。

3133. 疑是大夫哀

唐·王维《过始皇墓》:"更闻松韵切,疑是大夫哀。"闻墓地松风而觉得松树在哀鸣。"大夫":《史记·秦始皇本纪》载:秦始皇二十八年(前219),始皇东巡登泰山树碑筑坛,祭祀上天。下山时突然一阵疾风暴雨,始皇避雨于大树下,于是赐封那棵树为"五大夫",又传那棵树为松树,所以称"五大夫松"。这里用"大夫哀"表示墓地松声,含追怀意。

又《过驸马山池》:"锦石称贞女,青松学大夫。"写驸马山池的青松很高贵。

3134. 童子开门雪满松

唐·李商隐《忆住一师》:"炉烟消尽寒灯晦,童子开门雪满松。"

唐·贾岛《寻隐者不遇》:"松下问童子,言师采药去。"已写童子与松。

3135. 岁寒不改心

南朝·宋·鲍令晖《拟客从远方来》:"客从远方来,赠我漆鸣琴。木有相思文,弦有别离音。终身执此调,岁寒不改心。愿作阳春曲,宫商长相寻。"仿古诗《客从远方来》而作,远方离人捎来漆鸣琴。那"相思文""别离音"立即发出了共鸣。"终身执此调,岁寒不改心。"表现爱情的执著、忠贞。

"岁寒不改心",以坚松喻人。《礼记·礼器》载:"如竹箭之有筠也,如松柏之有心也,贯四时而不改柯易叶。"经严寒也不改变。《论语·子罕篇》:"子曰:'岁寒然后知松柏之后凋也。'"唐·武元衡《送张云谏议归朝》:"鸳鸿得路争先翥,松柏凌寒独后凋。"即用《论语》中孔子意。

具有岁寒心的不只松柏,桔树也凌冬不衰。

隋·李孝贞《园中杂咏桔树》:"嘉树出巫阴,分根徙上林。白华如散雪,朱实似悬金。布影临丹地,飞香度王岑。自有凌冬质,能守岁寒心。"承屈原《桔颂》赞"南国嘉树""独立不迁",写上林桔树凌冬不凋,具有耐寒品质。唐·张九龄《感遇十二首》之七亦用此意颂桔:"江南有丹桔,经冬犹绿林。岂伊地气暖,自有岁寒心。""岁寒心"即耐寒的品质、品格,坚贞而不渝。多写劲松,也喻人的品格。

南朝·宋·谢灵运《初发石首城》:"皎皎明发心,不为岁寒欺。"

南朝·梁武帝萧衍《冬歌四首》:"果欲结金兰,但看松柏林。经霜不堕地,岁寒无异心。"

南朝·梁·简文帝《贞女引》:"北有岁寒松,南临女贞树。"人们常用"岁寒松"的严寒中坚贞不渝的品格喻人的"心",人的品格、理念。

隋炀帝杨广《北乡古松树》:"孤生小庭里,尚表岁寒心。"

唐·张说《和魏仆射还乡》:"众芳摇落尽,独有岁寒心。"

又《代书寄薛四》:"岁寒众木改,松柏心常在。"

唐·刘长卿《寄会稽公徐侍郎》:"老鹤无衰貌,寒松有本心。"

又《酬张夏》:"剑寒空有气,松老欲无心。"反用。

唐·白居易《除忠州寄谢崔相公》:"感旧两行年老泪,酬恩一片岁寒心。"

又《病中辱崔宣城长句》:"科第门生满宵汉,岁寒少得似君心。"

宋·释重显《酬李校书》:"翻谢霜松不凋落,与君同有岁寒心。"

宋·欧阳修《知府学士尧夫远寄雅章曲念衰老谨依高韵和呈粗伸感佩之意范相》:"远寄佳章念衰朽,知君最有岁寒心。"

宋·苏轼《滕县时同年西窗》:"人皆种榆柳,坐待十亩阴;我独种松柏,守此一片心。"

又《和子由柳湖久涸,忽有水,开元寺山茶旧无花,今岁盛开二首》:"长明灯下石阑干,长共松杉守岁寒。"

又《寄汝阴少师》:"掷弃浮名同蔽屣,保全高节似寒松。"

又《和文与可洋川园池三十首》(霜筠亭):"解箨新篁不自持,婵娟已有岁寒姿。"写竹。

宋·吴潜《海棠春》:"拟作岁寒人,此愿天应降。"

又《霜天晓角》:"留取岁寒心事,待此际、向君说。"

宋·陈栎《秦刷子》:"尚有岁寒心在,留得数根发。"

3136. 寒岁识凋松

晋·苏若兰《四旁相向横读而成五言》:"寒岁识凋松,真物知始终。颜衰改华容,仁贤别行士。(反读窈窕成文)士行别贤仁,容华改衰颜。终始知物真,松凋识岁寒。"作者即《璇玑图诗》作者窦滔之妻苏蕙,其锦字回文盛传于世。宋代苏轼等一些词人都作过"回文词"。此诗即回文诗。"寒岁"句用《论语·子罕》语:"岁寒然后知松柏之后凋也。"魏·刘桢《赠从弟诗三首》:"亭亭山上松,瑟瑟谷中风。风声一何威,松枝一何劲。冰霜正凄惨,终岁常端正。岂不罹凝寒,松柏有本性。"正是描述松柏后凋之本性。苏若兰用论语句写岁寒识松柏之后凋。后人多以松(有的用梅)树的耐寒喻经得住恶劣环境之磨炼。

晋·欧阳建《临终诗》:"松柏隆冬悴,然后知岁寒。"《晋书》载:欧阳建"遇祸,莫不惜之。年三十余,临命作诗,文甚哀楚"。此反用其意。

南朝·梁·吴均《夹树》:"愿君长惠爱,当使岁寒知。"

隋·王胄《酬陆常侍诗》:"寒松君后凋,溺灰余仅死。"

隋·李德林《咏松树》:"岁寒无改色,年长有倒枝。"

唐·虞世南《赋得临池竹应制》:"欲识凌冬性,唯有岁寒知。"写竹。

唐·张九龄《庭梅咏》:"更怜花蒂弱,不受岁寒欺。"写梅。

唐·李峤《松》:"岁寒终不改,劲节幸君知。"

唐·张说《同贺八送兖公赴荆州》:"谁怜楚南树,不为岁寒移。"

唐·孟浩然《李少府与杨九再来》:"如何春月柳,犹忆岁寒松。"

又《陪张丞相登荆城楼》:"白璧无瑕玷,青松有岁寒。"

唐·钱起《咏门上画松上元王杜三相公》(一作崔峒诗):"众草此时没,何人知岁寒。"

又《故王维右丞堂前芍药花开凄然感怀》:"主人不在花常在,更胜青松守岁寒。"反衬芍药花。

唐·卢仝《悲新年》:"太岁只游桃李径,春风肯管岁寒枝。"

宋·苏轼《浣溪沙》:"顾我已无当世望,似君须向古人求,岁寒松柏肯惊秋。"

宋·方岳《沁园春》:"烟雨愁予,江山老我,毕竟岁寒然后知。"

又《贺新郎》:"除却林逋无人识,算岁寒、只是天知己。休弄玉,怨迟暮。"咏梅。

宋·李曾伯《沁园春》:"不图见,独岁寒不改,老气犹奇。"

3137. 结岁寒三友

宋·葛立方《满庭芳》(和催梅):"梅花,君自看,丁香已白,桃脸将红。结岁寒三友,久迟筠松。"说梅花开迟了,不仅晚于丁香、红桃,甚而迟于松竹"三友"。《月令广义》称:松竹梅为岁寒三友。写梅耐寒霜常带写三友,这"友"有时涵诗人自己。写"三友"也多赞人们的品格。

宋·朱淑真《念奴娇》(二首催雪):"梅花依旧,岁寒松竹三益。"

宋·姚述尧《念奴娇》(梅词)(厉主簿为梅溪先生寿):"更看难恼,岁寒长友松竹。"

宋·李曾伯《水龙吟》:"要岁寒得友,岂容无竹,倩谁添种。"

又《醉蓬莱》:"应笑家林,枯松厌寨,岁寒堪友。"

宋·姚勉《声声慢》:"松竹岁寒三友,恨竹汗晋士,松浼秦皇。"

宋·陈允平《花犯》:"溪松径竹素知心,青青岁寒友,甘同憔悴。"

清·蒲松龄《荒园小构落成,有丛柏当门,颜曰绿屏斋》:"斗室生凉土锉温,岁寒老友绿当门。"主人欣然以丛柏为友。

清·贾铉《写竹碑立坡仙亭》:"写成凌霜玉两竿,棱棱傲骨耐高寒。坡公梅树莱公柏,许作同心三友看。"苏轼黄州种梅,莱公寇准植过柏,自己画了凌霜竹,可作"同心三友"了,表现崇尚坚贞的品格。

3138. 放神青云外

晋·王康琚《反招隐》:"放神青云外,绝迹穷山里。"写隐者出离尘外,隐迹深山。

唐·杜甫《写怀二首》:"放神八极外,俯仰俱萧瑟。"用王康琚"放神"句。

3139. 飞泉漱鸣玉

晋·陆机《招隐诗》:"山溜何泠泠,飞泉漱鸣玉。"飞流冲刷山石,锵锵有声,如玉发出的音响。南朝·宋·刘义庆《世说新语·排调》:"孙子荆年少时,欲隐。语王武子'当枕石漱流',误曰'漱石枕流'。王曰:'流可枕、石可漱乎?'孙曰:'所以枕流,欲洗其耳;所以漱石,欲砺其齿。'""漱石枕流"表示隐者生活。陆机招隐诗,以"漱玉"写隐者所居环境之美。而"漱玉"就是"漱石"。后人用以写幽境或溪流。

南朝·宋·鲍令晖《月下登楼连句》:"漱玉延幽性,攀桂藉知音。"

唐·刘长卿《过包尊师山院》:"漱玉临丹井,围棋访白云。"

又《戏赠干越尼子歌》:"却对香炉闲诵经,春泉漱玉寒泠泠。"

唐·贾岛《雨后宿刘司马池上》:"蓝溪秋漱玉,此地涨清澄。"

唐·吴融《奉和御制》:"玉漱穿城水,屏开对阙山。"

唐·陆龟蒙《送瑟客之建康》:"蕙风杉露共泠泠,三峡寒泉漱玉清。"

宋·杨泽民《满庭芳》:"一径幽通邃竹,松风漱、石齿溅溅。"写"风漱"。

宋·李曾伯《满江红》:"涧水绿中声漱玉,岭云白外光浮碧。"

3140. 顾影凄自怜

晋·陆机《赴洛道中作诗二首》:"伫立望故乡,顾影凄自怜。"陆机祖父陆逊,父亲陆抗,都是东吴名将。他曾任吴牙门将,吴亡后,他深居故里,勤奋读书。近三十岁,携弟陆云北赴洛阳,求宦谋生。离家远行,投晋武帝,内心还是充满矛盾。此第一首结尾二句,遥望故乡,心情十分复杂。"顾影自怜",看着身影,怜惜自己,后也用作自我欣赏。晋·束皙《贫家赋》:"债家至而相敦,乃取东而偿西;行乞贷而无处,退顾影以自怜。"自伤身世。

北周·王褒《送观宁侯葬》:"自怜悲谷影,弥怆玉门关。"用于山谷之影可悲。

唐·皮日休《九讽系述·絜死》:"顾影兮自怜,抚躬兮永诀。"

3141. 揽之不盈手

晋·陆机《拟明月何皎皎》:"照之有余辉,揽之不盈手。"明亮的月光,照着无边的大地,余辉不尽,然而伸出手去想把它揽住,却不能满手,揽之不住。这恰是月光、月色的奇妙处。

唐·张九龄《望月怀远》:"不堪盈手赠,还寝梦佳期。"月光美好,却抓一把赠给远人,只好回卧寻一个好梦。

唐·李白《挂席江上待月有怀》:"素华虽可揽,清景不同游。"反用,言月色清晰可见。

3142. 音信旷不达

晋·陆机《为顾彦先赠妇诗二首》:"形影参商乖,音信旷不达。"写宦游已久,与妇长别,夫妇如参星与商星,此出彼没,不能相会,而且又久久不通音信。

唐·杜甫《月夜忆舍弟》:"寄书长不达,况乃未休兵。"用陆机"旷不达"句。

3143. 迅雷中霄激

晋·陆机《赠尚书郎顾彦先诗二首》其二:"迅雷中霄激,惊电光夜舒。"诗写急风暴雨造成大灾难。此句写迅雷之激,闪光之烈。

唐·杜甫《雷》:"巫峡中霄动,沧江十月雷。"陆机的"中霄",是中天之意,但也是写夜雨。杜诗写十月雷声中夜而发。

3144. 折冲尊俎间

晋·张协《杂诗十首》其六："何必操干戈,堂上有奇兵? 折冲尊俎间,制胜在两楹。"语出《战国策·齐策五》："此臣之所谓比之堂上,禽将户内,拔城于尊俎之间,折冲席上者也。"《晏子春秋·内篇杂上》："起于尊俎之间,而折冲于千里之外。""折冲",折退敌人战车,抵御敌人。"尊俎",古代盛酒装肉的器具。"折冲尊俎"或"尊俎折冲",后指在谈判桌上以外交手段制胜敌人、对手。张协诗主张会盟和谈以求统一,反对晋末战乱。

宋·释智圆《读史》："我爱包胥哭,一哭救楚国。事君尽其忠,垂名千世则。我爱鲁连笑,一笑却秦军。折冲尊俎间,流芳至今闻。"申包胥春秋时楚国贵族,公元前 506 年,伍子胥用计,吴国破楚。申包胥在秦廷痛哭七日,终使秦发兵救楚。鲁仲连,战国时齐国人,几次周游各国,以游说排难解纷。此诗说他"折冲尊俎",取得谈判胜利。用张协原句。

宋·沈瀛《满江红》(九日登凌歊台)："襟带江城当一面,折冲千里无强敌。"用"折冲"本意。

又《水调歌头》(和李守)："更有骑鲸公子,相与翱翔八极,凛凛气横秋。明月楼头宴,尊俎好诗流。"用"尊俎"本意。

宋·姚勉《贺新郎》(送杨帅参之任)："金甲雕戈开玉帐,尊俎风流谈笑。""尊俎"含文韬之意。

现代元帅加诗人陈毅《满江红》(送周总理赴日内瓦)(一九五四年四月)："看我公尊俎折强权,期赢获。"期待周恩来总理在日内瓦会议上获得外交胜利。

3145. 飞蛾拂明烛

晋·张协《杂诗十首》："晴列迎阶下,飞蛾拂明烛。"飞蛾绕明烛,如双翅拂烛。《魏书·崔浩传》写夜蛾赴火："若夜蛾之赴火,少加倚仗,便足立功。"《梁书·到溉传》："研磨墨以腾文,笔飞毫以书信。如飞蛾之赴火,岂焚身之可吝。"后"飞蛾扑火""飞蛾投火",喻自取灭亡,也警追名逐利者。

唐·杜甫《写怀二首》："君看灯烛张,转使飞蛾密。"人之情追逐名利。

3146. 昔在西京时

晋·张协《咏史》："昔在西京时,朝野多欢

娱。"全诗写居京官之荣耀,应适可而止,而后蔑视功名利禄,远远隐去。已流露作者最终避乱隐遁的观念。

唐·杜甫《遣兴三首》："昔在洛阳时,亲友相追攀。"用张协句式。

3147. 翡翠戏兰苕

晋·郭璞《游仙诗十九首》其三："翡翠戏兰苕,容色更相鲜。绿萝结高林,蒙笼盖一山。""翡翠"是羽毛华丽的鸟,"兰苕",是青青的香草,鸟与草辉映生鲜。这是写仙境。郭璞著述很多,以游山诗著称。

宋·张孝祥《雨中花慢》："怅望胎仙琴叠,忍看翡翠兰苕。"用郭璞句写虚无幻境。

3148. 何意百炼钢,化为绕指柔

晋·刘琨《重赠卢谌》诗："何意百炼钢,化为绕指柔。"建武元年(317),刘琨和他的儿子刘群陷入了鲜卑族内部的斗争,被段匹磾囚禁。他在狱中作《答卢谌诗并序》之后,再作此诗。卢谌是刘琨的堂外甥,诗希望卢为恢复晋王朝统治尽力,此句为末句,为什么百炼之坚钢,变得软弱不堪了。"绕指柔"可以缠绕手指的柔弱之物。诗人以自己的惨痛教训,激励卢谌挺起铮铮铁骨。张玉毅《古诗赏折》说末二句："语似自嘲,而意则讽卢,当早树功。"

晋·卢谌《答刘琨》："百炼或致屈,绕指所以伸。"这是复刘琨之《重赠卢谌》的诗,同刘琨的铮铮铁骨相反,卢谌却委曲求全。此句正反其义而用之。

唐·李白《留别贾舍人至二首》："谁念刘越石,化为绕指柔。""越石"为刘琨的字。李白借刘琨诗句以自喻:自己虽已南游多年,而壮志尚存,并未"化作绕指柔"。

唐·岑参《秋夕听罗山人弹三峡流泉》："绕指弄鸣咽,青丝激潺湲。""绕指"此解为手指柔韧,弹拨乐曲。用其句而不用其义。

唐·高适《咏马鞭》："珠重重,星连连,绕指柔,纯金坚。绳不直,规不圆,把向空中捎一声,良马有心日驰千。"写马鞭柔中有钢。用其句亦不同其义。

唐·韦应物《寇季膺古刀歌》："厌见今时绕指柔,片锋折刃犹堪佩。"古刀不同于今之钢软之刀。

唐·钱起《赋得池上双丁香树》："得地移根远,交河绕指柔。"树枝柔嫩。

唐·窦群《题剑》："焉能为绕指,拂拭试时人。"剑应有弹性。

唐·白居易《李都尉古剑》："可使寸寸折,不能绕指柔。"古剑钢坚。

又《杏园中枣树》："君爱绕指柔,从君怜柳杞;君求悦目艳,不敢争桃李;君若作大车,轮轴材须此。"枣木坚硬可作轮轴,不同于柳木柔弱,桃李艳丽。

唐·徐夤《钓丝行》："雨润摇阶长,风吹绕指柔。"钓丝柔软。

唐·吴融《赠广利大师歌》："明快有骨气,坚如百炼钢。"称广利大师有骨气,十分坚定。

宋·辛弃疾《水调歌头》："百炼都成绕指,万事直须称好,人世几舆台。"这是"答李子永"词,抒强志挫损无可奈何的感情。

清·黄遵宪《今别离》："虽有万钧柁,动如绕指柔。"光绪十六年(1890),作者任驻英使馆参赞时作,将火车、轮船、电报、照相等新事物写入诗中,并借以抒写男女离情,写了古代未有之物、未辟之境。此句写轮船开动之后,虽是万钧重的柁,也象手指一样柔软弯曲了。说动力之强大。

3149. 朗杵扣鸣砧

晋·曹毗《夜听捣衣》："寒兴御纨素,佳人理衣襟。冬夜清且永,皎月照堂阴。纤手叠轻素,朗杵扣鸣砧。清风流繁节,回飙洒微吟。嗟此往运速,悼彼幽滞心。二物感余怀,岂但声与音。"木杵响亮地扣击着石砧,在捶捣衣料。古代纺织品大多质地粗硬,在缝制衣服之前,必先将料捣柔,称"捣练",即将绢帛铺于砧石之上,一人或两人持木杵反复捶捣,捣柔软了,才能缝制衣服。

砧声,在诗词中更多地传达思妇为征人赶制寒衣的劳作与心情,渲染怀人忆旧广泛的情思,烘衬着切盼、哀怨、秋思的感情和急切、烦躁的气氛。砧声景语即情语。

南朝·梁·僧正惠侃《咏独杵捣衣》："非是无人助,意欲自鸣砧。照月敛孤影,乘风送回音。言捣双丝练,似奏一弦琴。今君闻独杵,知妾有专心。"

北朝·魏·温子升《捣衣诗》："长安城中秋夜长,佳人锦石捣流黄。香杵纹砧知近远,传声递响

何凄凉。"

唐·沈佺期《独不见》："九月寒砧催木叶,十年征戍忆辽阳。"

唐·王湾《句》："月华照杵空随妾,风响传砧不到君。"

唐·李白《赠崔侍郎》："谁怜明月夜,肠断听秋砧。"

唐·高适《赠别沈四逸人》："疾风扫秋树,濮上多鸣砧。"

又《宋中十首》："落日鸿雁度,寒城砧杵愁。"

唐·皇甫曾《寻刘处士》："隔城寒杵急,带月早鸿还。"

唐·杜甫《秋兴八首》："寒衣处处催刀尺,白帝城高急暮砧。"

又《捣衣》："亦知戍不返,秋至拭清砧。"

又《客旧馆》："风幔何时卷,寒砧昨夜声。"

唐·韦应物《登楼寄王卿》："数家砧杵秋山下,一郡荆榛寒雨中。"

又《秋夜二首》："萧条凉叶下,寂寞清砧哀。"

唐·钱起《罢官后酬元校书见赠》："穷巷闻砧冷,荒枝应鹊疏。"

唐·韩翃《同题仙游观》："山色遥连秦树晚,砧声近报汉宫秋。"

唐·皇甫冉《秋夜有怀高三十五兼呈空和尚》(一作刘长卿诗)："北渚三更闻过雁,西城万里动寒砧。"

又《秋夜寄所思》："邻笛哀声急,城砧朔气催。"

又《同李三月夜作》："处处砧声发,星河秋夜深。"

唐·薛据《冬夜寓居储太祝》："愁坐至月上,复闻南邻砧。"

唐·王武陵《秋暮登北楼》："寒气急催遥塞雁,夕风高送远城砧。"

唐·卢纶《慈恩寺石磬歌》："山精木魅不可听,落叶秋砧一时起。"

唐·杨凝《秋夜听捣衣》："砧杵闻秋夜,裁缝寄远方。"

唐·孟郊《闻砧》："月下谁家砧,一声肠一绝。"

唐·郑絪《寒夜闻霜钟》："月下和虚籁,风前闻远砧。"

唐·白居易《闻夜砧》："谁家思妇秋捣帛,月

苦风凄砧杵悲。"

又《八月三日夜作》:"气爽衣裳健,风疏砧杵鸣。"

唐·许浑《寄契盈上人》:"何处是西林,疏钟复远砧。"

又《晚泊七里滩》:"江村平见寺,山郭远闻砧。"

又《题韦隐居西斋》:"不闻砧杵动,应解制荷衣。"

唐·薛逢《桃遍第二》:"明月照秋叶,西风响夜砧。"

唐·赵嘏《齐安早秋》:"流年堪惜又堪惊,砧杵风来满郡城。"

唐·刘驾《长门怨》:"御泉长浇凤凰楼,只用恩波别处流。闲摆舞衣归末得,夜来砧杵六宫秋。"

唐·刘沧《怀汶阳兄弟》:"天高霜月砧声苦,风满寒林木叶黄。"

又《秋月夜怀》:"砧杵寥寥秋色长,绕枝寒鹊客情伤。"

又《洛阳月夜书怀》:"一声边雁塞门雪,几处远砧河汉风。"

又《和友人忆洞庭旧居》:"因君话旧起愁思,隔水数声何处砧。"

唐·李频《长安书情投知己》:"月色千楼满,砧声万井连。"

唐·张乔《吴江旅次》:"旷野鸣流水,空山响暮砧。"

又《宿洛都门》:"客路不归秋又晚,西风吹动洛阳砧。"

唐·杜荀鹤《秋夜闻砧》:"荒凉客舍眠秋色,砧杵家家弄月明。"

唐·郑准《代寄边人》:"凉风当为我,一一送砧声。"

宋·梅尧臣《秋阴》:"久为关外客,不忍听疏砧。"

宋·金君卿《秋雁》:"夜过边城牢闭口,断肠砧杵不禁愁。"

宋·陆游《秋思》:"砧杵敲残深巷月,梧桐摇落故园秋。"

清·纳兰常安《如梦令》(秋夜):"何处作秋声,深巷疏砧风送。吹动,吹动,惊破栖鸦寒梦。"

3150. 歌声断以续

北朝·齐·邢邵《三日华林园公宴》:"歌声断以续,舞袖合还离。"写宴间歌舞,歌声断而复续。首用"断续"写歌声。后用以表现声音断断续续或形体时隐时现。

南朝·陈·阴铿《观钓》:"歌声时断续,樯影乍横浮。"同邢邵句。

南朝·陈后主叔宝《同平南弟之日思归诗》:"浮云断更继,轻落落复香。""云"之形体断续。

隋·王胄《敦煌乐二首》:"长途望无已,高山断还续。"

唐太宗李世民《入潼关》:"古木参差影,寒猿断续声。"

又《望送魏征葬》:"哀笳时断续,悲旌乍舒卷。"

唐·陈子昂《与东方左史虬修竹篇》:"低昂立鹤舞,断续彩云生。"

又《同宋参军之问梦赵六赠卢陈二子之作》:"幽琴歌断续,变化竟无常。"

唐·杜甫《秦州杂诗二十首》:"寒云多断续,边日少光辉。"

又《月二首》:"断续巫山雨,天河此夜行。"

唐·韦应物《司空主簿琴席》:"流连白雪意,断续回风度。"

又《听莺曲》:"有时断续听不了,飞去花枝犹袅袅。"

唐·钱起《山中寄石校书》:"百花酒满不见君,青山一望心断续。"

又《送李九贬南阳》:"鸿声断续暮天远,柳影萧疏秋日寒。"

唐·姚係《荆山独往》:"山远去难穷,瑟悲多断续。"

唐·窦叔向《秋砧送邑大夫》:"断续长门下,清冷逆旅秋。"

唐·戴叔伦《柳花歌送客往桂阳》:"沧浪渡头柳花发,断续因风飞不绝。"

唐·元友直《小苑春望宫池柳色》:"断续游蜂聚,飘飘戏蝶轻。"

唐·崔绩《小苑春望宫池柳色》:"悠扬生别意,断续引芳声。"

唐·权德舆《送薛十九丈授将作主簿分司东都赋得春草》:"日暮藉离筋,折芳心断续。"

又《酬陆四十楚源春夜宿虎山对月寄梁四敬

之兼见贻之作》:"芊眠瑶草秀,断续云窦滴。"

唐·刘商《秋蝉声》:"萧条旅舍客心惊,断续僧房静又清。"

唐·刘禹锡《答白刑部闻新蝉》:"蝉声未发前,已自感流年。一入凄凉耳,如闻断续弦。"

又《酬令狐相公庭前白菊花谢偶书所怀见寄》:"寒蕊差池落,清香断续来。"

唐·朱湾《寒城晚角》:"乍似陇头戍,寒泉幽咽流不住;又如巴江头,啼猿带雨断续愁。"

唐·张仲素《夜闻洛滨吹笙》:"逶迤绕清洛,断续下仙云。"

又《上元日听太清宫步虚》:"纤余空外尽,断续听中生。"

又《秋思二首》:"秋天一夜静无云,断续鸿声到晓闻。"

唐·元稹《酬乐天江楼夜吟稹诗因成三十韵》:"铃因风断续,珠与调牵绵。"

唐·皎然《风入松歌》:"美人援琴弄成曲,写得松间声断续;声继续,清我魂,流波怀陵安足论。"

唐·李伸《回望馆娃故宫》:"江云断续草绵连,云隔秋波树覆烟。"

又《江南暮春寄家》:"江鸿断续翻云去,海燕差池拂水回。"

唐·温庭筠《寄河南祝少尹》:"鸟影参差经上苑,蹄声断续过中桥。"

唐·方干《听新蝉寄张画》:"细声频断续,审听亦难分。"

又《题松江驿》:"帆势落斜依浦溆,钟声断续在苍茫。"

五代·徐铉《春分日》:"绿野徘徊月,晴天断续云。燕飞犹个个,花落已纷纷。"

五代·刘兼《春晚闲望》:"雁行断续晴天远,燕翼参差翠幕斜。"

五代·毛文锡《酒泉子》:"绿树春深,燕语莺啼声断续,惠风飘荡入芳丛,惹残红。"

五代·顾夐《木兰花》:"梦惊鸳被觉来时,何处管弦声断续。"

宋·梅尧臣《送赵谏议知徐州》:"雨过短亭云断续,莺啼高柳路东西。"

3151.万户捣衣声

唐·李白《子夜吴歌》:"长安一片月,万户捣衣声。秋风吹不尽,总是玉关情。何日平胡虏,良

人罢远征。"这是"子夜四时歌"之秋歌,月明如洗,正适捣衣,为征人备衣御寒。这"万户捣衣声"秋风吹不尽,反作远播,声声含着思妇思念着戍守玉关的丈夫的凄楚之声。

捣衣声,抒思妇之情,多含哀怨。

南朝·宋·谢灵运《捣衣》:"阑高砧响发,楹长杵声哀。"首先写了"捣衣声哀"。

北朝·周·庾信《夜听捣衣》:"秋夜捣衣声,飞度长门城。"月夜鸣砧,闻之增愁。

唐·屈同山《燕歌行》:"厌向殊乡久离别,秋来愁听捣衣声。"

唐·钱起《乐游原晴望上中书李侍郎》:"四野山河通远色,千家砧杵共秋风。"

又《江行无题一百首》:"有村知不远,风便数声砧。"

唐·韩翃《酬程延秋即事见赠》:"星火秋一雁,砧杵夜千家。"

唐·白居易《秋霁》:"月出砧杵动,家家捣秋练。"

唐·朱景玄《宿新安村步》:"离人偶宿孤村下,永夜闻砧一两家。"

唐·李群玉《秋登涔阳城二首》:"万户砧声水国秋,凉风吹起故乡愁。"

唐·吕温《闻砧有感》:"秋月三五夜,砧声满长安。幽人感中怀,静听泪汍澜。"

唐·温庭筠《池塘七夕》:"万家砧杵三篙水,一夕横塘似旧游。"

五代·沈彬《金陵杂题二首》:"一笛月明何处酒,满城秋色几家砧。"

五代·陈陶《鄱阳秋夕》:"忆昔鄱阳旅游日,曾听南家争捣衣。今夜重开旧砧杵,当时还见雁南飞。"

清·钱谦益《金陵秋兴八首次草堂韵,已亥七月初一作》:"长干女唱平辽曲,万户秋声息捣砧。"喻郑成功进军长江胜利。

清·宗琬《满江红》(旅夜闻蟋蟀声作):"试问哀蛩,缘底事,终宵鸣咽?……况兼他、万户捣衣声,同凄切。"

清·曹雪芹《红楼梦》第六十二回林黛玉《酒令》:"榛子非关隔院砧,何来万户捣衣声?"

3152.断续寒砧断续风

南唐后主李煜《捣练子令》:"深院静,小庭空,

断续寒砧断续风。"无奈夜长人不寐,数声和月到帘拢。"长夜难眠之人,正是由于抑郁、苦闷,而那断续寒风送来的断续砧声更平添了烦躁与不安。

"断续寒砧断续风",是倒装语,应是断续风送断续砧声,当然也是断续砧声随断续风。两个"断续"其实是同时发生的,风断砧断,风续砧续。此句音乐性强,富节奏感,堪称名句。然而有句源在兹。

唐·赵嘏《闻笛》:"谁家吹笛画楼中,断续声随断续风。"写笛声,断断续续的笛声随着断续清风传来。李煜变句式用此句。

前人已写"断续风"或"断续砧"。

唐·杜甫《天池》:"飘零神女雨,断续楚王风。"

唐·郎士元《宿杜判官江楼》:"寥寥更何有,断续空城砧。"

唐·戴叔伦《听霜钟》:"出云疑断续,入户作春容。"钟声。

又《听霜钟》:"风间时断续,云外更春容。"钟声。

唐·杨巨源《长城闻笛》:"孤城笛满林,断续共霜砧。"

唐·杨泰师《夜听捣衣》:"厌坐长宵愁欲死,忽闻邻女捣衣声。声来断续因风至,夜久星低无暂止。"

唐·林宽《苦雨》:"牖暗参差影,防寒断续声。"

唐·陆庶《禁林闻晓莺》:"断续随风远,间关送月沉。"

唐·韦庄《登汉高庙闲眺》:"参差郭外楼台上,断续风中鼓角残。"

宋·姜夔《齐天乐》:"西窗又吹暗雨,为谁频断续,相和砧杵?"

宋·柴元彪《苏幕遮》(客中独坐):"断续寒砧,又送黄昏至。"

明·屈大均《紫萸香慢》(送雁):"又哀笳四起,衣砧断续,终夜伤情。"

清·李符《扬州慢》(广陵驿舍对月,遇山左调兵南下):"怨金河叫雁,断续和疏砧。"

3153. 深院静,小庭空

南唐后主李煜《捣练子令》:"深院静,小庭空,断续寒砧断续风。""深院静,小庭空",表现作者居处孤独、凄凉。句源在韦庄词。

唐·韦庄《更漏子》:"深院闭,小庭空,落花香露红。"李煜只换一"闭"字。

只用"深院静"者也在唐人诗。

唐·姚合《晦日宴刘值录事宅》:"花落莺飞深院静,满堂宾客尽诗人。"

宋·秦观《蝶恋花》:"紫燕双飞深院静,簟枕纱厨,睡起娇如病。"

宋·赵长卿《鼓笛慢》(甲申五月,仙源试新水。雨过丝生,荷香袭人,因感赋此词):"暑风吹雨仙源过,深院静,凉于水。"

宋·周端臣《春归怨》:"小花深院静,旋引清尊,自歌新曲。"

宋·刘子寰《玉漏迟》(夏):"深院静,闲阶自长,花砖苔晕。"

宋·吴潜《贺新郎》:"倚户无人深院静,犹忆棋敲嫩玉。"

宋·陈允平《瑞龙吟》:"深院静,东风落红如雨。"

宋·李邴《洞仙歌》:"记那回,深院静,帘幕低垂。花阴下,霎时留住。"

3154. 君子防未然

晋乐府《来罗》:"君子防未然,莫近嫌疑边。瓜田不蹑履,李下不正冠。"道德高尚的人,总是注意防止事态的发生,从而不致招来嫌疑。就如在瓜田里不弯腰提鞋,在李树下不抬手正冠。"瓜田"句又作"瓜田不纳履"。"防未然"一意,源出"防患于未然":《周易·既济》:"君子以思患而豫防之。"《汉书·外戚传下》:"事不当固争,防患于未然。"即在祸患发生之前,采取措施防止其发生。《申鉴·杂言》:"进忠有三术:一曰防,二曰救,三曰戒。先其未然谓之防,发而止之谓之救,行而责之谓之戒。""君子防未然",应是防止一切不该发生的事发生。

晋·陆机《君子行》:"近情苦自信,君子防未然。"同乐府句。

3155. 浮瓜沉朱李

晋乐府《夏歌二十首》:"携手密叶下,浮瓜沉朱李。"《文选》载:魏文帝《与朝歌令吴质书》云:"每念昔日南皮之游,诚不可忘。既妙思六经,逍遥百氏;弹棋闲设,终以六博;高谈娱心,哀筝顺耳;

驰骋北场,旅食南馆;浮甘瓜于清泉,沈朱李于寒水。"记游南皮之活动,其中浮瓜沈李于清寒之泉水,不仅洗涤,更是为降温,以求凉爽之瓜李。后也用作纳凉消暑。

唐·杜甫《解闷十二首》:"翠瓜碧李沉玉甃,赤梨葡萄寒露成。"沉瓜李于井中。

宋·柳永《女冠子》:"以文会友,沉李浮瓜忍轻诺。"

宋·文彦博《伏蒙仆射侍中贾寄示游溪上弊园归至湖上诗一章研味钦服不能自己辄成拙句仰答来贶》:"沈李浮瓜信美矣,回船击水曾无之。"

元·刘秉忠《蟾宫曲》:"炎天地热如烧,散发披襟,纨扇轻摇,积雪敲冰,沉李浮瓜。"

元·杜仁杰《集贤宾·七夕》:"今宵两星相会期,正乞巧投机,沉李浮瓜肴馔美。"

元·卢挚《沉醉东风·避暑》:"柳影中,槐阴下,旋敲冰沉李浮瓜。"

元·马致远《新水令·题西湖》:"恁般楼台正宜夏,都输他沉李浮瓜。"

3156. 阳春二三月

晋乐府《江陵乐》:"阳春二三月,相将蹋百草。"二三月温暖的春天,携友去踏青草。通常把此举称"踏青"。

晋乐府《孟珠》:"阳春二三月,草与水色同。攀条摘新花,言是叹气息。"

又《孟珠》:"阳春二三月,草与水色同。道逢游冶郎,恨不早相识。"

又《孟珠》:"阳春二三月,正是养蚕时。"

南朝·宋乐府《西乌夜飞》:"阳春二三月,诸花尽芳盛。"

3157. 三三两两俱

晋乐府《娇女诗》:"行不独自去,三三两两俱。"三三两两同行,不是单独行动,却也结伴不多。"三三两两"这样一个普普通通的词语,其运用频次之多,以至现代的词典词海中都不收入,然而它却是很古老的了。在宋词中又被广泛应用。

宋·潘阆《酒泉子》:"三三两两钓鱼舟,岛屿正清秋。"

宋·柳永《夜半乐》:"岸边两两三三,浣沙游女。"

宋·晏殊《渔家傲》:"小鸭飞来稠闹处,三三

两两能言语。"

宋·倪俦《蝶恋花》:"两两三三飞白鹭,不须更觅神仙处。"

宋·洪适《渔家傲引》:"细雨斜风浑不避,青笠底,三三两两鸣榔起。"

宋·王千秋《忆秦娥》:"三三两两,雁投沙渚。"

宋·赵长卿《念奴娇》(小饮江亭有作):"两两三三,楼前归鹭,飞过阑干角。"

宋·辛弃疾《念奴娇》:"缩手旁观初未识,两两三三而已。"

又《行香子》(云岩道中):"青裙缟袂,两两三三。"

又《柳梢青》:"巨海拔犀头角出,来向此山高阁,尚两两三三前却。"

宋·马子严《阮郎归》(西湖春梦):"三三两两叫船儿,人归春也归。"

宋·刘学箕《菩萨蛮》(鄂渚岸下):"若耶溪上女,两两三三去。"

宋·李好古《八声甘州》:"行乐谁家年少,两两更三三。"

宋·杨韶父《伊州三台令》:"三三两两芳蕤,未放琼铺雪堆。"

宋·陈德武《清平乐》(咏蚊):"三三两两,夜夜教人想。偷入霜绡斜隙帐,直到珊瑚枕上。"

3158. 留取甘棠两三枝

唐·白居易《送陕府王大夫》:"他时万一为交代,留取甘棠三两枝。"愿王大夫任地方官,留下德政。"甘棠",棠梨。《诗经·召南》有《甘棠》篇,是怀念召伯的。召伯,即召公,他巡生南国,宣扬周文王之治,曾在甘棠树下休息。后用"甘棠"喻地方官的政绩。白居易用此典。

述"甘棠"诗:

宋·欧阳修《太对杜相公有答兖州待制之句其卒章云独无风雅可流传因辄成》:"霖雨曾为天下福,甘棠何止郡人思。"

又《西斋小饮赠别陕州冲卿学士》:"归来紫微阁,遗爱在甘棠。"

元·徐再思《蟾宫曲·送沙宰》:"岐麦林桑,渡虎驱蝗,人颂甘棠,春满琴堂。"

"两三"这一数词,概略为数不多。"三三两两"则是形容词,形容分散稀疏。唐初王绩《尝春

酒》诗用之最早:"但令千日醉,何惜两三春。"早在先秦曾用"二三子"(两三个人),宋代也用于词中。如姜夔《水调歌头》:"倚阑干,二三子,总仙才。"方岳《沁园春》:"且醉无何有,酒徒陶陆,与二三子,诗友陈雷。""两三"意同"二三",唐以后多用"两三"。

唐·李端《春晚游鹤林寺寄使府诸公》:"野寺寻春花已迟,背岩惟有两三枝。"

唐·白居易《寄题忠州小楼桃花》:"长忆小楼风月夜,红阑干上两三枝。"

又《草堂前新开一地养鱼种荷日有幽趣》:"红鲤二三寸,白莲八九枝。"

唐·施肩吾《观叶生画花》:"今朝故向霜天里,点破繁花四五枝。""四五枝"数字变换,也有"一两枝"。

唐·郑谷《重阳夜旅怀》:"强插黄花三两枝,还图一醉侵愁眉。"

唐·韩偓《中春忆赠》:"春色转添惆帐事,似君花发两三枝。"

唐·吴融《偶题》:"乌衣旧宅犹能认,粉竹金松一两枝。"

唐·颜令宾《临终召客》:"气余三五喘,花剩两三枝。话别一尊酒,相邀无后期。"

五代·王周《大石岭驿梅花》:"半出驿墙谁画得,雪英相倚两三枝。"

宋·晏殊《菩萨蛮》:"高梧叶下秋光晚,珍丛花出黄金盏。还似去年时,傍阑三两枝。"

宋·杜安世《惜春令》:"小庭杨柳黄金翠,桃脸两三枝。"

又《河满子》:"寂寞小桃初绽,两三枝上红英。"

宋·辛弃疾《清平乐》(赋木犀词):"无顿许多香处,只消三两枝儿。"

宋·陈克《虞美人》:"红阑干上刺蔷薇,蝴蝶飞来飞去、两三枝。"

宋·莫将《木兰花》(十梅·望梅):"醒时分付两三枝,酒后忆君清梦到。"

宋·李邴《汉宫春》:"潇洒江梅,向竹梢疏处,横两三枝。"

宋·王之道《江城子》(和彦时兄):"绿阴稀,墙外石榴,花放两三枝。"

宋·王质《定风波》(夜赏海棠):"似此好花须爱惜;休惜,鬓边消得两三枝。"

宋·赵长卿《菩萨蛮》(梅):"雪月照疏篱,梅花三两枝。"

也用"两三条":

唐·白居易《杨柳枝词八首》:"小树不禁攀折苦,乞君留取两三条。"

唐·李涉《柳枝词》:"锦池江上柳垂桥,风引蝉声送寂寞。不必如丝千万缕,只禁离恨两三条。"

3159. 老菊衰兰三两丛

唐·白居易《秒秋独夜》:"前头更有萧条物,老菊衰兰三两丛。"这是写"丛花"。

又《草词毕遇芍药初开因咏小谢红药当阶翻诗以为一句未尽其状偶成十六韵》:"两三丛烂熳,十二叶参差。"

唐·修睦《落花》:"遥思故山下,经雨两三丛。"

也有写"两三花"的:

宋·李弥逊《诉衷情》(次韵李伯纪桃花):"小桃初试两三花,深浅散余霞。"

宋·吕胜己《谒金门》:"春又过,那更雨摧风挫,留得残红两三朵。"

宋·辛弃疾《江神子》:"雪后疏梅,时见两三花。"

宋·程垓《菩萨蛮》:"小鸭睡晴沙,翠烘三两花。"

宋·方岳《虞美人》(见梅):"断桥篱落带人家,枝北枝南初著、两三花。"

也有用"两三片"的,多是花片:

唐·施肩吾《叹花词》:"空余古岸泥土中,零落胭脂两三片。"

唐·许浑《金谷桃花》:"花在舞楼空,年年依旧红。……东流两三片,应在夜泉中。"

唐·王毂《梦仙溪三首》:"松窗梦觉却神清,残月林前三两片。"

唐·皎然《舟行怀阎士和》:"相思一日在孤舟,空见归云两三片。"写云。

3160. 回唱迎神三两声

唐·刘禹锡《浪淘沙》:"流水淘沙不暂停,前波未灭后波生。令人忽忆潇湘渚,回唱迎神三两声。"此是《浪淘沙九首》之一,写乘船时忆起民谣,不由得哼了几声《迎神曲》。

南朝·梁简文帝《春日看梅花》:"今旦闻春鸟,何音两三声。"刘诗用此句。

唐·耿沣《凉州词》:"毡裘牧马胡雏小,日暮蕃歌三两声。"

唐·戎昱《移家别湖上亭》:"黄莺久住浑相识,欲别频啼四五声。"

唐·权德舆《舟行见月》:"月入孤舟夜半晴,寥寥霜雁两三声。"

唐·白居易《小池二首》:"坐把蒲葵扇,闲吟两三声。"

又《立秋日曲江忆元九》:"故人千万里,新蝉三两声。"

又《早蝉》:"石楠深叶里,薄暮两三声。"

又《夜坐》:"此情不语何人会,时复长吁三两声。"

又《残春曲》:"禁苑残莺三四声,景迟风慢暮春情。"

又《城东闲行因题尉迟司业水阁》:"借君溪阁上,醉咏两三声。"

又《云和》:"欲散白头千万恨,只消红袖两三声。"

又《春尽日》:"春归似遣莺留语,好住园林三两声。"

唐·陆龟蒙《和袭美酒病偶作次韵》:"唯欠白绡笼解散,洛生闲咏两三声。"

又《江城夜泊》:"此夜离魂堪射断,更须江笛两三声。"

唐·郑谷《哭进士李洞二首》:"冢树僧栽后,新蝉一两声。"

唐·贯休《山中》:"有时鬼笑两三声,疑是大谢小谢李白来。"

唐·雍裕之《残莺》:"何言百啭舌,唯余一两声。"

唐·李群玉《湖阁晓晴寄呈从翁二首》:"湖山四五点,湘雁两三声。"

唐·吴融《中夜闻啼鸟》:"漠漠苍苍未五更,宿禽何处两三声。"

唐·杜荀鹤《旅中卧病》:"故园何音三千里,新雁才闻一两声。"

唐·吕岩(洞宾)《牧童》:"草铺横野六七里,笛弄晚风三四声。"

宋·晏殊《喜迁莺》:"画楼残点两三声,窗外月胧明。"

又《破阵子》(春景):"池上碧苔三四点,叶底黄鹂一两声。"

宋·王仲甫《蓦山溪》:"横笛两三声,晚云中,惊鸥来去。"

宋·王安石《菩萨蛮》:"何物最关情,黄鹂三两声。"

宋·晏几道《更漏子》:"红月淡,绿烟晴,流莺三两声。"

宋·苏庠《临江仙》:"野航渡口带烟横,晚出千万叠,别鹤两三声。"

宋·李重元《忆王孙》(冬词):"彤云风扫雪初晴,天外孤鸿三两声。"

宋·吕渭老《江城子》:"鸦阵翻丛,枯柳两三声。"

宋·林仰《少年游》(早行):"山径人稀,翠萝深处,啼鸟两三声。"

宋·沈端节《虞美人》:"可怜无处不关情,梦断孤鸿哀怨,两三声。"

宋·张镃《水调歌头》(姑苏台):"猛把画阑拍,飞雁两三声。"

宋·严仁《菩萨蛮》(双溪亭):"寄语留休横,只消三两声。"

宋·陈允平《八宝妆》(秋宵有感):"待月重帘谁共倚,信鸿断续两三声。"

宋·王大简《更漏子》:"凭杜宇,向江城,好啼三两声。"

宋·刘辰翁《长相思》(喜晴):"上元晴,上元晴,待得晴时坐触屏,山禽三两声。"

宋·无名氏《捣练子》:"不是根株贪结子,被吹羌笛两三声。"

3161. 嗟哉吾党二三子

唐·韩愈《山石》:"嗟哉吾党二三子,安得至老不更归。""二三子",两三位,两三个。"党",朋友。《论语》中已见。

又《此日足可赠张籍》:"我友二三子,宦游在西京。"

唐·白居易《首夏同诸校正游开元观因宿玩月》:"我与二三子,策名在京师。"

又《和皇甫郎中秋晓同登天宫阁言怀六韵》:"逍遥二三子,永愿为闲伴。"

宋·欧阳修《葛氏鼎》:"二三子学雕琳球,见之始惊中叹愀。"

宋·苏轼《登常山绝顶广丽亭》："嗟我二三子,狂饮亦荒哉。"

宋·刘克庄《满江红》(和王实之韵送郑伯昌):"千百年传吾辈话,二三子系斯脉。"

3162. 新酒两三杯

唐·白居易《酬思黯相公见过弊居戏赠》:"贫家何所有,新酒两三杯。""两三杯",这里含微薄意,一般言数量不大。

又《残暑招客》:"谁能淘晚热,闲饮两三杯。"

又《对新家酿玩自种花》:"玲珑五六树,潋滟两三杯。"

宋·辛弃疾《鹧鸪天》(鹅湖归病起作):"著意寻春懒便回,何如信步两三杯。"

又《鹧鸪天》(寄叶仲洽):"掀老瓮,拨新醅,客来且尽两三杯。"

又《菩萨蛮》:"怀趁两三杯,河脉欲上来。"

又《临江仙》:"不须连日醉,且进两三杯。"

宋·汪莘《浣溪沙》:"元亮气高还作令,少陵形瘦不封侯,村醪闲饮两三瓯。"

宋·李壁《江神子》(劝酒):"帘外海榴裙一色,判共酹、两三杯。"

宋·陈著《沁园春》:"万事过前,一场梦里,分付茅柴三两杯。"

白居易还用"两三场(回)"写酒醉,多反映了他晚年生活:

《赠杨使君》:"更待城东桃李发,共君沉醉两三场。"

《赠梦得》:"相伴在花前,胜醉两三场。"

《十二月二十三日作兼呈晦叔》:"床下酒瓶虽不满,犹应醉得两三场。"

《劝梦得酒》:"两处荣枯君莫问,残春更醉两三杯。"

《和薛秀才寻梅花同饮见赠》:"若到岁寒无雨雪,犹应醉得两三回。"

3163. 海门斜去两三行

唐·李涉《润州听暮角》:"惊起暮天沙上雁,海门斜去两三行。"雁飞成行,"两三行"都写"雁行"。

唐·姚合《欲别》:"鸳鸯有路高低去,鸿雁南飞一两行。"

唐·杜牧《池州春送前进士蒯希逸》:"楚岸千

万里,燕鸿三两行。"

宋·曹勋《入破第三》:"空阔飞鸿过,两三行、向天际。"

宋·杨泽民《诉衷情》:"侵晨呵手怯清霜,闲写两三行。"写字。

3164. 清泠玉韵两三章

唐·白居易《初冬夜月》:"清泠玉韵两三章,落箔银钩七八行。"作诗:"两三章",两三篇、两三段。下面是"两三"的其他用法。

又《池上早春即事招梦得》:"我有中心乐,君无外事忙。经过暮慵懒,相去两三坊。"

又《东楼醉》:"不向东楼时一醉,如何拟过二三年。"

又《花酒》:"为报洛城花酒道,莫辞送老二三年。"

唐·贾岛《冬夜》:"曙光鸡未报,嘹唳两三鸿。"

唐·李洞《上司空员外》:"禹凿故山归来得,河声暗老两三松。"

又《赠昭应沈少府》:"东送西迎终几考,新诗觅得两三联。"

唐·王福娘《题孙启诗后》:"虽然不及相如赋,也值黄金一二斤。"

唐·李冶《句》:"不睹河阳一县花,空见青山三两点。"

唐·裴夷直《前山》:"晚来云映处,更见两三峰。"

宋·沈晦《小重山》:"望湖楼上两三峰,人不见,林外数声钟。"

宋·柳永《归朝欢》:"别岸扁舟三两只,葭苇萧萧风淅淅。"

宋·欧阳修《归自谣》:"春艳艳,江上晚山三四点。"

宋·晏殊《破阵子》(春景):"池上碧苔三四点,叶底黄鹂一两声。"

宋·苏轼《醉翁操》:"翁今为飞仙,此意在人间,试听徽外三两弦。"

宋·周紫芝《小重山》:"帘绣卷,黄菊两三窠。"

宋·辛弃疾《贺新郎》:"剩水残山无态度,被疏梅、料理成风月。两三雁,也萧瑟。"

又《谒金门》:"一曲瑶琴才听彻,金蕉两三叶。"

宋·吴潜《水调歌头》:"自怜磊块,近来鬓底两三丝。"

又《醉桃源》:"东风阑槛两三亭,游人步晚晴。"

宋·李曾伯《糖多令》:"城郭人民那似旧,曾识面、两三鸥。"

3165. 一去二三里

宋·邵雍《五绝》:"一去二三里,烟村四五家。亭台六七座,八九十枝花。"此诗含"一二三四五六七八九十"十个数,常被用作"描红"字贴。诗中以数字对仗,在唐人作品中并不少见。如:杜荀鹤《隽阳道中》:"四五朵山妆雨色,两三行雁帖云秋。"缪岛云《句》:"四五片霞生绝壁,两三行雁过疏松。"隐峦《牧童》:"三个五个骑羸牛,前村后村来放牧。"子兰《秋日思旧山》:"十点五点残萤,千声万声秋雨。"

"一去二三里"写里程、距离。唐·隐峦《逢老人》:"路逢一老翁,两鬓如白雪。一里二里行,四回五回歇。"又《蜀中送人游庐山》:"溪边十里五里花,云外三峰两峰雪。"都运用了数量词"里"。

《城市日报》1995年12月16日刊出解放前有人仿作邵雍《五绝》(人们知是"描红字贴",多不知为邵雍《五绝》诗):"一去二三里,抛锚四五回。上下六七次,八九十人推。"写乘破车之苦。

近年又有人仿作:"一厂分二处,机床三四台。工人五六七,主任八九十。"讽厂小官多。

《南方日报》载:党的十一届三中全会以后,广东顺丰县一位民间乐手写了两首山歌:"一年割出二年谷,三家有余四家足。举月五六七里内,八九十幢高楼矗。""一年九丰喜八方,七色祥云罩六乡。五业岁增三四倍,二胡一曲《春夜长》。"这第二首是倒记数。两首都赞农村巨变的。

3166. 烟村四五家

宋·邵雍《五绝》中的:"烟村四五家",描述了一个仅有几户人家的炊烟(或尘雾)缭绕的小村落。这种描述,源出唐·杜甫《为农》诗:"锦里烟尘外,江村八九家。圆荷浮小叶,细麦落轻花。"写烟尘遮掩中的江边小村。他的《溪上》诗又用:"峡内淹留客,溪边四五家。"唐·张乔已用杜句:《台城》:"云屯雉堞依然在,空绕渔樵四五家。"宋·魏

夫人《菩萨蛮》:"隔岸两三家,出墙红杏花。"又写"两三家"的小村。后用"两三家""四五家""八九家"者不一。

宋·高宗赵构《渔父词》:"随家好,转山斜,也有孤村三两家。"

宋·贾逸祖《朝中措》:"青山隐隐水斜斜,修竹两三家。"

宋·蒋氏女《减字木兰花》(题雄州驿):"白草黄沙,月照孤村三两家。"

宋·晁端礼《临江仙》:"今夜征帆何处落,烟村几点人家。"烟村因远而小,不知家数,用"几点"。

宋·徐积《渔父词》:"水曲山隈四五家,夕阳烟火隔芦花。"

宋·陈允平《西平乐慢》:"重忆少年,樱桃渐熟,松粉初黄。短楫欢呼,日日江南,烟村八九人家。"

金·吴激《同儿曹赋芦花》:"泽国几千里,渔村三两家。"

元·关汉卿《双调·大德歌》(冬):"雪梨花,舞梨花,再不见烟村四五家。"

明·汤显祖《牡丹亭》第七出闺塾《尾声》:"景致么,有亭台六七座,秋千一两架。"用《五绝》第三句。

3167. 八九十枝花

邵雍《五绝》中的:"八九十枝花",唐人已用此意:

唐·李山甫《寒食二首》:"有时三点两点雨,到处十枝五枝花。"

唐·吴融《闲望》:"三点五点映山雨,一枝两枝临水花。"此从李山甫句中衍化而出。

又《野步》:"一曲两曲涧边草,千枝万枝村落花。"

3168. 七八个星天外

宋·辛弃疾《西江月》:"七八个星天外,两三点雨山前。旧时茅店社林边,路转溪桥忽见。"此题为"夜行黄沙道中",指行进在上饶西面黄沙岭。清·许昂霄《词综偶评》评:"后叠似乎太直,然确是夜行光景。""七八个星""两三点雨"。不嫌其"直",当喜其"实"。夜行有星,不算太黑,所以黄沙岭前的"两三点雨"尚隐约可见。这就是"实"。

现代顾随《倦驼庵稼轩词说》卷下评："过片'七八个星天外，两三点雨山前'一联，粗枝大叶，别具风流。元遗山《论诗绝句》盛称退之《山石》之句有异地女郎诗。持以较此，觉韩吏部虽然硬语盘空，而饰容作态，尚逊其本色与自然。""本色与自然"也是"实"。

"七八个星天外，两三点雨山前"，当直源于五代卢延让诗。五代何光远《鉴诫录》卷五载卢延让《松门寺》诗："两三条电欲为雨，七八个星犹在天。"写山寺雨来，尚见几点残星。辛词对此予以改制入词。

唐人写"星"，已很有名。除赵嘏的"残星几点雁横塞"（《长安秋望》）外，方干写星也有影响，如：

《路支使小池》："一泓春水无多浪，数尺晴天几个星。"《于秀才小池》："占地未过四五尺，浸天唯入两三星。"都写小池中的倒影：蓝天上挂着几个星。"两三星"为后人喜爱，写星，也写灯，写渔火。

唐·周元范《和白舍人泛湖早发洞庭》："路出胥门深浅浪，月残吴苑两三星。"此句很工。

宋·吴潜《小重山》："冰壶玉界两三星，清露下，渐觉湿衣轻。"

宋·张镃《江城子》（夏夜观月）："卧看东南，和露两三星。"

3169. 灯火两三星

宋·贺铸《潇湘雨》（满庭芳）："渔村远，烟昏雨淡，灯火两三星。""两三星"用方干语，却是以星喻灯火，写细雨濛濛中远方的灯火。

宋·周紫芝《虞美人》："时见竹篱茅舍，两三星。"

元·张翥《多丽》（西湖泛舟夕归，施成大席上，以"晚山青"为起句，各赋一词）："见一片、水天无际，渔火两三星。"用贺铸句。

3170. 两三点雨山前

辛弃疾《西江月》："两三点雨山前"，另有一源。唐·吴融《闲望》："三点五点映山雨，一枝两枝临水花。""两三点雨"当出于此。

宋·欧阳修《越溪春》："归来晚驻香车，银箭透窗纱。有时三点两点雨霁，朱门细柳风斜。"用吴融句。

宋·邵雍《首尾吟》诗："一点两点小雨过，三声五声流莺啼。"

宋·无名氏《金明池》（春游）："云日淡，天低昼永，过三点、两点细雨。"

清·管之清《春日即事》："两三点雨逢寒食，廿四番风到杏花。"用辛弃疾句。

3171. 五风十雨卜丰年

清·康熙皇帝玄烨《玉田》："驱犊荷锄农事作，五风十雨卜丰年。"看到耕作，乞盼丰年，说明他很重视农业。"卜丰年"即兆丰年，预测丰年。"五风十雨"即五日一风，十日一雨，常谓"风调雨顺"，是丰收之象。东汉·王充《论衡》云："太平瑞应，五日一风，十日一雨。"《初学记》卷二引京房《易候》："太平之时，十日一雨，凡岁三十六雨，此休征时若之应。"《旧唐书·礼仪志二》："按《淮南子》：太平之时，五日一风，一年有七十二风。"陈鉴之《喜雨歌》："天惠贤侯福吾土，长是五日一风兮十日一雨。"后多用"五风十雨"简缩语。

五代·和凝《宫词百首》："五风十雨余粮在，金殿惟闻秦舜弦。"

宋·王安石《后元丰行》："歌元丰，十日五日一雨风，麦行千里不见土，连山没云皆种黍。"

宋·曹勋《江神子》（钫父生日）："十雨五风，连岁致丰穰。"

宋·洪适《望江南》（答徐守韵）："嗟故岁，夏旱复秋阳。十雨五风皆定数，千方百计为灾伤。小郡怎禁当。"

宋·陆游《子聿至湖上待其归》："十风五雨岁则熟，左餐右粥身其康。"

宋·王炎《丰年谣》："五风十雨天时好，又见西郊稻秫肥。"

宋·刘辰翁《瑞鹤仙》（寿翁丹山）："听父老，歌襦袴。愿使君小住，五风十雨，重见一稃三黍。"

又《水调歌头》："从此五风十雨，自可三年一日，香寝镇狮蛮。起舞愿公寿，未可愿公还。"

宋·无名氏《十二时》："五风十雨，品物蕃昌。栖有余粮，躬千亩，天步龙翔。"

明·汤显祖《闻都城渴雨，时苦摊税》："五风十雨亦为褒，薄夜焚香沾御袍。"

3172. 半入江风半入云

唐·杜甫《赠花卿》："锦城丝管日纷纷，半入江风半入云。此曲只应天上有，人间能得几回闻。"诗人在蜀中花敬定宴席上闻长安梨园法曲、教坊大曲之类有感而作。"半入江风半入云",写乐队庞大,音响盈天:音乐随江风远播,又高高冲入云霄,气势宏大,非同凡响。

"半入江风半入云"句式,用唐初诗人句。郭震《惜花》:"春风满目还惆怅,半欲离披半未开。"写春花欲绽,正分枝长权。此句式在杜甫诗中广为人所喜爱。用以描述两种活动或两种事物。

唐·鲍君徽《寄欧阳瞻》:"自从别后减容光,半是思郎半恨郎。"

唐·刘商《送刘寰北归》:"南巢登望县城孤,半是青山半是湖。"

唐·刘禹锡《洛中早春赠乐天》:"漠漠复霭霭,半晴复半阴。"

唐·元稹《江花落》:"江花何处最肠断?半落江流半在空。"

又《书乐天纸》:"不忍拈将等闲用,半封京信半题诗。"

又《西归绝句十二首》:"还乡何用泪沾襟,一半云霄一半沉。"

又《春晓》:"半欲天明半未明,醉闻花气睡闻莺。"

又《离思五首》:"取次花丛懒回顾,半缘修道半缘君。"

唐·白居易《赋得听边鸿》:"惊风吹起塞鸿群,半拂平沙半入云。"

又《杏园花落时招钱员外同醉》:"近西数树犹堪醉,半落春风半在枝。"

又《开元九诗书卷》:"红笺白纸两三束,半是君诗半是书。"

又《题王处士郊居》:"半依云渚半依山,爱此令人不欲还。"

又《岁暮道情二首》:"半故青衫半白头,雪风吹面上江楼。"

又《自咏》:"白衣居士紫芝仙,半醉行歌半坐禅。"

唐·杜牧《寓题》:"假如三万六千日,半是悲哀半是愁。"

又《柳绝句》:"依依故国樊川恨,半掩村桥半掩溪。"

唐·李商隐《隋宫》:"春风举国裁宫锦,半作障泥半作帆。"

又《离亭赋得折杨柳二首》:"含烟惹雾每依依,万绪千条拂落晖。为报行人休尽折,半留相送半迎归。"

唐·薛逢《北亭醉后叙旧赠东川陈书记》:"二十年前事尽空,半随波浪半随风。"

唐·薛能《许州旌节到作》:"两地旌旗拥一身,半缘伤旧半荣新。"

唐·温庭筠《题望苑驿》:"弱柳千条杏一枝,半含春雨半垂丝。"

又《杨柳八首》:"晚来更带龙池雨,半拂阑干半入楼。"

唐·皮日休《鲁望春日多寻野景日休抱疾杜门因有是寄》:"野侣相逢不待期,半缘幽事半缘诗。"

唐·陆龟蒙《晚渡》:"半波风雨半波晴,渔曲飘秋野调清。"

唐·司空图《携仙箓九首》:"一半晴空一半云,远笼仙掌日初曛。"

又《冯燕歌》:"冯生敲镫袖笼鞭,半拂垂杨半惹烟。"

唐·曹唐《小游仙诗九十八首》:"怪得蓬莱山下水,半成沙土半成尘。"

又《柳》:"一簇青烟锁玉楼,半垂阑畔半垂沟。"

唐·韩偓《复偶见三绝》:"雾为襟袖玉为冠,半似羞人半忍寒。"

唐·吴融《赠李长史歌》:"罗君赠君两首诗,半是悲君半自悲。"

唐·张之宝《阆中山》:"如今独有孤魂在,半落嘉陵半锦川。"

宋·邵雍《洛阳春吟》:"多少落花无著处,半随流水半随风。"

宋·欧阳修《定风波》:"须知花面不长红。待得酒醒君不见,千片,不随流水即随风。"近邵雍诗意,唯不用"半"字。

宋·杜安世《行香子》:"寒食下,半和雨,半和烟。"

宋·王观《高阳台》:"莫闲愁,一半悲秋,一半伤春。"

宋·王之道《减字木兰花》(和鲁如晦立春):"鸄女痴儿,半挽梅花半柳枝。"

宋·徐照《瑞鹧鸪》:"恰似剪刀裁破恨,半随妾处半随君。"

宋·葛长庚《贺新郎》(梅):"此莫是冰魂雪

魄，半逐风飞半随水，半在枝、半落苍台白。"

清·康熙皇帝玄烨《苑西新柳二首》："轻烟漠漠柳青青，半拂虹桥半水亭。"

清·曹雪芹《红楼梦》第三十七回林黛玉《咏白海棠》："半卷湘帘半掩门，碾冰为土玉为盆。"

3173. 半江瑟瑟半江红

唐·白居易《暮江吟》："一道残阳铺水中，半江瑟瑟半江红。可怜九月初三夜，露似真珠月似弓。""一道残阳"，并非尽铺水面，因而江上呈现奇景：半江碧玉色，半江橙红色。

"半江瑟瑟半江红"句式取自杜甫的"半入江风半入云"，只是谓语不是动词而是形容词。句义则另有所依。唐·戎昱《采莲曲二首》："烟生极浦色，日落半江阴。""半江阴"言外之意"半江阴暗半江明"。只用一个"半"句还如：

唐·于武陵《赠王隐者山居》："飞来南浦树，半是华山云。"

宋·赵师秀《雁荡宝冠寺》："流来桥下水，半是洞中云。"

又《薛氏瓜庐》："野水多于地，春山半是云。"

宋·毛开《谒金门》："回首故人天一角，半江枫又落。"

3174. 半开半落闲园里

唐·罗隐《杏花》："半开半落闲园里，何异荣枯世上人。"写杏花"半开半落"，半荣半枯，荣而后枯，以喻人的荣枯无常。这样写杏花，真是别辟蹊径。"半开半落"这种句式，多为对仗语，举称相对、相反的事物。罗隐《汉江上作》："半雨半风终日恨，无名无迹几时回。"常是上下句也为对仗句。

唐·姚合《闻蝉寄贾岛》："秋来吟更苦，半咽半随风。"此句从"半入江风半入云"向"半开半落"过渡的形式。

唐·杜牧《念昔游三首》："半醒半醉游三日，红白花开山雨中。""半×半×"句式初成。

唐·郑谷《柳》："半烟半雨江桥畔，映杏映桃山路中。"

唐·裴廷裕《偶题》："微风微雨寒食节，半开半合木兰花。"

唐·杜荀鹤《中山临上人院观牡丹寄诸从事》："半雨半风三月内，多愁多病百年中。"

唐·韩偓《沙县郊外泊船偶成一篇》："半明半

暗山村日，自落自开江庙花。"

又《六言三首》："半寒半暖正好，花开花谢相思。"

五代·和凝《春光好》（一作欧阳炯诗）："春水无风无浪，春天半雨半晴。"

五代·孙光宪《浣溪沙》："半恨半嗔回面处，和娇和泪泥人时。"

五代·王周《小园桃李始花偶以成咏》："半红半白无风雨，随分夭容解笑人。"

宋·韩维《赠香容敷老慧照上人》："半死半生排俗世，一颦一笑是家珍。"

宋·黄庭坚《菩萨蛮》："半烟半雨溪桥畔，渔翁醉著无人唤。"

3175. 自去自来堂上燕

唐·杜甫《江村》："自去自来堂上燕，相亲相近水中鸥。"此诗作于唐肃宗上元元年（760）成都草堂。写夏季江村"事事幽"。这两句写燕在草堂中自去自来，鸥在浣花溪相亲相近，安适幽静，无战乱之扰。这种人与自然协谐相融的景象，给人暂得的轻松。"自…自…""相…相…"，七言句一与三字重用并成对偶，对后世影响极广，杜甫《人日二首》又用此格："此日此时人共得，一谈一笑俗相看。"这种句式，在晚唐杜牧诗中也为人所熟悉：《题宣州开元寺水阁阁下宛溪夹溪居人》："鸟来鸟去山色里，人歌人哭水声中。"《子规》："一叫一回肠欲断，三春三月忆三巴。"（一本作李白诗。）

一三字重用，不是重叠。古诗自《诗经》始叠词应用极广，然重而不叠地用字，往往使句法更活泼，更生动，非叠字所能比。创此句者，当是南朝·陈·傅绛，他的《杂曲》诗中首用："一娇一态本难逢，如画如花定相似。"写汉宫女赵飞燕之美的。自初唐起应用渐见增多。至到宋诗中仍沿而用之，各绘已景，各抒已情，可谓异彩纷呈，当然也不乏"效颦"之作。

唐·王勃《秋江送别二首》："归舟归骑俨成行，江南江北互相望。"

又《蜀中九日》："九月九日望乡台，他席他乡送客怀。"

唐·邵大震《九日登玄武山旅眺》："九月九日望遥空，秋水秋天生夕风。"仿制粗糙。

唐·姚崇《奉和圣制夏日游石淙山》："石泉石镜恒留月，山鸟山花竞逐风。"

唐·骆宾王《帝京篇》:"春来春去苦自驰,争名争利徒尔为。"

又《代女道士王灵妃赠道士李荣》:"一心一意无穷已,投膝投胶非足拟。"

唐中宗李显《石淙》:"霞衣霞锦千般状,云峰云岫百重生。"

唐睿宗李旦《石淙》:"地首地肺何曾拟,天目天台倍觉惭。"

唐·刘长卿《戏赠干越尼子歌》:"一花一竹如有意,不语不笑能留人。"

唐·李白《三五七言》:"相思相见知何日,此时此夜难为情。"

唐·王建《古谣》(一作《杂咏》)四句重用一个"一"字:"一东一西陇头水,一聚一散天边霞,一来一去道上客,一颠一倒池中麻。"

又《古谣》(一作《宛转词》)四句连用叠词:"宛宛转转月券上纱,红红绿绿苑中花,纷纷泊泊夜飞鸦,寂寂寞寞离人家。"

又《两头纤纤》:"副副仆仆春冰裂,磊磊落落桃花结。"

唐·刘禹锡《竹枝词九首》:"桥东桥西好杨柳,人来人去唱歌行。"

又《有所嗟二首》(一作元稹《所思》诗):"相逢相笑尽如梦,为雨为云今不知。"

又《醉答乐天》:"洛城洛城何日归,故人故人今转稀。"

唐·白居易《哭刘尚书梦得》:"同贫同病退闲日,一生一死临老头。"

又《喜陵夜有怀二首》:"不明不暗胧胧月,不暖不寒慢慢风。"

唐·李绅《忆汉月》:"花开花落无时节,春去春来有底凭。"

唐·崔橹《临川见新柳》:"岸南岸北往来渡,带雨带烟深浅枝。"

又《春日即事》二四字重用:"一日五日又欲来,梨花梅花参差开。"

唐·李群玉《金塘路中》:"黄叶黄花古城路,秋风秋雨别家人。"

唐·罗隐《吴门晚泊寄句曲道友》:"桃花李花斗红白,山鸟水鸟自献酬。"二四字重用。

唐·郑谷《倦客》:"十年五年岐路中,千里万里西复东。"二四字重用。

又《巴江》:"朝醉暮醉雪开霁,一枝两枝梅探春。"二四字重用。

唐·韩偓《赴沙县郊外泊船偶成一篇》:"半明半暗山村日,自落自开江庙花。"

又《伤乱》:"一枝一影寒山里,野水野花清露时。"

又《村居》:"三月三日雨初晴,舍南舍北唯平芜。"

唐·吴融《寓言》:"非明非暗朦胧月,不暖不寒慢慢风。"同白居易语。

唐·杜荀鹤《秋宿临江驿》:"南来北去二三年,年去年来两鬓斑。"

又《登石壁禅师水阁有作》:"有山有水堪吟处,无雨无风见景时。"

又《中山临上人院观牡丹寄诸从事》:"半雨来风三日内,多愁多病百年中。"

唐·公乘亿《句》:"十上十年皆落第,一家一半已成尘。"

唐·韦庄《上元县》:"有国有家皆是梦,为龙为虎亦成空。"

唐·徐夤《燕》:"何嫌何恨秋须去,无约无期春自来。"

唐·罗衮《清明赤水寺居》:"浮生浮世只多事,野水野花娱病身。"

唐·马云奇《白云歌》:"旋生旋灭何穷已,有心无心只如此。"后句二四字重用。

唐·左偃《送人》:"一茎两茎华发生,千枝万枝梨花白。"二四字重用。

唐·冯待徵《虞姬怨》:"相期相许定关中,鸣鸾鸣凤入秦宫。"

宋·王禹偁《清明日独酌》:"春来春去何时尽,闲恨闲愁触处生。"

宋·晏殊《题巩县西门周襄王庙》:"人来人去市朝变,山后山前烟雾凝。"

又《浣溪沙》:"乍雨乍晴花自落,闲愁闲闷日偏长。"

宋·宋咸《阳朔山》:"独起独高雄入汉,相耀相映翠成堆。"

宋·邵雍《懒起吟》:"半记不记梦觉后,似愁无愁情倦时。"

宋·任逵《和尧夫安乐窝中好打乖吟》:"有名有守同应少,无事无求得最多。"

宋·司马光《执酒》:"好风好景心无事,闲利闲名何足知。"

宋·苏颂《咏丘秘校山水枕屏》:"远山近水各奇状,流水上水皆清旷。"

宋·王安石《庚申正月游齐安》:"水南水北重重柳,山后山前处处梅。"

宋·苏轼《中秋月》:"此生此夜不长好,明月明年何处看?"

元·徐再思《喜春来》(皇亭晚泊):"水深水浅东西涧,云去云来远近山,秋风征棹钓鱼滩。"

清·蒲松龄《荒园小构落成有丛柏当门颜回绿屏斋》:"自开自落桃花静,双去双来燕子欢。"

3176. 花开花落无时节

唐·李绅《忆汉月》:"花开花落无时节,春来春去有底凭?燕子不藏雷不蛰,烛烟昏雾暗腾腾。"此诗写物华不显、时光错乱,在月光下一切昏昏然。似有所抒发。首写"花开花落",表示"春来春去"。用杜甫《江村》诗中一三字重用句式。

写"花开花落"者如:

唐·罗隐《春日独游禅智寺》:"花开花谢还如此,人去人来自不同。"

又《铜雀台》:"强歌强舞竟难胜,花落花开泪满膺。"

唐·郑谷《石城》:"帆去帆来,风浩渺,花开花落春悲凉。"

唐·韩偓《六言三首》:"半寒半暖正好,花开花谢相思。"

宋·邵雍《新春吟》:"燕去燕来徒自苦,花开花谢漫相催。"

又《所失吟》:"人荣人倅乃常理,花谢花开何足追。"

又《喜春吟》:"花谢花开诗屡作,春归春至酒频斟。"

今人鲁迅《悼杨铨》:"岂有豪情似旧时,花开花落两由之。何期泪洒江南雨,又为斯民哭健儿。"杨杏佛被国民党蓝衣社特务暗杀于上海。鲁迅作此诗以悼。"花开花落"喻世事险恶,面对险恶,已无当年的抗争的豪情,实抒愤慨之情。

3177. 江南江北送君归

唐·王维《送沈子归江东》:"杨柳渡头行客稀,罟师荡桨向临圻。唯有相思似春色,江南江北送君归。"春色遍布江南江北,我的惜别之情就如这春色,从江北送君到江南。"江南江北",表示情感深远,也表示地域之宽泛。

唐·刘禹锡《堤上行三首》:"江南江北望烟波,入夜行人相应歌。"

唐·许浑《竹林寺别友人》:"明日分襟又何处,江南江北路悠悠。"

唐·崔涂《读〈庾信集〉》:"四朝十帝尽风流,建业长安两醉游。唯有一篇杨柳曲,江南江北为君愁。"

南唐后主李煜《渡中江望石城泣下》:"江南江北旧家乡,三十年来梦一场。"

宋·张先《河传》:"江南江北,十里五里邮亭,几程程。"

宋·晏几道《蝶恋花》:"一捻年光春有味,江北江南,更有谁相比。"

宋·苏轼《与子由同游寒溪西山》:"我今漂泊等鸿雁,江南江北无常栖。"

又《游金山寺》:"试登绝顶望乡国,江南江北青山多。"

宋·黄庭坚《念奴娇》:"老子生平,江南江北,最爱临风曲。"

又《虞美人》(至当涂呈郭功甫):"江南江北水云连,莫笑醯鸡歌舞,瓮中天。"

又《次韵子瞻题郭熙画秋山》:"黄州逐客未赐环,江南江北饱看山。"

宋·苏庠《鹧鸪天》:"风压幕,月侵廊,江南江北夜茫茫。"

宋·周紫芝《卜算子》(席上送王彦猷):"江北上归舟,再见江南岸。江北江南几度秋,梦里朱颜换。"

宋·向子諲《满庭芳》:"平生半是,江南江北。经行处,无穷绿水青山。"

又《鹧鸪天》(歌红梅):"江北江南雪未消,此花独步百花饶。"

又《阮郎归》(绍兴乙卯大雪行鄱阳道中):"江南江北雪漫漫,遥知易水寒。"

宋·蔡楠《满庭芳》(寓向仲德宿云轩几两月归南丰道中寄):"往事真成梦里,十年恨,江北江南。"

宋·李流谦《西江月》(为樨作):"江南江北可经行,梦到吴王香经。"

宋·陆游《好事近》:"明日又乘风去,任江南江北。"

宋·沈端节《卜算子》(梅):"江北江南两处

愁,忍看花影动。"

宋·张孝祥《鹊桥仙》:"横波滴素,遥山蹙翠,江北江南肠断。"

宋·郭世模《念奴娇》:"江北江南,灵均去后,谁采频花与。"

宋·丘崈《沁园春》:"匏系弥年,江北江南,羡君去来。"

宋·赵长卿《鹧鸪天》(深秋悲感):"楚山楚水秋江外,江北江南客恨长。"

宋·辛弃疾《满江红》(江行和杨济翁韵):"是楚里、寻常行遍,江南江北。"

宋·赵师侠《柳梢青》:"平生江北江南,总未识、闽中山好。"

又《一剪梅》(丙辰冬长沙作):"江北江南景不殊,雪里花清,月下香浮。"

宋·姜夔《疏影》:"昭君不惯胡沙远,但暗忆江南江北,想佩环月夜归来,化作此花幽独。"

宋·高观国《留春令》(梅):"江北江南旧情多,奈笛里、关山远。"

宋·方岳《水调歌头》(平山堂用东坡韵):"秋雨一何碧,山色倚晴空,江南江北愁思,分付酒螺红。"

宋·徐宝之《莺啼序》:"但暮霭朝烟无际。尽日目极、江北江南,杜鹃叫裂。"

宋·陈著《念奴娇》:"轻衫短箬,几年来,游遍江南江北。"

宋·周密《明月引》:"江北江南云自碧,人不见,泪花寒。"

宋·吴昭淑《望江南》:"别后相思千万里,江南江北不相忘。"

宋·仇远《解连环》:"待听雨,闲说前期,奈心在江南,人在江北。"

又《满江红》:"望江南,草色欲连天,人江北。"

宋·王去疾《菩萨蛮》(蝶矶):"江北与江南,斜阳山外山。"

元·张翥《六州歌头》(孤山寻梅):"甚江南江北,相忆梦魂赊。"

清·林纾《杂题》:"水榭萧萧弄薄寒,哦诗偎热碧栏干。江南江北多红叶,画与词人一路看。"

3178. 江北江南水拍天

宋·黄庭坚《次韵奉寄子由》:"春风春雨花经眼,江北江南水拍天。""水拍天",水浪高高,拍击

天空。意近"浪滔天"。

宋·谭知柔《绝句》:"漫郎无处觅归田,江北江南水拍天。"用黄庭坚原句。

3179. 潮生潮落日还沉

宋·王琪《望江南》(江乡):"江南岸,云树半晴阴。帆去帆来天亦老,潮生潮落日还沉。南北别离心。"其《望江南》词十首,赞美江南之种种,也流露出对江南的怀恋。"江乡"一首就是这种心境。暮色朦胧中,"帆去帆来",船行碌碌,"潮生潮落",时光疾速,顿生离别之情,宋·王奕《沁园春》:"清河口,但潮生潮落,帆去帆来。"用王琪二句。后常表示事物变化。

唐·韦应物《酬柳郎中春日归扬州南部见别之作》:"南北相过殊不远,暮潮从去早潮来。"写人可随潮而去,随潮而来。"潮去潮来"意同"潮落潮生",用后者的为多。

宋·苏轼《南歌子》:"寓身化世一尘沙,笑看潮来潮去,了生涯。"

又《八声甘州》(寄参寥子):"有情风万里卷潮来,无情送潮归。"

宋·陈瓘《卜算子》:"水长船高一任伊,来往洪涛里。潮落又潮生,今古长如此。"

宋·周紫芝《浣溪沙》(和陈相之题烟波图):"水上鸣柳不系船,醉来深闭短蓬眠。潮生潮落自年年。"

宋·蔡伸《浣溪沙》:"沙上寒鸥接翼飞,潮生潮落水东西。征船鸣橹趁潮归。"

宋·袁去华《柳梢青》(建康作):"万古豪华,六朝兴废,潮生潮落。"

宋·刘过《沁园春》:"任钱塘江上,潮生潮落;姑苏台畔,花谢花开。"

宋·吴琚《念奴娇》:"今古潮落潮生,问英雄多少,与江俱逝。"

宋·杜旟《酹江月》(石头城):"当时万驷云屯,潮生潮落处,石头孤峙。"

宋·魏了翁《木兰花慢》:"海上潮生潮落,山头云去云还。人生天地两仪间,只住百来年。"

宋·李曾伯《沁园春》:"春去春来,潮生潮落,几度斜阳人倚楼。"

宋·汪元量《传言玉女》(钱塘元夕):"一片风流,今夕与谁同乐?月台花馆,慨尘埃漠漠。豪华荡尽,只有青山如洛,钱塘依旧,潮生潮落。"

宋·詹玉《一萼红》:"是几度、潮生潮落。甚人海,空只恁风波。"

宋·柴元彪《高阳台》(忆钱塘旧游):"更多情,不间朝昏,潮去潮来。"

宋·张炎《浪淘沙》(秋江):"万里一飞篷,吟老丹枫,潮生潮落海门东。"

清·王国维《蝶恋花》:"说与江潮应不至,潮落潮生,几换人间世。"

又《虞美人》:"人间孤愤最难平,消得几回、潮落又潮生。"

3180. 池南池北草绿

唐·王建《宫词》:"池南池北草绿,殿前殿后花红。"一三字重用对偶六言句。有的后句二四字重用,则不对偶(仗)了。

唐·韦应物《三台》:"一年一年老去,明日后日花开。"上句一三、二四字重用,下句二四字重用六言。

唐·戴叔伦《调笑令》:"山南山北雪晴,千里万里月明。"

唐·韩偓《六言三首》:"半寒半暖正好,花开花谢相思。"

唐·鱼玄机《隔汉江寄子安》:"江南江北愁望,相思相忆空吟。"

唐·李冶《八至》:"至近至远东西,至深至浅清溪,至高至明日月,至亲至疏夫妻。"四句每句都在一三字位置上重用"至"字,四句全对仗。

3181. 南去北来人自老

唐·杜牧《汉江》:"南去北来人自老,夕阳长送钓船归。""南去北来"一三字反义相应、二四字反义相应,此句写在不停的宦游生涯中人老去了。

宋·王安石《送吴显道五首》其二:"杏花杨柳年年好,南去北来人自老。"

其三重用:"杏花杨柳年年好,南去北来人自老。"

又《送张明府》:"南去北来人自老,桃花依旧笑春风。"再用。

3182. 骑驴觅驴真可笑

宋·苏轼《和黄龙清老二首》:"骑驴觅驴真可笑,以马喻马亦成痴。"这是二四字重用七言对偶句。

唐·白居易《闻夜砧》:"八月九月正长夜,千声万声无了时。"首用这种句式。

宋·黄孝先《吊宿州妓张温卿》:"朝看暮看山更好,古人今人空自老。"

3183. 寒食非长非短夜

唐·白居易《寒食夜有怀》:"寒食非长非短夜,春风不热不寒天。"这是三五字重用七言对偶句。

宋·欧阳修《思白兔杂言戏答公仪忆鹤之作》:"君家白鹤白雪毛,我家白兔白玉毫。"

元·王实甫《西厢记》第一本第四折《雁儿落》:"我只道这玉天仙离了碧霄,原来是可意种来清醮。小子多愁多病身,怎当他倾国倾城貌。"上句为三五字重用。

3184. 一片两片云

唐·孟郊《下第东归留别长安知己》:"一片两片云,千里万里身。"这是二四字重用对偶五言句,与之相近的是一三字重用对偶五言句。

唐·徐彦白《春闺》:"戍客戍清波,幽闺幽思多。"这是最早的一三字重用对偶五言句。

唐·杨炎《流崖州至鬼门关作》:"一去一万里,千知千不还。"

唐·史青《应诏赋得除夜》:"今夕今宵尽,明年明日催。"

唐·孟郊《秋夕贫居述怀》:"高枝低枝风,千叶万叶声。"

又《峡哀》:"上天下天水,出地入地舟。"

唐·郑谷《报时相十韵》:"残钟残漏晚,落叶落花时。"

唐·韦庄《遣兴》:"如幻如泡世,多愁多病身。"

唐·栖蟾《牧童》:"青山青草里,一笛一蓑衣。"

宋·释遵式《隐者》:"无为无事者,白首白云间。"

3185. 白云千里万里

唐·刘长卿《谪仙怨》:"白云千里万里,明月前溪后溪。"这是四六字重用的六言句。此词又题作《苕溪酬梁耿别后见寄》六言律诗。

唐·王建《三台》:"树头花落花开,道上人去人来。"

五代·和凝《春光好》(一名《愁倚阑令》):
"春水无风无浪,春天半雨半晴。"五代·欧阳炯
《春光好九首》第九首同此词近同。

宋·魏了翁《木兰花慢》:"海上潮生潮落,山
头云去云还。"

3186. 残月如初月

北朝·周·庾信《拟咏怀二十七首》:"残月如
初月,新秋似旧秋。"这是二五字重用对偶五言句。

唐·沈佺期《喜赦》:"喜气迎冤气,青衣报白
衣。"

唐·孟浩然《同张将蓟门观灯》:"异俗非乡
俗,新年改故年。"

又《梅道士水亭》:"傲吏非凡吏,名流即道
流。"

唐·祖咏《七夕》:"闺女求天女,更阑意未
阑。"

唐·杜甫《九日五首》:"旧日重阳日,传杯不
放杯。"

唐·张继《人日代客子是日立春》(一作陆龟
蒙诗):"人日兼春日,长怀复短怀。"

唐·戎昱《送严十五郎之长安》:"送客身为
客,思家怆别家。"

唐·元稹《哭吕衡州六首》:"回雁峰前雁,春
回尽却回。"

唐·白居易《朝归书寄元八》:"要语连夜语,
须眠终日眠。"

又《和晨兴因报问龟儿》:"双目失一目,四肢
短两肢。"

唐·张祜《题径山大觉禅师影堂》:"见相即非
相,观身岂是身。"

唐·许棠《寄赵能卿》:"我命同君命,君诗似
我诗。"

唐·杜荀鹤《送僧》:"道了亦未了,言闲今且
闲。"

又《马上行》:"五里复五里,去时无往时。"

唐·李咸用《送从兄坤载》:"语尽意不尽,路
长愁更长。"

唐·沈亚之《传奇小说·句》:"命笑无人笑,
含娇何处娇。"

唐·李建勋《孤雁》:"欲食不敢食,合栖犹未
栖。"

唐·海印《舟夜一章》:"水色连天色,风声益
浪声。"

五代·毛熙震《南歌子》:"惹恨还添恨,牵肠
即断肠。"

宋·释重显《送秀大师》:"欲留不可留,写意
不及意。"

宋·宋庠《初憩河阳郡斋三首》:"郊圃连官
圃,秋阴半岁阴。"

宋·宋祁《到官三岁四首》:"儒帅非真帅,瓜
时定几时。"

宋·梅尧臣《春阴》:"欲雨天无雨,将丝鬓未
丝。"

宋·李觏《炼丹丹》:"此地非常地,今人非昔
人。"

宋·释契嵩《夏日无雨》:"小暑复大暑,深溪
成浅溪。"

宋·邵雍《秋怀三十六首》:"此物非他物,今
吾即故吾。今吾如可状,此物若为摹。"

宋·苏轼《吴江岸》:"晓色兼秋色,蝉声杂鸟
声。"

宋·王灼《南歌子》(早春感怀):"命啸无人
啸,含娇何处娇。"用沈亚之句。

3187. 青草湖边草色

唐·王建《江南三台词四首》:"青草湖边草
色,飞猿岭上猿声。"这是二五字重用对偶的六言
句。也有二五字重用对偶的七言句:

宋初·戚纶《送张无梦归天台山》:"知时多顺
时人话,混俗犹披俗士衣。"

3188. 宛是野人野

唐·王维《戏赠张五弟湮三首》:"宛是野人
野,时从渔父渔。"写张湮的村野生活。用三五重
字的五言句。七言五七重字句式与此类同。

又《夏日过青龙寺谒操禅师》(与裴迪同作):
"欲问义心义,遥知空病空。"

唐·白居易《晚凉偶咏》:"日下西墙西,风来
北窗北。"

又《玩松竹二首》:"坐爱前檐前,卧爱北窗
北。"

唐·罗隐《秋晚》:"杯酒有时有,乱罹无处
无。"

唐·杜荀鹤《寄诗友》:"别来春又春。相忆喜

相亲。"后句一四字重。

唐·贯休《陶种柑橙令山童买之》:"高步南山南,高歌北山北。"

唐·周朴《次梧州却寄永川使君》:"客泪有时有,猿声无处无。"

宋·苏轼《故周茂叔先生濂溪》(周敦颐):"先生岂我辈,造物乃其徒。应用柳州柳,聊使愚溪愚。"柳宗元为柳州刺史,世号柳柳州。有诗:"柳州柳刺史,种柳柳江边。"其《愚溪对》曰:柳子名愚溪而居。五日,溪之神夜见梦曰:"子何辱予,使予为愚耶?有其实者,名固从之,予固若是耶?"柳子曰:"汝诚无其实,然以吾之愚而独好汝,汝恶得避是名耶?"上即"柳州柳""愚溪愚"之由来。

3189. 浮生暂寄梦中梦

唐·李群玉《自遣》:"浮生暂寄梦中梦,世事如闻风里风。"这是五七字重用对偶七言句。

唐·徐寅《草》:"姑苏麋鹿食思食,楚泽王孙来不来。"

唐·义净《在西园怀王舍城》:"既喜朝闻日复日,不觉颓年秋更秋。"

唐·吕岩《白云岩》:"路登青嶂上头上,寺隐白云深处深。"

宋·梅尧臣《送吴正仲婪悴归梅溪待阙》:"山水东阳去未去,明亲苕霅朝复朝。"

宋·苏轼《戏用晁补之韵》:"昔我尝陪醉翁醉,今君但吟诗老诗。"

3190. 鸡与鸡并食

唐·李白《于王松山赠南陵赏赞府》:"鸡与鸡并食,鸾与鸾同枝。"这是一种一三字重用的对偶五言句。

唐·施肩吾《夜愁曲》:"歌者歌未绝,愁人愁转增。"

一三字重用的七言对偶句:

宋初·晁迥《句》:"影外影为三等妄,梦中梦是两重虚。"

宋·辛弃疾《鹧鸪天》(博山寺作):"味无味处求吾乐,材不材间过此生。"

3191. 照人如照水

南朝·梁·吴均《咏宝剑》:"照人如照水,切玉如切泥。"上句写宝剑之明亮,下句写宝剑之锋

利。后有"削铁如泥"说法。又《酬别江主簿屯骑》:"泛舟当泛济,结交当结桂。"此用一四重字对偶五言句。

南朝·梁·范云《赠俊公道人》:"秋蓬飘秋甸,寒藻泛寒池。风条振风响,霜叶断霜枝。"四句皆用此句式,当是最早的。

唐·李白《江上望皖公山》:"奇峰出奇云,秀木含秀气。"

唐·元稹《遣兴十首》:"养禽当养鹘,种树先种花。"

又《出门行》:"易得还易失,难同亦难离。"

唐·白居易《效陶潜体诗十六首》:"爱酒不爱名,忧醒不忧贫。"

又《和除夜作》:"春无伤春心,秋无感秋日。"

又《中隐》:"似出复似处,非忙亦非闲。"

唐·宋齐丘《陪游凤凰台献诗》:"养花如养贤,去草如去恶。"

唐·寒山《诗三百三首》:"借皮兼借肉,怀叹复怀愁。"

唐·皎然《杂言重送皇甫侍御曾》:"孤帆带孤屿,远水连远村。"

唐·齐己《答孔秀才》:"不愁人不爱,闲处自闲吟。"

唐·白田獭魅《别村女诗》:"有来终有去,情易复情难。"

宋·王禹偁《赠种放处士》:"务木不务末,求力不求人。"

宋·鲍当《送天台进长老》:"浮尘满浮世,流水逐流泉。"

宋·范仲淹《四民诗·士》:"听幽不听明,言命不言德。"

宋·韩维《送北都留台王国博》:"凿川当凿源,植木当植根。"

3192. 绿叶迎春绿

唐·武平一《奉和正旦赐宰臣柏叶应制》:"绿叶迎春绿,寒枝历岁寒。"一五字重用对偶五言句,因而句首字与句尾字同。

唐·赵彦昭《奉和元日赐群臣柏叶应制》:"器乏雕梁器,材非构厦材。"

唐·李伯鱼《桐竹赠张燕公》:"北竹青桐北,南桐绿竹南。"

唐·高宗李治《七夕宴悬圃二首》:"促欢今夕

促,长离别后长。"

唐·刘湾《出塞曲》:"死是征人死,功是将军功。"

唐·齐己《渚宫莫问诗一十五首》:"了应须自了,心不是他心。"

唐·许棠《送友人北游》:"雁塞虽多雁,云州却少云。"

唐·吴融《蛱蝶》:"住时须并住,飞处要交飞。"

唐·崔十娘《别文成》:"别时终是别,春心不值春。"

唐·晁迥《芭蕉》:"叶外应无叶,心中更有心。"

六言句首尾重用字:

唐·齐己《君子行》:"荣必为天下荣,耻必为天下耻。"

3193. 雁门山上雁初飞

唐·韦应物《突厥三台》:"雁门山上雁初飞,马邑栏中马正肥。"(《全唐诗》又收入盛小丛诗)这是一五字重用对偶的七言句。

唐·李贺《金铜仙人辞汉歌》中的名句:"衰兰送客咸阳道,天若有情天亦老。"人民领袖毛泽东在《七律·人民解放军占领南京》一诗中曾用此句:"天若有情天亦老,人间正道是沧桑。""天若有情天亦老",是一五字重用句,宋人石曼卿对作"月如无恨月长圆",对得很巧。清·蒲松龄《瑞鹧鸪》(中秋怀宣四兄):"愁我有愁将作的,恨他有恨不常圆。"是一四字重用对偶句。而"恨他有恨不常圆"正是反用"月如无恨月常圆"句。

唐·储光羲《新丰主人》:"新丰主人新酒熟,旧客还归旧堂游。"这是最早的一五字重用式。

唐·崔敏童《宴城东庄》:"一年始有一年春,百岁曾无百岁人。"此句为后人所赏识。

唐·薛涛《试新服裁制初成三首》:"九气分为九色霞,五灵仙驭五云车。"

唐·白居易《九江北岸遇风雨》:"黄梅县边黄梅雨,白头浪里白头翁。"

宋·张元干《浣溪沙》:"归梦等闲归燕去,断肠分付断云行。"

3194. 桃花细逐杨花落

唐·杜甫《曲江对酒》:"桃花细逐杨花落,黄

鸟时兼白鸟飞。"这是七律的颈联,二六字重用对偶,写曲江春花春鸟,花落鸟飞,动态翕然。南宋胡仔《苕溪渔隐丛话》云原作"桃花欲共杨花语",杜甫"自以淡笔改三字""语"改作"落"句更工,意更切了。

唐·丘为《伤河龛老人》:"水流不为人流去,鱼乐宁知人乐时。"

唐·贾至《别裴九弟》:"月色更添春色好,芦风胜似竹风幽。"

唐·齐己《寄倪署郎中》:"帝乡久别江乡住,春笋何如樱笋时。"

唐·杜牧《送赵十二赴举》:"省事却因多事力,无心翻似有心来。"

宋·王安石《江雨》:"北涧欲通南涧水,南山正绕北山云。"

宋·苏轼《莘老葺天庆观小园,有亭北向,道士山宗说乞名与诗》:"春风欲动北风微,归雁亭边送雁归。"

又《钱道人有诗云'直须认取主人翁',作两绝戏之》:"首断故应无断者,冰销那复有冰知。""冰销"不对偶。

3195. 昨日老于前日

唐·白居易《临都驿答梦得六言二首》:"昨日老于前日,去年春似今年。"这是二六字重用对偶六言句。

宋·郭应祥《西江月》:"地胜岂如人胜,秋清争似官清。"

又《西江月》(韩亨道席上次方孚苦若):"宾醉须教主醉,更长不怕杯长。"

3196. 峨眉山上月如眉

唐·骆宾王《艳情代郭氏答卢照邻》:"峨眉山上月如眉,濯锦江中霞似锦。"这是二七字重用对偶七言句。

唐·王绩《绩溪岭》:"磴道险如过栈道,丛关高似度函关。"

唐·戎昱《秋月》:"思苦自看明月苦,人愁不是月华愁。"

唐·许棠《讲德陈情上淮南李仆射八首》:"楚玉已曾分卞玉,膺门依旧是龙门。"

唐·薛昭蕴《浣溪沙》:"意满便同春水满,情深还似酒杯深。"

唐·司空图《上方》:"花落更同悲木落,莺声相续即蝉声。"

唐·杜荀鹤《途中有作》:"枕上事仍多马上,山中心更甚关中。"

3197. 莺啼二月三月时

唐·任华《寄杜拾遗》:"莺啼二月三月时,花发千山万山里。"这是三五字重用对偶七言句。

唐·顾况《剡纸歌》:"欲写金人金口经,寄与山阴山里僧。"

元·黄庚《修竹宴客东园》:"酒当半醉半醒处,春在轻寒轻暖中。"

3198. 休对故人思故国

宋·苏轼《望江南》(暮春):"休对故人思故国,且将新火试新茶,诗酒趁年华。"熙宁九年(1076)作者任山东密川太守时作此词。寒食后,同故友饮酒,生思乡之情。醒后却以为"休对故人思故国,且将新火试新茶",表现了达观态度。近人俞陛云《唐五代两宋词选释》评:"下阕故人故国,触绪生悲,新火新茶,及时行乐,以此易彼,公诚达人也。"此为三六字重用对偶七言句,源出唐代。

唐·卢照邻《行路难》:"昔日含红又含紫,常时留雾又留烟。"

唐·元稹《江楼月》:"月色满床兼满地,江声如鼓复如风。"

唐·李商隐《春日寄怀》:"纵使有花兼有月,可堪无酒又无人。"

唐·薛能《答贾支使寄鹤》:"幸有远云兼远水,莫临华表望华亭。"

唐·鱼玄机《迎李近仁员外》:"今日喜时闻喜鹊,昨宵灯下拜灯花。"

宋·邵雍《教子吟》:"虽用知如未知说,在乎行与不行分。"

又《旋风吟》(又二首):"闲看蜜蜂收密意,静观巢燕垒巢心。"

宋·欧阳修《千叶红梨花》:"春风吹落复吹开,山鸟飞来自飞去。"

明·王彦弘《再赋个人》:"胆小宜惊还宜喜,眉弯宜笑更宜颦。"对偶字是同一字。

3199. 正要雨时须不雨

宋·邵雍《悯旱》:"正要雨时须不雨,已成灾处更成灾。"此为三七字重用对偶七言句。

又《自谢用此乐直从天外来》:"得自苦时终入苦,来从哀处卒旧哀。"

唐·白居易《狂吟七言十四韵》:"亦知世是休明世,自想身非富贵身。"

3200. 即从巴峡穿巫峡

唐·杜甫《闻官军收河南河北》:"白日放歌须纵酒,青春作伴好还乡。即从巴峡穿巫峡,便下襄阳向洛阳。"宝应元年(762),官兵收复河南洛阳及河北南部,延续七年的安史之乱平定有望。作者于唐代宗广德元年(763)闻此喜讯,欢欣苦狂,拟从梓州,出三峡,经襄阳,返回洛阳故居。"即从巴峡穿巫峡,便下襄阳向洛阳。"用四七字重复对偶七言句,轻快地数说着行程,流露出一种欢快情绪。

唐·刘长卿《时平后送范伦归安州》:"江潭岁尽愁不尽,鸿雁春归身未归。"

唐·岑参《过碛》:"为言地尽天还尽,行到安西更向西。"

唐·杨凝《送客归常州》:"可怜芳草成衰草,公子归时过绿时。"

唐·郭郧《寒食寄李补阙》:"人间后事悲前事,镜里今年老去年。"

唐·刘禹锡《乐天见示伤微之敦诗晦叔三君子皆有深分因成是诗以寄》:"芳林新叶催陈叶,流水前波让后波。"

唐·元稹《莺莺诗》:"低迷隐笑原非笑,散漫清香不是香。"

唐·白居易《咏家酝十韵》:"能销忙事成闲事,转得忧人作乐人。"

又《劝酒》:"面上昨日老前日,心中醉时胜醒时。"

唐·李商隐《杜工部蜀中离席》:"座中醉客延醒客,江上晴云杂雨云。"

唐·薛能《汉南春望》:"奸邪用法原非法,唱和求才不是才。"

唐·贾岛《友人婚杨氏催妆》:"不知今夕是何夕,催促阳台近镜台。"

唐·许棠《将过单于》:"江山不到处皆到,陇雁已归时未归。"

唐·褚载《投节度邢公》:"流年怕老看将老,百计求安未得安。"

唐·司空图《浙上》:"愁看地色连空色,静听歌声似哭声。"

唐·李山甫《隋堤柳》："但经春色还秋色，不觉杨家是李家。"

唐·罗隐《寄右省王谏议》："耳边要静不得静，心里欲闲终未闲。"

唐·郑谷《自遣》："谁知野性真天性，不扣权门扣道门。"

又《江际》："那堪流落逢摇落，可得潜然是偶然。"

唐·王易简《官左拾遗归隐作》："青山得去且归去，官职有来还自来。"

唐·韦澳《句》："莫将韦监同殷鉴，错认容身是保身。"

五代·江为《观山水障歌》："片云似去又不去，双鹤如飞又不飞。"

宋·秦观《处州闲题》："莫夸春色欺秋色，未信桃花胜菊花。"

宋·吕公著《和魏教授见赠》："游山太室更少室，看水伊川又洛川。"

宋·杨无咎《鹧鸪天》："须知花意如人意，好在双心同一心。"

清·黄景仁《金陵别邵大仲游》："经过燕市成吴市，相送皋桥又板桥。"

今人熊楚剑《登南丘祝融峰》："方从云海穿林海，看罢朝霞又落霞。"

3201. 故人故情怀故宴

唐·王勃《寒夜怀友杂体二首》："故人故情怀故宴，相望相思不相见。"一三六字重用对偶七言句，一句之中一字三用，极尽强调之能。

唐·骆宾王《代女道士王灵妃赠道士李荣》："相怜相念信相亲，一生一代一双人。"

唐·周朴《赠李裕先辈》："马疑金马门前马，香认芸香阁上香。"

唐·司空图《狂题十八首》："有是有非还有虑，无心无迹亦无猜。"

3202. 爱琴爱酒爱诗客

唐·白居易《诗酒琴人例多薄命》："爱琴爱酒爱诗客，多贱多穷多苦辛。"一三五字重用对偶七言句。重用字亦为所强调之意。

宋·刘光祖《临江仙》（自咏）："闲坐闲行闲饮酒，闲拈闲字闲文。"二句为六言。

3203. 象外空分空外象

唐·杜荀鹤《空闲二公递以禅律相鄙因而解之》："象外空分空外象，无中有作有中无。"一七字重，二六字重，三五字重，七言中只第四字不重。把另几种类型句列于此条：

唐·张文成《赠崔十娘》："鬓欺蝉鬓非成鬓，眉笑蛾眉不是眉。"一三七字重用对偶。

宋·魏野《送太白山人俞太中之商於访道友王知常自归故山》："水声山色为声色，鹤性云情是性情。"二六字、四七字重用对偶七言句。

宋·邵雍《花月长吟》："有花无月愁花老，有月无花恨月孤。"前句"花"重，后句"月"重，"有""无"一三字对仗。

宋·张方平《读楞伽经》："法法非法离法尘，心心无心入心病。"一字四重对偶，同杜荀鹤句一样表达佛学哲理。

3204. 千种冈峦千种树

唐·阎朝隐《奉和圣制夏日游石淙山》："千种冈峦千种树，一重岩壑一重云。"一二字与五六字重用对偶句。

唐·白居易《九江北岸遇风雨》："黄梅县边黄梅雨，白头浪里白头翁。"

唐·张祜《所居即事六首》："杜鹃花落杜鹃叫，乌臼叶生乌臼啼。"

唐·韩偓《醉著》："万里清江万里天，一村桑柘一村烟。"

宋·陈允平《望江南》："鹦鹉洲边鹦鹉恨，杜鹃枝上杜鹃啼。"

3205. 合放手时须放手

宋·邵雍《首尾吟》："合放手时须放手，得开眉处且开眉。"二三字与六七字重用对偶七言句。

宋·释昙颖《游上雪窦》："下雪窦游上雪窦，过云峰后望云峰。"

宋·赵子发《望江南》："柳下月如花下月，今年人忆去年人。往事梦中身。"

明·黄星周《西湖竹枝词》："岳少保同于少保，南高峰对北高峰。"岳少保指宋代岳飞，于少保指明代于谦。清·袁枚《谒岳王墓》："江山也要有人扶，神化丹青即画图。赖有岳于双少保，人间始觉重西湖。"岳、于二人祠均在西湖。

清·郑珍《自沾益出宣威入东川》："昨宵蚤会今宵蚤,前路蝇迎后路蝇。"

3206. 争知百岁不百岁

唐·杜荀鹤《隽阳道中》："争知百岁不百岁,未合白头今白头。"三四字与六七字重用对偶七言句。

宋·滕宗亮《翠光亭》："碧波无尽愁无尽,留与今人与后人。"

3207. 白苹未尽人先尽

唐·冷朝光《越溪怨》："白苹未尽人先尽,谁见江南春复春。"上句四七字重用,下句五七字重用。上下句用重不对偶七言句,类型多,错落有致,同"对偶式"一样铿锵。

唐·杜审言《春日京中有怀》："今年游寓独游秦。愁思看春不当春。"上句三六字重用,下句四七字重用。

唐·阎朝隐《三月曲水侍宴应制》："三月重三日,千春续万春。"上句一四、下句二五字重用五言句。

唐·李白《醉后赠从甥高镇》："马上相逢楫马鞭,客中相见客中怜。"上句一六、下句一五字重用。

唐·韦应物《因省风俗访道士侄不见题壁》:"去年涧水今亦流,去年杏花今又拆。"两句一二字与第五字重用。

唐·李群玉《闻笛》："望乡台上望乡时,不独落梅兼落泪。"上句一二与五六字、下句三六字重用。

唐·葛鸦儿《怀良人》(一作河北士人《代妻答诗》):"胡麻好种无人种,正是归时不见归。"上句四七字、下句三七字重用。

宋·宋涛《题白云岩》："白云岩在白云间,岩下千山与万山。"上句一二与五六字、下句四七字重用。

宋·释延寿《山居诗》："独作独行谁会我,群星朝北水朝东。"上句一三字、下句三六字重用。

宋·程大昌《浣溪沙》(钱万大卿,前一夜有月,此日不得用乐作):"物本无情人有情,百般禽味百般声。有人闻鹊不闻莺。"一句四七字、二句一五字。三句三六字重用。

3208. 新啼痕间旧啼痕

清·曹雪芹《红楼梦》第八十七回(高鹗续)写林黛玉在贾宝玉所赠手帕上的题词:"失意人逢失意事,新啼痕间旧啼痕。"上句是一二字与五六字重用,下句为二三字与六七字重用。

宋·无名氏《鹧鸪天》："枝上流莺和泪闻。新啼痕间旧啼痕。"写思念之长,怀念之深,旧泪未干,新啼又继,整日以眼泪洗面。明·李攀龙《草堂诗余隽》谓:"新痕间旧痕,一字一血。"高鹗取此句。

3209. 断肠人忆断肠人

元·王实甫《十二月过尧民歌·别情》："怕黄昏忽地又黄昏,不销魂怎地不销魂。新啼痕压旧啼痕,断肠人忆断肠人。"全曲多用重字,重而还叠。第三句用宋人词中语,第四句一二三字与五六七字重用。

明清小说中惯用这两句:"流泪眼观流泪眼,断肠人对断肠人。"后句源出王实甫曲,成为一二三字与五六七字重用对偶七言句。

清·何绍基《元象》："石根水怒水根石,天外山惊山外天。"石崖下的水因石崖截流而愤怒;天外高山因有山外高天而惊愕。这是五六七字反序用一二三字的七言对偶句。

3210. 待月月未出

唐·李白《挂席江上待月有怀》："待月月未出,望江江自流。"是二三字重用对偶五言句。重用作两个词,不同于重叠词。

唐·杜甫《别董题》："十日北风风未回,客行岁晚晚相催。"四五字重用七言偶句。

宋·葛密《与智能上人》："色空了了空还执,体相如如相即非。"

唐·杜牧《金谷怀古》："徒想夜泉流客恨,夜泉流恨恨无穷。"只下句用连接重字。

3211. 花满中庭酒满尊

唐·令狐楚《春思寄梦得乐天》："花满中庭酒满尊,平时独坐到黄昏。""满"字在二六字位上重用,同时表达两种事物十分充裕。

又《年少行四首》："霜满中庭月满楼,金尊玉柱对清秋。"

又《塞下曲二首》:"雪满衣裳冰满须,晓随飞将伐单于。"

唐·元稹《靖安穷居》:"野人住处无名利,草满空阶树满园。"

唐·赵嘏《宿僧院》:"月满长空树满霜,度云低拂近檐床。"

唐·高骈《赠歌者二首》:"酒满金船花满枝,佳人立唱惨愁眉。"

又《写怀二首》:"花满西园月满池,笙歌摇曳画船移。"

唐·郑谷《作尉鄠郊送进士潘为下第南归》:"灞陵桥上杨花里,酒满芳尊泪满襟。"

五代·韩熙载《送徐铉流舒州》:"昔年凄断此江湄,风满征帆泪满衣。"

五代·李中《访洞神宫邵道者不遇》:"闲来仙观问希夷,云满星坛水满池。"

五代·刘兼《宴游池馆》:"绮筵金碧照芳菲,酒满瑶卮水满池。"

又《寄长安郑员外》:"此时阻隔关山远,月满江楼泪满巾。"

宋·释延寿《山居诗》:"索然物外无余物,云满前山水满瓶。"

宋·夏竦《安抚状元内翰还朝复命再获候迎先附短章以代片幅》:"霜雪满头尘满袖,自惭重见玉堂人。"

又《雪后赠雪苑师》:"雪山修道六年成,云满长空雪满庭。"

宋·张先《庆佳节》词:"莫风流,莫风流。风流后,有闲愁。花满南园月满楼。"

宋·王安石《歌元丰五首》:"水满陂塘谷满篝,漫移蔬果亦多收。"

宋·赵令畤《浣溪沙》:"水满池塘花满枝,乱香深里语黄鹂,东风轻软弄帘帏。"

宋·吕渭老《豆叶黄》:"轻罗团扇掩微羞,酒满玻璃花满头。"

宋·丘崈《夜行船》(越上作):"水满平湖香满路,绕重城、藕花无数。"

宋·雷震《村晚》:"草满池塘水满陂,山衔落日浸寒漪。"

宋·无名氏《莫思归》:"花满名园酒满觥,且开笑口对浓芳。"

今人李镜明《闲吟》(一九四六年):"水满池塘月满时,夜谈清景最相宜。"

今人宗廓《看电影〈丝路花雨〉》:"知音解得琵琶语,春满乾坤画满廊。"

今人方曙光《老农迎婿》:"新居摆酒宴东床,肉满厨房谷满仓。"

今人陈凤梧《旅途所见》:"鸭满池塘瓜满架,东窗当作画图看。"

一副传统对联:"天增岁月人增寿,春满乾坤福满门。"广泛地被作为春联。

3212. 满山残雪满山风

唐·元稹《雪后宿同轨店上法护寺钟楼望月》:"满山残雪满山风,野寺无门院院空。""满"字在一五字位上重用。

又《定僧》:"野僧偶向花前定,满树狂风满树花。"

唐·白居易《暮立》:"黄昏独立佛堂前,满地槐花满树蝉。"

又《王昭君二首》:"满面胡沙满鬓风,眉销残黛脸销红。"

又《燕子楼三首》:"满窗明月满帘霜,被冷灯残拂卧床。"

唐·赵嘏《宛陵寓居上沈大夫二首》:"满耳歌谣满眼士,宛陵城郭翠微间。"

3213. 花自飘零水自流

宋·李清照《一剪梅》:"花自飘零水自流,一种相思,两处闲愁。此情无计可消除,才下眉头,却上心头。""自"字在二六字位上重用七言句,"自"多表示依然、照旧之意。

唐·元稹《智度师二首》:"石榴园下擒生处,独自闲行独自归。"首用"重自"句。

唐·唐彦谦《金陵怀古》:"太平时节殊风景,山自青青水自流。"

宋·释自圆《自遣三首》:"野塘日暮搘筇立,云自无依水自流。"

宋·王安石《送陈靖中舍归武陵》:"知君欲上武陵溪,水自东流人自西。到日桃花应已谢,想君应不为花迷。"

宋·苏轼《次韵徐仲东》:"八年看我走三州,月自当空水自流。"

宋·康与之《丑奴儿令》(自岭表还临安作):"旧时扶上雕鞍处,此地重游,总是新愁,柳自轻盈水自流。"

宋·杨泽民《南乡子》(宁都登楼):"帘卷好风知客意,飔飔,山自纵横水自流。"

宋·汪元量《忆王孙》:"汉家宫阙动高秋,人自伤心水自流。"

宋·马廷鸾《沁园春》(为结堂寿):"花萼楼深,灵和殿古,人自凄凉柳自垂。"

清·曹雪芹《红楼梦》第二十七回林黛玉《葬花吟》:"昨宵庭外悲歌发,知是花魂与鸟魂?花魂鸟魂总难留,鸟自无言花自羞。"

3214. 东西水自流

唐·刘长卿《送勤照和尚往雕阳赴太守请》:"来去云无意,东西水自流。"又《送李补阙之上都》:"惆怅离心远,沧江空自流。""水自流"表达一种离情,含一种无可奈何的惆怅。刘长卿首用此语。句中只用"水自流"一"自"字。

唐·裴夷直《临水》:"江亭独倚阑干处,人亦无言水自流。"

唐·杜牧《经阖闾城》:"昔日人何处,终年水自流。"

唐·温庭筠《西江贻钓叟骞生》:"事随云去身难到,梦逐烟销水自流。"

唐·韦庄《过当涂县》:"采石花空发,乌江水自流。"

唐·明月潭龙女《与何光远赠答诗》:"宫空月苦瑶云断,寂寞巴江水自流。"

宋·贺铸《南柯子》(别恨):"有恨花空委,无情水自流。"

宋·吕渭老《思佳客》:"燕衔柳絮春心远,鱼入晴江水自流。"

宋·康与之《菩萨蛮令》(金陵怀古):"龙蟠虎踞金陵郡,古来六代豪华盛。缥风不来游,台空江自流。"

宋·赵长卿《阮郎归》(咏春):"杏花深处一声鸠,花飞水自流。"

宋·张炎《南乡子》(杜陵醉归手卷):"一似浣花溪上路,清幽,烟草纤纤水自流。"

3215. 一叫一回肠一断

唐·李白《宣城见杜鹃花》(一作杜牧《子规》诗,但杜牧未去过蜀地,不会"蜀国曾闻子规鸟")天宝十四载,诗人旅居宣城,见杜鹃花而忆起杜鹃鸟(子规),表达一种怀思蜀地故乡之情。见异乡杜鹃花而思故乡杜鹃鸟,赌物联想,写法自然而巧妙。上句重用三个"一"字,写"闻子规叫"引起的感情冲动。

一句三"一",彼此关系并不一致,有连琐关系,如李白此句,有的强化语势,也有表时间、数量。

唐·李白《山中与幽人对酌》:"两人对酌山花开,一杯一杯复一杯。"强化语势。

宋·王安石《春风》:"一杯一杯复一杯,笑言溢口何欢哈。"用李白原句。

又《梅花》:"唯有春风最相惜,一年一度一归来。"表时间。

清·纪晓岚《月下渔舟》:"一篙一橹一渔舟,一个艄公一钓钩;一拍一呼还一笑,一轮明月一江秋。"三"一"句与二"一"句间用。

一句重用"一"字,用者较多。有的一首句句重用"一"。唐·王建《古谣二首》:"一东一西陇头水,一聚一散天边霞,一来一去道上客,一颠一倒池中麻。"唐·李贺《修养》:"世人逢一不逢一,一回存想一回出。只知一切望一切,不觉一日损一日。"这是诗中重用"一"字的四句。"重一"句,前一"一"字多写所见、所闻,后一"一"字主要写产生的反响。

李白《弟幼成过西园见赠》:"一笑复一歌,不知夕景昏。""笑""歌"并发,无因果关系。

唐·刘长卿《赠崔九载华》:"怜君一见一悲歌,岁岁无如老去何。"

唐·常建《江上琴兴》:"江上调玉琴,一弦清一心。"

唐·钱起《长安落第》:"数日莺花皆落羽,一回春至一伤心。"

唐·戴叔伦《和崔法曹建溪闻猿》:"曾向巫山峡里行,羁猿一叫一回惊。"

唐·刘禹锡《再经故元九相公宅池上作》:"故池春又至,一到一伤情。"

唐·白居易《题周家歌者》:"一声肠一断,能有几多肠。"

又《池上有小舟》:"岸曲舟行迟,一曲进一觞。"

又《南浦别》:"一看肠一断,好去莫回头。"

又《为薛公悼亡》:"半死梧桐老病身,重泉一念一伤神。"

又《西街渠中种莲》:"是非君莫问,一对一翛然。"

唐·孟郊《李少府厅吊李元宾遗字》："已矣难重言，一言一潜然。"

唐·于武陵《望月》："离家凡几宵，一望一寥寥。"

唐·于濆《青楼曲》："青楼临大道，一上一回老。"

唐·邵谒《秋夕》："天末雁来时，一叫一断肠。"

唐·齐己《剃发》："金刀闪冷光，一剃一清凉。"

又《寄洛下王彝训二首》："贾岛存正始，王维留格言。千篇千古在，一咏一惊魂。"

唐·黄滔《延福里居和林宽何绍余酬寄》："长说愁吟逆旅中，一庭深雪一窗风。"

唐·无名氏《王昭君·又》："一回望月一回悲，望月月移人不移。"

唐·孙蜀《中秋夜戏酬顾道流》："仙翁每被嫦娥使，一度逢圆一度吟。"

五代·谭用之《赠索处士》："一度相思一惆怅，水寒烟淡落花前。"

五代·李煜《渔父》："一棹春风一叶舟，一纶茧缕一轻钩。"

宋·袁去华《念奴娇》（九日）："一番雨过一番凉，秋入苍崖青壁。"

宋·李处全《江城子》（重阳）用袁去华句："一番风雨一番凉，烔秋光，又重阳。洒洒东篱，浑学汉宫妆。"

3216. 一曲离歌酒一杯

唐·许浑《颍州从事西湖亭宴饯》："西湖清宴不知回，一曲离歌酒一杯。"重用"一"字。多与歌酒相联系。

唐·苏晋《过贾六》："一酌复一笑，不知日将夕。"

唐·贺知章《句》："落花真好些，一醉一回颠。"

唐·孟浩然《听郑五愔弹琴》："一杯弹一曲，不觉夕阳沉。"

唐·李白《山中与幽人对酌》："两人对酌山花开，一杯一杯复一杯。"

唐·独孤及《三月三日自京到华阴于水亭独酌寄裴六薛八》："呼儿命长瓢，独酌湘吴醇。一酌一朗咏，既醋意已申。"

又《初晴抱琴登马退山对酒望远醉后作》："一弹一引满，热耳知心宣。"

唐·白居易《长安道》："花枝缺处青楼开，艳歌一曲酒一杯。"

又《诏下》："更倾一尊歌一曲，不独忘世兼忘身。"

又《与梦得沽酒闲饮且约后期》："更待菊黄家酿熟，共君一醉一陶然。"

唐·方干《赠许牍山人》："才子醉更逸，一吟倾一觞。"

唐·许浑《题四老庙二首》："山酒一卮歌一曲，汉家天子忌功臣。"

唐·沈炯《独酌谣》："所以成独酌，一酌一倾瓢。"

五代·冯延巳《薄命妾》："春日宴，绿酒一杯歌一遍。"

五代·张令问《寄杜光庭》："一壶美酒一炉药，饱听松风清昼眠。"

3217. 飘零酒一杯

唐·杜甫《不见》："敏捷诗千首，飘零酒一杯。"这是称道李白的诗酒才华的。原注说"近无李白消息。"杜甫时在蜀中，不见李白流放消息，十分怀念。用"酒一杯"语如：

唐·孟郊《赵记事俶在职无事》："彼隐山万曲，我隐酒一杯。"

宋·朱熹《留题芙蓉馆》："风清月白琴三弄，绿暗红稀酒一杯。"

宋·汪藻《次韵董禹川》："烟尘回首峰三月，花柳关情酒一杯。"

宋·张耒《发泗州》："消磨岁月书千卷，零落江湖酒一杯。"

宋·文天祥《皂盖楼》："碧落人千载，青山酒一杯。"

诗语贵避重，在律诗、绝句中一篇诗忌重复用字，在乐府、古体诗中稍宽。而上述重复用字之诸句式，则是允许的，可以产生回环往复的节奏，含蓄蝉蝉联联的哲理。北宋哲学家邵雍多写哲理诗，所以他用这句式也多。明清以来许多"妙对"也崇尚这种句式。

重用，以"满"、"自"为多，其它字重用，虽有却少。如"芙蓉如面柳如眉"（白居易《长恨歌》）重用"如"字。"花有清香月有阴"（苏轼《春宵》）重用"有"字，并不多见。

3218. 江湖满地一渔翁

唐·杜甫《秋兴》："关塞极天惟鸟道，江湖满地一渔翁。"大历元年（766）秋作者滞留夔州，想望长安昆明池，自叹飘泊而作。望长安关塞遥隔，而自己却如漂泊于江湖之中的一个渔翁。诗人的漂泊已非一日，永泰元年（765）五月，他离开成都草堂，举家东迁，乘舟而下，赴云安（今四川云阳），途经渝州（重庆）、忠州（今忠县），一路漂泊，曾作《旅夜书怀》诗，也曾感叹"飘飘何所似，天地一沙鸥。""一沙鸥""一渔翁"都是自叹漂泊，自伤孤独。这种情绪，这种表达方式，常为后人借鉴。杜甫还有：

《江汉》："江汉思归客，乾坤一腐儒。"

《秋日荆南送石首薛明府辞满告别奉寄薛尚书颂德叙怀斐然之作三十韵》："风尘相顼洞，天地一丘墟。"

《怀瀼上游》："眼前今古意，江汉一归舟。"

唐·殷尧藩《过雍陶博士邸中饮》："此身何所似，天地一渔翁。"

又《客中有感》："天地一身在，头颅五十过。"

宋·欧阳修《毬场看山》："向老光阴双转毂，此身天地一飘蓬。"

宋·张元干《水调歌头》（同徐师川泛太湖舟中作）："泽畔行吟处，天地一沙鸥。"用杜甫原句。

宋·王之道《水调歌头》（用王冲之韵赠僧定渊）："高名厚利，眇若天地一蜉蝣。"

宋·陆游《秋思》："利欲驱人万火牛，江湖浪迹一沙鸥。"兼用杜甫"江湖……""……沙鸥"句。

宋·辛弃疾《浣溪沙》（黄沙岭）："才步人间百尺楼，孤城春水一沙鸥。"

元·李齐贤《巫山一段云》（潇湘夜雨）："个中谁与共清幽，唯有一沙鸥。"

清·孔尚任《桃花扇》卷一《鼓词四》："俺们一叶扁舟桃源路，这才是江湖满地，几个渔翁。"

3219. 昭阳殿里第一人

唐·杜甫《哀江头》："昭阳殿里第一人，同辇随君侍君侧。"至德二年（757）春，诗人漫步曲江，面对一派荒凉，回想当年唐玄宗和杨贵妃南苑游猎的情况，寄寓了深切的悲痛。"昭阳殿里第一人"原指汉赵飞燕。《汉书》载：飞燕立为皇后，宠少衰。女弟绝幸，为昭仪，居昭阳殿。这是汉成帝时

代。赵飞燕曾一度是最受宠的人，常被唐人比代杨贵妃。李白《宫中行乐词八首》："每出深宫里，常随步辇归。……宫中谁第一，飞燕在昭阳。"就是指代杨妃。杜甫此句，从李白诗中化出。

唐·李端《姜薄命》："从来闭在长门者，必是宫中第一人。"最得宠者，也必然要失宠。

唐·李商隐《华清宫》："朝元阁迥羽衣新，首按昭阳第一人。"

又《隋宫守岁》："昭阳第一倾城客，不踏金莲不肯来。"

宋·柳永《斗百花》："应是帝王，当初怪妾辞辇。陡顿今来，宫中第一妖娆，却道昭阳飞燕。"

宋·曾巩《荔枝四首》："千门万户谁曾得，只有昭阳第一人。"指杨贵妃食荔枝。

3220. 既殊大厦倾，可以一木支

唐·杜甫《水槛》："既殊大厦倾，可以一木支。"狂风疾雨，使草堂损坏，水槛亦斜欹，须整修。水槛倾斜可以一木支扶，不同于大大厦将倾一木难支。南朝·宋·萧道成专制，袁粲与刘秉预谋杀萧道成。褚渊告知萧道成，袁粲被捕。临刑前对其子说："原知一木难撑大厦，一人难成大事。"隋·王通《文中子·事君篇》："大厦将倾，非一木所支也。"说隋朝将亡，非一御史能解救的。杜甫以大厦比水槛，"可以一木支"，系反用。

杜甫《别张十三建封》："旧丘岂税驾，大厦倾宜扶。"张建封受聘书之晋，不就欲行。杜甫临别作此诗，说时土番屡犯，不应息驾旧丘，宜扶危定倾。

又《古柏行》："大厦如倾要梁栋，万牛回首丘山重。"《晋书》："袁粲见王俭而叹曰：'宰相之材也，括柏豫章虽小，已有栋梁之器。'""栋梁"喻决定国家命运的人才。杜诗说，这古柏虽需要它做栋梁，可万牛也拉不动这丘山一样的大柏。

宋·苏轼《吊徐德占》："大厦若畏倾，万牛何足言。"

元·杨载《题文丞相书梅堂》："大厦就倾覆，难以一木支。"说南宋将亡，一位文丞相难以支撑得住。

3221. 当其未遇时，忧在填沟壑

晋·左思《咏史八首》之七"当其未遇时，忧在填沟壑。"此诗抨击晋代"上品无寒门，下品无世

族"的门阀制度,举汉代主父偃、朱买臣、陈平、司马相如这些贫士,说自古英雄都有不遇的时候,都面对着坎坷困顿。"填沟壑"正是朱买臣之典:《汉书·朱买臣传》:"妻恚怒曰:'如公等,终饿死沟壑耳。'"沟壑即溪谷,荒山旷野之意。语源《战国策》:"愿及未填沟壑而托之。"指死亡。

南朝·梁·王僧孺《伤乞人》:"少年空扶辙,白首竟填沟。"伤"乞人"(乞丐)的困顿。

唐·杜甫《醉时歌》:"但觉高歌有鬼神,焉知饿死填沟壑。"春夜灯前,饮酒高歌,如有神力,竟忘掉了贫穷困顿,死无处所。又《狂夫》诗:"欲填沟壑难疏放,自笑狂夫老更狂。"身濒沟壑,而自笑疏狂,乐居草堂,晚年以求自逸。

宋·岳飞《满江红》(登黄鹤楼有感):"民安在,填沟壑。"百姓流离失所,饥寒交迫而死。

3222. 铅刀贵一割

晋·左思《咏史八首》其一:"铅刀贵一割,楚想骋良图。"抒发诗人壮志,铅刀虽钝,贵在一割,自己虽然才钝,也愿一用,为国立功。铅刀,割物不锋利,而且一割之后不能再用。语出汉·班超上疏中"铅刀一割",说自己才华不高,也愿一试。

汉末·王粲《从军诗五首》:"虽无铅刀用,庶几奋薄身。"

南朝·齐·谢朓《忝没湘州与宣城吏民别》:"瘦马方云驱,铅刀安可操。"

唐·韦应物《寇季膺古刀歌》:"世人所好殊辽阔,千金买铅徒一刀。"

宋·梅尧臣《依韵答宋中道》:"铅刀况易缺,徒假以金锝。"

3223. 寂寂扬子宅,门无卿相舆

晋·左思《咏史八首》其四:"寂寂扬子宅,门无卿相舆。"以金日磾、张汤、许广汉、史高军等权贵的豪华一时,同扬雄穷居著书而长传后世作对照,赞扬了扬雄。扬雄曾拟司马相如《子虚》《上林》作《甘泉》《羽猎》《长杨》《河东》赋,仿《论语》著《法言》,晚年又写《太玄经》十卷,以文章垂名后世,另有《方言》语言学著作。"寂寂扬子宅"句为后人应用,(据清人段玉裁考证,应作杨雄)

唐·卢照邻《长安古意》:"寂寂寥寥扬子居,年年岁岁一床书。"以扬雄仕宦不得志终能以文章垂名而自况。下如:

唐·任希古《和长孙秘监伏日苦热》:"披襟扬子宅,舒啸仰重闱。"

唐·张九龄《酬王六霁后书怀见示》:"贾生流寓目,扬子寂寥时。"又《初发道中赠王司马兼寄诸公》:"子云应寂寞,公叔为吹嘘。"

唐·王勃《赠李十四田四首》:"从来扬子宅,别有尚玄人。"

唐·王绩《田家三首》:"草生无壳径,花暗子云居。"

唐·高适《哭单父梁九少府》:"夜台今寂寞,独是子云居。"

唐·杜甫《堂成》:"旁人错比扬雄宅,懒惰无心作解嘲。"

3224. 子云性嗜酒

晋·陶渊明《饮酒二十首》其十八:"子云性嗜酒,家贫无由得。时赖好事人,载醪祛所惑。"西汉扬雄,字子云,家贫嗜酒。当时有好事者携酒来,向他问学,扬解其所获。陶诗即述此事。

南朝·梁·吴均《赠周散骑兴嗣》:"子云好饮酒,家在成都县。制赋已百篇,弹琴复千转。"以扬雄比周兴嗣之才。

3225. 悬知独有子云才

唐·王维《和太常韦主簿五郎温汤寓目之作》:"闻道甘泉能献赋,悬知独有子云才。"西汉扬雄,字子云,作赋用司马相如之才,然而小人当道,难受重任。《甘泉赋》是他献的第一首赋,已展示了他的才华。《汉书·扬雄传》载:"孝成帝时,客有荐雄文似相如者,上方郊祠甘泉泰畤、汾阴后土,以求继嗣,召雄待诏承明之庭。正月,从上甘泉,还秦《甘泉赋》以风。"王维此诗在温泉想到甘泉,想到甘泉赋,以喻韦主簿有"子云才"。扬雄作的名赋还有《河东赋》《羽猎赋》《长杨赋》,多是鉴古喻今,讽议朝政,助于治国的。

称《甘泉赋》的还如:

唐·李白《东武吟》:"因学扬子云,献赋甘泉宫。"喻自己在长安曾献文章。

又《答杜秀才五松见赠》:"昔献长杨赋,天开云雨观。当时待诏承明里,皆道扬雄才可观。"

唐·储光羲《酬李处士山中见赠》:"孟阳题剑阁,子云献甘泉。"

称扬雄之才者如:

唐·张说《酬崔光禄冬日述怀赠答》:"才雄子云笔,学广仲舒帷。"以扬雄、董仲舒比崔。

唐·贯休《君子有思行》:"我爱扬子云,理乱皆如风。"

3226.献赋十年犹未遇

唐·钱起《赠阙下裴舍人》:"献赋十年犹未遇,羞将白发对华簪。"作者为大历十才子之一。天宝十载登进士第,官至尚书考功郎中。"献赋十年犹未遇"以扬雄自况,表示怀才不遇。《东观汉记》载:班固曾献赋。古人为了展现自己的才华,取得皇帝了解,"献赋"的事屡见不鲜,李白到长安曾献《蜀道难》,杜甫也曾献《三大礼赋》,而最有代表性的就是扬雄献赋,他虽才比相如,却一直不被重用。

用"献赋"不遇意如:

唐·祖咏《送丘为下第》:"沧江一身客,献赋空十年。""献赋十年"从此来。

唐·严维《送丘为下第归苏州》诗与祖咏诗尽同,疑有误收。

唐·卢象《驾幸温泉》:"此日小臣徒献赋,汉家谁复重扬雄。"

唐·李白《忆旧游寄谯郡元参军》:"此时行东再难遇,西游因献长杨赋。"

唐·杜甫《送杨六判官使西蕃》:"子云清自守,今日起为官。垂泪方投笔,伤时即据鞍。"

唐·胡曾《射熊馆》:"汉帝荒唐不解忧,大夸田猎废农收。子云徒献长杨赋,肯念高皇沐雨秋。"

唐·罗隐《寄制浩命舍人》:"一首长杨赋,应嫌索价高。"

3227.谁能书阁下,白首太玄经

唐·李白《侠客行》:"谁能书阁下,白首太玄经。"《汉书·扬雄传》载:"哀帝时,丁、傅、董贤用事,诸附离之者或起家至二千石。时雄方草太玄,有以自守,泊如也。"汉·杨修《答临淄侯笺》云:"修家子云,老不晓事。"扬雄晚年仿《易经》作《太玄经》,讥讽当时政治。李白《古风第四十八·一百四年》:"独有扬执戟,闭关草《太玄》。"赞他不谋富贵。"扬执戟",扬雄曾做过执戟守怀宫殿的郎官。

唐·司空曙《和耿拾遗元日观早朝》:"自怜扬子贱,归草太玄经。"

唐·皮日休《襄阳闲居与友生夜会》:"草玄寂淡无人爱,不遇刘歆更语谁。"《汉书·扬雄传》(赞曰):"刘歆亦尝观之(指《太玄》《法言》),谓雄曰:'空自苦!今学者有利禄,然尚不能明《易》,又如《玄》何?'"说明《太玄经》亦不为世人重视。

3228.子云识字终投阁

唐·杜甫《醉时歌》:"相如逸才亲涤器,子云识字终投阁。"作者以相如涤器、子云设阁同己比,聊以自慰。"投阁"《汉书·扬雄传》:"雄校书天禄阁上,治狱使者来,欲收雄,雄恐不能自免,乃从阁上自投下,几死。"受株连的原因是他的学生刘棻"作奇字"入狱,他受了株连。当时民谣曰:"雄寂寞,自投阁;爱清静,作符命。"

用"识字投阁"句如:

宋·王安石《与北山道人》(戏赠湛源):"可惜昂藏一丈夫,生来不读半行书。子玄识字终投阁,幸是元无免破除。"用杜甫原句。

宋·辛弃疾《杨柳青》(韩仲止判院山中见访,席上用前韵):"作赋相如亲涤器,识字子云投阁,算枉把精神费却。"用杜甫二句,写人才无用地。

唐·李白《古风》(第八首"成阳二三月")首先写"子云投阁":"子云不晓事,晚献长杨辞。赋达身已老,草玄鬓若丝。投阁良可叹,但为此辈嗤。""此辈"指权贵。

写"子云投阁"最多的是杜甫:

《秋日荆南送石首薛明府辞满告别奉寄薛尚书颂德叙怀斐然之作三十韵》:"扬子淹投阁,邹生惜曳裾。"

《秦州见敕目薛三琚授司仪郎毕四曜除监察与二子有故远喜迁官述索居凡三十韵》:"独渐投汉阁,俱仪哭秦庭。"

唐·张继《酬李书记校书越城秋夜见赠》:"投阁嗤扬子,飞书代鲁连。苍苍不可问,余亦赋思玄。"

3229.长簟竟床空

晋·潘岳《悼亡诗》其二:"展转盼枕席,长簟竟床空;床空委清尘,室虚来悲风。"潘岳的《悼亡诗》是有名的,而且在悼念亡妻诗中他是开源人。此句写反复顾盼卧室,唯余铺着竹席的空床,而且早已尘封了。本是夫妻共居的地方,而今已人去床空。

唐·李商隐《王十二兄与畏之员外相访,见招小饮。时予以悼亡日近,不去,因寄》:"更无人处帘垂地,欲拂尘时簟竟床。"用潘岳句。

3230. 丘中有鸣琴

晋·左思《招隐》:"岩穴无结构,丘中有鸣琴。"山中只有岩洞而无房屋,有隐士喜欢的琴声;而这"琴声""非必丝与竹,山水有清音"。原来是大自然的"天籁"。写隐居环境十分幽雅。

唐·李白《留别王司马嵩》:"他日闲相访,丘中有素琴。"用左思句。

3231. 但见狐狸迹,虎豹自成群

晋·傅玄《放歌行》:"但见狐狸迹,虎豹自成群。"写环境之恶劣。

唐·杜甫《奉送郭中丞兼太仆卿充陇右节度使三十韵》:"废邑狐狸语,空村虎豹争。"写安史叛军所到之处,十室九空、灾难深重,村邑成了野兽活动之地。清·仇兆鳌《杜诗详注》注"狐狸虎豹,指当时附贼为盗者。"可存一说。

3232. 借问此何时

晋·张协《杂诗》:"借问此何时,蝴蝶飞南国。"写夏天。

南齐·谢朓《落日怅望》:"借问此何时,凉风怀朔马。"写傍晚,李白诗也用此句:"借问此何时,春风语流莺。"写春天。

3233. 岁暮怀百忧

晋·张协《杂诗》:"岁暮怀百忧,将从季主卜。"人到晚年,感到万事蹉跎,有无限的悲伤,只能向司马季主求卜隐避了。《史记·日者列传》载,宋忠和贾谊问长安东市的卖卜者司马季主:看你的相貌,听你的言谈,世上没见过这群的高人,为什么"居之卑而行之污?"季主回答:"贤者与不肖者同列,故宁处卑以避众。"生不逢时,只好隐避。张协诗用此意,老大徒悲,要听季主的话隐避了。

"百忧",忧愁太多太多,忧此忧彼,百感交集。

南朝·梁·王筠《行路难》:"千门皆闭夜何央,百忧俱集断人肠。"

唐·徐彦伯《拟古三首》之三:"窗晓吟日坐,闺夕秉烛游。无作北门客,咄咄怀百忧。"用否定

式。

唐·杜甫《幽人》:"五湖复浩荡,岁暮有余悲。"用其意。

宋·苏轼《送钱穆父出守越州绝句二首》:"簿书常苦百忧集,尊酒今应一笑开。"

又《送李公择》:"欲别不能言,惨惨集百忧。"

3234. 神仙排云出,但见金银台

晋·郭璞《游仙诗》其六:"神仙排云出,但见金银台。"郭璞的游仙诗在文学史上也是有名的。此诗反用鲁国展禽海鸟避灾的故事。写神仙出游,仙境中金楼台,堂堂皇皇,那里是最理想的生活。

唐·李白《梦游天姥吟留别》:"青冥浩荡不见底,日月照耀金银台。"也是著名的游仙诗,写梦幻中的天姥山,山上青螟幽邃,仙人楼台,金壁辉煌。用郭璞句。

3235. 朔风动秋草,边马有归心

晋·王瓒《杂诗》:"朔风动秋草,边马有归心。"写戍边归途,北风吹动秋草,此刻就是边马也生归心,何况人呢? 事业勤于王事、而人情则怀旧乡。沈约的《宋书·谢灵运传论》和钟嵘的《诗品》都推崇"正长(王瓒字)朔风"句,沈约说"朔风动秋草"是"直举胸情,非谤诗史";钟嵘则评王瓒是一首诗(此诗)名世的诗人,列入中品。

后人用此句,用其意,即以边马思归,强化人的思归之情,而且常以边马思归直喻人的乡恋。

隋·孔德绍《夜宿荒村》:"秋草思边马,绕枝惊夜禽。"缩用王瓒两句为一句,写边马见秋草而思归。

唐·张九龄《秋怀》:"忆随鸿向暖,愁学边马思。"

唐·刘长卿《代边将有怀》:"瘦马恋秋草,征人思故乡。"变其意而用之,只写"马恋秋草"。

唐·李白《送白利从金吾董将军西征》:"马行边草绿,旌卷曙双飞。"取"马行边草"句而只写行军。

唐·刘禹锡《始闻秋风》:"马思边草拳毛动,雕眄青云睡眼开。"反用"边马秋草"句义。"马思边草""雕眄青云"展示出一种积极向上的力量。又《秋声赋》:"骥伏枥而已老,鹰在鞲而有情。聆朔风而心动,盼天籁而神惊。"还有《学阮公体》:"朔风悲老骥,秋霜动鸷禽。"都兼用曹操"老骥伏

栌"句,写秋信人以力量而一反文人悲秋的基调。

3236. 何可一日无此君

晋·王徽之《绿竹引》:"含情傲魄慰心目,何可一日无此君。"《晋书·王徽之传》:王徽之爱竹,"时吴中一士大夫家有好竹,欲观之,便出坐舆造竹下,讽啸良久。主人洒扫请坐,徽之不顾。将出,主人乃闭门,徽之便以此赏之,尽欢而去。尝寄居空宅中,便令种竹。或问其故,徽之但啸咏,指竹曰:'何可一日无此君邪!'"暂居空宅,即令种竹,真的是不可一日无此君了。

唐·宋之问《绿竹引》:"青溪绿潭潭水侧,修竹婵娟同一色。……含情傲魄慰心目,何可一日无此君。"用王徽之语。

宋·李至《那日获诣芳园窃见新栽丛竹萧然可爱不能无诗辄献五章望垂台顾》:"子猷(徽之)曾有风流语,一日不能无此君。"借语以示爱此丛竹。

宋·苏轼《北山广智大师,回自都下,过期而归,时率开祖、无悔同访之,因禄净堂、竹鹤二绝》:"禄净堂前竹,秋期赴白云。不知缘底事,一日可无君。"反用,示广智过期而归。

祖元大师有一绿竹轩,名之曰"此君轩",取王徽之意。黄庭坚题"此君轩"用了"不可一日无此君"句,"君"指竹,也指轩,意有双关。

清·全祖望每出门必带二万卷书,他说:"蓬窗驿肆,不能一日无此君。"雍正十一年(1733),他去京赴试,亦带书二万卷,关卡人员以为是巨富,原来是书。他的"此君",指书。

3237. 不可使居无竹

宋·苏轼《於潜僧绿筠轩》:"可使食无肉,不可使居无竹。无肉令人瘦,无竹令人俗。大瘦尚可肥,俗士不可医。"用竹喻人格高雅。

又《书晁补之所藏与可画竹三首》:"吾诗固云尔,可使食无肉。"自注:"吾旧诗云:可使食无肉,不可使居无竹。"

3238. 归去来山中,山中酒应熟

晁文元家本陶渊明诗《问来使》:"归去来山中,山中酒应熟。"反映作归田的急切心理。

唐·李白《寻阳紫极宫感秋作》:"陶令归去来,田家酒应熟。"借陶句以抒怀。

3239. 男儿当门户,堕地自生神

晋·傅玄《豫章行》:"男儿当门户,堕地自生神。"写男尊女卑的社会里,视男子为顶门立户的,因此一落生便视为掌上明珠。

唐·杜甫《负薪行》:"土风坐男使女立,男当门户女出入。"杜甫大历元年初到夔州,见当地习俗,男子居家,女子出入劳作,《杜臆》载:女子"登危采薪,集市卖钱,以借一家,且不顾死生,而兼负盐井,其劳苦极矣。"杜诗:"男当门户"含义同傅玄诗相反。

3240. 掇蜂灭天道,拾尘惑孔颜

晋·陆机《君子行》:"掇蜂灭天道,拾尘惑孔颜。"写好人(君子)也可能遭受谗言令人误解。"掇蜂"用周代尹伯奇事。《琴操》载,尹伯奇之父吉甫续弦,后母诬伯奇看中了自己的美色,吉甫不信。后母捉一青蜂放入衣领里,让伯奇来捉,并使吉甫在远处看见,于是把伯奇逐出门,后来明白了真相,才又把伯奇接回。"拾尘",《孔子家语》载,孔子师徒被围于陈蔡、子贡换来了米,颜回去煮饭,一污物落入锅中,颜回怕丢弃可惜,就放到嘴里,子贡看见了以为偷吃,向孔子告发。孔子不信,就说用这饭祭祀,颜回说此饭掉入污物自己吃了,不能用于祭祀。孔子称赞了颜回。

唐·李白《雪谗诗赠友人》:"拾尘掇蜂,疑圣猜贤。"用陆机句说明圣贤也会遭谗受诬。

3241. 京洛多风尘,素衣化为缁

晋·陆机《为顾彦先赠妇诗》:"京洛多风尘,素衣化为缁。"京城尘污太多,白衣服可染成黑色。喻官场污秽黑暗,难于立足。此句捕捉住京城人烟密集、风尘污染显著这一特点,通过对衣衫的熏染巧妙地隐喻政治风尘,官场黑暗,读之发人玩味。

南朝·齐·谢朓《酬王晋安》诗用陆机句:"谁能久京洛,缁尘染素衣。"仅变换句式,明用其义。

又《和江丞北戍琅邪城》:"京洛多尘雾,淮济未安流。"仍喻政治风尘。

南朝·陈·孔奂《赋得名都一何绮》:"京洛信名都,佳丽拟蓬壶。"用"京洛"写名都佳丽之美。不用原义。

隋·杨素《赠薛播州》:"函关绝无路,京洛化为丘。"以"京洛"托函关之险。

隋·薛道衡《和许绘事善心戏场转韵》："京活重新年，复属月轮圆。"用"京洛"，仍非其本义。

隋·尹式《送晋熙公别》："色移三代服，尘化两京衣。"暗用"京洛多风尘"句。

隋·吕让《和入京诗》："发改河阳鬓，衣余京洛尘。"实写衣尘。

唐·骆宾王《在江南赠宋五之问》："文史盛纷纷，京洛多风尘。"用陆机原句。

唐·李颀《题璿公山池》："此外俗尘都不染，惟余玄度得相寻。""俗尘"指一般世事，不同于"京洛尘"。

唐·綦毋潜《早发上东门》："时命不将明主合，布衣空染洛阳尘。"用陆机句义。

唐·孟浩然《自洛之越》："皇皇三十载，书剑两无成。山水寻吴越，风尘厌洛京。"摆脱官场羁绊，寄情山水。

唐·韦应物《广陵行》："忽如京洛间，游子风尘飘。"写旅途征尘。

唐·高适《自淇涉黄河途中作十三首》："谁能去京洛，憔悴对风尘。"

唐·钱起《咏白油帽送客》："虽同客衣色，不染洛阳尘。"

唐·戴叔伦《九日送洛阳李丞之任》："且倾浮菊酒，聊拂染衣尘。"以酒洗尘，流俗久远。

又《郭太祝中孚归江东》："乡人去欲尽，北雁又南飞。京洛风尘久，江湖音信稀。"言做京官已久。（一作方干诗。）

唐·卢纶《与从弟瑾同下第后出关言别》："到阙不沾新雨露，还家空带旧风尘。"带京洛风尘。

唐·李益《答许五端公马上口号》："晚逐旌旗俱白首，少游京洛共缁尘。"

唐·孝端《杂歌呈郑锡司空文明》："学仙去来辞故人，长安道路多风尘。"

唐·崔峒《赠窦十九》："江海几时传锦字，风尘不觉化缁衣。"

唐·顾况《送友失意南归》："衣挥京洛尘，完璞伴归人。"

唐·武元衡《送崔判官使太原》："两地山河分节制，十年京洛共风尘。"共做京官。

唐·孟郊《梦泽中行》："我怀京洛游，未厌风尘衣。"

唐·白居易《登郢州白雪楼》："朝来渡口逢京使，说道烟尘近洛阳。""烟尘"指战事，时淮西寇未平。

又《赠张处士山人》："萝襟蕙带竹皮巾，虽到尘中不染尘。"

又《扣敏中洛下即事》："水暖鱼多似南国，人稀尘少胜西京。"

唐·徐凝《和夜题玉泉寺》："岁岁云山玉泉寺，年年车马洛阳尘。"

唐·姚合《寄不出院僧》："非独心常静，衣无一点尘。"指尘世干扰。

唐·杜牧《途中一绝》："镜中丝发悲来惯，衣上尘痕拂渐难。"

又《宣州开元寺赠惟真上人》："劝君莫厌江城客，虽在风尘别有期。"

唐·许浑《下第归朱方寄刘三复》："素衣京洛尘，归棹过南津。"

又《新卜原上居寄袁校书》："有路应相念，风尘满黑貂。"

唐·赵嘏《经无锡县醉后吟》："京洛衣尘在，江湖酒病深。"

又《旅次商山》："日夕猿鸟伴，古今京洛尘。"

唐·马戴《下第别邽扶》："穷途别故人，京洛泣风尘。"

又《答鄜畤友人同宿见示》："为客自堪悲，风尘日满衣。"

宋·欧阳修《白兔》（至和二年）："主人邀客醉笼下，京洛风埃不沾席。"

宋·王安石《送别韩虞部》："京洛风尘嗟阻关，江湖杯酒惜逡巡。"

宋·晁端礼《水龙吟》："倦游京洛风尘，夜来病酒无人问。"

宋·秦观《渔家傲》："飞沙四面连天卷，霜拆冻髭如利剪。情莫道，素衣一任缁尘染。"

宋·贺铸《下水船》："芳草青门路，还拂京尘东去。"

宋·周邦彦《忆旧游》："但满目京尘，东风竟日吹露桃。"

宋·刘一上《喜迁莺》（晓行）："叹倦客、情不禁，重染风尘京洛。"

宋·朱敦儒《蓦山溪》："东风误我，满帽洛阳尘。"

宋·陈康伯《阮郎归》："欲归回首未成归，黄尘满素衣。"

宋·谢懋《石州引》（别恨）："京洛红尘，因念几年羁旅。"

宋·刘过《贺新郎》："衣袂京尘曾染处,空有香红尚软。"

宋·陈人杰《沁园春》："京洛风尘,吴兴山水,等是东西南北人。"题为"送高君绍游雪州",述说高绍从京洛至吴兴四方游历。

宋·黄廷琦《齐天乐》："京尘衣袂易染,旧游随雾散,新恨难表。"用刘过"衣袂京尘曾染处"句。

宋·黎廷瑞《南乡子》(乌衣园)："再见玉郎应不认,堪悲,也被缁尘染素衣。"

宋·张炎《征招》(答仇山村见寄)："京洛染缁尘,悠然意,独对南山一笑。""缁尘"为黑色尘污。秦观、黎廷瑞、张炎以及元、明、清人都兼用唐人李益"少游京洛共缁尘"句。

元·许有任《满江红》(次汤碧山清溪)："怕素衣、京洛染缁尘,从新濯。"诗意怕官场污尘染,而濯身自好。"京洛染缁尘"用张炎原句。

清·吴梅《兰陵王》(南归别京华故人,次清真韵)："销凝处,缁化素衣,凄绝幽闺倚刀尺。"他沉思凝想,入京五年,白衣已经完全被京尘染黑了。

清·纳兰性德《金缕曲》(赠梁汾)："偶然间、缁尘京国,乌衣门第。""乌衣门第"指东晋时代王、谢两大世族聚居于建康(金陵)即今南京市东南的"乌衣巷"事代门第高贵。此句说出身于高贵门第,染尘于官场,实出"偶然",并非本意。

宋代科学家沈括《延州诗》："化尽素衣冬未老,石烟多似洛阳尘。"用陆机句,上句写二郎山雪熏染白衣,下句写石烟(煤烟)多如洛阳尘。这是写煤污染,咏大自然。

唐·杜甫《重经昭陵》："风尘三尺剑,社稷一戎衣。"《汉书·终军传》说"边境时有风尘之警"指烽火烟尘。杜诗用此意写战争风尘。

3242. 夕暮成丑老

魏·阮籍《咏怀诗八十二首》之三:"朝为美少年,夕暮成丑老。"表达衰老之快速。

唐·杜甫《将适吴楚留别章使君留后兼幕府诸公》："岂惟长儿童,自觉成老丑。"不仅儿童长大了,自己也成了"老丑",用阮藉"丑老"句。

3243. 官作自有程

魏·陈琳《饮马长城窟行》："竹马长城窟,水寒伤马骨。往谓长城吏;'慎莫稽留太原卒。''官作自有程,举筑谐汝声!'"借乐府古题,通过秦人筑长城之役,表现汉末徭役之苛重。开头这几句,以对话写士卒请战而不留下筑城,受到"长城吏"斥责的情形。"官作自有程,举筑谐汝声。"意为:官家的事官家自有安排,筑城的事怎么能听你的呢!

唐·杜甫《盐井》："官作既有程,煮盐烟在川。"用陈琳句写蜀地官家"火井"取盐,引火蒸腾方式。

3244. 临河思洗耳

晋·郭璞《游仙诗》："翘迹企颍阳,临河思洗耳。"仰慕唐尧时代的许由,矢志隐居,不染尘污。晋·皇甫谧《高士传》载:唐尧时代的许由,隐居颍水之阳,箕山之下,据仪履方,隐居遁耕。尧要把天下让给他,不肯受,又请他做九州之长,他听也不听,还到颍水之滨洗耳,因为他觉得这利禄之言,已污了他的耳朵。"洗耳"原指厌听其事,引申为志趣高洁,不慕功名。

唐·孟浩然《白云先生王迥见防》："闻道鹤书征,临流还洗耳。"

唐·李白《山人劝酒》："举觞酹巢由,洗耳何独清。"

又《大车扬飞尘》："世无洗耳翁,谁知尧与跖!"

又《行路难》其三:"有耳莫洗颍川水,有口莫食首阳蕨。"洗耳食蕨,未免孤高而有名气,莫如"混世无名"。

又《送裴十八图南归嵩山》："君思颍水绿,忽复归嵩岑。归时莫洗耳,为我洗其心;洗心得真情,洗耳徒买名。"主张"洗心",再次否定"洗耳买名"。

又《题元丹丘山居》："松风清襟袖,石潭洗心耳。"心与耳并洗。

唐·李华《咏史十一首》："巢许在嵩颍,陶唐不得臣。九州尚洗耳,一命安能亲。"

唐·钱起《谒许由庙》："故向箕山防许由,林泉物外自清幽。松上挂瓢枝几变,石间洗耳水空流。"

宋·范仲淹《留题常熟顶山僧居》："平湖数百里,隐然一山起。中有白龙泉,可洗人间耳。"

又《访陕郊魏疎处士》："有石砺其齿,有泉洗其耳。下瞰红尘路,荣利无穷已。孜孜朝市人,同在风波里。"

宋·孙甫《潀玉亭》："尘虑无由得,何须洗双耳。"

3245. 长作巢由也不辞

唐·卢照邻《行路难》："但愿尧年一百万,长作巢由也不辞。"全诗由长安附近景色萧条,联想到兴亡转瞬,贵贱无常,憾无持久的盛世。结尾愿世界永远如尧舜时代,那么自己则不辞永作巢由,与世无争。

晋·皇甫谧《高士传》载:"巢父,尧时人也,山居,以树为巢而寝其上,故号巢父。许由,槐里人也,尧让天下于由,不受而逃。由告巢父,巢父曰:'何不隐汝形,藏汝光? 非吾友也。'击其膺而下之。"巢父之隐又过于许由,因为他根本就不显露自己的形骸及才华。后人常把"巢由"并提,做为隐居的标榜,有的赞尧之盛世。

魏·阮籍《咏怀诗八十二首》:"巢由抗高节,从此适河滨。"他最早选"巢由",以书己志。

唐·韦承班《直中书省》:"寄谢巢由客,尧年正在斯。"

唐·张说《灉湖山寺》:"若使巢由知此意,不将萝薜易簪缨。"

又《举酬韦祭酒嗣立偶游龙门北溪忽怀骊山别业呈诸留守之作》:"野失巢由性,朝非元凯才。"

唐·王维《送韦大夫东京留守》:"曾是巢许浅,始知尧舜深。"

唐·綦毋潜《题沈东美员外山池》:"秦人辨鸡犬,尧日识巢由。"

唐·杜甫《自京赴奉先县咏怀五百字》:"终愧巢与由,未能易其节。"

唐·沈千运《山中作》:"如何巢与由,天子不知臣。"

唐·秦系《山中崔大夫有书相问》:"迹愧巢由隐,才非管乐俦。"

宋·朱敦儒《水龙吟》:"念伊嵩隐,巢由故友,南柯梦、遽如许。"

3246. 千秋万岁后,荣名安所之

魏·阮籍《咏怀诗八十二首》其十五:"千秋万岁后,荣名安所之。"写他青年也曾苦读诗书,以求将来建功立业,而目睹"丘墓蔽山冈",古人功业何在? 千秋万岁后,荣名又在何处呢?

唐·杜甫《梦李白二首》:"千秋万岁后,寂寞身后事。"用阮籍句,说生前遭遇不幸,死后虽留下名誉,可千秋万岁之后,人已寂寞,又有什么用呢? 用阮一原句。

3247. 小臣信顽卤

魏·刘桢《赠五官中郎将诗四首》:"小臣信顽卤,僶俛安能追。"这是写给曹丕的诗的第四首。"僶俛",勤勉之意。这末二句说,我实在愚钝,只是尽心尽力,可怎么同你的才华相比呢。

唐·杜甫《忆昔二首》:"小臣鲁钝无所能,朝廷记识蒙禄秩。"用刘桢句,说当年自己愚钝无能,却受朝廷看重,授予检校工部员外郎。

3248. 通子垂九龄,但觅梨与栗

晋·陶渊明《责子》:"白发被两鬓,肌肤不复实。虽有五男儿,总不好纸笔。阿舒已二八,懒惰故无匹。阿宣行志学,而不爱文术。雍、端年十五,但觅梨与栗。天运苟如此,且进杯中物。"全诗对五子的学业成长十分关切,且不大满意。最后提到九岁的幼子,还只知道贪玩贪吃。"梨与栗"代称水果。此后诗中"梨与栗"多为儿童食物的代称。

唐·李商隐《骄儿诗》:"文葆未周晬,固已知六七。四岁知名姓。眼不视梨栗。"作者之子衮师年幼聪敏。"知六七""视梨栗"反用陶渊明二句。

宋·王安石《赠外孙》:"年小从他爱梨栗,长成须读五车书。"这也是名句。

唐·秦系《山中奉寄钱起员外兼简苗发员外》:"稚子唯能觅梨栗,逸妻相共老烟霞。"用陶之"觅梨栗"句。

其他"梨栗"句,有的分述梨与栗生长的肥壮,多还是写孩子与梨栗。

北周·庾信《谨赠司寇淮南公》:"寒谷梨应重,秋林栗更肥。"

唐·杜甫《秋日夔府咏怀奉寄郑审李宾客之芳一百韵》:"色好梨胜颊,穰多栗过拳。"

唐·韩愈:"妻怒恐我生怅望,盘中钉餖栗与梨。"(《苏轼诗集》引。)

唐·孟郊《立德新居》:"畏彼梨栗儿,空资玩弄娇。"

唐·元稹《哭子十首》:"节量梨栗愁生疾,教示诗书望早成。"

宋·梅尧臣《答刘原甫》(友人家作客):"从今傥有酒,莫问梨栗微。""梨栗"代果实菜肴。

又《玉汝赠永兴冰蜜梨十颗》:"吾儿勿多嗜,不比盘中栗。"

宋·苏轼《冬至日赠安节》:"忆汝总角时,啼笑为梨栗。"

又《送表弟程六知楚州》:"我时与子皆儿童,狂走从人觅梨栗。"

又《中秋月寄子由三首》:"岂知衰病后,空盏对梨栗。"

3249. 庭前八月梨枣熟

唐·杜甫《百忧集行》:"忆昔十五心尚孩,健如黄犊走复来。庭前八月梨枣熟,一日上树能千回。"忆起童年生活,写出了孩提特点,上树摘梨打枣情形极真实。"梨枣"生在树上,需去采摘,也是儿童们的事。"梨枣"则是现成的果实。

杜甫《雨过苏端》:"也复可怜人,呼儿具梨枣。"

唐·韦应物《答偰奴、重阳二甥》:"贫居烟火湿,岁熟梨枣繁。"

唐·韩愈《悬斋有怀》:"禾麦种满地,梨枣栽绕舍。"

唐·白居易《内乡村路作》:"日下风高野路凉,缓驱疲马暗思乡。渭村秋物应如此,枣赤梨红稻穗黄。"

宋·韩维《围城视面》:"秋风熟梨枣,令人思故园。"

宋·苏轼《西山诗和者三十余人再用前韵为谢》:"朱颜发过如春醉,胸中梨枣初未栽。"

又《留别蹇道士拱辰》:"寸田满荆棘,梨枣无从生。"

又《寄馏合刷瓶与子由》:"约束家僮好收拾,故山梨枣待归来。"

又《次韵郑介夫二首》:"收取桑榆种梨枣,祝君眉寿似增川。"

宋·黄庭坚《赠黔南贾使君》:"春入莺花空自笑,秋成梨枣为谁攀。"

清·蒲松龄《荒园小构落成,有丛柏当门,颜曰绿屏斋》:"完粮过市求梨枣,归去探怀饵幼孙。"

3250. 亲见安期公,食枣大如瓜

唐·李白《寄王屋山人孟大融》:"我昔东海上,劳山餐紫霞。亲见安期公,食枣大如瓜。"安期生,传说中汉代仙人。方士李少君对汉武帝说,仙

人安期生,食巨枣,大如瓜。汉武帝曾遣使入海去蓬莱仙山寻访。(《史记·封禅书》)实际是安期生为西汉初人。《史记·田儋列传·太史公曰》:"(蒯)通善齐人安期生,安期生尝干项羽,项羽不能用其策。已而,项羽欲封此两人,两人终不受,亡去。"可知安期生原蒯通友人,后来隐遁,成了传说中的仙人。李白假托"亲见安期公",曲折地表现他早有求仙访道的意念。

后用"安期枣如瓜"表示祝寿的仙品,宴席中的珍品。而"枣如瓜大",不过是方士李少君的传说而已。

宋·苏轼《次韵致政张朝奉仍招晚饮》:"曾经丹化米,亲授枣如瓜。"

又《赠蒲涧信长老》:"已从子美得桃竹,不向安期觅枣瓜。"作者自注:"此山有桃竹,可作杖,而土人不识。予始录子美诗遗之。"

又《送乔全寄贺君六首》其一:"秋风西风来下双凫,得枣如瓜分我无?"

又《安期生》:"海上如瓜枣,可闻不可达。"

宋·姜特立《西江月》(戊午生朝):"枣如瓜大藕如船,莫惜尊满劝。"

宋·赵磻老《鹧鸪天》(寿叶枢密):"催召传,稳铺沙。叠尊今日枣如瓜。"

宋·崔与之《贺新郎》(寿转运使赵公汝燧):"人道菊坡新醅美,把一觞、满酌歌难老。瓜样大、安期枣。"

宋·洪咨夔《汉宫春》(老人庆七十):"麻姑送酒,安期生、遗枣如瓜。欢醉后,呼儿烹试,头纲小凤团茶。"

宋·郑域《念奴娇》:"东陵美景,有轻烟和月,斜风吹雨,……安期非诞,世间有枣如此。"称"东陵瓜"。

宋·邓肃《临江仙》(登泗州岭九首):"绰约旗亭沾一笑,众惊食枣如瓜。"

宋·刘克庄《满江红》(傅相生日甲子):"重译争询装今貌,御诗也祝汾阳考。更何须,远向海山求、安期枣。"

又《水龙吟》(癸丑生日,时再得明词):"不茹园公芝草,不曾餐、安期瓜枣。"

宋·刘辰翁《洞仙歌》(寿中甫):"也曾海上,啖如瓜大枣。海上归来相公老。画堂深,满引明清风,家山好,一笑尘生蓬岛。"用否定意。

又《百字令》(寿陈静山,少吾一岁):"见说海

上归来,有如瓜大枣,无人分得。"

宋·尹济翁《风入松》(癸巳寿须溪):"长生休说枣如瓜,壶日自无涯。"

金·王庭筠《水调歌头》:"望蓬山,云海阔,浩无涯。安期玉舄何处,袖有枣如瓜?"寻理想境界,倍感茫然。

元·张可久《水仙子·三溪道院》:"拂藤床两袖烟霞,道童能唱,村醪当茶,仙枣如瓜。"

3251. 安期始遗舄

唐·王昌龄《观江淮名胜图》:"安期始遗舄,千古谢荣耀。投迹庶可齐,沧浪有孤棹。"观园而生弃名利之念。"安期遗舄":《列仙传》载:安期生,古代传说中的仙人。相传秦始皇曾见他,赐他金璧等物,他"皆置去,以赤玉舄(鞋)一量为报,曰:'后数年,求我于蓬莱仙'"。后用此事,表达不重名利。

唐·李白《赠张相镐》:"唯有安期舄,留之沧海隅。"

3252. 始信安期术

南朝·宋·谢灵运《登江中孤屿》:"始信安期术,得尽养生年。"《列仙传》云,安期生是琅邪阜乡人,自言千岁。谢诗写游永嘉江心孤屿。"怀新寻异",见奇景而想到昆仑,想到安期生养生之术作此诗。

唐·李白《游泰山六首》其五:"终当遇安期,于此炼玉液。"想象"玉液"养生。

3253. 栖息同蜗舍

南朝·梁·何逊《仰赠从兄兴宁寘南诗》:"栖息同蜗舍,出入共荆扉。""蜗舍",圆形狭窄的小屋,是圆形如蜗牛壳,固称蜗舍。崔豹《古今注》云:"蜗牛,陵螺也。形如蜒蝓,壳如小螺。热则自悬于叶下。野人结圆舍如蜗牛之壳,故曰蜗舍,亦曰蜗牛之舍也。"《魏略》载:"焦先,字孝然。自作一瓜(蜗)牛庐,净扫其中,呻吟独语。"

写"蜗舍"最多的是白居易

唐·钱起《重赠赵给事》:"能迂驷驭寻蜗舍,不惜瑶华报木桃。"

唐·白居易《题新居寄宣州崔相公》(新居南邻即崔家也):"冷似崔罗虽少客,宽于蜗舍足容身。"

又《闲园独赏》:"蚁斗王争肉,蜗移舍逐身。"

又《履道居三首》:"衡门蜗舍自惭愧,收得身来已五年。"

又《得潮州杨相公继之书并诗以此寄之》:"凤池隔绝三千里,蜗舍沉冥十五春。"

又《效陶潜体十六首》:"出扶桑枣杖,入卧蜗牛庐。"

唐·许浑《送处武居归章洪山居》(一作《送武金通处士归隐洪山》):"却望鸟台春树老,独归蜗舍暮云深。"

唐·李商隐《自喜》:"自喜蜗牛舍,兼容燕子巢。"

宋·魏野《和呈寇相公见赠》:"凤池即看三回人,蜗舍曾蒙数度来。"

宋·文彦博《留守相公宠赐雅章召赴东楼真率之令次韵和呈》:"朱楼华阁府园东,蜗陋仍依美庇中。"

又《次韵留守相公玉汝以某赴东庄特赐佳篇》:"昔日相君曾降顾,常忧蜗陋不容车。""蜗陋",蜗舍狭小而简陋。

宋·王安石《读〈眉山集〉次韵雪诗五首》:"岂作舴艋真寻找,且与蜗牛独卧家。"

宋·苏轼《和孔周翰二绝·观静观堂郊韦苏州诗》:"弱羽巢林在一枝,幽人蜗舍两相宜。"

又《辨道歌》:"安知聚散同鱼蝦,自缠如茧居如蜗。"

又《和致仕张郎中春昼》:"蜗壳卜居心自放,蝇头写字眼能明。"

宋·王以宁《渔家傲》:"卖药得钱休教化,归来醉卧蜗牛舍。"

宋·陆游《恋绣衾》:"幽栖莫笑蜗庐小,有云山、烟水万重。"

宋·张孝祥《多丽》:"认炊烟、几家蜗舍,映夕照、一簇渔舟。"

3254. 长笑蜗牛戴屋行

宋·辛弃疾《沁园春》(再到期思卜筑):"老鹤高飞,一枝投宿,长笑蜗牛戴屋行。平章了,待十分佳处,著个茅亭。""长笑蜗牛戴屋行",喻自己飘游,无定居之所。唐·白居易《闲园独赏》:"蚁斗王争肉,蜗移舍逐身。"辛句取此意。

唐·白居易《卜居》:"游宦京都二十年,贫中无处可安贫。长羡蜗牛犹有舍,不如顾鼠解藏身。

且求容立锥头地，兔似漂流木偶人。但道吾庐心便足，敢辞湫隘与嚣尘。"宦游无定居之所，羡蜗舍鼠藏，安于立锥之地。

宋·戴复古《沁园春》："分则宜然，吾何敢怨，蝼蚁逍遥戴粒行。"蜗牛行走戴着螺壳，而蝼蚁行走则戴着谷粒。这是仿效辛弃疾句。

3255. 视乔木兮故里

南朝·梁·江淹《别赋》："视乔木兮故里，决北梁兮永辞。"写"一赴绝国"之别，去国之别、几无归期，看着故里乔木，依依难舍。"乔木"，高大的树，如杨树之类。《孟子·梁惠王下》云："所谓故国者，非谓有乔木之谓也，有世臣之谓也。"言乔木仅是故国之象征，世臣才是故国的实体。古人把乔木看作故国的象征，也把乔木当作故里的标志。即所谓"乔木故国""乔木故乡"。

与"乡""国"联系的乔木句如：

唐·张说《再使蜀道》："鱼游恋深水，鸟迁恋乔木。"以鱼、鸟喻人。

唐·崔国辅《杭州北郭戴氏荷池送侯愉》："乔木故国意，鸣蝉穷巷悲。"

唐·孟浩然《归至郢中》："日夕见乔木，乡关在伐柯。"

唐·刘长卿《哭陈歙州》："空山寂寂开新垅，乔木苍苍掩旧门。"由乔木故园引发思陈歙州。

又《闻王师收二京》："旅梦亲乔木，归心乱早莺。""乔木"代京都。

唐·于逖《野外行》："寒鸦噪晚景，乔木思故乡。"

唐·耿沣《宋中》："旧村乔木在，秋草远人归。"

唐·李商隐《送从翁从东川弘农尚书幕》："皆辞乔木去，远逐断蓬飘。"

宋·辛弃疾《念奴娇》（登建康赏心亭·呈史致道留守）："柳外斜阳，水边归鸟，陇上吹乔木。"忆中原故国。

宋·吴文英《金缕歌》（陪履斋先生沧浪看海）："乔木生云气。访中兴、英雄陈迹，暗追前事。"作者同履斋（吴潜）访苏州市南韩世忠沧浪亭别墅，但见草木苍翠，烟雾缭绕，不禁怀念韩世忠的功业。

宋·王沂孙《长亭怨》（重过中庵故园）："望不尽、苒苒斜阳，抚乔木、年华将晚。"乔木寄托着故国之思。

宋·无名氏《满江红》（寿尚俟三月初六）："乔木故家今有数，太平人物年几百。"

3256. 俯视乔木杪

南朝·宋·谢灵运《于南山往北山经湖中瞻眺》："俯视乔木杪，仰聆大壑淙。""俯视"，说明人所处位置之高。"乔木"只作一般树木。

南朝·齐·谢朓《郡内高斋闲望答吕法曹》："窗中列远岫，庭际俯乔林。"可见高斋之高。

宋·苏轼《与客游道场何山》："红亭与白塔，隐见乔木杪。"用谢灵运语。

唐·韦应物《酬卢嵩秋夜见寄五韵》："乔木生夜凉，月华满前墀。去君咫尺地，劳君千里思。"又《任洛阳函请告一首》："乔木犹未芳，百草日已新。著书复何为，当去东皋耘。"前首写乔木，怀人；后首写乔木，思耕。

3257. 忧道不忧贫

晋·陶渊明《癸卯岁始春怀古田舍》："先师有遗训：忧道不忧贫。""忧道"一语源出《论语·卫灵公》："先师"指孔子："子曰：'君子谋道不谋食。耕也，馁在其中矣；学也，禄在其中矣。君子忧道不忧贫。'"此训意为，只担心得不到真知，而不为贫困忧虑。

唐·白居易《送客春游岭南二十韵》："尝闻君子诫：忧道不忧贫。"说岭南荒远，多贬谪官，非常人所久居，务必早归，不为财货只求平安。

又《醉中得上都亲友书以予停俸多时忧问贫乏偶乘酒兴咏而报之》："烦君问生计，忧醒不居贫。"只求一醉，不忧虑贫困。

又《效陶潜体十六首》："爱酒不爱名，忧醒不忧贫。"

唐·刘商《袁十五远访山门》："僻居谋道不谋身，避病桃源不避秦。"用孔子"君子谋道不谋食"句。

唐·朱庆余《酬李处士见赠》："久别唯谋道，相逢不话贫。"

宋·石延年《送穷》："穷鬼无归于我去，我心忧道不忧贫。"

3258. 许国不复为身谋

唐·柳宗元《冉溪》："少时陈力希公侯，许国不复为身谋。"少年时代,就愿争做公侯,然而这是以身许国,报效国家,而不是为了谋一己之利。

宋·苏轼《闻子由为郡僚所拘,恐当去官》:"少学不为身,宿志固有在。"用柳句意。

3259. 闲钓江鱼不钓名

唐·崔道融《钓鱼》:"闲钓江鱼不钓名,瓦瓯斟酒暮山青。"钓鱼不钓名,不以虚假手段骗取名声。"钓名"语出《管子·法法》:"钓名之人,无贤士焉。"《汉书·公孙弘传》:"夫以三公为布被,诚饰诈,欲以钓名。"钓名沽誉、沽名钓誉为成语。

唐·张松龄《渔父》:"兰棹快,草衣轻,只钓鲈鱼不钓名。"

五代·李珣《渔父歌》:"轻爵禄,慕玄虚,莫道渔人只为鱼。"写渔人"信船归去卧看书",不只为鱼,还要求知。

又《定风波》:"乘兴有时携短棹,江岛,谁知求道不求鱼。"鱼也不钓。

宋·冯京《题钓台》:"蚕知贤达穷通意,闲把渔竿只钓名。"反其意而用之。

3260. 种豆南山下

晋·陶渊明《归田园居》其三:"种豆南山下,草盛豆苗稀。"写诗人归田耕种,由于不熟耕作,"草盛豆苗稀",不得不"晨兴理荒秽,戴月荷锄归。"披星戴月,辛勤劳作。

《汉书·杨恽传》:"田彼南山,芜秽不治,种一顷豆,落而为萁。"陶诗概取义于此。曹植《种葛篇》:"种葛南山下,葛蔓自成阴。"陶诗取句于此。

唐·杜甫《投简咸华两县诸子》:"南山豆苗早荒秽,青门瓜地新冻裂。"

唐·白居易《效陶潜体诗六首》:"种豆南山下,雨多落为萁。"下句用《汉书》:"落而为萁"句。

元·任昱《清江引·题情》:"南山豆苗荒亩,拂袖先归去。"

3261. 闻多素心人,乐与数晨夕

晋·陶渊明《移居》:"闻多素心人,乐与数晨夕。"公元 410 年,陶渊明四十六岁,由上京移居南村(在浔阳——今九江——负郭),听说南封有些心地质朴的人,愿意同他们晨昏聚首,朝夕相处。

清·敦诚《寄怀曹雪芹霑》:"当时虎门数晨夕,西窗剪烛风雨昏。"敦城是曹雪芹好友,此诗回忆当年晨昏相聚、剪烛夜语的深情厚谊。

3262. 奇文共欣赏,疑义相与析

晋·陶渊明《移居》:"奇文共欣赏,题又相与析。"同邻居好友共相欣赏奇文,剖析疑义。中有极大乐趣。

唐·白居易《渭村退居寄礼部崔侍郎翰林钱舍人诗一百韵》:"起草偏同视,疑文最共详。"用其义。

3263. 登高赋新诗

晋·陶渊明《移居二首》:"春秋多佳日,登高赋新诗。"春秋季节,有许多艳阳天,最宜登高俯瞰,赋咏新诗。清·张潮等同阅《曹陶谢三家诗》评这两句"起句韵极,靖节难到处,正在此等。"可见起句之妙。"登高赋新诗"见于诗经毛注。《鄘风·定之方中》毛亨传:"升高能赋……可以为大夫。"孔颖达疏:"谓升高有所见,能为诗赋其形状,铺陈其事势也。"《汉书·艺文志》:"登高能赋,可以为大夫。"

唐·骆宾王《北眺舂陵》:"登高徒欲赋,词殚独抚膺。"

唐·韦嗣立《奉和张岳州王潭州别诗二首》:"登楼正欲赋,复遇仲宣来。"

宋·苏颂《次韵林次中九日都下感事二首》:"登高能赋属诗家。"

清·张之洞《翠微亭》:"登高或能赋,舍毫穷汗漫。"

3264. 结庐在人境,而无车马喧

晋·陶渊明《饮酒二十首》其五:"结庐人在境,而无车马喧。"房舍建造在人间,门前却冷落沉寂,没有车马喧闹,正是摆脱了世俗的纷扰。此成了写居处僻静、隐循的名句。

唐·王昌龄《静法师东斋》:"筑室在人境,遂得真隐情。"

唐·孟浩然《游明禅师西山兰若》:"结庐就嵌窟,剪苕通往行。"

唐·李白《别韦少府》:"筑室在人境,闭门无世喧。"又《留别龚处士》:"龚子栖闲地,都无人世喧。"

唐·韦应物《东郊》:"终罢斯结庐,慕陶真可庶。"

唐·岑参《缑山西峰草堂》:"结庐对中岳,青翠常在门。"

唐·杜甫《赠蜀僧闾丘师兄》:"景晏步修廊,而无车马喧。"用原句。又《阆州东楼筵奉送十一舅往青城县》:"虽有车马客,而无人世喧。"

宋·陈瓘《减字木兰花》(题深道寄傲轩):"结庐人境,万事醉来都不醒。"

宋·杨备《穹窿山》:"林泉潇洒烟岗秀,直拟结庐终老闲。"

3265. 众鸟欣有托,吾亦爱吾庐

晋·陶渊明《读〈山海经〉十三首》:"众鸟欣有托,吾亦爱吾庐。"时已初夏,草木生长,绕屋绿树,枝杈伸张,众鸟欣然得其所哉,我也爱我的茅屋:绿树环抱,鸟儿啼鸣,鸟得其所,人得其所,美哉美哉。宋·辛弃疾《水调歌头》(将迁新居不成有感戏作):"众鸟欣有托,吾亦爱吾庐。"全用陶渊明的二句,表达仍爱故庐的敞快心情。主要用"爱吾庐"句的有:

唐·白居易《寄皇甫七》:"孟夏爱吾庐,陶潜语不虚。"

唐·杜牧《春末题池州弄水亭》:"偃须求五鼎,陶祗爱吾庐。趣向人皆异,贤豪莫笑渠。"

宋·晁端礼《一丛花》:"渊明元与世情疏,松菊爱吾庐。"

宋·汪莘《水调歌头》(忆吴中诸友):"半郭半村佳处,一竹一花生意;吾亦爱吾庐。"

又《沁园春》:"都休问,且一觞一咏,吾爱吾庐。"

宋·辛弃疾《满江红》:"道如今、吾亦爱吾庐,多松菊。"

宋·吴文英《金钱子》:"来往载清吟,为偏爱吾庐,画船频繁。"

宋·李彭老《高阳台》:"松菊依然,柴桑自爱吾庐。"

宋·陈允平《临江仙》:"门外湖光清似玉,雨桐烟柳扶疏,爱闲吾亦爱吾庐。"

宋·刘子翚《次韵长汀壁间》:"西窗残照满,仿佛似吾庐。"

元·张可久《人月圆》(三衢道中有怀会稽):"不如归去,香炉峰下,吾爱吾庐。"

又《折桂令·寿溪月王真人》:"山绕山居,吾爱吾庐,召入皇都。"

3266. 问君何能尔,心远地自偏

这是陶渊明《饮酒诗二十首》其五的三、四句,承"结庐"两句。"问君何能尔""尔"即指"结庐在人境,而无车马喧",回答是"心远地自偏",由外境引入心境,心远于功名利禄,远于陈滥世俗,那么虽结庐人境,也保持无尘世纷扰的沉寂。

唐·骆宾王《秋日山行简梁大官》:"地偏心自远,致默体逾玄。"

唐·杜甫《寒食》:"地偏相识尽,鸡犬亦忘归。"

唐·耿沣《晚秋过苏少府》:"随云心自远,看草伴应稀。"

唐·白居易《酬吴七见寄》:"懒慢不相访,隔街如隔山。尝闻陶潜语,心远地自偏。"

宋·刘敞《和忆幽谷二首》:"心远地偏人迹绝,漫劳三径数株芽。"

宋·苏轼《监洞霄宫俞康直郎中所居四咏》(远楼):"不独江天解空阔,地偏心远似陶潜。"

又《东园》:"雨后月前天欲冷,身闲心远地偏幽。"

宋·黄庭坚《次韵黄斌老晚游池亭二首》:"万竿苦竹旌旗卷,一部蛙鸣鼓吹秋。雨后月前天欲冷,身闲心远地常幽。"苏轼《东园》诗尽同此诗。鉴于庭坚与黄斌长辈唱和甚多,又有《答斌老独游东园》诗,并曾与之同游东园,可知此诗非苏轼手作。

宋·晁端礼《舞韶新》:"浮荣何用萦怀,冷笑看、车马喧喧尘土。地偏心远,终日何妨闭户。"

宋·葛胜仲《渔家傲》:"叠叠云山供四顾,簿书忙里偷闲去。心远地偏陶令趣,登览处,清幽疑是斜川路。"

宋·张元干《南歌子》:"醉来归去意如何,只为地偏心远、惯弦歌。"

3267. 悠然见南山

晋·陶渊明《饮酒诗二十首》其五:"采菊东篱下,悠然见南山。""见南山",一作"望南山",王瑶以为"见南山"错,而历史上的诗人都用作"见","见"与"望"虽都含"看"之意,却有细微差异,"见"是在东篱下采菊,偶而举首见到,是无意中的事,而"望"则总是有意为之。王国维《人间词话》评此二句为"无我之境",意即并非"我"有意去

"望"南山,而是南山映入"我"的眼帘,不是"我"溶入"物"中,而是超然物外。用"望"则如苏轼所评索然无味了。

用"悠然见南山"句如:

唐·崔兴宗《酬王维、卢象见过林亭》:"穷巷空林常闭关,悠然独卧对南山。"

唐·李白《望终南山寄紫阁隐者》:"出门见南山,引领意无限。"

守·苏轼《题李伯时〈渊明东篱图〉》:"悠然见南山,意与秋气高。"

宋·赵善括《醉落魄》(赵监惠酒五斗以应重九之节,至晚小饮赋之):"白衣相望无消息,举觞一笑真难得,归兮学取陶彭泽,采菊东篱,悠然见山色。"

3268. 耕种有时息,行者无问津

晋·陶渊明《癸卯岁始春怀古田舍》:"耕种有时息,行者无问津。"以古代躬耕的隐士自况,叹息世无孔子和子路那样的问津者。又《饮酒诗二十首》其二十:"终日驰车走,不见所问津。"感叹世无孔子之徒无人懂治国良策。《桃花源记》中亦有"后遂无问津者"句。

"问津"语出《论语·微子》:"长沮、桀溺耦而耕,孔子过之,使子路问津焉。"长沮却回答孔子"是知津矣。""津"为渡口,引申为治国之道。唐·王维《上平田》:"借问问津者,宁知沮溺贤。"唐·宋之问《明河篇》:"明河可望不可亲,原得乘槎一问津。"后人多用以表个人所走的路。"迷津",则迷失路途,"知津",则知道路途。"津",则指人生之途。

唐初薛克构《日暮望泾水》:"独有迷津客,怀归轸暮途。"

唐·王勃《别薛华》:"送送多穷路,遑遑独问津。"

唐·苏颋《慈恩寺二日半寓言》:"问津窥彼岸,迷路得真车。"

唐·孟浩然《早寒江上有怀》:"迷津欲有问,平海夕漫漫。"又《南还舟中寄袁太祝》:"桃园何处是,游子正迷津。"又《游江西留别富阳裴刘二少府》:"谁怜问津者,岁晏此中迷。"又《仲夏归汉南园寄京邑耆旧》:"予复何为者,栖栖徒问津。"又《久滞越中贻谢南池会稽贺少府》:"负部昔云翳,问津今亦迷。"

唐·钱起《沐阳古渡作》:"日落问津处,云霞残碧空。"

唐·皇甫冉《送李使君赴郡州》:"郢路逢归客,湘川问去津。"

唐·独孤及《壬辰岁过旧居》:"负剑渡颍水,归马自知津。"

唐·耿沣《酬李文》:"贫病仍为客,艰虞更问津。"又《冬夜寻李永因书事赠之》:"不待逢沮溺,而今恶问津。"又《雨中留别》:"岁岁迷津路,生涯渐可悲。"又《送归中丞使新罗》:"他时礼命毕,归路勿迷津。"又《同李端春望》:"二毛羁旅尚迷津,万井莺花雨后春。"

唐·戎昱《戏赠张使君》:"数载蹉跎罢搢绅,五湖乘兴转迷津。"

唐·于史良《宿蓝田山口奉寄沈员外》:"去留无所适,歧路独迷津。"

唐·杨凭《巴江夜雨》:"五岭天无雁,三巴客问津。"

唐·杜牧《和州绝句》:"江湖醉渡十年春,牛渚山边六问津。"

宋·苏轼《八月七日初入赣过惶恐滩》:"便合与官充水手,此生何止略知津。"屡遭贬谪,四处奔走,道路熟悉,岂止知道这里渡口,简直可以给官家当水手了。

3269. 信美非吾室

南朝·齐·谢朓《直中书省》:"信美非吾室,中园思偃仰。"作者此时任中书郎,在中书省夜值时作此诗。齐明帝大杀高帝和武帝之子,臣属人人自危,谢朓也深感不安,身在朝廷,心在林皋。这二句说朝廷实在美,可它不是我久居之所。还是取"爱吾庐"之意。

"信美",实在美,确实美。语出《左传·昭公元年》:"子皙信美矣。"汉·王粲《登楼赋》:"虽信美而非吾土兮,曾何足以少留。"汉末"建安七子"之一的王粲,山阳高平(今山东邹县西南)人,幼年,蔡邕称他"有异才",十七岁避乱荆州依刘表,历十五年而未被重用,后投曹操。赋中此句言荆州虽美,不是我久居之地。谢朓用此意。

唐·杜甫《五盘》:"成都万事好,岂若归吾庐。"意同王粲、谢朓句。"吾庐"兼用陶潜句。

唐·白居易《泛春池》:"白苹湘渚曲,绿篠剡溪口。各在天一涯,信美非吾有。"春池虽美,并不

喜欢。

宋·苏轼《次韵答王定国》:"我虽作郡古之乐,山川信美非吾庐。"用谢朓句。

3270. 纵浪大化中

晋·陶渊明《神释》:"纵浪大化中,不喜亦不惧。应尽便须尽,无复独多虑。"这是《形影神》三首之三。东晋末年,佛、道、玄思想泛滥,慧远宣扬"神不灭",五斗米道宣扬炼丹永生,玄学宣扬享乐放诞,陶渊明此组诗就是针对这些论调而驳斥的。"大化",宇宙中四时、生死等一切变化。置身这大化之中,不喜不惧,苦乐随之,生死任之,只能以达观对待。

宋·苏轼《问渊明》:"纵浪大化中,正为化所缠。应尽便段尽,宁复事此方。"公自注:"或曰:东坡此诗,与渊明相反。此非知言也。盖亦相引以造于道者,未始相非也。元祐五年十月四日。"

3271. 今我不为乐

晋·陶渊明《酬刘柴桑》:"今我不为乐,知有来岁不。"刘柴桑依慧远教义,作《誓愿文》以修期来世,渊明否定轮回观念,于是说"今我不为乐,知有来岁不。"

《诗径·唐风·蟋蟀》:"今我不乐,日月其除。""今我不乐,日月其迈。""今我不乐,日月其慆(滔)。"加一"为"字,句意不同了。

宋·苏轼《送荀芍药与公择二首》:"今日忽不乐,折尽园中花。"句式近而意不同。

3272. 朝为灌园,夕偃蓬庐

晋·陶渊明《答庞参军》:"岂无他好?乐是幽居;朝为灌园,夕偃蓬庐。""灌园",《高士传》记,楚王遣使聘陈仲子为相,仲子逃去,为人灌园,这里指耕作。此句写他适意的田园生活。

唐·李颀《答高三十五留别便呈于十一》:"清冷池水灌园蔬,万物沧江心淡如。"

3273. 感子漂母惠

晋·陶渊明《乞食》:"感子漂母惠,愧我非韩才。"秦末淮阴韩信早年曾受市井少年侮辱,令其从胯下爬过。家贫无以为食,一位洗衣的老妇人,给他饭吃。后韩信为楚王,用千金报答她,不受。陶诗意为向人乞贷,主人不但有所馈赠,还殷勤留

饮,欢谈终日。此说主人给他漂母之惠,而自己却无韩信之才。

后人咏漂母句如:唐初王珪《咏淮阴侯》:"千金答漂母,百钱酬下乡。"唐·崔国辅《漂母岸》:"秦时有漂母,于此饭王孙。"唐·汪遵《淮阴》:"秦季贤愚混不分,只应漂母识王孙。归荣便累千金赠,为报当时一饭恩。"

李白政治失意,游历各地,常遇"漂母"之惠,因此用"漂母"句为多。《玉真公主别馆苦雨赠卫尉张卿二首》:"饥从漂母食,闲缀归陵简。"《秋日炼药院镘白发赠元六兄林宗》:"穷与鲍生贾,饥从漂母餐。"《宿五松山下荀媪家》:"令人惭漂母,三谢不能飧。"《赠新平少年》:"千金答漂母,万古共嗟称。"叹自己不如韩信,终不得志。

3274. 归去来兮

晋·陶渊明《归去来兮辞》:"归去来兮,田园将芜胡不归!"《晋书·陶潜传》记陶潜:"为彭泽宰,解印绶去职,赋《归去来辞》。"他不愿逢迎权势,不愿为五斗米而折腰,因而毅然弃官归乡,作此《辞》以抒胸怀。作为全《辞》首句,开门见山,抒发出"归去"的强烈愿望。"归去来兮""来"与"兮"均为语尾助词,相当于"了啊"。"归去来"已成诗典,不断被应用,多抒人"归去"之志。

《诗经·邶风·式微》:"式微式微,胡不归?"天色已经晚了,晚了,为什么还不回家?这是陶渊明"归去来"之意源。而且,"归去来兮,田园将芜胡不归?"直用"胡不归"语。

由于《归去来兮辞》具强烈感染力,后人多用"归去来",间或一用"胡不归"。

唐·张九龄《南还湘水言怀》:"归去田园老,倘来轩冕轻。"

唐·王勃《三月曲水宴》:"彭泽官初去,河阳赋始传。田园归旧国,诗酒间长筵。"

唐·骆宾王《帝京篇》:"已矣哉,归去来!"

唐·刘希夷《秋日题汝阴潭壁》:"岁暮归去来,东山余宿昔。"

唐玄宗李隆基《初入秦川路逢寒食》:"烟雾氛氲水殿开,暂拂香轮归去来。"

唐·刘幽求《书怀》:"田园迷径路,归去欲何从。"出守时愤恚而作,反用其义。

唐·王维《奉送六舅归陆浑》:"酌醴赋归去,共知陶令贤。"又《早秋山中作》:"岂厌尚平婚嫁

早,却嫌陶令去官迟。"

唐·李颀《望秦川》:"客有归欤叹,凄其霜露浓。"

唐·孟浩然《赠王九》:"归人须早去,稚子望陶潜。"

唐·李白《纪南陵题五松山》:"归来归去来,宵洛越洪波。"又《登高望四海》:"且复归去来,剑歌行路难。"又《对酒醉题屈突明府厅》:"陶令八十日,长歌归去来。"又《寻阳紫极宫感秋作》:"陶令归去来,田家酒应熟。"

唐·岑参《下外江舟怀终南旧居》:"岩壑归去来,公卿是何物!"

唐·高适《封丘作》:"乃知梅福徒为尔,转忆陶潜归去来。"

唐·杜甫《发刘郎浦》:"白头厌伴渔人宿,黄帽青鞋归去来。"又《醉时歌》:"先生早赋归去来,石田茅屋荒苍苔。"

唐·常建《鄂渚招王昌龄张偾》:"二贤归去来,世上徒纷纷。"

唐·顾况《游子吟》:"胡为不归欤,坐使年病侵?"

唐·罗隐《曲江春感》:"一船明月一竿竹,家住五湖归去来。"

唐·齐己《采莲曲》:"薄暮归去来,苎罗生碧烟。"

唐·韩熙载《感怀诗二章》(奉使中原署馆壁):"仆本江北人,今作江南客。再去江北游,举目无相识。……不如归去来,江南有人忆。"

宋·柳永《满江红》:"归去来、一曲仲宣吟,从军乐。"

宋·梅尧臣《依韵和希深游乐园怀主人登封令》:"伊人何恋五斗粟,不作渊明归去来?"又《田家语》:"却咏归去来,刈薪向深谷。"

宋·释契嵩《感遇九首》:"不如归去来,乘风拂长袂。"

宋·王安石《题仪真致政孙学士归来亭》:"彭泽陶潜归去来,素风千岁出尘埃。"

又《钟山西庵白莲亭》:"可笑远公池上客,却因松菊赋归来。"

又《代陈景元书于太一宫道院壁》:"野性岂堪此,庐山归去来。"

又《送吴显道五首》:"劝名富贵何足道,且赋渊明归去来。"

宋·苏轼《哨遍》:"为米折腰,因酒弃家,口体交相累。归去来,谁不遣君归? 觉从前皆非、今是。"全词概括了陶渊明的《归去来兮辞》。《坡仙集外纪》载:"东坡在儋耳,常负大瓢,行歌田间、所歌皆《哨遍》也,此其一。《词源》卷下说:哨遍一曲,概括《归去来辞》,更是精妙。"

又《满庭芳》:"归去来兮,吾归何处? 万里家在岷峨。"

又《〈归来引〉送王子立归筠州》:"归去来兮,世不汝求胡不归。"用陶二句。

又《和陶归去来兮辞》并引:子瞻晋昌化,追和渊明《归去来辞》,盖以无何有之乡为家,虽在海外,未尝不归云尔。"归去来兮,吾方南迁安得归。"

又《汤村开运盐河雨中督役》:"胡不归去来,滞留愧渊明。"

又《首夏官舍即事》:"吾庐想见无限好,客子倦游胡不归?"

又《和林子中待制》:"早晚渊明赋归去,浩歌长啸老斜州。"

宋·黄庭坚《拨棹子》(退居):"归去来,归去来,携手旧山归去来。"

宋·晁补之《满庭芳》(用东坡韵题自画莲社图):"归去来兮,名山何处,梦中庐阜嵯峨。二林深处,幽士往来多。"

宋·葛郯《满庭霜》:"归去来兮,苕溪深处,上有苍翠千峰。"

又《满庭霜》:"归去来兮,家林不远,梦魂飞绕烟峰。"

又《满庭霜》:"归去来兮,心空无物,乱山不斗眉峰。"

宋·李婴《满江红》:"归去来,一曲为君吟,为君寿。"

宋·辛弃疾《一剪梅》:"歌罢尊空月坠西,百花门外,烟翠霏微,绛纱笼烛照于飞。归去来兮,归去来兮。"

宋·赵善括《菩萨蛮》(西亭):"何处有尘埃,扁舟归去来。"

宋·陈辟《哨遍》:"休,归去来兮,北山幸有闲田地。"

宋·严参《沁园春》(自适):"曰归去来,归去来兮,吾将安归? 但有东篱菊,有西园桂,有南溪月,有北山薇。"

宋·刘克庄《长相思》:"幸有江边旧钓台,拂衣归去来。"

宋·徐经孙《哨遍》:"归去来兮,昨非今是。"

宋·吴潜《青玉案》:"寒食休倾游子泪,归去来兮,不如归去,铁定知今是。"

宋·李曾伯《沁园春》:"归兮,归去来兮,我亦办征帆,非晚归。"

宋·陈著《宝鼎现》:"回首念,家山桃李,归去来兮是赋。"

宋·陈人杰《沁园春》(送马正君东嘉):"归去来兮,噫其甚矣,见说江涛也不平。"

宋·刘辰翁《莺啼序》:"归去来兮,怨调又苦。"

元·滕斌《普天乐》:"茅舍数间,田园二顷,归去来兮。"

元·贯云石《殿前欢》:"就渊明归去来,怕鹤怨山禽怪,问甚功名在!"

清·蒲松龄《泛邵伯湖》:"扶醉下船事马鞍,炬火光天归去来。"

3275. 觉今是而昨非

晋·陶渊明《归去来兮辞》:"悟已往之不谏,知来者之可追;实迷途其未远,觉今是而昨非。"清醒地表明辞去彭泽令、归田躬耕是适时的、惬意的。"觉今是而昨非",就是清醒的判断。

元·李伯瞻《殿前欢·省悟》:"去来兮,黄花烂熳满东篱,田园成趣知闲贵。今是昨非,失迷途尚可追。"

3276. 恨晨光之熹微

晋·陶渊明《归去来兮辞》:"问征夫以前路,恨晨光之熹微。"写辞官归里途中的心情,问行人还有多少路,怨晨光还不那么明亮,可见归心之切。

宋·苏轼《出都来陈所乘船上有题小诗八首不知何人有感余心者聊为和之》其三:"烟火动村落,晨光尚熹微。田园处处好,渊明胡不归。""晨光熹微"用陶句表出都时间,又用"渊明胡不归"以抒己怀。

3277. 三径就荒,松菊犹存

晋·陶渊明《归去来兮辞》:"三径就荒,松菊犹存。"渊明初归,见庭院虽荒,松菊还在,面对家人和旧居,倍觉欣喜、亲切。

陶渊明辞彭泽令归田之初作《归去来兮辞》,文笔轻快,心境佳悦,向为人传诵。宋人葛长庚《沁园春》(寄鹤林)就概缩其义:"三径就荒,松菊犹存,归去来兮,叹折腰为米,弃家因酒。往之不谏,来者堪追。"宋·杨炎正《满江红》:"三径不成陶令隐,一区未有杨子宅。问渔樵、学作老生涯,从今日。"宋·富弼《涵虚阁》:"肯羡五湖归范蠡,未饶三径隐渊明。"都效学渊明归隐。

"三径"典出西汉末年。据赵岐《三辅决录》载:西汉末年王莽专权,兖州刺史蒋诩告病辞官,隐居乡里,院中辟三径,唯与羊仲、求仲来往。后以"三径"指家园,指隐居之所。唐·裴迪《春日与王右丞过新昌里访吕逸人不遇》:"陶令五男曾不有,蒋生三径枉相过。"陶、蒋并代吕逸人,此行不遇,枉走一遭。但"三径"之典,自陶渊明起才被用开。南梁萧统《陶渊明传》载陶谓亲朋曰:"聊欲弦歌以三径之资,可乎?""弦歌"喻治世、为官,《论语》载子游为武城宰,孔子路过那里闻弦歌之声,十分赞许子游治理得好,用此典。陶渊明意,暂且为官,要给退隐三径做好准备。下边的"三径"句如:

南朝·陈·张正见《赋得落落穷巷士》:"草长三径合,花发四邻明。"

南朝·陈·阴铿《闲居对雨诗》:"四溟飞旦雨,三径绝来游。"

唐·骆宾王《送费公还蜀》:"还愁三径晚,独对一清尊。"

唐·乔知之《哭故人》:"叹兹三径断,不践十年余。"

唐·孟浩然《秦中寄远上人》:"一丘常欲卧,三径若无资。"

唐·元稹《惭问囚》(蜀门夜行忆与顺元在司马炼师坛上话出处时):"各待陆浑求一尉,共资三径便同休。"用孟浩然"资三径"句。

"三径就荒,松菊犹存",后人常合缩为"松菊三径"一句,也有的只用"松菊"句,有的分用"三径"和"松菊"。

唐·王维《晚春严少尹与诸公见过》:"松菊荒三径,图书共五车。"宋·毛滂《蝶恋花》(秋晚东归,留吴会甚久,无一人往还者):"江楼寒溪家已近,想见秋来,松菊荒三径。"用王维句。

唐·独孤及《送虞秀才擢第归长沙》:"知君到三径,松菊有光辉。"

唐·牟融《沈存尚林亭夜宴》:"松菊寒香三径

晚,桑榆烟景两淮秋。"

又《题山庄》:"东园松菊存遗业,晚景桑榆乐旧游。"

宋·王安石《岁晚怀古》:"问讯桑麻怜已长,按行松菊喜犹存。"

又《送李璋》:"却归甫里无三径,拟傍青山就一尘。"

又《送裴如晦宰吴江》:"柴桑别后余三径,天禄归来尽一尘。"

宋·苏轼《次韵钱穆父会饮》:"要当谋三径,何暇择一枝。"

又《李伯时画其弟亮工〈旧隐宅图〉》:"近闻陶令开三径,应许扬雄寄一区。"

宋·晁端礼《满江红》:"菊老松深三径在,田园已有归来计。"

宋·李曾伯《满江红》(庚申初度):"今幸释,千钧负;尤可嘉,归田去。但蹒跚勃宰,龙钟如许。薇柳诸关成事,菊松三径堪主。"

宋·诸葛赓《秋日得王介甫书》:"闲开松菊花三径,时贮葭苓酒一瓶。"

宋·杨亿《十九哥赴舒州太湖簿仍得假归乡》:"松菊门前三径在,烟波江上片帆飞。"烟波"江上"用崔颢"烟波江上使人愁"句。

宋·文同《晴望汉川》:"旧山何日归,三径有松菊。"

宋·曾几《闻李泰发参政得旨自便将归,以诗迓之》:"故园松菊存否,旧日人民果是非。"陶渊明《搜神后记·丁令威》:"有鸟有鸟丁令威,去家千年今始归。城郭如故人民非,何不学仙冢累累。"曾几诗下句用此典。说故园人民真的变换了吗?

宋·周邦彦《西平乐》词:"彭泽归来,左右琴书自乐,松菊相依,何况风流鬓未华。"兼用"三径就荒"之前句"乐琴书以消忧。"

宋·李光《水调歌头》:"闻蜗庐好在,小圃犹存松菊,三径未全荒。"

元·卢挚《蟾宫曲·箕山感怀》:"三径秋香,万古巷波。"

元·陈草庵《山坡羊》:"栽三径花,看一段瓜。"

元·马致远《四块玉》:"太平幸得闲身在,三径修,五柳栽,归去来。"

张养浩《普天乐》:"正黄花三径齐开,家山在

眼,田园称意,其乐无涯。"

元·张可久《卖花声·秋》:"东篱潇洒,渊明归去,乐陶陶故园三径。"

又《落梅风·闲闲亭上》:"闲闲小亭风日冷,竹千竿绿苔三径。"

有些"三径"句只对以菊花:唐·李嘉祐《送裴五到京口》:"遥知到三径,唯有菊花残。"宋·宋庠《河阳秋思六首》:"故园三径在,新菊几丛开。"宋·杨炎正《水调歌头》:"吾生如寄,尚想三径菊花丛。"

元·张养浩《喜春来》:"浮名浮利待何如,枉乾受苦,都不如三径菊四围书。"

元·任昱《沉醉东风》:"近日邻家酒易赊,三径黄花放也。"

3278. 唯开蒋生径

南朝·宋·谢灵运《田南树园激流植援》:"唯开将生径,永怀求羊踪。"诗人为东晋名将谢玄之孙,曾袭爵康乐公。入宋后降为侯,政治上失望,转而寄情山水,以至称病辞职,隐居会稽(今浙江绍兴)。此诗即写在会稽扩建田园情景,他在田南建一林园,遍植枫杨、榉柳(援),学蒋诩,开三径,去追求求仲、羊仲这样的隐友。"开"三径,在林中开辟出往来三条小径。

后用"开三径"句如:

唐·武三思《奉和过梁王宅即日应制》:"本谓开三径,俄欣降九天。"

唐·李益《喜入兰陵望紫阁峰呈宣上人》:"薙草开三径,巢林喜一枝。""薙",剃的异体字,"薙草",即除草,除草开出三径。唐·白居易《渭村退居寄礼部崔侍郎翰林钱舍人诗一百韵》:"薙草通三径,开田占一坊。"有李益句。

用"开三径"者还有:

唐·陈翊《寄邵校书楚苌》云际开三径,烟中挂一帆。

唐·张祜《穷居》:"辛勤自灌一畦韭,卤莽还开三径蓬。"

唐·温庭筠《题韦筹博士草堂》:"元卿谢免开三径,平仲朝归卧一裘。"

唐·李山甫《山中依韵答刘书记见赠》:"幽居少人事,三径草不开。"

宋·钱惟演《寄灵仙观舒职方学士》:"闱阁露草开三径,灵宇华灯烛九光。"

宋·张纲《绿头鸭》(次韵陈季明)："蒔七松,便为小隐;开三径,且乐余年。"

3279. 三径无人已自荒

唐·皇甫冉《酬李补阙》："十年归客但心伤,三径无人已自荒。"阔别十年,刚归故里,三径已自荒芜了。"荒"句为"三径就荒"的分化句。

北周·庾信《赠周处士》："九丹开石室,三径没荒林。"

唐·刘长卿《过湖南羊处士别业》："秋草芜三径,寒塘独一家。"

唐·孟浩然《寻陈逸人故居》："人事一朝尽,荒芜三径休。"

唐·杜牧《科日五湖馆水亭怀别》(一作许浑诗)："云抱四山终日在,草荒三径几时归。"

唐·伍唐珪《寒食日献郡守》："入门堪笑复堪怜,三径苔荒一钓船。"

宋·欧阳修《感事》(治平丁未正月二十有六日)："故园三径久成荒,贤路胡为此坐妨。"

宋·杨亿《送张锐秀才》："别墅已荒三径草,素衣犹化九衢尘。"又《许洞归吴中》："三径未荒休叹鹏,十浆先馈定惊鸥。"又《书怀寄刘五》："风波名路壮心残,三径荒凉未得还。"

宋·黄庭坚《南乡子》："未报贾船回,三径荒锄菊卧开。"又《次韵十九叔父台源》："锄荒三径通。"

宋·叶梦得《菩萨蛮》(己未五月十七日赠元住道人)："此间无限兴,可便荒三径。"

宋·赵鼎《虞美人令》："吾庐好在条山曲,三径应荒没。"

宋·吕谓老《水调歌头》："作个生涯不遂,松竹雨荒三径,却忆五湖船。"

宋·高观国《齐天乐》(菊)："谯偏管领,是彭泽归来,未荒三径。"

宋·史达祖《满江红》(书怀)："三径就荒秋自好,一钱不直贫相逼。"

宋·韩琦《寄西台子渊赵学士》："莫悲居处荒三径,且把功名寄一杯。"

宋·范成大《顷自史部郎去国,时独同舍赵友益追路送诗,数月,友益得仪真,过吴江,次无韵招之》："君今犹把一麾去,我敢倦锄三径荒。"

宋·元绛《过牛光禄故居》："三径未荒陶令菊,四时长效庾郎花。"

宋·李曾伯《沁园春》(和邓季谦通判为寿韵)："我爱陶潜,休官彭泽,为三径荒芜归去来。"

宋·张炎《微招》(答仇山村见寄)："可怜张绪门前柳,相看顿非年少。三径已荒凉,更如今怀抱。"

元·赵孟頫《和姚子敬秋怀》："黄菊欲开人卧满,可怜三径已荒芜。"

3280. 草色迷三径

唐·卢照邻《元日述怀》(明月引)："草色迷三径,风光动四邻。"作者因染风疾,退居山中,此句写他居处环境,茂草遮掩了三径,风光招惹四邻的喜欢。唐·王勃《赠李十四四首》其三也用此句式："乱竹开三径,飞花满四邻。"与卢诗作姊妹句。

"草色迷三径"一般用作"迷三径"和"三径草":

唐·许浑《和宾客相国泳雪》："皓夜迷三径,浮光彻九垓。"写雪迷三径。(一作无可诗)唐·钱起《谒许由庙》："绿苔唯见遮三径,青史空传谢九州。""遮"而后"迷"。

写"三径草"的如:唐·刘长卿《送皇甫曾赴上都》："秋草不生三径处,行人独向五凌归。"唐·李端《送无晟归江东旧居》："蒋家人暂别,三路草连阶。""三路"即"三径"。唐·许浑《灞东题司马郊园》："读书三径草,沽酒一篱花。"唐·吴融《送知古上人》："振锡才寻三径草,登船忽挂一帆风。"宋·司马光《寄题李水部庠浐水别业》："日永一堂静,草生三径绿。"宋·胡宿《送华涛东归》："壮图万里青云在,旧径三条碧草长。"

3281. 风光动四邻

唐·卢照邻《元日述怀》(一作《明月引》)："草色迷三径,风光动四邻。"写归耕故里,赞家乡之美。"四邻"在古代指四方邻国,《尚书·蔡仲之命》："睦乃四邻"。也指天子的近臣,《尚书·益稷》："钦四邻。"孔安国传:"四近前后左右之臣。"后多指四围的邻居。"风光动四邻"即写田园风光使四方邻居为之动容,为之喜爱。

南朝·梁·何逊《学古赠丘永嘉征还》："龙马鱼肠剑,蹀躞起风尘。结客葱河返,喧喧动四邻。"写武士还乡,惊动四邻。北周·庾信《咏画屏风二十四首》："昨夜鸟声春,惊闻动四邻。"写屏风上画鸟鸣迎春,惊动四邻。卢照邻用此"动四邻"句。

唐人多用"四邻",只表示四方邻里,有的代村落、人家、人烟。这"四邻"句,又常常同"三径"对用,此见卢照邻语的痕迹。

唐·王勃《赠李十四四首》:"乱竹开三径,飞花满四邻。"从卢照邻句翻出。

唐·储光羲《终南幽居献苏侍郎三首时弄太祝未上》:"深要开一道,青嶂成四邻。"

又《秋庭贻马九》:"万里鸿雁度,四邻砧杵鸣。"

唐·王维《故人张谞工诗善易卜兼能丹青草隶顷以诗见赠聊获酬之》:"故国高枕度三春,永四垂帷绝四邻。"

又《凉州郊外游望》:"野老才三户,边村少四邻。"

唐·杨颜《田家》:"四邻依野竹,日夕采其枯。"

唐·李白《古风》:"丑女来效颦,还家惊四邻。"

唐·刘长卿《郧上送韦司士归上都旧业》:"苍苔白露生三径,古木寒蝉满四邻。"

唐·皇甫曾《送人还荆州》:"帆影连三峡,猿声近四邻。"

唐·杜甫《无家别》:"四邻何所有?一二老寡妻。"

唐·钱起《酬刘员外雨中见寄》:"潢污三径绝,砧杵四邻稀。"

唐·韦应物《送陆待御还越》:"绣衣过旧里,骢马辉四邻。"

唐·耿沣《赠山老人》:"白首独一身,青山为四邻。"

唐·郑辕《清明日赠百僚新火》:"瑞彩来双阙,神光焕四邻。"

唐·李端《送客赴洪州》:"帆影连三峡,猿声在四邻。"同皇甫曾诗。

唐·裴度《夏日对雨》:"听罢清风起,荷香满四邻。"

唐·白居易《履道新居二十韵》:"林园四邻好,风景一家秋。"

又《和春深二十首》:"荒凉三径草,冷落四邻花。"

又《题周皓大夫新亭子二十二韵》:"贵介交三事,光荣照四邻。"

又《寒食》:"四邻梨花时,二月伊水色。"

又《斋居春久感事遣怀》:"斋戒坐三旬,笙歌发四邻。"

唐·贺兰朋吉《客舍喜友人相访》:"荒居无四邻,谁肯访来频。"

唐·姚合《新居秋夕寄李廓》:"四邻亦悄悄,中怀亦缠绵。"

又《题大师崔少卿驸马林亭》:"台榭栖双鹭,松篁隔四邻。"

唐·周贺《赠僧》:"他年更息登坛计,应与云泉作四邻。"

唐·顾非熊《落第后赠同居友人》:"寂寞正相对,笙歌满四邻。"

唐·杜牧《且老为之赋诗》:"归来四邻改,茂苑已菲菲。"

唐·许浑《赠河东虞押衙二首》:"万里山川分晓梦,四邻歌管送春愁。"

唐·刘得仁《病中晨起即事寄场中往还》:"病多三径塞,吟苦四邻惊。"

唐·贾岛《过唐校书书斋》:"月初行几步,花开到四邻。"

唐·曹邺《不可见》:"君梦有双影,妾梦空四邻。"

唐·皮日休《襄阳闲居与友生夜会》:"三径引时寒步月,四邻偷得夜吟诗。"

唐·陆龟蒙《蔷薇》:"清香往往生遥吹,狂蔓看看及四邻。"

又《奉和夏初袭美见访题小斋次韵》:"四邻多是老农家,百树杂桑半顷麻。"

唐·司空图《莲峰前轩》:"看著四邻花竞发,高楼从此莫垂帘。"

唐·李咸用《同友生题僧院杜鹃花》:"鹤林太岁今空地,莫放枝条出四邻。"

唐·方干《书吴道隐林亭》:"四邻不见孤高处,翻笑腾腾只醉吟。"

唐·秦韬玉《豪家》:"四邻池馆吞将尽,尚自堆金为买花。"

唐·唐彦谦《新丰》:"貔貅扫尽无三户,鸡犬归来识四邻。"

唐·吴融《和韩致光侍郎无题三首十四韵》:"寸肠谁与达,洞府无四邻。"

唐·韦庄《同旧韵》:"露滋三径草,日动四邻碪。"

又《过溪破怀旧》:"三径荒凉迷竹树,四邻凋谢变桑田。"

唐·寒山《诗三百三首》:"践草成三径,瞻云作四邻。"

唐·张蠙《经荒驿》:"古驿成幽径,云萝隔四邻。"

唐·黄滔《寄从兄璞》:"移觅深山住,啼猿作四邻。"

唐·许棠《潘丞相旧宅》:"绿树垂枝荫四邻,春风还似旧时春。"

唐·裴说《旅行闻寇》:"动步忧多事,将行问四邻。深山不畏虎,当路却防人。"

又《鹿门寺》:"何计生烦恼,虚空是四邻。"

唐·伍唐珪《寒食日寄郡守》:"惭愧四邻教断火,不知厨里久无烟。"

唐·徐侃《商山客死书生》:"家住驿北路,百里无四邻。"

五代·李中《春晚过明氏闲居》:"雨催绿藓铺三径,风送飞花入四邻。"

宋·寇准《秋雨怀友生》:"草色荒三径,虫声满四邻。"

宋·欧阳修《思二亭送光禄谢寺丞归滁阳》:"谷口两三家,山泉为四邻。"

宋·苏轼《和代器之》:"明年归藉梨花上,应会群贤及四邻。"

又《雨晴后步至四望亭下鱼池上受遂至乾明寺前东冈上归》:"雨过浮萍合,蛙声满四邻。"

又《宿海会寺》:"倒床鼻息四邻惊,纰如五鼓天未明。""鼻息"惊四邻,写鼾声之大。唐·韩愈《石鼎联句序》:"道士倚墙睡,鼻息如雷鸣。二子怛然失色,不敢喘。""鼾声如雷"概出于此,"纰(dǎn)"击鼓声。《晋书·邓攸传》:"吴人歌之曰:'纰如打五鼓,鸡鸣天欲曙。'"苏诗取此意。

3282. 应怜蒋生径,秋露满蓬蒿

唐·钱起《秋夜寄袁中丞王员外》:"应怜蒋生径,秋露满蓬蒿。"三径久无人行,满被蓬蒿覆盖,荒芜了。

用"蓬蒿"句的有:唐·翁洮《赠进士王雄》:"何事明廷有徐庶,总教三径卧蓬蒿。"宋·宋庠《春晦小雨》:"何须俗士驾,三径有蒿蓬。"宋·杨亿《同诸公寄阆州隆灵山王处士》:"满头霜雪机心息,三径蓬蒿俗客疏。"宋·韩琦《次韵答致政敬欧阳少师退居述怀二首》:"万钟糠粃常知慕,三径蓬蒿欲自耘。"

3283. 明月好同三径夜

唐·白居易《欲与元八卜邻先有是赠》:"明月好同三径夜,绿杨宜作两家春。"白居易此时在长安,与元宗简为邻,官运不通,共同隐居,两家友谊很深。此句写将要为邻,设想夜晚明月照亮三径可以来往交淡,篱垣边的杨树绽绿两家可共享春光。这是写两家为邻的佳句。

"同三径"多写三径极其荒凉。

唐·王维《游悟真寺》(一作王缙诗):"猛虎同三径,愁猿学四禅。"写山寺少人,成虎猿的天地。

唐·秦系《鲍防员外风寻因书情呈赠》:"荒凉鸟兽同三径,撩乱琴书共一床。"

白居易另有《新昌新居书事四十韵因寄元郎中张博士》:"狐兔同三径,蒿莱共一壖。"

3284. 三径小园深

唐·钱起《秋园晚沐》:"五株衰柳下,三径小园深。"题中"晚沐",晚蒿休闲,用沈约《酬谢宣城脁》:"晨趋朝建礼,晚沐卧郊园"意。作者晚间在秋园衰柳下休闲,三径蜿蜒,通向深幽之处。这是独用"三径"的好句。只用"三径",互不仿效,都有独特的艺术色彩,亦可一赏。

随·江总《南还寻草市宅》:"径毁悲求仲,林残忆巨源。"三径既毁,使难于往来的求仲也悲伤。久别的故宅荒芜了。

唐·骆宾王《送费六还蜀》:"还愁三径晚,独对一清尊。"

唐·李峤《四假限疾不获还庄载想田园兼思亲友率成短韵用写长怀赠杜幽素》:"十旬俄委疾,三径且殊归。"

唐·岑参《南溪别业》:"竹径春来扫,兰尊夜不收。"(一作蒋洌诗)宋·叶梦得《水调歌头》:"念平昔,空飘荡,遍天涯。归来三径重雪,松竹本吾家。"用"扫"字。

唐·杜甫《赠特进汝阳王二十韵》:"瓢饮唯三径,岩栖在百层。"

唐·钱起《山西栖隐》:"三径与嚣远,一瓢常自怡。"

唐·独孤及《山中春思》:"不嫌三径深,为我生池塘。"

唐·皇甫冉《寄郑二侍御归新郑无碍寺所

居》："南亩无三径,东林寄一身。"

唐·耿沣《晚夏即事临南居》："遥忆衡门外,苍苍三径微。"

唐·陆长源《酬孟十二新居见寄》："爱君蒋生径,且著茂陵书。"

唐·卢纶《同柳侍郎题侯剑侍郎新昌里》："三径春自足,一瓢欢有余。"

又《题杨虢县竹亭》："绕阶三径雪,当户一池水。"

唐·李端《酬前驾部员外郎苗发》："山邻三径绝,野意八行传。"

唐·朱湾《逼寒节寄崔七》："闲庭只是长莓苔,三径曾无车马来。"

唐·权德舆《省中春晚忽忆江南旧居戏书所怀因寄两浙亲故杂言》："疲羸只欲思三径,戆直那堪备七人。"又《寄李衡州》："片石丛花画不如,庇身三径岂吾庐。"又《题亡友江畔旧居》："寥落留三径,柴扉对楚江。"又《郊居岁暮因抒所怀》："三径日闲安,千峰对深邃。"又《送三十叔赴任晋陵》："十年尘右职,三径寄退心。"

唐·李德裕《花药栏》："四时发英艳,三径满芳丛。"

唐·牟融《客中作》："半林残叶迎霜落,三径黄花近节开。"

唐·李绅《七年初到洛阳寓居宣教里时已春暮而四老俱在洛中分司》："青莎满地无三径,白发缘头忝四人。"

唐·鲍溶《怀王直秀才》："乡无竹圃为三径,贫寄邻家已二年。"

唐·许浑《酬绵州于中丞使君见寄》："皆就一麾先去国,共谋三径未还家。"又《送元昼上人归苏州兼寄张厚二首》："共醉八门回画舸,独还三径掩书堂。"又《晨起西楼》："明月下楼人未散,共愁三径是天河。"

唐·蒋防《题杜宾客新丰里幽居》："退迹依三径,辞荣继二疏。"

唐·裴虔余《早春残雪》："已闻三径好,犹可访袁安。"

唐·李山甫《寄卫别驾》："知君超达悟空旨,三径闲行抱素琴。"

唐·刘沧《题马太尉华山庄》："一庭杨柳春光暖,三径烟萝晚翠深。"又《秋日夜怀》："关山云尽九秋月,门柳叶凋三径霜。"

唐·罗隐《九华山费征君所居》："蟾桂自归三径后,鹤书曾降九天来。"

唐·徐夤《人事》："平生生计何为者,三径苍苔十亩田。"

唐·李中《赠夏秀才》："步月怕伤三径藓,取琴因拂一床尘。"

唐·护国《伤蔡处士》："三径尚余行迹在,数萤犹是映书残。"(一作杨衡诗。)

唐·温达《句》原公旧路唯三径,潘岳新年已二毛。

唐·卢条《句》："三径雨来烟草合,一邱琴后浊醪倾。"

宋·曾巩《和邵资政》："拂衣久欲求三径,窃食聊须把一麾。"

宋·王安石《送何圣从龙图》："三径欲归无旧业,百城先至有清风。"

宋·释行肇《酬赠梦真上人》："春通三径晚,家别九江遥。"

宋·刘起《送张无梦归天台》："琼台东畔石桥西,三径无尘古木垂。"

宋·苏轼《留题兰皋亭》："明年我亦开三经,寂寂兼无雀可罗。"又《次韵周邠》："南迁欲举力田科,三径初成乐事多。"

宋·李纲《渔家傲》(九日将尽,菊花始有开者)："三径旧栽烟水外,故园凝望空流泪。"

宋·赵鼎《水调歌头》："采药当年三径,只有长松绿竹,霜吹晚箫然。"

宋·辛弃疾《沁园春》(带湖新居将成)："三径初成,鹤怨猿惊,稼轩未来。"

宋·陈德武《鹧鸪天》(咏菊)："三径芳根自不群,每于霜后播清芬。"

宋·张炎《甘州》(饯草窗临雪)："短梦恍然今昔,故国十年心。回首三径,松竹成阴。"

3285. 既窈窕以寻壑,亦崎岖而经丘

晋·陶渊明《归去来兮辞》："既窈窕以寻壑,亦崎岖而经丘。"沿着蜿蜒的山路行入谷底,又从曲折的道路登上山丘。写他归耕后的田园生活。

宋·苏轼《杜介熙熙堂》："崎岖世路最先回,窈窕华堂手自开。"用"崎岖""窈窕",称杜介归田。

3286. 山涤余霭,宇暖微霄

晋·陶渊明《时运》："山涤余霭,宇暖微霄。"

山峰的余霭已被荡涤,天宇中还剩一抹淡淡轻云。

宋·苏轼《西江月》:"照野弥弥浅浪,横空暖暖微霄。"用陶句。

3287. 请息交以绝游

晋·陶渊明《归去来兮辞》:"归去来兮,请息交以绝游。"归去吧,息交绝游,永远与官场断绝。

唐·杜甫《遣意二首》:"渐喜交游绝,幽居不用名。"用陶句。

3288. 木欣欣以向荣

晋·陶渊明《归去来兮辞》:"木欣欣以向荣,泉涓涓而始流。"树木茂盛繁荣,泉水开始涓涓涌流。万物充满了生机。"欣欣向荣"已作成语。

唐·崔湜《登总持寺阁》:"处处风烟起,欣欣草木荣。"

唐·戴叔伦《南轩》:"更爱闲花木,欣欣得向荣。"

宋·苏轼《归去来集字十首》:"命驾欲何向,欣欣春木荣。"

3289. 云无心以出岫

晋·陶渊明《归去来兮辞》:"云无心以出岫,鸟倦飞而知还。"云无意识地飞离山岫,鸟疲倦了返回林巢。诗人"不为五斗米折腰",厌弃官场,辞官归里,悠然如云出岫,鸟知还。这种情调,引发出宦海沉浮的人许多共鸣。用"云无心"句,多数取"云无心而出岫"本义,部分不用陶诗。后人的"云无心"句,多写人心如云,淡泊宁静,空灵超脱,无名缰利锁、无尘俗困扰。

南朝·梁·庾丹《秋闺有望》:"耿耿横天汉,飘飘出岫云。"

唐太宗李世民《钱中书侍郎来济》:"云峰衣结千重叶,雪岫花开几树妆。""云峰""雪岫"非用陶句。

唐·刘希夷《江南曲八首》:"皓如楚江月,霭若吴岫云。"也非陶句。

唐·刘长卿《重推后却赴岭外待进士上寄侍郎》:"白云从岫出,黄叶已辞根。"

又《游四窗》:"白云本无心,悠然伴幽独。"

又《入桂渚次砂牛石穴》:"湘水清见底,楚云淡无心。"

又《黑摄官后将还归旧居留辞李侍御》:"白云

心已负,黄绶计乃非。"

唐·李白《送韩准裴政孔巢父还山》:"时时或乘兴,往往云无心。"又《同王昌龄送族弟襄归桂阳二首》:"踌躇紫宫恋,孤负沧州言。终然无心云,海上同飞翻。"又《酬坊州王司马与阎正字对雪见赠》:"飘然无心云,倏忽复西北。"又《答高山人兼呈权顾二侯》:"曾是无心云,俱为此留滞。"

唐·岑参《丘中春卧寄王子》:"卷迹人方处,无心云自闲。"

唐·杜甫《雨二首》:"落落出岫云,浑浑倚天石。"又《西阁二首》:"百鸟各相命,孤云自无心。"又《奉酬薛十二丈判官见赠》:"志在麒麟阁,无心云母屏。"又《课小竖锄斫舍北果林枝蔓荒秽净讫移床三首》:"曳云高不去,隐几几无心。""几无心"写凭几对云,一片悠闲。又《白水县崔少府十九翁高斋三十韵》:"上有无心云,下有欲落石。"

唐·钱起《归义寺题震上人壁》:"往往无心云,犹起潜龙处。"又《罢章陵令山居过中峰道者二首》:"赖遇无心云,不笑归来晚。"又《山下别杜少府》:"离云愁出岫,去水咽分溪。"云出岫,水分溪都有"心"了。又《过沈氏山居》:"乔木出云心,闲门掩山腹。"云绕乔木。又《春暮过石龟谷题温处士林阁》:"触兴云生岫,随耕鸟下林。"

唐·戴叔伦《闲思》:"伯劳东去鹤西还,云总无心亦度山。"

唐·权德舆《感寓》:"但看鸢唳天,岂见山出云。"又《奉送孔十兄宾客承恩致归东都旧居》:"白云出岫暂逶迤,鸿鹄入冥无处所。"

唐·羊士谔《斋中咏怀》:"无心唯有白云知,闲卧高斋梦蝶时。"又《寄江陵韩少府尹》:"别来云鬓共成霜,云起无心出帝乡。"

唐·陈羽《酬幽居闲上人喜及第后见赠》:"风动自然云出岫,高僧不用笑浮生。"

唐·柳宗元《渔翁》:"回看天际下中流,岩山无心云相逐。"

唐·元稹《谕子蒙》:"片云离远岫,双燕念巢忙。"

唐·刘禹锡《送元简上人适越》:"孤云出岫本无依,胜境名山即是归。"

唐·吕温《白云起封中诗》:"无心已出岫,有势欲凌风。"

唐·孟郊《忆周秀才素上人时闻各在一方》:"野客云作心,高僧月为性。浮云自高闲,明月常空静。"

唐·白居易《白云泉》:"天平山上白云泉,云自无心水自闲。"唐·陆龟蒙《秋赋有期因寄袭美》:"云似无心水似闲,忽思名在贡书间。"兼用白句。五代释延寿《山居诗》亦兼用白句:"莫言云住关怀抱,云本无心水自清。"

又《杨六尚书频寄新诗诗中多有思闲相就之志因书鄙意报而谕之》:"若论尘事何由了,但问云心自在无。"又《官俸初罢亲故见忧以诗谕之》:"蜩甲有何知,云心无所著。"

唐·于頔《郡斋卧疾赠画上人》:"万景徒有象,孤云本无心。"

唐·沈亚之《山出云》:"片云朝出岫,孤色迥难亲。"

唐·陆龟蒙《和袭美新秋即事次韵三首》:"心似孤云任所之,世尘中更有谁知。"

唐·罗隐《渚宫秋思》:"襄王台下水无赖,神女庙前云有心。"反用。

唐·黄滔《长安书事》:"终不离青山,谁道出无心。"反用。

唐·杜牧《同赵二十二访张明府郊居联句》:"远檐高树宜幽鸟,出岫孤云逐晚红。"

唐·封敖《题西隐寺》:"猿似有心留僧坐,去霭无心伴客闲。"

唐·鱼玄机《送别》:"水柔逐器知难定,云出无心肯再归?"

南唐·徐铉《送孟宾于员外还新淦》:"野鹤乘轩云出岫,不知何日再相逢。"又《九日落星山登高》:"岩影晚看云出岫,湖光遥见客垂纶。"

宋·王禹偁《寄潘阆处士》:"烂醉狂歌出上都,秋风时节忆鲈鱼。……一片野心云出岫,几茎吟发雪侵梳。"

宋·范仲淹《萧洒桐庐郡十绝》:"使君无一事,心共白云空。"又《江楼寄希元上人》:"安得如白云,无心两相忘。"

宋·宋祁《访隐者不遇》:"骖鸾仙驭远,出岫昔心违。"

宋·宋庠《和吴侍郎罴号乐城居士今复职守陕临岐自哂二绝》:"高云出岫虽无意,且待商岩作雨归。"

宋·梅尧臣《依韵和达观禅师还山后见寄》:"云归在高岭,人见是无心。"

宋·欧阳修《南征回京至界上驿先呈城中诸友》(明道二年):"朝云来少室,日暮向箕山。本以无心出,宁随倦客还。"

宋·赵抃《谢天彭净慧大师见访》:"正似无心云一片,等闲随雨出山来。"

宋·邵雍《重游洛川》:"云可致无心,水能为鉴止。"又《十四月留题福昌县宇之东轩》:"鸟因择木飞还远,云为无心去更赊。"

宋·金君卿《和康甫兄见寄》:"白云不是无留意,出得山来四海心。"

宋·韩维《监宿书怀寄崔九象之》:"偶随世缘出,岁晏未得还。譬如无心云,会自归故山。"

宋·刘敞《秋阴》:"浮云初无心,已南复更北。"

宋·俞瑊《中山别墅》:"凭栏看水活,出岫笑云忙。"

宋·王安石《招杨德逢》:"山林投老倦纷纷,独卧看云却忆君。云尚无心能出岫,不应君更懒于云。"

宋·强至《送谢先生归紫霄峰》:"藜杖还寻紫霄顶,无心出处似山云。"

宋·杨蟠《白云岭》:"白云出山去,遥曳或西东。人住白云下,悠然心已空。"

宋·王随《天开岩》:"爱步岩室前,白云起孤岫。"

宋·苏轼《和文与可洋川园池三十首》(望云楼):"出本无心归亦好,白云还似望云人。"

又《送小本禅师赴法云》:"出岫本无心,既雨归亦得。"

又《归去来集字十首》:"云岫不知远,中东行复前。"

又《合浦愈上人以诗名岭外戏和其韵》:"孤云出岫岂event伴,锡杖凌空自要飞。"

又《追和沈辽赠南华诗》:"莞尔无心云,胡为出岫来?"

宋·赵子发《南歌子》:"人有纫兰佩,云无出岫心。"

宋·向子諲《一落索》词:"春风吹断前山雨,行云归去,暂来须信本无心,回首了无寻处。"

宋·张抡《踏莎行》(山居十首)之三:"出岫无心,为霖何意,都缘行止难拘系。幽人心已与云闲,逍遥自在谁能累。"

宋·洪适《减字木兰花》:"疏帘披绣,共看横云晴出岫。"

宋·辛弃疾《浣溪沙》(赋清虚):"山上朝来云出岫,随风一去未曾回。次第前村行雨了,合归来。"又《新荷叶》(再题悠然阁):"千载襟期,高情想像当时。小阁横空,朝来翠扑人衣。是中真趣,问骑怀游目谁知。无心出岫,白云一片孤飞。"又《玉楼春》:"无心云自来还去,元共青山相尔汝。"

宋·刘云甫《蝶恋花》(寿陈山泉):"庭下儿孙歌寿酒,不献蟠桃,不数安期枣。且喜今朝云出岫,定知霖雨苍生早。"

宋·陈著《瑞鹤仙》(寿赵德修检讨必晋):"云无心出岫,游戏间,声名揭揭宇宙。"

宋·蒲寿宬《渔父词》(书玄真祠壁):"岩下无心云自飞,塘边足雨水初肥。"

宋·蒋捷《贺新郎》(兵后寓吴):"相看只有山如旧。叹浮云,本是无心,也成苍狗。"兼用"浮云苍狗"句。(详见浮云苍狗条。)

宋·陈德武《清平乐》(咏云):"谁言出岫无心,腾腾飞上巫岑。"

宋·张炎《塞翁吟》(友云):"交到无心处,出岫细话幽期。"又《湘月》(赋云溪)词:"随风万里,已无心出岫,浮游天地。"又《甘州》(题戚五云云山图):"几消凝、此图谁画;细看来,无不是终南。无心好,休教出岫,只在深山。"又《瑶台聚八仙》(为焦元隐赋):"行藏也须在我,笑晋人为菊,出岫方浓,淡然无心,古意且许谁同。"又《如梦令》(渊明行径):"苔径独行清昼,瑟瑟松风如旧,出岫本无心,迟种门前柳。"又《清平乐》(赠云麓麓道人):"暮趁清风出岫,此中方是无人。"

金·刘著《月夜泛舟》:"浮世深如出岫云,南朝词客北朝尘。"写人世飘浮不定。

元·张可久《金字经》:"出岫白云笑,入山明月愁。"恬静淡泊,向往隐居。

元·吕济民《蟾宫曲·赠楚云》:"寄襄王雁字安排,出岫无心,蔽月多才。"赞楚云女。

元·李志远《粉蝶儿·拟渊明》:"觑无心出岫云如画,见有意投林鸟倦飞。"

元·汤式《一枝花·旅中自遣》:"看白云闲出岫频移净几,爱青山正当窗不卷疏帘。"

元·卫立中《殿前欢》:"碧云深,碧云深处路难寻。数椽茅屋云和赁。云在松阴,挂云和八尺琴。卧苔石将云根枕,折梅蕊把云消沁。云心无我,云我无心。"全曲句句有"云",以"云"象征"无我""无心"的境界,以佛家的观念,抒写了超凡脱

俗的情怀。

明·兰陵笑笑生《金瓶梅》七十七回:"少年情须应慕,莫使无心托白云。"

清·宋湘《贵州飞云洞题壁》:"无心出岫凭谁语,僧自撞钟风满楼。"愿永留洞中。

3290. 窗中列远岫

南朝·齐·谢朓《郡内高斋闲望答吕法曹》:"窗中列远岫,庭际俯高林。""高林"一作"乔林"。这是写给吕僧珍的诗,诗人居高斋眺望,空中映入一列远山,庭边俯伏高大乔林。室内见远山,远山嵌入窗口,宛如一幅秀丽的远景画。这幅画或称作一个独具特色的镜头,成了诗词中一道风景线。

唐·刘长卿《题大理黄主簿湖上高斋》:"竟日窗中岫,终年林下人。"

唐·刘禹锡《重送浙西李相公顷廉问江南已经七载后历清台剑南两镇遂入相今领旧地新加旌旄》:"城下清波含百谷,窗中远岫到三茅。"

唐·白居易《宣州崔大夫阁老忽以近诗数十首见示吟讽之下窃有所喜因成长句题寄郡斋》:"无复新诗题壁上,虚教远岫列窗间。"

又《送刘郎中赴任苏州》:"宣城独咏窗中岫,柳恽单题汀上苹。"上句说谢宣城(朓)咏"窗中到远岫",下句说柳恽题"汀洲采白苹",都是名句。白居易专以《窗中列远岫》为题,对谢朓郡斋"窗中列远岫"作了展开性的具体描绘:"天静秋山好,窗开晓翠通。遥怜峰窈窕,不隔竹朦胧。万点当虚室,千重叠远空。列檐攒秀气,缘隙助清风。碧爱新晴后,明宜返照中。宣城郡斋在,望与古时同。"扩大了谢句的影响。

唐·张祜《禅智寺》:"远景窗中岫,孤烟竹里村。"

唐·李频《宛陵东风亭与友人话别》:"修篁齐迥槛,列岫限有平芜。"只用"列岫"。唐·郑谷《书村叟壁》:"列岫檐前见,清泉碓下流。"宋·孙道绚《醉蓬莱》:"列岫连环,溜泉鸣玉,对幅中芒屦。"

唐·陆龟蒙《同袭美游北禅院》:"清尊林下看香印,远岫窗中挂钵囊。"

唐·罗虬《句》:"窗前远岫悬生碧,帘外桃花挂熟红。"

唐·韦庄《铜仪》:"窗中远岫青如黛,门外长江绿似苔。"

唐·黄滔《故山》:"水从井底通沧海,山在窗

中倚远天。"

宋·韩琦《安阳好》:"花外轩窗非远岫,竹间门巷带长流,风物更清幽。"(一作王安中词)

宋·晏几道《喜团圆》:"危楼静锁,窗中远岫,门外垂杨。"

宋·王安石《别灊皖山》:"攒峰列岫应讥我,饱食穷年报礼虚。"

宋·黄庭坚《南柯子》:"秋浦横波眼,春窗远岫眉。"以眉比远岫。

宋·周邦彦《玉楼春》:"烟中列岫青无数,雁背夕阳红欲暮。"上句换一"烟"字,下句用唐人温庭筠《春日野行》:"鸦背夕阳多"诗句。

宋·洪适《满庭芳》:"雨洗花林,春回柳岸,窗间列岫横眉。"亦以眉比列岫。

3291. 云笼远岫愁千片

五代南唐后主李煜《渡中江望石城泣下》:"云笼远岫愁千片,雨打归舟泪万行。"写远岫之云片片皆愁,归舟之雨行行是泪,表达被俘北上途中的亡国之痛。李煜的词名大,此诗并不逊色。他的词《捣练子》也用了"远岫","云鬟乱,晚妆残,带眼眉儿远岫攒。"是以"远岫"比恨眉。"攒"是聚拢,用唐·柳宗元《构法华寺西亭》:"远岫攒众顶,澄江抱清湾。"柳宗元也用了"远岫"。

"远岫"也出自谢朓"窗中列远岫"句。但本源应来自南朝·宋·鲍照《春羁诗》:"岫远云烟绵,谷屈泉藦迤。"烟云在远岫绵延,泉水在曲谷逶迤。不用"山远"而用"岫远"这是最早的。"远岫"多表山,也有的比眉。

唐·李白《送王孝廉觐省》:"窈窕晴江转,参差远岫连。"

唐·李嘉祐《送苏修往上饶》:"一身随远岫,孤棹任轻波。"

又《自苏台至望亭驿人家尽空春物增思怅然有作因寄从弟纾》:"远岫依依如送客,平田渺渺独伤春。"

唐·杨思玄《奉和圣制过温汤》:"远岫凝氛重,寒丛对影疏。"

唐玄宗李隆基《野次喜雪》:"繁云低远岫,飞雪舞长空。"

唐·杜甫《甘林》:"晨光映远岫,夕露见日晞。"

唐·钱起《酬刘起居卧病见寄》:"僚垣多画戟,远岫入书帷。"

唐·耿湋《奉和第五相公登鄱阳郡城西楼》:"高斋成五字,远岫发孤猿。"

唐·戴叔伦《听霜钟》:"渺渺飞霜夜,寥寥远岫钟。"

唐·崔峒《送苏修游上饶》:"一身随远岫,孤掉任轻波。"同李嘉祐诗。

唐·段文昌《晚夏登张仪楼呈院中诸公》:"远岫林端出,清波城下回。"

唐·刘禹锡《和牛相公南溪醉歌见寄》:"修廊架空远岫入,弱柳覆槛流波沾。"

唐·张籍《雪溪西亭晚望》:"夕阳生远岫,斜照逐回流。"

唐·杨衡《经端溪峡中》:"重林宿雨晦,远岫孤霞明。"

唐·姚合《金州书事寄山中旧友》:"溉稻长洲白,烧林远岫红。"

又《武功县中作三十首》:"岐路荒城少,烟霞远岫多。"

唐·郭良骥《自苏州至望亭驿有作》:"远岫依依如送客,平田渺渺独伤春。"诗同李嘉祐之作,题目不同。

唐·焦郁《白云向空俊》:"白云升远岫,摇曳入晴空。"

唐·项斯《送友人之永嘉》:"城连沙岫远,山断夏云高。"

唐·李昌符《题友人屋》:"松底诗人宅,闲门远岫孤。"

唐·司空图《狂题十八首》:"老禅乘杖莫过身,远岫孤云见亦频。"

又《杨柳枝寿杯词十八首》:"隔城远岫招行客,便与朱楼当酒旗。"

唐·张乔《甘露寺僧房》:"远岫明寒火,危楼响夜涛。"

唐·李山甫《方干隐居》:"问人远岫千重意,对客闲云一片情。"

又《寄太常王少卿》:"秋天静如水,远岫碧侵云。"

唐·徐夤《鹧鸪》:"避烧几曾遗远岫,引雏时见饮晴川。"

五代·顾夐《更漏子》:"帘半卷,屏斜掩,远岫参差迷眼。"

宋·柳永《玉蝴蝶》:"翠眉开,娇横远岫;绿鬓弹,浓染春烟。"

宋·欧阳修《春寒效李长吉体》:"高楼去天无几尺,远岫参差乱屏碧。"

宋·王安中《蝶恋花》(六花冬词):"竹雀喧喧烟岫远,晚色溟濛,六出花飞遍。"

宋·米芾《西江月》(秋兴):"深面荷香粲粲,林端远岫青青。"

又《浣溪沙》(野眺):"日射平溪玉宇中,云横远渚岫重重。"

宋·黄庭坚《鹧鸪天》:"拖远岫,压横波,何时传酒又传歌。"

宋·米友仁《临江仙》:"醉余临望处,远岫数重重。"

宋·李纲《望江南》:"澄霁后,远岫更清苍。"

又《喜迁莺》(自池阳泛舟):"远岫参差,烟村微茫,阅尽往来人老。"

宋·李清照《浣溪沙》:"远岫出山催薄暮,细风吹雨弄轻阴。"

宋·史浩《浣溪沙》:"远岫数堆苍玉髻,平湖千顷碧琉璃。"

宋·韩元吉《夜行船》:"极目高,高横远岫,拂新晴,黛蛾依旧。"

宋·赵长卿《清平乐》:"远岫连天横淡霭,望断孤鸿飞外。"

宋·辛弃疾《满江红》(和廓之雪):"云破林梢添远岫,月临屋角分层阁。"

宋·赵师侠《风入松》:"平林远岫浑如画,更渔村、返照斜红。"

又《鹧鸪天》(湘江舟中应叔索赋):"云归远岫千山暝,雾映疏林一抹横。"

宋·张镃《木兰花慢》:"天笛帝城胜处,江平湖、远岫岧峣。"

宋·吴潜《满江红》(九日郊行):"远岫四呈青欲滴,长空一抹明于镜。"

又《水调歌头》(焦山):"远岫忽明晦,好景画难描。"

宋·李彭老《祝英台近》:"浅黛凝愁,远岫带眉妩。"

宋·仇远《探芳信》:"山雨夜来骤,便绿涨平堤,云横远岫。"

3292. 乘云翔邓林

魏·阮籍《咏怀诗八十二首》其十:"焉见王子乔,乘云翔邓林。"其二十二:"夏后乘灵舆,夸父为邓林。""邓林",古代传说中的树林。《山海经·海外北经》载:"夸父与日逐走,入日,渴欲得饮。饮于河、渭,河、渭不足。北饮大泽,未至,遂渴而死。弃其杖,化为邓林。"说"邓林"为夸父之杖所化。阮籍用于神话传说之中的树林,非尘世所有。

北朝·周·庾信《竹杖赋》:"一传大夏,空成邓林。"《汉书》:"张骞使大夏,见蜀布、邛林杖。"庾信意为:藜藿在野是其本性,还可以荷篠、驱禽,如果像竹一样制成杖,就要死去,不会成为邓林。喻自己不羡荣华,魏、周强欲自己作官,就失当了。

以后"邓林"除被用作仙林之外,也用于一般树林。

唐·马周《句》:"何惜邓林树,不借一枝栖。"

唐·刘怀一《赠右台监察邓茂迁左台殿中》:"谁言夕鸟至,空想邓林隈。"

唐·杜甫《风疾舟中伏枕书怀三十六韵奉呈湖南亲友》:"瘗夭追潘岳,持危觅邓林。"

唐·顾况《寄上岳部韩侍郎奉呈李户部卢刑部杜三侍郎》:"宛鸿翔邓林,沙鸰飞吴田。"代上层高位。

又《谢王郎中见赠琴鹤》:"子乔翔邓林,王母游层城。"

唐·吕温《风咏》:"北走催邓林,东去落扶桑。"

3293. 蔼蔼庆云被

晋·陆机《吴趋行》:"蔼蔼庆云被,泠泠祥风过。"全诗写吴地(东南一带)山川秀美,人才辈出。此句写吴地庆云蔼蔼,祥风泠泠。"庆云"即彩云、景云,古人以为是祥瑞之气。《汉书·郎颙传》注:庆云"五色云也"。《史记·天官书》:"苦烟非烟,苦云非云,郁郁纷纷,萧索轮囷,是谓卿(庆)云。"《汉书·礼乐志》:"甘雨降,庆云出。"就是吉祥之兆。

魏·曹植《喜雨》:"庆云从北来,郁述西南征。"

又《仙人篇》:"飞腾踰景云,高风吹我躯。"

晋·陆机《前缓声歌》又写:"长风万里举,庆云郁嵯峨。"唐·杜甫《江梅》:"故园不可见,巫岫郁嵯峨。"用陆机句。

晋·卢谌《重赠刘琨》:"璧由识者显,龙因庆云翔。"

晋·支遁《八关斋诗三首》:"嘉祥归宰相,蔼若庆云浮。"

南朝·宋·谢灵运《阮瑀》:"庆云惠优渥,微薄攀多士。"

唐太宗李世民《执契静三边》:"皎佩星连景,飘衣云结庆。"

唐·岑参《尹相公京兆府中棠树降甘露诗》:"昆仑何时来,庆云相逐飞。"

唐·包何《阙下芙蓉》:"庆云垂阴开难落,湛露为珠满不倾。"

唐·贾至《闲居秋怀寄阳翟陆赞府封丘高少府》:"郁郁被庆云,昭昭翼太阳。"

唐·王建《上武元衡相公》:"褒贬唐书天历上,捧持尧日庆云中。"

唐·李绅《华山庆云见》:"圣主祠名岳,高峰发庆云。"

唐·柳泌《玉清行》:"王母来瑶池,庆云拥琼舆。"

唐·方干《赠美四首》其三:"常恐胸前春雪释,惟愁座上庆云生。"

唐·唐彦谦《紫薇花》:"庆云今已集,威风莫惊飞。"

3294. 结志青云上

《古诗五首·悲与亲友别》:"结志青云上,何时复来还!"此诗写一位青年与亲友告别。结尾二句说,你立志高远,何时能够归来!"青云"初见于《史记·范睢蔡泽列传》魏国的范睢受须贾诬谄几死,跑到秦国当了宰相。须贾出使秦国,见了范睢,范睢原谅了他。须贾"顿首言死罪,曰:'贾不意君能自致青云之上,贾不敢复读天下之书,不敢复与天下之事。'"这"青云"比喻政治地位很高。晋·郭璞《游仙诗十九首》:"寻我青云友,永与时人绝。""青云友",指太空之中的仙友。隋唐建立科举制度以后,"青云"常指科考中第,获得高位,也有的表示立志高远,为国为民做一番大事业的理想抱负。《唐摭言》载:"进士同年,宴于曲江亭子,卢象载妓,微服纵观。主罚录事崔沆判罚曰:'紫陌寻春,便隔同年之面;青云得路,可知异日之心。'""青云得路"即指中举。

唐·陈子昂《酬李参军崇嗣旅馆见赠》:"青云傥可致,北海忆孙宾。"

唐·刘长卿《题冤句宋少府厅留别》:"尚甘黄绶屈,未适青云意。"

唐·李白《赠友人三首》:"他日青云去,黄金报主人。"

又《白纻辞》:"愿作天池双鸳鸯,一朝飞去青云上。"

唐·韦应物《送李二归楚州》:"好去扁舟客,青云何处期。"

唐·杜甫《奉送魏六丈佑少府之交广》:"虚思黄金贵,自关青云期。"又《北征》:"青云动高兴,幽事亦可悦。"兴致高如青云。

唐·刘禹锡《寄毗陵杨给事三首》:"青云直上无多地,却要斜飞取势回。"

唐·吕温《道州敬酬何处士书情见赠》:"期君自致青云上,不用伤心叹二毛。"

唐·钱起《下第题长安客舍》:"不遂青云望,愁看黄鸟飞。"科考落第,宿愿未遂,看黄鸟飞入青云而难过。在其他"青云"句中,多写落第未举,科考无望。

唐·沈东美《奉和苑舍人宿直晓玩新池寄南省友》:"青云仰不逮,白雪和难牵。"

唐·崔膺《感兴》:"世上桃李树,但结繁华子。白屋抱关人,青云壮心死。"

唐·杨巨源《寄江州司马》:"莫谩拘牵雨花社,青云依旧是前途。"

唐·白居易《和栉沐寄道友》:"青云已难致,碧落岂能攀。"

又《题东楼前李使君所种樱桃花》:"身入青云无见日,手栽红树又逢春。唯留花向楼前著,故故抛愁与后人。"

唐·雍陶《路中问程知欲达青云驿》:"落日回鞭相指点,前程从此是青云。""青云驿"含双关义。

唐·刘得仁《寄友》:"那堪更见巢松鹤,飞入青云不下来。"

唐·李商隐《商於新开路》:"更谁开捷径,速拟上青云。"

唐·李山甫《贺友人及第》:"春风不见寻花伴,遥向青云泥子虚。"

唐·罗隐《所思》:"西上青云未有期,东归沧海一何迟。"

唐·鲍令晖《代葛沙门妻郭小玉作》:"君非青云逝,飘迹事咸秦。"

唐·胡宿《感旧》:"千里青云未致身,马蹄空踏几年尘。"

唐·杜荀鹤《宿东林寺题愿公院》:"无由住得

吟相伴,心系青云十五年。"

宋·王禹偁《锦绣万花谷》:"青云随步登华楄,红雪飘香入杏园。"

宋·王安石《叹才力因成小诗》:"徐上青云犹未晚,可无音问及沧浪。"

宋·苏轼《与潘三失解后饮酒》:"青云岂易量他日,黄菊犹应似去年。"

宋·黄庭坚《次韵叔父夷仲送夏君玉赴零陵主簿》:"青云已迷津,浊酒未割爱。"

宋·史浩《望海潮》:"望武林咫尺,同上青云。"

宋·无名氏《鹧鸪天》(弟寿兄义赴省):"扬前未把耆年祝,且愿青云早致身。"

元·杜仁杰《双调·蝶恋花》:"冠盖拥青云得路,恩诏宠金门平步。"

元·马致远《行香子·清江引》:"青云兴尽王子猷,半路里干生受。"用杜甫"青云动高兴"句意。

元·乔吉《满庭芳·渔父》:"几年罢却青云兴,直泛沧溟。""青云兴",求取功名之志。

3295. 惜无同怀客,共登青云梯

南朝·宋·谢录运《登石门最高顶》:"惜无同怀客,共登青云梯。"作者在浙江嵊县石门别宿登上石门山顶,叹惜没有同怀人与他共登这峰顶。峰顶已近青云,登山如登通天梯了。谢灵运最喜登山,穿一种特制的木屐,上山去其前齿,下山去其后齿,时称"谢公屐"。他常登浙江天姥山,李白《梦游天姥吟留别》诗中就写"脚著谢公屐,身登青云梯。"因为"梦游",所以是虚写。"青云梯"后来被人喻为进身之阶。

晋·郭璞《游仙诗十九首》:"灵溪可潜盘,安事登云梯。"首用"登云梯"。

唐·杜甫《奉赠太常张卿垍二十韵》:"碧海真难涉,青云不可梯。"写碧海难涉,青云难上,自愧才疏未炼,宿志难酬了。

又《寄从孙崇简》:"牧竖樵童亦无赖,莫令斩断青云梯。"鼓励崇简上进。

唐·白居易《别李十一后重寄》:"共上青云梯,中途一相失。"同科登第,一人中途受挫。

唐·黄滔《送翁拾遗》:"拜舞吾君后,青云更有梯。"登云有望。

唐·徐夤《忆潼关早行》:"荛莪十轴僅三尺,岂谓青云便有梯。"写潼关难登,饶有寓意。

宋·吕渭老《好事近》:"更赖主人明眼,作青云梯级。"科考定会中试。

宋·无名氏《沁园春》:"九重诏已封泥,看稳上青云万丈梯。"登云已有定势。

宋·无名氏《沁园春》(寿刘宰):"诸公荐墨交驰,要推上青云百丈梯。"荐上更高的职位。

直写登山的如:

唐·李峤《幸白鹿观应制》:"宁看青鸟入,还涉紫云梯。"写可入神仙境界。

蜀太后徐氏《玄都观》:"莫道穷天无路到,此山便是碧云梯。"写山之高。

3296. 把丹枝争折,青云平步

宋·晁端礼《喜迁莺》:"庆门里,把丹枝争折,青云平步。""青云平步"或"平步青云",意为登上青云如履平地,没有奋力攀登,喻仕途通畅,易于登第。他的《永遇乐》词也写:"忆当年,青云平步,共喜骤骑华要。""平步"一义取自唐·白居易《浔阳岁晚寄元八郎中》:"虚怀事僚友,平步取公卿"句。直用宋初王禹偁《酬安秘丞见赠长歌》:"我今自是蓬蒿身,如何一见如故人?长歌谓我相剪饰,便疑平地升青云。"

宋·洪适《醉蓬莱》(代上陈帅生日):"览凤千峰,骖鸾八桂,未展青云步。"

宋·郭应祥《西江月》(鹏飞集作):"天府仁登名姓,夜窗不负辛勤。直须平步上青云,始信文章有准。"

宋·李曾伯《哨遍》:"从此青云阔步,看龙门,锦标双取。"(送馆人管顺甫父子赴省。)

宋·无名氏《水调歌头》(贺人再娶):"仍看明年去,平步上青天。"

3297. 高标青云器

唐·刘长卿《雨中登沛县楼赠表兄郭少府》:"高标青云器,独立沧江鹤。""青云器"喻有高才和美德的人。这里称郭少府才华出众,如高鹤独立。又《湖上遇郑田》:"故人青云器,何意常窘迫。"说郑田怀才不遇。又《送薛据宰涉县》:"人许白眉长,天资青云器。"赞薛据天分很高。还有"青云客""青云士"同"青云器"义近。

用"青云器"句:

唐·李白《赠清漳明府倒书》:"天开青云器,日为苍生忧。"

唐·独孤及《酬梁二十宋中所赠兼留别梁少府》:“君子道未长,深藏青云器。”

又《江宁酬郑县刘少府兄赠别作》:“何为青云器,犹嗟浊水泥。”

唐·白居易《初授拾遗》:“惊近白日光,惭非青云器。”

唐·李商隐《和刘评事永乐闲居见寄》:“白社幽闲君暂居,青云器业我全疏。”“青云器业”指大业。

用“青云客”句:

唐·刘长卿《登扬州栖灵寺塔》:“向是沧洲人,已为青云客。”由隐居而一步升腾。

唐·李白《寄上吴王三首》:“洒扫黄金台,招邀青云客。”

又《忆旧游寄谯郡元参军》:“海内贤豪青云客,就中与君心莫违。”

唐·高适《狄梁公仁杰》:“至今青云人,犹是门下客。”

唐·杜甫《送顾八分文学适洪吉州》:“向者玉珂人,谁是青云客。”

用“青云士”句:

唐·李白《古风》:“奈何青云士,弃我如尘埃。”

又《当涂赵炎少府粉图山水歌》:“南昌仙人赵夫子,妙年历落青云士。”

3298. 宿昔青云志,蹉跎白发年

唐·张九龄《照镜见白发》:“宿昔青云志,蹉跎白发年。谁知明镜里,形影自相怜。”早年就有青云之志,想为国尽更大的力量。然而岁月蹉跎,无大作为,已进入白发之年了。“青云”,常喻飞黄腾达,居高位干大事,以求声名显赫。“白发”表示年老,二者对用,对照鲜明,多表个人事业无成而年已老迈的遗憾、悔恨等情感。

唐·陈子昂《送别出塞》:“言登青云去,非此白头翁。”

唐·岑参《寄左省杜拾遗》:“白发悲花落,青云羡鸟飞。”这是写给杜甫的。杜甫当时任门下省左拾遗,岑参任中书省右补阙,均为谏职、普通官职。此句,悲叹白发临老,有如春花落去,羡慕飞鸟青云之上,而自己却不被重用。他还有“白发青云”句,独此句继张九龄句之后,工整流畅,推为最佳,亦是其他“青云白发”句所不及。如:

又《送魏升卿擢第归东都因怀魏校书陆浑乔潭》:“自料青云未有期,谁知白发偏能长。”

又《送王七录事赴虢州》:“青云仍未达,白发欲成丝。”

又《佐郡思旧游》:“白发今无数,青云未有期。”

唐·李白《忆旧游寄谯郡元参军》:“北阙青云不可期,东山白首还归去。”岑参“未有期”用李白句。

唐·李嘉祐《故吏部郎中赠给事中韦公挽歌二首》:“白发今非老,青云数有奇。”

唐·高适《醉后赠张九旭》:“白发老闲事,青云在目前。”

唐·朱长文《送李司直归浙东幕兼寄鲍将军》(一作朱湾诗):“今日相逢悲白发,同时几许在青云。”

唐·韩愈《赴江陵途中寄赠王二十补阙李十一拾遗李二十六员外翰林三学士》:“朝为青云士,暮作白头囚。”

唐·刘禹锡《乐天以愚相访沽酒致欢因成七言聊以奉答》:“蹴踏青云寻入仕,萧条白发且飞觞。”

唐·孟郊《送魏端公入朝》:“徒怀青云阶,忽至白发年。”

唐·吕温《道州敬酬何处士怀郡楼月夜之作》:“期君自致青云上,不用伤心叹二毛。”“二毛”是花白,而不是全白。

唐·白居易《李留守相公见过池上泛舟举酒话及翰林旧事因成四韵以献之》:“白首故情在,青云往事空。”

又《何处难忘酒二首》:“青云俱不达,白发递相惊。”

唐·顾非熊《赠友人》:“青云期未遂,白发镊还生。”

唐·姚合《闲居遣怀十首》:“青云非失路,白发未相干。以此多携解,将心但自宽。”反用其义。

唐·赵嘏《广陵道》:“青云回翅北归雁,白首途哭何处人。”

又《叙事献同州侍御三首》:“青云席中罗袜尘,白首江上吟诗人。”

唐·方干《将谒商州吕郎中道出楚州留献章中丞》:“青云应有望,白发未相侵。”亦为反用。

唐·罗邺《偶题离亭》:“谩夸浮世青云贵,未尽离怀白发新。"

唐·罗隐《感怀》:"虽教小事相催逼,未到青云拟白头。"

唐·杜荀鹤《维扬春日再遇孙侍御》:"多情御史应嗟见,未上青云白发新。"

唐·杜牧《寄浙西李判官》:"青云满眼应骄我,白发浑头少恨渠。"

唐·崔涂《言怀》:"青云如不到,白发亦难归。"

又《秋晚书怀》:"白发生非早,青云去自迟。"

宋·范仲淹《过长安醉别资政郑侍御》:"共上青云路,相看白发人。"

宋·陈尧佐《青箱杂记》卷二:载《致政寄张太傅》:"青云歧路游将遍,白发光阴得最多。"

宋·释智圆《偶作》:"青云身未上,白发头已多。"

宋·释契嵩《又次韵奉寄强令》:"何为万里青云士,来问双峰白发人。"

宋·王珪《又寄公仪四首》:"青云慷慨逢辰早,白发逶迤事生孤。"

宋·司马光《酬仲通初提举崇福宫见寄》:"青云有路那足顾,白发满头胡不归。"

宋·强至《漫呈盛任道监薄》:"一别青云俱蹭蹬,相逢白首重徘徊。"

宋·赵彦端《荚荷香》(席上用韵送程德远罢金黟)词"青云路稳,白首心期。"

宋·辛弃疾《沁园春》:"况白头能几,定应独往;青云得意,见说长存。"

3299. 昔日青云意,今移向白云

唐·白居易《黄石岩下作》:"昔日青云意,今移向白云。""白云",远在天边,可以自由游动,此处喻隐逸、出世、道闲。诗意:早年的追求功名的志向,已转移到出世隐逸了。

又《题崔常侍济上别墅》又用此意:"主人忆尔尔知否,抛却青云归白云。"

唐·薛逢《送萧俛相公归山》:"脱却朝衣便东去,青云不及白云高。""高"非指空间,而指情怀。

唐·郑畋《抄秋夜直》:"蕊宫裁诏与宵分,虽在青云忆白云。"身在朝廷,心在山野。

用"白日"与"青云"对仗,则表示青云无望,白日已晚。白居易《忆微之伤仲远》:"李三埋地底,元九谪天涯。举眼青云远,回头白日斜。"唐·雍

陶《蜀路倦行因有所感》:"白日欲斜催后乘,青云何处问前程。"唐·杜牧《望少华三首》:"身随白日看将老,心与青云自有期。"

3300. 青云知己殁,白发一身归

唐·赵嘏《送韦处士归省朔方》:"青云知己殁,白首一身归。""青云知己"指同年好友、同僚好友以至知识阶层中的好友。此句说同僚好友都过世而去,唯一白发老人归省了。

唐·卢肇《及第送潘图归宜春》:"青云乍喜逢知己,白社犹悲送故人。"宋·寇准《水阁夜望书怀》:"白社孤前约,青云少旧知。"

唐·杜荀鹤《秋日寄吟友》:"青云旧知己,未许钓沧浪。"

唐·韦庄《投寄旧知》:"多谢青云好知己,莫教归去重沾巾。"

五代·李中《赠夏秀才》:"况是青云知己在,原思生计莫忧贫。"

3301. 尽说青云路,有足皆可至

唐·孟郊《长安旅情》:"尽说青云路,有足皆可至。我马亦四蹄,出门似无地。玉京十二楼,峨峨倚青翠。下有千朱门,何门荐孤士。"诗人四十六岁中进士之前,屡试不第。此诗写达青云路之难。虽与韩愈成"忘形之交",也难举荐。"青云路"即仕途宦路。

唐·刘禹锡《吴兴敬郎中见惠斑竹杖兼示一绝聊以谢之》:"拄到高山未登处,青云路上愿逢君。"

唐·许棠《写怀》:"青云知有路,自是致无因。"

唐·张乔《经九华山费徵君故居》:"烟壁曾行处,青云路不通。"

唐·罗隐《遣兴》:"青云路不通,归计奈长蒙。"用张乔句。

宋·姚勉《贺新郎》:"生个英雄为世用,便早青云得路。"

宋·辛弃疾《菩萨蛮》(送曹君之庄所):"人间岁月堂堂去,劝君快上青云路。"

宋·史浩《青玉案》(用贺方回韵):"涌金斜转青云路,溯衮衮、红尘去。"

宋·无名氏《庆清朝》(寿章丞·二月初六):"又况当年强仕,得志青云路,足慰高怀。"

3302. 好风频借力,送我上青云

清·曹雪芹《红楼梦》第七十回《柳絮词》薛宝钗的《临江仙》(咏絮):"万缕千丝终不改,任他随聚随分。韶华休笑本无根,好风频(一作凭)借力,送我上青云。"写柳絮飘飞,虽是随分随聚,也仍是万缕千丝,不要笑他在春天里无有根本,却正好不断凭借东风之力,把我送上九重天。蕴含着贾府中复杂纷纭的人际关系,"送我"妙极,不仅表现占有贾宝玉(尽管没有得到真正的爱情),提高自己在贾府中的地位的信念,更可以促使贾宝玉去读书做官,从而实现她的仕途经济。做为一个封建晚期的士女,不甘寂寞,壮志凌云,作此语是符合她的性格的。"好风频借力,送我上青云",意借风力上青云,是又一类"青云"句,句源久远。

魏·曹植《杂诗》:"转蓬离本根,飘飘随长风。何意回飚举,吹我入云中。"企盼狂飚骤起,如转蓬一样,"吹我入云中",这是命意最早的"风送上青云"句。以后如:

唐·卢照邻《赠益府群官》:"谁能借风便,一举凌苍苍。"

唐·郑愔《咏黄莺儿》:"欲转声犹涩,将飞羽未调。高风不借便,何处得迁乔。"

唐·李白《赠崔侍郎》:"扶摇应借力,桃李愿成阴。"

唐·白居易《鹅赠鹤》:"君因风送入青云,我被人驱向鸭群。雪颈霜毛红网掌,请看何处不如君。"

唐·罗邺《春风》:"如何一瑞车书日,吹取青云道路平。"

唐·罗隐《春风》:"但是秕糠微细物,等闲抬举到青云。"

唐·辛学士《答王无功入长安咏秋蓬见示》:"托根虽异所,飘叶早相依。因风若有便,更共入云飞。"

3303. 高风不借便,何处得迁乔

唐·郑愔《咏黄莺儿》:"高风不借便,何处得迁乔。"不借高风之便,怎么会迁乔呢。"迁乔"向高大树木上迁居。出自《诗经·小雅·伐木》:"伐木丁丁,鸟鸣嘤嘤。出于幽谷,迁于乔木。"伐木声惊动了鸟儿,鸟儿从幽谷中迁飞到高高的大树。后人从此义衍生出"迁入新居"或"升迁高位"(升官也称升迁)又由于《伐木》诗中迁乔的是鸟,又有"迁莺"一语,多含晋升官职之义。郑愔诗是直写"欲啭声犹涩,将飞羽未调"的雏莺,或别有寓托。"迁乔",是鸟儿的行为,写鸟以喻人的晋职。

唐·祖咏《汝坟秋同仙州王长鸣翰闻百舌鸟》:"迁乔诚可早,出谷此何迟。""出谷"用"出于幽谷"句。

唐·李峤《莺》:"写转清弦里,迁乔暗木中。"

唐·陈润《登西灵塔》:"迁乔未得意,徒欲蹑云梯。"

唐·刘禹锡《寄唐州杨八归厚》:"何况迁乔旧同伴,一双先入凤凰池。"(原注:时徐晦、杨嗣复二舍人与唐州同年及第。)

唐·张籍《赠殷山人》:"满堂虚左待,众目望乔迁。"

宋·刘克庄《莺梭》诗:"掷柳迁乔大有情,交交时作弄机声。"用黄莺迁乔,喻织布穿梭。

3304. 客有迁莺处

唐·骆宾王《同辛薄简仰酬思玄上人林泉四首》:"客有迁莺处,人无结驷来。"游思玄上人林泉,有舒适的居住房舍。"迁莺"这里指客所。因与"迁乔"同源出《伐木》(见上条),也多以莺之迁木喻人之迁升。

唐·窦巩《江陵遇元五李六二侍御纪子书情呈十二韵》:"美玉方齐价,迁莺尚怯飞。"

唐·丁位《小苑喜望宫池柳色》:"他时花满路,从此接迁莺。"

五代·李中《送夏侯秀才》:"况是清朝至公在,预知乔木定迁莺。"

五代·毛文锡《喜迁莺》:"芳春景,暖晴烟,乔木见迁莺。"

宋·宋祁《送祝熙载》:"春莺得迁友,夜鹤怨归人。"

3305. 鼓卧旗折黄云横

唐·贾至《燕歌行》:"南风不竞多死声,鼓卧旗折黄云横。"此句写"隋家昔为天下宰,穷兵黩武征辽海。"说隋代穷兵黩武,征伐东北,结果"南风不竞""鼓卧旗折",遭受惨败。"南风不竞多死声"用《左传·襄公十八年》中语:"晋人闻有楚师,师旷曰:'不害,吾骤歌北风,又歌南风。南风不竞,多死声,楚必无功。'"南风,南方的音乐,不竞,乐

声低沉。师旷从乐声中臆测出楚师不振,没有战斗力。后常用作双方角逐,竞争有一方力量薄弱。贾至用此句喻南方的隋兵不能征战,以至全军覆没。"黄云",战场掀起的沙尘。

最早写"黄云"的是南朝·宋·谢灵运,他在《拟魏太子邺中集诗八首·阮瑀》写:"河中多沙尘,风悲黄云起。"说岸边沙尘被风扬起形成高空中的黄云。北方干旱沙漠地带,大风卷起黄沙漫天,古人称作黄云,其实不是云。"黄云"常用于揭示北方的荒漠,也表示战场黄尘弥漫。用"黄云"的如:

南朝·梁·简文帝萧纲《陇西行三首》:"洗兵逢骤雨,送阵出黄云。"

南朝·陈·张正见《赋得雪映夜舟》:"黄云迷鸟路,白雪下凫舟。"

唐·高适《蓟门行五首》:"古树满空塞,黄云愁杀人。"

又《别董大》:"十里黄云白日曛,北风吹雁雪纷纷。"

又《蓟中作》:"边城何萧条,白日黄云昏。"

唐·李白《豫章行》:"半渡上辽海,黄云惨无颜。"

唐·杜甫《日暮》:"日落风亦起,城头乌尾讹。黄云高未动,白水已扬波。"

又《东屯北崦》:"远山回白首,战地有黄尘。"用"黄云"亦可。

唐·李嘉祐《宋州东登望题武陵驿》:"白骨半随河水去,黄云犹傍郡城低。"

唐·贾至《送友人至河源》:"萧条千里暮,日落黄云秋。"

唐·钱起《送崔校书从军》:"燕南春草伤心色,蓟北黄云满眼愁。"

唐·郎士元《送李将军赴定州》:"春色临边近,黄云出塞多。"

唐·戎昱《从军行》:"擒生黑山北,杀敌黄云西。"

唐·司空曙《送王使君赴太原拜节度副史》:"雪闭黄云冷,山传画角秋。"

唐·武元衡《摩诃池送李侍御之凤翔》:"他时欲寄相思字,何处黄云是陇间。"

唐·杨巨源《赠李傅》:"曾罢双旌瞻白日,犹将一剑许黄云。"

又《送殷员外使北蕃》:"努力黄云北,仙曹有雉东。"

唐·张仲素《陇上行》:"行到黄云陇,听闻羌戍鼙。"

唐·孟郊《感怀》:"登高望寒原,黄云郁峥嵘。"

唐·张籍《送流人》:"独向长城北,黄云暗塞天。"

又《征西将》:"黄沙北风起,半夜又翻营。"

唐·白居易《生离别》:"黄河水白黄云秋,行人河边相对愁。"

唐·马戴《塞下曲二首》:"风折旗竿曲,沙埋树梢青。黄云飞旦夕,偏奏苦寒声。"

又《早发故园》:"风柳条多折,沙云气尽黄。"

又《赠淮南将》:"度碛黄云起,防秋白发生。"

唐·卢肇《杨柳枝》:"青鸟泉边草木春,黄云塞上是征人。"

唐·李频《闻金妓唱梁州》:"闻君一曲古梁州,惊起黄云塞上愁。"

唐·曹邺《送友人入塞》:"一马没黄云,登高望犹在。"

唐·郑锦《入塞曲》:"黄云同入塞,白首独还家。"

唐·王无竞《灭胡》:"黄云塞沙落,白刃断交衢。"

唐·许棠《五原书事》:"西出黄云外,东怀白浪遥。"

唐·罗隐《即事中元甲子》:"三秦流血已成川,塞下黄云战马闲。"

唐·栖白《边思》:"西北黄云暮,声声画角愁。"

五代·江为《塞下曲》:"万里黄云冻不飞,碛烟烽火夜深微。"

宋·欧阳修《明妃曲》:"不识黄云出塞路,岂知此声能断肠。"

宋·王安石《尹村道中》:"却疑青嶂非人世,更觉黄云是塞尘。"

宋·辛弃疾《贺新郎》(听琵琶):"最苦浔阳江头客,画舸亭亭待发。记出塞,黄云堆高。马上离愁三万里,望昭阳、宫殿孤鸿没。"

清·俞明震《宿新安县示子言》:"莫吊古战场,中原事未已。风起远天黄,落日淡如水。"

3306. 黄云蔽千里,游子何时还

南朝·梁·江淹《古离别》:"远与君别者,乃

至雁门关。黄云蔽千里,游子何时还。"写思妇怀念征夫。雁门关是古战场,此代戍守之边地。那里黄云蔽天,弥漫千里,游子什么时候才归来?此二句从古诗《行行重行行》:"浮云蔽白日,游子不顾返"化出。

用"黄云千里"句的有:唐·钱起《送傅管记赴蜀军》:"日暮黄云千里昏,壮心轻别不销魂。"虽去南方,亦借"黄云千里"写赴战场。唐·姚鹄《塞外寄张侍御》:"千里入黄云,羁愁日日新。"

3307. 云黄知塞近,草白见边秋

唐·王勃《陇上行》:"云黄知塞近,草白见边秋。"用"云黄"写地域,用"草白"写时间。"黄云""白草"并写揭示西北、北方的特征,这是开始。(一作王涯诗)因为有特征,"黄云""白草"并写的也多。

唐·高适《送浑将军出塞》:"黄云白草无前后,朝建旌旄夕刁斗。"

唐·皇甫曾《赠老将》:"白草黄云塞上秋,曾随骠骑出并州。"(一作权德舆诗。)

唐·顾况《刘禅奴弹琵琶歌》:"羁雁出塞绕黄云,边马仰天嘶白草。"

唐·耿沛《陇西行》:"白草三冬色,黄云万里愁。"

唐·权德舆《送张阁老中丞持节册吊回鹘》:"金章玉节鸣驺远,白草黄云出塞寒。"

唐·李频《送边将》:"悠扬落日黄云动,苍莽朔风白草翻。"

唐·吕温《奉送范司空赴朔方》:"坐见黄云暮,行看白草秋。"

唐·张祜《从军行》:"黄云断塞寻鹰去,白草连天射雁归。"

唐·温庭筠《边笳曲》:"上郡隐黄云,天山吹白草。"

唐·皎然《送韦秀才》:"黄云战后积,白草暮来看。"

3308. 白雪关山远,黄云海树迷

唐·李白《紫骝马》:"白雪关山远,黄云海树迷。"关山白雪一望无际,海树迷蒙被黄云遮住。"白雪""黄云"也是北方塞上特征。

宋·梅尧臣《送李君锡学士使契丹吊尉》:"风卷黄云无远近,山留白雪犹枯荄。"

宋·曾巩《咏雪》:"黄云半夜满千里,大雪平明深一尺。"

3309. 花门山头黄云合

唐·岑参《田使君美人舞如莲花北鋋歌》:"琵琶横笛和未迎,花门山头黄云合。""黄云合",黄云严密遮蔽。唐·耿沛《宋中》:"日暮黄云合,年深白骨稀。"

唐·李嘉祐《送上官侍御赴黔中》:"树隔朝云合,猿窥晓月啼。"

唐·高适《宓公琴台诗三首》:"唯见白云合,东临邹鲁乡。"

3310. 孤云独无依

晋·陶渊明《咏贫士七首》其一:"万族各有托,孤云独无依。"喻贫士如孤云一样孤高与圣洁。"孤云",仅仅一朵,飘游太空,不偏不倚,不依不靠,虽孤独却不卖身投靠。这就是清贫的寒士的品格。

后用"孤云"除用陶诗本意,也表其他意义,如只写孤云景象。

唐·刘长卿《小鸟篇上裴尹》:"只缘六翮不自致,长似孤云无所依。"

又《题曲阿三昧王佛殿前孤石》:"一片孤云长不去,莓苔古色空苍然。"

唐·李颀《赠苏明府》:"泛然无所系,心与孤云同。"

唐·皇甫冉《送萧献士》:"长河隔旅梦,浮客伴孤云。"

唐·刘商《移居深山谢别亲故》:"孤云更入深山去,人绝音书雁自飞。"

唐·武元衡《玉泉寺与润上人望秋山怀张少尹》:"莫怪频回首,孤云思帝乡。"

唐·权德舆《寄临海郡崔穉璋》:"新诗寒玉韵,旷思孤云秋。"

又《奉送韦起居老舅百日假满归嵩阳旧居》:"威风翔紫气,孤云出寥天。"

唐·孟郊《别妻家》:"孤云目虽断,明月心相通。"

唐·韦庄《访舍弘山僧不遇留题精舍》:"人间不自寻行迹,一片孤云在碧天。"

唐·曹松《送乞雨禅师临遇南游》:"生缘在地南浮去,自此孤云不可期。"

宋·刘敞《晚景》:"兴适将何述,寄心孤飞去。"

3311.孤云独鹤自悠悠

唐·张南史《酬张二仓曹杨子闲居见寄兼呈韩郎中左补阙皇甫冉》:"孤云独鹤自悠悠,别后经年尚泊舟。""孤云"常与"独鹤""野鹤"并喻孤独、飘泊,行踪不定,有时表示自由自在。此诗以"孤云独鹤"自喻。

唐·李益《赠毛山翁》:"长愁忽作鹤飞去,一片孤云何处寻?"

唐·权德舆《寄侍御从舅》:"野鹤无俗质,孤云多异姿。"

又《送暎师归本寺》:"引泉通绝涧,放鹤入孤云。"

又《送岳州温örm事赴任》:"独鹤九霄翼,寒松百尺条。"只写"独鹤"。

又《昼》:"孤舟漾暖景,独鹤下秋寒。"与"孤舟"对用。

唐·张贲《送浙东德师侍御罢府西归》:"孤云独鸟本无依,江海重逢故旧稀。"

五代·谭用之《送丁道士归南中》:"孤云无定鹤辞巢,自负焦桐不说劳。"

五代·王周《会哙岑山人》:"略坐移时又分别,片云孤鹤一枝笻。"

3312.晴窗检点白云篇

唐·杜甫《赠献纳使起居故下接以赋待吹嘘,田舍人澄》:"晓漏追趋青锁闼,晴窗检点白云篇。"《新史》:"舍人,本纪言之职,惟编诏书。'检点白云篇',指所编诏书是也。"《演义》以"检点属献纳司,所谓白云篇者,草茅之言,必检点而后收之。"唐·张说《扈从》诗:"献纳行天札,飘飘飞白云。""白云"本自汉武帝《秋风辞》(秋风起兮白云飞),张希良曰:"旧指白云篇为隐逸之书,非也。……白云本汉武秋风辞,谓御制也。舍人职王言,故有点检白云之赠。"杜甫诗写田澄舍人兼献纳,追趋禁闼,点检云篇,申明舍人之事;《何东》有赋,吹嘘上呈,申明献纳之职。(清·仇兆鳌《杜诗详注》)总之"白云篇"为在野人的文章,经献纳精选上呈。

晋·陶渊明《和郭主簿》:"遥遥望白云,怀古意何深。"唐·郎士元《冯翊西楼》(一作张继诗):"陶令好文常对酒,相招一和白云篇。"言在野文章,舍人皆得上达。

唐·李群玉《九日陪崔大夫宴清河亭》:"不知瑶水宴,谁和白云篇。"

3313.尊前检点几人非

宋·苏轼《常润道中怀钱塘寄述古五首》:"世上功名何是,尊前点检几人非。""点检",即检点、查索。白居易《与诸客携酒寻去年梅花有感》:"尊前百事皆依旧,点检惟无薛秀才。"苏轼缩用此二句,说功名未获,尊前数计一下,已有几位友人不在了。

又《问江南枸》:"引手摩挲青石笋,回头点检白莲花。"

又《新栽梅》:"池边新种七株,欲到花时点检来。"

宋·辛弃疾《念奴娇》(重九席上):"龙山何处,记当年高会,重阳佳节。谁与老兵供一笑,落帽参军华发。莫倚忘怀,西风也会,点检尊前客。"查(zh?)慎行用此句。

又《卜算子》(漫兴三首):"点检田间快活人,未有如翁者。"

清·查慎行《贺新郎》:"检点尊前人如故,只病夫、废了持螯手。"作者为翰林编修,奉旨编《佩文韵府》,书成,"双臂病风双眼暗"(《自题癸未以后诗稿》),乞归故里,终老林泉,一时未得康熙准许。"壬辰重阳前二月,张日容招集城南陶然亭",作者因中风,只能"用其一,且持酒",而另一只手却"不能持螯"了。"检点尊前"查点就座的人,还是那些老友。

"点检"即"检点",查点、数计意。都取自杜甫的"检查白云篇"。

3314.心逐白云归帝乡

宋·文彦博《郡斋春日书怀》:"瑶华欲寄岭头信,心逐白云归帝乡。"心随白云飞上帝乡,向往出世退隐。

"白云帝乡"源出《庄子·天地》:"千岁厌世,去而上仙;乘彼白云,至于帝乡。"古人以为"帝乡"是天帝之所居,一种虚幻境界,后用作远离政治、远离人世的隐居之地。"帝乡"又借指皇帝所居之京城。南朝·齐·谢朓《祀敬亭山春雨》是最早以"白云帝乡"入诗的:"白云帝乡下,行雨巫山来。"

南朝·梁·沈约《和王中书德充咏白云诗》:

"白云自帝乡，氤氲屡回没。"

北周·王褒《和从弟祐山家诗二首》："白云帝乡起，神禽丹穴栖。"

唐·章玄同《流所赠张锡》："白云何所为，还出帝乡来。"

唐·独孤及《癸卯岁赴南丰道中闻京师失守寄权士繇韩幼深》："白云失帝乡，远水恨天涯。""帝乡"指京师，相距遥远，京师也隔白云。

唐·顾况《酬本部韦左司》："白云帝城远，沧江枫叶鸣。"指京城。

唐·武元衡《同幕中诸公送李侍御归朝》："珠履会中箫管思，白云归处帝乡遥。"

唐·皎然《题报德寺清幽上人西峰》(寺即陈文帝故乡)："帝乡乔木在，空见白云还。"以陈文帝故乡空见白云乔木，喻陈国已亡。

又《奉陪颜使君真卿登岘山送张侍御严归台》："黄鹤望天衢，白云归帝阙。""帝阙"即帝乡。

唐·卢仝《冬行三首》："何当归帝乡，白云永相友。"天帝之乡。

唐·韦庄《闻官军继至未睹凯旋》："何事小臣偏注目，帝乡遥羡白云归。"羡归京都。

又《尹喜宅》："紫气已随仙仗去，白云空向帝乡消。"隐居之处。

宋·王曾《送李寺丞归临江》："清世不为王事累，白云重向帝乡来。"隐居之处。

宋·范仲淹《睢阳学舍书怀》："白云无赖帝乡遥，汉苑谁人奏洞箫。"

宋·梅尧臣《依韵答泰州王道粹学士见寄》："君同黄鹤游海峤，我学白云归帝乡。"归隐。

宋·刘敞《临雨亭》诗："浮云帝乡外，落日古城边。"用李白"浮云游子意，落日故人情"句而非其义。

宋·苏轼《次韵三舍人省上》："武皇已老白云乡，正与群帝骖龙翔。"

宋·刘克庄《沁园春》(三和)："遗方远，怆帝乡云白，禹会山苍。"

3315. 帝乡不可期

晋·陶渊明《归去来兮辞》："富贵非吾愿，帝乡不可期。"此"帝乡"取《庄子·天地》："乘彼白云，至于帝乡。"指仙乡，天帝的居处。陶诗意，富贵不是我所追求的，仙乡又不可期望。宋·苏轼《过莱州雪后望三山》："帝乡不可期，楚些招归

来。"又《归去来集字十首》："归去复归去，帝乡安可期。"均用陶句。陶句单用"帝乡"，不用"白云"。

"帝乡"也指皇帝所居之京城。《陈书·吴明彻传》："世祖谓明彻曰：'吴兴虽郡，帝乡之重，故以相授，君其勉之！'"诗中独用"帝乡"，也多指京城。

唐·李白《登敬亭北二小山余时送客逢崔御并登此地》："帝乡三千里，杳在碧云间。"

唐·岑参《安西馆中思长安》："风从帝乡来，不异家信通。"

又《阻戎泸间群盗》："帝乡北近日，泸口南连蛮。"

唐·刘长卿《晚泊湘江怀故人》："天涯片云去，遥指帝乡忆。"

唐·梁德裕《感寓二首》："恨在帝乡外，不逢枝叶攀。"

唐·杜甫《承闻河北诸道节度入朝欢喜口号绝句十二首》之七："衣冠是日朝天子，草奏何时入帝乡。"

唐·钱起《赋得寒云轻重色送子恂入京》："帝乡遥在目，铁马又骎骎。"

唐·皇甫冉《和樊润州秋日登城楼》："积水澄天堑，连山入帝乡。"

3316. 帝乡三万里，乘彼白云归

唐·宋之问《桂州黄潭舜祠》："帝乡三万里，乘彼白云归。"用《庄子·天地》篇"乘彼白云，至于帝乡"句，幻想回归京都。又《猴山庙》："徒闻沧海变，不见白云归。"王子仙去而不见归来。

唐·崔湜《冀北春望》："问乡何处所，目送白云归。"遥远迷茫。

唐·王维《归辋川作》："悠然远山暮，独向白云归。"隐含归闲。

唐·李白《赠王汉阳》："白云归去来，何事坐交战。"

唐·钱起《晚归蓝田酬王维给事赠别》："卑栖却得性，每与白云归。"又《赠东邻郑少府》："秋满归白云，期君访谷口。"

唐·高适《宋中十首》其二："赤帝终已矣，白云长不还。""还"同"归"。崔湜《寄天台司马先生》："人间白云返，天上赤龙迎。""返"同"归"。

宋·张炎《甘州》词："载取白云归去，向谁留楚佩，弄影中州。"沈尧道(沈秋江)来访之后，

将"乘彼白云"回到他归隐之地。后二句用《楚辞·九歌·湘君》:"捐余玦兮江中,遗余佩兮澧浦。"和"君不行兮夷犹,蹇谁留兮中州。"词中意为借"留佩"与"弄影"喻国土丧失后的失意彷徨。

3317. 山中何所有,岭上多白云

南朝·齐·陶弘景《诏问山中何所有赋诗以答》:"山中何所有?岭上多白云。只可自怡悦,不堪持寄君。"这是答"诏问"诗。齐高帝招贤纳士,陶弘景博学多才,隐居茅山,却不肯出山应诏。齐高帝诏问"山中何所有?"意思是山中有何值得留恋的,陶写了这答诏诗。诗只写"多白云","白云"是最美好的,言含我最留恋白云,是我不出山之原因,就是说喜欢这种隐逸生活。然而并不直言,而将笔锋转到"不堪持寄君"上来,曲折宛转地表达了自己的情志,又对君主表达了尊重之意。后来齐高帝几次派人上山向他征询大事,人称他"山中宰相"。这一"白云"也象征隐逸。

唐·孟浩然《秋登兰山寄张五》:"北山白云里,隐者自怡悦。"用陶诗意。

唐·刘禹锡《裴祭酒尚书见示春归城南青松坞别墅寄王左丞高侍郎之什命同作》:"白云难持寄,清韵投所希。"

宋代僧人释惟政《送僧偈》:"山中何所有,岭上多白云。只可自怡悦,不堪持赠君。"(《全宋诗》一八三二页)照用陶弘景全诗,只换一"赠"字。

3318. 白云迷故乡

唐·卢照邻《赠益府群官》:"明月流客思,白云迷故乡。"在益州思归洛阳,明月可以带去思乡之心,可白云却使故乡渺茫了。此"故乡"指洛阳。又《送幽州陈参军赴任寄呈乡曲父老》:"人同黄鹤远,乡共白云连。"乡连白云,乡太遥远了。经卢照邻之手,白云帝乡又用作"白云故乡",表达思念故乡或挂冠归乡的感情和意愿,也指修行地。

唐·骆宾王《同崔驸马晓初登楼思京》:"白云乡思远,黄图归路难。""京"即是他的"乡"。

唐·李颀《送刘四》:"爱君少岐嶷,高视白云乡。"又《送从弟游江淮兼谒鄱阳刘太守》:"应见鄱阳虎符守,思归共指白云乡。"

唐·崔液《冀北春望》:"问乡无处所,目送白云关。"

唐·刘长卿《和州留别穆郎中》:"世交黄叶散,乡路白云重。"

唐·宋昱《晓次荆江》:"雨暗迷津时,云生望乡处。"

唐·韦渠牟《步虚词》:"天高人不见,暗入白云乡。"入白云深处。

唐·韩王李元嘉《奉和同太子监守违恋》:"地分丹鹫岭,途间白云乡。"

唐·杜甫《大麦行》:"安得如鸟有羽翅,托身白云还故乡。"这是"白云乡"的名句之一。

唐·权德舆《送句容王少府簿领赴上都》:"离亭绿绮奏,乡树白云连。"又《韦宾客宅与诸博士宴集》:"因知卧商洛,岂胜白云乡。"

唐·羊士谔《郡中言怀寄西川萧员外》:"岁晚我知仙客意,悬心应在白云乡。"

唐·杨巨源《供奉定法师归安南》:"故乡南越外,万里白云峰。"

唐·刘禹锡《送深法师游南岳》:"师在白云乡,名登善法堂。"

唐·许浑《寓居开元精舍酬薛秀才见贻》:"清露下时伤旅鬓,白云归处寄乡心。"

唐·刘沧《晚秋洛阳客舍》:"未成归计关河阻,空望白云乡路赊。"

唐·于濆《戍客南归》:"北别黄榆塞,南归白云乡。"

唐·曹唐《送刘尊师只诏阙庭三首》其三:"仙老闲眼碧草堂,帝书徵入白云乡。"

唐·吴融《和座主尚书登布善寺楼》:"往事何时不系肠,更堪凝睇白云乡。"

唐·王若岩《试越棠贡白雉》:"来从碧海路,入见白云乡。"

宋·范仲淹《杂咏四首》:"梓人一笑白云乡,杞桂森森遇豫章。"

宋·司马光《和范景仁谢寄西游行记》:"八水三川路眇茫,翠微深处白云乡。"

宋·释延寿《山居诗》:"一生占断白云乡,适意孤高志自强。"

宋·杨亿《秘阁舒职方知舒州》:"只恐政成抛印绶,携家深入白云居。"

宋·郑獬《晚发关山》:"家在白云乡里住,人从明月岭边归。"

宋·苏轼《浣溪沙》(即事):"黄菊篱边无怅望,白云乡里有温柔,挽回霜鬓莫教休。"又用此句:《南乡子·宿州上元》:"浅黛横波翠欲流,不似

白云乡外冷,温柔。此去淮南第一州。"

宋·刘一止《水调歌头》:"醉人五河境界,却笑昔人底事,远慕白云乡。"

宋·无名氏《钦宗皇帝导引一首》(道宫):"遥望白云乡,箫笳凄咽离天阙,千仗俨成行。"

3319. 纵意白云边

南朝·梁·简文帝萧纲《往虎窟山寺》:"栖神紫台上,纵意白云边。"写携诸臣去虎窟山寺所见景物。此二句写紫台栖神,纵意白云的情状。"纵意白云边",仰望白云而生遐想。

唐·杜甫《秦川杂诗二十首》:"何时一茅屋,送老白云边。"用"白云边",表隐居愿望。

3320. 若与白云期

唐·陈子昂《感遇诗三十八首》其三十二:"登山望不见,涕泣久涟洏。宿梦感颜色,若与白云期。"其三十六:"念与楚狂子,悠悠白云期。时哉悲不会,涕泣久涟洏。"都写他生不遇时。"涕泣久涟洏"两用,出自汉末王粲《赠蔡子笃》:"中心孔悼,涕泪涟洏"句,泪流不止。两用"与白云期",表现无可奈何,隐遁闲居之意。"期"约定,与白云相约,悠闲出世。其二十六还有"荒哉穆天子,好与白云期。"不是写他自己。

"白云期",与白云相约,或"约白云",寻求隐逸、超脱尘世之意。

唐·杜审言《和韦承庆过义阳公主山池五首》其五:"青溪留别兴,更与白云期。"

唐·王维《早秋山中作》:"寂寞柴门人不到,空林独与白云期。"

唐·李嘉祐《题游仙阁白公庙》:"逐客自怜双鬓改,焚香多负白云期。"

唐·李益《送贾校书东归寄振上人》:"秋草不堪频送远,白云何处更相期。"

唐·于鹄《春山居》:"独来多任性,惟与白云期。"

唐·皇甫冉《酬崔侍御期籍道士不至兼寄》:"丹灶今何在,白云无定期。""白云"代道士。

唐·刘禹锡《送景玄师东归》:"山下偶随流水去,秋来却赴白云期。"

唐·张祜《江南杂题三十首》其十三:"聊当事山履,远与白云期。"

唐·元稹《忆杨十二》:"南山更多兴,便作白

云期。"

唐·白居易《登龙昌上寺望江南山怀钱舍人》:"独上高寺去,一与白云期。"又《白云期》(黄石岩下作):"四十至五十,正是退闲时。……吾年幸当此,且与白云期。"

唐·陆畅《送深上人归江南》:"江南无限萧家寺,曾与白云何处期。"

唐·许浑《早秋三首》:"蹉跎青汉望,迢递白云期。"

唐·张乔《送何道士归山》:"落叶独寻流水去,深山长与白云期。"又《寄清越上人》:"大道本来无所染,白云那得有心期。"

唐·陆希声《伏龟堂》:"不独卷怀经世志,白云流水是心期。"

唐·黄滔《陈侍御新居》:"自然成避俗,休与白云期。"

宋·司马光《阍吏》:"惆怅东岗旧陂在,素心空负白云期。"

宋·刘敞《寄西台吴侍郎》:"霖雨徒深旱岁望,白云自与帝乡期。"

3321. 白云千载空悠悠

唐·崔颢《黄鹤楼》:"黄鹤一去不复返,白云千载空悠悠。"这是名诗中的名句。元·辛文房《唐才子传》载:李白见此诗说:"眼前有景道不得,崔颢题诗在上头。"李白曾拟作《鹦鹉洲》和《登金陵凤凰台》,然略有不如。严羽《沧浪诗话》评说:"唐人七言律诗,当以崔颢《黄鹤楼》为第一"。沈德潜《唐诗别裁》卷十三评说此诗:"意得象先,神行语外,纵笔写去,遂擅千古之奇。"此是七律的颔联,承首联"仙人乘鹤"的传说,写去而不返,仰望空中白云,慨悠悠千载,世事茫茫,一片空灵。元·杨载《诗法家数》论颔联同首联的关系时说"如骊龙之珠,抱而不脱",十分确当。

唐·张若虚《春江花月夜》:"白云一片去悠悠,青枫浦上不胜愁。"此"白云"句,虽近崔颢句,却没有"千载"那样的深沉,浩渺。

唐·骆宾王《艳情代郭氏答卢照邻》:"长路悠悠问白云,也知京洛多佳丽。"

唐·张说《送梁六自洞庭山作》:"闻道神仙不可接,心随湖水共悠悠。""共悠悠"只有飘忽空灵。

唐·崔膺《别佳人》(一作崔涯诗):"嫦娥一入月中去,巫峡千秋空白云。"变用崔句。

唐·李颀《题綦毋校书别业》:"万物我何有,白云空自幽。"亦与崔句意近。

唐·高适《东平路中遇大水》:"永望齐鲁郊,白云何悠悠。"

唐·李端《宿洞庭》:"西园与南浦,万里共悠悠。"

唐·杜牧《洛中送冀处士东游》:"往事不可问,天地空悠悠。"

宋·程颢《秋月》:"隔断红尘三千里,白云红叶两悠悠。"

清·丁子复《水调歌头》(西台吊谢皋羽):"钓竿寂寞千古,云物自悠悠。"从严陵垂钓到谢皋西台,已历千载,云物变幻悠悠。

3322. 白云蔽黄鹤

唐·李群玉《汉阳春晚》:"白云蔽黄鹤,绿树藏鹦鹉。"写汉阳黄鹤楼。鹦鹉洲,在云遮树蔽之中,从"黄鹤一去不复返,白云千载空悠悠。"由于崔颢诗的影响,"白云黄鹤"成了武汉的代称,常说"白云黄鹤"的地方。

宋·陈著《声声慢》:"猛拍阑干谁会,浮世事,悠悠白云黄鹤。""白云黄鹤"概括崔颢二句,表示世事渺茫。

3323. 回首白云多

唐·杜甫《陪郑广文游何将军山林十首》其十:"出门流水住,回首白云多。"写离开山林后,见山林漂渺之景。又《九日奉寄严大夫》:"遥知簇鞍马,回首白云间。"写高。此句用王昌龄《独游》诗句:"永怀青岑客,回首白云间。"

唐·皇甫冉《送魏十六还苏州》:"归舟明日毗陵道,回首姑苏是白云。"写远。

唐·吕岩《朗州戏笔》:"知君相见不相识,回首白云归去休。"写留恋故乡。

3324. 回首白云低

宋·寇准《吟华山》:"只有天在上,更无山与齐。举头红日近,回首白云低。"写华山之高,无山与之齐,立于山顶,红日距离很近,再看白云,在低处浮动。

宋·苏轼《半山亭》:"登岭势巍巍,蓬峰太华齐。凭栏红日早,回首白云低。"取寇准登高峰而日近云低意。"回首"用原句。

3325. 白云心自远,沧海意相亲

唐·刘长卿《曲阿对月别岑况徐说》:"白云心自远,沧海意相亲。"心逐白云飞向远方,意随沧海彼此亲近。

用"沧海云心"句的如:唐·钱起《蓝田溪与渔者宿》:"一论白云心,千里沧洲趣。"唐·韩翃《寄雍丘窦明府》:"吴江垂钓楚山醉,身寄沧波心白云。"

用"白云心"句如:

唐·王维《赠韦穆十八》:"与君青眼客,共有白云心。"

唐·李颀《寄镜湖朱处士》:"芳草日堪反,白云心所亲。"

唐·皇甫冉《送段明府》:"日夕望前期,劳心白云外。"

唐·姚合《送进士田卓入华山》:"业成须谒帝,无贮白云心。"

唐·陈陶《自归山》:"暂为青琐客,难换白云心。"

宋·王安石《旅思》诗:"看云心共远,步月影同孤。"

用"相亲"意的如:唐·韩翃《宿甑山》:"青琐应须早去,白云何用相亲。"唐·顾况《思归》用韩翃句:"青琐应须长别,白云漫与相亲。"

3326. 心共白云飞

宋·王珪《富裕馆》:"帝乡不可望,心共白云飞。"帝乡看不到,心与白云共同飞上九重天。

"白云飞"汉武帝刘彻在《秋风辞》首用:"秋风起兮白云飞,草木黄落兮雁南归。"是写晚秋风光的。南朝·梁·昭明太子萧统《示云麾弟七言》:"白云飞兮江上阻,北流分兮山风举。"也是写景。"白云飞"句多写景,少数写"心随白云""身随白云"。

唐·宋之问《送司马道士游天台》:"羽客笙歌此地违,离延数处白云飞。"

唐·李适《汾阴后土祠作》:"雄图今安在,飞飞有白云。"

唐·席豫《奉和圣制答张说南出鼠雀谷》:"献赋纡天札,飘遥飞白云。"

唐·李白《颍阳别元丹丘之淮阳》:"已矣归去来,白云飞天津。"

唐·韩翃《赠张道者》:"坐看青节引,要与白云飞。"

唐·刘商《题刘偃庄》:"何事退耕沧海畔,闲看富贵白云飞。"兼用《论语》:"富贵于我如浮云"句。

唐·吴蔼《句》:"烟随红焰断,化作白云飞。"白烟飞去。

宋·寇准《纸鸢》:"清风如可托,终共白云飞。"

宋·孙固《送程给事知越州》:"华省班联青琐贵,故乡心逐白云飞。"

宋·郑獬《客意》:"已换春衫别后衣,此心长共白云飞。"

宋·苏轼《和子由记园中草木十一首》其十:"我归自南山,山翠犹在目。心随白云去,梦绕山之麓。"

3327. 高眺白云中

唐太宗李世民《秋日翠微宫》:"撼怀俗尘外,高眺白云中。"夸张翠微宫之高耸,心怀之豁朗。此含"白云中"、"白云里"和"白云外"句。

用"白云中"句:

唐·李峤《送光禄刘主簿之洛》:"别后青山外,相望白云中。"写相距遥远。

唐·王维《问寇校书双溪》:"新买双溪定何似,余生欲寄白云中。"隐居。

唐·刘长卿《送灵彻上人归嵩阳兰若》:"唯将旧瓶钵,却寄白云中。"代山寺。

又《云门寺访灵一上人》:"独行残雪里,相见白云中。"代山寺。

又《送齐郎中典括州》:"劝耕苍海畔,听讼白云中。"

又《东湖送朱逸人归》:"莫道野人天外事,开田凿井白云中。"

用"白云里(间)"句:

唐·李适《间许州宋司马赴任》:"复有许由庙,迢迢白云里。"

唐·储光羲《泛茅山东溪》:"望乡白云里,发棹清溪侧。"

唐·包融《登翅头山题俨公石壁》:"愿陪中峰游,朝暮白云里。"

唐·刘长卿《寄灵一上人初还云门》:"寒露白云里,法侣自相携。"

唐·钱起《忆山中寄旧友》:"数岁白云里,与君同采薇。"

唐·皇甫冉《题魏仲光淮山所居》:"人群不相见,乃在白云间。"

唐·杜荀鹤《怀庐岳书斋》:"元何一名系,引出白云间。"

又《寄舍弟》:"家山白云里,卧得最高峰。"

用"白云外"句:

唐·王维《早入蒙阳界》:"前路白云外,孤帆安可论"言遥远。

又《答裴迪辋口遇雨忆终南山之作》:"君问终南山,心知白云外。"

唐·刘长卿《严子濑东送马处直归苏》:"目送沧海帆,人行白云外。"

唐·李颀《送裴腾》:"放情白云外,爽气连蚪须。"

唐·孟浩然《越中逢天台太乙子》:"往来赤诚中,逍遥白云外。"

唐·白居易《送王处士》:"宁归白云外,饮水卧空谷。"

3328. 白云深处有人家

唐·杜牧《山行》:"远上寒山石径斜,白云深处有人家。停车坐爱枫林晚,霜叶红于二月花。"这是一首吟咏不衰的名诗。诗人乘车沿着弯斜的山道、通幽的石径穿行山中,远眺前峰,白云笼蔽处,几户人家隐约可见,这是在僻境中令人惊喜的。路旁一片枫林,霜叶比二月鲜花还红,那白云中的人家,这路边的红叶,多么迷人的秋色!不由得停下车子,坐下来观赏。这个画面奇而又美,具有永久的艺术魅力。

"远上寒山石径斜",前人戴叔伦《寄刘禹锡》中"谢相园西石径斜,知君习隐暂为家"句,张籍《梅溪》中"自爱新梅好,行寻一径斜"句,应对杜牧有所启发。

"停车坐爱枫林晚",唐初李百药也有过相近的描述:《王师渡汉水经襄阳》:"乔木下寒叶,亭林落晓霜。"也写霜林,却未触佳处。

"白云深处有人家",近人作"白云生处有人家"。此句非杜牧所创,而是取于唐·刘长卿《上巳日赵中与鲍侍郎泛舟若耶溪》诗句:"旧浦晚来移渡口,垂杨深处有人家。"其后武元衡《渡淮》诗直用其句:"行子不须愁夜泊,绿杨深处有人烟。"

杜诗的"白云深处"比刘诗的"垂杨深处"境界高，可谓青出于蓝了。"深"与"生"相比，"生"虽言其高，古人有"云生于石"的不科学看法，其实云蔽高山，并非生于山，用今人的观点看，云生于太空，就不可能有人家了。"深"也含"高"义，缥缈而切意。同时后人用"白云深处"者极多，却无一人用"白云生处"者。

许多人写了"白云深"。

南北朝·北齐·郑公超《送庾羽骑抱诗》："旧宅青山远，归路白云深。"这是最早用"白云深"的，表示庾抱的归路高而且远。以后有：

唐·陈子良《于塞北春日思归》："我家吴会青山远，他乡关塞白云深。"用郑公超的"青山远""白云深"句。

唐·刘长卿《寄会稽公徐侍郎》："圣朝难税驾，惆怅白云深。"

又《寄灵一上人》："新年芳草遍，终日白云深。"此诗一作郎士元诗，题为《赴无锡别灵一上人》。又作皇甫冉诗，题为《赴无锡寄别灵净虚二上人还云门所居》。刘长卿还有《寄灵一上人初还云门》诗，又作皇甫曾诗。这种混乱现象，多出于辑集者误收。

唐·戴叔伦《游少林寺》："石龛苔藓积，香径白云深。"

唐·齐己《梓栗杖送人》："拄去客归青洛远，采来僧入白云深。"

宋·周圻《游琅邪寺》："殿阁长时异香满，亭台佳处白云深。"

用"白云深处"者最多，其中有许多句式也与杜牧句仿似。

唐·陈羽《山中秋夜喜周士闲见过》："青山高处上不易，白云深处行亦难。"

唐·李涉《山居送僧》："失意因休便买山，白云深处寄柴关。"

唐·刘沧《题桃源处士山居留寄》："白云深处葺茅庐，退隐衡门与俗疏。"

唐·司空图《歌者十二首》："白云深处寄生涯，岁暮生情赖此花。"

唐·刘兼《中春登楼》："归去莲花归未得，白云深处有茅堂。"

唐·灵一《题僧院》："无限青山行欲尽，白云深处老僧多。"

唐·无可《送僧》："白云深处去，知宿在何峰。"

宋·释延寿《山居诗》："此境此时谁会意，白云深处坐禅僧。"

宋·李昉《晚就十章更献三首词虽愈拙诚即可矜或歌执事之风猷或导鄙人之情志愿宽捷给稍赐披寻》："唯拟从今作闲计，白云深处买山居。"

宋·李至《昨晚又捧五章尽含六义……一言鄙怀也》："终指松峰待归去，白云深处卜岩居。"

宋·董俨《句》："白云深处访禅扉，一簇楼台锁翠微。"

宋·范仲淹《寄题溪口广慈院》："若得会稽藏拙去，白云深处亦行春。"

宋·释简长《送行禅师》："白云深隐处，枕上海涛翻。"

宋·邢仙老《诗赠晚学李君十三首》其三："山中所访逍遥客，为报白云深处寻。"

宋·释智圆《春日湖居书事寄子璋师》："终学支公买山住，白云深处待为邻。"又《将之雪溪寄别择梧师》："白云深处草堂闲，曾伴支公薄暮还。"

宋·周洙《到州有感呈通判》："白云深处双轮过，红旆丛中五马来。"

宋·赵抃《送讲僧怀俨徙居天柱》："更嫌城郭人来近，移入白云深处居。"

宋·陈襄《和程大卿游凤池院》："白云深处一轩开，凤去池空折野梅。"

宋·苏轼《白塔铺歇马》："望眼尽从飞鸟远，白云深处是吾乡。"

宋·王澜《念奴娇》："凭高远望，见家乡，只在白云深处。镇日思归归未得，孤负殷勤杜宇。"

宋·柴元彪《海棠春》(客感怀)："酒病恹恹，羁愁缕缕，且是没人分诉。何似白云深，更向深深处。"

宋·陈德武《木兰花慢》："好收拾兰庄，白云深处，咏卜居篇。"

元·邓玉宾《正宫叨叨令》(道情四首)曲："白云深处青山下，茅庵草舍无冬夏。"

今人赵炎林《过柘溪水库》："白云深处闻鸡犬，青霭高时走桅帆。"

用"碧云深处"的：唐·戴叔伦《夏日登鹤岩偶成》："愿借老僧双白鹤，碧云深处共翱翔。"唐·权德舆《酬灵彻上人以诗代书见寄》："碧云飞处诗篇丽，白月圆时信本真。"又《晚渡扬子江却寄江南亲故》："回首碧云深，佳人不可望。"杜牧《送别》：

"莫带酒杯闲过日,碧云深处是佳期。"

清·康熙皇帝玄烨《驻跸石景山》:"岩洞幽深无鸟迹,峰崖高处有人家。"显然,从"白云深处有人家"句变化而来。

3329. 一径入云斜

唐·温庭筠《题卢处士山居》:"千峰随雨暗,一径入云斜。"卢处士之山居极高,通往那里的一条山径,斜插入云了。

杜牧的"远上寒山石径斜"随全诗而得名。而最早写"斜径"的是刘禹锡《题寿安甘棠馆二首》:"公馆似仙家,池清竹径斜。"又《馆娃宫在旧郡西南砚石山前瞰姑苏台旁有采香径》:"唯余采香径,一带绕山斜。"

宋·王安石《初晴》:"幅巾慵整路苍华,度陇深寻一径斜。小雨初晴好天气,晚花残照野人家。"用"一径斜",而"野人家"又用"白云深处有人家"句。

清·侯方域《四忆堂诗集》卷二《赠人》:"夹道朱楼一径斜,王孙初御富平车,青溪尽种辛夷树,不数东风桃李花。"以辛夷为贵。

清·孔尚任《桃花扇》第六出眠香:"(旦捧砚,生书扇介)夹道竹楼一径斜,王孙初御富平车。青溪尽是辛夷树,不及东风桃李花。"剧本中用侯方域诗,却盛赞桃李,因桃李暗含李香君其人。

3330. 只在此山中,云深不知处

唐·贾岛《寻隐者不遇》:"松下问童子,言师采药去。只在此山中,云深不知处。"这是一首五言名诗,作者去山中访隐士,只遇隐士的童子,却不知其师采药在何方。"云深不知处","云深",高山被云厚厚地遮掩着,本来不知隐士的行迹,有云遮掩,就更难寻了。

唐·白居易《游襄阳怀孟浩然》:"旧隐不知处,云深树苍苍。"贾岛用"云深""不知处"。

3331. 闲卧白云歌紫芝

唐·白居易《咏史》:"秦磨利刀斩李斯,齐烧沸鼎烹郦其。可怜黄绮入商洛,闲卧白云歌紫芝。"说李斯、郦食其这样一些有才华、有功勋的人,结果却都身遭惨死,何如黄绮等商山四皓隐于商洛山悠闲地唱《紫芝歌》呢?"商山四皓"是秦末四位隐士,《高士传》载:商山四皓作歌曰:"莫莫高山,深谷逶迤;晔晔紫芝,可以疗饥。"这就是紫芝歌。此事《史记》也有记载。"闲卧白云"是悠闲地隐居于高山白云之中。

白居易《咏史》诗是缩用唐人张说《赠崔公》诗:"我闻西汉日,四老南山幽。长歌紫芝秀,高卧白云浮。""闲卧白云"出于此。张说之后还有一些人用"卧白云"句。

唐·刘长卿《寄普门上人》:"白云幽卧处,不向世人传。"

又《送方外上人之常州依萧使君》:"远客回飞锡,空山卧白云。"

唐·李白《驾去温泉宫后赠杨山人》:"待吾尽节报明主,然后相携卧白云。"诗人四十三岁(天宝二年),正供奉翰林,常随唐玄宗出游。此为游骊山温泉宫写给杨隐士的诗。

唐·白居易《酬元郎中同制加朝散大夫书怀见赠》:"终身拟作卧云伴,逐月须收烧药钱。"

唐·孟郊《伤时》:"因知世事皆如此,却向东溪卧白云。"

唐·灵一《题黄公陶翰别业》:"醉卧白云闲入梦,不知何物是吾身。"

唐·徐夤《送卢拾遗归华山》:"惟忧急诏归青琐,不得经时卧白云。"

唐·清江《精舍遇雨》:"卧向白云情未尽,任他黄鸟醉芳春。"(一作可止诗。)

唐·张白《赠酒店崔氏》:"武陵城里崔家酒,地上应无天上有。南游道士饮一斗,卧向白云深洞口。"

五代·徐铉《寄萧给事》:"危言危行古时人,归向西山卧白云。"

宋·王禹偁《四皓庙二首》:"白云且高卧,紫芝非素餐。"

宋·释智圆《秋夕寄友僧》:"白云高卧者,滞疾阻相寻。"

宋·王安石《示俞处士》:"借问楼前踏于艿,何如云卧唱松风。"

又《山前》:"不趁雨来耕水际,即穿云去卧山间。"

清·厉鹗《百字令》(月夜过七里滩,光景奇绝。歌此调,几令众山皆响):"随流飘荡,白云还卧深谷。"

3332. 高情常共白云闲

唐·韩琮《颍亭》:"远目静随孤鹤去,高情常

共白云闲。"孤鹤、白云表清静、悠闲,无尘事困扰。

唐·刘长卿是写"白云"最多的人,"闲"字也是他首用:"懒从华发乱,闲任白云多。"

用韩琮句者:

唐·江全铭《还故居》:"千虑净如水,一身闲似云。"

宋初杨绂《齐山》:"浮世谩同流水急,野僧长伴白云闲。"宋·杨蟠《杂题》:"芳草共随流水远,老僧心共白云闲。"兼用杨蟠句。又《赠仰孝子》:"有道自高尘世外,无心得共野云闲。"

宋·季咸《均庆寺》:"千古英雄无处问,岭头依旧白云闲。"

今人未艾《在徐州卸职计归》(1947年秋):"几经翘首思新雨,难得闲心似白云。"句式极近唐·王建《晚秋病中》:"偶逢新语书红叶,难得闲人话白云。"

3333. 身曾系白云

唐·崔峒《初入集贤院赠李献仁》:"迹愧趋丹禁,身曾系白云。"行迹无功愧于做官,一身高跃同白云相系。"白云"亦下野闲居意。

唐·陈子昂《感遇诗三十八首》其十一首用"身云"句:"囊括经世道,遗身在白云。"

唐·王建《听琴》:"无事此身离白云,松同溪水不曾闻。"

唐·权德舆《月夜过灵彻上人房因赠》:"此身会逐白云去,未洗尘缨还自伤。"

3334. 白云如有意

唐·刘长卿《上湖田馆南楼忆朱宴》:"白云如有意,万里望孤舟。"写行程万里,白云如有意追随。忆别友人朱宴,有空浮之感。又《湘中忆归》:"白云意自深,沧海梦难隔。"归隐之心难以阻隔。

唐·张说《湘州北亭》:"悠然白云意,乘兴抱琴过。"向往"白云"。

唐·韦应物《题郑拾遗草堂》:"子有白云意,构此想岩扉。""白云"喻离世。

唐·独孤及《代书寄上裴六冀刘二颍》:"莫抱白云意,径往丹丘庭。"劝勿隐退。

唐·陆长源《酬孟十二新居见寄》:"因随白云意,偶逐青萝居。"写孟十二乡居。

3335. 往来白云荡胸飞

清·蒲松龄《登岱行》:"兜舆迢迢入翠微,往来白云荡胸飞。"白云沿泰山飞动,荡涤胸怀。

杜甫《望岳》(岱宗夫如何):"荡胸生层云,决眦望归鸟。"蒲句用此诗。

3336. 白云留不住

唐·刘长卿《送道标上人归南岳》:"白云留不住,渌水去无心。""白云"指代道标上人。

唐·王维《同崔兴宗送衡岳瑗公南归》:"独向池阳去,白云留故山。""白云"指逸人,作者。

刘长卿反复用"白云留"句:

《初到碧涧招明契上人》:"白云留永日,黄叶减余年。"

《将赴岭外留题萧寺远公院》:"此去播迁明主意,白云何事欲相留。"

《汉阳献李相公》:"早晚却还丞相印,十年空被白云留。"此名句。

用"十年白云"句的下有:

唐·孟郊《同李益崔放送王炼师还楼观兼为群公先营山居》:"十年白云士,一卷紫芝书。"

唐·徐夤《新屋》:"纵然一世如红叶,犹得十年吟白云。"

3337. 空望白云浮

唐·骆宾王《晚泊镇江》:"还嗟帝乡远,空望白云浮。"这个"帝乡"指京都,"白云浮"指缥缈遥远。又《送郭少府》:"还望青门外,空见白云浮。"人远去。

唐·张说《赠崔公》:"长歌紫芝秀,高卧白云浮。"悠闲。

3338. 白云乡思远

唐·骆宾王《同崔驸马晓初登楼思京》:"白云乡思远,黄图归路难。"京都遥远难归。用"白云远"句的:

唐·郎士元《闻蝉寄友人》:"故国白云远,闲居青草生。"(一作李端诗。)

唐·司空曙《遇谷口道士》:"白云秋色远,闲居青草生。"

3339. 何日山头望白云

唐·李峤《送司马先生》:"一朝琴里悲黄鹤,何日山头望白云。""白云",代司马先生。

唐·王勃《寻道观》:"苍虬不可得,空望白云衢。"

唐·储光羲《贻袁三拾遗谪作》:"空令千万里,长望白云垂。"

唐·杜甫《怀旧》:"老罢知明镜,悲来望白云。"

用"见白云"句:

唐·张九龄《感遇十二首》:"白云愁不见,沧海飞无翼。"

唐·沈佺期《遥同杜员外审言过岭》:"天长地阔岭头分,去国离家见白云。"

唐·王维《山中寄诸弟妹》:"城廓遥相望,唯应见白云。"

唐·孙逖《春日留别》:"东山白云不可见,西陵江月夜娟娟。"用"东山白云"的还有:唐·皇甫冉《寄振上人无碍寺所居》:"恋亲时见在人群,多在东山就白云。"唐·皎然《湖南兰若示大乘诸公》:"东山白云意,岁晚尚悠然。"唐·杜荀鹤《山中寄诗友》:"琴弹秋水弹明月,酒就东山酌白云。"

李白已写"白云"与"酒":《登单父陶少府半月台》:"置酒望白云,商飚起寒梧。"独孤及《初晴抱琴登马退山对酒望远醉后作》:"举酒劝白云,唱歌慰颓年。"戴叔伦《对酒示申屠学士》:"且向白云求一醉,莫教愁梦到乡关。"

3340. 迢递白云天

唐·杨炯《有所思》:"相思明月夜,迢递白云天。"遥远。

唐·孟浩然《和卢明府送郑十三还京兼寄之什》:"醉坐自倾彭泽酒,思归长望白云天。"

用"白云天"的还有唐·李嶷《林园秋夜作》:"林卧避残暑,白云长在天。"

3341. 白云还自散

唐·李白《忆东山二首》:"白云还自散,明月落谁家。"东晋谢安隐于浙江上虞西南的东山,东山有蔷薇洞,还建有白云、明月二堂。"白云"散了,"明月"落了,含义双关。李白忆起东山景色,惜不能赏玩。抒发归隐情感。用"白云散"句有:

唐·卢纶《送襄州班使君》:"白云随浪散,青壁与城连。"(一作皇甫冉诗。)

唐·灵一《妙乐观》:"王乔所居空山观,白云至今凝不散。"

唐·李群玉《重轻巴丘追感》:"浮生聚散云相

似,往事微茫梦一般。"

3342. 青山卷白云

唐·王维《欹湖》:"吹箫凌极浦,日暮送夫君。湖上一回首,青山卷白云。"送夫,行色匆匆,回首间,已无影像,只白云在青山上翻卷。用"青山白云"句的还有:

唐·权德舆《戏赠天竺灵隐二寺寺主》:"山僧半在中峰住,共占青峦与白云。"

唐·马戴《失意书怀呈知己》:"心存黄稳兼丹诀,家忆青山与白云。"

唐·陈希声《弄云亭》:"自知无业致吾君,只向春山弄白云。"

3343. 白云归望远,黄叶意空多

宋·释惟凤《寄兆上人》:"白云归望远,黄叶意空多。"远远望去白云浮动归程太远了,满山黄叶唤发出多少意向。"白云""黄叶"并用的还如:

唐·刘长卿《北归入至德州界偶逢洛阳邻家李光宰》:"近北始知黄叶落,向南空见白云多。"这是最早的"白云黄叶"句。

唐·朱长文《望中有怀》:"白云断处见明月,黄叶落时闻寿衣。"早用"白云望断"的是骆宾王《叙寄员半千》:"魂归沧海上,望断白云前。"张南史《送司空十四北游宋州》:"白云愁欲断,看入大梁飞。"

宋·杨亿《郡斋即事书怀十二韵呈诸官》:"题诗到处寻红叶,置酒终朝看白云。"

3344. 白云流水忆佳期

唐·刘长卿《赴南中题褚少府湖上亭子》:"从此别君千万里,白云流水忆佳期。"远别之后,定会忆起这湖亭白云流水的佳会。用此"白云流水"句的还如:

唐·王维《送殷四葬》:"埋骨白云长已矣,空余流水向人间。"

唐·杜甫《陪郑广文游何将军山林十首》其十:"出门流水注,回首白云多。"

唐·卢纶《与从弟瑾同下第后出关言别》:"流水白云寻不尽,期君何处得相逢。"又《过仙游寺》:"上方下方雪中路,白云流水如闲步。"又《同王员外雨后登开元寺南楼因寄西岩警上人》:"过雨开楼看晚虹,白云相逐水相通。"

唐·秦系《宿云门上方》:"禅室遥看峰顶头,白云东去水长流。"

唐·徐黄《闲》:"不管人间是与非,白云流水自相依。"

唐·潘佑《送许处士坚住茅山》:"白云与流水,千载清人心。"

宋·释重显《至人不器》:"卢老不知何处去,白云流水共依依。"

3345. 何处随芳草,留家寄白云

唐·刘长卿《春过裴虬郊园》:"何处随芳草,留家寄白云。"想望步随芳草,归隐故园。这是"芳草"与"白云"并用句,是途中的芳草和家乡的白云。

又《寄灵一上人》:"新年芳草遍,终日白云深。"芳草、白云皆为灵一上人所居环境。

又《洞山阳》:"白云将犬去,芳草任人归。"世事如白云苍狗,变化莫测,应沿芳草路回返故乡了。

以下"白云芳草"句如:

唐·王维《送权二》:"芳草空隐处,白云余故岑。"

唐·皇甫冉《送庐山人归林虑山》:"白云长满目,芳草自知心。"又《酬权器》:"终日白云应自足,明年芳草又何如。"又《屏风上各赋一物得携琴客》:"白云知隐处,芳草迷行迹。"

唐·皎然《题湖上草堂》:"芳草白云留我住,世人何事得相关。"

3346. 白云家自有,黄卷业长贫

唐·刘长卿《酬滁州李十六使君见赠》:"白云家自有,黄卷业长贫。"作者宿有退隐之愿,因而你赞李公于阳羡山中新营别墅,白云属于自家了,读书却使人贫穷。古代称书为"黄卷",《遯斋闲览》载:"古人写书,皆用黄纸,以檗染之,所以辟蠹也,故谓之黄卷。"这当是东汉发明纸以后的事。《晋书·褚陶传》载:褚陶"以坟典自娱""尝谓所亲曰:'圣贤备在黄卷中,舍此何求!'"意为从书中求圣贤之道,圣贤之才。《旧唐书·狄仁杰传》载:"仁杰儿童时,门人有被害者,县吏就诘之,众皆接对,唯仁杰坚坐读书。吏责之,仁杰曰:'黄卷之中,圣贤备在,犹不能接对,何暇偶俗吏,而见责耶!'"巧妙地用褚陶语意以对。

唐·皎然《兵后早春登故郇南楼望昆山寺白

鹤观示清道人并沈道士》:"耳目何所娱,白云与黄卷。"这里的"黄卷"指经卷。

3347. 青山殊可对,黄卷复时开

南朝·陈·江总《岁暮还宅》:"青山殊可对,黄卷复时开。"写乡宅幽静,可以面对青山,也可打开黄卷。"青山"与"黄卷"对用,意近"白云黄卷"。

唐·杜诵《送骆征君》:"黄卷犹将去,青山岂更归。"

唐·司空图《寄王赞学》:"黄卷不关兼济业,青山自保老闲身。"

3348. 青春事贺监,黄卷问张生

唐·韩翃《送夏侯校书归上都》:"青春事贺监,黄卷问张生。"说夏侯青年时随贺知章做编修。"黄卷"句说他读书,"张生"不知何人。

"黄卷"与"青春""白首""朱颜"对仗,表示读书与年龄的某种联系。

宋·宋庠《斋中读书》:"藤篋纷披拥蠹筠,日开黄卷代谈宾。一经皓首心非悔,枉是无言对斲轮。"

宋·赵抃《寄程汝玉秀才》:"黄卷不忘穷古圣,白头无倦诲诸生。"

宋·强至《送俞元宰失荐东归》:"朱颜有改宜看镜,黄卷无穷且杜扉。"

3349. 青灯频照面,黄卷懒低头

宋·强至《斋宫独酌待晓入城》:"青灯频照面,黄卷懒低头。"青灯频照,却不愿看书。"青灯黄卷"常表示古人刻苦读书。

宋·李昂英《沁园春》(监司元宵招饮不赴):"平生,黄卷青灯,肯珠翠奢华八尺檠。"

元·王实甫《西厢记》第二本第二折《三煞》:"越显得文风盛,受用足珠围翠绕,结果了黄卷青灯。"

3350. 苦心黄卷前

唐·钱起《和刘七读书》:"夜雨深馆青,苦心黄卷前。"写深夜苦读。

又《秋园晚沐》:"黄卷在穷巷,归来生道心。"

唐·白居易《朝课》:"小亭中何有,素琴对黄卷。蕊珠讽数篇,秋思弹一遍。从容朝课毕,方与

客相见。"

唐·卢肇《别宜春赴举》:"筵上芳尊今日酒,篋中黄卷古人书。"

宋·王安石《殊胜渊师八十余因见访问之近来如何答曰随缘而已至示寂作是诗》:"寄托荒山鬼与邻,一生黄卷不离身。"指读佛经。

宋·苏轼《陶骥子骏佚老堂二首》:"相逢黄卷中,何似一杯酒。"

3351. 钟过白云来

唐·刘长卿《自道林寺西入石路至麓山寺过法崇禅师故居》:"香随青霭散,钟过白云来。"寺钟悠扬,透过白云,远远传来。

唐·綦毋潜《题灵隐寺山顶禅院》:"塔影挂清汉,钟声和白云。"

3352. 白云无主问何人

唐·久则《句》:"湖上青山今欲买,白云无主问何人。"欲买青山白云,可它们没有主人,问谁去买。追求闲逸。

唐·孟郊《吊卢殷》:"诗人多清峭,饿死抱空山。白云既无主,飞出意等闲。"

3353. 白云遥入怀

唐·宋之问《游陆浑南山自歇马岭到枫香林以诗代书答李舍人适》:"白云遥入怀,青霭近可掬。"写景物,写山之高,心情是愉悦的。做为自然景物、自然环境写"白云",也并不少。"白云"总给人以轻松之感。下面都是写一般景色的"白云"句。

宋之问还有《下桂江龙目滩》诗:"暝投苍梧郡,愁枕白云眠。"

唐·杨炯《送李庶子致仕还洛》:"白云断岩岫,绿草覆红沙。"

唐·张说《过蜀道山》:"白云半峰起,清江出峡来。"

唐·孔绍安《别徐永元秀才》:"欲识相思处,山川间白云。"

唐·薛稷《早春鱼亭山》:"白云自高妙,徘徊空山曲。"

唐·李颀《登首阳山谒夷齐庙》:"寂寞首阳山,白云空复多。"

唐·刘长卿《渡水》:"伊水连白云,东南远明

灭。"又《送宣尊师醮毕归越》:"踏火能飞雪,登刀入白云。"又《酬秦系》:"鹤书犹未至,那出白云来。"

唐·储光羲《同张侍御鼎和京兆萧兵曹岁晚南国》:"池涵青草色,山带白云阴。"

唐·孟浩然《登鹿门山》:"白云何时去,丹桂空偃蹇。"

唐·韦应物《酬郑户曹骊山感怀》:"白云已萧条,麋鹿但纵横。"

又《野居抒情》:"高瞻白云岭,聊作负薪歌。"

唐·张谓《郡南亭子宴》:"白云常在眼,聊足慰人心。"

唐·颜真卿《赠裴将军》:"登高望天山,白云正崔巍。"

唐·贾至《赠裴九侍御昌江草堂弹琴》:"怅望黄绮心,白云若在眼。"用张谓句表隐逸之心。

唐·钱起《早渡伊川见旧邻作》:"村落通白云,茅茨隐红叶。"

唐·皇甫冉《杂言湖山歌送许鸣谦》:"东岭西峰兮同白云,鸡鸣犬吠兮时相闻。"

又《宿洞灵观》:"客来清夜久,仙去白云残。"

唐·顾况《悲歌》:"紫燕西飞欲寄书,白云何处逢来客。"又《苔藓山歌》:"一如白云飞出壁,二如飞雨岩前滴。"

唐·权德舆《题柳郎中茅山故居》:"鸟啼花落人声绝,寂寞山窗掩白云。"

3354. 平生白云志

唐·陈子昂《答洛阳主人》:"平生白云志,早爱赤松游。"赤松子,传说中的仙人。"白云"表隐逸、出世。又《秋原卧病呈晖上人》:"缅想赤松游,高寻白云逸。"同"青云志"相反。

陈子昂的"白云隐逸"诗句之多仅次于刘长卿,还有《南山家园林木交映盛夏五月幽然清浮独坐思远率成十韵》:"愿随白云驾,龙鹤相招寻。"又《古意题徐令壁》:"白云苍梧来,氛氲万里色。"又《赠别冀侍御崔司仪》并序:"可以散孤愤,游太清。""白云峨眉上,岁晚来相寻。"又《轩辕台》:"尚想广成子,遗迹白云限。"又《感遇三十六首》:"春然顾幽褐,白云空涕洟。"

唐·王昌龄《静法师东斋》:"闭户脱三界,白云自虚盈。"又《送韦十二兵曹》:"独立浦边鹤,白云长相亲。"

又《山中别庞十》："散发卧其下(松蓧下),谁知孤隐情。吟时白云合,钓处玄潭清。"

唐·沈如筠《寄天台司马道士》："白云天台山,可思不可见。"

唐·张易之《奉和圣制夏日游石淙山》："青鸟白云王母使,垂藤断葛野人心。"

唐·王维《酬比部杨员外暮宿琴台朝跻书阁率尔见赠之作》："羡君栖隐处,遥望白云端。"又《送张道士归山》："别妇留丹诀,驱鸡入白云。"

唐·崔颢《题沈隐侯八咏楼》："登临白云晚,流恨此遗风。"

唐·刘长卿《过包尊师山院》："漱玉临丹井,围棋访白云。"又《归沛县道中晚泊留侯城》："白云去不返,危堞空崔嵬。"又《寻南溪常山道人隐居》："白云依静渚,春草闭闲门。"又《赴宣州使院夜宴寂上人房留辞前苏州韦使君》："白云乘始愿,沧海有微波。"又《寄李侍御》："骢马入关西,白云独何适?"又《酬灵彻公相招》："如今渐欲生黄发,愿脱头冠与白云。"又《淮上送梁二恩命追赴上都》："拜手卷黄纸,回身谢白云。"又《碧涧别墅喜皇甫侍御相访》："不为同病怜,何人到白云。"

唐·李白《赠卢司户》："白云遥相识,待我苍梧间。"又《忆东山二首》其二"欲报东山客,开关扫白云。"

唐·岑参《感遇》："昔来唯有秦王女,独自吹箫乘白云。"

唐·秦系《山中寄诸暨丹丘明府》："纵醉还须上山去,白云那肯下山来。"又《题石宝山王宁所居》(罢官学通)："白云知所好,柏叶幸加餐。"又《春日闲居三首》："白云将袖拂,青镜出檐窥。"

唐·任华《寄李白》："绿水青山知有君,白云明月偏相识。"

唐·戴叔伦《山居》："麋鹿自成群,何人到白云。"

唐·薛莹《寄旧山隐侣》："莫锁白云路,白云多误人。"

唐·卢顺之《重阳东观席上赠侍郎张固》："白云郊外无尘事,黄菊筵中尽醉容。"

唐·刘驾《冯叟居》："往往白云生,对面千里隔。"

唐·高骈《遣兴》："醉乡日月终须觅,去作先生号白云。"

唐·崔涂《过陶徵君隐居》："衰柳自无主,白云犹可耕。"

唐·皎然《答裴济从事》："欲携山侣出,难与白云辞。"

唐·齐己《夏日言怀》："得归青障死,便共白云生。"

唐·周朴《哭陈庚》："琴韵归流水,诗情寄白云。"

唐·汪遵《招隐》："早携书剑离岩谷,莫待蒲轮辗白云。"

唐·许棠《题郑拾遗南斋》："每值离丹阶,多陪宴白云。"

唐·李骘《自惠山至吴下寄酬南徐从事》："犹及九峰春,归吟白云巘。"

唐·韦庄《题裴端郊居》："莫夺野心樵牧兴,白云不识绣衣郎。"

唐·唐廪《冬日书黎少府山斋》："惜哉无别墅,共作白云人。"

唐·王元《题邓真人遗址》："但见白云长掩映,不知浮世几兴衰。"

宋·范仲淹《寄林处士》："片心高与月徘徊,岂为千钟下钓台。犹笑白云多事在,等闲为雨出山来。"

3355. 总为浮云能蔽日

唐·李白《登金陵凤凰台》："总为浮云能蔽日,长安不见使人愁。"此诗作于李白在长安遭受谗诬被迫离开长安漫游之中。"浮云"喻奸佞、邪恶势力。汉·陆贾《新语·慎微篇》："邪臣之蔽贤,犹浮云之障日月也。""日月"喻君主,意为邪佞之臣,遮掩住贤臣,犹如浮云障蔽住日月之光华。东汉孔融《临终诗》："谗邪害公正,浮云翳白日。"取陆贾句义。魏·何晏《言志诗》："浮云翳白日,微风轻尘起。"用孔融原句。晋·陶渊明《和胡西曹示顾贼曹》："重云蔽白日,闲雨纷微微。"写仲夏景象。李白诗用孔融句,取陆贾义。唐·张九龄《感遇十二首》："白云在南山,日暮长太息。"写小人在君侧。用《汉书·杨恽传》："田彼南山"语,其注"张晏曰:山高而在阳,人君之象也。"因以"南山"喻君。诗中"白云"则喻谗佞小人。张诗和李诗取源不一,达义则殊途同归。

"浮云蔽日"一义在李白思想中积淀甚深,他不止一次写,还有"浮云蔽紫闼,白日难回光。"(《古风》其三十七)"浮云蔽日去不返,总为秋风摧紫兰。"(《答杜秀才五松见赠》):"古道连绵走西京,紫阙落日浮云生。"(《灞陵行送别》):"长望杳难见,浮云横远山。"(《以诗代书答元丹丘》)而以"总为浮云能蔽日,长安不见使人愁。"为最著名。杜甫《梦李白二首》:"浮云终日行,游子总不至。"化用古诗《行行重行行》:"浮云蔽白日,游子不顾返"句,写常见浮云却不见李白。而古诗原义正如清·张玉毂所说:"浮云蔽日,喻有所惑;游不顾返,点出负心。"

唐·储光羲《同王十三维偶然作十首》:"浮云蔽川原,新流集沟洫。"写田园风光。但后人用"浮云蔽日"句多叹政治形势。

唐·薛能《汉南春望》:"自古浮云蔽白日,洗天风雨几时来。"

宋初释延寿《山居诗》:"浮云已断平生望,高节须存往日期。"

宋·刘敞《豫章儒者》:"浮云蔽白日,自古同所叹。"又《城楼避暑》:"浮云空蔽日,无意欲为霖。"又《雨中北轩晚寝》:"浮云蔽日绵绵雨,积水婴城惨惨寒。"综合刘诗之意:"浮云蔽白日"自古至今为人所憎。要么只"蔽日"而不降甘霖;要么降雨积水成灾,都持批判态度。

清·郑文焯《浪淘沙》:"不信浮云能蔽日,试望长安。""浮云"指帝国主义的八国联军。"蔽日"指慈禧带光绪逃往西安。用辛弃疾《菩萨蛮》(书江西造口壁)感宋·隆裕太后被金兵追赶句"西北望长安,可怜无数山",写总有一天会云开日出,皇帝会回京。两句都属反用。

今人沈鹏《琼崖》:"浮云白日同今古,胜迹长为后辈留。"唐宋被贬名臣李德裕、李纲、赵鼎、胡铨、李光,后人为之建的"五公祠",竖五公石像,他们都是"浮云"的受害者,而纪念他们功绩的"祠"(胜迹)却长留人间。

现代元帅加诗人陈毅《赠同志》(1936年冬):"莫道浮云终蔽日,严冬过尽绽春蕾。""浮云"喻反动统治,他经过二十余年的革命斗争,做为红军留守历尽艰难,却相信"浮云蔽日"不会久长,春天一定会到来。对革命充满胜利信心。

3356. 浮云在一决

唐·李白《在水军宴赠幕府诸侍御》:"宁知草间人,腰下有龙泉。浮云在一决,誓欲清幽燕。"至德二年,李白在永王璘水军中作,此句表明要为平定叛乱贡献力量的意志。用锋利之剑,平定幽燕。"浮云一决"用《庄子·说剑篇》句:"上决浮云,下绝地纪。""决",决开。

唐·白居易《鸦九剑》:"不如持我决浮云,无令漫漫蔽白日。""我"为剑,代剑立言,借剑表心迹。

3357. 万事共浮云

唐·刘长卿《哭魏兼遂》:"一门同逝水,万事共浮云。"题下注云:"公及媵妻幼子与僮数人相次亡殁葬于丹阳。"一家人同逐逝水而去,万事都同浮云一样飘散了。

刘长卿三用"世事浮云"句:《铜雀台》:"宫中歌舞已浮云,空指行人往来处。"(一作王建诗)《王昭君歌》:"北风雁急浮云秋,万里独见黄河流。"

唐·王维《酌酒与裴迪》最早用"世事浮云"句:"世事浮云何足问,不如高卧且加餐。"

唐·李白《赠郭季鹰》:"河东郭有道,于世苦浮云。"又《同友人舟行游台越作》:"古人不可攀,去若浮云没。"

唐·高适《宋中十首》其七:"世事浮云外,闲居大道边。"

唐·杜甫《哭长孙侍御》:"流水生涯尽,浮云世事空。"(一作杜诵诗。)

唐·武元衡《晨兴寄赠窦使君》:"世事浮云变,功名将奈何。"

唐·灵一《归岑山过惟审上人别业》:"知君欲问人间事,始与浮云共一过。"

唐·于武陵《洛阳道》:"浮世若浮云,千回故复新。"

唐·唐彦谦《夏日访友》:"世事如浮云,东西渺烟水。"

宋·刘过《沁园春》(观竞渡):"兴亡事,付浮云一笑,身在天涯。"

宋·方千里《满路花》:"年华老矣,事逐浮云过,今吾非故我。"

3358. 身与浮云处处闲

唐·刘长卿《赠微上人》:"何时共到天台里,身与浮云处处闲。""浮云"喻悠闲,无所事事。诗人向往悠闲的生活。此诗《全唐诗》又收作灵一《赠灵澈禅师》诗,然灵一本是佛家人,此诗不似他之所作。

唐·韦丹《思归寄东林澈上人》:"王事纷纷无暇日,浮生冉冉只如云。"

唐·李白《对雪奉饯任城六文秩满归京》:"独用天地心,浮云乃吾身。"又《赠别从甥高五》:"向谁得开豁,天地一浮云。"

唐·岑参《太白湖僧歌》:"心将流水同清净,身与浮云无是非。"

唐·杜甫《别赞上人》:"是身如浮云,安可限南北。"

唐·崔峒《客舍书情寄赵中丞》:"东楚复西秦,浮云类此身。"

唐·白居易用"身如浮云"句最多:《齿落辞》:"又不闻诸佛说,是身如浮云,须臾便灭。"又《题玉泉寺》:"湛湛玉泉色,悠悠浮云身。"又《自觉二首》:"置心为止水,视身如浮云。"又《萧处士游黔南》:"能交好饮老萧郎,身似浮云鬓似霜。"又《答元八郎中杨十二博士》:"身觉浮云无所著,心同止水有何情。"

唐·皎然《短歌行》:"人生在世共如此,何异浮云与流水。"

唐·李商隐《赠郑谠处士》:"浪迹江湖白发新,浮云一片是吾身。"

唐·苏广文《白商山宿陶令隐居》:"醉卧白云闲入梦,不知何物是吾身。"

唐·徐夤《嘉莲》:"家无寸帛浑闲事,身似浮云且自由。"

宋·陈瓘《满庭芳》:"槁木形骸,浮云身世,一年两到京华。"

宋·张抡《阮郎归》(咏夏十首):"浮云身世两悠悠,何劳身外求。"

宋·释契嵩《还南屏山即事》:"此心已共空生合,身似浮云不必观。"又《入石壁山》:"身似浮云年似流,人间扰攘只宜休。"

宋·辛弃疾《鹧鸪天》:"浮云出处元无定,得似浮云也自由。"

元·徐再思《折桂令》(春情):"身似浮云,心如飞絮,气若游丝。空一缕余香在此,盼千金游子何之。"丧魂落魄,空落怅惘的刻骨相思。

3359. 身世如浮云,安可限南北

唐·杜甫《别赞上人》:"杨枝晨在手,豆子雨已熟。是身如浮云,安可限南北!"杨枝在春豆子在秋,春秋易度。赞上人如浮云,云游南北,随遇而安。

宋·苏轼《送小本禅师赴法云》:"师来亦何事,孤月挂空碧。是身如浮云,安可限南北。"用杜甫二原句,述小本禅师云游四方。

3360. 浮云自来去,此意谁能传

唐·刘长卿《宿怀仁县南湖寄东海荀处士》:"浮云自来去,此意谁能传。"怀念荀处士,途经此地,相隔一水,心事难以传达。这里的"浮云"写实,浮云可以自由来往,而怀思之意无从传达。

唐·戴叔伦《送道虔上人游方》:"谁识浮云意,悠悠天地间。"这里的"浮云"含喻义。写道虔游方之意。《全唐诗》竟收入三个人名下,另二人为灵澈、方干。此句从刘诗中衍生。

唐·白居易《赠张处士山人》:"浮云心事谁能会,老鹤风标不可亲。""浮云心事"即"浮云意"。

3361. 心与浮云闲

唐·李白《松柏本孤直》(古风第十二):"身将客星隐,心与浮云闲。"身如客星(流星)一闪间隐去,心同浮云悠闲自得。赞扬东汉严子陵潜身子陵滩,心境悠闲,无尘繁之扰。此"浮云"喻心境悠闲、轻松、自由裕如。

唐·刘长卿《秋夜雨中诸公过灵光寺所居》:"流水从他事,孤云任此心。"即此心如孤云意。李白用"闲"字点明"浮云"的性质。

唐·熊孺登《野别留少微上人》:"若为相见还分散,翻觉浮云亦不闲。"反用。唐·鲍溶《怀尹真人》:"万里送嶂翠,一心浮云闲。"宋·郑獬《病中》:"病来翻喜此身闲,心在浮云去住间。"明用李白句。

唐·白居易《适意二首》:"蟠木用难施,浮云心易逐。"又《初夏闲吟兼呈韦宾客》:"雪鬓随身老,云心著处安。"宋·司马光《或谓光嗤景仁谈禅而自谈又因用前韵为景仁解禅》:"浮云任去来,明月在天心。"暗用"心如浮云闲"。

唐·戴叔伦《遣兴》:"明月监沧海,闲云亦故山。诗名满天下,终日掩柴关。"直用"闲云"。

3362. 天上浮云似白衣,斯须改变如苍狗

唐·杜甫《可叹》:"天上浮云似白衣,斯须改变如苍狗。古往今来共一时,人生万事无不有。"天上像白衣一样的浮云,转瞬之间变成一条苍

（黑）狗。这种云形变化,喻人世万事变化无常。

《汉书·五行志》:"高后八年三月,被霸上,还过枳道,见物如仓狗,樾高后掖,忽而不见。"《晋书·天文志》:"韩云如布,赵云如牛,楚云如日,宋云如车,鲁云如马,卫云如犬,周云如车轮,秦云如行人,魏云如鼠,郑云如绛衣,越云如龙,蜀云如囷。"古人用自然现象卜人间胜负、祸福、吉凶,杜甫用以喻世态变化。《维摩经》云:"是身如浮云,须臾变灭。"意近杜句。"白衣苍狗"已作成语。

宋·侯遗《茅山书院》:"浮云苍狗幻,一笑不关余。"

宋·张元干《瑞鹧鸪》(彭德器出示胡邦衡新句次韵):"白衣苍狗变浮云,千古功名一尘聚。"

宋·廖行之《满庭芳》(丁未生朝和韵酬表弟武公望):"世间,欢乐事,争名蜗角,伐性蛾眉。谩须臾变化,苍狗云衣。"

宋·吴儆《西江月》:"尘世白驹过隙,人情苍狗浮云。"

宋·丘崈《诉衷情》(丙申中秋):"素衣苍狗不成妍。何婵娟,不知高处难掩,终自十分圆。"

宋·卢祖皋《水龙吟》(淮西重午):"不羡印金垂斗,笑纷纷,白云苍狗。银髯如戟,红颜如炼,风流依旧。"

宋·刘克庄《沁园春》(和吴尚书叔永):"我所思兮,延陵季子,别来九春。笑是非浮论,白衣苍狗,文章定价,秋月华星。"

又《木兰花慢》(丁未中秋):"须臾淡烟薄霭,被西风扫尽不些。失了白衣苍狗,夺回雪兔金蟆。"云散月出。

宋·李昴英《贺新郎》(钱广帅马方山赴召):"白衣苍狗须臾改,久冥心,鸡虫得失,鷃鹏迟快。"

宋·赵文《氐州第一》(寿刘府教):"天地无情,向十载、风埃吹老。盖世科名,经邦事业,白衣苍狗。"

宋·蒋捷《贺新郎》(兵后寓吴):"相看只有山如旧,叹浮云,本是无心,也成苍狗。"

宋·陈德武《西江月》(咏云):"有信江头春色,无凭天上浮云。白衣苍狗又何频,岂是随风情性。"

明·张景《飞丸记·梨园鼓吹》:"正是白衣苍狗多翻覆,沧海桑田几变更。"

清·姚鼐《慧居寺》:"白云苍狗尘寰感,也到空林释子家。"

清·张尔田《鹧鸪天》(六十自述):"苍狗幻,白鸥驯,安排歌泣了闲身。百年垂死今何日,曾是开天乐世人。"

今人周连山《病中杂吟》其四(一九四三年十二月,日寇压境,国危人病,时在长沙):"玄鸟乌衣空觅恨,白云苍狗尽相骄。"

3363. 丹青不知老将至

唐·杜甫《丹青引赠曹将军霸》:"丹青不知老将至,富贵于我如浮云。"曹操的后裔、左武卫将军曹霸,又是著名画家。唐贞观十七年(634)画功臣二十四人像于凌烟阁,现在命曹霸重画凌烟阁像。此诗说曹霸坚持作画,忘记了自己即入老年,赞其为事业之执著。

杜甫《存殁口号二首》其二:"郑公粉绘随长夜,曹霸丹青已白头。"再述其状。

"不知老将至",语出《论语·述而篇》:"叶公问孔子于子路,子路不对。子曰:'女奚不曰,其为人也,发愤忘食,乐以忘忧,不知老之将至云尔。'"杜甫用此义称曹霸。

唐·卢纶《行药前轩呈董山人》:"不觉老将至,瘦来方自惊。"本不觉为老,病弱削瘦才惊觉老已到来。

唐·李端《忆故山赠司空曙》:"旧山暂别老将至,芳草欲阑归去来。"

唐·顾况《岁日作》:"不觉老将春共至,更悲携手几人全。"感慨。

3364. 富贵于我如浮云

唐·杜甫《丹青引赠曹将军霸》:"丹青不知老将至,富贵于我如浮云。"称曹操的后裔著名画家曹霸,一生专心致力于绘画,而不求富贵。

《论语·述而》:"其为人人也,发愤忘食,乐以忘忧,不知老之将至云尔。"又"不义而富且贵,于我如浮云。"杜甫用此二句。"富贵如浮云",如浮云一样轻,而遥不可及。

晋·左思《咏史》其三:"连玺耀前庭,比之犹浮云。"最早用《论语》句意。

晋·陶渊明《怨诗楚调示庞主簿邓治中》:"吁嗟身后名,于我若浮烟。""富贵"换作"身后名","浮云"换"浮烟"。

唐·杜甫《狂歌行赠四兄》又用:"兄将富贵等浮云,弟切功名好权势。"

唐·朱湾《假摄池州留别东溪隐居》："愁鬓看如雪,浮名认是云。"

唐·白居易《哭崔二十四常侍》："薤露歌词非白雪,旌铭官爵是浮云。"

唐·齐己《答崔校书》："雪色衫衣绝点尘,明知富贵是浮云。"

宋·宋祁《初到郡斋三首》："浮云富贵外,一马是非间。"

宋·欧阳修《采桑子》："富贵浮云,俯仰流年二十春。"

宋·晁补之《洞仙歌》(留春)："莺花荡眼,功名满意,无限嬉游。荣华事,如梦杳。伤富贵浮云,曾萦怀抱。"

宋·蒋捷《大圣乐》(陶成之生日)："但也曾三径、抚松采菊,随分吟哦。富贵云浮,荣华风过,淡处还他滋味多。"

金·元好问《赵元德御史之兄七秩之寿》："富贵浮云世态新,典刑依旧老成人。"

元·王恽《黑漆弩·曲山亦作言怀一词遂继韵戏赠》："平生学道在初心,富贵浮云何有?"

元·张可久《齐天乐过红衫儿·道情》："闲人,贫,富贵浮云,乐林泉远害全身。"

元·杨朝英《水仙子》："六神和会自然安,一日清闲自在仙。浮云富贵无心恋。"

3365. 是身如浮云

唐·杜甫《别赞上人》："是身如浮云,安可限南北。"说赞上人来到秦地,如浮云一般,到处飘泊,无南北东西之限。

《维摩经》："是身如浮云,须臾变灭。"其意为浮云迅速消散。杜甫用其句而不用其意。

宋·苏轼《送小本禅师赴法云》："是身如浮云,安得限南北。"用杜甫二句。

其"身似浮云"句:

唐·白居易《赠韦炼师》："浔阳迁客为居士,身似浮云心似灰。"

又《送萧处士游黔南》："能文好饮老萧郎,身似浮云鬓似霜。"

宋·欧阳修《退居述怀寄北京韩侍中二首》："悠悠身世比浮云,白首归来颍水濆。"

宋·王安石《雨过偶书》："谁似浮云知进退,才成霖雨便归山。"

3366. 浮云世事空

唐·杜甫《哭长孙侍御》："流水生涯尽,浮云世事空。""流水","浮云",以水流云飞喻长孙侍御已逝。"浮云世事空",人已去,其事业亦结束。此诗一作杜诵诗。《中兴间气集》又作杜位诗,此二句作"落日生涯尽,浮云世事空。"

以"浮云"喻"世事",世事则飘忽、空虚、变幻不定。

唐·唐彦谦《夏日访友》："世事如浮云,东西渺烟水。"

宋·苏轼《是日至下马碛,憩于北山僧舍》："往事逐云散,故山依渭斜。"兼有"云雨散"之意。

又《次韵江晦叔二首》："浮云世事改,孤月此心明。"世事如浮云变化,心地如孤月光明。此二句很有名。胡仔《苕溪渔隐丛话》评:"东坡岭外归,其诗云'浮云世事改,孤月此心明'语意高妙,如参禅悟道之人,吐露胸襟,无人毫窒碍。"王应麟《困学纪闻》评:"'更无柳絮随风舞,惟有葵花向日倾',见司马公之心;'浮云世事改,孤月此心明',见东坡公之心。又云:坡公晚年所造深矣。"

3367. 玉垒浮云变古今

唐·杜甫《登楼》："锦江春色来天地,玉垒浮云变古今。"广德二年春,作者初归成都,吐蕃陷京师,郭子仪收复,"玉垒浮云变古今",忽起忽散,变化极快。暗指政局。"玉垒"山名,此山有二,一在四川理蕃东南,一在灌县西北,此指前者。

金·元好问《别伟文兄》："玉垒浮云变古今,燕城名酒足浮沉。"用杜甫原句。

3368. 人间聚散似浮云

唐·皎然《答胡处士》："书上无名心忘却,人间聚散似浮云。"这是运用"浮云"的另一特点,时聚时散,聚散无常,喻人事离合。

唐·张继《重经巴丘》："浮生聚散云相似,往事冥微梦一般。"这是"聚散如云"的首用句,皎然变用,韵律谐协,达意明快。

宋·刘敞二用此句:《舟中夜饮忆和弟联句》诗:"人生如浮云,聚散苦不定。"《答吴中卿学士》诗:"人生若浮云,聚散不自知。"直用皎然句。

3369. 浮云一别后,流水十年间

唐·韦应物《淮上喜会梁川故人》："浮云一别

后,流水十年间。"诗人十年前曾在梁州(今陕西南郑县东)会友,十年后在淮上(今江苏淮阴县)欣逢梁州故友,因作此诗。"浮云"喻别后飘泊不定,"流水"说光阴迅速。二句叙离别之情。五代李中《暮春怀故人》:"琅玕绣段安可得,流水浮云共不回。"用"流水浮云"抒离别之情。而韦诗暗用李陵、苏武河梁送别句义:"仰视浮云驰,奄忽互相逾。风波一失所,各在天一隅。"

唐·李白《江夏使君叔席上赠史郎中》:"涸辙思流水,浮云失旧居。"此诗是李白流放夜郎途中在江夏时赠给郎中史钦的。他感到史钦"不以逐臣疏"他,他也诉说出自己的苦衷。把自己比作处于"涸辙",又如"浮云",正是"西望长安不见家"。(《与史郎中钦听黄鹤楼上吹笛》)这里的"浮云"也含离别之义,近于"浮云一别后"句义。用"浮云"表离别的还如:

唐·权德舆《嘉兴九日寄丹阳亲故》:"积水曾南渡,浮云失故乡。"

唐·韩翃《送客游江南》:"芳芷不共把,浮云怅离居。"

又《送夏侯侍郎》:"浮云飞鸟两相望,他日依依城上楼。"

唐·鲍溶《怀远人》:"远道在天际,客行如浮云;浮云不知归,似我长望君。"

3370. 我心如浮云,千里相追随

唐·长孙铸《送萧颖士赴东府得离字》:"我心如浮云,千里相追随。"人虽就要离别了,然而我的心没有也不会离开你,会如浮云一样追随着你,永不离分。用"心如浮云""身如浮云"相追随的还如:

唐·钱起《早发东阳》:"数雁起前渚,千艘争便潮。将随浮云去,日惜故山遥。"船随浮云离开故乡。

唐·戴叔伦《别张员外》:"临风自笑归时晚,更送浮云逐故人。"让"浮云"带着我的心追随故人。

唐·张炽《归去来引》:"归去来,归期不可违。相见旋明月,浮云共我归。""浮云"伴我同归故里。

唐·朱放《送温台》:"眇眇天涯君去时,浮云流水自相随。"心随"浮云流水"追随着你。

3371. 只愁歌舞散,化作彩云飞

唐·李白《宫中行乐词八首》注云:奉诏作。

明皇坐沉香亭,意有所感,欲得白为乐章,召入,而白已醉。左右以水颒(huì)面,稍解,援笔成文,宛丽精切。其一"小小生金屋,盈盈在紫微。山花插宝髻,石竹绣罗衣。每出深宫里,常随步辇归。只愁歌舞散,化作彩云飞。"写"插山花""绣石竹"随玄宗同游沉香亭的宫女,结句极具警策,竟成预言。担心歌舞一散,化作彩云飞去。以彩云喻身着华丽的宫女,是很有想象力的。

南朝·梁·江淹《丽色赋》:"其少进也,如彩云出崖。"李白取此意而出名句。后来多用"彩云"指代女子。

唐·郎士元《湘夫人二首》:"彩云忽无处,碧水空安流。"

唐·杨巨源《酬于驸马二首》:"瑶草秋残仙圃在,彩云天远凤楼空。"

唐·曹松《巫峡》:"不逐彩云归碧落,却为暮雨扑行人。"

五代·冯延巳《虞美人》:"只知长作碧窗期,谁信东风,吹散彩云飞。"

宋·张先《菊花新》:"院深池静娇相妒,粉墙低乐声时度。长恐舞筵空,轻化作、彩云飞去。"用李白二句。

宋·晏殊《喜迁莺》:"曲终休解画罗衣,留伴彩云飞。"用"彩云飞",但不用其意,指舞姿舞衣之可与彩云比美。

宋·晏几道《御街行》:"碧桃花蕊已应开,欲伴彩云飞去。"

宋·邢俊臣《临江仙》(妓体肥):"只愁歌舞罢,化作彩云飞。"用李白二句。

宋·辛弃疾《满江红》(暮春):"尺素如今何处也,彩云依旧无踪迹。"

宋·姜特立《阮郎归》(寄人):"清梦断,彩云飞,刘郎今鬓丝。"

宋·赵善括《水调歌头》(奉钱冠之之行):"彩云飞,黄鹤举,两徘徊。林泉归去高卧,回首笑尘埃。""彩云飞"这里代飞黄腾达之意。

宋·刘壎《烛影摇红》(月下牡丹):"嫦娥跨影下人间,来按红鸾舞。连夜杯行休住,生怕化、彩云飞去。""跨影",乘月影(光)。

宋·无名氏《五彩结同心》:"尘寰岂能留住。唯只愁、化作彩云飞去。"

宋·无名氏《侍香金童》:"去似彩云无觅处,唯有多情、袖中留得。"

今人鲁兮《船上远眺》（一九八二年六月）："久仰洪湖水,远望贺龙碑。风吹浪打浪,回首彩云飞。"这是真的彩云了。

3372.化作朝云飞

唐·祖泳《古意二首》："含笑默不语,化作朝云飞。"写楚王梦遇神女;神女化作朝云飞去。李白的"化作彩云飞"与"化作朝云飞"句式尽同,只差一字。祖咏与李白同时稍长,谁先用此句式,不得而知。

唐·常建《古意三首》其第三首与祖咏的第二首大同小异,末句也写巫山神女"含笑竟不语,化作朝云飞。"常建与祖咏同时,《全唐诗》分别收入两人名下,难察作者为谁。

宋·赵令畤《蝶恋花》（据《莺莺传》作词以入声律）："惆怅空回谁共语,只应化作朝云去。"用"朝云"句。

3373.彩云易散琉璃脆

唐·白居易《简简吟》："苏家小女名简简,芙蓉花腮柳叶眼。……二月繁霜杀桃李,明年欲嫁今年死……大都好物不坚牢,彩云易散琉璃脆。"写美丽的少女苏简简,十三岁夭折。结尾发出感叹:"彩云易散琉璃脆。"彩云易散,琉璃（玻璃杯）易碎,"好物不坚牢",就简简早卒而言。后喻红颜薄命、生离死别,或好景不长,好事难成。

唐·鱼玄机《和新及第悼亡诗二首》："彩云一去无消息,潘岳多情欲白头。"也可解读为"彩云飞"其实"彩云易散"与"彩云飞"的意思极相近。

宋·柳永《木兰花令》："风流肠肚不坚牢,只恐被伊牵引断。"用"好物不坚牢"句意。

又《秋蕊香引》："留不得,光阴催促,奈芳兰歇,好花谢。惟顷刻,彩云易散琉璃脆,验前端的。"

宋·吴感《折红梅》："只愁共彩云易散,冷落谢池风月。"

宋·晏几道《临江仙》："沈水浓熏绣被,流露浅酌金船。绿娇红小正堪怜。莫如云易散,须似月频圆。"

宋·苏轼《中秋见月和子由》："明月易低人易散,归来呼酒更重看。"仿句。

又《次韵曹子方龙山真觉院瑞香花》："彩云知易散,鹡鸰鸟忧先吟。"后句用汉·扬雄《反离骚》:

"徒恐鹡鸰鸟之将鸣兮,顾先百草为不芳"句。

宋·晁补之《青玉案》（伤娉娉）："彩云易散琉璃脆,念往事,心将碎。"

宋·晁冲之《汉宫春》："无端彩云易散,覆水难收。风流未老,拼千金,重入扬州。应又是、当年载酒,依前名占青楼。"

宋·李清照《失调名·句》："彩云易散月长亏。"

宋·葛胜仲《江城子》（呈刘无言秦）："欲向旧游寻旧事,云散彩,水流东。"往事如烟了。

宋·王千秋《虞美人》："彩云初散燕空楼,萧寺相逢各认、两眉愁。"

宋·刘克庄《六州歌头》（客赠牡丹）："一自京华隔,问姚魏、竟何如? 多应是,彩云散,劫灰余。"

宋·杨泽民《荔枝香》："素蟾屡明晦,彩云易散,后约难知。"

宋·文天祥《满江红》（代王夫人作）："彩云散,香尘减;铜驼恨,那堪说。"

宋·黄公绍《花犯》（木芙蓉）："肠断处,秋江上,彩云轻散。"

宋·唐珏《水龙吟》（浮翠山房赋白莲）："奈香云易散,绡衣半脱,露凉如水。"

元·钟嗣成《驾玉郎带过感皇恩采茶歌·恨别》："风流得遇鸾凤配,恰比翼便分飞。彩云易散琉璃脆。"

明·汤显祖《牡丹亭》第十四出写真《鲍老催》："日炙风吹悬衬的,怕好物不坚牢,把咱巧丹青休宛了。"裱画要坚牢。

明·兰陵笑笑生《金瓶梅词话》二十六回"可怜这妇人,忍气不过,寻了两条脚带,拴在门槛上,自缢身死,亡年二十五岁。正是:世间好物不坚牢,彩云易散琉璃脆。"

清·曹雪芹《红楼梦》第五回《又副册判词之一》："霁月难逢,彩云易散。心比天高,身为下贱。"写晴雯虽美,却难长久。

3374.曾照彩云归

宋·晏几道《临江仙》："梦后楼台高锁,酒醒帘幕低垂。去年春恨却来时,落花人独立,微雨燕双飞。记得小频初见,两重心字罗衣,琵琶弦上说相思。当时明月在,曾照彩云归。"此词抒写对歌妓小频的相思之情。作者在《小山词跋》中说,当初沈廉叔、陈君宠家莲、鸿、频、云四位歌妓,每宴必歌,作者常在座。后沈卧病,陈下世,两家歌儿流转民间。此词写初见小频时的印象,结句说去年那明月还在,就是那明月曾照着小频归去。小频以"彩云"为喻。从李白"化作彩云飞"中脱出。宋初聂冠卿《多丽》词"忍分散,彩云归后,何处更寻觅。"中有"彩云归",就是写女子离去。清·陈廷焯《白雨斋词话》评:"'当时明月在,曾照彩云归',既闲婉又沈着,当时更无敌手。"见明月而思人,通俗语述人情之常,足见其高明之处,较之聂冠卿句,可谓"出蓝"之作了。

用"彩云归"句如:

宋·吕胜己《谒金门》(闻莺声作):"可惜娟娟楚楚,同伴彩云归去。居士心如泥上絮,那能无恨处。"

元·王实甫《西厢记》第四本第一折《混江龙》:"彩云何在,月明如水浸楼台。僧归禅室,鸦噪庭槐。风弄竹声,只道金佩响,月移花影,疑是玉人来。"晏词首句为"梦后楼台高锁"。"彩云"代莺莺。

元·梁曾《木兰花慢》(西湖送春):"彩云回首暗高台,烟权渺吟怀。"西湖烟树遮蔽高楼,难见"彩云"。

3375. 闲云随舒卷

唐·李白《赠丹阳横山周处士惟长》:"闲云随舒卷,安识身有无。""闲云",身外事:世态人情,仕途进退,利害得失,任其变化,不为所动,以至不知自身存在与否。又《望终南山寄紫阁隐者》:"有时白云起,天际自舒卷。心中与之然,托兴每不浅。"

"闲云"拟人语,人如空中飘浮无事、悠悠自在的云。

唐·武元衡《崔敷叹春物将谢恨不同览》:"门依高柳空飞絮,身逐闲云不在家。"

唐·白居易《和裴侍中南园静兴见示》:"静将鹤为伴,闲与云相似。"

宋·苏轼《送孙著作赴考城》:"使君闲如云,欲出谁肯伴。"

"舒卷",《淮南子·原道训》:"幽兮冥兮应无形兮,遂兮洞兮不虚动兮,与刚柔卷舒兮,与阴阳俯仰兮。"汉·高诱注"卷舒犹屈伸也,俯仰犹升降也。""卷舒"是伸缩变化,写云、叶及可以卷舒的事物,也表示人能屈能伸。

南朝·宋·鲍照在《秋夜诗二首》中首用"卷

舒":"帷风自卷舒,帘露视成行。"写帷账受风而卷舒。

唐太宗李世民《望送魏征葬》:"哀笳时断续,悲旌乍卷舒。"魏征死,葬仪隆重,唐太宗亲自目送葬礼仪仗,听着断断续续的哀笳之声,望着卷卷舒舒的悲旌之象。"卷舒",卷起伸开,一种随风飘动的状态,多写旗帜、衣服、云层、花叶。

唐·孔绍安《踏歌辞三首》:"风带舒还卷,簪花举复低。"

唐·宋之问《明河篇》:"已能舒卷任浮云,不惜光辉让流丹。"

唐·卢僎《奉和李令扈从温泉宫赐游骊山韦侍郎别业》:"白雪缘情降,青霞落卷舒。"

唐·储光羲《同王十三维偶然作十首》:"浮云在虚空,随风复卷舒。"

唐·李白《登黄山凌歊台送族弟溧阳尉济泛舟赴华阴》:"开帆散长风,舒卷与云齐。"

唐·岑参《西蜀旅舍春叹寄朝中故人呈狄评事》:"时危任卷舒,身退知损益。"

唐·高适《苦雨寄房四昆季》:"白日渺难睹,黄云争卷舒。"

唐·杜甫《谒文公上方》:"窈窕入风磴,长芦纷卷舒。"

又《扬旗》:"虹霓就掌握,舒卷随人轻。"

又《秋日荆南送石首薛明府辞满告别奉寄薛尚书仙景颂德叙怀斐然之作三十韵》:"白发甘凋丧,青云亦卷舒。"

又《殿中杨监见示张旭草图》:"杨公拂箧笥,舒卷忘寝食。"

唐·卢纶《郊居对雨寄赵涓给事包佶郎中》:"桑屐时登望,荷衣自卷舒。"

唐·韩愈《符读书城南》:"灯火稍可亲,简编可卷舒。"

唐·刘禹锡《送鸿举游江南》:"禅客学禅兼学文,出门初似无心云。从风卷舒来何处,缭绕巴山不得去。"

唐·孟郊《南阳公请东樱桃亭子春讌》:"霜叶日舒卷,风枝远埃尘。"

唐·元稹《春余遣兴》:"山多气象云,叶摇卷舒风。"

又《西州院》:"文案床席满,卷舒赃罪名。"

唐·白居易《题四皓庙》:"卧逃秦乱起安刘,舒卷如云得自由。"

又《和杨相公罢相后夏日游永安水亭兼招本曹杨侍郎同行》:"道行无喜退无忧,舒卷如云得自由。"

唐·杜牧《许七侍御弃官东归潇洒江南颇闻自适高秋企望题诗寄赠十韵》:"尘意迷今古,云情识卷舒。"

唐·李商隐《赠荷花》:"惟有绿荷红菡萏,卷舒开合任天真。"

唐·李群玉《新荷》:"半在春波底,芳心卷未舒。"

唐·韦庄《桐庐县作》:"潭心倒影时开合,谷口闲云自卷舒。"

唐·齐己《金江寓居》:"终要秋云是,从风恣卷舒。"

宋·邵雍《登女几》:"云意闲卷舒,岩形屡改移。"

宋·苏轼《送岑著作》:"夫子静且直,雍容时卷舒。"

又《答任师中、家汉公》:"为我少所谐,教我时卷舒。"

宋·陈瓘《减字木兰花》:"香炉烟袅,浓淡卷舒终不老。"

宋·李清照《添字丑奴儿》:"窗前谁种芭蕉树,阴满中庭;阴满中庭,叶叶心心,舒卷有余情。"

宋·王之道《浣溪沙》(和陈德公酴醾):"一样檀心半卷舒,淡黄衫子衬冰肤,细看全似那人姝。"

宋·范成大《送陆务观编修监镇江郡归会稽待阙》:"浮云付卷舒,知子道根深。"

宋·郑庶《水调歌头》:"无限兴亡意,舒卷在丝纶。"

清·张问陶《论诗十二绝句》:"胸中成见尽消除,一气如云自卷舒。"作诗应如白云在天,舒卷自如。

3376. 俯入穷谷底,仰陟高山盘

晋·陆机《苦寒行》:"俯入穷谷底,仰陟高山盘。"俯首、俯身、低头、弯腰。仰首、抬头。低头入谷底,抬首爬高山。

"俯"与"仰"反义对用出于《孟子·尽心上》:"君子有三乐,而王天下不与存焉。父母俱存,兄弟无故,一乐也;仰不愧于天,俯不怍于人,二乐也;得天下英才而教育之,三乐也。"其"二乐",就是俯仰无愧,对得起天、人。

《汉书·货殖传》:"鲁俗俭啬,而曹邴氏尤甚,家自父兄子孙约,俯有拾,仰有取。""俯拾仰取"是曹邴一家的聚财手段了。

晋·陆机《饮马长城窟行》:"仰凭积雪岩,俯涉坚冰川。"

又《庄人挽歌辞》:"渊鱼仰失梁,征鸟俯坠飞。"

宋·苏轼《游惠山》:"俯窥松桂影,仰见鸿鹤翔。"

3377. 俯仰不得言

魏·王粲《诗》:"邂逅见逼迫,俯仰不得言。"以"鸷鸟化鸠""远窜江汉"喻自己在荆州俯仰随人,不得自由。

《庄子·天运》:"且子独不见桔槔者乎?引之则俯,舍之则仰,彼人之所引,非引人也,故俯仰而不得于人。"以"桔槔"喻随人俯仰或俯仰由人,一举一动受人制约。

《庄子·宥宥篇》:"俯仰之间而抚四海之外。""俯仰之间"一低头、一抬头之间,写时间过得太快。其《人世间第四》也用"仰"视、"俯"视意。

《左传·鲁定公十五年》:"左右周旋,进退俯仰。"身姿俯仰,引申则为因时因势而进退俯仰。

汉·司马迁《报任少卿书》云:"从俗浮沉,与时俯仰,以通其狂惑。"随时势而沉浮、俯仰,不得已耳。

"俯仰",表示"俯仰随人""俯仰无愧""俯仰之间"等几种意义。

魏·曹植《杂诗六首》:"俯仰岁将暮,荣耀难久恃。"

又《远游篇》:"远游临四海,俯仰观洪波。"随波俯仰。

又《朔风》:"别如俯仰,脱若三秋(九个月)。"

魏·嵇康《赠秀才》:"俯仰有得,游心太玄。"

晋·陆机《猛虎行》:"眷我耿介怀,俯仰愧今古。"

又《长歌行》:"俯仰逝将过,倏忽几可闻。"

又《门有车马客行》:"慷慨惟平生,俯仰独悲伤。"

晋·卢谌《赠刘琨诗·二十章并书》:"譬彼日月,迅过俯仰。"

唐·杜甫《秦州杂诗二十首》:"俯仰悲身世,溪风为飒然。"

唐·白居易《题赠郑秘书徵君石沟溪隐居》："俯仰受三命,从容辞九重。"

宋·欧阳修《读书》："纷华暂时好,俯仰浮云散。"

又《寄圣俞》："悠悠百年一瞬息,俯仰天地身醯鸡。"

又《刘丞相挽词二首》："盛衰同俯仰,旌旐送山丘。"

又《渔家傲》："翠竹岭头明月上,迷俯仰、月轮正在泉中漾。"

宋·王安石《张良》："汉业存亡俯仰中,留侯当此每从容。"

又《解使事泊棠阴时三弟皆在京师二首》："俯仰换春冬,纷纷空夏忧。"

又《送孙叔康赴御史府》："时来上青冥,俯仰但一节。"

又《白纻山》："登临信地险,俯仰知天大。"

又《长于释普济坐化》："百年俯仰随薪尽,画手空传净戒身。"

宋·苏轼用"俯仰"最多:

《六月二十七日望湖楼醉书五绝》："水枕能令山俯仰,风船解与月徘徊。"

《宿临安净土寺》："废兴何足吊,万古一俯仰。"

《中秋日寄子由三首》："明年各相望,俯仰今古情。"

《正月二十四日与儿子过等游罗浮道院及栖禅精舍过作诗和其韵》："嬉游趁时节,俯仰了此生。"

《好事近》(送君猷)："红粉莫悲啼,俯仰半年离别。"

《胡穆秀才遗古铜器似鼎而小,有两柱,可以覆而不蹾,以为鼎则不足,疑其饮器也,胡有诗,答之》："君看翻覆俯仰间,覆成三角翻两髻。"

《次韵王郎子立风雨有感》："百年一俯仰,寒暑相主客。"

《赠王叔》："与君暂别不须嗟,俯仰归来鬓未华。"

《和陶饮酒二十首》："俯仰各有态,得酒诗自成。"

《高邮陈直躬处士画雁二首》："徐行意自得,俯仰若有节。"

《代书答梁先》："学如富贾在博收,仰取俯拾无遗筹。"

《南都妙峰亭》："俯仰尽法界,逍遥寄人寰。"

《次韵子由送家退翁知怀安军》："今如图中鹤,俯仰在一庭。"自注:吾州同年友十三人,今存者六人而已,故有"琴上星""图中鹤"之语。

《寄傲轩》："茅檐聊寄寓,俯仰亦自足。"

《始于文登海上得白石数升遗梅子明》："垂慈老人眼,俯仰了大块。"

《连日与王忠玉,张全翁游西湖》："百篇成俯仰,二老相追逐。"作诗快捷。

《次韵刘景文登介亭》："俯仰拊四海,百世飞鸟速。"

《迁居》："吾生本无待,俯仰了此生。"

《和陶赠羊长史》："结发事文史,俯仰六十踰。"

《新居》："俯仰可卒岁,何必谋二顷。"

《熙宁中试通守此郡今二十年圜空是通守》："山川不改旧,岁月逝肯留。百年一俯仰,五胜更王囚。"

《六观堂老人草书》："方其梦时了非无,泡影一失俯仰殊。"

《九日次定国韵》："俯仰四十年,始知此生浮。"

《次丹元姚先生韵二首》："那于俯仰间,用此委曲情。"

《送李公恕赴阙》："安能终老尘土下,俯仰随人如桔槔。""桔槔"用《庄子·天运》喻意。

宋·赵以夫《念奴娇》："追思共醉西湖,诗朋余几,俯仰成悲恻。"

宋·吴潜《满江红》(括兰亭记)："情随事改悲相系,俯仰间遗迹,往往俱成陈矣。"

宋·方岳《水调歌头》(平山堂用东坡韵)："人间俯仰陈迹,叹息两仙翁。"

宋·黄升《卖花声》："牡丹开尽状元红,俯仰之间增感慨,花事成空。"

宋·续雪谷《念奴娇》："世事升沉,人生聚散,俯仰空如昨。"

宋·刘辰翁《桂芝香》："人间俯仰,悲欢可限,团圆如故。"

又《金缕曲》："试语看花诸君子,但如今,俯仰成前度。"兼用刘禹锡"前度刘郎"句。

清·蒲松龄《拙叟行》："何况世态原无定,安能俯仰随人为悲欢。""俯仰随人"用苏轼语。

3378. 人间俯仰成今古

宋·苏轼《奉安导引歌词》："人间俯仰成今古，流泽自无穷。""俯仰"出自《易经·系辞（上）》："仰以观于天文，俯以察于地理。"为观察意。这里表示一俯一仰转瞬之间，亦即"俯仰之间"：《汉书·晁错传》："以大为小，以强为弱，在俯仰之间耳。"晋·王羲之《兰亭集序》："向之所欣，俯仰之间，已为陈迹。"苏轼"人间俯仰成今古"，说宋神宗虽俯仰之间已经作古，而其遗泽永存。宋仁宗曾极看重苏轼、苏辙二举人为栋梁。"乌台诗案"，苏轼被李定、舒亶等人诬陷，宋神宗免了苏之死罪。《独醒杂志》载："东坡坐诏狱，御史上其寄黄之诗，神宗见之，即薄其罪，谪居黄州。"不然将是死罪。苏轼此诗盛悼神宗之死，这应是原因之一。

"人间俯仰成今古""今古"，历史，人间的事很快就成了历史。晋·陆机《猛虎行》："眷我耿介怀，俯仰愧古今。""古今"，过去现在。唐·张继《秋日道中》："经行俯仰成今古，却忆当年赋远游。"苏轼用张继句。后用"今古""千古""今昔""千年"其意近同。

苏轼"今古"句还有：

《虢国夫人夜游图》再用原句："人间俯仰成今古，吴公台下雷塘路。"

《和蔡景繁海州石室》："梦中旧事时一笑，坐觉俯仰成今古。"

《中秋月寄子由三首》："明年各相望，俯仰今古情。"

《邓忠臣母周氏挽词》："古今抱此恨，有志俯仰失。"

《种松》："古今一俯仰，作诗寄余哀。"

宋·李之仪《姑溪集·次韵》："开眼成今合眼古，回头自有来时路。"即"俯仰今古"意。

宋·刘望之《水调歌头》："劝子一杯酒，清泪不须流。人间千古，俯仰如梦说扬州。"

宋·陆游《一落索》："俯仰人间千古，神仙何处？"

宋·岳珂《满江红》："悄不禁，俯仰一凄凉，成千古。"

宋·辛弃疾《水调歌头》："我志在寥阔，畴昔梦登天。摩挲素月，人世俯仰已千年。"

宋·姜夔《玲珑四犯》："倦游欢意少，俯仰悲今古。"

宋·韩淲《朝中措》："俯抑人间今古，多情破帽飕飕。"

宋·葛长庚《贺新郎》："俯仰红尘几今古，算风灯、泡沫无凭处。"

宋·刘克庄《水调歌头》（癸卯中秋作）："俯仰慨今昔，惟酒可浇愁。"

宋·方岳《水调歌头》（九日醉中）："古今多少遗恨，俯仰已成尘埃。"

宋·李曾伯《沁园春》："赤壁功名，东坡文字，俯仰人间无今古。"

宋·赵以夫《摸鱼儿》："当时总负凌云气，俯仰顿成今昔。"

宋·周密《一萼红》（登蓬莱阁有感）："鑑曲寒沙，茂林烟草，俯仰千古悠悠。"

宋·姚卞《念奴娇》（元明小说话本依托宋人词）："据蜀英豪，吞吴遗恨，俯仰成今昔。"

明·杨基《清平乐》："狂歌醉舞，俯仰成今古。"

3379. 人事有代谢，往来成今古

唐·孟浩然《与诸子登岘山》："人事有代谢，往来成今古。江山留胜迹，我辈复登临。"这是一首吊古伤今的诗。《晋书·羊祜传》载：羊祜镇守襄阳时，常结伴登岘首山饮酒赋诗。一次对同游者感慨地说："自有宇宙，便有此山。由来贤达胜士，登此山远望如我与卿者多矣，皆湮灭无闻，使人悲伤！"羊祜有政绩，死后，襄阳百姓在岘山树碑立庙，"岁时飨祭焉，望其碑者，莫不流涕。杜预因名为'堕泪碑'。"孟浩然年四十，应进士不第，还襄阳。自伤不能如羊祜遗爱人间，与江山不朽，于是落下泪来。此二句开篇，写人事更替，时光流驶。这是有感羊公碑而发。"今古"常用作古今变化的历史，有时也独指过去。

宋·叶梦得《八声甘州》（寿阳楼八公山作）："千载八公山下，尚断崖草木。遥拥峥嵘。漫云涛吞吐，无处问豪英。信劳生，空成今古，笑我来，何事怆遗情。"述东晋谢安、谢玄等淝水之战大败前秦苻坚事，当时曾谚云："八公山上，草木皆兵"。用"空成今古"叹已成过去。

宋·马子严《卜算子慢》："回首分今古，千载是和非。夕阳中，双燕语。"

宋·宋自逊《满江红》（秋感）："被老天，开眼

看人忙,成今古。"

宋·葛长庚《菊花新》:"雪牖风轩度岁,时听芭蕉、雨声凄侧。情多易感,渐不觉鬓成丝。忽又成千古,悄如梦里。""千古"指事已成过去。意近"今古"。

3380. 萝径若披云

南朝·齐·王融《移席琴室应司徒教诗》:"雪崖似留月,萝径若披云。"崖间覆雪,象把月留住,径上遮萝,如披上云雾。

唐·杜甫《秋日寄题郑监湖上亭三首》:"自须开三径,谁道避云萝。"用王融"萝径披云"句之反意。

3381. 雷凭凭兮欲吼怒

唐·李白《远别离》:"我纵言之将何补,皇穹窃恐不照余之忠诚,雷凭凭兮欲吼怒。"暗喻唐玄宗天宝年间,在李林甫、杨国忠把持权柄之下的黑暗政治。

清·曹雪芹、高鹗《红楼梦》第八十七回薛宝钗《与黛玉书并回章》:"云凭凭兮秋风酸,步中庭兮霜叶干。""凭凭"即"冯冯","雷凭凭",打雷声,如李白句,"云凭凭"盛多的样子,云很厚重。所以二者含义不同。

3382. 俄顷风定云墨色

唐·杜甫《茅屋为秋风所破歌》:"俄顷风定云墨色,秋天漠漠向黄昏。"天象变化极快,风停之后,已是黑云密布了。"云墨色",云成浓墨的颜色。以墨黑喻云色。

唐·柳宗元《别舍弟宗一》:"桂岭瘴来云似墨,洞庭春尽水如天。"云以墨为喻。

宋·苏轼《六月二十七日望湖楼醉书五绝》:"黑云翻墨未遮山,白雨跳珠乱入船。"仍以墨喻浓云。

3383. 天际秋云薄

唐·杜甫《秋霁》:"天际秋云薄,从西万里风。"秋天那远在天际薄云,随着万里西风在飘动。

宋·张元干《点绛唇》(呈洛滨,筠溪二老):"堪恨归鸦,情似秋云薄。"用"秋云薄"喻"归鸦"之"情"。

3384. 时独看云泪横臆

唐·杜甫《苦战行》:"别时孤云今不飞,时独看云泪横臆。"上元二年,段子璋反。马将军讨贼战死。诗人写此诗悼念他。想到去年把臂分别时情景,痛苦万分。"孤云不飞"喻马将军之死,"时独看云",诗人想到"看云"之别,不禁泪下。

《文选》载李陵《与苏武诗》:"携手上河梁,游子暮何之。""仰视浮云驰,奄忽互相喻。长当从此别,且复立斯须。"写看云而别,杜诗写看云思别。

宋·苏轼《次前韵答马忠玉》:"河梁会作看云别,诗社何妨载酒从。"用"河梁看云别"。

3385. 红见海东云

唐·杜甫《晴二首》:"碧知湖外草,红见海东云。"日出之处的红云。

宋·戴复古《望江南》:"石屏老,家住海东云。""石屏老"作者自谓,家住浙江黄岩近东海。

3386. 弱云狼藉不禁风

唐·杜甫《江雨有怀郑典设》:"乱波分披已打岸,弱云狼藉不禁风。"江风江雨,使水浪分披打岸,使弱云狼藉翻飞,不禁风吹。"弱不禁风"源此,后作成语,形容柔弱女子。

宋·陆游《六月二十四日夜分梦范致能、李知己、尤廷之同集江亭》:"白菡萏香初过雨,红蜻蜓弱不禁风。"写蜻蜓不禁风。

3387. 晴云似絮惹低空

唐·杜牧《长安杂题长句三六首》:"晴云似絮惹低空,紫陌微微弄袖风。""晴云",白云,像柳絮一样在低空徘徊。

唐·韩愈《晚寄张十八助教周郎博士》(张籍、周况):"晴云如擘絮,新月似磨镰。"杜牧用此句。

宋·苏轼《新城道中二首》:"岭上晴云披絮帽,树头初日挂铜钲。"用"晴云披絮"句。

3388. 溪云初起日沉阁

唐·许浑《咸阳城东楼》:"溪云初起日沉阁,山雨欲来风满楼。"溪上乌云初起,太阳已沉入阁,风满楼正预示着山雨欲来,作者还用此句式。

又《送杜秀才归桂林》:"瘴雨欲来枫树黑,火云初起荔枝红。"

又《江上逢友人》:"村连三峡幕云起,潮送九江寒雨来。"

3389. 天下人间一片云

唐·李群玉《言怀》:"白鹤高飞不逐群,嵇康琴酒鲍照文。此身未有栖归处,天下人间一片云。"此诗写他能酒善文,如白鹤超群,然而却无栖身之归宿,又象天下一片云,到处飘泊、游荡。

唐·李商隐《代元城吴令暗为答》:"荆王枕上原无梦、莫枉阳台一片云。"襄王本未梦见神女,所谓"朝云暮雨"也成虚妄。"一片云"指"巫山云"。

唐·张贲《悼鹤和袭美》:"无端日暮东风起,飘散春空一片云。"

3390. 半天云里有钟声

唐·潘咸《送僧》:"莫道野人寻不见,半天云里有钟声。"这也是深山藏古寺的境界,用为有钟声透露。"半天云",指高空,钟声响自高山寺中。

唐·薛莹《宿东岩寺晓起》:"钟残数树月,僧起半岩云。""半岩云",山岩带云,说明山岩很高,"东岩寺"在云雾笼罩之中。

3391. 万里更无云物动

宋·王安石《咏月三首》:"万里更无云物动,中天只有兔随蟾。"万里长空别无云物,只悬一轮明月。"万里更无云物动",后缩为"万里无云",或者说"万里无云"源出王安石此句。

宋·锦溪《壶中天》(寿陈碧山十一月十五日):"万里无云,一天如水,拥出新团月。"

3392. 云淡天高风细

宋·柳永《佳人醉》:"暮景萧萧雨霁,云淡天高风细。""云淡",淡淡的白云,薄薄的白云。

五代·顾敻《浣溪沙》先写"云淡":"云淡风高叶乱飞,小庭寒雨苔微。"

宋·程颢《春日偶成》:"云淡风轻近午天,傍花随柳过前川。时人不识余心乐,将谓偷闲学少年。""云淡风轻"也是名句。

用"云淡天高"句如:

宋·杜安世《采明珠》:"雨乍收,小院消尘,云淡天高露冷。"

宋·苏轼《减字木兰花》:"云淡天高秋夜月,费尽丹青,只这些儿画不成。"一作刘泾词。

人民领袖毛泽东《清平乐·六盘山》(一九三五年十月):"天高云淡,望断南飞雁。不到长城非好汉,屈指行程二万。"

今人·鲁兮《魂系故园一寸丹》:"邯郸古道满秋风,云淡天高五谷丰。"

3393. 天低云淡,过来孤雁声切

宋·刘焘《转调满庭芳》:"风急霜浓,天低云淡,过来孤雁声切。"同是"云淡",却出现了"天高""天低"之别。一般条件下,应是云淡(或无云)而天高,云浓(如乌云密布)而天低,但也只是人的感觉。

宋·史浩《教他回》(竞渡):"云淡天低,疏雨乍雾,桃溪嫩绿蒙茸。"

宋·王自中《念奴娇》(题钓台):"天低云淡,浩然吾欲高举。"

宋·赵师侠《鹧鸪天》(揖翠晚望):"雾浓烟重遥山暗,云淡天低去水长。"

3394. 薄雾浓云愁永昼

宋·李清照《醉花阴》:"薄雾浓云愁永昼,瑞脑消金兽。"况周颐:"中山王《文木赋》:奔电屯云,薄雾浓雾!易安《醉花阴》首句用此。"(《蕙风词话》)

3395. 江云欲落豆秕灰

宋·苏轼《岐亭道上见梅花戏赠季常》:"野店初尝竹叶酒,江云欲落豆秕灰。""豆秕灰"指雪。

《文酒诗话》载:王勉秀才《上吉水县大夫雪》:"上天烧下豆秕灰,乌李须教做白梅。"喻雪。

3396. 流水行云无觅处

宋·刘镇《玉楼春》(东山探梅):"泠泠水向桥东去,漠漠云归溪上住。疏风淡月有来时,流水行云无觅处。"流动的水,飘浮的云,自然而流畅。此处写云水景观,多喻行文流畅,办事通达,也表示事物变化不定。

"行云流水"出自苏轼文《答谢民师书》:"所示书教及诗赋杂文,观之熟矣。大略如行云流水,初无定质,但常行于所当行,常止于所不可不止。文理自然,姿态横生。"此中"行云流水"喻诗文活泼流畅。

宋·洪咨夔《朝中措》(寿章君举):"流水行云

才思,光风霁月精神。"

宋·陈允平《倦寻芳》:"流水行云天四远,玉箫声断人何处。"

宋·张炎《甘州》(赵文升索赋散乐妓桂卿):"隔花窥半面,带天香,吹动一天秋。叹行云流水,寒枝夜鹊,杨柳湾头。浪打石城风急,难系莫愁舟。"

明·汤显祖《邯郸记》(极欲):"容止则光风霁月,应对则流水行云。"

3397. 云为山态度

宋·戴复古《舟中》:"云为山态度,水借月精神。""态度",神情、神态。云落山中,为山增色。

王铚诗:"云气与山为态度,月华借水作精神。"戴缩用此句。

3398. 却疑山水有精神

宋·王安石《题玉光亭》:"每向小庭风月夜,却疑山水有精神。"体验到"山水有精神",即山水有神采、有风韵,说明古人的审美境界和鉴赏水平是很高的,因为不仅赏其外形的华美,而且体会到了其内蕴的神韵。唐·李白《古风·丑女来效颦》:"棘刺造沐猴,三年费精神。"仅指力量与心思。宋·方岳《雪梅》诗:"有梅无雪不精神"句即用王安石诗,"不精神",意为缺乏神韵。后人用"精神"一义的还用以反喻人。

宋·李光《汉宫春》(琼台元夕次太守韵):"琼楼玉馆,遍人间、水月精神。"

宋·刘一止《踏莎行》:"淡月精神,疏梅风韵,粉香融脸胭脂润。"

宋·仲并《蓦山溪》(有赠):"天然情素,高压一城春。花艳丽,月精神,梅韵腰肢瘦。"

宋·张抡《柳梢青》:"仙娥花月精神,奏凤管鸾丝斗新。"

宋·赵长卿《浣溪沙》(宠姬小春):"料得主人偏爱惜,也应冰雪好精神。"

又《采桑子》(寓意):"疏帘乍卷孜孜看,冰玉精神。"

又《浪淘沙》:"梅花初试晚妆新,那更娇痴年纪小,冰雪精神。"

宋·王炎《临江仙》(落梅):"雪片幻成肌骨,月华借与精神。"

3399. 云体态,雪精神

宋·仲殊《蓦山溪》:"年年第一,相见越溪东。云体态,雪精神,不把年华占。"又作宋代僧人宝月词。"云体态"出于宋·晏几道《诉衷情》词:"云态度,柳腰肢,入相思。夜来月底,今日尊前,未当佳期。""云态度"即"云体态",窈窕而轻盈。晏词写人,后写物也反喻人,多用仲殊"体态"与"精神"对举,也有的单独用晏几道的"态度"。

宋·向子諲《粉蝶儿娇》(钱卿席上赠侍人轻轻):"波上精神,掌中态度,分明是彩云团做。"

宋·侯寘《凤凰台上忆吹箫》(再用韵咏梅):"浴雪精神,倚风情态,百端邀动勒春还。"

宋·辛弃疾《临江仙》(探梅):"老去惜花心已懒,爱梅犹绕江村。一枝先破玉溪春,更无花态度,全有雪精神。"

宋·石孝友《鹧鸪天》:"云态度,月精神,月流云散两无情。"后句用唐·崔涂"水流花谢两无情"(《旅怀》)句。

又《踏莎行》:"剪水精神,怯春情意,霓裳一曲当时事。"

宋·赵师侠《朝中措》(月季):"蔷薇颜色,玫瑰态度,宝相精神,休数岁时月季,仙家栏槛长春。"

宋·刘过《浣溪沙》:"竹里绝怜闲体态,月边无限好精神。"

宋·卢炳《柳梢青》(冬月海棠):"月下精神,醉时风韵,红透香腮。"

又《柳梢青》:"冠儿时样都相称,花插楝双枝。倩俏精神,风流情态,唯有粉郎知。"

宋·韩淲《满江红》:"又是腊前梅态度,几多春近花消息。"

宋·高观国《诉衷情》:"花态度,酒因缘,足春怜。"

宋·赵以夫《醉蓬莱》(寿安晚郑丞相):"玉带垂虹,衮衣华日,秋水精神,瞿仙容貌。"

宋·徐元杰《满江红》(以梅花束铅山宰):"雪里水中霜态度,腊前冬后春消息。"

3400. 秋水为神玉为骨

唐·杜甫《徐卿二子歌》:"大儿九龄色清彻,秋水为神玉为骨。"徐卿或为西川兵马使徐知道,二子生得"奇绝",大儿九岁肌骨如玉,眼如秋水。

宋·苏轼《次韵王定国得颖倅二首》:"仙风入骨已凌云,秋水为文不受尘。"从杜句化出。

3401. 水态云容思浩然

唐·杜牧《怀旧》:"尘埃终日满窗前,水态云容思浩然。"面对着浩渺的水态云容,顿然思念起遥远的故乡,"思浩然",思路广阔。

唐·白居易《早朝思退居》:"霜岩月苦欲明天,忽忆闲居思浩然。"

唐·刘沧《匡城寻薛闷秀才不遇》:"音容一别近三年,往事空思意浩然。"

又《旅馆书怀》:"落叶虫丝满窗户,秋堂独坐思悠然。""悠然"漫无边际,意近"浩然"。

唐·李频《送友人游太原》:"孤帆几日悬,楚客思飘然。""飘然",飘忽不定,不知"悬帆几日"。

3402. 山昏五里雾

隋·孔德绍《行径太华诗》:"山昏五里雾,日落二华阴。""五里雾",雾茫茫掩遮面积很大。后作成语,表示人处于模糊境界。

《后汉书·张楷传》楷"性好道术,能作五里雾。时关西人裴优亦能为三里雾,自以不如楷,从学之,楷避不肯见"。"五里雾"原为张楷的道术,后用作置身迷离,辨不清是非、美丑等真象。

南朝·梁元帝萧绎《咏雾诗》:"三层生远雾,五里暗城阙。"写天然五里雾。

3403. 江风摇浪动云根

唐·李商隐《赠刘司户》:"江风摇浪动云根,重碇危樯白日昏。"写江风来势之猛,摇晃着浪涛,撼动了岩石。"云根",古人认为石是云之根。《初学记》卷五《物理论》云:"土精为石,石,气之核也。气之生石,犹人筋络之生爪牙也。"

读古人咏石诗,总是写云:

南朝·陈·阴铿《咏石》:"云移连势出,苔驳锦纹疏。"

南朝·陈·张正见《石赋》:"上兴云而蔚荟,下激水而推移。"

唐·苏味道《咏石》:"声应天池雨,影触岱宗云。"

唐·白居易《奉和思黯相公以李苏州所寄太湖石奇状绝伦因题二十韵见示兼呈梦得》:"奇应潜鬼径,灵合蓄云雷。"

写"石为云恨"诗如:

南朝·宋·孝武帝《登乐山》:"屯烟扰风穴,积水溺水根。"《杜臆》:诗人多以云根为石,以云触石而出。此句言积水淹山石。

唐·杜甫《瞿塘两崖》:"入天扰石色,穿水忽云根。"状"两崖"之高、之深。

又《东屯月夜》:"乔木澄稀影,轻云倚细根。"早写"云根"者。

唐·白居易《太湖石》:"削成青玉片,截断碧云根。"

唐·杜牧《奉送中丞姊夫俦自大理卿出镇江西叙事抒怀因成十二韵》:"红旆墨石壁,黑稍断云根。"

宋·苏轼《佛日山荣长老文五绝》:"东麓云根露角牙,细泉幽咽走金沙。"

3404. 想属任公钓

南朝·宋·谢灵运《七里濑》:"目睹严子濑,想属任公钓。""七里濑"即"严陵滩",是东汉初严子陵谢绝光武帝的封赏隐居之所。作者置身这种境地,想到象严子陵一样的安闲,象任公子一样的自由垂钓。

"任公子钓"是《庄子·外物》中的一篇寓言故事:任公子以五十犍牛为饵,钓于东海,一年以后钓得一条大鱼,鱼之大,使从浙河以东、苍梧以北的人民都吃饱了。唐·李白《猛虎行》:"我从此去钓东海,得鱼笑寄情相亲。"又《赠从弟南平太守之遥》其一:"少年不得意,落魄无安居。愿随任公子,欲钓吞舟鱼。"都用此寓言表达济世救国的任侠之志。

唐·张南史《富阳南楼望浙江风起》用此典:"欲问任公子,垂纶意如何。"

唐·李贺《苦昼短》:"谁是任公子,云中骑白驴。"这是另外一位任公子,传说骑驴上天成仙,其事无考。非钓大鱼者。

3405. 味貌复何奇,能令君倾倒

南朝·宋·鲍照《答休上人菊诗》:"酒出野田稻,菊生高冈草。味貌复何奇,能令君倾倒?"酒出于稻,菊生于草,酒味菊貌有何奇特,使你如此倾倒?"倾倒"仰慕、钦佩、折服。

"倾倒"本意为跌倒、翻扑。《南史·江湛传》:"劭怒谓湛曰:'今三山在厄,讵宜苟执异议!'"声

色甚历。坐散,俱出,(刘)劭使班剑及左右推排之,殆于倾倒。"

唐·李白《白头吟》:"兔丝故无情,随风任倾倒。"兔丝随风倒。

唐·杜甫《奉赠射洪李四丈》:"志士怀感伤,心胸已倾倒。"表示赞佩。现代汉语中仅用此义。

宋·苏轼《和苏州太守王规父侍太夫人观灯之什,余时以刘道原见访,滞留京口,不及赴此会,二首》其二"美酒留连三夜月,丰年倾倒五州春。""五州春"用南朝·宋·颜延之《车驾幸京口三月侍游曲阿后湖作》:"春方动宸驾,望幸倾五州。"

3406. 生事本澜漫

南朝·宋·鲍照《拟古》(凿井北陵隈):"凿井北陵隈,百丈不及泉。生事本澜漫,何用独精坚?"《尔雅》解北陵隈即雁门山。在雁门山弯掘井百丈而不见泉水,喻徒劳无功。此用《孟子》语:"掘井九仞而不及泉,犹为弃井也。"鲍照出身寒门,"释担受书,废耕学文",可谓苦学成才,但其"才秀人微"(《诗品》),不为世用,才华湮没了。"生事本澜漫,何用独精坚?"人生可做的事很多,是多方面的,为什么专心求一呢?张荫嘉说这两句意为"人生之事,本无纪极,何必精坚其志于学问也?"鲍照只叹学无所用。"澜漫"纷繁众多之意。

"澜漫"是多义语,而且与"烂熳"词义交叉,逐步通用,并趋于为"烂熳"所取代。

"烂熳"一语出于《庄子·在宥》篇:"大德不同,而性命烂漫矣。"天道不统一人心,人的天性就大受伤害。大伤为烂,水害为漫。(曹础基《庄子浅注》)这里的"烂熳"是因受伤害而散漫之义。这是"烂熳"的基本意义。汉·张衡《思玄赋》:"烂熳丽靡,藐以迭易",李善注:"烂熳,分散貌。"《淮南子·览冥训》:"道澜漫而不修",也是分散、杂乱之义。鲍照诗即用此义。

用"烂熳"表分离散乱的诗句如:

晋·左思《娇女诗》:"浓朱衍丹唇,黄吻澜漫赤。"由于唇吻施朱不匀而且不规整,条条缕缕衍出唇吻之外,成为"澜漫赤",纷乱淋漓。

晋乐府《采桑度》:"伪蚕化作茧,烂熳不成丝。徒劳无所获,养蚕持底为?"繁乱。

晋乐府《青阳度》:"隐机倚不织,寻得烂熳丝。"繁乱。

南朝·梁·沈约《奉华阳王外兵》:"烂熳蜃云

舒,欻釜山海出。"漫漶无规则。

唐·杜甫《送李校书二十六韵》:"归期岂烂熳,别意终感激。"散漫,引申作无期限。

又《太平寺泉眼》:"如丝气或止,烂熳为云雨。"泉水散漫喷洒。

又《彭衙行》:"众雏烂熳睡,唤起沾盘餐。"孩子横横斜斜地睡。

唐·韩愈《新竹》:"纵横乍依行,烂熳忽无次。"纷乱无规则。

又《远游联句》:"离思春水泮,烂熳不可收。"离思纷乱。

唐·白居易《晚起》:"烂熳朝眠后,频伸晚起时。"

又《春寝》:"烂熳不能休,自午将及未。"一觉睡去,没了时限。

唐·李商隐《蜂》:"小苑华池烂熳通,后门前槛思无穷。"群蜂乱飞。

唐·无名氏《白雪歌》:"寒郊复垒铺柳絮,古碛烂熳吹芦花。"

宋·苏舜钦《吴越大旱》:"寻常粳稌地,烂熳长荆棘。"

宋·苏轼《雪夜独宿柏山庵》:"天公用意真难会,又作春风烂熳晴。""烂熳晴"云被吹散,晴间有云。

3407. 山红涧碧纷烂熳

唐·韩愈《山石》:"山红涧碧纷烂熳,时见松枥皆十围。"红岩绿涧相互掩映,艳丽纷呈。此"烂熳"斑驳艳丽之意。

南朝·齐·谢朓《秋夜讲解》:"琴瑟徒烂熳,娉容空满堂。"

南朝·梁·吴均《咏雪》:"烂熳虽可爱,悠扬讵堪把。"松散美。

宋·欧阳阐《临江仙》(九日登碧莲峰)词,写碧莲峰景色用韩愈句:"涧碧山红纷烂熳,烟萝远映霜枫。"

3408. 烂熳烟霞驻

唐·元稹《开元观闲居酬吴士矩侍御三十韵》(十八时作):"烂熳烟霞驻,优游岁序淹。""烂熳"表烟霞的色彩斑斓。

唐·易思《寻易尊师不遇》:"烂熳红霞光照衣,苔封白石路微微。"用元稹句。

宋·魏野《送唐殿院罢蜀中提刑赴诏兼呈孙大谏》诗："堪晓望晴霞烂熳,伴宥征暑月团圆。"写朝霞。

最先写云霞烂熳的是初唐诗人陈子昂,他在《万州晓发》诗中写:"空濛岩雨霁,烂熳晓云归。"清晨雨霁,从万州迎着色彩明丽的晓云归去,这"晓云"应是彩云了。

其它还有:唐·白居易《故衫》:"曾经烂熳三年著,欲弃空箱似少恩。"写故衫曾着三年,新鲜华丽,不忍弃置。唐·皎然《送大宝上人归楚山》:"压上乌桥送别频,湖光烂熳望行人。"湖光激艳。唐·顾云《苔歌》:"琼苏玉盐烂熳煮,嚼入丹田续灵液。"写水煮状态。宋·王禹偁《别丹水》:"曾经烂熳濯吾缨,忍别潺湲丹下声。"回想用丹水濯缨痛快淋漓。

3409. 却绕珍丛烂熳看

唐·姚合《闲居遣怀十首》:"遇酒酩酊饮,逢花烂熳看。"满怀激情、全神贯注地赏花。

唐·韩偓《大庆堂赐宴无斁而有诗呈吴越王》:"笙歌风紧人酣醉,却绕珍丛烂熳看。"(一作吴越失姓名人诗):"珍丛"指花丛。

宋·晁端礼《喜迁莺》:"帝城春信早,随处有、江梅攀折。烂熳赏,也多应忘了,东堂风月。"

3410. 残花烂熳舒

北周庾信《和宇文内史入重阳阁》:"旧兰憔悴长,残花烂熳舒。"写残花之态:花瓣零零落落地舒张着,已是残败凋萎之象。唐·杜甫《叹庭前甘菊花》:"明日萧条醉尽醒,残花烂熳开何益。"用庾信句。唐·司空图《重阳山居》:"篱菊乱来成烂熳,家僮常得解登攀。""篱菊"经孩子登攀践踏亦成"残花烂熳"。

但是"花烂熳"句多不是凋萎,而是写花艳丽多姿。庾信的《杏花》诗写:"依稀映村坞,烂熳开山城。"下面就是多写花开烂熳美的。

南朝乐府《前溪歌》:"黄葛生烂熳,谁能断葛根。"写葛根滕散漫繁茂。

南朝·梁·王淑英之妻刘氏《暮寒诗》:"梅花自烂熳,百舌早迎春。"

隋·侯夫人《自感诗三首》:"庭花方烂熳,无计奈春何。"

唐·褚遂良《湘潭偶题》:"远山嶙峋翠凝烟,烂熳桐花二月天。"

唐·陈子昂《庆云草》:"丛芳烂熳,郁郁纷纷。"

唐·宋之问《早春泛镜湖》:"杂花同烂熳,暄柳日逶迤。"

唐·杜甫《十二月一日三首》:"春花不愁不烂熳,楚客唯听桌相将。"

唐·卢纶《奉陪侍中游石笋溪十二韵》:"间关殊状鸟,烂熳无名荣。"

唐·杨巨源《夏日裴尹员外西斋看花》:"葱茏和叶盛,烂熳压枝鲜。"

唐·令狐楚《省中直夜对雪寄李师素侍郎》:"杂花飞烂熳,连蝶舞徘徊。"

唐·李端《鲜于少府宅看花》:"烂熳绿苔前,婵娟青草里。"

唐·刘禹锡《百花行》:"烂熳簇颠狂,飘零劝行乐。"

唐·卢仝《楼上女儿曲》:"莺花烂熳君不来,及至君来花已老。"

唐·白居易《山石榴寄元九》:"烂熳一阑十八树,根株有数花无数。"又《雨中赴刘十九二林之期及到寺刘已先去因以四韵寄之》:"最惜杜鹃花烂熳,春风吹尽不同攀。"又《喜山石榴花开》:"但知烂熳恣情开,莫怕南宾桃李妒。"又《草词毕遇芍药初开因咏小谢红药当阶翻诗以为一句未尽其状偶成十六韵》:"两三丛烂熳,十二叶参差。"

唐·姚合《和李补阙曲江看莲花》:"绕行香烂熳,折赠意缠绵。"写花香四溢。

唐·温庭筠《却经商山寄昔同行人》:"人事转新花烂熳,客程依旧水潺湲。"

唐·李山甫《惜花》:"一年今烂熳,几日便缤纷。"

唐·皎然《九日和于使君思上京亲故》:"碧山与黄花,烂熳多秋情。"

唐·孙鲂《题梅岭泉》:"烂熳三春媚,参差百卉妍。"

唐·韦庄《归国遥》:"春欲晚,戏蝶游蜂花烂熳。"

唐·韩熙载《句》(咏梅):"桃李不须夸烂熳,已输了风吹一半。"

五代·和凝《宫词百首》:"春风金袅万年枝,簇白团红烂熳时。"

五代·李建勋《蔷薇二首》:"拂沿拖地对前

墀,蝶影蜂声烂熳时。"

五代·李中《和浔阳宰感旧绝句五首》:"园林春媚千花发,烂熳如将画障看。"

五代·刘兼《木芙蓉》:"是叶葳蕤霜照夜,此花烂熳火烧秋。"

五代·孙光宪《生查子》:"烂熳烟花里,戴上玉钗时。"

五代·子泰《句》:"风姿艳态应无比,烂熳当春一树芳。"

宋·沈蔚《寻梅》:"春风烂熳却且可,是而今、枝上一朵两朵。"

宋·毛滂《浪淘沙》(生日):"酒潋玉东西,香暖狻猊。远山郁秀入双眉。待看碧桃花烂熳,春日迟迟。"

宋·王安中《安阳好》(九首并口号破子)之三:"金界花开常烂熳,云根石秀小峥嵘。幽事不胜清。"

宋·蔡伸《浣溪沙》:"窗外桃花烂熳开。年时曾伴玉人来,一枝斜插凤凰钗。"

宋·无名氏《壶中天》(五月十九):"曾记三月春浓,花风烂熳,吹散鸳鸯侣。"

清·黄黎州《何伯兴雨中至龙虎山见赠次韵》:"岁晚梅花方烂熳,老年诗句堕空濛。"

人民领袖诗人毛泽东《卜算子·咏梅》(1961年12月)(读陆游咏梅词,反其意而用之):"俏也不争春,只把春来报,待到山花烂熳时,她在丛中笑。"梅花报春而不争春,一待春天到来,百花争放,梅花含笑隐身花丛之中。这就是梅花的风格,胜似"零落成泥碾作尘,只有香如故"了。

3411. 栽桃烂熳红

唐·杜甫《春日江村五首》:"种竹交加翠,栽桃烂熳红。""烂熳红"写红花,红得活泼艳丽

用"烂熳红"("红烂熳")句如:

唐·白居易《西省对花忆忠州东城新花树因寄题东楼》:"最忆东坡红烂熳,野桃山杏水林檎。"

唐·徐玄之《采莲》:"纤手周游不暂息,红英烂熳殊未极。"

唐·吴融《桃花》:"满树和娇烂漫红,万枝丹彩灼春融。"

唐·徐夤《蜀葵》:"烂熳红兼紫,飘香入绣扃。"

宋·王禹偁《谪居感事一百六十韵》:"野花红

烂熳,山草碧襟裾。"

又《放言》:"禁树罢吟红烂熳,江蓠且咏绿芊绵。"

又《杏花七首》:"争戴满头红烂熳,至今犹杂桂枝香。"

3412. 为忆长安烂熳开

唐·韦庄《庭前菊》:"为忆长安烂熳开,我今移尔满庭栽。"

"烂熳开"句出唐·韩愈《梨花下赠刘师命》诗:"今日相逢瘴海头,共惊烂熳开正月。"

明·袁宏道《偶成》:"百年悠忽如弹指,昨日庭花烂熳开。"

3413. 千万长堤柳,从他烂熳春

唐·张祜《发蜀客》:"千万长堤柳,从他烂熳春。""烂熳"是洋溢充沛着缤纷色彩之意。长堤边一望无际的柳树,绽出绿色长痕,洋溢着无限春光。

用"烂熳春"句的如:

唐·曹唐《小游仙诗九十八首》:"芝蕙芸花烂漫春,瑞香烟露湿衣中。"

五代·徐铉《严相公宅牡丹》:"不知更许凭栏否,烂熳春光未肯残。"

五代·孙鲂《柳》:"小池前后碧江滨,窣翠抛青烂熳春。"

宋·杨亿《后苑赏花应制》:"云萝霞倚媚芳辰,琼圃花开烂熳春。"

最先写"春光烂熳"的是唐·杜甫《追酬故高蜀州人日见寄》:"锦里春光空烂熳,瑶墀侍臣已冥冥。"之后有唐·皇甫松《杨柳枝词二首》:"烂熳春归水国时,吴王宫殿柳丝垂。"唐·元稹《酬窦校书二十韵》:"芳游春烂熳,晴望月团圆。"

3414. 曾向桃源烂熳游

唐·韦庄《庭前桃》:"曾向桃源烂熳游,也同渔父泛仙舟。皆言洞里千株好,未胜庭前一树幽。带露似垂湘女泪,无言如伴息妫愁。五陵公子饶春恨,莫引香风上酒楼。"写庭前一株家桃之美,有陪衬,有拟人,写得很动人。"烂熳游",敞开游兴,尽情尽意地游。唐·伍乔《寄落星史虚白处士》:"白云峰下古溪头,曾与提壶烂熳游。"也写"曾烂熳游",义近"漫游""畅游"。

唐·杜甫《驱竖子摘苍耳》:"侵星驱之去,烂

熳任远适。"为摘苍耳,顶星而出,可随意到什么地方。唐·白居易《忆旧游》(寄刘苏州):"六七年前狂烂熳,三千里外思徘徊。"写曾在苏州烂熳游。又《代人赠王员外》:"静接殷勤语,狂随烂熳游。"又《枕上作》:"甘从此后支离卧,赖是从前烂漫游。""烂熳游"意出杜甫,语出白居易。

唐·徐凝《和秋游洛阳》:"洛阳自古多才子,唯爱春风烂熳游。"

唐·皎然《送王居士游越》:"爱作烂熳游,闲寻东路永。"

五代·欧阳炯《春光好》:"开宴锦江游烂熳,柳烟轻。"

宋·苏轼《和子由四首》:"但教尘土驱驰足,终把山峦烂熳酬。""酬"此即"游"意。

宋·晁端礼《百宝装》:"片帆初卷,歌吹是扬州。此心自难拘形役,恨未能、相从烂熳游。"

宋·李甲《过秦楼》:"当暖风迟景,任相将永日,烂熳狂游。"

宋·吴淇《南乡子》(寿牟国史·三月二十日):"检点笙歌催酿酒。西州,有谪仙人烂熳游。"

3415. 烂熳倒芳尊

唐·杜甫《寄高适》:"定知相见日,烂熳倒芳尊。"新主唐代宗初立,故国可归了,我们相见之日,一定痛快淋漓地倾怀畅谈。写同老友高适有会面可能的畅快心情。此"烂熳"醉酒的样子,常用作酒醉。唐·韩愈《岳阳楼窦司直》:"开筵交履舄,烂熳倒芳酿。"用杜句。

韩愈另有《感春四首》:"近邻李杜无检束,烂熳长醉多文辞。"

唐·元稹《有酒十章》:"有酒有酒方烂熳,饮酒拔剑心眼乱。"

唐·罗隐《寄乔逸人》:"春酒谁家禁烂熳,野花何处最淹留。"

唐·张祜《途次扬州赠崔刑十二韵》:"醉时心烂熳,别夜眼号咷。"

宋·晁端礼《雨中花》:"新移槛竹,手种庭花,未容烂熳飞觞。"

3416. 主人情烂熳

唐·杜甫《与鄠县源大少府宴渼陂》:"主人情烂熳,持答翠琅玕。""烂熳"热情洋溢

唐·元稹《泛江玩月十二韵》:"欲荒情烂熳,

风棹乐峥摐。"

唐·刘禹锡《洛中早春赠乐天》:"翻愁烂熳后,春暮却伤心。"

唐·李贺《春归昌谷》:"京国心烂熳,夜梦归家少。"倾心京国。

唐·皎然《送丘秀才游越》:"山情与诗思,烂熳欲何从。"

3417. 将从季主卜

晋·张协《杂诗十首》:"岁暮怀百忧,将从季主卜。"《史记·日者传》:"司马季主者,楚人也。卜于长安东市。"贾谊与宋忠曾向他问卜,季主斥尊官厚禄"事私利,枉主法,猎农民;以官为威,以法为机,求利逆暴,譬无异于操白刃劫人者。"季主绝不同于一般算命先生。张协官居中书侍郎,后见政治纷乱,遂弃官屏居。此诗叹生不逢时、老而无为,季主曾回答贾谊"贤者不与不肖者同列,故宁处卑以避众。""将从季主卜"正是表达自己退隐的初衷。

唐·李白《寻阳紫极宫感秋作》:"懒从唐生决,羞访季主卜。"

宋·苏轼《次韵子由俗罢》:"未知仰山禅,已就季主卜。"

3418. 君平独寂寞

南朝·宋·鲍照《咏史》:"君平独寂寞,身世两相弃。"汉代陈遵字君平,在成都卖卜,每日得钱百余则闭户下帘读《老子》。此诗意为君平隐于卜筮,不图仕进,是他弃绝了世俗,世俗亦弃了他。唐·李白《古风》第十三:"君平既弃世,世亦弃君平。"即用鲍照句义。然而李白不同于陈遵,他欲于世有所作为,却不为所容。因此,当写到他自己的时候,则说:"我本不弃世,世人自弃我。"(《送蔡上人》)以上是就君平本事抒写见解的。下面的"君平"句是"问卜"内容。

唐·邵升《奉和初春幸太平公主南庄应制》:"无路乘槎窥汉渚,徒知访卜就君平。"把太平公主南庄写作仙境,要看这种仙境,问卜是无益的。

唐·李适《侍宴安乐公主新宅应制》:"若见君平须借问,仙槎一去几时来。"也写"新宅"如豪华仙境。

唐·李白《送友人入蜀》:"升沉应已定,不必问君平。"升沉既定,还问卜做什么,已无可置疑。

又《醉后答丁十八以诗讥余搥碎黄鹤楼》："君平帘下谁家子，云是辽东丁令威。"语言戏谑。明·杨慎以为此诗系伪作。

唐·杜甫《公安送李二十九弟晋肃入蜀余下沔鄂》："凭将百钱卜，漂泊问君平。"问何时免于漂泊。严君平成都卖卜，日得百钱，即闭肆下帘。

唐·刘禹锡《和严寄事闻唐昌观玉蕊花下有游仙一绝》："君平帘下徒相问，长伴吹箫别有人。"

宋·王安石《京兆杜婴大醇能读书其言近庄，其为人旷达而廉清，自托于医，无贵贱，请之辄往。卒也，以诗二首伤之》："叔度医家子，君平卜肆翁。"

宋·黄庭坚《鹊桥仙》（次东坡七夕韵）："百钱端欲问君平，早晚是、归田小舫。"对个人命运前途的一种推断。

3419. 斯文未丧，东岳岂颓

唐·李白《上崔相百忧章》："斯文未丧，东岳岂颓。"至德二年，因永王璘事，李白被囚于浔阳（今江西九江），他在狱中写给崔涣这首诗，诉说自己的爱国行为，希望崔涣能予帮助。此二句，说天未丧斯文，泰山也不会颓倒，对自己的生存充满信心。又《雪谗诗赠友人》："天未丧文，其如予何！"面对谗言充满了自信。

"斯文未丧"语出《论语·子罕》：阳虎（货）曾对匡地（今河南长垣县）人有过暴虐行为。孔子相貌很像阳虎，一次孔子过匡地，匡人把他误作阳虎"拘焉五日"。（《史记·孔子世家》）孔子说："文王既没，文不在兹乎？天之将丧斯文也，后死者不得与于斯文也；天之未丧斯文也，匡人其如予何！"（《论语·子罕》）孔子的意思是：周文王死了，文化就在我这里了，天要灭掉这文化，我就没有机缘继承这文化了，天要是不灭掉这种文化，匡人能把我怎么样呢？李白诗："斯文"指文人、文化人，并自指，后也指文才、诗文遗产。

唐·孙昌胤《和司空曙刘眘虚九日送人》："君看酒中意，未肯丧斯文。"

宋·释智圆《赠诗僧保暹师》："天未丧斯文，清风千古振。"

宋·范仲淹《睢阳学舍书怀》："但使斯文天未丧，涧松何必怨山苗。"

宋·刘敞《编杜子美外集》："斯文未丧微而显，吾道犹存啸也歌。"

3420. 斯人独憔悴

唐·杜甫《梦李白二首》其二："冠盖满京华，斯人独憔悴！"乾元元年（758）李白流放夜郎，行至白帝城遇赦（759年），回到江陵。杜甫只闻其流放而不知其赦还，积思成梦，作此诗。"斯人独憔悴"，京城中有那么多"冠盖人物"（不乏平庸之辈），而这样有才华的人却困顿不堪又被流放，杜甫愤愤不平。

汉乐府《刺巴郡守》："钱钱何难得，令我独憔悴！"《华阳国志·巴志》载："孝桓帝时，河南李盛仲和为巴郡守，贪财重赋，国人刺之。"这二句诗，写官府逼租逼税，"我"无处弄钱，已使我憔悴不堪，杜甫用此句。

杜甫《又上后园山脚》："平原独憔悴，农力废耕桑。"安史之乱给人民带来的灾难。

又《哭王彭州抡》："执友惊沦没，斯人已寂寥。""寂寥"消声匿迹，死了。

3421. 其人骨已朽

唐·杜甫《喜晴》："千载商山芝，往者东门瓜。其人骨已朽，此道谁疵瑕？"久旱得雨，雨晴可以耕作。然而由于安史战乱，只有妇女耕耘了。此四句述怀：商山皓与邵平归隐生活，其人早已不在世了，他们的行为并未被人批评。

"其人骨已朽"言人早已死去，尸骨都腐朽了。语出《史记·老子韩非列传》："孔子适周，将问礼于老子。老子曰：'子所言者，其人与骨皆已朽矣，独其言在耳。'"意为：你所说的礼，倡导它的人和骨头早已腐烂了，只有那言论还在。"骨已朽"言人早已死去，相隔历史已很久远了。

杜甫《上水遣怀》："冥冥九疑葬，圣者骨已朽。"

又《入乔口》："贾生骨已朽，凄恻近长沙。"

宋·欧阳修《石篆诗并序》（庆历五年）："其人已死骨已朽，此字不灭留山隈。"

又《答刘原父》："欲知所书人，其骨多已朽。"

3422. 死者长已矣

唐·杜甫《石壕吏》："存者且偷生，死者长已矣。"老妇致词，三男邺城戍，已有二男战死。"存者且偷生，死者长已矣。"正是一种缅怀、追悼的感情。

汉·蔡琰《胡笳十八拍》十一："生当冀得兮归桑梓,死当埋骨兮长已矣。"生当归乡梓,如不能,也只能死埋骨胡地了。"长已矣"永远休止了。杜甫用此句。

3423. 死者若有知

唐·白居易《效陶潜体诗十六首》："死者若有知,悔不秉烛游。"生前应秉烛夜游,不然,死后如果还有知觉,就会后悔的。后常用"魂而有知""地下有灵"表示对死者寄托某种愿望。

宋·邵雍《哭张师柔长官》："魂若有知宜自慰,子孙大可振家声。"

3424. 早作哲人萎

宋·苏颂《宣徽南院使太子太保赠司空冯公挽辞三首》："不忧仁者寿,早作哲人萎。""哲人"才能智慧超过常人的人。"萎"枯萎,指人死去。"哲人萎"称冯司空之死。

"哲人其萎"语出《孔子家语·终纪解第四十》："孔子蚤晨作,负手曳杖,逍遥于门,而歌曰:'泰山其颓乎! 梁木其坏乎! 哲人其萎乎!'歌既而入,当户而作。子贡闻之,曰:'泰山其颓,则吾将安仰? 梁木其坏,吾将安杖? 哲人其萎,吾将安放? 夫子殆将病也!'"《礼记·檀弓上》亦有同样记载:孔子将死,自为歌曰:"泰山其颓乎? 梁木其坏乎? 哲人其萎乎?"可知孔子对自己看得很重,称为"哲人",也比作"泰山""梁木"(栋梁)。后多用于悼词、碑铭,对死者(杰出的人)哀悼、颂扬。汉·崔瑗《河间张平子碑》："哲人其萎,惆不时恫。"

宋·宋庠《前岁春仆与献臣同钱常山公于苑西曾未再期已均师门之痛兼承即日亲奉攒涂追往悼今哽涕无已因成短诗抒感谅心契之同戚也》："今年东第哭,便叹哲人萎。"

宋·王安石《忠献韩公挽辞二首》："木稼尝闻达官怕,山颓果见哲人萎。"

宋·国学生《沁园春》(挽徐元杰)："三学上书,冤乎天哉,哲人已萎。"

3425. 蒲稗相因依

南朝·宋·谢灵运《石壁精舍还湖中作》："芰荷叠映蔚,蒲稗相因依。"菱角与荷花叠映繁蔚,薄苇与稗草相互依倚。石壁精舍就座落在这朴实的自然的环境之中。

唐·白居易《赠猥蒙徵和才拙词缲辄广为五百言以伸酬献》："愿公寿如山,安乐长在兹。原我比蒲稗,永得相因依。"用谢灵运"薄稗因依"句。

3426. 青苔芜石路,宿草塞蓬门

南朝·宋·谢庄《怀园引》："青苔芜石路,宿草塞蓬门。"他身居高位,心怀故园,怀念陈郡阳夏(今河南太康)故园,设想故园早荒芜不堪,青苔掩蔽了石经,积草已塞住蓬门。"蓬门"茅草编织的门。

唐·杜甫《秦州杂诗二十首》其十："所居秋草静,正闭小蓬门。"用谢庄"草塞蓬门"意。

3427. 秋藕折轻丝

南朝·齐·谢朓《在郡卧病呈沈尚书》："夏季沈朱实,秋藕折轻丝。"夏天的李树沉落红色果实,秋天的莲藕折损轻丝。

宋·周邦彦《玉楼春》："桃溪不作从容住,秋藕绝来无续处。"过去在桃溪仙境里没有从容地住下去,现在就如折断的秋藕再也难接上了。用谢朓句借刘晨阮肇天台仙境事写相思之情。清·周济《宋四家词选》："只赋天台事,态浓意远。"

3428. 轻举出楼兰

南朝·齐·沈约《白马篇》："白马紫金鞍,停镳过上兰。寄言狭斜子,讵知陇道难。赤坂途三折,龙堆路九盘。冰生肌里冷,风起骨中寒。功名志所急,日暮不遑飡。长驱入右地,轻举出楼兰。"叙戍边将士于北部、西北部行军之艰苦。"楼兰"是汉代丝绸之路必由之地,位于罗布泊西为古代"西域"的重镇。汉昭帝将楼兰改为鄯善,都城南迁,楼兰做为一个古国,从此消失了。《魏略》记:"从玉门关西出,发都护井,回三陇沙北头,经居卢仓,从沙西井转西北,过龙堆,到故楼兰,转西诣龟兹,至葱岭。"楼兰是西汉在西域屯兵的重地,到公元四世纪,由于塔里木河改道,孔雀河短流,楼兰城沦为荒漠。唐代以后楼兰在历史上失去了记载,说明此城已毁废。唐以前由于它的位置、作用,史不绝书,所以一些诗人总把"楼兰"做为西北边陲的代称。沈约诗即取此意。下如:

北周·庾信《拟咏怀诗》："日晚荒城上,苍茫余落晖。都护楼兰返,将军疏勒归。"

南朝·梁·徐悱《白马篇》："占兵出细柳，转战向楼兰。"

又《古意酬到长史溉登琅邪城》："甘泉警烽候，上谷抵楼兰。"

唐·虞世南《饮马长城窟行》："前逢锦车使，都护在楼兰。"

又《从军行》："冀马楼兰将，燕犀上谷兵。"

唐·陈子昂《和陆明府赠将军重出塞》："始返楼兰国，还向朔方城。"

唐·郑愔《塞外》："汉家征戍客，年岁在楼兰。"

唐·李白《幽州胡马客歌》："双双掉鞭行，游猎向楼兰。"

唐·岑参《胡笳歌送颜真卿使赴河陇》："吹之一曲犹未了，愁杀楼兰征戍儿。"

唐·严维《送房元直赴北京》："犹道楼兰十万师，书生匹马去何之。"

唐·武元衡《石州城》："楼兰经百战，更道戍龙城。"

唐·韦庄《捣练篇》："楼兰欲寄在何乡，凭人与系征鸿足。"

宋·陆游《野兴》："楼兰勋业竟悠悠，聊作人间汗漫游。"

清·叶衍兰《菩萨蛮》（甲午感事与节庵同作）："浊雾起楼兰，边风铁骑寒。"

3429. 还嗤傅介子,辛苦刺楼兰

隋·薛道衡《出塞》："受降令更筑，燕然已重刊。还嗤傅介子，辛苦刺楼兰？"受降城已筑起，燕然功已勒，何必如傅介子，去刺楼敌人的首领呢？"刺楼兰"楼兰本是小国，北有匈奴，东有大汉，楼兰王的二子，安归送匈奴做侍子（人质），尉屠耆在汉朝做侍子。安归当了楼兰王，亲近匈奴，常攻杀汉使，掠夺财物。汉昭章元凤四年（前77年），霍光派傅介子以假道楼兰为名，在楼兰接待时，傅介子的随从刺杀了安归，并宣布汉天子立尉屠耆者为楼兰王，并改名鄯善，都城南迁。"刺楼兰"即指刺杀楼兰国王安归。

唐·岑参《武威送刘单判官赴安西行营便呈高开府》："浑驱大宛马，系取楼兰王。""系取"即指刺杀楼兰王。

唐·张九龄《送赵都护赴安西》："自然来月窟，何用刺楼兰？""安西"在今新疆维吾尔自治区

库车附近，为安西都护府治所，在楼兰西。"月窟"即"月出骨"。《汉书·扬雄传》："西厌月出骨。"颜师古注引服虔解："出骨，音窟穴之窟，月出骨，月所生也。"此言极西方。说文武兼通的赵都护自有安边良策，使极西的地方归来，无须用刺杀手段。

唐·岑参《献封大夫破播仙凯歌》："官军西出过楼兰，营幕旁临月窟寒。""播仙"在今新疆且未县，在楼兰西南。用"月窟"说很远的西方。

唐·高适《东平留赠狄司马》："马蹄经月窟，剑术指楼兰。"亦用"月窟"。

3430. 不破楼兰终不还

唐·王昌龄《从军行七首》其四："青海长云暗雪山，孤城遥望玉门关。黄沙百战穿金甲，不破楼兰终不还。"用乐府古题写边塞军旅生活，这是优秀作品。此诗写战地荒凉，战事艰苦，那身经百战的将士们却斗志昂扬，不胜敌人誓不罢休。"楼兰"是汉代鄯善国，在今新疆鄯善县东南一带，处于罗布泊以西，去西域的通道上。汉武帝时，使者出使大宛国等地必由之路，楼兰王常截杀汉使者，汉元凤四年（77）霍光派傅芥子刺杀楼兰王，斩其首而归。这里指侵扰西北地区的敌人。后用"楼兰"代指一切敌人。王昌龄《代扶风主人答》又写："十五役边地，三回讨楼兰。"《从军行七首》其六："明敕星驰封宝剑，辞君一夜取楼兰。"

清·康熙皇帝玄烨《班师至拖陵》："战马初闲甲士欢，挥戈早已破楼兰。"用王昌龄"破楼兰"代破噶尔丹。

又《示大将军伯费扬古》："楼兰须共灭，功胜勒燕然。"褒扬费扬古于康熙三十五年在西路昭莫多大破噶尔丹。

3431. 原将腰下剑,直为斩楼兰

唐·李白《塞下曲》："晓战随金鼓，宵眠抱玉鞍。愿将腰下剑，直为斩楼兰。"写边塞生活和为国立功愿望。环境艰苦，豪情满怀，尾联与"不破楼兰终不还"有异曲同工之妙。而"斩楼兰"表示在边地立功，为后人广泛应用。

又《出自蓟北门行》："挥刃斩楼兰，弯弓射贤王。"

唐·杜甫《秦州杂诗》："属国归何晚，楼兰斩未还。"

又《暮冬送苏四郎徯兵曹适桂州》："卢绾须征

日,楼兰要斩时。"

唐·岑参《北庭西郊候封大夫受降回军献上》:"前年斩楼兰,去岁平月支。"

唐·张仲素《塞下曲五首》:"功名耻计擒生数,直斩楼兰报国恩。"

唐·曹唐《送康祭酒赴轮台》:"分明会得将军意,不斩楼兰不拟回。"

唐·翁绶《陇头吟》:"横行俱是封侯者,谁斩楼兰献未央。"

唐·张玉娘《塞上曲》:"宵传前路捷,游马斩楼兰。"

宋·王宗嗣《题关石寺壁》:"却将旧斩楼兰剑,买得黄牛教子孙。"宋·陈世卿《思古堂》:"临期上马无他嘱,多买诗书教子孙。"用"教子孙"句。

宋·王庭珪《江城子》:"未用汉军频出塞,徒生事,斩楼兰。"

宋·张元干《贺新郎》(寄李伯纪丞相):"要斩楼兰三尺剑,遗恨琵琶旧语。"

宋·曹冠《蓦山溪》:"吾侪勋业,要使列云台,擒颉利,斩楼兰,混一车书道。"

又《蓦山溪》:"丈夫志业,当使列云台。擒颉利,斩楼兰,雪耻歼狂虏。"再用前句。

宋·辛弃疾《送剑与傅岩叟》:"莫邪三尺照人寒,试与挑灯仔细看。且挂寒斋作琴伴,未须携去暂楼兰。"

宋·卓田《昭君怨》(送人赴上岸):"壮士寸心如铁,有泪不沾离别。剑未斩楼兰,莫空还。"

宋·刘过《水调歌头》(寿王汝良):"斩楼兰,擒颉利,志须酬。"用曹冠句。

又《沁园春》(张路分秋阅):"拂试腰间,吹毛剑在,不斩楼兰兰心不平。"

宋·吴潜《贺圣朝》:"楼兰飞馘(割耳),焉耆授首,谩夸称前古。"

宋·李曾伯《水调歌头》:"不道草庐豪杰,手袖伊吾长剑,驰志在楼兰。"意在"斩"楼兰。

又《水调歌头》:"束起楼兰剑,归钓子陵台。""楼兰剑"斩楼兰之剑。

宋·文天祥《大白楼》:"扬子江心第一泉,南金来此铸文渊。男儿斩却楼兰首,闲品茶经拜羽仙。"唐·陆羽著有《茶经》。

清·黄遵宪《冯将军歌》:"平生蓄养敢死士,不斩楼兰今不还。"

元帅加诗人陈毅《卫岗初战》(1938 年 6 月 21 日):"弯弓射日到江南,终夜喧呼敌胆寒。镇江城下初遭遇,脱手斩得小楼兰。"

今人唐棣华《觅见家父就义地书感》:"怒目楼兰呼万岁,头颅抛处有来人。"

3432. 妾乘油壁车

南朝·齐乐府《苏小小歌》(一作《钱塘苏小小歌》):"妾乘油壁车,郎骑青骢马。何处结同心,西陵松柏下。"《乐府广题》曰:"苏小小,钱塘名倡也,盖南齐时人。西陵在钱塘江之西。歌云'西陵松柏下'是也。""油壁车",刷油的篷车,可防风雨。

唐·罗隐《江南曲》:"西陵路边月悄悄,油壁香车苏小小。"

3433. 欲寻苏小小,何处觅塘

唐·柳中庸《幽院早春》:"草短花初拆,苔青柳半黄。隔帘春雨细,高枕晓莺长。无事含闲梦,多情识异香。欲寻苏小小。何处觅钱塘?"早春已临院落,幽寂之中想到了人。而人在何处呢?即使到了钱塘,也难觅苏小小了。

"钱塘苏小"道出苏小小住地。《春渚纪闻》以为宋代又有苏小小。诗中常写南齐名妓、钱塘苏小,即《苏小小歌》。苏小小多代歌女。

唐·刘禹锡《乐天寄忆旧游因作报白君以答》:"其奈钱塘苏小小,忆君泪点石榴裙。"

唐·李贺《七夕》:"钱塘苏小小,更值一年秋。"

唐·殷尧藩《送客游吴》:"欲知苏小小,君试到钱塘。"

五代·徐铉《柳枝词十二首》:"凭郎暂驻青骢马,此是钱塘小小家。"

宋·欧阳修《渔家傲》:"妾本钱塘苏小妹,芙蓉花共门相对。"

宋·曾惇《朝中措》:"应笑钱塘苏小,语娇终带吴音。"

宋·张炎《台城路》(庚寅秋九月,之北,遇汪菊坡,一见若惊,相对如梦。回忆旧游,已十八年矣。因赋此词):"舞扇招香,歌桡唤玉,犹忆钱塘苏小。"

元·赵明道《斗鹌鹑·名姬》:"雷声声梁苑,禾惜惜都城,苏小小钱塘,三人声价。"

3434. 钱塘苏小是乡亲

唐·韩翃《送王少府归杭州》:"吴郡陆机称地

主,钱塘苏小是亲家。"王少府家居杭州,那里有陆机这样的名人,钱塘苏小还是你的乡亲。

清·龚自珍《湘月》(壬申夏泛舟西湖,述怀有赋,时予别杭州,盖十年矣。):"屠狗功名,雕龙文卷,岂是平生意。乡亲苏小,定应笑我非计。"苏小小葬于西泠桥畔,龚自珍钱塘人,故称乡亲。

3435. 柳色春藏苏小家

唐·白居易《杭州春望》:"涛声夜入伍员庙,柳色春藏苏小家。"作者任杭州刺史时作此诗。写杭州春色,此二句用两个传说描绘杭州二景:春秋时,伍员(子胥)曾助吴击楚败越,后吴王信谗,伍员被害,抛尸钱塘江,后人们称钱塘大潮为"子胥涛",在吴山(又称胥山)修建了"伍员庙"。这句写钱塘夜涛。南齐名妓苏小小原居于西陵(泠),西泠柳色春意正浓,这两句写了杭州的钱江与西湖春色。此诗寄给了刘禹锡。刘禹锡《白舍人自杭州寄新诗,有"柳色春藏苏小家"之句,因而戏酬兼寄浙东元相公》:"钱塘山水有奇声,暂谪仙官领百城。女妓还闻名小小,使君谁许唤卿卿。""名小小""唤卿卿"戏白居易。

苏小家柳色藏春,是描写西湖及西湖杨柳的。白居易还有:

《杨柳枝》其五:"苏州扬柳任君夸,更有钱塘胜馆娃。若解多情寻小小,绿杨深处是苏家。"

其六"苏家小女旧知名,杨柳风前别有情。剥条盘作银环样,卷叶吹为玉笛声。"

唐·杜牧《悲吴王城》:"吴王宫殿柳含翠,苏小宅房花正开。解舞细腰何处往,能歌姹女逐谁迴。"

唐·牛峤《杨柳枝》:"吴王宫里色偏深,一簇纤条万缕金。不愤钱塘苏小小,引郎枝下结同心。""结同心"原是"松柏下",换作杨柳以赞。

宋·周邦彦《醉桃源》:"菖蒲叶老水平沙,临流苏小家。"苏小家,妓院。

宋·侯寘《阮郎归》(和邢公昭):"莫欺骑省鬓边华,曾眠苏小家。"妓院。

宋·杨泽民《蓦山溪》:"当年苏小,家住苕溪尾。一棹采莲归,悄羞得、鸳鸯飞避。"

元·张可久《迎仙客·眷目湖上》:"雪儿歌,苏小家,月淡梨花,醉倚秋千架。"

3436. 苏小门前柳拂头

唐·杜牧《自宣城赴官上京》:"谢公城畔溪惊

梦,苏小门前柳拂头。"述江南十年的生活。"谢公城畔",谢朓曾任宣城太守,谢公城即宣城。杜牧任宣州团练判官,此诗为拜殿中待御史内供奉自宣城赴京时作,概述他十年的江南生活。"苏小门前"代指江南妓院,与"谢公城畔"都代表他的行迹。

"苏小门前柳拂头"代妓院,"柳拂头"春日垂柳茂盛,"拂头"当是人出出入入。写"苏小门前"句如:

唐·温庭筠《杨柳枝》:"苏小门前柳万条,毵毵金钱拂平桥。"

宋·史达祖《蝶恋花》:"二月东风吹客袂,苏小门前,杨柳如腰细。"

宋·李彭老《探芳讯》(湖上春游继草韵):"苏小门前,题字尚存否? 繁华短梦随流水,空有诗千首。"

元·卢挚《蟾宫曲·钱塘怀古》:"那柳外青楼画船,在西湖苏小门前。"

元·杨维桢《西湖竹枝歌》:"苏小门前花满株,苏公堤上女当垆。"

元·张可久《百字令》(春日湖上):"闲问苏小楼前,夕阳花外,旧燕曾来否?"

清·纳兰性德《卜算子》(新柳):"苏小门前长短条,即渐迷行处。"

3437. 苏小小坟今在否

唐·李商隐《汴上送李郢之苏州》:"苏小小坟今在否,紫兰香经与招魂。"怀念苏小小,寻其坟墓,为其招魂。或许含有现实的内容。

带有寻觅苏小小遗踪的诗如:

唐·徐凝《嘉兴寒食》:"唯有县前苏小小,无人送与纸钱来。"

宋·黄廷涛《齐天乐》:"十年汉上东风梦,依然淡烟莺晓。系马桥空,维舟岸易,谁识当年苏小。"

宋·张炎《甘州》(为小玉梅赋,并束韩竹闲):"一串歌珠清润,绾结玉连环。苏小无寻处,元在人间。"

又《霜叶飞》(毗邻客中闻老妓歌):"且慰我留连意,莫说西湖,那时苏小。"

又《春从天上来》(乙亥春,复回西湖,饮静传董高士楼,作此解以写我忧):"影散香消,水流云在,疏树十里寒沙。难问钱塘苏小,都不见、擘竹分茶。"

3438. 苏小风姿迷下蔡

唐·温庭筠《春暮宴罢寄宋寿先辈》："苏小风姿迷下蔡,马卿才调亿临邛。""苏小风姿"宴上歌女的风姿。"迷下蔡"以宋玉"东邻之女"称歌妓之美。宋玉《登徒子好色赋》宋玉曰："天下之佳人,莫若楚国;楚国之丽者,莫若臣里;臣里之美者,莫若臣东家之子。臣东家之子,增之一分则太长,减之一分则太短,敷粉则太白,施朱则太赤。眉如翠羽,肌如白雪,腰如束素,齿如含贝。嫣然一笑,惑阳城,迷下蔡。"阳城、下蔡都是楚国名城。后"倾国倾城"当从此引生。"迷下蔡"含东邻之女是楚国最美的女子。借写"苏小"之绝美。

写"苏小"之美以代歌妓之美如:

唐·白居易《闻歌妓唱严郎中诗因以绝句寄之》："但是人家有遗爱,就中苏小感恩多。"

宋·郭应祥《渔家傲》："自古余杭多俊俏,风流不独夸苏小,又见尊前人窈窕。"

宋·高观国《青玉案》："入画遥山翠分黛,苏小不来时节改。一堤风月,六桥烟水,鹭约鸥盟在。"

宋·周密《木兰花慢》(柳浪闻莺)："望断桥斜日,蛮腰党舞,苏小墙头。"

元·曾瑞《红绣鞋》："苏小小弃了舞榭,许盼盼闭了歌楼。"

元·朱庭玉《梁州第七·妓门庭》："浑似薛涛般聪慧,过如苏小般行为。"妓女们色艺超过前代。

3439. 晓星正寥落

南朝·齐·谢朓《京路夜发》："晓星正寥落,晨光复泱漭。"晓星正稀少,晨光还昏暗。交代"夜发"的时间状况。"寥若晨星"成语出于此。

唐·韩愈《华山女》："黄花道士亦讲说,座下寥落如明星。"人减少了。

3440. 春色满皇州

南朝·齐·谢朓《和徐都曹出新亭渚》："宛洛佳遨游,春色满皇州。""皇州"帝京、帝都,皇家都城。这里写东都宛桃李成蹊,桑榆成阴,一派浓郁的春色。"满皇州"也用作"满皇都"。

南朝·梁元帝萧绎《别荆州吏民》："年光偏原隰,春色满汀洲。"

唐·骆宾王《代女道士王灵妃赠道士李荣》："朝云旭日照青楼,迟晖丽色满皇州。"

唐·张说《晦日诏宴永穆公主亭子》："群欢与王泽,岁岁满皇州。"

唐·王维《奉和圣制与太子诸王三月三日龙池春楔应制》："宸章在云表,垂象满皇州。"

唐·韦应物《答畅参军》："高树起栖鸦,晨钟满皇州。"

唐·白居易《歌舞》："秦中岁云暮,大雪满皇州。"

五代·和凝《柳含烟》："章台柳,近垂旒,低拂往来冠盖,朦胧春色满皇州。"

宋·欧阳修《夫人阁五首》："四海欢声歌帝泽,万家春色满皇州。"

宋·王安石《寄平甫》："坐想摇鞭杨柳路,春风先我入皇州。"

宋·苏轼《太皇太后阁六首》："一声双月蹄,春色满皇州。"

3441. 佳气满皇州

唐·储光羲《夏日寻兰田唐丞登高宴集》："是时春载阳,佳气满皇州。""佳气"秀丽美好的气氛,充满了皇州。

宋·赵汴《早雾》："圣世妖氛已销尽,结成佳气满皇州。"

宋·晁端礼《鹧鸪天》："阆苑瑶台路暗通,皇州佳气正葱葱。"

宋·邓肃《南歌子》："都人应望宸游,早晚葱葱佳气、满皇州。"

宋·王安石《次韵舍弟常心亭即事二首》："槛折檐倾野水傍,台城佳气正消亡。"反用。

3442. 绝胜烟柳满皇都

唐·韩愈《早春呈水部张员外二首》："天街小雨润如酥,草色遥看近却无。最是一年春好处,绝胜烟柳满皇都。"初春的草色,青痕隐隐,远望由于可见一大片,朦胧的青色便映入眼帘,而近看由于春芽刚刚参差破土,在一个狭小的视线中反而没了成片的春色。这是一个春天最美好的早春时刻,绝对胜似"烟柳满皇都"的晚春,因为晚春"草树知春不久归"(韩愈《晚春》)。他尤爱早春,原因是"新年都未见芳华,二月初惊见草芽"。(《春雪》):"初惊见草芽"是人们盼春、察春的共同的惊喜。这也印证了"最是一年春好处（时刻），绝胜烟柳满皇都。"当然，这是相比较而言的。

"满皇都"即充满皇城、帝都，同"满皇州"意。用此语还有：

宋·苏轼《皇帝阁六首》："微凉生殿阁，习习满皇都。"

又《赠人》："旧赏未应忘楚国，新诗闻已满皇都。"

宋·黄庭坚《雪花飞》："袍笏恩章乍赐，春满皇都。"

3443. 汉家陵树满秦川

唐·卢照邻《行路难》："汉家陵树满秦川，行来行去尽哀怜。"看到长安西北汉家陵墓一片荒凉，只有满川陵树，痛感贵贱无常，人事沧桑。从"满皇州"句分化而出。

唐·崔颢《渭城少年行》："万户楼台临渭水，五陵花柳满秦川。"反用卢照邻句意，写长安风光佳丽。"五陵"：汉高帝长陵，惠帝安陵，景帝阳陵，武帝茂陵，昭帝平陵。都在渭水北岸咸阳附近，距长安不远。

唐·许敬宗《奉和初春登楼即日应诏》："春晖发芳甸，佳气满层城。""层城"代皇州。

唐·韦应物《登宝意寺上方旧游》（寺在武功，曾居此寺）："翠岭香台出半天，万家烟树满晴川。"用卢照邻句式，写从山寺远眺入目而来的景象。

3444. 帝乡佳气郁葱葱

唐·王勃《临高台》："高台四望同，帝乡佳气郁葱葱。"京都为浓郁的佳气笼罩着。"佳气"秀丽美好的气象、氛围。《后汉书·光武帝纪》："后望气者苏伯阿为王莽使至南阳，遥望见春陵郭，唶曰：'气佳哉！郁郁葱葱然。'及始起兵还春陵，远望舍南，火光赫然属天，有顷不见。"刘秀推翻王莽，起事之前，李通曾以图谶策动他反新莽政权。此在《论曰》中追述当年望气者苏伯阿望刘秀故乡南阳有郁郁葱葱的佳气，即美好的特殊的气象，意为帝王之气、王气。后来"佳气"多指帝都气象，也指景色葱茏的地方，晋·陶渊明《饮酒二二首》之五"山气日夕佳，飞鸟相与还。"就是写自然风光。

诗中最早写"佳气"的是南朝·梁元帝萧绎。他的《咏雾诗》写："傍道似佳气，却望若飞烟。""佳气""飞烟"都喻雾。又《纳凉诗》："高春斜日下，

佳气满栏楯。"这里的"佳气"都指一种具体的气态，烟气、雾气、水气之类均可视为佳气。其实"佳气"含有种种气象与景色，表现地方很宽，不限于皇城，还呈现于室内。

唐人用"佳气"多，宋人则多用"佳气郁葱葱"，有的表喜庆气氛。

唐·许敬宗《奉和过旧宅应制》："白水浮佳气，黄星聚太常。"

唐·李义府《在州遥叙封禅》："佳气浮舟谷，荣光泛绿坻。"

唐·袁朗《和洗掾登城南坂望京邑》："帝城何郁郁，佳气乃葱葱。"

唐·杨炯《和辅先入昊天观星瞻》："天门开奕奕，佳气郁葱葱。"

唐·姚崇《奉和圣制夏日游石淙山》："别有祥烟伴佳气，能随轻辇共葱葱。"

唐·贾曾《奉和春日出苑瞩目应令》："渭北晴光摇草树，终南佳气入楼台。"

唐·刘长卿《答河南李士巽题香山寺》："关塞有佳气，岩开伊水清。"

唐·独孤及《冬季自嵩山赴洛道中作》："升高望京邑，佳气连海浦。"

唐·皇甫冉《东郊迎春》："佳气山川秀，和风政令行。"

唐·杜羔妻赵氏《闻丈夫杜羔登第》："长安此去无多地，郁郁葱葱佳气浮。"含喜气。

宋·柳永《醉蓬莱》："华阙中天，锁葱葱佳气。"

宋·欧阳修《徽安门晓望》："都门收宿雾，佳气郁葱葱。"

又《葛氏鼎》："地灵川秀草木稠，郁郁佳气蒸常浮。"

宋·赵抃《次韵前人和许少卿见怀三首》："望秦双耸郡楼前，佳气葱葱杂翠烟。"

宋·王安石《南乡子》："自古帝王州，郁郁葱葱佳气浮。四百年来成一梦，堪愁，晋代衣冠成古丘。"

又《次韵舍弟堂心亭即事二首》："槛折檐倾野水傍，台城佳气已消亡。"

宋·苏轼《蝶恋花》（同安生日放鱼，取金光明经救鱼事）："泛泛东风初破五，江柳微黄，万万千千缕。佳气郁葱来绣户，当年江上生奇女。"

又《赵倅成伯母生日致语口号》："今朝寿酒泛

黄花,郁郁葱葱气满家。"

又《叶待制求先坟永慕亭诗》:"佳哉郁葱葱,气若凤与麟。"

又《贺陈述古弟章生子》:"郁葱佳气夜充闾,始见徐卿第二雏。""佳气"指"生子"祥兆。后句用杜甫《徐卿二子歌》:"徐卿二子生奇绝"句,取"奇绝"意。

宋·晁端礼《黄河清》:"望外凤凰双阙,葱葱佳气。"

宋·晁补之《凤箫吹》(永嘉郡君生日):"香浓、博山沉水,小楼清旦,佳气葱葱。"

宋·朱敦儒《雨中花》(岭南作):"对葱葱佳气,赤县神州,好景何曾虚过。"

宋·连仲宣《念奴娇》:"□□端门初赐宴,郁郁葱葱佳气。"

宋·袁去华《水调歌头》(次韵别张梦卿):"郁郁葱葱处,佳气夜如虹。"

宋·王之道《小重山》(詹德秀生日"佳气郁,香霭菊花风。"

宋·曹勋《齐天乐》:"正是中秋时候,喜逢、中宫葱葱佳气。"

又《瑞鹤仙》(贵妃生辰):"璚霄降仙格,觉葱葱佳气,先惊花柳。"

宋·黄公度《千秋岁》(贺莆守汪待举怀忠生日,汪报政将归,因以送之):"郁葱佳气,天降麒麟瑞。"

宋·张孝祥《满江红》:"看东南,佳气郁葱葱、传千亿。"

宋·朱熹《好事近》:"中原佳气郁葱葱,河山壮宫阙。"

宋·赵长卿《好事近》:"一段葱葱佳气,扇重风时节。"

又《鹊桥仙》(上张宣机):"葱葱佳气,霭侯门,信天上,麟麟乍见。"

宋·杨冠卿《水龙吟》(金陵作):"望郁葱佳气,非烟非雾,方呈瑞,璇宵际。"

宋·马子严《卜算子慢》:"佳气郁郁,紫阙腾云雨。"

宋·陈郁《宝鼎现》:"虞弦清暑,佳气葱郁,非烟非雾。"用杨冠卿句。

宋·高子芳《念奴娇》(庆朱察推):"葱葱佳气,人都道、今日垂弧令旦。"

宋·无名氏《杏花天》(贺人女晬):"画堂帘幕

香风细,郁郁南阳佳气。"

宋·无名氏《庆千秋》(正月十七):"葱葱郁郁佳气,喜溢庭闱。"

宋·无名氏《永遇乐》:"葱葱佳气,今朝重见,洋溢门庭多喜。"

宋·无名氏《满江红》(寿妇人):"华堂里,十分佳气,葱葱郁郁。"

宋·无名氏《满江红》(贺生孙):"想光间,佳气葱葱,香芬馥。"

宋·无名氏《水仙子》(贺生孙生子):"想象瑶池生绿蚁,酿成佳气郁葱葱,当此际。"

宋·无名氏《酹江月》(庆母作生日,五月初七):"称觞此旦,华堂佳气郁。"

宋·无名氏《喜迁莺》(庆陈丞在任五月三十):"百里葱葱和气,总向兰田会合。"

宋·无名氏《贺圣朝》(寿主簿六月初九):"金炉香热起祥烟,气佳哉葱郁。"

宋·无名氏《满江红》(七月初四):"看寿星明灿,祥烟葱郁。"

宋·无名氏《行香子慢》:"瑞景光融,换中天霁烟,佳气葱葱。"

宋·无名氏《寿星明》(庆黄宰秩满):"觉秋光过半,日临三九,葱葱佳气,蔼蔼琴堂。"

宋·无名氏《应天长》(庆新恩母八月三十):"萱堂积庆,桂苑流芳,于门瑞蔼佳气。"

宋·无名氏《满江红》(寿妇人三子皆贵九月十四):"佳气霭,看葱郁,称觞处,多欣色。"

宋·无名氏《临江仙》(贺人寿有父有兄弟):"满堂佳气蔼祥云,称觞椒有颂,介寿酒浮春。"

宋·无名氏《满江红》:"对此称觞春酒献,郁葱佳气琴堂满。"

元·刘敏中《木兰花慢》(晓过芦沟):"尽渺渺飞烟,葱葱佳气,东海西山。"

人民领袖毛泽东《清平乐·会昌》(1934年夏):"会昌城外高峰,颠连直接东溟。战士指看南粤,更加郁郁葱葱。"1934年夏天一个凌晨,毛泽东带几位战士登上会昌城外西北会昌山岚山岭,望广东方向,岭南风光,葱茏苍翠。"风景这边独好""更加郁郁葱葱",对革命形势作乐观的展望。

3445. 江南佳丽地

南朝·齐·谢朓《隋王鼓吹曲·入朝曲》:"江

南佳丽地,金陵帝王州。逶迤带绿水,迢递起朱楼。飞甍起驰道,垂杨荫御沟。凝笳翼高盖,叠鼓送华辀。献纳云台表,功名良可收。"这是谢朓笔下的"江南佳丽地"、特别是"金陵帝王州"的概景,至少是南齐时代金陵(今南京)的景况。"佳丽",美好、美丽。南宋灭亡后,汪元量《莺啼序》(重过金陵):"金陵故都最好,有朱楼迢递。"还是"迢递起朱楼"却物是人非了。

唐·杜甫《秋兴八首》:"回首可怜歌舞地,秦中自古帝王州。"用"帝王州"句,不过不是金陵,而是秦中长安。

后用"佳丽地"多写江南。

唐·孟浩然《送袁大祝尉豫章》:"江南佳丽地,山水旧难名。"用原句。

唐·崔国辅《题豫章馆》:"杨柳映春江,江南转佳丽。"

唐·李白《南都行》:"南都信佳丽,武阙横西关。"

唐·孟郊《感怀》:"长安佳丽地,宫月生蛾眉。"

五代·徐铉《将过江题白沙馆》:"少长在维扬,依然认故乡。金陵佳丽地,不道少风光。"

宋·王禹偁《点绛唇》:"雨恨云愁,江南依旧称佳丽。"

宋·刘筠《南朝》:"千古风流佳丽地,尽供哀思与兰成。"

宋·范仲淹《依韵酬池州钱绮翁》:"况在江南佳丽地,重阳犹见牡丹红。"

宋·柳永《木兰花慢》:"欢情,对佳丽地,信金罍馨竭、玉山倾。"

宋·司马光《送吴仲庶知江宁》:"江南佳丽地,人物自风流。"

宋·贺铸《凌歊·铜人捧露盘引》:"繁华梦,惊俄顷;佳丽地,指苍茫。寄一笑,何与兴亡。"

宋·周邦彦《花犯》(咏梅):"疑净洗铅华,无限佳丽。"梅花佳丽色。

又《西河》(金陵怀古):"佳丽地,南朝盛事谁记?"

宋·陈武德《水龙吟》(西湖怀古):"东南第一名州,西湖自古多佳丽。"多佳丽胜景。

宋·范成大《市街》(京师诸市皆荒索,仅有人居):"惆怅软红佳丽地,黄沙如雨扑征鞍。"

清·屈大均《念奴娇》(秣陵吊古):"萧条如

此,更何须,苦忆佳丽江南。"佳丽地已萧条。

3446. 东南形胜,三吴都会

宋·柳永《望海潮》:"东南形胜,三吴都会,钱塘自古繁华。"宋·杨湜《古今词话》云:"柳耆卿与孙相何为布衣交。孙知杭州,门禁甚严,耆卿欲见之不得。作《望海潮》词,往谒名妓楚楚曰:'欲见孙相,恨无门路。若因府会,愿借朱唇歌于孙相公之前。若问谁为此词。但说柳七。'中秋府会,楚楚宛转歌之,孙即日迎耆卿预坐。"此词是咏钱塘名篇,向视柳永的代表作。一时广泛流传(见"十里荷花"条引宋·罗大经《鹤林玉露》丙编卷一),起数句,概述东南景色秀丽,钱塘自古繁华。"形胜",地理条件好。《史记·高祖本纪》:"秦形胜之国",裴骃集解引张晏曰:"秦地带山河,得形势之胜便者。"是秦地形优越。秦地之外用"形胜"多指山川胜景,如写江南、写西湖、写金陵、写钱塘等等。

南朝·梁·徐悱《古意酬到长史溉登琅邪城》:"表里穷形胜,襟带尽岩峦。"

唐·许敬宗《奉和圣制登三台言志应制》:"高门符令节,形胜总神州。"

宋·李好古《清平乐》:"面前直控金山,极知形胜东南。"用柳永"东南形胜"句。

宋·陈德武《水龙吟》(西湖怀古):"登临形胜,感伤今古,发挥英气。"

元·萨都剌《满江红》(金陵怀古):"空怅望,山川形胜,已非畴昔。"

又《百字令》(登石头城):"指点六朝形胜地,唯有青山如壁。"

3447. 金陵王气黯然收

唐·刘禹锡《西塞山怀古》:"王睿楼船下益州,金陵王气黯然收。千寻铁锁沉江底,一片降幡出石头。"全诗述西晋灭吴事。晋武帝司马炎令驻蜀将军王濬造楼船东下伐吴,吴用铁锁横断江面,阻拦晋船。晋军用火烧熔了铁锁,战船乘风破浪,突破东吴西部要塞——西塞山(今湖北省大冶县东),直逼吴都建康。东吴孙皓举幡出降,吴国宣告灭亡。唐穆宗长庆四年(824)夏,刘禹锡从夔州调任和州刺史(今安徽和县)经东吴当年西部江防西塞山,抚今追昔,感慨良深,作此《怀古》,貌似咏史,暗含警示现实。当时唐宦官专政,外藩割据,国事日塞。故用曲笔,引史为鉴。古人曾誉此诗为

"骊龙之珠"。"王濬楼船下益州,金陵王气黯然收。""王气"指"帝王气象",与"佳气"有所不同。《太平御览》卷一七引《金陵图》:"昔楚威王见此有王气,因埋金以镇之,故曰金陵。秦并天下,望气者言江东有天子气,凿地断连冈,因改金陵为秣陵。"《新五代史·吴越世家》:"豫章善术者,望斗牛间有王气。"以为有王气出皇帝。此诗中指孙皓投降,东吴灭亡。

北朝·周·庾信《哀江南赋》:"将非江表王气,终于三百年乎!"自吴、东晋、宋、齐、梁、陈六朝共三百二十四年,至隋统一,江表王气遂终。庾信此句成了预言。

《野获编》补遗卷四记明洪武五年建昌黄衣人语:"龙蟠虎踞势岩峣,赤帝重兴胜六朝。八百年终王气复,重华从此继唐尧。"自南朝陈后主灭亡至明太祖朱元璋定都南京,正所谓八百年终而王气复。

清·梁启超《水调歌头》:"三百年来王气,满目山河依旧,人事竟如何?"清朝建立三百年,山河依旧,国事不济。

刘禹锡之后,用"王气"或"金陵王气"多在论古评今。

唐·李贺《公莫舞歌》:"芒砀云瑞抱天回,咸阳王气清如水。""清如水"清淡如水,亦"黯然收"意。

唐·张祜《吴中怀古十六韵》:"西北京华远,东南王气无。"

唐·白居易《赠友五首》:"周汉德下衰,王气终不竞。"

唐·殷尧藩《金陵怀古》:"黄道天清拥珮珂,东南王气秣陵多。"

唐·许浑《金陵怀古》:"玉树歌残王气终,景阳兵合戍楼空。""玉树歌残"也是名句,写陈灭亡。五代·沈彬《再过金陵》:"玉树歌终王气收,雁行高送石城秋。""玉树"用许浑句,"收"用刘禹锡句。

唐·李商隐《南朝》:"地险悠悠天险长,金陵王气应瑶光。休夸此地分天下,只得徐妃半面妆。"陈朝虽有天险(长江)、地险(金陵)和北斗七星映照王气,也不足恃,难免灭亡。

唐·皮日休《南阳》:"昆阳王气已萧疏,依旧山河捧帝居。"

唐·罗隐《王濬墓》:"若使吴都犹王气,将军何处立殊功。"

又《春日登上元石头故城》:"万里伤心极目春,东南王气只逡巡。"

又《金陵夜泊》:"池销王气波声急,山带秋阴树影空。六代精灵人不见,思量应在月明中。"

唐·崔涂《东晋》:"秦国金陵王气全,一龙正道始东迁。"

五代·沈彬《金陵杂题二首》:"王气生秦四百年,晋无东渡浪花船。"

五代·朱存《金陵览古》(秦淮):"一气东南王斗牛,祖龙潜为子孙忧。金陵地脉何曾断,不觉真人已姓刘。"

宋·田锡《江南曲三首》:"金陵王气销,六朝隳霸业。白云千古恨,空江照楼堞。"

宋·杨备《五马渡》:"何事金陵王气钟,琅玡开幕据江东。"

宋·王安石《金陵怀古》:"六代豪华空处所,金陵王气黯然收。烟浓草远望不尽,物换星移几度秋。"各用刘禹锡、王勃一原句。

又《自金陵如丹阳道中有感》:"数百年来王气消,难将前事问渔樵。"

宋·程珌《满江红》(登石头城归已月生):"当时卧龙商略处,秦淮王气真何许。"

宋·王千里《西河》(钱塘):"都会地,东南王气须记。龙盘凤舞到钱塘,瑞烟回起。"

元·张养浩《山坡羊·洛阳怀古》:"天津桥上,凭栏遥望,春陵王气都凋丧;树苍苍,水茫茫,云台不见中兴将。""春陵"是刘秀祖父春陵侯的封地(今湖北枣阳县)。王莽的望气者苏伯阿遥见春陵,曾发出"气佳哉!郁郁葱葱然"的惊叹。刘秀后建都洛阳即东汉光武帝,此曲中借东汉以叹九朝古都洛阳。

清·孔尚任《桃花扇》卷一《前腔》:"王气金陵渐凋伤,鼙鼓旌旗何处忙?怕随梅柳渡春江。"

今人李俊侔《金陵怀古》(明孝陵石象):"秦淮河畔风流辈,王气金陵已渺然。"又《金陵怀古》(台城):"千年胜地六朝天,沧海桑田几变迁"。

3448. 千寻铁锁沉江底

刘禹锡《西塞山怀古》:"千寻铁锁沉江底,一片降幡出石头。"充分表现了龙骧将军王濬强大的军事攻击力量。《晋书·王濬传》载:王濬小名阿童,"疏通亮达,恢廓有大志。"桓温评价他"明勇独断义存社稷之利。"深受后人赞誉。唐·李白《司马将军歌》："我见楼船壮心目,颇似龙骧下三蜀。"古蜀郡、广汉、犍为三郡为三蜀。用王濬喻南征军队的强大。唐·李商隐《无题》："益德冤魂终报主,阿童高义镇横秋。"阿童即王濬,说他的义勇可以横贯天地。后用"千寻铁锁沉江底"怀古、喻今,说明天险不可恃。坚固的防线也会被突破。

唐·韩偓《吴郡怀古》："徒劳铁锁长千尺,不觉楼船下晋兵。"

唐·殷尧藩《送白舍人渡江》："横锁已沉王濬筏,投鞭难阻谢玄兵。"愿渡江顺利。

唐·吴融《太湖石歌》："铁索千寻取得来,奇形怪状谁能识。"写取太湖之艰难。

宋·王周《西塞山》(今渭之道士矶,即兴国军大冶县所隶也)："西塞名山立翠屏,浓岚横入半江青。千寻铁锁无由问,石壁空存道者刑。"

宋·苏颂《送都官辛七丈赴治江夏》："西塞山川余归迹,南楼风月有清观。"后句用庾亮典,说江夏地方古迹犹存。

宋·朱敦儒《水龙吟》："铁锁横江,锦帆冲浪,孙郎良苦。"以车吴孙皓被西晋灭亡喻南宋金兵的严重威胁。"锦帆冲浪"用吴儿冲浪喻王濬楼船伐吴气势宏大。《武林旧事》(观潮)："吴儿善泅者数百,皆披发文身。手持十幅大彩旗,争先鼓勇,泝迎而上,出没于鲸波万仞中,腾身百变,而旗略不沾湿,以此夸能。"宋·辛弃疾词《横鱼儿》："消惯得、吴儿不怕蛟龙怒,风波平步。看红旆惊飞,跳鱼直上,蹙踏浪花舞。"就是写吴儿冲浪盛况。

宋·陆游《浪淘沙》(丹阳浮玉亭上作)："清泪挹罗中,各自消魂,一江离恨恰平分。安得千寻横铁索,截断烟津。"四十一岁的陆游,由京口调南昌通判。友人于丹阳浮玉亭为他饯行,作此词。洒泪痛别,离愁如水,送别之人各半,但愿铁锁横江,阻住远行,就无离别之苦了。

宋·汪元量《莺啼序》："因思畴昔,铁索千寻,漫沉江底。"借西晋灭吴抒亡国之恨。

明·高启《登金陵雨花台望大江》："石头城下涛声怒,武骑千群谁敢渡? 黄旗入洛竟何祥? 铁锁横江来为固。"喻江山难守。

清·吴伟业《满江红》(蒜山怀古)："落日楼船鸣铁锁,西风吹尽王侯宅。"王濬用十余丈长的火炬焚烧吴军的横江铁锁,残阳照送这古战场,悲壮而凄凉。

清·孔尚任《桃花扇》第十出修札:"休教铁索

沉江底,怕有降旗出石头。"南明岌岌可危了。

又《桃花扇》第三十二出拜坛《普天乐》:"全凭铁锁断长江,拉开强弩招架。"写抵御北兵。

又《桃花扇》第三十六出逃难《前腔——香柳娘》:"报长江锁开,石头将坏。"写突破长江防线。

又《桃花扇》续四十出余韵《秣陵秋》:"九曲河流晴唤渡,千寻江岸夜移防。"黄河不及设防,马士英、阮大铖把黄、刘三镇的兵移防江岸,堵截左良玉兵东下。

3449. 一片降幡出石头

唐·刘禹锡《三阁辞四首》:"回首降幡下,已见黍离离。"写南陈投降处,禾黍离离。

唐·李商隐《咏史》:"北湖南埭水漫漫,一片降旗百尺竿。三百年间同晓梦,钟山何处有龙蟠。"自东晋至陈亡二百七十余年。"三百年"举成数。用刘禹锡"一片降幡"句,说金陵从玄武湖到鸡鸣埭,可以想见六朝灭亡的颓象,钟山哪里是龙盘虎踞的帝王之宅?

清·徐灿《青玉案》(吊古):"烟水不知人事错,戈船千里,降帆一片,莫怨莲花步。"国家灭亡责任在须眉,而不能把女人视为"祸水"。"降幡一片",国家灭亡。

3450. 蔓草寒烟锁六朝

唐·吴融《秋色》:"曾从建业城边路,蔓草寒烟锁六朝。"建业即金陵,楚威王时,曾以其地有王气,埋金镇之,故名金陵。六朝,即东吴、东晋、宋、齐、梁、陈六代王朝。而南朝自刘裕立宋代晋(420)至隋文帝灭陈(589),四个王朝仅170年,都是短命的。当时的统治者奢侈腐败,曾造成一时的繁华。吴融此诗,写所见金陵"蔓草寒烟",六朝景象早已不见了。"锁"封闭,不见踪迹。以写"草"表现六朝灭亡,源自李白《登金陵凤凰台》:"吴宫花草埋幽径,晋代衣冠成古丘。"草表示荒芜、凄凉,以感兴亡。

元·萨都剌《层楼晚眺》:"休唱当时后庭曲,六朝宫殿草萧萧。"

清初·屈大均《浣溪沙》:"六代只余芳草在,三国空有乳莺留。"

又《念奴娇》(秣陵吊古):"花柳何曾迷六代,只为春光能醉。"

又《秣陵》:"六朝春草里,万井落花中。""秣陵"即南京,痛悼南明灭亡。

清·纳兰性德《秣陵怀古》:"中原事业如江左,芳草何须怨六朝。"明几代统治者同六朝皇帝相差无几。

清·朱彝尊《卖花声》(雨花台):"秋草六朝寒,花雨空坛。更无人处一凭阑。燕子斜阳来又去,如此江山。"梁武帝时,云光法师在此讲经,天花坠落如雨,故名雨花台。此句意:繁华已逝,物是人非了。雨花台一片空荡荡,改朝换代引起了这种思绪。

3451. 金陵风景好

唐·李白《金陵新亭》:"金陵风景好,豪士集新亭。举目山河异,偏伤周𫖮情。四坐楚囚悲,不忧社稷倾。王公何慷慨,千载仰雄名。""新亭"为三国时吴国在南京南建的亭,又称劳劳亭。此诗即忆述当年亭中发生的事。西晋建兴四年(316),北汉刘曜攻陷长安,晋愍帝降,西晋亡。次年琅琊王睿南渡长江,即晋帝位,建都建业(今南京),史称东晋。北方士族也纷纷南渡,此谓"南渡"。这些名士常聚会新亭,发些议论,多属空谈。唯王导力排众议,陈词慷慨,并为巩固东晋王朝起了作用。南朝·宋·刘义庆《世说新语·言语·新亭对泣》载:"过江诸人,每至美日,辄相邀新亭,藉卉饮宴。周侯(𫖮)中坐而叹曰:'风景不殊,正自有山河之异!'皆相视流泪。唯王丞相愀然变色曰:'当共戮力王室,克复神州,何至作楚囚相对!'"李白概述此事,称赞王导。

清·钱谦益《西湖杂感》:"建业余杭古帝丘,六朝南渡尽风流。""六朝南渡"后有"北宋南渡",而今则是清兵南渡,而感于明亡。

3452. 台城六代竞豪华

唐·刘禹锡《台城》:"台城六代竞豪华,结绮临春事最奢。"南朝陈后主于都城金陵建临春、结绮、望仙三阁,高数十丈,极为奢华。后主自居临春阁,张贵妃等则居结绮、望仙,并从复道交相往来。"结绮临春"则指其阁其事。

宋·郭祥正《追和李白登金陵凤凰台二首》:"结绮临春无觅处,年年芳草向人愁。"陈亡,芳草也愁。

元·白朴《夺锦标·清清吊张丽华》:"满目山围故国,三阁余香,六朝陈迹。有庭花遗谱。弄哀音,令人嗟惜。""山围故国",刘禹锡诗:"山围故国周遭在"也是南京地形特点,"三阁"即陈后主所建。抒朝代更替、吊古伤今之情。

明末·彭孙贻《西河》(金陵怀古次美成韵):"龙虎地,繁华六代犹记。红衣落尽,只洲前、一双鹭起。……春色岂关人世,野棠无主,流莺成对,衔入临春故宫里。""繁华六代"与"六代豪华"是同义语。用赵㮚"红衣落尽渚莲愁"意。野棠花落,被流莺衔入"临春"故宫之中,"繁华六代"已去。次周邦彦《西河》之韵,深感沧桑之痛。

3453. 六朝遗事何处寻

唐·刘禹锡《台城怀古》:"清江悠悠王气沉,六朝遗事何处寻。"台城即陈后主在金陵的台城建"三阁"之处,是帝王起居之所。此诗再写六朝灭亡,江水悠悠,王气早已沉入水底,六朝的遗事,已化为乌有,无处寻辨了。这是直述六朝遗事、六朝繁华无存,感叹历史的变迁。

宋·李纲《玉蝴蝶》:"景阳钟,那闻旧响;玉树唱,空有余音。感春心,六朝遗事,萧索难寻。"

宋·王奕《贺新郎》(秦淮观斗舟有感追和思远楼):"疑是虬龙穿王气,遗恨六朝作古。"

明·吴绮《望海潮》(金陵怀古):"六朝往事难凭,叹金莲零落。玉树纵横。……王气亦何曾?"六朝繁华已全然不在了,"王气"何曾可靠。

清·汪钧《满江红》(清凉山晚眺):"问六朝楼阁,都归澌灭。"繁华难以常在。

3454. 多少六朝兴废事

宋·张昇《离亭燕》:"多少六朝兴废事,尽入渔樵闲话。怅望倚危栏,红日无言西下。"《历代词人考略》卷八评:"张康节《离亭燕》云:'怅望倚层楼,寒日无言西上。'秦少游《满庭芳》云:'凭栏久,疏烟淡日,寂寞下芜城。'两歇拍意境相若,而张词尤极苍凉萧远之致。"张词结句所以尤其"苍凉萧远",还因为前句:"多少六朝兴废事,尽入渔樵闲话。"六朝兴废早成历史陈迹,而在渔樵之中仍在谈论。其他兴废却不如此。足见六朝兴废这一历史现象、历史过程给后人留下的教训太多太多。而且,可以说在文人的诗词创作中对六朝兴废引发的种种感慨也是最多的。

南朝·梁·沈约《登北固楼》:"六代旧山川,兴亡几百年。繁华今寂寞,朝市昔喧阗。"作者先仕宋、齐,后与范云等助梁武帝萧衍建成帝业。显然这"六代"不是后人那"六代",至少上含魏蜀吴三国与两晋。此诗是慨叹兴亡的。

唐·唐彦谦《过三山寺》:"遥听风铃语,兴亡话六朝。"风铃是六朝兴亡的见证。

用"六朝兴废"的:

宋·李纲《望江南》:"鲈鳜美,新酿蚁醅浮。休问六朝兴废事,白苹红蓼正凝愁。千古一渔舟。"

宋·赵长卿《醉花阴》(建康重九):"登高无奈空搔首。落照归鸦后。六代旧江山,满眼兴亡,一洗黄花酒。"

宋·辛弃疾《玉楼春》(乙丑京口奉祠西归将至仙人矶):"江头一带斜阳树,总是六朝人住处。悠悠兴废不关心,惟有沙洲又白鹭。"没有关心南宋的兴衰。

宋·王奕《贺新郎》(金陵流峙,依约洛阳,惜中兴柄国者异,皆入床下,遂使金瓯堕,惜哉!):"决眦斜阳里,品江山、洛阳第一,金陵第二。休论六朝兴废梦,且说南浮之始。"指宋朝灭亡。

元·许有壬《满江红》(次汤碧山清溪):"木落霜清,水底见、金陵城郭。都莫问、南朝兴废,人生哀乐。"兴废、哀乐都已过去。

清·孔尚任《桃花扇》卷一《前腔》:"废苑枯松靠着颓墙,春雨如丝宫草香,六朝兴废怕思量。"兴废变迁,总令人哀伤。

又《桃花扇》续四十出尾诗:"笙歌西第留何客,烟雨南朝换几家?"自六朝、南宋到南明的更替兴废,屡经变换,叹明亡。

3455. 门外韩擒虎,楼头张丽华

唐·杜牧《台城曲》:"整整复斜斜,隋旗簇晚沙。门外韩擒虎,楼头张丽华。谁怜容足地,却羡井中蛙。"《南史·陈本记下第十·后主叔宝》载:"陈镇东大将军任忠降隋,率韩擒(擒虎)破宫城。陈叔宝逃于井中。""既而隋军窥井而呼之,后主不应。欲下石,乃闻叫声。以绳引之,惊其太重。及出,乃与张贵妃、孔贵人三人同乘而上。"杜牧诗即述此事。"门外""楼头"句,隋将韩擒虎已攻到台城门外,而陈后主还同妃子张丽华等在楼头作乐。这一尖锐对比,揭露陈后主奢华腐败、置亡国于不顾,不要江山要美人,成了千载笑谈。

宋·王安石《桂枝香》:"叹门外楼头,悲恨相续。"六朝国破家亡,悲恨不断。

宋·杨备《烽火台》:"一带东流当复阙,筑台相望水云间。丽华应不如褒姒,几许狼烟得破颜。"《南史》卷十二《张贵妃》:张丽华受宠弄权,贿赂公行,赏罚无常,纲纪大乱,"及隋军克台城,贵妃与后主俱入井。隋军出之,晋王广命斩之于青溪中桥。"

宋·苏轼《虢国夫人夜游图》:"当时亦笑张丽华,不知门外韩擒虎。"《虢国夫人图》张萱所作南唐李氏藏品。后为晏元献所收。宋徽宗题字后赐梁师成。苏轼、李元仪均为之作诗。苏诗化用杜牧句,暗喻唐玄宗与扬氏姊妹的悲剧结居。

3456. 南朝千古伤心事

金·吴激《人月圆》:"南朝千古伤心事,犹唱《后庭花》。旧时王谢,堂前燕子,飞向谁家?"(宴张侍御家有感)南宋·洪迈《容斋题跋》和金·元好问《中州乐府》等书载,北宋灭亡后,洪皓使金被留,吴激、宇文虚中被迫仕金。一次宴集于燕山张总侍御家,歌女中有一北宋宣和宫的宫妓,引起了作者对小宫妓遭遇的同情和沧桑变化之感慨,而作此词。"南朝"句影射北宋灭亡使人伤情,"犹唱"句伤她处境可悲,并非责她"不知亡国恨"。此词在当时播之甚远。《词林纪事》引《居易录》云:高丽宰相李藏用"从其主入朝于元,翰林学士王鹗邀宴于第,歌人唱吴彦高(吴激)《人月圆》《春从天上来》二曲,藏用微吟其词,杭坠中音节,鹗起执其手,叹为海东贤人。"说明此词已传入高丽。

"南朝千古伤心事",南朝的盛衰千百年来都是令人伤心的事,在吴激词中隐含着为北宋亡国而伤心。后多用以表亡国之慨,兴亡之恨。

元·贯云石《正宫·塞鸿秋》(代人作):"占西风几点宾鸿至,感起我南朝千古伤心事。"用吴激句,表示对元统治者贪图享受的愤慨。

宋·王珪《金陵会月》:"危楼人未下,独树鸟频惊。……凄然六朝恨,依旧照空城。"首用"六朝恨"。

清·黄景仁《秦淮》:"回首南朝无限恨,杜鹃声里过秦淮。"经过秦淮,回首南朝,此处几经劫难,引起无限愁思。

清·王士禛《雨后观音门渡江》:"南朝无限伤心史,惆怅秦淮玉笛声。"秦淮玉笛唤起对南朝兴亡的感慨。

清·袁枚《抵金陵》："才子合从三楚谪,美人愁向六朝生。"多少有才华的人在这里受贬,多少美女在六朝更替中遭祸。

3457. 香消了六朝金粉

元·王实甫《西厢记》第二本第一折《混江龙》："香消了六朝金粉,清减了三楚精神。"南朝君主一个个昏庸无能,沉溺于纸醉金迷的生活之中,舞榭歌台,迷离声色是历史之罕见的。"金粉"古代妇女装饰用的铅粉,多用于豪华奢靡的生活。此处"六朝金粉"指莺莺的容颜面色。《东墙记》第一折《混江龙》："憔悴了玉肌金粉,瘦损了窈窕精神。"其意近同。

清·孔尚任《桃花扇》第五出《访翠·猴山月》："金粉未消亡,闻得六朝香,满天涯烟草断人肠。"意为南方还有南朝追逐豪华的风习。

又《桃花扇》第二十四出《笃筵·缕缕金》："风流代,又遭逢,六朝金粉样,我偏通。"阮大铖恬颜自嘲。

3458. 六代绮罗成旧梦

现代文学家鲁迅《无题二首》(1931 年)："六代绮罗成旧梦,石头城上月如钩。"国民党南京政府分崩离析,南京城一片冷落。"六代绮罗"意同"六代繁华","成旧梦",早已无存。"梦"虚幻无踪。

唐·韦庄《台城》："江雨霏霏江草齐,六朝如梦鸟空啼。"首用"六朝如梦",其下又有:

宋·李纲《六么令》(次韵贺方回金陵怀古郡阳席上作)："六代兴亡如梦,苒苒惊时月。"

宋·王埜《六朝歌头》："龙蟠虎踞,今古帝王州。……宇宙无终极,千载恨,六朝事,同一梦休。"

清·屈大均《旧京感怀》："三月春光愁里度,六朝花柳梦中看。"如其《壬戌清明作》："故国山河徒梦寐。"

近代王以敏《秦淮晚泛将有武昌之行》："六代寻春花有泪,大江流梦月无声。"吊古伤怀。

3459. 烟花三月下扬州

唐·李白《送孟浩然之广陵》："故人西辞黄鹤楼,烟花三月下扬州。孤帆远影碧空尽,惟见长江天际流。""烟花三月"艳丽的春天。"烟花"暖气升腾,鲜花盛开,意近"烟景",李白《春夜宴从弟桃李园序》："阳春召我以烟景,大块假我以文章"中"烟景"即此意。

唐·杜甫《清明》："秦城楼阁烟花里,汉主山河锦绣中。"

又《伤春五首》："关塞三千里,烟花一万重。"

唐·韦应物《酬柳郎中春日归扬州南郭见别之作》："广陵三月花正开,花里蓬君醉一回。"

唐·钱起《江陵晦日陪诸官泛舟》："尊酒平生意,烟花异国春。"

唐·皇甫冉《赴李少府庄失路》："月照烟花迷客路,苍苍何处是伊川。"

宋·郭载《锦江遣兴》："晴雨一川皆好景,烟花三月总牵愁。"

清·钱谦益《吴门春仲送李生还长干》："烟月扬州如梦寐,江山建业又清明。"

现代·邹荻帆《黄鹤楼》(自度曲)："烟花三月,黄鹤楼头,百里市声鼎沸,万里长江奔流。"

3460. 还如何逊在扬州

唐·杜甫《和裴迪登蜀州东亭送客逢早梅相忆见寄》："东阁官梅动诗兴,还如何逊在扬州。"裴迪作早梅之咏,而且梅兴浓郁,因而以何逊在扬州咏梅、喜梅比况。

南朝·梁人何逊是著名诗人。沈约"亦爱其文,尝谓逊曰:'吾每读卿诗,一日三复,犹不能已。'"(《梁书·何逊传》)早年任南平王萧伟的记室,作扬州法曹,厩舍有梅花盛开,逊吟咏其下,作《扬州法曹梅花盛开》诗。诗云:"兔园标物序,惊时最是梅。衔霜当路发,映雪拟寒开。枝横却月观,花绕凌凤台。朝洒长门泣,多驻临邛杯。应知早飘落,故迎上春来。"后居洛思扬州梅花,再请其任。抵扬州,花正盛,他对梅彷徨终日。他的咏梅诗,写早梅衔霜映雪,枝横花绕,惊时迎春,对后人捕捉特点、咏唱梅花有开启作用,是咏梅最早较好的诗,又兼他对扬州梅花情有独钟,于是人们便把何逊与扬州联在一起。杜甫此诗即成首例。宋·苏轼《次韵王定国会饮清虚堂》："何逊扬州又几年,官梅诗兴故依然。"用杜甫句以何逊咏梅自况。下如:

宋·苏轼《次韵王定国倅扬州》："此身江海寄天游,一落红尘不易收。未许相如还蜀道,空教何逊在扬州。"

又《忆黄州梅花五绝》:"不用相催已白头,一生判却见花羞。扬州何逊吟情苦,不枉清香与破愁。"

宋·姜夔《暗香》:"何逊而今渐老,都忘却,春风词笔。"咏梅诗兴不如当年。

元·张可久《水仙子·重过西湖》:"梅边才思无何逊,可怜辜负春。"谦无才思,难于写梅,有负春光。

又《折桂令·红梅次疏斋学士韵》:"梅花下何郎醉死,误庄前崔护题诗。"

3461. 歌吹是扬州

唐·杜牧《题扬州智禅寺》:"雨过一蝉噪,飘萧松桂秋。青苔满阶砌,白鸟故迟留。暮霭生深树,斜阳下小楼。谁知竹西路,歌吹是扬州。"唐文宗开成二年(887),诗人之弟杜颛因患眼疾滞留扬州智禅寺(寺侧有竹西亭)、杜牧携眼医从洛阳赶来,唐制"职事官假满百日,即合停解。"而被解职。此诗即作于此时。全诗写智禅寺之幽静,结尾写静坐智禅寺中,忽而听到西南方向的扬州传来歌吹之声,扬州如此热闹喧闐,而自己却在如此幽静之中,由于解职,而感慨系之。后用"歌吹是扬州"表现扬州的繁华热闹。"歌吹"概括唱歌与吹奏的声音,出自南朝·宋·鲍照的《芜城赋》:"廛闬扑地,歌吹沸天。""扬州歌吹"在唐代很有名,最先写入诗中的是中唐诗人陈羽,他的《广陵秋夜对月即事》诗写:"霜落寒空月上楼,月中歌吹满扬州。相看醉舞倡楼月,不觉隋家陵树秋。"这是他身在扬州所闻所见:月下歌吹,倡楼醉舞,连炀帝陵上秋树凋零也不知道。不乏讽刺意味。杜牧则是在扬州东北郊的竹西亭听到的"扬州歌吹"。

宋·苏轼《别择公》:"黍离不复闵宗周,何暇雷塘(炀帝陵)吊一丘。若问西来师祖意,竹西歌吹是扬州。"《栾城集》记:"子瞻与长老师相遇于竹西石塔之间,屡以绝句赠之。"这是去扬州临别所赠一诗,恰恰是在当年作诗的竹西,所以用"歌吹"句。

又《南歌子》(游赏):"山与歌眉敛,波同醉眼流。游人都上十三楼。不羡竹西歌吹、古扬州。"

宋·黄庭坚《次韵王定国扬州见寄》:"平生行乐自不恶,岂有竹西歌吹愁。""竹西歌吹"即是扬州。

宋·贺铸《罗敷歌》(采桑子):"东南自古繁华地,歌吹扬州。"

宋·朱敦儒《木兰花慢》(和师厚和司马文季虏中作):"但易水歌传,子山赋在,青史名留。吾曹镜中看取,且狂歌载酒古扬州。"

宋·范成大《石湖芍药盛开向北使归过维扬时买根栽此,因记旧事》:"竹西歌吹荻花秋,遗老垂夷送远游。"扬州经金人破坏,一片荒凉。"荻花秋"兼用黄庭坚《清江引》:"江鸥摇荡荻花秋"句。其源当是白居易《长恨歌》:"枫叶荻花秋瑟瑟"。

元·王恽《越调·平湖乐》:"醉归扶路,竹西歌吹,人道似扬州。"

清·李符《扬州慢》(广陵驿舍对月,遇山左调兵南下):"竹西歌吹,甚听来,都换笳音。"往日竹西的歌管清音,变成胡笳悲鸣,暗喻明末清初的战乱。

3462. 依然灯火扬州

宋·贺铸《望扬州》:"铁瓮城高,蒜山渡阔,干云十二层楼。开尊对月,卷箔披风,依然灯火扬州。"应是词人晚年退居吴下时作,似写给扬州友人的。"灯火扬州"表现扬州夜晚万家灯火,一派繁华景象。是"歌吹扬州"的近义句。

宋·杨蟠(公济)《题金山》:"天末楼台横北固,夜深灯火见扬州。"立于江南金山北固楼,可见扬州夜晚灯火通明。

宋·周邦彦《少年游》(楼月):"玷席笙歌,透帘灯火,风影似扬州。"

3463. 春风十里扬州路

唐·杜牧《赠别二首》之一:"娉娉袅袅十三余,豆蔻梢头二月初。春风十里扬州路,卷上珠帘总不如。"此诗赠别扬州一位妙龄歌妓,诗中流露出一种深挚的感情。此诗侧重写那歌妓之美,以暗抒惜别之情。扬州,自隋代兴起,到了唐代仍不减其繁华。"春风十里扬州路",不应仅仅是扬州城通衢大道上春风和煦,而应是高楼林立,台榭星罗,行人熙攘,叫卖声杂的繁华景象,构成了美好的十里长街。"珠帘":晋·葛洪《西京杂记》载:"昭阳殿织珠为帘,风至则鸣,如珩珮之声。"晋·王嘉《拾遗记》卷九载:"石虎于太极殿起楼,高四十丈,结珠为帘,垂五色玉佩,风至锵锵,和鸣清雅。"原来的珠帘是迎风鸣响的。此诗指女子居室的窗帘。

后用"春风十里"的极伙,但不尽写扬州。

宋·苏轼《鹧鸪天》（公自序云：陈公密出侍儿素娘，歌紫玉箫曲，劝老人酒。老人饮尽，因为赋此词）："笑然红梅翠翘，扬州十里最娇娆。"喻指此宴。

又《和赵郎中见戏二首》："燕子人亡三百秋，卷帘那复似扬州。"自注："赵以徐妓不如东武，诗中见戏，云：只有当时燕子楼。"

宋·李之仪《满庭芳》："花陌千条，珠帘十里，梦中还是扬州。月斜银汉，曾记醉歌楼。"

宋·秦观《八六子》："无端天与娉婷。夜月一帘幽梦，春风十里柔情。"元丰三年（1080），诗人游扬州大明寺时作。

宋·贺铸《思越人》："春水漫，夕阳闲。乌樯几转绿杨湾。红尘十里扬州过，更上迷楼一借山。"

宋·汪存《步蟾宫》："明年二月桃花岸，棹双桨，浪平烟暖。扬州十里小红楼，尽卷上珠帘一半。"

宋·曾协《点绛唇》（汪汝冯酒请赋芍药）："乱叠香罗，玉纤微把燕支污。靓妆无数，十里扬州路。"

又《酹江月》（咏芍药）："一年好处是满城红药……十里扬州应费了，多少春工妆饰。"

宋·侯寘《朝中措》（元夕上潭帅刘共甫舍人）："还记月华小队，春风十里潭州。"

宋·赵长卿《临江仙》（杨柳）："十里春风杨柳路，年年带披披。柔条万缕不胜情，不将无意眼，识遍有心人。"

宋·吕渭老《思佳客》（竹西从人去数年矣，今得归，偶以此烦全美达之）："曾醉扬州十里楼，竹西歌吹至今愁。燕衔柳絮春心远，鱼入晴江水自流。"兼用"歌吹是扬州"句。

宋·范成大《三月二日北门马上》："十里珠帘都卷上，少城风物似扬州。"写成都，成都有太城、少城，少城在西面。唐代成都亦十分繁荣，有"扬（州）一益（州）二"之誉。益州即成都，有"名都乐园"之称。《方舆胜览》载："成都宴游之盛甲于四蜀，俗好娱乐，凡太守岁时宴集，骑从杂沓，车服鲜华，倡优鼓吹，出入拥导，四方奇伎，幻怪百变，序进于前，以从民乐。"所以范成大以扬州相比。

宋·姜夔《扬州慢》（淳熙丙申至日，予过维扬。夜雪初霁，荠麦弥望。入其城则四顾萧条，寒水自碧。暮色渐起，戍角悲吟。予怀怆然，感慨今

昔，因自度此曲。千岩老人以为有离黍之悲也。）："淮左名都，竹西佳处，解鞍少驻初程。过春风十里，尽荠麦青青。自胡马窥江去后，废池乔木，犹厌言兵。""春风十里"代指扬州。

宋·韩淲《鹧鸪天》（看瑞香）："闲蝶梦，褪蜂黄。倩温柔尽处端相，珠帘十里扬州路，赢得潘郎两鬓霜。"

宋·高似孙《金人捧露盘》（送范东叔给事帅维扬）："占何逊、杜牧风流。琼花红药，做珠帘、十里遨头。竹西歌吹，理新曲、人在春楼。"兼用"歌吹是扬州"句。

宋·吴潜《贺新郎》（寄赵南仲端明）："烟树爪洲岸。望旌旗、猎猎摇空，故人天远。……扬州十里朱帘卷。想桃根桃叶，依稀旧家院。"

宋·吴文英《东风第一枝》："倾国倾城，非花非雾，春风十里独步。"

宋·汪梦斗《踏莎行》（贺宗人熙甫赴任）："绿袍不是嫦娥剪，红楼十里古扬州，无人把珠帘卷。"

宋·刘天迪《一萼红》（夜闻南妇哭北夫）："堪叹扬州十里，甚倡条冶叶，不省春残。"

元·张养浩《水仙子》（咏江南）："芰荷丛一段秋光淡，看沙鸥舞再三，卷香风十里珠帘。画船儿天边至，酒旗儿风外飐，爱杀江南。"

元·狄君厚《夜行船·扬州忆旧》："珠帘十里春光早，梁尘满座歌声绕。"

清·姚莹《论诗绝句六十首》其十五："十里扬州落魄时，春风豆蔻写相思。谁从绛蜡银筝底，别识谈兵杜牧之。"

今人石凌鹤《追怀阿英同志》："扫墓扬州恨岂舒，史家可法勇公车。珠帘尽郑钱囊吝，十里春风独访书。"

"千里扬州"则是说同扬州的距离。

宋·李好古《江城子》："才趁风樯，千里到扬州。"

又《清平乐》："清淮北去，千里扬州路，过却瓜州杨柳树，烟水重重无数。"

3464. 十里扬州，三生杜牧

宋·姜夔《琵琶仙·黄钟商》（《吴都赋》云：户藏烟浦，家具画船，惟吴兴为然。春游之盛，西湖未能过也。已酉岁，予与萧时父载酒南郭，感遇成歌。）："春渐远，汀洲自绿，更添了、几声啼鸠。十里扬州，三生杜牧，前事休说。"此诗于宋孝宗淳熙

十六年(1180)诗人在吴兴作。姜夔有一恋人善弹琵琶,因填《琵琶仙》词牌,忆送别,表怀念之情。杜牧曾任湖州(吴兴)刺史。姜夔至此遂以杜牧自比。杜牧《赠别二首》是赠扬州的恋人。姜夔借来忆湖州的恋人。"十里扬州"借写湖州盛景。苏泂《冷然斋集·苕溪杂兴四首》之二就写宋时春洲盛况:"美人楼上晓梳头,人映清波波映楼。来往行舟看不足,此中风景胜扬州。"可见姜词"十里扬州"之用还是恰当的。"三生杜牧""三生"本佛家语;前生、今生、来生,亦即"三世";过去世、现在世、未来世。这里用黄庭坚"春风十里珠帘卷,仿佛三生杜牧之"句。意自己到扬州所见就如当年杜牧再生。说明杜牧《赠别》诗:"春风十里扬州路"二句对后人影响之深。

"三生杜牧"表示杜牧再生、杜牧重来,这种用法时而可见。宋·辛弃疾《沁园春》(再到期思卜筑):"一水西来,千丈晴虹,十里翠屏。喜草堂经岁,重来杜老;斜川好景,不负渊明。老鹤高飞,一枝投宿,长笑蜗牛戴屋行。"清·辛启泰《稼轩先生年谱》云:"庆元二年(1196)所居毁于火,徙居铅山县期思市瓜山之下,有'期思卜筑'词。""重来杜老"指杜甫重居草堂,代自己重建家居。宋·张炎《忆旧游》(过故园有感):"忘了牡丹名字,和露拨花根。甚杜牧重来,买栽无地,都是销魂。""杜牧重来"代自己重过故园。而"三生杜牧"多喻自己重来。

宋·刘褒《水龙吟》(桂林元夕呈帅座):"恍扬州里,三生梦觉,卷珠箔,映青琐。"略去"杜牧"。

宋·方岳《水龙吟》(和朱行甫帅机瑞香):"诗仙老手,春风妙笔,要题教似。十里扬州,三生杜牧,可曾知此。"

又《风流子》(和楚客维扬灯夕):"想旧日何郎,飞金叵罗,三生杜牧,醉董娇饶。"

宋·李金南《贺新郎》(感怀):"流落今如许。我亦三生杜牧,为秋娘著句。"

宋·谭宣子《西窗烛》(雨霁江行自度):"尽教衿袖香泥涴,君不见、扬州三生杜牧。"

宋·仇远《减字木兰花》:"三生杜牧,惯识小红楼上宿。"

宋·赵功可《氏州第一》(次韵送春):"借问东风,甚飘泊、天涯何许。可惜风流,三生杜牧,少年张绪。"

宋·赵文《大酺》(感春):"相思无奈著,重访旧、谁遣车生角。暗记首、刘郎前度,杜牧三生,为何人,顿乖芳约。"

宋·王易简《齐天乐》(客长安赋):"前度刘郎,三生杜牧,赢得征衫尘土。"

宋·无名氏《乌夜啼》(西湖):"笑傲坡诗一梦,风流杜牧三生。西湖依旧人中意,来去竟难凭。"

元·卢挚《蟾宫曲·广陵怀古》:"笑豆蔻枝头,惹住歌行。风情才调,青楼一梦,杜牧三生。"述杜牧在扬州行径。

3465. 天下三分明月夜,二分无赖是扬州

唐·徐凝《忆扬州》:"萧娘脸薄难胜泪,桃叶眉长易觉愁。天下三分明月夜,二分无赖是扬州。"此诗忆扬州,怀扬州之人。"萧娘""桃叶"指所怀之人;泪脸、愁眉写别时之凄态。接着一笔荡开,头上的明月已不是扬州别时的明月了。当时扬州的明月是最美的,因为它照耀过团聚,真是"天下三分明月夜,二分无赖是扬州。""无赖"是一种执著,是一种热切。这里是褒义。

把明月三而分之,这当然不是一个数学概念。南朝·宋·谢灵运曾说:"天下才有一石,曹子建独占八斗,我得一斗,天下共分一斗。"后来有"才高八斗,学富五车"之说。"八斗""五车"(五车书)都是说很多,而不是数学概念。

宋·苏轼《水龙吟》(和章质夫杨花):"春色三分,二分尘土,一分流水。"说杨花落在地上的多,少部分落入水中。"春色三分"当来自"明月三分"。

今人刘宝和《西湖船上》:"从自东南多壮丽,风光一半属杭州。""风光一半"也说是杭州风光属东南第一。

3466. 十载飘然绳检外

唐·杜牧《念昔游三首》:"十载飘然绳检外,尊前自献自酬。秋山春雨闲吟处,倚遍江南寺寺楼。"这是写他十年浪迹江南的生活,自由自在,不受约束(绳检),自斟自饮,自得其乐。然而闲适中,对于他这样一个有抱负的人不能不含着苦闷。

宋·苏轼《刘贡父见余歌词数首,以诗见戏,聊次其韵》:"十载飘然未可期,那堪重作看花诗。"《乌台诗案》后苏轼遭贬谪,十年飘泊,还能如刘禹锡作"看花"诗吗!

3467. 无人骑鹤上扬州

宋·苏轼《诗二句》(《玉照新志》卷三收)："有客打碑来荐福，无人骑鹤上扬州。"《说郛》载《商芸小说》："有客相从，各言所志，或愿为扬州刺史，或愿多资财，或愿骑鹤上升。其一人曰：'腰缠十万贯，骑鹤上扬州。'欲兼三者。后喻欲全其美，难以实现。

惠洪《冷斋夜话》卷二载"范文正公镇鄱阳，有书生献诗甚工，文正礼之。书生自言：'天下之至寒饿者，无在某右。'时盛行欧阳率更荐福寺碑(陈氏仁锡云：欧阳询为率更令，荐福寺碑，询所书也。)墨本直千钱。文正为其具纸墨，打千本使售于京师。纸墨已具，一夕雷碎其碑。故时为之语曰：'有客打碑来荐福，无人骑鹤下扬州。'"《冷斋夜话·雷轰荐福碑》又收入苏轼句"一夕雷轰荐福碑"。《玉照新志》云："雷轰荐福寺事，见楚僧惠洪《冷斋夜话》。去岁娄彦发机自饶州通判归，询之云：'荐福寺虽号鄱阳巨制，元无是碑，乃惠洪伪为是说。'然东坡已有诗：'有客打碑来荐福'之句。考此书距坡下世已逾一纪，洪与坡盖未尝先接。恐是已妄之者，则非洪之凿空也。"到底有无此碑，雷击与否，已难置喙。而此句是"时人"语还是苏轼作，清人王文诰《苏轼诗集》就从《玉照新志》收来，题作(苏轼)《诗二句》。

"腰缠十万贯，骑鹤上扬州。"旨在写扬州之美。《韵语阳秋》卷十三载："俗言'腰缠十万贯，骑鹤上扬州'，言扬州天下之乐园。如韦应物诗云：'雄藩镇楚郊，地势郁岩峣。严城动寒角，晓骑踏霜桥。'杜牧诗云：'秋风放萤苑，春草斗鸡台''二十四桥明月夜，玉人何处教吹箫'等句，犹未足以尽扬州之美。至张祜诗云：'十里长街市井连，月明桥上看神仙。人生只合扬州死，禅智山光好墓田。'则是恋此境，生死以之者也。"

后人用"腰缠十万贯，骑鹤上扬州。"表示既富且贵、仙游胜境，或美好意愿，虚妄追求，有的则表示去扬州，等等。

宋·晁补之《定风波》："跨鹤扬州一梦回，东风拂面上平台。阆苑花前狂覆酒，拍手，东风骑凤却教来。"

宋·王庭珪《临江仙》："闻道辰溪贤令长，深房别锁明眸。多年铅鼎养青虬。不应携妓女，骑鹤上扬州。"

宋·李弥逊《水调歌头》："云岩底，秋香下，楚江头。十年笑傲、真是骑鹤上扬州。"

宋·杨冠卿《水调歌头》(赠维扬夏中玉)："形胜访淮楚，骑鹤到扬州。春风十里帘幕，香霭小红楼。"

宋·辛弃疾《满庭芳》(和昌父)："铮然一叶，天下已知秋。屈指人间得意，问谁是、骑鹤扬州？君知我，从来雅意，未老已沧州。"

又《念奴娇》(和南涧载酒见过雪楼观雪)："莫惜雾鬓风鬟，试教骑鹤，去约尊前月。"

又《满江红》(和廓之雪)："待羔儿、酒罢又烹茶，扬州鹤。"

宋·刘过《沁园春》(送王玉良)："心期处，算世间真有，骑鹤扬州。"

宋·吴礼之《风入松》(江景)："恬然云水无贪吝，笑腰缠、骑鹤扬州。只恐丹青妙笔，写传难尽风流。"

宋·刘镇《沁园春》(和刘潜夫送孙花翁韵)："聚散搏沙，炎凉转烛，归去来兮万事休。无何有，问从前那个、骑鹤扬州。"

又《江神子》(三月晦日西湖饯春)："送春曾到百花洲。夕阳收，暮云留。想伴花神，骑鹤上扬州。"

宋·孙维信《阮郎归》："鸾鬕耸，黛眉长，烛光分两行。许谁骑鹤上维扬，温柔和醉乡。"

宋·陈韡《哨遍》(陈抑斋乞致仕)："多病倦游，在家又贫，毕竟如何是？十万钱，骑鹤更扬州，是人间几曾有底。"

宋·黄机《沁园春》(奉束章史君再游西园)："定谁骑鹤扬州，任书放床头醾瓮头。"

宋·葛长庚《满江红》(听陈元举琴)："古往今来天地里，人间那有扬州鹤。幸而今，天付与青山、甘寥寞。"

宋·刘克庄《沁园春》(七和)："腰钱骑鹤维扬，分表事谁能预测量。叹防身一剑，壮图漫落；建侯万里，老境相将。"

宋·黄升《感皇恩》(送饶溪台游浙)："骑鹤上扬州，腰缠十万。拈起诗人旧公案。看山看水，此去胜游须遍。"

宋·谭方平《水调歌头》："好对梅花如粉，细剪烛花如豆，不改旧时游。翠袖更能舞，骑鹤上扬州。"

宋·陈人杰《沁园春》(送宗人景召游姑苏)：

"齐邸歌鱼,扬州跨鹤,风味深浅君自知。"

宋·王奕《沁园春》(题新州醉白楼):"拨破愁城,吸干酒海,袖拂安梁(二山名)舞暮秋。题未了,又笑骑白鹤,飞下扬州。"

宋·赵文《大酺》(感春):"念幽独,成荒索。何日重逢,错拟扬州骑鹤,绿阴不妨细酌。"

宋·黎廷瑞《水调歌头》(寄奥屯竹庵察副留全陵约游扬州不果):"腰缠十万贯,骑鹤上扬州。诗翁那得有此,天地一扁舟。"

宋·范飞《满江红》(寿东人):"更此行,骑鹤上扬州,思稠叠。"

金·蔡老《医巫闾》:"他年南北两生涯,不妨世有扬州鹤。"医巫闾山和封龙山都令诗人欣赏,欲两全其美。(医巫闾山在辽西今北镇西,封龙山在河北西路真定府无氏县,作者家乡。)

元·王德信《集贤宾》(退隐):"无愿何求,笑时人鹤背扬州。"讥世人利欲熏心。

元·乔吉《山坡羊·寓兴》:"鹏搏九万,腰缠万贯,扬州鹤背骑来惯。"凌云志与富贵愿不协,发迹者飞黄腾达,富甲天下。

又《殿前欢·登江山第一楼》:"纱中岸,鹤背骑来惯。"一心骑鹤升仙。

元·张可久《水仙子·次韵》:"蝇头老子五千言,鹤背扬州十万钱。白云两袖吟魂健。"老子著书立说,交福禄寿好运。

元·狄君厚《夜行船·扬州忆旧》:"有一日旧迹重寻,兰舟再发,吴姬还约,安排着十万缠腰。"想望再到扬州。

明·汤显祖《牡丹亭》第四十五出寇间《驻马听》:"要腰缠十万,教学千年,方才满贯。"教师要腰缠万贯,须教千年书,因收入低。

清·孔尚任《桃花扇》第十八出争位《煞尾》:"谁不羡扬州鹤背飘,妒杀你腰缠十万好,怕明日杀声咽断广陵涛。"写高杰在扬州的贪横,三镇对高杰的妒嫉。

3468. 千载难重逢

南朝·梁武帝萧衍《联句诗》:"倾城非人美,千载难重逢。虽怀轩中意,愧无髦发容。"千载难重逢,后去掉"重"字,即为成语"千载难逢"。

唐·韩愈《潮洲刺史谢上表》:"当此之际,所谓千载一时,不可逢之嘉会。""千载一时"即"千载难逢"之意。

3469. 犹冀凌云志

南朝·梁·江洪《和新浦侯咏鹤》:"犹冀凌云志,万里共翩翩。"望奋发凌云之志,同鹤比翼高翔,万里远去。"凌云志",最初想望同大鸟(如鹏、鹄、鹤)一样高飞远翔,出离世外,后喻远大理想和作为。

南朝·梁·吴均《酬别江主簿屯骑》:"我有北山志,留连为报恩。""北山志"即归隐之志。南朝·齐·谢朓《观朝雨》:"方同战胜者,去剪北山莱。"表隐居山林。南齐·周颙在钟山修建一处休假的隐舍,地处建康之北,故称北山。南齐·孔稚圭《北山移文》讥讽"周子"假隐士的伪态。所以人们多不用"北山志"表隐士之志,"凌云志"则独具生命力。

隋·李巨仁《登名山篇》:"沉冥负俗心,萧洒凌云意。"

隋炀帝杨广《咏鹰》:"虽蒙辅上荣,无复凌云志。"

唐·袁邕《东峰亭各赋一物,得阴崖竹》:"龙钟负烟雪,自有凌云心。"

人民领袖毛泽东《水调歌头》(重上井冈山,1965年5月):"久有凌云志,重上井冈山。"

3470. 落日映珠袍

南朝·梁·王僧孺《古意诗》:"朝风吹锦带,落日映珠袍。"题又作《游侠》,写游侠、武士形象。晨风掀动着锦带飘拂,落日映照着袍珠闪烁。

唐·李白《白马篇》:"秋霜切玉剑,落日明珠袍。"用王僧孺句写边塞将士的英武。

3471. 薄游久已倦

南朝·梁·周捨《还田舍》:"薄游久已倦,归来多暇日。"紧张的宦游,早已使我疲倦,回到家乡才有了较多的闲暇。

唐·杜甫《赠蜀僧闾丘师兄》:"漂然薄游倦,如与道侣敦。"用周捨句,说在倦游中,遇到闾丘。

3472. 约黄能效月

南朝·梁·简文帝萧纲《姜女篇》:"约黄能效月,裁金巧作星。"这是展现前句"佳丽尽关情,风流最有名"的六朝到唐宋,女子在额上涂黄为饰,称"额黄",也称"鸦黄",嫩黄色。"约",涂饰,"效

1297

月"黄色园形,与月媲美。简文帝还有:

《率尔为咏》:"约黄出意巧,缠弦用法新。"

《倡妇怨情诗十二韵》:"散诞披红帔,生情新约黄。"

《戏赠丽人》:"同安鬟里拨,异作额间黄。"

南朝·梁·费昶《咏照镜》:"留心散广黛,轻手约花黄。"

北朝乐府《木兰辞》:"当窗理云鬓,对镜贴花黄。"

唐·虞世南《应诏咏司花女》(隋遗录曰:炀帝幸江都,洛阳人献合蒂迎辇花,帝令御车女袁宝儿持之,号司花女。时诏世南草勒于帝侧。宝儿注视久之。帝曰:昔飞燕可掌上舞,今得宝儿,方昭前事。然多憨态,今注目于卿,卿可便嘲之。世南绝句):"学画鸦黄半未成,垂肩亸袖太憨生。缘憨却得君王惜,长把花枝傍辇行。"

唐·卢照邻《长安古意》:"片片行云着蝉鬓,纤纤初月上鸦黄。鸦黄粉白车中出,含娇含态情非一。"

唐·权德舆《相思曲》:"有时裁尺素,无事约残黄。"

唐·李商隐《蝶三首》:"寿阳公主嫁时妆,八字宫眉捧额黄。"

五代·张泌《浣溪沙》:"依约残眉理旧黄,翠鬟抛掷一簪长。"

宋·欧阳修《柳》:"残黄浅约眉双敛,歌舞先夸手小垂。"

宋·王安石《与微之同赋梅花得香字三首》:"汉宫娇额半涂黄,粉色凌寒透薄妆。"

宋·岳珂《酹江月》:"珠幄留云,翠绡笼雪,浅露宫黄额。"

宋·吴潜《浣溪沙》:"宫额新涂一半黄,蔷薇空自效颦忙,淡然风韵道家妆。"

宋·吴文英《天香》(蜡梅):"初试宫黄淡薄,偷分寿阳纤巧。"

宋·周密《倚风娇近》(赋大花):"花国选倾城,暖玉倚银屏。绰约娉婷,浅素宫黄争妩。"

3473. 浅约鸦黄,轻匀螺黛

宋·晁端礼《满庭芳》:"浅约鸦黄,轻匀螺黛,故教取次梳妆。"刘过词与此尽同。"浅约鸦黄",浅淡地涂上一层黄粉。又作"浅约宫黄",宋人多用此语。说明宋代的"约黄"变浅了。"浅"字出于

欧阳修《柳》诗:"残黄浅约"。

宋·周邦彦《瑞龙吟》(大石):"黯凝伫,因念个人痴小,乍窥门户。侵晨浅约宫黄,障风映袖,盈盈笑语。""宫黄",宫妆黄色。

宋·方千里《红林檎近》:"素脸浅约宫装,风韵胜笙簧。"

又《木兰花》:"溶溶水映娟娟秀,浅约宫妆笼翠袖。"

宋·刘克庄《贺新郎》:"浅把宫黄约,细端相、普陀烟里,金身珠洛。"

宋·吴文英《风入松》(桂):"暮烟疏雨西园路,误秋娘、浅约宫黄。"

3474. 夜短更筹急

南朝·梁元帝萧绎《夜宿柏斋》:"风细雨声迟,夜短更筹急。"因为夜短,报更之筹(竹签),投得急,投得快。形容夜短,更筹很快就投完了。

唐·杜甫《夜宿西阁晓呈元二十一曹长》:"城暗更筹急,楼高雨雪微。"用梁元帝句。

3475. 剑莹鹭鹅膏

南朝·梁·载暠《度关山》:"马衔苜蓿叶,剑莹鹭鹅膏。""鹭鹅"水鸟名,似鸭而小。这里喻剑光晶莹雪白,如膏脂。

唐·杜甫《奉赠太常张垍二十韵》:"健笔凌鹦鹉,铦锋莹鹭鹅。"用载暠句。

3476. 淮海作桑田

南朝·陈·江总《明庆寺》:"市朝沾草露,淮海作桑田。"作者游明庆寺,看到其景观极宜隐居,萌发了隐居意愿,而感到世事变化无常,人群汇集的地方会变成一片草露,洋洋的淮海会化作广漠桑田。首次运用了"沧海变桑田"的典故。

晋人葛洪《神仙传·王远》载:"麻姑自说云:接待以来,已见东海三为桑田。"清·程允升《幼学故事琼林·地舆》:"沧海桑田,谓世事之多变。"其实"桑田变沧海;沧海变桑田"即"沧桑之变"不仅指世事变化之多,还指变化之大,变化之快。

唐·卢照邻《长安古意》:"节物风光不相待,桑田碧海须臾改。"

唐·骆宾王《代女道王灵妃赠道士李荣》:"桃实千年非易待,桑田一变已难寻。"

唐·张九龄《经江宁览旧迹至玄武湖》:"桑田

东海变,麋鹿姑苏游。"

唐·宋之问《缑山庙》:"徒闻苍海变,不见白云归。"

唐·刘希夷《春女行》:"光阴不可再,桑林变东海。"

又《代悲白头翁》(一作宋之问《有所思》):"已见松柏摧为薪,更闻桑田变成海。"

唐·储光羲《献八舅东归》:"独往不可群,沧海成桑田。"

唐·萧颖士《过河宾和文学张志尹》:"沧桑一以变,莽然翳荆榛。"

唐·孟云卿《行路难》:"拍手东海成桑田,海中之水慎勿枯。"

唐·戴叔伦《湘中怀古》:"倏忽桑田变,谗言亦已空。"

唐·戎昱《赠别张驸马》:"冠冕凄凉几迁改,眼看桑田变成海。"

又《秋望兴庆宫》:"万事如桑海,悲来欲恸神。"

唐·李端《雪夜寻太白道士》:"桑田如可见,沧海几时空。"

唐·李益《喜见外弟又言别》:"别来沧海事,语罢暮天钟。"

唐·李深《游烂柯山四首》:"行看负薪客,坐使桑田变。"

唐·李程《赠毛仙翁》:"他日更来人世看,又应东海变桑田。"

唐·白居易《浪淘沙》:"暮去朝来淘不住,遂令东海变桑田。"

又《涧中鱼》:"海水桑田欲变时,风涛翻覆沸天池。"

又《香山居士写真诗》:"请看东海水,亦变作桑田。"

又《雪夜小饮赠梦得》:"呼作散仙应有以,曾看东海变桑田。"

又《送王卿使君赴任苏州因思花迎新使感旧游寄题郡中木兰西院一别》:"一别苏州十八载,时光人事随年改。不论竹马尽成人,亦恐桑田半为海。"

唐·李涉《寄荆娘写真》:"只愁陵谷变人寰,空叹桑田归海岸。"

唐·许学士《东洛货丹》:"华表他时却归日,沧溟应恐变桑田。"

唐·眉娘《太白山玄士画地吟》:"学得丹青数万年,人间几度变桑田。"

宋·王安石《精卫》:"情知古木无云补,待见桑田几变更。"

宋·苏轼《送乔仝寄贺君六首》:"不惊渤海桑田出,来看龟蒙漏泽春。"

又《八月十五日看潮五绝》:"东海若知明主意,应教斥卤变桑田。"

又《和蔡景繁海州石室》:"愿君不用此刻诗,东海桑田真暮旦。"

宋·张元干《沁园春》(绍兴丁巳五月六夜,梦与一道人对歌数曲,遂成此词):"蓬莱,直上瑶台,看海变桑田、飞暮埃。"

宋·杨无咎《探春令》:"怕桑田变海,仙源重返,老大无人问。"

宋·曹勋《法曲》:"桑田变海,海复成陆高低。"

宋·史浩《采莲》(哀):"花裀上,趁拍红牙,余韵悠扬,竟海变桑田未止。"

宋·王之望《满庭芳》:"蓬莱清浅,看取变桑田。"

宋·卢炳《画堂春》:"教从沧海变桑田,富贵长年。"

宋·姜夔《水调歌头》:"欲讯桑田成海,人世了无知者,鱼鸟两相催。"

宋·戴复古《贺新郎》:"沧海桑田何时变,怕桑田、未变人先老。"

宋·葛长庚《贺新郎》:"一别蓬莱馆,看桑田成海,又见松枯石烂。"

宋·李王宣《水龙吟》:"世变沧海成田,奈群生、几番惊扰。"

宋·何梦桂《泌园春》:"当年,手种红莲,笑几度桑田沧海干。"

又《大江东去》(自寿):"休问沧海桑田,看朱颜白发,转次全故。"

宋·刘辰翁《乳燕飞》:"江心旧岂非城郭,抚千年、桑田海水。"

元·王恽《平湖乐·寿李夫人》:"一杯更买,麻姑沧海,安坐看扬尘。"长寿人坐看沧桑变化。

元·白朴《阳春曲·知几》:"回头沧海又飞尘,日月疾,白发故人稀。"

元·冯子振《鹦鹉曲·洞庭钓客》:"算人间碧海桑田,只似燕鸿来去。"

元·薛昂夫《蟾宫曲·题烂柯石桥》:"恰滚滚桑田浪起,又飘飘沧海尘生。"

元·吕止庵《集贤宾·叹事》:"迅指间红轮西坠,霎时间沧海尘飞。"

3477. 一颦一笑千万余

南朝·梁·简文帝萧纲《龙笛曲》:"金门玉堂临水居,一颦一笑千万余。游子去还愿莫疏。愿莫疏,意何极,双鸳鸯,两相忆。"写游子远去,家人悲喜无常。"一颦一笑"出自《韩非子·内储说上》:"吾闻明主之爱,一颦一笑,颦有为颦,而笑有为笑。"后表示一时皱起愁眉,一时露出笑脸,多写女子。并用作"欲笑还颦"或"浅笑轻颦"。

唐·权德舆《杂兴五首》:"一颦一笑千金重,肯似成都夜失身。"

宋·黄庭坚《诉衷情》:"思往事,惜流光,恨难忘。未歌先敛,欲笑还颦,最断人肠。"

宋·晁端礼《定风波》:"花倚东风柳弄春,分明浅笑与轻颦。"

宋·李元膺《洞仙歌》:"更风流多处,一点梅心,相映远,约略颦轻笑浅。"

3478. 一笑千金买

南朝·梁·王僧孺《咏歌姬》:"再顾倾城易,一笑千金买。"赞歌女之美倾城倾国,一笑千金。

"一笑千金",又作"千金一笑"。《史记·周本纪》载:周幽王宠姬褒姒不笑,幽王命举烽火,"诸侯悉至,至而无寇,褒姒乃大笑。"举烽火是虢石父的谏议。《东周列国志》第二回写:"幽王曰'爱卿一笑,百媚俱生,此虢石父之力也!'遂以千金赏之。至今俗语相传'千金买笑',盖本于此。"《艺文类聚》卷五十七引汉·崔骃《七依》:"回顾百万,一笑千金。""一笑千金"意为付出极大代价博得一笑,后也用以表示女子笑得珍贵、笑得美艳或难得一笑。

南朝·陈·阴铿《和樊晋陵伤妾》:"忽以千金笑,长作九泉悲。"

南朝·陈·江总《内殿赋新诗》:"三五二八佳年少,百万千金买歌笑。"

唐·杨师道《缺题》:"两鬓百万谁论价,一笑千金判是轻。"

唐·郑世翼《见佳人负钱出路》:"独负千金价,应从买笑来。"

唐·王维《偶然作六首》:"黄金买歌笑,用钱不复数。"

宋·柳永《迷仙引》:"席上尊前,王孙随分相许。算等闲,酬一笑,便千金慵觑。"

又《古倾杯》:"继日恁,把酒听歌,量金买笑。别后暗负、光阴多少。"

又《合欢带》:"莫道千金酬一笑,便明珠、万斛须邀。"

又《少年游》:"佳人巧笑值千金,当日偶情深。"

又《木兰花》:"而今长大懒婆娑,只要千金酬一笑。"

又《轮台子》:"又争似、却返瑶京,重买千金笑。"

又《长寿乐》:"况有红妆,楚腰越艳,一笑千金何啻。"

又《引驾行》:"算赠笑千金,酬歌百琲,尽成轻负。"

又《洞仙歌》:"算一笑,百琲明珠非价。"

宋·宋祁《玉楼春》(春景):"浮生长恨欢娱少,肯爱千金轻一笑。"

宋·杜安世《朝玉阶》:"风流何处最多情,千金一笑,须信倾城。"

宋·晏几道《生查子》:"妆罢立春风,一笑千金少。"

宋·黄庭坚《两同心》:"一笑千金,越样情深。"

又《两同心》:"小楼朱阁沉沉,一笑千金。"

宋·晁端礼《安公子》:"暗忆当年,伴侣同倾倒。夸俊游、争买千金笑。"

宋·毛滂《浣溪沙》(松斋夜雨留客,戏追往事):"记得山翁往少年,青楼一笑万金钱。"

宋·宋江《念奴娇》:"翠袖围香,鲛绡笼玉,一笑千金值。"

宋·王安中《一落索》:"蛮笺传与翠鬟歌,便买断、千金笑。"

宋·韩元吉《念奴娇》:"白发逢春,湖山好在,一笑千金值。"

宋·向滈《虞美人》:"此时纵有千金笑,情味如伊少。"

宋·尤袤《瑞鹧鸪》(落梅):"两行芳蕊傍溪阴,一笑嫣然抵万金。"

宋·张孝祥《虞美人》:"情人传语更商量,只得千金一笑、也甘当。"

又《减字木兰花》："佳人绝妙，不惜千金买笑。"

宋·石孝友《燕归梁》："楼外春风桃李阴，记一笑千金，翠眉山敛眼波侵。"

宋·刘过《念奴娇》："白璧追欢，黄金买笑，付与君为主。"

宋·陈允平《凤来朝》："买一笑、千金拼；共醉倚，画屏暖。"

宋·无名氏《调笑集句》（班女）："千金买笑无方便，和泪盈盈娇眼。"

明·汤显祖《紫钗记》（堕钗灯影）："道千金一笑相逢晚，似近蓝桥那般欢惬。"

3479. 仰天大笑出门去

唐·李白《南陵别儿童入京》："仰天大笑出门去，我辈岂是蓬蒿人！"天宝元年（742），四十二岁的李白得到唐玄宗召他入京的诏书，他感到自己的政治抱负有望实现了。在南陵家中，告别儿女，作此诗。"仰天大笑"，是豪放的笑，兴奋的笑，他自负而自信，尽溢于言表。

唐·岑参《凉州馆中与诸判官夜集》："一生大笑能几回，斗酒相逢须醉倒。"用"大笑"表"开口笑难"之意。

清·黄景仁《水调歌头》（仇二以湖彬道远，且怜余病，劝勿往。词以谢之）："大笑揖君去，帆势破清秋。"用李白"大笑"句意，表现作者意气昂扬。

3480. 为君谈笑静胡沙

唐·李白《永王东巡歌》："但用东山谢安石，为君谈笑静胡沙。""安石"，谢安的字。早年曾隐居东山（今浙江上虞县西南），后人也称谢东山。淝水之战前，令其弟谢石、侄谢玄、子谢琰指挥参战，以八万人破苻秦百万。《晋书·谢安传》述：安"指授将帅，各当其任。玄等既破坚，有驿书至，安方对客围棋，看书既竟，便摄放床上，了无喜色，棋如故。客问之，徐答曰：'小儿辈遂已破贼。'既罢，还内，过户限，心喜甚，不觉屐齿之折，其矫情镇物如此"。唐·孙元晏曾作《谢玄》一诗赞淝水之战："百万来兵逼合肥，谢玄为将统雄师。旌旗首尾千余里，浑不消他一局棋。"

李白敬佩谢安的才能，赞赏其为人。谢安隐居东山，屡召不出。《晋书·谢安传》载："征西大将军桓温请为司马，将发新亭，朝士咸送。中丞高崧戏之曰：'卿累违朝旨，高卧东山，诸人每相与言，安石不肯出，将如苍生何！苍生今亦将如卿何！'安甚有愧色。"因而出山。李白《梁园吟》："歌且谣，意方远，东山高卧时起来，欲济苍生未应晚。"又《关裴十八图南归嵩山》："谢公终一起，相与济苍生。"都以谢安为表率。李白在《永王东巡歌》其二："但用东山谢安石，为君谈笑静胡沙。"企望谢安那样的帅才平定安史之乱。其十一又写"南风一扫胡尘静，西入长安到日边。"

"谈笑静胡沙"，生动地赞扬了谢安胸有城府、镇定却敌的气概。后用此句都是表现将军的气概的。

唐·项斯《送殷中丞游边》："还须见边将，谁以静尘沙。"

宋·叶梦得《水调歌头》："谁似东山老，谈笑静胡沙。"

宋·曾觌《水调歌头》："一矢聊城飞去，谈笑静边头。"

宋·张孝祥《水调歌头》（送谢倅之临安）："好把文经武略，换取碧幢红旆，谈笑扫胡尘。"

宋·宫捕《多丽》（寿刘帅）："趣召遣归，康时佐主，指挥谈笑虏巢空。"

宋·李曾伯《沁园春》："不图风定波息，谈笑静长淮。"

又《沁园春》："谈笑济时了，勋业迈前修。"

3481. 长得君王带笑看

唐·李白《清平调》之三："名花倾国两相欢，长得君王带笑看。解释春风无限恨，沉香亭北倚阑干。"唐玄宗与杨贵妃在沉香亭北侧倚阑赏木芙蓉（牡丹）。李白此词写"名花"（牡丹）与"倾国"（杨妃），相互映衬，各增其美，受到玄宗长时间的带笑观看，花与人都美得太动人了。"带笑看"这是一种很有特色的情态语，展现出发自内心的欣喜。这"笑而不言"同他的"笑而不答心自闲"，都善于捕捉情态细节。

用"带笑看"句如：

唐·张谓《杜侍御送贡物戏赠》："由来此货称难得，多恐君王不忍看。"反其意而用之。

唐·张祜《长门怨》："珠铅滴尽无心语，强把花枝冷笑看。"亦为一种反用法。

唐·刘赞《句》："絮花飞起雪漫漫，长得宫娥带笑看。"笑看絮花飞雪。

宋·夏竦《咏牡丹》："东皇用意交裁剪，留待君王驻跸看。"

宋·黄庭坚《更漏子》："体妖娆，鬟婀娜，玉甲银筝照座。危柱促，曲声残，王孙带笑看。"

宋·贺铸《翦朝霞》(牡丹)："辉锦绣，掩芝兰，开元天宝盛长安。沉香亭子钩栏畔，偏得三郎带笑看。"仅指牡丹。

宋·李纲《减字木兰花》(荔枝二首)："仙姝丽绝，被服红绡肤玉雪，火齐堆盘，常得杨妃带笑看。"指看荔枝。

宋·赵彦端《鹧鸪天》(文秀)："丹脸嫩，黛眉新，肯将朱粉污天真。杨妃不似卿才貌，也得君王宠爱勤。"用其意而不用其句。

清·王士禛《秦淮杂诗十四首》其八："新歌细字写冰纨，小部君王带笑看。"《燕子笺》诸剧全在影射明末东林党同魏忠贤阉党的斗争，"小部"是唐玄宗时期的乐队名，这里指演《燕子笺》等戏的戏班。"君王"，南明福王朱由崧，他不察剧情，沉湎酒色，不思复国，昏庸至极。

3482. 谈笑觅封侯

唐·杜甫《复愁十二首》其六："胡虏何曾盛，干戈不肯休。闾阎听小子，谈笑觅封侯。"有些贪功好战的人，在边境寻衅，一些乡里年轻人，轻易地取得了封侯的机会。

金·辛愿《乱后还》："谈笑取官惊小子，艰难为客愧衰翁。"用杜句言一些年轻人在战乱中升了官。

3483. 谈笑风生颊

宋·辛弃疾《念奴娇》(赠夏成玉)："遐想后日蛾眉，两山横黛，谈笑风生颊。握手论文情极处，冰玉一时清洁。"夏成玉，似是一位才女。"谈笑风生颊"，谈笑中流畅、生动，风采四扬，如风扬起。"谈笑风生"已作成语。

宋·丘崈《满江红》(余以词为石湖寿，胡长文见和，复用韵谢之)："冠盖吴中，羡来往、风流二老。谈笑处，清风满座、偶酬不了。""清风满座"，应指神采风扬的氛围。

宋·葛长庚《水调歌头》(和懒翁)："偶到金华洞口，忽见懒翁老子，挺挺众中龙。握手归山隐，谈笑起天风。"懒翁十分健谈。

宋·刘克庄《满江红》(送王实之)："天壤王郎，数人物、方今第一。谈笑里，风霆惊座，云烟生笔。"

宋·无名氏《玉楼春》(子寿母)："戏彩堂无溽暑，满座风生谈笑语。"

3484. 逢君开口笑，何处有他乡

唐·岑参《寻杨七郎中宅即事》："逢君开口笑，何处有他乡。"杨郎中在宅中热情接待，使作者感到宾至如归，不是在异乡。"开口笑"，喜笑颜开。下句用李白"不知何处是他乡"句。

"开口笑"，语出《庄子·盗跖第二十九》："人上寿百岁，中寿八十，下寿六十，除病瘦死丧忧患，其中开口而笑者，一月之中不过四五日而已矣。"人生痛苦多，欢乐少。

岑参《临洮客舍留别祁四》："心知别君后，开口笑应稀。"伤别怀友，极少欢乐。

又《喜韩樽相过》："长安城中足年少，独共韩侯开口笑。"

唐·杜甫《醉为马坠诸公携酒相看》："语尽还成开口笑，提携别扫青溪曲。"

唐·独孤及《登后湖伤春怀京师故旧》："几经开口笑，复及看花时。"

唐·白居易《清调吟》："若不结跏禅，即须开口笑。"

又《曲江醉后赠诸亲故》："除却醉来开口笑，世间何事更关身。"

又《早春同刘郎中寄宣武令狐相公》："谁引相公开口笑，不逢白监与刘郎。"

又《对酒五首》："随富随贫且欢乐，不开口笑是痴人。"又《苏轼诗集》引"青春只有九十日，不开口笑是痴人。"

又《喜友玉留宿》："人生开口笑，百年都几回。"

又《寄杨云》："几回开口笑，便到髭须白。"

又《秋日与张宾客舒著作同游龙门醉中狂歌凡二百二十八字》："终日戚促何所成，不如展眉开口笑。"

又《梦与李七庚三十三同访元九》："元九正独坐，见我笑开口。"

又《偶因尝酒试衫辄成长句寄谢之》："舞时已觉愁眉展，醉后仍教笑口开。"

又《雪夜小饮赠梦得》："小酌酒巡销永夜，大

开笑口送残年。"

唐·韦庄《与东吴生相遇》:"且对一尊开口笑,未衰应见泰阶平。"

宁·晏殊《渔家傲》:"浮生岂得长年少,莫惜醉来开口笑。"

宋·宋祁《喜屯田凌员外至》:"抚尘旧友今皆在,笑口何妨为数开。"

宋·苏轼《出城送客不及,步至溪上,二首》:"春来六十日,笑口几回开。"

又《送别》:"系马绿杨开口笑,傍山依约见斜晖。"

宋·李之仪《蝶恋花》:"无事且频开口笑,纵酒狂歌,销遣闲烦恼。"

宋·黄庭坚《减字木兰花》:"笑口须开,几度中秋见月来。"

又《清平乐》:"几回笑口能开,少年不肯重来。"

又《南乡子》(今年重九知命已向成都,感之次韵):"招唤欲千回,暂得尊前笑口开。"

宋·晁补之《洞仙歌》(留春):"愿花更好,春休老。开口笑,占醉乡,莫教人到。"

宋·周紫芝《点绛唇》(内子生日):"四十年来,历尽闲烦恼,如今老。大家开口、赢得花前笑。"

宋·李处全《江城子》(重阳):"今日且须开口笑,花露袋,鬓云香。"

宋·京镗《木兰花慢》(重九):"不道频开笑口,年年落帽何妨。"

宋·辛弃疾《浣溪沙》(赠子文侍人名笑笑):"侬是嵚崎可笑人,不妨开口笑时频。"

宋·高登《渔家傲》:"菊花又绕东篱好,有酒一尊开口笑。虽然老,玉山犹解花前倒。"

宋·张镃《水龙吟》:"自古高贤,急流勇退,直须闻早。把忧煎换取:长伸脚睡,大开口笑。"

宋·戴复古《沁园春》:"吾曹不堕尘埃,要胸次长随笑口开。"

宋·无名氏《买陂塘》(和李玉田韵):"便笑口频开,一岁能知己。"

元·无名氏《殿前欢》:"谪仙醉眼何曾开,春眠花市侧,伯伦(晋·刘伶)笑口寻常开,荷锸埋。""笑口常开"今天成了祝愿语。

3485. 尘世难逢开口笑

唐·杜牧《九日齐安登高》:"尘世难逢开口笑,菊花须插满头归。"作者对任池州刺史。重阳节,他携友提壶登上池州城东南的齐山,顿感清爽、畅快,真是"尘世难逢开口笑",今天格外开心。而这"客"正是与自己一样怀才不遇的张祜,"开口笑"是慰人也是慰己,表现一种豁达情怀。

《陶朱新录》载:吏部侍郎陈彦修的侍妾梦少年歌:"人生开口笑难逢,富贵荣华总是空。惟有隋堤千树柳,滔滔依旧水东流。"

用"笑口难开",杜牧之前已有,杜牧之后,则多用杜句。

唐·白居易《新秋早起有怀元少尹》:"老去相逢无别计,强开笑口展愁眉。"

又《蓝田刘明府携酌相过与皇甫郎中卯时饮醉后赠之》:"不为刘家贤圣物,愁翁笑口大难开。"

宋·王安石《示黄吉甫》:"尘世难逢开口笑,生前相遇且衔杯。"

宋·秦观《摸鱼儿》:"尘世难逢笑口,青春过了难又。"

宋·晁补之《虞美人》(用韵答秦令):"人生开口笑难逢,何况良辰一半,别离中。"

宋·李光《南歌子》(重九日宴琼台):"佳节多离恨,难逢开口笑。"

宋·胡铨《青玉案》:"尘世难逢开口笑,满林风雨,一江烟水,飒爽惊吹帽。"

宋·洪适《满江红》:"人世难逢开口笑,老来更觉流年迫。"

宋·郭应祥《江城子》:"只道难逢开口笑,争驰逐、利名场。"

宋·朱熹《水调歌头》(概括杜牧之奇山诗):"尘世难逢一笑,况有紫萸黄菊,堪插满头归。"

宋·赵善括《满江红》(和坡公韵):"尘世难逢开口笑,人生待足何时足。"

宋·赵必王象《念奴娇》:"尘世难逢开口笑,不饮黄花有语。"

"笑口难开(逢)",运用中,句式有变化。

宋·叶梦得《满江红》(重阳赏菊,时予已除代):"回首去、年时节,开口笑,真难得。"

宋·曾觌《调笑》(玉友酒):"人生一笑难开口,为报速宜相就。"

宋·王之道《醉蓬莱》:"举世纷纷名利逐,罕遇笑来开口。"

宋·魏了翁《朝中措》:"简书伴我,赏心无托,笑口难逢。"

宋·吴潜《浪淘沙》(戊午中秋和刘自昭):"未必明年如此夜,笑口难逢。"用魏了翁句。

宋·刘将孙《金缕曲》:"我老无能矣,叹人生,得开笑口,一年闲几。"

人民领袖毛泽东《贺新郎·读史》(1964年春):"人世难逢开口笑,上疆场彼此弯弓月。流遍了,郊原血。"

3486. 相逢方一笑

唐·王维《齐州送祖三》:"相逢方一笑,相送还成泣。"同祖三刚刚愉快地相逢,却又流着泪送别了。"相逢一笑",表示难得相见的喜悦。

唐·李商隐《赠郑谠处士》:"相逢一笑怜疏放,他日扁舟有故人。"

宋·文同《读杨山人诗》:"会有知此音,相逢当一笑。"

宋·苏轼《送沈逵赴广南》:"相逢握手一大笑,白发苍颜略相似。"

又《次韵子由送陈侗知陕州》:"相逢一笑外,奈此白发何?"

又《与毛令方尉游西菩寺二首》:"一笑相逢那易得,数诗狂语不须删。"

宋·秦观《解语花》:"对绣襦申帐,亲逢一笑。"

宋·贺铸《东邻妙》(木兰花):"倾城犹记东邻妙,尊酒相逢留一笑。"

又《玉连环·一落索》:"相逢浅笑合微吟,撩惹到、缠绵地。"

宋·朱敦儒《洞仙歌》:"共素娥青女,一笑相逢,人不见,悄悄露宫月殿。"

宋·曹组《念奴娇》:"相逢一笑,桂宫连夜寒彻。"

又《蓦山溪》(李次仲诞日):"相逢一笑,酒量海同宽。"

宋·史浩《满庭芳》(劝乡老众宾酒):"今何幸,相逢故里,谈笑一尊同。"

宋·管鉴《浣溪沙》:"缟裙香袂俨春容,艳妆一笑喜相逢。"

宋·范成大《念奴娇》:"我辈情钟,匆匆相见,一笑真难得。"

宋·岳珂《沁园春》:"客里逢君,才同一笑,何遽言归如此哉。"

宋·辛弃疾《水调歌头》:"鸡酒东家父老,一笑偶相逢。"

又《念奴娇》:"尊前一笑相逢,与公臭味,菊茂兰须悦。"

宋·程垓《朝中措》:"相逢一笑,此心不动,须待明年。"

宋·石孝友《满庭芳》:"瘦颊凝酥,残妆弄酒,相逢一笑东风。"

宋·刘光祖《鹊桥仙》(留别):"相逢一笑,又成相避,南雁归时霜透。"

宋·魏了翁《念奴娇》(刘左史夫人生日):"解后相逢同一笑,此会几年难觅。"

宋·李仲光《鹊桥仙》(寿赵帅):"铜驼陌上若相逢,当一笑,摩挲金狄。"

宋·吴潜《满江红》(刘长翁右司席上):"君共我,俱成客。且相逢一笑,笙歌箫笛。"

宋·陈著《江城子》:"逢迎一笑且开襟,酒频斟。"

宋·周密《清平乐》:"一笑相逢,江南江北,竹屋山窗。"

宋·刘天迪《齐天乐》(严县尹席上和李观我韵):"人生总是逆旅,但相逢一笑,如此何限。"

又《点绛唇》:"一笑相逢,依稀似是桃根旧。"

3487. 相逢一笑泯恩仇

现代文学家鲁迅《题三义塔》(1933年):"度尽劫波兄弟在,相逢一笑泯恩仇。"日本友人西村琴真在上海"一·二八"战后,把一只无家可归的鸽子带回日本,鸽子死后,当地农民建了一座塔葬它。鲁迅诗中,一面赞颂中国人民抗日的决心,又表现对日本人民真诚的友情。

许世友将军《百万子弟唱大风》(纪念抗日战争胜利四十周年):"握手一笑泯恩仇,温故永志前车铭。"

萧劲光大将《抗日战争胜利四十年感怀》:"劫波度尽春又归,一衣带水写新篇。"

今人苏仲湘《中日长睦行》:"中原父老艰难日,东岛民同堕网罗。度尽劫波归手足,相期永好砺山河。"

以上都是用鲁迅句咏中日人民友好的,表达了抗日侵华战争之后,两国人民同遭劫难,今后应永结友好之愿望。中国人民代表大会副委员长廖承志《致蒋经国先生函》曾用"度尽劫波兄弟在,相逢一笑泯恩仇"两句,表述了大陆人民同台湾人民的民族情。而《羊城晚报》一篇记述沈醉与韩子栋会晤的文章,题目也用了《相逢一笑泯恩仇》。

清·江永"渡尽劫波兄弟在,相见一笑泯恩仇。"鲁迅用此句。

3488. 回眸一笑百媚生

唐·白居易《长恨歌》:"天生丽质难自弃,一朝选在君王侧。回眸一笑百媚生,六宫粉黛无颜色。""眸",眼珠,"回眸"眼珠转动,眼珠一转,嫣然一笑,媚态百生,竟使六宫美女一下全无姿色了。这种描绘前人已有:

楚·宋玉《登徒子好色赋》:"嫣然一笑,惑阳城,迷下蔡。"

南朝·江总诗:"回身转佩百媚生,插花照镜千娇出。"

唐·李白《清平乐》:"女伴莫话孤眠,六宫罗绮三千。一笑皆生百媚,宸衷教在谁边。"

唐·韦应物《广陵遇孟九云卿》:"西施且一笑,众女安得妍。"

白居易《古冢狐》:"或歌或舞或悲啼,翠眉不举花颜低。忽然一笑千万态,见者十人八九迷。"

用"回眸一笑百媚生"句如:

宋·杨无咎《探春令》:"回头一笑千娇媚,知几多深意。"

宋·侯寘《玉楼春》:"半嗔还笑眼回波,欲去更留眉敛翠。"写回眸嗔笑。

宋·赵彦端《鹧鸪天》(桑雅):"云暗青丝玉莹冠,笑生百媚入眉端。"

宋·杨冠卿《小重山》:"一笑回眸百媚生,娇羞佯不语,艳波横。缓移莲步绕阶行,凝情久,幽怨托银笙。"

宋·辛弃疾《南乡子》:"渐见凌波罗袜步,盈盈,随笑随颦百媚生。"

宋·无名氏《感皇恩令》:"蓦地被他、回眸一顾,便是令人断肠处。"

金·董解元《西厢记》卷一《中吕调·尾》:"脸儿稔色百媚生,出得门儿来慢慢地行。"

清·王国维《蝶恋花》:"窈窕燕姬年十五,惯曳长裾,不作纤纤步。众里嫣然通一顾,人间颜色如尘土。"以美女喻人或喻己。"通一顾"用宋·陈师道《小放歌行》:"春风永巷闭娉婷,长使青楼误盛名。不惜卷帘通一顾,怕君著眼未分明。"《王直方诗话》:谓黄庭坚评此诗:"顾影徘徊,炫耀太

甚。"

3489. 六宫粉黛无颜色

唐·白居易《长恨歌》:"回眸一笑百媚生,六宫粉黛无颜色。"

"渌水红莲一朵开,千花百草无颜色。"这是白居易赠长安妓女阿软的诗,意为阿软如一朵出水红莲,使百草千花尽失其艳。白居易诗《微之到通州日,授馆未安,见尘壁间有数行字,读之,即仆旧诗。其落句:'渌水红莲一朵开,千花百草无颜色'然不知题者何人也。微之吟叹不足,因缀一章,兼录仆诗本同寄。省其诗乃十五年前初及第时,赠长安妓人阿软绝句。缅思往事,杳若梦中;怀旧感今,因酬长句》:"十五年前似梦游,曾将诗句结风流。偶助笑歌嘲阿软,不知传诵到通州。昔教红袖佳人唱,今遣青衫司马愁。惆怅又闻题处所,雨淋江馆破墙头。""渌水红莲一朵开,千花百草无颜色"为"初及第"时作,可见他早就运用了这一对比手法了。

唐·罗虬《比红儿诗》:"含情一向春风笑,羞杀凡花尽不开。"这也是一种对比,虽以花比花,却称美杜红儿官妓。

宋·王安石《虞美人》:"虞美人,态浓意远淑且真。同辇随君侍君侧,六宫粉黛无颜色。"用原句。

宋·京镗《满江红》(次宇文总领上巳日游湖韵):"趁兰舟游玩,尽杯中物。十里轮蹄尘不断,几多粉黛花无色。笑杜陵,昔赋《丽人行》,空遗迹。"

明·丘琼山(濬)过一寺,见四壁俱画《西厢》,曰:"空门安得有此?"僧曰:"老僧从此悟禅"。丘问:"何处悟?"答曰:"是'怎当他临去秋波那一转。'""秋波一转"即"回眸",用王实甫原句。《西厢记》第一本第一折《赚煞》:"怎当他临去秋波那一转,便是铁石人也意惹情牵。"这是张生初见莺莺,为她的容貌所动心,唱词中有此句。

清·升宣《青冢行》:"一枝秾艳别椒圈,三千粉黛皆委靡。"

清·龚景瀚《昭君词》:"千年冢草尚青青,六宫粉黛终何有。"

清人这两首咏昭君诗句,都是用"六宫(三千)粉黛"作对比,赞昭君之不朽。

3490. 笑语盈盈暗香去

宋·辛弃疾《青玉案》(元夕):"蛾儿雪柳黄金

缕,笑语盈盈暗香去。众里寻他千百度,蓦然回首,那人却在,灯火阑珊处。""蛾儿""雪柳""黄金缕"都是妇女头饰。《武林旧事》卷二"元夕节物,妇人皆戴珠翠、闹蛾、雪柳……而衣多尚白,盖月下所宜也。""笑语盈盈",谈笑风生,仪容姣美。写元宵之夜,女子说说笑笑地带阵香风而去。"盈盈"说笑时仪态美好。

宋·周邦彦《瑞龙吟》:"侵晨浅约宫黄,障风映袖,盈盈笑语。"

3491.旧识既已尽,新知皆异名

南朝·陈·沈炯《长安还至方山怆然自伤》:"旧识既已尽,新知皆异名。"说旧友已无存,新知又生疏。

唐·杜甫《戏作俳谐体遣闷二首》:"旧识能为态,新知已暗疏。"用沈炯句。

3492.泪尽眼方暗,髀伤耳自聋

南朝·陈·沈炯《长安少年行》:"泪尽眼方暗,髀伤耳自聋。"写汉家权贵终于变成孤苦遗老,泪干眼暗,腿伤耳聋。

唐·杜甫《耳聋》:"眼复几时暗,耳从前月聋。"用沈炯句写眼暗耳聋。

3493.人似镜中行

南朝·陈·释惠标《咏水诗三首》:"舟如空里泛,人似镜中行。"舟如在空中行驶,写水之高远,水天相接,水天一色时自然有这种感觉。人如在镜面上前行,写水之平静澄清。水平如镜语出晋人王羲之。

《舆地志》载:"山阴南湖,萦带郊郭,白水翠岩,互相映发,若镜若图,故王逸少云:'山阴道中行,如在镜中游。'"王逸少即晋代大书法家王羲之,山阴即今绍兴,其南湖,从此称镜湖、鉴湖。《世说新语·言语》载:"王子敬云:'从山阴道上行,山川自相映发,使人应接不暇。'"宋·曾巩《南湖行二首》:"南湖一吸三百里,古人已疑行镜里。春风吹来不生波,香壁如奁四边起。"清·康熙皇帝玄烨《山阴》:"灌木丛篁傍水游,淡烟晴日漾芳舟。兰桡摇过山阴道,在昔人传镜里游。""古人""昔人"都指王羲之,说明浙江绍兴的镜湖是历史上著名的,因湖水平阔如镜,所以后常以湖水比作镜。

唐·骆宾王《畴昔篇》:"舟移疑入镜,棹举若乘波。"

又《畴昔篇》:"池中旧水如悬镜,屋里新妆不让花。"

唐·沈佺期《兴庆池侍宴应制》:"汉家城阙疑无上,奉地山川似镜中。"

唐·李白《入青溪山》:"人行明镜中,鸟度屏风里。"南宋胡仔《苕溪渔隐丛话》云李白此句:"虽有所袭,语益工也。"

又《赠王判官时余隐居庐山屏风叠》:"云山海上出,人物镜中来。"

唐·王维《敕借岐王九成宫避暑应教》:"隔窗云雾生衣上,卷幔山泉入镜中。"

唐·李贺《月漉漉篇》:"谁能看石帆,乘船镜中入。"

唐·刘宪《兴庆池侍宴应制》:"画里出楼船,直在镜中移。"

唐·白居易《湖上招客送春泛舟》:"慢牵好向湖心去,怜似菱花镜上行。"

宋·张先《画堂春》:"水天溶漾画桡迟,人影鉴中移。"

又《题西溪无相院》:"入郭僧寻尘里去,过桥人似鉴中行。"

宋·晏几道《浣溪沙》:"碧罗团扇自障羞,水仙人在镜中游。"

宋·史浩《渔父舞》:"光透碧霄千万丈,真填赏,恰如镜里人来往。"

宋·陆游《予十年间两坐斥皋,虽擢发莫数,而诗为首,谓之嘲咏风月,既还山,遂以"风月"名小轩,且作绝句》:"扁舟又向镜中行,小草清诗取次成。"

"舟如空里泛,人似镜中行。"两句句尾字皆为动词,这种句式还如:

唐·杨容华(杨炯之侄女)《新妆诗》:"妆似临池出,人疑向月来。"

唐·张说《奉和圣制赠王公千秋镜应制》:"月向天边下,花从日里生。"

唐·孙逖《和登会稽》:"云从海天去,日就江村阴。"

唐·沈佺期《答密处州诗》:"书报天中赦,人从海中闻。"

又《十三四时尝从巫峡过他日偶然有思》:"树悉江中见,猿多天外闻。"

唐·卢僎《题殿前桂叶》："今朝天上见,疑是月中攀。"

唐·苏颋《咏死兔》："试将明镜照,何异月中看。"

唐·杜审言《经行岚州》："水作琴中听,山疑画里看。"

唐·李白《经乱后将避地剡中留赠崔宣城》："猿近天上啼,人移月边棹。"

又《送王屋山人魏万还王屋》："人游月边去,舟在空中行。"

唐·王维《扶南曲歌词五首》："羞从面色起,娇逐语声来。"

唐·郭良《早行》："月从山上落,河入斗间横。"

唐·钱起《江行无题一百首》："短缨何用濯,舟在月中行。"

宋·邵雍《天津看雪代简谢蒋秀才还诗卷》："人于桥上立,诗向雪中归。"

宋·张刍《题招提院静照堂》："寺居天外静,僧向日边归。"

宋·周敦颐《治平乙巳暮春十四日同宋复古游山巅至火林寺书四十字》："路盘层顶上,人在半空行。"

3494. 人疑天上坐

唐·沈佺期《钓竿篇》："人疑天上坐,鱼似镜中悬。"这仍是释惠标句式(见上条)。宋·黄鲁直评说:"'船如天上坐,人似镜中行','船如天上坐,鱼似镜中悬',此沈云卿(即佺期)诗也。云卿得意于此,故屡用之。老杜'春水船如天上坐',乃祖述佺期语,继之以'老年花似雾中看',盖触类而长之也。"黄庭坚所举沈佺期句,今天只见"人疑天上坐,鱼似镜中悬。"用其上句如:

唐·李白《江上赠窦长史》："锦帆游戏西江水,人疑天上坐楼船。"

唐·杜甫《小寒食舟中作》："春水船如天上坐,老年花似雾中看。"

宋·郑伯玉《和夏日国清塘泛舟》："水满人如天上坐,波澄舟在镜中行。"

宋·毛滂《浣溪沙》："云近恰如天上坐,魂清疑向斗边来。"

明·陆深《念奴娇》(秋日怀乡,用东坡韵)："春水稳如天上坐,闲看浮沤兴灭。"

3495. 羞从面色起

唐·王维《扶南曲歌词五首》："羞从面色起,娇逐语声来。"这是写女子的,面色绯红是由于羞涩,语声柔细又含着娇弱,亦是释惠标句式。写人自身状况。

宋·贺铸《临江仙》(采莲回)："羞从面色起,娇逐语声来。"用王维原句。

明·钱光绣《临江仙》："病从秋后减,愁向雨中生。"明末国势危急,愁绪绵绵。亦写人自身。

"怒从心头起,恶向胆边生。"是明清小说中时而可见的语言。

3496. 云傍马头生

唐·李白《送人入蜀》："山从人面起,云傍马头生。"写蜀山之险,蜀道之难。"山从人面起"写山陡路狭,"云傍马头生"写山高路险,笔法形象、生动,使人感到如临其境,如行其程。"云傍"句尤有影响。

唐·杜甫《重题郑氏东亭》："向晚寻征路,残云傍马飞。"

唐·王建《古从军》："浮云道旁起,行子东下宿。"

唐·刘昭禹《括苍山》："尽日行方半,诸山直下看。白云随步起,危径极天盘。"写"盘山路"。

唐·元结《招孟武昌》："松桂荫茅舍,白云生坐边。"

宋·陈肃《投龙潭》："潭上片云起,千山风雨来。"

宋·韩维《寄题曹大夫栖真堂》："洞桧茂阴归后得,烟霞高兴坐中生。"

宋·梅尧臣《自峻极中院步登太室中峰》："人从树梢来,路向云端转。"

宋·范成大《大丫隘》："峡行五程无聚落,马头今日逢耕凿。"暗用"马头"句,写正逢农民耕作。

3497. 人疑近日来

唐·赵彦昭《奉和圣制登骊山高顶寓目应制》："路若随天转,人疑近日来。"写骊山路险峰高,沿路盘山而上,人已到了日边。

唐·杨巨源《酬崔驸马惠笺百张兼贻四韵》："浮碧空从天上得,殷红应自日边来。""日边"代长安。

唐·李琪《奉试诏用拓拔思恭为京北收复都统》:"将从天上去,人自日边来。"

唐·无名氏《句》:"鸟向不香花里宿,人以无影月中归。"用"月"。

宋·郑戬《送余姚知县陈最寺丞》:"人从日边别,舟渡鉴中来。"

3498. 坐看云起时

唐·王维《终南别业》:"行到水穷处,坐看云起时。"表消闲。

宋·晁无咎《临江仙》:"水穷行到处,云起坐看时。"用王维原句,原句入词平仄不合,故"倒言之以就声律"。

3499. 山沉黄雾里,地尽黑云中

南朝·梁·庾肩吾《登城北望》:"山沉黄雾里,地尽黑云中。"写战场的恶劣天气、阴森环境。"里"与"中"都是方位词作句尾。晋·陶渊明《归田园居》:"狗吠深巷中,鸡鸣桑树颠。"是此句式的始作俑者,后来多用"里""外""中""前""间"等方位词两两对应用于双句之末,表示人物、事物及活动所处的处所、环境、氛围。这种句式较著名的有:唐·王勃《圣泉宴》:"影飘垂叶外,香度落花前。"唐·李白《江夏别宋之悌》:"人分千里外,兴在一杯中。"唐·朱庆余《泛溪》:"鸟飞溪色里,人语棹声中。"而那众多的方位句式,则为读者创造了极其丰富的境界。

南朝·陈后主叔宝《有所思三首》:"山川千里间,风月两边时。"

又(其三):"愁多明月下,泪尽雁行前。"

南朝·陈·何胥《被使出关》:"莺啼落春后,雁度在秋前。"

唐·沈佺期《兴庆池侍宴应制》:"汉家城阙疑天上,秦地山川似镜中。"

又《夜宿七彩岭》:"独游千里外,高卧七盘西。"

唐·张说《对酒行巴陵作》:"鸟哭楚山外,猿啼湘水阴。"

唐·王维《赠焦道士》:"坐知千里外,跳向一壶中。"句近李白"人分千里外,兴在一杯中。"

又《归魏而逾尊子其行乎余赠言者》:"乡树扶桑外,主人孤岛中。"

又《河南严君弟见宿弊庐访别人赋十韵》:"贫

交世情外,才子古人中。"

唐·刘长卿《赠西邻卢少府》:"犬吠寒烟里,鸦鸣夕照中。"

又《过横山顾山人草堂》:"人来千嶂外,犬吠百花中。"

又《海盐官舍早春》:"柳色孤城里,莺声细雨中。"

唐·杜甫《客亭》:"日出寒山外,江流宿雾中。"

又《陪章留后侍御宴南楼得风字》:"寇盗狂歌外,形骸痛饮中。"

又《夔州歌》:"长年三老长歌里,白昼摊前高浪中。"

又《九日登梓州城》:"弟妹悲歌里,朝廷醉眼中。"

又《游子》:"九江春草外,三峡暮帆前。"

又《恨别》:"草木变衰行剑外,兵戈阻绝老江边。"

又《喜达行在所》:"影静千官里,心苏七校前。"

又《公安送韦二少甫还赞》:"时危兵甲黄尘里,日短江湖白发前。"

唐·丘为《山行寻隐者不遇》:"草色新雨中,松声晚窗里。"

唐·韦应物《自巩洛舟行入黄河即事寄府县僚友》:"寒树依微远天外,夕阳明灭乱流中。"

唐·韩翃《送冷朝阳还上元》:"落日澄江乌榜外,秋风疏柳白门前。"

又《送王光辅归青州兼寄诸侍御》:"蝉声驿路秋山里,草色河桥落照中。"

唐·皇甫冉《逢庄讷因赠》:"春归江海上,人老离别中。"

唐·顾况《洛阳早晨》:"一家千里外,百舌五更头。"

唐·窦常《晚次方山精舍却寄张荐员外》:"马羸三径外,人病四愁中。"

唐·李益《宿石邑山中》:"晓月暂飞高树里,秋河隔在数峰中。"

唐·柳道伦《赋得春风扇微和》:"始辨梅花里,俄分柳色中。"

唐·陈九流《赋得春风扇微和》:"暗入芳园里,潜吹草木中。"

唐·张籍《晚春过崔驸马东园》:"竹香新雨

后,莺语落花中。"

唐·章八元《望慈恩寺浮图》:"却讶鸟飞平地上,自惊人语半天中。"

唐·白居易《闲卧》:"有山来枕上,无事到心中。"

唐·姚合《游春》:"酒醒莺声里,诗成蝶舞前。"

唐·杜牧《题宣州开元寺水阁,阁下宛溪夹溪居人》:"鸟来鸟去山色里,人歌人哭水声中。"

唐·许浑《重游练湖感旧》:"荣枯尽寄浮云外,哀乐犹惊逝水前。"

唐·李商隐《富平少侯》:"不收金弹抛林外,却惜银床在井头。"

唐·顾非熊《经河中》:"楼台山色里,杨柳水声中。"

唐·熊孺登《日暮天无云》:"象分青气外,景尽赤霄前。"

唐·薛能《送友人出塞》:"人归穷帐外,鸟乱废营间。"

唐·张乔《江行夜雨》:"梦残灯影外,愁积苇丛边。"

又《题山僧院》:"地寒松影里,僧老馨声中。"

又《郑州即事》:"鸟归残烧外,帆出断云间。"

唐·李昌符《旅游伤春》:"曙分林影外,春尽雨声中。"

唐·秦韬玉《城东即事》:"玉笛一声芳草外,锦鸳双起碧流中。"

唐·郑谷《登杭州城》:"漠漠江天外,登临返照间。"

唐·卫光《经太华》:"势飞白云外,影倒黄河里。"

唐·唐彦谦《玫瑰》:"无力春烟里,多愁暮雨中。"

又《忆孟浩然》:"句搜明月梨花内,趣入春风柳絮中。"

唐·齐己《听泉》:"高秋初雨后,半夜乱山中。"

唐·无名氏《赠临安辛少府》:"书吏优游山色里,琴堂闲冷水声中。"

宋·王禹偁《游虎丘山寺》:"尽把好山藏院里,不教幽景落人间。"

宋·胡宿《山居》:"人行春色里,莺语落花边。"

宋·邵雍《天津感事二十六首》:"烟树尽扫秋色里,人家常在水声中。"

又《安乐窝自贻》:"不作风波于世上,自无冰炭到胸中。"

宋·韩维《之雍丘舟中奉寄少述处士明叔公温》:"新秋草树轻凉外,落日帆樯远思中。"

又《晏元献公挽辞三首》:"光华两朝内,文字一生中。"

又《和晏相公湖上十月九日三首》:"断桥孤屿寒光外,短楫轻舟夕照中。"

又《陪宁极游南溪夜还山墅》:"家在碧山下,人行清露中。"

又《雪中同邻儿出游》:"九重城阙寒光外,百万人家喜气中。"

又《送高寺丞宰岐上》:"春色鸣弦外,山光隐几中。"

宋·程颢《偶成》:"道通天地有形外,思入风云变态中。"

宋·文同《闲遣》:"掩门休务外,隐几坐忘中。"

又《前溪独游》:"小滩晴霭外,独鹤夕阳中。"

宋·苏轼《寄题刁景纯藏春坞》:"年抛造物陶甄外,春在先生杖履中。"

宋·谢景初《喜友至》:"倒著衣裳迎户外,尽呼儿女拜灯前。"

宋·张耒《和周廉彦》:"新月已生飞鸟外,落霞更在夕阳西。"

宋·王灼《水调歌头》:"长江飞鸟外,明月众星中。"

宋·叶绍翁《秋日游龙井》:"竹光灯影里,人语水声中。"

宋·陈与义《怀天经智老因访之》:"客子光阴诗卷里,杏花消息雨声中。"

宋·秦观《中秋口号》:"照海旌旗秋色里,激天鼓吹月照中。"

宋·唐庚《寓精道斋有感怀家山》:"半夜梦飞山色里,一年秋在雨声中。"

宋·郑侠《烟雨楼》:"花镰柳策熙怡里,耘笠渔蓑笑语中。"

宋·陆游《戏用方外语示客》:"身居本地风光里,愁掷他方世界中。"

又《后寓叹》:"会与高人期物外,摩挲铜狄灞城秋。"

又《雨夜》:"心游万里关河外,身卧一窗风雨中。"

又《怀旧》:"梦破江亭山驿外,诗成灯影雨声中。"

又《舍北晚步》:"三叉古路残芜里,一曲清江淡霭中。"

又《戏书燕几》:"一枕鸟声残梦里,半窗花影独吟中。"

又《题斋壁》:"梦回菱曲渔歌里,身寄频洲蓼浦中。"

又《三月一日府宴学射山》:"百年身世酣歌里,千古功名感慨中。"

又《雪晴行益昌道中颇有春意》:"春回柳眼梅须里,愁在鞭丝帽影间。"

又《风雨夜坐》:"欹枕旧游来眼底,掩书余味在胸中。"

宋·范成大《新凉夜坐》:"日日老添明镜里,家家凉入短檠中。"

又《清明日狸渡道中》:"花燃山色里,柳卧水声中。"

又《除夜地炉书事》:"节物闲门里,人情老镜中。"

宋·杨万里《有叹》:"尽逃暮四朝三外,犹在桐花竹实中。"

宋·郭应祥《鹧鸪天》:"春归莲焰参差里,人在蓬壶快乐中。"

宋·方岳《泊歙浦》:"人行秋色里,雁落客愁边。"

宋·朱熹《舫斋》:"两岸兼葭秋色里,一川烟雨夕阳中。"

元·王实甫《西厢记》第四本第三折《收尾》:"四围山色中,一鞭残照里。"元·马致远《寿阳曲》:"四围山一竿残照里,锦屏风又添铺翠。"王实甫用此句。

明·杨基《春草》:"六朝旧恨斜阳里,南浦新愁细雨中。"

明·王彦泓《赠云客》:"险约最欢来意外,沉忧难讳到眉尖。"

清·吴伟业《观蜀鹃啼剧有感》:"往事酒杯来梦里,新声歌板出花前。"

清·屈大均《江皋》:"渔村疏竹外,古渡夕阳间。"

清·蒋士铨《水调歌头》(舟次感成):"年光愁病里,心绪别离中。"

清·朱孝纯《题壁》:"一水涨喧人语外,万山青到马蹄前。"

近代·易顺鼎《灞桥》:"风雪诗催驴背上,关河人语雁声中。"

3500. 山色有无中

唐·王维《汉江临泛》(一作《汉江临眺》):"江流天地外,山色有无中。"汉江水势浩渺,横无涯际,仿佛流出天地之外;远方山色迷濛,烟岚掩映,象是有山又不可见山。两句诗十个字,勾画出壮阔而又朦胧的景色。"山色有无中"深受后人的钟爱,常以原句入词。

宋·欧阳修《朝中措》(送刘仲原甫出守维扬):"平山栏槛倚晴空,山色有无中。手种堂前垂柳,别来几度春风。"宋·叶梦得《避暑录话》卷一:"欧阳文忠公在扬州作平山堂,壮丽为淮南第一,上据蜀冈,下临江南数百里,真、润、金陵三州,隐隐若可见。公每暑时,辄凌晨携客往游。"此数句写:平山堂的危栏倚偎着晴朗的天空,凭栏远眺,山峰拱列,轻烟遮掩,山色若隐若现,似有似无,呈一派朦胧美。用王维一原句。南宋胡仔《苕溪渔隐丛话》后集卷二十三载:"《艺苑雌黄》云:送刘贡父守维扬,作长短句云:'平山栏槛倚晴空,山色有无中。'平山堂望江左诸山甚近,或以谓永叔短视,故云:'山色有无中'。东坡笑之,因赋快哉亭,道其事云:'长记平山堂上,欹枕江南烟雨,杳杳没孤鸿。认取醉翁语:山色有无中'。""山色有无"是因"江南烟雨",说欧公近视,看不清隔江的山色,显然是失误之语。南宋人方岳《水调歌头》(平山堂用东坡韵):"秋雨一何碧,山色倚晴空。""倚晴空"用欧公句,写平山堂环境。

用"山色有无中"原句的还有:

宋·晁端礼《望海潮》:"正望迷平野,目断飞鸿。易水风烟,范阳山色有无中。"

宋·周邦彦《虞美人》:"疏篱曲径田家小,云树开清晓。天寒山色有无中。野外一声钟起,送孤蓬。"

宋·吴儆《浣溪沙》:"斜阳波底湿微红,朱栏翠袖倚轻风,平平山色有无中。"

宋·张孝祥《浣溪沙》:"油壁不来春草绿,栏干倚遍夕阳红,江南山色有无中。"

宋·赵师侠《水调歌头》(万载烟雨观):"江流

清浅外，山色有无中。平田坡岸回曲，一目望难穷。"

"山色有无中"，与王维同时代的诗人中，曾作过类似的描绘。如：张翚《游栖霞寺》："泉声无休歇，山色时隐见。"刘长卿《秋云岭》："山色无定姿，如烟复如黛。"李华《仙游寺》："舍事入樵径，云木深谷口。万壑移晦明，千峰转前后。听声静复喧，望色无更有。"这些写山的诗句："山色时隐见""山色无定姿""望色无更有"，也都写山色隐现有无，变幻朦胧，而各尽其妙，同王维的"山色有无中"，或为相互酿生，或为相互开启，然而做为描绘同类景色的不同写法，不同语言，王维句以其更准确、更明快，为后来者所共鸣。

"有无"，时有时无，或似有若无，最早用者为南朝·陈·江总《入摄山栖霞寺》诗："石漱乍深浅，烟崖递有无。"

后用"有无"或"有无中（间）"者如：

唐·杜甫《自阆州领妻子却赴蜀山行三首》其三："行色递隐见，人烟时有无。"

又《返照》："返照开巫峡，寒空半有无。"

唐·权德舆《晚渡扬子江却寄江南亲故》："远岫有无中，片帆风水上。"

唐·元稹《杂忆五首》："春波消尽碧波湖，漾影残霞似有无。"

唐·罗隐《秋居有寄》："端居湖岸东，生计有无中。"

宋·宋庠《岁暮北楼晚景》："楼上人惊岁律残，鲁郊齐垒有无间。"

宋·释怀琏《万春院》："造物使谁匀画手，山川平远有无中。"

宋·刘敞《微雨登城》："雨映寒空半有无，重楼闲上倚城隅。"

宋·王安石《学士院燕侍郎画图》："六幅生绡四五峰，暮云楼阁有无中。"

宋·苏轼《腊日游孤山访惠勤惠思二僧》："天欲雪，云满湖，楼台明灭山有无。水清石出鱼可数，林深无人鸟自呼。"

又《次韵陈海州书怀》："郁郁苍梧海上山，蓬莱方丈有无间。"

又《王晋卿所藏〈著色山〉二首》："缥缈营丘水墨仙，浮空出没有无间。"

宋·王安中《东江》："南涧夕阳烟自起，西山漠漠有无中。"

宋·管鑑《水调歌头》（同子仪、韦之登舟青阁，用韦之韵）："好是夕阳低后，四野暮云齐敛，遮尽远山重。城郭参差里，烟树有无中。"

宋·张孝祥《浣溪沙》："霜日明霄水蘸空，鸣鞘声里绣旗红，淡烟衰草有无中。"

清·陈曾寿《湖斋坐雨》："隐几青山时有无，卷帘终日对跳珠。"

清·孙点《浪淘沙》（题岐阜提灯）："图画有无中。芳草或丛，偶然绛蜡吐腥红。"日本的"岐阜提灯"上的图画似有若无。

清·于晓霞《水调歌头》："山色淡何处？却在渺茫中。"用其意。

清·张鹏翮《昭君青冢》："香溪流影魂飞动，塞上吹箫凤有无。"

3501. 草色遥看近却无

唐·韩愈《早春呈水部张十八员外二首》："天街小雨润如酥，草色遥看近却无。最是一年春好处，绝胜烟柳满皇都。"此诗句句有名，每句都曾被后人所应用。全诗对早春表达出一种特殊的感情，完全出于诗人对早春独到的感受。一场初春的细雨中，山野里春草绽芽，绿色萌生，远望依稀可见一片朦胧的嫩绿。隐约浅淡，兆示着春来了。这种对春的第一感觉，顿然产生无比的惊喜，于是以为这是春天里最美好的时刻。那"烟柳满城"的盛春人们习常见惯，已不以为然了，所以无法同此刻相比。"草色遥看近却无"，是变换空间距离观察所得，远看虽无青葱，却能看到一片隐约的绿影，而走进这绿影中，却只能看几棵嫩芽，绿影却不见了。因为绿影是大片绿芽显示出来的，走近了，视角变狭，只能看棵棵嫩芽而已。用此句如：

宋·邵雍《浩歌吟》："笛声方远听，草色正遥看。何处危楼上，斜阳人凭栏。"

金·赵可《凤栖梧》："草色有无眉淡扫，身在西山，却爱东山好。"

明·李攀龙《于郡城送明卿之江西》："青枫飒飒雨凄凄，秋色遥看入楚迷。"

3502. 勒石燕然道

南朝·齐·孔稚圭《白马篇》："勒石燕然道，凯归长安亭。"赞汉代名将霍去病北击匈奴，胜利而归。"勒石燕然"典出《后汉书·窦宪传》：东汉永元元年（89），车骑将军窦宪率兵在燕然山（今蒙古国杭爱山)战败了北匈奴贵族,登燕然山刻石纪功。并命班固作《燕然山铭》。后把"勒石燕然"代称建立战功。孔稚圭用此意。

南朝·梁·徐悱《白马篇》:"归报明天子,燕然不复刊。"

南朝·陈·张正见《从军行》:"燕然自可勒,幽谷讵须泥。"

唐·窦威《出塞曲》:"会勒燕然石,方传车骑名。"(一作窦威诗。)

唐·陈子昂《送魏大从军》:"勿使燕然上,惟留汉将功。"

唐·崔湜《塞垣行》:"岂要黄河誓,须勒燕然石。"(一作崔融诗。)

唐·李峤《饯薛大夫护边》:"伫见燕然上,抽毫颂武功。"

又《送骆奉礼从军》:"希君勒石返,歌舞入城闉。"

唐·张说《奉和圣制途经华岳应制》:"君臣愿封岱,还贺勒鸿名。"

唐·徐知仁《奉和圣制送张说巡边》:"由来词翰手,今见勒燕然。"

唐·李昂《从军行》:"田畴不卖卢龙策,窦宪思勒燕然石。"

唐·王昌龄《少年行二首》:"气高轻赴难,谁顾燕山铭。"

唐·刘长卿《赋得》:"为问元戎窦车骑,何时返旆勒燕然。"(一作皇甫冉《春思》诗。)

唐·杜甫《奉酬薛十二丈判官见赠》:"欲学鸥夷子,待勒燕山铭。"

唐·戎昱《泾州观元戎出师》:"燕然如可勒,万里愿从公。"

唐·卢纶《哭司农苗主簿》:"更想秋山连古木,唯应石上见君名。"暗用。

唐·耿沣《送王将军出塞》:"更就燕然石,看铭破虏功。"

唐·武元衡《塞下曲》:"龙沙早立功,名向燕然勒。"

又《幕中诸公有观猎之作因继之》:"为报府中诸从事,燕然未勒莫论功。"

唐·杨巨源《贺田仆射子弟荣拜金吾》:"为数麒麟高阁上,谁家公子勒燕然。"

唐·张蠙《边将二首》:"历战燕然北,功高剑有威。"

宋·苏轼《送顾子敦奉使河朔》:"会当勒燕然,廊庙登剑履。"

清·盛锦《老将》:"闻笳心未死,尚想勒燕然。"

清·徐三梦《送友人出使塞外》:"燕然何处所?石上自题名。"

3503. 为君座右之铭

北周·庾信《邛竹杖赋》:"岂比夫接君堂上之履,为君座右之铭,而得与绮绅瑶珮,出芳房于蕙庭。""座右铭":《昭明文选·崔瑗〈座右铭〉》吕延济题注:"瑗兄璋为人所杀,瑗遂手刃其仇,亡命,蒙赦而出,作此铭以自戒,尝置座右,故曰座右铭也。"庾信此数句意为:不若崔瑗报仇之后作铭自戒,只能扶老如竹杖而已。

唐·杜甫《桥陵诗三十韵因呈县内诸官》:"侧闻鲁恭化,秉德崔瑗铭。"后汉鲁恭为中牟令,专以德化,不任刑罚,似以戒杀为铭。

又《天育骠图歌》:"故独写真传世人,见之座右久更新。"座右图。

唐·高骈《寄鄠杜李遂良处士》:"池边写字师前辈,座右题铭律后生。"

唐·司空图《自诫》:"我祖铭座右,嘉谋贻厥孙。"

3504. 聊自书诸绅

唐·白居易《续座右铭》并序:崔子玉作座右铭,予窃慕之。虽未能尽行,常书于屋壁。然其间似有未尽者,因续为座右铭云。"勿慕贵与富,勿忧贱与贫。自问道如何,贵贱安足云;闻毁勿戚戚,闻誉勿欣欣,自顾行何如,毁誉安足论。……不敢规他人,聊自书诸绅。……"书之于绅(衣之大带)同置诸座右其举措是一样的,都是把对自己有教益、有警策的格言箴语放到醒目处以自策自警。

"书诸绅"是子张记下孔子的教诲。《论语·卫灵公》:"子张问行。子曰:'言忠信,行笃敬,虽蛮貊之邦,行矣;言不忠信,行不笃敬,虽州里,行乎哉?立则见其参于前也,在舆则见其倚于衡也,夫然后行。'子张书诸绅。"白居易还有《书绅》诗:"诚知有道理,未敢劝交亲。恐为人所哂,聊自书诸绅。"再用此句表示书下送老安贫之计。用"书绅"较多,因为子张书圣人之言,两崔瑗则是自己戒杀。到后来,由于"书绅"不如置诸座右方便,"座右铭"

多作成语运用。

唐·钱起《美杨侍御清文见示》："愿言书诸绅,可以为佩服。"

唐·窦群《题剑》："丈夫得宝剑,束发曾书绅。"

唐·韩愈《谢自然诗》："感伤遂成诗,昧者宜书绅。"

唐·司空图《漫书五首》："世路快心无好事,恩门嘉话合书绅。"

宋·文同《邛州倅厅三省堂》："将欲言治人,必先由正身。身正人自治,此化行如绅。……有欲著其迹,更假他物伸。或取几杖明,或用盘盂陈;或则铭于座,或则书于绅。"

宋·司马光《邵尧夫先生哀辞二首》："重言蒙踧实,佩服敢书绅。"自注:"先生(邵尧夫·雍)尝以予为脚踏实地之人。"

3505. 狐兔穴宗庙

北朝·齐·颜之推《古意诗二首》："狐兔穴宗庙,霜露沾朝市。"楚国灭亡,楚都被毁,楚王宗庙成了狐兔巢穴,市朝无人,沾满霜露,一片荒凉破败景象。南朝·陈·江总的"市朝沾草露"(《明庆寺》)用此句(见下条)。

唐·杜甫《忆昔二首》："洛阳宫殿烧焚尽,宗高新除狐兔穴。"从开元盛世,到天宝之乱,由盛转衰。历肃宗、代宗两朝,其乱未已,东京被焚烧,西京宗庙被破坏。用颜之推语,说宗庙连狐兔也住不成了。

3506. 心念似悬旌

南朝·梁·何逊《与崔录事别兼叙携手》："我本倦游客,心念似悬旌。"客心不安,如悬挂着的旗子,飘忽摇摆。语出《战国策·楚策一》："心摇摇如悬旌,而无所终薄。""旌",即旗,"薄"即泊,停止。《史记·苏秦列传》用《战国策》原语。后用"心旌摇摇"表示心神不定、客心不安或挂念不已。"悬心"一语亦从此出。

唐·岑参《送郑仆射节制剑南》："将心感知己,万里寄悬旌。"

唐·钱起《奉送户部李郎中充晋国副节度出塞》："泪闻横吹落,心逐去旌悬。"

唐·柳中庸《夜渡江》："唯看去帆影,常似客心悬。"暗用悬旌。

宋·宋庠《道出襄城遇大风于野》："心如摇旆头如葆,却羡枯桑了不知。"

3507. 高山郁翠微

南朝·梁·何逊《仰赠从史兴宁寘南》："远江飘素沫,高山郁翠微。"远处的江水飘起白色飞沫,高耸的山峰蕴藉着青翠的山气。

"翠微"《尔雅》释:"山未及上曰翠微。"疏云:"山未及顶上,在旁陂陀之处名翠微。"即青翠掩映的山腰深处,或山腰上浓郁的青翠。后也指青翠的山气。晋·左思《蜀都赋》："郁菎菎以翠微。""菎菎"即纷缊,茂盛意。山气青翠的样子。注云:"翠微,山气之轻缥也。"明·杨慎曰:"凡山远则翠,近之则渐微。"清·仇兆鳌《杜诗详注》三五页注引孟郊诗:"山明翠微浅"和"山近渐无青",误,应是孟浩然《登鹿门山》诗:"渐至鹿门山,山明翠微浅。"这"远则翠,近则微"之山景,似类"草色遥看近却无"。而隋·尹式《送晋熙公别》："云薄林欲静,山高翠转微。"翠微又与高低有关。从后人用此语看,表葱翠的山腰为多。

"翠微"句中,前加动词者不少,如加"上""下""出""入""陟""依""映""逼""登""连"等等,写登山的多。

唐·李世民《赋秋日悬清光赐房玄龄》："秋露凝高掌,朝光上翠微。"

唐·卢照邻《还赴蜀中贻示京邑游好》："敛衽辞丹阙,悬旗陟翠微。"

唐·陈子昂《薛大夫山亭宴序》："披翠微而列坐,左对青山;俯盘石而开襟,右临澄水。"

又《同宋参军之问梦赵六赠卢陈二子之作》："氛氲涵翠微,宛如嬴台曲。"

唐·张九龄《奉和圣制温泉歌》："羽旆透迤上翠微,温谷葱葱佳气色。"

唐·宋之问《松山岭应制》："白羽摇丹壑,天营逼翠微。"

又《早入清远峡》："雨色摇丹嶂,泉声聒翠微。"

唐·李峤《烟》："瑞气凌青阁,空蒙上翠微。"

唐·苏颋《奉和崔尚书赠大理陆卿鸿胪刘卿见示之作》："北寺临玄阙,南城写翠微。"

又《奉和圣制幸韦嗣立庄应制》："树色参差隐翠微,泉流百尺向空飞。"

唐·武三思《奉和春日登龙门应制》："凤辇临

香地,龙舆上翠微。"

李乂《春侍宴芙蓉园应制》:"水殿临丹巘,山楼绕翠微。"

唐·沈佺期《奉和春初幸太平公主南庄应制》:"主家山第早春归,御辇春游绕翠微。"

又《仙萼池亭侍宴应制》:"步辇寻丹嶂,行宫在翠微。"

又《哭道士刘无得》:"花月留丹洞,琴笙阁翠微。"

唐·张子容《送苏倩游天台》:"灵异寻沧海,笙歌访翠微。"

唐·邢巨《游宣州琴溪同武平一作》:"鳞岭森翠微,澄潭照秋景。"

唐·宋昱《题石窟寺》:"檐牖笼朱旭,房廊挹翠微。"

唐·李颀《送王道士还山》:"先生舍我欲何归,竹杖黄裳登翠微。"

又《宿香山寺石楼》:"夜宿翠微半,高楼闻暗泉。"

唐·綦毋潜《过融上人兰若》:"黄昏半在山下路,却听钟声连翠微。"

唐·储光羲《同诸公登慈恩寺塔》:"虚形宾太极,携手行翠微。"

唐·李白《游泰山六首》:"寂静娱清晖,玉真连翠微。"

又《答长安崔少府封游终南翠微寺太宗皇帝金少泉见寄》:"初登翠微岭,复憩金沙泉。"唐有翠微寺。

又《下终南山过斛斯山人宿置酒》:"却顾所来径,苍苍横翠微。"

又《崔秋浦柳少府》:"摇笔望白云,开帘当翠微。"

唐·刘长卿《题萧郎中开元寺新构幽寂亭》:"结茅依翠微,伐木开蒙笼。"

又《重送道标上人》:"衡阳千里去人稀,遥逐孤云入翠微。"

唐·杜甫《重题郑氏东亭》:"华亭入翠微,秋日乱清晖。"

又《重过何氏五首》:"云薄翠微寺,天清皇子陂。"贞观二十一年,重建太和宫名翠微宫,元和中以为寺。《长安志》:"翠微宫在万年县外终南山之上。"

又《十二月一日三首》:"即看燕子入山扉,岂有黄鹂历翠微。"

又《秋兴八首》:"千家山郭静朝晖,一日江楼坐翠微。"

又《重径昭陵》:"陵寝盘空曲,罴罴守翠微。"

唐·皇甫松《杨柳枝》:"春入行宫映翠微,玄宗侍女舞烟丝。"

唐·李嘉祐《登蒋山开善寺》:"山殿秋云里,香烟出翠微。"(一作崔峒诗。)

唐·钱起《忆山中寄旧友》:"更忆东岩趣,残阳破翠微。"

又《寻华山云台观道士》:"残阳在翠微,携手更登历。"

又《送评事归山居》:"遥羡书窗下,千峰出翠微。"

又《题崔逸人山亭》:"药径深红藓,山窗满翠微。羡君花下酒,蝴蝶梦中飞。"

又《送崔山人归山》:"东山残雨挂斜晖,野客巢由指翠微。"

又《题礼上人壁画山水》:"连山画出映禅扉,粉壁香烟满翠微。"

唐·韩翃《送客还江东》:"不妨高卧顺流归,五两行看扫翠微。"

唐·司空曙《早复寄元校书》:"独游野径送芳菲,高竹林居接翠微。"

蜀太后徐氏(王建妃)(丈人观):"仪仗影空寥廓外,金丝声揭翠微颠。"

唐·赵璜《题七夕图》:"帝子吹箫上翠微,秋风一曲凤凰归。"

宋·晏几道《鹧鸪天》:"七里楼香倚翠微,百花深处杜鹃啼。"

毛泽东《七律·答友人》(1961年):"九嶷山上白云飞,帝子乘风下翠微。"运用娥皇、女英飞临君山的传说,表现湖南的大好形势。

其他句式中,用"翠微里"、"翠微间"、"翠微路"较多。

唐·陈子昂《酬晖上人秋夜山亭有赠》:"皎皎白林秋,微微翠山静。"亦为翠微之意。

唐·宋之问《龙门应制》:"雁塔遥遥绿波上,星凫奕奕翠微边。"

又《发端州初入江西》:"翠微悬宿雨,丹壑饮晴霓。"

唐·张九龄《奉和吏部崔尚书雨后大明朝堂望南山》:"朅来青倚外,高在翠微先。"

唐·苏颋《奉和圣制春台望应制》:"图阙朱光临,横山翠微积。"

唐·张翚《游栖霞寺》:"路险入幽林,翠微含竹殿。"

唐·李颀《寄焦炼师》:"白鹤翠微里,黄精幽涧滨。"

唐·王维《敕借岐王九成宫避暑应教》:"帝子远辞丹凤阙,天书遥借翠微宫。"

唐·孟浩然《题终南翠微寺空上人房》:"翠微终南里,雨后宜返照。"

唐·刘长卿《关门望华山》:"翠微关上近,瀑布林梢悬。"

又《题武丘寺》:"青林虎丘寺,林际翠微路。"

又《赠微上人》:"禅门来往翠微间,万里千峰在刹山。"

又《远公龛》:"入夜翠微里,千峰明一灯。"

唐·李华《仙游寺》:"冥冥翠微下,高殿映杉柳。"

唐·杜甫《丽人行》:"头上何所有,翠微匐叶垂鬓唇。"喻诸杨游宴曲江,头饰华丽。

唐·钱起《东阳郡斋中诣南山招韦十》:"中峰落照时,残雪翠微里。"

又《梦寻西山淮上人》:"新月隔林时,千峰翠微里。"

又《奉和圣制登朝元阁》:"翠微回日驭,丹巘驻天行。"

唐·耿沣《送崔明府去青城》:"清冬空御出,蜀道翠微间。"

唐·谢勋《游烂柯山》:"宛演横半规,穹崇翠微上。"

宋·潘阆《忆余杭》:"长忆钱塘,不是人寰是天上,万家掩映翠微间,处处水潺潺。"

宋·苏轼《与述古自有美堂乘月夜归》:"鱼钥未收清夜水,风箫犹在翠微间。"

宋·吴文英《祝英台近》(春日客龟溪游废园):"采幽香,巡古苑,竹冷翠微路。"

3508. 生平多意绪

南朝·梁·何逊《临行公车》:"生平多意绪,怀抱皆徂谢。""意绪"即心绪。"徂谢",消逝。一生心绪不佳,一切抱负也随之消逝。

南朝·齐·王融《咏琵琶》:"丝中传意绪,花里寄春情。"何逊用此"意绪"。

唐·杜甫《孤雁》:"野鸦无意绪,鸣噪亦纷纷。"用何逊句意。

3509. 全由履迹少,并欲上阶生

南朝·梁·庾肩吾《咏长信宫中草》:"委翠似知节,含芳如有情。全由履迹少,并欲上阶生。"咏长信宫中翠草之可爱,还要生上玉阶,其实"全由履迹少"造成的。草可爱,反衬打入长信宫的宫人的可悲。

宋·吴文英《风入松》:"惆怅双鸳不到,幽阶一夜苔生。""双鸳"一双绣鞋。取庾肩吾"全由履迹少,并欲上阶生"意,一夜不到,苔生幽阶,这是夸张法。

3510. 玉阶生白露,夜久侵罗袜

唐·李白《玉阶怨》:"玉阶生白露,夜久侵罗袜。却下水精帘,玲珑望秋月。"写女子在秋夜望月,玉阶上的白露侵湿了罗袜。这是表现一种孤寂。

元·司马昂夫《最高楼》(暮春):"侵阶苔藓宜罗袜,逗衣梅润试香篝。""罗袜"用李白句,只是表示"步履"。

3511. 借问行路人,何如霍去病

南朝·梁·曹景宗《光华殿侍宴赋竞病韵》:"去时儿女悲,归来笳鼓竞。借问行路人,何如霍去病。"《南史》载:"景宗累立军功。天监初征为右卫将军。后破魏师凯旋。帝于华光殿宴饮联句,今左仆射沈约赋韵。景宗请求赋诗。帝曰:'卿伎能甚多,何必止在一诗?'景宗已醉,求作不已。时韵已尽,惟余'竞''病'二字,景宗便操笔而成。帝深叹赏,朝贤惊嗟竟日。"

唐·杜甫《秋日夔府咏怀奉寄郑监李宾客一百韵》:"借问频朝谒,何如稳醉眠。"用"借问…何如…"句式。

3512. 独结少年场

南朝·陈·张正见《艳歌行》:"未安文史阁,独结少年场。弯弧贯叶影,学剑动星芒。"一些青年,不修文,只经武。集结起来,玩弓学剑。"少年场",指青年聚集起来学武的场所、环境。

"少年场",语出《汉书·尹赏传》。汉成帝永始、元延间,由于皇帝怠于政事,贵戚骄恣,结交长

安恶少、杀吏害民,死伤横道。尹赏任长安令后,将长安的"轻薄少年恶子",皆收捕"虎口"狱中,覆以大石,数日皆死,而后埋入桓表之东,百日后,令死者家各取其子弟之尸。长安从此安定了。长安流传一歌:"安所求子死?桓东少年场。生时谅不谨,枯骨后何葬?"这"少年场"是埋葬恶少的坟场。后来,把一些少年聚集习武任侠,轻生死,重义气,追求功名称为"结客少年场"。"少年场"从原义脱出,成了少年的正义的结集和活动场所。南朝·宋·鲍照作《代结客少年场行》就是写一任侠尚武的青年。"结客少年场"也成了乐府古题。张正见则首先把"独结少年场"入诗。

唐·李白《结客少年场行》:"平明相驰逐,结客洛门东。少年学剑术,凌轹白猿公。"

唐·刘禹锡《武夫词》:"依倚将军势,交结少年场。"

唐·杜牧《早春赠军事薛判官》:"唯君莫惜醉,认取少年场。"

宋·苏轼《哭刁景纯》:"纷纷少年场,犹得见此老。"

宋·蔡伸《虞美人》:"散尽高阳,零落少年场。"

宋·刘辰翁《江城子》:"晚入耆英年最少,空结客、少年场。"

又《内家娇》(寿王城山):"结客少年场,携高李、闻笛赋游梁。"

3513. 实无水而恒沉

北朝·周·庾信《小园赋》:"虽有门而长闭,实无水而恒沉。"写自己虽居高位,实似隐居。即所谓"隐于市朝"。

"陆沉"原孔子之语。《庄子·则阳第二十五》载:"孔子之楚,其邻有夫妻臣妾登极者,……仲尼曰:'是圣人仆也。是自埋于民,自藏于畔。其声销,其志无穷,其口虽言,其心未尝言。方且与世违,而心不屑与之俱。是陆沉者也。'"郭注:"人中隐者,譬无水而沉,曰陆沉。"虽在世间,却如离开世间。

《史记·滑稽列传》附《东方朔传》载:东方朔作歌云:"陆沉于俗,避世金马门,宫殿中可以避世全身,何必深山之中,蒿庐之下。"明确说明隐于市朝。

庾信受羁于北周,养尊处优,无所事事,即"隐于市朝",做高级隐者。其《幽居值春》又云:"山人久陆沉,幽径自临春。"

汉·王充《论衡》(谢短):"夫知古不知今,谓之陆沉。"这种用法不多见,表示隐居、无名、国土沦丧者为多。

3514. 何者为陆沉

唐·张九龄《始兴南山下有林泉尝卜居焉,荆州卧病有怀此地》:"出处各有在,何者为陆沉。"忆曾卜居之地"林泉"、"陆沉"表示隐居林泉。用此意还如:

唐·钱起《题玉山村叟屋壁》:"谷口好泉石,居人能陆沉。"

又《春暮过石龟谷题温处士林园》:"隐几无名老,何年此陆沉。"

唐·于邺《游中梁山》:"僻地好泉石,何人曾陆沉。不知青嶂外,更有白云深。"

3515. 忘机陆易沉

唐·杜甫《风疾舟中伏枕书怀三十六韵奉呈湖南亲友》:"反朴时难遇,忘机陆易沉。"大历五年冬,自长沙乘舟赴衡阳途中,患风疾伏枕而作,似为最后一首。这年尽,作者逝去。此二句,时清难遇,淡泊宁静,泯灭机心,不去用世,那么就是陆沉了。无水而没,名声不显。这一"陆沉"意为不隐之隐。

唐·高适《别王彻》:"时辈想鹏举,他人嗟陆沉。"

又《淇上别刘少府子英》:"逸思乃天纵,微才应陆沉。"

唐·储光羲《贻王处士子文》:"王屋尝嘉遁,伊川复陆沉。"

又《同张侍御鼎和京兆萧兵曹华岁晚南园》:"公府传休沐,私庭效陆沉。"

唐·常建《燕居》:"啸傲转无欲,不知成陆沉。"

唐·齐己《和郑谷郎中看棋》:"有路如飞出,无机似陆沉。"

唐·罗邺《落第书怀寄友人》:"清世谁能使陆沉,相逢休作忆山吟。若教仙桂在平地,更有何人肯苦心。"

唐·罗隐《旅舍书怀寄所知》:"道从泪没甘雌伏,迹恐因循更陆沉。"

唐代日本友人菅原道真《酬裴大使留别之

什》：“高情不谢北溟深，别恨还如在陆沉。”意深沉，特殊用法。

唐·徐黄《休说》：“休说人间有陆沉，一尊闲待月明斟。”

唐·李旭《及第后呈朝中知己》：“凌晨晓鼓奏嘉音，雪拥龙迎出陆沉。”

唐·吴筠《题龚山人草堂》：“世人负一美，未肯甘陆沉。”

五代·李中《献徐舍人》：“此日重遭遇，心期出陆沉。”

又《送汪涛》：“霄汉知音在，何须恨陆沉。”

宋·释智圆《古琴诗》：“后世惑郑声，此道遂陆沉。”绿绮琴退出乐坛。

宋·黄庭坚《答张沙可》：“丈夫身在要勉力，岂有吾子终陆沉。”

又《离亭燕》（次韵答廖明略见寄）：“十载尊前谈笑，天禄故人年少。可是陆沉英俊地，看即琐窗批诏。此处忽相逢，潦倒秃翁同调。”

3516. 明时岂陆沉

唐·蔡希寂《同家兄题渭南王公别业》：“即郁苍生望，明时岂陆沉。”“明时”，政治清明时期。曹植《求自试表》：“志欲自效于明时，立功于圣世。”诗意为时值政治清明，怎么可以隐遁形迹，不问时事呢！用此句还有：

唐·王维《送从弟蕃游淮南》：“高义难自隐，明时宁陆沉。”“宁”同“岂”。

唐·祖咏《家园夜坐寄郭微》：“谁念穷居者，明时嗟陆沉。”

五代·李中《书小斋壁》：“道在唯求己，明时岂陆沉。”

3517. 谁遣神州陆地沉

宋·范成大《双庙》（在南京北门外，张巡、许远庙也，世称“双庙”，南京人呼为“双王庙”）：“平地孤城寇若林，两公犹解障妖祲。大梁襟带洪河险，谁遣神州陆地沉！”“双庙”祀唐代张巡、许远二英烈。二人合力守睢阳，食尽，食鸟鼠，杀爱妾以飨军士。城陷被执，俱不屈，骂贼死节。宋将王禀等坚守太原八个多月，金兵计尽。终因不予救应，粮草既尽，食皮甲、野草，力竭城破。此事与唐张巡等死节极相似。“谁遣神州陆地沉”？借唐代二名将失败，向宋上层提出败于金人的责任。

“神州陆沉”喻国土沦丧，或国家灭亡。《晋书·桓温传》：“温自江陵北伐……与诸僚属登平乘楼，眺属中原，慨然曰：‘遂使神州陆沉，百年丘墟，王夷甫诸人不得不任其责。’”王夷甫，西晋王衍等人清谈误国，西晋灭亡了。北宋灭亡后，南宋词人用“神州陆沉”表示，金灭亡，金代诗人亦用“神州陆沉”表示，都抒亡国之恨。

宋·胡世将《酹江月》：“神州沉陆，问谁是、一范一韩人物。”

宋·辛弃疾《水龙吟》：“夷甫诸人，神州沉陆，几曾回首。”

宋·陈人杰《沁园春》（丁酉多感事）：“谁使神州，百年陆沉，青毡未还。”

金·元好问《洛阳》：“千年河岳控喉襟，一日神州见陆沉。”

又《大简之画松风图》：“新亭相泣血沾襟，一日神州见陆沉。”

又《四哀诗》：“赤县神州坐陆沉，金汤非粟祸侵寻。”

元帅加诗人陈毅《无题》：“生为革命死不哭，莽莽神州叹沉陆。”

今人秦似《黄花冈》：“几度神州伤沉陆，一番花雨洗江天。”

3518. 荡彼愁门终不开

北朝·周·庾信《愁赋》：“细酌榴花一两杯，荡彼愁门终不开。”以酒驱愁，愁门不开，驱之不去，如“举杯浇愁愁更愁”了。

宋·苏轼《次韵孔毅父久旱已而甚雨》：“夜来饥肠如转雷，旅愁非酒不可开。”反用庾信句意。

3519. 风骚骚而树急，天惨惨而云低

北周庾信《小园赋》：“风骚骚而树急，天惨惨而云低。”羁身魏周，思归不得，求隐不能，忧劳成疾。这两句写环境恶劣。

上句用汉·张衡《思玄赋》句：“寒风凄而未至兮，拂穹岫之骚骚。”骚音“修”。后句用汉末王粲《登楼赋》：“天惨惨而无色。”

3520. 哭坏杞梁城

北朝庾信《拟咏怀二十七首》其十一：“啼枯湘水竹，哭坏杞梁城。”哀梁元帝江陵之败，伤亡甚多，有夫妻离别之苦。杞梁，名殖字梁，春秋时代齐

国的大夫。《列女传》载,他为齐国伐莒,战死于莒国城下。他的妻子枕尸哭了十天,城墙倒塌,而后自杀。《琴操》载:"杞殖战死,妻泣曰:'上则无父,中则无夫,下则无子,人生之苦至矣!'乃放声长号,杞城为之崩。"庾信用此事。

汉乐府《西北有高楼》:"上有弦歌声,音响一何悲!谁能为此曲,无乃杞梁妻。"琴曲有《杞梁妻叹》《琴操》说杞梁妻作,《古今注》说杞梁妻妹朝日作。此诗写弦歌极悲,如《杞梁妻叹》了。

魏·曹植《精微篇》:"杞妻哭死夫,梁山为之倾。"哭倒梁山。

唐·李白《东海有勇夫》:"梁山感杞妻,恸哭为之倾。"用哭倒梁山说,写精诚所至,即能成功,为勇妇报杀夫之仇的行为张本。

3521. 金屋贮阿娇

南朝·陈·沈炯《八音诗》:"金屋贮阿娇,楼阁起迢迢。"似答一成为富豪的旧友的诗。"金屋贮阿娇",楼阁之中蓄有美女妻妾。

汉·班固《汉武故事》:"胶东王(汉武)数岁,长公主嫖(汉武帝姑母)抱置膝上,问曰:'儿欲得妇否?'胶东王曰:'欲得妇。'长公主指左右长御百余人,皆云'不用'。末指其女问曰:'阿娇好否?'于是乃笑对曰:'好,若得阿娇作妇,当作金屋贮之也。'长公主大悦,乃苦要上(汉武帝之父汉景帝),遂成婚焉。"唐·李白《妾薄命》:"汉帝重阿娇,贮之黄金屋。咳唾落九天,随风生珠玉。"即述金屋贮阿娇,阿娇后得势骄妒以至失宠本事。李白《白头吟》:"此时阿娇正娇妒,独坐长门愁日暮。"亦述其事。还有《怨情》:"请看陈后黄金屋,寂寂珠帘生网丝。"唐·胡曾《妾薄命》:"阿娇初失汉皇恩,旧赐罗衣亦罢熏。歌枕夜悲金屋雨,卷帘朝泣玉楼云。"变述其本事。后用"金屋贮阿娇"多写蓄养美女,也有的喻养花。

唐·皇甫冉《见诸姬学玉台体》:"宁辞玉辇迎,自堪金屋贮。"

唐·杨巨源《名姝咏》:"阿娇年未多,体弱性能和。"

唐·白居易《长恨歌》:"金屋妆成娇侍夜,玉楼宴罢醉和春。"喻杨玉环。

唐·何希尧《海棠》:"著雨胭脂点点消,半开时节最娇娆。谁家更有黄金屋,深锁东风贮阿娇。""阿娇"代指海棠。

唐·李商隐《茂陵》:"玉桃偷得怜方朔,金屋修成贮阿娇。"

唐·罗虬《比红儿诗》:"阿娇得似红儿貌,不费长门买金赋。"

唐·萧意《长门失宠》:"自从别銮殿,长门几度春。不知金屋里,更贮若为人。"

宋·李邴《调笑令》:"本是一团香玉,飞鸾台上看未足,贮向阿娇金屋。"

宋·游次公《贺新郎》:"阿娇正好金屋贮。甚西风、易得萧疏,扇鸾尘土。"

宋·京镗《醉落魄》(观碧鸡坊王园海棠次范石湖韵):"阿娇合贮黄金屋,是谁却遣来空谷。"喻海棠。

宋·吴文英《高山流水》(丁基仲侧室善丝桐赋咏,晓达音律,备歌舞之妙):"恁风流也称,金屋贮娇庸。"

又《玉京谣》(陈仲文自号藏一,盖取坡诗中"万人如海一身藏"语。为度夷则商犯无射宫腔制此赠之):"镜慵看,但小楼独倚。金屋千娇,从他鸳暖秋被。"

又《江神子》(十日荷塘小隐赏桂呈朔翁):"西风吹来,晚桂开迟。月宫移,到东篱。簌簌惊尘,吹下半冰规。拟唤阿娇来小隐,金屋底,乱香飞。"

宋·赵必璂《贺新郎》(生朝新渌用前韵见赠,再依次答之):"低唱芙蓉菊。有吟翁、坐拥红娇,宴黄金屋。"

宋·彭子翔《贺新郎》(童养合卺):"金屋阿娇无共贮,待玄霜,杵就方成偶。"

元《群音类选·〈泰和记·王羲之兰亭显才艺〉》:"宝鼎沉烟臭,绣幕流苏皱,金屋贮娇柔不堪游,富贵东流。"

3522. 金屋无人见泪痕

唐·刘方平《春怨》:"纱窗日落渐黄昏,金屋无人见泪痕。寂寞空庭春欲晚,梨花满地不开门。"宠妃迟暮,姿容衰落,失去宠幸,即使居于金屋,也寂寞生悲,甚至连泪痕人家也见不到。"金屋"即汉武帝童年时所说:"若得阿娇作妇,当作金屋贮之"的"金屋"。指豪华的皇宫或华丽的居室。"黄金屋"亦此意,如"书中自有黄金屋"。独用"金屋"句如:

唐·任希古《奉和太子纳妃太平公主下降三首》:"金屋真离象,瑶台起婺徽。"

唐·宋之问《谒二妃庙》:"还以金屋贵,留兹宝席尊。"

唐·李峤《马武骑挽歌二首》:"夜倾金屋酒,春舞玉台花。"

唐·沈佺期《七夕曝衣篇》:"椒房金屋宠新流,意气娇奢不自由。"

唐·张循之《长门怨》:"玉阶草露积,金屋网尘生。寄语临邛客,何时作赋成。"

唐·张谔《岐王席上咏美人》:"玉杯寒意少,金屋夜情多。"

唐·王维《扶南歌词五首》:"宫女迎金屋,将眠复畏明。"

唐·崔液《踏歌词》:"彩女迎金屋,仙姬出画堂。"

唐·崔颢《邯郸宫人怨》:"瑶房侍寝世莫知,金屋更衣人不见。"

唐·李白《长门怨二首》:"天回北斗挂西楼,金屋无人萤火流。"

又《宫中行乐词》:"小小生金屋,盈盈在紫微。"

唐·于鹄《送宫人入道归山》:"自伤白发辞金屋,许著黄衣向玉峰。"

唐·罗隐《莺声》:"金屋梦初觉,玉关人未归。"

唐·来鹄《蚕妇》:"晚夕采桑多辛苦,好花时节不闲身。苦教解爱繁华事,冻杀黄金屋里人。"

宋·周邦彦《浣溪沙》:"金屋无人风竹乱,衣篝尽日水沉微,一春须有忆人时。"

宋·姜夔《疏影》:"莫似春风,不管盈盈,早与安排金屋。"

宋·吴文英《八声甘州》(灵岩陪庾幕诸公游):"幻苍厓云树,名娃金屋,残霸宫城。"

宋·赵文《莺啼序》(寿胡存斋):"似别有、金屋佳人,桃根桃叶清婉。"

3523. 曾锦鞍呼妓,金屋藏娇

南宋·刘辰翁《意难忘》(元宵雨):"当年乐事朝朝:曾锦鞍呼妓,金屋藏娇。"南宋末首用"金屋藏娇",定型为成语。与"金屋贮娇"意思近同,而这一"藏"字,还有蓄养严密,鲜为人知之意。南宋·周密《倚风娇近》(填霞翁谱大花):"生怕春知,金屋藏娇深处,蜂蝶寻芳无据。"当然这是写藏花。由于"藏"字用得生动别致,从此取代"贮"。

元·张可久《折桂令·王一山席上题壁》:"锦树围香,花灯夺昼,金屋藏娇。"

明·释澹归《风流子》(上元风雨):"素馨田畔路,当年梦、应有金屋藏娇。"

清·孔尚任《桃花扇》第二十七出逢舟《前腔—琐窗寒》:"匆忙扮作新人,夺藏娇、金屋春。"

清·钱泳《履园丛话·阅古·元石础》:"结客少年曳珠履,藏娇金屋皆绮罗。"

清·褚人获《坚瓠癸集·卷三·黄司理判》:"教祖沙门,本是出游和尚;藏娇金屋,改为入幕观音。"

3524. 何处结同心,西陵松柏下

南朝乐府《苏小小歌》:"妾乘油壁车,郎乘青骢马。何处结同心,西陵松柏下。"一对青年男女在松柏下永结同心,爱情如长青树。

明人陈子龙《唐多令》(寒食):"双缕绣盘金,平沙油壁侵,宫人斜外柳阴阴。回首西陵松柏路,肠断也,结同心。"女子寒食中凄凉地立在陵园,同心虽结,天人已隔,曲折地抒发亡国之痛。过去乘油壁车去结同心,今天来到"宫人斜"墓地,想过去结同心的地方西陵松柏路,"心在人亡",令人痛绝。用乐府诗,写一女子爱情坚贞,委婉地表达殉国之志。

宋·吴文英《宴清都》(连理海棠):"人间万感幽单,华清惯浴,春盎风露。连鬟并暖,同心共结,向承恩处。凭谁为歌长恨,暗殿锁、秋灯夜语。叙旧期、不负春盟,红朝翠暮。"见海棠而想到如"海棠春睡"的杨妃,又从玄宗、杨妃的"同心共结",写到马嵬长恨。"只运化一篇《长恨歌》,乃放出如许异彩!"(近代陈洵《海绡说词》)以杨妃比去妾,抒自己之离情。用"同心共结"表示曾共结同心。

3525. 遥原树若荠,远水舟如月

隋·薛道衡《敬酬杨仆射山斋独坐》:"遥原树若荠,远水舟如月。"遥远的原野上棵棵大树就像荠菜一般小,天边的水上行舟就像新出的仰月。这是以大见小,以远见奇。

唐·孟浩然《秋登万山寄张五》:"天边树若荠,江畔洲如月。"用上句,改下句。江边的弯浦如月牙形状,改得并不见奇。

3526. 自有凌冬质,能守岁寒心

隋·李孝贞《园中杂咏桔树》:"嘉树出巫阴,

分根徙上林。……自有凌冬质,能守岁寒心。"嘉树"出自屈原《桔颂》,写巫山之北的桔树移植皇家林苑,十分珍贵,不畏严冬,在木叶翻飞中,独立不拔,这是它的姿质所定。"岁寒,然后知松柏之后凋。"(《论语·子罕》),桔如松柏。"能守岁寒心",颂桔以自况,虽官居显位而不同流俗。

唐·张九龄《感遇十二首》其七:"江南有丹桔,经冬犹绿林。岂伊地气暖,自有岁寒心。"秉承《桔颂》主旨,用李孝贞句,写他谪居荆州而志节不移的操守。

3527. 穷秋塞草腓

隋·虞世基《陇头吟》:"穷秋塞草腓,塞外胡尘飞。"写秋尽塞草枯黄,尘沙漫天。

唐·高适《燕歌行》:"大漠穷秋塞草腓,孤城落日斗兵稀。"用虞世基句写时令,"斗兵稀"讽张守珪守边无胜迹。

3528. 散与群芳自在春

隋宫人侯夫人《春日看梅》:"香清寒艳好,谁惜是天真。玉梅谢后阳和至,散与群芳自在春。"赞梅,梅花谢去,群芳竞艳,报春到来。

元·王冕《白梅》:"冰雪林中著此身,不同桃李混芳尘。忽然一夜清香发,散作乾坤万里春。"用侯夫人句,写梅花报春。

3529. 积毁销金,积谗磨骨

南朝·梁·江淹《上建平生书》:"积毁销金,积谗磨骨。"两句互文同义,一次次毁谤诬谗积聚起来,可以熔化金子,磨碎骨头。说谗毁之恶力极大,损伤力极强。

句源出于《史记·张仪列传》:"众口铄金,积毁销骨。"江淹变用此句。

唐·李白《雪谤诗赠友人》:"积毁销金,沉忧作歌。"用江淹句。

3530. 九路平如掌

南朝·梁·王僧孺《登高台》:"试出金华殿,聊登铜雀台。九路平如掌,千门洞已开。轩东映月过,箫管逐风来。若非邯郸美,便是洛阳才。"前四句意近鲍照诗。"九路"即"九衢",通向四面八方的通衢大道,如手掌一样平。

宋·范成大《新岭》:"仆夫有好语,沙平路如

掌。"用王僧孺句。

3531. 清如玉壶冰

南朝·宋·鲍照《代白头吟》:"直如朱丝绳,清如玉壶冰。"清澄的玉壶中容有洁白的冰块。喻纯洁清白。晋·陆机《汉高祖功臣颂》有"心若怀冰"语,用"冰"比拟心,言心的纯洁。唐·姚崇《冰壶诫》序云:"夫洞彻无瑕,澄空见底。当官明白者,有类是乎?故内怀冰清,外涵玉润,此君子冰壶之德也。""冰壶之德"指为官清明廉洁,如冰清玉洁。唐代科举考试曾以鲍照的"清如玉壶冰"为试帖诗题目,也说明唐代即重视作官廉洁。

"玉壶冰",后人用其义不拘,却多用清白,部分表示凉爽。

唐·骆宾王《别李峤得胜字》:"芳尊徒自满,别恨转难胜。客似游江岸,人疑瀛上陵。寒更承夜永,凉夕向秋澄。离心何以赠,自有玉壶冰。"

又《送别》诗重用《别李峤》诗后四句,似另抄送他人。

唐·李白《赠韦侍御黄裳二首》:"但勖冰壶心,无为叹衰老。"

又《赠清漳明府侄聿》:"白玉壶冰水,壶中见底清。"

唐·王维《清如玉壶冰》:"玉壶何用好,偏许素冰居。"

唐·杜甫《槐叶冷淘》:"万里露寒殿,开冰清玉壶。"

又《寄裴施州》:"金钟大镛在东序,冰壶玉衡悬清秋。"

又《赠特进汝阳王二十韵》:"研寒金井水,檐动玉壶冰。"

又《湖中送敬十使君适广陵》:"气缠霜匣满,冰置玉壶多。"

唐·王季友《玉壶冰》:"玉壶知素洁,止水复中澄。坚白能虚受,清寒得自凝。"

唐·耿沛《省试骊珠诗》:"侻怜希代价,敢对此冰壶。"

唐·张籍《赠王侍御》:"心同野鹤与尘远,诗似冰壶见底清。"

唐·白居易《醉后戏题》:"今夜酒醺罗绮暖,被君融尽玉壶冰。"

唐·许浑《寓怀》:"素手怨瑶瑟,清心悲玉壶。"

唐·李群玉《宵民》:"谁于销骨地,一鉴玉壶冰。"

唐·王棨《咏清》:"露零金掌满,冰结玉壶盈。"

唐·李商隐《别薛延宾》:"清规无以况,且用玉壶冰。"

唐·唐彦谦《寄徐山人》:"一室清羸鹤体孤,气和神莹爽冰壶。"

又《怀友》:"冰壶总忆人如玉,目断重云十二楼。"

宋·钱惟演《夜意》:"沃顶几思金掌露,涤烦谁借玉壶冰。"

宋·周紫芝《虞美人》(食瓜有感):"西园摘处香和露,洗尽南轩暑。莫嫌坐上适来蝇,只恐怕、难近玉壶冰。"赞瓜带来凉爽。

宋·李纲《丑奴儿》:"玉壶贮水花难老,净几明窗,净几明窗,褪下残英蔌蔌黄。"代花瓶。

宋·陆游《征妇怨效唐人作》:"玉壶贮满伤春泪,锦字挑成寄远诗。""春泪"用秦观《春日》诗:"有情芍药含春泪,无力蔷薇卧晚枝。"

3532. 一片冰心在玉壶

唐·王昌龄《芙蓉楼送辛渐》:"寒雨连江夜入吴,平明送客楚山孤。洛阳亲友如相问,一片冰心在玉壶。"《唐才子传》等书载:王昌龄因为"不矜细行"(不拘小节)而招致"谤议沸腾",被贬为江宁(今南京)丞。辛渐是他的好友,要回洛阳,从江宁出发,王昌龄送辛渐一夜到润州(今江苏镇江),在润州西北楼——芙蓉楼钱别,赠此诗。以"一片冰心在玉壶"告慰洛阳亲友:自己仍然澄澈洁白、纯正无瑕如玉壶冰一样(尽管"谤议沸腾",众口铄金),流露出坦荡和赤诚。这是用"玉壶冰"的名句。用此意,多表达高洁清正的胸怀。

唐·卢纶《清如玉壶冰》:"玉壶冰始洁,循吏政初成。"

唐·杨巨源《酬崔博士》:"青松树杪三千鹤,白玉壶中一片冰。"

宋·欧阳修《谢太傅杜相公宠示嘉篇》(皇祐三年):"凛凛节奇霜涧柏,昭昭心莹玉壶冰。"

宋·王以宁《浣溪沙》(张金志洗儿):"我识外家西府相,玉壶冰雪照青春。小郎风骨已凌云。"

又《好事近》:"诗客少微家,世有斗南人杰。一段素襟清韵,似玉壶冰雪。"

又《好事近》:"白石读书房,世有斗南人杰。一段素襟清韵,似玉壶冰雪。"再用此上阕。

宋·袁去华《水调歌头》(送杨廷秀赴国子博士用廷秀韵):"笔陈万人敌,风韵玉壶冰。文章万丈光临,论价值连城。"

宋·李曾伯《水调歌头》(庚戌寿静斋叔):"十载星沙幕,一片玉壶冰。"

宋·杨泽民《醉桃源》:"十年依旧破衫青,空书制敕绫。但知心似玉壶冰,牛衣休涕零。"

清·康熙皇帝玄烨《玉兰》:"试此群芳真皎洁,冰心一片晓风开。"赞白色玉兰花之皎洁,用其句而不用其义。

3533. 洛阳亲友如相问

唐·王昌龄《芙蓉楼送辛渐》:"洛阳亲友如相问,一片冰心在玉壶。"用前句如:

唐·杜牧《自宣州赴官入京路逢裴坦判官归宣州因题赠》:"江湖酒伴如相问,终老烟波不计程。"他离开宣州入京,路遇裴坦回宣州,赠此诗。"江湖酒伴"指宣州的同僚、友人。说终老漂泊于烟波之中而不计行程。用王昌龄句式。下如:

唐·许浑《郊园秋日寄洛中友人》:"嵩阳亲友如相问,潘岳闲居欲白头。"潘岳字安仁,曾作《闲居赋》,此借用叹自己郊居。

五代·赵文度《寄乡人》:"圣主覃恩遍九垓,碧油红旆出关来。乡中父老如相问,十五年前赵秀才。"

3534. 夜风寒结玉壶冰

唐·许浑《送卢先辈自衡岳赴复州嘉礼二首》:"秋水静磨金镜土,夜风寒结玉壶冰。""玉壶冰"指水欲结冰。舟行水中如在清净洁白的玉壶之中。

宋·赵子发《南歌子》:"天末疑无路,波翻欲御风。此身忽在玉壶中。醉倒不知、南北与西东。"

宋·米友仁《临江仙》:"一天风露重,人在玉壶清。"

又《宴桃源》:"凝顾,凝顾,人在玉壶深处。"

宋·叶梦得《浣溪沙》(送卢倅):"荷叶荷花水底天,玉壶冰酒酿新泉,一欢聊复记他年。"

宋·林淳《水调歌头》(次赵帅开西湖韵):"化出玉壶境界,挥洒锦囊词翰,笔下涌波澜。"

宋·赵鼎《水调歌头》："转银汉,飞宝鉴,溢清寒。金波万顷不动,人在玉壶宽。"

宋·孙居敬《临江仙》(西湖)："文字红裙相间出,主人钟鼎仙翁。清谈隽语与香浓。太平欢意远,人在玉壶中。"

宋·王沂孙《无闷》(雪意)："应是梨花梦好,未肯放,东风来人世。待翠管,吹破苍茫,看取玉壶天地。"写雪后冰清玉洁的冰雪世界。

3535. 月寒冰在壶

唐·许浑《天竺寺题葛洪井》："云朗镜开匣,月寒冰在壶。"表示寒凉的月色。

宋·沈蔚《清商怨》："城上鸦啼斗转,渐渐玉壶冰满。月淡寒梅,清香来小院。"写月光。

宋·李纲《水调歌头》(和李似之横山对月)："秋杪暑方退,清若玉壶冰。"写月光。

宋·史达祖《齐天乐》(中秋宿真定驿)："西风来劝凉云去,天东放开金镜,照野霜凝,入河桂湿,一一冰壶相映。"中秋月色。

元·徐再思《晋天乐》(吴江八景·垂虹夜月)："玉华寒,冰壶冻。云间玉兔,水面苍龙。酒一尊,琴三弄,唤起凌波仙人梦。""玉华""冰壶"均喻月之皎洁。

明·汤显祖《牡丹亭》第二十九出旁疑《前腔》："俺虽然年青试妆,洗凡心冰壶月朗。"月之纯洁。

3536. 壶中别有日月天

唐·李白《下途归石门旧居》："余尝学道穷冥泉,梦中往往游仙山。何当脱屣谢时去,壶中别有日月天。"这是诗人漫游吴越之后的作品,诗首写与"吴山""越水"道别,流露了"此心郁怅谁能论"的情绪,而后追叙自己"学道""游仙"的经历,表示谢时辞世,到另外的天地中去。这是典型的道家思想。

"壶中别有日月天",出自道家的神仙传说。《云笈七签》卷二八载:"施存,鲁人,夫子弟子,学大丹之道……常悬一壶,如五升器,大变化为天地,中有日月,如世间。夜宿其内,自号'壶天'。"晋·葛洪《神仙传》载:"壶公者,不知其姓名也。……时汝南有费长房者,为市掾。忽见公从远方来,入市卖药,人莫识之。卖药口不二价,治病皆愈。语买人曰:'服此药必吐某物,某日当愈',事无不效。

其钱日收数万,便施于市中贫乏饥冻者,唯留三五十。常悬一空壶于屋上,日入之后,公跳入壶中,人莫能见,唯长房楼上见之,知非常人也。长房乃日日扫公座前地及供馔物,公受而不辞。如此积久,长房尤不懈,亦不敢有所求。公知长房笃信,谓房曰:'至暮无人时更来。'长房如其言即往。公语房曰:'见我跳入壶中时,卿便可效我跳,自当得入。'长房依言,果不觉已入。入后不复是壶,唯见仙宫世界,楼观重门阁道,公左右侍者数十人。……"后人用"壶中日月""壶中别有天"多代指奇景或仙境。

用"壶中日月"句:

唐·司空图《丁未岁归三官谷》："将取一壶闲日月,长歌深入五陵溪。"

唐·韩偓《赠易卜崔江处士》："壶中日月将何用,借与闲人试一窥。"

唐·吕岩《七言》："物外烟霞为伴侣,壶中日月任婵娟。"

五代·李中《赠重安寂道者》："壶中日月存心近,岛外烟霞入梦清。"

五代·古成之《临卒书诗》："物外乾坤谁得到,壶中日月我曾游。"

宋·张方平《剑门关》："壶中日月邻方外,海内山河入帝图。"

宋·丁谓《凤栖梧》："路指瑶池归去晚,壶中日月如天远。"

宋·杨无咎《选冠子》(许倅生辰)："海上楼台,壶中日月,乍觉挈来平地。"

用"壶中别有天"的:

唐·罗隐《送宣武徐巡官》："自知关畔无非马,立觉壶中别有天。"

唐·吕岩《沁园春》："休休,只恋尘缘,又谁信壶中别有天。""谁信",否定式。

五代·张泌《赠韩道士》："东城南陌频相见,应是壶中别有家。"指道士所居。

宋·陈抟《赠金励睡诗》："真人本无睡,睡则浮云烟。炉里近为药,壶中别有天。"

宋·释延寿《山居》："抱拙藏锋过暮年,高名何必指前贤。只于心上标空界,谁说壶中别有天。"否定式。

宋·席羲叟《次令衿游玉壶高咏十绝·小雨垂帘就寝》："篆香如雾细莹帘,始信壶中别有天。"

宋·吕胜己《柳梢青》："了知世上都如梦,须信壶中别有天。"

宋·魏了翁《水调歌头》:"壶中别有天地,转觉日增长。"

宋·刘龥《水调歌头》:"谁识矶边泉石,别有壶中天地,烟雨一青蓑。"

宋·夏元鼎《沁园春》(李将使访道有年,近得旁径。予憩其后圃,且问光透帘帏之秘,不敢隐默,不敢戏传。始以水词,庸谢雅意。):"天下江山,无如甘露,多景楼前。有谪仙公子,依山傍水,结茅筑圃,花竹森然。四季风光,一生乐事,真个壶中别有天。"

3537.但见壶中日月长

宋·邵雍《后园即事三首》(嘉祐八年):"不闻世上风波险,但见壶中日月长。"作者曾屡次受荐不赴,终生未仕。他潜心治《易》学,深悟哲理,堪称文学史上哲理诗家的代表。嘉祐七年(1026),两京留守王拱辰在洛阳为他建了新居,称"安乐窝",他写了许多"安乐窝"的诗。他的《小圃逢春》:"壶中日月知多少,烂占风光十二年。"即以"壶中日月"喻在"安乐窝"中安居之久。此"后园"二句是写他在"壶中"的平民生活安乐而长久,可以不问世上的一切险恶风波,可以脱开仕途官场里的种种不安因素。他反复吟咏"壶中日月(岁月)长",主要是看穿了出仕之险恶,其主导并非道家思想。如:

《治平丁未仲秋游伊洛二川六日晚出洛城西门宿奉亲僧舍听张人弹琴》:"更闻数弄神仙曲,始信壶中日月长。"

《思山吟》:"壶中日月长多少,能老红尘几辈人。"

《温良吟》:"因惊世上机关恶,遂觉壶中日月迟。""迟"意同"长"。

唐·韩偓《六月十七日召对自辰及申方归本院》:"花应洞里寻常发,日向壶中持地长。"应皇帝召对。古时用十二天干纪时,每一天于约今两个小时,自辰至申,含辰、巳、午、未、申五天干,达10个小时。此"壶中"喻禁中,全句言谈话时间之长,如壶中之日。"日月长"自此始。

"壶中日月长"之"长",也有用"高""闲"更换的,其意相近。

宋·梅尧臣《依韵和永叔景灵致斋见怀》:"不嗟门外尘沙苦,只觉壶中岁月长。"有感斋中久待。

宋·欧阳修《答子履学士见寄》(治平四年):"梦回枕上黄粱熟,身在壶中白日长。"为官日短,休闲日长。

宋·张公庠《宫词》:"玉虚新殿势嶙,谁见壶中日月闲。"宫中闲逸。

宋·王之道《南歌子》(赵叔全生日):"扇里薰风细,壶中化日长。"祝愿长寿。

宋·卢炳《鹧鸪天》:"齐祝颂,喜平康。天教两鬓正苍苍。壶中日月应长久,笑看蟠桃几度芳。"表长寿。

元·张养浩《喜春来》:"一场恶梦风吹觉,依旧壶天日月高。"恶梦醒来,又入佳境。

3538.若是壶中有天地

唐·李商隐《赠白道者》:"十二楼前再拜辞,灵风正满碧桃枝。壶中若是有天地,又向壶中伤别离。"拜辞白道者,白道者将返道观,有如壶中仙境,面对仙境为离别而感伤。"壶中若是有天地",想象道观如仙境,表现了对白道者的敬仰。

"壶中天地"喻仙境,誉胜境。

唐·曹唐《小游仙诗九十八首》其三:"省得壶中见天地,壶中天地不曾秋。"

唐·吕岩《失调名》:"鼎里坎离,壶中天地,满怀风月,一吸虚空。"

宋·王安石《题正觉院籛龙轩二首》:"壶中若有闲天地,何若归来问葛陂。"

宋·苏轼《水龙吟》:"青鸾歌舞,铢衣摇曳,壶中天地。"

元·乔吉《中吕·满庭芳·渔父词》:"清江畔,闲愁不管,天地一壶宽。"

元·陈草庵《山坡羊》:"闲中自有闲中乐,天地一壶宽又阔。"

3539.四时景物一壶中

宋·米友仁《临江仙》:"野外不堪无胜侣,笑谈安得君同。四时景物一壶中。醉余临望处,远岫数重重。"用"壶中"仙境喻人间美景。

唐·高蟾《送张道士》:"因将岁月离三岛,闲贮风烟在一壶。为问金乌头白后,人间流水却回无。"

宋·胡宿《赠少室王山人》:"壶小藏仙界,槎高拂斗星。"

宋·苏轼《壶中九华诗》:"五岭莫愁千嶂外,

九华今在一壶中。"《斜川集》有七言古诗一首,题云:"湖口人李正臣,蓄异石,广袤尺余,而九峰玲珑。老人名之曰湖中九华,且以诗继之。"苏轼诗前《引》曰:"湖口人李正臣蓄异九峰,玲珑宛转,若窗棂然,予欲以百金买之,与仇池石为偶,方南迁未暇也。名之曰'壶中九华',且以诗纪之。"此句意,五岭虽远,九华却在"壶中"。他把"湖中九华"改作"壶中九华",说明他非常爱此石。

又《次韵德麟西湖新成见怀绝句》:"壶中春色饮中仙,骑鹤东来独怅然。"自注:"谓洞庭春色也。"

《摭遗》载:吕仙翁《和大云寺僧》:"待宾檻里常存酒,化药壶中别有春。"

宋·黄裳《蝶恋花》:"南北两山骄欲斗,中有涟漪,莫道湖山小。"

又《蝶恋花》:"月下壶天游未尽,广寒宫是波中影。"

宋·王安石《徵招调中腔》(天宁节):"飞盖英催忙,歌阶万岁蟠桃结。睿算永、壶天风月。"

3540. 壶公有容身之地

北周·庾信《小园赋》:"一壶之中,壶公有容身之地。"作者羁旅长安,不求高堂邃宇,只结庐容身而已,那巢父许由不是在夏日仅在树上筑一巢吗?"壶公"在小壶中容身而不觉窄。

唐·顾况《步虚词》(太清宫作):"壶中无窄处,愿得一容身。"用庾信句,写愿身处太清宫。

宋·王庭珪《江城子》(吴贡道班师置酒):"玉颓山,夜将阑。幸遇休兵,且尽玉壶宽。""玉壶"代酒壶。

宋·黄庭坚《木兰花令》:"青壶乃似壶中滴,万象光辉森宴席。"酒壶如壶公之壶。

以下,"壶中""壶天"句表示种种乐趣。

宋·夏竦《送张元梦归天台》:"鸾凤若有壶中志,从此高梧一见稀。"写张隐居天台如鸾凤入壶。

宋·晁补之《引驾行》:"芝田高隐去偕老,自别有、壶中永日,比人间好。"世外仙境。

宋·汪相如《水调歌头》(寿退休丞相):"介公眉寿,年年倾入紫霞杯。寿与江流不尽,在壶天不老,谈笑领春回。"喻长寿之境。

宋·陈允平《风入松》(寿恕斋谢待制):"西清人住水云乡,心静日偏长。闲中自乐壶天趣,笑红尘,谁羲皇。"祝颐养天年。

元·汪元亨《朝天子·归隐》:"访壶公洞天,谒卢同玉川,住潘岳河阳县。"抒归隐之愿。

3541. 差池玉绳高

南朝·宋·鲍照《阳岐守风》:"差池玉绳高,掩霭瑶井没。""玉绳",星名。《文选》李善注引《春秋元命包》:"玉衡北两星为玉绳星。"玉衡为北斗七星之一。张融《海赋》写:"连摇光而交彩,接玉绳以通华。""瑶井",似指"瑶池",或为"玉井"星。"玉绳高",时间到了深夜。

唐·顾况《悲歌六首》其五:"临春风,听春鸟;别时多,见时少。愁人夜永不得眠,瑶井玉绳相对晓。"用鲍照"玉绳""瑶井",写夜不成眠,坐对玉绳瑶井直至天明。宋·苏轼《辘轳歌》集顾况《悲歌六首》之三、四、五首。"临春风"以下六句为顾况第五首。清·王文诰《苏轼诗集》收作苏轼的《辘轳歌》,显然是误收。

南朝·齐·谢朓《离夜》:"玉绳隐高树,斜汉耿层台。"

又《暂使下都夜发新林至京邑赠西府同僚》:"金波丽鳷鹊,玉绳低建章。"

唐·杜甫《江边星月二首》:"骤雨清秋夜,金波耿玉绳。"用谢朓"金波""玉绳"。

又《大云寺赞公房四首》:"玉绳迥断绝,铁凤森翱翔。"

又《月》:"不违银汉落,亦伴玉绳横。"

宋·苏轼《江月五首》:"幽人赴我约,坐待玉绳横。"

3542. 万瓦垂玉绳

唐·陆龟蒙诗:"万瓦垂玉绳。"(清·王文诰《苏轼诗集》引。):"玉绳",指瓦檐上垂下的晶莹的雨线。

宋·苏轼《万州太守高公宿约游岑公洞而夜雨连明戏赠二小诗》:"蓬窗高枕雨如绳,恰似糟床压酒声。"

3543. 婵娟空复情

南朝·齐·谢朓《同谢咨议咏铜爵台》:"芳襟染泪迹,婵娟空复情。""铜爵台"即曹操所建铜雀台。"婵娟"亦作"婵媛",指铜雀台上的妓妾。曹操生前在铜雀台上与妓妾作乐,死前《遗令》要把他葬在邺都西岗铜雀台附近。此诗写曹死后妓妾对他的祭奠。而这种祭奠不过虚应故事,人已死去,不能再生,祭奠何益?结尾以妓妾的口吻说"玉座犹寂寞,况乃妾身轻。"说明人的死亡谁也逃脱不掉。此二句,妓妾凭吊,伤情落泪,不过是徒劳而已。

唐·杜甫《奉济驿重送严公四韵》:"远送从此别,青山空复情。"用"空复情",青山空自伤情,也留不住人,怅言别易生悲。

3544. 烹鲜止贪兢

南朝·齐·谢朓《始之宣城郡》:"烹鲜止贪兢,共治属廉耻。"谢朓长五言诗。"沈约常云:'二百年来无此诗也。'"(《南史·谢朓传》)此诗为初任宣城太守时作。此句述自己的政见,止贪治廉。"烹鲜"烹鱼,语出《老子》六十章:"治大国若烹小鲜,以道莅天下,其鬼不神,非其鬼不神,其神不伤人。非其神不伤人,圣人亦不伤人。夫两不伤人,故德交归焉。"首句,晋·王弼注云:"不扰也。躁则多害,静则全真。故其国弥大而其主弥静,然后乃能广得众心矣。""静则全真",是他以"初静"观来解释老子的"道",而后治国才能归之于"德"。"治大国苦烹小鲜",河上公注:"鲜,鱼。烹小鱼,不去肠,不去鳞,不敢挠,恐其靡也。"治大国同烹小鲜一样。小鲜烹不好就会破碎不堪,因而治大国要细心谨慎(道家主张"清静无为"或"无为而治",事实上是行不通的)。后用"烹鲜"喻治国或治政,多用于治理地方的官吏的才干、能力。

唐·李颀《赠别穆元林》:"彼乡有令弟,小邑试烹鲜。"

又《夏宴张兵曹东堂》:"重林华屋堪避暑,况乃烹鲜会佳客。"指煎鱼。

唐·刘长卿《送薛据宰涉县》:"宝剑诚可用,烹鲜是虚弃。"

又《至德二年春正月时谬蒙差摄海盐令闻王师收二京因书事寄上浙西节度李侍郎中丞行营五十韵》:"家怜双鲤断,才愧小鳞烹。"

唐·高适《过卢明府有赠》:"何幸逢大道,愿言烹小鲜。"

唐·白居易《洛阳有愚叟》:"野食或烹鲜,寓眠多拥被。"烹鱼之类。

唐·杜牧《牧陪昭应卢郎中在江西宣州佐今吏部沈公幕罢府周岁公宰昭应牧在淮南縻职叙旧成二十二韵用以投寄》:"君作烹鲜用,谁膺仄席

求。"

宋·张元干《水调歌头》:"调鼎他年事,妙手看烹鲜。"

3545. 洛阳女儿名莫愁

梁武帝萧衍《河中之水歌》:"河中之水向东流,洛阳女儿名莫愁。""十五嫁为卢家妇,十六生儿字阿侯。卢家兰室桂为梁,中有郁金苏合香。"此诗写洛阳莫愁的身世。《玉台新咏》《艺文类聚》作古辞,《乐府诗集》作梁武帝诗。梁武帝早有文学盛名(同沈约、谢朓等同获"竟陵八友"之称),此诗风格又近齐梁作品,所以以后多以为是梁武帝作品。

我国古代文学作品中有三个"莫愁",洛阳莫愁、金陵莫愁和石城莫愁。写得最多的是洛阳莫愁和石城莫愁。"金陵莫愁"多因金陵又名"石头城",所以有移花接木之嫌。石城莫愁为湖北钟祥人,"石城"并非南京。《清一统志》载:"石城在竟陵(郡),今湖北钟祥(郢中镇)。"原为楚国别邑,名郊郢。三国时吴国在此垒石为城,始称石城,且一直沿袭下来。所以石城莫愁即"钟祥莫愁"。但清·袁枚《随园诗话》卷十四载:宋代文学家、承事郎曾三异说:"莫愁乃古男子,神仙隐逸者流,非女子也。楚石城有莫愁石像,男子衣冠。见刘向《列仙传》。"袁枚认为曾三异"语虽不经"但"亦可存此一说"。"见刘向《列仙传》",《列仙传》为东汉人伪托刘向所作。那么"莫愁"至少是东汉以前的人了。而南朝陈智匠《古今乐录》载"石城西有女子名莫愁,善歌谣。"此应指"钟祥莫愁"了。不管怎样,莫愁的文学形象是位年轻美貌的女子,而且渐渐成了美丽少妇的代称。梁武帝《河中之水歌》形成莫愁句族中的一个句支。

唐·骆宾王《代女道士王灵妃赠道士李荣》:"不复下山能借问,更向卢家字莫愁。"

唐·卢照邻《长安古意》:"双燕双飞绕画梁,罗帏翠被郁金香。"

唐·沈佺期《古意呈补阙乔知之》:"卢家少妇郁金香,海燕双栖玳瑁梁。"兼用卢照邻"双燕"句。

唐·寒山《诗三百三首》:"璨璨卢家女,旧来名莫愁。"

唐·李商隐《代应》:"本来银汉是红墙,隔得卢家白玉堂。谁与王昌报消息?尽知三十六鸳鸯。"萧衍诗末二句"人生富贵何所望,恨不嫁与东

家王。"唐人认为"东家王"为王昌。张玉穀《古诗赏析》说"结二句忽撇出,言如莫愁之早嫁富贵何敢遽望,但恨不早嫁如东家王昌者,虽处贫贱倡随足乐也。"李商隐认为不嫁贫贱是莫愁之悔恨。

李商隐《春日》:"欲入卢家白玉堂,新春催破舞衣裳。"又《马嵬》:"如何四纪为天子,不及卢家有莫愁。"一纪十二年,四纪四十八年,唐玄宗在位四十五年。作者同情杨玉环之不幸,做了那么多年皇帝的玄宗,贵妃惨死马嵬,这一"长恨"与生活安适的"莫愁"恰成对照。

清·黄世成《王昭君》:"单于纵有天人色,何似卢家一莫愁。"意取《马嵬》,伤王昭君之远嫁。

3546. 莫愁在何处,莫愁石城西

南朝乐府《莫愁乐》:"莫愁在何处?莫愁石城西。艇子打两桨,催送莫愁来。"这就是石城(钟祥)莫愁。与洛阳莫愁不同的是,石城莫愁是位民间歌手,不止是古乐府传唱的女子。《旧唐书·音乐志》载:"《莫愁乐》出于《石城乐》。石城有女子名莫愁,善歌谣。……故歌曰:'莫愁在何处……'"钟祥县西有莫愁村。金陵别名石城,后人误有"金陵莫愁",又命湖名莫愁。其实不会有那么多莫愁了。吟咏金陵及其"莫愁湖"的诗词中常有误用《莫愁乐》与《河中之水歌》中之句。这种误移,反强化了莫愁形象。《莫愁乐》写人们寻找令人喜爱的莫愁用一艇两桨的快船,把莫愁从城西接来。莫愁的形象触动了许多文人墨客,于是写"莫愁艇子""石城莫愁""莫愁湖"者颇多,又多直述其事,也有以"莫愁"借代其他女子的。所以唐代女诗人鱼玄机《过鄂州》诗就写"柳拂兰桡花满枝,石城城下暮帆迟。……莫愁魂逐清江去,空使行人万首诗。"下如:

唐·李商隐《莫愁》:"雪中梅下与谁期,梅雪相兼一万枝。若是石城无艇子,莫愁还自有愁时。"愁无艇子,不能相聚,语近戏谑。宋·贺铸《江南曲·踏莎行》:"莫愁应有自愁时,蓬窗今夜潇潇雨。"用李商句写为夜雨而愁。

唐·温庭筠《西洲曲》:"艇子摇两桨,催过石头城。门前乌白树,惨淡天将曙。""石头城"即石城金陵。"乌臼"用萧衍《西洲曲》:"日暮伯劳飞,风吹乌臼树"句。

唐·吴融《和人有感》:"莫愁家住石城西,月坠星沉客到迷。"

又《个人三十韵》:"催来两桨送,怕起五丝萦。"用"两桨"。

唐·贺铸《忆仙姿》:"日日春风楼上,不见石城双桨。"

宋·周邦彦《西河》(金陵):"断崖树,犹倒倚,莫愁艇子曾系。"雾夜断崖旁,词人凭吊"古迹",月下莫愁系艇旧迹(有移花接木之嫌)犹存,而人事已非,"空余旧踪郁苍苍,雾沉半垒。"

宋·叶梦得《千秋岁》:"艇子摇双桨,君莫忘,此情犹是当时唱。"

宋·周紫芝《水调歌头》(丙午日白鹭亭作):"莫愁艇子何处,烟树杳无边。"

宋·康仲伯《忆真妃》:"匆匆一望关河,听离歌,艇子急催双桨,下清波。"

宋·吕本中《浪淘沙》:"柳塘新涨,艇子操双桨。闲倚曲楼成怅望,是处春愁一样。"

宋·吕渭老《眼儿媚》:"石城堂上双双燕,应傍莫愁飞。春江艇子,雪中梅下,知与谁期。"

宋·郑僅《调笑转踏》以先诗后词、诗词连袂的形式,描绘了秦楼罗敷、相如文君、刘晨阮肇、青楼春艳、吴姬当垆、钱塘苏小、太真贵妃、采莲越女等历史的或文学的形象,也写了石城莫愁。写石城莫愁的《调笑转踏》如:

石城女子名莫愁,家住石城西渡头。拾翠每寻芳草路,采莲时过绿频洲。五陵豪客青楼上,醉倒金壶待清唱。风高江阔白浪飞,急催艇子操双桨。

双桨,小舟荡,唤取莫愁迎叠浪。五楼豪客青楼上,不道风高江广。千金难买倾城样,那听绕梁清唱。

诗与词以"双桨"顶真衔接,内容重复叠沓。用想象演绎故事,加入"青楼豪客",然而就失落了朴素的真情。

明·余怀《桂枝香》(和王介甫):"莫愁艇子桓伊笛,正落叶、乌啼时候。"写金陵莫愁湖景色。又《浣溪沙》(芜城感旧次韵):"绿酒细斟人脉脉,红帘吹送影迢迢。莫愁双桨带江潮。"写情人远别。

明·张红桥《念奴娇》:"桃叶津头,莫愁湖畔,远树云叠。"送林鸿去南京,如远树云烟难以复见,秦淮河畔,水西门处秦楼楚馆颇多,不应沉迷于烟花粉黛而负情。"桃叶津""莫愁湖"暗指姜女。

清·王士禛《秦淮杂诗十四首》其五:"湖落秦淮春复秋,莫愁好作石城游。年来愁与春潮满,不信湖名尚莫愁。"反用。

3547. 重帏深入莫愁堂

唐·李商隐《无题二首》其二:"重帏深入莫愁堂,卧后清宵细细长。"又《富平少侯》:"当关不报侵晨客,新得佳人字莫愁。"这种用法已脱开"洛阳""石城"的痕迹,"莫愁"成了女子的借代。还如:

唐·徐彦伯《拟古三首》:"荷花娇绿水,杨叶暖青楼。中有绮罗人,可怜名莫愁。"

唐·杨凝《柳絮》:"春风一回送,乱入莫愁家。"

唐·刘复《春游曲》:"春风戏狭斜,相见莫愁家。"

唐·武元衡《听歌》:"满堂谁是知音者,不惜千金与莫愁。"又《赠佳人》:"步摇金翠玉搔头,倾国倾城胜莫愁。"作陪衬。

唐·李贺《莫愁曲》:"若负平生意,何名作莫愁。"

唐·元稹《西凉伎》:"楼下当垆称卓女,楼头伴客名莫愁。"

唐·白居易《代人赠王员外》:"共赊黄曳酒,同上莫愁楼。"

五代·孙鲂《杨柳枝词五首》:"春来绿树遍天涯,未见垂杨未可夸。晴日万株烟一阵,闲房兼是莫愁家。"

宋·梅尧臣《再送蒙寺丞赴郢州》:"惯见颜如玉,江边问莫愁。"

宋·卢炳《武陵春》(赓何显夫小舟有景)词:"更有吴姬拨小桡,来往自妖娆。……料得前身是莫愁,依旧有风流。"

3548. 郎今欲渡畏风波

南朝·梁武帝萧衍《乌栖曲》:"郎今欲渡畏风波。"男人欲渡河远行,女子曲折挽留,托辞风波太大不宜渡。

唐·李白《横江词》其五:"郎今欲渡缘何事,如此风波不可行。"扩用(一句扩为二句)萧衍句。

3549. 戾戾曙风急

南朝·梁·江淹《效古》:"戾戾曙风急,团团明月阴。"此诗抒写对政治形势的忧虑心情。晨风戾戾,急促吹来,明月团团,蒙上了阴影,令人愁苦凄凉。用南朝·宋·鲍照句"戾戾旦风急"。"旦风"亦即晨风。

3550. 妙响发孙枝

南朝·梁·沈约《咏篪》:"江南箫管地,妙响发孙枝。"江南多竹,产箫管乐器,吹奏竹制的篪,发出美妙的响声。"孙枝",树木的新枝,除制乐器的竹子、梧桐外,一般老树的新枝,都称孙枝。《辞海》解作"梧桐树上的新枝"不确。魏·嵇康《琴赋》较早地用"孙枝":"乃斫孙枝,准量所任,至人摅思,制为雅琴。"制乐器应为细枝,说新枝亦不确。因为太柔嫩,制箫管亦不行,何况制琴。"孙枝"也喻子孙。

唐·杜甫《朝享太庙赋》:"桐花未吐,孙枝之鸾凤相鲜。"

唐·白居易《谈氏外孙生三日》:"芣苢春来盈女手,梧桐老去长孙枝。"

唐·杜牧《川守大夫刘公早岁寓居教行里肆有题壁十韵今之置第乃获旧居洛下僚因有唱和叹咏不足辄献此诗》:"林繁轻竹祖,树暗惜桐孙。"

唐·李商隐《武夷山》:"武夷洞里生毛竹,老尽曾孙更不来。"

宋·李至《小子祗自夜来风气又作》:"可怜陶侃当时柳,犹有孙枝绕旧居。"这是柳枝。

宋·王安石《题正觉院箨笼轩二首》:"仙事茫茫不可知,箨笼空留此孙枝。"

宋·苏轼《次韵子由送千之侄》:"年来老干都生菌,下有孙枝欲出林。"

又《庚辰岁人日作时闻黄河已复北流老臣旧数论此期乃验二首》:"不用长愁桂月时,槟榔生子竹生孙。"公自注:"海南勒竹,每节生枝如竹竿大,盖竹孙也。"郑玄《周礼注》:"孙竹,枝根之末生者。"

又《孤山二咏》:"白鹤不留归后语,苍龙犹是种时孙。""苍龙"指竹。《唐宋类诗》:李远《失鹤》:"华表柱头留语后,不知消息到如今。"李远用"华表鹤"(丁伶威传说)述自己失鹤,苏轼又借用述林逋之鹤无踪迹。

宋·李瑞叔《姑溪集·故人李世南画秋山林木平远和韵》其二:"自是雪霜心共老,笔头聊复戏孙枝。"

宋·向子諲《西江月》(老妻生日,因取芳林中所产异物,作是词以侑觞):"几见芙蓉并蒂,忽生三秀灵芝。千年老树出孙枝,岩桂秋来满地。"

宋·张孝祥《鹧鸪天》（为老母寿）："明年今日称觞处，更有孙枝满谢庭。"

宋·徐鹿卿《汉宫春》："吏隐南昌，问盘根几世，长子孙枝。"

宋·魏了翁《临江仙》（杜安人生日）："孙枝无处著，犹欠两东床。"

宋·洪咨夔《贺新郎》（寿成都孙宰）："一簇孙枝扶膝下，翠竹碧梧争秀。"

宋·徐经孙《百字令》："五见孙枝三拜授，童冠参差袍笏。"

又《乳燕飞》："看不日孙枝毓秀，衮衮教人满意。"

宋·李曾伯《醉蓬莱》："见说吾家，丹溪老子，万籍名堂，孙枝犹馥。"

宋·陈著《宝鼎现》："最好是，瑟和琴同调。眉里相看耐老，更绿草、孙枝可意，谱得家传较早。"

宋·无名氏《满江红》（寿季父七十）："华堂上，灵椿匹；兰庭下，孙枝七。"

宋·无名氏《壶中天》（寿人母八十）："好是庭下双珠，经营创置，金成堆积。况有孙枝争挺秀，次第飞齐鹏翼。"

宋·无名氏《齐天乐》（寿碧涧）："明年此际，愿添个孙枝，伴君娱戏。"

宋·无名氏《念奴娇》："秀长孙枝，辉联子舍，蟾桂行攀折。"

清·康熙皇帝玄烨《浙闽总督范时崇，陛见来京。朕每念祖为开创宰辅，父乃忠义名臣，所以待之优重。今因回任，特书御诗饯送》："栋梁祖家声重，兰桂孙枝令誉清。"

3551.十丈龙孙绕凤池

清·郑板桥《题竹》："新竹高于旧竹枝，全凭老干为扶持。明年再有新生者，十丈龙孙绕凤池。""龙孙"指"孙竹"，第三代新生竹。《周礼·春官·大司乐》："孙竹之管，空桑之琴瑟，《咸池》之舞。"郑玄《周礼注》："孙竹，枝根之末者。"即竹的枝根（竹鞭）末端所生的竹。郑板桥"十

丈龙孙绕凤池"句，当出自杜甫的"孙枝之鸾凤相鲜"。郑诗写"新竹"更高，一代比一代繁茂。这位善于画竹咏竹的人，诗中寓意含深刻的哲理。"竹孙"也喻人。

唐·李商隐《武夷山》："武夷洞里生毛竹，老尽曾孙更不来。"反用喻不见后代。

唐·李洞《赠青龙印禅师》："雨涩秋刀剃雪时，奄前曾礼草堂诗。居人昨日相过说，鹤已生孙竹满池。"已含"竹孙绕池"意。

宋·范成大《三月六日石湖书事二首》："菱母高能瘦，竹孙如许长。""能"：如此。

3552.三爵何由举

南朝·梁·何逊《下直出溪边望答虞丹徒敬诗》："九重不可越，三爵何由举。"写别后相距甚远，难得相会，也无由举杯。

又《寄江州褚谘议》："如何隔千里，无由举三爵。"再用"举爵"句。

3553.白马黄金勒

南朝·梁·何逊《拟轻薄篇》："柘弹隋珠丸，白马黄金勒。"写少年出游之豪华，用黄金装束乘马。

唐·杜甫《哀江头》："辇前才人带弓箭，白马嚼啮黄金勒。"用何逊句写贵妃游苑的排场。

3554.幽居乏欢趣

南朝·梁·何逊《野夕答孙郎擢》："虚馆无宾客，幽居乏欢趣。"写村野幽居寂聊而少欢趣。

唐·杜甫《羌村三首》："晚岁迫偷生，还家少欢趣。"任左拾遗的杜甫，因上书请免房琯罢相，被肃宗放回鄜州羌村（今陕西富县南），还家后作此三首。此句用何逊"少欢趣"写虽回家却无乐趣。

3555.风光蕊上轻

南朝·梁·何逊《酬范记室云》："风光蕊上轻，日色花中乱。"风光在花蕊上轻轻地浮动，日色在花丛中零乱闪烁。景色很细。

"风光"句用谢朓诗："风光草际浮"。（《汉魏六朝诗歌鉴赏辞典》邢胜才文）李周翰注云："风本无光，草上有光色，风吹动之，如风之有光也。"

3556.欲寄一行书，何解三秋意

南朝·梁·何逊《从主移西州寓直斋内霖雨

不晴怀郡中游聚》："欲寄一行书,何解三秋意。"这是他随府迁江州忆念当年与友同游山南寺的情谊。结尾说想寄一封书信,又怎么能表达这"三秋"的情怀呢?"一行书"言书信文字简短,短信。意为短短的一封信难以尽言。南朝·梁·吴均《送归曲》："寄子两行书,分明达济北。"托你寄一短信,天明时你就抵达济北了。"两行书"也指短信。也有用"数行书"的。

南北朝·北齐·邢邵《齐韦道逊晚春宴》："谁能千里外,独寄八行。""八行书"古代信笺规格每页八栏,写八行字,用以代称普通书信。

下边用"一行书""八行书"的诗词例句:

唐·李白《寄远十一首》(本作一行书)："本作一行书,殷勤道相忆。一行复一行,满纸情何极。"原想写封短信,以道情怀,可一行一行,写了满纸(诗)。

唐·岑参《玉关寄长安李主簿》："东去长安万余里,故人何惜一行书。"

唐·杜甫《寄高三十五詹事》："相看过半百,不寄一行书。"前两句"天上多鸿雁,池中多鲤鱼",用传说中"鱼雁传书"故事说传书本不难,为何不寄书。

宋·戴复古《鹊桥仙》(周子俊过南昌,问讯宋吉甫、黄存之昆仲)："宋家兄弟,黄家兄弟,一一烦君传语。相望不寄一行书,无自有、不相忘处。"

又《望江南》："转首便成千里别,经年不寄一行书。浑似不相疏。"

宋·刘光祖《鹊桥仙》(留别)："如何不寄一行书,有万绪、千端别后。"

唐·李绅《端州江亭得家书二首》："开拆远书何事喜,数行家信抵千金。"这是"数行书",兼用杜甫"家书抵万金"句。

用"八行书"句:

唐·李季兰《寄校书七兄》："因过大雷岸,莫忘八行书。"

唐·皇甫冉《送邹判官赴河南》："早晚裁书寄,银钩仟八行。"

唐·刘禹锡《令狐仆射与余投分》："已嗟万化尽,方见八行书。"

唐·元稹《赠严童子》(严司空孙,字照郎,十岁能赋诗,往往有奇句,书题有成人风)："十岁佩觿娇稚子,八行飞札老成人。"

唐·白居易《宿香山寺酬广陵牛相公见寄》："手札八行诗一篇,无由相见但依然。"书中作八行诗。

唐·韦道逊《晚春宴》："谁能千里外,独寄八行书。"

唐·温庭筠《酒泉子》："八行书,千里梦,雁南飞。"

宋·梅尧臣《次韵和宗中道再寄》："夜深扣门兵卒至,八行文字曾元寄。"

3557. 呼儿烹鲤鱼

汉乐府《饮马长城窟行》："客从远方来,遗我双鲤鱼。呼儿烹鲤鱼,中有尺素书。"古代装书信的函是刻成鲤鱼形的两块木板,一底一盖,夹信于其中。一说写着信的绢结成鱼形。诗中"烹鱼"即拆函。把函鲤写成活鲤,耐人寻味。千百年为人传诵。后人把双鲤作书信的代称,一直用到近代邮电业发达以前。唐人用之最盛。下面主要抄列唐人"双鲤"句。

杨炯《和酬虢州李司法》："非君重千里,谁肯惠双鱼。"

宋之问《答李司户夔》："驱马留孤馆,双鱼赠故人。"

张九龄《武司功初有幽庭大师傅暄见贻夏首获见以诗报焉》："赠鲤情无间,求莺思有余。"

张子容《除日》："忽逢双鲤赠,言是上冰鱼。"

卢象《追凉历下古城西北隅此地有情泉乔木》："咫尺传双鲤,吹嘘借一毛。"

钱起《奉和中书常舍人晚秋集贤院即事寄徐薛二侍御》："含毫思两凤,望远寄双鱼。"

杜甫《送梓州李使君之任》："五马何时到,双鱼会早传。"

又《寄岑嘉州》："眼前所寄选何物,赠子云安双鲤鱼。"

权德舆《贡院对雪以绝句代八行奉寄崔阁老》："寓宿春闱岁欲除,严风密雪绝双鱼。"

又《省中春晚忽忆江南旧居戏书所怀因寄两浙亲故杂言》："裁书且附双鲤鱼,偏恨相思未相见。"

岑参《送王录事却归华阴》："双鱼莫不寄,县外是黄河。"

窦群《雨后朋下寄怀羊二十七资州》："殷勤寄双鲤,梦想入君怀。"

3558. 中有尺素书

汉乐府《饮马长城窟行》："客从远方来,遗我双鲤鱼。呼儿烹鲤鱼,中有尺素书。"古代信写在尺幅白绢上,因称"尺素书"。后用"尺素"代指书信、音讯。

唐·骆宾王《从军中行路难》："雁门迢递尺素稀,鸳被相思双带缓。"

又《夏日夜忆张二》："烹鲤无尺素,筌鱼劳寸心。"

唐·杜淹《寄赠齐公》："关门与月对,山路与云连。此时寸心里,难用尺书传。"

唐·张九龄《当涂界寄裴宣州》："委曲风波事,难为尺素传。"唐·岑参《敷水歌送窦渐入京》："水底鲤鱼幸无数,愿君别后垂尺素。"

又《南池宴饯辛子赋得蝌斗子》："临池见蝌斗,羡尔乐有鱼。不忧网与钓,幸得免为鱼。且愿充文字,登君尺素书。"

唐·李嘉祐《杂兴》："一别十年无尺素,归时莫赠路旁金。"

唐·杜甫《暮秋枉裴道州手札率尔遣兴寄近吴苏涣侍御》："久客多枉友朋书,素书一月凡一束。"

唐·韩翃《寄武陵李少府》："郢门千里外,莫怪尺书迟。"

唐·郎士元《送粲上人兼寄梁镇员外》："尺素欲传三署客,雪山愁送五天僧。"

唐·戎昱《寄郑炼师》："尺书浑不寄,两鬓计应秋。"

又《寄梁淑》："雁过经秋无尺素,人来终日见新诗。"

宋·晏殊《蝶恋花》："欲寄彩笺兼尺素,山长水阔知何处?"

宋·晏几道《蝶恋花》："欲尽此情书尺素,浮雁沈鱼,终了无凭据。"

宋·苏轼《九日邀仲屯田,为大水所隔,以诗见寄,次其韵》："漫道鲤鱼传尺素,却将燕石报琼华。"

又《次韵赵令铄惠酒》："门前听剥啄,烹鱼得尺素。"

宋·辛弃疾《满江红》(暮春)："怕流莺乳燕,得知消息。尺素如今何处也?彩云依旧无踪迹。"

3559. 独对一床书

唐·李峤《宅》："谁怜草玄处,独对一床书。"此诗就"宅"有感,写了将军宅、孟母宅,结末二句写汉代扬雄宅。说扬雄闭宅作赋,有"独对一床书"之寂寞。古今酷爱读书的人,习惯书于床上,伟人毛泽东中南海丰泽园故居床上就留有半床书。

最先写"一床书"的是北周庾信,他在《寒园即目》诗中写"游仙半壁画,隐士一床书。"是寒园中隐士所居,中有一床书。他在《拟咏怀诗二十七首》中又有"琴声遍屋里,书卷满床头"句。用"一床书"、"床上书"的下如:

唐·李颀《答高三十五留别便呈于十一》："妻子欢同五株柳,云山老对一床书。"

唐·王维《戏赠张五弟谭三首》："领上发未梳,床头书不卷。"

唐·杜甫《陪郑广文游何将军山林十首》："床上书连屋,阶前树拂云。"

又《溪涨》："青青屋东麻,散乱床上书。"

又《晚晴》："书乱谁能帙,杯干可自添。"

又《水阁朝霁奉简严云安》："雨槛卧花丛,风床展书卷。"

唐·杜牧《冬至日寄小侄阿宜诗》："吾兄苦好古,学问不可量。昼居府中治,夜归书满床。"

唐·牟融《有感》："不胜岑绝处,高卧半床书。"

宋·文同《草庵》："深深郑真谷,小小焦先庐。借问贮何物,满床皆隐书。"

3560. 读书破万卷

唐·杜甫《奉赠韦左丞丈二十二韵》："读书破万卷,下笔如有神。"诗人视韦丞为知己,说自己自幼读了很多书,下笔作诗撰文有如神助。博学而才敏,足以驰骋千古。《梁书·梁元帝纪》："兵败,焚图书十四万卷,曰:'读书万卷,犹有今日。'"说读书万卷,却战败了。《北史》:"李永和曰:'丈夫拥书万卷,何假南面百城。'"言书之珍贵。杜甫《可叹》："群书万卷常暗诵,孝经一通看在手。"又《题柏学士茅屋》："七人已用三冬足,年少今开万卷余。"

唐·刘禹锡《偶作二首》："万卷堆床书,学者识其真。万里长江水,征夫渡要津。"

唐·杜牧《冬至日寄小侄阿宜诗》："第中无一

物,万卷书满堂。"

又《送张判官归兼谒鄂州大夫》:"腹中书万卷,身外酒千杯。"

宋·苏轼《沁园春》(赴密州马上寄子由):"有笔头千字,胸中万卷,致君尧舜,此事何难。"

宋·辛弃疾《满江红》:"叹诗书,万卷致君人,翻沉陆。"

3561. 男儿须读五车书

唐·杜甫《柏学士茅屋》:"富贵必从勤苦得,男儿须读五车书。"作者过柏学士茅屋,此屋原藏书很多,以勤学苦读勉其子侄。"五车书"言读书之多。《庄子》:"惠施多方,其书五车。"古代之书为木简、竹简,文字载体巨大而沉重,搬动须用车拉。"五车"言其多,常表示读书很多,如"学富五车"。

用"五车书"如:

唐·孟浩然《送告八从军》:"男儿一片气,何必五车书。"

唐·王维《戏赠张五弟諲三首》:"张弟五车书,读书仍隐居。"

宋·王安石《送刘贡父赴秦州清水》:"笔下能当万人敌,腹中尝记五车书。"

又《送王詹叔利州路运判》:"王孙旧读五车书,手把山阳太守符。"

又《闻和甫补池掾》:"万户侯多归世胄,五车书独负家声。"

宋·苏轼《送乔施州》:"恨无负郭田二顷,空有载行书五车。"

宋·陆游《读书》:"藜羹麦饭冷不尝,要足平生五车读。"

宋·葛立方《瑞鹧鸪》(小孙周晬席上作):"乃祖未须贻厥力,乃时须读五车书。"

宋·陈深《沁园春》(次白兰谷韵):"浪迹烟霞,有酒千钟,有书五车。"

3562. 幸无求于千里

北周·庾信《竹杖赋》:"虽有闻于十室,幸无求于千里。"清·倪璠《庾子山集注》注:庾"信聘西魏,身留长安,故无远求也。"虽远羁千里,非求利禄。

晋·刘琨《重赠卢谌》:"邓生何感激,千里来相求。"庾信反用此句。

3563. 树犹如此,人何以堪

北周·庾信《枯树赋》:"桓大司马闻而叹曰:'昔年种柳,依依汉南;今看摇落,悽怆江潭。树犹如此,人何以堪!'借桓温语喻自己思念故国,遂至衰老,犹慨叹树木衰落枯老如自己的老朽之年。

《晋书·桓温传》晋大司马、大将"桓温自江陵北行,经少时所种柳处,皆十围,慭然叹曰:'木犹如此,人何以堪!'"南朝·宋·刘义庆《世说新语·言语》亦载:"桓公北征,经金城,见前为琅邪时种柳皆已十围,慨然叹曰:'木犹如此,人何以堪!'攀枝执条,泫然流泪。"两种记载说明桓温只讲此两句话,感叹年华已逝,中原未复。庾信前面加写了四句,完整地概述了桓温这件事。"金城",今江苏句容县北,晋咸康七年,桓温曾出镇于此。"汉南"汉水之南,此指今湖北江陵,桓温自此率军北伐。

魏文帝《柳赋》:"在余年之二七,植斯柳乎中庭。始围寸而高尺,今连拱而九成。"南宋·吴曾《能改斋漫录·沿袭·睹木兴叹》鉴于《柳赋》云:桓温北伐,经金城,见为琅琊时种柳,皆已十围,慨然曰"木犹如此,人何以堪?"乃知睹木而兴叹,代有之矣(如《柳赋》)。按广人物志载:"苏颋年五岁,裴谈过其父。试诵庾信《枯树赋》,"颋避"谈"字,易其韵曰:"昔年移柳,依依汉阴。今看摇落,悽怆江浔。树犹如此,人何以托?"文忠公诗云:"人昔共游今孰在,树犹如此我何堪!"

宋代词人姜夔《长亭怨慢》(予颇喜自制曲,初率意为长短句,然后协以律,故前后阕多不同。桓大司马云:"昔年种柳,依依汉南;今看摇落,凄怆江潭。树犹如此,人何以堪。"此语予深爱之):"阅人多矣、谁得似、长亭树。树若有情时,不会得、青青如此。"用庾信诗作桓温诗为序,词中又暗衍其义。

领袖加诗人毛泽东告知儿媳刘思齐岸英牺牲的消息之后,书写了这首诗:"昔年种柳,依依汉南。今看摇落,凄怆江沧。物犹如此,人何以堪。"变了几个字。意为柳树摇落,很是凄怆;物忧如此,人怎么能忍受呢! 暗悲伤岸英的牺牲并同情思齐的苦痛。

从姜夔、毛泽东的引用,说明庾信诗扩大了桓温语的影响。下面就是毛泽东书写的真迹:

"树犹如此,人何以堪。"出自桓温的感慨,继之庾信的乡思，便成了后人叹息年华易逝，时光不待的诗典。

宋·欧阳修《去思堂手植双柳今已成阴因而有感》："人昔共游今孰在，树犹如此我何堪！"缩用。

宋·宋祁《叶司封知宣州》诗："树犹如此成前感，重荫当年蔽蒂枝。"用上句。

宋·贺铸《楼下柳》（天香）词："秋鬓重来淮上，几换新蟾。楼下会看细柳，正摇落清霜拂画檐。树犹如此，人何以堪！"

宋·辛弃疾《水龙吟》（登建康赏心亭）："可惜流年，忧愁风雨，树犹如此。"

宋·陈亮《贺新郎》（寄辛幼安和见怀韵）："树犹如此堪重别，只使君、从来与我，话头多合。"他与辛弃疾曾在临安相会，这是又一次分别，慨叹岁月催人老，承受不了再次分离之苦了。

宋·黄升《摸鱼儿》（为遗蜕山中桃花作，寄冯云月）："花知道，应倩蜚鸿寄语，年来老子安否？一春一到成虚约，不道树犹如此。"时光不待。

宋·马廷鸾《沁园春》（为洁堂寿）："何须梦得今知，便稳道人生七十稀。笑桓大将军，枝条如此；陶潜处士，门巷归兮。"

宋·仇远《夜行船》："古剑埋光，孤灯倒影，咄咄树犹如此。"

宋·刘辰翁《金缕曲》（寿朱代老人七十三岁）："七十三年矣，记小人、四百四十五番甲子。看到蓬莱水清浅，休说树犹如此。"反用。又《念奴娇》（槐城赋以自寿，又和韵见寿，三和谢之。）："桃已三偷，树犹如此，前花开几。"又《莺啼序》（感怀）："功名马上兜鍪出，莫书生、误尽了人间事。昔年种柳江潭，攀枝折条，噫嘻树犹如此。"

宋·张炎《木兰花慢》（书邓牧心东游诗卷后）："正寂寂江潭，树犹如此，那更啼鹃。居廛，闲门隐几，好林泉，都在卧游边。"又《祝英台近》（重过西湖书所见）："那知杨柳风流，柳犹如此，更休道、少年张绪。"元·邵亨贞《齐天乐》（甲戌清明雨中）："立马东风，送人南浦，认得当年杨柳。"暗用，写时光飘忽，青春老大。

明·高启《秋柳》："欲挽长条已不堪，都门无复舞毵毵。此时愁杀桓司马，暮雨秋风满汉南。"用桓温事，感慨长条变化，人事无常。

3564. 将军一去，大树飘零

北周庾信《哀江南赋》："日暮途远，人间何事！

将军一去，大树飘零。"侯景作乱，建邺、江陵失守，他率宫中文武千余人营居朱雀航，后又退，台城为侯景所侵占，即"将军一去，大树飘零"意。用汉·冯异事：《后汉书·冯异传》："每所止舍，诸将并坐论功，异常独屏树下，故军中号'大树将军'。"庾信只取"屏树"一义，以"大树"借代冯异，叹其"飘零"，没有将军，侯景作乱了。

唐·杜甫《过宋员外之问旧庄》："更识将军树，悲风日暮多。"喻"旧庄"之树，以悼宋之问。宋之问为人虽不足道，然宋与陈子昂、沈佺期及杜甫祖父杜审言为"唐律之祖"，又有世交，因过宋之别墅而怀思。

又《故武卫将军挽歌三首》："无由睹雄略，大树日萧萧。"喻墓地之树为"将军树"以赞。

宋·苏轼《食荔支二首》并引：惠州太守东堂，祠故相陈（尧佐）文惠公，堂下有公手植荔支一株，郡人谓之将军树。"丞相祠堂下，将军大树旁。"《番禺杂编》："尝记广中荔支，凡二十二种，有大将军、小将军等名。"

清·厉鹗《开平王孙种菜歌》："飘零大树不复见，憔悴故侯安足论。"喻常遇春早已逝去，其十二世孙常延龄岂值一提。

3565. 十里五里，长亭短亭

北周庾信《哀江南赋》："十里五里，长亭短亭。饥随蛰燕，暗逐流萤。"写江陵百姓被掳，长途跋涉，历尽千难万苦。长亭短亭，《汉书》："秦法：十里一亭，亭有长。"汉因之不改。《汉官仪》曰："十里一亭，亭长、亭侯。五里一邮，邮间相去二里半，司奸盗。"《白孔六贴》云："十里一长亭，五里一短亭。""饥随蛰燕"，何法盛《晋中兴书》记"中原丧乱"，"百姓饥馑，野无生草，掘野鼠、蛰燕而食之。"用此义。"暗逐流萤"，《后汉书·灵帝纪》："闵贡扶帝与陈留王协夜步逐萤光，还至帝舍。"张璠《汉纪》写汉灵帝为诸黄门劫持，后得脱，与陈留王独夜步行，"暗暝，逐萤火而行数里"。庾诗借用写人民的苦难。

秦代设立了长亭短亭，其作用有三：一、邮传；二、治安；三、送行。做为送别的处所，或羁旅之行程，常常入诗，主要表达离思和归心。各亭距离有长有短，长者为长亭，短者为短亭。写短、长亭者如：

北周·王褒《送别裴仪同诗》："河桥望行旅，

长亭送故人。"

唐·王昌龄《少年行二首》："西陵侠少年,送客短长亭。"

唐·李白《菩萨蛮》："何处是归程,长亭连短亭。"

唐·岑参反复写虢州的"红亭":

《暮春虢州东亭送李司马归扶风别庐》："柳鞓莺娇花复殷,红亭绿酒送君还。"

《虢州西山亭子送范端公》："百尺红亭对万峰,平明相送到斋中。"

《虢州后亭送李判官使赴晋绛》："西原驿路挂城头,客散红亭雨未收。"

《虢州西亭陪端公宴集》："红亭出鸟外,骏马系云端。"

《早春陪崔中丞同泛浣花溪宴》："红亭移酒席,画舸逗江村。"

宋·刘筠《送客不及二首》："曲岸马嘶风袅袅,短亭人散柳依依。"

宋·欧阳修《马啮雪》(至和二年)："白沟南望如掌平,十里五里短长亭。"

又《浪淘沙》："今日举轻桡,帆影飘飘。长亭回首短亭遥。过尽过亭人更远,特地魂销。"

宋·文同《送王存之》："野水冰生薄似锦,短亭梅发大于钱。"

又《送郭经知县》："促促送归客,短亭垂柳风。"

宋·刘敞《留别永叔》："且共春风同入塞,忆君时计短长亭。"

宋·韩维《哀传马》："十亭传一马,日夜不得上。"

宋·晏几道《少年游》："王孙此际,山重水远,何处赋西征?金闺魂梦枉丁宁,寻尽短长亭。"

宋·晁端礼《虞美人》："短亭过尽长亭到,未忍过征棹。天涯自是别离身,更折一枝杨柳、赠行人。"

又《朝中措》："短亭杨柳接长亭,攀折赠君行。"

宋·贺铸《石州引》："长亭柳色才黄,远客一枝先折。"

宋·万俟咏《长相思》(山驿)："短长亭,古今情。楼外凉蟾一晕生,雨余秋更清。"

宋·范成大《丁酉正月二日东郊故事》："客愁旧岁连新岁,归路长亭间短亭。"

宋·沈端节《太常引》："三三五五短长亭,都只解、送人行。"

宋·张孝祥《水调歌头》(送谢倅之临安)："勋业在此举,莫厌短长亭。"

宋·戴复古《醉太平》："长亭短亭,春风酒醒,无端惹起离情。有黄鹂数声。"

宋·吴文英《青玉案》："短亭芳草长亭柳,记桃叶、烟江口。"

宋·翁元龙《醉桃源》(柳)："千丝风雨万丝晴,年年长短亭。"

宋·徐霖《长相思》："问归程,数归程,行尽长亭又短亭,征衫脱未成。"

宋·何梦桂《摸鱼儿》："记年时,人人何处。长亭曾共尊酒。酒阑归去行人远,折不尽长亭柳。"

宋·谭宣子《江城子》："短长亭外短长桥,驻金镳,系兰桡,可爱风流、年纪可怜宵。"

宋·周密《大圣乐》(东园饯春即席分题)："怕折露条愁轻别,更咽暝长亭啼杜宇。"

宋·连妙淑《望江南》："尊酒尽,勒马问归程。渐近芦沟桥畔路,野墙荒驿夕阳明。长短几邮亭。"

宋·张炎《声声慢》(别四明诸友归杭)："莫向长亭折柳,正纷纷落叶,同是飘零。"

宋·王从叔《阮郎归》："风中柳絮水中萍,聚散两三情。斜阳路上短长亭,今朝第几程。"

金·王庭筠《水调歌头》："十年长短亭里,落日冷边箫。"

元·张洪范《木兰花慢》："一尊别后短长亭,寒日促行程。甚翠袖停杯,红裙住舞,有语君听。"

元·萨都拉《征妇怨》："有柳切勿栽长亭,有女切勿归征人。长亭杨柳自春色,岁岁年年送行客。"

元·许有壬《南乡子》："薄宦苦营营,半世长亭复短亭。一旦结茅当叠障,云屏。"

清·蒲松龄《早行》："万里风尘南北路,一蓑烟雨短长亭。"

清·周济《渡江云》(杨花)："春负真解事,等闲吹遍,无数短长亭。"

3566. 故乡七十五长亭

唐·杜牧《题齐安城楼》："不用凭栏苦回首,故乡七十五长亭。"如按"十里一长亭"计,七十五长亭,该是 750 里。此写长亭之多,言距"故乡"之遥远。"七十五"非实指。

唐·李白《淮阴书怀》:"沙墩至梁苑,七十五长亭。"即言相距遥远。杜牧用此语。

3567. 秋云低晚气

北周·庾信《和何仪同讲竟述怀》:"秋云低晚气,短景侧余辉。"写秋天的傍晚,一脉云气压得很低,日中的太阳此刻仅留下它的余辉。写"秋云低"很有特点。《周礼》郑注:"日中之景(影),最短者也。"日中影最短,"余辉"影最长。

唐·杜甫《秦州杂诗二十首》:"萧萧古塞冷,漠漠秋云低。"用庾句。

3568. 洞房花烛明

北周·庾信《和咏舞》:"洞房花烛明,燕余双舞轻。"这是和梁简文帝《咏舞》诗。洞房里花烛通明,双人舞蹈似燕子一样轻盈。"洞房"指内厅,多用作深邃的内室。"洞房"入诗最早的是晋·陆机,他在《君子有所思行》中写:"甲第崇高闼,洞房结阿阁。""洞房"同高大的"甲第"对伍,应是相对矮小的了。

"洞房"指卧室、闺房,也指"婚室",取深邃如洞之义。"花烛"是带有花彩装饰的蜡烛,一般用于年节或婚仪的居室之中。南朝·梁·何逊《看伏郎新婚》诗:"何如花烛夜,轻声掩红妆。"这是婚室的花烛。吴自牧《梦梁录》载:"新人下车……以数伎女执莲炬花烛,导前迎引。"这是婚仪的花烛。其他写"花烛"的有:

南朝·陈·徐陵《走笔戏书应令诗》:"今宵花烛泪,非是夜迎人。"

隋·丁六娘《十索四首》:"欢情不耐眠,从郎索花烛。"

唐·杨师道《初宵看婚》:"洛城花烛动,戚里画新蛾。"

唐·元稹《除夜》:"忆昔岁除夜,见君花烛前。"这是除夕花烛。

唐·司空图《酬张芬赦后见寄》:"建水风烟收客泪,杜陵花烛梦郊居。"

"洞房",宋元以后,渐渐地专指婚室,不再指内室、卧室。"洞房花烛"则专指新婚之夜。用"洞房花烛"如:

宋·赵文《玉烛新》:"洞房花烛深处,慢转铜壶银漏。"

宋·无名氏《柳梢青》(贺陈姓娶田氏):"看花烛,迎归洞房,海誓山盟,从今结了,永效鸾凤。"

元明小说话本依托宋人无名氏《水调歌头》词:"屏开金孔雀,缛隐绣芙蓉。洞房花烛夜,玳筵席,蔼春风。"

"久旱逢甘雨,他乡遇故知。洞房花烛夜,金榜题名时。"则在旧时被人们列为"四大美事",知名度极高。

3569. 洞房昨夜停红烛

唐·朱庆余《近试上张水部》:"洞房昨夜停红烛,待晓堂前拜舅姑。"这是科考之前写给张籍的诗,"洞房"新婚居室。新婚之夜,烛台上长燃着红烛。"停"字有三种解,一是"留",不灭之意,一是"止",熄灭之意,一是"立"烛台并立之意。取"留"意,因为灭烛,立烛,写来毫无意义。由于全诗以新妇画眉喻学子才华,很有名,因而此句也广为人知。

写洞房"夜"的有:

唐·沈佺期《古歌》:"落叶流风向玉台,夜寒秋思洞房开。"

唐·权德舆《夜泊有怀》:"心想洞房夜,知君还向隅。"又《中书宿斋有寄》:"遥想洞房眠正熟,不堪夜凤池寒。"

唐·元稹《闺晚》:"夜色侵洞房,春烟透帘出。"

唐·韩偓《五更》:"往年曾约郁金床,半夜潜身入洞房。"

唐·鱼玄机《秋怨》:"洞房偏与更声近,夜夜灯前欲白头。"

宋·刘辰翁《百字令》(寿陈静山,少吾一岁):"洞房停烛,似新岁,数到上元时节。"用朱余庆句而不用其意。

3570. 月冷洞房深

唐·上官仪《高密长公主挽歌》:"寂寞平阳宅,月冷洞房深。"写公主死后,庭宅寂寞,洞房月冷。用"洞房月"最早的是南朝·齐·谢朓《烛》诗:"恨君明月夜,遗我洞房阴。"其他还如:

南朝·梁·沈约《应王中丞思远咏月》:"洞房殊未晓,清光信悠哉。""清光"即月光。

又《八咏诗·登台望秋月》:"凝华入黼帐,清辉悬洞房。"清辉"亦是月光。

南朝·梁·王僧儒《与司马治书同闻邻妇夜织诗》:"洞房风已激,长廊月复清。"

南朝·梁·张率《日出东南隅行》:"朝日照屋梁,夕月悬洞房。"

南朝·陈·吴思玄《闺怨》:"金风响洞房,佳人心自伤。泪随明月下,愁逐漏声长。"

隋·卢思道《有所思》:"洞房明月下,空庭绿草深。"

唐·张说《深渡驿》:"洞房悬月影,高枕听江流。"

唐·张循之《长门怨》:"长门落景近,洞房秋月明。"

唐·王涯《闺人赠远五首》:"洞房今夜月,如练复如霜。"

唐·白居易《空闺怨》:"寒月沉沉洞房静,真珠帘外梧桐影。"

唐·吴少微《长门怨》:"长门落景近,洞房秋月明。"(同张循之诗。)

宋·张先《虞美人》:"洞房人睡月婵娟,梧桐双影上珠轩,立阶前。"

宋·文彦博《夜夜曲》:"明月流清汉,娟娟照洞房。"又《华月》:"皎皎新秋月,分明照洞房。"

3571. 点作孤灯照洞房

唐·权德舆《清明日次弋阳》:"家人定是持新火,点作孤灯照洞房。"诗人身在弋阳,时届清明,想到家中孤灯照洞房,隐含着思乡的无限深情。又《舟行见月》:"洞房烛影在何处,欲寄相思梦不成。"这首直抒思乡之情。用"灯照洞房"句的还如:

唐·刘禹锡《苦雨行》:"洞房有明烛,无乃酣且歌。"

唐·韩偓《横塘》:"秋寒洒背入帘箱,风胫灯清照洞房。"

宋·曹组《点绛唇》:"沈醉归来,洞房灯火闲相照,夜寒犹峭,信意和衣倒。"

宋·钱惟演《夕阳》:"华灯知可继,惟照洞房幽。"

宋·张辑《锁窗寒》(怀旧寄林七膳部):"露漏沈沈,洞房灯悄,鹊翻庭树。夜凉如水,人倚玉箫何处。"

3572. 落花流水洞房深

唐·赵嘏《寄远》:"无限春愁莫相问,落花流水洞房深。"身居洞房,晚春生羁旅之乡思。"洞房"是内室,在庭院屋宇的最深处。所以常用"洞房深"句。

唐·沈宇《代佳人》:"杨柳青青鸟乱吟,春风香霭洞房深。"

唐·武元衡《夜坐闻雨寄严十少府》:"风翻凉叶乱,雨滴洞房深。"

唐·韩偓《妬媒》:"洞房深闭不曾开,横卧乌龙作妬媒。"

五代牛希济《临江仙》:"谢家仙观寄云岑,岩萝拂地阴,洞房不闭白云深。"

宋·柳永《浪淘沙》:"愁极,再三追思,洞房深处,几度饮散歌阑,香暖鸳鸯被,岂暂时疏散,费伊心力。"又《少年游》其三:"昨夜杯阑,洞房深处,特地快逢迎。"又《洞仙歌》:"闲暇,每只向、洞房深处,痛怜极宠,似觉些子轻孤,早凭背人沾洒。"

宋·晁端礼《小重山》:"朱户深深小洞房,曲屏龟甲样,画潇湘。纱轻兰嫩缕牙床,人如玉,一见已心凉。"

宋·谢逸《如梦令》:"花落莺啼春暮,陌上绿杨飞絮。金鸭晚香寒,人在洞房深处。无语,无语,叶上数声疏雨。"

宋·刘辰翁《浪淘沙》(海棠花下烧烛词):"春到洞房深处暖,方知道,月宫寒。"

3573. 秋灯向壁掩洞房

唐·王建《秋夜曲二首》:"秋灯向壁掩洞房,良人此夜值明光。"秋灯向壁,洞房掩蔽无光,心情黯淡凄凉,而良人在外定然明亮欢快。这种对比,隐含着思妇的怨情。"掩洞房"写居室寂窦,很少有人出入。

唐·沈宇是最早写"掩洞房"的:《寿衣》,"洞房寒未掩,砧杵夜泠泠。"

唐·顾况《大茅岭东新居忆亡子从真》:"虚宝留旧礼,洞房掩闲琴。"

唐·武元衡《秋夜寄江南旧游》:"秋雨洞房掩,孤灯遥夜阑。"

唐·李涉《六叹》其二:"惆怅不来照明镜,却掩洞房抱寂寂。"

宋·柳永《迷神引》:"洞房闲掩,小屏空,无心觑。指归云,仙乡杳,在何处。"

宋·周邦彦《长相思》(晓行):"举离觞,掩洞房,箭水泠泠刻漏长,愁中看晓光。"

3574. 苔色轻尘锁洞房

唐·刘沧《秋月望上阳宫》:"苔色轻尘锁洞房,乱鸦群鸽集残阳。"绿苔黄尘闭锁上阳宫,唯乱鸦群鸽在残阳下鸣噪,一片凄凉。宋·释智圆《寄远》:"苔锁洞房书久绝,月明深夜雁空来。"用刘沧句。

唐·李商隐《风》:"罗荐谁教近,斋时锁洞房。"用"锁"字句。

宋·晏殊《春阴》:"十二重环闷洞房,音音危树俯回塘。""闷"意为"闭",引申为幽静。

宋·吴文英《浣溪沙》(桂):"曲角深帘隐洞房,正嫌玉骨易愁黄,好花偏占一秋香。"

3575. 洞房愁梦何由晓

唐·权德舆《薄命篇》:"离别苦多相见少,洞房愁梦何由晓。"离别之苦,长夜梦愁,而不得天明。

写"洞房梦"的还有:宋·王安国《减字木兰花》(春情):"徘徊不语,今夜梦魂何处去?不似垂杨,犹解飞花入洞房。"宋·文同《春闺》:"洞房灯烛外,只有梦悠扬。"

3576. 洞房凉且清

晋·陆机《为陆思远妇作》:"岁暮饶悲风,洞房洞且清。"写洞房环境清凉。陆机是写洞房入诗的第一人。后人写洞房环境,洞房人物行为及心理,形形色色,可供一赏。

南朝·齐·谢朓《奉和随王殿下诗十六首》:"星回夜未艾,洞房凝远情。"

南朝·梁·柳恽《起夜来》:"洞房且莫掩,应门或复开。"

南朝·梁·吴均《与柳恽相赠答诗六首》:"相思咽不言,洞房清且肃。"

南朝·梁·王台卿《咏风诗》:"乍见珠帘卷,时觉洞房清。"

南朝·梁·何思澄《奉和湘东王教班婕妤诗》:"寂寂长信晚,雀声喧洞房。"

唐·骆宾王《秋萤》:"散彩萦虚牖,飘花绕洞房。"

唐·乔知之《和李侍郎古意》:"闲花照月愁洞房,自矜夫婿胜王昌。"

又《倡女行》:"莫吹羌笛惊邻里,不用琵琶喧洞房。"

唐·乔备《长门怨》:"秋入长门殿,木落洞房虚。"

唐·刘希夷《晚春》:"佳人眠洞房,回首见垂杨。"

唐·崔国辅《古意二首》:"玉笼薰绣裳,著罢眠洞房。"

唐·王琚《美女篇》:"遥闻行佩音锵锵,含娇欲笑出洞房。"

唐·张渐《朗月行》:"洞房怨孤枕,挟琴爱前墀。"

唐·储光羲《大学贻张筹》:"绿竹深虚馆,清流响洞房。"

又《洛中贻朝校书衡朝即日本人也》:"落日悬高殿,秋风入洞房。"

唐·王维《投道一师兰若宿》:"洞房隐深竹,清夜闻遥泉。"

唐·崔颢《邯郸宫人怨》:"百堵涂椒接青琐,九华阁道连洞房。"

唐·李白《宫中行乐词》:"选妓随雕辇,徵歌出洞房。"

唐·岑参《春梦》:"洞房昨夜春风起,故人尚隔湘江水。"

唐·梁锽《代征人妻喜夫还》:"征夫走马发渔阳,少妇含娇开洞房。"

唐·杜甫《洞房》:"洞房环珮冷,玉殿起秋风。"

又《遣闷》:"地阔平沙岸,舟虚小洞房。"

唐·韦应物《拟古诗十二首》(月满秋夜长):"寒蛩悲洞房,好鸟无遗音。"

又《拟古诗十二首》(春至林木变):"春至林木变,洞房夕含清。"

唐·顾况《金珰玉珮歌》:"东井沐浴辰已毕,先进洞房上奔日。"

又《从剡溪至赤城》:"夜半鹤声残梦里,犹疑琴曲洞房间。"

又《宜城放琴客歌》:"新妍笼裙云母光,朱弦绿水喧洞房。"

唐·窦群《东山月下怀友人》:"高山灭华烛,参差启洞房。"

唐·刘眘虚《江南曲》："日暮还家望,云波横洞房。"

唐·张籍《楚宫行》："下辇更衣入洞房,洞房侍女尽焚香。"

唐·李贺《谢秀才有妾缟练改从于人秀才引留之不得后生感忆座人制诗嘲谢贺复继四首》:"洞房思不禁,蜂子作花心。"

唐·元稹《有鸟二十章》："主人并养七十二,罗列雕笼开洞房。"

唐·白居易《伤宅》："洞房温且清,寒暑不能干。"

又《与牛家妓乐雨后合宴》："两家合奏洞房夜,八月连阴秋雨时。"

又《崔侍御以孩子三日示其所生诗见示因以二绝句和之》："洞房门上挂桑弧,香水盆中浴凤雏。"

唐·李涉《寄荆娘写真》："画图封裹寄箱箧,洞房艳艳生光浑。"

唐·张祜《洞房燕》："清晓洞房开,佳人喜燕来。"

又《墙头花二首》："蟋蟀鸣洞房,梧桐落金井。"

唐·崔珏《和人听歌》："气吐幽兰出洞房,乐人先问调宫商。"

唐·李商隐《碧城三首》："七夕来时先有期,洞房帘箔至今垂。"

唐·吴融《僧舍白牡丹二首》："天生洁白宜清静,何必殷红映洞房。"

唐·崔道融《拟乐府子夜四时歌四首》："银缸照残梦,零泪沾粉臆。洞房犹自寒,何况关山北。"

唐·鲍君徽《惜花吟》："妆成罢吟恣游后,独把芳枝归洞房。"

唐·刘瑶《古意曲》："梧桐阶下月团圆,洞房如水秋夜阑。"

五代·冯延巳《采桑子》："洞房深夜笙歌散,帘幕重重,斜月朦胧,雨过残花落地红。"又《醉花间》:"月落霜繁深院闭,洞房人正睡。"

宋·柳永《望汉月》："明月明月明月,争奈乍圆还缺。恰如年少洞房人,暂欢会、依前离别。"

宋·邓肃《菩萨蛮》："隔窗瑟瑟闻飞雪,洞房半醉回春色。"

宋·刘辰翁《朝中措》(劝酒):"墙头竹外,洞房初就,画阁新成。"

宋·晁端礼《踏莎行》："洞房消息有谁知,几回欲问梁间燕。"

宋·方千里《法曲献仙音》："细剔灯花,再添香兽,凄凉洞房朱户。"

宋·黄机《鹧鸪天》："多情翻不似垂杨,年年才到春三月,百计飞花入洞房。"

元明小说话本依托宋人陈妙常词《杨柳枝》:"独坐洞房谁是伴,炉烟。"

元明小说话本依托宋人陈妙常词《杨柳枝》:"昨夜肠断黄昏约。人寂寞,洞房独对黄花落,无归著。"

3577. 山城早掩扉

北周·庾信《谨赠司寇淮南公》："野亭长被马,山城早掩扉。"淮南公,即魏宗室元伟。元伟出使齐,被执,六年后平齐之乱,元伟始归。庾信赠此诗。此二句写随时可能发生战乱。"早掩扉",山城人为避乱而闭门。"扉",门扇。"掩扉",关门、闭门。最早写关门的是陶渊明,他在《归去来兮辞》中写:"园日涉以成趣,门虽设而常关。"每日独步后园有无穷的乐趣,没有人来访,家门常常关闭。陶诗《癸卯十二月作与从弟敬远》又写:"顾眄莫谁知,荆扉昼常关。"也写因无知心交往,白天荆门也常关闭。后来的诗词中多写"掩柴扉"(掩扉)。写"荆扉",用木条、荆条做的院门。也有"竹扉""朱扉""重扉"(几道门),"扉"也用作"关"(门闩,也代门)。写"掩扉",也写"独掩扉""半掩扉",一般表达寂静、孤独、偏远,无知己,少交往,近于隐居独处。也有的只写这一生活现象。

"掩柴扉"句:

唐·骆宾王《寓居洛滨对雪忆谢二》："谢庭赏方逸,袁扉掩未开。"

唐·张若虚《代答闺梦还》："梦魂何处入,寂寂掩重扉。"

唐·王维《归辋川作》："本皋春草色,惆怅掩柴扉。"

又《山居即事》："寂寞掩柴扉,苍茫对落晖。"

又《送崔九兴宗游蜀》："徒御犹回首,田园方掩扉。"

又《喜祖三至留宿》："不枉故人驾,平生多掩扉。"

又《送钱少府还蓝田》："今年寒食酒,应是返柴扉。"家门代家乡。

又《送别》:"山中相送罢,日暮掩柴扉。"

唐·刘长卿《和州送人归复郢》:"因家汉水曲,相送掩柴扉。"

又《送舍弟之鄱阳居》:"鄱阳寄家处,自别掩柴扉。"

唐·王昌龄《途中作》:"宁厌楚山曲,无人长掩扉。"

唐·孟浩然《留别王侍御维》:"只应守索寞,还掩故园扉。"

又《游精思观回王白云在后》:"衡门犹未掩,伫立望夫君。"

唐·韦应物《对雪赠徐秀才》:"无为掩扉卧,独守袁生辙。"

又《社日寄崔都水及诸弟群属》:"春风动高柳,芳园掩夕扉。"

又《送姚孙还河中》:"几日投关郡,河山对掩扉。"

又《精舍纳凉》:"谁复掩扉卧,不咏南轩凉。"

又《永定寺喜辟强夜至》:"深炉正燃火,空斋共掩扉。"

唐·杜甫《伤秋》:"高秋收画扇,久客掩柴扉。"

又《赠韦赞善别》:"只应尽客泪,复作掩荆扉。"

又《雨》:"风扉掩未定,水鸟过仍回。"

又《暝》:"半扉开烛影,欲掩见清砧。"

唐·皇甫冉《送袁郎破贼北归》:"万里长闻随战角,十年不得掩柴扉。"

又《归阳羡兼送刘八长卿》:"武陵招我隐,岁晚闭柴扉。"

又《送韦山人归钟山所居》:"柴扉度岁月,藜杖见公卿。"代茅屋。

唐·严维《秋夜船行》:"一点前村火,谁家未掩扉。"

唐·顾况《酬谢侍御喜王字及第见贺不遇之作》:"寂寞柴门掩,经过柱史荣。"

唐·耿湋《秋夜》:"寂寞重门掩,无人问所思。"

又《晚秋过苏少府》:"高木垂秋露,寒城暮掩扉。"

又《早朝》:"犹看嘶马处,未启掖垣扉。"皇家之门。

唐·戎昱《过商山》:"雨暗商山过客稀,路傍孤店闭柴扉。"

唐·陈润《送骆徵君》:"野人膺辟命,溪上掩柴扉。"

唐·李端《山中期张芬不至》:"谁道嵇康懒,山中自掩扉。"

唐·崔峒《送真上人还兰若》:"半偈初传法,中峰又掩扉。"

唐·武元衡《春暮寄杜嘉兴昆弟》:"数枝琼玉无由见,空掩柴扉度岁华。"

唐·欧阳詹《题别业》:"不信扁舟回在晚,宿云先已到柴扉。"

唐·杨巨源《艳女词》:"自爱频开镜,时羞欲掩扉。"

唐·柳宗元《夏夜苦热登西楼》:"探汤汲阴井,炀灶开重扉。"

唐·张籍《寄白学士》:"自掌天书见客稀,纵因休沐锁双扉。"

唐·白居易《寒食卧病》:"喧喧里巷踏青归,笑闭柴门度寒食。"

又《闲居春尽》:"闲泊池舟静掩扉,老身慵出客来稀。"

又《北窗石竹》:"莫掩夜窗扉,共渠相伴宿。"

唐·李德裕《书楼晴望》:"薄暮柴扉掩,谁知仲蔚园。"

唐·鲍溶《山中怀刘修》:"月斜掩扉卧,又在梦魂里。"

唐·姚合《寄张溪》:"幽处寻书坐,朝朝闭竹扉。"

又《寄贾岛浪仙》:"悄悄掩门扉,穷窘自维萦。"

又《寄友人》:"日暮掩重扉,抽簪复解衣。"

唐·雍陶《赠宗静上人》:"积雨谁过寺,残钟自掩扉。"

又《送客归襄阳旧居》:"襄阳耆旧别来稀,此去何人共掩扉。"

唐·杜牧《将出关宿层峰驿却寄李谏议》:"孤驿在重阻,云根掩柴扉。"

唐·许浑《送从兄归隐兰溪二首》:"名高犹素衣,穷巷掩荆扉。"

又《寄题南山王隐居》:"草阁平春水,柴门掩夕阳。"

又《送南陵李少府》:"明日南昌尉,空斋又掩关。"

又《溪亭二首》："犹恋萧萧竹,西斋未掩关。"

又《题灞西骆隐士》："青汉不回驾,白云长掩关。"

唐·李商隐《喜雪》："寂寞门扉掩,依稀履迹斜。"

又《夜思》："永令虚簟枕,长不掩兰房。"

唐·李景《除夜长安作》："长安朔风起,穷巷掩双扉。"

唐·姚鹄《玉真观寻赵尊师不遇》："羽客朝元昼掩扉,林中一径雪中微。"

唐·项斯《送欧阳衮归闽中》："为学心难满,知君更掩扉。"

又《早春题湖上顾氏新居》："几时同买宅,相近有柴扉。"

又《落第后寄江南亲友》："古巷槐阴合,愁多昼掩扉。"

唐·贾岛《送邹明府游灵武》："灵州听晓角,客馆未开扉。"

又《酬姚少府》："紫门掩寒雨,虫响出秋蔬。"

又《荒斋》："草合径微微,终南对掩扉。"

又《早春题友人湖上新居二首》："几时同买宅,相送有柴扉。"同项斯诗。

又《寄钱庶子》："曲江春水满,北岸掩柴关。"

又《崇圣寺斌公房》："近来惟一食,树下掩禅扉。"

唐·温庭筠《题僧泰恭院二首》："故山松菊在,终欲掩荆扉。"

又《题造微禅院》："夜香闻偈后,岑寂掩双扉。"

又《题中南佛塔寺》："鸣泉隔翠微,千里到柴扉。"代家门。

又《送李生归旧居》："夕阳当板槛,春日入柴扉。"

又《秋日旅舍寄义山李侍御》："一水悠悠隔渭城,渭城风物近柴荆。"即柴门、茅屋。

唐·刘沧《题王校书山斋》："猿鸟无声昼掩扉,寒原隔水到人稀。"

又《夏日登西林白上人楼》："旷然多慊登楼意,永日重门深掩关。"

唐·储嗣宗《秋墅》："谁知多病客,寂寞掩柴扉。"用王维《山居即事》句。

唐·司马札《送归客》："多才与命违,末路隐柴扉。"

唐·皮日休《茶舍》："相向掩柴扉,清香满山月。"

唐·陆龟蒙《连昌宫词二首》(门)："金铺零落兽镮空,斜掩双扉细草中。"

唐·崔璞《蒙恩除替将还京洛偶叙所怀因成六韵呈军事院诸公郡中一二秀才》："淌客还故里,高卧掩柴扉。"

唐·颜萱《过张祜处士丹阳故居》："柴扉草屋无人问,犹向荒田责地征。"

唐·章碣《雨》："低着烟花漠漠轻,正堪吟坐掩柴扃。""扃",门闩,这里指门。

唐·郑谷《寄题方干处士》："野岫分闲径,渔家并掩扉。"

又《寄赠孙路处士》："深入富春人不见,闲门空掩半庭莎。"

唐·吴融《即事》："抵鹊山前云掩扉,更甘终老脱朝衣。"

唐·张蠙《赠丘衙推》："仙都高处掩柴扉,人世闻名见者稀。"

唐·徐夤《贺清源太保王延郴》："应笑清溪旧门吏,年年扶病掩柴扉。"

唐·崔道融《郊居友人相访》："柴门深掩古城秋,背郭绿溪一径幽。"

唐·唐求《山东兰若遇静公夜归》："又是安禅去,呼童闭竹扉。"

唐·刘媛《长门怨》："经年不见君王面,花落黄昏空掩门。"

唐·齐己《寄栖白上人》："常因秋贡客,少得掩禅关。"

又《依韵酬谢尊师见赠》："岳顶休高卧,荆门访桅扉。"

又《残春连雨中偶作怀故人》："漠漠长门掩,迟迟日又西。"

又《寒食日怀寄友人》："万井追寒食,闲扉独不开。"

又《荆门秋日寄友人》："未谢侯门去,寻常即掩扉。"

五代·毛熙震《菩萨蛮》："五陵薄倖无消息,尽日掩朱门,离愁暗断魂。""朱门",富家门。

又《木兰花》："掩朱扉,钩翠箔,满院莺声春寂寞。"

宋·柳永《满朝欢》："人面桃花,未知何处,但掩朱扉悄悄。"

又《迷神引》："洞房闲掩小屏空，无心觑。"

宋·苏轼《庚辰岁正月十二日天门冬酒熟》："菜圃渐疏花漠漠，竹扉斜掩雨纷纷。"

宋·秦观《调笑令》："阿溪本是飞琼伴，风月朱扉斜掩。"

又《南乡子》："好个霜天堪把盏，芳尊，一榻凝尘空掩门。"

又《满江红》："想小园，寂寞锁柴扉，繁花竹。"

宋·赵子崧《菩萨蛮》(冬)："门掩欲黄昏，昏黄欲掩门。"(回文)

宋·陈克《虞美人》："公庭休更重门掩，细听催诗点。"

宋·周紫芝《清平乐》："人归不掩朱门，一成过了黄昏。"

又《清平乐》："秋千月挂黄昏，画堂深掩朱门。"

宋·曹勋《木兰花慢》："故山归隐，想葱茏，翠竹锁窗扉。"

宋·马子严《朝中措》："深处未须留客，春风自掩柴门。"

宋·姜夔《鹧鸪天》(元夕不出)："而今正是欢游夕，却怕春寒自掩扉。"

宋·韩淲《一剪梅》(醉中)："溪外无尘，惟掩柴扉。"

宋·吴礼之《雨中花》："断肠时侯，帘垂深院，人掩重门。"

宋·许棐《小重山》："正是拈芳采艳时，连朝风雨里，掩朱扉。"

宋·李莱老《木兰花慢》(寄题孙壁山房)："晋人归隐，掩岩扉、月午籁沉沉。"

宋·李珏《击梧桐》(别西湖社友)："鹤帐梅花屋，霜月后，记把山扉牢掩。"

宋·蒋捷《风入松》(戏人去妾)："柳岸犹携素手，兰房早掩朱扉。"

又《贺新郎》(弹琵琶者)："低画屏深朱户掩，卷西风、满地吹尘土。"

宋·无名氏《南柯子》："积雪迷松径，围炉掩竹扉。"

3578.柴门独掩扉

唐·丘为《泛若耶溪》："住处无邻里，柴门独掩扉。"写独居。

唐·刘长卿《会赦后酬主簿所问》："江南海北

长相忆，浅水深山独掩扉。"

又《送陆沣仓曹西上》："舟从故里难移棹，家住寒塘独掩扉。"

宋·韦应物《寄裴处士》："一问清冷子，独掩荒园扉。"

又《赠别河南李功曹》："耿耿抱私戚，寥寥独掩扉。"

又《神静师院》："经声在深竹，高斋独掩扉。"

唐·郎士元《送元诜还丹阳别业》："应向丹阳郭，秋山独掩扉。"

唐·耿沣《赠韦山人》："失意成逋客，终年独掩扉。"

唐·司空曙《冬夜耿拾遗王秀才就宿因伤故人》："多谢劳车马，应怜独掩扉。"

唐·白居易《春尽日宴罢感事独吟》："五年三月今朝尽，客散筵空独掩扉。"

唐·姚合《山中述怀》："为客久未归，寒山独掩扉。"

唐·许浑《卧病》："寒窗灯尽月斜晖，珮马朝天独掩扉。"

唐·杜牧《秋感》："独掩柴扉明月下，泪流香袂倚栏干。"

唐·薛能《春居即事》："云密露晨晖，西园独掩扉。"

唐·刘沧《赠隐者》："何时止此幽栖处，独掩衡门长绿苔。"

宋·张先《南乡子》："今日相思应看月，天人，露冷依前独掩门。"

宋·苏轼《上元夜过赴儋守召独坐有感》："使君置酒莫相违，守舍何妨独掩扉。"

宋·徐宝之《莺啼序》："思量怎向，迟回独掩青扉，夕阳犹照南陌。"

3579.宵分半掩扉

唐·李德裕《西园》："独望娟娟月，宵分半掩扉。"半掩扉也常有。

唐·薛令之《寻岩寺》："柴门半掩寂无人，唯有白云相伴宿。"

唐·戴叔伦《奉酬卢端公饮后赠诸公见示之作》："绮席昼开留上客，朱门半掩拟重关。"

唐·杜牧《怀紫阁山》："学他趋世少深机，紫阁青霄半掩扉。"

唐·许浑《题韦隐居西斋》："劚药去还归，家人半掩扉。”

又《南楼春望》：“下案谁家住，残阳半掩扉。”

唐·张演《社日村居》（一作王驾诗）：“鹅湖山下稻粱肥，豚穽鸡栖半掩扉。”在王驾诗中“豚穽”作“豚栅”。

唐·杜荀鹤《宿村舍》：“野人于我有何情，半掩柴门向月明。”

唐·道彦《湖上闲居》：“柴门半掩平湖里，野径斜分草色中。”

五代·冯延巳《南乡子》：“薄倖不来，门半掩，斜阳，负你残春泪几行。”（一作欧阳修词。）

宋·柳永《凤栖梧》：“玉砌雕栏新月上，朱扉半掩人相望。”

宋·欧阳修《归自谣》：“香闺寂寂门半掩，愁眉敛，泪珠滴破胭脂脸。”

宋·曾布《排遍第二》：“曳红裳，频推朱户，半开还掩。”

宋·王安石《送和甫至龙安暮归》：“房栊半掩无人语，鼓角声中始欲愁。”

又《秋怀》：“柴门半掩扫鸟迹，独抱残编与神遇。”

宋·秦观《南歌子》：“人去空流水，花飞半掩门。”

宋·贺铸《采桑子》：“半掩兰堂，唯有纱灯伴绣床。”

宋·张元干《怨王孙》：“红潮醉脸，半掩花底重门，怨黄昏。”

宋·陆游《齐天乐》（左绵道中）：“况烟敛芜痕，雨稀萍点，最是眠时，枕寒半掩门。”

宋·汪莘《桃源忆故人》：“柴扉半掩闲庭户，黄叶青苔无数。”

宋·无名氏《浣溪沙》：“云锁柴门半掩关，垂纶犹自在前湾。”

3580. 有客款柴扉

南朝·梁·范云《赠张徐州谡》：“还闻稚子说，有客款柴扉。”张谡登门造访，作者采樵出门，未遇。感身为徐州牧的张谡，不弃贫贱之交，赠此诗抒怀致意。“有客款柴扉”，“款”，扣、敲，有客人扣柴门，即登门造访意。

唐·孟浩然《白云先生王迥见访》：“有客款柴扉，白云巢居子。”用范云原句，写白云先生来访。

唐·杜甫《范二员外邈吴十侍御郁特枉驾阙展侍聊寄此作》：“论文或不愧，重肯款柴扉。”希二公再来。

3581. 姬人荐初醖，幼子问残疾

南朝·陈·江总《衡州九晶》：“姬人荐初醖，幼子问残疾。”难得回返故乡，姬妾捧新酒，幼子问病安。

唐·杜甫《遣闷》：“老妻忧坐痹，幼女问头风。”用江总句式。

3582. 三朝三暮，黄牛如故

黄牛山，在今湖北宜昌西，高崖有石，如人负刀牵牛状。山势甚高，加上江流曲折，途中虽经几日，还能看到它。古歌谣云：“朝发黄牛，暮宿黄牛；三朝三暮，黄牛如故。”

唐·李白《上三峡》：“巫山夹青天，巴水流若兹。巴水忽可尽，青天无到时。三朝上黄牛，三暮行太迟；三朝又三暮，不觉鬓成丝。”乾元二年，诗人流放夜郎，途经三峡。三峡长七百里，两岸连山，船行险要。而黄牛山，使李白感触极深。“三朝又三暮”用古谣句，“不觉鬓成丝”，夸张其历时之长，反映了行者的焦躁心理。

又《窜夜郎于乌江留别宗十六璟》：“白帝晓猿断，黄牛过客迟。”再述“黄牛”行太迟。

3583. 经文汉语翻

北周·庾信《奉和法筵应诏》：“佛影胡人记，经文汉语翻。”佛的形象如外族人，经文语言用汉语翻译。

唐·高适《赠杜二拾遗》：“听法还应难，寻经剩欲翻。”“翻”委曲敷衍之意，并非翻译。

3584. 连云虽有阁，终欲想江湖

北周庾信《预麟趾殿校书和刘仪同》：“连云虽有阁，终欲想江湖。”庾信为麟趾学士，在高阁中刊校经史，终有“江湖”之思。“连云阁”出自曹植《节游赋》：“连云阁远径”。潘岳用曹植句：《秋兴赋序》：“高阁连云”“譬犹池鱼、笼鸟、有江湖山薮之思。”庾信下句用潘岳句。

3585. 新官对旧官

孟棨《本事诗》载：南朝·陈·乐昌公主诗：“今日何迁次，新官对旧官。笑啼俱不敢，方验作人难。"《本事诗·情感》:陈太子舍人徐德言之妻,后主陈叔宝之妹乐昌公主才色冠绝。时陈政方乱,德言知不相保,乃破一镜,人执其半。陈亡,公主落入越国公杨素之家,宠嬖殊厚。后依约德言得公主半镜,传诗,杨素还其妻。这是"破镜重圆"故事。此诗写乐昌公主在杨素宅邸会见徐德言时的尴尬心理和痛苦之情。"新官"指杨素,"旧官"指徐德言,"新官""旧官"隐指新夫归夫。

金·董解元《西厢记》卷七《中吕调·尾》:"如今'方验做人难',俺他家问当,不能应对,正是'新官对归官。'""新官"指郑恒,"旧官"指张君瑞。用乐昌公主句写郑恒、张君瑞相见时,崔莺莺的尴尬心理。

3586. 妾乘油壁车,郎骑青骢马

南朝·梁·徐陵《玉台新咏》的乐府民歌《钱塘苏小歌》:"妾乘油壁车,郎骑青骢马。""油壁车",古代防雨车,"青骢马",今称菊青马,言轻快而豪华。

宋·康与之《长相思》(游西湖):"郎意浓?妾意浓?油壁车轻郎马骢,相逢用九里松。"用"油壁青骢"句。

3587. 玉枕龙须席,郎眠何处床

南朝乐府《长乐佳》:"玉枕龙须席,郎眠何处床。"这里枕为玉制,席饰龙须,你要去哪里眠呢?

南朝·徐陵《杂曲》:"只应私将琥珀枕,瞑瞑来上珊瑚床。""琥珀枕""珊瑚床"都很高贵了。

唐·李白《白头吟》:"莫卷龙须席,从他生网丝;且留琥珀枕,或有梦来时。"用乐府和徐陵句写对往日情分的追恋。

3588. 小姑所居,独处无郎

南朝乐府《青溪小姑曲》:"小姑所居,独处无郎。"写居住在青溪庙的小姑只身独处,没有青年男子相伴。晋·干宝《搜神记》载:"广陵蒋子文尝为秣陵尉,因击贼,伤而死。吴·孙权时封中都侯,立庙钟山,转号钟山为蒋山。"刘敬叔《异苑》记:"青溪小姑,蒋侯第三妹也。"故称小姑,为青溪女神。建业东郊,源于钟山的一条小溪,"其流九曲,达于秦淮",称为"青溪"。南朝·梁·吴均《续齐谐记》:小姑"年可十八九,容色绝妙。"在《青溪小姑歌》中写小姑已有男友。这是后人所撰。青溪

庙在桥侧。《青溪小姑曲》是祭记青溪女神的歌。

唐·李白《湖边采莲妇》:"小姑织白纻,未解将人语。大嫂采芙蓉,溪湖千万重。"用"小姑",但不是青溪小姑。

唐·李商隐《无题二首》其二:"神女生涯原是梦,小姑居处本无郎。"用乐府句,言自己终老无托。

3589. 唧唧复唧唧,木兰当户织

北朝民歌《木兰辞》:"唧唧复唧唧,木兰当户织。不闻机杼声,唯闻女叹息。问女何所思,问女何所忆。"此六句借用《折杨柳枝歌》:"敕敕何力力,女子临窗织。不闻机杼声,只闻女叹息。问女何所思,问女何所忆。阿婆许嫁女,今年无消息。"这首诗写叹息的是阿娘嫁女无消息。《木兰辞》取前六句写叹息父亲年老还要应征,矢志代父从军。《文苑英华》中《木兰辞》首句亦为"唧唧何力力",都代示女子叹息声。

南朝·梁·沈约《梦见美人》:"夜闻长叹息,知君心有忆。"相当于"唯闻女叹息""问女何所忆"二句之变式。

唐·孟郊《吊卢殷》:"唧唧复唧唧,千古月一色。新新复新新,千古一春花。"用《木兰辞》首句。

宋·欧阳修《感兴五首》(斋于醴泉宫作·嘉祐元年):"唧唧复唧唧,夜叹晓未息。"用首二句。

3590. 军书十二卷

北朝乐府《木兰辞》:"军书十二卷,卷卷有爷名。"写征父从军文书之频繁,情势之紧迫。"十二"言其多,非确指。

唐·岑参《送张献心充副使归河西杂句》:"箧中赐衣十重余,案上军书十二卷。"也言军书之多。

3591. 东市买骏马

北朝民歌《木兰辞》:"东市买骏马,西市买鞍鞯……"铺张出征准备。

元·萨都剌《南台月》:"燕山买骏金万斛,万里西风一剑寒。"用"买骏"句。

3592. 旦辞爷娘去,暮宿黄河边

《木兰辞》:"旦辞爷娘去,暮宿黄河边。不闻爷娘唤女声,但闻黄河流水鸣溅溅;旦辞黄河去,暮至黑山头。不闻爷娘唤女声,但闻燕山胡骑鸣啾

啾。"本节诗用"旦辞……,暮宿……"句式跳跃反复,形成叠唱,写出行军之速,其中"不闻爷娘唤女声"真实点出这位挺身而出、代父从军的少女对爷娘的怀念。"旦辞暮宿"句式,简洁明快,又合诗格的节律,古代诗歌中往往用之。

汉末王粲《从军行五首》之四:"朝发邺都桥,暮济白马津。"

魏·曹植《杂诗六首》其四:"朝游江北岸,夕宿潇湘沚。"黄节说"朝游""夕宿"喻迁徙无定也。此首诗多以为作者自伤,也有认为为曹彪而发。曹彪于黄初三年封吴王,五年改封寿春县,七年徙封白马,正"迁徙无定"。对两句的解说,至少黄节是对的,应不指具体行程。

又《应诏》:"朝发鸾台,夕宿兰渚。"

晋·刘琨《扶风歌》:"朝发广莫门,暮宿丹水山。"从洛阳出发,去并州任刺史。

南朝·宋·谢灵运《诗》:"朝发悲猿,暮宿落石。"

南朝·宋·鲍照《拟行路难》:"朝出与亲辞,暮还在亲侧。"

南朝·梁·沈约《昭君辞》:"朝发披香殿,夕济汾阴河。"

南朝乐府《襄阳乐》:"朝发襄阳城,暮至大堤宿。"

北朝乐府《陇头歌辞》:"朝发欣城,暮宿陇头。"

隋乐府《王昭君》:"朝辞汉阙去,夕见胡尘飞。"

唐·杜甫《最能行》:"朝发白帝暮江陵,顷来目击信有征。"北朝·魏·郦道元《三峡》:"有时朝发白帝,暮到江陵,其间千二百里,虽乘奔御风不以疾也。"杜诗紧缩成句。杜甫《后出塞》:"朝进东门营,暮上河阳桥。"写战士出征,开赴战场。

唐·顾况《以江西至彭蠡入浙西淮南界道中寄齐相公》:"朝行楚水阴,夕宿吴洲东。"述行程。

唐·李元甫《木兰歌》:"朝屯雪山下,暮宿青海旁。"此歌仿《木兰辞》作,出于文人之手,与民歌迥然不同,没有通俗叠唱、委委深情。

唐·韩翃《赠别王侍御赴上都》:"朝辞芳草万岁街,暮宿春山一泉坞。"

唐·皇甫冉《题魏仲光淮山所居》:"朝朝汲淮水,暮暮上鱼山。"写每日朝暮出入活动情景。

宋·梅尧臣《送阚令之潭州宁乡》:"朝辞洞庭岸,暮抵巴陵城。"述阚令之行旅。

3593.朝发黄牛,暮宿黄牛

北魏地理学家郦道元《水经注江水》:湖北宜昌县西有山,高崖上有石,如人负刀牵牛状。山势甚高,称黄牛山。江流曲折,途中虽经几日,还能望到它。古时歌谣云:"朝发黄牛,暮宿黄牛;三朝三暮,黄牛如故。"盛弘文《荆州记》有与《水经注》相同的记载。黄牛山一峰突起,高耸入云,江流曲折,船行缓慢,行经三天三夜仍可见黄牛山。这"人负刀牵牛"顿成奇观。如《湘中渔歌》:"帆随湘转,望衡九面"的境界一样奇异。

唐·李白《上三峡》:"三朝上黄牛,三暮行太迟;三朝又三暮,不觉鬓成丝。"流放夜郎,途经三峡,经黄牛峡,行程三朝三暮,仍见黄牛,倍觉旅程艰险,心情郁抑,鬓发成丝。

唐·李商隐《摇落》:"滩激黄牛暮,云屯白帝阴。"写环境险恶。

宋·欧阳修《黄牛峡祠》(景祐四年):"江水东流不暂停,黄牛千古长如故。""黄牛千古如故"跨出三朝三暮的行程,纵贯千古,是一种历史的感慨。

清·黄遵宪《下水船歌》:"百丈横牵上濑舟,三朝三暮见黄牛。"光绪十一年冬,作者乘船由梅江入韩江,顺流下抵潮州。用"黄牛滩谣"描述江流湍急、飞舟疾行的情状。

3594.但闻黄河流水鸣溅溅

《木兰辞》:"不闻爷娘唤女声,但闻黄河流水鸣溅溅。"

宋·曾巩《招隐寺》:"偏怜最幽处,流水鸣溅溅。"招隐寺一片幽静,唯水声溅溅。

"流水溅溅",从《木兰辞》:"流水鸣溅溅"减字而用之。

宋·刘一止《洞仙歌》:"对斜桥孤驿,流水溅溅。无限意,清影徘徊自照。"

宋·陈允平《满庭芳》:"回合溪桥一曲,初雨过、流水溅溅。"

宋·赵师侠《浣溪沙》:"流水溅溅春意动,群仙灿灿晓光迷。"

3595.万里赴戎机,关山度若飞

《木兰辞》:"万里赴戎机,关山度若飞。"写神速行军。

陈毅元帅《红四军军次葛坳突围赴东固口占》："大军突敌围,关山渡若飞。"突围之神速。

3596. 归来见天子,天子坐明堂

《木兰辞》："归来见天子,天子坐明堂。"一句常语,有人效用,足见此辞之影响。

唐·卢照邻《结客少年行》："归来谢天子,何如马上翁。"

唐·沈佺期《塞北二首》其二："归来拜天子,凯乐助南薰。"

唐·王维《从军行》："尽系名王颈,归来献天子。"又《送从弟蕃游淮南》："归来见天子,拜爵赐黄金。"

唐·王昌龄《放歌行》："明堂坐天子,月朔朝诸侯。"

唐·李白《出自蓟北门行》："收功报天子,行歌归咸阳。"

3597. 赏赐百千强

《木兰辞》："策勋十二转,赏赐百千强。"写木兰富有战功,策勋很高,赏赐很大。

清·佘梅《听屠生说马僧事,证之随园所书者,纪以古诗》："露布奏捷还,赏赐百千强。"严星标馨和徐芝仙兰任年羹尧幕府,随军讨叛,功成赠金帛送归。

3598. 愿借明驼千里足

《木兰辞》："愿借明驼千里足,送儿还故乡。"此句又作"愿驰千里足"。指骆驼。《韩诗外传》："使骥不得伯乐,安得千里之足。"指快马之足,成为快马。后汉郦炎诗："舒吾陵霄冀,奋此千里足。"以良马喻良才。

唐·李贺《马诗二十三首》其二十："欲求千里脚,先采眼中光。"选英才。

清·沈峻《牧马歌》："安得马肥四足强,送我还故乡。"游子思归的急切心情。

3599. 磨刀霍霍向牛羊

《木兰辞》："小弟闻姊来,磨刀霍霍向牛羊。""霍霍"磨刀声,把刀磨快,去杀牛宰羊。"磨刀霍霍"后喻战争准备。

宋·苏轼《送顾子敦奉使河朔》："磨刀向猪羊,酾酒会邻里。"

清·蒲松龄《喜迁莺》(岁暮作)："鸡甫缚,儿童欢喜,磨刀霍霍。"磨快刀,准备杀鸡。

3600. 开我东阁门,坐我西阁床

《木兰辞》："开我东阁门,坐我西阁床。脱我战时袍,著我旧时裳。"前两句铺陈叠唱,写木兰进入离开多年的卧室,改回女妆。

明·汤显祖《牡丹亭》第十出《惊梦》："开我西阁门,展我东阁妆。瓶插映山紫,炉添沉水香。"写杜丽娘游园缱绻,忽而欲回房,此四句用《木兰辞》回房句,想象中要做的事。

3601. 旧犬喜我归,低徊入衣裾

唐·杜甫《草堂》："旧犬喜我归,低徊入衣裾;邻舍喜我归,酤酒携胡芦。大官喜我来,遗骑问我须;城郭喜我来,宾客隘村墟。"写他回居草堂,老犬帖裾,邻人送酒诸情景,受到各方欢迎。

清·郑板桥《还家行》："桃花知我至,屋角舒红芳;旧燕喜我归,呢喃话空梁。"显仿杜句而创新意。

杜诗此句的铺陈的民歌手法,深受《木兰辞》的开启,"爷娘闻女来,出郭相扶将;阿姊闻妹来,当户理红妆;小弟闻姊来,磨刀霍霍向牛羊。"当是杜句生发之源。

3602. 死灰犹未燃

隋·李巨仁《京洛篇》："独悲韩长孺,死灰犹未燃。"《史记·韩长孺列传》："其后安国坐法抵罪,蒙(县)狱吏田甲辱安国。安国曰:'死灰独不复然乎?'田甲曰:'然即溺之。'"燃烧过的灰烬不会再燃烧起来吗? 后用"死灰复燃"表示失势的力量重新兴起。

隋·鲁本《与胡师耽同系胡州出被刑狱中》："叔夜弦初绝,韩安灰未然。"亦用此语。

唐·骆宾王《畴昔篇》："冶长非罪曾缧绁,长孺然灰也经溺。"这里说燃灰遭溺(尿淹)之不幸。

又《和孙长史秋日卧病》："怅然欣怀土,居然欲死灰。"因久病而丧志。

又《幽絷书情通简知己》："莫言韩长孺,长作不然灰。"死灰不再复燃。

又《游兖部逢孔君自己来欣然相逢若旧》："将期重交态,时慰不然心。"希望相交,以慰自心。

宋·苏轼《六观堂老人草书》："云如死灰实不

枯,逢场作戏三昧俱。"《传灯录》云:"竿木随身,逢场作戏。"

3603. 吾人甘作心似灰

唐·杜甫《曲江三章章五句》:"吾人甘作心似灰,弟侄何伤泪如雨?"天宝十一载,作者献赋不遇,面对进士们的曲江会,已心如死灰,并劝弟侄不必为之伤心。

"心如死灰"一切期望彻底破灭。《庄子·齐物论》:"南郭子綦隐机而坐,仰天而嘘,答焉似丧其耦。颜成子游立侍乎前,曰:'何居乎?形固可使如槁木,而心固可使如死灰乎?今之隐机者,非昔之隐机者也?'""隐机"即"隐几",凭案,形如槁木,而心如死灰吗?即真地忘功、忘名、忘己了吗?杜甫的"心似灰"即用此意,不"复燃"。

"心如死灰",万念俱消。

唐·宋之问《早发始兴江口至虚氏村作》:"鬓发俄成素,丹心已作灰。"

又《发藤州》:"丹心江北死,白发岭南生。"

唐·杜甫《郑驸马池台喜遇郑广文同饮》:"白发千茎雪,丹心一寸灰。"取宋之问句意。

又《自京窜至凤翔喜达行在所》:"眼穿当落日,心死著寒灰。"

又《晚晴》:"泪乎吾生何飘零,支离委绝同死灰。"

唐·刘禹锡《酬杨司业巨源见寄》:"莫道专城管云雨,其如心似不然灰。"

唐·白居易《隐几》:"方寸如死灰,寂然无所思。"

又《谕友》:"平生青云心,销化成死灰。"

又《梦旧》:"别来老大苦修道,炼得离心成死灰。"

又《病中五绝》:"方寸成灰鬓作丝,假如强健亦何为。"

又《赠韦炼师》:"浔阳迁客为居士,身似浮云心似灰。"

又《百花亭晚望夜归》:"鬓毛遇病双如雪,心绪逢秋一似灰。"

又《赠昙禅师》:"欲知火宅焚烧苦,方寸如今化作灰。"

又《闻雷》:"枯草木开空余客,方寸依旧似寒灰。"

又《冬至夜》:"心灰不及炉中火,鬓雪多于砌下霜。"

唐·李商隐《无题四首》:"春心莫共花争发,一寸相思一寸灰。"

宋·欧阳修《四月十七日景灵宫奉迎仁宗皇帝御容有感》:"孤臣不得问钩虎,未死心先冷若灰。"

宋·苏轼《杜介熙熙堂》:"白砂碧玉味方永,黄纸红旗心已灰。""黄纸红旗"代文韬武略,白居易《刘十九同宿》:"红旗破贼非吾事,黄纸除书无我名。"

又《谢郡人田贺二生献花》:"老守仍多病,壮怀心已灰。"

又《赠孙莘老七绝》:"嗟予与子久离群,耳冷心灰百不闻。"上句用《礼记·檀弓上》:"子夏曰:'吾过矣,吾离群而索居,亦已久矣。'"

又《送柳子玉赴灵山》:"世事方艰便猛回,此心未老已先灰。"

又《送参寥师》:"上人学苦空,百念已灰冷。"

又《李公择过高邮》:"我老心已灰,空劳扇余烬。"

又《次韵答黄安中兼简林子中》:"老去心灰不复然,一麾江海意方坚。"

3604. 绝漠三秋暮

隋·薛道衡《出塞二首》:"绝漠三秋暮,穷阴万里生。"这是和杨素诗,写北征中晚秋恶劣天气。

唐·杜甫《奉送十七舅下邵桂》:"绝域三冬暮,浮生一病身。"变用"三秋暮"句写绝域病身,不忍别离。

3605. 我本良家子

隋·薛道衡《昭君辞》:"我本良家子,充选入椒庭。"叙述昭君身世,昭君自述出身是良善人家的子女。

唐·杜甫《后出塞五首》:"我本良家子,出师亦多门。"用薛道衡句,写一老兵自述出身良家,多次参加部伍。

3606. 猿鸣三声泪沾裳

北魏·郦道元《水经注·江水》文:"每至晴初霜旦,林寒涧肃,常有高猿长啸,属引凄异,空谷传响,哀转久绝。故渔者歌曰:'巴东三峡巫峡长,猿鸣三声泪沾裳。'""三峡"指四川东部、湖北西部长江上的瞿塘峡、巫峡、西陵峡。余冠英《乐府诗选》注三峡为广溪峡、巫峡、西陵峡。"裳"下衣。《诗·邶风·绿衣》："绿衣黄裳",毛传注"上曰衣下曰裳"此裳即指衣裳。三峡两岸的猿声"空谷传响,哀转久绝",使作者想到巴东渔人的歌谣,猿声凄惋,声声不断,听到三声,行人就要泪下沾裳了。唐·杜甫诗《故司徒李公光弼》："疲荣竟何人,洒涕巴东峡"即暗用此意。"猿鸣三声泪沾裳"这一出自渔父之口的歌,不仅随时勾起穿越三峡人的哀凉,也激起无数人的共鸣。

古代文学作品中写哭写泪,最早见于诗经,诗经的《国风》《小雅》都写了哭泣,如《王风·中谷有蓷》："有女仳离,啜其泣矣。啜其泣矣,嗟何及矣。"写流离失所的女子痛苦的悲泣。楚辞中写涕泣就多了,后人写涕泣的诗句多从楚辞中来。

"泪沾裳"最早见于汉代。汉乐府《伤歌行》："感物怀所思,泣涕忽沾裳。"东汉张衡《四愁诗》也有"侧身西望涕沾裳"句,汉末曹丕《燕歌行》写:"忧来思君不敢忘,不觉泪下沾衣裳。"南朝宋·鲍照《行路难》："亦云朝悲泣闲房,又闻暮思泪沾裳。"以下用"泪沾裳"句的如:

唐·陈子昂《同宋参军之问梦赵六赠卢陈二子之作》："远闻山阳赋,感涕下沾裳。"又《登蓟丘楼送贾兵曹入都》再用:"孤负平生愿,感涕下沾裳。"又《感遇三十八首》："伫立望已久,涕落沾衣裳。"

唐·卢照邻《巫山高》："沾裳即此地,况复远思君。"又《江中望月》："延照相思乡,千里共沾裳。"又《同崔录哭郑员外》："仆本多悲泪,沾裳不待猿。"

唐·李百药《王师渡汉水经襄阳》："临溪犹驻马,望岘欲沾裳。"

唐·杨炯《巫峡》："三峡七百里,唯言巫峡长。……山空夜猿啸,征客泪沾裳。"又《送临津房少府》："赠言未终竟,流泪忽沾裳。"

唐·张说《和朱使欣道峡似巫山之作》："猿鸣孤月夜,再使泪沾裳。"此诗与朱诗尽同,疑误。张另有和诗二首。

唐·朱使欣《道峡似巫山》："猿鸣孤月夜,再使泪沾裳。"

唐·崔翘《送友人使夷陵》："猿鸣三峡里,行客泪沾裳。"

唐·王泠然《汴堤柳》："河畔时时闻木落,客中无不泪沾裳。"

唐·崔国辅《漂母岸》："向夕泪沾裳,遂宿芦州村。"又《九日》："九日陶家虽载酒,三年楚客已沾裳。"

唐·乔知之《苦寒行》："羁旅因相依,恻之泪沾裳。"

唐·李嘉祐《九日送人》："席前愁此别,未别已沾裳。"

唐·李白《宿巫山下》："高丘怀宋玉,访古一沾裳。"

唐·韦应物《宴别动遐与君贶兄弟》："半生有壮志,不觉泪沾裳。"又《别雒阳故人》："有书无寄处,相送一沾裳。"

唐·杜甫《闻官军收河南河北》："剑外忽传收蓟北,初闻涕泪满衣裳。"又《遣闷》："哀筝犹凭几,鸣笛竟沾裳。"

唐·张继《江上送客游庐山》："楚客自相送,沾裳春水边。"

唐·戴叔伦《清明送邓芮二子还乡》："每嫌儿女泪,今日自沾裳。"

唐·顾况《游子吟》："胡为不归欤,泪下沾衣裳。"

唐·韩愈《孟生诗》："举头看白日,泣涕下沾裳。"

3607. 猿鸣三声泪沾衣

宋·郭茂倩《乐府诗集》(西曲歌)收:"巴东三峡猿鸣悲,猿鸣三声泪沾衣。"(《古今乐录》题作《女儿子》)《宜都山川记》:"峡中猿鸣至清,行者歌之曰:'巴东三峡猿鸣悲,猿鸣三声泪沾衣。'"应为后人延衍之作。从"裳"到"衣",只是换韵而已。就如唐·孟郊《巫山曲》:"目极魂断望不见,猿啼三声泪滴衣。"只换了"啼""滴"二字。

"泪沾衣"出句更早,远在汉代就开始应用了。

汉乐府《十五从军征》："出门向东看,泪落沾我衣。"

汉乐府《巫山高》："临水远望,泣下沾衣。"

汉·秦嘉妇徐淑《答秦嘉诗》："长吟兮永叹,泪下兮沾衣。"

汉·蔡琰《胡笳十八拍》："不为残生兮却得旋归,抚抱胡儿兮泣下沾衣。"

汉·孔融《杂诗》："俯仰内伤心,不觉泪沾衣。"

南朝·梁·吴均《酬闻人侍郎别诗三首》："思君美如玉,不觉泪沾衣。"

隋·周若水《答江学士协诗》："乡关不可望,容泪徒沾衣。"

唐·陈子良《送别》："我以穷途泣,沾君出塞衣。"

唐·陈子昂《田光先生》："伏剑诚已矣,感我涕沾衣。"

唐·骆宾王《畴昔篇》："北梁俱握手,南浦共沾衣。"

唐·李峤《汾阴行》："山川满目泪沾衣,富贵荣华能几时。"此诗收入《全唐诗续补遗》卷一,其实是《汾阴行》的末六句。

唐·张说《雨中送北使二首》："谁怜炎海曲,泪尽血沾衣。"

唐·綦母潜《送平判官入秦》："曾为金马客,向日泪沾衣。"

唐·王昌龄《胡笳曲》："自有金笳引,能沾出塞衣。"

唐·贺朝《赋得游人久不归》："如何千里外,伫立沾裳衣。"

唐·刘长卿用"沾衣"句最多:《过萧尚书故居见李花感而成咏》："空怜旧阴在,门客共沾衣。"《岁夜喜魏万成郭夏雪中相寻》："新年欲变柳,旧客共沾衣。"《送陆澧仓曹西上》："临水自伤流落久,赠君空有泪沾衣。"《赤沙湖》："茫茫葭菼外,一望一沾衣。"《送皇甫曾赴上都》："楚客岂劳伤此别,沧江欲暮自沾衣。"《题灵祐和尚故居》："风竹自吟遥入磬,雨花随泪共沾衣。"《青溪口送人归岳州》："歧路上逢无可赠,老年空有泪沾衣。"《步登夏口古城作》："平芜连古堞,远客此沾衣。"《齐一和尚影堂》："今来寂寞无所得,唯共门人泪满衣。"

唐·李华《春游》："可怜不得共芳菲,日暮归来泪满衣。"用刘长卿"泪满衣"。还有岑参《送崔子还京》："送君九月交河北,雪里题诗泪满衣。"钱起《哭曹钧》："一声邻笛残阳里,酌酒空堂泪满衣。"戴叔伦《女耕田行》："东邻西舍花发尽,共惜余芳泪满衣。"又《容州回逢陆三别》："此地故人别,空余泪满衣。"

唐·李白《古风》："沈叹终永夕,感我泪沾衣。"又《山鹧鸪词》："我今誓死不能去,哀鸣惊叫泪沾衣。"

唐·岑参《送四镇薛侍御东归》："相送泪沾衣,天涯独未归。"又《送绵州李司马秩满归京因呈李兵部》："因君报兵部,愁泪日沾衣。"

唐·韦应物《话旧》："不惜沾衣泪,併话一宵中。"又《留别洛京亲友》："临流一相望,零泪忽沾衣。"

唐·杜甫《九日诸人集于林》："旧采黄花媵,新梳白发微。漫看年少乐,忍泪已沾衣。"又《散愁二首》："恋阙丹心破,沾衣皓首啼。"

唐·皇甫冉《归阳羡兼送刘八长卿》："前程愁更远,临水泪沾衣。"

唐·顾况《忆故园》："惆怅多山人复稀,杜鹃啼处泪沾衣。"

唐·李端《江上别柳中庸》："秦人江上见,握手便沾衣。"

唐·戎昱《征人归乡》："故将别泪和乡泪,今日阑干湿汝衣。"唐·武元衡《重送卢三十一起居》："相如拥传有光辉,何事阑干泪湿衣。""阑干","泪阑干",泪水纵横零乱。

唐·武元衡《送张侍御赴京》："相送汀洲兰棹晚,菱歌一曲泪沾衣。"

唐·韩愈《烽火》："我歌宁自感,乃独泪沾衣。"

唐·白居易《答刘禹锡白太守行》："何乃老与幼,泣别尽沾衣。"

唐·李涉《鹧鸪词》："鹧鸪啼别处,相对泪沾衣。"

唐·庾抱《赋得胥台露》："唯有团阶露,承晓共沾衣。"写"露沾衣"。宋·僧志安《绝句》："沾衣欲湿杏花雨,吹面不寒杨柳风。"写"雨沾衣",已推入崭新境界。

3608. 三声悲夜猿

南朝·梁元帝萧绎《遗武陵王诗》："回首望荆门,惊浪且雷奔。四鸟嗟长别,三声悲夜猿。"武陵王萧纪在蜀称帝,梁元帝制止其起兵内伐,萧纪不从,元帝遗纪此诗,并将纪之子萧圆正下狱。圆正在狱中连句:"水长二江急,云生三峡昏。愿赦淮南罪,思报阜陵恩。"元帝览诗而泣下。纪失败,圆正号哭绝食而死。梁元帝诗意是:蜀地的这场叛乱,是兄弟阋于墙,这场悲剧连鸟也嗟长别,猿也悲三声。这"三声悲夜猿"是"猿鸣三声泪沾裳"的变式。

"猿鸣三声","三声"虚指为数不多,却拨人心弦,引发人无限悲哀共鸣而垂泪。后来人们以各种形式的"猿鸣三声"句,描述三峡水路及一切有猿声的地方,表达种种哀伤情绪和氛围。其中以唐人用此句为最。

南朝·陈·萧铨《赋得夜猿啼》:"别有三声泪,沾裳竟不穷。"全诗写猿夜啼、啸侣、挂藤、吟枝等活动。结尾写"三声泪",不断涌流,沾裳不止,令人极其哀伤。

唐·杜甫《秋兴八首》:"听猿实下三声泪,奉使虚随八月槎。"用萧铨"三声泪"句式,表达"听猿三声实下泪"义。公元766年诗人羁旅夔州,北望长安,欲归不得,闻"三声"而流涕。

唐·皇甫冉《赋得郢路悲猿》:"悲猿何处发,郢路第三声。"

唐·戴叔伦《次下牢韵》:"猿叫三声断,江流一水通。"

唐·李端《送客赋得巴江夜猿》:"巴水天边路,啼猿伤客清。……楚人皆掩泪,闻到第三声。"又《送刘侍郎》:"唯有夜猿知客恨,峰阳溪路第三声。"

唐·刘禹锡《唐侍御寄游道林岳麓二寺诗并沈中丞姚员外所和见微继作》:"远持清琐照巫峡,一凭惊断三声猿。"

唐·元稹《哭子十首》:"鸟生八子今无七,猿叫三声月正孤。"

唐·白居易《送客之湖南》:"山鬼趫跳唯一足,峡猿哀怨过三声。"

唐·李德裕《巫山石》:"十二峰前日,三声猿夜愁。"

唐·熊孺登《与左兴宗溢城别》:"江逢九派人将别,猿到三声月为秋。"

唐·李绅《闻猿》:"见说三声已峡深,此时行者尽沾襟。"

唐·赵嘏《代人赠别》:"清猿处处三声尽,碧落悠悠一水横。"

唐·杜荀鹤《与安冬日》:"吟苦猿三叫,形枯柏一枝。"

宋·杨亿《黄小著震知兴元府南郑县》:"九折坂长无叱驭,三声猿苦莫沾衣。"

3609. 断肠何必待三声

唐·韦庄《黄藤山下间猿》:"入耳便能生百恨,断肠何必待三声!"一声入耳,百恨皆生。反用

"三声"句言猿声极哀。另一反用法是本自悲伤,无须听猿声。

北齐·郑公超《送庾羽骑抱》:"送君自有泪,不假听猿声。"而最早反用"三声"的是唐·王建《岭猿》诗:"相思岭上相思泪,不到三声合断肠。"本已断肠流泪,不待啼到三声。其后有:

唐·元稹《哭女樊》:"秋天净绿月分明,何事巴猿不胜鸣。应是一声肠断去,不容啼到第三声。"

唐·雍裕之《江上闻猿》:"枫岸月斜鸣,猿啼旅梦惊。愁多肠易断,不待第三声。"

唐·许浑《知常秀才寄简归州郑使君借猿》:"心知欲借南游侣,未到三声恐断肠。"

唐·孟郊《巫山高》:"见尽数万里,不闻三声猿。"未闻猿鸣,是反用"猿鸣三声"一法。

宋·释文兆《巴峡闻猿》:"心如无一事,愁不在三声。"又一反用法。

宋·释保暹《巴江秋夕》:"离人此夜愁难宿,不听啼猿亦断肠。"亦一种反用法。

唐·吴融《途中偶怀》:"回肠一过危如线,赖得商山未有猿。"途径商山,危肠欲断,幸而无猿。反用。

3610. 猿声今夜断君肠

唐·宋之问《寒食江州蒲塘驿》:"吴洲春草兰杜芳,感物思归怀故乡。驿骑明朝宿何处,猿声今夜断君肠。"作者南行宿蒲塘驿,时逢寒食,见吴洲春来,感物思乡,闻猿更断肠。"断君肠"即断人肠。

在"断肠"条中,曾引述了母猿啼子而肠断的故事,直接用于父别子之情。唐·张说《岳州别子均》:"津亭拔心草,江路断肠猿。"以"断肠猿"喻别子之情。唐·李白《赠武十七谔》:"爱子隔东曾,空悲断肠猿。"用张说"断肠猿"句,叙说怀念东鲁之子,空令人断肠。后人多以"断肠猿"迁用于写"断肠人",宋之问"猿声今夜断君肠"即此一例。"断君肠"即"断人肠"。用"闻猿断肠"句还如:

唐·苏颋《兰州出行》:"旅客肠应断,吟猿更使闻。"

唐·王维《闻裴秀才迪吟诗因戏赠》:"猿愁一何苦,愁朝复悲夕。莫作巫峡声,肠断秋江客。""巫峡声"暗用"长江三峡巫峡长,猿鸣三声泪沾裳"句。

唐·李白《春陪商州裴使君游石娥溪》(时欲东归,遂有此赠):"清猿断人肠,游子思故乡。"

唐·戴叔伦《夜发沅江寄李颍川刘侍郎》(一作皇甫曾诗):"孤猿更发秋风里,不是愁人亦断肠。"

唐·刘禹锡《竹枝词》:"巫峡苍苍烟雨时,清猿啼中最高枝。个里愁人肠自断,由来不是此声悲。"反用。

唐·顾况《竹枝》:"巴人夜唱竹枝后,肠断晓猿声渐稀。"

3611. 愁肠正遇断猿时

唐·刘禹锡《再授连州至衡阳酬柳柳州赠别》:"归目并随回雁尽,愁肠正遇断猿时。"诗人在衡阳与柳宗元赠别,北望来路,目光随北归的雁影直至消失,断续的猿声,更增添了友人分手之哀凉。"断猿"表示猿声断续或猿声停断。

唐·崔信明《送金竟陵入蜀》:"猿声山峡断,月彩落江寒。"

唐·王昌龄《送张四》:"别后冷山月,清猿无断时。"

唐·李白《窜夜郎于乌江留别宗十六璟》:"白帝晓猿断,黄牛过客迟。"

唐·刘长卿《北归次秋浦界清溪馆》:"万里猿啼断,孤村客暂依。"

又《送柳使君赴袁州》:"月明江路闻猿断,花暗山城见吏稀。"

又《送梁侍御巡永州》:"到时猿未断,回处水应穷。"

唐·郑绍《游越溪》:"溪水碧悠悠,猿声断客愁。"打断了客愁。

唐·皇甫曾《寄刘员外长卿》:"断猿知夜久,秋草助江长。"

3612. 猿声不可闻

北朝·周·庾信《和赵王送峡中军》:"客行明月峡,猿声不可闻。"送赵王招出为益州总管,途经三峡。庾诗说经明月峡,那里猿声悲凉,不可听。这是一种关切。历史上三峡所指并不一致。《蜀本纪》载:"蜀王秀所建三峡:明月峡、巴峡、巫峡。"此诗即写明月峡之猿声。

"猿声不可闻"似一平常语,但它含着"猿鸣三声泪沾裳"的极其哀凉凄楚的感情色彩,因而常为后人所道。用"猿声"最早的是晋代陶渊明,他的《丙辰岁八月中于下潠田舍获》诗中写"郁郁荒山里,猿声闲且哀。"写在"下潠田"(东林隈秋收时,听到荒山里猿声悠长凄惋。)以后用"猿声"的如:

唐·张九龄《巫山高》:"唯有巴猿啸,哀音不可听。"用庾信句义。

唐·王维《送贺遂员外外甥》:"猿声不可听,莫待楚山秋。"用庾信句,说秋日的楚山猿声凄凉。

唐·岑参《峨眉东脚临江听猿怀二室旧庐》:"哀猿不可听,北客欲流涕。"用庾信句。

唐·孟浩然《湖中旅泊寄阎九司户防》:"清猿不可听,沿月下湘流。"用庾信句。上下二句倒装,说月夜湘江行船,猿声凄楚。唐·皇甫冉《巫峡》:"清猿不可听,偏在九秋中。"用孟浩然原句,说深秋的猿声,尤其不可听。

一般写"猿声"的又如:

唐·李颀《送从弟游江淮兼谒鄱阳刘太守》:"泊舟借问西林寺,晓听猿声在山翠。"

唐·王维《送杨少府贬郴州》:"明到衡山与洞庭,若为秋月听猿声。"

唐·裴迪《临湖亭》:"谷口猿声发,风传入户来。"

唐·刘长卿是文学史上写猿最多的诗人,他的"猿声"句也不少。《入桂渚次砂牛石穴》:"枫林月出猿声苦,桂渚天寒桂花吐。"《喜鲍禅师自龙山至》:"猿声知后夜,花发见流年。"《送崔载华起之闽中》:"猿声入岭切,鸟道问人深。"《却赴南邑留别苏台知己》:"猿声湘水静,草色洞庭宽。"《送齐郎中典括州》:"树色双溪合,猿声万岭同。"《送康判官往新安》:"猿声近庐霍,水色胜潇湘。"(一作皇甫冉诗)《陪元侍御游支硎山寺》:"香气空翠中,猿声暮云外。"《按覆后归睦州赠苗侍御》:"孤舟百口渡,万里一猿声。"《江楼送太康郭主簿赴岭南》:"驿路南随桂水流,猿声不绝到炎州。"

唐·李白《长干行》:"十六君远行,瞿塘滟滪堆。五月不可触,猿声天上哀。"又《襄阳歌》:"襄王云雨今何在,江水东流猿夜声。"陆游《入蜀记》记三峡:"山猿皆鸣,达旦方渐止。"说明峡猿多夜啼。又《秋浦歌》其四:"猿声催白发,长短尽成丝。"《秋浦歌》其十:"君莫向秋浦,猿声碎客心。""碎"句最好《宿巫山下》:"昨夜巫山下,猿声梦里长。"

唐·皇甫冉《寄江东李判官》:"山色临湖尽,

猿声入梦愁。"

唐·李嘉祐《送客游荆州》:"帆影连三峡,猿声在四邻。"唐·黄滔《寄从兄璞》:"移觅深山在,啼猿作四邻。"用李句。

唐·戎昱《耒阳溪夜行》:"猿声虽此夜,不是别家愁。"

唐·李端《溪行逢雨与柳中庸》:"那堪两处宿,共听一声猿。"

唐·武元衡《送严侍御》:"峡路猿声断,桃源犬吠深。"

唐·刘禹锡《松滋渡望峡中》:"巴人泪应猿声落,蜀客船从鸟道回。"

唐·王建《江南三台词四首》:"青草台边草色,飞猿岭上猿声。"又《荆南赠别李肇著作转韵诗》:"争向巴山夜,猿声满碧云。"

3613. 两岸猿声啼不住

唐·李白《下江陵》(早发白帝城):"朝辞白帝彩云间,千里江陵一日还。两岸猿声啼不住,轻舟已过万重山。"此诗取意《水经注·江水注》:"自三峡七百里中,两岸连山,略无阙处。……有时朝发白帝,暮至江陵,其间千二百里,虽乘奔御风,不以疾也。"肃宗乾元二年,诗人因永王璘案流放夜郎,取道四川,行至白帝城,遇赦获释,惊喜异常,乘舟东下江陵。诗中"猿声"烘托轻快的心情,毫无愁苦之意。清·桂馥《朴补》称"妙在第三句,能使通首精神飞越。"明·杨慎《升庵诗话》评全诗:"惊风雨而泣鬼神矣。"轻舟的迅疾飘逸、空灵飞动之中,满载着无穷的欢悦。"猿啼"无愁无苦,只有欢悦,此为独例。清·黄景仁《江行》诗仿此句式:"江花江草故乡情,两岸青山夹明镜。一夜雨丝风片里,轻舟已渡秣陵城。"兼用李白"两水夹明镜"句,写故乡情,轻舟距离家乡武进更近了,一样畅快。

写"猿啼""猿鸣""猿吟""猿啸"都是猿声。长江三峡两岸猿声还是猴声?长期争论不休。中国科学院考察组证明,三千年前长江三峡一带就有猿活动,一块长臂猿左下颌骨化石为据。诗人写猿啼,多寄哀愁,只有少数属一般写景色。

写"猿鸣":南朝·宋·谢灵运《从斤竹涧越岭溪行》:"猿鸣诚知曙,谷幽光未显。"幽谷无光,听猿鸣方知天明。写谷之阴暗。

唐·陈子昂《晚次乐乡县》:"如何此时恨,噭噭夜猿鸣。"猿鸣生恨。

唐·李白《冬日归旧山》:"穿厨孤雉过,临屋旧猿鸣。"写荒凉。又《入彭蠡经松门观石镜缅怀谢康乐题诗书游览之志》:"青桂隐遥月,绿枫鸣愁猿。"

唐·钱起《送郭秀才制举下第南游》:"探幽无旅意,暮畏楚猿鸣。"

唐·柳宗元《入黄溪闻猿》:"溪路千里曲,哀猿何处鸣。"

写"猿啸":

唐·卢照邻《三月曲水宴得尊字》:"连沙飞白鹭,孤屿啸玄猿。"

唐·孟浩然《武陵泛舟》:"坐听闲猿啸,弥清尘外心。"又《宿武阳即事》:"岭猿相叫啸,潭嶂似空虚。"

唐·刘长卿《浮石濑》:"众岭猿啸重,空江人语响。"又《听笛歌》(送郑协律):"静听关山闻一叫,三湘月色悲猿啸。"

唐·李白《夜泊黄山闻殷十四吴吟》:"龙惊不敢水中卧,猿啸时闻岩下音。"又《过崔八丈水亭》:"猿啸风中断,渔歌月里闻。"

唐·杜甫《登高》:"风急天高猿啸哀,渚清沙白鸟飞回。"

唐·钱起《罢章陵令山居过中峰道者二首》:"吾庐青霞里,窗树玄猿啸。"

唐·郎士元《题精舍寺》:"秋山竟日闻猿啸,落木寒泉听不穷。"

唐·李端《古别离》:"空会猿啸时,泣对湘江竹。"

写"猿吟":

唐·张九龄《别乡人南还》:"东南行舫远,秋浦念猿吟。"

唐·王勃《焦岸早行和陆四》:"猿吟山漏晓,萤散野风秋。"

唐·李峤《刘侍读见和山邸十篇重申此赠》:"落泉奔涧响,惊吹助猿吟。"

唐·储光羲《杂诗二首》:"猿狖清夜吟,其声一何哀。"

唐·常建《古意三首》:"怀古未忍还,猿吟彻空山。"又《潭州留别》:"望君杉松夜,山月清猿吟。"

唐·史俊《题巴州光福寺楠木》:"翠色将晚岚气合,月光时有猿夜吟。"

唐·刘长卿《逢淮南史因寄郑协律》:"相思楚

天外,梦寐楚猿吟。"

唐·孟浩然《岘山送张去非游巴东》:"去矣勿滥滞,巴东猿夜吟。"

唐·杜甫《课小竖锄斫舍北果林枝蔓荒移净讫移床》:"山雉防求敌,江猿应独吟。"

唐·钱起《晚入宣城界》:"乡愁不可道,浦宿听猿吟。"

唐·元结《欸乃曲五首》:"千里枫林烟雨深,无朝无暮有猿吟。"

唐·戴叔伦《过柳州》:"羁魂愁似绝,不复待猿吟。"

唐·李峤《刘侍读见和山邸十篇重申此赠》:"落泉奔涧响,惊吹助猿吟。"

唐·董思恭《咏雾》:"终南晨豹隐,巫峡夜猿吟。"

写"猿啼"的为多:

唐·卢照邻《巫山高》:"莫辨啼猿树,徒看神女云。"

唐·张九龄《祠紫盖山径玉泉山寺》:"薜驳经行处,猿啼燕坐林。"

唐·阎立本《巫山高》:"可怜欲晓啼猿处,说道巫山是妾家。"

唐·骆宾王《畴昔篇》:"不见猿声助客啼,唯闻旅思将花发。"

唐·宋之问《巫山高》:"何忍猿啼夜,荆王枕席开。"又《自衡阳至韶州谒能禅师》:"猿啼山馆晓,虹饮江皋霁。"

唐·徐安贞《送王判官》:"巴东下归棹,莫待夜猿啼。"

唐·张说《新都南亭送郭元振卢崇道》:"褰幌纳蟾影,理琴听猿啼。"

唐·王维《送张五諲归宣城》:"忆想兰陵镇,可宜猿更啼。"又《送祢郎中》:"况复山乡外,猿啼湘水流。"

唐·刘长卿《和袁郎中破贼后军行过剡中山水谨上太尉》:"远峰来马首,横笛入猿啼。"又《贾侍郎自会稽使回篇什盈卷兼蒙见寄一首与余有挂冠之期因书数事率成十韵》:"暮帆千里思,秋夜一猿啼。"又《重送裴郎中贬吉州》:"猿啼客散暮江头,人自伤心水自流。"又《送惠法师游天台因怀智大师故居》:"翠屏瀑水知何在,鸟道猿啼过几重。"又《湘中忆归》:"湘流淡淡空愁予,猿啼啾啾满南楚。"

唐·李白《悲歌》:"孤猿坐啼坟上有,且须一尽杯中酒。"又《送赵判官赴黔府中丞叔幕》:"水宿五溪月,霜啼三峡猿。"又《经乱后将避地剡中留赠崔宣城》:"猿近天上啼,人移月边棹。"又《牛渚矶》:"更听猿夜啼,忧心醉江上。"又《梦游天姥吟留别》:"谢公宿处今尚在,渌水荡漾清猿啼。"又《别山僧》:"此度别离何日见,相思一夜瞑猿啼。"

唐·高适《送李少府贬峡中王少府贬长江》:"巫峡啼猿数行泪,衡阳归雁几行书。"

唐·杜甫《九成宫》:"哀猿啼一声,客泪迸林薮。"又《寒雨朝行视园树》:"散骑未知云阁处,啼猿僻在楚山隅。"又《寄岳州贾司马六丈巴州严八使君两阁老五十韵》:"衡岳啼猿里,巴州鸟道还。"

唐·钱起《送少微师西行》:"天外猿啼处,谁闻清梵音。"又《早下江宁》:"宿浦有归梦,愁猿莫夜啼。"

唐·刘方平《巫山高》:"楚国巫山秀,清猿日夜啼。"

唐·郎士元《盖少府新除江南尉问风俗》:"唯有夜猿啼海树,思乡望国意难堪。"

唐·戎昱《桂城早秋》:"猿啼曾下泪,可是为忧贫?"又《送辰州郑使君》:"未到猿啼处,参差已断肠。"

唐·顾况《悼稚》:"莫言道者无悲事,曾听巴猿向月啼。"

唐·韩愈《答张十一》:"山净江空水见沙,哀猿啼处两三家。"

唐·元稹《酬许五康佐》:"猿啼三峡雨,蝉报两京秋。"

五代后蜀李珣《巫山一片云》词:"啼猿何必近孤舟,行客自多愁。"写得好。对此他深有体会,他在《河传》词中曾写:"依旧十二峰前,猿声到客船。"又《南乡子》词:"愁听猩猩啼瘴雨。"

宋·杜安世《两同心》词:"听巴峡、数声猿啼。"

宋·释保暹《送人自阙下归天柱》:"林下孤灯一声磬,青猿啼断白云深。"

3614. 满川明月一猿哀

宋·欧阳修《黄溪夜泊》:"楚人自古登临恨,暂到愁肠已九回。万树苍烟三峡路,满川明月一猿哀。""满川明月"清光昏暗的夜色里,一片朦胧,忽而响起猿的一声哀鸣,更使已是愁肠九回的人倍增凄惋。"一猿哀"句用唐刘长卿诗:《寻白石山真禅师旧草堂》:"谁堪暝投处,空复一猿哀。"

有些"猿句",不写猿声,直写猿哀、猿愁、猿悲、猿怨,以表达人的哀愁悲怨。欧阳修句为佼佼者。其他如:

唐·张九龄《初发道中寄远》:"旧闻胡马思,念听楚猿悲。"

唐·骆宾王《饯郑安阳入蜀》:"魂将离鹤远,思逐断猿哀。"

唐·张说《岭南送使》:"饥狖啼相聚,愁猿喘更飞。"

唐·王昌龄《卢溪主人》:"行到荆门上三峡,莫将孤月对猿愁。"

唐·李颀《临别送张谭入蜀》:"木有相思号,猿多愁苦音。"又《二妃庙送裴使君使桂阳》:"无人见精魄,万古寒猿悲。"

唐·刘长卿《送裴郎中贬吉州》:"猿愁歧路晚,梅作异方春。"又《寄万州崔使君》:"自解书生咏,愁猿莫夜吟。"

唐·李白写猿哀、猿愁最多:《寻山僧不遇作》:"已有空乐好,况闻青猿哀。"《过汪氏别业二首》:"我行值木落,月苦清猿哀。"《寻高凤石门山中元丹丘》:"寂寂闻猿愁,行行见云收。"《秋浦歌》:"秋浦猿夜愁,黄山堪白头。"《留别龚处士》:"我去黄牛峡,遥愁白帝猿。"《寄崔待御》:"宛溪霜夜听猿愁,去国长为不系舟。"《泾川送族弟錞》:"望极落日尽,秋深暝猿悲。"《酬裴侍御对雨感时见赠》:"日夕听猿怨,怀贤盈梦想。"

唐·孟浩然《宿桐庐江寄广陵旧游》:"山暝闻猿愁,沧江急夜流。"

唐·岑参《下外江舟怀终南旧居》:"杉冷晓猿悲,楚客心欲绝。"

唐·高适《谒禹庙》:"出谷莺初语,空山猿独愁。"

唐·李嘉祐《伤歙州陈二使君》:"江村故老常怀惠,山路孤猿亦共愁。"

唐·郎士元《送奚贾归类》:"遥想赤亭下,闻猿夜夜愁。"

唐·韩愈《湘中》:"猿愁鱼跃水翻波,自古流传是泪罗。"被贬去阳山,途中想到屈原被逐,愁感顿增。

唐·熊孺登《蜀江水》(来自蕃界):"若论巴峡愁人处,猿比滩声是好音。"猿声之愁衬托滩声更愁人。

唐·无名氏《句》:"九江有浪船难济,三峡无猿客有愁。"反用。

3615. 猿多天外闻

唐·沈佺期《十三四时尝从巫峡过他日偶然有思》:"树悉江中见,猿多天外闻。"天外闻猿,言猿在巫山高处啼,声如天外飞来。"闻猿"也是"猿句"之一种。

唐·王维《瓜园诗》:"犹羡松下客,石上闻清猿。"又《酬虞部苏员外过兰田别业不见留之作》:"唯有白云外,疏钟闻夜猿。"

唐·刘长卿《送梁郎中赴吉州》:"看竹径霜少,闻猿带雨多。"又《山鹧鸪歌》:"巴人峡里自闻猿,燕客水头空击筑。"

唐·孟浩然《入峡寄弟》:"我来凡几宿,无夕不闻猿。"

唐·李白《观元丹丘坐巫山屏风》:"溪花笑日何年发?江客听猿几岁闻?"对《巫山图》想到花发猿啼。又《答长安崔少府叔封游终南翠微寺太宗皇帝金沙泉见寄》:"拂琴听霜猿,灭烛乃星饭。"

3616. 枫树坐猿深

唐·杜甫《峡口二首》:"芦花留客晚,枫树坐猿深。"写瞿塘峡(原名西陵峡)口之景色,这两句感伤羁旅夔州,上句用骆宾王"雁起芦花晚"句,写有愧人情,下句用张说、宋之问句,写面对枫树深处之猿,更觉凄凉。清人仇兆鳌《杜诗详注》评:"坐字下得奇,深字下得逸。"这两句较之骆、张、宋句则"胜于蓝"了。杜甫还有《树猿》句:《从人觅小胡孙许寄》:"人说南州路,山猿树树悬。"《寄杜位》:"寒日经檐短,穷猿失木悲。"

唐·宋之问《端州别袁侍郎》:"客醉山月静,猿啼江树深。"唐·张说《游洞庭湖》:"树坐参猿啸,沙行入鹭群。"这里是杜句之源。写"树猿"的还有:

张说《学渡驿》:"猿响寒岩树,萤飞古驿楼。"

唐·刘元济《经庐岳回望江州想洛川有作》:"腾猿乱枝格,故园有归梦。"

唐·徐彦伯《和李适答宋十一入崖口五液见赠》:"夕闻桂里猿,晓玩松上琴。"

唐·刘长卿《宿双峰寺寄卢七李十六》:"杳杳暮猿深,苍苍古松列。"又《登思禅寺上方题修竹茂松》："远磬秋山里，清猿古木中。"

唐·戴叔伦《临川从事还别崔法曹》："阴天寒不雨，古木夜猿多。"

唐·严维《宿法华寺》："一夕雨沈沈，哀猿万木阴。"

唐·钱起《送韦信爱子归觐》："稍闻江树啼猿近，转觉山林过客稀。""江树"用宋之问句。

3617. 猿影挂寒枝

唐·李白《游秋浦白笴陂》："山光摇积雪，猿影挂寒枝。"猿在树上，挂在树间。山有积雪，树为寒枝，猿也成"寒猿。"

宋·苏轼《书李世南所画秋景二首》："不是溪山成独往，何人解作挂猿枝。"用李白"挂猿枝"表示所画寒林秋色，表示画者深入了山林，才画得如此之好。

3618. 猿鸟时断续

南朝·齐·王融诗《巫山高》中最早写了猿鸟："烟霞乍舒卷，猿鸟时断续。"烟霞变幻舒卷，猿鸟啼鸣断续，烘托环境的清静幽雅。王融为后人把一兽一禽合写句中开了先河。

唐·卢照邻《赤谷安禅师塔》："烟霞朝晚聚，猿鸟岁时闻。"变用了王融句。又《送梓州高参军还京》："别路琴声断，秋山猿鸟吟。"

唐·李峤《早发苦竹馆》："荒阡下樵客，野猿惊山鸟。"

唐·张九龄《巡按自漓水南山》："猿鸟声自呼，风泉气相激。"

唐·陈子昂《入峭峡安居溪伐木溪源幽邃林岭相映有奇致焉》："麋鹿寒思晚，猿鸟暮声秋。"

唐·张说《游龙山静胜寺》："儿童共戏谑，猿鸟相惊顾。"

又《和朱使欣道峡似巫山之作》："猿鸟孤月夜，再使泪沾裳。"

唐·王昌龄《送欧阳会稽之任》："逶迤回溪趣，猿啸飞鸟行。"用在一句中。

又《送谭八之桂林》："别意猿鸟外，天寒桂水长。"

唐·刘长卿《九日岳阳待黄遂张涣》："青林泊舟处，猿鸟愁孤驿。"

又《送姚八之句容旧任便归江南》："猿鸟共孤屿，烟波连数州。"

又《长沙早春雪后临湘水呈同游诸子》："江山古思远，猿鸟暮情多。"

又《严陵钓台送李康成赴江东使》："台上渔竿不复持，却令猿鸟向人悲。"

又《送杜越江佐觐省往新安江》："猿鸟悲啾啾，杉松雨声夕。"

又《雨中过员稷巴陵山居赠别》："牛羊归故道，猿鸟聚寒枝。"

唐·岑参《上嘉州青衣山中峰题惠净上人幽居寄兵部杨郎中》："猿鸟乐钟磬，松萝泛天香。"

唐·杜甫《又上后园山角》："瘴毒猿鸟落，峡干南日黄。"

又《奉寄李十五秘书二首》："猿鸟千岸窄，江湖万里开。"

又《宿青溪驿奉怀张员外十五兄之绪》："石根青枫林，猿鸟聚俦侣。"

唐·李端《游终南山因寄苏奉礼士尊师苗员外》："猿鸟知归路，松萝见会时。"

又《寄畅当》："云霞生岭上，猿鸟下床前。"

唐·丘丹《秋夕宿石门馆》："杉松寒似雨，猿鸟夕惊风。"

唐·朱放《新安所居答相访人所居萧使君为制》："君若欲来看猿鸟，不须争把桂枝攀。"

唐·权德舆《赠广通上人》："身随猿鸟在深山，早有诗名到世间。"

唐·韩愈《次同冠峡》："无心思岭北，猿鸟莫相撩。"

又《湘中酬张十一功曹》："今日岭猿兼越鸟，可怜同听不知愁。"

唐·白居易《竹枝词》："唱到竹枝声咽处，寒猿晴鸟一时啼。"

唐·李绅《涉阮潇》："潮满江津猿鸟啼，荆夫楚语飞蛮桨。"

唐·朱庆余《河亭》："孤亭临绝岸，猿鸟识幽蹊。"

又《镜湖西岛言事》："慵拙幸便荒僻地，纵闻猿鸟亦何愁。"（一作方干诗。）

唐·马戴《送僧二首》："来往白云知多久，满山猿鸟会经声。"

唐·刘沧《题王枝书山斋》："猿鸟无声昼掩扉，寒原隔水到人稀。"

唐·于武陵《游中梁山》："殷勤猿与鸟，惟我独何心。"

唐·张乔《吊建州李员外》："铭旌归故里,猿鸟亦凄然。"(一作曹松诗。)

又《题郑侍御蓝田别业》："云霞朝入镜,猿鸟夜窥灯。"

唐·李山甫《题李员外厅》："猿鸟啼嘉景,牛羊傍晚晖。"

唐·方干《题应天寺上方兼呈谦上人》："晴卷风雷归故垒,夜如猿鸟锁寒山。"

又《暮发七里滩夜泊严光台下》："但讶猿鸟定,不知霜月寒。"

又《山中》："散拙亦自遂,粗将猿鸟同。"

唐·罗邺《览陈丕卷》："从北南归明月夜,岭猿滩鸟更悠悠。"

唐·李照象《山中寄崔谏议》："半生猿鸟共山居,吟月吟风两鬓疏。"

唐·杜荀鹤《别四明钟尚书》："难与英雄论教化,却思猿鸟共烟萝。"

又《戏题王处士书斋》："先生高兴似樵渔,水鸟山猿一处居。"

又《送友人宰浔阳》："有时猿鸟来公署,到处烟霞是道乡。"

又《山寺老僧》："草靸无尘心地闲,静随猿鸟过寒暄。"

又《送福昌周繇少府归宁兼谋隐》："一路云水生隐思,几山猿鸟认吟声。"

唐·李洞《赋得送轩辕先生归罗浮山》："诗帖布帆猿鸟看,药煎金鼎鬼神听。"

唐·王喦《回旧山》："明日落花谁共醉,野溪猿鸟恨归迟。"

唐·廉氏《峡中即事》："清秋三峡此中去,啼鸟孤猿不可闻。"

唐·王继勋《赠和龙妙空禅师》："猿鸟认声呼唤易,龙神降伏住持坚。"

唐·卿云《秋日江居闲咏》："草白牛羊瘦,风高猿鸟寒。"

唐·若虚《怀庐山旧隐》："深秋猿鸟来心上,夜静松杉到眼前。"

唐·齐己《夏日荆渚书怀》："不那猿鸟性,但怀林泉声。"又《登祝融峰》："猿鸟共不到,我来身欲浮。"

唐·陆蟾《题庐山瀑布》："夏喷猿鸟浴,秋射斗牛寒。"

宋·王祐《赠率子连》诗："四边险绝无猿鸟,独卧深云三十年。"

宋·王禹偁《南郊大礼诗十首》："此夕商山对何物,猿啼鸟哭树苍苍。"用张说""鸟哭句。

宋·梅询《飞来峰》："猿鸟曾未知,烟岚尚依旧。"

宋·林逋《湖山小隐》："猿鸟分清绝,林萝拥翠微。"《湖山小隐》其二："清猿幽鸟遥相叫,数笔湖山又夕阳。"又《孤山隐居书壁》："山水未深猿鸟少,此生犹拟别移居。"

宋·杨亿《送僧归越州》："归房稽领锁春苔,猿鸟欢迎振锡回。"又《灵岳》："藤萝暗仙穴,猿鸟骇人群。"(一题《武夷山》,《全唐诗》收重。)

宋·曾会《香积寺》诗："镇雾楼台阴自润,啸风猿鸟韵相兼。"

宋·释简长《寄云水禅师》："有时溪上步,自与猿鸟群。"

宋·释智圆《赠林逋处士》："深居猿鸟共忘机,荀孟才华鹤氅衣。"又《经武康小山法瑶师旧居》："闲庭惨树色,空山咽猿鸟。"

宋·穆脩《送毛得一秀才归淮上》："途中猿鸟哀声断,马上云山远碧横。"

宋·刘仲堪《薰风亭》："猿鸟岂有知,腾翔如率舞。"

宋·陈肃《半山亭》："猿鸟戏层台,烟霞含秀色。"

宋·宋庠《送梵才大师归天台》："香花上都洪,猿鸟故岩心。"又《看白云爱而成诗》："安知苍梧野,下覆猿鸟哭。"

宋·梅尧臣《寄灵隐通教僧》："世人久已疏,猿鸟应相向。"又《幽径石》："幽客惯来往,同此猿鸟情。"又《次韵和吴季野游山寺登望文脊》(山属宣城)："身既近猿鸟,心欲追乔松。"

宋·张方平《酬欧阳舍人寄题醉翁亭诗》："一麾出承明,猿鸟遂超逸。"又《青阳峡》："幽中应有神仙住,深处唯闻猿鸟啼。"

宋·范镇《和君实叠石溪》："簪裳已无累,猿鸟不须惊。"

宋·蔡襄《送杨渥赴西安主簿》："猿鸟啼叫交酬应,晚樵出雾鱼投罾。"

宋·陆经《化成岩》："猿鸟窥人知归识,藤萝引径入涧溪。"

宋·罗成道《自知》："猿鸟性情犹恋旧,翻身却去海边州。"

宋·陶弼《句》："休哉退公后，日与猿鸟共。"

宋·文同《下金鸡山》："岩猿与溪鸟，一似过飞仙。"又《宿超果山寺》："岩猿与溪鸟，应笑频经过。"

宋·王安石《到家》："猿鸟不须怀怅望，溪山应亦笑归来。"

宋·强至《顺师归湖寺后以诗见招因戏答之》："山月溪云思有余，岑猿沙鸟静相於。"

宋·苏轼《宿临安净土寺》："昔照熊虎姿，今为猿鸟顾。"

又《李思训画（长江绝岛图）》："崖崩路绝猿鸟去，惟有乔木攒天长。"

又《柏家渡》："柏家渡西日欲落，青山上下猿鸟乐。"

金·元好问《水调歌头》（赋德新王丈玉溪，溪在嵩前，费庄两山绝胜地）："山川邂逅佳客，猿鸟亦相留。"

元·张弘范《浣溪沙》三首之二："山掩人家水绕坡，野猿岩鸟太平歌。"

又《浣溪沙》三首之一："一片西风画不成，无人来此结茅亭，野猿山鸟乐升平。"

清·黄黎洲《达蓬纪游》："秉烛话更阑，月明猿鸟至。"

3619. 古木鸣寒鸟，空山啼夜猿

唐·魏征《述怀》（一作《出关》）："古木鸣寒鸟，空山啼夜猿。"作者投唐之后，请命赴华山以东去说服李密旧部归唐，作此诗于途中，抒自己的怀抱。"寒鸟""夜猿"写旅途的艰苦寒凉。

猿与鸟分句对用，始出南朝·齐·谢朓《郡内高斋闲望答吕法曹》："日出众鸟散，山暝孤猿吟。"诗人于郡斋远眺，致齐王法曹吕僧珍。"鸟"与"猿"分句对仗用，出于此诗。谢朓与王融同时，用猿鸟不知孰先，一般是一禽一兽对仗用应更早，而后有合用、连用。

下面是猿鸟分句：

南朝·陈·潘徽《赠北使》："离情欲寄鸟，别泪不因猿。"表离情，巧妙地用了"鸟""猿"。

唐·卢照邻《宿晋安亭》："孤猿稍断绝，宿鸟复参差。"

又《怀山引》："下空濛而无鸟，上巉岩而有猿。"

唐·李峤《弩》："高鸟行应尽，清猿坐见伤。"

唐·张九龄《初八湘中有喜》："望鸟唯贪疾，闻猿亦罢愁。"表轻快、兴奋。又《赴使泷峡》："夕鸟联归翼，秋猿断去心。"

唐·宋之问《宿清远峡山寺》："说法初闻鸟，看心欲定猿。"又《下桂江龙目滩》："鸟游溪寂寂，猿啸岭娟娟。"

唐·张说《对酒行巴陵作》："鸟哭楚山外，猿啼湘水阴。"

唐·席豫《江行纪事二首》："猿攀紫岩饮，鸟拂清潭飞。"

唐·卢崇道《新都南亭别郭大元振》："褰幌纳鸟侣，罢琴听猿啼。"

唐·萧德言《巫山高》："危峰入鸟道，深谷写猿声。"

唐·王维《送杨长史赴果州》："鸟道一千里，猿声十二时。"

唐·刘长卿《送崔载华张起之闽中》："猿声入岭初，鸟道问人深。"又《送侯侍御赴黔中充判官》："猿啼万里客，鸟似五湖人。"

唐·李华《寄赵七侍御》："玄猿啼深茏（楚越谓竹树深者为茏），白鸟戏葱蒙。"

唐·孟浩然《经七里滩》："猿饮石下潭，鸟还日边树。"

唐·岑参《与鲜于庶子自梓州成都少尹自襄城同行至利州道中作》："夜猿啸山雨，曙鸟鸣江花。"

唐·杜甫《夜》："岭猿霜外宿，江鸟夜深飞。"

唐·白居易《东南行一百韵》："歌猿独叫野，哭鸟相呼岭。"

又《游宝称寺》："野猿疑弄客，山鸟似呼人。"

唐·许深《发灵溪馆》："鸟浴寒潭雨，猿吟暮岭风。"

唐·杜荀鹤《乱后逢李昭象叙别》："却与野猿同橡坞，还将溪鸟共渔矶。"

宋·释惠崇《句》（江行夜泊）："岭暮清猿急，江寒白鸟稀。"

3620. 雁飞江月冷，猿啸野风秋

唐·张说《和尹懋秋夜游灉湖》："雁飞江月冷，猿啸野风秋。"冷月下雁飞江渚，秋风中猿啸荒原，秋夜的灉湖一片冷落凄凉。"雁飞""猿啸"皆典型事物。张说还有"猿雁"句：《闻雨》："断猿知屡别，嘶雁觉虚弹。"

"猿雁"捉对入诗,首写者是北周庾信:《三月三日华林园马射赋》:"莫不饮羽衔竿,吟猿落雁。"又:"雁失君而行断,猿求林而路绝。"写弓法之精。"落雁"用战国魏更嬴"虚亏落雁"事,《战国策》载:"更嬴与魏王处京台之下,更嬴谓魏曰:'臣能虚发而下鸟。'魏王曰:'然则射可至此乎?'更嬴曰:'可'。有间,雁从东方来,更嬴以虚弓发而下之。王曰:'射之精,可至此乎?'更嬴曰:'此孽也。'王曰:'先生何以知之?'对曰:'其飞徐者,故创痛也。悲鸣者,久失群也。故创未息而惊心未忘,闻弦音烈而高飞,故创陨也。'"《淮南子》记养由基调弓惊猿事:"楚有白猿,王自射之,则搏矢而顾,使养由基射之,始调矫矢未发,而猿抱树号矣。"张说"嘶雁觉虚弹"句亦用此典。写"落雁"或"惊猿"的还如:唐·李峤《弓》:"遥弯落雁影,虚弓怯猿声。"唐·董思恭《咏弓》(一作唐太宗诗):"落雁带书惊,啼猿映枝转。"唐·杜甫《寄刘峡州伯华使君四十韵》:"哀猿更坐起,落雁失飞腾。"唐·武元衡《幕中诸公有观猎之作因寄之》:"衔芦远雁愁萦缴,绕树啼猿怯避弓。"这类诗句多写弓法,有时也表遭际。

"猿鸟"句,一禽一兽并写,因为猿鸟共居山林,有共性,而"猿雁"则为其中一类,它们又都是凄凉的代表物。句如:

唐·陈子昂《宿襄河驿浦》:"卧闻塞鸿断,坐听峡猿愁。"又《入东阳峡与李明府舟前后不相及》:"孤狖啼寒月,哀鸿叫断云。"

唐·刘希夷《巫山怀古》:"猿啼秋风夜,雁飞明月天。"

唐·王泠然《淮南寄舍弟》:"归情春伴雁,愁泣夜随猿。"

唐·李颀《送崔员外黔中监选》:"听猿收泪罢,系雁待书稀。"

唐·常建《高楼夜弹筝》:"山高猿狖急,天静鸿雁鸣。"

唐·刘长卿《至饶州寻陶十七不在寄赠》:"月下高秋雁,天南独夜猿。"又《夜宴洛阳程九主簿宅送杨三山人往天台寻智吉禅师隐居》:"雁过湖上月,猿声峰际天。"

唐·孟浩然《登万岁楼》:"天寒雁度堪垂泪,日落猿啼欲断肠。"

唐·刘方平《秋夜思》:"猿啸空山近,鸿飞极浦斜。"

唐·严武《巴岭答杜二见忆》:"跋马望君非一度,冷猿秋雁不胜悲。"

唐·戴叔伦《冬日有怀李贺长吉》:"月冷猿啼惨,天高雁去迟。"

唐·李端《酬丘拱外甥览余旧文见寄》:"僻冷猿偷栗,枯池雁唼莲。"

唐·司空曙《送吉校书东归》:"听猿看楚岫,随雁到吴洲。"又《送史申之峡州》:"蒹葭新有雁,云雨不离猿。"

唐·崔峒《送丘二十二之苏州》:"孤猿啼海岛,群雁起湖田。"

唐·权德舆《旅馆雪晴又睹新月众兴所感因成杂感》:"秦淮楚江无限极,归鸿断猿何处声。"

唐·孟郊《车摇摇》:"旅雁忽叫月,断猿寒啼秋。"

唐·杨巨源《送定法师归蜀法师即红楼院供奉广宣上人兄弟》:"孤猿学定前山夕,远雁伤离几地秋。"

唐·白居易《车楼南望八韵》:"送秋千里雁,极暝一声猿。"

唐·贾岛《送皇甫侍御》:"雁惊起衰草,猿渴下寒条。"

唐·杜荀鹤《闲居书事》:"雁惊风浦渔灯动,猿叫霜林橡实疏。"又《和友人送弟》:"月下断猿空有影,雪中孤雁却无声。"又《辞杨侍郎》:"霜鸟树凋猿叫夜,湖田谷熟雁来时。"

3621. 临风亭而唳鹤,对月峡而吟猿

北周·庾信《枯树赋》:"临风亭而唳鹤,对月峡而吟猿。"东晋·葛洪《抱朴子》载:周穆王南征,全部人士亡殁,"君子化为猿鹤,小人化为虫沙"。《太平御览》七十四也有同样记载。"猿鹤"表亡国后的士大夫,庾信运用这一神话传说,写"唳鹤""吟猿"表达故国之思。

宋·胡邦衡《好事近》词:"空使猿惊鹤怨,误薜萝风月。"这里的"猿惊鹤怨"则用另一涵义。南朝·齐·孔稚珪《北山移文》有:"蕙帐空兮夜鹤怨,山人去兮晓猿惊。"周颙在钟山建了隐居之舍,却不安于隐居。文中"山人"指周颙,"蕙帐"指隐居的茅舍。孔稚珪责斥周颙隐节不终。胡邦衡用此"猿惊鹤怨",陈述自己虽非为富贵,却为什么轻别故乡,惹得"猿惊鹤怨"。宋·辛弃疾《沁园春》(带湖新居将成):"三径初成,鹤怨猿惊:稼轩未

来。"写他退居的愿望。

"猿鹤"句多用于表现超世脱俗的环境。有猿鹤分句对写的,有"猿鹤"缩合一句之中的。

猿鹤分句的:

唐·杜审言《南海乱石山作》:"万寻挂鹤巢,千丈垂猿臂。"喻石山形状。

唐·张说《岳州夜坐》:"江近鹤时叫,山深猿屡鸣。"

唐·赵冬曦《奉和张燕公早霁南楼》:"鸿归鹤舞送,猿叫莺声续。"

唐·刘长卿《上湖田馆南楼忆朱宴》:"鹤唳静寒渚,猿啼深夜洲。"

唐·孟浩然《游精思题观主山房》:"舞鹤过闲砌,飞猿啸密林。"

唐·杜甫《西阁曝日》:"流离林杪猿,翩跹山颠鹤。"

唐·姚系《送陆浑主簿赵宗儒之任》:"溪寂值猿下,云归闻鹤声。"

唐·杜荀鹤《山居寄同志》:"风生谷口猿相叫,月照松头鹤并栖。"又《夏日留题张山人林亭》:"求猿句寄山深寺,乞鹤书传海畔州。"

"猿鹤"缩合连用的:

唐·程太虚《醮坛峰》:"苍松去桧拥华坛,鹤唳猿啼白昼间。"

唐·杜荀鹤《哭方干》:"渔樵共垒坟三尺,猿鹤同栖月一村。"

宋·范仲淹《知府孙学士见示和终南监宫太保道怀五首因以缀篇》:"客有赤松盟约在,异时猿鸟不相辽。"

宋·邢仙老《诗赠晚学李君十三首》:"故脱衣冠寻旧隐,便将猿鹤入深云。"

宋·石待问《游黄山》:"烟云日变百千态,猿鹤时闻两三声。"

宋·释契嵩《山中自怡谢所知》:"襄阳道者宁知尔,猿鹤萧然石室间。"

宋·李师中《麦积山》:"此中猿鹤休相笑,谢付东归自有山。"

宋·陈襄《题积善院》:"山空有猿鹤,地僻无尘埃。"又《寄题福唐林迥南华洞》:"猿鹤只愁空北岳,鹍鹏终待化南溟。"

宋·刘同《晓入东谷》:"引手谢猿鹤,深惭尔惊怨。"又《任居云栖枝阁》:"其谁共高兴,唯此猿与鹤。"

宋·王安石《游北山》:"烟云藏古意,猿鹤弄秋声。"

宋·苏轼《武昌西山》:"山人帐空猿鹤怨,江湖水生鸿雁来。"

又《和穆父新凉》:"家居妻儿号,出仕猿鹤怨。"

金·元好问《最高楼》(商于鲁县北山):"觉重来,猿与鹤、总忘机。"

明·汤显祖《牡丹亭》第四十五出御淮"听得猿啼鹤怨,泪湿征袍如汗。"

3622. 破颜看鹊喜,拭泪听猿啼

唐·宋之问《发端州初入西江》:"破颜看鹊喜,拭泪听猿啼。"作者贬谪途中忧喜无常的变态心理。同猿捉对儿写的,除了鸟、雁、鹤外,还有其他禽、兽,描绘形形色色的自然环境。这种写法宋之问为多:

宋之问《入泷州江》:"猿躩时能啸,鸢飞莫敢鸣。"又《谒禹庙》:"猿啸有时答,禽言常自呼。"《早入清远峡》:"猿饮排虚上,禽惊掠水飞。"

唐·张均《江上逢春》:"择木猿知去,寻泥燕独过。"

唐·卢僎《稍秋晓坐阁遇舟东下扬州即上族父江阳令》:"虎啸山城晚,猿鸣江树秋。"唐·张子容《贬乐城尉日作》:"有时闻虎啸,无夜不啼猿。"唐·刘长卿《题虎丘寺》:"虎啸崖谷暖,猿鸣杉松暮。"

唐·张说《岳州别梁六入朝》:"近洲朝鹭集,古戍夜猿哀。"

唐·张子容《乐府城赴永嘉枉路泛白湖寄松阳李少府》:"猿挂临潭篠,鸥迎出浦桡。"

唐·刘长卿《夏口送屈突司直使湖南》:"莺啼何处梦,猿啸若为声。"又《湖南使还留辞辛大夫》:"莺识春深恨,猿知日去愁。"

唐·张说《清远江山寺》:"猿鸣知谷静,鱼戏辩江空。"唐·孟浩然《万山潭作》:"鱼行潭树下,猿挂岛藤间。"又《早发渔浦潭》:"饮水畏惊猿,祭鱼时见獭。"唐·韩愈《湘中》:"猿愁鱼跃水翻波,自古流传是泪罗。"

3623. 鱼戏新荷动,鸟散余花落

南朝·齐·谢朓《游东田》:"鱼戏新荷动,鸟散余花落。"水底游鱼撞到初夏新荷,嫩弱的荷枝

摇动着,枝上群鸟踏枝而起,尚未凋谢的花朵纷纷落下。鱼戏荷动,鸟散花落,因果分明,细致生动。胡应麟说:"鱼戏新荷动,鸟散余花落"二句,与晚唐诗:"调不同而语相似。"意为景语风格极近。何义门评说:此句"透出春去,仍自新绮。"已入初夏,笔下景物还如此"新绮"。《岘佣说诗》评价谢朓:"谢玄晖名句络绎,清丽居宗……其秀气成采,江郎五色笔尚不能逮,唐人往往效之,不独太白也。玄晖变有唐风,真确论矣。"

晋·顾恺之《拜宣武墓诗》:"山崩溟海竭,鱼鸟将何依。"这是首先并写"鱼鸟"的。《世说新语》载:晋简文帝云:"鸟兽禽鱼,自来亲人。"鱼与鸟,一在天上,一在水中,所以把二者连写在一起,多是它们都自由自在,各得其乐,为人所羡。

"鱼鸟"分句对用的:

南朝·梁·王僧孺《春日寄乡友》:"戏鱼两相顾,游鸟半藏云。"

唐·张说《相州山池作》:"观鱼乐何在,听鸟情都歇。"

唐·杜甫《课三竖锄斫舍北果林枝蔓荒秽净讫移床三首》:"日斜鱼更食,客散鸟还来。"

"鱼鸟"合用的较多:

南朝·齐·谢朓《将游湘水寻句溪诗》:"鱼鸟余方玩,缨委君自縻。"

北朝·周·王晞《诣晋祠赋诗》:"日落应归去,鱼鸟见留连。"

南朝·陈·江总《庚寅年二月十二日游虎丘山精舍》:"何由狎鱼鸟,不愿屈玄缥。"

唐·张九龄《在郡秋怀一首》:"鱼鸟好自逸,池笼安所钦。"

唐·李峤《池》:"安仁动秋兴,鱼鸟思空余。"

又《夏晚九成宫呈同寮》:"风烟远近至,鱼鸟去来逢。"

唐·李乂《奉和春日幸望春宫应制》:"谬接鹓鸿陪赏乐,还欣鱼鸟遂飞沈。"

唐·孟浩然《初春汉中漾舟》:"倾杯鱼鸟醉,联句莺花续。"

唐·杜甫《寄彭州高三十五使君适虢州岑二十七长史参三十韵》:"心微傍鱼鸟,内瘦怯豺狼。"

唐·刘禹锡《始至云安寄兵部韩侍郎中书白舍人二公近曾远守故有属焉》:"昔曾在池籞,应知鱼鸟情。""鱼鸟情",寄自由自在意。

又《和重题》:"水榭芝兰室,仙舟鱼鸟情。"又用"鱼鸟情"。

又《和乐天耳顺吟兼寄敦诗》:"独恨长洲数千里,且随鱼鸟泛烟波。"

宋·文彦博《送刘推官归冶源栖真馆》:"岩谷久潜照,鱼鸟知忘机。"鱼鸟懂得忘掉机心,不为追名逐利而动心机,不钻营,不策划,只求自得自乐。

宋·欧阳修《舟中寄刘昉秀才》:"归心逐梦成鱼鸟,夜汉看星识斗牛。"

又《再致西都》:"伊川不到十年间,鱼鸟今应怪我还。"

宋·苏颂《金陵府舍重建金山亭二首》:"府公经构民借乐,鱼鸟犹知喜跃回。"

宋·王安石《招吕望之使君》:"委质山林如许国,寄怀鱼鸟欲忘形。"

又《忆北山送胜上人》:"山高水深鱼鸟乐,车马绝迹人长闲。"

又《太白岭》:"生民何由得处所,与兹鱼鸟相谐熙。"

宋·苏轼《和穆父新凉》:"幸推江湖心,适我鱼鸟愿。"

又《张安道乐全堂》:"我公天与英雄表,龙章凤姿照鱼鸟。"

又《饮酒四首》:"山川同恍惚,鱼鸟共萧散。"

又《常润道中怀钱唐寄述古五首》:"二年鱼鸟浑相识,三月莺花付与公。""鱼鸟浑相识"用韩愈《孤屿》:"朝游孤屿南,暮戏孤屿北。所以孤屿鸟,与公尽相识"诗意。

又《送芝上人游庐山》:"岂知世外人,长与鱼鸟适。"

又《与毛令公方尉游西菩寺二首》:"推挤不去已三年,鱼鸟依然笑我顽。"

又《留别云泉》:"三年饮泉水,鱼鸟亦相亲。"

宋·黄庭坚《次韵盖郎中率郭郎中休官二首》:"付与儿孙知伏腊,听教鱼鸟逐飞沉。"

3624.萍散鱼时跃,林幽鸟任飞

唐·张说《湘州北亭》:"萍散鱼时跃,林幽鸟任飞。"又《先天应令》:"鸟惊直为飞风叫,鱼跃都由怯岸人。"

宋·阮阅《诗话总龟》引《古今诗话》:"大历末,禅僧无览题诗于竹曰:'大海从鱼跃,长空任鸟飞。'"

《醒世姻缘传》第三十七回:"这四个人得了这

道赦书,海阔从鱼跃,天空任鸟飞。"

"海阔从鱼跃,天空任鸟飞"从张说"鱼时跃""鸟任飞"句溶化而来,原指无牵无挂,自由自在,后指有广阔的天地可以施展抱负和才能。

3625. 穷途唯有泪

唐·王勃《重别薛华》:"穷途唯有泪,还望独潸然。"作者先为沛王府修撰,后任虢州参军,又因罪革职。此诗当作于革职之后,"穷途"表现他自负才高又坎坷不遇之心境。《魏氏春秋》载:阮籍"时率意独驾,不由径路,车迹所穷,辄恸哭而返"。(《晋书·阮籍传》用此语),反映他不满现实,又无出路的苦痛。王勃《送卢主簿》又用:"穷途非所恨,虚室自相依。"他的《滕王阁序》也说:"阮籍猖狂,岂效穷途之哭。"后由车行无路而悲伤,引申为身处困境或仕途不通,"穷途末路"则为成语。

北朝·周·庾信《拟咏怀二十七首》:"惟彼穷途恸,知余行路难。"阮籍有《咏怀诗》四言十三首,五言八十二首,庾信拟作。用"穷途恸哭"喻自己困于北周,无路返江南。

南朝·梁·何逊《哭吴兴柳恽》:"眷言寻惠好,恸哭悲路歧。"伤柳恽。

唐·刘希夷《晚憩南阳旅馆》:"途穷人自哭,春至鸟还歌。"

唐·李白《倚剑登高台》(古风第五十四):"晋风日已颓,穷途方恸哭。"世风日下,心绪如阮籍。

唐·高适《酬秘书弟兼寄幕下诸公》:"应知阮步兵,惆怅此途穷。"阮曾任步兵校尉。

又《淇上别刘少府子英》:"途穷更远别,相对益悲吟。"

唐·杜甫用"穷途"句最多:

《投赠哥舒开府二十韵》:"几年春草歇,今日暮途穷。"

《暮秋枉裴道州手札率尔遣兴寄近呈苏涣侍御》:"齿落未是无心人,舌存耻作穷途哭。"

《奉留赠集贤院崔于二学士国辅休烈》:"昭代将垂白,途穷乃叫阍。"

《敬赠郑谏议十韵》:"君见途穷哭,宜忧阮步兵。"

《丹青引赠曹将军霸》:"途穷反遭俗白眼,世上未有如公贫。"

《暮秋将归秦留后湖南幕府亲友》:"途穷那免哭,身老不禁愁。"

《大历三年春白帝城放船出瞿塘峡久居夔府将适江陵漂泊有诗凡四十韵》:"此生遭圣代,谁分哭穷途。"

《舟出江陵南浦奉寄郑少尹》(郑审):"百年同弃物,万国尽穷途。"

《陪章留别侍御宴南楼》:"此身醒复醉,不拟哭途穷。"

《地隅》:"年年非故物,处处是穷途。"

《自阆州领妻子却赴蜀山行三首》:"真供一笑乐,似欲慰穷途。"

《立秋雨院中有作》:"穷途愧知己,暮齿借前筹。"

《遣闷奉呈严公二十韵》:"宽容存性拙,剪拂念途穷。"

《奉寄河南韦尹丈人》:"尊荣瞻地绝,疏放忆途穷。浊酒寻陶令,丹砂访葛洪。"

《送严侍郎到绵州同登杜使君江楼》:"穷途衰谢意,苦调短吟长。"

唐·戴叔伦《行路难》:"淮阴不免恶少辱,阮生亦作穷途哭。"

又《江馆会别》:"莫以回车泣,前途不尽穷。"

唐·钱起《送邬三落地还乡》:"名宦无媒自古迟,穷途此别不堪悲。"

唐·李端《长安感事呈卢纶》:"蹉跎潘鬓至,蹭蹬阮途穷。"

又《赠薛戴》:"遂矜丘室重,不料阮途穷。"

唐·孟郊《送任载齐古二秀才自洞庭游宣城》:"从兹阮籍泪,且免泣穷途。"

宋·苏轼《寒食雨二首》:"也拟哭途穷,死灰吹不起。"下句反用韩长孺"死灰复燃"语。

又《安节将去和小诗十四首送之》:"临分亦泫然,不为穷途泣。"

3626. 还望独潸然

唐·王勃《重别薛华》:"穷途唯有泪,还望独潸然。"回首过去亦令人凄然泣下。又《秋日别王长史》:"终知难再奉,怀德自潸然。""潸然",流泪的样子,《诗经·小雅·大车》:"潸焉出涕。""潸然"多用句末。

唐·刘长卿《罪所留系寄张十四》:"因书欲自诉,无泪可潸然。"

又《赴巴南书情寄故人》:"裁书欲谁诉,无泪可潸然。"再用,写痛极泪尽。

唐·畅当《宿潭上二首》："中夜秋风起,心事坐潸然。"

唐·白居易《燕子楼三首》："钿晕罗衫色似烟,几回欲著即潸然。"

3627. 长使英雄泪满襟

唐·杜甫《蜀相》："三顾频烦天下计,两朝开济老臣心。出师未捷身先死,长使英雄泪满襟。"这是七律的颈联、尾联,痛惜诸葛亮辅佐刘备、刘禅开创复兴汉室的大业,六出祁山伐魏,壮志未遂,病死在五丈原军中,使许多英雄为之感慨垂泪。"长使英泪满襟"是名句。"襟"指衣服的前幅。

"泪沾巾"是楚辞最早应用的。《离骚》有:"揽茹蕙以掩涕兮,沾余襟之浪浪。"《七谏》有"过故乡而一顾兮,泣歔欷而沾衿。""衿"同襟。东汉·张衡《四愁诗》也有"侧身南望泪沾襟"句。曹魏·刘桢《赠徐干》："乖人易感动,涕下与襟连。"西晋张载《七哀诗》写西晋后期,"八王之乱"危及中央集权,为之哀伤:"徘徊向长风,泪下沾衣衿。"

唐人用"泪满(沾)襟"句如:

宋之问《钱中书侍郎来济》："却将分手沾襟泪,还用持添离席筋。"

孟浩然《与诸子登岘山》："羊公碑字在,读罢泪沾襟。"

杜甫《南征》："春岸桃花水,云帆枫树林。偷生长避地,适远更沾襟。"

贾至《长沙别李六侍御》："此别泪襟盈,雍门不假弹。"又《岳阳楼宴王员外贬长沙》："停杯试北望,还欲泪沾襟。"

耿沣《晚秋东游寄猗氏第五明府解县韩明府》："何由听白云,只益泪满襟。"

戎昱《辰州建中四年多怀》："天涯忧国泪,无日不沾襟。"

武元衡《夏日别卢太卿》："年年南北泪,今古共沾襟。"

罗隐《西京道德里》："七雄三杰今何在,休为闲人泪满襟。"

郑谷《作尉鄠郊送进士潘为下第南归》："灞陵桥上杨花里,酒满芳尊泪满襟。"

徐夤《赠杨著》："钓鱼台上频相访,共说长安泪满襟。"

刘兼《寄长安郑员外》："此时阻隔关山远,月满江楼泪满襟。"

李咸用《别李将军》："男儿自古多别离,懒对英雄泪满襟。"反用杜句。

宋·杨冠卿《卜算子》(集句)："长使英雄泪满襟,天意高难问。"

3628. 昨日入城市,归来泪满巾

宋·张俞《蚕妇》诗："昨日入城市,归来泪满巾。遍身罗绮者,不是养蚕人。"蚕妇入城,看见满身罗绮的人都不是养蚕者,而养蚕者却穿不上罗绮,不禁潸然泪下,沾湿了头巾。"巾",指头巾或领巾。全诗句句平常语,对比鲜明,揭示深刻,尖锐地反映了社会的不平,历代为人喜读乐诵。

"泪满(沾)巾",源出东汉张衡的《四愁诗》："我所思兮在雁门,欲往从之雪雰雰,侧身北望涕沾巾。""雪雰雰"喻邪恶小人阻路,难以报君,因而涕泪沾巾。后用"沾巾"句如:

隋·慧晓《祖道赋诗》："此别终天别,进泪忽沾巾。"

唐太宗李世民《钱中书侍郎来济》："聊将分袂沾巾泪,还用持添离席筋。"与"泪沾襟"条引宋之问诗同题语近,只变数字,"襟"作"巾"。看内容似作宋之问诗。

唐·王勃《杜少府之任蜀州》："无为在歧路,儿女共沾中。"

唐·高适《别韦参军》反用王勃诗义："丈夫不作儿女别,临歧涕泪沾衣巾。"

唐·陈子昂《同旻上人伤寿安傅少府》："援琴一流涕,旧馆几沾巾。"

唐·杜审言《和晋陵陆丞早春游望》(一作韦应物诗)："忽闻歌古调,归思欲沾巾。"

唐·王维《送孙二》："山川何寂寞,长望泪沾巾。"

又《寒食汜上作》："广武城连逢暮春,汶阳归客泪沾巾。"

唐·刘长卿《送马秀才落第归江南》："怜君此去未得意,陌上愁看泪满巾。"

又《送崔升归上都》："临期数行泪,为尔一沾巾。"

又《戏题赠二小男》："何幸暮年方有后,举家相对却沾巾。"

唐·李嘉祐《晚登江楼有怀》："只忆帝京不可到,秋琴一弄欲沾巾。"

唐·李白《对酒忆贺监二首》："金龟换酒处,

却忆泪沾巾。"

唐·杜甫《燕子来舟中作》："暂语船樯还起去,穿花落水益沾巾。"写水沾巾。

又《谒先主庙》："向来忧国泪,寂寞洒红巾。"

又《又呈吴郎》："已诉征求贫到骨,正思戎马泪盈巾。"

又《送司入京》："向来论社稷,为活涕沾巾。"

又《喜达行在所三首》："喜心翻倒极,呜咽泪沾巾。"

又《上韦左丞二十韵》："为公歌此曲,涕泪在衣巾。"

又《热三首》："十年可解甲,为尔一沾巾。"

又《奉赠萧二十使君》："结欢随过隙,怀旧益沾巾。"

唐·贾至《巴陵寄李二户部张十四礼部》(时贬岳州司马)："万里莺花不相见,登高一望泪沾巾。"

唐·罗隐《东归》："盈盘紫蟹千厄酒,添得临歧泪满巾。"

又《干越亭》："琵琶洲远江树阔,回首征途泪满巾。"

唐·常衮《逢南中使寄岭外人》："炎方难久客,为尔一沾巾。"

唐·韩翃《送客贬五溪》："南过猿声一逐臣,回看秋草泪沾巾。"

唐·耿沣《赠兴平郑明府》："栖遑忽相见,欲语泪沾巾。"又《宋中》："空思前事往,向晓泪沾巾。"

唐·李端《长安书事寄卢纶》："残愁犹满貌,余泪可沾巾。"又《江上喜逢司空文明》："秦人江上见,握手泪沾巾。"又《归山居寄钱起》："怅望青山下,回头泪满巾。"

唐·白居易《离别难》："不觉别时红泪尽,归来无泪可沾巾。"

唐·李绅《至潭州闻猿》："湘浦更闻猿夜啸,断肠无泪可沾巾。"

南唐·李煜《挽辞》："前哀将后感,无泪可沾巾。"挽其子瑞保及其母周氏昭惠。

3629. 丛兰浥露泪沾巾

唐·刘禹锡《忆江南》："春去也,多谢洛城人。弱柳从风疑举袂,丛兰浥露泪沾巾,独坐亦含颦。"弱柳与春举袂告别,丛兰送春露泪涔涔。

宋·晏殊《鹊踏枝》："槛菊愁烟兰泣露,罗幕轻寒,燕子双飞去。"用刘禹锡"兰泣露"句。

3630. 潺湲泪沾臆

南朝·梁·沈约《梦见美人》："那知神伤者,潺湲泪沾臆。"见美人于梦中,觉后无人,无泯神伤,涕沾臆。"沾臆"即沾襟、沾胸。晋·潘岳《悼亡诗》："抚襟长叹息,不觉涕沾胸。"最早用"胸"字。用"沾臆"者:

唐·李白《君子有所思行》："无作牛山悲,恻怆泪沾臆。"

唐·高适《蓟门行五首》："关亭试一望,吾欲泪沾臆。"

唐·钱起《叹毕少府以持法无隐见系》："古人不念文,纷泪莫沾臆。"

其他:

唐·岑参《送弘文李校书往汉南拜亲》："慈母思爱子,几度泪沾裙。"

唐·李绅《过钟陵》："惆怅旧游同草露,却思恩顾一沾膺。""膺"即"胸"。

3631. 人生有情泪沾臆

唐·杜甫《哀江头》："人生有情泪沾臆,江水江花岂终极。"至德二年(757)诗人被羁长安,想到杨妃已死,玄宗不知在何处,不由得衷情激动、泪洒胸襟。水流花落,难道长安永远沦陷了吗?

金·元好问《西园》："铜人携出露盘来,人生无情泪沾臆。"此哀中都之破而作。元兵焚金中都(北京),同当年金兵焚宋汴京名园一样,真是"人生无情(常)"用杜句。

3632. 泣下沾罗缨

汉乐府《长歌行》："伫立望西河,泣下沾罗缨。""缨",冠下两条索子,即帽带。诗写战国时卫国人吴起事。吴起离卫国时,与母亲决别说:"不为卿相不复入卫。"后母死,终不归。吴起曾做魏国西河守将,后被迫离开西河,临行泪下沾缨。后用"泪沾缨"句的如:

晋·石崇《王明君》："哀郁伤五内,泣泪沾朱缨。"石崇首写"昭君怨"。

唐·韦应物《京师叛乱寄诸弟》："归去在何时,流泪忽沾缨。"

唐·钱起《送毕侍御谪居》："沧浪之水见心

情,楚客辞天泪满缨。"

唐·杜荀鹤《送韦书记归京》:"从来有泪非无泪,未似今朝泪满缨。"

唐·韦庄《与东吴生相遇》(及第后出关作):"十年身世各如萍,白首相逢泪满缨。"

3633. 叹息欲绝兮泪阑干

汉·蔡琰《胡笳十八拍》:"岂知重得兮入长安,叹息欲绝兮泪阑干。"写从乌桓被曹操赎回,重返长安的悲痛感情。"泪阑干",眼泪零乱涌流。用"泪阑干"句的如:

唐·杜甫《彭衙行》:"从此出妻孥,相视涕阑干。"

唐·张继《重经巴丘》:"今日片帆城下去,秋风回首泪阑干。"

唐·戎昱《谪官辰州冬至日有怀》:"北望南郊消息断,江头唯有泪阑干。"

唐·赵嘏《蟠龙随镜隐》:"今朝窥玉匣,双泪落阑干。"

唐·武元衡《路岐重赋》:"芳郊欲别阑干泪,故国难期聚散云。"

宋·朱淑真《江城子》(赏春):"对尊前,忆前欢,曾把梨花、寂寞泪阑干。"

3634. 四座泪纵横

唐·杜甫《羌村三首》其三:"歌罢仰天叹,四座泪纵横。""泪纵横"即眼泪纷纷乱流,同"泪阑干"。

杜甫几用"泪纵横":《新安吏》有:"莫自使眼枯,收汝泪纵横。"《熟食日示宗文宗武》:"汝曹催我老,回首泪纵横。"

3635. 横流涕兮潺湲

屈原《九歌·湘君》:"横流涕兮潺湲,隐思君兮陫侧。""潺湲"意泪流不止。《楚辞·九辩》:"倚结轸兮长太息,涕潺湲兮下沾轼。"

唐·杜甫《秋日夔府咏怀奉寄郑监李宾客一百韵》:"法歌声变转,满屋涕潺湲。"又《寄岳州贾司马六丈巴州严八使君两阁老五十韵》:"故老泪潺湲,哭庙悲风起。"

唐·权德舆《玉台体十二首》:"佳期不可见,尽日泪潺湲。"

3636. 寝寐无为,涕泗滂沱

《诗经·陈风·泽陂》:"寝寐无为,涕泗滂沱。"写女子思念遇于泽畔的青年,夜不能寐,涕泪如雨。"滂沱"大雨。形容泪多如雨。

《楚辞·九怀》:"卷佩将逝兮,涕流滂沲。"《楚辞·九叹》:"劳心悁悁,涕滂沲兮。"《楚辞·九思》:"车轧折兮马虺颓,憯怅立兮涕滂沲。""沲"即"沱"。

晋·张华《轻薄篇》:"促促朝露期,荣乐遽几何。念此肠中悲,涕下自滂沲。"

唐·杜甫《蚕谷行》:"不劳烈士泪滂沱,男谷女丝行复歌。"

唐·皇甫冉《怨回纥歌二首》:"雕巢城上宿,吹笛泪滂沱。"

唐·孟郊《寄崔纯亮》:"时读过秦篇,为君涕滂沱。"又《哭刘言史》:"洛岸远相吊,洒泪双滂沱。"

宋·张耒《七夕歌》:"空将泪作雨滂沱,泪痕有尽愁无歌。"

3637. 挥笔涕汍澜

晋·欧阳建《临终诗》:"执纸五情塞,挥笔涕汍兰。"作者于永康元年,因其舅石崇劝淮南王诛赵王伦事觉,同石崇一起被杀。《晋书》说:"及遇祸,莫不悼惜之。年三十余,临命作诗,文甚哀楚。"这两句就是这首绝命诗之结尾。拿起纸来,一切哀情均被阻塞,说不出话,挥起笔来,涕泪忽而涌流,难以止息。实在是悲悲切切了。"汍澜"珠泪涌流,夺眶而出。《后汉书·冯衍传》有"泪汍澜而雨集"的描写。

魏·嵇康《思亲诗》:"望南山兮发哀叹,感机杖兮涕汍澜。"他思念已故的母兄而极其悲伤。这是"汍澜"一语入诗最早的。

唐·元稹《梦井》:"今宵泉下人,化作瓶相憬。感此涕汍澜,汍澜涕沾领。"

唐·罗虬《比红儿诗》:"绛镝纵横不放看,泪垂玉箸心汍澜。"

唐·罗隐《重过三衢哭孙员外》:"华屋未移春照灼,故侯何在泪汍澜。"又《送臧贲下第谒窦郎州》:"万里故乡云飘缈,一春生计泪汍澜。""澜汍"即"汍澜"。

宋·梅尧臣《忆洛中旧居寄永叔兼简师鲁彦

国》："何由觐夫子,客袂泪澜斑。""澜斑"义近"汍澜"。

3638.泣涕零如雨

古诗《迢迢牵牛星》："终日不成章,泣涕零如雨。"写泪流如注雨,不断地流下来。

用"泪流如雨"最早的是《诗经·小雅·小明》诗,写大夫久役在外,怀念同僚友人:"念彼共人,涕零如雨。""如雨"泪水流下来,无间断,不是一滴一滴的。

东汉·石勋《费凤别碑诗》："道阻而且长,望远泪如雨。"

晋·嵇康《思亲诗》："诉苍天兮天不闻,泪如雨兮叹成云。"

唐·李白《乌夜啼》："停梭怅然忆远人,独宿孤房泪如雨。"

唐·岑参《酒泉太守席上醉后作》："胡笳一曲断人肠,座上相看泪如雨。"

唐·李端《杂歌》："世间反复不易陈,缄此贻君泪如雨。"

唐·戴叔伦《屯田词》："艰辛历尽谁得知,望断天南泪如雨。"

唐·元稹《听庾及之弹乌夜啼引》："乌前再拜泪如雨,乌作啼声妻暗语。"

宋·黄大临《青玉案》："满天星月,着人憔悴,烛泪垂如雨。"

3639.涕淫淫其若霰

楚·屈原《九章·哀郢》："望长楸而太息兮,涕淫淫其若霰。"楚顷襄王21年,秦将白起攻破了楚国的郢都,正放逐在外的屈原,对祖国的危亡无限哀痛。他遥望故国的乔木,禁不住流下了滚滚热泪,"霰",雪凝成的颗粒,"涕若霰"形容泪如串起的雪珠,簌簌而下。

南朝·梁·江淹《李都尉陵从军》："日暮浮云滋,握手泪如霰。"

唐·杜甫《白马》："丧乱死多门,呜呼泪如霰。"

又《风疾舟中伏枕书怀三十六韵奉呈湖南亲友》："家事丹砂诀,无成涕作霖。""霖"雨不停下,这里义近"霰"。

又《湖城东遇孟云卿复归刘颢宅宿宴饮散因为醉歌》："人生会合不可常,庭树鸡鸣泪如线。""线"泪水连成一条线。

唐·王季友《古塞曲》："东山咸阳门,哀哀泪如霰。"

3640.泣涕如涌泉

汉末·徐幹《室思》："自恨志不遂,泣涕如涌泉。"写岁暮丈夫不归,长夜难眠,走出门去,见三星相连,而人却分离,于是泪如泉水涌流。

晋·刘琨《扶风歌》："据鞍长叹息,泪下如流泉。"

唐·李白《秋登巴陵望洞庭》："听此更断肠,凭涯泪如泉。"

唐·杜甫《杜鹃》："身病不能拜,泪下如迸泉。"

3641.花上露犹泫

南朝·宋·谢灵运《从斤竹涧越岭溪行》："猿鸣诚知曙,谷幽光未显。岩下云方合,花上露犹泫。"写黎明时间,山花滴露,如流泪一段。"泫",滴垂,此处作滴泪。

宋·苏轼《三月二十日多叶杏盛开》："零露泫月蕊,温风散晴葩。"用谢灵运句,写杏花滴露。

3642.凝露沾蔓草

晋·卢谌《时兴诗》："凝露沾蔓草,悲风振林薄。"写秋时二景,蔓草已凝沾了露珠,悲风摇动着密林。

唐·杜甫《西村寻置草堂地夜宿赞公土室二首》："层巅余落月,草蔓已多露。"用卢谌蔓草沾露句。

3643.秋露如白玉,团团下庭绿

唐·李白《古风》："秋露如白玉,团团下庭绿。""漙"即"团",露水很多的样子。诗人一眼看到白玉般的秋露浓浓地滚动在庭院的草叶花茎上,顿然觉得秋已来临,时光过得太快了。

"露漙"语出《诗经·郑风·野有蔓草》："野有蔓草,零露漙兮。有美一人,清扬婉兮。""蔓草露漙",为兴起句。李白用之。

"下庭绿"语出南朝·齐·王融《同沈右率诸公赋数吹曲二首·巫山高》诗:"忧然坐相思,秋风下庭绿。"

3644. 碧澄澄苍台露冷

元·王实甫《西厢记》第一本第三折《络丝娘》："空撇下碧澄澄苍苔露冷,明皎皎花筛月影。"写莺莺离去的冷落——"苍台露冷"。

又《西厢记》第二本第二折《脱布衫》："幽僻处可有人行,点苍苔白露冷泠泠。"老夫人令红娘请张生。仍用"苍苔露冷"。

3645. 感时花溅泪

唐·杜甫《春望》："感时花溅泪,恨别鸟惊心。"唐肃宗至德元年(756)安史叛军攻占长安,诗人在去灵武投奔肃宗的途中被叛军俘入长安。第二年(767)三月作此诗。这是一首流传不朽的五律。领联二句,用拟人写法:动乱中,人痛慨时局,连花也溅泪;人惜离别,连鸟也惊心,移情于花鸟,更见人心之苦。

宋·刘澜《齐天乐》(吴兴郡寓遇旧人)："尘缘较短,怪一梦轻回,酒阑歌散。别鹤惊心,感时花泪溅。"用杜句。

3646. 涕泣久涟洏

唐·陈子昂《感遇三十八首》之三十三："登山望不见,涕泣久涟洏。""涟洏",泪流不止,长时间的涕泣。思念亲友,却望不见家乡,因而悲伤已极,哭泣不止。

又《感遇诗三十八首》之三十六："时哉悲不会,涕泣久涟洏。"再用此句。

魏·王粲《赠蔡子笃》："中心孔悼,涕泪涟洏。"首用"涟洏"。

3647. 看花满眼泪

唐·王维《息夫人》注:《本事诗》云:宁王宅左有卖饼者妻,纤白明媚。王一见属意,厚遗其夫,取之,宠惜逾等。岁余,因问曰:'汝复忆饼师否?'使见之,其妻注视,双泪垂颊,若不胜情。王座客十余人,皆当时文士,无不凄异。王命赋诗,维诗先成。座客、珝师以终其志。"莫以今时宠,难忘旧日恩。看花满眼泪,不共楚王言。""看花"句,是写饼师之妻"双泪垂颊。"

清·王鹏运《三姝媚》："薄命怜花,倚东风罗袖,泪珠偷泣。"用王维句意,写怜花落泪,亦复自怜。

3648. 冷烛无烟绿蜡干

唐·钱珝《未展芭蕉》："冷烛无烟绿蜡干,芳心犹卷怯春寒。一缄书札藏何事,会被东风暗拆看。"用"绿蜡""书札"比喻未展叶的芭蕉,含蓄、细腻、生动,想象极妙,句句拟人,事事设喻。

清·曹雪芹《红楼梦》第十八回贾宝玉《怡红快绿》："绿蜡春犹卷,红妆夜未眠。""绿蜡"初作"绿玉",薛宝钗引钱珝"冷烛无烟绿蜡干"这启发他改为"绿蜡",就事实上缩用了钱珝的一二句诗。

清·曹雪芹《红楼梦》第三十七回史湘云《白海棠和韵二首》其二："玉蜡滴干风里泪,晶帘隔破月中痕。"效法钱珝以绿蜡喻未展芭蕉写法,以白蜡泪花(燃尽后凝成的蜡花)喻盛开的一朵白牡丹。

3649. 相与感激皆涕零

唐·刘禹锡《平蔡州》："路旁老人怀旧事,相与感激皆涕零。""涕零"流泪。《诗经·小雅·小明》："念彼共人,涕零如雨。"

唐·杜甫《醉歌行》："乃知贫贱别更苦,吞声踯躅涕泪零。"又《秦州见敕目薛三琚授司议郎毕四曜除监察与二子有故远喜迁官兼述索居凡三十韵》："忠臣辞愤激,烈士涕飘零。"

唐·韦应物《酬郑户曹骊山感怀》："申章报兰藻,一望双涕零。"

3650. 无言空涕洟

唐·吕温《偶然作二首》："中夜兀然坐,无言空滋洟。""涕洟",痛哭流涕。《易·萃》："赍咨涕洟。"。孔颖达疏:"自目出曰涕,自鼻出曰洟。"涕为眼泪,洟为鼻涕。

唐·沈千运《赠史攽文》："别路渐欲少,不觉生涕洟。"

3651. 涕流文集公泣下涟涟

《楚辞·九叹》："涕流交集兮,泣下涟涟。""涟涟"泪流不止。《诗经·卫风·氓》："不见复关,泣涕涟涟。"

宋·梅尧臣《悼亡》："终当与同穴,未死泪涟涟。"又《范饶夫人挽词》："犹应思所历,入室泪涟如。"

3652. 和抱璞而泣血兮

《楚辞·七谏》:"和抱璞而泣血兮,安得良工而剖之。"写楚国卞和献璞而遭酷刑,当权者不识璞中之玉。"泪成血"泣极而流血。

汉末蔡琰《胡笳十八拍》:"一生辛苦兮缘离别,十拍悲深兮泪成血。"

唐·杜甫《投简成华两县诸子》:"君不见空墙白日色,此老无声泪垂血。"又《遣兴》:"拭泪沾襟血,梳头满面丝。"

唐·戎昱《再赴桂州先寄李大夫》:"今朝两行泪,一半血和流。"

3653. 挥泪独潸然

唐·卢照邻《送幽州陈参军赴任寄乡曲父老》:"送君之旧国,挥泪独潸然。"陈参军赴任幽州,正是去诗人的故园(旧国)幽州范阳(今河北涿县东北),于是作此诗,寄情阔别了二十年的故乡故老。写到自己冯唐已老,对故乡故老深切怀念,想到故乡"榆关月早圆""庭树欲销蝉",自悲伤而挥泪。"潸然"极其悲戚的样子。《诗经·小雅·大东》:"睠然顾之,潸然出涕。""潸然出(流)涕"是洒下痛苦的泪水。

唐·刘长卿《赴巴南书情寄故人》:"裁书欲谁诉,无泪可潸然。"反用其义,却抒更大的感伤。

又《罪所留系寄张十四》:"因书欲自诉,无泪可潸然。"再用"裁书"句。

唐·孟浩然《过景空寺故融公兰若》:"故人成异物,过客独潸然。"

唐·杜甫《送梓州李使君之任》:"君行射洪县,为我一潸然。"

唐·钱起《送薛八谪居》:"衔杯且一醉,别泪莫潸然。"

唐·王季友《代贺若今誉赠沈千运》:"分手如何更此地,回头不语泪潸然。"

唐·韦迢《潭州留别杜员外院长》:"去留俱失意,把臂共潸然。"

唐·张祜《送杨秀才游蜀》:"不堪挥惨恨,一涕自潸然。"

唐·李端《送杨少府赴阳翟》:"东人欲相送,旅舍已潸然。"

又《晓发瓜州》:"谁知避徒御,对酒一潸然。"

唐·畅当《宿潭上二首》:"中夜秋风起,心事坐潸然。"

唐·耿沣《送郭秀才赴举》:"相看南去雁,离恨倍潸然。"

唐·白居易《别州民》:"甘棠无一树,那得泪潸然。"

唐·罗隐《病中上钱尚父》:"深恩重德无言处,回首浮生泪泫然。""泫然",伤心流泪的样子。《楚辞·九怀》有"横垂滋兮泫流"句。

唐·欧阳詹《除夜长安客舍》:"谁应问穷辙,泣尽更潸然。"

唐·黄滔《和友人酬寄》:"相逢江海上,宁免一潸然。"

又《寄同年封舍人渭》:"能使丘门终始雪,莫教华发独潸然。"

唐·韦庄《中渡晚眺》:"家寄杜陵归不得,一回回首一潸然。"

唐·裴说《春暖送人下第》:"雄文有公道,此别莫潸然。"

唐·邓洵美《答同年李昉见赠次韵》:"今日相逢翻自愧,闲吟对酒信潸然。"

宋·杜安世《凤衔杯》:"想至今、谁为相怜。多少旧欢往事、一潸然。"

宋·刘辰翁《沁园春》(闻歌):"秋江晚,但一声何满,我自潸然。"

又《沁园春》(送春):"风回处,寄一声珍重,两地潸然。"

3654. 佳人应怪归迟,梅汝泪洗

唐《敦煌曲子词·鱼游春水》:"佳人应怪迟归,梅妆泪洗。"女子怨恨男人迟迟不归,以泪洗面,毁坏了梅花妆。"梅花妆"典出寿阳公主。《太平御览·时序部》引《杂五行书》:"宋武帝女寿阳公主,人日卧于含章殿檐下,梅花落公主额上,成五出花,拂之不去。……宫女奇其异,竞效之。今梅花妆是也。"梅花妆兴起于偶然,南朝以后,尚有所沿习。唐·韩偓有《梅花》诗:"龙笛远吹胡地月,梅花初试汉宫妆。"用寿阳事写梅花落。

"泪洗梅汝",当然也"泪洗粉妆",这就是"眼泪洗面"。

唐·戎昱《古意》:"有泪沾脂粉,无情理管弦。"写女子被捐弃的痛苦心态:泪沾脂粉,不弄管弦。

唐·李端《妾薄命》:"唯余坏粉泪,未免映衫

匀。"泪水毁了粉妆。

3655. 白道泪双垂

　　唐·杜甫《过故斛斯校书庄二首》："素交零落尽,白首泪双垂。"写两眼双双流泪,泪成对儿垂下。

　　古诗《凛凛岁云暮》："徒倚怀感伤,垂涕沾双扉。"

　　汉末·蔡琰(文姬)《胡笳十八拍》："十有四拍兮涕泪交垂,河水东流兮心是思。""泪交垂"即"泪交流",两眼泪多,泪水在脸上交流。"双泪"句还如:

　　唐·杜甫《题郑十八著作虔》："乱后故人双泪别,春深逐客一浮萍。"

　　又《所思》："故凭锦水将双泪,好过瞿塘滟滪堆。"

　　唐·戎昱《赠别张驸马》："看君风骨殊未歇,不用愁来双泪垂。"

　　唐·权德舆《秋闺月》："稍映妆台临绮窗,遥知不语泪双双。"

　　南唐后主李煜《子夜歌》："故国梦重归,觉来双泪垂。"

　　写"泪垂"句还如(不带"双"字):

　　唐·杜甫《云安九日郑十八携酒陪诸公宴》："万国皆戎马,酣歌泪欲垂。"

　　又《元日寄韦氏妹》："不见朝正使,啼痕满面垂。"

　　唐·耿沣《路旁老人》："老人独坐倚官树,欲语潜然泪便垂。"

　　唐·白居易《长恨歌》："芙蓉如面柳如眉,对此如何不泪垂!"

3656. 几行衰泪落烟霞

　　唐·韩愈《游西林寺题萧二兄郎中旧堂》："偶到匡庐曾住处,几行衰泪落烟霞。"自注："萧兄有女出家。""衰泪"即老泪,落于高山上的西林寺中,喻为"落烟霞,"为萧郎中而感凄凉。

　　宋·苏轼《苏潜圣挽词》："惟我闲思十年事,数行老泪寄西风。"从韩愈句中脱出。

3657. 一吟双泪流

　　唐·贾岛《题诗后》："二句三年得,一吟双泪流。知音如不赏,归卧故山秋。"《全唐诗》注云:

"岛吟成'独行潭底影,数息树边身'二句,下注此一绝。"贾岛是著名的苦吟诗人,"独行"二句苦吟三年方稳,"一吟双泪流",含着多少苦辛。

　　唐·李嘉祐《同皇甫登垂云阁》："谁怜远作秦吴别,离恨归心双泪流。""双泪流"出于此。

3658. 泪比长生殿上多

　　清·袁枚《马嵬》："莫唱当年《长恨歌》,人间亦自有银河。石壕村里夫妻别,泪比长生殿上多。"白居易《长恨歌》是写宫廷"泪"的,杜甫《石壕吏》是写民间"泪"的,作者运用这两篇诗所反映的现实,作鲜明对比,结果是石壕村的苦难比长生殿的离别悲哀得多。作者对民间的苦难尤为关切。

　　唐·白居易《长恨歌》："归来池苑皆依旧,太液芙蓉未央柳。芙蓉如面柳如眉,对此如何不泪垂?"袁枚用了这个"泪"代了"悲哀"。

　　宋·李靓《读长恨辞》(七绝)："当时更有军中死,自是君王不动心。"君王只对杨妃之死感到伤心,可在安史之乱中有多人战死,君王不动心就是了。袁枚诗与此角度不同,主题却是一致的,具异曲同工之妙。

3659. 湘妃泪染竹痕斑

　　南朝·宋·王谌《渔父词》："湘妃泪染竹痕斑。"这是最早写"泪染斑竹"的诗句。

　　据《群芳谱·竹谱一》载："斑竹,即吴地称湘妃竹者,其斑如泪痕。"斑竹为什么又称湘妃竹呢?晋人张华《博物志》记"帝崩,二妃啼,以涕浑竹,竹尽斑。"之后的《述异记》写："舜南巡不返,而葬于苍梧之野。尧之二女娥皇、女英追之不及,相与恸哭,泪下沾竹,竹文悉为之斑斑然。"这一传说就使斑竹披上了神话色彩。尧、舜为史上贤君,舜南巡死于苍梧,尧之二女寻夫(舜)不及,投湘水而殉,这本身就有无穷的感染力量。所以"湘妃泪染竹痕斑"这一传奇形象,为后人咏之不绝,并且由楚辞直咏"湘君"(舜)、"湘夫人"(二妃)转换到"湘妃竹"中。有些直歌其事,有些则别有寓托。其如:

　　北朝·庾信《拟咏怀二十七首》诗："啼枯湘水竹,哭坏杞梁城。"是为梁元帝江陵之败而极度悲伤。

　　唐·张九龄《杂诗五首》："湘水吊灵妃,斑竹为情绪。"斑竹可为凭吊的感情媒介。

唐·李峤《竹》："谁知湘水上，流泪独思君。"写斑竹泪。

唐·骆宾王《代女道士王灵妃赠道士李荣》："连苔上砌无穷绿，修竹临坛几处斑。"写思念李荣的泪痕，巧妙地用王"灵妃"与"湘灵"名合。

唐·张说《伯奴边见归田赋因投赵侍御》："客泪堪斑竹，离亭欲赠荃。"写自己悲伤。

唐·宋之问《晚泊湘江》："唯余望乡泪，更染竹成斑。"写望乡泪。

唐·李白《远别离》："苍梧山崩湘水绝，竹上之泪乃灭。"写"二女"别离情深。

唐·李嘉祐《江上曲》："苍梧秋色不堪论，千载依依帝子魂。君看峰上斑斑竹，尽是湘妃泣泪痕。"直述其事。又《裴侍御见赠斑竹杖》："万点斑竹泪，三年贾谊心。"致谢。

唐·常建《古意三首》其一："愁泪变楚竹，蛾眉丧湘川。"述其事。

唐·刘长卿《斑竹》："欲识湘妃怨，枝枝满泪痕。"又《斑竹岩》："卷梧在何处，斑竹自成林。点点留残泪，枝枝寄此心。"述其事。又《送马秀才落第归江南》："湘竹旧斑思帝子，江蓠初绿怨骚人。"表怀念。

唐·杜甫《湘夫人祠》："苍梧恨不尽，染泪在丛筠。"写湘夫人。又《奉先刘少府新画山水障歌》："不见湘妃鼓瑟时，至今斑竹临江活。"写斑竹画。

唐·杜易简《湘川新曲二首》："自解看花笑，憎闻染竹啼。"写采菱女的欢快。

唐·岑参《秋夕听罗山人弹三峡流泉》："楚客肠欲断，湘妃泪斑斑。"写琴音动人。

唐·韩翃《寄赠衡州杨使君》："湘竹斑斑湘水春，衡阳太守虎符新。"写斑竹之美。（一作李益诗）

唐·郎士元《湘夫人二首》："至今楚竹上，犹有泪痕斑。"

唐·李益《鹧鸪词》："湘江斑竹枝，锦翼鹧鸪飞。"盼亲人归来。唐·李涉《鹧鸪词》："何处飞鹧鸪，日斜斑竹泪。二女虚垂泪，三闾枉自沉。惟有鹧鸪鸟，独伤行客心。"写思归。

唐·武元衡《望夫石》："湘妃泣下竹成斑，子规夜啼江树白。"只是思夫。

唐·李贺《李凭箜篌引》："江娥啼竹素女愁，李凭中国弹箜篌。"李凭在京城弹箜篌，感动湘妃

神女。《汉书·郊祀志上》："帝使素女鼓五十弦瑟。"唐·鲍溶《湘妃列女操》兼用此义："竹上泪迹生不尽，寄哀云和五十丝。"

唐·韩愈《送惠师》："斑竹啼舜妇，清湘沉楚臣。"又《晚泊江口》："二女竹上泪，孤臣水底魂。"都写别情，叹古伤别。

唐·刘禹锡《潇湘神二曲》："斑竹枝，斑竹枝，泪痕点点寄相思。"又《泰娘歌》："如何将此千行泪，更洒湘江斑竹枝。"又《酬瑞州吴大夫夜泊湘川见寄一绝》："夜寄湘川逐客心，月明猿苔血沾襟。湘妃旧竹痕犹浅，从此因君染更深。"写逐客泪。

唐·卢仝《感秋别怨》："莫似湘妃泪，斑斑点翠裙。"不要那样伤别。

唐·白居易《江上送客》："杜鹃声似哭，湘竹斑如血。"兼用杜鹃啼血意写别泪潸然，痛苦万分。

唐·李咸用《铜雀台》："有虞曾不有遗言，滴尽湘妃眼中血。"有虞，即虞舜。虞舜死前没有遗言，更增加了湘妃的痛苦。

唐·许浑《过湘妃庙》："九嶷望断几千载，斑竹泪痕今更多。"悼古。

唐·唐彦谦《湘妃庙》："已将愁泪留斑竹，又感悲风入白苹。"吊古。

唐·吴融《春晚书怀》："嫦娥断影霜轮冷，帝子无踪泪竹繁。"写冷月斑竹凄清景色。

宋·秦观《次韵太守向公登楼眺望》："千点湘妃枝上泪，一声杜宇水边魂。"看斑竹，听杜鹃。

宋·范成大《破阵子》（袯襫）："泪竹斑中宿雨，折桐雪里蛮烟。"竹、桐景色。

宋·赵令畤《蝶恋花鼓子词》："环欲长圆丝万系，竹上斓斑，尽是相思泪。"用刘禹锡"泪痕点点寄相思"句。

元·王氏《粉蝶儿·寄情人》："我比娥皇女哭舜添斑竹，比曹娥泣江少一套孝服。"

元·宋无《题郑所南推篷竹卷》："叶间尚有湘妃泪，滴作江南夜雨声。"写画竹泪雨，抒对故宗哀思之情。

清·施闰章《见斑竹》："游人自洒离愁泪，不是当年旧泪斑。"直写新愁。

人民领袖毛泽东《七律·答友人》（1961年）："斑竹一枝千滴泪，红霞万朵百重衣。""友人"指湖南省副省长周世钊，毛泽东早年同学。两句诗含蓄地对比了湖南的今昔变化。

现代作家魏巍《游君山》："我来君山时，湘妃

正甜睡。耳畔游人笑,翠竹仍有泪。""笑"声是现实,"泪"痕是往事,宛曲地对照。

3660. 牛山何必独沾衣

唐·杜牧《九日齐山登高》:"江涵秋影雁初飞,与客携壶上翠微。尘世难逢开口笑,菊花须插满头归。但将酩酊酬佳节,不用登临恨落晖。古往今来只如此,牛山何必独沾衣?"唐武宗会昌五年(845),杜牧任池州刺史,九九重阳,他同来访的张祜携酒登上池州东南的齐山作此诗。张祜于唐穆宗时,令狐楚曾上推荐表,因元稹的排斥,未被用。这次来访,心绪不佳,杜牧也久存抑郁。此刻登高慰藉,求一时之轻松,本来是"难逢开口笑","登临恨落晖",今天要以"酩酊酬佳节"了。"古往今来只如此,牛山何必独沾衣?"由当年齐景公登牛山而涕泣,联想古今痛楚甚多,怀才难遇者屡见不鲜,何必我们独自感伤呢?抑郁中见旷达,感伤中求解脱的心境跃跃而生。

"牛山涕泣"因感伤而流泪。《晏子春秋·内篇谏上第一》载(齐)景公游于牛山北临其国城而流涕曰:'若何滂滂去此而死乎?'"他面对都城,怕短命死去,这种为个人命运而泣做为君主是不妥的,因而受到晏子的批评。晋·陆机《齐讴行》:"鄙哉牛山叹,未及至人情。"也批评牛山之泣做为君主(至人),太渺小了。唐·李白《古风·秋露白如玉》:"景公一何愚,牛山泪相续。"也是一种批评。

"牛山涕泣"成了历史上的"名哭"之一。后人多用其否定式,杜牧此句更著名。

唐·李白《君子有所思行》:"无作牛山悲,恻怆泪沾臆。"

宋·刘敞《任城道中》:"牛山顾千驷,涕下何由谖。"

宋·苏轼《定风波》(重阳):"古往今来谁不老?多少,牛山何必沾泪衣!"用杜牧二句,转其意为不畏老。

宋·杨无咎《惜黄花慢》:"牛山何必独沾衣?对佳节,惟应欢醉。"用杜牧原句。

宋·朱熹《水调歌头》:"人生如寄,何事辛苦怨斜晖?无尽今来古往,多少春花秋月,那更有危机。与问牛山客,何心独沾衣。"此阕从杜牧诗中脱出。"怨斜晖""今来古往""牛山独沾衣"等句痕朗然。

宋·刘克庄《贺新郎》(九日):"白发书生神州泪,尽凄凉,不向牛山滴。"阅尽沧桑,凄泪流干。是为神州,而不是为个人的牛山泪。

3661. 替人垂泪到天明

唐·杜牧《赠别二首》:"多情却似总无情,唯觉尊前笑不成。蜡烛有心还惜别,替人垂泪到天明。"大和九年,杜牧离扬州赴长安与妓女宴别作此诗。宴上尊前,无歌无笑,一片痴情变成满怀愁绪,离情取代了欢情。蜡烛似在替人惜别,通宵垂泪。这是成功的移情写祛。

最早写"蜡泪"的是南朝·陈后主。他有诗曰"思君如夜烛,垂泪著鸡鸣。"(《自君之出矣六首》其五)把怀思之泪不断比作烛泪长垂。唐初陈叔达《自君之出矣》诗用其句:"思君如夜烛,煎泪几千行。""思君如明烛,煎心且衔泪。"杜牧诗即用其意。

夜静生幽思,面对红烛之"泪",易发联想,唐宋文人学陈后主写蜡泪者不乏其人。

唐·李白《清平乐》词:"更被银台红蜡烛,学姜泪珠相续。"

唐·白居易《夜宴惜别》:"筝怨朱弦从此断,烛啼红泪为谁流。"

唐·皮日休《春夕酒醒》:"夜半醒来红蜡短,一枝寒泪作珊瑚。"蜡泪纵横,如珊瑚状了。又《馆娃宫怀古五绝》之三:"西施不及烧残蜡,犹为君王泣数行。"五代·王周《泊巴东》:"不堪蜡炬烧残泪,雨打船窗半夜天。"用"烧残蜡"句写夜深。

唐·罗隐《湖州裴郎中赴阙后投简寄友生》:"歌蹙远山珠滴滴,漏催香烛泪涟涟。"

唐·温庭筠《更漏子》:"香作穗,蜡成泪,还似两人心意。"又《更漏子》:"玉炉香,红蜡泪,偏照画秋思。"又《菩萨蛮》:"画罗金翡翠,香烛销成泪。"

宋·贺铸《感皇恩》:"小花深院,漏促离襟将解。恼人红蜡泪,啼相对。"又《忆仙姿》:"眉黛只供愁,羞见双鸳鸯字。憔悴,憔悴,蜡烛销成红泪。"

宋·陈允平《渔家傲》:"金屋空闲凤席,离怀适,银台烛泪成行滴。"

清·况周颐《苏武慢》(寒夜闻角):"愁入云遥,寒禁霜重,红烛泪深人倦。"寒夜久久闷坐。

清·郑文焯《庆春宫》(同羁夜集秋晚叙意):"行歌去国心情,宝剑凄凉,泪烛从横。"

用杜牧句写红烛垂泪的如：

宋·晏殊《撼庭秋》词："念兰堂红烛，心长焰短，向人垂泪。"

宋·晏几道《蝶恋花》："衣上酒痕诗里字，点点行行，总是凄凉意。红烛自怜无好计，夜寒空替人垂泪。"

宋·黄大临《青玉案》："满天星月，看人憔悴，烛泪垂如雨。"

宋·刘一止《念奴娇》（和陈元载中秋小集）："坐上何人，骊歌凄断，语别还应惜。有心红烛，替人珠泪频滴。"

3662. 春蚕到死丝方尽，蜡炬成灰泪始干

唐·李商隐《无题》："相见时难别亦难，东风无力百花残。春蚕到死丝方尽，蜡炬成灰泪始干。"写离情别恨，"春蚕"句，喻至死"丝"（思）方尽，坚贞不渝，"丝"为双关语。"蜡炬"句，思念的泪水将不停地流淌，别恨无穷。此二句是写思亲、思友的七律诗的颔联。对仗工整，韵律协调，以极其普通的语句道出事物规律，从而寓托出执著而深沉的真情。千余年来，传诵不绝，而在"蜡泪"句中异峰突起，前无古人，后无来者。

南朝·陈乐府《作蚕丝》："春蚕不应老，昼夜常怀丝。何惜微躯尽，缠绵自有时。""怀丝"即"怀思"，"春蚕到死"句取意于此。

唐·王建《华清宫感旧》："辇前月照罗衫泪，宫里风吹蜡炬灰。""蜡炬成灰"出于此。

后人用李商隐句的，如宋·曹组《点绛唇》词："密炬高烧，……待得灰心，陪尽千行泪。笼纱里，夜凉如水，犹喜长成对。"写蜡灰，未用其义。

元·王实甫《西厢记》第五本第二折《三煞》："这天高地厚情，直到海枯石烂时，此时作念何时止？直到烛灰眼下才无泪，蚕老心中罢却丝。"尽用其意而变换其句。

今人彭卓簧《参加长沙颁发证书和给奖大会感赋》："蜡炬有心长照客，春蚕垂老吐丝忙。"前句用杜牧句，后句用李商隐句。俱变用其义。

今人左漠野《书怀》律诗："许身蜡炬应无泪，到老春蚕尚有丝。"反用李商隐句而翻出新义。

3663. 忆君清泪如铅水

唐·李贺《金铜仙人辞汉歌》："空将汉月出宫门，忆君清泪如铅水。"此诗为李贺名诗，借魏明帝迁长安建章宫铜人至洛阳事，抒兴亡盛衰之感慨。据《三国志·魏书·明帝纪》注，迁移时间为青龙五年，裴松之注引《汉晋春秋》言："帝徙盘，盘拆，声闻数十里。金狄（铜人）或泣，因留于霸城。"李贺诗序也说："宫官即拆盘，仙人临载乃潸然泪下。"诗中"忆君清泪如铅水"，即写铜人流泪。"泪"本是拆迁移动"仙人承露盘"中之露水滴洒，被时人信奉的"仙人泪"多抒亡国之恨。

宋·刘辰翁《宝鼎现》（春月）："父老犹记宣和事，抱铜仙，清泪如水。"表亡国之恨。

南宋末年文天祥代王清惠作《满江红》："王母欢阑琼宴罢，仙人泪满金盘侧。"王清惠为南宋宫人昭仪，被俘北上途中作《满江红》，文天祥觉末句不确，代作此词。"仙人泪"句写宋王朝覆亡，抒发亡国之痛。

南宋末邓剡《念奴娇》（驿中言别）："铜雀春情，金人秋泪，此恨凭谁雪？"宋妃归入元宫，金人迁出宋室，正是亡国之恨。这是在金陵驿中写给文天祥的。

南宋末王沂孙《齐天乐》（蝉）："铜仙铅泪似洗，叹携盘远去，难贮零露。"唐·徐坚《初学记》卷三十引《东服杂注》说蝉："清高饮露而不食也。"用李贺"铅泪"句，说蝉以饮露为生，而承露盘已随铜仙被迁远去，再无露可饮。以此暗示兴衰，哀南宋之亡。周济《四家词选序论》说，王沂孙"咏物最争托意，隶事处以意贯串，浑化无痕，碧山胜场也。"称王沂孙（碧山为其号）咏物托意，浑无痕迹。此蝉词即是一例，以盘迁露竭，蝉无生路，喻政权变迁，抒亡国之哀。

宋·范晞文《意难忘》："清泪如铅，叹咸阳送远，露冷铜仙。"

元初刘因《宋理宗书宫扇》："棹歌一曲白云秋，不觉金人泪暗流。"南宋灭亡后，皇宫宝物被掠一空，也是亡国之哀。

元·罗志仁《金人捧露盘》（钱塘怀古）："兴亡事，泪老金铜。骊山废尽，更无宫女说玄宗。"汉唐均成过去，衰者衰，兴者兴。

明·余怀《念奴娇》（和苏子瞻）："一自金铜辞汉后，曾共楚囚相向。"哀明亡后之遭遇。

清初朱彝尊《金明池》（燕台怀古和申随叔翰林）："正石马嘶残，金仙泪尽，古水荒沟寒月。"哀明亡之故国情，寄托于明遗迹之破败荒凉中。

清·陈崿《大酺》（王府基怀古）："石马苔缠，

铜仙滴泪,麋鹿也曾游否?"面对破败荒凉,抒亡国之慨。

3664. 对此如何不泪垂

唐·白居易《长恨歌》:"归来池苑皆依旧,太液芙蓉未央柳;芙蓉如面柳如眉,对此如何不泪垂?"玄宗从蜀地归长安,太液池的芙蓉,未央宫的柳树,依然如故,而芙蓉花如杨妃面庞,柳叶如杨妃之眉,可杨妃却早作马嵬之尘。睹物思人,触景伤怀,怎能不会苦泪双垂呢!短短四句,十分感人。

宋·汪元量《忆王孙》(集句数首,甚婉娩,情至可观。):"离宫别苑草萋萋,对此如何不泪垂。满槛山川漾落晖。昔人非,惟有年年秋雁飞。"集杜牧"泪垂"句,表达南宋亡后的宫苑荒芜的凄凉之情。

宋·刘氏(自署雁峰刘氏。宋末被掠,题词长兴酒库)《沁园春》:"越人北向燕支,回首望、雁峰天一涯。奈翠鬟云软,笠儿怎带,柳腰春细,马性难骑。缺月疏桐,淡烟衰草,对此如何不泪垂。君知否?我生于何处,死亦魂归。"刘氏同徐君宝妻一样,是被元军俘羁北上的女子。此阕写被羁北上途中所历、所感,用白句表达苦痛。

3665. 江州司马青衫湿

唐·白居易《琵琶行》:"今夜闻君琵琶语,如听仙乐耳暂明。莫辞更坐弹一曲,为君翻作琵琶行。感我此言良久立,却坐促弦弦转急。凄凄不似向前声,满座重闻皆掩泣。座中泣下谁最多?江州司马青衫湿!"结尾一段,听了"我"的评价,应"我"的请求,琵琶女再弹一曲,弦更促,情更凄,一座皆哭,唯"江州司马"泪下最多,以致湿了青衫。"青衫"是"江州司马"的官服。唐制,服色不论职事官高低,唯事散官品秩而定。白居易当时任江州司马,是五品职事官,然而散官品秩仅为九品下阶之将仕郎。依唐《舆服志》八品服深青,九品服浅青。所以白居易的青衫为"浅青"。白居易所以"泣下最多""青衫湿透",是因为琵琶女的经历与自己的遭际有相同点,引发了共鸣。

唐·韩愈《芍药歌》:"花前醉倒歌者谁?楚狂小子韩退之。"这是白居易句之句源,取其瓶而装新酒,不过韩愈的"醉倒花前"是狂放的,白居易的"泪洒青衫"是哀婉的。白居易《……怀旧感今因酬长句》:"昔教红袖佳人唱,今遣青衫司马愁。"元

微之到通州见题壁诗,落句为"渌水红莲一朵开,千花百草无颜色。"白居易忆起此诗是十五年前赠给长安妓人阿莫的绝句。"昔教红袖佳人唱"指阿莫,思往事,足令"青衫司马愁"了。再以"青衫司马"自代。

"司马青衫泪"为宋以下诗人、词家所喜用,除分别述其本事外,多抒作者悲痛情绪。正如宋·朱敦儒《减字木兰花》词所云:"曲终人醉,多似浔阳江上泪。"

宋·欧阳修《琵琶亭上作》:"湿尽青山司马泪,琵琶还似雍门琴。"怀白司马。

宋·王铚《诗一首》:"南篇司马青衫湿,北句郎官白发生。堪与江黄永传唱,离骚经外此歌声。"称《琵琶行》。

宋·苏轼《木兰花令》:"平原不似高阳傲,促席雍容陪语笑。坐中有客最多情,不惜玉山拼醉倒。"仿白之句式,写饮酒最多。

宋·黄庭坚《品令》(送黔守曹伯达供备):"劝公醉倒,别语怎向醒时道。楚山千里暮云,正锁离人情抱。记取江州司马,坐中最老"。用"江州司马"以自谓。

宋·晁端礼《满庭芳》:"若过浔阳亭上,琵琶泪,莫洒清秋。"以白居易之悲为做。

宋·秦观《临江仙》:"一曲琵琶思往事,青衫泪满江州。"自伤。

又《蝶恋花》:"不必琵琶能触意,一尊自湿青衫泪。"不须白居易之悲感染,已自泪湿青衫了。

宋·晁补之《蓦山溪》(谯园饮酒为守令作):"刘郎莫问、去后桃花事,司马更堪怜,掩金觞、琵琶催泪。"自伤。

宋·周紫芝《贺新郎》:"但想像、红妆不见;谁念香山当时事,漫青衫、泪湿人谁管!"离恨。

宋·向滈《如梦令》:"相送到攀园,赢得泪珠如泻。挥洒,挥洒,将底江州司马。"泪更多。

宋·辛弃疾《鹧鸪天》:"看逸韵,自名流。青衫司马且江州。"称白居易诗。

宋·刘镇《水龙吟》(丙戌清明和章质夫韵):"芳意婆娑,绿阴风雨,画桥烟水。笑多情司马,留春无计,湿青衫泪。"为春归而伤情。

宋·王迈《沁园春》(凤山出二宠姬歌余词):"问苏州刺史,旧欢如梦,江州司马,衫湿如何。翠幕空垂,唾花无迹,忍听尊前飞燕歌。"歌声感人。

宋·刘澜《贺新郎》:"阳关三叠徒劳耳,也何

须，琵琶江上、掩青衫泪。"否定用意。

宋·刘克庄《汉宫春》(呈张别驾)："君如春柳，到而今、也带苍颜。凭寄语、江州司马，琵琶且止休弹。"劝张勿感伤。

宋·刘辰翁《莺啼序》(赵宜可以余讥其韵，苦心改之，复和之)："渺空江、泪隔芦花雨。相逢司马风流，湿尽青衫，欲归无路。"伤故国。

宋·张炎《凤凰台上忆吹箫》(赵主簿，姚江人也。风流蕴藉，放情花柳；老之将至，况味凄然。以其号'孤篷'，嘱余赋之)："水国浮家，渔村古隐，浪游惯占花深，犹记得、琵琶半面，曾湿衫青。"述赵主簿当年"放情花柳"之悲。

又《霜叶飞》(悼澄江吴立斋南塘，不碍、云山皆其亭名)："不见换羽移商，杏梁尘远，可怜都付残照。坐中泣下谁最多，叹赏音人少。"悼吴立斋。

宋·赵旭《江神子》："剩有青衫千点泪，何日里、滴休时。""作者"是元明小说话本中依托的宋人，写离别之苦无尽无休。

金·董解元《西厢记》卷七《大石调·玉翼蝉》："才读罢，仰面哭，泪把青衫污。"张生读罢莺莺的长函而痛哭流涕。

金·杨果《小桃红·采莲女》："伤心莫唱，南朝旧曲，司马泪痕多。"梁武帝萧衍作《江南弄》中有《采莲曲》，情调与陈后主叔宝《玉树后庭花》极近，被视为亡国之音。金朝灭亡了，唱"江南旧曲"，令人伤痛。

元·马致远作《江州司马青衫泪》杂剧，此后"青衫泪"常表示离情。

元·白朴《驻马听·弹》："哀弦恰似愁人消瘦，泪盈眸，江州司马别离后。"

元·马致远《四块玉·浔阳江》："送客时，秋江冷。商女琵琶断肠声，可知道司马和愁听。"怀古。

元·曾瑞《喜春来·秋闺思》："朝云无计出湘潭，休问俺，司马泪青衫。"别情。

元·徐再思《天净沙·秋江夜泊》："船系浔阳酒家，多情司马，青衫梦里琵琶。"写客思。

元·王实甫《西厢记》第二本第三折《殿前欢》："恰才个笑呵呵，都做了江州司马泪痕多。"老夫人悔婚后，张君瑞由喜变悲。

又《西厢记》第四本第三折《耍孩儿》："淋淳襟袖啼红泪，比司马青衫更湿。"张洪瑞去京别莺莺之痛。

明·张綖《临江仙》："一曲琵琶思往事，青衫泪满江州。"用秦观《临江仙》二句，写"红楼"里的"沦落人"，今已人去楼空，十分感伤。

明·余怀《念奴娇》(和苏子瞻)："司马青衫，内家红袖，此地空惆怅。"亡明的遗臣(青衫)、宫女(红袖)只是空惆怅。

清·陈维崧《摸鱼儿》："君不见，青衫已是人迟暮。江东烟树，纵不听琵琶，也应难觅、珠泪曾干处。"怀古伤今自叹。

清·丁裔沆《满庭芳》(秋江夜怨)："惆怅江南词客，青衫泪、又洒河桥。"对晚景再度伤怀。

清·况周颐《水龙吟》："莫谩伤心，家山更在、杜鹃声里。有啼鸟见我、空阶独立，下青衫泪。"作者坐困危城，国不能报，家不得归，唯啼鸟伴随，伤心流泪。

清·秋瑾《满江红》："莽红尘，何处觅知音？青衫泪！""青衫泪"写出巾帼的丈夫气概。

今人方授楚《夜观九江南湖烟水亭》："寄语江州司马，莫弹珠泪湿青衫。"亭中"琵琶合奏狂欢曲"，"巷里时传盛世音。"江州司马不该泪湿青衫了。

3666. 青衫铅泪似洗

清·蒋春霖《台城路》(易州寄高寄泉)："青衫铅泪似洗，断箫明月里。凉夜吹怨。"此是怀友词，下阕此三句，抒羁旅之愁。"青衫""铅泪""如洗"都是流泪。

"青衫"用白居易《琵琶行》："江州司马青衫湿"句。

"铅泪"用李贺《金铜仙人辞汉歌》："忆君清泪如铅水"句。

"似洗"用李煜《与宫人书》："此中日夕，只以眼泪洗面。"

3667. 红泪文姬洛水春

唐·温庭筠《达摩支曲》："红泪文姬洛水春，白头苏武天山雪。"此诗述北齐后主高纬奢侈乱政、亡国殒身的事实，针砭晚唐腐败的政治。此二句先写蔡文姬、苏轼的爱国之志，反衬高纬的丧国：蔡文姬身陷乌桓十二年，"十拍悲深兮泪成血"(《胡笳十八拍》)，不忘故国，终于归汉，回到洛水故乡。"红泪文姬洛水春"，即不忘故国的蔡文姬回到了洛水故乡，给家乡带来了荣耀。她被曹操赎还,嫁给同乡董祀,居陈留洛水边。

"红泪",即"泪成血"。王嘉《拾遗记》述:魏文帝时,常山女子薛灵芸绝美。谷司出守常山郡,聘之献魏文帝。她辞别父母,泪下沾衣,至升车就路,以玉唾壶承泪,壶即红色。及至京师,壶中之泪已凝结如血。"血泪"出自"和氏"。《韩非子·和氏》:"文王即位,和乃抱其璞而哭于楚山之下,三日三夜,泣尽而继之以血。"后红泪、血泪表示女子极度伤心之泪。红泪句如:

唐·李郢《为妻作生日寄意》:"应恨客程归未得,绿窗红泪冷涓涓。"

宋·李纲《明妃曲》:"辞宫脉脉洒红泪,出塞漠漠惊黄沙。"

3668. 阁泪汪汪不敢垂

宋·某妓《鹧鸪天》:"尊前只恐伤郎意,阁泪汪汪不敢垂。""阁"约束之意。此妓言在情人面前,纵有伤心事,"恐伤郎意"而不敢垂泪。"阁泪汪汪不敢垂",压抑感情,控制泪水,虽汪汪满眼,也不让它夺眶而出。

元·王实甫《西厢记》第四本第三折《小梁州》:"我见他阁泪汪汪不敢垂,恐怕人知。"用原句。

3669. 含颦不语恨春残

唐·韦庄《浣溪沙》:"日高犹自凭朱栏,含颦不语恨春残。"这是写惜春,为春残而感伤,只是"含颦不语",眉峰紧锁,一声不发,静静地、默默地在感伤。

韦庄的"无语(言)"句写得早,也写得好,他的《夜景》也写:"欲把伤心问明月,素娥无语泪娟娟。"月中嫦娥跃然纸上。

用"无语"句如:

五代·李珣《菩萨蛮》:"不语欲魂销,望中烟水遥。"

宋·寇准《踏莎行》:"倚楼无语欲销魂,长空黯淡连芳草。"用李珣句。

宋·欧阳修《水调歌头》(沧浪亭):"别棹穿芦荻,无语看波澜。"

宋·苏轼《莘老葺天庆观小园,有亭北向,道士山宗说乞名与诗》:"惟有道人应不忘,抱琴不语立斜晖。"

宋·杨炎正《水调歌头》:"把酒对斜日,无语

问西风,胭脂何事,都做颜色染芙蓉。"

3670. 尽在不言中

宋·韩世忠《临江仙》:"单方只一味,尽在不言中。""不言"什么? 名利与贫富,明清小说中有"满怀心腹事,尽在不言中"语,当从韩诗此二句加工而出。

唐·白居易《偶题阁下厅》:"平生闲境界,尽在五言中。""五言"似指五言诗。韩世忠用这一句式。

宋·赵彦端《浣溪沙》:"睡起未添双鬓绿,汗融微退妆红。几多心事不言中。""满怀心腹事"当取意于此。

3671. 相顾无言,惟有泪千行

宋·苏轼《江城子》(已卯正月二十日夜记梦):"相顾无言,惟有泪千行。"此词在"悼亡"之作中是著名的。作者在熙宁八年(1075)于密州(今山东诸城)借"梦境"作此悼念亡妻王氏之词。据苏轼《亡妻王氏墓志铭》载:王氏葬于四川"彭山县安镇乡可龙里",时过十年,地隔数千里,仍情挚意切。"惟有泪千行"句,写面对"千里孤坟,无处话凄凉"的孤寂忧伤之情。

"泪千行"。写泪水之多,痛苦之深。南朝诗人写得已很感人了。南朝·齐·范云《送别诗》:"东风柳丝长,送郎上河梁。未尽尊前酒,妾泪已千行。"写夫妇之别,别酒未沾,已泪落千行,表现出悲痛万分。

北周·庾信《寄王琳》:"玉关道路远,金陵信使疏。独下千行泪,开君万里书。"诗人身羁长安,难得收到王琳的书函。王琳在梁亡时刻,率兵西攻岳阳,东拒陈武,不愧梁室之忠臣。"千行泪"既伤南梁之亡,亦感王琳之忠。又《王昭君》:"腰围无一尺,垂泪有千行。"怜惜昭君,抒"昭君怨",同晋人石崇定下的基调。由于历史的局限,多数古代诗人,不理解昭君自请出塞和亲,看不到自此和亲之后六十余年胡汉无战事的历史功绩,只把目光投入个人的不幸,从而为昭君鸣"怨",而且成了共同的主题。

南朝·梁·吴均《酬闻人侍郎别诗三首》:"共怀万里心,各作千行泣。"

南朝·梁·王僧孺《中川长望》:"独写千行泪,谁同万里忆。"意近吴均二句。

南梁·江伯瑶《和定襄侯楚越衫》："开著不忍看,一见落千行。"

唐宋人用"泪千行"句为多。

唐太宗李世民《咏烛二首》其一："焰听风来动,花开不待春。镇下千行泪,非是为思君。"写烛花蜡泪,只述蜡烛特性,"蜡泪千行"也写蜡烛燃烧形象。

唐·刘卓《长门怨》："珊瑚枕上千行泪,不是思君是恨君。""千行泪"表失宠之恨。

唐·韦应物《寄诸弟》："还信忽从天上落,唯知彼此泪千行。"写兄弟别情。

唐·张谓《邵陵作》："惟余帝子千行泪,添作潇湘万里流。"写湘妃泪千行,添入湘流。

唐·卢纶《赠别李纷》："头白乘驴悬布囊,一回言别泪千行。"别泪千行。

唐·顾况《代佳人赠别》："万里行人欲渡溪,千行珠泪滴为泥。"写别泪千行。又《伤子》："老夫哭爱子,日暮千行血。"千行血泪为伤子夭亡。

唐·韩愈《湖中酬张十一功曹》："休垂绝徼千行泪,共泛清湖一叶舟。"不要因无望而流泪。

唐·柳宗元《衡阳与梦得分路赠别》："今朝不用临河别,垂泪千行便濯缨。"别泪可以濯缨了。

唐·刘禹锡《泰娘歌》："如何将此千行泪,更洒湘江斑竹枝。"泪痕已经很多了。

唐·孟郊《悼幼子》："负我十年恩,欠尔千行泪。"育子十年又偿泪千行。

唐·卢殷《遇边史》："袖掩千行泪,书封一尺情。"变用庾信句,一作罗邺诗。"一尺情"作"一尺金",疑为误收。

唐·罗邺《秋蝶二首》："似厌寒菊栖,翩翩占晚阳。愁人如见此,应下泪千行。"悲秋泪千行。

唐·徐夤《愁》："明妃去泣千行泪,蔡琰归梳两鬓丝。"

唐·韩偓《离家第二日却寄诸兄弟》："千行泪激傍人感,一点心随健步归。"

唐·王驾妻陈玉兰《寄夫》："一行书信千行泪,寒到君边衣到无。"寄戍边之夫王驾。此诗又作王驾《古意》,疑误收。

唐·裴说《送进士苏瞻乱后出家》："眼闭千行泪,头梳一把霜。"

唐·温庭筠《清平乐》："愁杀原年少,回首挥泪千行。"

唐·韦庄《江城子》："露冷月残人未起,留不住,泪千行。"

宋·苏轼《江神子》(送春)："一纸乡书来万里,问我何年,真个成归计。白首送春拼一醉,东风吹破千行泪。"

又《和沈立之留别二首》："而今父老千行泪,一似当时去越时。"

又《雨中花慢》："算应负你,枕前珠泪,万点千行。"

宋·秦观《江城子》："惆怅惜花人不见,歌一阕,泪千行。"

宋·杨备《新亭》诗："满目江山异洛阳,北人怀土泪千行。"

宋·鲁交《烛》诗："有焰只凭心一寸,无愁虚滴泪千行。"写蜡泪千行。

宋·程垓《临江仙》(合江放舟)："只愁今夜雨,更做泪千行。"

金·元好问《追怀曹徵君》："生死论交不易忘,一回言别泪千行。"

金·董解元《西厢记》卷五《古轮台》："独言独语,眼中雨泪千行。"

今人何香凝《征妇怨》："悄向阶前立,愁看明月圆。空垂千行泪,流不到郎边。"

3672. 襟前万行泪

南朝·梁·沈约《春咏》："襟前万行泪,故是一相思。"抒客子思乡之情,结尾二句点晴句。为思乡而泪满前襟。

"万行泪"又作"泪万行"以至"百万行""千万行"都同"泪千行",言泪之多,痛之深。并无数量差别。

唐·沈佺期《答魑魅代书寄家人》："揽镜怜双鬓,沾衣惜万行。"

唐·杜甫《又上后园山脚》："到今事反覆,故老泪万行。"

唐·温庭筠《赠弹筝人》："钿蝉金雁皆零落,一曲伊州泪万行。"清·吴伟业《题归玄恭僧服小像》："劫灰重作江南梦,一曲伊州泪万行。"用温庭筠句。

唐·罗邺《箧中得故王郎中书》："九原自此无因见,反覆踪迹泪万行。"

南唐·李煜《渡中望石城泣下》诗："云笼远岫愁千片,雨打孤舟泪万行。"

唐·窦蒙《题弟臮述赋后》："流转三千里,悲啼百万行。"

唐·元稹《送卢戡》:"红旗满眼襄州路,此别泪流千万行。"又《酬乐天书怀见寄》:"坼书八九读,泪落千万行。"

3673. 凭添两行泪,寄向故园流

唐·岑参《西过渭州见渭水思秦川》:"渭水东流去,何时到雍州?凭添两行泪,寄向故园流。"作者离京西行,见渭水流向长安,想到请渭水加挟两行泪,流向长安,以寄托乡思。作者祖籍江陵,出仕后家居长安,故曰:"故园"。"两行泪"从双眼涌流,与"千行万行"笔法不同,表达愁苦的力度是相同的。

唐·孟浩然《宿桐庐江寄广陵旧游》:"还将两行泪,遥寄海西头。"作者停泊桐庐江,怀念扬州旧友,设想将泪水通过海水寄给扬州友人。岑参即用此义。

唐·卢纶《夜中得循州赵司马书因寄》:"两行灯下泪,数纸岭南书。"灯下读信,一边流泪。

唐·李端《江上逢司空曙》:"新春两行泪,故国一封书。"又《送客东归》:"把君衫袖望垂杨,两行泪下思故乡。"

唐·戎昱《再赴桂州先寄李大夫》:"今朝两行泪,一半血和流。"

唐·元稹《岁日赠拒非》:"同入新年两行泪,白头翁坐说城中。"又《酬乐天叹损伤见寄》:"唯有秋来两行泪,对君新赠远诗章。"

唐·胡曾《寒食都门作》:"谁念都门两行泪,故园寥落在长沙。"

唐·方干《衢州别李秀才》:"一曲骊歌两行泪,更知何处再逢君。"韦庄《衢州江上别李秀才》与此诗同,只"骊歌"作"离歌",疑有误收。

唐·温庭筠《瑟瑟钗》:"只因七夕回天浪,添作湘妃泪两行。"

唐·张保嗣《戏示诸妓》:"绿罗裙上标三棒,红粉腮边泪两行。"

唐·张安石《苦别》:"两行粉泪红阑干,一朵芙蕖带残露。"

唐·万贞妻孟氏《独游家园》:"无端两行泪,长只对花流。"

明·袁凯《题李陵泣别图》:"我有交情两行泪,西风吹上汉泔衣。"

3674. 高歌泪数行

唐·杜甫《元日示宗武》:"不见江东弟,高歌泪数行。"第五弟丰漂泊江左,元日怀思,高歌垂泪。"泪数行"又是一种写泪形式。

南朝·梁·陶弘景《和约法师临友人》:"我有数行泪,不落十余年。今日为君尽,并洒秋风前。"这是最早用数行泪的。

唐·高适《送李少府贬峡中王少府贬长沙》:"巫峡啼猿数行泪,衡阳归雁几封书。"

唐·权德舆《赠别表兄韦卿》:"少年百战应轻别,莫笑儒生泪数行。"

唐·柳宗元《长沙驿前南楼感旧》(自注:昔与德公别于此):"今来数行泪,独上驿南楼。"

唐·无名氏《杂诗》:"不洗残妆凭绣床,也同女伴绣鸳鸯。回针刺到双飞处,忆著征夫泪数行。"

唐·李端《与郑锡游春》:"借问同行客,今朝泪几行。"又《送客往湘江》:"更逐巴东客,南行泪几行。"

其它如李白《送张秀才谒高中丞》:"但洒一行泪,临岐竟何云。"唐·菅原道真《重依行字和裴大使被酬之什》:"闻得傍人相语笑,因君别泪定添行。"

3675. 歧路易沾衣

唐·刘长卿《送李二十四移家上江州》:"烟尘犹满目,歧路易沾衣。"送别,又道分手,离情满怀。

唐·武元衡《送严秀才》:"送君偏下临歧泪,家在南州身未归。"又《岁暮送舍人》:"欲别临歧无限泪,故园花发寄君攀。"

3676. 不应回首,为我沾衣

宋·苏轼《八声甘州》(寄参寥子):"西州路,不应回首,为我沾衣。"劝勉友人莫要悲伤。

金·元好问《木兰花慢》:"寄与兰成新赋,也应为我沾衣。"反用苏轼句。

3677. 此去泪难收

唐·李端《送潘述宏词下第归江外》:"唱高人不和,此去泪难收。"

唐·张为《谢别毛仙翁》:"黄河有清时,别泪无收期。"

3678. 至今犹滴相思泪

唐·李咸用《巫山高》："露泣烟愁岩上花，至今犹滴相思泪。"

明·冯梦龙《醒世恒言·苏小妹三难新郎》："小妹又嘲东坡下颏之长云：'去年一点相思泪，至今流不到腮。'"由李咸用的写"岩花滴泪"写到、夸张到人腮之长。

今人何香凝《征妇怨》："空垂千行泪，流不到郎边。"又写泪从一个人向另一个人流去。

3679. 不语泪千行

唐·王涯《闺人赠远五首》："妆成对春树，不语泪千行。"写闺中女子思念远征的丈夫，妆扮之后面对碧色的春树，默然无语，泪流千行。

宋·苏轼《江神子》："相顾无言，唯有泪千行。"（见"泪千行"条）："无言"句用王涯诗。

"不语""不言""无语""无言"，表示"满怀心腹事，尽在不言中"，此时无言胜有言。一切激情都含蓄于"无言"之中，胜似千言万语。最先写"无语"的是唐人张九龄《秋夕望月》："含情不得语，频使桂华空。"（见含情无语条）

苏轼的"相顾无言"句，出自唐人刘言史《桂江中题香顶台》："老僧相对竟无言，山鸟却呼诸佛字。"

宋·李之仪《好事近》："相见两无言，愁恨还又千叠。"

宋·王之道《满庭芳》："情千万，相看无语，送我上孤舟。"

宋·杨无咎《西江月》："别来憔悴不堪论，相对无言有恨。"

宋·赵长卿《满庭号》（七夕）："经年，成间阻，相逢无言，应喜应悲。"

宋·李弥逊《临江仙》："吴霜羞鬓改，无语对红妆。"

3680. 无言有泪

宋·柳永《采莲令》："千娇面，盈盈竚立，无言有泪，断肠争忍回顾。"写女子送"西征客"，离愁满腹，难以诉说，只有泪水涌流。

"无言有泪"应是唐·韦庄《夜景》诗："欲把伤心明月，素娥无语泪娟娟"下句的缩变。五代孙光宪《更漏子》："偎粉面，捻瑶簪，无言泪满襟。"也用

此意。句式也有先例。唐·李贺《昌谷北园新笋四首》："无情有恨何人见，露压烟啼千万枝。""无情有恨"写笋。五代·李珣《浣溪沙》："相对无言还有恨，几回判却又思量。""无言有恨"从"无情有恨"句引出。宋·杨无咎《西江月》："别来憔悴不堪论，相对无言有恨。"用李珣句。柳永的"无言有泪"从李贺的"无情有恨"脱出，而苏轼的"相顾无言，惟有泪千行"，是李珣的"相对无言"与柳永的"无言有泪两句的溶合句。"

用"无言有泪"句如：

宋·欧阳修《浪淘沙》："水阔山高人不见，有泪无言。"变序用。

宋·康与之《瑞鹤仙》（别恨）："袖红锁，独立无言，偷弹泪血。"分句用。

宋·王质《浣溪沙》（有感）："细雨萧萧变作秋，晚风杨柳冷飕飕，无言有泪洒西楼。"

宋·赵长卿《水调歌头》（元日客宁都）："有恨空垂泪，无言但悲歌。""无语有恨"并含"有泪"。

宋·方千里《丹凤吟》："欢期何晚，匆匆坐惊摇落。顾影无言，清泪湿，但丝丝盈握。"

宋·淮上女《减字木兰花》："恨旧愁新，有泪无言对晚春。"

宋·无名氏《尉迟杯》："把酒看花，无言有泪、还是那时情绪。"

宋·无名氏《喜迁莺》："渐庾岭梅雪，才苞香蕊。……微雨霁，似玉容寂寞，无言有泪。"

元·张弘范《南乡子》（送友人刘仲泽北归）："无语泪纵横，别酒和愁且强倾。"

3681. 点点是离人泪

宋·苏轼《水龙吟》（和章质夫咏杨花）："晓来雨过，遗踪何在？一池萍碎。细看来，不是杨花，点点是离人泪。"清·刘熙载《艺概》卷四："邻人之笛，怀旧者感之；斜谷之铃，溺爱者悲之。东坡《水龙吟·和章质夫咏杨花》云'细看来，不是杨花，点点是离人泪。'亦同此意。"苏东坡为什么见杨花而伤情呢？他贬谪黄州（今湖北黄冈），目睹杨花飘零，慨叹自己飘零身世，点点杨花，竟如点点泪痕。

宋·王沂孙《南浦》（春水）："帘影蘸楼阴，芳流去，应有泪珠千点。"低帘蘸水中楼影，远去的芳流不是落花，似是楼中人的点点珠泪。取苏词意境。清·张惠言《木兰花慢》（杨花）："收将十分春恨，做一天、愁影绕云山，看取青青池畔，泪痕点点

凝斑。"杨花收去春恨,上天化作愁影,入池是点点泪斑。用苏轼句意。

"点点是离人泪"句源何在?宋·曾季狸《艇斋诗话》载:"……'细看来,不是杨花,点点是离人泪。'即唐人诗云:'时人有酒送张八,惟我无酒送张八。君看陌上梅花红,尽是离人眼中血。'皆夺胎换骨手。"唐人诗用红花喻"红泪""血泪",从而抒发"离人"之情,手法不谓不高妙。金·董解元《西厢记》卷六诸宫调《太石调·玉翼蝉·尾》:"莫道男儿心如铁,君不见满川红叶,尽是离人眼中血!"用唐人原句,写张君瑞与崔莺莺的离别之苦痛。而苏轼词只与之立意相合。"离人泪"则源出唐人另一些诗句。

唐·刘禹锡《酬乐天闻新蝉见赠》:"离人下忆泪,志士激刚肠。"这是最早写"离人泪"的。

唐·崔珏《和人听歌》:"公子不随肠方结,离人须落泪千行。"

唐·庄南杰《春草歌》:"离人不忍到此处,泪娥滴尽双真珠。"

五代·张泌《春日旅泊桂州》:"独有离人开泪眼,强凭杯酒亦潸然。"苏轼以下写"离人泪"的:

宋·晁端礼《水龙吟》:"念当年门里,如今陌上,洒离人泪。"

宋·谢懋《洞仙歌》(春雨):"便添起,寒潮卷长江,又恐是离人,断肠清泪。"

宋·张炎《清平乐》(别苗仲通):"柳间花外,日日离人泪。忆得楼心和月醉,落叶与愁俱碎。"

元·薛昂夫《楚天遥过清江引》:"谁道是杨花?点点离人泪。"

3682. 总是离人泪

元·王实甫《西厢记》第四本第三折"长亭秋色"《正宫·端正好》曲:"碧云天,黄花地,西风紧,北雁南归。晓来谁染霜林醉,总是离人泪。"碧云、黄花、西风、北雁、霜林,融成上下远近一片暮秋景色,在这种凄凉屏景中,一对情人(崔莺莺和张君瑞)把袂而别,怎不涕泪双流呢?离人泪,染醉了霜林;霜林如醉,似泪染就,极言泪流之多之涌,隐含着离别之苦之痛。"总是离人泪",堪称点睛之笔,前数句皆为张本作势,到此才一语破的。

"碧云天,黄花地"源出宋·范仲淹《苏幕遮》(怀旧)词:"碧云天,黄叶地,秋色连波,波上寒烟翠。"范词写暮秋景色,王曲中用首二句,只换掉一"叶"字。"碧云天"唐人早有描述,张祐《送杨秀才游蜀》:"峡深明月夜,江静碧云天。"韩琮《咏马》:"早晚飞黄引同皂,碧云天上作鸾鸣。"而更早一些则写"碧天云":李白《清平乐》:"惟有碧天云外,偏照悬悬离别。"之后用其句有韦庄《应于长》:"碧天云,无定处,空有梦魂来去。"五代毛文锡《临江仙》:"灵娥鼓瑟,韵清高,朱弦凄切,云散碧天长。"五代冯延巳《临江仙》:"徘徊尽碧天云,凤城何处,明月照黄昏。""碧天云"主要写云,碧蓝色的天空中飘浮着云,而"碧云天"则写天,天色如碧蓝的云,而不是铺满碧云的天,天是晴朗的。如张祐诗:"明月夜"中的"碧云天",就是晴夜的天空。"碧云天"似从"碧天云"变词序而来。

"晓来谁染霜林醉",出自宋人周紫芝《小重山》:"溪上晴山簇翠螺,晓来霜叶醉"句。这"霜林"又经王实甫点染,就更增加了人情味。

"总是离人泪",直源于宋人曹组词《青玉案》:"何处今宵孤馆里,一声征雁,半窗残月,总是离人泪。"秋夜孤馆,雁声月影,引发乡心,于是流下离人之泪。宋人蔡伸《踏莎行》(秦妓胡芳来常隶籍,以其端严如木偶,人因目之为佛,乃作是云):"恁君看取纸痕斑,分明总是离人泪。"已用曹组句。"总是"为"都是"之意。

宋·赵令畤《蝶恋花》(据《莺莺传》作词)写张生、莺莺离别:"竹上斓斑,总是相思泪。"对"离人泪"作了词语变化。

宋·杨炎正《鹊桥仙》:"思归时节,乍寒天气,总是离人愁绪。"

宋·郭应祥《玉楼春》:"雨荒三径云迷路,总是离人堪恨处。"

3683. 条条尽是离人怨

宋·张先《蝶恋花》:"移得绿杨栽后院……几叶小眉寒不展。莫唱阳关,分付与春休细看,条条尽是离人怨。""绿杨"指柳,杨柳青青常是送别时节,因而条条柳枝都是"离人怨",意源亦为"尽是离人眼中血"。

唐·孟云卿《古别离》中曾写"离人怨":"朝日上高台,离人怨秋草。但见万里天,不见万里道。"

宋·沈端节《虞美人》:"暮云衰草连天远,不记离人怨,可怜无处不关情,梦断孤鸿哀怨、两三声。"

3684. 犹为离人照落花

五代(仕南唐入宋)张泌《寄人二首》诗："别梦依依到谢家,小廊回合曲栏斜。多情只有春庭月,犹为离人照落花。"写人已去,惟月多情,为离人照亮了庭中落花,触景生情,离思无限。

"离人",离别之人,离别亲人之人,离别故友之人,离别家乡之人,离别京都之人。最早用"离人"这一紧缩语的是唐人张若虚,他在《春江花月夜》一诗中写"可怜楼上月徘徊,应照离人妆镜台。"由于是名诗中句,"离人"即被用开。张泌的"多情只有春庭月,犹为离人照落花"就是从张若虚此二句中化出。下面是"离人"句,有唐一代为多。

唐·王维《羽林骑闺人》："离人堂上愁,稚子阶前戏。"写羽林骑夜夜不归,闺中人的愁怨。"离人"指"闺人"。

唐·韦应物《送中弟》："秋风入疏户,离人起晨朝。"

唐·钱起《送郑巨及第后归觐》："离人背水去,喜鹊近家迎。"

唐·皇甫冉《徐州送丘侍御之越》："时鸟催春色,离人惜岁华。"

又《送段明府》："离人转吴岫,旅雁从燕塞。"

唐·卢纶《与畅当夜泛秋潭》："离人将落叶,俱在一船中。"

唐·元稹《南家桃》："离人自有经时别,眼前落花心叹息。更待明年花满枝,一年迢递空相忆。"

唐·柳郴《赠别二首》："往来舟楫路,前后别离人。"

唐·陈存《送刘秀才南归》："停车落日在,罢洒离人起。"

唐·李端《留别柳中庸》："郭人出古亭,嘶马入寒树。"

唐·李频《湘口送友人》："去雁远冲云梦雪,离人独上洞庭船。"

又《吴门别主人》："不知明夜谁家见,应照离人隔楚江。"

唐·李郢《画鼓》："尝闻画鼓动欢情,及送离人恨鼓声。"

唐·许棠《秋江雾望》："落木满江水,离人怀渭城。"

唐·郑谷《柳》："会得离人无限意,千丝万絮意春风。"

唐·王贞白《宿新安村步》："离人偶宿孤城下,永夜闻砧一两家。"

唐·薛涛《送郑眉州》："雨暗眉山江水流,离人掩袂立高楼。"

唐·李冶《明月夜留别》："离人无语月无声,明月有光人有情。"

唐·京兆女子《题兴元明珠亭》："寂寞满地落花红,独有离人万恨中。"

五代·沈彬《都门送别》："一条灞水清如剑,不为离人割断愁。"

五代·冯延巳《三台令》："明月明月,照得愁人愁绝。……南浦南浦,翠鬓离人何处。"

又《归国谣》："离人数岁无消息。今头白,不眠特地重相忆。"

五代·李中《赠别》："自是离人魂易断,落花芳草本无情。"

宋·郑文宝《题松滋东院禅院》："一夜楚江寒食雨,离人白尽未归头。"

宋·寇准《古别意》："清樽酒尽艳歌阕,离人欲去肝肠绝。"

又《题花》："能与离人添怅望,一时留与子规啼。"

又《送人》："芳草无断色,离人多别情。"

宋·晏几道《蝶恋花》："梦入江南烟水路,行尽江南,不与离人遇。"

又《碧牡丹》："怅望秋意晚,离人鬓华将换。"

宋·魏夫人《菩萨蛮》："三见柳棉飞,离人犹未归。"

宋·辛弃疾《满江红》："芳草不迷行客路,垂杨只碍离人目。"

宋·吴文英《唐多令》(惜别)："何处合成愁,离人心上秋。纵芭蕉,不雨也飕飕。"

元·丁鹤年《竹枝词》："蜀天恰似离人眼,十日都无一日晴。"

3685. 泪添东海水

元·李珏《题汪水云西湖类稿》："泪添东海水,愁压北邙低。"汪水云是南宋末年宫廷琴师汪元量的字。宋亡被携至燕京,后为道士南归。"西湖类稿"即他的《湖山类稿》,抒亡国之痛。李珏诗述其泪之多愁之重。

元·王实甫《西厢记》第四本第三折《四煞》："泪添九曲黄河溢,恨压三峰华岳低。"用李珏句。

3686. 胡儿眼泪双双落

唐·李颀《古从军行》："胡雁哀鸣夜夜飞,胡儿眼泪双双落。"描写古代北方战场的凄惨、恐怖景象,雁鸟不安,人民流泪。"年年战骨埋荒外,空见蒲桃入汉宫。"

清·文廷式《永遇乐》(秋草)："闻道胡儿,祁连每过,泪落笳声怨。"用李颀"胡儿眼泪落"句。

3687. 多少新亭挥泪客

宋·刘克庄《贺新郎》(送陈真州子华)："多少新亭挥泪客,谁梦中原块土。算事业须人做。应笑书生心胆怯,向车中闭置如新妇。空目送,塞鸿去。"有多少人挥泪空谈,却早忘了中原土地。陈子华于宝庆三年四月移防真州(今江苏仪征市,长江北的防地),此词激励友人陈子华要做祖逖,而不做新亭挥泪客。而自己如一介书生如车中新妇,只能目送你赴任。

新亭,三国时吴国筑,又叫劳劳亭,旧址在今江苏南京市东南。"新亭垂泪",西晋愍帝建兴四年(316),刘曜攻陷长安,愍帝被俘,西晋灭亡。第二年,元帝在建康(今南京)即位,建立东晋王朝,中原士族也多渡江。《世说新语·言语》载:"过江诸人,每至美日,辄相邀新亭,藉卉饮宴。周侯中坐而叹,曰:'风景不殊,正自有山河之异!'皆相视流泪。唯王丞相愀然变色,曰:'当共戮力王室,克复神州,何至作楚囚相对!'"周侯即周颛,王丞相即王导。王导不仅此刻气度夺人,而且他总揽朝政,终于稳固了东晋王朝在南方的统治,堪称中流砥柱。然而王谢两姓的士大夫们,多数偏安江左,在建康(今南京)新亭踞高远望,只知悲泣。刘克庄对"新亭挥泪客"投以鄙夷目光,影射南宋那些不抵抗者。南宋词人亦多借以抨击现实,也抒亡国之恨。

宋·朱存《金陵览古·天阙山》："牛头天际碧凝岗,王导无稽亦妄谈。若指远山为上阙,长安应合指终南。"王导是助司马氏建东晋的开国人士,他曾反对"流泪"说:"当共戮力王室,何至作楚囚相对!"

宋·辛弃疾《水龙吟》："长安父老,新亭风景,可怜依旧。夷甫诸人,神州沉陆,几曾回首。"

又《贺新郎》："起望衣冠神州路,白日销残战骨。叹夷甫、诸人清绝。"南宋时亦有清谈风。

宋·陈亮《念奴娇》(登多景楼)："因笑王谢诸人,登高怀远,也学英雄涕。"

宋·文及翁《贺新郎》(西湖)："一勺西湖水。渡江来,百年歌舞,百年醋醉。回首洛阳花世界,烟渺黍离之地。更不复,新亭堕泪。"连"堕泪人"也没有了。

宋·汪元量《莺啼序》(重过金陵)："清谈到底成何事! 回首新亭,风景今如此。"

元·赵孟頫《和姚子敬秋怀》："秋亭举目山河异,故国伤神梦寐俱。"

元·虞集《挽文丞相》："云暗鼎湖龙去远,月明华表鹤归迟。不须更上新亭望,大不如前洒泪时。"

明·刘基《题陈太初画扇》："新亭满眼神州泪,未识中流击楫人。"

明·汤显祖《牡丹亭》第三十一出《缮备》："怎想起琼花当年吹暗香,几点新亭,无限沧桑。"

清·顾炎武《白下》："从教一掬新亭泪,江水平添十丈深。"言伤痛极深。

清·朱祖谋《摸鱼子》(马鞍山访龙州道人〈注:南宋刘过〉墓,山在昆山西北隅)："书生满眼神州泪,凄断海东烟雾。"作者自注:"'行到到桥南无酒卖,老天犹困英雄。'龙洲词断句也。苏绍叟忆刘改之词:'任槎上张骞,山中李广,商略尽风度。'"朱祖谋赞赏南宋爱国词人刘过,并以之自况。访刘过墓,想到墓主人值"海东烟雾",复兴无望,"满眼神州泪",深有感触。这里用明代刘基句。

3688. 寒窗儿女风前泪

明·郭登《保定途中偶成》："寒窗儿女风前泪,客路风霜梦里家。"作者去保定途中,思乡之情油然而生,想到家中儿女立乞立风前,望亲人远去而流泪,而自己一路风霜,做梦又回到家乡。感情至真至切。

清·钱谦益《读梅村宫檐艳诗有感书后四首》："可怜银烛风前泪,留取胡僧认劫灰。"用郭登句。

3689. 残照千山泪点红

清·张尔田《木兰花令》："国破城空,残照千山泪点红。"一九三七年"七七事变"后,诗人面对国破城空的破败景象,悲愤填膺,血泪斑斑,视残照千山,如点点红泪。"红泪"表极度悲痛。晋·王嘉《拾遗记》载:魏文帝曹丕所爱的美人薛灵芸,离别父母时,"歔欷累日,泪下沾衣。至升车就路之时,以玉唾壶承泪,壶则红色。"

宋·王炎《南柯子》:"山冥云阴重,天寒雨意浓。数枝幽艳湿啼红。莫为惜花惆怅、对东风。"几枝山花凝成的露珠,如少女红泪,盈盈欲滴。

3690. 中原初逐鹿

唐·魏征《述怀》:"中原初逐鹿,投笔事戎轩。纵横计不就,慷慨志犹存。杖策谒天子,驱马出关门。"此题又作《出关》,作者投唐不久,请命出关,去说服李密旧部,而作此诗。开始这几句说:隋末天下大乱,群起反隋,自己弃文就武,向李密献策,不为采纳,以致失败。转而投向李渊,请命赴华山以东地区,越过潼关,去安抚山东。"中原初逐鹿",说开始向隋朝夺取政权。典出《史记·淮阴侯列传》:"秦失其鹿,天下共逐之。"这是蒯通对刘邦讲的话。从此以"鹿"喻政权。

唐·杨炯《广溪峡》:"中原争逐鹿,天下有英雄。"

唐·李峤《鹿》:"涿鹿闻中冀,秦原辟帝畿。"

唐·李华《咏史十一首》:"当君逐鹿时,臣等已枯槁。宁知市朝变,但觉林泉好。高卧三十年,相看成四皓。"

唐·王绩《过汉故城》:"大汉昔未定,强秦犹擅场。中原逐鹿罢,高祖郁龙骧。"

唐·李白《登广武古战场怀古》:"秦鹿奔野草,逐之若飞蓬。"

又《登梅冈望金陵赠族侄高座寺僧中孚》:"群峰如逐鹿,奔走相驰突。"喻梅冈山势。

唐·窦常《项亭怀古》:"命厄留雎处,年销逐鹿中。"

唐·张正元《临川羡鱼》:"不应同逐鹿,讵肯比从禽。"

唐·权德舆《仲秋朝拜昭陵》:"抚运思顺人,救楚非逐鹿。"

唐·李甘《九成宫》(一作《华清宫》):"中原无鹿海无波,凤辇鸾旗出幸多。今日故宫归寂寞,太平功业在山河。"

唐·温庭筠《经五丈原》:"下国卧龙空痦主,

中原得鹿不由人。"蜀国诸葛亮为后主刘禅"鞠躬尽瘁,死而后已。"夺取中原,没有成功,是非人力所及了。

唐·吴融《华清宫四首》:"中原无鹿海无波,凤辇鸾旗出幸多。"李甘诗同此四首之第一首。

唐·刘兼《咸阳怀古》:"七国斗鸡方贾勇,中原逐鹿更争雄。"

唐·齐己《湖上逸人》:"七泽钓师应识我,中原逐鹿不知谁。"

唐·"东阳夜怪"《诗》:"不是守株空待兔,终当逐鹿出林丘。"

宋·梅尧臣《饮酒呈邻儿原甫》:"项籍乘牛车,驰上广武城。强梁取秦鹿,慷慨犹为轻。"

宋·王安石《范增二首》:"中原秦鹿待新羁,力战纷纷此一时。有道吊民天即助,不知何用牧羊儿。"

清·孔尚任《桃花扇》第十五出迎驾《番卜算》:"一旦神京失守,看中原逐鹿交走。"明思宗死,帝位未定,许多人争权。

清·黄遵宪《书愤》:"竟闻秦失鹿,转使鲁无鸠。"

又《病中纪梦述寄梁任父》:"中原今逐鹿,此角复彼犄;此鹿竟谁得,梦境犹迷离。"《晋书·石勒载记》:"勒曰:脱遇光武,当并驱中原,未知鹿死谁手?"表现维新变法失败后的苦闷、徬徨。

现代元帅陈毅《失题》(1948年1月):"北国摧枯势若狂,中原逐鹿更当行。"写解放战争进入全面反攻。

现代将军郭化若《渔家傲》:"逐鹿中原摧腐逆,渡江百万雄师疾。""毛主席逝世周年献词"颂三大战役胜利后,百万雄师过长江。

今人赵学兵《念奴娇》(赤壁怀古·用子瞻原韵):"三国争雄,六朝逐鹿,刀箭纷飞雪。"

3691. 投笔事戎轩

唐·魏征《述怀》诗:"中原初逐鹿,投笔事戎轩。""投笔"句说弃文从武,投入反隋战争。典出后汉班超。《后汉书·班超传》载:班超"家贫,常为官佣书以供养。久劳苦,尝辍业投笔叹曰:'大丈夫无它志略,犹当效傅介子、张骞立功异域,以取封侯,安能久事笔研间乎?'"他后来出使西域,三十余年,功封定远侯,七十多岁才回到京师洛阳,不久就去世了。"投笔从戎"表放弃文业,参加军队,弃文就武的行为或意愿。

唐·骆宾王《宿温城望军营》:"投笔怀班业,临戎想顾勋。"

又《久戍边城有怀京邑》:"怀铅渐后进,投笔愿前驱。"

唐·沈佺期《塞北二首》:"何言投笔去,终作勒铭回。"

唐·刘希夷《从军行》:"平生怀仗剑,慷慨即投笔。"

唐·张宣明《使至三姓咽面》(宣明为元振判官时,至三姓咽面,因赋此诗,时人称为绝唱):"昔闻班家子,笔砚忽然投。一朝抚长剑,万里入荒陬。"

唐·祖咏《望蓟门》:"少小虽非投笔吏,论功还欲请长缨。"

唐·杜甫《送杨判官使西蕃》:"垂泪方投笔,伤时即据鞍。"

3692. 季布无二诺

唐·魏征《述怀》(《出关》):"季布无二诺,侯嬴重一言。"《史记·季布传》:"曹丘至,即揖季布曰:楚人谚曰:'得黄金百(斤),不如得季布诺。'"西汉季布最守信用,他答应办的事,一定办到。楚人流行一个谚语(如上),说他以诚信著称。魏征用此语,表明自己注重信义而不图功名。后人诗中亦用此典:

唐·张宗昌《少年行》:"纵横意不一,然诺心无二。"暗用。

唐·李白《经乱离后天恩流夜郎忆旧游书怀赠江夏太守良宰》:"片辞贵白璧,一诺轻黄金。"

唐·杜甫《敬赠郑谏议十韵》:"将期一诺重,忽使寸心倾。"

宋·贺铸《六州歌头》:"少年侠气,交结五都雄。肝胆洞,毛发耸,立谈中,死生同,一诺千金重。"

3693. 板荡识诚臣

唐太宗李世民《赐萧瑀》:"疾风知劲草,板荡识诚臣。"《板》《荡》为《诗经·大雅》两篇诗,都是讽周厉王暴虐昏痛的,后用"板荡"表示政局不稳,社会动荡。李世民对萧瑀表明,在混乱动荡之中,最能考察谁是忠诚的臣子。

南朝·宋·谢灵运《王粲》:"幽厉昔崩乱,桓灵今板荡。"最早用"板荡"于诗中。

3694. 四海遂为家

唐太宗李世民《过旧宅二首》:"一朝辞此地,四海遂为家。"一旦离开故居,便以四海为家了。《荀子·议兵》:"四海之内若一家,通达之属莫不从服。"《汉书·高帝纪下》:"且夫天子以四海为家,非令壮丽亡以重威,且亡令后世有以加也。"指帝王占有天下,统治全国。后指四处飘泊,到处为家。李世民诗即用此意。

唐·李峤《汾阴行》:"千龄人事一朝空,四海为家此路穷。"

唐·刘禹锡《西塞山怀古》:"今逢四海为家日,故垒萧萧芦荻秋。"

元·汤式《别友人往陕西》:"十年作客,四海为家。"

元末·罗贯中《风云会》第一折:"四海为家,寸心不把名牵挂。"

3695. 无劳上玄圃

唐太宗李世民《帝京篇十首》之九:"无劳上玄圃,即此对神仙。""玄圃",称为仙境,又叫"悬圃"。《淮南子》载:"昆仑去地一万一千里,上有曾城九重。或上倍之,是谓阆风,或上倍之,是谓玄圃。"《穆天子传》:"春山之泽,清水出泉,温和无风,飞鸟百兽之所聚,先王所谓悬圃。"此诗说建章宫、昭阳殿的美人盛筵已如仙境,何必再上玄圃呢。

东汉·张衡《东京赋》:"左瞰旸谷,右睨玄圃。"喻东京为仙境。唐太宗取此意。

北周·庾信《三月三日华林园马射赋》并序:"周王玄圃之前,犹骖八骏。"亦喻皇家园林。

唐·储光羲《同房宪部应旋》:"微言发新偈,粲粲如悬圃。"

又《大酺得长安韵时任安宜尉》:"太守即玄圃,淮夷成葆疆。"

唐·杜甫《岳麓山道林二寺行》:"方丈涉海费时节,悬圃寻河知有无。"

3696. 但令一顾重,不吝百身轻

唐·卢照邻《刘生》:"但令一顾重,不吝百身轻。"称道刘生的侠肝义胆,百死不悔,只重一顾。《后汉书·李固传》:"窃感古人一饭之报,况受顾遇而容不尽乎!""顾遇"即知遇,受到赏识并优厚

相待，"一顾重"，即看重知遇之恩。

唐·骆宾王《在江南赠宋五之问》："一顾重风云，三冬足文史。"

唐·韩思彦《酬贺遂亮》："古人一言重，尝谓百年轻。"用卢照邻句式。

唐·李益《将赴朔方早发汉武泉》："问我此何为，平生重一顾。"

3697. 汉帝金茎云外直

唐·卢照邻《长安古意》："梁家画阁中天起，汉帝金茎云外直。""梁家"：东汉顺帝外戚、史上巨贪梁冀在洛阳造的大宅，楼阁相通，矗立中天。"金茎"：铜柱。《汉书·郊祀志上》载：汉武帝刘彻"作柏梁、铜柱、承露仙人掌之属"。注：苏林曰"仙人以手掌擎盘承甘露。"师古曰《三辅故事》云建章宫承露盘高二十丈，大七围，以铜为之，上有仙人掌承露，和玉屑饮之。盖张衡《西京赋》所云'立修茎之仙掌，承云表之仙露。屑琼蕊以朝餐，必性命之可度'也。"金茎承露本是汉武帝求长生法之一。卢诗意：豪贵之家，楼阁高耸，如汉宫之铜柱了。

写"金茎承露"如：

魏·曹植《赠丁仪王粲》："员阙出浮云，承露概泰清。"摩天。

唐·骆宾王《帝京篇》："铜羽应风回，金茎承露起。"

唐·李峤《奉和天枢成宴夷夏群僚应制》："仙盘欲下露，高柱欲承天。"《唐新语》云："长寿中，则天征天下铜铁于定鼎门内，铸六棱铜柱，高九十尺，径一丈二尺，题曰大周万国述德天枢纪革命之功，贬唐家之德。天枢下置铁山铁龙，负载狮子麒麟围绕。上有云盖，盖上盘龙托珠。高一丈，围三尺，金彩莹煌，光侔日月。"这是武则天立的"天枢"承露盘。以纪武氏之功。这是第三个"金茎"。

唐·杜甫《冬日洛城北谒玄元皇帝庙》："碧瓦初寒外，金茎一气旁。"碧瓦外覆，寒气先侵；金茎列旁，一气止通。《曹子建集》载：明帝诏有司铸铜，建承露盘于芳林园。茎长十二丈，大十围，使植作颂铭，则洛城金茎固有之矣。这是第二个"金茎"。

又《赠李十五丈别》："清高金茎露，正直朱丝弦。"喻品格清高。

又《秋兴八首》其五："蓬莱宫阙对南山，承露金茎霄汉间。"蓬莱宫即大明宫，南与终南山相对。

而"蓬莱金茎""瑶池紫气"则以仙境况之，合玄宗好道。

唐·韦应物《汉武帝杂歌三首》其二："金茎孤峙兮凌紫烟，汉宫美人望杳然。通天台上月初出，承露盘中珠正圆。"

唐·徐敞《赋得金茎露》："铜盘贮珠露，仙掌抗金茎。"

唐·杜牧《早雁》："仙掌月明孤影过，长门灯暗数声来。"孤雁在月光下掠过建章宫承露盘，经过暗淡的长门宫，啼叫了数声而去。

宋·晏几道《阮郎归》："天边金掌露成霜，云随雁字长。"

宋·王沂孙《齐天乐》(蝉)："铜仙铅泪似洗，叹移盘去远，难贮零露。"

元·乔吉《水仙子·菊舟》："驾银汉星槎梦，载金茎玉露酒。"喻佳酿。

3698. 东关酸风射眸子

唐·李贺《金铜仙人辞汉歌》："魏官牵车指千里，东关酸风射眸子。"魏明帝青龙九年八月，诏宫官牵车西取汉孝武捧露盘仙人，欲立置前殿。宫官既拆盘，仙人临载，乃潸然泪下。唐诸王孙李长吉遂作《金铜仙人辞汉歌》。《晋汉春秋》云："帝徙盘，盘拆，声闻数十里，金狄（铜人）或泣，因留灞城。"《三国志》注引《魏略》云："铜人重不可致，留于霸城。"李贺略去"仙人留霸城"事实，只写"仙人辞汉"，"东关"句，述霜风（酸风）凄厉，直刺眸子，以"金铜仙人"的感受表达"辞汉"的辛酸。

宋·周邦彦《夜游宫》："叶下斜阳照水，卷轻浪、沉沉千里。桥上酸风射眸子。立多时，看黄昏，灯火市。"黄昏立桥上多时，看灯火，"酸风射眸子"。

3699. 衰兰送客咸阳道

唐·李贺《金铜仙人辞汉歌》："衰兰送客咸阳道，天若有情天亦老。"咸阳道旁的衰枯的兰草，在凄风中为铜仙远去而送行。何等的冷落凄凉。

宋·贺铸《行路难》："衰兰送客咸阳道，天若有情天亦老。作雷颠，不论钱。谁问旗亭，美酒斗十千。"

宋·刘辰翁《兰陵王》(丙子送春)："想玉树凋土，泪盘如露，咸阳送客屡回顾，斜日未能度。"

3700. 将军三箭定天山

《旧唐书·薛仁贵传》载:薛仁贵在唐太宗、唐高宗时,立下许多边功。他为铁勒道总管时,九姓突厥十余万人来挑战。他在天山连发三矢,射杀三人,其余全部下马请降。军中歌道:"将军三箭定天山,战士长歌入汉关。"三箭定天山,战士凯旋了。用此句如:

唐·李益《塞下曲》:"莫遣只轮归海窟,仍留一箭射天山。"留一支军队驻守边防。

宋·辛弃疾《江神子》(和陈仁和韵):"却笑将军三羽箭,何日去,定天山?"

3701. 怀君不可遇,聊持报一飧

唐·虞世南《拟饮马长城窟行》:"怀君不可遇,聊持报一飧。"途遇锦车史,机会难得,仅以一饭为报。《史记·范雎传》写范雎从魏国逃到秦国,做了秦昭王的宰相之后。"于是散家财物,尽以报所尝困厄者。一饭之德必偿,睚眦之怨必报。"《后汉书·李固传》:"窃感古人一饭之报。"当指范雎事。《史记·淮阴侯列传》:"(韩)信钓于城下,诸母漂,有一母见信饥,饭信,竟漂数十日。信喜,谓漂母曰,'吾必有以重报母。'母怒曰:'大丈夫不能自食,吾哀王孙而进食,岂望报乎!'……汉五年正月,徙齐王信为楚王,都下邳。信至国,召所从食漂母,赠千金。"明·汤显祖《牡丹亭》淮泊:"怎生叫漂母之祠!原来题壁上有:'昔贤怀一饭,此事已千秋。'"《莺皂袍》:"垂钓楚天涯,瘦王孙,遇漂纱,楚重瞳较比这秋波瞎。太史公表他,淮安府祭他,甫能勾一饭千金价。"叙一饭千金事,韩信也是千金重报一饭之恩。

唐·郑愔《贬降至汝州广城驿》:"去去怀知己,何由报一餐。"

唐·杜甫《奉赠韦左丞丈二十二韵》:"常拟报一饭,况怀辞大臣。"

唐·樊铸《失题》:"乍可惠人一饭恩,不得唾人千里井。"

唐·柳宗元《赠江华长老》:"一饭不愿余,聊跌便终夕。"

宋·欧阳修《感兴五首》:"古人报一饭,君子不苟得。"

宋·苏轼《赠袁陟》:"游手无何有,一饭不愿余。"用柳宗元原句。

3702. 阴积龙沙暗

唐·虞世南《结客少年场》:"阴积龙沙暗,木落雁门秋。"此诗写有志青年为结客求友不惜远行,"轻生殉知己,非是为身谋"的品格。此二句述说行程辽远而艰难。"龙沙"指塞外沙漠之地。《后汉书·班超传赞》载:"定远慷慨,专功西遐,坦步葱、雪,咫尺龙沙。"李善注:"葱岭、雪山、白龙堆沙漠也。"龙沙原指"白龙沙"。李白《塞下曲》:"将军分虎竹,战士卧龙沙。"

宋·王沂孙《无闷》(雪意):"阴积龙荒,塞度雁门,西北高楼独倚。"用虞世南句。

3703. 摛藻握灵蛇

唐·虞世南《门有车马客》:"高谈辩飞兔,摛藻握灵蛇。""摛藻",擅长词藻,"握灵蛇",才华出众。句意为长于辞令,极富口才。"握灵蛇",语出曹植《与杨德祖书》:"人人自谓握灵蛇之珠,家家自谓抱荆山之玉。"喻怀非凡之才。"握灵蛇之珠"即"隋珠"。《淮南子·览冥训》:"譬如隋侯之珠,和氏之璧,得之者富,失之者贫。"高诱注:"隋侯见大蛇伤断,以药傅之。后蛇于江中衔大珠以报之,因曰隋侯之珠,盖明月珠也。"隋侯,古代随国国君。汉·张衡《西京赋》:"流悬黎之夜光,缀随珠以为烛。""隋珠",传说中的月明珠。唐·杜甫《酬郭十五受判官》:"只同燕石能星陨,自得隋珠觉夜明。"

宋·王禹偁《寄献鹿州行军司马宋司郎》:"人人握灵蛇,许我珠无。"

3704. 隋珠忽已弹

唐·郑愔《贬降至汝州广城驿》:"荆玉终无玷,隋珠忽已弹。"此"隋珠"事用《庄子·让王》:"今且有人于此,以隋侯之珠,弹于千仞之雀,世必笑之。是何也!则其所用者重,而所要者轻也。"以月明隋珠去弹击一只鸟雀,得一雀而失去隋珠,不分轻重,得不偿失。诗中喻被贬如弹珠,人才被弃置。

唐·李白《送窦司马贬宜春》:"赵璧为谁点,隋珠枉被弹。"以隋珠比窦司马。

唐·耿沣《晚登虔州即事寄李侍御》:"楚剑期终割,隋珠惜未弹。"反用"弹珠"意,说人未被弃置。

3705. 乡入无何有

唐·卢僎《奉和李令扈从温泉宫赐游骊山韦侍郎别业》："乡入无何有,时还上古初。"描述"别业"充满一种原始的古老的氛围。

"乡入无何有"即"入无何有之乡"。《庄子·逍遥游》："今子有大树,患其无用,何不树之于无何有之乡,广莫之野。"指什么也没有的地主,虚无之地。后多用于寂静无扰的地方。

唐·岑参《林卧》："唯爱隐几时,独游无何乡。"

唐·杜甫《冬日洛城北谒玄元皇帝庙》："谷神如不死,养拙更何乡?""谷"为养,言在何方养神。

唐·窦参《登潜山观》："既入无何乡,转嫌人事难。"

唐·李端《杂歌呈郑锡司空文明》："昨宵梦到亡何乡,忽见一人山之阳。"

唐·权德舆《浩歌》："因兹谢时辈,栖息无何乡。"

唐·羊士谔《息舟荆溪入阳羡南山游善权寺呈李功曹巨》："勉君脱冠意,共匿无何乡。"

唐·白居易《池上有小舟》："未知几曲醉,醉入无何乡。"

又《渭上偶钓》："谁知对鱼坐,心在无何乡。"

又《偶作二首》："若问此何许,此是无何乡。"

宋·苏轼《九日次定国韵》："会当无何乡,同作逍遥游。"

宋·吴潜《浣溪沙》(和桃源韵)："旧醅不妨排日醉,新蒭尚可去时尝,无何乡里是吾乡。"

3706. 以文长会友

唐·祖咏《清明宴司勋刘郎中别业》："以文长会友,唯德有成邻。"刘郎中别业风光自然、美好,平时可以以文会友,以德成邻。

"以文会友",语出曾子。《论语·颜渊篇》："曾子曰:'君子以文会友,以友辅仁。'"君子用文章与朋友聚会,用朋友帮助培育仁德。"以文会友"亦作"文会"。

唐·孟浩然《临涣裴明府席遇张十一房六》："文叨才子会,官喜故人连。"

又《宴张记室宅》："家封汉阳郡,文会楚材过。"

唐·独孤及《自东都还濠州奉酬王八谏议见赠》："高阁连云骑省夜,新文会友凉风秋。"

唐·严维《九日陪崔郎中杜山宴》："上客南台至,重阳此会文。"

唐·戴叔伦《送李审之桂州谒中丞叔》："到日应文会,风流胜阮家。"

唐·李端《慈恩寺怀旧》："倚玉交文友,登龙年月久。"

唐·无可《送吕郎中赴沧州》："要迎文会友,时复扫柴扃。"

宋·柳永《女冠子》："以文会友,沉李浮瓜忍轻诺。"

宋·杨亿《冬夕与诸公宴集贤梅学士西斋分得今夕何夕探得云字并序》："今夕知何夕,良交会以文。"

3707. 小会衣冠吕梁墅

唐·储光羲《登戏马台作》："小会衣冠吕梁墅,大征甲卒碻磝口。"《宋书·孔季恭传》:南朝·宋·孔季恭"辞事东归,高祖(刘裕)饯之戏马台,百僚咸赋诗以述其美。""戏马台"相传项羽曾在这里戏马。作者登戏马台,想到刘裕曾在此地宴会群僚,"小会衣冠",颂其霸业。

唐·戴叔伦《将赴湖南留别东阳旧僚兼示吏人》："晓路整车马,离亭会衣冠。""会衣冠"与旧僚会别。"衣冠",总是指有一定身分和地位的人。

3708. 物在人亡无见期

唐·李颀《题卢五旧居》："物在人亡无见期,闲庭系马不胜悲。"卢五已死,旧居犹存,作者系马闲庭,深发物在人亡之慨。

《全唐诗话·上官昭容》："昔尝共游东壁,同宴北海,倏来忽往,物在人亡。"

唐·宋之问《伤王七秘书监寄呈扬州陆长史通简府僚广陵以广好事》："物在人已矣,都疑淮海空。""已",完结,死去。

唐·顾况《题歙山栖霞寺》："明徵君旧宅,陈后主题诗。迹在人亡处,山空月满时。""迹",指"旧宅"。

宋·曾会《重登萧相楼》："物在人亡空有旧,时殊事变独伤心。"

3709. 物是人非事事休

宋·李清照《武陵春》(春晚)："风住尘香花已

尽,日晚倦梳头。物是人非事事休,欲语泪先流。"本词是女词人晚年避乱金华所作。评家多以为词中的苦闷与她再适张汝舟的不幸相联系。梁启超认为此词为"感愤时事之作",为人所认同。因为词人晚年流落江南,无限悲凉,"愁"情难以解脱。

"物是人非",物是原来的物,人却不是从前的人了。魏·曹丕《与吴质书》:"节同时异,物是人非,我劳如何?""物是人非",睹物思人,源出于此。

宋·辛弃疾《新荷叶》(和赵德庄韵):"往事繁华,而今物是人非。"

元·王子一《误入桃源》三折"回首时今来古往,伤心处物是人非。"

3710. 轮奂云霄望

唐·陈元光《落成会咏一首》:"轮奂云霄望,晶华日月通。"写"一镇屹天中"的建筑高大耸入云霄,光彩连通日月。

"轮奂"即"美轮美奂"。《礼记·檀弓下》载:"晋献文子成室,晋大夫发焉。张老曰:'美哉轮焉!美哉奂焉!'"郑玄注:"轮囷,言高大;奂,言众多。"表示建筑物高大、繁多,雄伟、壮观。《檀弓》中云:晋文子赵武宫室落成,晋国大夫来祝贺,大夫张老夸赞此建筑。

诗词中多用"轮奂"(美轮美奂已作成语。)

唐·张九龄《奉和圣制谒玄元皇帝庙斋》:"追兹事追远,轮奂复增鲜。"描写"庙斋"。

唐·赵彦昭《安乐公主移入新宅侍宴应制同用开字》:"一窥轮奂毕,惭恶栋梁材。"

唐·白居易《和望晓》:"星和稍隔落,宫阙方轮奂。"

宋·戴复古《水调歌头》(题李季允侍郎鄂州吞云楼):"轮奂半天上,胜概压南楼。"

宋·李昴英《摸鱼儿》:"主人意匠工收拾,华屋落成闻早,轮奂巧。"

3711. 天将富此翁

唐·刘仁轨为李义甫所恶,出为青州刺史,又坐漕殷覆没免官。后百济叛,诏以白衣检校带方州刺史。有诗曰:"天将富此翁"。

唐·白居易《自题酒库》:"身更求何事,天将富此翁。此翁何处富,酒库不曾空。"

3712. 玉关春色晚,金河路几千

唐·上官仪《王昭君》:"玉关春色晚,金河路几千。""路几千"言王昭君距长安之遥远。

用"路几千",不表示不知路之远近,而表示相距遥远。

唐·卢照邻《哭明堂裴主簿》:"送君一长恸,松台路几千。"

唐·刘长卿《赋得》:"莺啼燕语报新年,马邑龙堆路几千。"(一作皇甫冉《春思》诗。)

唐·钱起《送薛八谪居》:"东水将孤客,南行路几千。"

唐·顾况《寄秘书包楗》:"一别长安路几千,遥知旧日主人怜。"

唐·白居易《送姚杭州赴任因思旧游二首》:"渺渺钱塘路几千,想君到后事依然。"

唐·赵嘏《恒钦千金笑》:"夫婿交河北,迢迢路几千。"

唐·南卓《赠副戎》:"翱翔曾在玉京天,堕落江南路几千。"

唐·李咸用《投知》:"西望长安路几千,迟回不为别家难。"

唐·李伉《谪宜阳到荆渚》:"汉江江水水连天,被谪宜阳路几千。"

唐·都腹赤《和渤海入觐副使公赐对龙颜之作》:"渤海望无极,苍波路几千。"

五代·王衍《幸秦川上梓潼山》:"此去如登陟,歌楼路几千。"

宋·释可遵《佛印元公自京师还作赠之》:"上国归来路几千,浑身犹带御炉烟。"

今人俞平伯《外孙韦奈来访》:"祖孙两地学农田,北国中州路几千。"

"路几千"语出南朝。梁·江淹《秋至怀归》:"试访淮海使,归路成数千。"陈·江总《闺怨篇》:"辽西水冻春应少,蓟北鸿来路向千。""路几千"源出于此。

3713. 夕贬潮州路八千

唐·韩愈《左迁至蓝关示侄孙湘》:"一封朝奏九重天,夕贬潮州路八千。欲为圣明除弊事,肯将衰朽惜残年!云横秦岭家何在?雪拥蓝关马不前。知汝远来应有意,好收吾骨瘴江边。"唐宪宗往凤翔迎佛骨入禁中,韩愈上《论佛骨表》,力陈无佛的古代黄帝以下在位日久,有佛以后的古代,国祚不兴,坚决反对佛骨运入大内。因触犯了"人主之怒"。经裴度等人说情,免去死罪,由刑部侍郎贬

为潮州(广东东部)刺史。从长安刚到蓝田时,其侄孙韩湘赶来同行。韩愈作此诗,血泪慷慨,感人至深。前二句:早晨上书《论佛骨表》,晚上就被贬到八千里路以外的潮州。

又《武前西逢配流叶蕃》(谪潮州时途中作):"嗟尔戎人莫惨然,湖南地近保生全。我今罪重无归望,直去长安路八千。"长安至潮州实有八千余里路。

后用"路八千"亦示遥远。

唐·韩偓《寄上兄长》:"两地支离路八千,襟怀凄怆鬓苍然。"

五代·熊皦《谪居海上》:"家临泾水隔秦川,来往关河路八千。堪恨此身何处老,始皇桥畔又经年。"

宋·欧阳修《至浔阳琵琶亭》(谪为夷陵令):"今日始知予罪大,夷陵此去更三千。"从韩愈"我今罪重"二句化出。"路三千"亦实指。

宋·王清惠《李陵台和水云韵》:"客路八千里,乡心十二时。"

清·孔尚任《桃花扇》第三十三出会狱尾诗:"相逢真似岛中仙,隔绝风涛路八千。"

清·康熙皇帝玄烨《总兵刘汉业补授肃州因地远职重特书御制诗截句一首赐之,以奖武职惜兵爱民之意也》:"此去阳关路八千,总戎远镇碛沙边。"

3714. 肯将衰朽惜残年

唐·韩愈《左迁至蓝关示侄孙湘》:"欲为圣朝除弊事,肯将衰朽惜残年!"此二句追叙《论佛骨表》进上之初衷:为了使圣朝不致一切寄托于佛而紊乱纲纪,怎么惜自己这衰朽的残年!不因自己衰朽而怜惜残年不敢冒死上谏去解除弊事。

宋·苏轼《予去杭十六年复来留二年而去》:"出处依稀似乐天,敢将衰朽较前贤。"苏轼十六年前治杭有绩,然而不敢同前贤白乐天相比。用韩愈句式。

3715. 云横秦岭家何在

唐·韩愈《左迁至蓝关示侄孙湘》:"云横秦岭家何在,雪拥蓝关马不前。"前方,云横秦岭(终南山),已不见家在何处;蓝关积雪坡滑,马艰于前行。他后来在一诗题中云:"去岁以刑部侍郎贬潮州刺史,乘驿赴任。其后家亦遣逐,小女道死,殡之

层峰驿旁山下。蒙恩还朝,过其墓留题驿梁。"正为一年前的"家何在"作了注脚。

元·吕济民《蟾宫曲·赠楚云》:"目极潇湘,家迷秦岭,梦到天台。""家迷秦岭"同前句喻"楚云"。

元·汤式《一枝花·赠妓宋湘云》:"云呵您休得蔽蟾宫妒嫦娥夜夜娟娟,云呵您休得横秦岭使退云忧心悄悄。"写云多姿多态,以称宋湘云。

3716. 知汝远来应有意

唐·韩愈《左迁至蓝关示侄孙湘》:"云横秦岭家何在,雪拥蓝关马不前。知汝远来应有意,好收吾骨瘴江边。"寄其侄孙韩湘以希望,万一死在远方,好收吾骨返回故里。

唐·段成式《酉阳杂俎》:"前集卷十九载:'韩愈侍郎有疏从子侄自江淮来,年甚少。韩令学院中伴子弟,子弟悉为凌辱。韩知之,遂为街西假僧院令读书。经旬,寺主纲复诉其狂率,韩遂令归,且责曰:'市肆贱类营衣食,尚有一事长处,汝所为如此,竟作何物?'侄拜谢,徐曰:'某有一艺,恨叔不知。'因指阶前牡丹曰:'叔要此花青、紫、黄、赤,唯命也。'韩大奇之,遂给所须,试之。乃竖箔曲,尽遮牡丹丛,不令人窥。掘棵四面,深及其根,宽容人座。难赏紫矿、轻粉、朱红,暮旦治其根。凡七日,乃填坑,白其叔曰:'恨较迟一月。'时冬初也,牡丹本紫,及花发,色白红历绿,每朵有一联诗,字色紫分明,乃是韩出官时诗。一韵曰:"云横秦岭家何在,雪拥蓝关马不前"十四字。韩大惊异。侄且辞归江淮,竟不愿仕。'宋·刘斧《青琐高议·韩湘子》以韩湘子为韩愈之侄。"公曰:'子安能夺造化开花乎?'湘曰:'此事甚易。'公适开宴,湘预末座,取土聚于盆,用笼覆之。巡酌间,湘曰:'花已开矣!'举笼见岩花二朵,类世之牡丹,差大而艳矣,叶杆翠软。合座惊异。公细视之,花朵上有小金字分明可辨,其诗曰:'云横秦岭家何在,雪拥蓝关马不前。'公也莫晓其意。饮罢,公曰:'此乃幻化之一术耳,非真也。'湘曰:'事久乃验。'不久,湘告去不可留。公以言佛骨事,贬潮州。一日途中,公方凄倦,俄有一人冒雪而来。即见,乃湘也。公喜曰:'汝何久舍吾乎?'因泣下。湘曰:'公忆向日花上之句乎? 乃今日之验也。'公思少顷曰:'亦记忆。'因询地名,即蓝关也。公叹曰:'今知汝异人,乃为足成此诗。'诗曰:'一封朝奏九重天,夕贬潮阳路

八千。本为圣明除弊事,敢将衰朽残年。云横秦岭家何在,雪拥蓝关马不前。知汝远来深有意,好收吾骨瘴江边。"上边不过是两篇"传奇",且因事因诗敷衍而成。

宋元戏文《韩文公风雪阻蓝关记》,元·纪君祥杂剧《韩湘子三度韩文公》(均佚)都是上述故事的演绎。

元·赵明道《韩湘子三赴牡丹亭》杂剧,亦为"韩湘子"事。

宋·苏轼《侄安节远来夜坐三首》其二:"永夜思家在何处,残年知汝远来情。"苏安节为苏轼伯苏涣之孙,堂兄苏不疑之子,远来黄州探视其堂叔苏轼,此事与韩湘探视韩愈何其相似。因而苏轼此二句从韩诗中取意。

3717. 雪拥蓝关马不前

唐·韩愈《左迁至蓝关示侄孙湘》:"云横秦岭家何在,雪拥蓝关马不前。"积雪满蓝关,雪深路滑,马难于前行。用古乐府"驱马涉阴山,山高马不前"句。

"雪拥蓝关",后多用于雪大雪深。"拥",堆积。

宋·杨无咎《白雪》:"长爱越水泛舟,蓝关立马、画图中。""蓝关立马"含壮美意。以下都写雪大雪深。

元·姚燧《拨不断·四景》:"雪漫漫,拥蓝关,长安远客心偏惮。"

元·沈禧《一枝花·咏雪景》:"那时节拥蓝关马足难行,临蔡地兵威越整。"

元·景元启《殿前欢·自乐》:"叹蓝关马不前。君休羡,八位转朝金殿。"以韩愈被贬写官场吉凶难测,不足羡向。

今人林家英诗附孟嘉于张家口接台湾亲诗作《七律》:"泣读东陵小阮诗,蓝关拥雪已多时。"

3718. 触目生归思,那堪路七千

唐·杜荀鹤《闽中别所知》:"触目生归思,那堪路七千。腊中离此地,马上见明年。郡邑溪山巧,寒暄日月偏。自疑双鬓雪,不似到南天。""路七千","闽"(福建)与"石埭"(安徽石埭县)作者故乡之间的距离,表示遥远。

五代·孟宾于《献主司》:"那堪雨后更闻蝉,溪隔重湖路七千。"

宋·魏野《送陕尉邵国华南归》:"召棠阴里邵梅山,守选南归路七千。"

清·曹雪芹《红楼梦》第五回《分骨肉》曲:"一帆风雨路三千,把骨肉家园齐来抛闪。"叹探春远嫁。

3719. 开箱验取石榴裙

唐·武则天《如意娘》:"看朱成碧思纷纷,憔悴支离为忆君。不信比来长下泪,开箱验取石榴裙。"这是一首思念情人的诗。"看朱成碧"是神魂恍惚,"憔悴支离"是形骸削瘦。为相思而常常下泪,不信,请验察石榴裙上密密的斑痕。"石榴裙",为石榴红的裙色,当是鲜艳的橙红色。南朝·梁·鲍泉《奉和湘东王春日》诗写"新落连珠泪,新点石榴裙。"全诗十八句,共用三十个"新"字。"湘东王"即后来的梁元帝萧绎。萧绎的《春日》诗中用了二十三个"春"字。武则天取此"泪点石榴裙"意。

南朝·梁元帝萧绎《乌栖曲四首》:"交龙成锦斗凤绞,芙蓉为带石榴裙。"

南朝·梁·何思澄《南苑逢美人》:"风卷卜萄带,日照石榴裙。"

隋乐府《黄门倡歌》:"点黛方初月,缝裙学石榴。"裙体亦似石榴。

唐·杜审言《戏赠赵使君美人》:"红粉青娥映楚云,桃花马上石榴红。罗敷独向东方去,谩学他家作使君。""桃花马上石榴红"也有名,"石榴红"喻人,后也以"石榴裙"借代女子。此又作张谓诗。

唐·郑愔《采莲曲》:"锦楫沙棠舰,罗带石榴裙。"

唐·李元纮《相思怨》:"春生翡翠帐,花点石榴裙。"

唐·卢象《戏赠邵使君张郎》:"少妇石榴裙,新妆白玉面。"

唐·常建《古兴》:"石榴裙裾蛱蝶飞,见人不语鬐蛾眉。"

唐·韩翃《赠别太常李博士兼寄两省旧游》:"玉镫初回酸枣馆,金佃正舞石榴裙。"

唐·皇甫冉《同李苏州伤美人》:"玉珮石榴裙,当年嫁使君。"

唐·万楚《五日观妓》:"眉黛夺将萱草色,红裙妒杀石榴花。"

唐·羊士谔《暇日适值澄霁江亭游宴》:"今来

强携妓,醉舞石榴裙。"

唐·刘禹锡《和乐天闲园独赏八韵前以蜂鹤拙句寄呈今辱蜗蚁妍词见答因成小巧以取大哑》:"榴花裙色好,桐子药丸成。"

又《乐天寄忆旧游因作报白君以答》:"其奈钱塘苏小小,忆君泪点石榴裙。"

唐·李贺《谣俗》:"上林胡蝶小,试伴汉家君。飞向南城去,误落石榴裙。"写宫女被遣出宫,误著红裙,即误被遣嫁。

唐·白居易《卢侍御小妓乞恃座上留赠》:"郁金香汗浥歌中,山石榴花染舞裙。"

又《官宅》:"移舟木兰棹,行酒石榴裙。"

又《谕妓》:"烛泪夜黏桃叶袖,酒痕春污石榴裙。"

又《和韦庶子远坊赴宴未夜先归之作兼呈裴员外》:"银烛忍抛杨柳曲,金鞍潜送石榴裙。"

唐·刘章《咏蒲鞋》:"石榴裙下从容久,玳瑁筵前整频频。"

五代·阎选《虞美人》:"粉融红腻莲房绽,脸动双波慢。小鱼衔玉鬓钗横,石榴裙染象纱轻,转娉婷。"

宋·陈亚《生查子》:"浪荡去未来,蹀躞花频换。可惜石榴裙,兰麝香销半。"

宋·张先《浣溪沙》:"轻屦来时不破尘,石榴花映石榴裙。有情应得撞腮春。"

宋·欧阳修《贺明朝》:"忆昔花间初识面,红袖半遮妆脸。轻转石榴裙带,故将纤纤玉指,偷撚双凤金线。"(一作五代欧阳炯词。)

宋·梅尧臣《别后》:"昨日日暮别,今日日暮愁。犹疑红裙色,依依在石榴。"

宋·苏轼《南乡子》(公旧序云:沈强辅雯上出犀丽玉作胡琴,送元素还朝,同子野各赋一首):"裙带石榴红,却水殷勤解赠侬。"

又《会饮有美堂答周开祖湖上见寄》:"杜牧端来觅紫云,狂言惊倒石榴裙。"

宋·黄庭坚《清人怨戏效徐庾慢体三首》:"翡翠钗梁碧,石榴裙褶红。"

宋·王之道《好事近》(程继成生日):"一枝红皱石榴裙,帘卷篆烟碧。"

宋·洪适《生查子》(盘洲曲):"五月到盘洲,照眼红中蘸。句引石榴裙,一唱山翁曲。"

宋·赵长卿《临江仙》(笙妓梦云,对居士忽有剪发齐眉修道之语):"笙吹雏凤语,裙染石榴红。"

宋·陈与义《临江仙》:"高咏楚词酬午日,天涯节序匆匆。榴花不似舞裙红。无人知此意,歌罢满帘风。"

宋·韩玉《生查子》:"裙拖簇石榴,髻绾偏荷叶。"

宋·刘过《西江月》:"石榴裙子正芬菲,知为何人慵系。"

宋·方千里《浣沙溪》(《全宋词》二四九六页题,多作"浣溪沙",署"浣沙溪"者罕有):"未散娇云轻弹鬓,欲融轻雪乍凝胸,石榴裙衩为谁红。"

宋·陈允平《思佳客》(用晏小山韵):"一曲清歌酒一钟,舞裙摇曳石榴红。"

宋·罗椅《柳梢青》:"萼绿华身,小桃花扇,安石榴裙。"

宋·姚雪文《八声甘州》(竞渡):"楼外榴裙几点,描破绿杨烟。"

元·王实甫《西厢记》第五本第一折《挂金棠》:"裙染榴花,睡损烟脂皱。"

明·兰陵笑笑生《金瓶梅》第七十七回《爱月美人图题诗》:"有美人兮迥出群,轻风斜拂石榴裙。花开金谷春三月,月转花阴夜十分。"

明·潘滋《题昭君图》:"燕支堤上石榴裙,新草犹含旧泪纹。"

清·孔尚任《桃花扇》第二十三出寄扇《驻马听》:"榴裙裂破舞风腰,鸾靴剪碎凌波勒。"裂破了舞裙,剪碎了舞靴,不做歌舞生涯。

以石榴喻裙,诗词中最多。或许是两种红色相近,或许还由于古代红裙褶皱形制近似石榴。同时,产生榴与裙互喻。即又有以红裙喻榴者。如:

唐·白居易《山石榴寄元九》:"商山秦岭愁杀人,山石榴花红夹路。题诗报我何所云,若云色似石榴裙。"

宋·吴潜《渔家傲》:"遍阅芳园闲半昼,残花尚有榴裙皱。"

3720. 故验家山赏,惟有风入松

唐·武则天《游九龙潭》:"故验家山赏,惟有风入松。""风入松",针叶林入风,风声簌簌飒飒,可以令愉快的人觉得清爽,也可以令忧伤的人感到凄凉。这里作为九龙潭一道景观称道的。

唐·上官婉儿《游长宁公主流杯池二十五首》:"水中看树影,风里听松声。"

唐·权德舆《暮春闲居示同志》:"风入松阴

静,花添竹影繁。"

又《奉和礼部尚书酬杨著作竹亭歌》:"风入松,云归栋,鸿飞灭处犹目送。"

唐·杨巨源《赠李傅》:"摇窗竹色留僧语,入院松声共鹤闻。"

唐·张俨《贞元八年十二月谒先主庙绝句三首》:"终古更何闻,悲风入松柏。"

宋·宋庠《赋风》:"入松和古韵,转蕙逐光妍。黄落纷睢地,悲歌易水天。"

宋·梅尧臣《若讷上人弹琴》:"莫作风入松,怀垅情未任。"

3721. 独负洛阳才

唐·骆宾王《帝京篇》:"谁惜长沙傅,独负贾生才。"此系全篇尾句,借贾谊(谪长沙傅)高才(洛阳人)不被重用寄托自己对现实的感受。洛阳才子贾谊,十八岁就很有文名,二十余岁成了汉文帝最年轻的博士,每议政,唯有他都能一一对答。晋·潘岳《西征赋》曾写"贾生洛阳之才子"。"洛阳才"出于此。后除了写本人本事,多借指有才之人。

北周·庾信《聘齐秋晚馆中饮酒》:"欣兹河朔饮,对此洛阳才。"东魏本从洛阳迁都邺地,齐受魏禅,故于齐之诸臣称为"洛阳才"。后对贾姓友人或洛阳人有时是尊称。

南朝·梁·王僧孺《登高台》:"轩车映日过,箫管逐风来。若非邯郸美,便是洛阳才。"

唐·陈子昂《酬田逸人游岩见寻不遇题隐居里壁》:"还疑缝掖子,复似洛阳才。"

唐·于季子《早春洛阳答杜审言》:"分明寄语长安道,莫教留滞洛阳才。"杜审言曾任洛阳丞。时在长安,于诗说杜审言(称为"洛阳才")宜早些回洛阳。

唐·孟浩然《和贾主簿弁九日登岘山》:"国人咸寡和,遥愧洛阳才。"称贾弁。

又《洛中访袁拾遗不遇》:"洛阳访才子,江岭作流人。""才子"代袁拾遗。

唐·李白《陪族叔刑部侍郎晔及中书贾舍人至游洞庭》:"洛阳才子谪湘川,元礼同舟月下仙。"贾至,洛阳人,乾元元年贬为岳州司马。称其"洛阳才子"。

唐·岑参《送韩巽入都觐省便赴举》:"洛阳才子能几人,明年桂枝是君得。"送韩巽入洛阳赴举,

或可成为"洛阳才子"。

唐·白居易《酬南洛阳早春见赠》:"久病长斋诗老退,争禁年少洛阳才。"称"南洛阳"之才。

又《和河南郑尹新岁对雪》:"楚客难酬郢中曲,吴公兼占洛阳才。"

又《喜梦得自冯翊归洛阳兼呈令公》:"上客新从左辅回,高阳兴助洛阳才。"

3722. 贾生才调更无伦

唐·李商隐《贾生》:"宣室求贤访逐臣,贾生才调更无伦。可怜夜半虚前席,不问苍生问鬼神。"贾谊原是西汉文帝的太中大夫,主张削弱诸侯王的势力,遭权臣反对,贬为长沙太傅。几年后又召回长安,文帝刚举行过祭祀,就在未央宫前殿正室(宣室)接见了贾谊,问起鬼神,一直到夜半,把坐席移到贾谊对面,却不问苍生,不问治国之策。"贾生"句是谈贾谊的才华无与伦比。唐代晚期,一些皇帝求仙服药,不求贤才,不问政事,不顾民生,正是"不问苍生问鬼神"。

"贾生才"即"洛阳才",或指贾谊,或指姓贾的友人,也指有才华的人。

唐·宋之问《登粤王台》:"迹类虞翻狂,人非贾谊才。"

唐·张说《岳州别梁六入朝》:"远莅长沙者,欣逢贾谊才。"代指梁六。

唐·李乂《奉和幸长安故城未央宫应制》:"代挹孙通礼,朝称贾谊才。"

唐·郑愔《哭郎著作》:"诗礼康成学,文章贾谊才。"

唐·孟浩然《晚春卧病寄张八》:"贾谊才空逸,安仁鬓欲丝。"

唐·李白《经乱离后天恩流夜郎忆旧游书怀赠江夏韦太守良宰》:"君登凤池去,忽弃贾生才。"

唐·王羡门《都中闲居》:"寂寞东京里,空留贾谊才。"

唐·胡皓《同蔡孚起居咏鹦鹉》:"贾谊才方达,扬雄老未迁。"

唐·白居易《江亭夕望》:"争敢三年作归计,心知不及贾生才。"

3723. 怜君不遣到长沙

唐·李白《巴陵赠贾舍人》:"贾生西望忆京华,湘浦南迁莫怨嗟。圣主恩深汉文帝,怜君不遣

到长沙!"贾至洛阳人,李白诗曾称他"洛阳才"。贾至贬官岳州司马,贾谊贬官长沙,贾至贬地比贾谊近。此诗说唐皇比汉文帝"恩深",贾至比较近。此为"反语"。

贾谊才高,却不为汉文帝这位明主所用,是历史的遗憾。唐代诗人多用其事,也作谪者之代称。李白《金陵送张十一再游东吴》:"去国难为别,思归各未旋。空余贾生泪,相顾共凄然。"

用"贾生谪长沙"句如:

唐·杨炯《广溪峡》:"设险犹可存,当无贾生哭。"

唐·宋之问《度大庾岭》:"但令归有日,不敢恨长沙。"

又《新年作》:"已似长沙傅,从今又几年。"

唐·张九龄《将至岳阳有怀赵二》:"独无谢客赏,况复贾生心。"

唐·胡皓《同蔡孚起居》:"贾谊才方达,扬雄老未迁。"

唐·张子容《永嘉即事寄赣县袁少府瓘》:"题书报贾谊,此湿似长沙。"

唐·孟浩然《湖中旅泊寄阎九司户防》:"襄王梦行雨,才子谪长沙。"

又《送王昌龄之岭南》:"岘首羊公爱,长沙贾谊愁。"

唐·刘长卿《自夏口至鹦鹉洲夕望岳阳寄源中丞》:"贾谊上书忧汉室,长沙谪去古今怜。"

又《岁日见新历因寄都官裴郎中》:"绛老更能经几岁,贾生何事又三年?"

又《谪官后卧病舍简贺兰侍郎》:"岁岁任他芳草绿,长沙未有定归期。"

又《长沙过贾谊宅》:"三年谪宦此栖迟,万古惟留楚客悲。"

又《新年作》:"已似长沙傅,从今又几年。"以贾谊自比。

唐·王维《上张令公》:"贾生非不遇,汲黯自堪疏。"

唐·李商隐《安定城楼》:"贾生年少虚垂涕,王粲春来更远游。"

又《哭刘司户蕡》:"空闻迁贾谊,不待相孙弘。"刘蕡因谏被贬客死异乡,不能等待汉公孙弘再受重用(为丞相)的机会了。

3724. 海内存知己

唐·王勃《送杜少府之任蜀州》:"城阙辅三秦,风烟望五律。与君离别意,同是宦游人。海内存知己,天涯若比邻。无为在岐路,儿女共沾巾。"作者在长安供职,送友人杜少府(县尉的通称)到蜀州(今四川崇庆县)做县尉。"海内存知己,天涯若比邻",意为四海之内还有知己朋友存在,虽远隔天涯,却如近在咫尺,表达了作者真诚的友情。

用"知己"句如:

唐·韩翃《鲁中送从事归荥阳》:"累路尽逢知己在,曾无对酒不高歌。"

唐·冷朝阳《冬日逢法曹话怀》:"虽喜逢知己,他乡岁又阑。"

又《送唐六赴举》:"碧霄知己在,香桂月中攀。"

清·黄黎洲《饯宗伯牧斋》:"平生知己谁人是,能不为公一泫然。"

清·何溱(瓦琴)集联:"人生得一知己足矣,斯世当以同怀视之。"鲁迅手书此联赠瞿秋白,表明他们之间友谊至深。

3725. 莫愁前路无知己

唐·高适《别董大》:"千里黄云白日曛,北风吹雁雪纷纷。莫愁前路无知己,天下谁人不识君?""董大",董庭兰,著名音乐家,房琯门客。房被贬,董亦离京。高适在睢阳见到董大,赠此诗以慰。董既是著名音乐家,声名远扬,所以"莫愁前路无知己"。

"知己",源出王勃的"海内存知己",知心朋友。"莫愁前路无知己",同王维的送元二使安西"西出阳关无故人"含意相反。"无知己",是古代行旅之人所关注的,高适写得最多:

《送魏八》:"此路无知己,明珠莫暗投。"

《别孙訢》:"谁念无知己,年年睢水流。"

《田家春望》:"可叹无知己,高阳一酒徒。"

《夜别韦司士》:"莫怨他乡暂离别,知君到处有逢迎。"仍用其意。

唐·岑参《送江陵泉少府赴任便呈卫荆州》:"不畏无知己,荆州甚爱才。"又《初过陇山途中呈宇文判官》:"与子且携手,不愁前路修。"两诗中"不愁前路""无知己"一拼即巧成高适诗句了。不知有无牵系。高适长岑参九岁,可他自谓"五十学诗",这诗有无渊源关系,难得而知。徐集孙诗云:"莫言满眼无知己,耐久黄花是故人。"徐集孙何许人,已失查。

唐·顾况《题明霞台》："野人本自不求名，欲向山中过一生。莫嫌憔悴无知己，别有烟霞似弟兄。"翻成新意。

唐·王建《上崔相公》："应怜老病无知己，自别溪中满鬓霜。"

唐·李端《将之泽潞留别王郎中》："弱年知己少，前路主人稀。"反其意而用。

唐·方干《赠钱塘湖上唐处士》："莫言举世无知己，自有孤云识此情。"

又《鉴湖西岛言事》："世人若便无知己，应向此溪成白头。"

唐·宋元素《刺左臂膊诗》："昔日已前家未贫，若将钱物结交亲。如今失路寻知己，行尽关山无一人。"

3726. 天涯若比邻

唐·王勃《送杜少府之任蜀州》："海内存知己，天涯若比邻。"这是一篇著名的送别之作，此二句则千古不朽。王勃在长安供职，送友杜某去蜀州（在今四川崇庆）任县尉，四海之内有知心朋友存在，虽然远隔天涯，却如近邻。

魏·曹植《赠白马王彪》："丈夫志四海，万里犹比邻。恩爱苟不亏，在远分日亲。"王勃句从此脱出，成"出蓝"之句，作为表达对远方朋友牢固的友情的名言，为人应用。

唐·雍陶《寒食夜池上对月怀友》："人间多别离，处处是相思。海内无烟夜，天涯有月时。……""海内""天涯"用王勃语。

今人王延杰《答海外黄中一兄·七律二首》："不是天涯如比邻，一桥难隔路千程。"用"天涯若比邻"的变式。

3727. 拔剑四顾心茫然

唐·李白《行路难》："停杯投箸不能食，拔剑四顾心茫然。"功业未遂，被迫离开长安，珍馐无味，四顾茫然，拔剑难抑失意心情。此二句用南朝·宋·鲍照《行路难》："对案不能食，拔剑击剑长叹息"句。"四顾心茫然"用古诗《回车驾言迈》："四顾何茫茫，东风摇百草"句。"茫然"，渺渺茫茫，失意怅惘。李白《古风》："尚采不死药，茫然使心哀。"又《蜀道难》："蚕丛及鱼凫，开国何茫然。"用"茫然"句如：

唐·杜甫《遣兴三首》："下马古战场，四顾但茫然。"

又《重过何氏五首》："斯游恐不遂，把酒意茫然。"

唐·戴叔伦《巫山高》："故乡回首思绵绵，侧身天地心茫然。"

唐·白居易《浩歌行》："鬓发苍浪牙齿疏，不觉身年四十七。前去五十有几年，把镜照面心茫然。"

宋·刘敞《自市师泛舟还郡作三首》："四顾何茫茫，江海忽在目。"

宋·苏轼《寄吴德仁兼简陈季常》："忽闻河东狮子吼，拄杖落手心茫然。"

又《游径山》："嗟余老矣百事废，却寻旧学心茫然。"

宋·贺铸《减字浣溪沙》："重访旧游人不见，雨荷风蓼夕阳天，折花临水思茫然。"

"惘然"意近"茫然"。唐·白居易《裴五》："张家伯仲偏相似，每见清扬一惘然。"

3728. 却忆当时思渺然

唐·戴叔伦《赠康老人洽》："尔来倏忽五十年，却忆当时思渺然。"康洽是酒泉才子，一篇诗曾轰动帝宫，事已过去五十年，回忆起来空空荡荡，似乎已是很远很远了。"思渺然"，想得很远，又渺茫不清。

唐·杜牧《泊松江》："南湖风雨一相失，夜泊横塘心渺然。"一作许浑《夜泊松江渡寄友人》诗，写曾与友人"齐棹木兰船"，而今夜泊横塘，心里空荡，不是滋味。

3729. 燕子楼中思悄然

唐·张仲素《燕子楼诗三首》："北邙松柏锁愁烟，燕子楼中（一作"人"）思悄然。"北邙山是汉、唐时代洛阳的著名墓地，盼盼的丈夫武宁节度使、检校工部尚书张愔征任兵部尚书未到任便死去，"归葬东洛"，墓地在北邙山。所以这里写张愔墓地被愁烟笼罩，而燕子楼中的盼盼一直默默地怀念着他，守节不嫁，"自埋剑履歌尘散，红袖香销一十年。""思悄然"默默地思念。

唐·白居易《长恨歌》："夕殿萤飞思悄然，孤灯挑尽未成眠。"写唐玄宗对杨贵妃的深切怀念，也是随《长恨歌》全篇被人熟悉的诗句。

唐·杜牧《旅宿》："旅馆无良伴，凝情自悄然。"

今人彭鲤生《一九四八年从戎感怀》:"四方万人齐奋战,剑光直指斗牛冲。"

3730. 一度思卿一怆然

唐宣宗李忱《吊白居易》:"缀玉联珠六十年,谁教冥路作诗仙。浮云不系名居易,造化无为字乐天。童子解吟长恨曲,胡儿能唱琵琶篇。文章已满行人耳,一度思卿一怆然。"白居易死于唐武宗会昌六年(846),第二年唐宣宗继位。作为一个皇帝如此吊念前臣诗人,并不多见。这里主要把白居易做为著名诗人去怀念的。"一怆然"一度悲伤的样子。

唐·刘禹锡《张郎中籍远寄长句开缄之日已及新秋因举目前仰酬高韵》:"对此独吟还独酌,知音不见思怆然。"宣宗用此"怆然"句。

唐·贯休《感怀寄卢给事二首》:"如今憔悴荆枝尽,一讽来书一怆然。"

3731. 岩朝古树新

唐·王勃《出境游山二首》:"洞晚秋泉冷,岩朝古树新。"写玄武山道召庙景色:夜晚洞中泉水寒凉,清晨岩上古树鲜新。

唐·杜甫《秋日夔府咏怀奉寄郑监李宾客一百韵》:"峡束沧江起,岩排古树圆。"用王勃句。

3732. 物华天宝,龙光射牛斗之墟

唐·王勃《滕王阁序》:"物华天宝,龙光射牛斗之墟;人杰地灵,徐孺下陈蕃之榻。"这里有万物的精华,天然的珍宝,剑光直射牛斗二星;这里是人才辈出。东汉豫章太守陈蕃就曾下榻接待高士徐孺子。《晋书·张华传》载:张华看到牛斗二星之间常有紫气,去问雷焕,雷焕说:"这是宝剑的光芒。"后来雷焕任洪州丰城县令,掘监狱地基,掘出了"龙泉""太阿"两把宝剑。王勃借用此典,说洪州物华天宝,盛产珍奇。用王勃此句如:

宋·韩淲《满庭芳》(王寺簿生朝):"点点淮山,迢迢江水,分明别是风光。地灵人杰,星斗烂文章。"写文章灿烂。又《满庭芳》:"山河勋业,星斗文章。"

今人万鸣球《过重建滕王阁工地喜赋》:"剑气冲霄汉,文光射斗牛。"写重建阁之美仑美奂。下同。

今人周星华《滕王阁庆典感赋》:"又见龙光射斗牛,徘徊江畔上兰舟。"

3733. 人杰地灵,徐孺下陈蕃之榻

唐·王勃《滕王阁序》:"物华天宝,龙光射牛斗之墟;人杰地灵,徐孺下陈蕃之榻。"东汉豫章太守陈蕃,一向不接待宾客。豫章的徐孺子(徐稚),是为人景仰的高士,陈蕃只接待徐孺子,并为他特设一榻。王勃借用此典,说明洪州有陈蕃下榻的杰出人才,是人杰地灵。此典见《后汉书·徐稚传》与《后汉书·陈蕃传》。

唐·杜牧《滕王阁》:"未掘双龙牛斗气,高悬一榻栋梁材。"(《全唐诗续补遗卷十》)杜牧反用王勃二句,言"未掘",必难见物华天宝,言"高悬",不接纳栋梁之材。用徐孺子一走,陈蕃立即把榻又高高悬起事。

"陈蕃榻",后多表示熟知人才、重视人才,也表待客,或代称有才华的人士。

唐·杜正伦《冬日宴于庶子宅各赋一字得节》:"李门余妄进,徐榻君恒设。"

唐·张九龄《候使登石头驿楼作》:"自守陈蕃榻,尝登王粲楼。"

唐·宋之问《酬李丹徒见赠之作》:"一朝逢解榻,累日共衔杯。"

唐·杜审言《赠崔融二十韵》:"复此开悬榻,宁唯入后堂。"

唐·骆宾王《夏日游德州赠高四》:"聊安张蔚庐,讵扫陈蕃榻。"

唐·赵冬曦《答张燕公翻著葛巾见呈之作》:"徐榻思方建,左车理自均。"

唐·孟浩然《荆门上张丞相》:"坐登徐孺榻,频接李膺杯。"

唐·刘长卿《送宇文迁明府赴洪州观察追摄丰城令》:"陈蕃待客应悬榻,宓贱之官独抱琴。"

又《送李校书适越谒杜中丞》:"陈蕃悬榻待,谢客枉帆过。"

唐·李白《寄崔侍御》:"高人屡解陈蕃榻,过客难登谢朓楼。"

唐·杜甫《陪裴使君登岳阳楼》:"礼加徐孺子,诗接谢宣城。"

又《奉送韦中丞之晋赴湖南》:"还将徐孺子,处处待高人。"

又《舟出江陵南浦奉寄郑少尹》(郑审):"南征

问悬榻,东逝想乘桴。"

唐·钱起《寻司勋李朗中不遇》:"重花不隔陈蕃榻,修竹能深夫子墙。"

唐·窦巩《登玉钩亭奉献淮南李相公》:"定知有客嫌陈榻,从此无人上庾楼。"

唐·窦庠《勅自至家蒙淮南仆射杜公奏授秘校兼节度参谋同书寄上》:"榻因徐孺解,醴为穆生陈。"

唐·司空曙《送郑况往淮南》:"陈公有贤榻,君去岂空还。"

唐·吕温《道中夏日郡内北桥新亭书怀赠何元二处士》:"寄言徐孺子,宾榻且徘徊。"

宋·文彦博《招仲通司封府园避暑》:"解榻况逢徐孺子,馈浆如饭与君同。"

宋·杨亿《司农栾少卿知洪州》:"洪州主人今重士,肯教悬榻有尘生。"

宋·曾巩《送关彦远赴江西》:"一榻高悬宾阁峻,二龙俱化县池空。"

宋·刘筠《题义门胡氏华林书院》:"岂惟一榻留徐孺,食客三千兼鲙鲈。"

宋·吴文英《瑞鹤仙》(钱郎纠曹之严陵):"送高鸿飞过,长安南陌。渔矶旧迹,有陈蕃、虚床挂壁。掩庭扉,蛛网黏花,细草静摇春碧。"

元·杨立斋《哨遍·七煞》:"着几条坐木做陈蕃榻,谢尊官肯把荒场降。"赞戏棚座位,"陈蕃榻"是美誉看客。

3734. 渔舟唱晚,响穷彭蠡之滨

唐·王勃《滕王阁序》:"渔舟唱晚,响穷彭蠡之滨。"傍晚渔船上的歌声响彻了鄱阳湖上空。水上听到渔人歌声,令人心旷神怡,而晚间万籁俱寂,渔歌更会远播。

宋·梅尧臣《张圣民席上听张令弹琴》:"渔歌唱晚泛水来,天浸沧浪光可掬。"

宋·陈与义《临江仙》:"古今多少事,渔唱起三更。"

宋·丘崈《水调歌头》(戊戌迓客回程至松江作):"何处渔舟唱晚,最是芦花风断,欸乃一声长。"

宋·郭祥正《金山行》:"飞鸟不尽暮天碧,渔歌忽断芦花风。"

元·倪瓒《人月圆》:"惊回一枕当年梦,渔唱起南津。"用陈与义句。

元·黄子行《小重山》:"渔歌声断晚风急,搅芦花飞雪满林湿。"

清·康熙皇帝玄烨《杨家庄新开中河,得顺风观民居,漫咏二首》:"春雨初开弄柳丝,渔歌唱晚寸阴移。"

又《自镇江之江宁》(调寄临江仙):"夹岸渔歌唱晚,临流按谱行吟。"

清·蒲松龄《射阳湖》:"翘首乡关何处是,渔歌声断水云天。"

3735. 良辰美景,赏心乐事

唐·王勃《滕王阁序》:"遥襟俯畅,逸兴遄飞。爽籁发而清风生,纤歌凝而白云遏。睢园绿竹,气凌彭泽之樽;邺水朱华,光照临川之笔。四美俱,二难并。"此段描绘主人阎伯屿同众宾客诗酒宴会滕王阁的盛况。用"四美俱,二难并"作结,戛然而止。作结概括谢灵运《拟魏太子邺中诗集序》语:"建安末,余时在邺宫,朝游夕讌,究欢愉之极。天下良辰美景,赏心乐事,四者难并,今昆弟友朋二三诸彦共尽之矣。""二难"指贤主嘉宾。王勃此段对后人用谢灵运"四美"序文起了中介作用。

宋·聂冠卿《多丽》词:"想人生,美景良辰堪惜。问其间、赏心乐事,就中难是并好。"

宋·柳永《传花枝》:"遇良辰,当美景,追欢买笑。"

又《慢卷绸》:"对好景良辰,皱著眉儿,成甚滋味。"

又《殢人娇》:"良辰好景,恨浮名牵系。"

又《雨霖铃》:"此去经年,应是良辰好景虚设。"

宋·吴师孟《蜡梅香》:"对赏心人,良辰好景,须信难偶。"

宋·苏轼《次韵杨褒早春》:"良辰乐事古难并,白发青衫我亦歌。"

宋·黄裳《洞仙歌》:"信美景良辰,自古难并。既不遇多才,岂能欢聚。"

宋·贺铸《断湘弦》(万年欢):"何尝信,美景良辰、赏心乐事难全。"

宋·史浩《蝶恋花》:"况是赏心多乐事,美景良辰,又复来相值。"

宋·王之望《念奴娇》:"四者难并,谁信道、草草幽欢能足。美景良辰,赏心乐事,更有人如玉。"

宋·管鉴《水调歌头》:"良辰好景,赏心乐事

古难并。"

宋·沈瀛《驻马听》:"人都道四者难并,也由在人心。"

宋·严仁《多丽》(记恨):"美景良辰,赏心乐事,风流孤负缕金衣。"

宋·赵以夫《大辅》(牡丹):"便好情,佳人插帽,贵客传笺。趁良辰、赏心行乐,四美难并也。须拼醉、莫辞杯勺。"

宋·李曾伯《八声甘州》:"且对黄花一笑,叹浮生易老,乐事难并。"

又《沁园春》:"形胜风流,乐事良辰,一时四并。"

宋·方岳《西江月》:"春风可是太多情,乐事良辰一并。"

宋·王雱《倦寻芳》:"倦游燕,风光满目,好景良辰,谁与携手?"

宋·刘辰翁《莺啼序》:"赏心乐事,良辰美景,撞钟舞女,朱门大第。"

宋·汪梦斗《人月圆》:"良辰美景,赏心乐事,输少年游。"

金·元好问《骤雨打新荷》:"人生有几?念良辰美景,一梦初过。"

元·高文秀《一枝花·咏惜花春起早》:"休辜负美景良辰三月天,堪赏堪怜。"

元·马致远《四块玉》:"良辰美景休空过,琉璃钟琥珀浓,细腰舞皓齿歌,倒大来闲快活。"

元·侯克中《醉花阴·节节高犯》:"跳金鞍,玩玉京,迷恋着良辰媚景。"

元·童童学士《斗鹌鹑·开筵》:"筵前谈笑尽喧哄,一派笙箫动,媚景良辰自情重。"

3736. 良辰美景奈何天,赏心乐事谁家院

明·汤显祖《牡丹亭》第十出惊梦《皂罗袍》:"(原来)姹紫嫣红开遍,似这般(都)付(与)断井颓垣。良辰美景奈何天,……赏心乐事谁家院!朝飞暮卷,云霞翠轩;……雨丝风片,烟波画船,锦屏人忒看(的这)韶光贱!"杜丽娘携春香游"后花园",入目而来的景色:虽是断井颓垣,却是鲜花开遍,用谢灵运《拟太子邺中集诗序》:"天下良辰美景赏心乐事,四者难并"句意,说令人欣喜得不知如何是好,甚而惊异这是谁家的庭院!《世说新语·任诞》云:"桓子野每闻清歌,辄呼'奈何!'谢公曰:'子野可谓一往有深情。'""奈何天",怎么

好,景物奇绝,令人不知如何是好。

清·孔尚任《桃花扇》卷一第二出传歌《皂罗袍》:"原来姹紫嫣红开遍,似这般都付与断井颓垣。良辰美景奈何天,……良辰美景奈何天,赏心乐事谁家院。朝飞暮卷,云霞翠轩;雨丝风片,……雨丝风片,烟波画船,锦屏人忒看得这韶光贱。"从《牡丹亭》原本抄来写赏牡丹。

清·曹雪芹《红楼梦》第五回仙宫房内对联:"幽微灵秀地,无可奈何天!"赞奇景。

又《红楼梦》第五回《红楼梦曲》引子:"开辟鸿蒙,谁为情种?都只为风月情浓。趁着奈何天、伤怀日,寂寥时,试遣愚衷。"

"奈何天"在宋人笔下则带贬义。

宋·张先《燕归梁》:"缺多圆少奈何天,愁只恐、下关山。"

宋·晏几道《鹧鸪天》:"欢尽夜,别经年,别多欢少奈何天!"

3737. 东隅已逝,桑榆非晚

唐·王勃《滕王阁序》:"北海虽赊,扶摇可接;东隅已逝,桑榆非晚。"北海虽远,乘风可以达到,青年虽已逝去,晚年奋发也不算晚。"桑榆"树,日落的余光留在桑树榆树,喻黄昏,引申为晚年。

《后汉书·冯异传》:"玺书劳(冯)异曰:'赤眉破平,士吏劳苦,始虽垂翅回谿,终能奋翼黾池,可谓失之东隅,收之桑榆。方论功赏,以答大勋。'"失之日出处,收之日暮处,有"失",也会有"收"。

魏·曹植《赠白马王彪》:"人生处一世,去若朝露晞。年在桑榆间,影响不能追。"《文选》李善注:"日在桑榆,以喻人之将老。"曹植诗意为,年华迟暮,像太阳已要落山,时光之快,光(影)和响(声)都追不上。

晋·张华《答何邵》:"从容养余日,取乐于桑榆。"

唐·王勃《滕王阁序》:"东隅已逝,桑榆非晚。"青年时代已经过去,晚年尚可奋发有为。"桑榆非晚"常作勉励语。宋·宋祁《有诏换淮阳》:"桑榆知未晚,前失庶能收。"用王勃句。后人用"桑榆"除了表人生晚景,也表自然晚景,还表方位处所,更有实写桑榆的。

唐·张九龄《登荆州城楼》:"端居向林薮,微尚在桑榆。"

又《登乐游原春望书怀》："既伤日月逝，且欲桑榆收。"

唐·马怀素《九日幸临渭亭登高应制得酒字》："落日下桑榆，秋风歇杨柳。"

唐·崔融《韦长史挽词》："日落桑榆下，寒生松柏中。"或为怀素句之所鉴。

唐·乔知之《定情篇》："桑榆日及景，物色盈高冈。"

唐·王维《丁寓田家有赠》："新晴望郊郭，日映桑榆暮。"

又《赠房卢氏琯》："桑榆郁相忘，邑里多鸡鸣。"

唐·储光羲《饯张七琚任宗城即环之季也同产八人俱以才名知》："可怜宫殿所，但见桑榆繁。"

又《同诸公秋日游昆明池思古》："桑榆惨无色，宁立暮霏霏。"

又《秦中守岁》："愿以桑榆末，常逢甲子新。"

唐·常建《太公哀晚遇》："落日悬桑榆，光景有顿亏。"

唐·杨颜《田家》："田家心适时，春色遍桑榆。"

唐·萧颖士《山庄月夜作》："桑榆清暮景，鸡犬应遥村。"

唐·刘禹锡《酬乐天咏老见示》："莫道桑榆晚，微霞尚满天。"

宋·范成大《画工李友直为余作〈冰天〉〈桂海〉二图，〈冰天〉画使北房渡河时，〈桂海〉画游佛子岩道中也，戏题》："收拾桑榆舟老矣，追随萍梗意茫然。"

元·姚燧《醉高歌·感怀》："西风吹起鲈鱼兴，已在桑榆暮景。"

元·沈禧《一枝花·七月初六日为施以和寿》："拣林泉胜处傲游，乐桑榆晚景优游。"

元·汤式《一枝花·赠儒医任先生归隐》："暮景桑榆，杏林好春无数，桔泉甘乐有余。"

3738. 路转青山合，峰回白日曛

唐·陈子昂《入东阳峡与李明府舟前后不相及》："路转青山合，峰回白日曛。"舟行中所见，东阳峡山形水势，刚刚转变水路方向，忽见青山合壁，路被遮断；而随着峰势回环，一轮朗朗白日又呈现在空中了。这种水程，要追上前舟（李明府——知县）就更难了。此诗首写"路转""峰回"之势，极具

概括力与表现力，后人常合用"峰回路转"或"山回路转"及其变序式。

唐·岑参《白雪歌送武判官归京》："山回路转不见君，雪上空留马行处。"首次把峰回路转合用。视线被遮，唯见马迹，表达了深沉的送别之情。从此诗人们多合用，成四字语。

宋·欧阳修《三游洞》："仙境难寻复易迷，山回路转几人知。"

又《盘东园》（呈杨直讲·嘉祐元年）："爱其树老石硬，山回路转，高下曲直，横斜隐现。"

宋·邓肃《长相会》："一重溪，两重溪。溪转山回路欲迷，朱栏出翠微。"

宋·张颁《水调歌头》（徐高士游洞霄）："路转峰回胜处，无数青荧玉树，缥缈羽人家。"

宋·韩淲《柳梢青》（玉水明沙）："玉水明沙，峰回路转，城倚桥斜。"

宋·李曾伯《青玉案》："峰回路转，月明人静，幻出凄凉境。"

宋·黄升《贺新郎》："风送行春步。渐行行、山回路转，入云深处。"

今人王秋轩《香山一瞥》："柳丝轻拂夕阳斜，路转峰回又几家。"

3739. 山重水复疑无路

宋·陆游《游西山村》："山重水复疑无路，柳暗花明又一村。"据《宋史》本传载，陆游力主北伐，反被以"结交台谏，鼓唱是非，力说张浚用兵"的罪名，罢官回家乡山阴。一次应农家亲友之邀，到邻村赴约，行山阴道上，经浙东丘陵地带，即见此景，以成诗。宋·欧阳修《六一诗话》引梅尧臣语云："状难写之景于目前。"陆游笔下正是"难写之景"。山重叠，水迂回，遮目障眼，往往路不知所出，而行进中，忽而又豁然开朗，柳暗花明了，这是奇景，也是常景，然而仅用两句14个字概括出来，就难了。况且工稳又平易，开启人们对大自然的想象力，从而如成语一样深入人心，流传不息。当然，流传中变为"山穷水尽疑无路"，境界全非了，因为既是"山穷水尽"路倒可以畅通了。"山穷水尽"后多喻困境，误作陆游语，其实是北宋蔡襄《送杨渥赴西安主簿》诗中用语："清遐可使贪者惩，山穷水尽乃攀登。"无山无水同多山多水，显然大相径庭了。

陆游以前，写"初疑无路而后畅通"者多有其人，也有名著一时的。唐·王维《蓝田山石门精

舍》诗五——八句"遥爱云木秀,初疑路不同。安知清流转,偶与前山通。"就写了山回水转的石门景象。清·沈德潜《唐诗别裁》卷一载此诗,旁批云:"与'舟行若穷,忽又无际'同一游山妙境。""舟行若穷,忽又无际"出自柳宗元《袁家渴记》。

晋代僧人帛道猷《陵峰采药触兴为诗》:"连峰数千里,修林带平津。……茅茨隐不见,鸡鸣知有人。"宋·秦观《秋日》:"菰蒲深处疑无地,忽有人家笑语声。"陈肖岩《庚溪诗话》卷下以为秦观两句与道潜(参寥)《东园》诗:"隔林彷佛闻机杼,知有人家在水西"皆源出帛道猷诗。周晖《清波杂志》载强彦文诗:"远山初见疑无路,曲径徐来渐有村。"陆游句与之极近,韵则尽同。

《金玉诗话》云:"洞庭天下壮观,自昔骚人墨客,斗丽搜奇者尤众。如'水涵天影阔,山拔地形高。''四望疑无路,中流忽有山。''鸟飞应畏堕,帆远却如闲。'皆见称于世。然莫若'气蒸云梦泽,波撼岳阳城',则洞庭空旷无际,雄壮如在目前。至读杜子美诗,则又不然:'吴楚东南坼,乾坤日夜浮',不知少陵胸中,吞几云梦也。""气蒸"二句为孟浩然《临洞庭作》中句。这一段评述中也引有"疑无路"句写洞庭湖奇景的。

写这种"山回路转"的行程所见的还如:

唐·袁晖《奉和圣制答张说扈从南出雀鼠谷之作》:"石路行将尽,烟都望忽开。"

唐·刘长卿《过横山顾山人堂》:"只见山相掩,谁言路尚通。"

唐·王维《终南别业》:"行到水穷处,坐看云起时。"

又《蓝田山石门精舍》:"遥爱云木秀,初疑路不通。安知清流转,忽与前山通。"

唐·李白《梦游天姥吟留别》:"千岩万转路不定,迷花倚石忽已暝。"

唐·耿沣《仙山行》:"深溪人不到,杖策独缘源。花落寻无径,鸡鸣觉有村。"

唐·卢纶《送吉中孚校书归楚州旧山》:"林昏天未曙,但向云边去。暗入无路山,心知有花处。"

唐·灵澈《归湖南作》:"山边水边待月明,暂向人间借路行。如今还向山边去,只有湖水无行路。"

唐·柳宗元《袁家渴记》:"其中重洲小溪,澄潭浅渚,间厕曲折,平者深黑,峻者沸白,舟行若穷,忽又无际。"此段散文末二句也写永州袁家渴之

"幽丽"。

周晖《清波杂志》卷中载强彦文诗:"远山初见疑无路,曲径徐行渐有村。"

宋·晏殊《九月八日游涡》:"黄花夹径疑无路,红叶临流巧胜春。"

宋·张方平《七里濑》:"山横疑路尽,溪转若天开。"

宋·赵抃《和范御史过陈州》:"湾尽疑无路,堤回忽见桥。"

宋·王安石《江上》:"江北秋阴一半开,晚云含雨却低回。青山缭绕疑无路,忽见千帆隐映来。"

宋·郑獬《春尽二首》:"前树未回疑路断,后山才转便云遮。"

宋·曹组《青玉案》:"碧山锦树明秋霁,路转陡,疑无地,忽有人家临曲水。"

宋·韩滤《蝶恋花》:"行到桥东,林竹疑无路。"

宋·赵子发《南歌子》:"天末疑无路,波翻欲御风。"

宋·刘克庄《沁园春》:"明日相思,山重水复,古道人稀茅店鸡。"

金·高庭玉《道出平州寒食忆家》:"山重水复人千里,月苦风酸雁一声。"

元·于石《半山亭》:"层崖峭壁疑无路,忽有钟声出翠微。"

清·严遂成《秋夜投止山家》:"山当而立路疑穷,转过弯来四望通。"

清·查慎行《临江仙》(平望驿):"两岸菰蒲闻笑语,人家只隔轻烟。"用前面所举秦观"菰蒲"句。

今人钱钟书在《宋诗选注》中评曰:"这种景象前人也描述过,……不过要到陆游这一联,才把它写得'题无剩义'。"其实陆游以后的人写此景象者亦均无出其右。

3740. 柳暗花明又一村

宋·陆游《游山西村》:"山重水复疑无路,柳暗花明又一村。"乾道二年(1166),作者自兴隆通判罢官归山阴(今绍兴)故里,次年春,应请去邻里山西村作客,此诗写途中状况:一重重山,一道道水,疑惑已无路可循;眼前却忽然出现了柳暗花明掩映着的村庄。壮难写之景如此流畅、自然,富有深意,多少年来,传诵不息。"山重水复",后人改

作"山穷水尽",作成语表示处境困绝;"柳暗花明"亦作成语,表示困境摆脱,已现佳境。

"柳暗花明"是春深景色,柳枝繁叶茂则暗,花肥大鲜艳则明。语出唐人王维《早朝》诗:"柳暗百花明,春深五凤城。"描绘京城春深景色。王维以后,"柳暗花明"又有"柳暗花香""柳暗花浓"等变式。

唐·武元衡《摩诃池送李侍御之凤翔》:"柳暗花明池上山,高楼歌酒换离颜。"

唐·杨巨源《春日奉献圣寿无疆词十首》:"花明御沟水,香暖禁城天。""花明"对"香暖"都写花。

唐·李商隐《夕阳楼》:"花明柳暗绕天愁,上尽重城更上楼。欲问孤鸿向何处,不知身世自悠悠。"明·刘基《忆王孙》:"花明柳暗绕天愁,赵女乘春上画楼。"用李商隐原句。

唐·李群玉《湖寺清明夜遣怀》:"柳暗花香愁不眠,独凭危槛思凄然。"

五代·冯延巳《三台令》:"青门紫阳,日斜柳暗花嫣,醉卧春色少年。"换一"嫣"字。

宋·司马光《和伯常自郓州见寄》:"西郊去岁揖行人,柳暗花浓又一春。"陆游"柳暗花明又一村"取司马光句型。

宋·苏轼《送孔郎中赴陕》:"十里长亭闻鼓角,一川秀色明花柳。"

宋·赵彦端《朝中措》:"柳暗乍迷津路,花暄欲照红天。""柳暗"对"花暄","暄"暖也。

宋·章良能《小重山》:"柳暗花明春事深,小阑红芍药、已抽簪。"用王维"春深"句。

宋·赵闻礼《踏莎行》:"柳暗花明,萤飞月黑,临窗滴泪研残墨。"

宋·严仁《婆罗门引》(春情):"花明柳暗,一天春色绕朱楼,断鸿声唤人愁。"

今人钝翁《喜闻"四人帮"垮台》:"二次长征军号急,喜迎花暗柳明来。""花暗柳明"喻光明时代。

今人李儒科《题东坡赤壁二赋堂》:"天高云淡鹰盘谷,柳暗山明竹隐堂。"

3741. 水远山长步步愁

唐·许浑《将为南行陪尚书崔公宴海榴堂》:"谩夸书剑无知己,水远山长步步愁。"(一作唐·李群玉《将欲南行陪崔八谶海榴亭》诗)此次南行孤独无侣,唯无限愁绪与书剑相伴。"水远山长",水渺渺,山绵绵,行程极其遥远。"步步愁",愁相随,

一刻不离。许浑《寄宋祁》又用:"山长水远无消息,瑶瑟一弹秋月高。"唐宋人用"水远山长"及其变式最多。

唐·李远《黄陵庙词》:"轻舟小楫唱歌去,水远山长愁杀人。"

唐·韩偓《翠碧鸟》:"天长水远网罗稀,保得重重翠碧衣。"写鸟飞,换一"天"字。

五代·欧阳炯《南乡子》词:"日暮江亭春影绿,鸳鸯浴,水远山长看不足。"

宋·晏殊《寓意》诗:"鱼书欲寄何由达,水远山长处处同。"

宋·胡宿《送清漳护戎王中立》:"山长水远知何处,花落莺啼又几年。"

宋·晏几道《鹧鸪天》:"凭谁细话当年事,肠断山长水远诗。"

又《少年游》:"今夜相思,水远山长,闲卧送残春。"

宋·晁端礼《醉蓬莱》:"踪迹飘流,顿相望千里。水远山高,雁沉鱼阻,奈信音难寄。"

又《踏莎行》:"衰柳残荷,长山远水,扁舟荡漾烟波里。"

宋·宗泽《早发》:"伞幄垂垂马踏沙,水长山远路多花。"

宋·沈蔚《梦玉人引》:"水远山长,不成空相忆。"

宋·陆蕴《感皇恩》(旅思):"残角两三声,催登古道。远水长山又重到。水声山色,看尽轮蹄昏晓。"

宋·权无染《孤馆深沉》:"拟待拆一枝相赠,奈水远天长。"

宋·蔡伸《春光好》:"如今水远山长,凭鳞翼、难叙衷肠。"

宋·侯寘《西江月》:"一自高唐人去,秋风几许摧残。拂檐修竹韵珊珊,梦断山长水远。"

宋·向滈《南乡子》(白石铺):"临水窗儿,与卷珠帘看画眉。雨浴红衣惊起后,争知。水远山长各自飞。"

宋·张孝祥《柳梢青》(饯别蒋德施、粟子求诸公):"一杯莫惜留连,我亦是天涯倦客。后夜相思,水长山远,东南西北。"

宋·辛弃疾《临江仙》:"忆得旧时携手处,如今水远山长。"

宋·程垓《眼儿媚》(陆校:按此调亦系朝中

措,作眼儿媚误):"一枝烟雨瘦东墙,真个断人肠。不为天寒日暮,谁怜水远山长。"

宋·葛长庚《菊花新》:"忽水远天长,笑把玉龙嘶。一声声,吹断寒云沧波里。"

宋·张镃《鹊桥仙》(采菱):"玉纤采处,银笼携去,一曲山长水远。"

宋·淮上女《减字木兰花》:"山长水远,遮住行人东望眼;恨旧愁新,有泪无言对晚春。"

宋·利登《水调歌头》:"明夜山长水远,后夜已他州。"

宋·陈人杰《沁园春》:"望长山远水,荆州形胜;夕阳枯木,六代兴衰。"

宋·汪元量《忆王孙》(集句数首,甚婉娩,情至可观):"七夕何人望斗牛,一登楼,水远山长步步愁。"集许浑句。

又《天香》:"就祝金闺,天长地远。"

宋·黎廷瑞《浣溪沙》(送别):"一曲离愁浅黛嚬,云帆渺渺下烟津,山长水远客愁新。"

宋·无名氏《忆秦娥》:"空相忆,山长水远,几时来得。"

清·孔尚任《桃花扇》第三十九出《醉扶归》:"一丝幽恨嵌心缝,山高水远会相逢。"

3742. 山高水阔夕阳迟

唐·韩偓《梦仙》:"鹤舞鹿眠春草远,山高水阔夕阳迟。""山高水阔"与"山长水远"意近,它强调"远隔"。

宋·欧阳修《浪淘沙》:"楼外夕阳闲,独自凭栏。一重水隔一重山。水阔山高人不见,有泪无言。"

又《蝶恋花》:"不见些时眉已皱,水阔山遥,乍向分飞后。"

宋·晏几道《南乡子》:"唯有花间人别后,无期。水阔山长雁字迟。"

宋·朱雍《梅花引》:"无奈水遥天阔,隔琼城。"

3743. 山重水远,云闲天淡

宋·张先《少年游》:"红叶黄花秋又老,疏雨更西风。山重水远,云闲天淡,游子断肠中。""山重水远"意近"山长水远",表相隔遥远。

宋·晏几道《少年游》:"王孙此际,山重水远,何处赋西征。金闺梦里枉丁宁。寻尽短长亭。"

宋·周紫芝《潇湘雨夜》(濡须对雪):"拟向山阴旧路,家何在、水远山重。渔蓑冷,扁舟梦断,灯暗小窗中。"

3744. 水遥山远何计凭鳞翼

宋·柳永《散水调》(倾杯):"为忆、芳容别后,水遥山远,何计凭鳞翼。""鳞翼"指代传说中能够传书的鱼雁。宋·蔡伸《春光好》:"如今水远山长,凭鳞翼,难叙衷肠。"用此句。而"水遥山远"亦近"水远山长"之意。柳永还有《阳台路》:"冒征尘,匹马驱驱,愁见水遥山远。"《归朝欢》:"路遥山远多行役,往来人、只轮双桨,尽是利名客。"《凤归云》:"却是恨雨愁云,地遥天远。"

宋·赵佶《燕山亭》:"凭寄离恨重重,这双燕、何曾会人言语。天遥地远,万水千山,知他故宫何处。"

宋·蔡伸《飞雪满群山》:"梦回云散,山遥水远空断魂。"

宋·杨无咎《两同心》(梦牛楚):"谢殷勤,不易山遥水远寻到。"

宋·张风子《满庭芳》:"争知道,山遥水远,回首到家迟。"

宋·向滈《青玉案》:"传消寄息无凭信,水远山遥怎生透。"

宋·管鑑《临江仙》:"水遥山远谩相思,情知难舍弃,何似复分飞。"

宋·王质《满江红》:"望塞鸿杳杳,水遥天永。"

宋·赵长卿《桃源忆故人》(初春):"凝想水遥山远,空结相思怨。"

宋·刘克庄《贺新郎》(戊戌寿张守):"稳奉安舆迎两国,谁谓山遥水远。"

宋·杨泽民《解连环》:"塞雁难托,奈云深雾润,水遥山邈。"

宋·张绍文《水龙吟》(春晚):"雁杳鱼沉,信音难托,水遥山远。"

宋·胡夫人《采桑子》:"间阻多方,水远山遥寸断肠。"

元明小说话本依托宋人郑意娘《胜州令》:"到此近,四五千里,为水远山遥阔。"

元明小说话本依托宋人赵旭《踏莎行》:"问归来,回首望家乡,水远山遥、三千余里。"

3745. 盈盈水秀山明

宋·韩淲《西江月》(次韵赵路分):"脉脉蜂黄蝶粉,盈盈水秀山明。卖花声里听吹伤,佳丽芳华韵胜。""盈盈水秀山明",水清秀,山明媚,景色美好。

宋·黄庭坚《蓦山溪》:"眉黛敛秋波,尽湖南,水明山秀。"创用"水明山秀",后定格为"山明水秀""山清水秀"。

宋·高观国《风入松》:"红外风娇日暖,翠边水秀山明。"

宋·陈著《烛影摇红》:"双杏堂深,山明水秀潆洄著。"

元·柯丹邱《荆钗记·启媒》:"春雨新收,喜见山明水秀。"

明·李昌祺《剪灯余话·贾云华还魂记》:"天下雄藩,浙江名郡,自来惟说钱塘。山清水秀,人物异寻常。"

3746. 海上有仙山

唐·张九龄《感遇十二首》:"海上有仙山,归期觉神变。"作者受李林甫排斥,被贬荆州,感遇诗作于此时。这里写谪居江南不安的心情,此末二句表抒超脱现实的情怀。"海上有仙山",是古代传说。《史记·秦始皇本纪》载:"齐人徐市等上书言:'海中有三仙山,名曰蓬莱、方丈、瀛洲。'"所谓"仙山""仙境"多指此。

唐·白居易《长恨歌》:"忽闻海上有仙山,山在虚无缥缈间。"白诗此句因《长恨歌》全篇脍炙人口而为人熟悉,其实是用了张九龄的原句。

宋·张孝祥《水调歌头》(为时传之寿):"指点虚无征路,时见双凫飞舞。挥斥隘尘寰。吹笛向何处,海上有三山。"

宋·汪元量《女道士王昭仪仙游词》:"人间无葬地,海上有仙山。"用张九龄原句。

3747. 若非群玉山头见

唐·李白《清平调》:"若非群玉山头见,会向瑶台月下逢。""群玉山"神话中西王母所居之仙山。"瑶台",西王母的宫殿。这两句说杨贵妃之美,如仙界里的仙女。

宋·苏轼《留题徐氏花园二首》:"莫寻群玉山头路,莫看刘郎观里花。但解闭门留住我,主人休

问是谁家。"用"群玉山头"喻徐氏花园胜仙境。

3748. 会向瑶台月下逢

唐·李白《清平调》:"若非群玉山头见,会向瑶台月下逢。"其意见前条。

宋·苏轼《次韵杨公济奉议梅花十首》:"相逢月下是瑶台,藉草清尊连夜开。"写梅花之美境。后句用白居易《洛阳春》:"从客三两人,藉草开一尊"句,写席草而饮。

宋·马子严《满庭芳》:"少年游冶,何但折垂杨。曾向瑶台月下,逢解佩、玉女翻香。"写胜游。

3749. 三山半落青天外

唐·李白《登金陵凤凰台》:"三山半落青天外,二水中分白鹭洲。"金陵(南京)西南长江边上有三峰排列,南北相接,故名三山,距金陵仅五十余里。陆游《入蜀记》云:"三山,自石头(金陵)及凤凰台望之,杳杳有无中耳。及过其下,则距金陵才五十余里。"相距虽不甚远,然而从凤凰台望去,隐隐约约,似有若无,就像很远很远,一半落到青天之外了,这种感觉是由于远山与青天相接,山不清晰,似飞落到青天之"外"去了。二水,秦淮河横贯金陵城中,经城西流入长江,而白鹭洲横截金陵西南江中,把秦淮河中分为二水。后用"半落青天外"表山势渺远。李白《赠从弟宣州长史昭》又用:"淮南望江南,千里碧山对。我行倦过之,半落青天外。"

宋·王安石《示黄吉甫》:"三山半落青天外,势比凌歊宋武台。"用李白全句。

宋·刘一止《踏莎行》(游凤凰台):"二水中分,三山半落,风云气象通寥廓。少年怀古有新诗,清愁不是伤心作。"李白二句概括了金陵山水部分特征,这各截其半,使人联想李白二句诗以全其意。

清·康熙皇帝玄烨《巡幸江宁》:"华旗芝盖重临幸,二水三山半画图。"暗用李白二句以写江宁(古金陵)之美。

3750. 丹成逐我三山去

宋·苏轼《朝云诗》(并引):"丹成逐我三山去,不作巫阳云雨仙。"朝云为苏轼侍女,钱塘人,姓王字子霞。《引》云:白居易有家妓樊素终于离去。白有诗云:"病与乐天相伴住,春随樊子一时归。"刘禹锡也有诗云:"春尽絮飞留不住,随风好

去落谁家?"而朝云不同樊素,苏轼南迁惠州,唯朝云随去,事苏轼二十三年,卒于惠州。苏轼于绍圣元年十一月作此诗,感朝云之侍从。"云雨仙"用白居易《和刘梦得游春》诗:"缥缈云雨仙"句,意为不把朝云当作巫山神女。《艺苑雌黄》说:"东坡尝令朝云乞词于少游。少游作《南歌子》赠之云:'霭霭迷春态,溶溶媚晓光,不应容易下巫阳。'《苕溪渔隐丛话》云:'东坡《朝云》诗,略去洞房之气味,翻为道人之家风,非若乐天所云'樱桃樊素口,杨柳小蛮腰',但自诧其佳丽也。"朝云病亡于惠州,葬之于栖禅寺松林中东南,直对大圣塔,苏轼为之作铭,并作《悼朝云》诗。末四句是:"伤心一念偿前债,弹指三生断后缘。归卧竹根无远近,夜灯勤礼塔中仙。""断后缘"反用白居易《和微之》:"垂老休吟花月句,恐君更结后生缘"句。"卧竹根"用杜甫《少年行》:"倾银泻玉惊人眼,共醉终同卧竹根。"但苏诗不是"醉卧",而"亡卧"。生前向大圣塔(朝云墓所在地)礼祝,死后要与之共卧竹根,流露出苏轼对朝云的一片真情。

清·陈澧《甘州》(惠州朝云墓——在惠州西湖孤山麓栖禅寺旁泗洲塔畔——每岁清明,倾城士女,酹酒罗拜。坡公诗云:"丹成逐我三山去,不作巫阳云雨仙。"余谓朝云,倘随坡公仙去,转不如死葬丰湖耳。):"须信竹根长卧,胜丹成远去,海上三山。"作者走访广东惠州朝云墓,对朝云谑言:不要随苏公仙去,惠州西湖更美。

3751. 两岸青山相对出

唐·李白《望天门山》:"天门中断楚江开,碧水东流至此回。两岸青山相对出,孤帆一片日边来。"天门山在安徽当涂西南,长江(楚江)在此呈南北流向,天门山东侧叫博望山,西叫梁山,两山夹江对峙,因咏作"两岸青山相对出",气势峻伟。

宋·林逋《相思令》词"吴山青,越山青,两岸青山相对迎,争忍有离情。"用李白句,并改以人情化。

3752. 两山排闼送青来

宋·王安石《书湖阴先生壁二首》:"茅檐长扫静无苔,花木成畦手自栽。一水护田将绿绕,两山排闼送青来。"作者退居金陵时作,书于邻居杨德逢(湖阴先生)墙壁,是著名的七绝。"排闼",推门而入,用拟人法写青山进门送来青色。环境壮美,

心情畅快,道出退居自乐的生活。

唐·许浑《行次潼关题驿后轩》:"山形朝阙去,河势抱关来。"高步瀛《唐宋诗举要》云:"此亦句法偶同耳,未必有意效之也。"其实非但句同,而且意近。

唐·钱弘倧《再游圣母阁》:"有时风掣浪声到,半夜月排山势来。"气势近王安石诗。

五代·沈彬《题法华寺》:"地隈一水巡城转,天约群山附郭来。"宋·吴曾《能改斋漫录》卷八以为王安石诗所本。"附郭""排闼"都写山之近。

后人用王安石句如:

宋·韩淲《浣溪沙》:"留得葛蒲酒一杯,与公今日寿筵开。灵山排闼送青来。"

宋·魏了翁《水龙吟》(登白鹤山,借前韵同游诸丈):"山送青来,僧随麦去,山为吾有。"

宋·李曾伯《念奴娇》:"亟拥征鞍寻午梦,卧看青山排闼。"

清·康熙皇帝玄烨《泛舟西湖》:"一片湖光潋滟开,峰峦三面送青来。"

王安石另有写"动态"青山之句。在《若耶溪归兴》诗中写:"若耶溪上踏莓苔,兴罢张帆载酒回。汀草岸花浑不见,青山无数逐人来。"这不是在室内看青山,而是若耶溪归来,旷野中青山"逐人"。

3753. 青山隐隐水迢迢

唐·杜牧《寄扬州韩绰判官》:"青山隐隐水迢迢,秋尽江南草木凋。二十四桥明月夜,玉人何处教吹箫。"杜牧离开扬州后,写给扬州同僚韩绰的诗,结尾带有调侃意味。"青山隐隐",江南的青山远望隐约不清,江南的绿水迢递长流,这山水之秀美,令人回忆,而且它又阻断了友朋之间的往来。此诗:"二十四桥"句深有影响,而"青山隐隐"也为人所喜爱。

宋·徐俯《念奴娇》:"素光练静,照青山隐隐,修眉横绿。"

宋·蔡伸《苏武慢》:"青山隐隐,败叶萧萧,天际暝鸦零乱。"

又《定风波》:"目断魂销人不见。但见,青山隐隐水浮空。"

宋·贾逸祖《朝中措》:"青山隐隐水斜斜,修竹两三家。"

3754. 秦山数点似青黛

唐·岑参《入蒲关先寄秦中故人》:"秦山数点似青黛,渭水一条如白练。京师故人不可见,寄将两眼看飞燕。""青黛",青黑色颜料,此处喻青山。以青黛喻山者还如:

唐·窦庠《金山寺》:"一点青黛白浪中,全依水府与山同。"

唐·李群玉《黄陵庙》:"犹似含颦望巡狩,九疑如黛隔湘川。"从黄陵庙远眺,九疑山遥隔湘江,如紧锁着眉头。

3755. 江作青罗带,山如碧玉簪

唐·韩愈《送桂州严大夫同用南字》:"江作青罗带,山如碧玉簪。"写桂州(今广西桂林)的山水之美。江如飘动着的青色罗带,山如矗立大地上的碧绿玉簪,成了状写桂林山水的不朽名句。

宋·苏轼《郁孤台》:"山为翠浪涌,水作玉虹流。"用韩愈句式写郁孤台山形水势。

现代元帅加诗人陈毅《游桂林》(1963年2月):"水作青罗带,山如碧玉簪。"用韩愈句(只换一水字)称桂林山水之特征。

3756. 白银盘里一青螺

唐·刘禹锡《望洞庭》:"湖光秋月两相和,潭面无风镜未磨。遥望洞庭山水翠,白银盘里一青螺。"是写洞庭湖中君山的名句。水似"白银盘",托起湖中的君山如托一青螺。形象、生动地写出洞庭山水的美好。"青螺"是古代螺形画眉墨。用此句多写水中之山。

唐·雍陶《望君山》:"应是水仙梳洗罢,一螺青黛镜中心。"

宋·黄庭坚《雨中登岳阳楼望君山》:"可惜不当湖水面,银山堆里看君山。"

宋·何永锡《如归亭》:"湖心日定施青黛,砌下风恬展碧罗。"

宋·秦观《次韵子由题平山堂》:"山浮海上青螺远,天转江南碧树宽。"

3757. 青山有雪谙松性

唐·许浑《寄殷尧藩先辈》:"青山有雪谙松性,碧落无云称鹤心。"山中有雪可知松树的品格,天上无云亦称翔鹤之心。"青山有雪"句意为环境

恶劣可以见人品格。

又《送张厚制东谒丁常侍》再用上二句意:"青山有雪松当涧,碧落无云鹤出笼。"

3758. 青山一发是中原

宋·苏轼《澄迈驿通潮阁》:"余生欲老海南村,帝遣巫阳招我魂。杳杳天低鹘没处,青山一发是中原。"元符三年(1100)作者自儋州北上廉州,途经澄迈(今属海口市)作此诗。海南距中原(汴京所在地)太遥远了,是望不到中原的。作者在澄迈北眺,看到"一发青山",便以为是中原了。他虽然写过"不辞长作岭南人",可一旦离开岭南,接近了京城,希冀、感奋便情不自禁了。"一发"同"一线""一丝"细长细长,仅看一线青山,说明仍很遥远。南宋·胡仔《苕溪渔隐丛话》(后集)中云苏轼在《伏波将军庙碑》中写"南望连山,若有若无,杳杳一发耳。"皆两用之,其语倔奇,盖得意也。施补华《岘佣说诗》云:"东坡七绝亦可爱,然趣多致多,而神韵却少。'水枕能令山俯仰,风船解与月徘徊',致也。'小儿误喜朱颜在,一笑那知是酒红',趣也。独'余生欲老海南村,……'则气韵两到,语带沉雄,不可及也。"纪昀则称之为"神来之笔"。

"青山一发"表示相距旷渺、遥远。后人即用此意。

宋·文天祥《酹江月》(和):"去去龙沙,江山回首,一线青如发。"写自己北去,回首故国河山,只见青山隐隐,如同一发。

元·虞集《题柯博士画》:"青山一发是江南,白头不归神独往。"

清·曹贞吉《留客住》(鹧鸪):"风更雨,一发中原,杳无望处。"写其弟曹申吉困在吴三桂起事的江南,看不到中原。

清·马清枢《台阳杂兴》:"醉上层楼开倦眼,青山一发是琉球。"作者福建人,清代在台湾为官。此诗写他在台湾东望祖国领土琉球群岛,表现一片爱国之心。

3759. 杳杳天低鹘没处

宋·苏轼《澄迈驿通潮阁》:"杳杳天低鹘没处,青山一发是中原。""鹘",游隼,鹰隼类猛禽,飞到天低处(天边),仍可见身影(因体大),那也正是"青山一发"之处。

清·朱祖谋《清平乐》(夜发香港):"极目天低

无去鹘,何处中原一发?"反用苏诗二句,言夜间中原在缥缈之中。

3760. 青山偃蹇如高人

宋·苏轼《越州张中舍寿乐堂》:"青山偃蹇如高人,常时不肯入官府。""偃蹇",高耸。青山傲然高耸,如高德之人,不肯屈就官府。

宋·辛弃疾《生查子》(独游西岩):"青山招不来,偃蹇谁怜汝。岁晚太寒生,唤我溪边住。"用苏轼句。

3761. 我见青山多妩媚

宋·辛弃疾《贺新郎》(甚矣吾衰矣):"我见青山多妩媚,料青山见我应如是。"《新唐书·魏征传》:"帝(唐太宗)大笑曰:'人言徵举动疏慢,我但见其妩媚耳。'"此词用唐太宗意,但不是指人,而是指山。以青山为知己,刚正、磊落、彼此尊重、怜爱。

辛弃疾《沁园春》又写"青山妩媚":"青山意气峥嵘,似为我归来妩媚生。"由于我的归来,青山也为我妩媚了。杜牧《怀紫阁山》:"人道青山归去好,青山曾见几人归。"都是"盼归"之意。

宋·刘辰翁《金缕曲》:"不是无苦看山分,料青山、也自羞人面。"用辛弃疾句式。又《乳燕飞》:"颇有使君如今否,看青山、似我多前却。几见我,伴清酌。"用辛弃句说青山似我一样退却不前。

3762. 青山遮不住

宋·辛弃疾《菩萨蛮》(书江西造口壁):"郁孤台下清江水,中间多少行人泪。西北望长安,可怜无数山。青山遮不住,毕竟东流去。江晚正愁予,山深闻鹧鸪。"宋·罗大径《鹤林玉露》甲编卷一评:"南渡之初,虏人追隆佑太后御舟至造口(即皂口),不及而还。幼安因此起兴。'闻鹧鸪'之句,谓恢复之事,行不得也。"(古人谓鹧鸪鸣声如说"行不得也哥哥")梁令娴《艺蘅馆词选》引其父梁启超语:"《菩萨蛮》如此大声镗鞳,未曾有也。"所以这是一首名词。词于淳熙三年(1176)作于江西。"西北望长安,可怜无数山",大有中兴无望之慨。"青山遮不住,毕竟东流去",抒青山阻不住长江东流之感。

明末清初·曹溶《满江红》(钱塘观潮):"城上

吴山遮不住,乱涛穿到严滩歇。"钱塘潮由海口逆流而上,经杭州东南而折向西南,连吴山也挡不住,冲决而去,直至桐庐严子陵滩才止住。江潮即心潮,难于遏止,直冲严陵滩。

现代元帅陈毅《咏三峡》(1959年11月):"江流关不住,众水尽朝东。"

3763. 雨余山更青

宋·陈造《次韵杨宰葫芦格》:"雪后菊未死,雨余山更青。"雨后,经过雨水洗刷的青山,泥污净尽,山色更青了。唐·高适《送蔡少府赴登州》:"地迥雪偏北,天秋山更青。"秋天空气经过淡化,岚雾也少,山也更青了。

宋·陆游《感旧》:"滩声秋后壮,山色雨余青。"用陈造句。

3764. 一片孤城万仞山

唐·王之涣《凉州词》:"黄河远上白云间,一片孤城万仞山。羌笛何须怨杨柳,春风不度玉门关。"此诗当时就很有影响。唐人薛用弱《集异集》载:开元间,王之涣、王昌龄、高适三人在酒家饮酒,适梨园伶人唱曲,三人议定用伶人唱诗的情形以定诗名,三个人的诗虽都唱到了,可就中最美的一位伶人唱的恰是"黄河远上白云间"。这就是传说中的"旗亭画壁"故事。"一片"句,在万仞高山中矗立着一座孤城,雄伟中含着凄凉,正是西北古代边城的特点。

唐·杜甫《秦州杂诗二十首》其七:"莽莽万重山,孤城山谷间。"写秦州,境界即是"一片孤城万仞山"。

清·康熙皇帝玄烨《驻跸归化城》:"一片孤城古塞西,霜寒木落驻旌霓。"康熙五十五年(1696)十月十三日,驻归化(今呼和浩特)。用"一片孤城"。

3765. 国破山河在

唐·杜甫《春望》:"国破山河在,城春草木深。"唐肃宗至德二年(757)三月,杜甫被安禄山叛军所俘,羁留长安,因官职卑小,未被囚禁。春望所及,国都沦陷,只山河依旧;人烟稀少,唯草木丛生,表现一片忧国忧民之心。宋·司马光《续诗话》评:"古人为诗,贵于意在言外,使人思而得之……'山河在',明无物矣;'草木深',明无人矣。花鸟平时可娱之物,见之而泣,闻之而悲,则时可知矣。"此语应是精辟的。

我憾未留出处,只记了下面一段文字:"荆叔题慈恩寺塔一绝句:'汉国山河在,秦陵草木深。暮云千里色,无处无伤心。'旨意高远,不知为何人,必唐世诗流所作也。"此绝句用杜甫语以抒历史沧桑之感伤。这段文字似出宋人之手,绝句揣为唐人所写。

宋·朱敦儒《减字木兰花》:"万里东风,国破山河落照红。"用杜甫句叹北宋破国。

3766. 会当凌绝顶,一览众山小

唐·杜甫《望岳》:"岱宗夫如何,齐鲁青未了。造化钟神秀,阴阳割昏晓。荡胸生层云,决眦入归鸟。会当凌绝顶,一览众山小。"开元二十四年(736),24岁的杜甫开始了"裘马清狂"的漫游生活。北游齐赵,望泰山,作此诗(全诗另有咏南岳衡山、西岳华山二首)此二句说一定要登上泰山顶峰,看一看其他山是如何之小。取《孟子·尽心》:"登泰山而小天下"之意。

唐·崔颢《游天竺寺》:"直上孤顶高,平看众峰小。"突出最高峰。杜甫当用此句意。

唐·李白《自巴东舟行经瞿塘峡登巫山最高峰晚还题壁》:"飞步凌绝顶,极目无纤细。""凌绝顶"即登上最高峰。

清·黄遵宪《登巴黎铁塔》:"一览小天下,五洲如在掌。既登绝顶高,更作凌风想。何时御气游,乘球恣来往。扶摇九万里,一笑吾其傲。"光绪十七年(1891)秋,作者任新加坡总领事,八月末到巴黎,曾登上埃菲尔铁塔。塔于1889年由居斯塔夫·塔菲尔设计建成,用七千吨钢铁,重九千七百吨,高三百二十七米,登塔可俯览巴黎全城。黄诗题下注云:"塔高法国三百迈突,当中国千尺。人力所造,五部洲最高处也。"即五大洲最高建筑物。此诗细致地描写了此塔。所引为结尾数句。用杜甫句以抒怀。

3767. 山色上楼多

唐·张祜《题惠山寺》:"泉声到池尽,山色上楼多。"汩汩泉水流入池中响声息尽了,蔚蔚山色上楼会望到更多。写惠山寺景色特点。

宋·杨万里《送客既归晚登清心阁》:"叶声和雨细,山色上楼多。"用张祜原句。

3768. 木落远山多

宋·陆游《新晴》:"稼收平野阔,木落远山多。"用张祜句式写出新意。

清·严长明《列岫亭晏坐有寄》:"江空闻雁少,木落见山多。"用陆游句与意。

3769. 归梦入秋多

唐·李咸用《待旦》:"时情因客老,归梦入秋多。"用张祜句式"……多"字句,写入秋之后归思更切。

宋·林景熙《客意》:"故人经乱少,归梦入秋多。"用李咸用原句以写归思。

3770. 山围故国周遭在

唐·刘禹锡《金陵五题·石头城》:"山围故国周遭在,潮打空城寂寞回。淮水东边旧时月,夜深还过女墙来。"石头城原为六朝古都,唐高祖武德九年(626)开始废弃,到刘禹锡时代已二百余年,早成"空城"了。此诗即写山河依旧,古都却早废弃了。白居易以为"后之诗人,无复措词。"(引自诗前小序)

宋·苏轼《次韵秦少章和钱蒙中》:"山围故国城空在,潮打西陵意未平。"显然用了刘禹锡句。说法却不一,南宋·洪迈《容斋随笔》卷第十四中云:"坡公仿之:'山围故国城空在,潮打西陵意未平。'比之刘诗为'不侔',岂非绝唱寡和。"宋·叶梦得《石林诗话》则评:"苏子瞻'山围故国'云云,此非误用,直是取旧句纵横役使,莫彼我为辨耳。"清人王文浩《苏轼诗集》(一六四四页)注:"钱蒙仲不但是钱越州(穆父)之子,并属钱王(镠)之后,诗乃特用'山围故国',而以'城空'二字易去'围遭',其下句之'意未平',亦有感慨。盖钱氏归国后,有临安县,田园房廊岁课一千三百四十贯有奇,寄纳军资库,为钱塘、临安二邑岁修祠墓之用,并未请领。计自太平兴国三年戊寅,至是元祐己巳,凡一百二十年,库贮计一十五万贯有奇。当元丰间,祠墓芜废,钱晖等上言:不敢支给前项,但求拨完田园房廊收课完修。诏许杭州支五百费,可谓岂有此理。彼纳土者,嫡孙已为道士,何忍出此,宜其后康王有钱俶讨地之一说也。公前作《表忠观碑》,已有父老流涕之词,至明年竟支与四千五百贯。六年罢任,又为奏请岁给,且为毋使小民窃议为言。是

此故国未平,即云孙憔悴之慨,而不得更谓之刘禹锡诗矣。诗话往往痴人说梦,故详言之。"苏诗比越州,钱穆父知越州,蒙仲时亦在越州。上一大段引述,可助理解苏诗。不过苏轼喜刘禹锡此诗,是毫无疑义的。他在《秋晚客兴》诗中还用刘句句式写游景:"天围故越侵云尽,潮上孤城带月回。"

后人用刘禹锡句表示山河依旧,人事全非。

宋·周邦彦《西河》(金陵):"山围故国绕清江,髻鬟对起。怒涛寂寞打孤城,风樯遥度天际。……夜深月过女墙来,赏心东望淮水。……"此词用刘禹锡诗,及"莫愁艇子""王谢燕子"这些古代金陵的事,抒写历史的变迁,人事的更迭。

宋·方岳《满江红》(九日冶城楼):"尽石麟芜没,断烟衰柳,故国山围青玉案,何人印佩黄金斗。"青山仍绕古都,人事全非。

金·完颜琦《朝中措》:"梦到凤凰台上,山围故国周遭。"用刘禹锡诗中一句,引发联想全诗,除了"山围故国"一切英雄业迹无存了。

元·白朴《夺锦标》曲:"满目山围故国、三阁余香,六朝陈迹。"城阁依旧,却物是人非了。

元·庾天锡《黄莺儿·踏莎行》曲:"爱山围水绕,龙蟠虎踞,依稀睹,六朝风物。"暗用"山围水绕",揭示"六朝风物"。

清·朱彝尊《满江红》(吴大帝庙):"剩山围,衰草女墙空,寒潮打。"缩用刘诗,托盛衰兴亡之感,抒不尽之意。

3771. 潮打空城寂寞回

唐·刘禹锡《金陵五题·石头城》:"山围故国周遭在,潮打空城寂寞回。"潮,长江之潮抑或秦淮河之潮,汹涌地激打着空荡的石头城,又悄悄地寂寞地退去。潮水的"寂寞",正是"空城"的凄寒,蕴蓄着"六朝古都的繁华"早已成为过去。

后人用此句,亦多作兴亡之叹或抒亡国之恨。

宋·王安石《赠张轩民赞善》:"潮打空城寂寞回,百年多病独登台。"用原句。

宋·苏轼《虔州八境图八首》其二:"涛头寂寞打城回,章贡台前暮霭寒。"虽描绘"八境图"之一境,也觉凄凉。

宋·辛弃疾《酒泉子》(无题):"流水无情,潮到空城头尽白。离歌一曲怨残阳,断人肠。"

宋·范成大《望金陵行阙》:"太平不用千寻锁,静听西城打夜涛。"

宋·汪元量《莺啼序》(重过金陵):"麦甸葵丘,荒台败垒,鹿逐衔枯茅。正潮打孤城,寂寞斜阳影里。"

元·萨都拉《满江红》(金陵怀古):"王谢堂前燕子,乌衣巷口曾相识。听夜深,寂寞打孤城,春潮回。"

又《秋日登石头城》:"六代兴亡在何许? 石头依旧打寒潮。"

又《望金陵》:"五月潮声方汹涌,六朝文物已凋零。"暗用"潮打空城"句。

清·朱彝尊《卖花声》(雨花台):"衰柳白门湾,潮打城还。"南京遭清兵洗劫后衰败凄凉。

清·凌廷堪《雨霖铃》(真州城南访柳三变墓,询之居人并无知者):"但怅望,无语江潮,暗打寒山麓。"不见墓地,唯闻潮声。

清·陈维崧《沁园春》(题徐渭文《钟山梅花图》,同云臣,南耕、京少赋):"如今潮打孤城,只商女船头月自明。"只有江水有情,不忘前朝;明月有情,还照秦淮。

清·盛禾《望海潮》(九日遥和次京山寺登楼):"夕阳处处堪嗟,况涛侵城堞,树拥堤沙。"仅用其意。

3772. 秋色墙头数点山

唐·刘禹锡《秋日题窦员外崇德里新居》:"清光门外一渠水,秋色墙头数点山。"写窦之新居依山傍水。门外有渠水,墙头近青山,写出居所特点。"数点山"即几个山峦,几个山头。

宋·陆游《倚楼》:"无端又起天涯感,淡墨生绡数点山。"用"数点山"。

3773. 千峰横紫翠

唐·杜牧《早春阁下寓直,萧九舍人亦直内署,因寄书怀四韵》:"御水初销冻,宫花尚怯寒。千峰横紫翠,双阙凭阑干。""千峰"句写早春山色。

宋·范成大《晓至银林至东瀼登舟寄宣城亲戚》:"晓山障望眼,脉脉紫翠横。"用杜牧语写晓山景色。

3774. 只在此山中

唐·贾岛《寻隐者不遇》(一作孙革访羊尊师不遇):"松下问童子,言师采药去。只在此山中,云深不知处。"此诗很有名,"童子"的回答,虽迷蒙,却引人想象,云海茫茫,遮覆大山,师去何处采药?"只在此山中",却难定在何处。"只在此山中",成了模糊又具有魅力的语言,为后人所用。

宋·张炎《征招》:"只在此山中,甚相逢不早。"

又《临江仙》:"灵根何处觅,只在此山中。"

又《一萼红》:"认奇字,摩挲峭石,聚万景、只在此山中。"

3775. 山深藏古寺

宋·霍交《和赵阅道游海云山》:"山深藏古寺,旁枕旧方池。"写海云山中藏一古寺,古寺旁边有一方池。据传宋代画院曾以《山深藏古寺》为题考画师。一些画家煞费苦心,草拟了种种构图。但由于画面上都有古寺隐约出现,"藏"字难得表现。唯一位画师画了一个和尚挑水,沿着崎曲山路,走向山之深处,巧妙地表现出"藏"字的境界。因为仅有和尚可能是过往的行僧;而和尚挑水,深山中必有古寺了。"山深藏古寺"一句也由此传开。

宋·刘敞《和持国登开宝寺上方院寄孔宁极、崔象之、孙曼叔》:"深严古佛寺,嶙峋耸高台。"这"古佛寺"未藏在山中。

宋·杨无咎《玉烛新》词:"荒山藏古寺,见傍水梅开,一枝三四。"用霍交句,只平添了开三四朵花的一枝梅。

3776. 归卧故山秋

唐·贾岛《送无可上人》:"两句三年得,一吟双泪流。知音如不赏,归卧故山秋。"贾岛是唐代著名苦吟诗人之一,此诗已经明述。"归卧故山秋",如无人理解我吟诗之苦,我就归隐故乡,再不作诗了。

宋·韩维《送思上人南归》:"尘埃不可久,归卧故山秋。"用贾岛原句。说不久留尘世,要归隐故山。

3777. 乱山千顷翠相违

宋·王安石《望越亭》:"乱山千顷翠相围,衮衮沧江去复归。"写亭边山水。"乱山"句,山峰众多都被翠色围裹着。"乱山",峰峦拥簇,远近高低,参差不整,嵯峨错落,没有规则,排列很乱。王安石又用"乱山";《九日登东山亭寄昌叔》:"落木云连秋水渡,乱山烟入夕阳桥。"《无锡寄孙正之》:

"健席高樯送病身,乱山荒陇障归津。"

"乱山"的描写源自唐·杜牧《忆归》诗:"何人初发白,几处乱山青。"他首次把感受到的群山之貌用"乱山"概括出来。宋代自王安石后用之者踵至。

宋·苏轼《太白山下早行》:"乱山横翠障,落月淡孤灯。"即王安石"翠相围"之近义句。

又《自昌化双溪馆下步寻溪源至治平寺二首》:"乱山滴翠衣裘重,双涧响空窗户摇。"

又《六年正月二十日复出东门仍用前韵》:"乱山环合水侵门,身在淮南尽处村。"

又《南乡子》(送述古):"回首乱山横,不见居人只见城。"

宋·米友仁《阮郎归》:"乱山烟外有还无,王维真画图。"其为北宋书画家米芾之子,为南宋著名书画家,因而见"乱山"如王维的山水画。

宋·曹勋《菩萨蛮》:"乱山影直危楼起,天涯目断雕栏倚。"

宋·曾觌《浣溪沙》:"渐近日长愁闷处,更堪羁旅送归艎。乱山重叠水茫茫。"

宋·王之望《惜分飞》(别妓):"不忍回头觑,乱山流水桃溪路。"

宋·陆游《水龙吟》(春日游摩诃池):"身在天涯,乱山孤垒,危楼飞观。"

宋·赵师侠《朝中措》(山樊):"乱山春过雪成堆,七里递香回。"

宋·陈亮《清平乐》:"乱山千叠无情,今宵遮断愁人。"

宋·崔与之《水调歌头》(题剑阁):"万里云间戍,立马剑门关。乱山极目无际,直北是长安。"

宋·方千里《扫花游》:"乱山似姐,更重江浪淼,易沉书素。"

又《解连环》:"素封谁托,空寒潮浪叠,乱山云邈。"

宋·刘子寰《解语花》(雪):"乱山平野,装珠树满限,买春无价。"

宋·刘辰翁《虞美人》:"乱山残烛雪和风,犹胜阴山海上,窑群中。"

又《水龙吟》:"乱山华屋,残邻废里,不堪回首。"

宋·刘壎《意难忘》:"乱山迷去路,空阁带余香。"

宋·王沂孙《无闷》(雪意):"怅短景无多,乱山如此。"

3778. 乱山深处过清明

宋·苏轼《南歌子》:"日出西山雨,无晴又有晴。乱山深处过清明,不见彩绳花板、细腰轻。""乱山深处",言居处偏僻,淡淡地度过清明。宋·张才翁《雨中花》:"乱山高处,凭栏垂袖,聊寄登临。""乱山高处""乱山深处"都是指乱山中的某一部位。

宋·秦观《虞美人》:"碧桃天上栽和露,不是凡花数。乱山深处水漾回,可惜一枝如画为谁开。"

宋·韩元吉《水龙吟》:"乱山深处逢春,断魂更入桃源路。"

宋·徐俯《谒金门》:"秋欲暮,路入乱山深处。扑面西风吹雾雨,驿亭欣暂住。"

宋·刘清夫《念奴娇》(武夷咏梅):"乱山深处,见寒梅一朵,皎然如雪。"

宋·无名氏《青玉案》:"一身犹在,乱山深处,寂寞溪桥畔。"

3779. 只见乱山无数

宋·姜夔《长亭怨慢》(予颇喜自制曲,初率意为长短句,然后协以律,故前后阕多不同。桓大司马云:"昔年种柳,依依汉南;今看摇落,凄怆江潭。树犹如此,人何以堪。"此语予深爱之。):"日暮,望高城不见,只见乱山无数。"这是离开合肥对情侣抒发的无限惜别之苦。"高城不见",《青泥莲花记》引唐人欧阳詹赠太原妓诗:驱马觉渐远,回头长路尘。高城已不见,况复城中人。《全唐诗》中此诗题为《初发太原途中寄太原所思》。驱马扬尘,高城都看不见了,何况城里的人呢!道出了人之常情,所以感人。姜夔"望高城不见",用此语以含不见人,而况乱山又遮住了高城呢。"乱山"由山多而"乱",又补述"无数",这山就更多了。"乱山无数"在姜夔词中得名是因为出于名词,其实前人已多有运用,其源出于秦观词。

宋·秦观《满江红》:"谩回首,青山无数,笑人劳碌。"后人把"青山无数"换作"乱山无数"。

宋·时彦《青门饮》(寄宠人):"古木连空,乱山无数,行尽暮沙衰草。"

宋·胡松年《石州调》:"乱山无数,晚秋云物苍然。"

宋·赵长卿《如梦令》(汉上晚步):"何处一声鸣橹,惊起满川寒鹭。一著画难成,雪霁乱山无数。"

宋·王炎《点绛唇》(崇阳野次):"浪走天涯,归思萦心绪。家何处?乱山无数,不记来时路。"

宋·辛弃疾《贺新郎》:"黄陵祠下山无数。听湘娥、泠泠曲罢,为谁情苦。"

宋·杨炎正《蝶恋花》(别范南伯):"后夜独怜回首处,乱山遮隔无重数。"

宋·许棐《夜行船》:"锦字机寒,玉炉烟冷,门外乱山无数。"

宋·柴望《齐天乐》:"笑客处如归,归处如客。独倚危栏,乱山无数碧。"

清·王鹏运《点绛唇》(饯春):"长亭暮,乱山无数,只有鹃声苦。"

3780. 好峰随处改

宋·梅尧臣《鲁山山行》:"适与野情惬,千山高复低。好峰随处改,幽径独行迷。霜落熊升树,山空鹿饮溪。人家在何许?云外一声鸡。"作者登"鲁山"个个山峰,高低不同,行进所见峰形随处改变面貌。

宋·欧阳修《远山》:"山色无远近,看山终日行。峰峦随处改,行客不知名。"用"随处改"。欧诗五十年以后,苏轼作《题西林壁》:"横看成岭侧成峰,远近高低各不同。"应是梅、欧二诗的升华。

宋·杨万里《晓行望月山》:"雾天欲晓未明间,满目奇峰总可观。却有一峰忽然长,方知不动是真山。"雾天未明,奇峰满目,由于一峰忽长,才知这些奇峰中,只有不动的才是真的山峰,其余则是云峰、雾峰。

3781. 横看成岭侧成峰

宋·苏轼《题西林壁》:"横看成岭侧成峰,远近高低各不同。不识庐山真面目,只缘身在此山中。"元丰七年(1084)作者在江西庐山西林寺(乾明寺)题此诗。纪昀云:"亦是禅偈而不甚露禅偈气,尚不取厌,以为高唱则未然。""偈",即"偈陀",意为"颂",梵文,指佛经中的唱词。人们也认为此词确含"偈味"。此诗描写庐山,横看侧看,远近高低,山势变化万千。"偈味"在后两句,如置身庐山之中,就很难窥其远近纵横之全貌。这如当局者迷,不居高临下,高屋建瓴,就看不见事物的本来面目,道出了一条哲理,所以所谓"偈味",不如说哲理性,毫不玄虚。"横看成岭侧成峰",当是许多高山大岭的特点。

宋·辛弃疾《水调歌头》(赋松菊堂):"却怪青山能巧,政尔横看成岭,转面已成峰。"

3782. 远近高低各不同

宋·苏轼《题西林壁》:"横看成岭侧成峰,远近高低各不同。"远近高低,山形岭势各不相同。

唐·姚合《题刑部马员外修行里南街新居》:"远近高低树,东西南北云。""远近高低"概括了不同的空间,这是写"新居"之树分布及形态。

宋·吕胜己《鹊桥仙》(乙巳第四次雪):"银花千里,玉阶三尺,远近高低一色。"写雪的一派白色。

《华严经》有:"平坦高低各不同。"当为苏轼此句之一源。

3783. 不识庐山真面目

宋·苏轼《题西林壁》:"不识庐山真面目,只缘身在此山中。""不识庐山真面目",源出也应是佛家语。《传灯录》载:"道明禅师闻五祖密付衣法与卢行者,即蹑迹追逐。至大庾岭,曰:'我来求法,愿行者开示与我。'祖曰:'不思善,不思恶,正恁麽时,那个是明上座本来面目。'师当下大悟。"苏轼《南华寺》诗写:"云何见祖师,要识本来面。"即用《传灯录》意。苏轼还有用之于庐山的诗句:"要识庐山面,他年是故人。"(《初入庐山三首》)关于"面",作者自注:"山南山面也。""不识庐山真面目"已作成语,表示不明真象,不求实质之意。宋人用此句如:

周紫芝《苏幕遮》:"老相邀,山作伴,千里西来,始识庐山面。"

张孝祥《楞伽寺》:"天围欲尽三千界,地险真成百二关。不向中峰最高处,诸君原不识庐山。"写楞伽寺地势险要。

范成大《李次山自画两图:其一泛舟湖山之下,小女奴坐船头吹笛;其一跨驴渡小桥,入深谷,各题一绝》其二:"黄尘车马梦初阑,杳杳骑驴紫翠间。饱识千峰真面目,当年拄笏漫看山。"在官拄笏看山,不会了解山的真趣。

张炎《甘州》(澄江陆起潜皆山楼四景,云林远市,君山下枕江流,为群山冠冕。塔院居乎绝顶,旧有浮远堂,今废):"不识庐山真面,是谁将此屋,突兀林坳。"

3784. 只缘身在此山中

宋·苏轼《题西林壁》:"不识庐山真面目,只缘身在此山中。""只缘身在此山中"应取句于王安石。

王安石《登飞来峰》诗:"飞来峰上千寻塔,闻说鸡鸣见日升。不畏浮云遮望眼,只缘身在最高层。""飞来峰",在杭州西湖灵隐寺前,林壑之美,为湖边诸峰之首。相传东晋时印度高僧慧理到杭州讲佛法,认为此峰是印度灵鹫山飞来此地,因得名。"浮云"句,李白《登金陵凤凰台》:"总为浮云能蔽日,长安不见使人愁。"王安石反用其意。说不怕浮云遮眼,是因为身在飞来峰的最高层。王诗作于皇祐二年(1050)夏。他浙江鄞县知县任满,回江西临川故里,经过杭州而作,时年三十岁。苏诗作于元丰七年(1084)四月,他从黄州离任,就职汝州,经庐山而作,时年四十七岁。王诗作于前,苏诗成于后,有所借鉴也是很自然的。

然而似更有祖句。唐·王建《寄同州田长史》诗:"莫怪出城为长史,总缘山在白云中。"王安石用其句而创新意。苏轼诗又翻新,终成"出蓝"之句。

3785. 玉立擎天一柱

宋·厉寺正《万年欢》(寿乔丞相):"玉立擎天一柱,似泰华、气凌秋壮。""擎天一柱"喻国家栋梁,指宰相或重臣。原写高耸入云的峻峰,如支撑着天。宋·辛弃疾《玉楼春》(戏赋云山):"西风瞥起云横渡,忽见东南天一柱。老僧拍手笑相夸,且喜青山依旧住。"后用"擎天一柱"作颂扬之词。

宋·王迈《沁园春》(写尹和靖、杨龟山二贤士):"招鹤亭前,居然高卧,许大乾坤谁主张。公须起,要擎天一柱,支架明堂。"这是首先用"擎天一柱"的。

宋·李曾伯《水龙吟》(己亥寿史督相):"明堂一柱擎天,眼看黄阁空诸老。"

又《醉蓬莱》(丁亥寿蜀帅):"有擎天一柱,殿角两头,手扶宗祐。"

宋·翁台《贺新郎》(寿蔡参政):"一脉宽仁忠厚意,留到如今可数。问谁是,擎天一柱。"

3786. 便从鸟道绝峨眉

宋·苏轼《双石》:"但见玉峰横太白,便从鸟道绝峨眉。""鸟道",狭窄弯曲的路,只有飞鸟才可以度过。"绝",攀越。写峨眉山之险陡。

唐·李白《蜀道难》:"西当太白有鸟道,可以横绝峨眉巅。"太白山在今陕西周至县南,高峨险峻。苏轼缩用此句。

3787. 书积枕边山

宋·陆游《昼卧》:"香生帐里雾,书积枕边山。"即香雾生帐里,书山积枕边。香浓成雾,书多成山。

近人王先谦《七里滩偕礼吾弟作》:"动摇杯底月,迎送枕边山。""枕边山"言山之近,非指书山。

3788. 山中宰相陶弘景

五代·谭用之《赠索处士》:"山中宰相陶弘景,洞里真人葛雅川。一度相思一惆怅,水寒烟淡落花前。"《南史·陶弘景传》:"帝手敕招之(陶弘景),锡以鹿皮巾。后屡加礼聘,并不出,唯画作两牛,一牛散放水草之间,一牛着金笼头,有人执绳,以杖驱之。武帝笑曰:'此人无所不作,欲学曳尾之龟,岂有可致之理。'国家每吉凶征讨大事,无不前以咨询。月中常有数信,时人谓为'山中宰相'。"陶弘景有宰相之才,无宰相之职,虽隐居山中,亦受到皇帝的重用。后"山中宰相"泛指退隐之士。

宋·范仲淹《和沈书记同访林处士》:"山中宰相下岩扃,静接游人笑傲行。"

元·马致远《清江引·野兴》:"会作山中相,不管人间事,争什么半张名利纸。"

元·索罗御史《一枝花·辞官》:"山中闲宰相,林外野人家。"

元·孙周卿《水仙子·山居自乐》:"数椽茅舍青山下,是山中宰相家。"

元·刘庭信《雁儿落过得胜令》:"茶瓜,林下渔樵话;桑麻,山中宰相家。"

元·汤式《一枝花·车文清归隐》:"此山中相不登仕版,此壶内翁不炼金丹。"

3789. 看山对酒君思我

唐·李商隐《子初郊墅》:"看山对酒君思我,

听鼓离城我访君。""思我""访君"是友人请谊深。

宋·苏轼《次韵晁无咎学士相迎》:"每到平山忆醉翁,悬知他日君思我。"由自己想欧阳修,推知晁无咎思念自己。

3790. 今日狂歌客,谁知入楚来

唐·陈子昂《度荆门望楚》:"今日狂歌客,谁知入楚来。"作者从巫峡沿江东下,过了荆门(今湖北省宜都西北),望到了古代楚国境地,于是想到自己如狂歌者竟然来到楚狂的故乡。《论语·微子》载:"楚狂接舆,歌而过孔子曰:'凤兮凤兮,何德之衰!往者不可谏,来者犹可追。已而已而,今之从政者殆而!'"这是一位洞察时局的隐者。陈子昂此刻心情畅快,语言风趣,并无真作楚狂之意。

唐·褚遂良《安德山池宴集》:"独有狂歌客,来承欢宴余。"安德公杨师道举行宴会,岑文本、刘洎、杨续等人出席,欢快而高雅。诗人姗姗来迟,所以末二句这样写。"狂歌客"意味着没有准时赴会,陈子昂"狂歌客"同于此。

3791. 青蝇一相点

唐·陈子昂《宴胡楚真禁所》:"人生固有命,天道信无言。青蝇一相点,白璧遂成冤。"苍蝇遗失一点,白玉即致污垢。说胡楚真受谗而成罪。《诗经·小雅·青蝇》:"营营青蝇,止于樊,岂弟君子,无信谗言。"讽谏统治者不要听信谗言。"青蝇"是诗中的比兴。汉·王充《论衡·累害》:"青蝇所污,常在练素。"《埤雅》:"青蝇类尤能败物,虽玉犹不免,所谓蝇类点玉是也。"后用"青蝇"喻惯以谗言伤人的怀人。

唐·李白《将游衡岳过汉阳双松亭留别族弟浮屠谈皓》:"青蝇一相点,流落此时同。"用陈子昂句。李白用"青蝇"句反谗最多。

又《翰林读书言怀呈集贤诸学士》:"青蝇易相点,白雪难同调。"

又《书情赠蔡舍人雄》:"白璧竟何辜,青蝇遂成冤。"

又《赠溧阳宋少府陟》:"白玉栖青蝇,君臣忽行路。"

又《鞠歌行》:"楚国青蝇何太多,连城白璧遭谗毁。"

又《答王十二寒夜独酌有怀》:"一谈一笑失颜色,苍蝇贝锦喧谤声。"

又《雪谗诗赠友人》:"白璧何辜,青蝇屡前。"

唐·高适《行路难》:"白酒一杯聊一歌,苍蝇苍蝇奈尔何。"

唐·李嘉祐《江湖秋思》:"共望汉朝多需泽,苍蝇早晚得先知。"

唐·杜甫《故司徒李公光弼》:"青蝇纷营营,风雨秋一叶。"

又《寄刘峡州伯华使君四十韵》:"江湖多白鸟,天地有青蝇。"

唐·白居易《反白头吟》(鲍照作《白头吟》,居易反其致,为《反白头吟》):"炎炎者烈火,营营者小蝇。火不热真玉,蝇不点清冰。"

唐·徐夤《逐臭苍蝇》:"逐臭苍蝇岂有为,清蝉吟露最高奇。"

唐·李群玉《献王中丞》:"登仙望绝李膺舟,从此青蝇点遂稠。"

唐·林氏(薛元暖妻)《送男左贬诗》:"但将忠报主,何惧点青蝇。"

宋·宋祁《谢提点刑狱李郎中赠扇》:"画作飞蝇缘误点,徐隔游尘不成污。"

清·蒲松龄《元积》:"青蝇乃遽集,摇尾附佞幸。"说元积结交一些青蝇般的人。

3792. 前不见古人,后不见来者

唐·陈子昂《登幽州台》:"前不见古人,后不见来者。念天地之悠悠,独怆然而涕下!"武则天万岁通天元年(696),契丹李尽忠、孙万荣等攻陷营州。武则天派陈子昂随建安王武攸宜讨伐契丹。外戚武攸宜不谙军事,次年兵败。陈子昂上策进谏,皆不听,抑郁中作此诗于幽州。同期作《蓟丘览古》,曾述战国时代燕昭王礼遇乐毅、郭隗,燕太子丹礼遇田光等事。有感于此,于是说燕昭王、太子丹这些古人见不到了,而后来的明主也无缘见到,生不逢辰,唯见台前空旷的天宇,不禁悲从中来,怆然泣下。这是抱负远大却怀才不遇的深切感伤。

《楚辞·远游》:"惟天地之无穷兮,哀人生之长勤。往者余费及兮,来者吾不闻。"过去的已无法企及,要来的也无法知道。陈子昂诗同此意甚近。

3793. 不恨古人吾不见

宋·辛弃疾《贺新郎》:"不恨古人吾不见,恨

古人、不见吾狂耳。"词人晚年,经受着老而无为的苦痛,而豪放之风,不减当年。怎奈知音太少,"恨古人"实是恨今人,借古人以发挥孤寂情怀。

《南史·张融传》:"融叹曰:'不恨我不见古人,所恨古人不见我。'"辛词用此句。

3794. 匈奴犹未灭

唐·陈子昂《送魏大从军》:"匈奴犹未灭,魏绛复从戎。"《史记·卫将军骠骑列传》:"天子为(霍去病)治第,令骑骑视之。对曰:'匈奴未灭,无以为家也。'"这是指边境尚未安定。魏绛,春秋时晋国大夫,曾以和戎政策消除了晋国的边患。这里借指魏大。

唐·韩翃《送刘将军》:"阙下来时亲伏奏,胡尘未尽不为家。"

3795. 圣情留晚兴

唐·杜审言《宿羽亭侍宴应制》:"圣情留晚兴,歌管送余杯。"随武则天出游,宿住羽亭。感念皇恩,参加了欢快的晚宴。

唐·杜甫《题张氏隐居二首》:"之子时相见,邀人晚兴留。"用其祖父句。杜甫曾称"吾祖诗冠古"。

3796. 梅柳渡江春

唐·杜审言《和晋陵陆丞早春游望》:"云霞出海曙,梅柳渡江春。"(一作韦应物诗)隔江梅柳已兆示早春到来。

清·孔尚任《桃花扇》卷一《前腔》:"王气金陵渐凋伤,鼙鼓旌旗何处忙?怕随梅柳渡春江。"用杜审言句,写南明政权岌岌可危,担心清兵渡江南下。

3797. 应怜脂粉气

唐·杜审言《代张侍御伤美人》:"二八泉扉掩,帷屏宠爱空。泪痕消夜烛,愁绪乱春风。巧笑人疑在,新妆曲未终。应怜脂粉气,留著舞衣中。"这首五律较工整。代人抒发伤美人早夭之情。尾联写人亡物在,舞衣中之脂粉余香仅为值得怜爱之物了。"脂粉",女子用的胭脂和香粉。《史记·佞幸列传》:"惠帝时,郎、侍中皆冠骏骏,贝带,傅脂粉。"这些男官也傅脂粉。

唐·宋之问《伤曹娘二首》:"凤飞楼伎绝,鸾

死镜台空。独怜脂粉气,犹著舞衣中。"宋之问与杜审言同时,两句只易二字,意义近同,难分伯仲。

唐·王维《西施咏》:"邀人傅脂粉,不自著罗衣。"

唐·白居易《戏题木兰花》:"怪得独饶脂粉态,木兰曾作女郎来。"

"脂粉气""脂粉态",后来用作评文学作品的忸怩纤弱的格调。

3798. 归期未及瓜

唐·骆宾王《晚度天山有怀京邑》:"旅思徒漂梗,归期未及瓜。"军旅漂泊中怀念京师,可归期还未到。"及瓜",到了瓜熟的时候,指任职期满。《左传·鲁庄公八年》:"齐侯使连称、管至父戍葵丘,瓜时而往,曰:'及瓜而代。'期戍,公问不至,请代,弗许。""瓜时"《史记·齐太公世家》中南朝·宋·裴骃《集解》引汉·服虔曰:"瓜时,七月。""瓜时而往",今年瓜熟时候去;"及瓜而代",明年瓜熟时候派人接替。后用"及瓜"(瓜时)代任职期满,"瓜代"指由别人接替。骆宾王《在军中赠先还知己》:"蓬转俱行役,瓜时独来还。"说逾期无人替代,不能回京。用"及瓜""瓜时""瓜代"如:

唐·张说《岳州作》:"水国生秋草,离居再及瓜。"

唐·孟浩然《送亲安张少府归秦中》:"仲月送君从此去,瓜时须及邵平田。"

唐·李白《送外甥郑灌从军》:"月蚀西方破敌时,及瓜归日未应迟。"

唐·岑参《与鲜于庶子自梓州成都少尹自褒城同行至利州道中作》:"过午方始饭,经时旋及瓜。"

唐·杜甫《秋日夔府咏怀举寄郑监李宾客一百韵》:"瓜时犹旅寓,萍泛苦夤缘。"

唐·李郢《过九疑山有怀》:"旅思徒漂梗,归期未及瓜。"用骆宾王原二句。

唐·李主簿《答姬诗》(李主簿,不知其名,秋游广陵,迨春未返,其姬以诗寄之:"去时盟约与心违,秋日离家春不归。应是维扬风景好,恋情欢笑到芳菲。"李答此诗):"偶到扬州悔到家,亲知留滞不因花。尘侵宝镜虽相待,长短归期不及瓜。"

唐·刘宰《分韵送王去非之官山阴》:"坐看积薪上,笑谢及瓜代。"

宋·杨亿《黄小著震知兴元府南郑县》:"金门荐鹗知音在(自注:政事夕郎太原公常抗章称荐),不到瓜时捧诏归。"

又《从叔郎中知潭州》:"别恨休攀柳,归期待及瓜。"

宋·苏为《东池》:"预想及瓜时,恋恋诚无已。"

宋·苏轼《枣》:"居人几番老,枣树未成槎。汝长才堪轴,吾归已及瓜。""才堪轴"取意于白居易《杏园中枣树》诗:"君求悦目艳,不敢争挑李。君若作大车,轮轴材须此。"意为枣树虽不开艳花,却是制作轮轴的好材料,因为它木质坚韧。苏轼只取"作轴"之意。

宋·贺铸《夜捣衣》:"马上少年今健否,过瓜时见雁南归。"

宋·杨万里《斋房戏题》:"醉乡无日不瓜时。"

宋·赵善括《水调歌头》:"多少攀辕意,不待及瓜人。"

宋·陈造《志喜赋》:"揆归涂之此由,矧瓜期之匪遥。"

宋·无名氏《踏莎行》:"花县来迎,瓜期欣至。"

3799. 寒潮上瓜步

唐·刘长卿《更被奏留淮南送从弟罢使江东》:"寒潮落瓜步,秋色上芜城。""瓜步"一名"沙步",镇名,在长江北岸,江苏六合县东南,西有瓜步山。"步"为水滨之意。《述异记》:"水际为步。瓜步在吴中,吴人卖瓜于江畔,因以名焉。吴楚之间谓浦为步,语之讹耳。"《青箱杂记》:"岭南谓村市为墟,水津为步。"《剑南诗稿》卷七十八《晚闻庭树鸦鸣有感》诗自注:"乡语谓湖山间小聚(村落)为'山步'。"其诗有云:"残骸幸强健,沽酒遍山步;醉归每自笑,不负此芒屦。"柳宗元《铁炉步》云:"江之浒凡舟可縻而上者曰步。"以上可知"步"是小村落。南朝·宋·鲍照《瓜步山揭文》:"瓜步山者,亦江中小山也。"这是对瓜步山的解释。

刘长卿的"瓜步"句还如:

《毘陵送邹浩先赴河南充判官》:"芳年临水怨,瓜步上潮过。"

《送陆澧还吴中》:"瓜步寒潮送客,杨柳暮雨沾衣。"(一作李嘉祐诗。)

《登润州万岁楼》:"垂山古渡寒烟积,瓜步空洲远树稀。"一作皇甫冉《同温丹徒登万岁楼》,诗中有数字为异文。

唐·蒋涣《登栖霞寺塔》:"沙平瓜步出,树远绿杨低。"

唐·卢纶《江北忆崔汶》:"晴日游瓜步,新年对汉阳。"

唐·朱长文《春眺扬州西上岗寄徐员外》:"瓜步早潮吞建业,蒜山晴雪照扬州。"

唐·权德舆《奉和许阁老酬淮南崔十七端公见寄》:"瓜步经过惯,龙沙眺听殊。"

唐·白居易《奉酬淮南牛相公思黯见寄二十四韵》:"日落龙门外,潮生瓜步前。"

唐·杜牧《金陵》:"瓜步逢潮信,台城过雁音。"《全宋诗》(北京大学出版社版)二七四六页又收作宋梅尧臣《自急流口至长芦江入金陵》诗。

唐·司马扎《南徐夕眺》:"楼分瓜步月,鸟入秣陵烟。"

唐·罗隐《广陵秋夜读进士常修三篇因题》:"剑关夜读相如听,瓜步秋吟炀帝悲。"

宋·梅尧臣《送贤良田太丞通判江宁》:"舟从瓜步去,潮自蒋山回。"

又《进胡公疏之金陵》:"瓜步山旁夜泊人,石头城中旧游客。"

又《送抚州通判袁世弼寺丞》:"高秋逆水上天去,朝过瓜步暮濡须。"

又《高士王君归建业》:"目看瓜步云,心近茅家洞。忽觉柳已青,来时枝尚冻。"

又《登瓜步山二首》:"瓜步山头庙,堂因魏武兴。"作者瓜步诗误北魏太武帝为魏武帝曹操。

宋·陈师道《九日寄秦觏》:"疾风回雨水明霞,沙步丛祠欲暮雅。"

"瓜步"今为"瓜埠",应是古代长江支流、六合县的一个重要码头,交通要冲,因入诗为多。

3800. 铜驼路上柳千条

唐·骆宾王《艳情代郭氏答卢照邻》:"铜驼路上柳千条,金谷园中花几色。柳叶园花处处新,洛阳桃李应芳春。"《太平御览》卷一五八《州郡都》四引陆游《洛阳记》:"洛阳有铜驼街。汉铸铜驼二枚,在宫南四会道相对。"南朝·陈·徐陵《洛阳道》诗:"东门向金马,南陌接铜驼。"《史记·滑稽列传》:"金马门者,宦署门也。门旁有铜马,故谓之金马门。"汉代凡待诏的人都居金马门。《晋书·石崇传》载:石崇拥资巨万,富埒王侯,在洛阳

西北郊外金谷涧中筑园,与达官贵戚游乐其中,以豪侈相尚。所以铜驼、金谷都是洛阳名胜古迹。这里用"柳千条""花几色"描绘洛阳春光。后人写"铜驼"也常与"金谷"或"金门"对仗,以展现洛阳风光。

唐·李峤《道》:"铜驼分鞏洛,剑阁低临邛。"

唐·张锡《晦日宴高文学林亭》:"雪盖铜驼路,花照石崇家。"

唐·李颀《郑樱桃歌》:"鸣鼙走马接飞鸟,铜驮瑟瑟随去尘。"

唐·杜甫《至后》:"青袍白马有何意,金谷铜驼非故乡。"

唐·刘禹锡《杨柳枝》:"金谷园中莺乱飞,铜驼陌上好风吹。"

又《忆春草》:"金谷园中日见迟,铜驼陌上迎风草。"

又《为郎分司寄上都同舍》:"籍通金马门,家在铜驼陌。"

唐·刘沧《晚秋洛阳客舍》:"隋朝古陌铜驼柳,石氏荒原金谷花。"

宋·秦观《望海潮》:"金谷俊游,铜驼巷陌,新晴细履平沙。长记误随车。"

宋·史达祖《三姝媚》:"又入铜驼,遍旧家门巷,首询声价。"

宋·朱敦儒《鹧鸪天》:"虽无金谷花能笑,也有铜驼柳解眠。"

元·盍西村《脱布衫·春宴》:"梁园赋客,金谷英才,吴歌楚舞玳筵排。"

元·郑光祖《塞鸿秋》:"金谷园那三生富,铁门限枉作千年妒。"

元·范康《寄生草·酒色财气》:"暗尘埋锦步障边花,乱蝉鸣金谷园中树。"

元·张可久《水仙子·次韵》:"名不上琼林殿,梦不到金谷园,海上神仙。"

元·李爱山《集贤宾·春日伤别》:"火燎祆神庙,花飞金谷园。"以绿珠坠楼表离情。

元·汤式《赏花时·送友人入全真道院》:"金谷繁华梦里身,铜柱陈芳低上文。"

元·王冕《劲草行》:"寸田尺宅且勿论,金马铜驼泪如雨。"《晋书·索靖传》载:"靖有先识远量,知天下将乱,指洛阳宫门铜驼、叹曰:'会见汝在荆棘中耳!'"《宋学士集》:"(冕)北游燕都,馆泰不华家。泰不华荐以馆职,冕曰:'公诚愚人哉!

不满十年,此中狐兔游矣!'"

3801. 地角天涯眇难测

唐·骆宾王《畴昔篇》:"玉垒铜梁不易攀,地角天涯眇难测。"写出使西南,旅途艰险,极其遥远。"玉垒""铜梁"喻山势险要。"地角""天涯",无地之边角,表示遥远,有时也表示边疆。

唐·杨凭《湘江泛舟》:"湘川洛浦三千里,地角天涯南北遥。"

唐·张南史《月》:"天涯地角不可寻,清光永夜何超忽。"

唐·张仲素《燕子楼诗三首》(一作关盼盼诗):"相思一夜情多少,地角天涯不是长。"

唐·白居易《昆明春水满》:"天涯地角无禁利,熙熙同似昆明春。"

唐·雍陶《再经天涯地角山》:"十年马足行多少,两度天涯地角来。""天涯地角山"不知何处。

唐·李商隐《临发崇让宅紫薇》:"天涯地角同荣谢,岂要移根上苑栽。"

唐·齐己《寄匡阜诸公二首》:"峰前林下东西寺,地角天涯来往僧。"

唐·刘兼《郡斋寓兴》:"情怀放荡无羁束,地角天涯亦信缘。"

唐·吕岩《七言》:"通灵一颗正金丹,不在天涯地角安。"

唐·崔十娘《答文成》:"天涯地角知何处,玉体红颜难再遇。"

五代·孙光宪《更漏子》:"红窗静,画帘垂,魂消地角天涯。"

宋·晏殊《踏莎行》:"无穷无尽是离愁,天涯地角寻思遍。"

又《连理枝》:"无情不似多情苦,一寸还成千万缕。天涯地角有穷时,只有相思无尽处。"

宋·黄庭坚《沁园春》:"地角天涯,我随君去。"

宋·万俟咏《春草碧》:"天涯地角,意不尽,消沉万古。"

宋·周紫芝《苏幕遮》:"似惊鸿、吹又散。画舸横江、望断江南岸。地角天涯无近远。一阕清歌,且放梨花满。"

宋·张孝祥《蝶恋花》(送姚主管横州):"君泛仙槎银海去。后日相思,地角天涯路。"

3802. 海角天涯遍始休

唐·白居易《浔阳春三首·春生》:"春生何处暗周游,海角天涯遍始休。"写春的发生,无处不有。"海角天涯",从陆地直连大海,从地角天涯换字而来,白诗中始用。张世南《游宦记闻》卷六:"今之远宦及远服贾者,皆曰天涯海角。"海南省有"天涯海角"崖刻,相传为当年苏东坡在儋州所书。

"海角""天涯",白居易也曾分用:《种桃杏》:"无论海角与天涯,大抵心安即是家。"还有:

宋·李甲《帝台春》:"到今来,海角逢春,天涯为客。"

宋·柴望《祝英台》(丁巳晚春访杨西村,湖上怀旧):"断肠明月天涯,春风海角,恨不做、杨花飞去。"

多数用"天涯海角""海角天涯"。其含义同"地角天涯。"

宋·曾巩《北归三首》:"曲台殿里官虽冷,须胜天涯海角时。"

宋·朱敦儒《临江仙》:"直自凤凰城破后,擘钗破镜分飞,天涯海角信音稀。梦回辽海北,魂断玉关西。"

宋·李清照《清平乐》:"今年海角天涯,萧萧两鬓生华。看取晚来风势,故应难看梅花。"

宋·张元干《满庭芳》:"经离乱,青山尽处,海角又天涯。"

宋·赵鼎《鹧鸪天》(建康上元作):"客路那知岁序移,忽惊春到小桃枝。天涯海角悲凉地,记得当年全盛时。"

宋·虞某《江神子》:"终须买个小船儿,任风吹,尽东西。假使天涯海角、也相随。"

宋·邓肃《南歌子》:"凤城一别几经秋,身在天涯海角、忍回头。"

宋·陆游《蝶恋花》(离小益作):"海角天涯行略尽,只十年间,无处无遗恨。"

宋·韩淲《卜算子》(生朝次坐客韵呈四叔):"花底醉东风,好景宜同寿。海角天涯今几春,邂逅新丰酒。"

宋·郑域《念奴娇》(戊午生日作):"休问海角天涯,黄蕉丹荔,自足供甘旨。"

宋·方千里《浪淘沙》:"漫飘荡、海角天涯。再见日,应怜两鬓玲珑雪。"

宋·葛长庚《沁园春》:"暂聚如萍,忽散似云,无可奈何。向天涯海角,两行别泪;风前月下,一片离骚。"

又《水调歌头》:"多少风前月下,迤逦天涯海角,魂梦亦凄凉。又是春将暮,无语对斜阳。"

宋·吴潜《满江红》(上巳后日即事):"寒食清明,叹人在、天涯海角。"

宋·吴文英《花心动》(柳):"海角天涯,寒食清明,点泪絮花沾袖。去年折赠行人远,今年恨、依然纤手。"

宋·刘辰翁《夜飞鹊》(七夕):"谁寄扬州破镜,遍海角天涯,空待人归。"

又《虞美人》(扬州卖镜,上元事也,用前韵):"天涯海角赏新晴,惟有桥边卖镜、是闲行。"

又《满江红》(和邓中甫中秋):"俯天涯海角,今来古往,人物如流。"

宋·陈德武《望海潮》(拱日亭):"山涯海角,天高地厚,长安举首何妨。"

元明小说话本依托宋人郑意娘《胜州令》:"到今似、海角天涯,无由见得则个。"

3803. 书空自不安

唐·骆宾王《畴昔篇》:"画地终难入,书空自不安。"用晋人殷浩事。《世说新语·黜免》:"殷中军被废,在信安,终日恒书空作字。扬州吏民寻义逐之,窃视,唯作'咄咄怪事'四字而已。"这是一种表示失意痛苦的方式,即用食指在空中写字。后用"书空"表达忧愁苦闷又无可奈何之情。唐·李贺《唐儿歌》:"东家娇娘求对值,浓笑书空作'唐'字。"用其句而不用其意。南朝·宋·陶弘景《左仙公萧公碑》:"有人漂海,随风眇漭无垠,忽值神岛,见人授书一函,题曰:《寄葛公》。令归吴达之,上云神仙事。"钱笺《西溪丛语》:"空中书,用史宗事,乃蓬莱仙人也。洪庄善云'雁足书',非是。朱注:《梁高僧传》:蓬莱道人寄书小儿至广陵白兔埭,令其捉杖飘然而往,足下时闻波涛。或云:有商人海行,见一沙门求寄书史宗,同侣欲看书,书著船不脱,乃至白兔埭,书飞起就宗,宗接而将去。宗后憩上虞龙山寺,会稽谢邵、魏迈之等皆师焉。"这"空中书"都是神话传说,而不是"书空"。用殷浩"书空"意的还有:

唐·杜甫《对雪》:"数州消息断,愁坐正书空。"房琯在陈陶抗击安禄山失败,贼势猖獗,故有此忧。

又《送卢十四弟侍御护韦尚书灵榇归上都二十韵》:"空里愁书字,山中疾采薇。"

又《清明二首》:"寂寂系舟双下泪,悠悠伏枕左书空。"

又《喜晴》:"焉能学众口,咄咄空咨嗟。"反对牢骚。

唐·卢纶《和徐法曹赠崔洛阳斑竹杖以诗见答》:"劲堪和醉倚,轻好向空书。"用竹杖书空。

唐·方干《山中寄吴磻十韵》:"书空翘足卧,避险侧身行。"

宋·宋庠《晋集贤复旧官》:"咄咄书空徒有意,冥冥避弋木无猜。"

宋·张方平《赵先生王屋杖》:"击水乖龙起,书空老魅惊。"

宋·文同《衰晚》:"咄咄空书字,便便声昼眠。"

又《报国》:"莫问咥咥趋乐,不烦咄咄书空。"

宋·苏轼《行香子》(秋兴):"昨夜霜风,先入梧桐。浑无处、回避衰客。问公何事,不语书空。"

又《杜介熙熙堂》:"咄咄何曾书'怪事',熙熙长觉似春台。"

宋·王以宁《念奴娇》(淮上雪):"天工何意?碎琼珩玉佩,书空千尺。"长空飞雪如书写长幅。

宋·辛弃疾《鹧鸪天》(鹅湖归,病起作):"书咄咄,且休休。"《唐书·卓行传》记唐司空图作亭名"休休","量才一宜休,揣分二宜休,耄而聩三宜休。"

3804. 烈士击玉壶,壮心惜暮年

唐·李白《玉壶吟》:"烈士击玉壶,壮心惜暮年。""击玉壶",《晋书·王敦传》载:王敦"每酒后,辄咏魏武帝乐府歌曰:'老骥伏枥,志在千里。烈士暮年,壮心不已。'以如意打唾壶为节,壶边尽缺"。《世说新语·豪爽》亦有此记述。王敦诵曹操《龟虽寿》,以铁如意击打玉唾壶,本"欲专制朝廷,有问鼎之心"。(《晋书·王敦传》)后人独取其"壮心不已"。李白写"击玉壶",却取魏武帝的"烈士""暮年""壮心",以抒壮怀激烈,孤愤难平;他渴盼建功立业,却又壮志难酬,悲愤郁结。

"击唾壶歌"多用以抒发壮怀。

唐·独孤及《代书寄上裴六冀刘二颍》:"长啸林木动,高歌唾壶缺。"

唐·窦常《立春后言怀招汴州李匡衙推》:"闭

斋击唾壶歌,试望夷门奈远何!"(一作令狐楚诗。)

宋·秦观《念奴娇》:"禁体词成,过眉酒热,把唾壶敲缺。冯夷惊道,坡翁无此赤壁。"

又《石州慢》(九日):"便击碎歌壶,有谁知中曲。"

又《兰陵王》:"春鸿秋雁轻离别。拟寻个锦鳞,寄将尺素,又恐烟波路隔越。歌残唾壶缺。"怀思激烈。

宋·周邦彦《浪淘沙》:"怨歌永,琼壶敲尽缺。"

宋·蔡伸《水调歌头》(用卢赞元韵别彭城):"击碎玉壶缺,恨写绿琴哀。悠悠往事谁问,离思渺难裁。"

宋·韩世忠《满江红》:"龙虎啸,风云住;千古恨,凭谁说?对山河耿耿,泪沾襟血。汴水夜吹羌笛管,銮舆步老辽阳月。把唾壶敲碎问蟾蜍,圆何缺!"

宋·张元干《石州慢》(已酉秋吴兴舟中作):"两宫何处,塞垣只隔长江,唾壶空击悲歌缺。"

宋·丘崈《菩萨蛮》(再登赏心用林子长韵):"壶边击断歌无节,山川一带伤情切。依旧石头城,夕阳天外明。"

宋·汪晫《念奴娇》:"敲缺唾壶,击残如意,妙语飞华雪。"

宋·萧汉杰《菩萨蛮》(春雨):"唾壶敲欲破,绝叶凭谁和。"

宋·严羽《满江红》(送廖叔仁赴阙):"天下事,吾能说;今老矣,空凝绝。对西风慷慨,唾壶歌缺。"

宋·邓剡《满江红》(广斋谓柳山和王夫人满江红韵,惜未见之,为赋一阕):"空有琵琶传出塞,更无环佩鸣归月。又争知、有客夜悲歌,壶敲缺。"

宋·张炎《台城路》(寄姚江太白山人陈卿):"薛涛笺上相思字,重开又重摺。……虚沙动月,叹千里悲歌,唾壶敲缺。"

宋·周孚先《木兰花慢》(富州道中):"谁家歌楼催雪?遣夜来,风雨紧些儿。醉后唾壶敲缺,龙光摇动晴漪。"

元·张可久《水仙子·青衣洞天》:"兔毫浮香煮茶香,鹤羽携风采药忙。曾壶敲玉悲歌壮。"

元·秦竹村《行香子·知足》:"不遇知音,难求荐举,慷慨悲歌,空敲唾壶。"

明·张煌言《满江红》:"剩遗臣怒击,唾壶皆缺。"

清·蒲松龄《大圣乐》(闱中越幅被黜,蒙毕八兄关情慰藉,感而有作):"闷里倾尊,愁中对月,击碎王家玉唾壶。"

清·沈善宝《满江红》(渡扬子江):"把蓬窗倚遍,唾壶敲缺。"

清·孙点《金缕曲》(舟次阳羡,寄怀圆淑):"妒此因缘真不耐,更何堪,已把佳期决,为击破、唾壶缺。"

3805. 炊金馔玉待鸣钟

唐·骆宾王《帝京篇》:"平台戚里带崇墉,炊金馔玉待鸣钟。""炊金馔玉",膳食金贵玉珍,写帝京上层的豪华生活。

明·汤显祖《牡丹亭》第八出劝农诗:"焚香列鼎奉君王,馔玉炊金饱即始。"

3806. 惭愧阇黎饭后钟

唐·王播《题木兰院二首》:"上堂已了各西东,惭愧阇黎饭后钟。"唐·王定保《唐摭言》载:王播其先太原人,其父王恕为扬州仓曹参军。王播少时,孤苦无依,寄居扬州石塔高公寺(后改名惠照寺)木兰院内,随僧斋粥。日子一久,和尚厌恶他,故意饭后敲钟,待王播闻声赶来就食,却扑了个空。他感到羞愧难言,就在壁上写了"上堂已了各西东,惭愧阇黎(梵语僧人)饭后钟。"而后离去。后来王播中了进士,到扬州出任淮南节度使。故地重游,今非昔比了。他题"饭后钟"诗的墙壁,已用绿纱保护起来。他感慨之余,又续写了两句:"二十年来尘土面,于今始得碧纱笼。"《唐摭言》把此事归入"起自寒苦"类中。前一联写受辱,二十年后写的后联,深感世态炎凉。

南宋·胡仔《苕溪渔隐丛话》后集卷十六"唐人杂记"引《古今诗话》载王播作两首绝句。记曰:"王播少孤贫,尝客扬州惠昭寺木兰院,随僧斋飧,僧颇厌之,乃斋罢而后击钟。及播至,已饭矣。后二记,播自重位镇是邦,因访旧游,向所题以碧纱笼之。播题二绝云:

一、二十年前此院游,
　　木兰花发院初修;
　　而今再到经行处,
　　树老无花僧白头。

二、上堂已了各西东,

惭愧阇黎饭后钟。

二十年来尘土面，

而今始得碧纱笼。

古代常把钟声作为某种信号。后汉安帝《禁夜行诏》云："钟鸣漏尽，洛旧城中不得有行者。"南朝·宋·谢灵运《代放歌行》："日中安能止，钟鸣犹未归。"这鸣钟也是信号。寺庙饭前钟也不止一处。唐·喻亮《夏日龙翔寺居即事寄崔侍御》："数声钟里饭，双影树间茶。"

宋·苏轼《石塔寺》并引：世传王播《饭后钟》诗，盖扬州石塔寺也。相传如此，戏作此诗。"虽知灯是火，不悟钟非饭。"谚云："早知灯是火，饭熟也多时。"说王播不悟饭后钟。此时那"碧纱笼诗"早已无存，所以说"相传如此"。

又《元祐六年六月，自杭州召还，汶公馆我于东堂，阅旧诗卷，次诸公韵三首》其一："半熟黄粱日未斜，玉堂阴合手栽花。却寻三十年前味，未饭钟时已饭茶。"此首为和黄庭坚诗，汶公置饭，饭前饮茶，阅归诗卷。

3807. 于今始得碧纱笼

唐·王播《题木兰院二首》："二十年来尘土面，于今始得碧纱笼。"

无独有偶，宋·吴处厚《青箱杂记》载：宋初，魏野与寇莱公（准）同游陕郭僧寺，留题。后复同游，莱公诗已用碧纱笼，而野诗尘昏满壁，从行官使以袖拂之。野题诗云："但得时将红袖拂，也应胜似碧纱笼。"

宋·苏轼《和张子野见寄三绝句·见题壁》："狂吟跌岩无风雅，醉墨淋漓不整齐。应为诗人一回顾，山僧未思扫黄泥。"王注次公曰：此乃"随手便遭黄土扫，痴心更望碧纱笼"之意，苏轼见题壁诗，怕被黄泥抹盖。

《苏轼诗集》施注云：《小说》有富家子杜四郎，尝戏为诗章，号杜荀鸭，以比荀鹤。每有诗，即题屋壁，亲宾或污墁之，即云：三十年来尘扑面，如今始得一枚泥。

金·刘迎《乌夜啼》："翠镜啼痕印袖，红墙醉墨笼纱。"

3808. 夜半钟声到客船

唐·张继《枫桥夜泊》："月落乌啼霜满天，江枫渔火对愁眠。姑苏城外寒山寺，夜半钟声到客船。"寒山寺，距苏州城十里，矗立于枫桥之旁，是六朝古刹之一。张继夜宿枫桥，半夜闻钟，作此诗，寺以诗显，人以诗传。晚年又作《再泊枫桥》："白发重来一梦中，青山不改旧时容。乌啼月落寒山寺，欹枕当听半夜钟。"今人施蛰存《浮生杂咏》六："归来却入寒山寺，诵得枫桥夜泊诗。"自注：游寒山寺，大多数以壁间石刻张继诗，是为读唐诗之始。

"寒山寺"因唐代僧人寒山、拾得曾在此寺做过主持而得名。寒山寺钟，因张继的"夜半钟声到客船"而成为天下第一钟。钟原有两口，一在大殿，一在钟楼。钟楼那口明代铸造。后失去，清代重铸，今尚存。大殿那口，唐代铸，就是张继听到的那口。明崇祯年间，日本人收买了它，运上大船，浮海而去。康有为在日本，曾诘问日本首相伊藤博文，讨还寺钟，原钟已丢失一百多年。明治三十八年四月十八日伊藤撰铭文，铭中有诗："姑苏非异域，有诗传钟声。勿说盛衰迹，法灯灭又明。"康有为作诗碑："钟声已渡海云东，冷尽寒山古寺枫。勿使丰干又饶舌，代人再到不空空。"1905年，日本友人山田寒山等铸铜钟一口，送到寒山寺，悬于大雄宝殿内。抗战后，上海某大学入学考试物理试题："姑苏城外寒外寺，夜半钟声到客船。"问何以寒山寺的钟声夜半传到客船，白天不能？答案是：白天空气热，声波向上传，夜间空气冷，声波往下传，船上才可以听到钟声。

寒山寺钟，每到春节除夕之夜撞钟一百零八响，用以代表一年。明·郎瑛《七修类稿》说："扣一百零八声者，一岁之意也。盖年有十二月，二十四节气，七十二候，正得此数。"古代以五日为一候。积六候而成月，故一年有七十二候。一年的月、气、候之和正好108，这就是一年钟声的依据。寺僧的念珠也是108颗，用意一样。

"半夜钟声到客船"，正当夜泊枫桥的张继旅愁难眠之际，忽而悠扬的子夜钟声，震消他的愁思，寒山寺的钟声使他心中沉寂了，除了钟声则是一片空白。唐人皎然在《远钟》诗中亦写"古寺寒山上，远钟扬好风。"这是唐代写寒山寺钟的第二人。

宋·欧阳修《六一诗话》评曰："句则佳矣，其如三更不是打钟时。"否定了寒山寺的"夜半钟声"。宋·叶少蕴《石林诗话》云："'姑苏城外寒山寺，夜半钟声到客船'，此唐张继题姑苏城外西枫寺诗也。欧公（阳修）尝病其夜半非打钟时。盖公未尝至吴中，今吴中寺实半夜打钟。"其实，正是

"欧公不察","半夜钟"（又称"无常钟",定时钟、零点钟）是普遍存在的,不止是吴地。写"寒山半夜钟"又如：

宋·孙觌《过枫桥寺》："乌啼月落桥边寺,倚枕犹闻半夜钟。"即前举张继晚年重到寒山寺作,又收作孙觌诗。

宋·陆游《宿枫桥》："七年不到枫桥亭,客枕依然半夜钟。"可见陆游不止一次听到过"夜半钟声"。

清·王夫之《读甘蔗生遣兴诗次韵而和之》："刚吹楚水三声笛,谁打姑苏半夜钟。"

清·王士禛《夜雨题寒山寺寄西樵礼吉》："十年旧约江南梦,独听寒山夜半钟。"作者与家兄曾有"名山约",即写经纶盖世之作,却成一梦。此刻船泊枫桥,卧听夜钟,更增凄凉。

"到客船"：唐·刘长卿《将赴岭外留题萧寺远公院》有："天香月色同僧室,叶落猿啼傍客舟。"

五代·李珣《河传》："朝云暮雨,依旧十二峰前,猿声到客船。"写巫山猿声。

宋·范成大《元夕泊舟雪川》："最怜一夜旗亭鼓,能共钟声到客船。"用张继"钟声到客船"句。"雪川"在浙江吴兴以南。

明·樊良枢《暮春登滕王阁》："月明十二楼头曲,夜夜吹箫到客船。"

清·阮元《雨后泛舟登汇波楼》："湖里荷花百顷田,湿香如雾绿如天。会须尽剪青芦叶,顿放花光到客船。"

3809. 未卧常闻半夜钟

唐·王建《宫词一百首》："灯前飞入玉阶虫,未卧常闻半夜钟。"这是在宫中听到半夜钟。"半夜钟"无论宫中、山野,到处可以听到,不仅仅是寒山寺。

唐·皇甫冉《秋夜宿严维宅》："秋深临水月,夜半隔山钟。"

唐·于鹄《送宫人入道归山》："定知别后宫中伴,应听缑山半夜钟。"

唐·刘禹锡《寄白舍人兼鹤林招隐二长老》（句）："石桥路上千峰月,山殿云中半夜钟。"

唐·元稹《梦井》："钟声夜方半,坐卧心难整。"

唐·白居易《题清头陀》："头陀独宿寺西峰,百尺禅庵半夜钟。"

又《宿兰溪对月》："新秋松影下,半夜钟声后。"

唐·许浑《寄题华岩韦秀才院》："今来故国遥相忆,月照千山半夜钟。"

唐·刘沧《长安冬夜书情》："钟传半夜旅人馆,鸦叫一声疏树风。"

唐·郑启《邓表山》："松花落尽无消息,半夜疏钟彻翠微。"

唐·唐求《山东兰若遇静公夜归》："半夜闻钟后,浑身带雪归。"

唐·于邺《襄中即事》："远钟当半夜,明月入千家。"

唐·周元范《句》："石桥路上千峰月,山殿云中半夜钟。"载于《全唐逸诗》卷上,同刘禹锡句。

唐·何元《句》："钟声半夜香山雨,散入前林枫叶秋。"

宋·古成之《忆罗浮》："红尘一下拘名利,不听山间午夜钟。"

明·唐伯虎诗："客船夜半钟声渡。"

明·居节诗："独树桥头西,寒钟半夜声。"

清·徐崧诗："门掩桥边寺,楼空夜半钟。"

3810. 微闻后夜钟

唐·包佶《双山过信公所居》："遥礼前朝塔,微闻后夜钟。""后夜钟"已过半夜。

唐·崔峒《宿禅智寺上方演大师院》："白日空山梦,清霞后夜钟。"

唐·杨巨源《供奉定法师归安南》："心到长安陌,交州后夜钟。"

3811. 欲出山门寻暮钟

唐·韦应物《答东林道士》："遥看黛色知何处,欲出山门寻暮钟。""寻暮钟"寻找傍晚的钟声。"暮钟"天色将晚的钟声。唐·孟浩然《夜归鹿门山歌》："山寺钟鸣昼已昏,渔梁渡头争渡喧。"亦为暮钟。

又《赋得鼎门送卢耽赴任》："稍开芳野静,欲掩暮钟闲。"

唐·岑参《梁州陪行军龙冈寺北庭泛舟宴王侍御》："江钟闻已暮,归棹绿川长。"

唐·皇甫冉《小江怀灵一上人》："借问山阴远近,犹闻薄暮钟声。"

3812. 远寺钟声带夕阳

唐·卢纶《从弟瑾同下第后出关言别》:"孤村树色昏残雨,远寺钟声带夕阳。"这也是晚钟,夕阳将落,这钟声其实是"薄暮钟声"。

唐·钱起《陪考功王员外城东池亭宴》:"日晚催归骑,钟声下夕阳。"

唐·齐己《夏日草堂作》:"谁住原西寺,钟声送夕阳。"

唐·刘得仁《慈母寺塔下避暑》:"坐久东楼望,钟声振夕阳。"

又《秋晚与友人游青龙寺》:"暮鸟投赢木,寒钟送夕阳。"

宋·陆游《急雨》:"华胥一枕蘧然觉,却听蝉声送夕阳。"以蝉声换钟声。

清·彭孙遹《秋日登滕王阁》:"依然极浦生秋草,终古寒潮送夕阳。"亦用"送夕阳"。

3813. 山寺夜钟深

唐·刘长卿《石楼》:"水田秋雁下,山寺夜钟深。"山寺传来的钟声深沉。"夜钟"夜间的钟声,不分时段。

又《戏赠干越尼子歌》:"云房寂寂夜钟后,吴音清切令人听。"

唐·张说《山夜闻钟》:"夜卧闻夜钟,夜静山更响。"最早写"夜钟"的。

唐·岑参《北庭贻宗学士道别》:"饮酒对春草,弹棋闻夜钟。"

又《因假归白阁西草堂》:"惆怅飞鸟尽,南溪闻夜钟。"

又《郊行寄杜位》:"秋风引归梦,昨夜到汝颍。近寺闻钟声,映陂见树影。"

又《观楚国寺璋上人写一切经院南有曲池深竹》:"鸣钟竹阴晚,汲水桐花初。"

又《题山房僧房》:"高僧瞑不见,月出但闻钟。"

又《巴南舟中夜市》:"近钟清野寺,远火点江村。"

唐·韦应物《送元仓曹归广陵》:"楚山明月满,淮甸夜钟微。""微钟",微弱的钟声。又《登宝应寺上方旧游》:"诸僧近住不相识,坐听微钟记往年。"又《登乐游庙作》:"微钟何处来,暮色何苍苍。"仅韦应物写微钟,微弱的钟声。

又《月下会徐十一草堂》:"远钟高枕后,清露卷帘时。"

又《夕次盱眙县》:"独夜忆秦关,听钟未眠客。"

又《秋景诣琅琊精舍》:"苍茫寒色起,迢递晚钟鸣。"

又《精舍纳凉》:"清钟始戒夜,幽禽尚归翔。"

唐·钱起《宴郁林观张道士房》:"竹坛秋月冷,山殿夜钟清。"

又《和万年成少府寓直》:"钟声自仙掖,月色近霜台。"

又《酬苗发员外宿龙池寺见寄》:"宁知待漏客,清夜此从容。……香烟轻上月,林岭静闻钟。"

又《奉和宣城张太守南亭秋夕怀友》:"卷幔浮凉入,闻钟永夜清。"

又《陪南省诸公宴殿中李监宅》:"晚钟过竹静,醉客出花迟。"

唐·皇甫冉《酬裴补阙吴寺见寻》:"东林初结构,已有晚钟声。"

又《同李万晚望南岳寺怀普门上人》:"相思晚望松林寺,唯有钟声出白云。"

唐·戴叔伦《听霜钟》:"渺渺飞霜夜,寥寥远岫钟。……悠扬来不已,杳霭去何从。……此时聊一听,余响绕千峰。"

唐·杨凭《雨中怨秋》:"日暮隔山投古寺,钟声何处雨濛濛。"

唐·司空曙《宿青龙寺故昙上人院》:"闭户临寒竹,无人有夜钟。"

唐·王建《温门山》:"月出天气凉,夜钟山寂寂。"

又《题台州隐静寺》:"崆峒黯淡琉璃殿,白云吞吐红莲阁。不知势压天几重,钟声常闻月中落。"

唐·刘言史《夜泊润州江口》:"千船火绝寒宵半,独听钟声觉寺多。"

唐·严武《酬别杜二》:"夜钟清万户,曙漏拂千旗。"

唐·皎然《陪卢中丞闲游山寺》:"林开明见月,万壑静闻钟。"

3814. 欲觉闻晨钟

唐·杜甫《游龙门奉先寺》:"欲觉闻晨钟,令人发深省。"作者游龙门奉先寺,留宿寺中。一夜方醒,闻晨钟响起,悠悠然把思绪带入深远的境界。在古代,"晨钟暮鼓"是很有名的,如晨钟唤人早起,暮鼓关闭城门,都是重要信号。

唐·钱起《送陆赞擢第还苏州》:"夜火临津驿,晨钟隔浦城。"

又《秋夕与梁锽文宴》:"留欢美清夜,宁觉晓钟迟。""晓钟"即晨钟。

唐·薛据《泊震泽江》:"早雁湖上飞,晨钟海边起。"

唐·戴叔伦《晓闻长乐钟声》:"汉苑钟声早,秦郊曙色分。"

唐·赵嘏《题昭应王明府溪亭》:"轩车过尽无公事,枕上一声长乐钟。""长乐钟",戴叔伦诗亦写"长乐钟声",是晨钟无疑。

3815.疏钟何处来

唐·李嘉祐《远寺钟》:"疏钟何处来,度竹兼拂水。渐逐微风声,依依犹在耳。""疏钟"是钟声的正常密度,撞钟时,总是等余音将歇,再撞击一次,这样钟声是稀疏的。如果密密地连击,那就是某种信号了。

唐·岑参《宿岐州北郭严给事别业》:"疏钟入卧内,片月到床头。"

唐·钱起《和李员外扈驾幸温泉宫》:"未央月晓度疏钟,凤辇时巡出九重。"

唐·韩翃《题玉真观李秘书院》:"白云斜月影深松,玉宇瑶坛知几重。把酒题诗人散后,华阳洞里有疏钟。"

唐·皇甫冉《福先寺寻湛然寺主不见》:"寂然空伫立,往往报疏钟。"

唐·耿沣《潜公院怀旧》:"寂寞疏钟后,秋天有夕阳。"

又《题清源寺》:"深房春竹老,细雨夜钟疏。"

又《晚秋东游寄猗氏第五明府解县韩明府》:"步出青门去,疏钟隔上林。"

唐·司空曙《远寺钟》:"杳杳疏钟发,因风清复引。"

唐·刘商《题禅居废寺》:"青眼能留客,疏钟逼夜归。"

唐·郑细《奉和武相公省中宿斋酬李相公见寄》:"禁静疏钟彻,庭开爽韵虚。"

唐·赵嘏《长安月夜与友人话故山》:"重嘶匹马吟红叶,却听疏钟忆翠微。"

唐·周繇《登甘露寺》:"日暮疏钟起,声声彻广陵。"

3816.歌钟对明月

唐玄宗李隆基《轩游宫十五夜》:"歌钟对明月,不减旧游时。"自长安去洛阳,途中值十五月夜,举行歌舞会,"歌钟"似是伴唱的打击乐器,如编钟之类。唐人写"歌钟"者最多,仅引数例。

又《同二相(张说、宋璟)已下群官乐游园宴》:"帘暮看逾暗,歌钟听自虚。"

唐·韩翃《送巴州杨使君》:"万里歌钟相庆时,巴音声节渝儿舞。"

唐·樊珣《忆长安》(十月):"昼夜歌钟不歇,山河四塞京师。"

3817.寂寥惟听旧时钟

唐·刘长卿《送惠法师游天台因怀智大师故居》:"忆想东林禅送处,寂寥惟听旧时钟。"怀念惠法师和智大师,惟有那听惯了的钟声伴着寂寥。只写"钟声",而无分昼夜,多是白天的钟声。

唐·韦应物《道晏寺主院》:"闻钟北窗起,啸傲永日余。"

唐·钱起《晚次宿预馆》:"延颈遥天末,如闻故国钟。"

又《猷川雪后送僧粲临还京时避世卧疾》:"呻吟独卧猷川水,振锡先闻长乐钟。"又写"长乐钟"。

又《赠阙下裴舍人》:"长乐钟声花外尽,龙池柳色雨中深。"

唐·韩翃《题苏许公林亭》(一作钱起《题苏公林亭》诗):"门随深巷静,窗过远钟迟。"

又《送田明府归终南别业》:"高宫树影登山见,上苑钟声过雪闻。"

唐·顾况《寄江南鹤林寺石冰上人》:"忽忆秋江月,如闻古寺钟。"

唐·于良史《春山夜月》:"南望鸣钟处,楼台深翠微。"

唐·戴叔伦《听霜钟》:"寥亮来丰岭,分明辨古钟。"

唐·卢纶《酬李端公野寺病居见寄》:"野寺钟昏山正阴,乱藤高竹水声深。"

唐·李端《酬前大理寺评事张芬》:"闻钟投野寺,待月过前溪。"

唐·王建《七泉寺上方》:"日夕猿鸟合,觅食听山钟。"

唐·皇甫冉《早发中严寺别契上人》:"厨开山鼠散,钟尽岭猿吟。"

又《与张补阙王炼师自徐方清路同舟南下于台头寺留别赵员外裴补阙同赋杂题一首》:"钟声野寺回,草色故城空。"

唐·郎士元《柏林寺南望》:"溪上遥闻精舍钟,泊舟微径度深松。"

唐·耿㳒《早朝》:"钟鼓余声里,千官向紫微。"

又《晚秋宿裴员外寺院》:"回林通暗竹,去雨带寒钟。"

唐·张登《招客游寺》:"江城吏散卷春阴,山寺鸣钟隔雨深。"

唐·于鹄《题柏台山僧》:"行道临孤壁,持斋听远钟。"

唐·李吉甫《寒夜闻霜钟》:"霜钟初应律,寂寂出重林。"

唐·刘言史《冬日峡中旅泊》:"一声钟出远山里,暗想雪窗僧起寒。"

唐·赵嘏《早发剡中石城寺》:"竹户半开钟未绝,松枝静霁鹤初还。"

3818. 月落乌啼霜满天

唐·张继《枫桥夜泊》:"月落乌啼霜满天,江枫渔火对愁眠。"夜半时,早早升起的上弦月此刻落下去了,这种光的由明转暗的变化,惊得乌鸦叫了起来,满天的秋霜降临了大地。

用"月落乌啼"句如:

唐·戴叔伦《白苎词》:"馆娃宫中露华冷,月落啼鸦散金井。"

唐·李端《送从兄赴洪州别驾兄善琴》:"鹤舞月将下,乌啼霜正繁。"

唐·刘禹锡《踏歌词四首》:"月落乌啼云雨散,游童陌上拾花钿。"

宋·曾巩《遣云》(安州十首):"青灯斗鼠窥寒砚,落月啼乌送廻筹。"

宋·苏轼《寒食未明至湖上太守未两其令先在》:"城头月落尚乌啼,乌榜红舷早满湖。"

宋·曾觌《念奴娇》(赏芍药):"月落乌啼,酒阑烛暗,高绪伤吴越。竹西歌吹,不堪老去重忆。"

宋·刘翰《好事近》:"花底一声莺,花上半钩斜月。月落乌啼何,点飞英如雪。"

宋·陈允平《氐州第一》:"月落乌啼,渐霜天,钟残晓梦。"

宋·刘辰翁《六丑》(春感和彭明叔韵):"况飘泊相遇,当时老叟,梨园歌籍,高歌为我几回阕。似子规、落月啼乌悄,傍人泪滴。"

元·萨都拉《过广陵驿》:"寒砧万户月如水,老雁一声霜满天。"用"霜满天"。

清·蒲松龄《早行》:"月落苹花霜满汀,湖中潮气水冥冥。"从"月落"句脱出。

3819. 江枫渔火对愁眠

唐·张继《枫桥夜泊》:"月落乌啼霜满天,江枫渔火对愁眠。"枫桥上的枫叶和水上的渔火与愁眠之人遥遥相对,"青枫浦上不胜愁"。

明·高启《沁园春》(雁):"恨呜呜戍角,忽催飞起;悠悠渔火,长照愁眠。"从"渔火对愁眠"换一"照"字,写宿雁对渔火而愁眠,生活转徙不定。

清·宋荦《高阳台》(章江舟次读玉田词步集中韵):"红牙漫拍王孙句,倚蓬窗聊破愁眠。"步张炎《玉田词》中《高阳台》韵,反用"对愁眠"句。

3820. 姑苏城外寒山寺

唐·张继《枫桥夜泊》:"姑苏城外寒山寺,夜半钟声到客船。""姑苏"即苏州,因苏州城外姑苏山而得名。"姑苏城外"不仅有寒山寺,当然还有其他。

唐·许浑《送薛秀才南游》:"姑苏城外柳初凋,同上江楼更寂寥。"

明·唐寅《把酒对月歌》:"姑苏城外一茅屋,万树桃花月满天。"唐伯虎仕途不畅,便在姑苏城外的桃花坞筑室治圃,过着"半醒半醉日复日,花落花开年复年"的日子。

清·吴伟业《临江仙》(逢旧):"姑苏城外月黄昏,绿窗人去住,红粉泪纵横。"词人离去,卞玉京旧好伤情。

3821. 秦塞重关一百二

唐·骆宾王《帝京篇》:"秦塞重关一百二,汉家离宫三十六。""秦关百二"出于《史记·高祖本纪》:"田肯贺,因说高祖曰:'陛下得韩信,又治秦中。秦,形胜之国,带河山之险,县(悬)隔千里,持戟百万,秦得百二焉。地势便利,其以下兵于诸侯,譬犹居高屋之上建瓴水也。'""百二",其说不一,多以为"百分之二"最宜。《集解》引苏林语曰:"得百中之二焉,秦地险固。二万人足当诸侯百万人也。"一说百万兵可抵二百万。总之是说秦关险要,易守难攻。引申为国家稳固或山势险要。

晋·陆机《齐讴行》:"孟诸吞楚梦,百二侔秦京。"

唐·王维《游悟真寺》:"山河穷百二,世界接三千。"

唐·杜甫《诸将五首》:"洛阳宫殿化为峰,体道秦关百二重。"

唐·权德舆《追记前事已二十三年于兹矣》:"秦关信百二,征驾逾三千。"

唐·张祜《隋堤怀古》:"本欲山河传百二,谁知钟鼎已三千。"

唐·刘禹锡《途次华州陪钱大夫登城北楼春望因睹李崔令狐三相国唱和之什翰林旧侣继踵华城山水清高鸾凤翔集皆忝宿春遂题此诗》:"百二山河雄上国,一双旌旆委名臣。"

唐·卢宗回《登长安慈恩寺塔》:"九重宫阙参差见,百二山河表里观。"

唐·许浑《汴河亭》:"百二禁兵辞象阙,三千宫女下龙舟。"隋炀帝的宫廷卫队,出离隋宫南下扬州。

唐·温庭筠《老君庙》:"百二关山扶玉座,五千文字闭瑶缄。"

唐·胡曾《渑池》:"能令百二山河主,便做尊前击缶人。"

唐·崔道融《关下》:"百二山河壮帝畿,关门何事更开迟。"

宋·魏野《寄赠长安孙紫微》:"九迁官职光鹓鹭,百二山河壮虎貔。"

又《披云亭》:"秦关百二山河固,陕服城闉控此中。"

宋·杨亿《黄刑部之陕西转运》:"百二秦川四塞宽,甘泉烽火报平安。"

又《外弟张湜西游》:"秦关百二聊乘兴,汉陛三千待叫阍。"

宋·梅尧臣《宣州杂诗二十首》:"项藉路由此,力豪闻拔山。八千提楚卒,百二破秦关。"

宋·欧阳修《送廖八下第归衡山》(景祐元年):"曾作关中客,尝窥百二疆。自言秦陇水,能断楚人肠。"

宋·邵雍《战国吟》:"三千宾客愤未平,百二山河汉已兴。"

又《闲适吟》(熙宁六年):"三千宾客磨圭角,百二山河拥剑芒。"

又《首尾吟》:"三千宾客成何梦,百二山河付阿谁。"

宋·张元干《水调歌头》(同徐师川泛太湖舟中作):"百二山河空壮,底事中原尘涨,丧乱几时休?泽畔行吟处,天地一沙鸥。"

宋·范成大《赏心亭再题》:"天险东南重,兵雄百二尊。"写江南半壁。

又《水调歌头》(燕山九日作):"袖里天书咫尺,眼底关河百二,歌罢此生浮。惟有平安信,随雁到南州。"

宋·史浩《宝鼎现》:"愿岁岁,今宵宴赏,春满山河百二。"

宋·张孝祥《楞加寺》:"天围欲尽三千界,地险真成百二关。不向中峰最高处,诸君原不识庐山!"

宋·李曾伯《水调歌头》(丙戌寿蜀阃):"千一载英杰,百二国山河。提封几半宇宙,万里仗天戈。"

宋·刘世将《酹江月》(念奴娇)(秋夕兴云使院作,用东坡赤壁韵):"试看百二山河,奈君门万里,六师不发。"

宋·王清惠《满江红》:"对山河百二,泪盈襟血。"为南宋灭亡而悲。此词又作王惠卿位下宫人张琼英《满江红》(题南京夷山驿)词,属误收。

金·元好问《岐阳三首》:"百二关河草不横,十年戎马暗秦京。"连年战事,造成荒凉惨象。

金·李献甫《长安行》:"向来百二秦之形,只今百二秦之名。"写金军失败。

金·邓千江《望海潮》(献张六太尉):"营屯绣错,山形米聚,襟喉百二秦关。"写天险。

金·张中孚《蓦山溪》:"山河百二,自古关中好。"

元·张弘范《木兰花慢》:"正百二山河,一时冠带,老却升平。"元朝完成统一。

元·马致远《折桂令·叹世》:"咸阳百二山河,两字功名,几阵干戈。"秦地险要。

元·贯云石《粉蝶儿》:"虽然是比不的百二山河,一壁厢嵌平堤连绿野,端的有亭台百座。"

元·鲜于必仁《折桂令·严客星》:"傲中兴百二山河,拂袖归来,税驾岩阿。"

元·赵善庆《山坡羊·长安怀古》："骊山横岫,渭河环秀,山河百二还如旧。"

明·黄洪宪《山海关》："长城古堞俯沧瀛,百二河山拥上京。"

明·汤显祖《牡丹亭》第三一出缮备《前腔》："三千客两行,百二关重壮。维物风景世无双,直上层楼望。"

清·曹贞吉《满庭芳》(和人潼关)："太华垂旒,黄河喷雪,咸秦百二重城。"

3822. 白首为谁雄

唐·陈子昂《题祁山烽树赠乔十二侍御》："可怜骢马使,白首为谁雄?""为谁雄",为谁一展雄风,是一种郁郁不得志的情怀。唐·杜甫《赠李白》："痛饮狂歌空废日,飞扬跋扈为谁雄?"用陈子昂句以示对李白的同情和感叹。

"为谁雄?"是一种疑问、反诘句式,"为谁……"用者极多,表达种种较为强烈的情感。

唐·孟浩然《大堤行寄万七》："携手今莫同,江花为谁发。"

唐·贾曾《和宋之问下山歌》："王孙不留岁将晏,嵩岩仙草为谁芳?"

唐·岑参《登古邺城》："武帝宫中人去尽,年年春色为谁来?"

唐·高适《九日酬严少府》："檐前白日应可惜,篱下黄花为谁有?"

唐·杜甫《九日寄岑参》："是节东篱菊,纷披为谁秀?"

唐·王适《铜雀妓》："君恩不再行,妾舞为谁轻。"

唐·孟郊《怨诗》："看取芙蓉花,今年为谁死?"

唐·白居易《花下对酒》："欲问花前尊,依然为谁设?"

唐·赵嘏《僧舍二首》："禅客不归车马去,晚檐山色为谁多?"

唐·李商隐《清夜怨》："画楼终日闭,清管为谁调?"

唐·唐彦谦《元题十首》："夜合庭前花正开,轻罗小扇为谁裁?"

宋·欧阳修《玉楼春》："檀槽碎响金丝拨,露湿当阳江上月。不知商妇为谁愁,一曲行人留夜发。"

宋·苏轼《浣溪沙》："入袂轻风不破尘,玉簪犀壁醉佳辰,一番红粉为谁新。"

宋·葛胜钟《鹧鸪天》(新春)："衰意绪,病情怀,玉山今日为谁颓?"

宋·周紫芝《好事近》(谢人分似蜡梅一枝)："高标独步本无双,一枝为谁折?"

宋·洪适《浣溪沙》(以鸳鸯梅送钱漕)："可怜凝笑整双翰,枝头一点为谁酸。"

宋·吴儆《浣溪沙》(次范石湖韵)："无力海棠风淡漾,困眠宫柳日葱茏,眼前春色为谁浓?"

宋·陈与义《感事》："菊花纷四野,作意为谁秋?"

3823. 歌舞为谁容

唐·王勃《铜雀妓二首》："君王欢爱尽,歌舞为谁容?"君王那已失宠,你的歌舞还为谁作态呢?

用"为谁容"句如:

唐·贺知章《望人桃李花》："南陌青楼十二重,春风桃李为谁容?"

宋·苏轼《和王晋卿送梅花次韵》："红梅山杏为谁客?独笑依依临野水。"用贺知章句,问花。

宋·蔡伸《水调歌头》："为问桃花脸,一笑为谁容。"写人。

3824. 长洲孤月向谁明

唐·李白《鹦鹉洲》："迁客此时徒极目,长洲孤月向谁明?"被流放中,那孤月也失去了光彩。"向谁明",是一种痛苦的诘问。

写月,用"为谁……"句式者多。

唐·胡曾《房陵》："魂断丛台归不得,夜来明月为谁升?"

唐·罗邺《秋别》："青楼君去后,明月为谁圆?"

宋·李祁《南歌子》："楼下凄凉江月,为谁明?"

宋·李弥逊《虞美人》(宜人生日)："梨花院落溶溶雨,弱柳低金缕,画檐风露为谁明?"

宋·张辑《忆萝月》(寓清平乐)："忆著故山萝月,今宵应为谁明?"

3825. 细柳新蒲为谁绿

唐·杜甫《哀江头》："江头宫殿锁千门,细柳新蒲为谁绿?"至德元年(756)秋天,作者去投唐肃宗,被安史叛军捉入长安。第二年春天,他沿城东南曲江行走,感慨系之,物是人非,离宫紧锁,面对"细柳新蒲",发出"为谁绿"之叹息。

唐·顾况《乌啼曲二首》:"城寒月晓驰思深,江上青草为谁绿!"用杜句。

3826. 不知明月为谁好

唐·杜甫《秋风》:"不知明月为谁好,早晚孤帆他夜归。"对秋风而思归,设想在月夜中乘孤帆返回故园。"明月为谁好",赞美好的月色,但不知为谁这样美好。

用"为谁好"句如:

宋·王安石《北望》:"可怜新月为谁好,无数晚山相对愁。"

宋·苏轼《和黄龙清老三首》:"一天月色为谁好,二老风流各自和。"

宋·秦观《和黄法曹忆建溪梅花同参寥赋》:"甘心结子待君来,洗雨梳风为谁好。"

宋·贺铸《宛溪柳》(六么令):"宛溪杨柳,依旧青青为谁好?"

3827. 借问堤上柳,青青为谁春

唐·韦应物《有所思》:"借问堤上柳,青青为谁春?"旧地重游不见故人,心有所感,发出"杨柳为谁春"之慨叹。

"为谁春",为谁带来春天。

唐·楼颖《西施石》:"一去姑苏不复返,岸旁桃李为谁春?"

宋·苏轼《玉堂栽花周正孺有诗次韵》:"放山桃李半荒榛,粗报君思便乞身。竹簟暑风招我老,玉堂花蕊为谁春?"

3828. 秋菊为谁开

唐·白居易《九日代罗樊二妓招舒著作》:"不见舒员外,秋菊为谁开?"舒著作不归,赏菊无兴。"秋菊"双关"二妓"。"为谁开"指花,有的指门。用"为谁开"句式。

又《玉泉寺南三里涧下多深红踯躅繁艳殊常感惜题诗以示游者》:"玉泉南涧花奇怪,不似花丛似火堆。今日多情唯我到,每年无故为谁开?"

又《酒熟忆皇甫十》:"疏索柳花碗,寂寥荷叶杯。今冬问毡帐,雪里为谁开?"

唐·秦系《答泉州薛播使君重阳日赠酒》:"欲

强登高无力也,篱边黄菊为谁开?"

宋·欧阳修《叔平沙师去后会老堂独坐偶成》:"积雨荒庭遍绿苔,西堂潇洒为谁开?"

宋·王安石《送程公阙得谢归姑苏》:"除此两翁相见外,不知三径为谁开。"

宋·秦观《长相思》:"问篱边黄菊,知为谁开?"

宋·毛滂《清平乐》:"明年春色重来,东堂花为谁开?"

宋·赵长卿《虞美人》(深春):"冰塘浅绿生芳草,枝上青梅小。柳眉愁黛为谁开?似向东君、喜见故人。"

宋·辛弃疾《水调歌头》(九日游云洞和韩南涧韵):"今日复何日,黄菊为谁开?渊明漫爱重九,胸次正崔嵬。"

宋·韩淲《太常引》(腊前梅):"小春时候腊前梅,还知道、为谁开?"

宋·冯时行《虞美人》(咏荼蘼):"今年花好为谁开,欲寄一枝无处、觅阳台。"

3829. 绕篱新菊为谁黄

唐·白居易《九日寄微之》:"眼暗头风事事妨,绕篱新菊为谁黄?"此诗述宦游已倦,与友多别,心绪不佳,开篇二句写眼暗头昏,重阳赏菊无味。"为谁黄?"都是对重阳黄菊产生的感慨。

唐·朱庆余《旅中过重阳》:"故山篱畔菊,今日为谁黄?"

宋·苏轼《浣溪沙》(九月九日二首):"共挽朱幡留半日,强揉青蕊过重阳,不知明日为谁黄?"

宋·陈亮《水调歌头》(癸卯九月十五日寿朱元晦):"人物从来少,篱菊为谁黄?"

3830. 不知香颈为谁回

唐·李商隐《蝶三首》:"为问翠钗钗上凤,不知香颈为谁回?"不知为谁回首。

宋·欧阳修《玉楼春》:"绿杨娇眼为谁回,芳草深心空自动。"

3831. 人老为谁红

宋·王安石《蒲叶》:"蒲叶清浅水,杏花和暖风。地偏缘底绿,人老为谁红。"蒲叶绿,杏花红。地偏人老,绿与红都没了意义。

宋·方千里《浣溪沙》:"未散娇云轻弹鬓,欲

融轻雪乍凝胸,石榴裙钗为谁红?"用王安石句。

3832. 幽花为谁香

宋·苏轼《北亭》:"不作新亭槛,幽花为谁香?"有感"北亭"之闭塞,幽花无人赏。

宋·徐俯《虞美人》:"雪中雨里为谁香?闻道数枝清笑、出东墙。"

3833. 开尽春风为谁妍

宋·苏轼《送郑户曹》:"东归不趁花时节,开尽春风为谁妍?"郑户曹东归不要误了花期。"妍"美艳。

又《上巳日与二三子携酒出游》:"卧开桃李为谁妍,对立鸡鹍相媚妩。"

又《立春日病中邀安国》:"此日使君不强喜,早春风物为谁妍?"

又《书艾宣画四首》(杏花白鹇):"天工剪刻为谁妍,抱蕊游蜂自作团。"

宋·朱淑真《车马塍》:"蚕事正忙农事急,不知春色为谁妍?"

清·曹雪芹《红楼梦》第五回《薄命引对联》:"春恨秋悲皆自惹,花容月貌为谁妍?"

3834. 为谁零落为谁开

唐·严恽《落花》:"春光冉冉归何处,更向花前把一杯。尽日问花花不语,为谁零落为谁开?"此诗叹花,也含惜人。王枢《和严恽落花诗》其旨意更明朗:"花落花开人世梦,衰荣闲事且持杯。春风底事轻摇落,何似从来不要开。"

宋·王安石《浣溪沙》:"山桃溪杏两三栽,为谁零落为谁开?"用严恽原句,即一句双问,称"双问句。"

又《梅花》:"白玉堂前一树梅,为谁零落为谁开?"再用严恽原句。

宋·苏轼《述古闻之,明日即至坐上复用前韵同赋》:"太守问花花有语:为君零落为君开。"此为答式。

3835. 为谁归去为谁来

唐·欧阳澥《咏燕上主司郑愚》:"翩翩双燕画堂开,送古迎今几万回。长向春秋社前后,为谁归去谁来?"咏燕飞,也在叹人生之徒劳。句型同"为谁零落为谁开。"由写花到写燕,也是"双问句。"

五代·王周《问春》:"游丝垂幄雨依依,枝上红香片片飞。把酒问春因底意,为谁来后为谁归?"见落红而问春归。用句而不用意。

宋·陈尧佐《跳莎行》:"为谁归去为谁来,主人恩重珠帘卷。"用欧阳澥句写燕。

3836. 为谁辛苦为谁甜

唐·罗隐《蜂》:"不论平地与山尖,无限风光尽被占。采得百花成蜜后,为谁辛苦为谁甜?"此诗述"动物故事",赞蜜蜂的劳动,慨酿蜜的辛勤,"为谁辛苦为谁甜",从严恽句式"为谁零落为谁开"化出,却蕴含深邃:收获甚丰而享受甚少,"到头禾黍属他人",揭示颇具深义。此诗为名诗,脍炙人口,此句佼佼生辉了。

宋·苏轼《戏答佛印》:"远公沽酒饮陶潜,佛印烧猪待子瞻。采得百花成蜜后,不知辛苦为谁甜!"《竹坡诗话》:"东坡喜食烧猪,佛印住金山时,每烧猪以待其来。一日,为人窃食,东坡戏作小诗,云云。"因佛印为东坡准备的烧猪被人窃食,所以东坡作此小诗,用罗隐原诗二句以戏。

宋·沈端节《浣溪沙》:"喜见翻溪流细滑,却思信手弄轻纤,不知辛苦为谁甜?"写灵巧的女工,制作的手工艺品,不知谁去享用。

宋·李石《卜算子》:"蜜叶蜡蜂房,花频来往,不知辛苦为谁甜,山月梅花上。"写蜂。

清·曹雪芹《红楼梦》"他人续作第一百一回"《王熙凤衣锦还乡》签"蜂采百花成蜜后,为谁辛苦为谁甜?"暗写王熙凤殓衣裹体,尸返金陵的下场。

3837. 飞来飞去落谁家

唐·刘希夷《代悲白头翁》:"洛阳城东桃李花,飞来飞去落谁家?洛阳女儿好颜色,坐见落花长叹息。"此诗又题《白头吟》,是刘希夷的名作。这开头四句写"洛阳女儿"对落花而叹息。"落谁家",落在谁家,落在何处。"花落谁家"语源在此。

唐·李白《忆东山二首》:"白云还自散,明月落谁家?"

唐·王建《十五夜望寄杜郎中》:"今夜月明人尽望,不知秋思落谁家?"感秋之人不知在谁家。

唐·刘禹锡《杨柳枝词九首》:"春尽絮飞留不得,随风好去落谁家!"白居易小妾樊素离去,刘作此诗,以絮飞难禁,随它落去为喻,劝慰白居易。

宋·苏轼《次韵答元素》:"不愁春尽絮随风,但喜丹砂入颊红。"反用刘句。又《留题徐氏花园二首》:"更有多情君未识,不随柳絮落人家。"再度反用。

唐·白居易《晚春闲居》:"兄弟东西官职冷,门前车马向谁家。"用"门前冷落车马稀"意。

又《客中月》:"不知今夜月,又作谁家客?"用李白"落谁家"句意。

唐·韦庄《丙辰年鄜州遇寒食城外醉吟五首》:"可惜数株红艳好,不知今夜落谁家?"

唐·周昙《吴后生》:"一旦狂风江上起,花随风散落谁家?"

宋·张先《浪淘沙》:"肠断送韶华,为惜杨花,雪球摇曳逐风斜。容易著人容易去,飞过谁家?"

宋·欧阳修《再和明妃曲》:"明妃去时泪,洒向枝上花。狂风日暮起,飘泊落谁家。"

宋·魏夫人《定风波》:"昨日盈盈枝上笑,谁道,今朝吹去落谁家?"

宋·毛滂《蓦山溪》(杨花):"柔弱不胜春,任东风、吹来吹去;墙阴院外,一片落谁家?"

宋·史浩《临江仙》:"春风吹柳絮,知是落谁家。"

宋·王千秋《渔家傲》(简张德共):"昨日骤风寒又雨,花良苦,信缘吹落谁家去。"

3838. 岁岁花开知为谁

唐·李颀《题卢五旧居》:"物在人亡无见期,闲庭系马不胜悲。窗前绿竹生空地,门外青山如旧时。怅望秋天鸣叶坠,巑岏枯柳宿寒鸥。忆君泪落东流水,岁岁花开知为谁?"写物在人亡,花开无主,睹物思人,无限感伤。此句突出一个"谁"字。

唐·李白《宴郑参卿山池》:"今夕不尽杯,留欢更邀谁?"

又《对酒行》:"对酒不肯饮,含情欲待谁?"

唐·严武《巴岭答杜二见忆》:"江头赤叶枫愁客,篱外黄花菊对谁?"

唐·戴叔伦《对月答袁明府》:"明年此溪游何处,纵有清光知对谁?"

唐·于邺《客中览镜》:"所以多为客,蹉跎欲怨谁?"

唐·张籍《送萧远弟》:"与君别后秋风夜,作得新诗说向谁?"

唐·贯休《战城南二首》:"十载不封侯,茫茫

向谁说?"

唐·齐己《偶作寄王秘书》:"借问秘书郎此意,静弹高咏有谁知?"

宋·黄庭坚《南乡子》:"万水千山还么去,悠哉!酒面黄花欲醉谁?"

宋·岳飞《小重山》:"欲将心事付瑶琴,知音少,弦断有谁听。"

3839. 不知浇酒为何人

唐·卢纶《题伯夷庙》:"落叶满阶坐满座,不知浇酒为何人?"怀古伤情,伯夷庙荒芜不堪,还为何人祭酒呢?

唐·白居易《水调》(第五遍乃言调调韵最切):"不会当时翻曲意,此声肠断为何人?"

唐·张曙《下第戏状元崔昭纬》:"昨夜浣花溪上雨,绿杨芳草为何人?"

唐·唐彦谦《楚天》:"楚天遥望每长嘶,宋玉襄王尽作尘。不会瑶姬朝与暮,更为云雨待何人?"

3840. 夜来江上与谁期

唐·雍陶《经杜甫旧宅》:"山月不知人事变,夜来江上与谁期?"写经成都浣花溪杜甫草堂,深感"万古只应留旧宅,千金无复换新诗",山月欲邀诗人不上为伴,早已不可能了,借山月抒自己的怀思。"与谁期"亦为一种疑诘句,又用作"与谁同"。

唐·白居易《寄李蕲州》:"不道蕲州歌酒少,使君难称与谁同?"

唐·李商隐《潭州》:"月断故园人不至,松醪一醉与谁同?"

唐·陈光《题陶渊明旧石》:"我知彭泽后,千载与谁同?"

宋·苏轼《次韵乐著作野步》:"解组归来成二老,风流他日与君同。"

3841. 刺桐花发共谁看

唐·张籍《送汀洲源使君》:"地僻寻常来客少,刺桐花发共谁看?"写"源使君"远地任郡守,友人不多,以至有花无人共赏。"共谁看?"即同谁共看。又是一种疑诘句。

唐·赵防《秋日寄弟》:"鹡鸰今在远,年酒共谁斟?"

唐·吴黔《失题》:"谢公山色在,朝夕共谁

观?"

唐·唐求《发邛州寄友人》:"寂寞前程去,闲吟欲共谁?""共"字,均为共同、一同、一起之意。

唐·王喦《回旧山》:"明日落花谁共醉,野溪猿鸟恨归迟。"

3842. 翡翠衾寒谁与共

唐·白居易《长恨歌》:"鸳鸯瓦冷霜华重,翡翠衾寒谁与共?"魏文帝曹丕梦见两片瓦落地化成一对鸳鸯,后称一对瓦为"鸳鸯瓦"。写唐玄宗自蜀返回长安,杨玉环已死,百般凄凉,鸳鸯瓦上挂着冰冷浓重的霜,翡翠被寒凉无人为伴。"谁与共",与谁共,宾语前置句。

日本平安时期宫廷女官司紫式部《源氏物语·蔡姬卷》:"鸳鸯瓦冷霜华白,旧枕故衾谁与共?"用《长恨歌》此二句哀"蔡姬"死,源氏公为之守丧,而后离去,左大臣发现了这样的诗句(源氏公子所作)。

用"谁与共"句如:

唐·郭密之《永嘉经谢公石门山作》:"谢客今已矣,我来谁与朋?""谁与朋",与谁为朋、为伴,有"与共"意。

五代·和凝《天仙子》:"桃花洞,瑶台梦,一片春愁谁与共?"与谁共同承受这春愁?似无他人。

宋·晏殊《木兰花》:"美酒一杯谁与共?往事旧欢时节动,不如怜取眼前人,免更劳魂兼役梦。"后用此句写"与谁共饮"者多。

宋·晏几道《浪淘沙》:"美酒十分谁与共,玉指持觞。"

宋·贺铸《清平乐》:"吴波不动,四际晴山拥。载酒一尊谁与共,回首江湖旧梦。"

又《减字木兰花》:"鼓催歌送,芳酒一尊谁与共?"

宋·谢逸《减字木兰花》(和人梅词):"江边一树,愁绝黄昏谁与度?"与谁同度黄昏。用"谁与"句式写江梅之孤。

宋·周紫芝《青玉案》(凌歊台怀姑溪老人李端淑):"笔底骅骝谁与度,西州重到,可怜不见,华屋生存处。"用谢逸"谁与度"句。

3843. 为他人作嫁衣裳

唐·秦韬玉《贫女》:"蓬门未识绮罗香,拟托良媒益自伤。谁爱风流高格调,共怜时世俭梳妆。敢将十指夸针巧,不把双眉斗画长。苦恨年年压金钱,为她人作嫁衣裳!"叙写一位贫家巧女的内心独白,不求华妆艳饰,只矜巧手针黹,然而却无良媒,年年岁岁为别人做嫁衣。借此抒写自己作幕僚,年年写诗作文却多是替别人作装饰的苦闷心情。

宋·曹希蕴《赠朝明寺绣尼集句》:"睡起杨花满绣床,为他人作嫁衣裳。"

宋·石延年《偶成》:"年去年来来去忙,为他人作嫁衣裳。仰天大笑出门去,独对春风舞一场。"

宋·陈人杰《沁园春》(庚子岁自寿):"替人缝嫁衣裳,奈未遇良媒空自伤。"

明·吴绮《换巢鸾凤》(有遗予诗者,不敢答,且不忍答。用史邦卿韵):"拣尽寒枝,压残金线,幽怨寄怀香草。"拣尽寒枝不肯栖,苦恨年年压金线,这女主人年华虚度,家境贫寒,还痴心寄情香草,以抒幽怨。

清·曹雪芹《红楼梦》第一回甄士隐《好了歌注》:"因嫌纱帽小,致使枷锁扛;昨怜破袄寒,今嫌紫蟒长:乱烘烘你方唱罢我登场,反认他乡是故乡。甚荒唐,到头来都是为他人作嫁衣裳。"自己得不到好处,都为别人做了事。

3844. 东风弹泪有谁知

五代·冯延巳《忆江南》:"别离苦向百花时,东风弹泪有谁知。""有谁知",反问句。表示否定意义,即有谁知道,无人知道。

宋·魏夫人《临江仙》:"南楼羌管休吹,浓香吹尽有谁知?"

又《武陵春》:"宽尽春来金缕衣,憔悴有谁知?"

3845. 遗子后黄金

唐·张九龄《骊山下逍遥公旧居游集》:"遗子后黄金,作歌先紫芝。"留给子孙的最后才是黄金,唱歌则先唱《紫芝歌》。此歌是西汉初年商山四皓隐遁之歌。这里赞美逍遥公的隐居生活。"遗子后黄金"出自汉代韦贤事。《汉书·韦贤传》载:韦贤"兼通礼、尚书。少子玄成复以明经仕至丞相。故邹鲁谚曰:'遗子黄金满籝,不如一经'。""籝",竹笼、竹箱。此谚意为留给后辈满箱黄金,不如留给他们一部经书,后人用此谚多表留下黄金并没有多大益处。

唐·王勃《伤裴录事丧子》："芝焚空叹息，流恨满缥缃。"这是最先用此谚意的。

唐·李峤《经》："青紫方拾芥，黄金徒满缥。"

唐·郑愔《少年行》："黄金盈篋笥，白日忽西驰。"

唐·杜甫《上韦左相二十韵》："盛业今如此，传经固绝伦。"

唐·李商隐《骄儿诗》："当为万户侯，勿守一经帙。"学经不如学兵法。

3846. 空怜赋子虚

唐·宋之问《故赵王属赠黄门侍郎上官公挽词二首》："冥漠辞昭代，空怜赋子虚。"《子虚赋》是西汉司马相如受汉武帝赏识之作。《史记·司马相如列传》载："上读《子虚赋》而善之，曰：'朕独不得与此人同时哉！'（杨）得意曰：'臣邑人司马相如自言为此赋。'上惊，乃召问相如。"后用此事代指皇帝对人才的赏识。《子虚赋》："相如以'子虚'，虚言也，为楚称；'乌有先生'者，乌有此事也，为齐难；'无是公'者，无是人也，明天子之义。"通过三个虚设人物的问答，以阐述劝俭反奢的主旨，后"子虚乌有"指无有的事或假设的事。诗中用"子虚"只表受皇帝赏识的诗文。

唐·张子容《送孟八浩然归襄阳二首》其二（此篇一作王维诗）："好是一生事，无劳献子虚。"

唐·王维《戏赠张五第諲三首》："梁翰过草圣，赋诗轻子虚。"戏说张諲诗胜过《子虚赋》。

唐·李白《自汉阳病酒归寄王明府》："圣主还听子虚赋，相如却与论文章。"

3847. 百尺无寸枝

唐·宋之问《题张老松树》："百尺无寸枝，一生自孤直。"笔直的巨松，下蔓不枝，参天而去，是松树的特质，也是主人的"一生孤直"的品格。

唐·张九龄《杂诗五首》："孤桐亦胡为，百尺旁无枝。"用宋之问句。

3848. 上京无薄产

唐·沈佺期《答魑魅代书寄家人》："上京无薄产，故里绝穷庄。"写自己在京城和家乡都没积蓄。

唐·杜甫《秋日夔府咏怀奉寄郑监李宾客一百韵》："两京犹薄产，四海绝随肩。"反用沈佺期句，说田园久荒，故交日替。

3849. 飒沓舞回风

唐·沈佺期《玩雪》："氤氲生浩气，飒沓舞回风。""飒沓"，众盛的样子，这里为雪花大而密之意。此句说密密的雪花在风中回旋飘舞。

唐·杜甫《对雪》："乱云低薄暮，争雪舞回风。"用沈佺期句。

3850. 野桥疑望日

唐·沈佺期《咸阳览古》："野桥疑望日，山火类焚书。"野桥似在望日。

唐·杜甫《野望因过常少仙》："野桥齐渡马，秋望转悠哉。"用沈佺期语而不用其意。

3851. 凉州七里十万家

唐·岑参《凉州馆中与诸判官夜集》："凉州七里十万家，胡人半解弹琵琶。"天宝十三载，作者赴北庭途径武威时作此诗。"凉州"即武威郡。《元和郡县志》卷四十载："（凉）州城本匈奴新筑，汉置为县。城不方，有头、层、两翅，名为鸟城，南北七里，东西三里。""十万家"言城市户口多，居民多，诗词常用以表示城市之大、人口之多。

唐·杜甫《水槛遣心二首》："城中十万户，此地两三家。""城中"指成都。《杜诗详注》引黄希语："成都户十六万九百五十，此云'城中十万户'，虽未必及其数，亦夸其盛耳。""此地"，指草堂。

唐·吴融《风雨吟》："姑苏碧瓦十万户，中有楼台与歌舞。"指苏州城。

宋·张先《天仙子》（郑毅夫移青社）："持节来时初有雁，十万人家春已满。"

宋·杨备《题延射亭》："高台芜没曲池平，十万人家古县城。"

宋·释重显《寄四明使君沈祠部二首》："十万人家，写春色，不积压谁解立生祠。"指四明。

宋·夏竦《滕王阁》："面临漳水势凌霄，却倚重城十万家。"指南昌。

宋·宋祁《渡湘江》："长沙十万户，游女似京都。"指长沙。

宋·司马光《看花四绝句》："洛阳春日最繁华，红绿阴中十万家。"指洛阳。

宋·贾黯《襄阳》："带水依山一万家，襄阳自古富豪奢。""一万家"亦言襄阳人口之多。

宋·郑獬《淮阳大水》:"淮阳水暴不可容,绕城四面长波皱。如一大瓢寄沧海,十万生聚瓢中存。"指洪水中的淮阳。

又《回次妫川大寒》:"东风十万家,画楼春日长。"指妫川。

又《戏言寄雪溪使君唐司勋》:"十万人家明镜里,神仙都会是杭州。"杭州。

宋·丘崈《朝中措》(绍兴末太学作):"晚风斜日折梅花,楼外卷残霞。领略一城春气,华灯十万人家。"南宋都城杭州。

宋·葛长庚《霜天晓角》(绿净堂):"五羊安在? 城市何曾改。十万人家阛阓,东亦海,西亦海。"指五羊城广州。

宋·李曾伯《水调歌头》(代寿昌州守叔祖):"三蜀最佳处,昌是海棠州。清香燕寝闲暇,人与地风流。十万人家寿域,六七十翁儿状,眉寿祝公侯。"

宋·无名氏《玉楼春》(寿太守·十月九日):"明朝仙岭趣持螯,十万人家齐卧辙。"

清·康熙皇帝玄烨《句容雨望》:"雨里万人家,遥看隔云雾。"

3852. 风掣红旗冻不翻

唐·岑参《白雪歌送武判官归京》:"纷纷暮雪下辕门,风掣红旗冻不翻。"天宝十四载在北庭送武判而作,八月天一夜大雪,北庭已成了冰雪世界。辕门上的红旗,已被大雪冻僵,平板板地悬在那里。风不断吹来,红旗不翻卷飘扬。

随·虞世基《出塞二首》:"雾暗烽无色,霜旗冻不翻。"岑参用此句。

3853. 马上逢君无纸笔

唐·岑参《逢入京使》:"故园东望路漫漫,双袖龙钟泪不干。马上相逢无纸笔,凭君传语报平安。"天宝八载(749)作者第一次远征西域,去做安西节度使高仙芝幕府的书记,途中遇到入京的友人,"马上相逢无纸笔",不便写家书,只托友人回京向家人捎一个平安的口信。作者既要"功名只向马上取",又眷恋故园,这一矛盾也是自然的。

元·张可久《折桂令·逢天坛子》:"正吟诗马上相逢,昨暮秦关,今日吴门。"邂逅遇友。

3854. 黄霸宁久留

唐·岑参《送颜平原》(并序):"苍生已望君,

黄霸宁久留!"颜真卿由于不附杨国忠,被迁为平原郡守。岑参送诗云:百姓久望君升迁,你这像黄霸一样的官,怎么会久留平原呢?《汉书·黄霸传》:黄霸是西汉著名循吏,宣帝时任颍川太守,"以外宽内明,得吏民心,户口岁增,治为天下第一。"后升丞相。

又《河西太守杜公挽歌四首》其一:"黄霸官犹屈,苍生望已愆。"

唐·李嘉祐《自常州还江阴途中作》:"黄霸初临郡,陶潜未罢官。乘春务征伐,谁肯问凋零。"

3855. 长桥题柱去

唐·岑参《升迁桥》:"长桥题柱去,犹是未达时。及乘驷马车。却从桥上归。名共东流水,滔滔无尽期。"《史记·司马相如列传》司马贞《索隐》引"《华阳国志》云:蜀大城北十里,有升仙桥、送客观。相如初入长安,题其门云:'不乘赤车驷马,不过汝下也。'"《元和郡县志》卷三十一:"升仙桥在(成都)县北九里。相如初入长安,题其门:'不乘高车驷马,不过汝下。'"此诗赞司马相如之不朽,说他题字桥柱时,还未被任用,而出使西南归来,已乘驷马车经过此桥了。

宋·刘克庄《贺新郎》(实之三和有忧边之语,走笔答之):"自古一贤能制难,有金汤、便可无张许? 快投笔,莫题柱。"时值南宋边防空虚,词人认为只要有一贤才,便可拯救国难,不要以为城池固若金汤,就不需要唐安史之乱中死守睢阳的张巡和许远那样的将领了。快快投笔从戎,不要贪功名富贵。"莫题柱",反用"长桥题柱"意。

3856. 金印已生尘

唐·岑参《故河南尹岐国公赠工部尚书苏公挽歌二首》:"唯余朝服在,金印已生尘。"挽二部尚书苏公,物在人亡,金印不用,已被尘封。

又《河西太守杜公挽歌四首》其二:"回瞻北堂上,金印已生尘。"再用"金印已生尘"句,表示物在人亡,金印无人动用了。

3857. 衣裘脆边风

唐·岑参《北庭贻宗学士道别》:"容鬓老胡尘,衣裘脆边风。"北庭寒风如刀,衣裘都要脆裂了。

宋·张炎《甘州》:"记玉关、踏雪事清游,寒气脆貂裘。"用岑参句,说貂裘(貂皮衣)都要被冻裂。

3858. 愧尔东西南北人

唐·高适《人日寄杜二拾遗》:"龙钟还忝二千石,愧尔东西南北人。"自惭老迈还居刺史职位,有愧于到处飘泊的杜甫。"东西南北人"或"东南西北人",形容人飘泊于四面八方。

《礼记·檀弓上》载:"今丘也,东西南北之人也。"孔子周游各国,走遍四方国家,因称"东西南北人",高适用此语表现杜甫。

唐·杜甫《谒文公上方》:"甫也南北人,芜蔓少耕耘。"杜甫自己就认为东西南北人。

唐·李频《边四皓庙》:"东西南北人,高迹自相亲。天下已归汉,山中犹避秦。"

唐·崔道融《杨柳枝词》:"雾撚烟搓一索春,年年长似染来新。应须唤作风流线,系得东西南北人。"这是人来自四面八方,用法有异。

宋·梅尧臣《送黄生》:"我本东西南北人,穷途不复泪沾巾。"

宋·康与之《卜算子》:"今古短长亭,送往迎来处。老尽东西南北人,亭下潮如故。"

宋·辛弃疾《踏莎行》(赋稼轩,集经句):"去卫灵公,遭桓司马,东西南北之人也。"

宋·郭应详《鹧鸪天》(中秋后一夕宴修成之,富正甫作):"更筹易促愁分袂,又作东西南北人。"

宋·陈人杰《沁园春》(送高君绍游雪川):"京洛风生,吴兴山水,等是东西南北人。"

清·黄遵宪《奉命为美国三富兰西士果总领事留别日本诸君子》:"更行二万三千里,等是东西南北人。"以四海为家了。

清·俞明震《焦山松寥阁夜坐》:"我亦东西人,往来送江水。"

3859. 东西南北更谁论

唐·杜甫《追酬故高蜀州人日见寄》:"东西南北更谁论,白首扁舟病独存。""追酬"高适的《人日寄杜二拾遗》一诗,高适诗中"愧尔东西南北人",对杜甫寄与了极大的同情。而今高适已辞世而去,杜甫怀念友人,作此诗以"追酬"。他想到自己扁舟漂荡,白首独存,而高适已永去,有谁还理解我这"东西南北人"呢?

"东西南北"去掉"人"字,表示四面八方。也作"南北东西"。

唐·吕岩(洞宾)《题昌元驿》:"东西南北留踪迹,纵意风狂到处觅。"

宋·释重显《因仰山气球颂》:"东西南北不相知,留与衲僧作榜样。"

又《赋冲云鹞送僧》:"南北东西相对看,千里万里阿喇喇。"

又《病中寄诸化主》:"雪里梅花见早春,东西南北路行人。"

宋·苏轼《蜀僧明操思归书龙丘子壁》:"片云会得无心否?南北东西只一天。"

宋·陈瑞《卜算子》:"只解劝人归,都不留人住。南北东西总是家,劝我归何处?"

宋·吕南公《调笑令》(傚韦苏州作):"行客,行客,身世东西南北。"

宋·朱敦儒《好事近》:"不受世间拘束,任东西南北。"

宋·吕本中《采桑子》:"恨君不似江楼月,南北东西,南北东西,只有相随无别离。"

宋·陆游《大圣乐》:"从今去,任东西南北,作个飞仙。"

宋·贾逸祖《朝中措》:"天教流落,东西南北。不恨年华,只恨夜来风雨。投明月、老却梅花。"

宋·马子岩《二郎神》:"南北东西何时定,看碧沼、青萍无数。"

宋·魏了翁《生日谢寓公载酒(贺新郎)》:"此身待向清尊说,似江头、泛乎不系,扁舟一叶。将我东西南北去,都任长年旋折。"

宋·葛长庚《满江红》(别鹤林):"明日如今,我已是、天涯行客。……念浪萍风絮,东西南北。七八年中相契密,三千里外来将息。"

又《酹江月》:"丈夫南北东西,何天不可,鸣剑雄开匣,岂特东湖徐孺子,下得陈蕃之榻。"

宋·刘克庄《沁园春》(送包尉):"丈夫南北东西,应笑杀离筵粉泪啼。"

宋·萧廷之《西江月》:"了一万般皆毕,体分南北西东,执文泥象岂能通,恰似哑人谈梦。"

金·刘迎《题吴彦高诗集后》:"片云踪迹任飘然,南北东西共一天。"述吴激由宋入金,南北飘泊,十分坎坷。

元·耶律楚材《过天山和上人韵》:"从征万里走风沙,南北东西总是家。"用宋·陈瑞原句。

元·李孝光《大星》:"男儿堕地弧矢愿,南北东西君莫怨。"

3860. 任尔东西南北风

清·郑燮《竹石》:"咬定青山不放松,立根原在破岩中。千磨万击还坚劲,任尔东西南北风。"这是题画诗。郑板桥人誉诗书画"三绝"。他擅长画竹,常以竹之品格自况。此诗写岩竹,"立根"于"破岩"之中,"千磨万击",坚劲以待,刚健挺拔,屹立不摧。"任尔东西南北风",正表现一种坚定不移,不同流俗的高风亮节。"东西南北"用之于"风"。

唐·王维《黄雀痴》:"到大啁啾解游扬,各自东西南北飞。"用之于"鸟"。

3861. 男儿本自重横行

唐·高适《燕歌行》:"男儿本自重横行,天子非常赐颜色。"诗序云:"开元二十六年,客有从御史大夫张公出塞而还者,作《燕歌行》以示适,感征戍之事,因而和焉。"开元二十四年(736)以后,由于唐将(安禄山、张守珪等)轻敌、荒淫,两次攻击东北的奚和契丹均告失败,高适感慨系之,因作此诗。此二句说大丈夫本应横行敌境,以取得皇帝的赏识。"横行":《史记·季布传》:樊哙对吕后说:"臣愿得十万众,横行匈奴中。""横行",如入无人之境,所战必克。季布便斥责他欺君当斩。这"横行"含恃勇轻敌之意,正扣本篇批评那些唐将之中心。唐汝询《唐诗解》卷十六评曰:"言烟尘在东北,原非犯我内地,汉将所破特余寇耳。盖此辈本重横行,天子乃厚加礼貌,能不生边衅乎?"这评论是准确的。

唐·杜甫《房兵曹胡马》:"骁腾有如此,万里可横行。"描写房兵曹所画《胡马》,这马奔腾踊跃如飞,可以横行万里、冲锋陷阵了。"横行"为褒义。

3862. 战士军前半死生

唐·高适《燕歌行》:"战士军前半死生,美人帐下犹歌舞。"在征伐奚与契丹的战争中。战士多半战死,而那将军帐里,将军正欣赏美人的欢歌乐舞。

明·汤显祖《牡丹亭》第五十出闹宴(旦、贴扮女乐上):"'壮士军前半死生,美人帐下能歌舞。'营妓们叩头。"祝杜宝将军胜利,引高适二句诗,"战"换作"壮","犹"换作"能"。

3863. 本欲附骐骥

唐·高适《同吕判官从歌舒大夫破洪济城回登积石军多福寺七级浮图》:"常怀生羽翼,本欲附骐骥。""附骐骥"即"附骥尾","骥",千里马。北周·王褒《四子讲德论》:"夫蚊虻终日经营,不能越阶序,附骥尾则涉千里。"蚊虻终日飞来飞去,不能超越庭垣,而附在千里马之尾上,则可越出千里。喻依附他人而成名,也作谦词。高适"本欲附骐骥",说欲借哥舒翰而建勋,自谦之词。

唐·张曙《下第戏状元崔昭纬》:"千里江同陪骥尾,五更风水失龙鳞。"崔昭纬中状元,而自己却下第,一路行程真如"陪骥尾","陪"而未"附",只陪而已。

宋·宋庠《己巳岁除夜有感》:"积棘附骥尾,伟萧戏龙蟠。"

清·蒲松龄《元稹》:"青蝇乃遽集,摇尾附倭幸。""附倭幸",责元稹接交坏人,依附谗倭。

3864. 竹径通幽处,禅房花木深

唐·常建《破山寺后禅院》:"清晨入古寺,初日照高林。竹径通幽处,禅房花木深。山光悦鸟性,潭影空人心。万籁此俱寂,但余钟磬音。""破山"在今江苏常熟,寺是破山兴福寺,建于南齐。诗人描述寺后禅院,突现了古朴幽静的特点。"竹径"二句,到宋代用作"曲径通幽"成为成语。"禅房"即寮房、僧房、僧人居往处。宋·欧阳修很欣赏此二句,"欲效其语作一联,久不可得,乃知造意者为难工也。"后居青州山斋,恰似"竹经"二句所创意境,想写出"竹径"二句那样的诗,却仍是"莫获一言"。(《题青州山斋》)

唐·卢仝《有所思》:"湘江两岸花木深,美人不见愁人心。"用"花木深"句,宋人用"竹径通幽处",把"竹径"改作"曲径"。无"竹"限制,应用更广了。

宋·周邦彦《隔浦莲近拍》:"新篁摇动翠葆,曲径通深窈。""篁"竹,写竹径深窈。

宋·袁去华《惜分飞》:"曲径通幽深几许,翠竹短窗无暑。"至此形成"曲径通幽"。

又《青山远》(题王见几侍儿真):"花竹亭轩,曲径通幽小洞天。"以上还都写"竹径"。

宋·李结《浣溪沙》:"花圃萦回曲径通,小亭风卷绣帘重。"

宋·赵荣嶹《望海潮》(泛舟):"曲径通幽,小阑斜护,水天薄暮人家。"

宋·张炎《玉漏迟》(登无尽上人山楼):"竹多尘自扫,幽通径曲,禅房深窈。"用二句。

清·俞樾《曲园楹联》:"曲径通幽处,园林无俗情。"

3865. 可望不可即

唐·张说《游洞庭湖湘》:"缅邈洞庭岫,葱蒙水雾色。宛在太湖中,可望不可即。"洞庭湖中的远山,迷迷濛濛,可望而不可到达,"即",到、近,也作"及"。

南朝·梁·孙擢《答何郎诗》:"幽居少怡乐,坐静对嘉林。晚花犹结子,新竹未成阴。夫君阻清切,可望不可寻。处处多谖草,赖此慰人心。""可望不可寻"是因为有阻隔,张说取此句式。

唐·宋之问《明河篇》:"明河可望不可亲,愿得乘槎一问津。"明河即天河,"亲"接近,意近"即"。

明·刘基《登卧龙山写怀二十八韵》:"白云在青天,可望不可即。"

3866. 可望不可攀

唐·杜甫《前出塞九首》其七:"浮云暮南征,可望不可攀。"哥舒翰在青海筑城,时值严冬,军士不堪其苦。欲南归,难攀上南去的浮云。"攀",两手抓住一物而上升,如攀缘而上。诗中写面对南去的暮云,不能攀附而南归故乡。

杜甫用了孙擢的句式,而"不可攀"唐初已有人用。

唐·骆宾王《于紫云观赠道士》:"羽盖徒欣仰,云车未可攀。"

唐·苏颋《闲园即事寄韦侍郎》:"有酒空盈酌,高车不可攀。"

唐·韦应物《寄畅当》(闻子弟被召从军):"出身文翰场,高步不可攀。"

唐·任华《寄李白》:"养高兼养闲,可望不可攀。"用杜甫原句。

3867. 超超万余里

唐·杜甫《前出塞九首》其五:"超超万余里,领我赴三军。"写出征西北边塞的士兵的思想生活。这第五首开头二句,出征西北(今青海、新疆),加入"三军",超超万里,很远很远。

汉古诗《客从远方来》:"客从远方来,遗我一端绮。相去万余里,故人心尚尔。"南朝·宋·谢灵运《初发石首城》:"超超万里帆,茫茫终何之。"水路遥遥。杜甫句从上二诗句中产生。

3868. 夜如何其夜未央

唐·乔知之《和李侍郎古意》:"夜如何其夜未央,闲花照月愁洞房。"写闺中女子苦诉夫婿由侍郎流落戍边、去而未返的情形。

"夜如何其夜未央"语出《诗经·小雅·庭燎》:"夜如何其夜未央,庭燎之光,君子至止,鸾声将将。"王逸注《楚辞》:"央,尽也。"孔颖达《正义》:"夜未央者,谓夜未至旦,非为训央为旦。""夜未央",夜未尽。乔知之诗中:深感夜长,天迟迟不亮。后用"夜何其""夜何凉"问夜到何时了。

唐·杜甫《春宿左省》:"明朝有封事,数问夜如何?"坐以待旦,勤于国事。

唐·韦应物《答长宁令杨辙》:"嘉宾自远至,筋饮夜何其。"

唐·皇甫冉《送段明府》:"遥夜此何其,霜空残杳霭。"

宋·周邦彦《夜飞鹊》(别情):"河桥送人和,凉夜何其。"

3869. 万里长征人未还

唐·王昌龄《出塞二首》其二:"秦时明月汉时关,万里长征人未还。但使龙城飞将在,不教胡马度阴山。""秦""汉"互文,统指古代明月照着古代的边关,关月依旧,而离家万里戍守边关的人们,从古至今,一代一代多没有回来。这是由于没有英明的将领所致。清·沈德潜《说诗晬语》评:"'秦时明月'一章,前人推奖之而未言其妙(明·李攀龙认为此诗是唐人七绝的压卷之作),盖言师劳力竭而功不成,由将非其人之故;得飞将军备边,边烽自熄,即高常侍《燕歌行》归重'至今人说李将军'也。"

用"万里长征"句如:

唐·李白《战城南》:"万里长征战,三军尽衰老。"写唐天宝年间在西北的战争给士兵带来的痛苦。

唐·张祐《塞下》:"万里配长征,连年惯野营。"

3870. 但使龙城飞将在

唐·王昌龄《出塞》："秦时明月汉时关，万里长征人未还。但使龙城飞将在，不教胡马度阴山。"此诗主要写诗人对边塞的感受，戍边人迟迟不归，说明边塞不安，于是想到西汉著名将军李广，如果有那样的戍边将军，边防就牢固了。

"龙城飞将"指汉右北平太守李广，匈奴称他为"飞将军"。清·阎若璩《潜邱札记》卷二考订"龙城"应作"卢城"："'卢'是也。李广为右北平太守，匈奴号曰飞将军，避不敢入塞。右北平，唐为北平郡，又名平州，治卢龙县。《唐书》有卢龙、有卢龙军。若'龙城'见《汉书·匈奴传》：'五月大会龙城，祭其先天地鬼神。'……'龙城'明明属匈奴中，岂得冠于'飞将'上哉？据此，"龙城飞将"应是"卢城飞将"之误。

"飞将"除称李广，也代戍边有功的将军。

南朝·梁·刘峻《出塞》："蓟门秋气清，飞将出长城。"

唐玄宗李隆基《旋师喜捷》："边服胡尘起，长安汉将飞。"

唐·常建《吊王将军墓》："尝闻汉飞将，可夺单于垒。"

唐·严武《军城早秋》："昨夜秋风入汉关，朔云边雪满西山。更催飞将追骄虏，莫遣沙场匹马还。"

唐·刘禹锡《平蔡州》："汉家飞将下天来，马箠一挥门洞开。"指擒获吴元济的李愬。

3871. 至今犹忆李将军

唐·高适《燕歌行》："君不见沙场争战苦，至今犹忆李将军。"唐玄宗时，幽州节度使张守珪治军腐败，"战士军前半死生，美人帐下犹歌舞。"作者曾送张守珪军到蓟北，目睹军中腐败情况，想到李广"士卒不尽饮，广不近水；士卒不尽食，广不尝食。"因有"犹忆李将军"语。

《史记·李将军列传》载：李"广结发与匈奴大小七十余战"，不得封侯。后因出兵迷路，当受审，悲愤自杀。唐·陈子昂《感遇》："何知七十战，白首未封侯。"所以"李将军"总为后人怀念。

唐·长孙无忌《灞桥待李将军》："灞陵无醉尉，谁滞李将军。"

唐·骆宾王《帝京篇》："朱门无复张公子，灞陵谁畏李将军！"

唐·李白《悲歌》："汉帝不忆李将军，楚王放却屈大夫。"

唐·高适《塞上》："惟昔李将军，按节出此都。"

3872. 梁园秋竹古时烟

唐·王昌龄《梁苑》："梁园秋竹古时烟，城外风悲欲暮天。""梁园"汉梁孝王刘武所筑。晋·葛洪《西京杂记》载"梁孝王好营宫室苑囿之乐，作曜华之宫，筑兔园。园中有百灵山，山有肤寸石，落猿岩，栖龙岫。又有雁池，池间有鹤洲凫渚。其渚宫观相连，延亘数十里，奇果异树，瑰禽怪兽毕备。王日与宫人宾客弋钓其中。"梁园，又招四方杰士，邹阳、枚乘、司马相如等许多名士都在这里做过梁孝王的宾客。故址在今河南开封市东南。

后用"梁园"作一般园林的代称，也指宾客相会的地点。

唐·韦安石《梁王宅侍宴应制同用风字》："梁园开胜景，轩驾动宸衷。"

唐·储光羲《临江亭五首》："梁园多绿柳，楚岸尽枫林。"

唐·刘长卿《送勤照和尚往睢阳赴太守请》："知到梁园下，苍生赖此游。"

又《送李七之笮水谒张相公》："梁园旧相识，谁忆卧江湖？"

又《送史九赴任宁陵兼呈单父史八时监察五兄初入台》："梁园修竹在，持赠结交情。"

唐·张说《安乐郡主花烛夜》："梁园山竹凝云汉，仰望高楼在天半。"

唐·李白《鸣皋歌送岑征君》："扫梁园之群英，振大雅于东洛。"称岑征君才华绝代，使梁园群英也相形见绌。

又《赠王判官时余归隐居庐山屏风叠》："荆门倒屈宋，梁苑倾邹枚。"使屈原、宋玉、邹阳、枚乘为之倾倒。

又《淮海对雪赠付霭》："兴从剡溪起，思绕梁园发。寄君郢中歌，曲罢心断绝。"

又《对雪献从兄虞城宰》："昨夜梁园里，弟寒兄不知。庭前有玉树，肠断忆连枝。"

又《书情题蔡舍人雄》："一朝去京国，十载客梁园。"

唐·岑参《梁园歌送河南王说判官》："梁园二

月梨花飞,却似梁王雪下时。当时置酒延枚叟,肯料平台狐兔走。万事翻覆如浮云,昔人空在今人口。"

又《山房春事二首》:"梁园日暮乱飞鸦,极目萧条两三家。庭树不知人死尽,春来还发旧时花。"

唐·杜甫《寄李十二白》:"醉舞梁园夜,行歌泗水春。"

唐·李商隐《汴上送李郢之苏州》:"人高诗苦滞夷门,万里梁王有旧园。"

又《寄令狐郎中》:"休问梁园旧宾客,茂陵秋雨病相如。"

宋·卢祖皋《宴清都》(初春):"料黛眉重锁隋堤,芳心还动梁苑。"

金·元好问《南冠行》:"梁园三月花如雾,临锦芳华朝复暮。"

元·盍西村《脱布衫·春宴》:"梁园赋客,金谷英才,吴楚歌舞,玳瑁筵排。"

元·汤式《哨遍·新建构栏教坊求赞》:"这构栏领莺花独镇着乾坤内,便一万座梁园也到不得。"

3873. 古来征战几人回

唐·王翰《凉州词》:"葡萄美酒夜光杯,欲饮琵琶马上催。醉卧沙场君莫笑,古来征战几人回?"写边塞戍卒宴饮的情景,"醉卧沙场"是一醉方休的场面,"古来征战几人回"正是豪放、兴奋,视死如归。清·施补华《岘庸说诗》评曰:"作悲伤语读便浅,作谐谑语读便妙,在学人领悟。"所以"旷达含悲"的评论未见贴切。

后人用"几人归"句:

唐·温庭筠《送李生归旧居》:"一从征战后,故社几人归?"

元帅加诗人陈毅《与八路军南下队会师,同志中有十年不见者》(1946年11月7日):"十年征战几人回,又见同侪并马归。"

3874. 把酒话桑麻

唐·孟浩然《过故人庄》:"开轩面场圃,把酒话桑麻。"经过老友村庄,被老友留下,作此诗。全诗语味淡淡,全是白描笔法。清人沈德潜《唐诗别裁》说"语淡而味终不薄。"闻一多《孟浩然》甚至说:"淡到看不见诗。"这二句当然也淡。酒筵面对

谷场和菜园,饮酒时所谈的都是桑麻生长情况。农家景色,田园生活,都带有浓烈的泥土香。这就是淡中的深味。

"把酒话桑麻"源于"但道桑麻长"。晋·陶渊明《归田园居》:"相见无杂言,但道桑麻长。"写自己归田之后,全身心地投入到田园之乐趣。孟浩然虽尽心求职,最终还是归隐襄阳南园了,同陶渊明有相同之处,用此句是很自然的了。"话桑麻"后成了同农民交谈的重要话题。

清·吴伟业《意难忘》(人家):"把瘿樽茗碗,高话桑麻。""瘿尊"树根雕的酒樽。

现代元帅陈毅《东征初抵高淳》:"堤柳低垂晚照斜,农家夜饭话桑麻。"

今人阚家蕡《高阳台》:"纵归还,人老情荒,谁话桑麻。"

"桑麻"广有概括力,含稻、粱、菽、麦、黍、稷六谷的农事耕耘。请看"桑麻"代表的种植农事。

宋·潘兴嗣《秦人洞》:"秦人当日避风烟,自种桑麻老洞天。"

宋·王安石《出郊》:"风月有情无处著,初回光景到桑麻。"

3875. 一饭胡麻度几春

唐·王昌龄《题朱炼师山房》:"百花仙酿能留客,一饭胡麻度几春!""桑麻",桑树与大麻、大麻纤维常编织麻布、绞制麻绳。"桑"则养蚕抽丝,可见"桑麻"只是穿着方面。而"胡麻"则是吃的了。明人顾元庆《夷白斋诗话》载:"南方谚语有'长老种芝麻,未见得,余不解其意。偶阅唐诗,始悟斯言,其来远矣。胡麻即今芝麻也,种时必夫妇两手同种,其麻倍收。长老,言僧也,必无可得之理。故云。"唐女子葛鸦儿《怀良人》:"胡麻好种无人种,正是归时底不归?"也似说缺男人,胡麻也种不成。其实胡麻不是芝麻,芝麻白籽儿,胡麻则呈酱色,且有光泽。北方人常在地头种它,也是一种油料作物。唐·卢纶《过楼观李尊师》:"不知尘俗士,谁解种胡麻?"予幼年在农村,见农民种胡麻似无特殊操作法,也从没听说过种胡麻难。

"饭胡麻"吃胡麻饭,似饭中加入胡麻(又叫脂麻,含植物油),如饭中加入绿豆为绿豆饭。《释名·释饮食》云:"胡饼,作文大漫冱也,亦言以胡麻著上也。"胡麻饭是否同胡饼一样,著入胡麻?未见前人解读。王昌龄的"一饭胡麻度几春",夸

张写朱炼师可能服丹药同时少食以"辟谷"。

唐·李白《句》:"举袖露条脱,招我饭胡麻。"

唐·王维《送孙秀才》:"山中无鲁酒,松下饭胡麻。"

又《奉和圣制幸玉真公主山庄因题石壁十韵之作应制》:"玉羹和石髓,香饭进胡麻。"

唐·皮日休《夏初访鲁望偶题小斋》:"半里芳阴到陆家,藜床相劝饭胡麻。"

宋·胡宿《山中》:"浊醪酿秫米,香饭炊胡麻。"

3876. 绿树村边合

唐·孟浩然《过故人庄》:"绿树村边合,青山郭外斜。"村边绿树密连而浓郁,合成一片,充满了生机。

清·钱维乔《南柯子》:"绿树千村合,清溪百道连。"千村万落,绿树环合;百条溪流,相互融通。用孟浩然句。

3877. 气吞云梦泽,波撼岳阳楼

唐·孟浩然《望洞庭湖赠张丞相》:"气蒸云梦泽,波撼岳阳城。"古代云梦泽,梦泽在长江之南,云泽在长江以北。后淤积分成上千个湖泊,湖北因有"千湖之省"的称号。"气蒸云梦泽"写洞庭湖水势广阔,似乎涵容了整个云梦泽。"波撼岳阳城"岳阳在洞庭湖东岸,湖水波涛奔涌,似在撼动着岳阳城。这是写洞庭的名句。

清·孔尚任《桃花扇》第十三出哭主:"气吞云梦泽,声撼岳阳楼。"用孟浩然句,写左良玉镇守汉阳之气势。

3878. 羊公碑尚在

唐·孟浩然《与诸子登岘山》:"羊公碑尚在,读罢泪沾巾。"《晋书·羊祜传》载:晋大将军羊祜镇守襄阳,常登岘山,饮酒赋诗,终日不倦。他镇守襄阳十年,开屯田,储军粮,为一举灭吴作准备。他登览岘山,"尝慨然叹息,谓从事中郎邹湛曰:'自有宇宙,便有此山。由来贤者胜士登此远望如我与卿者多矣,皆湮灭无闻,使人悲伤!'"羊祜死后两年东吴灭亡。襄阳人民为怀念他,在岘山建庙树碑,"望其碑者,莫不流泪。杜预因名为'堕泪碑'"。羊祜慨叹人生短暂,江山依旧,孟浩然自伤不能如羊祜那样遗爱人间,与江山同在,因而落泪。

唐·张九龄《登襄阳岘山》:"蜀相吟安在,羊公碣已磨。"怀古。

唐·崔湜《襄阳作》:"宅坏乃思凤,碑存更忆羊。"怀古。

宋·陆游《水调歌头》(多景楼):"不见襄阳登览,磨灭游人无数,遗恨黯难收。叔子(羊祜字)独千载,名与汉江流。"陆游与方滋登镇江北固山游多景楼,联想到羊祜对邹湛在岘山谈话流露出的政治抱负,鼓励方滋,也表达自己壮志难酬的心情。

3879. 自谓羲皇人

唐·孟浩然《仲夏归汉南园寄京邑耆旧》:"尝读高士传,最嘉陶徵君。日耽田园趣,自谓羲皇人。""陶徵君",陶潜。陶潜死后,友人谥他为"靖节徵士","徵君"即从此来。孟浩然归田后,以陶潜为楷模。他景仰陶潜热衷田园之乐,自称为羲皇以前时代的人。陶渊明《与子俨等疏》:"常言五六月中,北窗下卧,遇凉风暂至,自谓是羲皇上人。"伏羲、神农、黄帝为古代"三皇","羲皇上人",伏羲以前的人,即"三皇"以上的人,古朴而淡泊,陶渊明很愿做那样的人。因而《晋书·陶潜传》写入此意:"夏日虚闲,高卧北窗之下,清风飒至,自谓羲皇上人。"

"羲皇上人",缩用作"羲皇人""羲皇",表示高卧北窗,古朴淡泊,不逐名利的品格高尚的人,也就是古人所推崇的高士。

唐·李白《戏赠郑溧阳》:"清风北窗下,自谓羲皇人。"用孟原句。

又《经离乱后天恩流夜郎忆旧游书怀赠江夏韦太守良宰》:"百里独太古,陶然卧羲皇。"

又《闻丹丘子于城北营石门幽居中有高凤遗迹仆离群远怀亦有栖遁之志因叙旧以寄之》:"畴昔在嵩阳,同衾卧羲皇。"

唐·岑参《南池夜宿思王屋青萝旧斋》:"有时清风来,自谓羲皇人。"

唐·杜甫《醉时歌》:"先生有道出羲皇,先生有才过屈宋。"

又《重过何氏五首》:"看君用幽意,白日到羲皇。""白日羲皇"言不须高卧,亦可神游千古。

唐·颜真卿《咏陶渊明》:"题诗庚子岁,自谓羲皇人。"

唐·白居易《池上闲吟二首》:"幸逢尧舜无为日,得作羲皇向上人。"

唐·陆龟蒙《和同润卿寒夜访袭美各惜其志次韵》："如能跂脚南窗下，便是羲皇世上人。"

元·张养浩《水仙子·咏遂闲堂》："绰然亭后遂闲堂，更比仙家日月长。高情千古羲皇上，北窗风特地凉。"

元·马谦斋《快活三过朝天子四边静·夏》："北堂、草堂，人去羲皇上，亭台潇洒近池塘，睡足思新酿。"

元·张可久《梧叶儿·夏夜即席》："酒倾白玉盆，鲙切水晶鳞，醉倒羲皇人。"喻客人。

元·汤式《赏花时·送友人入全真道院》："既悟死生机，便得清平分，真乃是羲皇上人。"代友人。

清·蒲松龄《荒园小构落成有丛柏当门，颜曰绿屏斋》："须知膏火寒窗下，也有羲皇好梦来。"喻小宅居住也还恬静惬意。

3880. 魏阙心恒在

唐·孟浩然《自浔阳泛舟经明海》："魏阙心恒在，金门诏不忘。"谋求官职之心常在。"魏阙"，指古代宫门有巍然高起的楼观。孙诒让《周礼正义》卷四载：周制，天子诸侯宫门皆筑台，台上起屋，谓之台门。台门两旁特为屋高出于门屋之上者，谓之双阙，亦谓之两观。魏阙其下两旁是悬布法令的地方，又称"象魏"。魏阙常常作朝廷的代称。《庄子·让王》："身在江海之上，心居乎魏阙之下。"孟浩然句即用此意，表示心怀朝廷。

唐·李华《咏史十一首》："魏阙心犹在，旗门首已悬。"

唐·李白《同友人舟行游台越》："空持钓鳌心，从此谢魏阙。"

唐·钱起《送襄阳卢判官奏开河事》："千里趋魏阙，一言简圣聪。"

又《送李大夫赴广州》："征途凡几转，魏阙如在眼。"

又《重送陆侍御使日本》："定知怀魏阙，回首海西头。"

又《送卫功曹赴荆南》："惆怅江陵去，谁知魏阙情。"

唐·高适《酬李少府》："君若登青云，余当投魏阙。"

唐·独孤及《寒夜溪行舟中作》："魏阙万里道，羁念千虑束。"

又《题刘相公三湘图》："谁言魏阙下，自有东山幽。"

唐·严维《书情献相公》："魏阙望中何日见，商歌奏罢复谁听？"

唐·刘禹锡《白舍人见酬拙诗因以寄谢》："甘陵旧党凋零尽，魏阙新知礼数宗。"

唐·白居易《和除夜作》："我在魏阙下，谬乘大夫车。"

唐·杜牧《送陆洿郎中弃官东归》："少微星动照春云，魏阙衡门路自分。"

又《奉和门下相公送西川相公兼领相印出镇全蜀诗十八韵》："丹心悬魏阙，往事怆甘棠。"

唐·皮日休《奉献致政裴秘监》："魏阙将结驷，甘求白首闲。"

唐·陆龟蒙《和袭美重送圆载上人归日本国》："遥想到时思魏阙，只应遥拜望斜晖。"

3881. 蹉跎游子意

唐·孟浩然《岘山送张去非游巴东》："蹉跎游子意，眷恋故人心。"（一题作《岘山亭送朱大》）送友人去巴东三峡。"蹉跎"，失足，《楚辞·九怀·株昭》："骥垂两耳兮，中坂蹉跎。"含颠簸、坎坷意，引申为失意。"蹉跎游子意"，远游别友，若有所失。

唐·李颀《送魏万之京》："莫见长安行乐处，空令岁月易蹉跎。""蹉跎岁月"，光阴虚度之意。《晋书·周处传》："欲自修而年已蹉跎"即此意。后用此意者较多。

唐·孟浩然《宴张记室宅》："宁知书剑者，岁月独蹉跎。"

唐·杜甫《蒹葭》："江湖后摇落，亦恐岁蹉跎。"

唐·高适《酬裴秀才》："飘荡与物永，蹉跎觉年老。"

唐·钱起《长安客舍赠李行父明认》："但恐酬明义，蹉跎芳岁阑。"

唐·张籍《胡山人归王屋因有赠》："此生已是蹉跎去，每事应从卤莽休。"

唐·武元衡《长安秋夜怀陈京昆季》："寥落悲秋尽，蹉跎惜岁穷。"

唐·元稹《解秋十首》："勿言时不至，但恐岁蹉跎。"

唐·白居易《寄同病者》："年颜日枯槁，时命日蹉跎。"

又《初见白发》:"未料容鬓间,蹉跎忽如此。"

又《早梳头》:"年事渐蹉跎,世缘方缴绕。"

又《青龙寺早夏》:"朝朝感时节,年鬓暗蹉跎。"

又《晚秋有怀郑中旧隐》:"病添心寂寞,愁入鬓蹉跎。"

又《问韦山人山甫》:"身名身世两蹉跎,试就先生问若何。"

又《喜敏中及第偶示所怀》:"莫学尔兄年五十,蹉跎始得掌丝纶。"

唐·李群玉《江楼闲望忆关中故旧》:"音书寂绝秦云外,身世蹉跎楚水头。"

唐·贾岛《寓兴》:"浮华岂我事,日月徒蹉跎。"

唐·刘沧《汶阳客舍》:"年光自感益蹉跎,岐路东西竟若何。"

唐·于武陵《客中揽镜》:"所以多为客,蹉跎欲怨谁。"

3882. 不才明主弃

唐·孟浩然《岁暮归南山》(又作《归故园作》、《归终南山》)):"北阙休上书,南山归敝庐。不才明主弃,多病故人疏。白发催年老,青阳逼岁除。永怀愁不寐,松月夜窗虚。"开元十二年(728),四十岁的孟浩然来长安应进士试落第,他"为文三十载",自谓经纶满腹,一旦失利,心情懊丧,而作此诗。"不才明主弃"恰与"魏阙心常在"表里呼应。据《唐摭言》载:孟浩然与张九龄、王维为忘形交。维私邀入内署,适明皇至。浩然匿床下,维以实对。帝喜曰:"朕闻其人,而未见也。"诏浩然出,诵所为诗,至"不才明主弃",帝曰:"卿不求仕,朕不尝弃卿,奈何诬我?"因放还。显然,"不才明主弃",无才之人被明主遗弃不用,那么有才之人被弃呢,"明主"还明吗?这种直面皇帝的牢骚语,也只有在唐代才被视为无罪。当然被任用的一线希望也没有了。其实,"不才明主弃"深含着他事明主的忠心。在《仲夏归汉南园寄京邑耆旧》亦有表露:"忠欲事明主,孝思侍老亲。"

唐·白居易《代书诗一百韵寄微之》:"未为明主识,已被佞臣疑。""未为明主识"从"明主弃"句化出。

3883. 貂蝉托后车

唐·王维《故太子太师徐公挽歌四首》:"剑履升前殿,貂蝉托后车。""貂蝉":汉代侍从官帽上的装饰物。《后汉书·舆服志下》载:"武冠,一曰武弁大冠,诸武官冠之。侍中、中常侍加黄金珰,附蝉为文,貂尾为饰。谓之'赵惠文冠'。"王维诗中"貂蝉"代宫中侍从官。后常代达官贵人。

又《哭祖六自虚》(时年十八):"才雄望羔雁,寿促背貂蝉。"

唐·卢照邻《于时春也慨然有江湖之思寄赠柳九陇》:"倘遇鸾将鹤,谁论貂与蝉。"

唐·崔颢《奉和许给事夜直简诸公》:"宠列貂蝉位,恩深侍从年。"

唐·王昌龄《留别岑参兄弟》:"貂蝉七叶贵,鸿鹄万里游。"七叶,或为侍中文冠之一种。唐·戎昱《苦哉行五首》其四:"妾家清河边,七叶承貂蝉。"

唐·戴叔伦《和李相公勉晦日蓬池游宴》:"貂蝉临野水,旌旆引春风。"

唐·权德舆《和李大夫西山祈雨因感张曲江故事十韵》:"亚相冠貂蝉,分忧统十联。"

唐·武元衡《奉酬中书李相公早朝于中书候传点偶书所怀》:"霄汉惭联步,貂蝉愧并簪。"

唐·白居易《涧底松》:"金张世禄原宪贫,牛衣寒贱貂蝉贵。貂蝉与牛衣,高下虽有殊;高者未必贤,下者未必愚。"

又《题崔常侍济源庄》:"主人何处去,萝薜换貂蝉。"

又《为五百言以伸酬献》:"貂蝉虽未脱,鸾皇已不羁。"

唐·裴次元《南至日隔仗望含元殿炉香》:"芬馨流远近,散漫入貂蝉。"官帽。(一作郭遵诗)

五代·陈陶《续古二十九首》之二十二:"金殿一承恩,貂蝉满乡里。"

宋·晁端礼《上林春》:"向清时、便告老,尽取貂蝉轻弃。"

宋·陆游《草堂拜少陵遗像》:"长安貂蝉多,死去谁复还。"

又《沁园春》(三荣横溪阁小宴):"看故人强半,沙堤黄阁,鱼悬带玉,貂映蝉金。"

又《汉宫春》(张园赏海棠作,园故蜀燕王宫也):"凭寄语、京华旧侣,幅巾莫换貂蝉。"

宋·赵磻老《生查子》(答洪丞相谢送小冠):"貂蝉懒上头,渭永知何处。风月共垂竿,脱帽须亲付。"

宋·方有开《满江红》(钓台):"貂蝉贵,无人续;金带重,难拘束。"

宋·辛弃疾《水调歌头》:"头上貂蝉贵客,花外麒麟高塚,人世竟谁雄?一笑出门去,千里落花风。"

又《最高楼》(为洪内翰庆七十):"直须腰下添金印,莫教头上欠貂蝉。向人间,长富贵,地行仙。"

又《鹊桥仙》(送祐之归浮梁):"诗书事业,青毡犹在,头上貂蝉会见。"

又《水龙吟》:"金印明年如斗,向中州、锦衣行昼。依然盛事,貂蝉前后,凤鳞飞走。宝贵浮云,我评轩冕,不如杯酒。"

又《满江红》(贺王宣子平湖南冠):"金印明年如斗大,貂蝉却自兜鍪出。"

又《破阵子》(为范南伯寿,时南伯为张南轩辟宰泸溪,南伯迟迟未行,因赋此勉之):"燕雀岂知鸿鹄,貂蝉无出兜鍪。却笑泸溪如斗大,肯把牛刀试手。寿君双玉瓯。"

又《洞仙歌》(为叶丞相作):"好都取、山河献君王,看父子貂蝉,玉京还驾。"

又《沁园春》(寿赵茂嘉郎中,时以制置兼济仓振济里中,除直秘阁):"人道阴功,天教多寿,看貂蝉七叶孙。"

宋·刘过《满江红》(寿):"看貂蝉,绿鬓本天人,真难老。"

又《沁园春》(御阅还上郭殿帅):"玉带猩袍,遥望翠华,马去似龙。拥貂蝉争出,千官鳞集。貔貅不断,万骑云从。"

宋·严仁《水调歌头》(上韶州万检详,时有节制之命):"莫厌兜鍪冷,归去又貂蝉。"

宋·刘克庄《水龙吟》(辛亥安晚生朝):"祁公一度貂蝉,先生三度貂蝉了。"

宋·沈刚孙《酹江月》:"金印貂蝉谁不爱,只为汗颜巢许。"

宋·李曾伯《醉蓬莱》(戊子为亲庭寿,时方出蜀):"为报中朝,如今老子,肯把貂蝉,换取松菊。"

宋·李昂英《摸鱼儿》(饯广帅马方山赴召):"君带貂蝉头上立,老我荷衣草带。"

宋·无名氏《满庭芳》(寿安抚):"看明年,五云深处,黄发映貂蝉。"

宋·无名氏《满庭芳》(寿殿帅):"风云会,钩陈羽卫,绿鬓映貂蝉。"

宋·无名氏《水调歌头》:"菲礼岂能祝寿,自有仙桃满院,一实数千年。早晚朝元会,苍鬓映貂蝉。"

3884. 龟壳用支床

唐·王维《春日上方即事》:"好读高僧传,时看辟谷方。鸠形将刻杖,龟壳用支床。"

"支床有龟":《史记·龟策列传》载:"南方老人用龟支床足,行二十余岁,老人死,移床,龟尚生不死。龟能行气导引。"晋·葛洪《抱扑子》载:"《史记·龟策传》云:'江淮间居人,为儿时以龟支床,至死后,家人移床,而龟犹生。'此亦不减五六十岁也。不饮不食,如此之久而不死,其与凡物不同亦远矣,亦复何疑于千岁哉!仙家像龟之息,岂不有以乎?"又《抱扑子》云:"故太丘长陈仲弓,笃论士也,撰《异闻记》云:其郡人张广定者,遭适当避,有一女年四岁,不能步涉。村侧有大冢,先有穿穴,乃以器盛缒之而舍去。后三年,欲收所弃女骨,其女故坐冢中。问从何得食,女言见冢有一物,伸颈吞气,试效之,辄不复饥,以至于今。广定索女所言物,乃一大龟耳。"《六笈七籤》记:"龟鳖等摄气法,东向坐,仰头不息,五息五通,以舌撩口中沫,满三七咽。"这都是龟摄气不死的传说。王维诗写"辟谷""刻杖""支床"都是高僧传里的奇事。

用"支床有龟"表独居、久居、健康长寿等等。

唐·白居易《移家入新宅》:"春朝锁笼鸟,冬夜支床龟。"

又《寄微之》:"鹦鹉能言长剪翅,龟缘难死久揭床。""揭"即支。

唐·罗隐《圣真观刘真师院十韵》:"支床龟纵老,取箭鹤何慵。"

宋·苏轼《次韵钱舍人病起》:"床下龟寒且耐支,杯中蛇去未应衰。"

又《和陶读(山海经)》:"支床竟不死,抱一无穷年。"

又《次韵王巩留别》:"无人伴客寝,唯有支床龟。"

3885. 相如今老病

唐·王维《和陈监四郎秋雨中思从弟据》:"相

如今老病,归守茂陵园。"《史记·司马相如列传》:"相如口吃而善著书,常有消渴疾。""相如既病免,家居茂陵。"《西京杂记》:"长卿素有消渴疾,……卒以此疾至死。"诗中以"相如老病"自谓。又《冬日游览》:"相如方老病,独归茂陵宿。""病渴",糖尿病。

后用相如"有病""病渴",多为诗人自况。

唐·张九龄《故徐州刺史赠吏部侍郎苏公挽歌词三首》:"相如只谢病,子敬忽云亡。"

唐·祖咏《赠苗发员外》(一作李端诗):"茂陵虽有病,犹得伴君行。"

唐·杜甫《琴台》:"茂陵多病后,尚爱卓文君。"

又《奉送魏六太佑少府之交广》:"长卿久病渴,武帝元同时。""长卿"为司马相如的字。

又《上韦左相二十韵》:"长卿多病久,子夏索居频。"

唐·唐彦谦《秦捷西蜀题泡江驿》:"锦江不识临邛酒,且免相如渴病归。"

唐·赵嘏《李先辈擢第东归有赠送》(一作薛逢诗):"茂陵自笑犹多病,空有书斋在翠微。"

宋·苏轼《黄鲁直以诗馈双井茶次韵为谢》:"列仙之儒瘠不腴,只有病渴同相如。"

宋·黄庭坚《以梅馈晁深道戏赠二首》:"带叶连枝摘未残,依稀茶坞竹篱间。相如病渴应须此,莫与文君蹙远山。"相如病渴喜梅,而文君却不喜其酸。

3886. 宁复久临邛

唐·宋之问《送杨六望赴金水》:"台阶有高位,宁复久临邛。"岂能久居临邛,定有升迁之日。《史记·司马相如列传》:相如与卓文君一同到临邛,"尽卖其车骑,买一酒舍酤酒,而令文君当炉。相如身自著犊鼻裈,与保庸杂作,涤器于市中。"所以,居临邛是才华横溢的司马相如最困顿的日子。诗人便用"临邛"做为受困不得志的地方的代表。

唐·韦应物《特发楚州经宝应县访李二忽于州馆相遇月夜书事因简李宝应》:"一问临邛令,如何待上宾?"开始,临邛县令重相如之才,曾邀相如到卓王孙家作客。

唐·聂夷中《古别离》:"欲别牵郎衣,问郎游何处?不恨归日迟,莫向临邛去。"

3887. 忆共文君语

宋·晏几道《虞美人》:"疏梅月下歌金缕,忆共文君语:更谁情浅似春风?一夜满枝新绿替残红。""文君"用卓文君称代妻子、情侣。

宋·苏轼《满庭芳》(茶):"相如虽病渴,一觞一咏,宾有群贤。……归来晚,文君未寝,相对小窗前。"

宋·姜夔《八归》(湘中送胡德华):"想文君望久,倚竹愁生步罗袜。归来后,翠尊双饮,下了珠帘,玲珑闲看月。"

3888. 遍插茱萸少一人

唐·王维《九月九日忆山东兄弟》:"独在异乡为异客,每逢佳节倍思亲。遥知兄弟登高处,遍插茱萸少一人。"重阳节,十七岁的王维,身在长安,怀念"山东"(华山之东的蒲州,今山西永济)兄弟,作此诗,"每逢佳节倍思亲"抒发了游子之常情,因而千古不朽。"遍插茱萸少一人"是想像家乡兄弟九九登高,都佩戴着茱萸,其中却少了一位——正"独在异乡"的兄弟,该多么怀念呢?以"兄弟忆我"的设想,表达"我忆兄弟"的情感,曲笔之妙,无以附加。

插茱萸:晋·葛洪《西京杂记·高帝侍儿言宫中乐事》云:"九月九日,佩茱萸,食蓬饵,饮菊花酒,令人长寿。"可知这种习俗至少产生于汉初。唐·刘禹锡曾评"茱萸句":茱萸二字,经三诗人(杜甫、王维、朱放)皆已道,亦有能否焉:杜公言"醉把茱萸子细看",王右丞"遍插茱萸少一人",朱放"学他少年插茱萸",杜公为最佳也。然诗史证明,流传久远的名句属于王维。

用王维句如:

宋·黄庭坚《清平乐》(示知命):"蜀娘漫占花酥,酒槽空滴真珠。兄弟四人别住,他年同插茱萸。"反用。

宋·秦观《碧芙蓉》:"客里遇重阳……故园、当此际,遥想弟兄罗列,携酒登高,把茱萸簪彻。"

宋·李纲《江城子》:"遥想茱萸方遍插,唯少我,一枝香。"用王维之创意,写"去年九日"在衡阳思亲之情。"少我一枝香",唯我没插茱萸,少一枝香。

3889. 仰厕群贤,皤然一老

唐·王维《酬诸公见过》(时官未出在辋川

庄）："仰厕群贤,皤然一老。""皤(pó)"白,白发苍苍一老翁。作者在辋川庄。"诸公"造访,作此。王维得到宋之问的辋川(今陕西省蓝田县终南山下)别业后,三十余年过着亦官亦隐的生活,此时仰望来访的"群贤"(同僚),自己已是白发老翁了。

"皤然"也作"皤皤"。

唐·岑参《秋夕听罗山人弹三峡流泉》："皤皤岷山老,抱琴鬓苍然。"

唐·高适《宓公琴台诗三首》："皤皤邑中老,自夸邑中里。"

又《自淇涉黄河途中作十三首》："皤皤河滨叟,相遇似有耻。"

唐·卢纶《奉和李益游栖岩寺》："回首空门路,皤然一幻身。"(一作常衮《登栖霞寺》诗。)

唐·权德舆《渭水》："吕叟年八十,皤然持钓句。"

又《过隐者湖上所居》："蜗舍映平湖,皤然一鲁儒。"

唐·白居易《晚起闲行》："皤然一老子,拥裘仍隐几。"

又《岁暮呈思黯相公皇甫朗之及梦得尚书》："岁暮皤然一老夫,十分流辈九分无。"

宋·王义山《贺新郎》(自贺生孙·丙戌四月)："自笑斟醽醁,作皤然一老,逍遥东湖湖曲。"

3890. 目送老莱衣

唐·王维《送钱少府还蓝田》："手持平子赋,目送老莱衣。""老莱衣"老莱子华丽的衣服。《太平御览》卷四一三引《孝子传》:春秋时,楚国人老莱子,性至孝,年七十,常着五彩斑斓之衣,仿效小儿的习性和动作,以娱其双亲。"目送老莱衣"是目送衣着华美的钟少府。

"老莱衣"诗中常表示"孝子衣""孝子"。王维《送友人南归》："悬知倚门望,遥识老莱衣。"家中亲人倚门而望,远远认出归来的亲子。用"老莱衣"如:

唐·孟浩然《夕次蔡阳馆》："明朝拜嘉庆,须著老莱衣。"

又《送王五昆季省觐》："水乘舟楫去,新望老莱归。"

唐·蔡希寂《同家兄题渭南王公别业》："朝庆老莱服,夕闲安道琴。"

唐·殷遥《送友人下第归省》："莫将和氏泪,滴着老莱衣。"

唐·祖咏《赠苗员外》："花惭潘岳貌,年称老莱衣。"

唐·李白《赠历阳褚司马》："先同稚子舞,更著老莱衣。"

唐·岑参《送薛彦伟擢第东归》："名登郏诜第,身著老莱衣。"

又《送蒲秀才擢第归蜀》："新登郏诜第,更著老莱衣。"

又《奉送李宾客荆南迎亲》："手把黄香扇,身被老莱衣。"

唐·李嘉祐《送郑正则汉阳迎妇》："锦字相催鸟急飞,郎君暂脱老莱衣。"

唐·杜甫《送韩十四江东觐省》："兵戈不见老莱衣,叹息人间万事非。"

3891. 绛帻鸡人报晓筹

唐·王维《和贾舍人早朝大明宫之作》："绛帻鸡人报晓筹,尚衣方进翠云裘。""筹"更筹,古代夜间计时报更用的竹签。《陈书·世祖纪》："每鸡人伺漏,传更签于殿中,乃敕送使者必投签于阶石之上,令鎗然有声,云吾虽眠,亦令惊觉也。""绛帻鸡人"戴着红冠的报更人,"报晓筹"传报拂晓的更筹。晓筹,一夜最后一支更筹。王诗意为:报过晓筹,正是早朝时间。

唐·李商隐《马嵬》："空闻虎旅鸣宵柝,无复鸡人报晓筹。"反用王维句,讥明皇逃蜀,只有卫士守夜的柝声,而不再听到宫中鸡人报晓更筹声了。

清·曹雪芹《红楼梦》第二十二回《春灯谜》:林黛玉"晓筹不用鸡人报,五夜无烦侍女添。"谜底为"更香"。

3892. 分野中峰变

唐·王维《终南山》："太乙近天都,连山接海隅。白云回望合,青霭入看无。分野中峰变,阴晴众壑殊。欲投人处宿,隔水问樵夫。"古代以二十八宿(xiù)星座的区分标志地上的界域叫分"野"。王维写终南山很大,一峰之隔,即属不同的分野,同一时间里,各山谷间的阴晴也有不同。

唐·薛逢《陆州歌第一》："分野中峰变,阴晴众壑殊。欲投人处宿,隔浦问樵夫。"此为王维《终南山》诗后四句,只换一"浦"字。

3893. 留侯常辟谷

唐·王维《故太子太师徐公挽歌四首》：“留侯常辟谷，何苦不长生。”“辟(bì)谷”不吃五谷，古代一种养生方。《史记·留侯世家》：“留侯性多病，即导引不食谷。”裴骃集解：“服辟谷之药而静居行气。”后道教用作修仙之法。王维用“留侯常辟谷”，哀徐公之死。

又《春日上房即事》：“好读高僧传，时看辟谷方。”写自己研修之法。

3894. 又话逍遥篇

唐·储光羲《至嵩阳观，观即天皇故宅》：“一闻步虚子，又话逍遥篇。”“逍遥篇”悠然自得，自由自在。《庄子·内篇·逍遥游》的主旨即自由自在。《庄子·让王》亦云：“日出而作，日入而息，逍遥于天地之间，而心意自得。”“逍遥篇”即含此意。

又《献八舅东归》：“门多松柏树，篋有逍遥篇。”

唐·陶翰《秋山夕兴》：“高言兴未逸，更理逍遥篇。”

唐·白居易《犬鸢》：“心适复何为，一咏逍遥篇。”

3895. 风雪夜归人

唐·刘长卿《逢雪宿芙蓉山主人》：“日暮苍山远，天寒向屋贫。柴门闻犬吠，风雪夜归人。”日暮逢雪，投宿芙蓉山主人，“风雪夜归人”人在风雪之夜中归来。“人”为主语，倒置宾位。更简炼。“归人”、“人归来”，成“归来的人”。唐宋人多用“归人”及其否定式“未(不)归人”。

唐·沈佺期《句》：“五湖三亩宅，万里一归人。”（一作王维《送丘落第归江东》诗。）

唐·张说《南中赠高六戬》：“平生歌舞席，谁忆不归人。”

唐·卢僎《途中口号》：“年年洛阳陌，花鸟弄归人。”（一作郭向诗。）

唐·刘长卿《送王司马秩满西归》：“汉主何时放逐臣，江边几度送归人。”

又《奉陪萧使君入鲍达洞寻灵山寺》：“树杪下归人，水声过幽石。”

唐·李白《鲁郡尧祠送吴五之琅琊》：“日色促归人，连歌倒芳尊。”

唐·高适《别刘大校书》：“清风几万里，江上一归人。”

唐·韩翃《送襄恒王君归南阳别墅》：“双兔坡东千室吏，三鸦水上一归人。”

唐·戴叔伦《除夜宿石头驿》：“一年将尽夜，万里未归人。”

唐·孟郊《古意》：“欲寄未归人，当春无信去。”

唐·白居易《客中守岁》（在柳家庄）：“故园今夜里，应念未归人。”

唐·雍裕之《春晦送客》：“明年春色至，莫作未归人。”

唐·周贺《出关后寄贾岛》：“归人值落叶，远路入寒山。”

唐·雍陶《送蜀客》：“莫怪送君行较远，自缘身是忆归人。”

唐·许浑《江上逢友人》：“故国归人酒一杯，暂停兰棹共徘徊。”

又《送客南归有怀》：“长安一杯酒，座上有归人。”

唐·赵嘏《寄归》：“身事了水边，归去一闲人。”

唐·崔橹《三月晦日送客》：“明年春色至，莫作未归人。”

唐·罗邺《江帆》：“何处青楼方凭槛，半江斜日认归人。”

唐·郑谷《蜀中三首》：“却共海棠花有约，数年留滞不归人。”

唐·黄滔《芳草》：“泽国多芳草，年年长自春。应从屈手后，更苦不归人。”

唐·徐夤《潘丞相旧宅》：“七贵竟为长逝客，五侯寻作不归人。”

唐·皎然《赋得谢墅送王长史》：“何堪再过日，更送北归人。”皎然为谢灵运十世孙，与颜真卿、韦应物同时。

宋·苏轼《伯父〈送先人下第归蜀〉诗云：“人稀野店休安枕，路入灵关稳跨驴。”安予将去，为诵此句，因以为韵，作小诗十四首送之》：“如何风雪里，更送独归人。”

宋·陈济翁《蓦山溪》：“如今关外，千里未归人。前山雨，西楼晚，望断思君眼。”

宋·曾觌《绣带儿》（客路见梅）：“潇洒陇头春，取次一枝新。还是东风来也，犹作未归人。”

宋·韩元吉《燕归梁》(木犀)："广寒宫里未归人,共结屋、任黄金。"

宋·方千里《虞美人》："肠断江南千里,未归人。"

宋·黄机《诉衷情》："子规声老又残春,犹作未归人。"

宋·吴潜《天仙子》(舟行阻风)："家山肠断欲归人,风宿留,船津候,一夜朱颜烦恼瘦。"

又《虞美人》："欲归人送得归人,万叠青山罗列、是愁城。"

宋·张炎《浣溪沙》："冷艳喜寻梅共笑,枯香羞与佩同纫。湘皋犹有未归人。"

宋·无名氏《蓦山溪》："千里未归人,向此际、只回泪眼。"

3896. 牛羊践兮牧竖歌

唐·刘长卿《登吴城歌》："牛羊践兮牧竖歌,野无人兮秋草绿。""牛羊践"踏草地。

清·魏禧《登雨花台》："牛羊践履多新草,冠盖雍容半旧卿。"用"牛羊"句,述明陵荒芜,而旧臣雍容华贵。

3897. 今日龙钟人共弃

唐·刘长卿《江州重别薛洋柳六、八二员外》："寄身且喜沧洲近,顾影无如白发何。今日龙钟人共弃,愧君犹遣慎风波。"作者遭贬谪,在江州受到薛、柳二员外的热情接待,因云今天我已老态龙钟,人人都抛弃不顾,二位送我,慎忽抛起什么风波,受牵累。"龙钟"形态老化,行动不便。

唐·杜甫《曲江对酒》："纵饮久判人共弃,懒朝真与世相违。""纵饮"多醉,亦为"人共弃"。

3898. 莫言炙手手可热

唐·崔颢《长安道》(一作《霍将军》)："长安甲第高入云,谁家居住霍将军。日晚朝回拥宾从,路旁揖拜何纷纷。莫言炙手手可热,须臾火尽灰已灭。莫言贫贱即可欺,人生富贵自有时。一朝天子赐颜色,世事悠悠君自知。""霍将军",西汉霍去病曾云:"匈奴未灭,何以家为?"廉洁不修家室。其弟霍光,曾"拥昭立宣""匡国家,家社稷。"可他"不学无术,暗于大理",权倾朝野。及其死后罪发,宗族尽诛。(《汉书·霍光传》)"炙手可热"《西京新记》载:"安乐公主,上之季妹也。附会韦氏,热

可炙手,道路惧焉。赵曰:炙手可热,言势焰薰灼。钱笺:《唐语林》:会昌中,语曰'郑杨段薛,炙手可热。'盖唐时长安语如此。《新唐书·崔铉传》:"时语曰:郑(郑鲁)、杨(杨绍复)、段(段瑰)、薛(薛蒙),炙手可热。"炙手可热,热得灼手,喻权贵气焰太盛。如霍光大将军随汉宣帝"谒见高庙""若有芒刺在背""光诸女遇太后无礼,冯子都数犯法"(《霍光传》),都是炙手可热的表现。崔诗借"霍将军""炙手可热"须臾尽灭,说明权贵不可恃,贫贱不可欺。

唐·杜甫《丽人行》："炙手可热势绝伦,慎莫近前丞相瞋。"抨击杨国忠及其姊妹权倾朝野,气焰甚嚣尘上。

3899. 秦王扫六合

唐·李白《古风》其三："秦王扫六合,虎视何雄哉! 挥剑决浮云,诸侯尽西来。""六合"指上下四方,指天下。秦始皇虎视东方六国,终于剑决浮云,扫平天下,统一中国。写出了秦王威武的雄风。

唐·沈佺期《和户部岑尚书参迹枢揆》："大君制六合,良佐参万机。"述君王统制天下。

唐·颜真卿《赠裴将军》："大君制六合,猛将清九垓。"用沈佺期句。

3900. 虎视何雄哉

唐·李白《古风第三·秦王扫六合》："秦王扫六合,虎视何雄哉! 挥剑斩浮云,诸侯尽西来。""虎视":《易经·颐》:"虎视眈眈,其欲逐逐。"虎如雄视,欲有所攫取。此诗前四句写秦始皇统一天下的雄心与大略。"扫六合",统一天下。"虎视",威武如虎之雄视。

用"虎视"句如:

唐·张祜《入潼关》："秦皇曾虎视,汉祖昔龙颜。"

唐·李贺《白虎行》："火乌日暗崩腾云,秦王虎视苍生群。"指秦暴政害民。

又《秦王饮酒》："秦王骑虎游八极,剑光照空天自碧。"写秦王骑虎而游,威震八方。貌似写秦始皇,其实并无其事。清人姚文燮注云:"为德宗(李适)而作。"王琦注云:"德宗未为太子,尝封雍王。雍州正秦地也,故借秦王以为称。"此诗赞德宗早年英勇,即位以后却纵情宴乐。作者深感遗憾。

3901. 横行青海夜带刀

唐·李白《答王十二寒夜独酌有怀》:"君不能学哥舒,横行青海夜带刀,西屠石堡取紫袍。"据《太平广记》卷四百九十五《歌舒翰》载:"天宝中,歌舒翰为安西节度,控地数千里,甚著威令。故西鄙人歌之曰:北斗七星高,歌舒夜带刀。吐蕃总杀尽,更筑两重濠。"(《南部新书》亦载此事)哥舒翰攻取吐蕃石堡城而升官。李白即指斥哥舒翰这种做法,用"哥舒夜带刀"民谣。

《旧唐书·哥舒翰传》载:安禄山反,玄宗命哥舒翰统兵二十万守潼关,由于杨国忠遣使督责出击,导致全军覆没,部下火拔归红等执哥舒翰献安禄山,向安屈膝,被杀。

唐·李白《经乱离后天恩流夜郎忆旧游书怀赠江夏韦太守良宰》:"函关壮帝居,国命悬哥舒。"再次斥责哥舒翰。

唐·杜甫《北征》:"潼关百万师,往者散何卒!遂令半秦民,残害为异物!"写潼关溃败后带来的灾难。

3902. 莫学东山卧

唐·李白《送梁四归东平》:"莫学东山卧,参差老谢安。"不要学谢安东山长卧,以至老去。勉励梁四多为朝廷做事。《晋书·谢安传》:谢安字安石,"寓居会稽(今绍兴)"东山,"征西大将桓温请为司马,将发新亭,朝士咸送,中丞高崧戏之曰:'卿累违朝旨,高卧东山,诸人每与言,安石不肯出,将如苍生何!苍生今亦将如卿何!'安甚有愧色。""高卧东山"为高崧语。

"东山"有的表隐居,有的则表出山。

唐·陈子昂《题居延古城赠乔十二知之》:"闻君东山意,宿昔紫芝荣。"

唐·李白《送赵判官赴黔府中丞叔幕》:"绿萝长不厌,却欲还东山。"李白敬重谢安的业迹,也喜爱谢安的为人。因而写谢安的诗也最多。

又《赠常侍御》:"安石在东山,无心济天下。一起振横流,功成复潇洒。"

又《忆旧游寄元参军》:"北阙青云不可期,东山白首还归去。"

唐·王维《送綦毋潜落第还乡》:"遂令东山客,不得顾采薇。"隐者皆不隐居了。

唐·高适《人日寄杜二拾遗》:"一卧东山三十春,岂知书剑老风尘。"

宋·叶梦得《水调歌头》:"却恨悲风时起,冉冉云间新雁,边马怨胡笳。谁似东山老,谈笑净胡沙!"

宋·辛弃疾《水龙吟》(为韩南涧尚书寿甲辰岁):"绿野风烟,平泉草木,东山歌酒。"用唐朝宰相裴度(洛阳有他的绿野堂)、李德裕(洛阳城外有他的平泉庄)和谢安作此,愿韩元吉如前代名相。

元·关汉卿《四块玉·闲适》:"南亩耕,东山卧,世态人情经历多。"

元·乔吉《殿前欢·里西瑛号懒云窝自叙有作奉和》:"梦不喜高轩过,聘不起东山卧。"

元·刘时中《雁儿落·送别》:"东山仰谢安,秋水思张翰。"送友人隐居田园。

元·张可久《庆东原·越山即事》:"借贺老鉴湖船,访谢傅东山去。"

又《卖花声·客况》:"登楼北望思王粲,高卧东山忆谢安。"

3903. 谢公正要东山妓

唐·李白《示金陵子》(一作《金陵子词》):"金陵城东谁家子(一作"金陵子"),窃听琴声碧窗里。落花一片天上来,随人直渡西江水。楚歌吴语娇不成,似能未能最有情。谢公正要东山妓,携手林泉处处行。""金陵子"当是一位金陵城东的女子,一度为李白之妓。李白《出妓金陵子呈卢六四首》其一:"安石东山三十春,傲然携妓出风尘。楼中见我金陵子,何似阳台云雨人。"其二:"南国新丰酒,东山小妓歌。对君君不乐,花月奈愁何?"其四:"小妓金陵歌楚声,家僮丹砂学凤鸣。"李白携妓交游活动,且以谢安东山携妓为标榜,是出于慕谢安为人。他的《携妓登梁王栖霞山孟氏桃园中》:"谢公自有东山妓,金屏笑坐如花人。"亦以谢公携妓自况:《晋书·谢安传》载:"安虽放情丘壑,然每游赏,必以妓女从。"但李白写"携妓",含有"起东山,济苍生"的壮志。他的《书情赠蔡舍人雄》:"尝高谢太傅,携妓东山门。楚舞醉碧云,吴歌断清猿。暂因苍生起,谈笑安黎元。余亦爱此人,丹霄冀飞翻。"

李白写"东山妓"诗还有:

《东山吟》:"携妓东土山,怅然悲谢安。我妓今朝如在日,他妓古坟荒草寒。"

《宣城送刘副使入春》:"君携东山妓,我咏北门诗。"

《送贺宾客归越》:"携妓东山去,春光半道催。遥看若桃李,双入镜中开。"

其他"东山妓"句:

唐·王丘《咏史》:"高洁非养正,盛名亦艰险。伟哉谢安石,携妓入东山。"

唐·杜甫《戏作寄上汉中王二首》:"杳杳东山携妓去,泠泠修竹待王归。"

唐·羊士谔《客有自渠州来说常谏议使君故事怅然成咏》:"至今犹有东山妓,长使歌诗被管弦。"

唐·白居易《题谢公东山障子》:"唯有风流谢安石,拂衣携妓入东山。"

又《醉戏诸妓》:"席上争飞使君酒,歌中多唱舍人诗。不知明日休官后,逐我东山去是谁?"

五代·杨鸾《送杜郎中入茶山修贡》:"谢公携妓东山去,何以乘春奉诏行。"

宋·陈襄《和正辞职方以潓河留滞》:"且作东山携妓乐,未应南浦送君忧。"

宋·韩维《再和尧夫欲借琵琶妓》:"谢公故事常携妓,白傅年高自唱歌。更假红妆知有意,欲添尊酒十分多。"

宋·苏轼《和苏州太守王规父侍太夫人观灯之什,余时以刘道原见访,滞留京口,不及赴此会二首》:"但逐东山携妓女,那知后阁走穷宾。"

元·卢挚《金字经·崧南秋晚》:"谢公东山卧,有时携妓游。"

元·汤式《脱布衫·带小梁州》(四京为储公子赋·春):"北海尊,东山妓,春风天地,何日寒衣。"

3904. 东山老可堪岁晚,独听桓筝

宋·叶梦得《八声甘州》(寿阳楼八公山作):"千载八公山下,尚断崖草木,遥拥峥嵘。漫云涛吞吐,无处问豪英。信劳生,空成今古,笑我来、何事怆遗情。东山老,可堪岁晚,独听桓筝!"《晋书·谢安传》:谢安隐居会稽东山,后出为东晋名臣,苻坚南侵时,安主持朝政,任用谢玄等将领破敌,获淝水大捷,为巩固东晋政权起了决定作用。至晋孝武帝末年,受奸人谗毁,见疏于孝武帝。《晋书·桓伊传》载:"好利险诐之徒,以安功名盛极,而构会之,嫌隙遂成。帝召桓伊饮宴,安侍坐。……伊便抚筝而歌怨诗曰:'为君既不易,为

臣良独难。忠信事不显,乃有见疑患。周旦佐文武,金縢功不利。推心辅王政,二叔反流言。'声节慷慨,俯仰可观。安泣下沾衿,乃越席而就之,捋其须曰:'使君于此不凡!'帝甚有愧色。"叶梦得词,在八公山,想到苻秦军"草木皆兵"情景。想到谢东山曾建破苻秦奇功,而到晚年受谗见疑、听筝落泪的场面。"听桓筝"听桓伊弹筝而歌曹植的《怨歌行》。《怨歌行》全旨:曹植以周公旦自比,抒写忠而见疑之苦。

宋·辛弃疾《念奴娇》(登建康赏心亭)(呈史致道留守):"却忆安石风流,东山岁晚,泪落哀筝曲。儿辈功名都付与,长日惟消棋局。"用叶梦得语,述谢安下棋也关心国事,帮助子侄辈获淝水大捷,晚年反受疑忌。

3905. 只愁重洒西州泪

宋·张炎《月下笛》:"只愁重洒西州泪,问杜曲、人家在否。""西州泪",羊昙泪。《晋书·谢安传》附羊昙事:羊昙深受谢安推重。谢安扶病还都,从西州城门而入。谢安死后,羊昙就避而不走西州路。一次因大醉,不知不觉地走到西州城门,恸哭而去。张炎此词,写故地重游,不知故人在否,感慨良深,如洒"西州泪"。

又《甘州》:"短梦依旧江表,老泪洒西州。"自伤怀才不遇。北游归来,怅然失意,感慨平生,不禁生西州之痛。

3906. 晋代衣冠成古丘

唐·李白《登金陵凤凰台》:"吴宫花草埋幽径,晋代衣冠成古丘。""晋代衣冠"以王导、谢安为代表的王谢两族,曾出现过一代一代的文才武将,而今早已埋在荒丘之下。凭吊古人,感时伤事,幽思深沉。

后用"晋代衣冠成古丘"以怀古伤时。

唐·唐彦谦《金陵怀古》:"宫殿六朝遗古迹,衣冠千古漫荒丘。"

唐·元寂《歌》:"酒秃酒秃,何荣何辱,但见衣冠成古丘,不见江河变陵谷。"

宋·王安石《南乡子》:"四百年来成一梦,堪愁。晋代衣冠成古丘。"用李白原句。金陵作为六朝古都三百二十二年,又五代南唐建都三十八年,计三百六十年,"四百年"为其约数。

宋·黄庭坚《赠李辅圣》:"相看绝叹女博士,

笔研弦管成古丘。"自注:女博士谓辅圣后房孔君也,于文艺无所不能,皆妙绝。"成古丘"言此时孔已死。

3907. 枯松倒挂倚绝壁

唐·李白《蜀道难》:"连峰去天不盈尺,枯松倒挂倚绝壁。"连峰之高,高接天,枯松之怪,倒挂绝壁,还是一个"险"字。

元·卢挚《沉醉东风·秋景》:"挂绝壁枯松倒倚,落残霞孤鹜齐飞。"用李白句写"枯松倒挂"。

3908. 郎骑竹马来,绕床弄青梅

唐·李白《长干行》:"郎骑竹马来,绕床弄青梅。同居长干里,两小无嫌猜。"女子追忆童年时与丈夫一同长大,"骑竹马""弄青梅"都是孩提活动,那个时候,"青梅竹马""两小无猜"在长干里天真无邪地共同嬉戏,一同长大。这正是后来结为夫妇的感情基础。

唐·白居易《井底引银瓶》:"妾弄青梅凭短墙,君骑白马傍垂杨。墙头马上遥相顾,一见知君即断肠。"这里的"弄梅""骑马"已是青年男女,"墙头马上"一见钟情。

宋·刘辰翁《宝鼎现》(春月):"肠断竹马儿童,空见说,三千乐指。"宋亡之后出生的"骑竹马"的儿童,已不了解过去。

明·汤显祖《牡丹亭》第十四出写真《倾杯序》:"谢半点江山,三分门户,一种人才,小小行乐,撚青梅闲厮调。"对梦中撚青梅人的情思。

又《牡丹亭》第十八出《一江风》:"弄梅心事,折柳情人,梦淹渐老残春。""弄梅"喻爱情。

3909. 常存抱柱信

唐·李白《长干行》:"常存抱柱信,岂上望夫台!"丈夫遵守信约,如期归来,何必去登望夫台呢!"抱柱信":《庄子·盗跖》载:古代有一个叫尾生的人,与一女子约会于桥下,届时女子未来,潮水却至,尾生为表示自己的信实,抱着桥柱,结果被水淹死。此事又见《战国策·燕策》。李白用此事说只要丈夫守约,妻子就不必上望夫台。

汉古诗《穆穆清风至》:"安得抱柱信,皎日以为期。"把尾生事概括为"抱柱信"自此始。尾生故事《庄子》为盗跖所引,《战国策》中为苏秦所引,都作批评贤士之一例,而自古诗起,都赞尾生之诚信。

唐·骆宾王《代女道士王灵妃赠道士李荣》:"只言柱下留期信,好欲将心学松舞。"

唐·岑参《江上阻风雨》:"平生抱忠信,艰险殊可忽。"

3910. 访戴昔未偶

唐·李白《酬坊州王司马与阎正字对雪见赠》:"访戴昔未偶,寻嵇此相得。"过去雪中访戴安道未遂,今天寻嵇康终于寻到了。嵇康为晋"竹林七贤"之领袖人物,著名高士,当寻访者较多。李白诗中用嵇康指代王、阎等人。"访戴":《世说新语·任诞》:"王子猷居山阴,夜大雪,眠觉,开室,命酌酒,四望皎然,因起仿徨,咏左思《招隐诗》。忽忆戴安道,时戴在剡,即便夜乘小船就之,经宿方至,造门不前而返。人问其故,王曰:'吾本乘兴而行,兴尽而返,何必见戴'!"

"访戴"是李白的简化语,后用以表示寻访,有的与"剡溪""山阴"或咏雪相联系。

唐·钱起《寄袁州李嘉祐员外》:"雁有归乡羽,人无访戴船。"

唐·皇甫冉《刘方平西斋对雪》:"自然堪访戴,无复四愁诗。"

又《和朝郎中扬子玩雪寄山阴严维》:"闻有招寻兴,随君访戴船。"

唐·李端《冬夜寄韩弇》:"兴来空忆戴,不似剡溪时。"

唐·韩偓《己巳年正月十二日自沙县抵邵武军将谋抚信之行到才一夕为闽相急脚相召却请赴沙县郊外泊船偶成一篇》:"访戴船回郊外泊,故乡何处望天涯?"

唐·吴融《和诸学士秋夕禁直偶雪》:"正遂攀嵇愿,翻追访戴欢。更为三日约,高兴未将阑。"

五代·徐铉《送彭秀才》:"无人与和投湘赋,愧子来浮访戴船。"

宋·柳永《望远行》:"幽雅,乘兴最宜访戴,泛小棹,越溪潇洒。"泛舟一游而已。

宋·刘筠《题材处士肥上新屋壁》:"斗酒谁从扬子学,扁舟空访戴逵回。"戴逵即戴安道(字)。

宋·杨亿《次韵和盛博士雪霁之什》:"六花新霁白皑皑,爽气飕飕拂面来。……天边几阵闻征雁,江外千家见早梅。此际何人能访戴,剡溪清景好衔杯。"

宋·刘敞《舟中夜饮忆和弟联句》:"访戴舟已

惭,攀齐驾难命。"

宋·郑獬《蓝桥送客回谒张郎中》:"寒雨飘零不成雪,剡溪闲访戴逵来。"

宋·朱敦儒《胜胜慢》(雪):"莫说梁园往事,休更羡、越溪访戴幽人。"

宋·王之道《南乡子》(和张元助通判赋雪):"出户绣帘垂,拂面从他细细吹。乘兴有谁招访戴,难为。暖帐薰炉醉不知。"

宋·曹勋《西江月》(西园雪后):"月殿九华同到,珊舆乘兴俱来。浮春帘密锦筵开,不是山阴访戴。"

宋·程大昌《浣溪沙》:"清夜月明人访戴,玉山顶上玉舟移,一蓑渔画更能奇。"

宋·赵师侠《一剪梅》(莆中赏梅):"有酒何须稚子赊,访戴归来,倚棹溪涯。"

3911. 未因乘兴去

唐·杜甫《冬日有怀李白》:"未因乘兴去,空有鹿门期。"宋·洪迈《容斋随笔·四笔》(李杜往来诗):"李太白、杜子美在布衣时,同游梁、宋,为诗酒会心之友。"天宝四载,李白出离长安,复有东吴之游,而杜甫出为华州司功,后迤逦入蜀,未再至东州。杜李曾期再会已无缘。"未因乘兴去",《旧唐书》载:李白于天宝初年,客游会稽,与吴筠隐于剡下。所以这里用"乘兴",用王子猷乘兴访戴喻自己不能去东南会李白。

《世说新语·任诞》:王子猷雪夜访戴安道"乘兴而行,兴尽而返,何必见戴。"后也作"乘兴而来,兴尽而去。"用"乘兴"句如:

唐·武元衡《中春亭雪夜寄西邻韩李二舍人》:"却笑山阴乘兴夜,何如今日戴家邻。""戴家邻"指称西邻二舍人。

唐·罗隐《送裴饶归会稽》:"笑杀山阴雪中客,等闲乘兴又须回。"

又《寄崔庆孙》:"还拟山阴一乘兴,雪寒难得渡江船。"

宋·林逋《和梅圣俞雪中同虚白上人来访》:"归棹有余兴,宁复此山阴。"

又《雪三首》:"洛下高眠应有道,山阴清兴更无人。"

宋·吴遵路《送梵才大师归天台》:"扁舟乘兴往,孤岛倦飞还。"

宋·宋庠《次韵和吴侍郎东城泛舟》:"清阴十

里堪乘兴,疑到江东安道家。"

宋·释智圆《夜怀张逸人》:"终期冒风雪,乘兴泛轻舟。"

宋·李楑《东盖亭》:"水西咫尺无人到,乘兴何妨一叶舟。"

宋·欧阳修《班春亭》:"野僧不用相迎送,乘兴闲来兴尽归。"

又《题张损之学士兰皋亭》:"惟应乘兴客,不待主人知。"

宋·刘敞《送张六》:"斲冰虽楚水,乘兴即山阴。"

又《乘小舟入朝京门访安道》:"怀人不胜意,乘兴去扁舟。"

又《同邻几持国过杜和州》:"所忆山阴乘兴往,可怜心抱向人摅。"

又《答张给事途中微雪见寄四韵》:"不减山阴兴,从军中夜归。"

宋·苏颂《次韵阳行先游招隐》:"山林真趣谁能辨,乘兴时来兴尽还。"

又《再酬三次前韵》:"何须远慕谷居者,乘兴还来兴尽归。"

又《三月二日奉诏赴西园曲宴席上赋呈致政开府大师三首》:"诏谕两京居密迩,不始乘兴往还游。"

宋·王安石《次韵酬朱昌叔五首》:"乘兴舟舆无不可,春风从此与公游。"

又《寄致政吴虞部》:"嗟我欲归真未晚,雪舟乘兴会相过。"

宋·苏轼《经山道中次韵答周长官兼赠苏寺丞》:"颇讶王子猷,忽起山阴兴。"

宋·范纯仁《鹧鸪天》(和持国):"清欢莫待相期约,乘兴来时便可来。"

宋·秦观《念奴娇》(赤壁舟中咏雪):"遥想溪上风流,悠然乘兴,独棹山阴月。"

宋·贺铸《弄珠英·暮山溪》:"应占镜边春,想晨妆,膏浓压翠。此时乘兴,半道忍回桡,五娘第一流。"

宋·张孝祥《踏莎行》:"万里扁舟,五年三至,故人相见尤堪喜。山阴乘兴不须回,毗耶问疾难为对。"

宋·张炎《凤凰台上忆吹箫》(赵主簿,姚江人也。风流蕴藉,放情花柳,老之将至,况味凄然。以其号孤篷嘱余赋之):"不道江空岁晚,桃叶渡,还叹飘零。因乘兴,醉梦醒时,却是山阴。"

清·孔尚任《桃花扇》第六出《眠香》:"多情反被无情恼,乘兴而来兴尽还。"

3912. 兴尽方下山

唐·丘为《寻西山隐者不遇》(一作《山行寻隐者不遇》):"兴尽方下山,何必待夫子。"晋·王徽之(子猷)因雪而生访戴之兴,就要见到戴逵时,却兴尽而返。可见他的"访戴"并非缘于要事,而是一时心血来潮,心理冲动。随着船行这种心态平息了,兴尽了,也就不愿去真的访戴。这种"乘兴"又"兴尽"的心态,人都是时而有之。丘为访隐者未遇,观赏过西山景色之后,也兴尽而返。

用"兴尽"意如:

宋·宋庠《暮归舟中》:"斜阳无限沧州景,可惜山阴兴尽归。"

宋·陶弼《冬日喜涉见过·句》:"扁舟兴尽且休去,五岭以南皆洞庭。"

宋·刘敞《城南晚归》:"兴尽聊当返,途穷眼自惊。"

又《赠梅圣俞》:"兴来当自往,兴尽斯自复。"

又《如意台》:"兴来可独往,兴尽难自留。"

宋·曾几《书徐明叔访戴图》:"小艇相从本不期,剡中雪月并明时。不因兴尽回船去,那得山阴一段奇?"

宋·贺铸《思越人》:"京口瓜洲记梦间,朱扉犹想映花关。东风太是无情思,不许扁舟兴尽还。"

宋·方岳《蝶恋花》:"梦落孤篷,已尽山阴兴。"

宋·刘辰翁《桂枝香》(寄扬州马观复,时新旧侯交恶,甚思去年中秋泛月,感恨杂言):"去年夜半横江梦,倚危樯、参差曾赋。茫茫角动,回舟尽兴,未惊鸥鹭。"

清·孔尚任《桃花扇》第二十四出骂筵:"兴尽宜回春雪棹,客羞应斩美人头。"《史记·平原君列传》载:平原君的美人在楼上看见一个跛子,不觉大笑。跛子把此事告诉了平原君,平原君没理他。门下食客以为他"爱色而贱士",稍稍散去。平原君为此斩了美人的头,送给那跛子谢罪。

3913. 疑是山阴夜中雪

唐·李白《单父东楼秋夜送族弟沈之秦》:"卷帘见月清兴来,疑是山阴夜中雪。""山阴雪"诱发了王徽之的访戴之兴。李白见月而清兴来,犹见雪生兴。以雪喻月光,而生清兴。

又《东鲁门泛舟二首》:"日落沙明天倒开,波摇石动水萦回。轻舟泛月寻溪转,疑是山阴雪后来。"再以"山阴雪"喻月色,含泛舟之兴。

唐·杜甫《七月一日题佟明府水楼》:"翛然欲下山阴雪,不去非无汉署香。"

唐·许浑《寻戴处士》:"思君一相访,残月似山阴。"

宋·刘敞《薰子岭帐馆寄隐直》(时归越中):"扁舟何处山阴雪,驿使他年岭上梅。"

宋·苏轼《次韵秦少游王仲至元日立春三首》:"殷勤更下山阴雪,要与梅花作伴来。"

3914. 天生我材必有用

唐·李白《将进酒》:"人生得意须尽欢,莫使金尊空对月。天生我材必有用,千金散尽还复来。"此诗作于天宝十一载(762),他同岑勋在元丹丘的颍阳山居作客,三人登高饮宴,借酒兴作此诗以抒怀。"天生我材必有用""我"代表了几位友人,是大写的"我"。这是用世之材的用世理想,而一旦不为世所用,难免忧伤,而这忧伤又浑然融于豪放之中。

唐·吕温《赠友人》:"生材会有用,天地岂无心。"用李白诗意。

唐·张祜《灞上送客》:"怜君有玉曾三献,顾我无才忝一枝。"三献,用卞和献玉,述友人有才,"忝"惭愧,谦词。说自己无才,居一枝也感惭愧。

宋·黄庭坚《次韵文潜》:"天下大材竟何用,只与千古拜图像。"苏轼、范淳夫、秦少游这"三豪"不被世所用,只死后供人拜他们的图像而已。

宋·范成大《读史三首》:"我若材堪当世用,他年应只似诸公。""诸公"指史籍列传中之诸人。

3915. 人生在世不称意

唐·李白《宣州谢朓楼饯别校书叔云》:"人生在世不称意,明朝散发弄扁舟。"李白一生怀才不遇,壮志难酬,在此诗中有集中反映。结尾二句,感到"不称意",就要"散发弄扁舟",离开这个现实。"散发",摆脱世俗,"结发",类道家装束,"弄扁舟",入海远逸。这是离世思想。不为它所用,就想离开它。

唐·杜甫《暮归》："年过半百不称意，明日看云还杖藜。"此二句从李白二句化出，深感生活无聊，"拄杖看云"正是百无聊赖。

3916. 风流贺季真

唐·李白《对酒忆贺监》二首并序：太子宾客贺公，于长安紫极宫一见余，呼余为谪仙人，因解金龟换酒为乐。怅然有怀，而作是诗。其一："四明有狂客，风流贺季真。长安一相见，呼我谪仙人。"李白于天宝元年，应诏进京，贺知章见了称他为"谪仙人"（天上的仙人有了过错贬谪到人间）。"贺季真"为贺知章的字，晚年又自号"四明狂客"，"四明"山在今浙江省宁波市西南。

宋·苏轼《送乔仝寄贺君六首》："千古风流贺季真，最怜嗜酒谪仙人。""贺季真"称贺君，"谪仙人"自况。二句借用李白诗。

3917. 呼我谪仙人

唐·李白《对酒忆贺监》："四明有狂客，风流贺季真。长安一相见，呼我谪仙人。"作者于天宝五载（746）南游会稽，过贺知章故宅时贺已病逝，哀悼而作此诗（二首）。"呼我谪仙人"迄今已过去五年了，知遇之情难以忘怀。

金·赵秉文《水调歌头》："四明有狂客，呼我谪仙人。"以友人比贺知章，以自己比李白，均用原句。

李白对"谪仙人"这一称呼是喜欢的。他在《答湖州迦叶司马问白是何人》诗中自称"青莲居士谪仙人，酒肆藏名三十春。"

唐·杜甫《寄李十二白二十韵》："昔年有狂客，号尔谪仙人。笔落惊风雨，诗成泣鬼神。声名从此大，汩没一朝伸。"此诗作于乾元二年（759）在李白作《对酒忆贺监》13年以后了。首二句从李白二句化出。

宋·苏轼用"谪仙"最多，一类指代李白：

《世传徐凝〈瀑布〉诗云：一条界破青山色，至为尘陋。又伪作乐天诗称美此句，有"赛不得"之语。乐天虽涉浅易，然岂至是哉！乃戏作一绝》："帝遣银河一派垂，古来惟有谪仙诗。飞流溅沫知多少，不与徐凝洗恶诗。""谪仙诗"指李白《望庐山瀑布》："飞流直下三千尺"等诗句。

《次韵子由送家退翁知怀安军》："我无谪仙句，待诏沉香亭。""谪仙句"称李白诗才。

《次韵詹适宣德小饮巽亭》："君方梦谪仙（李白），我亦吊文园（司马相如）。"

苏轼其他用"谪仙"或自代或代人，有的就指贬下来的仙人。

《和王斿二首》："异时长怪谪仙人，舌有风雷笔有神。"记王安国（平甫）梦灵芝宫事，颂其才华。

《次韵程正辅游碧落洞》："何时谪仙人，来作钧天乐。"

《至济南李公择以诗相迎次其韵二首》："自笑餐毡典属国，来看换酒谪仙人。"

《次韵程正辅游碧落洞》："何时谪仙人，来作钧天声。……谪仙抚掌笑，笑此羽皇铭。"

《浣溪沙》："罗袜空飞洛浦尘，锦袍不见谪仙人，携壶藉草亦天真。"

《寒食宴提刑致语口号》："半道已逢山简醉，万人争看谪仙来。"

3918. 道骨仙风本仙胄

宋·欧阳修《赠许道人》："飘飘许子旆扬后，道骨仙风本仙胄。""道骨仙风"应是道家对有修养的人的外貌、气质的较高评价。晋·葛洪《神仙传·刘根传》："神人曰：'汝有仙骨，故得见吾耳。'"又"严青居贫，忽有人以一卷素书与青，曰：'汝有仙骨，应得长生。'"唐·李白《大鹏赋序》："余昔于江陵，见天台司马子微，谓余有仙风道骨，可与神游八极之表。"这"仙风道骨"可印证贺知章的"谪仙人"。

唐·杜甫《送孔巢父谢病归游江东兼呈李白》："自是君身有仙骨，世人那得知其故。"称孔巢父的气质和风度与众不同。孔游江东，李白正在江东，所以此诗："兼呈李白"。只用《神仙传》中的"仙骨"。宋·苏轼《再次韵德麟新开西湖》："王孙本自有仙骨，平生宿卫明光宫。"也用"仙骨"。

以后多用"仙风道骨"：

宋·京镗《满江红》（次杨提刑韵）："道骨仙风，合笃凤、鞭鸾归去。"

宋·赵善括《鹊桥仙》（母氏生朝二首）："仙风道骨，姆仪家范，须信人间最少。"祝生日，相当于精神矍铄。

宋·刘克庄《朝中措》（艮翁生日）："仙风道骨北山翁，万卷著胸中。"

宋·哀长吉《瑞鹤仙》（寿南康钱守·正月初六）："海峰天柱，道骨仙风，总无所授。"

又《瑞鹤仙》(寿萧通判):"冰清玉洁,天赋与、仙风道骨。"

宋·杨泽民《六么令》:"道骨仙风,本自无寒燠。谁教勉从人事,风雨充梳沐。"

宋·家铉翁《念奴娇》(中秋纪梦):"道骨仙风谁得似,谈笑云生几席。"

宋·陈人杰《沁园春》:"道骨仙风,自天上来,月潭主人。"

宋·姚勉《沁园春》:"最雄姿直气,不涂脂粉;仙风道骨,不涴尘埃。"

又《沁园春》(寿赵倅):"道骨仙风,海上骑鲸,端是后身。"

宋·无名氏《满江红》(寿季父七十):"生处好,十分清瘦,仙风道骨。"

宋·无名氏《满庭芳》(寿张教·六月十八):"自是流芳垂庆,仙风道骨果清奇。"

3919. 总是玉关情

唐·李白《子夜四时歌·秋歌》:"长安一片月,万户捣衣声。秋风吹不尽,总是玉关情。何日平胡虏,良人罢远征。""捣衣"把制衣的布帛置于砧上,用杵捣软捣平。此诗抒思妇之情。片月普照长安,月下不知有多少人家传出捣衣之砧声,她们正为征人赶制寒衣。萧瑟的秋风吹不尽这砧声,那里边蕴含着对边塞征人的深情。什么时候得到和平,良人也可以停止远征了。"玉关",玉门关,是古代边塞的代称。此诗写"玉关情深",感人肺腑。清·王夫之《唐诗评选》评:"前四句是天壤间生成好句,被太白拾得。"确实是巧夺天工,不见斧痕。

用"玉关情"句如:

宋·晏几道《少年游》:"西楼别后,风高露冷,无奈月分明。飞鸿影里,捣衣砧外,总是玉关情。"用李白原句,写思妇怀念征人。

宋·秦观《满江红》(咏砧声):"一片秋声,年年向、初寒时节。早又是、半天惊籁,满庭鸣叶。几处捣残深院日,谁家敲落高楼月?道声声、总是玉关情,情何切!""捣残深院日""敲落高楼月",砧声夜以继日。

宋·向子諲《浣溪沙》(绍兴辛未中秋,王景源使君乘流下萧滩,舍舟从陆。芗林老人以长短句赠行):"衮衮大江前后浪,娟娟明月短长亭。水程山驿总关情。"关友人之情。

3920. 挥手自兹去

唐·李白《送友人》:"青山横北郭,白水绕东城。此地一为别,孤蓬万里征。浮云游子意,落日故人情。挥手自兹去,萧萧班马鸣。"此诗写送别友人,是继汉古《别诗》之后不可多得的五言别诗,后四句离情别意,感人至深。"挥手自兹去",挥手告别,孤蓬万里,后会无期,千言万语,难以诉说,唯有即将远去的坐骑,萧萧长鸣,这正是令人心痛的离声!"班马"离群而去的马。

"挥手自兹去"挥手致意,从此远别,成了典型的深情的别离情态语言。

唐·韦应物《送宣州园录事》:"从兹一分手,缅邈吴与秦。"现在一分手,即成东南与西北的远别。

宋·张孝祥《水调歌头》(金山观月):"挥手从此去,翳凤更骖鸾。"

清·张鸣珂《庆清朝》(将游都门,道出津沽,访吕庭芷〈耀斗〉,亚晤吴兰石〈焕采〉,谈宴竟日,赋此留别):"话到别离最苦,酒阑分手即天涯。从兹去、碾轮紫陌,吹面尘沙。""从兹去"用李白句。

人民领袖毛泽东《贺新郎》(1923年):"挥手从兹去。更那堪凄然相向,苦情重诉。眼角眉梢都似恨,热泪欲零还住。"1923年6月12日至20日,中国共产党要在广州召开第三次全国代表大会。为了参加这次大会,毛泽东离开湖南长沙。此词就是抒写与夫人杨开慧离别之情。"挥手从兹去"用李白句,说就要告别了。"凄然相向""苦情重诉",恨到眼角眉梢,热泪欲零还住。细腻地写离别前之痛苦。"挥手"句生动地带起数句离情的描述。

3921. 借问别来太瘦生

唐·李白《戏赠杜甫》:"饭颗山头逢杜甫,顶戴笠子日卓午。借问别来太瘦生,总为从前作诗苦。"此诗:"戏"说杜甫太瘦,是因为过去吟诗太苦了,也含着关切与亲近。然而李白长杜甫13岁,友谊虽深,李白尚未发现杜甫的诗才。这同杜甫写李白的十余首诗相比,杜甫充满了敬佩,而李白后来却再没有写到杜甫。如果二人晚年再遇,李白对杜甫当刮目相看了。

"太瘦生",太瘦,很瘦。"生"为语助词,无实在意义。宋·欧阳修《六一诗话》云:"太瘦生,唐人语也,至今犹以'生'为语助,如'作么生''何似生'之类。"用这一语助词的还有:"太寒生""太愁生""太粗生""太憨生"等等。

宋·苏轼《次韵答顿起二首》其二:"早衰怪我遽如许,苦学怜君太瘦生。"

宋·辛弃疾《临江仙》(醉宿崇福寺寄祐之以仆醉先归):"莫向空山吹玉笛,壮怀酒醒心惊。四更霜月太寒生。被翻红锦浪,酒满玉壶冰。"

又《生查子》(独游西岩):"青山招不来,偃蹇谁怜汝。岁晚太寒生,唤我溪边住。"

又《江神子》:"酒兵昨夜压愁城,太狂生,转关情。写尽胸中,块磊未全平。"

又《御街行》(山中间盛复之提幹行期):"怕君不饮太愁生,不是苦留君住。白头自笑,年年送客,自唤春江渡。"

宋·刘辰翁《最高楼》(和咏雪):"怪疏影,坠娉婷。唤起老张寒薇薇,好歌白雪与君听。但党家,人笑道,太粗生。"

金·元好问《杏花杂诗》:"看尽春风不回首,宝儿元是太憨生。""宝儿",司花女。

3922. 屈平憔悴滞江潭

唐·李白《单父东楼秋夜送族弟沈之秦》:"屈平憔悴滞江潭,亭伯流离放辽海。"《楚辞·渔父》述:屈原被放逐,"游于江潭,行吟泽畔,颜色憔悴,形容枯槁。"李白用屈原被逐,崔骃(东汉窦宪的主簿)被疏事喻自己被从长安放归。

又《行路难》其三:"子胥既弃吴江上,屈原终投湘水滨。"举历史名人的悲剧结局,说明仕途坎坷。"湘水滨",指汨罗江,在今湖南湘阴县北,屈原自沉之水。

又《书情赠蔡舍人友》:"投汨笑古人,临濠得天和。"不赞成"投汨"自杀。

又《古风第五十一·殷后乱天纪》:"比干谏而死,屈平窜湘源。"

唐·刘长卿《南楚怀古》:"独余湘水上,千载闻离骚。"屈原永远被后人怀念。

唐·杜甫《天末怀李白》:"应共冤魂语,投诗赠汨罗。"诗人想到李白流放途径汨罗,同屈原一样蒙冤。其实,此时李白已遇赦得释,正游洞庭呢。

3923. 一夫当关,万夫莫开

唐·李白《蜀道难》:"剑阁峥嵘而崔嵬,一夫当关,万夫莫开。""剑阁"在四川剑阁县北;地势险要。《水经注》云:"又东南径小剑戍北,西去大剑山三十里,连山绝巘,飞阁通衢,故谓大剑阁也。"此诗云,剑阁(属于蜀道)险峻,一人守关,万人难开。

晋·张载《剑阁铭》:"一夫荷戟,万夫趑趄,形胜之地非亲勿居。""趑趄"进退不决,此处意为难以前进。李白用《剑阁铭》中意。

唐·杜甫《潼关吏》:"艰难奋长戟,万古用一夫。"写潼关防事牢固。

3924. 大盗割鸿沟

唐·李白《赠王判官时余归隐居庐山屏风叠》:"大盗割鸿沟,如风扫秋叶。""鸿沟"为今河南省贾鲁河,在开封南面,是黄河支流,秦末楚汉分界处。项羽与刘邦约定,鸿沟以西的地方归汉,鸿沟以东的地方归楚。诗中指安禄山("大盗")叛军已占领洛阳以北广大地区,其破坏力量如秋风扫落叶。

又《南奔书怀》:"搀抢归河洛,直割鸿沟半。"黄河南北一带大部分安史叛军占据,慧星(搀抢)降临到洛阳。

3925. 绿竹绕飞阁

唐·李白《游水西简郑明府》:"绿竹绕飞阁,凉风日潇洒。"李白诗王琦注引《江南通志》:泾县西五里有水西山,山中有天宫水西寺,其中华岩院(宋代改崇庆寺):"横跨两山,廊庑皆阁道,泉流其下。"李白诗描绘水西寺的绿竹、飞阁。

唐·杜牧《念昔游》:"李白题诗水西寺,古木回岩楼阁风。"概括李白诗中的绿竹、飞阁、凉风。

3926. 我来定几时

唐·李白《金陵阻风雪书怀寄杨江宁》(一作《新林浦阻风寄友人》):"岁物忽如此,我来定几时?"由于阻风,行期推延。

宋·王安石《送王补之行,风忽作,因题四句于舟中》:"淮口西风急,君行定几时?"用"定几时"说明阻于风而不能成行。

3927. 襄阳小儿齐拍手

唐·李白《襄阳歌》:"襄阳小儿齐拍手,拦街齐唱白铜鞮。傍人借问笑何事,笑杀山公醉似泥。"以山简为喻,写自己的醉态,被襄阳的儿童拍手见笑。

宋·苏轼《闻李公择饮傅国博家大醉二首》:"儿童拍手闹黄昏,应笑山公醉习园。"喻李公择醉,引起儿童哄笑。

3928. 不敢高声语,恐惊天上人

唐·李白《夜宿山寺》:"危楼高百尺,手可摘星辰。不敢高声语,恐惊天上人。"此诗极写峰顶寺之高,"手可摘星辰"已是咫尺即天了,因而语声一高,必然惊动天上人,于是才"不敢高声语",此处,太富想象力了。

唐·戴叔伦《代书寄京洛旧游》:"欲寄远书还不敢,却愁惊动故乡人。""不敢""惊人"取李白意。

唐·李益《盐州过胡儿饮马泉》:"莫遣行人照容鬓,恐惊憔悴入新年。"泉水照出憔悴,也令人带着惊惶进入新年。

清·史惟圆《望海潮》(九日遥和次京山寺登楼):"搔首狂吟,恐应惊动列仙家。"取李白句意,表达内心难以排解的抑郁。

清·王国维《鹧鸪天》:"更堪此夜西楼梦,摘得星辰满袖行。"李白的"手可摘星辰",在"梦"中实现了。

3929. 低头思故乡

唐·李白《静夜思》:"床前明月光,疑是地上霜。举头望明月,低头思故乡。"望明月而思故乡,是游子常有的乡愁。

唐·李端《瘦马行》:"城旁牧马驱未过,一马徘徊起还卧。眼中有泪皮有疮,骨毛焦瘦令人伤。朝朝放在儿童手,谁觉举头看故乡?"写边关瘦马思归,瘦马"举头看故乡",放牧的儿童怎能察知?"看故乡"句从李白诗化出。

3930. 散尽空掉臂

唐·李白《魏郡别苏明府因北游》:"洛阳苏季子,剑戟森词锋。六印虽未佩,轩车若飞龙。黄金数百镒,白璧有几双。散尽空掉臂,高歌赋还邛。落魄乃如此,何人不相从?""苏季子"战国的苏秦,纵横家。"季子"小儿子,此指小弟弟,《史记·苏秦列传》记苏秦的嫂子对苏秦的称呼,小弟弟之意。其实苏秦还有两个弟弟苏代、苏厉,他不是最小的。苏秦,洛阳人,李白告别苏明府(县令),想

到当年的苏秦,合纵成功,他成了联盟盟长,兼任了六国丞相,途经洛阳,他回家"散千金以赐宗族朋友。"李白述此事:黄金、白璧"散尽空掉臂,高歌赋还邛。""掉臂"甩开双臂,不顾而去。《史记·孟尝君列传》:"日暮之后,过市朝者,掉臂而不顾。"即甩臂而走,不顾而去。李白取此意。《史记》是"掉臂"最早的出处。

用"甩臂"此意,也含佯徜而去,慷慨无悔或忿然不平。

唐·韩愈《赴江陵途中》:"特男易斗粟,掉臂莫肯酬。"

宋·韩琦《次韵答留台春卿侍郎以加节见寄二首》:"只期名遂扁舟去,掉臂江湖掷锦袍。"

宋·邵雍《进退吟》:"低眉坐处当周物,掉臂行时莫顾人。"

又《首尾吟》之二十一:"当时掉臂人皆笑,今日摇头谁不知。"

宋·刘敞《杂诗二十二首》:"平明侧肩入,薄暮掉臂旋。"

宋·苏轼《送王伯敭守虢》:"行人掉臂不回首,争入崤函土囊口。"后句用宋玉《风赋》:"盛怒于土囊之口。"

宋·无名氏《水调歌头》:"不能烦恼得,掉臂便归休。"

3931. 掉臂只将诗酒敌

唐·司空图《力疾山下吴村看杏花十九首》:"掉臂只将诗酒敌,不劳金鼓助横行。""掉臂"犹攘臂,捋袖奋起之意。对吟诗饮酒事,兴致勃勃,挥臂而为。

唐·陆龟蒙《新秋月夕客有自远相寻者作吴体二首以赠》:"日闻羽檄日夜急,掉臂欲归岩下行。"

3932. 闲来掉臂入天门

唐·吕岩《七言》:"闲来掉臂入天门,拂袂徐徐撮彩云。""天门"登天之门,上九天。"掉臂"甩开双臂自由潇洒地前进、飞升。

宋·丁谓《句》:"天门九重开,终当掉臂人。"

宋·宋祁《蓬池二首》:"却望斜阳市,行人掉臂初。"

宋·邵雍《人生长有两般愁》:"人生长有两般愁,愁死愁生未易休。或向利中穷力取,于于名上

尽心求。……我有何功居彼上，其间掉臂独无忧。"

宋·陈舜俞《太湖一首和姚子张》："西风起时心摇摇，异日掉臂君可招。"

宋·魏了翁《刘左史光祖之生正月十日李夫人之生以十九日赋两词寄之〔浪淘沙〕》："鹤外倚楼看，云姤晴天。天高鸡犬碍云关。掉臂双仙留不彻，还任人间。"

3933. 亭午暗阡陌

唐·李白《古风》二十三："大车扬飞尘，亭午暗阡陌。中贵多黄金，连云开甲宅。"大车扬尘，中午竟使道路一片昏黑。这是权贵们修宅第的运料车。

宋·刘辰翁《永遇乐》："香尘暗陌，华灯明昼，长是携手去。"载女子之香车很多，尘雾遮暗了街道。

3934. 玉箫金管坐两头

唐·李白《江上吟》："木兰之枻沙棠舟，玉箫金管坐两头。美酒尊中置千斛，载妓随波任去留。"这是在江夏游汉水时作，载酒携妓，李白在漫游中时而有之，舟很豪华，木兰桨，沙棠舟，乐妓分别列坐于船的两端。"玉箫金管"两种吹奏乐，概括乐妓。

清·龚自珍《能令公少年行》："一楼初上一阁逢，玉箫金管东山东。"乐妓在洞庭东山。

3935. 麻姑搔背指爪轻

唐·李白《西岳云台歌送丹丘子》："明星玉女备洒扫，麻姑搔背指爪轻。"《太平广记》卷六十引《神仙传》：传说麻姑生于建昌（今江西奉新县西），江西南城县有麻姑山，相传麻姑成仙处。麻姑在东汉桓帝时曾与仙人王方平一同降临蔡经家。麻姑自言曾三次见到东海变桑田，并说见蓬莱山下海水变浅，只及往日一半，或许又要成为陆地。麻姑"十八九许"，当即掷米成珠。"又麻姑鸟爪，蔡经见之，心中念言：背大痒时，得此爪以爬背，当佳。方平已知经心中所念，即使人牵经鞭之。谓曰：麻姑神人也，汝何思谓爪可以爬背耶！"明星玉女"：古代传说，太华山上有明星玉女，手持玉浆，服之可以成仙。李白把元丹丘比作神仙，所以说有明星玉女为他洒扫，麻姑指爪为他搔背。

用"麻姑搔背"如：

唐·杜牧《读韩杜集》："杜诗韩集愁来读，似倩麻姑痒处搔。"杜甫、韩愈的诗文在你愁时读，可以触到痒处，解除忧愁。

唐·李商隐《海上》："石桥东望海连天，徐福空来不得仙。直遣麻姑与搔背，可能留命待桑田。"如得麻姑搔背，可见沧海变桑田。

宋·苏轼《寄蔡子华》："莫从唐举问封侯，但遣麻姑更爬背。"求长生之意。

元·卢挚《蟾宫曲·正月十四日稽秋山生日》："飞琼唱遍宜洞箫，似麻姑痒处能搔。"听歌曲，如搔背一样舒适。

3936. 丑女来效颦，还家惊四邻

唐·李白《古风第三十五·丑女来效颦》："丑女来效颦，还家惊四邻。"春秋时越国美女西施，一次因患心痛病而蹙额皱眉。里中一个丑女以为这样更美，于是蹙额皱眉起来。邻人见了有的闭户不出，有的举家迁走。（《庄子·天运》）李白二句叙述此事，批评一味模仿而没有独创的文风。

又《玉壶吟》："西施宜笑复宜颦，丑女效之徒累身。君王虽爱蛾眉好，无奈宫中妒杀人。"宜笑宜颦，笑亦佳，颦亦佳，别人效法不得，这种表述，隐含着作者的傲然自信，然而宫中多妒者，自己的才华难以施展。

唐·王维《西施咏》："持谢邻家子，效颦安可希！"也是反对效颦的。

3937. 忽复乘舟梦日边

唐·李白《行路难三首》其一："闲来垂钓碧溪上，忽复乘舟梦日边。"上句说吕尚未遇时曾在潘溪垂钓（潘溪，今陕西省宝鸡市东南）；下句说伊尹受商汤聘用时曾梦乘船在日月边驶过。用此二典表达诗人对出而用世，迫切期待。

宋·苏轼《池上二首》："不作太白梦日边，还同乐天赋池上。"不愿用世，但求"十亩之宅，五亩之园，有水一池，有竹千竿，有叟在中，白须飘然。"（白居易《池上篇》）

3938. 寒风生铁衣

唐·李白《送白利从金吾董将军西征》："西羌延国讨，白起佐军威。剑决浮云气，弓弯明月挥。马行边草绿，旌卷曙霜飞。抗手凛相顾，寒风生铁

衣。"送白利西征,"抗手"(击掌)告别。彼此凛然相视,从白利的铁衣(甲)中生出了寒风。说明天气已寒凉,而况铁衣本身就是寒凉的。唐·岑参《白雪歌送武判官归京》:"将军角弓不得控,都护铁衣冷难着。"铁是冷热的良导体,天冷它更冷,以致都护的铁衣(甲)冷得已经穿不住了。

用"铁衣"句如:

唐·李益《度破讷沙二首》:"平明日出东南地,满碛寒光生铁衣。"日光映铁衣生出寒光。

唐·于鹄《出塞》:"空山朱戟影,寒碛铁衣声。"

唐·沈传师《寄大府兄侍史》:"积雪山阴马过难,残更深夜铁衣寒。"

3939. 须怜铁甲冷彻骨

宋·欧阳修《西园贺雪歌》:"须怜铁甲冷彻骨,四十余万屯边兵。"写铁甲在寒雪中冰冷透骨。

元·耶律楚材《过阴山和人韵》:"遥思山外屯边兵,西风冷彻征衣铁。"用欧阳修二句写边兵之苦。

3940. 布衾多年冷似铁

唐·杜甫《茅屋为秋风所破歌》:"布衾多年冷似铁,娇儿恶卧踏里裂。"布衾,夹被,或中间有一层绵。本来用了多年,"冷似铁"已不能御寒,又兼被里已被娇儿踏裂。在床头屋漏、雨脚如麻的破屋中,该是多么痛苦!

宋·范成大《次韵李子永雪中长句》:"布衾如铁复如水,梦想东风来解围。"

宋·刘克庄《风入松》:"多年布被冷如霜,到处同床。"

清·蒲松龄《雪夜布被》:"初更扑门半尺雪,布被生寒七尺铁。"

3941. 娇儿恶卧踏里裂

唐·杜甫《茅屋为秋风所破歌》:"布衾多年冷似铁,娇儿恶卧踏里裂。"乾元三年(760)春,作者在成都浣花溪边盖起了一座茅屋(草堂),到八月茅屋的茅草便被大风掀翻。一家数口,布衾仅仅一条,衾里又被孩子踏裂。这位杰出的诗人已是处于贫困线以下了。

用"踏里裂"句如:

宋·苏轼《次韵柳子玉二首》(纸帐):"但恐娇儿还恶睡,夜深踏裂不成眠。""纸帐"宋代用纸做的床帐、蚊帐之类。此诗说怕娇儿把纸帐踏破。用杜甫句。

清·蒲松龄《雪夜布被》:"皮革老皱脚鳞皴,长夜屈伸踏里裂。"这就不是"娇儿",而是大人了。

3942. 齐鲁青未了

唐·杜甫《望岳》:"岱宗夫如何? 齐鲁青未了。"开元二十四年(736)二十四岁的杜甫开始了"裘马轻狂"的漫游生活。此诗是北游齐鲁时作东岳泰山之诗。首二句云:五岳之首的泰山是什么样的? 横亘在古代齐鲁两国之间(山北为齐,山南为鲁)的雄伟青葱的山峦,绵延不绝。"青未了"劈头就写出了泰山之雄伟无际。清·浦起龙《读杜心解》评曰:"越境连绵,苍峰不断,写岳势只'青未了'三字,胜人千百矣。"王嗣奭《杜肊》评曰:"语未必实,而用此状岳之高,真雄盖一世。"

宋·无名氏《谒金门》(寿李侍郎):"一片潇湘供一笑,楚山青未了。"写楚山之绵延。

明·莫如忠《登东郡望岳楼》:"齐鲁到今青未了,题诗谁继杜陵人。"望泰山想杜诗,以为杜诗无人为继。

清·吴锡麟《齐天乐》(游岱宿碧霞宫下):"白细如荣,青长不了,铁索一条来路。"齐鲁大地,青山未了。

今人魏予珍《怀彭加木烈士》:"锦绣河山青未了,繁英为海慰忠魂。"彭加木在罗布沟作科学考察。不幸牺牲,此诗云河山青青,繁花如海,以慰忠魂。

3943. 一览众山小

唐·杜甫《望岳》:"会当凌绝顶,一览众山小。""会当",一定要,是唐人口语。立誓登上绝顶,俯瞰众山,这是一种雄心,带出奋发向上的力量,因而被刻石为碑,立于山麓。清·浦起龙《读杜心解》评:"杜子心胸气魄,于斯可观。取为压卷,屹然作镇。"其意当源出孔子"登泰山而小天下。"

宋·苏轼《授经台》:"此台一览秦川小,不待传经意已空。"台在凤翔城南。原注:乃南山一峰耳,非复有筑处。言此"峰"之高。

清·康熙皇帝玄烨《金山》:"一览江天胜,东南势尽收。"变用"一览"之意。

3944. 诸峰罗列如儿孙

唐·杜甫《望岳》："西岳崚嶒竦处尊,诸峰罗列如儿孙。安得仙人九节杖,拄到玉女洗头盆。"作者往华州,途经西岳华山而作。开头四句写"望"中的华山崚嶒高耸,至高至尊,周边诸峰高高低低罗列其下,如儿孙辈了。怎么能获得仙人的九节杖,拄之登峰,直到华山玉女祠前的"五石臼"(号"玉女洗头盆",见《集仙录》)。"望"中带些豪气。

明·金堡《水调歌头》(忆螺岩霁色):"好雨正重九,不上海山门,螺岩却忆绝顶,霁色满乾坤。少得白衣一个,赢得翠鬟千叠,罗立似儿孙。""螺岩"为广东红化县南丹霞山之绝顶。登螺岩俯视只不见观音岩(小"白衣"一个),翠峰千叠,如儿孙罗立。用杜甫之喻,一个巨峰耸立,下有群峰环绕,正如一个人周围簇拥着一群孩子,此喻活泼而生动。李永茂诗:"孤留一柱撑天地,俯视群山尽儿孙。"也是用杜甫句。

3945. 裘马颇清狂

唐·杜甫《壮游》："放荡齐赵间,裘马颇清狂。"作者于二十岁左右,东游吴越,二十三岁回到巩县故乡,应进士试,未中,复出游齐越即今山东、河北、河南一带。"裘马":语出《论语·雍也》:"赤之适齐也,乘肥马,衣轻裘。"骑肥马,穿轻裘(皮衣),表示豪华。"清狂":狂放不羁,"裘马清狂",概括了青年杜甫的狂放生活。

南朝·梁·范云《赠张徐州谡》:"候从皆珠玑,裘马悉轻肥。"首用《论语》句。

清·蒲松龄《郡城南郊偶眺》:"日日清狂频赏酒,朝朝逸兴一登台。"客中无聊,终日饮酒游览度日,放荡不羁。

3946. 渭北春天树,江东日暮云

唐·杜甫《春日怀李白》："渭北春天树,江东日暮云。何时一樽酒,重与细论文。"杜甫与李白同游梁宋之后,李白去江东,杜甫去渭北,一个东南,一个西北,天各一方,相见极难了。语言的妙处在"春天树"对"日暮云",把远别的两个人分别置于具体的环境之中,寓情景中,怀影思形。

宋·刘过《贺新郎》:"唤起杜陵风月手,写江东、渭北相思句。歌此恨,慰羁旅。"借杜甫两地相

思之句,抒客旅之恨,安慰自己。

元·薛昂夫《塞鸿秋·凌歊台怀古》:"江东日暮云,渭北春天树,青山太白坟如故。"变序用杜诗二原句,遥望当涂县东南的青山、西北的太白坟,怀念李白,愿诗魂永存。

3947. 夕烽来不近,每日报平安

唐·杜甫《夕烽》："夕烽来不近,每日报平安。"朱注:《唐六典》:凡烽候所置,大率相去三十里,其放烽有一炬、二炬、三炬、四炬者,随贼多少而为差焉,近畿封二百七十所。按唐镇戍,每月初夜放烟一炬,谓之平安火。《禄山事迹》:"潼关失守,是夕平安火不至,帝惧焉。"此诗作于秦州,述西征烽火,防吐蕃之乱。"夕烽来不近"说明来自西部边塞,为此"平安火"而喜。

唐·刘禹锡《令狐相公自太原累示新诗因以酬寄》:"万里胡天无警急,一笼烽火报平安。"杜甫诗中有"照秦通警急","警急"炬光多炽,为报警。刘诗取杜句意。

3948. 江亭晚色静年芳

唐·杜甫《曲江对雨》："城上春云覆苑墙,江亭晚色静年芳。"《杜诗详注》引朱瀚语:"上半写雨景之荒凉,长安新经丧乱也。下半伤南内之寂寥,向曾受知上皇也。林花著雨,见苑中车马阒然;水荇牵风,见江上彩舟绝迹。此谓'静年芳'也。""年芳",年有四时,以春为芳。沈约诗:"丽日属上巳,年芳俱在兹。""上巳",古指阴历三月上旬,魏晋以后指三月三日,所以年芳在春。杜诗写"年芳晚静""静",沉寂,消退之意。曲江江亭的夜色中年芳寂静了。

金·蔡松年《鹧鸪天》:"秀樾横塘十里香,水花(荷花)晚色静年芳。"

3949. 尘沙立暝途

唐·杜甫《行次昭陵》："松柏瞻虚殿,尘沙立暝途。"去鄜州省亲,途径昭陵(唐太宗陵),想到唐太宗垂世之功业;而今,天宝之乱,事事判然,那昭陵,惟松柏瞻视着陵寝,尘沙扬暗道途,一派荒凉。

隋·薛道衡《出塞二首》:"尘沙塞下暗,风月陇头寒。"这就是沙尘暴了。

宋·范成大《科桑》:"斧斤留得万枯株,独速槎牙立暝途。"大量枯株,参差摇动,使道路阴暗

3950. 吴楚东南坼

唐·杜甫《登岳阳楼》:"吴楚东南坼,乾坤日夜浮。"大历三年作,此写岳阳洞庭水势,"坼":分,吴楚以此分疆,乾坤日夜浮于水中。《三辅黄图》:"南极吴楚",《史记·赵世家》:"地坼东南"。《水经注》:"洞庭湖广五百里,日月若出没其中。"《拾遗记》:"洞庭山浮于水上。"可见此二句写出洞庭真势,而由此产生了乡关之思,孤独之感。

宋·辛弃疾《满江红》(江行和杨济翁韵):"吴楚地,东南坼;英雄事,曹刘敌。被西风吹尽,了无痕迹。"用杜句述东南地势。

3951. 地分吴楚星辰内

唐·李绅《早渡扬子江》:"地分吴楚星辰内,水迫沧溟宇宙间。"星辰照耀下的大地分吴与楚。洪刍《职方乘》、祝穆《方舆胜览》均载:今江西省北部,为春秋时吴楚两国交界处,因称"吴头楚尾",所谓"首尾衔接"。"地分吴楚"即此意,"地分"含分封意。

宋·施岳《水龙吟》:"看天低四远,江空万里,登临处,分吴楚。"

宋·陈德武《水龙吟》(和雪后过瓜洲渡韵):"天限东南,水流今古,地分吴楚。"

3952. 望天低吴楚,眼空无物

元·萨都剌《百字令》(登石头城):"石头城上,望天低吴楚,眼空无物。指点六朝形胜地,唯有青山如壁。"石头城,在南京清凉山上,山高不足百米,四周空阔。词人登上石头城,望吴楚的天空都低下来,手可触天,而这"六朝形胜地"早繁华无存,已"眼空无物了"。这是慨叹兴亡的名句,名词。

南唐·张泌《九日巴邱杨公台上宴集》:"二女庙荒宫树老,九疑山碧楚天低。"山高而天低,又天远而低。

宋·周邦彦《西平乐》:"道连三楚,天低四野,乔木依前,临路倚斜。"四边的天与平原山川相"接"视觉直感为"低"。

3953. 行尽吴头楚尾

宋·黄庭坚《谒金门》(戏赠知命):"山又水,

行尽吴头楚尾。兄弟灯前家万里,相看如梦寐。"《禹贡》:划分九州,九江大致在荆州与扬州之间的长江流域。春秋时代,荆州属楚,扬州属吴,九江处于两州之间,素称吴头楚尾,九江位于江西省北部(古吴楚接界处),江西北部、乃至贯穿江西南部都是。此词当作于元丰三年至元丰六年之间,他知吉州太和县(今江西泰和县),泰和在江西中南部,也属古代吴楚分界处,因用"吴头楚尾"。

宋·葛胜仲《蓦山溪》(天穿节和朱刑椽二首):"秦头楚尾,千古风流地。试问汉江边,有解佩,行云旧事。"秦头楚尾是作者个别用法,约在汉水流域,今湖北与陕西交界处。

用"吴头楚尾"则最多。

宋·周紫芝《雨中花令》(吴兴道中,颇厌行役,作此曲寄武林交旧):"嗟老去、倦游踪迹,长恨华颠。行尽吴头楚尾,空惭万壑千岩。不如休也,一庵归去,依旧云山。"用黄庭坚原句。

宋·向子谚《清平乐》(岩桂盛开,戏呈韩叔夏司谏):"吴头楚尾,踏破芒鞋底。"

宋·杨无咎《瑞鹤仙》:"吴头楚尾,听民谣、欢声鼎沸。"

宋·向滈《如梦令》(道人书郡楼):"西北有高楼,正为行藏独倚。留滞,留滞,宗在吴头楚尾。"

宋·吕胜己《杏花天》:"最好处、吴头楚尾。青青本是强人意,更时见、梅花助美。"

宋·京镗《念奴娇》:"最是游子悲乡,小人怀土,梦绕江南岸。楚尾吴头家住处,满月山川遐观。"

又《水龙吟》(次利漕有司韵):"风帆百尺,烟波万里,宁辞掀舞。楚尾吴头,我家何在,西山南浦。想珠帘画栋,倚阑凝望,依然卷云飞雨。后数句用王勃《滕王阁诗》。"

宋·辛弃疾《霜天晓角》(旅兴):"吴头楚尾,一棹人千里。休说旧愁新恨,长亭树、今如此。"

又《声声慢》(旅次登楼作):"千古怀嵩人去,应笑我、身在楚尾吴头。"

宋·黄人杰《祝英台》(自寿):"异乡中,行色里,随分庆初度。老子今年,五十又还五,任他坎止流行,吴头楚尾。本来是、乾坤逆旅。"

宋·陈三聘《水调歌头》:"玉鉴十分满,清露一年秋。漂流踪迹,谁念楚尾与吴头!"

宋·石孝友《望海潮》(元日上都运鲁大卿):"云龙双辅,匣龙双起,当年楚尾吴头。"

宋·刘过《水调歌头》(寿王汝良):"青衫何事,犹在楚尾吴头。闻道长安灞水,尽是三槐风月,好奉板舆游。"

宋·韩淲《谒金门》(不怕醉):"老去是何乡里?漠漠吴头楚尾。一曲荒山清照水,㳭渠杯酒旨。"

宋·黄机《木兰花慢》(次岳总幹韵):"问功名何处?算只合、付悠悠,怕僮仆揶揄,长年为客,楚尾吴头。"

宋·严仁《波罗门引》(春情):"欲问归鸿何处,身世自悠悠。正东风留滞,楚尾吴头。"

宋·留元崇《菩萨蛮》:"危桥来处路,尚带潇湘雨。楚尾与吴头,一生愁离别。"

宋·吴潜《瑞鹤仙》:"烟江云嶂,楚尾吴头,自来多景。"

宋·魏庭玉《贺新郎》(赠行诸客):"漠漠春阴添客思,怅望天涯无际。又猛省平生行止,楚尾吴头多少恨,付吟边、醉里消磨矣。"

宋·王义山《龙山诗》:"楚尾吴头风乍薰,沧波深拥小龙君。"

宋·刘辰翁《酹江月》(五月和尹存吾,时北人竞鹭洲渡):"日落长沙,风回极浦,黯不堪延伫。吴头楚尾,非关四面为楚。"

宋·陈德武《西江月》(题洞箫亭):"问岳阳三度后,看尘世几番棋。鹤群何处未归来,冷落吴头楚尾。"

宋·张炎《水龙吟》(寄表竹初):"笑我曾游万里,甚匆匆,便成归计。江空岁晚,栖迟犹在,吴头楚尾。"

宋人依托吴城小龙女词《清平乐令》:"泪眼不曾晴,家在吴头楚尾。"

清·王士祯《江上》:"吴头楚尾路如何,烟雨秋深暗白波。"

3954. 十年戎马暗万国

唐·杜甫《愁》:"十年戎马暗万国,异域宾客老孤城。"大历二年作于夔州,为不得归秦而愁。十年间到处是战乱的烟尘,不得归;而今客老孤城,难得归。

金·元好问《岐阳三首》:"百二关河草不横,十年戎马暗秦京。"自元军进攻陕北,至岐阳(陕西凤翔)共十一年,用杜句示金国大地破败不堪。

3955. 携手日同行

唐·杜甫《与李十二白同寻范十隐居》:"李侯有佳句,往往似阴铿。余亦东蒙客,怜君如弟兄。醉眠秋共被,携手日同行。"公元744年夏,杜甫与李白在洛阳相识,同游梁宋。745年又在兖州重逢。二人亲如手足,夜共被,日同行。"共被"与"携手",正说明二人当时已亲密无间了。

《诗经·邶风·北风》:"惠而好我,携手同行。"杜甫用此句。

3956. 国破山河在

唐·杜甫《春望》:"国破山河在,城春草木深。感时花溅泪,恨别鸟惊心。烽火连三月,家书抵万金。白头搔更短,浑欲不胜簪。"唐肃宗至德二年(757)三月,诗人羁居长安,目睹安史叛军占领下的长安,感慨万端,作此诗。"国破山河在"虽山河依旧,可国事全非了,暗指国都长安已遭叛军破坏。

宋·朱敦儒《减字木兰花》:"万里东风,国破山河落照红。"春风吹拂,落日映照,面对北方沦落的山河,深感国破之痛。

清·王允晳《甘州》(庚子五月津门旅怀寄友):"国破山河须在,愿金门逝水,无恙东流。"八国联军踏践北京、天津,人民受难,愿逝水无恙,流向友人,带去平安。

3957. 城春草木深

唐·杜甫《春望》:"国破山河在,城春草木深。"由于长安人民为避叛军,不少人出逃了,因而城内草木深深,一片荒芜,同山野无异。

唐·朱湾《九月登青山》:"旧地烟霞在,多时草木深。"用"草木深"表"青山"的变化。

3958. 烽火连三月

唐·杜甫《春望》:"烽火连三月,家书抵万金。"自天宝十四载(755)安史叛乱,征战不休,"烽火苦教乡信断",直到今春三月,战火不熄,同家人早断绝了联系,此刻如见家书,该是弥足珍贵了。

宋·李弥逊《菩萨蛮》:"江城烽火连三月,不堪对酒长亭别。休作断肠声,老来无泪倾。"此词又收作无名氏词,还误入赵长卿集。用杜甫原句,写宋金之战争。

元·王恽《过沙沟店》:"清风破暑连三月,好雨依时抵万金。"只用"连三月""抵万金",而不用全句意。

今人·施蛰存《浮生杂咏》五十九:"淞滨烽火连三月,倭患侵凌破万家。"自注:"战时上海居,大不易……"

3959. 家书抵万金

唐·杜甫《春望》:"烽火连三月,家书抵万金。"在长期战火中,妻离子散,一旦收到亲人的书信,这书信就价值万金,弥足珍贵了,此亦为名句。

唐·李白《寄远十一首》:"相思千万里,一书值千金。"杜句意近此。

唐·李绅《端州江亭得家书二首》:"开拆远书何事喜,数行家信抵千金。"

唐·温庭筠《马嵬佛寺》:"两重秦苑成千里,一炷胡香抵万金。""抵万金"言寺香珍贵。

南唐后主李煜《箭》:"天才见修竹,何啻抵万金。"修竹珍贵。

宋·苏轼《佛日山荣长老方丈五绝》:"食罢茶瓯未要深,清风一榻抵千金。"上句用白居易《食后》:"食罢一觉睡,起来两瓯茶"句。下句"清风一榻"指卧榻。

3960. 三男邺城戍

唐·杜甫《石壕吏》:"听妇前致词,三男邺城戍。一男附书至,二男新战死。存者且偷生,死者长已矣!"乾元二年(759)三月围攻邺城安庆绪的官兵,由于叛军史思明增援,郭子仪、李光弼、王思礼等九节度的二十万官兵溃退。郭子仪等退守河阳(今河南省孟县西,即古孟津)。唐王朝四处征丁以补充兵力。杜甫从洛阳去华州任上,途经河南新安县、陕县,目击县吏征兵役情景写成"三吏""三别"。《石壕吏》即其一,"老妇"致词:三个儿子在围攻邺城的作战中,已死去两个。家中再无顶丁之人了。

"三男邺城戍,一男附书至,二男新战死。"这种叙述方法,始于魏·左延年《从军行》(一作北朝乐府),请看:"苦哉边地人,一岁三从军。三子到敦煌,二子诣陇西。五子远斗去,五妇皆怀身。"杜甫的叙述方法与此毫无二致。

3961. 夜久语声绝

唐·杜甫《石壕吏》:"夜久语声绝,如闻泣幽咽。天明登前途,独与老翁别。"终于,老妇亦被抓走,去服役了,因而,深夜里,再无说话声,只有抽泣呜咽了。

唐·戴叔伦《长门怨》:"夜久丝管绝,月明宫殿秋。"用杜句。

元·王冕《伤亭户》:"夜永声语冷,幽咽向古木。天明风启门,僵诗挂荒屋。"从杜诗尾四句中脱出。

3962. 娇儿不离膝,畏我复却去

唐·杜甫《羌村三首》其二:"晚岁迫偷生,还家少欢趣。娇儿不离膝,畏我复还去。"至德二年(757),因上书救房琯,肃宗把杜甫放还,等于免去左拾遗一职。他回到鄜州羌村家中,无异苟且偷生,无欢乐之可言。"娇儿不离膝,畏我复却去,"金圣叹评:孩子"早见此归不是本意,于是绕膝慰留,畏爷复去。"所以"不离膝"是要留住,怕慈父匆匆又去,因为连孩子也饱尝了离散之苦。

宋·陈师道《别三子》:"有女初束发,已知生离悲。枕我不肯起,畏我从此辞。"取杜诗之意,抒儿女之情。

3963. 飘飘愧老妻

唐·杜甫《自阆州领妻子却赴蜀山行三首》其二:"何日干戈尽,飘飘愧老妻。"广德二年,作者自阆州回成都,携妻儿返回草堂:自天宝十五载至今,已避乱十年,动乱中飘泊无定,老妻跟着受离乱之苦,很惭愧,对不住她了。

又《赠王二十四侍御契四韵》:"往往虽相见,飘飘愧此身。"句式同,"愧"的则是自己,为自己飘飘不定、碌碌无为而深感愧对自己这个身子。

明·汤显祖《牡丹亭》第三出训女《前腔》:"吾家杜甫,为飘零老愧妻孥。他还有念老夫诗句男儿,俺则有学画眉娇女。"太守杜宝对夫人说,当年杜甫,愧对老妻,可他还有"诵得老夫诗"的儿子骥子。

3964. 同辇随君侍君侧

唐·杜甫《哀江头》:"昭阳殿里第一人,同辇随君侍君侧。"上句指汉成帝的皇后赵飞燕,暗指唐宫第一人杨贵妃。后句反用班婕妤不与"贤君"同辇事(《汉书·外戚传》)暗指杨贵妃专宠,唐玄宗荒唐。

唐·白居易《长恨歌》："天生丽质难自弃,一朝选在君王侧。""君王侧"用"侍君侧"。

宋·王安石《虞美人》："同辇随君侍君侧,六宫粉黛无颜色。"前用杜甫原句,后用白居易原句。

3965. 夜来吹折数枝花

唐·杜甫《绝句漫兴九首》其二:"手种桃李非无主,野老墙低还是家。恰似春风相欺得,夜来吹折数枝花。"用孟浩然"夜来风雨声,花落知多少"句。

宋·王元之(禹偁)在商州,尝赋诗云:"两株桃杏映篱斜,装点商州副使家。何事春风容不得,和莺吹折数枝花。"其子嘉祐谓后二句颇与杜甫语相似,欲请易之。元之欣然更为诗曰:"本与乐天为后进,敢期杜甫是前身。"卒不复易。

3966. 径欲依刘表,还疑厌祢衡

唐·杜甫《奉送郭中丞兼太仆卿充陇右节度使三十韵》:"径欲依刘表,还疑厌祢衡。"说"依刘"并不是出路。

汉末建安七子之一的王粲,年轻时避难荆州(今湖北襄樊市)依附刘表,却不被重用。他曾登荆州城楼,作《登楼赋》,发抒乡国之思及怀才不遇之愁。"依刘"便成史典,表示一种依附、投靠之意。

唐·窦牟《酬舍弟庠罢举从州辟书》:"之荆且愿依刘表,折桂终惭见却诜。"

唐·戴叔伦《送车参军江陵》:"公子道存知不弃,欲依刘表往南荆。"一作清江《送韦参军江陵》诗。

唐·武元衡《塞外月夜寄荆南熊侍御》:"南依刘表北刘琨,征战年年箫鼓喧。"

唐·许浑《送林处士自闽中道越由雪抵两川》:"镜中非访戴,剑外欲依刘。"

又《陪宣城大夫崔公泛后池兼北楼宴二首》:"王洵作簿公曾喜,刘表为邦客尽依。"

又《郊居春日有怀府中诸公并束王兵曹》:"花前更谢依刘客,雪后空怀访戴人。"

唐·贯休《归东阳临歧上杜使君七首》:"舍鲁依刘一片云,好风吹去远纤尘。"

唐·齐己《渚宫莫问诗一十五首》:"莫问依刘迹,金台又度秋。"

唐·李渥《秋日登越王楼献于中丞》:"徒学仲宣聊四望,且将词赋好依刘。"

唐·罗隐《金陵寄窦尚书》:"世危肯使依刘表,山好犹能忆谢公。"

又《雪溪晚泊寄裴庶子》:"道穷谩有依刘感,才急应无借冠期。"

又《寄京阙陆郎中昆仲》:"家从入洛声名大,迹为依刘事分偏。"

宋·杨亿《张兖下第随桂阳乔监使之湘中》:"荆州暂去依刘表,汉殿无由荐马卿。""马卿"司马相如。

宋·胡宿《寄临淮蒋使君》:"荆府依刘心未获,却怜驯鹿伴行春。"

宋·文彦博《谢留守相公尧夫惠书及诗意爱勤重》:"伊叟依刘心更初,柴车促驾即言还。"

宋·曾巩《蔡州》:"蔡州昔人居,遗堵不可寻。青石久埋没,荒烟起空林。昔人依刘表,意气传至今……"

宋·张孝祥《水调歌头》(送刘恭父趋朝):"归辅五云丹阶,回首梦楼千里,遗爱满潇湘。忘记依刘(恭父)客,曾此奉离觞。"

宋·丘崈《满江红》(和范石湖):"十载重游,愧好在、吴中父老。官事里、空然痴绝,竟何曾了。赖有平生知己地,全胜末路依刘表。"

宋·辛弃疾《水调歌头》:"莫学班超投笔,纵得封侯万里,憔悴老边州。何处依刘客,寂寞赋登楼。"

宋·赵善括《水调歌头》:"堪笑萍踪无定,拟泊叶舟何许,无计可依刘。"

宋·陈人杰《沁园春》(次韵林南金赋愁):"雄心玄德,岁月依刘……长安道,且身如王粲,时复登楼。"

宋·陈策《摸鱼儿》(仲宣楼赋):"问旧日王郎,依刘有地,何事赋幽情。"

清·孔尚任《桃花扇》第二十九出逮社《玉芙蓉烽》:"叹朝秦暮楚,三载依刘。"流浪,往依史可法。

今人柳亚子《感事呈毛主席》:"开天辟地君真健,说项依刘我大难。"赞扬别人,依附别人,我难做到。唐·杨敬之诗:"平生不解藏人善,到处逢人说项斯。"

3967. 万里悲秋常作客

唐·杜甫《登高》:"万里悲秋常作客,百年多病独登台。"大历二年(767)秋,作者在夔州登高,

见到长江秋色,有感于长期漂泊,老病孤身,作此诗。杨伦《杜诗镜铨》评此诗为杜集七言律诗第一;胡应麟《诗薮》评此诗为古今七言律诗之冠。"万里悲秋"是由于"常作客",思念万里之外的家乡。

"悲秋"源出楚·宋玉《九辩》开头四句:"悲哉秋之为气也,萧瑟兮草木摇落而变衰!憭慄兮若在远行,登山临水兮送将归。"秋风萧瑟,草木摇落,远行之人更思归。

唐·王勃《山中》:"长江悲已滞,万里念将归。况属高风晚,山山黄叶飞。"客中逢秋,顿思万里之故乡,杜甫概括王勃诗意。

3968. 百年多病独登台

唐·杜甫《登高》:"万里悲秋常作客,百年多病独登台。"作者当多病的晚年,独自登上异地的高台,孤独、寂寞,心情并不豁朗。

宋·王安石三用"百年多病独登台"原句:

《怀元度四首》其二:"不见秘书心若失,百年多病独登台。"

《赠张轩民赞善》:"潮打空城寂寞回,百年多病独登台。"

《送吴显道五首》:"百年多病独登台,知有归日眉放开。"

3969. 摇落深知宋玉悲

唐·杜甫《咏怀古迹五首》其二:"摇落深知宋玉悲,风流儒雅亦吾师。"大历元年(766),诗人在夔州,夔州古迹很多。此首是咏怀宋玉的,宋玉的《高唐赋》是写楚襄王同巫山神女梦中相会的事,相传江陵有宋玉宅,因而杜甫想到宋玉在政治上之不遇。宋玉在《九辩》开篇便是悲秋:"悲哉秋之为气也,萧瑟兮草木遥落而变衰!"宋玉为屈原之后著名的楚辞作家。在楚顷襄王时作过官,因谗而被罢官,郁郁终生。《九辩》是借古乐章名作诗以抒怀,在楚国灭亡前夕,抒写了"贫士失职而志不平"的情怀,也透露出对祖国命运的忧虑,这就是"悲秋"的内涵。杜甫诗的起句便是"摇落深知宋玉悲",吊宋玉,而洞见宋玉政治上的不得志。

唐·李白《赠易秀才》:"地远虞翻老,秋深宋玉悲。"是写"宋玉悲"较早的。杜甫还有《雨》:"直觉巫山暮,兼催宋玉悲。"《奉汉中王手札》:"悲秋宋玉宅,失路武陵源。"经李、杜的描写,"宋玉悲"成了后人"抒悲"的诗典。

唐·李嘉祐《暮秋迁客增思寄京华》:"宋玉怨三秋,张衡复四愁。"以"悲秋""四愁"自喻。

唐·李端《赠歧王姜明府》:"马卿兼病老,宋玉对秋悲。"

唐·畅当《别卢纶》:"我有新秋泪,非关宋玉悲。"

唐·羊士谔《暇日适值澄霁江亭游宴》:"振卧淮阳病,悲秋宋玉文。"

唐·杨巨源《登宁州城楼》:"宋玉本悲秋,今朝更上楼。"

唐·元稹《酬孝甫赠十首》:"宋玉悲秋续楚词,阴铿官漫是闲诗。"

唐·齐己《杨柳枝》:"浓低似中陶潜酒,软极如伤宋玉风。"悲秋之风。

唐·唐彦谦《秋日感怀》:"溪上芙蓉映醉颜,悲秋宋玉鬓毛斑。"

唐·郑史《永州送侄归宜春》:"宋玉正悲秋,那堪更别离。"

宋·柳永《玉蝴蝶》:"晚景萧疏,堪动宋玉悲凉。"

又《爪茉莉》:"更休道、宋玉多悲,石人也须下泪。"

宋·米芾《水调歌头》:"我来对景,不学宋玉解悲愁。"

宋·辛弃疾《踏莎行》:"是谁,秋到便凄凉,当年宋玉悲如许。"

宋·赵善括《水调歌头》:"极目暮云合,宋玉正悲秋。"

宋·韩淲《浣溪沙》(秋思):"宋玉悲秋合反骚,陶潜把菊任持醪。山遥遥外水萧萧。"

宋·张辑《琐窗寒》:"向此时感旧,非关宋玉、悲秋情绪。"

元·白朴《恼煞人·么》:"宋玉悲秋愁闷,江淹梦笔寂寞,人间岂无成与破。"

元·卢挚《蟾宫曲·凭吊古人》(江陵怀古):"慨星槎两度南游,想神女朝云,宋玉清秋,汉魏名流。"

元·庾天锡《黄莺儿·别况》:"愁成阵、更压着宋玉,便是铁石人,也今宵耽不去。"

元·冯子振《鹦鹉曲·城南秋思》:"到秋来宋玉生悲,不赋高唐云雨。"

元·张养浩《清江引》(咏秋日海棠):"宋玉每

逢秋叹嗟,见此应欢悦。"

元·马谦斋《朝天子·秋》:"啸月吟情,凌云豪气,当怀宋玉悲。"

3970. 风月三年宋玉墙

唐·唐彦谦《离鸾》:"闻道离鸾思故乡,也知情愿嫁王昌。尘埃一别杨朱路,风月三年宋玉墙。""三年宋玉墙"女子对远离的男子的期盼。典出楚·宋玉《登徒子好色赋》:"大夫登徒子侍于楚王,短宋玉曰:'玉为人体貌闲丽,口多微词,又性好色,愿王勿与出入后宫。'王以登徒子之言问宋玉,玉曰:'体貌闲丽所受于天地;口多微词,所学于师也。至于好色,臣无有也。'王曰:'子不好色,亦有说乎?有说则止,无说则退。'玉曰:'天下之佳人,莫若楚国;楚国之丽者,莫若臣里;臣里之美者,莫若臣东家之子。东家之子,增之一分则太长,减之一分则太短;著粉则太白,施朱则太赤。眉如翠羽,肌如白雪,腰如束素,齿如含贝。嫣然一笑,惑阳城,迷下蔡。然此女登墙窥臣三年,至今未许也。'""东墙(邻)窥宋"喻多情女子对男子的倾慕、追求。后也用以只代痴情女子或绝色女子。已成诗典。

唐·段成式《戏高待御七首》:"花恨红腰柳妒眉,东邻墙短不曾窥。"

唐·霍总《关山月》:"每笑东家子,窥他宋玉墙。"

宋·柳永《玉蝴蝶》:"粉墙曾恁,窥宋三年。"

宋·黄庭坚《西江月》:"宋玉短墙东畔,桃源落日西斜。"

宋·晁端礼《水龙吟》:"任倚宋玉、墙头千里,曾牵惹、人肠断。"

又《清平乐》:"三年宋玉东邻,断肠月夕烟春。"

又《雨中花》:"小小中庭,深深洞户,谁人笑里相迎?有三年窥宋,一顾倾城。"

宋·刘弇《内家娇》:"三月洞天,又还疑是,赋情楚客,窥见墙东。"

宋·秦观《南乡子》:"妙手写徽真,水剪双眸点绛唇。疑是昔年窥宋玉,东邻。"

宋·贺铸《断湘弦·万年欢》:"红粉墙东,曾记窥宋三年。不间云朝雨暮,向西楼、南馆留连。"

又《菩萨蛮》:"枕横衾浪拥,好夜无人共。莫道粉墙东,蓬山千万重。"相距遥远。

又《花心动》:"醉眼渐迷,花拂墙底,误认宋邻偷顾。"

宋·晁补之《青玉案》:"三年宋玉墙东畔,怪相见,当低面。一曲文君芳心乱。"

又《紫玉箫》:"襄王自是春梦,休谩说东墙,事更难凭。"

宋·周邦彦《蝶恋花》:"宋玉墙高才一觇,絮乱丝繁,苦隔春风面。"遮挡不清。

宋·向子湮《浣溪沙》(呈宋景晋待制,宋有二小姬:小桃、小兰):"绿绕红围宋玉墙,幽兰林下正芬芳,桃花气暖玉生香。"

又《减字木兰花》(梅花盛开,走笔戏呈韩叔夏):"更难忘,宋玉墙头婉婉香。"

宋·陈东《西江月》:"怜才自是宋墙东,更识琴心挑弄。"

宋·史远道《独脚令》:"墙头梅蕊一枝新,宋玉东邻算未真。"

宋·黄太舆《更漏子》:"怜宋玉,许王昌,东西邻短墙。"

宋·王灼《清平乐》(妓诉状立厅下):"卢家小苑回塘,于飞多少鸳鸯。纵使东墙隔断,莫愁应念王昌。"

宋·吕渭老《浪陶沙》:"宋玉在墙东,醉袖摇风。"

宋·杨无咎《蓦山溪》(和婺州晏倅酴醾):"微笑倚春风,似窥宋、墙头凝伫。"喻花。

宋·王之望《减字木兰花》(代人戏赠):"桃溪得路,直到仙家留客处。今日东邻,远忆当年窥宋人。"

宋·李吕《临江仙》:"家在宋墙东畔住,流莺时送芳音。"

宋·谢懋《风入松》:"自怜独得东君意,有三年、窥宋东墙。"

宋·郭世模《瑞鹤仙》:"长记、多情消减,宋玉连墙,茂陵同里。"

元·姚燧《新水令·冬怨》:"悔当日东墙窥宋,有心教夫婿乘龙。"

元·于伯渊《点绛唇·赠煞》:"比及他彩灯照梦,且看咱隔墙儿窥宋。"

元·张可久《寨儿令·闺怨》:"有情窥宋玉,没兴撞王魁;呸!骂你个负心贼!"

元·李致远《一枝花,孤闷》:"东墙女空窥宋玉,西厢月却就崔姝。"

3971. 巧笑东邻女伴

宋·晏殊《破阵子》(春景):"巧笑东邻女伴,采桑径里逢迎。疑怪昨宵春梦好,元是今朝斗草赢,笑从双脸生。""东邻女",借用《登徒子好色赋》中宋玉的"东家之子",此词中指美丽的采桑女,说她盈盈巧笑,十分高兴。

五代·孙光宪《浣溪沙》:"除却弄珠兼解佩,便随西子与东邻,是谁容易比真真。""东邻"即美丽的"东邻女(子)"。

宋·苏轼《台头寺送宋希元》:"三年不顾东邻女,二顷方求负郭田。"

又《被酒独行遍至子云威徽先觉四黎之舍三首》:"投梭每困东邻女,换扇惟逢春梦婆。"自注:"是是,复见符林秀才,言换扇之事。"《侯鲭录》:"东坡在昌化,尝负大瓢行歌田间,有老妇年七十,谓坡云:'内翰昔日富贵,一场春梦。'坡然之,里人呼此媪为春梦婆。"

又《蝶恋花》(送潘大临):"记取钗头新利市,莫将分付东邻子。"

宋·杨无咎《夜行船》:"若把西湖比西子,这东湖、似东邻女。"

宋·李弥逊《十样花》:"艳态最娇娆,堪比并、东邻女。"

宋·向子谉《虞美人》(临安客居):"东邻一笑直千金,争奈茂陵情分、在文君。"

"西邻公子"则是宋玉了。宋·刘克庄《贺新郎》(席上闻歌有感):"谁向西邻公子说,要珠鞍、迎入梨花院。"歌妓自诉,被"西邻公子"(好色之徒)接入梨花院为妓。

3972. 怅望千秋一洒泪

唐·杜甫《咏怀古迹五首》其二:"怅望千秋一洒泪,萧条异代不同时。"同宋玉相去久远,不同朝代,不同时间,然而萧条惆怅,失志不遇却有相同之处,对宋玉不遇,发出千年之后的感慨。

清·朱祖谋《摸鱼子》(马鞍山访龙洲道人墓,山东昆山西北隅):"凭吊处,剩破帽瘦驴,怅望千秋去。"用杜诗:"怅望千秋"句,凭吊南宋"龙洲道人"刘过墓,慨刘过志不得伸,持恨终古,叹自身之萧瑟。

3973. 生长明妃尚有村

唐·杜甫《咏怀古迹五首》其三:"群山万壑赴

荆门,生长明妃尚有村。""昭君村"在何处?《一统志》云:"昭君村,在荆州府归州东北四十里。"即今湖北省秭归县的香溪。杜甫此刻在夔州白帝城,东望三峡,想像三峡东面的荆门山,以及那里的昭君村,那群山万壑奔赴荆门山下的昭君村是明妃昭君生长的地方。

由于昭君和亲,她的出生地也值得回忆和纪念。

宋·王十朋《昭君村》:"十二巫峰下,明妃尚有村。"

清·叶涧元《昭君台》:"生长明妃何处村,高台犹倚白云根。"

3974. 诸葛大名垂宇宙

唐·杜甫《咏怀古迹五首》其五:"诸葛大名垂宇宙,宗臣遗像肃清高。"瞻仰武侯祠,敬慕前贤,作此"怀古"。上下四方为宇,古往今来为宙,从空间、时间上看武侯的影响,不愧名播宇内又传诸万世。瞻观武侯遗像,面对一代宗臣的高风亮节,不禁肃然起敬。

清·陈作霖《减字木兰花》(诸葛菜):"将星落后,留得大名传宇宙;老圃春深,传出英雄尽瘁心。"《嘉话录》载:"诸葛(亮)所至即种蔓青,因呼为'诸葛菜'。""诸葛菜",蔓青即蔓菁,四季皆可熟。诸葛出师,每到驻地,下令种蔓菁,最为适宜,这是为了将士、为了战争,足见其"鞠躬尽力,死而后已"(《后出师表》)的"尽瘁心"了。"垂名"句用杜诗,赞诸葛之不朽。

3975. 世人皆欲杀

唐·杜甫《不见》:"不见李生久,佯狂真可哀。世人皆欲杀,吾意独怜才。敏捷诗千首,飘零酒一杯。匡山读书处,头白好归来!"原注:近无李白消息。杜甫初居成都,虽已知李白获释。却不知李白在何处,出于怀念,作此诗。"世人皆欲杀,"李白因永王璘案牵连入狱。朝中一些人(世人)叫嚷要杀掉李白这个"乱臣贼子"。而杜甫则怜李白之才,认为不该杀,最后希望晚年,李白应回到四川故乡来。

宋·曾几《闻李泰发参政得旨自便将归以诗迓之》:"苦遭前政堕危机,二十余年咏《式微》。天上谪仙皆欲杀,海滨大老竟来归。"李光受谪20余年,"世人皆欲杀,"而今获释归来,世事已有很大变化。

清·姚兴荣《大白楼楹联》:"狂到世人皆欲杀,醉来天子不能呼。"

3976. 匡山读书处,头白好归来

唐·杜甫《不见》:"匡山读书处,头白好归来。""匡山读书":宋·洪迈《容斋三笔》曰:"杜诗'匡山读书处,头白好归来',说者以为即庐山(匡庐)也。"吴曾《能改斋漫录》辨误一卷,正辨是事。引杜田《杜诗补遗》云:范传正《李白新墓碑》云:"白本宗室子,厥先避仇客蜀,居蜀之彰明,太白生焉。彰明,绵州之属邑,有大小匡山,白读书于大匡山,有读书堂尚存。"杜甫此时在成都,已知李白遇赦,却不知李白在何处,诗末但愿李白晚年返回匡山读书处,回到四川来,杜甫也在四川,或许还有重逢之机缘。

宋·苏轼《书李公择白石山房》:"若见谪仙烦寄语,匡山头白早归来。"李公择曾读书白石庵,后出仕,书藏山中,每得异书则增益,至九千卷。苏轼借杜句说公择晚年可归白石庵读书。

3977. 大麦干枯小麦黄

唐·杜甫《大麦行》:"大麦干枯小麦黄,妇女行泣夫走藏。"大麦干枯小麦黄,正在春夏之交,边患造成苦难。

《汉书》载汉桓帝时的童谣:"小麦青青大麦枯,谁当获者妇与姑,丈夫何在西击胡。"男子戍边,女子在家收割。杜诗取意于此。

3978. 欲往城南望城北

唐·杜甫《哀江头》:"黄昏胡骑尘满城,欲往城南望城北。"至德元年(756)秋,作者从鄜州去投唐肃宗,途中被安史叛军抓回长安。第二年春,作者沿长安城东南的曲江漫步。目睹叛军马队横行,烟尘弥漫满城,回忆起玄宗与贵妃在曲江游览,后来又发生了马嵬惨事,悲痛至极,以至想去城南而误望城北,心乱而目迷。

魏·曹植《吁嗟篇》:"当南而更北,谓东而反西。"以转蓬自喻,写常遭迁徙,飘荡无依,应该向南却极力向北,说是往东却返向西边,总是不由自主。而杜甫的"欲往城南望城北"则是一时迷失方向。

宋·王安石《送吴显道五首》:"眼中了了见乡

国,自是不归归便得。欲往成南望城北,此心炯炯君应识。"杜甫原句。

宋·苏轼《和李邦直沂山祈雨有应》:"试上城南望城北,际天菽粟青成堆。"上句用杜甫句表示居高临下,眺望田间。下句取柳宗元"故国千里无山河,麦芒际天遥青波"句意。

3979. 子知出处必须经

唐·杜甫《覃山人隐居》:"予见乱离不得已,子知出处必须经。"夔州覃山人老而就征出仕,杜甫过其隐居之所,作此诗,伤其隐居无终。此二句说:我欲出仕却不得已在乱离中到处奔走,你或出或处,必须经历了才知其利与害。

晋·傅咸《凤赋》:"随时宜以行藏兮,谅出处之有经。"杜甫取其意。

3980. 心迹喜双清

唐·杜甫《屏迹三首》其二:"杖藜从白首,心迹喜双清。"宝应元年,作于成都,以申屏迹之志。"屏迹"隐蔽自己的行踪,隐姓埋名。此二句说,让杖藜伴我白头,我的心地与操行是净洁的。杨守阯解:"心迹双清,言无尘俗气也。"

南朝·宋·谢灵运《斋中读书》:"矧乃归山川,心迹双寂寞。"杜句从此诗中化出。

3981. 满目悲生事

唐·杜甫《秦州杂诗二十首》:"满目悲生事,因人作远游。"秦州,在今甘肃天水市,乾元二年秋杜甫为生计随人到了秦州。此第一首起始二句,交代远游来秦州的原因:"满目悲生事",关辅大饥,生事艰难,因而随人远游。

南朝·宋·鲍照《代边居行》:"纷纷徒满目,何关慨予伤。"杜诗取其意。

3982. 忆昔开元全盛日

唐·杜甫《忆昔二首》其二:"忆昔开元全盛日,小邑犹藏万家室。稻米流脂粟米白,公私仓廪俱丰实。"忆写"开元盛世",公私丰实。

唐·温庭筠《过华清宫二十二韵》:"忆昔开元日,承平事胜游。"用杜句忆当年。

宋·辛弃疾《声声慢慢》:"开元盛日,天上栽花,月殿桂影重得。"写盛世。

3983. 九州道路无豺虎

唐·杜甫《忆昔二首》:"九州道路无豺虎,远行不劳吉日出。"广德二年(764)杜甫在成都,作此诗回忆了肃宗、玄宗两朝的往事。此第二首忆"开元盛世",这两句写当时天下太平,人民安居乐业,路不拾遗,夜不闭户,天下没有匪盗,远行不用择日。"豺虎"或"豺狼"代指盗贼,"无豺虎",由于富而且庶,盗息民安。

清·仇兆鳌《杜诗详注》引南朝·齐·王融诗:"澄清九州牧,道路无豺虎。"杜甫用此句。

杜甫喜用"豺虎(狼)"表示盗贼:

《王命》:"汉北豺狼满,巴西道路难。"

《别唐十五诫因寄礼部贾侍郎》:"萧条四海内,人少豺虎多。"

《雪》:"上天铄金石,群盗乱豺虎。"

《伤秋》:"何年减豺虎,似有故国吟。"

3984. 相与襟袂连

唐·杜甫《赠李十五丈别》:"孤陋忝末亲,等级敢比肩;人生意气合,相与襟袂连。"李十五丈,即秘书李文凝,杜甫亲戚,对杜甫厚待不薄。此二句:与李意气相投,相交至密,如襟袂连,或如连襟连袂。"连袂"后表示亲密合作。

晋·潘岳赋:"蹑踵侧肩,掎裳连袂。"人多而拥路,"连袂"首出于此。

3985. 衣故有悬鹑

唐·杜甫《赠王十四侍御契四十韵》:"子去何潇洒,余藏异隐沦。书成无过雁,衣故有悬鹑。"同王契别后,王去京城一路潇洒,我避乱到处藏身。给你写信无人投递,我衣服破旧如悬鹑块块斑纹。"悬鹑":悬挂着的鹑鸟。《荀子·大略》载:"子夏贫,衣若悬鹑。"朱注:《说文》:鹑"其羽斑而散,贫士衣象之。"鹑鹑头小尾秃,羽毛松散,有暗黄色斑纹,就像一件补丁斑斑的破衣。又有"董京衣百结","百"很多,"结"打成结儿。《晋书·董京传》:京"时乞于市,得残碎缯絮,结以自覆,全帛佳绵则不肯受。"王隐《晋书》亦载:"董威辇(董京的字)拾残缯,辄结为衣,号曰百结。"杜甫《投简咸华两县诸子》:"饥卧动即向一旬,敝衣何啻联百结。"又《北征》:"经年至茅屋,妻子衣百结。"百结,形容衣衫破烂,自苏轼起,用"悬鹑百结"、"鹑衣百结"。

北周·庾信《上益州上杜国赵王二首》:"愿想悬鹑弊,时嗟陋巷空。"首用"悬鹑"表示敝衣。

唐·骆宾王《寒夜独坐游子多怀简知己》:"鹑服长悲碎,蜗庐卜未安。"

唐·刘长卿《行营酬吕侍御时尚书问罪襄阳军次汉东境上侍御以州邻寇贼复有水火迫于征税诗以见谕》:"井水鹑衣乐,壶浆鹤发迎。"

唐·李贺《开愁歌》:"衣如飞鹑马如狗,临歧击剑生铜吼。"

宋·苏轼《踏莎行》:"一从迷恋玉楼人,鹑衣百结浑无奈。"

又《薄薄酒二首》:"珠襦玉柙万人祖送归北邙,不如悬鹑百结独坐负朝阳。"

宋·赵蕃《大雪》:"鹑衣百结不蔽膝,恋恋谁怜范叔贫。"

3986. 挂壁移筐果

唐·杜甫《过客相寻》:"挂壁移筐果,呼儿间煮鱼。"《北齐书》载:"邢子才脱略简易,果饵之属,置之梁上,客至下而共食。"《世说新语》载:"孔君平诣杨氏,呼儿出为设果。"大历二年,作者定居瀼西,有客来访,"呼儿"取果烹鲜以待客。

隋·薛道衡《入郴江诗》:"缘岸频断挽,挂壁屡移钩。"不断移钩的挂壁物,无非果饵之类。

3987. 吾衰同泛梗

唐·杜甫《临邑舍弟书至苦雨黄河泛滥堤防之患簿领所忧因寄此诗用宽其意》:"吾衰同泛梗,利涉想蟠桃。""泛梗",言木梗在水中漂流,无所作为,无有归宿。典出《战国策·齐策三》载:孟尝君将入秦,苏秦欲止之,曰:"有土偶人与桃梗相与语。桃梗谓土偶人曰:'子,西岸之士也,挺子以为人,至岁八月,降雨下,淄水至,则汝残矣!'土偶曰:'不然!吾西岸之土也,土则复西岸耳!今子,东国之桃梗也,刻削子以为人,降雨下,淄水至,流子而去,则子漂漂者将何如耳?今秦,四塞之国,譬若虎口,而君人之,则臣不知君所出矣!'孟尝君乃止。"《战国策·赵策一》载:苏秦又用这个寓言故事去说李兑。"土偶"土塑的人,"木梗",同木偶,木刻的人。杜诗中"吾衰同泛梗",泛梗无成无用,我衰老之躯就如泛在江中的桃木梗一样不中用了。

隋·卢思道《听鸣蝉篇》(北齐颜之推同赋):"故乡已超忽,空庭正芜没。……讵念嫖姚嗟木梗,谁忆田单倦土牛。""嗟木梗",叹一事无成。

唐·李德裕《秋日登郡楼望赞皇山感而成咏》:"顾我飘蓬者,长随泛梗移。"飘泊而无所事事。

唐·李商隐《蝉》:"薄宦梗犹泛,故国芜已平。"喻自己漂泊不定的不幸遭遇。

3988. 汉官威仪重昭洗

唐·杜甫《寄狄明府博济》:"太宗社稷一朝正,汉官威仪重昭洗。"是写给狄仁杰曾孙、杜甫的姨弟狄博济的。这里盛赞狄仁杰敢于谏诤,《新唐书·狄仁杰传》载:武后欲立武三思为太子,仁杰曰:"姑侄与母子孰亲?陛下立庐陵王,则千秋万岁后常享宗庙;三思立,庙不祔姑。"武后从此感悟,遣徐彦伯迎回太子庐陵王,使李氏宗室得继,唐太宗李氏社稷又被拨正。"汉官威仪"此指李唐王朝的典章制度重见光明。这就是杜甫对狄仁杰的颂扬。

"汉官威仪",汉代官吏的服饰制度,官服庄严大方。《后汉书·光武帝纪第一上》云:"时三辅吏士东迎更始,见诸将过,皆冠帻,而服妇人衣,诸于绣镼,莫不笑之,或有畏而走者。及见司隶(刘秀)僚属,皆欢喜不自胜。老吏或垂涕曰:'不图今日复见汉官威仪!'"汉·应劭撰《汉官仪》记载汉代官制典礼(全书已佚),其中有云:"帻者,古之卑贱者之所服也。"更始诸将,冠帻,又服妇人衣,已丢弃了"汉官威仪"。

"汉官威仪",常表示王朝皇家官员的服饰和仪容的风采。

唐·杨巨源《和吕舍人喜张员外自北番回至境上先寄二十韵》:"义著亲胡俗,仪全识汉官。"

又《春日奉献圣寿无疆词十首》:"愿同东观士,长对汉官仪。"

唐·独孤及《季冬自嵩山赴洛道中作》:"不图汉官仪,今日忽再睹。"

唐·刘禹锡《和令狐仆射相公题龙回寺》:"路无胡马迹,人识汉官仪。"

五代·李洞《述怀二十韵献谭怀相公》:"风流秦印绶,仪表汉公卿。""仪表汉公卿",即汉官威仪。

宋·梅尧臣《元日阁门拜表遇雪呈永叔》:"王会图中陈璧马,汉官仪里湿旗常。"

宋·胡宿《送魏屯田出守山阳》:"三采绶章秦

服志,两镵朱色汉官仪。"

清·黄遵宪《罢美国留学生感赋》:"皇帝临辟雍,皇皇汉官仪。"乾隆五十年,皇帝亲诣文庙,释奠礼成,临雍讲学。乾隆视察学校并讲学,展现皇家威仪。

又《到香港》:"水是尧时日夏时,衣冠又是汉官仪。"港人着中国装。

清·洪昇《长生殿》(剿寇):"誓当扫清群寇,收复两京,再造唐家社稷,重睹汉官威仪,方不负平生志愿也。"

3989. 有才无命百僚底

唐·杜甫《寄狄明府博济》:"比看伯叔四十人,有才无命百僚底。"狄博济是"大贤"狄仁杰之曾孙,是杜甫的姨弟,兄弟多人"有才无命",官职卑微,在"百僚"之下。《书经·皋陶谟》:"百僚师师,百王惟时。"注曰:"百僚百工皆为百官。""其人之相师,则曰百僚。"所谓"百僚之下"即"百官之下",意为官职卑微。

宋·苏轼《次前韵送程六表弟》:"青衫莫厌百僚底,白首上有千薪积。"《汉书·汲黯传》:"陛下用群臣,如积薪耳,后来者居上。"说不要嫌青衫官小,比起白首为郎总好些。

3990. 功名图麒麟

唐·杜甫《前出塞》:"功名图麒麟,战骨当速朽。"九首之三,写西北边疆战士以身许国的壮语,功名画入麒麟阁,战死的尸骨也当很快朽烂。

"麒麟阁":《汉书·李广苏建传》载:汉宣帝:"思股肱之美,乃图画其人于麒麟阁,法其形貌,署其官爵姓名。"有霍氏(光)、张安世、韩增、赵充国、魏相、丙吉、杜延年、刘德、梁丘贺、萧望之、苏武等十一人,"皆有功德,知名当世,是以表而扬之。""麒麟阁"就是功臣阁。

唐·无名氏《菩萨蛮》:"效节望龙庭,麟台早有名。"

宋·陈人杰《沁园春》(丁酉岁感事):"麒麟阁,岂中兴人物,不画儒冠。"

3991. 将军魏武之子孙

唐·杜甫《丹青引赠曹将军霸》:"将军魏武之子孙,于今为庶为清门。英雄割据虽已矣,文采风流今尚存。"曹霸,唐代著名画家,是魏武帝曹操的后裔,官做到左武卫将军,然而已是庶民的门第,惟继承了祖辈的文采风流。

清·敦诚《寄怀曹雪芹》:"少陵昔赠曹将军,曾曰魏武之子孙。君又无乃将军后,于今环堵蓬蒿屯。"用杜甫诗意,比附曹雪芹祖辈是清初的英雄,而今身世低落,在西山脚下艰难度日,家贫如洗。

3992. 凌烟功臣少颜色

唐·杜甫《丹青引赠曹将军霸》:"凌烟阁上少颜色,将军下笔开生面。"《旧唐书·太宗本纪》载:贞观十七年(643)二月戊申"诏图画司徒、赵国公无忌等勋臣七十四人于凌烟阁。"这是效法汉宣帝麒麟阁而做。杜诗说凌烟阁上的功臣像褪色了,经画家曹霸摹画,焕然一新了。

唐·李贺《南园》:"请君暂上凌烟阁,若个书生万户侯。"

唐·于濆《戍卒伤春》:"凌烟阁上人,未必皆忠烈。"

3993. 将军只数汉嫖姚

唐·杜甫《赠田九判官梁丘》:"宛马总肥秦苜蓿,将军只数汉嫖姚。""嫖姚"西汉霍去病,他英武善骑射。汉武帝时,为嫖姚校尉,先后六次击败匈奴,解除匈奴对汉的威胁。后拜骠骑将军,封冠军侯。汉武帝为他筑起上等的高大住宅,让他去看,他婉言谢绝说:"匈奴未灭,何以家为!"杜诗称西北边防建功的哥舒翰。

隋·薛道衡《出塞》:"当知霍骠骑,高第起西京。"赞杨素。

唐·李昂《从军行》:"匈奴未灭不言家,驱逐行行边缴赊。"亦以霍去病为楷模。后也代称将军。

唐·李白《塞下曲六首》其三:"功成画麟阁,独有霍嫖姚。"

唐·高适《蓟门行三首》其三:"勋庸今已矣,不识霍将军。"

唐·孔维圭《白马篇》:"汉家嫖姚将,驰突匈奴庭。"

唐·王维《塞上作》:"玉靶角弓珠勒马,汉家将赐霍嫖姚。"

唐·杜甫《后出塞五首》其二:"借问大将谁,恐是霍嫖姚。"

唐·李约《从军行三首》其三:"嫖姚方虎视,

不觉请添兵。"

清·陈玉树《乙酉春有感》:"一任中枢催罢战,也应羞见霍嫖姚。"

3994. 健笔凌鹦鹉

唐·杜甫《奉赠太常张垍二十韵》:"健笔凌鹦鹉,舌锋莹鷩鵜。"称张垍词锋如剑,赋写得好,超过了《鹦鹉赋》。

《后汉书·祢衡传》载:祢衡,字正平,汉末平原人,少时才高又恃才傲物,孔融几次向曹操推荐他,因受歧视(让他做鼓手)而大骂曹操。曹操怀忿,以才名不欲杀他,推荐给刘表。刘表不能容,又转送江夏太守黄祖,终被黄祖所害。杜甫《敬赠郑谏议十韵》:"使者求颜阖,诸公厌祢衡。"就述此事,苏轼《满江红》:"江表传,君休读;狂处士,真堪惜!"对祢衡表示了极大的同情。

祢衡做鼓手,表演《渔阳参挝》,声节悲壮,听者无不慷慨动容。唐·李商隐《听鼓》:"欲问渔阳掺,时无祢正平。"借鼓以泄愤懑。

祢衡作《鹦鹉赋》:《后汉书·祢衡传》载:黄祖长子黄射,为章陵太守,"尤善于衡。""射大会宾客,人有献鹦鹉者,射举卮于衡曰:'愿先生赋之,以娱嘉宾。'衡揽笔而作,文无加点,辞采甚丽。"祢衡死后,葬在汉阳西南的沙洲上,后人因称之为鹦鹉洲。

宋·苏轼《满江红》:"空洲对鹦鹉,苇花萧瑟。不独笑书生争底事,曹公黄祖俱飘忽。"

宋·戴复古《水调歌头》(题李季龙侍郎鄂州吞云楼):"骑黄鹤赋鹦鹉,谩风流。"

3995. 两朝开济老臣心

唐·杜甫《蜀相》:"蜀相祠堂何处寻,锦官城外柏森森。映阶碧草自春色,隔叶黄鹂空好音。三顾频频天下计,两朝开济老臣心。出师未捷身先死,长使英雄泪满襟。"刘备三顾茅庐,诸葛亮在隆中断定三分天下大计。他辅助刘备、刘禅两朝开创大业,旨在振兴汉室,"老臣心"已是"鞠躬尽瘁"了。

宋·苏轼《十月二十日恭闻太皇(仁宗)太后(曹氏)升遐……故作挽词二章》:"巍然开济两朝勋,信矣才难十乱臣。"曹皇后英宗时曾垂帘听政,神宗时尊为太皇太后。用杜句意赞"开济两朝勋"。

3996. 出师未捷身先死

唐·杜甫《蜀相》:"出师未捷身先死,长使英雄泪满襟。"诸葛亮六出祁山伐魏未获成功,于公元234年病逝于五丈原(今陕西眉县西南)军中,以致使千古英雄志士为之惋惜流泪。

元·马致远《庆东原·叹世》:"出师未回,长星坠地,蜀国空悲。"

今人黄砥中《二妃墓》:"血泪斑斑渺竹枝,二妃心事有谁知?洪荒未尽夫先死,半哭苍生半哭时。"用杜甫句式。

3997. 丈夫盖棺事始定

唐·杜甫《君不见简苏徯》:"丈夫盖棺事始定,君今幸未成老翁。""盖棺事始定",是说一个人到死才算终结,才有结论,事业也才完结。

"盖棺事始定",《韩诗外传》卷八载:"孔子曰:'学而不已,阖棺乃定。'"即活到老,学到老之意。《魏书·郑羲传》云:"盖棺定谥,先典成式,激扬清浊,治道明范。"人死后定谥号。《宋书》刘毅曰:"大丈夫盖棺事乃定矣。"杜甫用此句。杜甫《自京赴奉先县咏怀五百字》又用:"盖棺事则已,此志常觊豁(希望达到)。"

"盖棺论定"是成语了,始用于《明史·刘大夏传》:"人生盖棺论定,一日未死,即一日忧责未已。"下如:

唐·韩愈《同冠峡》:"行矣且无然,盖棺事乃了。"

宋·苏轼《次韵王定国谢韩子华过饮》:"盖棺今几日,公子谁料理。"

清·黄梨洲《将进酒》:"是非黑白何由定,谁言盖棺有成议。"

又《至广化寺拜先忠端公神位》:"盖棺议论何曾定,多少沉魂愧九泉。"

3998. 杖藜徐步立芳洲

唐·杜甫《绝句漫兴九首》其五:"肠断江春欲尽头,杖藜徐步立芳洲。颠狂柳絮随风舞,轻薄桃花逐水流。"此诗写春光欲尽;挂杖立于芳洲。面对絮飞花落,"颠狂""轻薄",正是残春烂漫景象。以人比物,借物讽人,许彦周曰:"老杜云:'颠狂柳絮随风舞,轻薄桃花逐水流。'不知缘谁而波及桃花与杨柳矣。""杖藜",手挂藜藤手杖。杜甫最喜写"杖藜"(多作"拄杖"):

《别李秘书始兴寺所居》:"妻儿待我且归去,他日杖藜来细听。"

《夜归》:"白头老罢舞复歌,杖藜不睡谁能那!"

《醉为马坠诸公携酒相看》:"明知来问腆我颜,杖藜强起依僮仆。"

《七月三日亭午已后较热退晚加小凉稳睡有诗因论壮年乐事戏呈元二十一曹长》:"杖藜风尘际,老丑难剪拂。"

《暇日小园散病将种秋菜督勒耕牛兼书触目》:"杖藜依沙渚,为汝鼻酸辛。"

《屏迹三首》:"杖藜从白首,心迹喜双清。"

《冬至》:"杖藜雪后临丹壑,鸣玉朝来散紫宸。"

《春夜峡州田侍御长史津亭留宴》:"杖藜登水榭,挥翰宿春天。"

《雨过苏端》:"杖藜入春泥,无食起我早。"

《戏呈元二十一曹长》:"杖藜风尘际,老丑难剪拂。"

《暮归》:"年过半百不称意,明日看云还杖藜。"

《晚》:"杖藜寻巷晚,炙背近墙暄。"

唐·王维《菩提寺禁口号又示裴迪》:"悠然策藜杖,归向桃花源。"

唐·秦系《山中崔大夫有书相问》:"苍黄倒藜杖,伛偻觑银钩。"

唐·白居易《兰若寓居》:"藜杖代车马,行止辄自由。"

又《秋游平泉赠韦处士闲禅师》:"杖藜舍舆马,千里与僧期。"

又《小台晚坐忆梦得》:"月明候柴户,藜杖何时来。"

唐·皮日休《陈先辈故居》:"藜杖闲来侵径竹,角巾端坐满楼书。"

唐·袁皓《重归宜春偶成十六韵寄朝中知己》:"乡曲多耆旧,逢迎尽杖藜。"

唐·司空图《休休亭》:"可怜藜杖者,真个种瓜侯。"

唐·杜荀鹤《访蔡融因题》:"杖藜时复过荒郊,来到君家不忍抛。"

宋·王安石《自定林过西庵》:"忽忆西岩道人语,杖藜乘兴得幽寻。"

又《呈陈和叔二首》："王吉囊衣新徙舍,杖藜从此为君来。"

又《示李叔时二首》："能为白下东南尉,藜杖缁巾得往还。"

又《定林》："六月杖藜寻石路,午阴多处弄潺湲。"

又《和平父寄道光法师》："欲见道人非一朝,杖藜无路到青宵。"

宋·苏轼《鹧鸪天》："村舍外,古城旁,杖藜徐步转斜阳。"用杜甫"杖藜徐步"句。

宋·辛弃疾《鹧鸪天》："呼玉友,荐溪毛,殷勤野老苦相邀。杖藜忽避行人去,认是翁来却过桥。"

宋·刘季孙《题屏》："说与旁人浑不解,杖藜携酒看芝山。"

宋·僧志安《绝句》："古木阴中系短篷,杖藜扶我过桥东。沾衣欲湿杏花雨,吹面不寒杨柳风。"此绝句是春歌之绝唱。"杖藜扶我过桥东",是为人最熟知的"杖藜"句,"扶"字拟人确当。

3999. 今如丧家狗

唐·杜甫《将适吴楚留别章使君留后兼幕府诸公》："昔如纵壑鱼,今如丧家狗。既无游方恋,行止复何有?"叙述离蜀的情形。章留守待杜甫很厚,却多为不法,杜甫诗谏无效,因而托辞离去。

"丧家狗":《史记·孔子世家》载:"孔子独立郭东门。郑人或谓子贡曰:'东门有人,其颡似尧,其项类皋陶,其肩类子产,然自腰以下,不及禹三寸,累累若丧家之狗。'""丧家狗"本为居丧之家的狗,喻沦落不遇的人,没有依托的人。

又《奉赠李八丈判官曛》："真成穷辙鲋,或似丧家狗。"

唐·元稹《酬乐天得微之诗知通州事因成四首》："饥摇困尾丧家狗,热暴枯鳞失水鱼。"

4000. 青眼高歌望吾子

唐·杜甫《短歌行赠王郎中司直》："青眼高歌望吾子,眼中之人吾老矣!"满怀厚望地向你高歌,而我自己已经衰病无用了。

"青眼"又叫"青睐",用黑眼珠看人,表示尊重或喜爱,与"白眼"相反。"白眼",用白眼珠看人,表示轻蔑、鄙弃,《晋书·阮籍传》载:阮籍能为青白眼,见礼俗之士,以白对之,表示轻蔑。他母亲死,嵇喜来吊,他作白眼,嵇喜不悦而走;嵇康带酒挟琴前往,阮籍大悦,乃见青眼。

清·纳兰性德《金缕曲》(赠顾梁汾)："青眼高眼俱未老,向尊前、拭尽英雄泪。"与顾贞观情投意合,青眼相看,反用杜句,说二人正当年华,却难以施展才华,因而洒下英雄泪。

清·蒲松龄《历下吟》："颠倒青白眼,事奇真殊尤。"眼光黑白颠倒,弃优取劣,达到奇特的程度。

4001. 质朴古人风

唐·杜甫《吾宗》："吾宗老孙子,质朴古人风。"称曹崇简衣食起居质朴敦厚,大有古人风尚。《魏志》:曹操谓毛玠曰:"君有古人之风。"有古人的朴实忠厚风尚,也称古朴。

唐·姚合《赠张籍太祝》："绝妙江南曲,凄凉怨女诗。古风无手敌,新语是人知。""古风"指诗风。

宋·王安石《示四妹》："卓荦才名今日事,萧条门巷古人风。"

又《送灵仙裴太博》："有力尚期当世用,无求今见古人风。"

又《送陈舜俞制科东归》："闻说慨然真有意,赠行聊似古人风。"

宋·陆游《游山西村》："箫鼓追随春社近,衣冠简朴古人风。"

4002. 黄四娘家花满蹊

唐·杜甫《江畔独步寻花七绝句》其六："黄四娘家花满蹊,千朵万朵压枝低。留连戏蝶时时舞,自在娇莺恰恰啼。"诗人江畔独步寻花,到了黄四娘家,走在小路上,她家千朵万朵满是花,花间戏蝶欢舞,娇莺乐啼,反过来又烘托了花香花美。

宋·苏轼《正月二十六日,偶与数客野步,嘉祐僧舍东南野人家杂花盛开。扣门求观,主人林氏妪出应。白发青裙,少寡独居三十年矣。感叹之余,作诗纪之》："主人白发青裙袂,子美诗中黄四娘。"苏轼尝书子美诗云:"此诗虽不甚佳,可以见子美清狂野逸之态,故仆喜书之。昔者齐鲁有大臣,史失其名,黄四娘独何人哉?而托此诗以不朽,可以使览者一笑。""子美诗中黄四娘"云者,是见"白发青裙"老妪家"杂花盛开",恰似杜诗中的黄四娘。

又《次韵杨公济奉议梅花十首》："西郊欲就诗人饮,黄四娘东子美家。""黄四娘"家有千朵万朵花,由"西郊"的"野梅官柳"想到的,继而想到子美为黄家邻。

4003. 越裳翡翠无消息

唐·杜甫《诸将》："越裳翡翠无消息,南海明珠久寂寥。""越裳"原为古国名,唐时为越裳县,其地在今越南南境。"南海",南海郡,在今广东境内。"翡翠无消息""明珠久寂寥",南方很不安定,南方边郡已不能贡赋。"无消息"没有音信,不见影子。

唐·李商隐《丹丘》："丹丘万里无消息,几对梧桐忆凤凰。"

宋·陆游《闻雁》："秦关汉苑无消息,又在江南送雁归。"

又《安流亭俟客不至独坐成咏》："酒徒云散无消息,水榭凭栏泪数行。"

4004. 子夏索群居

唐·杜甫《上韦左丞相二十韵》："长卿多病久,子夏索群居。"叙自己困顿多病,离群索居,以司马相如、子夏自况。《礼记·檀弓》载:"子夏曰:'吾离群而索居久矣。'""离群索居",离开群体,孤独生活。

又《留别贾严二阁老两院补缺》："田园须暂住,戎马惜离群。"

元白刘宾客辈《汝洛唱和集·九日送人》："清秋方落帽,子夏正离群。"

4005. 吾生亦有涯

唐·杜甫《春归》："世路虽多梗,吾生亦有涯。此身醒复醉,乘兴即为家。"广德二年春,作者回到成都家中作此诗。此四句云:世路坎坷,生涯有限,故托醉乡,乘兴即为家,随遇而安吧。

"吾生亦有涯"语出《庄子·养生主篇》："吾生也有涯,而知也无涯。以有涯随无涯,殆已!"杜诗取其首句。

宋·苏轼《次韵陈海州乘槎亭》："人事无涯生有涯,逝将归钓汉江槎。"人生苦短。

又《次韵钱穆父紫薇花二首》："阅人此地知多少,物化无涯生有涯。"《庄子·刻意篇》："圣人其生也无行,其死也物化。"作者自注:"虚白堂前紫

薇两株,俗云乐天所种。"

4006. 丈人屋上乌

唐·杜甫《奉赠射洪李四丈》："丈人屋上乌,人好乌亦好。人生意气豁,不在相逢早。"杜甫此诗表示同射洪县的李明甫友谊很深,李人很好。

"丈人屋上乌,人好乌亦好。"是"爱屋及乌"。《尚书大传》载:"武王登夏台以临殷民,周公旦曰:'臣闻之,爱其人者,爱其屋上乌;憎其人者,憎其储胥。'"汉·刘向《说苑》亦有类似记载:"太史谓武王曰,爱其人者,兼屋上之乌。""爱人及乌"或"爱屋及乌"应是人之常情。

宋·苏轼《送宋构朝散和彭州迎侍二亲》："东来谁迎使君车,知是丈人屋上乌。"

又《次韵叶致远见赠》："人皆劝我杯中物,我独怜君屋上乌。"

又《故周茂叔先生濂溪》："怒移水中蟹,爱及屋上乌。"

4007. 上疏乞骸骨

唐·杜甫《遣兴》："上疏乞骸骨,黄冠归故乡。"贺知章上疏,请求皇上将他放还,即乞求皇上赐给这把老骨头还乡。《史记·项羽本纪》载:"项王乃疑范增与汉有私,稍夺之权。范增大怒,曰:'天下事大定矣,君王自为之。愿赐骸骨归卒伍。'项王许之。""乞骸骨"概源出于此。

宋·欧阳修《归田四时乐春夏二首》(嘉祐三年):"乞身当及强健时,顾我蹉跎已衰老。"反用,见田家乐而觉应早"乞身"归田,尚可投入农事。

宋·苏轼《赠写御容妙善师》："不须览镜坐自了,明年乞身归故乡。"

4008. 眼花落井水底眠

唐·杜甫《饮中八仙歌》："知童骑马似乘船,眼花落井水底眠。"贺知章喜饮酒,酒醉后眼花,跌进井里,在井底睡起来,仍未知觉,说明酒醉之深。

宋·苏轼《李行中秀才醉眠亭三首》："从教世路风波恶,贺监偏工水底眠。"用其句而变其意。

4009. 愿闻第一义

唐·杜甫《谒文公上方》："愿闻第一义,回向心地初。"谒文公僧庐"上方",咏焦头烂额,全用佛典。"第一义":《涅盘经》云:"出世人所知,名第一

义谛。""回向":《华严经》云:"菩萨摩诃萨,有十种回向。""心地初":《华严经》云:"初发心时,便成正觉是也,故曰心地初。"此数句作悟语,须向心地用功。

宋·苏轼《叶教授和溽子韵诗复次韵为戏记龙井之游》:"愿闻第一义,钵饭非所欲。"愿闻重要教义。

4010. 若负平生志

唐·杜甫《梦李白二首》其二:"出门搔白首,若负平生志。"梦中的李白告别时,搔首叹息,没有施展平生的志愿。

宋·苏轼《苏潜圣挽词》:"趋时肯负平生志,有子还应不死同。"用杜句"负平生志"。

4011. 王孙善保千金躯

唐·杜甫《哀王孙》:"豺狼在邑龙在野,王孙善保千金躯。"叛军占领京城,皇帝离京下野,但愿唐王子孙保全以待复兴。

宋·苏轼《诸公饯子敦,轼以病不往复次前韵》:"善保千金躯,前言戏之耳。"《王立之诗话》云:"元祐中,顾子敦有顾屠之号,以其极肥伟也。其后奉使河朔,居士有诗送之,子敦读之颇不乐。所以居士复和前篇云:'善保千金躯,前言戏之耳。'""居士"即苏轼。(引自《苏轼诗集》)

4012. 吾独胡为在泥滓

唐·杜甫《奉先刘少府新画山水障歌》:"若耶溪,云门寺,吾独胡为在泥滓,青鞋布袜从此始。"全诗细致描绘屏风上山水画之山水。此结尾数句,依画中山水之美而悟出自己尚隐于泥滓之中,应该换上"青鞋布袜"脱出尘俗了。"泥滓",泥浆,喻世俗。

宋·苏轼《送钱穆父出守越州绝句二首》:"我恨今犹在泥滓,劝君莫棹酒回船。""泥滓"取杜甫意。

4013. 青鞋布袜从此始

唐·杜甫《奉先刘少府新画山水障歌》:"若耶溪,云门寺,吾独胡为在泥滓,青鞋布袜从此始。"足著布袜青鞋,登山涉水,走隐逸之路。

元·张可久《水仙子·梅边即事》:"小树纷蝶翅,苍苔点鹿胎,踏碎青鞋。"

又《红绣鞋·德青山中简耿子春》:"傍水依山境界,吟风啸月情怀,紫阳峰顶费青鞋。"

元·任昱《沉醉东风·会稽怀古》:"鉴水边,云门外,有谁人布袜青鞋。"

4014. 稚子总能文

唐·杜甫《陪郑广文游何将军山林》:"将军不好武,稚子总能文。"此为十首之九,写夜宿何园,见"床上书连屋",因想到将军好文,"稚子总能文",能作诗文。

宋·苏轼《韩康公挽词三首》:"何当继《韩奕》,故吏总能文。"《韩奕》:诗经中述宣王锡命韩侯之诗,此与韩康公联起来。

4015. 荒庭垂桔柚

唐·杜甫《禹庙》:"荒庭垂桔柚,古屋画龙蛇。"写禹庙的秋色。

宋·苏轼《次韵僧潜见赠》:"秋风吹梦过淮水,想见桔柚垂空庭。"用杜句。

4016. 瀼东瀼西一万家

唐·杜甫《夔州歌》:"瀼东瀼西一万家,江南江北春冬花。"这是"十绝句"其五开头二句,写瀼东瀼西的白帝城。陆游《入蜀记》载:"夔人谓山涧之流通江者曰瀼。居人分其左右,谓之瀼东瀼西。"

宋·苏轼《访张山二首》:"路迷山向背,人在瀼西东。"

4017. 巢父掉头不肯往

唐·杜甫《送孔巢父》:"巢父掉头不肯住,东将入海随烟雾。"天宝中在京师,孔巢父辞官归隐,游往江东,"掉头"东去"不肯住"了。

宋·苏轼《和孔君亮郎中见赠》:"只悲掉头难久往,应须倾盖便深论。"写信孔亮,用杜诗给孔巢父句。

4018. 扶病送君发

唐·杜甫《赠韦赞善别》:"扶病送君发,自怜犹不归。"带病送韦赞善,而自己却归不得,无限感伤。

宋·苏轼《仆所至未尝出游见闻复禅师作三绝句》:"扶病江南送客,杖挈浦口回头。"用杜诗:

"扶病送客"。

4019. 庞公不浪出

唐·杜甫《苏大侍御访江浦赋八韵记异》:"庞公不浪出,苏氏今有之。""浪出"即"浪游",任意游荡。"庞公"汉末庞德公居岘山之南,未尝入城府。而苏涣(苏大):"不交州府之客",却肩舆江浦,造访杜甫。"今有之"含杜甫的敬意。

宋·苏轼《遗直坊》:"使君不浪出,盖雁亲扣门。"用杜句。

4020. 虹霓就掌握

唐·杜甫《扬旗》:"虹霓就掌握,舒卷随人轻。"原注:"二年夏六月,成都尹严公置酒公堂,观骑士,试新旗帜。"此二句写扬旗,轻捷如虹霓在握,轻飘舒卷而随人。"虹霓就掌握",手扬红旗,如手中握起虹霓。

唐·柳宗元《法华寺石门精舍三十韵》:"小劫不逾瞬,大千若在掌。""大千"即佛家语"大千世界",语出《金刚经》。唐·陈子昂《夏日晖上人房别李参军序》:"开不二之法门,观大千之世界。""大千在掌",说大千世界(整个世界)在掌握之中。

宋·苏轼《吴子野将出家赠以扇山枕屏》:"千岩在掌握,用舍弹指久。"

4021. 女婿近乘龙

唐·杜甫《李监宅二首》其一:"门阑多春色,女婿近乘龙。"《初学记·鳞介部》引《魏志》云:"黄尚为司徒,与李元礼俱娶太尉桓温女,时人谓桓叔元两女俱乘龙,言得婿如龙。"张方《楚国先贤传》云:"孙俊字文英,与李元礼俱娶太尉桓焉女,时人谓桓叔元两女俱乘龙,言得婿如龙也。"(黄尚作孙俊、桓温作桓焉)后有"乘龙快婿"之称,为女婿的美称。

元·姚燧《新水令·冬怨》:"悔当日东墙窥宋,有心教夫婿乘龙。""乘龙"此指求取功名。

元·于伯渊《点绛唇·六么序》:"几时得驾帏里锦帐中,愿心儿折挂乘龙。"应试后团聚。

元·刘时中《水仙操·为平章南谷公寿福楼赋》:"男已兆承家凤,女欣逢择婿龙。"儿娶好媳,女择佳婿。

4022. 济南多名士

唐·杜甫《陪李北海宴历下亭》:"海右此亭古,济南多名士。"济南为临淄郡,天宝五载改为济南郡。《汉书·儒林传》:"济南以伏生传《尚书》,其时张生、欧阳生、林尊皆传其学,皆济南人也。"济南历史上多饱学之人,杜诗借此称宴上嘉宾。

宋·苏轼《张文裕挽词》:"济南多士新凋丧,剑外生祠已洁除。"

4023. 咸阳客舍一事无

唐·杜甫《今夕行》:"咸阳客舍一事无,相与博塞(赌博)为戏娱。"这是客舍与家居之不同。

宋·苏轼《岐亭五首》:"乐哉无一事,十年不蓄帻。"用"一事无"。

4024. 邂逅岂即非良图

唐·杜甫《今夕行》:"英雄有时亦如此,邂逅岂即非良图。"在失意中偶然相遇,便成良缘,岂是坏事。

宋·范成大《古风上知府秘书二首》:"时哉适丁是,邂逅真良图。"用杜句言邂逅相遇真成了佳谋。

4025. 青丝络头为君老

唐·杜甫《高都护骢马行》:"青丝络头为君老,何由却去横门道。"安西都护高仙芝有骢马,不怯征战。

宋·苏轼《次韵子由与颜长道同游百步洪相地筑亭种柳》:"安得青丝络骏马,蹙踏飞波柳阴下。"用杜句,欲求骏马。

4026. 自断此生休问天

唐·杜甫《曲江三章五句》其三:"自断此生休问天,杜曲幸有桑麻田,故将移住南山边。短衣匹马随李广,看射猛虎终残年。"此章志在归隐。一生穷通,全由自定,休要问天。长安城南名胜杜曲那里有桑麻田地,是归隐的好去处。

宋·苏轼《和邵同年戏赠贾收秀才三首》:"此身自断天休问,白发年来渐不公。"

4027. 黄门飞鞚不动尘

唐·杜甫《丽人行》:"黄门飞鞚不动尘,御厨络绎送八珍。"宦官飞马不起飞尘,御厨送珍馐络绎不绝,写杨贵妃姊妹的豪华生活。

宋·苏轼《虢国夫人夜游图》:"坐中八姨真贵

人,走马来看不动尘。"

4028. 广文先生饭足

唐·杜甫《醉时歌》:"诸公衮衮登台省,广文先生官独冷。甲第纷纷厌梁肉,广文先生饭不足。"注:"赠广文馆博士郑虔。"郑虔很有才学,却只做个"冷官"广文馆博士。因而他很贫穷,常常挨饿。

宋·苏轼《过密州次韵赵明叔、乔禹功》:"生生依旧广文贫,老守时遭醉尉嗔。"用杜句。

4029. 焉知饿死填沟壑

唐·杜甫《醉时歌》:"但觉高歌有鬼神,焉知饿死填沟壑。"高歌一曲,可感鬼神,兴致之浓,忘掉了生死。

"填沟壑":穷困而死。《汉书·汲黯传》载:武帝拜汲黯为淮阳太守,"黯泣曰:'臣自以为填沟壑,不复见陛下,不意陛下复收之。'"《汉书·朱买臣传》载:朱买臣"妻恚怒曰:'如公等,终饿死沟中耳,何能富贵?'""填沟壑"是汉代常用语,人死填沟,埋掉,以喻死。

宋·苏轼《召还至都门先寄子由》:"归老江湖无岁月,未填沟壑犹朝请。"

4030. 思君令人瘦

唐·杜甫《九日寄岑参》:"出门复入门,雨脚但如旧。所向泥活活,思君令人瘦。"天宝十三载九月九日,作者思念"曲江头"的岑参,出门欲访,又被雨阻回;思念至切,作此诗以寄。"思君令人瘦",更由于杨国忠欺君,安禄山恣横,国家危乱将至(诗中暗示),这些忧国忧民的话语无人可诉。

汉《古诗》:"思君令人老,轩车来何迟?"杜诗取此句。

宋·苏轼《往在东武,与人往反作粲字韵诗四首,今黄鲁直亦次韵见寄,复和答之》:"相思君欲瘦,不往我真懦。"

4031. 枪急万人呼

唐·杜甫《送蔡希鲁都尉还陇右,因寄高三十五书记》:"身轻一鸟过,枪急万人呼!"述蔡都尉矫捷而勇猛,身轻、枪急,万人喝采。

宋·苏轼《六观堂老人草书》:"游龙天飞万人呼,莫作羞涩羊氏姝。"上句用杜甫"万人呼"赞草书如游龙飞天,下句用梁武帝评语:《书决墨薮》云梁武帝评羊欣书,如大家婢为夫人,虽加位遇,而举止羞涩,终不近似。言运笔不要拘谨。

4032. 雨泻暮檐竹

唐·杜甫《大云寺赞公房四首》其二:"雨泻暮檐竹,风吹春井芹。"大云寺赞公留宿。写薄暮风雨,雨从檐竹泻下,很大。

宋·苏轼《雪后到乾明寺遂宿》:"更须携被留僧榻,待听摧檐泻竹声。"亦写檐竹泻雨。

4033. 识子用心苦

唐·杜甫《贻阮隐居》:"清诗近道要,识子用心苦。"阮隐居即阮昉,晋·阮籍之后裔。说他的诗很有理趣,可知他苦心好学。又《题李尊诗松树障子歌》:"已知仙客意相亲,更觉良工心独苦。"玄都道士李尊师持画求诗,杜甫题此作。"心独苦"称"松树障子"画工用心良苦。

"苦心":汉·古诗十九首:"《晨风》怀苦心,《蟋蟀》伤局促。"晨风、蟋蟀是《诗经》中两首诗,又都是虫鸟名。前者女子怀念丈夫心情悲苦,后者写男子岁暮的忧思,"苦心",是心情悲苦,转到用心良苦、煞费苦心。

宋·苏轼《暴雨初晴楼上晚景》:"满寺空遗迹,何人识苦心。"

4034. 士卒多骑内厩马

唐·杜甫《瘦马行》:"士卒多骑内厩马,惆怅恐是病乘黄。"出征的士卒多骑内厩调习好的马,令人悲伤的是这些马都是病瘦的马。"内厩马"训练有素的马,"乘黄"又名飞黄,千里马。

宋·苏轼《次韵子由送家退翁知怀安军》:"空骑内厩马,天仗随云斿。"

4035. 整顿乾坤济时了

唐·杜甫《洗兵行》(一作《洗兵马》):"二三豪俊为时出,整顿乾坤济时了。"喜王业之将兴,成王李俶、丞相郭子仪、司徒李光弼、尚书王思礼,"二三豪俊"应时而生,"整顿乾坤",平灭叛军,指日可待了。

宋·辛弃疾《水龙吟》(为韩南涧〈元吉〉尚书寿甲辰岁):"待他年,整顿乾坤事了,为先生寿。"用杜甫句云统一南北。

4036. 牵萝补茅屋

唐·杜甫《佳人》:"侍婢卖珠回,牵萝补茅屋。"写战乱中被遗弃的佳人清苦的生活和坚贞的品格。

宋·苏轼《次韵王廷老和张十七九日见寄二首》:"接果移花看补篱,腰镰手斧不妨持。"写补篱。

4037. 青云满后尘

唐·杜甫《寄李十二白二十韵》:"白日来深殿,青云满后尘。"述李白到京城,文人中有许多追随者。即"满后尘"之意。

宋·苏轼《次韵曾子开从驾二首》:"槐街绿暗雨初匀,瑞雾香风满后尘。"

4038. 大哉乾坤内

唐·杜甫《发秦州》:"大哉乾坤内,吾道长悠悠。"乾元二年,作者自秦州赴同谷县,至成都。出发前,展现了"大哉乾坤内",看到了"吾道长悠悠",面对寥阔而怅寥阔。

宋·苏轼《雪后至临平与柳子玉同至僧舍见陈尉烈》:"大哉天地间,此生得浮游。"用其意。

4039. 江边一树垂垂发

唐·杜甫《和裴迪登蜀州东亭送客逢早梅相忆见寄》:"江边一树垂垂发,朝夕催人自白头。"江边早梅渐渐迎雪含霜开放,自觉在催人头白;衰老之年,触处伤怀。

明·汤显祖《牡丹亭》第二十出寻梦《不是路》:"何意婵娟,小立在垂垂花树边。"取其境界。

又《牡丹亭》第二十二出旅寄《前腔》:"一树雪垂垂如笑,墙直上绣旛飘。"用其句而不用其意。

4040. 刻石立作五犀牛

唐·杜甫《石犀行》:"君不见秦时蜀太守,刻石立作五犀牛。"秦时蜀中太守李冰作石犀以镇水灾。《华阳国志》载:李冰作石犀五头以压水精,穿石犀溪于江南,命曰犀牛里。后转置犀牛二头,一在府中市桥门,一在渊中。

宋·苏轼《〈虔州八境图〉八首》:"三犀窃鄙秦太守,八咏聊同沈隐侯。"杜诗《石犀行》中还有"嗟尔五犀不经济,缺论只与长川誓。"(后只见二犀)此诗就"八境图"而发,说修堤是正当的,而犀牛压胜则不可靠。即"窃鄙"之意。"沈隐侯",南朝沈约,谥曰"隐",作《东阳八咏》。

4041. 健如黄犊走复来

唐·杜甫《百忧集行》:"忆昔十五心尚孩,健如黄犊走复来。"忆孩提时代生活无忧无虑,而到五十岁的今天,有些穷愁潦倒了。特别是在崔光远任蜀尹时。"健如黄犊"喻如牛犊儿一样矫捷。

宋·苏轼《送表弟程六知楚州》:"健如黄犊不可恃,隙过白驹那暇惜。"反用,说壮年很快过去,老年如白驹过隙,很快会到来。

4042. 舞罢锦缠头

唐·杜甫《即事》:"笑时花近眼,舞罢锦缠头。"唐开元中,富人王元宝尝会宾客,明日,亲友问之曰:"昨日高会,有何高谈?"元宝不答,视屋良久曰:"但费锦缠头耳。"事毕赏赠歌舞者采锦,搭置头上,称"锦缠头"。

宋·苏轼《古缠头曲》:"世人只解锦缠头,与汝作诗终不朽。"

4043. 怀抱何时得好开

唐·杜甫《秋冬》:"不辞万里长为客,怀抱何时得好开?"秋尽东行梓州,愁思家人。"不辞"为反语,"怀抱"不开,愁心难解。

宋·陈师道《绝句》:"书当快意读易尽,客有可人期不来。世事相违每如此,好怀百岁几回开?"一生中开心的事不多。

清·林钧《渔樵诗话》卷一记:曾国藩句云:"苍天可补河可塞,唯有好怀不易开。"

4044. 草中狐兔尽何益

唐·杜甫《冬狩行》:"草中狐兔尽何益,天子不在咸阳宫。"明皇前幸蜀,代宗今幸陕。国乱不能安居宫中,侍御史章彝多狩猎,不迎强敌而尽杀狐兔,有何益处?

宋·苏轼《和梅户曹会猎铁沟》:"竿上鲸鲵犹未掩,草中狐兔不须惊。"反用。

4045. 地晴丝冉冉,江白草纤纤

唐·杜甫《绝句六首》其五:"舍下笋穿壁,庭中藤刺檐。地晴丝冉冉,江白草纤纤。"春日草堂,具见幽致。

元·张可久《迎仙客·括山道中》:"云冉冉,草纤纤,谁家隐居山半掩?"从杜诗中化出。

4046. 锦鲸卷还客

唐·杜甫《太子张舍人遗织成褥段》:"奈何田舍翁,受此厚贶情。锦鲸卷还客,始觉心和平。"张舍人赠珍贵的褥段(地毯),作者婉言谢绝。考虑一些当权者,肆志逞欲,穷极奢侈,自己引以为戒。"锦鲸"绣有鲸鱼的锦褥。

宋·苏轼《次韵柳子玉二首》:"锦衾速卷持还客,破屋那愁仰见天。"拒收锦被。

4047. 永夜角声悲自语

唐·杜甫《宿府》:"永夜角声悲自语,中天月色好谁看?"广德二年,作者独宿幕府中,角声凄厉,悲哉自语;中天月好,与谁共看?写出独宿之凄凉不堪。

宋·汪元量《望江南》(幽州九日):"永夜角声悲自语,客心愁破正思家。"用杜甫原句,抒被俘北上之哀凉。

4048. 更深气如缕

唐·杜甫《火》:"流汗卧江亭,更深气如缕。"原注:"楚俗,大旱则焚山击鼓,有合神农书。"大旱焚书,不见落雨,徒增炎热。"流汗"而卧,喘息如丝。

宋·苏轼《七月五日二首》:"况我早衰人,幽居气如丝。"用杜语"气如缕。"

4049. 郑公粉绘随长夜

唐·杜甫《存殁口号二首》其二:"郑公粉绘随长夜,曹霸丹青已白头。天下何曾有山水,人间不解重骅骝。"郑虔善画山水,已殁;曹霸善画马,尚存。

宋·黄庭坚《病起荆江亭即事》:"闭门觅句陈无己,对客挥毫秦少游。正字不知温饱未,西风吹泪古藤州。"陈师道善觅句,尚存;秦少游文思敏捷,已殁。这一存一殁,与杜诗巧合。

4050. 斗鸡初赐锦,舞马又登床

唐·杜甫《斗鸡》:"斗鸡初赐锦,舞马又登床。"陈鸿《东城父老传》记:玄宗生于乙酉,生肖为鸡,故爱斗鸡游戏,筑鸡坊于宫中,选健儿五百人驯养之。玄宗常命人教马起舞,并于马身饰以锦绣珠玉,配以乐曲,或命壮士举榻,使马舞于榻上。此诗写玄宗由盛到衰,大有乐极生悲之感。"斗鸡"方罢(赐锦,奖胜者),舞马又登床榻,乐无休止。

宋·刘克庄《明皇按乐图》:"屏间《无逸》不复睹,教鸡能斗马能舞。"缩用杜诗:"斗鸡""舞马"二句。

4051. 卧龙跃马终黄土

唐·杜甫《阁夜》:"卧龙跃马终黄土,人事音书漫寂寥。"《三国志·蜀书》:"徐庶谓先主曰:'诸葛孔明,卧龙也。'"《蜀都赋》:"公孙跃马而称帝。"所以"跃马"指公孙述在成都称帝。诗意:蜀中诸葛亮、公孙述称雄一时,早已成了黄土,当今人事,远地音书,亦付之寂寥而已。

宋·陈人杰《沁园春》(问杜鹃):"看锦江好在,卧龙已矣;玉山无恙,跃马何之?"取杜诗二典叹人世沧桑。

4052. 鸣橹已沙头

唐·杜甫《送王十六判官》:"买薪犹白帝,鸣橹已沙头。""白帝",白帝城,"沙头",今湖北沙市,在江陵东南。王判官去荆州,船行极速。"鸣橹",摇橹发出的击水声,此指划船。

宋·黄庭坚《次韵杨叔见饯十首》:"沙头驻鸣橹"用杜句。

宋·范成大《荆渚堤上》:"薄暮有底忙,沙头听鸣橹。"薄暮开船。

4053. 实少银鞍傍险行

唐·杜甫《崔评事弟许相迎不到应虑老夫见泥雨怯出必愆佳期走笔戏简》:"虚疑皓首冲泥怯,实少银鞍傍险行。"杜甫之表弟崔评事邀宾江阁许马迎,自天明至午不到,怕是担心我皓首冒雨冲泥,而用马迎宾冒泥途之险也是少有的。《剡溪漫笔》载:"王右军在郡迎王敬仁,敬仁每用车,常恶其迟。后以马迎敬仁,虽复风雨,亦不以车也。"杜诗取此意。

宋·苏轼《万州太守高公宿约游岑公洞而夜雨连明戏赠二小诗》:"肩舆欲到岑公洞,正怯冲泥傍险行。"用杜句说肩舆(人抬骄子)途中遇雨。

4054. 天意高难问

唐·杜甫《暮春江陵送马大卿公恩命追赴阙下》："天意高难问，人情老易悲。尊前江汉阔，后会且深期。"送马卿应诏赴阙，此述别离之情：天意难知，人老易悲，尊前送别，后会无期，倍觉凄凉。

宋·张元干《贺新郎》（送胡邦衡待判）："天意从来高难问，况人情老易悲难诉。"（天意"皇帝的用意。

4055. 矫如群帝骖龙翔

唐·杜甫《观公孙大娘弟子舞剑器行》："燿如羿射九日落，矫如群帝骖龙翔。"（公孙大娘"是开元间著名舞蹈家，精于剑器《浑脱舞》。其弟子为李十二娘，诗人观李十二娘舞剑，想到公孙大娘的舞蹈出神入化，剑上红缨上下翻，如后羿射九日落地，舞姿翩翩，剑凌空飞腾，如群仙驾龙高翔。

宋·苏轼《次韵三舍人省上》："武皇已老白云乡，正与群帝骖龙翔，独留杞梓扶明堂。"自注："三月二十九日作。明日，驾幸景灵宫。"用杜甫句，云宋神宗正在仙乡（宣光殿）会群仙。

4056. 右臂偏枯半耳聋

唐·杜甫《清明二首》其二："此身飘泊苦西东，右臂偏枯半耳聋。"大历四年春，作者从岳州到潭州，已是五十八岁了，饱尝了飘泊之苦，"右臂偏枯"不能写字，只能"左书空"了，并且两耳已是半聋，仍叹淹留楚地。

宋·苏轼《次韵秦太虚见戏耳聋》："晚年更似杜陵翁，右臂虽存耳先聩。"述晚年耳聋。

4057. 红颜白面花映肉

唐·杜甫《暮秋枉裴道州手札率尔遣兴寄递呈苏涣侍御》："忆子初尉永嘉去，红颜白面花映肉。"追述裴道州当年任永嘉尉时年轻英俊的气质，"红颜白面"如花映照肌肤。

宋·苏轼《寓居定惠院之东杂花满山有海棠一株土人不知贵也》："朱唇得酒晕生脸，翠袖卷纱红映肉。"海棠花映照卷起袖纱的手臂。

4058. 古来存老马，不必取长途

唐·杜甫《江汉》："古来存老马，不必取长途。"作者滞身江汉有感而作，以"老马"自方，取其智而不取其力，取其"壮心"而不取其长途，《韩非子》云："老马之智可用。"正是"不必取长途"之由。兼取"老骥伏枥"意。

宋·苏轼《次韵刘景文送钱蒙仲三首》："谁识天闲老骥，不争日暮长途。"（不争长途"用杜句。

4059. 金丹拟驻千年貌

唐·韦应物《送宫人入道》："金丹拟驻千年貌，宝镜休匀八字眉。"服炼丹士的"金丹"，欲使青春的容貌永驻不逝，以求永远受宠。

唐·白居易《浩歌行》："既无长绳系白日，又无大药驻朱颜。"不能系住时光，也无力留驻朱颜。

宋·苏轼《洞霄宫》："长松怪石宜霜鬓，不用金丹苦驻颜。"杭州余杭西十八里洞霄宫（天柱观），那长松怪石就令人老，用金丹无益。

4060. 宴寝凝清香

唐·韦应物《郡斋雨中与诸文士燕集》："兵卫森画戟，宴寝凝清香。"卧室里凝集着清香。

宋·范成大《晓自银林至东灞登舟寄宣城亲戚》："凝香绕燕几，安知路旁情。"几案绕萦凝香。用韦应物"凝香"句，表现生活宁静。

4061. 流萤度高阁

唐·韦应物《寺居独夜寄崔主簿》："寒雨暗深更，流萤度高阁。"流萤度阁，驱赶着雨夜的黑暗。

宋·晁端礼《鸭头绿》（咏月）："露坐久，疏萤时度，乌鹊正南飞。"用韦句"流萤度"。

4062. 衣冠身惹御炉香

唐·贾至《早朝大明宫呈两省僚友》："剑珮音随玉墀步，衣冠身惹御炉香。"佩剑的音响随着登上玉墀步伐的节奏，衣冠尽沾惹了御炉的烟香。

唐·岑参《寄左省杜拾遗》："晓随天仗入，暮惹御香归。"亦写衣染御香。

4063. 玉堂金马隔青云

唐·钱起《送褚大落第东归》："玉堂金马隔青云，墨客儒生皆白头。"中进士第之难有如青云之隔，不上"青云"便难登玉堂、金马高位，结果书生都白了头。

"玉堂金马"，又作"金马玉堂"。汉代未央宫前有铜马，故曰金马门。汉武帝使学士待诏金马

门,以备顾问。玉堂,汉代侍中有玉堂署。宋代淳化中赐翰林为"玉堂之署"。玉堂金马,代翰林院或翰林学士或指学识很高、官位很高的人。汉·扬雄《解嘲》云:"今子幸得遭圣明之世,处不讳之朝,与群贤同行,历金门,上玉堂有日矣。"首用"金门"、"玉堂"。汉·荀悦《汉纪·成帝纪一》:"玉堂金门至尊之居,阴盛而灭阳,窃有宫室之象,王氏之应。"

诗歌中用"玉堂金马"如:

晋·傅玄《歌》:"我家近宫掖,易知复难忘。黄金为阁门,白玉为殿堂。"以"玉堂""金门"自况。

宋·苏轼《游罗浮山一首示儿子过》:"玉堂金马久流落,寸田尺宅今谁耕?"

宋·辛弃疾《水调歌头》(和信守郑舜举蔗庵韵):"玉堂金马,自有佳处着诗翁。"

宋·马子岩《天仙子》:"白玉为台金作盏,香是江梅名阆苑。"

元·金仁杰《追韩信》第一折:"叹英雄何日朝闻道,盼杀我也玉堂金马,困杀我也陋巷箪瓢。"

元·石子章《竹坞听琴》第三折:"本是清风明月客,倒养着玉堂金马臣。"

元·戴善夫《风光好》三折:"此别后我专想着你玉堂金马怀离恨。"

明·陈汝元《金莲记·外谪》:"吾想金马玉堂,虽然清贵;竹篱茆舍,亦自逍遥。何须屈膝低头,效彼逢迎妾妇。"

4064. 金马玉堂三学士

宋·欧阳修《口号》:"金马玉堂三学士,清风明月两闲人。"《渑水燕谈录》云:"欧阳文忠公、赵少师,吕学士同宴集,作口号云:'金马玉堂三学士,清风明月两闲人。'"描绘他们三个人豪迈而轻松地聚会。宋·胡仔《苕溪渔隐丛话后集·六一居士》亦载此句:"会老堂口号曰:'金马玉堂三学士,清风明月两闲人。'"用"学士"句如:

宋·史浩《喜迁莺》(收灯后会客):"金马玉堂学士,当此同开华席。"

宋·辛弃疾《水调歌头》(和信守郑舜举蔗庵韵):"玉堂金马,自有佳处着诗翁。"

元·王实甫《西厢记》第三本第一折《寄生草》:"休为这翠帏锦帐一佳人,误了你玉堂金马三学士。"用欧阳修原句,指夺取功名,"三"成虚语。

元·金仁杰《追韩信》第一折"叹英雄何日朝闻道,盼杀我也玉堂金马,困杀我也陋巷箪瓢。"

元·石子章《竹坞听琴》第三折"本是清风明月客,倒养着金马玉堂臣。"

明·王彦贞《摘翠百咏小春秋》(小桃红·西厢百咏·八十九生寄莺书):"喜孜孜,玉堂金马为学士,写泥金贴子,畅风流殿试,报与俺那人知。"

4065. 贾不假,白玉为堂金作马

清·曹雪芹《红楼梦》第四回《葫芦僧判断葫芦案》:薛蟠打死冯渊,贾雨村欲公断此案,"门子"说出"本省'护官符'":"贾不假,白玉为堂金作马;阿房宫,三百里,住不下金陵一个史;东海缺少白玉床,龙王来请金陵王;丰年好大雪,珍珠如土金如铁。"这四家皆连络有亲,一损皆损,一荣皆荣,扶持遮饰,俱有照应的。"护身符"如一首地道的民谣,揭示了贾、王、史、薛四大家族巨富巨豪,权势遮天。

"白玉为堂",喻宅第豪华,有"白玉"装成。《后汉书·孝仁董皇后传》:汉灵帝之母董皇后贪财,她参与朝政后,"使帝卖官求货,自纳金钱,盈满堂室。"汉代民谣《城上乌谣》:"河间姹女工数钱,以钱为室金作堂。""河间姹女",河间少女,董皇后,她是河间人。

唐·李商隐《春日》:"欲入卢家白玉堂,新春催破舞衣裳。"

又《代应》:"本来银汉是红墙,隔得卢家白玉堂。"

"卢家"当作富家代称。乐府"洛阳女儿名莫愁,十五嫁为卢家妇。"是唯一的"卢家"。

4066. 不夜城边万里沙

唐·郎士元《海上怀华中旧游寄郑县刘少府造渭南王少府鉴》:"凉风台上三峰月,不夜城边万里沙。""不夜城":日于夜间出,日出早的地方。《汉书·地理志上》:"东莱郡"属中有"不夜"县。严师古注曰:"《齐地记》云,古有日夜出,见于东莱,故莱子立此城,以不夜为名。"《寰宇记》载:"不夜城,在登州文登县。春秋时,莱子所置邑,以日出于东,故以不夜为名。"这样古代"不夜城",是莱子所置的文登县(今山东省烟台市),日出最早的地方,即其它地方还是黑夜,这里先见到日出。

宋·苏轼《雪后到乾明寺遂宿》:"风花误入长春院,云月长临不夜城。"

4067.拟向田间老此身

唐·戴叔伦《送萧二》:"拟向田间老此身,寒郊怨别甚于春。"友人萧二即回故里,故交已尽,前景孤独,作者送行心情十分难过。"拟向田间老此身",即指萧二。"老此身",终老此身,度此余生。

又《酬袁太祝长卿小湖村山居书怀见寄》:"余亦归休者,依君老此身。"欲依袁太祝隐居。戴晚年上表自请出家为道士。

唐·卢纶《题兴善寺后池》:"永愿容依上,僧中老此身。"

唐·刘商《醉后》:"春草秋风老此身,一瓢长醉任家贫。"

唐·罗邺《长安春溪旅怀》:"关河风雨迷归梦,钟鼓朝昏老此身。"

4068.一瓶一钵垂垂老

唐·贯休《献王建》(蜀主):"一瓶一钵垂垂老,万水千山得得来。"诗人晚年定居西蜀,受到蜀主王建的礼遇,赐号"禅月大师"。诗人贯休(俗名姜德隐)一生多游历,"一瓶一钵垂垂老"正道出游僧的一生,"万水千山得得来"表示艰难来蜀地。宋·范成大《发荆州》(自此登舟至夷陵):"千山万水垂垂老,只欠天西蜀道难。"缩用贯休句。"垂垂",接近之意。

用"垂垂老"句如:

唐·司空曙《赠衡岳隐禅师》:"垂垂身老将传法,因下人间遂北游。"

宋·苏轼《陌上花三首》:"陌上花开蝴蝶飞,江山犹是昔人非。遗民几度垂垂老,游女长歌缓缓归。"

宋·苏庠《菩萨蛮》(再在西冈兼怀后胡作):"云山如昨好,人自垂垂老。心事有谁知,月明霜满枝。"

4069.暮倚绳床一室空

唐·韩翃《题玉山观禅师兰若》:"朝持药钵千家近,暮倚绳床一室空。"绳床,折叠椅,即交椅,又称胡床,主要是坐而不是卧。《晋书·佛图澄传》:"坐绳床,烧安息香。"陶榖《清异录·陈设门》记:"胡床施转关以交足,穿便绦以容坐,转缩须臾,重不数斤。"《世说新语·自新》记:戴渊"在岸上,据胡床指麾左右,皆得其宜。"所以"绳床"是可以折

叠的坐具。韩诗说禅师的僧房徒有四壁。"兰若",梵文阿兰若,即寺庙(含僧舍)。

唐·秦系《秋日送僧志幽归山寺》:"禅室绳床在翠微,松间荷笠一僧归。"(一作马戴诗。)

唐·耿㴙《题惟干上人房》:"绳床茅屋下,独坐味闲安。"

唐·刘迥《烂柯山四首》:"绳床宴坐久,石窟绝行迹。"

唐·白居易《秋池》:"洗浪清风透水霜,水边闲坐一绳床。"

又《爱咏诗》:"坐倚绳床闲自念,前生应是一诗僧。"

唐·朱庆余《林下招胡长官》:"销暑近来无别物,桂阴当午满绳床。"

4070.春衣夜宿杜陵花

唐·韩翃《赠张千牛》:"急管尽催平乐酒,春衣夜宿杜陵花。""杜陵花",与女子相关的事物或地方。

宋·史达祖《绮罗香》:"最妨它佳约风流,钿车不到杜陵路。"

明·阮大铖《燕子笺》:"风流贪看杜陵花,解春衣夜宿几家。"用韩翃句。

清·陈间《浣溪沙》:"一曲晚风张绪柳,半溪残月杜陵花。"

4071.高城已不见,况复城中人

唐·欧阳詹《初发太原途中寄太原所思》:"驱马觉渐远,回头长路尘。高城已不见,况复城中人。"《青泥莲花记》引此诗题作《赠太原妓》,可知作者所思为情侣。驱马出离太原城,渐行渐远。"高城已不见",唯路尘弥漫,"城中人"更难再见了。写障碍,表离情,是一种表达方法。

宋·秦观《满庭芳》:"伤情处,高城望断,灯火已黄昏。"《艇斋诗话》说:"少游词'高城望断,灯火已黄昏。'用欧阳詹诗云:'高城已不见,况复城中人!'"秦观此词为名词,此句写高城阻隔,又到黄昏,难见离人。

宋·姜夔《长亭怨慢》:"日暮,望高城不见,只见乱山无数。韦朗去也,怎忘得,玉环分付。"韦皋与玉箫女分别,赠以"玉环",相约七年重逢。八年未至,女绝食而死(《云溪友议》)。词中用此事喻临别叮咛,掀起离愁。

金·赵可《望海潮》(赠妓):"怅断云残雨,不见高城。"沿用。"高城不见",为断云残雨遮住。

4072. 凉夜清秋半

唐·权德舆《酬裴端公八月十五日夜对月见怀》:"凉夜清秋半,空庭皓月圆。""清秋半"指八月十五中秋节。此时月夜寒凉。

又《八月十五日夜瑶台寺对月绝句》:"凉风遥夜清秋半,一望金波照粉田。"再用"凉夜清秋半"写八月十五夜。

4073. 去日儿童皆长大

唐·窦叔向《夏夜宿表兄话旧》:"夜合花开香满庭,夜深微雨醉初醒。远书珍重何曾达,旧事凄凉不可听。去日儿童皆长大,昔年亲友半凋零。明朝又是孤舟别,愁见河桥酒幔青。"与表兄夏夜话旧,一片真挚感人的亲情笼漫全篇。如果说孟郊的母子情写得好,那么窦叔向的兄弟情作堪列上乘。"去日"二句感叹新生与老死之变化,道出了人之常情。

清·丘逢甲《得颂臣台湾书却寄》:"去日儿童今渐长,灯前都解问台湾。"丘逢甲与谢颂臣曾共守台湾。丘携家小离台内渡,收到颂臣函,感慨系之,作此诗。此二句,先用"去日儿童",说孩子都长大懂事了,灯下围着我问台湾那边的事。也流露出丘对台湾的怀恋。

4074. 昔年亲友半凋零

唐·窦叔向《夏夜宿表兄话旧》:"去日儿童皆长大,昔年亲友半凋零。"往日的儿童都长大成人了,当年的亲朋故旧已有半数死去了。这正是老年人常有的感伤,因此容易唤起同感,引发共鸣。唐·沈佺期《少游荆湘因有题》:"忆昨经过处,离今二十年。因君访生死,相识几人全。"亦是这种"旧友凋零"感。

"昔年亲友半凋零",源出晋·陆机《门有车马客行》:"亲友多零落,旧齿皆彫丧。"诗句。用此句或同此意者如:

唐·白居易《重感》:"莫叹身衰老,交游半已无。"

又《郢州赠别王八使君》:"鬓发三年白,交亲一半无。"

宋·王安石《次韵张子野竹林寺二首》:"十年

亲友半零落,回首旧游成古今。"

宋·苏轼《和欧阳少师寄赵少师次韵》:"平生亲友半迁逝,公虽不怪旁人愕。"

宋·向子諲《点绛唇》:"故旧凋零,天下今无半。"

4075. 少孤为客早,多难识君迟

唐·卢纶《李端公》(一作严维《送李端》诗):"故关衰草遍,离别自堪悲。路出寒云外,人归暮雪时。少孤为客早,多难识君迟。掩泪空相向,风尘何处期。"少时与亲人永别,出门作客居就早,由于多经挫折,觉得认识您太迟了。

唐·许浑《示弟》:"家贫为客早,路远得书迟。"家贫也早早出外谋生,路远寄书就迟慢。从卢纶二句脱出。

4076. 开云种玉嫌山浅

唐·卢纶《酬畅当嵩山寻麻道士见寄》(一作岑参诗):"开云种玉嫌山浅,渡海传书怪鹤迟。"此诗当为卢纶作,畅当与卢纶有诗歌往来,作有《别卢纶》一诗云:"故交君独在,又欲与君离。"然而未见"寻麻道士见寄"诗。卢纶送赠畅当诗达到十首之多。此二句说嵩山寻麻道士所居之僻远。

"种玉"典出晋·干宝《搜神记·杨伯雍》:杨伯雍笃孝,父母亡葬于无终山,并以山为家。山上无水,杨伯雍汲水,无偿地献给行人喝。三年后,"有一人就饮,以一斗石子与之,使至高平好地有石处种之,云:'玉当生其中。'杨公未娶,又语云:'汝后当得好妇。'语毕不见。乃种其石,数岁,时时往视,见玉子生石上,人莫知也。有徐氏者,右北平著姓,女甚有行,时人求,多不许。公乃试求徐氏。徐氏笑以为狂,因戏云:'得白璧一双来,当听为婚。'公至所种玉田中,得白璧五双,以聘。徐氏大惊,遂以女妻公。天子问而异之。拜为大夫。乃于种玉处,四角作大石柱,各一丈,中央一顷地,名曰'玉田'。"《神仙传》亦有类似记载。

后用"种玉",有赞隐居的,有称人才产生的,有种玉结仙缘的。

唐·刘禹锡《桃源行》:"因嗟隐身来种玉,不知人世如风烛。"

宋·欧阳修《寄题洛阳致政张少卿静居堂》:"洛人皆种花,花发有时阑。君家独种玉,种玉产琅玕。"

宋·苏轼《过建昌李野夫公择故居》:"何人修水上,种此一双玉。"称公择昆仲。

元·张可久《朱履曲·仙游》:"种白玉结仙缘,袖青蛇口阆苑。"结仙缘,游仙府。

元·任昱《寨儿令·书所见》:"种玉无缘,掷果徒然,回首叹芳年。"反用,说姻缘不就。

4077. 如何百年内,不见一人闲

唐·戴叔伦《淮南逢董校书》:"如何百年内,不见一人闲!"百年内,指人生。"不见一人闲",尽在为逐名追利而忙。

宋·贺铸《将进酒》:"开函关,掩函关,千古如何、不见一人闲?"用戴句。

4078. 湖水两重山万里

唐·戴叔伦《送独孤愐还京》:"湖水两重山万里,定知行尽到京师。"返京之路跋山涉水,十分遥远。

又《对酒示申屠学士》:"三重江水万重山,山里春风度自闲。"

4079. 故友九泉留语别,逐臣千里寄书来

唐·卢纶《得耿湋司法书因叙长安故友零落兵部苗员外发秘省李校书端相次倾逝潞府崔功曹峒长林司空丞曙俱谪远方余以摇落之时对书增叹因呈河中郑仓曹畅参军昆季》:"故友九泉留语别,逐臣千里寄书来。""故友零落(辞世)留语诀别,"逐臣千里"给我寄书(辞世者,放逐者已在题中指明),作者心情十分沉重。

又《题念济寺》再用:"故友九泉留语别,逐臣千里寄书来。"

4080. 语少心长苦

唐·卢纶《送渭南崔少府归徐郎中幕》:"语少心长苦,愁深意自迟。"揭示崔少府很不适意。"语少心长苦",不愿或不善言谈。性格内向,心中长存苦痛。

又《春日卧病示赵季黄》:"语少渐知琴思苦,卧多唯觉鸟声喧。"再用"语少"句。

4081. 一夜征人尽望乡

唐·李益《夜上受降城闻笛》:"不知何处吹芦管,一夜征人尽望乡。"受降城总在边境上,在受降城上忽而听到芦笛声音。一味哀凉,顿使征人此夜尽生望乡之情。不独由于芦笛声哀,更说明戍边的征人思乡情深。

清·屈大均《天边》:"天边明月迥含霜,夜夜哀笳怨望乡。"用李益"望乡"句,写哀笳抒怨。

4082. 事出千年犹恨速

唐·李益《同崔邠登鹳雀楼》:"汉家箫鼓空流水,魏国山河半夕阳。事去千年犹恨速,愁来一日即知长。"事情过去千年,犹觉过得太快了;忧愁到来,虽仅一天时光,也觉得很长很长。二句对比,突出"愁"字。

宋·贺铸《行路难》:"遗言能记《秋风曲》,事去千年犹恨促。揽流光,系扶桑,争奈愁来,一日却为长!"恨去得疾。

4083. 受降城外月如霜

唐·李益《夜上受降城闻笛》:"回乐峰前沙似雪,受降城外月如霜。不知何处吹芦管,一夜征人尽望乡。"自汉至唐,北方边境都有受降城。此诗以"受降城"代边城,描写边境凄寒环境及戍士们思乡情绪。

宋·汪元量《水龙吟》(淮河舟中夜闻宫人琴声):"受降城下,草如霜白,凄凉酸楚。"又《湖州歌》:"受降城下草离离。"借指被俘北去的途中。

4084. 长安道人无衣马无草

唐·顾况《长安道》:"长安道,人无衣,马无草,何不归来山中老?"取民谣形式,暗指赴京城为官之路极其艰难,莫如归隐山中。作者此时隐居茅山。

宋·贺铸《将进酒》:"黄埃赤月长安道,倦客无浆马无草。"用顾况句。

4085. 水边垂柳赤栏桥

唐·顾况《题叶道士山房》:"水边垂柳赤栏桥,洞里仙人碧玉箫。"上句"山房"外景,下句"山房"内况。"赤栏桥"在安徽合肥。宋·姜夔《淡黄柳》词序云:"客居合肥南城赤栏桥之西。"桥栏为红色。

用"赤栏桥"代一般桥。

唐·温庭筠《杨柳枝》:"宜春苑外最长条,闲袅春风伴舞腰。正是玉人肠断处,一渠春水赤栏

桥。"

宋·周邦彦《玉楼春》："当时相候赤栏桥，今日独寻黄叶路。"

宋·吕渭老《好事近》："飞雪过江来，船在赤栏桥侧。惹报布帆无恙，著两行亲札。"

宋·姜夔《送范仲讷往合肥》："我家曾住赤栏桥，邻里相过不寂寥。君若到时秋已半，西风门巷柳萧萧。"

宋·陈克《菩萨蛮》："赤栏桥尽香街直，笼街细柳娇无力。"

4086. 春染柳条轻

唐·沈迥《小苑春望宫池柳色》："今来游上苑，春染柳条轻。"早春的天工染绿了、轻轻地染绿了柳条，"轻"是淡淡的颜色，"染"则是诗眼，拟人法写天工之力。用"染"字句后如：

宋·杨炎正《念奴娇》："杏花杨柳，对东风染尽，一年春色。"

又《瑞鹤仙》（元夕为王史君赋）："风光开旧眼，正梅雪初消，柳丝新染。"

宋·无名氏《折红梅》："夜来梅萼，数枝繁红，光夺天工。发艳色、不染东风。"

清·汪琬《姑苏杨柳枝词》："费他烟雨知何限，只替东风染柳条。"

4087. 染就一溪新绿

唐·韦庄《谒金门》："春雨足，染就一溪新绿。柳外飞来双羽玉，弄晴相对浴。"春来雨多，水藻繁生，溪水呈绿色。别有"春水鸭头绿"之描绘。一溪新绿如染，"染"字生动。

宋·周密《闻鹊喜》（吴山观涛）："天水碧，染就一江秋色。"写潮来之前，水天一碧，"染就"用韦庄句。"天水碧"：南唐后主李煜使妾染浅碧色，经露之后，色彩倍加鲜明，煜爱之。自此宫中竞相收集露水，以染碧衣，谓之"天水碧"。

4088. 染却人间九日黄

宋·张孝祥《鹧鸪天》（咏桃菊花）："桃换肌肤菊换妆，只疑春色到重阳。偷将天上千年艳，染却人间九日黄。""桃菊"当为菊之一种。此菊应有桃花某些特色。"千年艳"是桃花之艳，"染却人间九日黄"，黄菊更具桃花之美。古人尤其是唐宋人喜度九月九日重阳节，有如今日端午、中秋。而九日

赏菊亦如中秋赏月，元宵观灯，因此写"九日菊花"也多。例如：

唐·严维《九日登高》："诗家九日怜芳菊，迟客高斋瞰浙江。"

唐·李端《酬晋侍御见寄》："细雨双林暮，重阳九日寒。贫斋一丛菊，愿与上宾看。"

又《九日赠司空文明》："长来逢九日，难与菊花别。"

唐·令狐楚《九日言怀》："二九即重阳，天清野菊黄。近来逢此日，多是在他乡。"

宋·陈襄《九日与浦城县学诸生游南峰院》："九日黄花节，新撸绿蚁浮。"

宋·向子谨《浣溪沙》（简王景源，元渤伯仲）："九日黄花兄弟会，中秋明月故人心。"

4089. 晓来谁染霜林醉

元·王实甫《西厢记》第四本第三折《正宫·端正好》："晓来谁染霜林醉，总是离人泪。""离人泪"怎么会"染"得"霜林醉"？深刻细腻地表达了离情别绪？古人称之为"无理而妙"。"离人泪"不是一般的泪，而是"血"，痛极啼血，成血泪。同一折《耍孩儿》写"淋漓襟袖啼红泪，……眼中流血，心里成灰。"血泪是红色，秋枫霜叶亦是红色，人醉了脸红，霜林红了被血泪染醉（红）了。这种运用艺术通感而作成的类比，也入情入理。

宋·周紫芝《西江月》："溪上晴山簇翠螺，晓来霜叶醉，小池荷。""霜叶醉"即霜叶红，王实甫用此"醉"字。

4090. 肠断萧娘一纸书

唐·杨巨源《崔娘诗》："风流才子多春思，肠断萧娘一纸书。""萧娘"是女情人的代称。"一纸书"是情人的音问，令人断肠。

宋·周邦彦《夜游宫》："不恋单衾再三起，有谁知，为萧娘、书一纸。"用杨巨源句意。

4091. 行色独匆匆

唐·杨凝《行思》："此时皆在梦，行色独匆匆。""行色"出走时的神情状态。《庄子·盗跖》："今者阙然数日不见，车马有行色，得微（莫非）往见跖耶？""行色匆匆"，匆匆忙忙要出行。杨凝首用"行色匆匆"。

元·曾瑞《醉花阴·怀离》："行色匆匆易伤

感,徒凭般香消玉减。"

4092. 莫怪添丁郎

唐·卢仝《寄男抱孙》:"莫怪添丁郎,泪下作面垢。莫引添丁郎,赫赤日里走。添丁郎小小,别吾来久久。"作者隐居少室山,家境贫寒,惟爱其子添丁。他《示添丁》诗云:"忽来案上翻墨汁,涂抹诗书如老鸦。"后"涂鸦"已成诗典。此二句说:添丁哭得满面污垢,不要恼他。离家之后也很想念他。因而卢仝之子"添丁"(为国增添丁口)在诗中也出了名。

唐·韩愈《寄卢仝》:"去岁生儿名添丁,意令与国充耘耔。国家丁口连四海,岂无农夫亲未耜。"

宋·钱易《拟卢仝诗》:"门前飞杨花,屋后恶水鸣青蛙。案上两卷书,尧典与舜典,留与添丁作生涯。""作生涯",即涂鸦。

宋·梅尧巨《依韵答永叔》:"卢仝一生常困穷,亦有添丁是其子。"

宋·苏轼《乘舟过贾收水阁,收不在,见其子》(贾收子亦名添丁):"泪垢添丁面,贫低举案蛾。"用卢仝句写贾添丁。

又《岐亭五首》:"闭门弄添丁,哇笑杂呱泣。"

又《与赵、陈同过欧阳叔弼新治小斋戏作》:"添丁走沽酒,主孟当啗我。"

宋·苏辙《次韵子瞻特来高安相别先寄迟、适、运、却寄迈、追、过、筹》:"忽吟春草思惠连,因之亦梦添丁子。"

宋·黄庭坚《清平乐》:"乍晴秋好,黄菊敧乌帽。不见清谈人绝倒,更忆添丁小小。"

4093. 惟有文字五千卷

唐·卢仝《走笔谢孟谏议寄新茶》:"三碗搜枯肠,惟有文字五千卷。"饮茶三碗搜枯肠,枯肠之中何所有?"惟有文字五千卷",读的许多书。

宋·苏轼《试院煎茶》:"不用撑肠拄腹文字五千卷,但愿一瓯常及睡足月高时。""不用"句,反用卢仝诗:"惟有文字五千卷","日高"句,用卢仝《走笔谢孟谏议寄新茶》首句"日高丈五睡正浓"语。

4094. 四肢安稳一张床

唐·卢仝《客淮南病》:"且喜闭门无俗物,四肢安稳一张床。"写病卧床上。

宋·苏轼《安国寺浴》:"心困万缘空,身空一床足。"用卢仝意。

4095. 萱草女儿花,不解壮士忧

唐·孟郊《百忧诗》:"萱草女儿花,不解壮士忧。""萱草"一种植物,古人认为它可以使人忘忧,是"忘忧草","萱草忘忧"。魏·嵇康《养生论》云:"合欢蠲忿,萱草忘忧,愚智所共知也。"孟郊诗意小儿女如萱草,不懂得成年人的忧愁。

清·薄松龄《荒园小构落成,有丛柏当门,颜曰绿屏斋》:"儿女花开须自重,游人几日在家中?"虽经常在外,也应忘掉忧愁,安然自重。

4096. 一朝权入手,看取令行时

唐·朱湾《奉使设宴戏掷笼筹》:"一朝权入手,看取令行时。"一旦掌握了权柄,就看如何行令了。

宋·陈元靓《事林广记·警世格言》:"一朝权在手,堪作令行人。"

明·顾大典《青衫记》:"一朝权在手,便把令来行。"此句对后世影响极深,成了格言。

唐·韩愈《寄卢仝》:"嗟我身为赤县令,操权不用欲何诶。"时为河南令,不惩治恶人,还等什么。

4097. 蓬荜初惊满室光

唐·窦庠《酬谢韦卿二十五兄俯赠辄敢书情》:"大贤持赠一明当,蓬荜初惊满室光。""蓬",草;"荜",竹。用草、竹编制的门墙,为蓬荜。"当"用玉作的饰物。此句说,赠给我一支明月当,柴门陋室便增满光辉。

后用"蓬荜生光","蓬荜增辉"敬称客人造访茅舍,使茅舍生辉。

明·王世贞《鸣凤记·邹林游学》:"得兄光顾,蓬荜生辉。"

4098. 山阴道上桂花初

唐·羊士谔《忆江南旧游二首》:"山阴道上桂花初,王谢风流满晋书。""山阴道上":《世说新

语·言语》载:"王子敬(王献之)云:'从山阴道上行,山川自相映发,使人应接不暇。'"胜景纷繁,无暇尽赏。羊诗忆旧游江南,行走在山阴道上,联想到晋代江南两大世族冠冕不替。《晋书》上满书着他们的文治武功。

山阴,浙江绍兴市。山阴道指绍兴西南郊外一带,风景秀美,令人目不暇接。历代文人多有描绘。明·凌蒙初《拍案惊奇·陶家翁大雨留宾》:"蒋震卿一日想道:'从来说山阴道上千岩竞秀,万壑争流,是个极好去处。'"清·李渔《闲情偶寄·结构第一》:"事多则关目亦多,令观场者入山阴道中,人人应接不暇。"清·侯方域《陈纬云文序》:"纬云之文,如秋日山阳道上,烟岚万状。"

"山阴道上"除指其本地之外,还指景色繁华或事类烦多,应接不暇。

唐·李白《对酒忆太监》:"狂客归四明,山阴道上迎。""山阴道"首先在此入诗。

唐·杜甫《舟中夜雪有怀卢十四侍御弟》:"不识山阴道,听鸡更忆君。"

宋·陆游《雪》:"一夕山阴道,真成白玉京。衰残失壮观,拥被听窗声。"

宋·韩淲《太常引》(呈昌甫):"茅檐出没,水浮桥外,人自两峰来。吟到涧泉梅,问何似、山阴道回?"

又《鹧鸪天》(冲雨小舟上南港):"莫笑闲身老态多,避人避世欲如何。分明画出山阴道,太息吟成宁戚歌。"

宋·何桂梦《蓦山溪》(和雪):"重门深闭,忘却山阴道。呼酒嚼琼花,任醉来、玉山倾倒。"

宋·周密《甘州》(题疏寮园):"信山阴、道上景多奇,仙翁幻吟壶。受一邱一壑,一花一草,窈窕扶疏。"

4099. 输入官仓化为土

唐·张籍《野老歌》:"苗疏税多不得食,输入官仓化为土。"此诗又题《山农词》,写山农种几亩山地薄田,产粮少赋税重,结果种粮人不得食,而官仓中的粮食却腐烂化成土。诗人为此而深感痛心。

唐·白居易《重赋》:"进入琼林库,岁久化为尘。"意同张籍诗。

4100. 遥望齐州九点烟

唐·李贺《梦天》:"遥望齐州九点烟,一泓海水杯中泻。""齐州":《尔雅》:"距齐州以南。"疏:"齐,中也。中州,犹言中国也。"齐州即中国,中国古代分九州,"九点烟",即九州景,此诗是游仙诗。诗人梦中升入天穹,进入月宫,从月宫看人间,中国不过是九点烟,东海如一杯水,空间是如此渺小,冷眼看人世,感触极深沉。

后用"九点齐州"代中国,含渺茫之意。

宋·刘辰翁《水龙吟》:"九点齐州,半生髀肉,烟尘苍莽。"

元·张可久《折桂令·次酸斋韵》:"倚栏干不尽兴亡,数九点齐州,八景湘江。"

元·查德卿《蟾宫曲·层楼有感》:"倚西风百尺层楼,一道秦淮,九点齐州。"

清·王夫之《菩萨蛮》:"只有一丝牵,齐州万点烟。"牵挂明代江山。

清·蒲松龄《山中》:"寒烟九点参差见,一径荒凉噪暮鸦。"山中所见山川辽阔,远近不一,先后入目。

4101. 烹龙炮凤玉脂泣

唐·李贺《将进酒》:"琉璃钟琥珀浓,小槽酒滴真珠红。烹龙炮凤玉脂泣,罗帏绣幕围香风。""烹龙炮凤"。烹调珍贵肴馔,"玉脂泣",在油中的烹调声。

元·王实甫《西厢记》第二本第四折《紫花儿序》:"佳娘昨日个大开东阁,我只道怎生般炮凤烹龙。"

4102. 新雨山头荔枝熟

唐·张籍《成都曲》:"锦江近西烟水绿,新雨山头荔枝熟。万里桥边多酒家,游人爱向谁家宿?"描绘唐代成都荔枝成熟的景象。

三百多年以后,南宋陆游对这首诗提出疑义:认为成都不产荔枝,从而推断张籍没到过成都,此诗不过是一种杜撰而已,并引北宋苏轼诗证实:"蜀中荔枝出嘉州,其余及眉半有不。"

当代著名气象家竺可桢,依对古代气候考察,注意到白居易在四川东部的忠州(今忠县)也写了不少荔枝诗,一首《种荔枝》是:"红颗珍珠诚可爱,白须太守亦何痴。十年结子知谁在,自向庭中种荔枝。"竺可桢认为成都和忠州都处于北纬31°附近。白居易在忠州"自向庭中种荔枝"和张籍在成都看到"新雨山头荔枝熟"都是真实的。因为公元600

~960年,隋唐五代时期,我国气候正处于温暖时期,北宋比唐代冷,南宋又进一步变冷。荔枝喜热,寒凉则不生长,北宋程师孟《牛头寺》诗云:"竹叶尽来堂少暖,荔枝无处地多寒。"也是经验之谈。杨贵妃所食荔枝从何处贡来? 李肇《唐国史补》说杨贵妃所食荔枝自南海来。《资治通鉴》卷二一五胡三省注云:"自苏轼诸人皆云此时荔枝自涪州致之,非岭南也。"北宋初蔡襄《荔枝谱》云:"洛阳取于岭南,长安来于巴蜀。"涪州,即四川涪陵,说明巴蜀(四川)唐代产荔枝。

白居易在忠州所作《种荔枝》一诗(如前所引),《全唐诗》又收作戴叔伦《荔枝》诗,似误。苏轼《再次韵曾仲锡荔支》一诗写:"侍郎赋咏穷三峡,妃子烟尘动四邻。""侍郎"句即指白居易在忠州所题郡中荔枝诗(即《种荔枝》诗),可证《种荔枝》实为白居易作。白居易在忠州还写有:

《郡中》:"乡路音信断,山城日月迟。欲知州近远,阶前摘荔枝。"

《荔枝楼对酒》:"荔枝新熟鸡冠色,烧酒初开琥珀香。欲摘一枝倾一盏,西楼无客共谁尝?"

写"荔枝熟"句还如:

唐·郑谷《将之泸郡旅次遂州遇裴晤员外谪居于此话旧凄凉因寄二首》:"我拜师门更南去,荔枝新熟向渝泸。"遂州亦属四川。

唐·徐夤《鹧鸪》:"荔枝初熟无人语,啄破红苞坠野田。"

唐·李洞《送沈光赴福幕》:"泉齐岭鸟飞,雨熟荔枝肥。"

五代·李珣《南乡子》:"避暑信船轻浪里,闲游戏,夹岸荔枝红蘸水。"五代蜀中还有荔枝。

宋·姜夔《好事近》(赋茉莉):"朝来碧篓放长穿,钗头墨层玉。记得如今时候,正荔枝初熟。"

宋·王迈(仙游人)《贺新郎》(丁未守邵武宴同官):"家山乐事真堪羡。记年时、荔枝新熟,荷箭齐劝。"

4103. 一骑红尘妃子笑

唐·杜牧《过华清宫》:"长安回望绣成堆,山顶千门次第开。一骑红尘妃子笑,无人知是荔枝来。"这是"绝句"三首之一。《新唐书·杨贵妃传》载:"妃嗜荔支,必欲生致之。乃置骑传送,走数千里,味未变已至京师。"杜牧诗写:骊山有东绣岭和西绣岭,如锦绣堆成,一骑轻骑风驰电掣,红尘漫

天,向骊山华清宫飞来,重重宫门次第打开,有紧急军情吗? 谁也不知道,是从千里之外为贵妃送鲜荔枝了。极具讽刺力量。

向宫廷进荔枝,不自唐玄宗始。苏轼《荔枝叹》自注云:"汉永元中,交州进荔枝龙眼(桂圆),十里一置,五里一堆,奔腾死亡,罹猛兽毒虫之害者无数。唐羌,字伯游,上书言状,和帝罢之。唐天宝中,盖取涪州荔枝自子午谷路进入。"(《后汉书·和帝纪》注引谢承《后汉书》记唐羌上书为《陈交阯献龙眼荔枝状》,中有"此二物升殿,未必延年益寿"语。)唐玄宗令为贵妃送鲜荔枝比起汉代更有名。唐·李商隐《九成宫》:"荔枝卢桔沾恩幸,鸾鹊天书湿紫泥。"唐·皮日休《题惠山泉》:"吴关去国三千里,莫笑杨妃爱荔枝。"因以稀为贵。

"一骑红尘"也并非全送荔枝。

宋·欧阳修《清明赐新火》(嘉祐六年):"鱼钥侵晨放九门,天街一骑走红尘。"寒食忌火,第二天便是清明,宫廷要向官员赐新火。

宋·陶弼《食杨梅》:"岭北土寒无荔枝,人言形味似杨梅。翠条丹实休相学,不愿红尘一骑来。"不用远送荔枝,有杨梅可代。

宋·苏轼《四月十一日初食荔枝》:"不须更待妃子笑,风骨自是倾城姝。"

宋·李纲《减字木兰花》(荔枝二首):"华清赐浴,宝靥温泉洗腻玉。笑靥开时,一骑红尘献荔枝。"述杨妃本事。

宋·康与之《西江月》:"华清宫殿蜀山遥,一骑红尘失笑。"亦曰荔枝自蜀来。

宋·赵以夫《荔枝香近》(乐府有"荔枝香"调,似因物命题而亡其词,辄为补赋):"红尘一骑,曾传妃子笑。休比葡萄,也尽压江瑶倒。"

宋·吴潜《酹江月》:"红尘飞骑,报元戎小队,踏青南陌。"

宋·周密《瑶花慢》(后土之花,天下无二本。方其初开,帅臣以金瓶飞骑进之天上,间亦分致贵邸。余客辇下,有以一枝……〈下缺〉):"金壶剪送琼枝,看一骑红尘,香度瑶阙。"进花。

4104. 无人知是荔枝来

唐·杜牧《过华清宫绝句三首》:"一骑红尘妃子笑,无人知是荔枝来。""无人知",不可能,玄宗及宫人必然知道,所谓不知者,是说"一骑红尘",千里迢迢送荔枝,是令人难以想象,讽刺含于其中。

宋·苏轼《荔枝叹》:"十里一置飞尘埃,五里一堠兵火催。颠坑扑谷相枕藉,知是荔枝龙眼来。飞车跨山鹘横海,风枝露叶如新采。宫中美人一破颜,惊尘溅血流千载。永远荔枝来交州,天宝岁贡取之涪。"反用"无人知",公开揭露。

宋·蔡襄《梨园小部》(梨园法部更置小部音声三十余人。帝幸骊山,杨贵妃生日,命小部张乐长生殿,因奏新曲,未有名,会南方进荔枝,因号《荔枝香》):"倾宫晨起传轻妆,山殿生风夏日长。小部新声落天上,无人知是《荔枝香》。"《荔枝香》新曲名,所以奏此曲,多不知其曲名。以"香"代"来"巧妙地道出曲名。

宋·辛弃疾《临江仙》(和叶仲洽赋羊桃):"黄金颜色五花开,味如卢桔熟,贵似荔枝来。"

清·朱士玠《瀛涯渔唱》:"忽见堆盘成一笑,海航新载荔枝来。"

4105. 荔枝犹到马嵬坡

唐·张祜《马嵬坡》:"旌旗不整奈君何,南去人稀北去多。尘土已残香粉艳,荔枝犹到马嵬坡。"《杨太真外传》云:"贵妃才死,南方进荔枝至,命高力士以荔枝祭杨妃。"以生前所爱祭奠,悲剧。

元·王恽《正宫·双鸳鸯》:"尘土已消红粉艳,荔枝犹到马嵬坡。"用张祜原二句。

就是唐玄宗死后,荔枝还进长安,足见奢风未止。杜甫《解闷》:"先帝贵妃今寂寞,荔枝还复入长安。炎方每续朱缨献;玉座应悲白露团。"荔枝晚熟于樱桃,"续朱樱"即荔枝,因前句已出现,此代以避重。说奢靡之风不改,玄宗地下有知,也会痛心流泪。

4106. 隔帘教唤女医人

唐·王建《宫词一百首》:"御厨不食索时新,每见花开即苦春。白日卧多娇似病,隔帘教唤女医人。"写带病宫人的生活状态。

五代·花蕊夫人《宫词》:"厨船进食簇时新,侍宴无非列近臣。日午殿头宣索鲙,隔花催唤打鱼人。"句句仿王建诗,用其句而不用其意。

4107. 二月中旬已进瓜

唐·王建《宫前早春》(一作《华清宫》):"酒幔高楼一百家,宫前杨柳寺前花。内园分得温汤水,二月中旬已进瓜。"(《全唐诗补逸》卷之六收为

司空曙《华清宫》诗,唐人中王建写宫中诗最多,司空曙则没有,疑误收)宫前所以春来早,因为华清池温泉水的浇灌,二月中旬内园瓜已成熟,就给明皇和贵妃献上去了。

清·朱仕玠《瀛涯渔唱》:"何须更沐温汤水,正月神京已进瓜。"台湾西瓜种于八月,成熟于十月,正月可贡至京师。从王建二句脱出。

4108. 日啖荔枝三百颗

宋·苏轼《食荔枝二首》其二并引:惠州太守东堂,祠故相陈文惠公。堂下有公手植荔枝一株(《舆地纪胜》载:陈尧佐权知惠州,手植荔枝于州堂),郡人谓之将军树。今岁大熟,赏啖之余,下逮吏卒。其高不可致者,纵猿取之。"罗浮山下四时春,卢桔杨梅次第新。日啖荔枝三百颗,不辞长作岭南人。"前丞相陈尧佐知惠州手植荔一株于州堂,此刻大熟,啖而作此诗。作者虽谪居岭南,却达观以待,现在"赏啖"陈尧佐丞相手种的荔枝,别是一番滋味,于是兴致勃勃地唱出"日啖荔枝三百颗,不辞长作岭南人。""不辞",不推、不拒。

"三百颗"言多,非实数。清·王文诰《苏轼诗集》注云:"王子敬贴有'黄柑三百颗'之语,而韦苏州诗云'书后欲题三百颗,洞庭须待满林霜。'今借用耳。"

唐·韦应物(韦苏州)《答郑骑曹青桔绝句》(一作《故人重九日求桔书中戏赠》):"怜君卧病思新桔,试摘犹酸亦未黄。书后欲题三百颗,洞庭须待满林霜。"故人郑骑曹病中求桔,只惜桔未成熟,说待深秋桔熟,定送上三百颗。苏轼把黄桔"三百颗"用于荔枝。

宋·黄庭坚《浪淘沙》(荔枝):"忆昔谪巴蛮,荔子亲攀。冰肌照映柘枝冠。日擘轻红三百颗,一味甘寒。""擘",剖、剥。用苏轼句。

4109. 不辞长作岭南人

宋·苏轼《食荔支二首》:"日啖荔枝三百颗,不辞长作岭南人。"

宋·张孝祥《浣溪沙》(过临川席上赋此词):"我是临川旧史君,而今欲作岭南人。"去岭南。

宋·辛弃疾《玉楼春》(隐湖戏作):"不辞长向水云来,只怕频烦鱼鸟倦。"用句式。

4110. 山舍荔枝繁

唐·韩翃《送故人归蜀》:"客衣筒布润,山舍

荔枝繁。"长安送客归蜀,蜀地有荔枝又一证。

又《送李明府赴连州》:"看承雨露速,不待荔枝香。"

下面都是"荔枝"句。

唐·卢纶《送从舅成都县丞广归蜀》:"晚意椒瘴热,野饭荔枝阴。"

唐·李端《送何兆下第还书》:"裹猿枫子落,过雨荔枝香。"

唐·王建《送严大夫赴桂州》:"辟邪犀角重,解酒荔枝甘。"

唐·鲍防《杂感》:"五月荔枝初破颜,朝离象郡夕函关。"

唐·李德裕《述梦诗四十韵》(先朝初临御,南方曾献荔枝,亦蒙颁赐,自后以道远罢献也。):"荔枝来自远,卢桔赐仍叨。"

唐·殷尧藩《送刘禹锡侍御出刺连州》:"梅花清入罗浮梦,荔子红分广海程。"

唐·卢肇《被谪连州》:"连州万里无亲戚,旧识唯应有荔枝。"

唐·薛能《华清宫和杜舍人》:"几添鹦鹉劝,先赐荔枝尝。"

又《荔枝楼》:"高槛起边愁,荔枝谁致楼。"

又《留题》:"压春甘蔗冷,喧雨荔枝深。"

又《吴姬十首》:"滴滴春霖透荔枝,笔题笺动手中垂。"

唐·郑谷《读故许昌薛尚书诗集》:"吟残荔枝雨,咏彻海棠春。"

唐·贯休《怀张为周朴》:"有时狂吟入僧宅,锦囊鸟啼荔枝红。"

宋·许申《张相公祠》:"韶石遍圆辉壁落,荔枝分植映房廊。"

宋·程师孟《汤泉二首》:"曾看华清旧浴池,此泉何日落天涯。徘徊却想开元事,不见莲花见荔枝。"

又《荔枝二首》:"草服劝耕菖叶绿,罗裙送酒荔枝红。"

宋·王仲甫《浪淘沙》:"味胜玉浆寒,只被宜酸。莫将荔子一般看,色淡香消偕偝损,才到长安。"

4111. 秦宫一生花里活

唐·李贺《秦宫诗》并序:秦宫,汉将军梁冀之嬖奴也。秦宫得宠内舍,故以骄名大噪于人。予抚

旧而作长辞,辞以冯子都之事相为对望。又云昔有之诗。"皇天厄运犹曾裂,秦宫一生花底活。"汉梁冀的家奴秦宫,就如霍光的家奴冯殷(子都),与主人妻私通,权势极大,奢侈糜烂,尽情挥霍。此二句诗说,天还有开裂的时候,秦宫却在罗绮丛中尽享一生。

明·汤显祖《牡丹亭》第十四出写真"(丑扮花郎上)秦宫一生花里活,崔徽不似卷中人。"上句"花郎"自比为秦宫。下句,《崔徽传》述:妓女崔徽与裴敬中相爱,别后难再见,崔徽请画工画了一幅像,托人带给敬中说:"崔徽一旦不及卷中人,徽且为郎死矣!"

4112. 羲之又有之

唐·孟郊《子庆诗》:"王家事已奇,孟氏庆无涯。献子还生子,羲之又有之。"《晋书·王羲之传》载:羲之"有七子,知名者五人。"这五子是:玄之、凝之、微之、操之、献之。因为羲之之子名也带"之"。所以说"羲之又有之"(又有子)。

宋·苏轼《次韵赵景贶督两欧阳诗破阵酒戒》:"羲之生五子,总角出银钩。""总角"古代儿童发长了,收而束之。后指儿童时代。"生五子"指有名的五子。

4113. 谁言寸草心,报得三春晖

唐·孟郊《游子吟》:"慈母手中线,游子身上衣。临行密密缝,意恐迟迟归。谁言寸草心,报得三春晖。""寸草心",子女之心。寸草也有茎心,双关子女之情。"三春晖"春天的阳光,喻母亲对子女的呵护关爱,两句意为:子女对母亲的孝心,岂能报答母爱于万一。

北周·庾信《愁赋》:"谁知一寸心,乃有万斛愁。""谁言寸草心"从庾句化出。"寸心",区区之心。南朝·梁·何逊《夜梦故人》:"相思不可寄,直在寸心中。"最早用"寸心"。

4114. 借车载家具,家具少于车

唐·孟郊《移居》:"借车载家具,家具少于车。"写移居时,借来的车多,而家具却少。宋·欧阳修《六一诗话》评:"孟郊、贾岛皆以诗穷至死,而平生尤自喜为穷苦之句。孟有《移居》云(从略),乃是都无一物耳。"车多物少,极穷苦。

宋·苏轼《次韵秦太虚见戏耳聋》:"君不见诗

人借车无可载,留得一钱何足赖。"

4115. 卿士庶人,黄童白叟

唐·韩愈《元和圣德诗》:"卿士庶人,黄童白叟,踊跃欢呀,失喜嘻欧。"唐宪宗元和年间皇帝西收夏蜀,东定青齐,天下出现了暂时的太平。韩愈作此诗以颂德。此四句云:面对此太平之世,无论宫卿百姓,年老年幼,都不禁狂喜高歌。"失喜",喜不自禁。"嘻欧""咽欧",讴歌。

"黄童白叟":黄毛小儿,白发老人。黄毛即所谓"乳毛",黄而柔。用此句如:

宋·苏轼《浣溪沙》(徐门石潭谢雨道上作五首):"照日深红暖见鱼,连溪绿暗晚藏乌,黄童白叟聚睢盱。"

宋·毛开《满庭芳》(自宛陵易倅东阳,留别诸同僚):"悠悠,当此去,黄童白叟,莫漫相留。"

宋·赵以夫《木兰花慢》(漳州元夕):"人情不知底事,但黄童白叟总追游。"

清·康熙皇帝玄烨《巡幸江宁》:"不知此岁恩波给,止听黄童白叟呼。"

又《巡子牙河建坝》:"黄童白叟望霁雨,霖雨先施莫自赊。"

4116. 可怜无益费精神

唐·韩愈《赠崔立之评事》:"崔侯文章苦捷敏,高浪驾天输不尽。会从关外来上都,随身卷轴东连轸……深藏箧笥时一发,戢戢已多如束笋。可怜无益费精神,有似黄金掷虚牝。"崔斯立字立之,博陵人。元和初为大理寺评,以言事黜为蓝田丞。韩诗为其鸣不平:崔立之的文章敏捷,著述甚丰,可怜于事无益,就如把黄金投溪谷之中。"虚牝",溪谷,深谷下的溪水。

宋·王安石《韩子》:"纷纷易尽百年身,举世何人识道真。力去陈言夸未俗,可怜无补费精神。"换一"补"字,也为后人所用。

宋·戴复古《望江南》:"本是寻常田舍子,如何呼唤作诗人。无益费精神。"用韩愈句。

金·元好问《论诗三十首》:"传语闭门陈正字,可怜无补费精神。"用王安石句。上句"传语"出自宋·黄庭坚《病起荆江亭即事》:"闭门觅句陈无已,对客挥毫秦少游。""正字"为陈师道字,除秘书省正字。黄诗追怀陈、秦二人。元好问对"闭门"持异议。施国祁《元遗山诗集笺注》引:"陈无

已平时出门,觉有诗思,便急归拥被,卧而思之。呻吟如病者,或累日方起。"元好问对"闭门觅句"认为无补于世,空费精神。

4117. 顷刻青红浮海蜃

唐·韩愈《赠崔立之评事》:"摇毫掷简自不供,顷刻青红浮海蜃。""海蜃",海市蜃楼。由于反射光在海上、沙上呈现的虚幻奇景。诗中喻崔立之文采瑰丽。

宋·苏轼《游经山》:"晴空仰见浮海蜃,落日下数投林鸢。"写景。

4118. 知音自古称难遇

唐·韩愈《赠崔立之评事》:"知音自古称难遇,世俗乍见那妨哂。"说知音自古难遇,你(崔立之)受到世俗的哂笑是很自然的。

宋·苏轼《题文与可墨竹》:"知音古难合,奄忽不少待。"用韩愈句。

4119. 昵昵儿女语,恩怨相尔汝

唐·韩愈《听颖师弹琴》:"昵昵儿女语,恩怨相尔汝。"开头写琴声初起,纤细轻柔,仿佛小儿女在窃窃私语,互诉衷肠。

宋·苏轼《水调歌头》:"昵昵儿女语,灯火夜微明。恩冤尔汝来去,弹指泪和声。"作者词前序云:"欧阳文忠公尝问余:琴诗何者最善?答以退之听颖师琴诗最善。公曰,此诗最奇丽,然非听琴,乃听琵琶也。余深然之。建安章质夫家善琵琶者,乞为歌词。余久不作,特取退之词,稍加隐括,使就声律,以遣之云。"苏词用入韩诗五六句,此外是他的创作。

宋·张元干《贺新郎》(送胡判衡待制):"日尽青天怀今古,肯儿曹恩怨相尔汝。举大白,听金缕。"怎么能计儿女私情、恩怨得失?

元·王实甫《西厢记》第二本第四折《秃厮儿》:"其声低,似听儿女语,小窗中,喁喁。"写琴声。

4120. 无以冰炭置我肠

唐·韩愈《听颖师弹琴》:"颖乎尔诚能,无以冰炭置我肠!"冰炭:《庄子·内篇·人间世》:"事若成,则必有阴阳之患。"郭象注:"人患虽去,然喜惧战于胸中,固已结冰炭于五藏矣。"冰溶为水,炭

燃为火,水火不相容。《韩非子·显学》:"夫冰炭不同器而久,寒暑不兼时而至。"汉·桓宽《盐铁论·刺复》:"冰炭不同器,日月不并明。"《后汉书·傅燮传》:"夫邪正之人不宜共国,亦犹冰炭不可同器。"韩诗意:颖师弹琴轻柔,激越富于变化,因为悲欢所左右,时而高兴,时而悲伤,同时把冰炭放我肠中了。取"冰炭置于五藏""冰炭不同器"之意,赞琴声感人。

宋·苏轼《水调歌头》:"烦子指间风雨,置我肠中冰炭,起坐不能平。"听弹琵琶而隐括韩愈诗。

宋·范成大《古风二首上汤丞相》:"知音顾之笑,解弦为更张。归来掩关卧,冰炭交愁肠。"

元·关汉卿《鲁斋郎》三折:"休把我衣服扯住,情知咱冰炭不同炉。"用韩非句意。

4121. 今来不复饮,每见恒咨嗟

唐·韩愈《晚菊》:"少年饮酒时,踊跃见菊花。今来不复饮,每见恒咨嗟。"晚年见菊花,不再饮酒,反而叹息(咨嗟)。

宋·苏轼《三月二十日多叶杏盛开》:"我老念江海,不饮空咨嗟。"用韩愈句,写见"多叶杏"花而叹息,因年老以出尘为念。

4122. 风霜满面无人识

唐·韩愈《镇州路上谨酬裴司空相公重见寄》:"衔命山东抚乱师,日驰三百自嫌迟。风霜满面无人识,何处如今更有诗。"镇州乱,王廷凑杀田弘正,穆宗诏韩愈去宣抚,时任兵部侍郎。此诗去镇州路上答裴司空,说旅途紧急,极其辛苦,以至满面风霜,人都不能辨识了,哪里还有什么诗呢?

宋·苏轼《再次韵答田国博部夫还二首》:"西郊黄土没车轮,满面风埃笑路人。""满面风埃"从"满面风霜"脱出。

4123. 君颜老可憎

唐·韩愈《送侯参谋赴河中幕》(侯继时从王谔辟):"我齿豁可鄙,君颜老可憎。相逢风尘中,相视迭嗟矜。"与侯继相逢陌路,相视叹息,彼此都老了。"君颜老可憎",您的容颜老得令人厌恶。

宋·苏轼《东川清丝寄鲁冀州戏赠》:"但放奇纹出领袖,吾髯虽老无人憎。"反其意而用之。

又《送晁美叔发运右司年兄赴阙》:"病鹤不病骨愈虬,唯有我颜老可羞。"

4124. 破屋数间而已矣

唐·韩愈《寄卢仝》:"玉川先生洛城里,破屋数间而已矣。"卢仝(自号玉川子)居洛阳"征谏议不起",家境贫寒,徒四壁立。韩愈任河南令时,爱他的诗,待他厚重。此诗开头就写卢仝家境清贫,"破屋数间而已矣",没有土地产业,没有财帛珍器。

明·汤显祖《牡丹亭》第十三出诀谒《杏花天》:"梦魂中紫阁丹墀,猛台头、破屋半间已矣。"改用韩愈句。

4125. 愿借辩口如悬河

唐·韩愈《石鼓歌》:"安能以此上论列,愿借辩口如悬河。"张籍要韩愈为石鼓文作歌,此歌由此而生。结尾自谦说此歌不能"上论列",真愿借人口若悬河,痛快淋漓地作歌。

"口若悬河",说话滔滔不绝,文辞奔放、流畅。《晋书·郭象传》:"王衍每云:'听象语,如悬河泻水,注而不竭。'""悬河":《水经注·清水》:"瀑布乘岩,悬河注壑,二十余丈,雷赴之声,震动山谷。"悬河即瀑布。

宋·苏轼《寒食日答李公择三绝次韵》:"诗似悬河供不办,故欺张籍陇头泷。"

4126. 余事不挂眼

唐·韩愈《赠张籍》:"吾老嗜读书,余事不挂眼。"除了读书,其余的事都不挂在眼上,即不看不理,不放在心上。

宋·苏轼《次韵答舒教授观余所藏墨》:"我生百事不挂眼,时人谬说云工此。""不挂眼"用韩愈句。

4127. 跆踦越门限

唐·韩愈《赠张籍》:"有儿虽甚怜,教示不免简。君来好呼出,跆踦越门限。"跨越门限时还跆踦不稳,怜子之情向友人流露出来了。

宋·苏轼《赵郎中往莒县逾月而归,复以一壶遗之,仍用前韵》:"大儿跆踦越门限,小儿咿哑语绣帐。"用韩愈句。

4128. 无异雀鼠偷太仓

唐·韩愈《卢郎中云夫寄示送盘谷子诗两章

歌以和之》："家请官供不报答,何异雀鼠偷太仓。"只食官禄而不做事以回报,同麻雀老鼠盗食皇家粮仓没什么区别。说明韩愈为官境界很高。

宋·苏轼《寄刘孝叔》："方将雀鼠偷太仓,未肯衣冠挂神武。"

4129. 蚍蜉撼大树,可笑不自量

唐·韩愈《调张籍》："李杜文章在,光焰万丈长。不知群儿愚,那用故谤伤! 蚍蜉撼大树,可笑不自量。伊我生其后,举颈遥相望。"中晚唐时期,盛行王、孟及后来的白元诗风,李白、杜甫的诗歌未被重视,还有些人极力贬抑。韩愈此诗论之诗,其重要价值,评价李杜不仅高于同时代人,而且在诗史中有论定价值,已为文学史所证明。题目是"调侃张籍",批评诋毁李杜的人们是"蚍蜉撼大树"而已。"蚍蜉"松根下的一种蚂蚁。元稹在《唐故检校工部员外郎杜君墓志铭》中批评李白,反对"李杜"并提,李"差肩于子美"贬之甚重,那么元稹或属于"蚍蜉"之列。

"蚍蜉"二句已如格言。

宋·刘克庄《沁园春》(和林卿韵)："后身定作班扬,彼撼树蚍蜉不自量。"

4130. 剪翎送笼中

唐·韩愈《调张籍》："剪翎送笼中,使看百鸟翔。"感慨李杜生前不遇,那升沉不定的命运,有如剪羽禁宠之鸟,才华难得伸展。

汉·祢衡《鹦鹉赋》："闭以雕笼,剪其翅羽。""剪翎送笼"意出于此。

4131. 举瓢酌天浆

唐·韩愈《调张籍》："刺手拔鲸牙,举瓢酌天浆。"欲生出羽翼,追寻李杜诗歌之精华,终于同前贤精诚感通,奇特的诗境涌入心头。反手拔掉巨鲸的利齿,举起大瓢接饮天上的圣酒。写出了追逐前贤的豪情。

宋·苏轼《食荔枝二首》："炎云骈火实,瑞露酌天浆。"用"酌天浆"喻荔枝露。

4132. 扬扬弄芳蝶,尔生还不早

唐·韩愈《秋怀诗十一首》之十一："鲜鲜霜中菊,既晚何用好。扬扬弄芳蝶,尔生还不早。运穷两值遇,婉娈死相保。"霜中之菊,虽鲜已晚,飞蝶

弄芳,何来太迟。

宋·苏轼《小圃五咏·甘菊》："扬扬弄芳蝶,生死何足道。颇讶昌黎翁,恨尔生不早。"反用韩愈(昌黎)诗意。

4133. 为我商声讴

唐·韩愈《驽骥吟示欧阳詹》："人皆劣骐骥,共以驽骀优。喟余独兴叹,才命不同谋。寄诗同心子,为我商声讴。"韩愈与欧阳詹同第进士,此时都在京为官。此诗把驽(劣马)、骥(千里马)作对照,深感当时驽、骥颠倒,人才与蠢才倒置,把这种思虑写给同年同心。"商声讴"典出《庄子》:曾子居卫,三日不举火,十年不制衣,穷得衣鞋不挂体,饿得脸都肿了,而歌商颂,如出金石,声满天地。说曾参贫而有道,不改其乐。韩愈意为,对驽骥,只好以达观待之。

4134. 山石荦确行径微

唐·韩愈《山石》："山石荦确行径微,黄昏到寺蝙蝠飞。"时在洛阳,记游山寺,行程中山不"荦确",极其不平,登山小路极其狭窄。待到山寺,天已黄昏。蝙蝠都出游了。

宋·苏轼《王晋卿所藏〈著色山〉二首》："荦确何人似退之,意行无路欲从谁。"联想韩愈登山之难。"无路"用刘禹锡《徭子歌》："腰斧上高山,意行无旧路"句。

4135. 山红涧碧纷烂漫

唐·韩愈《山石》："山红涧碧纷烂漫,时见松栎皆十围。""山红"是花,"涧碧"是水,这山这水烂烂纷呈。

宋·苏轼《王晋卿所藏〈著色山〉二首》(画为李思训作,李为唐宗室)："宿云解驳晨光漏,独见山红涧碧时。"上句用韩愈《南海神庙碑》："云阴解驳,日光穿漏。"

4136. 生死哀乐两相弃

唐·韩愈《忽忽》："生死哀乐两相弃,是非得失付闲人。"生与死、哀与乐双双弃置,是与非、得与失付诸闲人,我则出离尘世。

宋·苏轼《薄薄酒二首》："生前富贵,死后文章,百年瞬息,万世忙。夷齐、盗跖俱亡羊。不如眼前一醉是非忧乐两都忘。"将韩愈诗意展开了。

4137. 云此最吉余难同

唐·韩愈《谒衡岳庙遂宿丘寺，题门楼》："手持杯珓导我掷，云此最吉余难同。""杯珓（jiào）"古代用形似蚌壳的竹、木作的卜具。在寺中教我向地面投掷杯珓以占吉凶，说这是最吉的，其余的难以与此比并。

宋·范成大《照田蚕行》："夜阑风焰西复东，此占最吉余难同。"腊中种种风俗占卜，唯占田蚕为最吉，用韩愈句说余事难以与此比并。

4138. 正好看前山

唐·韩愈《和裴晋公》："秋台风日迥，正好看前山。"

宋·苏轼《和陶饮酒二十首》："酒力如过雨，清风消半途。前山正可数，后骑且勿驱。"《康溪诗话》："韩退之《和裴晋公》诗云：'秋台风月迥，正好看前山。'东坡《和陶》云：'前山正可数，后骑且莫驱。'语虽不同，而寄情物外，夷旷伏游之意，则同。"

4139. 伯道无儿可保家

唐·韩愈《游西林寺题萧二兄郎中旧堂》："中郎有女能传业，伯道无儿可保家。"晋人邓攸，字伯道，做河东太守时，逢石勒之乱，他为保全侄儿，丢弃了自己的儿子。时人说："天道无知，使邓伯道无儿。"后用作有女无儿之典。

明·汤显祖《牡丹亭》第三出《训女》："中郎学富单传女，伯道官贫更少儿。"

4140. 燃云烧树火实骈

唐·韩愈《游青龙寺赠崔群补阙》："友生招我佛寺行，正值万株红叶满。光华闪壁见神鬼，赫赫炎官张火伞。燃云烧树火实骈，金乌下啄赪虬卵。"青龙寺"万株红叶"，如炎官大张火伞，燃云烧树，果实骈红。描写万株红叶之势。南朝·梁·江淹《四时赋》："至若炎云方起，芳树未移。"燃云烧树出于此。

宋·苏轼《食荔枝二首》："炎云骈火实，瑞露酌天浆。"

4141. 岂念幽桂遗榛菅

唐·韩愈《雪后寄崔二十六丞公》："称多量少鉴裁密，岂念幽桂遗榛菅。"寄给蓝田县丞崔斯立，同情他"秩卑俸薄"，生活拮据，如把桂枝扔进榛草丛中。

宋·苏轼《语张山人二首》："野麋驯杖履，幽香出榛菅。"反用韩愈诗，称张山人所居环境。

4142. 九牛亡一毛

唐·韩愈《庭楸》："九牛亡一毛，未在多少间。"作者有庭楸五株，每天绕庭楸生活，来客不见，客多至权门，相比"九牛亡一毛"。写庭楸引出世态，耐人寻味。

"九牛亡一毛"喻极其轻微或渺小。语出汉·司马迁《报任少卿书》："假令仆伏法受诛，若九牛亡一毛，与蝼蚁何以异？""亡"失去，如九牛失去一根毛。后"九牛一毛"成对比意义。

宋·苏轼《赵阅道高斋》："乃知贤达与愚陋，岂直相去九牛毛。""贤达"与"愚陋"对比"九牛一毛"。

4143. 朝日出其东，我常坐西偏

唐·韩愈《庭楸》："朝日出其东，我常坐西偏；夕日在其西，我常坐东边。当昼月在上，我在中央间。"用铺张法写作者荫于庭楸之中。"西偏"，西侧。

宋·苏轼《至真州再和二首》："相逢月上后，小语坐西偏。"用韩愈句。

4144. 只知闲信马，不觉误随车

唐·韩愈《嘲少年》："只知闲信马，不觉误随车。"嘲一无聊少年，"把春偿酒""将命乞花"，信马闲游，不知不觉中"误随车"而去。乘车者要么是女子，要么是男贵。后用"误（暗）随车"，表示漫游。

宋·苏轼《浣溪沙》：十二月二日，雨后微雪，太守徐君猷携酒见过，坐上作浣溪沙三首。明日酒醒，雪大作，又作二首："覆块青青麦未苏，江南云叶暗随车。临皋烟景世间无。""云叶"喻雪花。

宋·秦观《望海潮》（其三）："金谷俊游，铜驼巷陌，新晴细履平沙。长记误随车。"

宋·辛弃疾《江神子》（博山道中书王氏壁）："旗亭有酒径须赊，晚寒些。怎禁他、醉里匆匆，归骑自随车。白发苍颜吾老矣，只此地是生涯。"

4145. 钗头缀玉虫

唐·韩愈《灯花》:"囊里排金粟,钗头缀玉虫。更烦将喜事,来报主人翁。""灯花报喜"是中国长期油(蜡)灯时代的观念。此诗即写灯火报喜。"钗头缀玉虫"正是写一种美丽的灯花。

宋·苏轼《再次韵德麟新开西湖》:"湖成君归侍帝侧,灯花已缀钗头虫。"用韩句。

4146. 默然都不语,应识此时情

唐·韩愈《次石头驿寄江西王十中丞阁老》:仲舒也,时为江南西道观察使,愈自袁还朝作寄。"默然都不语,应识此时情。"王仲舒任江西道观察使,居豫章。作者自袁归朝,豫章举首可见,想念老友虽默然无语,却应知道此刻怀友深情。

宋·苏轼《有言郡东北荆山下可以沟畎积水,因与吴正字、王户曹同往相视,以地多乱石,不果。还游圣女山,山有石室,如墓而无棺椁,或云宋司马桓魋墓》:"强写苍涯留岁月,他年谁识此时心。"

4147. 辞赋已复穷诗骚

唐·柳宗元《寄韦珩》:"君今矻矻又窜逐,辞赋已复穷诗骚。""矻矻",勤奋的样子,韦珩勤劳地追逐贼盗,辞赋也可与诗经、楚辞比比。

宋·苏轼《送李公恕赴阙》:"酒酣箕坐语惊众,杂以嘲讽穷诗骚。"用柳"穷诗骚"句。

4148. 海畔尖山似剑铓

唐·柳宗元《与浩初上人同看山寄京华亲故》:"海畔尖山似剑铓,秋来处处割愁肠。若为化得身千忆,散上峰头望故乡。"作者被贬为柳州刺史后作此诗。柳州即今广西柳州市,广西属喀斯特地貌,多石芽、石林、峰林,常见孤峰兀立,山峰如削。作者同浩初上人一同看这样的山峰,就觉得山峰似剑锋,刺割着自己思乡的愁肠,乡愁更苦更痛。

宋·苏轼《白鹤峰新居欲成,夜过西邻翟秀才》:"系闷岂无罗带水,割愁还有剑铓山。"自注:"韩退之云:水作青罗带,山如碧玉簪。柳子厚云:海上尖锋如剑铓,秋来处处割愁肠。皆岭南诗也。"此诗亦作于岭南惠州。

4149. 若为化作身千亿

唐·柳宗元《与浩初上人同看山寄京华亲

故》:"若为化作身千亿,散向峰头望故乡。"作者看山所以有感于山如剑峰割愁肠,就是因为思乡,向"京华亲故"表露自己乡愁自重。并大放想象异彩:如能将一身化作亿万个身,散布到这些高高耸立的山头上,就可以饱饱地了望故乡了。

"身千亿"是佛家语:摩诃衍云周匝千华上,复现千释迦。一华百亿国,一国一释迦。故释迦牟尼,佛名千百亿化身也。唐·李商隐诗云:"何当百亿莲花上,一一莲华见佛身。"即"百亿莲身"意。柳诗"化作身千亿"的奇特想象源于此。

宋·苏轼《刁景纯席上和谢生二首》:"欲穷风月三千界,愿化天人百亿躯。""百亿躯"才能穷其"三千界"。

又《和文与可洋川园池三十首·菡萏亭》:"若为化作龟千岁,巢向田田乱叶中。""龟千岁"从柳句中化出,从"千亿"空间转为"千岁"时间,其实意为"千岁龟",化作龟,在菡萏叶中作巢,《史记·龟策传》载:"余至江南,长老云:'龟千岁,乃游莲叶之上。'"苏轼取意于此。

宋·陆游《梅花绝句》:"何方可化身千亿,一树梅花一放翁。"嘉泰二年(1022)正月初在山阴作。诗意云:梅花之树太多了,实在看不完,应设法化作身千亿,去一一欣赏。这是化用柳诗的名句。

4150. 信书成自误

唐·柳宗元《三赠刘员外》:"信书自成误,经事渐知非。今日临岐别,何年待汝归?"《孟子·尽心》载:"孟子曰:'尽信书,则不如无书。吾于《武成》取二三策而已矣。'"柳宗元赞成"不尽信书",主张"经事"。信书,一经事,往往证明书中所云错了。

宋·苏轼《广倅萧大夫借前韵见赠复和答之二》:"垂死初闻道,平生误信书。"称萧所言为至理。

4151. 一任凌空锡杖飞

唐·柳宗元《浩初上人见贻绝句欲登仙人山因以酬之》:"珠树玲珑隔翠微,病来方外事多违。仙山不属分符客,一任凌空锡杖飞。"仙人山在柳州,浩初上人欲登仙人山,并相约。柳答诗说仙山不属于分担使命的人,您尽可挂锡杖凌空游历。"分符客",承担朝廷使命的人。"锡杖",僧人的用具。

宋·苏轼《合浦愈上人以诗名岭外戏和其韵》："孤云出岫岂求伴，锡杖凌空自要飞。"戏上人独游。

4152. 坐来念念非昔人

唐·柳宗元《戏题石门长老东轩》："坐来念念非昔人，万遍莲花为谁用。""念念"，佛家语，谓每一瞬间。述石门长老，已非过去的人了。莲台上诵经万遍，不知起了什么作用。

宋·苏轼《次韵王晋卿惠花栽栽所寓张退傅第中》："坐来念念失前人，共向空中寓一尘。"花栽植人所寓张士逊（退傅）府第之中，而退傅已失（逝）去了。

4153. 欲为万里赠，杳杳山水隔

唐·柳宗元《早梅》："欲为万里赠，杳杳山水隔。寒英坐销落，何同慰远客。"欲折梅远寄而不能。

宋·洪皓《江梅引》（忆江梅）："准拟寒英聊慰远，隔山水，应销落，赴诉谁？"用柳诗意，或化诗语为词句。

4154. 渔翁夜傍西岩宿

唐·柳宗元《渔翁》："渔翁夜傍西岩宿，晓汲清湘燃楚竹。烟销日出不见人，欸乃一声山水绿。"渔翁夜傍西岩宿，清晨汲水燃竹，这是办晨炊。

清·厉鹗《百字令》（月夜过七里滩，光景奇绝。歌此调，几令众山皆响）："挐音（桨声）遥去，西岩渔父初宿。"用柳句。

4155. 晓汲清湘燃楚竹

唐·柳宗元《渔翁》："渔翁夜傍西岩宿，晓汲清湘燃楚竹。"

宋·史达祖《八归》："想半属，渔市樵村，欲暮竟燃竹。"燃竹是晚炊。

4156. 遂为明所误

唐·柳宗元《孤松》："不以险自防，遂为明所误。""明"，显露。

宋·苏轼《吊徐德占》："竟为明所误，不免刀斧痕。"徐德占不知隐蔽，竟死于夏国之乱兵。

4157. 乌衣巷口夕阳斜

唐·刘禹锡《乌衣巷》："朱雀桥边野草花，乌衣巷口夕阳斜。旧时王谢堂前燕，飞入寻常百姓家。"这是一首名诗，描写历史沧桑颇令人回味感悟。白居易对此诗："掉头苦吟，叹赏良久。"

"乌衣巷"，在南京秦淮河南。南朝·宋·刘义庆《世说新语·雅量》载："王公（衍）曰：'我与元规虽俱王臣，本怀布衣之好。若其欲来，吾角巾径还乌衣。'"注曰：《丹阳记》曰：'乌衣之起，吴时乌衣营处所也。'"营中士兵皆着乌衣。东晋的元勋王导、指挥淝水之战的谢安两大望族就在乌衣巷比邻而居。而今，通往乌衣巷的朱雀桥两侧野草丛生，行人稀少，乌衣巷口在斜阳的残照之中，晋代的衣冠往来、车马喧阗的繁华热闹景象早被惨淡、寥落所取代。这就是历史的沧桑。

宋·张敦颐《六朝事迹》卷下："王榭金陵人，世以航海为业。一日，海中失船，泛一木登岸，见一翁一姬，皆衣皂，引榭至所居，乃乌衣国也。以女妻之。既久，榭思归，复乘云轩泛海至其家。有二燕栖于梁上。榭以手招之，即飞来臂上，取片纸书小诗系于燕尾曰：'误到华胥国里来，玉人终日苦怜才。云轩飘出无消息，洒泪临风几百回。'来春燕又飞来榭身上，有诗云：'昔日相逢冥数合，如今暌远是生离。来春纵有相思字，三月天南无雁飞。'至今岁竟不至，因目榭所居为'乌衣巷'。……《图经》云在县东南四里，晋王导、纪瞻宅皆在此巷。"晋代王、谢两族居于此，人称其子弟为"乌衣郎"。《六朝事迹》："王榭"至乌衣国事为人附会而生。

刘禹锡之前，唐人已写"乌衣"：

唐·张九龄《和韦尚书答梓州兄南寺宴集》："棠棣闻余兴，乌衣有旧游。"

唐·严维《剡中赠张卿侍御》："深巷乌衣盛，高门画戟闲。"

唐·韩翃《送客之江宁》："朱雀桥边看淮水，乌衣巷里问王家。"写了"朱雀桥"和"乌衣巷"。

后写"乌衣巷"多抒沧桑之感。

唐·吴融《偶题》："乌衣旧宅犹能认，粉竹金松一两枝。"

五代·徐铉《从兄龙武将军没于边戍过旧营宅作》："笙歌却返乌衣巷，部曲皆还细柳营。"

五代·朱存《金陵览古·乌衣巷》："人物风流往往非，空余陋巷作乌衣。旧时帘幕无从觅，只有

年年社燕归。"(一作杨备诗)

又《金陵览古·乌衣巷口》:"阀阅沦亡楂柮移,年年旧燕亦双归。茅檐苇箔无棺盖,不见乌衣见白衣。"

五代·孙元晏《乌衣巷》:"乌衣巷在何人住,回首今人忆谢家。"

宋·王洞《题义门胡氏华林书院》:"乌衣里巷钦风化,曲水盃盘乐羽觞。"

宋·杨亿《上元夜会慎大詹西斋分题》:"帝里风光上元节,乌衣旧巷共经过。"

宋·梅尧臣《金陵三首》:"已失乌衣巷,还成白玉台。"

宋·王安石《和陈辅秀才金陵书事》:"休论王谢当时事,大抵乌衣只旧时。"

宋·苏轼《西太一见王荆公旧诗偶次其韵二首》:"闻道乌衣巷口,而今烟草萋迷。"感晚年居金陵的王安石已故去。

宋·刘一止《蓦山溪》:"想当日、乌衣巷口,声名气概,今见两朱幡。诗似锦,酒如渑,属意风光厚。"

宋·袁去华《柳梢青》(建康作):"白鹭洲前,乌衣巷口,江上城郭。万古豪华,六朝兴废,潮生潮落。"

宋·沈端节《西江月》:"闲趁莺来日下,却随燕入乌衣。阿蛮风味有谁知,认得乐天词意。"

宋·仲并《武陵春》(元若虚管席上):"门巷乌衣应好在,风韵尚依然。知是蓬瀛第几仙,秀色餐当筵。"

宋·葛立方《满庭芳》(五俦将赴当涂,自金坛来别):"栗里田园,乌衣门巷,别来几换星霜。"

宋·赵长卿《鹧鸪天》(咏燕):"追盛事,忆乌衣,王家巷日沉西。兴亡无限惊心语,说向时人总不知。"

宋·吴潜《金陵乌衣园》(满江红):"乌衣巷,今犹昔;乌衣事,今难觅。但年年燕子,晚烟斜日。"

又《贺新郎》(吴中韩氏沧浪亭和吴梦窗韵):"邂逅山翁行乐处,何似乌衣旧里。叹芳草、舞台歌地。百岁光阴如梦断,算古今、兴废都如此。何用洒、儿曹泪。"

宋·陈允平《西河》:"石头城上试倚,吴襟楚带如系。乌衣巷陌几斜阳,燕闲旧垒。"

宋·王奕《酹江月》:"乌巷垂杨,雀桥野草,今为谁家绿?"

又《木兰花慢》(和赵莲澳金陵怀古):"问六朝五姓,王姬帝胄,今有谁存?何似乌衣故垒,尚年年,生长儿孙。今古兴亡无据,好将往史俱焚。"

又《西河》(和周美成金陵怀古):"江左地,兴亡旧恨谁记。……认乌衣六朝,东巷西里,景物已非人世。"

宋·何梦桂《沁园春》(和何逢原见寿):"老去无心,看尽青山,山前暮云。问重来海燕,乌衣安在;乍归辽鹤,华表空存。"

宋·刘辰翁《水龙吟》(和清江李侯士弘来寿):"闲思十八年前,依稀正是公年纪。铜驼陌上,乌衣巷口,臣清如水。"

宋·汪元量《莺啼序》(重过金陵):"乌衣巷口青芜路,认依稀、王谢旧邻里。临春结绮,可怜红粉成灰,萧索白杨风起。"

宋·陈德武《望海潮二调》(寄别浔郡鲁教谕子振,李训道宗深):"回首暮云迷。又桐飞金井,燕落乌衣。有意相思,双鳞乘羽莫教迟。"

元·汪元亨《醉太平·归隐四首》:"叹乌衣一旦非王谢,怕青山两岸分吴越,厌红尘万丈混龙蛇。"

元·张可久《梧叶儿·春日感怀》:"燕语乌衣巷,花开白玉堂。人去紫云娘,月冷妆楼夜香。"

清·康熙皇帝玄烨《驻跸江宁偶述》:"古巷乌衣人已换,芳洲白鹭迹成陈。"

清·孔尚任《桃花扇》卷一《懒画眉》:"莫过乌衣巷,是别姓之家新画梁。"

又《桃花扇》续四十出余韵《秣陵秋》:"西昆词赋新温李,乌巷冠裳旧谢王。"西昆派以宋代杨亿等为代表,学温庭筠、李商隐。

清·屈大均《秣陵》:"访旧乌衣少,听歌玉树空。"明末贵族灭亡,连亡国之音也听不到了,亡国痛楚至深。

清·顾贞观《金缕曲》(秋暮登雨花台):"是耶非,乌衣朱雀,旧时门户。"金陵已非过去,今古兴亡之感极深。

清末民初·吕碧城《汨罗怨》(过旧都作):"认斜阳,门巷乌衣。匆匆几番来去?输与寒鸦,占取垂杨终古。"燕子改换门庭,喻示兴亡变化,而不如寒鸦稳占垂杨。

4158. 司空见惯浑闲事

唐·刘禹锡《赠李司空妓》:"高髻云鬟宫样

妆,春风一曲杜韦娘。司空见惯浑闲事,断尽江南刺史肠。"唐·孟棨《本事诗·情感》载:"李绅(司空,掌工程)罢镇在京,慕刘(禹锡)名,尝邀至第中,厚设饮馔。酒酣,命妙妓歌以送之。刘于席上赋诗(即《赠李司空妓》),李因以妓赠之。"刘诗意为:这女子美极了,一曲《杜韦娘》又唱得那么动人,在司空(指李绅)眼里由于见得多了,完全是平平常常的事,可却使我这江南刺史的肠都断尽了。

"司空见惯"后作成语,表示对某种事物习常见惯,不大经心,不大在意了。不过明清以前还多用刘诗本意。即在席上赠侍人。

宋·苏轼《满庭芳》:"主人情重,开筵出红妆……人间,何处有人,司空见惯,应谓寻常。坐中有狂客,恼怒愁肠。"

又《殢人娇》(王都尉席上赠侍人):"密意难传,羞容易变。平白地、为伊肠断。问君终日,怎安排心眼。须信道,司空自来见惯。"

宋·周紫芝《西江月》:"羞蛾且莫斗弯环,不似司空见惯。"

宋·向子諲《鹧鸪天》(豫章郡王席上):"司空常见风流惯,输与山翁醉玉摧。"

元·范居中《金殿喜重重·秋思》:"我怎比司空见惯寻常事,才离了一时半刻。""寻常"用苏轼语。全句说不能把离别作寻常事。

元·张养浩《朝天子·携美姬湖上》:"锦帐琵琶,司空听惯,险教人唤小蛮。"常以声色自娱。

元·刘时中《朝天子·同文子方邓永平泛洞庭湖宿凤凰台下》:"坐上闲情,樽前清唱,是司空也断肠。"见惯了也伤心。

元·王仲元《普天乐》:"举止温柔娇风韵,司空见惯也销魂!"反烘托女子美丽无比。

清·孔尚任《桃花扇》(眠香):"今宵灯影纱红透,见惯司空也应羞,破题儿真难就。"

清·梁启超《金缕曲》(丁末五月归国,旋复东渡,却寄沪上诸子):"欲诉寄愁无可诉,算兴亡、已惯司空见。"割地赔款、丧权辱国之事有些人已经看惯了,到了麻木不仁的地步。

4159. 月露满庭人寂寂

唐·刘禹锡《秋夜安国观闻笙》:"月露满庭人寂寂,霓裳一曲在高楼。"安国观的秋夜,月露满庭,人声寂寂,只听楼上传来笙歌。

五代·王周《无题二首》之二:"梨花如雪又相迷,更被惊乌半夜啼。帘卷玉楼人寂寂,一钩新月未沉西。"

宋·王安石《清明辇下怀金陵》:"院落日长人寂寂,池塘风慢鸟翩翩。"

宋·曾纡《谒金门》:"梦破小窗人寂寂,寒威无敌处。"

宋·程垓《渔家傲》:"独木小舟烟雨湿,燕儿乱点春江碧,江上青山随意觅。人寂寂,落花芳草催寒食。"

4160. 风度绿窗人悄悄

五代·顾夐《酒泉子》:"小槛日斜,风度绿窗人悄悄。翠帏闲掩,舞双鸾,旧香寒。"虽是刚刚傍晚,风吹度绿窗,人声悄悄,阒寂无声。人少声悄,意同"人寂寂",也简作"人悄",多表孤寂。

又《献衷心》:"人悄悄,月明时,想昔年欢笑,恨今日分离。"

五代·尹鹗《满宫花》:"月沉沉,人悄悄,一炷后庭香袅。"

五代·毛熙震《更漏子》:"人悄悄,愁无了,思梦不成难晓。"

宋·柳永《离别难》:"人悄悄,夜沉沉,闭香闺,永弃鸳衾。"

宋·王诜《蝶恋花》:"坐到黄昏人悄悄,更应添得朱颜老。"

宋·秦观《添春色》:"唤起一声人悄,衾冷梦寒窗晓。"

宋·晁补之《安公子》(和次膺叔):"拨断朱弦成底事,痛知音人悄。"

宋·毛滂《惜分飞》:"古寺黄昏人悄悄,帘卷寒堂月到。"

宋·李清照《诉衷情》:"人悄悄,月依依,翠帘垂。更挼残蕊,更撚余香,更得些时。"

宋·王幼玉《渔家傲》:"庭院黄昏人悄悄,两情暗约谁知道。"

宋·岳飞《小重山》:"起来独自绕阶行,人悄悄,帘外月胧明。"

宋·李石《临江仙》(佳人):"烟柳疏疏人悄悄,画楼风外吹笙。"

宋·毛开《应天长令》:"曲栏十二闲亭沼,履迹双沉人悄悄。"

宋·李吕《鹧鸪天》(寄情):"人悄悄,漏迢迢,琐窗空度可怜宵。"

宋·曹良史《江城子》:"二十四帘人悄悄,花影碎,月痕深。"

4161.为伊消得人憔悴

宋·柳永《凤栖梧》:"衣带渐宽终不悔,为伊消得人憔悴。"写怀人,流露了一片真情:尽管衣带渐宽,人渐削瘦,为思念她而憔悴了,却也无怨无悔。

宋·李流谦《踏莎行》(灵泉重阳作):"举扇尘低,脱巾风细。灵苗医得人憔悴。灯前点检欠谁人,惟有断鸿知此意。"

宋·赵长卿《水龙吟》:"想他家那里,知人憔悴,相应是、睡也未。"

宋·王炎《卜算子》:"蓓蕾枝头怯苦寒,恰似人憔悴。"

又《虞美人》(甲戌正月望后燕来):"社前归燕穿帘语,似说人憔悴。"

宋·程垓《孤雁儿》:"天公元也,管人憔悴,放出花枝瘦。"

又《红娘子》:"到如今,留下许多愁,枉教人憔悴。"

又《渔家傲》:"想见小乔歌舞地,浑含喜,天涯不念人憔悴。"

又《蝶恋花》:"江左风流今有几,逢春不要人憔悴。"

又《蝶恋花》:"小院菊残烟雨细,天气凄凉,恼得人憔悴。"

宋·韩玉《贺新郎》:"便做锦书难写恨,余菱花,都见人憔悴。"

宋·高观园《踏莎行》(九日西山):"翠烟微冷梦凄凉,黄花香晚人憔悴。"

宋·李曾伯《沁园春》:"野墅荒烟,败荷衰草,人在可怜憔悴中。"

宋·赵崇蟠《蝶恋花》:"料想红楼挑锦字,轻云淡月人憔悴。"

宋·李彭老《章台月》:"长吟短舞花阴地,素娥应笑人憔悴。"

宋·薛梦桂《三姝媚》:"燕子呢喃,似念人憔悴,往来朱户。"

宋·吕同老《水龙吟》:"甚依然,旧日浓香淡粉,花不似、人憔悴。"(赋白莲)

宋·无名氏《青玉案》:"绿杨庭院,暖风帘幕,有个人憔悴。"

4162.桃蹊柳陌好经过

唐·刘禹锡《踏歌词四首》其二:"桃蹊柳陌好经过,灯下妆成月下歌。为是襄王故宫地,至今犹自细腰多。"经过桃蹊柳陌,赏民间女子踏歌跳舞。"细腰多"即指楚地踏歌女子多。

宋·周邦彦《六丑》(蔷薇谢后作):"钗钿坠处遗香泽,乱点桃蹊,轻翻柳陌。"后二句用刘诗,前一句用唐·徐夤《蔷薇》句:"朝露洒时如濯锦,晚风飘处似遗钿。"

4163.露香芝术苗

唐·刘禹锡《奉送家兄归王屋山隐居二首》其二:"春来山事好,归去亦逍遥。水净苔莎色,露香芝术苗。"写王屋山隐居处之春色,水呈现苔莎的绿色,露放散着芝术的芳香。"芝",芝兰之类的香草,"术"(zhú),山蓟(白术、苍术),也指香草,香草嫩苗上的露珠散发芳香。

宋·苏轼《种德亭》:"小圃傍城郭,闭门艺术香。"用刘禹锡"芝术"句,写亭圃之芳香。

4164.化为孤石苦相思

唐·刘禹锡《望夫石》(山正对和州郡楼):"终日望夫夫不归,化为孤石苦相思。"南朝·宋·刘义庆《幽明录》载:"武昌阳能县北山上有望夫石,状如人立。相传昔有贞妇,其夫从役,远赴国难。妇携幼子,饯送此山,立望夫而化为立石,因以为名焉。"宋·乐史《太平寰宇记》卷一百五《江南西道》之《太平州·当涂县》亦载:"望夫山,在县西四十七里,昔人往楚,累岁不还,其妻登此山望夫,乃化为石。"安徽、江西、武昌等地都有"望夫石",即相传古一妇女,其夫服役远去,她登山望其夫,久待不归,化为石头。刘禹锡写安微和县的"望夫石",女子化为望夫石,永远苦相思。

又《怀妓》:"从此山头似人石,丈夫形状泪痕深。"

又《望夫山》:"何代提戈去不还,独留形影白云间。"

唐宋人写"望夫石"(还有望夫山、望夫台)很多。反映了人们对重役的不满和对思妇痛苦的极度同情。

最先写望夫石是李白:

《望夫石》:"仿佛古容仪,含愁带曙辉。露如今日泪,苔似昔年衣。有恨同湘女,无言类楚妃。寂然芳霭内,犹若待夫归。"

《长干行》:"常存抱柱心,岂上望夫台。"

《拟古十二首·去去复去去》:"望夫登高上,化石竟不返。"

唐·彭伉,贞元中登第,辟江西幕,不归。其妻张氏以诗寄之:

《寄夫二首》:

> 久无音信到罗帏,
> 路远迢迢遣问谁?
> 闻君折得东堂桂,
> 折罢那能不暂归!

> 驿使今朝过五湖,
> 殷勤为我报狂夫。
> 从来夸有龙泉剑,
> 试割相思得断无!

彭伉答妻诗:

> 莫讶相如献赋迟,
> 锦书谁道泪沾衣。
> 不须化作山头石,
> 待我东堂折桂枝。

"不须化作山头石",告慰他的妻子,说等待丈夫回归的时间不久了。

以下写"山头石妇"如:

唐·刘义《古怨》:"君莫嫌丑妇,丑妇死守贞。山头一怪石,长作望夫名。"

唐·武元衡《望夫石》:"佳名望夫处,苔藓封孤石。"

唐·王建《望夫石》:"望夫处,江悠悠;化为石,不回头。山头日月风复雨,行人归来石应语。"

唐·白居易《蜀路石妇》:"道旁一石妇,无记复无铭。传是此乡女,为妇孝且贞。……后人高其节,刻石像妇形。……不比山头石,空有望夫名。"

又《浪淘沙》:"海底飞尘终有日,山头化石岂无时。谁家小郎抛小妇,船头一去没回期。"

唐·李绅《过荆门》:"惆怅忠贞徒自持,谁祭山头望夫石。"

唐·鲍溶《期尽》:"青山石妇千年望,雷雨曾知来不来。"

唐·曹邺《思不见》:"但见出门踪,不见入门迹。却笑山头女,无端化为石。"

唐·刘损《愤惋诗三首》:"愿作山头似人石,丈夫衣上泪痕深。"

唐·胡曾《望夫山》:"一上青山便化身,不知何代怨离人。古来节妇皆销朽,独尔不为泉下尘。"

唐·唐彦谦《望夫石》:"江上见危矶,人形立翠微。妾来终日望,夫去几时归。"

宋·潘阆《游当涂》:"骑鲸仙子千年恨,化石佳人万古情。"

宋·王禹偁《和冯中允仙娥峰》:"采芝遥客怜贞质,化石佳人妒丽容。""化石佳人"非望夫。

宋·胡宿《怨思》:"山头怜化石,陌上重辞金。"

宋·梅尧臣《雪中发江宁浦至采石》:"山头化石妇,忽变素质光。"

宋·李觏《七夕》:"早晚望夫能化石,尽分人世作支机。"

宋·陈造《望夫山》(安徽当涂县西北,传说有人往楚地,数年未还,其妻登此山眺望,乃为化石):"坚诚不磨灭,化作山上石。"

宋·刘宰《石翁老》:"沿洄小泊客心宽,攀萝曾看望夫石。"

宋·贺铸《陌上郎》:"挥金陌上郎,化石山头妇。何物系君心,三岁扶床女。"

宋·侯寘《渔家傲》(小舟发临安):"休费精神劳梦役,鸥凫难上铜驼陌。扰扰红尘人似织。山头石,潮生潮落今如昔。""山头石"不是"望夫石"。

元·朱德润《对镜写真》:"不信云间望夫石,解传颜色到君家。"

元·王实甫《西厢记》第四本第三折《满庭芳》:"眼底空留意,寻思起就里,险化作望夫石。"

明·汤显祖《牡丹亭》第三十六出婚走《尾声》:"(旦)叹孤坟,何处是俺望夫石?"

4165. 到乡翻似烂柯人

唐·刘禹锡《酬乐天扬州初逢席上有赠》:"怀旧空吟闻笛赋,到乡翻似烂柯人。"唐敬宗宝历二年(826)冬,刘禹锡罢和州刺史,被征还京,在扬州同白居易相遇,白写了《醉赠刘二十八(禹锡)使君》一首七律,刘回赠此诗。此诗很有名。"闻笛赋":晋代向秀经亡友嵇康、吕安的旧居,闻邻人吹笛,有感而悲,写了《思旧赋》,以悲悼亡友。刘诗"闻笛赋"(即向秀闻笛而作《思旧赋》)表示二十三年怀友之情。"烂柯人"：《述异记》载：晋代王质进山打柴，见两个童子下棋，他旁观到终局，手里的斧柄（柯）已经朽烂了。回到村里才知已过去一百年，当年的亲友已经死尽。刘诗意：由于离乡太久，会像烂柯人那样，相识的人都已不在了。

"烂柯"，朽烂斧柄，后除述本事外，多表时间久远。

唐·韦执中《陪韩退之窦怡周同寻刘尊师不遇得师字》："不知柯烂者，何处看围棋。"指"刘尊师"。

唐·窦群《时兴》："不遇烂柯叟，报非旧城郭。""旧城郭"，暗指"化鹤归来"，城郭依旧，人事已非。

唐·窦常《哭张仓曹南史》："丽藻尝专席，闲情欲烂柯。"

唐·刘迥《烂柯山四首》："烂柯有遗迹，羽客何由访。"

唐·谢勮《游烂柯山》："因看斧柯烂，孙子发已素。"

唐·护国《题醴陵玉仙观歌》（一作灵一诗）："王乔一去空仙观，白云至今凝不散。……南山石上有棋局，曾使樵夫烂斧柯。"

4166. 山不在高，有仙则名，水不在深，有龙则灵

唐·刘禹锡《陋室铭》："山不在高，有仙则名；水不在深，有龙则灵。斯是陋室，惟吾德馨。苔痕上阶绿，草色入帘青。谈笑有鸿儒，往来无白丁。可以调素琴，阅金经。无丝竹之乱耳，无案牍之劳形。南阳诸葛庐，西蜀子云亭，孔子曰：何陋之有？"据传此铭作于和州（今安徽和县），作者任和州通判时，和州知府是个势利小人，歧视贬官刘禹锡，几次削减刘的居室规格，由三间减到一间半，最后纳入仅容一床、一桌、一椅的陋室。面对世态炎凉，作者作此铭。另，也有人认为《陋室铭》不似刘禹锡语言风格，系后人伪托之作。

魏·曹操《短歌行》："山不厌高，水不厌深，周公吐哺，天下归心。""山""水"句源应出于此。

湖北应山县中华山观音寺有唐太宗贞观四年（630）立的记载庙产的界碑阴刻楷书曰："盖闻山不在高，有僧则名；寺不在大，有神则灵。"《陋室铭》开头四句与此极近。

近人仿作《陋室铭》者颇不乏人，"旧瓶装新酒"，虽带点"打油"味道，对某些人不无针贬作用。

教育家林汉达 1946 年居上海两间弄堂，挤入一家八九口人，求教者、来访者络绎不绝，仿作了一首《陋室铭》：屋子尽管漏，往来无白丁：不是民国耆老，就是文化先进。我们无所不谈，谈之不尽，从教育谈到政检，从天文谈到月径，从话剧谈到申曲，从甲骨谈到壮丁。"搭"的一声，漏水滴到头顶。

近人仿作中之前四句如：

"才不在高，有官则名；学不在深，有权则灵……"

"官不在高，有威则名；职不在大，有权则灵……"

"位不在高，头尖则灵；官不在大，手长则行……"

"分不在高，及格就行；学不在深，作弊则灵……"

4167. 修竹盈尺围

唐·刘禹锡《裴祭酒尚书见示春归城南青松坞别墅寄王左丞高侍郎之什命同作》："青松郁成坞，修竹盈尺围。"别墅不仅有浓郁的青松，而且有围长一尺粗的修竹。

宋·苏轼《次韵王巩南迁初归》："江家旧池台，修竹围一尺。"用刘句。

4168. 寄兴良有以

唐·刘禹锡《令狐相公见示赠竹二十韵仍命继和》："高人必爱竹，寄兴良有以。峻节可临戎，虚心宜待士。""良有以"，很有缘由。李白《春夜宴桃李园序》云："古人秉烛夜游，良有以也。"很有些缘由，很有些道理。

唐·白居易《雪夜小饮赠梦得》："呼作散仙应有以，曾看东海变桑田。""应有以"，应该有理由呼作散仙。

清·林则徐《楹联》："苟利国家生死以，岂因祸福避趋之。""以"，用也，假如对国家有利，无论是生是死，都要尽力而为。

4169. 百神受职争奔驰

唐·刘禹锡《平齐行二首》其二："开元皇帝东封时，百神受职争奔驰。"《新唐书·礼乐志四》载："唐太宗已平突厥，而年谷屡丰，群臣请封泰山。"于是在泰山上下筑坛封禅，至开元十五年止。《礼记·礼运》记："礼行于郊，而百神受职焉。"刘诗说

唐太宗开元年间泰山封禅后，"百神"都受了祈托，会带来盛世。

宋·苏轼《河复》："吾君盛德如唐尧，百神受职河神骄。""河神"受职听命。

4170. 汉陵秦苑遥苍苍

唐·刘禹锡《秋萤引》："汉陵秦苑遥苍苍，陈根腐叶秋萤光。夜空寂寞金气净，千门九陌飞悠扬。"汉家陵墓、秦家宫苑，唯有秋萤之火穿行于陈根腐叶之中，一派凄凉。陵、苑互文，其实是汉秦陵苑。

宋·王沂孙《齐天乐》："汉苑飘苔，秦陵坠叶，千古凄凉不尽。"

4171. 妖童擢发不足数

唐·刘禹锡《平蔡州三首》其三："妖童擢发不足数，血污城西一抔土。""妖童"指吴元济（藩镇割据势力的代表），他的罪恶太深，擢发难数了，死后不抵一堆黄土。

"擢发难数"喻罪恶之多，出于战国须贾之口。《史记·范睢蔡泽列传》载：战国时魏中大夫须贾曾诬范睢把魏国的机密告诉了齐国，使范睢受到毒打和侮辱。后范睢得势为秦昭王相，须贾使秦，范问须有多少罪，须说："擢贾之发，以赎贾之罪，尚未足。"

唐·李白《雪谗诗赠友人》："擢发续罪，罪乃孔多。"首用"擢发"于诗。

4172. 书札不如诗

唐·刘禹锡《酬白乐天初冬早寒》："两传千里意，书札不如诗。"古代诗歌这种艺术形式，大量地表达了友情、亲情，也书录了许许多多人际关系，而在诗友间诗歌的赠、答、和、次之中，载有丰富的生活、思想乃至其中的细节，因而有史诗之誉。刘与白在历代诗人中是诗歌赠答坦露胸襟最多的。由于诗歌精炼含蓄，丰富生动，必然胜过书札，特别是一些诗歌大师。

宋·苏轼《次韵答王安国》："每得君诗如得书，宣心写妙书不如。"已道出了"书札不如诗"之缘由。

4173. 含烟吐雾郁参差

唐·刘禹锡《谢寺双桧》："双桧苍然古貌奇，含烟吐雾郁参差。"注云："扬州法云寺谢镇西宅古桧存焉。"诗写双桧古貌，枝叶浓郁参差，含烟吐雾，气象氤氲。

宋·苏轼《虔州八境图》八首："回峰乱嶂郁参差，云外高人世得知。"用"郁参差"描绘峰嶂乱而不整。

4174. 莫言堆案无余地

唐·刘禹锡《秋日题窦员外崇德里新居》："莫言堆案无余地，认得诗人在此间。"全诗写"新居"之雅丽，窦时判度支案，不要说文牍堆案已无余地，还可以认出在此的诗人。

唐·白居易《晚起》："华簪脱后头虽白，堆案抛来眼较明。"用"堆案"，即案牍还可看清楚。

宋·苏轼《立秋日祷雨宿灵隐寺同周、徐二令》："百重堆案掣身闲，一叶秋声对榻眠。"意为忙里偷闲。

4175. 今逢四海为家日

唐·刘禹锡《西塞山怀古》："人世几回伤往事，山形依旧枕江流。今逢四海为家日，故垒萧萧芦荻秋。"清·屈复《唐诗成法》评："前四句只就一事而言。五句以'几回'二字概括六代，繁简得宜。此法甚妙。"尾联二句，现在正值南北统一，四海可以为家的时期，西塞山当年分裂的故垒荒废在秋风芦荻之中。同时警示着晚唐的藩镇割据。

明·高启《登金陵雨花台望大江》："从今四海永为家，不用长江限南北。"颂明代南北统一。

4176. 化得邦人解吟咏

唐·刘禹锡《答东阳于令寒碧图诗》："东阳本是佳山水，何况曾经沈隐侯。化得邦人解吟咏，如今县令亦风流。"东阳县令于兴宗持《寒碧图》乞辞，刘作此诗。赞东阳佳地，官吏善于教化，"化得邦人"会吟诗咏诗。而于县令不仅会作画，也有政绩。

唐·白居易《留题郡斋》："更无一事移风俗，唯化州民解咏诗。"意与刘句尽同。

宋·苏轼《次韵王滁州见寄》："教得滁人解吟咏，至今里巷嘲轻肥。"后句用杜甫《秋兴》句："同学少年都不贱，五陵裘马自轻肥。"正用刘句、反用杜句写王之教化功。

宋·欧阳修《读张李二生文赠石先生》（石介）

（庆历三年）："先生二十年东鲁,能使鲁人皆好学。""皆好学",亦为教化的结果。

4177. 军声鼓角雄

唐·刘禹锡《奉送裴司徒令公自东都留守再命太原》："行色旌旗动,军声鼓角雄。"描述裴司徒赴太原,带兵而行,军中鼓角之声很雄壮。

宋·苏轼《次韵景仁留别》："且作东诸侯,山城雄鼓角。"用刘语。

4178. 寂寂独看金烬落

唐·刘禹锡《扬州春夜……》："寂寂独看金烬落,纷纷只见玉山颓。自羞不是高阳侣,一夜惺惺骑马回。"六七人同会于水馆,联句饮酒,纷纷皆醉,唯作者独醒。于是题诗枕上,惺惺而归。"金烬"指灯花。其余的大醉,已玉山倾倒,唯独作者无声地望着金色灯花不时落下。

宋·苏轼《次韵答刘景文左藏》："夜烛催诗金烬落,秋芳压帽露华滋。"灯花下落在催诗早成。

4179. 一夜惺惺骑马回

唐·刘禹锡《扬州春夜……》："自羞不是高阳侣,一夜惺惺骑马回。"自惭不是酒徒的伴侣,连夜清醒地骑马而归。"惺惺",清醒。

宋·苏轼《闻李公择饮傅国博家大醉二首》："不肯惺惺骑马回,玉山知为玉人颓。"反用刘句,戏之曰为"玉人"而颓倒。

4180. 鸡人一唱鼓逢逢

唐·刘禹锡《阙下口号呈柳仪曹》："彩杖神旗猎晓风,鸡人一唱鼓逢逢。"晨鼓逢逢,"逢"象声词,如"嘭"。

唐·韩愈《病中赠张十八》："不踏晓鼓朝,安眠听逢逢。"不踏晨鼓上朝,只听鼓声逢逢。

宋·苏轼《登州孙氏万松堂》："坐待夕烽传海峤,重城归去踏逢逢。"

4181. 紫陌红尘拂面来

唐·刘禹锡《元和十一年自朗州召至京戏赠看花诸君子》："紫陌红尘拂面来,无人不道看花来。"到玄都观看花的人很多很多,致使生满野草的道路上,扬起了一道灰尘。

宋·王庭珪《醉花阴》："红尘紫陌春来早,晚市烟光好。"用"红尘紫陌"指代田间。

4182. 好染髭须事后生

唐·刘禹锡《与歌者米嘉荣》："唱得凉州意外声,旧人唯属米嘉荣。近来时世轻先辈,好染髭须事后生。"米嘉荣是中唐著名歌手,唱得《凉州》这奇特的曲调,怀一身绝技,理当受后生尊重。然而时世风气不正,重后生轻先辈,所以米嘉荣只好染黑髭须去侍奉后生。被时人视为"宰相之器"的刘禹锡由于参与王叔文政治革新失败受贬,不为后进者所重。此诗亦在愤世嫉俗。

清·蒲松龄《客邸》："久拼明主弃,不复染霜须。"上句用孟浩然语。遭逢不遇,不追逐功名、时尚,也不强作年轻人的样子了。

4183. 临春结绮事最奢

唐·刘禹锡《台城》："台城六代竞豪华,结绮临春事最奢。"《南史·后妃下·张贵妃传》载："至德二年,乃于光昭殿前起临春、结绮、望仙三阁,高数十丈,并数十间。其窗牖、壁带、县楣、栏槛之类,皆以沉檀香为之,又饰以金玉,间以珠翠,外施珠帘。内有宝床宝帐,其玩之属,瑰丽皆近古未有。每微风暂至,香闻数里;朝日初照,光映后庭。其下积石为山,引水为池,植以奇树,杂以花药。"可知"竞豪华"的结果"临春结绮事最奢"。

宋·苏轼《次韵杨公济奉议梅花十首》其四:"临春结绮荒荆棘,谁信幽芳是近魂。"梅花幽香已非"三阁"之香魂。

宋·汪元量《莺啼序》（重过金陵）："临春结绮,可怜红粉成灰,萧索白杨风起。"哀南宋灭亡。

4184. 贵人沦落路人哀

唐·刘禹锡《伤循州浑尚书》："贵人沦落路人哀,碧海连天丹旐回。"浑尚书之死,使路人皆哀。

宋·苏轼《姚屯田挽词》："京口年来耆旧衰,高人沦丧路人悲。"用刘句悼姚屯田之死。

4185. 深锁春光一院愁

唐·刘禹锡《和乐天春词》："新妆粉面下朱楼,深锁春光一院愁。行到中庭数花朵,蜻蜓飞上玉搔头。""深锁春光",庭院满是春光,被春光锁住,反而增愁。

"锁"字后用在"锁清秋"中。

唐·何仙姑《抛球妓》："隋家宫殿锁清秋,曾见婵娟扬绣球。金角玉箫俱寂寂,一天明月照高楼。"隋宫为清秋锁住,为清秋所笼罩。

南唐后主李煜《乌夜啼》："无言独上西楼,月如钩。寂寞梧桐深院锁清秋。"清秋寂寞,兼用李商隐《到秋》"守到清秋还寂寞"句。

4186. 春明门外即天涯

唐·刘禹锡《和令狐相公别牡丹》："平章宅里一栏花,临到开时不在家;莫道两京非远别,春明门外即天涯。"令狐相公(平章)即令狐楚。两京:西京长安,东京洛阳。"春明门"是洛阳西门。出离春明门,不归,即如到天涯。

明·汤显祖《邯郸记》第三折何仙姑唱《赏花时》曲："你看那风起玉尘砂,猛可的那一层云下,抵多少门外即天涯。"何仙姑在天门外扫风吹落的碧桃花,比云下人间辜负多少春光。

4187. 黄发相看万事休

唐·刘禹锡《重答柳柳州》："耦耕若便遗身世,黄发相看万事休。""黄发"指年老。年老退事耕耘,万事不放在心上。

宋·苏轼《送刘寺丞赴余姚》："我老人间万事休,君亦洗心从佛祖。"意近刘诗。

4188. 柳家新样元和脚

唐·刘禹锡《酬柳柳州家鸡之赠》："日日临池弄小雏,还思写论付官奴。柳家新样元和脚,且尽薑芽敛手徒。"柳宗元(生于773年)长于柳公权(生于778年),又非一家。柳公权于元和初擢进士第,书法名声大震,因而刘诗称宗元为"元和脚"。"家鸡":《南史·王僧虔传》记:"庾征西翼书,少时与右军齐名,右军后进,庾犹不分。在荆州与都下人书云:'小儿辈贱家鸡,皆学逸少书,须吾下当比之。'"逸少,王羲之的字。庾翼以"家鸡"自喻其书,以"野雉"比王羲之书(二人幼时书法齐名)。《太平御览》卷九百十八引《晋书》云:"(庾翼)在荆州与都下人书云:'小儿辈贱家鸡,爱野雉,皆学逸少书。'"苏轼《跋庾征西帖》云:"征西初不服逸少,有家鸡野鹜之诮,后乃以为伯英再生。"以东汉张芝(伯英)的字比羲之。后"元和脚""家鸡"都喻传书法。

宋·苏轼《柳氏二外甥求笔迹二首》："君家自有元和脚,莫厌家鸡更问人。"注曰:"甥之祖父柳子玉善书,故云。"柳子玉即书法家(元和脚),不要不爱"家鸡"。

4189. 附阴火之光彩

唐·刘禹锡《望赋》："送飞鸿之灭没,附阴火之光彩。"阴,山之北水之南。木元虚《海赋》："阳冰不冶,阴火潜然。"阳冰,海北之冰,阴火,海南之火。赋云:飞鸿灭没,阴火放彩。

宋·苏轼《文登蓬莱阁下,石壁千丈,为海浪所战,时有碎裂,淘洒日久,皆圆熟可爱,士人谓此弹子涡也。取数百枚,以养石菖蒲,且作诗遗垂慈堂老人》："阳侯杀廉角,阴火发光采。"《淮南子》:波神曰阳侯,指海波磨杀了石的棱角。

4190. 浔阳江头夜送客

唐·白居易《琵琶行》："浔阳江头夜送客,枫叶荻花秋瑟瑟。"元和十一年,任九江司马的白居易夜晚送客浔阳江头(长江)。始二句点出时间、地点及环境。

"浔阳送客",很有名,白居易之前就有人写。

唐·皇甫冉《招隐寺送阎判官还江州》："借问浔阳在何处,每看潮落一相思。"

唐·戴叔伦《送王司直》(一作皇甫冉诗)："西塞云山远,东风道路长。人心胜潮水,相送过浔阳。"

宋·张先《木兰花》(晏观文画堂席上)："檀槽碎响金丝拨,露湿浔阳江上月。不知商妇为谁愁,一曲行人留晚发。"此一作欧阳修《渔家傲》词,换几个字。

宋·辛弃疾《贺新郎》(听琵琶)："最苦浔阳江头客,画舸亭亭待发。……琐窗寒,轻拢慢然,泪珠盈睫。"

4191. 千呼万唤始出来

唐·白居易《琵琶行》："千呼万唤始出来,犹抱琵琶半遮面。"由于琵琶女坎坷半生,遭遇不幸,而产生的弃世心态,使她不愿与人交往,因此有邀见,"千呼万唤始出来",而且"犹抱琵琶半遮面",这"半遮面",有身世之羞,也有遭遇之愧。

宋·韩维《和微之饮扬路分家听琵琶》："共嗤白傅辛勤甚,万唤千呼始上船。"用白居易句。

4192. 铁骑突出刀枪鸣

唐·白居易《琵琶行》："银瓶乍破水浆迸,铁骑突出刀枪鸣。"琵琶声在"冰泉冷涩弦凝绝,凝绝不通声暂歇"之后,又突然爆发了强音,如银瓶乍破,如水浆迸响,如铁骑突袭,刀枪撞击,乐曲高潮到来了。

元·王实甫《西厢记》第二本第四折《秃厮儿》："其声壮,似铁骑刀枪冗冗。"用白居易句。

4193. 老大嫁作商人妇

唐·白居易《琵琶行》："门前冷落车马稀,老大嫁作商人妇。商人重利轻别离,前月浮梁买茶去。去来江口守空船,绕船明月江水寒。""商人重利轻离别",这是游商职业决定的。唐·吴融《商人》曾写:"百尺竿头五两斜,此生何处不为家……随风逐浪年年别,却笑如期八月槎。"即是写照。

写"商人妇"者:

唐·李白《长干行二首》其二(《全唐诗》又收作张潮、李益诗,成一诗三主):"自怜十五余,颜色桃花红。那作商人妇,愁水复愁风。"

又《江夏行》："忆昔娇小姿,春心亦自持。为言嫁夫婿,得免长相思。谁知嫁商贾,令人却愁苦。自从为夫妻,何曾在乡土。去年下扬州,相送黄鹤楼。眼看帆去远,心逐江水流。只言期一载,谁谓历三秋。使妾肠欲断,恨君情悠悠。……一种为人妻,独自多悲凄。对镜便垂泪,逢人只欲啼。不如轻薄儿,旦暮长相随。悔作商人妇,青春长别离。如今正好同欢乐,君去容华谁得知。"

唐·王建《江南三台四首》："扬州桥边小妇,长干市里商人。三年不得消息,各自拜鬼求神。"

唐·刘禹锡《夜闻商人船中筝》："扬州市里商人女,来占江西明月天。"陈寅恪认为:此商女当即扬州之歌女而在秦淮商人舟中者。

唐·刘得仁《贾妇怨》："嫁与商人头欲白,未曾一日得双行。任君逐利轻江海,莫把风涛似妾轻。"

唐·刘采春《罗贡曲三首》其一:"不喜秦淮水,生憎江上船。载儿夫婿去,经岁又经年。"其三:"莫作商人妇,金钗当卜钱。朝朝江口望,错认几人船。"其四:"那年离别日,只道住桐庐。桐庐人不见,今得广州书。"

4194. 同是天涯沦落人

唐·白居易《琵琶行》："我闻琵琶已叹息,又闻此语重唧唧。同是天涯沦落人,相逢何必曾相识。"琵琶女离京远嫁商人,作者谪为江州司马,所以"同是天涯沦落人"。宋·洪迈《容斋随笔》卷六认为:夜遇琵琶女事未必可信,作者另一篇《夜闻歌者寄鄂州》故事与此雷同,由此推知,作此或为抒发"天涯沦落"之恨。

唐·王勃《送杜少府之任蜀州》："与君别离意,同是宦游人。"白居易诗用"同是……人"句式。

白居易《闻李尚书拜相因以长句寄贺微之》："那知沦落天涯日,正是陶钧海内年。"

唐·韦庄《送人归上国》："若见青云旧相识,为言流落在天涯。"又《钟陵夜阑作》："流落天涯谁见问,少卿应识子卿心。"用"流落天涯"。

用白居易句如:

宋·王安石《胡笳十八拍十八首》："眼长看地不称意,同是天涯沦落人。"用原句。

宋·苏轼《醉落魄》："尊前一笑休辞却,天涯同是伤流落。"(写给杨元素)

宋·韩玉《水调歌头》(自广中出过庐陵赠歌姬段云卿)："玉壶酒,倾激滟,听君讴。仛云却月,新弄一曲洗人忧。同是天涯沦落,何必平生相识,相见且迟留。"

宋·洪适《朝中措》(黄帅宪侍儿情奴)："今日天涯沦落,蹉然一见佳人。"

宋·吴儆《减字木兰花》："发白眵昏,却作天涯流落人。"

宋·王洋元《绝句》："塞外烽烟能记否,天涯沦落自心知。眼中风物参差是,只欠江州司马诗。"

宋·张炎《长相思》(赠别笑倩)："闷还颦,恨远瞋。同是天涯流落人,此情烟水深。"

金·吴激《人月圆》(宴北人张侍御家有感)："江州司马,青衫泪湿,同是天涯。"唱曲者为宋宗室之妇人,作者哀其同是天涯沦落人。

清·黄黎洲《五老峰顶万松坪同阎古古夜话限韵》："同是天涯流落客,不须重与说分离。"

又《赠云间钱子璧》："凭君欲话当年事,同是琵琶亭里人。"

清·朱彝尊《百字令》(偶忆)："同是沦落天涯,青青柳色,争忍先攀折?"忆久别相逢,一是红粉飘零,一是短衣落魄,同是天涯沦落,何忍先折柳赠别!

清·志锐《探春慢》:"沦落天涯久,又谁是羝羊能乳。"志锐为珍妃之兄,珍妃贬为贵人,志锐也出京任乌里雅苏台办事大臣。用苏武典,表示愤慨。

4195. 浔阳地僻无音乐

唐·白居易《琵琶行》:"浔阳地僻无音乐,终岁不闻丝竹声。"

宋·郭明复《古风》:"我来后公三百年,浔阳至今无管弦。"

4196. 黄芦苦竹绕宅生

唐·白居易《琵琶行》:"住近湓江地低湿,黄芦苦竹绕宅生。其间旦暮闻何物,杜鹃啼血猿哀鸣。"湓江,九江西,水入长江。写谪居九江环境艰苦。"黄芦苦竹",绕宅而生的是枯干的芦草和粗劣的竹子。

宋·周邦彦《满庭芳》(夏日溧水无想山作):"凭栏久,黄芦苦竹,疑泛九江船。"南京东南有溧水。"黄芦苦竹"使作者联想到九江。

4197. 紫薇花对紫薇郎

唐·白居易《紫薇花》:"丝纶阁下文章静,钟鼓楼中刻漏长。独坐黄昏谁是伴?紫薇花对紫薇郎。"

紫薇花,花小而丛生,其色紫,即木槿花。唐初中书省多种紫薇花,固称"紫薇省"(紫薇阁),中书舍人称紫薇舍人。《旧唐书·职官志二》载:中书省"开元元年(713)改为紫薇省,五年(717)复归(中书省)"。中书令"开元元年改为紫薇令,五年复为中书令"。而《新唐书·百官志二》载:"开元元年(713)改中书省曰紫薇省,中书令曰紫薇令。天宝元年曰右相。至大历五年(770),紫薇侍郎乃复为中书侍郎。"可见《旧唐书》中的"五年"是不明确的。白居易生于大历二年(772),已改回中书省二年,至公元803年白居易授秘书省校书郎,807年授翰林学士,不称紫薇省、紫薇郎已二三十年,白诗借古名而已。《韵语阳秋》记:"白居易作中书舍人,入直西省,对紫薇花而有咏,此花之珍艳可知矣。爪其本,则枝叶俱动,俗谓之不耐痒花。自五月开,至九月尚烂漫,又谓之百日红。省吏相传,李

昌武自别墅移植于此。"由于白居易喜紫薇花,在中书省夜值时,以紫薇花为伴,作此诗,"紫薇郎"这一历史名称,也随之风趣地出现在诗中。而且白居易又有:

《夏夜宿直》:"禁中无宿客,谁伴紫薇郎。"

《紫薇花》:"紫薇花对紫薇翁,名目虽同貌不同。""紫薇翁"言老。

宋·欧阳修《诗一首》:"人言清禁紫薇郎,草诏紫薇花影旁。"

宋·王安石《次韵祖择之登紫薇阁二首》:"忽忆初来秋尚早,紫薇花点绿苔斑。"宋无"紫薇"之称,"紫薇阁"不知其来历。

宋·苏轼《九月十五日迩英讲〈论语〉终篇,赐执政讲读史官燕于东宫。又遣中使就赐御书诗各一首,臣试得《紫微花绝句》,其词云:"丝纶阁下文书静,钟鼓楼中刻漏长。独坐黄昏谁是伴?紫薇花对紫薇郎。"翼日,各以表谢,又进诗一篇,臣轼诗云》:"小臣愿伴紫微花,试草尺书诏赞普。"自注:"谨案唐制,翰林学士带知制诰,许缀中书舍人班。今臣以知制诰待罪禁林,故得以紫薇为故事。"苏轼时为中书舍人,宋神宗于东宫书白诗以赐。

又《送表弟程六知楚州》:"我正含毫紫薇阁,病眼昏花困书檄。"仍"以紫薇为故事"。

又《次韵钱穆父紫薇花二首》:"折得芳蕤两眼花,题诗相报字倾斜。箧中尚有丝纶句,坐觉天光照海涯。""丝纶句"指宋神宗赐手书白居易《紫薇花》诗。

4198. 东坡桃李种新成

唐·白居易《别种东坡花树两绝》:"何处殷勤重回首,东坡桃李种新成。"诗人贬为忠州刺史后,忠州有东坡,他在东坡种花,并常去东坡观赏手种花树。他的东坡诗又如:

《西省对花忆忠州东坡新花树因寄题东楼》:"最忆东坡红烂熳,野桃山杏水林檎。"

《步东坡》:"朝上东坡步,夕上东坡步。东坡何所爱,爱此新成树。"

《东坡种花二首》:"持钱买花树,城东坡上栽。但购有花者,不限桃杏梅。百果参杂种,千枝次第开。"其二:"东坡春向暮,树木今何如。漠漠花落尽,翳翳叶生初。每日领童仆,荷锄仍凿渠。"写他买花手植情况。

《岁寒堂诗话》云:"白乐天为忠州刺史,有《东

坡种花》二诗，又有《步东坡》诗。……本朝苏文忠公不轻许可，独爱乐天，屡形诗篇。盖其文章皆主辞达，而忠厚好施，刚直尽言，与人有情，于物无著，大略相似。谪吾黄州，始号东坡，其原必起于乐天忠州之作也。"

苏轼在黄州也有东坡。东坡在黄冈山下州治东百余步。陆游《入蜀记》云："自州门而东，冈垄高下，至东坡，则地势平旷开豁，东起一垅，颇高。"苏轼《东坡八首》并叙，叙云："余至黄州二年，日以困匮。故人马正卿哀余乏食，为于郡中请故营地数十亩，使得躬耕其中。地既久荒为茨棘瓦砾之场，而岁又大旱，垦辟之劳，筋力殆尽。释耒而叹，乃作是诗，自愍其勤，庶几来岁之人以忘其劳焉。"苏轼居黄州，生活拮据，友人马正卿向州守徐君猷说情，准苏轼开垦黄州城东数十亩坡营地，这便是东坡。前有白居易忠州东坡之耕耘，继有苏轼黄州东坡之荒垦，这对苏轼来说，虽劳苦艰辛，却有了特殊意义，于是他欣然以"东坡居士"为号。乃至离开黄州，依然自称下去，伴之终生，传之后世。后人称"东坡"亦远多于"轼"（名）和"子瞻"（字）。并且作了有关"东坡"的诗多首。

宋·苏轼《东坡》："雨洗东坡月色清，市人行尽野人行。莫嫌荦确坡头路，自爱铿然曳杖行。"

又《江神子》词："走遍人间，依旧却躬耕。昨夜东坡春雨足，乌鹊喜，报新晴。"自注中有云："元丰壬戌之春，余躬耕于东坡，筑雪堂居之。南挹四望亭之后丘，西控北山之微泉。"

又《如梦令》（有寄）："为向东坡传语，人在玉堂深处。别后有谁来，雪压小桥无路。"

又《和王晋卿》："先生饮东坡，独舞无所属。"

又《用旧韵送鲁元翰知洛州》："我在东坡下，躬耕三亩园。"

又《再次韵答完夫穆父》："岂知两省深严地，也著东坡病瘦身。"

又《陈季常见过三首》："东坡有奇事，已种十亩麦。"

又《留题兰皋亭》："无复往来乘下泽，聊同语笑说东坡。"

又《寄怪石石斛与鲁元翰》："东坡最后供（怪石），霜雪照人寒。"

又《古今体诗句四十八首》："东坡居士过龙光，求大竹作肩舆，得两竿。……"此诗序中自谓"东坡居士"。

又《和王晋卿送梅花次韵》："东坡先生未归时，自种来禽与青李。"

又《寄吴德红兼简陈季常》："东坡先生无一钱，十年家火烧凡铅。"

又《常州太平寺法华院檐葡亭醉题》："何似东坡铁拄杖，一时惊散野狐禅。"

又《和人见赠》："只写东坡不著名，此身已是一长亭。"

又《龙尾石砚寄犹子远》："吾衰安用此，寄与小东坡。"

又《真一酒》："人间真一东坡老，与作青州从事名。"

又《和陶读〈山海经〉》："东坡信畸人，涉世真散材。"

又《送佛面杖与罗浮长老》："十方三界世尊面，都在东坡掌握中。"

又《行琼儋间肩舆坐睡……》："应怪东坡老，颜衰语徒工。"

又《留别廉守》："悬知合浦人，长诵东坡诗。好在真一酒，为我醉宗资。"

又《瓶生》："东坡醉熟呼不醒，但云作劳吾耳鸣。"

又《题灵峰寺壁》："灵峰山上宝陀寺，白发东坡又到来。"

又《再用数珠韵赠湜老》："东坡但熟睡，一夕一展转。"

又《南禅长老和诗不已故作〈六出篇〉答之》："东坡方三问，南禅已五反。"

又《睡起闻米之章冒热到东园送麦门冬饮子》："开心暖胃门冬饮，知是东坡手自栽。"

4199. 江南好，风景旧曾谙

唐·白居易《忆江南》："江南好，风景旧曾谙。日出江花红胜火，春来江水绿如蓝，能不忆江南？"作者十四岁起避藩镇之乱流寓江南六年；唐穆宗长庆二年（822）任苏杭二州刺史四年。因而他熟谙江南，热爱江南，离开之后仍眷恋江南。于是元和元年（827）在洛阳作此词。历史上较早地道出了"江南好"。

唐·韦庄《菩萨蛮》："人人尽说江南好，游人只合江南老。"

《边疆处处赛江南》歌词："人人都说江南好，我说边疆胜江南。"

4200. 老蚌不生珠

唐·白居易《见李苏州示男阿武诗自感成咏》："自怜沧海伴,老蚌不生珠。"自感年老无子,又无希望,因为"老蚌不生珠"了。

"老蚌生珠",稀者为贵。汉·孔融《与韦父端书》云:"前日元将来,渊才亮茂,雅度宏毅,伟世之器也。昨日仲将又来,懿性贞实,文敏笃诚,保家之主也。不意双珠近出老蚌。"喻人年老生二才子。白居易《我与微之老而无子发于言叹著在诗篇今年冬各有一子戏作二什一以相贺一以自嘲》："一珠甚小还惭蚌,八子虽多不羡鸦。"就写老年得子。

宋·苏轼《赠山谷子》："笑君老蚌生明珠,自笑此物吾家无。"

又《虎儿》："旧闻老蚌生明珠,未省老兔生于菟。"

宋·哀长吉《朝中措》(贺生第三子):"方喜阶庭联玉,又闻老蚌生珠。"

宋·百兰《满庭芳》(贺晚生子):"毕竟花多驻果,坚牢是、老蚌生珠。"

4201. 不妨兼有散花天

唐·白居易《招梦得》："方丈若能来问疾,不妨兼有散花天。"

"散花天",来于"天女散花",属佛家语。《维摩经》云:"时摩诘室有一天女,见诸天人,闻所说法,便现其身,即以天花散诸菩萨大弟子上。花至诸菩萨,即皆堕落,至大弟子,便著不堕。结习未尽,花著身耳;结习尽者,花不著也。"散花之后著身与否,是检验"结习"状况的。后用"天女散花"喻美好事物降临,降雪、落花,常用此语。《佛顶心经》："观世音菩萨说此,陀罗尼已天雨宝花,缤纷乱下。"

唐·宋之问《设斋叹佛文》："天女散花,缀山林之草树。"

宋·苏轼《坐上赋戴花》："结习渐消留不住,却须还与散花天。"以"结习尽否"喻戴花。

又《次韵正辅表兄江行见桃花》："萧然振衣袂,笑问散花女。我观解语花,粉色如黄土。"写桃花落。

又《次韵潜师放鱼》："法师说法临泗水,无数天花随麈尾。"

又《李公择过高邮作诗见戏依韵奉答》："散花从满臧,不答天女问。"

宋·陆游《夜大雪歌》："初疑天女下散花,复恐麻姑行掷米。"神话传说:麻姑掷米成珠。"花""米"均喻雪。

宋·辛弃疾《祝英台近》(与客饮瓢泉,客以泉声喧静为问,余未及答或以"蝉噪林逾静"代对,意甚美矣。翌日,为赋此词褒之也):"我眠君且归休,维摩方丈,待天女、散花时间。"

宋·葛长庚《念奴娇》(咏雪):"广寒宫里,散天花,点点空中柳絮。是处楼台皆似玉,半夜风声不住。万里盐城,千家珠瓦,无认蓬莱处。"

清·黄宗羲《李因传》："是庵欲余作传,以两诗寿老母为赘,有'不惜淋漓供笔墨,恭随天女散花来'之句。"

4202. 杯盘狼藉宜侵夜

唐·白居易《酬郑二司录与李六郎中寒食日相过同宴见赠》："杯盘狼藉宜侵夜,风景阑珊欲过春。"酒杯菜盘零零落落,很不充足,很不整齐,宴乐已入深夜。

"杯盘狼藉":"狼藉",狼窝里的垫草,纵横杂乱。《史记·滑稽列传》："履舄交错,杯盘狼藉。"白居易首先将其入诗。

唐·曹唐《紫河张休真》："树石宴茫初缩地,杯盘狼藉未朝天。"

五代·李中《酒醒》："杯盘狼藉人何处,聚散空惊似梦中。"

4203. 贤愚贵贱同归尽

唐·白居易《浩歌行》："贤愚贵贱同归尽,北邙冢墓高嵯峨。"强调贤与愚、贵与贱有共同结局,同归于尽,贤者贵者概莫能外,洛阳北邙山冢墓垒垒就是实证。

又《对酒》："贤愚共零落,贵贱同埋没。"

又《题谢公东山障子》："贤愚共在浮生内,贵贱同趋群动间。"

宋·欧阳修《感二子》："贤惠自古皆共尽,突兀空留后世名。"

宋·苏轼《任师中挽词》："贵贱贤惠同尽耳,君今不尽缘贤子。"

4204. 身世交相忘

唐·白居易《池上有小舟》："世若未忘我,虽退身难藏。我今异于是,身世交相忘。"我与世交互忘记,我远离于世,世亦把我忘掉。

又《分司洛中多暇数与诸客宴游醉后狂吟偶成十韵因招梦得宾客兼呈思黯奇章公》:"性与时相远,身将世两忘。"

又《诏下》:"我心与世两相忘,时事虽闻如不闻。"

宋·苏轼《和章七出守湖州二首》:"功名谁使连三捷,身世缘何两相忘。"

4205. 枉向秋风吹纸钱

唐·白居易《答谢家最小偏怜女》:"谁知厚俸今无分,枉向秋风吹纸钱。"纸钱,是祭祖时焚化的黄纸,上有写、印的钱数,因称"纸钱"。此诗说白白地在秋风中焚化了许多纸钱,却与厚俸(厚重的俸禄)没有缘分。

又《寒食野望吟》:"风吹旷野纸,钱飞古墓垒。"

唐·吴融《野庙》:"日暮鸟归人散尽,野风吹起纸钱灰。"

唐·喻凫《樊川寒食》:"川晚悲风动,坟前碎纸斜。"

唐·王叡《祠渔山神女歌二首》:"树叶无声神去后,纸钱灰出木棉花。"

4206. 莫养瘦马驹

唐·白居易《有感》:"莫养瘦马驹,莫教小妓女。"据说此后扬州称妓女为"瘦马"。清·赵翼《陔余丛考》:"扬州人养处女卖人作妾,俗谓之'养瘦马'。"说明清代仍很盛行。扬州方言中把娶媳妇儿叫"娶马马"。王士性《广志绎》云:养瘦马"取他人子女而鞠育之","严闺门,习礼法","且教以自安卑贱,曲事主母",又教以"琴棋歌咏""书画""刺绣女工"。张岱《陶庵梦忆·扬州瘦马》载:只要纳妾者"稍透消息,牙婆驵会,咸集于门,如蝇附膻,撩扑不去。黎明即促之出门。……"至瘦马家,坐定,进茶。然后牙婆扶"瘦马"出,命"瘦马"向客人展示面、手、臂、肤、眼、声、趾。纳妾者看中后,在"瘦马"鬓角上插簪钗曰"插带"。再出一礼单:彩缎若干,金花若干,财礼若干,布匹若干,纳妾者大笔一批,成交。

清·孔尚任《桃花扇》第二十五出选优《前腔》:"旧吴宫重开馆娃,新扬州初教瘦马。"示弘光帝又走上了奢侈亡国之路。

4207. 病瘦形如鹤

唐·白居易《新秋病起》:"病瘦形如鹤,愁焦鬓似蓬。"鹤,细脚伶仃,以喻人瘦。诗中自喻病态。

又《酬杨九弘贞长安病中见寄》:"龙卧心有侍,鹤瘦貌称清。"

宋·苏轼《姚屯田挽词》:"七年一别真如梦,犹记萧然瘦鹤姿。"

又《送晁美叔发运右司年兄赴阙》:"君来扣门如有求,顾然鹤骨清而修。"

4208. 大隐住朝市,小隐入丘樊

唐·白居易《中隐》:"大隐住朝市,小隐入丘樊。樊丘太冷落,朝市太喧嚣。不如作中隐,隐在留司官。似出复似止,非忙亦非闲。唯此中隐士,致身吉且安。"大隐隐于喧嚣的闹市,小隐隐于冷落的荒丘,在作者看来,中隐最好,做闲职之官,似隐非隐,可求吉祥平安。其实,内中深义是对闲职无所作为的反感。晋·王康琚《反招隐》:"大隐隐朝市,小隐隐薮泽。"白诗二句从此脱出。

宋·苏轼《六月二十七日望湖楼醉书五绝》:"未成小隐聊中隐,可得长闲胜暂闲。"

4209. 不将恩爱子,更种悲忧根

唐·白居易《自觉》:"不将恩爱子,更种悲忧根。""恩爱",夫妻亲情、情义。汉·苏武《诗四首》:"结发为夫妻,恩爱两不疑。"白诗意恩爱是悲忧的种子,会扎下悲忧之根。

宋·苏轼《叶涛致远见和二诗复次其韵》:"烦恼初无根,恩爱为种子。"变语式用白诗之意。

4210. 学人踏红尘

唐·白居易《咏拙》:"亦曾举两足,学人踏红尘。"学习举足迈步,踏尘走路,过上平民生活。

宋·苏轼《暴雨初晴楼上晚景》:"明朝却踏红尘去,羞向清伊照病颜。"离此而去。

4211. 先请西方作主人

唐·白居易《与果上人诀别》:"不须惆怅从师去,先请西方作主人。""西方",天竺,佛教发祥地。白居易《答李浙东》:"海山不是吾归处,归则须归

兜率天。"《传灯录》:"释迦牟尼佛,生兜率天。""西方",指"兜率天",即西天。

宋·苏轼《吊天竺海月辩师三首》:"乐天不是蓬莱客,凭仗西方作主人。"《唐逸史》:"会昌元年,有海商遭风,至蓬莱山,宫内一院扃锁,云是白乐天院。"因白诗有"先请西方作主人"句,否定了"白乐天院"("乐天不是蓬莱客",)用"凭仗西方作主人"以吊天竺海月。"主人",似为佛教寺庙中的"主持"?

4212. 天意君须会,人间要好诗

唐·白居易《读李杜集》:"天意君须会,人间要好诗。"评价李白、杜甫诗集,称李杜诗为"天意",是"好诗"。

宋·苏轼《和晁同年九日见寄》:"遗子穷愁天有意,吴中山水要清诗。"用白诗"天意""要好诗"句而不用其意。

4213. 笙歌归院落,灯火下楼台

唐·白居易《宴散》:"笙歌归院落,灯火下楼台。"写宴散的情形:笙歌飞入院落,灯火移下楼台。

宋·苏轼《韩康公挽词》:"笙歌邀白发,灯火乐青春。"用"笙歌""灯火"句而不用其意。

4214. 我本山中人

唐·白居易《游悟真寺》:"我本山中人,误为时网牵。"游悟真寺,而觉得自己是山中人、寺中人,为"时网"牵绊是一大误行。

宋·苏轼《云龙山观烧得云字》:"我本山中人,习见匪独闻。"用白原句,写"观烧"的感觉。

4215. 闲居二十年

唐·白居易《洛下》:"水畔竹林边,闲居二十年。"公元832年,是白居易隐退洛下时期(即晚期)。实际于公元828年,白即退隐于朝,所谓"闲居二十年"即指他的晚年。

宋·苏轼《予去杭十六年复来留二年而去》:"便从洛社休官去,犹有闲居二十年。"用白原句。苏轼四十六岁(1081)谪居黄州起至六十六岁死(1101),正好二十年。此诗的二十年还应向前推。不过应看作晚年一段时间,"二十年"应作约略数。

4216. 灵药不可求

唐·白居易《效陶潜体诗十六首》:"神仙但闻说,灵药不可求。"向神仙求灵药,可神仙的存在只是传闻,灵药向何处去求呢?

宋·苏轼《石芝》:"古来大药不可求,真契当如磁石铁。"大药:《正一尺师内传》:"天师炼九华大药。"

4217. 今年好待使君来

唐·白居易《新栽梅》:"莫怕长洲桃李妒,今年好待使君来。"梅花还待使君,而不怕桃李妒嫉。

宋·苏轼《次韵杨公济奉议梅花十首》:"岭北霜枝最多思,忍寒留待使君来。"从白诗中化意而生。

4218. 厨无烟火室无妻

唐·白居易《题李山人》:"厨无烟火室无妻,篱落萧条屋舍低。"李山人之山居,无烟火无妻室,已不是一个家,又兼疏篱矮屋,极其简陋。

宋·苏轼《和陶归田园居六首》:"门生馈新米,救我厨无烟。""厨无烟"用白诗,写清贫,学生送米,才不致"厨无烟"。

4219. 喜入山林初息影

唐·白居易《香炉峰下新山居草堂初成偶题东壁·重题》:"喜入山林初息影,厌趋朝市久劳生。早年薄有烟霞志,岁晚深谙世俗情。已许虎溪云里卧,不争龙尾道前行。从兹耳界应清净,免见啾啾毁誉声。""初息影",刚刚休闲身影,身闲影息,闲居休息第一步。此诗写山居落成,表达息影的愿望、志趣。

清·朱祖谋《清平乐》(夜发香港):"江湖息影初程,舵楼一笛风生。"用白语"息影",表示退居休闲走了第一步。

4220. 官曹冷似冰

唐·白居易《司马厅独宿》:"官曹冷似冰,谁肯来同宿。"官署夜间冷如冰,写独宿严冬江州之寒冷。

宋·苏轼《送颜复兼寄王巩》:"彭城官居冷如水,谁从我游颜氏子。"他曾有颜复为伴。

4221. 尽日无人属阿谁

唐·白居易《杨柳枝》:"永丰西角荒园里,尽日无人属阿谁?"永丰,洛阳永丰坊,其西角的荒园整日无人,其主人属谁?"尽日无人",整日无人,乃至日日无人。

宋·张先《千秋岁》:"数声鶗鴂,又报芳菲歇。惜春更把残红折。雨轻风色暴,梅子青时节。永丰柳,无人尽日飞花雪。"亦写洛阳永丰园的暮春。

宋·秦观《沁园春》:"尽日无人帘幕挂,更风递游丝时过墙。"

4222. 脱巾且修养,聊以终天年

唐·白居易《仲夏斋戒月》:"脱巾且修养,聊以终天年。"在斋戒月里,脱下官服,休闲养生,以度过天年。"巾"衣巾。"天年",人的天然寿命、自然的生命。《史记·范睢蔡泽列传》:"终其天年,而不夭伤。"

晋·李密《陈情表》:"臣无祖母,无以至今日;祖母无臣,无以终余年。""终天年"意同终余年。

白居易《夏日作》:"庶几无夭阏,得以终天年。"

4223. 十里长街市井连

唐·张祜《纵游淮南》:"十里长街市井连,月明桥上看神仙。""市井",商贾店铺,此句写淮南长街之繁华。

宋·欧阳修《集禧谢雨》(治平元年):"十里长街五鼓催,泥深雨急马行迟。"用张祜"十里长街"。

4224. 又得浮生半日闲

唐·李涉《题鹤林寺僧舍》(一作《登山》):"终日昏昏醉梦间,忽闻春尽强登山。因过竹院逢僧话,又得浮生半日闲。"春尽登山,入鹤林寺,同僧人谈话,又得到了浮生半日的悠闲。"终日昏昏",而今独得"半日闲","闲"含有轻松之意。

古人写"半日闲""一日闲"表示没有官事缠身。

唐·韩愈《把酒》:"扰扰驰名者,谁能一日闲。我来无伴侣,把酒对南山。"

又《出城》:"暂出城门踏青草,远于林下见春山。应须韦杜家家到,只有今朝一日闲。"

唐·白居易《秋山》:"心有千载忧,身无一日

闲。"

又《松斋偶兴》:"赖此松檐下,朝回半日闲。"

宋·苏轼《同曾元恕游龙山,吕穆仲不至》:"共知寒食明朝过,且赴僧窗半日闲。"

又《莘老葺天庆观小园,有亭北向,道士山宗说乞名与诗》:"去年腊日访孤山,曾借僧窗半日闲。"

又《同秦仲二子雨中游宝山》:"平明已报百吏散,半日来陪二子闲。"

又《鹧鸪天》:"殷勤昨夜三更雨,又得浮生一日凉。"用句式。

宋·郑少微《思越人》(集句):"劝君更尽一杯酒,赢得浮生半日闲。"前句取自王维,后句取自李涉。

4225. 忙中唯此是偷闲

宋·梅尧臣《和公仪龙图戏勉》:"岂意来嘲饭颗句,忙中唯此是偷闲。"此时和诗是忙里偷闲。宋·陈造《同陈宰黄簿游灵山八首》自注:"宰云:'吾辈可谓忙里偷闲,苦中作乐。以八字为韵。'""忙里偷闲"创意者为梅尧臣。

宋·苏轼《次韵张琬》:"半日偷闲歌啸里,百年暗尽往来中。"后句用白居易"百年随手过"意。

宋·曹冠《凤栖梧》(寻芳,饮于小园,元名蝶恋花):"忙里偷闲真得计,乘兴携壶,文饮欣同志。"

宋·魏了翁《眼儿媚》(再和班字韵谢南叔兄见贻生日):"北风不竞帝师班,雨足桔槔闲。且容湖使,静中藏拙,忙里偷欢。"换一"欢"字。

4226. 不须开口问迷楼

唐·李绅《宿扬州》:"今日市朝风俗变,不须开口问迷楼。"隋炀帝命浙人项升兴建的宫室,千门万牖,误入者,终其日不能出。炀帝选后宫女数千住其中,穷极荒淫。人称"迷楼"。唐·罗隐作《迷楼赋》,宋代流传《迷楼记》。"迷楼"在扬州。李绅诗意"迷楼"指奢侈时代已经过去。

唐·许浑《汴河亭》:"四海义师归有道,迷楼还似景阳楼。"这隋代的迷楼同陈后主的景阳楼一样,都招至亡国的下场。

4227. 汗滴禾下土

唐·李绅《古风》二:"锄禾日当午,汗滴禾下

土。谁知盘中餐,粒粒皆辛苦。"此为名诗,写农民耕耘之苦。

清·蒲松龄《田雀行》:"日当午汗滴禾下,不敢言瘁,但愿无灾伤。"

清·郑燮《满江红》(田家四时苦乐歌):"脱篱雨梳头顶发,耘苗汗滴禾根土。"

4228. 南朝四百八十寺

唐·杜牧《江南春绝句》:"千里莺啼绿映红,水村山郭酒旗风。南朝四百八十寺,多少楼台烟雨中!"此诗写江南春景极有名。明·杨慎《升庵诗话》评曰:"千里莺啼,谁人听得?千里绿映红,谁人见得?若作十里,则莺啼绿红之景,村郭、楼台、僧寺、酒旗皆在其中矣。"这种评论是偏激的,因为杨对此诗解读不确。何文焕在《历代诗话考索》中就不赞成升庵之见:"即作十里,亦未必尽听得着,看得见。题云《江南春》,江南方广千里,千里之中,莺啼而绿映焉,水村山郭无处无酒旗,四百八十寺楼台多在烟雨中也。此诗之意既广,不得专指一处,故总而命曰《江南春》。"这样解读是正确的。南朝寺多,因为宋、齐、梁、陈四朝崇尚佛教,梁武帝尤甚,他建了许多寺庙。《南史·郭祖深传》载:"时(梁武)帝大弘释典,将以易俗,故祖深尤言其事,条以为都下佛寺,五百余所,穷极宏丽,僧尼十余万,资产丰沃。所在郡县,不可胜言。""四百八十寺"为了入诗入韵。杜牧讽喻唐王朝崇信佛教,奢建寺宇。

写"南朝寺"是从中唐开始的。

唐·皇甫冉《送延陵陈法师赴上元》:"遍礼南朝寺,焚香古像前。"

唐·耿沣《赠隐公》:"东海经长在,南朝寺最多。"

唐·窦常《晚次方山精舍却寄张荐员外》:"西塞波涛阔,南朝寺舍空。"

唐·姚合《送文著上人游越》:"越中多有前朝寺,处处铁钟石磬声。"

宋·杨备《吴建初寺》:"江南古寺知多少,此寺独应年最深。"

元·汤式《满庭芳·武林感旧》:"钱唐故址,东吴霸业,南渡京师。其间四百八十寺,不似当时。"杭州景物,不似当年。

4229. 只疑云雾窟,犹有六朝僧

唐·钱珝《江行无题一百首》:"咫尺愁风雨,匡庐不可登。只疑云雾窟,犹有六朝僧。"(《全唐诗》将此"一百首"又收入钱起名下)六朝寺多,当然僧多,江行遇风雨,江南之山不可登,疑云遮雾嶂的洞窟之中,还有六朝时代的僧人。"匡庐"原指庐山,此指江南的山。钱诗充分发挥了想象的作用。

唐·僧灵一《僧院》:"无限春山行欲尽,白云深处老僧多。"意近"犹有六朝僧"。

4230. 仙掌月明孤影过

唐·杜牧《早雁》:"仙掌月明孤影过,长门灯暗数声来。"唐武宗会昌二年(841)八月,回鹘南进,边境人民流离失所。此诗以"早雁"惊飞,喻苦难的流亡者。"仙掌月明""长门灯暗",写"孤雁"飞过唐宫。"仙掌",西汉长安建章宫设的铜铸仙人伸掌承露,此代指唐宫。

宋·苏轼《水龙吟》:"露寒烟冷兼葭老,天外征鸿寥唳。银河秋晚,长门灯悄,一声初至。……万重云外,斜行横雁,才疏又缀。仙掌月明,石头城下,影摇寒水。"用杜牧"长门""仙掌"句写雁。

4231. 自将磨洗认前朝

唐·杜牧《赤壁》:"折戟沉沙铁未销,自将磨洗认前朝。"赤壁之战中,沉沙的折戟锈蚀的铁还存在,应该磨洗,认认前朝那次战争。写史的手法巧妙而生动。

宋·王安石《真州东园作》:"十年历过人间事,却绕新花认故丛。南北此身知几日,山川长在泪痕中。""认故丛"用"认前朝"句式,表示对真州东园的长期相别的感伤。

4232. 铜雀春深锁二乔

唐·杜牧《赤壁》:"东风不与周郎便,铜雀春深锁二乔。"二乔,即大桥、小桥姐妹。《三国志·吴书·周瑜传》载:"(孙)策欲取荆州,以瑜为中护军,领江夏太守,从攻皖,拔之。时得桥公两女,皆国色也。策自纳大桥,瑜纳小桥。""桥",姓,后人误用作"乔"。此二句:东风给周瑜火攻曹军以方便,否则,曹操将灭掉东吴,把大乔小乔锁置于铜雀台上。这就是作者的"认前朝"发出的议论。

赤壁之战,发生于建安十三年(208)十月,当时还未建铜雀台。两年以后,建安十五年(210),曹操在邺城(今河北省临漳县西南)筑铜雀台,因

楼顶有铜雀而命名。晋·陆翙《邺中记》："铜爵、金凤、冰井三台皆在邺都北城西北隅。……铜爵台高十一丈,有屋一百二十间,周围弥复其上。"曹操临死时,吩咐他的儿子们说:他的宫人伎女,在他死后,都要住进铜雀台,每至月初月半,向他的灵帐演伎,让他的儿子们时时登上铜雀台,望他的西陵墓田,以祭慰他的灵魂。

写"铜雀台"吊古伤今较多。

南朝·宋·鲍照《拟行路难十八首》其一:"不见柏梁铜雀上,宁闻古时清吹音?""柏梁",汉武帝在长安所建。

唐·张说《邺都引》:"试上铜台歌舞处,唯有秋风愁杀人。"

唐·祖咏《古意二首》其一:"冢墓令人哀,哀于铜雀台。"

唐·李白《鲁郡尧祠送窦明府薄华还西京》:"生前一笑轻九鼎,魏武何悲铜雀台。"

唐·李嘉祐《古兴》:"君看魏帝邺都里,惟有铜台漳水流。"

唐·温庭筠《过陈琳墓》:"石麟埋没藏春草,铜雀荒凉对暮云。"

宋·魏了翁《李参政壁赋浣溪沙三首再次韵谢之》:"试问伊谁若是班,二乔铜雀锁屏颜,千年痕露尚余潜。"

宋·邓剡《酹江月》(驿中言别):"铜雀春情,金人秋泪,此恨凭谁雪!"喻亡国。

宋·仇远《声声慢》:"只怕吴霜侵鬓,叹春深铜雀,空老周郎。"喻亡国。

宋·张炎《瑞鹤仙》(赵文升席上代去姬写怀):"残歌剩舞,尚隐约、当时院宇。黯消凝、铜雀深深,把小乔轻误。"

元·卢挚《蟾宫曲·邺下怀古》:"笑征衣伏枥悲吟,才鼎足功成,铜爵春深,软动歌残。"感曹操早已作古。

元·赵善庆《越调·凭栏人》:"铜雀台空锁暮云,金谷园荒成路尘。"

4233. 停车坐爱枫林晚

唐·杜牧《山行》:"远上寒山石径斜,白云深处有人家。停车坐爱枫林晚,霜叶红于二月花。"前二句见"白云句族",近年大多诗集改为"白云生处",可前人尽用"白云深处",无一人用"生"字。作者山行之中,忽遇枫林一片,经霜的枫叶,比二月红花还红,不由得停车坐在路旁观赏这晚秋的红色枫林。

宋·辛弃疾《一剪梅》:"尘洒衣裾客路长,霜林已晚,秋蕊犹香。"

清·金天羽《车中望居庸关放歌》:"我闻居庸看枫天下最,深秋九月红于花。宣化葡萄西来新酿熟,霜林爱晚行复来停车。"用杜牧二句写居庸枫林。

近人李曙初《长沙》:"桔树回春湘水绿,枫林爱晚麓山红。"

时人易仲威《国庆后二日与懿瑞参观湘江大桥》:"从此东西通坦道,枫林坐晚任淹留。"

4234. 霜叶红于二月花

唐·杜牧《山行》:"停车坐爱枫林晚,霜叶红于二月花。"枫叶流丹,飘如云锦,艳如彩霞,比早春二月的鲜花还要红,晚秋的山林胜似春天的花朵。唐·皇甫曾《玉山岭上作》:"秋花遍似雪,枫叶不禁霜。"这山就尽是白花与红叶了。

"霜林红叶"句如:

唐·白居易《浔阳秋怀赠许明府》:"霜红二林叶,风白九江波。"

又《酬皇甫郎中对菊花见忆》:"黄花助兴方携酒,红叶添愁正满阶。""红叶添愁"则是悲秋怀友。

唐·温庭筠《盘石寺留别成公》:"三秋岸雪花初白,一夜林霜叶尽红。"

写"二月花"者:

唐·李峤《风》:"解落三秋叶,能开二月花。"

唐·孟云卿《寒食》:"二月江南花满枝,他乡寒食远堪悲。"

唐·戴叔伦《独坐》:"二月霜花薄,群山雨气香。"

唐·崔峒《春日忆姚氏外甥》:"二月花无数,频年意有违。"

唐·刘禹锡《伤秦姝行》:"长安二月花满城,插花女儿弹银筝。"

唐·奉蚌《思故乡》:"绿萝剪作三春柳,红锦裁成二月花。"

唐·徐夤《尚书新造花笺》:"浓染红桃二月花,只宜神笔纵龙蛇。"

又《水》:"洪波激湍归何处? 二月桃花满眼流。"

宋·欧阳修《答丁元珍》:"春风疑不到天涯,

二月山城未见花。""春风"句意从王之涣《凉州词》"春风不度玉门关"出。

共和国元帅加诗人陈毅《题西山红叶》(一九六六年):"红叶遍西山,红于二月花。"用杜牧句。

4235.苏武争禁十九年

唐·杜牧《边上闻笳》:"行人一听头堪白,苏武争禁十九年!"边笳凄凉,行人不忍听,苏武怎样被拘禁十九年啊!

唐·胡曾《居延》:"停骖一顾犹魂断,苏武争禁十九年!"居延为古代西北边城,周围是漠漠平沙,荒凉至极,从而用杜牧句,想象苏武受困十九年之苦。

4236.莫怪杏园憔悴去

唐·杜牧《杏园》:"莫怪杏园憔悴去,满城多少插花人。"杏园,故址在今西安市郊大雁塔南,为唐代宴新进士之地。王定保《唐摭言》卷三载:"进士题名,自神龙以来,杏园宴后,皆于慈恩寺塔下题名,同年中推善书者纪之。"宋代,杏园借喻琼林苑,新进士常在此赐宴。"杏园憔悴",表示应试不中,没资格参加杏园赐宴。"插花"则及第了。

唐·刘沧《及第后宴曲江》:"及第新春选胜游,杏园初宴曲江头。"

宋·秦观《画堂春》:"杏园憔悴杜鹃啼,无奈春归。"作者于元丰五年(1028),应礼部试,罢归。用杜牧句,言应试不中,寓怨愤之情。

4237.愿为闲客此闲行

唐·杜牧《八月十二日得替后移居雪溪馆因题长句四韵》:"景物登临闲始见,愿为闲客此闲行。"官职被接替,新职尚未赴任,正可做一做闲客,去游览闲行。

宋·苏轼《书艾宣画四首·杏花白鹇》:"把酒惜春都是梦,不如闲客此闲看。"此称白鹇为"闲客"。五代李昉以相国死难者仕,所居畜五禽,皆以客为名:白鹇曰"闲客",鹭鸶曰"雪客",鹤曰"仙客",孔雀曰"南客",鹦鹉曰"陇客"。昉画《五客图》,各为诗。苏轼写"白鹇",借用"闲客"之名。

4238.长安回望绣成堆

唐·杜牧《过华清宫绝句》:"长安回望绣成堆,山顶千门次第开。"此为三首之一的前二句。

向长安途经骊山华清宫。回首望去花木簇拥宫殿,如一堆锦绣,色彩斑斓,其美难收。

金·元好问《西园》:"梁门回望绣成堆,满面黄沙哭燕月。"对西园的感受同杜牧对华清宫的感受。

4239.卷土重来不可知

唐·杜牧《题乌江亭》:"胜败兵家事不期,包羞思耻是男儿;江东子弟多才俊,卷土重来未可知。"乌江亭即今安徽和县东北的乌江浦,项羽自刎处。项羽率江东八千子弟起义反暴秦立下赫赫战功。而由于他刚愎自用,不纳忠言,导致乌江自刎,一败涂地。杜牧此咏史诗云:应听乌江亭长的话,"江东虽小,地方千里,众数十万人,亦足王也","包羞忍耻",返回江东,还可以卷土重来。只惜他"无颜见江东父老",不肯听从。作者对这位"力拔山兮气盖世"的英雄失败怀着深深的同情与遗憾。

宋·王安石《乌江亭》:"百战疲劳壮士哀,中原一败势难回。江东子弟今虽在,肯与君王卷土来?"作为政治家的王安石这看法同杜牧背道而驰,也许是对的。因为项羽的失败不在于他有多少"江东子弟",而决定他自身致命的弱点逞"个人英雄"。南宋胡仔《苕溪渔隐丛话》评杜牧诗云:"好异而畔于理……项氏以八千人渡江,败亡之余,无一还者,其失人心为甚,谁肯复附之?其不能卷土重来,决矣。"此议同王安石诗。清·吴景和《历代诗话》评杜牧此诗,则以为"用翻案法,跌入一层,正意一醒"。肯定了杜牧诗中不屈奋斗的精神。

4240.授符黄石老,学剑白猿翁

唐·杜牧《题永崇西平王宅太尉愬院六韵》:"天下无双将,关西第一雄。授符黄石老,学剑白猿翁。"用黄石授兵符,白猿授剑术的故事,赞李愬将军的韬略与武功。

北周·庾信《宇文盛墓志铭》:"受图黄石,不无师表之心;学剑白猿,遂得风云之志。"杜牧用此二句。

唐·李白《赠宋中丞》:"白猿慙剑术,黄石借兵符。"用二典。

4241.心猿意马罢颠狂

敦煌变文《维摩诘经菩萨品变文》:"卓定深沉

莫测量,心猿意马罢颠狂。情同枯木除虚妄,此个名为真道场。"喻凡心无常多变,如猿跃马奔。作佛家语。

"心猿意马",原意为心理很不安稳,心思、意念控制不住。语出汉·魏伯阳《参同契》注:"心猿不定,意马四驰。"也作"意马心猿"。

唐·许浑《题杜居士》:"机尽心猿伏,神闲意马停。"

宋·彭耜《喜迁莺》:"销住心猿意马,缚住金乌玉兔。"

宋·道潜《赠贤上人》:"心猿意马就羁束,肯逐万境争驰驱。"

宋·刘学箕《沁园春》(叹世):"百年光景云浮,把意马心猿须早收。"

宋·无名氏《永遇乐》:"把心猿缚住,意马追回,迥无尘虑。"

元·王实甫《西厢记》第三本第三折《搅筝琶》:"只为这燕侣莺俦,锁不住心猿意马。"

元·关汉卿《望江亭》第一折:"俺从今把心猿意马紧牢拴,将繁华不挂眼。"

元·无名氏《玩江亭》第二折:"恰才解放了雕鞍骏骑,从今后牢拴定意马心猿。"

清·吴趼人《二十年目睹之怪现状》第五回:"意马心猿萦梦寐,河鱼天雁托音书。"

4242. 荒台麋鹿争新草

唐·许浑《姑苏怀古》:"荒台麋鹿争新草,空苑凫鸥占浅莎。"姑苏,春秋时吴王夫差曾修建姑苏台。《史记·淮南王安传》载:伍被言:"臣闻子胥谏吴王,吴王不用,乃曰:'臣今见麋鹿游姑苏之台也。'"许浑用伍子胥话验,叹吴国灭亡。

宋·汪元量《莺啼序》(重过金陵):"麦甸葵丘,荒台败垒,鹿豕衔枯茅。"写亡国后金陵破败。

4243. 楸梧远近千官冢

唐·许浑《金陵怀古》:"玉树歌残王气终,景阳兵合戍楼空。楸梧远近千官冢,禾黍高低六代宫。"金陵这六朝古都已经荒芜,城外官冢垒垒,城中宫殿禾黍离离。

元·马致远《拨不断》:"禾黍高低六代宫,楸梧远近千官冢。一场恶梦!"抒"王国霸业成何用"的看法。用许浑二句。

4244. 芭蕉不展丁香结

唐·李商隐《代赠》:"芭蕉不展丁香结,同向春风各自愁。"丁香花蕾,含苞不吐,如打了结。此喻愁结。芭蕉叶卷而不展开。也喻愁结。丁香打结,芭蕉不展,它们的愁结不展不开。代人写闺中之愁以赠。

"芭蕉不展",首写者为唐·张说,他的《戏题草树》写:"戏问芭蕉叶,何愁心不开?"寄情芭蕉,写"愁心不展",实为写人。李商隐诗意:愁心如蕉叶卷而难展,如丁香花簇生而难解。

宋·贺铸《石州引》:"将发,画楼芳酒,红泪清歌,顿成轻别。已是经年,杳杳音绝。欲知方寸,共有几许清愁,芭蕉不展丁香结。枉望断天涯,两厌厌风月。"答久别之姝,用李商隐原句写离愁难解。宋·吴曾《能改斋漫录》记叙:"方回眷一姝,别久,姝寄诗云:'独倚危栏泪满襟,小园春色懒追寻。深恩纵似丁香结,难展芭蕉一寸心。'贺(铸)得诗,初叙分别之景色,后用所寄诗,成《石州引》。"此"姝"诗中拆句用李商隐"芭蕉丁香"句。"丁香"句则用韦庄"结同心"句(见下条)。

元明小说话本依托宋人申纯词《石州引》:"近新消减,料有万斛春愁,芭蕉未展丁香结。"用李商隐原句。

4245. 丁香空解结同心

唐·韦庄《悼亡姬》:"凤去鸾归不可寻,十洲仙路彩云深。若无少女花应老,为有姮娥月易沉。竹叶岂能消积恨,丁香空解结同心。湘江水阔苍梧远,何处相思弄舜琴。"悼念亡姬,诗意:凤去鸾归,爱姬已仙去无寻,以往同心如丁香之结,至今已成空话了。"丁香结",花多小朵攒聚不开,不仅喻结愁怨,也可喻结同心,情爱不变。"结同心"即"同心结",古代用锦带编成连环回文式样的结儿,作为爱情的信物。此以"丁香结"比"同心结"。

五代·毛文锡《中兴乐》:"豆蔻花繁烟艳深,丁香软结同心。"

五代·冯延巳《鹊踏枝》:"新结同心香未落,怎生负得当初约。"

宋·陈允平《风流子》:"向杜鹃声里,绿杨庭院,共寻红豆,同结丁香。"

宋·无名氏《眼儿媚》:"相思只在、丁香枝上,豆蔻梢头。"喻两情永结。

4246.庭下丁香千结

五代·毛文锡《更漏子》:"偏怨别,是芳节,庭下丁香千结。宵雾散,晓霞晖,梁间双燕飞。"写春夜怨别,离愁难解,如丁香千结。千结、百结,言丁香花结之多,喻愁多难解。

用"百结""千结"如:

宋·谢逸《如梦令》(陈虚中席上作,赠李商老):"人似已圆孤月,心似丁香百结。不见谪仙人,孤负梅花时节。"

宋·朱淑真《晴和》:"百结丁香夸美丽,三眠杨柳弄轻柔。"

宋·赵长卿《柳梢青》:"纷纷眼底浮花,拈弄动、几多思虑。千结丁香,且须珍重,休胡分付。"

又《虞美人》(双莲):"丁香枝上千千结,怨惹相思切。争如特地嫁薰风。吐尽芳心点点、绛唇红。"

宋·杨泽民《浪淘沙慢》:"征鼓催人骤发,长亭渐觉宴阕。情绪似丁香千百结。"

4247.愁肠岂异丁香结

五代·李珣《河传》:"愁肠岂异丁香结,因离别,故国音书绝。"痛别之愁肠百结,正如丁香花。用"愁肠如丁香结"句如:

五代·尹鹗《拨棹子》:"寸心恰似丁香结,看看瘦尽胸前雪。"

五代·冯延巳《鹊踏枝》:"绕砌蛩声芳草歇,愁肠学尽丁香结。""蛩",蛩,蟋蟀。

宋·赵长卿《醉落魄》(初夜感怀):"伤离恨别,愁肠又似丁香结。不应头顿音书绝,烟水连天,何处认红叶。"

宋·程垓《满江红》(忆别):"愁绪多于花絮乱,柔肠过似丁香结。问甚时、重理锦囊书,从头说。"

清·李佩金《金缕曲》:"柔肠细缀丁香结,想于今、去原有恨,住还无益。"

4248.丁香空结雨中愁

南唐中主李璟《摊破浣溪沙》:"青鸟不传云外信,丁香空结雨中愁。回首绿波三峡暮,接天流。"连青鸟都不传远人的音信,在凄凄暮雨中唯余丁香般的愁结而已。明·王世贞《艺苑卮言》评:"'细雨梦回鸡塞远,小楼吹彻玉笙寒。''青鸟不传云外

信,丁香空结雨中愁','无可奈何花落去,似曾相识燕归来',非律诗俊语乎?然是天成一段词也,著诗不得。"现代华钟彦《花间集注》:"丁香结,因结不开,犹人之愁固结不解也。李中主《山花子》(《摊破浣溪沙》又名)'丁香空结雨中愁'是也。"其实也是从李商隐诗中变化而来。

宋·吴文英《浣溪沙》(春情)与李璟词尽同。《全宋词》误收。

其余"丁香结"句有:

五代·尹鹗《何满子》:"欲表伤离情味,丁香结在心头。"

五代·冯延巳《醉花间》:"霜树尽空持,肠断丁香结。"

五代·张泌《经旧游》:"暂别高唐晓又还,丁香结梦水潺潺。不知云雨归何处,历历空留十二山。"

宋·晁补之《青玉案》(伤娉娉):"百花开尽,丁香独自、结恨春风里。"

宋·程垓《瑞鹧鸪》:"柔条不学丁香结,矮树仍参茉莉栽。"

宋·马子岩《月华清》(忆别):"心里恨、莫结丁香;琴上曲、休弹秋思。"

宋·高观国《兰陵王》(为十年故人作):"甚望断青禽,难倩红叶,春愁欲解丁香结。"

宋·刘之才《菩萨蛮》:"题花曾蘸花心露,当初深结丁香树。"

宋·陈允平《摸鱼儿》(西湖送春):"丁香共结相思恨,空托绣罗金缕。春已暮,纵燕约莺盟,无计留春住。"

4249.背面秋千下

唐·李商隐《无题》:"八岁偷照镜,长眉已能画。十岁去踏青,芙蓉作裙衩。十二学弹筝,银甲不曾御。十四藏六亲,悬知犹未嫁。十五泣春风,背面秋千下。"写一聪慧美丽的少女的成长,以至才华出众,却藏于深闺,不能驾驭自己的命运。"十五泣春风,背面秋千下",古代女子十五岁,已算成年,在春风中,秋千下,背着女伴而泣,这是对人生的感伤。作者以"少女"自况:"五年读经书,七年弄笔砚"(《上崔华州书》),"十六能著《才论》《圣论》,以古文出诗公间"(《樊南甲集序》),由于出身寒微,很难寻求出路,作此诗,实叹身世,才高却难为世所用。

宋·晏几道《生查子》:"无处说相思,背面秋千下。"用李商隐原句,写女子在秋千下偷泣。

4250. 冶叶倡条遍相识

唐·李商隐《燕台四首》其一:"蜜房羽客类芳心,冶叶倡条遍相识。""冶叶倡条"意同"野草闲花",指妓女。

宋·周邦彦《尉迟杯》(离恨):"冶叶倡条俱相识,仍惯见、珠歌翠舞。"用李商隐句代妓女。

4251. 不知身属冶游郎

唐·李商隐《蝶三首》:"寿阳公主嫁时妆,八字宫眉捧额黄。见我佯羞频照影,不知身属冶游郎。""冶游郎",轻薄浪荡子弟,此描写蝴蝶。

宋·晏几道《浣溪沙》:"日日双眉半画长,行云飞絮共轻狂。不将心嫁冶游郎。"用李商隐句。

4252. 蝶衔红蕊蜂衔粉

唐·李商隐《春日》:"欲入卢家白玉堂,新春催破舞衣裳。蝶衔红蕊蜂衔粉,共助青楼一日忙。"新春已到青楼,蝶与蜂衔红啄粉,以增春色。

今人·施蛰存《浮生杂咏》六十四:"蝶衔红蕊蜂衔粉,来助青春一月忙。"施主办《现代》,张天翼、魏金枝、巴金、瞿秋白诸稿先后寄到,为"创刊号"供稿,以"蝶蜂来助"为喻,用了李商隐原句。

4253. 不须看尽鱼龙戏

唐·李商隐《宫妓》:"珠箔轻明拂玉墀,披香新殿半腰肢。不须看尽鱼龙戏,终遣君王怒偃师。""鱼龙戏",是古代百戏节目,由人扮成鱼龙,在水中跳跃漱水,出水复戏于庭。此诗说宫妓之舞妙极,致使君王停止了其他嬉戏。

宋·陆游《小舟过御园》:"尽除曼衍鱼龙戏,不禁刍荛魏兔来。""曼衍"又作"曼延",人扮巨兽。鱼龙和曼延常合称。

4254. 不问苍生问鬼神

唐·李商隐《贾生》:"宣室求贤访逐臣,贾生才调更无伦。可怜夜半虚前席,不问苍生问鬼神。"贾谊曾为汉文帝太中大夫,他主张削弱诸侯王的割据势力,加强边防,巩固中央集权。遭到一些权贵反对,贬为长沙王太傅。几年后,汉文帝又召他回长安,文帝正举行过祭祀,坐在未央宫前殿正室——宣室,接见了他,问起鬼神本源,谈话投机,移席靠近贾谊。"虚",空,白白地,"不问苍生"的事,"前席"该如何呢?(《史记·屈原贾生列传》)

唐·周昙《王表》:"王表闻声莫见身,吴中敬事甚君亲。是知邦国将亡灭,不听人臣听鬼神。"指出"听鬼神"将亡国,用李商隐句式。

宋·杨亿《酬谢光丞四丈见庆新命之升》:"鬼神清问忧前席,松柏深情见后凋。"曾同皇帝对策。

又《王殿丞举通判桂州》:"汉皇前席期清夜,楚客归帆指素秋。"

近人宗璞《黄鹤楼四绝句》:"人间正道终应现,不问神鬼问苍生。"反用其意。

4255. 愿得双车轮,一夜生四角

唐·陆龟蒙《古意》:"君心莫淡薄,妾意正栖托。愿得双车轮,一夜生四角。"述离情,挽留行人,将乘车远去,但愿双轮生四角,就难于行进了。

《春秋公羊传》:"僖公三十三年,夏四月,晋人及姜戎败秦于殽……晋人与姜戎要之殽而击之,匹马只轮无反者。""轮"春秋时的战车。唐·李益《塞下曲》:"莫遣只轮归海窟,仍留一箭射天山。""海窟",敌人所居之瀚海。春秋时的战车,经赵武灵王"胡服骑射",战车以骑兵取代。而车仍是重要的交通工具,如轮生四角,车轮就转不动了。

用"轮生四角"表示留住行人的意愿。

宋·秦观《水龙吟》:"望王孙、甚日归来,除是车轮生角。"

宋·王千秋《谒金门》(次李圣予月中韵):"春漠漠,闲尽绮窗云幕。悔不轮生四角,却成缘分薄。"来迟了。

宋·辛弃疾《贺新郎》:"佳人重约还轻别,怅清江,天寒不渡,水深冰合。路断车轮生四角,此地行人销骨。""销骨",惜别而销魂入骨。

又《木兰花慢》(席上呈张仲固帅兴元):"更草草离筵,匆匆去路,愁满旌旗。君思我,回首处,正江涵秋影雁初飞,安得车轮四角,不堪带减腰围。"

宋·方岳《沁园春》(用梁权郡韵饯春):"唤取娉婷,劝教春醉,不道五更花漏迟。愁一饷,笑车轮生角,早已天涯。"

宋·蒋捷《喜迁莺》(金村阻风):"车角生时,马蹄方后,才始断伊漂泊。"

4256. 却向城头骂汉人

唐·司空图《河湟有感》:"一自萧关起战尘,河湟隔断异乡春。汉儿尽作胡儿语,却向城头骂汉人。"由于西北边疆战尘不息,使民族之间产生隔阂,甚至连汉人也不认汉人了。

明·汤显祖《牡丹亭》第十九出牝贼《北点绛唇》(李全唱引):"野马千蹄合一群,眼看江海尽风尘。汉儿学得胡儿语,又替胡儿骂汉人。"李全是盗贼,受"大金皇帝"封为"滞金王",所以用"又替胡儿骂汉人"表白身世。

4257. 寒蛩乍响催机杼

唐·温庭筠《秋日旅舍寄义山李侍御》:"寒蛩乍响催机杼,旅雁初来忆弟兄。""寒蛩",蟋蟀。秋日寒蛩鸣叫。"催机杼",催制寒衣。旅雁初来,令人怀念远别的弟兄,这是写给李商隐的诗。

"寒蛩""旅雁"句从郑愔《秋闺》"音节秋雁断,机杼夜蛩催"二句化出。

宋·贺铸《伴云来》(天香):"烛映帘栊,蛩催机杼,共若清秋风露。"用温庭筠句。

4258. 银河欲转星靥靥

唐·温庭筠《晓出谣》:"银河欲转星靥靥,碧浪叠山埋早红。""银河欲转星靥靥",已是凌晨时分,星靥靥,晨星之光渐渐隐没。"靥"原指古代女子面颊上的一种钿饰,如"黄星靥",状如星,发闪光。李贺《同沈驸马赋得御沟水》"宫人正靥黄"即指此面妆。

宋·范成大《三月十五日华容湖尾看月出》:"晶晶浪皆舞,靥靥星欲避。"月光射在湖面上,被水波摇碎,如无数小星闪烁。

4259. 捣麝成尘香不灭

唐·温庭筠《达摩支曲》:"捣麝成尘香不灭,拗莲作寸丝难绝。""麝",麝香,泛指香料,杜甫《丁香》诗:"晚堕兰麝中",五代欧阳炯《浣溪沙》:"兰麝细香闻喘息",都指香气。温诗意为把麝香捣成粉末,香气不灭。

清·王鹏运《沁园春》(又代词答):"捣麝尘香,赠兰服媚,烟月文章格本低。"这些词,如温庭筠的"捣麝",欧阳炯的"兰麝",被视为"赠兰服媚",在某些人眼里,不过是绮罗香泽,烟月文章,格调本来不高。

4260. 高爱三峰插太虚,昂头吟望倒骑驴

宋·潘阆《过华山诗》:"高爱三峰插太虚,昂头吟望倒骑驴。旁人大笑从他笑,终拟移家向此居。"作者爱华山三峰高插入云,以至倒骑驴回望,吟咏。有人以《倒骑驴》为题将潘阆画了下来。

宋·魏野《赠潘阆》:"从此华山图籍上,更添潘阆《倒骑驴》。"亦戏"倒骑驴"。

宋·苏轼《李杞寺丞见和前篇,复用元韵答之》:"陶潜自作《五柳传》,潘阆画入《三峰图》。"

4261. 剜却心头肉

唐·聂夷中《咏田家》:"二月卖新丝,五月粜新谷;拔掉眼中钉,剜却心头肉。"卖丝、粜谷,是为租税所逼,是为了"拔掉眼中(一作"前")钉",却衣食无给,辛勤劳动成果被剥夺,犹如剜去了心头肉。《读史管见》云:"钱非桑耕所得,而使农民输钱,政之苛虐,莫此为甚。于是有'二月粜新丝……'之谣。"

清·蒲松龄《田家苦》:"稻粱易餐,征输最难。疮未全医,肉已尽剜。"

又《贺新郎》(喜雨一阕,并寄之):"剜肉市头新谷粜,石壕村,肯把膏腴典?"

清·黄遵宪《邻妇叹》(丙寅):"虎狼醉饱求无已,持刀更剜心头肉。"

4262. 水盼兰情别来久

唐·韩琮《春愁》:"吴鱼岭雁无消息,水盼兰情别来久。"由于鱼雁不通,南方的女子杳无音信,她那秋水般明亮的眼睛和兰花般雅洁的气质,看不到已经很久了。

宋·周邦彦《拜星月慢》:"水眄兰情,总平生稀见。"指代歌妓。

4263. 初开已入雕梁画

唐·崔橹《梅花》:"初开已入雕梁画,未落先愁玉笛吹。""雕梁画",原指建筑中的雕梁画栋,此处写梅花初开,美可入画。落前怕笛吹《梅花落》曲。

宋·姜夔《疏影》:"等恁时、重觅幽香。已入小窗横幅。"崔橹诗写梅开似画,此反用赞画中之梅。

4264. 借问榆花早晚秋

唐·曹唐《织女怀牵牛》:"桂树三春烟漠漠,银河一水夜悠悠。欲将心向仙郎说,借问榆花早晚秋?"曹唐是一位游仙诗多产的诗人。虽无晋人郭璞的游仙诗有名,而在数量上在诗词史中却堪称第一。此诗亦有游仙性质,结尾写织女欲将心事向牵牛倾诉,对着榆花问秋天何时到来,七月七日才有机会。

清·纳兰性德《台城路》(塞外七夕):"待归踏榆花,那时才诉,只恐重逢,明明相视更无语。"用曹唐语云,等待榆花开放时,再吐露心声。

4265. 世间难得不由身

唐·罗隐《寄第五尊师》:"欲访先生问经诀,世间难得不由身。""不由身"一作"自由身"。结尾二句说想向尊师请教经诀,可世间人难得自由身,身不由己,去不了。

宋·苏轼《席上代人赠别三首》:"天上麒麟岂混尘,笼中翡翠不由身。""翡翠"即翠鸟。"不由身"用罗隐语。

4266. 只换雷塘数亩田

唐·罗隐《炀帝陵》:"入郭登桥出郭船,红楼日日柳年年。君王忍把平陈业,只换雷塘数亩田。""雷塘",雷坡,在今江苏省扬州市北,隋炀帝下扬州,由于李密起义军阻隔,困在扬州。禁军将领宇文化吉、司马德戡等逼宫,"遣令狐行达弑帝于宫中",葬于吴公台下,后唐高祖改葬于雷坡南平冈上。杜牧《扬州三首》写:"炀帝雷塘土,迷藏有旧楼。"迷楼亦在雷塘。罗诗意为隋炀帝平灭南朝陈国,换来了什么?将身葬在数亩雷塘而已。

唐·吕本中《望金陵偶成两绝》:"台城南望入斜阳,尚想能诗玉树郎。乘兴风流莫相笑,眼看直北是雷塘。"其二:"雷塘别有风流坐,可作南舟两日行。""玉树郎"指陈后主,"雷塘"葬隋炀帝。其寓意同李商隐《隋宫》:"地下若逢陈后主,岂宜重问《后庭花》?"

4267. 一片伤心画不成

唐·高蟾《金陵晚望》:"世间无限丹青手,一片伤心画不成。"诗人眼前是一片破落的金陵,令人伤心,这样伤心的景色,任何丹青妙手也画不成

形。

唐·苏颋《扈从鄠杜间奉呈刑部尚书舅雀黄门马常侍》:"云山一一看皆美,竹树萧萧画不成。"高蟾用"画不成"意。

宋·王安石《明妃曲》:"意态由来画不成,当时枉杀毛延寿。"

4268. 自是不归归便得

唐·崔涂《春夕旅怀》:"自是不归归便得,五湖烟景有谁争。"作者曾在巴、蜀、湘、鄂、秦、陇等地长期客居,自称"孤独异乡人"。此是名篇,居湘、鄂时作。作者是浙江人,仕途坎坷,多年在外,其实如想归隐,是很容易的,家乡的五湖烟水有谁争得去呢,只是不能归去罢了。真是无可奈何。

唐·沈韬文《句》:"不是不归归未得,好风明月一思量。"

宋·王安石《招元度》:"自是不归归便得,陆乘肩舆水乐舟。"用原句。

又《送吴显道五首》:"眼中了了见乡国,自是不归归便得。"再用原句。

4269. 一炷心香洞府开

唐·韩偓《仙山》:"一炷心香洞府开,偃松皱涩半莓苔。水清无底山如削,始有仙人骑鹤来。"一片诚心,犹如燃一炷香,取信于仙山,于是仙山上的洞府大开。

"心香"佛家语,意为心地虔诚,就像焚香一样,感动神佛。也用于人,心诚则灵,诚心诚意,可以感人。

又《秋村》:"绝粒看经香一炷,心知无事即长生。""绝粒",绝粮,绝食,"看经",读佛经。"香一炷"读经焚一炷香,以表诚心。

4270. 心香一瓣拜随园

清·邓雅生《得钱漱渠书·喜吟四章》:"欣见莘莘程拱字,心香一瓣拜随园。""随园",清代著名文学评论家袁枚,号随园,他的《随园诗话》是清代很有声望的诗评。"心香一瓣",即心香一炷,"炷"为圆柱形,不像"心","瓣"是片状物的量词,常说一片心,因称"心香一瓣"。陈鹄《耆旧续闻》云:"敬授灵香一瓣,有急,请燕以告。""一瓣"即一炷。邓雅生诗意:诚恳地奉拜袁枚。

词中写"心香一瓣"始于南宋。

宋·刘辰翁《水龙吟》(寿周耐轩):"多年袖瓣心香,重新拈出为公寿。"

宋·萧仲昺《沁园春》(应宁乡令):"相业流芳,元枢新躅,拈作先生一瓣香。"

清·梁绍壬《两般秋雨庵随笔》卷二:"心香一瓣虔烧,恨不识先生貌。"

今人何其芳《诸葛亮祠》:"一瓣心香来进谒,怜他贬损枉纷纷。"

今人李荣光《题先母胡筠烈士遗像》:"风波狱寄千秋恨,父老心存一瓣香。"

今人童怀章《游黄梅县五祖寺》:"虔心一瓣访蓬莱,仰望天衢踏玉阶。"

4271. 玉堂两畔响丁东

唐·韩偓《雨后月中玉堂闲坐》:"夜久忽闻铃索动,玉堂两畔响丁东。""丁东"是较为古老的状声词,诗中写雨后生风,玉堂两畔的铃儿响丁冬。

唐·刘氏亡妇《题明月堂二首》:"玉钩风急响丁冬,回首西山似梦中。明月堂前人不到,庭前一夜不见人。"

宋·曹组《阮郎归》:"檐头风佩响丁东,帘疏烛影红。"

宋·朱敦儒《清平乐》:"檐外几声风玉,丁东敲断人肠。"

宋·史浩《教池回》(竞渡):"缥缈初登彩舫,箫鼓沸,群仙玉佩丁东。"

宋·张孝祥《望江南》(南岳铨德观作):"风露下,环佩响丁东。"

宋·吴文英《秋思》:"漏侵琼瑟,丁东敲断,弄晓月白。"

又《江神子》:"三十六宫蟾观冷,留不住、佩丁东。"

又《风入松》:"湘波山色青天外,红香荡,玉佩丁东。"

宋·陈允平《酹江月》(赋水仙):"天香吹散,佩环犹自丁东。"

宋·赵必璂《夏日宴黉堂》:"赤城中,奏鹤笙一曲,玉佩丁东。"

宋·仇远《浪淘沙》:"玉佩丁冬仙步远,好处难忘。"

4272. 齿因吟后冷

唐·李洞《送元上人》:"齿因吟后冷,心向静

中圆。"因吟诗过久,齿已有冷寒的感觉。

宋·苏轼《次韵周邠寄〈雁荡山图〉二首》:"眼明小阁浮烟翠,齿冷新诗嚼雪风。"用李洞"齿冷"句。

4273. 终夜动秋声

唐·钱珝《江行无题》:"人居芦苇岸,终夜动秋声。"这是江行百首中之三十二首,作者从中书舍人贬抚州司马,舟行而作。此首写船于夜间靠岸,居芦苇丛中,闻秋声终夜不断。

"秋声"是什么? 请听宋·欧阳修的《秋声赋》:"欧阳子方夜读书,闻有声自西南来者,悚然而听之,曰'异哉!'初淅沥以萧飒,忽奔腾而砰湃,如波涛夜惊,风雨骤至。其触于物也,鏦鏦铮铮,金铁皆鸣,又如赴敌之兵,衔枚疾走,不闻号令,但闻人马之行声。予谓童子:'此何声也? 汝出视之。'童子曰:'星月皎洁,明河在天,四无人声,声在树间。'予曰:'噫嘻,悲哉! 此秋声也。'"欧氏所闻,"秋声在树间",钱氏所闻,秋声在芦苇,风吹芦苇飒飒萩萩,或许还有汨汨江流,都是肃杀的秋声。

宋·张炎《声声慢》:"甚江篱摇落,化作秋声。"这秋声为落叶。

清·朱彝尊《满江红》(塞上咏苇):"绝塞凄清,又谁把、秋声留住。"只身塞外,听枯苇而凄清。

4274. 一寸离肠千万结

唐·韦庄《应天长》:"别来半岁音书绝,一寸离肠千万结。难相见,易相别,又是玉楼花似雪。"写思妇之词,别来半年,音书断绝,别易会难,离肠愁结无数。

宋·晏殊《玉楼春》:"无情不似多情苦,一寸还成千万缕。"用韦句而别创新意,一寸离肠,千万缕愁思。

4275. 占得姑苏台上春

唐·崔道融《西施》:"苎萝山下如花女,占得姑苏台上春。一笑不能忘故国,五湖何处有功臣。""姑苏台"是吴王夫差在苏州南姑苏上修建的娱乐场所,相传西施就安置于姑苏台。崔诗说:西施本是农家美女,深受吴王的宠爱,可她并未忘掉故国,灭吴除了西施,还有谁是功臣呢?

唐·李白《吴王舞人半醉》:"风动荷花水殿香,姑苏台上宴吴王。西施醉舞娇无力,笑倚东窗

白玉床。"想象中的姑苏台上的一个醉舞镜头。

4276. 日照绿窗人去住

　　唐·油蔚《赠别营妓卿卿》:"日照绿窗人去住,莺啼红粉泪纵横。此日端不负卿卿。"(《才调集》卷七)

　　清·吴梅村《临江仙》(逢旧):"此生终负卿卿,姑苏城外月黄昏,绿窗人去住,红粉泪纵横。"用油蔚三句,以话旧感伤。清·陈廷焯《白雨斋词话》举吴梅村《临江仙》词说明,苏东坡词"忠厚缠绵"后人"不能学",亦不必学,只有吴梅村词"高者有与老坡神似处,可做翁后劲"。例证有误。

4277. 主司头恼太冬烘

　　唐·无名氏《嘲郑薰》(郑侍郎薰主文,举人中有颜标者误谓鲁公之后,时徐方未宁,志在激忠烈,即以标为状元。及谢恩日,从容问及庙院,标曰:"标寒进也,未尝有庙院。"薰始大悟,塞默而已。无名子嘲之云云):"主司头脑太冬烘,错认颜标作鲁公。""头脑冬烘",懵懂浅陋。

　　宋·范成大《四时田园杂兴六十首》:"长官头脑冬烘甚,气汝青钱买酒回。"

　　明·汤显祖《牡丹亭》第四十一出耽试《一封书》:"文章五色讹,怕冬烘头脑多。"

　　清·蒲松龄《大江东去》(寄王如水):"糊眼冬烘鬼梦时,憎命文章难恃。"

4278. 白葛衣轻称帽纱

　　五代·谭用之《贻费道人》:"谁如南浦傲烟霞,白葛衣轻称帽纱。""白葛",夏衣,单薄,恰恰同帽纱相配称,写费道人的衣着。

　　宋·苏轼《病中游祖塔院》:"紫李黄瓜村路香,乌纱白葛道衣凉。"用谭用之句,写夏衣。

　　宋·范成大《壬辰七月十六日侵晨真率会,石湖路中书事》:"白葛乌纱称老农,溪南溪北水东风。""白葛乌纱",着装如老农。

4279. 私语口脂香

　　五代·顾夐《甘州子》:"一炉龙麝锦帷旁。屏掩映,烛荧煌。禁楼刁斗喜初长,罗荐绣鸳鸯。山枕上,私语口脂香。""口脂"唇上胭脂。

　　宋·周邦彦《意难忘》:"低鬟蝉影动,私语口脂香。"用顾词原句。

4280. 始知相忆深

　　五代·顾夐《诉衷情》:"换我心,为你心,始知相忆深。"为表达相忆情深,用"将心换心"法,让对方设身处地加深领悟,唤起相忆深情。

　　"换我心,为你心"后人有评。明·汤显祖《花间集》评本卷三:"要到换心田地,换与他也未必好。"可见对方情已绝。明·王士禛《花草拾蒙》评:"顾太尉:'换我心,为你心,始知相忆深。'自是透骨情语。徐山民:'妾心移得在君心,方知人恨深'全袭此。然已为柳七一派滥觞。"

4281. 浪迹天涯去

　　五代·李中《送人南游》:"浪迹天涯去,南荒必动情。""浪迹"到处漫游,行踪不定。

　　宋·王楙《野客丛书·李白事说者不》:"(李白)为同列者所谤,诏令归山,遂浪迹天下。"更早的晋·戴逵《栖林赋》:"浪迹颍湄,栖影箕岑。"

　　唐·李白《半夜郎于乌江送别宗十六璟》:"浪迹未出世,空名动京师。"

　　唐·窦常《途中立春寄杨郇伯》:"浪迹终年客,惊心此地春。"

　　宋·史浩《点绛唇》:"我为劳生,自怜浪迹天涯遍。如今春换,又是孤萍断。"

　　清·蒲松龄《十九日得家书感赋,即呈孙树百、刘孔集》:"漫向风尘试壮游,天涯浪迹一孤舟。"

　　又《三月三日呈孙树百,时得大计邸钞》:"一身浪迹海鸥轻,春草池塘梦不成。"

4282. 细雨梦回鸡塞远

　　南唐中主李璟《摊破浣溪沙》(一名《山花子》):"细雨梦回鸡塞远,小楼吹彻玉笙寒。多少泪珠何限恨,倚栏干。""鸡塞",汉代的鸡鹿塞(今内蒙古杭锦后旗西北),又名"鸡禄山"。五代·孙光宪《定西番》词:"鸡禄山前游骑,边草白,朔天明,马蹄轻。""鸡塞"此处泛指边塞。此下片,写女子怀念远方的征人,凄惋、感伤,无可奈何。

　　"鸡塞远""玉笙寒"二句深受王安石喜爱。宋·胡仔《苕溪渔隐丛话》前集卷五十九引《雪浪斋日记》云:"荆公问山谷云:'作小词曾看李后主词否?'云:'曾看。'荆公云:'何处最好?'山谷以'一江春水向东流'为对。荆公云:'未若"细雨梦回鸡塞远,小楼吹彻玉笙寒",又"细雨湿流光"最好。'"不过此前还有冯延巳的肯定。明人王世贞《艺苑卮言》与清人贺裳《皱水轩词筌》都评述:南唐中主语冯延巳曰:"'风乍起,吹皱一池春水',何与卿事?"冯曰:"未若'细雨梦回鸡塞远,小楼吹彻玉笙寒。'不可使闻于邻国。"明·沈际飞《草堂诗余正集》评:"'塞远','笙寒'二句,字字秋矣。""少游'指冷玉笙寒,吹彻小梅春透',翻入春词,不相上下。"

不赞成对"鸡塞远""玉笙寒"那样评价的近代人如:

王国维《人间词话》:"南唐中主'菡萏香销翠叶残,西风愁起绿波间',大有众芳芜秽,美人迟暮之感,乃古今独赏其'细雨梦回鸡塞远,小楼吹彻玉笙寒',故知解人正不易得。"

吴梅《词学通论》:"至'细雨''小楼'二语,为'西风愁起'之点染语,炼词虽工,非一篇之至胜处。而世人竟赏此二语,亦可谓不善读者矣。"

明·汤显祖《牡丹亭》第三十二出《鲍老催》:"今夜呵,梦回远塞荒鸡咽,觉人间风味别。"用"梵回"句。

4283. 拂了一身还满

南唐后主李煜《清平乐》:"别来春半,触目愁肠断。砌下落梅如雪乱,拂了一身还满。"思远人,愁肠断,落梅如雪,拂去还满,更令人烦躁。

唐·高适《同河南李少尹毕员外宅夜饮时洛阳告捷遂作春酒歌》:"杯中绿蚁吹转来,瓮上飞花拂还有。"李煜"拂还满"意同"拂还有"。

宋·曹勋《清平乐》全词同李煜此词,《全宋词》(一二三九页)误收。

4284. 想得玉楼瑶殿影

南唐后主李煜《浪淘沙》:"金锁已沉埋,壮气蒿莱。晚凉天静月华开。想得玉楼瑶殿影,空照秦淮。"月光下,想象这月在秦淮不过空照玉楼瑶殿之影……也仅此而已。充满了失落感。

清·郑文焯《浪淘沙》:"昨宵故国梦重还,想见水心宫殿影,斜月空寒。"八国联军攻陷北京,此数句感亡国气氛。"想……影"用李煜句。

4285. 还是旧时游上苑

南唐后主李煜《望江南》:"还似旧时游上苑,车如流水马如龙。"

南朝·陈后主叔宝《独酌谣四首》:"更似游春苑,还如逢丽谯。""游上苑"从陈句中脱出。

4286. 故国不堪回首月明中

南唐后主李煜《虞美人》:"小楼昨夜又东风,故国不堪回首月明中。"写亡国恨,故国已亡,不堪回顾了。据传此词是赐服"牵机药"致死的缘由之一。

宋·刘辰翁《柳梢青》(春感):"那堪独坐青灯,想故国,高台月明。"暗用李煜句,抒亡国恨。

4287. 雕栏玉砌应犹在

南唐后主李煜《虞美人》:"雕栏玉砌应犹在,只是朱颜改。问君能有几多愁,恰似一江春水向东流。"太平兴国三年(978)七月七日,据说是李后主生日,"日夕以眼泪洗面"的"违命侯",再发亡国之痛,故国那雕花的栏杆,玉砌的台阶,应是完好如初,而它的主人我已失去了红润的颜色。

"雕栏玉砌"从此成了怀旧的媒介。

宋·晁端礼《满庭芳》:"最难忘,西湖北渚澄秋,玉砌雕栏好在,桃共李、能忆人不?"

宋·曾觌《金人捧露盘》:"雕栏玉砌,空余三十六离宫。"

清·郑文焯《永遇乐》:"玉砌雕栏,伤心还见,系马郊园树。"故国该是满目疮痍了。

4288. 只是朱颜改

南唐后主李煜《虞美人》:"雕栏玉砌应犹在,只是朱颜改。"物未变,人已老,这是凄凉的对比。"朱颜改",朱颜改换,面容苍黄,这是由人上人突然变成"阶下囚"所致。

唐·郑遂初《别离怨》:"只怨红颜改,宁辞玉簟空。"李煜用此"改"字,以下用"朱颜改"者:

宋·韩缜《凤箫吟》:"朱颜空自改,向年年芳意长新。"

宋·晏几道《采桑子》:"知音敲尽朱颜改。寂寞时情,一曲离亭,借与青楼忍泪听。"

宋·秦观《千秋岁》:"日边清梦断,镜里朱颜改。春去也,飞红万点愁如海。"

宋·文天祥《酹江月》(和):"镜里朱颜都变尽,只有丹心难灭。"

4289. 帘外雨潺潺，春意阑珊

南唐后主李煜《浪淘沙》："帘外雨潺潺，春意阑珊。罗衾不耐五更寒。梦里不知身是客，一饷贪欢。"帘外雨声潺潺，春意已经衰残。

唐·白居易《晚春闲居杨工部寄诗杨常州寄茶同到因以长句答之》："宿醒寂寞眠初起，春意阑珊日又斜。""春意阑珊"出于此。

宋·柳永《昼夜乐》："何期小会幽欢，变作离情别绪。况值阑珊春色暮，对满目、乱花狂絮。直恐好风光，尽随伊归去。"用李煜句。

4290. 罗衾不耐五更寒

南唐后主李煜《浪淘沙》："帘外雨潺潺，春意阑珊。罗衾不耐五更寒。"虽"春意阑珊"，却乍暖还寒，尤其是五更，一夜散热，到了五更是最寒凉的时候，所以罗被耐不住五更的寒凉，我有些冷了。

用此"五更寒"句如：

宋·叶梦得《虞美人》（二月小雨达旦，西园独卧，寒甚不能寐，时窗前梨花将谢）："数声微雨风惊晓，烛影敲残照。客愁不奈五更寒，明日梨花开尽、有谁看。""奈"用"耐"。

宋·朱敦儒《朝中措》："要共梅花同晓，薄罗不耐春寒。"

宋·吕渭老《一落索》："残灯不剪五更寒，独自与、余香语。"

又《好事近》："西楼昨夜五更寒，恐一枝先发。"

宋·朱淑真《阿那曲》："梦回酒醒春愁怯，宝鸭烟销香未歇。薄衾无奈五更寒，杜鹃叫落西楼月。"

宋·范成大《晓枕三首》："煮汤听成万籁，添被知是五更。"

宋·赵善括《醉落魄》："樱歌柳舞俱柔弱，罗衣不耐江风恶。"

宋·程垓《一丛花》："归来忍见，重楼淡月，依旧五更寒。"

又《临江仙》："画楼依旧五更寒，可怜红绣被，空记合时戏。"

宋·陈三聘《西江月》："罗袖半黏飞粉，罗衣尚怯春寒。"

宋·魏了翁《西江月》："玉娥不怕五更寒，前就飞花片片。"（雪）

又《水调歌头》："犹记端门外，鞭袖五更寒。"

宋·吴文英《燕归巢》："梦飞不到梨花外，孤馆闭、五更寒。"

宋·陶明淑《望江南》："客枕梦回燕寒冷，角声吹彻五更寒。"

元·王实甫《西厢记》第三本第二折《小梁州》："他为你梦里成双觉后单，废寝忘餐。罗衣不奈五更寒。愁无限，寂寞泪阑干。"

清·曹雪芹《红楼梦》第四十五回《代别离·秋窗风雨夕》："罗衾不奈秋风力，残漏声催秋雨急。"

清·宋征舆《踏莎行》："回首天涯，归期又误。罗衣不耐东风舞。垂杨枝上月华明，可怜独上银床去！"

4291. 劝君莫惜金缕衣

五代前蜀韦縠编《才调集》载佚名《杂词》："劝君莫惜金缕衣，劝君须惜少年时。"诗的主旨是劝人及时行乐。

宋·晏殊《少年游》："劝君莫惜金缕衣，把酒看花须强饮。明朝后日渐离披，惜芳时。"用原句。

宋·梅尧臣《一日曲》："东风若见郎，重为歌金缕。"歌《金缕》曲，即用"及时行乐"意。

4292. 返朴归淳质

宋太宗赵光义《缘识》："愚痴恍惚中，返朴归淳质。"呆痴恍惚之中，杂念尽除，头脑净化，此刻即返朴归淳了。去其浮华，回到淳真，回到天真自然状态了。

"返朴归淳质"即"返朴归真"，原为"归真返璞"。《战国策·齐策四》："斶知足矣，归真反朴，则终身不辱也。"颜斶受到齐宣王的礼遇，他很满意，便辞别宣王说："夫玉生于山，制则破焉，非弗宝贵矣，然大璞不完……"，安步回乡，如反璞归真，又一生不受屈辱。"璞"未经雕琢的天然玉石，又作"归真反璞"。

宋·王禹偁《酬种放徵君一百韵》："不尔为逸人，深居返吾朴。"

4293. 地有湖山美，东南第一州

宋仁宗赵祯《赠梅挚》："地有湖山美，东南第一州。"嘉祐初年，学士梅挚出任杭州太守。临行，仁宗作诗以赠。此开头二句称杭州之美为东南第

一。

宋·苏轼《虞美人》:"湖山信是东南美,一望弥千里。"《本事集》载:熙宁七年秋,杭州太守陈襄(述古)将罢任,宴客于有美堂,苏轼任通判,为陈的属吏,即席赋此词。"湖山"用宋仁宗句写杭州。

4294. 安乐窝中自在身

宋·司马光《酬邵尧夫见示安乐窝中打乖吟》:"安乐窝中自在身,犹嫌名字落红尘。醉吟终日不知老,经史满堂谁道贫。"此诗称邵雍在安乐窝中的隐居生活。

邵雍,字尧夫(1011－1077),祖籍范阳(今河北涿州)。仁宗皇祐元年(1049)宅居洛阳,以教授生徒为生。嘉祐七年(1062),西京留守王拱辰就洛阳天宫寺西天津桥南五代节度使安审琦宅故基建屋三十间,为雍新居,名安乐窝,因自号安乐先生。后两次被荐,均称病不赴。与周敦颐、程颐、程颢齐名。以治《易》、先天象数之学著称。他自作《安乐吟》云:"安乐先生,不显姓氏,垂三十年,居洛之涘。风月情怀,江湖性气。……"司马光所酬《安乐窝中打乖吟》头两句为:"安乐窝中好打乖,打乖年纪合挨排。""打乖"乖僻之意。

邵雍赞安乐窝之安乐闲舒诗很多。如:

《安乐窝中自贻》:"不作风波于世上,自无冰炭到胸中。"

《林下五吟》其一:"安乐窝深初起后,太和汤酽半醺时。"

《林下五吟》其二:"老年躯体素温存,安乐窝中别有春。"

《安乐窝中看雪》:"同云漠漠雪霏霏,安乐窝中卧看时。"

《安乐窝中四长吟》:"安乐窝中快活人,闲来四物幸相亲。"

《安乐窝中诗一编》:"安乐窝中诗一编,自歌自咏自怡然。"

《安乐窝中一部书》:"安乐窝中一部书,号云皇极意何如。"

《安乐窝中一炷香》:"安乐窝中一炷香,凌晨焚意岂寻常。"

《安乐窝中酒一尊》:"安乐窝中酒一尊,非唯养气又颐真。"

《安乐窝中吟》

其一:"安乐窝中职分脩,分脩之外更何求。"

其二:"安乐窝中弄旧编,旧编将绝又重联。"

其三:"安乐窝中万户侯,良辰美景忍虚休。"

其四:"安乐窝中春梦回,略无尘事可装怀。轻风一霎座中过,安乐窝中天外来。"

其五:"安乐窝中春不亏,山翁出入小车儿。"

其六:"安乐窝中三月期,老来才会惜芳菲。"

其七:"安乐窝中春暮时,闭门慵坐客来稀。"

其八:"安乐窝中甚不贫,中间有榻可容身。"

其九:"安乐窝中设不安,略行汤剂自能痊。"

其十:"安乐窝中春欲归,春归忍赋送春时。"

其十一:"生为男子偶昌辰,安乐窝中富贵身。"

其十二:"安乐窝中虽不拘,不拘终不失吾儒。"

4295. 大器由来贵晚成

宋·司马光《赠吴之才》:"胜冠自立艰难里,大器由来贵晚成。"吴挺为作者表兄,成名很晚,此诗以"大器晚成"激励。

又《赠外兄吴之才挺》:"晚成应大器,朱得类凡鱼。"再达前意。

"大器晚成"语出《老子》四十一章:"大方无隅,大器晚成。"原用大材料做器具,需很久的时间。后指能成就大业的人,需经过长期努力。

4296. 淡黄衫子郁金裙

宋·柳永《少年游》:"淡黄衫子郁金裙,长忆个人人。文谈闲雅,歌喉清丽,举措好精神。"上衣着淡黄色帛衫,下衣着裙,积郁着不尽的浓香。作者忆起过去一位歌妓形象,衣着浅淡,气质娴雅。

宋代词人写"淡黄衫子"的较多,或为当时女子的春夏衣着时尚。

宋·张先《贺圣朝》:"淡黄衫子浓妆了,步缕金鞋小。"

宋·毛滂《踏莎行》(蜡梅):"鹅黄衫子茜罗裙,风流不与江梅共。"喻蜡梅花。"鹅黄"淡黄色,幼鹅的毛色呈淡黄。

宋·赵长卿《点绛唇》:"云鬟宫鬓,淡黄衫子轻香透,晚凉时候。"

宋·刘过《清平乐》(赠妓):"待道瘦来肥不是,宜著淡衫子。"

宋·黄机《浣溪沙》:"墨绿衫儿窄窄裁,翠荷斜觇领云堆。"

又《浣溪沙》:"著破春衫走路尘,子规啼断不禁闻。"

4297. 薄罗衫子柳腰风

宋·张孝祥《鹧鸪天》:"豆蔻梢头春意浓,薄罗衫子柳腰风。""淡黄衫子"写衫子的色彩,"薄罗衫子"则换作质料。又《鹧鸪天》:"短襟衫子新来棹,四直冠儿内样新。""短襟"则是衫子的式样。

写"薄罗衫子"又如:

宋·孙惟《长相思》:"云一窝,玉一梭,淡淡春衫薄薄罗,轻颦双黛蛾。"

宋·赵长卿《蝶恋花》(春残):"罨画屏风开羽扇,薄罗衫子仙衣练。"

又《鹧鸪天》:"薄纱衫子轻笼玉,削玉身材瘦怯风。"

宋·杨炎正《贺新郎》:"可奈暖埃欺昼永,试薄罗衫子轻如雾。"

又《浣溪沙》:"杨柳笼烟袅嫩黄,桃花蘸水染红香。薄罗衫子日初长。"

宋·韩淲《浣溪沙》(试香罗):"风软湖光远荡磨,春衫初试薄香罗。"

宋·鼓止《留春令》:"春衫试着香罗薄,无奈东风太恶。"

宋·严仁《鹧鸪天》(春思):"翠罗衫底寒犹在,弱骨难支瘦不禁。"

4298. 向此免,名缰利锁,虚费光阴

宋·柳永《夏云峰》:"筵上笑歌间发,舃履交侵。醉乡归处,须尽兴、满酌高吟。向此免、名缰利锁,虚费光阴。"作者此刻尽把浮名,换作"浅斟低唱""满酌高吟",于是免受名缰利锁之拘束,使时光空过。这里流露"虚费光阴"之不安。后终于景祐元年(1034)中进士第,官至屯田员外郎。

"名缰利锁"源出汉·东方朔《与友人书》:"不可使尘网名缰拘锁,怡然长笑。脱去十洲三岛,相期拾瑶草,吞日月之光华共轻举耳。""名缰(绳)利锁(链)"从"尘网名缰"演化而来,强调"名利"之害身,蔑视名利。

宋·秦观《水龙吟》:"名缰利锁,天还知道,和天也瘦。"

宋·张榘《水龙吟》(寄兴):"浮世名缰利锁,这区区、要须识破。"

宋·夏元鼎《西江月》:"脱去名缰利锁,金童玉女传言。"

宋·洪瑹《月华清》(春夜对月):"恨无奈、利锁名缰;谁为唤、舞裙歌扇。"

元·关汉卿《新水令·石竹子》:"密爱幽欢不能恋,无奈被名缰利锁牵。"

元·张可久《满庭芳·山中杂兴》:"风波几场,急疏利锁,顿解名缰。"

元·庾天锡《雁儿落过得胜令》:"名缰厮缠挽,利锁相牵绊。"

元·汪元亨《沉醉东风·归田》:"到如今做哑妆矬,着意来寻安乐窝,摆脱了名缰利锁。"

元·王喆《转调丑奴儿》:"利缰名锁休贪恋,韶华迅速如流箭。"

元·贾仲名《升仙梦》一折:"断绝上利锁名缰,逼绰了酒色财气。"

元·王子一《误入桃源》第一折:"牢拴住心猿意马,急疏开利锁名枷。"

元·无名氏《赚蒯通》第三折:"事冗也辞身涌脱,今日个顿断名缰利锁。"

明·高濂《玉簪记·促试》:"眼底天涯,利锁名牵;一曲离歌,三迭阳关。"

明·无名氏《鸣凤记·妻思望》:"名缰利锁,常留远塞孤臣。"

清·陈端生《再生缘》第十七卷:"亨衢顺境殊乐安,利锁名缰却挂牵。"

4299. 蜗角虚名,蝇头微利

宋·苏轼《满庭芳》:"蜗角虚名,蝇头微利,算来著甚乾忙。事皆前定,谁弱又谁强。且趁闲身未老,尽放我、些子疏狂。""蜗角",蜗牛角,喻事小功微。《庄子·则阳》:"有国于蜗之左角者,曰触氏;有国于蜗之右角者,曰蛮氏。时相与争地而战。""蝇头"苍蝇头,喻名微利小,也指小字。《南史·衡阳元王道度传》:"殿下家自有坟素,复何须蜗头细书。"所谓"蝇头小楷"。苏词意:小小的名,小小的利,为什么去奔波、争斗呢?正是典型的淡泊名利的思想,把世上的名利,看得微乎其微,小而又小,主张不要为名利牺牲自己的清闲。

首用"蝇头""蝇角"于词中的是宋·柳永,他在《凤归云》中写道:"驱驱行役,苒苒光阴,蝇头利禄,蜗角功名,毕竟成何事,漫相高。"

宋·王仲甫《暮山溪》:"蜗角名,蝇头利,著甚来由顾。"此人与苏轼同时,苏句之意近此。

以后"蝇头""蜗角"合用为多,也有只用其一的。

宋·向子諲《蓦山溪》:"欲烦妙手,写入散人图。蜗角名,蝇头利,着甚来由顾。"此词在向子諲《酒边集》中题云:"王明之曲,芟林易置十数字歌之。"王明之,不知何人,《全宋词》附于王仲甫(字"明之")名下。

宋·袁去华《点绛唇》:"点翰舒笺,字密蝇头小,还揉了。路长山杳,寄得愁多少。"

宋·姚述尧《浣溪沙》(渔父词):"千尺丝纶随卷放,数声玉笛足清和,蝇头名利奈伊和。"

宋·姜特立《浣溪沙》:"蜗角虚名真误我,蝇头细字不禁愁,班超何日定封侯!"

宋·范成大《念奴娇》:"人世会少离多,都来名利,似蝇头蝉翼。赢得长亭车马路,千古羁愁如织。""蝉翼"喻其薄。

宋·净图《望江南》(娑婆苦六首)之二:"娑婆苦,身世一浮萍。蚊蚋睫中争小利,蜗牛角上窃虚名,一点气难平。"蚊蚋,类蚊蝇,其睫毛则更小。

宋·刘学箕《沁园春》(叹世):"浮利虚名,算来何用,蜗角蝇头。"

宋·吴潜《摸鱼儿》:"君谩试、数青史荣名,到底三无二。浮生似寄,争似得江湖,烟蓑雨笠,不被蜗蝇系。"

又《满江红》:"这个底,蜗名蝇利,但添拘束。"

宋·李昴英《水龙吟》(癸丑江西持宪自寿):"最癖登山临水,又何心、蜗名蝇利。"

宋·杨泽民《瑞鹤仙》(忆旧居、呈超然、示儿子及女):"奈孤踪还系,蝇头蜗角。"

又《迎春乐》:"蜗角蝇头相窘束,满眼地、水青山绿。"

元·白朴《乔木查·对景》:"休痴休呆,蜗角蝇头,名亲共利切,富贵似花上蝶,春宵梦说。"

元·滕斌《普天乐》:"蜗角名,蝇头利,输与渊明陶陶醉。"

元·沈和《赏花时·潇湘八景》:"嗟尘世,人斗取,蜗名蝇利待何如。"

元·王实甫《西厢记》第四本第三折《朝天子》:"'蜗角虚名,蝇头微利',拆鸳鸯在两下里。"引苏轼原句,怨张生赴京应试。

4300. 功成不退皆殒身

唐·李白《行路难三首》:"吾观自古贤达人,功成不退皆殒身。子胥既弃吴江上,屈原终投湘水滨。陆雄友才岂自保,李斯税驾苦不早。华亭鹤唳讵可闻,上蔡苍鹰何足道。君不见吴中张翰称达生,秋风忽忆江东行。且乐生前一杯酒,何须身后千载名。"举伍子胥、屈原、陆机、李斯等"贤达""殒身"为例,说明"功成不退"的后果,最后以张翰退归江南为榜样,指出"何须身后名"。

又《古风·天津三月时》:"功成身不退,自古多愆尤。"再申此意。

唐·崔融《哭蒋詹事俨》:"汲黯言当直,陈平智本奇。功成喜身退,时往昔年驰。"引功成身退例:汉初的陈平位丞相,吕后当权时,不治事。汉武帝时,汲黯位列九卿,直言敢谏,后长期抱病。

4301. 功成衣锦还

唐·李白《送张遥之寿阳幕府》:"勖尔效才略,功成衣锦还。"勖勉你献出才略,功成之后,衣锦还乡。"衣锦":身着锦绣衣裳。《汉书·项籍传》:"富贵不归故乡,如衣锦夜行。"穿锦绣衣裳夜间活动,人们看不见其华彩;富贵不归故乡,人们不知其显耀。"衣锦还乡"则反其意。《旧唐书·姜谟传》:"拜谟秦州刺史。高祖谓曰:'衣锦还乡,古人所尚。今以本州相授,用答元功。'"

宋·无名氏《临江仙》(庆寿日趋朝):"来年三四月,衣锦早还乡。"

宋·无名氏《沁园春》(寿刘常州):"论功处,载骖鸾鹤,衣锦赋荣归。""衣锦荣归"与"衣锦还乡"为旧时人们通用。

4302. 功成名遂早还乡

宋·苏轼《临江仙》(赠送):"应念雪堂坡下老,昔年共采芸香。功成名遂早还乡。回车来过我,乔木拥千章。"送人赴阙供职,嘱其"功成名遂"即退身返里。

宋·李敦诗《卜算子》:"南北利名人,常恨家居少。每到春时听子规,无不伤怀抱。好去向长安,细与公卿道。待得功成名遂时,不似归来早。"

4303. 急流勇退岂无人

宋·苏轼《赠善相程杰》:"火色上腾虽有数,急流勇退岂无人。""急流勇退"喻做官的人正在顺利、得意时,为避祸而抽身引退。

《五朝名臣言行录》卷二云:"僧熟视若水久

之,不语,以火箸画灰作'做不得'三字,徐曰:'急流中勇退人也。'"《洞微志》:"他云见足下非神仙骨法,学道亦不能成,但却得好官,能于急流中勇退耳。"

苏轼《次韵孙巨源寄涟水李、盛二著作并以见寄五绝》:"高才晚岁终难进,勇退当年正急流。"

4304. 张良辞汉全身计

元·白朴《阳春曲·知几》:"张良辞汉全身计,范蠡归湖远害机。"张良功成身退,正是全身之计。《史记·留侯世家》:"留侯乃称曰:'家世相韩,及韩灭,不爱万金之资,为韩报仇强秦,天下振动。今以三寸舌为帝者师,封万户,位列侯,此布衣之极,於良足矣。愿弃人间事,欲从赤松子游耳。'乃学辟谷,道引轻身。"称张良及时归隐。

元·周文质《斗鹌鹑·自悟》:"想当日子房公觅全身计,一个识空便抽头的范蠡。"袭用张良,范蠡二人事。从白朴句中引来。

4305. 忍把浮名换了浅斟低唱

宋·柳永《鹤冲天》:"青春都一饷,忍把浮名,换了浅斟低唱。"《后山诗话》云:"柳词骪骳从俗,天下咏之,遂传禁中。仁宗颇好其词,每对宴,必使侍从歌之再三。三变闻之,作宫词号《醉蓬莱》,因内官达后宫,且求其助。仁宗闻而觉之,自是不复歌其词矣。"《能改斋漫录》卷十六载:柳三变"尝有鹤冲天词云:'忍把浮名,换了浅斟低唱?'及临轩放榜,特落之曰:'此人风前月下,好去浅斟低唱,何要浮名?且填词去。'"(三变由此自称"奉职填词"):"景祐元年方及第,后改名永,方得磨勘转官。"

"忍把浮名……"句源应是唐·韩翃《和高平朱参军思归作》:"平生乐事多如此,忍为浮名隔千里。""忍"怎能。"浮名"虚名。

宋·范仲淹《剔银灯》(与欧阳公席上分题):"只有中间,些子少年,忍把浮名牵系。"

宋·晏几道《御街行》:"回思十载,朱颜青鬓,枉被浮名误。"

4306. 才子词人自是白衣卿相

宋·柳永《鹤冲天》:"黄金榜上,偶失龙头望。明代暂遗贤,如何向。未遂风云便,争不恣狂荡。才子词人,自是白衣卿相。""白衣卿相"没有官衔的"高官",类"无冕之王"。《东观汉记·郑均传》载:东汉郑均,任城人,曾屡被征辟,特拜侍御史,迁尚书,后以病辞官还乡。汉章帝东巡,亲至均家,救赐尚书俸禄,以终其身。当时人号为"白衣尚书"。柳永金榜失利,自封"白衣卿相",当然连俸禄也没有,惟见其"狂荡"而已。

又《西江月》:"我不求人富贵,人须求我文章,风流才子占词场,真是白衣卿相。"后来,他更名"永",于景祐元年中进士第,官至屯田员外郎,便不再作"白衣卿相"了。

4307. 准拟幕天席地

宋·柳永《金蕉叶》:"巧笑难禁,艳歌无间声相继,准拟幕天席地。"歌女的笑声难禁,歌声相继,顿使"平阳第"辽阔了,人们如幕天席地一样。"幕天席地"以天为幕,以地为席。

又《抛球乐》:"恣幕天席地,陶陶尽醉太平,且乐唐虞景化。"这是在"芳郊绿野"幕天席地,而不是"准拟"了。

宋·圆禅师《渔家傲》:"只把孤舟为屋宅,无宽窄,幕天席地人难测。"

宋·苏轼《醉落魄》(述怀):"须将幕席为天地,歌前起舞花前睡。"(一作王仲甫词)

又《浣溪沙》(感旧):"徐邈能中酒圣贤,刘伶席地幕青天。"

宋·郭应祥《甲中中秋》:"烹麟脍凤,幕天席地,争似杯盘草草。"

宋·吴潜《秋夜雨》:"吴翁里第还巾角,不妨天地席幕。"

又《暗香》:"尚记得,醉卧东园,天幕地为席。"

4308. 翻恨相逢晚

宋·柳永《洞仙歌》:"算国艳仙材,翻恨相逢晚。"如花女子,"国艳仙材"只恨相逢晚了。

"相逢恨晚"即"相见恨晚"。《史记·平津侯主父列传》:"天子召见三人,谓曰:'公等皆安在?何相见之晚也!'"后表示初交即情投意合,为见晚而遗憾。

宋·吴儆《念奴娇》:"相逢恨晚,人谁道,早有轻离轻折。"

宋·方千里《六幺令》:"当时相见恨晚,彼此萦心目。"

4309. 一夜长如岁

宋·柳永《忆帝京》："薄衾小枕天气，乍觉别离滋味。辗转数寒更，起了还重睡。毕竟不成眠，一夜长如岁。"别离之苦，使睡不成眠，就觉一夜长如年。

宋·欧阳修《一斛珠》："却愿春宵，一夜如年远。"怀人，"梦中若得相寻见"，但愿这梦夜如年长远。用柳句之否定意义。

4310. 小园香径独徘徊

宋·晏殊《浣溪沙》："无可奈何花落去，似曾相识燕归来。小园香径独徘徊。"

晏殊在作此《浣溪沙》词之后，又作一诗《假中示判官张寺丞王校勘》用此词三句："元巳清明假未开，小园幽径独徘徊。春寒不定斑斑雨，宿醉难禁滟滟杯。无可奈何花落去，似曾相识燕归来。游梁赋客多风味，莫惜青钱万选才。"

"小园香径独徘徊"一句诗词二用，可见为作者喜爱。小园满是落花，幽径也是落红堆积，因而溢散着芳香，而人只身徘徊在这幽香的小径上，也幽独极了。合于全词伤春而不悲哀的基调。用"小园香径"者：

宋·蔡伸《苏武慢》："忆旧游，邃馆朱扉，小园香径，尚想桃花人面。"

宋·朱雍《好事近》："春色为谁来？枝上半留残雪，恰近小园香径，对霜林寒月。"

4311. 百尺竿头袅袅身

宋·晏殊《咏上竿伎》："百尺竿头袅袅身，只腾跟挂骇旁人。"写杂技中之"竿技"，表演者爬上竿头，在竿头盘桓，腾跃，直立倒挂，身姿柔曲，令观众担心其惊险。

"百尺竿头"本佛家语。《五灯会元·长沙景岑禅师》："百尺竿头不动人，虽然得入未为真。百尺竿头须进步，十方世界是全身。"喻修行达到极高的境界。后"百尺竿头，再进一步"喻虽取得很高成就，也不应满足，还应再进一步。晏殊则用以赞"竿技"，又如《上元》："两军伎女轻如鹊，百尺竿头电线翻。"

唐·吴融《商人》诗最早用"百尺竿"："百尺竿头五两斜，此生何处不为家。"这是古代"风向仪"。

宋·宋庠《府斋岁晏节物感人辄成拙诗二篇

上寄昭文相公枢密太尉虽俚调无取亦盖各斐然之义也》："千重浪里随流出，百尺竿头试验回。"

宋·向子谌《浣溪沙》（戏呈牧庵舅）："进步须于百尺竿、二边休立莫中安。要知玄露没多般。"

宋·韩维《奉和君俞以子华右德颂见示》："百尺竿头进步人，随缘偶物莫非真。"

宋·萧廷之《南乡子》："百尺竿头牢把线，掀援。从此元神命永存。"

宋·李伯曾《水龙吟》（送吴季中赴省再和）："向临歧赋别，丁宁祝望，竿百尺、进一步。"

宋·李昂英《贺新郎》（钱广东吴宪燧时持节宪江西）："天马不鸣凡马暗，百步何如五十。况陶陶、波涛方急。此去一言回天力，著高高、百尺竿头立。浇磊块，快鲸吸。"

元·张养浩《折桂令》："功名百尺竿头，自古及今，有几个干休。"

4312. 望尽天涯路

宋·晏殊《蝶恋花》："昨夜西风凋碧树。独上高楼，望尽天涯路。欲寄彩笺兼尺素，山长水阔知何处？"这是写思妇之词，愁思深蕴，下片只写"远望"，她"独上高楼"，带着企盼的目光，望断了天涯路，路望不见了，天涯那边却不见归人，而且欲寄书信，也不知人在何方。渺茫、迷蒙，无可奈何。

明·王夫之《青玉案》（忆旧）："云边归雁，尽指天涯路。"作者曾随南明军到过常德、桂林一带，此词忆由湘江回到衡阳的情景，用"天涯路"写雁飞向南方天涯，"雁过衡阳而返"的说法不合事实。

4313. 偶学念奴声调

宋·晏殊《山亭柳》（赠歌者）："偶学念奴声调，有时高遏行云。蜀锦缠头无数，不负辛勤。"念奴，为唐开元时代玄宗的歌者。《开元天宝遗事·眼色媚人》载："念奴者，有姿色，善歌唱，未尝一日离帝左右。每执板当席顾眄，帝谓妃子曰：'此女妖丽，眼色媚人。'每啭声歌喉，则声出于朝霞之上，虽钟鼓笙竽嘈杂而莫能遏。宫妓中帝之钟爱也。""偶学念奴"二句喻"歌者"。

宋·刘辰翁《宝鼎现》（春月）："甚（为什么）辇路，喧阗且止，听得念奴歌起。"指歌女之歌。

4314. 乍雨乍晴花自落

宋·晏殊《浣溪沙》："乍雨乍晴花自落，闲愁闲闷日偏长,为谁消瘦减容光。"思妇词,换头之后,集中写愁,暮春之愁。"乍雨乍晴""闲愁闲闷"二句为一、三字重用七言偶句。"乍",骤然,骤晴骤雨,晴雨无常,花不禁而落,愁闷交并,总觉天更长了。

宋·柳永《笛家弄》:"花发西园,草薰南陌,韶光明媚,乍晴轻暖清明后。"初用"乍晴",而晏殊的"乍雨乍晴"在表达天气变化上则成型了。

宋·欧阳修《浣溪沙》:"乍雨乍晴花自落,闲愁闲闷昼偏长,为谁消瘦损容光。"变二字。属误收。

宋·阮逸女《花心动》(春词):"乍雨乍晴,轻暖轻寒,渐近赏花时节。"

宋·王诜《玉楼春》(海棠):"轻寒轻暖夹衣天,乍雨乍晴寒食路。"用阮逸女句。

宋·曹遬(yuán)《玲珑四犯》:"天气乍雨乍晴,长是伴、牡丹时节。"

宋·陈德武《醉春风》(闺情):"轻暖轻寒,乍晴乍雨,风流云散。"

4315. 乍雨还晴,暄寒不定

宋·陈师道《踏莎行》:"乍雨还晴,暄寒不定,重门深院帘帷静。""乍雨还晴","还"为"又""仍"之意。意近"乍雨乍晴"。

宋·曹勋《峭寒轻》(赏残梅):"乍晴还又冷,从尊前、自落轻钿。""冷"当作"阴"解。

又《花心动》:"乍晴还雨,香罗怯,惜柳絮、已将春远。"

宋·方千里《应天长》:"又见乍晴还雨,年华傍寒食。"

宋·黄机《祝英台近》:"乍雨还晴,花柳自多丽。"

宋·葛长庚《沁园春》:"乍雨还晴,似寒而暖,春事已深。"

宋·吴潜《满江红》:"乍雨还晴,正轻暖寒帘幕。"

4316. 乍暖还寒时候

宋·李清照《声声慢》:"寻寻觅觅,冷冷清清,凄凄惨惨戚戚。乍暖还寒时候,最难将息。"清秋到来,时暖时寒,"寻寻觅觅",无奈的行为;"冷冷清清"清冷的天气;"凄凄惨惨戚戚"凄惨悲凉的心情,最难令人安静将息。

"乍暖还寒","还"又,骤暖又寒。此意出于宋·张先《青门引》(春思)词:"乍暖还清冷,风雨晚来方定。"

宋·柴望《摸鱼儿》:"正乍暖还寒,未是晴天气。"

4317. 乍暖乍寒时候

宋·吴潜《更漏子》:"对残春,消永昼,乍暖乍寒时候。"用李清照句,"乍……乍……"取晏殊句式。其意同"乍暖还寒"。

宋·王之道《木兰花慢》:"须知,乍寒乍暖,褪朱唇、又过海棠时。"

宋·柴望《念奴娇》:"乍暖乍寒浑莫拟,欲试罗衣犹未。"

清·朱彝尊《南楼令》:"乍暖乍寒花事了,留不住,塞垣春。""花事了"用宋·刘克庄《晚春》"花事匆匆了"句。

4318. 最恼是欲晴还雨

明·文征明《满江红》:"最恼是,欲晴还雨,乍寒又热。""欲晴还雨"半晴半雨,乍寒还暖,正是恼人天气。

明·徐灿《永遇乐》(病中):"半暖微寒,欲晴还雨,清得许多愁否?"用文征明语写春愁。

4319. 庭院深深深几许

宋·欧阳修《蝶恋花》:"庭院深深深几许?杨柳堆烟,帘幕无重数。玉勒雕鞍游冶处,楼高不见章台路。"这是闺怨词的上片,庭院深深,多深呢?杨柳堆烟,帘幕重重,楼高望不见章台路上游冶的人。院深楼高,有如"侯门深似海",女主人拘羁其中,青春随着春光逝去了,流露出幽独之苦,含蓄着淡淡的哀愁。

宋代李清照很喜欢"庭院深深"句。她的《临江仙》并序云:欧阳公作《蝶恋花》,有"深深深几许"之句,予酷爱之,用其语作"庭院深深"数阕,其声即旧《临江仙》也:"庭院深深深几许,云窗雾阁常扃。柳梢梅萼渐分明。春归秣陵树,人客远安城。……"说"数阕",《全宋词》却仅收此一阕。

"庭院深深"用叠字,又称"重言"。前人有评曰:《诗经》用重言不下千处。《文心雕龙·物色》称"灼灼"状桃花之鲜,"依依"尽杨柳之貌,"杲杲"为出日之容,"漉漉"拟雨雪之状,"喈喈"逐黄鸟之声,"嘤嘤"学草虫之韵……并以少总多,情貌无遗矣。虽复思经千载,将何易夺?"古诗《青青河畔草》连有六个叠字,被顾亭林评为"下此无人能继",李清照《声声慢》:"寻寻觅觅……"张端义《贵耳集》称为"公孙大娘舞剑手"。欧阳修的"深深深几许"烘托闺中幽怨,也产生了极强的艺术效果。不仅李清照,许多人都喜欢。

宋·杜安世《鹊桥仙》:"日长天气,深深庭院,又是春愁滋味。"

宋·刘几《梅花曲》:"浅浅池塘,深深庭院,复出短短垣墙。"

宋·魏夫人《临江仙》:"庭院深深深几许,云窗雾阁春迟。为谁憔悴损芳姿?夜来清梦好,应是发南枝。"李清照兼用了"云窗雾阁"句。

宋·方岳《水龙吟》(和朱行父海棠):"昼长庭院深深,春柔一枕流霞醉。"

宋·赵孟坚《花心动》:"庭院深深,正飞花零乱,蝶懒蜂稀。"

宋·何桂梦《蝶恋花》(即景):"竹院深深深几许,深处人闲,谁识闲中趣,弹彻瑶琴移玉柱,苍苔满地花阴午。"

元·孙蕙兰(傅汝砺妻)《偶成》:"庭院深深早闭门,停针无语对黄昏。"

明·陈子龙《蝶恋花》(春日):"几度春风人意恼,深深院落芳心小。"

清·潭献《蝶恋花》:"庭院深深人悄悄,埋怨鹦哥,错报韦郎到。""韦郎"指韦皋。唐·范摅《云溪友议》载:韦皋游江夏,与一青衣侍女玉萧相爱。此处言情人未到。

清·纳兰性德《蝶恋花》(出塞):"一往情深深几许?深山夕照深秋雨。"用于"情"。

清·郑燮《酷相思》(本意):"杏花深院红如许,一线画墙拦住。"

清·朱彝尊《临江仙》:"绿阴犹未满,庭院已深深。"

4320. 黄昏院落,为谁密解罗囊

宋·张先《汉宫春》(蜡梅):"仙姿自称霓裳,更孤标俊格,非雪凌霜。黄昏院落,为谁密解罗囊。银瓶注水,浸数枝、小阁幽香。"黄昏院落,蜡梅暗暗花开。

"黄昏院落"或"黄昏庭院",即太阳已落、黑夜将临的黄昏(傍晚)时分的院落,多表示孤凄静悄的氛围与心境。

宋·康与之《金菊对芙蓉》(秋怨):"花前月下,黄昏院落,珠泪偷垂。"

又《杏花天》(慈宁殿春晚出游):"黄昏院落人归去,犹有流莺对语。"

宋·曾觌《瑞鹤仙》:"正貂裘乍怯,黄昏院宇,入檐飘泊。"

宋·葛立方《满庭芳》:"要看黄昏庭院,横斜映、霜月朦胧。"

宋·侯寘《渔家傲》:"斗帐宝香凝不散,黄昏院落莺声晚。"

又《风入松》:"冷落黄昏庭院,梦回家在三湘。"

宋·袁去华《减字木兰花》(梅):"黄昏院落,细细清香无处著。"

宋·向滈《菩萨蛮》(望行人):"庭院欲黄昏,凝情空断魂。"

宋·杨冠卿《好事近》(代人书扇):"灯火黄昏院落,报雕鞍人近。"

宋·辛弃疾《浣溪沙》(与客赏山茶,一朵忽堕地,戏作):"酒面低迷翠被重,黄昏院落月朦胧。"

宋·程垓《南浦》:"黄昏院落,问谁犹在凭栏处。"

又《摸鱼儿》:"掩凄凉,黄昏庭院,角声何处鸣咽。"

又《忆秦娥》:"愁无语,黄昏庭院黄梅雨。黄梅雨,新愁一寸,旧愁千缕。"

宋·陈亮《虞美人》(春愁):"黄昏庭院柳啼鸦,记得那人和月、折梨花。"

宋·卢炳《好事近》:"庭院欲黄昏,秋思恼人情乱。"

宋·张潞《祝英台近》:"绣帘深院黄昏,著香无处,人欲睡、为花重起。"

宋·方千里《玉楼春》:"马蹄清晓草黏天,庭院黄昏花满地。"

宋·黄机《更漏子》:"秋点长,秋梦短,怕见黄昏庭院。"

宋·陈允平《水龙吟》:"渐黄昏院落,清明时候,东风里、无情泪。"

又《六丑》:"更杜鹃、院落黄昏近,谁禁受得。"

宋·何桂梦《喜迁莺》:"杜宇声声,黄昏庭院,那更半帘风雨。"

宋·赵闻礼《法曲献仙音》:"院落黄昏,怕春

莺笑憔悴。"

宋·刘壎《烛影摇红》(月下牡丹):"院落黄昏,残霞收尽帘纤雨。"

宋·汪元量《暗香》:"最好是、院落黄昏,压栏照水清绝。"

宋·仇远《忆秦娥》:"秋乍觉,露凉顿觉罗衾薄。罗衾薄,黄昏庭院,水风帘幕。"

宋·无名氏《行香子》:"黄昏院落,恓恓惶惶。酒醒时、往事愁肠。"

宋·无名氏《凤凰阁》:"春去也,这般愁,没处安著。怎奈向、黄昏院落。"

4321.仰视乔木皆苍烟

宋·欧阳修《沧浪亭》:"不知此地几兴废,仰视乔木皆苍烟。"沧浪亭的乔木十分古老,枝叶槎牙如一团团苍烟。又《余昔留守南都得与杜祁公唱和诗有答公见赠二十韵……》:"掩涕发陈编,追思二十年。门生今白首,墓木已苍烟。""门生"作者自谓,"墓木"指杜祁墓旁之树,这树已苍老如烟团。

宋·苏轼《和子由寒食》:"寒食今年二月晦,树林深翠已生烟。"用欧阳修写古木法。

又《游东面岩》:"空余行乐处,古木昏苍烟。"

宋·范成大《与王夷仲检讨祀社》:"自今岁其有,驱疠苍烟根。""苍烟根"指古树下、社树下祭祀禳疫。

4322.饱食杜门何所事

宋·欧阳修《暮春书事呈四舍人》:"饱食杜门何所事,日长偏与睡相宜。"述自己"老病衰翁"在暮春,只是关起门来,饱食安睡,无所事事。

唐·白居易《饱食闲坐》:"饱食不出门,闲坐不下堂。""饱食杜门"取此句。

宋·苏轼《寓居定惠院之东杂花满山有海棠一株,土人不知贵也》:"先生食饱无一事,散步逍遥自扪腹。"取欧阳修句。

4323.日长偏与睡相宜

宋·欧阳修《暮春书事呈四舍人》:"饱食杜门何所事,日长偏与睡相宜。"夜短昼长,白昼适宜于睡眠。又《石枕竹簟》:"自然唯与睡相宜,以懒投闲何惬适。"簟枕"与睡相宜"。

宋·苏轼《和子由送将官梁左藏仲通》:"日长

惟有睡相宜,半脱纱巾落纨扇。"用欧阳修"日长"原句。

4324.曾见挥毫气吐虹

宋·欧阳修《答王禹玉见赠》:"昔年叨入武成公,曾见挥毫气吐虹。"一题作《和禹玉书事》,忆当年王禹玉之书法,挥毫运笔,吐气如虹。喻笔力雄浑灵动。"虹"原喻人的气质豪迈潇洒,气贯虹霓。《文选·七启》云:"慷慨则气成虹霓。"

宋·苏轼《次韵张琬》:"知君不向穷愁老,尚有清诗气如虹。"喻诗思宏伟。

4325.翰林风月三千首

宋·欧阳修《赠王介甫》:"翰林风月三千首,吏部文章二百年。"赞王安石之诗文可与李白(翰林)之诗、韩愈(吏部)之文媲美。

金·刘著《鹧鸪天》:"翰林风月三千首,寄与吴姬忍泪看。"刘著曾任翰林,以李白自况。

4326.鸠妇怒啼无好音

宋·欧阳修《鸣鸠》:"天将阴,鸣鸠逐妇鸣中林,鸠妇怒啼无好音。天雨止,鸠呼妇归鸣且喜,妇不嘔归呼不已。逐之其去恨不早,呼不肯来固其理。"嘉祐四年,"崇政殿后考试所作"。以鸠逐妇喻人之夫妇关系。作者另有《代鸠妇言》亦"闻士有欲弃妻者作"。

宋·苏轼《二月十六日雨中熟睡》:"泥深竹鸡语,村暗鸠妇哭。"雨中鸠鸣。

4327.卖花担上看桃李

宋·欧阳修《六一诗话》云:"京师士大夫牵于事役,良辰美景罕获宴游之乐,其诗至有'卖花担上看桃李,拍酒楼头听管弦'。"无宴游之乐,无暇赏良辰美景,只能在卖花担上看看桃李花,听拍酒楼头传来的管弦声。说明北宋初年京官兢兢业业,勤于政务。

宋·戴复古《洞仙歌》:"卖花担上,菊蕊金初破。说着重阳怎虚过。看画城簇簇,酒肆歌楼,奈没个巧处,安排着我。"用"卖花担上"句意表示远离家乡的孤寂。

4328.不若见诗如见画

宋·欧阳修《盘车图》:"古画画意不画形,梅诗咏物无隐情。忘形得意知者寡,不若见诗如见画。"此诗为"和圣俞""呈杨直讲"。《盘车图》画一牛车沿着险峻的盘山乱石路前行,此画中"树老石硬,山回路转,高下曲直,横斜隐见,妍媸向背各有态,远近分毫皆可辨"。又请梅圣俞配以诗,都为杨直讲收藏。欧诗云古画配以梅诗,即"见诗如见画"了。

宋·苏轼《韩幹马十四匹》:"韩生画马真是马,苏子作诗如见画。世无伯乐亦无韩,此诗此画谁当看?"用欧句称韩幹之马。

4329. 生平不做皱眉事

宋·邵雍《诏三下答乡人不起之意》:"生平不做皱眉事,天下应无切齿人。""皱眉事"伤害他人之事,"生平不做皱眉事",天下应当没有仇恨自己的人,以明哲保身。

宋·吴泳《摸鱼儿》(郪县宴同官):"且遇酒高歌,逢场戏剧,莫作皱眉事。"用邵雍句意。

4330. 爆竹声中一岁除

宋·王安石《元日》:"爆竹声中一岁除,春风送暖入屠苏。千门万户曈曈日,总把新桃换旧符。"除夕之夜,爆竹声起,送走了旧岁,迎来新年。

宋·向子諲(自号"芗林居士")《浣溪沙》序云:"荆公除日诗云:'爆竹声中一岁除,东风送暖入屠苏。千门万户曈曈日,争插新桃换旧符。'东坡诗云:'老去怕看新历日,退归拟学旧桃符。'古今绝唱也。吕居仁(吕本中)诗有'画角声中一岁除,平明更饮屠苏酒'之句,政用以为故事耳。芗林退居之十年,戏集两公诗,辄以鄙意足成《浣溪沙》,因书以遗灵照。'爆竹声中一岁除,东风送暖入屠苏。曈曈晓日上林庐。去去帕看新历日,退归拟学旧桃符。青春不染白髭须。'集王、苏二人四句以成词。"

宋·赵师侠《鹧鸪天》:"爆竹声中岁又除,顿回和气满寰区。春风解绿江南树,不与人间染白须。"

宋·王炎《清平乐》(嘉定壬申除夜):"爆竹声中人未睡,共道今宵岁守。"

4331. 京口瓜洲一水间

宋·王安石《泊船瓜州》:"京口瓜洲一水间,钟山只隔万重山。春风又(一作"自")绿江南岸,明月何时照我还!"京口,即今江苏省镇江市,在长江南岸,北岸则是瓜洲古渡,说一江之隔,很近很近。

又《招叶致远》:"白下长干一水间,竹云新笋已斑斑。""白下"在秦淮河北岸,"长干"在秦淮河南岸,也是一水之隔。用"一水间"句式。

4332. 钟山只隔数重山

宋·王安石《泊船瓜洲》:"京口瓜洲一水间,钟山只隔数重山。春风又绿江南岸,明月何时照我还?""春风"句,《全宋诗》(北京大学出版社出版)作"春风自绿江南岸"。"又绿江南岸"似诗人在江北已不止一个春天。此诗当是诗人晚年的作品。王安石是抚州临川(今属江西)人。英宗治平四年(1067)知江宁府(今南京市)。神宗熙宗二年(1069)除参知政事推行变法。熙宁七年(1074)罢相,知江宁府。八年(1075)复相,九年(1076)再辞相,以镇南军节度使、同平章事判江宁府。十年(1077)免任,居江宁钟山。他三任江宁,晚年又在江宁定居,因而他对江宁、对钟山情有独钟。此诗已流露出对钟山的深切怀念,急迫地要还返江宁。

又《与宝觉宿龙华院三绝句》其一:"老于陈迹倦追攀,但见幽人数往还。忆我小诗成怅望,钟山只隔数重山。"忆起"小诗"旧句,表示对钟山的想望。

王安石三任江宁,又三别钟山,多次表达对钟山的感情,第二故乡远胜第一故乡(江西),请看他的钟山之恋:

《次韵奉和蔡枢密南京种山药法》:"故畦穿斸(zhú)知何日,南望钟山一慨然。"

《杂咏五首》其三:"朝阳映屋拥书眠,梦想钟山一慨然。"再度想望钟山而慨然动情。

《示王铎主簿》:"君正忙时我正闲,如何同得到钟山。"

《戏赠段约之》:"如何更欲通南埭,割我钟山一半青。"

《寄金陵传神者李士云》:"欲去钟山终不忍,谢渠分我死前身。"

《学士院燕侍郎画图》:"去年今日长干里,遥望钟山与此同。"

《雪中游北山呈广州使君和叔同年》:"看取钟山如许雪,何须持寄岭头梅。"

《寄沈道原》:"眼前不道无苍翠,偷得钟山隔水看。"

《怀钟山》："投老归来供奉班,尘埃无复见钟山。"

《赴召道中》："青松十里钟山路,只隔西南一片云。""十里钟山路"取杜牧"春风十里扬州路"句。

《江东召归》："昨日君恩误赐环,归肠一夜绕钟山。"

《示宝觉二首》："重将坏色染衣裙,共卧钟山一坞云。"

4333. 山林投老倦纷纷

宋·王安石《招杨德逢》："山林投老倦纷纷,独卧看云却忆君。云尚无心能出岫,不应君更懒于云。""投老"至老,垂老,"山林投老"或反序"投老山林"、垂老于山林。此诗晚年居半山,有时倦怠,于是招杨德逢来。

"投老山林""投老",南朝诗人、唐代诗人有谁用过,已疏于查考了,只知王安石用得最多。如:

《题勇老退居院》："道人投老寄山林,偶坐翛然洗我心。"

《次张唐公韵》："忆昨同追入马蹄,约公投老此山栖。"

《答韩持国芙蓉堂二首》："投老归来一幅巾,尚私荣禄备藩臣。"

《长干释普济坐化》："投老唯公最故人,相寻长恨隔城闉。"

《怀钟山》："投老归来供奉班,尘埃无复见钟山。"

《送黄吉甫入京题清凉寺壁》："投老难堪与君别,倚江从此望还辕。"

《与宝觉宿龙华院三绝句》："世间投老断攀缘,忽忆东游已十年。"

《北山有怀》："香火因缘寄此山,主恩投老更人间。"

《封舒国公三首》："陈迹难寻天柱源,疏封投老误明恩。"

《中书即事》："投老翻为世纲婴,低徊终恐负平生。"

《九日赐宴琼林苑作》："金明驰道柳参天,投老重来听管弦。"

《现明州图》："投老心情非复昔,当时山水故依然。"

4334. 汤武偶相逢,风虎龙云

宋·王安石《浪淘沙令》："汤武偶相逢,风虎龙云。兴王只在笑谈中。直至如今千载后,谁与争功。"《易经·乾卦·文言》："同声相应,同气相求,水流湿,火就燥,云从龙,风从虎,圣人作而万物睹。"龙起生云,虎啸生风,同类事物互相感应。喻君主得到贤臣、臣子遇到明君。王安石词意:商汤遇伊尹、周武遇吕尚,正如龙起生云,虎啸生风,兴起王业只在笑谈之中。

唐·韩愈《醉留东野》："昔年因读李白杜甫诗,长恨二人不相从。吾与东野生并世,如何复蹑二子踪。……我愿身为云,东野变为龙。四方上下逐东野,虽有离别无由逢。"以云从龙作喻,说明自己追随孟郊,景仰孟郊,把孟郊做为投契之友,如云龙相随而不再分离。

宋·王清惠《满江红》："龙虎散,风云灭;千古恨,凭谁说! 对山河百二,泪盈襟血。"喻南宋君臣败亡。

4335. 妙质不为平世得,微言唯有故人知

宋·王安石《思王逢原三首》其二:"蓬蒿今日想纷披,冢上秋风又一吹。妙质不为平世得,微言唯有故人知。"王逢原,极有才华,文笔极高,深受王安石赏识。死后,王安石几经作诗以"思"。此二句称人才不为世用,唯有故人懂得他话语的含义。

宋·陈师道《何郎中出示黄云草书》："妙手不为平世用,高怀犹有故人知。"从王安石二句脱出,赞黄公。

4336. 君今幸未成老翁

宋·王安石《送吴显道五首》其一:"君今幸未成老翁,衰老不复如今乐。"激励吴显道西游,趁着年轻,领悟人世人生。

又《送吴显道南归》："君今幸未成老翁,二十八宿(xiù)罗心胸。"再用原句。

4337. 起看天地色凄凉

宋·王安石《葛溪驿》："坐感岁时歌慷慨,起看天地色凄凉。"病卧馆驿,时值秋风,归梦切切,"天地色凄凉",正是蝉鸣黄叶,一片凄凉色。

唐·杜甫《狂夫》："厚禄故人书断绝,恒饥稚

子色凄凉。"写稚子面有饥色。黄色,菜色。王安石用"色凄凉"写秋日的天气。

4338. 毡车百辆皆胡姬

宋·王安石《明妃曲》:"明妃初嫁与胡儿,毡车百辆皆胡姬。含情欲语独无处,传与琵琶心自知。"这是想象中的明妃辞汉,"毡车百辆"句,写想象中的隆重。

元·马祖常《昭君》:"斿车百辆入单于,不恨千金买画图。"用王句。

4339. 洗松纳空光

宋·王安石《昆山慧聚寺次孟郊韵》:"扫石出古色,洗松纳空光。""洗松"当是雨,雨洗了松枝松叶。枝叶罅隙间纳入了光线。

宋·范成大《四月十六日桂笏亭偶题》:"转午闻鸡日正长,小亭方丈纳空光。"用"纳空光"写小亭周围雨后景色。

4340. 时人不识余心乐

宋·程颢《七绝·春日偶成》:"云淡风轻近午天,傍花随柳过前川。时人不识余心乐,将谓偷闲学少年。"云淡淡,风轻轻,时光已近中午,我伴着花枝,随着绿柳,缓步走过前边的平川。人们不知道我内心里面对春光无比的快乐,误以为我在学那游荡偷闲的少年。

唐·杜荀鹤《小松》:"自小刺头深草里,而今渐觉出蓬蒿。时人不识凌云木,直待凌云始道高。"松刚刚探出蓬蒿,人们只见其小,而不知道这是凌云大木,程颢取"时人不识"句式。

五代·陈陶《豫章江楼望西山有怀》:"时人未识辽东鹤,吾祖曾传宝鼎书。"

五代·颜仁郁《农家》:"夜半呼儿趁晓耕,羸牛无力渐艰行。时人不识农家苦,将谓田中谷自生。"程颢二句从此"时人不识……将谓……"句式脱出。

宋·韩维《寄太素》:"时人不识先生意,唤作人间无事翁。"

4341. 将谓偷闲学少年

宋·程颢《七绝·春日偶成》:"时人不识余心乐,将谓偷闲学少年。""将谓"句,又可解作:会说我偷闲学那年轻人一样的游荡。

明·汤显祖《牡丹亭》第十二出寻梦《前腔》:"偶尔来前,道的咱偷闲学少年。"杜丽娘私自游园,戏言"偷闲学少年"。

4342. 不悟当从一范增

宋·曾巩《垓下》:"泫然垓下真儿女,不悟当从一范增。"垓下为项羽失败之处,作者在此痛悼项羽大丈夫的失败,并指出其原因是"不悟当从一范增"。范增为项羽主要谋士,曾被尊为"亚父"。他一力主张让项羽杀刘邦。项羽不听,后中了陈平的反奸计,权力被削,他愤然离去。苏轼《范增论》有云:"范增,高帝之所谓也。增不去,项羽不亡。"刘邦重用了许多贤才,而项羽一个范增也不能用。曾巩此句即含此意。

宋·陈洎《过项羽庙》:"学敌万人成底事,不思一个范增多。"项羽少时,不学书,不学剑,学"万人敌",其叔项梁教其兵法。此诗亦为项羽虽学"万人敌",却不能用一个范增而感遗憾。

4343. 朽腐化神奇

宋·王珪《题瑞芝图》:"幽阴吐光怪,朽腐化神奇。"幽美的变化,杰出的变化,巨大的变化。《庄子·知北游第二十二》:"是其所美者为神奇,其所恶者为臭腐。臭腐复化为神奇,神奇复化为臭腐。故曰:'通天下一气耳。'圣人故贵一。"臭腐与神奇,都是依人的好恶而定,没有客观标准,因而,二者随人的好恶而转化,如此循环不已。后作为成语"化腐朽为神奇",表示使腐朽的事物经改造发生质的变化,成为神奇的事物。

宋·苏轼《次韵郭功甫观予画雪雀有感》:"早知腐朽即神奇,海北天南总是归。"

宋·辛弃疾《水调歌头》(元日投博山寺,见者惊叹其老):"臭腐神奇俱尽,贵贱贤愚等耳,造物也儿童。"

宋·陈亮《贺新郎》(寄辛幼安和见怀韵):"老去谁凭说?看几番、神奇臭腐,夏裘冬葛。"

当代元帅加诗人陈毅《哭叶军长希夷同志》(一九四六年四月):"策划赖长才,腐朽化神奇。"

4344. 春梦秋云,聚散真容易

宋·晏几道《蝶恋花》:"醉别西楼醒不记。春梦秋云,聚散真容易。""春梦""秋云"两种事物停留短暂,去后无迹,喻聚与散之快之易。

唐·白居易《花非花》："来如春梦不多时,去似秋云无觅处。"小晏缩用此二句。

4345. 金鞭美少年,去跃青骢马

宋·晏几道《生查子》："金鞭美少年,去跃青骢马。牵系玉楼人,绣被春寒夜。"美少年手执金鞭,骑着青骢马出游,牵系着玉楼里的玉人的心,挂念着远方。

唐·韦庄《上行杯》："白马玉鞭金辔。少年郎,离别容易,迢递去程千万里。"晏几道取此意。"金鞭"出于杜甫诗:"酒醡并辔金鞭垂。"

4346. 心心念念忆相逢

宋·晏几道《风入松》："心心念念忆相逢,别恨谁浓。"相思忆别,"心心念念"心中切念,难以放下。

宋·晏殊《诉衷情》："人别后,月圆时,信迟迟。心心念念,说尽无凭,只是相思。"小晏用此句。

4347. 谁使一朝富贵面发红

宋·苏轼《薄薄酒二首》："文章自足欺盲聋,谁使一朝富贵面发红。达人自达酒何功,世间是非忧乐本来空。""欺盲聋"取《庄子·逍遥游》"瞽者无以与乎文章,聋者无以与乎钟鼓"语,说以文章晋升,不过是欺蒙那些"盲聋",欺蒙得手,一朝富贵,脸要发红的。

古乐府"今日牛羊上丘陇,当时近前面发红"。苏诗独用此"面发红"。

4348. 五更待漏靴满霜

宋·苏轼《薄薄酒二首》："五更待漏靴满霜,不如三伏日高睡足北窗凉。"京官早朝也很辛苦,天未亮便聚集于朝门,等候漏尽入朝,靴上都挂满了霜,这哪如三伏天睡在北窗虽日出很高仍然凉爽。

《旧唐书·宪宗纪》云:百官早朝,必立马于望仙建福门外,宰相即于光宅东坊以避风雨。元和初,始置待漏院。白居易《晏起》就有"早朝霜满衣"句。白居易诗又有"酒醒夜深后,睡足日高时"。苏轼诗从白诗中取意。

早朝,是朝廷自皇帝至百官为国事而辛勤的表现。《长恨歌》写:"春宵苦短日高起,从此君王不

早朝。"唐玄宗天宝晚期之败落"从此"即开始了。

宋·范成大《宴坐庵四首》："枕上翻身寻断梦,故人待漏满靴霜。"用苏轼句说自己可以安稳甜睡,而作官的友人却正在寒夜中等待早朝。

4349. 寓形天宇间,出处会有役

宋·苏轼《送小本禅师赴法云》："寓形天宇间,出处会有役。"送杭州净慈寺小本(善本)禅赴汴京法云寺继主持。首二句说人寄形宇内,行止必有辛劳。

晋·陶渊明《归去来兮辞》："寓形宇内复几时,曷不委心任去留。"苏轼上句取此上句。

南朝·梁·江淹《陶徵君潜田居》："问君亦何为,百年会有役。"苏轼下句取此下句。

4350. 香雾霏霏欲噀人

宋·苏轼《食甘》："清泉薇薇先流齿,香雾霏霏欲噀人。"甘桔香气极浓,"噀(xùn)"喷人,香气喷鼻。

南朝·梁·刘孝标《送桔启》："采之风味照座,擘之香雾噀人。"苏轼用此句。

4351. 扶挈老幼相遮攀

宋·苏轼《再过超然台赠太守霍翔》："重来父老喜我在,扶挈老幼相遮攀。"作者重来超然台,受到当地父老关注与欢迎。"扶挈老幼"即《逸用书》中的"扶老携幼"。"遮攀"遮道攀辕,热烈相迎。

北周·庾信《哀江南赋》："提挈老幼,关河累年。"作者挈带老幼,并入长安。苏诗下句用此。

唐·杜甫《羌村三首》其一:"妻孥怪我在,惊定还拭泪。"苏轼上句用此上句。

4352. 故残鸹鹊玉横斜

宋·苏轼《次韵王仲至喜雪御筵》："未集骅骝金騕裹,故残鸹鹊玉横斜。""鸹鹊"汉代殿名。"玉横斜"鸹鹊殿上如玉的残雪横横斜斜。

唐·杜甫《宣政退朝》："云近蓬莱常五色,雪残鸹鹊亦多时。"苏轼描绘了"雪残鸹鹊"。

4353. 何曾背面伤春啼

宋·苏轼《续丽人行》："君不见孟光举案与眉齐,何曾背面伤春啼。"写周昉所画"背面欠伸"女子,不会"背面伤春啼",因为如孟光举案齐眉,与

梁鸿互敬互爱。

唐·杜甫《北征》:"见耶背面啼,垢腻脚不袜。"从凤翔回到鄜州家中,此见到儿子的模样。"背面啼"苏轼用其反义。

4354. 打彻凉州花自开

宋·苏轼《惜花》:"腰鼓百面如春雷,打彻凉州花自开。"百面鼓击打《凉州》曲,花就自然开放了。《羯鼓录》载:唐明皇在柳杏将吐未吐时节,自击羯鼓一通,回顾柳杏,皆已发芽坼叶,后人谓之"催花鼓"。苏诗"百面鼓"催花,但愿花盛开。

宋·范成大《元夕后连阴》:"谁能腰鼓催花信,快打凉州百面雷。"用苏轼句写在阴雨中盼春日到来,春花开放。

4355. 老去君空见画

宋·苏轼《次韵子由书王晋卿画山水二首》:"老去君空见画,梦中我亦曾游。"因年老,难以游览山水,只能在山水画中欣赏。

唐·杜甫《观李固请司马弟山水图》:"人间长见画,老去恨空闲。"苏诗取"见画"意。

唐·白居易《酬微之通州旧题》:"十五年前似梦游,曾将诗句结风流。"苏轼下句用"梦游"意。

4356. 何日晴窗新笔砚

宋·苏轼《韩仲勉子文》:"何日晴窗亲笔砚,一杯相属更从容。"写相会后如何赋诗饮酒。

宋·黄庭坚《和高仲本喜相见》:"何日晴轩观笔砚,一尊相属要从客。"用苏诗二句。

4357. 无官一身轻

宋·苏轼《借前韵贺子由生第四孙斗老》:"无官一身轻,有子万事足。""无官一身轻"是名句,宦海沉浮,劳苦而艰险,无官则一身轻松。此句常为无官、失官者解脱。

唐·施肩吾《赠采药叟》:"老去唯将药里行,无家无累一身轻。"唐·王建《送薛蔓应举》:"有贤大国丰,无子一家贫。男儿富邦家,岂为荣其身。"苏轼二句或从此二诗中生出。

明·汤显祖《牡丹亭》第十六出诘病《尾声》(老旦):"无官一身轻,有子万事足。"用苏轼二句。

4358. 正是河豚欲上时

宋·苏轼《惠崇春江晚景》:"蒌蒿满地芦芽短,正是河豚欲上时。"晚春正是河豚鱼大量到来的时候,描述"春江"的景况。

宋·梅尧臣《河豚》:"春洲生荻芽,春岸飞杨花。河豚于此时,贵不数鱼虾。"苏轼即概括此意。

宋·范成大《四时田园杂兴六十首》:"荻芽抽笋河豚上,栋子开花石首来。"亦写河豚鱼与石首鱼应时而上。

4359. 忽闻河东狮子吼

宋·苏轼《寄吴德仁兼简陈季常》:"龙丘居士亦可怜,谈空说有夜不眠。忽闻河东狮子吼,拄杖落手心茫然。"

"狮子吼"原为佛家语,佛家诵法时,令群邪慑伏。《维摩诘所说经·佛国品》:"演法无畏,犹狮子吼,其所讲说,乃如雷震。"《湿盘经》:"佛说偈言,狮子一吼众兽伏,金刚一杵群峰碎,修罗无数一轮降,世间黑暗一日破。"所以佛说狮吼,皆喻佛法之无穷威力。苏轼诗:"当为狮子吼,佛法无南北。"

"河东狮吼"是悯陈季常的。宋·洪迈《容斋三笔》:"陈慥字季常,公弼之子,居于黄州之岐亭,自称'龙丘先生',又曰'方仙子'。好宾客,喜蓄声妓,然其妻柳氏绝凶妒。故东坡有诗云:'龙丘居士亦可怜,谈空说有夜不眠。忽闻河东狮子吼,拄杖落手心茫然。'河东狮子,指柳氏也。"柳氏世为河东望族,故东坡用杜甫"河东女儿身姓柳"句,以"河东狮子"指代柳氏。"狮子吼"本佛家语,喻威严,陈慥好佛,故借佛家语以戏之。后来便用"河东狮吼"喻妻子妒悍,或嘲惧内者。

另一说,陈慥谈禅,柳氏也谈禅,陈谈不过柳氏。此义多不为人所取。

用"狮子吼"表义不一。

唐·刘禹锡《送鸿举游江南》:"与师相见便谈空,想得高斋狮子吼。"用本义。

又《送元简上人适越》:"浙江涛惊狮子吼,稽岭峰疑灵鹫飞。"喻狂涛。

唐·寒山《诗三百三首》:"欲伏猕猴心,须听狮子吼。"取"佛狮之吼"义。

宋·蒋捷《风入松》(戏人去妾):"恨杀河东狮子,惊回海底鸥儿。"以"河东狮子"(苏轼语)喻"妾"。

元帅加诗人陈毅《夕鹤词》:"人民反潮流,日本狮子吼。"日本《夕鹤》剧演出观后。

4360. 兀坐如枯株

宋·苏轼《客位假寐》："谒人不得去,兀坐如枯株。岂惟主忘客,今我亦忘吾。""兀坐"句,像失去知觉一样坐在那里,如枯木。

宋·刘克庄《六州歌头》(客赠牡丹):"维摩病起,兀坐等枯株。""维摩诘"佛经中人物,曾有疾。用苏轼句,并以维摩诘自况。

4361. 断霞半空鱼尾赤

宋·苏轼《游金山寺》:"羁愁畏晚寻归楫,山僧苦留看落日。微风万顷靴文细,断霞半空鱼尾赤。"《图经》云:"金山龙游寺,屹立江中,为诸禅刹之冠。"诗人游金山寺,被山僧留下看落日,在微风中,万顷江水掀动着细细的如靴纹一样的水纹。半空落日生成的晚霞,如赤尾鱼。《诗经·周南·汝坟》:"鲂鱼赪尾。"注:赪,赤也,鱼劳则尾赤。

元·萨都剌《南台月》:"残霞销尽鱼尾黑,金蛇翻动三江白。""鱼尾黑"晚霞已尽。

清·易顺鼎《踏莎行》(京口舟行作):"断霞鱼尾画金焦,残阳鸦背分吴楚。"散断的云霞鱼尾,描画了金山焦山,残阳在鸦背上划分了吴楚之界。

4362. 记得金笼放雪衣

宋·苏轼《常润道中有怀钱塘寄述古五首》:"去年柳絮飞时节,记得金笼放雪衣。"自注:"杭人以放鸽为太守寿。"唐《谭宾录》云:"天宝中,岭南献白鹦鹉,养之宫中。岁久,颇聪慧,通晓宫词。上及贵妃呼为'雪衣女'。"

《侯鲭录》载:"述古饮子容,周韶泣求落籍。诗曰:'陇上巢空岁月惊,忍看回首自梳翎。开笼若放雪衣女,长念《观音般若经》。'韶时有服,衣白,一坐嗟叹,遂落籍。""开笼欲放雪衣女",歌妓周韶身着孝白,自喻为笼中的"雪衣女",求得放飞落籍。苏轼诗中忆述此事。

4363. 漱石先生难可意

宋·苏轼《次韵孙巨源寄涟水李、盛二著作并以见寄五绝》:"漱石先生难可意,蜀毡校尉久无朋。""漱石",《晋书》:"孙楚谓王济曰:'当欲枕石漱流。'误云'漱石枕流'。济曰:'流非可枕,石非可漱。'楚曰:'所以枕流,欲洗其耳;所以漱石,欲砺其齿。'"漱石先生,作者自注曰:"谓巨源。""漱

石枕流"表示隐居山林。

4364. 光摇银海眩生花

宋·苏轼《雪后书北台壁二首》:"冻合玉楼寒起粟,光摇银海眩生花。"冻雪落结妆楼成玉楼,寒肌生粟状物,雪光漫散,万象如银海,视之耀眼。王安石尝诵此诗,叹云:"苏子瞻乃能使事如此。"

元·方回《雨夜雪急》:"何当眩银海,清晓倚楼看。""眩银海"用苏轼句。

4365. 莫笑吟诗淡生活

宋·苏轼《游庐山次韵章传道》:"莫笑吟诗淡生活,当令阿买为君书。"《全唐诗话》云:"裴令公居守东洛,夜宴半酣。公索句,元(稹)、白(居易)有德色,公为破题。次至杨汝士,曰:'昔日兰亭无艳质,此时金谷有高人。'白知不能加,遽裂之曰:'笙歌鼎沸,勿作冷淡生活。'元顾曰:'乐天可谓能全其名者也。'""冷淡生活",冷落平淡的活动气氛。"阿买为君书"韩愈诗:"阿买不识字,颇知书八分。诗成使之写,亦足张吾军。"阿买是韩愈侄儿。苏轼用此诗意说,吟诗虽是淡生活(用白语),如令阿买用"八分"体把这诗写下来,"亦足张吾军"了。

宋·范成大《南塘冬夜倡和》:"绝笑儿痴生活淡,略无岁晚稻粱谋。"生活淡,无稻粱谋。

4366. 自有锦千堆

宋·苏轼《谢郡人田贺二生献花》:"城里田员外,城西贺秀才。不愁家四壁,自有锦千堆。"田、贺二人虽家徒四壁,却有珍贵的奇花,如千堆云锦。

又《惜花》:"吉祥寺中锦千堆,前年赏花真盛哉!"再用"锦千堆"描绘多花之盛况。

4367. 虽无孔方兄,顾有法喜妻

宋·苏轼《赠王仲素寺丞》:"虽无孔方兄,顾有法喜妻。"旧时铜币外圆内有方孔,戏称"孔方兄",含鄙视之意。《晋书·鲁褒传》载:鲁褒:"作《钱神论》'钱之为体,有乾(乾为天,天是圆的;坤为地,地是方的)象(钱外圆内方),亲之如兄,字曰孔方。爱我家兄,莫不仰视。'"孔方兄"之称始于鲁褒。"法喜妻"贤良之妻。《维摩经》云:"法喜以为妻,慈悲以为女。""法喜"即善良。此句说王仲素虽然贫穷,却有一位贤良妻子。

又《虔州吕倚承事》:"不识孔方兄,但有灵照女。"言不看重钱。"灵照女"《传灯录》:"庞居士有名灵照,常随制竹漉篱,令鬻之,以供朝夕。"

宋·黄庭坚《戏呈孔毅父》:"管城子无食肉相,孔方兄有绝交书。""管城子"为毛笔的别号。韩愈《毛颖传》记:蒙恬伐楚,围毛氏族,拔其毫,载颖(毫毛)而归。秦始皇封毛颖于管城,号管城子。累拜中书,人呼中书君。后人遂以管城子、中书君为毛笔的别号。《幼学琼林·器用》:"管城子、中书君,悉为笔号;石虚中、即墨侯,皆为砚称。"黄庭坚诗意是:持笔的文人没有食肉的面相;钱币则断绝了缘分。

元·汤式《一枝花·题友田老窝》:"但能够半点阳和到乔木,管城子进取,孔方兄做主,翻盖做十二瑶台列歌舞。"

明·兰陵笑笑生《金瓶梅》第五十六回:"那常二(峙节)只是不开口,任老婆骂的完了,轻轻把袖里银子摸将出来,放在桌儿上,打开瞧着道:'孔方兄,孔方兄! 我瞧你光闪闪,响当当,无价之宝,浑身还麻了,恨没口水嚼你下去……'"。

4368. 新诗美酒聊相温

宋·苏轼《答吕梁仲屯田》:"念军官舍冰雪冷,新诗美酒聊相温。"黄河泛滥,"屋瓦留沙",作者得以幸免,表示仲屯田的官舍如冰雪寒凉,特赠新诗美酒以增温暖。

又《正月二十日往岐亭,郡人潘、古、郭三人送余于女王城东禅庄院》:"数亩荒田留我住,半瓶沙酒待君温。"这是温酒。

宋·范成大《元夜忆群从》:"青灯聊自照,浊酒为谁温!"

4369. 想见南北山,花发前后台

宋·苏轼《闻辩才法师复归上天竺以诗戏问》:"想见南北山,花发前后台。"上天竺住持,元净(辩才)法师被僧人文捷倚权贵赶走,文捷在天竺"吴人不悦,施者不至。岩石草木,为之索然"。朝廷知道此事,令元净复归上天竺,"山中百物,皆若有喜色。"赵清献赞曰:"师去天竺,山空鬼哭;天竺师归,道场光辉。"苏轼即写"山中百物,皆若有喜色"一意。而且缩用白居易句,表现山景奇变。

白居易《天竺》:"西涧水流东涧水,南山云起北山云。前台花如后台见,上界钟清下界闻。"

4370. 楼成君已去

宋·苏轼《送郑户曹》:"楼成君已去,人事固多乖。"作者任徐州太守,水困彭城,苏轼就城东门筑大楼以防汛,因培以黄土称"黄楼"。郑户曹僅,彭城人,将赴大名,苏轼作此诗以送,说黄楼刚落成,你就要离去,人事多不顺遂。

宋·辛弃疾《满江红》(江行,简杨济翁、周显芝):"楼观甫成人已去,旌旗未卷头先白。"写自己离去。

4371. 清风卷地收残暑

宋·苏轼《答仲屯田次韵》:"清风卷地收残暑,素月流天扫积阴。"秋七月,秋风卷地而来,收尽残余的暑气,带来了清爽。

唐·白居易《池上逐凉二首》:"青苔地上消残暑,绿树阴前消晚凉。"苏轼化用此句。

又《宴散》:"残暑蝉催尽,新秋雁带来。"

又《秋凉闲卧》:"残暑昼犹长,早凉秋尚嫩。"

宋·仲殊《南歌子》:"白露收残暑,清风散晚霞。""收"字用苏轼句。

4372. 行遍天涯意未阑

宋·苏轼《赠惠山僧惠表》:"行遍天涯意未阑,将心到处遣人安。""意未阑",意未尽,兴致尚余。

唐·白居易《浔阳春三首·春生》:"春生何处暗周游,海角天涯遍始休。""意未阑"句从"遍始休"一意翻出。

4373. 不知几州铁,铸此一大错

宋·苏轼《赠钱道人》:"书生苦信书,世事仍臆度。不量力所负,轻出千钧诺。当时一快意,事过有余怍。不知几州铁,铸此一大错。"

"铸此一大错"典出《北梦琐言》:"唐魏博帅罗宏信卒,子绍威继之。本府有牙兵八千,益骄,因与汴人计会,杀尽。虽豁素心,而渐为梁祖凌制,乃谓亲吏曰:'聚六州四十三县铁,打一个错不成?'""错",错刀,谐音双关错误。罗绍威杀尽了牙兵,反受梁祖欺凌,于是说:犯了一个极大的错误。苏轼用此事,说明轻信轻诺,铸成大错。

宋·辛弃疾《贺新郎》:"铸就而今相思错,料当初、费尽人间铁。""相思错"反语,"费尽人间铁"

铸成的错刀(双关"错误")很大,反衬出两人相思之情无比深厚。

宋·李曾伯《满江红》(丁未初度自赋):"江湖路,西风恶;霄汉志,秋云薄。更那堪州铁、铸成重错。"

宋·方岳《戏成》:"铸错空糜六州铁,补鞋不似钱锥。"

又《贺新郎》(寄两吴尚书):"六州铁铸、人头错。笑归来,水鲈堪鲙,雪螯堪嚼。"

4374. 又结来生未了因

宋·苏轼《予以事系御史台狱,狱吏稍见侵,自度不能堪,死狱中,不得一别子由,故作二诗授狱卒梁成以遗子由,二首》其一:"圣主如天万物春,小臣愚暗自亡身。百年未满先偿债,十口无归更累人。是处青山可埋骨,他时夜雨独伤神。与君今世为兄弟,又结来生未了因。"清·纪昀评"情至之言","情至"是此诗之特点。苏轼与苏辙之兄弟情,是有代表性的。他们诗歌唱和最多。由于"乌台诗案"苏轼蒙冤,身陷累绁之中,自度难生,作此诗以示诀别,且续来生兄弟未了之缘,实在悲壮感人。"乌台诗案"的制造者是御史李定、舒亶、何正臣欲置苏轼于死地。曹太后说先王仁宗当年得苏轼、苏辙:"喜甚曰:'吾今又为子孙得太平宰相两人!'盖轼、辙也,而可杀乎?"神宗至孝,又爱惜人才,于是免苏轼死罪,贬去黄州。(《耆旧续闻》)

宋·文天祥《得儿女消息》:"痴儿莫问今生计,还种来生未了因。"不问今生结局,只结下来生相聚的缘分。用苏轼句。

4375. 故人情义重

宋·苏轼《杭州故人信至齐安》:"故人情义重,说我必西向。"收到杭州故人王复、张弼等人寄来的"吴饷":白晒荔、红螺酱、西菴茶,深感情义深重。

唐·杜甫《病后过王倚饮赠歌》:"故人情义晚谁似,令我手足轻欲旋。"病后受到王倚热情款待,使病体轻松了。苏诗亦写此"故人情义"。

苏轼《满庭芳》词:"香暖雕盘,寒生冰筋,画堂别是风光。主人情重,开宴出红妆。""故人"是旧友,"主人"则不一定是旧友了。但"情重"是一样的。此处指主人召歌妓陪宴。

元·王实甫《西厢记》第二本第四折《紫花儿序》:"可教我'翠袖殷勤捧玉钟',却不道'主人情重'?只为那兄妹排连,因此上鱼水难同。"用苏轼句的否定式,怨老夫人违约。

4376. 我生无田食破砚

宋·苏轼《次韵孔毅父久旱已而雨甚》:"我生无田食破砚,尔来砚枯磨不出。"无农田可耕,依笔砚为生,将砚作田,进行笔耕。可近来"砚枯",没有什么成就。

宋·刘过《题谢耕道一犁春雨图后》:"阿耘无田食破砚,奉亲日籴供朝饭。"用苏轼句。

4377. 问君久假何时归

宋·苏轼《次韵孔毅父集古人句见赠五首》:"退之惊笑子美泣,问君久假何时归。"集古人句,当有韩愈、杜甫之句,此以韩、杜口吻,问这些诗句何时回到本诗去。"久假"长期休息。

唐·韩愈《天星送杨凝郎中贺正》:"侍从近臣有虚位,公今此去归何时。"苏诗用此句。

4378. 净几明窗书小楷

宋·苏轼《过文觉显公房》(又作《过扬州寿宁文觉显公房》):"斓斑碎玉养菖蒲,一勺清泉满石盂。净几明窗书小楷,便同《尔雅》注虫鱼。"写文觉显公房之清幽。"净几明窗",桌子清净,窗子明亮,后又称"窗明几净","几净窗明"表示室内清洁明亮。此语源出于苏轼此诗。

宋·李纲《丑奴儿》:"玉壶宁水花难老,净几明窗;净几明窗,褪下残英蔌蔌黄。"

宋·侯寘《凤凰台上忆吹箫》(再用韵咏梅):"便忘了、窗明几净,笔砚同欢。"

宋·陆游《一丛花》:"窗明几净,闲临唐帖,深炷宝夜香。"

宋·丘崈《一剪梅》(梅):"浅浸横斜,净几明窗,何妨三弄点苔苍。"

宋·杨泽民《法曲献仙音》:"净几明窗,但无憀,空对蛮素。"

宋·陈著《念奴娇》:"净几明窗,残编断简,且恁闲劳碌。"

宋·无名氏《蓦山溪》(画梅):"明窗净几,长做小图看。高楼笛,经教吹,不怕随声谢。"

4379. 到处相逢是偶然

宋·苏轼《与莫同年雨中饮湖上》:"到处相逢

是偶然,梦中相对各华颠。还来一醉西湖雨,不见跳珠十五年。"作者离杭十五年后再度至杭,与两浙提刑莫君陈相遇,这种"偶然"相逢,并非有约,就很难得。而今相对如梦,各自都是满头华发了。

唐·杜甫《送殿中杨监赴蜀见相公》:"离别重相逢,偶然岂定期。"苏诗缩用此句。

4380. 来试点茶三昧手

宋·苏轼《送南屏谦师》:"道人晓出南屏山,来试点茶三昧手。忽惊午盏兔毛斑,打作春瓮鹅儿酒。""三昧",有密诀、有造诣。《优古堂诗话》云:"谦师妙于茶事,东坡赠之诗。""兔毛斑""鹅儿酒"都喻此茶之精美。

宋·张方平诗:"泻汤夺得茶三昧,觅句还窥诗一斑。"亦赞谦师之茶。

4381. 阅人此地知多少

宋·苏轼《次韵钱穆父紫薇花二首》:"虚白堂前合抱花,秋风落日照横斜。阅人此地知多少,物化无涯生有涯。""虚白堂"在杭州治所,白居易有诗云:"虚白堂前衙退后,更无一事到中心。"苏轼注:"虚白堂紫薇两株,俗云乐天所种。""阅人此地知多少"人来此地知多少,换角度,此地阅人知多少。从白居易以前,到现在,虚白堂(含紫薇花二株),经历了多少人、见到过多少人。按《庄子·养生主》观点,人生有涯,物化(死)无涯,这是暗暗的叹息。那紫薇花已"合抱",而植花人不是早"物化"了吗!

"阅人此地知多少"后缩为"阅人多矣"以概括表达此意,多指某一地方、环境,后来也指人,如歌女迎人很多,有的表示历史悠久。

宋·黄升《西河》:"大江东去日西坠,想悠悠千古兴废。此地阅人多矣,且挥弦寄兴,氛埃之外。"兼用嵇康"手挥五弦"句意。

宋·刘过《水调歌头》(寿王汝良):"试问湘南水石,今古阅人多矣,曾见此公否。名姓出天上,声誉塞南州。"

宋·姜夔《长亭怨慢》(桓大司马云:昔年种柳,依依汉南。今看摇落,凄怆江潭。树犹如此,人何以堪!此语予深爱之。):"阅人多矣,谁得似、长亭树。树若有情时,不会得、青青如此。"

宋·李曾伯《水调歌头》(自和):"昔苏张,夸玉界,赋琼楼。素娥阅人多矣,不怕雪添头。""素娥"指"中秋月"。

宋·黎廷瑞《贺新郎》(落星寺):"瓦老苔荒钟鼓陋。斑剥残碑无几,想此处、阅人多矣。"含落星寺已很悠久。

金·刘昂《都门观别》:"阅人多矣主人翁,离别都归一笑中。陌上行人终不悟,年年杨柳怨春风。"

人民领袖毛泽东《念奴娇·昆仑》(一九三五年十月):"横空出世,莽昆仑,阅尽人间春色。"岷山为昆仑山支脉,过岷山,感到这高耸入云的昆仑山,阅尽了人间春色,经历了人类漫长的历史。

4382. 最是橙黄桔绿时

宋·苏轼《赠刘景文》:"荷尽已无擎雨盖,菊残犹有傲霜枝。一年好景君须记,最是橙黄桔绿时。"清·王文诰《苏轼诗集》中评曰:"景文忠臣之后,有兄六人皆亡,故赠此诗。""荷尽""菊残"可喻刘景文家世,"傲雪枝"当指刘景文了。"橙黄桔绿"为"一年好景",到底是什么时间呢?"荷尽""菊残"的深秋时节,秋天是最美的。后用"橙黄桔绿"表现九月金秋者为多,其中有些喻生辰佳期。

宋·秦观《摸鱼儿》(重九):"休株守,尘世难逢笑口,青春过了难又。一年好景真须记,桔绿橙黄时候。"用二句。

宋·王之道《满庭芳》(和富宪公权饯别):"两岩橙黄桔绿,一行雁、几点沙鸥。"

宋·杨无咎《望海朝》(上梁师生辰):"菊暗荷枯,橙黄桔绿,嘉时记得今朝。"

宋·吴芾《水调歌头》(寿徐大参·九月二十六日):"九月二十六,公相纪生辰。橙黄桔绿时候,天气暖于春。"

宋·洪适《生查子》(盘洲曲):"桔绿又橙黄,四老相迎接。好处不宜休,莫放清尊歇。"

宋·赵长卿《似娘儿》(残秋):"桔绿与橙黄,近小春,已过重阳。"

又《声声慢》(府判生辰):"金风玉露,绿桔黄橙,商秋爽气飘逸。"

又《洞仙歌》(残秋):"甚苦苦、促装赴归期,要趁他、桔绿橙黄时候。"

宋·黄定《鹧鸪天》(寿熊左史):"问世文章万选钱,清时平步八花砖。大开紫府瑶池宴,正是橙黄桔绿天。"

宋·丘崈《水调歌头》(为赵漕德庆寿):"记长

庚,曾入梦,恰而今,橙黄桔绿,可人风物是秋深。"

宋·王迈《水龙吟》(寿刘无竞·十月三十):"橙黄桔绿佳期,诘朝又报阳来复。笼葱瑞气,天教蟠绕,名门乔木。"

宋·葛长庚《酹江月》(罗浮赋别):"罗浮山下,正秋高气爽,凄凉风物。……如今话别,橙黄桔绿时月。"

宋·吴潜《望江南》:"家山好,好处是秋来。绿桔黄橙随市有,岩花篱菊逐时开。"

宋·陈著《水龙吟》(寿婺州守赵岩起右撰孟传):"无边风月,阴阴乔木,重重华萼。……称年年,桔绿橙黄时节,与松乔约。"

宋·陈人杰《沁园春》(辛丑岁自寿):"如今未,且百年管领,桔绿橙黄。"

宋·刘辰翁《霜天晓角》(寿吴蒙庵):"橙桔黄又绿,蟹到新蒭熟。"

宋·刘壎《长相思》(客中景定·壬戌秋):"对绿桔黄橙,故园在念,怅望归路犹赊。"

宋·无名氏《虞美人》(赠吕庆长):"绣香佳处且留连,正好橙黄桔绿、未寒天。"

元·张可久《满庭芳·客中九日》:"九日明朝酒香,一年好景橙黄。"

4383. 软红犹恋属车尘

宋·苏轼《次韵蒋颖叔、钱穆父从驾景灵宫二首》:"半白不羞垂领发,软红犹恋属车尘。"自注:"前辈戏语,有西湖风月,不如东华软红香土。""软红"都市的繁华,"车尘"亦属"软红香土",令人留恋城市的繁华。

清·文廷式《水龙吟》:"我是长安倦客,二十年,软红尘里。"用马周久客长安事,反有"软红"句,表示厌倦都市生活。

4384. 半生弹指声中

宋·苏轼《西江月》(平山堂):"三过平山堂下,半生弹指声中。"平山堂在扬州,为欧阳修所建。苏轼从徐州到湖州赴任,途经扬州,第三次到平山堂。神宗元丰二年四月,他年四十二岁,已近半百,故称"半生",此句言半生度过之快。

"弹指",佛家语。《楞严经》云:"我观世间,六尘变坏,惟以空寂修于灭尽身心,乃能度百千劫,犹如弹指。""弹指"时间短暂,《翻译名义集·时分》说:佛经中认为二十念为一瞬,二十瞬为一弹指。

苏轼还用"弹指":

《水调歌头》:"恩怨尔汝来去,弹指泪和声。"

《次韵吴传正枯木歌》:"生成变坏一弹指,乃知造物初无物。"用佛经语。

《悼朝云》并引:"伤心一念偿前债,弹指三生断后缘。"白居易《和微之》:"垂老休吟花月句,恐君更结后生缘。"用白居易句,以"三生断后缘"之誓以偿朝云之债。

宋·陈人杰《沁园春》(丁酉岁感事):"刘表坐谈,深源轻进,机会失之弹指间。"

人民领袖毛泽东《水调歌头·重上井冈山》(一九六五年五月):"风雷动,旌旗奋,是人寰。三十八年过去,弹指一挥间。"自一九二七年十月率秋收起义部队上井冈山,到此次重来,已历三十八年,却觉得短暂得如一弹指,一挥手。

4385. 气压代北三家村

宋·苏轼《次韵滕大夫三首·雪浪石》:"削成山东二百郡,气压代北三家村。"作者得"雪浪石",黑石,白脉,如水在石间奔流。此诗描述这石。"山东二百郡"太行山之东河北一带。杜甫《兵车行》:"汉家山东二百州,千村万落生荆杞。"又《承闻河北诸道节度入朝,欢喜口号绝句》:"澶漫山东二百州,削成如按抱青丘。"苏轼用此句写石。"三家村":《传灯录》载:"僧问竟脱和尚,如何佛法?师曰:'三家村里。'"后用作偏僻的小村。

又《用旧韵送鲁元翰知洺州》:"永谢十年旧,老死三家村。"

宋·陆游《村饮示邻曲》:"偶失万户侯,遂老三家村。"

4386. 经卷药炉新活计

宋·苏轼《朝云诗》:"经卷药炉新活计,舞衫歌扇旧因缘。"作者小妾朝云伴作者去惠州,不像樊素当年离白居易而去。朝云抛去舞衫歌扇,每天读佛经,烧药炉,与东坡偕老。

金·王特起《喜迁莺》(别内):"再相见,把生涯分付,药炉经卷。"作者山西浑源县人,用"药炉经卷"说再见面,共度艰苦平淡生活。

4387. 夜半失左股

宋·苏轼《白水山佛迹岩》:"何人守蓬莱,夜半失左股。浮山若鹏蹲,忽展重天翼。""股"大腿,指"浮山",原为蓬莱仙山之左股(一支脉)。传说浮山从东海浮来(蓬莱失左股),倚于罗山东北,还有东方草木。此诗作者自注:"罗浮之东麓也,在惠州东北二十里。"有白水山佛迹。这几句写"罗浮山"之由来。

清·丘逢甲《题兰史〈罗浮纪游图〉》:"天公应悔蓬莱割左股,黡落欲界非仙都。"仙山割左股来到人间,喻社会受到列强瓜分,已不像样子了。"黡落"坠落,"欲界"人间。

4388. 玉塔卧微澜

宋·苏轼《江月五首》并引:岭南气候不常。吾尝曰:菊花开时乃重阳,凉天佳月即中秋,不须以日月为断也。今岁九月,残暑方退,既望之后,月出愈迟。予尝夜起登合江楼,或与客游丰湖,入栖禅寺,叩罗浮道院,登逍遥堂,逮晓乃归。杜子美云:"四更山吐月,残夜水明楼。"此殆古今绝唱也。因其句作五首,仍以"残夜水明楼"为韵。其一:"一更山吐月,玉塔卧微澜。""玉塔"惠州大圣塔,位于丰湖(惠州西湖)栖禅寺东南。

清·陈澧《甘州》(惠州朝云墓,每岁清明,倾城士女,酹酒罗拜。坡公诗云:"丹成逐我三山去,不作巫阳云雨仙。"):"渐斜阳,淡淡下平堤,塔影浸微澜。"苏轼《悼朝云》并引:"三年七月五日,朝云病亡于惠州,葬之栖禅寺松林中东南,直大圣塔。"诗中有句"归卧竹根无远近,夜灯勤礼塔中仙"。朝云墓直对大圣塔,陈澧诗用苏轼咏大圣塔句,写"塔影浸微澜",哀墓地之凄凉。

4389. 无处话凄凉

宋·苏轼《江神子》乙卯正月二十日夜记梦:"十年生死两茫茫,不思量,自难忘,千里孤坟,无处话凄凉。纵使相逢应不识,尘满面,鬓如霜。"《全宋词》序云:"公之夫人王氏先卒,味此词,盖悼亡也。"苏轼妻王弗于治平二年(1065)病死,至宋神宗熙宁八年(1075)作此词恰好十年。梦中见到王弗,倾诉自己不尽的哀思。现代夏承焘《唐宋词欣赏》评:"这篇《江城(神)子》悼亡词,写夫妇真挚爱情,也可与杜甫的'今夜鄜州月'五律诗比美。"今人唐圭璋《唐宋词简释》评:"真情郁勃,句句沉痛,而音响凄厉,诚后山所谓'有声当彻天,有泪当彻泉'也。"此词是《悼亡》作品中的佳作,情真意切,倍觉感人。十年来,生与死两界茫茫相隔,虽难以忘怀,可孤坟在千里之外,我满腹凄凉,无处倾诉啊!这"无处话凄凉",是何等的凄凉!

宋·陆游《朝中措》(梅):"幽姿不入少年场,无语只凄凉。一个飘零身世,十分冷淡心肠。"写梅喻己。"无语只凄凉"从苏词中翻出,别表新意。

宋·刘沆《甘州》:"江南路,后回重见,同话凄凉。"反用其意。

清·陈维崧《满江红》(何明瑞先生筵上坐):"恰思量,已是廿年前凄凉话。"反用"凄凉话"。

又《清平乐》(夜饮友人别馆,听年少弹三弦):"檐前雨罢,一阵凄凉话。""三弦"如诉凄凉。

4390. 元轻白俗,郊寒岛瘦

宋·苏轼《祭柳子玉文》:"元轻白俗,郊寒岛瘦。"评四位唐代诗人的风格:元稹轻浮,白居易通俗,孟郊寒凉,贾岛瘦削。

宋·吴潜《朝中措》:"休问沈腰潘鬓,何妨岛瘦郊寒。"苦心作诗。

元·张可久《小桃红·忆疏斋学士郊行》:"寒郊岛瘦,尘衣风帽,诗在灞陵桥。"卢挚作诗如郊岛苦心。

4391. 故应宛转为君容

宋·苏轼《次前韵答马忠玉》:"河梁会作看云别,诗社何妨载酒从。只有西湖似西子,故应宛转为君容。"作者在杭州,答两浙路提刑马瑊(忠玉)诗。此二句说西湖如西子,要为君梳妆打扮。

"容"修饰妆扮。唐·王勃《铜雀妓二首》:"妾本深宫妓,层城闭九重。君王欢爱尽,歌舞为谁容。"为谁歌舞为谁容之意。

唐·杜荀鹤《春宫怨》:"早被蝉娟误,欲妆临镜慵。承恩不在貌,教妾若为容。"

宋·苏轼《和何长官六言》:"青山自是绝色,无人谁与为容。"

又《法惠寺横翠阁》:"吴山故多态,转折为君容。"

4392. 墙外行人,墙里佳人笑

宋·苏轼《蝶恋花》:"墙里秋千墙外道。墙外行人,墙里佳人笑。笑渐不闻声渐悄,多情却被无情恼。"墙外道上的行人,听到墙里谁家女子嬉笑,然而笑声渐渐听不到了,墙里已是悄然无声。墙外自作多情的人却被墙里无心的笑声拨出了烦恼。

古人云："隔墙有耳"，是怕人窃听。而"隔物闻声"则是常有的生活现象。唐·皇甫松《梦江南》："夜船吹笛雨萧萧，人语驿边桥。"五代冯延已《喜迁莺》："残灯和烬闭朱栊，人语隔屏风。"都是此例。

宋·李冠《蝶恋花》："桃李依稀香暗度，谁在秋千，笑里轻轻语。"苏轼词将此意展开了。

宋·赵令畤《浣溪沙》："槐柳春余绿涨天，酒旗高插夕阳边。谁家墙里笑秋千。""墙里"取苏轼意。

宋·王之道《满庭芳》（和王冲之西城郊行）："东风软，谁家儿女，墙里送秋千。"

元·张可久《人月圆·春日湖上》："恼余归思，花前燕子，墙里佳人。"

明·施绍莘《谒金门》："墙头秋千人笑语，花飞撩乱处。"

4393. 十年不见老仙翁

宋·苏轼《西江月》（平山堂）："三过平山堂下，半生弹指声中。十年不见老仙翁，壁上龙蛇飞动。"作者是欧阳修于宋仁宗嘉祐二年任主考官时亲手擢拔的"奇才"，时作者二十一岁，对欧阳修一直怀有感佩之情。宋神宗元丰二年四月，作者从徐州到湖州赴任，经过扬州，第三次来欧阳修所建平山堂，感慨系之。苏轼于熙宁四年（1071）在汝阳见欧阳修，至今（元丰二年，1079 年）尚未满十年，称"十年不见"言其略数，而况欧翁已于熙宁五年（1072）去世。面对堂壁上欧翁的遗墨，如龙飞蛇舞，更令人缅怀不尽。

宋·方岳《水调歌头》（平山堂用东坡韵）："人间俯仰陈迹，叹息两仙翁。"感叹欧阳修、苏轼"两仙翁"（都与平山堂有关）遭际都不好。

4394. 人道是三国周郎赤壁

宋·苏轼《念奴娇》（赤壁怀古）："大江东去，浪淘尽，千古风流人物。故垒西边，人道是、三国周郎赤壁。""周郎赤壁"，吴将周瑜任孙刘联军主帅，用黄盖火攻计，战胜曹军，取得赤壁之战的胜利。他二十四岁任吴统帅，吴人称他周郎。"赤壁"战场，在今湖北省蒲圻县赤壁乡，赤壁峙立于长江南岸，石壁呈赭红色。苏轼所游是湖北黄冈城外靠长江北岸的赤鼻矶。《赤壁赋》也写此地。"人道是"据当时的传说而认定。"周郎赤壁"，重要的是借

景抒情，称赞周瑜少年得志，赤壁一战，以少胜多，周瑜之功永垂青史。

宋·刘辰翁《金缕曲》（代贺丞相，有序）："一自骑箕承帝赏，千载君臣鱼水。端不负、当年弧矢。赤壁周郎神游处，料羞看、故垒斜阳里。今共看，更无比。"用苏词"故垒周郎赤壁"羞看，称周瑜守卫住注南半壁，"羞看"指而今江南已失，南宋灭亡。

4395. 小乔初嫁了

宋·苏轼《念奴娇》（赤壁怀古）："遥想公瑾当年，小乔初嫁了，雄姿英发。羽扇纶巾，谈笑间，强虏灰飞烟灭。"《三国志·吴书·周瑜传》载："（孙）策欲取荆州，以瑜为中护军，领江夏太守，从攻皖，拔之。时得桥公两女，皆国色也。策自纳大桥，瑜纳小桥。"注引《江表传》云："策从容戏瑜曰：'桥公二女虽流离，得吾二人作婿，亦足为欢。'"事在建安三年，赤壁之战在建安十三年。说"初嫁"，以渲染英雄美人的佳话，为全词增色，写"小乔"，为强化周瑜的英雄业迹。

宋·张孝祥《水调歌头》（闻采石战胜）："忆当年，周与谢，富春秋。小乔初嫁，香囊未解，勋业故优游。赤壁矶头落照，肥水桥边衰草，渺渺唤人愁。"绍兴三十一年（1161）十一月，虞允文在采石矶（安徽当涂县西北牛渚山下突入江中处）击溃金主完颜亮南侵的军队。词人讴歌此大捷，联想到周瑜指挥的赤壁之战、谢安指挥的淝水之战，采石矶之战堪与之比。"小乔初嫁"用苏轼语，赞周瑜之勋业。"香囊未解"谢玄少时好佩紫罗香囊，谢安曾戏取而焚之，比喻谢玄年轻（41 岁）即立功勋。

后用"小乔初嫁"喻新妇。

宋·赵以夫《水龙吟》（次周月船）："问周郎何日，小乔到手，为君赋、醉江月。"

宋·赵必瑑《朝中措》（贺益斋令嗣取妇）："大儿清彻，小乔初嫁，云腻云娇。愁怕沈郎锁瘦，不堪十万缠腰。"

元·童童学士《新水令·念远》："肌消玉，脸褪霞，怎打熬九秋三夏？被薄赠得孤又寡，辜负了小乔初嫁。"

4396. 羽扇纶巾，谈笑间强虏灰飞烟灭

宋·苏轼《念奴娇》（赤壁怀古）："遥想公瑾当年，小乔初嫁了，雄姿英发。羽扇纶巾，谈笑间、强虏灰飞烟灭。"此词后半片，塑造了少年英俊、儒雅

风流、运筹帷幄、轻松克敌的周瑜的形象。

"羽扇纶巾"手持鹅毛扇,头戴丝绦巾,是儒将打扮,不着盔甲。《类说》卷四十九引《殷芸小说》云:"武侯(诸葛亮)与宣王(司马懿)泊兵,将战,宣王戎服莅事,使人密觇武侯,乃乘素舆葛巾,持白羽扇指麾,三军随其进止。宣王叹曰:'真名士也!'"《三国演义》第一百〇四回写:"车上端坐孔明,纶巾羽扇,鹤氅皂绦。"周瑜与孔明戎装如何,史传失载,苏词中周瑜"羽扇纶巾",小说中则是孔明"羽扇纶巾",小说的传播更广。

而宋词中用"羽扇纶巾""纶巾羽扇"为多,当是苏轼《念奴娇》(赤壁怀古)一词的影响,也是名句效应。虽然那些"羽扇纶巾"都是写时人而不是写周瑜。

宋·晁端礼《望海潮》:"安边暂倚元戎。看纶巾对酒,羽扇摇风;全勒少年,吴钩壮士,宁论卫霍前功。"

宋·米芾《减字木兰花》(涟水登楼寄赵伯山):"醉余清夜,羽扇纶巾入画。"

宋·晁补之《临江仙》(用韶和韩求仁南都留别):"常记河阳花县里,恰如饭颗山逢。春城何处满丝桐。纶巾并羽扇,君有古人风。"

又《水龙吟》(寄留守无愧文):"想东山谢守,纶巾羽扇,高歌下,青天半。"

宋·周邦彦《隔浦莲》(大石):"水亭小,浮萍破处,帘花檐影颠倒。纶巾羽扇,困卧北窗清晓。屏里吴山梦自到,惊觉,依然身在江表。"

宋·米友仁《白雪》:"洞天昼永,正中和时候,凉飙初起。羽扇纶巾,云流处,水绕山重云委。"

宋·吴则礼《鹧鸪天》:"烟外屐,水边山,纶巾羽扇五湖间。"

又《木兰花慢》(雷峡道中作):"莫以纶巾羽扇,便忘绿浦沧洲。"

宋·叶梦得《永遇乐》(蔡州移守颍昌,与客会别临芳观席上):"纶巾羽扇,一尊饮罢,目送断鸿千里。"

宋·张孝祥《水调歌头》(为总得居士寿):"纶巾羽扇容与,争看列仙儒。"

又《醉蓬莱》:"曲几蒲团,纶巾羽扇,年年如是。"

宋·袁去华《水调歌头》(送杨廷秀赴国子博士用廷秀韵):"长安知在何处,指点日边明。看取纶巾羽扇,静扫神州赤县,功业小良平。"

宋·胡铨《转调定风波》:"扰扰介鳞何足扫,谈笑,纶巾羽扇典刑新。"

宋·吕胜己《瑞鹤仙》(鄂州):"待胡尘有警,纶巾羽扇,谈笑周郎事业。"

宋·辛弃疾《水调歌头》(席上为叶仲洽赋):"我怜君,痴绝似,顾长康。纶巾羽扇颠倒,又似竹林狂。"

宋·赵师侠《扑蝴蝶》:"轻纱细葛,纶巾和羽扇。"

宋·杨炎正《念奴娇》:"羽扇纶巾,浩然乘兴,此意无人识。"

宋·汪莘《满庭芳》(寿金黄州):"须知道,纶巾羽扇,不独属周郎。"

宋·刘辑《绮罗香》:"羽扇纶巾,萧洒玉貌长好。"

宋·赵以夫《汉宫春》:"珠帘尽卷,看娉婷,水上行云。应自笑,周郎少日,风流羽扇纶巾。"

宋·吴潜《满江红》(寄赵文仲、南仲领淮东帅宪):"岳后湘灵,曾孕个、擎天人物。临古岘、纶巾羽扇,笑驱胡羯。"

宋·吴文英《江南春》:"瞿塘路,随汉节,记羽扇纶巾,气凌诸葛。"

宋·陈无咎《失调名》:"怎得似,羽扇纶巾、云屏烟障,几曾受些儿烦恼。"

宋·张绍文《沁园春》:"绿鬓朱颜,纶巾羽扇,做个人间长寿仙。"

宋·陈允平《满庭芳》:"薰风里,纶巾羽扇,一枕北窗眠。"

宋·仇远《玉蝴蝶》:"羽扇纶巾,不知门外有闲。"

宋·无名氏《齐天乐》(寿碧涧):"羽扇纶巾,寿星因甚降尘世。"

宋·无名氏《水晶帘》:"麈尾呼风祥暑净,那更著、纶巾羽扇。"

4397. 客中无日不思家

宋·苏轼《寄高令》:"别后与谁同把酒,客中无日不思家。"作于惠州,高罢善县令,作者望其还。客中失友,反更思乡。

明·高启《清明呈馆中诸公》:"白下有山皆绕郭,清明无客不思家。"从苏诗中翻出此"思家"句。

4398. 高处不胜寒

宋·苏轼《水调歌头》(丙辰中秋,欢饮达旦,大醉。作此篇,兼怀子由):"我欲乘风归去,又恐琼楼玉宇,高处不胜寒。""琼楼玉宇",美玉砌筑的宫殿,多指月宫。《大业拾遗记》载:"瞿乾佑于江岸玩月,或问:'此中何有?'瞿笑曰:'可随我观之。'俄见月规半天,琼楼玉宇烂然。"词人见明月而想到月中宫阙,欲乘风奔去,又恐高处不胜寒。高处寒凉,是必然的,月宫之寒难任,可想而知。后用此语喻位高而任重多险。

宋·欧阳修《内直对月寄子华舍人持国廷评》(至和二年)就写了月宫比人间寒:"禁署沉沉玉漏传,月华云表溢金盘。纤埃不隔光初满,万物无声夜向阑。莲烛烧残愁梦断,蕙炉薰歇觉衣单。水精宫锁黄金阙,故比人间分外寒。"既"分外寒",当然"不胜寒"了。

宋·杨无咎《点绛唇》(和向芗林木犀):"却爱芗林,便似蟾宫住。清如许,醉看歌舞,同在高寒处。"和向子諲咏木犀。反用"高处不胜寒",喻赏月。

又《点绛唇》(和向芗林木犀)之二:"准拟归来,移近东家住。应相许,为君起舞,直到高寒处。"再用"高寒处",示月下。

宋·廖行之《水调歌头》(寿邓彦鳞):"凉吹起空阔,疏雨敛轻阴。潇湘江上秋色,佳处不胜清。"用苏轼句式,写潇湘江上——佳处,不胜清凉。

清·林则徐《月华清》(和邓蟠筠尚书沙角眺月原韵):"念高寒玉宇,在长安里。"喻禁烟决于皇帝,透有隐忧。今常用"高处不胜寒",表示位高而不安。

4399. 枝头有恨梅千点,溪上无人月一痕

宋·吴可《晚春》:"枝头有恨梅千点,溪上无人月一痕。"晚春,春梅即落花,所以枝头梅花千点带恨,而溪上寂寥无人,唯有空中悬一月痕(牙)。

宋·范成大《春晚即事留游子明王仲显》:"绣地红千点,平桥绿一篇。"用吴可二句式。

4400. 何异丝窠缀露珠

宋·黄庭坚《戏呈孔毅夫》:"管城子(笔)无食肉相,孔方兄(钱)有绝交书。文章功用不经世,何异丝窠缀露珠。"笔无封侯之相,钱又同我绝了交,因为文章无经世之用,就如露珠儿缀在丝窠上,不能补救。

宋·范成大《新岭》:"丝窠冒朝露,篱落万珠"

网。"用其句而不用其意。

4401. 深锁三十六宫秋

宋·黄庭坚《水调歌头》(游览):"汉天子,方鼎盛,四百州。玉颜皓齿,深锁三十六宫秋。"游猎望青冢,而想到"汉天子"的作威作福,"深锁三十六宫秋",多少"玉颜皓齿"的宫女嫔妃深锁宫中。(此一作刘潜词)"秋",年月、时期。

"三十六宫",言宫殿之多。汉·班固《西都赋》载:"离宫别馆,三十六所。"唐·骆宾王《帝京篇》:"秦塞重关一百二,汉家离宫三十六。桂殿嶔岑对玉楼,椒房窈窕连金屋。""三十六"源出班固赋。

宋·司马光《夫人阁四首》:"但愿太平无限乐,何须三十六离宫。"

宋·晁端礼《南歌子》:"月到中秋夜,还胜别夜圆。高河瑟瑟转金盘,三十六宫深处、卷帘看。"

宋·赵磻老《满江红》:"笑画栏,三十六宫秋,花如土。"

宋·辛弃疾《酒泉子》(无题):"东风官柳舞雕墙,三十六宫花溅泪,春声何处说兴亡。"

宋·高观国《风入松》(闻邻女吹笛):"三十六宫天近,念奴却在人间。"

宋·王沂孙《青房并蒂莲》:"空令五湖夜月,也羞照、三十六宫秋。"

宋·姚云文《木兰花慢》(清明后赏牡丹):"三十六宫春在,人间风雨无情。"

清·许兆椿《昭君》:"三十六宫春自好,几多颜色老增城。"

4402. 情人眼里有西施

《复斋漫录》载:"'情人眼里有西施'鄙语也。山谷取以为诗,其《答益公春思》云:'草茅多奇士,蓬荜有秀色。西施逐人眼,称心斯为得。'"茅屋中的女子,如"西施逐人眼"就是由于"称心"。

唐·白居易《青冢》:"何乃明妃命,独悬画工手。丹青一诖(guà)误,黑白相纷纠。遂使君眼中,西施作嫫母。"图画贻误了明妃,"遂使君眼中,西施作嫫母。"明妃如老妇了。其意虽相反,这"眼中出嫫母"与"眼中出西施"其句法相同。

4403. 奴奴睡也奴奴睡

宋·黄庭坚《千秋岁》:"欢极娇无力,玉软花"

歆坠。钗冒袖,云堆臂。灯斜明媚眼,汗浃鬒腾醉。"奴奴睡,奴奴睡也奴奴睡。"奴奴"对女子的昵称。言女子睡去。

明·汤显祖《牡丹亭》第三十出欢挠《醉太平》:"无多,花影阿那。劝奴奴睡也,睡也奴哥。春宵美满,一霎暮钟敲破。""奴哥"亦为对女子的昵称。"奴奴睡"用黄庭坚词。

4404. 杯盘狼藉犹相对

宋·黄庭坚《千秋岁》少游得谪,尝梦中作词云:"醉卧古藤阴下,了不知南北。"竟以元符庚辰,死于藤州光华亭上。崇宁甲申,庭坚窜宜州,道过衡阳。览其遗墨,始追和其千秋岁词。"苑边花外,记得同朝退。飞骑轧,鸣珂碎。齐歌云绕扇,赵舞风回带。严鼓断,杯盘狼藉犹相对。"回忆同秦观生前退朝后的夜生活,夜已深沉,杯盘狼藉,二人犹对坐谈心。

"杯盘狼藉"酒杯与菜盘纵横散乱,残剩不整。《史记·滑稽列传》:齐威王问淳于髡,为什么喝一斗酒能醉,还能喝一石酒。淳于髡说:"如邻里聚会,日暮酒阑,合尊促坐,男女同席,履舄交错,杯盘狼藉……当此之时,髡心最欢,能饮一石。"《风俗通》引《苏式演义》云:"相传狼群藉草而卧,起则践草使乱以灭迹,称狼藉。"喻纵横散乱的状态。

宋·王之道《满庭芳》(和元发弟秋日对酒):"追随处,杯盘狼藉,野草荫长松。"

宋·杨无咎《朝中措》:"杯盘狼藉烛参差,欲去未容辞。"

又《曲江秋》:"杯盘狼藉处,相扶就枕,欢笑歌翻雪。"

宋·郭应祥《玉楼春》:"杯盘狼藉情真率,歌管棋枰仍间出。"

4405. 金沙滩头锁子骨

宋·黄庭坚《戏答陈季常寄黄州山中连理松枝》:"金沙滩头锁子骨,不妨随俗暂婵娟。"《传灯录》纪:有金沙滩头马郎妇为观音化身。任渊注引《续玄怪录》:"昔延州有妇人,颇有姿貌,少年子悉与之狎昵。数岁而殁,人共葬之道左。大历中,有胡僧敬礼其墓曰:'斯乃大圣,慈悲喜舍,世俗之欲,无不徇焉。此即锁骨菩萨,顺缘已尽尔。众人开墓以视其骨,钩结皆如锁状。'"马郎妇"事类此。黄诗意,老松木是挺拔参天,出现连理松枝,即如锁

骨菩萨偶化荡妇了。这是戏写陈慥所寄"连理松枝"。

宋·吴文英《高阳台》(落梅):"古石埋香,金沙锁骨连环。"用黄庭坚"金沙锁骨"惜梅落荒郊。

4406. 卖花声过尽

宋·秦观《水龙吟》:"朱帘半卷,单衣初试,清明时候。破暖轻风,弄晴微雨,欲无还有。卖花声过尽,斜阳院落,红成阵、飞鸳甃。"春花盛开,卖花女长街叫卖各种春花。"卖花声过尽"说时值日暮或时届晚春。此词写"清明时候",已是暮春,亦是"卖花声尽"了。落红成阵,何来鲜花?此词旨在抒怀人之情,常用卖花声写春。

宋·韩淲《西江月》:"卖花声里听吹饧,佳丽芳华韵胜。"

宋·张枢《瑞鹤仙》:"风光又能几,减芳菲、都在卖花声里。"

宋·江开《浣溪沙》:"素约未,传双燕语,离愁还入卖花声。"

宋·刘辰翁《临江仙》(晓晴):"才听朝马动,一巷卖花声。"

宋·王炎午《沁园春》:"奈寻春步远,马嘶湖曲;卖花声过,人唱窗纱。"

宋·王嵎《夜行船》:"午梦醒来,小窗人静,春在卖花声里。"

清·王策《满江红》:"听卖花声过,柳边深巷。"

4407. 便胜却人间无数

宋·秦观《鹊桥仙》:"纤云弄巧,飞星传恨,银汉迢迢暗度。金风玉露一相逢,便胜却人间无数。""金风玉露"表示七月七日,用李商隐《辛未七夕》"由来碧落银河畔,可要金风玉露时"句意。"便胜却人间无数","反弹琵琶",对一年一度的珍视,在下阕结句中点破:"两情若是长久时,又岂在朝朝暮暮!"对此,词家多有评论。明·李攀龙《草堂诗全隽》卷三:"相逢胜人间,会心之语;两情不在朝暮,破格之谈。七夕歌以双星会少别多为恨,独少游此词谓'两情若是长久时'二句,最能醒人心目。"

宋·欧阳修《七夕》:"莫云天上稀相见,犹胜人间去不回。"人间去不回,还不如天上一年一见。秦观反用"人间去不回"句。

清·董元恺《浪淘沙》(七夕):"如果一年真一度,还胜人间。"用秦观句。

清·王国维《鹊桥仙》:"人间岁岁似今宵,便胜却、貂蝉无数。"普通平常的人间生活,要比达官显宦的生活好得多。

4408. 牵动一潭星

宋·秦观《满庭芳》:"独棹孤篷小艇,悠悠过,烟渚沙汀。金钩细,丝纶慢卷,牵动一潭星。"钓钩钓丝,牵动了潭中星星的倒影,水动星也动。

元·乔吉《满庭芳·渔父词》:"风初定,丝纶慢整。牵动一潭星。"用秦观句。

4409. 兔葵燕麦春风里

宋·贺铸《渔家傲》:"前度刘郎应老矣,行乐地,兔葵燕麦春风里。""兔葵燕麦"、野葵野麦,代春天的花草。

"兔葵燕麦"称"兔丝燕麦",《资治通鉴·梁武帝天监十五年》:"何异兔丝燕麦。"胡三省注:"方兔丝有丝之名而不可以织,燕麦有麦之名而不可以食……皆谓有名无实也。"汉《古诗》:"田中兔丝,如何可络;道旁燕麦,何尝可获?""兔葵燕麦"则作野草。

宋·周邦彦《夜飞鹊》(别情):"兔葵燕麦向、残阳,欲与人齐。"送别,人已远去,唯见高与人齐的野草,在残阳中摇动。

4410. 三郎沉醉打球回

宋·晁补之《打球图》:"阊阖千门万户开,三郎沉醉打球回。九龄已老韩休死,无复明朝谏疏来。""三郎"唐玄宗为睿宗第三子,故他自称"李三郎"。宋·曾慥《类说》卷十六引《松窗杂录》云:"王后宠衰,泣曰:'三郎不记阿忠脱紫半臂为生日汤饼耶!'上为戚然。"

唐·刘朝霞《贺幸温泉词》:"遮莫你古时五帝,怎如我今日三郎。"

宋·黄庭坚《梅花诗》:"莫将花与杨妃比,能与三郎作祸胎。"

元·张可久《折桂令·太真病齿图》:"今夜凄凉,懒扣红牙,憔悴三郎。"

元·高克礼《黄蔷薇过庆元贞》:"哎!三郎,睡海棠,都则为一曲舞霓裳。"

元·汤式《一枝花·咏素蟾》:"可知道天宝三

郎爱羽衣,险送了华夷。"

元·无名氏《喜春来·四节》:"想双星心事密话头长,七月七,回首笑三郎。"

4411. 金鞍欲上故徐徐

宋·楼钥《题杨妃上马图》:"金鞍欲上故徐徐,想见华清被宠初。后日延秋门下路,不应有暇作踟蹰。"对杨妃上马迟缓的猜想。

《宋诗纪事》录韩驹一绝云:"翠华欲幸长生殿,立马楼前待贵妃。高觅君王一回顾,金鞍欲上故迟迟。""故迟迟"为待君王回顾。

4412. 只愿君心似我心

宋·李之仪《卜算子》:"我住长江头,君住长江尾。日日思君不见君,共饮长江水。此水几时休,此恨何时已。只愿君心似我心,定不负相思意。"愿君心亦有相思意,曲折地表达一种激情。

宋·刘学箕《阮郎归》:"妾心移得在君心,方知人恨深。"由"君心似我心"到"妾心移作君心",在句意上是一种强化。

4413. 物轻人意重,千里赠鹅毛

宋·李之仪《临江仙》(咏藏春玉):"珍重幽人诚好事,绿窗聊助风骚。寄言俗客莫相嘲,物轻人意重,千里赠鹅毛。""藏春玉"蕴藏春色的玉石。此物虽轻,如千里赠鹅毛,人的情意却是深重的。

宋·欧阳修《梅圣俞寄银杏》:"鹅毛赠千里,所以重其人。"句源出于此。

宋·黄庭坚《长句谢陈适用惠送吴南雄所赠纸》:"千里鹅毛意不轻,瘴衣腥腻北归客。"

宋·邢俊臣《临江仙》(神运石):"巍峨万丈与天高。物轻人意重,千里送鹅毛。"

宋·蔡伸《临江仙》(藏春石):"寄言佶客莫相嘲,物轻人意重,千里赠鹅毛。"

4414. 楼上阑干横斗柄

宋·周邦彦《蝶恋花》(秋思):"执手霜风吹鬓影,去意徊徨,别语愁难听。楼上阑干横斗柄,露寒人远鸡相应。"此下片忆送别,送人远去,执手握别,长夜难眠,直至北斗阑干,鸡声报晓。

"阑干横斗柄",北斗七星,有勺头和勺柄,"横斗柄"即北斗横,表示夜深,常说"北斗阑干",即北斗横斜。汉乐府《善哉行》:"月落参横,北斗阑

干。"汉乐府《满歌行》:"揽衣瞻夜,北斗阑干。"都指夜深。

唐·卢象《夜月》(一作张方平诗):"更深月色半人家,北半阑干南斗斜。"北斗横,南斗斜,正是更深。

唐·杨炯《早行》:"敞朗东方彻,阑干北斗斜。"

唐·李贺《十二月乐词·七月》:"晓风何拂拂,北斗光阑干。"

金·李献能《昆阳元夜南寺小集》:"北斗阑干夜参半,耿耿疏星淡河汉。"

4415. 风消焰蜡,露泡洪炉

宋·周邦彦《解语花》(元宵):"风消焰蜡,露泡洪炉,花市光相射。"宋神宗死后,作者被元佑党人赶出京师。此时流落荆州,元宵夜怀念京师元宵之夜。开头写荆州元夜风中蜡烛在燃烧,花灯被夜露打湿,街市中灯火与花光相映照。

元·朱晞颜《一萼红》(盆梅):"夜深后,寒消绛蜡,误碎月,和露落空庭。"这是普通的月夜,蜡在寒中消,梅在露中落。"蜡消"句取周邦彦意。

4416. 箫鼓喧,人影参差

宋·周邦彦《解语花》(元宵):"衣裳淡雅,看楚女,纤腰一把。箫鼓喧,人影参差,满路飘香麝。"元宵之夜,出游女子在箫鼓声中行进,人影高矮、肥瘦错落不一,满路飘香。"飘香麝"用南朝·梁·刘遵《繁华应令》:"腕动飘香麝,衣轻任好风。"句。

又《风流子》:"望一川暝霭,雁声哀怨,半规凉月,人影参差。"再用"人影参差",写"秋怨",词人将回江南,席上宴别,人影错乱。

4417. 看黄昏灯火市

宋·周邦彦《夜游宫》:"叶下余阳照水,卷轻浪,沉沉千里。桥上酸风射眸子。立多时,看黄昏、灯火市。"写独处桥上,初看秋叶在斜阳中落水飘飘远去,站久了,街市闪烁星星灯火,时候已是黄昏。

宋·汪元量《莺啼序》(重过金陵):"凄凄惨惨,冷冷清清,灯火渡头市。"用周邦彦句写沦陷的金陵的凄冷。

4418. 恨客里光阴虚掷

宋·周邦彦《六丑》(蔷薇谢后作):"正单衣试酒,恨客里、光阴虚掷。愿春暂留,春归如过翼,一去无迹。"词人羁旅无聊,惜春去花落。"客里光阴虚掷",客中无所作为,虚掷了光阴。

宋·张炎《忆旧游》:"叹客里光阴,消磨艳冶,都在尊前。"用周邦彦句,言客里光阴尽消磨在樽前美丽的山水之间。

4419. 钗钿堕处遗芳泽

宋·周邦彦《六丑》(蔷薇谢后作):"为问花何在,夜来风雨,葬楚宫倾国。钗钿堕处遗香泽,乱点桃溪,轻翻柳陌,多情为谁追惜。""钗钿"喻蔷薇落花,落处留有芳泽。

宋·吴文英《扫花游》(送春古江村):"艳春过了,有尘香坠钿,尚遗芳草。"用周邦彦句写居古江村落花、春去。

4420. 愁一箭风快,半篙波暖

宋·周邦彦《兰陵王》(柳)题似写柳,实则送人,抒"京华倦客"之情。下数句:"愁一箭风快,半篙波暖,回头迢递便数驿,望人在天北。"写行人乘船如箭一般远去,回首人已在天北了。

元·罗志仁《霓裳中序第一》(四圣观):"正船过西陵,快篙如箭。"缩用周邦彦句。

4421. 一一轩窗向水开

宋·吕夷简《天花寺》:"贺家湖上天花寺,一一轩窗向水开。"天花寺庙堂的轩窗全部面水而开。说明天花寺在贺家湖中。

宋·辛弃疾《沁园春》(带湖新居将成):"东冈更葺茅斋,好都把、轩窗临水开。"因新居位于带湖上,所以用吕夷简句。

4422. 不用引离声,便荣登十洲三岛

宋·葛胜仲《蓦山溪》(送李彦时):"出门西笑,千里长安道。不用引离声,便荣登、十洲三岛。"李彦时赴京城谋身求职。此数句即述此事,"荣登十洲三岛",登上更美好的境界。

"十洲三岛"原指海外仙境,"三岛":《史记·秦始皇本纪》:"海中有三神山,名曰蓬莱、方丈、瀛洲,仙人居之。"传说中的海上三山,即"三岛"。

"十洲",未见解说。传说古代尧舜时有行政区划十二州。又说大禹治水之后,划华夏为"九州"。汉·马融认为,舜在禹九州上又分置幽、并、营三州,合为十二州。西汉即置十二州。这"州"指陆地,"洲"则是水平地,疑"十洲"从"十二州"来。用"十洲三岛"常喻极美好的境界、仙境、福地。

宋·史浩《喜迁莺》:"著向十洲三岛,入海何妨登陆。"

又《南浦》(洞天):"三岛十洲东,青霄上,神工幻成岩宝。"

又《夜合花》(洞天):"三岛烟霞,十洲风月,四明古号仙乡。"

又《教池回》(竞渡):"看看见,璧月穿林梢,十洲三岛春容。"

宋·曾觌《朝中措》(赵知阁生日):"平地十洲三岛,蟠桃已试春红。"

又《南柯子》(元夜书市):"东风丝管满长安,移下十洲三岛,在人间。"

宋·韩淲《桃源忆故人》(杏花风):"山城灯火笙箫杳,梦到十洲三岛。"

宋·陈亮《贺新郎》:"三岛十洲身在否,是天花、只怕凡心触。"

宋·吴潜《浣溪沙》:"雨过池塘水长芽,放开晴日正宜花,十洲三岛撰繁华。"

宋·陈著《真珠帘》(寿孙古岩):"仙棹,更道遥来访、十洲三岛。"

宋·陈允平《霜天晓角》:"来到十洲三岛,香得更、十分奇。"

宋·王沂孙《齐天乐》(四明别友):"十洲三岛曾行处,离情几番凄惋。"

宋·王去疾《菩萨蛮》:"十洲三岛地,梦里身曾至。"

宋·程节斋《木兰花慢》:"三岛十洲佳致,奈何携近尘笼。"

宋·李君行《沁园春》(刘山春山居):"三岛十洲,移掇者谁,玉城稚仙。"

宋·无名氏《永遇乐》:"约十洲三岛,骖鸾跨鹤,大家同去。"

4423.夜寒江静山衔斗,起来搔首

宋·汪藻《点绛唇》:"新月娟娟,夜寒江静山衔斗。起来搔首,梅影横窗瘦。"寒夜思归,"搔首"焦躁不安。

宋·蒋捷《贺新郎》(秋晓):"竹几一灯人做梦,嘶马谁行古道。起搔首,窥星多少。月有微黄篱无影,挂牵牛、数朵青花小。"取汪藻"搔首窥星"意。

4424.生当作人杰,死亦为鬼雄

宋·李清照《夏日绝句》:"生当作人杰,死亦为鬼雄;至今思项羽,不肯过江东。"北宋灭亡,作者南渡,在那扼杀女子才能的时代,她怀着一颗爱国心,唱出了急为国家献身的豪情,表现她壮烈的生死观。这种"生死观"对清末巾帼英雄产生过重要影响。

汉·王粲《咏史》:"生为百夫雄,死为壮士规。"此诗斥责秦穆公任好死了以子车氏三兄弟奄息、仲行、铖虎等一百七十七人殉葬,结尾二句赞美子车氏"三良"生为人雄,死为楷模。李清照二句从此翻出新意。

宋·刘敞《出塞曲》:"生当取荣名,死当为鬼雄。"李清照取后一原句。

宋·苏轼《苏潜圣挽词》:"妙龄驰誉百夫雄,晚节忘怀大隐中。"用王粲"百夫雄"句。

4425.寻寻觅觅,冷冷清清

宋·李清照《声声慢》:"寻寻觅觅,冷冷清清,凄凄惨惨戚戚。乍暖还寒时候,最难将息。"词人面对着秋花"满地黄花堆积",秋雨"到黄昏,点点滴滴","寻寻觅觅"无益而失望,由失望而"凄凄惨惨戚戚",愁是无限的。宋·张端义《贵耳集》卷上评:"秋词《声声慢》'寻寻觅觅,冷冷清清,凄凄惨惨戚戚'。此乃公孙大娘舞剑手,本朝非无能词之士,未曾有一下十四叠字者,用《文选》诸赋格。后叠又云:'梧桐更兼细雨,到黄昏点点滴滴。'又使叠字,俱无斧凿痕。"宋·罗大经《鹤林玉露》卷十二评:"近时李易安词云:'寻寻觅觅,冷冷清清,凄凄惨惨戚戚。'起头连叠七字,以一妇人,能创意出奇如此。"明·茅暎《词的》评:"连用十四叠字,后又四叠字,情景婉绝,真是绝唱。后人效颦,便觉不妥。"清·徐釚评"首句连下十四个叠字,真如大珠小珠落玉盘也。"(《词苑丛谈》卷三)劈头便连用叠字法,写行为,写环境,又写心态,表义之丰,叠字之多,实前无古人。女词人如此敢于标新立异、创意出奇,很有些胆魄。后人效法者有之,但斧凿痕多,粗制滥造,难出其右。

宋人依托琴精词《千金意》:"如今寂寞古墙阴,秋风荒草白云深。断桥流水何处寻?凄凄切切,冷冷清清,教奴怎禁!"

元·乔吉《天净沙》:"莺莺燕燕春春,花花柳柳真真,事事风风韵韵,娇娇嫩嫩,停停当当人人。"描绘美女"真真"。借用杜荀鹤《松窗杂记》中美女真真像。"停停当当"言打扮得体。这就是为叠字而叠字。堆砌造作,玩叠字游戏,正如清·陈廷焯《白雨斋诗话》评:"丑态百出矣!"

清·贺双卿《凤凰台上忆吹箫》词:

"寸寸微云,丝丝残照,有无明灭难消。正断魂魂断,闪闪摇摇。望望山山水,人去去,隐隐迢迢。从今后,酸酸楚楚,只似今宵!

青遥,问天不应。看小小双卿,袅袅无聊。更见谁谁见,谁痛花娇。谁望欢欢喜喜,偷素粉,写写描描!谁还管、生生世世,夜夜朝朝。"

叠字并非"多多益善"。

4426. 薄雾浓云愁永昼

宋·李清照《醉花阴》:"薄雾浓云愁永昼,瑞脑消金兽。佳节又重阳,玉枕纱厨,半夜凉初透。"愁闷如薄雾浓云,笼罩着漫长的白昼,时光如龙瑞脑在铜兽炉中消逝。

况周颐《蕙风词话》云:"中山王《文木赋》'奔电屯云,薄雾浓雾',易安《醉花阴》首句用此。"

4427. 乌丝栏写永和年

宋·向子諲《浣溪沙》(赵总怜以扇头来乞词,戏有此赠。赵能著棋、写字、分茶、弹琴):"艳赵倾燕花里仙。乌丝栏写永和年,有时闲弄醒心弦。"称赵总怜能写字,会弹琴,是花中仙子。

"乌丝栏写永和年",能在乌丝栏里写一手好字。"乌丝栏"是带黑栏线的绢素或纸笺。李肇《唐国史补》卷下载:"宋、亳间,有织成界道绢素,谓之乌丝栏。"绢素上的黑栏线是织上去的。《通雅·器用》云:"乌丝,笺之画栏者也。"在纸笺上的乌丝栏是画上去的,画上红色栏线,则称"朱丝栏"。"乌丝栏"句还如:

宋·丘崈《满江红》(和梁漕次张韵):"犹自有,新篇什;应念我,想思急。满乌丝挥遍,麝墨香浥。"

宋·程垓《红娘子》:"几点清觞泪,数曲乌丝纸,见少离多,心长分短,如何得是。"

宋·辛弃疾《临江仙》:"碧草旋荒金谷路,乌丝重记关亭。"

又《乌夜啼》(戏赠籍中人):"江头三月清明,柳风轻。巴峡谁知还是、洛阳城。春寂寂,娇滴滴,笑盈盈。一段乌丝栏上、记多情。"

宋·刘克庄《沁园春》(答九华叶贤良):"更玉花骢喷,鸣鞭电抹,乌丝栏展,醉墨龙跳。"

4428. 温柔乡里为家

宋·向子諲《西江月》(番禺赴立之郡王席上):"欢喜地中取醉,温柔乡里为家。暖红香雾闹春华,不道风波可怕。""温柔乡":《礼记·经解》云:"温柔敦厚,《诗》教也。"孔颖达疏:"温,谓颜色温润;柔,谓性情和柔。"此指宴席上的和暖温馨的气氛。

宋·邵博《念奴娇》:"天然潇洒,尽人间、无物堪齐标格。……恰似当年,温柔乡里,晓看新妆额。临风三嗅,挽条不忍空摘。"作者与向子諲同时。

4429. 学诗如参禅

宋·曾几《读吕居仁旧诗有怀》:"学诗如参禅,慎勿参死句。"北宋末年,以黄庭坚为代表的江西派诗人,受宋代禅学影响,喜欢以禅语入诗。"学诗如参禅",参禅,佛家语,打坐参禅,五心朝天,静坐默念,以禅心入定。作诗参禅是集中思索,而不分神。"参死句"使语言僵化了。诗人读吕本中旧诗之后有感而发。

宋代禅风盛行,以禅语入诗也不止江西派,就是大诗人苏轼也主张禅悟。如《夜值玉堂携李之仪端叔诗百余首读至夜半书其后》:"暂借好诗消永夜,每逢佳处辄参禅。"又《赠参寥师》:"欲令诗语妙,无厌空且静。静故了群动,空故纳万境。"

宋·吴可《学诗诗》:"学诗浑似学参禅,竹榻蒲团不计年。"作者少时,曾受到苏轼的赏识。他在《藏海诗话》中主张:"凡作诗如参禅,须有悟门。"

宋·戴复古《论诗十绝》:"欲参诗律似参禅,妙处不由文字传。"

金·刘迎《题吴彦高诗集后》:"名高冀北无全马,诗到西江别是禅。"指吴激学江西派,深得其妙。

4430. 古今多少事,渔唱起三更

宋·陈与义《临江仙》(夜登小阁,忆洛中旧

游）：“二十余年如一梦，此身虽在堪惊。闲登小舟看新晴。古今多少事，渔唱起三更。”这是一首名词。北宋时洛阳少年才子陈与义，于北宋灭亡二十年后，追寻往事，时过境迁，旧友多已不见，自己虽在，却如在梦中。古今多少事，全化作这三更早起的渔父的歌声，一种深沉的苦痛骚动起来。明·沈际飞《草堂诗余正集》评曰：“‘流月无声’巧语也；‘吹笛天明’爽语也；‘渔唱三更’冷语也。功业则歉，文章自优。”

明·杨慎《临江仙》（滚滚长江东逝水）：“古今多少事，都付笑谈中。”取陈与义句意。

4431. 牵肠惹肚，暗减腰肢

宋·王之道《木兰花慢》（追和晁次膺）：“芳菲，谁共赏游嬉。何处马如飞？□不道新来，牵肠惹肚，暗减腰肢。”思念离人，“牵肠惹肚”总是放在心上，在痛苦之中折磨，暗暗地消瘦下去。又《惜奴娇》：“旧爱新人，后夜一时分付。从前事、不堪回顾。怎奈冤家，抵死牵肠惹肚。”再用“牵肠惹肚”，表示情系离人。

“牵肠惹肚”是一种比喻，比喻对亲人的事（含远行）关心、动情且难以忘怀。后作“牵肠割肚”“牵肠挂肚”及其反序语，亦缩用为“牵挂”“挂怀”等等，王之道首创此喻。

元·王实甫《西厢记》第四本第四折《折桂令》：“思人生最苦离别，可怜见千里关山，独自跋涉。似这般割肚牵肠，倒不如义断恩绝。”写张生的离情。

元·贯云石《斗鹌鹑·佳偶》：“知心可腹，牵肠割肚，不枉用了功。”

元·无名氏《冤家债主》第三折：“可怎生将俺孩儿一时勾去，害得俺张善友牵肠割肚。”

4432. 怒发冲冠

宋·岳飞《满江红》（写怀）：“怒发冲冠，凭栏处、潇潇雨歇。”我凭栏而立，怒发上冲冠，滂沱大雨，此刻刚刚停歇。

“怒发冲冠”由于盛怒，毛发竖立，冲动冠帽。《史记·廉颇蔺相如列传》载：“相如因持璧却立，倚柱，怒发上冲冠。”后喻盛怒的情态。

唐·卢照邻《咏史四首》：“直发上冲冠，壮气横三秋。”

唐·杜甫《义鹘行》：“飘萧觉素发，凛欲冲儒冠。”

唐·贾岛《听乐山人弹易水》：“嬴氏归山陵已掘，声声犹带发冲冠。”

唐·戴休班《古意》：“拔剑照霜白，怒发冲冠壮。”

清·曹贞吉《百字令》（咏史）：“落日苍凉，羽声慷慨，壮士冲冠发。”写送荆轲于易水，士皆瞋目，发尽上指冠。

清·汪文溥《大江东去》（吊广州死难七十二烈士）：“天妒奇功，问天不语，怒指冲冠发。”悲愤之情喷涌而出。

4433. 冲冠一怒为红颜

清·吴伟业《圆圆曲》：“恸哭六军俱缟素，冲冠一怒为红颜！”陈圆圆，明末苏州名姬，原姓邢名沅，字畹芬。明末辽东总兵吴三桂纳之为妾。李自成起义军攻占北京，杀死吴三桂之父吴襄，陈圆圆被起义军将领刘宗敏所得。吴三桂一怒之下，乞降于清，引清兵攻陷北京，夺回圆圆。圆圆后随三桂入云南。晚年出家为女道士。此诗作于清·顺治八年（1651），旨在批评吴三桂因一妓女而叛国。陆次云谓：“梅村效《琵琶》《长恨》体作《圆圆曲》，以刺三桂，曰‘冲冠一怒为红颜’，盖实录也。三桂赍重币求去此诗，吴勿许。当其盛时，祭酒能显斥其非，却其赂遗而不顾，于甲寅之乱似早有以见其微者。呜呼，梅村非诗史之董狐也哉！”此二句，写全军上下为崇祯帝之死素服哀悼，而“冲冠一怒”叛明降清，仅仅是为夺回圆圆。具有讽刺力的是，这“怒发冲冠”同历史上豪士先贤的高情伟节恰成比照。

清·屈大均《虞美人》：“无风亦向朱栏舞。情为君王苦。乌江不渡为红颜，忍使香魂无主独东还。春含古血看犹暖，巧作红深浅。花前休唱楚人歌，恐惹英雄又唤奈虞何。”此词写虞美人花，兼写项羽宠姬虞美人。“乌江不渡为红颜”用吴伟业“冲冠一怒为红颜”句式，写项羽不忍独留虞美人香魂于垓下，成为一个殉情者，而回避了无颜见江东父老这一史实。这样写，对于描绘“虞美人”花与人，也很自然。

清·曹溶《满江红》（钱塘观潮）：“谁激荡？灵胥一怒，惹冠冲发。”钱塘大潮，飞腾激荡，是伍子胥“英雄未死报仇心”。“灵胥一怒”，子胥英灵发怒。“冲冠一怒”句式近此。

4434. 凭栏处,潇潇雨歇

宋·岳飞《满江红》(写怀):"凭栏处,潇潇雨歇。"清·刘体仁《七颂堂词绎》评:"词有与古诗同义者,'潇潇雨歇',《易水》之歌也。"

五代·李中《舟中望九华山》:"一面雨初歇,九峰云正开。"唐宋以前多用"雨余"表示雨后。用"雨歇"表示雨停者不多见。

4435. 仰天长啸,壮怀激烈

宋·岳飞《满江红》(写怀):"抬望眼,仰天长啸,壮怀激烈。"高抬望眼,仰望长天,呼啸入云,胸怀壮阔激烈,昂扬慷慨,气势如虹。

宋·辛弃疾《贺新郎》:"我辈从来文字饮,怕壮怀、激烈须歌者。"用岳飞句。

4436. 三十功名尘与土

宋·岳飞《满江红》(写怀):"三十功名尘与土,八千里路云和月。"三十岁成就功名,不过有如尘土一般,微不足道(他三十多岁,已为宣抚副史、少保、太尉等官职),重要的是顶月披云,转战万里,抗击强敌。今人刘永济《唐五代两宋词简析》评:"此词乃作者直抒其痛愤国耻,期于复仇之志。情辞慷慨,至为明切。'三十'二句,盖言年已三十,功名未就,直同尘土之无价值,但空经过八千里路之云和月,言远征无成也。"功名未就,远征无成,这是一种理解。

唐·司空图《榜下》:"三十功名志未伸,初将文字竞通津。春风漫折一枝桂,烟阁英雄笑杀人。"作者对文字获得的功名,并不看重,"三十功名志未伸",而三十三岁登进士第,官至中书舍人,知制诰。十多年以后归隐中条山王官谷,再不出仕。"三十功名志未伸"含有此意。岳飞句从此脱出。

清·易顺鼎《踏莎行》(京口舟行作):"三十功名,万千词赋,英雄才子俱尘土。"想到与京口有关的历史人物,都已成为过去。

"三十功名"年近三十,正是建功立业或取得功名的时候。孔子说:"吾十有五而志于学,三十而立,四十而不惑,五十而知天命,六十而耳顺,七十而从心所欲,不踰矩。"(《论语·为政篇》)"三十功名"当从"三十而立"衍生。

4437. 臣子恨,何时灭

宋·岳飞《满江红》(写怀):"靖康耻,犹未雪。臣子恨,何时灭。"宋钦宗靖康元年,金兵攻陷汴京,北宋灭亡,之后俘宋徽宗、宋钦宗北去。这就是"靖康耻",此耻未雪,臣子之忧,何时熄灭!

宋·李之仪《卜算子》:"此水几时休,此恨何时已?""何时灭"即何时已。

清·纳兰性德《金缕曲》(亡妇忌日有感):"此恨何时已?滴空阶,寒更雨歇,葬花天气。"其妻已故三年。用李之仪句。

清·张景祁《酹江月》:"琼岛生尘,珠崖割土,此恨何时雪!"1858年《天津条约》开琼州口岸,1860年割九龙司地方一区与英国。诗人"此恨"正是列强瓜分中国之恨。

清·秋瑾《满江红》:"自由香,常思爇;家国恨,何时雪?劝吾侪今日,各宜努力。"常常想到点燃自由平等之香;国难家仇,何时能洗雪。

4438. 驾长车踏破,贺兰山缺

宋·岳飞《满江红》(写怀):"驾长车踏破,贺兰山缺。壮志饥餐胡虏肉,笑谈渴饮匈奴血。"

宋·洪迈《容斋随笔》(容斋三笔卷第十一)引《田昼承君集》云:北宋姚嗣宗题崆峒山寺壁诗:"踏破贺兰石,扫清四海尘。"岳飞取此句。

贺兰山为我国西北名山,座落于宁夏西北与内蒙古交界处。唐人即作为虚拟的战场。

唐·王维《老将行》:"贺兰山下阵如云,羽檄交驰日夕闻。"

唐·卢汝弼《和李秀才边庭四时怨》其四:"半夜火来知有敌,一时齐保贺兰山。"亦以贺兰山为边庭。

4439. 壮志饥餐胡虏肉

宋·岳飞《满江红》(写怀):"壮志饥餐胡虏肉,笑谈渴饮匈奴血。"壮志凌云,恨不能饥餐敌人的肉,谈笑中渴饮敌人的血。

《汉书·王莽传中》载:"校尉韩威进曰:'以新室之威而吞胡虏,无异口中蚤虱。臣愿得勇敢之士五千人,不赍斗粮,饥食虏肉,渴饮其血,可以横行。'莽壮其言,以威为将军。"韩威说:带五千人到边境,不带粮食,饿了食匈奴肉,渴了喝匈奴血。岳飞取此意。

唐·李白《苏武》:"渴饮月窟冰,肌餐天上雪。"岳飞取此句式。

唐·孟郊《猛将吟》:"拟脍楼兰肉,蓄怒时未扬。"首取韩威意。

宋·张伯瑞《西江月》:"晦明隐显任浮沉,随分饥餐渴饮。"

又《满庭芳》:"饥餐虎髓,渴饮水银池。"

明·张煌言《满江红》(怀岳忠武):"豪杰气吞白凤髓,高怀眦饮黄羊血。试排云,待把捧月心,诉金阙。""白凤""黄羊"喻清军。全词仿岳飞,结句"吞凤饮血"为报亡明。

清·黄遵宪《冯将军歌》:"手执蛇矛长丈八,谈笑欲吸匈奴血。"用岳飞句以赞冯将军。

今人叶钟华《纪念岳飞》:"遗恨未餐胡虏肉,悔教龙马渡康王。"憾岳飞壮志未酬而遇害。

4440. 待从头收拾旧山河,朝天阙

宋·岳飞《满江红》(写怀):"壮志饥餐胡虏肉,笑谈渴饮匈奴血。待从头、收拾旧山河,朝天阙。"待胜利后,重新整理祖国山河,朝见君王,去告捷。"天阙"指皇帝的宫殿,"朝天阙",朝见皇帝。

唐·赵宗儒《和黄门武相公诏还题石门题》:"望日朝天阙,披云过蜀山。"武元衡丞相回京,作者首用"朝天阙"。

宋·赵师侠《满江红》:"与元枢、鹗荐共扶摇,朝天阙。"用岳飞句式。

宋·吴琚《酹江月》:"白马凌空,琼鳌驾水,日夜朝天阙。"

宋·韩淲《醉蓬莱》(上太守):"棋酒心情,笙歌滋味,便合朝天阙。"

宋·岳甫《朝中措》:"几回相与叹高才,忽报驭风来。谁道呕朝天阙,更能同上春台。"

又《菩萨蛮》:"传柑当令节,连璧朝天阙。"

宋·莫起炎《满江红》:"玩太虚、稳稳驾祥云,朝金阙。""金阙"也指朝廷或天堂。

宋·无名氏《贺新郎》(寿刘宰):"闻说九重飞紫诏,想鸣珂、早晚朝天阙。"言刘宰诏赴朝廷。

4441. 何日请缨提锐旅

宋·岳飞《满江红》(登黄鹤楼有感):"叹江山如故,千村寥落。何日请缨提锐旅,一鞭直渡清河洛。却归来,再续汉阳游,骑黄鹤。"绍兴八年

(1138)春,岳飞奉命由江州(今江西九江市)率部回驻鄂州(今武昌)。此前他曾上书请求乘金人废立伪齐刘豫之机,乘敌不备,"长驱以取中原",未获准。此词结尾数句再伸请缨提旅,直渡河洛,进军中原之壮志。

"请缨",请受长绳。《汉书·终军传》:西汉终军出使南越,向汉武帝作豪语曰:"愿受长缨,必羁南越王而致之阙下。"意为只要给我一条绳索,即可把南越王拿来。后终于说服了南越王降汉。后"请缨"作请求战斗任务之意。

唐·魏征《述怀》:"策杖谒天子,驱马出关门。请缨系南越,凭轼下东藩。"用终军"请缨"说服南越王和郦食其"凭轼"(驾车)下齐七十余城事,喻自己赴"山东"说服李密旧部降唐。

唐·祖咏《望蓟门》:"少小虽非投笔吏,论功还欲请长缨。"

唐·刘长卿《太行苦热行》:"何劳短兵接,自有长缨缚。"

唐·杜甫《岁暮》:"天地日流血,朝廷谁请缨。"

唐·钱起《送郑书记》:"决胜无遗策,辞天便请缨。"

唐·杨凝《送客往鄘州》:"近喜扶阳系戎相,从来卫霍笑长缨。""卫霍":西汉名将卫青、霍去病。

宋·苏轼《和王晋卿》:"何当请长缨,一战河湟复。"

宋·贺铸《六州歌头》:"思悲翁,不请长缨,系取天骄种,剑吼西风。"

宋·刘克庄《贺新郎》(实之三和有忧边之语,走笔答之):"国脉微如缕。问长缨、何时入手,缚将戎主。"

人民领袖毛泽东《蝶恋花》(从汀州向长沙·1930年7月):"六月天兵征腐恶,万丈长缨要把鲲鹏缚。"喻战胜强大的敌人。

又《清平乐》(六盘山·1935年10月):"六盘山上高峰,红旗漫卷西风。今日长缨在手,何时缚住苍龙?"喻取得最后胜利。

4442. 眦血指,旁观袖手

宋·张孝祥《鹊桥仙》(以酒果为黄子默寿):"南州名酒,北园珍果,都与黄香为寿。风流文物家传,眦血指、旁观袖手。"

"旁观袖手"后多作"袖手旁观"。唐·韩愈《祭柳子厚文》："不善为斫,血指汗颜,巧匠旁观,缩手袖间。"言不善于使用斧斨,手指出了血,脸上出了汗,而能工巧匠,缩手旁观。宋·苏轼《朝辞赴定州论事状》："奕棋者胜负之形,虽国工有所不尽,而袖手旁观者常尽之。"对奕,旁观者清,袖手旁观者更能精于棋道。苏轼文中首使"袖手旁观"定型。把手放在袖中,于一旁观望,只置身事外观望。

宋·周密《朝中措》(东山棋墅):"犀匳象局,惊回槐梦,飞霰生寒。自有仙机活著,未应袖手旁观。"用苏轼意,写对奕。

宋·黄机《沁园春》:"袖手旁观,何如小试,欲脱囊中失利锥。"

4443. 寂寞开无主

宋·陆游《卜算子》(咏梅):"驿外断桥边,寂寞开无主。已是黄昏独自愁,更著风和雨。"一株梅生在驿馆外面断桥旁边,独自开放,而这是一株无主花,无人管理,无人侍弄。

唐·柳宗元《奉酬杨侍郎文因送八叔拾遗戏赠诏追南来诸宾二首》:"翰林寂寞谁为主,鸣凤应须早上人。"陆游从"寂寞谁为主"取意。

4444. 已是黄昏独自愁

宋·陆游《卜算子》(咏梅):"驿外断桥边,寂寞开无主。已是黄昏独自愁,更著风和雨。"一株寂寞无主的梅花,在黄昏中独自愁苦,又加之以凄风苦雨。

唐·唐彦谦《长溪秋望》:"寒鸦闪闪前山去,杜曲黄昏独自愁。"陆游取"黄昏独自愁"语。

4445. 零落成泥碾作尘

宋·陆游《卜算子》(咏梅):"无意苦争春,一任群芳妒。零落成泥碾作尘,只有香如故。"株梅即使凋落,落地成泥,又被车轮人脚碾粉成尘,芳香还仍然如故。这是一种"孤芳自恃"的高尚品格。

魏·曹植首写"泥""尘":

《九愁赋》:"宁作清水之沉泥,不为浊路之飞尘。"分清与浊。

《七哀》:"君若清路尘,妾若浊水泥。浮沉各异势,会合何时谐!"路尘与水泥,一浮一沉,何可相聚?

陆游之前,唐宋人的泥尘句。

唐·李白《赠韦侍御黄裳二首》:"春光扫地尽,碧叶成黄泥。"写叶。

唐·岑参《青门歌送东台张判官》:"灞头落花没马蹄,昨夜微雨花成泥。"写花。

又《首春渭西郊行呈蓝田张二主簿》:"回风度雨渭城西,细节新花踏作泥。"写花。

唐·姚合《杨柳枝词五首》:"二月杨花触处飞,悠悠漠漠自东西。谢家咏雪徒相比,吹落庭前便作泥。"写杨花。

唐·齐己《谢重缘旧山水障子》:"不因公子鉴,零落几成尘。"写障子。

宋·王安石《北陂杏花》:"一陂春水绕花身,花影妖娆各占春。纵被春风吹作雪,绝胜南陌碾成尘。"

清·龚自珍《已亥杂诗》:"浩荡离愁白日斜,吟鞭东指即天涯。落红不是无情物,化作春泥更护花。"一反"尘泥"句之消沉,深情地赞颂了"落花"风格。

4446. 人成各,今非昨

宋·唐婉儿《钗头凤》:"人成各,今非昨,病魂常似秋千索。"陆游在沈园巧遇前妻唐婉儿,作《钗头凤》词以赠,唐婉儿作此答词。"人成各",夫妇二人天各一方,分在"各"地。

唐·韦应物《除日》:"忽惊年复新,独恨人成故。""人成故",友人已成"亡故"。"人成各"用此句式。

4447. 南望王师又一年

宋·陆游《秋夜将晓出篱门迎凉有感》:"三万里河东入海,五千仞岳上摩天。遗民泪尽胡尘里,南望王师又一年。"作家在山阴家居,秋晓出门,遥望北方:黄河入海,华岳摩天。山河依旧,而沦于金朝的北宋遗民,年复一年,泪已流尽,却总不见王师到来。

作者此意,曾反复流露于诗中:

《关山月》:"遗民忍死望恢复,几处今宵垂泪痕。"

《寒夜歌》:"三万里之黄河入东海,五千仞之太华摩苍旻。坐令此地没胡虏,两京宫阙悲荆榛。"

"南望王师",推想北方人民乞盼南宋军队过来收复失地。唐·杜甫《夏日叹》:"浩荡想幽蓟,王师安在哉!"安史作乱,而不知王师在何处。

"又一年"感叹事情来得慢,也感叹时光去得快,有的忧伤,有的欣喜。

唐·高适《除夜作》:"故乡今夜思千里,霜鬓明朝又一年!"除夜思乡,有感除夕五更"又一年"。首用"又一年"。下如:

唐·姚合《秋日有怀》:"旧里无人到,西风又一年。"

唐·赵嘏《忆山阴》:"可怜时节堪归去,花落猿啼又一年。"

唐·罗隐《七夕》:"铜壶漏报天将晓,惆怅佳期又一年。"

宋·姚镛《寓雪川》:"几回倦钓思归去,又为频花住一年。"

宋·王安石《寄育王大觉禅师》:"所闻不到荆门耳,人老禾新又一年!"

清·毛奇龄《南柯子》(淮西客舍接得陈敬上书寄):"长安书远寄来稀,又是一年秋色到天涯。"

近代·苏立瑛《西湖韬光庵夜闻鹃声简刘三》:"刘三旧是多情种,浪迹风波又一年。"

春联:"又是一年芳草绿,依然十里杏花红。"

4448. 万死投荒十二年

唐·柳宗元《别舍弟宗一》:"一身去国六千里,万死投荒十二年!"作者时任柳州刺史,元和十一年(816)春,送柳宗一赴江陵。此二句自述不幸,贬谪荒远地区,离京城极其遥远,从永贞元年(805)十一月贬永州司马至今历尽劫难已十二年了。

"……年"表示种种时间跨度,也含着种种感情。

唐·杜甫《送路六侍御入朝》:"童稚情亲四十年,中间消息两茫然。"

宋·胡宿《送清漳护戎王中五》:"山长水远知何处,花落莺啼又几年。"用赵嘏"花落猿啼又一年"句。

宋·陆游《赴成都自三泉至益昌谋以明年下三峡》:"诗酒清狂二十年,又摩病眼看西川。"

又《沈园》:"梦断香销四十年,沈园柳老不吹棉。"唐婉儿死后四十年,再到沈园,有感而作。

宋·刘克庄《病后访梅》:"幸然不识桃并柳,也被梅花累十年。"

清·朱彝尊《酬洪升》:"金台酒座擘红笺,云散星离又十年。"

4449. 但悲不见九州同

宋·陆游《示儿》:"死去元知万事空,但悲不见九州同。王师北定中原日,家祭无忘告乃翁。"人过世而去,万事皆空,唯一哀伤的是中国九州不能统一。作者于《夜坐》诗中曾云:"盖棺万事已,唯负国恩私。"而此时八十五岁临终前再嘱此意。南宋灭亡后,林景熙《题陆放翁诗卷后》云:"青山一发愁蒙蒙,干戈已满天南东。来孙却见九州同,家祭如何告乃翁!"元人入主中原,"九州同"了,却不是陆游企盼的"九州同"。

今人里克《七绝》(闻张学良先生将返乡探亲,敬献诗词二首):"曾使干戈化玉帛,此心长盼九州同。"

4450. 王师北定中原日

宋·陆游《示儿》:"王师北定中原日,家祭无忘告乃翁。""北定中原"平定中原意。蜀汉·诸葛亮《前出师表》:"今南方已定,兵甲已足,当奖率三军,北定中原。"

宋·苏轼《白鹤峰新居欲成夜过西邻翟秀才二首》:"中原北望无归日,邻火村春自往还。"述说自己北归无期。

又《武昌西山》:"中原北望在何许,但见落日低黄埃。"再用"中原北望"。"中原北定"与此意义不同,句式近似。

4451. 手中书册堕无声

宋·陆游《早凉熟睡》:"屋角鸣禽呼不觉,手中书册堕无声。"由于是熟睡,手中曾读着的书册掉下去,听不到堕地之声。

又《午睡》:"帐底香云凝未散,手中书卷堕无声。"再用此句。

4452. 新筑场如镜面平

宋·陆游《秋晚》:"新筑场如镜面平,家家欢喜贺秋成。老来懒惰惭丁壮,美睡中闻打谷声。"筑场,筑打谷场。每年金秋,农民要辟一块田地,压平压光,在上面打谷收粮。"镜面平"喻场面光又平,没有浮尘,更没有砂粒。

宋·范成大《四时田园杂兴》:"新筑场泥镜面

平,家家打稻趁霜晴。笑歌声里轻雷动,一夜连枷响到明。"陆、范二人同时,用"镜面平"不知孰先孰后。

4453. 看山看水自由身

宋·陆游《独游城西诸僧舍》:"我是天公度外人,看山看水自由身。"是"天公"约束之外的人,要看山便看山,要看水则看水,我的身子是自由的。

金·元好问《济南杂诗》:"着处题诗发兴新,看山看水自由身。"用陆游原句。

4454. 直把杭州作汴州

南宋初·林升《西湖》:"山外青山楼外楼,西湖歌舞几时休;暖风薰得游人醉,直把杭州作汴州。"南宋王朝在西湖寻欢作乐,忘掉了北宋亡国,竟把杭州当作汴京。

元·尹廷高《庚子营又青旧业》:"儿童生长他山久,却把家乡作客乡。"南宋灭亡后,避乱二十年归乡,儿女们竟把"家乡"认作"客乡"。取林升句式。

4455. 花心应似客心酸

宋·范成大《窗前木芙蓉》:"辛苦孤花破小寒,花心应似客心酸。更凭青女留连得,未作愁红怨绿看。""木芙蓉"木莲,又称"拒霜"。本诗取"拒霜"意,写木芙蓉于微寒时节(八九月)放花,虽遇"青女"(霜神)留连不去,"拒霜"也不会像春花一样成为"愁红怨绿"。"花心应似客心酸",以花心喻客心。

李白《望木瓜山》:"早起见日出,暮见栖鸟还。客心自酸楚,况对木瓜山。""客人心酸"源此。"破小寒"用黄庭坚"山驿官梅破小寒"(《送曹子方福建路运判兼简运使张仲祺》)句。

4456. 寥落星河向五更

宋·范成大《晓行》(官塘驿):"篝灯驿吏唤人行,寥落星河向五更。"由于驿吏催行,早早上路,天星寥落,未到五更天。

南朝·谢朓《京路夜发》:"晓星正寥落,晨光复泱漭。"《文选》李善注:"寥落,星稀之貌。""寥若晨星"源此。

唐·韩愈《华山女》:"黄衣道士亦讲说,座下寥落如明星。"

宋·范成大《喜收知旧书复畏答书二绝》:"故人寥落似晨星,珍重书来向死生。"

4457. 山晚黄羊随日下

宋·范成大《金陵道中》:"山晚黄羊随日下,天寒白犊弄风归。"天晚羊群下山了。

《读经·王风·君子于役》:"日之夕矣,牛羊下来。"范诗取此意。

4458. 浮生不了悲欢事

宋·范成大《正月十四日雨中与正夫、朋元小集夜归》:"浮生不了悲欢事,作剧儿童总未知。"人间无穷无尽的悲欢的事,不忍让天真嬉戏的孩子们知道。

宋·黄庭坚《登快阁》:"痴儿了却公家事,快阁东西倚晚晴。"周汝昌认为范句用此句法。

4459. 雷霆一鼓罢,星斗万里湿

宋·范成大《鄱阳湖》:"雷霆一鼓罢,星斗万里湿。"空中雷霆大作,一场大雨过后,大地生水,连星斗也似湿了。

宋·黄庭坚《荆州即事药名诗八首》:"天南星斗湿。"范诗取此意。

4460. 松楸永寄孤穷泪

宋·范成大《天平先陇道中,时将赴新安掾》:"松楸永寄孤穷泪,泉石终收浪漫身。"经天平(吴县至德乡之上沙,在天平附近)祖茔有感。"松楸"祖茔地,永寄悲伤,人终被收入泉石。

宋·黄庭坚《十四弟归洪州赋莫如兄弟四章赠行》:"归扫松楸下,洒我万里涕。""松楸"代指墓地,范诗用此意。

4461. 无边光景一时新

宋·朱熹《春日》:"胜日寻芳泗水滨,无边光景一时新。等闲识得东风面,万紫千红总是春。"春天到来,总是悄悄的,出离城市,来到泗水之滨,顿然觉得天边无际的风光焕然一新了。

唐·白居易《岁夜咏怀兼寄思黯》:"陶窗与私阁,风景一时新。"朱熹扩用此句。

4462. 金戈铁马,气吞万里如虎

宋·辛弃疾《永遇乐》(京口北固亭怀古):"斜

阳草树,寻常巷陌,人道寄奴曾住。想当年,金戈铁马,气吞万里如虎。"“寄奴”南朝宋武帝刘裕的小名。他早年曾居京口,东晋末年,他两次北伐,灭南燕、后秦,收复洛阳、长安,元熙二年(420)代晋建宋称帝。"金戈铁马……"就是称刘裕北伐的。词中含词人自己不能北伐收复失地之憾。

"金戈铁马",金戈挥动,铁骑驰骋,气吞万里,势如猛虎。后唐李袭吉《谕梁文》云:"金戈铁马,蹂践于明时。"语源在此。

元·汪元亨《折桂令·归隐》:"二十年尘土征衫,铁马金戈,火鼠冰蚕。"

清·康熙皇帝玄烨《出塞训厉军士》:"铁马金戈整六师,鼓行出塞暮春时。边尘扫尽从今始,莫让天山建奇勋。"康熙三十六年(1696)暮春,玄烨新征噶尔丹,出居庸关写给出征军士的。"金戈铁马"指王师。

又《赐皇子胤祉》:"玉弩金戈壮此行,期门环卫在连营。"换用"金戈铁马"句。

又《行围所经灰发、叶赫、哈达诸地,皆我祖宗之所开,并遗迹存焉》:"铁马金戈百战时,戎衣辛苦首开基。"

清·林麟焻《水调歌头》(钓龙台怀古):"人道越王当日,铁马金戈割据,曾钓白龙来。"“越王”指勾践后裔闽越王无诸。

清·陈维崧《满江红》(汴京怀古十首·官渡):"看金戈塞马,喧阗驰骤。"追忆官渡之战。

清·纳兰性德《蝶恋花》(出塞):"铁马金戈,青冢黄昏路。"出塞的路,勇武的英雄走过,和亲的皇女也走过。

清·陈玉树《乙酉春有感》:"瘴海珠江驰露布(捷报),金戈铁马逐天骄。"

今人刘流佳《谒岳王坟》:"金戈铁马指黄龙,诏下师回壮志空。"哀岳飞。

今人王自成《题〈岁寒三友图〉》:"风光占尽虬枝老,犹作金戈铁马鸣。"

今人李儒科《登荆州城楼》:"金戈铁马三分国,直上高楼一望收。"

4463. 廉颇老矣,尚能饭否

宋·辛弃疾《永遇乐》(京口北固亭怀古):"凭谁问,廉颇老矣,尚能饭否?"《史记·廉颇蔺相如列传》载:赵国大将廉颇,被赵悼襄王解职,他逃到魏国。后赵王想重新起用他,派人去魏国查访,廉颇吃了一斗米、十斤肉,又披甲上马,表示自己还可以有所作为。可赵国使者受了郭开的贿赂,对赵王说,廉将军虽老,饭量还很大,可是陪坐不久,就拉了三次屎。赵国以为廉颇确实老了,便不再召回他。辛词意为:自己老当益壮,期望如廉颇尚可为国效劳,却无人重视。

廉颇事唐人已入诗。

唐·张说《南中送北使二首》:"廉颇诚未老,孙叔且无谋。"

唐·刘长卿《奉寄婺州李使君舍人》:"似鵩占贾谊,上马试廉颇。"

唐·韩愈《秋怀十一首》:"犀首空好饮,廉颇尚能饭。"

唐·李端《赠故将军》:"谁道廉颇老,犹能报远仇。"

唐·武元衡《西亭题壁寄中书李相公》:"廉颇不觉老,蘧瑗始知非。"

宋·戴复古《鹧鸪天》:"吴姬劝酒,唱得廉颇能饭否。"

4464. 生子当如孙仲谋

宋·辛弃疾《南乡子》(登京口北固亭有怀):"年少万兜鍪,坐断东南战未休。天下英雄谁敌手,曹刘。生子当如孙仲谋。"下片,述历史,称英雄,信手拈来,自然合律。汉献帝建安十八年(213),曹操率军攻濡须(今安徽巢湖市),孙权亲自提兵迎敌。《三国志·吴主传》注引《吴历》云:"(曹)公见舟船、器仗、军伍整肃,喟然叹曰:'生子当如孙仲谋,刘景升儿子若豚犬耳。'"辛词只引上句称孙权,歇去后一句刘表儿子一逃一降,如猪狗罢了。其画外音是:当今谁似"刘景升儿子"。

又《永遇乐》(京口北固亭怀古):"千古江山,英雄无觅、孙仲谋处。"惜无守土英雄,一般则多指生出健儿。

宋·苏轼《赠山谷子》:"生子还如孙仲谋,豚犬漫多何足数。"

又《诗二句》:"但令有妇如康子,安问生儿比仲谋。"

宋·陆游《黄州》:"终看赤壁终陈迹,生子何须孙仲谋?"赤壁之战已成陈迹,生子如孙仲谋有何用?因现实有感而发。

宋·刘辰翁《金缕曲》(杜叟陈君,风谊动人,岁一介寿我,辞华蔚然。至谓我黑漆,则久不相见故耳,为此发歌):"夫君自是人间瑞,叹生儿、当如异日,孙仲谋耳。"

宋·刘克庄《沁园春》(送孙季蕃吊方漕西归):"畴昔奇君,紫髯铁面,生子当如孙仲谋。争知道,向中年犹未,建节封侯。"

宋·陈人杰《沁园春》:"扶起仲谋,唤回玄德,笑杀景升豚犬儿。归来也,对西湖叹息,是梦耶非?"

4465. 怅清江,天寒不渡,水深冰合

宋·辛弃疾《贺新郎》:"佳人重约还轻别。怅清江,天寒不渡,路断车轮生四角,此地行人销骨。"宋孝宗淳熙十五年(1188)冬,陈亮来访,二人盘桓十日,同游鹅湖,"长歌相答,极论世事",爱国情深,友谊极厚。一旦分别,不胜依依。在残山剩水中,天寒、水深、冰合、路断,友人(陈亮)别路维艰,也暗示世路艰难,局势险恶。

宋·陈人杰《沁园春》(丁酉岁感事):"刘表坐谈,深源轻进,机会失之弹指间。伤心事,是年年冰合,在在风寒。"刘表、殷浩或坐谈、或轻进,使恢复大业受挫。伤心国事,年年如严冰封合,风寒凛冽。

4466. 硬语盘空谁来听

宋·辛弃疾《贺新郎》(同父见和,再用前韵):"我病君来高歌饮,惊散楼头飞雪。笑富贵、千钧如发。硬语盘空谁来听,记当时、只有西窗月。"忆那次君来,你我高歌畅饮,硬语盘空,政见相投,可有谁听呢?只有西窗明月而已。"硬语盘空",言谈刚直,慷慨激昂,在空中盘桓回荡。

唐·韩愈《答孟东野》:"横空盘硬语,妥帖力排奡(ào)。"言诗歌语言刚硬,辛词引作言谈。

4467. 得且住,为佳耳

宋·辛弃疾《霜天晓角》(旅兴):"明日落花寒食,得且住,为佳耳。"淳熙五年(1178)春,作者奉诏从豫章赴临安任大理寺少卿。取水路东进已近千里,宦游正倦,有玉人留醉,适明日寒食,能住下来,休息游乐,是大好的事了。

晋人帖语:"天气殊未佳,汝定成行否?寒食近,且住为佳耳。"明·杨慎《词品》卷一评:"'天气殊未佳,汝定成行否?寒食近,且住为佳耳',此晋无名氏帖中语也。辛稼轩融化作《霜天晓角》词云(略)。晋人语本入妙,而词又融化之如此,可谓珠

璧相照矣。"把帖语入词,组语自然,达意巧妙。

4468. 罢长淮千骑临秋

宋·辛弃疾《声声慢》(旅兴登楼作):"今年太平万里,罢长淮、千骑临秋。凭栏望,有东南佳气,西北神州。"途中登楼近观远眺,感到今年天下太平,守卫长淮的骑兵已不见了。"千骑"表示壮大的马队、骑兵。

宋·苏轼《江神子》(猎词):"老夫聊发少年狂,左牵黄,右擎苍。锦帽貂裘,千骑卷平冈。"戴锦帽,披貂裘,同众猎手骑马席卷平冈,卷起一天尘土。

金·张中孚《蓦山溪》:"壮岁喜功名,拥征鞍,貂裘绣帽。"作者壮年时,其父死于太原之役中,他率部曲十余人到金军中夺得父尸而还。后在抗金斗争中表现十分英勇。此用苏轼"锦帽貂裘"句,以显示自己当年的豪情。

明·汤显祖《牡丹亭》第五十出闹宴《梁州令》:"长淮千骑雁行秋,浪卷云浮。"用辛词之反意。

4469. 听取蛙声一片

宋·辛弃疾《西江月》(夜行黄沙道中):"明月别枝惊鹊,清风半夜鸣蝉。稻花香里说丰年,听取蛙声一片。"雨中雨后,蛙鸣,一鸣百鸣,联成一片,在报丰年。

宋·吴文英《江神子》(喜雨上麓翁):"身闲犹耿寸心丹,炷炉烟,暗祈年。随处蛙声,鼓吹稻花田。"用辛词句意。

4470. 江左沉酣求名者,岂识浊醪妙理

宋·辛弃疾《贺新郎》:"一尊搔首东窗里,想渊明、《停云》诗就,此时风味。江左沉酣求名者,岂识浊醪妙理。"陶潜闲饮东窗,不慕荣利,远胜过醉中争名夺利的江东人士。江东人士连醉中都追求名利,就不知道饮酒的妙理。

苏轼《和陶渊明饮酒》:"江左风流人,醉中亦求名。渊明独清真,谈笑得此生。"辛词取"江左求名"意,杜甫《晦日寻崔戢李封》:"浊醪有妙理,庶用慰沉浮。"辛词又取"妙理"意。

4471. 念桥边红药,年年知为谁生

宋·姜夔《扬州慢》(淳熙丙申至日,予过维

扬。夜雪初霁,荠麦弥望。入其城则四顾萧条,寒水自碧。暮色渐起,戍角悲吟。予怀怆然,感慨今昔,因自度此曲。千岩老人以为有黍离之悲也):"二十四桥仍在,波心荡、冷月无声。念桥边红药,年年知为谁生。"清·郑文焯《白石道人歌曲》评:"绍兴三十年,完颜亮南寇。江淮军败,中外震骇;亮寻为其臣下杀于瓜州。此词作于淳熙三年,寇平已十有六年,而景物萧条,依然有'废池乔木'之感。""红药",红芍药,扬州名花。孔仲武《芍药谱》云:"扬州芍药,名于天下。"二十四桥,一名红药桥,桥边盛产红药。另《一统志》云:"扬州府开明桥,在甘泉县东北,旧传桥左右春月芍药花市甚盛。"姜词云,扬州已历战乱,桥边红药,无人管理,无人欣赏,年年不知为谁开放! 这就是"黍离之悲"吧。

宋·黄庭坚诗:"春风十里珠帘卷,仿佛三生杜牧之。红药梢头初茧粟,扬州风物鬓成丝。"姜词基调近此。

明·杨基《夏初临》:"新愁旧恨,在他红药栏西。"写离别之恨,花中之愁。

4472. 乡村四月闲人少

宋·翁卷《乡村四月》:"绿满山原白满川,子规声里雨如烟。乡村四月闲人少,才了蚕桑又插田。"这是江南四月。

唐·王维《新晴野望》:"农月无闲人,倾家事南亩。"翁卷诗与此意相近。

4473. 铁石心肠,虬龙根干,亭亭天柱

宋·陈亮《水龙吟》:"一番整顿,旧家草木,新来雨露。铁石心肠,虬龙根干,亭亭天柱。纵茯苓下结,茑萝高际,怎堪攀附?"赞"百年遗树"高大擎天乔木,木质坚如铁石,根干如虬龙。似喻中流砥柱、核心栋梁。

"铁石心肠"原作"铁肠石心"。唐·皮日休《桃花赋》序:"(宋广平)贞姿劲质,刚态毅状,疑其铁肠石心,不解吐婉媚辞。"又作"铁石心肠"。宋·苏轼《与李公择二首》序:"虽兄之爱我厚,然仆本以铁心石肠待公,何乃尔耶?"后以"铁石心肠"定型,喻心肠坚硬,不为情感所动,多写人,原也写物。

宋·苏轼《次韵曹子方龙山真觉院瑞香花》:"一逢兰蕙质,稍回铁石心。"见瑞香花的兰蕙质而动了惜花之情。"铁石心",感情和意志坚定,如铁石一样不变。

又《过淮》:"相从艰难中,肝肺如铁石。"

又《次韵子由使契丹至涿州见寄四首》:"随翁万里心如铁,此子何劳为买田。"

宋·秦观《和黄法曹忆建溪梅花同参寥赋》:"谁云广平心似铁,不惜珠玑与挥扫。"

宋·易祓妻《一剪梅》:"功名成就不还乡,铁做心肠,石做心肠。"

宋·冯镕《如梦令》(题龙脊石):"素养浩然之气,铁石心肠谁拟。"

宋·方岳《沁园春》:"有美人兮,铁石心肠,寄春一枝。"

宋·杨无咎《柳梢青》:"傍人笑我悽惶,算除是、铁心石肠。"

宋·刘克庄《满江红》:"老子年来,颇自许,心肠铁石。尚一点,消磨未尽,爱花成癖。"

宋·何梦桂《玉漏迟》(和何君元寿梅):"谁是肝肠铁石,与共说、岁寒怀抱。"

又《水龙吟》(咏梅):"不是人间,肝肠铁石,相逢休问。"

宋·古杭才人《宦门子弟错立身》八出:"望断天涯无故人,便做铁打心肠珠泪倾。"

宋人话本小说中人物楚娘《生查子》(题壁间):"铁石作心肠,铁石刚犹软;江海比君恩,江海深犹浅。"

元·戴善夫《风光好》二折:"他多管是铁石心肠,直恁的难亲傍。"

清·黄遵宪《铁汉楼歌》:"中有七尺先生躯,铁石心肠永不变。"

4474. 霜天晓角,梦回滋味恶

宋·刘过《霜天晓角》:"霜天晓角,梦回滋味恶。酒醒不禁寒力,纱窗外,月华薄。""霜天"是秋末冬初的天气。"晓角"是早晨的鼓角声。秋冬间的清晨,凄凉寒冷,再加入角声,更加凄清了。

最先是"霜天晓",即寒天的清晓、清晨。

宋·张纲《凤栖梧》:"激滟金杯休惜醋,追欢不怕霜天晓。"最早用此语,后来"霜天晓角"作了词牌。

宋·辛弃疾《念奴娇》:"摸索应知,曹刘沈谢,何况霜天晓。"

宋·汪莘《点绛唇》:"晓角霜天,昼帘都是春

天气。"用刘过语。

4475. 浪说胸吞云梦

宋·戴复古《水调歌头》（题李季允侍郎鄂州吞云楼）："浪说胸吞云梦，直把气吞残虏，西北望神州。"由"吞云楼"（今湖北武汉）气吞云梦（古代湖北大泽云梦泽），想到漫说（不要说）胸吞云梦，更欲气吞金虏，收复西北神州。

汉·司马相如《子虚赋》：乌有先生对楚国使者子虚夸说齐国地域辽阔云："吞若云梦者八九，于其胸中，曾不蒂介（不在乎）。""吞云楼"名出于此，因而戴词用"胸吞云梦"。

4476. 整顿乾坤手段

宋·戴复古《水调歌头》（题李季允侍郎鄂州吞云楼）："整顿乾坤手段，指授英雄方略，雅志若为酬。"南宋百余年来，北方蒙古日益强大，金兵衰弱，抗金出了大好机遇。李季允（埴）出任沿江置制副使兼知鄂州（今武昌），筑了吞云楼。戴复古词中称：李有整顿天下的手段，有英雄指麾方略，可雅志怎得酬！

唐·杜甫《洗兵马》："二三豪杰为时出，整顿乾坤济时了。"郭子仪、李光弼、王思礼等"二三豪杰"收复两京，安史之乱即平，所以"整顿乾坤济时了"。戴复古借用此句以激励李季允。

4477. 天下英雄，使君与操

宋·刘克庄《沁园春》（梦孚若）："天下英雄，使君与操，余子谁堪共酒杯！车千两，载燕南赵北，剑客奇才。""孚若"，方信孺，曾三使金国，抗节不屈。是作者的良友，已故。此刻梦中相会，学曹操把酒论英雄，"天下英雄，使君与操"，只有你与我。其他人不配同我们共杯，他们没有恢复中原的愿望。

《三国志·蜀书·先主传》："是时曹公从容谓先主曰：'今天下英雄唯使君与操耳。本初之徒不足道数也。'"刘克庄借用此句。

唐·刘禹锡《蜀先主庙》："天地英雄气，千秋尚凛然。势分三足鼎，业复五铢钱。"汉王莽废五株钱，光武帝从马援奏重铸此钱，天下称便。此喻刘备复兴汉业。

宋·辛弃疾《南乡子》（登京口北固亭有怀）："天下英雄谁敌手？曹刘。"

4478. 黄纸红旗喧道路

宋·刘克庄《满江红》（送宋惠父入江西幕）："黄纸红旗喧道路，黑风青草空巢穴。""黄纸"，军中告示，"红旗"军队旗帜。言宋晋赴江西幕府。

唐·白居易《同刘十九宿》："红旗破贼非吾事，黄纸除书无我名。"刘克庄缩用此二句。

"黄纸"也是诏令。

唐·李嘉祐《送窦拾遗赴朝因寄中书十七弟》："自叹未沾黄纸诏，那堪远送赤墀人。"

又《暮春宜阳郡斋愁坐忽枉刘七侍御新诗因以酬答》："唯羡君为周柱史，手持黄纸到沧洲。"

4479. 叹终南捷径

宋·刘克庄《水龙吟》："叹终南捷径，太行盘谷，用卿法、从吾好。"终南山位于陕西省西安市西南。《新唐书·卢藏用传》记：卢藏用想入朝作官，就隐居于京城附近的终南山，以期征召，时人称之为"随驾隐士"，后果被征召。司马承祯也尝被召，欲归山，卢藏用指着终南山说："此中大有嘉处。"承祯说："以仆视之，仕官之捷径也。"为了作官，在皇城附近终南山"隐居"，以博得"清名"，谋取官职，这就是"终南捷径"，后指达到其他目的的捷径。

宋·无名氏《百字歌》（寿徐帅·四月廿二）："退省谦尊防锐进，谁识终南径捷。"

元·卢挚《蟾宫曲·咸阳怀古》："见终南捷径休忙，茅宇松窗。"

元·薛昂夫《庆东原·自笑》："向终南捷径争驰骤，老来自羞。"

4480. 不如意事常八九

宋·方岳《别子才司令》："不如意事常八九，可与语人无二三。"作者三仕三黜，一生坎坷，又兼值南宋晚期，国势每况愈下，因而在诗中难掩激愤之情，常露牢骚之语。此二句格言可以概括他的心境。而"不如意事"多，"可与人言"少，或无处倾诉，或倾诉无益，更抑郁在胸了。

《晋书·羊祜传》云："会秦凉屡败，祜复表曰：'吴平则胡自定，但当速济大功耳。'"而议者多不同，祜叹曰："天下不如意，恒十居七八，故有当断不断。天与不取，岂非更事者恨于后时哉！"语源在此。

宋·黄庭坚《用明发不寐有怀二人为韵寄李秉彝德叟》:"人生不如意,十事恒八九。"从羊祜语中脱出。这是上句。

《啸红笔记》:"'不如意事常八九,可与人言无二三'世俗习传语也。"下句也从羊祜语衍生。而方岳首用于诗中。其他宋人只用上句。

宋·刘敞《依韵和永叔即席送择之出守陕府》:"乃知人事不如意,自古十常有八九。"

宋·陆游《新津小宴之明日欲游修觉寺以雨不果呈范舍人》:"不如意事常八九,正用此时风雨来。"

宋·刘辰翁《大圣乐》(伤春):"天下事,不如意十常八九,无奈何。"

元·高明《二郎神·秋怀》:"怕朱颜去也难留,把明珠投暗,不如意常八九。"

《金瓶梅》第十八回:"不如意事常八九,可与人言无二三。"

《醒事恒言·黄秀才徼灵玉马坠》:"傍人问其缘故,黄生哽咽不能答一语。正是:不如意事常八九,可与人言无二三。"

4481. 惶恐滩头说惶恐

宋·文天祥《过零丁洋》:"惶恐滩头说惶恐,零丁洋里叹零丁。"

《名胜志》引文相国《七律》:"遥知岭外相思处,不见滩头惶恐声。"

"惶恐滩"为苏轼改的滩名。苏诗《八月七日初入赣过惶恐滩》:"山忆'喜欢'劳远梦,地名'惶恐'法孤臣。"《坦斋通纪》引《庐陵志》云:三十四滩,自下而上。第一滩在万安县,前名"黄公滩",坡乃改为"惶恐",以对"喜欢"。此诗作者自注:"蜀道有错喜欢铺,在大散关上。"苏轼改"黄公滩"为"惶恐滩"与"喜欢山"相对。

4482. 人生自古谁无死

宋·文天祥《过零丁洋》:"人生自古谁无死,留取丹心照汗青。"自古人生谁能永生不死,只求留下一颗赤心把历史照明。这是名句。作者在南宋灭亡后被俘,狱中三年,终不屈而死。这种气节,永为楷模。

"人生自古谁无死"是自然法则,古人早有这种生死观。

晋·陶渊明《读山海经》十三首之十:"自古皆有没,何人得灵长?"

唐·陈子昂《田光先生》:"自古皆有死,徇义良独稀。"

唐·元稹《遣病》:"自古谁不死,不复记其名。"

唐·白居易《把酒》:"把酒仰问天,古今谁不死?"

唐·舒元舆《桥山怀古》:"轩辕厌代千万秋,渌波浩荡东南流。今来古往谁不死,独有天地长悠悠。"

宋·梅尧臣《南阳谢紫微挽词三首》:"自古岂无死,贤哉独可悲。"

宋·刘敞《伤胡二湘》:"自古皆有死,夫君独少年。"

4483. 留取丹心照汗青

宋·文天祥《过零丁洋》:"人生自古谁无死,留取丹心照汗青。""汗青",竹制成简,先用火炙竹青令其出汗(水分),可以免蛀防裂,便于写史记事。此为历史的代称,表示自己"丹心可照"。

清·吴伟业《圆圆曲》:"全家白骨成灰土,一代红妆照汗青。"陈圆圆作为一代佳人而留史册。

元帅加诗人陈毅《"七七"五周年感怀》(一九四二年七月):"五年碧血翻沧海,一片丹心照汉旗。""汉旗",爱国的旗帜。

4484. 算妾身,不愿似天家,金瓯缺

宋·文天祥《满江红》(代王夫人作):"算妾身,不愿似天家,金瓯缺!"我虽是女子,却不愿像南宋皇室那样,令国土残缺。"金瓯",酒器,常喻完整的国土。

宋·王清惠《满江红》:"问嫦娥,于我肯从容,同圆缺!"女词人为南宋昭仪,被元军俘虏,北赴燕京,途中驿所作此词,词中痛惜故国沦丧,爱国之情,不让须眉。而结尾"于我肯从容"含委屈求全之意,所以文天祥以为"惜末句欠商量",代王夫人重作一首,即《金瓯缺》一首。刘辰翁也说:"结句欠商量。"然而后人有以为求全责备了。清·徐釚《词苑丛谈》卷六评:"《女史》载,王昭仪抵上都,恳请为女道士,号冲华。然则昭仪女冠之请,与丞相黄冠之志,先后合辙。'从容圆缺'语,何必遽贬耶!"

王清惠《满江红》词书于驿壁,和者有文天祥、

汪元量、邓剡,可见轰动一时。和词结句如:

文天祥《满江红》(和王夫人《满江红》韵,以庶几后山《妾薄命》之意):"笑乐昌、一段好风流,菱花缺。"

汪元量《满江红》(和王昭仪韵):"有谁知、海上泣婵娟,菱花缺。"

邓剡《满江红》(广斋谓柳山和王夫人《满江红》韵,惜未见之,为赋一阕):"又争知、有客夜悲歌,壶敲缺。"

4485. 漫惜余熏,空篝素被

宋·王沂孙《天香》(龙涎香):"苟令如今顿老,总忘却、尊前旧风味。漫惜余熏,空篝素被。"而今,喜爱熏香的人顿然老去,昔日樽前般般风味,已被忘却,唯空笼素被上的余香尚存,令人惋惜。这是倒装句,意为那空笼素被上留下余熏(香),令人惋惜。"篝"用以熏香的香笼。

宋·周邦彦《花犯》:"更可惜、雪中高树,香篝熏素被。"王沂孙用此句。

清·项廷纪《玉漏迟》(冬夜闻南邻笙歌达曙):"病多欢意浅,空篝素被,伴人凄惋。"用王沂孙句。

4486. 鸳楼碎泻东西玉

宋·蒋捷《贺新郎》:"鸳楼碎泻东西玉。问芳踪、何时再展,翠钗难卜。"忆酒别时,杯醉酒泻(暗指国破),难知何时再见伊人踪迹。

《词统》引:"山谷诗:'佳人斗南北,美酒玉东西。'"洒了的酒,如玉色东西流动。

4487. 问谁留楚佩,弄影中州

宋·张炎《甘州》(辛卯岁,沈尧道同余北归,各处杭越。逾岁,尧道来问寂寞,语笑数日,又复别去。赋此曲,并寄赵学舟):"载取白云归去,问谁留楚佩,弄影中洲。"元世祖至元二十八年(1291),作者同沈钦(尧道)一同北游归来,沈居杭州,张居越州(浙江绍兴)。过了一年,沈来越访张。逗留数日别去,作此词。此数句意,你且载着白云归去,有谁能似湘君,留玉佩于澧浦,徘徊顾影在中洲?是送别友人,欲留难留的惜别之情。"留佩""弄影"含北去见故土沦丧、失意傍徨之意。

"楚佩""中州"用《楚辞·湘君》句:

"损余玦兮江中,遗余佩兮澧浦。"把玉佩抛到江中,把琼琚丢在澧水边。张炎缩用为"谁留楚佩"称沈钦北归。

"君不行兮夷犹,蹇谁留兮中洲。"湘君为何犹豫不行,谁把你留在中洲。张炎缩用为"弄影中州",说不愿归去,又不得不归。

"中州"河南,河南古代为九州的中心,故称"中州"。张炎词"中州"代表汴京、中原。宋·李清照《永遇乐》:"中州盛日,闺门多暇,记得偏重三五。"

4488. 休问岁晚空江

宋·张炎《声声慢》(己亥岁,自台回杭。雁旅数月,复起远兴。余冉冉老矣,谁能重写旧游编否):"一舸清风何处,把秦山晋水,分贮诗囊。发已飘飘,休问岁晚空江。"述"雁旅"生涯,宋亡后,落魄江湖,赏山览水,已白发飘飘,不问岁晚空江了。

"岁晚",一年之末或一生之末。"江空",江水空寂或水色如空。

宋·陈深《水龙吟》(寿白兰谷):"对苍松翠竹,江空岁晚,伴明月,倾芳醑。"用张炎句。

宋·陈恕可《桂枝香》(天柱山房拟赋蟹):"江湖岁晚想思远,谩怀幽独。"

4489. 振起家声今有余

宋·无名氏《沁园春》:"天产英雄,地钟秀气,振起家声今有余。"家里出了英雄名人,即可荣宗耀祖,使家声振扬。

宋·无名氏《水调歌头》(和韵谢人贺生子):"但愧衡门深隐,偶尔玉川添累,还解振家声。"

宋·无名氏《壶中天》(寿人母八十):"大振家声,荣封寿母,坐看蟠桃实。"

"家声"一般指家庭声誉。《汉书·司马迁传》载:"李陵既生降,隤其家声。"颜师古注引孟康曰:"家世为将,有名声,陵降而隤之也。"

4490. 好事更多磨

宋人话本小说中人物陈义《菩萨蛮》:"去年共饮菖蒲酒,今年却向僧房守。好事更多磨,教人没奈何。"欲成好事,往往要经过许多挫折、磨炼。作者为僧人,对斋僧主人的感谢,而自己患疾病,使主人的接待不顺。

宋人话本小说中人物郑云娘《西江月》(寄张

生)："虽则清光可爱,奈缘好事多磨。"

元明小说话本依托宋人电纯《渔家傲》："无端招引傍人怪,好事多磨成又败。"

4491. 碎剪金英填作句

辽道宗耶律弘基《题李俨〈黄菊赋〉》："昨日得卿《黄菊赋》,碎剪金英填作句。袖中犹觉有余香,冷落西风吹不去。"宋·陆游《老学庵笔记》载:辽相李俨作《黄菊赋》献其主耶律弘基,弘基作诗题其后以赐之。李俨之作已失传,道宗的诗时人争诵,远播南宋。其诗创意奇新,把赋菊诗喻作剪芬芳的菊花金英以作诗句,袖留余香,风吹不去。以菊花喻菊诗,运用了"菊"在花与句中的艺术通感,立意不谓不奇特。近人唐圭璋《全金元词》则以为此诗为元人虞集所作。

元·张肯《蝶恋花》将此诗入词:"昨日得卿《黄菊赋》,细剪金英,题作多情句。冷落西风吹不去,袖中犹有余香度。"(《莼渔词话》)

4492. 不须更读圆通偈

辽·王枢《三河道中》:"十载归来对故山,山光依旧白云闲。不须更读圆通偈,始信人间是梦间。"作者回返故乡,途经三河县(河北中部),故乡良乡(今北京市房山县)已在望中,以禅语入诗,反用苏轼句,流露出人生如梦的虚无思想。

"圆通偈",《楞严经》中世尊所说的偈语,"圆通"指觉慧周圆,通入法性。宋·苏轼《赠慈云寺鉴老》:"却须重说圆通偈,千眼薰笼如法王。"王枢反用。

4493. 横行公子本无肠

金·元好问《送蟹与兄》:"横行公子本无肠,惯耐江湖十月霜。"《蟹谱》称蟹为"横行介士(战士)",《抱朴子》称蟹为"无肠公子"。"横行""无肠"是螃蟹的生理特征。

清·曹雪芹《红楼梦》第三十八回《螃蟹咏》贾宝玉作:"饕餮王孙应有酒,横行公子却无肠。"喻行为无忌,对世事无动于衷。

4494. 枉著风标夸白鹭

金·元好问《泛舟大明湖》:"《晚晴》一赋画不成,枉著风标夸白鹭。……唤取樊川摇醉笔,风流聊与付他年。"蒙古太宗七年乙未(1235)七月,作者与游人泛济南大明湖作。以杜樊川(牧)的名篇《晚晴赋》反衬大明湖之美,《晚晴赋》虽好,却画不成大明湖之美,"枉著风标夸白鹭",但愿唤杜牧摇笔来写写大明湖吧。

唐·杜牧《晚晴赋》:"白鹭潜来兮,邀风标之公子。"元好问用其否定意。

4495. 歧阳西望无来信

金·元好问《歧阳》:"歧阳西望无来信,陇水东流闻哭声。"蒙古军攻陷了金的凤翔,秦地重镇歧阳西望,已无来信,只听到东迁难民们的哭声。

唐·杜甫《喜达行在所》:"西忆歧阳信,无人遂却回。""歧阳"即陕西凤阳,今属凤翔县。元好问用此"歧阳无信"句。

4496. 贫里有诗工作祟

金·元好问《梦归》:"贫里有诗工作祟,敌来无泪可供愁。"作者被蒙古兵羁管在聊城,故乡之思化作"梦归"。在困境中作诗反更工巧起来,离乱时已无泪泄愁。宋·欧阳修《梅圣俞诗集序》云:"盖愈穷则愈工。然则非诗之能穷人,殆穷者而后工也。"元好问取"贫工"意。

宋·杨万里《和萧伯和韵》:"睡去恐遭诗作祟,愁来当遣酒行成。""作祟"即作怪,睡去之后,诗思奔涌,诗兴大发,就难以睡熟了。元好问取"诗作祟"句,反其意而用。

4497. 今在羊肠百八盘

金·元好问《羊肠坂》:"凭谁为报东州信,今在羊肠百八盘。"作者留居山东三年,常返家乡秀容(今山西省忻州市),途经羊肠坂。羊肠坂在今山西壶关东南,太行山上的盘肠形坂道。

"百八盘",坡陡路险,盘山而上,盘回很多。宋·黄庭坚《新喻道中寄元明用筋字韵》:"一百八盘携手上,至今犹梦绕羊肠。"即写路千回百转,元好问取此语。

毛泽东《七律·登庐山》(一九五九年七月一日):"一山飞峙大江边,跃上葱茏四百旋。"庐山公路三十五公里,盘山路四百旋,言回路之多,山势高险。

4498. 莫把金针度与人

金·元好问《论诗》:"晕碧裁红点缀匀,一回拈出一回新。鸳鸯绣了从教看,莫把金针度与人。"金针"比喻作诗秘诀,说好诗作成,尽可欣赏,但作诗秘诀不能传给人,意为作诗全靠自己构思创意,没有现成的秘诀。

冯翊(一说严子休)《桂苑丛谈·采娘》记载:一女名采娘,七夕向织女乞巧,织女授以金针,命七日内不语,后将大巧。但采娘违令开口,结果金针消失,她亦变为男子。后以"金针度人"代授受秘诀。

"金针"句,宋人始写。

宋·滕白诗:"短羽新来别海阳,真珠高卷语雕梁。佳人未必听尔,正把金针绣凤凰。"

宋·杨亿《前槛十二韵》:"度绣金针涩,迷钩画蜡煎。"

宋·李曾伯《贺新郎》(巧夕雨,不饮,啜茶而散):"寂寞金针红线女,枉玉箫、吹断秦楼月。清漏静,楚天阔。"

宋·赵以夫《永遇乐》(七夕和刘随如):"金针暗度,珠丝密结,便有系人心处。"

4499. 一片伤心画不成

金·元好问《家山归梦图》其三:"游骑北来尘满城,月明空照汉家营。卷中正有家山在,一片伤心画不成!"作者的故乡有"系舟山",李平甫画有《系舟山图》。作者中进士,候官汴京,见友人李平甫故乡山水画,顿生乡情。"一片伤心画不成",家乡山水画得好,却画不出我思念故乡的伤情,间接地表达出强烈的乡情。

作者反复用"一片伤心画不成"句,说明他自己很喜欢这一句。

《怀州城晚望少室》:"十年旧隐抛何处,一片伤心画不成。"

《重九后一日作》:"重阳拟作登高赋,一片伤心画不成。"

《俳体雪亭杂咏》:"一段伤心画不成。"

清·赵翼《瓯北诗话》对反复用此句评:"遗山复句最多。"

明·汤显祖《牡丹亭》第十四出写真:"(贴下取绢、笔上)'三分春色描来易,一段伤心画出难。'"用元好问句说,画春色易,画出伤心难。

4500. 犹记骑驴掠社钱

金·元好问《家山归梦图》:"别却并州已六年,眼中归路直于弦。春晴门巷桑榆绿,犹记骑驴掠社钱。"作者于贞祐三年(1215),为避兵乱,携母从家乡忻州逃往河南,至见画作诗已经六年(现在汴京)。此诗为第一首,忆起家乡筹集春社钱、准备从事春社活动的情景。"掠社钱"筹集祭社钱。

清·钱谦益《还神曲十二首》:"臂鹰老手还舍我,伏腊鸡豚掠社钱。"夏伏、冬腊,筹办祭社钱。

4501. 高天厚地一诗囚

金·元好问《论诗》:"东野穷愁死不休,高天厚地一诗囚。江山万古潮阳笔,合在元龙百尺楼。"孟郊一生穷困,欧阳修《六一诗话》评:"孟郊、贾岛,皆以诗穷至死,而平生尤喜为穷苦之句。"苏轼《祭柳子玉文》评"郊寒岛瘦"。"高天厚地",孟郊《赠崔纯亮诗》:"出门即有碍,谁谓天地宽?""诗囚"从"出门即有碍"来。

《诗经·小雅·正月》:"谓天盖高,不敢不局;谓地盖厚,不敢不蹐。"正由于天盖高,地盖厚,人才受局促。孟郊"出门即有碍"就合此意。

清·曹雪芹《红楼梦》第五回《孽海情天对联》:"厚地高天,堪叹古今情不尽;痴男怨女,可怜风月债难酬。"厚地高天,形容情之多。

4502. 猿猱鸿鹄不能过

元·耶律楚材《过阴山和人韵》:"阴山千里横东西,秋声浩浩鸣秋溪。猿猱鸿鹄不能过,天兵百万驰霜蹄。""猿猱鸿鹄",鸟兽不能过,说明阴山之险峻。百万天兵乘战马(霜蹄)向阴山飞越。

唐·李白《蜀道难》:"黄鹄之飞尚不得过,猿猱欲度愁攀援。"耶律楚材取"蜀道难"意,用"黄鹄""猿猱"紧缩句。

4503. 未敢冲泥傍险行

元·耶律楚材《辛巳闰月西城山城值雨》:"冷云携雨到山城,未敢冲泥傍险行。"山城值雨,坡陡路滑,未敢踏泥行险。

唐·杜甫《崔评事弟许相迎……》:"虚结皓首冲泥怯,实少银鞍傍险行。"耶律楚材用"冲泥""傍险行"。

4504. 碧云天,黄花地

元·王实甫《西厢记》第四本第三折《正宫·端正好》:"碧云天,黄花地,西风紧,北雁南飞。晓来谁染霜林醉？总是离人泪。"莺莺长亭送别张生而唱，这是一段名曲，写送别时的环境：碧云、黄花、西风、北雁、霜林这些深秋的凄凉，伴随着、包围着"离人"，这种气氛极其悲凉，有力地烘托、渲染了人物的离情。

宋·范仲淹《苏幕遮》(怀旧)："碧云天，黄叶地，秋色连波，波上寒烟翠。"此词写"丽语""柔情"，隐含"去国之情"。王实甫取"碧云天，黄叶地"句，仅把"黄叶"换作"黄花"。

唐·鲍溶《吴中夜别》："楚客秋思著黄叶，吴姬夜歌停碧云。"首以"黄叶""碧云"对写。

"碧云"、青云、蓝云，有青云、蓝云的天为碧云天。

唐·李林甫《秋夜望月忆韩席等诸侍郎因以投赠》："秋天碧云夜，明月悬东方。"实写"碧云天"。

唐·郑还古《赠柳氏妓》："词轻白苎曲，歌遇碧云天。"

唐·张祜《送杨秀才游蜀》："峡深明月夜，江静碧云天。"

唐·吕温《上官昭容书楼歌》："词葐彩翰紫鸾回，思耿寥天碧云起；碧云起，心悠哉，境深转苦坐自残。"

唐·杜牧《寄宣州郑谏议》："文石陛前辞圣主，碧云天外作冥鸿。"

唐·韩琮《咏马》："早晚飞黄引同皂，碧云天上作鸾鸣。"

宋·晏几道《鹧鸪天》："春悄悄，夜迢迢，碧云天共楚宫遥。"

宋·晁补之《西江月》："流莺过了蝉催，肠断碧云天外。"

4505. 西风紧，北雁南飞

元·王实甫《西厢记》第四本第三折《正宫·端正好》："西风紧，北雁南飞。"西风、北雁都是深秋寒凉的标志。唐·齐己《将之匡岳过寻阳》："帆过寻阳晚霁开，西风北雁似相催。"首写"西风""北燕"。

"西风紧"猎猎秋风急。

唐·罗隐《巫山高》："下压重泉上千仞，香云结梦西风紧。"

宋·柳永《塞孤》："渐西风紧，襟袖凄冽。"

宋·晏殊《少年游》："重阳过后，西风渐紧，庭

树叶纷纷。"

宋·韩琦《霜》："料得西风如未紧，且来枝上作明珠。"

又《晚秋有感》："西风日紧重阳近，忍对黄花挹酒卮。"

宋·史达祖《月当厅》："空独对、西风紧，弄一井桐阴。"

4506. 休辜负了锦堂风月

元·白朴《乔木查·对景》："杯中酒好天良夜，休辜负了锦堂风月。""锦堂"昼锦堂，指代宴饮欢乐的美好的环境。

"昼锦堂"：宋·韩琦的别墅。《史记·项羽本纪》载：项羽曰："富贵不归故乡，如衣锦夜行，谁知之者！"宋·欧阳修《相州昼锦堂记》载："(韩琦)公在至和中尝以武康之节来治于相，乃作昼锦堂于后圃。既又刻诗于石，以遗相人。"韩琦的厅堂，取项羽"衣锦夜行"之反意，即对立意义命名，故址在今河南安阳。后用以表示华美艳丽的厅堂。

元·荆干臣《醉花阴·闺情》："攀蟾折桂为卿相，成就了风流情况，永远团圆昼锦堂。"

元·卢挚《蟾宫曲·邺下怀古》："算只有韩家昼锦，对家山辉映来今。"在彰德(筑昼锦堂处)感慨变迁。

元·高文秀《一枝花·咏惜花春起早》："画阁内绣帘犹垂，锦堂上珠帘未卷。"

元·童童学士《斗鹌鹑·开宴》："昼锦堂筵开玳瑁，玻璃盏满泛流霞，博山炉细袅香风。"

元·乔吉《折桂令·毗陵晚眺》："霞缕烂谁家锦昼，月钩横故国丹心。"含物换星移之感。

4507. 裴公绿野堂

元·马致远《夜行船·离亭宴煞》："裴公绿野堂，陶令白莲社；爱秋来那些、和露摘黄花，带露分紫蟹。""绿野堂"喻闲居之所。

《新唐书·裴度传》："时阉竖擅威，天子拥虚器，搢绅道丧，度不复有经济意。乃治第东都集贤里，沼石林丛，岑缭幽胜。午桥作别墅，具燠馆凉台，号'绿野堂'，激波其下。度野服萧散，与白居易、刘禹锡为文章，把酒，穷昼夜相欢，不问人间事。"后以"绿野堂"指代闲居、隐居之所。

元·王仲元《江儿女·叹世》："功劳既成名遂矣，便索抽身退。裴公绿野中，陶令东篱内。"

元·赵禹圭《雁儿落过清江引碧玉箫·美河南王》："盖村居绿野堂,赛兰省红莲幕。"此河南王为裴度。

4508. 偃月堂深愁万端

元·张可久《金字经·鸿山杨式南园》："偃月堂深愁万端,官,不如梁伯鸾。""偃月堂"为李林甫设计害人之所,比喻互相倾轧的官场,为官者不如梁鸿那样贤良。

"偃月堂":唐·郑棨《开天传信记》："平康坊南街废蛮院,即李林甫旧第也。林甫于正寝之后,别创一堂,制度弯曲,有邠月之形,名曰'偃月堂'……林甫每欲破灭人家,即入月堂,精思竭虑,喜悦而出,其家不存矣。及将败,林甫于堂上见一物如人,遍体被毛如猪立,锯牙钩爪,长三尺余,以手戟林甫,目如电光而怒视之。林甫连叱不动,遽命弧矢,毛人笑而跳入前堂。堂中青衣遇而暴卒,经于厩,厩中善马亦毙。不累月而林甫败。"(又见《新唐书·李林甫传》。)

后用"偃月堂"喻官场险恶。

元·乔吉《玉交枝·闲适二曲》："使见识偃月堂,受惊怕、连云栈,想起来满面看,通身汗,惨煞人也蜀道难。"

4509. 不似汉皋空解佩

元·王恽《双鸳鸯·柳圈词》："不似汉皋空解佩,归时襟袖有余香。"说柳圈被除不祥,要比郑交甫江汉遇神女更有实际意义。汉·刘向《列仙传·江妃二女》载:郑交甫江汉遇二神女,神女解佩相赠,去数十步,佩与神女俱失所在。后多用作赠送信物。

元·张子益《鹧鸪天·喜秋风》："解佩情,于飞愿,自从别似天远,凤箫声断人不见。"

元·曾瑞《河西后庭花》："嗨,堕落了题桥志,吁,阑珊了解佩心。"

4510. 襄阳云卧思怡悦

元·王恽《南宫老仙云山图》："襄阳云卧思怡悦,不为浓纤更巧拙。""襄阳",北宋著名画家米芾,号米襄阳、米南宫、南宫老仙、鹿山居士。此就米芾所画《云山图》说:米芾浸沉在大自然的快乐之中。

唐·孟浩然《秋登兰山寄张五》："北山白云

里,隐者自怡悦。"王恽取此句意。

4511. 凫短鹤长不能齐

元·关汉卿《乔牌儿·庆宣和》："凫短鹤长不能齐、且休题,谁是非。"喻吉凶难定,是非难断。

《庄子·骈拇》："长者不为有余,短者不为不足。是故凫胫虽短续之则忧;鹤胫虽长,断之则悲。"说明物有天性,难以划一。关汉卿用"凫短鹤长"喻是非难定。

元·吕止庵《集贤宾·叹世》："蜗角名休苦贪,蝇头利总休觅,鹤长凫短不能齐,到头来不知谁是谁。"表示守志不移。

4512. 听得黄犬吠柴门

元·关汉卿《大德歌》："花阴下等待天人问,则听得黄犬吠柴门。"待情人送信来。

《晋书·陆机传》："初,机有骏犬,名曰黄耳,甚爱之。既而羁寓京师,久无家问,笑语犬曰:'我家绝无书信,汝能赍书取消息不?'犬摇尾作声。机乃为书以竹筒盛之而系其颈。犬寻路南走,遂至其家,得报还洛。其后因以为常。"后用"黄犬"喻传信。

元·马致远《集贤宾·恩情》："天涯自他为去客,黄犬信音乖。"不见音信。

元·王德信《四块玉·乌夜啼》："又不见青鸟书来,黄犬音乖,每日家恹恹懒去傍妆台。"用马致远句。

元·高栻《集贤宾·怨别》："盼青鸾不至阻了佳期,想黄犬无音失了配对,望锦鳞落空绝了信息。"

4513. 便做陈抟睡不着

元·关汉卿《大德歌·秋》："风飘飘,雨潇潇,便做陈抟睡不着。"传说陈抟善睡。《宋史·陈抟传》："自言尝遇孙君仿、麞处士二人者,高尚之人也,语抟曰:'武当山九室岩可以隐居。'抟往栖焉。因服气辟谷二十余年,但日饮酒数杯。移居华山云台观,又止少华石室。每寝处,多百余日不起。"关曲中句云令人难以入睡。

用陈抟事还如:

元·陈草庵《山坡羊》："渊明图醉,陈抟贪睡,此时人不解当时意。"

元·张养浩《十二月兼尧民歌·遂闲堂即

事》:"壁上关同范宽,枕上陈抟。"

又《寨儿令·春》:"爱庞公不入城阓,喜陈抟高卧烟云。"

元·乔吉《殿前欢·里西瑛号懒云窝自叙有作奉和》:"学会陈抟卧,不管伯夷饿。"里西瑛也如陈搏。

又《玉交枝》:"陈抟睡足西华山,文王不到磻溪岸。"欲归隐。

元·张可久《庆东原·次马致远先辈韵九篇》:"门长闭,客任敲,山童不唤陈抟觉。"

元·蒲察《新水令·驻马听》:"聒煞我也当当丁丁,恰便似再出世陈抟睡不成。"

4514. 准备西园赏禁烟

元·杨果《赏花时》:"丽人春风三月天,准备西园赏禁烟,院宇立秋千。"准备寒食出游郊外。寒食禁烟火,相传晋文公为纪念介之推抱木被焚而禁烟火一日。(《荆楚岁时记》,《左传》《史记》无介之推被焚的记载)另一说古已有之。

元·关汉卿《新水令·石竹子》:"夜夜嬉游赛上元,朝朝宴乐赏禁烟。"用"赏禁烟"。

4515. 敧枕白石烂

元·庾天锡《雁儿落过胜会》:"从他绿鬓斑,敧枕白石烂。回头红日晚,满目青山矸。"任他鬓斑、石烂,也要饮酒赏物以消愁怀。

"白石烂":《史记·邹阳列传》戴:"宁戚饭牛车下,而桓公任之以国。"《集解》应劭曰:"齐桓公夜出迎客,而宁戚疾击牛角商歌曰:'南山矸,白石烂,生不遭尧与舜禅。短希单衣适至骭,从昏饭牛薄夜半,长夜曼曼何时旦?'公召与语,说之,以为大夫。""白石烂",白石变成粉末,表示历时之久。庾天锡用其否定意义。

元·张可久《水仙子·湖上小隐》:"歌白石烂,赋行路难,紧闭柴关。"喻生不逢时。

元·曾瑞《喜春来·隐居》:"牧牛枉叹白石烂,垂钓休嗟渭水寒。"示无意于功名。

又《山坡羊·自叹》:"南山空灿,白石空烂,星移物换愁无限。"示怀才不遇。

4516. 满眼云山画图开

元·马致远《四块玉·恬退》:"酒旋沽,鱼新买,满眼云山画图开。"眼前展现一幅幅云山画图。

"云山",云雾缭绕的高山。

唐·王维《桃源行》:"山峡里谁知有人事,世中遥望空云山。"

宋·范仲淹《严先生祠堂记》:"仲淹来守是邦,始构堂而奠焉。乃复为其后者四家以奉祠事。又从而歌曰:'云山苍苍,江水泱泱,先生之风,山高水长。'"

宋·辛弃疾《沁园春》(带湖新居将成):"甚云山自许,平生意气。"以隐退云山自许。

元·张养浩《雁儿落》:"云来山更佳,云去山如画。山因云晦明,云共山高下。"写云与山景色变幻。宋·欧阳修《醉翁亭记》:"若夫日出而林霏开,云归而岩穴暝,晦明变化者,山间之朝暮也。"已写云岩晦明变化。

4517. 旧恩金勒短,新恨玉鞭长

元·马致远《汉宫秋》:"旧恩金勒短,新恨玉鞭长。"写别离,以"金勒"喻恩短、"玉鞭"喻恨长,紧扣离人之奔马,别出心裁。

元·元淮《昭君出塞》:"草白云黄金勒短,旧愁新恨玉鞭长。"用马致远"金勒短""玉鞭长",写昭君出塞行程艰苦,别恨绵长。

4518. 红日如奔过隙驹

元·马致远《拨不断》:"怨别离,恨别离,君知君恨君休惹。红日如奔过隙驹,白头渐满杨花雪,一日一个渭城客舍。"离恨重重,时光易逝,红颜易老,渭城客舍的离情更深。红日迅速轮回如白驹过隙。"白驹",白色骏马,后喻阳光,"过隙",穿过孔隙。

《庄子·知北游》:"人生天地之间,若白驹过隙,忽然而已,注然勃然莫不出焉,油然漻然莫不入焉。""白驹过隙"喻时光迅疾,人生易老,成立英疏:"白驹,骏马也,亦言日也。"《史记·留侯世家》:"吕后德留侯,乃强食之,曰:'人生一世间,如白驹过隙,何至自苦如此乎!'"

元·关汉卿《乔牌儿·碧玉箫》:"不停闲岁月疾,光阴似驹过隙。"

元·马致远《荐福碑》第一折:"怎兄弟一片功名心更速,岂不闻光阴如过隙白驹。"

元·王伯成《哨遍·赠长春宫雪庵学士》:"过隙驹难留时暂,百年几度聪明暗。"

元·吕止庵《集贤宾·叹世》:"看看的白发

摧,题起来好伤悲,赤紧的当不住白驹过隙。"

元·曾瑞《正宫·端正好·自序》："百年身隙外白驹过,事无成潘鬓双皤。"

4519. 虽无诸葛卧龙岗

元·马致远《哨遍》："虽无诸葛卧龙岗,原有严陵钓鱼矶。"虽不能像诸葛亮那样,被贤者聘去,也还可以像严子陵那样隐居终身。

诸葛亮,号卧龙。《三国志·蜀书·诸葛亮传》："时先主屯新野,徐庶见先主,先主器之。谓先主曰:'诸葛孔明者,卧龙也,将军岂愿见之乎?'"

元·鲜于必仁《折桂令·诸葛武侯》："任虎战中原,龙卧南阳,八阵图成,三分国时,万古膺扬。"

元·王仲元《江儿水·叹世》："笑他卧龙因甚起,不了终身计。"

元·查德卿《蟾宫曲·怀古》："八阵图名成卧龙,六韬功在非熊。"

4520. 本待学煮海张生

元·马致远《一枝花·惜春》："正是断人肠三月初,本待学煮海张生,生扭做游春杜甫。"学张羽尽情享受美好的春光。

"张羽煮海":金元时流传的民间故事,陶宗仪《南村辍耕录》载:院本名目中有《张生煮海》目。元·李好古《沙门岛张生煮海》杂剧云:潮州张羽,寄寓石佛寺,清夜抚琴,引来龙女琼莲,两相倾慕,约定中秋夜海上相见。至期,张羽赴约,不见龙女。一道姑赠银锅金钱,嘱舀海水投钱,锅内煎煮,必能如愿。张至海边,如法煮海水,锅内水浅,海水亦清,惊动了龙王,遂招张羽为婿。马致远用"学煮海张生"代追求爱情

元·季子安《粉蝶儿·题情》："柳毅错把家书奉,张生煮海金钱梦。"疑错配了姻缘。

4521. 慨星槎两度南游

元·卢挚《蟾宫曲·江陵怀古》："慨星槎两度南游,想神女朝云,宋玉清秋。"

晋·张华《博物志·杂说下》："旧说云天河与海通。近世有人居海者,年年八月有浮槎去来不失期。人有奇志飞阁查上多赍粮乘槎而去,十余日中犹观星月日辰,自后茫茫忽忽不觉昼夜。去十余日奄至一处,有城郭状屋舍甚严,遥望宫中多织妇,见一丈夫牵牛渚次饮之。牵牛人乃惊问曰:'何由至此?'此人具说来意,并问:'此是何处?'答曰:'君还至蜀访严君平则知之。'竟不上岸,因还如期。后至蜀访严君平,曰:'某月日有客星犯牵牛宿。'讨年月,正是此人到天何时也。"后"星槎"(仙槎、泛槎)喻贵客临门,官位升迁或远游他乡。

卢挚《蟾宫曲·江陵怀古》"星槎"句概叹宦游生活。他还有:

《蟾宫曲·广师钱别席上赠歌者江云》："问江云何处飞来? 全不似寻常,舞台歌榭,滇海星槎。"喻歌者江云如天女乘槎下凡。

《蟾宫曲·濛江舟中值雨》："想猜是狐槎星客,待温存湖海飘零。"喻自己羁旅生涯。

元·乔吉《折桂令·自述》："斗牛边缆住星槎,酒瓮诗瓢,小隐烟霞。"自喻为"烟霞状元"啸傲江湖。

又《水仙子·菊舟》："驾银汉星槎梦,载金茎玉露酒。"驾菊舟游江湖,如在银汉中泛仙槎。

元·张可久《折桂令·江上次刘时中韵》："书客飘零,欲泛仙槎,试问君平。"喻飘零各地的读书人。

4522. 无事萦方寸

元·卢挚《殿前欢》："无事萦方寸,烟霞伴侣,风月比邻。"离开名利场,心中清静,无事纠缠,可与烟霞为伴,风月为邻了。"无事萦方寸","方寸"为心,心中没有什么牵挂。

元·张可久《齐天乐过红衫儿·道情》："田园富子孙,玉帛萦方寸。"反用其句。

4523. 欲寄寒衣君不还

元·姚燧《凭栏人·寄征衣》："欲寄君衣君不还,不寄君衣君又寒。寄与不寄间,妾身千万难。"小令抓住闺中少妇寄与不寄寒衣给在远方的丈夫——寄则不还,不寄则寒,这种矛盾心态,表现了思妇热爱丈夫、切盼丈夫归来的情感。

唐·王驾之妻陈玉兰写给戍边的丈夫的诗《寄外征衣》："夫戍边关妾在吴,西风吹妾妾忧夫。一行书寄千行泪,寒到君边衣到无。"表现关切,没写盼归。姚燧曲意从此诗衍生。

4524. 虾须瘦影纤纤织

元·冯子振《鹧鸪天》(赠歌儿珠帘秀)："凭倚

东风远映楼,流莺窥面燕低头。虾须瘦影纤纤织,龟背香纹细细浮。"这是写给著名杂剧演员珠(朱)帘秀的。珠帘秀在楼中纤手织帘,隐约显现她瘦削的身影。

"虾须"即帘,"虾须瘦影"指帘内珠帘秀的身影。唐·陆畅《咏帘》:"劳将素手卷虾须,琼室流光更缀珠。""卷虾须"即卷帘。冯子振取此"虾须"意。

4525. 龟背香纹细细浮

元·冯子振《鹧鸪天》(赠歌儿珠帘秀):"虾须瘦影纤纤织,龟背香纹细细浮。""龟背香纹",烹茶时水面泛起的波纹,溢散着茶香。

五代·刘兼《从弟舍人惠茶》:"龟背起纹轻炙处,云头翻液乍烹时。""龟背",烹茶茶水面,形如龟背。"云头",烹茶时的蒸气。

4526. 冷清清无事无非诵南华

元·贯云石《村里迓鼓·隐逸》:"揶瓢高挂,冷清清无是无非诵南华,就是乾坤大。""诵南华",读《庄子》。《旧唐书·玄宗纪下》:天宝元年二月"庄子号为南华真人,文子号为通玄真人,列子号为冲虚真人,庚桑子号为洞虚真人。其四子所著书为真经"。《南华真经》即《庄子》。贯云石曲云在隐逸无为中闲读《庄子》。

元·范康《新水令·乐道》:"诵南华,讲道德,谈周易见天心。察地理明人事,须持心炼己。"

元·张可久《折桂令·湖上道院》:"贪看西湖,懒颂南华。"烘托西湖之美。

元·吴西逸《蟾宫曲·游玉隆宫》:"朗颂南华,懒上浮槎,笑我尘踪,走遍天涯。"

4527. 玉天仙,醉离了蟠桃宴

元·商挺《潘妃曲》:"玉天仙,醉离了蟠桃宴。"以仙女喻美女。

宋代开始流传王母蟠桃会的故事,有杂剧《宴瑶池爨》。金有院本《王母祝寿》《蟠桃会》《瑶池会》,元有钟嗣成《蟠桃会》,都述说众仙为瑶池王母祝寿,王母举行蟠桃宴会。后"蟠桃会""瑶池会"喻神仙生活,或用于祝寿语。

元·邓玉宾《正宫·端正好》:"归来时袖满天香,又把这西王母蟠桃会上访。"

元·睢玄明《哨遍·咏西湖》:"似王母蟠桃会,买芝港揭席人散,趁着这海棠风赏玩忘归。"西湖如瑶池。

元·张可久《沉醉东风·胡容斋使君寿》:"戏采堂,蟠桃会,锦云深,月明风细。"

4528. 辕门画戟森成列

元·沈禧《一枝花·梁州》:"辕门画戟森成列,戍阁铜龙漏滴初。"写李都督府武备森严。

《宋史·舆服志》载:"门戟,木为之而无刃,门设架而列之,谓之綮戟。天子宫殿门左右各十二,应天数也……臣下则诸州公门设焉,私门则府第恩赐者许之。"门戟,类似一种仪仗,排列宫殿、衙门,数目有定制。私宅须恩赐者才设置。"门列画戟",喻显赫的地位、居所。

元·汪元亨《沉醉东风·归田》:"槿树花攒绣短篱,倒胜似门排画戟。"农家的花木短篱,胜似那门排画戟的高官府第。

元·张养浩《普天乐》:"芰荷衣,松筠盖,风流尽胜,画戟门排。"句义与汪元亨句近同。

4529. 眼不见高轩过

元·汪元亨《朝天子·归隐》:"收拾琴剑入山河,眼不见高冠过。"归隐,再不入冠盖场。

《新唐书·李贺传》载:"李贺字长吉,系出郑王后,七岁能辞章。韩愈、皇甫湜始闻未信,过其家,使贺赋诗,援笔辄就如素构,自目曰《高轩过》。二人大惊,自是有名。""高轩过"意为有贵客造访。

元·乔吉《殿前欢·里西瑛号懒云窝自叙有作奉和》:"梦不喜高轩过,聘不起东山卧。"不交显赫人物。

4530. 且入白莲社

元·汪元亨《雁儿落过得胜令·归隐》:"且入白莲社,休题玉笋班。"与超然物外的高贤为伍,不去朝廷做官。

晋人《莲社高贤传·不入社诗贤传》载:晋·释慧远等十八人在庐山结莲社,招陶潜,陶未入。谢灵运为凿池植白莲,因称"白莲社"。谢亦未入此社。后用"白莲社"赞古代高贤。

元·卢挚《蟾宫曲·浔阳怀古》:"用世何堪,陶谢醺酗,香消莲社,禅悦谁参。"仰怀前贤。

元·马致远《夜行船·离亭宴煞》:"裴公绿野亭,陶令白莲社。"

4531. 怕干惹萧墙祸

元·汪元亨《朝天子·归隐》："算人生几何,惊头颅半皤,怕干惹萧墙祸。"怕做官在官场中招祸。

《论语·季氏》："吾恐季孙之忧,不在颛臾,而在萧墙之内也。""萧墙",影壁、照壁、屏风、遮门的短墙,指"内部"。"祸起萧墙",祸起于萧墙之内,祸患发生于内部。

元·张养浩《朱履曲》："萧墙外拥来抢去,筵席上似有如无。奏事处连忙的退了身躯,付能都堂中妆样子。"官吏们只知争权夺利。

4532. 翻腾祸患千钟禄

元·张养浩《喜春来》："翻腾祸患千钟禄,搬载忧愁四马车。""千钟禄"翻腾着祸患,"四马车"运载着忧愁,高官是祸源愁根。

"千钟禄",爵位很高,食禄很厚。"钟",量器,一钟为六斛四斗,或为八斛、十斛。《史记·魏世家》："李克曰:'……魏成子以食禄千钟,什九在外,什一在内,是以东得卜子、田子方、段干木。此三人者,君皆师之。'""千钟禄""千钟粟""千钟富",含义相近。

元·滕斌《普天乐·财》："一瓢贫,千钟富,是天生分定,何必枉图。"

元·王伯成《哨遍·赠长春宫雪庵学士》："慎矣公侯伯子男,争夸衔,千钟美禄,一品高衔。"

元·徐再思《梧叶儿·钓台》："不受千钟禄,重归七里滩,赢得一身闲。"

元·孙周卿《蟾宫曲·寿友人》："禄享千钟,位列三台。"

4533. 几度雷轰荐福碑

元·张可久《卖花声·客况》："十年落魄江滨客,几度雷轰荐福碑。"命运不幸,屡遭坎坷。

"雷轰荐福碑":宋·僧惠洪《冷斋夜话》卷三载:"范文正公镇鄱阳,有书生献诗甚工,文正礼之。书生自言:'天下之至寒饿者无在某右。'时盛行欧阳率更书,《荐福寺碑》墨本值千钱。文正为具纸墨打千本,使售于京师。纸墨已具,一夕雷击碎其碑。故时人为之语曰:'有客打碑来荐福,无人骑鹤上扬州。'东坡作《穷措大》诗曰:'一夕雷轰《荐福碑》。'"墨拓《荐福寺碑》每本可值千金,然

而"纸墨已具",却一夜之间,碑遭雷击碎,时运不济。张可久曾"几度"遭不幸。

元·马致远杂剧《半夜雷轰荐福碑》描写士人命运不佳,今存。

元明小说语:"时来风送滕王阁,运去雷轰荐福碑。"

明·汤显祖《牡丹亭》第十三出诀谒《前腔》:"你待秋风谁? 你道滕王阁、风通顺;则怕鲁颜碑,响雷碎。"

4534. 问袁安怎生高卧

元·张可久《落梅风·寒夜》："芦花絮衾纸也似薄,问袁安怎生高卧。"寒夜大雪,如袁安门外雪。

《后汉书·袁安传》："后举孝廉,除阴平长、任城令,所在吏人畏而爱之。"李贤注引《汝南先贤传》云:"时大雪积地丈余,洛阳令身出案行,见人家皆除雪出。有乞食者,至袁安门,无有行路。谓安已死,令人除雪入户,见安僵卧。问:'何以不出?'安曰:'大雪人皆饿,不宜干人。'令以为贤,举为孝廉也。"后喻贤人之行径。

元·苏彦文《斗鹌鹑·冬景》："这雪袁安难卧,蒙正回窑,买臣还家,退之不爱,浩然休夸。"雪太大了。

元·马致远《女冠子》："得又何欢,失又何愁,恰似南柯一梦。季伦锦帐,袁公瓮牖。"雪瓮。

元·乔吉《水仙子·咏雪》："面瓮儿里袁安舍,盐堆儿里党尉宅,粉缸儿里舞榭歌台。"袁安雪瓮。

元·陈德和《落梅风·雪中十事,袁安高卧》:"纵如今门僵睡,道是尽教他忍寒于傲。"世风昏暗,德高的人也不受重视。

4535. 功名两字酒中蛇

元·乔吉《卖花声·悟世》："富贵三更枕上蝶,功名两字酒中蛇。"富贵如枕上蝶梦,功名如杯中蛇影,全是虚幻的存在。

《晋书·乐广传》:"尝有来客,久阔不来。答曰:'前在坐,蒙赐酒,方欲饮,见杯中有蛇,意甚恶之,既饮而疾。'于是,河南听事壁上有角,漆画作蛇,广意杯中蛇即角影也。复置酒于前处,谓客曰:'酒中复有所见不?'答曰:'所见如初。'广乃告其所以,客豁然意解,沉疴顿愈。"

元·张可久《水仙子·梅轩即事》:"清风枕上梦仙蝶,绿酒杯中影画蛇,新诗笔下喷香麝。"喻诗酒生涯。

4536. 崔徽休写丹青

元·乔吉《折桂令·七夕赠歌者》:"崔徽休写丹青,雨弱云娇,水秀山明。"以美女崔徽喻歌者。

"崔徽":曾慥《类说》卷二十九收宋·张君房《丽情集·崔徽》云:"蒲女崔徽,同郡裴敬中为梁使,崔一见为动,相从累月。敬中言还,徽不得去,怨抑不能自支。后数月,敬中密友知退至蒲,有丘夏善写人形,知退为徽致意于夏,果得绝笔。徽捧书谓知退曰:'为妾谢敬中,崔徽一旦不及画中人,徽且为郎死矣。'"明日发狂,自是弥疾,不复见客而卒。"崔徽画"后代美女。

元·张可久《塞儿令·西湖晚晴》:"神山太乙莲,图画崔徽面,才思班姬扇。"以崔徽面喻西湖,如"西湖比西子"。

元·童学士《新水令·念远》:"谁拦截巫女峡,谁改变崔徽面。"美人面容憔悴了。

4537. 萼绿仙音整旧腔

元·乔吉《水仙子·赠孙梅哥》:"寿阳宫额试新妆,萼绿仙音整旧腔。"孙梅哥的歌儿如萼绿华的仙音。

梁·陶弘景《真诰》载:萼绿华,道家传说中的女仙,后人用以指代女子,也比作梅花。乔吉借以喻孙梅哥的歌声如仙音。

元·汤式《一枝花·素兰》:"名高萼绿华,梦入郑燕姞。"以仙子喻素兰不同凡俗。

4538. 谁念我单刀会随着关羽

元·刘时中《新水令·代马诉冤》:"谁念我当日跳檀溪,救先主出重围?谁念我单刀会随着关羽?"代马诉冤,借马抒不平。

《三国志·吴书·鲁肃传》:"肃邀羽相见,各驻兵百步上,但请将军单刀俱会。"述鲁肃、关羽谈判事。元·关汉卿杂剧《关大王单刀赴会》写关羽胆识过人,鲁肃则是陪衬人物。

元·周德卿《斗鹌鹑·双陆》:"散三似敬德赶秦王不相离,有叔宝后跟随,百一局似关云长独赴单刀会。"喻打"双陆"中的一种局势。

4539. 笔床茶灶,小作生涯

元·刘时中《折桂令·渔》:"漠漠平沙,箬笠蓑衣,笔床茶灶,小作生涯。""笔床"放笔之床(如笔架之类);"茶灶"烧茶之灶,写渔钓生涯。

《新唐书·隐逸列传·陆龟蒙》载:"不喜与流俗交,虽造门不肯见。不乘马,升舟设蓬席,赍束书、茶灶、笔床、钓具往来。时谓江湖散人,或号天随子、甫里先生,自比涪翁、渔父、江上丈人。后以高士召,不至。"笔床茶灶出此。

元·张可久《金字经·湖上书事》:"六月芭蕉雨,两湖杨柳风,茶灶诗瓢随老翁。"

又《骂玉郎过感皇恩采茶歌·杨驹儿墓园》:"茶灶尘凝,墨水冰生。"物在人亡,艺人杨驹儿已殁。

4540. 恨不得展草垂缰

元·刘时中《端正好·上高览司》:"万万人感恩知德,刻骨铭心,恨不得展草垂缰。"写百姓对救灾的高览司感恩知德。

"展草":晋·干宝《搜神记》卷二十载:"孙权时,李信纯,襄阳纪南人也。家养一犬,字曰'黑龙',爱之尤甚,行坐相随,饮馔之间,皆分与食。忽一日,于城外饮酒大醉,归家不及,卧于草中。时遇太守郑瑕出猎,见田草深,遣人纵火爇之。信纯卧处恰当顺风,犬见火来,乃以口拽纯衣,纯也不动。卧处比有一溪,相距三五十步,犬即奔往入水湿身,走来卧处,周回以身洒之。获免主人大难。犬运水困乏,致毙于侧。"

"垂缰":南朝·宋·刘敬叔《异苑》卷三载:"符坚为慕容冲所袭,坚驰骓马,坠而落涧,追兵几及,计无由出。马即跼蹐临涧,垂鞍与坚,坚不能及。马又跪而受焉,坚之得登走庐江。"

犬湿草救主、马垂缰救主,都说明知恩图报之意。

元·刘时中《新水令·代马诉冤》:"谁知我汗血功,谁想我垂缰义。"

元·姚守中《粉蝶儿·牛诉苦》:"他比那图财害命情尤重,我比那展草垂缰义有余。"

4541. 焰腾腾烈火烧祆庙

元·赵明道《斗鹌鹑·题情》:"想当日焰腾腾烈火烧祆庙,翻滚滚洪波浸画桥。""烧祆庙"喻情人分离。

《渊鉴类函》卷五十八《蜀志》云:"昔蜀帝生公主,诏乳母陈氏乳养。阵氏携幼子与公主居禁中约十余年。后以宫禁出外,六载,其子以思公主疾亟。陈氏入宫有忧色,公主询其故,阴以实对。公主遂托幸祆庙为名,期与子会。公主入庙,子睡沉,公主遂解幼时所弄玉环附之子怀而去。子醒见之,怨气成火而庙焚也。""祆庙"是波斯拜火教庙宇。后表示爱情受挫。

元·汤式《醉花脸·离思》:"焰腾腾烈火烧祆庙,翻滚水淹桃源道,呀呀呀生拆散凤鸾交。"用赵明道句,写情人离散。

元·无名氏《珍珠马·情》:"蓝桥下翻滚滚波浪卷雪,祆神庙焰腾腾火走金蛇。"爱情生变了。

4542.香笺寄恨红锦囊

元·王嘉甫《仙吕·八声甘州》:"香笺寄恨红锦囊,声断传情碧玉箫。""锦囊"喻闺中的情诗。

唐·李商隐《李长吉小传》载:李贺每出游,"恒从小奚奴,骑距驴,背一古破锦囊,遇有所得,即投囊中。及暮归,太夫人使婢受囊出之,见所书多,辄曰:'是儿要当呕出心乃已尔。'上灯,与食,长吉从婢取书,研墨叠纸足成之,投他囊中。非大醉及吊丧日,率如此,过亦不复省。"后指盛诗稿的袋,也指作诗。

元·张可久《水仙子·暮景》:"锦囊遣兴,寒梅瘦影,画角新声。"指写诗。

元·沈禧《一枝花·梁州》:"诗裁锦囊奚奴捕,醉压雕鞍侍女扶。"李都督公子才华过人。

元·高栻《殿前欢·题小小》:"小奚奴,锦囊无日不西湖。"喻张小小作诗。

4543.过隙光阴,尘埃野马

元·阿鲁威《蟾宫曲》:"过隙光阴,尘埃野马。"和光同尘,返朴归真。"尘埃"如野马。

《庄子·逍遥游》:"野马也,尘埃也,生物之息相吹也。"成玄英疏:"青春之时,阳气发动,遥望薮泽犹如奔马,故谓之野马。"大气尘埃,喻之为"野马"。

元·张可久《满庭芳·山居》:"尘埃野马,风波海鸥,鼓吹池蛙。"大地上的烟尘。

4544.社鼓神鸦浑不见,一片青青荠麦

元·张翥《百字令》(芜城晚望):"我欲携酒重来,佛狸祠下,字暗苍苔石,社鼓神鸦浑不见,一片青青荠麦。""芜城",古广陵城,在今扬州市江都县境。《元史》本传说,作者曾"落游维扬"居住很久。此词为感兴怀古而作。下阕用南宋辛弃疾、姜夔二人所写绍兴三十一年(1161)金主完颜亮率兵南侵对维扬的破坏景象,以怀古伤今。

宋·辛弃疾《永遇乐》:"四十五年,望中犹记,烽火扬州路,可堪回首,佛狸祠下,一片神鸦社鼓。""佛狸祠",魏太武帝拓跋焘(小名佛狸)祠,宋文帝元嘉二十七年(450)佛狸击败刘宋王玄漠后曾在芜城附近瓜步山凿山开路,设立行营。辛词借指完颜亮。此数句慨叹扬州遭劫后,人们却歌舞升平。"神鸦社鼓"啄食祭品的乌鸦及祭祀时的鼓声。张翥用此句说"浑不见",这种"升平景象"也不见了。

宋·姜夔《扬州慢》:"过春风十里,尽荠麦青青。自胡马窥江去后,废池乔木,犹厌言兵。"张翥用"一片青青荠麦",说这里只剩下破败荒凉了。

4545.辋川图十幅生绡

元·鲜于必仁《折桂令·画》:"《辋川图》十幅生绡,老桧森森,古树萧萧。"以《辋川图》名画喻山水画。

《辋川图》为唐·王维的名画。《新唐书·王维传》载:王维"画思入神,至山水平远,云势石色,绘工以为天机所到,学者不及也"。元·汤垕《画鉴》:"王右丞维,工人物山水,笔意清润,画罗汉佛象甚佳。平生喜作雪景、剑阁、栈道、骡网、晓行、捕鱼、雪渡、村墟等图。其画《辋川图》,世之最著者也。盖其胸次潇洒,意之所至,落笔便与庸史不同。"后人以为王维创造了水墨渲淡之法。"辋川":王维在蓝田县别墅所在地,其图最著名。"辋川图",称佳画,也喻佳景。

元·张养浩《落梅引》:"每日乐陶陶辋川图画里,与安期羡门何异。"隐居处如辋川图画。

元·汤式《一枝花·赠会稽吕周臣》:"张玩着《辋川图》四壁烟云驰骤,拨剌着峄阳琴一帘风雨飕飕。"称山水画卷。

元·乔吉《庆东原·青田九楼山舟中作》:"绕蓬窗六曲屏风面,似丹青辋川。"九楼山风景如画。

4546.鸳鸯被错配了玉清庵

元·汤式《新水令·秋怀》:"鸳鸯被错配了玉

清庵,凤鸾交乾闪下蓝桥站。"别后苦恼,怨恨离人。

元杂剧《玉清庵错送鸳鸯被》剧情:李玉英因负债,被迫去玉清庵与富豪刘彦明幽会,巧遇书生张瑞卿,便以鸳鸯被为定礼,结为夫妻。后来张应试得中,与李玉英完婚。后用"鸳鸯被"表示爱情关系。

元·季子安《粉题儿·题情》:"玉清庵错衾被送,藕丝微银瓶重。"早知长别离,何必送鸳被。

4547. 用之行舍之藏兮

元·张鸣善《脱布衫过小梁州》:"山林本是终焉计,用之行舍之藏兮。"收敛才华,终老山林。

《论语·述而》:"子谓颜渊曰:'用之则行,舍之则藏,惟我与尔有是夫。'"用,就去做事;不用,就收藏起来。

元·曾瑞《端正好·自序》:"用时行,舍时躲。居山村,离城郭。对尊罍,远鼎镬。"

元·无名氏《水仙子》:"命非由己不由他,进舍行藏须在我。"行藏进退决定于自己。

4548. 怎教他齐眉举案劳尊重

元·于伯渊《仙吕·点绛唇》:"言行功容,四德三从,孟光合配梁鸿。怎教他齐眉举案劳尊重,俏书生别有家风。"借梁鸿、孟光举案齐眉事喻男女双方相互尊重。

"举案齐眉":《后汉书·梁鸿传》载:"同县孟氏有女,壮肥丑而黑,力举石臼,择对不嫁,至年三十。父母问其故,女曰:'欲得贤如梁伯鸾者。'鸿闻而聘之。女求作布衣,麻屦,织作筐缉绩之具。及嫁,始以装饰入门。七日而鸿不答。妻乃跪床下请曰:'窃闻夫子高义,简斥数妇,妾亦偃蹇数夫矣。公而见择,敢不请罪!'鸿曰:'吾欲裘褐之人,可与俱隐深山者尔。今乃衣绮缟,傅粉墨,岂鸿所愿哉?'妻曰:'以观夫子之志耳。妾自有隐居之服。'乃更为椎髻,著布衣,操作而前。鸿乃大喜曰:'此真梁鸿妻也。能奉我矣!'……遂至吴,依大家皋伯通,居庑下,为人赁舂。每归,妻为具食,不敢于鸿前仰视,举案齐眉。"后喻夫妇相敬相爱。宋·周紫芝《竹坡诗话》:"内子朱,贤而善事其夫,每举案齐眉,则相敬如宾。"

元·童童学士《新水令·念远》:"案举齐眉,带绾同心,钗留结发,那曾有一点褻狎。"

4549. 支楞弦断了绿绮琴

元·王元鼎《河西后庭花》:"支楞弦断了绿绮琴,吉丁揢折了碧玉簪。"绿绮琴弦断,喻爱情受到挫折。

"绿绮琴",是古代名琴。晋·傅玄《琴赋·序》云:"楚庄王有鸣琴曰'绕梁',司马相如有琴曰'绿绮',蔡邕有琴曰'焦尾',皆名器也。"由于司马相如曾用绿绮琴挑动卓文君,因"绿绮琴"表示爱情之缘。

元·汤式《新水令·秋怀》:"绿绮琴冰弦断,红叶诗御水浧。"喻别离。

4550. 食之无肉,弃之有味

元·刘庭信《寨儿令》:"鸡肋情难舍难抛,食之无肉,弃之有味。"一个眠花宿柳的浪子向妻子陪情,说妓院风情如鸡肋。

"鸡肋":《三国志·魏书·武帝纪》:"三月,王自长安出斜谷,军遮要以临汉中,遂至阳平。备因险拒守。"注引《九州春秋》曰:"时王欲还,出令曰:'鸡肋。'官属不知所谓。主簿杨修便自严装,人惊问修:'何以知之?'修曰:'夫鸡肋,弃之如可惜,食之无所得。以比汉中,知王欲还也。'"后用"鸡肋"喻食之无味,弃之可惜之事物。

宋·苏轼《次韵王滁州见寄》:"笑捐浮利一鸡肋,多取清名几熊掌。"

又《与叶淳老侯敦夫张秉道同相视新河秉道有诗次韵二首》:"从来自笑画蛇足,此事何殊食鸡肋。"

元·汤式《一枝花·赠钱塘镊者》:"你觑那蝇头微利,也须是鸡肋味美。"为人净面的微薄收入,聊且可以养家。

4551. 雨后有人耕绿野

元杂剧《曲江池》一折郑府尹上场诗:"雨后有人耕绿野,月明无犬吠黄昏。"《丽堂春》三折济府尹上场诗,亦有此二句。

明·汤显祖《牡丹亭》第八出劝农《前腔》:"月明无犬吠黄花,雨过有人耕绿野。"换序用原句。

4552. 未归三尺土,难保百年身

元杂剧《琵琶记》第三十八出引用民谣:"未归三尺土,难保百年身;既归三尺土,难保百年坟。"

明·汤显祖《牡丹亭》第四十六出折寇："老相公去后,道姑招了个岭南游棍柳梦梅为伴,见物起心,一夜劫坟逃去。尸骨丢在池水中,因此不远千里而告。（外叹介）女坟被发,夫人遭难。正是:'未归三尺土,难保百年身;既归三尺土,难保百年坟。'"未入坟墓时,难活百年;既入坟墓,难保坟不被盗掘。

4553. 要留青白在人间

明·于谦《石灰吟》："千锤万凿出深山,烈火焚烧若等闲。粉骨碎身浑不怕,要留青白在人间。"此诗是作者十七岁所作,通过对石灰生成及价值的解读,表现了青年于谦报国为民之志。"要留青白在人间",向人间留下清白之名,像石灰那样,为国家粉骨碎身,而留下的只是一片清白。"青白"语义双关。

于谦对石灰独开青睐。他又有《咏石灰》诗:"凿开混沌得乌金,藏蓄阳和意最深。爝火燃回春浩浩,洪炉照破夜沉沉。鼎彝原赖生成力,铁石犹存死后心。但愿苍生俱饱暖,不辞辛苦出山林。"亦表达为"苍生"之志。

于谦幼时,崇尚古人美德,曾挂文天祥像于座右,并题像赞:"徇国忘身,舍生取义,气吞寰宇,诚感天地!"他的"粉骨碎身浑不怕,要留青白在人间",同文天祥的"人生自古谁无死,留取丹心照汗青"。表现的人生观如出一辙。

元·王冕《墨梅图自题诗》:"我家洗砚池头树,个个花开淡墨痕。不要人夸好颜色,只留清气满乾坤!"墨梅花色近于洗墨池水,泛出淡淡的墨痕,她并不要她的颜色,但愿把清纯玉洁之气洒满人间。宋·陈人杰《沁园春》:"惟诗也,是乾坤清气,造物须悭。"把诗比作"乾坤清气",王冕用于墨梅,于谦用王冕句式。

4554. 瘦的庞儿没了四星

明·汤显祖《牡丹亭》第十六出诘病《前腔》:"他一搦身形,瘦的庞儿没了四星。"杜丽娘腰身纤细,瘦得面庞没了模样。徐文长谓古人钉秤,末稍用四星,容易磨灭。又,徐子范曰:"古人以二分半为一星,四星言十分也。"所以"四星"又作"十分"解。

元·王实甫《西厢记》第一本第三折《绵答絮》:"拾寻归路,伫立空庭,竹梢风摆,斗柄云横。呀!今夜凄凉有四星,他不瞅人,待怎生!"即十分凄凉。

明·凌濛初《西厢》五本解引此词:"却遮了北斗的勺儿柄,这凄凉有四星。"

方诸生本《西厢记》第一本第三折注引《云窗秋梦》第三折《耍孩儿》:"愁烦叠万簇,凄凉有四星。"又"瘦得那俊庞儿没了四星"。（《牡丹亭》第十六出诘病注十五引）

元杂剧中用"四星"较多。

4555. 不在梅边在柳边

明·汤显祖《牡丹亭》第十四出《写真》（杜丽娘自题画像诗）:"近睹分明似俨然,远观自在若飞仙。他年得傍蟾宫客,不在梅边在柳边。"题自画像,写她自己,写她对梦中爱情的追求。"不在梅边在柳边",她在梅树下休息,梦中秀才曾"折取垂柳半枝"要她作诗以赏。原来那"蟾宫客"恰恰叫柳梦梅,似有预感之妙。

清·曹雪芹《红楼梦》第五十一回薛宝琴《梅花观怀古》:"不在梅边在柳边,个中谁拾画蝉娟?团圆莫忆春香到,一别西风又一年。"借杜丽娘事比附林黛玉,杜死而复生,终成眷属,而林则不能死而复生,贾宝玉的愿望成了镜花水月。

4556. 花外子规燕市月

明·边贡《谒文山祠》:"花外子规燕市月,水边精卫浙江潮。""文山"为文天祥号,1283年1月在元大都柴市遇难。后人在他被囚的兵马司监狱旧址建文丞相祠,以资纪念。边贡谒此祠而作诗,这二句说魂化子规啼于燕京月下,魂化精卫（冤禽）掀起浙江大潮,悼其英魂。

清·尤侗《挽叶元礼舍人》:"蝴蝶梦中燕市月,杜鹃声里曲江春。"兼用唐·崔涂《春夕》诗"蝴蝶梦中家万里"句。

4557. 伤情处,金环不见,玉叶空留

明·沈自征《凤凰台上忆吹箫》（阅古代名媛诗集）:"伤情处,金环不见,玉叶空留。"伤那些古代名媛已难见到,只空留下这些诗篇。"金环"代古代名姝,"玉叶"指古代名姝的诗作。

唐·元稹《赠严童子》:"解指玉叶排新句,认得金环识旧身。"玉叶、金环出于此。

4558. 碧云犹叠旧山河

明末·徐灿《踏莎行》："碧云犹叠旧山河，月痕休到深深处。"明亡后，词人感到故国茫茫，归舟无影，旧山河上叠起层云，月儿可不要隐去。流露出女词人亡国之痛。

宋·辛弃疾《念奴娇》："旧恨春江流不断，新恨云山千叠。"徐灿用"云山千叠"之意。

4559. 金银旧识秦淮气

清·钱谦益《金陵秋兴八首次草堂韵，己亥七月初一作》："金银旧识秦淮气，云汉新通博望槎。"金陵此地早就看出有金银气、帝王气，赞郑成功进军长江，先锋张煌言已取徽州。

唐·杜甫《题张氏隐居》："不贪夜识金银气，远害朝看麋鹿游。"《地镜图》云："黄金之气赤黄，千万斤以上，光大如镜盘也。""秦淮气"：许嵩《建康实录》云："秦始皇三十七年东巡，自江乘渡，望气者云：'五百年后，金陵有天子气。'因凿钟阜，断金陵长陇以流，至今呼为秦淮。""金银气""秦淮气"统指王气。

4560. 被发骑龙事渺然

清·钱谦益《迎神曲十二首》："被发骑龙事渺然，栾公立社自年年。"借作迎神之曲，抒明亡之痛。"被发骑龙"成神之事，渺然无徵。

唐·韩愈《杂诗》："翩然下大荒，被发骑骐麟。"钱用此句，兼用苏轼《潮州韩文公庙碑》"公昔骑龙白云乡"句。

4561. 秋窗同听六朝松

清·朱彝尊《出都玉山人翚画山水送别》："仿佛摄山风雨夜，秋窗同听六朝松。""六朝松"，古松，画中景。

清·李锴《寄怀若水上人》："乡心三户水，秋色六朝松。"用"六朝松"代松。

4562. 曲折天吴移旧绣

清·厉鹗《开平王孙种菜歌》："中山同志深闺妇，曲折天吴移旧绣。"描述常延龄之妻的刺绣。

唐·杜甫《北征》："海图坼波涛，旧绣移曲折。天吴及紫凤，颠倒在短褐。""天吴"，《山海经》中海神名，还有"紫凤"，都是短褐上绣出的纹饰。厉鹗用"天吴""紫凤"句。

缩用此中二句。

4563. 朱栏今已朽，何况倚栏人

清·厉鹗《湖楼题壁》："水落山寒处，盈盈记踏春。朱栏今已朽，何况倚栏人。"见楼栏已朽，联想当年倚栏人。严长明评曰："可谓深情。"

宋·苏轼《法惠寺横翠阁》："雕栏能得几时好，不独凭栏人易老。"厉鹗二句从此化出。

4564. 安边长策是和亲

清·吴光《明妃曲》："安边长策是和亲，白草黄沙满地春。"称昭君出塞，去实施和亲，是汉代优长的政策。

清·刘献廷《王昭君》："敢惜妾身归异国，汉家长策在和番。""和番"即"和亲"。

4565. 自把长竿后，生涯逐水涯

清·马朴臣《渔》："自把长竿后，生涯逐水涯。"写垂钓隐居生活。

清·洪亮吉《寄钱三维乔鄞县》："绕宅太湖三万顷，几时同我把钓竿？"希望与钱三维同把钓竿，表示来访、归隐。

4566. 客愁多似富春山

清·徐阮邻《江船杂咏》："一棹画眉声里过，客愁多似富春山。"以富春山喻客愁之多。

清·王夫之《续哀雨诗》："枫馆无人苔砌冷，桂山相较未愁多。""客愁"句从此翻出。

4567. 神鬼虚堂八月潮

清·王昙《焦山夜泊》："鱼龙古寺三秋水，神鬼虚堂八月潮。""神鬼虚堂"，寺庙中塑像，虚堂，空堂，焦山在江苏省镇江市西北长江中，此二句写江水之壮阔。

清·朱彝尊《题南昌铁柱观》有"虚堂神鬼昼无声"句。王昙用此句。

4568. 无才去补天

清·曹雪芹《自题画石诗》："爱此一拳石，玲珑出自然。溯源应太古，堕世又何年？有志归完璞，无才去补天。不求邀众赏，潇洒做顽仙。"作者对"顽石"情有独钟，他画石、题诗，旨在以"顽石"自况，一方面封建纲纪已坏，而自己无力回天；一方面，要作顽石，不与流俗混同，表现一种傲骨。"无才去补天"，用古代神话中女娲氏炼五色石修补苍天事，说自己不是"五色石"，无补天之才。

《红楼梦》第一回《石上偈》："无才可去补苍天，枉入红尘若许年。此系身前身后事，倩谁记去作奇传？""空空道人"见青埂峰下一块顽石，上面记述它被携入红尘后的经历见闻，石后有此《偈》。这石头"无才补天，幻形入世"，《石头记》就是石头身前身后经历过的故事，化作"通灵宝玉"、最终仍化作"顽石"。再用"无才补天"只能"入世"了。

4569. 一从陶令平章后，千古高风说到今

清·曹雪芹《红楼梦》第三十八回"潇湘妃子"（黛玉）《咏菊》："一从陶令平章后，千古高风说到今。"陶渊明做了八十多天彭泽令，辞职归田，独爱菊，以"采菊东篱下"为乐，后"篱菊"示隐逸，称君子。"千古高风"，指菊及具有寒菊品格（不畏风霜）的高士之风。"说到今"正是文学史实。

今人仇洪伟评陆游《卜算子》（咏梅）词用《咏菊》二句："一从放翁评章后，千古清芳说到今。"咏梅诗，陆游很有影响。

4570. 误吞丹药移真骨

清·曹雪芹《红楼梦》第五十回李纹《咏红梅花》："误吞丹药移真骨，偷下瑶池脱旧胎。"梅花本白，因其误吞丹药成了红色，而且，梅本瑶池的碧桃，偷下红尘成了梅花。这是极具想象力的。

宋·范成大《梅谱》："世传吴下红梅诗甚多，惟方子通一篇绝唱，有'紫府与丹来换骨，春风吹酒上凝脂'之句。""误吞丹药"取此"换骨"句。

4571. 流水空山有落霞

清·曹雪芹《红楼梦》第五十回薛宝琴《咏红梅花》："闲庭曲槛无余雪，流水空山有落霞。""无余雪"，无白梅，取唐人戎昱《早梅》诗"不知近水花先发，疑是经春雪末消"喻意。"有落霞"，有红梅，用宋人毛滂《木兰花》（红梅）词"酒晕晚霞春态度，认是东君偏管顾"喻意。

4572.《红楼梦》："牙牌令"

清·曹雪芹《红楼梦》第四十回《牙牌令》用唐诗宋词元曲：

史湘云：

"'左边''长幺'两点明。
——双悬日月照乾坤。"

用唐·李白《上皇西巡南京歌》："少帝长安开紫极，双悬日明照乾坤。""两点明"都是红点。

"右边'长幺'两点明。
——闲花落地听无声。"

用唐·刘长卿《别严士元》："细雨湿衣看不见，闲花落地听无声。""地牌"与"落地"合。

"中间还得'幺四'来。
——日边红杏倚云栽。"

用唐·高蟾《下第后上永崇高侍郎》："天上碧桃和露种，日边红杏倚云栽。"以日比"幺"，以红杏比四点红。

"凑成'樱桃九点熟。'
——御园却被鸟衔出。"

用唐·王维《勅赐百官樱桃》："总是寝园春荐后，非关御苑鸟衔残。"樱桃被鸟衔去，落空了。

薛宝钗：

"左边是'长三'。
——双双燕子语梁间。"

用宋·刘季孙《题饶州酒务厅屏》："呢喃燕子语梁间，底事来惊梦里闲。""长三"，上下两个斜三，如双燕斜飞。

"右边是'长三'。
——水荇牵风翠带长。"

用唐·杜甫《曲江对雨》："林花著雨燕脂湿，水荇牵风翠带长。""荇菜"叶浮水上，风吹随水如长长的翠带；亦喻点色。

"当中'三六'九点在。
——三山半落青天外。"

用唐·李白《登金陵凤凰台》："三山半落青天外，二水中分白鹭洲。""三山"上面三点，青天，下面六点。六点是天牌的一半，"半落青天"。

"凑成'铁锁练孤舟。'
——处处风波处处愁。"

用唐·薛莹《秋日湖上》："落日五湖游，烟波处处愁。"增"处处"。

林黛玉：

"左边一个'天'。
——良辰美景奈何天。"

用明·汤显祖《牡丹亭》（惊梦）杜丽娘："良辰美景奈何天，赏心乐事谁家院。"

"中间'锦屏'颜色俏。

——纱窗也没有红娘报。"

用元·王实甫《西厢记》第一本第四折:"侯门不许老僧敲,纱窗外定有红娘报。"锦屏牌上四为红点,下六为绿点,改"定有"为"没有",暗示悲剧。

"剩下'二六'八点齐。

——双瞻玉座引朝仪。"

用唐·杜甫《紫宸店退朝口号》:"户外昭容紫袖垂,双瞻御座引朝仪。"上二下六,齐整地排成两行,如左右宫人引百僚分两列见皇帝。

"凑成篮子好采花。

——仙杖香挑芍药花。"

取《诗经·郑风·溱洧》:"维士与女,伊其相谑,赠之以芍药。"暗示"木石前盟"。古代"赠芍药"为结爱情。

贾迎春:

"左边'四五'成花九。

——桃花带雨浓。"

用李白《访戴天山道士不遇》:"犬吠水声中,桃花带雨浓。"景物与点色不合。

4573.《红楼梦》花名签酒令

清·曹雪芹《红楼梦》第六十三回花名签酒令用唐宋诗原句:

牡丹——艳冠群芳(宝钗)

任是无情也动人。

用唐·罗隐《牡丹花》:"若教解语应倾国,任是无情也动人。"以牡丹比宝钗,隐含被遗弃意。

杏花——瑶池仙品(探春)

日边红杏倚云栽。

用唐·高蟾《下第后上永崇高侍郎》:"天上碧桃和露种,日边红杏倚云栽。""必得贵婿",却远嫁不归。

老梅——霜晓寒姿(李纨)

竹篱茅舍自甘心。

用宋·王琪《梅》:"不受尘埃半点侵,竹篱茅舍自甘心。"李纨清心寡欲,以梅喻她守节不移。

海棠——香梦沉酣(湘云)

只恐夜深花睡去。

用宋·苏轼《海棠》:"只恐夜深花睡去,故烧高烛照红妆。"切"憨湘云醉眠芍药裀"一事,亦隐含"云散高塘,水涸湘江"之结局。

荼蘼花——韶华胜极(麝月)

开到荼蘼花事了。

用宋·王琪《春暮游小园》:"开到荼蘼春事了,丝丝天棘出莓墙。"二十四番花信,荼蘼最末,所以说"花事了"。苏轼诗说:"荼蘼不争春,寂寞开最晚。"喻"诸芳尽""花袭人事已了",脂评:袭人出嫁后,麝月是留在宝玉、宝钗身边的唯一的人。

并蒂花——联春绕瑞(香菱)

连理枝头花正开。

用宋·朱淑真《落花》:"连理枝头花正开,妒花风雨便相催。""并蒂花"签,近"夫妻蕙",香菱命运更切"妒花风雨"(夏金桂虐待)。

芙蓉——风露清愁(黛玉)

莫怨东风当自嗟。

用宋·欧阳修《明妃曲》(再和王介甫):"红颜胜人多薄命,莫怨东风当自嗟。"黛玉"红颜薄命",不禁风雨。

桃花——武陵别景(袭人)

桃红又见一年春。

用宋·谢枋得《庆全庵桃花》:"寻得桃源好避秦,桃红又见一年春。"袭人逃出贾府,嫁蒋玉菡。"又见一年春"却似"轻薄桃花"。

4574. 举家食粥酒常赊

清·敦城《赠曹雪芹》:"满径蓬蒿老不华,举家食粥酒常赊。"曹雪芹《废艺斋集稿·南鹞北鸢考工志》自序云:友人于叔度家贫,"(曹雪芹)斯时,余之困惫久矣,虽倾囊以助,何异杯水车薪,无济于事。"最后扎画几只风筝送他换钱。所以"举家食粥酒常赊"是可信的。

"举家食粥"语出唐·颜真卿《乞米贴》:"拙于生事,举家食粥已数月,今又罄妖!"宋·苏轼《书晁补之所藏与可画竹三首》:"晁子拙生事,举家闻食粥,朝来又绝倒,谀墓得霜竹。可怜先生盘,朝日照苜蓿。"取颜真卿二句入诗,戏晁补之。

4575. 开箧犹存冰雪文

清·敦诚《挽曹雪芹》:"开箧犹存冰雪文,故交零落散如云。"曹雪芹卒于乾隆二十八年(1764)除夕,几天之后敦城作此诗以悼。"冰雪文",优秀诗文。古人称人聪明颖慧玲珑剔透为"冰雪聪明"。作者亲见箧中雪芹遗稿(应含《红楼梦》)尚存,弥足珍贵了。

唐·孟郊《送豆卢策归别墅》:"一卷冰雪文,

避俗常自携。""冰雪文"出于此。

4576.侧身人海叹栖迟

清·黄景仁《都门秋思》之四:"侧身人海叹栖迟,浪说文章擅色丝。"回顾终生为文于世上,悔不及早止步,把文章价值估得过高,结果知音不遇,全家居京窘迫,以至生活难以为继。

清·文廷式《鹧鸪天》(即事):"劫火何曾燎一尘,侧身人海又翻新。""劫火"佛家认为毁灭世界的大火,此指甲午战乱、朝中恶势力,说自己遭劫不灭,削职后隐居人群之中。用黄景仁句。

4577.九微夜爇星星火

清·邓廷桢《高阳台》:"鸦度冥冥,花飞片片,春城何处轻?膏赋铜盘,枉猜绣榻闲眠。九微夜爇星星火,误瑶窗多少年华。更谁堪,一道银潢,长贷无钱。"开始三句隐嵌"鸦片烟"三字,接着写横卧绣榻的不是闲眠,而是在喷云吐雾,吸食鸦片;在烟灯的微火旁,误了多少年华。此词作于林则徐禁烟之时。

南朝·梁·何逊《七夕》:"月映九微火,风吹百和香。"邓诗用此句。"九微火",细火微火。

4578.苟利国家生死以

清·林则徐《赴戍登程口占示家人》二首其二:"力微任重久神疲,再竭衰庸定不支。苟利国家生死以,岂因祸福避趋之。谪居正是君恩厚,养拙刚于戍卒宜。戏与山妻谈故事,试吟断送老头皮。"道光二十三年(1842),林则徐因查禁鸦片被革职,流放伊犁。五月中旬抵达西安,病了两个多月。八月十一日告别侨居西安的妻子家人,行前作此诗。

"苟利国家生死以",假如有利国家,是生是死,都要去做。语出《左传·昭公四年》:"郑子产作丘赋,国人谤之……子产曰:'何害?苟利社稷,死生以之。'""以"作"用"解。

4579.试吟断送老头皮

清·林则徐《赴戍登程口占示家人》其二:"戏与山妻谈故事,试吟断送老头皮。"戏谈杨朴、苏轼故事,表示会安然无恙地重新聚首。

"断送老头皮"林则徐自注:"宋真宗闻隐者杨朴能诗,召对,问:'此来有人作诗送卿否?'对曰:

'臣妻有一首云:'更休落魄耽杯酒,且莫猖狂爱吟诗。今日捉将官里去,这回断送老头皮。'上大笑,放还山。东坡赴诏狱,妻子送出门,皆哭。坡顾谓曰:'子独不能如杨处士妻作一首诗送我乎?'妻子失笑,坡乃出。"林则徐用杨朴、苏轼故事以告慰妻子。

宋·范成大《登厅夜归用前韵呈子文》:"明月又趋官里去,从教白鹭侣红鸾。"用杨朴妻《送夫赴召》"今日提将官里去"(杨朴赴召,并非坏事,其妻半开玩笑,但也不尽放心)句,"白鹭"喻野人,"红鸾"喻贵人,意为勉强为侣。

4580.江山代有才人出

清·赵翼《论诗五绝》:"李杜诗篇万口传,至今已觉不新鲜。江山代有才人出,各领风骚数百年。"李白、杜甫一改"举世炫丽藻"的六朝之风,成为诗坛领袖,影响深远。而到了宋、元、明、清,也各有杰出诗人出现,都开一代诗风。因为他们紧扣时代脉膊,反映了时代精神,必然"各领风骚"。

唐·李白《金陵送张十一再游东吴》:"张翰黄花句,风流五百年。谁人今继作,夫子世称贤。"张翰字季鹰,吴郡(今江苏苏州一带)人,晋初到洛阳作官,"八王之乱"初起,他见西晋政局日乱,于是弃官归乡。他的《杂诗三首》之一:"暮春和气应,白日照园林。青条若总翠,黄华如散金。……"这"黄花"句写春花,写"迎春",而不是菊花,这是名句,他把春花写得很萧瑟,表现他对形势的忧虑。据说唐代曾以"黄花"句命题试士,许多人误作菊花。"张翰黄花句",即独领风骚句。

今人于右任《七绝》:"风虎云龙亦偶然,欺人青史话连篇。中原代有英雄出,各苦生民数十年。"诗人化用赵翼二句,从文坛引入政坛,抨击了近代史上军阀统治,军阀"走马灯政治"给人民带来深重灾难。

4581.楚庙欲呼天再问

清·黄遵宪《长沙吊贾谊宅》:"寒林日薄井波平,人去犹闻太息声。楚庙欲呼天再问,湘流空吊水无情。"贾谊宅(长沙西北濯锦坊)当年主人凿的井水波平平,人已久去,还听长叹之声(贾谊《陈政事疏》:"臣窃惟事势……可为长太息者六",将"太息"引至后世);"楚庙天问",《楚辞·天问》王逸《章句》云:"《天问》者,屈原之所作也。屈原放逐,忧心愁悴，彷徨山泽，见楚有先王之庙及公卿祠堂，图画天地山川神灵，琦玮僑傀，及古圣贤怪物行事，周流罢倦，休息其下，仰见图画，因书其壁，呵而问之。以渫愤懑。""欲呼天再问"，再演天问，以抒愤懑。"湘流空吊水无情"，用刘长卿《长沙过贾谊宅》"湘水无情吊岂知"，说贾谊过湘水时作《吊屈原赋》以自伤，有何价值呢？此诗赞贾谊以称道梁启超之才，以贾谊反托梁启超。

清·康有为《秋登越王台》："腐儒心事呼天问，大地山河跨海来。""腐儒"，作者自谦之称。"呼天问"，亦用屈原发《天问》以抒抑郁不平之情，向天发问，以吐胸中块垒。

4582. 可怜一炬成焦土

清·黄遵宪《京师》："可怜一炬成焦土，留下东京说梦华。"八国联军抢劫，火焚圆明园，只留给人记忆了。

唐·杜牧《阿房宫赋》："戍卒叫，函谷举，楚人一炬，可怜焦土！"黄诗借焚阿房宫惨象写火烧圆明园。

4583. 细雨欺花困牡丹

清·王闿运《南乡子》(赋得"惜花春起")："春恨压屏山，细雨欺花困牡丹。雨若再晴花再艳，应难，唤起双鬟摘下看。"细雨绵绵，雨雾困着牡丹，雨滴欺压着牡丹花朵，不能赏花，很难等待雨晴了，唤双鬟摘下花欣赏吧。

宋·史达祖《绮罗香》(咏春雨)："做冷欺花，将烟困柳，千里偷催春暮。"冷雨欺花，雾烟困柳，王闿运用此意。

4584. 芙蓉别殿锁瀛台

清·李希圣《西苑》："芙蓉别殿锁瀛台，落叶鸣蝉尽日哀。"瀛台，在西苑太液池(中南海)中，三面临水，为清帝夏季听政处。光绪二十四年(1898)戊戌政变后，囚光绪帝于此，并拆去桥梁。"芙蓉别殿"用杜甫《曲江对雨》"龙武新军深驻辇，芙蓉别殿谩焚香"。说光绪被锁禁。

4585. 落叶鸣蝉尽日哀

清·李希圣《西苑》："芙蓉别殿锁瀛台，落叶鸣蝉尽日哀。""落叶鸣蝉"：《拾遗记》述："汉武帝思李夫人，不可复得，时穿昆灵之池，泛翔禽之舟，

帝自造歌曲，使女伶歌之，因赋《落叶哀蝉曲》"，以寄托对李夫人的怀恋。李希圣借此故事表现光绪对惨死的珍妃的悼念。

4586. 怕有酒能浇，踏遍桥南路

清·朱祖谋《摸鱼子》(马鞍山访龙洲道人墓，山在昆山西北隅)："坟上土，怕有酒能浇，踏遍桥南路。""龙洲道人"南宋爱国词人刘过。朱自注云：'行到桥南无酒卖，老天犹困英雄。'龙洲词断句也。苏绍叟忆刘改之词：'槎上张骞，山中孝广，商路尽风度。'"朱词反用刘过"行到桥南无酒卖"，兼用李贺"有酒惟浇赵州土"句说：今日可买到酒，浇浇坟上的土了。

4587. 是谁家庄严卧榻尽伊鼾睡

清·梁启超《贺新郎》："物华依旧山河异，是谁家、庄严卧榻，尽伊鼾睡！"有谁家庄严的卧榻，尽人鼾睡，中国的大好河山，怎么能任人占领、瓜分！

《续资治通鉴长编·宋太祖纪》："江南亦有何罪，但天下一家，卧榻之侧，岂容他人鼾睡乎？"宋·岳珂《桯史·徐铉入聘》："卧榻之侧，岂容他人鼾睡耶？"

梁启超《中国地理大势论》："独恨蹙蹙卧榻，鼾睡已属他人！"

4588. 回首都亭三日哭

清·张尔田《木兰花令》："饥鸟啄肉，回首都亭三日哭。国破城空，残照千山泪点红。"一九三七年"七七"事变后作此词，面对"国破城空"，饥鸟啄肉的惨象，痛心疾首，血泪斑斑，痛哭不已。

"回首都亭三日哭"，典出蜀将罗宪。《晋书·罗宪传》述："魏之伐蜀，宪守永安城。及成都败，知刘禅降，乃率所部临于都亭三日。""临"即哭。《左传》："国人大临，守陴者皆哭。"杜云："临，哭也。""都亭"，国都边的亭子。后"三日哭"，即表亡国之痛。

北周·庾信《哀江南赋》序："三日哭于都亭，三年囚于别馆。"哀南梁亡国之作。

4589. 何须马革裹尸还

清·徐锡麟《出塞》："军歌应唱大刀环，誓灭胡奴出玉关。只解沙场为国死，何须马革裹尸

还。"此诗表现了作者为国献身、义无反顾的高尚精神,只知为国家战死沙场,而无须用马皮把尸体裹回。

"马革裹尸"语出马援。《后汉书·马援传》记:东汉名将马援,因战功,于光武帝建武十七年(41)被命为伏波将军,他请命曰:"方今匈奴、乌桓尚扰北边,欲自请击之。男儿要当死于边野,以马革裹尸还葬耳,何能卧床上在儿女子手中耶?""马革裹尸还"成为武士为国牺牲的壮语,徐锡麟反用其意,更强化了献身精神。

自唐代起用此句如:

唐·李益《塞下曲》:"伏波惟愿裹尸还,定远何须生入关。"马援与班超有共同的气质。而班超为什么要生还?

唐·王建《送衣曲》:"愿身莫著裹衣归,愿妾不死长送衣。"愿征人不死。

唐·员半千《陇头水》:"喋血多壮胆,裹革无怯魂。"

宋·苏轼《赠李凹彦威秀才》:"誓将马革裹尸还,肯学班超苦儿女。"

又《予以事系御史台狱,狱吏稍见侵,自度不能堪,死狱中,不得一别子由,故作二诗授狱卒梁成,以遗子由》:"是处青山可埋骨,他时夜雨独伤神。"后有"青山处处埋忠骨,何必马革裹尸还"名句。

宋·陆游《陇头水》:"男儿堕地志四方,裹我马革固其常。"

宋·辛弃疾《满江红》:"马革裹尸当自誓,蛾眉伐性休重说。"

明·唐龙《伏羌》:"将军功伐在,马革快平生。"

明·邵璨《香囊记·分歧》曲:"我到边地,待戎事稍暇啊,还须上万言策,拼取微躯,裹尸马革。"

4590. 瓜分豆剖迫人来

清·陈天华《猛回头·尾声》:"瓜分豆剖迫人来,同种沉沦剧可哀。太息神州今去矣,劝君猛省莫徘徊。"作者是近代民主革命家,《猛回头》是唱本,揭露了帝国主义列强瓜分豆剖中国的罪行和清政府卖国投降的政策。《尾声》这首诗总括了唱本的主旨。

"瓜分""豆剖"语出《晋书·地理志·总叙》:

"时逢稽侵,道接陵夷,平王东迁,星离豆剖,当途驭寓,瓜分鼎立。""星离豆剖""瓜分鼎立"喻分裂、分立,近代学者用来描述帝国主义国家在中国抢占殖民地。

清·康有为《上光绪书》:"瓜分豆剖,渐露机芽。"

清·秋瑾《如此江山》(齐天乐):"看如此江山,忍归胡虏? 豆剖瓜分,都为吾土。"

现代·邹容《革命军》:帝国列强"张牙舞爪,以蚕食瓜分与我"。"蚕食"比喻逐步侵吞中国。

今人柳亚子《放歌》:"瓜分与豆剖,横议声洋洋。"

4591. 萧斋谢女吟《愁赋》

清·秋瑾《如此江山》(齐天乐):"萧斋谢女吟《愁赋》,潇潇滴檐剩雨。知己难逢,年光似瞬,双鬓飘零如许。""如此江山"为词中语作题,表达忧国忧民之情。"萧斋",寒斋,书斋。梁武帝造寺,令萧子云飞白大书"萧"字。李约(唐人)买回此字额,匾于小亭,号为"萧斋"。(李肇《国史补》)"谢女"晋谢安侄女、王凝之之妻,咏絮才女谢道韫,女侠以之自况。"吟《愁赋》"句用宋·姜夔《齐天乐》:"庾郎先自吟《愁赋》,凄凄更闻私语。""庾郎"庾信,曾吟《愁赋》,赋中有"谁知一寸心,乃有万斛愁"。(全赋仅存十句)姜夔借此以抒愁,秋瑾继之以抒愁。

4592. 英雄末路当磨折

清·秋瑾《满江红》:"身不得、男儿列;心却比、男儿烈。算平生肝胆,因人常热。俗子胸襟谁识我? 英雄末路当磨折。莽红尘,何处觅知音? 青衫湿!"她在《致琴文书》中说:"于时事而行古道,处冷地而举热肠,必知音之难遇,更同调而无人。"都表现她济世救国又孤独无友之心态。"英雄末路"原指英雄事业未成而惨遭失败,秋瑾用以表示生不逢时,救国道路艰难。

又《剑歌》:"热肠古道宜多毁,英雄末路徒尔尔。"

4593. 旧障红墙今始除

清·陈曾寿《游仙》:"监者谓此凤所庐,旧障红墙今始除。"游仙诗,借神话传说,述光绪和珍妃事。珍妃助光绪改革,为慈禧太后所不容,八国联军进北京,慈禧将珍妃堕井而亡,挟光绪逃西安,回来又软禁了光绪,光绪闷闷死去。"凤所庐",将珍妃隔离,隔于红墙之外,"今始除"暗指光绪亦死,悲剧发生了。"红墙",宫墙,光绪所居。

唐·李商隐《代应》:"本来银汉是红墙,隔得卢家白玉堂。""红墙",宫墙,难于逾越。古代宫墙涂红色,因得名。

清·顾斗光《南柯子》(秋思):"信隔红墙远,愁怜独夜长。"用李商隐"红墙"表示与伊人远隔。

4594. 风雨如磐闇故园

今人鲁迅《自题小像》(1930年):"灵台无计逃神矢,风雨如盘闇故园。寄意寒星荃不察,我以我血荐轩辕。"1930年,作者在日本东京留学时,在送给许寿裳的一帧照片上题着这首诗,展示出青年鲁迅的报国之志。"灵台":《庄子·庚桑楚》:"不可内于灵台。"指"心"。"神矢":罗马神话中爱情丘比特的箭射中了谁的心,谁就产生强烈的爱情。此指爱国思想的激发。全句说自己爱国之心是无法抑制的。"风雨如磐",帝国主义和反动势力的统治如巨石一样,使我的国家处于黑暗笼罩之中。尽管人们"荃不察余之衷情兮"(《离骚》),我将把我的热血贡献给复兴祖国的事业。

今人霍松林《题孙廷先生〈壶春乐府〉》:"风雨如磐昼晦冥,攫人豺虎出郊坰。"用鲁迅句。

4595. 挈妇将雏鬓有丝

今人鲁迅《惯于长夜过春时》(1931年):"惯于长夜过春时,挈妇将雏鬓有丝。梦里依稀慈母泪,城头变幻大王旗。忍看朋辈成新鬼,怒向刀丛觅小诗。吟罢低眉无写处,月光如水照缁衣。"此诗摘自1931年2月所写《为了忘却的纪念》,以其首句作题。说习惯于长夜不眠度过春天,影射着在黑暗中度过岁月。1931年1月17日,柔石、殷夫等五位爱国青年被国民党反动派逮捕,2月7日深夜,在上海龙华警备司令部秘密枪杀。《为了忘却的纪念》中写道:"在一个深夜里,我站在客栈的院子中,周围是堆着的破烂什物;人们都睡了,连我的女人和孩子。我沉重地感到我失掉了很好的朋友,中国失掉了很好的青年,我在悲愤中沉静下去了,然而积习却从沉静中抬起头来,凑成了这样几句……"反动派在逮捕五位青年作家之后,准备逮

捕鲁迅。鲁迅于一月二十日"挈妇将雏"迁至花园庄公寓。"鬓有丝",作者已五十岁,在白色恐怖下,生活极其艰难。

今人施蛰存《浮生杂咏》十一:"金阊六载因缘尽,挈妇将雏别拣枝。"用鲁迅语写举家迁徙。

4596. 怒向刀丛觅小诗

今人鲁迅《惯于长夜过春时》:"忍看明辈成新鬼,怒向刀丛觅小诗。"痛苦地看到五位青年朋友又牺牲了,我极端愤怒地不畏刀丛,写出控诉敌人、悼念战友的诗。

今人文家驹《敬书〈鲁迅全集〉扉页纪念鲁迅先生诞生一百周年》:"怒向刀丛觅小诗,千夫指处敢横眉。"兼用"横眉冷对千夫指"(鲁迅《自嘲》)句,赞颂鲁迅坚韧的斗争精神。

今人袁静一《水龙吟》(读鲁迅诗):"破帽遮颜、刀丛觅句,重围无畏。"兼用"破帽遮颜过闹市"(鲁迅《自嘲》)句表现鲁迅的处境、活动特点。

4597. 血沃中原肥劲草

今人鲁迅《无题》(1932年):"血沃中原肥劲草,寒凝大地发春华。英雄多故谋夫病,泪洒崇陵噪暮鸦。"前二句写革命力量在烈士鲜血浇灌下不断壮大,春花正突破冰封的大地茁壮生长。

今人文家驹《敬书〈鲁迅全集〉扉页纪念鲁迅诞生一百周年》:"血沃中原劲草生,甘为孺子注深情。"兼用"俯首甘为孺子牛"(鲁迅《自嘲》)句表现鲁迅爱憎分明。

今人袁静一《水龙吟》(读鲁迅诗):"血沃中原,寒凝下土,昼行魑魅。"概述鲁迅的时代。

4598. 俯首甘为孺子牛

今人鲁迅《自嘲》(1932年):"运交华盖欲何求?未敢翻身已碰头。破帽遮颜过闹市,漏船载酒泛中流。横眉冷对千夫指,俯首甘为孺子牛。躲进小楼成一统,管他冬夏与春秋。""孺子牛":《左传》载,齐景公经常装作牛,口里衔着绳,让儿子骑,作"孺子牛"。

清·洪亮吉《北江诗话》引一副槛联:"酒醋或在庄生蝶,饭饱甘为孺子牛。"酒醋入楚,饭饱戏儿。鲁迅用"甘为孺子牛",表示甘心做人民的牛,他曾说:"我吃的是草,挤出来的是奶。"

今人袁静一《水龙吟》(读鲁迅诗):"俯首甘

为,横眉射虎,临危论鬼。吃的是草,挤的是奶,为茎憔悴。"

今人罗再田《读〈一件小事〉》:"横眉俯首精神在,后辈千秋仰泰山。"《一件小事》是一篇纪实散文(杭州大学教授孙席珍《鲁迅先生怎样教导我们》),表现作者对于洋车夫的敬仰,而对"国家大事"却不记得了,正是"横眉"与"俯首"精神。

4599. 运交华盖欲何求

今人鲁迅《自嘲》(1932年):"运交华盖欲何求,未敢翻身已碰头。""华盖",传说它是星名,华盖星照在俗人头上,这人就倒霉了。作者在《华盖集·题记》中说:"我平生没有学过算命,不过听老人说,人是有时要交'华盖运'的……这运,在和尚是好运,顶有华盖,自然是成佛作祖之兆,但俗人可不行,华盖在上,就要给罩住了,只好碰钉子。"作者借以述说自己遭际不好。

宋·王安石《严陵祠堂》:"勺水果非鱣鲔地,放身沧海亦何求?"鲁迅用"欲何求"句。

4600. 万家墨面没蒿莱

今人鲁迅《无题》(1934年):"万家墨面没蒿莱,敢有歌吟动地哀。心事浩茫连广宇,于无声处听惊雷。"千家万户的人形容枯槁,面色憔悴,埋没于蒿草山野之中,写人民的苦难。

今人邹荻帆《黄鹤楼——自度曲》:"主权出卖,市街出租,万家墨面几春秋。"用鲁迅语,写旧中国的实况。

4601. 发思古之幽情

今人·鲁迅《花边文学》:"发思古之幽情,往往是为了现在。"这不是诗,而"发思古之幽情"一语广为人知。

"发怀古之幽情"则是又一种说法。清·钱泳《履园丛话·阅古·建昭雁足镫(灯)》:"每当夜宴,四镫烂然,颇令人发怀古之幽情也。"

思古、怀古,有感于古人、古事,历史上的兴衰、成败、忧喜、死生等等变化,都可能引发思古怀古之幽情(潜情、深情),这是人之常情,思之必然,也"往往是为了现在",也或由现实引出历史。

这种怀古之情,在唐人诗歌中已有表露。

唐·许敬宗《辽左雪中登楼》:"怀古情无已,登楼赋未成。"

唐·杜甫《登兖州城楼》:"孤嶂秦碑在,荒城鲁殿余。从来多古意,临眺独踌躇。"

唐·钱起《江行无题一百首》:"江流何渺渺,怀古独依依。"

唐·耿沛《送太仆寺李丞赴都到桃林塞》:"应多怀古思,落叶又纷纷。"

4602. 石上谈泥丸

唐·皮日休《太湖诗》:"羽客两三人,石上谈泥丸。"道家谓上丹田,两眉间为"泥丸宫",练功要使气、神上泥丸,在泥丸里炼"丹"。

宋·宋先生《苏幕遮》:"气随神,神随气,神相随,透入泥丸里。"

又《沁园春》:"泥丸里,烹煎水火,铅汞成真。"

又《武陵春》:"夜静存神向内观,神水满泥丸。"

又《丑奴儿》:"河车怎敢停留住,搬入泥丸。"

又《临江仙》:"双关明有路,直上至泥丸。"

又《丑奴儿》:"丹砂锻炼泥丸里,赫赫长江。"

又《浪淘沙》:"妙用在泥丸,神思难看。"

宋·葛长庚《沁园春》:"丹田里,有白鸦一个,飞入泥丸。"

又《沁园春》:"山田内,有一条径路,真透泥丸。"

又《水调歌头》:"人在泥丸上,归路入蓬莱。"

又《水调歌头》:"捉住天魂地魄,不与龙腾虎跃,满鼎汞花乾。一任河车运,径路入泥丸。"

4603. 火树银花不夜天

今人柳亚子《浣溪沙》:"火树银花不夜天,弟兄姊妹翩舞蹁。歌声唱彻月儿圆。"1950年10月3日,参加国庆盛典的各族代表,在中南海怀仁堂向中央献旗、献礼,举行歌舞晚会,柳亚子作此词,呈毛主席。"火树银花",庆祝第一个国庆节烟花焰火,照得彻夜通明,成了无夜之天。

唐·苏味道《正月十五夜》:"火树银花合,星桥铁锁开。""火树",树上悬灯,"银花",花炮焰火,二者一"合",灿烂,绚丽,光采动人。苏味道首创此语。

宋·赵彦端《眼儿媚》(王漕赴介菴赏梅):"元宵近也,小园先试,火树银花。"

宋·朱淑真《元夜三首》:"火烛银花触目红,揭天鼓吹闹春风。"写南宋杭州元夜,"火烛"指灯火。

宋·魏了翁《鹧鸪天》(次韵刘左史光祖自和去年元夕词):"春漏逢欢恐不深,银花火树粲成林。酒中和乐无穷味,烛里光明一寸心。"

元·马致远《青哥儿·十二月·正月》:"春城春宵无价,照星桥火树银花。"从苏味道句化出。

4604. 却疑白扇倒悬天

今人刘德有《汉俳五首》之二《富士山》:"车瀛望雪山,却疑白扇倒悬天,潇洒耸云间。"

原注:"日本石川丈山有诗句'白扇倒悬东海天',此处借用半句。"此喻确当。

后 记

　　当我放下笔，面对一米厚的《古诗词名句源流》完成稿时，百感交集。我 11 岁用家中的一只母鸡换了一部《千家诗》，孩提时代，似懂非懂地读起了它，从此与古代诗歌结下了毕生缘。父亲喜读古诗，他常常吟诵名诗，那唱读的韵味，更增添了古诗的魅力。稍长，我学中文，教语文，业内外从未远离唐诗宋词。一生尽购一些选集、全集，总坚持作广泛的浏览、赏读，默感到古代诗人吟诗作词，多喜用前贤名句，于是到 1987 年，顿生"探海寻珠"的初衷，从诗经楚辞读起，继读汉魏晋南北朝、唐宋元明清诗词。历时 16 年，读了数以十万首次计、数千万字的全集、选集，囚身于韵文的浩瀚海洋中畅游不暇，诗词曲纵横复读，索隐钩沉，爬罗剔抉，口不绝吟于音韵之文，手不停披于诗词之编，"贪多务得，细大不捐，焚膏油以继晷，恒兀兀以穷年，"每天八小时之外又八小时，单双休日、节假日，覆钟如坐，采句撷语，作卡片数万张，摘诗近五万联句（双句），终于发现了诗词海洋中隐含的应用名句的巨大潜流，于是含英咀华，网罗梳篦，拾零攒列，寻缘分类，溯源追流，补苴罅漏，"写秃毛锥三百管"，终成冗帙。

　　此刻结束了筚路蓝缕，我肩头重负如释，剩下的就是书中的缺憾了。汉·董仲舒《春秋·繁露·精华》云："所闻'《诗》无达诂，《易》无达占，《春秋》无达辞'，从变从义而一以奉天。"可见，诗词欲达诂也难。清·王夫之《诗绎》云："作者用一致之思，读者各以其情而自得。"清·谭献《复堂词录序》云："作者之用心未必然，读者之用心何必不然。"清·张书绅《新说西游记卷首》云："以一人读之，则一人为一部《西游记》，以士农工商、三教九流、诸子百家各自读之，各自有一部《西游记》。"以上说明"一千个观众就有一千个哈姆雷特""一千个读者就有一千个林黛玉"。我面对数万首、四万句前人未释之诗句，实在无力达诂了，所以，我每遇困境，曾意识到这本不是一个人可写好的书，或选句不值，或分流紊乱，或诠释以谄，都在所难免。现在把它们呈给学者、贤达，唯愿聆听教正。

作 者